KB269746

춘추전국기

요시카와 에이지 지음 ― 안창우 옮김
춘추 전국기
문예사학
PubliShing

저자의 말

　과거의 영웅들 중에는 하늘의 별자리와 같이 민중 위에 군림하는 영웅과 민중 속으로 들어가 어깨를 나란히 하는 영웅처럼 저마다 특징과 궤도가 있었는데, 도요토미 히데요시豊臣秀吉는 후자에 속하는 인물이다.

　도요토미 히데요시의 주변은 태어났을 때부터, 그리고 장년기를 거쳐 태합太閤[1]이 된 이후에도, 또 현란한 주라쿠聚樂[2]나 모모야마桃山[3]의 해자와 성루에 둘러싸여 있을 때도 항상 서민의 정취가 충만했다. 그는 중우범속衆愚凡俗을 사랑한 사람이었다.

　히데요시는 자신이 범속하다는 사실을 잘 알고 있었다. 그만큼 인간에게 관대한 사람은 없었다. 가장 인간성이 풍만한 영웅은 누구인가 물으면 누구나 가장 먼저 히데요시를 꼽는 것도 그의 이런 관대한 면

---

1 섭정이나 태정대신太政大臣에 대한 경칭으로 후에 관백關白(헤이안平安 시대 이후의 천황을 보좌하던 최고 대신)의 자리를 자식에게 물려준 사람을 칭한다. 일반적으로는 도요토미 히데요시에 대한 호칭으로 사용되고 있다.

2 주라쿠테이聚樂第의 약자로, 덴쇼天正 13년인 1585년에 관백의 자리에 오른 히데요시가 교토 우치노內野에 있는 궁성인 다이다이리大內裏 터에 세운 저택을 가리킨다.

3 후시미모모야마伏見桃山 성이 있는 후시미伏見 지역을 가리키는 말로, 도요토미 히데요시가 그 성을 세웠다.

이 민중들에게 더없이 친근하게 느껴졌기 때문인 듯하다.

아마 앞으로도 사람들이 히데요시를 친근하게 생각하는 마음은 변하지 않을 것이다. 그 이유는 간단하다. 바로 그가 전형적인 일본인이기 때문이다. 특히 그의 대범하면서도 어리석은 모습은 친근감을 느끼게 하고 빠져들게 하는 힘이 있다.

히데요시는 일본인의 장점과 단점을 한 몸에 지니고 있는 사람이라고 할 수 있다. 그의 장점을 들면 틀에 박힌 예찬이 될 테니 거론하지 않겠다. 단적으로 그의 장점만을 열거하면 오히려 히데요시라는 인간의 크기는 작아지고 말 것이다. 그의 인간 됨됨이를 몇 마디 말로 단정 지을 수 없다.

미리 밝혀두지만, 이 책은 히데요시의 말년은 다루고 있지 않다. 히데요시가 영웅이라고는 하지만 말년에는 참으로 비극적인 삶을 살아야 했다. 오사카 성의 몰락은 '지는 해의 장엄함' 그 자체였다. 그래서 나는 그가 고난을 겪었던 시대를 더 좋아해 히데요시의 장년기에 많은 필력을 기울였다. 또한 이 책이 히데요시의 행적만을 다룬 '태합기'가 되는 것을 바라지 않는다. 적어도 오다 노부나가織田信長 출현 이후, 덴쇼天正와 게이초慶長 시대에 걸친 무수한 군성群星의 출몰도 다루고 싶었다. 특히 도쿠가와 이에야스德川家康를 다루지 않은 태합기는 미완未完이라고 생각한다.

이전에 출간된 《가와스미태합기川角太閤記》[4], 《진서태합기眞書太閤記》[5], 《이본태합기異本太閤記》 등을 비롯해, 그 이후에 질적 변화를 보이는 책들까지 '히데요시를 어떻게 바라볼 것인가?'라는 주제에 있어서는 약

---

4 에도 시대 초기에 가와스미 사부로에몬川角三郎右衛門이 도요토미 히데요시의 일화를 정리한 다섯 권짜리 책이다.
5 에도 시대 후기에 구리하라 류안栗原柳庵이 도요토미 히데요시의 일대기를 12편 360권으로 엮은 책이다.

속이나 한 것처럼 그가 지닌 특유의 유머러스함과 기지와 공리주의功利
主義를 통해 그의 성정을 그리고 있다. 이것으로 옛 작가들이 인간 히데
요시를 정면에서 바라보지 못했다는 사실을 알 수 있다.

　하지만 나는 기존 작가들의 방식을 답습하며 똑같은 오류를 저지르
는 일은 하지 않으려고 노력했다. 부족한 부분도 있지만 내게는 히데
요시 역시 우리와 같은 피를 지닌 평범한 사람이었다는 기본적인 사실
이 가장 큰 힘이 되었다.

요시카와 에이지

1564년	제5차 카와나카지마 전투
1565년	에이로쿠의 변
	2차 갓산토다 성 전투
1567년	도다이지 대불전 전투
1569년	엣소 동맹
	아시야 성 전투
	테이추 전투
	아제이 성 전투
1570년	아네가와 전투
	가네가사키 전투
	노다 성 전투
	후쿠시마 성 전투
	이시야마 전투 시작
1571년	겐키의 법란
1572년	미카타가하라 전투
	키자키바라 전투
1573년	오타니 성 전투
1575년	나가시노 전투
1577년	데토리가와 전투
	시기야마 성 전투
1578년	오다테의 난, 미미카와 전투
1579년	1차 이가의 난
1580년	미키 성 전투
	이시야마 전투 종결
1581년	다카텐진 성 전투
	2차 이가의 난
1582년	고슈 정벌
	혼노지의 변
	야마자키 전투
	빗추 다카마쓰 성 전투
	관백상론
	기요스 회의
1583년	시즈가타케 전투

1584년	코마키 나가쿠테 전투
1585년	시코쿠 정벌
1586년	이와야 성 전투
1587년	규슈 정벌
	파트레이 추방령
1588년	정이대장군 제도 폐지
1590년	오다와라 정벌
1590년~	
1591년	카사이·오사키 잇키
	와가·히에누키 잇키
1591년	쿠노헤의 난
1592년	임진왜란
	태합검지
1596년	산 페리페 호 사건
	26성인 순교 사건
1597년	정유재란
1598년	조선에서 철군
1600년	아이즈 정벌
	후시미 성 전투
	세키가하라 전투
	정이대장군 제도 부활
	이중 공의 체제 시작
1603년	에도 막부 성립
1609년	시마즈의 류큐 침공
1614년	호코지 종명 사건
1614년~	
1615년	오사카 전투
1615년	일국일성령
	무가제법도
	겐나엔부 선언

차 례

귀향歸鄕

　일본의 덴분天文 5년(1536년)은 중국 명나라의 가정嘉靖 15년에 해당한다. 그해 정월에 오와리노쿠니尾張國에 있는 아쓰다熱田 신궁 영지에 속한, 불과 대여섯 호밖에 없는 가난한 마을의 어느 초가지붕 아래에서 기이한 아이가 태어났다. 이 아이가 바로 후일의 도요토미 히데요시다.

　아이의 어미가 임신한 몸으로 변변찮은 음식밖에는 못 먹었던 터라 갓 태어난 아이는 나무통 속에서 오 년 동안 절인 매실장아찌처럼 몸이 새빨갛고 피부가 주름투성이였다. 초가지붕 처마 끝에 고드름이 매달린 추운 1월이었고, 산모의 주위를 가릴 만한 작은 병풍 하나 없는 집에서 태어난 아이는 탯줄을 끊어도 울지 않았다. 그러자 모두들 아이가 죽은 것이 아닌가 생각했다. 하지만 아이의 아비인 야에몬弥右衛門과 그의 지기들이 아이를 더운물로 씻겨 기저귀 위에 누이자 아이가 갑자기 울음을 터뜨렸다. 그리고 울만큼 울었는지 백 년 동안 자고 깨어난 듯이 한바탕 늘어지게 하품을 했다.

　"살아 있구나!"

　"아무쪼록 잘 키우세요!"

출산을 도운 여자들이 어깨끈을 풀며 야에몬을 위로했고 산모의 순산을 축복했다.

그해 중국 대동大同[6]에서는 병란이 일어나 요동 지역이 들썩였다. 국호가 '원元'에서 '명明'으로 바뀐 이후에도 수백 년간 이어온 주씨朱氏의 치세는 여전히 흔들림이 없었다. 오히려 원나라 이전의 당송 시대 때보다 국운이 더 융성하고 근대적인 자각까지 갖추면서 바야흐로 명나라의 태평성대가 열린 듯 보였다.

그리고 황하강과 양자강은 오늘날과 변함없이 광대한 천지에서 보면 한달음에 건널 수 있는 개천에 불과한 중국과 일본 사이의 바다를 향해 유구한 황토색 탁류를 부단히 토해내고 있었다.

가없는 하늘의 저 달은 고향 가스가春日 미카사三笠 산에 걸린 달이런가.

일본에서 멀리 떠나온 고로 다유五郞大夫는 어느덧 고국을 그리는 마음이 희미해졌지만 아베노 나카마로阿倍仲麻呂[7]가 지은 노래만큼은 잊지 않았다. 그는 나카마로가 노래한 것처럼 달을 보거나 풀과 철새를 볼 때마다 지난 십이 년간 머물렀던 강서성江西省 요주부饒州府의 부량浮梁을 떠나 고국으로 돌아갈 날을 기다리며 망향을 달래곤 했다.

"드디어 내일이다. 오늘 밤만 지나면……."

고로는 잠을 잘 수가 없었다.

"일본에 두고 온 가족들은 내가 살아 있는 줄 꿈에도 생각하지 못할 것이다. 어머니는 여전하실까? 동생들은 어떻게 됐을까?"

---

6 오늘날 중국 산시성山西省 북부에 있는 지역을 가리키는데, 예로부터 유목민의 침입을 막기 위한 방위 거점 역할을 했다.

7 나라奈良 시대 때 사람으로, 유학생으로 당나라에 파견되어 과거에 급제하고 고관의 자리에까지 올랐다. 하지만 끝내 고국으로 다시 돌아오지 못하고 당나라에서 생을 마감했다.

내일의 여정을 위해 조금이라도 눈을 붙여야 한다고 생각했지만 밤이 깊을수록 정신은 오히려 맑기만 했다. 그런데 일본에서 데려온 뒤로 줄곧 고로를 섬기던 하인 스데지로捨次郎도 같은 심정이었는지 밖에서 방문을 가만히 두드렸다.

"나리, 일어나셨는지요? 일어나셨으면 잠시……."

고로는 침상에서 내려와 의자에 앉으며 말했다.

"들어오너라. 너도 잠이 오지 않느냐?"

"아닙니다. 저는……."

스데지로는 방 안으로 들어와서 주인 앞에 섰다.

"초저녁에 푹 잤습니다만, 한 가지 마음에 걸리는 것이 있어서……."

"그게 무엇이냐?"

"도련님 일입니다."

"흐음……."

고로는 가슴 아픈 표정을 지었다. 이곳 부량에 있는 동안 고로는 아내와의 사이에 아들을 하나 낳았다. 아내는 노산廬山 건너편의 성자埠子라는 곳에서 이곳 부량의 요업장窯業場으로 일을 다녔다. 성은 양楊, 이름은 이금梨琴으로 마음은 착했지만 병이 든 것처럼 허리가 가느다란 미인이라 고된 일을 하기에는 어울리지 않았다.

다소 이야기가 옆길로 새는 듯하지만, 본래 강서성의 부량은 멀리 일본까지 알려진 도자기의 산지였다. 당나라 시대부터 가마를 만들고 송나라와 원나라 때에는 궁정에서 쓸 어용품을 굽는 관요官窯가 생겼다. 또한 이와 관련된 관청과 상가, 장인촌 등까지 생기면서 부량은 당시 중국 제일의 도자기 고을로 불릴 만큼 번성했다.

고로는 이곳의 도자기 만드는 법을 연구하기 위해 실로 십이 년간 갖은 고생과 향수를 견디며 타국에서 생활해왔다. 일본에서 이곳으로 오는 데에는 해상 육백 리를 지나 다시 장강을 거슬러 오르고도 사백여 리가 더 걸렸다. 그리고 심양성尋陽城의 항구에서 다시 수로와 육로를 거쳐 노산을 우러르며 파양호鄱陽湖를 건너고 낙평하樂平河를 돌아야 하는 반년에 걸친 천 리 여정이었다.

내일은 다시 그 수많은 산과 강을 넘어 일본으로 돌아가야 하는 날이었다. 그러다 보니 고로와 스데지로는 잠을 이룰 수 없을 만큼 기뻤다. 하지만 초저녁부터 휘장을 내리고 얼굴도 보이지 않은 채 울고 있는 사람이 있었다. 아이를 안은 아내 이금이었다.

이금은 가마터에서 고로와 친해진 뒤 몸종이나 계집종도 없이 고로의 집으로 들어왔다. 이금은 일찍이 각오하고 있었던 일이기도 하고, 남편 고로가 드디어 목적을 이루고 떳떳하게 고국으로 돌아갈 수 있게 되었고, 다년간 쌓은 남편의 노력이 본국에서 열매를 맺을 것을 생각하면 슬픔을 숨기고 기뻐해야 했다. 하지만 아직 세 살밖에 되지 않은 천진난만한 아이를 무릎에 앉히고 바라보자 어떻게 해야 할지 심란해 저절로 눈물이 흘렀다. 이금은 며칠 동안 울기만 하다 마침내 고민을 털고 결심을 했다. 스데지로가 주인의 침실을 찾은 것도 그런 이금의 마음을 전하러 온 것이었다.

"조금 전에 마님께서 말씀하시길, 도련님의 앞날을 생각하면 역시 마님이 키우시는 것보다 일본으로 데려가서 키우는 게 더 행복할 것이니, 처음 의논한 대로 도련님을 주인님께 맡기고 싶다고 하십니다."

"아, 마음을 돌렸구나."

아내의 마음을 헤아린 고로가 눈물을 머금었다.

"이금을 잠시 불러오너라."

"예."

스데지로는 방을 나갔다. 집은 크지 않았고, 집이나 세간, 주인과 종의 복장도 모두 이곳의 풍속을 따랐다.

“나리, 모시고 왔습니다.”

이금은 스테지로의 부축을 받아 방 안으로 들어왔다. 그러고는 바닥에 주저앉아 오열하며 외쳤다.

“상서祥瑞 님!”

상서는 이곳에서 쓰는 고로의 이름이었다. 도기 굽는 비법을 터득하기 위해 고국의 생활 습관을 모두 버리고 중국식 생활 방식에 동화해서 살아왔던 것이다.

“그래, 방금 스테지로에게 들었네. 아이는 걱정하지 않아도 되네.”

고로는 이 말 한마디로 이금을 온전히 위로할 수 없다고 생각했지만, 차마 그 말밖에는 할 수 없었다. 이금은 울음을 간신히 억누르며 말했다.

“당신과 헤어지고 아이까지 보내는 일이 죽기보다 괴롭지만 곰곰 생각해보니 저는 친척도 없고 몸도 약해 아이가 다 자랄 때까지 살 수 없을 듯합니다. 그렇게 되면 분명 우리 아이는 노비로 팔려가든지 도적들의 손에 길러져 좋은 사람이 될 수 없을 것입니다.”

이미 이금은 현명한 어머니의 냉정함을 되찾은 상태였다.

“오랫동안 당신의 생활 태도나 하인들에게 대하는 것을 보면 일본에 대해 어렴풋이나마 알 수 있을 듯합니다. 이 나라에서는 당신의 나라 사람들을 ‘왜노倭奴’라거나 ‘동양귀東洋鬼’라고 하며 두려워하지만, 그것은 남쪽 해안이나 양자강을 거슬러 올라오는 왜구만 보고 판단하기 때문일 것입니다. 하지만 저는 그리 생각하지 않습니다.”

이금은 눈물 속에 빠져 있던 사흘 동안의 심정을 단숨에 토해내려는 듯 말을 이었다.

“몇 년 동안 당신의 마음속에서 살아본 결과, 당신은 아무리 중국식

옷을 입고 중국 여자와 중국식 집에 살아도 피는 전혀 변하지 않는 일본 사람입니다. 그리고 일본은 인정과 의리가 강하고 무예도 뛰어나고 용맹하며, 게다가 우아하고 아름다운 나라라는 것을 잘 알 수 있었습니다. 그러니 제가 아이를 키우는 것보다 당신께 맡기는 편이 아이의 행복을 위하는 길일 것입니다."

고로는 이금의 말에 숙연해져 고개를 크게 끄덕였다. 스데지로도 옆에 서서 머리를 숙인 채 이금의 말을 듣고 있었다.

그때 집 밖에서 왁자지껄한 소리가 들려왔다. 창문이 희미한 새벽빛으로 물들고 있었다. 집 밖의 목소리들은 일본으로 떠나는 고로를 배웅하러 온 가마터 사람들인 듯했다. 물론 웅성거리는 말들은 모두 중국말이었다. 고로는 문을 열고 중국말로 유창하게 인사했다.

"여러분, 아침 일찍부터 고맙습니다. 금방 준비할 터이니 차라도 마시면서 계십시오."

배웅하러 온 사람들이 말했다.

"아닙니다. 차든 밥이든 도중에 경치 좋은 곳에서 하시죠. 준비되셨으면 어서 가시지요."

부량은 언덕에 둘러싸인 분지 마을로, 흙을 채취하고 벌목을 하는 산과 무수한 가마터들이 눈 아래에 펼쳐진 곳이었다. 몇몇 가마에서 노랗게 물든 새벽하늘을 향해 몇 줄기 연기가 피어오르고 있었다.

"상서 님, 이제 이별이군요."

배웅하는 사람들이 말했다.

"예, 그렇군요."

고로는 언덕 위에 서서 한동안 물끄러미 뒤를 돌아다보았다. 가슴속에서 지난 십이 년 동안의 일들이 차올랐다. 특히 남겨두고 온 이금의 신세가 딱하고 가엾기만 했다.

"저는 집 창문에서 배웅하겠습니다. 자칫 도중까지 갔다가는 일본까지 따라가고 싶어질 테니까요."

이금은 그렇게 말하고 집에 남았다. 이금이 눈물을 흘리며 뺨이 닳도록 볼을 비비다 손을 놓았던 아이는 지금 스데지로의 등에 업혀 있었다. 이름은 양경복楊景福이었다. 배웅하는 사람은 열대여섯이었고 짐은 당나귀 한 마리와 손수레 한 대에 실었다. 배웅하는 사람 중 한 명이 말했다.

"스데, 무겁지 않은가? 긴 여정이니 아이를 여기에 태우는 것이 어떤가?"

스데지로는 아이를 손수레에 태웠다. 바퀴가 크고 손으로 미는 수레였다. 들이나 산언덕에서 끄는 작은 짐수레라 일부러 바퀴 축에 기름을 칠하지 않았다. 그러다 보니 바퀴가 돌 때마다 암탉이 우는 것처럼 삐걱거리는 소리가 났고, 그래서 '계공차鷄公車'라고 불렀다. 아이는 짐 사이에서 즐거워했다. 때때로 쌀가루 빻은 것이나 물엿을 빨아 먹었다.

배에서 자고 여관에서 쉬며 몇 날 밤이 지나서야 마침내 양자강 기슭에 있는 심양尋陽에 도착했다. 도중에 배웅해준 사람들이 두세 사람씩 차례로 돌아갔고, 이제 이곳 성안까지 따라온 사람들도 모두 돌아갔다.

고로 일행은 배의 객줏집에서 며칠 동안 머물며 배편을 기다렸다. 그리고 드디어 금릉金陵까지 내려가는 배가 밤늦게 분포강溢浦江 하구에서 출발하는 날이 왔다. 날이 밝기 전, 객줏집 지배인이 얇은 종이로 포장된 물건을 가져왔다.

"나리께 드리라고 하면서 아름답고 가냘픈 여인이 이걸 여기에 두고 도망치듯 가버렸습니다."

생김새와 연령대를 자세히 물어보니 이금이 분명했다. 고로가 의아해하며 종이를 풀어보자 그것은 오랫동안 구하려고 해도 도저히 구할 수 없었던 도자기를 만드는 비본秘本이었다. 이 책을 가지고 있던 사람은 가마터의 장인이었다. 고집이 센 그가 일본인에게는 팔지 않겠다며 터무니없이 비싼 값을 불러 결국 포기할 수밖에 없었던 책이었다.

'이금이 어떻게 이것을 손에 넣었을까?'

고로는 방금 전 떠난 이금을 찾으려고 아이를 객줏집에 맡기고 스데지로와 함께 성안의 거리를 샅샅이 뒤졌다. 하지만 끝내 이금을 찾을 수가 없었다. 어느새 날이 저물고 밤이 깊었다. 객줏집 사람이 고로를 찾아다니다 간신히 발견하고는 그에게 말했다.

"곧 배가 떠납니다."

그 말에 당황한 고로는 객줏집 사람에게 분포강 기슭으로 아이와 짐을 옮겨달라고 말하고는 갈대 사이에 매어두었던 나룻배에 올라탔다. 금릉으로 가는 배는 강 한가운데에 닻을 내리고 있었는데, 그곳까지 나룻배를 타고 가야 했다. 나룻배가 흔들리자 시커먼 강물이 무서웠는지 아이가 훌쩍이며 울기 시작했다.

"울지 말거라. 뭐가 무섭다고 우느냐. 그만, 착하지……."

그때 어디선가 비파 소리가 들려왔다. 주변 누각에서도 불빛은 보이지 않았다. 다만 강 한쪽에서 갈대와 검은 강물이 흔들렸다.

'아, 이금이 아닐까?'

이금이 비파를 잘 탔기 때문에 고로는 혹시나 하는 마음에 주위를 둘러보았다. 그러자 노를 젓는 사공이 말했다.

"나리, 모르시는지요? 이곳 심양성의 부두는 옛날에 시인 백거이가 〈비파행琵琶行〉이라는 유명한 시를 남긴 곳이라고 합니다. 그래서 지은 비파정琵琶亭도 있고, 또 배에서 비파를 연주하며 여행하는 사람들을 상대하는 여자도 있다고 합니다. 원하신다면 뱃전을 손으로 두드리며 '어이'하고 불러보십시오. 이내 배를 저어올 테니 말입니다."

고로는 사공의 말을 흘려들으며 어둠 속을 바라보고 있었다. 이윽고 비파 소리가 그치더니 나룻배가 지나갔던 갈대밭 사이로 배 한 척이 보였다. 대나무로 엮은 거적 속에서 희미한 불빛이 새어나오고 그 불빛 속에 귀고리를 한 여자의 하얀 얼굴이 보였다. 이금은 아니었지만 별빛 아래 물결치는 강물 위에서 이금과 고로의 마음은 분명 통하고 있었다.

'일본에 돌아가더라도……'

그는 생각했다. 비록 몸은 멀어지지만 지금의 이별이 영원한 것은 아니라고 생각했다. 꽃가루가 꽃에서 꽃가루로 날아가 앉을 때 지상에서 영원히 사라지지 않는 싹이 흙에서 태어날 것이며, 그 싹은 자연의 도움으로 꽃을 피우고 열매를 맺을 것이다. 또한 비와 바닷물처럼 이토록 마음이 닮은 두 나라의 문화 교류는 몇천 년 전부터 자연스럽게 이어져왔다.

가을밤, 고로는 동쪽을 향해 내려가는 배 위에서 그런 생각에 빠져 있었다. 그가 이 강을 거슬러 올라온 것도 그러한 자연의 힘이 작용했기 때문이다. 몇 세대 전의 선조인 이토 고로 다유伊藤五郎大夫는 도겐 선사道元禪師[8]를 모시고 중국으로 건너간 사람이었다. 임제종臨濟宗의 에이사이 선사榮西禪師[9], 구카이 선사空海禪師[10], 그리고 그보다 훨씬 이전에 젊

<hr>

8 일본 가마쿠라鎌倉 시대의 선승. 황실 귀족 출신으로 중국에서 선禪을 공부하고 일본으로 돌아와 '조동종曹洞宗'의 개조가 되었다.

9 일본 가마쿠라 시대의 선승으로 도겐 선사와 함께 선종을 열었고, 수복사壽福寺를 창건하는 등 활발한 선교 활동을 벌였다.

10 일본 헤이안 시대의 선승으로 불교 진언종眞言宗의 개조다. 홍법대사弘法大師가 법명인 그는 마음과 육체의 합일을 중시하고 현세의 이익을 강조했다.

은 나이에 당나라로 파견된 수많은 견당사遣唐使11들도 마찬가지였다. 중국에서도 진나라와 한나라 때, 수많은 사람이 일본으로 이주해왔고, 이제 그들은 일본의 민초가 되어 오늘날까지 하나의 혈통으로 살아오고 있었다.

---

11 일본 나라 시대와 헤이안 시대 초기에 당나라로 파견했던 사신을 일컫는 말로 그들의 주요 임무는 당 황제에게 외교 문서나 공물 등을 바치는 것이었다.

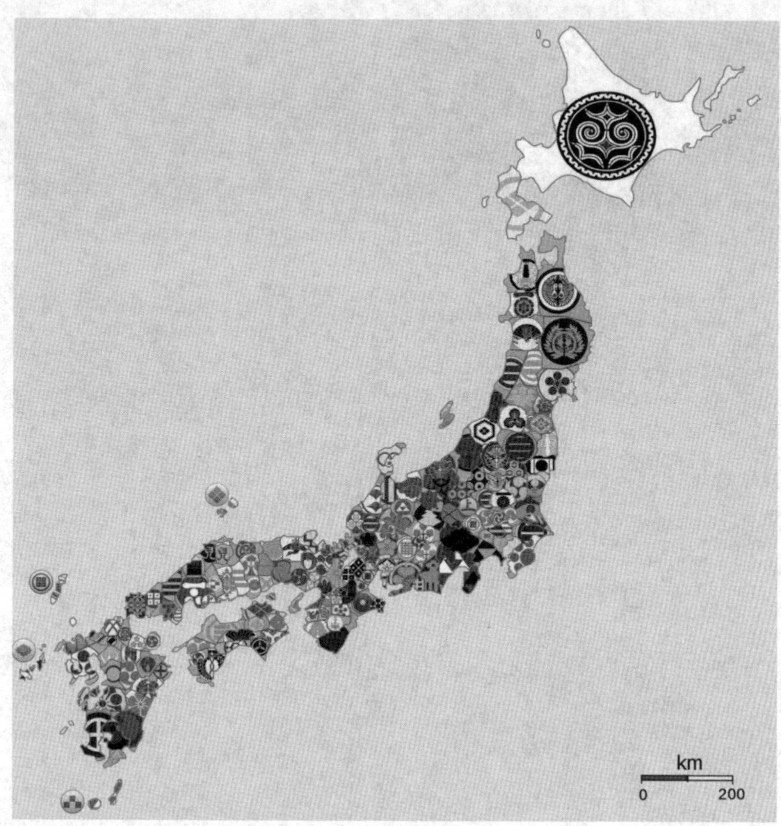

● 1570년 일본 전국시대 군벌 지도

●1467년 오닌의 난

일본 무로마치 시대의 대규모 내전으로 8대 쇼군인 아시카가 요시마사의 후계자 지명 문제와 더불어 유력 가문인 호소가와 가문과 야마나 가문 간의 갈등이 얽히면서 시작됐다. 교토를 중심으로 동군과 서군으로 나뉜 양측 세력은 1477년까지 무려 11년간 치열한 전투를 벌였다. 전쟁은 교토를 비롯한 일본 전역의 황폐화를 가져왔고, 무로마치 막부의 권력 약화와 함께 전국 다이묘들의 세력 확대로 이어졌다.

들의 아이

"내 벌이야!"

"내 거야."

"거짓말, 거짓말이야."

"내가 찾은 거야."

주변은 온통 새하얀 무꽃과 유채꽃이 숨 막힐 듯 빽빽이 피어 있었다. 그 속에서 일고여덟 명의 악동들이 엉덩이에 주머니가 달린 조선벌을 한 마리라도 발견하면 서로 앞다퉈 막대기를 휘두르며 먼저 잡으려 했다.

야에몬의 아들인 히요시日吉는 올해 일곱 살이었다. 어머니가 아이를 임신하고 충분히 음식을 먹지 못한 탓인지 아이는 오 년 절인 매실 장아찌 같은 얼굴을 하고 태어났다. 그러다 보니 일곱 살이 되어도 또래 아이들처럼 자라지 못해 몸집이 작고 얼굴에 잔주름도 있었다. 하지만 못된 장난기와 난폭함은 이곳 나카무라고中村鄉의 아이들 중에서 단연 최고였다.

"제길!"

벌을 두고 다투면서 히요시가 고함을 쳤다. 몸집이 큰 아이가 밀치

자 히요시는 넘어지고 말았는데, 또 다른 아이가 히요시를 밟고 지나
갔던 것이다. 히요시는 그 아이의 발에 딴죽을 걸었다.

"벌을 잡은 사람이 임자야."

히요시는 그렇게 외치고 재빨리 앞쪽을 향해 내달리다 풀쩍 뛰어올
라 손으로 벌을 잡았다.

"이야, 내 거다!"

히요시는 벌을 쥐고 열 걸음 정도 앞으로 달려간 뒤 벌의 머리와 날
개를 떼어내더니 이내 입안에 넣어버렸다. 벌의 배는 달콤한 꿀주머니
였다. 설탕 맛을 모르는 소년은 세상에 이렇게 맛있는 것이 있을까 싶
어하며 맛을 음미했다.

"아아, 달다."

히요시는 눈을 가늘게 뜨고 꿀이 목구멍을 타고 넘어간 뒤에도 몇
번이나 입맛을 다셨다. 다른 아이들은 침을 삼키며 부러운 듯 히요시
의 표정을 바라보았다. 벌은 얼마든지 날아다니고 있었지만 그중 조선
벌은 많지 않았다. 안타까움이 복받쳐 올랐는지 몸집이 큰 아이가 외
쳤다.

"원숭이!"

'니오우仁王'라는 별명을 가진 소년이었다.

"원숭아."

"원숭이, 원숭이, 원숭이다."

키가 가장 작은 오후쿠於福까지 외쳤다. 오후쿠는 아홉 살이지만 일
곱 살인 히요시와 키가 비슷했다. 하지만 피부가 하얗고 이목구비가
뚜렷했다. 게다가 오후쿠의 집은 마을에서 부잣집에 속하는 편이라 아
이들 중 오후쿠만 고소데小袖12를 입고 있었다. 그의 진짜 이름은 후쿠

---

12 오소데大袖라는 소맷부리가 넓은 옛날 예복 밑에 입는 통소매의 속옷을 가리킨다.

타로福太郎, 또는 후쿠마쓰福松였는데, 남자 이름 앞에 오於 자를 붙여 부르는 것은 양갓집의 풍습이었다.

"뭐라고!"

히요시는 다른 사람이 자신을 원숭이라고 불러도 화를 내지 않았지만 오후쿠가 놀리자 노려보았다.

"늘 내가 감싸주는 거 잊어버렸어? 얼굴도 희멀건 가지 같은 놈이!"

히요시가 화를 내자 오후쿠는 주눅 든 얼굴로 손톱을 깨물었다. 자기 얼굴에 대한 험담보다 은혜도 모른다는 말을 들은 것이 더 부끄럽게 여겨지는 듯했다. 다른 아이들은 딴 곳을 바라보고 있었다. 그들은 조선벌 대신에 밭 저편에서 일어나는 한 줄기 누런 먼지에 눈길을 멈추고 있었다.

"아, 군대다."

"무사들이 지나간다."

"전쟁에서 돌아왔다."

아이들은 양손을 흔들며 와하고 환호했다. 영주인 오다 노부히데織田信秀[13]와 인접국의 이마가와 요시모토今川義元[14]는 공존할 수 없는 세력이었다. 국경 방면에서는 끊임없이 작은 싸움이 일어났는데, 어떤 해에는 이마가와 가문의 정예병이 몰래 들어와 민가에 불을 지르거나 논의 벼를 자르거나 밭을 쑥대밭으로 만들고 사라졌다. 그러면 나고야那古屋 성이나 기요스淸洲 성에서 몰려온 영주의 병사들이 눈앞에서 적을 베어 무찔렀고, 곳곳의 요새나 검문소의 병사들도 힘을 합쳐 그들을 섬멸했다. 그런 해의 겨울에는 음식과 집이 없어 사람들이 고생을 해

---

13 오다 노부나가織田信長의 아버지로 오와리노쿠니尾張國의 슈고다이守護代의 가신이었다. 맹장으로 이름을 떨쳤으나 말년에 적대 가문과의 대립과 국내 적들로 인해 고립을 면치 못했다.

14 일본 전국戰國 시대 스루가노쿠니駿河國 이마가와今川 가문의 제9대 당주로, 가문을 센고쿠 다이묘戰國大名 반열에 올려놓은 인물이다. 1560년 오와리 침공을 감행하지만 오히려 오다 노부나가의 기습을 받아 죽음을 맞이한다.

야 했지만 어느 누구도 영주를 원망하지 않았다. 굶으면 굶는 대로 추우면 추운 대로 '언젠가 꼭 복수를 하겠다'며 오히려 이마가와 가문을 향한 적개심이 불타올랐다.

이 주변의 아이들은 태어날 때부터 그것을 보고 들으며 자랐다. 그래서 영주의 군사를 마치 자신의 분신처럼 생각했다. 아이들은 태어날 때부터 병사와 군마를 보면 다른 무엇을 본 것보다 흥분하도록 핏속까지 길들여져 있었다.

"가보자."

누군가 말하자 모두 와하고 한꺼번에 내달렸다. 하지만 오후쿠와 히요시만은 뒤에 남아 서로를 노려보았다. 기가 약한 오후쿠는 다른 아이들과 함께 달려가고 싶었지만 히요시의 눈에 사로잡혀 어쩔 줄 몰라 했다.

"미안……."

오후쿠는 조심조심 히요시 옆으로 다가와서 그의 어깨에 손을 얹었다.

"미안, ……미안해."

히요시는 울음을 터뜨릴 것 같은 오후쿠의 눈을 보고 이내 어깨를 으쓱하며 말했다.

"쟤네들과 똑같이 나를 놀리니까 그런 거야."

그러고는 여전히 화가 풀리지 않은 것처럼 말했다.

"모두 너를 당인唐人의 자식이라고 놀리지만 내가 그렇게 놀린 적이 있어?"

"아니……요."

"당인의 자식이라도 친구가 되면 우리나라 사람이다, 그렇게 말했지?"

"응."

"정말이야, 오후쿠."

"응……."

오후쿠는 눈을 비볐다. 진흙이 눈물에 녹아 눈가에 얼룩이 생겼다.

"바보. 그렇게 우니까 당나라 사람 자식이라는 말을 듣는 거야. 무사를 보러 가자. 빨리 가지 않으면 가버릴 거야."

히요시가 오후쿠를 잡아끌며 달리기 시작했다. 저편의 누런 먼지 속 군마와 깃발이 어느새 가까이 보였다. 스무 명 정도의 무사와 이백 명쯤 되는 보병이었다. 창과 활을 든 병사와 짐을 실은 부대가 앞뒤로 뒤죽박죽되어 아쓰다熱田 가도에서 이나바지稻葉地 들판을 가로질러 쇼나이庄內 강의 제방 위를 향해 한 명씩 오르는 중이었다.

"와!"

밭에서 뛰어온 아이들은 군마를 앞질러 제방 위로 뛰어 올라갔다. 히요시와 오후쿠, 니오우와 다른 코흘리개들은 들장미와 제비꽃과 같은 들꽃 등을 뽑아 양손에 쥔 채 눈을 반짝였다. 그러고는 눈앞으로 늠름한 무장과 병사가 지나갈 때마다 "하치만八幡[15], 하치만", "승전", "화무자華武者를 축하하자"라고 환호하며 손에 든 꽃을 던졌다.

영내의 아이들은 마을이나 거리에서도 군사를 보면 이처럼 연호하며 축복했다. 하지만 말 위의 장수와 다리를 끌고 걷는 군사들은 모두 가면처럼 굳은 얼굴을 하고 다가오지 말라는 듯 그들의 환호에 웃음을 보이지 않았다. 특히 지금 지나가는 부대는 미카와三河 방면에서 철수한 군대의 일부인 듯했는데, 계속되는 싸움에 지쳤는지 말과 사람 모두 피곤에 찌들어 있었다. 창칼에 찔려 배 밖으로 튀어나온 창자가 흔들리는 말도 있었고, 병사 중에는 온몸이 피투성이가 되어 동료의 어

______

15 하치만진八幡神의 준말로 무신武神으로 추앙받는 신이다. '야하타노카미八暢神'라고도 한다.

깨에 매달려 간신히 걸어가는 사람도 있었다. 창대와 갑주에 말라붙은 피가 옻처럼 검게 빛나고 있었고, 병사들의 얼굴은 땀과 먼지투성이로 그저 눈만 번뜩였다.

"말에게 물을 먹여라."

선두에서 말을 타고 가는 무장이 강가에 내려서며 말하자 주위를 둘러싸고 있던 기마 무사가 즉시 큰 소리로 그 말을 부대에 전하고 명령을 내렸다.

"휴식."

기마 무사들이 저마다 말에서 내렸고 보병들은 발길을 멈추고 풀숲 위에 주저앉았다. 강 건너 저편으로 기요스 성이 작게 보였다. 군대 속에는 이곳 오와리 네 군郡의 영주인 오다 노부히데의 동생인 오다 요사부로織田与三郎가 있었다. 의자에 앉은 요사부로는 대여섯 명의 직속 부대장들에게 둘러싸여 묵묵히 하늘을 바라보았다.

"……"

직속 부하들도 모두 입을 굳게 다물고 있었다. 다리와 팔목의 상처를 다시 동여매는 자도 있었다. 그들의 안색을 봤을 때 싸움에서 아군이 대패한 것이 틀림없었다. 하지만 그것을 헤아릴 수 없는 아이들은 병사들의 피를 보면 마치 자신이 피를 흘린 것처럼 흥분했고 창이나 칼을 보면 적을 섬멸하고 온 것으로 믿었다.

"하치만, 하치만."

"화무자, 화무자."

아이들은 물을 먹는 말에게도 꽃을 던지며 소리를 질렀다. 그러자 말 옆에 있던 한 무사가 히요시를 발견하고 손짓하며 물었다.

"야에몬의 아들이구나. 어머님은 여전하시냐?"

"네? 저요?"

히요시는 그에게로 걸어갔다. 검은 콧구멍을 위로 들고 그 사람을 똑바로 쳐다보았다.

"그래……."

그는 히요시의 땀에 전 머리에 손을 얹고 고개를 크게 끄덕였다. 스무 살 정도로 보이는 젊은 무사였다. '이 사람도 싸우고 온 군사 중 한 사람이구나' 하고 생각하자 히요시는 자신의 머리 위에 있는 철갑 토시를 찬 무거운 손길마저도 영광스럽게 여겨졌다.

'봐라, 우리 집은 이런 무사와 아는 사이다!'

히요시는 나란히 서서 이쪽을 바라보고 있는 다른 친구들을 향해 자긍심에 찬 표정을 지어 보였다.

"야에몬의 아들, 너는 히요시라고 했지?"

"예."

"좋은 이름이군, 아주 좋은 이름이야."

젊은 무사는 히요시의 머리를 쓰다듬은 손을 가죽 호구의 허리띠에 갖다댔다. 그러고는 몸을 조금 젖혀 히요시의 얼굴을 바라보더니 이내 웃어 보였다.

히요시는 천성적으로 어른이나 여자에게 붙임성이 있었다. 그러다 보니 알지도 못하는 아저씨가, 그것도 멀리서 보기만 한 무사가 자신의 머리에 손을 얹자 어느새 의기양양해져 평소처럼 떠들어댔다.

"그런데 아저씨, 아무도 나를 히요시라고 부르지 않아요. 그렇게 부르는 건 부모님뿐이에요."

"그야, 닮았으니까 말이다."

"원숭이 말이죠?"

"너도 알고 있는 것이 좋다."

"뭐, 모두 그렇게 말하는걸요."

“하하하.”

전쟁터에서 온 무사는 목소리뿐만 아니라 웃음소리까지 컸다. 옆에 있던 무사들도 같이 웃었다. 그동안 히요시는 무료한 얼굴로 품속에서 수수 줄기 같은 것을 꺼내 아작아작 베어먹었다. 풋내가 나는 줄기의 즙에서 달콤한 맛이 났다.

“퉤퉤.”

히요시는 실컷 씹은 수수 찌꺼기를 근처에 뱉었다.

“몇 살이냐?”

“제 나이요?”

“응.”

“일곱 살이요.”

“벌써 그렇게 됐구나.”

“아저씨, 누구세요?”

“네 어머니와 친한 사람이다.”

“예?”

“네 이모가 자주 내 집에 놀러온단다. 돌아가면 어머님께 안부를 전해다오. 야부야마藪山의 가토 단조加藤彈正가 그렇게 말했다고 말이다.”

휴식을 취한 병마는 이미 대열을 정돈하고 쇼나이 강의 얕은 곳을 막 건너기 시작했다. 단조는 뒤를 돌아보더니 서둘러 말 위에 올라탔다. 그의 몸에 찬 칼과 갑주가 부르르 떨듯 덜컥거리며 울렸다.

“야에몬 님께도 싸움이 끝나면 놀러가겠다고 전해다오.”

대열에서 뒤처진 단조는 그렇게 말하고는 말을 재촉해서 강으로 들어갔다. 말이 하얀 포말을 일으키며 달려가자 히요시는 달콤한 수수 줄기를 입에 넣은 채 황홀한 듯 넋을 잃고 바라보았다.

가족

히요시의 어머니는 헛간에 들어갈 때마다 마음이 어두웠다. 절임이나 곡류, 땔감과 같이 저장해놓은 것을 꺼내러오는 것이었지만 자주 양식들이 바닥을 드러내 가슴이 먹먹해지곤 했다.

'앞으로 어떻게 살아가야 할지……'

자식은 일곱 살인 히요시와 열 살인 딸, 둘뿐이었지만 아직 일을 할 나이가 아니었고 남편인 기노시타 야에몬木下弥右衛門은 한여름에도 화롯가에 앉은 채 주전자 밑만 바라보는 일밖에 할 수 없는 불구였다.

'저런 물건은 그냥 땔감으로 태워버리면 속이 후련할 텐데.'

헛간 벽에는 시커먼 떡갈나무 창과 전립, 낡은 갑주가 걸려 있었다. 이전에 남편이 전쟁에 나갈 때마다 몸에 걸친 것이었지만 지금은 시커멓게 변해 불구인 남편처럼 헛간 구석에 파묻혀 있었다. 그녀는 그것을 볼 때마다 불길한 마음에 사로잡혔다. 그리고 전쟁에 대한 두려움이 밀려왔다.

'남편이 뭐라고 해도 히요시는 무사로 만들지 않을 테다.'

오나카는 야에몬에게 시집갈 무렵에는 무사를 남편으로 선택하고 싶어했다. 오나카가 태어난 고키소御器所의 집도 작지만 무가였고 야에몬도 오다 노부히데 가문의 하급 무사였다. 그리고 지금은 헛간에 처박혀 있는 갑주는 두 사람이 부부가 되면서 '장차 천 석의 녹'을 받겠다는 희망으로 무리해서 장만한 것이며, 두 사람에게 애잔한 추억이 담긴 물건이었다.

하지만 그런 젊은 날의 꿈은 지금의 현실 앞에서 아무런 가치도 없이 오히려 가슴을 짓누를 뿐이었다. 남편은 변변한 공도 세우지 못한 채 전쟁터에서 일어설 수도 없는 불구가 되어버렸다. 그는 신분이 낮은 하급 병졸이었기 때문에 봉공에서 물러난 뒤 반년쯤 지나 생활이 어려워지자 농사를 지었지만 지금은 그 농사조차도 지을 수 없었다. 그러다 보니 여자 혼자서, 게다가 아이 둘을 업고 뽕잎을 따고 밭을 일구고 보리를 밟으며 수년간 빈곤과 싸워야 했다. 그녀는 '장차 어떻게 살아야 할까?'라는 생각만 하면 가는 팔과 인내로 얼마나 버틸 수 있을지 막막하기만 했다. 그리고 이내 그녀의 마음은 헛간의 어둠처럼 무거워졌다.

그녀는 저녁 양식으로는 턱없이 부족한 조와 무말랭이를 자루에 담아 헛간에서 나왔다. 아직 서른이 안 되었지만 히요시를 낳은 뒤 산후 조리를 제대로 하지 못한 탓인지 그녀의 안색은 늘 푸르스름한 복숭아 같았다.

"엄마."

히요시의 목소리였다.

"엄마아……."

집 뒤편에서 히요시가 엄마를 찾고 있었다. 순간 오나카는 씽긋 웃어 보였다.

'그래! 내게도 한 줄기 빛은 있다. 히요시를 키우는 일이다. 어서 빨리 자라서 불쌍한 불구의 아버지에게 하루 한 잔의 술이라도 올릴 수 있는 착하고 훌륭한 아들로 키우는 것이다.'

그녀는 마음이 밝아져 큰 소리로 대답했다.

"히요시, 여기다. 엄마, 여기 있다."

그녀의 목소리를 듣고 히요시가 뛰어와 자루를 안은 그녀의 어깨에 매달렸다.

"엄마, 오늘 엄마를 알고 있는 사람을 만났어. 강가에서."

"누구 말이니?"

"무사야. 야부야마의 가토라고 하면 엄마도 안다고 했어. 아, 그리고 잘 지내는지 내 머리를 쓰다듬으며 물어봤어."

"아, 단조 님이구나."

"전쟁에서 돌아온 무사들 속에 있었는데 좋은 말을 타고 있었어. 그 아저씨 누구야?"

"광명사光明寺의 야부야마에 살고 있는 단조 님이야."

"단조 님?"

"고키소에 있는 이모의 약혼자야."

"약혼자가 뭐야?"

"참 끈질기구나."

"뭔지 모르니까."

"머잖아 부부가 될 사람을 말하는 거야."

"뭐야, 그럼 이모의 신랑이라는 거야?"

히요시는 무슨 생각을 했는지 쿡쿡 웃어댔다. 그녀는 히요시의 하얀 이를 보고는 자신의 아들이지만 조숙하다 싶어 살며시 눈을 흘겼다.

"엄마, 헛간 안에 요 정도 되는 칼 있지?"

"있는데 뭘 하려고?"

"빌려줘. 어차피 그런 낡은 칼은 이제 아버지도 쓰지 않잖아."

"전쟁놀이 하려고?"

"……그냥."

"안 돼."

"왜?"

"평민의 자식이 칼을 가지고 놀면 큰일 나."

"난 무사가 될 거야."

히요시가 떼를 쓰며 발을 동동 구르다 입을 꾹 다물었다. 한동안 아들을 노려보던 그녀의 눈가에 눈물이 가득 고였다.

"바보 녀석!"

그녀는 갑자기 그렇게 말하더니 급히 눈물을 닦고 한 손으로 히요시의 손을 잡으며 말했다.

"어서 물도 좀 긷고 누나도 도와줘."

그러고는 토방 입구 쪽으로 걸어갔다.

"싫어, 싫어."

히요시는 손을 잡아 빼면서 소리쳤다. 히요시가 발뒤꿈치로 버텼지만 그녀는 자신이 의도하는 곳으로 히요시를 끌고 갔다.

"싫어, 싫다고. 엄마 미워!"

그러자 대나무 창 안에서 노인의 기침 소리가 연기와 함께 흘러나왔다. 아버지의 인기척을 듣자 히요시는 목을 움츠리며 입을 다물었다. 아버지 야에몬은 아직 사십 대였지만 오랫동안 병자처럼 지냈기 때문에 오십이 넘은 사람처럼 기침 소리까지 쉬어 있었다.

"엄마를 곤란하게 하면 일러줄 테다."

그녀는 손에서 살짝 힘을 빼면서 말했다. 히요시는 풀려난 손으로 눈을 부비며 훌쩍훌쩍 울기 시작했다.

'이 아이를 어떻게 해야 하나.'

그녀는 히요시를 안타깝게 바라보다 어느새 울고 있었다.

"오나카奈加, 대체 뭐 때문에 또 히요시와 아웅다웅하는 거야. 한심하군, 자식과 싸우다 우는 부모가 어디 있어."

지붕 안쪽으로 보이는 어두운 창 안에서 병자 특유의 새된 목소리가 들려왔다.

"여보, 이 고집쟁이 좀 혼내줘요."

남편에게 한 소리 듣자 그녀는 창 너머로 히요시의 잘못을 이르기라도 하듯 단숨에 쏟아냈다. 그러자 집 안에 있던 야에몬이 껄껄 웃으며 말했다.

"난 또 뭐라고. 헛간에 넣어둔 내 칼을 히요시가 꺼내려 한다고?"

"그래요."

"전쟁놀이라도 하려나 보군."

"그게 잘못됐다고요."

"사내아이야. 야에몬의 아들이라고. 그게 왜 잘못이야. 꺼내줘."

"……."

그녀는 어이없다는 얼굴로 창문을 바라보다 원망스러운 듯 입술을 깨물며 눈물을 그렁거렸다.

'거봐!'

히요시는 자신이 이겼다는 듯 의기양양했다. 하지만 그것은 극히 짧은 순간에 지나지 않았다. 어머니의 푸르스름한 볼을 타고 흐르는 눈물을 보자 그의 득의양양함은 곧 사라지고 말았다.

"엄마, 울지 마. 난 이제 칼 필요 없어. 누나 대신 물 길어올게."

몸이 날랜 히요시가 냉큼 토방 입구 쪽으로 달려갔다. 토방은 넓었다. 한쪽은 화로가 있는 방의 앞 귀틀이었고 다른 한쪽은 부엌이었다. 열 살쯤 되는 여자아이가 고양이 등을 하고 부뚜막 앞에서 바람을 불어넣고 있었다.

“누나, 물 길어줄까?”

히요시가 달려오자 오쓰미는 깜짝 놀라 눈을 들더니 이내 무슨 짓을 할지 두렵다는 듯 고개를 저었다.

“괜찮아, 됐어.”

히요시는 물독 뚜껑을 열어보더니 말했다.

“이런, 물이 가득 찼네. 된장 갈아다 줄까?”

“아니, 방해만 되니까 갈지 않아도 돼.”

“방해가 된다고? 난 일하고 싶어. 일하게 해줘. 절임 꺼내 올까?”

“방금 엄마가 꺼내러 갔어.”

“그럼 뭘 할까?”

“넌 그냥 얌전히 있는 게 도와주는 거야.”

“이렇게 얌전히 있잖아. 뭐야, 아직 아궁이에 불을 지피지도 않았네. 내가 지필 테니 비켜.”

“됐다니까!”

“비키라니까.”

“어머, 그렇게 하니까 꺼졌잖아.”

“거짓말, 자기가 꺼뜨렸으면서.”

“거짓말, 네가…….”

“시끄러.”

히요시는 땔감에 불이 붙지 않자 심술이 났는지 밖으로 나갈 때 오쓰미의 볼을 한 대 찰싹 때렸다. 오쓰미가 큰 소리로 울면서 안쪽에 대고 일렀다. 야에몬이 있는 화로 방과 가까운 터라 이내 그의 목소리가 히요시의 귓전을 파고들었다.

“이놈, 누나를 때리다니! 사내가 여자를 때리면 못써. 히요시, 이리 오너라! 어서 이리 와.”

히요시는 벽 구석에 앉아 침을 꼴깍 삼켰다. 그리고 고자질한 오쓰미를 노려보았다. 나중에 들어온 오나카는 또다시 어이없다는 얼굴로 토방 입구에 서 있었다. 아버지는 무서웠다. 세상에서 가장 무서운 사람이 아버지였다. 히요시는 공손하게 야에몬의 얼굴을 바라보았다.

"무슨 일이세요?"

야에몬은 화로 앞에 앉아 마 상자에 팔꿈치를 괴고 있었다. 뒤편 벽에는 짚고 일어서는 지팡이가 세워져 있었다. 화장실을 갈 때도 그 지팡이를 짚지 않으면 걸을 수 없었다. 그리고 그는 마 상자를 늘 곁에 두었다. 불구의 몸이지만 얼마간 살림을 돕기 위해 마음이 동할 때마다 모시를 뽑아 넣었다.

"히요시."

"예."

"엄마 속을 썩이면 안 된다."

"예에."

"누나를 괴롭히는 것도 좋지 않아. 사내가 여자에게 무슨 짓이냐?"

"전, 아무 짓도……."

"시끄럽다."

"……."

"내게도 귀가 있다. 네가 어디서 무엇을 하는지 정도는 앉아서도 알고 있다."

히요시는 아버지의 말이 두려웠지만 야에몬은 그런 히요시마저도 무척 사랑스러웠다. 전쟁터에서 절름발이가 된 다리와 손을 전처럼 되돌릴 수는 없지만 자신의 피는 히요시를 통해 백 년 뒤에도 살 수 있다고 믿기 때문이었다.

하지만 야에몬은 히요시를 보고 있으면 한편으로는 비참한 마음이 들었다. 아이의 장단점을 부모가 가장 잘 안다고는 하지만 아무리 좋은 눈으로 보아도 이 괴상한 얼굴을 한 코흘리개 개구쟁이가 부모보다 훌륭한 사람이 되어 부모의 한을 풀어줄 것 같지는 않았기 때문이다. 그렇지만 야에몬은 '히요시는 하나의 씨앗이다'라고 생각하며 히요시에게 커다란 기대를 걸고 있었다.

"히요시, 헛간에 있는 칼이 갖고 싶으냐?"

"으응……."

히요시는 고개를 저었다.

"갖고 싶지 않으냐?"

"갖고 싶기는 하지만……."

"왜 정직하게 말하지 못하느냐?"

"그건, 엄마가 안 된다고 해서."

"여자는 칼을 싫어하지. 그래 좋다, 칼을 가져라."

야에몬은 앉은 채로 빙글 뒤로 돌더니 벽에 세워두었던 지팡이를 짚고 일어나 다리를 절면서 안으로 들어갔다.

야에몬의 집은 오나카의 친척이 살던 집이라 가난한 평민에게 어울리지 않게 방이 많았다. 야에몬 쪽으로는 친척이 거의 없었지만 오나카 쪽으로는 그럭저럭 사는 집이 몇 집 있었다.

'뭘 하러 가신 걸까?'

히요시는 아버지가 혼을 내지 않는 것이 오히려 께름칙했다.

이윽고 야에몬이 칼 한 자루를 들고 돌아왔다. 그것은 헛간 구석에서 녹이 쓴 칼과는 달리 칼집까지 있었다.

"히요시, 이건 네 것이다. 원한다면 언제든 가져라."

"예? 제 것이라고요?"

"하나, 너는 아직 이 칼을 찰 수 없단다. 차더라도 사람들이 웃을 것이야. 이 칼을 차고 다녀도 사람들이 웃지 않도록 빨리 자라거라. 알았느냐? 빨리 그렇게 되어야 해.”

“…….”

“이 칼은 할아버지의 것이야.”

야에몬은 눈을 감고 천천히 이어 말했다.

“할아버지는 비록 평민이셨지만 군사를 일으키려 하실 때, 이 칼을 대장장이에게 만들도록 하셨지. 그리고 그 무렵까지 있었던 기노시타 가문의 족보가 하루아침에 불타 없어졌어. 네 할아버지가 거사를 일으키시기 전에 영주에게 발각되어 죽임을 당하셨던 것이지.”

“…….”

“내가 어렸을 때에는 그와 같은 사람이 많았단다. 난세에는 흔한 일이었지.”

어느새 옆방에 등잔불이 켜져 있었다. 방은 화로 불빛으로 밝았다. 히요시는 붉은 불꽃을 바라보면서 아버지의 말에 귀를 기울였다. 야에몬은 히요시가 이해를 하든 못 하든 상관없었다. 어차피 아내나 딸인 오쓰미에게는 그러한 사실을 털어놓을 수 없었던 것이다.

“기노시타 가문의 족보가 있으면 네가 이해할 수 있도록 이야기해줄 수 있겠지만 이미 족보는 불타 없어지고 말았다. 하지만 살아 있는 족보가 네게도 이어지고 있어. 바로 이것이지.”

야에몬은 손목의 푸른 혈관을 어루만지며 말했다. 그 뜻은 ‘피’를 가리키는 것이었다.

히요시가 머리를 끄덕이고는 자신의 손목을 쥐었다. 그러면서 자신의 몸에도 푸른 혈관이 있다는 것을 똑똑히 깨달았다. 그것만큼 분명하게 살아 있는 족보는 없었다.

“할아버지 위로 어떤 분들이 선조인지 알 수는 없지만 옛 선조들 중에는 틀림없이 위대한 분들이 있었을 거야. 아마 무사도 있고 학자도 있었을 거야. 그런 분들의 피가 흐르고 흘러 나를 통해 네게 전해진 것이란다."

"예……."

히요시는 다시 고개를 끄덕였다.

"하나, 나는 위대하지 못하구나. 더군다나 이처럼 불구의 몸이 돼버렸지. 그러니 히요시, 너는 위대해져야 한다."

"아버지."

히요시는 동그란 눈을 들었다.

"위대해지라고 하셨는데, 어떤 사람이 되어야 위대한 건가요?"

"그야, 예를 들면 끝이 없지만…… 하다못해 네가 무사가 되어 할아버지의 유품을 차고 다닐 수 있다면, 나는 죽어도 여한이 없을 것이다."

"……."

히요시는 당황한 듯 입을 닫고 말았다. 자신이 없는 얼굴이었다. 아버지의 눈을 피하며 주위를 두리번거렸다. 야에몬은 '일곱 살 아이니 무리지'라고 생각하면서도 히요시의 자신 없는 행동을 보자 속으로 한숨을 내쉬었다.

밥상을 차린 히요시의 어머니는 구석에서 아무 말 없이 남편의 이야기가 끝나기만을 기다렸다. 그녀의 생각은 야에몬의 생각과는 반대였다. 그녀는 '무사가 되어라, 위대해져라' 하고 아들을 격려하는 남편이 원망스러웠다.

'히요시에게 무리한 일만…… 히요시, 아버지는 한이 많아서 그렇게 말하지만 너까지 아버지의 전철을 밟아서는 안 돼. 바보라도 그에 어울릴 만큼 성실하게 일해 논 한 마지기라도 갖는 농부가 되어야 해.'

그녀는 마음속으로 아이의 앞날을 간절히 빌었다.

"자, 저녁을 먹도록 하자. 히요시와 오쓰미, 이리 오너라."

그녀는 야에몬을 중심으로 화로 주위에 둘러앉은 아이들에게 젓가락과 밥공기를 나누어주었다.

"밥 먹을 때가 됐군."

야에몬은 초라한 피죽 냄비를 볼 때마다 얼굴이 어두워졌다. 아내나 아이들을 충분히 먹이지 못한다는 죄책감 때문에 남모르게 괴로워하는 듯했다. 하지만 피죽 한 그릇을 앞에 두고 볼과 코까지 빨개져 맛있게 먹는 히요시나 오쓰미는 가난하다고 생각하지 않았다. 그 이상의 부귀영화를 알지 못했기 때문이다.

"신카와新川의 다완茶碗[16] 집 주인에게 된장도 받았고 말린 푸성귀와 밤을 삶아 말린 것도 헛간에 넣어두었으니 오쓰미와 히요시도 많이 먹어라."

오나카는 그렇게 말하면서 불구의 남편이 살림을 걱정하지 않도록 신경을 썼다. 그녀는 두 아이가 배불리 먹고 남편도 다 먹은 뒤가 아니면 젓가락을 들지 않았다. 그리고 다른 집들이 모두 그러하듯, 저녁을 먹으면 얼마 뒤에 잠자리에 들었다.

나카무라 촌은 밤에 칠흑 같은 어둠이 내렸다. 어두운 밤이 되면 들과 길에서 사람의 발소리가 끊임없이 들려왔다. 가까운 나라에서 전투가 벌어질 때면 더욱 그러했다. 노부시野武士[17] 무리부터 군마, 도망자, 밀사까지 밤을 틈타 움직였다.

"으으응, 으으응."

히요시는 꿈속에서 어두운 밤의 발소리가 들리는지, 천하의 동란이

---

16 차를 마실 때 사용하는 사발을 일컫는 말로, 조선 시대 때 일본으로 유출된 '이도다완井戸茶碗'을 국보로 지정할 만큼 일본 내에서 다완을 중히 여겼다.
17 산과 들에 숨어 살면서 패잔병 등의 무기를 빼앗거나 도적질을 하는 무사와 토착민의 무리를 일컫는다.

위협하는지 자주 가위에 눌렸다. 어떤 날은 옆에서 자던 오쓰미를 발로 걷어차는 바람에 깜짝 놀란 오쓰미가 울음을 터뜨리고, ‘하치만, 하치만’ 하고 고함을 치더니 느닷없이 자리에서 벌떡 일어나기도 했다. 그런 날에는 아무리 달래도 여전히 꿈에 취해 좀처럼 흥분을 가라앉히지 못했다.

“경기 때문이니 목덜미에 뜸을 떠주게.”

야에몬이 말하자 아내 오나카가 말했다.

“뜸을 얼마나 떴는지 몰라요. 저런 아이에게 당신이 칼을 보여주면서 조상님 이야기를 들려주니까 그런 거예요.”

그렇게 지내는 동안 히요시의 집에도 커다란 변화가 찾아왔다. 이듬해인 덴분 12년 1월 2일, 야에몬이 병으로 죽고 말았다. 히요시는 인간의 죽음을 아버지를 통해 처음 보았다. 하지만 눈물은 나오지 않았다. 오히려 장례식 중에도 뛰어다니면서 놀았다.

다음 해 야에몬의 1주기가 지난 9월 무렵이었다. 히요시가 아홉 살이 되던 해 가을, 많은 사람이 집에 다시 모여들었다. 떡을 치고 경사가 났다며 노래를 부르고 밤을 새웠다. 친척 중 한 명이 히요시에게 말했다.

“히요시, 저분이 새아버지가 될 사람이야. 야에몬 님과 이전부터 친구인데 똑같이 오다織田 가문에서 잡무를 맡고 있는 지쿠아미築阿弥 님이시지. 알았지? 앞으로 새아버지에게도 효도해야 한다.”

히요시는 떡을 먹으면서 안쪽을 엿보러 갔다. 여느 때와 달리 어머니가 예쁘게 화장을 하고 잘 모르는 아저씨와 나란히 서서 고개를 숙이고 있었다. 그 모습을 본 히요시가 기뻐하며 소리쳤다.

“하치만, 하치만, 꽃을 던져라.”

이날 밤, 히요시는 그 누구보다 신바람이 났다.

대향로 大香爐

다시 여름이 돌아왔다. 옥수수의 키가 훌쩍 자랐다. 히요시와 악동들은 매일 쇼나이 강에서 헤엄을 치거나 논에서 송장개구리를 잡아먹으며 알몸으로 보냈다.

송장개구리는 조선벌의 엉덩이에 달린 꿀주머니와는 비교가 되지 않을 만큼 맛있었다. 감병疳病[18]의 약이라는 어머니의 말을 들은 뒤부터 맛을 들인 음식이었다. 그런데 히요시가 한창 놀이에 열을 올리고 있으면 이내 '원숭이'라고 부르며 찾으러 오는 사람이 있었다. 그는 바로 의붓아버지인 지쿠아미였다.

야에몬이 죽은 뒤에 집에 들어온 지쿠아미는 그저 일만 하는 사람이었다. 일 년이 지나기도 전에 살림이 꽤 불어 배를 곯는 날도 없어졌다. 그 대신 히요시도 집에 있으면 아침부터 밤까지 일을 도와야 했다. 조금이라도 게으름을 피우거나 장난이라도 치려고 하면 그의 커다란 손이 바로 히요시의 얼굴로 날아왔다. 히요시는 의붓아버지가 너무나 싫었다. 일보다 의붓아버지의 눈에서 잠시라도 도망치고 싶었다.

---

18 어린아이가 걸리는 병 중 하나로 수유나 음식 조절을 잘못하여 생긴다. 감병에 걸리면 얼굴이 누렇게 뜨고 몸이 여위며 배가 불러 끓고, 영양장애나 소화불량 따위의 증상이 나타난다.

지쿠아미는 매일 낮잠을 잤는데 히요시는 이때다 하고 그 틈을 노려 빠져나왔지만 어느새 지쿠아미가 밭이나 제방으로 히요시를 찾으러왔다.

"원숭이! 우리 집 원숭이 놈은 어디에 있느냐."

히요시는 다 집어던지고 옥수수밭 속으로 뛰어들었다. 찾다 못한 지쿠아미가 느릿느릿 돌아가면 히요시는 뛰어나와 쾌재를 불렀다. 저녁때 집에 돌아가면 밥도 먹지 못하고 벌을 받는다는 생각 따위는 잠시 잊었다. 그러면 다시 놀이에 열중할 수 있었는데, 그날은 여느 때와 달랐다.

"이놈!"

지쿠아미는 무서운 눈으로 옥수수밭을 뒤지며 히요시를 찾아다녔다. 히요시는 큰일 났다 싶어 얼른 제방을 넘어 강가 쪽으로 숨었다. 그런데 오후쿠가 혼자 제방에 서서 보고 있었던 것이다. 여름인데도 그는 옷을 갖춰 입은 채 서서 수영도 하지 않고 송장개구리도 먹지 않고 있었다. 오후쿠를 발견한 지쿠아미가 물었다.

"아, 다완집 자제분이군요. 우리 집 원숭이가 어디에 숨었을까요?"

"몰라."

오후쿠는 몇 번이고 머리를 가로저었다.

"거짓말을 하면 제가 맥에 갔을 때 나리께 이를 겁니다."

지쿠아미가 겁을 주자 소심한 오후쿠는 금세 얼굴빛이 바뀌어 손가락을 가리키며 말했다.

"저 배 안에 숨어서 거적을 뒤집어쓰고 있어요."

강가에는 작은 나룻배가 묶여 있었다. 지쿠아미가 그곳을 향해 달려가자 히요시가 배 안에서 뛰어나왔다.

"네 이놈!"

지쿠아미가 달려들어 들이받자 히요시가 나동그라졌다. 히요시는 강가의 돌에 입술을 부딪혔는지 피를 흘렸다.

"아얏!"

"쌤통이다."

"죄송, 죄송해요."

"이 원숭이 놈, 오늘은 각오해라."

머리를 몇 대 쥐어박은 지쿠아미는 히요시보다 몇 배나 센 힘으로 히요시의 몸을 번쩍 들더니 집을 향해 달려갔다. 지쿠아미는 "원숭이, 원숭이!" 하고 불렀지만 실은 히요시를 그리 미워하지 않았다. 가난에서 벗어나려는 마음에 잔소리가 심했고, 히요시의 성격을 억지로라도 고치려고 하는 마음도 있었다.

"이놈, 벌써 열 살이나 됐는데."

그는 히요시를 매달고 집에 돌아오자마자 다시 몇 대를 더 쥐어박았다. 오나카가 만류하자 그가 고함을 쳤다.

"당신이 오냐오냐하니까 더 그러는 거야."

오쓰미가 오나카와 함께 울자 지쿠아미가 다시 히요시를 쥐어박으며 말했다.

"울긴 왜 울어. 난 이놈 버릇을 고쳐주려고 때리는 거야. 요놈의 자식."

처음에는 맞을 때마다 머리를 감싸고 용서를 빌었던 히요시가 이제는 울면서 막말을 해댔다.

"뭐야, 남의 집에 들어와서 아버지 행세를 하며 잘난 체하긴. 내, 내 진짜 아버지는……."

오나카는 얼굴이 새파래져서 히요시의 입을 막았다.

"히요시, 그런 말을 하면 못써."

　　지쿠아미는 노발대발하며 이번에는 쉽사리 용서하지 않을 기색이었다. 그는 히요시를 뒤편 헛간에 집어넣고는 저녁을 주지 말라고 소리쳤다. 어두워질 때까지 헛간 안에서 욕을 하며 고함을 치는 히요시의 목소리가 들렸다.

　　“꺼내줘, 꺼내달라니까! 나쁜 놈, 내보내주지 않으면 불을 지를 테야.”

　　히요시는 개가 짖는 것처럼 엉엉 울다가 한밤중이 되자 지쳐 잠이 들고 말았다. 얼마 뒤 귓가에 “히요시, 히요시” 하고 부르는 목소리가 들렸다. 죽은 아버지의 꿈을 꾸고 있었던 히요시는 비몽사몽 중에 “아버지!” 하고 외쳤지만 눈앞에 서 있는 사람은 어머니인 오나카였다. 그녀가 지쿠아미 몰래 가져온 음식을 주면서 말했다.

　　“자, 이걸 먹고 아침까지 얌전히 있어라. 아침이 되면 아버지께 용서를 구할 테니.”

　　히요시는 고개를 저으며 어머니의 품에 달려들었다.

　　“거짓말, 난 아버지가 없어. 아버진 죽어버렸잖아.”

　　“이놈, 또 그런 말을. 내가 그렇게 일렀거늘 왜 그리 말을 알아듣지 못하느냐.”

　　그녀는 온몸이 산산조각 나는 것처럼 괴로워했다. 하지만 히요시는 어머니가 왜 그토록 몸을 떨면서 울었는지 알지 못했다. 밤이 새자 지쿠아미는 히요시 일로 아침부터 오나카에게 고함을 쳤다.

　　“나 몰래 한밤중에 밥을 줬지? 그러니까 언제까지나 저 녀석의 버릇을 고칠 수가 없는 거야. 오쓰미도 오늘은 헛간 근처에 얼씬거리면 안 된다.”

　　두 사람은 반나절이나 다투는 듯했다. 그러다 오나카가 혼자 울면서 어딘가로 나가버렸다.

해가 서쪽으로 기울 무렵, 오나카는 광명사의 승려 한 명과 함께 돌아왔다. 지쿠아미는 어딜 갔다 왔는지 묻지도 않고 난처한 표정으로 오쓰미와 함께 일할 때 썼던 멍석 위에 앉아 있었다. 광명사의 승려가 물었다.

"지쿠아미 님, 오늘 부인이 와서 이 집 아들을 절에 맡기고 싶다고 부탁했는데 괜찮은지요?"

지쿠아미는 잠자코 오나카를 바라보았다. 그녀는 뒷문 밖에서 두 손으로 얼굴을 가린 채 울고 있었다.

"흐음, 그것도 괜찮은 듯하지만 절에 들어가려면 보증을 설 사람도 필요할 텐데."

"다행히 야부야마 기슭에 살고 계시는 가토 님의 부인과 자매이시니."

"가토에게까지 갔었군."

지쿠아미는 더욱 떨떠름한 표정을 지었지만 반대하진 않았다.

"좋을 대로."

그는 남의 일처럼 말하고는 오쓰미에게 일을 시키더니 농기구를 치우며 일을 마무리하기 위해 바삐 움직였다. 그러는 동안 헛간에서 풀려난 히요시는 어머니에게 무슨 말인가를 듣고 있었다. 하룻밤 동안 헛간에서 모기에 물려서인지 그의 얼굴은 통통 부어 있었다. 절에 일을 하러 가게 되었다는 말을 들었을 때, 히요시는 눈물을 보였지만 금세 활기를 되찾았다.

"차라리 절이 좋아."

광명사의 승려는 날이 저물기 전에 돌아가기 위해 히요시에게 서둘러 준비를 시켰다. 그리고 얼마 뒤 함께 집을 나섰다. 지쿠아미가 다소 섭섭한 얼굴로 말했다.

"원숭이, 절에 가면 마음 고쳐먹고 수행 잘해야 한다. 글공부도 해서 어엿한 중이 되도록 해라."

히요시는 고개를 끄덕이기만 했다. 울타리 밖으로 나온 히요시는 자신을 하염없이 바라보는 어머니의 모습을 몇 번이고 뒤돌아보았다.

절은 마을 끝 쪽 야부야마라고 부르는 언덕 높은 곳에 있었다. 일연종日蓮宗의 작은 사찰로 주지는 나이가 많아 자리에 누웠고, 젊은 승려 두 사람이 꾸려나갔다. 전란이 계속되어 마을이 피폐해지자 시주하는 집이 줄어들어 이곳도 가난하긴 마찬가지였다.

하지만 소년 히요시는 생활이 바뀐 것만으로도 자극이 됐는지 새로 태어난 것처럼 열심히 일했다. 또 기지가 있고 활달하고 기억력도 좋다 보니 승려들은 매일 히요시에게《소학小學》과《효경孝敬》을 가르쳐주면서 귀여워했다.

"히요시, 어제 길에서 네 어머니를 만났단다. 너는 잘 지내고 있다고 말씀드렸다."

승려의 말에 히요시가 기쁜 듯이 씽긋 웃었다. 어머니의 슬픔은 잘 알 수는 없지만 어머니의 기쁨은 히요시에게도 온전히 기쁨으로 다가왔다.

하지만 그런 평온한 날은 일 년도 가지 않았다. 열한 살 가을 무렵, 히요시는 절이 좁게만 느껴졌다. 승려들이 가까운 마을로 탁발을 나가자 히요시는 숨겨두었던 목검과 직접 만든 사이하이采配[19]를 허리에 차고 나섰다. 그러고는 전쟁놀이를 하려고 산기슭에서 기다리고 있던 친구들을 향해 소리쳤다.

"야, 적군들아. 얼마든지 쳐들어와봐라."

얼마 뒤 종이 울릴 때도 아니었는데 갑자기 종루의 종이 댕댕 울렸

____

19 옛날 전쟁터에서 대장이 부대를 지휘할 때 쓰던 봉을 가리킨다.

다. 절이 있는 언덕에서 돌이 날아오고 기와가 쏟아졌다.

"뭐야, 무슨 일이야?"

산기슭에 있던 사람들이 놀라 절이 있는 언덕을 올려다보았다. 밭에서 일하던 농부의 딸이 날아온 기와에 맞아 크게 다치기도 했다.

"광명사의 꼬마 놈이 또 아이들을 모아놓고 전쟁놀이를 하고 있군."

산기슭에 사는 사람들 서너 명이 절로 올라갔는데, 본당 앞에 선 사람들은 그만 입을 다물지 못했다. 본당이 불에 휩싸여 있었던 것이다. 대향로는 땅바닥에 떨어진 채 깨져 있었고 깃발로 사용했는지 비단 휘장과 북의 가죽은 찢겨져 있었다. 실로 처참한 광경이었다.

"쇼보庄坊야!"

"요사쿠與咋!"

부모들이 아이들을 찾았지만 히요시는 물론이고 다른 아이들까지 모두 어디에 있는지 모습이 보이지 않았다.

"이 절의 원숭이와 놀면 집에서 쫓아낼 테다."

부모들이 언덕 아래로 내려가자 또다시 본당이 진동하고 수풀이 흔들리고 돌이 날아오고 종이 울렸다.

날이 저문 뒤에야 손이 부러지고 혹이 나고 피투성이가 된 아이들이 엉엉 울며 내려왔다. 하루 종일 탁발을 하고 돌아온 승려들은 본당 앞에 서서 서로 얼굴을 바라보며 경악을 금치 못했다. 그동안 비슷한 광경을 보며 자포자기했지만 오늘만큼은 그럴 수 없었다.

본당 앞에 있는 대향로가 두 동강이로 깨져 있었던 것이다. 그 향로는 현재 절의 유일한 시주 집 사람이자 신카와에서 다완을 만드는 스데지로가 불과 삼사 년 전에 봉납한 것이었다.

"이것은 예전에 살던 곳의 산수를 그려넣은 향로인데, 이세마쓰사카伊勢松坂의 어떤 분이 특별히 만들어주신 것입니다. 제게 깊은 인연이 있는 귀중한 유품이기도 하고요. 이것을 절에 봉납하면 후대까지 오랫동안 절의 보물로 전해질 것이라 생각해서……."

평소에는 상자에 넣어 아주 소중하게 보관했지만 이레쯤 전에 그 다완집 부인이 불공을 드리러 온다고 하여 내놓고는 치우지 않았다. 그런데 그 향로가 깨진 것이었다. 두 승려는 안색이 창백해졌다. 이 일이 노스님의 귀에 들어가면 병환이 더 깊어질 것이 분명했다.

"원숭이다."

"맞아, 이런 장난을 할 놈은 그 녀석밖에 없다."

"어떻게 하지?"

두 승려는 당장 히요시를 끌고 와서 대향로를 들이댔다.

"죄송합니다. 그런데 혼자만 본당을 뛰어다닌 건 아니에요. 그리고 그것은 제가 깬 것도 아니고요."

히요시가 태연하게 말하자 승려가 화를 벌컥 냈다.

"이 악독한 놈."

두 승려는 힘을 합해 히요시의 몸을 본당 둥근 기둥에 매달고 손도 묶어버렸다.

"며칠이고 이대로 매달아두겠다."

승려가 소리쳤다. 하지만 히요시에게는 흔한 일이었다. 다만 괴로운 것은 다음 날에 친구가 와도 놀 수 없다는 것뿐이었다.

"밧줄을 풀어줘. 풀어주지 않으면 가만 안 둘 테야."

히요시는 악다구니를 쳤지만 벌을 받고 있는 모습을 본 친구들은 모두 도망치고 말았다. 어쩌다 참배를 하러 온 노인이나 마을 여자들은 손가락질을 하며 놀리다 가버렸다. 히요시는 두고 보라고 중얼거리며 스스로를 위로했다. 절의 커다란 기둥을 등에 지고 있는 그의 작은 몸에서 뜨거운 피가 끓어올랐다.

"제길."

히요시는 억울하다는 듯 기둥에 매달려 발버둥 치다 잠이 들고 말았다. 그러고는 침을 흘리고 자다 깜짝 놀라 눈을 떴다. 하루가 무서우리만치 길고 따분했다. 히요시는 문득 눈앞에 놓여 있는 두 동강이 난 도기 대향로를 바라보았다. 그것의 바닥에는 작은 글씨로 '고로 다유 상서가 만듦'이라는 글자가 적혀 있었다.

오와리 부근은 세토瀨戸 촌에 가까운 도자기 산지였다. 그러다 보니 애초에 그런 물건은 히요시의 흥미를 전혀 끌지 못했다. 하지만 히요시는 따분했던 차에 대향로의 허리 부근에 그려진 남색의 산수를 보자 그곳이 어디인지 상상하기 시작했다. 백자에 남색으로만 그려진 산과 돌다리와 누각과 사람, 그리고 일본에서는 본 적 없는 배의 모습과 사람들의 옷이 그의 머릿속에 뒤죽박죽 섞였다.

'어느 나라일까?'

히요시는 알 수가 없었다. 소년의 왕성한 호기심은 그 알 수 없는 것에 대해 상상의 나래를 펼쳤다.

'저런 나라가 다 있나?'

곰곰 생각하는 동안 그의 머릿속에서 뭔가 번뜩였다. 그것은 언젠가 누군가에게 들었는지, 혹은 누구에게 배웠는지 몰라도 별안간 떠오른 기억이었다.

'그래, 당나라다! 당나라 그림이다.'

히요시는 기분이 좋았다. 자기에 그려진 남빛 그림을 보고 있으니 마음은 당나라에서 뛰놀고 있는 듯했다.

날이 저물어 두 승려가 탁발에서 돌아오자 히요시가 싱긋 웃어 보였다. 울다 지쳐 있을 줄 알았던 히요시가 생생하자 승려들이 한숨을 내쉬며 말했다.

“벌도 소용이 없으니. 안 되겠군, 이 녀석의 장래가 걱정이니 부모에게로 돌려보내는 게 좋겠네.”

밤이 되자 승려는 히요시에게 밥을 준 뒤 히요시를 출가할 때 보증인이 되어주었던 야부야마 산기슭에 있는 가토 단조의 집으로 데리고 갔다.

대붕 大鵬

가토 단조는 등잔불을 켜놓고 잠을 잤다. 날마다 전쟁터에서 살다시피 한 무인인지라 어쩌다 집에 돌아와 쉬는 날 집 안이 너무 조용하면 평화에 익숙해져 안일하게 될까 봐 두려웠던 것이다.

"여보."

"예."

멀리 부엌 쪽에서 오에쓰가 대답했다. 그녀는 결혼한 지 한두 해 된 새댁이었다.

"누가 문을 두드리는 것 같은데?"

"또 다람쥐일 거예요."

"아니야, 누가 찾아온 것 같아."

"어머, 정말."

오에쓰는 손을 닦으며 문 쪽으로 가더니 이내 돌아왔다.

"광명사 스님이 히요시를 데리고 오셨어요."

오에쓰가 근심 어린 표정으로 말하자 단조는 예상하고 있었다는 듯 웃으며 말했다.

"하하, 원숭이가 쫓겨난 게로군."

가토 집안과 나카무라의 기노시타 집안은 친척 사이였다.

"승려가 천성에 맞지 않는다면 어쩔 수 없는 일이지요. 저희가 나카무라의 부모님께 돌려보내겠습니다. 그동안 폐만 끼쳤습니다."

히요시가 절에 들어갈 때 보증인이 되었던 단조는 아내와 함께 승려들에게 사과의 말을 전했다. 그리고 그날 밤 히요시를 맡았다.

"히요시 부모님께는 부디 잘 말씀드려주십시오."

광명사 승려는 무거운 짐을 내려놓은 듯 그렇게 말하고 돌아갔다. 멀뚱히 서 있던 히요시는 신기한 듯 집 안을 둘러보며 생각했다.

'누구의 집이지?'

히요시는 절에 들어갈 때 이곳에 들르지 않아 잘 알지 못했다. 또 가까운 곳에 친척이 산다는 것을 알면 히요시가 절에서 참고 살지 않을 수 있다는 생각에 어른들은 오에쓰가 이 집으로 시집왔다는 사실을 말하지 않았던 것이다.

"얘야, 저녁은 먹었느냐?"

단조가 히요시에게 다가와 싱글싱글 웃으며 말했다. 히요시가 고개를 끄덕이며 먹었다고 하자 단조는 히요시에게 단것을 한 움큼 건넸다. 히요시는 그것을 우물우물 먹으면서 긴 창을 올려다보거나 갑주를 넣어두는 궤의 문양을 바라보았다. 그러고는 앞에 앉아 있는 단조의 얼굴을 뚫어져라 쳐다보았다.

'이 아이가 좀 모자란 게 아닐까?'

단조는 의심의 눈초리로 히요시를 살폈다. 히요시가 너무 빤히 바라보자 단조도 시험 삼아 히요시를 똑같이 노려보았다. 하지만 히요시는 눈을 피하거나 내리깔지 않았다. 그렇다고 해서 백치처럼 반응이 없는 것도 아니었다. 그저 싱글싱글 눈웃음을 치며 애교를 부리고 있었다.

"하하하."

단조가 먼저 눈길을 거두며 말했다.

"어느새 이렇게 컸구나. 히요시, 내 얼굴을 기억하겠느냐?"

히요시는 그 말을 듣고서야 일곱 살 무렵 강가에서 머리를 쓰다듬어주던 아저씨라는 것을 알았다.

오에쓰의 남편인 단조는 무인으로 많은 시간을 기요스 성안이나 전쟁터에서 생활했다. 결혼한 지 얼마 되지 않았지만 아내와 둘이서 결혼 생활을 즐기는 날도 흔치 않았다. 그런 남편이 웬일인지 어제 집으로 돌아와 쉬고 있던 참이었다. 그리고 내일 다시 기요스 성에 들어가야 했고 그러면 몇 달간 집에서 함께 지낼 수도 없었다.

"흐음, 하필 이런 때에……."

오에쓰는 눈썹을 찌푸렸다. 방은 떨어져 있었지만 이곳에는 남편의 노모도 있고 가족도 있었다. 시댁 사람들이 '사돈의 자식 중에 저런 아이가 있었나' 하고 생각하는 것도 며느리 입장에서는 께름칙한 일이었다. 그런 외중에 히요시는 눈치도 없이 남편의 방에서 계속 이상한 말을 지껄였다.

"아! 아저씨는 예전에 강가에서 많은 무사와 함께 말을 타고 있었죠?"

"그래, 생각이 났느냐?"

"생각나고말고요."

히요시가 친근한 척 응석 어린 목소리로 말했다.

"그럼 우리 집이랑 친척이구나. 아저씨는 우리 이모랑 결혼한 사람이죠?"

하녀와 함께 거실로 밥상을 내놓던 오에쓰는 히요시의 말투와 큰 목소리를 듣고는 가슴이 조마조마했다.

"식사 준비 다 됐어요."

오에쓰는 장지문을 열고 남편을 불렀다. 단조는 히요시와 팔씨름을 하고 있었는데, 히요시는 벌처럼 엉덩이를 세운 채 얼굴이 새빨개진 상태였고, 단조도 아이처럼 히요시와 똑같은 자세로 힘을 주고 있었다.

"여보……."

"밥이 다 되었소?"

"국 식어요."

"잠깐, 아니, 당신 먼저 들구려. 이 녀석, 정말로 덤비는구나. 하하하, 어처구니없는 녀석이군."

단조는 팔씨름에 정신이 팔려 있었다. 그리고 천진난만한 히요시에 푹 빠진 듯했다. 사교성이 좋은 히요시는 벌써 이모부와 친해져 함께 놀고 있었던 것이다. 히요시는 흉내를 내거나 아이들끼리 하는 놀이들을 해보였고, 단조는 배를 잡고 웃었다.

다음 날, 기요스 성으로 떠날 때 단조가 침울해하는 아내에게 말했다.

"처형 내외가 승낙하면 저 아이를 이곳에서 키우는 게 어떻소? 일손에 도움이 되지는 않겠지만 진짜 원숭이를 키우는 것보다는 나을 것이오."

오에쓰는 기뻐하지 않았다. 남편을 문까지 배웅하면서 말했다.

"아니에요. 나카무라의 언니에게 돌려보낼 거예요. 혹시라도 어머님께 실수라도 하면 안 되니 말이에요."

"뭐, 당신 뜻대로 하시오."

오에쓰는 남편이 이대로 집을 나서면 살아서 돌아올 수 없을지도 모른다고 생각했다. 하지만 남편은 주군과 싸움에 대한 생각뿐 아내 오에쓰에게는 지나치게 냉정했다.

'남자에겐 공명功名이 저리도 중요한 것일까!'

오에쓰는 남편의 뒷모습을 바라보면서 몇 개월 동안 다시 쓸쓸하게 지낼 날들을 떠올렸다. 그리고 일을 마치자마자 서둘러 히요시를 데리고 나카무라로 향했다. 길을 가는 도중에 맞은편에서 누군가가 그녀에게 공손히 인사를 했다.

"아니, 이게 누구십니까?"

그는 상인이지만 대가大家의 주인임이 분명했다. 마흔 살쯤 되어 보였고 상냥했다. 그리고 화려한 겉옷을 입고 허리에 칼을 차고 벚꽃 문양 버선을 신고 있었다.

"가토 님의 부인 아니십니까? 어디를 가시는지요?"

오에쓰가 히요시를 가까이 끌어당기며 말했다.

"이 아이를 데리고 나카무라에 있는 언니의 집에 갑니다."

"호, 그 도련님이군요. 광명사에서 쫓겨났다는?"

"벌써 알고 계셨군요."

"실은 그 일로 잠시 절에 들렀다 오는 길입니다."

히요시는 어쩐지 겸연쩍어 눈알만 이리저리 굴렸다. 태어나서 처음으로 도련님이라는 말을 듣자 부끄러워 얼굴이 뜨겁게 달아올랐다.

"저런, 이 아이 일로 절에 가셨던 거예요?"

"그렇습니다. 광명사에서 저희 집으로 사과를 하러 왔어요. 이야기를 들어보니 제가 봉납한 대향로가 깨져버렸다고 하더군요."

"이 골칫덩이가 정말 큰일을 저질렀습니다."

"아닙니다. 부인께서 그리 말하실 것까지는 없습니다. 도자기가 깨지는 건 당연한 일이니까요."

"하지만 귀한 것이라고 하셔서……."

"그저 안타까운 것은 제가 오랫동안 모시면서 명나라에도 함께 다녀왔던 마쓰사카의 이세 고로 다유 님께서 만드신 것이어서……."

"상서라는 분이 바로 그분이십니까?"

"예. 하지만 이미 병으로 돌아가셨습니다. 근래에 만든 도자기에 '상서 고로 다유 제製'라고 쓰여 있지만 그것은 그 뒤에 사람들이 그리 쓴 것이지요. 정말로 명나라에 가서 그 도자기 만드는 법을 배워오신 분은 이 세상에 안 계십니다."

"사람들 이야기에 따르면 댁에서 키우신다는 오후쿠라는 도련님은 상서 님이 명나라에서 데려오신 자제분이라던데……."

"예. 그런데 어떻게 알게 됐는지 아이들과 놀면 '당나라 자식, 당나라 자식' 소리를 듣는다고 해서 근래에는 일절 밖에 나가시질 않습니다."

스데지로는 그렇게 말하고는 웃으면서 히요시의 얼굴을 바라보았다. 히요시는 친구인 오후쿠의 이름을 듣고는 앞에 있는 사람이 누구인지 궁금했다.

"그런데 여기 히요시만은 늘 오후쿠 도련님을 감싸주었다는군요. 그런 히요시가 절에서 쫓겨났다는 말을 듣자 오후쿠 도련님까지 제게 용서를 구하셨고, 그래서 방금 광명사에 가서 부디 히요시를 용서해달라고 부탁했습니다. 하지만 그곳 스님께서는 향로를 깨뜨린 죄뿐만이 아니라고 하시더군요. 그래서 다른 사정들도 있다고 여겨져 그만 돌아오는 길이었습니다. 하하하."

스데지로는 가슴을 펴고 웃더니 이윽고 덧붙여 말했다.

"혹여 부모님께서 다시 어디로 보낼 마음이시라면, 그리고 저희 집이라도 괜찮으시면 언제든지 돌봐드리도록 하겠습니다. 이 아이가 범상치 않아 보이니까요."

스데지로는 처음처럼 공손히 인사를 하고 가던 길을 갔다. 히요시는 오에쓰의 소매를 붙잡은 채 몇 번이고 뒤를 돌아보았다.

"이모, 저 사람은 누구예요?"

"다완집 스데지로라고 하는데 여러 나라의 도자기를 팔고 있는 가게 주인이란다."

"아, 그래서 다완집이라고 하는구나."

히요시는 입을 다물고 오에쓰와 함께 터벅터벅 걸어가다 불쑥 물었다.

"명나라는 어디에 있어요?"

"당나라일걸."

오에쓰가 간단하게 답하자 히요시가 계속 물었다.

"어느 쪽에 있어요? 얼마나 넓어요? 명나라에도 성이랑 무사가 있어요? 싸움도 해요?"

오에쓰가 소매를 뿌리치며 말했다.

"시끄러우니 입 좀 다물고 가거라."

하지만 이모의 꾸중은 히요시의 귀에 전혀 들어오지 않았다. 히요시는 목을 길게 빼고 파란 하늘을 물끄러미 바라보았다. 궁금한 게 무척이나 많았던 것이다.

'하늘은 왜 저리 파랗고 깊을까? 왜 인간은 땅에만 있을까? 만약 인간이 새처럼 날 수 있다면 향로의 그림에서 본 명나라에도 한달음에 날아갈 수 있을 텐데.'

향로의 그림을 봐도 새는 오와리의 새와 조금도 다른 점이 없었다. 사람들의 옷과 배 모양은 다르지만 새는 똑같았다. 새에게는 나라가 없다. 아니, 천지는 모두 하나의 나라였다.

'보고 싶다. 다른 나라들을.'

히요시의 머릿속에는 지금 돌아가야 하는 자신의 좁은 집과 가난 따위는 전혀 들어 있지 않았다.

오에쓰와 함께 집에 도착한 히요시는 한낮에도 움막처럼 어두컴컴한 집을 둘러보았다. 다행히 지쿠아미는 집에 없었다. 오에쓰의 이야기를 들은 오나카가 깊이 한숨을 내쉬며 히요시의 태평한 얼굴을 바라보았다.

"이 아이를 어떻게 해야 할지."

하지만 오나카의 눈은 히요시를 책망하는 게 아니었다. 오히려 보지 못한 이 년 동안 훌쩍 큰 자식의 모습에 정신을 빼앗긴 듯했다.

히요시는 어머니의 젖꼭지를 빨고 있는 갓난아이를 의아한 눈으로 쳐다보았다. 어느새 집에 또 한 명의 아이가 태어났던 것이다. 히요시가 갑자기 아이의 얼굴을 젖꼭지에서 떼어내더니 유심히 들여다보았다.

"엄마, 이 애는 언제 태어났어?"

"넌 형이 됐으니 앞으로 의젓해져야 한다."

"이름은 뭐야?"

"고치쿠小竹."

"이상한 이름이군."

히요시는 퉁명하게 말했지만 뭔가를 깨달은 듯했다. 이제 형이 되었으니 앞으로는 동생에게 형 노릇을 해야 했다.

"고치쿠야, 내일부터 내가 업어줄게."

히요시가 자꾸 만지작거리자 고치쿠가 울기 시작했다. 오에쓰가 돌아간 뒤 이내 의붓아버지인 지쿠아미가 돌아왔다. 오나카는 동생인 오에쓰에게 요즘 지쿠아미가 가난에서 벗어나는 데 지쳐 술만 마신다고 불평을 늘어놓았었다. 지금도 지쿠아미는 시뻘건 얼굴로 집에 들어왔다. 그리고 히요시를 보자마자 이내 고함을 쳤다.

"이놈, 또 쫓겨났구나!"

어느덧 시간이 흘러 히요시가 집에 돌아온 지 일 년이 지나 열두 살이 되었다.

"원숭이, 장작은 다 팼느냐? 그리고 이놈아, 왜 물통을 밭에다 내팽 개쳤느냐?"

지쿠아미는 히요시의 모습이 조금이라도 보이지 않으면 찾아다니며 소리를 질렀다.

"지금 하려던 참이에요."

"이놈, 또 변명을 하는구나."

히요시가 말대꾸라도 할라치면 지쿠아미의 거칠고 굳은 손바닥이 히요시의 볼을 향해 날아왔다. 아이를 업고 목화를 따거나 보리를 밟거나 불을 때던 오나카는 그럴 때면 일부러 등을 돌린 채 잠자코 있었다. 하지만 자신이 맞는 것보다 더 슬프고 괴로운 얼굴이었다.

"열두 살이면 가업을 돕는 건 당연한 일이다. 부모 눈을 피해 놀 궁리만 했다가는 다리몽둥이를 분질러놓을 테다."

지쿠아미는 고함을 치며 히요시를 호되게 부려먹었다. 어머니의 애잔한 눈으로 보지 않더라도 히요시는 절에서 돌아온 뒤 다시 태어난 듯 열심히 일했다.

'다른 집 밥을 먹으면 저리도 갑자기 변하는 걸까?'

오나카는 애처로운 마음으로 히요시를 바라볼 뿐이었다. 히요시를 감싸고돌면 오히려 지쿠아미가 더 때리고 욕할 게 뻔했기에 보고도 못 본 척했다. 지쿠아미는 이전과 달리 밭에도 잘 나가지 않을뿐더러 집에 없는 날이 많았다. 그리고 마을에서 술에 취해 집으로 돌아와 아이들과 아내에게 고함을 지르고 소리를 쳤다.

"이놈의 집구석은 아무리 일을 해도 가난을 벗어날 수가 없어. 밥을 축내는 것도 많고, 해마다 바쳐야 하는 공물은 늘기만 하고. 이 아귀餓鬼 같은 것들만 아니면 나도 노부시 무리에 들어가서 술이나 실컷 마실 수 있을 텐데. 걸리적거리는 것이 이리 많아서야……."

한밤중에 들어온 지쿠아미는 실컷 지껄이다 아내에게 돈을 내놓으라고 한 뒤 오쓰미나 히요시에게 술을 사오라며 심부름을 보냈다.

의붓아버지가 집에 없을 때 히요시가 밖으로 일하러 가고 싶다고 하자 오나카가 히요시를 끌어안으며 말했다.

"있어다오. 네가 집에 없으면……."

오나카는 말을 잇지 못하고 고개를 돌려 눈물을 훔쳤다. 히요시는 어머니의 눈물을 보면서 더 이상 아무 말도 할 수 없었다. 집을 뛰쳐나가고 싶다는 생각도 불평도 괴로움도 마음속에서 지워야 했다. 하지만 애처로운 마음 한구석에는 '놀고 싶다, 먹고 싶다, 지식을 쌓고 싶다, 멀리 떠나고 싶다'와 같은 소년다운 욕망이 잡초가 자라듯 왕성했다. 거기에 지쿠아미가 어머니를 괴롭히고 자신에게 주먹질할 때마다 히요시의 작은 몸은 불타올랐다. 그리고 그러한 일이 거듭될 때마다 무서운 지쿠아미를 향한 미움은 커져만 갔다.

"아버지, 일하게 내보내주세요. 이런 집에 있기보단 일을 하러 나가고 싶어요."

"뭐야, 일하러 나가고 싶다고? 좋다, 어디 마음대로 해봐라. 그 대신 이번에도 쫓겨나면 다시는 집에 들이지 않을 테다."

지쿠아미가 화를 내며 말했다. 그는 히요시를 아이라고 생각하면서도 성격이 맞지 않는 탓인지 늘 열두 살 히요시와 똑같이 화를 냈다.

히요시는 마을의 홍화紅花 염색집에 일을 하러 갔다. 하지만 얼마 지나지 않아 함께 일하는 사람들이 '건방지게 입만 살아서 양지에서 배꼽 떼만 벗기고 있으니 도움이 되지 않는다'며 히요시를 집으로 돌려보내고 말았다. 지쿠아미가 히요시를 노려보며 말했다.

"원숭아, 어떠냐? 너 같은 밥벌레를 누가 돌봐줄 성싶으냐. 부모의 고마움을 이제는 알겠느냐?"

히요시는 아무 잘못이 없다는 듯 흥분한 얼굴로 지쿠아미를 노려보며 말했다.

"아버지야말로 일도 안 하고 마시장에서 놀음이나 하고 술이나 마시지 말아요. 사람들이 모두 어머니를 불쌍하게 생각하잖아요."

"부모에게 무슨 말버릇이냐!"

지쿠아미는 고함을 쳤지만 히요시가 나이를 먹더니 점점 기어오른다는 것을 느꼈고 히요시를 다시 보게 되었다.

일을 하러 나갔다 다시 집에 돌아올 때마다 히요시는 눈에 띄게 성장해 있었다. 그리고 이전과 달리 부모와 가정을 보는 눈이 훌쩍 자란 듯했다. 지쿠아미는 히요시가 어른스러운 눈으로 자신을 보는 것이 께름칙하고 무서웠다.

"빨리 일할 곳을 찾아서 나가거라."

다음 날, 히요시는 일을 하러 마을로 나갔다. 히요시가 간 곳은 통을 만드는 가게였다.

"이렇게 앞날이 두려운 아이는 우리 가게에 둘 수가 없다."

그곳 주인아줌마는 그렇게 말하며 히요시를 한 달 만에 돌려보냈다. 히요시의 어머니는 세상 사람들이 왜 히요시를 두고 앞날이 두려운 아이라고 말하는지 알 수가 없었다. 미장을 하는 집에도 갔고 마시장에서 도시락을 팔기도 했고 대장간에서 일을 하기도 했다. 하지만 모두 삼 개월이나 반년 만에 돌아오고 말았다. 그사이 히요시의 몸집은 점점 커져 갔다.

"지쿠아미의 원숭이 자식은 입만 살았지 아무 쓸모가 없어."

이미 마을에서 히요시에 대한 평판이 좋지 않다 보니 아무도 히요시에게 일을 주려고 하지 않았다. 그런 사람들의 평판에 오나카는 어찌할 줄을 몰라 했다. 그러다 보니 사람들이 히요시의 이야기를 할라 치면 오나카가 먼저 히요시를 책망하며 사죄했다.

"그 아이를 대체 어떻게 하면 좋을지. 농사도 짓기 싫어하고 집에 붙어 있지도 않으니 말이에요."

봄이 오자 히요시는 열다섯 살이 되었다. 야윈 어머니가 히요시를 무릎 가까이 앉힌 뒤 말했다.

"이번에는 무슨 일이 있어도 참아야 한다. 또 쫓겨나면 네 이모와 이모부를 볼 면목도 없고 세상 사람들의 웃음거리가 될 게다. 만약 이번에도 잘못해서 쫓겨나면 이 어미가 용서치 않을 테다."

다음 날, 야부야마의 이모가 히요시를 데리고 신카와의 대가大家를 찾았다. 다완을 만드는 스데지로의 집이었다. 그 집에는 친구인 오후쿠가 있었다. 오후쿠는 벌써 열일고여덟 살 청년이었는데 양아버지인 스데지로의 가업을 도와 다완집의 작은 주인으로 열심히 일하고 있었다.

상가商家에서도 주종의 관계는 엄격했다. 히요시는 작은 주인인 오후쿠의 앞에 처음 섰을 때 마루방에 꿇어앉아 있었다. 하지만 오후쿠는 응접실에서 양아버지인 스데지로와 아름다운 어머니와 함께 차와 과자를 먹으며 즐겁게 이야기를 나누고 있었다.

"아니, 넌 야에몬 댁 작은 원숭이구나. 아버지가 돌아가시고 마을의 지쿠아미가 의붓아버지가 됐다고 하던데. 이번엔 이곳에 일을 하러 왔구나? 열심히 해야 한다."

오후쿠의 말투와 행동거지는 몰라볼 만큼 어른스러워져 있었다.

"예."

히요시는 이내 하인들이 있는 방으로 물러갔다. 저편 응접실에서 주인 가족들의 웃음소리가 들려왔다. 히요시는 친구인 오후쿠가 조금도 친구처럼 대해주지 않은 것이 섭섭했다. 날이 지나자 오후쿠는 히요시를 '어이, 새끼 원숭이' 하고 부르며 마음대로 부려먹었다.

"내일은 빨리 일어나서 기요스까지 가야 한다. 관청에 용품을 가지고 가야 하니 손수레에 짐을 쌓아야 한다. 그리고 돌아올 때는 배로 화물을 운송하는 곳에 들러서 히젠肥前에서 도자기 짐이 도착했는지 알아보거라. 지난번처럼 또 도중에 한눈팔다가 밤늦게 오면 집에 들이지 않을 테다."

오후쿠의 말에 히요시는 '예'라거나 '알겠습니다'라는 말밖에는 할 수가 없었다. 오랫동안 이 집에서 일을 하는 사람일수록 머리를 마룻바닥까지 숙이며 '잘 알겠습니다' 하고 말해야 했다.

히요시는 나고야나 기요스 성 근처로 자주 심부름을 갔다. 그때마다 히요시는 성의 흰 벽과 높은 담벼락을 올려다보며 막연히 생각했다.

'어떤 사람이 저 안에 살고 있을까? 어떻게 하면 저런 곳에 살 수 있을까?'

어린 마음에도 벌레같이 작고 초라한 자신이 비참하기만 했다. 히요시가 도자기 짐을 실은 무거운 손수레를 밀며 마을을 걷고 있는데, 장옷을 입은 여자나 마을 소녀, 젊고 아름다운 부인 들이 '원숭이가 간다. 원숭이가 수레를 밀고 간다'고 손가락질하며 소곤대고 힐끔거렸다.

히요시도 이미 예쁜 여자와 못생긴 여자를 구분할 줄 알았다. 하지만 그런 아름다운 여자들이 이상한 눈으로 자신을 바라보는 게 괴로웠다. 그 무렵 기요스 성에는 아직 무로마치室町[20] 다이묘大名[21]인 시바 요시무네斯波義統가 성주로 살고 있었고, 오다 히코고로 노부토모織田彦五郎

---

20 아시카가足利 가문이 막부를 열고 정권을 잡았던 교토의 한 지역이다. 그 때문에 1336년부터 1573년까지를 무로마치 시대라고 한다.
21 일본 중세 시대 때 많은 영지를 소유한 영주나 귀족을 가리키는 말로, 이들은 각 지방의 영토를 다스리고 권력을 행사했다.

信友가 중신으로 있었다. 성의 해자와 고조五條 강을 중심으로 해서 나라 제일의 수도라는 이름에 걸맞게 전란 중에도 번영을 거듭해왔고 오래 된 아시카가足利 문화의 정취가 깊게 남아 있었다.

'술은 주막에 좋은 차는 찻집에, 여자는 기요스의 스가구치須ヶ口에' 라는 말처럼 스가구치에는 기루와 술집이 처마를 나란히 하고 있었고, 낮에는 기녀의 시중을 드는 소녀들이 공을 차면서 길가에서 노래를 부르고 있었다. 소년 히요시는 짐을 실은 수레를 밀며 멍하니 그곳을 지나갔다.

'어떻게 하면 위대해질 수 있을까?'

아직 그 방법을 모르는 히요시는 그저 막연한 희망에 차 이런저런 망상을 하면서 그곳을 지나갔다.

'두고 봐, 머잖아…….'

맛있어 보이는 음식, 풍요로워 보이는 집, 현란한 무구武具, 의상, 보옥 등을 팔고 있는 가게들. 히요시와는 인연이 없는 물건들이 이 마을 처마 아래에 쌓여 있었다. 히요시는 만둣집의 찜통에서 피어오르는 연기를 보면서 나카무라의 집에 있는 누나, 오쓰미의 파랗게 야윈 얼굴을 떠올렸다.

'누나에게 사다 주고 싶다.'

히요시는 약을 파는 오래된 가게 앞을 지나가다 그곳의 약초 주머니를 넋을 잃고 바라보았다.

'어머니께 저 약을 드리면 훨씬 건강해지실 텐데…….'

하지만 지쿠아미에게는 딱히 뭔가를 사주고 싶은 생각이 들지 않았다.

'내가 위대해지면…….'

히요시는 그 누구와 비교해도 매우 초라한 어머니와 누나를 행복하

게 해주고 싶었다. 성 아래에 이르자 평소 때보다 생각이 더 복잡해졌
다. 히요시는 속으로 중얼거렸다.

'언젠가는 꼭! 그런데 어떻게 해야 하지? 어떻게 해야……'

그렇게 생각하며 히요시는 하염없이 걷고 있었다.

"바보 같은 자식!"

번잡한 네거리 모퉁이를 도는 순간, 사람들 속에서 누군가가 갑자기
히요시에게 호통을 쳤다. 히요시의 수레와 창을 든 열 명의 하인을 거
느린 채 말을 타고 지나가는 무사가 부딪치고 만 것이었다. 볏짚꾸러미
로 싼 사발과 접시가 쏟아져 산산조각 났고 히요시의 몸도 수레와 함께
비틀거렸다.

"눈이 없느냐!"

"이런 멍청한 놈이!"

하인들이 고함을 치며 깨진 그릇들을 밟고 지나갔다. 행인들 중 어
느 누구도 가까이 오지 않았다. 히요시는 깨진 조각들을 주워 모아 다
시 수레에 싣고 가면서 초라함과 분노에 치를 떨었다.

'어떻게 하면 저놈들을 내 앞에 무릎을 꿇게 만들 수 있을까?'

히요시는 진지하게 생각했다. 하지만 잠시 뒤에 주인댁으로 돌아가
서 혼날 일과 오후쿠의 차가운 얼굴이 눈에 떠올랐다. 그러자 대붕大
鵬[22]이 비상하는 듯한 커다란 공상도 흔적 없이 사라지고 모래알 같은
작은 걱정에 휩싸이고 말았다.

---

22 북해北海에 살던 '곤鯤'이라고 하는 큰 물고기가 변해서 되었다는 상상 속의 큰 새로, 하루 구만 리里를 날 수 있
　　다고 한다.

군도 群盗

해가 완전히 저물었다. 히요시는 수레를 헛간에 넣고 우물가에서 발을 씻었다. 다완 가게는 이 근방에서 도자기 저택이라고 불릴 만큼 토호의 커다란 집만 했다. 건물도 몇 개나 있고 안채도 넓고 창고도 줄지어 있었다.

"원숭이, 새끼 원숭이!"

오후쿠가 다가왔다. 히요시가 돌우물 뒤에서 몸을 일으키며 대답했다.

"응."

오후쿠는 뭐가 신경에 거슬렸는지 들고 있던 가는 대나무로 히요시의 어깨를 후려쳤다. 발을 닦고 있던 히요시는 비틀거리다 발에 흙이 묻고 말았다.

"주인에게 '응'이라고 대답하는 놈이 어디 있느냐. 그리 말해도 말투가 바뀌지 않는구나. 우리 집은 너와 같은 평민과 다르다."

젊은 주인은 일꾼의 거처를 돌아볼 때나 창고에서 일하는 사람들에게 지시를 하러 올 때 늘 가는 대나무를 들고 다녔다. 그것으로 히요시가 맞은 건 이날뿐이 아니었다.

“왜 잠자코 있느냐?”

“……”

“어서 ‘예’라고 하거라.”

“……”

“이놈, 반항하는 게냐?”

히요시는 또다시 맞는 것보다 낫다고 생각하며 입술에 침을 바르고 대답했다.

“예.”

“기요스에서 언제 돌아왔느냐?”

“방금 돌아왔습니다.”

“거짓말, 부엌에 있는 사람들에게 듣자니 벌써 밥을 먹었다고 하던데.”

“어지럽고 쓰러질 것 같아서……”

“어째서?”

“간신히 걸어올 정도로 배가 고파서요.”

“돌아오면 곧바로 주인에게 돌아왔다고 인사를 해야지, 그깟 배가 고프다고 인사를 안 해?”

“발을 씻고 나서 하려고 했습니다.”

“변명은 필요 없다. 그리고 방금 부엌 사람들에게 들으니 기요스의 관청에 배달할 도자기를 도중에 모두 깨뜨렸다고 하던데?”

“예에.”

“솔직하게 말하고 용서를 구할 생각도 하지 않고 뭐라고 거짓말하면 좋을지 부엌 사람들에게 깔깔거리며 물었지? 오늘은 용서치 않겠다. 에잇!”

오후쿠가 히요시의 귓불을 잡고 걸어가면서 말했다.

"이리 오너라."

"죄송합니다."

"못된 버릇을 고쳐줄 테니 오너라. 아버님께 가자."

"죄송, 죄송합니다."

오후쿠는 손을 놓지 않았다. 우물가에 있던 일꾼들은 용서를 비는 히요시의 목소리가 원숭이 울음소리와 닮았다고 생각하며 두 사람의 모습을 바라보았다.

오후쿠의 행동은 정말로 아버지 스테지로에게 고자질할 것처럼 보였다. 오후쿠가 넓은 집 뒤쪽으로 돌아갔는데, 창고 앞에서 정원 입구로 가는 길은 맹종죽孟宗竹이 우거져 있어 뒤편에서나 안채에서도 보이지 않았다. 그곳에 이르자 히요시가 갑자기 우뚝 서더니 오후쿠의 손을 뿌리치며 소리쳤다.

"에잇, 할 말이 있으니 들어봐!"

히요시가 놀란 오후쿠의 얼굴을 커다란 눈으로 노려보았다.

"이놈, 뭐 하는 짓이냐!"

"뭐가 말이냐."

"주인한테, 넌……."

오후쿠가 새파래진 얼굴로 떨면서 외쳤다.

"나, 난 네 주인이다."

"그래서 늘 고분고분했지만 오늘은 할 말을 해야겠다."

"……."

"야, 오후쿠. 예전 일을 잊었어? 너와 난 친구였잖아."

"그건 옛날 일이다."

"옛날 일은 뭐든 잊어버려도 되는 거야? 예전부터 네가 당나라 자식이라고 아이들에게 놀림을 받을 때마다 누가 널 감싸주었는지 기억하고 있지?”

“기억하고말고.”

“기억하고 있다면 그때의 은혜를 조금은 생각해봐.”

히요시는 자신보다 훨씬 큰 오후쿠를 노려보았다.

“여기서 일하는 다른 사람들이 모두 큰 주인은 좋지만 젊은 주인인 오후쿠는 건방지고 인정도 없다고 말해.”

“……”

“너같이 고생도 모르는 도련님은 가난해져서 다른 집 밥을 먹어봐야 한다고 말이야.”

“……”

“앞으로도 일하는 사람들을 괴롭히거나 나한테 심하게 굴면 나도 어떻게 할지 몰라. 내가 아는 아저씨 중에 노부시가 있는데 부하를 천 명이나 거느리고 있어. 그 아저씨를 불러 하룻밤 사이에 이 집을 짓밟아버릴 테니 그리 알아.”

히요시는 겁을 주려고 입에서 나오는 대로 지껄였지만 소심한 오후쿠는 히요시의 눈빛과 말투에 주눅이 들어 벌벌 떨었다.

“오후쿠 님.”

“작은 주인님.”

아까부터 안채 쪽에서 하인들이 오후쿠를 찾고 있었다. 하지만 오후쿠는 그들에게 대답할 용기도 잃어버리고 히요시의 눈빛에 꼼짝도 못하고 있었다.

“부르잖아.”

히요시가 가르쳐주듯 말했다.

“그만 가도 좋아. 하지만 방금 말한 거 잊지 마.”

히요시는 재차 말하고는 먼저 본래 있던 곳으로 되돌아갔다. 그 뒤 히요시는 당장이라도 안채 쪽에서 자신을 찾으러 올까 봐 가슴이 쿵쾅거렸지만 아무 일도 일어나지 않았다.

그런 일도 잊고 지낼 만큼 어느새 해가 바뀌어 히요시는 열여섯 살이 되었다. 농부는 농부처럼, 상인은 상인처럼 열여섯이 되면 원복元服[23]을 입고 청년이 돼야 했지만 히요시에게 그런 축하는커녕 부채 하나 주는 사람도 없었다. 단지 정월이라 넓은 부엌 마루 한구석에서 다른 일꾼들과 함께 코를 훌쩍이며 조로 만든 떡을 오랜만에 먹었을 뿐이다.

'어머니와 누나도 정월에 떡을 먹고 있을까?'

히요시는 불쑥 그런 생각이 들었다. 조를 키우는 농부이면서도 지난 정월에 떡도 없이 보냈던 게 떠올랐기 때문이다. 그가 그런 생각을 하는 동안 곁에 있던 사내들이 투덜댔다.

"오늘 밤, 주인님이 또 손님을 부르면 우리까지 구석에 무릎을 꿇고 앉아 장광설을 듣게 되겠군."

"정말 싫다. 모처럼 정월인데."

"배가 아프다고 하고 잠이나 잘까."

일 년에 두세 번 음력 정월이나 에비스코惠比須講[24]와 같은 명절 때면 스데지로는 자주 손님을 초대했다. 세토瀨戶의 장인들부터 나고야 기요스의 거래처 가족, 무가나 친척 등 꽤 많은 손님이 저녁부터 모여들었다.

"어서 오십시오. 잘 오셨습니다."

스데지로는 그런 날이면 특히 기분이 좋아져 직접 접대를 하며 평소 소원했던 일을 사죄했다. 그의 아름다운 아내와 딸은 다과 자리를 마련했는데, 진귀한 그릇이나 정성 들여 키운 꽃을 장식해 손님들을 극진히 대접했다.

히가시야마도노東山殿25가 다도를 칭송한 뒤 언제부터인지 그 풍류가 민간에도 퍼졌다. 그 영향이 다시 민가의 방이나 장지, 응접실에 이르기까지 자연스럽게 변화를 가져왔고 그러는 사이에 차 문화가 생활 속으로 녹아들었다.

특히 세토 촌 일대에서 굽는 도자기는 담백하면서도 우아해 다도 용기로 많이 사용되었다. 또한 좁은 방에서 꽃 한 송이와 함께하는 차 한 잔은 전란에 빠진 세상과 괴로운 인생을 잠시 잊고 혼탁한 세상에서 정신을 수양하는 방법이기도 했다.

마흔 살쯤 된 건장한 무사가 속속 모여드는 손님들 속에 섞여 있다 다과 자리에 들어왔다.

"이거, 부인께서 직접……."

무사는 그렇게 다완집 부인에게 말을 건네고는 공손히 인사를 했다.

"저는 미쿠리야御廚의 와타나베 덴조渡辺天藏라고 합니다. 친척이신 고메노米野의 시치로베七郎兵衛 님의 지인입니다. 시치로베 님과 함께 오려고 했는데 공교롭게 시치로베 님이 감기에 걸리셔 결례인 줄 알면서도 이렇게 혼자 오게 되었습니다."

덴조는 시골 무사 같은 무골이었지만 사람을 대하는 태도가 공손했다. 그가 차를 한 잔 청하자 부인이 노란 세토 찻잔에 차를 따라 내주었다. 덴조는 다도에 대해 잘 모른다면서도 느긋하게 차를 마시면서 주

---

25 무로마치 막부의 8대 장군인 아시카가 요시마사足利義政의 별칭이다. 때론 그의 산장을 가리키기도 하는데, 지금의 교토 은각사銀閣寺가 바로 그곳이다.

위를 둘러보았다.

"과연 평판대로 가재들이 훌륭합니다. 실례지만 물병으로 사용하는 저것이 세간에서 말하는 아카에赤繪26라고 하는 것이 아닌지요?"

"예, 말씀하신 그대로입니다."

"흐음."

덴조는 감탄한 듯 시선을 고정한 채 다시 말했다.

"아카에는 사카이境 상인의 눈에 들면 천금도 할 것인데. 덕분에 근래 보기 드물게 눈이 호강하게 되었습니다."

덴조는 좀처럼 자리에서 일어날 생각을 하지 않았다. 그러는 사이 안에서 준비가 다 됐다는 연락이 왔고 부인과 딸은 손님들을 큰 마루 쪽으로 안내했다.

몇십 명이 먹을 음식이 마루의 장지와 벽을 따라 원형으로 차려져 있었다. 스데지로가 그 한가운데 앉아 인사를 하자 부인과 딸, 그리고 하녀들이 손님들 잔에 술을 채웠다.

"그럼 저도 자리에 앉겠습니다."

스데지로는 인사를 한 뒤 장년 시절에 보고 들은 '명나라 이야기'를 장황하게 늘어놓기 시작했다. 그는 나라 안에서 몇 명밖에 알지 못하는 명나라에 대한 지식과 바다를 건넌 경험을 자랑하는 걸 좋아했다. 하지만 스데지로가 일 년에 몇 번씩이나 온 집안사람들을 총동원해 음식을 만들어 손님을 접대하는 까닭은 따로 있었다. 그것은 자식, 아니 자신이 낳은 자식보다 더 아끼며 애지중지 키운 오후쿠에 대한 사랑이 컸기 때문이다.

사람들은 오후쿠가 스데지로의 진짜 아들이 아니라는 사실을 알고 있었다. 그리고 언제부턴가 오후쿠가 순수한 일본 태생이 아닌 게 신

---

26 도자기에 주로 붉은색을 사용해서 그린 그림이나 그런 도자기를 일컫는다.

기한 듯 수군거렸다. 오후쿠는 어릴 때부터 밖에 나가면 같이 노는 아이들에게 당나라 자식이라고 놀림을 받아 울면서 돌아왔고, 그럴수록 더욱 내성적으로 변해갔다. 그럴 때마다 스데지로는 가슴이 아팠고 죽은 고로 다유에게 미안한 마음뿐이었다.

오후쿠의 생모 이금은 명나라 사람으로 신분이 낮은 중국 사람이었다. 이세마쓰사카 사람인 고로 다유가 도자기 공부를 위해 오랫동안 경덕진景德鎭27으로 건너가 있을 때 이금을 만나 낳은 아이가 바로 오후쿠였다.

오후쿠의 어릴 적 이름은 양경복이었다. 고로 다유가 귀국하게 됐을 때 하인인 스데지로가 양경복을 업고 장강과 천 리 바닷길을 건너 데려왔다. 하지만 고로 다유는 귀국한 지 얼마 지나지 않아 병에 걸려 죽고 말았다. 그렇게 그는 오랜 세월 명나라에서 연구해온 것을 토대로 국내 도자기 공예에 신기원을 이룩하지도 못하고, 이금과의 사이에서 낳은 아이가 자라는 모습도 보지 못한 채 세상을 떠났다.

"오후쿠는 자네가 맡아주게."

주인은 임종할 때 스데지로에게 아이를 부탁했다. 귀국한 뒤 양경복이라는 이름이 어색해 후쿠타로復太郎로 이름을 바꿨지만 얼마 지나지 않아 마쓰사카 근방의 사람들에게 후쿠타로가 당나라 아이라는 사실이 알려지고 말았다.

고로가 죽은 뒤 스데지로는 마쓰사카를 떠나 고향인 오와리로 왔고, 이곳 세토 촌에서 나는 도자기를 비롯해 여러 지방의 가마에서 만든 물건을 나고야, 기요스, 교토, 오사카로 팔았다. 그렇게 여러 지방을 왕래하는 중에, 그리고 오후쿠가 자라면서 그의 어머니가 중국 사람이라는 사실이 사람들 귀에 들어가게 되었다.

---

27 중국 강서성 북동부에 위치한 도시로 중국 내에서 손꼽히는 요업 도시다.

'세상 사람들이 명나라의 사정을 잘 모르기 때문이야. 게다가 괜히 숨기려고만 하니 더욱 이상한 눈으로 보는 거야.'

스데지로는 그렇게 생각했다.

'세상에 명나라가 어떤 나라인지 가르쳐주자. 그럼 오후쿠도 자신의 핏줄을 부끄러워하지 않을 거고, 또 내성적인 성격도 고칠 수 있을 거야.'

그런 생각에 스데지로는 손님들을 초대해 명나라의 이야기를 자랑삼아 들려주었다.

오늘 밤은 술자리가 무르익을수록 손님들 쪽에서 명나라 이야기를 재촉했다.

"스데지로 님, 어서 명나라 이야기를 들려주시지요."

천축天竺이나 당나라를 꿈속 나라처럼 생각하던 사람들도 근래에 들어온 대포와 소총, 자명종이라는 물건을 알게 되었고, 명주나 경사更紗[28] 등의 직물을 보면서 막연하게나마 이 세상에는 일본 외에도 큰 나라들이 많이 있다는 것을 느끼기 시작했다.

스데지로가 손님들을 향해 먼저 말문을 열었다.

"포르투갈이나 스페인, 네덜란드와 같은 홍모인紅毛人의 나라들과 명나라가 똑같다고 생각하면 안 됩니다. 왜냐하면 명나라와 일본은 비록 나라는 다르지만 같은 동양으로 피부색부터 머리색, 문화와 종교와 도덕, 그 피까지 닮은 나라이니 말입니다."

스데지로는 진나라와 한나라, 당나라 때 많은 사람이 중국에서 일본으로 건너와 귀화한 사실과 그 귀화인들이 일본인 아내를 맞아 아이를 낳고 일본 문화에 많은 공적을 남겼다는 사실을 말했다. 그리고 그 옛날 견당사를 태운 배가 바다를 건너 일본에서 중국으로 빈번하

____

28 꽃, 잎사귀, 새 등의 무늬가 날염된 광택 나는 면직물로, 주로 커튼이나 가구 덮개 등을 제작할 때 쓰인다.

게 왕래하며 지식이나 물건을 교역해왔기 때문에 두 나라는 이와 잇 몸 같은 관계라고 설명했다. 예를 들어 평소에 흔히 먹는 두부 같은 음 식만 하더라도 그곳에서 온 것이고, 그뿐 아니라 산천 풍물, 인정과 도 덕, 또 그림이나 문학 등 모든 것이 신기할 정도로 닮은 나라라고 했다.

전혀 다른 점이라고 하면 일본은 하나의 혈통인 황실을 받들다 보 니 황제가 바뀌지 않는 것에 반해 중국은 나라가 너무 큰 탓인지 수천 년 이래로 왕조의 싸움이 끊이질 않는다는 것이다. 다시 말해 중국은 세력이 강한 자가 스스로 제왕이라 칭하는 데다 민심을 하나로 묶지 못해 그 역사가 복잡하고 나라의 정세나 형편도 크게 다르니 한마디로 패도覇道29의 나라라는 것이다. 그리고 일본은 나라가 어지럽고 서로 싸워도 조정이라는 중심이 몇천 년 동안 확고하게 자리 잡고 있지만 명나라에는 그런 평온함이 없다고 했다.

"생각해보면 우리는 좋은 나라에 태어난 것입니다."

스데지로는 그렇게 일본과 명나라를 비교하며 이야기를 이어 나갔 다. 그리고 오후쿠에게 넌지시 비굴한 마음을 갖지 말라고 훈계하고, 사람들에게 명나라와 일본의 밀접한 관계를 깨우쳐주었다. 그래서인 지 근래에는 오후쿠의 내성적인 성격이 많이 바뀌었다. 그리고 일하는 사람들이나 마을 사람들도 절대로 오후쿠를 비웃지 않게 되었다.

"정말 잘 먹었습니다. 오늘 밤, 여러 가지 새로운 이야기도 듣 고……."

"정말 대접 잘 받았습니다. 어느새 밤도 깊었으니 이제 이쯤에서."

"그럼, 그만 자리를 파하도록 하겠습니다."

잔치가 끝난 뒤 손님들이 차례로 돌아갔다. 그리고 하인들은 뒷정리 를 하느라 한바탕 분주히 움직였다.

---

29 인의仁義를 가볍게 여기고 무력이나 권모술수를 써서 이익을 꾀하거나 나라를 다스리는 것을 말한다.

"아이고, 드디어 끝났구나."

"손님들은 명나라 얘기를 듣고 신기할지 모르지만 우리는 귀에 못이 박히도록 들어서 말이야."

하인들은 하품을 하며 뒷정리를 해야 했다. 히요시도 분주히 움직이며 일했다.

이윽고 넓은 부엌의 불빛과 마루와 주인 방의 불빛이 꺼지고 다완 집을 둘러싸고 있던 토벽의 문에도 튼튼한 빗장이 걸렸다. 무사의 저택은 말할 것도 없고 상인의 집과 조금이라도 재산이 있어 보이는 집은 반드시 토벽을 쌓거나 주위에 호를 팠다. 그리고 문 안쪽에도 이중삼중으로 도적을 대비한 방비를 해놓았다.

이렇듯 도시나 지방에서는 오닌應仁의 난[30] 뒤로 문단속을 철저히 했다. 그리고 해가 지면 잠을 자는 게 당연한 일이 되었다. 잠을 자는 것이 유일한 즐거움인 하인들은 각자 방에 들어가면 꼼짝도 하지 않았다. 히요시는 하인들 방 한쪽 구석에서 목침을 베고 짚을 넣어 만든 얇은 이불을 덮고 있었다.

"응?"

잠이 오지 않았던 히요시가 문득 고개를 갸웃했다. 오늘 밤 히요시는 하인들과 함께 주인인 스테지로가 들려주는 명나라 이야기를 열심히 들었다. 그렇지 않아도 공상이 많던 그는 큰 감동을 받으면 가벼운 열병을 앓듯 좀처럼 잠을 이룰 수가 없었다.

"뭐지?"

히요시는 몸을 일으켜 이불 위에 앉았다. 방금 뒤편에서 분명 나뭇

---

30 무로마치 시대 오닌 원년(1467년)의 8대 장군인 아시카가 요시마사의 후사 문제 등으로 촉발되어 전국으로 확대된 내란으로, 전국戰國 시대로 접어드는 계기가 되었다. 오닌의 난은 십 년 동안 이어졌는데, 주된 격전지였던 교토는 재로 변했고 일본 전역은 피폐해졌다.

가지 부러지는 소리가 들렸다. 그전에도 사람의 발소리 같은 기척이 들린 듯해서 귀를 기울이고 있던 참이었다. 히요시는 부엌을 통해 문 밖을 엿봤지만 큰 독에 담긴 물도 얼어붙고 처마에 칼 같은 고드름이 달려 있는 한밤중일 뿐이었다. 그러다 문득 뒤편의 커다란 나무를 바라보았는데, 그때 나무 위로 기어오르는 사내가 있었다. 방금 전 들린 큰 소리는 사내가 밟은 나뭇가지가 부러지는 소리인 듯했다. 히요시는 온몸에 신경을 집중하고 나무 위 사내의 기괴한 행동을 지켜보았다. 사내는 반딧불처럼 작은 불을 공중에다 대고 빙글빙글 돌렸다. 그것은 화승총 노끈이 틀림없었다. 붉은 소용돌이에서 희미한 불똥들이 바람에 날리며 무슨 신호를 보내는 것처럼 보였다.

'아, 내려온다.'

히요시는 밖으로 뛰어나가 족제비처럼 어둠 속에 몸을 숨겼다. 나무에서 내려온 사내는 재빨리 큰 걸음으로 앞쪽으로 돌아갔다. 곧바로 히요시가 사내의 뒤를 쫓아갔다.

'저녁에 봤던 손님 중 한 명이 틀림없어.'

히요시는 자신이 잘못 봤나 생각했지만 역시 본 적이 있는 사내였다. 사내는 미쿠리야에서 온 와타나베로 부인의 다과 자리에 있었고, 또 주인인 스데지로의 이야기를 처음부터 끝까지 열심히 듣다 돌아갔다.

손님들이 모두 돌아갔을 텐데, 사내는 지금까지 왜, 어디에 있었던 것일까? 게다가 사내는 차림새도 저녁과는 달랐다. 그는 짚신을 신고 바짓가랑이를 말아 올린 채 큰 칼을 차고 매같이 날카로운 시선으로 주위를 살피고 있었다. 언뜻 보기에도 살벌한 피 냄새를 풍기는 행색이었다.

"잠깐, 지금 빗장을 벗길 테니까 조용히 해라."

기괴한 사내는 그렇게 말하며 문 안쪽으로 다가가더니 문을 열려고 했다. 그러는 동안에도 사람들은 밖에서 웅성대며 덜컥덜컥 문을 흔들었다.

'도적들? 그래, 도적의 우두머리가 메뚜기 떼처럼 많은 부하를 불러 약탈을 하러 온 것이다. 도적들이다!'

그 순간 히요시는 어둠 속에서 피가 끓어오르면서 정신이 아득해졌다. 그리고 자신이 섬기고 있는 주인댁에 큰 위험이 닥쳤다는 생각이 들자 다른 생각을 할 수가 없었다. 그렇지 않고서는 히요시가 그토록 대담하고 백치 같은 행동을 할 수 없었을 것이다.

"아저씨!"

어둠 속에서 어슬렁어슬렁 걸어 나온 히요시가 무슨 생각에서인지 대문을 열고 부하들을 안으로 들이려는 사내의 등을 향해 소리쳤다.

"응?"

사내는 움찔하더니 뒤를 돌아보았다. 그는 바로 저녁에 손님으로 왔던 덴조였다. 덴조는 자신을 부르는 사람이 이 집에서 일하는 열여섯 살짜리 꼬마라고 생각하지 못한 듯했다.

"……."

원숭이처럼 생긴 이상한 소년이 친근한 눈빛으로 덴조에게 다가오는 것이었다. 덴조는 잠시 소년의 얼굴을 뚫어져라 바라보았다.

"넌 누구냐?"

덴조가 아무리 생각해도 알 수 없다는 표정으로 물었다. 하지만 히요시는 태연했다. 아니 태연하게 보일 정도로 위험하다는 것조차 잊은 듯했다. 히요시는 싱긋 웃지도 않고, 그렇다고 별다른 표정도 없이 되물었다.

"아저씬 누구세요?"

"뭐야?"

덴조는 아무리 머리를 굴려봐도 이 상황을 이해할 수가 없었다.

'혹시 바보인가?'

하지만 아이는 아이답지 않은 눈빛으로 덴조를 압박하고 있었다. 덴조가 히요시의 눈길을 뿌리치듯 날카로운 눈으로 노려보았다.

"이놈, 우리는 미쿠리야의 도적이다. 소리를 내면 베어버릴 테다. 너 같은 꼬마의 목숨을 가지러 온 것이 아니니 헛간에라도 처박혀 있거라."

칼을 뽑는 시늉이라도 하면 꽁무니를 빼고 도망칠 것이라고 생각했는지 덴조가 칼집의 손잡이를 한 번 쳤지만 히요시는 하얀 이를 드러내며 싱긋 웃고는 말했다.

"그럼, 아저씨는 도둑이구나. 도둑이면 원하는 물건을 가지고 가면 되잖아요."

"시끄럽다. 저리 가거라."

"가기야 가겠지만 그 문을 열면 아저씨들은 모두 살아서 돌아가지 못할걸요."

"뭐라고?"

"모르는구나. 아무도 모르지만 나는 알고 있는데."

"네놈은 머리가 좀 이상한 놈이구나."

"아저씨야말로 머리가 나쁘구나. 이런 집에 도둑질을 하러 들어오다니."

문밖에서는 안쪽의 상황을 모르다 보니 문이 열리기를 기다리다 참지 못한 누군가가 문을 흔들며 말했다.

"아직 멀었습니까? 아직?"

"잠깐, 잠깐 기다려."

덴조가 문밖의 사람들을 제지한 뒤에 다시 히요시에게 말했다.

"네가 방금 이 집에 들어오면 살아서 돌아가지 못한다고 했는데, 정말이냐?"

"정말이고말고요."

"그게 무슨 말이냐? 만약 거짓말이면 머리를 뽑아버릴 테다."

"공짜론 안 가르쳐줘요. 나한테 뭐든 안 주면 말하지 않을 거예요."

"흐음."

덴조가 신음 소리를 내더니 히요시에게 품었던 의심을 다완집을 향해 돌렸다. 밤하늘은 한없이 차갑고 맑았지만 토벽에 둘러싸인 이 집 일대는 한밤중의 새카만 어둠 속에 잠겨 있었다.

"갖고 싶은 게 뭐냐?"

시험 삼아 덴조가 물었다.

"날 부하로 삼아주면 물건 따윈 필요 없어요."

히요시의 말에 덴조는 눈을 크게 떴다.

"그럼 넌 우리 무리에 들어오고 싶다는 게냐?"

"예."

"도적이 되고 싶으냐?"

"예."

"몇 살이냐?"

"열여섯이요."

"왜 도적이 되고 싶은 게냐?"

"이 집 주인님은 날 마음대로 부려먹고 하인들은 날 원숭이라고 놀리며 괴롭히기만 하거든요. 그래서 아저씨 같은 노부시가 되어 복수해 주려고요."

"좋다. 부하로 받아주겠다. 하지만 방금 전 네가 한 말을 증명한 뒤다."

"이 집에 들어오면 모두 죽는다고 한 거 말이죠?"

"그래."

"아저씨의 계획이 서툴기 때문이에요. 아저씬 초저녁에 손님으로 변장해서 사람들 속에 섞여 들어왔었죠?"

"그렇다."

"아저씨 얼굴을 알고 있는 사람이 있어요."

"그럴 리 없다."

"주인님이 잘 알고 있던데요, 뭐. 초저녁에 손님들이 있는 동안 주인님의 분부로 야부야마의 가토 기요타다加藤淸忠 님 저택으로 달려가서 '한밤중에 분명 도적들이 몰려올 것이니 부탁드립니다' 하고 알려드린 걸요."

"야부야마의 가토? 아, 오다 가문의 가신인 가토 단조 말이군."

"단조 님과 주인님은 친척이거든요. 근처에 살고 있는 무사들을 열 명 넘게 모아 모두 손님으로 위장시킨 다음 집 안에 숨겨두었어요. 거짓말 아니에요."

히요시의 말을 사실로 믿은 덴조는 무척이나 당황해했다.

"으음, 그렇군. 그러면 그자들은 무엇을 하고 있느냐?"

"방금 전까지 빙 둘러앉아 술을 마시며 기다리고 있었는데, 아마 오지 않을 것 같다며 모두 잠이 들었어요. 이렇게 추운데 나 혼자 망을 보게 하고 말이죠."

"그럼 너는 망을 보고 있었단 말이냐?"

히요시가 고개를 끄덕이는 순간 덴조가 달려들어 큰 손으로 히요시의 입을 막으며 말했다.

"소리치면 목숨은 없는 줄 알아라."

히요시가 발버둥 치며 말했다.

"아저씨, 약속하고 다르잖아요. 소리치지 않을 테니 손을 풀어줘요."

덴조는 고개를 저으며 말했다.

"안 된다. 나도 미쿠리야의 덴조다. 네 말을 들으니 이 집에서 방비를 하고 있는 것 같다만, 그렇다고 빈손으로 돌아가면 부하들에게 얼굴을 들 수가 없다."

"그러니까, 그러니까 말이에요."

"그러니까 뭐가 말이냐?"

"아저씨가 훔치고 싶은 물건을 내가 가지고 나올 테니……."

"네가 가지고 나온다고?"

"예, 그럼 되잖아요. 서로 죽고 죽이는 위험한 짓을 하지 않아도 되고."

"정말 그럴 테냐?"

덴조는 히요시의 목을 조르며 되물었다.

문밖에 있는 덴조의 부하들은 아무리 기다려도 문이 열리지 않자 두려움 반 의심 반으로 계속해서 문을 흔들어댔다.

"두목, 두목."

"어떻게 된 겁니까?"

"대체 무슨 일입니까?"

덴조는 빗장을 반쯤 벗기고 그 틈으로 밖을 향해 말했다.

"상황이 좋지 않으니 조용히 해라. 그리고 모여 있지 말고 부근에 숨어 있도록 해라."

부하들은 상황이 심상치 않음을 눈치채고 급히 풀숲과 나무 뒤편같이 몸을 숨길 곳을 찾아 흩어졌다.

히요시는 덴조가 말한 물건을 집 안에서 들고 나오기 위해 하인들 방 입구를 통해 안채 쪽으로 들어갔다. 그날따라 한밤중에는 켜져 있지 않던 주인의 거처에 불이 켜져 있었다.

"주인님."

히요시는 마룻귀틀에 무릎을 꿇고 앉아 주인을 불렀다. 하지만 대답이 없었다. 그때 주인인 스데지로와 부인이 방 안에 앉아 있는 기척이 느껴졌다.

"저기, 마님."

히요시가 다시 한 번 부르자 부인이 대답했다.

"누구냐?"

분명 두려움에 찬 목소리였다. 아까부터 사람의 기척을 듣고는 도적들이 쳐들어온 게 아닌가 싶어 두려움에 떨고 있는 게 틀림없었다. 히요시가 장지를 열고 들어오자 스데지로와 부인은 깜짝 놀라 공포가 가시지 않은 불안한 얼굴로 히요시를 바라보았다.

"도적들이 쳐들어왔습니다."

히요시의 말에 주인 내외는 침만 꼴깍 삼킬 뿐 아무 말도 하지 못했다. 아니, 말도 못 할 정도로 얼굴이 하얗게 질려 있었다.

"안으로 들어오면 큰일입니다. 주인님 가족을 모두 매달아버릴 것입니다. 분명 사람들도 죽거나 다칠 것입니다. 그래서 제가 계책을 내서 도적의 두목을 밖에서 기다리게 했습니다."

히요시는 도적의 두목인 덴조에게 말한 것을 그대로 주인에게 전했다.

"그러니 주인님, 도적의 두목이 원하는 물건을 내주는 것이 좋을 듯합니다. 제가 가지고 가서 건네주면 그대로 물러갈 테니 말입니다."

"히요시, 대체 도적 두목이 원하는 게 무엇이냐?"

스데지로가 묻자 히요시가 대답했다.

"예, 덴조가 노리고 온 것은 이 집의 보물인 아카에 물병입니다."

"뭐, 아카에 물병?"

"네, 그것을 내주면 돌아가겠다고 했습니다. 별것 아니니 내주시지요. 그리고 제가 몰래 가지고 나가서 건네주는 척하면……."

히요시가 주인 내외에게 의기양양하게 말했지만 스데지로와 안주인의 얼굴은 근심과 공포로 어두워졌다.

"아카에 물병은 오늘 창고에서 꺼내 다과 자리에서 사용한 그 도자기인 듯합니다. 도적의 두목은 정말 바보인 듯합니다. 뭐를 노리나 했더니 그런 물건을 가지고 오라고 하니 말입니다."

히요시는 정말 웃긴다는 표정으로 말했지만 안주인은 돌부처가 된 듯 아무 말도 하지 않았고 스데지로는 한숨을 깊이 내쉬었다.

"참으로 난처하게 됐구나."

"주인님, 뭘 그리 고민을 하십니까? 도자기 하나면 피를 흘리지 않고 끝날 일입니다."

"그것은 내가 장사로 파는 흔한 도자기가 아니다. 명나라에서도 귀한 물건으로 온갖 고생을 무릅쓰고 여기까지 가지고 온 물건이다. 또 돌아가신 고로 님의 유품이기도 하고."

스데지로가 중얼거리자 부인도 말을 보탰다.

"사카이 일대의 다구 가게에서는 천금이나 하는 고가의 물건이란다."

부부는 아쉬운 마음에 말은 그렇게 했지만 살벌한 도적들이 더 무서운 게 사실이었다. 다른 지방에서는 맞서 싸우다 모두 죽임을 당하고 집까지 불에 탄 경우도 이따금 있었다. 이런 경우에 남자는 빨리 결심을 해야 했다. 스데지로는 잠시 도자기에 대한 애착을 끊지 못하고 고민했지만 이윽고 결심한 듯 입을 열었다.

"어쩔 수 없다!"

스데지로는 조금 기력을 회복했는지 칠을 한 작은 서랍에서 흙벽으로 지은 광의 열쇠를 꺼내더니 히요시 앞에 내주며 말했다.

"가지고 가서 주거라."

스데지로는 마음속으로 히요시가 나이에 어울리지 않는 기지로 잘 대처했다고 생각했지만 뻔히 눈 뜨고 건네줘야 하는 아카에 물병을 향한 애착 때문에 칭찬도 하지 못했다. 히요시가 광의 문을 열고 상자 하나를 안고 와서는 열쇠를 주인에게 건네며 말했다.

"이젠 불을 끄고 조용히 주무시는 편이 좋을 듯합니다. 걱정하지 마십시오."

히요시는 주인 부부에게 주의를 주고 다시 밖으로 나갔다.

그 무렵 덴조는 '어떻게 됐을까?' 궁금해하며 히요시를 기다리고 있었다. 덴조는 히요시의 손에서 아카에 물병이 들어 있는 상자를 받아 들자마자 상자 안을 확인했다.

"흐음, 이것이다."

덴조의 굳은 얼굴이 풀렸다.

"자, 아저씨. 어서 빨리 돌아가는 게 좋을 거예요. 방금 광에서 상자를 꺼내올 때 촛불을 켰더니 가토 님과 다른 무사들이 잠에서 깨서 집 안을 한 바퀴 둘러보자고 했거든요."

히요시가 재촉하자 덴조도 허둥지둥 문밖으로 뛰어나갔다.

"꼬마야, 언제라도 미쿠리야로 찾아오너라. 부하로 삼아줄 테니."

덴조는 그렇게 말하고 어둠 속으로 자취를 감췄다.

고양이 밥

두려움에 떨어야 했던 밤이 지나고 날이 밝았다.

다음 날 점심 무렵이었다. 아직 마쓰노우치松の内31여서 축하객들의 발길이 끊이지 않았지만 집 안은 무거운 침묵에 휩싸여 있었다. 주인인 스데지로는 침울한 얼굴을 하고 있었고 늘 태평하던 안주인은 자리에 눕고 말았다.

스데지로의 부인은 어젯밤 악몽에서 아직 벗어나지 못한 듯 창백한 얼굴로 병자처럼 자리에 누워 있었다. 그 곁을 오후쿠가 지키고 있었다.

"어머니, 방금 아버님께도 말씀드리고 왔으니 이제 안심하세요."

"그러냐? 아버님은 뭐라고 하시더냐?"

"처음에는 제가 하는 말을 반신반의하셨지만 평소 히요시의 행동부터 언젠가 집 뒤편에서 저를 붙잡고 미쿠리야의 도적을 잘 알고 있다고 위협했던 사실까지 말씀드리자 깜짝 놀라시는 모습이었어요."

"바로 내보내겠다고 하셨느냐?"

"그런 말씀은 하지 않으시고 범상치 않은 데가 있는 아이라고 말씀

---

31 정월 초하루부터 7일 또는 15일까지 대문 앞에 가도마쓰門松(대문 앞 양쪽에 세워두는 소나무 장식)를 세워두는 것을 말한다.

하셔서 도적의 첩자를 집 안에 둘 생각이시냐고 말씀드렸습니다.”

“난 처음부터 그 아이의 눈매가 마음에 들지 않았다.”

“그 말도 했더니 그제야 ‘그렇게 모두들 싫어한다면 내보내는 수밖에 없다’고 하셨어요. 하지만 야부야마의 가토 님이 부탁하신 사정도 있고, 또 직접 말하기도 뭣하니 저와 어머니가 의논해서 문제가 생기지 않게 내보내라고 하시고는 외출하셨어요.”

“아, 그걸로 됐다. 나는 잠시라도 저런 원숭이 같은 아이를 집 안에 두는 것을 참을 수 없구나. 히요시는 지금 뭘 하고 있느냐?”

“광에서 짐 싸는 걸 돕고 있어요. 당장 이리 불러서 말을 할까요?”

“그만두거라, 얼굴을 보는 것도 싫다. 아버지가 그리 말씀하셨다면 네가 오늘 안에 그만 나가라고 말하면 되지 않겠느냐.”

오후쿠는 내심 겁이 났지만 대답했다.

“알겠습니다. 품삯은 어떻게 할까요?”

“본시 삯을 준다는 약속을 하고 데려온 것도 아니고 일도 제대로 못하는데 먹여주고 옷을 준 것만으로도 그 아이에게는 과분하다. 하나…… 그렇지, 지금 입고 있는 옷을 주고 소금 두 되를 주거라.”

오후쿠는 자기 혼자서 말하는 것이 두려웠는지 다른 일꾼을 데리고 도자기 광으로 갔다.

“원숭이, 있느냐?”

오후쿠가 광 안을 들여다보며 부르자 머리에 짚을 뒤집어쓴 채 일하고 있던 히요시가 평소보다 쾌활한 목소리로 대답하며 달려 나왔다.

“예, 무슨 일이십니까?”

다른 사람에게 말하면 좋지 않다고 생각해서 아무에게도 말하지 않았지만, 히요시는 어젯밤 일에 대해 속으로 자랑스럽게 생각하고 있었다. 분명 주인님이 곧 칭찬해줄 것이라고 은근히 기대하고 있을 정도였다.

오후쿠 옆에는 평소에 히요시가 가장 무서워하는 일꾼 중에서도 완력이 센 사내가 서 있었다.

"원숭이."

"예?"

"넌 그만 돌아가도 괜찮다."

오후쿠가 말하자 히요시가 의아한 눈으로 물었다.

"어딜 말입니까?"

"어디라니, 네 집으로 말이다. 집이 있지 않느냐."

"있기는 하지만……."

히요시가 그 이유를 묻기도 전에 오후쿠가 덧붙였다.

"오늘부로 그만 나가거라. 지금 입고 있는 옷은 줄 테니 바로 나가거라."

그때 옆에 있던 사내가 히요시의 잠옷 꾸러미에 소금 두 되를 넣으며 말했다.

"이것은 주인마님께서 온정으로 네게 내리시는 것이다. 인사는 하지 않아도 되니 이 집에서 당장 나가거라."

히요시의 얼굴에 뜨거운 기운이 치솟았다. 그의 눈빛은 오후쿠를 향해 당장이라도 달려들 듯한 분노를 띠고 있었다.

"알겠느냐?"

오후쿠는 사내의 손에 있던 보퉁이와 소금 주머니를 땅에 놓고는 서둘러 가버렸다. 그를 노려보고 있던 히요시의 눈가에 눈물이 가득 고였다. 히요시는 더 이상 아무것도 볼 수가 없었다. 그의 머릿속에는 들불처럼 활활 타오르는 분노와 함께 슬픔에 찬 어머니의 얼굴이 떠올랐다.

'이번에도 일하는 곳에서 쫓겨나면 야부야마의 가토 님의 얼굴에 먹칠을 하는 것이고 이 어미도 부끄러워 세상에 얼굴을 들 수가 없을 것이다.'

이곳에 오기 전에 그렇게 말하며 눈물짓던 어머니의 얼굴과 아이를 낳을 때마다 눈에 띄게 야위어가던 어머니의 모습이 떠올랐다. 히요시는 어떻게 해야 할지 아무 생각도 나지 않아서 한동안 콧물을 훌쩍이며 멍하니 서 있었다.

"원숭이."

"왜 그러고 있는 게냐?"

"또 쫓겨나는구나."

"이제 열여섯 살이니 어디를 가더라도 밥은 먹여줄 게다. 사내자식이 울기는."

다른 일꾼들과 하인들이 그를 한가운데 두고 여기저기서 일을 하며 말했다. 하지만 히요시는 누구에게도 우는 얼굴을 보이고 싶지 않았다. 히요시는 하얀 이를 드러내 보이며 그들을 바라보았다.

"울긴 누가 울어. 이제 이 집에서 일하는 건 지긋지긋해. 이번에는 무사 집에 가서 일을 할 거다!"

그러고는 보퉁이를 등에 짊어지고 바닥에 떨어져 있던 가는 대나무에 소금 주머니를 걸어 어깨에 훌쩍 둘러멨다.

"무사 집에 간다고 하네."

"하하하, 참으로 터무니없는 녀석이로군."

히요시를 미워하는 것은 아니었지만 누구 하나 히요시의 뒷모습을 동정 어린 눈으로 바라보지 않았다. 히요시 역시 그 집의 토벽 밖으로 한 발짝 나서자 푸르디푸른 하늘로 마음이 물들었는지 자유를 찾았다는 생각 말고는 아무 생각도 들지 않았다.

지난해 8월, 아즈키자카小豆坂 전투[32]에서 공을 세우기 위해 적군인 이마가와今川 진영으로 쳐들어갔던 단조가 중상을 입고 간신히 살아 돌아왔다. 그 뒤로 단조는 야부야마의 집에서 드러누운 채 아내인 오에쓰의 간병을 받아야 했다. 세밑 한파가 지나고 정월에 들어서자 복부에 창을 맞은 상처가 도졌는지 그는 날마다 신음 소리를 내며 지냈다. 집 안에 흐르는 냇물을 받아 피고름으로 더러워진 남편의 속옷을 빨던 오에쓰는 울컥 화가 치민 듯 목을 길게 빼고 소리가 나는 쪽을 둘러보았다.

"태평하게 누구지?"

광명사 산 중턱에 있는 저택이라 토벽 밖으로 얼굴을 내밀면 기슭에 있는 길과 나카무라의 경지가 보였고 쇼나이 강과 오와리 평야도 훤히 내다보였다. 차가운 정월의 하루해가 오늘도 평야의 끝자락에 걸려서 저물고 있었다.

제법 큰 목소리였다. 모진 세상사와 괴로움을 모르는 듯한 사람의 노랫소리였다. 무로마치 말기 사람들이 부르다 싫증이 난 노래였는데, 이곳 오와리 부근에 전해진 뒤 농가의 처녀들이 물레를 돌릴 때 부르곤 했다.

"어머, 히요시잖아."

오에쓰는 기슭에서 노래를 부르며 올라오는 사람을 보고는 깜짝 놀랐다. 재작년 무렵, 단조의 부탁으로 스데지로의 집에 일을 보낸 언니의 아들인 히요시가 분명했다. 히요시는 더러운 보퉁이를 등에 짊어지고 뭔가를 대나무 막대기에 걸어 어깨에 둘러메고는 태평하게 걸어오

고 있었다.

"어머, 얼마 보지 못한 새에 많이 컸구나."

오에쓰는 몸집이 커진 히요시의 모습에 적이 놀라면서도 여전히 무사태평한 모습을 보며 어이없어 했다.

"어, 이모님. 거기 계셨군요."

히요시가 뛰어와서 꾸벅 인사를 했다. 노래를 부르며 걸어온 탓인지 흥에 겨운 듯 익살스러운 모습이었다. 하지만 젊은 이모는 웃음을 잃어버린 사람처럼 어두운 얼굴로 말했다.

"대체 무슨 일이니? 위에 있는 광명사에 심부름이라도 온 게야?"

"아니요."

히요시가 머리를 긁적이며 다소 거북한 듯 말했다.

"그 집에서 나가라고 해서요. 이모님께 알리지 않으면 안 될 것 같아 들렀어요."

"어머, 또?"

오에쓰는 눈썹을 찌푸리며 말했다.

"너, 또 쫓겨났단 말이냐?"

히요시는 사정을 말하려고 했지만 왠지 귀찮아져서 어리광을 부리 듯 말했다.

"이모, 이모부는 계세요? 부탁이 있으니 계시면 만나게 해주세요."

오에쓰는 정말 어처구니가 없었다. 남편은 아즈키자카 전투에서 중상을 입고 오늘내일하고 있어 히요시를 만날 상태가 아니었다.

"너처럼 인내심 없는 아이를 낳은 언니가 참 불쌍하구나."

오에쓰가 딱하다는 듯 말하자 히요시가 풀이 죽어 중얼거렸다.

"이모부한테 부탁해보려고 했는데 안 되겠구나."

"무슨 부탁?"

“이모부는 무사니까 이번에 어느 무사의 집에서 일할 수 있도록 부탁하려고요.”

“대체 넌 올해 몇 살이니?”

“열여섯이요.”

“열여섯이나 됐으면 조금은 세상물정을 알 때도 됐잖아.”

“그래서 이젠 시시한 집에선 일하고 싶지 않아요. 이모, 무슨 방법이 없을까요?”

“철 좀 들어라.”

오에쓰가 꾸짖듯 노려보며 말했다.

“무사의 집은 무사의 가풍에 어울리는 사람이 아니면 들이지 않는다. 너처럼 들에서 천방지축 자란 아이는……”

그때 하녀가 와서 그녀에게 말을 전했다.

“마님, 빨리 오세요. 도 주인님의 몸이 안 좋으신 듯합니다.”

오에쓰는 그 말을 듣자마자 히요시는 안중에도 없는 듯 아무 말도 하지 않고 안으로 뛰어 들어갔다. 뒤에 남겨진 히요시는 한동안 멍하니 비노尾濃 평야에 지는 구름을 보고 있다가 토벽의 문 안으로 들어가더니 부엌 밖에서 서성거렸다. 당장 나카무라에 있는 집으로 돌아가서 어머니를 보고 싶었지만 의붓아버지인 지쿠아미를 생각하면 집으로 가는 길이 가시밭길처럼 느껴졌다.

‘다음 일할 곳을 찾고 나서……’

그렇게 생각한 히요시는 먼저 이모에게 말을 하는 것이 순서라고 생각해서 왔는데 이모부인 단조가 중태인 듯했다.

‘어떻게 할까?’

히요시는 주린 배를 움켜쥐고 오늘 밤부터 어디에서 잠을 잘지 궁리하기 시작했다. 그때 그의 차가운 발에 무언가 부드러운 것이 느껴졌다. 내려다보니 새끼 고양이였다. 히요시는 고양이를 안아 올리더니 부엌 끝에 앉았다.

"너도 배가 고픈가보구나?"

저물녘 아련한 빛이 히요시와 새끼 고양이 주위를 차갑게 비추고 있었다. 새끼 고양이는 히요시의 품에서 덜덜 떨다가 조금 따뜻해지자 히요시의 얼굴을 핥아댔다.

"그만, 그만둬."

히요시가 얼굴을 피하며 말했다. 사실 그는 고양이를 그다지 좋아하지 않았다. 하지만 지금 자신에게 이렇듯 친근함을 표시하는 것은 고양이밖에 없었다.

"응?"

문득 히요시는 귀를 쫑긋 세웠다. 새끼 고양이도 깜짝 놀란 듯했다. 맞은편에 바로 보이는 방에서 병자의 신경질적인 고함 소리가 들렸기 때문이다. 잠시 뒤 오에쓰가 울어서 퉁퉁 부운 눈으로 부엌으로 들어왔다. 무언가 남편의 기분을 상하게 한 듯했다. 오에쓰는 탕약이 든 병을 화로에 걸면서 소매로 눈물을 닦았다.

"이모……."

히요시가 고양이의 등을 쓰다듬으며 조심스럽게 불렀다.

"고양이가 배고픈지 떨고 있어요. 밥을 주지 않으면 죽을지도……."

실은 히요시도 배가 고팠다. 하지만 오에쓰는 지금 그런 것에 신경 쓸 때가 아니라는 듯 냉정하게 말했다.

"너, 아직도 있었니? 해가 져도 재워줄 수 없다."

오에쓰는 눈물 어린 눈가를 소매로 가린 채 약을 달였다. 먹먹한 가슴을 부여잡고 혼자 울고 있는 젊은 이모의 모습에서 이삼 년 전 행복했던 새색시의 아름다움은 비를 맞은 꽃처럼 퇴색되었다.

'저렇게 우는 걸 보니 이모도 뭔가 걱정거리가 있나보구나.'

히요시는 고양이를 안은 채 물끄러미 그녀의 모습을 바라보다 문득 젊은 이모의 몸이 이상하다는 것을 깨닫고 넌지시 물었다.

"이모, 임신했어요? 배가 나왔네요."

울고 있던 오에쓰는 뺨이라도 얻어맞은 것처럼 눈을 치켜떴다.

"어린 녀석이 별걸 다 물어보는구나. 해가 지기 전에 빨리 나카무라든 어디든 돌아가거라. 지금 너한테 신경 쓸 정신이 아니니 말이다."

오에쓰는 울음 섞인 목소리를 억누르며 방 안으로 들어가버렸다.

"돌아가자."

히요시가 혼잣말로 중얼거리며 일어섰지만 새끼 고양이는 여전히 그의 따뜻한 품에서 떨어지려 하지 않았다. 그때 아까 히요시의 말을 들었던 하녀가 국에 식은 밥을 말아놓은 작은 접시를 보이며 밖에서 새끼 고양이를 불렀다. 밥을 본 새끼 고양이가 히요시의 품을 떠나 그쪽으로 달려갔다. 히요시는 입안에 한가득 침이 고인 채 새끼 고양이와 그 밥을 바라보았다. 이윽고 히요시는 자신에게 밥을 줄 것 같지 않자 나카무라의 집으로 가기로 결심했다. 그리고 굶주린 몸을 일으켜 걸어가는데, 닫혀 있던 병자의 방에서 누군가가 히요시의 발소리를 들었는지 소리를 쳤다.

"누구냐?"

히요시는 깜짝 놀라 자리에 멈춰 섰다. 그는 그 소리가 단조의 목소리임을 알고 얼른 '히요시입니다'라고 대답했다. 그러고는 마침 잘됐다고 생각하며 다완집에서 쫓겨난 사실을 알렸다.

"오에쓰, 문을 열게."

안쪽에서 단조의 목소리가 들렸다. 하지만 오에쓰는 차가운 저녁 바람을 맞으면 상처가 덧난다고 남편을 만류하며 문을 열지 않았다.

"며칠 더 살아봤자 무슨 소용이 있나. 어서 열게."

단조가 다시 신경질을 내며 고함치자 오에쓰가 마지못해 문을 열었다.

"히요시, 이모부가 몸이 안 좋으시니 인사하고 바로 돌아가야 한다."

"예."

히요시는 선 채로 병실을 향해 인사를 했다. 단조 기요타다는 이불 몇 개를 포개놓고 아픈 몸을 기대고 있었다.

"히요시, 다완집에서 쫓겨났느냐?"

"예."

"음, 그러냐."

"……."

"불충, 불의만 아니라면 쫓겨난 것은 조금도 부끄러운 일이 아니다."

"예에."

"네 집안도 예전에는 무사였다. 히요시, 무사란 말이다……."

"예."

"밥을 위해서, 밥에 휘둘려서 전전긍긍하지 않는 것이 무사다. 무사의 본분에 충실하면 밥은 저절로 따라올 것이다. 그러니 너는 밥을 좇아 일생을 낭비하는 사람이 되면 안 된다."

오닌의 난이 끝난 뒤 관령이었던 호소가와 마사모토는 10대 쇼군인 아시카가 요시타네를 폐위하고, 자신의 심복인 아시카가 요시즈미를 새로운 11대 쇼군으로 옹립한 사건이다. 메이오 정변 이후 쇼군의 권력은 더욱 약화 되었고, 유력 다이묘들은 서로 권력을 다투는 전국시대가 본격적으로 시작되었다.

● 사이토 토시미쓰 斎藤利三·1534-1582

아케치 미쓰히데(明智光秀)의 가신. 혼노지의 변에서 미쓰히데를 따라 부대의 선봉에 서서 노부나가를 공격했다. 통칭 구라노스케(内蔵助)

소금

어느새 밤이 깊었다. 신경질적인 체질 때문인지 몸이 허약한 고치쿠는 계속 울어대다 이불에 누이자 간신히 어머니의 젖에서 떨어졌다.

"어머니, 일어나면 추우니 그대로 주무세요."

오쓰미가 만류했지만 오나카가 일어나면서 말했다.

"아직 아버지도 돌아오시지 않았는데……."

오나카는 딸과 함께 초저녁부터 하던 일을 다시 시작했다.

"아버진 어떻게 된 걸까요? 오늘 밤에도 들어오지 않으시려나."

"정월이잖니."

"우리는 떡도 못 하고 벌벌 떨면서 이렇게 밤일을 하며 지내는데."

"남자는 바깥일로 사람들을 만날 일이 많으니……."

"아무리 아버지라고 해도 일도 하지 않고 술만 마시고, 집에 들어오면 어머니만 괴롭히니 정말 화가 나요."

오쓰미는 시집을 갈 나이가 됐지만 어머니를 남겨두고 시집갈 수 없었다. 게다가 봄옷은커녕 가루분조차 살 수 없는 형편이라 결혼은 꿈도 꿀 수 없었다.

"그런 말 하면 못써."

어머니는 자주 눈물을 흘렸다.

"아버지는 그렇다 쳐도 히요시는 언젠가 어엿한 청년이 될 터이니 그때는 너를 시집보내주마. 하지만 이 엄마를 보면 알겠지만 남편은 잘 골라야 해."

"어머니, 난 시집갈 생각이 없어요. 언제까지나 어머니와 함께 있을래요."

"여자란 말이다……. 지금 아버지한테는 비밀이지만, 네 친아버지가 전쟁에서 부상당했을 때 주군에게 받은 돈꿰미 한 관을 네 시집갈 비용으로 남겨두셨단다. 또 고치실도 일곱 개나 만들어두었으니 그걸로 옷 한 벌은 지어줄 수 있어."

그러자 오쓰미가 오나카의 말을 가로막으며 말했다.

"어머니, 누가 토방에 들어온 것 같아요."

"아버지 아니니?"

오쓰미가 방에서 토방 쪽을 살펴보았다.

"아니에요."

"그럼 누구지?"

"누구지? 아무 말도 없이……."

오쓰미가 불안한 듯 바깥을 살폈다.

"어머니."

히요시의 목소리였다. 히요시는 어두운 토방에 선 채 좀처럼 방으로 들어오려고 하지 않았다.

"아니, 히요시 아니냐!"

"예, 저예요."

"이 시간에 어떻게?"

"다완집에서 나가라고 해서 돌아왔어요."

"뭐, 나가라고 했다고…….."

"어머니, 죄송해요. 용서해주세요."

토방의 어둠 속에서 훌쩍이는 소리가 들렸다. 오나카와 오쓰미가 서둘러 토방으로 나갔다.

"쫓겨난 걸 이제 와서 어쩌겠니. 자, 거기 그렇게 서 있지 말고 어서 들어오너라."

오나카가 히요시의 손을 잡자 히요시가 고개를 저으며 말했다.

"아니에요. 금방 갈 거니까 올라가지 않을래요. 하룻밤 자면 어머니 곁을 떠나기 싫어질 테니까…….."

오나카는 쫓겨난 아들이 가난한 집으로 갑자기 찾아온 것도 가슴이 아프고 당혹스러웠지만 방에 들어오지도 않고 한밤중에 바로 떠나겠다는 말을 하니 가슴이 더욱 아렸다.

"아니 대체 어디로 간단 말이냐?"

"그건 모르겠지만 이번엔 무사 집에서 봉공奉公해 반드시 어머니와 누나를 안심시킬게요."

"무사 집에 봉공을?"

"어머니는 무사가 되지 말라고 했지만 전 무사가 되고 싶어요. 야부야마의 이모부도 그러라고 말씀하셨어요. 전 무사가 될 거예요."

"알았으니까 자, 들어와서 내일 아침에 아버지와도 의논해보자."

"만나고 싶지 않아요."

히요시는 고개를 저으며 말했다.

"어머니, 앞으로 십 년 동안 저를 없는 아이라고 생각하세요. 몸 잘 간수하시고요, 아셨죠? 누나, 누나에게도 미안하지만 시집가지 말고 참아줘. 그 대신 내가 위대한 사람이 되면 어머니한텐 비단옷을 사드리고 누나한텐 시집갈 때 수진繡珍으로 만든 허리띠를 사줄 테니."

히요시의 말에 두 모녀는 목이 멜 정도로 눈물을 흘렸다. 히요시가 그런 말을 할 만큼 컸다는 생각이 들자 가슴이 미어지는 듯했다.

"어머니, 여기 다완집에서 받은 소금 두 되가 있으니 두고 갈게요. 내가 이 년 동안 일해서 받은 소금이에요. 누나, 나중에 부엌에 가져다 놓아."

"그래, 고마워."

오나카는 히요시가 놓아둔 소금 주머니를 가만히 바라보며 말했다.

"네가 세상에 나가 처음으로 일해서 받은 소금이구나."

어머니가 기뻐하는 모습을 보자 히요시도 몸이 날아갈 듯 기뻤다. 그리고 마음속으로 어머니를 지금보다 더 기쁘게 해야겠다고 다짐했다.

'그래, 소금이 되자! 우리 집의 소금이, 아니 우리 집뿐 아니라 마을의 소금, 더 나아가 천하의 소금이 되자!'

히요시는 마음속으로 그렇게 외쳤다. 하지만 세상 사람들은 늘 히요시가 생각한 것을 이야기하면 허풍을 떤다고 했다. 그러다 보니 언젠가부터 히요시는 자신의 생각을 입 밖으로 내지 않았다.

"어머니, 누나. 전 당분간 돌아오지 않을 거예요."

히요시는 토방 입구까지 뒷걸음질 치며 물러섰다. 그러는 동안에도 눈은 어머니와 누나에게서 떼지 못했다. 히요시가 한쪽 발을 토방 밖으로 내딛는 순간, 오쓰미가 갑자기 벌떡 일어서며 외쳤다.

"잠깐만, 히요시. 잠깐 기다려."

그러고는 어머니에게 부탁했다.

"어머니, 아까 말씀하신 돈꿰미 한 관, 저는 필요 없어요. 시집 따윈 안 갈 테니 그걸 히요시에게 주세요."

오나카는 터져나오려는 울음을 소매로 막고 안으로 들어가 돈꿰미를 가져와 히요시에게 건넸다.

"필요 없어요. 필요 없다고요."

히요시는 고개를 저었지만 오쓰미는 다정한 목소리로 세상에 나가는데 돈이 없으면 어떻게 하느냐고 꾸짖었다. 사실 히요시는 돈보다 원하는 것이 하나 있었다.

"어머니, 이것보다 아버지가 가지고 계셨던 칼을 주세요. 할아버지 때부터 내려온 그 칼을……."

히요시는 일곱 살 무렵 친아버지 야에몬이 보여준 집안의 칼을 잊지 않고 있었다. 하지만 히요시의 말에 가슴이 철렁 내려앉은 오나카가 히요시를 달래며 말했다.

"칼보다 돈이 도움이 될 테니, 칼은 단념하거라."

히요시는 금방 눈치를 챈 듯 물었다.

"집에 없어요?"

"으응, 없단다."

오나카는 괴로운 듯 말했다. 벌써 칼을 지쿠아미의 술값으로 써버렸던 것이다.

"그럼 됐어요. 어머니, 헛간에 녹슨 칼은 있죠?"

"아, 그건 있다."

"제가 가져가도 괜찮죠?"

히요시가 어머니의 안색을 살피며 물었다. 역시 일곱 살 때였다. 그때 히요시는 그 녹슨 칼을 발견하고 너무나 갖고 싶어 떼를 쓰다 어머니를 울게 만들었다.

"……"

오나카도 문득 그때의 일이 떠올랐다. 무사가 되지 말라고, 싸우는 사람이 되지 말라고 히요시의 앞날을 걱정했지만, 자신이 낳은 아이라 해도 성장한 뒤에는 어떻게 할 수 없다는 사실을 이제야 깨달았다.

“가지고 가거라. 하지만 히요시, 그것을 절대로 사람을 향해 뽑지 않아야 한다.”

“네.”

“오쓰미, 칼을 가져다주어라.”

“아니야, 내가 가지고 올게.”

히요시는 뒤편 헛간으로 달려가 물건들을 발판 삼아 벽에 걸린 녹슨 칼을 꺼내 허리에 찼다. 그러자 일곱 살 무렵 칼을 달라고 울며 소리치던 자신의 모습이 떠올랐다. 그리고 갑자기 키가 훌쩍 큰 것만 같아 가슴이 뿌듯했다.

“히요시, 어머니가 오라셔.”

오쓰미가 신발을 신고 나와 헛간을 향해 말했다. 돌아와보니 오나카는 벽의 감실에 등명燈明을 올리고 작은 나무 접시에 좁쌀 한 줌과 히요시가 가져온 소금을 얹은 뒤 합장을 하고 있었다.

“거기 앉아라.”

오나카는 히요시를 귀틀에 앉게 하고 감실에서 면도칼을 내렸다.

“어머니, 뭘 하세요?”

히요시가 눈을 동그랗게 뜨며 물었다.

“관례를 올리는 게다. 비록 형식적인 것이지만 너의 출가를 축하하기 위해서다.”

어머니는 히요시의 머리에 면도칼을 댔다. 그러고는 밑동을 자른 새 짚을 물에 담근 뒤 꺼내고 다시 묶어 히요시에게 건넸다. 평생 잊을 수 없는 감정이 히요시의 피에 스며들었다. 뺨과 귀에 닿는 어머니의 거친 손이 뼛속까지 사무쳤다.

‘이제는 나도 어른이다.’

히요시는 마음속으로 다짐했다.

어디선가 들개 울음소리가 연신 들려왔다. 전국戰國 시대의 깊은 어둠 속에서 늘어나는 것은 들개들뿐이었다. 히요시는 밖으로 나왔다.

"어머니, 그럼."

히요시는 차마 목이 메어 어머니에게 건강하게 지내시라는 말을 하지 못했다. 오나카는 감실 앞에서 등을 구부린 채 있었다. 오쓰미가 울기 시작한 고치쿠를 안고 밖으로 쫓아 나왔다.

"안녕, 안녕히."

히요시의 작고 검은 그림자는 뒤도 돌아보지 않고 달려갔다. 안개 때문인지 밝은 밤이었다.

만지의 일족

기요스에서 몇 리 떨어진 나고야에서 서쪽으로 채 십 리가 되지 않는 하치스카蜂須賀 촌으로 들어가면 어디에서나 눈에 띄는 삿갓 모양의 언덕이 있었다. 여름 나무가 울창한 한낮에는 매미 소리가 가득했고 밤에는 달빛 아래로 커다란 박쥐들이 날아다녔다.

"어이."

어둠 속에서 누군가를 부르는 소리가 들렸다.

"어이."

누군가가 나무들 속에서 메아리처럼 똑같은 소리로 대답했다. 가니에蟹江 강의 강물을 끌어다놓은 해자는 흡사 자연스레 생긴 오래된 연못처럼 파란 수초로 가득했다. 그 수초들은 오래된 돌담과 토벽을 껴안은 채 이곳 주인의 지위와 세력과 자손 들을 몇백 년 동안이나 보호해왔을 것이다.

언덕 일대의 택지가 몇천 평, 아니 몇만 평인지 밖에서는 상상조차 할 수가 없었다. 저택의 주인은 이곳 가이도고海東鄉 하치스카 촌의 토호였는데, 이름을 대대로 하치스카라고 하며 고로쿠小六라고 칭하고 있었다.

이곳에 정착한 선조는 고로쿠 마사아키小六正昭였다. 지금의 당주는 고로쿠 마사카쓰小六正勝인데, 히코에몬彦右衛門이라고도 불렀다. 오에이應永 시대 때 아시카가의 성을 바꾼 가문이라고도 했고, 오닌의 난이 일어나자 이 지방으로 이주해서 정착했다고도 하지만 사실 여부를 떠나 아주 오래된 가문인 것만은 분명했다.

"어이, 문을 열어라."

네댓 명의 사람이 해자 밖에서 고함을 쳤다. 방금 어딘가에서 돌아온 당주인 고로쿠 마사카쓰와 가신들이었다. 고로쿠는 물론이고 그 선대들도 영주의 적통이 아니라 영토에 대한 권한도 없고 정사를 보지도 않았다. 그야말로 그들은 토호에 지나지 않았다. 그래서인지 주인과 가신이라곤 하지만 어딘지 거칠고 촌스러운 풍모였다. 가장과 자식처럼 깊은 친근감이 느껴지는 게 아니라 두목과 부하라 해도 이상하지 않을 만큼 야인 같은 느낌이 들었다.

"뭘 하고 있느냐?"

고로쿠가 외치자 가신이 문지기를 향해 소리쳤다.

"문지기, 아직 멀었느냐!"

"예에."

세 번이나 같은 대답을 듣고서야 마침내 대문이 열렸다. 그러자 좌우에서 전쟁터에서나 비 오는 밤에 들고 다니는, 얇은 철로 만들고 손잡이가 달린 제등을 비추며 물었다.

"누구시오?"

"고로쿠다."

제등의 불빛을 받자 고로쿠는 대문을 둘러싸고 있는 사람들에게 심드렁하게 대답했다. 설사 주인이다 하더라도 주변 정세 때문에 철저하게 확인을 해야만 했다.

"어서 오십시오."

그제야 일제히 인사를 했다. 고로쿠 옆에 있던 가신들도 차례로 이름을 댔다.

"이나다 오이노스케稻田大炊助다."

"아오야마 신시치青山新七."

"나가이 한노조長井半之丞."

"마쓰바라 다쿠미松原內匠."

그들은 제등의 불빛을 받으며 문 안으로 들어갔다. 고로쿠와 그의 일족 넷은 저벅저벅 발소리를 내며 어두운 복도를 지나 안쪽으로 갔다.

"다녀오셨습니까."

"어서 오십시오."

복도의 모퉁이마다 몇 명인지 알 수는 없지만 대가족들 중 일부와 종복들, 그리고 아내와 아이들이 나와 집으로 돌아온 가장을 맞이했다.

"응, 그래."

고로쿠는 모두를 일일이 훑어본 다음 거실까지 와서 원좌 위에 털썩 주저앉았다. 등잔불이 고로쿠의 얼굴을 옆에서 비추고 있었다.

'기분이 안 좋으신가?'

차례로 차와 검정콩으로 만든 과자 등을 가져온 여자들이 조심스레 고로쿠의 눈치를 살폈다. 고로쿠가 구석에 있는 네 사람을 돌아보며 입을 열었다.

"오이大炊."

"예."

"오늘 밤 초대 자리에서 창피를 당했군."

"그렇습니다!"

네 사람 모두 분노했고, 고로쿠도 화를 참을 수 없었다.

"다쿠미, 한노조. 그대들은 어떻게 생각하는가?"

"무엇을 말씀하시는지?"

"오늘 밤 당한 치욕 말이다! 하치스카의 일족으로서 화가 나지 않는가?"

네 사람은 다시 입을 다물었다. 무더운 밤이었고 바람도 불지 않았다. 모깃불 연기가 자꾸 눈앞에 아른거리며 떠다녔다.

오늘 오다 일가의 신분 높은 사람이 고로쿠를 다회茶會에 초대했다. 고로쿠는 본래 그런 취미가 전혀 없었지만 동석한 손님들이 모두 오와리에서 지위가 높은 인물이라 얼굴을 익혀두기에 좋은 기회였고 거절하기도 어려워 참석하게 되었다.

'명색이 토호지만 실은 노부시의 두목이니 다회 초대를 어려워할 것이다.'

고로쿠는 그러한 비웃음을 사지 않기 위해 일족 넷을 데려갔다. 그런데 그 자리에서 주인이 아카에 물병을 자랑하자 손님들이 부러운 눈길로 쳐다보았다. 그렇게 손님들의 눈길을 끈 것까지는 좋았는데, 뜻밖에도 한 손님이 분위기를 깨는 말을 했다.

"이것은 다완을 만드는 스데지로의 집에서 본 적이 있는 듯합니다. 그 집에 도적이 들어 훔쳐갔다는 명품과 같은 게 아닙니까?"

주인이 깜짝 놀라 보증서를 내보이며 말했다.

"그럴 리가 없소. 이건 근래 사카이에 있는 다구 가게에서 천금에 가까운 돈을 주고 산 것이오."

"그럼 훔친 노부시가 사카이 상인에게 팔아넘긴 것이 돌고 돌아 이 댁에까지 왔군요. 다완집에 들이닥친 노부시가 미쿠리야의 와타나베 덴조라고 이름까지 알려졌으니 틀림없습니다."

손님이 단언하듯 말하자 다회 자리는 그만 찬물을 끼얹은 듯 흥이 깨지고 말았다. 물론 그 손님은 그곳에 있는 고로쿠가 어떤 사람인지 몰랐지만, 주인과 대부분의 손님들은 미쿠리야의 와타나베 덴조가 고로쿠의 조카뻘인 사람이자 토호 세력을 구성하는 일족 중 한 명이라는 사실을 알고 있었다.

"나중에 다시 찾아뵙겠습니다."

고로쿠는 마치 자신의 잘못인 듯 주인에게 인사를 한 뒤 수치와 분노를 안고 돌아왔다.

"자네들은 어떻게 생각하나?"

방금 고로쿠가 침통하게 물었지만 오이노스케나 신시치는 물론 한노조와 다쿠미도 좋은 생각이 떠오르지 않았다. 그들은 고로쿠에게 무슨 말이든 할 수 있었고, 뜻대로 처분을 내릴 수 있었다. 하지만 그 처분 대상인 덴조는 그들의 주인과 피가 섞인 조카였다. 덴조는 미쿠리야에 사는 하치스카 일족으로서 늘 이삼십 명의 부하를 거느리고 있었다.

"괘씸한……."

고로쿠는 덴조가 피가 섞인 일족이라 더욱 화가 났다.

"내가 어리석었어. 생각해보니 덴조 이놈이 근래 비단을 걸치고 여자 몇 명을 옆에 끼고 있었어. 가문의 이름 때문이라도 그놈을 그냥 둘 수 없다."

고로쿠는 잠시 뒤 신음하듯 혼잣말로 중얼거렸다.

"그렇게 하지 않고서는 토호라 불리는 것도 모자라 세상 사람들이 우리 하치스카 일족을 도적 잔당이나 파렴치한 부랑자들과 다르지 않다고 생각할 것이다. 그리고 이 고로쿠 마사카쓰를 두고 노부시의 두목이라고 손가락질할 것이 뻔하구나."

"무슨 말씀인지 잘 알겠습니다."

다쿠미의 말에 한노조와 오이노스케도 고개를 끄덕였다. 문득 고로쿠의 눈가에서 반짝 빛난 눈물을 보고 가슴이 아팠던 것이다.

"내 말 잘 들어라."

고로쿠가 얼굴을 돌리며 말했다.

"이 집 지붕 기와에 이끼가 끼고 퇴색한 '만卍'의 문양이 있을 것이다. 선조이신 미나모토 요리마사源賴政 공이 의병을 일으킬 때 다카구라노미야高倉宮 님께 받은 가문의 문장이다. 그 뒤 아시카가 장군을 섬긴 하치스카 다로蜂須賀太郎가 실각하는 바람에 지금의 나에 이르기까지 초야에 살며 토호로 불려왔지만 이제 때가 왔다."

"예."

"그 피까지 썩지 않았다."

"……."

"토호라거나 노부시 두목이라고 불릴 때마다 이 고로쿠 마사카쓰는 남몰래 마음속으로 맹세했다. 머지않아 이 피를, 우리의 가명을 세상 사람들에게 보여줄 날을 기다리고 있었다."

"저희에게도 늘 그리 말씀하셨습니다."

"그래. 그래서 자네들에게도 지금은 이렇듯 들에 살고 있지만 무武를 게을리하지 말고 자신을 경계하며 나태해지지 말라고 입이 닳도록 말했던 것이다. 그런데 어찌 피가 섞인 조카라는 자가 아직도 못된 버릇을 고치지 못하고 야밤에 상인의 집에 쳐들어가 도둑질을 한단 말이냐!"

고로쿠는 입술을 꽉 깨물었다. 그는 이미 마음속으로 결정을 내렸다.

"오이노스케, 신시치."

"예."

"지금 당장 둘이서 미쿠리야에 다녀오너라."

“옛!”

“내 명을 받들어 덴조 놈을 끌고 오너라. 단, 속여서 데려와야 한다. 부하들도 있고 무력으로는 쉽사리 끌고 올 수 없을 것이니.”

“잘 알겠습니다.”

주군 고로쿠의 명에 오이노스케와 신시치가 곧바로 일어서서 미쿠리야로 출발했다.

날이 밝자 숲 언덕에서 새들의 울음소리가 들려왔다. 하치스카 일족의 요새처럼 지어진 건물에 아침 해가 비쳤다.

“마쓰! 마쓰!”

잠에서 깬 고로쿠가 부르자 아내인 마쓰나미松波가 대답했다.

“일어나셨어요?”

고로쿠는 종이로 만든 모기장 안에 누워 있었다.

“어젯밤에 미쿠리야로 간 두 사람은 아직 돌아오지 않았는가?”

“네, 아직 돌아오지 않았어요.”

“흐음?”

고로쿠는 걱정스런 얼굴로 한숨을 내뱉었다. 조카인 덴조는 도적질을 할 만큼 머리가 비상했다.

‘늦는군. 혹시 눈치챈 건 아닐까?’

고로쿠는 속으로 생각했다. 그러는 동안 아내가 모기장 고리를 벗기기 시작했다. 그러자 아직 두 살도 안 된 가메이치龜一가 모기장 자락 위를 기어 다녔다.

“가메, 이리 오너라.”

고로쿠는 아이를 높이 안아 올렸다. 그림 속 중국 아이처럼 토실토실 살이 오른 가메이치는 젊은 아버지가 안기에도 무거웠다.

“아니, 눈꺼풀이 빨갛게 부었구나.”

고로쿠는 가메이치의 눈을 핥아주었다. 가메이치는 아빠의 얼굴을 만지작거리며 무릎 위에서 놀았다.

"모기한테 물렸나 봐요."

"모기면 괜찮지만……."

"잠을 자면서 몸을 뒤척이다 모기장 밖으로 자꾸 굴러떨어져요."

"몸이 차갑지 않도록 잘 돌보게."

"예."

"포창疱瘡33에 걸리지 않도록 신경도 쓰고."

"걱정하지 마세요."

"첫아이오. 바로 그대와 내가 처음 치른 싸움의 선물."

"호호호."

문이 열린 널찍한 침실로 아침 바람이 불어왔다. 그리고 어디선가 대장간의 망치질 소리가 기분 좋게 들려왔다. 그 소리를 들은 고로쿠가 아이를 무릎에서 내려놓았다. 그는 바야흐로 천하가 난세로 접어들고 있다는 것을 잘 알고 있었다. 커다란 야망을 품은 그의 젊은 피와 늠름한 몸은 화목한 한때를 떨쳐내고 침실에서 나갔다. 아내의 웃는 얼굴에도 눈길 한 번 주지 않았다.

고로쿠는 서원에 앉아 아침 차를 마시지 않았다. 대신 옷을 갈아입고 얼굴을 씻고 바깥마당으로 나가 큰 걸음으로 걸어갔다. 망치질 소리가 더 가깝게 들렸다. 골목으로 들어서자 두 채의 대장간이 보였다. 조상 대대로 한 번도 베지 않았던 숲 속 거목들을 벌목한 뒤 새로운 평지를 만들고 그 자리에 세운 것이었다. 대장간에는 고로쿠가 센슈泉州의 사카이에서 은밀히 데려온 구니요시國吉라는 대장장이이자 철포 장

---

33 천연두天然痘와 같은 말로 천연두 바이러스에 의해 일어나는 악성 전염병을 뜻한다. 우리나라에서는 두창痘瘡 또는 마마媽媽 등으로 부르기도 한다.

인이 제자와 함께 일을 하고 있었다.

"어찌 일은 잘되고 있는가?"

고로쿠를 보자 구니요시와 제자가 대장간 토방에 엎드렸다.

"아직 잘 안되는 모양이군. 이 견본 철포와 똑같이 만들 수 없는가?"

"침식도 거르고 노력하고 있습니다만……."

고로쿠가 가만히 고개를 끄덕였다. 그때 안채에서 하인이 달려와 소식을 전했다.

"주인님, 방금 미쿠리야에 가셨던 두 분이 돌아오셨습니다."

"뭐, 돌아왔다고?"

"예."

"그러면 덴조 놈을 데려왔느냐?"

"예, 조카님도 함께 오셨습니다."

"됐다!"

고로쿠는 속으로 '잘 꾀어 데려왔구나' 하고 생각했다.

"잠깐 기다리라고 하거라."

"그럼 늘 모시던 서원에서 기다리라고 하겠습니다."

"그래, 곧 그쪽으로 가겠다."

"예."

하인은 곧바로 달려갔다.

고로쿠는 일족들에게 기책이 뛰어난 인물로 신뢰받고 있었다. 하지만 한편으로는 대단히 나약한 면도 있었다. 의義에는 강했지만 눈물에는 나약한 편이었다. 특히 골육의 정에는 한없이 약했다. 거칠고 흉폭하고 대범한 토호의 가장은 위엄 있고 성격이 강건했지만 마음속에 본능적인 눈물과 화가 나면 들불처럼 멈추지 않는 피를 함께 지니고 있었다. 그런 그가 오늘 조카를 베겠다고 결심한 것이다. 하지만 그의 얼굴은 도저히 내키지 않은 듯했다. 하인이 소식을 알리고 돌아간 뒤에도 그는 대장간 앞에 서서 하염없이 구니요시와 그 제자가 일하는 모습을 보고 있었다.

"그럴 만도 하지. 철포가 건너온 게 덴분 십이 년, 불과 칠팔 년 전 일이니까. 그 이래로 여러 나라의 무가 호족들이 앞다퉈 이 신무기 제작에 뛰어들거나 손에 넣기 위해 경쟁을 하고 있지. 하지만 여기 오와리는 지리적 이점이 있음에도 고슈甲州, 에치고越後, 오슈奧州의 무사들 중에 아직 철포가 어떤 물건인지 본 적 없는 자가 많아. 그러니 장인이라고 해도 익숙하지 않은 게 당연하지. 서두르지 않아도 괜찮으니 철저히 연구해서 성공만 하면 된다. 후일을 위해서……."

그때 조금 전에 왔다 갔던 하인이 샛길을 이용해 다시 재촉하러 왔다.

"모두 서원에 모여 기다리고 계십니다."

고로쿠가 돌아보며 말했다.

"지금 갈 것이다."

"예."

"금방 갈 것이니 기다리라고 하거라."

"예."

하인은 아무 말도 하지 못하고 다시 돌아갔다.

고로쿠는 읍참마속의 심정으로 조카의 처벌을 결심했으면서도 아직 정 때문에 흔들리고 있었다.

"구니요시."

고로쿠는 발길을 돌리다 말고 다시 말을 걸었다.

"그래도 올해 안에는 철포를 열 정이나 스무 정 정도 완성하겠지?"

대장장이 구니요시는 힐책을 받은 것처럼 그을음이 가득 묻은 검은 얼굴로 난처한 듯 대답했다.

"한 자루라도 제대로 완성되면 마흔 자루뿐 아니라 백 자루라도 만들 수 있습니다."

"바로 그 한 자루가 어려운 것이네."

"보살핌만 받고 정말 죄송스럽습니다."

"그런 것에 마음 쓰지 말게."

"고맙습니다."

"내년, 내후년, 또 그다음 해도 전쟁은 끊이질 않을 것이네. 엄동설한, 대지의 풀들이 모두 말라 죽고 새로운 싹이 다시 틀 때까지는. 그래서 철포 제작을 서두르는 것이네."

"더 열심히 노력하겠습니다."

"하지만 은밀히 해야 하네."

"명심하고 있습니다."

"망치질 소리가 좀 큰 듯하더군. 해자 밖까지 들리지 않겠나?"

"그것도 주의하고 있습니다."

"으음."

고로쿠는 돌아가다가 문득 풀무 옆에 세워놓은 철포 한 자루에 눈길을 두었다.

"저것은?"

고로쿠가 손으로 가리키며 물었다.

"견본인가, 아님 새로 만든 것인가?"

"새로 만든 것입니다."

"어디 보여주게."

"아직 보여드릴 만한 것은 아닙니다."

"아니네, 잠깐 시험해볼 것이 있네. 쏠 수 있겠지?"

"총알은 날아가지만 방아쇠가 잘 맞지 않아 아무리 해도 견본처럼 만들어지지 않습니다. 조금 더 연구하면 될 듯싶습니다."

"시험해보는 것도 방법 중 하나이니, 그것을 이리 주게."

고로쿠가 구니요시의 손에서 철포를 받아 든 뒤 총신을 팔뚝에 얹고 겨냥했다. 그때 그를 부르러 또 사람이 왔다. 이번에는 하인이 아니라 미쿠리야에서 돌아온 오이노스케였다.

"아직 일이 끝나지 않으셨는지요?"

오이노스케의 목소리에 고로쿠는 철포의 개머리판을 늑골에 댄 채 돌아보았다.

"오, 이나다."

"빨리 오시는 것이 좋을 듯합니다. 덴조 님에게 적당히 둘러대 모시고 왔습니다만 이상한 느낌을 받았는지 가만히 계시질 못합니다. 자칫하면 놓칠지도 모릅니다."

"알았네, 가세."

고로쿠는 오이노스케에게 철포를 들게 하고 숲의 샛길을 이용해 서원 마당 쪽으로 성큼성큼 걸어갔다.

처벌

'무슨 일일까?'

덴조는 서원 끝에 앉아 불안해했다. 신시치, 한노조, 다쿠미, 그리고 방금 숙부를 데리러 간 오이노스케까지 하치스카 가문의 심복들이 덴조의 눈길과 손의 움직임까지 감시하듯 주의를 기울였기 때문이다.

덴조는 이곳에 온 뒤로 곧바로 이상한 낌새를 알아차렸다. 구실을 대고 돌아갈까 생각하는 순간 마당 쪽에서 고로쿠가 모습을 드러냈다.

"숙부님."

덴조가 먼저 억지웃음을 보이며 일어섰다. 고로쿠는 대장간에서 가져온 철포를 마당에 세워두고 덴조를 불렀다.

"덴조, 마당으로 오너라."

고로쿠의 모습이 평소와 다르지 않자 덴조는 여느 때처럼 허물없이 다가가 물었다.

"제게 뭔가 급한 볼일이 있다고 하셔서 왔습니다만."

"그래."

"무슨 일이신지요?"

"내려오너라."

"예."

덴조는 댓돌에 놓인 신발을 신고 마당으로 나왔다. 한노조와 다쿠미도 그를 따라 나왔다.

"거기 서거라."

고로쿠는 조카인 덴조에게 그렇게 명령한 뒤 손에 철포를 든 채 마당에 있는 바위에 앉았다. 그 순간 덴조는 숙부가 자신을 부른 이유를 직감하고 가슴이 철렁했지만 이미 때는 늦고 말았다. 숙부의 심복들이 바둑돌처럼 사방에서 덴조를 둘러쌌다. 덴조의 얼굴이 새파래졌다.

"……."

"……."

고로쿠의 몸에서 눈에 보이지 않는 분노의 불꽃이 일었다. 그의 눈썹은 평소 그를 잘 따르던 덴조의 입을 틀어막기에 충분했다.

"덴조."

"예……."

"넌 내가 평소에 하던 말을 잊었느냐?"

"기억하고 있습니다."

"지금과 같은 난국에 사람으로 태어나서 가장 부끄러워해야 할 일은 무위도식과 양민을 괴롭히는 것이다."

"……."

"그래서 '소위 토호라고 하는 자들 모두 그렇다. 노부시라는 놈들도 모두 그런 자들이다. 하지만 고로쿠 마사카쓰 일가는 그렇지 않다'고 그토록 엄하게 훈계했을 것이다."

"예."

"우리 가족들만은 뜻을 높은 곳에 두자. 백성들을 괴롭히거나 도적 흉내를 내서는 안 된다. 그리고 일국일성一國一城을 갖게 되면 서로 자랑스러워하자'라고 맹세하지 않았느냐?”

“예, 그렇습니다.”

“그런데 그 맹세를 깬 것이 누구냐?”

“……”

“덴조! 너는 그 맹세를 위해 내가 길러준 무력을 악용해서 도적질을 했다. 다완집에 쳐들어가서 아카에 명품을 훔치다니. 이놈!”

도망치려는 덴조를 향해 고로쿠가 대갈하며 벌떡 일어섰다.

“못난 놈! 앉거라.”

고로쿠는 다시 한 번 고함을 쳐서 덴조의 기를 죽였다.

“도망칠 심산이냐!”

“도, 도망치지 않습니다.”

잔디 위에 털썩 주저앉은 덴조가 떨리는 목소리로 말했다.

“묶어라!”

고로쿠가 사방에 서 있던 네 사람에게 명령하자 좌우에서 달려들어 덴조의 손을 뒤로 결박하고 목덜미에 칼을 들이댔다. 그러자 덴조가 창백한 얼굴로 분해하며 반항심을 드러냈다.

“아, 숙부님. 어찌 저를! 아무리 숙부님이라고 해도 너무하십니다.”

“시끄럽다.”

“저는 숙부님이 말씀하신 것처럼 그런 도적질을 하지 않았습니다.”

“닥쳐라!”

“대체 누가 그런 말을 했습니까?”

“입 다물지 못하겠느냐.”

“제 숙부님이시지 않습니까? 그런 소문이 있으면 있다고 제게 말씀 해주신 연후에라도.”

“궁색한 변명이다.”

"많은 일족을 거느리는 가장이 다른 사람의 고자질에 휘둘려서 잘 알아보지도 않고……."

고로쿠는 더 이상 듣기 싫다는 듯 손으로 짚고 있던 철포를 들어 올리며 말했다.

"네놈은 구니요시가 만든 철포를 시험하는 데 딱 맞는 동물이다. 맞은편 울타리 옆으로 끌고 가서 나무에 묶어라."

신시치와 다쿠미가 덴조의 등을 밀거나 옷깃을 잡고 마당 끝까지 끌고 갔다. 활이 닿지 않을 정도의 거리였다.

"숙부님, 할 말이 있습니다. 한마디만 하게 해주십시오."

죽을힘을 다해 고함을 치는 덴조의 목소리가 똑똑히 들려왔다. 하지만 고로쿠는 전혀 개의치 않고 오이노스케가 가져온 노끈을 잡더니 총알을 넣은 뒤 미친 듯이 고함을 치고 있는 조카를 겨냥했다.

"숙부님, 잘못했습니다. 실토하겠습니다. 한 번만 제 말을 들어주십시오. 할 말이 있습니다."

네 명의 심복은 아무 말도 하지 않고 과녁에 서서 고함을 치는 덴조의 목소리를 들으며 고로쿠가 든 철포를 바라보고 있었다.

맞은편에서 목소리가 쉴 정도로 미친 듯이 소리를 질렀던 덴조가 마침내 죽음을 각오했는지 고개를 풀썩 숙였다. 그러자 고로쿠가 철포에서 눈을 떼고 뒤에 있는 심복 중 한 명을 불렀다.

"오이노스케, 방아쇠를 당겼는데 총알이 나가질 않는다. 철포가 이상하다. 대장간에 달려가서 구니요시를 불러오너라."

구니요시가 대장간에서 바로 달려오자 고로쿠가 철포를 보여주며 말했다.

"방금 시험해봤는데 어디가 문제인 건지 총알이 나가지를 않네. 당장 고치게."

구니요시가 대답했다.

"당장은 고치기 어렵습니다."

"그럼 언제까지?"

"저녁 무렵까지는."

"더 빨리 고치게. 과녁이 저기서 기다리고 있으니 말이네."

"예?"

구니요시는 나무에 묶여 있는 덴조가 과녁이라는 것을 깨달았다.

"아, 조카님을."

"잔말하지 말게."

고로쿠가 단호하게 말했다.

"자네는 철포를 만드는 장인일 뿐이네. 하루빨리 철포 제작에 성공하도록 정진하면 되네. 이 철포는 자네에게도 성공과 실패를 가르는 중요한 물건이네."

"예……."

"도적이라고 해도 덴조는 일가의 사람이니, 개죽음을 당하는 것보다 철포를 시험하는 데 도움이 되면 세상에 얼마간 속죄를 하는 셈이 되겠지. 빨리 고쳐 오도록 하게."

"예, 예……."

"뭘 꾸물거리나!"

"예, 서두르겠습니다."

고로쿠가 이글거리는 눈으로 노려보자 구니요시는 얼굴도 들지 못하고 철포를 안은 채 대장간으로 허둥지둥 달려갔다.

"다쿠미, 과녁에게 물이라도 줘라. 철포를 고칠 때까지 감시할 사람을 세 명 정도 붙여놓도록 하고."

고로쿠는 그렇게 말하고 안채로 들어가서 아침을 먹었다.

다쿠미, 오이노스케, 신시치도 그곳을 떠났다. 한노조는 그날 자신의 고향으로 돌아가기로 예정되어 있어서 떠났고, 다쿠미도 일이 있어 외출을 했고, 오이노스케와 신시치 두 사람만 언덕의 저택에 남아 있었다.

해가 중천에 뜨자 날이 뜨거워졌다. 무더위 아래 언덕은 매미 소리에 휩싸였고 정원의 돌은 뜨겁게 달아올랐다. 그곳에서 일을 하는 것은 오직 개미뿐이었다. 대장간 쪽에서 가끔 격렬한 망치질 소리가 울렸다. 구니요시가 필사적으로 철포의 방아쇠를 다시 만들고 있었다. 덴조의 귀에는 그 소리가 너무나 크게 들렸다.

"철포는 아직이더냐?"

고로쿠가 몇 번이나 재촉을 했다. 그때마다 신이치가 무더위 속을 뚫고 대장간을 다녀온 뒤 상황을 알렸다.

"곧……."

그동안 고로쿠는 자신의 방에서 대자로 누워 낮잠을 잤다. 신시치도 어젯밤의 피곤이 밀려온 탓에 꾸벅꾸벅 졸고 있었다. 그때 갑자기 정원에서 누군가가 고함을 쳤다.

"도망쳤다. 신시치 님, 도망쳤습니다. 어서 오십시오!"

신시치가 깜짝 놀라 맨발로 뛰쳐나가자 감시를 하던 하인이 칠흑빛이 되어 상황을 알렸다.

"조카님이 두 사람을 베고 도망쳤습니다!"

"뭐라, 도망을 쳐!"

신시치가 감시를 하던 하인과 함께 쫓아가려다 뒤돌아보며 소리쳤다.

"고로쿠 님, 덴조 님이 감시자를 베고 도망쳤다고 합니다. 덴조 님이 도망쳤습니다."

매미 울음소리에 휩싸인 안채에서 기분 좋게 낮잠을 자던 고로쿠가 벌떡 일어서며 외쳤다.

"뭐라!"

고로쿠는 잠잘 때도 품고 자던 칼을 그대로 허리에 차고 뛰쳐나와 신시치의 뒤를 따라 달렸다. 도착해서 보니 덴조를 묶어두었던 나무에 그의 모습은 온데간데없고 풀어 헤쳐진 밧줄만 나무 밑동에 떨어져 있었다. 그리고 약 열 걸음 정도 앞에 감시자 한 사람이 피를 흘리며 쓰러져 있었고, 앞쪽 토벽 근처에도 감시자 한 사람이 머리가 두 쪽으로 깨진 채 죽어 있었다. 그리고 근처 여기저기에 피가 흩뿌려져 있었다. 무더위 아래 풀과 흙에 묻은 피는 벌써 검게 변색되어 메말라 있었고, 피비린내를 맡은 날벌레가 시체로 달려들고 있었다.

"망보던 자들은 어디 있느냐?"

고로쿠가 고함을 치자 살아남은 뒤 사실을 알리러 왔던 하인이 바닥에 엎드리며 대답했다.

"예."

"양손을 끈으로 묶고 그 위에 밧줄로 묶어두었던 덴조가 어떻게 밧줄을 풀 수 있었느냐? 이 밧줄을 보니 칼로 자른 것 같지 않은데."

"예, 풀어주었습니다."

"누가?"

"저기, 쓰러져 있는 자가……."

"어찌 풀어주었느냐? 누구의 명으로 풀어주었느냐?"

"처음에는 무시했습니다만 조카님이 소변을 보고 싶다며 너무 괴로워하셔서……."

"멍청한 놈!"

고로쿠는 발을 구르며 호통을 쳤다.

"어찌, 그런 뻔한 속임수에. 한심한 놈!"

"용서해주십시오. 하지만 조카님이 저희에게 '정에 약한 숙부님이 자신의 조카를 어찌 정말로 죽일 수 있느냐? 이건 나를 혼내기 위해 벌주고 있는 것이다. 자초지종이 밝혀지면 용서하실 것이다. 만약 너희가 내 말을 들어주지 않으면……' 하고 말씀하시며 위협해서 마지못해 밧줄을 풀어주고 저쪽 나무 그늘로 데리고 갔습니다."

"그리고?"

"갑자기 비명 소리가 들렸을 때에는 이미 두 사람 모두 죽은 상태라 저는 사실을 알리려고 뒤도 돌아보지 않고 달렸습니다."

"말이 너무 길다. 덴조가 어떻게 도망쳤는지 그것을 먼저 말하거라!"

"토벽에 손을 대고 있었으니 아마 벽을 넘어 밖으로 도망쳤을 것입니다. 그때 첨벙하는 해자의 물소리도 들린 듯했습니다."

하인의 말에 고로쿠가 바로 뒤돌아보며 명령했다.

"신시치, 쫓아가거라. 길목들도 차단하고."

고로쿠는 그렇게 말하더니 자신도 합류하기 위해 대문 쪽으로 쏜살같이 달려갔다.

고로쿠의 재촉에 대장간으로 돌아와 철포의 방아쇠를 다시 만들고 있는 구니요시는 저택 쪽에서 무슨 일이 있어났는지, 시간이 얼마나 흘렀는지 전혀 알지 못했다. 오로지 철포 생각밖에 하지 않았다. 땀에 흥건히 젖은 채로 풀무의 불꽃을 뒤집어쓰면서 간신히 마무리 단계에 이르렀다.

"다 됐나?"

팔꿈치로 땀을 닦으며 중얼거렸지만 과연 총알이 날아갈지 어떨지 자신이 없었다. 구니요시는 총알이 들어 있지 않은 총을 벽을 향해 겨누며 방아쇠 상태를 시험해보았다.

“흐음, 됐다.”

구니요시는 고로쿠 앞에서 실수를 하지 않기 위해 총알을 넣고 땅을 향해 쏘아보았다. 지면에 작은 구멍이 생겼다.

“됐다!”

구니요시는 학수고대하고 있을 고로쿠의 얼굴을 떠올리며 서둘러 대장간에서 뛰어나와 나무가 울창한 샛길을 따라갔다.

“어이.”

누군가가 구니요시를 불렀다. 나무 그늘에 사람 그림자가 얼핏 보였다.

“누구냐?”

구니요시가 발길을 멈추고 물었다.

“나다.”

“나라니?”

“와타나베 덴조다.”

“아니, 조카님께서.”

“뭘 그리 놀라는가. 아, 알겠네. 오늘 아침 내가 나무에 묶여서 철포의 과녁이 되었는데 이렇듯 불쑥 나타나서 놀랐구먼.”

“어떻게 된 겁니까?”

“뭐 별일은 아니네. 그저 숙부님이 날 혼낸다고 위협하신 거네.”

“예?”

“그나저나 지금 마을의 시라하다白旗 연못에서 사람들이 옆 마을 무사와 싸움을 하고 있네. 숙부님과 오이노스케, 신시치도 그곳으로 갔네. 나한테도 바로 뒤따라오라고 하셨는데, 철포는 완성됐는가?”

“완성했습니다만.”

“그럼 이리 주게.”

"숙부님의 명인지요?"

"당연하잖은가. 빨리 건네게. 그놈들이 도망치면 시험을 할 수 없네."

덴조는 구니요시의 손에서 철포와 화승줄을 가로채더니 숲 속으로 달려갔다. 이윽고 뭔가 이상한 생각이 든 구니요시가 덴조의 뒤를 따라갔다. 하지만 덴조는 정문으로 가지 않고 나무들이 울창한 어두운 뒤편 토벽을 넘어 바깥 해자 기슭으로 뛰어내렸다. 그리고 해자의 썩은 물속으로 들어가더니 가슴까지 잠기는 물도 개의치 않고 동물처럼 첨벙거리며 건너가버렸다.

"웅, 도망치는 게로구나. 멈춰라!"

구니요시가 토벽 위에서 큰 소리로 외쳤다. 그때 이미 건너편 기슭으로 기어 올라간 덴조가 그의 얼굴을 향해 철포 한 발을 쐈다.

"탕!"

물가에 굉음이 울려 퍼지고 구니요시가 토벽 위에서 굴러떨어졌다. 그리고 얼마 뒤 사람들이 달려오는 소리가 들려왔다. 덴조는 흡사 표범처럼 밭과 들판을 내달려 자취를 감췄다.

야하기矢矧 강

가장인 하치스카 고로쿠의 이름으로 소집 포고가 내려지자 저녁이 되기도 전에 많은 사람이 언덕 위 하치스카 저택으로 모여들었다.

"싸움이 일어났나?"

"무슨 일이지?"

"무슨 일이 생겼나?"

사람들은 모두 무기를 들고 나왔고 범상치 않은 얼굴을 하고 있었다. 그들은 들에 살면서 밭을 갈거나 누에를 치거나 말을 길러 시장에 내다 파는 평범한 농민이나 상인이 아니었다. 핏속에 선조의 무용武勇과 세상에 대한 불만을 품고 사는, 때가 오면 다시 칼과 활을 들고 일어설 준비가 되어 있는 일족의 무리였다.

얼마 뒤 고로쿠의 심복 오이노스케와 신시치가 나와 지시를 내렸다.

"조용! 중문을 지나서 정원 쪽으로 돌아가라."

두 사람은 이미 무장을 한 상태였다. 본래 토호의 일족이라 진짜 갑옷은 아니어도 갑옷 토시와 경갑을 걸치고 커다란 칼을 차고 있었다.

'싸움이군!'

사람들은 이내 알아차렸다. 토호는 어디부터 어디까지라는 확실한 영토가 없다 보니 성에 소속되어 섬기는 주군이 있지 않아 명백한 아군도 적도 없었다. 하지만 같은 토호 안에서 일족의 세력을 침범하거나 영주가 도움을 청했을 때, 특히 다른 먼 지역의 다이묘의 의뢰를 받는 경우 전쟁에 참가했다. 물론 그것은 많은 돈을 보수로 받을 경우였다. 하지만 고로쿠는 아직 그러한 이익을 얻기 위해 움직인 적이 없었다. 그러한 점은 오다 가문에서도 인정하는 사실이었고, 미카와의 마쓰다이라松平 가문과 슨엔駿遠의 이마가와 가문에서도 알고 있는 사실이었다. 비록 토호지만 고로쿠는 진중했고, 그러다 보니 다른 영주들은 하치스카 가문을 영토에서 배제하려 하지 않았다.

그런 가장이 내린 포고이다 보니 일족들이 앞다퉈 달려올 수밖에 없었다. 일족들이 넓은 정원에 모여 쓰기築 산을 올려다보자, 때마침 고로쿠가 황혼이 내리는 8월 초이틀 달 아래서 검은 가죽 갑옷에 칼을 차고 석상처럼 묵묵히 서 있었다. 찬물을 끼얹은 듯 수백 명의 일족이 숨을 죽이고 고로쿠를 바라보았다. 고로쿠는 오늘부로 자신의 조카인 와타나베 덴조와 의절한다고 선언한 뒤 그 까닭을 명백하게 밝혔다.

"하지만 이것은 가장인 내 부덕의 소치이기도 하다."

고로쿠는 자신의 부덕을 밝히며 말을 이었다.

"덴조는 도망쳤지만 끝까지 찾아내 처벌할 것이다. 만약 그를 살려둔다면 토호 하치스카 가문은 백 년 뒤에도 도적의 무리로 지탄받을 것이다. 너희는 자신의 체면과 조상을 위해, 또 자손을 위해 덴조를 잡아 죽여라. 내 조카라는 생각은 버려라. 그놈은 하치스카 가문의 도적이다!"

그때 척후로 보냈던 자가 돌아와 소식을 전했다.

"덴조와 그 무리들이 미쿠리야 쪽에서 일전을 마다하지 않겠다며 모여 있다고 합니다."

일족들은 적이 덴조라는 말을 듣고 다소 맥이 빠진 듯한 모습을 보였지만 사건의 전말과 일족의 명예를 위해서라는 고로쿠의 말을 듣고는 함성을 지르며 무기 창고로 몰려갔다.

젠페이源平34 무렵부터 겐무建武와 오닌의 난에 걸쳐 몇백 년 동안 만들어진 무기는 싸움이 벌어질 때마다 산야에 버려졌는데, 그 수가 실로 어마어마했다. 특히 근래에는 나라들 간에 싸움이 끊이질 않다 보니 백성들은 늘 불안과 공포를 느꼈고 그만큼 무기를 소중하게 여겼다. 모든 백성들의 집에 무기가 있었는데, 창이나 칼은 음식 다음으로 돈이 됐기 때문에 잘 팔렸다.

하치스카 가문의 무기 창고에는 선조 이래로 무기가 많았다. 그런데다 고로쿠 때부터 무기의 수가 더욱더 늘어나 엄청나게 많은 무기가 있었다. 하지만 아직까지 철포는 없었고, 어렵사리 만든 철포마저도 덴조가 훔쳐가고 말았다. 그러니 고로쿠의 분노가 하늘을 찌를 수밖에 없었다.

"일전을 마다하지 않겠다니 쳐 죽여도 모자랄 것이다. 그놈들의 목을 보기 전까지는 이 갑옷을 벗고 편히 자지 않을 것이다."

말을 마친 고로쿠는 일족을 이끌고 미쿠리야 촌으로 향했다. 이윽고 마을 근처에 다다른 일족들이 걸음을 멈추고 밤하늘을 바라보며 외쳤다.

"앗, 불길이다."

논 저편에 흙다리가 보였고 불길로 빨갛게 물든 밤하늘 아래 사람의 그림자가 어수선하게 움직였다. 고로쿠는 선발대 중 한 사람을 보내 살펴보게 했다.

"저 그림자는 덴조의 무리가 불을 지르고 약탈을 하자 도망쳐 나온

---

34 1072~1185년까지, 미나모토源 씨족과 다이라平 씨족이 서로 세력을 다투던 시대를 말한다.

촌민들입니다.”

고로쿠가 일족을 이끌고 다가가자 아기들의 울음소리가 들려왔다. 가재나 가축, 병자 등을 업고 도망쳐 나온 촌민들은 하치스카 일족들이라는 말을 듣고는 벌벌 떨었다. 그러자 고로쿠의 심복 신시치가 그들을 달래며 말했다.

“우리는 약탈하러 온 것이 아니오. 일족인 와타나베 덴조와 그 일당들을 토벌하러 온 것이오.”

그제야 촌민들이 안심을 하고 입을 모아 덴조의 악행을 늘어놓았다. 그들이 읍소하는 말을 들으니 덴조의 악행은 다완집 도적질뿐이 아니었다. 국주國主에게 연공을 받친다는 명목으로 촌민들에게 ‘수호전守護錢’이라고 하는 법을 만들어 이중으로 세금을 걷거나 연못이나 강의 둑을 빼앗은 다음 물세를 걷었다. 그리고 불평하는 자가 있으면 부하를 시켜 논밭을 훼손했고, 만약 영주에게 밀고라도 하면 일가를 모두 죽이겠다고 위협까지 했다. 국주는 전쟁 때문에 정신이 팔려 있다 보니 연공 징수는 감시했지만 치안까지는 신경을 쓸 수가 없었다.

덴조의 무리는 그런 틈을 노려 도박장을 열고 신사의 경내에서 소나 닭을 잡아먹었다. 또 자신의 저택에 여자들을 모아놓고 신사의 불당을 무기를 숨겨두는 곳으로 이용한다고 했다.

“덴조의 무리는 지금 어떻게 방비하고 있는가?”

신시치가 묻자 촌민들이 다시 입을 모아 말했다.

“신사에서 창칼을 꺼내놓고는 술을 마시면서 싸우다 죽겠다고 고함을 치더니 갑자기 집집마다 돌아다니며 불을 질렀습니다. 그러고는 짐말의 등에 값나가는 물건이나 무기, 음식 따위를 잔뜩 싣고는 모두 도망쳐버렸습니다.”

싸우다 죽겠다고 한 것은 도망치기 위한 덴조의 술책이었다.

"또 한발 늦었구나!"

고로쿠는 발을 동동 구르다 일족에게 명을 내렸다.

"먼저 촌민들을 집으로 돌려보내라."

그러고는 모두 힘을 합쳐 불을 껐다. 그런 다음 새벽까지 덴조가 도박장으로, 그리고 사람들과 가축들을 죽이는 데 사용했던 신사의 배전을 깨끗하게 치우게 하고는 머리를 조아리며 기원을 올렸다.

"일족의 말단이라고 해도 덴조의 악행 역시 하치스카 가문의 죄입니다. 나중에 반드시 처단해서 촌민들을 위로하고 제물을 올려 사죄드리겠습니다."

고로쿠가 사과를 하는 동안 그의 일족과 부하들은 숙연히 정렬해 있었다. 촌민들은 노부시답지 않게 신을 공경하는 고로쿠의 행동과 일족들의 질서 정연한 모습에 오히려 놀라워했다. 하치스카의 이름을 내걸고 안하무인으로 행동한 덴조가 고로쿠의 조카라는 사실이 널리 알려져 있었기 때문에 그의 우두머리라는 말만 들어도 무서웠던 것이다. 하지만 고로쿠는 신과 백성을 자신의 편에 두지 않으면 세상에 나가 성공할 수 없다는 사실을 잘 알고 있었다.

이윽고 척후가 돌아와서 보고했다.

"덴조 일행은 부하들까지 합해 칠십 명 정도인데 히가시카스가이東春日井의 산길에서 미노지美濃路로 넘어간 듯합니다."

척후의 말에 고로쿠가 명을 내렸다.

"절반은 하치스카 촌으로 돌아가서 그곳을 지켜라. 그리고 남은 절반의 반은 이 마을에 머물러 촌민들을 돌보며 치안을 유지하고 나머지는 나를 따라오너라."

그러다 보니 고로쿠는 겨우 사오십 명만을 이끌고 덴조를 추격할 수밖에 없었다. 고마키小牧, 구보이시키久保一色를 거쳐 마침내 적들을 따라잡을 무렵이었다. 길마다 척후병을 숨겨놓고 도망치던 덴조 쪽에서 눈치를 챘는지 갑자기 산길을 우회해 세토 고갯마루에서 아스케足助 마을 쪽으로 내려가고 있다는 보고가 들어왔다.

추격한 지 나흘째가 되던 오후 무렵이었다. 여름인 데다 길은 험했으며 갑주를 차고 있어 쫓는 쪽도 그렇지만 덴조 무리도 도망을 치다 지치고 말았다. 그런 탓에 길목마다 짐과 말을 버려놓았다. 그러고는 도즈키百月 강의 계곡에서 허기진 배를 채우기 위해 물을 마시며 잠시 휴식을 취했다. 그때 고로쿠 무리가 양쪽에서 공격해왔다. 그들은 바위들을 수없이 굴려 떨어뜨렸고, 어느새 계곡물은 핏빛으로 물들어갔다.

"이놈."

"각오해라."

"물러서지 마라."

"어림없다!"

일족 사이에서 일어난 충돌이었다. 덴조와 고로쿠 수하의 병사들은 서로 피가 섞인 숙부와 조카, 사촌이었다. 평소에 사이가 좋았던 친구도 있었다. 하지만 어쩔 수 없었다. 일족이라 해도 병의 근원은 도려내야만 했다. 고로쿠는 자신과 피를 나눈 적의 선혈을 뒤집어쓴 채 외쳤다.

"덴조, 덴조 이리 나오너라."

도즈키 강의 계곡은 한순간에 피로 새빨갛게 물들었다. 적의 수가 점점 빠르게 줄어들었고, 고로쿠의 병사도 열 명이나 죽고 말았다. 고로쿠는 여전히 병사들을 독려했다. 시체들 속에서 덴조의 모습은 보이지 않았다. 덴조는 부하들을 버리고 한발 먼저 봉우리를 따라 에니惠那 산맥 기슭으로 도망친 것이다.

"이놈, 고슈甲州 쪽을 향해 갔구나."

고로쿠가 이를 갈며 봉우리에 서 있는데, 갑자기 탕 하고 한 발의 총소리가 메아리쳤다. 철포였다. 고로쿠를 비웃는 듯한 철포 소리였다. 그는 자신의 부덕을 탓하며 눈물을 쏟았다. 원통한 마음뿐이었다. 그때까지도 고로쿠는 악귀와 같은 조카를 혈족이라고 생각했던 것이다.

고로쿠는 봉우리에 묵묵히 서서 생각했다. 토호의 신분에서 벗어나 일국의 주인이 되는 것은 아주 오랜 시간이 지나야 가능하다는 것을 깨달았다. 그리고 자신이 그럴 자격이 없다는 것을 깨달았다.

'일족 한 명조차 다스리지 못해서야 어찌…… . 무력만으로는 안 된다. 치책治策이 없다면, 또 평소의 가훈이 없으면…… .'

고로쿠는 눈물 어린 눈으로 쓴웃음을 지었다.

'이놈이 나를 가르친 게로군!'

고로쿠는 봉우리 위에 서서 소리쳤다.

"모두 철수하라!"

그날 고로쿠는 서른 명으로 줄어든 수하들을 수습해 도즈키 강 계곡에서 고로모擧母의 숙소로 내려가 야영을 했다. 그리고 다음 날, 오카자키岡崎 성으로 사자를 보내 통행 허가를 얻었고, 그곳에서 늦게 출발한 탓에 한밤중에 오카자키 성을 통과했다.

도중에 많은 사람을 이끌고 지날 수 없는 검문소가 있다 보니 날이 꽤 걸리고 말았다. 고로쿠는 배를 타고 야하기 강을 내려와 오하마大洪에서 반도의 한다半田로 올라갔다. 그다음 도코나메常滑에서 다시 배편으로 바다를 가로질러 가니에 강을 거슬러 올라 하치스카 촌까지 돌아가는 여정을 택했다.

한밤중에 야하기 강까지 왔지만 배는 한 척도 보이지 않았고 다리도 없었다. 물살은 빠르고 강폭은 이백팔 간間[35]이나 됐다. 겐무 시대에

---

35 1간은 약 182센티미터로 208간은 약 378미터다.

니타新田 가문과 아시카가 가문이 전쟁을 벌일 때, 오카자키의 요새인 이곳에서 몇 차례 전투가 벌어졌다. 그리고 몇 년 전인 덴분 4년부터 6년까지는 오다 노부히데와 마쓰다이라 가문이 격돌해서 오다 가문의 오와리 세력이 대패하고 물러간 곳이었다.

《태평기인본太平記印本》에 "야하기 강의 다리에서 장방형 방패를 펼쳐 방어했다"고 적혀 있는 걸로 봐서 먼 옛날이나 에도 시대에는 사람들의 왕래를 위해 이백팔 간의 큰 다리가 있었으나, 난세로 전쟁이 한창이었던 덴분 21년 여름 무렵에는 야하기 다리가 없었던 것이다.

고로쿠와 일족들은 당혹스런 얼굴로 나무 아래 털썩 주저앉았다.

"내려가는 배가 없으면 나룻배를 타고 건너가자."

한 사람이 그렇게 말하자 누군가가 반대하며 나섰다.

"이미 밤이 깊었어. 아침까지 기다리면 배가 있을 거야."

고로쿠는 이곳에 주둔하려면 다시 오카자키 성에 신고를 해야 한다며 지시를 내렸다.

"나룻배를 찾아라. 배 한 척만 있으면 차례로 강을 건널 수 있다. 그 뒤 새벽녘까지 강을 내려가는 배가 있는 곳으로 걸어가면 된다."

그러자 누군가가 말했다.

"대장, 나룻배도 보이지 않는데 어찌……."

그 말에 고로쿠가 호통을 치며 말했다.

"작은 배가 한 척도 없을 리 없다. 이렇게 큰 강을 어떻게 오가겠느냐. 나룻배를 숨겨놓았을 것이다. 눈을 똑바로 뜨고 찾아봐라."

일족들은 대여섯 명씩 짝을 지어 강의 위아래로 달려갔다. 얼마 뒤 한 사람이 외쳤다.

"여기 있다!"

홍수가 났을 때 휩쓸려갔는지 깎아지른 듯한 벼랑에 커다란 버드나무가 뿌리를 드러낸 채 물 위에 가지를 늘어뜨리고 있었다. 그리고 그 나무 아래에 배 한 척이 묶여 있었다. 울창한 버드나무 가지 아래로 흐르는 어두운 강물은 잔잔했다.

"딱 좋군."

고로쿠의 부하가 중얼거리더니 이내 배에 올라타 버드나무 밑동에 매어 있는 끈을 풀기 시작했다. 그는 일행이 있는 기슭까지 배를 저어 갈 생각이었다.

"응?"

그가 눈을 크게 뜨고 배 바닥을 살폈다. 배의 얇은 바닥은 이미 부서져서 물에 잠겨 있었고 배도 위험할 정도로 기울어져 있었다. 그래도 나룻배로 사용할 수 있지 않을까 싶어 꼼꼼히 살펴보니, 한 사내가 뱃머리 쪽에서 썩은 거적을 깔고 코를 골며 자고 있었다.

'누구지?'

부하가 깜짝 놀라 사내를 바라보았다. 사내는 이상한 복장과 외모에 어울리지 않게 아주 기분 좋은 얼굴로 잠을 자고 있었다. 그리고 소매와 바짓가랑이가 짧은 데다 때에 절기까지 한 옷을 입고 장갑을 끼고 각반을 차고 있었으며, 맨발에 짚신을 신은 모습이 어른 같지도, 그렇다고 아이 같지도 않았다. 사내는 자신의 눈썹에 밤이슬이 내려앉는 것도 모르고 벌렁 드러누워 잠든 상태였다.

"어이."

부하는 깨워도 사내가 눈을 뜰 기미가 없자 창의 물미로 사내의 가슴께를 다시 한 번 가볍게 찔렀다.

"어이!"

눈을 뜬 사내가 물미를 잡더니 부하의 얼굴을 노려보며 말했다.

"누구야?"

반딧불이

야하기 강 버드나무 아래에 묶인 배 안에서 썩은 거적을 덮고 하룻밤을 지내던 사내는 나카무라 촌을 나온 뒤로 소식을 알 수 없었던 히요시였다.

작년 1월 안개가 낀 밤, 어머니에게 소금 두 되를 남기고 아버지의 유산인 돈꿰미 한 관을 받아서 집을 나온 히요시는 마음속으로 위대한 사람이 되어 집으로 돌아가겠다고 약속했다. 그런 히요시는 상가나 장인의 도제가 될 생각이 없었다. 오로지 무사 봉공을 하고 싶은 생각뿐이었다.

하지만 소생도 명확하지 않고 보기에도 왜소한 그를 받아주는 무사의 집은 없었다. 히요시는 기요스, 나고야, 슨푸駿府, 오다와라小田原를 전전하며 무사의 집 대문을 두드렸지만 혼찌검이 나거나 거지 취급을 당하며 쫓겨나고야 말았다.

얼마 되지 않은 돈도 금방 떨어졌다. 야부야마의 이모가 말한 대로 히요시의 포부는 세상의 현실 앞에서 꿈일 뿐이었다. 하지만 히요시는 그 꿈을 포기하지 않았다. 왜냐하면 자신이 원하는 것은 누가 물어도 부끄럽지 않은 훌륭한 것이라고 굳게 믿었기 때문이다.

풀 위에서 잠을 잘 때에도 그 꿈을 잊지 않았다. 세상에서 가장 불행한 사람이라고 생각하는 어머니를 어떻게 하면 가장 행복한 사람으로 만들어줄 수 있을까. 또 시집도 못 가는 불쌍한 누나를 어떻게 하면 기쁘게 해줄 수 있을까. 벌써 열일곱 살이 된 청년 히요시에게도 많은 욕망이 있었다. 아무리 먹어도 배가 고팠고, 커다란 저택을 보면 저런 집에서 살고 싶다는 생각이 들었고, 화려한 무가의 복장을 보면 자신의 복장을 살폈고, 아름다운 여자를 보면 바람결에 실려오는 냄새에도 강한 충동을 느꼈다.

하지만 히요시는 그 욕망보다도 어머니의 행복이 먼저라고 생각했다. 그런 그는 첫 번째 염원을 이루기 전에 자신의 욕망을 먼저 채우지 않겠다고 마음먹었다. 다행히도 그에게는 자신만의 즐거움이 따로 있었다. 그것은 정처 없이 떠돌아다니며 가는 곳마다 새로운 것을 배우는 즐거움이었다. 그러다 보면 배고픔을 생각할 틈도 없었고, 물욕 따위를 자연스레 잊게 되었다.

세상 물정, 인정, 풍속, 그리고 시대의 추세와 여러 나라의 군비, 사람들의 생활 모습 등. 무사 수행자는 오닌 무렵부터 무로마치 말기가 될수록 유행처럼 번졌는데, 히요시도 일 년 반 동안 그와 같은 고된 생활을 하며 지내왔다.

하지만 히요시는 무술을 배우기 위해 장검을 차고 돌아다닌 게 아니었다. 얼마 되지 않는 돈으로 전당포에서 목면이나 비단을 꿰매는 바늘을 사 작은 종이로 싼 뒤에 그것을 팔며 고슈와 호쿠에쓰北越까지 온 것이었다.

"바늘입니다. 교토의 바늘이에요. 어서 오세요. 목면 바늘, 비단 바늘, 교토의 바늘이 있습니다."

히요시는 나라와 고을을 돌아다니며 얼마 되지 않는 돈을 벌며 살아왔다. 바늘 장사를 해서 번 돈으로 밥을 먹었지만 바늘구멍으로 세상을 보는 것 같은 작은 인간이 된 것은 아니었다.

오다와라의 호조北條, 고슈의 다케다武田, 슨푸의 이마가와, 그 밖에 호쿠에쓰의 성을 둘러보면서 세상이 크게 요동치며 변하고 있다는 사실을 느꼈다. 집안싸움 같았던 지금까지의 전란과 달리 앞으로 나라 전체의 모습을 다시 세우는 올바르고 거대한 전쟁이 일어날 것이라는 예감이 들었다. 히요시는 남몰래 속으로 생각했다.

'나는 젊다. 그러니 이제부터 시작이다. 세상은 늙은 아시카가 막부에 염증을 느끼고 있으며 혼란하고 쇠퇴했다. 세상은 젊은 사람들을 기다리고 있다!'

히요시는 막연하게나마 그런 생각을 가슴에 품고 바늘 장사를 하며 지내왔던 것이다.

북쪽 땅에서부터 교토, 오우미近江를 거쳐 세상을 한 바퀴 돌아 다시 오와리를 거쳐 오카자키로 온 것은 이곳 성 아래에 친아버지인 야에몬의 친척이 산다는 말을 들은 적이 있었기 때문이다. 그렇다고 해서 친척이나 아는 사람에게 의지해서 도움을 받겠다는 생각은 전혀 없었다.

히요시는 초여름부터 식중독에 걸려 심한 설사를 하며 괴로운 상태로 먼 길을 걸어왔다. 너무 고단했지만 나카무라에 있는 집 소식이 궁금하기도 했다. 하지만 물어볼 만한 친척집을 좀처럼 찾을 수 없었다. 그는 어제오늘 강한 햇빛 아래에서 생오이를 먹으며 걸어 다니다 우물물을 마셨다. 그랬더니 다시 배가 아팠고, 저물녘에 야하기 강기슭에 묶인 배 안에서 아픈 배를 움켜쥔 채 잠이 들고 말았다.

배 속에서 천둥소리가 났다. 미열 때문인지 입안이 바짝 말랐다. 가시를 씹는 것처럼 입안이 거칠었고 침도 메말랐다. 그러는 동안에도 그는 어머니를 생각했고, 그 때문인지 꿈속으로 어머니가 찾아왔다.

그러다 어느 순간에 어머니도, 아픈 배도, 세상도 없는 깊은 잠에 빠져들었다. 그리고 얼마 뒤 갑자기 자신을 부르는 소리가 나서 눈을 떴는데 누군가가 자신의 가슴을 창의 물미로 쿡쿡 찌르고 있었다.

"누구냐?"

히요시는 무의식적으로 창을 잡고 어울리지 않게 큰 소리로 외쳤다. 가슴은 남자의 정신이 깃든 곳으로 오체 중에서 감실龕室과도 같은 곳이었다. 창의 물미로 그곳을 찌르는 것은 상대가 누구든 간에 히요시를 울컥하게 만들기에 충분했다.

"꼬마야, 일어나라."

고로쿠의 부하가 붙잡힌 창대를 잡아끌면서 말했다. 히요시가 창을 붙잡은 채 배 안에서 몸을 일으키며 말했다.

"일어나라고? 이렇게 일어나 있잖아. 어쩌라는 것이냐?"

"아니, 이놈이!"

창대를 통해 반항하는 히요시의 힘이 전해지자 고로쿠의 부하가 무서운 표정을 지으며 위협했다.

"배에서 나오라는 게다. 일어서라!"

"배에서 일어서라고?"

"그렇다. 그 배가 필요하니 썩 비우고 꺼져라."

그러자 히요시가 한층 심술을 부리며 말했다.

"싫다."

"뭐라고?"

"싫다."

"싫다고?"

"그래, 싫다."

"이놈이."

"이놈이라니, 사람이 자고 있는데 갑자기 창끝으로 찔러 깨워놓고 배가 필요하니까 나가라고? 꺼지라고?"

"에잇, 뜨내기 놈이 참으로 성가시게 하는구나."

"뭐?"

"내가 누군지 아느냐?"

"사람이잖아."

"장난치는 줄 아느냐."

"누가 장난치자고 했나."

"입만 살았구나. 나중에 후회하지 말거라. 우리는 하치스카 촌의 토호다. 대장인 고로쿠 마사카쓰 님과 수십 명의 부하가 야하기에 도착했는데 배가 없다. 그래서 나룻배를 찾다가 네놈의 배를 발견한 것이다."

"배는 보이는데 사람은 보이지 않느냐? 이건 내 거처다."

"그래서 깨운 것이다. 잔말 말고 배에서 썩 꺼져라."

"참 시끄럽군."

"뭐라, 다시 한 번 말해봐라."

"몇 번을 말해도 마찬가지다. 싫다. 이 배를 내줄 수 없다."

"이놈이."

고로쿠의 부하는 획 하고 창을 잡아끌며 히요시를 강기슭으로 끌어내리려고 안간힘을 썼다. 히요시가 틈을 노려 손을 놓자 그가 비틀거리며 뒷걸음질 치고 말았다.

"네 이놈!"

그는 화가 난 듯 창을 고쳐 쥐더니 창끝을 번뜩이며 히요시를 향해 달려들었다. 배의 썩은 판자와 구정물, 거적 등이 배 위에서 튀어 올랐다. 두 번 정도 히요시의 고함 소리가 들렸고, 그러는 동안 고로쿠의 부하들이 우르르 달려왔다.

"잠깐."

"무슨 일이냐?"

"누구냐?"

고로쿠의 부하들이 소리치며 그곳으로 몰려들었고 고로쿠와 나머지 부하들도 뒤따라 달려왔다.

"배가 있었구나."

"있기는 있습니다만."

"왜 그러느냐?"

왁자지껄 떠드는 부하들을 물리고 고로쿠가 조용히 앞으로 나왔다. 그러고는 버드나무 그늘이 드리운 어두운 배 안을 바라보았다. 히요시는 고로쿠가 무리의 두목이라는 것을 깨닫고는 고로쿠의 얼굴을 물끄러미 바라보았다.

"……."

"……."

고로쿠는 한참 동안 히요시를 바라보기만 할 뿐 아무 말도 하지 않았다. 그는 히요시의 얼굴과 옷차림이 이상했던 것이 아니라 자신의 눈을 쏘아보는 히요시의 눈에 놀란 것이었다.

'겉모습과 달리 대범한 놈이군.'

고로쿠는 한층 눈에 힘을 주어 히요시를 바라보았다. 그런데 보면 볼수록 히요시의 눈은 어둠 속 날다람쥐의 눈처럼 빛을 내며 고로쿠의 눈을 피하지 않았다. 마침내 고로쿠가 눈길을 거두며 당연하다는 듯 말했다.

"꼬마야."

"……."

히요시는 입을 꾹 다문 채 대답하지 않았다. 그리고 쏘는 듯한 눈길도 거두지 않았다.

"꼬마야."

히요시가 퉁명스런 얼굴로 물었다.

"나 말이냐?"

"그래, 너 말고 이 배 안에 누가 또 있느냐."

고로쿠가 말하자 히요시가 어깨를 으쓱하며 말했다.

"나는 꼬마가 아니다. 보면 모르냐."

갑자기 고로쿠가 어깨를 들썩이며 웃기 시작했다.

"그렇군. 넌 어른이구나. 그럼 네가 어른이라면 그에 맞게 대해주겠다. 괜찮겠느냐?"

"무리 지어 날 둘러싸서 어쩔 셈이냐? 너희는 노부시구나?"

"말하는 폼이 아주 재미있구나."

"뭐가 재미있느냐? 나는 기분 좋게 잠을 자고 있었다. 또 배도 아프다. 그러니 누가 와서 뭐라 해도 여기를 떠날 수 없다."

"흐음, 배가 아프냐?"

"아프다."

"왜 아픈 것이냐?"

"물을 잘못 먹었거나 더위를 먹어서 그럴 것이다."

"고향은 어디냐?"

"오와리의 나카무라다."

"나카무라군. 그럼 네 이름이 무엇이냐?"

"부모님 이름은 말할 수 없지만 내 이름은 히요시다. 그나저나 잠깐 자고 있는 사람을 깨워놓고 소생을 캐물어도 괜찮단 말이냐. 너는 어디 사는 누구냐?"

"너와 똑같이 오와리의 가이도고 하치스카 촌의 하치스카 고로쿠 마사카쓰라고 하는데, 너와 같은 자가 근처에 있는 줄 몰랐다. 장사하러 돌아다니는 게냐?"

히요시가 갑자기 상냥한 표정을 짓더니 물었다.

"아, 그럼 아저씨들도 가이도고 사람들이구나. 그럼 내 고향에서도 멀지 않네."

히요시는 고향 소식을 물어보고 싶었던 것이다.

"아깐 싫다고 했지만 같은 고향 사람이니 배를 비워줄게요."

히요시는 머리에 베고 있던 짐을 비스듬히 짊어지더니 강기슭으로 내려섰다. 고로쿠는 그의 일거수일투족을 아무 말 없이 바라보고 있었다. 그는 히요시를 세상 물정에 닳고 닳은 장사치 꼬마라고 생각했다. 하지만 히요시가 마음이 풀려 수긍한 뒤에도 전혀 주눅이 들지 않자 고로쿠는 히요시를 다시 보게 되었다.

"잠깐, 히요시. 넌 어디로 가느냐?"

"배를 빼앗겼으니 잘 곳이 없어요. 풀숲에서 자면 밤이슬에 젖어 병이 나고 배도 더 아플 테니 어쩔 수 없이 밤이 샐 때까지 걸을 거예요."

"그럼 나와 함께 가자."

"어디로요?"

"하치스카 촌으로. 내 집에서 밥도 먹이고 약도 주마."

히요시는 고맙다는 인사를 한 뒤 땅을 보며 잠시 생각에 잠겼다.

"그럼, 날 받아주겠다는 거예요?"

"기백이 있는 듯하구나. 이 고로쿠를 따를 마음이 있다면 받아주겠다."

"없어요."

히요시는 얼굴을 들고 똑똑히 말했다.

"무사 봉공을 하려는 마음으로 여러 나라 무사들의 풍모와 다이묘들의 위세를 보아왔는데, 무사 봉공을 하려면 무엇보다 주군을 잘 선택하는 것이 중요하단 걸 알게 됐어요. 그래서 섣불리 주군을 섬길 수 없어요."

"하하하, 참으로 재미있군. 이 고로쿠 마사카쓰는 네 주군으로 부족한 듯싶으냐?"

"그건 직접 섬겨보지 않으면 알 수 없는 일이지만 하치스카 촌의 하치스카라고 하면 우리 마을에서는 좋게 말하지 않아요. 또 내가 일하던 이전 주인집에 도적질을 하기 위해 들어온 사내도 하치스카 일족이라고 했어요. 내가 도적의 부하가 된다면 어머니가 슬퍼하실 테니 그런 자의 집에서 봉공을 할 수는 없어요."

"혹시 스테지로의 집에 살던 적이 있었느냐?"

"그걸 어떻게 아세요?"

"그 집에 가서 도적질을 한 와타나베 덴조가 내 일족이지만 나는 그런 발칙한 놈을 그대로 둘 수 없다. 비록 덴조는 도망쳤지만 그 일당들을 토벌하고 하치스카 촌으로 돌아가는 중이다. 네 귀에도 고로쿠 일문의 이름이 그리 잘못 알려져 있느냐?"

"흐음, 아저씨는 그런 인간은 아닌 듯하군요."

히요시가 열일곱 살치고는 조숙한 말투로 고로쿠의 얼굴을 보면서 말했다. 그리고 문득 생각났다는 듯 물었다.

"아저씨, 그럼 아무 약속도 하지 않고 날 하치스카 촌까지 데려가줄 수 있어요? 그 뒤에 후다쓰데라二寺의 친척집까지 가고 싶은데."

"후다쓰데라는 하치스카 촌의 바로 옆 마을인데 아는 사람이 있느냐?"

"나무통을 만드는 목수인 신자에몬新左衛門이라는 사람이 어머니와 친척이에요."

"신자는 무사의 후손이다. 그럼 네 어머니는 무사의 후손이구나."

"나는 이런 일을 하고 있지만 아버지도 무사였어요."

어느새 고로쿠의 부하들은 탈 수 있는 사람만큼 배에 오른 상태였다. 그러고는 삿대를 꽂은 채 고로쿠가 타기만을 기다렸다.

"히요시, 어쨌든 타거라. 후다쓰데라에 가고 싶으면 그리 가도 좋고, 하치스카 촌에 있고 싶으면 머물러도 좋다."

히요시는 어깨를 감싸고 배 안으로 올랐다. 그의 작은 몸은 숲처럼 늘어선 창과 큰 사내들 사이에서 보이지 않았다. 배는 대하의 강물을 가로질러 갔지만 물살이 빨라 다 건너는 데 시간이 걸렸다.

따분한 얼굴로 서 있던 히요시는 고로쿠의 부하 등에서 반딧불이를 발견하고 손을 동그랗게 말아 잡더니 손바닥 안에서 명멸하는 반딧불을 무심하게 들여다보았다.

밀사

고로쿠는 하치스카 촌으로 돌아온 뒤에도 놓친 덴조를 찾으려고 애를 썼다. 부하를 변장시켜 자객으로 보내거나 먼 나라 토호와 연락을 취해 덴조의 행방을 찾았다. 하지만 가을이 될 때까지 별 성과는 없었다.

소문에 따르면 덴조는 에나 산을 타고 고슈로 도망친 뒤에 철포를 바치는 조건으로 다케다 가문에 들어갔다 다시 그 아래에 있는 고슈의 랏파亂波36 조직에 들어갔다고 한다.

"고슈에 들어간 이상……."

고로쿠가 더 이상 어쩔 수 없다는 얼굴로 중얼거렸다. 그런데 그 소문을 들은 그날, 한 사람이 사자로 와서 은밀히 그의 대문을 두드렸다.

"주군이 오셔야 했지만……."

그는 이번 사건이 일어나기 전에 고로쿠를 다회로 불렀던 오다 일족의 가신이었다. 사자는 당시 문제가 된 '아카에 물병'을 들고 와서 주군의 명령이라며 말했다.

"이 물건으로 일족 간에 분란이 있었다는 말을 들었습니다. 비록 돈

---

36 적의 진영이나 성에 잠입해 극비의 정보를 수집하거나 비밀리에 적을 암살하고 전쟁 시 기습 작전을 실행하는 등의 임무를 담당한 닌자忍者를 일컫는다.

을 주고 샀다고는 하나 고로쿠 님께서 가장으로서 고심이 심했을 터이니, 이것을 직접 스데지로에게 돌려주시는 것이 어떻겠는지요? 그러면 고로쿠 님의 체면도 설 것이라고 주군께서 말씀하셨습니다.”

고로쿠는 호의에 감사를 표하며 후일 주군을 찾아뵙겠다고 말하고 물병을 받았다. 그러고는 사자를 보낼 때 답례로 물병 가격에 두 배만큼 황금과 훌륭한 안장 등을 선물했다. 그리고 사자를 보낸 뒤 다시 다쿠미를 불러 지시를 내리고 마루로 나와 정원을 향해 말했다.

“원숭이, 원숭이.”

히요시가 나무 그늘에서 재빨리 달려와 무릎을 꿇으며 말했다.

“부르셨습니까?”

히요시는 이곳을 거쳐 후다쓰데라에 다녀온 뒤 별다른 얘기도 없이 이곳에서 쭉 지냈다. 그는 기지가 있었고 무슨 일이든 잘했다. 하지만 사람들은 그를 업신여겼다. 그래도 그는 다른 사람과 똑같이 행동하지 않았다. 그뿐 아니라 언변이 좋았지만 행실이 전혀 경박하지 않았다. 고로쿠는 그런 히요시를 아끼며 히요시에게 정원 일을 맡겼다. 정원 일은 비를 들고 청소하는 일인 듯했지만 사실은 그렇지 않았다. 아침저녁으로 주인의 곁에서 일하며, 밤에는 주인을 보호하는 역할도 했다. 그러다 보니 절대로 외부 사람에게 정원 일을 맡기지 않았다. 하지만 고로쿠는 히요시에게 정원 일을 맡겼다. 원숭이라고 부르긴 하지만 그것은 히요시를 아낀다는 뜻이었다.

“다쿠미와 함께 신카와의 다완집에 다녀오너라.”

“다완집 말입니까?”

“왜 그런 표정을 짓느냐?”

“아닙니다.”

“네가 망설이는 이유는 알고 있지만 오늘 심부름은 다완집의 가보였던 물병을 무사히 돌려주기 위해 가는 것이다. 그러니 함께 가면 네 체면도 살 것이니 다녀오너라."

히요시는 그 말을 듣고 땅에 앉아 두 손을 짚으며 머리를 숙였다.

"고맙습니다. 은혜는 잊지 않겠습니다. 기쁘게 다녀오겠습니다."

길 안내를 맡았던 히요시는 다완집에 도착한 뒤 집 안으로 들어가지 않고 밖에서 기다렸다. 예전에 알고 있던 하인들이 원숭이가 왔다며 번갈아 보러 나왔다. 히요시가 이 집에서 쫓겨날 때 웃거나 때렸던 일꾼들도 보였지만 히요시는 이미 잊었다는 듯 웃음을 지으며 양지바른 곳에 서서 다쿠미가 나오기를 기다렸다.

얼마 뒤 다쿠미가 일을 마치고 나왔다. 도둑맞은 '아카에 물병'이 뜻밖에 돌아오자 다완집 주인 내외는 꿈이 아닌가 싶을 만큼 기뻐했다. 그러고는 사자를 배웅하러 직접 문까지 달려와 감사의 인사를 표하고 극진히 대접했다.

그 사이에는 오후쿠도 있었다. 오후쿠는 히요시를 보고 놀랐지만 히요시는 그에게 하얀 이를 보이며 씽긋 웃었다.

"하치스카 님께는 후일 날을 잡아 인사를 드리러 갈 터이니 부디 잘 말씀드려주십시오. 오늘 정말 고생하셨습니다."

다완집 주인 내외와 오후쿠, 일꾼들이 모두 머리를 숙이자 히요시는 그 한가운데를 다쿠미의 뒤에서 손을 저으며 걸어갔다.

'야부야마의 이모님은 어찌 됐을까? 이모부는 벌써 돌아가셨을지도 모르겠군.'

히요시는 광명사가 있는 산을 올려다보며 걸어갔다. 나카무라는 지척이었다. 그는 아까부터 어머니와 누나의 얼굴을 떠올리며 집에 잠깐 들려보고 싶었다. 하지만 안개가 낀 그날 밤 맹세가 떠올라 이내 단념하고 말았다.

'지금 가면 어머니는 기뻐하실지 몰라도 아직 나는 아무것도 이룬 게 없어.'

히요시는 자신의 뒷목을 잡아끄는 나카무라를 뒤로하고 다쿠미를 따라 걸어갔다. 그때 하급 무사 차림을 한 사내가 히요시에게 말을 걸었다.

"아니, 야에몬의 아들이 아니냐?"

"누구신지요?"

"넌 히요시 아니냐?"

"예."

"많이 컸구나. 나는 야에몬의 친구인 오도와카乙若다. 오다 님을 섬기던 시절 함께 부대에 있던 사람이다."

"아, 생각났습니다. 제가 그리 많이 컸나요?"

"네 아버지께 보여드리고 싶을 정도구나."

사내의 말에 히요시가 눈물을 뚝뚝 흘렸다.

"근래에 제 어머니를 만나신 적이 있으신지요?"

"잘 계신다. 가끔 나카무라에 가는데 소문으로 듣고 있단다. 여전히 부지런히 일하고 계신다는구나."

"건강히 잘 지내고 계시군요."

"한데, 넌 왜 집에 들르지 않는 게냐?"

"훌륭한 사람이 되어 돌아갈 겁니다."

"어머니께 얼굴만이라도 보여드리지 그러느냐."

"예……."

눈시울이 뜨거워진 히요시는 얼굴을 돌렸다. 어느새 오도와카의 모습도 저편으로 멀어졌고 다쿠미도 앞쪽에서 걸어가고 있었다.

늦여름 더위가 잦아들자 아침저녁으로 가을 정취가 느껴졌고 고구마 줄기가 눈에 띄게 자랐다.

"이 해자를 오 년이나 파내지 않았군. 발밑에 이리 진흙이 쌓여 있는 것도 모르고 창과 말타기 연습만 하고 있으니, 안 되겠어."

이제 막 조릿대를 베는 마을 집에 다녀온 히요시가 하치스카의 오래된 해자를 바라보며 혼자 중얼거렸다.

"해자란 무엇 때문에 만드는 것인지 고로쿠 님께 한번 여쭤봐야겠군."

히요시는 대나무 삿대로 쿡 찔러 수심을 가늠했다. 수초가 가득해서 아무도 깨닫지 못했지만 그가 생각한 대로 몇 년 동안 바닥에 낙엽과 진흙이 쌓여 수심이 깊지 않았다. 두세 곳을 더 찔러보다 삿대를 버리고 옆문 쪽 다리를 건너려는데 누군가가 히요시를 불렀다.

"오고히도御小人."

히요시의 몸집이 작아 '오고히도'라고 부른 것이 아니었다. 대가에서 일하는 하인을 그렇게 부르는 것이었다.

"누구?"

다리 위에서 히요시가 돌아보자 해자 옆 밤나무 아래에 쥐색 옷을 입고 허리에 피리를 찬 사내가 거적을 깔고 배가 고픈 얼굴로 앉아 있었다.

"잠깐……."

사내가 손짓을 했다. 가끔 이 마을에 오는 보화종普化宗 승려였는데 거적승이라고도 불렸다. 후대의 에도 시대와 마찬가지로 당시의 거적승에게는 일정한 승복이 없었고 가사도 아름다운 형태가 아니었다. 거적승들은 더럽고 보기 흉한 수염을 기른 채 거적을 짊어지고 한 자루 피리를 들고 다녔다. 그중에는 떠돌아다니며 본격적으로 방울을 흔들고 보화선사普化禪師의 흉내를 내며 포교를 하는 사람도 있었다. 방금 히요시에게 손짓을 한 거적승도 때에 찌든 옷을 입고 불결한 수염을 기르고 있었다.

히요시는 거적승을 무시하고 돌아가다 고달픈 유랑 경험을 잘 알고 있던 터라 그가 배가 고프다면 밥을, 몸이 아프다면 약을 주어야겠다고 생각하고 다시 그에게로 갔다.

"시주를 달라는 거요, 아니면 배가 고파서 움직일 수가 없다는 거요?"

"아니다."

거적승은 고개를 가로젓더니 히요시를 바라보며 웃었다. 그러고는 자신이 깔고 앉은 거적의 반을 양보하며 말했다.

"자, 앉거라."

"됐소. 그런데 무슨 일이오?"

"넌 이 댁의 하인이냐?"

"아니오."

이번에는 히요시가 그를 흉내 내며 고개를 가로저었다.

"난 이 댁의 과객이오. 고로쿠 님께 신세를 지고 있지만 아직 봉공한 것은 아니오."

"흐음, 하지만 무슨 일을 하고 있겠지? 부엌일, 아니면 바깥일?"

"정원 청소요."

"그렇군. 그렇다면 고로쿠 님의 눈에 든 게로군."

"글쎄."

"지금 계신가?"

"안 계시오."

"공교롭게도 부재중이시군……."

거적승이 낙담한 듯 중얼거리더니 물었다.

"오늘 중에는 돌아오실까?"

히요시는 문득 거적승의 모습이 수상히 여겨져 말문을 닫았다.

"언제 돌아오시느냐?"

거적승이 재차 묻자 히요시는 그의 질문에 답하지 않고 말했다.

"스님, 당신 무사지? 정말 거적승이라면 신참이거나."

거적승은 깜짝 놀란 얼굴로 히요시의 얼굴을 바라보다 물었다.

"내가 무사거나 신참 승려라는 걸 너는 어찌 알았느냐?"

히요시가 별것 아니라는 듯 대답했다.

"햇볕에 심하게 탔지만 손가락 옆이 하얗잖아. 귓구멍도 비교적 깨끗하고, 또 그렇게 거적 위에 앉아서도 갑주를 차고 책상다리를 하는 건 무사라는 증거지. 습관 때문에 무릎이 올라가 있는 것도. 거지나 거적승은 등뼈가 휘어 구부정하게 앉거든."

"으음, 네 말이 맞다."

거적승은 벌떡 일어서면도 히요시의 얼굴에서 눈을 떼지 않았다.

"눈썰미가 뛰어나구나. 이제까지 적지의 검문소들을 지나갈 때에도 그 정도로 나를 알아본 자는 없었다."

"모두 장님이었나 보군. 그런데 거적승, 고로쿠 님께 무슨 볼일이오?"

"실은 말이다."

그는 목소리를 낮추며 말했다.

"나는 미노에서 온 사람이다."

"미노?"

"사이토 히데타쓰齊藤秀龍 님의 가신 중 한 명인 난바 나이기難波內記라고 하면 고로쿠 님도 아실 게다. 은밀히 뵙고 돌아가고 싶은데 부재중이시라니 어쩔 수 없군. 낮에 마을을 돌아다니다 저녁 무렵에 다시 올 테니 혹시 돌아오시면 네가 은밀히 말씀드려다오.”

거적승이 그렇게 말하고 돌아가려 하자 히요시가 그를 불러 세웠다.

“거짓말인데.”

“응?”

“안 계신다고 한 건 당신의 정체를 몰라서 그런 거요. 실은 마장에 계시오.”

“아, 계신다고?”

“그렇소. 이제 알았으니 안내하겠소. 나를 따라오시오.”

“너는 참으로 빈틈이 없구나.”

“무가에 있으면서 이 정도 주의를 하는 건 당연한 일이오. 미노 사람들은 이 정도 일에 감탄할 만큼 모두 멍청한 것이오?”

“그렇지 않다.”

거적승이 혀를 찼다.

해자를 돌아 밭을 건너 숲 뒤편으로 돌아가자 넓은 마장이 있었다. 메마른 땅이 하늘로 솟아 있었다. 고로쿠 말고도 하치스카 일족의 사람들이 말을 타고 기마 연습을 하고 있었다. 그들은 말과 안장을 서로 바싹 들이대고 봉을 휘둘렀다. 격전이 벌어졌을 때를 대비해 돌격 훈련을 하는 것이었다.

“여기서 기다리시오.”

히요시는 거적승을 두고 혼자 달려가 상황을 살펴보았다. 그때 고로쿠가 차를 마시며 쉬려고 얼굴의 땀을 닦으면서 오두막으로 다가왔다.

“차를 드릴까요?”

히요시는 뜨거운 차에 찬물을 섞어 온도를 낮춘 다음 쟁반에 담아 들고 고로쿠 곁으로 가 무릎을 꿇었다.

“너도 보고 있었느냐?”

“예.”

히요시가 짧게 대답한 뒤 고로쿠 가까이 다가가 전했다.

“미노에서 밀사가 왔는데 이리 데려올까요, 아니면 직접 가시겠습니까? 밀사는 숲 속에서 기다리고 있습니다.”

“뭐라, 미노에서?”

사이토 가문의 밀사라는 말을 듣자 고로쿠는 다른 말을 기다리지도 않고 의자에서 일어섰다.

“원숭이.”

“예.”

“안내해라.”

“그곳으로 말입니까?”

“그래, 내가 가겠다. 어디서 기다리고 있느냐?”

“숲 건너편 강입니다.”

히요시는 앞서서 걸었다. 미노의 사이토 가문과 하치스카는 공개적이지는 않지만 꽤 오랜 세월 동안 은밀히 동맹을 맺고 있었다. 미노에 무슨 일이 생기면 하치스카에서 돕고 하치스카가 위험하면 미노가 뒤에서 원조했다. 또 경제적으로도 미노에게 매년 이백 관의 무기를 받았다. 오다 노부히데나 미카와의 마쓰다이라 가문이나 슨푸의 이마가와 가문 등의 발흥 세력 속에 낀 외로운 섬 같은 존재이면서도 점령당하지 않고 토호 하치스카 가문으로 살아남을 수 있었던 것은 멀리 이나바稲葉 산성에 있는 사이토 도산 히데타쓰齊藤道三秀龍 덕분이기도 했다.

하치스카 가문과 히데타쓰 가문이 지리적으로 멀리 떨어져 있으면서도 동맹을 맺게 된 데는 한 가지 사건이 있었다. 고로쿠의 선대인 구로우도 마사도시藏人正利가 하치스카의 주인이었던 시대에 일어난 일이었다.

어느 날 밤, 하치스카의 대문 앞에 한 병자가 쓰러져 있었다. 무사 수행자의 행색을 한 사람이었다. 마사도시는 그를 불쌍히 여겨 안으로 데려가 치료를 해준 뒤 노자까지 주어 보냈다.

"은혜는 잊지 않겠습니다."

수척한 무사 수행자는 헤어지는 날에도 맹세했다.

"언젠가 제가 뜻을 이룬 뒤에 연락을 드리겠습니다. 그리고 오늘의 은혜에 꼭 보답하겠습니다."

당시 그가 남긴 이름은 마쓰나미 쇼구로松波莊九郎였는데, 그 뒤 세월이 흘러 그 쇼구로가 보낸 편지에는 사이토 야마시로노 히데타쓰齊藤山城秀龍라고 쓰여 있었다. 편지를 받은 마사도시는 깜짝 놀랐다. 그 뒤로 사이토 도산과의 동맹은 고로쿠 대에 이를 때까지 이어졌던 것이다.

그런 도산이 보낸 밀사였다. 그러니 고로쿠가 밀사를 바로 찾아간 것은 당연한 일이었다. 숲 속에서 기다리고 있던 거적승 행색을 한 밀사 난바 나이기는 고로쿠를 보자 인사를 했다. 고로쿠도 밀사에게 답례를 했다. 그리고 두 사람은 서로의 눈을 바라보면서 한 손을 가슴에 대고 자신의 이름을 댔다.

"제가 고로쿠 마사카쓰입니다."

"저는 이나바 산성의 가신인 난바 나이기라고 합니다."

두 사람은 서로 머리를 숙였다. 도산은 어릴 적에 묘각사妙覺寺에 들어가서 현교顯敎와 밀교密敎를 배우며 승려 생활을 한 적이 있었기에 사이토 가문의 암호에도 현교와 밀교의 말을 사용했고 변장을 할 때에도 어딘지 모르게 불교 취향이 풍겼다. 두 사람은 인사를 나누고 서로 상대를 확인하고 나서야 편한 마음으로 허심탄회하게 이야기를 나눴다.

"원숭이, 내가 허락할 때까지 아무도 숲에 들이지 말거라."

고로쿠는 그렇게 말하고 나이기와 함께 숲 속으로 들어갔다. 그곳에서 두 사람 사이에 어떤 밀담과 밀서가 오갔는지 히요시는 알 수 없었고 알고 싶은 마음도 없었다. 그는 그저 숲 밖에 서서 충실하게 망을 보았다.

어느덧 히요시는 심부름을 보내면 심부름꾼이 되었고 정원 청소를 시키면 청소에 전념하고 망을 보게 하면 충실하게 망을 보는, 주어진 일에 충실한 인간이 되어 있었다. 그는 어떤 일이든 그 일을 좋아했다. 그것은 가난하게 태어났기 때문이 아니었다. 현재의 일은 항상 다음을 위한 희망의 알이기 때문이었다. 그 일을 충실히 수행했을 때, 힘찬 희망의 날개가 부화한다는 것을 그는 알고 있었다.

'지금 세상에서 출세하기 위해서는 무엇이 가장 중요한가?'

히요시는 가끔 그런 생각을 했다. 출세하기 위해 필요한 것은 족보, 즉 가문이었다. 하지만 히요시에게는 그것이 없었다. 가문 다음에는 말할 것도 없이 돈과 무력이었지만, 그 역시 히요시는 가지고 있지 않았다.

'그럼 나는 무엇으로 출세할 수 있을까?'

히요시는 스스로 자문해봤지만 슬프게도 자신의 육체는 선천적으로 왜소했고 다른 사람보다 건강하지도 않았다. 게다가 많이 배우지도 못했다. 물론 지혜는 당연히 필요한 것이었다.

'도대체 나한테는 무엇이 있을까?'

히요시 머릿속에는 '충실'이라는 단어밖에 떠오르지 않았다. 그는 '무엇을 충실히 해야 할까?'가 아닌 '무엇이든 충실히 하자'고 결심했다. '충실'이라면 얼마든지 가질 수 있다고 생각했다. 그 충실을 '어떤 식으로 행할 것인가?' 하고 자문하자 '한 몸이 되어야 한다!'는 결론을 내릴 수 있었다.

'어떤 일을 하더라도 내게 주어진 천직처럼 한 몸이 돼서 하자.'

정원 청소를 하더라도, 짚신을 만들더라도, 마구간 청소를 하더라도 그 일과 한 몸이 되어야 한다고 생각했다. 포부를 가지고 있어도 그 희망을 위해 현재를 소홀히 하면 안 된다. 현재에서 멀어지면 미래도 없었다. 그리고 그는 희망을 가슴속 깊이 묻어두어야지 겉으로 드러내면 안 된다고 생각했다.

짹짹, 짹짹…… 숲의 새들이 머리 위에서 지저귀고 있었다. 하지만 히요시의 눈은 새들이 쪼고 있는 나무 열매를 향하지 않았다.

"고생했다."

이윽고 고로쿠가 숲 속에서 나와 말했다. 고로쿠는 기분이 좋아 보였다. 그의 야망으로 가득 찬 눈이 빛을 발하고 있었다. 어떤 중대한 얘기를 들었는지 아직까지 얼굴이 상기되어 있었다.

"끝나셨습니까?"

"끝났다."

"거적승은?"

"다른 길로 돌아갔다."

고로쿠는 그렇게 말하고 나서 문득 히요시를 보며 주의를 주었다.

"누설하지 말거라."

"예."

"그 거적승이 네 칭찬을 아주 많이 하더구나."

"그렇습니까?"

"언젠가 어엿한 자리를 줄 테니 계속 하치스카에 있거라."

그날 미노의 밀사가 전한 일 때문인지 밤이 되자 일족의 중역들이 고로쿠의 저택으로 모였고 그들은 밤이 깊도록 회의를 했다. 그날 밤도 히요시는 별빛 아래에 서서 충실히 망을 보았다.

● **1507년 에이쇼의 난**

1507년부터 시작된 호소가와 가문의 내전으로, 간레이 자리를 놓고 벌어진 싸움이다. 당대 쇼군이 관여
했지만, 영향력과 군사적 행동은 미미하여 '양 호소가와 가문의 난'이라고도 불린다.

● 모리 나리토시 森成利·1565-1582

노부나가의 시동으로 그와 중도 관계를 가지면서 세력 내에서 우대를 받았다. 란마루(蘭丸)라는 이름은 노부나가의 시동을 맡았을 때 받은 이름으로 이전의 시동에게도 동일한 이름을 내려준 것으로 보아 노부나가 가문 대대로 시동에게 붙였던 이름으로 추정된다.

이나바稻葉 산성

이나바 산성의 밀사가 대체 무엇을 전하러 온 것인지는 일족 중에서도 중역만이 알 수 있는 일급비밀이었다. 비밀회의가 열린 다음 날부터 하치스카 일족 중 머리가 좋고 실력이 뛰어나며 날렵한 자들이 차례로 변장을 하고 하치스카 촌에서 자취를 감췄다. 사람들은 그들이 기후岐阜로 갔다고 속삭였다.

고로쿠의 동생 중에 하치스카 시치나이蜂須賀七內라는 자가 있었다. 시치나이도 임무를 맡아 기후로 잠행하게 되었는데, 그의 시종으로 히요시가 따라가게 되었다.

"전쟁을 앞두고 염탐이라도 하러 가는 것인지요?"

히요시가 물었다.

"쓸데없는 말 말고 잠자코 따라오면 된다."

시치나이는 아무 말도 해주지 않았다. 저택 사람들은 그를 '곰보 시치나이'라고 하며 달갑지 않게 여겼다. 그에게는 고로쿠와 같은 인정미가 없었기 때문이다. 게다가 그는 술고래인 데다 건방진 성격 탓에 자주 힘자랑을 했다.

'싫은데……'

히요시는 속으로 그렇게 생각했다. 하지만 고로쿠가 내린 명령이라 불평할 수가 없었다.

"다른 자들은 미덥지가 못하다. 지난번 난바 나이기도 네 칭찬을 했고 나도 너라면 마음을 놓을 수 있을 듯하다."

밥 한 끼를 내준 은혜이자 하룻밤을 재워준 의리였다. 하치스카의 말단이 되어 일하기로 결심한 것은 아니었지만 일단 알겠다고 수긍한 이상, 설사 곰보 시치나이이라고 해도 끝까지 열성을 다하자고 생각했다.

떠날 날이 되자 시치나이는 머리 모양까지 바꾸고 기요스의 기름 가게 일꾼이 되어 출발했다. 히요시는 여름에 입고 다녔던 바늘 행상꾼의 옷을 입고 작은 등짐을 졌다. 그러고는 기름 가게 시치나이와는 길에서 만난 동행 행세를 하며 미노지로 향했다.

"원숭이, 길가 검문소에 이르면 나와 떨어져서 가거라."

"예."

"넌 말이 많으니 무엇을 물어보면 될수록 잠자코 있어야 한다."

"예."

"말실수를 하면 난 모른 체하고 너를 버리고 갈 테다."

길가 검문소는 계속 이어졌다. 오와리의 오다 가문과 미노의 사이토 가문은 사위와 장인 관계라 같은 편인 것처럼 보였지만 실은 그렇지도 않았다. 오와리와 미노 사이에는 국경이 있기 때문에 어느 한쪽이 경계를 서도 부자연스러운 일이 아니었다. 하지만 미노에서 오와리로 들어가서까지 어디서나 경계를 하자 히요시는 이상한 생각이 들었다.

"왜 그러죠?"

히요시가 시치나이에게 물었다.

"뻔한 걸 묻는구나. 사이토 도산 님과 그 아들인 요시타쓰義龍가 벌써 몇 년 전부터 서로 감시하는 사이가 아니더냐."

한 나라 내에서도 두 개의 세력이 반목하고 일족 중에서 아버지와 아들이 싸우는 것을 시치나이는 전혀 이상하게 생각하지 않는 듯 말했다.

히요시는 그런 시치나이를 이해할 수 없었다. 겐페이 시대에 아버지와 아들이 적과 아군으로 대립한 적이 없었던 것은 아니지만 거기에는 그럴만한 이유가 있었다.

"왜 사이토 도산 님과 아들인 요시타쓰 님의 사이가 나쁜 건가요?"

히요시가 이해할 수 없다는 표정으로 다시 물었다.

"그놈, 참 시끄럽구나. 그런 건 다른 사람에게 물어봐라."

시치나이는 혀를 차며 히요시를 더 이상 상대하지 않았다.

히요시가 미노의 땅을 밟기 전에 가장 먼저 생각한 것은 그런 의문이었다. 하지만 산수의 풍광이 빼어난 고장이었고 마을과 거리도 아름다웠다. 마침 가을이 깊어갈 무렵이라 단풍이 들고 이슬비에 젖은 햇살이 반짝이는 이나바 산은 아침저녁으로 바라봐도 질리지가 않았다.

'긴카金華 산'이라는 이름으로도 불릴 정도로 마치 비단과 같은 절벽이었다. 마을과 논과 들, 그리고 나가라長良 강가에 우뚝 서 있는 정상에 한 마리 백조가 쪼그리고 있는 듯한 백벽白璧이 저 멀리 보였다.

"산성이 높은 곳에 있구나."

히요시는 눈을 크게 뜨며 놀라워했다.

성 아래에서 그곳을 오르기 위해서는 일곱 번 돌고 다시 백 번을 돌아야 했다. 요새의 수로가 견고하다는 말을 들었는데, 바로 이 성의 지형을 두고 난공불락이라는 말을 한다는 것을 깨달았다.

'성만 가지고는 나라를 가질 수 없다.'

히요시는 속으로 중얼거렸다.

시치나이가 번화한 마을 네거리에 있는 상인 여관을 숙소로 잡고 히요시에게 말했다.

"너는 뒤쪽에 있는 싸구려 여인숙에서 자거라. 곧 일을 맡길 테니 놀러 다니다 사람들의 의심을 사지 말고 내 명이 있을 때까지 바늘 장사를 하며 다니거라."

그러고는 얼마 되지 않은 돈을 히요시에게 건넸다.

"예."

히요시는 순순히 돈을 받아 들고 바로 뒤편에 있는 더러운 여인숙으로 갔다.

'곧 일을 맡길 거라고 했는데 대체 무슨 일일까?'

히요시는 혼자 있는 게 훨씬 마음이 편하고 즐거웠다. 하지만 무슨 일을 맡게 될지 도저히 가늠할 수가 없었다.

여인숙에는 떠돌이 예인이나 나무꾼 같은 잡다한 사람들이 머물다 떠났다. 히요시의 피부는 벼룩이나 이에 단련이 되어 있었고 그런 사람들이 지니고 있는 특유한 냄새에도 익숙했다. 그는 그곳에서 날마다 바늘 장사를 하러 나갔고, 돌아오는 길에 소금에 절인 반찬과 쌀을 사 왔다. 여인숙에서는 자신이 직접 만들어 먹어야 했는데, 부엌은 빌려서 사용하되 땔감과 숙박비만 내면 됐다.

이레 정도가 지났다. 하지만 시치나이는 아무 말도 없었다. 히요시는 마치 버려진 듯한 기분이 들었다.

그러던 어느 날, 히요시가 바늘을 사라고 외치며 저택들이 늘어선 골목길을 걷고 있는데, 가죽 주머니로 만든 화살 통을 옆에 차고 낡은 활을 어깨에 멘 사내가 맞은편에서 걸어왔다.

"활 고칩니다. 활 고치세요."

사내는 히요시보다 더 큰 목소리로 외치다 히요시가 가까이 가자 깜짝 놀라 그 자리에 멈춰 섰다.

"아니, 원숭이 아니냐? 언제 누구와 함께 이곳에 왔느냐?"

히요시도 놀랐다. 활을 고치는 사내는 고로쿠의 부하인 니타 히코주仁田彦十라는 사내로 얼마 전까지만 해도 하치스카 촌의 한 저택에 있던 사람이었다.

"히코주 님이야말로 왜 이런 장사를 하며 기후에 계세요?"

"나뿐만이 아니다. 하치스카 일족 중에서 적어도 삼사십 명이 들어와 있다. 그런데 너까지 와 있을 줄은 몰랐구나."

"저는 시치나이 님을 따라 이레 전쯤 왔는데 일이 생길 때까지 바늘 장사를 하며 돌아다니라고 해서 이러고 있습니다. 그런데 대체 무엇 때문에 이러는지요?"

"아직 듣지 못했느냐?"

"시치나이 님이 아무 말도 해주지 않아서요. 사람이 영문도 모르고 일하는 것만큼 괴로운 일이 없습니다."

"그럴 테지."

"히코주 님은 그 목적을 알고 계세요?"

"알지도 못하는데 이러고 다니겠느냐."

"부탁이니 제게도 얘기 좀 해주세요."

"이런 곳에 서서 얘기할 수는 없다. 그런데 시치나이 님도 참 심술궂군. 무엇 때문인지도 모른 체 돌아다니면 네 목숨도 위험할 게다."

"예? 목숨이 달려 있는 일이에요?"

"네가 붙잡히면 이곳에 들어와 있는 우리들 계획이 발각될 것이다. 그렇지, 일족을 위한 것이기도 하니 너도 이해할 수 있도록 가르쳐주마."

"고맙습니다."

"하지만 여기서는 다른 사람들 눈에 띌 것이다."

"저기 사당 뒤편은 어떨까요?"

"흠, 마침 배도 고프니 도시락이라도 먹으면서 얘기하자꾸나."

히코주가 먼저 걷기 시작하자 히요시도 뒤따라 걸었다.

어떤 신사인지 숲에 둘러싸여 고즈넉했다. 두 사람은 가지고 있던 도시락을 꺼내 먹었다. 그때 은행잎이 떨어졌다. 노랗게 물든 나뭇가지를 올려다보자 나무들 저편으로 단풍에 새빨갛게 물든 이나바 산이 보였고, 파란 하늘 속에 우뚝 솟아 있는 산 정상의 성곽이 사이토 일문의 패권을 자랑하고 있었다.

"목적은 저것이다."

히코주는 밥풀이 묻은 젓가락 끝으로 이나바 산성을 가리켰다.

"예?"

히요시는 입을 벌리고 일부러 멍한 표정을 지으며 젓가락이 가리키는 곳을 바라보았다. 히코주가 보는 이나바 산성과 히요시의 눈에 비친 성은 하나였지만 서로 마음은 달랐다. 두 사람은 한동안 성을 바라보고 있었다.

"그럼, 저 성을 하치스카가 빼앗으려는 겁니까?"

"바보 같은 소리."

히코주는 히요시의 바보 같은 질문에 젓가락을 부러뜨리더니 대나무 껍질과 함께 바닥에 내던지면서 혀를 찼다.

"저 성에는 사이토 도산 님의 아들인 신구로 요시타쓰新九郎義龍가 있는데, 교토와 간토關東의 통로에 위치한 이 요충지에서 동서남북 사방을 다스리며 안으로 군사를 모으고 새로운 무기를 비축하고 있다 보니 오다와 이마가와와 호조도 함부로 대할 수가 없다. 그러니 하치스카 따위가 어찌 그럴 수 있겠느냐. 바보 같은 소리 작작해라. 생각해서 이야기해주려 했는데 김이 새는군."

"이젠 아무 말도 하지 않을게요."

혼이 난 히요시는 찍소리도 못 하고 입을 다물었다.

"아무도 없지?"

히코주는 불당 옆에서 경내를 들여다보며 입술에 침을 묻혔다.

"우리 하치스카 일족과 사이토 도산 님과의 깊은 관계는 너도 들었겠지만."

"……."

히요시는 또 혼이 날까 봐 대답도 하지 않고 고개만 끄덕였다.

"그런데 그 도산 님과 아들인 요시타쓰는 요 몇 년 사이가 좋지 않다. 왜냐하면……."

히코주는 히요시가 알아들을 수 있도록 사이토 일문의 내홍과 미노의 분란에 대해 대충 설명을 해주었다.

도산은 나가이 도시마사長井利正라고도 불렸고, 그 밖에 니시무라 간구로西村勘九郎라고 불릴 때도 있었고, 또 마쓰나미 쇼구로松波莊九郎라고 불릴 때도 있었다. 그리고 그는 이름 없는 기름 장수였던 때도 있고 무사 수행을 하러 돌아다니거나 절에 머물러 있기도 했던 때도 있는 복잡한 이력을 지닌 인물이었다. 그의 강인하고 굴하지 않는 면모는 그가 미노 일국에 머문 이후로 지금까지 외부의 적에게 한 치의 땅도 빼앗기지 않은 것만 보더라도 잘 알 수 있었다.

하지만 기름 장수로 시작해 맨손으로 미노 일국을 자신의 것으로 만든 사내였던 만큼 그는 속이 검은 사람이었다. 처음에 섬겼던 주군인 도키 마사요리土岐政賴를 죽이고 다음 주군인 도키 요리나리土岐賴藝를 나라 밖으로 쫓아낸 뒤 그의 첩을 빼앗는 등 잔혹한 경력을 들면 끝이 없었다. 그런데 인과응보인지 아님 숙명인지 그가 빼앗아 자신의 것으로 만든 요리나리의 첩이 자식을 낳았는데, 그가 바로 지금의 요시타쓰였던 것이다. 도산은 다년간 요시타쓰가 자신의 진짜 아들인지,

아니면 주군인 요리나리의 아들인지 고민했다.

아들이 성장하고 자신이 늙어갈수록 도산의 고민은 깊어만 갔다. 이미 요시타쓰는 키가 육 척尺[37]이 넘고 무릎까지의 길이가 일 척 이 촌寸이나 되는 당당한 청년이 되어 이나바 산성의 주군으로 군림하고 있었고, 도산은 나가라 강 건너편의 사기鷺 산성에서 은거하고 있었다.

강을 사이에 두고 사기 산성의 아버지와 이나바 산성의 아들이 서로를 경계하고 있었던 것이다. 위세가 등등한 요시타쓰는 마침내 자신의 출생을 알게 되자 도산을 원망하며 소홀히 대했다. 늙어가는 도산은 요시타쓰를 의심하고 저주하더니 마침내 요시타쓰를 폐하고 둘째 아들인 마고시로孫四郞를 후계자로 세우려고 했다. 하지만 요시타쓰 쪽에서 도산의 계획을 더 빨리 알아채고 말았다. 요시타쓰는 나병에 걸려 '문둥이 님'이라고 불리기도 하는 괴팍한 성격의 소유자였지만 지모와 용맹을 겸비하고 있었다. 요시타쓰는 사기 산성을 대비해 방진을 견고하게 하고 일전도 마다하지 않을 태세였다. 물론 도산도 요시타쓰를 제거하기 위해 언제라도 피를 흘릴 각오를 했다.

"이런 연유로……"

히코주는 한숨을 돌리며 말했다.

"그래서 얼마 전 하치스카 촌에 밀사가 온 것이다. 도산 님은 사기 산성의 가신들은 모두 얼굴이 알려져 있으니 우리들 하치스카 일족의 손으로 성에 불을 질러 달라고 한 것이다."

"불을?"

"그렇다고 갑자기 불을 지르면 도움이 되지 않으니 그 전에 유언비어를 퍼뜨려서 이나바 산성의 요시타쓰와 가신이 불안한 기색을 보였을 때, 바람이 강한 밤을 골라 이 성 아래를 불바다로 만들 것이다. 그러

---

37 1척(=1자)은 약 30.3센티미터로 6척은 약 182센티미터에 달한다. 그리고 1촌寸(=1치)은 1척의 1/10이다.

면 도산 님의 군사가 나가라 강을 넘어 일거에 들이친다는 계책이다.”

“아아…….”

히요시가 고개를 끄덕이며 다시 물었다.

“그럼 우리들은 이 성 아래에 유언비어를 퍼뜨리고 불을 지르기 위해 온 것인가요?”

“그렇다.”

“그러니까 선동이군요. 민심을 교란하고 그 틈을 노려 일을 도모하는…….”

“뭐, 그렇다고 할 수 있지.”

“교란 선동은 비겁한 일 아닌가요?”

“어쩔 수 없다. 하치스카 일족은 오랫동안 사이토 도산 님께 도움을 받고 있으니 말이다.”

히코주는 단순했다. 히요시는 역시 노부시는 노부시에 지나지 않는다고 생각했다. 그리고 히요시는 그렇게 단순하고 싶지 않았다. 노부시의 집 부엌에서 찬밥을 먹어도 자신은 다르다고 생각했다. 이제부터 세상에 나갈 자신의 몸을 분별없이 함부로 할 수 없었다.

“그런데 시치나이 님은 뭘 하러 오신 거죠?”

“지시를 내리기 위해서다. 삼사십 명이나 흩어져 있으니 그들을 지휘할 사람이 있어야 하니까.”

“그렇군요.”

“이젠 알았느냐?”

“알았습니다. 그런데 한 가지 알 수 없는 것은 저에 대한 것입니다.”

“흠, 너 말이냐?”

“예. 저는 대체 무슨 역할을 하는 것인가요? 시치나이 님께서는 제게 유언비어를 퍼뜨리라는 말은커녕 아무 말도 하지 않았는데요.”

"글쎄. 네 몸이 작고 재빠르니 바람이 부는 날 밤에 불이라도 지르게 하려는지……."

"하하하, 불을 지르는 역할이라고요?"

"아무튼 그런 밀명을 띠고 이곳에 온 것이니 한시라도 방심하지 말거라. 주의하고 말조심해야 한다."

"발각되면 바로 붙잡히나요?"

"당연하다. 도산 님 쪽에서는 알고 있지만 만약 요시타쓰 쪽 무사가 냄새라도 맡으면 즉시 싸움이 벌어질 게다. 네가 붙잡히면 그걸로 끝이 아니라 우리까지 위험해진다."

히코주는 히요시가 아무것도 모르는 게 불쌍해서 이야기하긴 했지만 히요시의 입에서 비밀이 새어나갈까 봐 갑자기 불안했다. 히요시가 히코주의 안색을 헤아리고 말했다.

"걱정하지 마세요. 떠돌이 생활에 익숙하니까요."

"방심은 금물이다."

히코주는 다시 한 번 다짐을 두었다.

"여긴 적지니까."

"잘 알겠습니다."

"이러고 있는 것도 다른 사람들 눈에는 이상하게 보일 수 있다."

허리가 아픈지 히코주는 일어서서 허리를 몇 번 두드리며 말했다.

"원숭이, 너는 어디 머물고 있느냐?"

"시치나이 님이 계신 여관 바로 뒤편 골목에 있는 여인숙입니다."

"그러냐? 며칠 내로 한번 갈 테니, 여인숙 사람들을 특히 신경 쓰고 조심하거라."

히코주는 활을 짊어지고는 마을 쪽으로 사라졌다. 히요시는 혼자 사당 옆에 남아 은행나무 가지 사이로 저 멀리 있는 성의 하얀 벽을 멍하니 바라보았다. 히코주에게 미노의 주인인 사이토 가문의 내분과 그 악행을 들은 뒤 다시 성을 올려다보니 철벽같은 험준한 벼랑 위의 요새에서 아무런 권위도 느껴지지 않았다.

'다음에는 누가 저 성의 주인이 될까?

히요시는 그런 생각을 하면서 사기 산에 있는 도산의 말로도 평탄치 않을 것임을 예감했다.

'군신의 길이 없는 곳에 어찌 나라가 견고할 것이며 부자父子가 서로 다투고 의심하니 그들의 백성들이 어찌 그들을 신망하겠는가. 이곳은 비옥한 땅과 험준한 산을 등지고 있고 교토를 비롯한 여러 지방으로 이어지는 요충지어서 농공이 번창했다. 또 천혜의 자연 속에 물은 깨끗하고 여자들도 아름답지만 문화적으로는 모든 게 썩었다!'

히요시는 그렇게 믿어 의심치 않았다. 하지만 그는 썩어빠진 문화 속에서 꿈틀대는 구더기에 대해 생각하고 있을 틈이 없었다. 오히려 한발 앞서 '다음 성주는 누구일까?' 하는 생각에 이르렀다. 그와 동시에 히요시는 지금 자신이 머물고 있는 하치스카의 고로쿠에 대해 생각했다. 세상은 그를 두고 노부시라고 하며 좋게 말하지 않지만 그를 직접 대하며 알아갈수록 그는 정의로운 사내였고 천박하지 않은 뛰어난 인물이었다. 그러다 보니 히요시는 그에게 머리를 숙이고 명을 받는 게 조금도 부끄럽지 않았다. 하지만 다시 생각해볼 점이 있었다. 도산이 오랫동안 고로쿠를 도와주고 있고, 그 때문에 교우 관계가 깊은 것은 틀림없지만 도산의 성품을 고로쿠가 모르지 않았을 것이다. 다시 말해 도산이 군신의 도리를 거스르고 악행을 저지른 것을 고로쿠가 모를 리 없었다. 그런데도 그가 도산을 도와 부자의 내분에 끼어들어 유언비어를 퍼뜨리고 선동하는 역할을 받아들인 것은 아무리 생각해도 이해할 수가 없었다.

'장님 천 명, 고로쿠도 그 장님 중 한 명인가.'

히요시는 고로쿠에 대해 거부감이 들자 갑자기 이곳에서 도망치고
싶어졌다.

주베 미쓰히데 十兵衛光秀

10월 말, 강바람이 세차게 부는 날이었다. 히요시가 행상을 하러 여인숙에서 나오자 히코주가 뒷골목 네거리에서 코가 빨개진 채 서성거리다 히요시의 손에 서찰 한 통을 쥐여주었다.

"원숭이, 이걸 읽은 다음 바로 입에 넣고 씹어 강에 가서 버리거라."

히코주는 히요시에게 주의를 주고는 어딘가로 가버렸다.

'뭐지?'

하치스카 일족의 회람이라고 직감은 했지만 히요시는 왠지 모르게 가슴이 떨렸다. '저들에게서 떠나자. 이곳에서 도망치자'고 몇 번이나 생각했지만 이곳에 있는 것보다 도망치는 쪽이 훨씬 더 위태롭다고 생각했다. 왜냐하면 히요시 혼자 이곳 여인숙에 머물고 있는 듯했지만 실은 하치스카 일족의 눈이 끊임없이 그의 일거수일투족을 감시하고 있었기 때문이다. 그리고 히요시를 감시하는 자를 또 감시하는 자가 있었다. 얼마 전 히요시는 서로 이어져 있는 쇠사슬 같은 그 감시의 고리에서 혼자만 벗어날 수 없다는 것을 알게 되었다.

'드디어 시작인가?'

일전에 히코주에게 들었지만 막상 현실로 닥치자 히요시는 마음이 무거워졌다. 소심한 탓인지 흉악한 선동가가 되어 사람들에게 혼란을 야기하고 교란한 뒤에 성을 불바다로 만드는 일은 도저히 못 할 것 같았다. 무엇보다 그 말을 들은 뒤 고로쿠에 대한 존경심마저 사라져버렸고 사이토 도산을 이롭게 하고픈 마음도 들지 않았다. 그렇다고 이나바 산성의 요시타쓰의 편을 들 마음도 전혀 없었다.

만약 편을 든다면 성 아래 백성들 편을 들고 싶었다. 누굴 동정해야 하는가 생각하면 역시 이럴 때 가장 먼저 화를 당하는 백성들, 그중에서도 특히 자식이 있는 어머니들에게 동정이 갔다.

'아직 열어보지도 않았는데 지레짐작으로 걱정하고 있군. 우선 읽어보고 생각하자.'

히요시는 바늘을 사라고 소리를 지르며 일부러 사람들의 눈이 없는 저택가 뒷골목으로 돌아갔다. 그가 도착한 곳은 작은 개천이 있는 막다른 곳이었다.

"이거, 곤란하게 됐군."

히요시는 일부러 들으라는 듯 그렇게 말하고 주위를 둘러보았다. 때마침 아무도 보이지 않았다. 그래도 혹시 몰라 히요시는 개천에 유유히 소변을 보며 한동안 부근을 살피다 마침내 품속에서 서찰을 꺼내 읽었다.

오늘 밤 술시戌時. 바람이 서쪽이나 남쪽으로 불면 상재사常在寺 뒤쪽 숲에 모일 것. 바람이 북쪽으로 바뀌거나 멈출 시에는 회합을 취소함.

역시 예상대로였다. 히요시는 서찰을 다 읽은 뒤 잘게 찢어서 입속에 넣고 잘근잘근 씹었다.

"바늘 장수!"

갑자기 어딘가에서 자신을 부르자 히요시는 입속에 넣은 종이를 강으로 뱉을 틈이 없어 손바닥에 뱉은 뒤 꼭 쥐었다.

"예, 어디 계십니까?"

"여기다. 바늘을 살 테니 빨리 오너라."

목소리는 들리지만 사람의 모습은 보이지 않았다. 아무리 둘러봐도 모습이 보일 리 없었다. 목소리의 주인공은 저편 무사의 저택처럼 보이는 안쪽, 낮은 제방 위에 두 단으로 쌓아올린 축토築土 너머에 있었기 때문이다.

"바늘 장수, 이쪽으로 돌아오게."

축토 옆쪽의 작은 문이 열리더니 젊은 사람이 목을 내밀며 말했다.

"예."

히요시는 대답을 하고 잠시 상황을 살폈다. 이 부근 무사의 저택들은 물어보나마나 사이토 가문의 가신과 잘 알고 있었다. 그것도 도산의 가신이면 괜찮지만 요시타쓰의 가신이라면 왠지 께름칙했다.

"바늘 장수, 바늘을 사시겠다고 말하지 않았는가. 이리 들어오게."

바늘을 사겠다는 사람은 그 젊은 사람이 아닌 듯했다. 히요시는 내키지 않았지만 어쩔 수 없이 가까이 갔다.

"고맙습니다."

히요시는 그를 따라 문 안으로 들어갔다. 그곳은 뒷마당이었는데, 흙을 쌓아올린 곳을 돌아가자 상당히 큰 저택이 보였다. 안채는 몇 채로 나뉘어 있었는데, 웅장한 건물과 청초한 정원석을 보자 왠지 주눅이 들었다.

'바늘을 산다는 사람은 누굴까?'

젊은 사내의 말로는 주인의 가족인 듯했는데, 이 정도 저택에 사는 부인이나 자식들이 직접 바늘을 살 리가 없었다. 또 그들에게 외간 장사치 따위가 가까이 갈 수는 없었다.

"바늘 장수."

"예."

"잠시 거기서 기다리게."

젊은 사내는 히요시를 정원 한쪽에 남겨두고 어딘가로 갔다. 살펴보니 안채에서 떨어진 건물 하나가 있었다. 그 건물은 아래쪽이 서재이고 위쪽이 서고인, 초벌칠을 한 이 층 건물이었다. 젊은 사내가 그곳 이 층을 올려다보며 알렸다.

"주베十兵衛 님, 불러왔습니다."

총구처럼 성벽을 사각으로 잘라낸 창이 있었다. 주베라는 사람은 스물네다섯 살쯤 되어 보이는 얼굴이 하얗고 눈이 맑은 청년이었는데, 서고의 선반에서 책을 찾고 있었는지 책 몇 권을 품에 안은 채 창으로 모습을 보이며 말했다.

"지금 갈 테니 계단 아래 툇마루 끝에서 기다리게 하게."

주베는 아래쪽에 있는 젊은 사내에게 그렇게 말하고 창에서 모습을 감췄다.

'저런 곳에 사람이 있었구나.'

멀리서 보고 있던 히요시는 그제야 깨달았다. 저곳에서라면 축토 너머도 보일 터였다. 아까부터 자신의 거동을 보고 있다 의심이 들어 자신을 조사할 생각으로 부른 게 분명했다. 각오를 하지 않으면 큰일을 당할지도 모른다는 생각이 든 히요시가 마음을 다잡고 있는 순간 젊은 사내가 저편에서 손짓했다.

"지금 이 댁의 조카님이 오실 테니 마루 끝에서 떨어져 공손히 기다리고 있게."

히요시는 사내의 말대로 마루 끝에서 조금 떨어진 땅바닥에 앉아 있었다. 한동안 머리를 숙이고 있었지만 아무도 나오지 않자 히요시가 살짝 고개를 들고 눈을 크게 떴다. 실내는 서책으로 가득 차 있었다. 책상 주위와 벽의 선반과 이 층까지 책으로 가득 차서 마치 서책 창고처럼 보였다.

'이곳 주인이 그 조카인가? 상당히 유식한 학자인가 보구나.'

히요시는 서책을 보는 것이 신기했다. 중인방을 올려다보자 그곳에는 멋있는 창이 있었고 상좌에는 철포가 걸려 있었다.

이윽고 모습을 드러낸 사내가 조용히 책상 앞에 앉더니 턱을 괬다. 그러고는 책의 글자를 볼 때처럼 총명한 눈으로 정원 앞에 엎드려 있는 히요시 쪽을 보았다. 히요시가 그와 정반대로 우스꽝스러운 얼굴을 들며 말했다.

"고맙습니다요. 제가 바늘 장사꾼인데 바늘을 사신다고 해서……."

주베는 책상 위에 턱을 괸 채 고개를 끄덕이며 말했다.

"음, 사겠지만 그 전에 잠깐 물어볼 것이 있다. 너는 바늘을 파는 것이 목적이냐, 아니면 성을 염탐하는 것이 목적이냐?"

"저는 바늘을 팔고 있습니다."

"그렇다면 왜 이런 저택가의 골목으로 왔느냐?"

"샛길이라고 생각하고 왔습니다."

"거짓말 마라."

주베가 몸을 조금 틀더니 이어 말했다.

"보아하니 장사치로는 보이지 않는 억센 얼굴이고, 행상을 했다면 하루 이틀 했을 리 없을 터이니, 무사의 저택들이 늘어선 곳에서 바늘 따위가 팔릴 리 없다는 것쯤은 잘 알고 있을 것이다."

"꼭 그렇지만은 않습니다. 드물지만……."

"드물다는 말이지?"

"하지만 팔리기도 합니다."

"그럼 그건 일단 제쳐놓고, 인적이 없는 곳에서 무엇을 읽고 있었느냐?"

"예?"

"너는 개천가에 사람이 없다고 생각하고 은밀히 손에 종이를 들고 있었지만, 천하에 풀과 나무가 자라는 곳이라면 눈이 없는 곳은 없으며 소리가 나지 않는 곳은 없다. 무엇을 보고 있었느냐?"

"편지를 보고 있었습니다."

"무슨 밀서이더냐?"

"어머니가 보낸 편지를 읽고 있었습니다."

히요시가 태연하게 대답했다.

'이놈, 잘도 피해가는군.'

주베의 이성적인 눈에 의심의 빛이 더욱 깊어졌다. 하지만 주베는 일부러 부드럽게 말했다.

"그래, 어머니의 편지였군."

"예."

"그렇다면 그 편지를 보여라. 성 아래 규율 중에 수상한 자는 보는 즉시 포박해서 심문소에 넘겨야 한다고 정해져 있다. 네 말을 증명하지 못하면 불쌍하지만 관아에 넘길 수밖에 없다. 네 말을 입증하려면 어머니의 편지를 내게 보여라."

"먹어버렸습니다."

"뭐라?"

"공교롭게도 읽은 뒤에 먹어버렸기 때문에 보여드릴 수 없습니다."

"먹었다?"

부드럽지만 날카롭게 추궁하던 주베가 어이없다는 표정을 지었다.

"예."

히요시는 한층 진지한 얼굴로 말했다.

"제게는 신령님이나 부처님보다 살아 계신 어머니가 더 고귀한 분이십니다. 그래서……."

"닥쳐라!"

주베가 더는 변명을 용납하지 않겠다는 얼굴로 말했다.

"밀서라서 씹어서 버린 것이 아니더냐. 그것만으로도 의심을 받기에 충분한데……."

"아닙니다. 그렇지 않습니다."

히요시는 황급히 손을 저으며 말했다.

"신령님이나 부처님보다도 귀하신 어머니의 편지를 가지고 있다가 만약 저도 모르게 코를 풀거나 거리에 버려 사람들이 밟기라도 한다면 천벌을 받을 거라 생각해서 늘 먹고 있습니다. 거짓말이 아닙니다. 멀리 떨어져 있는 어머니가 보내주신 편지도 먹고 싶을 만큼 그리워하는 것은 당연한 일일 것입니다."

주베는 그 말이 거짓임을 꿰뚫고 있었다. 하지만 거짓말이라고 해도 히요시처럼 거짓말을 잘하는 자는 처음이라고 생각했다. 더욱이 주베에게도 고향에 어머니가 있었다. 미노구니美濃國에 있는 에나고惠那鄉 아케치노쇼明智之庄의 아케치 성에 노모가 혼자 자신을 기다리고 있었다.

'거짓말이지만, 전부 거짓말이라고 할 수는 없군. 어머니의 편지를 먹었다는 말은 엉터리지만 저 원숭이를 닮은 자에게도 분명 부모가 있을 것이다.'

주베는 그렇게 생각하고 히요시를 불쌍하게 여겼다. 하지만 저렇듯 무지하고 천진난만한 얼굴을 한 자가 책사에게 이용당해 소요를 일으키기 위해 불이라도 지른다면 그야말로 큰일이었다. 그렇다고 굳이 심문소에 끌고 갈 만한 자도 되지 못했고 죽이기에는 너무 불쌍하게 느껴졌다.

"……."

주베는 날카로운 눈으로 아무 말 없이 히요시의 거동을 지켜보면서 어떻게 처리해야 할지 고민했다. 마침내 주베가 젊은 사내를 다시 불렀다.

"마타이치又一, 안에 야헤이지弥平治 님이 계시느냐?"

"계실 것입니다."

"죄송하지만 잠깐 뵙고 싶다고 말씀드리고 오너라."

"알겠습니다."

마타이치가 달려갔고, 얼마 뒤 야헤이지가 마타이치와 함께 안쪽에서 큰 걸음으로 걸어왔다. 주베보다 더 젊은 청년이었고, 열아홉이나 스무 살 정도 되어 보였다. 그는 이 커다란 저택의 주인인 아케치 미쓰야스明智光安의 적자로, 야헤이지 미쓰하루弥平治光春라고 불렸다. 주베와는 사촌 간이었는데, 주베의 성姓은 아케치明智이며 이름은 미쓰히데光秀였다. 그는 숙부인 미쓰야스의 저택에서 기식을 하며 오로지 학문에 몰두하고 있었다. 고향에 어머니도 있고 아케치 성도 있어 식객을 할 처지는 아니었지만 그곳에서는 읽고 싶은 책을 구하기도 쉽지 않았고 시시각각 밀려오는 문화를 접할 기회도 없었다. 아니, 그보다 청년 주베 미쓰히데의 안에서 불타고 있는 욕망에 비해 에나의 아케치 성은 너무나 작았고 문화적 혜택을 받거나 세상 형세의 변동을 따라갈 수가 없었던 것이다.

숙부인 미쓰야스가 아들인 미쓰하루에게 주베의 행동을 배우라고 할 정도로 주베는 근면한 학구파였다. 주베는 이곳에 몸을 의탁하기 전 이미 교토 부근 지방인 게이키京畿부터 산인山陰 지방과 산요山陽 지방 등을 구석구석 여행했다. 그는 그렇게 근래에 많은 무사 수행자의 무리와 함께 지식을 갈구하고 시대의 흐름을 보며 스스로 고생하면서 생활해왔던 것이다.

특히 센슈의 사카이에 머물면서 철포를 연구했던 것이 이곳 미노의 국력과 병제에 지대한 공헌을 하고 있었다. 그러다 보니 숙부인 미쓰야스를 비롯한 사람들이 아직 나이는 어리지만 이미 노신의 풍모를 겸비하고 있는 주베를 신지식의 수재로서 존경하고 있었다.

"주베 님, 무슨 일이십니까?"

"아, 야헤이지 님. 그리 큰일은 아닙니다만."

"예, 무슨 일이십니까?"

"야헤이지 님께 처분을 맡기는 것이 좋을 듯싶어서요."

주베는 히요시가 있는 정원으로 나와 야헤이지와 히요시에 대한 처분을 의논했다. 야헤이지는 주베에게 앞뒤 사정을 들은 뒤 히요시를 언뜻 보며 물었다.

"흠, 저자입니까? 수상한 것 같으면 마타이치에게 말해 곤장을 치게 할까요? 그러면 사실을 말할 것입니다."

"아닙니다."

주베는 야헤이지에게 말하고는 히요시를 쳐다보았다.

"그렇게 해서는 좀처럼 입을 열 자가 아닌 듯합니다. 그리고 불쌍하기도 하고."

"불쌍히 여겨서는 입을 열게 할 수 없습니다. 그럼 제가 사오 일 동안 헛간에 가두어놓겠습니다. 그러면 배가 고파서 제풀에 사실대로 말할지도 모릅니다."

"고생스럽겠지만 그게 좋겠습니다."

주베도 이에 동의했다.

"포박을 할까요?"

마타이치가 히요시의 팔을 비틀었다.

"잠, 잠깐 기다려주십시오."

히요시가 몸을 비틀며 주베와 야헤이지를 바라보았다.

"방금 곤장을 쳐도 사실을 실토하지 않을 거라고 하셨는데, 물어보시면 무엇이든 이야기하겠습니다. 아무것도 묻지 않고 며칠이나 어두운 곳에 갇혀 있으면 견딜 수가 없습니다."

"말하겠느냐?"

"말하겠습니다."

"그럼 묻겠다."

"예, 물어보십시오."

"안 되겠군."

히요시의 천연덕스러운 얼굴에 야헤이지도 어이가 없었는지 주베의 얼굴을 바라보면서 쓴웃음을 지었다.

"저자는 아무래도 좀 이상한 듯합니다. 머리가 나쁜 건지, 아니면 사람을 놀리는 건지……."

주베는 웃지 않았다. 오히려 히요시에게 두려움이 느껴졌다. 얼마 뒤, 주베와 야헤이지가 어린아이를 달래듯 히요시에게 이것저것 질문을 하자 히요시가 대답했다.

"오늘 밤에 큰 변이 일어날 것을 가르쳐드리면, 저는 그들의 동료도 아니고 아무 관계도 없는 거니까 제 목숨을 보장해주시겠습니까?"

"좋다, 네 목숨은 보장하지. 그런데 큰 변이라니, 무엇이냐?"

"오늘 밤 풍향에 따라 불이 날 것입니다."

"불이 난다고? 어디서 말이냐?"

"그건 모릅니다만 저와 같은 여인숙에 머물고 있는 노부시들이 밀담을 하고 있었습니다. 오늘 밤, 바람이 서쪽이나 남쪽에서 불면 상재사의 숲에 모여 편을 나눠 성 아래에 불을 지른다고…….”

“뭐라!”

야헤이지와 주베는 놀랐지만 믿기 어렵다는 표정으로 히요시의 얼굴을 바라보았다. 하지만 히요시는 두 사람의 그런 모습을 전혀 신경 쓰지 않는 듯했다. 자신은 그저 함께 묵고 있는 여인숙의 노부시가 속삭이던 것을 얼핏 들었을 뿐 아무것도 모르며, 빨리 바늘을 다 팔고 고향인 나카무라로 돌아가 어머니를 보고 싶을 뿐이라며 한층 더 진지한 얼굴로 말했다.

주베와 야헤이지가 놀란 기색으로 잠시 침묵을 지켰다. 이윽고 주베가 입을 열었다.

“좋다. 너를 풀어주겠지만 밤까진 이곳에서 나갈 순 없다. 마타이치, 저자를 데려다가 밥이라도 주어라.”

바람이 계속 불고 있었다. 게다가 바람의 방향은 서남쪽이었다. 두 사람은 바람이 신경 쓰이는지 가슴이 쿵쾅거렸다. 마타이치가 히요시를 데려가자 야헤이지가 이내 주베에게 다가서며 말했다.

“주베 님, 이 바람을 타고 노부시들이 무엇을 도모하는 걸까요?”

야헤이지가 불안한 눈으로 앞다퉈 몰려가는 구름을 올려다보았다. 주베는 묵연히 서재의 눅눅한 마룻귀틀에 앉아 깊은 생각에 잠긴 채 물끄러미 한 곳을 바라보았다.

“야헤이지 님.”

“예?”

“근래 사나흘간, 숙부님께 뭔가 들으신 말이 없는지요?”

“글쎄, 딱히 아버님께 들은 말은 없습니다만. 혹시…….”

“예, 뭡니까?”

"그러고 보니 아침에 아버님께서 사기 산성으로 가시기 전에 이런 말씀을 하셨습니다. '근래에 주군이신 도산 님과 요시타쓰 님의 불화가 한층 더 심해져서 언제 어떤 일이 일어날지 가늠하기 어렵다. 방비를 게을리하지 않고 있지만, 만약의 사태에 허둥대지 않도록 철저히 대비하고 있으라'고 하셨습니다."

"숙부님이 말입니까?"

"예."

"오늘 아침에?"

"그렇습니다."

"그것이다!"

주베가 무릎을 치며 말했다.

"숙부님은 넌지시 야헤이지 님에게 오늘 밤에 전쟁이 있을 것이라고 주의를 주신 겁니다. 병법은 가족에게도 누설하지 않는 법, 숙부님께서는 이미 모든 걸 알고 계셨음이 분명합니다."

"예? 오늘 밤에 싸움이?"

"오늘 저녁, 상재사의 숲에 모이는 노부시는 도산 님이 외부에서 소요를 일으키기 위해 끌어들인 용병들인 듯합니다. 필시 하치스카 촌의 무리들일 겁니다."

"그럼, 마침내 이나바 산성에서 요시타쓰 님을 제거하려고?"

"그렇습니다."

주베가 자신의 판단에 확신을 가지고 고개를 강하게 끄덕이다 입술을 깨물며 말했다.

"하지만 도산 님의 생각대로 되지는 않을 것입니다. 요시타쓰 님도 일찍부터 예상하고 계신 일입니다. 또한 부자지간에 칼을 휘두르며 피를 흘리는 것은 인륜을 저버리는 것이니, 반드시 천벌을 받을 것입니다. 어느 쪽이 이기고 지든 동족 간에 피를 흘리는 일입니다. 또한 사이토 가문의 영지는 한 치도 늘어나지 않고 오히려 인근의 다른 나라들에게 빈틈을 보여 결국 이 나라는 붕괴될 것입니다."

주베는 긴 한숨을 내쉬었다. 야헤이지도 아무 말 없이 그저 어두운 구름과 바람이 부는 하늘을 바라보고 있었다. 주군과 주군의 싸움이었다. 신하 된 몸으로 어떻게 할 수가 없었다. 그리고 야헤이지에게는 아버지, 주베에게는 숙부인 미쓰야스는 도산의 심복이자 요시타쓰의 최선봉이었다.

"그렇다. 무슨 일이 있어도 인륜에 어긋난 그런 싸움은 막아야 한다. 신하 된 자의 길은 그것밖에 없다. 미쓰하루 님은 즉시 사기 산으로 달려가서 죽을 각오로 아버님을 설득한 뒤에 아버님과 함께 주군인 도산 님의 생각을 돌리도록 하십시오."

"예, 알겠습니다."

"저는 저녁에 상재사 숲으로 가서 노부시들의 음모를 막겠습니다. 죽을 각오로 반드시 막겠습니다. 아시겠습니까?"

화풍 火風

밥 짓는 곳에 큰 부뚜막이 세 개나 늘어서 있었다. 몇 섬의 쌀로 한 번에 밥을 지을 수 있는 큰 솥도 세 개나 걸려 있었는데, 당장이라도 솥뚜껑이 튀어오를 것처럼 김과 밥물이 흘러넘치고 있었다. 집 안은 조용했다. 히요시는 아까부터 그 정도의 밥을 한 끼에 먹어치우는 거라면 아케치 가문의 저택에서 생활하는 무사와 낭도와 가족의 수가 백 명을 넘을 거라며 적잖이 놀라고 있었다.

'이렇게 쌀이 많은데 왜 나카무라에 있는 어머니와 누나는 쌀을 구할 수 없는 걸까?'

히요시는 속으로 의아하게 생각했다. 어머니를 생각하면 밥을 떠올리고, 밥을 생각하면 어머니의 굶주림을 떠올리는 것이 습관처럼 되었다.

"바람이 너무 심하군."

부엌을 책임지는 노인이 맞은편 부엌에서 다가와서 부뚜막의 불을 들여다본 뒤 밥 짓는 사람들의 일하는 모습을 둘러보며 주의를 주었다.

"해가 져도 바람이 멎지 않으니 불씨가 날리지 않도록 조심해라. 그리고 솥의 밥이 다 되면 바로 다음 솥을 얹고, 손이 빈 사람은 곁에서 주먹밥을 만들도록 해라."

"잘 알고 있습니다."

"잘할 테지만 새벽까지 게으름을 펴서는 안 된다."

"그것도 잘 알고 있습니다."

"명심하게."

말을 마친 노인이 다른 곳으로 발길을 돌리려다 문득 발걸음을 멈추었다. 그러더니 솥 앞에 몸을 구부린 채 불을 쬐는 히요시를 의아하다는 듯 바라보았다. 이윽고 노인이 그릇을 씻고 있는 자에게 물었다.

"저기 원숭이 얼굴을 하고 있는 자는 누구냐? 못 보던 자인데."

"주베 님이 맡기신 자입니다. 마타이치 님이 도망치지 않도록 감시하고 있습니다."

"주베 님이?"

노인이 부엌으로 들어가더니 마타이치에게 말을 건넸다.

"고생이 많으십니다."

노인은 인사를 한 뒤 마타이치에게 물었다.

"저기 있는 자는 무슨 일을 저질러서 붙잡아둔 것인지요? 무슨 연유라도 있나요?"

"자세한 것은 나도 모르오. 주베 님의 명이라서."

마타이치는 더 이상 아무 말도 하지 않았다. 그러자 노인은 이제 히요시에게는 관심이 없다는 듯 주인의 조카인 주베의 성품을 칭찬하기 시작했다.

"주베 님은 나이에 어울리지 않게 참으로 사리분별이 깊은 분입니다. 그런 분을 두고 세상에선 난 인물이라고 하지요. 특히 학문은 소홀히 하면서 그저 힘이 얼마큼 세다든지, 사나운 말을 타고 창을 얼마큼 잘 쓴다든지, 전쟁터에서 몇 명의 목을 벴다든지 하며 자랑하는 사람이 많지만, 주베 님은 그렇지 않습니다. 서재를 들여다보면 늘 호수처럼 조용히 학문에 매진하고 계시고, 화술火術이나 병법 등에도 남다른 실력을 가지고 계시니…… 참으로 사람의 마음을 끄는 믿음직스러운 분입니다."

마타이치는 주베를 섬기는 젊은 무사로, 자신의 주인인 주베에 대한 칭찬을 듣자 기분이 나쁘지만은 않았다. 마타이치가 노인의 칭찬에 맞장구치며 말했다.

"맞는 말씀입니다. 저는 어릴 적부터 주베 님을 가까이에서 모시고 있는데 그리 착한 분도 없을 겁니다. 게다가 이곳에서 공부하시거나 여러 나라를 편력하실 때에도 어머님께 편지 쓰는 것을 빼놓은 적이 없으실 정도이니……."

"대개 강직한 성격의 사람은 스물네다섯이 되면 호언장담이 심해지고, 얌전한 성격의 사람은 유약하거나 게으르기 쉽지요. 마치 자신이 다리 밑에서 태어난 것처럼 부모의 은혜도 모르고 건방 떨기 쉬운데 말입니다."

"그렇다고 착하기만 한 게 아니라 무서울 정도로 강한 기질도 있으신데, 좀처럼 겉으로 드러내지 않으셔서 한번 화를 내면 가히 아무도 말리지 못할 정도입니다."

"그럴 겁니다. 얌전한 사람이 한번 화를 내기 시작하면."

"오늘도 마찬가지로 감탄했습니다."

"오늘 말입니까?"

"무슨 일이 있어 시비를 숙고할 때에는 깊이 생각을 하시지만 일단 결단을 내리시면 둑이 터진 듯 실행에 옮기시지요. 조금 전에도 사촌 동생인 미쓰하루 님께도 즉시 이렇게 하라, 저렇게 하라며 엄하게 지시를 내리셨습니다."

"이른바 대장의 그릇이로군요."

"미쓰하루 님도 주베 님께 감탄하셨지요. 그러고는 주베 님의 지시대로 즉시 파발을 타고 사기 산성으로 달려가셨습니다."

"아니 대체 무슨 일입니까?"

"흠, 그 일 말입니까?"

"미쓰하루 님께서 밥을 많이 지어라, 군량으로 주먹밥을 만들어두어라, 한밤중에 싸움이라도 일어날지 모른다고 하시고는 급히 말을 타고 나가셨습니다."

"만약의 사태에 대비하는 겁니다."

"만약으로 끝나면 좋겠지만 사기 산성과 이나바 산성 간에 싸움이 일어나면 저희 일꾼들은 어느 쪽에 서야 좋을지. 어느 쪽에 서더라도 다 친구와 가족이 있는 몸인데……."

"뭐, 그런 일은 만약이라도 일어나지 않을 겁니다. 주베 님도 그것을 막을 계책을 세우고 계신 듯하니……."

"저도 천지신명께 빌겠습니다. 다른 나라와 싸운다면 백발이 성성한 제 머리를 바쳐서라도 싸우겠지만."

밖은 벌써 어두워졌고 하늘은 캄캄했다. 불어오는 바람에 커다란 부뚜막의 불길은 고함을 치듯 격렬하게 일렁거렸다. 그 앞에 쪼그리고 있던 히요시가 커다란 솥 안에서 풍기는 고소한 밥 냄새를 맡고는 일하는 사람들에게 말했다.

"밥이 타요. 여기요, 솥 안의 밥이 타요."

"비켜라, 비켜."

하인들은 고맙다는 말도 하지 않고 불을 약하게 한 뒤에 사다리를 대고 나무통에 밥을 퍼 담았다. 손이 빈 사람들이 모두 와서 주먹밥을 셀 수 없을 만큼 만들기 시작했다. 히요시도 그들과 섞여 주먹밥을 만

들다 자신의 입에 두세 개 넣었지만 아무도 뭐라고 하는 사람은 없었
다. 사람들은 주먹밥 만들기에 열중하면서도 서로 전쟁 얘기에 여념이
없었다. 그리고 그들 대부분이 자신들이 만들고 있는 주먹밥이 쓸모없
게 되기를 바라고 있었다.

이윽고 술시 무렵, 주베가 마타이치를 불렀다. 마타이치가 밖으로
나갔다가 다시 돌아오더니 사람들 속에 섞여 주먹밥을 만들고 있는 히
요시를 불렀다,

"바늘 장수, 바늘 장수."

히요시가 손에 붙은 밥풀을 핥으면서 뛰어갔다. 밥하는 부엌에서 나
와보니 바람은 여전히 세차게 불고 있었다.

"부르셨습니까?"

"저쪽이다."

"예?"

"주베 님이 기다리신다. 따라오너라."

마타이치가 앞장섰다. 마타이치는 마치 전장에라도 나가듯 어느새
무장을 하고 있었다.

'어디로 가는 거지?'

히요시는 주위가 너무 어두워서 어디로 가는지 알 수가 없었지만
이내 중문을 나서자 짐작이 갔다. 넓은 저택의 뒤편 정원을 쭉 돌아서
정문으로 나온 것이었다. 정문을 나서자 말을 탄 사람이 세찬 바람 속
에 서 있었다.

"마타이치인가?"

주베의 목소리였다. 낮에 입은 복장 그대로 안장 위에 앉아 한 손에
고삐를 쥐고 장창을 옆에 들고 있었다.

"예, 마타이치입니다."

“바늘 장수는?”

“데려왔습니다.”

“함께 먼저 가거라.”

“알겠습니다. 바늘 장수!”

마타이치가 뒤를 돌아보며 히요시를 부르더니 어둠 속으로 달려갔다. 그의 속력에 맞춰 주베가 탄 말과 창끝이 뒤따라왔다. 곧이어 네거리에 이르자 뒤에 있던 주베가 오른쪽, 왼쪽이라고 하며 말 위에서 방향을 지시했다. 상재사 문 앞까지 오자 히요시는 그제야 깨달았다. 그곳은 하치스카 시치나이를 비롯해 기후에 잠입한 하치스카 일족이 술시에 모이기로 한 장소였다.

“마타이치, 너는 여기서 기다리거라. 별일은 없을 게다.”

주베가 말에서 훌쩍 내리더니 고삐를 마타이치에게 건네며 말했다.

“술시까지 야헤이지 님이 사기 산에서 이곳으로 올 것이다. 만약 약속한 시간까지 오지 않으면 모든 게 수포로 돌아간 것이고 성 아래는 우리가 상상도 할 수 없을 만큼 아수라장이 될 것이다.”

주베의 말끝에는 비장함이 감돌았다.

“바늘 장수.”

“예.”

“앞장서서 안내해라.”

“어디를 말입니까?”

히요시가 세찬 바람에 떨면서 주베의 비장한 얼굴을 바라보았다.

“숲으로, 하치스카 무리가 오늘 저녁 모이기로 한 뒤편 숲으로 말이다.”

“저도 장소가 어딘지는 모릅니다.”

“장소는 몰라도 그들은 네 얼굴을 알고 있을 것이다.”

"예?"

히요시는 주베를 감쪽같이 속였다고 생각했지만 주베의 눈은 모든 것을 꿰뚫고 있다고 말했다.

'큰일 났다. 속은 듯한 얼굴을 하고 있지만 속일 수가 없는 자다.'

히요시는 이내 깨닫고 아무런 대답도 하지 못한 채 앞서 걸었다. 불빛 한 점 보이지 않았고 그저 뱃전에 부딪치는 물보라처럼 거센 바람이 사찰의 큰 지붕을 휩쓸며 지나갔다. 상재사의 뒤편 숲은 마치 소용돌이치는 바다와 같았다. 아우성치는 나무와 풀의 신음 소리에 귀가 먹먹해졌다.

"바늘 장수."

"예."

"이미 숲 속에 동료들이 모여 있겠지?"

"모릅니다. 이렇게 바람이 심해서는……."

"아니다. 와 있을 것이다."

"그럴까요?"

"마침 술시가 다 되었는데도 네가 나타나지 않았으니 분명 동료들이 걱정하고 있을 것이다."

주베가 절 뒤편에 있는 커다란 댓돌에 앉아 말했다. 그가 들고 있는 창끝이 히요시의 발 앞에 닿아 있었다.

"동료들에게 얼굴을 보이고 오너라."

주베는 선수 치듯 히요시의 생각을 처음부터 끝까지 앞지르고 있었다.

"아케치 미쓰야스의 조카, 주베 미쓰히데가 여기서 기다리고 있다고 전하거라. 그리고 그들의 우두머리와 의논할 것이 있으니 이리로 와주길 바란다고 전하거라."

“알겠습니다.”

히요시는 머리를 숙이고는 이내 물었다.

“모여 있는 사람들에게 그렇게 전하기만 하면 되는지요?”

“그렇다.”

“그 때문에 저를 여기까지 데려온 것이군요?”

“빨리 가거라.”

“가겠습니다. 하지만 이후로 뵐 수 없을지도 모르니 저도 지금 말할 것이 있습니다.”

“무엇이냐?”

“아무 말도 하지 않고 가기에는 억울한 것이 있습니다. 당신은 나를 끝까지 하치스카 일족의 수하라고 여기는 듯합니다.”

“아니더냐?”

“당신은 현명하지만 눈이 너무 날카로워 상대를 꿰뚫어버립니다. 못을 박을 때도 멈출 곳에서 멈출 줄 알아야 합니다. 지나침은 부족함만 못하다는 말은 당신의 지혜를 두고 하는 말일 것입니다.”

“……”

“그렇습니다. 당신이 꿰뚫어본 대로 저는 하치스카 촌의 일족과 함께 온 사람이 분명하지만 그들과 한마음은 아닙니다. 나카무라의 평민으로 태어나 바늘 장사를 하며 아직 뜻을 세우지 못하고 있지만 토호의 찬밥이나 얻어먹으며 일생을 끝낼 마음도 없고, 소요를 일으켜 보잘것없는 보상이나 얻겠다는 생각도 없습니다.”

“……”

“만약 인연이 있어 다음에 어딘가에서 다시 뵐 날이 온다면 당신의 눈이 지나치다는 것을, 제 말이 거짓이 아니었음을 증명해 보이겠습니다. 그럼 저는 약속대로 하치스카 시치나이 님께 말을 전하고 그대로 이곳을 떠날 터이니 주베 님도 부디 무사하시길 바라겠습니다. 그리고 건강히 학문에 계속 정진하십시오.”

선천적으로 달변가였던 히요시가 그렇게 말하는 동안 주베는 한마디도 하지 못했다. 그러다 문득 주베가 깨닫고 소리쳤다.

“바늘 장수, 잠깐!”

하지만 이미 히요시는 바람을 뚫고 컴컴한 숲 속으로 달려갔기 때문에 주베의 목소리를 듣지 못했다.

숲을 벗어나자 나무로 둘러싸인 평지가 나왔다. 그곳은 잔잔한 연못처럼 바람이 세지 않았다. 주위를 살피자 검은 그림자들이 여기저기 보였다.

“누구냐?”

사방을 살피던 한 사람이 히요시의 발소리를 듣고 외쳤다.

“접니다.”

“히요시냐?”

“네.”

“이놈, 대체 어디에서 얼쩡거리다 이제 온 게냐. 너만 오지 않아서 모두 걱정하고 있던 참이다.”

“죄송합니다. 좀 늦었습니다.”

히요시는 쭈뼛쭈뼛 사람들에게 다가갔다.

“시치나이 님은 어디에 계십니까?”

“저쪽에 계시다. 화가 나셨으니 사죄드리고 오너라.”

“예.”

네댓 명과 머리를 맞대고 있던 시치나이가 히요시의 목소리를 듣고는 얼굴을 돌렸다.

“원숭이냐?”

히요시가 다가가자 시치나이가 물었다.

"무엇을 하다 왔느냐?"

"낮부터 사이토 가문의 가신 집에 붙잡혀 있었습니다."

"뭐, 붙잡혀 있었다고?"

시치나이뿐 아니라 주위의 모든 눈이 아연실색하여 히요시에게 쏠리더니 일이 발각되었다며 동요하기 시작했다.

"이 멍청한 놈!"

시치나이가 히요시의 멱살을 붙잡아 끌어당기며 거칠게 물었다.

"어디서, 누구에게 붙잡혔느냐? 붙잡혀서 우리의 계획을 말했느냐?"

"말했습니다."

"뭐라?"

"말하지 않으면 목숨을 부지하지 못했고 이곳에 오지도 못했을 것입니다."

"뻔뻔하고 멍청한 놈. 자신의 목숨을 부지하기 위해 비밀을 털어놓았구나. 각오해라."

시치나이가 히요시를 잡아 흔들며 딴죽을 걸어 넘어뜨리려 하자 히요시가 훌쩍 뒤로 물러서며 피했다. 하지만 양옆에 있던 자들이 히요시의 양손을 잡고 들어 올렸다. 그러자 히요시가 그들의 손을 뿌리치며 단숨에 말했다.

"당황하지 말고 제 말을 잘 들으십시오. 붙잡혀 얘기한 것은 중요하지 않습니다. 왜냐하면 이나바 산성의 요시타쓰의 가신이 아니라 하치스카 일족과 같은 편인 도산 님의 가신이니 말입니다."

사람들은 다소 안심을 하면서도 여전히 의심의 눈빛을 거두지 않았다.

“대체 그 가신이 누구더냐?”

“아케치 미쓰야스 님이라고 들었습니다. 그런데 저를 붙잡은 사람은 그 집의 주인이 아니라 조카인 주베 미쓰히데라고 했습니다.”

“아, 아케치 가문의 조카로군.”

누군가 중얼거렸다.

“그렇습니다.”

히요시는 중얼거렸던 자에게 고개를 돌렸다가 다시 사람들을 바라보았다.

“그 주베 님이 우리들 중에서 책임자를 만나고 싶다고 하시며 저와 함께 저편에 와 계시는데, 가서 만나시겠습니까?”

“아케치 미쓰야스 님의 조카인 주베 미쓰히데와 함께 왔다는 게냐?”

“예.”

“정말이냐?”

“정말입니다.”

“그자에게 오늘 밤 계획을 모두 말했느냐?”

“말하지 않아도 모두 꿰뚫어보고 있었습니다. 두려울 정도로 머리가 좋은 사람이니 말입니다.”

“무엇 때문에 온 것이냐?”

“그것은 모릅니다. 저는 그저 이곳으로 안내를 하라고 해서…….”

“그래서 안내하며 온 것이냐?”

“어쩔 수가 없었습니다.”

“쳇.”

주위 사람들은 침을 삼키며 히요시와 시치나이의 이야기를 듣고 있었다. 그들은 시치나이가 ‘쳇’ 하고 혀를 차며 입을 다물자 혼자 주베를 만나는 것은 위험하니 자신들도 함께 가겠다며 앞으로 나섰다.

"그자는 어디에 있느냐?"

주위 사람들이 시치나이와 주베가 만날 때 주위에 숨어 있자는 둥 부산을 떨자 누군가가 말했다.

"하치스카 제군들, 다른 사람의 눈에 띄면 좋지 않을 거라 생각하고 주베가 이리 왔네. 시치나이 님을 만나고 싶네."

모두 놀라 뒤를 돌아보았다. 누군지 묻지 않아도 알 수 있었다. 어느새 주베가 근처까지 와서 조용한 눈빛으로 그들을 지켜보고 있었던 것이다.

"그대가……."

시치나이는 적잖이 당황한 기색이었지만 무리의 우두머리답게 앞으로 나섰다.

"하치스카 시치나이 님이오?"

"그렇소."

시치나이는 갑자기 머리를 높이 쳐들었다. 다들 보고 있었던 탓도 있지만 평소 주군을 섬기는 무사나 신분이 있는 무사를 만난다 해도 기가 죽거나 아부를 하지 않겠다는 노부시들의 공통된 자존심을 드러내는 것이기도 했다. 그에 반해 주베는 창 한 자루를 옆구리에 끼고 있었지만 낮은 자세로 예를 차리며 말했다.

"실제로 뵙는 건 처음이지만, 예전부터 고로쿠 님의 존명과 함께 익히 들어 알고 있습니다. 저는 사이토 도산 님의 가신이자 아케치 미쓰야스 님의 조카인 주베라고 합니다."

시치나이는 상대의 정중한 인사에 당황해했다.

"그런데 무슨 일로?"

"오늘 밤 일로 찾아왔습니다."

"오늘 밤 일이란 무엇을 말하는 것이오?"

"저기 있는 바늘 장수에게 경위를 듣고 놀란 나머지 이렇게 달려왔습니다. 오늘 밤 폭거는, 폭거라고 해서 실례입니다만, 병법으로 보면 도산 님의 계책이라고 할 수 없는 하책입니다. 하여 중지해주셨으면 합니다."

"그럴 수 없소이다."

시치나이가 이어서 거만하게 말했다.

"내 뜻이 아니오. 도산 님의 부탁을 받은 고로쿠 님의 지시로 행하는 것이오."

"물론 그럴 테지요."

주베는 평소의 말투로 말을 이었다.

"당연히 시치나이 님 혼자만의 생각으로 그럴 수는 없겠지요. 하여 제 사촌인 야헤이지 미쓰하루가 도산 님께 간언하러 사기 산성으로 갔으니 곧 이곳으로 모시고 올 것입니다. 그때까지 이곳에서 기다려주시길 청합니다."

때론 정중하고 예의바른 행동이 종종 상대의 심사를 뒤틀리게 하는 경우가 있었다. 주베는 성격상 모두에게 정중하고 예의 발랐다. 검도로 말하자면 항상 죽도를 하단에 겨눈 자세로 상대를 대했지만 결코 담력이 부족해서 그런 것은 아니었다.

'흥, 애송이가 가소롭게 글공부 좀 했다고 입만 살아서 나불대는군.'

시치나이는 속으로 그렇게 생각하고는 이내 소리쳤다.

"기다릴 수 없소! 쓸데없는 짓이오."

그러고는 다시 쌀쌀맞게 말했다.

"주베 님이 상관할 일이 아니오. 그대는 그저 책상물림 같은, 게다가 아케치 가문의 식객 처지가 아니오."

"주가主家의 대사이니 제 처지를 돌아볼 틈이 없습니다."

"대사라고 생각한다면 우릴 도울 준비를 하고 우리가 불을 놓기를 기다렸다 도산 님의 적인 이나바 산성의 요시타쓰를 공격하면 될 것이오."

"신하 된 자로서 그럴 수 없기 때문에 괴로운 것이오."

"어째서 말이오?"

"요시타쓰 님은 도산 님이 세우신 적자가 아니오. 도산 님이 주군이라면 요시타쓰 님 또한 주군이시오."

"하나 적이 된 이상……."

"당치 않소. 세상 천지에 금수라고 해도 부자지간에 어찌 피를 흘리며 싸울 수 있단 말이오."

"그만 돌아가시오."

"그럴 수 없소."

"뭐라?"

"야헤이지가 이곳에 올 때까지는 돌아갈 수 없소."

시치나이는 그저 공손한 청년이라고만 생각했던 주베를 다시 보게 되었다. 그리고 주베가 날카로운 창 한 자루를 갖고 있다는 것도 깨달았다.

"주베 님, 어디 계십니까?"

그때 젊은 무사가 숨을 헐떡이며 달려와 외쳤다. 주베가 학수고대하며 기다렸던 야헤이지였다.

"야헤이지 님, 여기요. 성안의 일은 어찌 되었소?"

"유감스럽게도……."

야헤이지는 주베의 손을 잡고 어깨를 들썩이며 입술을 깨물었다.

"아무리 간청해도 주군께서 받아들이시질 않았습니다. 도산 님뿐 아니라 아버님 또한 상관할 일이 아니라며……."

"숙부님까지?"

"오히려 몹시 화를 내셨습니다. 죽을 각오를 하고 지금까지 노력했지만, 사기 산 일대에서 은밀히 출병 준비를 하고 있는 듯한 데다 상황이 심상치 않음을 깨닫고 성 아래에서 불길이 일면 큰일이라고 여겨 말을 달려 이곳으로 온 것입니다. 주베 님, 어떻게 하시겠습니까?"

"으음, 그럼 도산 님은 무슨 일이 있어도 이나바 산을 불태울 생각이시란 말인가."

"그렇습니다. 이렇게 된 이상, 우리도 죽을 각오를 하고 신하 된 자의 도리를 다할 수밖에 없을 듯합니다."

"싫소. 아무리 주군이라고 해도 도리에 어긋나는 일에 목숨을 바치는 것은 너무나 애석한 일이오."

"그럼 어떻게 하실 생각입니까?"

"불길만 일지 않는다면 사기 산의 군사는 움직이지 않을 터, 그 불씨가 타오르지 않도록 꺼버릴 것이오!"

주베는 마치 다른 사람이 된 듯 그렇게 말하고는 갑자기 들고 있던 창을 시치나이와 그의 무리들을 향해 겨누었다. 나약한 청년이라고만 생각했던 주베가 돌연 자신들을 향해 창을 겨누자 시치나이와 그 일족의 무리들이 놀라서 주춤거렸다.

"무슨 짓이오!"

시치나이가 혼자 창의 정면에 서서 세찬 바람에 지지 않는 목소리로 외쳤다.

"그깟 창 하나로 우리에게 대적할 심산이오?"

"그렇다."

주베가 단호하게 말했다.

"한 명도 이곳을 떠날 수 없다. 하지만 순순히 내 말을 받아들여 오늘 밤 폭거를 단념하고 하치스카 촌으로 돌아간다면 목숨은 살려줄 것이다. 또한 내가 할 수 있는 모든 보상을 해서 돌려보내겠다. 자, 어느 쪽을 선택할 것이냐?"

"지금 우리에게 이곳에서 돌아가라고 하는 것인가?"

"사이토 가문의 위기를, 이나바 산성과 사기 산성이 함께 멸망할 것이 뻔한 오늘 밤의 대사를 막기 위해서라면 어쩔 수 없다."

"바보 같은!"

시치나이가 아닌 주위의 누군가가 고함을 쳤다.

"애송이 주제에 그게 가능할 것 같으냐! 쓸데없이 끼어들어 대사를 방해한다면 네놈의 피를 오늘 밤 거사의 제물로 받칠 것이다."

"어차피 죽음을 각오한 몸이다."

주베의 얼굴은 이미 야차처럼 하얗게 변해 있었다. 주베가 창을 겨눈 채 뒤에 있는 야헤이지에게 말했다.

"야헤이지 님, 각오는 되셨소?"

"예, 제 걱정은 하지 마십시오."

야헤이지도 어느새 주베와 등을 맞댄 채 시치나이 무리를 향해 칼을 겨누고 있었다. 하지만 주베는 시치나이의 이성을 믿고 여전히 일말의 희망을 버리지 않고 있었다.

"이대로 하치스카 촌으로 돌아가는 것으로 그대들의 체면이 서지 않는다면 이 주베를 포로로 삼아 데려가도 좋소. 내가 직접 하치스카 촌의 고로쿠 님을 뵙고 말씀드리리다. 어떻소? 그렇게 하면 오늘 밤에 지옥을 보지 않을 것이고, 또 서로 피를 흘릴 일도 없을 것이오."

하지만 하치스카 일족은 도리를 따지며 그들을 설득하려는 주베의 말을 듣고는 오히려 그가 겁을 먹은 것이라고 생각했다. 아군은 이십여 명, 상대는 불과 두 명이었다.

"시끄럽다!"

"닥쳐라. 벌써 술시 하각下刻이 지났다."

무리 속에서 두세 명이 외치자 일제히 함성이 일었다. 그 순간, 주베와 야헤이지는 하치스카 무리에게 둘러싸였다. 날카로운 송곳니와 같은 장창과 칼이 굉음을 울리는 바람 소리와 하나가 되었다.

"앗, 싸움이다!"

지켜보던 히요시를 향해 부러진 칼날이 날아왔다. 주베는 창을 들고 피투성이로 도망치는 자를 쫓았다. 히요시는 위험에서 벗어나려고 나무 위로 올라갔다. 지금까지 한두 사람의 싸움은 본 적이 있었지만 이같은 싸움은 처음 보는 것이었다. 게다가 이 싸움의 결과에 따라 오늘 밤에 기후 일대가 불바다로 변할지, 또 사기 산성과 이나바 산성 간에 전쟁이 일어날지가 결정될 것이었다. 일대 분기점이라고 생각하자 히요시는 태어나서 처음으로 커다란 흥분에 휩싸였다.

"야헤이지!"

"주베 님!"

그렇게 서로를 부르는 소리가 고함 속에서 두 번 정도 들려왔다. 하지만 그곳의 싸움은 두세 명이 죽은 뒤 이내 숲 속으로 옮겨졌다.

'도망쳤나?'

히요시는 그들이 다시 돌아오면 자신도 위험할 것 같아 나무 위에서 내려오지 않고 상황을 주의 깊게 살폈다. 히요시는 주베와 야헤이지 불과 두 사람을 패해 도망친 하치스카 무리라면 그저 오합지졸에 불과하다고 생각하며 귀를 기울였다. 그가 올라간 나무가 밤나무였는지 손과 목덜미에 가시가 느껴졌다. 열매와 잔가지가 후드득 땅으로 떨어지더니 히요시의 몸과 나무 전체가 강풍에 크게 흔들렸다.

'뭐지?'

히요시의 주위로 화산재와 같은 불꽃들이 비처럼 쏟아졌다. 히요시는 당황해서 나뭇가지에서 펄쩍 뛰어내렸다. 하치스카 무리 중 누군가가 불을 놓은 게 틀림없었다. 숲의 두세 곳에서 불길이 세차게 일더니 상재사의 뒤편 건물에도 불이 붙은 듯했다. 방금 도망친 하치스카 무리가 그곳에도 불을 지르고 도망친 것이었다.

"큰일이다!"

히요시는 밤송이처럼 나뭇가지에서 뛰어내려 달리기 시작했다. 빨리 서두르지 않으면 불길이 강풍을 타고 숲을 새카맣게 태울 것이 뻔했다. 그는 마을까지 무아지경으로 내달렸다. 하지만 이미 마을도 불길에 덮여 있었다. 바람을 타고 불씨들이 하늘을 날아다녔다. 이나바 산성의 하얀 벽이 빨갛게 물들어서 한낮보다 가깝게 보였다. 그곳에 빨간 전운이 감돌았다.

"전쟁이다!"

히요시는 고함을 치며 마을을 이리저리 뛰어다녔다.

"전쟁이다. 이젠 끝장이다. 사기 산도 이나바 산도 사라져버려라. 불에 탄 뒤에는 다시 새 풀이 자랄 것이다."

사람들이 서로 부딪치고 나뒹굴었다. 아무도 타지 않은 말들이 미친 듯이 내달렸다. 네거리에 피난민들이 뒤엉켜서 울부짖고 있었다.

히요시는 흥분에 휩싸여 마치 예언자처럼 노래라도 부르는 듯 고함을 치며 마을 길을 쏜살같이 내달렸다. 목적지도 없었지만 두 번 다시 하치스카 촌으로 돌아갈 생각도 없었다. 또 그의 성격상 이렇게 골육상잔이 벌어지는 썩어빠진 나라에 미련을 두지 않고 다른 나라로 떠날 게 확실했다. 이날 밤 이후로 목면 한 장을 걸친 그가 겨울 한철 동안 바늘 등을 팔며 어디를 떠돌아다녔는지는 알 수가 없었다.

해가 바뀌고 이듬해인 덴분 22년, 복사꽃이 한창일 무렵이었다.

"바늘 사세요. 교토의 바늘입니다."

히요시는 하마마쓰浜松 변두리를 더없이 태평한 얼굴로 걸어 다니고 있었다.

마쓰시타松下 저택

　마쓰시타 유키쓰나松下之綱는 엔슈遠州 출생으로 뼛속까지 토착 무사였다. 스루가駿河의 이마가와 가문에서 봉록 삼천 관을 받으며 직속 무사가 되어 즈다頭陀 산의 요새를 책임지고 있었다. 당시 덴류天龍 강은 오텐류大天龍와 쇼텐류小天龍로 나뉘어져 있었고, 그의 저택은 즈다 산에서 동쪽으로 오륙 정町[38] 떨어진 마고메馬込 강의 마고메 다리를 중심으로 오텐류 기슭에 있었다. 그리고 그는 그곳 역참의 대관代官도 겸하고 있었다.

　그날 유키쓰나는 마고메에서 그리 멀지 않은 하마마쓰의 히쿠마曳馬 성에 있는 이오 부젠노카미飯尾豊前守를 방문하고 돌아오던 중이었다. 이오 부젠도 유키쓰나와 마찬가지로 이마가와의 가신이었기 때문에 이 지방의 치안과 경비를 위해 그와 계속 연락을 나누면서 인접국인 도쿠가와德川, 오다, 다케다의 침략을 대비해야만 했다.

　"노하치能八."

　유키쓰나가 말 위에서 일행을 돌아보며 말했다. 일행인 무사는 세 명이었는데, 그중 장창을 든 자가 달려와서 주인의 얼굴을 올려다보았다.

---

38 거리 단위를 나타내는 것으로 1정은 1간의 60배, 약 109미터에 해당된다.

“예.”

히쿠마나와데曳馬畷에서 마고메 나루터로 가는 중이었는데, 그 길에
는 소나무 가로수나 잡목 등을 빼면 모두 전망 좋은 논밭뿐이었다.

“저기, 농부 같지도 않고 그렇다고 행인 같지도 않은 자가 있구나.”

유키쓰나는 중얼거리며 말 위에서 계속 한쪽을 바라보았다. 다가 노
하치로多賀能八郎가 주인의 시선이 머문 곳을 바라보았다. 하지만 흐드
러지게 핀 유채꽃과 청보리, 그리고 얕은 논물 외에는 아무것도 보이
지 않았다.

“주인님, 무슨 일이신지요? 어디 수상한 자라도 있습니까?”

“저기 저 논두렁에 백로처럼 쭈그리고 앉아 있는 하얀 그림자 말이
다. 뭘 하고 있는 건가?”

“예? 백로요?”

노하치는 주인의 말을 앵무새처럼 되뇌며 주인이 손으로 가리키는
곳을 바라보았다. 그러자 정말 논두렁에 쪼그리고 앉은 사람이 있었다.

“물어보고 오게.”

유키쓰나의 말에 노하치가 재빨리 달려갔다. 지금 시기에는 어느 나
라에서든 조금이라도 수상하게 보이면 즉시 조사를 받았다. 그 정도로
모든 나라가 국경에 대해, 또 낯선 자에게 촉각을 곤두세우고 있었다.

“다녀왔습니다.”

노하치가 바로 돌아와 유키쓰나에게 보고했다.

“저자는 오와리의 바늘 행상꾼입니다.”

“바늘 장수였군.”

“때에 전 고시기리腰切39를 입고 있어서 백로처럼 보이지만 가까이
가서 보니 원숭이를 닮은 작은 사내였습니다.”

---

39 기장이 허리까지 오는 짧은 겉옷으로 주로 작업복으로 입는다.

"하하하, 백로가 아닌 원숭이였군."

"누군지 물었더니 오히려 저를 보면서 누구냐고 큰소리를 쳤습니다. 그래서 이곳의 대관이신 마쓰시다 유키쓰나 님이 오셨다고 말했더니 무서워하는 기색도 없이 허리를 펴고 이쪽을 거리낌 없이 바라보았습니다."

"그래, 논두렁에 쪼그리고 앉아 대체 뭘 하고 있던가?"

"그것도 물어보았더니 마고메의 여인숙에 머물고 있는데 저녁거리로 우렁이를 잡고 있다고 했습니다."

유키쓰나가 말 위에서 노하치의 이야기를 듣다 문득 눈을 돌렸다. 히요시는 논두렁에서 길가로 올라와 저편으로 걸어가고 있었다. 유키쓰나가 히요시의 뒷모습을 바라보면서 다시 노하치에게 말했다.

"그럼 수상한 자는 아닌 듯하군."

"딱히 수상한 점은 발견하지 못했습니다."

"그렇군."

유키쓰나는 고삐를 고쳐 쥐더니 안장 위에서 다른 자들에게 턱짓을 했다. 그들은 빠른 걸음으로 말을 이끌고 앞으로 나갔다. 눈 깜짝할 사이에 그들은 앞서 걸어가던 히요시를 따라잡더니 먼지를 일으키며 지나쳤다. 조금 전, 노하치에게 원숭이를 닮은 사내라는 말을 들은 유키쓰나가 무심코 뒤를 돌아보았다. 히요시는 길가에 있는 가로수 아래에 오도카니 무릎을 꿇고 앉아 있었다. 그러고는 유키쓰나가 말 위에서 자신을 돌아보자 고개를 들고 물끄러미 바라보았다.

"잠, 잠깐!"

유키쓰나가 급히 말을 멈추더니 탄성 섞인 목소리로 뒤에 있는 무사들에게 말했다.

"저 바늘 장수를 이리 데려오너라. 이상한 얼굴이다! 참으로 이상한 사내다!"

노하치가 되돌아가 히요시를 불렀다.

"어이, 바늘 장수."

"예."

"주인님이 부르시니 잠깐 이리 오게."

노하치가 히요시를 끌고 와서 유키쓰나 앞에 꿇어앉혔다. 유키쓰나가 안장 위에서 가만히 히요시를 바라보았는데, 히요시의 얼굴이 원숭이를 닮았기 때문만은 아니었다.

'이상한 얼굴이다!'

유키쓰나는 넋을 잃고 히요시를 빤히 바라보았다. 그는 히요시를 얼핏 보고 보이지 않는 영감 같은 것에 사로잡혔다. 때에 전 무명옷을 입고 있는 작은 사내의 어떤 모습에 그런 매력이 있었던 것일까. 그것은 아무 말 없이 유키쓰나를 올려다보고 있는 히요시의 눈이었다.

눈은 마음의 창이라고 했다. 왜소하고 초췌한 사내의 몸은 볼품없었지만 그의 눈은 어딘지 시원스럽고 의지가 굳세 보였다. 게다가 눈가의 잔주름 덕분에 가만히 있어도 씽긋 웃는 것처럼 보였다.

유키쓰나는 그런 히요시의 눈이 좋았다. 만약 그가 관상에 대해 좀더 해박했다면 새카맣게 때에 전 옷 아래 감춰져 있는 주자석朱子石과 같은 선홍빛을 지닌 히요시의 귀나 젊은 나이에 비해 일견 노인처럼 보이는 이마의 주름에 후년의 대기大器가 나타나고 있다는 것을 발견하고 경탄했을 게 틀림없었다. 하지만 유키쓰나의 안광은 거기까지 미치지 못했다.

유키쓰나는 히요시에게 이상하리만큼 애착이 느껴졌다. 그는 이대로 보낼 수 없다는 마음에 히요시에게 아무것도 묻지 않고 노하치를 돌아보며 말했다.

"집까지 데려가자. 집까지."

그런 뒤 유키쓰나는 말의 고삐를 당겨 앞으로 달려갔다. 큰 강을 마주한 문 앞에 다섯 명의 가신과 시종이 대문을 열어놓고 기다리고 있었다.

"아, 돌아오셨다."

마구간에서 말이 날뛰고 있었다. 부재중에 손님이라도 온 듯했다.

"누가 왔느냐?"

유키쓰나가 말에서 내리며 물었다.

"슨푸에서 사자가 왔습니다."

"그런가."

유키쓰나는 흘려들으며 훌쩍 저택 안으로 들어갔다. 슨푸는 주군인 이마가와 가문을 말했다. 사자가 오는 게 드문 일은 아니었지만 그는 오늘 히쿠마 성에서 이오 부젠과 나눈 얘기가 있었던 터라 머릿속이 복잡했다. 그래서 히요시를 까맣게 잊었는지, 아니면 나중에 말할 생각이었는지 아무 말도 않고 안으로 들어가버렸다.

"기다려라."

문지기가 함께 온 무사들을 따라 안으로 들어가려던 히요시를 발견하고 외쳤다.

"너는 누구냐?"

히요시는 진흙이 잔뜩 묻은 짚 꾸러미를 들고 있었다. 얼굴에 튀었던 진흙이 말라붙어 가려울 정도였다. 문지기가 조롱 섞인 눈으로 코를 씰룩거리는 히요시를 보며 외쳤다.

"뭐냐, 네놈은?"

문지기가 히요시의 옷깃을 부여잡으려고 손을 뻗자 히요시가 뒤로 물러서며 말했다.

"난 바늘 장수요."

"바늘 장수 따위가 함부로 들어올 곳이 아니다. 썩 나가거라."

"네 주인에게 여쭈어본 뒤에 그리하시오."

"뭐라고?"

"안으로 들어간 무사님이 오라고 해서 따라온 것이오."

"나리가 그런 말을 하셨을 리가 없다."

그때 노하치가 히요시를 떠올리고 데리러 나왔다.

"저자는 괜찮다. 안으로 들여라."

"아, 그렇습니까."

"원숭이, 이리 오너라."

히요시는 노하치를 따라가면서 등 뒤로 문지기들이 웃는 소리를 들었다. 어느덧 열여덟 살이 된 히요시는 겉으로는 사람들의 조롱을 아무렇지도 않게 대했지만 마음속으로는 그렇지 않았다. 등 뒤에서 조롱하는 말을 들을 때면 누구라도 그렇듯 그의 빨간 얼굴이 한층 더 붉어졌다. 특히 귀는 더 빨개졌는데, 그것은 마음속에서 감정이 소용돌이치고 있다는 것을 뜻했다.

감정의 동요가 생기더라도 히요시의 동작은 변함없이 태연했다. 조용히 태풍이 지나가기를 기다리는 화초처럼 히요시는 역경에 굴하지 않고 비굴해지지도 않겠다고 마음속에 버팀목을 세우고 있었다.

"원숭이."

"예."

"저기 빈 마구간이 있으니 방해되지 않도록 저기서 기다리거라."

노하치는 다른 볼일이 있는 듯 그 말만 남기고 가버렸다.

저녁때가 되자 음식 냄새가 저녁밥을 준비하는 부엌의 댓살 창문을 넘어 복숭아나무에 걸린 저녁달까지 전해졌다. 사자와의 공식적인 대담이 끝나고, 곧 원로를 위로하기 위한 향응의 촛불이 켜질 것이었다.

저택 안쪽에서 북소리가 울렸다. 피리 소리도 들렸다. 사루가쿠猿樂40라도 추고 있는 듯했다. 스루가의 이마가와 가문은 자부심이 강한 명문가로 무사들의 옷과 검은 물론 아녀자들이 받쳐 입은 옷깃에서도 교토풍의 호사로운 취향을 엿볼 수 있었다. 유키쓰나는 근본이 토착 무사인 데다 소박한 사람이었지만 그의 집은 기요스 부근 오와리 무사의 저택과는 외관부터 달랐고 풍요로웠다.

'사루가쿠라니 께름칙하군.'

히요시는 빈 마구간에 짚을 깔고 멀뚱히 앉아 멀리서 들려오는 곡조를 들었다. 그는 무악舞樂을 좋아했다. 아니 음악에 대해 아는 것이 아니라 음악이 빚어내는 활달하면서도 비현실적인 세계를 좋아했다. 음악을 듣고 있으면 모든 것을 잊을 수 있었다. 하지만 히요시는 지금 도저히 잊어버릴 수 없는 것이 있었다. 바로 배고픔이었다.

'그래, 냄비와 불을 빌려서……'

히요시는 진흙이 묻은 짚 꾸러미를 들고 부엌을 들여다보았다.

"죄송하지만 밥을 지으려고 하는데 냄비와 화로를 빌려주실 수 있는지요?"

이상한 사내가 갑자기 들여다보자 부엌에 있던 사람들이 깜짝 놀라며 그의 얼굴을 바라보았다.

"아니, 대체 넌 누구냐?"

"이 댁의 나리가 오라고 해서 도중에 따라온 사람입니다. 논에서 잡

---

40 일본의 고대 공연 예술 중 하나로 헤이안 시대 때 시작해 중세에 융성했다. 초기에는 익살스러운 동작이나 곡예, 흉내 내기 등 단순한 예능의 성격을 띠었지만 이후 춤과 노래로 극적인 이야기를 엮어가는 가무극歌舞劇인 노能로 발전하여 큰 절이나 신사에서 공연되었다. 본문에서 히요시가 께름칙하다고 여긴 이유는 '원숭이 악(樂)', 즉 '사루가쿠'의 가락이 들렸기 때문이다.

은 우렁이를 삶아 저녁을 먹으려고……."

"그 꾸러미에 들어 있는 게 우렁이냐?"

"네. 배 아픈 데 좋다고 해서 우렁이를 매일 먹고 있습니다. 천성인지 걸핏하면 설사를 해서……."

"된장국을 끓이면 되겠군. 된장은 있냐?"

"예, 있습니다."

"쌀은?"

"쌀도 있습니다."

"그럼 하인들 방에 냄비와 화로가 있으니 그곳에서 만들게."

"고맙습니다."

매일 밤 여인숙에서 하던 대로 밥을 조금 짓고 우렁이를 삶아 밥을 먹었다. 배가 부르자 히요시는 이내 잠이 들었다. 마구간보다는 편했다. 그런데 얼마나 지났을까, 한밤중에 일을 다 끝낸 사람들이 방으로 돌아왔다.

"이놈, 누구 허락을 받고 여기서 자는 게냐!"

히요시는 바로 방 밖으로 쫓겨났다. 다시 마구간으로 갔더니 사자의 말이 이곳은 자기 자리라고 말하듯 잠을 자고 있었다.

이제는 북소리도 들리지 않았다. 하얀 복사꽃에 잔월이 아스라이 걸려 있었다. 초저녁에 잠을 잘 자서인지 졸리지는 않았다. 히요시는 그저 망연히 시간을 허비하지 않았다. 움직이든지 즐기든지 해야지 아무것도 하지 않으면 이내 하품이 나왔다.

'청소라도 하고 있으면 밤이 새겠지.'

히요시는 대나무 비를 들고 마구간 주위를 청소하기 시작했다. 주인의 눈이 닿지 않는 곳일수록 말똥과 낙엽, 볏짚 들이 쌓여 있었다.

"이 아침에 비를 든 게 누구냐?"

누군가의 목소리가 들려왔다. 히요시가 손을 쉬며 주위를 둘러보자 다시 누군가가 외쳤다.

"여기다. 넌 낮에 봤던 바늘 장수구나."

"아, 나리."

다리 복도 모퉁이에 있는 변소의 손 씻는 곳 창 너머로 유키쓰나의 얼굴이 보였다. 술이 강한 사자를 상대하느라 주량을 넘긴 듯했다. 유키쓰나는 술이 깨기 시작하자 피곤이 몰려오는 것을 느꼈다.

"벌써 새벽이 다 되었군."

유키쓰나는 이내 창에서 얼굴을 감추더니 마루에 올라 덧문을 열고 잔월을 보고 있었다.

"아직 닭이 울지 않았으니 새벽까지는 조금 더 시간이 있을 것입니다."

"바늘 장수, 아니 원숭이라고 하자. 너는 아직 밤이 새지도 않았는데 왜 마당을 청소하고 있느냐?"

"할 일이 없어서입니다."

"잠을 자면 되지 않느냐."

"잠은 벌써 잤습니다. 저는 정해진 시간만큼 자고 나면 도저히 누워 있을 수가 없습니다."

"신발이 있느냐?"

"있습니다."

히요시는 어딘가로 달려가더니 흙이 묻지 않은 깨끗한 신발을 가져와서 가지런히 놓았다.

"그런데……."

"예."

"이곳에 저물녘에 온 데다 잠을 충분히 잤다고 하면서 어찌 이곳을 그리 잘 알고 있느냐?”

“죄송합니다.”

“뭐가 죄송하단 말이냐?”

“전 절대로 수상한 자가 아닙니다. 하지만 이 정도 저택이라면 잠잘 때 들리는 소리로도 물건이 어디에 있는지, 또 저택의 넓이와 하수구, 부엌 등의 위치를 가늠할 수 있습니다.”

“흐음, 그렇군.”

“신발도 어디에 있는지 벌써 봐두었습니다. 왜냐하면 마루보다 낮은 땅에서 잠을 자는 사람은 저와 말밖에 없습니다. 문이 열리면 이내 누군가가 신발을 찾을 거라고 생각했습니다.”

“그렇군. 미안하게 됐네. 아무 말도 해두지 않아 자네가 마구간에서 잔 게로군.”

“……”

히요시는 웃기만 할 뿐 아무 말도 하지 않았다. 순진무구한 눈동자가 유키쓰나를 가볍게 본 듯도 했다. 하지만 유키쓰나는 진지하게 히요시의 태생과 주변에 대해 물어본 뒤 이곳에서 일할 생각이 있는지를 물었다. 히요시는 있다고 대답하면서 바로 그런 바람을 품고 열여섯부터 여러 나라를 떠돌아다녔다고 말했다.

“무사 봉공을 하고 싶어 삼 년이나 여러 나라를 돌아다녔다는 말이냐?”

“예.”

“그런데 지금까지 바늘 장사를 하며 돌아다닌 연유가 무엇이냐? 삼 년이나 찾아다녔는데 봉공을 하지 못했다는 것은 네게 무슨 결점이라도 있는 것이 아니더냐?”

유키쓰나가 물었다.

“인간이니 제게도 단점이 있을 것입니다. 처음에는 어떤 주인이든 무사의 저택이라면 다 좋다고 생각했습니다만 막상 세상에 나와 보니 그렇지 않다는 것을 깨달았습니다.”

“그렇지 않다니?”

“여러 나라를 돌아다니며 무장武將과 무문武門의 무사들을 보면서 주인을 선택하는 일보다 더 중요한 일은 없다는 것을 알게 되었습니다. 그리고 좀처럼 바늘 장수는 거두어주지 않아 시간이 그만 삼 년이나 지나고 말았던 것입니다.”

유키쓰나는 히요시와 이야기를 나누는 게 재미있었다. 말주변이 좋은 자라고만 생각했는데 바보 같은 구석도 있었다. 말투에 진실함이 있는가 하면 온전히 그대로 믿을 수 없는 허세도 엿보였다. 하지만 유키쓰나는 히요시가 어딘가 다른 사람들과 다르게 느껴졌고, 또 보통이 아니라고 생각했다. 그래서 그는 오늘 아침부터 히요시를 저택의 하인으로 삼기로 결정했다. 그는 히요시에게 다시 한 번 물었다.

“여기서 일을 하겠느냐?”

“해보겠습니다.”

평범한 대답이었다. 유키쓰나는 의외로 히요시가 기뻐하지 않자 조금은 불만스러웠다. 무명옷 한 벌뿐인 방랑자의 주인으로 자신이 부족할 거라고는 전혀 생각하지 않았기 때문이다.

마쓰시타 가문 역시 당시의 어느 무가와 마찬가지로 군마 훈련이 엄했다. 밤이 새면 무사들이 저택 안의 길게 이어진 방에서 곳간 앞 빈터로 느릿느릿 나와 창칼을 들고 기합을 넣으며 서로 대련을 했다. 부엌의 어린 무사부터 문을 지키는 하인에 이르기까지 아침에 한 번씩 교대로 이곳으로 와 무술 훈련을 하고 갔다.

유키쓰나의 명이 있었는지 히요시가 이곳에서 일하게 된 것을 모두 알고 있었다. 마구간 지기가 신참을 보고 말했다.

"어이, 원숭이. 앞으로 매일 아침마다 우리가 말에게 풀을 먹이려고 끌어내면 바로 마구간을 청소하고 말똥을 건너편 대숲에 있는 구멍에 가져다 버려야 한다."

"예."

"원숭이, 이리 오너라."

말똥 청소를 하고 있는데 이번에는 늙은 무사가 고함을 치며 말했다.

"들통의 물을 퍼서 큰 병들에 다 채워놓거라."

누군가가 장작을 패라고 시켜서 장작을 패고 있으면 다른 누군가가 이걸 해라, 저걸 해라 하는 통에 일이 끝이 없었다.

"저 녀석, 불평하는 적이 없군. 무엇을 시키든 화를 내지 않는 것이 장점이구나."

젊은 무사들은 히요시를 장난감처럼 귀여워하며 가끔씩 물건들을 건네주기도 했다. 그런데 어느 날부터인가 히요시가 건방질뿐더러 변명만 늘어놓고 주인에게 아첨하면서 자신들을 바보로 여긴다며 반감을 품은 젊은 무사들이 늘어나기 시작했다. 젊은 무사들 무리는 히요시가 작은 실수라도 하면 크게 부풀려 말했고 유키쓰나의 귀로도 가끔씩 히요시를 비방하는 말들이 들어갔다.

"언젠가 크게 쓰일 데가 있을 테니 그냥 내버려두어라."

유키쓰나는 근신近臣들에게 그렇게 말하며 히요시를 문제 삼지 않았다. 그의 아내와 자식들이 '원숭아, 원숭아' 하며 히요시를 마음에 들어 했는데, 저택의 일꾼들은 그것 역시 곱게 보지 않았다.

'왜 그러는 걸까?'

히요시는 손톱을 깨물며 생각했다. 그는 충실하게 일하지 않는 자들 틈에서 혼자 충실하게 일하는 것이 실로 어려운 일이라고 생각했다.

이마가와今川의 대망

　히요시는 일꾼들과 부딪히며 인간에 대해 배웠고, 이곳 마쓰시타 저택에 있으면서 도카이도東海道 지역의 세력과 이마가와, 호조, 다케다, 마쓰다이라, 오다와 같은 무가의 실력과 형세에 대해서도 잘 알게 되었다. 그는 속으로 이곳에서 일하기를 잘했다고 생각했다. 바늘 장사를 하며 돌아다녀서는 알 수 없었던 이야기들을 가끔 들을 수도 있었다.

　히요시가 처음에 마음먹은 대로 그저 먹고살기 위해 봉공하려 했다면 그런 것들을 접해도 실상을 잘 알 리가 없었을 것이다. 하지만 그의 눈, 귀, 머리는 늘 무언가를 갈구하고 민감하게 받아들였다. 이제 그는 바둑 대국을 옆에서 보는 것처럼 한 수 한 수의 의미를 깨달아갔다.

　슨푸의 이마가와 가문의 사자가 이곳과 오카자키, 오다와라, 고후甲府 등지를 빈번하게 왕래하는 까닭도 헤아릴 수 있었다. 그것은 스루가의 이마가와 요시모토今川義元가 천하의 패권을 잡기 위한 대망을 보여주는 것이었다. 아니, 그것은 먼 미래의 일이지만 일단 이상理想을 거기에 두고 후일 교토에 들어가서 아시카가 장군가를 옹립하고 천하에 임하기 위해 사전 포석을 하나둘 까는 것이 분명했다.

　하지만 지형적인 측면에서 판단하면 스루가의 이마가와의 배후인 오다와라에는 강국인 호조가 있었다. 또 측면에는 가이甲斐의 다케다가, 교토로 진출하는 데 있어 그 발끝에는 미카와의 마쓰다이라가 있었다. 이런 나라들 사이에 둘러싸인 요시모토는 우선 전면에 있는 마쓰다이라 가문을 귀속시키는 데 성공했다.

미카와 쪽에서는 마쓰다이라 기요야스松平淸康가 이마가와에 복종하고 동맹을 맺은 뒤 계속 불운에 시달리고 있었다. 기요야스 사후 그의 아들인 마쓰다이라 히로타다松平廣忠까지 요절하자 다시 아들인 마쓰다이라 다케치요松平竹千代41가 후사를 이었지만 그는 지금 볼모로 잡혀 슨푸에 와 있었다. 게다가 미카와의 오카자키에는 요시모토의 직신直臣이 파견되어 영지의 정무를 관리했다. 그러다 보니 마쓰다이라 가문의 누대 가신들은 이마가와의 군역에 혹사당할 수밖에 없었다. 미카와의 세수와 군량도 최소한의 경비만 남기고 모두 요시모토가 있는 스루가의 성으로 들어갔다.

'저런 상태로 앞으로 어떻게 될까?'

히요시는 종종 미카와의 암담한 장래에 대해 생각했다. 하지만 미카와에는 여전히 미카와 사람들의 강직한 의지가 남아 있었다. 장사를 하며 떠돌아다니던 히요시는 미카와 무사들이 이대로 굴복할 사람들이 아니라는 것을 잘 알고 있었다.

히요시가 미카와 이상으로 늘 주시하는 세력은 오와리의 오다 가문이었다. 어머니가 있는 곳이자 자신이 태어난 고향인 오와리는 당연히 어느 나라보다도 신경 쓰이는 곳이었다. 그곳을 떠나 슨푸의 신하인 마쓰시타의 저택에서 보고 있자니, 오와리는 미카와의 마쓰다이라

---

41 훗날 에도 막부의 초대 장군이 되는 도쿠가와 이에야스德川家康의 아명이다. 아버지 히로타다에 의해서 여섯 살 어린 나이에 외가인 아미가와 가문에 인질로 가게 되지만, 도중에 오다 노부히데에게 붙잡혀 오다 가문의 인질이 된다. 그 후 2년 뒤, 오다 가문과 이마가와 가문이 강화를 맺으면서 다시 오카자키 성으로 돌아갔지만 얼마 지나지 않아 스루가의 이마가와 요시모토의 볼모로 가게 된다.

를 제외하고는 어느 나라보다 더 궁핍하고 비참한 곳이었다. 특히 이마가와 영내의 화려하고 아름다운 문화와 풍족한 경제 속에서 보고 있으면, 그것을 더욱 선명하게 느낄 수 있었다.

'나카무라 촌도 가난하고 우리 집도 가난하다.'

하지만 히요시는 그것이 절대적인 숙명이자 국운이라고 생각하지 않았다. 그는 오히려 가난한 오와리 땅에서 미래의 발아를 보았고, 위아래 할 것 없이 모두 귀족의 예풍을 흉내 내는 호사스런 이마가와 영지의 풍속에 가벼운 반감과 위태로움을 느꼈다.

근래에 사자의 왕래가 더욱 빈번한 것은 이마가와를 중심으로 물밑에서 스루가, 가이, 사가미相模 이 세 나라 간의 불가침조약 체결이 진행되고 있기 때문이었다. 조약을 처음 제안한 쪽은 이마가와 요시모토였는데, 후일의 패업을 위해 대군을 이끌고 교토로 올라가려면 스루가의 배후에 있는 호조와 측면의 강국인 다케다와 우호 관계를 맺을 필요가 있었다. 그래서 요시모토는 예전부터 가이의 다케다 신겐武田信玄의 적자인 다케다 요시노부武田義信에게 자신의 딸을 시집보내고, 신겐의 딸을 호조에게 시집보낼 계획을 세우고 있었다.

그 정략혼이 마침내 성공하면서 군사 경제 협정도 이루어지려는 지금, 이마가와의 세력은 도카이東海에서 중심 세력으로 자리를 잡고 있었다. 그것은 이마가와에 속한 무사들의 모습만 봐도 알 수 있었다. 유키쓰나는 요시모토의 직속 부대와 달리 지방의 토착 무사 신분이었지만 히요시가 알고 있는 기요스나 나고야, 오카자키 부근의 저택과는 비교가 되지 않을 정도로 풍족했고 손님들의 발길도 끊이지 않았다. 그러다 보니 일꾼들까지 제 세상을 만난 양 봄날처럼 얼굴이 밝았다.

"원숭이."

노하치가 안마당에 서서 히요시를 찾았다.

“예.”

노하치가 지붕을 올려다보며 물었다.

“그런 곳에서 뭘 하고 있느냐?”

“지붕을 고치고 있습니다.”

“지붕을?”

노하치가 어이없다는 듯 물었다.

“해가 이렇게 내리쬐는 더운 날에 사서 고생을 하는구나. 한데 지붕을 왜 고치고 있는 게냐?”

“삼복의 강한 햇살이 계속되었으니 곧 큰비가 내릴 겁니다. 비가 온 뒤 지붕 고치는 사람을 부르면 늦을 테니 판자가 벌어진 곳만 찾아 고치고 있습니다.”

“그러니까 네가 다른 자들에게 미움을 받는 게다. 햇살이 강한 때는 모두 나무 그늘에서 낮잠을 자고 있는데.”

“눈에 띄는 곳에서 일하면 다른 사람들의 낮잠을 방해할 것 같아서요. 지붕 위라면 괜찮지 않습니까.”

“거짓말. 너는 거기서 저택의 지형을 보고 있는 게 아니냐!”

“과연 노하치 님이십니다. 저택의 지형을 파악해놓으면 막상 무슨 일이 생겼을 때, 즉시 방비할 수 있습니다.”

“그리 큰 목소리로 불길한 소리를 지껄이지 말거라. 나리의 귀에라도 들어가면 기분이 상하실 테니까 어서 내려오너라.”

“예. 그런데 무슨 시키실 일이라도 있습니까?”

“저녁에 손님이 오신다.”

“또 말입니까?”

“또라니, 말조심해라.”

“어떤 분이 오시는지요?”

"오늘 저녁엔 사자가 아니다. 여러 나라를 편력하며 돌아다니는 무사이시다."

"그럼 많겠군요."

히요시가 지붕에서 내려오자 노하치는 품속에서 종이를 꺼냈다.

"오늘 오실 무사님은 조슈上州 오고大胡 성의 성주인 가미이즈미 이세노카미 히데쓰나上泉伊勢守秀綱42 님을 조카로 두신 히키다 쇼하쿠疋田小伯43라는 분이시다. 또 그분을 필두로 기마 한 필과 짐말 세 필, 그리고 창 일곱 자루를 지닌 문하의 일행 열두 분이 오실 게다."

"정말 많군요."

"무도를 수련하는 분인 데다 말과 짐도 많으니 건물 한 채를 비워 그곳에서 지내실 게다. 그러니 저녁때까지 한 치의 소홀함도 없이 준비해서 손님들을 맞을 수 있도록 하거라."

"그렇게 많은 사람이 얼마큼이나 머물다 가실까요?"

"한 반년쯤 될 게다."

말을 마친 노하치는 몸이 나른한 듯 땀을 흘리며 갔다.

저녁이 되자 쇼하쿠 일행이 도착했다는 전갈이 도착했다. 얼마 뒤, 쇼하쿠를 위시한 열세 명이 먼저 문 앞에 도착해 먼지를 털어내고 있었다. 마쓰시타 가문의 무사와 신하 들이 공손히 그들을 맞이했다.

"무사 수행 도중에 이렇게 찾아주셔서 영광입니다. 유키쓰나 님은 마침 공무 중이셔서 끝나시는 대로 인사드릴 것입니다."

서른 살 안팎의 쇼하쿠가 인사를 했다.

---

42 본명 대신 '노부쓰나信綱'라는 이름으로 더 잘 알려져 있으며, 일본 전국 시대 인물로 뛰어난 검술가 중 한 사람으로 손꼽힌다. 신카게류新陰流 검법의 원류를 이루었고 일본 전역을 돌며 자신의 검술을 전파했다고 한다.

43 가가加賀 사람으로 히키다 가게노리疋田景範의 차남인 분고로 가게야스豊五郞景兼다. 어머니가 가미이즈미 히데쓰나의 누이로 히데쓰나의 조카가 된다. 신고 이즈노카미神後伊豆守와 함께 가미이즈미 가문의 쌍벽이라고 불렸다.

"마음 쓰지 않아도 괜찮소. 우리는 이세노카미 백부님의 배려로 세상 수행을 하기 위해 편력하고 있습니다. 얼마 전까지 요시모토 님의 신세를 졌는데 이번에도 다시 가신인 당가當家의 신세를 지게 됐소이다. 무사 수행 중이라 혹여 실례를 하더라도 너그럽게 보아주시오."

쇼하쿠가 두 손을 들어 인사를 하자 문 앞에 있던 사람들도 인사를 하며 안으로 들기를 청했다.

"그럼 실례하겠소."

쇼하쿠와 일행은 말과 짐을 맡기고 저택 안으로 들어갔다. 히요시는 그들이 서로 인사를 나누는 광경을 멍하니 바라보며 속으로 생각했다.

'병법이 크게 흥하는 시대이니 병법자들의 위엄도 점점 커지는구나.'

'무사 수행'이라는 말이 근래에 유행처럼 번지다 보니, 그때까지 생소했던 검술이나 창술이라는 말도 흔하게 사용되었다. 그중에서도 다케다 가문의 친족이자 조슈 오고 성의 성주인 가미이즈미 이세노카미 히데쓰나의 이름이 특히 유명했다. 또 히타치常陸의 쓰가하라 도사노카미 보쿠덴塚原土佐守卜傳44의 이름도 그에 뒤지지 않았다.

무사 수행 중에는 운수행각雲水行脚45보다 더 가혹하게 수행하는 자도 있었고, 또 쓰가하라 보쿠덴처럼 가신의 주먹에 매를 앉히고 무사에게는 갈아탈 말을 끌게 하고 늘 육칠십 명의 시종을 이끌고 다니며 위풍당당하게 제국을 편력하는 수행자도 있었다. 그래서 히요시는 손님의 수에는 놀라지 않았지만 앞으로 반년이나 머문다는 이야기에는 놀랄 수밖에 없었다. 아마 자신을 원숭이라고 부르며 꽤나 부려먹을 것이라는 생각이 들었던 것이다. 역시 예상대로 네댓새가 지나자 그들

---

44 일본 전국 시대 인물로 뛰어난 검술가이자 병법가로 칭송받았다. '가토리신토류香取神道流'의 계승자로 수많은 제자를 양성하였다.
45 승려들이 수행을 위해 무일푼으로 세상을 정처 없이 떠돌면서 고행하는 것을 말한다.

은 히요시를 마치 자신들의 하인처럼 부려먹기 시작했다.

"원숭이, 옷에서 땀 냄새가 나니 빨아두거라."

"마쓰시타 님의 원숭이, 미안하지만 고약을 구해다 주지 않겠느냐?"

안 그래도 짧은 여름밤인데 그들 때문에 히요시는 잠자는 시간을 더 줄여야 했다.

히요시는 오동나무 아래에 기대앉아 잠을 자고 있었다. 여름 한낮의 태양은 겨우 그곳에만 그늘을 늘어뜨리고 있었다. 바짝 마른 땅 위 여기저기에 떨어져 있던 채송화가 꿈틀꿈틀 움직이고 있었다. 개미들의 행진이었다.

날마다 잠이 부족했던 히요시는 팔짱을 끼고 고개를 푹 숙인 채 잠을 잤다. 그때 평소에 히요시를 눈엣가시처럼 여기며 미워하던 젊은 무사 두세 명이 연습용 창을 들고 그곳을 지나갔다.

"원숭이군."

"완전히 곯아떨어졌네."

그들은 발길을 멈추고 중얼거렸다.

"자고 있는 얼굴도 참으로 뻔뻔스럽군. 나리가 원숭이, 원숭이 하며 한없이 귀여워하시는 건 저런 모습을 보시지 않았기 때문이야."

"혼쭐을 내야겠으니 깨워보게."

"어떻게 하려고?"

"저 원숭이 놈은 아직 한 번도 무예 연습을 하지 않았잖아."

"평소에 미움을 받는 걸 저놈도 알고 있으니 맞을까 봐 무예 연습을 하지 않으려는 게야."

"안 될 말이지. 무가의 일꾼이라면 문지기든 부엌의 말단이든 반드시 무예에 힘써야 한다는 것이 이곳의 불문율이거늘."

"나한테 말한들 무슨 소용이 있나. 원숭이에게 말하게."

"그래서 깨워서라도 연습장에 끌고 가려는 것이네."

"흠, 재미있겠군."

"좋았어."

그중 한 사람이 연습용 창끝으로 히요시의 어깨를 쿡 찌르며 외쳤다.

"이놈."

히요시가 눈을 뜨지 않자 이번에는 다리를 걷어차며 소리쳤다.

"일어나거라."

히요시가 오동나무 옆으로 기우뚱하게 쓰러지다 깜짝 놀라 눈을 떴다.

"무슨 일인지요?"

"무슨 일이냐니? 벌건 대낮에 마당에서 코를 크게 골며 자는 놈이 어디 있느냐!"

"제가 코를 골며 자고 있었습니까?"

"자기가 잠을 자는지도 몰랐단 말이냐."

"잠을 잘 생각은 아니었는데 그만 깜빡 잠이 든 모양입니다. 이제는 일어났습니다."

"당연히 그래야지."

"예."

"그런데 듣자 하니 네가 뻔뻔하게도 무예 연습을 한 번도 한 적이 없다고 하던데?"

"무예를 할 줄 몰라서……."

"뻔뻔한 놈, 연습도 하지 않고 어찌 무예가 늘겠느냐. 아무리 천한 것이라고 해도 무예 연습을 게을리하면 안 된다는 것이 이곳의 규율이다. 자, 따라오너라. 오늘은 우리가 무예를 가르쳐주겠다."

"예? 아닙니다."

"네 이놈."

"하지만……."

"싫다는 게냐? 네놈은 이 집에서 일을 하는 몸인데, 이 집의 규율을 어길 셈이냐?"

"그런 것이 아닙니다."

"그럼 따라오너라."

그들은 규율에 따라 무예 연습을 시킨다는 명목으로 히요시를 혼쭐 낼 생각이었다. 그러다 보니 막무가내로 벼를 쌓아둔 곳간 앞으로 히요시를 끌고 왔다. 그곳에서는 객으로 머물고 있는 무사들과 마쓰시타 가문의 사람들이 무더위 속에서 각각 창을 들고 기합을 내지르며 훈련하고 있었다. 히요시를 억지로 끌고 온 젊은 무사들은 그곳에 이르자마자 갑자기 히요시의 등을 밀어젖혔다.

"목검이든 창이든 들고 덤벼보거라."

히요시는 앞으로 허우적거리다 간신히 멈췄지만 무기에는 손을 대지 않았다.

"왜 들지 않느냐?"

한 사람이 창끝으로 히요시의 가슴을 쿡쿡 찔렀다.

"무예를 가르쳐줄 테니 너도 무기를 들거라. 어서, 어서 들거라."

히요시는 우뚝 선 채로 입술을 깨물고 있었다. 마침 한편에서는 히키다 쇼하쿠 문하의 진고 고로쿠로神後五六郎와 사카키이치노 조榊市之丞들이 마쓰시타 가신들의 요청으로 진창 시범을 보이고 있었다. 고로쿠로는 손이 미끄러지는 것을 막기 위해 천을 감은 진창을 잡고 쌓여 있는 다섯 되들이 쌀가마니를 들어 공중으로 내던지는 괴력을 선보였다.

"과연 대단한 솜씨입니다. 전쟁터에서 창으로 적을 찔러 내던지는 것도 식은 죽 먹기보다 쉬울 듯합니다. 참으로 힘이 대단하십니다."

하지만 고로쿠로는 그렇게 경탄하는 사람들을 향해 창을 거두면서 말했다.

"이것을 힘 때문이라고 생각하는 건 잘못이오. 힘을 주면 창대가 부러지고, 또 팔도 금방 지칠 것이오. 그렇다면 전쟁터에서 얼마나 버틸 수 있겠소?"

고로쿠로는 검과 창의 이치도 그와 같음을 강조하면서 모든 무도는 오직 단전의 기이며 힘을 들이지 않는 힘, 힘을 초월한 마음의 힘이 중요하다고 일장 연설을 늘어놓았다. 사람들은 그의 말에 감명을 받았다. 그때 바로 뒤편에서 고함 소리가 들렸다.

"이 고집 센 원숭이 놈!"

젊은 무사가 창대를 옆으로 휘두르며 히요시의 옆구리를 후려쳤다.

"아야!"

히요시가 반쯤 우는 목소리로 소리쳤다. 정말로 아팠는지 얼굴을 찡그린 채 허리를 구부리고 맞은 곳을 만졌다.

"왜 그러느냐?"

사람들이 히요시 주위로 몰려들었다.

"도무지 어찌할 도리가 없는 뻔뻔한 놈이다."

히요시를 때린 젊은 무사는 무가에서 봉공을 하는 히요시가 아무리 말을 해도 무예 연습을 거부한다고 말했다. 그러자 누군가가 무사의 편을 들었다.

"나도 권한 적이 있는데 저 원숭이는 소질이 없다는 둥 변명을 해대며 무예 연습을 하러 오지 않더군."

사람들이 히요시를 보며 무가의 봉공인으로는 어울리지 않는 놈이라거나 앞날이 없는 무례한 놈이라고 몰아붙였다. 그러자 아까부터 고로쿠로의 뒤에서 아무 말 없이 서 있던 쇼하쿠가 앞으로 나서며 사람들을 달랬다.

"보아하니 아직 어린애인 듯하고 저 때는 한창 건방질 때이네. 하지만 무가에서 봉공을 하며 규율을 위반하고 무도를 싫어한다는 것은 저자의 불행이기도 할 것이네. 어디 내가 물어볼 테니 모두들 조용히 하게."

쇼하쿠가 히요시에게 다가가 물었다.

"꼬마야."

히요시가 쇼하쿠의 얼굴을 보며 대답했다.

"예."

히요시의 말투가 지금까지와는 달랐다. 이 사람이라면 무슨 일이든 자신의 생각대로 대답해도 괜찮을 거라고 생각하는 듯했다.

"다들 네가 무가에서 봉공을 하면서도 무예를 싫어한다고 하는데, 정말 싫은 것이냐?"

"아닙니다."

히요시는 고개를 저었다.

"그럼, 왜 애써 저분들이 친절하게 연습을 시켜준다고 하는데 거부하는 것이냐?"

"창술과 검술을 수행하려면 평생이 걸립니다. 또 그 길의 달인이 되려면 일생을 바쳐야 할 것입니다."

"흠, 그런 각오를 하지 않으면 안 될 것이다."

"검술이나 창술이 싫은 것은 아닙니다만, 저도 다른 사람처럼 한 평생밖에 살 수 없는 몸이니 그 정신만 알고 있으면 된다고 생각합니다. 다른 여러 가지를 배우고 싶고, 알고 싶고, 또 하고 싶은 일이 많기 때문입니다."

“배우고 싶은 게 무엇이냐?”

“학문입니다.”

“알고 싶은 것은?”

“세상입니다.”

“하고 싶은 것은?”

쇼하쿠가 문답을 나누듯 거듭 묻자 히요시는 처음으로 씽긋 웃으며 말했다.

“그것은 말씀드릴 수가 없습니다.”

“어째서?”

“하고 싶어도 하지 못하면 허언이 되기 때문이고, 또 말한다 한들 모두가 크게 비웃을 것입니다.”

“흐음.”

쇼하쿠가 별난 녀석이라는 눈으로 히요시의 얼굴을 바라보았다.

“그렇군. 네 말이 무슨 뜻인지 알겠다. 하나 너는 무도라는 것을 사소한 기술의 수련이라고 잘못 생각하는 듯하구나. 무도란 그런 것이 아니다.”

“어떤 것인지요?”

“일능一能에 이른 자는 만예萬藝에 이른다는 말처럼 무는 기술이 아닌 심담心膽, 즉 의지와 담력에 있다. 심담을 깊이 기르면 세상을 보는 눈, 인간을 아는 눈, 학문의 길, 경세의 길, 모든 것을 얻을 수 있다.”

“하지만 이곳 사람들은 상대를 찌르거나 때리는 것을 가장 중요한 기술로 여기고 있습니다. 그것은 병졸과 잡병에게는 도움이 되겠지만 대장에게는 필요 없는……”

“뭐라고, 무례한 놈!”

그 순간, 갑자기 누군가가 주먹으로 히요시의 옆얼굴을 후려쳤다.

"헉!"

히요시는 양손으로 입을 움켜쥐었다.

"듣고 있자니 못하는 말이 없구나. 쇼하쿠 님, 그만하시지요. 저대로 두었다간 버릇이 나빠집니다."

히요시를 후려친 사람뿐 아니라 히요시의 말을 들은 사람들이 모두 격분했다.

"우리를 모욕한 것이다."

"이곳의 규율을 비방하는 것과 마찬가지다."

"용서할 수 없다."

"단칼에 베어버려라. 나리께서도 우리의 처사를 책하지 않으실 것이다."

사람들은 당장이라도 뒤편 수풀로 히요시를 끌고 가서 목을 칠 듯 격노했다. 쇼하쿠가 간신히 사람들을 진정시켜 다행히 히요시의 목은 잘리지 않았다.

그날 저녁 무렵이었다. 노하치는 하인들 방을 살짝 들여다보다 벽 한쪽에서 풀이 죽은 채 앉아 있는 히요시를 보았다. 노하치가 작은 목소리로 히요시를 부르며 손짓했다.

"어이, 어이."

"무슨 일이신지요?"

히요시의 얼굴이 심하게 부어 있었다. 낮에 맞은 탓에 열이 나면서 볼이 묵은 생강 뿌리처럼 부어오른 것이었다.

"많이 아프냐?"

"그렇지도 않습니다."

히요시는 젖은 헝겊을 얼굴에 대며 대답했다.

"나리께서 부르신다. 아무도 안 보게 안쪽 정원에 있는 문을 열고 들어가보거라.”

“나리께서 말입니까? 그럼 낮에 있었던 일을 누군가 고한 것이군
요?”

“그런 헛소릴 지껄이는데 나리의 귀에 들어가지 않을 리가 있느냐.
조금 전까지 쇼하쿠 님과 말씀을 나누고 계셨으니 아마 다 들으셨을
게다. 벌을 내리실지도 모른다.”

“아, 예…….”

“봉공을 하는 자는 아침저녁으로 무도를 게을리해서는 안 된다는
것이 마쓰시타 가문의 철칙이다. 규율의 위엄을 보이시겠다고 하는 날
에는 죽은 목숨이라고 생각하거라.”

“그럼 저는 여기서 도망치겠습니다. 이런 일로 죽고 싶지 않습니다.”

“바보 같은 소리.”

노하치가 히요시의 팔을 붙잡으면서 말했다.

“네가 도망친다면 나는 배를 갈라야 한다. 데려오라는 명을 받고 온
이상 말이다.”

“도망칠 수 없는 건가요?”

“넌 너무 말이 많다. 생각을 좀 하며 말을 하거라. 네가 낮에 허풍을
떠는 걸 보고는 나조차 너를 건방진 원숭이라고 생각했다. 좌우지간
빨리 오너라.”

노하치는 히요시를 앞세운 채 뒤에서 칼의 손잡이를 잡고 따라갔다.
어스름이 내리는 정원수에 하얀 목화진딧물 무리가 꿈틀거렸다. 물을
뿌린 툇마루 끝으로 서재의 희미한 불빛이 흘러나왔다.

“원숭이를 데려왔습니다.”

노하치가 무릎을 꿇고 알리자 유키쓰나가 모습을 드러냈다.

“왔느냐?”

히요시는 이끼가 낀 정원 바닥에 이마를 대고 유키쓰나의 목소리를 들었다.

"원숭이."

"예!"

"네 고향인 오와리에 근래 오케가와도桶皮胴46와 달리 도마루胴丸47라고 하는 새로운 갑옷이 있다고 하니 하나 사 오너라. 네 고향이니 무엇인지는 잘 알고 있을 게다."

"예?"

"오늘 밤에라도 당장 떠나거라."

"어디로?"

유키쓰나는 도마루를 사 오라면서 문갑을 가져와 돈꿰미를 히요시 앞에 던졌다.

"……?"

히요시는 돈꿰미와 유키쓰나의 모습을 번갈아 바라보았다. 히요시의 눈에 눈물이 고이더니 볼을 타고 손등 위로 뚝뚝 떨어졌다.

"서둘러 떠나는 것이 좋겠지만 물건은 급히 가지고 오지 않아도 된다. 몇 년이 걸려도 좋으니 좋은 것을 찾아내도록 해라. 알겠느냐? 노하치, 뒤편의 문을 열고 은밀히 보내도록 하거라. 오늘 밤 안에 아무도 몰래 말이다."

오와리에 가서 도마루 갑옷 한 벌을 사가지고 오라는 주인의 말은 너무나 뜻밖이고 급작스러웠다. 히요시는 오싹해졌다. 히요시는 마쓰시타 가문의 규율을 어지럽힌 죄로 벌을 받을 줄 알았는데 오히려 유키쓰나에게 돈꿰미까지 받고 말았다. 그는 목덜미가 오싹해질 정도로

---

46 몸통과 두 개의 가죽 면을 끈으로 묶은 갑옷을 말한다.
47 몸을 통처럼 감싸도록 만든 갑옷을 말한다.

유키쓰나의 인정과 은의恩義를 뼛속 깊이 느꼈다.

"고맙습니다."

주인의 명에 담긴 의미를 알아챈 히요시는 유키쓰나가 자신의 의중을 자세히 말하기도 전에 그렇게 말해버렸다. 그런 명석한 자가 봉공인들 사이에 섞여 있으니 다른 봉공인들의 눈엣가시가 되어 미움과 시기를 받는 것은 당연한 일이었다. 유키쓰나는 그런 생각을 하며 쓴웃음을 지었다.

"원숭이, 뭐가 고맙단 말이냐?"

"예, 저를 쫓아내신다는 뜻으로 헤아려서."

"맞다. 하지만 원숭이."

"예."

"어디를 가든 그 재주와 지혜를 안으로 숨기지 않으면 평생 입신하지 못할 것이다."

"저도 그렇게 생각하고 있습니다."

"그리 잘 알면서도 어찌 한낮에 그 같은 폭언을 해서 집안의 다른 자들을 격노케 했느냐?"

"제가 어리석었다고 스스로 머리를 쥐어박으며 후회하고 있습니다."

"알고 있다면 더 이상 말하지 않겠다. 네 재주가 아까워 보내주는 것이다. 기왕 이리 됐으니 말해둔다만, 평소에 너를 시기하고 미워하는 자들이 비녀가 없어졌다거나 단검을 넣어두는 인롱을 분실했다며 다 네 짓이라고 고변하는 게 끊이질 않았다. 그 정도로 너는 다른 사람의 시기를 받는 기질이니 이를 명심하고 다른 사람들과 어울리도록 하여라."

"예……."

"오늘 일은 가문의 법을 내세워 가신들이 화를 낸 것이라 너를 비호할 수 없었다. 또 공공연하게 쫓아내면 본가의 문밖으로 얼마 가지도 못하고 죽임을 당할 것이다. 조금 전 쇼하쿠 님께서 은밀히 주의를 주며 말씀하신 거니, 나는 아직 아무것도 모르는 것처럼 네게 일을 맡기는 것이다. 알겠느냐?”

“잘 알겠습니다. 명심하겠습니다.”

히요시는 울먹이는 목소리로 몇 번이고 유키쓰나에게 절을 했다. 그날 밤, 마쓰시타 저택의 뒷문을 나선 히요시는 뒤를 돌아보며 두 번이나 뇌까렸다.

“잊지 않겠습니다. 잊지 않겠습니다.”

유키쓰나의 큰 은혜와 사랑에 감격한 히요시는 앞으로 어떻게 보답해야 할지 생각하며 나아갔다. 늘 멸시와 조롱을 받으며 떠돌아다녔던 그에게 유키쓰나의 인정은 더욱 크고 강하게 느껴졌다.

“언젠간…….”

히요시는 감동을 받거나 무슨 일을 당하면 행자가 염불을 외는 것처럼 ‘언젠간’이라는 말을 가슴속으로 되풀이했다. 그 뒤로 히요시는 다시 상가의 개처럼 갈 곳도 직업도 없이 떠돌게 되었다.

오텐류의 강물은 유유히 흘러가고 있었다. 히요시는 마을을 벗어나자 천애 고아와 같은 외로움에 왠지 울고 싶어졌다. 그는 앞으로 어떤 운명이 자신을 기다리고 있을지 알 방법도 없었고 천지와 별과 강물조차도 아무런 암시를 주지 않았다.

오다 노부나가 織田信長

"아저씨."

벌써 두 번째였다. 어딘가에서 누군가가 부르는 소리가 들렸다. 낮잠을 자고 있던 오다 가의 하급 무사인 오토와카乙若는 고개를 들고 주위를 둘러봤다.

"누구요?"

오늘은 오토와카의 쉬는 날이었다. 평소 때라면 성에서 일하고 있을 시간이었지만 오늘은 집에서 느긋하게 지낼 수 있었다.

"저예요."

목소리는 울타리 밖에서 들렸다. 탱자나무 잎과 가시에 엉킨 메꽃 넝쿨이 말라 뿌연 먼지를 일으키는 울타리 너머로 사람의 그림자가 보였다. 오토와카가 툇마루 끝으로 나와 말했다.

"저라니, 대체 누구요? 볼일이 있으면 문으로 들어오시오."

"대문이 열리지 않습니다."

"응?"

오토와카가 목을 늘이며 물었다.

"원숭이? 나카무라의 야에몬 아들이 아니냐?"

"예, 그렇습니다."

"이런, 히요시라고 말하면 될 것을 왜 유령처럼 다 죽어가는 목소리
로. 대체 무슨 일이냐?"

"대문이 열리지 않아서 뒤로 돌아가 엿보니 아저씨가 주무시고 계
셔서요. 방금 몸을 뒤척이신 걸 보고 불러본 거예요."

"별 쓸데없는 걱정을 다 하는구나. 마누라가 뭘 사러 나갈 때 문을
잠근 것일 게다. 바로 열어줄 테니 잠깐 기다리거라."

오토와카가 신발을 신고 문을 열어주자 히요시가 발을 닦고 집 안
으로 들어섰다. 오토와카는 한동안 히요시의 모습을 바라보다 입을 열
었다.

"대체 무슨 일이냐? 예전에 길가에서 만난 것이 삼 년 전이었는데,
그 뒤로 살았는지 죽었는지 아무 소식도 없어서 네 어머니도 크게 걱
정하고 계신다. 어머닌 찾아뵈었느냐?"

"아니요. 아직……."

"집엔 돌아가지 않을 심산이냐?"

"집에 잠깐 들렀지만."

"그런데 어머니를 뵙지 않았다니 무슨 까닭이냐?"

"실은 어젯밤 집 앞까지 갔지만 밖에서 어머님과 누님의 얼굴을 한
번 보고 그냥 왔습니다."

"이상한 녀석이구나. 네가 태어난 집인데 왜 들어가질 않았느냐?"

"만나고 싶은 마음은 굴뚝같지만 집을 나올 때, 훌륭한 사람이 되어
돌아오겠다고 맹세했습니다. 또 지금의 모습으로 의붓아버지를 만날
수는 없습니다."

'지금의 모습'이라는 히요시의 말에 오토와카는 다시 그의 옷차림을
살펴보았다. 하얀색 무명옷이 쥐색으로 보일 만큼 먼지와 때에 절어

있었다. 기름기 없는 머리카락과 햇볕에 탄 수척한 볼에는 아무런 목
적도 없이 떠돌아다니는 자의 피곤과 고통이 어려 있었다.

"요즘은 무엇을 하고 있느냐?"

"바늘을 팔고 있습니다."

"바늘을 판다고?"

"예."

"봉공을 하고 있지는 않고?"

"두세 곳의 말단 무가 같은 곳에서 일해봤지만……."

"또 금방 싫증이 난 게로군. 지금 대체 몇 살이지?"

"열여덟입니다."

"천성이 그런 걸 어쩌겠느냐마는 이제 그만 정신 좀 차려라. 바보에
게도 참을성이라는 게 있거늘 너는 그런 참을성도 없단 말이냐. 이대
로라면 어머니가 한탄하는 것도, 네 의붓아버지가 골머리를 썩는 것도
무리가 아닐 게다. 원숭아, 대체 너는 뭐가 될 생각이냐?"

오토와카는 답답한 마음에 오랜만에 만난 히요시를 꾸중했지만 마
음속으로는 안타까워했다. 생전에 히요시의 생부인 야에몬과 사이가
좋았던 만큼 새아버지 지쿠아미가 히요시를 심하게 대하는 것을 몹시
못마땅하게 여겼다. 그는 죽은 야에몬을 위해서라도 히요시가 어엿한
어른이 되기를 바라고 있었다. 하지만 열여덟이나 된 히요시가 한심한
모습을 보이자 그만 화가 나고 만 것이었다.

"누군가 했더니 나카무라의 오나카 아들이구나. 당신이 그렇게 제
자식처럼 화를 내봐야 어쩔 도리가 없잖아요. 불쌍하게도……."

때마침 밖에서 돌아온 오토와카의 아내가 우물 속에 넣어두었던 수
박을 꺼내 히요시에게 쪼개주면서 말했다.

"아직 열여덟이면 아무것도 모른다고요. 당신 열여덟 살 때를 생각

해봐요. 마흔이 넘어도 이런 하급 무사 집에서 벗어나지 못하는 게 흔한 일이니……."

"당신은 잠자코 있어."

오토와카는 아픈 구석을 찔린 사람처럼 말했다.

"나는 말이야, 젊은 사람들이 나처럼 일생을 끝내서는 안 된다고 생각하니까 더 그러는 거야. 남자 열다섯이나 열여섯이면 관례를 올리고 열여덟이면 뜻을 펼칠 때야. 주군이신 오다 노부나가織田信長 님을 봐. 올해 몇 살이신지 알아? 그런데도……."

오토와카는 아내와의 논쟁이 두려웠는지 갑자기 생각났다는 듯 화제를 돌렸다.

"그렇지, 내일은 아침부터 주인님을 모시고 사냥을 가야 하는군. 그리고 돌아오는 길에 쇼나이 강에서 말을 타고 물을 건너는 훈련과 수영 연습을 한다고 하셨으니 나도 준비를 해야겠네. 당신은 옷과 짚신을 준비해둬."

지금껏 고개를 숙인 채 오토와카의 말을 듣고 있던 히요시가 고개를 들며 물었다.

"아저씨."

"그런 진지한 얼굴로 왜 그러느냐?"

"노부나가 공은 가끔씩 사냥이나 물가에 나가시나요?"

"말하기 송구스럽지만 장난도 심하고 활달한 분이라서 말이다."

"개구쟁이시군요."

"그래도 예의범절을 엄격히 지키시지."

"어느 나라를 가든 노부나가 공을 그다지 좋게 말하지 않던데요."

"그러냐? 하긴 적국의 사람들이 보기에는 그럴 게다."

히요시는 급히 일어서며 말했다.

“쉬시는 데 방해해서 죄송합니다.”

“아니, 벌써 가려고?”

“또 들르겠습니다.”

“그리 급하게 갈 건 없잖느냐? 하룻밤 정도 묵고 가거라. 내가 한 말에 기분이 상했느냐?”

“그럴 리가요.”

“굳이 간다면 말리지는 않겠지만 빨리 어머니를 찾아뵈어라.”

“예, 그럴게요. 오늘 밤에 나카무라로 돌아가겠습니다.”

“그렇다면 다행이다.”

오토와카는 문까지 나와 히요시를 배웅했지만 왠지 마음이 께름칙했다. 히요시는 오토와카의 집을 나서면서 나카무라로 돌아가겠다고 말했지만 고향 집으로 가지 않았다. 필시 길가 사당이나 절간 처마 아래에서 노숙을 한 것처럼 보였다. 히요시는 오토와카의 집을 찾아가기 전날 밤 나카무라의 집 근처에서 어머니의 모습을 엿보다 몰래 유키쓰나에게 받은 돈꿰미를 던져두고 왔다. 그러다 보니 수중에는 돈이 한 푼도 없었다. 하지만 짧은 여름밤은 어디에서 지새든 금방 날이 밝았다.

이른 새벽, 히요시는 니시카스가이西春日井 부락에서 비와지마枇杷島 쪽을 향해 주먹밥을 먹으며 터벅터벅 걷고 있었다. 허리춤에도 연잎으로 싼 뒤 다시 수건으로 감싼 주먹밥이 매달려 있었다. 한 푼도 없는 그가 아침과 점심에 먹을 끼니를 어떻게 구했을까?

히요시는 늘 ‘음식은 어디에서나 구할 수 있고 누구나 제 먹을 것을 가지고 태어난다’는 신조를 가지고 살았다. 또 ‘짐승조차 제 먹을 것을 가지고 태어나지만, 사람은 세상을 위해 일하라는 천명을 받은 존재이니 일하지 않는 자는 먹지 못한다. 따라서 사람이 먹기 위해 악착같이 애쓰는 것은 수치스러운 것이며 일을 하면 당연히 제 먹을 것을 하늘이 내려주신다'고 생각했다.

히요시는 굶주렸을 때 식욕을 해결하기에 앞서 일을 했다. 그리고 굶주렸을 때마다 할 일이 있었다. 마을에 공사가 있으면 목수 일이나 흙을 져 나르는 일을 도와주기도 했고, 무거운 수레를 끌고 가는 사람을 보면 뒤에서 밀어주었다. 문 앞이 더러운 집을 발견하면 빗자루를 빌려 청소를 해주기도 했다. 성실했던 그는 시키지 않은 일도 만들거나 찾아내서 했기 때문에 사람들 역시 밥 한 그릇이나 짚신을 살 정도의 푼돈을 내주었다. 그는 먹기 위해 소나 말처럼 자신을 낮추었다고 생각하지 않기 때문에 그렇게 받는 돈을 부끄럽게 여기지 않았다. 오히려 조금이라도 세상을 위해 일했으니 당연히 하늘이 자신에게 내린 녹을 받은 것이라고 생각했다.

아침에 히요시는 니시카스가이 부락에서 일찍 문을 연 대장간을 발견하고 대장간 청소를 도왔다. 그리고 대장간에서 키우는 소 두 마리를 끌고 나가 풀을 먹이고 뒤란에 있는 물독에 물을 가득 채웠다. 그러자 어린아이가 있는 그 집 아낙이 기뻐하며 아침과 점심에 먹을 주먹밥을 내주었던 것이다.

"오늘도 덥겠군."

히요시는 아침 하늘을 올려다보며 중얼거렸다. 일하고 얻은 주먹밥으로 하루를 연명했지만 머릿속으로는 다른 사람들이 생각지도 못할 일을 떠올렸다.

'이런 날씨라면 노부나가 공은 오늘도 분명 강에 놀러 나갈 것이다. 어제 오토와카 아저씨가 함께 가야 한다고 말씀하셨으니…….'

이윽고 풀밭 저편으로 쇼나이 강의 맑은 강물이 보이기 시작했다. 히요시는 아침 이슬에 젖은 몸을 이끌고 강가에 서서 한동안 넋을 잃고 아름다운 강물을 바라보았다.

'노부나가 공은 매년 4월부터 9월 말까지 빼놓지 않고 수영과 말을 타고 강을 건너는 연습을 하기 위해 쇼나이 강 근처로 나온다고 했는데. 흠, 어디쯤일까? 오토와카 아저씨에게 물어보면 좋았을걸.'

강가의 돌은 바짝 말라 있었다. 풀물이 들고 이슬에 젖어 더러워진 히요시의 옷 위로도 햇볕이 쨍쨍 내리쬐었다.

"저쪽으로 가볼까?"

히요시는 막연히 그렇게 중얼거리며 강기슭 풀숲에 주저앉았다.

'오다 가문의 천방지축 도련님이라고 하는 사부로三郎[48] 노부나가 공은 대체 어떤 분일까?'

자나 깨나 히요시의 머릿속에는 그 이름이 부적처럼 들러붙어서 떨어지지 않았다.

'한번 보고 싶다.'

히요시는 자신의 염원을 이루기 위해 아침 일찍 이곳 강가로 나왔다. 죽은 오다 빈고노카미 노부히데織田備後守信秀의 뒤를 이은 것까지는 좋았지만 세상 사람들은 그를 두고 '천방지축에다 거칠고 난폭하며 너무나 멍청한 인물이니 노부히데의 후사를 제대로 이어가지 못할 것'이라고 평하고 있었다.

'천박하고 신경질적인 바보 천치 도련님, 앞날이 걱정스러운 후계자.'

노부나가의 이름이 나오면 반드시 이러한 험담이 뒤따랐다. 히요시도 몇 년 동안 저잣거리의 소문을 그대로 믿고 변변찮은 국토와 불행한 국주를 가진 백성들이 불쌍하다고 여겼지만 다른 나라들의 실정을 직접 본 뒤에는 '아니다, 그 깊은 속내는 알 수가 없다. 직접 부딪혀 싸

---

48 남자 형제들 중 셋째 아이를 뜻하며, 인명으로도 쓰인다. 노부나가는 삼남으로 태어났으나 아버지 오다 노부히데의 뒤를 이어 오다 가문을 이끌었다.

우는 것만이 전쟁이 아니다'라고 생각하게 되었다.

나라마다 각각 그에 맞는 특징이 있었고 거기에는 다시 허와 실이 있었다. 겉으로 약해 보이지만 의외로 내실 있는 나라도 있었고, 겉으로는 부국강병하게 보이지만 안으로는 썩어 있는 나라도 있었다. 히요시가 직접 돌아본 결과 사이토 가문의 미노, 이마가와 가문의 스루가가 그랬다. 그리고 그러한 대국과 강국의 사이에 끼어 있는 오다 가문의 오와리, 마쓰다이라 가문의 미카와 등은 겉보기에는 가난하고 작은 나라였다. 하지만 그 작은 나라들은 대국에는 없는 어떤 힘을 가지고 있었다. 그러지 않았다면 지금까지 존재할 수 없었을 것이다. 그러니 세상 사람들이 말하듯 노부나가가 멍청하다면 어떻게 나고야를 유지할 수 있었겠는가.

올해로 꼭 스무 살이 된다는 노부나가는 아버지 노부히데가 죽고 열여섯 살 때 나고야 성의 주인이 되었고, 벌써 삼 년이 지났다. 소국이라고는 해도 젊은 주인에게 아무런 능력도 재주도 없었다면 삼 년 동안 어떻게 죽은 부친의 유산인 영토를 유지할 수가 있었을까? 사람들은 노부나가가 힘이 있어서가 아니라 가신 중에 뛰어난 자가 있기 때문에 가능한 일이라고 했다. 즉, 생전에 노부히데가 멍청한 노부나가의 앞날을 걱정해서 히라테 나카쓰카사平手中務, 하야시 신고로 미치카쓰林新五郎通勝, 아오야마 요산우에몬靑山与三右衛門, 나이토 가쓰스케內藤勝介 등과 같은 좋은 가신들을 붙여주었고, 그런 가신들이 힘을 모아 오다 가문을 떠받치고 있기 때문에 젊은 주군은 이른바 꿰다놓은 보릿자루에 지나지 않는다고 했다. 그래서 선군 이래의 노신들이 살아 있는 동안에는 괜찮지만 그들이 한 명씩 생을 마치고 그 기둥이 사라지면 오다 가문의 쇠망은 불을 보듯 뻔한 일이라고 했다. 그리고 그것을 누구보다 기다리는 자는 노부나가의 장인인 미노의 사이토 도산이며 다음으로는 스루가의 이마가와 가문이라고 했다.

"응?"

히요시는 풀숲에서 고개를 들고 주위를 둘러보았다. 고함 소리가 들려오더니 강 상류에서 누런 먼지가 일었다.

"뭐지?"

일어서서 귀를 기울이던 히요시의 얼굴빛이 변했다.

'아무것도 보이지 않지만 예삿일이 아니다. 전쟁이 일어난 걸까?'

히요시는 급히 풀숲에서 뛰어나와 한동안 달렸다. 그러다 전쟁이 일어나지 않았다는 것을 깨닫고 멈춰 섰다. 그가 아침부터 기다리고 있던 오다 가문의 군사들이 강 상류 쪽에 와서 훈련을 하고 있었던 것이다. 근래 다이묘들의 고기잡이, 매사냥, 또는 수영 훈련이라는 명목으로 하는 모든 일에 전쟁 준비라는 속내가 숨겨져 있었다. 전쟁을 떼어놓고는 생활할 수 없는 시절이었다.

'벌써 시작했구나.'

히요시는 멀리 풀숲에 숨어 그 광경을 바라보며 크게 신음했다. 강가 건너편 기슭의 둑 그늘과 초원에 걸쳐 오다 가문의 문장이 새겨진 휘장이 둘러쳐져 있었다. 서너 곳의 움막들을 잇는 휘장이 팽팽하게 바람을 품고 있고, 주변에 수많은 병사가 보였지만 안타깝게도 노부나가의 모습은 보이지 않았다.

시선을 돌리자 휘장과 움막은 이쪽 편 기슭에도 있었다. 말들이 끊임없이 울부짖었고 와하는 함성이 양쪽 기슭에서 일자 강물이 요동쳤다. 히요시가 일어서자 강 중간쯤에서 물보라를 일으키며 달려오던 말 한 마리가 하류 쪽 육지로 뛰어 올라갔다.

'수영 훈련인가?'

히요시는 의아했다. 세상의 평가는 대체로 엉터리였고 노부나가를

'바보 나리'라거나 '난폭한 멍청이'라고 했지만 아무도 그 까닭이나 진실을 제대로 알고 있지 않았다. 또 알려고 하는 사람도 없었다.

매년 4월부터 9월에 걸쳐 고기잡이나 수영 훈련을 하기 위해 성을 나서는 모습은 보았지만 그것뿐이었다. 지금 히요시가 현지에서 목격한 결과 그것은 절대 천방지축 도련님의 물놀이나 피서가 아니었다. 규모는 크지 않았지만 치열한 군사 훈련이었다. 들놀이를 하는 가벼운 복장이었고 군마의 수도 적었지만, 고동 소리에 맞춰 병사들이 모였고 북소리가 울리자 양쪽 기슭에 있던 병사들이 일제히 달려가 강 한가운데에서 부딪쳤다.

강 일대에 포말이 일고, 그 새하얀 물보라 속에서 무사와 무사, 병사들이 卍 자 형태로 싸우기 시작했다. 병사들은 뒤엉켜 싸우는 동안 서로 죽창으로 찌르지 않고 때리며 죽창을 휘둘렀다. 빗나간 창에서 하얀 무지개가 무수히 보였다. 그리고 보병대를 독려하며 고함을 지르고 채를 흔들던 여덟 명의 무장이 말을 탄 채 창을 휘두르면서 질주했다.

"다이스케!"

그중에서 우렁차게 소리를 지르고 있는 기마 무사가 유독 눈에 띄었다. 그는 갑주를 입고 하얀 휘장을 늘어뜨린 채 아름다운 주홍빛 칼을 차고 있는 오다 가문의 궁도창술 사범 이치가와 다이스케市川大介를 향해 죽창을 들고 대범하게 덤벼들었다.

"어림없다."

고함을 지르며 죽창을 빼앗은 다이스케가 창을 고쳐 쥐고 상대의 가슴팍을 향해 내질렀다. 홍조를 띤 젊은 무사는 다이스케가 내지른 창을 한 손으로 붙잡더니 다른 한 손을 주홍빛 칼에 대고 버텼다. 하지만 한순간, 다이스케의 힘을 못 이기고 첨벙하는 소리와 함께 말에서 거꾸로 떨어지고 말았다.

히요시는 자신도 모르게 외쳤다.

"저분이다. 노부나가 공이다."

'주인을 저렇게 심하게 대하는 가신도 있구나. 세상에서는 노부나가를 두고 난폭하다고 하지만 난폭한 것은 노부나가가 아니라 오히려 그의 근신들이 아닌가?'

히요시는 그렇게 생각했다. 하지만 멀리서 본 것이라 정말로 말에서 떨어졌는지, 또 떨어진 사람이 노부나가였는지는 알 수가 없었다.

히요시는 자신도 모르게 한층 발돋움했다. 양쪽 군사는 아직도 강 한가운데에서 밀고 밀리는 치열한 도하전渡河戰을 벌이고 있었다. 주군인 노부나가가 말에서 떨어졌다면 병사들이 부산을 떨며 일으켜야 할 텐데, 병사들은 전투를 하는 내내 한눈을 팔지 않고 오직 싸움에만 전념했다.

그러는 동안 싸움이 벌어진 곳 하류에 있는 건너편 기슭으로 첨벙거리며 기어오르는 사람이 있었다. 바로 말에서 떨어진 노부나가였다.

"아직 끝나지 않았다."

그는 물에 흠뻑 젖은 몸으로 우뚝 서서 발을 구르며 고함쳤다. 다이스케가 멀리서 그 모습을 보고는 손가락으로 가리키며 외쳤다.

"동군의 대장이 저기 있다. 생포하라."

병사들이 물보라를 일으키며 노부나가를 향해 달려들었다. 죽창을 내던진 노부나가가 적병 한 명을 정면에서 때려눕혀 적들을 향해 내던진 순간, 같은 편 부대가 달려와서 그를 호위했다. 둑 위로 달려 올라간 노부나가가 날카로운 소리로 외쳤다.

"활, 활을 다오."

장막을 친 움막 근처에서 시중 두 명이 화살과 반궁을 들고 득달같이 달려왔다.

"이 강을 건너지 말거라."

노부나가는 강가의 병사에게 그렇게 외치며 재빨리 활시위에 화살을 메겨 쏜 뒤 다시 화살을 메겨 한 발을 더 쐈다.

화살촉이 달려 있지 않는 연습용 화살이었지만 얼굴 한가운데에 화살을 맞고 쓰러지는 적도 있었다. 게다가 혼자 쏜 것이라고 생각되지 않을 만큼 많은 화살이 날아갔다. 활을 쏘는 동안 두 번이나 활시위가 끊어졌는데, 그때마다 활을 바꿔서 다시 화살을 쏘아댔다. 그가 필사적으로 그곳에서 버티는 동안 상류의 방어선이 무너졌고 서군 병사들이 일제히 둑 위로 올라가 노부나가의 움막을 포위한 뒤 함성을 질렀다.

"졌다!"

노부나가는 활을 집어 던졌다. 하지만 그는 빙그레 웃으면서 개가를 올리고 있는 적군을 오히려 유쾌하다는 듯 돌아보았다. 병법 스승인 히라타 산미平田三位와 활 기술과 창술 사범인 다이스케가 움막 옆에 말을 두고 달려왔다.

"주군, 어디 다치신 곳은 없습니까?"

"물속이니 별일 있겠는가."

노부나가는 다이스케를 보자 분한 듯 눈썹을 치켜세웠다.

"내일은 이기겠다. 다이스케, 내일은 꼭 되갚아주마."

"성으로 돌아가서 오늘 전법에 대한 강평을 말씀드리겠습니다."

곁에 있던 산미가 그렇게 말하는 사이 노부나가는 갑옷을 벗어 던지고 속옷 한 장만 걸친 채 강의 깊은 곳으로 들어가 헤엄을 쳤다.

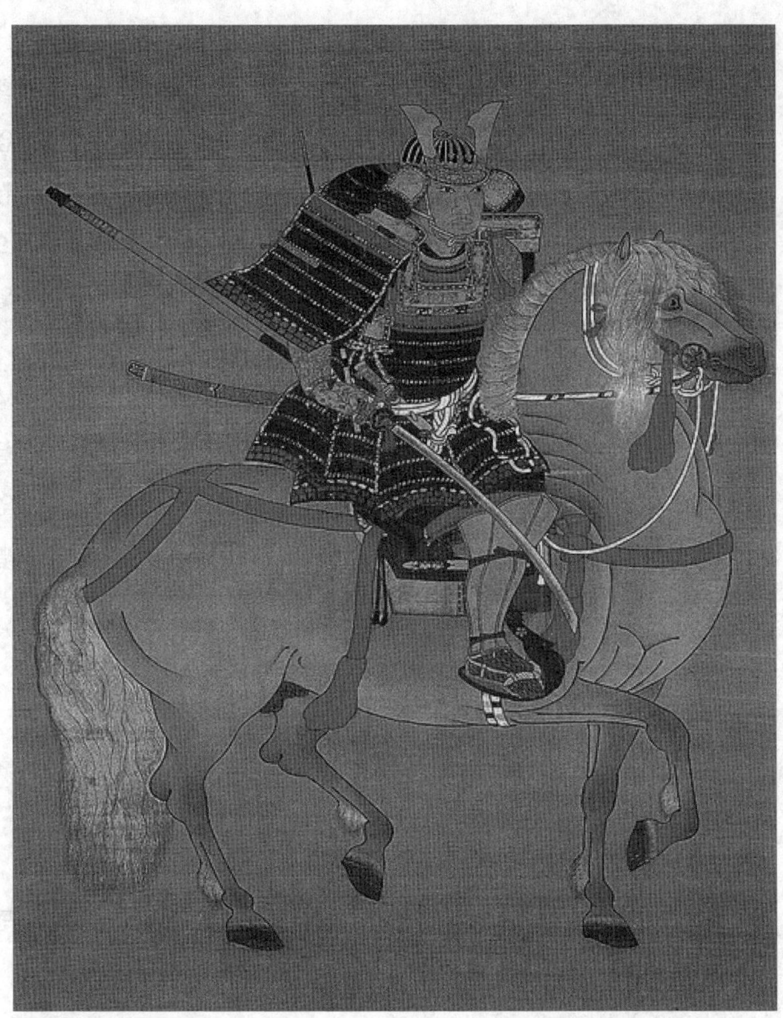

● 1509년 뇨이가타케 전투

에이쇼 6년, 뇨이가타케에서 호소가와 스미모토, 미요시 유키나가군과 호소가와 다카쿠니, 오우치 요
시오키 연합군이 맞붙은 전투이다. 이 전투으로 인해 스미모토 일파의 교토탈환이 실패로 끝나게 된다.

● 1523년 닝보의 난

일본 무로마치 시대의 두 유력 다이묘인 오우치 가문과 호소가와 가문이 명나라 닝보에서 감합무역의 독점권 경쟁 중에 발생한 무력 충돌 사건이다. 이 사건을 계기로 명나라는 일본과의 조공무역을 중단하고 닝보 시박사(市舶司)를 폐지했다.

장인과 사위

노부나가는 용모가 단정하고 아름다웠다. 그가 피를 이어받은 먼 선조 중에 아주 아름다운 여인이 있었거나 용모가 수려한 사람이 있었을 것이다. 노부나가뿐 아니라 열두 명의 형제와 일곱 명의 자매들 모두 기품이 있었고 이목구비가 뚜렷했으며 문화인과 같은 세련된 기질을 지니고 있었다.

특히 노부나가는 피부가 하얗고 눈썹과 얼굴이 수려했다. 그리고 그의 깊은 눈동자는 사람을 꿰뚫는 듯한 빛을 발했다. 하지만 스스로 그것을 깨닫고는 이내 그 눈빛을 웃음으로 감추었다. 그러다 보니 다른 사람들은 그것을 깨달을 틈도 없었다.

"또 시작이구나 하고 생각하시겠지만, 밤이든 낮이든 밥을 먹을 때도 염불을 외듯 조상님들을 잊으시면 안 됩니다. 본래 오다 가문의 조상님들은 에치젠 니우越前丹生의 수호신인 오다쓰루기織田劍 신사의 신관이셨습니다. 또한 덴분 시대 이전에는 고마쓰 다이라노 시게모리小松平重盛 공의 혈통이었고, 더 거슬러 올라가면 다이라平 씨는 황송하게도 간무桓武 천황으로부터 뻗어나온 이른바 금지옥엽 같은 혈통을 이어받았습니다. 이 늙은이가 입이 닳도록 말씀드리지 않아도 가슴 깊이 명심하셔야 합니다."

충실한 노신인 나카쓰카사는 늘 그렇게 말했다. 그는 노부히데가 후루와타리古渡 성에서 태어난 노부나가를 나고야 성으로 데려와 머물게 한 때부터 곁에 붙여준 네 명의 후견인 중 한 명이었다. 하지만 노부나가는 그를 늘 거북살스럽고 시끄러운 사람으로 여겼다.

"아아, 알고 있소. 알고 있소, 할아범."

노부나가는 다른 곳을 바라보며 고개를 저었다. 그는 조금도 귀담아듣지 않았지만 나카쓰카사는 그것이 바로 자신의 임무라는 듯 이어 말했다.

"돌아가신 노부히데 님의 생애를 잘 생각해보십시오. 노부히데 님께서는 이 오와리의 여덟 군郡을 물려주시기 위해 아침에는 북쪽 경계의 적과 싸우시고 저녁에는 동쪽 국경에 임하시느라 갑옷을 벗고 자제분들과 즐겁게 보내신 날이 한 달에 며칠도 되지 않았습니다. 게다가 이 난세 속에서 사방의 적과 전쟁이 끊이지 않는 중에도 덴분 12년 무렵에는 이 늙은이를 교토로 보내시어 궁궐 사면에 흙을 쌓아 올리는 축토 공사를 진행하셨습니다. 또 사천 관貫을 조정에 헌상하신 것 외에도 이세 신궁의 외궁 조성에 전력을 다하셨습니다. 그런 아버님과 선조를 두신……."

"할아범, 그만 됐소. 알고 있소이다. 그 말을 몇 번이나 들었는지 모르오."

노부나가는 마음에 들지 않으면 이내 귓불이 빨개졌다. 하지만 그가 '기치보시吉法師'라는 이름으로 불렸던 어릴 적부터 모든 걸 알고 있던 나카쓰카사를 함부로 대할 수는 없었다.

그리고 나카쓰카사 역시 노부나가의 성격을 잘 알고 있었다. 그는 이치를 따져 훈계하기보다 감정에 호소하는 편이 효과가 있다는 것을 잘 알았다. 그래서 노부나가의 귓불이 빨개지자 이내 화제를 돌렸다.

"고삐를 잡는 게 어떨지요?"

"말고삐 말이오?"

"예."

"할아범, 그대도 타시오. 한 바퀴 돕시다."

노부나가는 말을 타고 달리는 것을 아주 좋아했다. 성안의 마장은 성에 차지 않아 종종 성에서 삼사 리나 떨어진 곳까지 단숨에 달려갔 다 돌아오곤 했다.

어릴 적부터 노부나가의 후견인 역할을 하던 나카쓰카사는 어린 주 군을 주체하지 못해 곤란할 때가 많았다. 그리고 그럴 때면 곁에 있는 사람들에게 이런 탄식을 하곤 했다.

"다른 사람의 눈은 전혀 개의치 않으시니, 이거 원."

아버지 노부히데의 장례식 날, 분향을 하기 위해 자리에서 일어선 노부나가는 허리에 긴 칼을 차고 금줄을 매고 있었다. 게다가 하카마 袴[49]도 입고 있지 않았다.

"저것 봐, 또 저리 무례하게."

사람들이 어이없어 해도 노부나가는 거침없이 불전 앞으로 가서는 선 채로 향을 집어 영정 앞에 던지듯 꽂았다. 그러고는 사람들이 놀라 든 말든 개의치 않고 그대로 돌아가버렸다.

"참으로 기가 막히는군."

"저 정도일 줄은 몰랐네."

정이 없는 사람들은 비웃고 정이 두터운 자들은 오다 가문을 생각 하며 아무 말 없이 눈물을 머금고 아연실색했다.

"같은 형제라도 동생인 간주로勘十郞 님은 예의가 바르고 시종일관

---

49 일본에서 옷의 겉에 입는 주름이 잡힌 하의로, 무사들은 싸울 때 옷자락이 걸리지 않도록 걷어서 고정시켰다.

삼가고 있는데…….”

사람들이 순서가 뒤바뀌어 태어났다고 안타까워하고 있을 때, 말석에 있던 쓰쿠시筑紫의 객승이 혼잣말처럼 뇌까렸다.

“아닐세. 저분이야말로 장차 일국을 세울 분이네. 참으로 무서운 분이지.”

곁에서 객승의 말을 들은 사람이 훗날 가신들에게 그 말을 전했지만 누구 하나 믿는 사람이 없었다.

또 노부나가가 열여섯 살 무렵에는 이미 부인이 정해져 있었다. 부친인 노부히데의 생전에 나카쓰카사가 미노의 도산의 딸과 중매를 서서 간신히 성사된 혼약이었다. 오다 가문과는 오랜 세월 치열한 전쟁을 거듭해온 숙명적인 적국이었지만 그런 사이토 가문과의 혼약에는 당연히 전국 시대에 어울리는 정략적인 의미도 담겨 있었다.

하지만 상대는 속을 알 수 없는 음흉한 도산이었다. 도산 역시 애초부터 오다 가문이 정략적으로 자신과 사돈지간을 맺은 것을 잘 알고 있었다. 그리고 인접한 네 나라는 물론이고 근래에 교토까지 명성이 자자한 오다 가문의 멍청한 아들에게 아끼는 딸을 준 것은 오와리 여덟 군의 장래를 날카로운 눈으로 꿰뚫어보았기 때문이다.

얼마 뒤 노부히데가 마흔두 살의 나이로 세상을 뜨자 노부나가는 도산의 의도대로 날이 갈수록 난폭하고 멍청하게 행동했다. 그리고 올해 덴분 22년 4월, 도산이 ‘사위의 얼굴을 한번 보고 싶다. 도미타富田 국경에서 사위와 장인이 처음으로 대면하고 싶다’는 뜻을 전해 오자 노부나가도 즉시 알았다는 뜻을 전했다.

도미타노쇼富田之庄는 미노와 오와리 사이에 있는 칠백 호 정도의 부락으로 일향종一向宗50 방주의 영지였는데, 그곳에는 정덕사正德寺라는

---

50 가마쿠라 시대의 정토종 승려인 잇코 준쇼一向俊聖가 개창한 일본 불교의 한 종파다.

절이 있었다. 회견 장소는 그 절로 정해졌고 4월 하순, 노부나가는 많은 부하를 거느리고 나고야 성을 출발해서 기소木曾 강과 히다飛驒 강을 건너 나무들로 둘러싸인 도미타 장원으로 향했다. 활과 철포를 든 오백 명의 병사와 장창을 든 사백 명의 병사, 삼백 명의 보병과 무사가 그와 함께했다. 그 속에 일단의 기마대가 말을 탄 노부나가를 앞뒤에서 에워싸고 있었는데, 만에 하나 무슨 일이라도 생기면 그대로 전투부대로 전환할 수 있는 태세였다.

보리 이삭이 파랗게 물든 4월이었다. 방금 건너온 히다 강에서 상쾌한 바람이 긴 행렬 위로 불어왔다. 도미타 장원은 불모지였지만 집집마다 곳간이 있을 정도로 풍족했다. 평화로운 한낮의 대나무 울타리에 하얀 빈도리 꽃이 고개를 숙이고 있었다.

"왔다."

"보인다."

마을 외곽까지 나와 있던 사이토 가문 쪽 무사 둘이 멀리서 행렬의 선두를 보자마자 어딘가로 급히 내달렸다. 마을을 관통하고 있는 느티나무 가로수 위의 참새 소리가 한가롭게 들려왔다.

민간의 어둠침침하고 그을음투성이인 토방 벽과는 너무나 어울리지 않게 번뜩이는 칼과 복장을 한 사람들이 무리 지어 숨어 있었다.

"됐다. 너희도 어서 뒤편 수풀에 몸을 숨겨라."

도산의 측근 무사들이었다. 도산은 화로와 대나무 창이 있는 작은 방 창가에 기댄 채 길가 쪽을 바라보고 있었다. 처음 만나는 사위, 게다가 소문이 자자한 노부나가였다.

'과연 어떤 모습으로 올 것인가? 어떤 사내일까? 공식적으로 대면하기 전에 몰래 보고 싶군.'

그런 생각에 도산은 길가의 민가에 숨어 기다렸던 것이다. 토방과 화로 방의 측신들이 재빨리 소식을 전했다.

"나리, 오와리 무리가 나타났습니다."

"흐음."

도산은 고개를 끄덕이며 대나무 창끝에 몸을 기대고 시선을 고정했다. 토방의 문이 굳게 닫혀 있었기 때문에 가신들은 가느다란 틈새나 판자문 구멍에 얼굴을 대고 밖을 내다보았다. 모두 숨소리조차 내지 않았다. 가로수 너머로 새소리만 들렸는데 새들이 불현듯 날갯짓 소리만 남기고 사라지자 이제는 산들바람 소리조차 들리지 않았다.

얼마 지나지 않아 잘 정렬된 부대의 발소리가 조금씩 가까워졌다. 잘 훈련된 철포 부대와 열 줄로 늘어선 사십 명 정도의 소대, 그리고 창을 높이 세운 부대들이 눈앞으로 지나갔다. 도산은 숨도 쉬지 못하고 그 무기와 병사들의 걸음새, 대오를 짠 방식 등을 지켜보았다. 부대의 엄숙한 행렬에 이어 말발굽 소리와 함께 큰 소리로 떠드는 사람들의 목소리가 들려왔다.

'드디어!'

도산은 눈도 깜빡이지 않고 몸을 바싹 들이댔다. 기마대 속에 단연 돋보이는 말이 다가오고 있었다. 멋진 자개 안장에 화려한 재갈을 물리고 보라색과 흰색이 어우러진 고삐를 쥔 노부나가가 뒤에 있는 가신들을 돌아보며 즐겁게 이야기하는 모습이 비쳤다.

"응? 저 복장은?"

도산은 자신도 모르게 신음하듯 속삭였다. 많이 놀란 기색이었다. 행렬 속으로 보이는 노부나가의 복장이 그의 눈을 사로잡았다. 아니, 아연실색하고 말았다. 예전부터 이상한 모습으로 돌아다닌다고 들었는데, 지금 보니 그의 모습은 듣던 바와 전혀 달랐다. 늠름한 준마의 안장에 올라탄 그는 연두색 끈으로 머리를 뒤로 묶어 늘어뜨렸고 한쪽 소매가 나오도록 유카타조메浴衣染[51]를 한 휘장을 걸치고 인롱이나 끈이 달린 부채, 일도조一刀彫로 만든 말 눈가리개와 구슬 등을 일고여덟 개나 달고 있었다. 또 호랑이 가죽과 표범 가죽으로 만든 짧은 하카마 아래로 금란金襴으로 만든 옷이 언뜻언뜻 보였다.

"다이스케, 다이스케."

노부나가가 안장에 앉은 채 몸을 틀어 뒤를 돌아보며 물었다.

"도미타노쇼라는 곳이 이 마을인가?"

노부나가의 목소리는 민가의 창 너머에 몸을 숨기고 있는 도산의 몸을 꿰뚫을 만큼 컸다. 기마대 속에서 호위를 하고 있던 다이스케가 말을 가까이 대며 말했다.

"예, 여기가 도미타노쇼입니다. 장인어른이신 도산 님과의 회견 장소가 바로 앞에 있는 정덕사이니 부디 몸가짐을 잘하셔야 합니다."

"하하하, 그런가. 이곳이 도미타노쇼로군. 본원사本願寺 승려들의 영지라 그런지 조용하구나. 이곳에서는 전쟁도 없을 테지."

잠시 아무 말도 하지 않던 노부나가가 느티나무 가로수를 올려다보더니 하늘을 가로지르는 매라도 봤는지 이내 흔들거리는 허리의 칼과 나나쓰도구七道具[52]를 울리며 지나갔다.

대문을 잠그고 틈새로 바라보고 있던 도산의 부하들은 입을 틀어막고 웃음을 참느라 괴로워하고 있었다. 도산이 그들을 불렀다.

"행렬은 전부 지나갔느냐?"

"다 지나갔습니다."

"사위를 보았느냐?"

---

51 욕의를 만드는 옷감을 염색할 때 특유의 성긴 모양으로 염색하는 것을 말한다.
52 무사가 출전할 때 몸에 지니는 일곱 개의 무구武具를 말하는데, 칼을 비롯해 갑옷, 장검, 화살, 활, 호로母衣(옛날 갑옷 뒤에 덮어 씌워 화살을 막던 포대 같은 천), 투구 등이다.

"멀리서나마 보았습니다."

"아무리 봐도 세상 소문 그대로 멍청한 자인 듯하다. 용모는 수려하고 골격도 남다르지만 여기가 조금 모자란 듯하다."

도산은 손가락으로 자신의 머리를 가리키며 만족한 듯 쓴웃음을 지었다. 그때 뒤편에서 다른 가신들이 급히 재촉하며 도산을 불렀다.

"주군, 어서 빨리."

"알았다. 노부나가야 괜찮지만 눈치 빠른 다른 가신들이 알아챌 수도 있으니 앞질러 정덕사로 가자."

도산은 부하들에게 에워싸인 채 뒷문을 나와 서둘러 샛길로 갔다. 노부나가의 행렬이 정덕사 문 앞에 도착했을 무렵, 도산은 절의 뒷문으로 들어와서 아무 일도 없었다는 듯 기다리고 있었다. 이윽고 노부나가 일행이 도착했다는 보고가 전해지자 도산의 부하가 분주히 복장을 갈아입고 대문으로 나갔다.

오와리의 행렬이 도착하자 절문은 사람으로 가득 찼다. 미노 쪽 사람들도 모두 대문 쪽으로 나갔기 때문에 본당과 대서원, 영빈관은 그저 바람만 지날 뿐 사람의 흔적을 느낄 수 없었다.

"주군께서는?"

사이토 가문의 노신인 가스가 단고春日丹後가 자리에 앉아 있는 도산에게 슬쩍 의중을 묻자 도산이 고개를 저으며 말했다.

"됐네."

손님은 사위였고 자신은 장인이었다. 하지만 단고는 도산이 비록 장인이라 해도 마중을 나가 예를 취하는 것이 타당하다고 생각했다. 서로 처음 대면하는 날인 데다 사위인 노부나가도 일국의 주인이니 서로 대등하게 예를 취해 미노와 오와리 국경의 중립지대인 이곳 본원사 영지까지 온 것이기 때문이었다.

"그럼 저라도……."

"그럴 필요 없네. 호타 도구堀田道空가 나갔으니 됐네."

"그리하시겠습니까?"

"단고, 그대는 대면하는 자리에 앉아 있게. 그리고 그곳으로 가는 복도에 칠백여 명의 무사가 모두 위엄을 갖추고 정렬할 수 있도록 시켜두게."

"벌써 그리해두었습니다."

"용맹한 자들을 배후의 방에 숨겨놓고 사위가 지나가면 일부러 기침을 하도록 하게. 또 마당 앞에는 활과 철포를 든 병사를 세워놓고, 나머지는 숨이 막힐 정도로 위압을 가하도록 하게."

"말씀하시지 않아도 모두들 학수고대하며 기다리고 있습니다. 오늘이야말로 미노 군의 위세를 보여서 노부나가 님을 위시한 오와리 무리의 기를 꺾어놓을 때라면서 말입니다."

"그런가."

도산이 문 쪽을 돌아보며 다시 말했다.

"생각했던 것보다 더 어리석은 사위인 듯하군. 긴장할 것 없으니 대접하는 차림이나 예 따위는 적당히 해도 될 것이네. 그럼 나도 영빈관으로 가서 기다리기로 할까."

도산은 가벼운 하품을 하며 일어났다. 단고는 주군의 명을 철저하게 따르기 위해 복도로 나가 무사들을 단속한 뒤 부하를 불러 귓속말로 무언가를 지시했다.

그 무렵, 이미 밖에서는 노부나가가 현관 마루를 밟고 있었다. 그리고 백 명이 넘는 사이토 가문의 노신과 젊은 무사 들이 납작하게 엎드린 채로 그를 맞이하고 있었다.

"쉴 곳은 어디인가?"

　찬물을 끼얹은 듯 아무 말 없이 자신을 맞이하는 그들을 향해 발길을 멈춘 노부나가가 거리낌 없는 목소리로 묻자 머리를 숙이고 있던 사람들이 일제히 눈을 치켜떴다. 사이토 가문의 노신인 도구가 급히 다가와 노부나가의 발밑에 엎드린 채 말했다.

"우선 이쪽에서 잠시 쉬고 계십시오."

"저쪽인가?"

"예, 안내하도록 하겠습니다."

　도구는 허리를 굽힌 채 노부나가가 앞으로 가서는 현관에서 오른쪽으로 걸어가다 다리를 건너갔다.

"좋은 절이군. 봐라, 등꽃이 한창이군. 바람을 타고 향기가……."

　노부나가는 좌우를 둘러보다 가슴에 대고 부채질을 하면서 호위 무사들과 함께 방으로 들어갔다. 그는 잠시 휴식을 취한 뒤 병풍 안쪽에서 일어섰다.

"장인어른을 뵙고자 하니 안내를 부탁하네. 어디에 계시는가?"

　노부나가는 표범 가죽과 호랑이 가죽으로 만든 반바지를 벗고 정식으로 하카마를 입었고 머리도 새로 틀어 올려 묶었다. 또 얇은 흰 비단으로 만든 통소매에 금실로 수놓은 가문의 문장과 짙은 보라색 천에 오동나무 무늬가 들어간 예복을 입었고, 허리에는 작은 칼을 차고 손에는 장검을 들었다. 그의 모습은 화려하고 풍아하기까지 했다.

　사이토 가문의 가신들은 자신의 눈을 의심하듯 눈을 크게 떴고 평소의 우스꽝스러운 그의 모습만 보았던 오다 가문의 가신들도 깜짝 놀랐다. 노부나가는 큰 걸음으로 거침없이 다리를 건넌 뒤에 뒤를 돌아보며 말했다.

"여봐라, 호위 무사들을 데리고 가면 편히 이야기를 나눌 수 없을 테니 나 혼자 장인어른을 뵙겠다."

조금 전에 마중을 나왔던 도구가 자신을 안중에도 두지 않는 듯한 노부나가의 모습에 울컥해서 말했다.

"어서 이리 오시지요."

도구가 노부나가를 어린아이 취급하면서 마침 그곳으로 온 단고와 함께 눈짓을 주고받았다. 그러고는 본당 좌우에 자리를 잡고 앉아 짐짓 위엄 있는 목소리로 말했다.

"저는 사이토 야마시로노카미 님의 가신인 호타 도구입니다."

"저는 노신, 가스가 단고라고 합니다. 그 먼 길을 무사히 왕림해주시고 이렇듯 화창한 날에 처음 뵙게 되니 참으로 기쁘기 그지없습니다."

두 사람이 마루의 양쪽에서 인사를 나누는 동안 노부나가는 광채가 나도록 닦아놓은 복도를 성큼성큼 걸어갔다.

"흐음, 조각이 훌륭하군."

노부나가는 사이토 야마시로노카미 도산의 직속 수하 수백 명이 쭉 늘어앉은 모습에는 눈길도 주지 않고 얼굴을 들어 난간의 조각을 보면서 곧바로 지나갔다. 그리고 영빈관 앞까지 가서는 뒤따라온 도구와 단고를 흘깃 보며 물었다.

"여기인가?"

"그렇습니다."

고개를 끄덕인 노부나가는 복도 마루에서 한 단 높은 곳으로 올라가 준비된 자리에 앉더니 이내 툇마루 기둥에 느긋하게 등을 기댔다. 얼굴을 조금 들고 있는 그는 격천정格天井에 그려진 그림이라도 바라보는 듯한 모습이었다. 하지만 노부나가의 모습에 넋을 잃은 자들은 천장을 보고 있는 노부나가의 눈동자에 담긴 대담함을 알지 못했다.

영빈관 한쪽 구석에 둘러쳐놓은 병풍 뒤편에서 인기척이 났다. 도산이 병풍 뒤에서 일어서 나오더니 노부나가의 상좌에 점잖게 앉았다.

“…….”

노부나가는 모른 체하고 있었다. 아니, 모른 체한다기보다 부채를 부치며 시치미를 떼고 있다고 하는 편이 더 정확했다.

“…….”

도산이 힐끗 옆을 바라보았다. 도산도 장인이 먼저 인사하는 법은 없다는 듯 입을 다물고 있었다. 한순간 묘한 분위기가 흘렀다. 도산의 눈썹이 거칠게 치솟았다. 보다 못한 도구가 노부나가의 곁으로 다가가서 머리를 숙이며 말했다.

“저기 계신 분이 바로 야마시로노카미 도산 님이십니다. 인사를…….”

“으음, 그런가.”

노부나가는 그제야 기둥에서 등을 떼고 자세를 바로한 뒤 인사를 했다.

“처음 뵙겠습니다. 오다 가즈사노스케 노부나가입니다. 잘 부탁드립니다.”

그러자 도산이 인상을 펴며 답했다.

“내가 야마시로이네. 예전부터 만나고 싶었는데 오늘 그 바람이 이루어져서 기쁘네.”

“저도 기쁘기 그지없습니다. 연로하신 장인어른께서 이렇듯 건승하신 모습을 뵈니 더욱 그렇습니다.”

“뭐라, 연로하다고? 올해로 예순을 맞았지만 아직 늙었다고 생각하지는 않네. 자넨 이제 갓 알에서 나온 병아리 같네. 하하하, 남자는 육십부터 아닌가.”

“믿음직스러운 장인어른이 계시니 이 노부나가는 참으로 행복한 사람입니다.”

“그런가? 좋은 시절이니 나도 건강하게 오래 살아야겠지. 다음에 만날 때는 손자 얼굴도 보여주시게."

"명심하겠습니다."

"참으로 싹싹하군. 단고."

"예."

"주안상을 준비하고 먼저 따뜻한 물에 만 밥이라도."

"알겠습니다. 바로 준비하겠습니다."

단고는 대답하고 물러났다. 그는 도산의 눈짓이 무엇을 의미하는지 처음에는 그 심중을 헤아리지 못했다. 불편해하던 주군의 얼굴이 도중에 활짝 펴지더니 오히려 노부나가의 기분을 맞추고 있는 것처럼 보였다. 그래서 그는 적당히 준비하라고 했던 상을 정중하게 바꾸라는 뜻으로 여기고, 격식에 맞춰 상을 들였다. 그리고 도산이 만족한 모습을 보이자 마음속으로 한숨을 돌렸다.

장인인 도산과 사위인 노부나가 두 사람 사이에 술잔이 돌더니 분위기가 한층 좋아졌다.

"그렇지."

노부나가가 돌연 생각났다는 듯이 말을 꺼냈다.

"야마시로 님, 아니 장인어른. 그런데 오늘 이곳으로 오는 도중에 진기한 사람을 만났습니다."

"호, 어떤 사람인가?"

"장인어른을 꼭 닮은 늙은이가 민가의 부서진 창에서 저희 행렬을 엿보고 있었습니다. 장인어른을 처음 뵙지 않았다고 할 만큼 낮에 본 그 늙은이와 장인어른이 닮았습니다. 하하하."

노부나가는 반쯤 펼친 부채로 자신의 입을 가리며 웃었다. 도산은 그만 입을 다물고 말았다. 가신인 도구와 단고도 속으로는 땀을 흘리고 있었다. 노부나가가 따뜻한 물에 만 밥을 다 먹고는 자리에서 일어났다.

"이거, 오래 앉아 있었습니다. 해가 지기 전에 히다 강을 건너 오늘 밤 묵을 숙소까지 가야 하니 이제 그만……."

"돌아가려는가?"

도산이 함께 일어서며 덧붙였다.

"이거 섭섭하구먼. 숙소까지 배웅도 할 수 없고."

도산 역시 그날 안으로 미노로 돌아가야 했다. 노부나가는 자루가 세 간이나 되는 붉은 창을 든 병사들을 거느리고 석양을 등진 채 동쪽으로 돌아갔다. 그에 비해 미노의 창은 모두 짧았고 군사들의 기세도 왠지 한풀 꺾인 듯했다.

"아, 오래 살지 못할 듯하구나. 머지않아 이 도산이 저 멍청한 도련님의 문 앞에 말을 메고 목숨을 구걸할 날이 오겠구나. 어쩔 수가 없다, 어쩔 수가 없어."

도산은 돌아가는 중에 가마 안에서 분하다는 듯 눈물을 뚝뚝 흘렸다.

출사 出仕

둥둥, 북이 울리고 나팔 소리가 광야에 울려 퍼졌다.

"귀환이다."

"철수!"

쇼나이 강에서 물보라를 일으키며 헤엄을 치고 있던 병사, 들판을 내달리고 있던 기마 무사, 죽창 훈련을 하고 있던 병사들이 일제히 강가의 가옥으로 몰려들었다. 순식간에 삼 열 사 열 횡대를 이룬 군마들은 주군이 말 위에 오르기만을 기다렸다.

노부나가는 반 시간이나 헤엄을 치다 강가로 올라와 햇볕에 몸을 말렸다. 그러고는 다시 강으로 뛰어들어 실컷 물놀이를 하다 돌아가자는 말을 하고 가옥 안으로 들어갔다. 그는 하얀색 수영 복대를 풀고 물기를 닦은 뒤 사냥복과 무구를 갖추었다.

"말, 말을 가져오너라."

노부나가의 변덕스런 명령은 늘 그를 쫓아다니는 부하들을 곤혹스럽게 했다. 근신들은 평소에 그가 재빠르고 다급한 성격이라는 것을 잘 알면서도 자주 골탕을 먹었다. 또 청년다운 패기와 장난기 많은 젊은 주군은 부하들이 힘들어하는 줄 알면서도 짐짓 그들의 허를 찌르곤 했다.

하지만 이치가와 다이스케만큼은 달랐다. 과연 그는 병법자였다. 노부나가가 어떤 방법으로 허를 찔러도 다이스케의 명령이 떨어지면 나팔 소리와 북소리가 울리고 흐트러져 있던 병사와 말 들이 푸른 논의 못자리처럼 순식간에 대오를 정비해 정렬했다. 그러면 변덕을 부리던 노부나가의 얼굴에도 만족스러운 기색이 역력했다.

쇼나이 강에서 아침부터 두 시간 동안이나 치열한 훈련을 실시한 노부나가는 군사를 나고야 성으로 향하게 한 뒤 자신도 그곳을 떠났다. 삼복 무렵이라 태양이 광야의 한가운데를 화차처럼 내리쬐고 있었고, 물에 젖은 병사와 말 들은 종대로 행군하고 있었다. 메뚜기가 날아다니고 풀들이 내뿜는 물큰한 열기가 피어올랐다.

물에 들어갔다 나와 닭살이 돋았던 노부나가의 얼굴에 어느덧 땀이 흘러내리고 있었다. 그는 가끔 말 위에서 팔꿈치로 얼굴의 땀을 훔쳤다. 이제 슬슬 평소의 성격대로 불량하고 난폭한 행동이 나타날 때가 되었다.

"잠깐. 뭐지? 이상한 자가 달려온다."

노부나가가 갑자기 외치고 뒤를 돌아보았을 때, 뒤쪽에서 그보다 먼저 확인한 무사 대여섯 명이 수풀 속으로 뛰어들었다. 그 수풀 속에는 오늘 아침부터 반나절 동안 부근을 서성거리며 노부나가에게 다가갈 기회를 기다리던 히요시가 숨어 있었다. 사실 조금 전 히요시는 강에서 노부나가의 모습을 몰래 확인한 뒤 기회를 보고 있다 무사들에게 발각되어 혼쭐이 났었다. 그래서 그는 성으로 돌아가는 길목에 있는 수풀 속에 숨어 있었던 것이다.

'지금이다!'

그렇게 결심하자 히요시의 눈에는 아무것도 보이지 않았다. 오로지 말 위에 있는 노부나가의 모습만 보였다.

히요시는 목숨을 걸고 큰 소리로 외쳤지만 자신이 무슨 말을 했는지 알지 못했다. 그 외침이 노부나가의 귀에 닿기도 전에 호위 무사의 붉은 장창에 찔려 죽을지도 몰랐다. 하지만 그런 것이 두려웠다면 도저히 할 수 없는 행동이었다. 히요시에게 지금 이 순간은 기회이자 절체절명의 위기였다. 히요시는 수풀 속에서 벌떡 일어나 눈을 질끈 감고 노부나가를 향해 달려가며 외쳤다.

"소원이 있습니다. 저를 받아주십시오. 나리를 위해 신명을 다해 일하고 싶습니다!"

그 순간 히요시와 노부나가 사이에서 호위 무사가 튀어나와 창을 쥐고 히요시의 앞길을 막았다. 상황이 그렇다 보니 몹시 흥분해 있던 히요시의 목소리가 다른 사람들에게 제대로 전달될 리가 없었다. 게다가 히요시의 몰골은 여느 평민들보다도 더 비참했다. 머리는 먼지와 풀이 뒤엉켜 지저분하기 짝이 없었고 얼굴은 검붉은 땀줄기로 가득했으며 눈은 당장이라도 튀어나올 듯했다. 히요시는 그런 모습으로 노부나가를 향해 달려갔던 것이다.

"이놈이 어딜!"

"무례한 놈, 죽고 싶으냐!"

히요시의 눈에는 앞을 가로막은 창도 보이지 않았다. 하지만 무사가 창대로 히요시의 정강이를 후려치자 히요시는 노부나가가 있는 곳을 열 걸음 정도 앞두고 고꾸라지고 말았다. 히요시가 벌떡 일어서서 외쳤다.

"소원이, 소원이 있습니다. 주인님, 주군!"

히요시는 고함을 치며 창을 헤집고 달려갔다. 그러고는 노부나가가 탄 말의 등자를 붙잡으려고 했다.

"더러운 놈이!"

노부나가가 일갈을 하자 뒤에서 쫓아온 무사가 히요시의 목덜미를 부여잡고 히요시를 땅바닥에 패대기치더니 창으로 찌르려 했다. 그때 노부나가가 말했다.

"죽이지 마라."

생전 처음 보는 더러운 모습을 한 이상한 사내가 가신도 아닌데 자신을 향해 '주인님, 주군'이라고 외치며 달려온 것이 노부나가의 마음을 끌었던 것이다. 아니, 히요시의 전신에서 불타오르는 희망의 불꽃이 그로 하여금 자신도 모르게 멈추라는 말을 하게 한 것인지도 몰랐다.

"무엇 때문에 그러는지 물어보아라."

노부나가의 목소리가 귀가에 들리자 히요시는 통증과 무사들의 시선을 뒤로하고 노부나가를 올려다보며 혼신의 힘을 다해 말했다.

"본래 제 아버지는 선대이신 노부히데 님의 하급 무사 조직에 속한 기노시타 야에몬이라고 합니다. 저는 야에몬의 아들 히요시라고 하며 아버지가 돌아가신 뒤에 나카무라에서 어머니와 함께 생활했습니다. 그리고 나이를 먹어 다시 봉공을 하고자 방도를 찾아보았지만 직소하는 방법밖에 없어서 죽을 각오를 하고 이렇게 찾아뵀었습니다. 이미 이 자리에서 죽을 각오를 했으니 봉공을 하는 데 있어 목숨도 아깝지 않습니다. 부디 저를 거두어주신다면 무덤에 계신 아버지는 물론이고 나리의 영지에서 살아온 제게 그보다 더 큰 영광은 없을 것입니다."

히요시는 반쯤 정신이 나간 상태로 호소했다. 그렇게 목숨을 걸고 내뱉은 말이 노부나가의 마음에 충분히 닿았다. 오히려 노부나가는 히요시의 말 이상으로 그의 진심을 높이 샀다.

"괴상한 놈이구나."

노부나가가 말 위에서 히요시에게 물었다.

“나를 섬기고 싶다는 것이냐?”

“예.”

“한데 너는 무슨 재주가 있느냐?”

“아무런 재주도 없습니다.”

“아무런 재주도 없는데 무엇으로 주군을 섬기겠다는 것이냐?”

“위급이 닥쳤을 때, 죽을 각오 외에 다른 특출한 재주가 없습니다.”

노부나가는 히요시의 말이 마음에 든 듯 입가에 보조개를 지어 보였다. 그러고는 물끄러미 히요시를 바라보더니 말했다.

“좋다. 하나 너는 나를 두 번이나 주군이라고 불렀다. 하지만 나는 너를 가신으로 받아들인 적이 없다. 어찌 나를 보고 주군이라고 불렀느냐?”

“오와리의 영지에서 태어나 평소 주군을 섬긴다면 이 땅의 영주님을 모시겠다고 마음속으로 다짐해왔던 터라 그리 말한 듯합니다.”

노부나가가 고개를 크게 끄덕이고는 다이스케를 보며 말했다.

“다이스케.”

“예.”

“재미있는 사내다.”

“그렇습니다.”

다이스케도 히요시를 보고 웃었다.

“네 바람대로 거두어주겠다. 히요시, 오늘부터 출사하라.”

“……”

그 순간 히요시는 말문이 막혀 기쁨을 표현할 수도 없었다.

“또 주군의 유별난 취향이 동하셨구나.”

놀란 표정을 짓고 있는 무사들 속으로 히요시는 어슬렁어슬렁 껴들었다. 그러자 무사들이 눈살을 찌푸리며 말했다.

"어이, 행렬 끝의 짐수레로 가서 따라오너라. 어서."

"예예."

히요시는 공손히 행렬의 가장 끝으로 가서 무사들을 따라 걸었다. 그조차도 히요시는 마치 꿈을 꾸고 있는 듯 기뻐했다.

노부나가의 행렬이 나고야의 마을에 이르자 길은 비로 쓸어놓은 것처럼 활짝 열려 있었고 처마 아래와 네거리에는 많은 사람이 무릎을 꿇고 있었다. 히요시는 그런 길 한가운데를 처음으로 걸었다. 그리고 멀리서 행렬의 가장 앞에 있는 주인의 등을 보면서 '이 길이다, 이 길이다'라고 생각했다. 그는 오랫동안 길을 찾아 헤매다 마침내 길에 들어선 심정이었다. 하지만 그 주인은 무사를 거느리고 마을을 걷는 데에도 방약무인했다. 조금도 점잔을 떨지 않았다. 가신들과 웃으며 이야기도 하고 목이 마르다며 오이를 씹어 먹다가 말 위에서 오이씨를 퉤퉤 뱉었다.

나고야 성이 점점 눈앞에 가까워졌다. 해자의 물이 새파랬다. 행렬은 당교를 건너 성문 안으로 구불구불 들어갔다. 히요시는 태어나서 처음으로 다리를 건너 성문 안으로 들어섰다.

가을 무렵이었다. 논에서 추수를 하느라 바쁜 사람들을 바라보며 나카무라로 서둘러 가는 땅딸막한 젊은 무사가 있었다.

"어머니!"

지쿠아미의 집 앞에서 젊은 무사가 집이 떠나갈 듯 큰 소리로 외쳤다.

"어머나, 히요시!"

히요시의 어머니인 오나카는 그 뒤 또 아이를 낳았다. 오나카는 햇볕 아래서 아이를 업고 넓게 펼쳐놓은 팥을 말리고 있었다. 히요시의 달라진 모습을 본 오나카의 눈가에 눈물이 그렁그렁 맺혔다. 그러다 오나카는 갑자기 가슴속에서 뜨거운 것이 솟구친 듯 얼굴 근육까지 씰룩거리며 눈물을 쏟았다.

"어머니, 저예요! 다들 건강하죠?"

히요시가 곁으로 와서 앉자 오나카가 히요시를 한 손에 안은 갓난아이처럼 끌어당겼다.

"어떻게 된 게냐? 대체 어찌 된 일이야?"

"어떻게 되긴요. 성에 봉공을 하러 들어간 뒤 처음으로 오늘 하루 휴가를 얻어 밖으로 나온 거예요."

"아, 그러냐. 그럼 안심이다. 또 무슨 잘못이라도 저질러 성에서 쫓겨난 것인가 하고 가슴이 철렁했구나. 이것 봐라, 식은땀이 다 난다."

0"어머니, 기뻐하세요. 비록 말단이지만 이제 저도 노부나가 공의 가신이 되어 이처럼 봉공을 하는 몸이 됐습니다."

"그래, 참 장하다. 잘했다."

오나카는 누더기 같은 옷소매를 눈가에서 떼지 못했다. 그런 어머니의 등을 히요시가 안으며 말했다.

"오늘은 어머니를 기쁘게 해드리려고 아침부터 머리도 묶고 새 옷도 입고 왔어요. 하지만 이제부터예요. 그러니 어머니, 부디 오래 사세요."

"여름 무렵에 네가 쇼나이 강가에서 영주님 앞에 나가 직소를 했다는 소리를 들었을 때, 나는 네 목숨이 다했다고 생각하고 며칠 동안 울며 지냈다. 근데 이처럼 기쁜 날이 올 줄이야."

"그 뒤 자세한 이야기는 오토와카 아저씨한테 전해 들으셨죠?"

"그래. 아저씨가 와서 네가 영주님의 마음에 들어 봉공을 하게 됐다는 말을 듣고는 너무 기뻐서 죽어도 여한이 없다고 생각했다."

"하하하, 이 정도 일로 그렇게 기뻐하시면 앞으로 어떻게 하시려고 그러세요. 먼저 말씀드릴 게 있는데 주군이신 노부나가 공께서 이름을 짓도록 허락해주셨어요."

"정말이냐? 어디 뭐라고 지었느냐?"

"성은 예전 그대로 기노시타, 이름은 도키치로藤吉郎로 고쳤어요."

"기노시타 도키치로로 말이냐?"

"예, 그래요. 좋은 이름이죠? 이 초가집과 누더기 옷을 조금만 더 참으세요. 어머니도 마음을 더 굳고 크게 먹고 계세요. 기노시타 도키치로의 어머니시잖아요."

"기쁘구나. 이런 기쁜 일이 또 어디 있겠니."

오나카는 그 말만 되풀이하며 아들이 한마디 할 때마다 이내 눈물을 흘리곤 했다.

'이토록 기뻐해주는 사람이 있다!'

히요시, 아니 도키치로는 무척이나 기뻤다. 세상에 어머니가 아니면 어느 누가 이렇게 작은 일에도 진심으로 기뻐해줄까 싶었다. 삼 년, 오 년의 떠돌이 생활과 그동안의 굶주림과 고난이 지금 이 순간의 행복을 위해 자신에게 주어졌던 역경인 듯싶었다.

"그런데 누님의 모습이 보이지 않네요. 어떻게 된 거예요?"

"오쓰미 말이구나. 오쓰미는 다른 곳에 추수를 도와주러 갔다."

"누님은 별일 없죠? 건강하죠?"

"별일은 없다만……."

오나카는 한창 나이에 고생만 하는 오쓰미가 가여웠다.

"돌아오면 오래 고생시키지 않을 거라고 꼭 전해주세요. 머지않아 이 도키치로가 누님이 시집갈 때 부족하지 않게 금실 허리띠와 금 문양 장롱까지 다 해주겠다고요. 하하하, 여전히 어머닌 제가 하는 말이

미덥지 못하신 거 같아요."

"벌써 가려는 게냐?"

"성의 봉공은 한층 엄해서 말이죠. 그런데 어머니."

도키치로가 목소리를 죽이며 말했다.

"입에 담으면 불경스러운 일이지만, 일국일성一國一城의 주군을 가까이에서 섬기다 보니 아랫사람들이 생각하고 있는 것과는 전혀 달라요. 세상에서 보는 노부나가 공과 나고야 성안에서의 노부나가 공은 너무나 다르거든요."

"그럴 게다."

"불쌍할 정도예요. 정말로 같은 편이라고 할 수 있는 사람은 몇 명 되지 않아요. 대대로 섬기는 가신이나 일족과 친족까지 거의 적이에요. 그들 속에 계시는 노부나가 공은 아직 스무 살에 불과한 고독한 군주예요. 굶주리는 고통이 가장 괴로운 일이라고 생각했는데 그런 고통과는 도저히 비할 바가 아닌 듯해요."

"나는 잘 모르겠구나."

"그렇게 생각하면 참을 수 있을 듯해요. 하지만 사람으로 태어난 이상, 이 정도로 만족할 수 없어요. 제 길을 개척해나가야 해요. 노부나가 공도, 또 저도 말이에요."

"그런 마음가짐이야 좋지만 공을 세우기 위해 너무 애쓰지 말거라. 네가 아무리 출세를 하더라도 지금보다 더 기쁘지는 않을 게다."

"그럼 이만 가볼게요."

"왜 좀 더 얘기하다 가지 않고?"

"봉공하는 일도 중요해서요."

도키치로는 어머니가 앉은 자리에 아무 말 없이 얼마간의 돈을 놓고 일어섰다. 그러고는 한동안 그리움에 젖어 주위의 감나무와 울타리, 뒤편의 헛간 등을 몇 번이나 둘러본 뒤 돌아갔다. 그리고 그해에는 다시 집에 오지 않았는데, 연말에 오토와카가 도키치로의 부탁을 받고 직물 한 필과 돈, 그리고 어머니의 약 등을 담은 보퉁이를 가져왔다.

"지금은 잡일을 하는 말단이지만 스무 살이 되면 녹으로 받는 쌀도 늘어날 것이고 성 아래의 집에서 살게 되면 어머니를 모시겠다고 하더군요. 그 녀석이 꽤 엉뚱한 면이 있지만 다른 사람과 잘 어울려 동료들도 그리 싫어하지 않는 듯합니다. 쇼나이 강에서 그렇게 터무니없는 짓을 한 걸 생각하면 목숨을 건진 거나 다름이 없지요. 운이 좋은 녀석이에요."

오토와카는 도키치로의 근황을 전하고는 돌아갔다.

이듬해 초봄, 오쓰미는 난생처음으로 때가 묻지 않은 통소매 옷을 입었다. 그리고 어디를 가든 동생 자랑을 입에 달고 살았다.

"동생이 보내주었어요. 성에 있는 도키치로가요."

명마

노부나가는 때때로 한마디도 하지 않고 하루 종일 울적해했다. 심한 신경질적 증세를 억누르느라 극도로 말수가 줄고 우울증이 생기는 것인지도 몰랐다. 오늘도 그런 날이었다.

"우즈기嘶月를 내오너라. 우즈기를."

그러더니 노부나가는 성 밖 마장으로 달려갔다. 선대인 노부히데는 일 년 중 절반 이상을 서쪽을 공략하고 동쪽을 지키면서 일생을 전쟁으로 보냈던 탓에 성에서 편히 쉴 시간도 없었다. 하지만 그런 와중에도 아침에는 선조에게 예를 올리고 강서講書나 무도 연습을 한 뒤에는 저녁까지 영내의 정무를 보았다. 또 밤에는 군서를 읽고 회의를 마치면 좋은 가장으로 가정을 돌보는 등 일정한 규율이 있었다. 하지만 노부나가 대에 와서는 그런 일정한 규율이 없어지고 말았다. 노부나가의 성격 자체가 정해진 규율을 싫어했던 것이다.

하지만 그의 마음속에서는 늘 '규율대로 하자', '아니다, 그만두자'라는 생각이 소나기구름처럼 돌연 일어났다 사라지기를 반복했다. 그 스스로도 자신을 규율로 다스릴 수 없었다. 초조한 것은 오히려 가신들이었다.

드물지만 '오늘은 서책을 읽으시는구나', '오늘은 가엾게도 돌아가신 선대님을 위해 위패를 모신 방에 앉아 계시는구나' 하고 가신들이 마음을 놓는 순간 느닷없이 우즈기를 내오라는 소리가 들렸다. 가신들이 그 말을 들었을 때는 이미 그곳에 노부나가가 없었다. 기다리는 것을 싫어하는 노부나가의 행동 때문에 측근 신하들은 허둥지둥 마구간으로 달려갔다 다시 마장으로 쫓아가야만 했다. 그리고 대체 뭘 그리 꾸물거리고 있느냐며 책하는 듯한 얼굴로 서 있는 주군 앞에 끌고 온 말을 대령해야 했다.

우즈기는 노부나가가 아끼는 백마였는데, 이제는 나이가 먹어 혈기왕성한 노부나가가 타기에는 부족했다. 요즘 말도 힘이 달리는지 울적해 보였다. 노부나가가 고삐를 쥔 채 끌고 다니다 명령했다.

"몸이 무거운 듯하군. 물을 주어라."

한 사람이 국자를 잡고 말의 입을 벌린 뒤 물을 들이부었다. 노부나가는 말의 입속에 손을 집어넣어 혓바닥을 붙잡았다.

"우즈기 이놈, 오늘은 몸이 안 좋은 듯하군. 다리도 무거워 보이고."

"감기 기운이 있는 듯합니다."

"우즈기도 늙었구나."

"선대이신 노부히데 님의 유품이니 나이를 꽤 먹었지요."

"그렇군. 나고야 성에는 우즈기뿐 아니라 나이만 먹고 늙어빠진 자들이 얼마나 많은가. 시절이 말세다. 누대의 무로마치 장군 가문을 비롯해 규율과 의례만 찾고 거짓이 난무하니 모두 썩어빠졌다. 늙어빠졌단 말이다!"

노부나가는 딱히 누군가에게 말하는 것이 아니었다. 하늘에 대고 주먹질을 하듯 혼잣말을 하는가 싶더니 말 위에 올라타서 외쳤다.

"감기가 낫도록 한바탕 땀을 흘리게 해야겠다."

노부나가는 우즈기를 타고 마장을 내달렸다. 그는 천성적으로 말을 잘 탔다. 다이스케가 사범이었지만 근래에는 혼자서도 능숙해져 오히려 다이스케를 따돌릴 정도였다. 젊고 혈기왕성한 노부나가의 채찍을 맞자 이윽고 우즈기도 땀을 흘리기 시작했다. 그때 검은 갈기의 말 한 마리가 무서운 속도로 노부나가를 추월해서 달려갔다. 불시에 자신의 말에 먼지를 뒤집어씌우고 달려가는 말을 보며 노부나가가 외쳤다.

"앗, 고로자五郎左! 건방진 놈."

노부나가가 말을 달려 쫓아갔다. 고로자라고 하는 젊은 무사는 노신 히라데 나카쓰카사의 아들로, 성에서 철포 부대의 장을 맡고 있는 뛰어난 무사 중 한 명이었다.

선대 노부히데가 노부나가의 후견인으로 삼은 노신인 나카쓰카사에게는 세 명의 아들이 있었다. 장남인 고로자에몬五郎左衛門, 차남인 겐모쓰監物, 삼남인 진자에몬甚左衛門이 그들이었다.

지금 이 순간 무의식적으로 지기 싫어하는 노부나가의 기질이 치솟았다. 남에게 추월당하고 뒤처지고 먼지를 뒤집어쓰는 일 등은 그의 기질상 절대 용납할 수 없는 일이었다.

"이랴, 이럇!"

노부나가는 우즈기에게 두 번이나 사정없이 채찍질을 가했다. 우즈기는 나이는 먹었지만 명마였다. 대지가 말발굽 소리로 진동했다. 우즈기가 말발굽으로 땅을 박차며 빠른 속도로 내달리자 은빛 털이 바람을 가르며 기세 좋게 고로자에몬의 말을 추월해서 앞으로 나아갔다.

"주군, 말의 발굽이 깨지지 않게 조심하십시오."

고로자에몬이 주의를 주자 노부나가가 놀리는 투로 말했다.

"고로자, 벌써 포기했는가?"

고로자에몬도 스물네다섯의 혈기왕성한 무사였다.

"아직!"

고로자에몬이 어처구니없다는 얼굴로 쫓아오자 노부나가가 지지 않겠다는 듯 말의 등자를 강하게 찼다.

우즈기는 '오다의 우즈기'라고 적국에까지 널리 알려진 명마였고, 돈으로 치나 골격으로 보나 고로자에몬이 타고 있는 말과는 비교가 되지 않는 말이었다. 하지만 고로자에몬의 말은 젊고, 말에 탄 고로자에몬 역시 평소에 노부나가가처럼 주군 대우를 해주면 속으로 우쭐해하는 자와는 달랐다. 그리고 말타기 연습과 훈련의 정도도 전혀 달랐다.

고로자에몬은 혼신을 다해 앞서 달리는 노부나가의 우즈기를 쫓아갔다. 스무 간ⓘ 정도 벌어졌던 거리가 말 열 마리 정도로, 다시 다섯 마리 정도로 줄더니 이내 한 마리에서 코 하나 차이까지 좁혀졌다.

'앞선 자를 넘어서는 것은 쉽고 뒤에 오는 자에게 추월당하지 않는 것은 어렵다'는 옛말처럼 추월당하지 않으려는 노부나가의 숨이 서서히 차올랐다. 노부나가가 숨을 한 번 내쉬는 사이에 고로자에몬의 말이 순식간에 먼지를 일으키며 추월하더니 마장의 반 바퀴를 앞질러 달려갔다.

"쳇!"

노부나가는 혀를 차며 안장을 버리고 땅으로 내려섰다. 전력을 다해 싸웠지만 패배한 고통 때문인지 그의 얼굴은 숨을 헐떡이고 있는 말보다 더 비통해 보였다.

"으음, 좋은 다리를 가졌군. 저 검은 갈기는……."

노부나가는 자신의 패인이 단지 검은 말의 다리 때문이라고 생각했다.

'고로자에게 추월당해서 기분이 상하신 것이 분명하다.'

멀리서 검은 말과 우즈기의 경합을 보고 있던 가신들이 노부나가가 도중에 말에서 내린 것을 보고는 급히 노부나가 곁으로 모여들었다. 망연히 서 있는 노부나가에게 가장 빨리 달려와 무릎을 꿇고 국자를 내민 사람이 있었다.

"여기 물이 있습니다."

그는 얼마 전 잡일하는 사람들 중에서 뽑혀 노부나가의 짚신을 들고 따라다니는 데까지 승격한 도키치로였다. 짚신지기지만 수많은 하인 중에서 주군의 발밑까지 나갈 수 있는 사람이 되었다는 것은 파격적인 일이었다. 얼마 되지 않는 시간에 그 일을 맡게 된 도키치로는 지금 자신의 일에 열성을 다했다.

하지만 본래 주인들은 가신들의 한두 번의 임기응변이나 재치 정도에 감탄해서 눈길을 주는 법이 없었다. 노부나가는 도키치로가 가장 먼저 달려와 물을 바쳤지만 눈길은커녕 대답조차 하지 않았다. 잠자코 국자 자루를 쥐고 단숨에 물을 마신 뒤 도키치로에게 돌려주며 명령했다.

"고로자를 불러라."

대답은 다른 신하가 했다. 급히 그곳으로 달려온 가신 중 한 사람이 저편으로 달려갔다. 마장의 버드나무에 말을 매고 있던 고로자에몬은 노부나가가 부른다는 말을 전해 듣고 대답했다.

"지금 가려던 참이다."

고로자에몬은 느긋하게 땀을 닦고 옷깃을 여민 뒤 칼자루에 꽂아둔 고가이[53]를 뽑아 흐트러진 머리를 빗었다. 그는 주군 앞에 나가기 전에 한 가지 각오를 해야 했다. 다른 가신들도 노부나가가 성격상 그냥 넘어가지 않을 것이라며 침을 삼킨 채 줄지어 서 있었다.

"고로자입니다. 방금 전에는 무례를 범했습니다."

고로자에몬은 각오를 하고 무릎을 꿇고 있었지만 태도가 당당했다.

---

53 칼집에 꽂아 넣은 가늘고 납작한 도구로 투구나 모자를 썼을 때 가려운 곳을 긁는 데 사용한다.

그의 그런 태도에 노부나가가 의외로 온화한 표정을 지으며 물었다.

"고로자, 잘 달리더군. 한데 그대는 대체 언제 그 같은 명마를 손에 넣었나? 그 말은 어디 말인가?"

가신들은 한숨을 돌렸다. 고로자에몬이 웃음 띤 얼굴을 살짝 들며 말했다.

"눈에 드셨습니까? 실은 제가 자부심을 가지고 있는 애마입니다. 남부의 말 장수가 교토의 귀족에게 고가에 팔려고 끌고 온 것을 설득해서 산 말입니다. 그때 제가 돈을 많이 가지고 있지 않아 부득이하게 아버님께 물려받은 가보인 '노와케野分'라는 다완을 팔아서 샀습니다. 그래서 말의 이름을 노와케라고 지었습니다."

"흐음, 그런가. 근래에 보기 드문 명마인 듯하네. 고로자, 저 노와케를 갖고 싶은데 내게 주게."

"예?"

"값은 얼마든지 쳐줄 테니 내게 팔게."

"황송하지만……."

"뭔가?"

"그럴 순 없습니다."

"안 된다는 겐가?"

"예."

"무엇 때문인가? 그대는 다시 좋은 말을 찾으면 되지 않나."

"좋은 벗을 얻기 어렵듯이 좋은 말도 그리 흔한 것이 아닙니다."

"그러니 내게 양보하라는 것이 아닌가. 나도 말을 찾고 있던 중이었네. 이렇게 부탁하겠네."

"송구하지만 거절하겠습니다. 제 애마는 단지 제 자만심이나 놀이를 위한 것이 아닙니다. 나라가 위급할 때 전쟁에서 멸사봉공을 다하기 위해 기르고 있는 것입니다. 비록 주군의 간청이라고 해도 무사에게 목숨과도 같은 말을 드릴 수는 없습니다.”

고로자에몬의 ‘봉공을 위해서, 무사의 소임을 위해서’라는 말에 노부나가는 무작정 달라고 할 수 없었다. 그래도 말에 대한 집착을 버리지는 못했다.

“고로자.”

노부나가가 거듭 물었다.

“싫은가? 도저히 안 되겠는가?”

“그것만은…….”

“저 말은 자네에게는 좀 과분하지만 자네 부친인 나카쓰카사 정도의 무사가 타기엔 충분하지. 자넨 아직 어리니 부친에게 드리는 것이 어떠한가?”

“송구스럽지만 말안장 위에서 곶감이나 오이 등을 먹으며 성 아래의 마을을 다닐 때 명마는 필요치 않습니다. 오히려 저와 같은 무사가 타는 것이 노와케도 제 본분을 다하는 것입니다.”

고로자에몬은 말을 아끼는 마음에 거절을 한 거였는데, 어쩌다 자신도 모르게 평소의 불만까지 드러내고 말았다.

고군孤君과 노신老臣

고로자에몬의 노부 히라데 나카쓰카사 마사히데平手中務政秀는 스무 날이 넘게 문을 닫아걸고 집에서 나오지 않았다. 그가 집에만 틀어박혀 있는 일은 매우 드문 일이었다. 그는 이 대에 걸쳐 오다 가문을 섬기고 있었는데, 선대인 오다 노부히데가 임종 전에 그에게 열다섯 살의 노부나가를 부탁한다는 유언을 남긴 뒤로 노부나가의 후견인이자 일국의 노신으로 전력을 다해왔다.

저녁 무렵 나카쓰카사는 혼자 앉아 거울을 들여다보고 있었다.

"……."

나카쓰카사는 거울 속에 비친 백발이 성성한 자신의 머리와 하얗게 변한 혀를 보며 새삼 놀라고 말았다. 그도 벌써 예순이 넘었다. 헤아려보면 그는 지금까지 잠시도 쉰 적이 없었다. 백발을 확인하고 나이를 깨달은 것도 이십여 일 동안 문을 닫고 칩거한 덕분이었다. 나카쓰카사가 거울 상자의 뚜껑을 닫으며 장지문 너머로 외쳤다.

"가게유, 가게유."

아마미야 가게유雨宮勘解由가 촛대를 든 시동을 앞세우고 오더니 어두침침한 한쪽 구석에 무릎을 꿇고 앉았다.

“가게유, 사람을 보냈는가?”

“예, 이미 보냈습니다.”

“그럼 곧 오겠구나.”

“예, 모두 곧 오실 겁니다.”

“술도 준비했겠지?”

“모두 귀한 술로 준비했습니다.”

“음, 기분 전환하기 좋겠구먼.”

“더없이 좋을 듯합니다. 그리고 따뜻한 음식들도 준비하겠습니다.”

가게유가 물러갔다. 2월 초순이었지만 아직 매화의 꽃봉오리는 열리지 않았다. 올해는 너무 추워 연못의 얼음이 풀린 날이 하루도 없었다.

조금 전 나카쓰카사가 부른 사람은 따로 자신들의 저택에서 사는 세 명의 아들이었다. 본래 이런 큰 저택에서는 장남은 물론이고 둘째와 셋째 아들까지 함께 사는 것이 관습이었지만 나카쓰카사는 아들과 손자 사랑에 이끌리면 봉공을 게을리하게 된다며 아들들에게 따로 저택을 내주었다. 그리고 아내가 세상을 떠난 뒤 홀로 외롭게 지내며 선군의 유고遺孤이자 주군인 노부나가를 마치 자신의 아들이라고 생각하고 보필했다.

그런데 얼마 전부터 노부나가가 그를 할아범이라고 부르며 탐탁지 않게 여길 뿐 아니라 얼굴을 돌리고 귀를 막으며 자신과 말하는 것조차 거북스러워하는 기색이었다. 의아하게 여긴 나카쓰카사가 근신에게 물어보자 근신은 며칠 전 마장에서 있었던 사건을 이야기해주었다.

“실은 자제분인 고로자에몬 님과 말을 두고…….”

나카쓰카사는 그제야 의문이 풀렸지만 참으로 곤혹스러웠다. 불충을 저지른 고로자에몬은 그 뒤 출사가 중단되어 근신하고 있었다. 그 여파로 노부나가는 나카쓰카사의 말까지 곧이곧대로 듣지 않게 되었

다. 그러자 시바타 곤로쿠 가쓰이에柴田權六勝家, 하야시 미마사카林美作와
같은 가신들이 이때다 싶어 노부나가에게 아첨하며 감언이설을 늘어
놓았고 노부나가와 나카쓰카사 부자의 사이는 갈수록 골이 깊어졌다.
　나카쓰카사는 이십여 일이 넘게 칩거하는 동안 자신이 늙었다는 것
을 절절히 깨달았다. 그리고 주군인 노부나가 곁에는 가쓰이에나 미마
사카와 같은 새로운 세력이 생겨났다. 나카쓰카사는 사십 년 동안 피
로가 쌓였기 때문에 더 이상 젊은 그들과 싸울 기력이 없었다. 그런 그
는 외로운 주군인 노부나가와 주가主家의 장래가 한없이 걱정되는 마
음에 이십여 일 동안이나 집에 틀어박혀 있었던 것이다.
　"지금 두 자제분께서 도착하셨습니다."
　가게유가 나카쓰카사에게 상황을 알렸다.
　"알았네. 지금 가지."
　나카쓰카사는 그렇게 말하고는 벼루의 먹물도 얼어붙을 듯한 초저
녁 추위에 등을 굽히고 무언가를 쓰기 시작했다. 그것은 어제부터 고
심하며 쓰고 있던 장문의 서찰이었다. 어제 쓰다 말았던 서찰에 다시
붓을 들어 한 자 한 자 엄숙하게 써내려갔다. 장남 고로자에몬과 차남
겐모쓰는 서원에서 화로를 둘러싸고 기다리고 있었다.
　"갑자기 사람이 와서 편찮으신 줄 알고 깜짝 놀랐습니다."
　겐모쓰가 말하자 고로자에몬이 고개를 저으며 말했다.
　"난 그리 생각하지 않았다. 얼마 전 일을 들으시고 혼을 내실 거라고
직감했다."
　"하지만 그 일은 이미 이십 일 전에 아버님 귀에 들어갔을 거예요. 이
리 급작스레 부르신 걸 보면 무슨 다른 급한 일이 있으신 건 같아요."
　아들들은 나이를 먹었어도 아버지가 무서웠다. 두 사람은 걱정되는
마음에 부친을 기다리는 시간이 너무나 길게 느껴졌다. 셋째인 진자에

몬은 다른 나라의 친척집에 가 있었기 때문에 바로 오지 못했다.

"왔느냐? 춥구나."

얼마 뒤 나카쓰카사가 장지문을 열고 모습을 보였다. 고로자에몬과 겐모쓰가 부친의 백발과 눈에 띄게 야윈 얼굴을 바라보았다.

"어디 편찮으신지요?"

"아니다. 이처럼 무고하다. 그저 너희가 보고 싶어져서 말이다. 나이 탓인지 가끔 적적해지는구나."

"그럼 딱히 급한 일이 생긴 것은 아니신지요?"

"그래. 그저 오랜만에 저녁이라도 함께하며 적적함을 풀려던 것뿐이다. 하하하, 긴장하지 말거라."

평소와 다름없었다. 밖에 싸락눈이라도 날리는지 처마를 두드리는 소리가 들렸고 촛불과 장지도 얼음장처럼 차갑게 느껴졌다. 하지만 아버지와 아들들 사이에 화목한 술자리가 이어지자 한기는 인내 사라지고 말았다. 고로자에몬은 주군의 노여움을 샀던 일을 말하고 용서를 구하고 싶었지만 아버지의 기분이 좋은 듯해서 좀처럼 기회를 잡지 못했다.

얼마 뒤 나카쓰카사는 하인들에게 술상을 물리고 엽차를 내오라고 일렀다. 그러고는 좋아하는 엽차를 기분 좋게 마시더니, 문득 손에 든 찻잔을 보며 고로자에몬에게 물었다.

"고로자, 내가 네게 물려준 노와케 다완을 다른 사람에게 팔았다는 말을 들었는데, 정말이냐?"

"예, 가보인 줄은 알지만 갖고 싶은 말이 있어 그것을 팔아 샀습니다."

고로자에몬이 사실대로 말하자 나카쓰카사가 말했다.

"그러냐. 그런 마음가짐이라면 내가 죽은 뒤에도 네가 봉공하는 걸 걱정할 필요가 없겠구나. 잘 팔았다.”

고로자에몬은 꾸중을 들을 줄 알고 각오하고 있었는데, 나카쓰카사는 오히려 아들의 행동을 칭찬했다.

“고로자, 그런데 말이다.”

나카쓰카사는 칭찬을 한 다음 근엄한 얼굴로 말을 이었다.

“노와케를 팔아 명마를 얻은 마음가짐은 좋지만 듣자 하니 마장에서 우즈키를 앞지르고 네 말을 달라고 청한 주군의 청을 거절했다더구나.”

“그래서 저 때문에 아버님께서 주군에게 노여움을 사고 엉뚱한 피해를 입으셨으니 뭐라 말씀을 올려야 할지…….”

“애야, 잠깐.”

“예?”

“내 일 따윈 제쳐두고, 그나저나 어찌 주공의 청에 인색하게 굴었느냐?”

“…….”

“미욱한 놈.”

“아버님…….”

“무엇이냐?”

“어찌 그런 말씀을 하시는지 알 수가 없습니다.”

“어찌 주공께서 청하시는데 드리지 않았느냐?”

“무사의 몸으로 주공께서 원하신다면 언제라도 제 목숨을 바칠 각오를 한 마당에 어찌 아까울 것이 있겠습니까. 그리고 명마를 취한 것은 사사로운 즐거움 때문이 아닙니다. 전쟁터에서 멸사봉공을 다하고자 한 것이었습니다.”

“옳은 말이다. 그것은 알고 있지만…….”

“말을 드리면 주공께서는 흡족해하실 것입니다. 하지만 신하의 마

음을 무시하시고 단지 자신의 말보다 빠르다고 무작정 달라고 하시는
게 안타까울 따름입니다.”

“…….”

“지금의 오다 가문이 위태롭다는 건 제가 말씀드리지 않아도 아버
님께서 더 잘 아실 겁니다. 주군께서는 뛰어난 인물인 듯싶지만 나이
를 먹어도 제멋대로인 방종한 기질만은 주군의 천성인 듯하여 한탄스
럽습니다. 그런 주군의 기질에 순종하는 것만이 가신들의 충의라고 생
각하지 않아 일부러 고집을 부린 것입니다.”

“고로자!”

“제가 잘못한 것입니까? 정말로 잘못 생각한 것입니까?”

“마음속에 충의가 있어도 그런 식이라면 오히려 노부나가 공의 나
쁜 기질을 부추기는 것과 같다. 나는 주군이 젖먹이였을 때부터 너희
보다 더 많이 안아 키워왔다. 그래서 그분의 성격도 잘 알고 있다. 본래
큰 그릇인 만큼 작은 단점은 다른 사람보다 배나 많다. 네가 주군의 뜻
을 거역한 것은 말하자면 주군의 천성으로 볼 때 티끌만도 못한 일이
었다.”

“과연 그러한지요? 말씀드리기 송구하지만 저나 겐모쓰, 또 가신 중
에 지조가 있는 무사들은 주군을 두고 봉공의 보람이 없는 암군暗君이
라며 한탄하고 있습니다. 시바타 곤로쿠나 하야시 미마사카와 같은
자들은 오히려 이번 일을 두고 뜻하지 않은 행운이라며 기뻐하고 있
습니다.”

“그렇지 않다. 다른 사람들이 뭐라 하든지 나는 그렇게 생각하지 않
는다. 너희도 끝까지 주군의 모습 그대로를 섬겨라. 내가 죽은 뒤에는
더욱 그러해야 할 것이다.”

“그것은 염려하지 마십시오. 무슨 일이 있어도 제 절의는 흔들리지

않을 것입니다."

"그 말을 들으니 안심이 되는구나. 어찌 됐든 나는 이제 늙은 나무와 같으니 내 뒤를 이어서 성심을 다해 주군을 섬겨다오."

돌이켜 생각하면 나카쓰카사의 말에서 죽음을 결심하고 있다는 것을 짐작할 수 있었지만 고로자에몬이나 겐모쓰는 그것을 깨닫지 못한 채 싸락눈을 헤치며 돌아갔다.

다음 날 아침, 나카쓰카사는 자결을 했다. 그 소식을 듣고 달려온 고로자에몬과 겐모쓰는 죽은 아버지의 얼굴에서 어떤 아쉬움이나 고통의 흔적도 찾을 수 없었다. 유언은 어젯밤 술자리에서 육성으로 남겼기 때문에 유족들에게는 유서도 한 장 없었다. 단지 주군인 노부나가에게 올리는 서찰 한 통이 있었고, 그것은 즉시 성으로 보내졌다.

"뭐라? 할아범이!"

노부나가는 나카쓰카사의 자결 소식을 듣는 순간 경악을 금치 못했다. 장문의 서찰에는 나카쓰카사가 구구절절 진심을 담아 쓴 고언苦言이 담겨 있었다. 그는 죽음으로써 노부나가에게 자신의 뜻을 전한 것이었다. 노부나가는 나카쓰카사의 서찰을 읽어 내려가는 동안 눈물에 앞서 자신을 채찍으로 내리치는 듯한 극심한 고통을 느꼈다.

"할아범, 용서해주시게."

노부나가는 소리 내어 울었다.

노부나가는 자신이 말하고 싶은 것을 나카쓰카사에게만큼은 숨기지 않고 말했고, 나카쓰카사는 그동안 나라 안팎의 어려운 일을 떠맡아왔다. 그만큼 두 사람의 관계는 군신을 넘어 부자 이상으로 친밀한 사이였다. 고로자에몬과 관련된 일도 나카쓰카사가 잘 알고 있듯 노부나가가 나카쓰카사에게 응석을 부린 것이라 할 수 있다. 노부나가는 곧장 명을 내렸다.

"고로자를 불러라."

이윽고 고로자에몬이 들어와서 무릎을 꿇자 노부나가가 자리에서 일어나 고로자에몬 앞에 앉았다.

"할아범이 남긴 한마디 한마디가 모두 내 가슴을 울렸네. 평생 잊지 않을 것이네. 사죄하는 길은 그 길밖에 없을 것이네. 그 길밖에……."

주군인 노부나가가 절을 하려 하자 고로자에몬이 급히 노부나가의 손을 잡고 머리를 숙였다. 두 사람은 서로 부둥켜안고 울었다. 그리고 그해 노부나가의 명으로 성 아래에 나카쓰카사를 기리기 위한 절이 세워졌다.

"절의 이름은 어떻게 지으시겠습니까? 절의 화상에게 찬호撰號를 명하심이 어떠하실지요……."

부교奉行[54]가 묻자 노부나가가 고개를 저으며 말했다.

"할아범은 절의 이름을 승려가 명명하기보다 내가 지어주는 걸 더 기뻐할 것이네. 내가 짓겠네."

노부나가는 붓을 들어 정수사政秀寺라고 적었다. 히라데 나카쓰카사 마사히데의 이름에서 그대로 따온 것이었다. 그 뒤로 노부나가는 갑자기 나카쓰카사가 생각날 때마다 정수사를 찾았다. 그렇다고 절에서 회향을 하거나 독경을 외는 승려와 함께 앉아 있는 경우는 없었다.

"할아범, 할아범."

노부나가는 그렇게 뇌까리며 절 주위를 한 바퀴 거닐다 훌쩍 성으로 돌아올 뿐이었다. 때론 그러한 감정이 광인처럼 겉으로 나타나는 경우도 있었다. 매사냥을 할 때 돌연 잡은 새를 갈가리 찢어 허공을 향해 던지며 외쳤다.

"할아범, 노부나가가 잡은 사냥감이오. 받으시오!"

---

54 무가武家 시대에 행정 사무를 맡아보는 각 부처의 장관이나 책임자를 가리킨다.

어떤 날은 강으로 고기를 잡으러 나와 갑자기 발로 강물을 걷어차
며 외쳤다.

"할아범, 성불하시오!"

그런 노부나가를 보며 가신들은 어리둥절하기만 했다.

가시밭길

고지弘治 원년(1555년)에 노부나가는 스물두 살이 됐다. 그리고 그해 4월, 노부나가는 일족인 오다 히코고로織田彦五郎가 분란을 일으키자 기요스 성을 공격했다. 결국 노부나가는 기요스 성을 점령한 뒤 나고야에서 기요스 성으로 거처를 옮겼다.

'드디어!'

도키치로는 속으로 그렇게 생각하며 노부나가의 실력을 지켜보았다. 그동안 고군孤君 노부나가 주변에는 호시탐탐 그를 노리는 일족이 많았다. 그러다 보니 오른쪽도 가시밭, 왼쪽도 가시밭뿐이었다. 적이 숙부나 형제, 친척인 만큼 노부나가는 적국을 상대하는 것보다 더 험난한 가시밭길을 걸어야 했다.

오다 일족의 종가인 기요스의 히코고로는 노부나가를 두고 멍청이라고 욕하면서도 방심하지 않고 경계했다. 그리고 일이 있을 때마다 압박을 가해 노부나가가 자멸하기를 바랐다.

기요스 성에는 그전부터 슈고가守護家55인 시바 요시무네斯波義統가 살았는데, 그와 그의 아들인 요시가네義銀는 그런 노부나가의 편을 들었

---

55 가마쿠라 막부와 무로마치 막부가 치안 유지와 무사 통제를 위해 나라 단위로 설치한 지방관 가문을 가리킨다.

다. 그것을 알게 된 히코고로는 요시무네에게 은혜를 모르는 자라고
화를 내며 본보기로 요시무네를 죽였다. 그러자 아들인 요시가네는 그
곳에서 노부나가가 있는 곳으로 도망칠 수밖에 없었다.

노부나가는 요시가네를 나고야의 천주방天主坊에 몰래 숨겨두고 그
날 바로 군사를 일으켜 기요스 성을 공격했던 것이다. 노부나가는 '슈
고가를 위하여'라고 외치며 장수와 병졸 들을 고무했다. 그는 명분 없
는 싸움을 할 수는 없었다. 특히 종가를 치기 위해서는 대의명분의 깃
발이 필요했다. 그런 상황에서 이번 일은 가시밭길 한쪽을 열 수 있는
절호의 기회였다. 그런데 얼마 뒤 나고야 성을 맡고 있었던 숙부 노부
미쓰信光가 누군가에게 암살을 당하고 말았다.

"사도佐渡, 그대가 가게. 그대가 아니면 나를 대신해 나고야를 지킬
사람이 없네."

노부나가는 하야시 사도노카미林佐渡守에게 명령을 내렸다. 사도는
신명을 다하겠다는 다짐을 하고 나고야로 향했다. 사도가 노부나가를
대신해 성주의 임무를 맡게 되자 지조가 있는 가신들이 한탄했다.

"아아, 역시 우군愚君은 우군일 뿐이다. 어떤 때는 섬뜩할 정도로 영
민한 듯하지만, 저런 하야시 사도노카미 같은 자를 믿으시다니……."

사실 사도의 행동에는 의심스러운 구석이 많았다. 노부나가의 부친
인 노부히데가 살아 있던 시절, 사도는 둘도 없는 충신이었다. 선대인
노부히데가 임종 전에 히라데 나카쓰카사와 사도에게 노부나가를 부
탁할 정도였다.

하지만 노부나가의 방종과 천성이 마음에 안 들었는지, 노부나가의
어머니와 동생인 노부유키信行가 있는 스에모리末盛 성을 들락거리며
때가 오면 노부나가를 폐하고 노부유키를 주군의 자리에 올리려고
했다.

"주군은 사도의 속내를 모르시는 걸까?"

가신들이 근심스러운 얼굴로 속삭일 때마다 도키치로는 노부나가에게 무슨 의도가 있다고 생각하며 전혀 걱정하지 않았다.

기요스 성에서 늘 밝은 얼굴을 하고 있는 사람은 노부나가와 짚신지기인 도키치로뿐이었다. 가신들 중 하야시 사도와 그의 동생인 미마사카노카미, 그리고 시바타 곤로쿠 가쓰이에 등은 노부나가가 천성적으로 멍청할 거라는 선입관을 좀처럼 떨쳐내지 못했다.

"미노의 사이토 도산 님과 처음 만났을 때, 노부나가가 공이 평소와 전혀 다르게 행동했다던데. 하하하, 굼벵이도 구르는 재주가 있다고 하더니. 장인이 격식을 갖추어 대하는데 사위인 노부나가가 하룻강아지 범 무서운 줄도 모르고 대범하게 행동하자 천하의 장인도 간이 철렁했나 보군. 옛말에 바보는 고칠 약도 없다더니 그 뒤 행동들을 보면 도저히 가망이 없는 듯해."

사도와 곤로쿠 등은 노부나가를 철저하게 감시했다. 어차피 노부나가에게 장래성이 없다고 판단한 만큼 그들의 언행은 점점 더 거리낌이 없었다. 그리고 하야시 사도가 나고야 성의 전권을 맡게 되자 곤로쿠는 뻔질나게 나고야 성을 왕래했다. 결국 어느 순간 나고야 성은 음모의 진원지가 되었다.

"언제 봐도 밤비는 좋군."

"이렇듯 차와 함께하니 더욱 좋은 듯하오."

사도와 곤로쿠는 성안의 정원수로 뒤덮인 작은 방에서 마주 앉아 차를 마셨다. 장마는 끝났지만 아직 완전히 개지 않은 저녁 하늘에서는 비가 내렸고 가끔 땅 위로 다 익지 않은 푸른 매실이 툭 소리를 내며 떨어졌다.

"내일은 날이 갤 듯합니다."

등롱에 불을 넣으려고 밖으로 나온 미마사카노카미가 오래된 매실 나무 아래에서 혼잣말처럼 중얼거렸다. 그는 등롱에 불을 넣은 뒤에도 한동안 그 자리에 서서 사방을 둘러보았다. 그러고는 방으로 돌아와 낮은 목소리로 형 사도와 곤로쿠에게 말했다.

"이상은 없는 듯합니다. 시종들도 멀리 물렸으니 마음 편히……."

곤로쿠가 고개를 끄덕이며 말했다.

"그럼 속히 본론으로 들어갑시다. 실은 어제 은밀히 스에모리 성에 들어가서 모공母公 님도 뵙고 간주로 노부유키勘十郎信行 님과도 의논을 하고 왔으니, 이젠 그대의 결심만 남았소이다."

"모공께서는 뭐라 하셨소이까?"

"그거야 이의가 있으실 리 있겠소이까. 동의하셨소이다. 아무래도 노부나가 공보다는 노부유키 님을 훨씬 아끼고 사랑하는 분이시니 말이오."

"흐음, 그렇다면 노부유키 님도 결심을 하셨소?"

"사도와 곤로쿠가 나선다면 오다 가문을 위해 노부나가 공에게 칼을 겨눠도 어쩔 수 없다 하셨소."

"그대 혼자 설득한 것이오?"

"모공 님이나 노부유키 님은 마음이 약하시니 그렇게라도 하지 않으면 움직이지 않으실 것이오."

"두 분 모두 승낙하셨다면 명분은 충분하오. 어리석은 노부나가 공과 가문의 앞날을 걱정하는 가신은 우리만이 아닐 것이오."

"'오와리 일국을 위해, 오다 가문의 백 년을 위해'라는 명분은 좋지만…… 준비는 어떻게 하고 있소?"

"때마침 나고야로 옮겨 왔던 터라 그것도 이미 준비되어 있소. 북소리만 울리면 언제라도 가능하오."

"됐소이다. 그럼……."

곤로쿠가 몸을 앞으로 숙였을 때, 무언가 땅으로 툭 하고 떨어지는 소리가 들렸다. 푸르게 익은 매실이 떨어진 듯했다. 비는 잠시 멎었지만 바람이 불 때마다 물방울들이 처마를 때렸다.

얼마 뒤 마루 밑에서 개를 닮은 사람의 그림자가 기어 나왔다. 조금 전 나뭇가지에서 매실이 떨어진 게 아니라 그 사내가 마루 밑에서 머리만 내밀고 매실을 던진 것이었다. 방 안에 있던 사람들이 소리가 난 방향을 돌아보는 틈에 사내의 모습은 이미 어둠 속으로 사라지고 없었다.

첩자는 성주의 눈이자 귀이며 발이었다. 어디에 있든 온종일 가신들에게 둘러싸인 성주들은 모두 첩자를 이용했다. 노부나가에게도 뛰어난 첩자가 있었다. 하지만 누가 그 역할을 하고 있는지는 측근들조차도 알지 못했다.

노부나가에게는 세 명의 짚신지기가 있었다. 그들은 마타스케又助, 간마쿠, 그리고 도키치로였는데, 하인들 무리에 속해 있었지만 역할에 따라 숙소가 달랐다. 세 사람은 정원 근처에서 서로 교대를 했다.

"간마쿠, 왜 그래?"

도키치로는 간마쿠에게 호의를 가지고 진심으로 대했다. 간마쿠는 늘 잠만 자는 사내였다.

"배가 아파."

간마쿠가 얼굴도 내밀지 않고 말하자 도키치로가 이불 끝자락을 잡고 말했다.

"거짓말. 성 아래에 다녀오는 길에 맛있는 걸 사 왔으니 어서 일어나."

"뭔데?"

간마쿠가 고개를 내밀고 도키치로를 쳐다봤다. 그러고는 이내 자신이 속았다는 사실을 깨닫고 다시 이불을 뒤집어쓰며 말했다.

"아픈 사람을 놀리다니. 시끄러우니까 저리 가."

"일어나 봐. 마침 마타스케가 없으니 묻고 싶은 것이 있어."

간마쿠가 떨떠름한 얼굴로 일어나 혼잣말로 불평을 늘어놓으며 뒤편으로 나갔다. 그러고는 정원 안쪽 샘에서 흘러오는 물로 입을 헹구었다. 도키치로가 간마쿠를 따라갔다. 찌무룩한 방 안과 달리 기요스 성 안쪽에 있는 이곳 주변은 고즈넉했다. 또 저 멀리 성 아래가 훤히 내다보였다.

"나한테 물어보고 싶다는 게 뭐야?"

"어젯밤 일인데."

"어젯밤?"

"시치미 떼도 난 알고 있어? 나고야에 갔었지?"

"뭐?"

"성에 몰래 들어가서 하야시 사도와 시바타 곤로쿠의 밀담을 엿듣고 왔잖아?"

"원숭이, 말도 안 되는 소리 하지 마."

"그럼, 사실을 말해줘. 친구 사이잖아. 나는 벌써부터 눈치채고 있었지만 잠자코 네 행동을 지켜보고 있었어. 너는 노부나가 공의 간자 임무를 맡고 있지?"

"네 눈은 속일 수가 없구나. 알고 있었어?"

"한솥밥을 먹는데 어떻게 모르겠어. 노부나가 공은 내게도 소중한 주군이야. 나도 걱정되는 일이 있다고."

"물어보고 싶다는 게 그거야?"

"하늘에 맹세코 발설하지 않을게. 간마쿠, 날 믿어줘."

간마쿠는 그런 도키치로의 얼굴을 가만히 응시하다가 입을 열었다.

"좋아, 말해주지. 하지만 사람들 눈이 있으니 때가 되면 말해줄게."

그 뒤 도키치로는 간마쿠를 통해 오다 가문의 내부 사정에 대해 알게 되었다. 그리고 주인인 노부나가의 입장을 이해하게 되면서 더욱더 성심을 다해 봉공에 임했다.

그렇지만 도키치로는 그런 가신들과 음모에 둘러싸인 젊은 주군의 장래를 조금도 위태롭게 생각하지 않았다. 선대 이래의 노신과 중신들은 노부나가를 포기했지만 아직 주군을 섬긴 지 얼마 되지 않는 도키치로만은 노부나가를 굳게 믿었다.

'주군은 지금의 상황을 어떻게 헤쳐 나가실까?'

신분이 낮은 도키치로는 그저 멀리서 마음속으로 기도하며 주군을 지켜보았다.

그달 말경이었다. 늘 그렇듯 노부나가가 갑자기 말을 내오라고 하더니 가신들을 거느리지 않고 성 밖으로 멀리 나갔다. 기요스 성에서 모리* 산까지는 삼 리 정도 됐다. 노부나가는 늘 아침밥을 먹기 전에 말을 타고 그곳을 갔다 오곤 했는데, 이날은 노부나가의 말 머리가 모리 산으로 향하지 않고 성 아래 열 갈래 길 중 동쪽을 향해 달리기 시작했다.

"아니, 주군께서?"

"어디로 가시려는 거지?"

뒤따르던 대여섯의 기마 무사가 깜짝 놀라 허둥지둥 노부나가를 쫓아갔다. 말을 타지 않은 무사나 짚신지기는 당연히 중간에 뒤로 처질 수밖에 없었다. 하지만 간마쿠와 도키치로는 필사적으로 노부나가를 쫓아갔다.

"드디어!"

두 사람은 서로 얼굴을 바라보며 직감했다. 노부나가의 말 머리가 나고야를 향하고 있었던 것이다.

도키치로는 간마쿠에게 깊은 내막을 들은 참이었다. 나고야는 노부나가를 죽이고 동생인 노부유키를 옹립하려는 음모의 근원지였다. 무슨 일을 벌일지 모를 노부나가가 무슨 일을 당할지 모를 험지로 무턱대고 달려가는 것이었다. 그보다 더 위험한 일은 없었다.

'큰일이다!'

간마쿠와 도키치로가 마음속으로 그렇게 예감한 것도 무리는 아니었다. 하지만 노부나가의 갑작스런 방문에 더 놀란 사람은 나고야 성의 하야시 사도노카미와 그의 동생인 미마사카였다.

"나리, 어서 빨리 마중을 나가십시오. 노부나가 공이 오셨습니다."

본성의 한 방으로 하인이 허둥지둥 뛰어 들어와 알렸지만 사도노카미와 미마사카는 귀를 의심하며 자리에서 일어서지 않았다. 설마 하는 마음이 더 컸던 것이다.

"불과 네다섯의 기마 무사를 거느리고 갑자기 오셨습니다. 어서 속히 나가 마중을 하셔야 할 듯싶습니다."

"그, 그게 정말이냐?"

"예, 그렇습니다."

"노부나가 공이 오셨다는 것인가."

"그렇습니다."

"이거 큰일이군."

사도는 낭패를 본 듯 얼굴색이 달라졌다.

"무슨 일일까?"

"형님, 우선 나가 마중을 하시지요."

"그렇군. 어서 따라오게."

두 사람은 긴 복도를 따라 서둘러 갔으나 노부나가는 벌써 현관 쪽

에서 경쾌한 발소리를 내며 다가오고 있었다. 두 사람은 옆으로 비켜
선 뒤 복도에 납작 엎드렸다.

"여, 사도. 미마사카도 건강하신가? 모리 산까지만 가려 했는데 기
왕에 나온 김에 나고야에서 차라도 마셔야겠다 싶어 달려왔네. 격식은
필요 없으니 그저 차나 빨리 내오게. 어서."

노부나가는 그렇게 말하고는 본성 마루의 상단에 올라가 앉았다. 그
러고는 뒤에서 숨을 헐떡이며 따라온 가신들을 바라보며 요란스럽게
부채질을 했다.

"덥군, 더워."

성안의 사람들은 차와 과자, 요 따위를 내오느라 정신이 없었다. 정
말로 갑작스런 방문이었다. 사도와 미마사카 형제는 황망히 노부나가
의 앞에 나가서 인사를 한 뒤 시녀와 가신 들이 당황하며 부산을 떠는
모습을 보고도 못 본 척하며 일단 물러났다.

"점심때도 가깝고 멀리까지 와 시장하실 테니 곧 점심을 내오라고
하실지 모른다. 빨리 음식 준비를 하라고 일러두어라."

사도가 말하자 미마사카가 그의 옷자락을 잡아끌며 속삭였다.

"형님, 저쪽에서 시바타 님이 잠깐 뵙고 싶다고 하십니다."

"바로 갈 테니 네가 먼저 가 있거라."

사도가 고개를 끄덕이며 작은 소리로 말했다. 시바타 곤로쿠 가쓰이
에는 그날도 나고야 성에 와 있었다. 밀담을 끝낸 뒤 돌아가려고 일어
섰지만 느닷없이 주군인 노부나가가 들이닥치는 통에 돌아가지도 못
하고 작은 서원에 있는 비밀의 방으로 급히 숨어들었던 것이다. 얼마
뒤 미마사카와 사도, 그리고 곤로쿠가 한숨을 쉬며 얼굴을 마주했다.

"불시에 저리…… 정말 놀랐소."

"늘 저런 식이니 일을 정석으로 진행하면 틀어질 염려가 있소. 알 수

없는 것이 사람의 마음이라더니 멍청한 자의 우발심보다 더 무서운 것은 없을 것이오."

"그래서 하는 말이지만……."

곤로쿠가 눈으로 안쪽을 가리키며 말했다.

"저 속을 알 수 없는 노회한 야마시로 도산까지 새파란 사위에게 한 방 먹은 연유가 혹시……."

"그럴지도 모르오."

"형님……."

아까부터 이마에 깊은 주름을 잡고 주위에 촉각을 곤두세우고 있던 미마사카가 소리를 죽여 말했다.

"조금 전에 곤로쿠 님과 의논했는데, 바로 이 틈에!"

"지금 말이냐?"

"같이 온 자도 대여섯 명에 불과합니다. 이렇듯 갑자기 온 것이 말하자면 천재일우의 기회가 아니겠습니까."

"주공을?"

"그렇습니다. 점심을 차리는 동안 날래고 실력 있는 자를 숨겨놓은 뒤 제가 점심 시중을 드는 중에 신호를 하면 바로 노부나가 공을……."

"만약 실패한다면?"

"정원과 복도 곳곳에서 부하들이 달려든다면, 다소의 사상자는 나오겠지만 성공할 것입니다."

곤로쿠도 미마사카의 말을 거들었다.

"사도 님, 어떻소?"

한동안 머리를 숙이고 생각에 잠겨 있던 사도가 곤로쿠와 미마사카의 결의에 찬 눈빛을 이기지 못하고 입을 뗐다.

"흐음, 어쩌면 하늘이 내려주신 기회일지도 모르겠소. 그러면."

“그럼 결심을 하셨소이까?”

세 사람은 서로 눈을 마주 보며 무릎을 세웠다. 그때 복도에서 쿵쾅쿵쾅 힘 있는 발소리가 들리는가 싶더니 큰 장지문이 확 하고 열렸다.

“사도, 미마사카 여기에 있었구먼. 차도 마시고 과자도 먹었으니 그만 돌아가겠네.”

세 사람은 깜짝 놀라 다시 무릎을 꿇었다. 그러자 노부나가가 그 안에 있는 곤로쿠를 가만히 바라보았다.

“아니, 곤로쿠 아닌가?”

노부나가가 거미처럼 손을 바닥에 짚고 있는 곤로쿠 앞으로 다가가 그를 내려다보며 말했다.

“내가 왔을 때, 자네의 말을 닮은 말이 말뚝에 매어져 있어 혹시나 했더니 역시 자네 말이었군.”

“예, 이곳에 있었습니다만 보시는 것처럼 이리 지저분한 복장으로 주군 앞에 나가는 것이 예가 아닌 듯하여 일부러 이곳에 있었습니다.”

“하하하, 생각보다 멋쟁이인가 보구려. 나를 보시게, 이처럼 변변찮은 것도 아니지 않은가.”

“황송합니다.”

“어디.”

노부나가는 차가운 부챗살로 곤로쿠의 목덜미를 간지럽히듯 가볍게 두드렸다.

“군신 간에 행색을 따지고 격식에 얽매이면 서먹서먹해지기 마련이지. 하나부터 열까지 격식을 따지는 것은 교토의 귀족님들이나 하는 것이네. 나는 시골 무사가 좋네.”

“앞으로는……”

“왜 그러는가, 곤로쿠? 떨고 있지 않나?”

“주군의 뜻을 거스른 듯싶어 너무 황송한 나머지…….”

“하하하. 용서하겠네, 용서해. 그만 얼굴을 들게. 아니, 잠깐. 내 가죽 버선 끈이 풀어졌군. 곤로쿠, 좀 묶어주지 않겠나?”

“예.”

“사도.”

“예.”

“내가 방해를 한 건 아닌가 모르겠네.”

“당치도 않은 말씀이십니다.”

“이 노부나가뿐 아니라 사방팔방 적국의 손님은 불시에 들이닥치기 마련이니 명심하고 성을 잘 지키게.”

“그렇지 않아도 아침마다 활과 화살을 닦고 있습니다.”

“그런가. 마음 든든한 가신들이 있어서 나도 안심이네. 하지만 나를 위해서가 아니라 자칫 잘못하면 그대들의 목도 날아갈 것이네. 곤로쿠, 다 되었나?”

“다 묶었습니다.”

“고맙네.”

노부나가는 엎드려 있는 세 사람의 뒤쪽 문을 열고 복도 중간에서 현관 쪽으로 돌아 나갔다.

“…….”

시바타 곤로쿠와 하야시 사도, 미마사카는 서로 새파래진 얼굴을 바라보며 한순간 망연히 있다가 퍼뜩 정신을 차리고는 급히 노부나가의 뒤를 쫓아갔다. 그러고는 현관 마루에 다시 엎드렸다. 하지만 노부나가는 이미 그곳에 없었다. 성의 정문 쪽으로 내려가는 폭넓은 비탈길 근처에서 말발굽 소리만 들려올 뿐이었다.

노부나가가 돌아가는 길에 신하들은 뒤를 따르고 있었지만 꽤 뒤처졌던 간마쿠와 도키치로는 그제야 뒤를 따를 수 있었다.

"간마쿠."

"응."

"다행이다."

"다행이야."

두 사람은 앞서가는 주군의 모습을 기쁜 듯 바라보며 서둘러 따라갔다. 만약 무슨 일이라도 생기면 바로 기요스 성에 알려야 한다고 생각해 두 사람은 은밀히 성곽의 봉화대에 올라갔었다. 그리고 혹여 일이 터지면 파수꾼을 죽이고 봉화를 올릴 작정이었다.

노부나가의 수족과도 같은 나즈카名塚의 요새는 일족인 사쿠마 다이가쿠佐久間大學가 지키고 있었다. 그해 8월이었다. 아직 밤도 새지 않은 초가을 무렵, 요새의 병사들은 불시에 들이닥친 군마에 놀라 벌떡 일어났다. 적군은 의외로 그들의 아군이었다.

"나고야 성에서 모반을 일으킨 듯하다. 시바타 곤로쿠의 군사 천 명과 하야시 미마사카의 군사 칠백 명이 불시에 쳐들어왔다!"

짙은 안개 속 망루 위에서 누군가가 외치자 기요스 본성으로 파발이 날아갔다. 그리고 잠을 자고 있던 노부나가는 그 소식이 전해지자 즉시 무구를 갖추고 창을 들고 성문까지 달려갔다. 그런 그의 뒤를 따르는 사람이 아직 아무도 없었다. 그런데 단 한 사람, 노부나가보다 먼저 정문의 당교문唐橋門 옆으로 말을 끌고 와 기다리는 병사가 있었다.

"여기 말을 대령했습니다."

병사가 노부나가 앞으로 말을 끌어 건네자 노부나가는 자신보다 더 빠른 사람이 있다는 것에 놀라고 말았다.

"너는 누구냐?"

노부나가가 묻자 병사는 전립을 벗고 무릎을 꿇었다. 그의 등을 밟고 안장 위에 오른 노부나가가 다시 물었다.

"너는 누구의 수하냐?"

"짚신지기인 도키치로입니다."

"아, 원숭이구나."

노부나가는 어리둥절했다. 정원 청소나 하고 짚신이나 들고 다니는 도키치로가 출진에 앞서 가장 먼저 달려올 이유는 없었기 때문이다. 살펴보니 도키치로는 조악하지만 갑옷을 입고 경갑脛甲을 두르고 잡병의 전립도 쓰고 있었다. 그런 모습이 노부나가에게는 유쾌하게 보였다.

"싸움에 참가할 생각이냐?"

"함께 싸우도록 허락해주십시오."

"좋다, 따라오너라."

노부나가와 도키치로의 모습이 안개 속으로 멀리 사라질 무렵, 이십 명, 삼십 명, 사십 명의 기마대가 차례대로, 그리고 사오백 명의 군사가 당교를 뒤흔들며 뒤따랐다.

나즈카 요새의 군사들은 필사적으로 적의 공격을 막고 있었다. 혈혈단신으로 적진에 뛰어든 노부나가가 외쳤다.

"내게 활을 쏠 자는 얼굴을 보여라. 노부나가가 여기 있다. 사도, 미마사카, 곤로쿠! 너희의 힘이 얼마나 센지, 무슨 생각으로 내게 반기를 들었는지 내 앞에서 말해보거라."

분노한 노부나가의 우렁찬 목소리가 적들의 함성을 집어삼켰다.

"불충한 놈들, 각오해라!"

하야시 미마사카는 노부나가의 목소리에 겁을 집어먹고 도망치기 시작했다. 아무리 봐도 평소 노부나가의 목소리 같지 않았다. 마치 천둥소리와도 같았다.

미마사카의 장수와 병사 들은 선천적으로 주군에게 경외심을 품고 있었는데, 실제로 주군의 모습과 목소리, 그리고 준열한 위엄을 직접 대하자 몸이 굳어 손발도 움직이지 못했다.

"역적은 게 섰거라."

노부나가는 도망치는 미마사카를 발견하고 창을 내던졌다. 그러고는 미마사카의 병사들을 향해 소리쳤다.

"너희는 주인을 죽여도 주인이 될 수 없는 몸이다. 역적의 무리에 이용당해 그 오명을 백 세까지 남기기보다 노부나가의 말발굽 앞에서 사죄하고 참회하라. 뉘우치는 자는 살려주겠다."

왼쪽 진영이 무너지고 미마사카가 죽었다는 보고를 받은 시바타 곤로쿠는 군사를 물려 스에모리 성으로 도망쳤다. 그 성에는 노부나가의 어머니와 동생 노부유키가 있었다.

"어떻게 하면 좋단 말이냐."

패전 소식을 들은 어머니와 노부유키가 부들부들 떨면서 울었다. 도망쳐온 시바타 곤로쿠는 머리를 깎고 갑옷을 벗은 뒤 법의로 갈아입었다. 그리고 다음 날 하야시 사도와 함께 모공과 노부유키를 데리고 기요스 성으로 갔다.

모공의 사과만이 유일한 희망이었다. 노부나가의 어머니는 사도와 곤로쿠가 이야기해준 대로 노부나가에게 세 사람의 목숨을 구걸했다. 그런데 노부나가는 의외로 화를 내지 않았다.

"용서하겠습니다."

노부나가는 어머니에게 그렇게 말하고 등골에 식은땀을 흘리며 엎드려 있는 시바타 곤로쿠를 불렀다.

"방주."

"예……."

"곤로쿠 가쓰이에, 어찌 머리를 밀었는가? 어리석은 자 같으니."

노부나가가 쓴웃음을 짓더니 사도에게는 다소 준엄하게 말했다.

"그대도 마찬가지, 나잇값도 못하다니. 히라데 나카쓰카사가 죽은 뒤로 그대를 내 한쪽 팔로 여기며 믿고 있었소. 그런데 이제 와 다시 생각하니 나카쓰카사를 죽음으로 몬 것이 너무도 분하구나."

노부나가는 눈물을 흘리며 한동안 아무 말도 하지 않았다.

"아니오. 나카쓰카사를 죽게 하고 자네가 모반을 일으키게 한 것 모두 이 노부나가가 부덕하기 때문이오. 나도 깊이 반성할 것이니 그대들도 나를 섬기는 이상 두 마음을 품지 마라. 무문에 태어난 이상, 무사는 한길이 아니면 낭인일 것이오."

사도는 눈이 번쩍 뜨였다. 노부나가의 모습을 올려다보며 그의 진정한 자질을 마침내 깨달았던 것이다. 사도는 무서운 마음이 들자 온몸이 떨렸다. 그는 충성을 맹세하고는 얼굴도 들지 못하고 물러갔다.

하지만 노부나가의 혈육은 그것을 깨닫지 못했다. 노부유키는 노부나가의 관대함을 오히려 얕잡아 보며 '어머니가 있기 때문에 난폭한 형도 나를 어떻게 할 수 없는 것이다'라고 생각했다. 어머니의 맹목적인 사랑에 눈이 먼 노부유키는 그 뒤에도 끊임없이 음모를 꾸몄고 노부나가는 이를 한탄했다.

"노부유키의 못된 장난은 내버려두어도 괜찮겠지만 그로 인해 얼마나 많은 가신이 역도가 되어 몸을 망칠 것인가. 비록 혈육이라고는 하지만 가문을 위해, 그리고 가신을 위해 그냥 내버려두어서는 안 되겠다."

노부나가는 때를 기다리다 마침내 노부유키를 사로잡아 죽였다. 그 뒤로 그를 어리석다고 하는 가신은 아무도 없었다. 오히려 근래에는 노부나가가 곤란할 정도로 그의 명민하고 예리한 눈동자에 승복하는 사람이 많았다. 그동안 노부나가는 철저히 준비를 해왔다. 가신과 혈육을 속이기 위해 멍청하고 어리석게 보이도록 행동했던 것이다. 부친인 노부히데가 죽은 뒤 자신이 일국을 짊어지고 사방의 적국을 방어할 수 있을 때까지 안위를 위해 위장했다. 그렇게 노부나가는 적국을 속이기 위해, 자신의 나라에 잠입해 있는 수많은 밀정을 제거하기 위해 주위의 혈족과 가신을 속여왔던 것이다.

그러는 동안 노부나가는 인간의 표리와 세상의 이치에 대해 많은 것을 배웠다. 소년 시절부터 명군의 자질을 보였다면 모두 그를 주의하며 속내를 겉으로 드러내지 않았을 것이 분명했다.

봉공일심

"원숭이, 빨리 오너라."

하인들의 우두머리인 후지이 마타에몬藤井又右衛門이 허둥지둥 달려와 방에서 쉬고 있는 도키치로를 불러댔다.

"무슨 일이신지요?"

도키치로가 방에서 나오며 물었다.

"주인님이 부르신다."

"저를요?"

"갑자기 주인님이 너에 대해 물으시더니 불러오라고 하셨다. 혹여 잘못한 거라도 있느냐?"

"없는데요."

"좌우지간 빨리 따라오너라."

마타에몬이 도키치로를 데리고 예상치 못한 방향으로 앞장서서 갔다. 그날 노부나가는 성안의 병량 창고부터 부엌까지 돌아보고는 장작과 숯을 쌓아놓은 창고들을 조사했다.

"데려왔습니다."

마타에몬이 노부나가 곁으로 다가가 머리를 조아리며 아뢰자 노부나가가 발걸음을 멈추고 마타에몬 뒤에 서 있는 도키치로를 바라보았다.

"데려왔느냐? 그래, 원숭이. 앞으로 나오거라."

"예."

"오늘부터 너를 부엌 역인役人으로 삼을 테니 이곳에서 일하도록 해라. 알겠느냐?"

"황송합니다."

"부엌일이 공명을 세우는 일은 아니지만 화려한 전쟁터 뒤에서 도움을 주는 중요한 곳이다. 말하지 않아도 알겠지만 성심을 다해 일하도록 해라."

그 자리에서 도키치로의 지위와 녹봉이 한 단계 올랐다. 당시 부엌의 역인은 하인 신분은 아니라 해도 무사에게는 수치이자 내리막길로 접어드는 자리였다.

'저자도 드디어 부엌으로 떨어졌구나.'

사람들은 부엌을 전쟁에 나가지 못하거나 밖에서 쓸모가 없는 자들이 모이는 곳이라고 생각했다. 부엌에서 일하는 자는 하인들 사이에서도 무시를 당했고 출세의 기회나 장래성도 없었다. 마타에몬은 돌아오자마자 도키치로를 동정하며 말했다.

"원숭이, 하찮은 일을 맡게 되어 안됐지만 그 대신 녹봉이 늘었으니 출세했다고 생각해라. 짚신지기는 신분이 낮아도 주군의 말 앞에서 일하다 보면 희망이 있지. 그 대신 목숨을 걸어야 하지만. 부엌에 있으면 목숨 걱정은 하지 않아도 된다."

도키치로는 그저 '예예' 하며 고개를 끄덕였다. 그 모습에는 전혀 불만이 없어 보였다. 오히려 그는 뜻밖에도 노부나가가 직접 자신을 불러 일을 맡겼다는 것에 진심으로 감격한 모습이었다.

부엌일을 맡은 뒤 도키치로는 가장 먼저 부엌을 살폈다. 부엌 안은 어두침침하면서도 음습하고 불결했다. 대낮인데도 빛이 들어오질 않으니 사람들은 일 년 내내 생기 없이 축 늘어져 생활해야 했다. 도키치로는 이대로는 안 되겠다고 생각했다. 평소 음기를 싫어하다 보니 어두침침하고 생기 없는 분위기도 싫어했다.

'저쪽 벽에 큰 창을 내서 바람과 햇살이 가득 들어오게 해야겠다.'

하지만 부엌에는 그곳만의 조직과 위계질서가 있었다. 그러다 보니 도키치로는 생각한 대로 실행에 옮길 수 없었다. 그는 매일 상인이 납품하는 말린 가다랑어포 중에서 벌레가 먹는 양을 조사하거나 표고버섯과 박고지의 수량을 기입하는 일을 묵묵히 했다. 성의 부엌을 드나드는 상인들은 도키치로가 부엌일을 맡은 뒤로 완전히 기세가 꺾였다.

"이거야 원, 기노시타 님이 상인들보다 더 잘 알고 있으니……. 건어물과 말린 생선, 곡식의 시세까지 훤히 꿰뚫고 있는 데다 물건 보는 눈도 정확하시니, 저희가 싼값에 팔 수밖에 없습니다."

상인들의 말에 도키치로가 웃으며 말했다.

"나는 상인도 아니고 내가 이득을 보는 것도 아니네. 자네들이 납품하는 물건들 모두 성의 높으신 분들 입으로 들어가는 것이네. 왜, 생명은 먹는 음식에서 온다고 하지 않던가. 이 성의 운명은 모두 부엌에서 올리는 음식에 달려 있네. 조금이라도 좋은 것을 올리는 것이 우리의 사명이네."

어떤 날에는 상인들에게 차를 대접하며 그들을 타이르기도 했다.

"자네들은 상인이니 물건을 가져올 때마다 얼마씩 이득을 올리는데, 만약 이 성이 적국에 멸망한다면 어떻게 되겠나? 오랫동안 쌓아놓은 대금뿐 아니라 집과 아이들까지 잃을 것이네. 게다가 적장이 이 성의 주인이 된다면 다른 나라에서 따라온 상인이 자네들의 장사까지 빼앗을 것이네. 그런 생각을 하면 나나 자네들이나 이 성의 가지와 뿌리가 되어 자손 대대로 함께 번성하며 이익을 얻는 방법을 생각해야 할 것이네. 그러니 성에 납품하는 물건으로 부당한 이득을 얻으려 한다면 오히려 자네들에게 화가 될 것이야.”

그뿐 아니라 도키치로는 부엌을 관장하는 노인을 정성껏 섬겼다. 뻔한 일이라도 그의 의견을 묻고 마음에 들지 않는 일도 일단 복종해서 그의 체면을 세웠다. 그래서 부엌 사람들 중에는 도키치로를 약삭빠른 놈이라거나 모든 일에 참견하는 원숭이라고 험담하며 쫓아내려고 했다.

어디서나 자신이 원인이 되어 큰 물결을 일으키는 경우에 그 물결을 거스르는 역류도 있기 마련이다. 하지만 도키치로는 그런 역류에는 완전히 무관심했다. 도키치로는 노인과 의논한 뒤 노부나가에게 부엌 개축 허가에 대한 상소를 올려 허락을 받아냈다. 그러고는 목수에게 지시해 천장에 통풍구를 만들고 벽에 커다란 창을 달도록 했다. 하수도와 그 외에 모든 것을 자신의 생각대로 개축했다.

슈고쇼구守護職를 맡고 있던 시바斯波 가문이 기요스 성에 살게 된 이래로 몇십 년 동안 낮에도 불을 켜고 음식을 할 정도로 어두웠던 성의 거대한 부엌에 아침저녁으로 햇빛이 한가득 들어왔고 상쾌한 바람이 통하게 됐다.

재료가 빨리 썩는다거나 먼지가 눈에 다 보인다는 불평도 있었지만 그런 것에는 귀를 기울이지 않았다. 부엌이 한결 청결해지다 보니 불필요한 것들도 눈에 잘 띄었다. 일 년쯤 지나자 부엌은 도키치로의 성격대로 밝아지고 바람이 잘 통하고 활동적으로 변했다.

그해 겨울, 숯과 장작 관리를 맡았던 무라이 나가도노카미村井長門守가 물러나고 도키치로가 그 자리에 임명되었다. 그러자 도키치로는 노부나가가 왜 나가도노카미를 파면하고 자신을 그 자리에 임명했는지 생각해보았다.

'흐음, 숯과 장작을 더 절약하라는 뜻일 거야. 재작년부터 말해왔지만 나가도노카미의 방식이나 성과가 마음에 들지 않으셨던 거야.'

새로운 책임자가 된 도키치로는 성안을 다니며 숯불과 장작이 사용되는 곳을 샅샅이 살펴보았다. 겨울에는 대기소, 서원, 정무를 보는 방 등 모든 곳에 불을 땠고 커다란 화로도 있었다. 특히 하인들의 방과 젊은 무사들이 머무는 곳에서는 화로에 목탄을 산처럼 넣어 땠다.

"기노시타 님이다, 기노시타 님이 온다."

"기노시타 님이 누구야?"

"새로 숯과 장작 관리를 맡은 기노시타 도키치로 님인데, 검사를 하러 오고 있어."

"아, 그 원숭이군."

"재로 덮어둬, 재로."

젊은 무사들은 허둥지둥 화로를 재로 덮거나 숯을 항아리에 넣고 시치미를 뗐다.

"다들 모여 있었군요."

도키치로는 무사들 사이에 끼어들더니 화로에 손을 갖다 댔다.

"이번에 불초 도키치로가 숯과 장작 봉행을 맡게 되었습니다. 잘 부탁드리겠습니다."

"그렇습니까? 잘 부탁드립니다."

젊은 무사들은 탐탁찮은 얼굴로 서로를 바라보았다. 도키치로는 화로에 꽂아둔 철로 만든 커다란 부지깽이를 들고 빨간 숯불을 파냈다.

"올겨울은 그리 심하게 춥지 않지만 이렇게 불을 파묻어두면 손끝만 따뜻하고 몸은 따뜻하지 않으니 이 숯을 잘 활용해야 합니다. 그리고 지금까지는 방마다 하루에 사용하는 숯의 양이 정해져 있었지만 그렇게 제한을 두면 추울 테니 앞으로는 숯을 마음껏 사용하십시오. 그리고 번거로운 절차도 없앴으니 필요한 만큼 창고로 와서 숯을 가져가십시오.”

도키치로는 이제까지 말로만 절약을 강조한 탓에 위축된 병사나 하인의 방을 찾아가 오히려 숯과 장작을 더 많이 사용하라고 장려했다.

“이번 책임자는 의외로 대범한 듯하네.”

“보아하니 원숭이가 책임자 자리에 단번에 오르더니 기분이 좋아져 선심을 쓰는 듯하군. 그의 말대로 하다간 우리까지 크게 혼날지도 몰라.”

아무리 넉넉하게 쓰라고 해도 사용량에 제한이 있다 보니 하인들은 오히려 한도를 넘게 쓰지 않았다.

기요스 성의 숯과 장작의 연간 사용 비용은 대략 천 석이 넘었다. 영내의 벌목 면적도 해마다 늘어 지출비뿐 아니라 번藩의 재무 상태를 위해서도 절약이 필요했다. 노부나가는 절약을 명했고, 이 년 정도 무라이 나가도노카미에게 일을 맡겨보았지만 조금도 실적이 오르지 않고 오히려 비용만 늘었다. 더군다나 절약이라는 말 때문에 사람들의 마음이 위축되거나 삐뚤어지고 있었다. 도키치로는 먼저 위축된 사람들의 마음을 편안하게 해주었다. 그러고 나서 노부나가에게 진언을 했다.

“겨울철에는 젊은 무사와 병사, 하인 들 모두 실내에 틀어박혀 소금에 절인 채소에 따뜻한 차를 먹고 변변찮은 이야기를 나누며 시간을 보냅니다. 숯과 장작을 절약하기 전에 먼저 이러한 악습을 없애는 것이 좋을 듯합니다.”

노부나가는 도키치로의 말을 받아들여 바로 노신들에게 명을 내렸다. 노신들은 책임자들을 불러 모아 사람들이 평소에도 열심히 일할 수 있도록 방법을 찾았다. 무구를 손질하게 하고, 강습을 받거나 선禪을 수행하고, 영내를 교대로 순시하고, 사격과 창술 연습을 장려했다. 그래도 시간이 나면 성안 토목공사를 시키거나 말발굽을 만들게 했다. 한마디로 쉴 틈을 주지 않았던 것이다.

대체로 장수의 마음에서 보면 부하들이 마치 자신의 아이처럼 사랑스러웠다. 굳게 맺어진 군신 사이는 혈육과도 같은 애정으로 이어져 있었다. 하지만 막상 전쟁이 터지면 그들은 자신의 눈앞에서 목숨을 버리고 싸웠다. 만약 군주의 은혜를 느끼지 않는다면 그 앞에서 목숨을 버리면서까지 싸울 부하는 없었다. 그러다 보니 아무래도 평소에는 관대해지기 쉬웠다. 또 언제 전쟁이 일어날지 모르기 때문이었다.

하지만 노부나가는 그것이 오히려 가신들을 위해서도 좋지 않다고 생각했다. 그래서 평소에도 촌각의 쉴 틈도 주지 않고 수양과 생활을 개선해 엄중하게 일과를 수행하도록 했다. 그리고 여자들에게도 교양을 쌓거나 청소를 하게 하고, 공성전이 벌어졌을 때를 대비해 훈련을 시키는 등 아침에 일어나서 저녁에 잠들 때까지의 생활 규율을 세우게 했다. 물론 노부나가의 생활도 마찬가지였다.

어느 날 노부나가가 다소 득의양양한 얼굴로 도키치로에게 말했다.

"원숭이, 근래는 어떠한가?"

"예, 주군의 명이 효과를 보이고 있습니다만 아직 부족한 듯합니다."

"아직 부족하다고?"

"한층 더 노력해야 합니다."

"아직 무엇이 부족한가?"

"성내 기강이 성 밖의 백성들에게도 스며들어야 합니다."

"맞는 말이다."

근래에 노부나가는 도키치로의 말을 많이 믿었다. 하지만 측근들은 그것을 늘 탐탁찮은 얼굴로 바라보았다. 도키치로와 같은 하인이 짧은 시간에 신분이 상승한 예도 없었고, 더욱이 주군의 앞에 나서서 직접 계책을 말하는 것을 불쾌하게 생각했던 것이다. 하지만 연간 천 석 이상 소비하던 숯과 장작의 양이 겨울 중간부터 눈에 띄게 줄어들었다.

"겨울은 추우니 숯과 땔감을 아끼지 말고 충분히 쓰도록 하시오. 일일이 각 방 책임자의 허가를 받을 필요도 없소. 자유롭게 창고에 가서 필요한 만큼 가져다 쓰시오."

도키치로는 각 방을 돌아볼 때마다 너그럽게 말했지만 오히려 사람들은 시간이 부족해서 쓸데없이 장작을 쓰거나 화로를 둘러싸고 앉아 있을 수가 없었다. 또 얼마간 시간이 생겨도 몸을 계속 움직이면 불이 필요가 없었다. 그러다 보니 취사를 할 때 빼고는 연료를 별로 쓰지 않아 한 달 연료로 세 달이나 사용하게 되었다.

그렇지만 도키치로는 아직 만족하지 않았다. 내년 겨울에 쓸 숯과 장작을 확보하기 위해 여름에 산에 올라 계약을 해야 했다. 그는 성에서 고용한 상인의 안내를 받아 산에 오를 채비를 하고 성을 나섰다. 벌목을 위해 산을 조사하는 과정은 이전부터 형식적인 행위에 지나지 않았다.

현지 상인이 '저 산에는 졸참나무가 몇 그루, 이 산에는 상수리나무가 몇 그루' 하며 말하는 대로 따라다닌다 해도 초보자는 산 하나에서 숯과 장작을 얼마나 확보할 수 있는지 전혀 짐작할 수가 없었다. 도키치로는 농사일이나 상가의 일이라면 무엇이든 다 알고 있다고 생각했지만 숯과 장작에 관해서는 자세히 알지 못했다.

"흠흠, 그런가. 그렇군, 그렇군."

도키치로도 이전 담당자들처럼 형식적으로 훑어보고 다니다 산에서 내려왔다. 그날 밤, 상인들은 도키치로 일행을 그 지역 유지의 집에 초대해 성대한 잔치를 베풀었다. 이러한 잔치도 기존 관례대로 이루어졌다.

"부교님을 비롯해 모든 분들도 고생 많으셨습니다."

"많이 피곤하실 줄 압니다."

"아무것도 준비하지 못했지만 오늘 밤은 편안하게 쉬십시오."

"앞으로도 잘 부탁드리겠습니다."

상인들은 번갈아 인사를 하고 아첨을 하며 도키치로 일행을 극진히 대접했다. 화사하게 화장을 한 여자가 도키치로 옆에 앉아 술을 따르고 안주를 권했다.

"좋은 술이군."

도키치로는 한없이 즐거웠다. 당연히 기분이 나쁠 리가 없었다.

"모두 다 미인이군."

도키치로가 지분 냄새를 음미하며 미인들을 둘러보자 상인 중 한 사람이 말했다.

"부교님께서도 역시 여자를 좋아하시나 봅니다."

상인이 건넨 농담에 도키치로가 당연한 얘기를 하냐는 듯 진지한 얼굴로 말했다.

"여자도 좋아하고 술도 좋아하네. 세상에 있는 모든 게 다 좋네. 하지만 조심하지 않으면 그 좋은 것이 화가 되기도 하네."

"화가 되지 않을 정도로 여자건 꽃이건 마음껏 즐기십시오."

"그래그래, 어디 마음껏 즐겨볼까? 그런데 자네들은 장사 얘기를 전혀 하지 않는군. 내 보아하니 조심스러운 모양인데, 그러면 내가 먼저 얘기를 꺼내겠네. 오늘 다닌 산의 잡목 대장을 좀 보여주게."

"예, 여기 있습니다."

"흐음, 자세히 나와 있군. 나무의 수는 여기 나와 있는 것이 맞는가?"

“예, 맞습니다.”

“여기 숯과 장작 팔백 석 상납이라고 나와 있는데, 이 정도 산에서
이 만큼 양이 나오는 게 맞는가?”

“작년보다 상납의 양이 줄었기 때문에 오늘 조사한 산의 분량을 감
안하면 그렇게 됩니다.”

다음 날 아침, 상인들이 도키치로의 기분을 살피러 왔다. 하지만 도
키치로는 날이 밝기도 전에 일어나서 산으로 갔다. 그 말을 들은 상인들
이 깜짝 놀라 산으로 올라갔다. 도키치로는 병사와 나무꾼과 백성 들에
게 매매 계약한 산에 있는 나무들의 밑동을 석 자 길이로 자른 끈을 이
용해 묶게 했다. 처음에 끈의 개수는 몇천 개였는데, 작업을 끝내고 남
은 수를 계산해보니 얼마 남지 않았다. 그것으로 나무의 수를 쉽게 알
수 있었다. 그리고 대장에 기재되어 있는 나무의 수와 실제의 수를 비교
해보자 수량이 거의 삼분의 일 이상 차이가 있었다.

“상인들을 모두 이리 부르게.”

도키치로는 그루터기에 앉아 하인에게 명을 내렸다.

상인들은 내심 두려움에 떨며 그의 앞에 엎드렸다. 아무리 산을 조
사해도 초보자는 나무의 수를 알 방법이 없었다. 실제로 지금까지의
부교들은 대장에 적혀 있는 수량을 온전히 그대로 믿었는데 이번 부교
는 그런 수법에 넘어가지 않았다.

“자네들.”

“예……”

“이 대장의 수와 실제 나무의 수가 많이 다르구먼.”

“예?”

“대체 무슨 연유인가? 그대들은 성주님의 은혜를 고맙게 여기지 않
고 오히려 자신들의 이윤을 위해 영주를 속이고 이렇듯 거짓 대장을

만들어 폭리를 취하고 있었던 게로군."

"당, 당치도 않습니다."

"그러면 어찌 이처럼 수량에 차이가 나는가? 이대로 숯과 장작을 상납한다면 백 석의 숯은 육칠십 석, 천 석의 장작은 육칠백 석밖에 되지 않을 것이네."

"아닙니다. 그럴 리가……."

"시끄럽다. 오랫동안 이 일을 하는 자네들이 이러한 큰 실수를 할 리가 없다. 이는 부교를 속이고 성주의 국비를 빼돌리는 대역죄라 할 수 있다."

"죽을죄를 지었습니다."

"모두 재산을 몰수하고 단죄해야겠지만 지금까지의 관리들 잘못도 있었으니 이번만은 눈감아주겠네. 그러니 수량뿐 아니라 있는 그대로 다시 적어서 가져오게."

"그리하도록 하겠습니다."

"그렇다 해도 그것만으로는 용서를 받을 수 없네."

"예?"

"한 그루 나무를 베면 열 그루 나무를 심으라는 옛말이 있네. 어제부터 이 지방의 산을 살펴보니 해마다 벌목하는 나무는 많은데 나무를 심은 흔적은 보이질 않더군. 그렇게 세월이 흐르면 언젠가 산기슭의 전야田野는 홍수에 휩쓸려갈 것이고 나라도 쇠퇴할 것이네. 나라가 쇠퇴하면 당연히 자네들도 그 피해를 입을 터. 실로 이익을 취하고 가산을 늘리고 자손들의 행복을 원한다면 먼저 나라가 강해져야 할 것이네."

"예……."

"그 세금으로, 그리고 지금까지 폭리를 취한 벌로 앞으로 천 그루의 나무를 잘라낼 때에는 반드시 오천 그루의 묘목을 내놓도록 하게. 어떻게 하겠는가?”

“고맙습니다. 그것으로 용서해주신다면 기꺼이 묘목을 내놓겠습니다.”

“흐음, 그리한다면 대장에 적을 수량에서 인건비는 빼주겠네.”

도키치로는 그렇게 말하고 그날 일을 시킨 백성들에게 벌채한 자리에 나무를 심을 것을 명했다. 그리고는 묘목 백 그루당 품삯을 정해 지불하겠다고 말했다.

“돌아가세.”

도키치로의 말에 상인들은 그제야 살았다는 듯 생기를 되찾고 서로 속삭이면서 산을 내려갔다.

“식겁했네. 이번 부교님은 방심하면 안 되겠네.”

“전처럼 엉성하게 하면 안 되겠지만, 그렇다고 손해는 아니니 좀 더 치밀하게 일을 하세.”

산기슭에 이르자 도키치로가 황망히 돌아가려는 상인들을 붙잡고 말했다.

“소임은 다 끝났으니 나를 따라오게. 나도 오늘 밤은 편히 쉬고 싶군.”

도키치로는 상인들을 마을 객사로 데려와 어젯밤의 답례로 음식을 대접했다. 그는 상인들과 함께 어울리며 기분 좋게 취했다.

● 삿사 나리마사 佐々成政·1536-1588

오와리에서 삿사 나리무네(佐々成宗)의 삼남(三男)으로 태어났다. 형들이 연달아 전투에서 전사하여, 1560년에 가독을 승계하였다. 오다 노부나가의 시종으로 들어간 나리마사는 여러 군공을 세워 마침내 성주가 되었다. 나가시노 전투에서 마에다 도시이에 등과 함께 철포 부대를 이끌며 활약했고, 에치젠 정벌 이후에는 시바타 카쓰이에의 휘하에 소속되었다.

● 1535년 모리야마의 변

미카와국 오카자키의 성주 마쓰다이라 기요야스(松平清康)가 오와리국 가스가
이 군의 모리야마에서 가신인 아베 야시치로 마사토요(阿部弥七郎正豊)에게 암
살당한 사건이다.

만두

도키치로는 노부나가의 말을 듣고 몹시 유쾌하고 즐거워했다.

"부엌은 본래 경제를 으뜸으로 여기는 곳인데, 그런 곳에 너와 같은 자를 두는 것은 경제적으로도 큰 손실이라 할 수 있으니 앞으로는 마구간을 맡도록 하라."

노부나가는 도키치로에게 봉록 삼십 관과 성 아래 무사들이 사는 골목에 택지를 내렸다. 도키치로는 기쁜 일이 생기면 그것을 솔직하게 표현하는 성격이라 얼굴에 웃음꽃이 피는 것을 굳이 숨기지 않았다.

도키치로는 급히 간마쿠의 방으로 갔다. 간마쿠는 여전히 짚신지기를 하고 있었다.

"시간 있어?"

"왜?"

"성 아래에서 한잔 사고 싶은데."

"됐어."

"왜?"

"지금의 기노시타 님은 부엌일을 맡으신 관리이고 난 여전히 짚신지기이니 체면이 서지 않으실 테니까."

"놀리지 마. 그런 마음이라면 자네를 가장 먼저 찾지도 않았네. 실은 지금도 과분한 소임인데 다시 봉록 삼십 관을 내리시며 마구간을 맡으라고 하셨네."

"호오……."

"자네의 충의는 나도 믿음직스럽게 생각하고 있어. 그래서 함께 기쁨을 나누고 싶은 거야. 어때, 같이 가지 않겠나?"

"그건 축하할 일이군. 하지만 도키치로 님, 자네는 나보다 정직한 사람이야."

"어째서?"

"자네는 무슨 일이든 나에게 털어놓고 숨기는 일이 없지만 실은 나는 자네에게 숨기는 일이 많아. 솔직하게 말하면 나는 짚신지기를 하고 있지만 가끔 특별한 임무를 맡아 나리께 막대한 수당을 받고 있어. 그리고 그것을 모두 고향 집에 은밀히 보내고 있어."

"흐음, 고향에 집이 있었군."

"에슈江州의 쓰게柘植 촌에 가면 일족도 있고 하인도 스무 명이나 있어."

"아하, 고가甲賀56구나."

"쓰게 촌은 이가伊賀야."

"아, 그렇군."

"그러니 자네에게 얻어먹으면 내 체면이 서질 않네. 언젠가 지금보다 훨씬 더 출세하면 서로 한턱내도록 하세."

"그렇군. 몰랐네."

"풍운은 지금부터야."

"그렇고말고. 지금부터야."

---

56 당시의 대표적인 닌자 조직으로 당시 이가伊賀와 쌍벽을 이루고 있었다.

"그러니 후일로 미뤄두세."

"좋네."

도키치로는 다시 더없이 유쾌해졌다. 세상이 참으로 밝게 보였다. 그의 눈앞에는 그늘이나 어둠과 같은 것이 없었다. 무서운 비밀을 지닌 닌자인 간마쿠조차 그에게 비밀을 털어놓았다. 오다 번에서 아무도 모르는 자신의 정체를 그렇게 쉽게 털어놓았던 것이다.

오늘 받은 녹은 불과 삼십 관에 지나지 않지만 그 삼십 관 중에는 주군인 노부나가가 이 년 동안 부엌에서 일한 자신의 소임을 인정해주었다는 의미가 담겨 있었다. 무엇보다 그는 그 사실이 기뻤다. 숯과 장작의 소비가 반 이상 줄었을 때보다 더 기뻤다.

"애초부터 경제를 으뜸으로 치는 부엌에 너와 같은 자를 두는 것 자체가 경제적으로 큰 손실이다."

노부나가가 말했을 때 도키치로는 평생 그 말을 잊지 못할 만큼 기뻐했다. 이른바 바둑을 둘 때, 곁에서 지켜보는 자의 눈에 수가 더 잘 보이는 법이다. 도키치로는 노부나가가 실로 말주변이 좋은 인물이라고 감탄하면서 그렇게 자신을 인정해준 것이 너무나 기뻤던 것이다.

도키치로는 때때로 보조개를 띠면서까지 혼자 싱글싱글 웃으며 성을 나와 기요스 마을을 득의만면한 얼굴로 걸어 다녔다. 무사들이 사는 마을 골목에서 가장 작고 문과 담장만 있는 집일 테지만 그는 휴가를 얻은 닷새 동안 하사받은 집에 가재도구를 준비하고 일하는 노파와 하인을 고용할 생각이었다.

'태어나서 처음으로 일가의 주인이 되는 것이다. 그 집을 보러 가자.'

도키치로는 그런 생각을 하며 하사받은 집으로 향했다. 집 부근에는 마구간 일을 맡고 있는 사람들만 살고 있었다. 조장의 집을 엿보다 잠깐 인사나 하려고 했지만 부재중인지 그의 아내가 나와 물었다.

"아직 혼자이신지요?"

"예, 혼자입니다."

"그럼 불편하실 겁니다. 저희 집에 하인도 있고 남는 가재도구도 있으니 필요하면 언제든지 가져가십시오."

친절한 부인이었다. 도키치로가 필요하면 그리하겠다고 말한 뒤에 문을 나서는데 부인이 하인들을 불러 말했다.

"마구간을 맡으신 기노시타 도키치로 님이네. 조만간 저기 오동나무밭에 있는 빈집에서 사실 테니 안내해드리고 시간 날 때 청소를 해놓게."

도키치로는 하인의 안내를 받아 앞으로 자신이 살게 될 관사로 갔다. 집은 상상 이상으로 큰 집이었다.

"아주 좋은 집이구나."

도키치로가 문 앞에서 중얼거렸다. 이전에 고모리 시키부小林式部라는 사람이 살았다고 했는데 그것도 꽤 오래전 일인지 집은 황폐했지만 그의 눈에는 크고 훌륭하게 보였다.

"뒤편은 오동나무밭이군. 이것도 길조다. 선조 이래로 기노시타 가문의 문장인 오동을 사용하고 있으니 말이야."

기억은 확실하지 않지만 도키치로는 왠지 그런 기분이 들었다. 아버지 야에몬이 가지고 있었던 갑옷을 넣어두는 낡은 궤와 단도의 칼집에서 비슷한 문양을 본 것 같아 안내를 하던 하인에게 그렇게 말했던 것이다.

도키치로는 스스로도 알고 있듯 기분이 좋을 때면 필요 없는 말이나 확실하지도 않은 일을 득의양양 지껄였다. 그렇게 입 밖으로 내고서는 쓸데없는 말을 했다고 경계하기도 했지만 절대로 나쁜 의도가 있거나 경박하게 말하는 게 아니었기에 대수롭지 않게 여겼다.

하지만 그런 점 때문에 주변 사람들에게 원숭이 놈이 또 허풍을 떤다는 얘기를 듣기도 했다. 그럴 때면 도키치로는 '그래, 난 허풍쟁이일지도 모르겠군' 하며 스스로 인정했다. 그렇다고 그를 오해하거나 싫어하는 사람은 결코 그의 거대한 생애를 함께할 동반자가 되지 못했다.

얼마 뒤 도키치로가 기요스 마을의 번화가에 모습을 드러냈다. 그는 그곳에서 가재도구들을 샀다. 그러고는 낡은 옷을 파는 가게 앞에 멈춰 서더니 우연히 오동나무 문양이 들어간 진바오리陣羽織57를 발견하고는 값을 물었다.

"싸군."

도키치로는 바로 산 뒤 그 자리에서 입어보았다. 조금 길었지만 보기 흉할 정도는 아니어서 입은 채로 걸어 다녔다.

진바오리라고는 해도 파란 목면이 하늘거렸고 옷깃에 비단과 같은 천이 달려 있었다. 누가 입었던 것인지 하얀 오동 문장이 등에 염색되어 있었다. 도키치로는 어머니에게 자신의 모습을 보여주고 싶었다.

마을의 번화한 곳을 걷자니 감개가 무량했다. 신카와의 다완집에서 봉공을 했던 때가 떠올랐다. 마을 사람과 예쁜 여자들이 있는 한가운데를 도기를 쌓은 손수레를 밀며 맨발로 지나가던 비참한 모습도 떠올랐다.

포목점에 들어가자 가게 안에는 교토에서 짠 고급 포목들이 선반에 진열되어 있었다.

"그럼 잘 가져다주시오."

도키치로는 무엇을 산 뒤 대금을 놓고 밖으로 나왔다. 그는 쉬는 날이면 늘 그렇듯 반나절 동안 돈을 다 쓰곤 했다.

길모퉁이 지붕에 파란 조개로 '요네米 만두'라는 글자를 장식한 멋진

---

57 전쟁터에서 갑옷 위에 입던 짧은 겉옷으로, 비단이나 모직 등으로 만들었으며 소매가 없는 것이 특징이다.

간판이 걸려 있었다. 그곳은 기요스의 명물로 다른 지방의 길손들도 많이 찾고 마을 손님들로도 북적였다.

"만두를 주게."

도키치로는 커다란 오동 문양이 그려진 옷을 입고 북적이는 손님들 속으로 들어갔다. 빨간 앞머리를 늘어뜨린 소녀가 그를 맞았다.

"어서 오세요. 여기서 드실 건가요? 아니면 선물을 하실 건지요?"

도키치로가 의자에 앉으며 말했다.

"둘 다란다. 먼저 여기서 먹게 한 접시를 주고, 따로 돈을 줄 테니 나카무라 촌으로 가는 마부에게 부탁해 내 집에 만두 한 봉지를 전해주면 된다."

뒤돌아 일을 하던 주인인 듯한 사내가 끼어들었다.

"나리, 매번 찾아주셔서 고맙습니다."

"이거 여전히 장사가 잘되는구먼. 지난번처럼 배달을 부탁하고 있었네."

"예예, 이 부근에서 나카무라 촌으로 가는 사람도 많고 나카무라 촌 사람들도 자주 들르고 있으니 걱정 마십시오."

"언제라도 좋으니 부탁하네. 그리고 이 편지를 만두와 함께 전해주게."

도키치로는 가지고 있는 편지를 꺼내 가게 사람에게 건넸다. 봉투 겉면에는 '어머님께, 도키치로'라고 쓰여 있었다. 편지를 받아든 가게 사람이 물었다.

"급한 일이라도 있으신지요?"

"아니네. 급한 건 아니니 언제라도 좋네. 내 어머님은 예전부터 이 집 만두라고 하면 정신을 잃을 만큼 좋아하셔서……."

도키치로는 말을 하면서 입에 만두 하나를 넣었다. 그 맛에는 도키치로의 눈물샘을 자극하는 추억이 담겨 있었다. 소년 시절 어머니가 좋아하는 만두를 사다 드리고 싶었고, 또 자신도 침이 고일 정도로 먹고 싶었지만 늘 살 돈이 없어 꾹 참고 손수레를 밀며 가게 앞을 지나야 했다.

"아니, 기노시타 님이 아니시오?"

도키치로가 만두를 다 먹자 소녀와 함께 있던 무사가 아까부터 도키치로 쪽을 보고 있다 말을 걸며 가다왔다.

"아니."

무사는 활에 관한 일을 맡아보는 아사노 마타에몬 나가카쓰淺野又右衛門長勝였다. 도키치로는 머리를 숙여 공손히 인사를 건넸다. 성에서 말단 일꾼으로 일할 무렵부터 신세를 진 사람이라 각별히 예를 취했다. 하지만 마타에몬은 성안이 아닌 마을 한가운데에 있는 만두집이라 그런지 도키치로를 격의 없이 대했다.

"혼잔가 봅니다."

"예, 혼자입니다."

"저기 네네寧子가 있는데 합석하시지요."

"따님을 데리고 오셨군요."

도키치로는 옆을 바라봤다. 의자 하나를 사이에 두고 뒤편에 열일고여덟쯤 되어 보이는 소녀가 소란스러운 손님들 속에서 하얀 옷깃을 세우고 단정하게 앉아 있었다.

도키치로는 여자를 보는 눈이 꽤 날카로웠다. 그런 그의 눈에만이 아니라 어느 누가 봐도 미인이라고 감탄할 만한 보기 드문 소녀였다. 그 소녀의 이름은 '영자寧子'라고 쓰고 '네네'라고 읽었다. 그 가련한 이름이 소녀에게 잘 어울리는 듯했다. 네네는 작고 단정한 용모에 총명해 보이는 눈동자를 지니고 있었다. 마타에몬이 그 총명한 눈동자의 소녀 앞으로 도키치로를 데리고 왔다.

"네네."

"예."

"이쪽은 기노시타 도키치로 님이라 하는데 이번에 부엌 관인에서 마구간 관인으로 등용된 분이다. 잘 기억해두도록 해라."

"예. 그런데……."

네네가 얼굴을 붉히며 말했다.

"기노시타 님은 처음 뵙는 분이 아닙니다."

"뭐, 알고 있었더냐?"

"예에."

"언제, 어디서?"

"편지를 받거나 선물을 받은 적이 있습니다."

마타에몬이 깜짝 놀란 얼굴로 물었다.

"아니, 편지를 주고받았단 말이냐?"

"저는 보낸 적이 없습니다만."

"아무리 그래도 아비인 내게 아무 말도 하지 않다니 괘씸하구나."

"아닙니다. 어머님께는 모두 말씀드렸습니다. 어머님은 선물들을 완강히 거절하셨지만 기노시타 님께서 명절이나 정월이 되면 자주 선물을 보내셨습니다. 아버님께서도 인사를 하십시오."

"흐음."

마타에몬이 딸의 얼굴과 도키치로의 얼굴을 번갈아 바라보다 입을 열었다.

"이거, 아비라는 자가 이처럼 아둔해서야 원. 내 알지 못했구나. 흔히 '원숭이님은 빈틈이 없다'고 말들을 하지만 설마 내 딸을 점찍어두고 있다고는 생각지도 못했구나. 하하하."

"송구합니다."

도키치로는 몹시 부끄러워하며 손을 크게 뒤로 돌려 머리를 긁적였다. 아사노 마타에몬이 웃어주자 다소 마음이 놓이긴 했지만 새빨개진 얼굴은 좀처럼 진정되지 않았다. 그는 네네가 자신을 어떻게 생각하든 상관없이 그녀가 좋았다. 그래서 때때로 나카무라의 어머니와 누나에게 허리끈이나 옷감 등을 전할 때 네네에게도 분수에 맞지 않는 돈을 들여 교토에서 염색한 옷감이나 사카이에서 짠 비단 등을 사서 보냈다.

네네의 마음

"고히!"

아사노 마타에몬은 집에 돌아오자마자 큰 소리로 아내를 불렀다. 아내가 부산을 떨며 그를 맞았다.

"오셨어요."

"손님과 함께 왔으니 술상을 준비하게"

"손님이라니 누구신지요?"

"네네의 친구네."

"어머."

아내가 뒤따라 들어온 도키치로를 보며 깜짝 놀라 말했다.

"아니, 기노시타 님이시군요."

"고히."

"예……."

"무가의 아내로서 지금까지 내게 아무 말도 하지 않았다니 괘씸하군. 기노시타 님과 네네가 교제하는 걸 알고 있으면서 왜 내게 말하지 않았는가?"

"미리 말씀드리지 못해 죄송해요."

"죄송하다는 말로 끝날 일이 아니오. 부모가 되어 그것도 모르다니. 남들이 알면 어쩌려고 그랬는가?"

"네네가 편지 정도 받은 거예요."

"그래도 얘기를 했어야지."

"게다가 네네는 총명한 아이니 절대로 잘못된 행동은 하지 않을 거라고 믿었고요. 외간 남자들이 시답잖은 편지를 보내는 것까지 당신께 말할 필요는 없다고 생각했어요."

"당신이 네네를 그리 감싸고도는 게 문제요. 요즘 젊은것들은 무슨 일을 저지를지 장담할 수가 없소."

마타에몬은 그렇게 말하고는 입구에서 쭈뼛대는 도키치로를 돌아보며 껄껄 웃었다. 도키치로는 그저 머리만 긁적였다. 좋아하는 여인의 아버지가 자신을 집으로 데려오자 큰 은혜라도 입은 듯 가슴이 떨렸던 것이다.

"자, 들어오시게."

마타에몬이 앞장을 서며 도키치로를 응접실로 데려갔다. 기껏 해야 다다미 열 장 정도의 응접실이었지만 이 집에서 가장 좋은 방이었다. 근처에 살면서 활 다루는 일을 하는 사람들의 집은 오늘 도키치로가 본 자신의 집처럼 작고 초라했다. 본래 오다 가문을 섬기는 품계가 낮은 관리나 하급 무사들은 다들 집이 검소해서 응접실이라고 해봤자 무구 외에는 달리 눈에 띄는 가재도구가 없었다.

"네네가 보이지 않는데 어디 갔소?"

"자기 방에 있어요."

아내가 손님에게 차를 따르며 말했다.

"손님이 왔는데 어찌 정식으로 인사하러 오지 않소? 내가 있으면 늘 도망치기 바쁘군."

"그럴 리가요. 옷을 갈아입고 머리를 빗고 있을 거예요."

"네네한테 술상 차리는 걸 도우라고 하시오. 비록 솜씨는 없지만 도키치로 님께 네네가 직접 만든 음식을 올려보게 말이오."

"아닙니다. 괜찮습니다."

도키치로는 어쩔 줄 몰라 했다. 성안의 시바타 곤로쿠 가쓰이에柴田權六勝家나 하야시 미마사카林美作와 같은 무서운 중신들이 아무리 노려봐도 끄떡하지 않던 도키치로였다. 그런 도키치로가 지금은 작은 일에도 수줍음을 타는 청년이 되었다. 이윽고 엷게 화장한 네네가 인사를 하러 나왔다.

"변변히 대접할 건 없지만 이렇듯 아버지께서 이야기를 나누는 걸 좋아하시니 편히 말씀 나누세요."

네네는 손수 만든 요리상에 술병을 가지고 왔다.

"예, 예에……."

도키치로는 마타에몬의 이야기에는 건성으로 대답하면서 네네의 몸짓과 뒷모습을 넋을 잃고 바라보며 '옆얼굴도 아름답구나' 하고 생각했다. 그리고 무엇보다 마음에 들었던 것은 갓 따낸 목화솜처럼 조금도 어색함이 없는 그녀의 자연스러운 모습이었다. 보통 여자들처럼 괜히 부끄러워하거나 새침을 떨지도 않았고, 아양이나 교태도 없었다. 그렇다고 여성스러움이 없는가 하면 그렇지도 않았다. 어스름한 달밤에 들에 핀 꽃처럼 청초하고 아련한 향기를 품고 있었다. 도키치로는 민감한 눈과 후각으로 끊임없이 그 향기를 느끼며 황홀감에 젖어 있었다.

"한 잔 더 어떠신지?"

"예에?"

"술을 좋아한다고 하던데."

"예……."

"왜 그러시오? 술잔이 그대로이지 않소?"

"예, 천천히……."

도키치로는 금은 가루를 뿌려 만든 술병을 앞에 두고도 등불에 흔들리는 네네의 얼굴을 뚫어져라 바라보았다. 그러다 그녀의 눈이 문득 자신을 향하면 당황해하며 빨개진 얼굴을 쓸어내렸다. 그리고 네네보다 자신이 더 점잔을 빼는 것을 느끼고는 그런 자신을 한심하게 여겼다. 그러면서도 속으로는 '언젠가 때가 되면 나도 아내를 맞아야 할 것인데, 저런 가인佳人을 아내로 맞이하고 싶다. 저 여인이라면 아무리 가난해도 견딜 수 있을 것이고 고난과 맞서 싸울 것이며 착한 아이도 낳을 것이다' 하고 생각했다.

도키치로는 무엇보다 가정을 꾸린 뒤에 있을 고난과 빈곤을 먼저 생각했다. 그는 돈에는 뜻을 두지 않을뿐더러 자신의 앞날에 태산과 같은 고난이 기다리고 있다는 것을 예감했다. 그리고 그는 정숙하고 예쁜 아내, 무지무학과 다름없는 어머니를 소중하게 모시고 뒤에서 남편의 기분을 헤아리고 격려할 줄 아내를 맞이하고 싶어했다. 이 두 가지 바람과 함께 빈곤을 이겨낼 마음이 있는 여인이라면 더 바랄 것이 없었다.

도키치로는 마음속으로 '저 여인이라면!' 하고 생각했다. 그와 같은 생각은 지금 갑자기 든 게 아니라 사람들에게 그녀의 칭찬을 듣기 훨씬 전부터 해왔다. 그래서 그녀에게 남몰래 편지와 선물을 보낸 것인데, 이렇게 가까이에서 보게 되자 그의 마음은 한층 더 절실해졌다.

"네네."

"예."

"기노시타 님과 할 얘기가 있으니 너는 잠시 나가 있거라."

마타에몬이 그렇게 말하자 벌써 사위라도 된 것처럼 이런저런 공상을 하고 있던 도키치로의 얼굴이 다시 새빨개졌다. 마타에몬이 진지한 얼굴로 말을 꺼냈다.

"기노시타 님."

"예."

"말씀드릴 것이 있습니다."

"예."

"표리부동한 사람이 아니라 믿고 말씀드리는 것이니 가벼운 마음으로 들어주십시오."

"무엇이든 말씀하십시오."

도키치로는 네네의 부친이 자신에게 친근함을 표하자 기분이 좋았다. 그는 마음속으로 기대하고 있던 이야기가 아니더라도 기꺼이 들을 준비가 되어 있다는 듯 자세를 바로 했다.

"다름이 아니라 딸아이도 어느덧 때가 되어서."

"그, 그런 듯합니다."

도키치로는 목이 바싹 말라 말도 제대로 나오지 않았다. 고개만 끄덕여도 될 것을 뭔가 맞장구를 쳐야 한다는 생각에 이따금 필요 없는 대답을 했다.

"실은 여기저기서 과분한 혼담이 들어오는 터라 부모로서 어찌해야 할지 고민하고 있는 참입니다."

"분명 그러하실 것입니다."

"그런데 말입니다."

"예, 예."

"부모 마음에는 들지만 딸아이가 마음에 들어 하지 않는 경우도 있고."

"알 듯합니다. 여자의 일생이, 행복과 불행이 결정되는 중요한 일이니 말입니다."

"주군 곁에 있는 무사들 중에 마에다 이누치요前田犬千代라는 청년을 아실 겁니다."

"마에다 님 말입니까?"

도키치로는 눈을 껌뻑였다. 마타에몬이 갑자기 마에다 이야기를 꺼냈기 때문이다. 마타에몬은 차근차근 이야기를 꺼냈지만 그것은 도키치로의 기대와는 너무나 동떨어진 이야기였다.

"그렇습니다. 그 마에다 이누치요 님은 좋은 가문 출신인데, 네네를 아내로 삼고 싶다며 계속해서 사람을 보내고 있습니다."

"아, 예……."

도키치로의 대답은 흡사 신음 소리에 가까웠다. 홀연 강적이 나타나고 말았다. 가장 먼저 이누치요의 큰 키가 도키치로의 머리를 짓눌렀다. 그리고 이누치요의 수려한 이목구비와 명석한 말투, 주군의 곁을 지키는 무사들 속에서 자라 늘 몸에 밴 품격 있는 행실이 떠오르자 그에 대한 적대감이 소용돌이치듯 밀려왔다. 도키치로는 사람들이 자신을 '원숭이'라고 부르는 것을 어쩔 수 없는 일이라고 스스로 인정할 만큼 외모에 자신이 없었다. 그래서 그에게 미남이라는 말만큼 싫은 말은 없었는데, 바로 마에다 이누치요가 그런 미남이었다.

"네네 님을 보내실 생각인지요?"

도키치로는 자신도 모르게 묻고 말았다.

"그야 뭐."

마타에몬은 고개를 저으며 가슴을 쭉 펴더니 갑자기 생각난 것처럼 차가운 술잔을 입에 대고 말했다.

"실은 온후하고 침착한 이누치요 님이라면 좋은 신랑감이라 여겨 기뻐하며 약속을 해버렸는데 근래 딸아이가 좀처럼 받아들이지 않습니다.”

“그럼, 네네 님은 그 혼담이 싫다는 것입니까?”

“싫다고는 하지 않지만 좋다고도 하지 않습니다. 아마도 싫은 모양입니다.”

“흐음, 그렇군요.”

“그런데 곤란한 것은 그 혼담입니다.”

이야기를 하는 동안 마타에몬의 눈썹이 일그러졌다. 무사로서 이누치요와 약속한 일을 떠올리자 침통한 마음이 들었던 것이다. 평소에 마타에몬은 이누치요를 장래성 있는 청년이라고 생각했다. 그런 이누치요가 네네를 아내로 삼고 싶다고 하자 마타에몬은 기쁠 수밖에 없었다.

“어떠냐? 둘도 없는 신랑감이 아니냐?”

마타에몬은 큰 공이라도 세운 듯 네네에게 말을 꺼냈지만 뜻밖에도 네네는 전혀 기뻐하지 않았었다. 오히려 근심스런 얼굴빛이 역력했다. 그 순간 마타에몬은 인생의 반려자를 고르는 일은 피를 나눈 부녀 사이라 해도 생각이 다를 수 있다는 사실을 깨달았다. 그렇다고 이제 와서 되돌리기에는 자신의 입장이 난처했다. 부모로서도 무사로서도 이누치요를 볼 면목이 없었다. 이누치요 쪽에서는 가까운 시일 내에 ‘아사노 님의 따님인 네네를 아내로 맞을 것이다’라고 말하고 다녔고, 사람을 보내 구체적으로 혼담을 진행하려고 했다.

약속한 날짜가 다가오고 있었던 것이다. 마타에몬은 딸아이가 근래 몸이 좋지 않다거나 올해는 연운年運이 나쁘다고 아내가 고집을 부린다는 핑계를 대며 겨우 약속을 미뤄왔다. 하지만 이제는 더 이상 둘러댈 구실도 없다며 도키치로에게 고충을 털어놓았다.

“사람들이 기노시타 님을 두고 기지가 뛰어나다고 하던데, 무슨 좋은 방법이 없겠습니까?”

마타에몬은 다시 잔을 비우고 내려놓았다. 취하고 싶어도 취할 수 없는 표정이었다. 혼자서 즐거운 공상을 했던 도키치로는 마타에몬의 말을 듣고는 함께 근심하지 않을 수 없었다.

'상대가 좋지 않다.'

도키치로는 생각에 잠겼다. 나쁜 사람이라는 의미가 아니라 상대가 마에다 이누치요라면 간단히 해결할 수 있는 일이 아니었다. 이누치요는 그가 싫어하는 미남이었지만 소위 말하는 얼굴만 미남은 아니었다. 전국戰國 시대의 거친 풍토에서 자란 굳세고 의젓한 기질과 틀에 얽매이지 않는 자유로운 정신의 소유자였다. 그는 열네 살 때 처음으로 오다 노부나가織田信長의 군대에 들어가 싸움에서 적의 수급 하나를 들고 돌아올 정도로 대단한 사내였다.

얼마 전에는 노부나가의 동생인 노부유키信行의 신하가 반란을 일으켰을 때에도 노부나가 군대의 선봉대로 나가 칼날이 부러질 정도로 싸웠다. 또 미야나카 간베宮中勘兵衛라는 자가 쏜 화살이 오른쪽 눈을 찔렀을 때도 화살도 뽑지 않은 채 말에서 뛰어내리더니 간베의 목을 쳐 노부나가에게 바쳤다. 그래서 하얗고 수려한 이누치요의 얼굴은 바늘 한 개를 그려넣은 것처럼 오른쪽 눈이 가늘게 일자로 뭉개져 있었다. 게다가 그는 노부나가조차 다루기 버거운 측근 무사였다.

"흐음, 이누치요라고 하면."

두 사람은 함께 방법을 찾아보았지만 당장 뾰족한 방법을 생각해내지 못했다.

"뭐, 그리 걱정하지 마십시오. 이번 일은 제가 맡아서 어떻게든 해결하겠습니다."

결국 도키치로는 그렇게 내뱉고 말았다.

그날 밤, 도키치로는 성으로 돌아와 잠을 잤다. 아무것도 얻은 것 없이 마타에몬의 근심만 절반을 떠안고 돌아온 형국이었다. 하지만 생각하기에 따라서는 나쁘지 않았다. 좋아하는 여인의 아버지가 마음속 근심을 털어놓았다는 것은 설령 그것이 마음의 짐이라고 해도 젊은 청년에게는 영광스러운 일이었다. 사실 도키치로는 마타에몬에게 신뢰를 받아서가 아니라 네네를 정말로 좋아했다.

'이것이 사랑인가?'

도키치로는 심란한 마음을 헤아려보다 사랑이라는 말을 중얼거리더니 문득 그런 자신을 한심하게 여겼다. 그는 사람들이 흔히 말하는 '사랑'이라는 말을 싫어했다. 소년 시절부터 사랑이라는 말을 체념하며 살아왔다. 그동안 그의 처지와 외모와 체격은 아름다운 여자들에게 경멸과 조롱과 모욕의 대상이었다. 그도 소년 시절에는 떨어진 꽃을 보면 슬퍼지고 달을 보면 마음이 울적했던 때가 있었다. 경박한 미인이나 귀공자는 상상도 할 수 없을 만큼 그는 다정다감한 감성을 속으로 삭여왔다. 그러다 보니 그의 내면에는 깊은 상처가 남았다.

도키치로 역시 사람이었다. 그는 지금껏 받은 조롱과 경멸을 언젠가 반드시 되갚아주겠다고 마음속으로 다짐해왔다. 세상 미녀들이 얼굴이 못생긴 남자에게도 무릎을 꿇고 아양을 부리며 사랑을 쟁취하기 위해 싸우는 모습을 보여주겠다고 다짐했다. 그리고 그 다짐을 자신을 독려하는 채찍으로 삼았다. 그런 생각은 알게 모르게 도키치로의 여성관이나 연애관에 깊은 영향을 끼쳤다. 그러다 보니 그는 사랑을 실감하지 못했고, 여자의 아름다움만을 좇는 남자들을 멸시했다. 또 연애를 인생의 최우선으로 삼거나 신비스럽게 생각하는 남자들을 경멸했다.

'하지만 네네라면 용서할 수 있을 것 같아. 사랑을 한다 해도……'

인간은 자기 위주로 생각하는 법이다. 도키치로 역시 자신의 사랑에 대해 타협을 내리고는 네네의 얼굴을 떠올리며 잠이 들었다.

도키치로는 다음 날도 비번이라 성에서 일을 하지 않았다. 여느 때 같으면 어제 본 오동나무밭에 있는 자신의 집을 손질하거나 가구를 들여놓았을 테지만 그는 이누치요와 만날 기회를 엿보기 위해 성안에서 어슬렁거렸다.

이누치요는 늘 노부나가 곁에서 대기하고 있었다. 그러다 보니 그와 말을 나눌 기회가 별로 없었다. 상단에서 노부나가의 신하들을 내려다보는 그의 눈은 노부나가 이상으로 불손했다. 이따금 도키치로가 노부나가에게 진언을 하면 이누치요는 곁에서 사람을 꿰뚫어보는 듯한 눈으로 '원숭이가 또 헛소리를 한다'는 듯 입가에 희미한 웃음을 지어 보였다. 그런 모습이 건방져 보인 탓에 도키치로는 그와 그다지 교류를 하지 않았다.

"도키치로 님, 비번이시오?"

도키치로가 중문을 지키는 무사와 이야기를 나누는데, 그에게 말을 걸며 지나가는 사람이 있었다. 별생각 없이 뒤를 돌아보니 조금 전에 문지기가 사자使者로 나가 성에 없을 거라고 했던 이누치요였다.

"아, 오랜만입니다."

도키치로는 그를 쫓아가서 말을 걸었다.

"이누치요 님, 잠깐 긴히 드릴 말씀이 있습니다만."

도키치로보다 키가 훨씬 큰 이누치요가 도키치로를 내려다보며 대답했다.

"공적인 일이오, 아니면 사적인 일이오?"

"긴히라고 했으니 사적인 일입니다."

"그렇다면 지금은 안 되겠소. 주군의 명으로 나갔다가 돌아오는 길이니 사담을 할 때가 아니오. 나중에 합시다."

이누치요는 쌀쌀맞게 말하고 가버렸다.

'정나미가 떨어지는군. 하지만 의외로 좋은 점도 있는 자군.'

혼자 남겨진 도키치로는 멍한 표정으로 이누치요를 바라보다 큰 걸음으로 자리를 떴다.

성을 나온 도키치로는 오동나무밭의 새집으로 향했다. 도착해보니 한 사람은 문을 닦고, 또 한 사람은 짐을 짊어지고 있었다.

"집을 잘못 찾아왔나?"

주위를 둘러보니 부엌 쪽에서 남자 목소리가 들렸다.

"어이, 기노시타."

"아, 귀공이오?"

"자신의 새집 청소를 다른 사람에게 시키고 대체 어디에 다녀오셨소?"

그들은 도키치로가 숯과 장작 봉행을 할 때 곳간지기와 부엌일을 했던 동료들이었다.

"이거 어느새 제법 사람이 살 만한 집이 되었군."

도키치로는 마치 다른 사람의 집을 보듯 말하며 안으로 들어갔다. 집 안에는 술이 있었고 새 장롱과 다구를 얹는 선반도 있었다. 평소에 그를 좋아하고 따르던 사람들이 그의 영전 소식을 듣고 가져온 축하 선물들이었다. 그런데 주인이 보이지 않자 축하 선물을 가져온 친구들이 자신들 마음대로 청소를 시작하더니 가구를 놓고 문까지 닦던 참이었다.

"이거 고맙소, 고맙소이다."

도키치로는 머리를 긁적이며 서둘러 자신이 할 수 있는 일을 도왔다. 하지만 그가 할 수 있는 일이란 고작 술을 술병에 옮겨 담아 상에 놓는 정도였다.

"주인은 그저 가만히……."

벌목 산 사건이 있은 뒤로 도키치로에게 고마운 마음을 갖게 된 상인들이 술안주를 준비하고 물건을 사왔다. 부엌을 들여다보자 통통하게 살이 찐 하녀가 물청소를 하고 있었다.

"마을에서 데려온 하녀인데 당분간 일을 시키십시오."

상인의 말에 도키치로가 덧붙여 말했다.

"이번 기회에 하인과 일꾼 대신 노인 한 명을 고용하고 싶은데 좋은 사람이 있으면 알아봐주시게."

도키치로는 빙 둘러앉은 사람들 사이에 앉았다. 드디어 집들이가 시작되었다.

'오늘 이곳에 오길 잘했다. 만약 주인인 내가 없었다면…….'

도키치로는 속으로 생각하며 사람들에게 고마워했다. 그는 지금까지 자신이 태평하다고 생각하지 않았지만 지금 이 순간만큼은 어쩌면 자신에게 태평한 면이 있을지도 모른다고 생각했다.

서로 허물없이 대하는 술자리였다. 평소에 예의와 격식을 엄하게 차린 만큼 술을 마실 때만은 서로 꾸밈없이 스스로를 드러냈다. 그것은 이 나라, 또는 이곳 무사들만의 풍습이 아니었다. 귀족들도 그러했고 무로마치 조정의 무가들 역시 마찬가지였다. 다시 말해 당시 술자리의 풍습이 그러했다. 그들은 감춰두었던 장기를 선보이거나 사루가쿠마이猿樂舞를 추거나 젓가락으로 기물을 두드렸다. 그때 집 근처에 살고 있는 동료들의 처자가 찾아와 문 앞에서 축하 인사를 전하고 돌아갔다.

"어이, 기노시타 님. 당가의 주인."

"왜?"

"왜라니, 동네를 한 바퀴 돌면서 이웃들에게 인사를 건넸는가?"

"아직……."

"아직이라고? 저편에서 인사하러 올 때까지 춤추고 노래만 부르는 사람이 어디 있는가? 자, 옷을 단정히 하고 한 바퀴 돌고 오시게. 이웃에게 이사를 왔다고, 마구간 일을 맡게 됐으니 잘 부탁드린다며 한 집 한 집 돌며 인사를 하게나."

사나흘 뒤, 하녀와 같은 마을에 사는 사내가 하인으로 왔다. 다른 마을에서 온 젊은 사내도 함께 일을 거뒀다. 비록 적은 녹봉이지만 이제 도키치로는 작은 집 한 채와 하인을 둔 일가의 주인이 되었다.

"다녀오십시오."

이렇듯 도키치로는 집을 나설 때마다 하녀와 하인의 배웅을 받는 몸이 되었다. 그는 헌옷 가게에서 하늘거리는 파란 무명천에 커다란 오동 문양이 들어간 진바오리를 사서 걸치고 칼을 찼다.

"다녀오겠네."

도키치로는 그렇게 말할 때마다 기분이 썩 나쁘지 않았다. 그는 네네가 자신의 아내였다면 더할 나위 없이 좋을 거라고 생각하면서 기요스 성의 바깥 해자를 따라 걸어갔다. 해자를 바라보며 걸어가던 터라 저편에서 누군가가 싱글싱글 웃으며 오는 것을 깨닫지 못했다. 네네를 생각하는 듯싶었지만 그는 머릿속으로 전시의 공성攻城과 농성籠城에 대해 생각하고 있었다.

'이름뿐인 이 해자의 깊이가 얕아 열흘만 비가 오지 않아도 이내 바닥을 드러내니 전시라면 흙 가마니 천 개만 던져넣어도 건널 수 있을 것이다. 또한 성안의 식수도 부족하다. 이 성의 결점은 수리水利가 나쁘다는 것이고 그래서 적의 공격을 능히 막아내기 어렵다…….'

도키치로가 그런 생각에 빠져 있을 때 키 큰 사내가 다가와 그의 어깨를 치며 말했다.

“원숭이 님, 지금 출사하시오?”

“아…….”

도키치로가 사내의 얼굴을 올려다봤다. 그리고 얼마 전부터 품고 있었던 숙제의 답을 찾았다는 듯 말했다.

“마침 잘 만났습니다.”

사내는 마에다 이누치요였다. 얼마 전 성안에서 헤어진 뒤로 이야기를 나눌 기회가 없었는데 마침 성 밖에서 그를 만나게 되자 문제를 잘 해결할 수 있을 듯싶었다. 그런데 도키치로가 그 문제에 대해 말을 꺼내기도 전에 이누치요가 먼저 입을 열었다.

“원숭이 님, 얼마 전에 성안에서 내게 뭔가 긴히 할 얘기가 있다고 하셨는데 오늘은 공무 중이 아니니 말해보시지요.”

“아, 그건.”

도키치로가 주위를 둘러보더니 해자 끝에 있는 돌 위의 먼지를 털어내며 말했다.

“서서 할 얘기가 아니니 자, 이리 앉으시지요.”

“대체 무슨 일이오?”

“네네 님에 대한 일로…….”

“네네의 일?”

“그렇습니다.”

“네네와 그대가 무슨 관계라도 있소이까?”

“굳은 약속을 나눈 사이입니다.”

“…….”

이누치요는 도키치로의 말이 진심인지 장난인지 살피려고 그의 얼굴을 빤히 쳐다보았다. 그는 무척이나 진지한 도키치로의 얼굴을 보고는 돌연 웃기 시작했다.

"흐음, 그렇군. 네네와 약속을……. 하하하, 그거 아주 재미있구려."

이누치요는 전혀 개의치 않았다. 자신의 연적으로 삼기에는 상대가 너무나 부족했다. 자만심이 아니라 아무리 공평하게 비교해도 자신을 버리고 저런 원숭이와 약속까지 할 유별난 여자는 세상에 없을 거라고 믿었던 것이다. 마을의 미천한 여자나 하급 무사의 딸 정도라면 몰랐다. 유미슈弓衆[58]인 마타에몬 가문은 전형적인 무가였고 그의 딸도 교양이 있었다.

"그런데?"

이누치요는 도키치로가 치기 어린 말을 하는 것을 이해한다는 듯 관대한 태도로 다음 말을 재촉했다. 도키치로는 일생의 대사라는 듯 진지한 얼굴로 솔직하게 말했다.

"이누치요 님."

"예."

"네네를 좋아하십니까?"

"네네?"

"아사노 마타에몬 님의 따님 말입니다."

"아, 네네 말이군."

"좋아하십니까?"

"좋아한다면 어떻게 하겠소?"

"주의를 드리고 싶습니다. 이누치요 님은 아무것도 모른 채 네네의 부친에게 네네와 혼인하고 싶다고 말씀하셨습니다."

"그럼 아니 되오?"

"아니 됩니다."

"어째서?"

____

58 무가의 직책명 중 하나로 궁수弓手 부대에 속한 무사, 또는 그 우두머리를 일컫는다.

"네네와 저는 서로 오랫동안 흠모하는 사이입니다."

"……?"

이누치요가 도키치로의 얼굴을 뚫어져라 바라보더니 갑자기 어깨를 들썩이며 웃었다. 하지만 도키치로는 자신을 경쟁 상대로 취급하지 않는 이누치요의 모습을 보면서 한층 더 진지하게 말했다.

"웃을 일이 아닙니다. 네네는 절대로 저를 배신하고 다른 남자에게 시집갈 여인이 아닙니다."

"하하하, 그런가."

"우리는 굳은 약속을 나눴습니다."

"그렇다면 그걸로 됐지 않은가?"

"하지만 공교롭게도 네네의 부친인 아사노 마타에몬 님이 말씀하시길, 이누치요 님이 혼인 약속을 취소하지 않는 한, 자신은 할복할 수밖에 없다고……."

"할복?"

"마타에몬 님은 네네와 저의 친밀한 사이를 전혀 모르고 계셨기 때문에 이누치요 님께 따님을 시집보내겠다고 말씀하신 듯합니다. 방금 말씀드린 것처럼 네네는 결코 이누치요 님의 아내가 될 수 없습니다."

"그럼 누구의 아내가 된다는 말인가?"

이누치요가 반문하자 도키치로가 자신의 얼굴을 가리키며 말했다.

"이렇게 말씀드리는 저입니다."

이누치요는 다시 웃었지만 이전과 같은 웃음은 아니었다.

"농담도 적당히 하시게. 원숭이 님, 그대는 거울이라는 것을 본 적이 있는가?"

"제 말을 거짓말이라고 여기시는 것인지요?"

"네네가 그대와 약속을 했을 리가 없네."

“사실이면 어떻게 하시겠습니까?”

“사실이라면 축하할 일이네.”

“네네와 제가 혼례를 올려도 이의가 없으시겠지요?”

“원숭이 님.”

“예.”

“사람들이 웃을 걸세.”

“비웃든 어떻든 저희 두 사람 사이는 어떻게 할 수 없을 겁니다.”

“정말인가?”

“말씀드린 바와 같이…….”

“여자란 말일세, 자신에게 다가오는 남자가 끔찍하게 싫어도 버드나무처럼 유연하게 대하는 법이네. 그러니 자신의 어리석음은 돌아보지 않고 나중에 속았다며 원망이나 하지 말게.”

“어쨌든 네네와 제가 혼례를 올리더라도 마타에몬 님을 원망하지 않으시겠지요? 설사 이누치요 님이 사리에 어두웠다는 것을 알게 되더라도 말입니다.”

“마음대로 하게. 전부터 내게 볼일이 있다고 한 것이 이것인가?”

“그렇습니다. 정말 고맙습니다. 방금 하신 말씀, 부디 잊지 마시길 바랍니다.”

도키치로가 인사를 하고 고개를 들어보니 이누치요의 모습은 이미 그곳에 없었다. 그로부터 며칠 뒤였다. 마타에몬의 집을 방문한 도키치로는 마타에몬에게 지난번 일로 의논할 것이 있다고 말했다.

“그 뒤 이누치요 님을 뵙고 마타에몬 님의 고충을 말씀드렸습니다. 따님이 이누치요 님께 시집갈 생각도 없을뿐더러 저와 약속까지 하였으니 포기하는 수밖에 없을 것이라고 말씀드렸습니다.”

도키치로는 마타에몬의 의아한 표정도 개의치 않고 계속 말을 이었다.

"그렇지만 이누치요 님도 네네 님한테 미련이 있는 듯 만약 다른 남자에게 시집을 간다면 허락하지 않지만 저라면 어쩔 수 없다고 하셨습니다. 그리고 일찍이 저와 따님이 약속한 대로 혼례를 올린다면 유감스럽지만 남자답게 포기하고 축복한다고 했습니다. 하지만 만에 하나라도 마타에몬 님이 따님을 다른 남자에게 시집보낸다면 결코 용납할 수 없다고 말씀하셨습니다."

"기노시타 님, 잠, 잠깐. 왠지 그대의 말을 듣고 있자니, 이누치요 님이 네네를 그대에게 주는 것은 괜찮지만 다른 남자에게 시집보내는 것은 용납할 수 없다고 말씀하셨다는 것처럼 들리는데……."

"그렇습니다."

"이해할 수가 없군. 대체 언제 내가 그대에게 네네를 주겠다고 했소이까?"

"면목이 없습니다."

"무슨 당치도 않은 말씀이오? 그런 식으로 이누치요 님을 속이라고 부탁한 적은 없소이다."

"맞는 말씀입니다."

"그런데 어찌 이누치요 님께 그런 말도 되지 않는 얘기를 했소이까? 하물며 네네와 약속을 했다니 장난이 지나치시오. 어불성설이오!"

성격이 온후한 마타에몬이 다소 노기를 띠며 말했다.

"그대와 같은 자가 그렇게 말하니 듣는 쪽도 농담이라고 생각할 테지만 아직 시집도 가지 않은 딸아이에겐 큰 폐가 될 뿐이오. 그렇지 않아도 난감하고 복잡한 일을 그대가 더 복잡하게 만들어놓을 셈이오?"

"당치도 않습니다."

도키치로는 머리를 숙여 사과했다.

"일이 이렇게 된 것은 제 잘못도 큽니다."

"그런 변명은 듣기 싫소. 그대에게 상식이 있을 거라 믿고 털어놓은 게 잘못이오."

"죄송합니다."

"그만 돌아가시오. 뭘 우물쭈물하고 있소. 그런 말도 되지 않는 얘길 하고 돌아다닌다면 앞으로 내 집에는 발도 들이지 마시오."

"예, 혼례를 올리는 날까지 삼가고 있겠습니다."

"뭐, 뭐라고?"

마침내 마타에몬이 참지 못하고 고함을 쳤다.

"대체 누가 자네 따위에게 네네를 주겠는가. 설사 내가 허락한다 해도 네네가 승낙하지 않을 것이네."

"바로 그 점입니다."

"뭐가 말인가?"

"사랑만큼 기이한 것은 없습니다. 네네 님은 저 말고 다른 사내의 아내가 되지 않겠다고 생각하고 있을 것입니다. 실례지만 마타에몬 님께서 자신이 시집가는 것으로 잘못 생각하시는 건 아닌지요? 제가 아내로 원하는 것은 네네 님이지 마타에몬 님이 아닙니다."

마타에몬은 어이가 없어서 입을 다물고 말았다. 아무리 철면피 같은 자라도 싫은 표정을 지은 채 잠자코 있으면 곧 돌아갈 거라고 생각한 것이다. 하지만 도키치로는 돌아갈 기색을 보이지 않았다. 그대로 계속 앉아 있던 도키치로가 활달하게 말했다.

"저는 거짓말을 하지 않습니다. 어디 한번 마타에몬 님이 네네 님에게 속마음을 물어보십시오."

참고 있던 마타에몬이 더 이상 용서할 수 없다는 듯 뒤를 돌아보며 아내에게 소리쳤다.

"고히, 고히!"

그의 아내는 좀처럼 큰소리를 내지 않는 남편이 아까부터 화를 내자 장지문 근처에 와 있었던 듯 바로 문을 열었다.

"네네를 불러오게!"

"예."

하지만 그의 아내는 근심스러운 듯 남편의 얼굴을 올려다보기만 할 뿐 자리에서 일어서지 않았다.

"뭘 꾸물거리는가!"

"하지만……."

그의 아내가 진정시키려고 하자 마타에몬이 소리쳤다.

"네네, 네네!"

네네가 놀란 얼굴로 와서는 어머니 뒤에 앉아 고개를 숙였다.

"들어오너라!"

마타에몬이 근엄한 목소리로 물었다.

"여기 있는 기노시타 님과 부모 몰래 앞날을 약속한 일이 있더냐?"

"……."

뜻밖의 질문에 네네는 놀란 눈으로 아버지와 그 앞에 머리를 숙이고 있는 도키치로를 번갈아 바라보았다.

"네네, 말해보거라. 가명이 달린 일이고 또 앞으로 시집을 가야 할 너의 순결과도 관련이 있는 일이니 정확하게 말하거라. 설마 그런 일은 없었을 테지?"

"……."

네네는 잠시 잠자코 있다가 이윽고 조심스럽지만 단호한 목소리로 말했다.

"없습니다."

"흠, 알았다."

마테에몬은 적잖이 안심한 듯 가슴을 폈다.

"하지만 아버님."

"뭐냐?"

"마침 어머님도 계시니 말씀드리겠습니다만."

"말해보아라."

"부탁드릴 것이 있습니다. 비록 미욱한 몸이지만 기노시타 님이 저를
아내로 원한다면 부디 기노시타 님께 시집갈 수 있게 허락해주십시오."

"뭐, 뭐라고?"

마타에몬은 혀가 꼬일 정도로 당황했다.

"네네!"

"예."

"지금 제정신으로 하는 말이냐?"

"여자에게는 일생일대의 대사이며, 제 입으로 말씀드리기 부끄럽지
만 저의 대사는 곧 부모님께도 대사이니 감히 말씀드린 것입니다."

"흐음……."

마타에몬이 신음 소리를 내며 딸을 바라보았다.

'대단하다!'

도키치로는 속으로 네네의 언행을 칭찬했다. 또 온몸이 들썩들썩할
정도로 환희를 느꼈다. 하지만 한편으로는 순수하고 소박한 무가의 딸
이 어떻게 자신의 가치를 알아보았는지 문득 무서운 마음이 들었다.

도산道山의 최후

황혼녘, 도키치로는 마타에몬의 집을 나와 오동나무밭에 있는 자신의 집 쪽으로 망연히 걸었다.

'부모님께서 허락하신다면 기노시타 님께 시집을 가고자 합니다.'

도키치로의 머릿속에서 네네의 말과 목소리와 모습이 맴돌았다. 걷고 있는 동안 그는 제정신이 아닐 정도로 큰 기쁨에 휩싸였다. 하지만 네네가 너무나 분명하게 말했기 때문에 조금은 불안한 마음이 들기도 했다.

'정말로 그녀는 나를 좋아하는 걸까? 그 정도로 좋아한다면 전부터 내게 호의를 보였을 텐데.'

도키치로가 남몰래 편지를 보내거나 선물을 보냈지만 아직까지 네네는 한 번도 인사를 하거나 답장을 보낸 적이 없었다. 아무런 반응이 없었던 만큼 그는 당연히 네네가 자신에게 호의를 갖고 있지 않다고 생각했다. 이누치요나 마타에몬에게 한 말도 실은 억지에 불과했다. 네네의 의사와는 상관없이, 자포자기 심정으로 자신의 바람을 이야기해서 아내로 삼겠다는 일종의 도박과도 같은 것이었다.

그런데 네네는 아버지 앞에서, 더욱이 자신의 앞에서 '기노시타 님

"

이라면'이라고 말했다. 참으로 용감한 행동이었다. 사실 도키치로는 마타에몬보다 더 놀랐다. 그만큼 그는 기쁨과 의심에 휩싸여 마타에몬 의 집을 나섰다.

마타에몬은 어이가 없어 도키치로가 돌아갈 때까지 벌레를 씹은 듯한 표정만 보일 뿐 딸의 말을 인정하지 않았다. 오히려 세상에 별난 사람도 많구나 하는 당혹감과 슬픔, 아니 경멸하는 듯한 표정으로 잠자코 있었다.

"후일에 다시 찾아뵙겠습니다."

도키치로는 계속 앉아 있는 게 거북해 자리에서 일어났다. 그때 마타에몬이 처음으로 입을 열었다.

"으음, 생각해보도록 하지. 생각해보겠네."

마타에몬이 네네와 도키치로 두 사람에게 말했다. 그 말속에는 자신은 찬성하지 않는다는 뜻이 담겨 있음은 말할 필요도 없었다. 하지만 생각해보겠다는 말은 도키치로에게 희망적인 말이었다. 적어도 지금까지는 네네의 마음이 불분명했지만, 이제 그녀의 마음만 변하지 않는다면 마타에몬의 뜻을 바꿀 자신이 있었다. 생각해보겠다는 말은 거절이 아닌 앞으로의 과제였다. 도키치로는 벌써 네네가 자신의 아내가 된듯한 기분이 들었다.

"이제 오십니까."

도키치로는 방에 들어와 자리에 앉아서도 앞으로의 과제와 네네의 마음에 대한 생각뿐이었다. 또 혼례를 올릴 경우 시기와 준비할 것들에 대해서도 생각했다.

"나카무라에서 소식이 왔습니다."

하인이 기장을 빻은 가루 한 보따리와 편지 한 통을 가지고 왔다. 편지는 나카무라의 어머니가 보낸 것이라는 걸 한눈에 봐도 알 수 있었다.

얼마 전 도키치로는 어머니에게 편지를 보냈다. 그는 편지에 작은 집 한 채를 갖게 되었다는 소식을 전하면서 어머니에게 나카무라를 떠나 자신의 집으로 옮겨오라고 했다. 아직 녹미를 삼십 관밖에 받지 못해 크게 효도할 수는 없지만 이제 배를 곯을 걱정은 하지 않아도 되고, 하인이 두 명이나 있으니 이곳에 오면 힘든 일을 하지 않아도 된다고 했다. 또 누나인 오쓰미에게 어울리는 신랑도 찾아주고 술을 좋아하는 의붓아버지에게도 적으나마 좋은 술을 드릴 수 있다고 했다. 그리고 근래에는 자신도 다소 먹고살 만하니 가족이 다 모여서 예전 가난했던 생활을 이야기하며 함께 살자고 편지를 보냈던 것인데, 어머니는 답신으로 다음과 같이 적어 보냈다.

기요스로 옮겨오라는 네 말에 얼마나 기뻤는지 모른다. 끼니를 굶지 않고 이렇게 생활할 수 있는 것도 네 덕분이자 네 주군의 은혜일 것이다. 하지만 주군의 은혜를 입고 오로지 봉공에 힘써야 할 지금, 네가 우리 때문에 봉공에 소홀하는 일이 있어서는 안 될 것이다. 무사는 죽을 각오로 봉공을 해야 하는 법이다. 네가 도와준 덕분에 먹는 것도 입는 것도 부족함이 없다. 옛날을 떠올리며 이게 다 신령님과 부처님, 영주님의 은혜라고 생각하고 아침저녁으로 손을 모아 감사를 드릴 뿐이다. 그러니 부디 이 어미 걱정은 하지 말고 봉공에 힘쓰길 바란다…….

도키치로는 하인이 앞에 있는 것도 잊은 채 눈물을 뚝뚝 흘리며 몇 번이고 편지를 다시 읽었다. 주인은 자신이 부리는 하인에게 우는 얼굴을 보이지 않아야 했다. 또 무사는 다른 사람에게 눈물을 보여서는 안 된다고 교육을 받았지만 그는 그렇지 않았다. 너무나 서글피 우는 까닭에 앞에 있던 하인이 오히려 어쩔 줄 몰라 하고 있었다.

'아아, 내가 잘못 생각했구나. 어머님의 말씀이 옳다. 역시 어머니는 훌륭하시다. 그래, 아직 일신일가一身一家의 작은 욕망을 생각할 때가 아니다.'

도키치로는 어머니의 편지를 접으며 고개를 끄덕이더니 눈물이 하염없이 흐르는 눈가를 어린아이처럼 팔뚝으로 비볐다.

'그래! 요 근래에는 전쟁이 없었지만 성 아래 마을은 언제 전쟁이 일어날지 모른다. 나카무라에 계시는 편이 어머니나 누나에게 좋을 것이다. 아니지, 그런 생각 자체가 틀렸다고 말씀하시는 것이다. 오로지 성심을 다해 봉공을 해야 한다.'

도키치로는 접은 편지를 머리에 대고 절을 하면서 어머니가 앞에 있는 것처럼 되뇌었다.

"어머님의 말씀 잘 알겠습니다. 꼭 그리하겠습니다. 주군과 다른 사람들에게 인정을 받게 되면 제가 다시 맞이하러 갈 터이니 그때는 제 집으로 꼭 옮겨오십시오."

도키치로는 보따리를 젊은 하인에게 건넸다.

"부엌으로 가지고 가게."

"예."

"왜 내 얼굴을 그리 보는가? 울 때 우는 것이 뭐가 이상한가? 이것은 내 어머니가 손수 밤중에 간 기장 가루이니 부엌의 하녀에게 말해 경단으로 만들어 내가 가끔씩 먹을 수 있게 해주게. 내가 어릴 때부터

경단을 아주 좋아해서 어머니가 그것을 기억하고 보내신 것이니 말이
네.”

그 순간 도키치로는 네네의 일을 완전히 잊어버렸다.

“어머니는 무엇을 드시고 계실까? 내가 가끔 돈을 보내드려도 여전
히 맛있는 것은 자식에게 먹이고 아버지에게는 술을 사드리고 소금이
나 나물만 드시는 건 아닐까? 어머님이 오래 사셔야 할 텐데…….”

도키치로는 혼자 야식을 먹으며 중얼거렸다. 그리고 잠자리에 들어
서는 반성을 했다.

‘그래, 어머님도 맞아들이지 못하는데 아내를 맞기에는 아직 이르
다. 너무 빠르다.’

그렇다고 네네를 포기한 것은 아니었다. 다만 네네를 아내로 맞는
것을 조금 늦추는 것이 좋다고 생각한 것뿐이었다.

어느새 도키치로는 잠이 들었다. 이윽고 문밖에서 말이 달려가는 말
발굽 소리가 들렸다. 한두 마리가 지나간 뒤 다시 두세 마리가 달려갔
다. 그 순간 도키치로가 벌떡 일어나며 외쳤다.

“곤조權三, 곤조!”

곤조는 젊은 하인의 이름이었다. 그는 기마타木股 촌 출신이어서 기
마타 곤조라고 불렸는데 도키치로는 그를 곤조라고 불렀다.

“무슨 일이십니까?”

따로 하인의 방이 없었기 때문에 곤조는 늘 주인 옆에서 잠을 잤다.

“밖을 살피고 오너라. 이 늦은 시간에 말이 화급을 다투듯 성 쪽으로
달려갔다.”

“예!”

곤조는 칼을 들고 바로 밖으로 나갔다가 이내 돌아왔다. 주인인 도

키치로가 덧문을 열고 툇마루 끝에서 밤하늘을 올려다보는 모습을 보고는 마당에서 무릎을 꿇고 말했다.

"보고 왔습니다."

"무슨 파발이더냐?"

"미노美濃의 사카이境에서 보낸 급사急使들인데 무슨 일이 일어난 듯합니다."

"미노지美濃路에서?"

도키치로는 밝아오는 하늘가를 다시 바라보았다.

"관리의 사자이더냐, 아니면 미노의 사이토 가문의 사자이더냐?"

"미노의 파발도 보이고 관리의 사자도 있는 듯합니다."

"그런가."

도키치로는 고개를 끄덕이고는 이내 잠옷을 벗었다.

"곤조, 무구를 넣어둔 궤를 가져오게."

"예!"

곤조는 벌떡 일어나 곧바로 주인 앞에 궤를 가져다놓았다.

얼마 뒤 도키치로는 성 쪽을 향해 밤길을 달려갔다. 볼품없는 갑옷에 칼을 차고 가죽 버선에 짚신을 신고 질풍처럼 내달렸다. 미노라는 말을 듣는 순간, 그는 짐작 가는 일이 있었다. 요 몇 년 동안 팽팽한 긴장감에 휩싸여 있던 미노의 사이토 가문에 내란이 일어났다고 생각한 것이었다.

'머지않아 반드시.'

도키치로는 그동안 아무 일이 일어나지 않은 것을 오히려 이상하게 여기며 머지않아 내란이 일어날 것이라고 믿고 있었다.

'내란이다!'

도키치로는 믿어 의심치 않았다.

기요스 성에 도착해보니 역시 성문에 군마가 모여 있었다. 성문을 지키는 병사가 평소와 다른 도키치로의 모습을 보고는 갑자기 창을 겨누며 다가왔다.

"누구냐? 멈춰라!"

도키치로가 큰 소리로 신분을 밝혔다.

"나는 마구간을 맡고 있는 기노시타 도키치로다. 한밤중에 성 근처에서 말들이 줄을 이어 달려가는 소리를 듣고 무슨 일인가 싶어 달려왔다."

"아, 기노시타 님입니까?"

"그렇네."

"큰일 났습니다."

병사가 도키치로를 알아보고는 창을 거두고 길을 열었다. 불을 빨갛게 피워놓은 성곽 넓은 장소에 무사들이 모여 있었다. 무사들은 금방 일어난 듯한 모습으로 갑옷 토시를 묶거나 신발 끈을 단단히 조여 매고 활과 철포를 손질했다. 도키치로는 한눈을 팔지 않고 곧장 마구간 쪽으로 달려갔는데, 마구간에서 자신보다 한발 앞서 노부나가의 애마를 끌고 나오는 자가 있었다. 마구간을 지키는 무사들은 그 젊은 무사의 명을 받고 일사분란하게 움직이고 있었다. 마구간지기들이 보이지 않자 도키치로가 급히 달려가서 말했다.

"저는 마구간을 맡고 있는 기노시타 도키치로입니다. 주군의 말고삐를 끄는 것은 제 소임이니 말을 제게 건네주십시오."

젊은 무사가 돌아보며 씽긋 웃더니 순순히 고삐를 건네주었다.

"원숭이 님인가? 주군께서 벌써 밖에 나와 계시니 빨리 끌고 가게."

마에다 이누치요였다. 그와 도키치로는 네네의 문제는 까맣게 잊은 채 주군의 애마를 둘러싸고 대현관 쪽으로 달려갔다.

그날 밤, 기요스 성으로 보고된 국경의 첩보는 예상대로 미노의 대란을 알리는 것이었다. 작년에 이나바稻葉 산의 사이토 요시타쓰齋藤義龍는 양부인 도산 야마시로道三山城가 자신을 폐적하고 차남인 마고시로孫四郎나 셋째인 기헤이지喜平次를 후계자로 세우려는 계획을 알아차렸다. 그는 꾀병을 가장해 도산의 두 아들을 불러 죽였고 이에 도산이 격분한 것은 말할 것도 없었다. 결국 미노는 자멸의 길로 들어선 것이다.

해를 넘긴 올해 고지弘治 2년 4월, 부자지간의 싸움은 기후岐阜의 마을과 나가라長良 강의 기슭을 불길과 피로 물들이며 펼쳐졌다. 국경에 주둔하고 있던 오다 가문의 관리와 도산 쪽의 파발이 급변을 고해왔다.

"야마시로 뉴도 님의 군대가 싸움에서 패했고 사기鷺 산의 성도 불길에 휩싸였습니다."

"한시라도 빨리 장인어른의 군대를 도와주시길 바랍니다."

노부나가의 아내가 도산의 딸이었으니 도산 야마시로는 노부나가의 장인이었다. 노부나가는 즉시 침실에서 군령을 내리고 성안의 장수와 병사가 무장을 하는 동안 대현관까지 나와 있었던 것이다.

도키치로와 이누치요가 말고삐를 잡고 노부나가에게 말에 오르기를 청했다. 말에 오른 노부나가는 여느 때처럼 아직 준비되지 않은 무사들을 그대로 남겨둔 채 몇몇 근신만 데리고 성 밖으로 달려 나갔다.

"장인의 복수다. 미노에 들어가면 다른 자들에겐 눈길도 주지 말고 극악무도한 요시타쓰의 목을 노려라. 오직 그의 목이 목적이다. 모두 알겠느냐!"

노부나가는 말 위에서 장수들을 돌아보며 몇 번이나 되풀이해서 말했다. 갈수록 군세가 늘더니 어느새 대군이 되었고 무장들은 노부나가의 주위를 몇 겹으로 에워싸며 진형을 이루었다. 이윽고 국경인 기소木曾 강 동쪽 기슭에 이르렀다. 이누치요와 도키치로도 직속 무사들 속에 뒤섞여 앞서거니 뒤서거니 하며 달려가고 있었다.

"원숭이!"

이누치요가 도키치로를 돌아보며 외쳤다.

"체구에 어울리지 않게 의외로 걸음이 빠르군."

"걸음뿐 아니라 싸움이 벌어지면 이누치요 님께 지지 않을 만큼 잘 싸웁니다."

도키치로가 대꾸했다.

"제법 기개가 있군. 하하하, 제법이야."

"저도 무사입니다. 무슨 일이든 지는 건 싫습니다."

"그렇다면 이나바 산에 이르러서 누가 먼저 성에 쳐들어가는지 시합하지 않겠나? 나보다 먼저 성에 쳐들어간다면 네네를 주겠네."

그 말에 도키치로가 갑자기 멈춰 서더니 입을 크게 벌리고 웃었다.

"하하하, 하하하."

"원숭이, 뭐가 우스운가?"

"이누치요 님, 이대로 이나바 산으로 쳐들어갈 생각이십니까?"

"당연하지 않은가. 다른 자에게 빼앗길 수는 없는 법."

"싸움은 눈을 잘 뜨고 해야 합니다. 주군께서 어찌 이대로 미노로 쳐들어가시겠습니까. 미노와의 싸움은 몇 년 뒤에 일어날 일입니다. 이번에는 기소 강까지 가실 겁니다."

도키치로의 말에 이누치요는 바보 같은 소리라며 귀를 기울이지 않았다. 마침내 기소 강에 도착한 노부나가는 군대를 향해 휴식을 명했다. 그러고는 다음 전황에 대한 보고를 받을 때까지 반나절 동안 기다리기만 했다. 날이 저물고 미노 쪽 하늘을 향해 새빨간 비구름이 흘러갔지만 기소 강 서쪽 기슭에 주둔한 노부나가의 군대는 움직이지 않았다.

초저녁 무렵 기소 강을 헤엄쳐서 건너오는 자를 사로잡고 보니 도산 쪽 패잔병이었다. 노부나가 앞으로 끌려온 패잔병이 말했다.

"야마시로 님은 사기 산에 있는 성에서 나오신 뒤 나가에나카세長柄中瀨 기슭에서 요시타쓰 군을 맞아 그제부터 격전을 치르시다 끝내 요시타쓰의 부하인 고마키 미치이에小牧道家의 손에 죽임을 당했습니다. 요시타쓰는 야마시로 님의 수급을 보자 '당신 스스로 자초한 운명이니 나를 원망하지 말라'며 그 목을 나가라 강에 던져버렸습니다. 자식 된 자가 부모인 도산 님의 수급을⋯⋯."

패잔병이 몸을 떨며 도산 야마시로노카미의 최후를 말하자 노부나가가 암울한 표정으로 되물었다.

"장인인 도산 님이 그리 빨리 최후를 맞이했단 말이냐. 비슈尾州의 급보가 너무 늦어 내가 이곳까지 달려왔으면서도 최후의 일전에 참전하지 못한 것이 너무나 안타깝구나."

노부나가는 자리에서 일어서더니 한동안 밤하늘의 새빨간 난운을 올려다보았다. 주위 사람들은 그런 노부나가를 보며 눈물을 참는 것이라고 생각했다. 그 순간 노부나가는 갑자기 맹세라도 하듯 부하들에게 큰 소리로 말했다.

"너무 늦었다! 이렇게 된 이상, 지금 달려간다고 해도 소용이 없다. 일단 철수하고 후일 요시타쓰의 목을 베어 장인어른의 한을 풀자꾸나."

노부나가는 철수를 알리는 나팔을 불게 했다. 이누치요는 의외라고 생각했다. 아니, 그뿐만 아니라 전쟁에 이골이 난 중신들도 노부나가의 명령에 한동안 멍하니 서 있었다. 기소 강을 철수한 뒤 오와리尾張 방향으로 어두운 밤길을 몇 리나 돌아갈 때쯤 지각이 있는 신하들은 자연스레 노부나가의 속내를 깨닫기 시작했다.

'지금은 미노로 쳐들어갈 때가 아니다. 절호의 기회인 듯하지만 필승을 기할 대계大計가 없고서야…….'

이누치요는 노부나가의 깊은 뜻보다 처음부터 그것을 예상한 도키치로라는 인간에 대해 더 깊이 생각했다.

'다른 사람들이 원숭이라며 비웃을 때 나도 그자를 대수롭지 않게 여겼는데 대체 어떻게 그것을 알았을까?'

이누치요는 옆에 있는 도키치로를 달리 쳐다보며 묵묵히 걸었다.

밤이 샐 무렵, 두 사람은 서로의 얼굴을 바라보았다.

"이누치요, 그대는 어떻게 생각하시오? 사이토 도산 님은 자신의 주군을 죽였고 그의 아들인 요시타쓰는 부모를 죽였소. 그렇게 인륜이 없는 미노라면 그냥 내버려두어도 멸망할 텐데 그것이 언제일 것 같소? 이번에는 요시타쓰 차례인데, 언제쯤이 될 것 같소?"

이누치요는 이제 도키치로 앞에서 섣불리 말할 수 없을 정도로 주눅이 들어 있었다. 그리고 도키치로가 자신을 부를 때, 예전처럼 '이누치요 님'이라고 부르지 않고 말을 놓아도 뭐라고 할 수 없었다.

아케치明智 함락

북쪽은 에나惠那, 서쪽은 히다飛驒와 미노 산에 둘러싸여 있었다. 가니고可兒鄕의 아케치明智 성은 이전 시대의 형태로 이루어진 아케치노쇼明智之庄의 산간에 있는 산성이었다. 아케치 성은 도기土岐의 겐지源氏59 이래로 오래된 가계家系와 시류에서 벗어나 있어 그동안 산간의 평화를 유지해왔다. 하지만 어제부터 연기를 내뿜더니 오늘 새벽녘에는 맹렬한 불길에 휩싸이고 말았다. 바깥 성곽과 요새라고 불리는 안쪽 본성의 건물도 불길에 휩싸여 당장이라도 무너질 듯 위태롭게 보였다.

아케치 성을 공격하는 군사는 이나바 산의 사이토 요시타쓰의 군세였다. 도산 히데타쓰道三秀龍의 거성인 사기 산을 함락시키고 그의 목을 베어 나가라 강에 던진 여세를 몰아 이곳을 공격한 것이다. 아케치 미쓰야스 뉴도明智光安入道는 본래 도산 히데타쓰 아래 속해 있었기 때문에 난이 일어나자마자 조카인 주베 미쓰히데十兵衛光秀와 아들인 야헤이지 미쓰하루弥平治光春와 함께 이나바 산의 군대와 싸웠다. 하지만 곳곳에서 패하고 말았다. 그리고 주군인 도산이 죽자 고향인 아케치노쇼로 철수한 뒤 작은 아케치 성을 사지로 삼아 적의 맹렬한 공격을 막아내

---

59 일본 성씨의 하나로, '미나모토源'라는 성을 가진 씨족을 통틀어 일컬을 때 사용한다.

고 있었던 것이다.

"배신이다!"

"배신자가 있다!"

불길 속에서 외치는 아군의 목소리를 들으며 미쓰야스는 최후를 예감했다. 성안을 둘러보자 불길이 일지 않은 곳은 뒷산 숲밖에 없었다. 그곳에 있는 곡식 창고와 '미즈노데水の手'라고 부르는 저수지 연못만이 아직 불에 타지 않았다.

"주베는 어디 있느냐? 주베를 찾아오너라."

미쓰야스는 아군의 시체들 사이로 내달리며 적을 막고 있는 병사나 장수를 향해 물었다. 하지만 그는 정작 아들인 미쓰하루에 대해서는 한 번도 묻지 않았다.

"아버님, 아버님."

미쓰하루가 난전 속에서 부친의 모습을 발견하고는 신변을 걱정하며 달려왔다. 그러자 미쓰야스가 아들을 보며 물었다.

"주베는, 주베는 어떻게 됐느냐?"

"이누이구치乾口 문에서 적들과 싸우고 있습니다. 아무리 말을 해도 물러서지 않습니다."

"절대 죽게 내버려두면 안 된다!"

미쓰야스는 갈라진 목소리로 아들을 꾸짖으며 이누이구치 언덕길을 달려 내려갔다.

"앗, 아버님! 제가 가겠습니다. 적군이 있는 곳에 직접 가시지 않아도……."

뒤쫓아 간 미쓰하루가 미쓰야스를 강제로 후방으로 데리고 왔다.

"아버님, 뒷산 곡식 창고와 미즈노데는 아직 불이 나지 않았습니다. 저곳에서 잠시 기다리십시오."

"빨리 가거라! 주베가 죽으면 안 된다."

미쓰야스는 그렇게 말하면서 뒷산의 숲으로 기어 올라갔다. 그는 자신이나 아들인 미쓰하루는 여기서 죽어도 어쩔 수 없다고 각오하고 있었다. 하지만 주베 미쓰히데는 형의 아들이었다. 주베는 형인 시모쓰케노카미 미쓰쓰나下野守光綱가 자신에게 맡기고 세상을 뜬 아케치 가문의 후손이었다. 미쓰야스는 그런 주베를 죽게 하면 죽은 형을 볼 면목이 없다고 생각했다. 그는 시시각각 다가오는 성의 운명과 함께 오직 그것만을 근심하고 있었다.

"아아……."

미쓰야스는 망연히 서서 신음 소리를 냈다. 미즈노데에 있는 망을 보는 초소를 들여다보니 성안의 여자들과 어린아이들이 칼에 맞아 마치 들꽃 위로 폭풍이 지나간 듯 피를 흘리며 쓰러져 있었다.

"주베 님! 제발 이곳에서 일단 물러나십시오."

미쓰하루는 이나바 산의 군사들에 맞서 전력을 다해 싸우는 주베를 온몸으로 막아섰다. 그러고는 그의 손목을 잡고 강제로 끌었다.

"이곳에서 물러서면 어떻게 적을 막겠는가!"

주베는 절규하며 말했다. 평소에 과묵하고 진중한 그의 모습과는 전혀 달랐다.

"미즈노데까지, 일단 미즈노데까지."

주베는 미쓰하루의 손을 뿌리치며 소리쳤다.

"미즈노데로 물러서면 어떻게 되겠는가. 이미 적은 외곽의 성곽을 뚫었고 본성의 아군 중에 배신자가 나온 마당에."

"아버님이, 아버님이 그곳에서 기다리고 계십니다."

"숙부님이?"

"찾아서 데려오라고 아까부터 걱정하고 계십니다."

"어찌 나 따위를 걱정하신단 말인가. 내 목숨 따윈 아무것도 아니네. 설령 패한다고 해도 이나바 산의 역당들을……."

주베는 이를 갈며 꼼짝도 하지 않았다. 그는 자신의 패배보다 인류를 저버린 적에 대해 인간으로서 분노를 느꼈다. 그는 그동안 문무에 뜻을 두고 스스로 학자라 자임하고 있었다. 물론 무도도 다른 사람에게 뒤지지 않으려고 노력해왔고 학자 중에서는 어느 누구에게도 지지 않을 만큼 책을 많이 읽었다. 그런 그의 사상과 신념은 성현의 길을 통해 갈고닦은 것이기도 했다. 지금 자신의 성을 불길에 휩싸이게 한 적은 단순히 자신만의 적이 아니었다. 부모인 도산을 공격해 멸망시킨 천하의 패륜아 요시타쓰의 부하들이었다. 인류의 적이자 성현의 길에 대한 적이었다. 그러다 보니 주베는 자신의 목숨을 돌보지 않을 만큼 분노에 휩싸이고 말았다. 오직 대역大逆의 무리를 한 명이라도 더 죽이고 자신도 죽고자 하는 생각뿐이었다.

"저런 잡병들을 상대하다가 개죽음을 당할 순 없습니다."

"개죽음? 야헤이지, 뭐가 개죽음인가? 대역죄를 지은 요시타쓰가 이대로 순탄하게 번영을 구가한다면 세상은 지옥이 되고 인간은 짐승만도 못한 존재가 될 것이네."

"알고 있습니다. 저도 그것을 잘 알고 있습니다. 하지만."

"아무리 맞서 싸운들 나 혼자 저들을 어떻게 할 방법도 없고 저들에게 죽임을 당하신 야마시로노카미 님이 살아 돌아오시는 것도 아니지만, 아귀와 같은 미노의 내란 속에서도 참된 인간이 있었다는 증거는 될 것이네. 나는 그것을 위해 죽을 것이네. 나는 죽어도 후회는 없네. 그런데 자네는 그것을 개죽음이라고 하다니!"

"알고 있습니다. 하지만 죽기 전에 부디 아버님을 만나보십시오. 그러고 나서도 신념대로 목숨을 걸고 싸울 수 있을 것입니다. 죽는다고 해도 주베 님 혼자 죽게 내버려둘 수는 없습니다.”

“좋다! 숙부님은 어디 계신가, 어디에 계시는가 말이네. 죽기 전에 뵙도록 하지.”

주베는 야헤이지의 뒤를 따라 뒷산의 미즈노데로 달려 올라갔다. 숙부인 미쓰야스는 초소 앞에 서서 두 사람을 기다리고 있었다.

“오, 미쓰하루냐? 주베도 무사했구나.”

“분합니다.”

두 사람은 정적에 휩싸인 숲과 연못 근처에 서 있는 미쓰야스의 모습을 발견하고는 그만 맥이 풀렸는지 비틀거리며 쓰러졌다.

“분하게도 선조 이래 성의 운명이 이렇게…….”

“으음, 그렇구나!”

“하지만!”

주베가 멀리 불길과 신음 소리가 들리는 쪽을 보며 힘주어 말했다.

“저희 일족, 주군인 야마시로노카미 님의 뒤를 좇아 여기서 목숨을 다하는 한이 있더라도 싸우겠습니다. 도기 겐지 이래로 수백 년이 지나 저에 이르기까지 불충대역의 패륜아는 나오지 않았습니다. 그것을 자랑스럽게 생각합니다. 이는 무문으로서 인류를 다한 것이자 영광이며, 오직 무문의 깃발만이 불에 타는 것에 불과합니다.”

“그렇습니다!”

미쓰하루가 외치자 미쓰야스도 고개를 끄덕였다.

“숙부님, 저는 극악무도한 저들과 끝까지 싸우다 기꺼이 최후를 맞을 것입니다. 힘이 닿는 한 적을 베고 각자 죽을 자리를 선택하는 것이 도리입니다. 인사를 고할 틈도 없습니다. 그럼 이만…….”

주베가 말을 마치고 다시 일어서려고 했다.

“주베, 잠깐.”

"예?"

"너는 여기서 죽을 생각이더냐?"

"당연한 것을 어찌 물으십니까?"

"나는…….'

미쓰야스는 하늘로 검게 피어오르는 연기를 바라보다가 다시 스물다섯의 약관에 불과한 조카와 그보다 어린 아들을 물끄러미 바라보았다.

"나는 너희를 죽게 하고 싶지 않구나. 너희는 아직 젊다. 도망치거라!"

"예?"

"도망치거라. 미쓰하루, 주베."

"그게 무슨 말씀입니까? 지금 이런 상황에 어찌 그런 말씀을 하십니까."

"눈앞에 벌어진 상황만 보고 세상이 끝났다고 생각하는 것은 잘못이다. 젊은 너희에게는 앞날이 있다. 성 하나 빼앗기고 불에 타더라도 거대한 시간의 흐름에서 보면……."

"이해할 수 없습니다. 숙부님께서는 저희에게 부끄러움도 모르는 무사가 되라고 말씀하시는 것입니까?"

"그래도 좋다. 너희에겐 앞으로 많은 날이 남아 있다. 다시 도기 겐지 아래에 들어가 훗날 가명을 일으켜 세워준다면."

"그럴 수 없습니다. 지금은 역적의 무리인 요시타쓰에 맞서 마지막까지 싸울 뿐입니다. 무문의 정의가 저희의 무기이자 요새입니다. 여기서 도망쳐 목숨을 부지한들 거기에 무사도는 없을 것입니다."

"아니 그렇지 않다."

"숙부님, 숙부님은 지금 이 상황이 무서우신 겁니까?"

"주베, 말조심하거라."

미쓰야스는 일갈한 뒤 아들과 조카가 보는 앞에서 단검으로 자신의 목을 그었다. 그때 천둥과 같은 굉음이 대지를 뒤흔들더니 미즈노데의 연못에는 잔물결이 일고 하늘에는 검은 연기가 가득 찼다.

"앗, 화약고도."

주베가 나무 사이로 달려가서 성 쪽을 살폈다. 그의 얼굴과 나무줄기들이 새빨갛게 물들어 보였다. 성은 순식간에 불바다로 변했고 그가 있는 산의 나무들까지 불타기 시작했다. 벽지의 작은 성에는 어울리지 않게 성 뒤쪽 성곽 건물에 많은 화약이 저장되어 있었다. 미노에서 철포라는 신무기에 가장 먼저 관심을 가진 사람은 주베였다. 그는 철포를 만들기 위해 규슈九州와 사카이를 몇 번이나 왕래했다. 그리고 누구보다 빨리 기후에 철포를 만드는 대장간을 양성한 뒤 자신의 거성에 은밀히 화약을 비축하고 있었다.

주베는 시대를 내다보는 선견지명이 있었고 명민했으며 철포의 구조처럼 과학적이었다. 하지만 그의 치밀한 계산도 자신의 운명을 예측하지는 못했다. 그는 지금 자신이 직접 연구하고 지도해서 만든 철포로 공격을 당하고 있었던 것이다. 또 먼 훗날, 이 성에서 출전하여 중원에 도기 겐지의 깃발을 휘날릴 생각으로 비축해놓았던 화약은 지금 대대로 내려온 성을 초토화시키고 사람들과 산천초목을 불태우고 있었다.

"……."

주베는 처참한 심경이었다. 그렇게 나무 뒤편에서 불길을 내려다보던 주베가 소리쳤다.

"그렇다! 숙부님의 말씀대로 도망치자. 살아남자. 살아남아서 이 원한을 풀자!"

갑자기 생각을 바꾼 것이다. 그때 저편에서 미쓰하루가 비통한 목소리로 그를 불렀다.

"주베 님! 아버님이 고통스러워하시며 무슨 말씀을 하십니다. 주베 님! 아버님의 마지막 유언을 들어주십시오. 곧 숨이 넘어가시려 합니다."

조금 전까지만 해도 주베는 자신을 부르는 미쓰하루도 자결한 숙부의 모습도 돌아보지 않고 혼자 불속으로 뛰어들어 적과 싸우다 죽을 생각이었다.

"앗, 숙부님!"

주베는 달려가서 미쓰하루와 함께 쓰러져 있는 미쓰야스의 몸을 안아 일으켰다.

"미쓰하루, 거기 있느냐?"

미쓰야스의 눈은 더 이상 아무것도 보이지 않는 듯했다.

"아버님, 여기 있습니다. 옆에 있습니다."

"주베는?"

"숙부님, 저도 여기 있습니다."

"두 사람 모두 죽어서는 안 된다. 내 죽음을 헛되이 하지 말거라. 주군을 따라 이 성과 운명을 함께하는 것은 나 혼자만으로도 족하다. 무문의 이름을 세우거라. 나는 상관 말고 너희는 어서 도망치거라."

"……예."

"주베, 미쓰하루를 부탁한다."

미쓰야스는 말을 마치자마자 목을 그은 뒤 손에 쥐고 있던 단검으로 갑옷 틈새의 옆구리를 찌르며 자결했다.

"미쓰하루, 숙부님의 수급을!"

"아……."

미쓰하루는 눈물을 글썽인 채 어찌할 바를 몰라 했다. 죽은 미쓰야스의 등 위로 불꽃과 재가 날아왔다. 주베는 그런 사촌 동생의 모습을 보다 못해 미안하다는 말을 하며 미쓰야스의 목을 베었다. 그러고는 수급을 자신의 소매로 감싼 뒤 앞서 달려가며 외쳤다.

"미쓰하루, 빨리 와라."

그 뒤 두 사람은 짐승처럼 낮에는 숨어 있다 밤이 되면 걸었다. 다행히 가니고가 영지 안이라 지리를 잘 알고 있었고 민가의 문을 두드리면 숨겨주었다. 하지만 히다 가도까지 가니 적들밖에 보이지 않자 그들은 몇 번이나 도망치는 것을 포기하려고 했다. 히다 강 강가에서 패잔병들을 추적하는 적병에게 발각되어 쫓길 때, 미쓰하루는 아직 땅에 묻지 못한 아버지의 수급을 내려놓으며 말했다.

"이젠 틀렸다! 주베 님, 자결하는 것이 좋을 듯싶습니다."

주베는 고개를 저었다.

"바보 같은 소리! 여기서 서로 칼로 찔러 죽을 생각이었다면 조상의 땅에서 죽었을 것이네. 이렇게 된 이상, 무슨 수를 써서라도 살아남아야 하네."

주베는 미쓰하루가 땅에 내려놓았던 수급을 품에 안고 내달렸다. 한밤중에 서쪽을 향해 길도 없는 산속을 기어올랐고 새벽녘에 길가로 나왔다. 그렇게 해서 미노에서 에치젠越前으로 이어지는 험준한 고개인 다이니치고에大日越 도착했다. 이곳은 행인의 왕래도 드물었고 사이토 일족의 세력권에서도 벗어난 곳이었다. 그들은 작은 새를 잡아먹거나 산미나리와 토란 뿌리를 먹으며 걸었다.

쿵쿵, 도끼 소리가 편백나무 숲에서 은은하게 울렸다. 주베는 깃발로 감싼 숙부의 수급을 미쓰하루의 손에 건네며 잠깐 기다리라고 말하고는 어딘가로 사라졌다. 잠시 뒤 주베가 편백나무 숲에서 괭이 한 자루와 천민들이 입는 옷가지들을 손에 들고 돌아왔다.

"예상대로 저 앞에 나무꾼들의 움막이 있어서 말을 하고 가져왔네."

주베가 미쓰하루에게 괭이를 건네자 미쓰하루가 잠자코 그것을 받아들고는 주위를 둘러보며 물었다.

"어디로?"

"가능한 샛길에서도 멀리 떨어진 곳이 좋네."

주베는 숲 속으로 들어가서 나무 그늘이 진 어두침침한 땅을 손으로 가리켰다. 미쓰하루는 괭이를 들고 땅을 파기 시작했다.

"더, 좀 더 깊이."

주베가 미쓰하루가 파는 구덩이를 보며 말했다. 미쓰하루는 수급을 묻을 수 있을 만큼 파고 있었지만 주베는 사람이 들어갈 만큼 파야 한다며 재촉했다. 마침내 구덩이를 다 파자 주베가 미쓰야스 뉴도의 수급을 땅속 깊이 놓더니 몸에 걸치고 있던 갑옷을 다 벗었다.

"미쓰하루, 자네도 갑옷을 벗어서 묻게."

두 사람은 칼만 남기고 갑옷과 함께 지니고 있던 물건을 모두 미쓰야스의 무덤 속에 묻었다. 그러고는 천민의 옷으로 갈아입었다. 그러자 겉모습과는 어울리지 않게 유독 칼만 두드러져 보였다. 그들은 칼집을 천으로 감싸고 칼자루의 쇠장식을 벗겨내 일부러 산적처럼 보이게 했다.

"물은 없나?"

"냇물이 있는데 물을 담을 통이 없습니다."

"아니, 있네."

주베는 숲 밖으로 걸어 나갔다. 이윽고 대나무를 베어 넘어뜨리는 소리가 들리더니, 주베가 대나무 토막을 들고 돌아왔다. 두 사람은 대나무 토막에 물을 담아와 미쓰야스의 수급을 묻은 땅에 뿌리고는 한동안 합장을 했다. 새들의 울음소리가 편백나무 숲을 가득 채웠다. 두 사람은 머리가 맑아졌고 아케치노쇼에서 도망쳐온 뒤 처음으로 본연의 모습으로 돌아가 있었다.

"……."

미쓰하루가 팔뚝으로 눈물을 닦았다. 전쟁터에서 부친이 죽고, 그 수급을 안고 이틀 밤을 걸어온 뒤 처음 흘리는 눈물이었다.

"미쓰하루."

"예."

"울지 말거라. 네가 슬퍼하면 나도 견딜 수가 없다. 숙부님은 나를 위해 목숨을 버린 것이나 마찬가지니 말이다."

"그렇지 않습니다. 무장으로 어찌……."

"내 아버님께서 임종하실 때, 숙부님께 어린 나를 부탁한다고 당부하셨다. 그 책임감이 너무나 크셨던 것이다. 잊지 않으셨던 것이다."

"아버님께서도 늘 그리 말씀하셨습니다."

"성이 함락되고 불길 속에서도 그것만 걱정하고 계셨다. 그리고 우리를 도망치게 하기 위해 자결을 하셨다. 너무나 애석하구나."

주베는 다시 한 번 땅에 손을 짚고 절을 했다.

"미쓰하루! 여기서 우리 둘이 맹세를 하자."

"예."

"살아남은 내 목숨은 내 것이지만 더 이상 내 것이 아니다. 나를 대신해 돌아가신 것이나 마찬가지인 숙부님의 혼도 들어 있다. 또한 도기 겐지의 조상님들의 혼도 들어 있다. 나는 앞으로 하루하루를 절대 헛되이 쓸 수가 없다."

"저도 같은 심정입니다."

"그럴 것이다. 아니 그래야만 한다. 큰 뜻을 품고 반드시 가명을 일으켜야 한다. 미쓰하루, 알겠느냐."

“명심하겠습니다. 성과 가신들 모두 잃고 혈혈단신이 된 것이 오히려 하늘의 은혜일지도 모릅니다. 하늘이 우리 두 사람에게 고난 속에서도 한층 정진하라고 내린 계시일지도 모릅니다.”

“그런 마음으로 정진해야 한다. 나도 더욱 문무를 수행하고 정진할 것이다.”

미쓰하루가 고개를 들어 새가 울고 있는 나뭇가지를 올려다보았다.

“왠지 가슴이 뻥 뚫린 듯합니다. 주베 님, 돌아가신 아버님도 흐뭇해하실 겁니다.”

“그래, 우리 서로 잊지 말도록 하자!”

두 사람은 그렇게 맹세하고는 험준한 다이니치고에를 넘어 다른 지역으로 들어갔다. 그리고 한동안 에치젠의 아나마자이穴馬在에 숨어 있었다. 그다음 미노의 난과 인접국의 형세를 알아본 뒤 에치젠의 쓰루가敦賀를 벗어나 배를 타고 북쪽의 미쿠니三國 나루에서 내렸다. 미쿠니 나루에 있는 나가사키長崎의 칭염사稱念寺에 예전부터 알고 지내던 엔아 쇼닌園阿上人이 있었는데, 그를 찾아간 것이었다.

그로부터 몇 년 동안 두 사람은 절 앞에 있는 마을에서 집 한 채를 빌려 서당을 하며 지냈다. 주베가 아이들에게 글공부를 가르칠 때에는 미쓰하루가 여행을 떠났고 미쓰하루가 집을 지킬 때에는 주베가 여행을 떠났다. 여행은 물론 수련을 하면서 다른 나라의 군비나 문화를 돌아보는 것이었는데, 세상 사람들은 그것을 무사수행이라고 했다.

바람 속의 성

노부나가는 싸우지 않았다. 시기에 민감한 그가 왜 기소 강까지 진군한 뒤 군사를 돌렸던 것일까? 국경인 기소 강 바로 건너편에서는 내란으로 며칠 동안 불길이 치솟고 있었으니, 그야말로 공격하기에 절호의 기회였다. 야마시로 도산의 밀사가 좋은 조건을 제시하기도 했다. 하지만 그는 강을 건너지 않았다. 오히려 가신들이 평소의 주군 같지 않다며 아쉬워할 정도였다.

"하하하, 노부히로信廣 님의 내통 사건으로 꽤나 진절머리가 나신 듯하군."

그렇게 말하는 사람도 있었다. 노부히로는 노부나가의 형이었다. 예전에는 동생인 노부유키가 하야시 사도林佐渡와 미마사키美作와 함께 모반을 꾀하더니 얼마 전에는 형인 노부히로가 미노의 사이토와 내통해서 기요스 성을 빼앗으려고 했다. 그때 노부히로의 계략은 이러했다.

"노부나가 놈, 천성이 경거망동하니 미노 군이 국경을 공격하면 즉시 성을 비우고 나갈 것이 틀림없다. 그 틈을 노리면 손쉽게 대사를 성사시킬 수 있을 것이다."

그 뒤 노부히로는 미노와 내통해서 계략을 세웠고, 미노는 계략대로 작년부터 국경 방면에서 두세 차례나 공격을 했다. 하지만 노부나가는 그 계략에 넘어가지 않았다. 수상히 여긴 노부나가가 끈질기게 다그치자 노부히로도 끝내 사실을 털어놓고 말았다.

"이제 다시는 이런 일이 없도록 할 것이고, 앞으로 네 손발이 될 테니 용서해다오"

노부히로가 동생에게 사과를 건네면서 사건은 일단락되었다. 가신들은 기소 강에서 싸우지 않고 철수한 노부나가의 마음을 그 사건과 연관 지어 생각했다.

하지만 도키치로만은 그런 말에 귀를 기울이지 않았다. 그는 커다란 오동 문양이 새겨진 무명 진바오리를 입고 부채를 들고 여름 내내 바지런히 일에 전념했다. 어쩌다 이누치요와 얼굴을 마주치면 어이, 하고 아는 체를 하기도 했다. 그러면 이누치요도 어이, 하고 대답할 뿐 두 사람 모두 네네의 '네' 자도 입에 담지 않았다. 하지만 두 사람은 네네를 사이에 둔 사랑싸움이나 기소 강 출진과 같은 일들을 겪으면서 암묵적으로 서로를 보는 안목이 차츰 깊어진 듯했다. 똑같이 어이, 하고 말했지만 이전보다 깊은 친밀감이 느껴졌다. 그리고 서로에 대해 알아갈수록 한쪽이 '저자는 쉬운 상대가 아니다'라고 생각하면, 또 다른 한쪽도 '섣불리 무시할 수 없는 자다. 가벼운 듯하면서도 속을 알 수 없고 엉성한 듯하지만 눈빛이 날카롭고 세심하다'며 서로를 경계했다.

하지만 두 사람만큼은 왜 노부나가가 싸우지 않고 미노의 경계에서 돌아왔는지에 대한 어리석은 억측으로 시간을 헛되이 보내지 않았다. 도키치로는 처음부터 노부나가가 싸우지 않으리라는 것을 알았으며, 이누치요도 이제 그 까닭을 알고 있기 때문이었다.

노부나가는 자중하며 시간을 보냈다. 병마를 훈련시키고 식량을 비축했으며 여름에 폭풍우 때문에 성벽의 축대와 담장이 크게 훼손되자 즉시 명을 내려 수리하게 했다. 이백이십여 일 동안 이어진 폭풍우는 매년 찾아오는 행사와 같았다. 하지만 폭풍우보다 더 불길한 바람이 오와리를 향해 불어오고 있었다. 그것은 서쪽의 미노, 남쪽의 미카와三河의 마쓰다이라松平, 그리고 동쪽의 스루가駿河의 이마가와 요시모토今川義元의 움직임이었다. 아침저녁으로 들어오는 첩보에 의하면 기요스는 점점 고립무원의 상태로 변하고 있었다.

그 무렵 폭풍우 때문에 성의 외곽 성벽이 백 간間 이상이나 무너졌다. 그것을 개축하기 위해 많은 목수와 미장이, 토공과 석공이 성안으로 들어왔다. 당교를 통해 목재와 돌 등 공사 재료를 끌어다가 곳곳에 쌓아놓아 성안의 통로와 해자 근처가 극도로 혼잡했다.

"발을 디딜 곳이 없군."

"폭풍우가 다시 오기 전까지 빨리 끝내지 않으면 이번엔 담장이 위험할 것이다."

그곳을 지나는 사람들이 불편을 호소했다. 공사를 맡은 관리와 그의 부하들은 공사 구역에 '공사 지역 내 무단 출입 금지'라고 적은 팻말을 세워두고 전시와 같은 복장으로 분주히 일했다.

공사가 시작된 지 이십여 일 가까이 됐지만 전혀 진척이 없었다. 불편한 상황이었지만 아무도 그곳에서 목청 높여 고충을 호소하는 사람이 없었다. 게다가 성벽 백 간의 개축은 큰 공사다 보니 모두 오래 걸리는 것을 당연하게 여겼다.

"지금 저편으로 간 건 누구냐?"

공사를 감독하는 부교奉行인 야마부치 우곤山淵右近이 묻자 부하가 뒤를 돌아보며 말했다.

"마구간 관리인 기노시타 도키치로인 듯합니다."

"기노시타? 아, 그렇군. 듣기로는 원숭이라고 불린다던데."

“그렇습니다.”

“그자에게 볼일이 있으니 다음에 지나가면 부르도록 하라.”

우곤이 말했다. 부하는 무엇이 그의 비위를 거슬렀는지 알고 있었다. 도키치로는 매일 출사할 때마다 이곳을 지나갔지만 한 번도 인사를 한 적이 없었던 것이다. 그리고 쌓아놓은 목재 위를 밟고 지나가기도 했다. 물론 통로에 쌓여 있을 때에는 어쩔 수 없다고 하더라도 성의 공사용 목재인 이상 일단 공사 감독에게 양해를 구해야 했다.

“예의를 모르는 자군.”

부하들이 뒤에서 수군대곤 했다.

“어차피 하인에서 무사 신분으로 출세한 데다 근래에는 성 밖에 택지를 받아 출사한 지 얼마 안 됐으니 그럴 만도 하지.”

“이제 갓 출사한 자가 건방을 떠는 것처럼 눈에 거슬리는 것도 없지. 눈에 뵈는 게 없는 자야. 한번 혼을 내줘야 건방을 떨지 않을 걸세.”

우곤의 부하들은 도키치로를 혼내주기 위해 벼르고 있었다.

저녁 무렵 마침내 도키치로가 모습을 드러냈다. 도키치로는 사시사철 똑같은 무명 진바오리를 입고 있었다. 마구간 일은 거의 밖에서 이루어지니 얼마든지 복장에 신경을 쓸 수도 있었다. 하지만 도키치로는 자신의 복장에 신경을 쓸 만큼 돈을 가지고 있지 않았다.

“왔다.”

부교인 우곤의 부하들이 서로 눈짓을 주고받았다. 커다란 오동 문양이 그려진 무명 진바오리를 입은 도키치로가 그들 앞을 유유히 지나갔다.

“잠깐.”

“기노시타, 잠깐.”

“나 말인가?”

도키치로가 뒤를 돌아보았다.

"그렇소."

"무슨 일인가?"

우곤의 부하들이 도키치로를 불러 세운 뒤 가까이 다가갔다. 땅거미가 내리는 공사장에서는 장인과 인부 들이 관리의 점호를 받은 뒤 느릿느릿 집으로 돌아가고 있었다. 미장이와 목수 등을 모아놓고 내일 작업에 대해 의논하고 있던 야마부치 우곤이 부하의 말을 듣고 의자에서 일어서며 말했다.

"잡아놓았느냐? 그럼 이곳으로 데려오너라. 단단히 일러두지 않으면 버릇이 될 것이다."

이윽고 야마부치 우곤이 있는 곳으로 도키치로가 왔다. 도키치로는 아무 말도 하지 않았고 머리도 숙이지 않았다. 성안에서는 붙임성이 좋았지만 지금 그는 '대체 무슨 일인가?'라는 얼굴로 가슴을 펴고 무뚝뚝하게 서 있었다. 그 모습이 우곤의 화를 한층 돋우었다. 우곤은 도키치로와 자신은 비교할 수 없을 만큼 신분 차이가 난다고 생각했다. 그는 기요스 성과 이어져 있는 나루미鳴海의 외성을 맡고 있는 야마부치 사마노스케 요시도오山淵左馬介義遠의 아들로 오다 가문의 장수 중에서도 중신의 아들이었다. 사시사철 파란 무명 진바오리 한 벌로 지내는 도키치로와는 격이 달랐다.

'불손한 놈이군.'

우곤은 얼굴에 불편한 심기를 드러냈다.

"원숭이."

"……."

"어이, 원숭이."

우곤이 불렀지만 도키치로는 대답하지 않았다. 여느 때의 도키치로와는 다른 모습이었다. 도키치로는 주군인 노부나가부터 친구들까지 입버릇처럼 자신을 원숭이라고 불렀기 때문에 누가 그렇게 불러도 별로 신경을 쓰지 않았다. 하지만 지금은 달랐다.

"원숭이, 귀가 멀었느냐?"

"멍청한 것!"

"뭐라?"

"사람을 불러놓고 헛소리도 유분수지. 원숭이라니?"

"다들 너를 그렇게 불러서 나도 그렇게 부른 것뿐이다. 나는 나루미 성에 있는 날이 많아 네 이름 따윈 잘 모른다. 그래서 사람들이 부르는 대로 불렀는데 뭐가 잘못됐느냐?"

"잘못됐다. 나를 어떻게 불러도 괜찮은 사람과 그렇지 않은 사람이 있다."

"그렇다면 나는 괜찮지 않다는 말이냐?"

"그렇다."

"닥쳐라. 괜찮지 않은 것은 오히려 네 불손함이다. 매일 아침 출사할 때, 어찌하여 공사 자재를 밟고 다니느냐? 또 내게는 왜 인사를 하지 않는 게냐?"

"그것을 채근하는 것이냐?"

"예의를 모르는 놈이군. 네가 갓 무사가 되었으니 하는 말이지만, 무사는 예의를 중히 여기는 사람이다. 그런데 너는 이곳을 지날 때마다 의기양양한 얼굴로 공사 상황을 바라보거나 혼자서 무슨 말인가를 중얼거렸다. 성의 공사는 모두 전쟁터와 같은 규칙에 따라 시행되고 있다. 무례한 놈, 앞으로 또다시 그와 같은 일이 벌어진다면 그냥 두지 않을 테니 명심하거라!"

우곤은 호통을 치고는 이어 말했다.

"짚신지기에서 무사 신분이 됐다고 안하무인으로 행동하니 참으로
한심하구나. 하하하."

우곤은 주위에 있는 도편수와 부하 들에게 자신의 위세를 보여주려
고 한껏 웃으며 도키치로에게 등을 돌렸다. 그것으로 일이 끝났다고
생각한 도편수들은 야마부치를 둘러싸고 다시 공사 지도를 펼쳤다.

"……."

하지만 도키치로는 꼼짝도 하지 않았다. 그가 우곤의 등을 노려보면
서 자리를 뜨지 않자 우곤의 부하들이 말했다.

"기노시타, 그만 가시오."

"이제 혼이 났으니 앞으로 주의하면 될 것이오."

"자, 돌아가시오."

우곤의 부하들이 도키치로를 데려가려고 했지만 도키치로는 전혀
움직이지 않고 우곤의 등과 도편수들을 노려보듯 바라보았다. 이윽고
도키치로가 갑자기 큰 소리로 웃기 시작했다. 지도를 보며 회의를 하
던 도편수와 부하 들이 깜짝 놀라 얼굴을 들자 의자에 앉아 있던 우곤
이 뒤돌아보며 소리쳤다.

"왜 웃는 것이냐?"

도키치로는 더 크게 웃으며 말했다.

"웃겨서 웃는 것이다."

"무례한 놈 같으니라고!"

우곤이 벌컥 화를 내며 일어나 의자를 걷어찼다.

"미천한 놈이라 용서해주었더니 오만불손하기 짝이 없군! 작업장에
도 진중陣中과 똑같은 군율이 있다. 네 이놈, 당장 목을 칠 것이니 똑바
로 서거라!"

우곤은 칼에 손을 갖다 댔다. 그래도 도키치로가 표정 하나 변하지

않고 꿈쩍도 하지 않자 그는 더욱 분이 난 듯 소리쳤다.

"저자를 붙잡아라. 처벌을 내릴 것이니 도망치지 못하도록 사로잡아라."

야마부치의 부하들이 도키치로의 곁으로 다가갔다. 도키치로는 다가오는 자들을 가만히 둘러보았다. 아까부터 도키치로를 묘하게 생각하던 부하들은 께름칙한 마음으로 그를 둘러쌀 뿐 누구 하나 손을 대지 못했다.

"야마부치 님, 허세만 부릴 줄 알지 하는 짓은 참으로 서툴구려."

"뭐, 뭐라고."

"성의 공사도 군율과 똑같은 제도로 진행한다 하셨는데, 그것은 대체 무엇을 위한 규율이오? 입으로는 그렇게 말하면서, 그 이유를 전혀 모르는 것이 아니오? 어리석은 야마부치 부교, 내 그것이 우스워 웃었는데 뭐가 잘못되었소?"

"네 이놈, 부교인 내게 무엄하기 그지없구나."

"그럼 먼저 묻겠소."

도키치로는 가슴을 펴고 주위를 둘러보면서 일장연설을 늘어놓기 시작했다.

"지금이 태평성대인지 난세인지 모르는 자는 멍청한 자일 것이오. 게다가 여기 기요스 성은 사방이 적으로 둘러싸여 있소. 동으로는 이마가와 요시모토와 다케다 신겐武田信玄, 북으로는 아사쿠라 요시카게朝倉義景와 사이토 요시타쓰, 서로는 사사키佐佐木와 아사이淺井, 남으로는 미카와의 마쓰다이라까지 산 하나, 강 하나 너머에는 모두 적들뿐이오."

도키치로의 목소리는 자신감이 넘쳤고, 또 사사로운 감정으로 말하는 게 아니다 보니 모두 기가 눌린 채 그의 말을 듣고 있었다.

"그러다 보니 가신들 모두 폭풍우가 몰아칠 때마다 무너지는 토벽을 철벽이라고 믿으며 한시도 방심하지 않고 사방의 적과 대치하고 있소. 사정이 그러한데도 이 정도 공사에 이십여 일이나 들이면서 뻔뻔하게 세월만 허비하는 것은 어불성설이자 태만이라 아니할 수 없소. 만약 이러한 틈을 타 한밤중에 적들이 쳐들어온다면 어떻게 할 것이오?"

도키치로는 연설에 능했지만 그러한 장기를 지나치게 드러내기도 했다. 그럴 때면 사람들은 그를 두고 요설가라거나 허풍쟁이라고 하며 경원시했다. 그러다 보니 도키치로는 평소에 말을 삼가면서 가능한 과묵하게 지냈다. 하지만 필요할 때는 할 말은 해야 한다고 믿었다. 그는 지금이야말로 자신의 장기를 한껏 발휘해 사람들을 굴복시킬 때라고 여겼다.

"무릇 성의 공사에는 세 가지 법도가 있소. 첫째는 속도인데, 이는 공사를 비밀리에 신속하게 해야 한다는 것이오. 둘째는 견조堅粗, 즉 거칠게 해도 견고한 것이 좋다는 것이오. 장식이나 미관은 태평성대를 이룩한 뒤에 신경 써도 좋소. 셋째는 상비간방常備間防이오. 상비간방이란 공사 중이라고 해서 공사가 혼잡해서도, 평상시의 방비에 소홀하거나 흐트러져서도 안 된다는 것이오. 공사 중에 가장 삼가야 할 것은 그 틈이 생기는 것이오. 비록 한 치의 토벽으로도 그 틈이 일국의 멸망을 초래할 수 있는 법이오."

도키치로의 말은 압도적이었다. 야마부치 우곤은 두세 번 무슨 말인가를 하려고 했지만 도키치로의 연설에 눌려 그저 입술만 떨고 있을 수밖에 없었다. 미장이와 목수, 도편수, 부하 들은 처음에는 멍하니 도키치로의 말을 듣고 있었고, 그가 말하는 도리를 이해하게 된 뒤에는 아무런 제지도 할 수 없었다. 대체 누가 부교인지 알 수가 없었다. 도키치로는 주위 사람들이 자신의 말을 이해했다는 것을 알아채고 더욱 힘주어 말을 이었다.

"그럴진대 야마부치 님의 공사 상황은 대체 어떻소이까? 어디에 신속함이 있으며, 또 어디에 상시 방비가 있소? 이십여 일이나 지났지만 아직 벽 한 칸 세우지 못했소이다. 토벽 아래 무너진 돌을 개축하는 데 시간이 걸린다고 얘기했는데, 그 정도 일을 하면서 성의 공사를 진중의 군율과 마찬가지라고 과장하는 것은 적반하장도 유분수라 아니 할 수 없소. 이 도키치로가 적국의 간자라면 허를 찔러 이곳으로 쳐들어올 것이오. 그러한 일이 일어나지 않으리라 믿고 유유자적 공사를 진행하는 모습이 한없이 위험하게 보일 뿐이오. 매일 성으로 출사하는 우리도 발밑이 험해서 더없이 불편하오. 하니 그것을 책하기보다 잘 의논해서 빨리 공사를 진척시켜야 할 것이오, 알겠소이까? 부교뿐 아니라 그 아래 일꾼들이나 도편수들도 마찬가지라오."

도키치로의 연설은 설교이자 훈시와 같았다. 말을 마친 도키치로가 기분 좋은 얼굴로 씽긋 웃어 보였다.

"이거 괜한 말을 해서 실례를 한 건 아닌지 모르겠소. 이것도 중요한 봉공 중에 하나일 것이니 서로 피차일반일 것이오. 어느새 날이 어두워졌으니 그만 돌아가야겠군. 먼저 실례하겠소이다."

우곤과 사람들이 어안이 벙벙해하는 동안 도키치로는 서둘러 성 밖으로 빠져나갔다.

다음 날, 도키치로는 마구간 대기소에서 일을 했다. 그는 이곳에서 일하게 된 뒤 그 누구보다 열심히 일했다.

'저리 말을 좋아하는 사람도 없을 거야.'

동료들이 이해하지 못할 정도로 도키치로는 말과 함께 기거하며 주어진 일에 최선을 다했다.

"기노시타, 부르시네."

조장이 마구간 앞에 서서 말했다.

"누가요?"

도키치로는 노부나가의 애마인 산게쓰山月의 배 아래쪽으로 들어가 있었다. 산게쓰의 다리에 종기가 생기자 그는 큰 대야에 따뜻한 물을 담아 정강이를 씻어주고 있었던 것이다.

"부르신다고 하면 주군 말고 또 누가 있겠나? 주군께서 부르시니 빨리 가보게."

조장은 무사들이 있는 대기소를 돌아보며 이어 말했다.

"어이, 누가 기노시타 대신 산게쓰를 마구간에 들여놓게."

"아닙니다. 제가 들여놓고 가겠습니다."

도키치로는 말 아래에서 바로 나오지 않았다. 그는 산게쓰의 다리를 다 씻긴 뒤 약을 바르고 천으로 묶어주었다. 그러고는 산게쓰의 목덜미와 털을 쓰다듬으며 마구간으로 데리고 들어갔다.

"주군께서는 어디에 계십니까?"

"정원 끝에 계시네. 빨리 가지 않으면 혼이 날 걸세."

"예."

도키치로는 대기소에 들어가 벽에 걸어두었던 파란 무명 진바오리를 걸쳤다.

노부나가는 시바타 곤로쿠와 이누치요 등 네댓 사람과 함께 있었다. 매를 보살피던 사람이 몸을 일으켜 물러간 뒤 도키치로가 달려왔다. 도키치로는 노부나가로부터 열 걸음 정도 떨어진 곳에서 무릎을 꿇고 머리를 숙였다.

"오, 원숭이군."

"옛!"

"가까이 오라."

노부나가가 뒤를 돌아보자 이누치요가 즉시 의자를 놓았다.

"더 가까이 오라."

"예."

"어제였던가? 원숭이, 네가 성 외곽의 공사장에서 호언을 꽤 늘어놓았다고 하던데?"

"벌써 들으셨습니까?"

노부나가는 쓴웃음을 지었다. 도키치로가 큰소리친 사람답지 않게 송구스러워하며 얼굴을 붉히고 있었기 때문이다.

"앞으로 자중하라."

노부나가가 엄하게 꾸짖었다.

"오늘 아침에 야마부치 우곤이 네 무례함을 강하게 힐책하러 왔다. 하나 다른 사람의 말을 듣자니 네 말에도 일리가 있는 듯하여 달래서 보냈다."

"황송합니다."

"사과하고 오라."

"예?"

"공사장에 가서 우곤에게 사과하고 오게."

"제가 말입니까?"

"그렇네."

"명이시라면 사과를 하겠습니다만, 정말이신지요?"

"싫은가?"

"송구스러운 말씀이지만 제가 사과를 하면 악폐가 될 것입니다. 제 의견이 옳을 뿐 아니라 상대가 봉공에 충실하지 않았기 때문입니다.

그 정도 공사에 이십여 일을 쓴다는 것은 더욱…….”

“잠깐.”

“예?”

“자네는 내 앞에서도 호언을 늘어놓을 셈인가? 자네 생각은 다른 자에게 들어 알고 있다.”

“당연한 이치를 말씀드린 것뿐이지 호언이라고 생각하지 않습니다.”

“그렇다면 자네는 그 공사를 며칠 내로 끝낼 수 있는가?”

“그것은…….”

도키치로는 신중히 생각한 뒤 바로 대답했다.

“공사가 다소 진행된 상태이니 앞으로 사흘이면 별 어려움 없이 완성할 수 있을 것입니다.”

“뭐라, 사흘?”

노부나가가 놀라며 되물었다. 시바타 곤로쿠는 도키치로의 말을 진심으로 받아들이는 노부나가를 비웃었지만 이누치요는 진지한 눈빛으로 도키치로의 눈썹이 꿈틀대는 것을 물끄러미 바라보았다.

● 1536년 하나쿠라의 난

전국시대 덴분 5년에 일어난 스루가국의 슈고 다이묘이자, 센고쿠 다이묘인 이마가와(今川) 가문의 집
안 내분이다.

● 사카이 마사히사 坂井政尚·?-1573

미노국의 다이묘인 사이토 가문(斎藤氏)의 가신이다. 사이토 가문의 멸망 후, 오다 노부나가에 의해 가신으로 임명됐다. 1573년에는 오다니 성 전투(小谷城の戦い)에 참전했으며, 이후 가타다 전투(堅田の戦い)에서 사망했다.

사흘 공사

노부나가는 그 자리에서 도키치로에게 공사 부교의 대임을 명했다. 야마부치 우곤을 대신해서 사흘 내에 성벽 백 간을 복구하라고 한 것이다.

"명 받들겠습니다."

도키치로가 물러가려고 하자 노부나가가 다시 물었다.

"잠깐, 자네는 쉽게 대임을 맡겠다고 했는데, 분명히 할 수 있겠는가? 확실한가?"

노부나가가 재차 확인하는 것은 도키치로를 배려하기 때문이었다. 노부나가는 마음속으로 도키치로가 실패해서 배를 가르고 죽는 일은 없어야 한다고 생각했다. 도키치로는 자세를 바로 하며 단언했다.

"반드시 끝내겠습니다."

하지만 노부나가는 도키치로에게 다시 생각할 여지를 주었다.

"원숭이, 모든 화근은 입에서 비롯되는 법이다. 내친걸음이라고 섣불리 그리 말한 것이라면 지금이라도 그 생각을 버리는 것이 좋다."

"사흘 뒤에 뵙겠습니다."

도키치로는 그렇게 답하고는 물러갔다.

"조장, 저는 주군의 명을 받들어 사흘 정도 성 외곽 공사를 맡게 되었습니다. 제가 없는 동안 산게쓰를 잘 부탁드립니다."

마구간 대기소로 돌아온 도키치로는 조장에게 인사하고 집으로 갔다.

"곤조, 곤조."

주인 도키치로의 목소리에 곤조가 안을 들여다보았다. 도키치로는 의복을 벗고 볼품없는 알몸을 보이며 책상다리를 한 채 오도카니 앉아 있었다.

"무슨 일이십니까?"

도키치로가 활달한 목소리로 대답했다.

"일이 있다! 수중에 돈이 있느냐?"

"돈이요?"

"그렇다."

"글쎄요."

"언젠가 자네에게 집안일에 쓰라고 돈을 맡겨두었을 텐데 어디 있는가?"

"그 돈은 벌써 다 썼습니다."

"부엌살림에 쓰는 돈은?"

"그 돈은 이미 한 푼도 남아 있지 않습니다. 그런 사정을 몇 달 전에 말씀드렸더니 알았다고만 하셔서 어쩔 수 없이 돈을 변통해서 생활하고 있는 실정입니다."

"으음, 그럼 돈이 없다는 거로군."

"있을 리가 있겠습니까."

"흐음."

"무슨 일이신지요?"

"급히 사람을 불러 할 일이 있다."

"술이나 안주 정도라면 마을 사람들에게 빌려올 수도 있습니다만."

도키치로가 무릎을 치며 말했다.

"그렇지. 곤조, 부탁하네."

도키치로는 감물을 칠한 부채를 집어 들더니 파닥파닥 소리를 내며 부쳤다. 어느덧 가을바람이 불고 오동나무밭의 오동잎도 우수수 떨어지고 있었지만 아직도 모기가 극성이었다.

"그런데 손님은?"

"성 공사장의 도편수들이다. 성에서 내 집으로 모이라고 미리 일러두었으니 곧 이리로 모두 올 것이네."

도키치로는 곤조를 심부름 보낸 뒤 뒤란에서 따뜻한 물로 목물을 했다. 이윽고 앞쪽 문에서 손님의 목소리가 들렸다. 하녀가 나가서 물었다.

"뉘신지요?"

손님이 삿갓을 벗으며 말했다.

"성에서 온 마에다 이누치요라고 하네."

툇마루 쪽에서 욕의를 입고 있던 도키치로가 밖을 내다보며 외쳤다.

"이거, 누군가 했더니 이누치요로군. 어서 안으로 올라오시오."

도키치로가 방석을 내밀자 이누치요가 자리에 앉으며 말했다.

"갑자기 찾아왔소이다."

"무슨 급한 일이라도?"

"실은 자네의 일로 이렇게."

"무슨?"

"남의 일처럼 말하지만 지금 그럴 때가 아니네. 자네가 주군께 확약할 때 얼마나 걱정되었는지 아나. 나름 무슨 방법이 있으리라 생각되지만."

"아, 공사 말이오?"

"그렇네. 주군께서도 자네가 쓸데없는 말을 해서 배를 가르게 되면 어쩌나 걱정하는 안색이었네."

"사흘 안에 공사를 끝낸다고 했으니……."

"무슨 방법은 있는가?"

"없소."

"없다?"

"나는 본래 성의 공사에 대해서는 전혀 문외한이니."

"그럼 어쩔 셈인가?"

"그저 일을 하는 것은 사람들이니, 그 사람들을 잘 쓰면 할 수 있다고 믿을 뿐이오."

"그래서 말인데."

이누치요는 목소리를 죽였다. 묘한 연적이었다. 네네를 두고 서로 싸우고 있지만 언제부터인지 두 사람은 연적이라는 적대적 관계와는 달리 서로에게 친밀감을 느끼고 있었다. 그렇다고 해서 달리 흉금을 털어놓거나 하는 사이도 아니었지만 서로에 대해 알게 되면서 자연스럽게 사내 간의 교류가 시작되었던 것이다.

특히 오늘 이누치요는 진심으로 도키치로의 상황이 걱정되어 온 듯했다. 그의 거짓 없는 태도나 은근한 말투에서도 그것을 느낄 수 있었다.

"그래서 말인데라니?"

"자네는 이 일을 야마부치 우곤의 입장에서 생각해봤는가?"

"나를 미워하고 있으리라 여겨지오만."

"그럼 그 야마부치 우곤의 평소 행동이나 무사로서의 심중도 생각해보았나?”

“그렇소만.”

“그렇군.”

이누치요는 도키치로의 말을 끊으며 이어 말했다.

“자네가 그 점만 간파하고 있다면 나도 안심이네.”

“…….”

이누치요의 얼굴을 가만히 바라보던 도키치로가 무언가를 깨달은 듯 말했다.

“과연 귀공이시오. 귀공은 참으로 핵심을 잘 파악하시는구려.”

“눈치가 빠른 걸로는 자네를 당할 수 없을 것이네. 야마부치 우곤의 그런 점을 노린 것도 날카로웠지만…….”

“아니, 잠깐.”

도키치로가 입에 손가락을 갖다 대자 이누치요가 유쾌하다는 듯 손뼉을 치며 말했다.

“하하하, 침묵은 금이니 말로 하면 재미가 없다는 것이로군.”

돈을 빌리러 갔던 곤조가 술과 안주를 가지고 돌아왔다. 이누치요가 돌아가려 하자 도키치로가 그를 만류했다.

“마침 술이 왔으니 한잔하고 가시오.”

“기왕에 왔으니, 그럼.”

이누치요는 다시 자리에 앉아 술을 마셨다. 하지만 애써 술상을 준비했는데 초대한 손님들은 한 사람도 오지 않았다.

“흠, 아무도 오지 않는군. 곤조, 어떻게 된 것인가?”

도키치로가 곤조를 보며 묻자 옆에 있던 이누치요가 대답했다.

“기노시타, 오늘 밤 초대한 이들이 공사에 관여하는 도편수들과 인부의 책임자들인가?”

"그렇소. 의논할 것도 있고, 또 사흘 안에 공사를 끝내려면 사기도 끌어올려야 하니……."

"하하하, 내가 자네를 과대평가했나 보군."

"어찌 그리 말하시오?"

"남들보다 눈치가 빠른 자라고 생각했는데 어찌 한 치 앞도 내다보지 못하는가."

도키치로는 웃고 있는 이누치요를 물끄러미 바라보다 중얼거렸다.

"흐음, 그런가."

이누치요가 타이르는 듯한 말투로 말했다.

"생각해보게. 상대는 소인, 게다가 야마부치는 소인 중에 소인이 아닌가. 성의 공사가 마무리되는 것을 바랄 리가 없지 않은가."

"그건 그렇소만……."

"그러니 그가 그저 손가락만 빨며 방관하고 있겠는가? 나는 그리 생각하네."

"그렇군."

"온갖 방법을 써서 자네가 공사를 마무리하지 못하도록 방해할 것이 틀림없네. 그러니 오늘 이곳으로 모이라고 한 도편수들도 오지 않을 거라고 생각하는 편이 옳네. 인부나 도편수 무리는 자네보다 야마부치가 훨씬 높다고 생각하고 있을 것이고."

"옳은 말이오."

도키치로가 순순히 대답한 뒤 앞으로 다가앉으며 물었다.

"그렇다면 이 술은 모두 우리 두 사람 몫이 되었으니 마음껏 마시면 되겠군."

"마시는 건 좋지만, 자넨 내일부터 사흘 안에 끝내야 할 일이 있는데 괜찮겠나?"

“괜찮고말고. 내일은 내일의 바람이 불 테니 말이오.”

“각오가 되어 있다면 마시도록 하세.”

두 사람은 술을 많이 마시지 않았지만 끊이지 않고 이야기를 나누었다. 이누치요가 말하는 것을 좋아하다 보니 도키치로는 시종 듣기만 했다. 도키치로는 어느 누구와 이야기할 때든 상대 이야기를 잘 들어주었다.

도키치로는 학문을 닦지 못했다. 무가의 자제처럼 학문이나 교양을 쌓으며 보낼 시간이 전혀 없었던 것이다. 그는 그런 자신이 불행하다고 생각한 적은 없었지만 세상을 살아갈 때는 단점이 된다는 것을 잘 알고 있었다. 그래서 그는 상대가 자신보다 더 교양 있다고 생각되면 이야기를 나누는 동안 그 사람의 지식을 자신의 것으로 만들기 위해 노력했다. 그러다 보니 자연스럽게 상대의 이야기를 열심히 듣게 되었고, 또 잘 들어주는 태도가 습관이 되었다.

“기분이 아주 좋군. 기노시타, 내일 일찍 일어나야 할 테니 그만 주무시게. 그리고 내일 잘하시게.”

이누치요는 그 말을 남기고 이내 돌아갔다. 그리고 도키치로는 바로 자리에 누워 팔을 벤 채 잠이 들었다. 하녀가 와서 베개를 받쳐주어도 모를 정도로 잠에 빠져들었다. 그는 매일 밤 잠을 잘 잤다. 잠이 들지 못하는 밤은 하루도 없었다. 어머니의 꿈도 꾸지 않았고 돌아가신 아버지의 꿈도 꾸지 않았다. 그는 잠이 들었다 하면 그저 세상의 일부에 지나지 않는 나무토막 같았지만 잠에서 깨면 본래의 자신으로 돌아왔다.

“곤조, 곤조!”

“예, 벌써 일어나셨습니까?”

“말을 내오게.”

“예?”

“말을 끌고 오게.”

“말을요?”

“그래. 오늘 아침에는 일찍 출사할 것이고, 또 오늘내일은 집에 들어오지 않을 것이네.”

“그런데 집에는 말도 마구간도 없는데요.”

“아둔하긴, 근처에서 빌려오게. 어디 놀러가는 것이 아니라 봉공에 필요한 것이니 잘 말해서 끌고 오게.”

“아직 새벽이라 밖이 어둡습니다.”

“아직 일어나지 않았으면 문을 두드리게. 사적인 일이라 생각하면 망설여질 테지만 봉공을 위한 것이니 그럴 필요 없네.”

허둥지둥 옷을 입은 곤조가 문밖으로 뛰어나가더니 어디선가 말 한 필을 끌고 돌아왔다. 문밖에서 기다리고 있던 도키치로는 말을 어디서 빌려왔는지 묻지도 않고 마치 자신의 말처럼 올라타더니 새벽어둠을 뚫고 내달렸다.

도키치로는 공사에 관여하는 주요 도편수의 집 일곱 곳을 돌았다. 목수와 석공의 우두머리라고는 하지만 모두 오다 가문의 공장부工匠部에 속해 녹봉을 받고 있던 터라 그들은 좋은 집에 살면서 첩까지 두고 있었다. 도키치로가 지금 살고 있는 오동나무밭의 집과는 비교가 되지 않을 정도로 위풍당당했다. 도키치로는 아직 잠에서 깨지 않은 그들의 집 문을 일일이 두드리며 깨웠다.

“성 공사에 종사하는 자들은 한 명도 빠지지 말고 오늘 인시寅時까지 성안 공사장으로 모이도록 하라. 만약 늦게 오는 자가 있다면 모두 쫓아낼 것이다. 군령이니 당장 직인들에게 전하고 모이도록 하라. 군령으로 명하는 것이다.”

도키치로가 그렇게 말한 뒤 기요스 성의 해자 기슭에 이르렀을 즈음, 말은 땀을 흘리며 하얀 김을 내쉬었고 동쪽 하늘은 하얗게 밝아오고 있었다. 그는 성문 밖에 말을 매어두고 잠시 한숨을 돌렸다. 그러고는 칼을 빼어 들고 쏘아보는 듯한 눈으로 당교 입구에 서 있었다. 날이 채 밝기도 전에 잠에서 깬 도편수들은 무슨 일인가 싶어 각자 일꾼들을 이끌고 차례로 모였다. 도키치로는 일단 그들을 당교 입구에서 제지한 뒤 이름과 작업 위치, 일꾼들의 머릿수 등을 일일이 점검하고 통과시켰다.

"정숙을 유지하고 공사장에서 잠시 기다리라."

어림짐작으로 보니 거의 빠짐없이 모인 듯했다. 작업장에 정렬한 인부들이 불안한 눈으로 서로 속삭이고 있을 때, 도키치로가 그들의 앞에 섰다. 당교 입구에서 들고 있던 칼도 칼집에 넣지 않고 들고 있었다.

"조용히 하라!"

도키치로가 칼을 들어 올리더니 명령하듯 호령했다.

"줄을 맞춰 똑바로 서라!"

인부들은 움찔했지만 도편수들의 얼굴에는 비웃음이 번졌다. 웬만한 나이에 세상물정을 다 겪은 그들의 눈에는 도키치로가 풋내기로밖에 보이지 않았다. 그런 도키치로가 자신들 앞에서 잘난 체하는 것이 가소로워 보였던 것이다. 또 그가 칼을 뽑아 들고 고압적으로 나오자 건방지다는 생각에 반감마저 일었다.

"모두에게 고한다."

도키치로가 큰 소리로 외쳤다.

"오늘부터 군명에 따라 내가 이곳 공사를 맡게 되었다. 어제까지는 야마부치 우곤 님이 봉행을 하였지만 오늘부터는 이 기노시타 도키치로가 봉행을 한다. 그리고……."

도키치로는 인부들의 열을 오른쪽부터 왼쪽 끝까지 둘러보았다.

"너희는 얼마 전까지 하인으로 일하다가 지금은 군주의 은혜를 입어 부엌에서 일하거나 마구간의 일원이 되었을 것이다. 하여 아직 성 안의 봉공이나 더 나아가 공사에 대해 잘 알지 못하더라도 봉공하고자 하는 마음만은 그 누구에게도 지지 않을 것이다. 하지만 너희 중에는 이러한 봉행이나 내 밑에서 일하는 것이 마음에 들지 않는 자도 있을 것이다. 장인에게는 장인의 기질이 있으니 그것이 싫다면 솔직하게 싫다고 말하라. 그러면 즉시 이 일에서 빼주겠다."

모두 입을 다물고 있었다. 비웃고 있던 도편수들마저 입을 다물고 있었다.

"없는가? 이 도키치로의 봉행에 불만이 있는 자는 없는가?"

도키치로가 거듭 묻자 모두 없다는 듯 머리를 숙였다.

"그렇다면 즉시 내 지휘하에서 일을 착수하라. 미리 말해두지만 지금과 같은 난세에 이 정도 공사를 하는 데 이십여 일이나 허비하는 것은 결단코 용서하지 않겠다. 오늘부터 사흘 동안, 나흘째 새벽녘까지 공사를 끝낼 예정이니 그리 알고 혼신을 다할 것을 명한다."

도편수들은 서로 얼굴을 바라보며 가벼운 웃음을 흘렸다. 어린 시절부터 머리가 벗어질 때까지 오랜 세월 이 일을 하며 밥을 먹어온 그들이 비웃는 것은 당연했다. 도키치로도 그것을 모르는 게 아니지만 완전히 무시해버렸다.

"석공, 목공, 미장이 도편수들은 이리로 모여라."

"예."

대답은 했지만 그들은 비웃는 듯 하늘을 올려다보며 앞으로 나오지 않았다. 그러자 도키치로가 갑자기 한쪽 끝에 있는 미장이 도편수의 머리를 칼등으로 후려쳤다.

"무례한 놈! 팔짱을 긴 채 부교의 앞에 나오는 자가 어디 있느냐! 썩 물러가거라!"

칼로 내려친 줄 알았는지 미장이가 비명을 크게 지르며 쓰러지자 다른 자들이 새파래진 얼굴로 다리를 떨었다.

"각자 담당 구역과 할당량을 일러줄 테니 똑똑히 듣고 한 치도 어긋남이 없도록 하라."

도키치로가 다시 엄한 목소리로 말을 잇자 더 이상 멍청한 얼굴을 하거나 비웃음을 흘리는 사람은 없었다. 그들은 진심으로 굴복한 것은 아니지만 조용해졌다. 속으로는 반항심이 일었지만 겉으로는 겁에 질린 얼굴을 하고 있었던 것이다.

"성벽 백 간을 오십으로 나누고 한 조의 구역을 이 간으로 한다. 각 조에는 목수 세 명과 미장이 두 명, 석공과 그 외 다섯 명, 모두 합쳐 열 명으로 조직한다. 인부의 배치, 인원수 할당은 구역에 따라 다르니 각 조의 우두머리와 도편수의 재량에 맡기겠다. 도편수들은 한 명당 네 조에서 다섯 조를 감독하며 인부들이 소홀하지 않도록 관리하라. 인원이 여유 있는 구역을 맡은 자는 즉시 인력이 부족한 다른 구역으로 옮겨 일을 거들어라. 잠시도 일손을 놀려서는 안 될 것이다."

"예."

도편수들은 도키치로의 지시에 부아가 치밀었고 작업량도 불만이었는지 달갑지 않은 표정을 지었다.

"아, 잊은 것이 있다."

도키치로가 짐짓 목소리를 높여 말했다.

"지금 말한 이 간 일 조의 열 명 배치 외에 인부 여덟 명과 직인 두 명으로 된 한 조를 따로 둔다. 이것은 대기조다. 지금까지 일하는 모습을 보니 미장이와 그 외 직인들은 틈만 나면 일터를 벗어나 자재를 옮기거나 잡일을 하며 시간을 보내는데 직인이 일터에 임하는 것은 군사가 적과 대치할 때와 같은 것으로 자신의 자리를 벗어나서는 안 될 것이다. 목수는 목수의, 미장이는 미장이의, 석공은 석공의 도구를 손에서 놓으면 안 된다. 그것은 전쟁터에서 창과 칼을 손에서 놓는 것과 마찬가지다."

도키치로는 도면에 따라 부서를 정하고 인원을 할당한 뒤 흡사 전쟁을 시작하듯 명을 내렸다.

"즉시 일을 시작하라!"

각 일터에서 도키치로의 부하는 아니지만 작업을 감시하기 위해 온 무사들이 일을 도왔다. 도키치로가 무사 한 명에게 박자목과 북을 치도록 명하자 적진으로 돌격하라는 듯 북소리가 울렸다. 박자목은 휴식을 알리는 소리였다.

"휴식!"

도키치로는 돌 위에 우뚝 서서 호령을 했다. 휴식을 취하지 않는 자가 있으면 쉬라고 호통을 쳤다. 작업장의 분위기는 어제와는 달리 나태함은 흔적도 없이 사라졌고 전쟁터와 같은 살기조차 풍겼다.

'아직이다. 아직 이 정도로는…….'

도키치로는 만족스러워하지 않았다. 노동을 하는 사람은 오랜 노동의 체험을 통해 몸을 어떻게 놀려야 편한지 그 방법을 교묘하게 알고 있었다. 일을 열심히 하고 있는 것처럼 보이지만 실은 땀을 흘리지 않았다. 그들은 복종하고 있는 것처럼 보이기만 할 뿐 일의 능률을 올리지 않으며 내심 스스로를 위로하고 있었다.

지난날 어렵게 살아온 도키치로는 땀의 진가와 보람에 대해 잘 알았다. 노동은 육체의 것이라는 말은 거짓말이었다. 노동에도 정신이 담겨 있지 않으면 소나 말의 땀과 다를 바가 없었다. 그는 어떻게 하면 인간이 진정한 땀을 흘리고 진실하게 노동을 할 수 있을지 곰곰이 생각했다. 그들은 먹기 위해 일하고 있었다. 혹은 부모나 아내나 자식을 먹여 살리기 위해 일하고 있었다. 어느 쪽이든 그들이 일하는 이유는 먹기 위해서나 향락을 얻기 위해서였다. 그들은 본래 그 정도의 목표밖에 없는 존재였다. 도키치로는 그들이 가련하게 여겨졌다.

'예전에는 나도 저러했다⋯⋯.'

목표가 초라한 자들에게 큰 대가를 원하는 것은 무리였다. 굳은 정신을 갖게 하지 않으면 노동의 효과와 능률을 기대할 수 없었다.

반나절이 지났다. 도키치로는 작업장 한 곳에 묵연히 선 채 그렇게 반나절을 보낸 것이다. 반나절이라는 시간은 사흘 중 육 분의 일에 해당하지만 공사 전체를 감안했을 때 아침보다 조금도 진척된 흔적이 보이지 않았다. 본성 일터 여기저기에서 들리는 함성이나 일하는 모습으로만 봐서는 열심히 하는 듯 보였지만 실제로는 위장에 지나지 않았다. 오히려 그들은 속으로 사흘 뒤에 도키치로가 처참하게 패배하기를 바라면서 교묘히 게으름을 피우고 있다고 해도 과언이 아니었다.

"점심이다, 휴식."

도키치로가 명령하자 박자목이 울렸다. 공사장의 소음과 부산함이 순식간에 잠잠해졌다. 도키치로는 직인들이 점심 도시락을 펼치는 것을 보고 칼집에 칼을 집어넣은 뒤 어디론가 사라졌다.

오후 반나절도 그런 분위기로 저물었다. 오히려 오전보다 질서가 더 흐트러지고 나태함이 만연해서 야마부치 우곤이 감독하던 어제와 별반 다를 것이 없었다. 게다가 직인과 인부 들은 오늘 밤부터 사흘 동안 철야 작업을 하느라 성 밖으로 나가지 못하다 보니 더욱 일을 게을리하며 시간만 때울 요령이었다.

"작업을 멈춰라. 모두 손을 씻고 공터로 모여라!"

아직 날도 밝은데 갑자기 무사 한 명이 박자목을 치며 돌아다녔다.

“무슨 일이지?”

직인들은 의아하게 여겼다. 도편수들에게 물어봐도 그들 역시 연유를 알지 못했다. 인부들은 자재를 쌓아두는 공터로 갔다. 그러자 그곳에 술과 안주가 산처럼 준비되어 있었다. 그들은 멍석 위나 돌과 목재를 자리 삼아 앉았다. 도키치로가 직인들 한가운데에 자리를 잡고 앉아 술잔을 들면서 말했다.

“자, 차린 건 없지만 앞으로 사흘 동안, 이미 하루는 지나갔지만 고생을 해야 하니 오늘 밤은 한잔하면서 마음껏 즐기도록 하게.”

도키치로는 아침과는 다른 사람처럼 자신이 먼저 술을 한 잔 마시더니 사람들에게 술병과 안주 등을 나누어주었다.

“자, 마음껏 마시게. 술을 싫어하는 사람은 안주나 단것이라도 들게.”

감격한 직인들은 부교인 도키치로가 먼저 취해 공사를 못할까 봐 걱정을 했다. 하지만 도키치로는 공사 따위는 전혀 개의치 않는다는 듯 기분 좋은 목소리로 말했다.

“좋은 술이니 얼마든지 마시게. 아무리 마셔도 창고에 있는 술이 거덜 날 일은 없을 것이네. 술을 마신 뒤 북이 울릴 때까지는 춤을 추고 노래를 불러도 좋고 잠을 자도 괜찮네.”

직인들의 불평불만이 수그러들었다. 노역에서 해방된 데다 부교가 직접 술과 안주를 건네고 자신들과 어울려 먹고 마시며 이야기를 나누자 기뻤던 것이다. 직인들은 술기운이 조금씩 돌자 농을 던지기도 했다.

“나리와는 말이 잘 통할 듯싶습니다.”

하지만 그것은 인부들의 생각이었다. 도편수들은 여전히 도키치로를 백안시했다.

‘흥, 속이 훤히 들여다보이는 잔꾀를 부리고 있군.’

도편수들은 오히려 더 반감을 품었다. 이런 곳에서 술을 마실 수 있나, 하는 얼굴로 술잔에 손도 대지 않았다.

"자네들도 한잔하지 그런가?"

도키치로는 잔을 들고 그들의 자리로 다가갔다.

"자네들, 술을 전혀 입에 대지도 않는군. 책임감 때문에 술도 마시지 않다니. 자, 괜찮네. 어차피 될 일은 되고 안 될 일은 안 될 것이네. 이렇게 해서 사흘 동안 하지 못한다면 내가 배를 가르면 그뿐이네……."

도키치로는 가장 떨떠름한 표정으로 앉아 있는 도편수에게 잔을 건네 술을 따라주었다.

"내가 걱정하는 것은 이번 공사도 아니고 내 목숨 따위는 더더욱 아니네. 나는 자네들이 살고 있는 이 나라의 운명이 걱정될 뿐이네. 몇 번이나 말했지만 이 정도 공사에 이십여 일이나 걸린다면, 사람들의 마음도 그렇겠지만, 이 나라는 망하고 말 것이네."

도키치로의 말에 문득 직인들도 침울해졌다. 도키치로는 한탄하듯 밤하늘의 별을 올려다보며 말을 이었다.

"자네들도 흥하고 망하는 나라를 많이 보았을 것이니 나라가 망한 백성들의 비참함을 잘 알고 있을 것이고, 또 나라의 흥망성쇠도 어쩔 수 없는 일이란 것을 잘 알고 있을 것이네. 주군은 말할 것도 없고 나와 같은 말단 무사나 중신에 이르기까지 모두 나라를 지키기 위해 한시도 소홀하지 않지만, 본시 나라의 흥망이란 성에 달려 있는 것이 아니네. 그럼 어디에 있느냐, 바로 자네들 안에 있네. 영민領民이 곧 돌담이고 벽이고 해자이네. 자네들은 이곳 성의 공사를 하면서 다른 나라의 성벽을 쌓는다고 생각할지 모르지만 그것은 큰 잘못이네. 자네들 자신을 지키는 성벽을 쌓고 있는 것이네. 만약 이 성이 하루아침에 재로 변한다면 어떻게 되겠는가? 성만 폐허가 되는 걸로 끝나지 않을 걸세. 성아래 마을도 전화에 휩싸일 것이고 영내는 적병에게 유린당해 아비규환으로 변할 걸세. 부모를 잃고 우는 아이, 아이를 찾아 헤매는 노인, 비명을 지르며 도망치는 젊은 처자, 길가에 불타 죽은 병자들……. 나라가 망하면 모든 게 끝이네. 자네들에게도 부모와 처자식이 있을 걸세. 가슴 깊이 명심해야 하네.”

“……”

어느새 도편수들의 얼굴이 진지해졌다. 그들에게는 재산과 식솔이 있고 행복하게 생활하고 있는 만큼 도키치로의 말이 더욱 통렬하게 들렸다.

“오늘 모두가 무사태평하게 지내고 있는 것은 무엇 때문인가? 그것이 주군의 위광 때문인 것은 말할 나위도 없지만 자네들과 같은 영민이 성을 중심으로 나라를 굳건하게 지켜주고 있기 때문이네. 우리 무사들이 아무리 열심히 싸운들 자네들 영민의 마음이 느슨해져 있으면…….”

도키치로는 당장 눈물을 흘릴 것처럼 울먹이며 말했다. 계책이나 혀끝으로 하는 말이 아니었다. 그는 진심으로 그렇게 걱정하고 믿고 있었다. 일순간 그의 진실한 말에 감명을 받은 사람들이 취기가 가신 듯 침을 삼키며 그의 얼굴을 바라보았다.

그런데 그때 어딘가에서 코를 훌쩍이며 오열하는 소리가 들렸다. 살펴보니 도편수 중에서도 가장 고참이고 영향력도 센 사람이었다. 그는 어제부로 새 부교가 된 도키치로에게 어느 누구보다 노골적으로 반감을 드러낸 곰보 얼굴의 목공 도편수였다.

“아아, 나는, 나는…….”

곰보 도편수는 다른 사람들을 아랑곳하지 않고 눈물을 흘리며 오열했다. 그러다 사람들이 깜짝 놀라 자신을 바라보는 걸 깨달았는지 갑자기 사람들을 헤치고 도키치로 앞으로 나서며 말했다.

"정말 송구스럽습니다. 제 어리석음과 아둔함을 이제야 깨달았습니다. 부디 저를 본보기 삼아 밧줄로 묶으신 뒤 한시라도 빨리 나라를 위해 공사를 서둘러주십시오. 참으로 죽을죄를 지었습니다. 제가 잘못 생각했습니다."

곰보 도편수는 얼굴을 땅에 묻은 채 몸을 떨며 말했다. 도키치로는 처음에는 어안이 벙벙한 얼굴을 짓다 이윽고 영문을 깨달은 듯 고개를 끄덕였다.

"흐음, 야마부치 우곤에게 말을 들었나 보군. 그렇지 않은가?"

"기노시타 님은 그것을 알고 계셨습니까?"

"어찌 모르겠는가. 야마부치 우곤은 자네나 다른 사람에게 내가 부르더라도 가지 말라고 했을 것이네."

"예⋯⋯."

"그리고 가능한 공사장에서 일을 게을리하고 일부러 일을 지체하면서 내 명에 따르지 말라고 했을 것이네."

"예⋯⋯."

"그자에게는 그럴 만한 연유가 있네. 하마터면 자네들의 목도 날아갈 뻔했네. 자, 그만 울음을 그치게. 자신의 잘못을 깨닫고 참회하였으니 용서해주겠네."

"아직 말씀드리지 않은 것이 있습니다. 야마부치 님이 말씀하시길 공사를 가능한 소홀히 해서 사흘 후까지 지연시키면 저희 모두에게 막대한 돈을 주신다고 하시며 절대 비밀로 하라고 말씀하셨습니다. 하지만 기노시타 님의 말씀을 들으니 그런 돈에 눈이 멀어 야마부치 님의 말씀대로 하는 것은 바로 저희의 몸을 망치는 것과 같다는 걸 깨달았습니다. 부디 그런 모반의 선봉에 섰던 저를 포박하여 공사가 지체되지 않도록 하시고 공사를 완수하시길 바랍니다."

곰보 도편수는 혼자 모든 죄를 뒤집어쓰려고 했다. 그런 그를 보며 도키치로가 씽긋 웃어 보였다. 무리들 중에서 곰보 도편수가 가장 영향력이 세다는 것을 깨달은 것이다. 강하게 반항하던 적일수록 돌아서면 진실한 아군이 되는 법이다. 도키치로는 그의 손을 묶는 대신 술잔을 쥐여주었다.

"자네는 죄가 없네. 그렇게 깨달은 순간 자네는 선량한 영민이 되었네. 자, 마시게. 그리고 잠시 쉬었다가 작업을 시작해주게."

곰보 도편수는 양손으로 술잔을 받아 들고 머리를 숙여 고맙다고 말했다. 하지만 술은 마시지 않았다. 그리고 갑자기 벌떡 일어서더니 잔을 높이 들며 외쳤다.

"어이, 모두들! 부교님이 내리신 술이니 한 잔씩 마시고 어서 일을 시작하세. 자네들도 기노시타 님의 말씀을 들었을 것이네. 우리는 천벌 받아도 마땅한 일을 했네. 지금까지 밥만 축내며 지내온 것을 사죄하기 위해서라도 성심을 다해 일하세. 나는 그리 마음먹었네. 자네들은 어쩔 셈인가?"

곰보 도편수의 말이 끝나기 무섭게 다른 도편수와 직인 들도 일제히 일어서며 외쳤다.

"일하세!"

그들이 이구동성으로 외치자 도키치로가 벌떡 일어서며 소리쳤다.

"그렇게 해주겠나?"

"하고 말굽쇼."

"기꺼이 하겠습니다."

도키치로가 술잔을 들며 말했다.

"그럼 이 술은 사흘 뒤까지 맡아두겠네. 공사를 잘 마무리한 뒤 마음껏 마시도록 하세."

“알겠습니다.”

“또 야마부치 우곤이 자네들에게 준다고 한 돈이 얼마인지 모르지만 공사를 끝낸 뒤 내가 그에 맞게 상을 내리겠네.”

“돈 따윈 필요 없습니다.”

곰보 도편수를 비롯한 직인들은 술잔을 비우고는 전쟁터의 무사가 선봉을 다투듯 자신들의 일터를 향해 달려갔다.

“됐다!”

그들의 모습을 본 도키치로는 속으로 그렇게 중얼거렸다. 그리고 이 기회를 놓치지 않고 자신도 역시 그들과 함께 사흘 밤과 이틀 낮 동안 죽을힘을 다해 일할 결심을 했다. 그런데 직인들이 모두 일터로 달려간 뒤 누군가 그를 불렀다,

“원숭이, 원숭이.”

초저녁이라 곁으로 오기 전까지는 누군지 알 수 없었다. 그 사람은 여느 때와 달리 당황한 모습의 이누치요였다.

“아, 이누치요.”

“작별 인사를 하러 왔네.”

“응?”

“급히 다른 나라로 떠나게 됐네.”

“정말인가?”

“어전에서 사람을 벤 탓에 주군의 진노를 사서 당분간 떠돌이 신세가 됐네.”

“누구를 베었나?”

“야마부치 우곤이네. 내 마음은 어느 누구보다 자네가 잘 알 것이네.”

“어찌 그리 성급한 짓을.”

"벤 뒤에 나도 그리 생각했지만 어쩔 수가 없었네. 무의식중에 천성이 나왔네. 불평은 그만하고, 그럼 잘 있게."

"이대로 가려는 것인가?"

"원숭이, 네네를 부탁하네. 역시 나와는 인연이 없는 듯하네. 잘 돌봐주게."

그 무렵 말 한 마리가 기요스 성 아래에서 나루미鳴海 가도 쪽을 향해 어둠을 뚫고 질주하고 있었다. 그 위에 중상을 입은 야마부치 우곤이 매달려 있었다.

나루미鳴海 성

　우곤을 태운 말은 나루미까지 팔구 리를 내달렸다. 밤이라서 사람의 모습이 보이지 않아 다행이었다. 낮이라면 사람들은 말이 지나간 뒤 길가에 점점이 떨어진 핏자국을 보았을 것이다. 우곤의 상처는 꽤 깊었지만 치명상은 아니었다. 그는 말의 다리와 자신의 목숨 중 어느 쪽이 먼저 소진될지 두려움에 떨며 나루미 성까지 필사적으로 말의 갈기를 붙잡고 왔다.

　기요스 성에서 불시에 마에다 이누치요의 칼을 맞았을 때, 이누치요가 간적奸賊이라고 소리치며 자신에게 달려든 것을 기억하고 있었다. 간적이라고 외치던 찰나의 목소리가 마치 대못처럼 그의 머릿속에 박혀 지워지지 않았다. 그는 내달리는 말의 등에서 바람을 맞으며, 그리고 희미해지는 의식 속에서 '발각된 걸까?', '이누치요가 어떻게 알았을까?' 하고 생각했다. 그와 동시에 나루미 성에서는 일대 사건이자 부친과 일족의 흥망과도 연관된 일이라고 생각하자 그의 가슴은 한층 요동쳤고 출혈도 훨씬 심해졌다.

　나루미 성은 기요스를 둘러싼 외곽 성 중 하나이자 오다 가문의 외성이었다. 그의 부친인 야마부치 사마노스케 요시도오는 노부나가의 가신 중 한 명으로 나루미 성을 맡고 있었다. 사마노스케는 오다 가문의 무장 중에서 구신舊臣에 속했지만 지나치게 세상 이익에 민감하다 보니 미래를 내다보는 안목이 없었다.

선군인 오다 노부히데織田信秀가 죽고 노부나가가 열일곱 살이 되었을 때는 노부나가에 대한 세상의 평판이 가장 좋지 않았던 시절이었다. 노부나가가 역경을 겪자 사마노스케는 당시 위세를 떨치던 이마가와 요시모토 측에 은밀히 접근해서 군사 맹약을 맺었다.

나루미 세력이 변심한 사실을 알게 된 노부나가는 두 번에 걸쳐 나루미를 공격했지만 함락시키지는 못했다. 대국인 이마가와 가문이 뒤에서 원조하고 있다 보니 함락될 리가 없었던 것이다. 군비와 병력, 경제는 말할 것도 없었다. 공격할수록 노부나가의 힘만 소진되었고, 자신의 수족 때문에 자국의 힘만 쇠약해지는 셈이었다. 노부나가는 잘못을 깨닫고 몇 년 동안 나루미를 그냥 내버려두었다. 다시 말해 코앞에 반역 세력을 살려둔 것이었다. 그러자 이마가와 가문은 오히려 야마부치 사마노스케를 의심하기 시작했다. 결국 나루미는 양쪽에서 의심의 눈길을 받게 되었다.

대국이 의심에 찬 눈으로 본다는 것 자체가 멸망을 예고하는 것이었다. 결국 사마노스케는 기요스의 노부나가를 찾아가 그동안의 불충을 사죄하고 복권을 청했다. 노부나가는 그를 용서하고 받아주었다. 그 이래로 야마부치 부자는 다른 사람들이 감탄할 만큼 봉공에 힘쓰며 의심을 살 만한 행동을 보이지 않았다.

그런데 그들의 행동을 지켜보는 사람들이 있었다. 항상 노부나가의 곁에 있던 마에다 이누치요와 노부나가의 곁에는 없었지만 늘 성 어딘가에 있는 도키치로였다. 평소 우곤도 그 두 사람에게 신경을 쓰고 있었는데, 공교롭게도 공사 봉행의 직무를 도키치로에게 빼앗긴 다음 날

이누치요에게 칼을 맞고 말았다. 그래서 우곤은 일이 발각된 것이라 생각하고 중상을 입은 채 성에서 도망친 것이었다.

나루미 성문이 보일 무렵, 어느덧 날이 새고 있었다. 드디어 성에 도착한 우곤은 말 위에 엎드린 채 의식을 잃고 말았다. 그가 정신이 들었을 때는 성문의 병졸들이 자신을 둘러싸고 간호를 하고 있었다. 우곤이 정신을 차리고 일어서자 모두 한시름 놓은 듯 안도했다. 성에 보고를 했는지 사마노스케의 근시近侍 두세 명이 달려 나와 물었다.

"우곤 님은 어디 계시느냐?"

"상태는 어떠시냐?"

가신들이 놀란 것은 당연한 일이었다. 아니 그들보다 더 경악한 사람은 그의 부친인 사마노스케였다. 사마노스케는 병졸들의 부축을 받으며 본성 정원까지 걸어온 우곤을 보고는 달려왔다.

"상처는 어떠하냐?"

"아버님."

우곤은 부친의 모습을 보고는 자리에 주저앉더니 분하다는 말과 함께 그대로 정신을 잃었다.

"어서 안으로 옮겨라. 어서!"

사마노스케는 그렇게 외치며 함께 안으로 들어갔다. 그의 얼굴에는 후회막급한 표정이 가득했다. 그동안 우곤을 기요스 성으로 출사시킨 것을 두고두고 걱정하고 있었다. 사마노스케는 오다 가문을 진심으로 섬기지 않았고 복종할 마음도 없었던 것이다. 그런데 우곤이 마침 성벽 공사 부교로 임명되자 사마노스케는 다년간 엿보고 있던 때가 도래했다는 듯 서둘러 슨푸의 이마가와 가문에 밀사를 보냈다.

'바로 지금이 오다 가문을 치고 오와리 일대를 수중에 넣을 때입니다. 기병 오천 명 정도가 동부의 국경에서 일제히 기요스를 공격하면 저는 나루미 오다카大高의 병사로 아쓰다구치熱田口에서 공격하겠습니다. 그와 동시에 아들인 우곤이 기요스 성안에서 불을 질러 적을 교란하면…….'

사마노스케는 이런 취지를 전하며 이마가와 요시모토의 용단을 재촉했지만 이마가와는 섣불리 움직이지 않았다. 야마부치 부자는 누가 뭐래도 오다 가문의 옛 신하이니 계략일지 모른다고 의심했던 것이다. 밀사를 두 번이나 보내도 아무 소식이 없자 사마노스케는 그제 세 번째 밀사를 슨푸로 보내 재촉을 하던 참이었다. 그런 상황에서 우곤이 칼을 맞고 혼자 도망쳐온 것이었다. 우곤은 사적인 일로 싸우다 칼을 맞은 게 아니라고 했다. 아무래도 자신들의 음모가 기요스에 발각된 것 같다고 전했다. 당황한 야마부치 사마노스케가 즉시 일족을 불러 모아 회의를 했다. 그 결과 다음과 같이 결론을 내렸다.

"이렇게 된 이상, 슨푸의 도움이 있든 없든 군비를 강화해서 오다의 공격에 대비할 수밖에 없다. 그동안 이곳의 소식을 전해 들은 이마가와 가문이 일어서면 애초의 뜻대로 일거에 오다 가문을 없애는 것은 어려운 일이 아닐 것이다."

노부나가는 어제부터 말이 없었다. 그런 그의 기분을 헤아린 측근들은 아무도 이누치요의 얘기를 입 밖에 꺼내지 않았다. 하지만 노부나가는 그런 측근들이 못마땅했다.

"아군끼리 진중에서 싸우고 성안에서 칼부림을 하면 불문곡직하고 엄벌에 처한다는 것이 규율이다. 이누치요가 아까운 인물인 만큼 그의 짧은 생각이 더 문제가 된다. 그가 가신을 벤 것은 이번이 두 번째다. 그러니 관대하게 보아 넘기는 것은 규율을 뒤흔드는 것이며 그를 위해서도 좋지 않다……."

노부나가는 그렇게 혼자 중얼거렸다. 그러고는 밤이 되자 숙직을 하는 노신에게 말했다.

"이누치요 놈, 추방당한 뒤에 어디로 간 것일까? 떠돌이 낭인의 신세도 약이 될 것이다. 앞으로 고생 좀 할 것이다."

한편 도키치로가 맡은 성벽 공사는 사흘째 밤을 맞고 있었다. 새벽까지 완성하지 않으면 노부나가는 아무리 아까워도 또 한 명의 가신의 배를 갈라야만 했다.

'그자도 참으로 난감한 자군. 사람들 앞에서 쓸데없는 말을 떠벌려서……'

노부나가는 남몰래 후회를 했다. 이누치요나 도키치로와 같은 가신은 신분이 낮고 아직 나이도 젊지만 부친인 노부히데 대의 중신들 중에서도 얼마 되지 않는 인재라는 것을 잘 알고 있었다. 작은 오다 가문뿐 아니라 넓은 세상천지를 둘러보아도 찾기 어려운 인재라고 자부할 정도였다.

"큰 손실이다."

노부나가는 침묵할 수밖에 없었다. 그런 탄식을 노신이나 곁에 있는 젊은 무사들에게 보일 수 없기 때문이었다.

그날 밤, 노부나가가 침실에 들어 막 자리에 눕자 장지문 밖에서 중신의 목소리가 들렸다.

"주군!"

"아쓰다구치에서 나루미의 야마부치 부자가 모반을 일으켰다는 파발이 당도했습니다."

"나루미가?"

노부나가는 모기장을 헤치고 하얀 비단 잠옷을 걸친 채 곁방으로 나와 앉았다.

"겐바인가?"

"예!"

"들어오게."

사쿠마 겐바佐久間玄蕃는 복도를 돌아 주군의 침실 곁방으로 와서 엎드렸다. 노부나가는 부채를 부치고 있었다. 밤에는 초가을 한기가 느껴졌지만 숲 깊이 자리한 성안에는 여전히 모기가 많았다.

"뜻밖의 일도 아니다! 야마부치 부자의 모반은 낫기 시작한 상처에서 고름이 다시 조금 새어 나온 것과 같다. 고름이 저절로 터질 때까지 내버려둬라."

"그럼 출진은?"

"무용한 일이다."

"그럼 군사도?"

"하하하, 방비는 하더라도 기요스로 쳐들어올 용기는 없을 것이다. 우곤의 일로 사마노스케가 당황한 것일 뿐이니 한동안 멀리서 지켜보는 것이 좋다."

노부나가는 곧 다시 잠을 청했지만 여느 때보다 일찍 일어났다. 어쩌면 잠을 제대로 자지 못한 채 새벽을 기다렸는지도 몰랐다. 그는 나루미의 정세보다 도키치로의 목숨이 더 걱정됐는지 일어나자마자 근신들을 거느리고 직접 공사장으로 향했다.

아침 해가 떠오르고 있었다. 어젯밤까지 전쟁터 같았던 공사장은 목재와 돌과 흙은 물론이고 나뭇조각 하나도 보이지 않을 정도로 깨끗하게 치워져 있었고 빗질까지 되어 있었다. 공사장은 날이 샘과 동시에 더 이상 공사장이 아니었다.

노부나가는 무슨 일이든 뜻밖이라고 생각하는 법이 없었다. 더욱이 뜻밖이라는 생각이 들더라도 얼굴에 드러내지 않았다. 하지만 이번 일은 정말로 뜻밖이라고 생각했다. 그는 불과 사흘이라는 짧은 시간에 모든 공사를 마무리하고 게다가 자신이 확인할 것을 예상했는지 남은 목재와 돌, 그리고 쓰레기를 모두 성 밖으로 치우고 청소도 깨끗이 해 놓은 광경을 보면서 자신도 모르게 탄성을 흘렸다.

"오오!"

노부나가는 놀란 기색을 감추지 않고 근신들을 돌아보며 마치 자신 의 공인 것처럼 외쳤다.

"해냈군. 이것 보게. 원숭이 놈이 한 일을!"

그러고는 즉시 명을 내렸다.

"그는 어디에 있느냐? 오늘 아침은 유달리 아무도 보이지 않는구나. 도키치로를 불러오라."

근신이 도키치로를 찾으러 가다 말고 손으로 가리키며 말했다.

"저기 기노시타 님이 오는 듯합니다."

도키치로는 바로 눈 아래로 보이는 성문의 당교를 빠른 걸음으로 건너오고 있었다. 새벽녘에 성문 앞까지 옮긴 통나무 발판과 남은 목 재들, 돌, 공구, 그리고 거적 같은 물건이 해자 근처에 산처럼 쌓여 있 었다. 그리고 사흘 밤낮 동안 한숨도 자지 않고 일을 한 직인과 인부 들 이 그곳에서 잠을 자고 있었다. 도편수들까지 함께 필사적으로 일을 했는지 진흙투성이의 손발을 쩍 벌리고 공사가 끝나자마자 그곳에서 잠을 자고 있었다. 노부나가는 그 광경을 멀리서 바라보며 지금까지 깨닫지 못했던 도키치로라는 사내의 자질을 새삼 발견했다.

'원숭이 놈이 사람을 잘 부리는구나.'

노부나가는 속으로 경탄했다.

'저런 하루벌이 인부들조차 죽을힘을 다해 열심히 일하게 만드는 것을 보니 훈련된 병사들은 더욱 잘 조련할 수 있을 것이다. 전쟁에서

백 명이나 이백 명쯤 맡겨도 문제가 없을 것이다.'

노부나가는 문득 '무릇 전쟁에서 이기는 극리極理는 병사가 기꺼이 죽을 수 있도록 하는 데 있다'라는 오자吳子의 병서 구절을 떠올렸다. 노부나가는 그 말을 속으로 되풀이하자 자신에게 그런 자질이 있는지가 의심스러웠다. 그것은 전략이나 전술, 권력이 아니었기 때문이다.

"일찍 일어나셨습니다. 저기 성벽을 완성했습니다."

노부나가가 발밑을 내려다보자 어느새 도키치로가 손으로 땅을 짚고 머리를 숙이고 있었다.

"원숭이구나."

도키치로의 얼굴을 본 순간, 노부나가는 그만 웃음을 터뜨렸다. 그 역시 사흘 밤낮 동안 잠을 자지 않은 탓에 설마른 토벽 같은 얼굴을 하고 있었던 것이다. 눈은 새빨갰고 온몸은 진흙투성이였다. 노부나가는 자신이 웃은 것에 멋쩍은 기분이 들었는지 이내 진지한 표정을 지으며 말했다.

"잘했다. 졸릴 테니 하루 종일 실컷 잠을 자도록 하라."

"황송합니다."

도키치로는 하루도 나라의 안위를 안심할 수 없는 때에 노부나가가 하루 종일 마음껏 잠을 자라며 노고를 위로하자 그것을 최대의 칭찬으로 생각하며 기뻐했다. 졸음이 가득한 도키치로의 눈가에 눈물이 고였다. 이윽고 도키치로가 말하기 어려운 것이 있는 듯 뺨을 어루만지며 말했다.

"저, 실은 작은 청이 있습니다."

"무엇이냐?"

"상입니다."

도키치로가 분명하게 말하자 근신들은 주군의 기분을 망치는 것이 아닌가 싶어 초조해졌다.

"원하는 것이 무엇이냐?"

"돈을 주셨으면 합니다."

"많이 원하느냐?"

"조금이면 됩니다."

"네가 필요한 것이냐?"

"아닙니다."

도키치로는 성 밖의 해자 기슭을 가리키며 말했다.

"공사는 제가 한 것이 아닙니다. 저기 지쳐 쓰려져 자고 있는 직인들에게 나누어줄 돈이 필요합니다."

"그렇군. 얼마든지 받아가거라. 그리고 네게도 상을 내리겠다. 지금 받고 있는 녹이 어느 정도인가?"

"삼십 관입니다."

"그것밖에 되지 않았더냐?"

"그것도 제겐 과분합니다."

"녹 백 관을 내릴 것이다. 또한 창 부대로 옮겨 병사 삼십 명을 맡도록 하라."

"……."

도키치로는 아무 말도 하지 못하고 머리만 조아렸다. 숯과 장작 봉행이나 토목 봉행은 대대로 주군을 섬겨온 신분이 높은 가신이 맡는 직책이었는데, 그에 비하면 자신은 아직 너무 젊었다. 도키치로는 전쟁의 선두에 서는 활 부대나 철포 부대에 들어가는 것이 오랜 숙원이었던 것이다.

병사 삼십 명을 맡긴다는 것은 부장部將 중에서 최하급 소대의 우두머리를 맡긴다는 것이었다. 도키치로는 그 일이 마구간이나 부엌에서 일하는 것보다 훨씬 좋았다. 그는 너무 기쁜 나머지 그만 앞뒤를 가리지 않고 말을 내뱉고 말았다.

"이번 공사 중에, 또 평소에 제가 속으로 생각하던 것이 있습니다. 저희 기요스 성은 아무리 봐도 수리水利가 좋지 않습니다. 적이 성을 여러 날에 걸쳐 공격하면 마실 물이 부족하고 자칫 해자의 물도 말라버려 나가서 싸울 수밖에 없는 성입니다. 만에 하나라도 야전에서 승산이 없는 대군의 공격을 받는 경우에는……."

노부나가는 못 들은 체하며 얼굴을 돌렸다. 하지만 도키치로는 한번 꺼낸 말을 중간에 멈출 수 없었다.

"아무래도 기요스보다 고마키小牧 산이 수리와 공방에 있어 훨씬 뛰어나고 이점이 있습니다. 그러니 기요스에서 고마키로 옮기시는 것이 좋을 듯합니다."

그러자 노부나가가 소리쳤다.

"원숭이, 쓸데없는 말은 삼가고 어서 가서 잠을 자도록 하라."

"예!"

도키치로는 목을 움츠렸다. 만사가 순조로울 때 실수를 범하기 쉬웠다. 듣기 거북한 말은 상대의 기분이 좋을 때 받아들이기 쉽다는 것을 깨달았다.

'어리석었다. 이 정도 일로 우쭐대다 힐책을 받다니, 나는 얼마나 미숙하단 말인가.'

그날 오후 도키치로는 공사에 참여한 사람들에게 상을 분배했다. 그러고는 잠도 자지 않고 한동안 만나지 못한 네네의 모습을 떠올리며 홀로 성 아래 마을을 걸었다.

'요즘은 어떻게 지내고 있을까?'

도키치로는 네네를 자신에게 양보하고 다른 나라로 떠난 벗의 안부를 걱정했다. 벗이란 말할 것도 없이 이누치요였다. 오다 가문을 섬긴 이래로 도키치로가 마음의 벗으로 생각하고 있는 것은 마에다 이누치요 한 사람밖에 없었다.

'네네의 집에 들르자. 낭인이 되어 다른 나라로 떠나면 언제 만날 수 있을지 모를 테니 네네의 집에 들러 무슨 말이든 하고 갔을 것이다.'

도키치로는 그렇게 생각했다. 하지만 그는 사흘 밤낮 동안 잠을 자지 않아 너무나 졸렸다. 그러니 사랑이나 음식보다 잠이 먼저였다. 그렇지만 이누치요의 호의와 의기, 그리고 충절을 생각하면 한가하게 잠이나 자고 있을 수만은 없었다.

'아까운 인물이다…….'

사내는 사내를 알아보는 법이다. 노부나가는 왜 이누치요의 진가를 모르는 것일까. 적어도 이누치요와 자신은 진작부터 야마부치 우곤의 역의를 알고 있었다. 그런데 노부나가가 그것을 모르고 있었다는 게 이해가 되지 않았다. 그리고 우곤을 벤 이누치요를 벌한 게 불만스러웠다.

'아니다. 벌을 내리신 것인지도 모른다. 추방을 한 것은 오히려 주군의 크나큰 사랑일지도 모른다. 내가 우쭐한 기분에 다른 가신들이 있는 곳에서 기요스 성의 수리가 불리하다는 것을 고하며 고마키로 옮길 것을 진언하자 머리를 한 대 쥐어박으신 것과 같다. 내가 생각해도 그것은 어리석은 행동이었다.'

도키치로는 마을을 걸으며 그런 생각에 빠져 있었다. 잠이 부족한 탓인지 가끔씩 땅이 움직이는 듯한 기분이 들었고 가을햇살에 눈이 부셨다. 하지만 저편에 아사노 마타에몬의 집이 보이자 그는 졸음이 달아난 듯 웃음을 띠며 발길을 재촉했다.

"네네 님, 네네 님."

도키치로는 네네를 큰 소리로 불렀다.

이 일대는 유미슈의 주택지로 눈에 띄는 완목腕木 문이나 웅장한 저택은 없지만 잡목으로 만든 아담한 울타리가 있는 작은 집과 앞마당을 지닌 무사의 집들이 한적하게 늘어서 있었다. 그렇지 않아도 목소리가 컸던 도키치로는 한동안 만나지 못한 연인의 모습을 뜻밖에도 문 앞에서 보게 되자 손을 흔들며 발걸음을 재촉했다.

네네는 하얀 얼굴로 깜짝 놀란 듯 뒤를 돌아보았다. 사랑은 은밀하고 내밀하게 하는 것이었다. 근처 창문에 불이 밝혀져 있거나 안에 있는 부모에게까지 들리도록 큰 소리를 내면 처녀의 마음은 안절부절못할 수밖에 없었다. 아까부터 문 앞에 서서 멍하니 가을 하늘을 바라보고 있던 네네가 도키치로의 목소리를 듣고는 얼굴을 붉히며 허둥지둥 문 안으로 숨으려 했다. 그러자 도키치로가 다시 커다란 목소리로 그녀를 부르며 달려갔다.

"네네 님, 접니다. 도키치로입니다! 오랜만입니다. 공무에 쫓기다 보니……."

문 안으로 반쯤 들어간 네네는 도키치로가 인사하자 어쩔 수 없이 조심스레 머리를 숙였다.

"건강하신 듯하니 다행입니다."

"아버님은 계시는지요?"

"외출하셨습니다."

네네는 들어오라는 말도 하지 않고 문밖으로 살짝 나왔다. 도키치로는 그제야 네네가 불편해하는 것을 깨달았다.

"마타에몬 님이 안 계시니 잠깐 밖에서."

네네도 그것이 좋겠다는 듯 아무 말 없이 고개를 끄덕였다.

"오늘 이렇게 온 것은 다름이 아니라 아침에 이누치요가 들르지 않았는가 해서입니다.”

“들르지 않으셨습니다.”

고개를 젓는 네네의 얼굴이 붉어졌다.

“왔을 것입니다.”

“안 오셨습니다.”

“흐음.”

도키치로는 고추잠자리를 바라보면서 잠시 생각에 잠겼다.

“이곳에도 들르지 않았습니까?”

도키치로가 다시 물으며 네네의 얼굴을 보자 그녀는 눈물을 머금고 고개를 숙이고 있었다.

“이누치요는 주군의 노여움을 사서 이곳을 떠났습니다. 알고 계시는지요?”

“예…….”

“아버님께 들으셨습니까?”

“아니요.”

“그럼, 누구에게? 숨기지 않으셔도 괜찮습니다. 저와 그는 문경지교 刎頸之交[60]이니 염려하지 않고 말씀하셔도 됩니다. 이곳에 오지 않았습니까?”

“저도 방금 편지로 알았습니다.”

“편지로?”

“예.”

“사람을 보낸 것이군요.”

“아닙니다. 방금, 제 방 마당 앞에 누가 돌을 던져서 주워보니 작은

---

60 서로를 위해서라면 목이 잘린다고 해도 후회하지 않을 만큼의 사이를 나타내는 말로, 생사를 함께할 수 있는 아주 가까운 사이, 또는 그러한 친구를 일컫는다.

돌에 이누치요 님의 편지가 묶여져 있었습니다.”

네네는 양손으로 얼굴을 감싸더니 울음을 참으며 등을 돌렸다. 총명하고 재기 있는 여자로 생각했는데 역시 처녀는 처녀였다. 도키치로는 지금까지 보아왔던 그녀의 모습에서 새삼 아름다움과 사랑스러운 면모를 발견했다.

“그 편지 보여주실 수 있는지요? 혹 다른 사람에게 보여줄 수 없는 편지입니까?”

네네는 소매로 얼굴을 감싼 채 아무 말 없이 소매 속에서 편지를 꺼내 순순히 도키치로에게 건넸다. 도키치로는 서둘러 편지를 펼쳐보았다. 분명 이누치요의 필체였다. 내용은 간단했지만 얼마나 정성을 들여 썼는지 충분히 느낄 수 있었다.

나는 어쩔 수 없는 일로 한 사람을 베어 오늘부로 이곳을 떠나게 되었소. 한때는 이 한 몸과 목숨을 사랑에 바치고자 했지만 지금은 나보다 더 나은 기노시타와 함께하는 것이 그대의 앞날에도 좋을 듯하여 기꺼이 그를 믿고 먼 길을 떠나는 바이오. 마타에몬 님께도 이 편지를 보여드리고 부디 마음을 정하시길 바란다고 전해주시오. 언제 다시 만날 날이 있을지 몰라 이렇듯 급히 붓을 들어 몇 자 적어 보내오.

네네의 눈물인지 이누치요의 눈물인지 편지 여기저기에 눈물 자국이 스며 있었다. 도키치로도 편지를 읽으며 눈물을 뚝뚝 흘렸다.

나루미는 전쟁 준비를 마치고 기요스의 움직임을 살피고 있었다. 하지만 한 해가 다 가도록 노부나가는 공격할 기색을 보이지 않았다.

‘어찌 된 것일까?’

야마부치 부자는 고민에 빠졌다. 그들의 고민은 한 가지 더 있었다. 노부나가를 배신했는데도 슨푸의 이마가와 가문은 자신들의 본심을 거짓이라고 여기고 있었다. 야마부치 부자가 아무리 해명을 해도 불신을 지울 수가 없었다.

당연히 나루미 성은 고립되었다. 그리고 공교롭게도 가사데라笠寺의 성주인 도베 신자에몬戸部新左衛門이 노부나가와 내통해 머지않아 배후에서 공격해올 것이라는 소문이 전해졌다. 가사데라 성은 오와리를 견제하기 위한 이마가와의 외성 중 하나였다. 이마가와의 명령으로 노부나가와 내통할 수도 있는 일이었다. 날이 지날수록 소문이 짙어지자 야마부치 부자를 둘러싸고 있는 일족과 가신 사이에서 동요하는 기색이 보이기 시작했다.

"그깟 외성 하나쯤 기습해서 함락시키자."

성에 틀어박혀 만전을 기하고 있던 야마부치 부자는 기선을 제압할 심사로 한밤중에 군사를 움직여 가사데라를 공격했다. 그런데 얼마 전부터 가사데라 쪽에도 똑같은 소문이 돌았던 터라 가사데라는 전쟁에 만전을 기하고 있었다. 서로 의심하고 동요하던 두 세력 사이에 혈전이 벌어졌고, 마침내 가사데라는 무너지고 말았다. 도베 신자에몬은 슨푸의 원병을 기다리다 못해 불속에서 분전하다 죽음을 맞았다.

"이겼다."

"개가를 올려라!"

수많은 사상자가 생겨 반수 이상으로 줄어든 나루미의 군사들은 여세를 몰아 초토화된 성안으로 밀려들어가서 일제히 칼과 창, 철포 등을 흔들며 함성을 올렸다. 그때 나루미의 기마무사와 병사가 비참한 몰골로 삼삼오오 도망쳐왔다. 야마부치 사마노스케가 깜짝 놀라 무슨 일인지 묻자 나루미의 군사들이 숨을 헐떡이며 대답했다.

"어떻게 알았는지 노부나가의 천여 명 군사가 불시에 공격해왔습니다. 게다가 나루미 성을 점령당했을 뿐 아니라 아직 몸도 회복되지 않은 야마부치 우곤이 적병에게 붙잡혀 목이 달아났습니다."

방금까지 개가를 올리고 있던 야마부치 사마노스케는 망연자실하고 말았다. 자신이 공격한 가사데라 성은 빈 성이었을 뿐 아니라 불에 타서 재밖에 남아 있지 않았던 것이다.

"천명天命이구나!"

그러고는 그 자리에서 자결을 했다. 그는 천명이라고 외쳤지만 그것은 이치에 맞지 않았다. 그것은 그가 자초한 인명人命이었던 것이다.

노부나가는 하루 사이에 나루미와 가사데라를 평정했다. 기요스 성벽 공사를 끝낸 뒤 한동안 모습을 보이지 않았던 도키치로는 두 성이 오와리의 수중에 떨어지자 다시 나타났다.

"그대가 양쪽에서 유언비어를 퍼뜨리는 반간계를 쓰지 않았나?"

"나는 모르는 일이오."

누군가 그렇게 묻자 도키치로는 천연덕스럽게 고개만 갸웃거렸다.

축제의 달

　매년 싸움이 일상이었고 일상이 싸움이었다. 해자의 버드나무나 매화나무에 꾀꼬리가 울고 있는 날에도 국경 어느 곳에서는 싸움이 벌어지고 있었다. 산들바람이 부는 푸른 논에서 한가로운 모내기 노래가 들리는 날에도 국주의 군사는 사방의 적을 막느라 하루에도 수천 명씩 쓰러져갔다.

　하지만 기요스 성 아래 마을은 일견 전쟁이 먼 나라 이야기인 것처럼 보였다. 농민과 상인, 장인은 유랑의 걱정 없이 자신의 일에 정진하고 있었다. 군비라고 하면 모두 자진해서 세금을 냈다. 국주가 말하기 전에 그들은 평소에도 물건을 절약해서 전시에 대비했고 세금을 세금이라고 생각하지 않았다. 자신들의 무사태평을 위해 술을 한 번 참으면 한 치의 국경 땅을 지키는 화살과 총알을 얻을 수 있다는 사실을 가르쳐주지 않아도 알고 있었다.

　고지弘治 3년부터 에이로쿠永祿 원년과 2년, 영내의 치적은 좋아졌지만 사실 성의 곳간은 군비에 쫓겨 고갈되었고 가신인 무사들의 생활과 노부나가의 생활도 곤궁해지기만 했다.

　'이대로 계속되면 전쟁에서 이겨도 결국 나라의 재정이 파탄 나고

말 것이다.'

번의 살림과 재정을 맡은 담당자들이 서로 이마를 맞대고 걱정을 늘어놓았다. 하지만 노부나가는 한가로웠다.

"축제일은 아직인가? 이번 달에는 히요시마쓰리日吉祭가 있을 텐데. 지난달에는 호타 도구屈田道空61가 변장하고 니시미노의 쓰시마마쓰리津島祭를 보러 와서 춤을 췄다는데, 춤이란 참으로 좋은 것이다. 히요시마쓰리가 빨리 와야 할 텐데."

노부나가는 늘 심각한 표정을 짓고 있는 시바타 곤로쿠 가쓰이에에게 그렇게 말했고, 또 고지식한 모리 산자에몬森三左衛門이나 가토 즈쇼加藤圖書에게도 그렇게 말했다. 그럴 때면 그들은 어려운 나라 재정과 국경에서의 고전을 잘 알고 있었기에 마지못해 대답할 뿐이었다. 하지만 이케다 가쓰사부로 노부테루池田勝三郎信輝만은 노부나가의 말에 맞장구를 쳤다.

"저도 춤을 좋아합니다. 춤은 인간을 천진난만하게 만들기 때문에 저도 가끔 집에서 혼자 추곤 합니다."

몇 달 동안 전선에 나가 있다가 어제 성으로 돌아와 끝자리에 앉아 있던 도키치로가 가쓰사부로 노부테루를 보고 싱긋 웃자 노부나가도 방긋 웃으며 고개를 끄덕였다. 하지만 이 세 명이 왜 웃음을 지었는지 다른 사람들은 알 수가 없었다.

히요시마쓰리의 날이 왔다. 마침 축제와 추석이 이어져 있어 마을 사람들도 축제를 학수고대하며 기다렸다. 노부나가가 부교를 불러 말했다.

---

61 일찍이 사이토 도산을 섬긴 노신으로 1553년 도산과 오다 노부나가가 정덕사에서 회합을 가졌을 때, 도산을 수행했다. 고지 원년(1556년)에 도산이 죽은 뒤에는 요시타쓰를 섬겼지만 이후에는 노부나가와 도요토미 히데요시를 섬겼다.

"축제 중에는 가벼운 죄를 지은 자가 있어도 괜스레 사로잡지 말도록 하라. 싸움이 벌어지면 잘 달래서 그만두게 하고 도둑을 쫓기보다 그런 마음이 들지 않도록 온화한 마음을 중시하고 가난한 자에게 베풀도록 하라. 축제 중에는 상하를 가리지 않고 마음껏 즐길 수 있는 연회 팻말을 세우고 평소에 기름을 절약하느라 어둠에 익숙해져 있으니 네거리마다 등불을 달도록 하라. 춤을 추는 무리를 만나면 자네들이 먼저 말을 피해 춤을 즐기는 영민들을 다치게 하지 마라."

"알겠습니다."

부교는 물러나 즉시 관인들을 불러 노부나가의 명을 전달하고는 웃음을 지어 보였다.

"참으로 축제를 좋아하시는 분이라니까."

포고령을 본 관인들이 눈썹을 찡그렸다.

"아무리 일 년에 한 번뿐인 축제라 해도 지금과 같은 전시 상황에서 이러면 영민들에게 나태함을 장려하는 것과 다를 게 없다고."

다들 께름칙한 표정을 지었다. 멀리 국경에서 싸우고 있는 장병들을 생각하면 남의 일이 아니었다. 전선에 나가 있는 장병들은 모두 자신들의 아들이나 사촌이나 형제였다.

"원칙적으로 축제는 금하는 것이 당연하다."

이런 주장이 나오자 다들 고개를 끄덕였다. 내정상의 문제뿐 아니라 다른 나라에 대한 소문도 있었다. 지금 오다 가문에 있어 다른 나라들은 모두 적국이었다. 인척관계이긴 하지만 사이토 가문은 가장 위험한 적이었고, 스루가와 미카와, 이세伊勢, 고슈甲州까지 믿을 만한 아군은 한 곳도 없었다.

오와리에 있는 오다 가문의 재력이 빈곤하다는 것은 숨기려고 해도 선군인 노부히데 대부터 온 세상에 널리 알려진 사실이었다. 그런 빈국이면서 선대인 노부히데는 당시 비바람도 피할 수 없을 만큼 피폐해진 황거의 수리에 사천 관문貫文을 헌상하기도 했다. 그것도 노부히데가 공을 세우고 명성을 얻었다면 모르겠지만 그 당시 노부히데는 조정의 칙사가 헌상을 치하하기 위해 나고야名古屋로 향할 무렵 미노와의 격전에서 대패하여 간신히 도망친 참담한 상황이었다.

칙사가 시기가 좋지 않음을 헤아리고 다음을 기약하며 조정으로 돌아가려고 하자 노부히데는 평소처럼 예를 다해 그를 맞아들이고 임금의 마음에 감읍했다. 그리고 그날 밤에 칙사를 위해 조촐한 렌가連歌62 자리를 마련했다. 그러한 부친의 피가 노부나가에게 전해진 것이었다. 그런 탓인지 노부나가는 평소에 재정의 곤란 따위를 대수롭지 않게 여겼다. 노신들은 그런 노부나가를 보며 성인이 될수록 점점 선대를 닮아간다는 말을 자주 했다.

그동안 영민들은 덕에 교화되어 열심히 일을 하고 세금도 잘 냈다. 하지만 재무를 담당하는 부교가 영민보다 교활한 부자들에게 세금을 거두어들이는 게 어떻겠느냐고 진언하자 노부나가는 단 한 마디 말뿐이었다.

"흐음, 차차."

부교는 도무지 속내를 알 수 없는 주군이라며 더 이상 말을 꺼내지 않았다. 하지만 오늘 부교는 작정을 했다.

"일단 시바타 곤로쿠 님이나 모리 산자에몬 님과 넌지시 의논해보자. 간언을 두려워해서는 충신의 도리가 아니다. 정도政道에서 벗어난 것은 좋지 못하다고 말씀드리는 것이 신하 된 자의 도리일 것이다."

부하 관인들 모두 탐탁찮은 표정을 짓자 그도 갑자기 생각을 바꾼

---

62 일본 고전 시가의 형식으로 두 명 이상의 사람이 와카和歌의 상구上句와 하구下句를 번갈아 옮어나가는 형식의 노래를 말한다.

것이었다.

　모리 산자에몬 요시나리可成는 야마시로노카미 도산의 딸이 노부나가에게 시집올 때 사이토 가문에서 따라온 신하였는데, 오다 가문을 섬기게 된 뒤로 가끔씩 전쟁에 나가 공을 세웠다. 그래서 당연히 가정사도 잘 알았기에 노부나가의 성격에 굴하지 않고 완곡히 간언할 수 있었다.

　"그런데 지금 계실지 어떨지 모르겠습니다."

　관인 중 한 사람이 모리 요시나리가 노부나가를 만나고 있는지 묻자 내실에서 알현 중이라 답했다.

　이윽고 모리 요시나리가 한 손에는 과자를 들고 또 다른 손에는 아직 일곱 살밖에 되지 않은 어린아이의 손을 잡고 물러났다. 부교와 부하 관인들이 요시나리에게 근심스런 마음으로 축제의 포고에 대해 의논하자 요시나리도 동감을 했다.

　사실 요시나리는 얼마 전 쓰시마마쓰리 때 노부나가가 몰래 춤을 추러 나간 것을 나중에 호타 도구에게 전해 듣고 간담이 철렁했었다. 그 뒤에도 노부나가가 축제나 히요시마쓰리를 학수고대한다는 것을 알고 탐탁지 않게 여기고 있던 터였다.

　내실에서도 노부나가의 경솔한 행동을 넌지시 걱정하고 있었다. 기껏 삼 일밖에 되지 않는 히요시마쓰리였지만 성 아래 백성들이 축제나 춤에 들떠 있다는 얘기를 전선의 병사들이 들으면 어떻게 생각할지, 하물며 적국도 알게 되면 어떻게 될지 걱정이 되었다. 그리고 무엇보다 민심이 흉흉해져 기강이 문란해질 것이 뻔했다.

　"심각한 문제로군. 알았네, 내 간언해보겠네."

　"부디 잘 부탁드립니다."

　부교와 관인들이 머리를 숙여 부탁했다. 요시나리가 곁에 있는 사랑스러운 소년의 머리를 쓰다듬으며 말했다.

"아비가 주군을 뵙고 올 테니 얌전히 있어야 한다."

소년이 순순히 머리를 끄덕이자 부교가 그의 이름을 물었다.

"아주 착하구나. 이름이 무엇이냐?"

"란마루蘭丸입니다."

소년은 그렇게 대답하고는 수려한 눈동자로 아버지의 뒷모습을 바라보았다. 란마루는 나라奈良 인형처럼 양손을 무릎에 포갠 채 꽤 오랫동안 움직이지도 않고 아버지를 기다렸다.

마침내 요시나리가 돌아왔다. 걱정하던 사람들이 어떻게 됐는지 묻자 요시나리는 먼저 고개를 저어 보였다.

"도무지 듣지를 않으시네. 간언하러 갔던 내가 오히려 설득을 당하고 왔네."

"역정을 내셨습니까?"

"그렇다네. 우리의 근심은 백성들을 모르기 때문이라고 말씀하셨네. 축제 때 단속이 관대하면 나태하게 될 거라는 걱정은 다른 나라의 백성들이라면 몰라도 주군의 백성들에게는 해당되지 않는다며 화를 내셨네."

"……"

"이마가와의 백성들은 위를 본받아서 일 년 내내 하릴없이 보내기 때문에 일 년 중 며칠을 봉공일로 정하고 있지만, 우리 백성들은 삼백육십오 일이 봉공일과 같으니 축제날이나 추석과 새해는 백성들에게 유일한 즐거움이라고 하시고는 본인은 이마가와와 같은 정치를 펼치고 있지 않다며 엄한 표정으로 말씀하셨네."

드디어 축제의 밤이 왔다. 노부나가의 명으로 축제는 예년보다 훨씬 화려하고 떠들썩하게 열렸다. 기요스 성에서 수많은 제등의 물결만 바라보아도 그것을 알 수 있었다.

"가쓰사부로, 가쓰사부로."

넓은 정원의 어둠 속에 서 있던 노부나가가 뒤를 돌아보며 부르자 이케다 가쓰사부로 노부테루가 곁으로 다가오며 대답했다.

"예, 무슨 일이십니까?"

노부나가가 웃는 얼굴로 속삭였다.

"잠행할까?"

"함께 가겠습니다."

"소생들도 함께."

노부나가가 칼을 집어 들고 허리에 차며 함께 가겠다는 호위 무사에게 말했다.

"노신들에게는 아무 말도 하지 말도록."

노부나가는 가쓰사부로를 데리고 정원의 가로수에서 중문 쪽으로 사라졌다. 그때 나무 그늘에서 누군가 노부나가를 불렀다.

"주군, 몰래 어디를 가십니까? 저도 함께 데려가주십시오."

"누구냐?"

"도키치로입니다."

"아, 원숭이구먼. 이리 오게."

세 사람은 함께 중문으로 달려갔다. 그러다 문득 노부나가가 걸음을 멈추고 말했다.

"가쓰사부로, 안에 가서 노能 의상과 가면을 몰래 가져오게."

"예."

"세 명 것을 가져와야 하네."

"알겠습니다."

잠시 뒤 가쓰사부로가 무언가를 한 아름 안고 왔다. 그들은 성 밖으로 나가 해자 근처에서 분장을 하기 시작했다. 노부나가는 덴닌天人 가면을 쓰고 옷을 입었다.

"원숭이, 자넨 그냥 민낯이 좋으니 이걸 뒤집어쓰게."

"이건 무엇인지요?"

"법사가 쓰는 두건이네."

"법의도 입어야 합니까?"

"잘 어울리는군. 에이叡 산의 법사 같네."

"송구합니다."

"가쓰사부로는 다로가자太郎冠者63구먼."

"여기 대령했습니다."

"그럼, 가볼까."

그들은 걸음을 옮길 때마다 손뼉으로 박자를 맞추며 서로 한 소절씩 노래를 주거니 받거니 했다.

어느새 세 사람은 축제의 한가운데로 들어와 있었다. 성 아래 마을은 흡사 바둑판에 줄을 그어놓은 듯했다. 특히 스가구치須賀口에서 고조五條 강의 거리가 북적거렸는데 몇몇의 무리가 춤을 추며 걸어가고 있었다. 꽃 삿갓을 쓴 처녀와 뾰족한 삿갓을 쓴 젊은 사내, 두건을 쓴 무사와 노인, 꼬마와 농민과 상인, 승려가 둥그렇게 모여 한 손을 흔들며 노래를 불렀다.

떠올리니 잊지 못하고 떠올리지 않고는 잊지 못하리.

마을 네거리 공터 건너편에서 커다란 달이 떠오르고 있었다. 그곳에 가장 많은 사람들이 모여 있었다. 누가 선창을 하는지 소리가 사뭇 우

---

63 가부키에서 익살을 부리는 광대역을 맡은 다이묘의 하인을 일컫는다.

렁찼다.

생각나도 생각나지 않는 듯 태연히 있는 그 속이 깊기만 하구나.

사람들은 모든 것을 내려놓은 채 춤을 추고 있었다. 불평도 없었고 생활고도 없었다. 피로 얼룩진 난세도 잊고 무거운 세금이나 곤궁도 잊고 마음껏 환성을 지르고 있었다. 평소에는 구속되어 있던 손과 발을 자유롭게 휘저으며 춤을 추었다.

커다란 달이 사람들의 정수리 위로 떠올랐고 춤을 추는 원이 그림자와 겹쳐졌다. 거기에 다시 스가구치 쪽에서 춤을 추던 사람들이 가세해 한데 어우러졌다. 양쪽에서 선창하는 사람이 목청을 겨루며 번갈아 맑은 목소리를 마음껏 뽐냈다.

"앗, 이 중놈!"

갑자기 누군가 소리쳤다.

"첩자다!"

"적국의 간자다!"

"놓치지 마라!"

춤을 추던 원이 금세 흐트러졌다. 원의 한쪽에서 불시에 칼날이 번뜩였던 것이다. 하지만 그 산승山僧은 사람들이 발견하기도 전에 이미 뒤에 있던 누군가에게 붙잡혀 땅바닥에 내팽개쳐졌다. 기세 좋게 내동댕이쳐진 산승의 손에서 날카로운 계도戒끼가 사람들의 발 아래로 비스듬히 날아갔다.

"밀정이다!"

"붙잡아라."

사람들은 평소에 적국의 첩자에 대해 잘 훈련되어 있어 놀라지 않았지만 이리저리 도망치는 산승을 앞다투어 쫓다 보니 잠시 왁자지껄 난리법석이 되고 말았다.

"조용, 조용히 하라! 수상한 자를 붙잡았으니 요란 떨지 마라."

사람들과 한데 어울려 함께 춤을 추고 있던 노부나가와 가쓰사부로와 도키치로가 모습을 드러냈다. 도키치로는 사람들을 진정시키면서 주변 사람들을 물러서게 했고, 가쓰사부로는 산승의 몸 위에 걸터앉아 그를 제압했다.

"네 이놈, 누구의 사주로 주군을 암살하려 했느냐? 이실직고하지 않으면 목을 졸라 죽이겠다."

후일 이케다 쇼뉴池田勝入라 불리는 가쓰사부로는 힘이 센 데다 전쟁터를 오가는 젊은이였다. 밑에 깔린 산승이 그에게 한 방 얻어맞고는 비명을 질렀다.

"용서, 용서하시오. 사람을 잘못 보았소. 사람을 잘못 보고 그런 것이오. 밤눈이 어두운 탓에 내가 노리던 자와 너무 닮았다 생각하고 그만."

"거짓말 마라. 원무에 끼어들어 주군을 노리고 칼을 찌른 것은 누구인지 알고 한 짓이 틀림없다."

"아니오. 본래 나는 애꾸눈이오. 무례를 범한 것을 사죄할 테니 목숨만은."

"시끄럽다. 이렇게 누르고 있는데도 네놈의 손발이 꿈틀거리는 것을 보니 무사임이 틀림없다. 네놈 얼굴을 봐도 그렇다. 적국의 첩자임이 분명하다. 어디서 왔느냐!"

"당치도 않소."

"실토하거라!"

"으윽……."

"말해라."

"숨, 숨이 막혀서……."

"미노냐? 고후냐? 아니면 미카와나 이세? 입을 열지 않으면 각오하거라."

노부나가는 변장을 한 채 그곳에서 조금 떨어진 곳에 서 있었다. 도키치로에게 밀려 멀찍이 물러서 있던 사람들은 설마 그가 노부나가일 거라고는 상상도 못했지만 신분이 높은 사람이라는 것만은 눈치를 챘다.

"원숭이."

노부나가가 작은 목소리로 부르며 손짓했다.

도키치로가 다가가자 노부나가가 무언가를 속삭였다. 도키치로가 묵례를 하고는 바로 칼의 끈을 풀어 산승의 손을 뒤로 돌려 묶으려던 가쓰사부로에게 다가가 말을 건넸다.

"잠깐, 가쓰사부로 님. 주군께서 말씀하시길 오늘 밤은 일 년에 한 번뿐인 즐거운 축제이고, 또 작은 죄는 책하지 말고 죄인도 만들지 말라는 포고를 내렸다고 합니다. 아마도 사람을 잘못 봤다는 저자의 말은 사실인 듯하니 풀어주라고 하십니다."

"아, 고맙습니다."

목숨을 건진 산승은 가쓰사부로의 손에서 풀려나자 저편에 있는 노부나가를 향해 넙죽 절을 했다. 그러고는 새파래진 얼굴을 들고 곧장 도망치려고 했다.

"거사 양반, 잠깐."

노부나가가 그를 불러 세웠다.

"목숨을 구해준 것에 대한 답례는 남기고 가시게. 백성들도 명절을 맞아 춤을 추는데 그대도 고향의 노래나 한 소절 불러주시게."

산승은 안심한 듯한 표정으로 달을 우러러보더니 손뼉으로 장단을 맞추며 노래 한 곡을 불렀다. 그것을 계기로 다시 원무가 움직이기 시작했다. 하지만 그 속에서 노부나가 일행의 모습은 더 이상 보이지 않았다.

"원숭이."

돌아오던 중에 노부나가가 도키치로에게 물었다.

"자네는 여러 나라를 유랑한 적이 있다고 했는데, 그 산승이 부른 노래는 어느 지방의 노래인 듯한가?"

"스루가인 줄 압니다."

도키치로가 말하자 노부나가가 싱긋 웃으며 고개를 끄덕였다.

젊은 이에야스家康

스루가 사람들은 이곳을 슨푸라고 부르지 않고 후츄府中라고 불렀다. 도카이도東海道64에서 제일의 부府라고 자부하고 있기 때문이었다. 요시모토부터 이마가와 일족을 비롯해 백성들에 이르기까지 '이곳은 대국의 수도'라는 자부심을 가지고 있었다.

성도 성이라고 부르지 않고 '오야가타館' 혹은 '타치館'라고 불렀다. 모든 것이 귀족풍이었고 백성들은 그것을 좋아했다. 마을의 색과 거리의 풍속에 이르기까지 비슈尾州의 기요스, 나고야 일대와는 모든 것이 달랐다.

길을 가는 사람들의 바쁜 걸음걸이와 눈의 움직임, 말투까지 달랐다. 후츄 사람들은 어딘지 의젓해 보였고 의복의 화려함으로 계급을 알 수 있었고 부채로 입을 가리고 거드름을 피우며 걸어 다녔다. 전통음악인 온교쿠音曲가 번성했고 시가의 한 형태인 렌가를 부르는 악사도 많았으며 사람들의 얼굴에서는 인생의 봄날을 구가하고 있는 듯 한가로움이 엿보였다.

화창한 날에는 후지 산이 보이고 안개가 끼면 청견사淸見寺의 소나무

---

64 일본의 옛 도道 중 하나로 태평양 연안 지역인 지금의 긴키近畿 츄부中部 간토關東 지방을 가리킨다.

들판 너머로 잔잔한 바다가 보였다. 대자연에 둘러싸여 있었고 병마는 강대했다. 미카와의 마쓰다이라도 이곳의 속국과 다름없었다.

'마쓰다이라 가家의 피를 이어받은 나는 이곳에, 쇠퇴해가는 성을 지키고 있는 신하는 오카자키岡崎에. 나라는 있어도 주종主從은 서로 다른 곳에 있구나.'

모토야스元康는 마음속으로 그렇게 절절히 뇌까렸다. 그런 마음을 입 밖에 낼 수 없는 안타까움이 밤낮없이 그의 가슴속에서 명멸했다.

"가련한 가신들……."

어떤 때는 자신을 돌아보며 잘도 살아 있구나, 하고 생각하기도 했다.

도쿠가와 구로우도 모토야스德家藏人元康, 후일의 도쿠가와 이에야스德川家康인 그는 올해 열여덟이었다. 벌써 아이도 있었다. 열다섯 살 때 요시모토의 의도에 따라 그의 일족인 세키구치 치카나가關口親永의 딸을 아내로 맞아들였다. 동시에 관례冠禮도 올렸다. 아이는 올봄에 태어났으니 아직 육 개월밖에 되지 않았다.

이따금 그가 책상을 들여놓은 거실까지 아이의 울음소리가 들렸다. 산후 회복이 더딘 아내는 아직 산모실에 있었다. 아내는 아이를 손에서 놓지 않았다. 아이의 울음소리는 유달리 귀에 잘 들렸는데, 열여덟에 아버지가 된 그에게는 처음 듣는 혈육의 소리이기도 했다.

하지만 모토야스는 아이를 찾지 않았다. 그는 사람들이 흔히 말하는 자식을 사랑하는 마음을 알지 못했다. 자신의 마음속 어디를 찾아봐도 그런 감정을 발견할 수 없었다. 그런 자신이 아버지라는 사실을 생각하면 아이나 아내에게 미안한 마음이 들었다.

가련하고 불쌍하다는 생각이 들 때마다 가슴이 미어지는 것은 혈육 때문이 아니라 연래에 오카자키 성에서 빈곤과 굴욕을 견디고 있는 가신들 때문이었다. 굳이 자식을 생각하면 '저 아이도 언젠가 나처럼 괴롭고 험한 인생을 살겠구나' 하는 생각이 먼저 들었다.

그는 다케치요^{竹千代}라고 불리던 여섯 살 유년 시절에 아버지와 떨어져 적국의 볼모가 된 후 지금까지의 고난을 되돌아보면서 자기 아이의 인생에도 모질고 참담한 비바람이 몰아칠 것을 예감했다. 하지만 다른 사람들의 눈에는 후츄에서 번영을 구가하는 이마가와 세력의 일가이자 그들과 같은 신분으로 행복한 생활을 보내고 있는 듯 보였다.

'무슨 소리지?'

모토야스는 방을 나와 툇마루에 섰다. 누군가 축토^{築土}를 감싸고 있는 메꽃 넝쿨을 밖에서 잡아당긴 듯했다. 담쟁이덩굴과 메꽃 넝쿨은 축토에서 정원수까지 뻗어 있었다. 넝쿨이 끊긴 반동으로 나뭇가지가 미세하게 흔들렸다.

"누구냐?"

모토야스가 툇마루에 서서 다시 한 번 소리쳤다. 누군가 장난을 친 것이라면 도망을 쳤을 것인데 아무 소리도 들리지 않았다. 신발을 신고 축토의 뒷문을 열고 밖으로 나가자 마치 기다렸다는 듯이 한 사내가 궤와 지팡이를 내려놓고 머리를 숙이고 있었다.

"진시치^{甚七}구나."

"오랜만에 뵙습니다."

사 년 전, 모토야스가 간신히 요시모토의 허락을 받아 조상의 묘를 참배하러 오카자키로 돌아가는 도중에 모습을 감췄던 가신 우도노 진시치^{鵜殿甚七}였다.

"산승이 되었구나."

모토야스가 안쓰러운 시선으로 바라보았다.

"예, 여러 나라를 돌아다닐 때는 이런 차림이 편해서."

"후츄에는 언제 돌아왔느냐?

"방금 돌아왔습니다. 곧 다시 떠나야 할 몸이고 다른 사람의 눈에 띄지 않는 것이 좋을 듯하여 문 앞에서 기다렸습니다."

"벌써 사 년이나 되었구나."

"예."

"여러 나라의 상세한 소식을 담은 네 서찰을 받고 있었다만, 미노에 들어가고부터는 연락이 없어서 걱정하던 참이었다."

"미노에서 내란이 일어나 검문소와 역참의 검문이 한층 엄했습니다."

"미노의 분란을 직접 보았구나. 때를 잘 맞춰 미노에 들어갔구나."

"일 년 동안 이나바 산 아래 마을에 숨어서 형세를 지켜보았습니다. 이미 알고 계신 것처럼 도산 야마시로가 최후를 맞이하고 요시타쓰가 미노 일대를 평정했습니다. 일단 상황이 진정된 듯하여 교토로 올라갔다 에치젠으로 나와 호코구지北國路를 한 바퀴 돌았습니다. 그런 뒤 얼마 전에 비슈로 돌아왔습니다."

"기요스도 갔다 왔느냐?"

"상세히……."

"듣고 싶구나. 미노의 장래는 예상할 수 있지만 오다의 상황은 좀처럼 예측할 수가 없다."

"서찰로 적어 밤중에라도 은밀히 보내드리는 것이 낫지 않겠습니까?"

"서찰로는 부족할 것이다."

모토야스는 축토의 뒷문을 돌아보더니 잠시 생각에 잠겼다. 진시치는 모토야스에게 세상을 보는 눈이자 세상 소식을 듣는 귀였다. 모토야스는 여섯 살 무렵부터 오다 가문과 이마가와 가문을 전전했다. 소년 시절에는 볼모로 적국으로 보내져 자유가 허락되지 않는 삶을 살아 왔고 오늘날까지 그 속박에서 벗어나지 못했다.

볼모에게는 눈과 귀와 지성이 허락되지 않았다. 스스로 노력해야 했고 꾸중을 하거나 격려하는 사람이 아무도 없었다. 하지만 그런 심한 제약은 그에게 다른 사람들보다 몇 배로 왕성한 뜻과 욕망을 품게 해주었다. 사 년 전에 종자인 우도노 진시치를 추방해서 다른 나라로 보내 동정을 살핀 것도 원대한 욕망의 싹을 드러낸 것이라 할 수 있다.

"여기서는 사람들 눈에 띨 것이고 안에서는 식솔들이 이상하게 여길 것이니…… 그렇지, 저리로 가자."

모토야스는 한 곳을 손가락으로 가리키며 큰 걸음으로 앞서 걷기 시작했다. 볼모의 신세인 그가 지금 살고 있는 저택은 후츄의 오야가 타御館를 둘러싸고 있는 크고 작은 골목 중에서도 가장 조용한 쇼쇼노미야마치小將之宮町의 일각에 있었다. 그곳의 축토 뒤편에서 조금만 가면 아베安倍 강이 나왔다. 모토야스는 하인들 등에 업혀 돌아다니던 유년 시절에 그 강가에서 놀았다. 유구히 흘러가는 강물의 모습은 변함없이 늘 똑같은 풍광이었지만 모토야스에게는 추억이 깃든 곳이었다.

"진시치, 이 나룻배를 풀어라."

모토야스가 나룻배 위에 올라타며 말했다. 진시치가 노를 젓자 낚싯배인지 고기잡이배인지 모를 작은 배가 댓잎처럼 미끄러져 나갔다.

"이 근처가 좋겠다."

그제야 두 사람은 다른 사람의 시선에서 벗어나 이야기를 나눌 수 있었다. 모토야스는 진시치가 다년간 여러 나라를 돌아다니며 얻은 지식을 작은 배 안에서 반 시간 동안 들어야 했다. 그러는 동안 그는 진시치가 습득한 것보다 훨씬 더 큰 것을 알게 되었다.

"그렇군. 요 몇 년, 오다 가문이 노부히데 대와는 달리 다른 나라를 침략하지 않는 것은 오로지 내실을 다지고 있었기 때문이군."

"두 마음을 품은 자는 친족과 누대의 가신을 불문하고 단호하게 잘라내거나 쫓아내 이제는 기요스에서 대부분 사라진 듯합니다."

"이마가와를 비롯한 적국 사람들이 한때는 그런 노부나가를 두고 제멋대로에다 바보라며 웃음거리로 삼았지."

"어불성설입니다. 그는 결코 바보가 아닙니다."

"흐음, 나도 소문은 믿을 것이 못 된다고 생각하고 있지만, 이곳에서는 여전히 그런 선입견 때문에 오다 가문은 적이 아니라고 믿고 있다."

"오와리 세력의 사기가 몇 년 전과는 완전히 다릅니다."

"가신들 중에 눈여겨볼 자는?"

"히라데 나카쓰카사는 죽었지만 시바타 곤로쿠와 하야시 사도 미치가쓰林佐渡通勝, 이케다 가쓰사부로 노부테루, 사쿠마 다이가쿠佐久間大學, 모리 요시나리가 있으며, 그 외에도 인물이 많습니다. 특히 근래에는 기노시타 도키치로라는 자가 두각을 나타내고 있는데, 체격은 아주 왜소하지만 백성들의 화젯거리로 자주 오르내리고 있습니다."

"노부나가에 대한 백성들의 생각은 어떠한가?"

"바로 그 점이 무섭습니다. 어떤 국주든 치세에 심혈을 기울이기 마련이라 백성들이 국주에게 복종하고 우러러보긴 하지만 오와리에서는 좀 달랐습니다."

"어떻게 다르다는 것인가?"

우도노 진시치는 잠시 생각에 잠겼다가 정확하게 표현할 수 없다는 듯 말했다.

"딱히 이렇다 할 만한 특별한 치세의 책략이 보이지 않는데도 영민들은 노부나가만 있으면 안심이라는 듯 내일을 전혀 근심하지 않았습니다. 오와리가 약하고 가난하다는 것을 잘 알고 있으면서도 말입니다. 다른 대국의 백성들처럼 전란이나 내일을 두려워하지 않는다는 게 신기할 정도입니다."

"흐음, 어째서일까?"

"노부나가가 그런 기질을 가지고 있기 때문일 것입니다. '흐린 날이 있으면 맑은 날도 있다. 오늘은 이렇지만 내일은 저럴 것이다' 하며 인심을 모으고 있습니다. 그렇다고 백성들이 음울함에 빠져 있지도 않습니다. 예를 들어 축제 행사만 보더라도……."

진시치는 말을 하다가 무슨 생각이 들었는지 쓴웃음을 지었다.

"실은 그 축제에서 곤혹을 치렀습니다."

진시치는 기요스 성 아래 마을에서 축제가 벌어진 날 밤, 거리에서 뜻밖에 노부나가 일행의 잠행을 발견하고는 공명심에 불타 노부나가를 죽이려다 오히려 붙잡혀 곤혹을 치른 사건을 말했다.

"부끄럽습니다."

모토야스는 웃음기 없는 얼굴로 진시치의 경솔함을 질책했다.

"너답지 않은 짓을 했구나."

"앞으로는 절대……."

진시치는 머리를 숙이며 쓸데없는 말을 했다고 후회했다. 그러고는 은연중에 올해 스물여섯 살이 된 노부나가와 열여덟 살이 된 모토야스를 비교했다. 모토야스가 노부나가보다 훨씬 어른스러웠다. 모토야스에게는 유치한 면이 조금도 보이지 않았다. 노부나가도 어린 시절 가시밭 속에서 자랐고 모토야스도 고난 속에서 자랐다. 하지만 여섯 살부터 다른 사람의 손에, 그것도 적국의 볼모가 되어 세상의 차가움과 혹독함을 뼈저리게 맛보며 살아온 모토야스의 고난은 노부나가의 고난과 비교할 수 없는 것이었다.

모토야스는 여섯 살에 나라를 떠나 오다 가문의 포로가 됐고, 여덟 살에 다시 스루가의 볼모가 되었다. 그리고 열다섯 살이 되어서야 이마가와 요시모토에게 사람 취급을 받았다. 그 뒤 그는 선조의 분묘를 돌보고 부친의 제사를 지내고 싶다는 허락도 받아냈다. 그렇게 몇 년 만에 오카자키로 돌아갔을 때 이런 일도 있었다.

모토야스가 선조의 땅인 오카자키에 돌아와보니 이마가와의 야마다 신에몬山田新右衛門이라는 자가 섭정을 맡고 있었다. 이마가와 가문에 예속되어 간신히 숨만 쉬고 있었던 미카와의 누대의 가신들은 몇 년 만에 젊은 주군이 돌아오자 본성에 있는 이마가와의 가신들이 물러나주기를 바랐다. 하지만 모토야스는 '나는 젊지만 성을 맡고 있는 그는 노인이다. 또 그의 지시를 받아야 하는 상황이니 본성은 그대로 두어라'라고 말하고는 오카자키에 있는 동안 성 외곽에 머물며 부친의 제사를 지냈다. 후일 요시모토는 그 이야기를 듣고 '나이에 어울리지 않게 분별력이 있다'며 모토야스를 측은하게 여겼다고 한다.

하지만 그 당시 요시모토가 모르는 사실이 있었다. 나이가 여든이 넘은 도리이 이가노카미 타다요시鳥居伊賀守忠吉라는 노인이 있었는데, 그는 다케치요의 부친인 히로타다廣忠 대부터 미카와 무사로 지냈다. 그 노인은 다케치요가 오카자키에 머물던 어느 날 밤 어린 군주 다케치요를 은밀히 찾아갔다.

"이 늙은이도 이마가와의 역인과 다를 바 없이 십여 년 동안 세금을 징수하는 직무를 맡아 마소처럼 일하고 있습니다. 여러 해 전부터는 이마가와 관인의 눈을 피해 곳간에 쌀과 금전을 비축해놓고 있습니다. 싸울 수 있을 만큼 총알과 화살도 숨겨두었으니 언제든 성으로 돌아오시면 됩니다. 그러니 결코 큰 뜻을 잊지 마시길 바랍니다."

그날 다케치요가 타다요시의 손을 잡고 울자 타다요시도 눈물을 참지 못하고 울었다.

미카와 무사는 뼛속까지 인내로 단련되어 있었다. 군신의 삶을 살기 위해서는 참고 견뎌야 했다. 마카와 무사의 강한 인내심과 끈기는 모토야스가 참가한 첫 전쟁에서도 잘 드러났다.

작년에 모토야스는 열일곱 살의 나이로 처음 진두에 섰다. 빈번하게 미카와를 위협했던 스즈키 휴가노카미鈴木日向守의 데라베寺部 성을 공격할 때였다. 물론 이마가와 요시모토의 허락을 얻은 뒤 벌인 전쟁이었지만 미카와에 돌아와 있었기 때문에 전군의 조직과 병사들까지 모두 미카와 세력만을 이끌고 싸워야 했다.

모토야스는 노신과 어린 낭도를 이끌고 처음으로 적지인 데라베 성 아래까지 진격해 들어갔다. 그러고는 성 아래 마을 곳곳에 불을 놓고 급히 미카와로 철수했다. 일단 철군하여 다시 기회를 보기로 한 것이었다. 초전初戰의 경우 대부분의 젊은 사람들은 공명을 세워 명성을 얻으려고만 하는데 모토야스는 달랐다. 나중에 미카와 노신들이 그 까닭을 묻자 모토야스가 답했다.

"나무로 치면 데라베는 적의 줄기에 해당되어 많은 지엽을 가지고 있다. 그 본성에까지 별 어려움 없이 공격해 들어갈 수 있었던 것은 적에게 다른 속셈이 있었기 때문이다. 우쭐한 마음에 오랫동안 적지에서 진을 치고 있었다면 틀림없이 적들은 우리의 퇴로를 끊은 뒤 몇 겹으로 포위하고 발톱을 드러내 공격해왔을 것이다. 우리는 무기와 병량, 군사의 수도 미약하다. 그런 상황에서 오래 진을 치고 있으면 이로울 것이 없다고 여겨 성 아래에 불을 놓고 철수했던 것이다."

그 말을 들은 사카이 우타노스케酒井雅樂助와 이시카와 아키石川安芸 등의 미카와 노신들은 모토야스에게 기대를 모았다. 그러고는 각자 늙은 몸을 잘 건사해 모토야스가 없는 오카자키를 지키면서 오로지 때가 오기만을 기다렸다.

하지만 대부분이 노신들이었기 때문에 모토야스처럼 인내심을 가지고 마냥 때를 기다릴 수 없었다. 그들은 데라베 전투가 끝난 뒤 이마가와 가문에 탄원서를 올렸다.

"주군인 모토야스 님이 어느덧 성인이 되었으니 부디 예전의 약조대로 오카자키의 섭정을 물리시고 성과 옛 영지를 모토야스 님께 돌려주시길 바랍니다. 그렇게 해주신다면 저희 미카와 무사들도 이마가와 가문을 오랫동안 맹주로 모시며 한층 더 성심을 다하겠습니다."

미카와의 무사들은 기회가 있을 때마다 이마가와 가문에 탄원을 올렸지만 이마가와 요시모토는 한두 해 더 생각하겠다며 받아들이지 않았다. 모토야스를 이마가와 가문에 볼모로 보낼 때, 모토야스가 성인이 되면 반드시 영지를 돌려주겠다고 굳게 약조를 했지만 요시모토는 애초부터 반환할 마음이 없었던 것이다. 십여 년간 미카와 쪽이 무슨 잘못이라도 하면 그것을 구실로 삼아 완전히 집어삼키려고 했다. 하지만 미카와 신하와 모토야스는 오랜 세월 동안 그러한 빌미를 줄 만한 잘못을 범하지 않았다. 미카와의 강한 끈기와 자중, 인내심은 요시모토마저도 감탄할 따름이었다. 그러다 보니 요시모토는 당초의 약속 때문이라도 쉽사리 거절을 할 수 없었다. 그는 탄원을 하러 온 미카와의 노신들을 일단 안심시킨 뒤 돌려보냈다.

"내년에는 오랜 숙원인 중원 진출을 위해 군사를 일으킬 생각인데, 그때 내가 친히 오와리를 제압하고 미카와의 국경과 지역을 나누어줄 것이오. 그러니 내가 내년에 교토로 입성할 때까지 기다리시오."

미카와의 노신들은 요시모토의 말을 믿고 돌아갔다. 요시모토의 말은 거짓이 아니었다. 그의 교토 입성 계획은 더 이상 숨길 것도 없는, 오직 시기만 결정하면 될 문제였다. 강대한 국부와 군비를 지니고 그것을 비밀리에 목표로 삼는 시기는 지났다. 이제는 대사를 언제 일으킬 것인가 하는 문제만 남아 있었다.

그러한 사실을 이마가와 가문에서 너무나 당당하게 떠벌리자 사람들은 오히려 이마가와 가문이 패권을 과시하기 위해 떠벌린다고 생각했다. 다만 새롭게 알려진 사실 하나는 요시모토가 미카와의 노신들에게 내년이라고 시기를 확언했다는 것이다. 요시모토는 이미 결행의 시기가 무르익었다고 여겼으며, 그것은 미카와에게 큰 선물이었다.

한편 아베 강 한가운데에서 밀담을 나누었던 모토야스와 진시치는 이야기를 다 끝내고 강기슭으로 돌아왔다.

"그럼, 여기서."

진시치는 곧바로 궤를 짊어지고 지팡이를 고쳐 쥐었다. 그러고는 모토야스의 얼굴을 바라보며 작별 인사를 했다.

"분부대로 도리이 님과 사카이 님께 전하도록 하겠습니다. 그 외에 다른 하실 말씀은 없는지요?"

"배 안에서 말한 것 외에 달리 할 말은 없으니 어서 가게."

모토야스는 다른 사람의 시선을 두려워하는 듯 턱으로 재촉했다.

"고향의 노인들에게 나는 감기 한번 걸리지 않고 건강하게 지낸다고 전해주게."

모토야스는 그렇게 말하고 저택으로 돌아갔다. 그러자 아까부터 축토 밖에 서서 여기저기를 둘러보고 있던 시녀가 강가에서 돌아온 모토야스를 발견하고 말했다.

"마님이 기다리고 계십니다. 나리를 찾아오라고 성화이십니다."

"금방 간다고 잘 말하거라."

모토야스는 그 말만 남기고 자신의 방으로 들어갔다. 그곳에는 가신인 사카키바라 헤이시치 타다마사榊原平七忠正가 기다리고 있었다.

"강가에서 산책이라도 하셨습니까?"

"음, 겸사겸사. 그런데 무슨 일인가?"

"사자가 왔습니다."

"어디서?"

헤이시치는 아무 말 없이 서찰을 내밀었다. 다이겐 세쓰사이大原雪齊 화상이 보낸 것이었다. 모토야스는 봉인을 뜯기 전에 고개를 살짝 숙였다. 세쓰사이 화상은 이마가와 가문에는 흑의黑衣의 군사軍師이고 모토야스에게는 어릴 적부터 학문과 병법을 가르친 스승이었다. 서찰은 여느 때처럼 담소를 나누고자 오늘 밤 이누이몬乾門에서 기다리겠다는 내용이었다.

"사자는?"

"돌아갔습니다."

"그런가."

"또 한밤중의 담소이십니까?"

"으음, 저녁 무렵부터."

모토야스는 무언가 깊이 생각하는 듯했다. 사카키바라 헤이시치는 그것이 중요한 군담軍談이라는 것을 예전부터 들어 알고 있었다.

"주군, 가까운 시일 안에 상락上洛의 대포고령이 내려질 듯합니다."

사카키바라 헤이시치가 모토야스의 얼굴을 살피며 말했다.

"음……."

모토야스는 별다른 반응이 없었다. 이마가와 가문에서 알고 있는 오와리의 국력이나 노부나가의 평가는 오늘 우도노 진시치가 알려준 것과는 큰 차이가 있었다. 요시모토가 도카이東海에 있는 슨엔산駿遠三[65]의 대군을 동원해 서쪽으로 상락한다면 오와리는 당연히 배수진을 펼치며 저항할 것이었다.

---

65 스루가駿河, 도오도우미遠江, 미카와三河의 첫 글자만 따서 부르는 지명이다.

"도카이도의 사만 대군과 후츄의 무력으로 밀고 나가면 노부나가는 싸움이 벌어지기도 전에 항복할 것입니다."

군사 회의 자리에서 그렇게 말하는 사람도 있었다. 요시모토와 세쓰사이 화상 이하의 장수들은 그 정도까지 무시하지는 않더라도 모토야스 만큼 오와리를 중요하게 생각하지는 않았다. 모토야스가 이전에 그에 대한 의견을 피력한 적이 있지만 일소에 부쳐지고 말았다. 쟁쟁한 무장들은 걸핏하면 볼모의 신세이고 아직 젊다고 하며 모토야스를 안중에도 두지 않았다.

'그럼에도 말을 할 것인가, 하지 않을 것인가?'

모토야스는 세쓰사이의 서찰을 앞에 두고 생각에 잠겼다. 그때 시중을 들고 있는 나이 든 시녀가 당혹스런 얼굴로 다시 와서는 왠지 아내의 기분이 안 좋은 듯하니 잠시 얼굴을 보이라며 재촉했다. 모토야스의 아내는 늘 자신의 일만 생각했다. 국사나 남편의 일에는 전혀 무관심했다. 그녀의 머릿속에는 오로지 자신이 기거하는 안채와 남편의 애정밖에 들어 있지 않았다. 나이 든 시녀도 그런 사실을 잘 알고 있었다. 그러다 보니 모토야스가 금방 간다고 말하고는 여전히 가신과 이야기를 했지만 아무 말도 하지 못하고 머뭇거릴 수밖에 없었다. 결국 다시 안쪽에서 시녀가 와서 무언가를 속삭이자 어쩔 수 없다는 듯 또 한 번 말을 꺼냈다.

"저기, 송구스럽습니다만 마님께서 자꾸 재촉하고 계십니다."

나이 든 시녀는 모토야스의 뒤에서 조심스레 말했다. 모토야스는 이런 상황을 시녀들이 가장 곤란해한다는 걸 잘 알고 있었다. 모토야스가 헤이시치를 보면서 말했다.

"그럼 준비하고 시간이 되면 알려주게."

모토야스가 자리에서 일어나자 시녀들은 그제야 살았다는 듯 종종

걸음으로 앞서 사라졌다. 모토야스가 있는 곳과 안채는 모토야스의 아내가 그의 얼굴을 보고 싶어 하는 것도 무리가 아닐 정도로 멀리 떨어져 있었다. 모퉁이를 몇 번이나 돌아 복도를 지나고 다리를 건너야 안채가 나왔다. 안채의 북쪽은 둥근 쓰기야마築山[66]로 둘러싸여 있었고 남쪽은 수많은 가을꽃이 있는 넓은 정원을 품고 있었다. 그래서 안채 바깥쪽 사람들과 외부 사람들은 그녀를 '쓰기야마 님'이라고 불렀다.

그녀는 모토야스가 열다섯 살 때 이마가와 일족의 세키구치 가문에서 시집왔다. 혼례를 올릴 때 요시모토의 양녀였던 그녀는 가난한 미카와 출신에다 볼모였던 신랑과는 비교가 되지 않을 만큼 모든 것이 화려하고 눈부셨다. 사실 이마가와 가문에서 마카와 사람은 모멸의 대상이었다. 그녀는 쓰기야마의 일곽에 살게 되면서부터 자존심 때문이라도 미카와 출신의 가신들을 깔보고 안하무인으로 남편을 대하며 맹목적인 사랑만을 요구했다. 게다가 나이도 모토야스보다 많았다. 부부 생활로만 보면 그녀에게 모토야스는 그저 유순하고 이마가와 가문에 의지해서만 살 수 있는 남자일 뿐이었다. 특히 이번 3월에 아이를 낳은 뒤부터 그녀는 점점 더 안하무인이 되었고, 남편에게도 더 심하게 억지를 부렸다. 모토야스는 날마다 그녀를 보며 인내를 배워야 했다.

"오늘은 일어나 있었구려. 기분은 좀 좋아졌소?"

모토야스는 아내의 모습을 보자 그렇게 말하고는 남쪽 장지문을 열었다. 정원에 핀 아름다운 가을 화초와 하늘을 본다면 병든 그녀의 마음도 좋아질 거라 생각했다. 그녀는 병실에서 나와 쌀쌀한 거실 한가운데에 냉담한 얼굴로 앉아 있었다. 그녀가 눈썹을 찡그리며 말했다.

"문을 닫아주세요."

그녀는 미인이 아니었지만 온실에서 사랑을 받고 자라서인지 피부

---

66 정원 등에 돌을 쌓아 조그마하게 만든 산을 일컫는다.

가 고왔다. 게다가 초산한 지 얼마 안 되어 얼굴과 손이 속이 훤히 들여다보일 것처럼 창백했다. 그녀는 손을 무릎 위에 가지런히 올려놓고 있었다.

"물어보고 싶은 게 있으니 이리 앉으세요."

그녀는 마음속으로 깊은 애정을 품고 있으면서 식은 재처럼 차가운 눈빛과 입술로 말했다. 모토야스는 젊은 남편인데도 융통성이 전혀 없었다. 아내에게 대하는 태도가 중년 남자와 다를 게 없었다.

"무슨 일이오?"

그가 아내 앞에 앉으며 물었다. 그녀는 남편이 순순히 따라줄수록 왠지 더 초조한 마음이 들었다.

"여쭤보고 싶은 게 있어요. 방금 가신도 없이 혼자 어디를 다녀오셨어요?"

그녀는 눈에 눈물을 머금고 있었다. 출산 후 아직 몸이 회복되지 않은 야윈 얼굴에 위험한 감정의 동요가 일었다. 모토야스는 그녀의 성격을 잘 알고 있었다. 그는 아이를 달래듯 그녀에게 웃음을 지으며 말했다.

"아, 방금 말이오? 책을 보고 있다가 피곤해서 혼자 강가에 나갔다 온 것이오. 당신도 가끔 시녀들을 데리고 산책을 나가는 게 어떻소? 한창 가을 화초들이 필 때고, 낮달에 우는 벌레 소리까지. 아베 강을 걷기에는 지금이 가장 좋은 계절이오."

그녀는 남편을 책망하듯 바라보더니 냉담하게 말했다.

"이상한 일이군요. 벌레 소리를 듣고 가을 화초를 보러 산책을 나갔다는 당신이 어찌 작은 배를 타고 강 한가운데로 나가 오랫동안 사람의 눈길을 피해 있었을까요?"

"알고 있었소?"

"이렇게 안에 틀어박혀 있지만 당신이 무엇을 하고 계신지 다 알고 있어요."

"그렇소?"

모토야스는 쓴웃음을 지어 보일 뿐 우도노 진시치를 만난 일을 그녀에게 말하지 않았다. 그녀가 자신에게 시집을 왔지만 완전히 자신의 아내가 되었다고 믿지 않았던 것이다. 무슨 일이든 고국의 가신이나 친척들이 방문했을 때 그들에게 이야기했고, 또 고향의 가족들과 편지를 주고받았다. 모토야스는 볼모인 자신을 감시하는 눈보다 비록 나쁜 의도는 없다 해도 그녀의 무분별한 성격을 훨씬 더 경계했다.

"강가에서 작은 배를 발견하고 별생각 없이 올라탔던 것이오. 그런데 막상 강 한복판으로 나가 보니 배가 좀처럼 마음먹은 대로 움직이지 않았소. 하하하, 아이처럼 실없기는. 그나저나 당신은 어디서 나를 보고 있었소?"

"거짓말만 하시는군요. 당신 혼자만 있었던 게 아니지 않습니까?"

"내 모습을 보고 나중에 하인이 쫓아왔던 것이오."

"아니요. 하인이라면 사람의 눈을 피해 배 안에서 밀담을 나눌 리가 없어요."

"대체 누가 그런 터무니없는 말을 한 것이오?"

"안채에도 저를 생각해주는 사람이 있어요. 요즘 당신은 여자를 숨겨놓고 있는 것만 같아요. 그렇지 않으면 제가 싫어져서 미카와로 도망치려고 계획하고 있는 것이겠지요. 오카자키에 저 외에도 부인이라고 부르는 사람이 있다는 소문이 있습니다. 어찌 그것을 숨기시나요? 이마가와의 눈치를 보느라 제가 싫으면서도 아내로 맞이하신 건가요?"

그녀의 훌쩍이는 울음소리가 밖에까지 새어나올 무렵, 출입구 쪽에서 사카키바라 헤이시치의 목소리가 들렸다.

"말을 준비했습니다. 주군, 시간이 됐습니다."

모토야스가 대답을 하기도 전에 그녀가 끼어들었다.

"요즘 한밤중에 자주 집을 비우시는데 대체 이 시간에 어디를 가시는 겁니까?"

"오야가타御館에 가오."

모토야스가 자리에서 일어나자 그녀는 그 정도 설명으로는 납득할 수 없다는 듯 왜 저녁에 오야가타에 가는지, 또 여느 때처럼 한밤중까지 있을 것인지, 가신은 누구를 데려가는지 등 끝도 없이 따지고 들었다. 입구에서 모토야스가 나오기를 기다리고 있던 사카키바라 헤이시치는 불안한 마음이 들었지만 모토야스는 인내심을 가지고 그녀의 의심이 풀릴 때까지 어르고 달랬다.

"그럼 다녀오겠소."

마침내 모토야스가 안채에서 나왔다. 모토야스가 그녀에게 차가운 바람을 맞으면 몸에 좋지 않다며 만류했지만 그녀는 말을 듣지 않고 입구까지 배웅을 나왔다.

"빨리 돌아오세요."

모토야스가 외출할 때마다 그녀는 그렇게 말했다. 그것은 자신의 사랑과 정절을 표현하는 최대한의 방법이었다. 바깥의 대현관까지 지나오는 동안, 모토야스는 가신들의 얼굴을 보면서 아무 말도 하지 않았다. 하지만 별이 총총 뜬 하늘 아래 저녁 바람을 맞으며 말을 타고 달리자 이내 기분이 좋아져 다시 청년다운 발랄함을 되찾았다.

"헤이시치."

"예."

"조금 늦을 것 같군."

"아닙니다. 편지에 시간을 정확히 적지 않았으니 다소 늦더라도……."

"그렇지 않네. 세쓰사이 선사는 연로한 몸이지만 늘 시간을 어긴 적이 없네. 우리처럼 젊은 자들이, 하물며 볼모의 신세인데 중신이나 노사가 계신 자리에 늦으면 면목이 서질 않네. 어서 서두르세."

모토야스는 서둘러 길을 떠났다. 고삐를 잡은 하인 셋과 사카키바라 헤이시치가 함께했다. 헤이시치는 말의 걸음에 맞춰 달리면서 뜨거운 눈물을 흘렸다. 심성이 착한 모토야스가 입술을 깨물며 지금의 상황을 참고 있다고 생각한 것이었다.

'우리 신하들이 하루빨리 주군의 족쇄를 풀어주어야 한다. 볼모로 예속된 상황에서 벗어나 적어도 미카와 일성의 독립된 성주로 복권시켜야 한다. 하루가 늦어지면 그 하루가 불충이 될 것이다. 머지않아 반드시.'

사카키바라는 속으로 맹세하며 또다시 눈시울을 붉혔다.

니조二條의 해자가 보였다. 이치노바시一之橋를 건너자 집이 한 채도 보이지 않았다. 미려한 잔솔밭 사이로 이따금씩 보이는 흰 벽과 웅장한 문은 모두 이마가와 일족의 저택이거나 관청이었다.

"오, 미카와 님이 아니시오. 모토야스 님!"

성지를 둘러싼 넓은 잔솔밭은 전시에는 무사들이 모이는 광장으로 이용했지만 평시에는 마장으로 이용했다. 방금 소나무 뒤편 횡도에서 손을 들고 모토야스를 부른 사람은 임제사臨濟寺의 세쓰사이 화상이었다.

세쓰사이가 가까이 다가오자 모토야스가 급히 말에서 내려 공손하게 인사를 건넸다.

"선사께서도 밤에 고생이 많으십니다."

"늘 이렇듯 갑자기 불러 미안하오."

"당치 않습니다."

세쓰사이는 혼자였다. 커다란 몸집답게 발이 컸는데 지저분한 짚신을 신고 있었다. 모토야스는 말의 고삐를 사카키바라에게 건네고 세쓰사이와 함께 걷기 시작했다. 하지만 결코 어깨를 나란히 하지 않았다.

"올해도 다시 가을이 찾아왔군."

선사가 중얼거리는 사이 모토야스는 문득 말로는 표현할 수 없는 고마움을 느꼈다. 다른 사람들이나 그 자신조차 어릴 적부터 타국의 볼모로 잡혀 있는 신세를 불우하다고 했지만 곰곰 생각해보면 다이겐 세쓰사이에게 가르침을 얻은 것만으로도 어쩌면 행운일지 몰랐다. 좋은 스승을 만나는 것은 어려운 일이었다. 만약 미카와에서 무사안일하게 있었다면 세쓰사이에게 사사하는 기연을 얻지 못했을 것이었다. 그러면 지금처럼 학문이나 군학도 갖추지 못했을 것이었다. 아니, 지적 교육보다 세쓰사이로부터 끊임없이 전해진 정신적인 가르침이 훨씬 소중했다. 그것은 선禪이었다. 모토야스가 그에게서 얻은 가장 큰 선물이기도 했다.

선가禪家인 세쓰사이가 어떻게 이마가와 가문을 자유롭게 출입하고, 그 휘하의 군사로 있는지 잘 알지 못하는 타국 사람들은 그를 기이하게 여기며 군승軍僧이나 속승俗僧이라고 불렀다. 하지만 사실 세쓰사이는 이마가와 일족인 이하라 사에몬노조庵原左衛門尉의 아들이며 요시모토와는 혈연관계였다.

요시모토는 슨엔산만의 요시모토였지만 세쓰사이는 천하의 세쓰사이였고 그러다 보니 그의 도道는 세상을 무대로 삼아 펼쳐졌다. 요시모토를 사람으로 만든 것도 그의 훈육이었다. 오다와라小田原의 호조 우지야스北條氏康와 싸울 때 이마가와 쪽에 패전의 징후가 보이자마자 강화

조약을 맺어 슨푸를 구한 것도 그였다.

또 그는 북쪽 경계의 강국인 다케다 신겐의 딸을 호조 우지마사北條氏政에게 시집보내고 요시모토의 딸을 신겐의 아들인 요시노부義信와 맺어주어 삼국맹약을 체결하는 등 정치적인 수완에도 뛰어난 승려였다. 그렇다고 일장파립一杖破笠의 도도한 고승이 아니었고 순수한 선승도 아니었다. 그는 한마디로 정치적인 승려이자 괴승이었다. 그런 위대한 인물은 어떻게 불리든 위대한 존재일 수밖에 없었다.

"동굴에 숨거나 행운유수에 몸 하나를 맡기고 표표히 지내는 사람만이 고승이 아니다. 승려도 때에 따라 사명이 다르다. 지금과 같은 세상에 저 혼자 도도한 척 일신의 불과佛果만 생각하며 세속을 멀리하고 산야에서 무시無事를 즐기는 삶이야말로 사이비다. 속세에는 속세의 눈으로도 알 수 있는 위선자밖에 없지만 군자와 성인 중에는 염교처럼 몇 겹의 가죽을 뒤집어쓰고 있는 자가 많다."

모토야스는 말을 잘 하지 않던 그가 임제사의 툇마루에서 뇌까리던 말들을 기억하고 있었다.

"빨리 도착했군."

세쓰사이는 이누이몬의 당교를 건넜다. 모토야스는 한 걸음 뒤에서 사카키바라에게 무슨 말을 하고는 다시 하인에게 말을 맡겼다. 그러고는 세쓰사이의 뒤를 따라 성안으로 모습을 감췄다.

오하구로鐵漿 장군

　성벽 안이라고 여겨지지 않을 만큼 아시카가足利 장군의 사치와 무로마치 황궁의 규모를 그대로 옮겨다놓은 듯한 화려한 저택이었다.

　아타고愛宕 신사와 청수사淸水寺가 내려다보이는 거대한 벽 너머로 후지 산이 보이는 저물녘이 되면 백 칸의 복도에 불이 켜지고 아름다운 미녀들이 거문고와 술병을 들고 지나갔다.

"정원에 누구인가?"

　요시모토가 술기운이 오른 얼굴로 은행나무 부채를 펼치며 말했다. 그러고는 무지개 같은 붉은 난간이 있는 홍예다리를 건넜다. 그는 시종들도 눈부셔 할 정도로 화려한 의복과 요도를 걸치고 있었다.

"살펴보고 오겠습니다."

　시종이 다리를 돌아 정원 쪽으로 달려 내려갔다. 어스름이 내리는 넓은 정원에서 여자의 비명이 들리자 요시모토가 의아하게 여겨 걸음을 멈췄던 것이다.

"살피러 간 자는 어찌 아직 돌아오지 않느냐? 이요, 네가 가보아라."

"예."

　가와이 이요河合伊予가 정원으로 내려가 저편으로 달려갔다. 넓은 정원은 저물녘이면 후지 산 기슭과 이어져 있는 것처럼 보였다. 요시모토는 다리와 회랑 모퉁이 기둥에 기댄 채 부채로 박자를 맞추며 낮은 목소리로 노래를 흥얼거렸다. 본래부터 지방이 많아 피부가 하얀 데다 여자라도 유혹하려는 듯 엷게 화장을 해 더 하얗게 보였다.

올해 마흔한 살인 요시모토는 남자로서도 인생에 있어서도 절정기를 맞이했다. 그는 머리를 귀족풍으로 묶고 이를 오하구로鐵漿[67]로 검게 물들이고 콧수염을 기르고 있었다. 이 년쯤 전부터 살이 조금씩 올라 가뜩이나 허리가 길고 다리가 짧은 체격이 한층 더 이상하게 보였지만 황금칼과 진귀한 옷감으로 지은 하카마袴가 그 모든 것을 충분히 감춰주었다. 누군가 달려오자 요시모토가 노래를 멈추고 물었다.

"이요이냐?"

그림자가 멈춰서더니 말했다.

"아닙니다. 우지자네氏眞입니다."

"와코和子구나."

요시모토는 적자인 우지자네를 '와코'라고 불렀다. 우지자네는 고생을 모르는 청년이었다.

"날도 저물었는데 정원에서 무엇을 하고 있었느냐?"

"치즈루千鶴를 벌주고 있었습니다. 혼을 내려고 칼을 뽑았더니 도망을 쳐서."

"치즈루? 치즈루가 누구냐?"

"제 애조愛鳥를 돌보는 하녀입니다."

"시녀이더냐?"

"예."

---

67 이를 검게 물들이는 것으로, 상류층 부인들 사이에서 행해지다 남자 귀족들 사이에서도 유행했다. 식초와 차 등에 철편을 녹인 뒤 엿이나 오배자五倍子 가루 등을 섞어 붓으로 이에 칠했다.

"시녀가 무슨 잘못을 했기에 직접 벌을 주려는 것이냐?"

"참으로 얄미운 것입니다. 교토의 츄나곤中納言[68] 가문에서 제게 내린 새를 소홀히 다루어 새가 새장에서 도망치고 말았습니다."

우지자네는 새를 무척이나 좋아했다. 사람들은 그런 그에게 귀한 새를 구해 바쳤다. 그러다 보니 그의 거처에는 교토의 귀족들이 보내온 진귀한 새가 많았다. 우지자네는 지금 새 한 마리 때문에 격노해 사람의 목을 치려고 했다. 그리고 마치 나라의 중대사라도 일어난 것처럼 아버지에게 당당하게 말했다.

"무슨 일인가 했더니."

아들에게 약한 요시모토라 해도 우지자네의 행동은 어이없게 느껴질 수밖에 없었다. 더군다나 신하들이 보는 앞이었다. 아무리 적자라도 가신들 앞에서 우매한 면을 보이면 경시할 게 뻔했다. 그래서 요시모토는 우지자네를 준엄하게 꾸짖었다.

"우지자네, 너는 대체 몇 살이더냐! 이미 관례도 올렸고, 게다가 이마가와 가문의 후사를 이을 적자의 몸으로 새만 길러서 어쩔 셈이냐! 선禪에 힘쓰든지 군서라도 읽거라!"

좀처럼 자식을 꾸짖지 않는 아버지가 혼을 내자 우지자네는 그만 아연실색해서 침묵하고 말았다. 평소에도 아버지를 대수롭지 않게 여겼고 아버지의 행실에 대해서도 비판적이었던 우지자네는 입을 꾹 다문 채 달갑지 않은 표정을 지어 보였다.

요시모토 역시 그런 자신의 약점을 잘 알고 있었고 자식이 아무리 어리석더라도 사랑스러운 법이다. 게다가 자신의 행실이 결코 자식에게 좋은 본보기가 아니라는 사실도 알고 있었다.

"그만 됐으니 앞으로는 자중하거라. 우지자네, 알았느냐?"

---

68 일본의 옛 벼슬 중 하나로, 최고 행정기관인 태정관太政官의 차관을 가리킨다.

“예.”

“뭘 그리 불만스런 얼굴을 하고 있느냐?”

“불만은 없습니다.”

“그럼 그만 가보아라. 새 따위나 키우고 있을 때가 아니다.”

“그럼 아버님은…….”

“뭐라?”

“교토의 기생들과 낮부터 술이나 마시고 춤이나 출 때라고 말씀하시는 겁니까?”

“닥쳐라! 건방진 놈.”

“하지만 아버님께서는…….”

“네 이놈!”

요시모토는 들고 있던 부채를 우지자네의 얼굴을 향해 내던졌다.

“아비에 대해 왈가왈부하기 전에 먼저 네 본분을 다하거라. 병법과 군학에 마음을 둔 것도 아니고, 경세제민經世濟民에 대한 학문을 하는 것도 아니고. 그래서는 내 뒤를 이을 수 없다. 나는 젊었을 때 선사에 들어가 온갖 고행을 겪었고 전쟁도 몇 번이나 치렀다. 지금 가만히 있는 것처럼 보이지만 큰 뜻을 품고 중원을 엿보고 있는 것이다. 너 같은 소심하고 뜻이 작은 자가 어찌 내 자식이 될 수 있겠느냐. 지금 내게는 아무 부족함이 없는데, 오직 하나 네가 근심일 뿐이다.”

어느새 신하와 시종 들이 모두 바닥에 머리를 숙이고 그의 말을 듣고 있었다.

“…….”

우지자네도 머리를 숙이고 발아래 떨어진 아버지의 부채를 바라보고 있었다. 그때 한 무사가 달려와 소식을 알렸다.

“선가 님과 마쓰다이라 요시모토 님, 그 외 여러 분이 다치바나노 쓰

보橘の坪에 모여 주군께서 오시길 기다리고 있습니다."

다치바나노 쓰보는 감귤 나무가 많은 남쪽 비탈에 있는 별전別殿이었다. 그날 저녁, 요시모토는 그곳에 저녁 다회 자리를 마련해 임제사의 선사와 심복들을 초대했다.

"모두 모였느냐. 주인인 내가 늦어서는 안 되지."

요시모토는 부자간의 어색한 침묵에서 벗어날 기회라는 듯 그렇게 말하고는 복도를 지나 저편으로 사라졌다.

애초에 다회란 표면상의 구실에 지나지 않았다. 요시모토의 수하인 이타미 곤아미伊丹權阿弥라는 자가 중문까지 제등을 들고 마중을 나오고 저녁 다회에 어울리게 사방에 등불을 켜고 벌레 소리를 들으며 풍류를 즐기는 것처럼 보였지만, 요시모토가 들어가고 문이 닫히자 날카로운 창을 든 병사들이 끊임없이 부근을 돌며 물 샐 틈 없이 경계를 하기 시작했다.

"오야가타御館 님께서 오셨습니다."

곤아미와 또 다른 부하가 별전의 조용한 건물 안쪽을 향해 전했다. 다다미를 스무 장 정도 깐 바닥이 낮은 사원풍 방 안에서 등불이 희미하게 흔들렸다. 그 자리에는 왼쪽에 임제사의 세쓰사이 화상을 비롯해 노신인 이하라 쇼겐과 아사히나 카즈에朝比奈主計 등이 있었고 오른쪽에 일족인 사이토 카몬노스케齊藤掃部助와 무레 몬도노쇼牟礼主水正 등이 있었으며 그 끝에 마쓰다이라 모토야스가 앉아 있었다.

"……"

양쪽 사람들 모두 가운데 자리를 향해 묵연히 머리를 숙이고 있었다. 바닥에 옷자락이 스치는 소리가 들리더니 요시모토가 자리로 가서 앉았다. 그의 곁에는 하인이나 무사가 단 한 사람도 없었다. 수하의 무사 두 사람만이 두세 칸 정도 멀리 떨어져 대기하고 있을 뿐이었다.

"늦었소이다."

사람들의 인사를 받은 요시모토가 간단히 답례를 한 뒤 세쓰사이에게 위로의 말을 전했다.

"노사께선 건장하신 줄 압니다."

요시모토는 근래 세쓰사이를 볼 때마다 습관처럼 건강에 대해 물었다. 육 년 전, 병환을 겪은 세쓰사이는 근래 들어 눈에 띄게 노쇠했다. 요시모토는 약관 무렵부터 세쓰사이에게 교육을 받았고 세쓰사이는 그를 보호하고 독려했다. 요시모토는 세쓰사이의 경세와 책모와 원대한 계획으로 오늘의 대업을 이룩했다. 그러다 보니 세쓰사이의 노쇠를 자신의 노쇠처럼 느낄 수밖에 없었다. 하지만 그것도 처음만 그렇지 근래 수년 동안 이마가와 가문의 세력은 세쓰사이에게 의지하지 않아도 요지부동의 차원을 넘어 욱일승천의 기세를 올렸다. 그러자 요시모토는 어느 순간부터 약관 무렵의 성공까지 모두 자신의 기량으로 이룬 것처럼 여기게 되었다.

"이제 저도 어른이니 치국과 군사 방침에 대해서는 걱정하지 않으셔도 됩니다. 노사께서는 여생을 즐기시며 오직 선을 포교하는 데 마음을 쓰도록 하십시오."

요시모토는 한담을 나눌 때마다 그렇게 말했고, 근래에는 세쓰사이의 개입을 경원시하는 듯한 기색까지 보였다. 하지만 세쓰사이의 눈에는 요시모토가 아직도 어린아이처럼 보이기만 했다.

그것은 요시모토가 자식인 우지자네를 보는 것과 같았다. 세쓰사이는 요시모토가 위험해 보인다는 생각을 지울 수 없었다. 그러다 보니 근래에 요시모토가 병환을 구실 삼아 자신을 거북스러워하는 것을 알면서도 자진해 군사 회의에 참석했다. 특히 봄 무렵부터 벌써 열 번이나 열린 다치바나노 쓰보 회의에는 병중이라도 불참한 적이 없었다.

이 회의에서 결행할 것인지 기다릴지를 결정하는 일이야말로 이마가와 가문의 부침과 관련된 중대사였기 때문이었다.

거사를 결정하는 대회의가 벌레 울음소리에 휩싸여 은밀히 열리고 있었다. 바깥의 벌레 소리가 뚝 하고 멈출 때에는 창을 들고 경계를 서는 병사가 별전의 바깥 담장 쪽을 뚜벅뚜벅 지나가는 때였다.

"카즈에, 이전 회의에서 말한 것은 다 조사했는가?"

요시모토가 묻자 아사히나 카즈에가 들고 온 서류를 펼쳐 대략적으로 설명했다. 그 서류에는 오다 가문의 영지와 재산을 조사해서 산출한 병력과 무기 등의 내역이 상세하게 적혀 있었다.

"작은 번이면서도 근래 들어 오다의 재정이 눈에 띄게 늘어난 듯 보입니다."

카즈에가 요시모토에게 서류의 수치를 가리키며 말을 이었다.

"오와리 일국이라고는 하지만 오와리의 동남부인 히가시카스가이東春日井와 지타고知多鄕 중에는 저희가 빼앗은 이와쿠라岩倉 성 같은 곳도 있고, 또 오다 가문에 속해 있지만 두 마음을 품고 있는 자도 있으니 현재 오다의 영읍領邑은 대략 오와리 일국의 반 이상인 오분의 이 정도라고 생각하면 큰 차이는 없을 듯합니다."

"흐음, 그렇군. 듣던 대로 작은 번이군. 그럼 병력은 어느 정도인가?"

"영지가 비슈尾州의 오분의 이라고 보면 십육칠만 석 정도일 것입니다. 일만 석당 병력을 대략 이백오십 명으로 계산하면 오다 전체를 합쳐도 사천 내외, 게다가 수병守兵을 제외하면 삼천 내외의 병력밖에 움직일 수 없을 것입니다."

"하하하……."

갑자기 요시모토가 웃었다. 그는 웃을 때면 몸을 약간 비스듬히 하고 오하구로로 까맣게 물들인 이에 은행나무처럼 생긴 부채를 대는 버룻이 있었다.

"삼사천이란 말이지. 그 정도로 잘도 버티고 있군. 장로도 내게 상락의 도정에 있어 주의해야 할 적은 오다라고 말씀하시고, 자네들도 틈만 나면 오다를 들먹이는 통에 카즈에에게 자세히 알아보라고 시켰네. 그런데 기껏 삼사천의 병력으로 요시모토의 군세 앞에서 무엇을 할 수 있단 말인가. 오와리 땅을 짓밟고 통과하는 데 무슨 근심이 있겠는가."

세쓰사이는 침묵을 지키고 있었다. 요시모토의 굳은 결의를 알고 있었던 무레 몬도노쇼와 이하라 쇼겐, 사이토 카몬노스케도 한결같이 입을 다물고 있었다.

몇 년 전부터 계획을 세워왔으며, 이마가와의 군비와 내정, 그리고 일체의 정책은 요시모토의 상락과 천하제패에 목적을 두고 있었다. 마침내 시기가 무르익자 요시모토는 더 이상 기다릴 마음이 없었다. 그래서 봄부터 결행에 옮기려고 했지만 회의를 거듭하며 실행에 옮기지 못한 것은 핵심부 안에서 시기상조라고 주장하는 사람들이 있었기 때문이었다. 바로 세쓰사이였다. 그는 요시모토에게 조금 더 내치에 힘쓰라고 권했다. 요시모토가 깃발을 올리고 중원으로 진출해 천하통일의 대업을 이루는 것을 나쁘게는 말하지 않았지만 그렇다고 찬성을 표하지도 않았다. 그런 상황에서 세쓰사이의 마음은 괴롭기만 했다.

"이마가와 가문은 명망이 높은 가문이다. 만일 아시카가 장군 가문에 후사가 없을 때는 미카와의 기라씨吉良氏가 그 뒤를 잇고, 기라씨에 사람이 없을 때는 우리 이마가와 가문이 나서야 한다. 마땅히 너도 큰 뜻을 품고 천하의 주인이 될 기량을 지금부터 익히지 않으면 안 된다."

요시모토가 약관의 나이일 때 세쓰사이는 그렇게 훈육을 했다.

'일성의 주인보다 일국의 군주가 되어라. 일국의 군주보다 열 주州의 태수太守가 되어라. 열 주의 태수보다 천하의 지배자가 되어라.'

당시에는 누구나 그렇게 가르쳤고 무인 교육이 그러했으며 무가의 자제들도 풍운의 세상에서 그것을 바랐다.

세쓰사이 역시 요시모토를 그렇게 가르쳤다. 그리고 그가 요시모토의 휘하에 들어간 뒤 이마가와의 국세國勢가 급격히 팽창하면서 서서히 패업覇業의 단계를 밟게 되었다. 하지만 세쓰사이는 몇 해 전부터 자신의 교육과 보좌 임무에 커다란 모순을 느끼기 시작했다. 그러면서 요시모토가 자신 있게 진행하는 천하통일의 패업이 왠지 불안하게 느껴졌던 것이다.

'그릇이 아니야. 요시모토는 그러한 그릇이 아니었어.'

세쓰사이는 요시모토의 행실, 특히 요 몇 년 사이 눈에 띄게 우쭐대는 그를 바라보면서 생각이 보수적으로 바뀌었다.

'군주로서 요시모토의 기량은 지금이 절정이다. 단념하게 해야 한다.'

세쓰사이는 괴로웠다. 하지만 지금이 자신의 전성기라고 자부하며 자만하는 요시모토가 급작스레 중원 진출의 대업을 단념할 리 없었다. 요시모토는 세쓰사이의 간언을 노쇠한 탓이라고 비웃으며 안중에 두지 않았다. 천하의 절반이 이미 요시모토의 손안에 들어와 있는 듯했다.

'누가 저리 만든 것인가.'

세쓰사이는 요시모토의 자만심을 책하기 전에 자신을 책망했다. 그릇이 아닌 자에게 그 역량 이상의 대망을 품게 한 것은 다름 아닌 바로 자신이 아닌가 하고 말이다.

'이미 만류하기엔 늦었다.'

세쓰사이는 더 이상 간언하지 않았다. 그 대신 회의 때마다 신중에 신중을 기하라고 주장했다. 또 요시모토가 입버릇처럼 슨엔산의 대군

과 자신의 위세라면 교토까지 올라가는 데 무슨 어려움이 있겠느냐고
말할 때마다 그를 나무랐다. 그리고 상락 도중 여러 주州의 실태를 살
피게 하고 미연에 외교적 책략을 써서 가능한 싸우지 않고 무혈입성할
수 있도록 계획했다.

하지만 교토까지의 여정에서 강국인 미노나 오우미보다 먼저 거쳐
야 할 관문은 오다라는 적이었다. 오다는 작은 나라였지만 실로 까다
로운 적이었다. 그것도 어제오늘의 적이 아니라 노부나가와 요시모토
의 조부 대인 사십여 년 전부터 이어져 내려온 숙명의 적수였다. 두 나
라는 상대가 성 하나를 빼앗으면 곧바로 다시 회복하고, 마을 한 곳에
불을 지르면 상대편 마을 열 곳을 불태웠다. 그러다 보니 두 나라의 국
경에는 백골이 산을 이룰 지경이었다.

오다에서는 이미 이마가와의 상락에 대한 소문을 듣고 사십여 년간
의 와신상담을 보상받을 시기가 왔다며 일대 결전을 각오하고 있었다.
그리고 요시모토는 상락에서 오다를 최고의 제물로 여기며 오다에 대
한 대책을 세우는 마지막 회의를 진행하고 있었다. 세쓰사이 화상과
사람들이 저택에서 물러나 귀로에 오른 것은 후츄의 마을에 불빛이 한
점도 보이지 않는 한밤중이었다.

"하늘에 맡기는 수밖에 없구나. 나이를 먹으면 다시 어리석어진다
더니. 춥구나."

세쓰사이는 춥지 않은 밤인데도 밤하늘의 은하수를 올려다보며 중
얼거렸다.

나중에 돌이켜 생각해보면 그 무렵부터 그는 노환으로 상당히 위중
했던 듯했다. 그날 밤을 마지막으로 세쓰사이는 두 번 다시 땅을 밟지
않았다. 이윽고 중추中秋 무렵 그는 적막한 임제사에서 홀로 죽음을 맞
이했다.

● 1536년 제1차 가토의 난

사가미(相模)의 신흥 센고쿠 다이묘였던 호조 가문(北条氏)이 자신의 동맹이자 쓰루가의 슈고 다이묘였던 이마가와 가문(今川氏)을 침공한 전쟁이다.

● 1542년 덴분의 난

덴분 11년에서 17년까지 6년에 걸쳐 일어난 다테 가문의 당주 다테 다네무네(伊達稙宗)와 적남 하루무네 (晴宗)간의 부자 사이의 내분과 그로 인해 도호쿠 지방 일대에서 발생한 일련의 전란을 말한다. 별칭으로 우쓰로의 난(洞の乱)이라고 부르기도 한다.

망촉望蜀

겨울이 다가왔다. 임제사의 국화는 여전히 만개한 채 향기를 피우고 있었다. 하지만 후츄의 성 아래에서 올려다보면 눈앞에 후지 산은 벌써 새하얀 눈으로 뒤덮여 있었다.

"내려라!"

사나운 말 한 마리가 마을 네거리까지 질풍처럼 달려왔다. 네거리 모퉁이를 지키고 있던 무사들이 장창으로 말의 다리를 후려치자 말은 앞발을 버둥거리며 날뛰었다.

"앗!"

말 위에 무사가 내동댕이쳐지듯 말에서 내리더니 소리쳤다.

"무슨 짓이냐!"

그는 네거리를 둘러보고는 그곳에 무리를 지어 있던 이마가와의 무사들에게 고함을 쳤다.

"멈춰라. 허락도 없이 어디를 가느냐?"

경계를 서던 무사들이 소리쳤다.

"임제사에 가는 것이다!"

상대편 무사 역시 지지 않고 소리쳤지만 경계를 하던 무사들은 그의 말을 일축했다.

"안 된다!"

"어째서 안 된다는 것이냐?"

"오늘은 세쓰사이 화상의 기일이라 임제사에는 요시모토 님을 비롯한 중신들이 계신다. 가신들은 이미 참배를 끝내고 모두 돌아갔지만 아직 요시모토 님과 몇몇 중신들이 쉬고 계신다. 그분들이 돌아가실 때까지 왕래를 금지한다는 팻말을 보지 못했느냐?"

"보았으니 더 서두르는 것이다. 자세한 연유도 묻지 않고 무례하게 기마의 다리를 후려치다니."

"보았으니 서두른다고? 팻말은 법령이다."

"알고 있다."

"뭐라? 저자를 포박하라."

"잠깐!"

"잔말 마라."

"너희들이 잘못을 저지를까 봐 미리 말해주려는 것이다. 나는 오다카 성의 수장이신 우도노 나가데루鵜殿長照 님께서 급히 요시모토 님께 보내는 군령장을 가지고 왔다."

"사자인가?"

"군령장을 지녔을 때는 아무리 귀인을 만나도 말에서 내리지 않고 정문 당교 안까지 갈 수 있게 되어 있다."

"물론이다."

"그래서 말을 탄 채 임제사의 문 앞까지 가려는 것이다."

"군령장을 지닌 급사라는 걸 알았다면 제지하지 않았을 것이다. 무단으로 지나가려 하기에……."

"그럴 시간이 없었다."

"그럼, 어서 그냥 지나가라."

"이대로 갈 순 없다. 사죄하라."

"검문을 하는 것도 직무다. 사죄할 일을 저질렀다면 군명에 따라 배를 가르면 될 터이니, 사죄할 수 없다."

"좋다, 지금 그 말을 똑똑히 기억해두겠다."

사자는 그렇게 말하더니 다시 말을 타고 임제사 쪽으로 달려갔다.

사찰은 고요했다. 특히 가을 무렵 세쓰사이 장로가 죽은 뒤로 산문과 사당과 숲은 한층 적막감이 깊어졌다. 때까치 울음소리가 더 쓸쓸하고 춥게 느껴지는 초겨울이었다. 하지만 세쓰사이의 사십구제에 참석한 이마가와의 무장들 얼굴에 동요하는 기운이 가득했다. 네거리를 지키는 무사들에게까지 살기에 가까운 긴장감이 흐르고 있었다. 장로의 죽음으로 요시모토의 상락 시기가 앞당겨지고 인접국의 적들이 기세를 올리며 허를 찔러올 것이 분명했다. 이마가와의 사람들은 전쟁이 임박했음을 느끼고 요 이삼 일 동안 시시각각 국경의 동향에 귀를 기울이고 있었다.

법회가 끝난 뒤 임제사의 오서원奧書院에서 요시모토가 지명한 이마가와의 장수 스무 명은 은밀히 회의를 하고 있었다. 세쓰사이가 죽은 뒤 요시모토의 휘하에서 그의 의견을 제지하는 사람은 아무도 없었다. 다만 시세를 보는 눈이나 생각 면에서 죽은 세쓰사이와 비슷한 사람은 늘 아무 말 없이 말석에 있던 마쓰다이라 모토야스였다. 하지만 그는 다른 번에서 볼모로 온 신세였고 나이도 어려 무슨 말을 해도 영향력이 없다는 것을 너무나 잘 알고 있었다. 그렇기 때문에 그는 아무 의견도 없는 사람처럼 침묵을 지키고 있었다.

"지금 오다카 성에서 급한 전령이 왔습니다. 여기 군령장을 가지고 왔습니다."

복도의 삼나무 문밖에서 군령장을 가지고 온 승려와 경계를 서고 있는 무사들이 이야기를 주고받는 소리가 들려왔다. 고즈넉한 선방의 안쪽, 파초에 숨겨져 있던 안뜰 건너편 광서원廣書院까지 그 목소리가 또렷하게 들렸다.

"뭐라, 오다카 성에서 급한 전령이라고?"

회의 자리에 있는 사람들 모두 바깥 소리에 귀를 기울였다. 요시모토가 답답하다는 듯 턱으로 말석을 가리키며 말했다.

"모토야스, 나가봐라."

"예!"

모토야스는 조용히 자리에서 일어나 복도로 나갔다. 그 누구라도, 또 무슨 일이 있더라도 회의 중에는 삼나무 문 안으로 들어와서는 안 된다는 엄명이 내려져 있기 때문에 모토야스가 나오기 전까지 승려와 경계를 서는 무사들은 밖에서 문답만 되풀이하고 있었다.

"무슨 일인가?"

모토야스가 나타나자 무사들이 엎드려 군령장을 내밀었다.

"예, 실은 오다카 성에서 전령이 이 서찰을 가지고 밤새 달려왔다고 합니다."

모토야스는 군령장을 받았다. 아군인 오다카 성에서 화급을 다투는 전령을 보낸 것으로 봐서 심상치 않은 일이 일어났다는 것을 알 수 있었다.

"사자는?"

"본당에서 대기하고 있습니다."

"바로 요시모토 님께 전할 테니 잠시 쉬고 있으라고 전하라."

모토야스는 서찰을 들고 회의 자리로 돌아왔다. 그 자리에 있는 모든 사람들이 무슨 급보인지 궁금해하는 표정으로 아무 말 없이 모토야스를 쳐다보았다.

"요시모토 님께."

모토야스는 서찰을 아사히나 카즈에 앞에 두고 뒤로 물러났다. 카즈에가 요시모토 앞으로 서찰을 내보였다. 요시모토가 즉시 봉인을 뜯어 한 번 훑어보고는 뇌까렸다.

"건방진……."

요시모토는 검게 물든 이로 아랫입술을 깨물며 곁에 있던 무레 몬도노쇼와 이하라 쇼겐 쪽으로 서찰을 내던졌다. 요시모토의 눈은 창문에 고정되어 있었고, 서찰을 돌려가며 읽은 장수들도 눈에 이상한 광채를 띠며 한동안 침묵을 지키고 있었다.

현재 이마가와는 구쓰카게沓掛 성과 오다카 성을 연결하고 있는 오다령의 땅, 즉 몸통과 다리가 붙어 있는 지형을 깊이 파고들어가 다리 부분을 절단한 형세를 취하고 있었다.

오다 쪽에서는 오다카 성의 전위인 나루미를 탈환한 뒤 한층 더 박차를 가해 구쓰카게와 오다카 성 사이에 요새를 만들고 오다카 성의 고립을 꾀하고 있었다. 그러던 중 요시모토의 상락이 구체적으로 진행된다는 사실을 오다 쪽에서 알고 급거 오다카 성을 포위해 공격을 가하고 있다는 내용이었다. 서찰은 오다카 성의 우도노 나가데루가 직접 쓴 것이 틀림없었다.

원군을 청한다는 말은 한마디도 쓰여 있지 않았다. 하지만 사태가 급박했다. 고립된 성안에서는 병량이 부족해 평소에는 소나무와 삼나무 껍질을 삶아 먹고 싸움을 하는 날에만 쌀을 끓인 국물을 먹을 만큼 절박한 상황인 듯했다.

"……."

침묵을 지키고 있던 사람들은 서찰을 돌려 읽는 동안 성안에 있는 아군의 비참한 모습을 떠올렸다. 마침내 서찰이 회의 자리를 한 바퀴 돌아서는 마쓰다이라 모토야스 앞에 놓였다. 모토야스는 서찰을 다 읽은 뒤 아사히나 카즈에에게 건넸고, 그것은 다시 요시모토 앞에 놓였다.

"어떻게 하면 좋겠는가?"

요시모토에게는 당장 이렇다 할 만한 좋은 대책이 없었다. 아니 요시모토뿐 아니라 이마가와의 참모로 불리는 이하라 쇼겐과 명성이 자자한 명장 무레 몬도노쇼도 뾰족한 수가 없는 듯한 모습이었다.

"……"

모토야스도 잠자코 자리에 앉아 있었다. 다들 머리를 쥐어짜내는 듯한 표정으로 여전히 무거운 침묵만 지키고 있었다. 특히 요시모토의 눈썹 위로 고통스러운 기색이 역력했다. 오다를 제압하기 위해 오다카 성으로 보낸 우도노 나가데루는 그의 매부였다. 개인적인 인연으로도 그대로 보고만 있을 수는 없었다. 또 상락의 대사를 앞두고 있는 중요한 시기에 작은 번인 오다에 요충지를 빼앗기고 매부가 죽음을 당하는 일은 결코 용납할 수 없는 일이었다.

"무슨 방법이 없는가? 좋은 생각은? 저대로 내버려둔다면 오다카 성의 아군은 모두 굶어 죽고 말 것이다."

요시모토가 거듭 물었다. 하지만 그것은 눈앞에 펼쳐진 곤혹스러운 현실을 되풀이해서 말하는 것에 지나지 않았다.

본래 오다카 성은 지형적으로 위험한 곳에 있었다. 적지 깊숙이 돌출된 지점에 있었기 때문에 일단 고립이 되면 고립무원의 섬과 같았다. 게다가 오다에서는 반년 동안 계획적으로 와시즈鷲津와 마루네丸根의 요새를 비롯해 단게丹下와 나카지마中島와 선조사善照寺 등의 각 부락과 고지대에 바둑알을 놓듯 요새를 구축해 오늘과 같은 사태가 일어나기 전에 이미 오다카 성을 지리적으로 차단하고 있었다. 그러다 보니 성으로 원군을 보내는 게 쉽지 않을뿐더러 식량을 지원하는 것은 더욱 곤란했다.

"주제넘지만 저를 보내주시면 내년 상락 때까지 버텨보도록 하겠습니다."

마쓰다이라 모토야스의 말에 사람들이 일제히 말석에 앉은 그를 쳐다보았다. 그는 평소 젊은 사람답지 않게 소극적이었다. 환경이 사람을 만든다는 말처럼 자연스럽게 그렇게 된 것이겠지만 독단적인 용장의 그릇은 아니었다. 평소에 그를 보아왔던 이마가와의 장수들 역시 그러한 세간의 평판을 인정하고 있었다. 그런 모토야스가 지금, 위험에 빠진 오다카 성을 구원하러 가겠다고 자진해서 지원한 것이었다. 사람들은 의심의 눈초리로 그를 쳐다보았다. 요시모토도 의외라는 듯 그를 바라보았다.

"모토야스, 그대가 정말 가겠다는 것인가?"

"예."

"오다카 성에 병량을 지원할 방법이 있다는 말인가?"

"미력하나마……."

"흐음, 자네에게……."

요시모토는 잠시 생각에 잠겨 있다가 고개를 크게 끄덕였다. 회의 자리에 있는 사람들 중에 모토야스에 대해 비교적 잘 알고 있는 사람이 바로 요시모토였다. 죽은 세쓰사이는 늘 그에게 다음과 같은 말을 했다.

"저 아이를 언제까지나 새장의 새처럼 생각하는 건 잘못입니다. 이마가와의 처마 아래에서 밥을 먹는 걸로 만족할 참새가 아닙니다. 대붕大鵬의 새끼는 새끼일 때부터 대붕이 될 것이라는 생각을 가지고 다루지 않으면 길들이지 못할 것입니다."

하지만 요시모토는 그 뒤로도 오랫동안 그 말을 믿지 않았다. 하지만 모토야스가 관례를 올린 이후 언행이 눈에 띄게 어른스러워지고 첫 전투에서 활약하는 모습을 보면서 세쓰사이의 말을 다시 떠올리기 시작했다.

"좋다. 그렇다면 오다카 지원 건은 필히 완수하리라 믿겠네."

"다년간 저를 돌봐주신 은혜에 조금이라도 보답하기 위해 신명을 다해 반드시 완수하겠습니다."

모토야스를 볼모로 이마가와에 붙잡아두는 것은 정략이지 자비가 아니었다. 또한 미카와를 흡수하기 위한 책략일 뿐 동정이나 선의는 더더욱 아니었다. 그럼에도 모토야스는 그것을 은혜라고 말하고 있었다. 오늘뿐이 아니라 기회가 있을 때마다 요시모토에게 은혜를 입고 있다는 말을 했다. 요시모토는 문득 자신의 속내와 비교해보더니 그렇게까지 자신에게 의지하고 지금까지 살아온 생을 은혜로 느끼는 모토야스가 측은하게 여겨졌다.

"오다카 성은 적지 한가운데에 있다. 한 치의 실수라도 있으면 전멸할 것이니 결사의 각오를 하지 않으면 안 될 것이다. 그러니 전력을 다해야 할 것이다. 만일 오다카 성에 있는 아군들의 생명을 구한다면 그 상으로 미카와에 있는 자네의 노신들이 오랜 세월 바라온 그대의 귀향을 허락할 것이네."

"황송합니다."

"일곱 살 무렵부터 볼모가 되어 타국에서 지낸 자네도 고향으로 돌아가고 싶을 것이네."

"그다지 간절한 마음은 없습니다."

"자네는 그럴지도 모르지만 미카와의 노신들은 주군을 가까이에서 섬기고 싶은 마음이 태산 같을 것이네. 이번 오다카 성에서 큰 공을 세워 고향으로 돌아가는 다년간의 바람을 이루게."

"예."

모토야스는 요시모토의 명을 받들었다. 그리고 요시모토의 약속에 대해 진심으로 예를 취했다. 아까부터 불안한 시선으로 바라보고 있던 장수들은 이미 결정 난 사항이라 반대도 하지 못하고, 다만 준비를 철저히 하라는 당부와 함께 오다카 성 부근의 지리와 오다 군의 병력, 싸움에서 주의할 사항 등을 세세하게 가르쳐주었다.

"예, 예."

모토야스는 이미 알고 있는 것일지언정 그들이 일러줄 때마다 일일이 머리를 숙이며 그들의 말을 경청했다.

사지 死地

　아침 일찍 노부나가는 여느 때처럼 가벼운 옷차림으로 몇 사람을 데리고 사냥을 나갔다. 늘 가던 사냥터 근처에 있는 산야에 도착했지만 그는 매를 날릴 기색도 없었고 활을 쏘지도 않았다.

　"나루미, 나루미로 가자."

　노부나가를 뒤쫓아온 자들은 그가 왜 급작스레 나루미 성으로 가려는지 헤아리지 못했다.

　나루미 성에 도착한 노부나가는 휴식을 겸해 밥을 먹은 뒤 이번에는 갑자기 단게 요새로 가자는 명을 내렸다. 그러고는 나루미에서 국경의 요새들에 접해 있는 군용 도로를 질풍처럼 내달렸다. 무사와 시종 들은 당연히 뒤처질 수밖에 없었다. 말을 탄 스무 명 정도의 기마병들만 그를 앞뒤로 에워싸며 단게 촌으로 질풍처럼 달려갔다.

　"저건 뭐지?"

　요새의 보초가 손을 이마에 대고 주변을 살피고 있었다. 이 부근 일대는 이마가와와 오다가 언덕과 강 하나를 사이에 두고 대치하고 있는 최전선이었다. 그러다 보니 가을이 오고 봄이 와도 무사태평한 날이 없었다.

"장군님!"

보초가 망루 계단 바로 아래에 있는 가옥을 향해 소리쳤다. 이곳은 전투가 없는 날도 전시와 같았다. 가옥 안 무사 대기소 한쪽에 의자를 놓고 진도陣刀를 세운 채로 생각에 잠겨 있던 요새의 수장 미즈노 다테와키水野帶刀가 오른쪽 장막을 젖혀 망루 쪽을 올려다보며 물었다.

"사부로스케三郞助, 무슨 일이냐?"

"수상한 먼지가 보입니다."

"어느 쪽이냐?"

"나루미 가도 부근인 서쪽입니다."

"그럼 아군일 것이다."

"그렇다고 해도……."

다테와키는 혹시나 하는 생각에 자리에서 일어나 망루 위로 올라갔다. 보초는 자리에서 한 발도 벗어나지 않는 것이 원칙이라 수장에게 보고를 할 때도 망루 위에서 했다. 하지만 다테와키가 올라오자 보초는 한 손을 땅에 대고 무릎을 꿇었다.

"흠, 정말이군."

뿌옇고 누런 먼지가 점차 가까워지고 있었다. 처음에는 숲에 가려서 보이지 않았지만 이내 밭 저편으로 보이기 시작하더니 다시 단게 부락의 끄트머리까지 다가왔다.

"앗! 노부나가 님이다."

깜짝 놀란 다테와키가 망루에서 뛰어 내려와 요새의 바깥 울타리까지 마중을 나갔다. 잠시 뒤 기마 무사 한 명이 먼저 달려왔다. 단게 촌 외곽에 주둔하고 있는 수비대의 아군이었다.

"방금 아무 예고도 없이 기요스 성에서 노부나가 님이 순시를 나오셨습니다."

전령이 급히 고하더니 다시 말을 재촉해서 돌아갔다. 그즈음 요새의 산기슭에서는 땀과 먼지를 뒤집어쓴 이십 기의 기마병들이 말에서 내려 큰 소리로 이야기를 하고 있었다. 다테와키는 책문 안쪽을 향해 정렬하라고 고함을 친 뒤 황망히 산 아래까지 달려갔다.

말에서 내린 노부나가가 땀에 젖어 상기된 얼굴로 웃음을 지으며 올라오고 있었다. 너무나 급작스런 방문이었다. 노부나가가 최전선에, 게다가 가벼운 옷차림으로 아무런 예고도 없이 나타나자 미즈노 다테와키는 매우 당황스러웠다. 수장인 미즈노 다테와키가 노부나가를 맞아 요새 안으로 들어가자 도열해 있던 야마구치 에비노조山口海老丞와 쓰게 겐바柘植玄蕃 등의 부장이 인사를 올렸다. 하지만 노부나가는 형식적인 인사 따위는 귀에 들리지도 않는다는 듯한 표정을 지었다. 그는 의자를 전망이 좋은 곳에 놓더니 거기서 아군의 요새인 선조사와 나카지마, 와시즈, 마루네의 망루 등을 살폈다. 이윽고 그가 근심스런 얼굴로 물었다.

“보기에는 견고한 듯한데, 오다카 성의 근황은 어떠한가?”

미즈노, 야마구치, 쓰게는 역시 오다카 성이 마음에 걸려서 온 것이라고 헤아리고 평소에 노부나가의 급한 성격을 떠올리며 잔뜩 긴장을 했다.

“적들은 성안에 비축한 식량이 이미 바닥났지만 아직도 포기할 기색을 보이지 않습니다. 오히려 소수의 병력으로 한밤중에 와시즈와 마루네 요새 등에 기습을 가하고 있습니다.”

“수로는 끊었는가?”

“성안에 우물이 있어서 외부의 물길을 차단해도 당장 효과를 거둘 수는 없을 듯합니다. 게다가 겨울이 되면 눈을 녹여 저장할 수도 있습니다.”

"오래가겠군."

"……."

다테와키는 책망을 당한 듯 아무 말 없이 머리를 숙였다. 이 부근의 다섯 요새가 오다카 성을 포위하고 병량의 운반까지 완전히 차단했는데도 적을 쉽게 굴복시키지 못하고 있는 상태이다 보니 노부나가의 말이 가슴에 와 닿았던 것이다.

"어차피 이대로라면 연내에 성을 함락시키는 것이 어려울 듯싶습니다. 하여 저희들뿐 아니라 와시즈 요새의 이오 오우미노카미飯尾近江守 님과 선조사의 사쿠마 사교佐久間左京, 마루네의 사쿠마 다이가쿠 님과 함께 일거에 오다카를 쳐서 짓밟자는 결정을 내리고 기요스 성에 건의를 했지만 매번 주군께서 허락하지 않으셔서……."

다테와키는 변명처럼 들릴지도 모른다고 생각하며 조심스럽게 말했다. 그러자 노부나가가 다른 부장들의 초조한 기색을 헤아렸는지 끝까지 듣지도 않고 대답했다.

"무리하지 말게. 장기전이 되더라도 서두를 필요는 없네."

성격이 매우 급한 노부나가에게 이런 인내와 관대함이 있었나 싶어 다테와키는 의아할 뿐이었다.

"다테와키."

"옛!"

"사쿠마 다이가쿠와 사교, 이오 오우미를 만나면 그렇게 전하라. 오다카 성은 스루가의 후츄 성이 아니니 공을 세우려고 무리할 필요는 없다고. 알았는가?"

"예."

"자네들, 아니 요새에 있는 병사들 모두 다 내게는 소중하니 목숨을 함부로 다뤄서는 안 되네. 머지않아 스루가의 촌구석 장군이 슨엔산의 대군을 이끌고 상락을 도모한다는 소식도 있고 하니."

"이미 알고 있습니다."

"오와리의 땅을 함부로 밟고 지나가게 할 수는 없는 법. 내가 살아 있는 한 도카이도의 군사는 요시모토를 포함해 단 한 사람도 지나갈 수 없을 것이다. 하물며 오다카 같은 저런 작은 성 하나쯤은 언제라도……."

노부나가는 먼 곳을 바라보며 입술을 깨물었다.

만일 이마가와의 군사가 서쪽으로 상락을 결행할 경우, 어느 정도의 병력으로 올 것인지 노부나가는 미리 그 수를 파악하고 있었다. 이마가와가 소유한 영지의 면적과 상비 병력 수에서 영지를 지키는 병력을 빼면 대략 이만에서 삼만 오천 정도였다. 한편 노부나가의 병력은 다 합해도 사천 내외였다. 그중에 사방의 국경과 성을 지키는 병력을 빼면 천오백에서 이천밖에 움직일 수 없었다.

'병력 수의 문제가 아니다!'

노부나가는 그렇게 믿고 있었다. 하지만 싸움에서 소수가 다수를 이기기란 절대적으로 불가능에 가까운 일이었다.

오다는 이마가와가 서쪽으로 올라갈 경우 네 방면의 나라에는 먼지가 한 줌도 남지 않을 것으로 예상하고 있었다. 일단 무너지기 시작하면 늑대의 무리가 한 조각 고기를 향해 달려드는 것처럼 적들은 앞다퉈 이마가와와 호응하여 쳐들어올 게 뻔했다.

"시대의 거센 물결이 눈앞에 닥쳐오고 있으니 목숨을 중히 하라. 그러면 언젠가 지킬 가치가 있는 곳에서 그 목숨을 다해 함께 싸울 때가 올 것이다."

노부나가는 거듭 탄식하듯 말하더니 문득 말투를 바꿔 말했다.

"어젯밤 늦게 기요스에 들어온 첩보에 따르면 미카와의 마쓰다이라

모토야스가 오다카 성에 식량을 지원하라는 명을 받고 슨푸를 떠났다고 한다. 그 미카와의 풋내기는 어린 시절 오다에 볼모로 와 있던 자이고, 그 뒤 오랫동안 이마가와에서 자라 고난에 단련된 자다. 어리다고 얕잡아볼 수 없는 자이니 명심하라. 결코 오다카에 식량이 들어가서는 안 될 것이다.”

다테와키와 쓰게 겐바는 한 치의 소홀함도 없이 최선을 하겠다는 듯 머리를 숙였다. 노부나가는 그 말을 하기 위해 온 사람처럼 바로 의자에서 일어나 요새 안의 사기를 살핀 뒤 다시 스무 명의 기마병를 거느리고 다음 요새로 달려갔다. 그날 밤 노부나가는 선조사 요새에서 머물고 다음 날 와시즈와 마루네 두 곳을 시찰하며 군사들을 독려했다.

불과 이삼 일이지만 그가 기요스의 본성을 비우는 것은 상당히 위험한 일이었다. 정면에서 공격해오는 적이 지금은 도카이도 방면에 있지만 이세지伊勢地와 미노지, 고슈 방면의 국경도 결코 안심할 수 없는 상황이었다.

“됐다.”

노부나가는 그렇게 외치고는 말 머리를 돌렸다. 그리고 나흘째 되는 날에는 이미 기요스로 돌아와 사방을 주시하고 있었다.

노부나가 일행이 성으로 돌아온 것을 보고는 외떨어진 한 마리 기러기처럼 오와리 평야의 논을 벗어나 동쪽으로 서둘러 가는 사내가 있었다. 사내는 떠돌이 약장수 행색을 하고 있었지만 미카와 영지에 있는 무사라면 그의 얼굴을 모르는 사람이 없는 듯했다. 말없이 고개만 까닥해도 길가의 삼엄한 역참 검문소를 그대로 지나갈 수 있었다.

그 사내는 우도노 진시치였다. 예전에는 산승 행색을 하고 다녔지만 요즘에는 약장수 행색을 하고 떠돌아다녔다. 말할 것도 없이 그는 미카와 쪽의 첩보 임무를 맡고 있었다. 진시치는 오카자키에 닿기 전에 한 역참에서 천 마리 가까운 마바리[69]와 이천 명 정도의 군사를 만났다.

"진시치, 어딜 가는가?"

누군가 마바리 사이에서 그의 모습을 발견하고 그를 불렀다. 돌아보자 이시카와 요시치로 가즈마사石川与七郎數正였다.

"아, 가즈마사."

진시치는 발길을 돌렸다. 이시카와 요시치로 가즈마사는 마바리 몇십 마리가 소속된 부대의 지휘관을 맡고 있는 듯했다. 그는 거간꾼처럼 말 냄새를 풍기며 인마 쪽을 향해 다가왔다.

"진시치, 오랜만이네."

"응, 누군가 했네."

"재미있지 않나?"

"뭐가 말인가?"

"자네 임무 말이네."

"바보 같은 소리."

진시치는 정말로 화가 난 듯 말했다.

"잘못도 없는데 이런 행색으로 몇 년이나 고향 땅을 밟지도 못하고, 게다가 무사의 몸으로 산승이 되거나 약장수 행색으로 다니는데 뭐가 재미있겠는가."

"그래도 위험을 무릅쓰고 여러 나라의 정세를 보면서 적지와 고향을 돌아다니는 건 우리에겐 없는 즐거움이 아닌가. 말의 먹이나 징발하거나 말 사이에서 자는 마바리 부대도 즐거운 일은 아니네."

"우리는 칼을 든 무사이지만 철포를 든 무사가 잘 싸울 수 있도록 그늘에서 돕는 자들이니 아군의 그런 화려한 모습을 보며 만족해야 하지 않겠나."

---

69 짐을 실은 말, 또는 그 짐을 말한다.

"그나저나 오다의 영내에서는 벌써 준비를 하고 있을 텐데, 오후大府
와 요코네橫根 일대는 상황이 어떤가? 기요스에서 병력을 보내 수를 늘
렸는가?"

"그런 건 여기서 말할 수 없네. 어이, 조심하게. 짐말 한 마리가 고삐
를 풀고 길가로 벗어났네."

진시치는 길을 서둘렀다. 아무리 걸어가도 양쪽의 가로수부터 민가
의 처마까지 말이 가득했다. 역참의 외곽 부근은 더욱 그러했다. 그곳
에는 곡식과 말린 채소, 소금, 된장, 밀가루, 건어물 등을 담은 가마니
와 상자, 주머니가 몇 개의 산을 이루었다. 운반은 농부와 인부 들이 했
지만 짐을 쌓는 건 병사들이었다. 하얀 쌀가루를 무구나 갑옷, 얼굴까
지 모두 뒤집어쓴 병사들도 있었다. 병사들이 한눈을 팔지 않고 그렇
게 바지런히 일하고 있는 사이 말들은 느긋하게 여기저기에서 오줌을
갈기고 있었다.

길이 굽은 논두렁에 '진영陣營'이라는 나무 팻말이 세워져 있었고 논
두렁의 막다른 곳 언덕에 절이 보였다. 진시치가 모퉁이를 돌자 볏가리
뒤편에서 망을 보던 병사들이 불쑥 나타나 창으로 막아서며 소리쳤다.

"멈춰라!"

이윽고 진시치의 얼굴을 본 그들은 창을 내리더니 목례를 했다. 진
시치는 빠른 걸음으로 논두렁을 지났다.

작은 선찰禪췍인 그 절이 본진이었다. 이곳에서는 건어물 냄새나 말
오줌 냄새도 나지 않았다. 허가를 받고 산문을 들어서자 이내 본당에
있는 마쓰다이라 모토야쓰의 모습이 보였다. 본당의 네 문을 열고 의
자에 앉아 있는 모토야스를 가신들이 둘러싸고 있었다. 지도가 넓게
펼쳐져 있었고 회의 중인 듯 미카와의 핵심 인물들의 얼굴이 보였다.

사카이 요시로 마사치카酒井与四郎正親와 고고로小五郎, 마쓰다이라 사

마노스케 치카도시松平左馬助親俊, 도리이 사이고로鳥居才五郎, 나이토 마고쥬로內藤孫十郎, 고리키 신구로高力新九郎 외에 아마노天野와 오쿠보大九保, 쓰지야土屋, 아카네赤根 등 대부분이 젊은 무사들이었다. 도리이와 같은 백발의 노신은 한 명도 보이지 않았다.

"진시치 님이 돌아왔습니다."

무사 중 한 사람이 말하자 지도를 바라보고 있던 사람들이 일제히 뒤를 돌아보았다.

"진시치, 기다리고 있었네."

모토야스는 어서 오라는 듯 진시치에게 부채로 손짓했다. 모토야스를 중심으로 사카이, 마쓰다이라, 오쿠보, 아마노 등 누대의 가신이 번갈아 진시치에게 질문을 했다.

"진영을 시찰하던 노부나가는 아직도 전선에 머물고 있는가?"

"기요스로 돌아갔습니다."

"출전할 기색이 보이던가?"

"그런 기색은 보이지 않았습니다."

"병력의 수를 늘릴 듯한가?"

"아닙니다."

"마쓰다이라 군이 식량을 가지고 다가가고 있는 것을 적들도 알고 있는가?"

"네, 알고 있습니다."

"병력을 늘리지도 않고 출전도 않다니."

"아군을 저지할 자신이 있는 듯합니다."

"가장 강한 적진은?"

"와시즈와 마루네, 두 곳으로 여겨집니다."

"아군이 적진을 돌파해서 승리할 가능성은?"

"결코 없습니다."

자세한 부분까지 이야기가 오갔다. 모토야스는 돌다리도 두들겨보고 건너듯 무슨 일이든 신중에 신중을 기했다. 그는 어젯밤부터 오늘 아침까지 진시치 외에 이시카와, 스기우라 가쓰지로杉浦勝次郎 등 여섯 사람을 척후병으로 내보냈다. 그 척후병들이 차례로 돌아와 보고를 했는데, 조금 차이는 있었지만 대부분 똑같은 이야기를 했다.

다만 진시치를 비롯한 일곱 명의 척후가 완전히 다른 의견을 보인 게 하나 있는데, 마쓰다이라 군에게 승산이 있는가 없는가 하는 문제였다. 일곱 명 중 여섯 명은 승산이 없다며 아군의 전진을 위험하다고 판단했다. 지형이나 병력의 수에서든, 모든 각도에서든 오다카 성에 다가가기 전에 아군이 전멸할 것을 각오해야 한다는 것이었다.

오다카 성은 이른바 병법에서 말하는 사지死地였다. 그런 곳이라 모토야스가 선택된 것이기도 했다. 고립된 오다카를 돕기 위해 몇 차례 원군과 병량을 지원하려고 시도했지만 모두 실패하고 말았다. 그렇다고 이제 와서 주저할 수도 없었다. 지금 무엇보다 중요한 것은 그 사지를 어떻게 깰 것인지, 또 어떻게 사지를 생지生地로 만들 것인지 방법을 찾는 것이었다.

"하치로고로."

"옛!"

척후인 스기우라 하치로고로杉浦八郎五郎는 모토야스가 갑자기 자신의 이름을 부르자 눈을 크게 뜨고 고개를 들었다.

"이대로 전진했을 때 아군에게 승산이 있다는 의견을 낸 사람은 자네뿐이다."

"그렇습니다."

"그렇게 믿는 근거는 무엇인가?"

"깊은 연유는 없습니다. 분명 거대한 적이긴 하지만 한 곳 한 곳을 살펴보면 그저 각각 한 곳에 지나지 않습니다."

스기우라 하치로고로가 앞뒤가 맞지 않게 이상한 말을 내뱉자 모두 비웃었지만 모토야스는 신중하게 듣고 있었다.

"흐음, 한 곳 한 곳이라. 맞는 말이다. 그런데 어떻게?"

스기우라 하치로고로는 본래 혀가 잘 돌아가는 사람이 아니었다. 척후의 임무를 맡기기엔 동작도 느리고 굼뜬 사내였지만 모토야스는 매처럼 날랜 수많은 척후 중에 까마귀처럼 무딘 사람을 섞어놓았다.

"예, 그러니까 저, 적의 많은 요새 한 곳 한 곳에 힘이 분산되도록 싸움을 걸면 괜찮을 거라는, 그러면 아군에게 승산이 있다는 생각이 들어서……."

하치로고로는 간신히 자신의 생각을 말하고 이마의 땀을 닦았다. 그는 자신의 열 가지 생각 중에 두 가지 정도밖에 말하지 못했지만 모토야스는 그의 말에 자신의 생각을 더해 몇십 배로 확장시켰다. 갑자기 모토야스 눈앞에 활로가 선명하게 열렸다. 사지를 생지로 만들 길이 열린 것이었다.

"그만 됐다. 쉬도록 하라. 회의는 여기에서 끝내고 밥이라도 먹도록 하라."

모토야스는 본당을 나와 땅을 다지는 듯 회랑을 오갔다.

'반드시 완수해야 한다.'

모토야스는 싸움의 승패를 넘어 공을 세우고 싶어했다. 첫 전투 때보다 더 공에 집착했다. 후츄를 떠날 때 요시모토가 약속했다.

'이번 일만 잘 완수하라. 그러면 미카와로 돌아가고자 하는 숙원이 이루어지도록 해주겠다.'

모토야스도 한시라도 빨리 미카와로 돌아가고 싶었다. 자신을 기다리는 누대의 노신과 신하 들과 함께 지낼 날을 간절히 바랐다.

"신구로, 신구로."

돌연 회랑에서 모토야스가 상기된 목소리로 외쳤다. 이윽고 고리키 신구로가 달려와서 나무 바닥에 무릎을 꿇었다.

"소라를 불어라."

모토야스의 시선은 산문의 나뭇가지 너머에 있는 노을이 진 구름에 닿아 있었다. 저녁 까마귀가 하늘을 까맣게 뒤덮으며 날고 있었다.

"예, 그럼?"

"출전 준비를 하라."

"옛!"

신구로가 붉은 실이 달린 취라吹螺를 높이 쳐들더니 힘껏 불었다. 그 소리는 경내의 구석을 돌아 논두렁 너머에 있는 역참까지 울려 퍼졌다. 모토야스와 가신들은 꼼짝도 하지 않고 서 있었다. 저녁놀에 물든 구름이 검게 변해가는 모습을 보며 때를 가늠하고 있었던 것이다.

이윽고 두 번째 소라가 출전을 알렸다. 모든 준비와 각오가 되어 있었다. 본진 오백여 병마가 조용히 산문을 나서는 데는 아주 짧은 시간밖에 소요되지 않았다. 모토야스는 열 기의 기마병과 함께 말을 타고 역참 도로까지 나아갔다. 검은 행렬이 도로를 가득 메우고 있었는데 병수보다 짐을 실은 말의 수가 훨씬 많은 듯했다.

전의를 품은 이천의 병사와 천여 마리의 말이 행군하는 사이 세 번째 소라가 울렸다. 초저녁부터 한밤중까지 이마무라今村, 한다半田, 이마오카今岡, 요코네의 역참들을 지났다. 어느덧 오다카 성이 있는 산지 근처까지 왔는데 거리는 불과 삼십 정町밖에 되지 않았다. 이곳까지 단숨에 진군해온 이상 목표로 하는 오다카 성을 향해 어떠한 장애물도 뛰어넘어야 했다. 그것이 병법의 상도常道였지만 모토야스는 오다카가 가까워지자 갑자기 말을 멈추었다.

"멈춰라!"

모토야스가 앞뒤의 부장들을 돌아보며 다시 말했다.

"잠시 휴식!"

이시카와 가즈마사가 의아한 듯 모토야스에게 말했다.

"휴식입니까?"

"전군에 그리 명을 내리라."

모토야스가 한 치도 망설이지 않고 말했다.

"멈춰라, 멈춰라."

모토야스의 명령은 긴 행렬을 따라 전해졌다. 오다카 성이 가까워지면서 적의 마루네, 와시즈 요새도 지척이라 이천 병사와 천여 마리의 짐말은 숨을 죽이고 은밀히 전진해왔었다. 그렇게 기를 쓰고 온 장수와 병사 들은 멈추라는 명령에 오히려 전의가 꺾이고 말았다.

'무슨 일이지?'

그들의 머릿속에 한 가지 생각이 떠올랐다. 모토야스는 첫 전투에서 돌다리도 두들겨보고 건널 만큼 신중했다. 그들은 주군이 이번에도 다시 신중을 기하는 것이라고 생각했다. 그렇게 신중하고 견실한 전법도 좋지만 무릇 군사를 움직일 때에는 싸울 시기가 있었다. 그 시기는 찰나에 지나가는 것이었고, 때를 놓치면 싸움의 승기를 잡기 어려운 법이다.

'왜 여기서 멈추지?'

그렇게 생각한 장병들은 움직이지 않는 전방의 본진을 바라보며 답답해했다.

'이대로 앞을 가로막는 적을 뚫고 오다카로 전진하면 좋을 텐데. 이렇게 시간을 허비하는 동안 와시즈와 마루네의 적들이 전열을 정비해

서 저지할 것이 분명한데.'

장병들의 마음속에 걱정이 쌓였다. 병력이나 지형으로 생각하면 무모해 보이지만, 적진을 통과해서 신속하게 움직이지 않으면 짐을 실은 말 천여 마리의 운송 부대가 오다카 성 안까지 무사히 들어갈 수 없다는 것은 너무나 자명하며 지난한 일이었다.

'전진? 후퇴? 아니면 이대로 밤을 새우는 것일까?'

사령부의 의지가 명확하지 않은 이상 쉬고 있는 장병들의 마음은 한시도 편하지 않았다. 발을 동동 구르는 병사도 있었고 밤하늘을 올려다보며 울부짖는 말도 있었다. 하지만 초조한 상태는 그리 오래가지 않았다. 전방에서 다시 신속하고 은밀한 전령이 전해졌다.

"일 자로 행렬을 이루어 전진하라!"

각 부대별로 지시가 내려지자 새까만 인마의 행렬이 격류처럼 꿈틀꿈틀 움직이기 시작했다. 그런데 목표 지점은 오다카 성이 아니었다. 뜻밖에도 삼 리쯤 떨어진 국경의 적지 데라베寺部 성을 기습하라는 명령이 내려졌던 것이다.

"데라베, 어서 데라베로!"

병사들은 서로 독려했지만 왜 깊은 오지에 있는 적을 공격하러 가는지 알지 못했다. 대장인 모토야스가 있는 부대 외에는 어느 누구도 어둠처럼 깜깜한 모토야스의 의중을 헤아릴 수 없었다.

말과 사람들의 발걸음이 소나기처럼 빨라졌다. 이천 병사의 무구 소리가 발소리에 맞춰 철거덕철거덕 울렸다. 짐말 천여 마리가 일렬로 검은 물결을 이루며 전진했다. 마침내 왼쪽 산에 고립된 오다카 성의 하얀 벽과 책문이 나타났다.

"아, 아군이 불을 흔들고 있다. 틈새로 횃불을 흔들고 있다!"

"아군이다."

"굶주림에 고통받고 있는 아군이다."

아군의 모습을 본 마쓰다이라 병사들의 눈시울이 뜨거워졌다. 이천 명의 병사가 천여 마리의 말에 병량을 싣고 왔다. 사방이 적으로 둘러싸인 채 반년 이상 성에 갇혀 나무껍질을 먹으며 지내온 사람들은 원군을 보며 얼마나 기뻐했는지 모른다. 그들은 해가 지는 하늘을 바라보며 성벽 틈새로 머리를 내밀고 원군을 기다렸을 것이다. 고립된 성 안 무사들 중에는 벗도 있고 혈육도 있었다. 이제 어이, 하고 부르면 바로 대답할 수 있는 거리에 있었다. 하지만 원군인 마쓰다이라 군대는 발걸음을 조금도 늦추지 않았다.

"서둘러라!"

대장인 모토야스와 부장들은 몸을 바짝 낮추고 말을 재촉해 몰았다.

"한눈팔지 말고 직진하라! 앞을 가로막는 적은 베어버리고 적이 쓰러지면 밟고 지나가라!"

현재 위치는 서쪽 일직선으로 사오 리도 되지 않는 아쓰다熱田 가도였다. 이미 죽을 각오를 하고 온 병사들이었다. 그들은 고립된 오다카 성을 바로 옆에 두고 왜 그냥 지나치는지 모토야스의 의중을 헤아릴 수 없어 괴로웠다. 그 순간 갑자기 전열이 흐트러졌다. 병사들은 각자 든 무기를 움켜잡았다.

"한눈팔지 마라!"

"찔러라! 베어버리고 통과하라!"

부장들이 큰 소리로 호령하자 새까만 그림자가 ㅅ 자로 벌어졌다. 후방에 있는 병사들이 통과하려고 했지만 지나갈 수가 없었다. 벌써 싸움이 시작되고 있었다. 서쪽의 잡목 숲에서 총소리가 어지럽게 들렸다. 산재한 적이 화승줄에 불을 붙이고 뛰어다니는 모습이 흡사 붉은 반딧불처럼 보였다.

"쏴라!"

부장의 외침에 마쓰다이라 병사들은 한쪽 무릎을 땅에 대고 철포를 겨누었다. 한쪽이 총을 쏘자 상대도 대응했다. 일순 총소리가 귓가를 울리자 병사들은 냉정을 되찾았다. 그런데 정신을 차리고 보니 그 부대만 본대에서 낙오되어 있었다. 연락을 취하기 위해 되돌아온 기마병이 고함을 쳤다.

"왜 총을 쏘느냐! 한눈팔지 말라는 명이 들리지 않느냐! 어서 오라. 직진이다!"

그들은 대오가 흐트러진 채 간신히 본대에 합류했다. 와시즈와 마루네 요새를 나와 끊임없이 기습을 가하는 적에 맞서 싸우며 오로지 앞을 향해 내달렸다.

어느덧 부대는 오다카 성을 뒤로하고 국경 깊은 곳에 있는 적지로 들어갔다. 그런데 정신을 차리고 수습해보니 천여 마리의 짐말과 오백 명의 병사가 낙오된 상태였다.

"어떻게 된 것인가?"

전군의 사분의 일에 해당하는 병력 수인 데다 대장이 있는 주력부대를 잃어버리자 마쓰다이라 군은 동요하기 시작했다. 그러는 중에 데라베를 공격하라는 명령이 떨어졌다. 병사들은 물론이고 소대의 병력으로는 큰 싸움을 할 수가 없었다. 무엇보다 이들은 전체적인 전략과 목적을 모르고 그저 명령에 따라 전진했던 것이다. 그들에게는 나갈 것인가 물러설 것인가 하는 선택지밖에 없었다.

데라베 성이 눈앞에 있었다. 하지만 적지 깊숙이 들어와서, 게다가 원래 목적인 오다카 성 구원은 차치하고 무엇을 위해 무모하게 공격을 감행해야 하는지 알 수가 없었다. 그들은 일순 망설였지만 더 이상 그러고 있을 시간이 없었다. 아군의 선봉이 벌써 성문에 불쏘시개를 쌓아놓고 불을 지르며 민가를 불태우고 있었던 것이다.

불속에서 혈전이 시작되었다. 데라베의 군사가 성안에서 뛰어나왔던 것이다. 그들은 오다군 중에서도 정예인 사쿠마 다이가쿠 휘하의 군사였다. 이곳 요새에 있는 오다 군의 병사들은 평소 따분한 나머지 전의에 불타 있었고, 마쓰다이라 군은 먼 길을 달려와서 지쳐 있는 상태였다. 적병들이 전의에 불타 성에서 뛰쳐나오자 마쓰다이라 군은 적의 기세에 눌려 뒤로 물러나고 말았다.

"미카와 무사의 이름을 더럽히지 마라!"

난전 속에서 사람의 목소리라고는 여겨지지 않을 만큼 큰 고함 소리가 울려 퍼졌다. 미카와 무사의 이름을 더럽히지 말라는 말은 미카와 무사들이 입버릇처럼 하는 말이었다. 아니, 전국 시대의 무사들이 한결같이 입버릇처럼 하는 말이었다. 적에게 놀림을 당하는 것은 싸움에 패하는 것 이상으로 부끄러운 일이었다.

마쓰다이라 군은 고전을 면치 못했다. 여기저기 불을 지르며 몇 번이나 적들을 돌파하려고 시도했지만 와시즈와 마루네의 적들까지 들이닥쳐 몇 겹으로 포위되었다. 모두들 당연한 일이라고 생각했다. 오다카 성과 대치하고 있는 적의 요새들을 무시하고 깊숙한 적진까지 자진해서 들어왔던 것이다. 하물며 데라베에 불을 질러 와시즈와 마루네의 적까지 불러들이고 말았던 것이다.

'마쓰다이라 군이 병력이 적은 데라베를 노리고 기습을 감행한 듯하다.'

그런 생각에 와시즈와 마루네 요새에서는 일부러 적이 지나갈 때 공격하지 않고 싸움이 시작되자 퇴로를 끊고 포위망을 좁혀온 것이다.

"와시즈와 마루네 요새의 병사들이 왔느냐? 분명한 것이냐?"

이시카와 가즈마사, 사카이 마사치카, 마쓰다이라 사마노스케 등의 부장들이 병사들에게 묻자 척후병과 조장 들이 번갈아 달려와 새된 목소리로 보고했다.

"상당한 대군입니다. 와시즈, 마루네의 병사뿐 아니라 선조사와 나카지마 요새의 군사들도 일제히 이곳으로 들이닥친 듯합니다."

그 말을 들은 이시카와와 사카이 등의 부장들이 비로소 싸움의 목적을 달성한 듯 소리쳤다.

"걸려들었다!"

"전군, 신속하게 퇴각하라!"

명령이 떨어지자 마쓰다이라 군은 불길에 휩싸인 부락의 한복판을 내달려 썰물처럼 퇴각했다.

오다카 성에서 이십여 정 정도 떨어진 가도 옆에 울창한 소나무 산이 몇 개나 있었다. 그 소나무 산 정상에서 망을 보고 있던 부장이 산 아래를 내려다보며 상세히 보고했다.

"데라베 부근에서 불길이 일었습니다."

"불길은 일곱 곳 정도입니다."

그러고는 잠시 뒤 다시 보고했다.

"와시즈의 적이 데라베 방면으로 달려갑니다. 이백, 삼백여 명! 모두 사오백 정도인 듯합니다."

칠흑같이 어두운 산기슭에서는 아무 대답도 없었다. 다시 척후병의 목소리가 들렸다.

"앗, 마루네 요새의 군사도, 와시즈와 마루네 요새 쪽에서도 지금 군사를 이끌고 데라베로 향했습니다."

척후병의 말이 끝나기가 무섭게 산간에 횃불이 점점 늘어나더니 산의 표면을 빨갛게 물들이기 시작했다.

"지금이다!"

일군의 부대가 새까맣게 달려 내려갔다. 그것은 데라베를 향해 일직선으로 전진하는 도중에 아군조차 알아차리지 못할 정도로 신속하게 아쓰다 가도에서 샛길로 벗어나 이곳에 숨어 있던 마쓰다이라 모토야스 휘하의 병사 사백여 명과 등에 병량을 실은 짐말 천여 마리의 행렬이었다.

모토야스의 계획대로 오다카 성을 향한 길이 열린 것이었다. 비록 충성스러운 이천의 미카와 무사가 죽을 각오를 했다손 치더라도 와시즈와 마루네의 요새가 오다카로 가는 길을 막고 있는 이상 천여 마리의 짐말을 이끌고 통과하는 것은 불가능한 일이었다.

이마가와 요시모토는 그 불가능한 임무를 볼모인 모토야스에게 내렸고, 모토야스는 그 불가능한 명을 자진해서 맡아 훌륭하게 완수했다. 천여 마리의 짐말은 무수한 횃불이 비추는 길을 내달려 오다카 성으로 들어갔다. 아사 직전의 성안으로 활활 타오르는 횃불과 천여 마리 짐말이 달려 들어왔을 때, 성안의 장병들은 자신도 모르게 환호성을 지르며 눈물을 흘렸다.

풍전등화

　겨울이 되자 국경에서의 소규모 전투도 소강상태를 보이고 있었다. 하지만 그것은 대사를 일으키기 전 준비 과정이나 다름없었다.

　이듬해인 에이로쿠 3년(1560년), 비옥한 도카이도 들판에는 파랗게 자란 보리가 물결치듯 일렁였다. 꽃이 지고 나무에 새순이 돋아나는 초여름, 요시모토는 후츄에서 상락군에게 출진 명령을 내렸다. 대국 이마가와의 대규모 군비와 웅장한 행장은 세상의 눈을 깜짝 놀라게 했고 상락 선언은 약소국의 간담을 서늘하게 했다.

　누구든 우리 군의 앞길을 막아서는 자는 베어버릴 것이며, 우리 군의 앞길에 예를 취하는 자는 휘하로 받아들이고 그에 걸맞은 대우를 할 것이다.

　선언은 간단명료했다. 하지만 다른 쪽에서 생각하면 요시모토 아래 있는 이마가와 가문의 일족들이 얼마나 천하를 우습게 보고 있는지 잘 알 수 있었다.

　진중 일지日誌에 의하면 출병의 령令은 5월 1일에 발령되었는데, 그와 동시에 이마가와 영내에 있는 각 성과 각 부의 장병에게도 출전 명령이 떨어졌다. 그리고 단오가 지난 5월 12일, 요시모토의 본진은 적자인 우지자네에게 후츄를 맡기고 길가의 영민들의 환호를 받으며 눈이 부실 만큼 화려하고 웅장한 깃발과 두루마리를 앞세우고 위풍당당하게 상락의 도정에 올랐다. 병사의 실제 수는 이만 오륙천 명이었지만 짐짓 사만 명의 대군이라고 칭했다.

이틀 전 전위군의 선봉은 15일에 도카이도의 지리후池鯉鮒 역참에 들어간 뒤 17일에 나루미 방면에 접근해 오다령의 마을들에 불을 질렀다. 날마다 날씨가 덥고 맑아 누에콩 꽃이 핀 보리밭 이랑까지 바싹 메말랐다. 파란 하늘 아래 여기저기 불에 탄 부락에서 시커먼 연기가 피어올랐다. 하지만 오다 쪽에서는 총소리 하나 들리지 않았다. 백성들은 미리 피난 명령을 받았는지 어느 집이든 가재도구 하나 남아 있지 않았다.

"이대로라면 기요스 성도 비어 있을 듯하군."

이마가와의 군사들은 거칠 것 없이 펼쳐져 있는 길을 보며 무료함마저 느낄 정도였다. 오카자키 성에는 마쓰다이라 모토야스를 비롯해 미카와 무사들이 거의 남아 있지 않았다. 요시모토의 본진이 통과할 때 기습을 가하며 맹렬하게 저항할 게 분명한 오다 쪽의 마루네 요새를 치기 위해 전방으로 출전했던 것이다.

지난해 요시모토는 모토야스가 오다카 성에 병량을 보내기 위해 출전했을 때 일을 완수하면 미카와로 귀환하게 해주겠다고 약속했다. 하지만 그는 그 일을 까맣게 잊었는지 지금까지 아무런 조치도 취하지 않았다. 강경한 미카와 무사들 중 일부는 기다리다 못해 요시모토의 상락에 맞춰 그를 제거하려는 움직임까지 보였지만 모토야스는 그것을 허락하지 않았다. 오히려 모토야스는 요시모토의 명에 따라 다시 전선으로 나가 마루네 요새를 공격했다.

기요스 성에는 여느 때처럼 쥐 죽은 듯 적막에 휩싸인 세상 속에서
마치 아무 일도 없다는 듯 등불이 켜져 있었다. 하지만 그것은 당장이
라도 닥쳐올 폭풍우 앞에 놓인 등불처럼 위태롭게만 보였다.

"아아, 등불이 켜져 있다."

성 아래 백성들은 그 등불을 유심히 지켜보았다. 미동도 하지 않는
성의 나무들은 마치 태풍 한가운데에 있을 때처럼 불길한 적요를 떠올
리게 했다.

성에서는 백성들에게 아직까지 어떤 포고령도 내리지 않았다. 피난
을 가라든지, 항전을 준비하라든지, 아니면 안심하라든지 하는 말도
없었다. 상가는 평소처럼 문을 열고 있었고 직인은 여느 때와 똑같이
일을 하고 있었으며 농민들도 농사에 열중하고 있었다. 하지만 며칠
전부터 행인의 발길이 완전히 끊겼다. 그런 만큼 거리는 적막했고 어
딘지 모르게 긴장감마저 흘렀다.

"서쪽으로 올라가기 위해 다가오는 이마가와 군은 사만의 대군이라
고 하는군."

"오다 님은 어떻게 막을 생각이실까."

"막을 방도가 있겠는가? 이마가와 대군에 비하면 우리 쪽은 십분의
일에도 못 미치니 말일세."

마을 사람들은 모이기만 하면 불안한 얼굴로 이야기를 나누었다. 그
사이 사사 구라노스케 나리마사佐佐內藏助成政가 가스가이春日井 군郡의 거
성에서 몇 사람을 데리고 기요스 본성으로 달려왔다. 그리고 어제는 아
이치愛知 군 가미야시로上社의 시바타 곤로쿠가 등성했고, 그제부터는 니
시카스가이西春日井의 시모가타 사곤노 쇼겐下方左近將監과 니와丹羽 군의
오다 요이치織田与市, 도카이東海 군 쓰시마津島의 핫토리 고헤이타服部小平
太, 하구리羽栗 군 구리다栗田의 구보 히코베久保彦兵衛, 아쓰다 신궁의 치아

키 가가노카미千秋加賀守와 같은 오다 쪽 장수들이 분주히 드나들고 있었다. 성에서 물러나 자신의 영지로 돌아가는 장수도 있었지만 그중 일부는 얼마 전부터 본성에 머물고 있었다.

갈림길에 선 영주의 흥망을 걱정하는 영민들은 무장들의 빈번한 왕래를 지켜보면서 이마가와에 항복할 것인지, 아니면 목숨을 걸고 싸울 것인지를 놓고 회의가 길어지고 있다고 짐작했다. 백성들의 생각은 대체로 크게 어긋나지 않았다.

성안에서는 며칠 동안 격론이 펼쳐지고 있었다. 주전파와 주화파의 의견은 늘 대립하기 마련이었다. 그중 '나라의 안위와 가문의 보존'을 주장하는 사람들은 이마가와에 항복하는 것이 상책이라고 주장했다. 하지만 노부나가가 이미 마음을 정한 상태라 격론은 그리 길게 이어지지 않았다. 노신과 일족을 불러 모아 회의를 연 것은 자신의 결단을 알리기 위해서였지 온건하고 보수적인 방법이나 영토를 보존하기 위한 구태의연한 계책을 듣기 위해서가 아니었다. 그러다 보니 노부나가의 의중을 알고 그의 뜻을 받들겠다며 자신들의 영지로 돌아간 무장도 많았다. 노부나가 역시 이곳에서 할 일은 없다며 바로 그들을 각자의 진영으로 돌려보냈다. 그래서 기요스는 평소와 다를 바 없이 조용했고 사람의 수도 늘어나지 않았다.

노부나가는 어제도 한밤중에 몇 번이나 일어나 전령에게 보고를 받았고, 오늘 밤도 저녁을 간소하게 먹은 뒤 바로 큰방에 있는 집무실로 가서 앉았다. 그곳에는 며칠 전부터 자리를 지키고 있는 무장들이 여전히 침통한 표정으로 국난을 걱정하고 있었다. 그들은 모두 잠을 제대로 못 잤는지 창백한 얼굴이었다. 모리 요시나리, 시바타 곤로쿠, 가토 즈쇼, 이케다 가쓰사부로 노부테루를 제외한 장수들이었다. 그들과 조금 떨어진 아래쪽 자리에는 핫토리 겐바, 와타나베 다이조渡辺大藏, 오타 사곤太田左近, 하야가와 다이젠早川大膳 등의 무사와 각 부대의 부장들이 있었다. 다음 방과 그다음 방에도 가신들이 자리를 잡고 있었다. 도키치로와 같은 자는 집무실에서 얼마나 멀리 떨어진 방에 있는지 알수도 없었다.

"하하하."

노부나가의 웃음소리가 들려왔다. 무슨 이야기를 나누고 있는지 말석에 있는 사람은 알 수 없었지만 이따금씩 노부나가는 웃고 있었다.

그런가 하면 밖에서 무언가를 전하기 위해 누군가 빠른 걸음으로 큰 복도를 달려왔다. 그러면 전황에 대한 보고를 기다리고 있던 노부나가의 근신이 그것을 전해 듣거나 전선에서 보낸 전서를 받아 들고 노부나가에게 전했다.

"아, 이것은……."

시바타 곤로쿠는 서찰을 읽고는 얼굴 표정이 바뀌었다.

"주공."

"무엇인가?"

"방금 마루네 요새의 사쿠마 모리시게佐久間盛重로부터 네 번째 급보가 도착했습니다."

"그런가."

노부나가가 왼쪽에 있는 사방침을 무릎 앞에 놓으며 물었다.

"그런데?"

"스루가의 대군이 아오미碧海 군의 우가시라宇頭와 이마무라를 거쳐 초저녁쯤 구쓰카게로 들이닥친 듯합니다."

"그러한가."

노부나가는 그렇게 말하고는 큰방의 교창을 바라보았다. 허무한 눈빛이었다.

'역시 당혹스러워하는구나.'

평소에 노부나가를 배짱 좋게 여긴 사람들도 그렇게 생각할 수밖에 없었다. 구쓰카게와 마루네는 오다의 영토였다. 그 전선에 산재하고 있는 요새들이 돌파당한다면 비슈 평야에서 기요스 성 아래까지 거칠게 아무것도 없었다.

"어떻게 하시겠습니까?"

시바타 곤로쿠가 참지 못하고 물었다.

"이마가와 군은 사만의 대군이고 아군은 사천도 되지 않는 병력입니다. 특히 사쿠마 모리시게가 있는 마루네 요새의 병사는 칠백도 되지 않습니다. 이마가와의 선봉인 마쓰다이라 모토야스의 군사만 해도 이천오백이니, 성난 파도 앞의 작은 배와 같습니다."

"곤로쿠, 곤로쿠."

"새벽까지 마루네와 와시즈가 버틸 수 있을지도……."

"곤로쿠, 내 말이 들리지 않는가!"

"예."

"대체 혼자서 무슨 말을 하는 것인가? 다 알고 있는 것을 반복할 필요는 없네."

"하지만."

그렇게 말하는 순간, 다시 복도를 급히 달려오는 발소리가 들렸다. 옆방 입구에서 발소리가 멈추더니 곧바로 다급한 목소리가 들려왔다.

"나카지마 요새의 가지가와 카즈히데梶川一秀 님을 비롯한 선조사 요새의 사쿠마 노부도키佐久間信辰 님의 전령이 차례로 도착해 급보를 가져왔습니다."

옥쇄를 각오하고 있는 전선에서의 보고는 모두 화급을 다투는 비장한 것이었다. 나카지마와 선조사 진영에서 온 전서에는 '아마도 이것이 본성에 보내는 마지막 연락일 것'이라는 말이 쓰여 있었다. 방어선에 있는 아군이 본성에 보내는 유언과도 같은 전서에는 적이 대군을 배치한 뒤 내일 공격을 해올 것이라고 예측하고 있었다.

"다시 한 번 적의 배치 장소를 읽어봐라."

노부나가가 사방침을 안은 채 전서를 대신 읽은 시바타 곤로쿠를 향해 말했다. 곤로쿠는 전서 중 조목별로 되어 있는 부분을 모든 사람이 들을 수 있도록 다시 읽었다.

첫째, 마루네 요새를 공격하는 적의 수, 약 이천오백 명, 적장 마쓰다이라 모토야스.

둘째, 와시즈 요새를 공격하는 적의 수, 약 이천 명, 적장 아사히나 카즈에.

셋째, 측면 공격 부대 삼천 명, 적장 미우라 빈고노카미三浦備後守.

넷째, 기요스 방면 전진 주력 대략 육천 명, 구즈야마 노부사다葛山信貞 및 그 외 각 부대.

다섯째, 스루가 본군 병력 수 약 오천 명.

시바타 곤로쿠는 해석을 덧붙여 말했지만 병력 수 외에 잠행하는 적의 소대가 얼마나 되는지는 알 수 없었다. 게다가 지난해부터 끈질기게 버텨온 이마가와 쪽의 오다카 성이 얼마 전부터 그 진가를 발휘하고 있었다. 오다카는 오다의 영토를 잠식한 적의 교두보와도 같았기 때문에 오다 쪽 방어선은 끊임없이 배후와 측면에서 위협을 받고 있었다.

노부나가를 비롯한 모든 사람이 곤로쿠가 이야기하는 동안은 물론이고 아무 말 없이 전서를 말아 노부나가가 앞에 놓은 뒤에도 침통한 얼굴로 그저 등불만 바라보고 있었다. 최후까지 싸운다는 방침은 이미 정해졌고 더 이상 의심의 여지도 없었다. 하지만 이렇게 팔짱을 끼고 앉아 아무것도 하지 않는 것은 모두에게 고통이었다.

와시즈, 마루네, 선조사는 멀리 있는 국경이 아니었다. 말에 한 번만 채찍을 가하면 닿을 수 있는 거리였다. 사만 명이라고 하는 이마가와의 대군이 눈앞에 선하고 그들의 함성이 귓전에 들리는 듯했다.

"장렬하게 옥쇄를 결행하는 것만이 무문의 본분은 아닐 것입니다. 다시 한 번 고려해보는 게 어떠하신지요? 설사 저를 두고 비겁하다고 하실지 모르지만 가문의 보존을 위해 다시 한 번 숙고하시기를 간청합니다."

모두가 침묵을 지키고 있을 때 한쪽 자리에서 근심에 잠긴 노인의 목소리가 들렸다. 그는 사람들 중에서 가장 고참인 하야시 사도였다. 그는 예전에 노부나가에게 간언을 하고 자결한 히라데 나카쓰카사와 함께 선대인 노부히데가 노부나가를 부탁한다는 유언을 남긴 세 노신 중 한 사람이었다. 그중 아직까지 살아 있는 사람은 사도뿐이었다. 사도의 말에 그 자리에 있는 사람들이 동감의 뜻을 내비쳤다. 사람들은 속으로 노부나가가 노신의 마지막 충언을 받아들이기를 바랐다.

"지금 몇 시인가?"

노부나가는 뜬금없이 묻고는 당혹해하는 사람들을 둘러보았다.

"자시子時입니다."

옆방 쪽에서 누군가가 대답했다. 그것으로 대화는 다시 끊겼고 밤이 깊은 만큼 사람들도 침울하게 앉아 있었다.

"주군, 다시 한 번 고려해보십시오. 회의를 여십시오. 이렇게 간청드립니다."

사도가 자리에서 조금 움직이더니 백발이 성성한 머리를 노부나가를 향해 숙이며 말했다.

"밤이 새면 아군의 병사와 요새는 이마가와 군 앞에 한 줌의 먼지와 같이 궤멸당할 것이고 그렇게 되면 다시는 되돌릴 수 없을 것입니다. 그 뒤 맺는 강화와 지금 맺는 강화는 전혀 다를 것입니다.”

노부나가가 흘낏 보며 말했다.

“사도인가?”

“예.”

“노년의 몸으로 오래 앉아 있는 건 힘이 들 것이오. 이제 와서 의논할 것도 없고 밤도 깊었으니 그만 물러가 쉬시오.”

“어찌 그런 말씀을.”

이제 마지막이라는 생각이 들었는지 사도의 눈에서 눈물이 뚝뚝 떨어졌다. 게다가 아무 도움도 되지 않는 늙은이 취급을 당하자 비참하기까지 했다.

“결심이 그러하시다면 전의戰意에 대해 더 이상 아무 말도 올리지 않겠습니다.”

“하지 말게!”

“예, 그래도 군사 회의는 여십시오. 그제도 어제도, 또 오늘도 초저녁부터 많은 사람이 그저 이렇게 손을 짚고 시시각각 닥쳐오는 적의 대군에 대한 보고만 듣고 있으니 대체 어떻게 하실 생각이신지요. 나가서 싸우고자 한다면 싸우십시오. 아니면 적을 성 아래로 끌어들여 괴롭히실 생각이면 그렇게 하시는 것이…….”

“그렇다.”

“그렇다면 가토 님과 시바타 님이 방금 피력한 의견에 이 늙은이도 동의합니다. 주군께선 성을 나가서 결전을 벌일 생각이신 듯합니다만.”

“그렇네.”

“사만의 대군에 비하면 아군은 십분의 일도 안 되는 소수입니다. 평야로 나가 싸운다면 승산이 전혀 없습니다.”

"성을 지키며 싸우면 승산이 있는가?"

"성안에 틀어박혀 싸운다면 어떤 책략도 강구할 수 있을 것입니다."

"책략?"

"비록 반달이나 한 달 동안이라도 이마가와 군을 저지하면서 그사이 미노나 고슈에 밀사를 보내 좋은 조건으로 원군을 청하거나 전법으로 적들을 괴롭힐 방도를 강구하는 것입니다. 저희 쪽에도 지략이 있는 책사는 얼마든지 있습니다."

노부나가는 천장이 떠나갈 듯 웃었다.

"하하하. 사도, 그것은 상시常時의 전법이 아닌가. 오다 가문에 있어 지금은 상시인가 비상시인가?"

"답할 필요도 없을 것입니다."

"열흘이나 스무 날, 목숨을 연명한다 한들 이 성은 결국 버티지 못할 것이네. 하나 누군가 운명의 향방이란 사람의 눈에 마지막처럼 보이는 궁지에서 일변하는 것이라고 말했네……."

"……."

"내가 생각하기에 지금이 바로 절망의 나락인 듯싶네. 게다가 상대는 거대하네. 이 거대한 파도야말로 운명이 이 노부나가에게 준 일생일대의 천기天機일지도 모르네. 그렇다면 어찌 작은 성에 틀어박혀 구차하게 목숨이나 연명하기를 바랄 것인가. 사람이 죽는 것은 만고불변의 이치네. 그대들의 목숨을 지금 내게 바치게. 함께 넓은 하늘 아래로 나가 마음껏 달리다 죽으세."

노부나가는 강한 어조로 말하더니 웃음을 지으며 이어 말했다.

"모두들 졸린 얼굴이군. 사도도 그만 쉬게. 다른 사람들도 그만 잠을 자도록 하게. 설마 이 중에 잠도 못 잘 만큼 소심한 자는 없을 것이네."

노부나가의 말에 사람들은 잠을 자지 않을 수 없었다. 실제로 사람들 중에는 그제 밤부터 충분히 잠을 잔 사람이 아무도 없었다. 예외적으로 노부나가만 밤에 잠을 자고 낮잠까지 잤는데, 침실에 들어가서 잔 게 아니라 잠시 눈을 붙인 정도였다.

"그럼 내일 다시 뵙겠습니다."

사도는 단념한 듯 그렇게 말하고 노부나가와 사람들에게 인사를 한 뒤 먼저 물러갔다. 그의 뒤를 이어 자리를 지키고 있던 사람들이 차례로 물러갔다.

노부나가는 넓은 방 안에 혼자 남겨지자 그제야 가뿐한 표정을 지었다. 뒤를 돌아보자 두 명의 어린 시종이 서로 기댄 채 졸고 있었다. 그중 한 명은 올해 열네 살인 사와키 도하치로佐脇藤八郎였는데 일전에 노부나가의 노여움을 사서 쫓겨난 마에다 이누치요의 동생이었다.

"오토, 이놈 오토야."

"예!"

노부나가의 목소리를 듣자마자 도하치로가 자세를 곧추세우며 손등으로 입가의 침을 닦았다.

"잘도 자는구나."

"용서하십시오."

"혼을 내는 게 아니다. 오히려 칭찬을 하고 싶을 정도구나. 하하하, 나도 잠깐 자야겠으니 베개가 될 만한 것을 다오."

"여기서 말씀이십니까?"

"그렇다. 곧 밤도 샐 것이고 선잠을 자기에 좋은 계절이구나. 저기 있는 선반에서 손궤를 다오. 베개로 좋겠구나."

노부나가는 그렇게 말하며 몸을 구부렸다. 그러고는 오토가 손궤를 가져올 때까지 바다에 떠 있는 배처럼 팔꿈치로 머리를 받치고 있었다. 편지함의 뚜껑에는 무로마치 시절, 금은 가루를 뿌려 만든 마키에蒔

繪의 송죽매松竹梅 그림이 새겨져 있었다. 그는 거기에 머리를 대고 싱긋 웃으며 눈을 감았다.

"꿈꾸기에 좋은 베개군."

이윽고 오토가 수많은 촛불을 가장자리에서부터 하나씩 끄는 동안 노부나가의 웃음도 눈이 녹듯 엷어졌다. 노부나가는 어느 순간 코를 골며 깊은 잠에 빠졌다.

"주군께서 잠이 드셨습니다. 조용히."

오토가 무사들이 모여 있는 방으로 가서 낮은 목소리로 말했다.

"그런가."

방에 있는 사람들은 비장한 얼굴로 고개를 끄덕였다. 그들 역시 죽음을 각오하고 있었다. 그날 밤, 성안의 사람들은 눈앞에 다가온 죽음을 응시하며 밤을 새우고 있었다.

"죽는 건 괜찮지만 어떻게 죽을 것인가?"

불안한 것은 오직 그뿐이었지만 아직 아무도 결정하지 못하고 있었다. 그래서인지 아직 마음을 정하지 못한 사람도 있었다.

"감기에 걸리면 어쩌시려고."

시녀 사이가 몰래 들어와 노부나가의 몸에 솜을 넣은 잠옷을 덮어주었다. 그로부터 대략 두 시간 정도 지났을까. 등잔의 기름도 다했는지 등불이 흐느끼는 것처럼 느껴졌다. 노부나가가 갑자기 머리를 벌떡 들더니 소리를 질렀다.

"사이, 사이! 아무도 없느냐!"

출진

소리도 없이 삼나무 문이 열렸다. 시녀인 사이가 문밖에서 손을 바닥에 짚고 노부나가를 바라보더니 조용히 문을 닫고 가까이 와서 다시 머리를 숙였다.

"일어나셨습니까?"

"음, 사이구나. 지금 몇 시쯤 됐느냐?"

"축시丑時가 조금 지났습니다."

"잘됐군."

"무슨 일이라도 있으신지요?"

"아니다. 내 갑옷을 이리 가져오너라."

"갑옷을 말입니까?"

"다른 사람들에게도 말에 안장을 준비하라 일러라. 그동안 너는 따뜻한 물과 밥을 준비해서 가져오너라."

"알겠습니다."

세심했던 사이는 평소에도 노부나가의 신변에 관한 일까지 도맡아 했다. 노부나가의 마음을 잘 알고 있던 그녀는 드디어 움직이는구나 생각할 뿐 수선을 피우지 않았다. 옆방에서 팔베개를 하고 잠을 자던 도하치로를 흔들어 깨우고 숙직하는 사람에게 말을 준비하라고 전하고 서둘러 밥상을 차려 노부나가에게 가져갔다. 노부나가가 젓가락을 들며 말했다.

"날이 새면 5월 19일이구나."

"그렇습니다."

"19일 아침밥은 내가 세상에서 가장 빨리 먹는 밥이겠구나. 맛있구나. 한 그릇 더 다오."

"많이 드십시오."

"상 위에 곁들인 저것은 무엇이냐?"

"다시마와 황밤을 조금 준비했습니다."

"내 마음을 잘도 아는구나."

노부나가는 기분 좋게 밥을 먹고 나서 황밤 두세 개를 집어 깨물어 먹었다.

"잘 먹었다. 사이, 저 소고小鼓를 이리 다오."

노부나가가 아끼는 나루미가타鳴海潟라는 작은 북이었다. 사이에게서 소고를 건네받은 노부나가는 그것을 어깨에 대고 두세 번 쳐보았다.

"소리가 좋구나. 사경四更이어서인지 평소보다 한층 소리가 맑군. 사이, 내가 춤을 출 터이니 너는 춤에 맞춰 아쓰모리敦盛[70] 가락을 연주하거라."

"예."

사이는 노부나가에게서 소고를 받아 들고 연주하기 시작했다. 북소리는 어서 눈을 뜨라는 듯 넓은 기요스 성안으로 퍼져나갔다.

---

70 무로마치 시대에 유행했던 고와카마이幸若舞(노래를 부르며 함께 추었던 춤의 일종)의 한 부분으로, 노우能와 가부키歌舞伎의 원형으로 알려져 있다. 여기서 '아쓰모리'란 헤이안平安 시대 말기의 무장인 다이라 아쓰모리平敦盛를 말하는데, 그는 겐페이源平 싸움에서 적장인 구마가야 나오자네熊谷直實에게 사로잡혀 목이 잘려 죽음을 맞았다. 후일 나오자네는 아쓰모리의 목을 친 것을 후회하며 출가했다고 한다.

"인간 오십 년, 하천下天에 비하면."

노부나가는 일어서더니 흐르는 강물처럼 살며시 걸음을 옮기며 소고의 가락에 맞춰 노래를 불렀다.

"인간 오십 년, 하천에 비하면 몽환과 같구나. 한바탕 생을 얻어 멸하지 않을 자가 있으랴."

여느 때와 달리 노부나가의 목소리는 마지막을 기약하는 듯 한층 낭랑하고 우렁찼다.

"멸하지 않는 자가 있으랴. 이를 보리菩提의 씨앗이라 여기지 않는다면 어찌 안타깝지 않으리, 라며 서둘러 교토로 올라가는 아쓰모리 경卿의 잘린 머리를 보니……."

그때 누군가 허겁지겁 복도를 달려왔다. 숙직을 하던 무사인지 갑옷 소리를 울리며 무릎을 꿇고 고했다.

"말을 준비해놓았습니다. 언제든 분부만 내리십시오."

노부나가가 춤을 추던 손과 발을 멈추더니 소리가 나는 쪽을 돌아보았다.

"이와무로 나가토嚴室長門 아닌가."

"예, 나가토입니다."

이와무로 나가토는 이미 갑옷을 입고 칼을 차고는 당장이라도 노부나가의 말의 고삐를 잡을 수 있도록 준비를 하고 있었다. 그런데 노부나가는 아직 갑옷도 입지 않은 채 시녀인 사이에게 소고를 치게 하고 춤을 추고 있었다. 이와무로 나가토는 노부나가의 모습을 보며 의아한 표정을 지어 보였다. 방금 시종인 사와키 도하치로가 와서 출마 준비를 하라는 말을 전했는데, 순간 그는 모두 잠이 부족하다 보니 피곤에 지쳐 잘못 전해진 것이 아닌가 하고 생각했다. 또 자신의 모습과 노부나가의 모습이 너무나 달라 당혹스러운 듯했다. 늘 근신들이 말을 준비하기 전에 노부나가가 먼저 나와 있었기에 나가토는 더 의아하게 생각했던 것이다.

"들어오게."

노부나가는 손을 내리며 말했지만 여전히 춤을 추던 자세는 풀지 않았다.

"나가토, 자네는 행운아네. 내가 이 세상에서 마지막으로 추는 춤을 볼 수 있으니 말이네. 거기서 보고 있게."

'아, 역시.'

주군의 마음을 깨달은 나가토가 의심했던 마음을 부끄럽게 여기며 방의 한쪽에 자리를 잡고 앉아 말했다.

"누대의 가신들과 가족분들도 많으신데 저 혼자만 주군의 마지막 춤을 배알하게 되어 과분할 따름입니다. 제게도 마지막으로 노래를 부를 수 있는 영광을 허락해주십시오."

"으음, 자네가 노래를 부르겠는가? 좋네. 사이, 처음부터 다시."

사이는 잠자코 머리를 다소곳이 숙였다. 나가토는 노부나가가 춤을 춘다고 하면 늘 아쓰모리를 춘다는 것을 잘 알고 있었다.

"인간 오십 년, 하천에 비하면 몽환과 같구나. 한바탕 생을 받아 멸하지 않는 자가 있으랴."

나가토는 노래를 부르는 동안 노부나가의 유년 시절의 모습과 자신이 곁에서 섬겨왔던 장년의 일들을 긴 두루마리를 펼치듯 떠올렸다. 춤을 추는 사람과 노래를 부르는 사람의 마음이 하나가 되었고, 소고를 치던 사이의 하얀 얼굴에 눈물이 반짝였다. 사이의 북소리는 평소보다 맑고 격렬하게 느껴졌다.

"죽음은 숙명!"

노부나가가 부채를 집어 던지더니 재빨리 갑옷을 입고 투구를 들고 말했다.

"사이, 내가 죽었다는 말을 들으면 당장 성에 불을 질러라. 아무것도 남기지 말도록 하라."

"알겠습니다."

사이는 소고를 내려놓고 두 손을 짚은 채 얼굴을 들지 못했다.

"나가토, 소라를 불어라!"

"옛!"

나가토는 앞서 복도를 달려갔다. 노부나가는 사랑스러운 여동女童들이 생활하는 곳에 잠시 들렀다. 그러고는 선조의 위패를 모신 곳에 들러 하직 인사를 한 뒤 투구 끈을 매면서 성문 쪽으로 달려갔다.

아직 어두운 새벽녘에 출진을 알리는 취각 소리가 울리고 있었다. 짙은 어둠 속, 구름 사이로 잔별들이 선명하게 빛나고 있었다.

"출진이다."

"뭐?"

"주군께서 출진하신다."

"정말인가?"

부엌과 출납 일을 맡고 있는 사람들과 하인이나 늙은 무사처럼 싸움에는 도움이 되지 않아 성에 남아 있는 사람들이 일제히 성문 입구까지 배웅하러 나왔다. 기요스 성안에 있는 남자란 남자는 모두 나온 듯했지만 불과 사오십 명도 되지 않았다. 그만큼 성안이나 노부나가 주위에는 사람이 없었다.

노부나가가 탄 말은 쓰기노와月輪라고 부르는 남부에서 온 준마였다. 손에 든 등불이 명멸하는 대현관 앞에서 노부나가는 나전 안장을 얹은 말 위에 앉은 뒤 팔자로 열려 있는 중문을 지나 성문 입구로 달려나왔다.

"나리."

노부나가를 배웅하기 위해 무릎을 꿇고 모여 있는 사람들이 일제히 외쳤다. 노부나가는 좌우를 바라보더니 오랜 세월 자신을 섬긴 노인에게도 작별 인사를 건넸다.

"그럼 잘들 있게."

노부나가는 성을 잃고 주인을 잃은 노인과 여동 들의 앞날이 얼마나 비참한 것인지 잘 알고 있었다. 노부나가의 눈가가 촉촉하게 젖었다. 눈시울이 뜨거워져 눈을 꾹 감은 순간, 어느새 쓰기노와가 성 밖으로 나와 질풍처럼 어둠 속을 내달렸다.

"나리!"

"주군!"

"부디."

노부나가의 뒤로 말을 탄 이와무로 나가토를 비롯해 야마구치 히다노카미山口飛騨守 하세가와 교스케長谷川橋介, 그리고 시동인 가토 야사부로加藤彌三郎와 나이가 가장 어린 사와키 도하치로가 따라가고 있었다. 근신들은 노부나가가 탄 말을 놓치지 않으려고 필사적으로 뒤를 쫓았지만 노부나가는 뒤도 돌아보지 않고 앞서 나갔다.

'적은 동쪽에 있다. 아군도 전선에 있다. 그 사지에 닿을 무렵이면 태양도 높이 떠 있을 것이다. 영겁의 시간의 흐름에서 오늘이라는 한순간을 생각하면 이 나라에 태어나서 이 나라의 흙으로 돌아가는 것은 당연한 일이다.'

노부나가는 달려가면서 그렇게 생각했다.

"주군!"

갑자기 마을 네거리에서 그렇게 외치는 사람이 있었다.

"오, 모리 쪽 사람들인가?"

"그러하옵니다."

"시바타 곤로쿠의 휘하인가?"

"예!"

"빨리 왔군."

노부나가가 칭찬을 한 뒤 등자에 발을 대고 서서 물었다.

"몇 명인가?"

"모리 요시나리의 군사 백이십 기, 시바타 곤로쿠의 휘하 팔십 기, 모두 합쳐 이백여 기입니다. 주군을 기다리고 있었습니다."

모리 요시나리의 활 부대 중에 아사노 마타에몬의 얼굴이 보였고, 병사 삼십 명의 우두머리인 기노시타 도키치로의 얼굴도 보였다.

'원숭이도 있군.'

노부나가의 눈에 도키치로의 모습이 힐끗 들어왔다. 노부나가는 말 위에서 새벽어둠을 뚫고 결의에 찬 모습으로 서 있는 이백여 군사를 바라보았다.

'내겐 저와 같은 부하들이 있다!'

노부나가의 눈이 점점 빛을 발했다. 노도처럼 밀려드는 사방의 적들을 대적하는 데 수적으로는 한 조각 작은 배와 같고 한 줌의 모래에도 미치지 않는 군사였지만 노부나가는 감히 요시모토에게 이런 부하가 있는가, 하고 묻고 싶었다. 장수로서, 인간으로서 자부심마저 들었다. 자신의 병사는 패배하더라도 원수에게는 지지 않는다. 영구한 이 땅 위에 모든 것을 쏟아붓고 최후를 맞이하리라 생각했다.

"곧 날이 밝을 것이다. 계속 전진하라."

노부나가는 앞을 가리키며 외치고는 가장 먼저 아쓰다 가도의 동쪽으로 내달렸다. 그러자 이백여 병사가 길 양편 민가의 처마 아래까지 낮게 깔려 있는 아침 연무가 걷힐 정도로 함성을 내질렀다. 병사들은 전열이나 대오도 이루지 않고 오직 앞을 다퉈 일제히 내달리기 시작했다. 일국 일성의 대장이 출진할 때 민가에서는 일제히 일을 멈추고 처마 아래를 정결히 청소하고 배웅했다. 또 병사는 깃발 등을 높이 치켜들고 진열을 이루어 행진하고, 장수는 호장하고 위풍당당한 모습으로 전쟁터로 행진했다. 하지만 노부나가는 그런 것에 전혀 개의치 않았다. 그의 군대는 대오조차 제대로 갖추지 않고 오직 앞을 향해 내달리고 있었다. 게다가 죽을 것이 뻔한 싸움이었지만 노부나가는 누구든 덤비라는 듯 선두에 서서 달려가고 있었다. 하지만 낙오하는 사람은 한 명도 없었다. 오히려 앞으로 나아갈수록 병사의 수가 늘어났다. 급작스런 출전이라 준비하는 데 시간이 걸렸던 사람들이 골목에서 뛰어들고 뒤에서 쫓아와 하나둘 가세했던 것이다. 그들의 함성 소리와 발소리에 새벽잠을 깬 농부와 상인 들이 졸린 눈을 비비며 문을 열고 바라보았다.

"앗, 전쟁이다."

그들은 그렇게 외쳤다. 어두운 아침 안개 속을 헤치고 달려간 선두의 장수가 영주인 오다 노부나가라는 것을 나중에야 짐작할 수 있었다.

"나가토, 나가토."

노부나가가 말안장 위에서 뒤를 돌아보았지만 이와무로 나가토는 말을 탄 기마 무사가 아니었기 때문에 반 정町이나 뒤처진 군사들 속에 있었다. 시바타 곤로쿠와 모리 요시나리가 말 머리를 나란히 하고 따라오고 있었고, 아쓰다 마을 입구에서 가세한 가토 즈쇼도 있었다. 노부나가가 곤로쿠를 불렀다.

"아쓰다 신궁의 기둥 문이 보인다. 그 앞에서 병사들을 쉬게 하라. 나는 참배를 하러 가겠다."

그사이 기둥 문 아래에 이르렀다. 노부나가가 말에서 훌쩍 뛰어내리자 아쓰다 신궁의 사관祀官이자 신궁의 영지를 관할하는 대관代官이기도 한 치아키 가가노카미 스에타다千秋加賀守孝忠가 스무 명 정도의 부하와 함께 기다리고 있다가 달려와서 노부나가의 말을 맡았다.

"빨리 오셨습니다."

"오, 스에타다인가."

"예."

"수고스럽겠지만 참배를 올리고 싶네."

"안내하겠습니다."

스에타다가 앞장을 섰다. 삼나무가 늘어선 참배 길은 이슬에 젖어 있었다. 스에타다가 손을 씻는 샘물 앞에 서서 권했다.

"먼저 여기서."

노부나가는 편백나무로 만든 국자를 잡고서 손을 씻고 입을 헹궜다. 그리고 다시 한 번 신천神泉의 샘물을 국자로 떠서 단숨에 들이마셨다.

"보아라, 길조이다!"

노부나가는 위를 올려다보며 뒤에 있는 많은 병사가 들을 수 있게 크게 말하고는 손을 들어 하늘을 가리켰다. 드디어 날이 밝아 오고 있었다. 오래된 삼나무 가지들이 붉은빛으로 물들고 있었고 새벽녘 까마귀 떼가 소리 높여 울고 있었다.

"신아神鴉다!"

"신아다."

노부나가를 따라 주위에 있는 무사들도 하늘을 쳐다봤다. 그동안 치아키 스에타다는 갑옷을 입은 채 배전으로 올라가서 노부나가에게 방석을 내어주었다. 그리고 신주神酒를 들고 와서 토기를 건넸다. 스에타다가 술병을 들고 노부나가에게 신주를 따르려고 하자 제지하는 사람이 있었다.

"잠깐."

시바타 곤로쿠였다.

"치아키 님은 아쓰다 신궁의 사관직을 맡고 계셔서 당연한 일인 듯 여길지 모르나 아무리 화급한 출진이라고 해도 갑주를 한 채 신주를 들고 배전에서 시중을 드는 것은 도리가 아닌 듯하오. 갑주를 벗고 의관을 갈아입을 시간이 없다면 다른 신관도 있을 터인데 어찌 그들에게 시키지 않는 것이오?"

시바타 곤로쿠의 말에 치아키 스에타다가 빙긋 웃으며 말했다.

"시바타 님이구려. 무슨 말씀인지 잘 알겠소. 하나 갑주는 신의神衣오. 오래전 신대神代의 치세에 우리 선조들은 갑주를 하고 성업聖業의 여정에 오르기도 하셨소이다. 불초 스에타다도 오늘 싸움을 함께함에 있어 선조들께서 갑주를 하신 그 심경으로 마음을 무장하였고, 또 사리사욕이나 공명 때문에 싸우고자 함이 아니오. 하여 무인의 갑주는 신관의 의관과 같이 청정하다고 믿소이다."

곤로쿠는 아무 말도 하지 않고 노부나가를 둘러싼 채 무릎을 꿇고 있는 이백여 명의 무장들 속에 들어가 앉았다. 노부나가는 토기를 비우고 손바닥을 마주쳐 소리를 낸 뒤 제문을 읽었다. 모두들 머리를 낮게 숙이고 마음속으로 신을 떠올리며 눈을 감았다. 그때 갑자기 갑주가 달그락거릴 정도로 신전 안쪽에 있는 배전 기둥이 두 차례나 흔들렸다. 노부나가가 귀신에게 홀린 듯 눈을 치켜뜨며 말했다.

"저 소릴 들어보라. 신들이 내 기원을 헤아리셔서 오늘 싸움에서 우리 군을 도와주신다고 화답하신 듯하구나. 사심과 사욕, 작은 공명을 위해 싸우지 마라. 이기는 것도 지는 것도 하늘 아래의 일이니 천하에 부끄럽지 않도록 무사로서 본분을 다하고 죽을 뿐이다."

노부나가가 회랑으로 나와서 외치자 병사들도 땅바닥에서 일제히 일어나 와하는 함성을 지르며 앞을 다퉈 참배 길을 달려 나갔다.

노부나가가 아쓰다 신궁을 나왔을 때에는 곳곳에서 달려온 병사들의 수가 어느새 천 명에 이르렀다. 노부나가는 아쓰다 신궁의 춘고문春敲門을 지나 남문으로 나와서는 다시 말에 올랐다. 노부나가가 탄 쓰기노와는 밤색 털의 암말이었다. 후일 그는 병풍을 만들 때 애마 두 마리를 그려 넣었는데 그중 한 마리가 바로 이 쓰기노와였다.

아쓰다 신궁을 나서자 그때까지 질풍과도 같았던 노부나가의 모습에서 어딘가 완연한 여유로움이 느껴졌다. 그는 말 위에서 옆으로 걸터앉아 안장의 앞뒤를 잡고 흔들흔들 타고 갔다.

어느덧 밤이 새자 눈사태처럼 앞을 다퉈 달려가는 병마들의 발소리를 들은 아쓰다의 백성들이 처마 아래나 네거리로 나와 구경을 하고 있었다. 노부나가를 아는 사람들이 그의 모습을 보고 어이가 없다는 듯 속삭였다.

"지금 저런 모습으로 전쟁을 하러 간다는 것인가?"

"어이가 없군."

"만에 하나도 이길 것 같지는 않구면."

기요스에서 아쓰다까지 말을 타고 단숨에 달려온 노부나가는 피곤함을 달래기 위해 안장의 뒤편에 몸을 기대려고 옆으로 걸터앉아 콧노래를 부르고 있었다.

"아니 저기?"

"저기 검은 연기가?"

병마는 마을 변두리의 네거리까지 온 뒤 갑자기 멈춰 섰다. 해변 길을 택해 도보로 얕은 물가를 건너 야마사키山崎와 도베戶部 방면으로 나갈 것인지, 육지를 우회해서 치다知多의 우에노上野 가도에서 이도다井戶

㠯와 고나루미古鳴海를 향해 갈 것인지 궁금해하던 병사들 눈앞에 멀리 와시즈와 마루네 방향에서 검은 연기가 피어오르고 있었기 때문이었다. 그때까지 여유로워 보였던 노부나가가 그것을 보고는 비장한 표정으로 크게 한숨을 쉬며 말했다.

"와시즈와 마루네가 함락된 듯하군……."

노부나가가 이내 부장들을 돌아보며 말했다.

"지금은 만조 때라 해변가 길은 건널 수 없다. 어쩔 수 없이 산을 넘어 단게 요새까지 가자. 자, 서두르자."

노부나가는 말에서 내려 가토 즈쇼를 부르더니 아쓰다 촌장을 데려오라고 했다. 이윽고 사내 둘이 머뭇거리며 나타나자 노부나가가 말했다.

"자네들은 나를 보는 것이 드문 일이 아닐 터이지만, 오늘 머지않아 이를 검게 물들인 스루가의 무장이 나타날 것이네. 그러면 노부나가의 영지에서 태어난 것이 행운이라 여길 만큼 이제껏 듣거나 보지도 못한 일대 싸움이 벌어질 것이니 높은 곳에 올라가서 구경이나 하게. 하나 그냥 구경만 해서는 재미가 없을 터이니 온 마을에 널리 알려 단오의 붉은 깃발이나 칠월칠석 날 문에 장식하는 대나무, 그 외에 무엇이든 좋으니 적이 멀리서 봤을 때 병사들이 등에 꽂은 작은 깃발처럼 보이도록 꾸미고 나무들 우듬지와 언덕 위에서 하얗고 붉은 천들을 흔들도록 하라."

"예."

"무슨 뜻인지 알겠는가?"

"미력하나마 일심을 다하겠습니다."

"됐네!"

노부나가는 반 리 정도 나아간 뒤 뒤를 돌아보았다. 그러자 아쓰다 마을에 무수히 많은 깃발과 천이 펄럭이는 게 보였다. 그것은 기요스의 대군이 아쓰다까지 출전해서 쉬고 있는 것처럼 보이기도 했다.

해가 중천에 떠오르자 근래 열흘 이상이나 비가 내리지 않았던 땅에서 말발굽이 일으키는 푸석푸석한 먼지가 피어올라 병사들을 뒤덮었다. 나중에 노인들의 이야기에 따르면 아직 5월의 초여름이었지만 그날 19일은 10년 이래로 가장 더운 날이었다. 야마사키를 넘어 이도다 촌의 들길에 이르자 갑자기 병사들이 동요했다.

"앗, 적!"

"척후병인가?"

메꽃이 하얗게 핀 들판의 덤불 속에서 찢어진 갑옷을 입은 사내가 불쑥 튀어나왔다. 이내 포위당한 사내는 바로 창을 머리 위로 들어 올려 저항할 뜻이 없음을 알리고는 큰 소리로 말했다.

"나는 고슈의 이름 있는 무사였는데 지금은 낭인의 신세로 지내고 있소. 오다 님을 따르고자 이렇게 기다리고 있었소. 적으로 오해하지 마시오."

노부나가가 부장과 병사 들 너머로 누구의 휘하였는지 물었다.

"저는 다케다武田 님을 모시고 있으며 하라 미노노카미原美濃守가 제 셋째 아들입니다. 사정상 근래 나루미의 히가시오치아이東落合에 살고 있는 구와바라 진나이桑原甚内라고 합니다."

"흠, 하라 님이 그대의 아들이란 말인가."

노부나가가 고개를 갸웃하며 다시 물었다.

"그런데 여긴 무슨 일로 왔는가?"

"저는 어릴 적 부친이신 미노노카미의 명으로 스루가의 임제사에 맡겨져 갈식喝食을 하며 수행을 해왔습니다. 그래서 이마가와 지부노타유 요시모토治部大輔義元의 얼굴을 잘 알고 있습니다. 오늘의 결전은 종국에 난전이 될 터이니 노부나가 님의 진영에 합세하여 기필코 오하구로의 수급을 베려고 합니다. 바라건대 저를 거두어주시길 청합니다."

"좋다!"

노부나가가 야인처럼 큰 소리로 외치고는 다시 물었다.

"진나이, 고슈 무사로서 얘기해보거라. 오늘의 싸움에서 이 노부나가가 이기겠는가, 요시모토가 이기겠는가?"

"두말하면 잔소리입니다. 반드시 노부나가 님이 승리하실 겁니다."

"이유는?"

"스루가 장군의 교만 때문입니다."

"그뿐인가?"

"사만이라고는 하지만 적의 포진은 졸렬하고 어리석을 뿐입니다."

"흐음."

"또 요시모토 본진은 어제저녁 구쓰카게를 출발하였으니 오늘 아침부터는 더위에 지쳐 있을 것입니다. 그뿐만 아니라 이미 나태해져 있습니다. 무엇보다 기요스의 군세가 극히 소수인 것을 두고 요시모토는 이미 싸우기도 전에 이긴 것처럼 생각하고 있는 듯합니다."

노부나가가는 진나이가 마음에 들었는지 안장을 두드리며 말했다.

"잘 알았다. 내 생각과 일치하는구나. 즉시 본진에 합세하라."

"옛, 알겠습니다."

진나이는 병사들 속으로 뛰어 들어갔다.

점차 낮아지는 밭길을 따라 내려가자 이치조一條의 강이 나왔다. 강물이 얕은 데다 매우 맑아 건너기가 망설여질 정도였다. 노부나가가 뒤를 돌아보며 물었다.

"이 강의 이름은 무엇인가?"

땀과 먼지로 뒤범벅된 병사들 사이에서 모리 고헤이타毛利小平太가 대답했다.

"오우기扇 강이라고 합니다."

노부나가는 이미 알고 있었지만 일부러 물었다. 그가 부채를 쫙 펼치더니 후방을 향해 흔들며 말했다.

"하구가 점점 넓어지는 쥘부채와 같은 강이군. 좋은 징조다. 멀지 않았다. 어서 강을 건너라."

사지를 향해 가는 중이었지만 주저하거나 걱정하는 마음은 조금도 없다는 듯, 그의 모습은 오히려 화려하고 장엄해 보였다. 노부나가 대장의 그러한 매력은 신기할 정도로 힘이 있었다. 노부나가를 따라가는 천여 명의 군사 중 단 한 명도 살아서 돌아가겠다는 마음이 없음에도 웬일인지 절망적으로 보이지 않았다.

삶과 죽음, 그것은 둘로 나뉜 것 같지만 하나였다. 노부나가는 모두가 두려워하고 망설이는 그 두 개의 고삐를 한 손에 부여잡고 앞장서서 달려가고 있었다. 병사들의 눈으로 보면 노부나가는 용감한 죽음의 선구자였고, 거대한 삶과 희망의 선도자였다. 어느 쪽이든 그의 뒤를 따라가면 결과가 어떻게 되든 후회하지 않는다는 철석같은 믿음이 생겼다.

'죽자, 죽어. 죽자!'

도키치로도 머릿속으로 그렇게 생각했다. 멈춰 서려고 해도 앞뒤로 병사들이 성난 파도처럼 달려가고 있어 잠시도 걸음을 멈출 수가 없었다. 또 그는 삼십 명의 부하를 이끄는 대장이라 아무리 힘이 들어도 약한 소리를 할 수 없었다.

'죽자, 죽는 것이다.'

평소 아내와 자식들을 부양하며 그들의 이야기를 입에 달고 사는 부하들도 숨을 헐떡이면서 무언중에 그렇게 말하는 것 같았다. 모든 사람이 이렇게까지 자진해서 기꺼이 목숨을 버리러 가는 경우가 세상 천지에 또 어디 있을까. 있을 수 없는 일이 실제로 벌어지고 있었던 것이다.

'아뿔싸!'

문득 도키치로는 자신이 터무니없는 주인을 섬기게 됐다는 것을 깨달았다. '이 주군이라면' 결심하고 섬겼던 자신의 판단이 잘못된 것은 아닌지 생각했다. 노부나가는 아무런 계책도 없이 자신의 병사들을 사지로 뛰어들게 하는 사람이었던 것이다.

'나는 아직 하고 싶은 일이 많다. 또 나카무라에는 어머님도 계신다!'

도키치로는 언뜻언뜻 그런 생각을 했다. 하지만 그것은 머릿속에서 일어나는 한순간의 명멸에 불과했다. 일천 군사의 발소리와 염천에 달아오른 갑주 소리가 마치 함께 죽자고 외치는 소리로 들리는 듯했다. 햇빛에 달아오르고 땀에 흠뻑 젖고 먼지를 뒤집어쓴 도키치로의 얼굴은, 아니 전군의 얼굴은 모두 벌겋게 변해 있었다.

어떤 경우에도 여유롭고 느긋했던 도키치로 역시 이날만큼은 자신도 모르게 '싸우자, 죽자'라는 불석신명不惜身命의 일념으로 진군을 했다. 작은 산들을 하나씩 넘어갈수록 눈앞 저편에 있는 전운의 연기가 점점 짙어졌고 가까워졌다.

"아군인 듯하다."

선두가 언덕길 위로 나갔을 때였다. 저편에서 부상을 입고 피투성이가 된 병사가 알아들을 수도 없는 소리로 절규하며 비틀비틀 달려오고 있었다. 그 병사는 마루네에서 도망쳐온 사쿠마 다이가쿠의 낭도였다.

"주군인 사쿠마 님도 불길 속에서 적의 대군에 맞서다 장렬히 최후를 맞이하셨고, 같은 시각 와시즈 요새의 이오 오우미노카미 님도 난전 속에서 분투하시다 돌아가셨다고 합니다."

　노부나가의 말 앞에 끌려온 낭도가 부상을 당한 몸으로 괴로워하며 말했다.

　"혼자 살아남아 도망친 것은 부끄러운 일이나 주군인 다이가쿠 님의 명으로 아군에게 알리기 위해 도망쳐왔습니다. 도망치는 뒤쪽에서 천지를 뒤흔드는 적의 함성이 들렸습니다. 와시즈와 마루네 일대는 이제 눈에 보이고 귀에 들리는 것 중에 적군의 것이 아닌 것이 아무것도 없습니다."

　그의 말을 다 들은 노부나가가 직속 부대를 보며 오토를 불렀다. 건장한 병사들 속에 파묻혀 있던 소년 사와키 도하치로가 대답하며 노부나가의 말 옆으로 달려 나왔다.

　"부르셨습니까?"

　"오토구나. 기요스를 나설 때, 네게 맡긴 염주를 이리 다오."

　"염주 말씀입니까?"

　도하치로는 혹시라도 잃어버릴까 봐 염주를 깃발 보자기에 싸서 갑옷 위에 비스듬히 짊어지고 있었다. 그는 어깨 매듭을 풀고 염주를 꺼내 노부나가에게 건넸다. 노부나가는 염주를 받아 어깨에서 가슴까지 비스듬히 걸었다. 그것은 은색의 커다란 염주였는데 노부나가가 착용하고 있는 미늘의 연둣빛 실과 대조를 이루다 보니 비장미가 한층 도드라져 보였다.

　"오우미와 다이가쿠가 죽다니 안타깝구나. 두 사람 모두 이 노부나가가 싸우는 모습을 잠시도 보지 못하고 먼저 죽음을 맞았구나!"

　노부나가는 말 위의 안장에서 자세를 고쳐 앉더니 합장을 했다. 와시즈, 마루네의 검은 연기가 흡사 화장터처럼 저편 하늘을 뒤덮고 있었다.

　"……."

한동안 앞을 바라보던 노부나가가 갑자기 시선을 뒤로 향하더니 안 장을 치며 소리 높여 말했다.

"오늘은 에이로쿠 3년, 5월 19일이다. 나를 비롯해 그대들의 기일로 기억하라. 평소 작은 녹밖에 주지 못하고 이렇다 할 좋은 날도 없이 오 늘의 결전을 맞이하게 된 것도 나를 따른 숙명이라 생각하라. 여기서 부터 내 뒤를 따르는 자는 내게 목숨을 준 것이라 간주하겠다. 그렇지 않고 금생에 미련이 있는 자는 지금 즉시 물러가도 좋다. 모두 어떠하 냐!"

"끝까지 함께하겠습니다!"

"오직 주군을 위해 죽겠습니다."

장수와 병사 들이 이구동성으로 외쳤다.

"그럼 이 어리석은 노부나가에게 전군 모두 목숨을 맡기겠는가!"

"두말할 필요도 없습니다."

"그렇다면 제군들!"

노부나가가 채찍으로 말의 허리를 내리치며 외쳤다.

"진군하라! 이마가와 군이 바로 저 앞에 있다!"

앞서 달려가던 노부나가의 모습이 그의 뒤를 따라 달려가던 병사들 이 일으킨 먼지에 휩싸였다. 뿌연 먼지 속에 비치는 희미한 말 위의 그 림자들이 일순 엄숙하고 성스럽게 보이기까지 했다.

기로

산과 들을 지나 고갯마루를 넘어 국경선에 가까워지자 지형은 한층 복잡해졌다.

"아, 보인다."

"단게다. 단게 요새다."

이곳까지 숨을 헐떡이며 온 병사들이 외쳤다. 병사들은 와시즈와 마루네 요새가 함락된 뒤 단게 요새를 걱정하고 있었다. 하지만 단게 요새를 본 병사들은 얼굴이 밝아졌다. 단게는 아직 버티고 있었으며, 단게의 아군은 건재했다. 노부나가가 단게에 들어서자마자 수장인 미즈노 타다미쓰에게 말했다.

"더 이상 지키고 있을 필요가 없다. 이런 작은 요새는 적에게 내주어도 괜찮다. 내가 노리는 것은 다른 곳에 있다."

단게의 병력은 노부나가의 군사에 합류해 휴식도 취하지 않고 선조사 요새를 향해 서둘러 진군했다. 그곳에는 사쿠마 노부도키가 있었다. 노부나가의 모습을 본 순간, 요새의 병사들이 와하고 함성을 내질렀다. 아니, 함성이 아니라 거의 울음을 터뜨리듯 감격에 겨워 술렁대기 시작했다.

"오셨다!"

"주군이."

"노부나가 님이."

사실 그들은 노부나가가 자신들의 주군이지만 어떤 대장인지 전혀 알지 못했다. 고립된 요새에서 죽음을 각오하고 있던 참에 홀연 노부나가가 직접 출전하자 감격했던 것이다.

"주군 앞에서 죽는다면 여한이 없다."

병사들은 모두 분기했다. 호시자카星崎 방면으로 출진한 사사 하야토노쇼 마사쓰구佐佐隼人正政次도 삼백여 군사를 수습해 노부나가 진영에 합세했다. 노부나가는 일단 요새의 서쪽 봉우리에 병사들을 주둔시키고 병력 수를 점검했다.

새벽에 기요스 성을 나섰을 때는 불과 예닐곱이었던 병사의 수가 지금 이곳에서 헤아리니 삼천에 육박했지만 짐짓 오천이라고 칭했다. 노부나가는 속으로 이들이 바로 오와리 국의 전군이라고 생각했다. 이곳에 전부 와 있으니 이제 성을 지키는 병사도 후방 부대도 없었다.

'숙명이다!'

노부나가는 왠지 웃음이 나왔다. 그는 지척에 보이는 이마가와 사만 대군의 포진과 그들의 기세를 보기 위해 한동안 깃발을 감추고 봉우리 끝에서 형세를 바라보았다.

아사노 마타에몬의 활 부대는 노부나가의 본진에서 조금 떨어진 산허리에 모여 있었다. 그들은 활 부대였지만 화살을 쏠 일이 없다고 판단해서인지 모두 창을 들고 있었다. 도키치로가 이끄는 서른 명의 보병 소대도 그들 속에 섞여 있었다. 휴식을 취하라는 부장의 소리를 들은 도키치로가 자신의 부하들에게 쉬라고 명령하자 부하들은 크게 숨을 내쉬며 풀 위에 털썩 주저앉았다. 도키치로는 김이 피어오르는 얼굴을 걸레 같은 수건으로 닦았다.

"어이, 누가 내 창을 들고 있게."

도키치로가 외치자 부하 한 명이 벌떡 일어나서 그의 창을 받아 쥐었다. 그러고는 도키치로의 뒤를 쫓았다.

"조장, 어디를 가십니까?"

"뒷간에 가는 걸세. 냄새가 날 테니 돌아가게."

도키치로가 웃으면서 버랑길 관목 속으로 내려갔다. 부하는 도키치로의 말을 농담으로 생각했는지 그곳에 서서 그가 가는 방향을 지켜보았다. 도키치로는 산의 남쪽 방향으로 난 언덕길을 조금 내려가서는 산새가 흙으로 멱을 감는 곳인 듯한 장소를 찾아 느긋하게 복대를 풀고 쪼그리고 앉았다. 실은 새벽에 급작스런 출진으로 간신히 갑옷만 챙겨 입고 나온 터라 뒷간에서 볼일을 볼 틈도 없었던 것이다. 그래서 기요스에서 아쓰다, 단게를 달려오는 동안에도 잠시라도 쉬는 시간이 생기면 가장 먼저 속을 비운 뒤에 마음껏 싸우고 싶다고 생각했던 것이다. 그리고 바로 지금 파란 하늘을 보면서 그 바람을 이루고 있으니 말로 형언할 수 없을 만큼 상쾌한 기분이 들었다. 하지만 전쟁터에서는 볼일을 볼 때도 방심할 수 없었다. 도키치로도 적과 대치했을 때 적병이 진지를 벗어나 볼일을 보고 있는 것을 발견하면 화살을 쏘아 맞히고 싶은 충동이 든 적이 있었다. 그러다 보니 넋을 잃고 파란 하늘만 바라보고 있을 수 없었다.

산기슭에서 두세 정町쯤 앞을 바라보자 구로스에黒末 강물이 치다知多 반도의 바다로 허리끈처럼 구불구불 흘러가고 있었고, 그 강기슭에 일군의 병사들이 진을 치고 있었다. 깃발의 문양을 자세히 보니 아군인 가지가와 카즈히데의 진영이었다. 그곳에서 일직선 방향인 해구海口 쪽에는 나루미 성이 있었다. 나루미는 한때 오다에 함락되었지만 그 뒤 다시 스루가 군에게 잠식당해 지금은 적장인 오카베 모토노부岡部元信가 지키고 있었다.

구로스에 강의 동쪽 기슭에서 남쪽으로 한 줄기 길이 하얗게 보였다. 와시즈는 그 길의 북쪽 산지에 있었는데 이미 불에 다 타버렸는지 불기운도 보이지 않고 일대의 들길과 바닷가에는 검은 연기만 피어오르고 있었다. 그 부근의 밭과 부락 주위에는 사람들과 군마의 모습이 작은 벌레처럼 새까맣게 보였다. 산의 고지대 쪽에는 이마가와 쪽 장수인 아사히나 카즈에의 군사가 진을 치고 있었고 길가 쪽에는 미카와의 마쓰다이라 모토야스의 군사가 진을 치고 있었다.

'정말 많군.'

약소국의 군대에만 있었던 도키치로는 적의 대규모 병력을 보자 운하雲霞와 같다는 말을 떠올렸다. 게다가 마쓰다이라, 아사히나 등의 군사가 적군의 일부에 지나지 않는다는 생각이 들자 노부나가가 죽음을 각오한 것도 당연한 것처럼 여겨졌다. 아니, 남의 일이 아니었다. 어쩌면 이 세상에서 볼일을 보는 것도 지금이 마지막일 수 있었다.

'일이 참으로 묘하게 됐군. 이로써 내일이면 더 이상 이 세상에 없겠구나.'

그때 문득 아래 못 쪽에서 누군가 관목을 헤치며 올라오는 사람이 있었다.

'적인가?'

전쟁터에서의 본능적인 직감이 뇌리를 스쳐갔다. 적의 척후가 노부나가 진영의 배후를 염탐하러 온 것이라는 생각이 들었다. 그가 황급히 복대를 졸라맨 뒤 일어선 순간, 못 쪽에서 기어 올라온 사람과 관목 속에서 불쑥 일어선 도키치로가 약속이라도 한 듯 마주쳤다.

"기노시타!"

"아니, 이누치요!"

"어떻게 된 건가?"

"자네야말로 어떻게 된 건가?"

"어떻게 되긴. 주군의 노여움을 산 이래로 낭인이 돼서 떠돌아다니고 있었는데 주군께서 결사의 각오로 출전한다는 말을 듣고 함께 싸우러 온 것이네."

"그렇군. 잘 왔네."

도키치로는 눈시울을 붉히며 이누치요에게 다가가서 손을 내밀었다. 서로의 손을 맞잡은 두 사람은 만감이 교차하는 듯했다. 두 사람은 평소에도 서로 걱정을 하고 있었다. 이누치요의 갑옷은 화려했다. 미늘과 그것을 엮은 실까지 새것이었는지 눈이 부실 정도였고 등에는 매화꽃 문장이 새겨진 깃발을 꽂고 있었다.

"멋지군."

도키치로가 이누치요를 보며 감탄했다. 도키치로는 문득 기요스에 있는 네네가 떠올랐지만 이내 정신을 차리고 물었다.

"그동안 어디에 있었는가?"

"사사 님의 사제인 구라노스케 나리마사內藏助成政 님의 호의로 나리마사 님의 유모의 시골집에서 때를 기다리고 있었네."

"주군께 노여움을 사서 추방을 당했으면서 다른 가문을 섬길 마음도 품지 않고서……."

"두 주군을 섬길 마음은 애초부터 없었네. 설사 노여움을 사서 추방을 당했다 해도 나를 인간으로 대해주신 그 은혜를 생각하면 오히려 감사할 따름이네."

"으흠……."

눈물이 많은 도키치로는 다시 눈시울이 뜨거워졌다. 오다 가문이 옥쇄를 각오하고 전군이 혼연일체가 되어 벌이는 싸움이라는 것을 알면서도 옛 주인을 흠모해서 찾아온 벗의 마음을 생각하니 한없이 기뻐서 눈시울이 뜨거워졌던 것이다.

"잘 알겠네. 그것이 바로 마에다 이누치요일 걸세. 주군은 지금 오늘 처음 저 위에서 휴식을 취하고 계시네. 어서 가세."

"기노시타 잠깐만. 나는 주군 앞에 나설 생각이 없네."

"아니 어째서?"

"단 한 명의 병사도 아쉬운 상황을 이용해 용서를 바라고 온 것이 아니네. 그런데 혹시라도 근신들이 내가 그런 생각으로 온 건 아닌가 하는 눈으로 바라보는 것이 싫네."

"무슨 바보 같은 소리인가. 모두 죽을 것이네. 자네도 주군의 말 앞에서 죽을 마음으로 온 것이 아닌가."

"그렇다네."

"그렇다면 아무것도 거리낄 것이 없네. 다른 사람의 험담이나 세상의 뒷말 따윈 살아 있을 때나 할 수 있는 일이네."

"아니네, 그저 아무 말도 하지 않고 죽으면 그것으로 족하네. 그것이 내 바람이네. 주군께서 용서하시든 용서하시지 않든 말이네."

"그도 그렇네만."

"기노시타."

"음."

"잠시 자네의 부대 속에 숨겨주게."

"상관은 없네만 내 부대는 보병대에 속한 서른 명뿐인데 그런 무사 차림으로는 눈에 띌 걸세."

"이렇게 하고 있으면……."

이누치요는 근처에 떨어져 있던 말의 복대 같은 헌 천을 머리에 뒤

집어쓰고 기노시타의 보병 부대로 들어갔다. 그곳에서도 몸을 조금만 일으키면 노부나가가 앉아 있는 자리가 잘 보였다. 노부나가의 큰 목소리가 바람을 타고 들려왔다. 지금 노부나가 앞에는 사사 하야토노쇼 마사쓰구가 머리를 숙이고 있었다.

"자네가 휘하의 군사를 이끌고 나루미를 측면에서 공격해 무너뜨리겠다는 것인가?"

노부나가의 목소리였다. 마사쓰구가 대답했다.

"나루미가 무너지는 것을 보시면 주군께서는 즉시 구로스에 강을 따라 진격하셔서 적장 아사히나의 군을 돌파하고 마쓰다이라 모토야스를 치십시오. 그러면 스루가의 전위를 걱정할 필요 없이 요시모토의 본진까지 육박해 들어갈 수 있을 것입니다."

"좋다, 가라!"

노부나가가 힘주어 말하자 사사 마사쓰구가 바로 일어섰다. 그때 노부나가가 다시 말했다.

"잠깐, 하야토의 군사만으로는 부족한 듯하니 치아키, 그대도 가라."

부름을 받은 치아키 가가노카미 스에타다가 묵례를 하고 자리를 뜨자 어느새 마사쓰구의 모습도 보이지 않았다. 그런데 어느 틈엔가 도키치로의 부대에 숨어 있던 이누치요의 모습도 보이지 않았다.

"잠시, 잠시만! 사사 님, 치아키 님 잠시 기다리십시오!"

방금 노부나가 앞에서 물러나 나루미를 기습하기 위해 선조사 봉우리 아래에서 질풍처럼 샛길로 접어든 사사 마사쓰구와 치아키 가가노카미, 이와무로 시게요시岩室重休 등 삼백여 명의 결사대를 뒤쫓아가는 사람이 있었다.

"멈춰라!"

하야토노쇼 마사쓰구가 말 위에서 뒤를 돌아보며 외쳤다.

"누구냐?"

치아키와 이와무로도 의아해하며 물었다.

"대체 누구더냐?"

그들은 이미 벼랑 끝에서 앞으로 한 발을 내딛은 군사들이었다. 아무리 각오를 했다고 해도 마음은 평정을 유지할 수가 없었다. 서로 똑같이 물으며 동요하고 당혹해하고 있었다.

"미안하오. 잠시만."

쫓아오던 사람은 병사들 속을 헤치며 앞으로 달려왔다.

"아니!"

모든 사람들의 눈이 젊은 무사의 등에 꽂힌 매화꽃 문양 깃발에 닿았다.

"아니, 이누치요가 아닌가?"

사사 하야토노쇼의 말에 이누치요가 말 앞에서 창과 함께 땅바닥에 엎드린 채 외쳤다.

"이누치요입니다. 함께 가게 해주십시오!"

하야토는 이누치요가 그곳에 있는 것을 이상하게 생각하지 않았다. 평소에 동생인 나리마사에게 넌지시 소문을 듣고 있었던 것이다.

'하나 주군의 노여움을 산 자를……'

하야토는 이와무로와 치아키가 곁에 있다 보니 곧바로 대답하지 못했다. 그때 이와무로가 감탄한 듯 외쳤다.

"과연, 이누치요군! 오늘 같은 날 무엇이 문제가 되겠는가."

치아키도 고개를 크게 끄덕이며 주저 없이 말했다.

"동감이오. 저승길 벗은 한 사람이라도 많으면 즐거운 법. 이누치요 님의 진심, 하늘도 보고 계실 것이오. 사사 님, 그의 청을 들어주시지요."

"고맙소이다."

하야토는 자신도 모르게 이누치요를 대신해 그렇게 말하고는 말 위에서 떨리는 목소리로 말했다.

"알겠네. 용서하겠네. 어디 마음껏 싸우도록 하게."

"고맙습니다."

이누치요가 일어서자 삼백 명의 군사가 다시 비장한 모습으로 앞으로 내달렸다.

이윽고 나루미 성의 뒷문 쪽에서 돌격해 들어가는 함성이 일었다. 오로지 전진뿐이었다. 노도와 같은 함성 속에는 마에다 이누치요의 목소리도 뒤섞여 있었다. 하지만 얼마 뒤, 삼백 결사대가 내달렸던 샛길 쪽으로 불과 사오십 명의 병사와 단 한 명의 기마만이 피투성이가 되어 돌아오더니 선조사 쪽으로 도망쳤다.

노부나가의 진영에 '전군 전멸'이라는 보고가 전해졌다. 방금 전에 노부나가 앞에서 물러나 아직 그 모습이 눈동자에서 지워지지 않은 사사 하야토노쇼 마사쓰구와 이와무로 시게요시, 치아키 가가노카미 등의 장수가 모두 전사했다는 거짓말 같은 소식이 전해진 것이었다. 사사와 치아키 등이 이끄는 기습 부대가 나루미 성의 뒷문을 공격해서 한쪽을 뚫었다는 신호를 보내면 노부나가가 즉시 정면에서 공격해 단숨에 나루미를 함락시켜 적의 측면을 무너뜨리고 아군의 교두보를 확보하려는 작전이었다. 노부나가는 작전대로 전군을 이끌고 선조사의 산을 내려와 때를 기다리고 있던 참이었다.

하지만 부상을 입고 퇴각한 병사로부터 아군이 전멸하고 사사와 치아키, 이와무로도 차례로 전사했다는 보고를 듣고 자신도 모르게 뇌까렸다.

"그리 빨리."

죽음은 그토록 쉬웠고 너무 빨리 찾아왔다. 참인지 거짓인지 물을 틈도 없었다. 이미 각오한 일이지만 너무나 순식간에 벌어진 일이라 노부나가마저 가슴이 뛰었다.

"흐음, 그렇군!"

노부나가는 등자를 밟고 일어서서 외쳤다.

"제군들!"

먹으로 그린 것처럼 짙고 강한 눈썹과는 달리 그의 얼굴은 창백하리만큼 핏기가 없었다.

"조금 전에는 사쿠마 다이가쿠와 이오 오우미가, 지금은 또 이와무로와 치아키 등이 이 노부나가에 앞서 저승길로 떠났다. 하여 저 교활한 적들을 내가 모두 짓밟아 먼저 떠난 혼백들에 바칠 것이다. 내 뒤를 따르라!"

노부나가는 사방을 둘러보며 큰 소리로 외쳤다. 그러고는 말 머리를 적진으로 향했다.

"저런!"

"주군!"

"너무 서두르지 마십시오."

이케다 가쓰사부로, 시바타 곤로쿠, 모리 사도와 다른 부장들이 노부나가의 앞을 가로막았다.

"이 앞길은 논두렁의 진흙 길과 좁은 덤불길이 이어지니 무턱대고 나아가면 자칫 헛되이 목숨을 잃을 수도 있습니다. 이제 오다 가문에는 주군 외에 아무도 없으니 진정하십시오."

"일단 잠시……."

사람들이 노부나가의 말을 제지하며 강제로 말 머리를 돌리려고 했다. 그때 생각지도 못한 방향에서 낮게 나는 새처럼 기마 무사 한 사람이 다가오고 있었다.

"누구?"

노부나가가 가장 먼저 그를 발견했다.

"……."

전군의 눈동자 속으로 기마 무사의 모습이 점차 가까워지고 있었다. 부장들 속에서 재빠르게 달려 나온 야나다 야지에몬梁田彌二衛門이 눈썹에 손을 대고 기쁜 듯 소리쳤다.

"누군지 알겠습니다. 제가 도카이도 방면으로 보냈던 자입니다."

그는 자신의 주인인 야나다의 이름을 부르며 찾아다니고 있었다. 그러다 야나다가 노부나가 옆에서 자신을 부르자 깜짝 놀라며 땅에 손을 대고 머리를 숙였다.

"무슨 소식이라도 가지고 왔느냐?"

노부나가는 야나다에게 말고삐를 맡기고 그에게 다가갔다.

"있습니다! 이마가와 군의 주력인 요시모토의 본진이 방금 전 급작스레 하자마狹間 방면으로 움직이기 시작했습니다."

"뭐라?"

노부나가가 눈을 빛내며 물었다.

"그럼 요시모토가 오다카로 향하지 않고 오케하자마桶狹間로 방향을 바꿨단 말이냐?"

노부나가가 그렇게 말하는 동안, 다른 사람들은 말을 탄 척후병들이 달려오자 심상치 않은 눈빛으로 숨을 죽이고 그들을 기다렸다. 도착한 척후병들이 앞선 보고에 이어 즉시 노부나가에게 똑같은 소식을 전했다.

"방금 오케하자마 쪽으로 방향을 바꾼 이마가와 본군이 남쪽인 덴가쿠하자마田樂狹間의 저지대보다 다소 높은 장소로 건너가서 적장 요시모토를 중심으로 진을 치고 휴식을 취하고 있습니다.”

그 순간 노부나가는 칼날처럼 날카로운 눈빛을 빛내며 생각에 잠겼다. 오직 죽음을, 떳떳하게 싸우다 죽기만을 바라며 이른 새벽의 어둠을 뚫고 해가 중천에 뜰 때까지 전진해왔다. 그런 그는 문득 구름 사이로 한 줄기 빛을 본 것처럼 승리를 예감했다.

“어쩌면!”

솔직히 그때까지 그는 이길 수 있다는 확신이 없었다. 단지 무문의 명예를 위해 떳떳하게 싸우려고 했을 뿐이었다. 하지만 지금 처음으로 ‘어쩌면 이길 수도 있을지 모른다’는 생각이 그의 뇌리를 스치고 지나갔던 것이다. 평소 인간의 뇌리에는 순간순간이 각인되는 것처럼 거품과도 같은 상념의 단편이 끊임없이 명멸하고 있다. 인간은 죽는 순간까지 단편적인 상념 속에서 말을 하고 몸을 움직이고 있는 것이다. 올바른 상념, 자신의 몸을 망치는 상념, 다양한 사고의 번뜩임은 취사선택을 통해 하루의 생활을 구성해가고 일생을 엮어내는 것이다. 평소의 취사取捨는 숙고할 시간이 있지만 일생의 대운大運은 갑자기 찾아왔다. 왼쪽인가 오른쪽인가 하는 대부분의 선택은 급박한 순간에 찾아오기 마련이었다.

지금 노부나가는 바로 그 기로에 서 있었다. 그리고 무의식적으로 운명적 선택을 내렸다. 인간의 소질이나 평소의 마음가짐이 지금과 같은 순간에 신속하게 직감을 도와 잘못된 방향으로 선택하지 않도록 인도하는 것은 부정할 수 없는 사실이었다.

“…….”

굳게 닫힌 채 좀처럼 열리지 않던 그의 입이 무슨 말인가를 하려던 순간, 야나다 야지에몬이 곁에서 소리쳤다.

“주군, 지금입니다! 요시모토는 와시즈와 마루네를 함락시키더니 오다의 실력을 대수롭지 않게 여기고 있는 듯합니다. 병사들은 상락군의 상행에 이미 마음이 교만해져 자만에 빠져 있을 것입니다. 지금이 천기! 그들의 허를 찔러 요시모토 진영을 공격해 들어가면 반드시 아군이 승리할 것입니다."

"바로 그것이다."

노부나가는 안장을 치며 외쳤다.

"야지에몬, 잘 말했다. 내 생각도 그렇다. 지금이야말로 요시모토를 칠 절호의 기회다. 덴가쿠하자마는 이 길의 동쪽일 터."

오히려 척후의 보고를 근심스런 마음으로 당혹해하며 듣고 있던 시바타 곤로쿠와 모리 사도 같은 중신들이 노부나가의 직감과 무모한 행동을 만류했지만 노부나가는 듣지 않았다.

"그대들은 이 마지막 순간에 무엇을 주저하는가. 잔말 말고 나를 따르라. 내가 불속에 뛰어들면 불속으로, 물속에 뛰어들면 물속으로. 그럴 마음이 없다면 그저 진흙 논두렁에서 구경이나 하라."

노부나가는 그들을 비웃듯 차갑게 말하고는 조용히 말 머리를 앞세우고 병사들 앞으로 나아갔다.

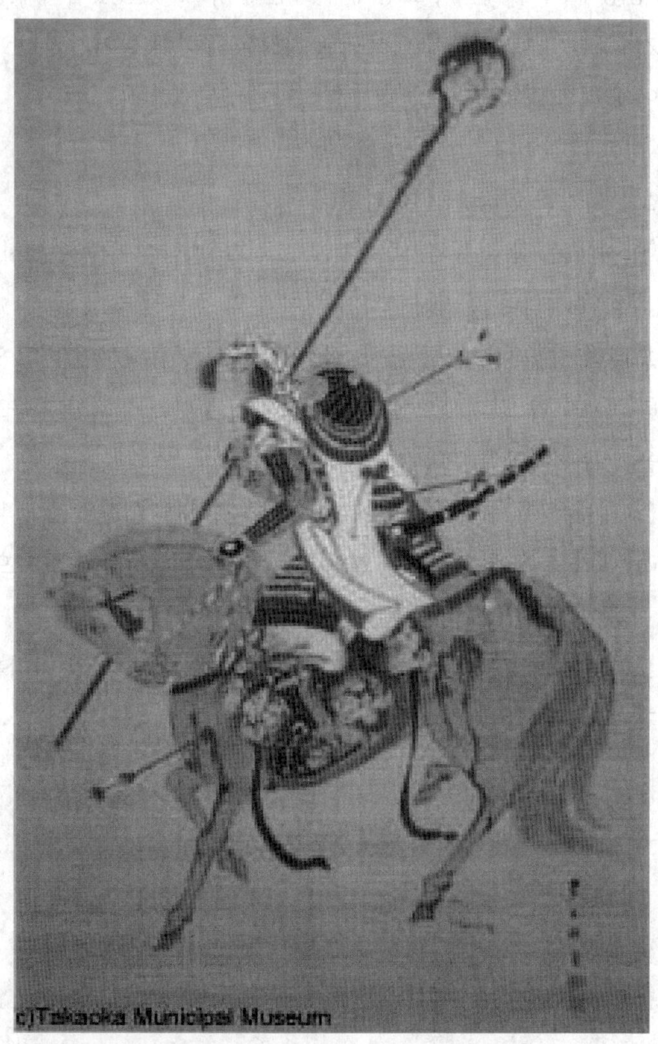

● 마에다 도시이에 前田利家·1538-1599

오다 노부나가의 시동 출신으로 노부나가 휘하의 아카호로슈(赤母衣衆) 부대의 필두로
활약했다. 노부나가의 사후엔 시바타 가쓰이에(柴田 勝家)의 휘하에 들어갔다.

● 1542년 제1차 갓산토다성 전투

주고쿠 이즈모국의 갓산토다성에서 벌어진 오우치 가문과(大内氏) 아마고 가문(尼子氏) 사이의 전투이다. 요시다고리 산성 전투(吉田郡山城の戦い) 이후, 위축된 아마고 가문에 대한 오우치 가문의 대대적 공세로 전쟁이 시작됐지만, 가문의 내부 분열로 인하여 결국 아마고의 승리로 막을 내렸다.

덴가쿠하자마田樂狹間의 서막

정오 무렵 정적으로 뒤덮인 산중에는 새소리조차 들리지 않았다. 바람 한 점 없이 타는 듯한 뙤약볕이 내리쬐는 무더운 날이었다. 관목의 나뭇잎들은 흡사 정사를 나누고 난 뒤처럼 모두 축 늘어져 있거나 마른 연초처럼 바싹 메말라 있었다.

"거기다. 그 근처."

한 무사가 일개 소대의 잡병을 이끌고 풀들이 가득 깔려 있는 산 위로 뛰어 올라왔다.

"장막을 이리 쳐라."

"잡목을 잘라라."

이마가와 군의 선봉인 듯했다. 그들은 짊어지고 온 장막을 내던졌다. 한쪽에서는 큰 낫으로 풀을 베어내고 긴 창대를 휘두르며 방해가 되는 관목들을 제거했다. 그 곁에 있던 병사는 장막을 펼쳐서 부근의 소나무와 축 늘어진 나무 기둥에 둘러쳤고 그런 지지대가 없는 곳에는 말뚝을 박아 눈 깜짝할 사이에 장막 울타리 하나를 완성했다.

"아아, 덥다."

"이렇게 더운 날도 드물군."

그들은 잠시 쉬며 땀을 닦았다.

"이 땀 좀 보게. 갑주의 가죽과 금구도 달아올라 흡사 불을 만지는 것 같네."

"잠깐 갑주를 벗고 바람이라도 쐬면 기분이 아주 좋을 테지만, 곧 본진이 움직일 테니 시간도 없고."

"좌우지간 잠시 쉬도록 하세."

산 위의 풀밭에는 나무가 별로 없다 보니 잡병들은 커다란 녹나무 그늘에 모두 모여 앉았다. 그늘에서 쉬고 있으니 조금이나마 시원했다. 게다가 이곳 덴가쿠하자마라고 부르는 산은 주변의 산들보다 낮고 분지 속에 있는 언덕 같은 지형이라 이따금씩 전방의 저지대를 사이에 둔 정면의 다이시가타케太子ヶ嶽 부근에서 시원한 바람이 불어오면 나무 이파리들이 하얀 속살을 드러내며 우수수 떨어졌다.

"응?"

잡병 한 명이 눈을 치켜뜨며 말하자 짚신을 신은 발뒤꿈치에 고약을 붙인 잡병이 물었다.

"왜?"

"저것 봐."

"뭘?"

"이상한 구름이 생겼네."

"구름? 음, 그렇군."

"저녁에 비가 오려나."

"비가 오면 좋겠지만 우리처럼 길을 내거나 짐을 나르는 자들한테 비는 적보다 더 안 좋네. 그냥 지나가는 비면 좋을 텐데."

방금 세운 장막 울타리가 연신 바람에 날리고 있었다. 그 주변을 돌아보고 있던 우두머리가 부하들을 재촉하며 말했다.

"자, 그만 일어나라. 오늘 밤은 오다카 성에서 머물 것이다. 적들에 게는 구쓰카게에서 오다카로 곧장 전진하는 것처럼 위장한 뒤 일부러 길을 바꿔 오케하자마에서 이 샛길로 우회해 밤중에 도착할 예정이다. 우리는 길가의 작은 다리나 벼랑과 골짜기의 상황을 확인하면서 먼저 나아가야 한다. 자, 출발이다."

그들이 사라지자 산은 본래의 정적을 되찾아 어딘가에서 귀뚜라미 우는 소리가 들렸다.

얼마 뒤 분지의 산그늘 저편에서 군마의 기척이 들렸다. 나팔도 불 지 않고 북소리도 울리지 않은 채 산골짜기를 따라오는 오천여 병마의 행렬은 비록 그들이 아무리 신중에 신중을 기한다고 해도 하늘과 땅 사이에 날리는 먼지와 말발굽 소리는 숨길 수가 없었다. 돌을 차고 나 무뿌리를 밟는 말발굽 소리가 귓전에 들리는가 싶더니 풀밭으로 뒤덮 인 덴가쿠하자마의 산과 저지대는 어느새 이마가와 요시모토 본군의 병사와 말, 그리고 깃발과 장막으로 가득 찼다.

요시모토는 남들보다 땀을 많이 흘리는 편이었다. 평소에 땀을 흘리 지 않는 생활에만 익숙해 있었기 때문에 그의 몸은 군살과 지방이 많 았고 마흔이 넘고부터는 눈에 띄게 살이 붙었다. 그러다 보니 이번 여 정은 그에게 적잖은 고충이었다. 살이 찐 것에 비해 키가 작고 몸통이 긴 그는 예복의 일종인 붉은 비단으로 지은 히타타레直垂와 큰 갑옷에 하얀 갑주를 차고 있었고 머리에 쓴 투구에는 여덟 마리의 용이 새겨 진 다섯 겹의 가리개가 달려 있었다.

이마가와 가문의 가보인 마쓰구라고松倉鄕라고 하는 칼과 사모지左文 字71가 만든 허리에 차는 단검, 손목 토시와 정강이 보호대, 신발 등을

---

71 남북조南北朝에서 무로마치 시대에 걸친 지쿠젠筑前의 도공으로, 일본의 명검 마사무네正宗를 만든 십철十哲 중 한 명이다.

포함하면 모두 열 개가 넘는 무구로 무장하고 있어서 바람이 들어갈 틈도 없을 정도였다. 염천 아래 말을 타고 왔기 때문에 갑옷의 가죽과 미늘도 후끈 달아올라 있었다. 덴가쿠하자마의 풀밭 산까지 땀을 뻘뻘 흘리며 온 요시모토가 말에서 내렸다.

"이곳은 어디인가?"

요시모토가 장막 안으로 들어가 그의 뒤를 졸졸 따라다니는 근신이나 장수, 참모, 부장들에게 물었다.

"오케하자마에서 반 리, 아리마쓰有松와 오치아이落合 촌 사이에 있는 덴가쿠하자마라고 하는 곳입니다."

무사 대장인 오치아이 나가토落合長門가 대답했다. 요시모토는 고개를 끄덕이며 근신인 사와다 나가토노카미澤田長門守에게 투구를 맡기고 시종 중 우두머리인 시마다 사교島田左京에게 갑주를 풀게 한 뒤 땀에 흠뻑 젖은 속옷을 갈아입었다.

"시원하군."

요시모토는 다시 갑주의 끈을 매고 준비된 자리로 이동했다. 산 위 풀밭에는 표범 가죽이 깔려 있었고 진중의 세간이 호화롭고 사치스럽게 꾸며져 있었다.

"저 소리는?"

요시모토는 시종이 끓여 온 차를 한 모금 마시다가 대포를 쏘는 듯한 굉음에 눈을 크게 떴다. 가신들도 귀를 쫑긋 세웠다. 그중 한 명인 사이토 카몬노스케齊藤掃部助가 장막 자락을 들어 올리고 밖을 둘러보았다. 어느 틈엔가 하늘 한가운데로 흘러온 구름 봉우리가 내리쬐던 태양을 가리더니 말로는 형용할 수 없을 만큼 빛의 소용돌이를 내뿜었다. 그로 인해 사람들은 눈을 제대로 뜰 수조차 없었다.

"먼 곳에서 치는 우렛소리입니다."

카몬노스케의 말에 요시모토가 쓴웃음을 지으며 되뇌었다.

"천둥이군."

그는 연신 왼손으로 허리를 톡톡 두드렸다. 곁에서 그것을 본 가신들은 걱정하면서도 일부러 그 연유를 묻지 않았다. 아침에 요시모토가 구쓰카게 성을 출발할 때 말에서 떨어졌는데, 그때 다친 부위라고 생각했지만 상태를 물으면 주군인 요시모토에게 부끄러움을 상기시키는 일이 되기 때문이었다.

이내 술렁거리는 소리가 들렸다. 갑자기 산기슭에서 장막 밖까지 요란스러운 인마의 기척이 느껴졌다. 요시모토가 즉시 부장에게 무슨 일인지 물었다. 부장은 두세 명에게 살펴보고 오라는 명령을 내리기도 전에 즉시 장막 밖으로 달려 나갔다. 이번에는 천둥소리가 아니었다. 소연한 말발굽 소리와 병사들의 발소리가 들렸다. 그것은 이백 명 정도의 기마부대였다. 조금 전 나루미 부근에서 무찌른 적의 수급을 들고 와 본진에 있는 요시모토에게 보이며 아군의 승리를 축하하려고 달려온 병사들이었다.

"뭐라, 나루미를 공격해온 적의 수급이 도착했다고? 어디 웃음기가 사라진 오다 무사들의 죽은 얼굴을 이리 늘어놓아라. 내 한번 봐야겠구나."

요시모토는 기분이 좋은 듯 자세를 바로 하고 부채로 얼굴을 가리며 병사들이 내미는 수급을 바라보았다. 적의 수급은 칠십 급 정도였다. 그중에는 이마가와 군 사이에서 오다 군의 대장으로 알려진 사사 마사쓰구와 이와무로 나가토, 치아키 가가노카미의 수급도 있었다.

"피 냄새가 역겹군."

모두 둘러본 요시모토는 고개를 저으며 뒤쪽 장막을 올리게 했다. 그는 한낮의 하늘에 어지럽게 흩어져 있는 구름을 올려다보며 말했다.

"흐음, 산속이라 시원한 바람이 불기 시작하는군. 오시午時가 되지 않았는가?"

"오시는 벌써 지났을 것입니다."

"어쩐지 공복이 느껴지더군. 점심을 들도록 하자. 병사들에게도 점심을 들게 하라."

"옛!"

휘하의 무사들이 명령을 전하러 장막 밖으로 나갔다. 시중을 드는 시종과 음식을 준비하는 사람들이 장막 안에서 분주히 오갔다. 마침 가까운 마을의 사당이나 절간에서 축하주와 특산물을 들고 와서 바치고 돌아갔다. 요시모토가 멀리서 그 사람들을 바라보며 말했다.

"상락에서 돌아가는 길에 선물이라도 내려야겠군."

요시모토는 그렇게 선정을 다짐했다.

"마침 잘됐군. 술통을 열어라."

토민들의 대표가 돌아간 뒤 요시모토는 명령을 내리고 다시 표범 가죽 위에서 편히 쉬었다. 장막 밖의 장수들도 번갈아 그의 앞에 와서 와시즈와 마루네의 승리에 이어 나루미 방면의 전황이 시시각각 유리하게 전개되고 있는 것을 축하했다.

"이 정도로는 아직 부족하다고 생각하지 않나."

요시모토는 장난스러운 얼굴로 말하고는 근신과 시종 들에게까지 모두 잔을 건네며 흐뭇해했다.

"주군의 이와 같은 위세는 기뻐해야 할 일이지만 말씀대로 앞길에 대적할 적이 없는 터라 평소에 갈고닦은 실력을 발휘할 기회가 없어 다소 허무하기도 합니다."

"아무리 오다가 나약하다고는 하나 내일 밤 기요스 성에 다다르면 다소나마 실력을 발휘할 수 있을 것이니, 모두들 어디 마음껏 공을 세워보게."

"이삼 일 뒤에는 기요스 성안에 진영을 치고 달을 보고 춤도 출 수 있을 것입니다."

어느 틈엔가 하늘이 흐려지고 있었다. 술자리에 도취해 있어 아무도 깨닫지 못했지만 오시 무렵부터 하늘이 어두워지더니 날씨가 변하고 있었다. 빗방울을 품은 일진광풍一陣狂風이 장막 자락을 높이 말아 올리고 천둥소리가 간간히 귓가에 울렸다. 하지만 장막 안의 요시모토와 장수들은 내일 밤 기요스 성에 누가 가장 먼저 들어갈 것인지 내기를 하거나 노부나가를 비웃으며 잡담에 여념이 없었다.

요시모토 진영에서 노부나가를 비웃고 있을 시각, 노부나가는 고사카小坂와 아이하라相原 촌 중간에서 길도 없는 다이시가타케를 넘어 요시모토 본진에서 얼마 떨어지지 않은 지점까지 와 있었다. 다이시가타케는 떡갈나무, 상수리나무, 느티나무, 전나무, 옻나무 등으로 뒤덮인 그다지 험준하지 않은 잡목 산이었다. 본래 나무꾼만 지나다닐 수 있을 정도의 좁은 길을 오천 군사가 분주히 내달리자 나무와 수풀이 잘려나갔고 비탈에서 돌이 굴러떨어져 계곡 아래에선 포말이 일었다.

"낙마하면 말도 버려라. 나뭇가지에 걸려 깃발을 잃어버리면 그 역시 개의치 말고 서둘러라. 중요한 것은 이마가와 본진의 중앙을 치고 들어가 적장 이마가와의 목을 따는 것이다. 몸이 가벼울수록 좋다. 적진에 쳐들어가서 적을 베도 수급을 따는 데 시간을 허비하지 마라. 오로지 눈앞의 적에 집중하라. 다른 사람에게 공을 보이려 하지 마라. 진정한 오다 무사의 기백을 내게 보여라."

노부나가의 외침은 폭풍우의 전조처럼 울렸다. 오후의 하늘은 일변해서 먹물을 뿌려놓은 듯 어두웠다. 먹장구름 사이 계곡과 못과 나무

뿌리에서 바람이 일어 흡사 바다 한가운데를 달려가는 듯했다.

"덴가쿠하자마가 지척이다. 이 못을 건너면 보이는 산그늘의 건너편 산등성이다. 모두 죽을 준비는 다 되었는가. 뒤처져서 후손들에게 부끄러움을 남기지 마라."

노부나가의 목소리가 들리는 곳의 군사를 주력으로 이천 명의 병사는 대오를 이루지 않고 산개해서 질주하고 있었다. 하지만 그들의 마음과 귀는 오로지 노부나가의 목소리가 들리는 곳에 집중했다. 노부나가의 목도 이제는 쉬어버려 무슨 말을 외치는지 알아들을 수도 없었지만 병사들에게는 더 이상 그 뜻이 중요하지 않았다. 그들에게는 오직 노부나가가 있다는 사실만으로도 충분했다.

그러는 사이에 창끝에서 빛나는 섬광처럼 가느다란 빗줄기가 휘몰아쳤다. 뺨과 코가 아플 정도였다. 나뭇잎을 말아 올린 질풍이 함께 몰아쳐서 얼굴을 때리는 것이 무엇인지조차 알 수 없었다. 돌연, 산을 찢을 듯한 천둥소리가 들리더니 소나기가 쏟아져 천지가 새하얗게 변했다. 비가 지나가자 못의 바닥과 비탈에서 물줄기가 쏟아졌고 병사들의 발목은 탁류에 잠겼다.

"앗, 저것이다!"

도키치로가 비를 맞아 눈썹에 빗방울이 가득 맺힌 부하들을 돌아보며 외쳤다. 이마가와 군의 진영이었다. 비가 내린 뒤 빗물을 품고 있는 적의 막사 수십 개가 보였던 것이다. 눈 아래 못 저편에는 덴가쿠하자마 구릉이 있었다.

병사들 대부분은 몸이 가벼워야 한다는 노부나가의 말에 따라 투구와 깃발을 내던지고 오직 창 한 자루만을 들고 있었다. 나무 사이를 헤치며 풀밭 벼랑을 미끄러져 내려오면서 일거에 적의 막사로 돌진해 들어가는 병사들의 그림자 위로 이따금 번개가 번쩍이더니 희뿌연 비가 흩날리고 어두운 바람이 휘몰아쳤다.

"공격하라!"

도키치로는 그렇게 외치고는 벼랑을 달려 내려가 건너편 산으로 올라갔다. 그의 부하들은 넘어지거나 미끄러져도 그의 곁을 떠나지 않았다. 도키치로의 소대는 자진해서 혈전 속으로 뛰어들었다기보다 우물쭈물하는 동안 어느새 전쟁의 한복판으로 휩쓸려 들어가고 말았다.

혈전

　천둥이 치자 요시모토의 유막에서는 오히려 상쾌하다며 즐거워하고 있었다. 거센 바람이 불어와도 장막의 네 귀퉁이에 무거운 돌을 얹어놓아 끄떡없고 더위가 가셨다며 여전히 술잔을 돌리고 술을 마셨다. 하지만 진중인 데다 저녁에 오다카까지 전진할 예정이라 모두 자중하며 주량을 넘을 만큼 술을 마시지는 않았다. 그러는 사이 취사병이 와서 밥을 다 지었다고 말하자 부장들이 요시모토에게 저녁상을 올리라고 명을 내렸다. 술잔을 치우고 취사병이 갓 지은 밥과 큰 솥을 들여왔을 때에는 빗방울이 후드득 소리를 내며 떨어지고 있었다.

　"이거 비가 심상치 않군."

　그들은 그제야 하늘이 심상치 않음을 깨닫고 자리를 옮기기 시작했다. 장막 안에는 둘레가 세 아름 정도 되는 커다란 녹나무가 있었다. 요시모토는 비를 피해 녹나무 아래로 들어갔다. 부장들이 황급히 요시모토의 방석과 밥상을 그곳으로 옮겼는데 거대한 녹나무의 밑동이 거센 바람에 흔들렸다. 그러자 나뭇잎들이 먼지처럼 휘날리며 사람들의 머리 위로 떨어졌고, 음식을 만드는 곳에서 나는 연기가 땅에 낮게 깔려 밀려오더니 요시모토와 부장들의 눈과 코를 휘감았다.

"잠시만 참으십시오. 지금 비를 피할 장막을 치고 있습니다."

부장 중 한 명이 큰 소리로 잡병들을 불렀지만 대답하는 병사가 아무도 없었다. 희뿌연 빗줄기를 맞으며 아우성치는 나무들의 신음 소리에 그들의 목소리는 파묻혔고 저쪽의 목소리도 들리지 않았다. 그런데 연신 연기를 풍기며 음식을 준비하던 장막 뒤편에서 장작을 패는 듯한 소리가 크게 울렸다.

"아무도 없느냐!"

부장 중 한 명이 비를 뚫고 장막 밖으로 달려 나간 듯싶었는데 갑자기 이상한 소리가 일대에서 울렸다. 비명 소리와 무언가가 맞부딪히는 소리가 들려왔다. 폭풍우는 세상뿐 아니라 요시모토의 머릿속까지 혼란하게 만들고 있었다.

'무슨 일이 생긴 듯하다!'

요시모토는 여전히 사태를 파악하지 못했다. 그 순간 부장들이 당황해서 한마디씩 했다.

"누군가 배신한 것이 아닐까?"

"또 잡병들이 싸움을 하는 건 아닐까?"

근처에 있던 부장들은 무의식적으로 창과 칼을 들고 요시모토를 에워싸며 경계 태세를 취했다.

"무엇이냐? 무슨 일이냐?"

하지만 때는 이미 늦었다. 밀물처럼 요시모토 진영으로 밀려 들어온 오다 군은 어느새 요시모토가 있는 장막 밖과 녹나무 후방, 그리고 앞쪽의 넓은 빈터를 내달리며 기세를 올리고 있었다.

"오다 군이다!"

허둥대는 요시모토 군의 머리 위로 창과 불붙은 장작이 날아왔다. 요시모토는 녹나무를 등에 지고 아무 말도 하지 못한 채 망연자실했다. 검게 빛나는 이로 입술을 잘근잘근 깨물며 아직도 눈앞의 현실을 믿지 못하겠다는 듯 멍하니 서 있었다.

요시모토의 주위에는 막장幕將 이하라 쇼겐과 그의 조카인 도묘 쇼지로同苗庄次郎, 무사 대장 오치아이 나가토가 있었다. 근신 부장인 사와다 나가토노카미, 사이토 카몬노스케, 세키구치 에추노카미關口越中守 등도 있었다. 그 외에 무레 몬도牟礼主水, 가토 진고베몬加藤甚五兵衛, 시노미야 우에몬노스케四宮右衛門佐, 도미나가 호키노카미富永伯耆守와 같은 쟁쟁한 부장들도 경직된 얼굴로 서 있었다.

"모반!"

"모반인가?"

그들은 그렇게 되풀이해서 소리쳤다. 그들의 물음에 답을 하듯 진영 여기저기서 적이라는 소리가 들렸지만 그들은 설마 하며 여전히 자신의 귀를 의심하고 있었다. 하지만 그것도 그리 오래 걸리지 않았다. 오다의 무사들이 휘젓고 다니는 모습이 똑똑히 보이고 근처에서 누군가가 낯선 오와리 사투리로 스루가 대장이라고 외치며 자신들이 있는 쪽을 향해 창을 들고 달려왔기 때문이다.

"오다 군이다!"

"오다 군의 기습이다!"

그들은 그제야 사태를 파악했다. 노부나가를 무시하며 백주대낮에 술을 마시고, 거센 바람 탓에 진중에서 적을 발견할 때까지 적이 다가오는 발소리조차 알아차리지 못했던 것이다. 그러다 보니 야습을 당했을 때보다 더 놀라고 당황할 수밖에 없었다. 사실 본영의 장수들은 아군의 전위 때문에 완전히 안심하고 있었다. 본진을 지원하는 마쓰이 무네노부松井宗信와 이이 나오모리井伊直盛 두 부장이 이끄는 천오백의 군사가 이곳 언덕에서 불과 십 정 정도 앞에 주둔해서 본영을 호위하며 엄중하게 경계를 하고 있었던 것이다. 게다가 호위 부대로부터 적이 온다는 보고가 없었던 탓에 요시모토 이하 본영의 무장들은 갑자기 적이 눈앞에 나타나자 내란 혹은 모반이라고 생각했던 것이다.

하지만 노부나가는 애초부터 전위부대가 있을 만한 곳을 피했다. 다이시가타케를 종횡으로 돌파해 불시에 함성을 외치며 덴가쿠하자마에 나타났을 때 노부나가는 직접 창을 휘두르며 요시모토 군과 싸우고 있었다. 노부나가의 창에 찔린 적병은 자신을 찌른 사람이 노부나가라고는 생각하지 못했을 것이다. 그렇게 노부나가는 적 두세 명을 쓰러뜨리고 본진의 장막 근처로 달려갔다.

"녹나무 근처다!"

노부나가는 아군의 날랜 무사가 자신을 앞질러 곧장 달려가는 모습을 보고 외쳤다.

"스루가 대장을 놓치지 마라! 요시모토의 의자는 저쪽 큰 녹나무를 둘러싼 장막 안에 있을 것이다!"

노부나가는 지형을 감안해서 그렇게 직감하고 외쳤다. 대장의 의자를 놓는 장소는 그 산세를 보면 저절로 알 수 있었고 그 장소는 반드시 산 하나에 한 곳밖에 없기 때문이었다.

"앗, 주군!"

난전 속에서 누군가가 노부나가 앞으로 나와 피가 묻은 창을 옆에 내려놓고 무릎을 꿇었다.

"이누치요입니다."

"오, 이누치요구나. 어서 일어나 싸워라. 어서!"

밤처럼 어두운 비가 내렸고 바람이 땅을 휩쓸고 지나갔다. 녹나무 가지와 소나무 잔가지가 부러져서 땅으로 떨어졌다. 요시모토의 투구 위로 나뭇가지들에 맺혀 있던 빗물이 후드득 떨어졌다.

“주군, 저쪽 안으로! 저쪽 그늘로, 어서!”

부장인 야마다 신에몬山田新右衛門과 근신인 시마다 사쿄島田左京, 사와다 나가토 등의 네댓 명이 요시모토를 사방에서 에워싸고 장막으로 급히 피신시켰다. 그들이 피한 순간 이누치요가 스루가 대장이 여기 있다고 외치며 장막 안에 남아 있던 부장들을 향해 창을 휘둘렀다.

“무례한 놈!”

사이토 카몬노스케가 창으로 응수한 순간 이누치요가 외쳤다.

“노부나가 공의 가신, 마에다 이누치요다!”

이누치요가 숨을 헐떡이며 자신의 이름을 대자 카몬노스케도 자신의 이름을 외치며 공격해 들어갔다.

“어림없다!”

이누치요가 몸을 피하자 상대의 창은 허공을 찔렀다. 장창을 고쳐쥘 틈도 없었지만 이누치요는 그 틈을 놓치지 않고 그대로 카몬노스케의 머리를 후려쳤다. 쿵 하고 투구의 정수리 부분이 울린 뒤 카몬노스케가 양손을 짚고 빗속에 큰대자로 엎어졌다.

“다카이 구로우도高井藏人!”

“시노미야 우에몬노스케!”

그 순간 적의 고함 소리가 귓가에 울렸다. 이누치요가 그들을 향해 다시 창을 겨눈 순간, 적군인지 아군인지 모르는 사람이 하늘을 바라보며 고꾸라졌고 이누치요는 그 시체에 발이 걸려 비틀거렸다.

“기노시타 도키치로!”

누군가 그렇게 외치고 있었다. 씽긋 웃는 이누치요의 보조개 위로 바람과 비가 세차게 몰아쳤다. 사방 천지가 진흙투성이며 피투성이였다. 미끄러져 넘어지는가 싶더니 어느새 주위에는 적도 아군도 보이지 않았다. 시체 위로 시체가 겹쳐 널브러져 있었다. 비가 시체들 등 위로 쏴 하는 소리를 내며 쏟아졌다. 이누치요는 피에 젖어 새빨개진 신발로 피바다 속을 헤치고 나갔다. 이하라 쇼겐이라고 이름을 밝히며 달려든 자를 찔러 죽이고 다시 비바람을 헤치며 앞으로 나아갔다.

"오하구로 대장은 어디 있느냐! 스루가 대장의 수급을 가지러 왔다!"

부친인 쇼겐이 죽었다는 말을 들은 이하라 쇼지로는 오다 무사에 둘러싸여 분전하다 죽음을 맞았다. 세키구치, 도미나가 등 이마가와 군의 쟁쟁한 맹장들도 모두 부끄럽지 않은 죽음을 맞았다. 오다 쪽에서도 많은 사상자가 나왔지만 그것은 적 열 명당 한 명 정도밖에 되지 않았다.

노부나가의 말 앞에서 싸움에 합세하기를 청하던 고슈 낭인인 구와바라 진나이는 어디서 어떻게 싸우며 돌진해왔는지 허리 아래쪽 갑주와 짚신은 그대로였지만 상반신 갑옷을 잃어버린 채 피로 물든 맨몸으로 창을 휘두르며 소리쳤다.

"스루가 대장, 요시모토는 어디에 있느냐!"

그는 녹나무 뒤편을 중심으로 새된 목소리로 외치며 열 걸음, 스무 걸음씩 뛰어다니고 있었다. 그러던 중에 한 곳의 장막 끝자락이 강풍에 휙 하고 올라간 찰나, 장막 안으로 번개가 번쩍 하고 쳤다. 진나이는 얼핏 갑옷 밑에 받쳐 입은 붉은색 비단옷과 여덟 마리 용이 새겨진 투구를 보았다.

"나는 개의치 마라. 어서 나가 싸워라!"

성마른 목소리로 주위에 있는 장수와 부장 들에게 호통을 치는 사람은 분명 요시모토였다.

"당황하지 말고 적을 물리쳐라. 자진해서 목을 바치러 온 노부나가 놈을 죽여라! 나를 보호하지 말고 나가 싸워라!"

요시모토 역시 삼군의 지휘관이었다. 그는 그 누구보다 빨리 전체적인 형세를 파악하고 있었다. 섣불리 우왕좌왕하거나 자신의 곁에서 무의미하게 고함만 치고 있는 장수와 병사 들이 한심해서 화를 내고 있었던 것이다. 그의 질책을 듣고 부끄러운 생각이 든 부하들이 그의 곁을 벗어나 난전 속으로 뛰어들었다.

땅에 고인 빗물을 차며 달려가는 그들의 발소리가 멀어지자 몸을 숨기고 있던 구와바라 진나이는 대장인 요시모토를 발견한 장소를 엿보다 창끝으로 장막 자락을 들어올렸다.

"아니?"

장막 안에는 아무도 없었다. 밥이 담긴 커다란 나무 대접이 엎어져 있을 뿐이었다. 새하얀 밥알은 빗물에 퉁퉁 불어 있었고 불에 타다 만 네다섯 개의 장작에서 연기가 피어오르고 있었다. 진나이는 요시모토가 무사 두세 명만을 데리고 도망친 것을 깨닫고 다음 장막 안을 엿보았다. 대부분의 장막은 찢겨지거나 피로 물든 채 땅에 떨어져 있었다.

'그래, 말이다!'

뛰어서 도망칠 리가 없었다. 말을 메어둔 곳으로 도망친 것이 분명했다. 하지만 수많은 장막과 난전이 벌어진 진영 안에서 말을 메어둔 곳을 찾기는 쉽지 않았다. 더군다나 이런 난전에서는 말도 가만히 있을 리가 없었다. 비가 내리고 피가 튀는 난전 속에서 몇십 마리의 말들이 여기저기서 내달리고 있었다.

'어디에 숨었을까?'

진나이는 창을 세운 채 코끝을 따라 떨어지는 빗방울로 바짝 메마른 목을 축였다. 그때 무사 한 명이 바로 눈앞에서 미쳐 날뛰는 푸른색 말 한 마리를 부지런히 끌고 갔다. 금박 가루로 장식한 나전 안장에 붉은 방울이 달려 있고 은색 재갈과 자백색紫白色 고삐를 단 말이 진나이의 눈을 사로잡았다. 분명 대장이 타는 말이었다. 가만히 지켜보니 무사는 말을 앞쪽에 있는 소나무 숲 그늘로 끌고 들어갔다. 그곳에도 장막들이 쓰러져 있었는데 그중에 아직 쓰러지지 않은 장막 하나가 비바람에 펄럭이고 있었다.

진나이는 한달음에 그곳으로 달려가서 장막을 들추었다. 그곳에는 요시모토가 있었다. 요시모토는 장막 안에서 몸을 숨기고 있다 가신이 말을 끌고 와 성급하게 고하는 소리를 듣고 밖으로 몸을 피하려던 참이었다.

"스루가 대장을 발견했다. 오다 가문의 식객, 구와바라 진나이가 그대의 수급을 가져가기 위해 왔다. 각오하라!"

진나이가 그렇게 외치며 요시모토의 등을 향해 창대를 휘두른 순간, 챙 하는 소리가 울렸다. 요시모토의 마쓰구라고 장검이 그것을 막은 것이었다.

"아뿔싸!"

뒤로 펄쩍 물러난 진나이의 손에는 네 척밖에 되지 않는 창대만 남아 있었다. 진나이는 잘려나간 창대를 집어 던지며 외쳤다.

"비겁하구나! 이름을 대는 적을 향해 등을 보이며 도망칠 셈이냐!"

진나이가 허리에 찬 칼을 뽑아 요시모토의 등을 향해 다시 달려든 순간이었다.

"어딜 감히!"

이마가와 쪽 히라야마 주노조平山十之丞가 등 뒤에서 달려들어 진나이를 물웅덩이로 집어 던졌다. 그 순간 옆에 있던 시마다 사교가 칼로 진나이의 옆구리 쪽을 벴다. 주노조에게 발목이 잡혀 있던 진나이는 사교의 칼을 채 피하지 못하고 두 동강이가 난 채 쓰러지고 말았다.

"주군, 어서 빨리 이곳에서 피하십시오. 적의 기세에 눌려 아군을 수습할 수 없으니 분하지만 일단 이곳을 떠나야 합니다.”

숨을 헐떡이며 고하는 시마다 사교의 얼굴은 누군지 알아볼 수 없을 만큼 새빨갛게 변해 있었다.

“자, 어서 빨리.”

온몸이 진흙투성이가 된 주노조도 벌떡 일어나 재촉했다. 그 순간 다시 고함 소리가 들렸다.

“지부노타유 요시모토, 오다 가문의 가신 핫도리 고헤이타가 여기 있다!”

검은 가죽끈에 검은색 강철 투구를 눈썹까지 눌러쓴 무사가 한 발 뒤로 물러서는 요시모토를 향해 붉은색 장창을 겨눈 채 달려들었다.

“웬 놈이냐!”

시마다 사교가 몸으로 막아서며 칼을 내리치는 순간 고헤이타도 창을 내리쳤다. 결국 시마다 사교는 나가떨어지고 말았다. 뒤를 이어 히라야마 주노조가 앞을 막아섰지만 그 역시 고헤이타의 무시무시한 창끝에 찔려 피를 흘리며 사교의 시체 위로 쓰러지고 말았다.

“멈춰라, 어딜 도망치느냐!”

고헤이타의 창끝이 요시모토를 쫓아갔다. 요시모토는 커다란 소나무 밑동을 한 바퀴 돌아 고헤이타를 노리며 마쓰구라고 장검을 내리쳤다.

“으윽!”

고헤이타의 긴 창이 한발 빨리 요시모토의 갑옷 옆구리를 파고들었지만 갑주의 미늘은 단단했다. 요시모토 역시 호락호락한 상대가 아니었다.

“이놈!”

요시모토가 고함을 치며 칼을 내리치자 고헤이타의 창이 두 동강이가 났다. 고헤이타는 당황하지 않고 즉시 창을 내던지며 온몸으로 육박해 들어갔다.

"어림없다!"

요시모토는 왼쪽 무릎을 세우고 오른쪽 무릎을 꿇더니 여덟 마리 용이 새겨진 투구를 앞으로 숙이며 달려드는 고헤이타의 무릎 부분을 향해 칼을 휘둘렀다. 고헤이타의 무릎이 석류처럼 벌어지더니 새하얀 뼈가 드러났다.

"악!"

고헤이타는 엉덩방아를 찧었다. 요시모토도 앞으로 고꾸라지는 바람에 투구가 땅바닥에 부딪히고 말았다. 요시모토가 고개를 든 순간이었다.

"모리 신스케 히데다카毛利新助秀高!"

한 사내가 자신의 이름을 외치며 옆쪽에서 요시모토의 목을 향해 달려들었다. 이윽고 두 사람은 함께 굴러떨어졌다. 요시모토가 몸을 뒤틀자 조금 전 창을 맞은 곳에서 피가 솟구쳐 올랐다. 밑에 깔린 요시모토는 모리 신스케의 오른손 검지를 필사적으로 물어뜯었다.

하지만 요시모토의 목은 어느새 떨어져나갔고, 그의 앙다문 자줏빛 입술과 검게 물들인 치아 속에는 신스케의 하얀 검지가 물려 있었다.

교훈

아군이 이긴 것일까, 적군이 이긴 것일까. 지금까지 도대체 어떻게 싸웠을까.

도키치로는 숨을 내쉬며 정신을 차리려고 애썼다.

"어이, 여긴 어디인가?"

도키치로가 사방을 둘러보며 외쳤다. 대체 여기가 어디이며 어디까지 와 있는지 아는 사람은 아무도 없었다. 그의 곁에는 열여덟 명 정도의 부하가 살아남아 있었는데 모두들 꿈인지 현실인지 분간이 안 되는 표정을 짓고 있었고, 모습도 사람의 몰골이라고 할 수 없었다.

"응?"

도키치로는 귀를 기울였다. 비가 멎고 바람도 잦아들자 구름 사이로 다시 강렬한 햇볕이 내리쬐었다. 소나기가 그칠 무렵부터 덴가쿠하자마의 아비규환도 천둥소리와 함께 멀리 사라졌고, 그 뒤에는 마치 아무 일도 없었다는 듯 매미가 울고 있었다.

"정렬!"

도키치로가 명령하자 부하들이 횡대로 늘어섰다. 머릿수를 세어보니 서른 명이었던 부하는 열일곱 명으로 줄어 있었다. 그런데 그중 네 명은 도키치로도 처음 보는 얼굴이었다.

"어이, 네 번째."

"예!"

"자넨 어느 부대 소속인가?"

"도오야마 진타로遠山甚太郎 님의 휘하입니다. 덴가쿠하자마 서쪽 벼랑에서 싸우던 도중에 미끄러져 본대와 떨어졌는데 마침 적을 쫓아온 이 부대에 가세해 여기까지 오고 말았습니다."

"그렇군. 그럼 일곱 번째는?"

"예, 저도 난전 중에 제 부대와 함께 싸우고 있는 줄 알았는데 정신을 차리고 보니 기노시타 님의 부대에 있었습니다. 하지만 어느 부대에서 싸우든 봉공은 같은 거라 생각합니다."

"맞다, 맞는 말이다."

도키치로는 그렇게 말한 뒤 나머지 병사들에게는 더 이상 묻지 않았다. 분명 자신의 부하들 중에는 전사한 자도 있겠지만 몇 명은 다른 부대에 섞여 살아 있을 것이라고 생각했다. 아니, 병사들 모두 난전 중에 자신의 소속 부대에서 떨어져 나왔을 것이고, 기노시타 부대 또한 본진과 주력인 아사노 마타에몬 부대에서 떨어져 나와 미아가 되어 있었던 것이다.

"승패는 이미 정해진 듯하다."

도키치로는 중얼거리며 부하들을 이끌고 본래의 길로 되돌아갔다. 폭우가 물러간 뒤, 사방의 산에서 못으로 흘러드는 탁류는 수량이 불어 있었다. 도키치로 부대는 탁류에 잠겨 있거나 벼랑의 도중에 쌓여 있는 수많은 시체를 보면서 자신들이 살아 있다는 것을 기적처럼 느꼈다.

"아군의 승리다. 패배한 것은 적이다. 봐라, 이 주변에 죽어 있는 것은 모두 이마가와 본진의 무사들뿐이다."

도키치로는 손으로 시체를 가리키며 부하들에게 말했다. 길가에 널브러져 있는 적의 시체를 통해 궤멸당해서 패주한 적 수뇌부의 경로를 얼마간 헤아릴 수 있었던 것이다. 하지만 아직 정신이 온전히 돌아오지 않아서인지 부하들은 믿겨지지 않는 듯한 표정을 지었고 함성도 내지르지 못했다. 오히려 아군의 주력부대에서 떨어져 나와 전쟁터를 헤매고 있다 보니 불안감이 훨씬 큰 듯했다. 갑자기 전쟁터가 조용해진 것은 아군이 전멸당한 것이라고 생각했다. 그래서 자신들도 언제 적에게 포위당해 근처에 쓰러져 있는 시체와 같은 신세가 될지 모른다는 걱정이 앞섰다.

그때 덴가쿠하자마 고지에서 와하고 천지를 뒤흔드는 함성이 세 번 정도 들렸다. 그런데 군사가 대열을 이루고 전진하는 함성이 어딘지 귀에 익은 듯했다. 스루가 군의 함성과 오다 군의 함성은 저마다 특색이 있었던 것이다.

"이겼다. 아군의 승리다. 자, 가자!"

도키치로가 앞장서서 달리자 방금까지 정신을 차리지 못하고 있던 부하들이 갑자기 와하고 함성을 지르며 달리기 시작했다.

"이겼다. 우리가 이겼다!"

그들은 기백을 되찾고 뒤처지지 않으려고 도키치로의 뒤를 바짝 따라 승리의 함성이 들리는 언덕 쪽을 향해 전력으로 달려갔다.

"어이!"

그때 산 중턱에서 누군가 그들을 부르는 소리가 들렸다. 도키치로가 손 그늘을 만들어 외쳤다.

"아군인가?"

맞은편에서 다시 외쳤다.

"그쪽은 어느 부대인가? 나는 나카가와 긴에몬中川金右衛門이다."

"우리는 아사노 마타에몬 휘하의 보병인 기노시타 부대다."

도키치로가 입가에 손을 대고 큰 소리로 말하자 나카가와 긴에몬이 벼랑의 소로를 달려 내려와서 말했다.

"기노시타 부대란 말이오? 본진과 다른 아군은 모두 이 앞쪽의 마고메間米 산에 있소. 아사노 님도 그곳에 계실 것이니 어서 빨리 그곳으로 가시오."

"알았소. 그런데 승패는?"

"당연히 아군의 대승, 방금 함성을 듣지 못했소이까?"

"혹시나 했지만."

"스루가 군은 이미 궤멸당하고 적장 요시모토의 수급도 아군의 손에 있으니 더 이상 적을 추격할 필요가 없다는 명이 내려졌소. 일단 전군은 마고메 산 아래의 진지로 모이라는 명령이오."

전령인 나카가와 긴에몬은 그렇게 말하고는 이내 길을 재촉하다 다시 뒤를 돌아보며 물었다.

"이곳에서 서쪽 산간에 길을 잃은 아군이 있을 텐데 보지 못했소?"

도키치로가 없다고 고개를 젓자 긴에몬은 방향을 바꿔 길을 잃은 아군을 찾으러 달려갔다.

마고메 산은 덴가쿠하자마 앞쪽 오사와大澤 촌 안에 있는 낮고 둥근 언덕이었다. 살펴보니 그 언덕에서 작은 부락에 이르기까지 삼천여 명의 아군 병사들이 진흙과 피와 비에 젖은 채 모여 있었다. 비가 멎고 태양이 내리쬐자 모여 있는 병사들 머리 위로 하얀 수증기가 몽롱하게 피어올랐다. 마을 사람들은 맑은 물을 퍼서 진지로 나르고 고구마를 삶거나 떡을 찧고 있었다. 말들도 입에 풀과 당근을 물고 있었다.

"아사노 님의 부대는?"

도키치로는 무리 지어 있는 무사들 속을 헤집고 다니면서 물었다. 그는 피범벅이 된 사람들의 갑주가 몸에 닿자 왠지 면목이 없는 듯 미안한 마음이 들었다. 자신도 부끄럽지 않게 싸웠다고 생각했지만 이렇다 할 공을 세우지 못했기 때문이다.

도키치로는 간신히 본대로 복귀해 무사들의 거친 숨소리를 듣고서야 비로소 승리를 실감했다. 그리고 언덕 위에서 어느 곳을 둘러봐도 패배한 적군의 모습이 보이지 않자 오히려 의아하게 여겨지기까지 했다.

언덕 위에 있는 노부나가 앞에 모아놓은 적의 수급은 이천오 백에 달했다. 요시모토의 수급도 그 수급들 중 하나에 지나지 않았다. 아군의 사상자도 적지 않았는데, 전령이 사방으로 뛰어다니며 철수 명령을 내렸지만 돌아오지 않는 병사의 수는 수십 명이나 됐다. 하지만 적의 사상자 수에 비하면 아군의 희생은 몇십분의 일밖에 되지 않았다.

비록 적이지만 특히 이이 나오모리 부대의 최후는 비장하기까지 했다. 나오모리는 덴가쿠하자마에서 열 정 정도 떨어진 곳에서 요시모토 본진을 호위하고 있었는데 폭풍우 때문에 노부나가 군이 전위의 경계선을 돌파한 사실을 전혀 깨닫지 못하고 있었다. 그리고 그것을 깨달았을 때는 이미 노부나가 군이 본진을 기습해 요시모토를 죽인 뒤였다. 나오모리 군사들은 그 자책감 때문에 전력을 다해 끝까지 장렬하게 싸웠다. 나오모리가 난전 중에 자결하자 휘하의 군사들도 모두 싸우다 죽거나 자결해서 살아남은 사람이 하나도 없었다. 그 외에도 끝까지 싸우다 죽은 무사가 많았다. 싸움이 끝나고 아군의 승리를 깨달은 순간, 무사들의 마음속에는 떳떳하게 죽음을 맞은 적의 용맹함이 아군의 득의양양한 얼굴 이상으로 가슴 깊이 남아 있었다.

'적이지만 아까운 사람들이다.'

'무사답게 떳떳한 죽음을 맞이했다.'

노부나가의 군사들은 겉으로 표현하지는 않았지만 마음속으로 그들을 추모했다. 어쩌면 당장 내일 자신들에게도 똑같은 일이 일어날지 모른다고 생각했던 것이다. 그리고 새삼 훌륭한 주군을 섬기고 있는 것을 행운이라 여기며 고마워했다.

오다 카즈사노스케 노부나가織田上總介信長는 피와 진흙으로 범벅이 된 채 마고메 산 중턱에 있었다. 그곳에서 몇 걸음 떨어진 곳에서 몇 명의 병사가 괭이와 가래를 들고 큰 구덩이를 파고 있었고 구덩이 주변에는 파낸 흙이 높이 쌓여 있었다.

병사들은 적의 이천여 수급을 하나하나 확인한 뒤 그 구덩이 속으로 던졌다. 노부나가는 합창을 한 채 바라보고 있었고 주위의 장수와 병사 들도 입을 다문 채 엄숙히 서 있었다. 누구 하나 염불을 외지는 않았지만 무사가 무사를 매장하는 최고의 의식을 행하고 있었다. 구덩이로 던져진 수급은 앞으로 세상에 태어날 무사들에게 교훈을 남기고 사라졌다. 시종의 수급 하나도 소홀히 다루지 않았다.

사람들은 발아래 펼쳐진 오묘한 생사의 경계를 바라보며 인간과 무사로서의 삶에 대해 깊이 생각했다. 그러고는 갑옷의 가슴 부분에 손을 모아 합장을 했다. 흙을 다 덮자 봉긋한 봉분이 생겼다. 비가 갠 하늘 위로 어느새 아름다운 무지개가 걸렸다. 그때 일군의 척후병이 그곳으로 돌아왔다. 그들은 덴가쿠하자마 싸움에서 적을 궤멸한 뒤 즉시 오다카 방면을 정찰하기 위해 떠났던 부대였다. 오다카에는 요시모토의 선봉을 맡은 미카와의 마쓰다이라 모토야스가 있었다. 오다 쪽 요새였던 와시즈와 마루네를 함락시켰을 때부터 노부나가는 그를 가장 방심할 수 없는 적으로 간주하고 있었다.

"요시모토가 죽었다는 소식을 들은 오다카의 적들은 한때 당황한 기색이었습니다만 몇 차례 척후를 파견해서 사태를 파악하더니 마침내 조용히 미카와 쪽으로 철수 준비를 시작했습니다. 무모하게 싸움을 걸어올 의사는 없는 듯합니다. 그리고 미카와 군의 퇴각은 필시 밤을 기다렸다 이루어질 듯합니다.”

노부나가는 보고를 듣고도 나루미에 남아 있는 적장 오카베 모토노부의 동정을 확인한 뒤 철수를 명했다.

아직 해는 지지 않았다. 한때 희미해졌던 무지개가 다시 선명하게 하늘에 걸렸다. 노부나가의 말안장 옆에는 수급 하나가 기념으로 매달려 있었는데 말할 것도 없이 이마가와 지부노타유 요시모토의 수급이었다. 아쓰다 신궁 앞에 이르자 노부나가는 신에게 보고를 하기 위해 훌쩍 말에서 내려 신불 앞으로 걸어갔다. 신궁의 중문을 가득 메운 병사들도 이마를 땅에 대고 절을 했다.

멀리서 방울 소리가 울렸고 신궁의 숲은 화톳불로 빨갛게 물들어 있었다. 안개와 연기 위로 초저녁달이 떠올랐다.

“자, 기요스로 돌아가자.”

노부나가는 다시 길을 서둘렀다. 입고 있는 무구는 무거웠고 몸은 물 먹은 솜처럼 지쳐 있었지만 말을 타고 달이 떠 있는 길을 돌아가는 노부나가의 모습은 이미 목욕을 끝내고 욕의를 입은 사람처럼 가벼워 보였다.

기요스 성 아래 마을은 아쓰다 마을 이상으로 떠들썩했다. 천여 호의 집이 나란히 등을 내걸고 있었다. 네거리에는 큰 화톳불을 피웠고, 남녀노소 할 것 없이 모두 처마 아래로 나와 개선 부대를 기다리다 환호했다. 네거리는 인산인해를 이루고 있었다. 숙연히 성문 안으로 들어가는 군사들의 행렬을 보며 남편을 찾는 부인과 아들이 있다고 외치는 노인, 연인의 모습을 확인하는 젊은 처녀가 많았다. 그리고 사람들은 말 위에 앉은 노부나가의 모습을 발견하고는 일제히 환호성을 내질렀다.

"오, 국주님이다."

"노부나가 님."

그들에게 있어 노부나가야말로 아들이며 남편이며 연인 이상의 존재였다.

"이마가와 지부노타유의 수급을 보아라. 내가 오늘 선물로 가져온 것이다. 내일부터 그대들은 국경을 근심할 필요가 없다. 모두 열심히 일하라. 일을 하고 마음껏 즐기도록 하라."

노부나가는 말 위에서 백성들의 환호에 화답을 했다. 이윽고 성에 도착한 노부나가가 사이에게 말했다.

"사이, 먼저 목욕을 하고 싶구나. 따뜻한 물을 준비해다오."

노부나가는 목욕을 하는 동안 마음속으로 싸움에서 전력을 다한 삼천여 군사들에게 내릴 포상을 생각했다. 그리고 목욕을 마친 뒤 곧바로 하야시 사도와 사쿠마 슈리佐久間修理 두 사람을 불러 그 취지를 전했다.

야나다 야지에몬 마사쓰나에게 구쓰카게 성 삼천 관의 영지를 내린다는 내용을 필두로 핫도리 고헤이타와 모리 신스케 등 백이십여 명에 대한 상찬을 정한 뒤 그것을 사도와 슈리에게 기록하게 했다. 노부나가는 아무도 관심을 두지 않는 말단 시종들에게도 상을 내리겠다고 전한 뒤 마지막에는 이누치요의 복권까지 허락했다. 그 소식은 그날 밤바로 마에다 이누치요에게 전해졌다. 전군이 성안으로 들어갔지만 그는 성 밖에 머물며 노부나가의 처분을 기다리고 있었던 것이다.

도키치로에게는 아무런 상도 내려지지 않았다. 도키치로 역시 은전을 받을 생각은 하지 않았다. 하지만 그는 천 관의 지행知行 이상 가야 하는 것을 단 하루 만에 얻었다. 그것은 태어나서 처음으로 생사의 경계선을 넘나들었던 귀중한 체험과 노부나가가 직접 몸으로 가르쳐준 싸움의 형세와 시기, 사람들의 마음을 사로잡는 무장의 그릇과 도량을 본 것이었다.

'좋은 주군을 가졌다. 노부나가 님의 뒤를 잇는 사람은 바로 내가 될 것이다!'

도키치로는 그 이래로 노부나가를 주군으로 우러러볼 뿐 아니라 제자의 마음가짐으로 그의 장점을 배우면서 무학둔재無學鈍才인 자신을 수련하는 일에 한층 더 성심을 다했다.

박꽃

　세상은 급격한 속도로 변해갔다. 하지만 아무리 세상을 둘러봐도 겉으로는 그런 변혁의 움직임을 감지할 수 없었다.

　오케하자마 일전의 대승은 추석과 축제가 함께 찾아온 듯 기요스 성 아래 마을을 열흘이 넘도록 흥분의 도가니로 몰아넣었고 한바탕 난리법석이 벌어졌다. 하지만 다시 일상으로 돌아오자 대장간에서는 망치질 소리가 들렸고 마구간 뒤편에서는 말의 여물을 자르는 소리가 들려왔다. 마을 사람들이 각자 자신의 일터로 돌아가 일에 몰두하기 시작하자 염천 아래의 마을은 사람의 왕래도 드물어졌고 길가는 뿌연 먼지만 날리며 바짝 메말라 있었다.

　"기노시타 님."

　마루의 방석 위에서 낮잠을 자고 있던 도키치로가 눈을 뜨더니 고개만 들고 대답했다.

　"뉘시오?"

　"시무라村 아내입니다."

　"오, 건너편 집이구먼."

　"손으로 만든 메밀국수를 조금 가져왔습니다."

"이거 번번이, 정말 고맙소."

"소쿠리를 부엌에 놔뒀으니 나중에 깨끗한 물로 씻어서 드십시오."

"곤조, 곤조."

"없는 듯합니다."

"그럼 하녀는?"

"부엌 입구 방에서 바느질을 하다 잠든 것 같습니다."

"거참, 주인이 자니 같이 자는구먼. 그럼 소쿠리는 나중에 돌려줄 테니 바깥양반에게도 고맙다고 전해주시게."

도키치로가 안쪽 마룻바닥에 엎드린 채 친근한 목소리로 말했다. 도키치로는 성안에서와 달리 이곳 오동나무밭 근처 변두리에서 대단히 인기가 많았다. 그것도 남자들보다는 아낙들에게, 또 아낙들보다는 소녀들에게 인기가 더 많았다. 하지만 예쁘장한 딸자식이 있는 집에서는 혼자 사는 그를 경계했다. 그는 처녀들에게 부모가 앞에 있는데도 '너무 따분하니 이야기나 나누러 오지 않겠습니까?'라는 말을 아무렇지 않게 건넸다.

도키치로는 근래 엿새 동안 몸을 주체하지 못할 정도로 따분해했다. 노부나가가 먼 나라에 함께 동행할 것을 명한 상태라 떠날 준비를 하고 있었던 것이다. 또 열흘 이내에 출발할 것이니 그때까지 집에서 쉬면서 외출을 삼가고, 또 절대로 누설하지 말라고 단단히 일러두었던 것이다. 도키치로는 집에서 떠날 날을 기다리고 있었다. 집에 곤조와 하녀가 있었던 터라 준비라고 해봤자 딱히 할 것도 없었다.

'뭔가 좀 이상한데. 대체 어디를 가시려는 것일까?'

도키치로는 벌떡 일어나 또다시 생각했다. 그러다가 문득 마당 울타리에 박꽃 넝쿨을 보고는 네네를 떠올렸다. 하명이 있을 때까지 외출을 삼가라고 했지만 저녁바람이 불자 도키치로는 목물을 하고 네네의 집 앞을 지나갔다. 근래에는 왠지 네네의 집을 방문하는 것이 부끄러웠고, 또 딱히 볼일도 없이 네네의 양친을 만나러 가자니 속내가 훤히 들여다보이는 것 같아 지나가는 사람 행색을 하며 괜스레 그녀의 집 앞을 왔다 갔다 하다가 돌아왔다.

네네의 집 마당 울타리에도 박꽃이 피어 있었다. 어제저녁에는 울타리 밖에서 등잔불을 켜고 있는 네네의 모습을 잠시 엿보다 소원을 이룬 듯 돌아왔는데 그때 본 박꽃보다 하얗던 그녀의 옆얼굴이 문득 떠올랐다.

"일어나셨습니까?"

곤조가 돌아왔다.

"오늘은 유달리 더워서 땅이 갈라질 정도로 메말라 있으니 물이라도 뿌려야겠습니다."

곤조는 바로 두레박에 우물물을 퍼서 도키치로가 혼자 앉아 있는 백 평도 되지 않는 좁은 마당에 몇 차례 뿌렸다.

"그래그래. 곤조, 부엌에 이웃집에서 가져온 메밀국수가 있네."

"예, 돌아오는 도중에 건너편 신조新造 님을 뵈었는데 그렇게 말씀하셨습니다."

"자넨 어딜 갔다 왔는가?"

"마을 사람들이 장인 마을 네거리에서 사람을 붙잡았다며 소란을 떨고 있어서 구경하러 갔다 왔습니다."

"사람을 붙잡았다니, 도둑이라도 잡았단 말인가? 기요스 성 아래 마을에 도둑이 있다니 드문 일이군."

"그뿐이 아닙니다. 장인 마을의 가스가이요코초鍛横丁라는 뒷골목을 아시는지요?"

"알고 있네."

"그 공터의 모퉁이에 있는 술집과 감물 종이를 만드는 집, 그리고 두건을 만드는 집과 칠기장이 등이 살고 있는 집들이 하룻밤 사이에 모두 털렸다고 합니다."

"그것참."

"새벽녘에 모두 소란을 피우며 관청에 신고하러 갔는데 조사해보니 가스가이요코초의 집들과 장인들이 모두 이나바 산에서 도망쳐온 미노의 간자라는 사실이 밝혀졌습니다. 그래서 아침부터 근처에 있는 흙벽을 만드는 자들을 일일이 엄중하게 조사했는데 수상한 자가 두세 명 더 나타나서 포박을 하려는 순간 칼을 꺼내 들고 덤벼드는 바람에 마을 사람과 역인 대여섯이 다치고 말았지만 간신히 사로잡았습니다."

"미노의 첩자가 그곳에서 한데 모여 살고 있었다는 것인가?"

"적국의 사람이 성 아래에 한데 모여 살며 미노와 내통하고 있었다면 눈치채지 못하는 것도 당연할 것입니다."

"하하하, 피장파장이다. 곤조, 하녀에게 말해서 목욕물을 데우라고 하게."

"또 어딜 나가시려고요?"

"요즘은 매일 한가하니 어디 산책이라도 하고 오지 않으면 몸도 근질근질하고 입맛도 없네."

이윽고 장작을 떼는 연기가 부엌에서 집 안으로 흘러들었다. 목욕을 한 뒤에 얇은 홑옷으로 갈아입은 도키치로가 신발을 신고 마당의 사립문을 통해 밖으로 나가는 찰나, 성의 말단 사자가 와서 서찰을 건네고는 바로 돌아갔다. 도키치로는 황급히 집 안으로 들어가 급히 의복을 갈아입고 하야시 사도의 사택으로 달려갔다. 그러고는 며칠 전부터 대기하고 있던 하명을 하야시 사도에게 직접 받은 뒤 집으로 돌아왔다.

"내일 아침, 묘시卯時 무렵까지 행장을 꾸려 성 아래 서쪽 가도 입구에 있는 도게 세이주로道家淸十郎의 집으로 오라."

사도는 그렇게 말한 뒤 다른 건 가보면 알 것이라며 아무 말도 하지 않았다. 도키치로는 먼 나라로 잠행하는 노부나가의 동행 속에 자신도 들어 있다는 생각이 들자 별다른 말을 하지 않아도 거기에 주군의 목적이 있다는 것을 깨달았다.

"당분간 돌아오지 못할 듯하군."

도키치로는 한동안 네네와 이별해야 한다는 생각에 네네가 한 번 더 보고 싶었다. 그런 생각이 들자 좀이 쑤셔 견딜 수가 없었다. 그는 한동안 고민하다 네네의 집 쪽으로 달려가 그녀의 집 울타리 밖을 서성거렸다.

유미슈의 사람들이 모여 사는 그곳은 서로 얼굴을 잘 알고 있었기 때문에 도키치로는 길가의 발소리에도 신경이 쓰였고 집 안에 있는 네네의 부모나 가족들에게 들킬까 봐 노심초사했다.

그런 겁 많고 소심한 그의 태도는 누가 보기라도 하면 배꼽을 잡고 웃을 만했다. 만약 자신과 같은 행동을 다른 사람이 했다면 도키치로는 분명 경멸했을 것이다. 하지만 지금 그는 남자로서의 체면이나 추문을 신경 쓸 여유가 없었다.

'네네는 뭘 하고 있을까?'

그가 알고 싶은 것은 그런 시시하고 실없는 일이었다. 울타리 틈새로 그녀의 옆얼굴과 저녁 무렵 생활 모습을 조금이라도 보면 그것으로 만족할 수 있을 듯했다.

'벌써 목욕을 끝내고 화장을 하고 있을까? 부모님과 밥상을 마주하고 저녁을 먹고 있을까?'

그는 천연덕스러운 얼굴로 울타리 밖을 세 번 정도 오갔다. 초저녁이라 지나가는 행인은 한두 명뿐이었다. 도키치로는 울타리 밑에 쪼그리고 앉아 안을 엿보며 자신의 얼굴을 아는 사람이 자신을 발견하고 이름이라도 부를까 봐 불안해했다. 만약 그러면 창피해서 얼굴을 들지도 못할 것이다. 아니, 그보다 이누치요가 네네와의 혼인을 포기한 뒤 근래 마타에몬이 생각을 고쳐먹어 네네와의 혼인이 좋은 방향으로 흘러가고 있는데 괜히 이런 행동 때문에 어긋날까 봐 걱정이 되었다. 그러니 지금은 그저 가만히 내버려두는 것이 최선이었다. 네네와 그녀의 모친은 마음을 정한 듯했지만 부친인 마타에몬이 좀처럼 마음을 정하지 못했다. 딸과 아버지, 어머니와 아버지 사이에 쉽사리 의견 일치를 보지 못한 채 네네의 혼담은 제자리걸음을 하고 있었다. 그런 상황에서 자신이 예전처럼 성급하고 뻔뻔하게 혼례 날짜를 정하자고 하면 오히려 엄한 성격의 마타에몬이 반발할지도 몰랐고, 네네나 모친의 호의까지 잃으면 두 번 다시 되돌릴 수 없을지도 몰랐다.

얼마 전까지는 이누치요라는 연적이 있었던 탓에 소극적으로 마냥 기다리다가는 도저히 승산이 없을 것 같아 모든 지혜를 짜내 열정을 다해 싸웠다. 하지만 자신의 사랑을 위협하던 상대는 그에게 네네를 부탁한다는 말을 남기고 다른 나라로 떠났다. 그 뒤 이누치요는 오케하자마 전투가 끝나고 다시 성으로 돌아왔지만 예전처럼 네네의 집에 드나들지 않았다. 마타에몬이 고심하던 문제인 '이누치요와의 구두 약속'도 저절로 깨진 터라 지금은 아무런 근심도 없는 상태였다.

'더 이상 초조해할 필요는 없다. 지금은 그저 내버려두고 마타에몬 님의 마음이 돌아설 때까지 기다리는 것이 상책이다.'

도키치로는 그렇게 마음먹고 있었다. 하지만 네네를 생각할 때마다 그런 현명한 생각과 지금처럼 울타리에서 엿보는 어리석은 행동이 서로 뒤엉켜 소용돌이쳤다. 집 안에서는 모기향이 흘러나오고 부엌 쪽에서는 그릇 소리가 들렸다. 아직 저녁 전인 듯했다.

'아, 일을 하고 있구나.'

이윽고 도키치로는 불빛이 희미하게 비치는 부엌 근처에서 자신의 아내가 될 네네의 모습을 발견했다.

'저런 마음가짐이라면 가정도 잘 돌보고 꾸려나갈 것이다.'

도키치로는 사람의 눈을 피해 숨은 상태에서 생각에 잠겼다. 네네의 모친이 네네를 부르는 목소리가 들렸다. 울타리 밖에서 엿보고 있던 그의 귀에 네네의 대답 소리가 들려왔다. 도키치로는 걸음을 옮기기 시작했다. 누군가 지나가고 있었던 것이다.

'일도 잘하고 유순하다. 저런 여자라면 나카무라에 계시는 어머니도 마음에 들어 할 것이다. 어머니를 평민이라고 업신여기거나 소홀히 대하지 않을 것이다.'

그의 생각은 꼬리를 물고 이어졌다.

'네네는 가난을 잘 견뎌낼 것이며, 허영에 빠지지도 않을 것이다. 남편을 소중하게 여기고 뒤에서 내조하는 여자가 될 것이다. 내 결점도 용서할 것이다.'

도키치로는 네네에 대해서는 무엇이든 좋게만 생각됐다. 무엇보다 네네의 눈썹이 아름다웠다. 네네 외에는 자신의 아내가 될 여자는 없다고 단정했다. 가슴이 저절로 부풀어 오르고 쿵쾅쿵쾅 요동쳤다. 별을 올려다보며 후 하고 크게 숨을 내쉬었다. 정신을 차리고 보니 유미슈의 집들을 한 바퀴 돌아 다시 네네의 집 앞에 와 있었다.

문득 울타리 안에서 네네의 목소리가 들렸다. 박꽃 넝쿨 사이로 물통을 들고 우물 쪽으로 가는 그녀의 모습이 보였다. 별빛은 쏟아져 내릴 듯 은은했고 그 별빛을 받은 박꽃이 빛을 발해서인지 그녀의 옆얼굴이 하얗게 보였다.

"하녀의 물 긷는 일까지 돕고 저 손으로 거문고도 타다니……."

도키치로는 나카무라의 어머니에게 자신의 색시는 이런 여자라고 하루빨리 보여주고 싶었다. 그는 금방이라도 입에서 침을 흘릴 듯한 얼굴을 울타리 가까이에 댄 채 떨어질 줄 몰랐다. 우물에서 물을 긷는 소리가 들렸다. 그러다 문득 네네가 물통을 들지 않고 가만히 도키치로 쪽을 돌아보고 있었다.

'아, 눈치를 챈 걸까?'

도키치로가 생각하는 동안 그녀는 우물가를 벗어나 뒤편의 사립문 쪽으로 걸어왔다. 도키치로는 불이라도 덴 듯 가슴이 쿵쾅거리기 시작했다. 그녀가 그곳의 사립문을 살짝 열고 밖을 둘러보았을 때, 이미 도키치로는 뒤도 돌아보지 않고 내달리고 있었다. 저 멀리 보이는 네거리를 돌아서고 나서야 그는 뒤를 돌아보았다. 그녀는 하얀 얼굴로 의아해하며 아직 사립문 밖에 서 있었다.

"……."

도키치로는 그녀가 원망하는 듯한 눈빛으로 자신을 보고 있는 것처럼 여겨졌다. 하지만 그는 그 순간 이미 내일 묘시의 여정을 생각하고 있었다. 절대로 발설하면 안 되는 주군과의 동행이었다. 그것은 네네에게도 말할 수 없는 일이었다. 그녀의 모습을 보고 온 도키치로는 이제 평소의 모습으로 돌아와 있었다. 그는 곧장 집으로 돌아가 코를 크게 골며 잠이 들었다.

곤조가 여느 때처럼 아침 일찍 일어나서는 도키치로의 베갯맡에 앉아 그를 깨웠다.

"나리, 슬슬 준비하실 시간입니다."

도키치로는 벌떡 일어나서 얼굴을 씻고 밥을 먹은 뒤 준비를 하기 시작했다. 그런 그의 활발하고 재빠른 행동은 노부나가의 영향 때문인지 무서울 정도로 조급하게 보였다.

"갔다 오겠네."

어디를 가는지 곤조에게도 말하지 않았다. 도키치로는 하명을 받은 묘시를 앞두고 성의 서쪽 변두리 가도 입구에 있는 부농인 도게 세이주로의 집에 도착했다.

적국 순례

"원숭이 님 아니신가? 자네도 동행하러 오신 겐가?"

도게 세이주로의 집 문 앞에 서 있던 시골 무사가 도키치로를 보며 외쳤다.

"이누치요."

도키치로는 의외라는 표정을 지었다. 이누치요가 와 있는 것은 그다지 놀랄 일이 아니었지만 그의 복장이 여느 때와 전혀 달랐기 때문이다. 머리를 묶은 것부터 칼과 단검, 그리고 각반까지 아무리 봐도 벽촌 구석에서 나온 시골 무사로밖에 보이지 않았다.

"대체 그 모습은 어떻게 된 건가?"

도키치로가 묻자 이누치요가 망을 보는 보초처럼 말했다.

"모두들 모여 계시니 어서 들어가게."

"자네는?"

"나 말인가? 나는 잠시 보초를 서는 중이라 나중에 들어가겠네."

도키치로는 먼저 안으로 들어가 정원에 서 있었다. 부농인 도게 세이주로의 집은 도키치로도 처음 보는 낯선 옛날 집이었다. 요시노초흠

野朝[72] 시대 이전 건물인지, 아니면 그보다 더 오래전 시대의 건물인지 상상이 가지 않았다. 형제자매 일족이 모두 한집에서 생활하던 대가족 제도의 유풍이 엿보이기도 했다. 어디를 둘러봐도 용마루가 긴 건물과 문 안에 또 문과 통로가 있었다.

"원숭이 님, 여기네."

정원 쪽 문에서 또 다른 시골 무사가 손짓을 했다. 살펴보니 이케다 가쓰사부로였다. 안으로 들어가자 역시 똑같은 시골 무사 복장을 한 가신이 스무 명이나 더 있었다. 도키치로도 사전에 전해 들은 이야기가 있어 시골 무사 차림으로 왔다.

안뜰의 마루 쪽에는 열여덟 명 정도의 무사가 산승으로 변장한 채 휴식을 취하고 있었다. 노부나가는 안뜰 저편의 작은 방에 있는 듯했다. 잠행이었기 때문에 도게 가(家)에서도 주인과 극소수의 가족밖에 알지 못하는 일이었다. 도키치로는 변장한 가신들과 무리를 지어 쉬고 있었다.

"무슨 잠행일까?"

서로 물었지만 아무도 아는 사람이 없었다.

"오늘 주군의 복장을 보니 얼마 되지 않는 무사를 거느린 시골 향사의 아드님 같은 행색이시던데. '또 장난기가 동하셔서 어디 놀러가는 건가?' 하고 왔더니 그런 것 같지도 않고. 저리 엄중하고 은밀히 사람들이 모이길 기다리고 계시는 걸로 봐서 어디 멀리 다른 나라로 여행을 떠날지도 모르겠네. 그렇다면 행선지가 어디인지 누군가에게 귀띔이라도 해주셨을 텐데."

"잘은 모르지만, 얼마 전에 하야시 사도 님의 저택에 갔을 때 교토 부근이라고 하셨는데."

"뭐, 교토?"

사람들은 목소리를 죽였다. 위험하다는 생각과 함께 교토에 올라가는 이상 노부나가의 마음속에 큰 뜻과 비책秘策이 있는 게 분명했다. 사람들은 그 목적이 무엇인지 한층 더 궁금해졌다.

'드디어.'

도키치로는 혼자 속으로 고개를 끄덕이며 노부나가의 출발 신호가 떨어지기까지 저택 안의 화원을 느릿느릿 걷거나 지붕 위의 고양이를 손짓하며 부르고 있었다.

그로부터 며칠 뒤, 드디어 노부나가를 둘러싼 시골 무사 일군과 그들을 멀리서 보호하는 산승 일군이 교토로 떠났다. 동쪽 지방 시골 무사 가문의 숙부와 조카, 친구들로 변장한 그들은 니오鳰 호수를 건너 수도인 교토를 구경하러 가는 일행으로 행세했다.

노부나가를 비롯한 일행들은 오케하자마에서 보인 날카로운 안광을 감추고 유유자적한 표정과 말투를 쓰며 어딘지 투박함이 묻어나는 동쪽 지방 무사가 되어 있었다. 숙소는 도게 세이주로가 미리 수배해둔 교토의 도성 밖에 있는 하라오비 지조腹帶地藏의 집이었다. 산승들은 부근 농가와 싸구려 여인숙에 흩어져서 머물렀다.

'자, 이제 무엇을 하며 노실 것인가!'

도키치로는 노부나가의 계획에 큰 기대와 흥미를 가지고 지켜보았다. 노부나가는 도키치로에게 함께 가지고 하기도 하고, 또 다른 사람을 데리고 도성 안으로 들어가기도 했는데, 늘 햇빛을 피하는 삿갓을 눈썹 깊이 눌러쓰고 야인처럼 투박하고 검소한 차림을 했다. 시종은 기껏해야 네댓 명 정도였고 산승 차림의 가신 몇 명이 멀리 떨어져서 지켜보았는데, 혹 자객이 노부나가의 정체를 알고 다가가려 한다면 쉽게 그 목적을 이룰 수 있을 정도였다.

"오늘은 구경이나 하자."

노부나가는 그렇게 말하고는 완전히 방심한 채 성안의 인파에 묻혀 하루 종일 먼지를 뒤집어쓰며 걸어 다니다 돌아왔다. 또 어떤 날은 불시에 밖에 나가 공경당상公卿堂上의 집을 찾아가 밀담을 나눈 뒤 저녁에 서둘러 돌아오는 날도 있었다. 모든 것은 노부나가의 마음속에 있었기 때문에 젊은 무사들은 무슨 목적으로 위험한 난세의 수도에 와서 굳이 이런 모험을 하는 것인지 알 수가 없었다. 하지만 그동안 저간의 소식을 알 방법이 없던 도키치로는 많은 것을 보고 배우고 있었다.

"교토도 많이 변했군."

도키치로는 바늘을 팔며 떠돌아다니던 무렵 바늘을 사기 위해 교토에 온 적이 있었다. 손꼽아보니 육칠 년밖에 되지 않았지만 황성皇城의 세태는 완전히 달라져 있었다. 무로마치 막부는 그대로였지만 십삼 대 장군인 아시카가 요시테루足利義輝는 이름뿐인 장군 가문에 불과했다. 장군을 보좌해서 정무를 총괄하는 간레이管領인 호소카와 하루모토細川晴元가 있었지만 그 역시 이름만 있을 뿐 실권이 없었다. 오래된 연못처럼 이곳의 민심과 문화는 탁해져 있었고 모든 곳에서 말기 증상이 느껴졌다.

실질적인 권력은 노신인 마쓰나가 단조 히사히데松永彈正久秀의 손에 있었다. 정무를 대행하는 간레이다이管領代 직책을 맡은 미요시 나가요시三好長慶조차 마쓰나가의 손안에서 좌지우지되어 조정은 추한 갈등과 무능과 폭정으로 가득 차 있었다. 그러다 보니 민중들 사이에서까지 모반의 징후가 싹트고 있었다. 그 시류가 어디를 향해 어떻게 움직일 것인가를 생각하면 사람들은 그저 암담할 따름이었다. 그래서인지 교토의 밤은 경박할 정도로 화려했지만 사람들의 마음속에는 감출 수 없는 어둠이 깃들어 있었다. 사람들은 '내일은 내일'이라는 듯 방향을 잡지 못하고 그저 솟아나는 탁류에 몸을 맡기며 살고 있었다.

간레이를 맡고 있는 미요시와 마쓰나가를 믿지 못하는 세상에서 장군 가문과 똑같은 대접을 받고 있는 야마나山名, 잇시키一色, 아카마쓰赤松, 도기土岐, 다케다武田, 교고쿠京極, 호소카와細川, 우에스기上杉, 시바斯波와 같은 다이묘들은 무엇을 하고 있었을까. 그들 역시 자신들의 나라에서 똑같은 고민에 직면해 있었다. 교토는 교토이고 장군 가문은 장군 가문일 뿐, 자국의 국경과 내부 문제에 쫓기다 보니 세상을 생각하고 다른 것을 돌볼 여유가 없었다.

도키치로는 교토에 와서 조정의 쇠락이 상상했던 것 이상이라는 사실을 두 눈으로 보고 두 귀로 들었다. 백성들 사이에서 떠도는 소문을 듣지 못한 것은 아니었지만 실제로 보니 황궁의 축토는 퇴락하고 수문을 지키는 군사의 모습조차 보이지 않았다. 황궁 안으로 다람쥐와 들개마저 드나들고 있었다. 황궁 전각에는 구멍이 나서 비가 새고 겨울에는 천왕이 입을 어의조차 없다 보니 백성들까지 근심할 정도였다. 그 무렵 누군가가 공경인 도키와이向盤井와 함께 배알을 청하자 천황은 때에 전 의관조차 없어 12월 중순이었는데도 여름철 홑옷을 그대로 입고 나왔다고 했다. 근위전近衛殿에서는 일 년에 한 번뿐인 축일에 빈객이 먹을 만한 음식은 시루떡밖에 없었다고 했다.

조정의 영지도 먼 곳의 어전御田은 물론이고 야마시나山科와 이와쿠라巖倉 부근의 어전과 삼림까지 도적떼와 향사들에게 약탈당해 쌀 한 톨도 올라오지 않았다. 조정에는 그런 적폐를 바로잡을 다이묘도 없었고 그 죄를 물어 처벌할 힘조차 없었다. 조정의 상황이 그러니 힘없는 백성들의 논밭은 두말할 것도 없었다.

노부나가는 그런 교토로 잠행을 떠나온 것이었다. 어느 나라의 다이묘도 생각하지 못한 일이었다. 아니, 교토에 입성해서 삼군의 위세를 과시하고 윤지綸旨를 받아 장군과 간레이를 위협해 천하에 임하려고 하는 야심가는 앞서 상락 도중 좌절한 이마가와 요시모토뿐이 아니었다. 세상 곳곳에서 할거하는 다이묘 호걸의 무리가 그것을 이상으로 삼고 있었지만 단신으로 교토에 올라와서 원대한 포부를 이룰 만큼 담력을 가진 사람은 노부나가뿐이었다.

노부나가는 그렇게 삼공구경三公九卿[73]의 집을 은밀히 왕래하면서 후일을 기약하는 정치적인 밀알을 뿌리고 있었다. 그는 몇 번이나 미요시 나가요시를 찾아가 그를 통해 십삼 대 장군인 요시테루를 만났다. 물론 평소처럼 동쪽 지방 무사의 행색을 하고 미요시의 저택으로 들어간 뒤 의복을 갈아입고 무로마치 장군 가문의 진영으로 갔기 때문에 두 사람의 회견을 아는 사람은 아무도 없었다. 무로마치 장군의 진영은 지난 시절의 현란함을 연상시키는 폐허와 같았다. 그리고 지금 그 폐허는 아시카가 장군 가문이 십삼 대 동안 향유한 향락과 호사, 그리고 독선적인 정사의 흔적을 대변하는 낡고 오래된 연못에 불과할 뿐이었다.

장군 요시테루가 노부나가를 보고 말했다.

"그대가 노부히데 님의 아들인 노부나가인가?"

요시테루의 목소리에는 힘이 없었다. 틀에 박힌 관습과 예법에 따라 의식이 열렸지만 생기를 찾아볼 수 없었다. 장군직이라는 허울 좋은 이름만 있을 뿐 그에게 실권이 없다는 게 느껴졌다.

"처음 인사 올립니다. 노부나가입니다."

노부나가는 엎드려 말했다. 오히려 엎드려 있는 그의 모습이 주위를 제압하는 듯했고 목소리에도 상좌에 앉아 있는 요시테루를 압박하는 힘이 있었다.

"제 아버님을 알고 계시는지요?"

"알고 있네."

____

73 태정대신, 우대신, 좌대신 삼공과 조정에 출사하는 귀족인 아홉 명의 대신을 일컫는다.

요시테루는 고개를 끄덕이며 노부히데를 알게 된 연고에 대해 들려주었다. 일찍이 황거가 너무나 황폐해진 나머지 조정의 이름하에 제국의 호족들에게 '황거를 수리하기 위한 봉납을 바치라'는 명이 내려진 적이 있었다. 그런데 칙명에 따르는 다이묘가 한 사람도 없었다. 끊임없는 전란으로 제국들의 존립이 급급하던 시절임을 감안해도 무례하기 그지없는 일이었다.

"천황의 나라에서 있을 수 있는 일인가!"

조정의 신하들은 비가 새고 바람도 막지 못하는 황폐한 궁궐을 바라보며 탄식할 뿐이었다. 그 당시는 덴분天文 12년(1543년) 겨울이었는데, 그때 노부나가의 부친인 노부히데는 미약한 병력으로 사방의 강적들에 둘러싸여 악전고투하고 있었다. 간신히 한쪽을 이겨도 다른 한쪽에서 다시 패배하며 좁은 영토를 지켜내야 하는 최악의 상황이었다. 그럼에도 노부히데는 칙명을 받자마자 사자를 교토로 올려 보내 사천관을 헌상하고 뜻있는 사람들과 함께 축토와 사각문四脚門, 당문唐門 등을 수리했다.

"그대의 부친은 근왕가勤王家일 뿐 아니라 무인으로서도 드물게 신을 공경하는 사람이었네."

요시테루는 기분이 좋은지 처음 만나는 노부나가에게 많은 말을 했다.

"송구한 일이지만 이세 신궁의 내궁은 예부터 21년마다 새로 개조하는 것이 관례였는데 오닌의 난 이후에는 그런 관례마저 쇠퇴해져 이렇게 황폐해지고 말았네. 하나 그대의 부친인 노부히데는 그런 옛 의식의 복구에도 성심과 전력을 다하였으니 참으로 어진 사람이었네."

요시테루는 잡담을 나누는 동안에도 넌지시 노부히데에 대한 이야기를 건넸다. 그럴 때마다 노부나가는 새삼 죽은 부친이 떠올라 이따금씩 고개를 숙였다. 그는 자신의 아버지를 그다지 대단한 무인이라고 생각하지 않았다. 하지만 실제로 세상과 마주하게 되자 부친이 자신을 위해 여기저기 남기고 간 사석曉石을 깨닫게 되었다. 근래 들어 노부나가는 부친의 원모遠謀와 큰 사랑을 절절히 깨닫고 있었던 것이다.

예를 들어 자신이 죽은 뒤 남겨질 자식을 위해 히라데 나카쓰카사뿐 아니라 좋은 가신들을 남기고 간 것도 지금 생각하면 뼈에 사무칠 정도로 고마운 일이었다. 또 얼마 전 치른 오케하자마 전투만 해도 그러했다. 한때는 자신의 건곤일척이 성공한 것이라고 생각했지만 나중에 곰곰 생각해보니 이마가와의 상락 계획은 이미 부친이 살아 있을 때부터 진행되던 일이었고, 그의 부친은 아즈키자카나 그 외의 전쟁터에서 몇 번이나 이마가와의 선봉을 무찔렀던 적이 있었다. 그리고 오다 가문의 군사들에게 뼛속 깊이 강한 적개심을 심어주면서 오랜 세월 훈련을 시켜왔다. 바로 그런 유산이 있었기 때문에 덴가쿠하자마의 싸움에서 승리할 수가 있었던 것이다. 자신이 아무리 죽음을 결심하고, 또 군사들을 향해 죽기를 각오하라고 외친다 해도 주군의 자리에 올라 덕을 쌓지도 못한 채 얼마 되지 않은 짧은 시간 동안 훈련시킨 군사들만 가지고 어찌 그런 무모한 싸움에서 승리할 수 있었겠는가 하고 생각했다.

노부나가는 오케하자마 전투 후 혼자 그런 생각을 해왔다. 그리고 장군 요시테루에게서 뜻하지 않게 부친의 유덕에 대한 이야기를 듣게 되자 요시테루가 자신을 만나준 것도 부친의 유덕 중 하나인 듯싶어 부친에게 새삼 고마움을 느꼈다.

"이번 상락은 아무도 몰래 온 것이고 오와리의 시골 무사로서 무엇 하나 마음에 드실 것이 없을 듯한 봉납입니다만."

세상 이야기 말미에 노부나가가 들고 온 선물 목록을 바치고 물러가려고 하자 요시테루가 그를 만류했다. 그리고 곧 해가 질 터이니 저

녁을 들고 가라며 응접실로 자리를 옮겨 술자리를 함께했다. 팔 대 장
군인 아시카가 히가시야마 요시마사足利東山義政의 풍류와 풍아를 엿볼
수 있는 정원에 자양화 빛을 띤 땅거미가 내렸고, 정원의 이끼에 내려
앉은 이슬은 등불을 받아 빛나고 있었다.

노부나가는 어떤 자리든, 설사 자신보다 지체가 높은 사람의 앞이라
도 전혀 불편해하지 않는 기질이라 시중들이 술병을 눈높이까지 받쳐
들고 오거나 오가사와라小笠原류의 요리와 격식을 엄격하게 따지는 선
부膳部 앞에서도 전혀 주눅이 들지 않았다.

"한잔 받게."

요시테루가 술을 따르자 노부나가가 공손히 받았다.

"여기 젓가락이 있네."

요시테루가 노부나가에게 젓가락을 권했다.

"황송합니다."

노부나가는 고개를 숙이며 젓가락을 받아들고 음식을 먹었다.

요시테루는 노부나가의 왕성한 식욕을 신기한 듯 바라보았다. 화려
함이나 따분한 의식에 식상해 있던 요시테루와 장군 가문의 사람들은
노부나가의 먹는 모습을 바라보며 '나이도 젊고 시골 사람이라 교토의
어떤 음식을 먹어도 맛이 있는가 보군'이라고 생각하면서 우월감에 빠
지기도 했다.

"노부나가."

"예."

"이곳의 음식은 어떠한가?"

"좋습니다."

"맛이 있는가?"

"저와 같은 무골에게 모든 요리가 그렇듯 소금기가 드물고 이렇다

할 맛이 나지 않는 음식은 처음인 듯합니다.”

“하하하, 그런가. 그럼 차는 즐기는가?”

“어릴 적부터 물을 끓이는 것과 마시는 법은 배웠습니다만, 어른들이 즐기는 다도에는 익숙하지 않습니다.”

“정원을 보았는가?”

“예, 보았습니다.”

“어찌 생각하는가?”

“작다고 생각했습니다.”

“작다?”

“아름답기는 하지만 제가 있는 시골인 기요스 언덕의 풍광과 비교하면…….”

“자네는 아직 아무것도 모르는 듯하군. 하하하, 어설픈 지식보다 오히려 아무것도 모르는 천진난만함이 좋기도 하지. 하면 그대가 잘하는 것은 무엇인가?”

“활쏘기입니다. 그 외에는 아무것도 알지 못합니다. 그 대신 무슨 일이 생기면 오와리에서 미노의 오우미지 적지를 넘어 사흘 안에 이곳까지 달려올 수 있다는 것이 저의 능사能事입니다. 난마와 같은 시절, 궁성에 언제 무슨 변고가 생길지 가늠하기 어렵사오니 부디 이 노부나가가 있다는 것을 기억해주신다면 황송할 따름입니다.”

노부나가가 빙긋 웃으며 말하자 요시테루는 그리 말하는 사람은 처음 대한다는 듯 노부나가의 보조개를 바라보았다. 사실 노부나가는 예전에 난세를 틈타 장군 가문이 지방의 수호직守護職으로 임명한 시바 가문을 무너뜨리고 무단으로 국주 자리에 올랐던 것이다. 장군 가문의 권위로서 그를 시라스白州에 있는 몬추조問注所74로 넘겨도 될 일이었다.

---

74 가마쿠라鎌倉와 무로마치 막부 시절에 소송과 재판을 처리하던 기관으로, 오늘날의 법원과 유사하다.

하지만 근래 요시테루는 휘하에 이렇다 할 다이묘가 없어 고적과 적막에 사로잡혀 있었다. 그러다 보니 그는 노부나가가 방문하자 무료함을 달래기 위해서라도 좀 더 이야기를 나누고 싶었다. 노부나가는 이야기를 나누던 중에 관직이나 지위를 원하는 듯하다 그렇지도 않은 듯 아무 말 없이 물러갔다.

노부나가는 교토에서 한 달 정도 머문 뒤 돌아가자는 명을 내렸다. 그것도 갑자기 당장 내일 돌아가자고 말했다. 산승과 시골 무사 차림으로 모습을 바꾸고 따로 숙소를 잡아 머물던 부하들이 바쁘게 떠날 채비를 하던 그날 밤, 오와리에서 사자가 서찰을 가지고 왔다. 기요스를 떠난 뒤부터 계속해서 풍설이 떠돌고 있으니, 귀도 도중 각별히 주의하길 바란다고 쓰여 있었다. 이가이세지伊賀伊勢路로 나가 돌아가든, 고슈江州에서 미노를 넘어 돌아가든 어디든 적국이었다. 이세에는 적년積年의 적인 기타바타케北畠가 있고 미노에는 사이토가 있었다. 한 치의 땅이라도 적지를 밟지 않고는 돌아갈 수 없었다.

"어떤 길을 선택하는 것이 안전할까? 배편도 고려해볼 수 있지만."

그날 밤 가신들은 노부나가가 머물고 있는 토호의 집에 모여 이마를 맞대고 의논했지만 좀처럼 결론을 내리지 못했다.

"모두들 아직 안 잤는가?"

이케다 가쓰사부로가 들여다보며 말하자 한 사람이 괘씸하다는 듯한 얼굴로 말했다.

"중차대한 일을 의논하고 있는데 아직 안 잤느냐니. 무례하오."

"의논 중이었나? 몰랐네. 대체 무엇을 의논하고 있는가?"

"주군을 모시면서 한가로운 소리를 하고 계시오. 초저녁에 서찰이 도착했다는 것을 모르시오?"

"알고 있네."

"돌아가는 도중에 만에 하나라도 변고가 생기면 큰일이니 어떤 길을 택해 돌아가면 좋을지 고민하고 있던 참이오."

"하하하, 그런 걱정은 필요 없네. 주군께서는 이미 결정하고 계시니 말이네."

"결정을 하셨단 말이오?"

"상락 무렵에는 인원수가 다소 많아 오히려 사람들 눈에 띄었으니 돌아갈 때는 네댓 명이 좋을 것이네. 가신들은 가신들끼리 각자 좋아하는 길을 선택해 돌아가면 된다고 생각하고 계시네."

사람들은 한 대 얻어맞은 듯 멍하니 있다가 그대로 아침이 오기를 기다렸다.

아직 어슴푸레한 새벽녘, 채비를 끝낸 노부나가는 이케다 가쓰사부로의 말대로 각자 알아서 돌아가라며 서른 명의 가신들을 남겨두고 교토를 출발했다. 그의 뒤를 따르는 사람은 네 명에 불과했는데, 물론 그 안에는 가쓰사부로도 있었다. 하지만 그중 가장 영광스럽게 느낀 사람은 도키치로였다.

"사람이 너무 적은 것은 아닐까?"

"괜찮으실까?"

남겨진 가신들은 불안감을 떨쳐낼 수가 없어서 오쓰大津 부근까지 몸을 숨기고 노부나가를 따라갔다. 하지만 노부나가 일행은 도중에 태평하게도 역참에서 말을 빌려 타고 세다瀨田 대교 동쪽으로 달려갔다.

관문의 검문소가 몇 곳이나 있었지만 별 어려움 없이 지나갈 수 있었다. 노부나가는 검문소를 지날 때마다 관인에게 미요시 나가요시에게 받은 '간레이 가家의 사람으로 동쪽으로 내려가는 사람'이라는 왕래 증명서를 보여주었다.

● 1545년 제2차 가토의 난

쓰루가(駿河国)의 슈고 다이묘인 이마가와 요시모토(今川義元)가 호조 가문(北条氏)에게 빼앗긴 가토 지역을 탈환하기 위해 일으킨 전쟁이다.

● 가스야 타케노리 糟屋武則·1562-?

도요토미 히데요시(豊臣秀吉)의 가신으로 시즈가타케 칠본창의 1人이다. 가스야 가문(糟屋氏)은 하리마 가코가와성(加古川城)을 거점으로 가마쿠라 시대부터 이어져 내려온 명문 무가로서, 벳쇼 가문(別所氏)의 가신 가스야 도모사다(糟屋朝貞)의 장남이다.

중매

　근래에는 벽촌 시골의 초가집에서도 차를 즐겨 마셨다. 사람들은 그렇게 함으로써 급박하게 돌아가는 세상과 피비린내 나는 시절 속에서 잠시나마 피로 얼룩진 속세를 벗어나 '정靜'을 구하며 한숨을 돌렸다. 본래 다도는 히가시야마도노東山殿라는 별칭으로도 불린 무로마치 막부의 팔 대 장군인 아시카가 요시마사의 사치와 여유에서 비롯된 귀족적 취미였다. 하지만 어느 순간부터 그 히가시야마도노의 아시카가 문화는 서민들 사이에서 일상생활과 가까운 평민적 풍류로 변해갔다.

　다도를 '동動'의 생활에 대한 '정靜'의 한순간으로 더없이 사랑한 계층은 파괴적이고 피비린내 나는 일상을 보내는 무인들이었다. 그리고 그것을 지켜보는 초옥의 백성들까지 차를 즐기게 됐다. 그렇게 되기까지는 차를 오직 하나의 도道로 여기며 그 전통을 이어받아 일류일파一流一派를 이루고 칭하기 시작한 각지의 다인茶人들 영향이 컸다.

　누구에게 배웠는지 네네도 차를 즐겼다. 부친인 마타에몬이 차 마시는 것을 좋아했기 때문에 차를 만드는 일은 혼자 거문고 연습을 하며 울타리 밖을 지나는 사람들에게 들려주는 것과는 다른 보람이 있었다. 그리고 찻잔에 이는 녹색 거품이 고요한 아침을 열고 부녀간의 온화한 미소를 짓게 만드는 만큼 차는 단순한 유희가 아니라 생활 속에서 없어서는 안 되는 것이었다.

"국화꽃 봉오리는 아직 열리지 않았고 마당의 풀은 아침 이슬을 한층 더 머금고 있구나."

마타에몬이 이슬에 젖은 툇마루에서 열 평 정도 되는 울타리를 바라보며 중얼거렸다.

"……."

네네는 화로 앞에서 차 국자를 손에 쥔 채 있었다. 솥에서는 방 안의 적막을 깨며 물이 끓고 있었다. 네네가 물을 떠서 찻잔에 따르더니 살짝 고개를 돌리며 말했다.

"아니에요. 울타리 쪽 국화 두세 송이는 벌써 좋은 향기를 풍기고 있는걸요."

"그래, 국화가 피었느냐? 아침에 빗자루를 들고 마당을 쓸었는데도 몰랐구나. 꽃도 무골의 처마 아래 피면 정이 없다고 모른 체하는가 보구나."

"……."

네네의 손끝에서 빠르고 가볍게 돌아가는 다선茶筅 소리가 났다. 그런데 무슨 일인지 마타에몬의 말에 네네는 얼굴을 붉히며 부끄러워했다. 마타에몬은 그것을 알아차리지 못하고 찻잔을 끌어당겨 입가에 대면서 좋은 아침이라고 생각했다. 그러다 문득 '네네를 시집보내면 이 차도 더 이상 마시지 못할' 거라고 생각했다.

"실례하겠습니다."

작은 장지문 밖에서 목소리가 들려왔다.

"당신이오?"

마타에몬이 아내인 고히를 보고는 네네에게 찻잔을 건네며 말했다.

"어머니에게도 한 잔 만들어주거라."

"아닙니다. 나중에."

고히는 편지함을 들고 있었다. 방금 집으로 사람이 왔다고 했다. 마타에몬은 편지함을 무릎에 놓고 뚜껑을 열어보았다. 그러고는 의아한 표정을 지었다.

"주군의 사촌이신 나고야 이나바노카미名古屋因幡守 님이 무슨 일로 서찰을 보내신 걸까?"

마타에몬은 급히 자리에서 일어나 입을 헹구고 손을 씻고 와서는 서찰을 펼쳐보았다. 주군의 일족은 서찰을 볼 때도 그 사람이 앞에 있는 것처럼 예의를 갖춰야 했다. 마타에몬은 서찰을 읽고는 이내 아내의 얼굴을 바라보았다.

"사자는 기다리고 있는가?"

"예, 답신은 구두라도 괜찮다고 합니다."

"아니네. 그건 실례이니 벼루를 이리 내오게."

"예."

마타에몬은 종이에 답신을 써서 사자에게 건네주었다. 하지만 고히는 서찰의 내용이 신경 쓰였다. 사실 주군 노부나가의 사촌인 나고야 이나바노카미가 마타에몬과 같은 말단 가신의 집에 직접 사자를 보내 서찰을 전하는 것은 극히 드문 일이었다. 마타에몬 역시 그것을 의아해하는 듯했다. 더욱이 서찰의 내용이 한가롭기 그지없었다. 은밀히 볼일이 있다는 말도 없었다.

나는 오늘 하루, 호리堀 강 강가의 한거에 와서 온종일 책을 읽고 있네. 내가 심은 국화가 이 좋은 날 청향淸香을 풍기고 있지만 찾아오는 이가 없음을 한 탄하고 있네. 그대의 사정은 어떠한가? 혹여 한가하다면 자문柴門을 두드려주게나.

　서찰의 내용은 이러했지만 그것이 다일 리가 없었다. 마타에몬이 차
에 대한 조예가 깊거나 특별한 독서가이거나 풍류를 즐기는 사람이라
면 모르겠지만 마타에몬은 자신의 집에 핀 국화조차 알아차리지 못하
는 사람이었다. 활에 묻은 먼지라면 바로 발견할 수 있지만 국화꽃은
그냥 밟고 지나갈 사람이었다.
　"좌우지간 가봐야겠으니 고히, 의복을 내오게."
　마타에몬이 자리에서 일어서자 고히와 네네가 그의 양옆에서 의복
을 갖추는 것을 도왔다.
　"다녀오겠네."
　밝은 가을햇살 아래 마타에몬은 집을 나서다 문득 자신의 집을 돌
아다보았다. 네네와 고히가 문 앞에 나란히 서서 배웅을 하고 있었다.
그는 드물게 태평한 마음이 들었다. 난세 속에서도 오늘과 같은 날이
있구나 하고 씽긋 웃음을 짓자 네네와 고히도 그를 보며 방긋 웃었다.
그는 등을 보이며 뚜벅뚜벅 걸어갔다. 유미슈 동료의 집을 지날 때에
는 마당과 창 너머에서 아는 체하는 사람에게 화답을 하기도 했다. 근
처의 모든 집들은 변함없이 가난하고 검소한 모습이었다. 그는 오다
가문 가신들의 집들은 모두 저리 무탈하구나 생각하며 걸었다. 가난하
고 검소한 집에는 모두 그렇듯 아이가 많았다. 역시 유미슈의 집들에
도 아이가 많았다. 울타리 너머로 빨랫줄에 널어놓은 기저귀들이 눈에
띄었다. 아들이 없다 보니 그런 풍경마저 부럽게 느껴졌다.
　'머지않아 우리 집에도 저렇게 손자의 기저귀를 말릴 날이……'
　어느덧 하나밖에 없는 딸의 나이가 차자 이런 생각이 들었다. 하지
만 그것은 마타에몬에게 그다지 좋은 일이 아니었다. 손자가 자신에게

할아버지라고 부르는 날을 상상하는 것은 즐거운 일이 아니었다. 할아 버지가 되기에는 아직 그는 혈기왕성했다. 얼마 전 덴가쿠하자마 싸움 에서도 다른 사람들에게 뒤처지지 않기 위해 분전하면서 공명첩 맨 앞 에 이름을 올리는 것을 포기하지 않았다.

'어느새 도착했군.'

마타에몬은 성 아래 마을 호리 강 강가에 다다른 뒤 걸음을 멈추고 이제부터 찾아가려는 사람의 고아한 별장을 바라보았다. 작은 절이었 던 별장을 노부나가의 사촌인 이나바노카미가 별택으로 다시 만든 집 이었다. 현관에 매달려 있는 당목撞木으로 종을 치자 사람이 나타났다. 그의 안내를 받아 안으로 들어가자 이나바노카미가 마타에몬을 기쁘 게 맞이했다.

"잘 왔네. 올해도 전란이 끊이질 않지만 국화를 심었네. 나중에 국화 밭에 나가서 보도록 하세."

이나바노카미는 그렇게 말하며 격의 없이 대했지만 마타에몬은 그 가 주군의 일족이다 보니 멀리 자리를 잡고 예를 취하지 않을 수 없었 다. 게다가 마음 한구석으로는 무슨 일이 있나 싶어 신경이 쓰였다.

"마타에몬, 방석을 깔고 편하게 앉게."

"예."

"여기에서도 국화를 볼 수 있네. 국화를 보는 것은 꽃을 보는 것이 아니라 단정丹精을 감상하는 것이네. 다른 사람에게 국화를 보이는 것 은 자랑하기 위해서가 아니라 기쁨을 함께 나누고자 하는 것이네. 이 런 좋은 날, 국화 향을 맡는 것도 군주의 은혜 중 하나일 걸세."

"지당한 말씀이십니다."

"우리는 요즘 좋은 주군을 섬기고 있다는 것을 통감하게 되었네. 오 케하자마 싸움에서 본 노부나가 님의 모습은 평생 우리들 기억에서 지울 수 없을 것이네."

"송구스럽지만, 그날 주군의 모습은 흡사 무신의 현신現身이 아닌가 하는 생각이 들 정도였습니다."

"우리들 모두 함께 잘 싸웠네. 자네는 활 부대였는데 그날은 창 부대가 되지 않았나."

"그렇습니다."

"이마가와의 본진으로 쳐들어갔는가?"

"언덕 위에서 공격해 들어갔을 때, 적과 아군을 구분할 수 없는 난전 속에서 스루가 대장의 수급을 벴다는 함성 소리를 들었습니다. 나중에 물어보니 모리 신스케 님이 그리하셨다고 합니다."

"자네 부대 중에 기노시타 도키치로라는 자가 있는가?"

"있습니다."

"마에다 이누치요는?"

"주군의 노여움을 샀던 몸이라 다른 부대에 가세해서 싸웠다고 합니다. 오케하자마에서 돌아온 뒤 아직 만나지 못했는데 복권이 되었는지요?"

"되었네. 자네는 아직 모르겠지만 얼마 전 주군과 함께 교토로 올라갔다가 무사히 성으로 돌아왔네."

"교토에 말씀입니까? 주군께서 교토에 가신 것은 무슨 연유인지요?"

"이제는 말해도 별다른 지장은 없을 테지. 불과 삼사십 명만 거느리고 직접 동쪽 지방 무사로 행세하며 사십 일이나 성을 비우셨네. 그동안 가신들도 주군이 성에 계신 것처럼 행동했네."

"아아."

마타에몬은 놀란 표정을 지었다. 그뿐 아니라 그 사실을 나중에 알게 된 사람들 모두 마타에몬과 똑같은 표정을 지었다.

"자, 일어나게. 내 국화밭으로 안내를 하겠네."

이나바노카미는 그렇게 말하고 툇마루로 걸어갔다. 댓돌에는 새 신발이 놓여 있었다. 마타에몬은 이나바노카미의 뒤를 따라 정원으로 나갔다. 이나바노카미는 국화를 기를 때 생기는 이런저런 어려움을 이야기했다. 어린잎에서 꽃을 피우기까지 아침저녁으로 비가 오나 바람이 부나 자식을 키우는 것처럼 세심한 주의와 사랑을 기울이지 않으면 안 된다는 이야기를 했다.

"자네에게도 네네라고 하는 딸이 있다고 하던데, 자식은 하나인가?"

이나바노카미는 그렇게 묻고는 툇마루로 걸음을 옮겨 다시 자리에 앉았다. 그러고는 딸을 시집보낼 생각은 없는지, 외동딸이라면 다른 집에 줄 수 없으니 데릴사위를 맞을 생각은 없는지 등 이런저런 질문을 했다. 마타에몬은 그제야 용건이 네네의 혼담이라는 것을 짐작했다. 그렇지만 주군의 일족이 그런 이야기를 꺼낼 줄은 상상도 못 했던 터라 그저 황송한 마음만 들 뿐이었다.

"제 여식인 네네는 실은 저희 부부가 낳은 아이가 아닙니다. 양녀입니다. 네네를 낳은 부모는 반슈播州의 다쓰노龍野에서 이곳 아이치愛知의 아사히朝日 촌으로 옮겨와 살고 있는 기노시타 시치로베 이에도시木下七郎兵衛家利의 일남 이녀 중 한 명인데, 저희가 맡아 키운 것입니다. 기노시타 시치로베의 선조는 상국相國의 직책을 역임하던 고레모리維盛의 후손으로 스기하라 호키노카미杉原伯耆守가 십 대 자손인 혈통 있는 가문입니다."

마타에몬은 여느 부모들처럼 기쁨을 감추지 못하고 구구절절 딸자식 자랑을 늘어놓았다. 이나바노카미가 고개를 끄덕이며 말했다.

"혈통도 그렇지만 무엇보다 마음씨가 고운 처자라는 소문을 왕왕

들었네."

"송구스럽습니다."

"무슨 일이 있어도 가명을 이어야겠구먼."

"그렇습니다."

"자네 사위를 내가 알아보려 하는데, 어떠한가?"

"예?"

마타에몬은 허리가 부러질 정도로 이마를 바닥에 댔다. 왠지 망설이는 기색이었다. 네네의 혼담 얘기만 나오면 망설여지는 것이 있었다. 이나바노카미는 그런 망설임 따위는 안중에도 없다는 듯 혼자서 흡족한 표정을 지었다.

"좋은 사윗감이 한 명 있으니 내게 맡기게. 자네에게 해가 되는 일은 결코 없을 테니 말일세."

"황송합니다. 분에 넘치는 말씀입니다. 집에 돌아가서 아내와 딸아이에게 나리의 뜻을 전하도록 하겠습니다."

"잘 의논하도록 하게. 내가 다리를 놓으려고 하는 사위는 신기하게도 네네의 생가와 같은 성을 가진 기노시타 도키치로네. 자네도 잘 아는 사람이 아닌가?"

"예?"

마타에몬은 자신도 모르게 그렇게 말하고는 무례하다는 생각이 들었는지 바로 자신을 힐책했다. 하지만 의아해하는 표정은 감출 수가 없었다.

"답을 기다리겠네."

"예, 곧……."

마타에몬은 그렇게만 말하고는 그대로 물러갔다. 무엇 때문인지, 어떤 연유인지 묻고 싶은 마음이 태산 같았지만 주군의 일족인 만큼 꼬치꼬치 캐물을 수도 없었다. 집에 돌아오니 아내가 기다리고 있었다. 마타에몬에게서 이야기를 들은 그녀는 오히려 마타에몬이 즉답을 하지 않고 돌아온 것을 힐책했다.

"좋은 말씀이니 받아들이세요. 혼담에는 때라는 것이 있고 이렇게까지 도키치로 님의 얘기가 나오는 것은 전생의 연이 깊기 때문인 듯합니다. 주군의 일족이신 이나바 님의 말씀이라 어쩔 수 없이 따라야 한다고 생각하지 마시고, 그런 이나바 님조차 중매를 설 정도로 도키치로 님에게 좋은 점이 있다고 생각하세요. 당장 내일이라도 따르겠다고 답을 하시는 게 좋겠어요."

"하나 네네의 마음도 한번 물어봐야 하지 않겠소?"

"그건 언젠가 네네도 말하지 않았습니까."

"흠, 하지만 지금도 그때와 같은 마음인지 모르지 않소."

"속마음을 입 밖으로 잘 내지 않는 아이인 만큼 한번 결심한 마음을 바꾸는 법도 좀처럼 없습니다."

"……."

부성애가 강한 마타에몬은 혼자 쓸데없이 이런저런 걱정과 고민에 빠졌다. 근래 얼굴도 내밀지 않았던 탓에 제풀에 지쳐 포기했다고 여겼던 도키치로의 얼굴이 다시 눈앞에 커다랗게 떠올랐다.

다음 날, 마타에몬은 서둘러 나고야 이나바노카미에게 답을 하고 돌아왔다. 그리고 집으로 돌아오자마자 급히 아내를 불렀다.

"그것참, 알 수가 없군. 뜻밖의 이야기를 들었네."

아내는 남편의 얼굴빛을 보고 이내 어떻게 됐는지 눈치를 챘다. 이야기가 잘 풀려 남편의 마음도 풀어지고 네네의 문제에 드디어 밝은 빛이 비추기 시작한 것이라며 웃음을 지었다.

"오늘은 단단히 마음먹고 이나바노카미 님이 무슨 연유로 네네의 혼담에 관심을 가지게 되셨는지 여쭈어보았더니, 글쎄 마에다 이누치요 님이 부탁했다고 하시더군.”

“예? 이누치요 님이 이나바노카미 님께 말이에요? 네네와 도키치로 님을 맺어주라고 부탁하셨다는 말씀이에요?”

“얼마 전 주군께서 교토에 잠행하시는 도중에 이야기가 있었던 모양이네. 그래서 노부나가 님의 귀에도 들어간 것이 아닌가 싶네.”

“어머나, 황송하게도.”

“참으로 송구스러운 일이네. 잠행 도중에 이누치요 님과 도키치로가 주군 앞에서 네네에 대해 이런저런 이야기를 한 듯하네. 그래서 주군께서 이나바 님께 도키치로의 소원이 이루어지도록 중매를 서라고 하신 듯하네.”

“그럼 이누치요 님도 승낙을 했다는 것이군요.”

“이누치요 님이 그 뒤에도 이나바노카미 님을 찾아뵙고 부탁했다고 하니 그런 걱정은 전혀 할 필요가 없네.”

“그럼 오늘은 이나바노카미 님께 분명하게 답을 하고 오신 건가요?”

“음, 잘 부탁드린다고 말씀드리고 돌아왔네.”

마타에몬은 이로써 마음속 근심이 완전히 걷혔다는 듯 가슴을 쫙 폈다.

“이젠 마음이 놓이시는지요?”

고히는 남편과 함께 기뻐했다.

조금 떨어진 작은 방에서 네네는 바느질을 하고 있었다. 조모 대부터 내려온 옷가지를 꺼내놓고 낡은 실을 뽑아 실타래에 감은 뒤 천을 한 조각 한 조각 대어 부엌에서 일할 때 입는 옷으로 다시 만들고 있었다.

네네는 혼자 방 안에서 거문고를 연주하기도 했다. 마타에몬은 네네

의 거문고를 들을 때마다 낡은 거문고의 오래된 현을 새로 갈아주어야
겠다고 마음먹었지만 전쟁에서 이렇다 할 공을 세우지 못해 딸에게 새
거문고를 사줄 형편이 못 되었다. 그동안 가난한 살림에도 혼수 준비
를 하고 있었지만 막상 사위를 맞아들인다고 생각하자 마타에몬과 고
히는 왠지 마음이 더 조급해졌다.

해가 바뀌어 에이로쿠 4년이 되었지만 여전히 험준한 전운이 감돌
고 있었다. 세상은 이들 일가를 위해 잠시도 쉴 틈을 주지 않았다. 다시
여름이 가고 가을인 8월이 됐다. 혼인 결정이 난 뒤 사위가 될 사람은
모습을 일절 보이지 않았다. 그리고 마침내 길인인 8월 3일, 아사노 가
에서 혼례를 올리게 되었다.

데릴사위

"참으로 바쁘군."

도키치로가 중얼거렸다. 하지만 기분 나쁜 일로 바쁜 것은 아니었다. 그리고 어차피 바쁜 사람은 곤조와 하녀, 그리고 일손을 도와주러 온 사람들이었다. 도키치로는 아침부터 유유자적 집 안팎을 어슬렁어슬렁 걸어 다니기만 했다.

'오늘이 8월 3일이군.'

도키치로는 이미 알고 있으면서도 몇 번이나 날짜를 속으로 뇌까렸다. 때때로 벽장을 열어보거나 요 위에 앉아보기도 했지만 좀처럼 마음이 진정되지 않았고 아무것도 손에 잡히지 않았다.

'네네와 결혼을 한다. 내가 사위로 들어간다. 드디어 오늘 밤인데 왠지 거북스럽군.'

혼례 날짜가 알려지고 난 뒤부터 그는 어울리지 않게 하인들 앞에서도 부끄러워하는 기색이 역력했다. 소식을 전해 들은 근처의 아낙들과 동료들이 축하 선물을 가지고 왔을 때에도 마찬가지였다.

"그것참, 이리 축하해주니…… 아내를 맞는 것이 다소 이른 감이 없진 않으나, 앞으로 할 일도 많고 해서 어쩔 수 없이……."

그는 얼굴을 붉히며 그렇게 체면치레를 하기도 했다.

"듣기로 이나바노카미 님이 중매를 서고, 아사노 마타에몬 님이 사위로 맞아들인 것을 보니 역시 원숭이 님에게 뭔가 대단한 구석이 있는 듯하군."

마에다 이누치요가 양보를 하고 이나바노카미를 움직여 열심히 도와준 덕에 마침내 소원을 이루게 된 사정을 모르는 동료들이나 사람들은 도키치로의 혼례에 대해 다들 좋은 이야기만 했다. 하지만 도키치로는 사람들의 평판 따위는 아무래도 좋았다.

도키치로는 가장 먼저 나카무라 촌에 있는 어머니에게 혼례 소식을 알렸다. 그는 직접 달려가서 그동안 쌓인 이야기와 함께 색시의 소생이나 됨됨이 등에 대해 자세히 이야기하고 싶었다. 하지만 어머니가 했던 말 중에 아들이 세상에 떳떳한 구실을 할 때까지 자신은 나카무라에서 지낼 테니 마음 쓰지 말고 성심을 다해 주군을 섬기라는 말이 떠올라 마음을 다잡고 편지를 보냈다.

도키치로의 어머니도 가끔 소식을 전해왔다. 그동안 온 편지나 심부름을 온 사람의 이야기를 들어보면 어머니가 얼마나 기뻐하는지 눈으로 보지 않아도 잘 알 수 있었다. 특히 도키치로는 나카무라 촌에 자신의 출세가 알려진 데다 어엿한 무가의 딸과 결혼하게 되었고, 중매를 선 사람이 노부나가 님의 사촌에 해당하는 사람이라는 사실이 알려진 뒤 나카무라 촌 사람들이 어머니와 누이를 보는 눈이 완전히 달라지다 보니 조금이나마 마음의 위안을 받았다. 곁에 있으면서도 어머니에게 효도할 수 없었던 상황이라 더더욱 이번 일은 적잖이 위안이 돼주었고, 고향 사람들 앞에서도 자긍심을 갖게 해주었다.

"나리, 머리를 올려드리겠습니다."

곤조가 빗 상자를 꺼내 들고 그의 뒤에 앉았다.

"머리도 땋아야 하는가?"

"오늘 밤에 새신랑이 되시니 그런 머리로는 안 됩니다."

"대충 하도록 하게."

도키치로는 진지한 얼굴로 경대를 향해 앉았다. 머리를 올리는 일은 대충할 수 있는 일이 아니었다. 도키치로는 빗을 들고 연신 머리를 빗거나 머리를 올리라거나 내리라고 말했다.

머리 준비가 끝난 뒤 도키치로는 마당으로 나갔다. 부엌에서는 이웃 아낙과 하녀 들이 물을 끓이고 있었다. 문 쪽에서 축하 인사를 하러 온 손님들의 목소리가 들리자 곤조가 급히 달려 나갔다.

"아, 곧 저녁이구나."

벌써 하얀 개밥바라기가 오동나무밭 나뭇가지 사이로 보이기 시작했다. 도키치로는 무척이나 기뻐했다. 그렇게 기쁜 일이 생길 때면 나카무라의 어머니가 떠올랐다. 하지만 한편으로는 기쁨을 함께할 수 없는 지금의 현실을 안타깝게 여겼다.

'욕심을 내면 끝이 없다. 세상에는 어머니가 돌아가신 사람도 있는데.'

도키치로는 홀로 마음을 달랬다. 비록 떨어져 있지만 어머니는 살아 있었고, 또 이렇게 떨어져 있는 것도 도키치로가 오직 봉공에 전념해 훗날 큰일을 이루길 바라는 어머니의 마음인 것이다.

'나는 행복한 사람이다.'

도키치로는 그것을 절실히 느꼈다. 어릴 적부터 어떤 역경이 닥쳐와 눈물을 흘리더라도 불행하다고 생각한 적이 없었지만 오늘은 유달리 더 그렇게 느껴졌다. 흔히 불행한 사람들은 왜 인간으로 태어났을까, 세상이 너무 혐오스럽다, 혹은 자신만큼 불운하고 불행하게 태어난 사람은 없을 거라고 생각한다. 하지만 도키치로는 지금까지 한 번도 세상과 인생을 그런 눈으로 바라보거나 원망한 적이 없었다. 역경도 즐거웠다. 그리고 그 역경을 뛰어넘어 뒤를 돌아다보았을 때는 더 유쾌했다.

도키치로는 아직 스물여섯밖에 되지 않았다. 전도前途의 다사다난을 각오하고 있었고 앞으로 닥쳐올 곤란을 불평하는 날이 있으리라고는 생각하지 않았다. 어떤 파도라도 뛰어넘으려는 각오가, 굳이 각오라고 의식하지 않는 마음이 가슴속에 자리 잡고 있었다. 그런 만큼 양양한 즐거움이 눈앞에 펼쳐지고 있었다. 파란만장할수록 세상이 재미있게 보였다.

그렇다고 성안의 젊은이들이 모였을 때 소매를 걷어 올리며 '자신이야말로 천하의 주인이다'라거나 '무사로 태어난 이상 백세에 이름을 남기고 살아 있는 동안에는 일국일성의 주인이 되자'며 호언장담을 하거나 허언을 내뱉지 않았다. 실제로 그렇게 생각하지도 않았다.

도키치로의 바람은 남들만큼 하는 것이었다. 그는 늘 현재 자신의 직분에 충실하고 그 소임을 완수하는 것 외에 딴마음을 품지 않았다. 그 대신 그는 무슨 일을 하더라도 그 일에 없어서는 안 될 사람이 되었다. 그를 향한 비방도 많았고 위험한 간계에 걸려들기도 쉬웠지만 막상 무슨 일이 닥치면 역시 없어서는 안 될 사람이다 보니 기요스의 중신들도 그를 손쉽게 내칠 수가 없었다. 게다가 근래에는 노부나가도 도키치로의 재능을 인정하고 있었으니 지위가 여전히 낮지만 내침을 당할 걱정 없이 봉공에 성심을 다할 수 있었다.

네네와의 결혼을 계기로 나카무라에서 어머니를 모셔 올 수도 있었지만 아사노 가 쪽에서 네네를 쉽게 내줄 수 없었던 만큼 데릴사위가 되기로 이야기를 마친 상태였다. 그런 이유 때문에라도 아직 어머니를 모실 수 있는 시기가 아니었다. 그리고 조상은 예외로 치더라도 평민

이었던 어머니에게 이런저런 눈치를 보게 하거나 부끄러움을 느끼게
할 수는 없었다.

"앞으로 일이 년 뒤에는……."

도키치로는 혼잣말로 중얼거리며 뜨거운 물을 받아놓은 목욕통에
들어가서 더러운 목덜미와 등을 더욱 정성 들여 씻었다.

목욕을 끝내고 욕의를 입고 안으로 들어오자 이미 집 안은 사람들
로 가득 차서 복닥거리고 있었다. 자신의 집인지 다른 사람의 집인지
모를 정도였다. 모두들 뭐가 그리 바쁜지 방과 부엌을 정신없이 오갔
다. 도키치로는 잠시 방 한쪽에서 모기를 쫓으며 남의 일인 양 그런 모
습을 바라보고 있었다. 그리 깊은 인연이 있는 사람도 아닌데 모두 친
척이나 부모라도 된 듯 열심히 일하고 있었다.

'아, 성벽 공사 때 만난 곰보 도편수도 도와주러 왔구나. 미장이의 아
내부터 숯과 장작 봉행을 하던 무렵에 친했던 산사람과 마을 사람도
와주었군. 모두들 잊지 않고 이렇게…….'

구석에서 오도카니 모기를 쫓고 있던 도키치로는 사람들의 얼굴을
기억해내며 마음속으로 기뻐했다. 그중에는 혼례의 관례를 엄하게 따
지는 노인들도 있었다.

"신랑의 짚신이 닳아서 해지지 않았는가. 헌 짚신은 안 되네. 새 신
발을 신고 신부의 집에 도착하면 그 댁 사람이 그 신발을 벗겨가지고
들어가서 건네면 장인과 장모가 그 신발을 한 짝씩 품고 자는 것이 예
부터 내려온 관례이네."

또 다른 노파가 말했다.

"횃불 외에 지촉紙燭 준비도 했는가? 덮개가 없는 등불을 들고 가면
불이 꺼질 테니 잘 감싸서 신부 집까지 들고 가게. 그리고 그 댁에서도
지촉을 준비해놓았을 테니 인사하고 그 불을 이쪽 불에 옮겨서 사흘

동안 꺼지지 않도록 감실에 밝혀놓아야 하네. 알았는가? 신랑을 따라가는 사람들이 잘 기억해야 할 것이네."

노인들은 마치 자신의 아들이 장가라도 가는 듯 친절히 알려주며 걱정했다. 도키치로는 모든 일을 사람들에게 맡겼다. 그러는 동안 신부 집에서 신랑에게 보내는 문서함을 들고 사람이 왔다는 소리가 들리는가 싶더니 이웃 아낙이 그 문서함을 들고 와서 물었다.

"그러고 보니 신랑은 대체 어디에 계시는지요? 혹시 아직도 목욕하고 계신 건 아닌가요?"

도키치로가 툇마루 끝에서 대답했다.

"여기, 여기 있습니다."

"어머나, 그런 곳에 계셨군요."

아낙이 문서함을 공손히 내밀며 말했다.

"신부 댁에서 보낸 첫 문서함입니다. 무가의 가문이라 관례와 격식을 중히 여기는 듯하니 신랑 쪽에서도 한 자 써서 보내는 것이 예의입니다. 어서 쓰시지요."

"뭐라고 써야 하는지요?"

"호호호."

아낙은 웃기만 할 뿐 가르쳐주지도 않고 그저 종이와 벼루 상자를 가져와 도키치로 앞에 내밀었다. 혼례를 올릴 때 두 가문이 서로 문서를 보내는 후미가요이文通나 후미하지메文初라는 의식은 헤이안 시대 무렵부터의 관례였는데 근래에는 전란이 끊이지 않는 난세였고, 또 신랑이 악필인 경우 당황할 것을 염려해 거의 행해지지 않았다. 하지만 아시카가 요시미쓰 장군 무렵 무가의 혼례 의식에서는 예의범절이 엄하게 정해져 있다 보니 가문이 오래된 무가에서는 지금까지도 그런 풍습을 따르고 있었다. 그런 풍습에 대해 전혀 몰랐던 도키치로는 그저 몸만 가면 된다고 쉽게 생각하고 있었다. 그런데 아사노 마타에몬 부부가 관례에 따라 문서를 보냈던 것이다.

"흠, 뭐라고 써서 보내야 하지."

도키치로는 붓을 들고 당혹해했다. 고향에서 어린 시절 절에 들어갔을 때나 다완집에서 일을 할 때 습자 연습을 한 적이 있어 남들에게 보이지 못할 만큼 악필은 아니었다. 단지 뭐라고 써야 할지 그것이 문제였다.

'경사스런 밤입니다. 곧 찾아뵙고 인사 올리겠습니다.'

도키치로는 그렇게 쓴 뒤 벼루 상자를 가져다준 이웃 아낙에게 보이며 물었다.

"이렇게 쓰면 되겠습니까?"

아낙은 고개를 갸웃거리며 말했다.

"아마 괜찮을 겁니다."

"아주머니도 혼례를 올릴 때 남편에게 받았을 텐데 기억이 나지 않습니까?"

"까맣게 잊어버렸습니다."

"하하하, 본인이 잊어버렸다니 그다지 큰일은 아닌 듯하군요."

문서를 들고 사람이 돌아가자 떡이 다 됐다는 소리가 들려왔다. 사람들이 한자리에 모여 떡과 술을 마시며 신랑에게 축하의 말을 건넸다. 짐말을 파란 천과 붉은 천으로 장식한 뒤 말에 떡을 실어 편지와 함께 나카무라 촌의 어머니에게 보냈다.

"자, 이제 갈 준비를 하시지요."

사람들이 신부의 집으로 출발할 신랑에게 의복과 부채 등을 내밀었다.

"예, 예."

도키치로는 아낙들이 시키는 대로 의복을 갖춰 입었다. 모든 준비가 끝났을 무렵, 하늘에 8월의 초가을 저녁달이 떠올랐고 처마 밑에는 빨간 횃불이 밝혀졌다.

도키치로는 새 신을 신고 말 한 필과 창 두 자루를 가지고 터벅터벅 걸어갔다. 앞에는 두세 명이 횃불을 들고 걸어갔다. 화려한 장식이나 짐도 없이 갑주를 넣는 궤와 옷을 담은 상자가 전부였지만 부하 서른 명을 거느린 무사로서 기죽을 것 없는 당당한 모습이었다.

기가 죽기는커녕 도키치로는 속으로 자부심을 느끼고 있었다. 오늘 밤에 혼례 준비를 한 사람들과 지금 함께 가는 사람들은 모두 자신을 도와주러 온 사람들이었다. 그들은 마치 자신의 일인 양 자진해서 오늘 밤 혼례를 기뻐하고 걱정해주었다. 신부의 집에 건넬 화려하고 사치스런 짐은 없지만 도키치로는 이렇게 사람들의 인망을 짊어지고 갔다.

유미슈의 집집마다 문 앞에 빨간 불빛이 넘실댔다. 아사노 마타에몬 일가의 경사를 위해 모두 문을 활짝 열어놓고 있었다. 문 앞에 화톳불을 피워놓은 집도 있었고 지촉을 들고 곧 도착할 신랑을 기다리며 서성거리는 사람들도 있었다. 아이를 안거나 손을 모으고 있는 이웃 사람들의 얼굴이 불빛을 받아 발갛게 빛났다.

저편 네거리에서 한 아이가 달려와 외쳤다.

"왔다, 왔어."

"신랑이 왔다."

아이들의 어머니가 조용히 하라며 아이의 이름을 불러 곁으로 끌어당겼다. 초저녁 달빛이 길을 물들였다. 아이들이 떠들썩하게 외친 뒤 사람들은 숨을 죽이고 정숙하게 신랑을 기다렸다.

네거리를 빨갛게 물들이며 횃불 두 개가 모퉁이를 돌자 그 뒤에서 걸어오는 신랑의 모습이 나타났다. 도키치로는 더없이 침착한 모습이었다. 몸집은 작았지만 지나치지 않을 만큼 의복을 갖춰 입었고 일부 사람들이 험담을 할 만큼 못생기지도 않았으며 잘난 체하는 사람처럼 보이지도 않았다.

그날 밤 집 앞이나 길가에서 지켜본 사람들에게 신랑의 인물을 어떻게 보았는가 물어보면 모두들 '저 정도면 그저 평범한 사람으로 네네의 신랑이 되어도 이상할 것이 없다'고 말했을 것이다. 아녀자들이나 이웃 무사들의 평도 대체로 평범한 인물로 모아졌다. 이른바 남자로서 볼품이 없는 정도도 아니고 그렇다고 뛰어나게 잘나지도 않았다는 것, 그리고 장래에 크게 출세는 하지 못하겠지만 유미슈의 일가에 장가를 오는 사내로서 부족함이 없다는 것이 중론이었다.

"도착하셨습니다."

"신랑이 오십니다."

마타에몬의 집 문 앞에서 목을 길게 빼고 신랑을 기다리고 있던 친척과 가족 들은 도키치로가 모습을 드러내자 흔들리는 불빛 아래 한바탕 난리법석을 떨었다. 신부의 집 하녀가 신랑의 집에서부터 꺼지지 않도록 소중하게 들고 온 지축 등불을 바로 신부의 집 지축으로 옮겨 붙이더니 안으로 뛰어 들어갔다.

양가 사람들이 문 앞에서 서로 인사를 나누었다. 신랑이 아무 말도 하지 않고 현관으로 들어서자 하녀가 그의 신을 집어 소중하게 들고 가지고 갔다. 잠시 기다리라는 듯 신랑만 다른 별실로 안내되었다.

도키치로는 오도카니 방 안에 앉아 있었다. 예닐곱 간이 되는 작은 집이었다. 장지 바로 옆에서 도와주는 사람들의 웅성거리는 소리가 손에 잡힐 듯 들렸다. 작은 안뜰 바로 건너편 부엌에서 그릇을 씻는 소리가 들리고 음식 냄새도 풍겨왔다. 중매를 섰던 나고야 이나바노카미의 집에서도 도와줄 사람이 와 있는 듯했다. 도키치로는 이곳에 오는 동안에는 그다지 긴장을 하지 않았지만, 막상 신부의 집에 앉자 갑자기 심장이 뛰고 입술이 바싹바싹 말랐다.

모두가 도키치로의 일은 까맣게 잊은 듯했다. 그는 아무도 보고 있지 않은 방 안에 홀로 있었지만 위엄 있고 단정한 자세로 앉아 있었다.

"⋯⋯."

다행히 도키치로는 예전부터 심심한 것을 모르는 사람이었다. 더욱이 곧 화촉 아래에서 신부를 맞이할 신랑이 따분함을 느낀다는 것 자체가 이상했지만 그럼에도 그는 어느새 자신이 신랑이라는 것을 잊어버리고 이런저런 공상에 빠져 있었다.

어처구니없게도 도키치로는 지금 산슈三州의 오카자키 성에 대한 공상에 홀딱 빠져 있었다. 근래 그의 머릿속을 가득 채우고 있는 가장 큰 관심사이자 흥밋거리는 오카자키 성의 앞날이었다. 신부가 내일 아침 자신에게 무슨 말을 할지, 어떤 모습으로 자신에게 아침 인사를 할지를 생각하는 것보다 훨씬 더 흥분되는 일이었다.

오카자키 성은 이마가와에게 가담할지 아니면 오다에게 가담할지, 운명의 기로에 서 있었다. 작년 오케하자마 싸움에서 이마가와가 대패한 뒤 산슈 오카자키의 마쓰다이라 가문은 종전대로 이마가와에게 계속 가담할 것인지, 아니면 이번 기회에 이마가와나 오다에게 속하지 않고 독립을 천명할 것인지, 또 아니면 오다와 화친의 길을 취할 것인지 세 개 기로에서 하나를 선택해야 하는 상황에 처해 있었다.

오랜 세월 마쓰다이라 가문은 이마가와 가문이라고 하는 거목에 의지해 존립해온 기생목이었다. 그런데 그 근간이 오케하자마에서 무너졌던 것이다. 자립하기에는 아직 힘이 부족했고, 이마가와 요시모토 사후에 이마가와 가문은 물론이고 요시모토의 아들인 우지자네를 믿기에는 부족함이 많았다. 그러다 보니 오카자키 성은 고민에 빠져 있었다. 그렇듯 은밀히 들려오는 세간의 풍문이나 상층부 정책에 대한 정보를 알고 있는 도키치로는 '지금이 바로 마쓰다이라 모토야스의 역량을 알 수 있는 기회'라며 비상한 관심과 흥미를 가지고 상황을 지켜보고 있었다.

도키치로는 무슨 연유인지는 몰라도 오카자키 성의 주인인 마쓰다이라 모토야스에게 남다른 관심을 가지고 있었다. 그것은 그가 여러 나라를 떠돌아다닐 때 오카자키 성의 기풍이나 다년간의 고난과 예속적인 모멸을 참고 견뎌온 그들의 실상을 목격한 탓도 있었지만, 더 큰 이유는 마쓰다이라 모토야스가 살아온 지금까지의 내력 때문이었다. 일국일성의 주인으로 태어났지만 도키치로보다 고난을 더 겪은 불운한 모토야스의 처지를 사람들의 이야기를 통해 들은 뒤부터 그에게 강하게 마음이 끌렸던 것이다. 게다가 모토야스는 올해 스무 살밖에 되지 않았다고 했다. 나이는 어리지만 오케하자마 싸움에서 요시모토의 선병을 맡아 와시즈와 마루네 요새를 함락시킨 수완도 뛰어났다.

요시모토가 죽었다는 소식을 들은 그날 밤 즉시 마카와로 물러난 것만 봐도 판단력이 좋다는 것을 알 수 있었다. 오다의 진중에서도, 그후의 기요스에서도 모토야스에 대해 좋은 평가를 하고 있다 보니 모토야스는 화제에 자주 올랐다. 도키치로는 오카자키 성이 머지않아 어떤 선택을 할 것인지 홀로 상상하고 있었다.

"여기 계십니까?"

장지문이 열렸다. 도키치로는 정신을 차리고 새신랑으로 돌아왔다.

"아니, 이게 누구십니까?"

나고야 이나바노카미의 가신이자 그를 대신해서 온 니와 호조丹羽兵藏 부부가 들어왔다.

"주인이신 이나바노카미 님을 대신해서 저희 니와 호조 부부가 왔으니 무엇이든 말씀하십시오."

"저 때문에 괜히 고생하시는군요."

도키치로는 인사를 하고 다시 점잖게 앉았다.

"일가친척 중에 부득이한 일로 조금 늦게 오시는 분이 있어 다소 늦어지고 있다고 합니다. 하여 바로 '도코로아라와시'를 하고자 합니다."

"도코로아라와시가 대체 무엇인지요?"

"신부의 부모님을 비롯한 일가친척들과 신랑이 처음 대면해서 술잔을 주고받는, 오래전부터 내려오는 격식입니다. 근래에는 그저 인사만 하다 보니 격식이나 예의범절을 그다지 크게 따지진 않습니다."

곧바로 니와 호조의 아내가 장지문을 열고 옆방에서 대기하고 있던 사람들을 불렀다.

"들어오십시오."

가장 먼저 평소에도 너무나 잘 알고 있던 아사노 마타에몬 부부가 인사를 하러 들어왔다. 그들은 격식을 차리며 잘 부탁드린다고 인사를 했고, 도키치로는 황망해서 어쩔 줄 몰라 했다.

"아, 아닙니다. 오히려 제가 잘 부탁드립니다."

장인과 장모의 차례가 지나고 열입곱 정도로 보이는 소녀가 부끄러운 듯 손을 바닥에 짚고 인사를 했다.

"저는 네네 언니의 동생인 오야야라고 합니다."

도키치로는 깜짝 놀란 듯 눈이 커졌다. 네네보다 예쁘고 아름다운 소녀였다. 네네에게 저런 동생이 있었다는 것을 그는 지금까지 전혀 몰랐다. '심창深窓의 가인'이라는 말처럼 어디에 저런 아름다운 꽃이 있었는지, 그는 무가의 가문은 아무리 작아도 그 깊이를 알 수 없다고 생각했다.

"아, 예. 저는 오늘 혼례를 치르게 된 기노시타 도키치로입니다. 잘 부탁드리겠습니다.”

오야야는 소녀다운 눈빛으로 ‘앞으로 형부라고 부르게 될 언니의 신랑이 이 사람인가’ 하며 도키치로의 얼굴을 보려고 고개를 들었다. 그 순간 다음 순서를 기다리던 친척이 곧바로 인사를 건넸다.

“저는 네네와 오야야의 숙부이자 마타에몬 님의 부인의 오빠인 기노시타 마고베 이에사다木下孫兵衛家定라고 합니다. 처음 뵙겠습니다. 앞으로 잘 부탁드리겠습니다.”

“저는 고히 님의 언니의 남편 되는 의원인 산세쓰三雪라고 합니다.”

도키치로는 누가 누구의 백부이고 질녀이고 사촌인지 다 기억할 수도 없을 만큼 신부의 친척들을 한 번에 모두 만났다.

‘친척이 정말 많구나.’

도키치로는 속으로 생각하며 혀를 내둘렀다. 하지만 한편으론 갑자기 예쁜 동생과 말이 잘 통할 것 같은 백부와 숙모와 같은 친척이 늘어난 것이 즐겁기도 했다. 그는 친척이 적은 데다 홀어머니 슬하에서 자랐지만 성격상 친척이 많은 것을 좋아했다. 많은 사람이 시끌벅적하게 열심히 일하고 웃음이 가득한 가정을 꾸리고 싶었다.

“자, 그럼 사위님, 저쪽 혼례식 자리로.”

니와 부부는 방 두 칸 너머 그리 넓지 않은 방에 마련한 자리로 도키치로를 데려가서 앉혔다.

미즈가케이와이 水掛祝

가을이라고는 하지만 집 안에 아직 무더운 기운이 남아 있는 8월의 밤이었다. 창문과 처마에는 여름에 쓰던 그대로 여전히 발이 쳐져 있었다. 그 발 사이로 흘러 들어오는 벌레 소리와 밤바람에 등잔불이 희미하게 흔들렸다. 먼지 하나 없는 깨끗한 혼례 자리는 화촉이라는 말이 무색할 정도로 어슴푸레했다.

여덟 평 정도 되는 방 안은 아무런 장식도 없어서 오히려 더 말끔하게 보였다. 바닥에는 갈대와 대나무를 엮어 편 뒤 그 위에 얇은 돗자리를 깔아놓았다. 뒤쪽 바닥에는 하늘에서 내려와 일본을 만들었다는 이자나기노미고토伊弉諾尊와 이자나미노미고토伊弉冉尊 두 신에게 제사를 지내는 신등神燈과 신목이 하나씩 있었고 떡과 제주가 진상되어 있었다.

도키치로는 바짝 긴장이 됐다. 자리에 앉은 뒤부터 계속 생각이 이어졌다.

'오늘 밤부터……'

남편으로서의 책임과 앞으로 달라질 생활, 또 그에 수반되는 일가 친척의 운명까지 자신과 연관된 신성한 의식 속에서 자신을 되돌아보았다. 그중에서도 네네는 자신이 무척이나 좋아하는 여인이었다. 벌써 다른 곳으로 시집을 갔을지도 모를 그녀의 운명을 자신에게로 향하게 해서 오늘 밤에 혼례까지 치르게 되었다.

'불행하게 하면 안 된다!'

신랑의 자리에 앉았을 때, 도키치로는 가장 먼저 그런 생각을 했다. 여자란 남자의 힘에 따라 움직일 수밖에 없는 가녀린 운명의 존재였다. 네네 역시 그런 가련한 여인이라고 생각했다.

오래 지나지 않아 혼례식이 시작됐다. 모든 것이 실로 검소했다. 먼저 신랑이 자리에 앉자 얼마 뒤 신부인 네네가 양쪽에서 여자의 도움을 받으며 소리도 없이 신랑의 곁으로 와서 앉았다.

"오래 기다리셨습니다. 경하드립니다. 백년해로하시길 바랍니다."

수모手母가 그렇게 말하며 단정하게 앉아 있는 신랑 신부 앞으로 나와 술병을 집었다. 니와 부부와 일가친척들은 장지문 근처에서 대기하고 있었다.

"……."

도키치로가 잔을 들자 작인酌人이 네네에게 건넸다.

"……."

네네가 술잔을 받아 입에 갖다 댔다. 도키치로는 얼굴이 상기되었고 가슴이 뛰었지만 네네는 의외로 차분해 보였다. 일생 동안 앞으로 어떤 일이 닥치더라도 자기 스스로가 원한 일이니 부모와 신을 원망하지 않겠다는 가련하고도 비장한 결의가 술잔에 닿은 입술에 보이는 듯했다.

신랑과 신부의 술잔 의식이 끝나자 문 뒤에서 기다리고 있던 니와 호조가 축하 노래를 부르기 시작했다. 그러자 박꽃이 듬성듬성 핀 울타리 밖에서 누군가 노래를 따라 불렀다. 모든 사람들이 숨을 죽이며 조용히 호조의 축하 노래를 듣고 있었던 만큼 울타리 밖에서 노래를 이어받아 부르는 사내의 목소리는 한층 더 크게 들렸다.

"응?"

호조는 깜짝 놀라 노래를 멈췄고 사람들도 깜짝 놀라 서로 얼굴을 바라보았다. 신랑인 도키치로는 자신도 모르게 마당 너머를 바라보았다.

"누구냐?"

옆집에서 누군가가 못된 장난을 치는 사내를 꾸짖었다. 그러자 울타리 밖의 그림자가 사립문을 열고 안으로 들어오면서 낭랑한 목소리로 사루가쿠 가락으로 노래를 부르듯 화답했다.

"규슈 히고노구니肥後國, 아소궁阿蘇宮의 간누시 도모나리神主友成가 바로 이 몸인데, 내 아직 교토를 보지 못했던 터라 이번에 마음먹고 올라온 김에 마침 반슈의 다카사고高砂 포구도 볼까 해서 왔소이다."

도키치로는 자리에서 일어나 툇마루까지 뚜벅뚜벅 걸어갔다.

"아, 이누치요가 아닌가!"

"신랑이시군."

이누치요가 얼굴을 감싸고 있던 삼베 두건을 벗으며 말했다.

"미즈가케이와이水掛祝를 하러 왔네. 들어가도 되겠는가?"

도키치로가 손뼉을 치며 외쳤다.

"잘 왔네. 어서 올라오게, 어서."

"벗들도 많이 데리고 왔는데 괜찮겠는가?"

"괜찮고말고. 걱정할 게 뭐가 있겠는가. 방금 혼례도 끝났으니 오늘 밤부터 나는 이 집의 사위일세."

"좋은 사위를 맞이한 마타에몬 님께 한 잔 받아야겠군."

이누치요는 울타리 밖을 돌아보더니 어둠 속을 향해 손짓을 했다.

"어이, 모두들. 이 집의 사위에게 미즈가케이와이를 하러 어서 들어오게. 어서."

"미즈가케이와이를 하자. 미즈가케이와이를 하세."

그렇게 이구동성으로 외치며 마당 한가득 사람들이 몰려들어 왔다. 얼굴을 보니 이케다 가쓰사부로와 사와키 도하치로, 가토 야지로부터 오랜 벗인 간마쿠, 곰보 도편수도 있었다. 그 외에 마구간과 부엌일을 할 때 함께 지낸 동료들이 이누치요를 따라 방으로 올라와 자리를 잡고 앉았다.

미즈가케이와이라는 것은 평소에 사위와 친한 친구들이 사위를 맞아들인 집에 몰려가서 물을 뿌리며 축하하는 풍습이었다. 무로마치 시대부터 전국 시대 무렵까지 혼례 때 행해지던 풍습 중 하나로, 신부의 집은 환대를 할 의무가 있었고 축하객들은 마음껏 행동하고 소란을 피우다가 신랑을 마당으로 끌어내서 물을 끼얹고 돌아갔다.

하지만 오늘 밤 미즈가케이와이는 조금 빠른 듯했다. 보통 때 같으면 혼례를 올린 지 반년이나 일 년째 되는 날에 하는 것이 풍습이었지만 술잔을 나누는 의식이 방금 끝난 참이었는데 이누치요가 미즈가케이와이를 하러 왔다며 많은 사람과 함께 들이닥쳤던 것이다. 그래서 마타에몬 일가는 물론이고 니와 호조도 놀라고 말았다. 하지만 도키치로는 오히려 잘 왔다며 반갑게 맞이하고는 방금 술잔을 나눈 신부를 붙잡고 말했다.

"네네, 우선 뭐라도 좋으니 안주, 그렇지 술을 많이 내오도록."

"예."

네네도 아까부터 깜짝 놀라 눈을 크게 뜨고 있었지만 이 정도 일에 놀라면 그의 아내로서 평생 함께할 수 없을 것이라는 사실을 진작에 깨달은 듯했다.

"알겠습니다."

신부는 바로 옆방에서 눈처럼 흰 예복을 벗고 평상복으로 갈아입고 일을 하기 시작했다.

"이런 혼례가 다 있는가."

다른 방에서 화를 내는 친척의 목소리가 들려왔다.

"저게 무슨 짓인가. 이건 마치 혼례를 망치러 온 자들 같군. 신랑도 그렇지, 신부에게 무슨 짓인가. 당장 그만두라 하게."

친척 중에는 화를 내는 사람도 있었지만 말리는 사람도 있고 여자들도 있다 보니 어쩔 수 없이 참을 수밖에 없었다. 마타에몬 부부는 처음에는 방 안을 들여다보며 사람들을 달랬지만 많은 사람이 동요하자 안절부절못하며 어쩔 줄 몰라 했다. 사실 마타에몬은 이누치요라는 소리를 들은 순간 가슴이 쿵하고 내려앉았지만 사위인 도키치로와 사이 좋게 어울려 이야기를 나누고 있는 모습에 가슴을 쓸어내렸다. 난세와 같은 전국 시대에서 자랐고 앞으로 세상이 어떻게 뒤집어지고 일변할지 모르는 시절을 살아갈 젊은이들에게 이 정도의 일은 아무것도 아니었다. 아니, 기백이 저 정도가 아니면 오히려 미덥지 못할 것이었다. 마타에몬은 당황해하는 사람들 속에서 혼자 그렇게 생각했다. 그리고 무의식중에 이미 사위가 된 도키치로의 편을 들고 있었다.

"네네, 네네야. 술이 모자라지 않도록 술집에 가서 술을 구해 오너라. 고히, 고히!"

마타에몬은 네네에게 그렇게 말하더니 아내를 불렀다.

"뭘 그리 우물쭈물하고 있는 게요. 안주만 있고 술잔이 없지 않은가. 진수성찬은 아니더라도 뭐든지 있는 건 다 내오게. 이거, 이누치요 님, 그리고 여러분. 이리 찾아주시니 이 늙은이는 그저 기쁘기 그지없습니다."

"마타에몬 님, 오랜만입니다. 이누치요입니다. 축하주 한잔 주십시오."

"자, 여기 있습니다."

마타에몬은 술잔을 집어 들어 이누치요에게 건네고는 술을 따랐다. 이누치요는 지금 이 순간이 감개무량했다. 처음에 사위와 장인이 될 사람은 이 두 사람이었다. 그러고 보면 인연이란 참으로 신기하고 오묘한 것이었다. 이누치요가 앞으로 무사로서 서로 깊이 교류를 나누기를 바란다고 하자 마타에몬도 그에 화답하며 술을 따랐다.

"마타에몬 님, 이렇게 좋은 사위를 맞이하시다니 이 이누치요가 진심으로 축하드립니다."

이누치요는 술잔을 들며 말을 이었다.

"네네 님과 기노시타는 행복한 사람입니다. 이 좋은 날, 실컷 술을 마시지 않겠느냐고 여기 사람들에게 말하고 몰려왔습니다. 괜찮겠습니까?"

"괜찮습니다, 괜찮고말고요. 밤새 마셔도 괜찮습니다."

마타에몬이 흥에 겨워 술잔을 받아 마시며 말했다.

"하하하, 밤새 술을 마시면 신부님이 화를 내시지 않을까요?"

그러자 도키치로가 말했다.

"무슨, 내 아내는 그런 사람이 아닐세. 더없는 현모양처일세."

이누치요가 무릎을 가까이 대며 놀렸다.

"어이, 벌써 뻔뻔하게 아내의 편을 드는 겐가?"

"이런 미안하네. 사죄함세."

"그냥 용서해줄 수는 없지. 이 큰 잔으로……."

"큰 잔은 사양하네. 작은 잔에다 주시게."

"신랑이 이렇게 소심해서야."

"미안, 미안하네."

흡사 아이들의 장난처럼 보였다. 하지만 도키치로는 그날 밤뿐 아니라 술자리에서 폭주를 한 적이 없었다. 어릴 적 쓰라린 기억이 있기 때문이었다. 술버릇이 나쁜 사람이나 술을 억지로 강요하는 사람을 보면 의붓아버지 지쿠아미의 얼굴이 떠올랐고 그의 나쁜 술버릇에 늘 눈물 짓던 어머니의 얼굴이 떠올랐다.

게다가 도키치로는 자신의 건강에 대해 잘 알고 있었다. 한창 자랄 무렵 가난 때문에 제대로 먹지 못해서 남들에 비해 기골이 장대하지 않았다. 그는 젊은 나이에 어울리지 않은 왜소한 체격이라는 것도 알고 있었다.

"큰 잔은 무리이니 작은 잔으로 주게. 그 대신 노래를 부르겠네."

"노래를 부르겠다고?"

도키치로는 대답 대신 무릎을 두드리며 노래를 부르기 시작했다.

"인간 오십 년, 하천에 비하면 몽환과 같구나. 한바탕 생을 얻어 멸하지 않을 자가 있으랴."

"아니, 잠깐."

이누치요가 노래를 부르는 도키치로의 입을 막았다.

"그 노랜, 자네 노래가 아니지 않은가. 주군께서 자주 부르시는 아쓰모리 노래가 아닌가."

"그렇네. 평소에 기요스의 상인인 유칸友閑을 불러 춤과 노래를 부르시는 것을 듣다 보니 어느새 기억하게 되었네. 딱히 금지된 노래도 아니니 부른다 하여 나쁠 것은 없을 것이네."

"안 되네. 안 돼."

"어째서?"

"경사스런 혼례식에 어울리지 않는 노래를 부를 이유가 없네."

"오케하자마로 출전하시는 날 아침, 주군께서 춤을 추시고 출전한 노래인데 이제부터 가난한 우리 젊은 부부가 세상에 나감에 있어 어울리지 않을 이유도 없을 듯하네만."

"그렇지 않네. 전장으로 떠나는 각오는 각오이고, 신부를 맞은 경사는 경사이네. 머리가 파뿌리가 될 때까지 오래 함께 살려고 마음먹는 것이 오히려 진정한 무사일 걸세."

"바로 그것이네."

도키치로가 무릎을 치며 말했다.

"실은 내 바람도 바로 그것이네. 전쟁이 나면 어쩔 수 없지만 적에게 죽지 않고 오십 년은커녕 백 살까지 네네와 사이좋게 함께 살고 싶네."

"이런 뻔뻔한 사람. 자, 춤이나 추게."

이누치요가 재촉하자 뒤에 있던 사람들도 춤을 추라고 아우성을 쳤다.

"잠, 잠깐만. 지금 추겠네."

도키치로는 사람들을 잠시 그렇게 달래고는 부엌 쪽을 돌아보며 손뼉을 쳐 네네를 불렀다.

"네네, 술병에 술이 없네. 여기도 없군."

"예."

네네가 대답을 하더니 술병을 들고 종종걸음으로 들어와서 도키치로가 말하는 대로 순순히 손님들에게 술을 따랐다. 언제까지나 네네를 아이라고 여기고 있었던 마타에몬 부부는 그런 방 안 광경을 어이없는 얼굴로 바라보았다. 하지만 네네의 마음은 어느새 남편과 하나가 되어 있었고 도키치로도 그런 아내에게 아무런 거리낌이나 어색함이 없었다.

이누치요는 막상 네네와 얼굴을 마주하자 술기운과 함께 어쩔 수 없이 옛 감정이 얼굴에 드러나고 말았다.

"네네 님이시군요. 이거 오늘 밤부터 기노시타 님의 부인이 되셨으니, 새삼 축하의 말씀을 드립니다."

이누치요는 술잔을 그녀 앞으로 건네며 말을 이었다.

"숨기려 해도 다 알고 있는 것이 친구 사이이니, 이제 와서 가슴속에 담아두기보다 속 시원히 털어놓는 것이 좋을 걸세. 그렇지 않나, 기노시타?"

"뭘 말인가?"

"잠시 부인을 빌려도 되겠는가?"

"하하하, 그리하게나."

"고맙네. 자 그럼, 네네 님께 하고 싶은 말이 있소이다. 한때는 세상 사람들이 다 알 만큼 나는 그대를 좋아했고 지금도 그 마음은 변함이 없소이다. 네네 님은 내가 좋아했던 여인 중 한 명이오."

"……."

갑자기 이누치요의 말투가 진지해졌다. 그렇지 않아도 네네의 마음은 방금 혼례를 올려 한 남자의 아내가 된 감상으로 가득했고 오늘 밤이 지나면 앞으로 이누치요는 처녀 시절의 한 남자로 기억될 것이었다.

"네네 님, 감히 묻겠소만 그대는 여기 도키치로를 선택하셨소이다. 사랑이란 본시 어리석은 마음이라 좋아했던 그대를 기노시타 님께 양보한 것도 실은 나 역시 그대 이상으로 기노시타 님에게 반했기 때문이오. 사내가 사내에게 사랑의 징표로 그대를 그에게 준 것이오. 이렇게 말하면 마치 물건처럼 생각될지 모르지만 사내란 그런 것이오. 하하하, 그렇지 않은가, 기노시타?"

"맞네, 자네의 마음을 나도 짐작은 하고 있었네."

"이렇게 좋은 부인을 사양했더라면 내가 사람을 잘못 본 것이니 나는 오히려 자네를 경멸했을 것이네. 자네에게는 과분한 부인이네."

"바보 같은 소리."

"하하하, 참으로 기쁘네. 기노시타, 자네와 내가 평생 사귐에 있어 오늘처럼 경사스러운 밤은 없을 걸세."

"음, 없을 걸세."

"니와 님은 어느새 가버리셨군. 네네 님, 소고가 있소이까?"

"있습니다."

"내가 소고를 치면 누가 일어서서 고와카마이幸若舞[75]나 덴가쿠마이田樂舞[76]를 한번 추게나."

"그럼 부족하나마 제가 춤을 추도록 하겠습니다."

네네가 자리에서 일어섰다. 이누치요와 이케다 가쓰사부로를 비롯한 사람들이 눈을 크게 떴다. 이 시대에 춤을 추는 것은 그리 특별한 일이 아니었다. 일상생활 중 하나라고 할 정도로 자주 춤을 췄고 무가의 자녀라면 당연히 배워야 할 소양 중 하나였다. 특히 덴가쿠마이나 고와카마이 등은 무가에서 좋아하는 춤이었다.

다케다 신겐이 덴타구天澤 화상에게 '오다의 취미는 무엇인가?' 하고 물었을 때, '오다 님의 취미는 춤과 노래입니다'라고 대답했다는 일화도 있었다. 노부나가는 가끔 기요스 상인인 유칸이라는 사람을 성으로 불러 춤을 구경하거나 직접 춤을 추기도 했다.

또 훨씬 이후의 일이지만, 아즈치安土의 총견사總見寺에서 이에야스에게 대향연을 베풀 때도 고와카幸若와 우메와카梅若라는 극단이 춤을 췄는데 우메와카가 춤을 제대로 추지 못하자 노부나가가 다시 추라고 질책했다는 일화도 있다. 이렇듯 그 무렵에는 삶과 죽음의 기로에서 무인이 춤을 추었다는 일화가 헤아릴 수 없을 만큼 많다.

---

75 무로마치 시대에 유행한 노래를 부르며 추는 춤의 일종으로, 옛이야기에 곡을 붙여 노래로 부르거나 무사에 관한 노래를 부르며 추는 춤을 말한다.
76 헤이안 시대 중기 이후로 민간에서 모내기를 할 때 피리나 북을 치고 노래를 부르며 추던 춤을 말한다.

이에야스가 다카텐진高天神 성을 포위했을 때 성의 장수인 아와다 교부栗田刑部가 '이번 생에서 마지막으로 한 차례 춤을 추고 싶다'고 청하자 흔쾌히 수락하고 적과 아군 모두 교부가 추는 고와카마이를 구경했다는 이야기도 있다.

덴쇼天正 10년, 히데요시가 추고쿠中國 지방의 다카마쓰高松 성을 물을 이용해서 공격했을 때에도 시미즈 쵸자에몬 무네하루清水長左衛門宗治가 고립된 성의 오천 병사의 목숨을 대신해 탁류에 배 한 척을 띄우고 양군이 지켜보는 가운데 적장인 히데요시가 보낸 한 통의 술을 마신 다음 서원사誓願寺의 춤을 한바탕 추고 할복했다는 일화가 후세까지 전해져오고 있다.

이런 일화와는 달리 네네는 기쁨에 겨워 부채를 펼치며 자리에서 일어나 이누치요의 소고에 맞춰 고와카幸若 중에 나오는 겐지모노源氏物 한 대목을 추기 시작했다.

"좋구나. 잘 춘다."

도키치로는 마치 자신이 춤을 추는 듯 손뼉을 쳤다.

술기운이 거나하게 오른 탓인지 사람들의 흥은 한층 고조되었다. 누군가가 스가구치須賀口로 가자고 했다. 스가구치는 기요스의 역참이자 가장 번화한 홍등가였다. 누구 하나 싫다고 하는 사람이 없었다. 새신랑인 도키치로가 어서 가자며 가장 먼저 자리에서 일어섰다. 미즈가케 이와이를 하러 온 일행은 어이없어 하는 친척들을 무시하고 도키치로의 목에 들러붙어 등을 떠밀고 비틀거리고 손을 휘저으며 수선을 피우다 일진광풍처럼 밖으로 나갔다.

"신부가 불쌍하구나."

친척들은 혼자 남겨진 네네가 걱정이 되어 그녀를 찾아보았지만 방금까지 춤을 추고 있던 그녀의 모습은 보이지 않았다.

그녀는 어느 틈엔가 미닫이문을 열고 밖으로 나가 있었다. 그리고 술이 취한 무리들에 둘러싸여 걸어가는 남편을 쫓아가더니 잘 다녀오라며 도키치로의 품 안에 돈이 든 주머니를 넣어주었다. 도키치로는 그것도 모를 만큼 취한 상태는 아니었다. 그렇다고 아내에게 잘했다고 할 만큼 어리석지도 않았다. 도키치로는 벗들에게 둘러싸여 강물에 떠밀려 흘러가듯 빨갛게 물든 저녁 안개 저편으로 조금씩 사라졌다.

언제나 성안의 젊은이들이 몰려와서 술자리를 벌이는 누노가와布川라는 술집이 있었다. 이곳 스가구치의 오래된 역참에 오다와 시바 등지의 영주들보다 훨씬 이전부터 있었던 오래되고 허름한 술집이었는데, 기요스의 젊은이들은 그곳이 마음에 들어 술에 취하거나 무슨 일이라도 생기면 누노가와에 가자는 말을 입에 달고 살았다.

도키치로도 몇 번이나 누노가와에 갔다. 이곳에서 모일 때 도키치로의 얼굴이 보이지 않으면 술집 사람이나 친구들도 이가 하나 빠진 듯 허전함을 느꼈다. 그래서 그를 데려오지 않은 날에는 결국 기노시타를 데려오라며 성화를 부리기도 했다. 그런데 그 도키치로가 오늘 밤에는 새신랑이 되어 무리와 함께 시끌벅적하게 누노가와의 문 앞까지 몰려왔던 것이다. 이케다 가쓰사부로와 마에다 이누치요가 문 앞의 주렴에서 안에다 대고 고함을 질렀다.

"어이, 모두들 이리 나와 손님을 맞지 않고 뭣들 하느냐! 삼국 제일의 신랑을 데리고 왔다. 신랑이 누군지 아느냐? 기노시타 도키치로라는 사내이니라. 신부는 누구인 줄 아느냐? 기요스의 미녀라고 불리는 네네 님이시다. 자, 어서 축하해주어라. 미즈가케이와이를 해주거라."

그들은 서로 발이 엉켜 비틀거렸다. 도키치로도 그들 속에서 부대끼다 토방 안으로 비틀거리며 들어갔다.

영문을 몰라 어리둥절해하던 술집 사람들도 이윽고 일의 전말을 알게 되자 웃으며 요란을 떨었다. 혼례 자리에서 축배를 들고 있던 신랑을 빼앗아왔다는 말을 듣고 놀라기도 했다. 신부 보쌈이 아니라 신랑 보쌈이라며 배를 부여잡고 웃기도 했다. 도키치로는 도망치듯 방으로 들어갔다. 일행들은 새벽까지 절대 신랑을 돌려보내면 안 된다며 빙 둘러앉아 술을 재촉했다. 얼마나 마셨는지, 또 무슨 노래를 부르고 춤을 췄는지 아무도 기억하지 못했다. 마침내 모두들 널따란 바닥에 제각각 술에 취해 곯아떨어지고 말았다.

밤이 이슥해지자 가을색이 한층 완연해졌다. 8월의 마당에는 벌써 가을 화초가 피어 있었다. 술에 곯아떨어진 사람들이 조용해지자 벌레가 울기 시작했고 풀잎 위에는 하얀 밤이슬이 내려앉았다.

"응?"

갑자기 이누치요가 고개를 벌떡 들더니 주위를 둘러보았다. 살펴보니 도키치로도 고개를 들고 있었다. 이케다 가쓰사부로도 눈을 뜬 상태였다.

"……."

그들은 서로 눈을 맞추며 귀를 기울였다. 마당 너머 길가에서 들려오는 소리였다. 한밤중의 정적을 가르며 지나가는 재갈 소리에 눈을 뜬 것이었다.

"뭐지?"

"무슨 일일까?"

"꽤 많은 사람인 듯한데?"

이누치요가 뭔가 짐작 가는 것이 있는지 무릎을 딱 치며 말했다.

"그래. 얼마 전에 미카와의 마쓰다이라 모토야스에게 사자로 간 다키가와 가즈마스滝川一益 님이 돌아오실 때인데, 그것이 아닐까?"

"맞다. 오다 가문에 가담할지, 이마가와 가문에 붙을지 미카와의 대답을 가지고 돌아오셨을 것이다.”

다른 사람들도 차례로 눈을 뜬 듯했지만 세 사람은 그들을 기다리지 않고 누노가와를 뛰쳐나와 재갈 소리와 인마의 뒤를 쫓아 성문 쪽으로 달려갔다.

화전 和戰

다키가와 가즈마스가 사자로 미카와를 찾은 것은 작년 오케하자마 전투 이후 지금까지 몇 번인지 모를 정도였다. 그가 미카와의 마쓰다이라 모토야스를 설득해오다 가문과 제휴를 맺게 하려는, 외교적으로 중대한 사명을 띠고 있다는 사실은 기요스의 백성들에게까지 널리 알려져 있었다.

본래 미카와는 지금까지 이마가와에 예속되어 있던 약소국이었다. 비록 오와리는 작은 나라였지만 강대국인 이마가와에게 치명적인 일격을 가해 천하의 군웅들에게 노부나가의 존재를 강하게 각인시킨 신흥 세력이자 승전국이었다. 따라서 맹약을 맺는다고 해도 그것은 마쓰다이라가 오다의 산하로 들어가는 것과 다름없기 때문에 거기에는 외교적인 수완과 어려움이 뒤따랐다. 물론 오와리에 이런 의도에 대해 미카와 측에서도 자신들이 의도하는 바가 있는 것은 당연했다. 작고 약한 나라일수록 단호하고 의연한 태도가 필요했다. 미카와를 얕잡아 보았다면 사자를 보내면서까지 공과 시간을 들이지 않았을 것이다. 무력을 사용해 일거에 집어삼키면 될 뿐이었다.

하지만 요시모토 사후 미카와는 바야흐로 사활의 기로에 서 있었다.

우지자네의 이마가와에게 계속 가담할 것인지, 아니면 지금 절연할 것인지, 그리고 오다와의 관계는 어떻게 할 것인지 고민할 수밖에 없었다. 오랜 세월 국경을 두고 뺏고 빼앗기는 싸움을 반복해온 '고립무원 미카와'의 상황을 유지하며 역경에서 벗어날 타개책을 도모하는 것이 좋을지, 아니면 끊임없이 제휴를 권하는 오다와 손을 잡고 후일을 도모하는 것이 좋을지를 두고 오카자키 성에서 몇 번의 회의와 격론이 벌어졌는지, 또 몇 번의 사자들이 오갔는지 모른다.

그런 와중에도 미카와는 이마가와 우지자네뿐 아니라 오다 쪽과도 끊임없이 국지적인 싸움을 벌이고 있었다. 그리고 그것이 도화선이 되어 언제 다시 양국 간에 사활을 건 전면전이 벌어질지 한 치 앞도 예측할 수 없는 상황이었다. 언제 전쟁이 벌어질까, 하며 기다리고 있는 나라는 오다와 마쓰다이라 외에도 미노의 사이토, 이세의 기타바타케, 고슈의 다케다, 스루가의 이마가와 우지자네까지 수없이 많았다.

상황은 불리했다. 마쓰다이라 모토야쓰는 싸울 마음이 없었다. 오다 노부나가도 승전에 취해 지금 미카와와 싸우는 것이 얼마나 어리석은 일인지 잘 알고 있었다. 그렇지만 싸우고 싶지 않다는 내색을 해서는 안 됐다. 그런 속내를 상대가 알아차리면 상대에게 휘둘릴 수밖에 없었다. 일전도 불사하겠다는 의지를 표명하며 외교적으로 해결해야만 했다. 그리고 상대가 받아들일 수 있는 제안을 할 필요가 있었다. 노부나가는 미카와 무사의 강골과 끈기 있는 기질을 알고 있었기 때문에 그들의 체면을 충분히 고려하고 배려하는 것이 무엇보다 중요하다고 생각했다.

미즈노 시모쓰케노카미 노부모토水野下野守信元는 치타知多 군의 오가와緒川를 다스리는 오다 쪽 신하였지만, 혈연으로 보면 미카와의 마쓰다이라 모토야스의 백부에 해당하는 사람이었다. 노부나가는 미즈노에게도 모토야스를 설득하라고 했다. 노부모토는 그런 뜻을 품고 오카자키를 방문해 모토야스를 비롯해 미카와 누대의 가신인 이시가와, 혼다本多, 아마노, 고리키 등의 신하들을 만났다.

정면과 측면을 가릴 것 없이 모든 외교적 노력을 기울인 끝에 마침내 미카와를 설득하는 데 성공한 듯 얼마 전 마쓰다이라 모토야스가 이 건에 대해 명확한 답을 하겠다는 뜻을 전해왔다. 그래서 다키가와 가즈마스가 최종 답변을 확인하기 위해 미카와로 떠났던 것이다. 그리고 그날 밤 가즈마스는 도착하자마자 바로 기요스 성으로 들어갔다.

가즈마스의 통칭은 히코에몬彦右衛門이었다. 오다 쪽에서는 한 부대의 장이자 철포에도 정통한 사격의 달인이었다. 하지만 노부나가는 그의 사격술보다 그의 재능을 더 높게 사고 있었다. 웅변가는 아니었지만 이치를 따져 말을 하는 그의 언변은 듣는 이의 마음을 사로잡는 능력이 있었다. 거기에 성실하고 상식이 풍부하며 눈치도 빨랐기 때문에 외교에 적합한 인물이라고 생각했다.

"기다리고 있었네."

한밤중이었지만 노부나가는 벌써 나와 앉아 있었다.

"지금 돌아왔습니다."

가즈마스는 행장 차림 그대로 무릎을 꿇고 있었다. 그는 예전에 지금처럼 급박한 시기에 한 사신이 더러운 행장 차림 그대로 주군 앞에 나서는 것이 예의가 아니라 여겨 목욕을 하고 의복과 머리를 단정히 하고 오자, 노부나가가 어디 꽃구경이라도 갔다 왔는가 하고 질책했던 것을 기억하고 있었다. 노부나가 역시 사신을 오래 기다리게 하면서 유유히 나왔던 예가 거의 없었다.

"어찌 되었나?"

이제나저제나 기다리고 있었던 듯했다. 하지만 대답에도 요령이 필요했다. 종종 사자로 간 사람이 돌아와서 임무 보고를 할 때 도중에 있었던 시시콜콜한 일이나 지엽적인 일들만 장황하게 늘어놓고 중요한 결과는 좀처럼 이야기하지 않는 경우가 있었다. 노부나가는 그런 것을 너무나 싫어했다. 사자가 쓸데없는 얘기만 늘어놓으면 곁에 있는 사람들도 느껴질 만큼 노부나가의 눈썹 위로 초조함과 싫은 기색이 역력히 나타났다. 그런데도 그것을 사자가 알아차리지 못하고 계속 허튼소리만 하면 노부나가가 곧바로 '결과는?' 하고 주의를 주었다.

어느 날 노부나가가 신하들에게 그런 상황에 대해 이렇게 말한 적이 있었다.

"기다리는 사람은 사자의 임무가 성공인지 실패인지 걱정하기 마련이다. 쓸데없는 지엽적인 이야기는 뒤에 해도 될 것이다. 돌아오면 주군에게 가장 먼저 사자로 갔던 일에 대한 결과부터 이야기하고 그 뒤 느긋하게 자세한 사유와 상대편의 이야기 등을 하는 것이 좋다."

히코에몬 가즈마스도 그 말을 전해 들었고, 이번처럼 중대한 외교에 뽑혀서 사자로 갔다 올 정도의 사람이었기 때문에 노부나가를 올려다보며 일례를 한 뒤 바로 말을 했다.

"주군, 기뻐하십시오. 마침내 미카와와 화친을 맺었습니다. 그것도 우리가 바라는 대로 거의 대부분 이루어졌습니다."

"성공인가?"

"예, 그렇습니다."

"그렇군."

노부나가는 당연하다는 듯한 표정을 지었지만 속으로는 안도의 한숨을 내쉬었다.

"상세한 조항은 후일 나루미 성에서 저와 마쓰다이라 가문의 이시가와 가즈마사 님과 만나 협의를 하자는 약속을 받고 돌아왔습니다."

“그렇다면 마쓰다이라를 비롯한 신하들 모두 우리와의 맹약을 별다른 이의 없이 받아들였다는 것인가?”

“그렇습니다.”

“수고했네.”

노부나가는 그제야 그의 노고를 치하했다. 군신 간에 상세한 보고와 여담이 오간 것은 그 뒤였다.

다키가와 가즈마스가 노부나가 앞에서 물러나 성을 나선 것은 새벽이 가까울 무렵이었다. 새벽의 여명이 성안 곳곳을 비출 무렵에는 미카와와의 화친이 이루어졌다는 소문이 사람들 사이에서 돌고 있었다. 가까운 시일 안에 양국의 대표가 나루미 성에서 회견을 하고 정식으로 조인을 한 뒤 내년, 즉 에이로쿠 5년 정월에 마쓰다이라 모토야스가 기요스 성을 처음으로 방문해 노부나가와 대면한다는 이야기도 은밀하게 가신들 사이에 전해졌다.

어젯밤 스가구치에서 성으로 돌아오는 사자를 발견하고 뒤를 쫓아와 노부나가와 같은 심정으로 성안의 일실에 앉아 미카와와의 화전和戰이 어떻게 되었는지 침을 삼키며 소식을 기다리던 마에다 이누치요와 이케다 가쓰사부로를 비롯한 젊은 무사들 중에는 도키치로도 있었다. 가장 먼저 소식을 듣고 온 사와키 도하치로가 사람들에게 알렸다.

“기뻐하시오.”

“결정된 것인가?”

어느 정도 예기하고 있던 일이었지만 결정됐다는 사실을 알게 되자 모두의 표정에서 밝은 빛이 떠오르고 전도양양한 기운이 퍼졌다.

“이제 싸워볼 만하다!”

누군가가 중얼거렸다. 그들은 전쟁을 피했다는 뜻으로 미카와와의 동맹을 기뻐하는 것이 아니었다. 또 다른 적과 전력을 다해 싸울 수 있기 때문에 배후에 있는 미카와와의 동맹을 진심으로 기뻐했던 것이다.

"잘됐다."

"무운武運이다."

"미카와로서도 마찬가지다."

"축하할 일이다."

시시각각 상황이 변해가는 추세 속에서 젊은 사람들은 누구보다 일희일비에 민감했다.

"결과를 알고 나니 갑자기 졸리는군. 그러고 보니 어젯밤부터 잠도 못 잤네."

서로 축하하기에 여념이 없는 사람들 중에서 누군가가 말하자 도키치로가 큰 소리로 나섰다.

"나는 그 반대네. 어젯밤도 경사, 오늘 아침도 경사, 이렇게 경사가 겹치니 다시 스가구치로 돌아가서 새로 술을 마시는 게 어떤가?"

그러자 이케다 가쓰사부로가 말했다.

"거짓말 말게. 신부님에게 돌아가고 싶을 걸세. 신부님은 첫날밤을 어떻게 새웠을까. 하하하. 기노시타 님, 괜스레 참을 필요 없네. 오늘 하루 휴가를 얻어서 집으로 돌아가는 것이 어떻겠소? 기다리는 사람도 있으니 말일세."

"바보 같은 소리."

도키치로가 짐짓 역성을 내자 새벽녘 복도에 한바탕 웃음소리가 흘러나왔다.

이윽고 성 위에서 북소리가 울리자 그들은 자신의 직분에 맞는 곳으로 서둘러 흩어졌다.

"지금 왔네."

도키치로의 목소리가 크고 모습이 밝은 탓인지 넓지도 않은 아사노

마타에몬의 집 현관 앞에 선 그의 모습이 크게 느껴졌다.

"어머."

현관 마루에서 공을 차고 있던 네네의 동생인 오야야가 눈을 흘기며 도키치로를 올려다봤다. 손님인 줄 알고 놀랐던 것인데 언니의 새 신랑이라는 것을 알게 되자 쿡쿡 웃으며 안으로 뛰어 들어갔다.

"하하하."

도키치로는 별 이유도 없이 웃었다. 왠지 멋쩍은 생각이 들었다. 축하연에서 친구들과 술을 마시러 나갔다가 그대로 성에서 일을 마치고 돌아와보니 바로 어젯밤 혼례 시간에 가까운 저물녘이었던 것이다. 마당에 화톳불은 없지만 사흘 동안에는 집안 행사나 손님 내왕의 관습이 있어서 그날 밤에도 집 안에는 손님들이 가득했고 현관에는 신발도 많이 보였다.

"지금 돌아왔네!"

마구간이나 객실도 분주해서 아무도 마중을 나오지 않자 도키치로는 집 안을 향해 쾌활하게 다시 한 번 소리쳤다. 도키치로는 어젯밤부터 자신은 이 집의 사위다, 장인어른을 빼면 이 집의 주인이다, 나와서 마중을 하지 않으면 들어가지 않겠다고 생각하고 있었다.

"네네, 지금 돌아왔소."

문 옆의 낮은 울타리 저편으로 부엌인 듯한 곳에서 부드럽지만 깜짝 놀란 듯한 목소리가 들려왔다.

"예에."

네네의 대답과 동시에 마타에몬 부부와 오야야, 그리고 친척과 하인들이 무슨 일인가 의아해하며 우르르 몰려나오더니 도키치로를 보고는 다소 어이없다는 표정을 지었다. 팔을 걷어 올리고 설거지를 하고 있던 네네가 다가와서 바닥에 앉아 머리를 조아리며 도키치로를 맞이했다.

"이제 오셨습니까."

사람들도 일제히 머리를 숙였다. 하지만 무슨 일인가 하고 나왔던 마타에몬 부부는 인사를 하지 않았는데, 그것은 당연한 일이었다.

도키치로가 머리를 숙이고 있는 네네와 사람들을 향해 고개를 한 번 끄덕이더니 마루에 올라 안으로 들어가서 장인 장모에게 공손히 인사를 했다.

"지금 돌아왔습니다. 오늘은 성에서도 별일이 없었고 주군께서도 하루 종일 기분이 아주 좋으셨습니다."

실은 마타에몬은 어젯밤부터 기분이 썩 좋지 않았다. 일가친척 앞에서, 또 네네의 심정을 헤아려서라도 한마디 해주고 싶은 심정이었다. 돌아오면 손님들에게 보이기 위해서라도 한 차례 혼을 내야겠다고 마음먹고 있었는데, 막상 아무런 걱정도 없는 도키치로의 밝은 얼굴을 보니, 그리고 자신까지 현관에 나와 마중을 하고 있는 상황이라 그러지 못했다.

'어처구니가 없어서 화도 나지 않는군.'

마타에몬이 어이없는 얼굴로 한숨을 내쉬고 있는데, 도키치로가 오늘 하루 성이 무사했다는 것과 주군의 소식까지 고하는 것이었다. 마타에몬은 마음과는 달리 아무 소리도 못 하고 자리에 앉아 사위에게 위로의 말을 건네고 말았다.

"음, 지금 퇴성했는가. 수고했네."

그날 밤도 도키치로는 술자리에서 손님들을 접대했다. 한차례 축하객들이 돌아갔지만 먼 곳에 살고 있는 친척들은 자고 가야만 했다. 새 신부인 네네는 피곤에 지친 일꾼들의 얼굴을 보고는 부엌을 벗어날 수 없었고, 도키치로 역시 기껏 집에 돌아왔지만 네네와 단둘이 있을 시간은커녕 얼굴을 마주할 시간도 없었다.

이윽고 밤이 깊었다. 네네는 술상을 부엌으로 물린 뒤 내일 할 일을 지시하고 술에 취해 잠든 손님들의 잠자리를 살핀 뒤에야 한숨을 돌릴 수 있었다. 그리고 그제야 처음으로 자신의 남편이 된 사람을 찾아보았다.

'뭘 하고 계시지?'

두 사람을 위한 일실에 노인과 아이를 데리고 온 친척 일행이 잠을 자고 있었다. 술을 대접하던 방에는 아직 그녀의 아버지와 가까운 친척이 이야기를 나누고 있었다.

'어디에 계실까?'

마루를 서성거리고 있는데 불빛도 없는 한쪽 작은 방에서 그녀를 부르는 소리가 들렸다.

"네네."

남편의 목소리였다. 네네는 목이 메고 가슴이 뛰었다. 혼례를 올릴 때까지는 그러지 않았는데 어젯밤부터는 도키치로의 얼굴을 쳐다볼 수도 없었다.

"들어오게."

네네의 귀에는 아직 잠을 자지 않고 이야기를 나누는 양친의 목소리가 들렸다. 망설이고 있는데 문득 마루 끝에 피워놓은 모기향이 눈에 띄었다. 그녀는 모기향 그릇을 들고 조심스레 말했다.

"모기가 있는데 그런 곳에서 쉬고 계셨습니까?"

방석 위에서 잠을 자고 있던 도키치로가 벌떡 일어서며 말했다.

"아, 모기가 있군."

"피곤하신 듯합니다."

"당신이 더 피곤할 것이오."

도키치로는 네네를 위로하며 말을 이었다.

"친척분들이 돌아가지 않고 계신데 설마 연로하신 분들을 하인들 방에서 주무시게 하고 당신과 내가 금침에서 잘 수는 없지 않소. 하여 저 방에서 주무시라고 했소."

"그렇다고 자리도 펴지 않고 그런 곳에 누워 계시면……."

"괜찮소."

도키치로가 일어서려는 네네를 만류하며 말했다.

"나는 예전에 땅바닥이나 마룻바닥에서 자기도 해서 익숙하오."

도키치로가 정좌를 하더니 말했다.

"네네, 이리 앞으로 오시오."

"예, 예……."

"말해둘 것이 있소. 이렇듯 우리 두 사람의 엄숙하고 순수한 마음과 부부지간의 예의범절도 시간이 흐르면 잃어버리게 될 것이오."

"무엇이든 잘못된 점이 있으면 꾸짖어주십시오."

"누군가 아내란 새로운 나무 밥통과 같은 것이라고 했소. 익숙지 않은 동안에는 나무 냄새도 나고 별 도움도 되지 않고, 낡으면 고리의 틀도 벗겨지오. 하지만 그것은 남편도 마찬가지일 것이니 나도 때때로 반성하도록 하겠소."

"……."

"인간이란 부족한 것이 많은 존재이고, 그런 사람들이 오랜 세월 백발이 될 때까지 함께 살아간다는 것은 쉬운 일이 아닐 것이오. 하여 지금의 이 마음으로 맹세해둘 것이 있는데 당신은 어떻게 생각하오?"

"예. 어떠한 맹세라도 반드시 지키겠습니다."

네네는 분명하게 말했다. 정좌를 하고 앉아 있던 도키치로는 진지하다 못해 다소 무서운 표정을 짓고 있었다. 하지만 네네는 도키치로가 근엄한 표정을 짓는 것을 처음 보고는 오히려 더 기뻐하고 있었다.

"먼저 남편으로서 아내에게 바라는 것부터 말하겠소."

"예."

"내 어머님이오. 축하연에는 모시지 못했지만 내가 아내를 맞은 것을 세상 어느 누구보다 기뻐할 사람은 나카무라의 어머님일 것이오."

"예."

"언젠간 한 가정에서 그대와 함께 살게 될 것인데, 남편의 내조는 두 번째여도 괜찮소. 어머님을 가장 먼저 생각하고 모셔주었으면 하오."

"……예."

"내 어머님은 무사의 가문에서 태어나셨지만 내가 태어나기 훨씬 전부터 나카무라의 소작농이셨소. 빈곤하게 생활하시며 나를 비롯해 많은 자식을 키우셨고, 자식을 키우는 일과 빈곤을 헤쳐나가는 일 외에는 무엇 하나 자신을 위해 하신 적이 없는 분이시오. 그래서 세상에서 보면 말투도 촌스럽고 예의범절에도 어두우시오. 그대는 그런 어머님을 며느리로서 진심으로 섬길 수 있겠소? 아니, 공경하고 따를 수 있겠소?"

"어머님의 기쁨은 당신의 기쁨이니 무엇이 어렵겠습니까."

"그대의 부모님은 내게도 소중한 분들이오. 나도 당신에게 지지 않을 정도로 마음을 다해 섬길 것이오."

"그리 말씀해주시니 기쁠 따름입니다."

"일가를 이루어 결코 남편을 기쁘게 하기 위해 남편의 주변 일에만 신경을 써서는 아니 되오. 가벼운 말 한마디라도 애정은 저절로 통하는 법이오. 나의 어머님이나 누이, 또 하인에게는 그것으로 될 것이오. 특히 나는 집에서 어머님이 웃으시고 가족들 모두가 즐겁게 생활하는 것을 가장 큰 즐거움이라 생각하는 사람이오."

"부족하지만 성심을 다해 그런 가정을 만들도록 하겠습니다."

"그리고 또 한 가지, 나에 관한 일이오."

"예."

"아마도 당신은 혼례를 올릴 때까지 장모님께 여자로서, 또 아내로서 갖춰야 할 많은 소양과 교훈을 엄하게 배웠겠지만 내가 그대에게 부탁하고 싶은 것은 단 하나뿐이오."

"그것이 무엇인지요?"

"그것은 남편의 봉공, 남편의 일, 평소의 내 모든 행동을 아내로서 함께 기뻐해주면 되오. 그것뿐이오."

"……?"

"한편으로 생각하면 쉬운 일이지만 쉬운 일이 아니오. 오랜 세월을 함께 지내온 부부를 보시오. 남편이 무슨 일을 하고 있는지 모르는 아내, 남편이 아무리 기쁘게 해주려 노력해도 기뻐하지 않는 아내가 너무나 많소. 그리되면 남편은 하나의 보람을 잃게 되고 마오. 천하와 나라를 위해 봉공을 하는 사내도 가정에서는 소심하고 불쌍하고 약해질 것이오. 특히 사내에게는 자신의 아내를 기쁘게 만드는 것이 큰 보람이오. 아내가 기뻐하면 사내는 다시 용기를 얻고 싸움터로 나갈 것이오. 그것을 내조라고 하기도 하오."

"알겠습니다."

"이번에는 나에 대한 당신의 바람을 말해보시오. 나도 맹세하겠소."

도키치로가 그렇게 말했지만 네네는 아무 이야기도 하지 않고 잠자코 있었다.

"아내가 남편에게 원하는 것, 당신이 말할 수 없다면 내가 대신 말하겠소."

네네는 고개를 살짝 끄덕이더니 다시 머리를 숙였다.

“남편의 사랑이 아니오?”

“……”

“아니오?”

“맞습니다.”

“변함없는 사랑일 것이오.”

“예에.”

“착한 아이를 낳아주시오.”

네네는 흐느꼈다. 촛불이 있었다면 그녀의 얼굴을 빨갛게 물들였을 것이다.

사흘 동안의 축하연이 끝난 다음 날이었다. 도키치로와 네네는 옷을 갖춰 입고 자신들의 혼례에 중매를 선 주군의 사촌인 나고야 이나바노카미의 호리가와 저택을 방문했다.

“제 아내와 함께 인사를 드리러 왔습니다.”

도키치로가 인사를 하자 이나바노카미가 말했다.

“두 사람이 아주 잘 어울리네.”

이나바노카미는 크게 만족한 듯 덕담을 건넸다.

“사랑스런 부인이니 부부 싸움은 하지 말게나.”

두 사람은 얼마간 술을 마시다 다시 찾아뵙겠다고 하고 물러나왔다.

도키치로와 네네는 그 뒤 두세 곳을 더 방문했는데 이날 기요스 마을 사람들이 온통 자신들만 바라보는 듯한 기분이 들었다. 도키치로는 네네의 아름다운 모습을 보고 뒤를 돌아보는 행인들에게 오히려 호의를 느끼기도 했다.

“그렇지. 아저씨 집에도 잠시 들르도록 하세.”

하급 무사들이 사는 마을 골목으로 들어가자 노래를 부르며 장난을 치는 아이들로 가득했다.

"아저씨 계십니까?"

부서진 사립문을 밀고 들어갔다.

"아니, 원숭이……."

비번이었는지 수세미외 선반 아래에서 손수 만든 대나무 삿갓에 옻칠을 하고 있던 오토가와가 황망히 자신의 입을 막으며 다시 말했다.

"도키치로구나."

"아내와 함께 왔습니다. 앞으로 잘 부탁드립니다."

"무슨 그런 소릴, 오히려 내가 잘 부탁하네. 아사노 님의 따님이 아니신가. 도키치로, 자네 복 받은 것이니 장인어른께 잘해야 하네."

오토가와는 진심으로 그렇게 말했다. 불과 칠 년 전이었다. 도키치로는 때에 전 목면 한 장 걸친 바늘 장수 행색으로 이 집에 들어와 밥을 주자 툇마루에서 며칠이나 굶은 배를 움켜쥐고 게걸스럽게 먹으며 꿈 같은 이야기를 했다. 그때 오토가와는 도키치로를 꾸짖으며 돌려보냈는데 그 원숭이가 어떻게 오늘과 같은 신분이 된 것인지, 눈앞에 있는 도키치로를 보면서도 믿기지 않는 심경이었다.

"좌우지간 누추하지만 올라오게."

오토가와가 자신의 아내에게 알리며 자리에서 일어서려 할 때, 누군가가 울타리 밖에서 고함을 치는 소리가 들렸다.

"출진 포고가 내려졌다. 모두 즉시 모이시오."

"소집이다. 출진을 알리는 나팔이 대기소 쪽에서 울리고 있다."

신랑과 신부를 이끌고 집 안으로 들어가려던 오토가와가 그대로 토방 입구에 멈춰 섰다. 도키치로도 그의 뒤에 우뚝 선 채 멀리서 울리는 나팔 소리와 근처 사람들의 웅성거림에 잠시 귀를 기울이다 급히 오토가와를 불렀다.

"소집령이죠? 당장 준비하고 대기소로 달려가야 할 듯합니다."

"음, 또 급작스레 싸움에 동원될 듯하군."

"한가로운 포고령이 아닌 듯하니 어서 나가십시오. 저도 실례하겠습니다."

"기껏 신부를 데리고 왔는데, 그것참."

"아닙니다."

"그럼 나중에 다시."

"싸움에서 돌아오면 다시 찾아뵙겠습니다."

"살아서 만날 수나 있을지 어떨지."

"하하하, 무슨 불길한 소리를 하세요. 출전하기도 전에 그런 약한 소리를 하시니 아주머니가 뒤에서 울고 계시지 않습니까. 그보다 적장의 수급이나 베어 오십시오."

"단 한 번이라도 좋으니 내가 그런 공을 세우면 처자식도 좀 더 잘살게 해줄 수 있을 텐데. 그리 못하니 빈곤한 하급 무사의 신세에서 영원히 벗어나질 못하는구먼. 게다가 내 나이도 있고 하니."

"오토가와 님, 들었소이까? 급한 포고령이오. 어서 빨리 준비해서 대기소로 가십시다."

울타리 밖에서 근처에 사는 동료들이 전립과 창을 들고 오토가와를 부르며 우르르 몰려가고 있었다.

"네네."

"예."

"있소?"

"뭘 말씀인지요?"

"돈 말이오."

"어젯밤, 당신 품에."

"아, 그 가죽 주머니 말이오?"

도키치로는 허리춤을 더듬거리더니 가죽 주머니를 네네에게 건네며 말했다.

"이것을 아저씨께 드리시오. 아주머니가 저리 울고 계시고 아이들도 울먹이고 있으니, 아주머니께 드리면 오토가와 아저씨도 분명 마음이 든든해져서 잘 싸우실 것이오. 당신이 뒤에 남아 모두 힘을 낼 수 있도록 잘 달래고 위로해주시오."

"알겠습니다. 그런데 당신은?"

"내게도 소집령이 떨어졌을 것이니, 한발 먼저 서둘러 가야겠소."

"오동나무밭 집으로 말입니까?"

"아니오. 혼례식 날, 내 무구들을 우리 방에 넣어두었소. 갑옷이 있는 곳이 내가 돌아갈 곳이오. 그럼 나중에 오도록 하시오."

도키치로는 어느새 골목 밖으로 달려 나갔다.

아침까지는 아무런 기색도 없었고 이나바노카미를 만났을 때에도 지극히 무사태평한 모습이었는데 대체 어디로 출진을 하는 것인지 도키치로는 전혀 예상할 수가 없었다. 싸움이 일어날 때마다 상대가 누구인지에 대한 도키치로의 직감은 대체로 적중했다. 하지만 근래 며칠 동안 새신랑인 그는 시류에서 다소 멀어져 있는 듯했다.

도키치로는 무구를 짊어지고 무가의 저택 골목에서 달려 나오는 몇몇 사람들과 부딪혔다. 성 쪽에서 예닐곱의 기마가 심상치 않은 속도로 달려오는 것도 목격했다. 싸움이 벌어진 곳이 왠지 멀지 않을 거라는 예감이 들었다.

"기노시타, 기노시타!"

유미슈 집 근처까지 오자 누군가가 그를 불렀다. 뒤를 돌아보자 마에다 이누치요가 말을 타고 달려오고 있었다. 그는 무구를 갖추고 오케하자마에서 보았던 매화 문양 깃발을 등에 꽂고 있었다.

"지금 마타에몬 님께 들려 말씀을 드리고 오는 참이네. 준비해서 마장까지 바로 모이게."

"출진인가?"

도키치로가 발길을 돌려 안장 옆으로 다가오자 이누치요가 말에서 뛰어내리더니 인사 대신 씽긋 웃으며 말했다.

"그 뒤로 어떻게 되었나?"

"어떻게 되다니?"

"뻔한 걸 묻는군. 첫날밤은 어땠는가 이 말일세."

"묻지 않아도 뻔하지 않은가."

"자넨 당할 수가 없군. 하하하. 마침 좋은 때에 출진이군. 혹여 늦으면 마장에서 큰 웃음거리가 될 걸세."

"상관없네. 단지 네네가 마음고생이 심하겠군."

"벌써부터 부인 걱정인가?"

"미안하네."

"기소 강까지 기마 이천 정도의 병력으로 급히 공격하는 걸세. 저물녘까지이니 아직 조금 시간이 있네."

"하면 미노로 들어가는 것인가?"

"이나바 산의 사이토 요시타쓰가 급작스레 병으로 죽었다는 첩보가 들어왔네. 그래서 참인지 거짓인지 시험 삼아 공격해보자는 뜻이네."

"5월 중순 무렵에 요시타쓰가 병사했다고 하여 소란이 일어난 적도 있었는데."

"이번에는 아무래도 사실인 듯하네. 어찌 됐든 요시타쓰는 이전에 주군의 장인인 도산 님을 죽인 인물이네. 인륜으로 봐도 불구대천의 원수이자 미노는 중원으로 진출하는 데 발판으로 삼아야 하는 땅이니 오와리와는 숙적이네."

"그날도 멀지 않았군."

"멀지 않기는커녕 당장 오늘 밤에 기소 강으로 출진하는 것이네."

"주군께서는 아직 출진하지 않으실 거네."

"시바타 님이 감독하고 사쿠마 님이 지휘하니 주군께서는 출진하지 않겠군."

"비록 요시타쓰가 죽고 그 적자인 다쓰오키龍興가 어리석다고는 하나 미노의 삼인三人이라 불리는 안도 이가노카미安藤伊賀守, 이나바 이요노카미稻葉伊予守, 우지이에 히타치노스케氏家常陸介가 있고, 또 주가主家를 떠나 지금은 구리하라栗原 산의 한거에 숨어 있다고는 하지만 다케나카 한베 시게하루竹中半兵衛重治와 같은 인물이 있는 동안에는 그리 쉽게 공격할 수 없네."

"한베 시게하루?"

이누치요는 고개를 갸웃했다.

"세 사람의 이름은 일찍부터 인접국에 알려져 있지만 다케나카 한베도 그런 인물인가?"

"다른 사람은 몰라도 나는 내심 감복하고 있네."

"자네는 어떻게 그런 것까지 알고 있는가?"

"미노에 오래 머문 적이 있었네."

도키치로는 단지 그렇게만 말했다. 바늘 장수 행상을 하며 떠돌아다니던 일이나 하치스카 촌의 고로쿠 일족과 함께 이나바 산의 빈틈을 노리던 소년 무렵의 일들은 입에도 담지 않았다.

"이거 나도 모르게 이러고 있었군."

이누치요가 말 위로 다시 오르며 나중에 마장에서 보자고 말했다.

"알았네. 나중에 보세."

두 사람은 마을 네거리에서 푸른 청운의 꿈을 가슴에 품고 헤어졌다.

"지금 돌아왔네."

도키치로는 늘 집으로 돌아오면 현관에서 마루로 오르기 전에 그렇게 큰 소리로 외쳤다. 그러면 그가 돌아왔다는 것을 창고에서 일하는 하인부터 부엌에 있는 사람까지 알 수가 있었다. 그는 그날만은 마중을 나오는 것을 기다리지 않고 안으로 들어가다 네네와 마주쳤다.

"응?"

도키치로가 놀란 표정을 지었다.

"어서 오십시오."

네네는 여느 때와 변함없이 이내 도키치로의 발아래서 손을 짚고 머리를 숙였다. 어떻게 자신보다 먼저 네네가 집에 돌아온 것인지, 천하의 도키치로도 간담이 서늘해졌다. 뒤에 남아서 오토가와 아주머니를 위로하고 아이들에게 뭔가 사준 뒤에 돌아가라고 말했는데 한발 먼저 나왔던 것이다.

"네네, 언제 돌아왔소?"

"방금 돌아왔습니다."

"방금이라니?"

"예, 뒤에 남아 말씀하신 일을 한 뒤에."

"흐음……."

"서방님이 말씀하신 대로 선물을 드리니 두 분 다 눈물을 흘리며 기뻐하셨습니다. 병졸 되는 분들의 마음은 전장에 나가는 자신보다 집에 남아 있는 아이와 부모님의 생활을 걱정하기 마련인데 그걸로 안심하고 나갈 수 있다고 하시며."

"그런데 당신은 어떻게 나보다 먼저 집에 돌아온 것이오?"

"서방님께서도 출진하시는데 늦으면 안 된다고 생각해서 아주머니께 부탁해 근처의 말을 빌려 지름길로 서둘러 돌아왔습니다."

"말을 타고 온 것이오?"

도키치로는 그제야 네네가 자신보다 빨리 온 연유를 이해했다. 그런데 방으로 들어간 도키치로는 다시 한 번 감명을 받고 말았다. 바닥에 내놓은 청결한 방석 위에 무구가 놓여 있었다. 갑옷과 복대, 토시 등은 물론이고 약을 담은 작은 비단 상자와 부싯돌, 화약 주머니 등이 가지런히 준비되어 있었다.

"어서 준비하시지요."

"흐음, 어느 틈에! 잘했소."

도키치로는 자신도 모르게 칭찬을 했다. 그리고 한편으로 네네에 대해서만은 자신이 다소 잘못 판단하고 있었다고 생각했다. 혼례를 올리기 전에 생각했던 이상으로 네네는 사리분별이 깊은 여자였던 것이다. 아사노 가문의 훈육이나 좋은 환경 탓도 있겠지만 본래 네네는 소양과 자질이 뛰어난 여성이었다. 자칫하면 아내의 그늘을 벗어나지 못하는 남편으로 끝날 수도 있었지만 그래도 도키치로는 기뻤다. 이런 여인이 내조를 하면 자신은 바깥일에 전력을 기울일 수 있을 듯했다. 도키치로가 무구를 다 갖추자 네네가 말했다.

"아무 걱정 말고 다녀오십시오."

네네는 토기로 된 술잔에 신주와 승리를 기원하는 밤과 다시마를 얹은 쟁반을 내밀었다.

"내가 없는 동안 잘 부탁하오."

"예."

"장인어른께 인사를 드릴 시간도 없으니 당신이 잘 말씀드려주시오."

"어머님은 오야야를 데리고 쓰시마에 참배를 가서 아직 돌아오시지 않았습니다. 아버님은 성을 지키라는 명을 받들어 오늘 밤부터 집에 들어오시지 못한다는 전갈이 왔습니다."

"외롭지 않겠소?"

"아, 아닙니다."

네네는 고개를 숙였지만 눈물은 흘리지 않았다. 그녀는 바람을 맞으며 무거운 듯 고개를 숙이고 있는 꽃봉오리처럼 남편의 투구를 무릎에 둔 채로 머리를 숙이고 있었다.

"이리 주시오."

도키치로는 투구를 받아 머리에 쓴 뒤 투구 끈을 졸라맸다. 그리고 온몸으로 퍼져나가는 침향의 향기를 느끼고는 네네의 얼굴을 바라보며 씽긋 웃었다.

봄 손님

에이로쿠 5년(1562년) 정월, 노부나가는 스물아홉 번째 새해를 맞이했다.

그는 아직 날이 채 밝기도 전에 일어나 욕실에서 몸을 정갈하게 씻었다. 바깥 날씨보다 오히려 하얀 김이 피어오르는 우물물이 따뜻해 보였는데 우물물을 길어 올리는 동안 물통의 바닥이 얼어붙었다.

"아, 춥다."

우물 주위에서 시종들이 하얀 입김을 불며 중얼거리자 근신 무사가 꾸짖었다.

"쉿!"

노부나가가 그 소리를 들으면 무슨 일이냐고 할 게 뻔했기 때문이다. 정월 초하루, 사소한 일로 주군의 기분을 상하게 하면 안 된다고 생각했던 것이다.

"물을 가져오너라. 물을!"

우물물을 길어 나르기가 무섭게 욕실 안에서 그것을 들이붓는 물소리가 들리더니 이내 노부나가의 우렁찬 목소리가 들렸다.

"그만 됐다."

근신과 시종 들이 황급히 뒤를 쫓아갔지만 노부나가는 벌써 욕실에서 나와 온데간데없었다.

그날 아침, 노부나가는 의복을 단정히 하고 기요스 성의 뒤편 숲을 찾았다. 서리가 내린 나무 사이 샛길에는 멍석이 깔려 있었다. 그는 기요스 성의 역사보다 오래된 구니노미하시라노가미國御柱神77 앞에 온몸이 꽁꽁 얼어붙는 것도 잊은 채 꿇어앉아 절을 올렸다.

지금 그는 노부나가도 아니었고 국주도 아니었다. 하늘과 땅 사이에, 무슨 기연인지 인간이라는 허울과 연을 맺어 태어난 하나의 물건에 지나지 않았다. 그는 그러한 생명을 무엇을 위해 바치고, 그 연후에는 다시 하늘과 땅으로 되돌려주어야 한다는 것을 잘 알고 있었다. 매년 정월 아침, 노부나가는 그러한 생각을 깊이 하기 위해 서리 위에 앉아 교토를 향해 엎드려 절을 했다.

자리에서 일어난 노부나가는 그곳에서 멀지 않은 곳에 있는 사당 앞으로 걸음을 옮겼다. 그곳은 그가 성에 들어온 뒤에 만든 선조의 영묘였다. 그리고 그곳에는 분명 지금과 같은 난세에 태어나 나라를 어떻게 보존하며 살아갈지 걱정하다 세상을 떠난 부친 오다 노부히데의 위패도 있을 터였다.

노부나가는 정화수를 떠놓고 향을 피운 뒤 공물을 바친 다음 근신과 시종 들을 돌아보며 말했다.

"저쪽에 가 있거라."

"예!"

부하들이 단을 내려간 다음 열 걸음 정도 물러나 정렬해 섰다. 그러자 노부나가가 손을 저으며 다시 말했다.

"더, 더 멀리 저편으로 물러가 있거라."

---

77 아마노미하시라노가미天御柱神와 함께 바람을 다스리는 풍신風神으로 다쓰다龍田 신사의 제신이다.

사람들의 모습이 완전히 시야에서 사라지자 노부나가는 부친의 위패 앞에서 흡사 살아 있는 사람에게 말하는 것처럼 말을 했다. 그리고 품에서 종이를 꺼내 눈가를 닦았다.

부친이 살아 있을 때 그는 사람들에게 어리석고 미친 아이라는 뜻인 '치광아痴狂兒'라는 말을 들었고 부친이 죽은 뒤에도 오랫동안 '멍청한 도련님'으로 불렸다. 그러다 보니 그는 지금까지 불사공양佛事供養을 거의 하지 않았다.

자신에게 고간苦諫을 하고 자결한 히라데 나카쓰카사를 위해서는 정수사까지 건립했지만 부친의 영전 앞에서 손을 합장한 적이 한 번도 없었다. 가신들도 평소에 그런 노부나가의 모습을 본 적이 없었다.

하지만 노부나가는 돌로 만든 부친의 위패를 보자 그저 합장만 하고 있을 수만은 없었는지 '미친 아이'의 본성이 되살아난 것처럼 소리를 내며 울음을 터뜨리고 말았다. 노부나가는 그런 자신의 어리석음을 가신들에게 보이지 않기 위해 멀리 물리고 홀로 있었던 것이다.

새해 첫 까마귀 울음소리에 나뭇가지들이 붉게 물들고 있었다. 노부나가가 새해 참배를 마치고 본성의 넓은 정원을 우회해서 대현관 쪽으로 오자 새벽하늘 아래 진흙투성이의 무장과 부하 들이 입김으로 수염이 하얗게 얼어붙은 채 숙연히 정렬해 있었다.

"……."

부하들은 노부나가의 모습을 보자 자세를 바로 하며 머리를 숙였다.

"수고가 많았다. 어서 돌아가서 느긋하게 정월을 보내도록 하라."

그들은 작년에 미노로 출전해서 기소 강의 동쪽 기슭에 진을 치고 있던 군사들이었는데, 연말에 귀환 명령을 받고 오늘 새벽에야 성으로 돌아왔다.

작년 초가을부터 미노 출전이 빈번하게 이루어졌고, 그때마다 기소 강의 국경을 공격하고 철수하기를 반복하면서 미노 쪽의 반응을 살폈다. 각각 부대를 이끌고 있던 시바다 가쓰이에와 사쿠마 노부모리도 먼저 돌아왔으니 기소 강 쪽에는 척후병 정도만 남아 있는 상황이었다.

미노 공략을 단념한 것 아니냐는 목소리도 들렸지만 노부나가는 반년 동안의 목적을 대략 이루었다고 생각했다. 또 국경에서 군사를 철수시켜도 별일은 없을 것이라고 판단했다. 작년 8월 사이토 요시타쓰가 병사했다는 소문이 있었는데, 그 뒤 적들의 전의戰意나 첩보를 봤을 때 확실하다는 생각이 들었기 때문이다. 다행히 요시타쓰의 아들인 다쓰오키가 아둔하고 어리석기 때문에 노부나가는 그를 그리 대수롭지 않게 여겼고, 그를 치는 데 있어 자신의 장인이었던 도산 야마시로노카미의 원수를 갚는다는 인륜적인 명분도 있었다.

단지 노부나가가 신중을 기하는 이유는 다쓰오키에게는 도산 야마시로노카미 이래 부강한 나라와 좋은 가신들이 있기 때문이었다. 이마가와 요시모토를 격파했지만 그렇다고 하루아침에 오다가 부강해지거나 오다의 병력이 급증할 리가 없었다. 동쪽에서 이기고 서쪽에서 패한다면 덴가쿠하자마에서의 대승은 하룻밤 사이의 일장춘몽처럼 산산이 부서지고 말 것이었다.

"먼저 미카와와 화친을 맺은 뒤……."

중신들도 그렇게 직언을 했고, 노부나가도 충분히 숙고한 뒤 그러한 책략을 세웠다. 작년 반년 동안의 가장 큰 수확은 마쓰타이라 모토야스와 화친을 맺은 일이었다.

미카와의 마쓰타이라 모토야스는 회담을 위해 정월 15일 안에 기요스 성을 방문할 예정이었다. 노부나가는 성대하게 환대할 준비를 하며 즐거운 마음으로 그날을 기다렸다. 미노와의 경계에서 중신들을 불러들인 것도 가능한 그날의 의식을 성대하고 화려하게 열고 싶은 생각에서였다.

노부나가가 안으로 들어갔다. 오랫동안 주군의 모습을 보지 못했던 무사들은 노부나가가 전중의 넓은 마루로 사라질 때까지 유심히 그를 바라보았다.

"해산! 각자 대기소로 물러가서 지시가 있을 때까지 휴식을 취하라."

부장의 명을 받고 해산하는 무사들 머리 위로 새해의 첫 태양이 솟아올랐다. 그중에는 약 오십 명의 보병들을 이끌고 구석으로 가는 도키치로의 모습도 보였다.

도키치로의 얼굴은 그동안 성을 지키고 있던 동료들이 가까이에서 봐도 알아볼 수 없을 정도로 검게 그을려 있었다. 수염이 잘 나지 않는 체질 탓도 있었지만 피부는 나무껍질처럼 거칠었고 이마는 투구에 쓸려 벗겨졌으며 빨갛게 짓무른 콧등과 볼 때문인지 눈동자와 이빨은 유독 새하얗게 도드라져 보였다.

"정월이군. 어떤가? 돌아올 성이 있다는 것이 얼마나 좋은 일이가!"

부하들에게 말을 걸며 걸어가는 도키치로의 얼굴은 신혼 첫날 출전할 때보다도 활기차 보였다.

네네는 남편이 오랫동안 집을 비운 사이 양부인 아사노 마타에몬의 집에서 나와 오동나무밭에 있는 남편의 작은 집으로 이사를 했다.

처음부터 서로 상의해서 정한 일이었다. 데릴사위로 혼례를 올렸지만 도키치로는 아사노 가문의 대를 이을 수 없는 사정이 있었다. 언젠가는 나카무라의 어머니와 가족을 책임져야 할 가장이기 때문이었다. 네네도 장녀지만 밑에 동생인 오야야가 있다 보니 양친의 곁을 떠나 따로 살 수 있었다.

하지만 오야야는 언니와 함께 있고 싶다며 연말부터 오동나무밭 집

으로 와 있었다. 네네가 급작스레 유부녀로 변한 것에 비하면 오야야
는 여전히 공을 차고 노래를 부르는 어린 소녀였다.

꽃 위에 맺힌 이슬처럼 하나가 되어, 후지 산 구름처럼 높을 사랑이여.

공은 이따금 울타리보다 높이 튀어 올랐고, 새해 첫날에 내린 새하
얀 서리가 투명하게 녹아내렸다.

폭풍이여 꽃으로 불어라, 님이 계신 곳으로 날아가면……

"오야야."
울타리 안쪽 부엌에서 네네가 부르자 오야야가 손으로 공을 잡더니
대답했다.
"예, 왜요?"
"대체 넌 몇 살이니?"
"열네 살."
"이웃분들이 시끄러워하실 게다. 거문고를 뜯든가, 글자 연습이나
하거라."
"비웃어도 난 괜찮아요. 언니처럼 시집을 가면 더는 공도 찰 수 없을
테니."

목면 도키치로, 쌀 고로자五郞左, 우거진 시바타柴田에 자빠진 사쿠마佐久間.

"오야야!"
"또 왜요?"

"그런 노랠 부르면 안 된다고 했잖니."

"어머."

"저잣거리에서 유행하는 노래 따위가 아닌 공을 차면서 부르는 좋은 노래가 있잖아."

"언닌 정말 제멋대로야. 이 노랜 언니가 마을에서 배워와 나한테 가르쳐줬잖아요."

오야야의 말에 네네는 할 말이 없었는지 입을 다물고 말았다. 오야야는 울타리 틈새에 얼굴을 갖다 대고 부엌에 있는 네네를 놀렸다.

"마나님, 젊은 마님. 목면 도키치로의 젊은 마님, 어째서 그리 잠자코 계시는지요?"

"오야야!"

집 주변은 아사노 가가 있는 집들보다 훨씬 이웃집 소리가 잘 들렸다. 네네는 새빨개진 얼굴로 눈을 흘기면서 집 안으로 들어가버렸다.

"호호호, 언니가 토라졌대요."

오야야가 기뻐하며 공을 위로 던지더니 뻥하고 차올렸다. 공이 하늘 높이 솟아올랐다가 내려오자 다시 차올렸다. 이윽고 오야야는 공을 차며 걷기 시작했다. 그러자 웬 무사가 손을 내밀어 공을 잡더니 서툰 동작으로 공을 찼다. 공은 옆으로 날아가고 말았다.

"어머!"

오야야는 눈을 동그랗게 뜨고 무사의 얼굴을 노려보았다. 그런데 자세히 뜯어보니 무사는 도키치로였다. 어젯밤 성안에서 지내고 아침에 집으로 돌아오는 길이었는데, 아직 전쟁터 모습 그대로라 꼼꼼히 뜯어보지 않으면 알아볼 수 없을 만큼 얼굴이 변해 있었다.

"언니! 형부가 돌아오셨어요."

집으로 달려 들어온 오야야가 절규에 가까운 목소리로 외쳤다.

네네는 도키치로가 온다는 전갈을 미리 받았다. 도키치로는 어제 성에 도착한 뒤 네네에게 '처리해야 할 일들이 있어서 오늘 밤은 성에서 자고 내일 가겠다'며 사람을 보냈던 것이다. 그래서 네네는 아침부터 목이 빠져라 기다리고 있었다.

네네는 평소와 똑같이 아침 화장도 하고 집안일을 하는 듯했지만 오야야가 보기에도 어딘지 몸이 붕 떠 있는 듯한 모습이었다. 그런 언니의 모습에 오야야까지 마음이 들떠서 네네를 놀리거나 공을 들고 밖에 나가보기도 했던 것이었다. 네네는 오야야가 호들갑을 떨며 외치는 소리를 듣고는 곤조에게 남편이 돌아왔다는 사실을 알리고 곤조와 함께 문 앞으로 마중을 나갔다.

오야야를 비롯한 하인과 하녀가 네네의 곁에 섰다. 모두 대여섯 명, 이들이 기노시타 가의 식솔들이었다. 도키치로가 싱글싱글 웃으며 앞서 달려온 오야야보다 한 발 늦게 걸어왔다. 가족도 적었고 작은 집 한 채의 주인이었지만 엄숙했다. 마치 개선하는 일성의 주인과 같은 모습이었다. 모두 네네를 따라 무릎까지 머리를 숙였다.

"돌아왔소."

도키치로의 말에 식솔들이 입을 모아 말했다.

"어서 오십시오."

그새 네네의 눈가는 젖어 있었다. 그녀의 하얀 눈동자가 정월 초이틀의 태양을 받아 빛나고 있었다.

"네네, 집을 비운 동안 고생이 많았소. 진중에서 보낸 편지는 보았소?"

"잘 받았습니다."

"그때는 언제 돌아올지 확실치 않다고 했는데, 이렇듯 정월에 얼굴을 보리라고는 생각하지 못했소. 이거, 집이 정말 깨끗해졌군."

도키치로가 자신의 집과 깨끗하게 빗질이 되어 있는 문 앞을 둘러
보며 말했다.

"역시 아내가 있다는 게 이리 좋은 일이군. 흔히 전쟁에서 홀몸인 편
이 아무 신경도 쓰지 않고 싸울 수 있다고들 하지만 거짓말이었나 보
오. 전쟁터에서 좋은 아내가 집을 잘 돌보고 있다고 생각하면 안심이
되어 얼마나 마음이 든든한지 모르오."

"그리 말씀하시니 송구합니다."

네네는 미소를 지으며 남편과 함께 집으로 들어갔다.

같은 집이었지만 도키치로 혼자 있을 때와는 완전히 달랐다. 어디를
둘러봐도 아내의 손길이 닿은 흔적이 느껴졌고 먼지 하나 없이 빛이
났다. 무엇보다 편백나무 판자로 새로 만든 감실에 밝혀져 있는 한 촉
의 신등과 그 옆방에 있는 불단의 등은 도키치로의 마음속 깊은 곳까
지 환하게 밝혀주었다.

혼자 살 때는 감실이나 불단도 없었고 지금처럼 집 안을 밝혀주는
빛도 없었다. 네네는 아직 남편의 먼 조상이나 가까운 친척 중에 죽은
사람이 누구인지 몰랐기 때문에 아미타여래 불상을 모셔놓았는데 도
키치로가 그것을 보며 만족한 듯 아무 말 없이 불상에 절을 하자 내심
안도했다.

도키치로는 갑주를 벗고 옷을 갈아입었다. 그러고는 자리에 비스듬
히 앉아 발을 쭉 뻗으며 말했다.

"네네, 정월이니 먼저 목욕을 하고 싶군."

"네, 준비해두었습니다."

"뭐요, 목욕물을 벌써 준비해놓았단 말이오? 그럼 면도를 할 칼도
준비해주시오. 그 뒤 당신이 손수 지은 밥을 먹고 싶소."

도키치로는 목욕을 한 뒤 나카무라에서 어머니가 직접 만들어 보냈

다는 떡도 먹고 네네가 정성을 들여 만든 요리와 막걸리도 마셨다.

"아주 잘 먹었소."

곧이어 도키치로는 크게 만족한 얼굴로 잠이 들었다.

새해 둘째 셋째 날은 축하객이 찾아왔고, 또 그에 대해 답례를 하기 위해 인사를 하러 다녔다. 그렇게 눈 깜짝 할 사이에 새해의 한 주가 지나가버렸다.

여섯째 날 아침이었다. 도키치로는 아침 일찍 출사해서 오십 명의 부하를 이끌고 아쓰다로 향했다. 그날 아침, 아쓰다 마을은 길가에 티끌 하나 없을 정도로 청결했다. 작은 도랑의 물은 바닥이 훤히 들여다보일 정도로 투명했다. 역참 입구에서 아쓰다 궁 부근에 이르기까지 길가에는 오다 가의 사람들이 정렬한 채 누군가를 기다리고 있었다.

드디어 미카와의 오카자키 성에 있는 마쓰타이라 모토야스가 기요스 성을 방문하는 날이었다. 사람들은 그를 마중하기 위해 나와 있었던 것이다. 노부나가의 명을 받고 이곳까지 사람들을 이끌고 마중을 나온 중신은 하야시 사도와 다쓰가와 가즈마사, 스가야 구로우에몬菅谷九郎右衛門이었다. 도키치로도 그중 한 부대에 속했지만 그의 부대는 저 멀리 마을의 처마 끝에 서서 주군의 빈객이 지나갈 길의 말똥을 치우거나 들개를 쫓는 일을 맡고 있었다.

아쓰다 궁의 숲 위로 태양이 높이 떠올랐다. 마쓰타이라 모토야스의 선진인 활 부대가 대오를 이루고 행군해왔다. 그리고 그와 조금 거리를 두고 일군의 기마대가 번쩍이는 말고삐를 가지런히 하고 다가오는 것이 보였다. 그 중간쯤에 스물둘셋으로 보이는 약관의 모토야스가 태연한 모습으로 말을 타고 오고 있었다.

그에 비해 앞뒤에서 모토야스를 둘러싸고 있는 미카와 누대의 노신인 이시가와 가즈마사와 사카이 타다쓰구를 비롯한 가신들은 한순간도 긴장의 끈을 놓지 않으려는 듯 강철과 같이 경직된 얼굴을 하고 있었다.

아무리 화친을 맺고 평화를 강조해도 그들이 밟고 있는 땅은 부친의 대부터 사십 년 가까이 치열한 싸움을 반복해온 적지였다. 그들은 사십 년 만에 처음으로 이렇듯 평화로운 복장을 하고 국경을 넘어온 것이었다. 감개가 무량하면서도 아직 마음 깊은 곳에서는 안심할 수 없다는 긴장감이 요동치고 있었다.

사당 앞에 이르자 모토야스는 말에서 내려 마중을 나온 사람들에게 인사를 했다. 그러고는 다시 말에 올라 앞으로 나아갔다. 미카와 쪽 일행은 모두 백이십 명이었다. 모토야스의 가신들은 기요스 성 아래 마을에 들어오자 마을의 분위기를 느꼈는지 처음으로 표정이 부드러워졌다. 기요스의 백성들은 말 위에 앉은 모토야스를 냉담하게 대하지 않았다. 화친이 성사된 것을 진심으로 기뻐하고 평화의 손님, 봄의 빈객으로 모토야스 일행을 맞이했다.

성안으로 들어가자 노부나가가 직접 본성으로 나와 모토야스에게 빙그레 웃음을 지어 보였다. 모토야스가 말을 신하에게 맡기고 똑같이 미소를 띠며 노부나가 앞에 섰다.

"모토야스입니다."

두 사람 모두 젊었다. 모토야스는 스물하나였고, 노부나가는 스물아홉이었다.

모토야스는 유모의 손에서 벗어나지 못했던 여섯 살 무렵에 이곳 오다 가에 볼모로 보내졌던 적이 있었다. 그로부터 십오 년이 지난 오늘은 평화의 손님, 봄의 빈객으로 환대를 받고 있었다. 그동안 겪은 간난신고를 잊지 못하는 미카와 누대의 노신들은 만감이 교차하는 듯 눈시울을 붉히며 두 명의 젊은 성주를 바라보았다.

이윽고 객전에서 연회가 열렸다. 오다 쪽에서는 국빈인 모토야스에게 최대한 예를 취하고 호의를 베풀었다. 노부나가는 주빈인 모토야스와 나란히 앉았다. 어느 쪽이 상좌이고 하좌인가 하는 구분은 두지 않았다. 두 사람이 끊임없이 온화한 미소를 나누는 모습이 멀리 말석에 앉은 군신들의 눈에도 똑똑히 보였다.

그 풍경은 멀리 있는 도키치로로도 볼 수 있었다. 그의 자리는 객전의 가장 끄트머리였고 게다가 한 단 낮은 복도 밖이었다. 그래도 술잔이 복도 밖의 말석까지 차례로 돌아왔다. 드디어 술잔이 몇백 명을 지나 도키치로의 손에도 전해졌다.

"이렇듯 기쁘고 경사스런 날이 또 있을까."

"태평성대와 같군."

"몇십 년 만에 이와 같은 평화가 찾아온 것인가. 선대이신 노부히데 님 이래로는 없었던 듯하군."

"그건 미카와 님도 마찬가지일 걸세. 천추만세千秋萬歲, 술 한 잔 더 돌아오면 좋겠구먼."

복도 밖의 사람들은 화기애애한 분위기 속에서 은밀히 주빈에 대해 이런저런 하마평을 나누었다.

어떤 사람은 모토야스가 말이 적고 온화한 인품인 듯하지만 무략은 어떨지 모르겠다고 했다. 또 어떤 사람은 모토야스보다 오늘 함께 온 가신들 중에 뛰어난 무장과 좋은 신하가 있는 듯하다고 했다. 모두들 보는 눈은 각양각색이었다.

도키치로도 사람들이 속삭이는 말을 곁에서 듣고 있었지만 그들의 의견 중 동감할 만한 말은 찾지 못했다. 그는 자신이 본 생각을 가슴속에 담아두었다. 그는 모토야스와 노부나가가 시종일관 대등한 관계를 유지하고 있다고 느꼈다. 모토야스는 자신을 낮추지도 않았고 그렇다고 잘난 체도 하지 않았다.

본래 모토야스는 오다에 대패를 당한 이마가와 요시모토의 볼모였으니 요시모토 휘하의 부하에 지나지 않았다. 국력으로 봐도 미카와의 재정은 오다보다 훨씬 열악한 상태였다. 그런데 오케하자마의 패전 뒤 불과 이 년밖에 지나지 않았는데 전승국인 오다 가가 이 정도로 환대를 하고, 스물아홉 살인 노부나가와 평등한 자리에 앉아 있어도 조금도 주눅 들지 않는 스물한 살의 모토야스는 그리 간단하게 평할 수 있는 인물이 아니었다.

도키치로는 그런 생각을 하며 문득 복도 밖 마룻바닥에 앉아 있는 자신의 나이를 속으로 가늠해보았다.

'나도 한 살 더 먹어 스물일곱이 됐구나.'

스물일곱의 도키치로는 보병 오십 명을 이끌고 있었다. 몸은 건강하고 나카무라 촌에는 무슨 일이든 기뻐해주는 어머니가 있고 집에는 좋은 아내가 있었다. 도키치로는 아무런 불평이나 불만이 없었다. 오히려 지금의 자신을 축복했고 주군의 은혜라 생각했다. 만약 십 년 전, 노부나가가 쇼나이 강 기슭에서 자신을 거둬주지 않았다면 오늘 같은 날 술 한 잔조차 마실 수 없는 사람으로 살았을 것이다. 도키치로는 진심으로 그렇게 생각하며 술잔을 비웠다.

연회가 한창일 무렵 모토야스와 노부나가의 대화 중에 다음과 같은 말이 나왔다.

"만약 마쓰타이라 님이 천하의 장군이 된다면 오다는 그 휘하에 들어가겠습니다. 만약 오다 가가 천하의 장군이 된다면 마쓰타이라 님이 오다의 휘하에 들어와주십시오."

후일 측근들의 입을 통해 두 사람이 이런 약속을 나눴다는 말이 전해지고 있지만 그 진위 여부는 알 수가 없다. 사실 여부를 떠나 그 정도로 두 사람의 대화가 친밀했다는 것은 의심할 여지가 없었다.

　한편 맹약을 맺은 바로 다음 날 오다의 군신들을 크게 놀라게 한 일
이 벌어졌다. 그것은 모토야스가 이마가와 영지인 가미노고上之鄕의 성
을 공격해서 성주인 오도노 나가데루를 죽이고 성을 차지했던 것이다.

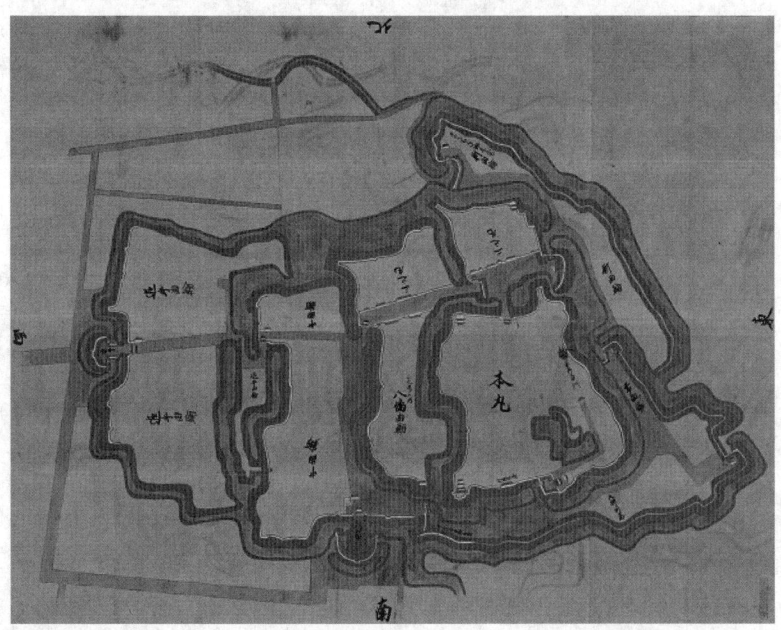

● 1546년 가와고에성 전투

무사시국 가와고에성 부근에서 벌어진 전투로 무로마치 시대 동안 간토 지방을 지배해온 구세력들이 신흥세력인 호조 가문에 대항해 연합했으나 결국 패했다. 호조 가문은 이 전투 승리로 간토의 패자로 올라서게 된다.

● **1549년 에구치 전투**

미요시 가문(三好家)의 당주인 미요시 나가요시(三好長慶)가 가문의 총
수이자, 호소가와 하루모토(細川晴元)의 깊은 신뢰를 받던 미요시 마사
나가(三好政長)와 충돌한 전투이다.

스노마타 洲股

그해 3월이었다. 한낮이었지만 꽃들의 향기와 봄 햇살이 닿지 않아 어두컴컴한 회의실 곳곳에 촛불이 밝혀져 있었다. 입구에는 무사들이 날카로운 눈빛으로 경계를 서고 있었다.

"누구라도 의견이 있으면 말해보라."

노부나가의 목소리가 들렸다.

"……."

침묵을 지키고 있는 가신들의 얼굴에 붉은 불빛만 일렁거렸다.

화창한 봄날, 멀리서 새소리가 들렸지만 어슴푸레한 촛불과 무사들의 얼굴은 전의로 불타오르고 있었다.

"아무도 없는가?"

노부나가가 다시 물었다.

"한 가지 있기는 합니다."

"가쓰이에인가?"

"예."

시바타 가쓰이에가 말했다.

"방금 말씀하신 스노마타洲股 축성 계획은 지략智略임은 분명하나 다소 무모하지 않은가 싶습니다.”

“지략이라고 칭찬하면서 무모하다고 하니, 어느 쪽인가? 가쓰이에, 기탄없이 말해보게.”

“그곳에 아군의 요새를 쌓는 일은 애초에 불가능하기 때문입니다.”

“어째서?”

“지세가 험준하니 사람이 자연을 이길 수는 없습니다. 또한 적들도 그저 수수방관하며 보고 있지 않을 것입니다. 분명 무수한 희생자를 내고 결국 성사시키지 못할 것이 불을 보듯 뻔합니다.”

“동감입니다.”

“시바타 님의 의견이 옳은 듯합니다.”

“제 의견도 같습니다.”

가쓰이에의 말에 사람들 대부분이 동의하자 노부나가가 신음 소리를 흘리며 입을 다물고 말았다. 마음에 들지 않았던 것이다. 무모하다는 가쓰이에의 주장에 대부분이 동의하는 듯했다. 노신인 하야시 사도는 물론 일족인 오다 카게유織田勘解由와 나고야 이나바노카미, 또 사쿠마와 니와도 마찬가지였다.

노부나가는 가신들의 중지衆智를 구하면서도 그들의 의견에는 동조하지 않았다. 중지는 상식에서 벗어나지 않았다. 노부나가가 원하는 것은 그런 평범한 상식이 아니라 좀 더 새롭고 고차원적인 지혜를 구했던 것이다. 새로운 지혜도 시간이 지나면 상식이 되어버렸다. 노부나가는 그러한 경험적인 지식을 가지고 상식 있는 사람처럼 행동하는 사람들의 중지에 식상함을 느끼고 있었다.

지금 문제로 삼고 있는 스노마타는 미노의 국경이었다. 미노를 공략하기 위해서는 반드시 그 일대에 오다의 교두보가 될 요새를 만들어야 했다. 눈이 녹고 2월이 되자 노부나가는 다시 미노를 공략하기 위해 군사들을 속속 국경으로 보냈다.

쥬구죠十九條 부근에 군사를 배치하고 가끔씩 적의 빈틈을 노려 불을 지르거나 기습 공격을 해서 작은 전과를 올리고 퇴각하고 있었다. 하지만 그 정도로는 요시타쓰가 죽고 다쓰오키龍興가 어리석다고는 해도 대국인 미노가 꿈쩍하지 않았다. 그러니 안정적인 요새를 확보한 뒤 공격하기 위해서라도 스노마타에 반드시 아군의 성이 필요했다.

하지만 아무리 작은 요새라고 해도 성을 쌓는 일은 그렇게 쉬운 일이 아니었다. 게다가 적국의 목전에 성을 쌓는 일이었고 하루라도 비가 내리면 기소 강과 스노마타 강의 대하가 범람해서 아군 쪽에 홍수가 날 수도 있었다. 적이 그런 틈을 노려 일거에 공격을 가하면 원병을 보낼 시간도 없고, 설사 원군이 제때 도착하더라도 전멸당할 것이 뻔했다.

가쓰이에를 비롯한 가신들은 이러한 상식적인 주장을 펼쳤다. 상식은 만고불변의 진리처럼 언제나 그것을 주장하는 사람의 논리를 한층 공고하게 해주었다. 노부나가는 얼핏 보기에는 가신들의 의견을 듣고 있는 표정이었지만 그들의 논리에 절대로 수긍하고 있지 않았고 오히려 불만으로 여기고 있었다.

하지만 노부나가는 신념은 있지만 그들의 상식을 설파할 논거를 찾지 못한 채 그저 불만스런 얼굴로 침묵할 수밖에 없었다.

"……."

가쓰이에와 하야시 사도 등의 가신들은 자신들의 주장을 탐탁지 않게 여기는 주군의 표정을 보고 그만 입을 다물고 말았다. 그렇게 회의 자리에는 한동안 깊은 늪처럼 무거운 침묵만이 흘렀다.

"도키치로."

갑자기 노부나가의 시선이 멀리 말석에 있는 도키치로에게 닿았다.

"도키치로, 그대의 생각은 어떠한가? 어디 기탄없이 말해보게."

"옛!"

상좌의 중신들이 돌아봤지만 모습이 보이지 않을 정도로 멀리 말석 쪽에 앉은 도키치로가 대답했다.

"말해보라."

노부나가가 거듭 물었다. 노부나가는 자신을 대신해서 의견을 말할 수 있는 사람은 도키치로밖에 없다고 생각했던 것이다.

"시바타 님이나 하야시 님과 같은 중신들의 의견은 지극히 응당한 듯합니다."

도키치로는 그렇게 말하고는 노부나가 쪽으로 조금 몸을 틀면서 머리를 숙였다.

"하지만 우리가 생각할 수 있는 일이라면 적들도 그에 대해 충분히 대비해서 대책을 세울 것이니 그것을 병법이라고 할 수 없을 것입니다. 적이 예측하지 못하는 장소에서 싸우고, 적이 예상하지 못하는 곳에 방비를 해야 할 것입니다. 그런 점에서 스노마타의 축성은 반드시 필요하다고 생각합니다. 물을 두려워하면 강에 성을 쌓을 수 없고, 적을 두려워하면 적지를 공격할 수 없습니다. 모두의 눈에 지난하고 무모해 보이는 일이기 때문에 오히려 지난하고 무모하지 않을 수 있고 지智와 성誠으로써 밀고나가는 데 승산이 있다고 생각합니다."

"흐음!"

노부나가는 몇 번이나 고개를 끄덕였다. 그러고는 여전히 침묵을 지키고 있는 가신들을 둘러보았다. 그러더니 이번에는 의견을 묻는 것이 아닌 엄명을 내리듯 말했다.

"미노에 들어가지 않고는 스노마타에 보루를 쌓고 교두보를 확보할 다른 병법은 없다. 누구든 이 노부나가를 위해 신명을 바칠 각오로 스노마타에 일성을 구축할 자는 없는가? 그것을 성공한 자는 미노 공략에 있어 최고의 무공을 세운 것으로 간주하겠다.”

“…….”

도키치로는 몸을 틀어 다시 본래의 자리로 들어가서 자신과는 관계가 없는 일이라는 표정으로 정면을 바라보았다.

‘누군가, 곧…….’

도키치로가 짐작한 대로 이윽고 시바타 가쓰이에가 노부나가의 엄명에 대해 입을 열었다.

“그렇게까지 주군의 결의가 굳으시다면 신하 된 자로서 더 이상 무슨 말씀을 올릴 수 있겠습니까. 군명은 태산보다 무거울진대, 저희 중신들은 오로지 신중을 기하시기를 바라는 마음에서 간한 것뿐이옵니다.”

가쓰이에는 일부러 도키치로의 이름을 입에 담지 않았다. 그의 입장에서 본다면 도키치로가 논쟁의 상대가 되는 것 자체가 불쾌하기도 했고, 또 논쟁을 하면 도키치로를 인정하는 모양새가 되기 때문이었다.

가쓰이에는 노부나가가 도키치로에게 군명을 내리기라도 할까 봐 급히 사쿠마 노부모리를 적임자로 추천했다. 노부나가가도 가쓰이에의 의견을 받아들여 즉석에서 군사 삼천 명과 인부 오천 명과 막대한 군비를 내려 노부모리를 스노마타로 보냈다.

5월 우기에 접어들자 비노尾濃의 땅은 날마다 여름장마에 잠겼다.

“스노마타로 간 아군은 어떻게 됐을까?”

“축성은 조금이라도 진척이 됐을까?”

기요스 사람들은 구름으로 뒤덮인 흐린 하늘을 바라보며 걱정했다. 사쿠마 노부모리가 오천 인부와 삼천 군사를 이끌고 스노마타로 떠난 것이 3월 초순 무렵이었으니 벌써 두 달이 지났다.

“불초소신, 대임을 맡고 축성에 임하는 이상, 늦어도 여름까지는 완수하고 돌아오겠습니다."

노부모리는 이렇게 다짐을 두고 떠났지만 그 뒤로 아무 소식이 없었다.

그 무렵 오와리의 영지 내에 있는 쇼나이 강과 각지의 하천이 범람해 막대한 수해가 발생했다. 스노마타 축성의 목재와 돌, 막사가 모두 하룻밤 사이에 홍수에 떠내려가고 말았다는 소식이 성에 전해졌다. 그리고 그날 밤부터 다음 날에 걸쳐 비참한 몰골을 한 사람들이 국경에서 퇴각해 기요스로 돌아왔다. 사쿠마 노부모리 휘하의 병사와 인부들이었다.

그들은 홍수 때문에 도망쳐온 것이 아니었다. 그날 미노의 군사들은 우기를 기다렸다는 듯 스노마타 일대가 탁류에 잠기자 뗏목을 타고 강을 건너와 산야에 매복하고 있던 병사들과 연합했다. 그들이 일제히 사쿠마 노부모리의 진영을 공격하자 오와리 군사들은 대패를 당하고 말았다. 그리고 축성 중이던 스노마타 진지와 몇백 명의 전사자를 버리고 겨우 목숨만 건져서 기요스로 도망쳐온 것이었다. 또 홍수에 빠져 죽거나 적에게 죽임을 당한 병사가 모두 구백여 명이었고, 인부 오천 중 절반만이 기요스로 돌아왔다.

"자연의 힘은 이길 수 없다."

노부모리는 가까운 친족에게 그렇게 탄식했다. 그리고 노부나가에게 보고를 한 뒤 처분을 기다리는 심정으로 근신했다. 하지만 노부나가는 불가항력이었다고 여기고 노부모리의 대패를 문책하지 않았다.

노부나가는 그날 바로 시바타 가쓰이에를 총사령관으로 삼아 다시 스노마타로 군사를 보냈지만 가쓰이에도 얼마 뒤 미노의 기습과 비에 곤혹을 치르다 아무런 공도 없이 돌아오고 말았다.

"무리다. 애초에 무모한 계획이었다. 미노의 사이토에게 인물이 없다면 모르지만 누가 지휘를 한다고 해도 적국의 코앞에서 지리적 어려움을 극복하고 성을 쌓는다는 것은 불가능하다.”

가쓰이에가 말하지 않아도 살아서 돌아온 사람들은 한결같이 축성의 지난함과 연일의 고전을 호소하며 무모함을 비난했다.

“카게유, 그대가 대신 가라.”

노부나가의 사촌인 오다 카게유자에몬에게 세 번째 군명이 내려졌다. 이제는 일족 외에 적당한 인물이 없었다. 하지만 카게유자에몬은 임지에 도착해서 목재와 돌을 옮기기도 전에 나루미 부근의 격전에서 부하 절반과 함께 전사하고 말았다.

사쿠마, 시바타, 오다 카게유가 차례로 축성에 실패하고 적에게 참패를 당해 무수한 사상자를 내자 그 책임을 노부나가에 돌리며 그의 어리석음을 한탄하는 목소리가 높아졌다.

“오케하자마의 요행이 나라에 해를 끼쳤다. 승리한 뒤 삼가지 않고 기고만장해진 것이다.”

가신들 중에는 이렇게 노골적으로 손가락질하는 사람도 있었다.

전사자들의 장례식을 비롯한 뒷수습이 일단락되자 가을바람이 불기 시작했다. 노부나가는 여론에 귀를 닫은 듯 침묵을 지키며 여름을 보냈었다. 시바타와 사쿠마 등은 자신들의 말이 옳다는 것을 이제야 알았냐는 듯 의기양양한 얼굴로 성안을 느릿느릿 걸어 다녔다. 그때 무사 한 명이 대기소를 일일이 들여다보며 도키치로를 찾고 있었다.

“기노시타는 어디에 있는가?”

“여기에 있습니다.”

도키치로가 어디선가 나오더니 무슨 일인지 물었다.

“어서 빨리.”

무사는 재촉을 하며 앞서 사라졌다.

'드디어.'

도키치로는 마음속으로 그렇게 생각하고 잠시 방에 들어가 칼집에 꽂아둔 비녀로 머리를 빗은 뒤 밖으로 나왔다.

그는 스노마타 문제라는 것을 직감하고 있었다. 그 임무가 언젠가 자신에게 돌아올 것이라고 믿어 의심치 않았던 것이다. 그의 예상대로 노부나가는 그를 보자 즉시 명령을 내렸다.

"도키치로, 이번에는 그대에게 명하겠다. 내일 중으로 스노마타로 출발하라."

"예?"

도키치로의 반응을 물끄러미 바라보던 노부나가가 다시 물었다.

"어떤가?"

"제게는 과분한 대임이오나 신명을 다하겠습니다."

"묘책이 있는가?"

"아닙니다."

"없는가?"

"묘책은 없습니다만 다소 승산은 있습니다."

"그 승산이란 무엇인가?"

"축성에 실패한 원인은 치수治水와 지리地理의 불리함 때문일 것입니다."

"모두 그리 말하고 있다."

"자연의 힘은 저도 이길 수가 없습니다. 얼핏 듣기로 앞의 세 장군께서는 치수의 어려움을 알면서도 공사를 할 때 인력으로 자연의 힘을 이기려고 하셨습니다. 잘못은 그런 마음가짐이 아닌가 싶습니다. 저는 범인이기 때문에 물의 마음 그대로, 물이 흐르는 대로 물을 이끌어 치수의 효험을 얻고자 합니다."

"물의 마음이란?"

"본래 빗물이나 대하의 격류와 같은 물에도 마음이란 것이 있습니다. 미력한 사람의 지혜와 힘으로 그 본연의 마음을 억지로 막거나 돌리려고 하면 그것이 설사 하룻밤 폭풍우라 해도 반드시 성난 홍수로 변해 공사의 목재와 돌은 물론이고 무수한 인명을 집어삼킬 것입니다."

"도키치로."

"예."

"그대는 내게 정도正道를 설교하는 것인가?"

"아닙니다. 스노마타의 축성에 관한 말입니다."

"어려움은 수해를 방지하는 것뿐이 아니다. 그대는 축성 중에도 끊임없이 공격해올 미노의 군사를 물리칠 확실한 계책이 있는가?"

"제가 그에 대해서는 그다지 중요하게 생각하지 않으니 주군께서도 그리 마음을 쓰지 않으셔도 무방할 줄 압니다."

"중요하지 않다고?"

"그렇습니다."

도키치로가 웃음을 짓더니 노부나가의 진지한 얼굴을 올려다보며 말했다.

"사쿠마 님, 시바타 님, 카게유 님과 같은 이름 있는 분들이 모두 차례로 참패를 당하고 물러난 지금, 적들은 승리에 도취되어 자만하고 방심하고 있을 것입니다. 이러한 때에 오다 가의 말단인 제가 네 번째 수장으로 가면 필시 적들은 비웃을 것입니다."

"흐음."

"봐라, 오다의 가신 중에서 저와 같은 미천한 자가 왔으니 이번에는 어디 어떤 성을 쌓을지 지켜본 뒤 성을 완성하면 일거에 무너뜨리자고 생각할 것입니다."

"만약 자네의 생각대로 되지 않았을 때는 어찌하겠는가?"

"임기응변입니다."

"그건 그렇군."

"하지만 아마도 제 예상이 틀리지 않을 것입니다. 적에게 책사가 있다면, 저희에게 성을 쌓게 하고 그것을 공격해서 빼앗은 뒤에 저희가 미노 공략의 발판으로 삼으려던 성을 자신들이 오와리를 공략하는 발판으로 삼고자 하는 책사가 사이토 가에도 있을 것입니다."

"그렇군. 그러면 다시 묻겠네. 그대는 그 정도 계책을 지니고 있으면서 어찌 처음부터 그것을 말하고 자진해서 대임을 맡지 않았는가?"

"저도 맨 처음 스노마타로 갔다면 시바타 님이나 사쿠마 님과 마찬가지로 대패를 당했을 것입니다. 책략에 있어 저는 그분들에게 미치지 못합니다. 게다가."

도키치로가 숨을 한 번 내쉬자 노부나가는 가슴을 비스듬히 펴며 감탄한 듯한 표정을 지었다. 도키치로가 자신을 대단하게 보이려고 하거나 득의양양한 모습을 보이려고 하지 않았기 때문이다. 노부나가는 그런 도키치로의 모습에서 가늠하기 어려운 무언가를 느낀 듯했다.

'방심할 수 없는 자다.'

노부나가가 속으로 그런 생각을 하는 동안 도키치로는 아무런 허식이나 꾸밈도 없이 다시 말을 이었다.

"그래서 저는 일부러 처음부터 삼가고 있었던 것입니다. 아니, 좀 더 솔직하게 말씀드리면 저와 같은 말단이 시바타, 사쿠마 님 등을 제쳐두고 가장 먼저 스노마타 축성의 대임을 맡으면 다른 가신들이 가만히 있지 않았을 것입니다. 모두들 주군께서 저를 두둔한다고 생각했을 것입니다. 하지만 지금과 같은 상황이라면 그 누구도 시샘하거나 비방하는 일이 없을 것입니다. 오히려 '원숭이가 회의 자리에서 함부로 입을 놀린 탓에 스노마타에 가게 되었구나' 하고 말할 것입니다. 하여 적과 아군의 입장에서 보더라도 오늘 제가 군명을 받는 것은 극히 자연스러운 때가 아닌가 싶습니다."

"……"

눈을 감은 채 듣고 있던 노부나가는 정사와 병법에 능한 군사軍師가 자신을 위해 스노마타를 예로 들어 강의를 하고 있는 것처럼 여겨졌다. 하지만 눈을 뜨자 그의 앞에는 다른 사람보다 체구가 왜소하고 고작 보병 오십 명을 이끄는 한 명의 평범한 무사가 머리를 조아리고 있었다.

"좋다. 가라."

노부나가는 시종을 통해 옆에 있는 상자를 도키치로에게 내렸다. 지휘를 하는 채를 내린 것이었다. 노부나가는 처음으로 도키치로를 한 장수로 임명한 것이었다.

"네네, 돌아왔소."

때 이른 남편의 귀가에 네네가 놀라 물었다.

"평소보다 시간이 이르지 않으신지요?"

"금방 다시 성으로 들어가야 하오. 잠시 이별을 고하러 온 것이오."

도키치로가 집 안으로 들어가 자리에 앉으며 말했다. 늘 무사의 아내는 언제 찾아올지 모를 '이별'을 예감하면서 마음의 준비를 해야 했다. 네네의 눈썹이 가늘게 떨렸다.

"이별이라 하시면?"

"내일 스노마타로 떠나야 하오."

"예? 스노마타로요?"

검은 먹물처럼 절망에 가까운 무언가가 네네의 가슴에 번졌다.

"너무 걱정하지 마시오. 오히려 당신을 기쁘게 해주려 잠시 집에 들른 것이오. 오래 걸리지 않을 게요."

도키치로는 오른손 손바닥을 네네에게 내밀어 보였다.

"이 손으로 일성을 세울 것이오. 나도 드디어 일성의 주인이 될 수 있소. 비록 작은 성이지만 성은 성이 아니겠소."

"……."

네네의 의아해하는 얼굴을 보고는 도키치로가 웃으며 말했다.

"그럴 만도 하오. 아직 세상에 없는 성이니 말이오. 이제 내가 가서 내 손으로 성을 쌓을 것이오. 하하하."

도키치로는 따뜻한 차 한 잔을 마시고 바로 일어섰다.

"내가 없는 동안 집을 잘 부탁하오. 나카무라의 어머님께 자주 안부를 전하는 것도 잊지 말고 장인, 장모님께도 모쪼록 인사를 잘 전해주시오. 그리고."

도키치로는 다른 사람이 있나 주위를 둘러보더니 함께 일어선 네네의 얼굴을 양손으로 감싸며 말했다.

"당신도 감기 조심하고."

"……."

지금까지 약한 눈물을 보인 적이 없던 네네는 도키치로가 두 손으로 자신의 얼굴을 감싸자 눈물을 흘렸다. 네네는 도키치로가 이토록 밝은 모습을 보이는 것은 아내를 불안해하지 않게 하기 위한 배려라는 것을 잘 알고 있었다. 그만큼 스노마타로 출정해서 살아 돌아온 사람은 드물었던 것이다.

도키치로는 한동안 네네의 두 뺨을 감싼 채 물끄러미 바라보았다. 네네의 눈물을 처음 보았던 것이다. 도키치로는 갑자기 네네의 얼굴을 자신의 가슴 깊이 끌어당겼다.

"바보같이."

도키치로는 그렇게 말하면서 매정하게 네네를 자신의 품에서 떨어뜨렸다.

"머지않아 일성의 안주인이 될 사람이 왜 우는 것이오. 하하하."

도키치로가 큰 걸음으로 젖은 툇마루로 나가더니 외쳤다.

"곤조, 있느냐?"

"예, 무슨 일이십니까?"

곤조가 달려와서 도키치로의 앞에 무릎을 꿇었다.

"이 서찰을 가지고 급히 심부름을 다녀오너라.

품속에 있던 서찰은 이미 성에서 써서 가지고 온 듯했다.

"어디로 전할까요?"

"수신은 밀봉한 서찰 속에 적어두었으니 가이도海東 군의 하치스카 촌에 전하면 된다."

"하치스카 촌 말입니까?"

"고로쿠 님의 저택을 아느냐? 토호인 고로쿠 님 말이다."

"아, 노부시……."

"혹시라도 그와 같은 무례한 말을 해서는 안 된다. 내가 성에서 타고 온 말이 문 앞에 있으니 그것을 타고 바로 다녀오너라."

"예, 알겠습니다."

"집에는 없을 테니 답신은 성으로 가져오너라."

그날 밤 도키치로는 무장을 하고 성안에서 대기하고 있었다.

도키치로에게 군명으로 대임이 내려졌다는 사실이 알려지자 가신들은 이를 둘러싸고 의견이 분분했다. 당연히 옳지 않다고 말하는 사람이 많았다. 하지만 이미 마음을 굳힌 도키치로는 그러한 비난과 반목과 멸시에는 일절 귀를 기울이지 않고 성안의 무사 대기소에서 밤새도록 출병하는 병력의 대오와 군수품 등을 점검했다. 노부나가도 그날 밤에는 잠을 이루지 못하는 듯 침소에서 끊임없이 도키치로에게 전언이나 지시를 내렸다. 그러던 중 부하 한 명이 와서 고했다.

"방금 곤조라고 하는 자가 찾아왔습니다."

어느덧 사경 무렵이었다. 도키치로는 곤조를 보자마자 기다렸다는 듯 말했다.

"곤조, 빨리 왔군. 고로쿠 님은 있던가? 내 서찰은 전했는가?"

"예, 여기 답신을 가지고 왔습니다."

"수고했네. 그만 돌아가게."

"예. 그럼 바로 출발하시는 것인지요?"

"이대로 있다 내일 출발할 것이네. 내가 집을 비우는 동안 네네를 잘 부탁하네."

곤조가 돌아가고 얼마 뒤 다시 노부나가의 근신이 달려와 노부나가가 찾는다는 말을 전했다. 도키치로는 서둘러 본성으로 달려갔다. 노부나가는 밖에 장막을 치고 그곳을 참모 본부로 삼아 이따금 옆에 있는 다실에서 휴식을 취하며 밤을 새우고 있었다.

"도키치로입니다."

장막 안에는 니와, 시바타, 사쿠마 등의 중신들이 모두 모여 있었다. 흘낏 차가운 시선이 일제히 새로 발탁된 장수인 도키치로에게 쏠렸다.

"도키치로, 뭔가?"

"주군의 명을 받고 왔습니다만."

"주군은 조금 피곤하신지 지금 다실에서 쉬고 계시네."

"그렇습니까? 그럼 이만."

도키치로는 물러나 나무숲 사이에 있는 다실을 살폈다. 노부나가는 시녀들이 만든 차를 마시고 있었는데, 도키치로의 목소리가 들리자 바로 일어나 다실 끝으로 다가와 앉았다.

"도키치로인가? 내가 내린 삼천 군사 중 불과 오분의 일인 삼백 명만 있으면 된다고 자네가 중신들에게 말했다고 하는데 대체 무슨 연유인가? 시바타와 사쿠마와 같은 노신들조차 군사 삼천과 인부 오천을 이끌고서도 대패를 당했네. 아무리 그대에게 묘책이 있다고 해도 삼백의 소수로 임무를 완수할 다른 방책이 있을 리가 없지 않은가."

"절대로 그렇지 않습니다."

"방책이 있다는 것인가?"

"연래의 전화와 패전이 계속되어 이대로라면 설사 싸움에서 이긴다고 해도 나라의 재정과 내정이 어려울 것입니다."

"지금과 같은 시기에 어찌 그런 것을 따지겠는가."

"아닙니다. 재정뿐 아니라 지금까지 스노마타에서 많은 인명을 잃었습니다. 더 이상 소중한 군사를 잃는 것은 현명하지 않을 것입니다. 하여 제가 지휘하는 이상, 적의 식량을 먹고 적지의 자재를 가지고 성을 쌓을 것이며, 오와리의 군사 이외의 인력을 이용해서 스노마타 성을 완성할 것입니다."

아군의 병력을 소비하지 않고, 또 영내의 자재도 소모하지 않고 목적을 완성해 보이겠다는 도키치로의 말에 노부나가는 의심스러운 표정을 지었다. 그런 노부나가의 표정을 헤아린 도키치로가 먼저 안심하라는 말을 한 뒤 심중의 비책을 밝히기 위해 주위 사람을 물려주기를 청했다.

"저기 나무들 사이로 멀리 물러가 망을 보고 있거라."

노부나가가 시종들에게 말하자 이윽고 두 사람만 남게 되었다.

"도키치로, 적지의 자재를 이용해서 적지에 성을 짓겠다는 뜻은 알겠지만 아군의 병사를 이용하지 않고 싸우겠다는 말은 도무지 이해가

가지 않는군. 그러한 묘책이 있다면 내 무릎을 꿇어서라도 자네에게
가르침을 구하고 싶네.”

“당치도 않은 말씀이십니다.”

도키치로는 머리를 한층 낮게 숙이며 말했다.

“실은 소년 무렵 먹고살기 위해 미노와 오우미, 이세, 그리고 오와리
근방 등 여러 나라를 떠돌아다니던 중 가이도 군에 사는 토호인 노부
시들과 각별히 지내게 됐습니다. 알고 계실지 모르겠습니다만, 하치스
카 촌의 고로쿠라고 하는 자의 저택에서 얼마 동안 일을 했던 인연도
있습니다.”

“흐음, 그래서?”

“그들은 때를 얻지 못한 초야의 세력입니다. 비록 무용은 있지만 그
들을 부릴 사람이 없습니다. 또 영주와 같은 자가 있어서 자신들을 이
끌어줄 지도자를 만날 수도 없기 때문에 애석하게도 하늘의 구름만 허
무하게 바라보며 신세를 한탄할 뿐입니다.”

“……”

“그래서 때때로 폭력을 휘두르고 세상을 어지럽히며 도당을 이루어
군도로 변해서 양민들을 약탈하기 때문에 노부시라는 이름으로 불리
고 있습니다. 하지만 그들의 본질은 호방하고 의협심이 강합니다. 세
상의 정도에서 벗어난 용맹한 무골인 만큼 그들을 잘 이끌기만 하면
난세를 평정하는 데 큰 도움이 될 것입니다.”

“흐음……”

“그러한 노부시는 영지 내에만 삼사천은 족히 있을 것입니다. 오바
타小幡, 미쿠리야御廚, 시나오科野, 시노키篠木, 가시와이柏井, 하타가와秦川
등지에 산재해 있으며 모두 우두머리가 있고 무기와 마구도 비축해놓
고 있기 때문에 자칫하면 세상을 어지럽힐 가능성도 있습니다.”

"……."

"저는 일찍부터 그들을 쓰지 않는 것은 국력의 낭비라고 생각했습니다. 다만 그러한 기회가 없었던 것인데 이번에야말로 주군을 위해, 더 나아가 천하의 양민을 위해 그들을 활용하고 소중한 병사들은 후일을 위해 보존해야 합니다. 부디 이러한 저의 비책을 거두어주시길 바랍니다."

"좋네. 알았네."

노부나가는 그렇게 말하고는 그저 고개만 끄떡였다.

새벽녘 도키치로는 짐을 운반하는 부대를 포함해도 약 육백에 미치지 않는 군사를 이끌고 서쪽 국경을 향해 출발했다. 그때 그가 다시 살아 돌아오리라고 믿는 사람은 아무도 없었다.

재회

"뭐지?"

길가의 사람들은 도키치로가 이끄는 군사를 설마 스노마타로 출병하는 군사라고는 생각하지 못하고 한가로이 쳐다보고 있었다. '목면 도키치로, 쌀 고로자, 우거진 시바타柴田에 자빠진 사쿠마佐久間'라는 노래에 나오는 그 목면 도키치로가 대장이 되어 선두에서 말을 타고 가고 있었다. 군사가 얼마 되지 않다 보니 위풍당당해 보이지도 않았으며, 사기도 그리 높지 않아 보였다.

그전에 시바타와 사쿠마가 많은 군사를 거느리고 위풍당당하게 스노마타로 갈 때와 비교한다면 영내를 순시하거나 전선에 있는 일부 부대와 교대를 하러 가는 것으로밖에 보이지 않았다.

기요스에서 일이 리 떨어져 있는 이노구치井之口를 지나 정원사正願寺 부근까지 왔을 무렵, 뒤에서 한 기마 무사가 쫓아왔다.

"잠깐 기다리시오."

"마에다 님이다."

부대의 후방에 있는 인부 우두머리가 옆에 있는 병사를 시켜 도키치로에게 전했다. 기요스를 출발해서 얼마 지나지 않았는데 앞쪽에서부터 휴식하라는 명령이 전달되자 각 대오의 부장들은 영문을 몰라 했다. 승산이 없는 출정이다 보니 불안감에 휩싸인 병사들의 얼굴에서는 전혀 전의를 느낄 수 없었다.

"휴식이다."

"벌써?"

"쓸데없는 말은 하지 말고 쉬라면 쉬는 게지."

말을 맡기고 대오 사이를 급히 지나가는 이누치요의 귀에 병사들의 목소리가 들렸다.

"이거, 이누치요 님 아니시오."

도키치로는 이누치요를 보자마자 말에서 훌쩍 뛰어내려 다가갔다.

"이누犬 산 방면의 정세는 어떠하오?"

도키치로가 묻자 이누치요는 뭔가 급한 다른 볼일이라도 있는 듯 짧게 말했다.

"아직 진정되지 않았네. 잠시 퇴각하라는 명을 받고 허무하게 군사를 물려 돌아왔네."

얼마 전부터 이누 산 방면에도 오다 가의 내환이 생겼다. 이누 산의 성주인 시모쓰케노카미 노부키요下野守信淸는 오다 일족이었는데 노부나가에게 반감을 가지고 있었다. 그는 하구리葉栗 군의 와다和田나 니와丹羽 군의 나가시마 분고中島豊後와 같이 기요스에서 등용하지 않는 불만 세력과 손을 잡고 모반을 일으키기 위해 은밀히 미노의 사이토 가와 내통을 하고 있었던 것이다.

노부나가는 그들이 일족인 만큼 어떻게 처리해야 할지 고심할 수밖에 없었다. 그는 고심 끝에 그들을 치기로 결심하고 이와무로 나가토를 보냈지만 전사하고 말았다. 미노의 사이토가 전적으로 지원을 하고 있었던 탓에 동족 간에 피만 흘릴 뿐 아무런 성과도 올리지 못하고 있는 상태였다.

"잠시 군사를 물리라고 하셨단 말인가. 현명한 판단이시군."

도키치로가 기요스 쪽 하늘을 바라보며 중얼거리자 이누치요가 급히 말을 꺼냈다.

"그보다 자네의 싸움이야말로 오다 가의 흥망이 걸린 갈림목이네. 나는 자네를 믿고 있지만 가신들의 불평과 영민들의 불안이 이만저만하지 않네. 걱정이 되어 이렇듯 작별 인사를 하러 온 것이네. 기노시타, 장수가 되어 일군을 지휘하는 것은 그 책임에 있어서도 지금까지와는 전혀 다를 텐데 괜찮겠는가?"

"걱정하지 말게."

도키치로는 자신의 의지를 명확하게 보이고는 이어 말했다.

"묘책이 있네."

묘책이 있다는 도키치로의 말에 이누치요가 더 걱정이 된다는 듯 눈썹을 찡그리며 말했다.

"자네, 군명을 받자마자 곤조를 하치스카 촌으로 보냈다고 하던데?"

"들었는가?"

"실은 네네 님께."

"여인의 입이란 참으로 무섭군."

"아니네. 출진을 축하하러 잠깐 들렀는데, 마침 새벽에 아쓰다 신궁에 자네의 무운을 빌러 갔다 온 곤조와 이야기를 나누던 끝에 나온 얘기네."

"그렇다면 내가 말하지 않아도 자네가 짐작하고 있을 것이네."

"그렇네. 하나 괜찮겠는가? 자네가 믿고 있는 상대는 상궤를 벗어난 노부시 무리라네. 자칫 손을 잡았다가 다칠 수도 있지 않겠나?"

"그럴 염려는 없네."

"어떤 연유이고 무슨 조건을 내세웠는지는 모르겠지만 하치스카 촌의 노부시 두목이 자네가 보낸 서찰을 보고 승낙을 했는가?"

"그건 말할 수 없네."

"기밀인가?"

"이것을 보게."

도키치로는 아무 말 없이 갑주에서 한 통의 편지를 꺼내 이누치요에게 건넸다. 어젯밤 곤조가 가지고 온 하치스카 고로쿠의 답신이었다. 이누치요는 그것을 잠자코 읽은 뒤 되돌려주었다. 그러고는 놀란 눈빛으로 도키치로의 얼굴을 바라보면서 한동안 아무 말도 하지 않았다.

"이제 알겠나?"

"기노시타."

"왜 하지만?"

"이건 거절하는 답신이 아닌가? 하치스카 일족은 선대 이래로 사이토 가와 떼려야 뗄 수 없는 오랜 인연으로 묶여 있는 사이라 의義 때문이라도 오다 쪽에 가담할 수 없다고 명백하게 거절한 것을 자네도 읽지 않았나?"

"쓰여 있는 그대로이네."

"……?"

도키치로가 머리를 숙이며 말했다.

"나를 걱정해서 여기까지 온 자네의 마음을 모르는 것은 아니네만, 내게 생각이 있으니 아무 걱정 말고 자네는 맡은 바 일에 전념해주면 좋겠네."

"그렇게까지 말하는 걸 보니 자신이 있는 모양이군. 그렇다면 무사히 잘 다녀오게."

"고맙네."

도키치로로는 옆에 있는 무사에게 이누치요의 말을 끌고 오라고 명했다.

"아니네. 자네가 먼저 가게."

"그럼 먼저 가겠네."

도키치로가 말에 올랐을 때, 무사가 이누치요의 말을 끌고 왔다.

"그럼."

도키치로는 말 위에서 인사를 하고 바로 출발했다. 그의 깃발에는 아직 아무런 문장도 없었다. 병마들 사이에서 펄럭이는 문장도 없는 붉은 깃발이 이누치요의 눈에서 멀어졌다.

도키치로는 반 정町도 가지 않아서 이누치요의 모습을 돌아보았다. 초가을의 밝은 태양에 웃고 있는 도키치로의 하얀 이가 보였다. 고추 잠자리 떼가 청명한 하늘을 날아다니고 있었다. 이누치요는 아무 말 없이 홀로 말을 타고 기요스 성으로 돌아갔다.

땅에 깔려 있는 이끼의 깊이에 놀랄 정도였다. 출입이 허용되지 않는 금단의 사원에 있는 정원처럼 이곳 토호 저택의 넓은 정원 일대에는 몇 백 년인지 모를 푸른 이끼가 깔려 있었다. 정원석 뒤편은 대나무밭이었고 샘에는 부용꽃이 피어 있었다. 그야말로 한적한 가을 오후였다.

"참으로 긴 세월이었다."

고로쿠는 정원에 서면 늘 그렇게 생각했다. 오에이應永, 다이에이大永 시절의 먼 선조부터 지금에 이르기까지의 전통을 생각했다.

"내 대에서도 제대로 가명을 세우지 못하고 끝이 나는 것인가. 하나 지금과 같은 시절에 이 정도로 잃은 것 없이 보존한 것만으로도 선조들은 기특하다고 여기실지 모른다."

그렇게 위로하는 가슴 한편에는 늘 무엇으로도 위로받을 수 없는 서글픔과 탄식이 깃들어 있었다.

이렇듯 더없이 고적한 날, 울창한 숲으로 둘러싸인 성곽과 같은 오래된 저택을 바라보면 그곳의 주인이 가이도 군의 들판에 묻힌 채 이천여 노부시를 거느린 우두머리라고는 도저히 생각되지 않았다. 게다가 영주의 힘으로는 제거할 수 없는 기반과 세력을 지닌 채 난세에 비노尾濃를 넘나들며 암약하고 있다고도 보이지 않았다.

"가메이치."

정원을 거닐던 고로쿠가 문득 안채 쪽 방을 향해 아들을 불렀다.

"가메이치, 준비를 하고 나오너라."

"예!"

올해 스무 살이 된 고로쿠의 장남 가메이치는 실내에서 연습용 창 두 자루를 들고 정원으로 내려왔다.

"뭘 하고 있었느냐?"

"책을 읽고 있었습니다."

"서책만 읽느라 무도는 소홀히 하고 있는 건 아니더냐?"

"……."

가메이치는 눈을 내리깔았다.

무골인 고로쿠와는 달리 그는 온화하고 지적이었다. 하지만 고로쿠는 자신의 뒤를 이을 아들이 이렇듯 평범하고 착한 것이 오히려 걱정이었다. 휘하에 있는 이천여 노부시들은 모두가 무학이고 반골이었으며 사납고 용맹한 야인이었다. 그런 그들을 통제하지 못하면 하치스카 일족을 유지할 수가 없었다. 맹수들 사이에서는 약육강식의 법칙이 자연스러운 이치였다.

그래서 고로쿠는 자신과 다른 가메이치를 볼 때마다 유순하고 학문을 좋아하는 천성을 걱정했다. 그래서 틈만 있으면 정원으로 불러내 무예를 통해 사나운 기질과 용맹한 피를 길러주었다.

"창을 들어라."

"예."

"여느 때처럼 자세를 취하고 나를 아비라 생각하지 말고 공격하거라."

고로쿠는 냉정한 눈빛으로 창을 겨눴다.

"간다!"

무시무시한 아버지의 고함 소리에 가메이치는 나약한 눈빛으로 물러섰다. 그 순간 고로쿠의 창이 인정사정없이 그의 어깨를 찔렀다. 가메이치는 앗, 하고 비명을 지르며 창을 내던지고 엉덩방아를 찧으며 까무러치고 말았다.

"어머, 너무하십니다."

방 안에 있는 가메이치의 모친인 마쓰나미松波가 정원으로 달려 내려와서 가메이치를 품에 안으며 소리쳤다.

"가메이치, 어디 다친 데는 없느냐? 가메이치!"

남편의 무자비한 행동을 원망하듯 그녀가 하인들에게 물과 약을 가져오라며 요란을 떨자 고로쿠가 그녀를 꾸짖었다.

"대체 무슨 짓이오. 당신이 그리 대하니 가메이치가 더 나약해지는 것이오. 멈춰라, 저리 물러가 있거라!"

물과 약을 가져온 하인들은 고로쿠의 험악한 표정을 보고는 멀리서 지켜만 보고 있었다.

아내인 마쓰나미는 눈물을 닦으며 품에 안고 있는 가메이치의 입술에서 흐르는 피를 종이로 눌러 닦았다. 고로쿠의 창에 나가떨어진 충격으로 입술을 깨물었든지 아니면 돌에 부딪힌 듯했다.

"어디 다른 데 다친 곳은 없느냐?"

남편이 무슨 말을 해도 그 앞에서 말대답을 하지 않는 것이 당시의 가풍이었다. 그녀는 그저 눈물만 흘렸다. 가메이치가 간신히 정신을 차리고 말했다.

"괜찮습니다. 다친 곳은 없으니 어머니는 물러나 계십시오."

가메이치가 이를 앙 물고 아픔을 참으며 창을 들고 다시 일어섰다. 그런 아들의 기특한 행동이 마음에 들었는지 고로쿠가 빙긋 웃음을 지어 보이며 격려하듯 외쳤다.

"좋다! 그런 투지로 덤벼라."

그때 하인이 황망히 중문을 돌아와서 고로쿠에게 말을 전했다.

"방금 오다 노부나가의 사자라고 칭하는 자가 대문 앞에 말을 매어 두고 은밀히 뵙고 싶어 합니다."

그러더니 하인은 덧붙여 말했다.

"어딘지 이상해 보이는 사내입니다. 홀로 뚜벅뚜벅 문 안으로 들어와서는 이쪽저쪽을 무례하게 둘러보더니 '아, 여전하구나' '여전히 산비둘기가 울고 있군' '감나무가 많이 컸구나' 하며 혼자 중얼거리는데 아무래도 오다 가의 사자로는 보이지 않습니다."

고로쿠가 고개를 갸웃하다 하인에게 물었다.

"이름이 뭐라 하더냐?"

"기노시타 도키치로라고 합니다."

"하하하."

고로쿠는 그제야 의문이 풀린 듯 말했다.

"이제 알겠군. 얼마 전 서찰을 보낸 오다의 신하군. 만날 일이 없으니 쫓아버려라."

하인은 그럼 그렇지 하며 고개를 끄덕인 뒤 의기양양 달려 나갔다.

"청이 있습니다."

그 틈에 마쓰나미가 고로쿠에게 말했다.

"오늘은 가메이치의 연습을 여기서 그만하게 해주십시오. 아직 안색이 이렇듯 창백합니다. 입술도 부어오른 듯하고……."

"흠, 데리고 가게."

고로쿠가 아내에게 창과 아들을 맡기며 덧붙여 말했다.

"너무 오냐오냐하지 마시오. 또 책만 읽도록 하지 말고."

고로쿠가 그대로 서원 쪽으로 걸어가 댓돌에서 신발을 벗으려고 하는데 조금 전에 다녀간 하인이 고개를 저으며 달려왔다.

"나리, 아무래도 수상한 사내입니다. 도무지 돌아가지 않습니다. 그뿐 아니라 어느 틈엔가 쪽문을 지나 마구간 쪽의 부엌에 들어가서 마구간지기와 정원을 청소하는 자들과 친한 듯 잡담을 하고 있습니다."

"썩 쫓아내거라. 오다 가의 첩자 따위를 어찌 그대로 두었느냐!"

"그렇지 않아도 방에 있던 무사들이 나와 돌아가지 않으면 담장 밖으로 던져버리겠다고 위협을 했는데, 십 년 전에 야하기 강에서 만났던 히요시라고 하면 분명 기억하고 계실 것이라며 한 발짝도 움직이지 않을 심사인 듯합니다."

"야하기 강?"

고로쿠는 기억이 나지 않았다. 야하기 강이나 히요시라고 해도 십 년 전의 작은 일까지 기억하고 있을 리가 없었다.

"기억에 없으십니까?"

"없다."

"이 수상쩍은 놈이 난처해지자 궤변을 늘어놓은 듯합니다. 알겠습니다. 흠신 두들겨 패서 기요스로 쫓아버리겠습니다."

하인은 자신을 번거롭게 만든 도키치로에게 화가 머리꼭대기까지 난 듯했다. 잘 걸렸다는 표정으로 정원 쪽 문까지 달려갔을 때, 서원의 댓돌에 선 채 생각에 잠겨 있던 고로쿠가 그를 불렀다.

"잠깐!"

"무슨 일이신지요?"

"흠, 잠깐 기다려라. 혹시 그 사내가 원숭이를 닮지 않았느냐?"

"원숭이 말입니까? 그러고 보니 그자도 히요시를 모른다면 원숭이라고 말씀드리라고 했습니다."

"원숭이군."

"아는 자인지요?"

"이곳에 잠시 머물며 정원 청소나 가메이치를 돌봤던 눈치가 빠른 아이였는데."

"그런 사람이 오다 노부나가의 사자로 왔다는 건 뭔가 이상하지 않은지요?"

"그렇긴 하다만, 옷차림은 어떠하더냐?"

"범상치 않았습니다."

"어떻게 말이냐?"

"무구에 진바오리를 입고 꽤 멀리서 온 듯 말의 등자까지 이슬과 진흙으로 범벅이 되었고 도시락을 담은 주머니와 짐을 매달고 있었습니다."

"흠, 어디 한번 보자."

"데려오라는 말씀이십니까?"

"혹시 모르니 얼굴이라도 봐야겠다."

고로쿠 마사카쓰는 툇마루에 걸터앉아 그 수상한 사내를 기다렸다.

오다 노부나가가 있는 기요스 성과 이곳은 불과 몇 리 떨어지지 않는 가까운 거리였다. 당연히 오다의 영내였지만 고로쿠 마사카쓰는 노부나가를 따르지 않았다. 또한 예전부터 오다 가의 녹은 쌀 한 톨도 먹고 있지 않았다.

조부가 살아 있을 무렵 미노의 사이토 가와 서로 돕고 지내는 사이였다. 노부시라고 해도 의리가 두터웠다. 아니, 오히려 약속과 의협義俠을 중시하는 가풍은 난세의 무문보다 훨씬 뛰어났다. 살벌하고 약탈을 업으로 삼고 있는 그들 일족은 부모와 자식과 같은 관계로 묶여 있다 보니 경박하게 의리를 저버리는 것을 용서하지 않았다. 고로쿠는 그러한 철칙을 지키는 대가족의 가장이었던 것이다.

도산 야마시로노카미가 양자인 요시타쓰에게 죽음을 당하고, 그 요시타쓰가 작년에 병사한 뒤 미노는 내분이 끊이지 않았고, 도산이 살아 있었을 때 해마다 보내주었던 녹미나 지원도 끊긴 상태였다.

사실 그것은 사이토 가의 의지라기보다 오다 쪽이 미노와의 통로를 차단했기 때문이다. 하지만 고로쿠는 길이 끊어졌어도 의義는 끊지 않았다. 오히려 반오다의 전의를 고취해서 근년에는 이누 산성의 시모쓰케노카미 노부키요와 손을 잡고 암암리에 오다 영내를 교란하고 있는 숨은 주역이기도 했다.

"데리고 왔습니다."

안쪽 나무 문에서 하인이 말했다. 만약의 사태를 위해 노부시 대여섯 명이 손님 한 명을 둘러싼 채 함께 왔다.

"이쪽으로 데려오너라."

고로쿠는 힐끗 쳐다보며 크게 턱짓을 했다. 이윽고 고로쿠 앞에 평범하게 생긴 사내가 다가와 섰다. 사내는 인사도 극히 평범하게 했다.

"오랜만에 뵙습니다."

고로쿠가 사내의 얼굴을 뚫어져라 쳐다보더니 중얼거렸다.

"역시 원숭이군. 모습도 그리 변하지 않았군."

고로쿠는 생각했던 만큼 변하지 않은 얼굴과는 달리 너무나 달라진 도키치로의 모습에 놀라지 않을 수 없었다.

고로쿠는 십 년 전, 야하기 강에서의 일이 선명하게 떠올랐다. 소매가 짧은 하얀 목면 한 장을 입고 목덜미와 손발은 때에 절은 상태로 어디서 묵을 돈도 없어 굶주린 채 강가의 배 안에서 잠을 자고 있던 그를 부하가 흔들어 깨웠더니 큰소리를 쳤었다. 고로쿠는 부하가 들이민 불빛을 통해 보았던 기묘한 소년의 모습이 눈에 잡힐 듯 선명하게 떠올랐다.

도키치로는 이전의 자신과 지금의 자신의 달라진 모습을 전혀 개의치 않는 듯 공손한 자세로 말했다.

"이거, 그 뒤로 격조했습니다. 이렇듯 건승하신 걸 보니 기쁘기 그지없습니다. 가메이치 님도 분명 잘 자랐을 줄 압니다. 마님도 변함이 없으신지요? 십 년 만에 이곳을 찾으니 모든 것이 그립기만 합니다."

도키치로는 그렇게 말하고 추억에 잠긴 듯 정원의 나무들과 건물을 둘러보면서 매일 아침 돌우물의 물을 길었던 일이나 저편에 있는 돌 옆에서 고로쿠에게 혼이 났던 일, 가메이치를 업고 매미를 잡았던 일들을 이야기했다.

하지만 고로쿠는 그런 지난 이야기에 일절 장단을 맞추지 않았다. 그는 계속해서 도키치로의 일거수일투족을 지켜보다 이윽고 예전처럼 엄한 목소리로 말했다.

"원숭이, 너는 무사가 된 것이냐?"

고로쿠는 모습을 보면 알 수 있는 사실을 짐짓 물었다. 도키치로는 조금도 불쾌하지 않은 듯 답했다.

"예, 보시는 바와 같이 아직 적은 녹이지만 말단 무사가 되었습니다. 기뻐해주십시오. 실은 그 기쁨을 나누고자 겸사겸사 저 멀리 스노마타 임지에서 몰래 빠져나온 것입니다."

고로쿠가 쓴웃음을 지으며 물었다.

"자네와 같은 자를 무사로 거둬준 사람이 있다니, 참 고마운 시절이 구먼. 한데 주군은 누구인가?"

"오다 카즈사노스케 노부나가 님입니다."

"그 멍청한 도련님 말인가?"

"한때는 그리 불리셨습니다."

도키치로는 다소 어투를 바꿔서 말했다.

"그만 사담을 먼저 늘어놓았습니다. 오늘은 노부나가 님의 가신인 기노시타 도키치로로 은밀히 제 주군의 뜻을 받들어 찾아뵈었습니다."

"그런가. 자네가 사자인가?"

"그렇습니다."

도키치로는 신발을 벗고 고로쿠가 앉아 있는 툇마루 끝의 댓돌을 지나 위로 올라가더니 서원의 안쪽 상좌에 유유히 자리를 잡고 앉았다.

"흐음."

고로쿠는 툇마루에 앉은 채 미동도 하지 않았다. 그러다 올라오라는 말도 하지 않았는데 거침없이 위로 올라가서 서원의 상좌에 앉아 있는 도키치로를 돌아보며 불렀다.

"원숭이."

도키치로가 이번에는 대답하지 않고 힐끗 눈을 들어 바라보기만 했다. 고로쿠가 도키치로의 치기를 비웃듯 말했다.

"어이, 원숭이. 갑자기 자네 태도가 달라졌는데 하하하, 지금까지는 한 개인으로 인사를 했다면 이제부터는 노부나가의 사자라는 격식을 차리겠다는 것인가?"

"그렇습니다."

"그렇다면 바로 돌아가게."

"……."

"원숭이, 돌아가라!"

고로쿠는 댓돌에서 벌떡 일어섰다. 거친 말투와 눈빛이 지금까지의 모습과는 전혀 딴판이었다.

"너의 주인인 노부나가는 이 하치스카 촌을 자신의 영내라고 생각할지 모르지만 이곳은 물론이고 가이도 군의 대부분은 이 고로쿠 마사카쓰가 다스리고 있다. 나는 선조 대대로 노부나가에게 좁쌀 한 톨도 받은 적이 없다. 그럼에도 내 앞에서 영주인 양 행세하는 것은 두고 볼 수 없다. 원숭이, 돌아가라. 더 이상 허튼소리를 하면 용서치 않겠다."

고로쿠가 도키치로를 노려보며 이어 말했다.

"돌아가서 고하거라. 노부나가와 나는 대등하다. 내게 용건이 있으면 직접 오라고. 알았느냐, 원숭이."

"모르겠습니다."

"뭐라?"

"애석하게도 당신도 그저 한낱 무지한 노부시의 우두머리에 지나지 않았나 봅니다."

"뭐, 뭐라! 이 건방진!"

고로쿠가 서원의 가운데로 뛰어가더니 칼잡이에 손을 대고 우뚝 섰다.

"원숭이, 다시 한 번 지껄여보아라."

"앉으시오."

"닥쳐라."

"앉으시오. 내가 말하려고 하는 것은."

"시끄럽다!"

"나는 당신의 무지몽매함을 깨우쳐주려는 것이오. 가르쳐주려는 것이니 앉으시오."

"이놈이!"

"고로쿠 님, 여기서 칼을 들고 나를 두 동강이 내는 일은 그리 서두르지 않아도 될 것이오. 하나 나를 베어버리면 누가 당신에게 가르침을 주겠소."

"바보 같은 소리."

"좌우지간 앉으시오. 편협한 아집을 버리시오. 내가 진심으로 당신에게 고하려고 하는 것은 일개 노부나가나 일개 하치스카와 같은 그런 작디작은 것을 의논하려는 게 아니라 일찍이 이 땅에 태어나서 만난 인연으로 고하려는 것이오. 당신은 노부나가가 영주가 아니라고 하였소. 그 말은 지극히 당연한 말로 나도 동감하오. 하지만 하치스카 촌이 당신의 땅이라고 하는 생각은 잘못된 것이오!"

"무엇이 잘못됐다는 것이냐?"

"하치스카 촌은 물론이고 오와리 일국, 또 전국 방방곡곡에 있는 한 치의 땅도 자신의 땅이라는 것은 없소. 고로쿠, 있다고 말할 수 있소이까?"

"……."

"황송하게도 이 땅을 다스린다는 대군에게 이렇듯 말하는, 아니 가르쳐주려는 내게 칼을 들고 우뚝 서 있는 것은 무슨 무례란 말이오. 비록 야인이라고는 하나 당신도 이천 명의 노부시를 거느린 우두머리가 아니오. 어서 앉아서 들으시오."

깊은 곳에서 뿜어져 나온 듯한 도키치로의 마지막 일갈이 그의 귓가를 울렸다. 그러자 저택 안쪽 깊은 곳에서 갑자기 누군가 호통을 쳤다.

"고로쿠 님, 앉으십시오. 어서."

누구일까, 주인인 고로쿠가 뒤를 돌아보았고 도키치로도 놀라 목소리가 들렸던 곳을 쳐다보았다. 그러자 안쪽 복도 입구에 정원에서 비치는 빛을 받고 서 있는 사람이 보였다. 몸의 절반은 벽의 그늘에 가려져 있었는데 법의 소매가 얼핏 보였다.

"아, 에케이惠瓊[78] 님이시군."

고로쿠가 말하자 저편에서 대답했다.

"그렇습니다. 함부로 끼어드는 것이 실례인 줄 알지만 무슨 논쟁을 하기에 두 분의 목소리가 그리 큰지 걱정이 되더이다."

에케이가 여전히 그곳에 서서 웃음을 머금고 말하자 고로쿠가 부드러운 목소리로 대답했다.

"이거 귀에 많이 거슬린 듯합니다. 걱정하지 마십시오. 이 건방진 사자를 당장 쫓아내면 조용해질 것입니다."

"고로쿠 님, 잠깐."

그때까지 서원으로 들어오는 것을 삼가고 있던 에케이가 자신도 모르게 문턱을 넘어오더니 타이르듯 말했다.

"무례를 범하지 마십시오."

에케이는 고로쿠의 저택에 손님으로 머물고 있는 마흔 안팎의 행각승이었는데 무사와 같은 체구와 굵은 눈썹을 가지고 있었다. 특히 크고 붉은 입술이 시선을 끌었다. 고로쿠는 자신의 집에 있는 객승이 오히려 도키치로의 편을 드는 것이 의아했다.

"스님, 무엇이 무례라는 것입니까?"

"저기 계시는 사자의 말에 부정할 수 없는 도리가 있기 때문입니다. 고로쿠 님은 이 땅도, 오와리 일국도 모두 일개 노부나가나 하치스카

---

78 전국 시대부터 오다 노부나가와 도요토미 히데요시가 중앙의 정권을 잡은 아즈치모모야마安土桃山 시대의 임제종 승려. 모리毛利 가문의 외교 교섭을 담당한 승려로 도요토미 히데요시와의 교섭 창구 역할을 했다. 이후 세키가하라關ヶ原의 전투에서 서군에 가담했다가 도쿠가와德川 쪽에 잡혀 교토에서 참수당했다.

의 것이 아닌 천하를 다스리는 군주의 것이라는 말을 틀렸다고 할 수 있습니까?”

“……”

“그의 말을 틀렸다고 한다면 군주에 역의를 품는 것과 마찬가지라고 질책을 당할 것이 분명합니다. 하여 일단 앉아서 사자의 말을 들은 뒤 쫓아버리거나 받아들이는 것이 현명한 생각인 듯합니다.”

고로쿠는 결코 무지하고 무학한 야인이 아니었다. 이 나라의 국풍이 어떠한지, 자신들의 피가 어디에서 전해져 내려와 지금의 자신이 있고 가문을 이루고 있는지에 대한 초보적인 역사는 열두 살의 가메이치가 읽는 책에도 나와 있었다. 오히려 굉장히 잘 알고 있어서 평소에 깊이 생각해본 적이 없는 일이었다.

“죄송합니다. 설사 저런 자가 하는 말이라 해도 그러한 대의를 무시하지 않아야 하는데 제가 어리석었습니다. 그럼 사자가 하는 말을 들어보도록 하겠습니다.”

고로쿠가 냉정을 되찾고 자리에 앉자 에케이가 만족한 듯 말했다.

“그럼 제가 이 자리에 있는 것은 무례일 테니 저는 저쪽으로 물러가 있도록 하겠습니다. 하지만 고로쿠 님, 사자에게 답을 하기 전에 잠깐 제 방에 들려주시길 부탁드립니다. 잠깐 할 이야기가 있으니 말입니다.”

에케이는 그렇게 말하고 자리를 떴다. 고로쿠는 고개를 끄덕이고는 사자인 도키치로를 향해 말했다.

“원숭이, 노부나가의 사자님. 대체 내게 무슨 볼일인지, 짧게 들어보세.”

대기大器의 상相

도키치로는 자신도 모르게 입술에 침을 발랐다. 그는 고로쿠를 세 치 혀로 설득해 자신의 사람으로 만들지 못 만들지 하는 갈림목에 서 있었다. 스노마타 축성도, 앞으로의 자신의 생애도, 더 나아가 주가의 흥망도 모두 고로쿠의 말 한 마디에 걸려 있다고 생각했다.

"실은."

도키치로는 온몸이 경직되는 듯했다.

"다른 것이 아니라 얼마 전 곤조라고 하는 시종을 통해 일견 의향을 전한 그 일입니다."

"그 일이라면 답신을 한 대로 분명하게 거절하네. 내 답신을 보지 못 했는가?"

고로쿠가 냉정하게 잘라 말했다.

"보았습니다."

상대가 강경한 태도로 나오자 도키치로는 일단 순순히 머리를 숙여 보였다.

"하지만 그때는 제가 보낸 서찰이었고, 오늘은 노부나가 공의 뜻을 전하고자 합니다."

"누구의 청이든 오다 쪽에 가담할 생각은 없네. 나는 두말하지 않는
사람이네."

"그럼 애석하게도 당신의 대에서 선조들이 물려주신 가문과 땅을
멸망의 길로 인도할 생각이십니까?"

"뭐라?"

"노여워하지 마십시오. 사사롭게는 이 도키치로도 십 년 전에 하룻
밤과 한 끼의 은혜를 받은 곳입니다. 그리고 시류상으로 보아도 당신
과 같은 인물이 초야에 숨어 등용을 받지 못하는 것이 유감일 따름입
니다. 공과 사, 어느 쪽에서 생각해도 하치스카의 가문과 땅을 고립시
켜 자멸하게 만드는 것은 무척이나 안타까운 일이라 이렇게 찾아온 것
입니다. 아니, 하치스카를 위해 예전의 은혜를 갚기 위해 활로를 열기
위해 온 것입니다."

"도키치로."

"예."

"자네는 아직 젊네. 세 치 혀로 상대의 화를 돋우는 말만 하니 사자
의 소임을 맡을 자격이 없네. 나도 자네와 같은 풋내기를 상대로 화를
내고 싶지 않으니 그만 돌아가는 것이 어떻겠는가?"

"소임을 다하기 전까지 돌아가지 않겠습니다."

"그 열의는 칭찬할 만하지만 그것은 흡사 바보가 억지를 부리는 것
과 같네."

"칭찬은 고맙습니다. 하지만 그런 바보의 일심一心을 잘 헤아려보십
시오. 인력을 벗어난 대업은 모두 그와 같은 일심과도 같은 것입니다.
그 때문에 때론 현자도 일견 현명해 보이는 길을 버리기도 합니다. 가
령 당신은 나보다 현명하다고 믿고 있을 것입니다. 하지만 그것은 더
큰 관점에서 보면 바보가 지붕에 앉아서 아래에 난 불을 구경하고 있

는 것과 같다고 할 수 있습니다. 사방에서 불길이 타오르고 있는데 혼자서 버티고 있습니다. 기껏 이천 명의 노부시를 거느리고 말입니다.”

“원숭이! 자네는 끝내 자네의 가는 목이 내 칼에 달아나는 걸 보고 싶은 것인가!”

“위험한 것은 당신의 목입니다. 의를 지키는 것도 상대를 보고 판단해야 할 것입니다. 미노의 사이토는 어떤 자입니까? 군신과 부자, 형제 간에 서로 죽고 죽이는 내분과 폭거의 참상을 보지 못했습니까? 다른 나라에서 그들과 같이 인륜을 저버리고 부패한 모습을 본 적이 있습니까? 당신에게는 아들이 있지 않습니까? 일족도 없습니까?”

“…….”

“또 머리를 들어 도카이東海의 미카와를 보십시오. 마쓰타이라 모토야스 님은 이미 오다 가와는 떼려야 뗄 수 없는 맹약을 맺었습니다. 사이토 가가 무너지면 당신은 이마가와에 의지하려 할 테지만 미카와에게 차단당할 것이고, 오다의 포위망에 갇혀 있다 보니 이세의 도움도 받지 못할 것입니다. 그런 상황에서 당신은 어디에 의지해서 자손과 가문을 지키려 하십니까? 남은 것은 오직 고립과 자멸밖에 없습니다.”

고로쿠는 기가 막힌 듯, 또 도키치로의 열변에 다소 기가 눌린 듯 침묵하고 있었다. 하지만 도키치로는 상대를 멸시하거나 잘난 체하는 태도를 보이지 않고 진심 어린 표정으로 이야기를 이어나갔다.

“거듭 현명하게 생각하시길 청합니다. 세상천지 그 누구도 양식이 있는 사람이라면 사이토 일족의 패륜과 폭정에 눈썹을 찌푸리지 않는 자가 없습니다. 그러한 불충하고 사악한 나라의 편을 들어 자진해서 고립을 초래하고 멸망의 길로 들어선들 당신의 무문을 두고 본분을 지키다 죽은 의인이라고 할 사람은 아무도 없을 것입니다.”

“…….”

"상황이 이러하니 선대 이래의 사이토 가와의 악연을 끊고 제 주인인 노부나가 님을 한번 만나보십시오."

"……."

"당대에 무장이 많다고는 하나 노부나가 님 정도의 인물은 없습니다. 당신도 천하가 지금과 같은 상태로 계속 이어질 것이라고 생각하지 않을 것입니다. 송구한 말씀이지만, 아시카가 장군가도 이미 말로에 접어들었다고 생각하지 않습니까?"

"……."

"오닌의 난 이래로 막부에 굴하지 않고 간레이菅領의 통치를 받지 않으며 각 지방에서 자신들의 영지를 지키고 군사를 양성하고 실력을 갈고닦으며 철포를 비축하고 있는 것은 헛된 일이 아닙니다. 그러한 많은 군웅 중에서 누가 오랜 제도를 일신하고 다음 세대를 일으켜 세울 인물인지, 그것을 깨닫는 일이야말로 지금과 같은 난세를 살아가는 데 무엇보다 중요한 것이 아니겠습니까?"

"흐음……."

고로쿠는 미세하지만 처음으로 고개를 끄덕였다. 그러고는 무릎을 도키치로에게 향했다.

"있습니다! 지금과 같은 시대에는 분명 그러한 인물이 있기 마련입니다. 단지 범인의 눈에는 보이지 않을 뿐입니다. 이미 당신의 눈앞에는 오다 노부나가라고 하는 영웅이 서 있습니다. 그럼에도 당신은 단지 사이토 가와의 작은 의리에 얽매여 대의를 보지 못하고 있는 것뿐입니다. 저는 그것이 참으로 애석할 따름입니다. 당신을 위해서도 노부나가 님을 위해서도 말입니다."

"……."

"작고 사사로운 일은 머리에서 떨쳐내고 더 큰 관점에서 생각하십시오. 마침 시기도 좋습니다. 불초 도키치로는 이번에 스노마타 축성의 명을 받고 이것을 발판으로 미노 공략의 선진에 서게 되었습니다. 오다 가에도 용장과 지모에 뛰어난 참모가 결코 적지 않습니다. 그중에서 저와 같이 미천한 자를 과감하게 등용한 것만 보더라도 노부나가 님이 세상에서 말하는 그런 평범한 주군이 아니라는 사실을 알 수 있을 것입니다. 게다가 스노마타 성은 성을 쌓은 자가 다스리게 할 것이라며 성을 쌓으면 제게 성주가 되라고 명하셨습니다. 저는 신명을 다해 그 명을 받들지 않을 수 없었습니다."

"……."

"지금과 같은 시대가 아니면 저희와 같은 자가 입신할 기회가 언제 다시 오겠습니까? 하지만 저만의 힘으로는 어떻게 할 수가 없습니다. 하여 당신을 끌어들이기 위해 온 것입니다. 솔직하게 말하겠습니다. 나는 이번 기회야말로 당신을 이용할 때라고 생각하고 목숨을 걸고 함께하기를 청하러 온 것입니다."

"……."

"하여 빈손으로는 돌아갈 수 없습니다. 그리고 얼마 되지는 않지만 휘하의 사람들에게 줄 군비로 제게 있는 금과 은을 말 세 필에 싣고 왔으니 부디 받아주시면 더할 나위 없이 기쁠 것입니다."

도키치로가 말을 마쳤을 때였다. 서원의 정원 앞에서 고로쿠를 향해 숙부님이라고 하며 엎드리는 낯선 무사가 있었다.

"나를 보고 숙부라고?"

고로쿠는 의아해하며 정원에 있는 무사를 유심히 바라보았다. 그러자 엎드려 있던 사내가 얼굴을 들며 말했다.

"오랜만에 뵙습니다."

고로쿠는 깜짝 놀랐다.

"아니, 너는 와타나베 덴조가 아니냐?"

"면목이 없습니다."

"어찌 여기에?"

"살아서 다시 뵐 날이 없으리라고 생각했습니다만 기노시타 님이 이 번 사자로 가는데 말고삐를 잡으라고 명하셔서 함께 오게 되었습니다."

"뭐라, 함께 왔다고?"

"숙부님을 배신하고 하치스카 촌을 도망친 뒤 오랫동안 다케다 가에 몸을 의탁하여 첩자로 활동하고 있었습니다. 그런데 삼 년 전, 오다의 동정을 파악하고 오라는 명을 받고 기요스 성 아래 마을을 돌아다니던 중에 오다 님의 무사에게 발각되어 붙잡혀 한동안 감옥에 갇혀 있던 것을 기노시타 님이 구해주셨습니다."

"그럼 지금은 여기 기노시타 님을 따르고 있다는 것이냐?"

"아닙니다. 감옥에서 나온 뒤 기노시타 님의 소개로 성안에 있는 간마쿠라고 하는 간자 아래서 일하고 있었습니다. 그런데 이번에 기노시타 님이 스노마타로 출전하신다는 말을 듣고 제가 함께 가기를 청한 것입니다."

"흐음……."

고로쿠는 망연히 조카의 변한 모습을 바라보고만 있었다. 모습보다 더 변한 것은 조카의 성격이었다. 일족 중에서도 흉폭하고 야만적이어서 어떻게 할 수 없었던 조카가 몰라볼 정도로 예의가 바르게 변해 있었다. 게다가 눈빛도 부드러워져 있었고, 이전에 자신이 저지른 죄를 뉘우치며 사죄까지 하고 있었다.

십 년, 실로 십 년 전이었다. 고로쿠는 육시戮屍에 처하고 싶을 만큼 덴조의 악행에 분노해 멀리 고슈 국경까지 일족을 이끌고 추격했다. 하지만 지금 덴조의 정직한 눈을 보고 있자니 그때의 분노를 떠올릴 수 없었다. 혈연의 정 때문만이 아니라 인간 자체가 완전히 변해 있었기 때문이다.

"이거 그만 이야기한다고 하면서도 이렇듯 잊고 있었습니다. 조카님에 대한 처벌은 제게 맡기시고 부디 용서해주시길 바랍니다. 이미 덴조님도 오다 가의 신하입니다. 평소에도 이전의 죄를 깊이 뉘우치며 입버릇처럼 숙부님을 뵐 낯이 없어 이대로 하치스카 촌으로 돌아갈 수 없다고 했습니다. 당신에게 사죄할 때를 기다리고 있었던 터라 이번에 마침 좋은 때가 아닌가 하여 일부러 제 말고삐를 잡게 하고 함께 온 것입니다. 피는 물보다 진하다고 하지 않습니까. 숙부와 조카 사이이니 부디 예전처럼 잘 지내며 앞날의 번영을 함께 도모하시길 바랍니다."

도키치로가 옆에서 그렇게 중재를 하자 고로쿠도 지금에 와서 십년 전 조카의 죄를 책할 마음이 들지 않았다. 도키치로는 고로쿠의 그런 마음의 틈을 놓치지 않고 덴조에게 물었다.

"덴조, 말에 싣고 온 금은을 문 안으로 들였는가?"

덴조에게 말할 때는 당연히 부하에게 명을 하는 말투였다.

"예, 안으로 들인 뒤 내려놓았습니다."

"그럼 다른 하인에게 말해서 목록과 함께 이리로 가져오게."

"옛!"

덴조가 달려가려고 하자 고로쿠가 급히 만류했다.

"덴조, 잠깐 기다려라. 그것을 받으면 내가 오다 가를 따르겠다는 약조를 한 것이 된다. 숙고할 동안, 잠시 기다려라."

고로쿠의 얼굴에 고뇌하는 흔적이 역력했다. 곧이어 그는 자리에서 일어서더니 안으로 들어가버렸다.

갑자기 저택 안이 찬물을 끼얹은 듯 조용해졌다. 방으로 돌아가서 여행일지를 적고 있었던 에케이가 문득 자리에서 일어나 거실을 둘러보며 고로쿠를 불렀지만 그는 보이지 않았다.

"이쪽인가?"

에케이가 조상의 위패를 모신 사당인 지불당持佛堂을 들여다보자 고로쿠는 선조의 위패 앞에서 팔짱을 끼고 앉아 있었다.

"노부나가 님의 사자에게 어찌 답을 하셨습니까?"

"아직도 돌아가지 않았습니다. 상대하기 귀찮아서 일단 내버려두었습니다."

"그의 태도를 보니 돌아가지 않을 듯합니다."

그렇게 말하고 에케이가 입을 다물자 고로쿠도 침묵을 지키고 있었다.

객승인 에케이는 자가 요호瑤甫이고 아키노구니安藝國의 누마다沼田 태생으로 교토의 동복사東福寺에 들어가서 승려가 되었다. 삼 년 전부터 동복사를 나와 여러 나라를 순례하다 한동안 슨뿌의 가신의 집에 머무르다 요시모토가 죽은 뒤 내정도 어지럽고 자신의 말에 귀를 기울이는 사람도 없자 그곳을 떠나 하치스카 촌에 와 있었다. 그런데 마침 고로쿠 마사카쓰의 집에 법요가 있어서 그대로 반 년 정도 머물고 있었던 것이다.

"고로쿠 님."

"예."

"듣자 하니 오늘 온 사자는 예전에 이 집의 일꾼으로 있었던 자라고 하더이다."

"원숭이를 닮은 것 외에는 이름도 모르고 소생도 모르는 자를 야하기 부근에서 데려와 일을 시킨 적이 있습니다."

"그것이 나쁘다는 것입니다."

"나쁘다니?"

"고로쿠 님의 머릿속에서 그런 생각을 버려야 합니다. 원숭이라고 부르며 마음대로 부리던 때의 선입관 때문에 지금 저자의 올바른 모습을 보지 못하는 것입니다."

"정말 그리 보십니까?"

"나는 오늘만큼 놀란 적이 없었습니다."

"무엇이 말입니까?"

"저 사자의 얼굴을 본 순간 말입니다. 저 얼굴은 세상에서 흔히 말하는 이상異相이라는 상입니다. 나는 골상骨相을 공부하였고 사람의 관상을 보는 것을 업으로 삼고 있지는 않지만 사람의 골상과 인품을 통해 그 사람의 됨됨이를 헤아려 가슴속에 담아두곤 했는데, 그것이 후일 의외로 많은 도움이 되었습니다. 하여 놀란 것입니다."

"저 원숭이 얼굴에 말입니까?"

"그렇습니다. 저 사내는 후일 천하를 움직일 인물이 될지 모릅니다. 다른 나라에서 태어났더라면 제왕帝王의 상이라고 할 수 있을 정도입니다."

"대체 지금 무슨 말씀을 하는 것입니까!"

"분명 비웃을 듯하여 조금 전 미리 말했던 것입니다. 머릿속에서 선입관을 버리시지요. 사람을 봄에 있어 눈으로 보지 말고 마음으로 보아야 합니다. 만약 오늘 저 사자를 저대로 돌려보낸다면 당신은 천추의 한을 남기게 될 것입니다."

"스님은 무슨 근거로 타인의 대사에 대해 그리 단정하는 것입니까?"

"인상人相만 보고 하는 말이 아닙니다. 저 사자의 말에는 귀를 기울여 들여야 할 것이 있기 때문입니다. 시대의 흐름을 파악하거나 정의와 정도를 논하는 데 있어 하늘의 뜻과도 통하고 있습니다. 게다가 당신의 멸시와 위협에도 굴하지 않고 성심과 성의를 다해 상대를 논파하려는 열정을 보면 정직한 자입니다. 그러한 생김새와 태도는 대기大器입니다. 반드시 후일 큰 그릇이 되리라 믿어 의심치 않습니다."

고로쿠가 급히 몸을 굽히더니 두 손을 짚으며 말했다.

"스님 말씀에 따르겠습니다. 허심탄회하게 저와 그의 성품을 깊이 비교해보니 분명 제가 떨어지는 듯합니다. 편협했던 제 생각을 버리고 지금 바로 답을 하도록 하겠습니다. 스님의 충고대로 따르도록 하겠습니다."

그렇게 말하는 고로쿠의 눈은 새로운 시대의 흐름에 자신의 갈 길을 발견한 듯 반짝이고 있었다.

산천개병 山川皆兵

도키치로가 하치스카 촌을 찾은 날 밤이었다. 말을 탄 두 사람과 말 고삐를 잡은 사내 하나가 어둠을 틈타 하치스카 촌에서 기요스로 달려 갔다. 그들이 고로쿠 마사카쓰와 도키치로라는 사실을 아는 사람은 아 직 아무도 없었다.

또 깊은 밤 성안의 일실에서 노부나가가 그 두 사람을 만나 장시간 에 걸쳐 밀담을 나눈 사실도 극히 일부의 사람과 말고삐를 잡고 따라 온 와타나베 덴조 외에는 아는 사람이 없었다.

다음 날 고로쿠가 직접 쓴 서찰이 하치스카 촌에서 팔방으로 전해 졌고, 그 격문을 받은 사람들이 무슨 일인가 싶어 본가인 고로쿠의 저 택으로 달려왔다. 그중에는 시노기고篠木鄉의 가와구치 규스케河口久助, 시나노科野 촌의 나가이 한노죠長井半之丞, 가시와이柏井의 아오야마 신시 치青山新七, 하타가와秦川의 히비노 로구다유日比野六太夫, 모리야마守山의 가지타 하야토梶田隼人, 오바타고小幡鄉의 마쓰바라 타쿠미松原內匠 등이 있었다.

말할 것도 없이 모두 노부시들이었는데 그들은 장군 휘하의 다이묘 처럼 다년간 고로쿠 밑에서 마을과 부락과 산촌 등지에 산재해 각자 무사들을 양성하며 때를 기다리고 있었다. 그 외에 고로쿠의 아우인 시치나이와 마타쥬로又十郎, 그리고 숙부와 사촌에서 먼 친척 일족들까지 모여 있었는데, 다들 십 년 전 일족의 반역자였던 미쿠리야의 와타나베 덴조의 모습을 보고 깜짝 놀랐다.

모두 모인 뒤 자리가 정돈되자 고로쿠는 오늘부터 사이토 가와 절연을 하고 오다 가의 밑으로 들어갈 것이라고 선언했다.

"그리고 덴조의 일은……."

고로쿠는 덴조를 다시 받아들이게 된 사연을 상세하게 이야기한 뒤 마지막에 한마디를 덧붙였다.

"불복하는 자도 있을 것이고 여전히 사이토 가에 미련이 있는 자도 있을 것이다. 그런 자는 굳이 붙잡지 않을 테니 지금 자리를 떠서 사이토 쪽에 알린다고 해도 원망하지 않겠다."

하지만 아무도 자리를 뜨는 사람이 없었다. 그렇다고 해서 완전히 동조하는 듯한 기색도 보이지 않았다. 그러자 도키치로가 고로쿠의 양해를 구해 사람들 한가운데로 나가 인사를 겸해 다음과 같이 말했다.

"주군인 노부나가 님께서 스노마타 성을 쌓고 다스리라고 말씀하셨소이다. 이제까지 모두들 중요하고 어려운 일을 많이 했을 터이지만, 일성을 빼앗은 적이 있소이까? 더욱이 세상은 날로 변해가고 있소. 그러다 보면 지금까지 살아왔던 안락한 산야는 점점 사라질 것이오. 그렇게 되지 않으면 세상은 발전하지 않을 것이오. 무로마치 장군에게 정치적인 힘이 없어 이제까지 노부시로서 살아올 수 있었지만, 그 장군가도 이젠 변해야 할 것이오. 천하는 일변할 것이고 새로운 시대가 오고 있소. 모두가 자신의 생애뿐 아니라 자자손손을 위해서라도 일가를 일으키고 본연의 무문으로 들어가 올바른 무사도의 길을 가는 사람이 될 기회는 지금이 아니면 다신 없을 것이오."

도키치로가 말을 마쳤지만 사람들은 여전히 아무 말도 하지 않았다. 불평이나 불만이 있는 듯한 기색도 아니었다. 평소에 아무런 생각 없이 생활하던 사람들은 어딘지 깊은 충격과 감동을 받은 듯했다.

"이의는 없습니다."

마쓰바라 타쿠미가 입을 열자 그것을 계기로 여기저기서 그의 말에 동조했다.

"따르겠습니다."

"저도."

"저 역시."

사람들의 생각이 비로소 하나로 모아졌다.

"그렇게 결정한 이상 목숨을 걸겠습니다."

모두들 결의를 보이기도 했다.

나무를 자르는 도끼 소리가 울려 퍼지고 그 나무를 기소 강으로 밀어 넣을 때면 큰 물보라가 일었다. 뗏목처럼 나무를 묶은 뒤 강에 띄워 흘려보냈다. 그 뗏목을 따라 북쪽과 서쪽에서 흘러온 이비揖斐 강과 야부藪 강이 합류하는 하류에 이르면 미노와 오와리의 경계인 드넓은 모래톱이 모습을 드러냈다. 바로 스노마타洲股였다. 한자로 '黑股스노마타'라고도 썼다.

《짓긴쇼十訓抄》79에 "당唐에는 촉강蜀江이라고 하는 비단을 씻거나 시가를 짓는 곳이 있는데 일본의 스노마타처럼 넓어서 사람은 건널 수 없는 큰 강이다"라고 나와 있는 것을 보더라도 이 부근의 원시적인 풍

---

79 가마쿠라鎌倉 시대인 겐쵸 4년(1252년)에 지어진 세 권짜리 설화집으로 작자는 미상이나 스가하라노 타메나가 菅原爲長나 로쿠하라니 로사에몬 뉴도六波羅二臘左衛門入道가 지었다는 설이 있다. 고금의 일본과 중국의 교훈적인 설화를 열 개 항목으로 분류하여 수록했다.

광을 상상할 수 있을 듯했다. 이전에 사쿠마와 시바타 등이 같은 전철을 밟아서 실패했던 성을 지을 땅은 오와리에 인접한 곳이었다.

"바보처럼 헛수고를 하는군. 차라리 돌로 바다를 메우는 것이 더 나을 것이다."

건너편 동쪽 미노에서 손 그늘을 만들어 바라보고 있던 사이토 쪽 병사들이 '또 시작이군' 하며 비웃어댔다.

"네 번째 바보가 왔군."

"하하, 질리지도 않는가 보군."

"그저 구경이나 하세."

"이번에 온 바보는 누구인가? 적이지만 가엽기 짝이 없구먼. 이름이나 알아두세."

"기노시타 도키치로라고 하던데 들은 적도 없네."

"도키치로? 그자는 원숭이와 친하다고 하더군. 오다 가의 말단인데 아마 지금도 오륙십 관밖에 녹을 받지 못하는 보병 부장이라더군."

"그렇게 미천한 자를 대장으로 삼다니 오다는 제정신이 아닌가 보군."

"계략이 아닐까?"

"아마 그럴 것이네. 우리 주의를 이곳에 붙들어놓고 다른 방면에서 강을 넘어올 작전일지도 모르네."

미노 쪽 병사들은 강 건너편에서 성을 쌓고 있는 광경을 보고도 그것이 진짜라고 생각하지 않는 듯했다.

근래 한 달 동안 하치스카 일족의 노부시들을 이끌고 스노마타에 도착하자마자 즉시 공사를 시작한 뒤 두세 번의 큰비가 내렸지만 오히려 강을 통해 목재를 운반하기가 좋았다. 모래톱이 하룻밤 사이에 쓸려 내려가도 전혀 개의치 않았다. 하치스카의 이천 명의 노부시들은 날씨가 먼저 흐려질지, 아니면 먼저 성을 쌓을지 시합이라도 하는 듯 침식도 잊은 채 일을 했다.

하치스카 촌을 출발할 때, 이천이었던 노부시들은 이곳에 도착하자 육천으로 늘어나 있었다. 노부시들이 자신의 친구를 불러 모으고 그 친구들이 다시 놀고 있는 사람들을 이끌고 왔다.

"땅을 파고 돌을 채워라!"

"흙주머니에 흙을 채워서 쌓아라."

"강물을 이쪽 물길로 끌어오자."

그들은 도키치로의 지휘가 필요 없을 정도로 머리를 써가면서 기민하게 일을 했다. 공사는 하루하루 눈에 띄게 진척되었다. 본래 그들은 산야에서 태어나 자연의 습성에 익숙한 노부시들이었다. 치수의 방법, 흙을 쌓는 법 등에 대해서는 오히려 도키치로보다 능했다. 거기에다 그들에게는 그곳은 머지않아 자신들이 살 땅이라는 희망이 있었다. 이제까지 나태하고 방종하게 생활했던 그들은 진심으로 땀 흘려 일하는 노동의 만족감과 쾌감도 느끼고 있었다.

"이젠 홍수가 나거나 강물이 아무리 역류해도 꿈쩍하지 않을 것이다."

아직 한 달도 지나지 않았는데 성을 쌓고도 남을 면적이 볼록하게 다져져 있었고 육지와의 도로도 완전하게 연결되었다.

"어디 한번 볼까."

강 건너편에 있는 미노의 병사들이 한가로운 표정으로 바라보았다.

"조금은 모양을 갖춰가고 있는 듯하군."

"적의 공사 말인가?"

"음, 아직은 성의 담장은 보이지 않지만 토대는 꽤 진척된 모양이네."

"목수와 미장이도 보이지 않는군."

"그러려면 백 일은 걸릴 걸세."

미노의 병사들은 따분함을 주체하지 못하고 구경을 하고 있었다.

강폭은 넓었다. 맑은 날일수록 대하의 수면에서 피어오르는 옅은 강 안개가 반짝반짝 빛을 발해 멀리서는 잘 가늠할 수 없지만, 어떤 날에는 일하는 소리나 돌을 자르는 소리 등이 바람을 타고 들려오기도 했다.

"이번엔 공사 도중에 기습을 하지 않나?"

"후와 헤이시로不破平四郎 님의 엄명도 있고 하니 하지 않을 듯하네."

"뭐라고 하셨는가?"

"적들이 실컷 일을 하게 철포 한 발 쏘지 말라고 하셨네."

"성이 완성될 때까지 구경이나 하라는 것인가?"

"지금까지는 적이 성을 쌓기 시작하면 기습을 해서 무너뜨리고 다시 새로운 자가 와서 칠분의 일쯤 공사가 진척된 듯하면 일거에 기습을 가해 산산조각 냈지만, 이번엔 최종 마무리를 할 때까지 팔짱을 끼고 구경하라는 군명이네."

"어쩔 생각이신 걸까?"

"당연히 빼앗을 생각이시겠지."

"그렇군. 적으로 하여금 성을 만들게 한 뒤 빼앗을 생각이시군."

"그게 작전일 걸세."

"묘책이군. 오다 쪽 시바타나 사쿠마는 다소 만만치 않지만 이번 장수인 기노시타 도키치로는 별 볼일 없는 자인 듯하니……."

그때 한 명이 쉿, 하고 눈짓을 하자 함부로 입을 놀리던 사람이 황망히 보초 초소로 들어갔다.

상류에서 한 척의 배가 내려오더니 미노 쪽 강기슭에 배를 댔다. 호랑이 수염을 한 무장이 내려서자 서너 명의 종자가 뒤에 있던 말 한 필을 끌고 내렸다.

"호랑이가 왔다."

"우누마鵜沼의 호랑이가 왔다."

초소의 병사들은 서로 눈짓과 표정으로 속삭였다. 이곳 강줄기에서 몇 리 상류에 있는 우누마 성의 장수이자 미노의 맹장으로 알려져 있는 오사와 지로자에몬大澤治郎左衛門이었다.

호랑이가 왔다고 하면 이나바 산의 성 아래에서는 울던 아이도 울음을 그칠 정도로 그는 소문이 자자했다. 그 오사와 지로자에몬이 호랑이 수염을 휘날리며 걸어오자 초소의 병사들이 눈 한번 깜짝하지 않은 채 긴장을 했다.

"후와 님은 계시느냐?"

지로자에몬이 물었다.

"옛! 진영에 계십니다."

"모시고 오너라."

"옛!"

"내가 진영으로 가도 되지만 이야기를 하기에 이곳이 좋으니 와달라고 고하고 즉시 모셔오너라."

"예, 알겠습니다."

병사가 달려갔다.

잠시 뒤 그 병사를 앞세우고 여섯 명의 부하를 거느린 후와 헤이시로 타네가타種賢가 큰 걸음으로 걸어왔다.

'저 호랑이 수염이 대체 무슨 말을 하려고.'

후와는 귀찮고 기분이 상한 얼굴이었다.

후와 헤이시로는 적들이 성을 쌓고 있는 스노마타의 서쪽 강기슭의 정면에서 좌우 이 리에 걸친 지역에 약 육천의 상비군을 배치하고 일체의 작전권을 가지고 있었다. 그리고 이나바 산의 본성에서 직접 명을 받고 있었다.

"후와 님, 번거롭게 했소이다."

"진중에 수고라고 할 것이 뭐가 있겠소. 그런데 내게 볼일이 있다니 무엇이오?"

"저것에 대해서 할 말이 있소."

후와 헤이시로는 오사와 지로자에몬이 손으로 가리키는 강 건너편을 바라보면서 말했다.

"스노마타의 적 말이오?"

"그렇소. 아침저녁으로 빈틈없이 감시하고 있으리라 생각하오만."

"이곳 일대는 내 지휘하에 있으니 걱정할 필요가 없소이다."

"그리 말씀하시니 내 입으로 말하기 거북하오만 나도 비록 상류이긴 하나 수비를 맡고 있소. 우누마 입구만 지킨다고 안전한 것은 아닐 것이오."

"맞는 말씀이오."

"하여 때때로 배를 타거나 강기슭을 따라 하류까지 살피러 오는데, 오늘 이곳에 와서 깜짝 놀랐소이다. 이미 너무 늦었다고 할 만한 상황인데 그런 적들의 모습을 보고 한가로이 있다니 대체 무슨 생각이시오?"

"늦었다니 무엇을 말하는 것이오?"

"적의 축성이 저리 진척된 것을 말하는 것이오. 이곳에서 아무 생각 없이 바라보면 두 겹의 제방과 성토, 그리고 성벽이 반 정도밖에 완성되지 않은 듯 보이지만 그것은 적의 계략일 것이오."

"흐음."

"적들은 분명 배후의 산기슭 일대에 목수들이 조립만 하면 될 정도로 성곽에 쓰일 큰 목재들을 완성해놓았을 것이고, 성루와 해자는 말

할 것도 없이 해자의 다리에서 내부의 자재까지 모두 완성했을 것이라
고 생각하오만."

"흐음, 그렇군."

"적들은 공사로 인해 지쳐 있을 것이고 밤에는 방비도 소홀한 것이
오. 지금쯤이면 병사들은 인부들과 뒤엉켜 잠에 빠졌을 것이오. 그러
니 정면과 상류와 하류, 세 방면에서 야음을 틈타 일제히 강을 건너 기
습을 가하면 화근을 뿌리 뽑을 수 있을 것이오. 하지만 지금처럼 방심
하고 있으면 머지않아 하룻밤 사이에 강 건너에 홀연히 서 있는 적의
견고한 성을 볼 수도 있을 것이오."

"맞는 말이오."

"이제 알았소이까?"

"하하하, 오사와 님, 귀공은 그것을 염려하여 일부러 나를 이곳으로
부른 것이오?"

"눈이 있는지 없는지 의심이 들어 이 강기슭에서 설명해주려 했던
것이오."

"말씀이 지나치오. 귀공이야말로 무장으로서 애석하게도 생각이 짧
소이다. 스노마타의 적성을 이번에는 일부러 적의 의도대로 내버려두
는 것이오. 내 말이 무슨 말인지 아직도 모르겠소?"

"뻔하지 않소. 적의 의도대로 마음껏 성을 쌓게 하고 후일 빼앗아 미
노가 오와리를 공략할 발판으로 삼고자 하는 계책이 아니오."

"맞소이다."

"이나바 산의 지시는 그러했소. 하나 그것은 적을 모르는 위험한 작
전이오. 나는 아군의 멸망을 좌시하고 있지 않을 것이오."

"어찌 아군의 멸망이라 하는지 이해할 수가 없소이다."

"건너편에서 들려오는 석공이나 인부의 함성과 이런저런 소리를 귀

기울여 들어보시오. 또 축성의 진척 상황 등을 예의 주시하면 알 수 있소. 흡사 산과 강, 모든 것이 병사가 된 양 활기에 차서 일을 하고 있소. 이전의 사쿠마와 시바타와는 달리 이번에는 오다 쪽에서 상당한 인물이 지휘를 하고 있음이 분명하오."

"하하하하."

후와 헤이시로는 배를 움켜잡고 웃었다. 또한 적을 과대평가하지 말라며 지로자에몬을 비웃었다. 아군 사이라고 해도 반드시 마음이 하나일 수는 없었다. 지로자에몬이 호랑이 수염으로 덮인 입속에서 크게 혀를 차며 말했다.

"어쩔 도리가 없군. 어디 그리 계속 웃으며 지켜보시오. 머지않아 알게 될 것이니."

그는 그렇게 말하고 부하들과 함께 말을 타고 분연히 사라졌다.

미노에도 안식이 있는 인물이 없지는 않았다. 오사와 지로자에몬의 예언은 적중했다. 그로부터 열흘도 지나지 않은 어느 날, 스노마타 성의 공사는 불과 이삼일 밤 사이에 급속하게 진척되었다.

"믿을 수가 없을 만큼 빠르군."

미노의 병사들이 아침에 일어나 강가에서 눈을 비비는 사이 성은 웅장한 위용을 갖춰가고 있었다. 후와 헤이시로가 손에 침을 뱉으며 말했다.

"자, 가로채러 가볼까."

미노의 부대는 야습과 도하전에 숙련된 부대였다. 그들은 야음을 틈타 일거에 스노마타로 쳐들어갔다. 그런데 상황이 이전과는 완전히 달랐다. 그들을 기다리고 있던 도키치로와 하치스카의 이천 명의 노부시들은 전의에 불타 있었다.

"이 성은 우리의 피와 땀이 담긴 성이다. 감히 어딜 넘보느냐!"

전법도 완전히 달랐다. 한 사람 한 사람의 실력도 이전의 사쿠마나 시바타의 부하들과는 비교가 되지 않았다. 흡사 늑대와 같았다. 싸우는 동안, 미노 쪽 뗏목과 배의 절반이 기름에 젖어 불타버리고 말았다. 불리하다는 것을 깨달은 후와 헤이시로가 퇴각하라고 외쳤을 때는 이미 늦었다. 미노의 군사는 새로 지어진 성벽 아래에서 강기슭에 걸쳐 일천 명에 가까운 시체를 남기고는 간신히 목숨만 부지해 도망쳤다. 하지만 그것도 일부에 지나지 않았다. 돌아갈 뗏목이 불타버린 병사들은 상류와 하류로 도망칠 수밖에 없었는데 하치스카 군사가 그들을 가만둘 리 없었다.

"놓치지 마라."

산과 들에 익숙하고 민첩한 노부시들에게서 도망칠 수는 없었다.

하루가 지난 뒤, 후와 헤이시로는 새벽녘에 두 배의 병력으로 다시 스노마타를 빼앗으려고 공격을 가했다. 스노마타의 모래톱과 강물이 새빨갛게 물들었다.

해가 떠오를 무렵, 성안에서 밥을 먹는 소리가 들렸다.

"오늘 아침은 한층 밥이 맛있군."

헤이시로는 분통을 터뜨리며 비바람이 부는 밤을 기다려 세 번째 총공격을 기도했다. 그때는 하류와 상류에 있는 미노 쪽 군사를 모두 모아 공격을 감행했지만 유일하게 상류에 있는 우누마 성의 오사와 지로자에몬의 군사만은 총공세에 응하지 않았다.

스노마타 강의 탁류가 소용돌이치는 한밤중, 성의 노부시들조차 처음으로 경험할 만큼 처절한 싸움이 벌어졌다. 아군의 사상자도 많이 나왔지만 미노 쪽은 그날 밤 처절하게 패배를 당하고 말았다.

그것에 기가 질렸는지 미노 쪽에서는 에이로쿠 5년인 그해에는 공격을 가해오지 않았다. 그러는 동안 도키치로는 남아 있는 성의 내부와 외부 공사를 대부분 완성시키고, 해가 바뀌자마자 하치스카의 고로 쿠와 함께 노부나가에게 보고를 겸해 새해 인사를 하러 갔다.

그동안 노부나가가 있는 기요스 성에도 커다란 변화가 있었다. 그것은 예전부터 진행하고 있었던 계획이기도 했는데, 지세와 수리가 나쁜 기요스를 버리고 고마키小牧 산으로 거성을 옮긴 것이었다. 기요스 성 아래 마을 백성들도 모두 노부나가를 따라 새로운 성 아래로 옮겨가 고마키 산에 새로운 마을들이 생기고 있었다.

새로운 성에서 도키치로를 본 노부나가가 그의 공을 치하하며 말 했다.

"약속한 대로 스노마타 성에는 그대가 머물도록 하라. 그리고 녹 오 백 관을 내리겠다."

노부나가는 기분이 아주 좋은 듯 이야기를 나누던 말미에 그때까지 자字를 가지고 있지 않았던 기노시타 도키치로에게 히데요시秀吉라는 이름을 내렸다.

일종일금一縱一擒

"성을 쌓으면 가져도 좋다. 공사를 온전히 완성하면 그 성은 네 것이다."

당초에 노부나가는 그렇게 약속했다. 하지만 도키치로가 성의 완성을 알리자 그는 성에서 살라고 할 뿐 성을 준다는 말은 하지 않았다. 도키치로는 아직 노부나가가 자신에게 일성의 주인이 될 자격을 허용하지 않았다고 생각했다. 자신의 천거로 새로이 오다 가의 가신이 된 하치스카 고로쿠에게 히데요시를 도우며 스노마타에서 대기하라는 명령이 내려졌기 때문이다.

"새로 하사받은 오백 관의 녹지綠地는 적으로부터 빼앗고자 합니다."

도키치로는 불만을 품는 대신 그렇게 청했다. 그러고는 노부나가의 허락을 받은 뒤 정월 이렛날 스노마타 성에 머물고 있었다.

"이 성은 아군의 병사를 단 한 명도 잃지 않고, 주군의 영지에 있는 나무나 돌 하나 사용하지 않고 완성시킨 것이다. 하여 오백 관의 녹지 역시 적으로부터 빼앗고자 하는데 히코에몬을 비롯한 그대들의 생각은 어떠한가?"

도키치로가 병사들에게 물었다.

하치스카 마사카쓰는 새해부터 고로쿠라는 옛 이름을 버리고 히코에몬 마사카쓰彦右衛門正勝라는 새 이름을 쓰고 있었다.

"재미있을 듯합니다."

히코에몬은 이제 완전히 도키치로에게 복종을 했다. 노부나가가 '뒤에서 도키치로를 도우라'는 명을 내리자 도키치로와의 지난 관계에 집착하지 않고 아무 불평 없이 신하로서 예를 취했다.

도키치로는 그달부터 병사들을 근처에 있는 미노 쪽 마을로 보내 공격을 시작했다. 노부나가에게 받은 녹은 오백 관이었지만 적에게 빼앗은 영지는 일천 관이 넘었다. 그 소식을 듣고 노부나가는 웃음을 지었다.

"미노 일국을 공략하는 데 원숭이 한 마리로 족할 듯하군. 세상에 아무런 불평도 하지 않는 사내도 다 있구나."

여건이 갖춰지자 노부나가의 마음은 벌써 미노를 집어삼키고 있었다. 이나바 산에서 멀리 떨어져 있는 벽촌과 같은 땅은 빼앗았지만 강 하나를 사이에 둔 사이토 가 본성의 영지는 아직 견고하기만 했다.

노부나가는 새로 지은 스노마타 성을 발판으로 두 번 정도 돌파를 시도했지만 흡사 철벽을 두드리는 듯 아무런 전과를 올리지 못했다. 도키치로와 히코에몬은 오히려 당연하다고 생각했다. 이번에는 적들도 죽음을 각오하고 저항했던 것이다. 대국이 전력을 집중해서 강을 지켰기 때문에 오와리의 소규모 병력의 정공법으로는 뚫을 수가 없었다. 게다가 적은 자신들의 실패를 뼈저리게 반성하며 도키치로 히데요시를 다시 보고 있었던 것이다.

"오다 가에서는 원숭이, 원숭이 하고 무시하며 온전히 대접을 받지 못하는 듯 미천한 신분임에도 기략이 뛰어나고 부하들을 잘 부리는 유능한 인재다."

도키치로는 오히려 오다 쪽보다 적들 사이에서 높은 평가를 받았다.

"방심할 수 없는 자다."

적들은 그렇게 말하며 한층 포진을 강화했다.

노부나가는 두 번의 공격이 실패로 돌아가자 전군을 고마키 산으로 물린 뒤 올 한 해는 기다려보기로 마음을 먹었다. 하지만 도키치로는 기다리지 않았다. 그는 미노 평야에서 츄부中部 산맥을 일망할 수 있는 성에 서서 팔짱을 낀 채 미노를 공략할 방법에 대해 생각하고 있었다. 그가 불러오려고 하는 대군은 고마키나 스노마타에 있는 것이 아니라 그의 가슴속에 있었다. 성의 망루를 내려와 거실로 들어간 도키치로가 부하에게 히코에몬이 있는지 묻자 부하가 있다고 대답했다.

"잠깐 의논할 것이 있으니 히코에몬에게 즉시 와달라고 전하거라."

하치스카 히코에몬 마사카쓰는 노부나가의 명으로 수장인 도키치로의 휘하에 있었지만 도키치로의 가신은 아니었다. 또 이전에 인연도 있고 해서 도키치로도 그를 함부로 대하지 않았다.

"부르셨다고 하는데 무슨 일인지요?"

하치스카 촌 시절의 고로쿠 마사카쓰와는 달리 예의 바른 태도였다. 그는 도키치로를 대할 때에도 이전의 관계 따위는 전혀 개의치 않았다. 오히려 자신보다 훨씬 젊은 도키치로를 성의 수장으로 깍듯하게 대했다.

"좀 더 가까이 오시오."

"그럼 실례하겠습니다."

"내가 부를 때까지 너희는 물러가 있거라."

도키치로가 옆에 있던 무사들을 멀리 물린 뒤 말했다.

"다름이 아니라 상의할 것이……."

"무슨 일인지요?"

"그 전에."

도키치로는 목소리를 낮췄다.

"미노의 내정에 대해서는 나보다 그대가 훨씬 잘 알고 있을 듯하오. 미노가 지금도 여전히 대국의 면모를 유지하는 까닭은 무엇이오? 이곳 스노마타에서도 베개를 높이 하고 잠을 잘 수 없는 저력은 대체 어디에 있는 것이오?"

"인물 말입니까?"

"그렇소. 인물 말이오. 어리석은 사이토 다쓰오키라는 국주의 힘은 아닌 듯한데."

"미노의 삼인三人이라고 불리는 자들이 히데타쓰와 요시타쓰 시대부터 이어진 맹약을 지키며 지금까지 사이토 가를 돕고 있기 때문이라고 해도 과언이 아닐 것입니다."

"그 삼인이라 불리는 자들은 누구요?"

"잘 알고 계신 줄 압니다만, 아쓰미厚見 군郡 가가미지마鏡島의 성주인 안도 이가노카미 노리도시安藤伊賀守範俊입니다."

"흐음."

도키치로는 머리를 끄덕이면서 손을 무릎에 놓은 채 손가락 하나를 접었다.

"그리고 안파치安八 군 소네曾根의 성주인 이나바 이요노카미 미치도모稻葉伊予守通朝."

"으음."

"다음으로는 같은 안파치 군 오가키大垣의 성주인 우지이에 히타치노스케氏家常陸介입니다."

"그 외에는?"

"예?"

히코에몬이 고개를 갸웃거리며 말했다.

"그 외에 미노에서 큰 인물이라고 하면 후와不破 군 이와데巖手 사람인 다케나카 한베 시게하루竹中半兵衛重治가 있습니다만, 그자는 몇 년 전부터 주가인 사이토 가에 출사하지 않고 구리하라 산속에서 한거하고 있으니 개의치 않는 편이 좋을 것입니다."

"그럼 현재는 오직 그 세 명의 힘으로 미노의 국력을 지탱하고 있다고 보아도 무방하겠소?"

"그리 생각합니다만."

"의논할 것은 바로 그것이오. 그 버팀목을 뽑아버릴 방법은 없겠소?"

"없을 듯합니다!"

히코에몬은 그렇게 단언한 뒤 말을 이었다.

"진정한 호걸은 약속을 중시하고 명리名利에 움직이지 않습니다. 가령 도키치로 님이라면 건강한 이빨 세 개를 뽑을 수 있겠습니까? 결단코 뽑을 수 없을 것입니다."

"꼭 그렇지도 않소. 법法으로 행한다면 말이오. 스노마타 성을 쌓을 때, 적은 때때로 총공격을 해왔소. 그런데 그때 한쪽에 께름칙한 적이 있었소."

"그게 누구입니까?"

"항상 몸을 움츠린 채 움직이지 않았던 적이오. 이곳에서 몇 리 위쪽에 있는 우누마의 성주."

"아, 오사와 지로자에몬 말씀이군요. 우누마의 호랑이라고 불리는 맹장입니다."

"그대는 그 사내, 그 호랑이와 접촉할 만한 인연 같은 게 없소?"

"없지는 않습니다만."

"있소이까?"

“지로자에몬의 동생 중에 오사와 몬도大澤主水라는 자가 있는데, 그와 오랫동안 친밀한 사이입니다.”

“그대와 말이오?”

“저는 물론이고 제 동생인 마타쥬로 역시.”

“그거 참으로 잘됐소.”

도키치로는 손뼉을 치며 환한 웃음을 지어 보였다.

“그 몬도라는 자는 어디에 있소이까?”

“지금도 이나바 산의 성에 있는 줄 압니다.”

“마타쥬로를 밀사로 보내 몬도와 연락을 취해주지 않겠소?”

“필요하다면 보내도록 하겠습니다.”

히코에몬은 곧바로 답을 한 뒤 다시 물었다.

“한데 무슨 일로?”

“몬도를 이용해 오사와 지로자에몬을 사이토 가에서 쫓아낸 뒤 다시 그를 이용해 이를 뽑듯 미노의 세 사람을 하나씩 뽑아내려고 하오.”

“그 세 사람은 어떨지 모르겠지만, 다행히 몬도는 형과 달리 이욕利慾에 민첩한 자이니 이체로써 움직인다면 가능할 것입니다.”

“아니오. 우누마의 호랑이를 움직이게 하려면 몬도만으로는 부족하오. 그 호랑이를 이쪽의 우리에 집어넣기 위해서는 또 한 사람의 조연이 필요하오. 바로 그대의 조카인 와타나베 덴조가 적임이오.”

“알겠습니다. 그런데 그 두 사람을 이용해 어떤 묘책을 쓰려는지요?”

“바로 이것이오.”

도키치로는 히코에몬 곁으로 가까이 다가가 작은 목소리로 계책을 속삭였다.

“흐음, 그렇군요.”

히코에몬은 신음하듯 말하더니 한동안 도키치로의 얼굴을 바라보왔다. 어디에서 그런 기책과 신산神算이 나오는지 도무지 알 수 없다는 듯한 표정이었다.

"바로 마타쥬로와 덴조를 보내고 싶소만."

"알겠습니다. 적지에 들어가는 것이니 밤을 기다렸다가 강을 건너게 하겠습니다."

"두 사람에게는 그대가 계책에 대해 상세히 일러주고 주의하도록 말해주시오."

"예."

히코에몬은 대답하고 물러갔다.

현재 스노마타 성안의 병사 중 절반 이상이 이전 하치스카 촌의 노부시들이었다. 그중에는 히코에몬의 동생인 하치스카 마타쥬로나 조카인 와타나베 덴조도 있었는데, 모두 무사 대기소에서 생활하고 있었다.

두 사람은 히코에몬의 명을 받고 행상으로 변장한 뒤 그날 한밤중에 성을 빠져나갔다. 목적은 말할 것도 없이 미노의 본거지인 이나바 산성 아래 마을이었다. 덴조와 마타쥬로는 본래 그런 임무에 안성맞춤인 사람들이었다. 얼마 뒤 두 사람은 임무를 완수하고 다시 스노마타로 돌아왔다.

그 한 달 동안 대하를 사이에 두고 미노의 상황을 살펴보니 '우누마의 호랑이가 수상하다'라는 소문이 조금씩 들려오기 시작했다.

"이전부터 지로자에몬은 오와리와 내통을 하고 있었다."

"그래서 적이 스노마타 성을 쌓는 중에도 후와 헤이시로의 지휘에 따르지 않고 총공격을 한다고 해도 군사를 움직이지 않았던 것이다."

또 이런 풍문도 돌았다.

"가까운 시일 안에 오사와 지로자에몬은 이나바 산성으로 불려가 문책을 당할 것이다."

"이나바 산에 호랑이를 불러들인 뒤 우누마의 영지도 몰수할 것이다."

그러한 소문은 미노의 전역으로 퍼져나갔다. 소문의 진원지는 두말할 것도 없이 와타나베 덴조와 스노마타 성에 앉아 있는 도키치로였다.

"이젠 때가 된 듯하군. 히코에몬, 우누마로 가주지 않겠소?"

"밀사입니까?"

"서찰을 적어두었으니 오사와 지로자에몬에게 건네주면 되오."

"알겠습니다."

"핵심은 그를 어떻게 설득할지에 대한 것이지만, 날짜와 장소를 정하고 내가 가서 그를 만나기 전까지 일을 잘 꾸미는 것이 무엇보다 중요하오."

"무슨 말씀인지 잘 알겠습니다."

히코에몬은 도키치로의 서찰을 가지고 은밀히 우누마 성을 찾았다. 성주인 오사와 지로자에몬은 스노마타의 밀사가 왔다는 말을 듣고 무슨 일인가 싶어 고개를 갸웃거렸다.

우누마의 맹호로 불릴 정도로 호방한 지로자에몬은 근래 마음이 편치 않았다. 그러다 보니 병을 사칭해 일절 사람들을 만나지 않고 있었다. 게다가 얼마 전부터 이나바 산의 사이토 다쓰오키에게서 성으로 출사하라는 호출장이 계속 날아왔다. 일족이나 가족들은 지로자에몬이 이나바 산으로 가는 것을 걱정하고 있었고, 그도 병을 핑계로 가려는 기색을 보이지 않았다.

당연히 그가 있는 곳에도 소문이 들려왔고 그는 신변의 위험을 느끼고 있었다. 가신들의 음계를 원망하면서도 사이토 가의 분란과 주군의 어리석음을 한탄할 수밖에 없었다. 하지만 어쩔 도리가 없었다. 그는 자신의 배를 갈라야 할 날이 다가오고 있다고 생각했다.

그러한 상황에서 적의 스노마타 성에서 하치스카 히코에몬이 은밀히 찾아오자 그도 마음이 동했다. 히코에몬이 도키치로의 서찰을 건네자 지로자에몬이 그것을 읽고는 즉시 불태워버리며 말했다.

"가까운 시일 안에 이쪽에서 정식으로 장소와 날짜를 알려드릴 테니 도키치로 님도 함께 와주시길 바랍니다."

그로부터 반달이 지났을 무렵, 우누마에서 서찰이 도착했다.

도키치로는 히코에몬 외에 믿을 수 있는 부하를 열 명만 데리고 지로자에몬이 지정한 장소로 향했다. 장소는 우누마와 스노마타의 중간 부근에 있는 민가였다. 양쪽의 부하들은 강가에 남아 망을 보았고 도키치로와 지로자에몬만 작은 배를 타고 기소 강으로 나아갔다.

두 사람이 무릎을 맞대고 밀담을 나누는 사이 한 척의 작은 배는 아름다운 풍광 속에서 세상의 이목을 멀리한 채 꽤 오랜 시간 대하의 강물에 몸을 맡겨야 했다. 회담은 무사히 끝이 났다. 도키치로는 스노마타에 돌아와서 히코에몬에게 속삭여 말했다.

"일주일 안에 올 것이오."

며칠 뒤 정말로 오사와 지로자에몬이 극비리에 스노마타를 찾았다. 도키치로는 예를 취해 지로자에몬을 맞이한 뒤 성안의 병사들도 모르게 그날 바로 그를 데리고 고마키 산으로 가서 노부나가를 만났다.

"미노의 맹호라고 불리는 사이토 쪽의 오사와 지로자에몬을 데려왔습니다. 그는 이미 제 설득에 넘어와 변심을 하였습니다. 사이토 가를 버리고 저희 쪽에 들어오고자 하니 주군께서 직접 말을 하시면 얻기 어려운 맹장과 우누마 성을 얻을 수 있을 것이니 부디 만나보시길 청합니다."

노부나가는 놀란 표정을 지으면서도 도키치로의 이야기를 면밀히 숙고하는 기색이었다. 도키치로는 기뻐하지 않는 노부나가의 모습이 다소 불만스러웠다. 자신의 공을 자랑하는 것은 아니지만 미노의 맹호로 불리는 지로자에몬을 주군 앞에 데려온 것은 큰 선물이었으니 당연히 노부나가도 기뻐하리라 생각했던 것이다.

하지만 생각해보면 이번 일은 노부나가가 도모한 일이 아니었다. 도키치로의 계책이었고 모든 일은 도키치로 혼자 결정하고 진행한 일이었다.

'그 때문인가?'

노부나가의 얼굴 표정을 보니 아무래도 그런 듯했다.

평소 노부나가는 '튀어나온 못이 정을 맞는다'는 속담을 자신의 신조에 따라 '튀어나온 못은 내리치라'고 해석했다. 도키치로도 그것을 잘 알고 있었다. 그래서 도키치로는 노부나가의 눈에 자신의 머리가 못의 머리처럼 보일까 봐 늘 주의를 했다. 그렇다고 아군을 위해 좋은 일이라는 것을 알면서도 팔짱만 끼고 아무것도 하지 않을 수는 없었다.

"흠, 일단 만나보도록 할 테니 데려오너라."

노부나가는 달갑지 않은 얼굴로 허락을 했다.

"예, 그럼 데려오겠습니다."

도키치로는 즉시 별실에서 대기하고 있는 지로자에몬을 데려왔다.

"이제 성인이 다 되셨습니다. 노부나가 님은 처음이겠지만 저는 노부나가 님을 두 번째 뵙는 것입니다. 처음 뵌 것은 지금부터 십 년 전, 도미타富田의 정덕사에서 돌아가신 사이토 도산 야마시로노카미 님과 회견 자리였는데, 그 자리에 제가 있었습니다. 그때 멀리서 뵌 적이 있습니다."

"그렇군. 그랬었군."

노부나가는 지로자에몬의 성품을 살피는 듯 말수가 적었다. 지로자에몬 역시 억지로 아첨을 하거나 보기 흉하게 아양을 떨지 않았다.

"비록 적이지만 노부나가 님의 활약에 감탄하고 있었습니다. 처음 도미타다의 정덕사에서 모습을 뵀을 때는 열여섯 정도의 개구쟁이였 는데, 오늘 고마키 성에 와서 뵈니 이전의 평판과는 완전히 다릅니다. 정연한 풍모와 나라의 모습에 융성한 기운의 연유를 짐작할 수 있을 듯합니다."

지로자에몬은 잡담을 할 때에도 자신과 대등한 위치의 사람을 대하 듯 편한 태도를 보였다. 그러한 태도는 거부감이 들지 않았고 허심탄 회했다. 그리고 용맹할 뿐 아니라 인품도 뛰어났다. 도키치로는 그런 생각을 하며 지로자에몬을 바라보았다.

"오늘은 내가 다망하니 후일 다시 날을 잡아 천천히 보도록 하세."

노부나가는 그렇게 회견을 끝내고 자리에서 일어나버렸다. 그러고 는 도키치로만 따로 안쪽으로 부르더니 은밀히 말을 건넸다. 무슨 말 을 듣고 왔는지 도키치로의 표정이 심히 곤혹스러워 보였다. 하지만 지로자에몬에게는 아무 말도 하지 않았다. 도키치로는 직접 지로자에 몬을 대접하며 고마키에서 하룻밤을 보냈다.

"자세한 얘기는 돌아가서 하겠습니다."

도키치로는 지로자에몬을 데리고 스노마타 성으로 향했다.

"지로자에몬 님, 참으로 난처하게 되고 말았습니다. 지로자에몬 님 에게 어찌 사죄의 말씀을 드려야 할지 모르겠습니다."

도키치로는 성에 돌아오자 지로자에몬을 아무도 없는 방으로 데려 가서 이런저런 설명을 했다.

"저는 주군인 노부나가 님께서도 분명 저와 같은 마음으로 기뻐하 며 귀공을 맞아들이실 것이라고 믿고 말씀을 드렸습니다만, 주군께서 는 귀공에 대해 전혀 다르게 생각하고 계셨습니다."

도키치로는 한숨을 내쉬더니 한동안 침통한 표정으로 고개를 숙이고 있었다. 지로자에몬도 노부나가가 자신을 그다지 마음에 들지 않아 한다는 것을 느끼고 있었다.

"심히 당혹스러워하는 듯한데 대체 무슨 연유입니까? 제가 노부나가 님의 녹을 먹지 않으면 살아갈 수 없는 것도 아니니 너무 심려치 말고 말씀해주시지요."

"실은 그것만이라면 괜찮겠지만."

도키치로는 입이 떨어지지 않는 듯 잠자코 있다가 이윽고 마음을 굳힌 듯 자세를 바로 고쳐 앉았다.

"그럼 모든 것을 솔직히 말씀드리겠습니다. 제가 돌아올 때 주군인 노부나가 님께서 은밀히 저를 부르시더니 병법의 반간고육지책反間苦肉之策을 모르는가 하며 꾸짖으셨습니다. 미노에서 명성이 자자한 오사와 지로자에몬과 같은 인물이 어찌 저와 같은 자의 언변에 넘어와 자신에게 항복할 리가 있는가, 하고 말씀하셨습니다."

"흐음, 그렇군."

"또 말씀하시길 우누마 성의 오사와야말로 다년간 국경의 수장으로 미노를 지켜내며 오와리를 괴롭힌 적군의 호랑이라며 오히려 제가 귀공의 언변에 속아 넘어가 조종을 당하고 있음이 틀림없다고 의심까지 하시며……."

"흐음……."

"귀공을 고마키 산에 오래 머무르게 하는 것은 아군의 내정을 마음껏 염탐하게 하는 것과 같으니 즉시 스노마타로 데리고 돌아가라 하셨습니다. 그리고 돌아가서는……."

도키치로는 목이 막힌 듯 침을 꼴깍 삼키며 지로자에몬의 얼굴을 응시했다. 그러자 지로자에몬도 동요하는 기색으로 다음 말을 재촉하듯 도키치로의 눈을 응시했다.

"말씀드리기 죄송하지만 주군의 명을 그대로 말씀드리는 것이니 그리 들어주십시오. 실은 스노마타로 귀공을 데리고 돌아가면 절호의 기회이니 한 치의 소홀함도 없이 베어버리라고 말씀하셨습니다."

"……."

맹호라고 불리는 지로자에몬은 자신에게는 군사도 하나 없다는 것을, 그리고 이곳은 적의 성안이라는 것을 깨달았다. 그의 목덜미에 소름이 돋는 것을 본 도키치로가 말을 이었다.

"하지만 제가 주군의 명을 따르면 귀공에게 한 약조를 어기는 게 될 것이며 무사도의 신의를 스스로 저버리는 것이 됩니다. 그렇다고 무사의 신의를 저버리지 않으면 주군의 명을 어기는 것과 마찬가지입니다. 지금 저는 진퇴양난에 처했습니다. 고마키에서 돌아오는 길에 의아한 생각이 들어 마음이 편치 않으셨겠지만 이제 부디 의심을 거두어주십시오. 제게 해결책이 있으니 앞으로는 마음을 편히 가지십시오."

"어떤 해결책을 가지고 있다는 것입니까?"

"제 배를 갈라 귀공과 주군께 사죄하려고 합니다. 그 길밖에 다른 길은 없습니다. 결단코 귀공을 쫓는 일이 없도록 하겠으니 야음을 틈타 이곳에서 도망치십시오. 저는 상관하지 마시고 부디 몸을 보존하십시오!"

"……."

시종일관 잠자코 듣고 있던 지로자에몬의 눈에 눈물이 고였다. 호랑이라는 별칭으로 불리는 강골은 이면에 보통 사람보다 더 눈물에 약하고 의義에 민감한 성정을 지니고 있었다.

"고맙소이다."

지로자에몬은 주먹을 눈가에 대고 코를 훌쩍였다. 그가 바로 천군만마를 이끄는 맹장인가 하고 의심이 들 정도였다.

“하, 하지만 도키치로 님, 그대가 배를 가르는 것은 어불성설이오. 설사 그대가 가른다고 해도 나는 그렇게 내버려둘 수 없소.”

“하지만 그 길밖에는 귀공에게 사죄할 방도도 없고 주군에게 도…….”

“아니오. 무슨 말을 해도 그대에게 배를 가르게 하고 나 혼자 목숨을 부지하는 것은 의로운 일이 아니오. 무사로서의 내 체면도 서지 않을 것이오.”

“귀공을 설득하고 권유한 것도 이 도키치로이고, 주군의 생각을 잘못 읽은 것도 이 도키치로입니다. 그렇다면 두 분에게 사죄하는 뜻으로 할복하는 것은 당연한 것입니다. 부디 만류하지 마십시오.”

“당치도 않소. 잘못을 따지면 내 생각이 짧았던 것이 잘못이니 그대가 배를 가를 필요는 없소이다. 귀공의 의로운 마음에 감읍하여 이 지로자에몬의 목을 귀공에게 바치겠소. 자, 더 이상 아무 말도 하지 말고 내 목을 가지고 고마키로 가시오.”

지로자에몬이 단검에 손을 대고 그 자리에서 자결을 하려고 하자 도키치로가 황망히 그의 손을 잡으며 소리쳤다.

“아니, 무슨 짓입니까!”

“놓으시오.”

“그럴 수 없습니다. 귀공을 죽게 할 바에야 차라리 제가…….”

“알고 있소. 하여 내 목을 주려는 것이오. 만약 그대가 비열한 방법을 써서 내 목을 치려고 했다면 이 오사와 지로자에몬도 필사적으로 도망을 쳤을 것이지만 그대의 의로운 마음에 감복하였기 때문에…….”

“잠시, 잠시 생각할 시간을 주십시오. 서로 죽음을 다툰다고 해도 무용한 일이니 지로자에몬 님, 이 도키치로를 믿으신다면 제게 귀공도 살고 저도 살 수 있고, 더불어 무문의 체면도 살릴 수 있는 방법이 있으니 부디 한 발만 더 오다 가에 가담하겠다는 의지를 보여주실 수는 없는지요?"

"한 발 더라니요?"

"노부나가 님은 귀공을 진중한 인물로 보고 계시기 때문에 의심을 하는 것입니다. 그러니 귀공이 오다 가의 편이라는 사실을 증명할 행동을 하나라도 보여준다면 그 의심도 풀릴 것이고 그러면 귀공과 저도……."

도키치로는 갑자기 목소리를 낮추더니 지로자에몬의 귀에 대고 자신의 생각을 속삭였다.

그날 밤 오사와 지로자에몬은 스노마타 성을 나와 어디론가 사라졌다. 지로자에몬이 도키치로에게 들은 계책이 무엇인지 그 당시에는 아무도 알 수 없었지만 시간이 지나자 저절로 알게 되었다. 얼마 뒤 니시미노의 삼인인 이나바 이요노카미, 안도 이가노카미, 우지이에 히타치노스케 세 사람이 함께 오다 가를 따르겠다고 청해온 것이다. 그들을 차례로 찾아가서 설득한 사람은 바로 오사와 지로자에몬이었다.

당연히 도키치로도 배를 가르지 않았으며 지로자에몬도 건재할 수 있었다. 노부나가는 가만히 자리에 앉아 미노의 명장 네 명을 자신의 휘하에 두게 되었다. 노부나가의 지략인지 도키치로의 기지인지는 알 수 없었지만, 군신인 두 사람 사이에는 미묘한 경쟁심이 생겨난 듯했다.

다케나카 한베 竹中半兵衛

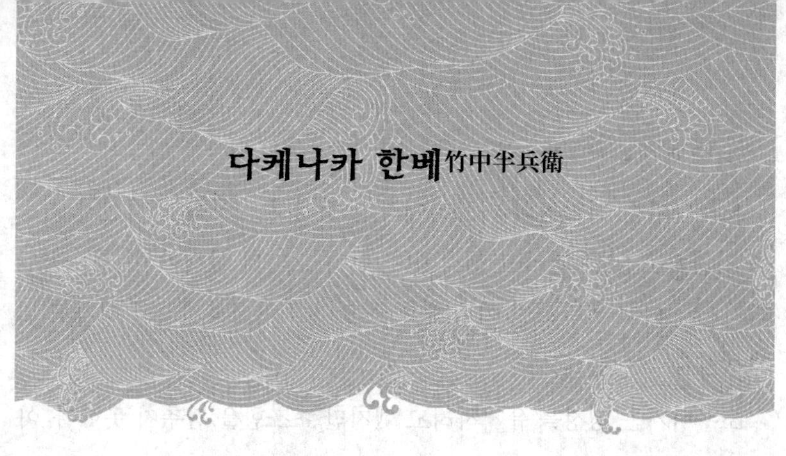

서쪽으로 한 발 내딛었다 싶었더니 이번엔 남쪽에서 일말의 불안이 분출되었다. 바로 기타바타케北畠 일족의 세력인 이세伊勢가 움직이기 시작한 것이다.

기타바타케 일족은 노부나가가 기요스에서 고마키 산으로 성을 옮긴 것을 지켜보고는 준동해왔다. 그러자 노부나가는 누구를 보내 막을 것인지를 놓고 연일 고민에 휩싸였다. 세이슈勢州를 진압하는 데에는 다키가와 가즈마스瀧川一益만 한 사람이 없었다. 그는 분별이 있고 미카와의 마쓰타이라와 친한 사이라 무슨 일이든 안심하고 맡길 수가 있었다.

"미노를 수중에 넣기 전까지는 어떻게든……."

근래 노부나가는 다소 초조해 보였다. 스노마타 성을 쌓는 데 큰 희생을 치렀고 시간도 허비했기 때문에 당연히 그의 관심은 미노에 집중될 수밖에 없었다.

'장인인 도산 야마시로노카미의 원한을 풀고 불충불륜의 일족을 쳐서 폭정에 신음하는 양민을 구한다!'

천하에 공언한 전쟁의 취지도 마냥 세월만 흘려보내는 사이에 점점 빛을 잃어가고 있었다.

'어떻게 공략할 것인가.'

노부나가는 미카와의 마쓰타이라가 뒤에서 느긋하게 자신의 기량을 가늠하고 있을 거라고 생각했다. 만약 오다의 실력이 이 정도밖에 되지 않는다고 판단하면 어렵게 맺은 오다와 마쓰타이라의 맹약도 위태로워질 수 있었다.

노부나가는 냉정을 유지하려고 했지만 초조함을 감추지 못했다. 아군의 진영에 오사와 지로자에몬을 비롯해 니시미노의 삼인까지 두게 되었지만 그것만으로 만족하지 못했다. 그는 미노를 '일거에' 수중에 넣기 위해 군사 회의를 열었다.

오케하자마 이래 무슨 일에 있어서든 '일거에' 이루겠다는 노부나가의 신념은 이전보다 한층 강해졌다. 그러다 보니 도키치로와 같은 가신들이 노부나가와 반대되는 생각을 하는 경우가 많아졌다. 초여름에 열린 '일거에 미노를 공략'하기 위한 군사 회의에서도 도키치로는 시종일관 아무 말도 하지 않고 말석에 앉아 있었다.

"자네는 어찌 생각하는가?"

노부나가가 물었을 때 도키치로는 처음으로 입을 뗐다.

"아직 시기가 무르익지 않은 듯합니다."

노부나가의 의사와는 너무나 다른 대답이었다. 그러자 노부나가가 힐책하듯 말했다.

"우누마의 호랑이를 이용해 니시미노의 삼인만 처리하면 미노는 가만히 있어도 자멸한다고 말한 것이 자네가 아닌가? 그런데 어찌 아직 이르다고 하는가?"

"그렇게 간단하지가 않습니다. 미노는 저희보다 몇십 배나 부강한 나라입니다."

"전에는 인재가 중하다고 하더니 이젠 부강을 말하며 두려워하는

가? 자네 말대로라면 도대체 언제 미노를 공략할 수 있겠는가.”

노부나가는 더 이상 도키치로에게 아무것도 묻지 않고 회의를 계속 진행했다.

오다의 대군이 고마키를 출발해서 스노마타를 진지로 삼아 미노로 향한 것은 여름이었다. 강을 건너 적지에 들어가 한 달여에 걸쳐 싸움을 벌였고 그 사이에 많은 사상자가 생겨 후방으로 이송되었지만 좀처럼 아군에게서 승전보가 날아오지 않았다. 싸움에 지친 병사들은 모두 입을 꾹 다물고 우울한 표정으로 고마키 산으로 돌아왔다.

“싸움은 어떠했는가?”

성을 지키고 있었던 사람들이 물어도 병사들은 그저 고개를 옆으로 저을 뿐이었다.

그 이래로 노부나가도 침묵을 지킬 수밖에 없었다. 싸움이란 늘 오케하자마 때와 같지 않다는 사실을 혼자서 절감하고 있는 게 틀림없었다. 스노마타 성도 무거운 침묵에 휩싸인 채 대하에 찾아온 가을을 바라보고 있었다.

“히코에몬.”

“예.”

무슨 생각이 떠올랐는지 도키치로가 갑자기 물었다.

“예전 그대 밑에 있던 노부시들 중에 다른 지방에서 태어난 자가 많이 있었는데 그중에 미노에서 태어난 자도 꽤 있지 않소?”

“있습니다.”

“후와 군에서 태어난 자는 없소?”

“알아보겠습니다.”

“있으면 이리로 불러주지 않겠소?”

도키치로는 거실에서 기다렸다. 얼마 뒤 히코에몬이 사야 구와쥬佐

屋桑十라는 서른 살가량의 건장한 사내를 정원 앞으로 데려왔다. 히코에몬은 구와쥬가 스노마타에 온 뒤 성의 공사 일과 마부 일을 하고 있으며 성실하고 정직한 부하 중 하나라고 설명했다.

"사야 구와쥬라고 하는가?"

"예."

"미노의 후와 군에서 태어났는가?"

"다루이垂井가 고향입니다."

"그러면 그 부근의 지리를 잘 알고 있겠군?"

"스무 살까지 고향에 살았으니 어느 정도는 압니다."

"가족이나 친척은 있는가?"

"누이동생이 있습니다."

"동생은 무엇을 하는가?"

"농가에 시집을 가서 아들까지 두고 있는 줄 압니다."

"한번 돌아가고 싶지 않은가?"

"그런 마음은 없습니다. 노부시인 오빠가 돌아왔다는 사실이 알려지면 동생 입장이 난처할 것입니다."

"그것은 예전 일이고 지금은 스노마타의 가신이자 어엿한 무사이니 걱정할 게 없지 않은가?"

"하지만 후와 군은 니시미노의 요지인데 그런 적국에 어찌?"

"아, 그렇군. 이제 알겠네."

도키치로가 고개를 몇 번 끄덕이더니 이윽고 마음을 굳힌 듯 말했다.

"나를 따라오도록 하게. 가능한 사람들 눈에 띄지 않는 차림으로 여행 채비를 해서 초저녁 무렵 다시 저기 정원 끝에 있는 문으로 오게."

나중에 히코에몬이 의아한 듯 물었다.

"급작스레 어디로 가려는 생각이신지요?"

도키치로가 히코에몬의 귀에 대고 속삭였다.

"실은, 구리하라 산까지."

히코에몬은 도키치로의 말이 정말인가 싶어 의심스런 눈으로 도키치로의 얼굴을 바라보았다. 아까부터 도키치로의 심중에 무슨 생각이 있는 듯하다고 짐작은 했지만 막상 구리하라 산으로 간다는 말을 듣자 더 놀라지 않을 수 없었다.

구리하마에는 근래 제갈공명이라거나 구스노키 마사시게楠木正成80의 재림이라는 말을 듣는 사이토 가의 옛 신하인 다케나카 한베 시게하루竹中半兵衛重治가 한거하고 있었다. 도키치로는 며칠 전부터 그런 한베 시게하루에 대해, 그리고 그와 사이토 가의 관계에 대해 알아보고 있었다.

'우누마의 호랑이나 삼인을 오다 가로 빼올 때처럼 다시……'

히코에몬은 짐작은 했지만 설마 도키치로가 직접 적지 깊숙이 있는 구리하마 산을 찾아가리라고는 전혀 생각하지 못했다.

"정말로 가실 생각입니까?"

"그렇소."

"정말입니까?"

"어찌 몇 번이나 묻는 것이오?"

도키치로는 대수롭게 여기지 않았다.

"그대에게 처음으로 내 심중을 밝힌 것이니, 은밀하게 갔다 오려고 하오. 며칠 동안 성을 잘 부탁하오."

"혼자서 말입니까?"

"사야 구와쥬를 데리고 갈 것이오."

---

80 가마구라 시대 말기부터 남북조南北朝 시대의 무장. 아시카가 다카우지足利尊氏와 함께 고다이고後醍醐 천황이
　　직접 정권을 잡고 나라를 다스린 '겐무建武의 신정新政' 수립의 주역이다.

“구와쥬만 데리고 간다는 것은 흡사 맨몸으로 가는 것과 같습니다. 그렇게 단신으로 적지에 들어가서 무사히 한베 시게하루를 아군으로 끌어들일 수 있다면 좋겠지만.”

“그건 어려울 것이오.”

도키치로는 혼잣말처럼 중얼거렸다.

“하나 한번 시도해볼 생각이오. 이쪽이 진심으로 대하면 사이토 가에 대한 한베 시게하루의 마음이 철석같더라도.”

히코에몬은 문득 하치스카 촌에서 자신을 설득했던 도키치로의 열의와 언변을 떠올렸다. 하지만 아무리 열변과 열의가 뛰어나도 다케나카 한베를 구리하라 산에서 데려오는 것에 대해서는 의구심이 들었다. 설사 한베 시게하루가 산을 내려온다고 해도 어느 쪽에 가담할지는 불분명했다. 오히려 오다가 아니라 사이토의 진중으로 들어갈 가능성이 충분했다.

근래 들리는 소문에 의하면 다케나카 한베는 세상을 등진 채 구리하마 산에서 구름과 학을 벗 삼아 은사로 지내고 있지만, 옛 주가인 사이토 가의 존망이 위태로워지면 언제든지 진두에 설 것이라고 했다. 또 실제로 얼마 전부터 오다 군이 퇴각할 수밖에 없었던 것도 그가 진두에 서지는 않았지만 구리하마 산에서 십 주써의 전운을 내려다보며 사이토 쪽에 일일이 비책을 알려주었기 때문이라고 했다. 히코에몬은 도키치로가 어렵다고 말한 심정을 깊이 헤아리며 한숨을 내쉬듯 말했다.

“어렵다! 실로 어려운 일일 것이다.”

그러고는 도키치로가 마음을 돌리길 바라는 표정을 지어 보였다. 그러자 도키치로가 갑자기 어렵지 않다는 듯 부드러운 표정을 지으며 말했다.

“그렇다고 그리 걱정할 것은 없소이다. 어려워 보이는 일이 의외로 쉬울 수 있고, 쉽게 보이는 일이 실제로 극히 어려울 수 있는 것이오. 중요한 것은 내 진심이 한베에게 통하는가 아닌가 하는 것이오. 상대가 상대인 만큼 허튼 계책이나 속임수는 쓰지 않을 생각이오."

도키치로는 벌써 채비를 하기 시작했다.

히코에몬은 헛수고라고 생각하면서도 만류할 수 없었다. 왜냐하면 히코에몬은 날이 갈수록 도키치로를 존경하게 되었고, 자신보다 더 지략에 능하고, 도량도 넓다고 믿었다. 또 인간적으로도 한두 단계 더 위에 있다고 생각했다.

저녁이 다가왔다. 사야 구와쥬는 약속대로 여행 채비를 하고 본성 정원 끝 문 앞에서 기다리고 있었다. 도키치로도 구와쥬에게 뒤지지 않을 만큼 허름한 행색을 하고 나타났다.

"히코에몬, 그럼 뒤를 부탁하오."

도키치로는 어디 가까운 곳에 외출이라도 하는 듯 말하고 성을 떠났다.

스노마타에서 구리하라 산까지는 그리 멀지 않았다. 십 리도 되지 않는 거리라 화창한 날에는 요로養老 군의 봉우리들 너머로 희미하게 보일 정도였다. 하지만 강 하나를 사이에 둔 건너편에는 산본기三本木, 가와나미川並, 구이세杭瀬의 요새와 오가키大垣의 성, 또 길이란 길이 모두 요새였다.

도키치로는 길을 멀리 우회해서 요로 군의 산을 타고 후와로 들어갔다. 그 고장의 인정이나 특성을 알려면 그곳의 산천과 풍토를 먼저 보는 것보다 좋은 방법은 없었다. 후와 군은 미노의 서부 산악 기슭에 있다 보니 오사카의 교바시京橋와 교토의 후시미伏見를 잇는 교카이도京街道의 길목에 해당됐다.

세키가하라關ヶ原에 핀 가을 화초들은 아름다웠다. 무수한 강이 정맥

처럼 종횡으로 뻗어 있었고, 오랜 역사와 더불어 피비린내 나는 수많은 일화는 흡사 비석처럼 가을꽃으로 피어나 지난날을 애도하는 듯했다.

요로의 봉우리들은 고슈江州와의 국경을 이루고 있었고 이부키伊吹의 산에는 끊임없이 구름이 넘나들고 있었다. 다케나카 한베 시게하루는 이 부근에서 태어났다. 태어난 것은 이나바 산이라고 했지만 이부키 산록의 이와데巖手에서 대부분의 어린 시절을 보냈다. 부친인 시게모토重元 이래로 이와데 성을 가지고 있었는데 비록 요새처럼 지어진 작은 산성이었지만 그는 어엿한 성주의 아들이었다.

덴몬天文 4년(1535년)에 태어났다고 하니 한베는 군학을 공부하는 스물아홉의 백면서생에 지나지 않았다. 노부나가보다 한 살 어렸고 히데요시보다 한 살 위였다. 그럼에도 벌써 난세의 공명을 등진 채 구리하라 산에 암자 하나를 짓고서 풍월을 즐기고 고인古人들의 책을 벗 삼아 시를 짓고 장작을 패며 살았다. 이따금 찾아오는 손님도 절대로 만나지 않는다고 했다. 기인이나 위선자라고 불릴 만도 했지만 오히려 그는 미노 사람들에게 존경을 받았고 적국인 오와리까지 명성을 떨치고 있었다.

도키치로는 그를 만나보고 싶었다. 첫 번째 염원이었다. 가슴에 품고 있는 성공에 대한 염원은 오히려 두 번째라고 할 수 있었다.

'만나서 그자의 성품을 직접 보고 싶다.'

도키치로의 솔직한 마음이었다. 같은 세상에 태어난 인간으로서 그런 희대의 인걸을 만나보지 않고 생을 마감하는 것은 무척이나 애석한 일이었다. 하물며 그런 사람이 적으로 돌아선다면 결국엔 그와 같은 인걸을 죽이기 위해 전력을 다해야 할 것이다. 그렇다면 그처럼 슬픈 일은 없을 것이며 인생에서 가장 큰 불행일 터였다.

'그가 사람들을 피하며 만나주지 않는다고 해도 일단 가서 만나보자.'

도키치로는 굳게 다짐했다. 성공도 기원하지 않았고 실패도 생각하지 않았다. 오직 유유히 흘러가는 구름과 같은 마음이었다.

세키가하라를 지나 다루이 역참에 이르자 사야 구와쥬가 말했다.

"그 길이 아닙니다. 구리하라 산은 여기서 동쪽으로 가야 합니다."

"아니네. 서쪽이네."

도키치로는 앞장서서 이부키 산 쪽으로 서둘러 걸어갔다.

"대체 누가 길을 안내하는 사람인지 모르겠군."

구와쥬는 혀를 찼다. 도키치로가 간 방향은 정반대 방향이었던 것이다.

구와쥬는 일 리 정도 가자 비로소 도키치로의 의도를 알 수 있었다. 그곳은 후와 군에 있는 이와데고巖手鄕, 즉 한베 시게하루가 어린 시절을 보낸 마을이었다. 도키치로는 이부키 신사에 참배를 하러 온 사람이라고 말한 뒤 그곳 시골 여인숙에서 이틀을 머물렀다. 그리고 도키치로는 여인숙 주인에게 부탁을 했다.

"고향에 돌아가서 들려주려고 하는데, 이 마을의 자랑이나 재미있는 이야기를 들려줄 노인 분이 계시오? 술은 내가 살 테니 노인이든 젊은 사람이든 밤에 다 놀러오라고 하시오."

여행을 하는 무사가 술을 사겠다고 하자 마을에 사는 노인부터 젊은 사람까지 여인숙으로 놀러와 화로를 끼고 둘러앉았다. 도키치로는 주인에게 따로 돈을 건네서 메밀국수를 만들게 하고 화로에 술을 데우면서 자신이 먼저 다른 지방의 이런저런 이야기를 들려주었다. 이윽고 술이 어느 정도 돌았을 무렵 슬쩍 말을 꺼냈다.

"그런데 이전 성주였던 다케나카 한베 님은 대체 어떤 분이시오?"

그날 밤 도키치로는 마을 사람들이 한베에 대해 하는 이야기들을 귀담아 들었다.

● 1556-1615 가타기리 가쓰모토 片桐且元

도요토미 히데요시(豐臣秀吉)의 가신으로 시즈가타케 칠본창의 1人이다. 통칭은 스케자(助佐) 혹은 스케사쿠(助作)라 불린다.

● 1550년 니카이쿠즈레의 변

분고국(豊後國)의 유력 다이묘인 오토모 요시아키(大友義鑑)의 부하 쓰쿠미 미마사카노카미(津久見美作守)와 타구치 아키치카(田口鑑親)가 요시아키의 저택을 기습해 그의 가족을 죽이고 요시아키에겐 큰 부상을 입혀 그 후유증으로 결국 죽음에 이르게 한 사건이다.

보다이마루菩提丸

보다이菩提 산은 바로 이와데 성이 있는 산이었다. 한베 시게하루가 어릴 적 보다이마루菩提丸라고 불린 것은 여기에서 기인하는 것인지도 몰랐다. 모친이 독실한 신자였거나 혹은 불교에서 따온 이름인지도 몰랐다.

어찌 됐든 시게하루는 어릴 때부터 남다른 천재였다. 천재는 일종의 기형이라고 하듯 한베 시게하루도 병약했다. 청년이 되자 그러한 병약 증세는 한층 또렷하게 나타났는데, 그는 선병질腺病質이 있는 허약한 체질이었다. 몸은 빼빼 마르고 얼굴은 하얗고 귀는 아름다울 정도로 붉었다.

"이렇게 추운 날에 도련님은 또 기침만 하고 계시겠구나."

보다이 산에 눈이 내리면 마을 사람들이 걱정할 만큼 시게하루는 허약했다. 또 봄이 되면 마을 처녀들은 마장으로 가기 위해 복숭아나무에 둘러싸인 마구간 문에서 나오는 성주의 적자의 모습을 바라보며 즐거워했다. 그림과 같은 모습이었다. 시게하루는 종종 승마용 하카마袴에 소매가 없는 청자색 옷을 걸치고 붉은 술이 달린 채찍을 손에 들고 이부키 목장으로 말을 타러 갔다.

열여섯에 처음으로 전쟁에 나가자 나약하다는 소문은 자취를 감추고 무용의 명성이 높아졌다. 마을 사람들은 그가 학문을 좋아하고 서책만 읽고 있는 줄 알았기에 처음에는 그의 무용을 의심했다.

"저런 가냘픈 체구에 갑주를 차기만 해도 아플 텐데 어찌……."

한베 시게하루가 두 번, 세 번 거듭 출전할수록 그의 무용은 단지 적의 목을 치거나 난전 속을 휘젓고 다니는 무력이 아닌 지모智謀의 무용이라는 것을 알았다.

"무문에 태어나 몸이 약해서 활과 창으로는 다른 사람을 당할 수 없으리라는 것을 깨닫고 일찍부터 손자와 오자의 학문에 뜻을 둔 듯하다."

가신들은 그를 두고 그렇게 말했다.

선에도 관심이 많아 보다이 산 아래 절을 세우고 지식이 있는 사람이라면 아무리 멀리 있어도 초대했다. 그러다 보니 그곳에 머물기 위해 찾아오는 선승들의 발길이 끊이지 않았다. 그래도 부족했는지 한베는 종종 교토의 대덕사大德寺에 참선을 하러 갔다. 그러다 싸움이라는 소식을 들으면 늘 득달같이 달려와서 전쟁에 참가했다.

전쟁에 나갈 때 그의 복장은 항상 정해져 있었는데 사람들 사이에서 아주 유명했다. 도라고몬虎御門이라고 하는 칼은 그가 즐겨 사용하는 명검이었다. 갑주는 일부러 말의 가죽 안쪽에 옻칠을 해서 그것을 겉면으로 사용했는데, 옻칠을 한 거친 결을 무척이나 좋아해서 엷은 남색의 목면실로 그것을 얽어 만든 갑주를 입고 있었다. 청황색 목면 통소매의 진바오리에는 아무런 자수나 문양도 없었다.

그러한 취향에서도 그의 성격을 엿볼 수 있었다. 그런 소박한 모습일지라도 일단 한베가 진두에 서면 진중의 분위기가 완전히 달라진다는 것을 그를 따라 싸움에 참가한 가신의 일지를 보면 알 수 있었다.

"우리 주군이 선두에 계시면 진중은 진중해지고 대오는 한 치의 흐트러짐이 없고 병졸들의 마음은 든든했다."

"군을 보길 신神을 보듯 하고, 싸움에 임해서는 주저함이 없고 지킬 때는 삼엄하고, 도량은 넓은 바다와 같으며, 눈빛은 늘 부드러우며 곤란에 처해도 결코 경솔하게 입을 열지 않았다."

가신들이 쓴 글이라 다소 과장된 면이 있다고 해도 한베 시게하루의 인품을 어느 정도 엿볼 수가 있다.

그런 한베가 최근에 미노 전역을 경천지동하게 만든 일이 있었다. 사건은 미노 내부의 불화를 드러내는 것이어서 당시 다른 나라에는 전혀 알려지지 않았지만 이미 오와리의 밀정은 알고 있는 듯했다.

올해 정월의 일이었다. 미노의 장수들은 예년처럼 이나바 산의 성에 들어가 주군인 사이토 다쓰오키에게 신년 인사를 전했다. 그 뒤 성대한 연회가 열려 술을 마시자 이윽고 격론이 벌어졌다. 그것은 시류에 어둡고 주색에 빠진 다쓰오키가 이런 자리에서마저 애첩의 시중을 받으며 '거문고 열두 장을 늘어놓고 여인들에게 실력을 겨뤄보게 하라'거나 '그대들 모두 여장을 하고 홍매화와 백매화를 꽂고 춤을 추라'고 하면서 시작된 일이었다. 그리고 그는 좌흥을 위해 무사들에게 말이 되라거나 곡예를 하면서 술을 마시라고 강요했다. 그러자 안도 이가노 카미安藤伊賀守가 그대로 두고 볼 수만 없다는 듯 직언을 했다.

"황송합니다만 일 년의 계획은 정월 초하루에 세워야 한다고 했습니다. 더군다나 지금은 내일의 시세를 알 수 없는 시절이니 주연이나 여흥도 좋지만 국경에 마음을 쓰고 전쟁터에서 죽어가는 병졸들을 생각하시길 바랍니다. 그런 생각을 하면 지금의 광경을 보고 있을 수가 없습니다. 무엇이 그리 경사스러운지 모르겠습니다만, 이 이나바 성에 시시각각 멸망의 그림자가 다가오는 심경이 들어 저는 술을 마셔도 취하지도 않습니다.”

그 순간 다쓰오키의 얼굴이 새파래졌다. 그는 무슨 일이든 바로 화를 내는 인물이었다. 부친인 요시타쓰를 닮아 제멋대로이고 방종하게 생활했지만 요시타쓰만큼 배짱이나 경륜이 있지는 않았다.

“그런 불길한 말을.”

다쓰오키 곁에 있는 중신 중 히네노 비추노카미日根野備中守가 다쓰오키처럼 험상궂은 표정을 지으며 말했다.

“축하 자리에서 이나바 산에 멸망의 그림자가 다가온다니 그게 무슨 망발이시오. 이가 님은 주가가 망하기 바라고 있는 것이오!”

이런 연유로 격론이 벌어졌다.

이가노카미는 근래 적들이 쌓은 스노마타 성을 실례로 들며 기탄없이 국경의 위태로움에 대해 논했다. 적의 강함은 추호도 두려울 것이 없다고 전제한 뒤, 다쓰오키의 행실부터 국내의 불화, 민심의 원망에 이르기까지 눈에 보이지 않는 망조를 일일이 들면서 말했다.

“이래도 나라가 망하지 않는다면 저는 갑주 따위는 벗어던지고 장사나 하며 편히 지내겠습니다.”

그와 같은 생각을 하는 사람이 많았는지 다들 술이 깬 듯 침묵을 하고 있었다. 다쓰오키는 어느 틈엔가 미녀들에 둘러싸여 안으로 들어가버렸다. 그리고 얼마 뒤 시종을 통해 이가노카미를 불렀다. 이가노카미는 근신들에 둘러싸여 본성 안으로 들어갔지만 다쓰오키의 모습은 보이지 않았다. 정신을 차리고 보니 사방의 삼나무 문이 모두 열리지 않았다. 벽 너머에서 히네노 비추노카미의 목소리가 들렸다.

“이가 님, 주군의 명이니 근신하며 처분을 기다리시오.”

이가는 감쪽같이 감금당하고 말았다. 그렇다고 죽이지도 않았고 할복을 강요당하지도 않았다. 이렇듯 강압적인 처분을 내렸지만 비추노카미나 다쓰오키도 내심 두려워하는 사람이 있었던 것이다.

그것은 안도 이가노카미의 사위이자 보다이 산의 성주인 다케나카 한베였다. 몸이 약했던 그는 술도 마시지 않고 시종일관 아무 말도 하지 않고 침통한 얼굴로 자리에 앉아 있었다. 병골이라고 하지만 한베를 잘 알고 있는 사람들은 그가 장인인 안도 이가노카미가 감금당한 것을 보고 그냥 내버려두지는 않을 것이라고 생각했다.

그런데 잠시 뒤 한베는 무표정한 얼굴로 곁에 있던 동생 규사쿠久作에게 잠시 쉬자고 말하더니 조용히 일어나 그대로 성을 나가버렸다.

"왜 한베도 사로잡지 않았는가?"

나중에 다쓰오키가 히네노 비추노카미를 책했지만 사실 한베의 행동이 흡사 여인처럼 무척 조용해서 비추노카미뿐 아니라 함께 앉아 있던 다른 사람들도 넋이 홀렸는지 그만 방심한 채로 바라보았던 것이다.

"필시 원한을 품고 모반을 일으킬 것이 분명하다. 대비를 하기 전에 보다이 산을 포위해 그자의 성을 빼앗아라."

다쓰오키의 명에 히네노 비추노카미는 즉시 이나바 산의 군사를 이끌고 후와 군의 이와데로 향했다. 그런데 한베 시게하루는 그들을 향해 화살을 한 발도 쏘지 않았다. 병중이라는 이유로 사자를 보내 사죄를 하고 동생인 다케나카 규사쿠를 인질로 이나바 산에 건네며 끝까지 순종적인 모습을 보였다.

1월에는 보다이 산과 산 아래 성이 눈에 파묻혔다. 그 천길 눈 아래에서 문을 닫아걸고 자중하며 지냈던 한베는 2월 2일이 되자 미리 정해놓은 듯 날쌔고 용감한 병사 열여섯을 이끌고 돌연 '이나바 산의 성을 이 손으로 빼앗겠다'고 호언하며 나섰다. 그는 늘 입던 옻칠을 한 말가죽 갑주를 입고 청황색 목면의 통소매 진바오리에 한 자루 도라고몬을 찼다.

이틀 전 이나바 성에 인질로 들어가 있던 동생인 규사쿠에게 지병
이 재발했으니 병구완을 할 사람 네다섯 명과 대대로 내려오는 가문의
약을 보내달라는 서찰이 왔었다. 그때 보낸 가신이 하루 전에 성안에
도착할 시각이었다.

때는 한밤중이었다. 한베는 열여섯 명의 가신들 뒤에 서 있었고 선
두에 있는 사람이 성문을 두드리며 말했다.

"규사쿠 님께서 위독하시다는 급보를 받고 달려왔습니다."

"병구완을 하는 자들은 앞서 약을 가지고 지나갔는데 수상하군."

망을 보던 보초가 말했다.

"위독하시어 화급을 다투고 있으니 좌우지간 들여보내주시오."

"그럴 수 없소."

"들여보내라."

"안 된다."

가신 두세 명이 그렇게 옥신각신하는 동안에 한베를 비롯한 나머지
부하들은 이노구치井口 성의 무나쓰키胸突 언덕을 달려 올라갔다. 그리
고 본성을 둘러싸고 있는 외곽의 문도 똑같은 방법으로 돌파한 뒤 본
성의 중문까지 왔다. 그러자 앞서 들어와 있던 가신이 꾀병을 가장한
규사쿠와 함께 안에서 문을 열었다.

"다케나카 한베 시게하루, 지금 등성하여 주공에게 직언할 것이 있
으니 간신들은 이리 나오너라."

시게하루의 우렁찬 목소리에 깜짝 놀라 밖으로 나온 예닐곱 사람이
칼을 맞고 쓰러졌다. 그중에는 성의 수비를 책임지고 있던 사이토 히
다노카미齊藤飛驒守, 나가이 신하치로長井新八郎와 신고로新五郎 형제도 있
었다. 하지만 공교롭게도 그곳에 히네노 비추노카미는 없었다.

그사이 시게하루의 부하인 다케나카 젠자에몬竹中善左衛門이 종루로

달려 올라가 종을 쳤다. 사이토 다쓰오키와 성안의 병사들이 아군 병사가 성 아래에 사는 가신들에게 화급을 알리는 것이라고 생각하고 있을 때, 2월의 차가운 밤하늘로 퍼져나가는 종소리와 함께 한베 시게하루의 부하 천여 명과 장인인 안도 이가노카미의 부하 이천여 군마가 이나바 산 아래를 몇십 겹으로 에워쌌다.

그때 다쓰오키가 당황해서 어쩔 줄 몰라 하던 모습은 후일 두고두고 회자되었는데, 다쓰오키는 너무 놀란 나머지 한베를 꾸짖거나 화살을 쏘지도 못하고 측신 몇 사람과 소수의 병사의 호위를 받으며 선조 대대로 내려온 성을 나와 이나바 군 구로노黑野 촌에 있는 우가이鵜飼 성으로 도망치고 말았다.

한베 시게하루는 불과 열여섯 명의 부하로 이나바 산성을 점령하게 되었는데 애초부터 모반을 일으킬 마음이 없었다. 그래서 그는 성 아래 삼천 병사에게는 군율을 지키라는, 기후岐阜 지방의 마을 사람들에게는 '이는 내란이 아니니 동요하지 말고 안심하고 가업을 지키며 평소대로 생활하라'는 포고령을 내렸다. 또 사찰에 전령을 보내 마을 사람들이 안심할 수 있도록 잘 돌봐달라는 말을 전했다.

하룻밤 사이에 이나바 산성은 텅 비었지만 한베가 들어가서 성을 지키자 여느 때처럼 안정을 되찾았다. 이윽고 이러한 사실을 알게 된 인접한 나라들은 한베의 지략과 담력에 경도되었고 앞을 다퉈 은밀히 화친을 청해왔다.

"미노를 나눠 갖는다는 약조를 하면 얼마든지 물자와 병력을 지원하겠소."

"지금이야말로 다쓰오키를 칠 절호의 기회이니, 국경의 경계를 확실히 하는 조약을 맺고 앞으로 번영을 구가할 대계를 세우도록 합시다."

"그대가 다른 나라와 맹약을 맺지 않으면 다른 나라가 다쓰오키를 지원할지 모르오."

아사이淺井, 아사쿠라朝倉, 다케다武田, 기타바타게北畠 등의 사자가 한베를 자신들 편으로 끌어들이기 위해 찾아왔지만 한베는 그들에게 똑같이 웃음을 지으며 말했다.

"이는 극히 사소한 집안일에 불과한데 무슨 그리 큰일이 난 듯 허둥지둥 찾아오셨소이까? 그대들의 주인이 나를 보고자 한다면 전쟁터로 나오면 될 일이오. 그러면 언제든지 볼 수 있을 거라고 전하시오."

한베를 자신들의 편으로 끌어들이기 위해 온 사자들 중에는 오다 가의 사자도 있었다. 노부나가는 '미노의 절반을 내어줄 테니 이번 기회에 나를 따를 마음은 없는가?'라는 서찰을 전해왔다. 한베는 당연히 그의 제안을 물리쳤다.

얼마 뒤 한베는 아무 말도 하지 않고 이나바 성을 다쓰오키에게 돌려주고 에치젠의 아사이 가로 돌아가서 한동안 그곳에 식객으로 머물며 자신의 뜻을 주군인 다쓰오키와 천하에 분명하게 보여주었다.

한베는 아사이 가의 만류를 뿌리치고 고향인 이와데로 돌아온 뒤 자신의 거성을 숙부인 다케나카 시게도시에게 맡겼다.

"제 목숨과 오랫동안 갈고닦아온 병학을 바칠 주인을 잃어버렸으니 세상이 덧없어졌습니다. 이제부터는 이슬을 마시며 책상에 턱을 괴고 망연히 산이나 보며 살아가고자 합니다."

한베는 일족에게 자신의 마음을 피력했다.

"앞으로는 이대로 출가를 하여 자유를 즐기며 홀로 살고자 하니 아무도 찾아오지 마십시오."

그 뒤 한베는 보다이 성과 처자식을 버리고 홀로 구리하라 산으로 들어가버렸다. 나무꾼이나 사냥꾼을 통해 한베가 산에 암자 하나를 짓고 직접 장작을 패고 물을 길며 고적한 산중인으로 살아간다는 소문이 전해질 뿐, 그 뒤 일가친척이나 가신들 중에서 한베를 직접 만난 사람이 한 명도 없었다.

여인숙 화로를 둘러싸고 마을 사람들이 들려준 이야기 중에는 도키치로가 이미 알고 있는 이야기도 있었고 처음 듣는 이야기도 있었다. 도키치로는 다케나카 한베라는 인물에 대해 나름의 판단을 할 수가 있었다.

"나리는 무엇 때문에 한베 님에 대해 꼬치꼬치 캐묻고 알고 싶어 하시는 것인지요?"

여인숙 주인이나 마을 사람들이 다소 의아해하며 물었다.

"나는 보는 바와 같이 무도로 입신할 생각으로 여러 나라를 떠돌아다니는 자인데 실은 일이 년 동안 한베 시게하루 님을 모시며 군학 수행을 하기 위해 온 것이네."

"하하하, 제자로 들어가실 생각입니까?"

"그렇네."

"그렇다면 거절당하실 것이 분명합니다. 고생해서 구리하라 산까지 올라가서 거절을 당하느니 이쯤에서 단념하십시오."

모두들 이구동성으로 말했다. 그렇게 말하는 사람들의 표정만 헤아려봐도 한베가 사람을 얼마나 기피하는지 충분히 짐작할 수 있었다. 도키치로는 더 이상 묻지 않았다. 그저 한베와 자신이 대면한 모습을 상상하곤 쓴웃음을 지을 뿐이었다.

'일단 만나기만 하면 절반은 성공했다고 할 수 있을 텐데.'

하지만 안개 속처럼 한 치 앞을 내다볼 수가 없었다. 명리를 버리고 은둔한 사람을 움직이는 일만큼 어려운 일은 없었다. 도키치로는 불과 한 살밖에 차이 나지 않는 한베와는 달리 명리에 집착하는 자신의 욕망과 번뇌가 부끄럽게 여겨졌다.

가령 지금 스노마타 성을 한 줌의 미련도 없이 버릴 수 있는가 하면 절대로 버릴 수가 없었다. 사랑스러운 네네를 버릴 수 있는가 하면 더더욱 버릴 수 없었다. 아내인 네네는 물론이고 한 명의 하인도 미련 없이 버릴 수 없는 그에게 한베는 만나기 전부터 거북한 사람임이 틀림없었다.

'그런 거북한 자를 이렇게 고생을 하면서까지 왜 만나려고 하는가?'

도키치로는 스스로에게 질문을 해보았다.

다음 날 도키치로는 이와데를 떠나 밤에 난구南宮 산의 기슭에 있는 마을에서 하룻밤을 보낸 다음 그곳에 사야 구와쥬를 남겨둔 채 홀로 구리하라 산을 올랐다. 산을 오르는 도중에도 그는 몇 번이나 속으로 생각했다.

'왜 그런 거북한 사람을 무리하면서까지 산에서 데리고 나오려고 하는가?'

도키치로는 스스로를 깊이 성찰하기 시작했다. 자신은 터무니없을 만큼 욕심으로 가득 차 있고 희로애락이라고 부르는 어리석은 것들을 모두 담고 있는 그릇이자 소반이었다. 화조풍월花鳥風月이나 연모의 정, 또 골육의 사랑에 마음이 흔들리고 눈물을 짓는 극히 평범한 범인이었다. 그런 큰 욕심을 품고 태어난 그는 자기 자신을 주체하지 못했다. 그래서 그는 그런 자신의 천성을 노력으로 갈고닦으며 살아왔다. 풀무질을 하듯 부단한 열의를 기울였다. 지금 오르고 있는 구리하라 산도 그런 열의로 오르는 것이었다.

하지만 도키치로는 그것만으로는 자신의 대욕을 완성할 수 없다는 사실을 알고 있었다. 자신이 원하는 것은 자신과 완전히 반대쪽에 서 있는 명리를 버린 사람이었다. 다시 말해 두 사람은 각각 범물凡物과 정반대의 비범非凡한 인물이었다. 게다가 그 비범한 인물은 위선자가 아니었다. 비범하고 대범한 무사는 천하에서 찾지 않아도 오다 가에서 적잖이 찾을 수 있었지만 그들은 모두 세속에 물들기 쉬운 자들이라 쓰려고 해도 어떻게 써야 할지 곤란할 뿐이었다.

산중인山中人

그리 높은 산은 아니었다. '코 언덕'이라는 뜻의 '오카가하나岡ヶ鼻'라는 이름에서도 잘 알 수 있었다. 난구 산과 이어져 있는 구리하라 산은 부모 곁에 있는 자식과 같은 형태를 띠고 있었다.

"아아, 아름답구나!"

산 정상에 이른 도키치로는 석양의 장관을 바라보며 황홀감에 빠졌다. 가을 해는 빨리 진다더니 어느새 날이 저물고 있었다.

후일 세키가하라 싸움에서 이곳 난구 산에는 모리毛利, 구리하라 산에는 나쓰카 마사이에長束正家, 산 아래에는 조소카베 모리치카長曾我部盛親의 서군西軍 군사가 진을 치고 이에야스의 동군東軍과 대치했다. 하지만 이시다 미쓰나리石田三成의 주력부대가 무너지자 서군은 일순간에 패주하고 말았다. 그리고 이곳은 도요토미 가문에도 깊은 원한이 서려 있는 싸움터 중 하나였다.

바로 그러한 곳에 젊은 도키치로가 서 있었다. 하지만 자신의 사후, 이곳에서 도요토미 가의 와해를 가속화한 세키가하라 싸움이 벌어질 줄은 신이 아닌 이상 상상할 수 없었을 것이다. 아오노가하라靑野ヶ原 저편, 미노와 오우미의 산들 너머 장엄하고 아름다운 붉은 저녁놀만 남

기고 시시각각 기울어가는 비장한 석양처럼, 후일 자신이 오사카 성에서 채 이루지 못한 원대한 포부와 정한을 남기고 끝내 세상을 떠날 것이라고는 지금의 젊은 그는 상상도 하지 못했을 것이다.

지금 그의 머릿속에는 어떻게 하면 한베 시게하루를 아군으로 끌어들일 수 있을까, 하는 생각밖에 없었다.

'책사의 책략으로 대하는 것은 하책 중의 하책이다. 오로지 백지가 되어 만나야 한다. 허심탄회하게 오직 나의 간절함만을 전하자.'

도키치로는 그렇게 마음을 다잡고 있었다.

그런데 가장 중요한 한베의 거처를 아직 알지 못했다. 해가 질 때까지 허름한 초암 하나 발견할 수 없었다. 도키치로는 서두르지 않았다. 어두워지면 어디선가 불빛이 보일 터였다. 섣불리 재촉하다 방향을 잃는 것보다 그 편이 빠를 것이라고 생각했다. 그는 해가 완전히 넘어갈 때까지 바위에 앉아 쉬었다.

이윽고 못 하나를 사이에 둔 저편으로 불빛이 눈에 들어왔다. 아래로 구불구불 이어진 샛길을 따라 마침내 그곳에 도착했다. 붉은 소나무에 둘러싸인 산허리에 있는 평지였다. 울타리가 무너진 초암 하나인 줄 알았는데 거친 황토로 지은 흙벽이 넓게 둘러쳐져 있었다. 안쪽으로 다가가자 서너 개의 등불이 보였다. 담장에는 대나무를 엮어 만든 반쯤 열린 문이 바람에 움직이고 있었다.

"넓구나."

잠자코 안으로 들어가자 소나무 숲이 보였고 안쪽으로 샛길이 나 있었다. 수북이 쌓여 있는 떨어진 솔잎 외에 티끌 하나 없는 듯한 느낌이었다. 반 정町 정도 걸어가자 집이 보이고 소의 울음소리가 들렸다. 외양간이 있는 듯했다. 탁탁 나무가 타는 소리가 들리고 그 주위에서 흘러나온 연기가 낮게 깔렸다. 그 순간 도키치로의 눈에 연기가 스몄다. 도키치로는 발걸음을 멈추고 손으로 눈을 비볐다.

한 차례 거친 바람이 불어와 흔적도 없이 연기를 걷어가버렸다. 안을 살펴보니 동자가 부엌 아궁이에 삼나무 따위를 넣어 불을 때고 있었다.

"누구냐?"

동자가 밖에 서 있는 도키치로를 발견하고는 다가왔다.

"시종인가?"

"나 말이오? 그렇소."

"나는 비슈尾州의 오다 가의 신하인 기노시타 도키치로라는 사람인데 청할 것이 있어 왔느니라."

"누구에게 말이오?"

"주인에게."

"지금은 안 계시오."

"……"

"정말로 안 계시오."

"……"

"돌아가시오."

동자는 그렇게 말하고 부엌으로 들어가서더니 다시 아궁이 앞에 앉아 장작을 때며 뒤도 돌아보지 않았다. 산속의 밤이슬은 차가웠다.

"이 아저씨도 불 좀 쬐게 해다오."

도키치로는 차가워진 옷을 어루만지며 동자의 옆으로 가서 아궁이 앞에 쪼그리고 앉았다. 동자는 이상한 사람을 보듯 도키치로의 옆얼굴을 흘낏 쳐다보더니 아무 말도 하지 않았다.

"밤에는 춥구나."

"산속이니까 추운 게 당연하지."

"얘, 꼬마야 이거…….."
"나는 한베 스승님의 제자지, 꼬마가 아니오."
"하하하."
"왜 웃소?"
"미안하구나."
"모르는 사람을 안에 들인 걸 아시면 나중에 스승님께서 혼을 내시
니 돌아가시오."
"이 아저씨가 나중에 스승님께 잘 말씀드릴 테니 괜찮다."
"스승님을 만날 생각이시오?"
"그야 여기까지 올라왔는데 만나지 않고 돌아갈 리가 있겠느냐."
"오와리 사람은 참으로 뻔뻔하군. 아저씬 오와리 사람이 아니오?"
"왜, 안 되느냐?"
"적국이 아니오. 스승님은 오와리 사람을 싫어하시고 나 역시 싫소."
"그러하냐?"
"아저씬 뭔가 염탐을 하러 미노에 왔나 본데 위험하니 어서 돌아가
는 게 좋을 거요."
"이곳에 볼일이 있어 왔으니 따로 갈 데가 없다."
"뭘 하러 왔소?"
"입문을 하러 왔다."
"입문? 나처럼 스승님의 제자가 될 생각이오?"
"그래. 곧 너와 동문이 될 것이니 사이좋게 지내야 할 것이다. 심술
을 부리지 말고 스승님께 말씀을 전해다오. 아궁이는 밥이 타지 않도
록 내가 보고 있을 테니 말이다."
"됐소. 싫소."
"고집을 부리는구나. 저기 봐라. 안쪽에서 스승님의 기침 소리가 들

리지 않느냐.”

“스승님은 몸이 약하셔서 밤이 되면 기침을 하시오.”

“거봐라. 아까는 안 계신다고 하더니.”

“계셔도 안 계신 것과 마찬가지요. 누가 와도 만나신 적이 없으니.”

“그럼 때를 기다려야겠구나.”

“잘 생각했소. 나중에 다시 오시오.”

“아니다. 이 아궁이 앞이 따뜻하니 한동안 여기서 머물러야겠구나.”

“당치도 않소. 어서 돌아가시오!”

동자는 정말로 화가 났는지 벌떡 일어서서 고함이라도 칠 기세였다. 하지만 아궁이에서 활활 타오르는 빨간 불길이 어른거리는 도키치로의 웃는 얼굴을 노려보고 있자니 아무리 화를 내려고 해도 낼 수가 없었다. 동자는 그의 얼굴을 물끄러미 노려보는 동안 이상한 사람이라고 생각했던 감정이 조금씩 누그러졌다.

“고구마小熊, 고구마!”

그때였다. 분명 한베 시게하루인 듯한 목소리가 동자를 불렀다.

“예!”

동자는 몸을 움찔하며 대답하고는 도키치로를 내버려두고 부엌에서 안쪽으로 뛰어 들어가더니 좀처럼 돌아오지 않았다. 그러는 사이에 아궁이 위의 큰 솥에서 타는 냄새가 나기 시작했다.

도키치로는 황망히 뚜껑 위의 국자를 쥐고 큰 솥의 바닥을 휘저었다. 황밤과 말린 채소 등을 섞은 현미죽이었다. 가난한 농가에서 태어난 도키치로는 쌀만 보면 어머니의 땀을 보는 것처럼 소중하게 대했다. 무사가 된 지금도 밥을 먹을 때마다 나카무라의 어머니를 떠올렸다.

“타고 있는데 이 꼬마는 대체 뭘 하고 있는 거지. 안 되겠군.”

마침 옆에 있는 행주를 집어서 타고 있는 큰 솥을 잡고 들어 올려 아궁이 옆에 내려놓을 때였다.

불 속에 있던 대나무의 튀는 듯한 소리가 흙벽을 뒤흔들었다. 그 소리에 놀랐는지 부엌의 어두운 구석에서 다람쥐인지 족제비인 모를 동물의 그림자가 풀쩍 튀어 오르더니 밖으로 도망을 쳤다. 하지만 도키치로는 몸을 구부린 채 솥을 들여다보며 죽의 바닥만 휘저었다.

"아, 아저씨 고마워요……."

"고구마구나. 탈 것 같아서 솥을 내려놓았다. 잘된 듯하구나."

"내 이름을 기억하고 있었군요."

"방금, 안쪽에서 한베 스승님이 그렇게 부르시지 않았느냐. 어떠냐? 겸사겸사 스승님께 말씀을 전해드렸느냐?"

"다른 일로 부르신 거예요. 전한다고 해도 스승님께서 화만 내실 테니 소용없어요."

"너는 스승님의 말을 정말 잘 따르는구나. 기특하다."

"쳇, 그렇게 아부를 해봤자 소용없어요."

"아니다. 정말이다. 내가 스승님이라면 그리 칭찬했을 것이다. 거짓말 아니다."

그때 누군가 조금 떨어진 부엌 마룻바닥에서 지촉을 들고 서 있었다. 고구마, 하고 부르는 소리에 도키치로가 뒤를 돌아보자 엷은 벚꽃색으로 물들인 옷을 입고 붉은 매화색 허리띠를 두른 열여덟쯤의 아름다운 처녀가 보였다.

"오유 님, 무슨 일이세요?"

고구마는 여자 앞으로 가서 여자가 하는 말을 들었다. 말을 끝낸 여자는 등불을 들고 어두운 복도를 미끄러지듯 걸어가더니 벽 뒤편으로 사라졌다.

"누구니?"

도키치로가 묻자 고구마는 스승의 정원에 핀 꽃을 자랑하듯 이번만은 순순히 대답했다.

"스승님의 동생분이요."

"부탁이니, 제발 한 번이라도 좋으니 스승님께 말씀을 전해다오. 안 된다고 하면 돌아갈 테니."

"정말 돌아갈 거예요?"

"정말이다."

"정말이죠?"

고구마는 다짐을 두더니 마침내 안으로 들어갔다. 하지만 바로 돌아오더니 쌤통이라는 듯 말했다.

"싫다고 하셨어요. 손님은 일절 만나지 않으신데요. 나만 혼났잖아요. 이젠 스승님께 저녁을 차려서 가야 하니 그만 돌아가세요."

"그럼 오늘 밤은 돌아가고 나중에 다시 오마."

도키치로가 돌아가려고 등을 돌리자 고구마가 뒤에서 외쳤다.

"또 와도 소용없어요."

도키치로는 아무 대꾸도 하지 않고 산기슭까지 내려와서 사야 구와 쥬가 있는 농가로 가서 잠을 잤다.

다음 날 도키치로는 일어나자마자 다시 채비를 하고 산을 올라 어제와 똑같이 저물녘에 한베 시게하루의 거처를 찾았다.

"이리 오너라."

어제는 부엌에서 일하는 동자를 상대하느라 시간을 허비했기 때문에 오늘은 현관 입구에서 사람을 불렀다. 그런데 대답을 하며 나온 사람은 바로 어제 그 동자인 고구마였다.

"앗, 아저씨 또 왔군."

"오늘은 내 청이 이루어질 것 같으냐? 스승님께 여쭙고 오너라."

고구마는 안으로 들어가더니 말을 전했는지 말았는지 이내 돌아와서 만나지 않겠다고 하셨다며 쌀쌀맞게 말했다.

"그럼 기분이 좋으실 때, 다시 찾아오마."

도키치로는 그렇게 말하고 돌아가 하루가 지난 뒤 다시 찾아왔다.

"오늘은 만나주시겠느냐?"

고구마는 이전과 똑같이 안에 들어갔다 오더니 그대로 전했다.

"거참 매번 귀찮게 하는군, 하고 말씀하셨어요."

그날도 도키치로는 묵묵히 돌아갔다. 그는 그렇게 몇 번인가 한베의 거처를 찾아왔다 돌아갔는데 고구마는 마지막에 늘 도키치로를 보고 웃으며 말했다.

"아저씨, 참 끈질기네요. 하지만 아무리 그리 찾아와도 소용없어요. 요즘은 안에 말을 전하러 가면 스승님도 화를 내시기보다 웃으시기만 하며 일절 상대하지 않으시니 말이에요."

소년과는 친해지기가 쉬웠다. 두 사람은 서로 미워하면서도 어느새 친근해져 있었다. 도키치로는 거절당해도 그다음 날 다시 산을 올랐다. 산기슭에서 기다리고 있는 구와쥬는 주인의 마음을 알 수가 없었다. 구와쥬는 자신이 직접 가서 지금까지의 무례를 꾸짖고 혼을 내겠다며 화를 내기까지 했다.

열 번째 방문이었다. 비바람도 심했고 날도 추웠다. 도키치로는 구와쥬가 머물고 있는 농가의 사람이 간절히 만류하는 것도 뿌리치고 도롱이와 삿갓을 빌려서 산을 올랐다. 저녁 무렵, 이전처럼 문 앞에서 외쳤다.

"예, 누구십니까?"

그런데 이날 처음으로 언젠가 고구마에게 들은 한베의 동생이 나왔다.

"매번 선생님의 뜻을 거스르며 성가시게 방문하여 죄송합니다만, 주군의 명을 받들고 온 이상 선생님을 뵙지 않고 돌아갈 수는 없습니다. 사자의 신분으로 군명을 욕보일 수 없어 이 년이든 삼 년이든 이렇게 찾아뵐 작정입니다. 그럼에도 소명을 다하지 못할 시에는 제 배를 가를 수밖에 없을 것입니다. 한베 시게하루 님은 여느 사람과 달리 무문의 고충을 잘 알고 계실 것입니다. 그러하니 부디 잘 말씀을 올려주시길 부탁드립니다."

도키치로는 빗물이 세차게 떨어지는 찢어진 처마 아래에서 무릎을 꿇고 호소했다. 젊은 여인의 마음을 움직이기에는 그것만으로도 충분했다.

"잠시 기다리십시오."

그녀는 부드럽게 말하고 안으로 사라졌다. 이윽고 그녀가 다시 밖으로 나와 사뭇 안됐다는 듯 말했다.

"이렇듯 애써 찾아오셨지만 오라버니께서 만나지 않겠다고 완강히 말씀하셨습니다."

"그렇습니까……."

도키치로는 낙담한 듯 더 이상 아무 말도 하지 못하고 고개를 숙였다. 도키치로의 어깨로 처마의 빗물이 떨어져 내렸다.

"어쩔 수가 없군요. 그럼 다시 후일을 기다리겠습니다."

도키치로는 삿갓을 쓰고 돌아서서 빗속을 초연히 걸었다. 그런데 소나무 숲 샛길을 지나 흙벽 밖으로 나왔을 때였다.

"아저씨!"

고구마가 도키치로를 쫓아오더니 말했다.

"만나신대요! 만날 테니 돌아오시래요."

"뭐, 한베 스승님께서 나를 만나주신다는 것이냐?"

도키치로가 고구마와 함께 급히 되돌아오자 한베의 동생인 오유가 기다리고 있었다.

"오라버니께서 찾아온 사람의 성의를 생각해서라도 더 이상 거절하는 것은 옳지 않다고 하셨습니다. 다만 오늘은 자리에 누워 계시니 후일 이쪽에서 사람을 보내겠다고 하셨습니다."

도키치로는 오유가 자신을 안쓰럽게 여긴 나머지 자신이 돌아간 뒤 한베를 설득했을 것이라고 짐작했다.

"언제든 편하신 날 사람을 보내시면 찾아뵙겠습니다."

"어디에 머무시는지요?"

"산기슭에 느티나무가 있는 난구 촌의 농부인 모에몬茂右衛門 집에 머물고 있습니다."

"그럼 후일 날이 개면……."

"기다리고 있겠습니다."

"비에 젖어 추우실 텐데, 부엌방에서 옷을 말리며 고구마 죽이라도 드시고 가십시오."

"아닙니다. 후일의 즐거움을 남겨두고 이만 돌아가겠습니다."

도키치로는 빗속을 뚫고 산을 내려왔다.

비는 다음 날도, 그다음 날도 계속해서 내렸다. 흰 구름에 둘러싸여 있는 구리하라 산에서는 아무런 소식도 없었다. 마침내 날이 개자 산은 어느덧 완연한 가을빛으로 물들어 있었다. 옻나무에는 새빨갛게 단풍이 물들기 시작했다.

"아저씨, 마중을 하러 왔어요."

아침에 고구마가 모에몬의 집 앞으로 소를 끌고 왔다.

"스승님께서 아저씨를 모시고 오라고 말씀하셨어요. 오늘은 손님을 태우려고 탈것까지 끌고 왔으니 여기 타세요."

고구마는 한베가 보낸 서찰 한 통을 건넸다. 도키치로는 서찰을 펼쳐보았다.

사람을 놀리는 듯한 내용이었다. 만나기 전이지만 꽤나 교류하기 어려운 인물이라는 것을 느낄 수 있었다.

"애써 탈것까지 보내주셨으니, 그럼 기꺼이."

도키치로는 그렇게 말하고 소 등에 올라탔다. 고구마는 산을 향해 나아갔다. 난구 산에서 구리하라 산까지 펼쳐져 있는 가을 하늘은 청명했다. 이곳으로 온 뒤로 오늘처럼 선명한 산의 모습을 본 것은 처음이었다.

이윽고 흙벽의 문이 가까워지자 손님을 기다리는 여인의 모습이 보였다. 여느 때보다 한층 고운 자태를 하고 있는 오유였다.

"이런 일부러 이렇듯."

도키치로는 황망히 소에서 내려 그녀의 안내를 받아 안으로 들어갔다. 그러고는 일실에 오도카니 앉아 있었다. 홈통의 물소리가 귓가에 들려왔고 풍죽風竹이 창을 두드렸다. 산중의 한거다운 풍취가 넘쳤다. 거친 흙과 둥근 소나무 기둥으로만 만든 도코노마床の間81를 보자 '몽夢'이라는 글자가 새겨진 가로로 된 족자가 걸려 있었다. 선가禪家에 있는 사람이 쓴 듯한 필치였다.

---

81 무로마치 시대 이후, 마루를 한 단 높게 한 뒤 정면 벽에 서화나 족자 등을 걸고 화병 등을 장식한 객실의 공간이다.

‘이런 곳에서 살다니 따분하지도 않은가 보군……’

도키치로는 솔직히 이곳 주인의 심사를 이해할 수 없다는 듯 그렇게 생각했다. 그리고 주인을 기다리는 동안에도 몸이 근질거려서 주체할 수 없었다. 귀는 소나무 바람과 새소리를 듣고 있었지만 머리는 스노마타와 고마키 산을 넘나들었고 피는 하늘 높이 용솟음치고 있었다. 그는 적막한 이곳과는 완전히 다른 세상의 사람이었다.

“오래 기다리셨습니다.”

뒤에서 젊은 목소리가 들렸다. 주인인 다케나카 한베였다. 젊다는 것은 알고 있었지만 직접 목소리를 들으니 더욱 그런 느낌이 들었다. 그가 말석에 앉아 인사를 건네자 도키치로가 당황하며 말했다.

“송구합니다. 어서 이리로. 처음 뵙겠습니다. 저는 비슈 오다 가의 가신인 기노시타…….”

한베가 부드러운 음성으로 도키치로의 말을 끊었다.

“딱딱하고 거북한 인사는 생략하시지요. 오늘 이리 뵙자고 한 것도 그런 마음에서가 아니니 말입니다.”

도키치로는 왠지 선수를 빼앗긴 듯한 기분이 들었다. 늘 자신이 다른 사람에게 하던 말을 주인이 먼저 했기 때문이었다.

“제가 이 산가의 주인인 한베입니다. 잘 오셨습니다.”

“아닙니다. 저 때문에 사뭇 성가셨으리라 생각됩니다.”

“하하하, 솔직히 성가셨습니다. 하나 이리 뵙고 보니 가끔 귀공과 같은 객을 만나는 것도 기분 전환이 될 듯하니 오늘은 편히 계시길 바랍니다.”

한베는 자리를 바꾸더니 도키치로에게도 자리를 권했다.

“한데 손님께선 대체 무슨 일로 이런 산가까지 오셨습니까? 이곳은 산중이라 보시듯 아무것도 없고 그저 새소리뿐입니다만.”

눈에는 웃음을 띠고 손님보다 아래쪽에 자리를 잡고 있었지만 한베는 자신의 말대로 기분 전환을 위해 손님을 맞은 듯이 대하고 있었다.

도키치로는 거리낌 없는 시선으로 물끄러미 그를 응시했다. 듣던 대로 건강한 몸은 아닌 듯했다. 체격은 가냘프고 얼굴은 창백했지만 이는 새하얗고 눈은 맑았다. 특히 붉은 입술이 눈에 띄었다. 전체적으로 차분하고 인품이 좋아 보이는 것은 성장이 좋은 탓인 듯했다. 웃음을 머금고 다소 낮은 목소리로 말했지만 지금 모습이 그의 본래 모습일까 하는 의문이 들었다. 가령 이날 산은 함께 뛰어놀고 싶은 기분이 들 만큼 평화로웠지만 얼마 전 비바람이 몰아치던 날에는 계곡에서 울부짖는 소리가 들렸고 나무들은 바람에 뿌리가 뽑혀 날아갈 것만 같았다.

"실은 말입니다."

도키치로가 눈길을 웃음으로 지우더니 어깨를 앞으로 내밀며 말했다.

"주군의 명으로 선생을 맞이하러 왔습니다. 어떻습니까? 산을 내려가지 않으시겠습니까? 은거는 노후에도 할 수 있지 않습니까. 그것도 평범한 분이라면 모를까 선생과 같은 유능한 인재가 젊은 나이에 이런 산속에서 한거하신다는 것은 세상이 허락하지 않을 것입니다. 어차피 언젠간 세상에 출사를 하실 것이 분명한데, 그렇다면 저희 주군이신 오다 노부나가 님이 계시는 오다 가로 출사를 하십시오. 그래서 선생을 오다 가로 모시고자 이렇게 찾아온 것입니다. 어떻습니까? 다시 한 번 난세의 세상으로 나가실 마음은 없습니까?"

한베는 히죽히죽 웃으며 듣고만 있었다. 소이부답笑而不答이었다. 상대의 이런 태도는 도키치로의 열의를 제풀에 꺾이게 했다. 버드나무를 스치는 바람과 같았다. 도키치로의 말을 듣고 있는지도 의심스러웠다.

"……."

도키치로는 잠시 입을 다물고 한베가 무슨 말이라도 하기를 순순히 기다렸다. 그리고 끝까지 계책이나 허식이 없이 백지의 상태로 그를 대하자고 마음먹었다.

"……."

그러는 동안 한베의 손에서는 가벼운 바람이 일고 있었다. 한베는 아까부터 차를 끓일 때 쓰는 화로를 곁에 끌어놓고 화로 안에 서너 차례 숯 조각을 넣었다. 그러고는 부지깽이를 놓고 풍아한 중국풍 부채를 손에 쥐더니 재가 날리지 않을 정도로만 화로 입구를 부쳤던 것이다.

불길이 일더니 주전자의 물이 끓었다. 그사이 행주로 작은 찻잔을 닦았다. 물이 끓는 소리로 온도를 가늠하는 듯했다. 찻잔을 닦는 자세에서 조금의 낭비나 소홀함도 느껴지지 않았다. 가지런하고 침착했다. 도키치로는 다리가 저려왔지만 다음 말을 꺼낼 기회를 잡지 못했다. 그러자 자신이 열의를 가지고 한 말들이 어느새 소나무 바람과 함께 저 멀리 날아가버려 한베의 귀에 아무것도 남아 있지 않은 것처럼 느껴졌다.

"이거 잊고 있었군. 방금 전 제가 말씀드린 이야기에 대해 어떻게 생각하시는지요? 많은 녹과 높은 자리를 약속하며 이체로써 선생의 출사를 권유하는 것은 도리가 아니라 생각하기 때문에 조건 따위는 일절 말씀드리지 않겠습니다. 비록 작은 나라이지만 후일 천하대업을 이룩하실 분은 저희 주군 외에는 없다는 사실과 선생과 같은 인물을 산속에서 썩게 하는 것은 지금과 같은 난세에 세상을 위해서도 참으로 아까운 일일 것입니다."

그때 한베의 무릎이 도키치로를 향하자 도키치로는 그만 입을 다물고 말았다. 그러자 한베가 조용히 찻잔을 내밀며 말했다.

"차 한잔 하시지요."

한베도 작은 찻잔을 들더니 마셨다. 그 외에는 아무런 마음도 없다는 듯 한베는 찻잔에 몇 번 입을 대고 차를 음미했다.

"손님."

"예."

"난을 좋아하시는지요? 춘란도 좋지만 추란도 아주 좋습니다."

"난? 난이라고 하시면?"

"난초의 꽃 말입니다. 여기서 삼사 리 더 산속으로 들어가면 천애 절벽에 태고의 이슬을 머금은 난이 있습니다. 그 난을 고구마를 시켜 한 그루 옮겨 심어보았는데 보셨는지요?"

"아니, 보지 못했습니다."

도키치로는 황망히 대답하고는 이어 말했다.

"제게는 무용합니다."

"과연 그럴까요?"

"저는 뼛속까지 무골이어서."

"무골이시면 더더욱 가끔 난초의 꽃을 바라보며 조용히 마음의 위안을 얻는 것이 좋습니다."

"그리 생각하지 않는 것은 아니지만 집에 있어도 혈기가 왕성하다 보니 늘 마음은 들판을 내달리고 있습니다. 저는 오다 가의 말신에 지나지 않으니 그러한 한가로운 마음을 가늠할 수가 없습니다."

"그렇습니까. 무리도 아니지요. 하지만 손님, 그리 악착같이 공명을 쫓는 자신이 불쌍하지 않습니까? 산중인의 삶에도 그에 맞는 깊은 의의가 있습니다. 어떻습니까? 스노마타 따윈 버리고 손님도 이 산에 암자 하나를 짓고 옮겨오지 않겠습니까?"

솔직함은 어리석음과 같은 것일까. 무책이라는 것은 결국 지혜가 없음을 의미하는 것일까. 오직 성의만으로는 사람의 마음을 움직일 수 없는 것일까. 도키치로는 아무 보람도 없이 한베의 거처에서 나와 묵묵히 산을 내려올 수밖에 없었다.

"저런 어린 자 따위에게……"

도키치로는 반감이 불타오르는 눈으로 뒤를 돌아다보았다. 분노밖에 남아 있지 않았다. 미련도 없었다. 오늘의 첫 대면에서 그는 보기 좋게 당하고 말았던 것이다.

'두 번 다시 만나지 않을 것이다. 두 번째 만남은 전쟁터에서 그의 목을 밑에 놓고 의자에 앉아서일 것이다.'

도키치로는 입술을 깨물며 맹세했다. 예를 다하고 수치를 참으며 몇 번이나 머리를 숙이고 찾아갔던 것에 부아가 치밀었다. 그는 또다시 뒤를 돌아보았다.

'귀뚜라미 같은 놈.'

아무 뜻도 없이 그렇게 욕을 했다. 아마도 한베의 창백한 얼굴과 야윈 몸이 떠오른 모양이었다. 분연히 걸음이 빨라졌다. 그리고 한쪽이 절벽으로 된 모퉁이에 이르자 한베의 거처를 떠날 때부터 참았던 것이 떠오른 듯 절벽 앞에 서서 계곡을 향해 오줌을 갈겼다. 하얀 빛의 한 줄기 무지개가 이슬이 되어 멀리 날아갔다. 아무 생각 없이 하늘을 올려다보며 볼일을 본 도키치로가 갑자기 외쳤다.

"푸념은 이제 그만!"

도키치로는 산기슭까지 재빨리 달려 내려가서는 모에몬의 집으로 들어가자마자 외쳤다.

"구와쥬, 그만 시간이 오래 걸렸다. 내일 돌아갈 것이다. 아침 일찍 떠나도록 하자."

도치키로의 밝은 얼굴을 본 사야 구와쥬는 다케나카 한베와 이야기가 잘된 것이 분명하다고 생각하며 기뻐했다.

그날 밤 도키치로는 구와쥬와 모에몬 부자 등과 함께 저녁을 먹은 뒤 아무것도 생각하지 않고 잠자리에 들었다. 때때로 구와쥬는 도키치로의 코고는 소리에 놀라 잠이 깰 정도였다. 생각해보면 날마다 구리하라 산 정상까지 다녀야 했던 육체의 피로와 마음고생은 이만저만한 것이 아닐 터였다. 그런 피로감이 한순간에 나타난 것이라는 생각이 들자 구와쥬는 눈가가 촉촉해졌다.

"다른 사람들 위에 서는 것은 참으로 힘든 일이구나."

구와쥬는 주인의 노력은 절절히 느꼈지만 일이 실패로 끝난 사실은 알지 못했다.

밤이 새지 않았지만 도키치로는 떠날 채비를 끝내고 새벽이슬을 밟으며 마을을 떠났다. 대부분의 마을 사람들이 아직 잠을 자고 있었다.

"구와쥬, 잠깐."

도키치로는 문득 발길을 멈추고 묵묵히 해가 뜨는 방향을 향해 섰다. 바다처럼 깔려 있는 아침이슬 위로 보이는 구리하라 산은 아직 깜깜했다. 그 뒤편에서는 붉은 해가 얼굴을 내미려는 듯 형형색색의 구름이 꿈틀대고 있었다.

"아니다. 내가 틀렸다!"

도키치로는 뇌까렸다.

"나는 얻기 어려운 인물을 얻으러 온 것이다. 얻기 어려운 것은 당연한 일이다. 내 성의가 부족한 것인지 모른다. 어찌 이런 좁은 도량으로 큰일을 이룰 수 있겠는가!"

도키치로는 느닷없이 뒤를 돌아보며 말했다.

"구와쥬, 나는 다시 구리하라 산에 갈 것이니 자네 먼저 돌아가게."

도키치로는 그렇게 말하고 아침이슬에 빛나는 산기슭을 향해 급히 길을 되짚어 갔다. 도키치로는 다시 산을 찾았다. 다른 날과 똑같이 이른 시간에 산허리까지 올라갔다. 그러자 한베의 한거에서 가까운 풀밭이 넓게 깔린 못 근처 저편에서 무슨 소리가 들렸다. 한베의 누이동생인 오유와 고구마였다. 그녀는 팔에 바구니를 낀 채 소를 타고 있었고 고구마는 고삐를 쥐고 있었다.

"놀랐잖아요. 참 어이가 없는 아저씨네. 이젠 질려서 오지 않을 것이라고 스승님도 말씀하셨는데."

고구마는 사뭇 놀란 듯 눈을 크게 뜨며 말했다. 오유가 소에서 내려 인사를 하자 고구마가 말했다.

"아저씨, 오늘만큼은 제발 그만두세요. 어제 스승님께서 아저씨를 만나 이야기를 많이 한 탓에 열이 난다고 하셨어요. 아침에도 기분이 나쁘셔서 나까지 혼이 났어요."

"그런 실례의 말을."

오유는 고구마를 꾸짖고는 도키치로에게 오라버니가 도키치로를 만나서가 아니라 감기 기운 때문에 누워 있다며 사죄했다. 그러고는 지금은 만나는 게 어려우니 찾아온 뜻을 전하겠다며 공손히 거절했다.

"뜻은 잘 알겠습니다. 그럼 돌아가도록 하겠습니다……."

도키치로는 품속에서 전통을 꺼내더니 종이에 글을 썼다.

한중의 한가로움은 조수鳥獸에 맡김이 옳은 듯, 인중人中에 숨을 곳이 있어 세상은 더욱 적막하네. 무심한 산의 구름은 제 스스로 오가니, 뼈를 묻을 곳이 어찌 청산뿐이리.

도키치로는 스스로 보기에도 시詩가 아니라고 생각했지만 자신의 뜻은 충분히 전할 수 있을 거라고 믿었다. 그는 마지막에 한 줄을 덧붙였다.

산봉우리를 떠난 구름은 어디로 가려 하는가. 서쪽이런가, 동쪽이런가.

"참으로 뻔뻔하고 부끄러움을 모르는 자라고 생각하실지 모르겠지만, 이것이 마지막입니다. 그저 한 자의 답신이어도 좋으니 이곳에서 기다리겠습니다. 군명을 다하지 못할 시에는 이곳에서 할복을 함으로써 그 소임을 다하고자 합니다. 부디 마지막으로 한 번만 더 전해주시길 청합니다."

도키치로는 어제보다 한층 진지했다. 할복이라는 말도 거짓이 아니라 열의로 인해 자신도 모르게 나온 말이었다. 오유는 그런 도키치로를 경멸하기보다 오히려 동정하고 있었다. 그녀는 병상의 한베에게 서찰을 전했다. 한베는 그 서찰을 한 번 보더니 아무 말도 하지 않은 채 반나절 동안 눈을 감고 있었다. 날이 저물고 달이 뜰 무렵, 한베가 갑자기 소리쳤다.

"고구마, 소를 끌고 오너라."

오유는 외출을 하려는 한베의 모습을 보고 급히 무명 속옷과 겉옷을 가져와 따뜻하게 입도록 권했다.

한베는 소를 타고 문을 나섰다. 그리고 고구마에게 길 안내를 맡긴 뒤 못 쪽으로 내려갔다. 멀리서 살펴보니, 저편 풀밭에 선방의 승려처럼 책상다리를 한 채 꼼짝도 하지 않고 앉아 있는 사람이 보였다. 멀리서 사냥꾼이 보았더라면 사냥감으로 착각할 정도였다. 한베는 소에서 내려 뚜벅뚜벅 걸어 다가갔다. 그러고는 도키치로의 앞에 앉아 공손히 머리를 숙이고 말했다.

"손님, 어제는 실례를 했습니다. 병든 산중인에 지나지 않는 내가 뭐가 그리 대단하다고 이토록 공을 들이시오. 무사는 자신을 알아주는 자를 위해 죽는다고 하였으니 그대를 죽게 내버려둘 수 없소. 하지만 나는 이전에 사이토 가를 섬기던 몸이니 노부나가를 섬길 수는 없소. 대신 그대를 섬기겠소. 그대에게 이 야위고 병골인 몸을 맡기도록 하겠소. 그 때문에 이리 왔소이다. 이제까지의 무례를 용서하시오.”

도원桃園

한동안 싸움이 없었다. 오와리와 미노 두 나라는 눈과 바람에 몸을 움츠리고 겨울 동안 방비를 강화한 채 움직이지 않았다. 이렇게 평화가 지속되자 여행을 하는 사람의 수나 짐을 실은 말들의 왕래가 눈에 띄게 많아졌다.

정월을 넘기자 이윽고 복숭아나무와 자두나무에 싹이 트고 꽃에 물이 올랐다. 길가의 백성들은 이대로 백 년 동안 무사한 날들이 이어지리라는 듯 늘어지게 하품을 해댔다. 길게 늘어진 햇살을 맞고 있는 이나바 산성의 하얀 성벽에는 나태와 권태를 주체하지 못하는 아지랑이가 피어오르고 있었다.

그러다 보니 마을 사람들은 산꼭대기에 있는 산성을 올려다보며 무엇 때문에 불편을 감수하면서까지 저런 높고 험준한 곳에 성을 지었는가 생각했다. 성 아래 백성들은 민감했다. 그들은 자신들의 성주가 긴장을 하고 있으면 이내 그것을 느꼈고, 나태함에 빠져 있으면 그들도 함께 나태함에 젖어들었다. 아무리 아침저녁으로 거리에 팻말을 세우고 방문을 내걸어도 그들은 그것을 진심으로 받아들이지 않았다.

봄날 오후, 다쓰오키는 낮잠을 자고 있었다. 도원桃園의 정자에서 술에 취해 팔베개를 하고 누워 있었다. 근처 샘에서 흑두루미와 물새가 울고 있었고 꽃잎은 바람에 날리고 있었다. 성벽으로 둘러싸인 본성이었지만 우뚝 솟은 산 위에 있다 보니 바람이 불지 않는 날이 거의 없었다.

"주군은?"

"주군은 어디에 계시지?"

일족인 사이토 구로에몬齊藤九郎右衛門과 나가이 하야토가 다쓰오키를 찾았다. 삼천의 후궁이 모두 아름답지는 않아도 《장한가長恨歌》의 '한 번 웃으면 온갖 백 가지 교태가 생긴다一笑百媚生'라는 대목을 떠올릴 정도의 미인이 몇 있었다. 젊고 늙은 시녀들까지 합하면 그 수가 도원의 복숭아꽃보다 많을 정도였다. 그들은 잠을 자고 있는 단 한 명의 나태한 사람이 눈을 뜰 때까지 나란히 서서 오도카니 기다렸다.

"피곤하신지 다실에서 주무시고 계십니다."

"취하셨는가?"

구로에몬과 하야토가 금방이라도 울 듯한 여인들 사이로 정자 안을 들여다보았다. 다쓰오키는 북을 베개 삼아 누워 있었다.

"그럼 나중에 다시."

두 사람이 돌아서려는데 다쓰오키가 붉어진 귀를 들면서 말했다.

"누구냐? 사내 목소리가 들렸는데. 오, 구로에몬 아닌가? 하야토도 있군. 이곳은 꽃구경을 하는 자리인데. 옳아, 술 생각이 난 게로군."

두 사람은 밀담을 나누러 왔는데 다쓰오키가 그리 말하자 적국의 정보와 같은 딱딱한 이야기를 꺼낼 수가 없었다.

밤에 오면 괜찮을까 싶었지만 밤에도 주연이 있었다. 다음 날을 기다려봤지만 낮부터 성대한 음악회가 열렸다. 정무를 보는 날은 칠 일에 하루도 없었다. 모든 정무는 노신들에게 맡겼다. 다행히 노신들 중에는 사이토 가 삼대에 걸쳐 주가의 위세를 돌봐온 노련한 무사와 맹장이 많았다. 그들이 지금의 미노를 지탱하고 있는 힘이었다.

중신들은 다쓰오키를 주군으로 섬기면서도 결코 한가하게 낮잠을 자지 않았다. 그들은 끊임없이 오다의 정세를 살피고 정보를 모았다. 나가이 하야토가 보낸 간자의 보고에 따르면 오다 가는 작년 여름의 대패로 인해 재기할 수 있을지 의심이 드는 상황이지만 노부나가는 이번 봄에 교토에서 다인茶人 다케노 조오武野紹鷗82를 초대해 다회를 열거나 렌가連歌를 짓는 사토무라 조하里村紹巴를 불러 렌가햐구인連歌百韻을 열며 더없이 무사한 날들을 즐기고 있다고 했다.

노부나가가 미노를 원한 것은 요시모토가 오와리를 공략한 것처럼 중원에 진출하기 위한 수순 중 하나였기 때문이지 단지 미노를 손에 넣기 위한 게 아니었다. 미노의 노신들은 근래 노부나가가 지극히 평범한 일상을 즐기며 다른 뜻이 없는 듯하다는 보고를 받고 다음과 같이 판단했다.

"이제 미노 공략은 병사와 군비만 잃을 뿐이라는 걸 깨닫고 포기한 듯하다."

이른바 얻는 것과 잃는 것의 수지가 맞지 않아 단념한 것이라고 생각했던 것이다. 그런데 그러한 소강상태는 여름이 끝나기도 전에 깨지고 말았다. 7월의 백중맞이가 지나자 고마키에서 오와리의 각 군에까지 빈번하게 전령이 전해졌다. 가까운 시일 안에 대군을 일으킬 모양인 듯했다.

'성 아래 마을도 어딘지 긴장감이 돌고 있다. 검문이 엄해졌고 밤늦게 등성하는 신하도 많아졌다. 말도 징발하고 있다. 무사들은 장인에게 수리를 맡겼던 갑주나 무구를 재촉하고 있다.'

---

82 무로마치 말기의 상인이자 다인茶人으로 센노 리큐千利休와 쓰다 소규津田宗及, 이마이 소규今井宗久 등을 제자로 두고 다도를 가르쳤다.

이러한 보고가 속속 올라왔다. 노부나가가 무엇을 하고 있는지 묻자, 고마키 성 아래 마을에서 돌아온 간자가 자신이 없는 태도로 말하길 성안은 변함없이 밤늦게까지 문틈 사이로 불빛이 새어나오고 유장한 악기 소리와 소고 소리가 들리는 날도 있다고 했다. 그것이 7월 말이었는데, 8월에 가까워지자 갑자기 보고 내용이 달라졌다.

"노부나가의 일만 군사가 속속 서쪽으로 출전해서 기소 강의 동쪽 기슭 일대에 포진한 뒤 스노마타 성을 근거로 삼아 당장이라도 쳐들어올 듯한 기세입니다."

시류에 무관심해서 놀라는 일이 없는 사람일수록 한 번 충격을 받으면 그 충격에서 헤어날 수 없는 법이다. 아직 적당한 대책을 찾지 못한 노신과 중신 들은 충격에서 벗어나지 못하는 다쓰오키를 보고 당혹해했다.

"군사가 일만이라는 말은 거짓일 것이다. 오다 가에는 그러한 군사를 움직일 힘이 없다. 또 지금까지의 싸움에서도 그런 대군을 일으킨 적이 없다."

다쓰오키의 말은 사실이었다. 하지만 이번에는 오다 가가 일만 대군을 일으켜서 벌써 진영을 갖추고 공격을 준비하는 게 틀림없다는 간자의 보고를 받고 다쓰오키는 그제야 공포에 떨며 중신들을 힐책했다.

"안하무인 노부나가가 큰 도박을 벌이고 있구나. 그를 물리치려면 어떻게 하는 게 좋겠는가?"

다쓰오키는 지푸라기라도 잡는 심정으로 평소 달갑지 않게 여겼던 미노의 삼인에게 급사를 보내 불러들이라고 명을 내렸다. 그러자 중신 가운데 한 사람이 대답했다.

"그렇지 않아도 벌써 전령을 보냈는데 아직 어느 누구도 오지 않았습니다."

"그러면 사람을 보내 더 재촉하라."

다쓰오키는 자신이 직접 붓을 들어 세 사람에게 파발을 보냈지만 역시 아무도 오지 않았다.

"우누마의 호랑이는 어떻게 되었는가?"

"그자는 이전부터 꾀병을 사칭해서 틀어박혀 있으니 믿을 수가 없습니다."

"그렇지!"

다쓰오키는 묘책이라고 떠올랐는지 중신들의 어리석음을 비웃듯 갑자기 큰 소리로 말했다.

"구리하라 산에 사자를 보냈는가? 한베를 불러라. 뭐라? 아니 이런 때, 어째서 빨리 부르지 않았는가? 어서 빨리 사람을 보내라. 어서!"

중신들이 대답했다.

"이미 며칠 전부터 구리하라 산에 있는 한베에게 사태의 급박함을 상세히 알리고 몇 번이나 하산을 재촉하는 사자를 보냈습니다만."

"오지 않더냐?"

다쓰오키는 말을 가로채 묻더니 불평을 늘어놓듯 중얼거렸다.

"왜, 어째서 한베는 당장 보다이 산의 군사를 이끌고 달려오지 않는단 말인가. 충신인 그가……."

다쓰오키는 충신은 평소에 고뇌에 찬 표정으로 직언을 해서 달갑지 않았지만 유사시에는 그 누구보다 가장 먼저 달려올 것이라고 믿고 있었다.

하지만 그런 한베 시게하루는 주군인 다쓰오키를 성에서 쫓아냄으로써 그를 가르쳤다. 그리고 다쓰오키를 다시 성으로 맞아들여 성을 돌려주면서 '이런 성은 믿을 바가 되지 못한다는 것을 아셨을 것입니다'라는 한 마디를 남기고 산으로 떠났다. 그와 동시에 보다이 산에 있는 자신의 성까지 숙부에게 양보하고 일개 은사가 된 사람이었다.

"한베가 은거하기 위해 산으로 들어갔단 말인가. 그렇군. 그런 병든 몸으로는 봉공도 제대로 하지 못할 터이니."

다쓰오키는 한베의 은거에 대해 조금도 아쉬워하는 마음이 없었고, 한베가 떠난 이상 그의 장인과 일족들도 저절로 성에 발을 들여놓지 않을 것이라며 오히려 속이 시원한 듯한 표정으로 까맣게 잊고 지냈다. 하지만 다쓰오키는 충신인 한베가 예전에 무슨 일이 있었더라도 올 것이라고, 꼭 와야 한다고 생각했다.

"다시 한 번 사자를 보내라. 아직도 이전 일로 화가 나 있을지 모른다."

중신들은 헛수고라고 생각했지만 다섯 번이나 사자를 구리하라 산으로 보냈다. 구리하라 산에서 돌아온 사자가 상황을 보고했다.

"간신히 만나 뵈었습니다만 한베 님은 서찰을 보시고도 제게 한 마디 말도 하시지 않으셨습니다. 그저 눈물만 뚝뚝 흘리시며 가련하다는 말과 함께 한숨만 내쉬셨습니다."

다쓰오키는 한베가 자신을 조롱한 것으로 받아들였는지 분연히 안색을 바꾸며 노신들에게 외쳤다.

"병자 따위는 믿지 말도록 하라!"

더 이상 한가하게 시간만 보내고 있을 틈이 없었다. 이미 노부나가의 대군은 기소 강을 넘기 시작해서 사이토 가의 군사와 기소 강을 사이에 두고 치열한 싸움을 펼치고 있었다.

이나바 산성에 시시각각 아군의 불리함을 알리는 보고가 올라왔다. 다쓰오키는 불면증에 걸려 눈이 늘 충혈되어 있었고, 성안은 불안하고 떠들썩한 상태였다. 그는 본성의 도원에 장막을 치고 의자에 앉아 화려한 무구를 갖춘 신하들을 향해 말했다.

"군사가 모자라면 더욱더 각 군을 재촉하라. 성 아래 병력은 충분한 가? 아사이 가의 병사를 빌리지 않아도 괜찮겠는가?"

다쓰오키는 신경질적으로 고함만 치다가 오히려 아군의 사기를 꺾 는 말을 뇌까리기도 했다. 노신들은 다쓰오키의 그러한 심리 상태가 무사들에게 영향을 줄까 봐 시종일관 곁에서 마음을 놓지 못했다.

밤이 되자 싸움의 불길은 이나바 산에서도 보일 정도로 가까이 다 가오고 있었다. 오다 군이 민가에 불을 놓은 것이었다.

미노 함락

오다 군은 남쪽의 아쓰미厚見와 가노加納의 평야에서 서쪽의 고도合渡와 가가시마鏡島의 하세長良 강에 걸쳐 밤낮없이 공격을 감행했다.

8월의 무더위 속에 마을들은 밤에도 불길에 휩싸였고, 불길은 하늘까지 검게 물들이고 있었다. 오다 군은 파죽지세라는 말 그대로 8월 7일 무렵에는 미노의 본성이 있는 이나바 산 근처까지 진격해 들어왔다.

선봉은 기노시타 도키치로의 군사 일천 명이 맡았다. 시바타 곤로쿠 가쓰이에와 모리 산사에몬의 휘하 삼천 명의 군사가 뒤를 이었다. 그 다음은 이케다 가쓰사부로와 사사 구라노스케와 마에다 마고시로 도시이에의 이천 군사가 뒤를 따랐다. 군감軍監은 야나다 데와노카미梁田出羽守가 맡았다. 그리고 이들 뒤에는 노부나가의 본진을 둘러싼 비슈의 정예 군사 삼천 명이 있었다. 사쿠마 노부모리가 이끄는 이천여 군사도 후진을 맡고 있었다. 이렇게 해서 총 병력은 일만 명이 되었다.

일만이라는 병력은 오다 노부나가가 처음으로 거느린 대군이었는데 이로써 그의 각오가 어떠했는지 잘 알 수 있었다. 오와리에서 이것은 명실공히 거국일치擧國一致의 총동원이었다. 여기에서 패하면 오와리도 멸망하고 오다 가도 사라질 것이었다.

그런데 지금까지는 파죽지세로 진군해왔지만 천혜의 이나바 산성 앞에 이르자 싸움은 좀처럼 진전이 없었고 연일 고전을 면치 못했다. 천혜의 요새가 그 위력을 발휘하고 있었던 것이다. 거기에 사이토 가 삼대를 보존해온 용맹한 장수도 많았다. 특히 오다 군을 괴롭힌 것은 미노 군의 무기였다. 부국이었던 미노는 철포라는 새로운 무기를 비축하고 있었다. 사이토 가는 오다 쪽에 없는 철포대라는 부대가 조직되어 있어 오다 군이 성 아래로 다가가면 산허리에서 조준을 하고 쏘아댔다.

일찍부터 미노에 철포 부대가 발달한 것은 오래전 사이토 가를 떠나 낭인이 된 쥬베 미쓰히데라는 명석하고 학문이 깊은 청년 덕분이었다. 그는 일찍부터 철포 연구에 몰두하여 그 기초 지식을 사이토 가에 남기고 떠났다.

오다 군은 연일 계속되는 무더위와 고전에 점점 지쳐갔다. 만일 이러한 때, 사이토 가가 오우미나 이세와 손을 잡고 오다 군의 배후를 공격한다면 일만의 병사들은 두 번 다시 고향으로 돌아가지 못할 터였다. 무엇보다 가장 께름칙한 것은 오다 군의 등 뒤에서 구름을 머리에 이고 내려다보고 있는 구리하라 산과 난구 산, 그리고 보다이 산의 움직임이었다.

"그쪽 방면은 심려하실 필요가 없습니다."

때때로 본진을 찾은 도키치로가 자신 있게 말했지만 노부나가는 불안하기만 했다.

"멀리서 에워싼 전법도 불찰이자 성급히 달려들어 병사를 잃은 것도 불찰이다. 어떻게 하면 천혜의 이나바 산성을 함락시킬 수 있단 말인가."

노부나가는 고뇌에 빠졌다. 진중에서 거듭 회의를 열었지만 명안이

나오지 않았다. 그 대신 도키치로의 계책이 받아들여졌고, 그날 밤 도키치로는 선봉 부대에서 모습을 감췄다.

도키치로의 모습이 보이지 않고 나서 하루가 지난 날이었다. 이나바 산성의 산맥이 동남쪽으로 사오 리 뻗어나간 끝자락, 우누마 가도와 히다 산의 가도가 산중에서 교차하는 부근에 도키치로가 나타났다. 도키치로는 무사 열 명 정도를 이끌고 더 깊은 계곡으로 들어가더니 즈이류지瑞龍寺 산의 봉우리를 기어오르기 시작했다.

산속의 샛길은 말로 형언할 수 없을 정도로 험준했다. 이 길이 멀리 있는 이나바 산성의 배후까지 이어져 있으리라고는 아무도 상상할 수 없을 만큼 거리도 멀었고 각각의 봉우리도 모두 단절되어 있었다.

도키치로 외에 하치스카 히코에몬, 마타쥬로, 가지다 하야토, 사야 구와쥬, 이나다 오오이稻田大炊, 아오야마 신시치 등 모두 예전의 고로쿠 일족들이었다. 그들의 앞에 선 사람은 얼마 전 도키치로에게 감복한 우누마의 호랑이인 오사와 지로자에몬이었다.

"그 큰 바위 아래에서 계곡 쪽으로. 저쪽 계류를 넘어 건너편 못으로."

지로자에몬은 그들을 안내하며 앞으로 나아갔다. 계곡과 길이 끊긴 절벽에 등나무 넝쿨이 매달려 있었다. 봉우리를 돌아 맞은편 산으로 건너갈 방법이 없는 줄 알았는데 얼룩조릿대 사이로 가늘게 난 길이 계곡으로 이어지고 있었다.

"이제 성의 뒷문까지 산길로 이 리 정도. 이 지도를 따라 넘어가면 성의 수문에 다다를 것입니다. 그럼 저는 이만 여기에서."

지로자에몬은 도중에 일행과 헤어져 홀로 되돌아갔다. 그는 도키치로에게 감복해서 마음을 바꿨지만 본래 의義가 강한 사내라 이전의 주가인 사이토 가를 버릴 수 없었다. 적들에게 그 주가의 본성으로 통하는 샛길을 안내하는 마음은 실로 괴로운 일이었다. 도키치로는 그런 그의 마음을 헤아려 일부러 그를 도중에 되돌려보냈다.

남은 아홉 사람은 잠시 휴식을 취한 뒤 다시 묵묵히 걷기 시작했다. 말이 이 리였지 길도 없는 산길이었다. 그들은 조금 가다 지도를 펼쳐 숨겨진 길을 찾았다.

"응?"

주위의 산세와 지도를 아무리 비교해봐도 일치하지 않았다. 표식으로 삼고 있던 계류의 물줄기도 완전히 달랐다.

"길을 잃었다. 왔던 길로 돌아가자."

그러는 사이에 해가 저물고 말았다. 더위는 한풀 꺾여 시원했지만 정확한 방향을 잡을 수가 없었다. 길을 헤매는 고생은 별것 아니었다. 도키치로에게 중요한 것은 이나바 산의 정면에 있는 아군과 미리 약조한 시기였다. 내일 새벽까지 맞추지 못하면 아군의 작전은 큰 차질을 빚을 것이었다. 오직 그것만이 걱정되었다.

"앗, 잠깐!"

이나다 오오이가 손을 흔들며 외치자 모두 흠칫 놀라 쳐다봤다.

"불빛이 보인다!"

오이이가 일행에게 주의를 주었다. 이런 산중에, 게다가 적의 성으로 통하는 샛길에 등불이 있을 리가 없었다. 필시 성 근처라 경계를 서는 적의 초소가 있는 게 분명했다.

"모두 조심하라!"

도키치로 일행은 서로 주의를 주며 즉시 몸을 숙였다. 그들은 노부시 시절을 경험한 사람들이라 모두 민첩했다. 걸을 때나 기어오를 때나 가장 곤란한 것은 도키치로였다.

"이걸 붙잡으십시오."

바위산 중턱쯤 오자 히코에몬이 도키치로에게 창대를 내밀었다. 도키치로가 창대에 매달리자 히코에몬은 한 손으로 그를 끌어올리면서 절벽 하나를 기어올랐다.

고원으로 나오자 아까 보았던 불빛 한 점은 밤이 깊어질수록 서쪽 산들 사이에서 선명하게 빛을 발했다. 저편으로 보이는 한 점의 불빛이 샛길의 초소라면 당연히 가야 할 길은 그 길뿐이었다.

"어떻게 해서든 반드시."

도키치로 일행은 그곳을 돌파하기로 결정했다.

"잠깐!"

도키치로가 성급해하는 사람들을 제지했다.

"초소의 적병은 대략 정해져 있으니 걱정할 게 없으나 이나바 산에 신호를 보내는 것은 조심해야 한다. 봉화대가 있으면 초소가 가깝다는 증거이니 먼저 두 사람이 가서 살피도록 하라. 다음으로 유의해야 할 것은 살아남은 적이 도망을 치는 경우다. 그것을 방지하기 위해 반은 즉시 뒤편으로 돌아가라."

모두 잠자코 고개를 끄덕이더니 어느새 날짐승처럼 땅을 기어가기 시작했다.

등불이 가까워지자 그들은 웅덩이를 지나 계곡 자락으로 기어 올라갔다. 그러자 예상외로 삼밭의 마 냄새가 훅하고 끼쳐왔다. 메밀밭도 있었고 파와 고구마도 심어져 있었다.

"아니?"

삼밭 속에서 도키치로는 고개를 갸웃거렸다. 오두막의 지붕이나 밭의 모양을 보자 아무래도 병사의 초소라고는 여겨지지 않았다.

"섣불리 판단하지 말고 일단 가서 보자."

도키치로는 소리를 내지 않도록 조심조심 기어갔다. 오두막 안이 보였다. 평범한 농부의 집이었는데 심각할 정도로 황폐한 상태였다. 한동안 삼밭에서 살피고 있는데 어두침침한 등불 속에 두 사람의 그림자가 보였다. 한 사람은 늙은 노모인 듯했는데 명석 위에 누워 잠을 자고 있었다. 또 한 사람은 아들인 듯 노모의 허리를 주무르고 있었다.

"……."

도키치로는 숨도 쉬지 않고 바라보았다. 노모의 머리는 하얗게 새어 있었고 아들은 건장했지만 아직 열여섯이나 열일곱으로밖에 보이지 않았다.

"……."

도키치로는 그 모자의 모습이 남다르게 여겨지지 않았다. 불현듯 나카무라에 있는 어머니와 자신의 소년 시절을 보는 듯한 심정이었다.

"응?"

노모의 허리를 주무르고 있던 소년이 갑자기 날카로운 눈으로 말했다.

"어머니, 잠깐 기다리세요. 뭔가 이상해요."

"모스케茂助, 왜 그러느냐?"

노모가 몸을 일으켰다.

"갑자기 벌레 소리가 뚝하고 멎었어요."

"짐승이 또 헛간에 온 겔 게다."

"아니에요."

모스케가 머리를 세차게 저으며 말했다.

"짐승은 등불이 있을 때는 다가오지 않아요."

저벅저벅 툇마루 끝으로 나온 소년의 손에는 도끼 비슷한 날붙이가 들려 있었다.

"거기 숨어 있는 자는 누구냐?"

그와 동시에 도키치로가 삼밭 속에서 벌떡 일어서며 외쳤다.

"조용히!"

젊은이는 놀라기는커녕 날카로운 눈빛으로 도키치로를 바라보며 중얼거렸다.

"누군가 했더니 가시하라樫原 요새의 무사군."

도키치로는 대답하지 않고 뒤를 돌아보며 숨어 있는 사람들에게 손을 흔들며 명령했다.

"오두막을 둘러싸라. 집 안에서 달려 나오는 자는 베어버려라!"

열 명에 가까운 무사들이 삼밭에서 몸을 일으키더니 순식간에 오두막 주위를 둘러쌌다.

"무엇 때문에 내 집을 둘러싸느냐?"

모스케는 자신의 앞으로 걸어온 도키치로를 향해 힐책하듯 말했다.

"이 집에는 나와 어머니, 단둘밖에 없으니 그리 난리를 치며 둘러쌀 필요가 없다. 대체 무슨 일이냐?"

툇마루에 우뚝 서서 말하는 모스케의 눈빛은 당황하기는커녕 오히려 지나치리만큼 냉정했다. 도키치로는 툇마루 끝에 앉으며 자신을 노려보고 있는 모스케에게 말을 걸었다.

"젊은이, 혹시 몰라 그런 것이네. 놀랐다면 미안하네."

"놀라지 않았다. 하지만 내 어머님은 많이 놀라셨을 것이다. 사죄를 하려면 내 어머님께 사죄를 하라."

단순한 평민 같지는 않았다. 도키치로는 오두막 안을 둘러보았다.

"얘, 모스케야. 무사님께 그 무슨 실례의 말이냐. 어떤 분인지 모르겠습니다만 세상과 연을 끊어 예의도 모르는 산사람의 아들이니 부디 용서해주십시오."

노모는 조금 앞으로 나와 아들을 대신해서 도키치로에게 사죄했다.

“자네가 이 젊은이의 어미인가?”

“예, 그렇습니다.”

“예의도 모르는 산사람의 아들이라고 했는데 자네의 말투나 이 젊은이의 얼굴을 보니 어쩐지 평범한 평민처럼 보이지 않네만.”

“아닙니다. 부끄럽습니다만 겨울에는 사냥을 하고 여름에는 숯과 장작을 마을에 내다 팔며 근근이 살아가는 모자입니다.”

“지금은 그럴 테지만 이전에는 그렇지 않았을 것이네. 적어도 자네는 유서 있는 가문의 사람이었음이 분명하네. 나는 사이토 쪽 가신은 아니네만 사정이 있어 이 산속을 헤매고 있었네. 자네들을 해칠 마음은 없으니 괜찮다면 자네의 소생을 말해주지 않겠나.”

노모의 곁에 앉아 있던 모스케가 갑자기 물었다.

“무사님, 무사님도 오와리 사투리를 쓰시는데 오와리 분입니까?”

“나카무라에서 태어났네만.”

“나카무라 말입니까? 그럼 그리 멀지 않군요. 저는 니와丹羽 군 고기소御器所에서 태어났습니다.”

“그러면 자네와 나는 같은 나라 사람이구면.”

“비슈의 무사님이라면 무엇이든 말하겠습니다. 제 아버님은 오랫동안 니와 군의 오구치小口 요새에서 노부나가 님의 일족이신 오다 시모쓰케노카미 노부키요織田下野守信淸 님을 섬기셨습니다.”

“이거 참으로 기연이네. 노부키요 님의 신하이면 노부나가 님의 가신이나 마찬가지네.”

“하지만 노부키요 님께선 무슨 불만이 있으셨는지 일족인 노부나가 님에게 맞섰고, 사이토 가에 이용당해 미노와 내통을 하셨습니다.”

“그렇네. 이와무로 나가토 님이 전사하시고 지금의 마에다 마고시로 도시이에, 즉 마에다 이누치요 님이 노부나가 님의 명을 받아 토벌에 나서 일족 사이에 다년간 싸움이 벌어졌네."

"제 아버님은 그 싸움에서 돌아가시고 주가도 마침내 멸망하였습니다. 그래서 저는 어머님과 함께 미노의 지인에게 몸을 의탁하기 위해 이 산속까지 왔습니다만 미노와 오와리는 철천지원수와도 같아 앞으로도 싸움이 끊이지 않을 터라, 미노의 녹을 먹으면 오와리에 칼을 겨눠야 하고 오와리에 살자니 노부나가 님께 반기를 든 역적의 가문이라고 지탄을 받을 것이 자명하여 이렇듯 이 산속에 오두막을 짓고 밭을 갈며 어머님을 공양하고 있었던 것입니다."

이 젊은이가 바로 후일의 호리오 모스케 요시하루堀尾茂助吉晴였다.

좀 더 자세히 말하면 오와리 고기소의 사람인 호리오 요시히사堀尾吉久의 아들로 어릴 적 이름은 니오마루仁王丸였고 나중에 고타로小太郎라고 불리다 머리를 묶고 나서는 모스케라고 이름을 바꿨다고 하니 어쩌면 즈이류 산에서 평민으로 살고 있던 무렵에는 아직 고타로라는 이름을 쓰고 있었는지도 몰랐다.

도키치로 히데요시와 그와의 주종의 인연은 이때 맺어진 것이었는데, 그 뒤 '시즈가타케시치혼야리賤ヶ岳七本槍83' 중에도 그의 이름이 있다. 만년에는 이즈모出雲와 오기隱岐의 두 나라에 걸쳐 이십사만 석의 영지를 다스리며 예순아홉 살로 생을 마감할 때까지 사십여 년간 전쟁터를 누비며 무명을 떨친 인물이었다. 그리고 그는 흔히 무인들이 자랑하고 싶어 하는 '공을 세운 이야기'를 다른 사람들에게 한 적이 없는 사람이었다.

도키치로는 그의 어머니에게 신변에 대한 이야기를 듣는 동안 모스

---

83 시즈가타케의 일곱 개의 창이라는 뜻으로, 덴쇼天正 11년(1583년) 4월 21일, 오우미의 시즈가타케賤ヶ岳에서 도요토미 히데요시가 시바타 카쓰이에柴田勝家와 사쿠마 모리마사佐久間盛政와 싸울 때, 히데요시의 측신으로 용맹을 떨친 가토 기요마사加藤淸正, 후쿠시마 마사노리福島正則, 가토 요시아키加藤嘉明, 히라노 나가야스平野長泰, 와키자카 야스하루脇坂安治, 가스야 다메노리糟屋武則, 가타기리 카쓰모토片桐且元의 일곱 명을 말한다.

케를 보면서 마음속으로 좋은 인물을 만났다며 크게 기뻐했다. 도키치로가 스노마타에 자리를 잡고 난 뒤 마른 논에 물을 대듯 끊임없이 원한 것은 사람이었다. 정확히 말해 사람들 속에 있는 인재였다. 하지만 도키치로는 인재를 등용할 때 시험 삼아 한번 써보고 판단하는 것이 아니라 자신의 눈에 들면 망설이지 않고 거둬들인 다음, 천천히 자신의 사람으로 만들었다. 아내인 네네를 얻을 때도 그러했다.

도키치로는 오래된 도자기나 그림과 불상 등을 감상할 때, 그 예술성을 이해하고 판단하기보다 예민하고 민첩한 '감感'으로 가늠하듯 인품의 진위를 감별했다.

"자네에 대해 잘 알았네. 그런데 모스케의 모친께서는 설마 자신의 아들을 평생 이런 산속에서 숯이나 만들고 사냥이나 하게 내버려둘 생각은 아닐 터인데, 어떻소? 아들을 내게 주지 않겠소? 노모의 일신까지 내가 맡도록 하겠소. 나는 오다 노부나가 님의 가신인 기노시타 도키치로라고 하는 자로 지금은 직책도 낮고 보는 바와 같이 젊다는 것이 유일한 장점이오. 내 아직 창 한 자루밖에 없지만 앞으로 입신을 하려는 자이니 어디 나와 함께 주종의 관계를 맺고 함께 헤쳐 나가지 않겠는가? 어떤가? 싫은가?"

도키치로가 모자를 바라보며 말했다.

"예? 저를 말입니까?"

모스케가 눈을 동그랗게 뜨며 물었다. 노모도 믿어지지 않는다는 듯 기뻐하며 말했다.

"같은 봉공이라고 해도 오다 님의 가신을 섬기는 것이라면 오명을 쓰고 숨을 거둔 제 남편도 크게 기뻐할 것입니다."

노모가 눈물을 머금고 모스케를 바라보며 말했다.

"모스케야, 무사님의 청을 받아들여 아버지의 오명을 씻어드려라."

모스케는 그 자리에서 주종의 약조를 했다. 그런 다음 도키치로가 그에게 말했다.

"실은 이나바 산성의 뒷문으로 숨어들기 위해 왔는데 그만 길을 잃었네. 여기 지도가 있지만 찾을 수가 없네. 봉공의 첫 소임치고 큰일이겠지만 그대가 안내를 해주면 좋겠네."

모스케는 좀처럼 대답을 하지 않더니 도키치로가 가지고 있는 지도를 보여달라고 했다. 그러고는 한동안 지도를 보며 생각하더니 이윽고 지도를 접어 도키치로에게 돌려주며 말했다.

"알겠습니다."

그리고 다시 모두에게 물었다.

"모두 배가 고프시지 않으신지요? 도시락은 두 끼 정도 가지고 계십니까?"

길을 잃은 탓에 가지고 온 식량도 이미 다 먹어치운 참이었다.

"성 뒷문의 저수지까지는 이 리 정도밖에 되지 않지만 반드시 두 끼 정도의 식량을 가지고 가야 합니다."

모스케는 서둘러 쌀에 피를 넣어 밥을 짓고 된장으로 무친 매실장아찌 등을 준비해서 열 사람이 먹을 도시락을 만들었다. 그리고 삼노끈을 둥글게 말아 들고 허리에는 부싯돌과 아버지에게 물려받은 검을 차고 가벼운 복장으로 갈아입었다.

"어머님, 다녀오겠습니다. 첫 봉공을 위해 갑자기 싸움에 나가는 것은 좋은 출발이지만 이것이 마지막이 될 수도 있습니다. 만약 그렇게 된다면 이 모스케는 없었던 자식이라고 생각하십시오."

막상 이별을 하려 하자 모자는 가슴이 미어지는 듯했다. 도키치로는 차마 보고 있을 수가 없어 처마 끝에서 벗어나 삼밭에서 어두운 산기슭을 둘러보고 있었다. 노모가 밖으로 나가려는 아들을 불러 세우더니 말했다.

"여기에 물을 넣어 가져가거라. 도중에 분명 갈증이 날 것이다."

노모는 벽에 걸어두었던 큰 표주박을 아들에게 건넸다.

"이렇게 좋은 것을."

도키치로뿐 아니라 히코에몬을 비롯한 사람들이 모두 기뻐했다. 여기까지 오는 도중에도 물 때문에 이만저만 곤란을 겪은 것이 아니었다. 즈이류 산 일대는 암석으로 이루어져 샘물이 솟는 장소가 극히 적었고 봉우리 정상으로 올라갈수록 물이 부족했다. 이 큰 표주박에 물을 담아가면 열 사람이 목을 축이기에 충분했다.

도키치로 일행은 오두막을 나와 어둠 속을 걷기 시작했다. 절벽에 다다르자 모스케는 밧줄을 던져 바위에 뿌리를 내린 소나무 밑동에 걸고 자신이 먼저 올라간 뒤 일행을 끌어올렸다.

"이곳은 샛길 사이에 있는 또 다른 샛길입니다."

모스케는 그렇게 말하고는 덧붙여 말했다.

"좀 더 편하게 넘을 수 있는 곳도 있지만 그곳으로 가면 게야키다니櫔谷 요새와 아카가와도赤川洞 초소와 같은 곳이 몇 곳이나 있어서 발각되기 쉽습니다."

도키치로는 그 말을 듣고 모스케에게 지도를 보여주었을 때 그것을 바라보며 쉽사리 대답을 하지 않았던 그의 마음을 알게 되었다.

'아직 어린아이 같은 면도 있지만 속이 아주 깊은 자다.'

도키치로의 마음속에는 모스케에 대한 애정이 한층 깊어졌다. 표주박 속 물은 열 사람의 땀으로 변하고 말았다. 곧 날이 샐 듯하다고 생각할 무렵 모스케가 땀을 닦으며 말했다.

"이렇게 지쳐서는 싸울 수도 없을 것입니다. 여기서 잠시 눈을 붙이는 것이 어떠신지요?"

"자는 것도 좋지만……."

도키치로가 고개를 끄덕이며 여기가 어디쯤인지, 또 성의 뒷문까지는 얼마나 남았는지 물었다.

"바로 저 아래입니다."

모스케가 아래쪽 골짜기를 가리키며 말했다.

"뭐라, 저곳이란 말인가!"

모두 놀란 듯 외치자 모스케가 손을 저으며 제지했다.

"이젠 큰 소리를 내면 안 됩니다. 성안까지 들릴 수도 있습니다."

"……."

도키치로는 골짜기에 있는 바위 모서리까지 기어갔다. 어둠에 덮여 골짜기를 가득 뒤덮고 있는 나무들은 바닥을 알 수 없는 호수와 같았다. 한동안 가만히 응시하자 그 나무들 사이에 분명 거대한 석벽과 목책과 건물의 지붕과 같은 그림자가 보이는 듯했다.

"흠, 이곳은 이미 적의 머리 위다. 됐다. 그럼 날이 샐 때까지 잠시 눈을 붙이도록 하자."

도키치로를 포함한 열 사람은 갑옷토시를 베개로 삼아 땅바닥에서 잤다. 모스케는 이젠 물도 들어 있지 않은 표주박을 수건으로 감싸서 살짝 주인의 머리 아래에 넣어주었다. 반 시간쯤 잤을까. 그동안 모스케는 잠을 자지 않고 조금 떨어진 곳에 서 있었다.

"아아……."

모스케가 탄성을 지르자 도키치로가 고개를 들어 물었다.

"모스케, 왜 그러느냐?"

모스케가 동쪽을 가리키며 대답했다.

"해가 떠오르고 있습니다."

밤이 새고 있었다. 이곳 산 정상을 빼고 모든 게 구름바다에 잠겨 있었다. 바로 아래에 있는 이나바 산성의 뒤쪽 계곡조차 보이지 않았다.

"날이 샜다."

"밤이 샜다."

하치스카 히코에몬도 일어났다. 그의 동생인 마타쥬로와 이나바 오오이, 가지다 하야토, 나가이 한노죠도 일어났다.

"자, 쳐들어가시지요."

그들은 기세 좋게 말하며 신발 끈을 묶고 싸울 채비를 했다.

"아니, 그보다 먼저 밥을 먹어두어야 할 것이다."

도키치로가 그렇게 말하며 자리에 앉았다.

어젯밤 모스케의 집을 나설 때 준비해온 두 끼의 식량 중에 한 끼가 남아 있었다. 표주박에는 물이 남아 있지 않았지만 구름바다 위로 떠오르는 해를 바라보면서 떡갈나무 잎으로 싼 피를 넣어 만든 밥을 먹는 맛은 평생 잊을 수 없을 만큼 맛있었다.

밥을 다 먹었을 무렵, 아래쪽 계곡의 안개가 희미하게 걷히기 시작했다. 적의 성 뒤편이었다. 촉나라로 들어가는 잔도棧道를 떠올릴 정도로 덩굴이 얽힌 구름다리가 보였다. 절벽도 보였고 푸른 이끼가 자란 거대한 석벽과 목책도 보였다. 그곳에는 햇빛이 닿지 않는 못이라고 해도 좋을 만큼 어둡고 음습한 바람이 끊임없이 불고 있었다.

"봉화통은 누가 가지고 있는가?"

도키치로가 둘러보자 가지다 하야토가 대답했다.

"제가 가지고 있습니다."

"그것을 모스케에게 맡기고 신호를 쏘아 올리는 방법을 잘 가르쳐주게."

"예, 알겠습니다. 모스케 님."

"예."

"이리 오시오."

하야토는 봉화통과 화약 주머니를 꺼내놓고 모스케에게 사용 방법을 가르쳐주었다.

"모스케, 이제 알겠는가?"

도키치로는 천천히 일어서더니 다시 한 번 모스케에게 확인을 했다.

"이제부터 우리는 성 뒤편의 수문 입구를 찾아낸 뒤 그곳에서 쳐들어갈 것이네. 그러니 자네는 여기서 주의 깊게 듣고 있게. 그리고 무엇이든 큰 소리가 들리는 순간, 이곳에서 봉화를 쏘아 올려야 하네. 알겠는가? 절대로 실수하면 안 될 것이네."

"알겠습니다."

모스케는 그렇게 대답하고는 봉화통 옆에 서서 계곡으로 내려가는 사람들을 바라보았다. 하지만 어딘지 불만이 있는 듯한 표정이었다. 자신도 따라가고 싶었던 것이다.

구름바다가 거친 파도처럼 일렁이자 이윽고 노비野尾 평야가 그 아래로 보이기 시작했다. 어느 틈엔가 아침이 밝았다. 햇볕이 아침부터 강하게 내리쬐고 있었다. 이나바 산성 아래의 나가라 강과 마을의 네거리가 바로 눈앞에 펼쳐졌다. 하지만 사람의 그림자는 한 명도 보이지 않았다.

"어떻게 됐을까?"

해가 높이 솟았다. 처음으로 싸움에 임한 탓인지 모스케는 가슴이 쿵쾅거리고 정신을 차릴 수가 없었다. 그때 갑자기 총소리가 울려 퍼졌다. 그 순간부터 모스케는 제정신이 아니었다. 하지만 자신의 손으로 쏘아 올린 봉화 연기가 오징어가 먹물을 쏘듯 파란 하늘에 번져가는 것만은 두 눈으로 똑똑히 바라보았다. 흡사 하늘에서 내려온 듯했다.

성안의 뒤편에서 아홉 명의 적이 걸어오고 있었다. 그들은 더없이 태연한 표정으로 잡초가 우거져 있는 넓은 공터를 여기저기 둘러보면서 걸어왔다. 그러자 그 모습을 발견한 이나바 산성의 병사들은 아군이라고 생각하고 장작 창고나 쌀 창고 등의 건물 아래에 모여 아침을 먹으며 잡담을 나누었다.

연일 싸움이 계속되었지만 그것은 성곽이 넓다 보니 정면의 성문에만 해당되었지, 이곳 뒷문 쪽은 뻐꾹새나 대낮의 두견새 울음소리가 들릴 만큼 적막에 휩싸여 있었다. 이따금 멀리 정문의 나나마가리七曲 입구나 이노구치井之口 언덕 쪽에서 총소리가 들려오는 정도였다.

"또 싸우는가 보군."

뒷문을 지키는 소수의 병사들은 자신들이 있는 곳은 싸움과는 무관하다고 생각했다. 밥을 먹고 있던 사이토 가의 병사들이 이윽고 의심스런 눈빛으로 도키치로 일행을 바라보았다.

"어이, 저건 뭐지?"

"저기 걸어오는 사람들 말인가?"

"음, 어쩐지 서성거리는 듯한데. 저기 목책 근처의 초소를 엿보고 있는데."

"정문 쪽에서 높으신 분이 순찰을 온 것일 테지."

"누구시지?"

"여느 때와 달리 갑옷 등을 입고 있으니 알 수가 없군."

"아니, 한 사람이 부엌 아궁이에서 불이 붙은 장작을 가지고 왔는데 대체 뭘 하려는 거지?"

병사들은 젓가락을 쥔 채 그들을 멍하니 보고 있었다. 이윽고 불이 붙은 장작을 들고 달려온 사람이 장작 창고 안으로 들어가더니 산처럼 쌓여 있는 땔감에 불을 붙이기 시작했다. 다른 사람들도 하나씩 불이 붙은 장작을 들고 와 다른 창고에 집어던졌다.

"앗, 적이다!"

모여 있던 성의 병사들이 그제야 벌떡 일어서며 외쳤지만 때는 늦고 말았다. 저편에 서 있던 도키치로와 하치스카 히코에몬이 그들을 돌아보며 씽긋 웃었다. 성의 병사들은 당황하며 고함을 치기만 했지 도키치로 무리를 향해 덤벼드는 사람이 없었다. 거짓말처럼 도키치로 일행은 순조롭게 계획을 완수했다. 이제 남은 건 혈전뿐이었다.

"쳐라!"

도키치로가 외쳤다.

"뭐, 적이 쳐들어왔다고!"

"적이다. 쳐라!"

무사 대기소 부근과 수문 입구 쪽에서도 적들이 몰려왔다.

일고여덟 개의 창고는 벌써 검은 연기를 토해내고 있었다. 호리오 모스케가 쏘아 올린 봉화 소리가 산 위에서 울려 퍼졌다. 도키치로는 히코에몬과 한 사람 정도만 데리고 한눈도 팔지 않고 성벽의 안쪽을 향해 서쪽으로 달렸다. 이윽고 그들은 나나마가리 입구에 도착했다.

"여기다! 여기를 부셔라!"

도키치로는 그곳으로 오는 도중 그렇게 외치며 적병을 벴다. 그리고는 빼앗은 창끝에 어젯밤부터 지니고 온 표주박을 붙들어 맨 뒤 흔들었다.

성 아래에서 때를 기다리고 있던 오다 군은 봉화를 보자마자 성 정면의 나나마가리 입구, 하구마가리 $_{下曲}$ 입구, 이노구치 언덕의 세 길로 공격해 들어왔다. 그중 일부는 벌써 나나마가리의 문밖까지 접근해 있었다. 곳곳에서 치열한 격전이 벌어졌지만 이나바 산은 반나절 만에 속절없이 함락당하고 말았다.

이나바 산성이 속절없이 함락당한 원인은 첫 번째 성의 뒷문에서 불길이 일어 성안이 일시적으로 혼란에 빠졌고, 두 번째 누가 한 말인지 모르지만 '배신자가 있다'라는 말이 퍼졌기 때문이다. 사실 이것은 도키치로 일행이 외친 말을 당황한 성의 병사가 잘못 전한 것이었는데 이로 인해 그들 사이에 싸움이 벌어지면서 함락을 재촉하고 말았다. 세 번째로 이것은 후일 가장 큰 패인이었다는 것이 밝혀졌지만, 누구의 계책인지 어리석은 다쓰오키는 훨씬 이전부터 성 밖에 나가서 싸우고 있는 장수와 병사 들의 처자식과 부유한 마을 상인의 가족, 또 성 아래의 남녀노소를 성이 미어터질 만큼 인질로 잡아들였던 것이다.

병사들의 처자식을 인질로 잡아놓은 것은 적에게 항복하지 않도록 하기 위한 계책이었고, 상인과 백성은 모두 자국의 재산이기 때문에 이 역시 적이 이용할 수 없게 하기 위한 것이었다. 하지만 이 계책을 제안한 이나바 이요노카미는 이미 도키치로와 손을 잡고 있었던 탓에 싸움에 직접 가세할 수 없었지만 이면에서 반간계反間計를 써서 도움을 주었다.

그로 인해 성안의 혼란은 한층 가중되었고 병사들은 밀려든 적과 제대로 싸우지도 못했다. 여기에 시기를 가늠하는 데 민감한 노부나가는 일찍부터 다쓰오키의 성격을 꿰뚫어보고 있었다. 그는 난전 중에 재빨리 사자를 통해 다쓰오키에게 서찰을 보냈다.

패륜의 가문이 오늘에야 천벌을 받고, 내 병마에게 둘러싸여 끝을 맺게 되었구나. 백성들 모두 불기둥 속에서 자우慈雨의 전조를 예감하고 성 아래에서 함성을 올리고 있네. 하지만 그대는 내 아내의 조카인지라 나는 오래전부터 그대의 소심함과 어리석음을 가련하게 생각하고 있었던 터, 굳이 그대의 목을 칠 마음은 없네. 오히려 앞으로 일생 동안 그대가 살아가는 데 기꺼이 은혜를 베풀고자 하니 살기를 바란다면 즉각 내 군문 아래 항복을 청하도록 하라.

아니나 다를까 다쓰오키는 노부나가의 서찰을 읽자마자 항복의 취지를 전하고 일족인 사이토 구로에몬, 히네노 비추, 나가이 하야토, 마키무라 오시노스케와 서른 명의 측신만을 데리고 성을 나가버렸다.

노부나가는 호위병을 붙여 그들을 가이사이海西 군까지 보내주었다. 그리고 다쓰오키의 동생인 신고로에게 후일 사이토 가가 명맥을 유지할 수 있을 만큼의 땅을 주겠다고 약조했다.

이렇게 미노의 태산북두泰山北斗라고 불리던 이나바 산성은 마침내 함락되고 말았다. 오와리와 미노 두 나라를 다스리게 된 노부나가의 영지는 일약 백이십만 석에 달하게 되었고 노부나가는 고마키 산에서 세 번째 성인 이나바 산으로 옮겨가면서 지명을 기후岐阜라고 고치고 성도 기후 성이라고 개명했다.

하지만 사이토 가에도 한 사람, 절개가 굳은 무사가 있었다. 바로 도도堂洞의 성주인 기시 카게유岸勘解由였다. 카게유는 주가의 멸망을 지켜보며 노부나가가 자신을 따르도록 권유하자 이렇게 대답했다.

"존명은 감사하나 망가의 정원에 한 그루 벚나무가 있어 마땅할 것입니다. 대대로 섬겨온 주가에 보답하고자 불손하나마 감히 싸우다 죽겠습니다."

카게유는 오와리의 대군에 맞서 반달 동안 선전을 하다 화살이 다하자 부부가 불속에서 서로 칼을 찔러 죽음을 맞았다. 노부나가는 그들의 비석을 세워주고 그 뒤에도 종종 카게유의 이야기를 했다.

9월 초가을, 도키치로는 스노마타로 돌아왔다. 이번 싸움에서 그는 처음으로 주군에게 우마지루시馬印[84]를 허락받았다. 병사들을 이끌고 돌아올 때 가을 햇살에 반짝반짝 빛을 발하는 깃대 끝의 표주박 문양이 바로 그것이었다.

---

84 싸움터에서 장수의 말 위치를 알리는 표식이다.

가족 일가

　기요스 마을은 이전에 비하면 인구도 줄고 큰 상가나 무사들의 저택도 눈에 띄게 줄어 쇠락했지만 다른 의미에서 보면 결실을 거둔 것이라 할 수 있다. 생명의 모태인 자연의 섭리에서 보면 노부나가가 언젠가 돌아와서 생활한 이곳에 더 이상 머물지 않는다는 사실은 마을은 쇠락하더라도 자연 만물에 있어서는 커다란 결실을 의미하는 것이었다.

　자연과 같은 모태의 존재인 사람이 있었다. 바로 도키치로의 생모였다. 그녀는 어느덧 쉰한 살이었다. 지금은 며느리인 네네와 함께 기요스의 무사 저택 골목에서 조용히 여생을 보내고 있지만 이삼 년 전까지만 해도 나카무라에서 농사를 짓고 있었다. 그런 흙에 거칠어진 손마디는 여전히 굵었고 도키치로를 비롯해 자식을 넷이나 낳았던 탓에 이도 빠졌지만 머리는 그다지 새지 않았다. 도키치로는 미노의 진중에서 그런 모친에게 몇 통의 편지를 보냈는지 모른다.

허리는 좀 어떠하신지요? 뜸 치료는 계속하고 계시는지요? 어머님께선 이전에 생활하시던 습관이 있다 보니 어떤 음식을 드시더라도 '아깝다'는 말을 하시며 몸을 돌보지 않으시니 멀리 있는 저는 그것이 걱정입니다. 부디 네네에게

말씀하셔서 아침저녁으로 생선과 고기를 드시고 오래 사십시오. 지금의 제 바람은 오직 그것 하나뿐입니다. 어머님께서 오래 사셔야만 제가 두고두고 효도를 할 수 있을 텐데 행여 너무 늦지 않았을까 오직 그것을 걱정하고 있을 따름입니다. 다행히 저는 진중에 있어도 무병하고 무운도 좋으며, 주군께서도 아껴주시는 편이니 저에 대해서는 아무 걱정 마시고 오직 몸을 잘 돌보시고 즐거운 마음으로 생활하시길 바랍니다.

어머니는 아들의 편지를 받을 때마다 늘 네네에게 보여주며 말했다.
"네네야, 이 편지를 보거라. 아직도 어린아이 같은 말을 하는구나."
네네도 자신에게 온 남편의 편지를 시어머니에게 보이며 말했다.
"제게 보낸 편지에는 불조심하고 집을 돌보는 것이 여자의 소임이며 어머님을 잘 보살피라고 할 뿐 그렇게 다정한 말은 한 자도 없어요."
"개가 빈틈이 없는 아이이니 네게 보낸 무뚝뚝한 편지와 내게 보낸 다정한 편지를 대조해서 읽으면 딱 맞을 게다."
"호호호, 정말 그럴지도 모르겠네요."
네네는 진심으로 시어머니를 잘 모셨다. 마치 시어머니의 배 속에서 태어난 것처럼 어떤 때는 어리광을 부리고 장난을 치며 즐겁게 지내려고 노력했다.
노모의 가장 큰 기쁨은 아들의 편지였다. 그런데 근래 아들에게 편지가 오질 않아 걱정하고 있던 참에 어제 스노마타에서 편지가 왔다. 하지만 어쩐 일인지 이번에는 네네에게만 편지를 보내고 노모에게는 편지를 보내지 않았다.
지금까지 도키치로는 아내인 네네에게는 편지를 보내지 않더라도 어머니에게는 꼭 편지를 보냈다. 그 편지 끄트머리에 네네에게 짧은 안부를 전하는 경우는 있었지만 아내에게만 편지를 보내고 어머니에게는 보내지 않았던 적은 한 번도 없었다. 네네는 무슨 일이 생겨서 어머니에게 심려를 끼치지 않으려는 것이라고 생각했다.

네네는 자신의 방에서 혼자 편지를 뜯어보았다. 여느 때와 달리 말머리에 '주군께서 무사히 미노에 입성하셨소'라고 쓴 뒤 자신이 스노마타로 개선했다는 소식을 전했다. 그리고 다음과 같은 이야기를 전했다.

일찍부터 어머님과 당신을 내 곁에 맞아들여 함께 생활하는 것이 크나큰 바람이었는데, 이제 나도 일성의 주인이 되어 오만 석의 영지와 우마지루시를 하사받았으니 어머님을 모시더라도 큰 불편은 없을 것이라고 생각하오. 하지만 예전에 어머님께서는 내가 주군께 봉공함에 있어 당신께서 방해가 되어 소홀함이 생길 것을 무척이나 심려하셨소. 또 당신께서는 늙은 평민이너 지금의 생활도 과분한 것이라고 입버릇처럼 말씀하셨소. 하여 내가 아무리 말씀을 드려도 말을 들으시지 않을 것이오.

주군은 결코 지금과 같은 정도로 만족하시지 않을 만큼 큰 뜻을 품고 계시오. 큰 뜻을 품으신 주군을 섬기는 나 역시 그를 본받아 스노마타에 안주하지 않고 언젠가 중원으로 나가게 될 것이오. 봉공은 물론이고 내가 목숨을 걸고 하는 일 역시 어머님의 기쁨과 당신의 행복을 위해서이기도 하오. 내가 옆에 없더라도 당신이 잘 모실 거라고 생각하오만, 나 역시 가끔은 어머님의 무릎에서 어리광을 부리고 당신과 저녁을 함께 보내고 싶은 마음이 간절할 때가 있소. 그러하니 당신이 어머님을 잘 설득해서 지금 살고 있는 거처를 처분하고 가까운 시일 안에 스노마타 성으로 옮겨오도록 해주길 바라오.

가재도구나 짐 등은 그대로 두고 이쪽에서 하치스카 히코에몬과 호리오 모스케 등을 통해 가마를 보낼 테니 그저 몸만 오면 될 것이오.

도키치로는 편지 말미에 답신을 기다리겠다는 이야기를 적고 끝을 맺었다.

네네는 시어머니가 뭐라고 할지 짐작할 수 없었지만 남편의 말을 따를 수밖에 없다고 생각했다.

"네네야, 잠깐 이리 와보거라."

마침 집의 뒤편에서 시어머니의 목소리가 들렸다.

"예."

마당에 내려서서 뒤편으로 가보니 시어머니는 뒤란의 공터를 갈아 만든 채소밭에서 오늘도 괭이를 들고 가지가 자란 땅을 고르고 있었다. 한낮에는 아직 더위가 남아 있다 보니 밭에 있으면 뜨거운 열기가 올라왔다. 그곳에서 쟁기를 들고 일하는 시어머니의 손에 하얀 소금기가 빛났다.

"어머, 날이 이렇게 더운데."

네네는 자신도 모르게 그렇게 말했다. 시어머니가 늘 '농사는 좋아서 하는 일이니 너무 신경 쓰지 마라'고 했지만 평민으로 자라지 않아 농사의 참맛을 모르는 그녀에게 시어머니의 모습은 그저 일하는 것으로밖에 보이지 않았다. 하지만 근래에는 시어머니가 왜 일을 그만두지 않는지 그 마음을 조금은 알 수 있을 것 같았다. 시어머니는 무슨 일이든 흙의 은혜라는 말을 입에 달고 살았다. 가난 속에서 자식 넷을 다 키우고 지금까지 굶어 죽지 않고 살아올 수 있었던 것은 흙의 은혜 덕분이었다.

아침에는 태양을 바라보며 합장을 했다. 그것도 나카무라에 살았을 때부터 해오던 습관이라며 옛 생활을 잊지 않았다. 갑자기 좋은 옷과 좋은 음식에 익숙해져서 흙과 태양의 은혜를 잊어버리면 분명 천벌이 내려져 병에 걸릴 것이라고 한 적도 있었는데, 그것은 아들이나 며느리에게 무언으로 가르치고자 하는 깊은 뜻임이 분명했다. 네네도 그런 시어머니의 마음을 헤아리고 있었다.

"네네구나. 이걸 보아라."

네네가 모습을 보이자 시어머니는 괭이를 놓고 자신이 정성을 들여 한 일의 결과를 보라는 듯 가리키며 말했다.

"가지가 이렇게 많이 열렸다. 겨울 동안 먹을 수 있도록 소쿠리를 가져와 조금 따서 절여두자."

"예."

네네는 소쿠리 두 개를 가져와서 그중 하나를 시어머니에게 건넨 뒤 시어머니와 함께 가지를 따서 소쿠리에 넣었다.

"낮잠도 주무시지 않고 일을 너무 열심히 하셔서 집에 있는 국거리와 절임이 넘쳐납니다."

"집에 드나드는 상인들이 의아하게 생각하겠구나."

"하인에게 들었는지 모두 소일거리를 하면 건강에도 좋고 경제적으로도 좋은 일이라고 말하고 있답니다."

"사람들이 너무 인색하다고 생각하면 집의 가장인 도키치로에게 좋지 않으니, 가끔 그리 말하는 상인에겐 다른 물건을 사주는 편이 좋을 게다."

"그렇게 하고 있습니다. 아, 그리고 어머님, 이런 데서 말씀드리기 송구스럽지만 방금 스노마타에서 편지가 왔습니다."

"도키치로한테 말이냐?"

"예. 하지만 오늘은 어머님께는 보내지 않고 저에게만 보냈습니다."

"상관없다. 한데 별일은 없다더냐? 요즘 한동안 편지가 없었던 것은 미노에서 돌아왔기 때문이 아니냐?"

"그렇습니다. 그리고 이번에 성의 주인이 되어 영지도 오만 석 정도 받고 우마지루시까지 하사받았다고 합니다. 그래서 이젠 어머님을 모시고 싶으니 제가 어머님께 잘 말씀드려서 가까운 시일 안에 꼭 스노마타 성으로 옮겨오도록……. 그렇게 편지로 제게 여러 차례 말했습니다."

"그거 참으로 잘됐구나. 그 아이의 어떤 점이 주군의 마음에 들었는지, 참으로 꿈만 같은 일이구나. 하나 그렇다고 행여 우쭐대다 무슨 잘못이라도 저지르지 말아야 할 텐데."

자식이 출세한 이야기를 들을수록 그러한 출세가 헛되이 끝나지 않길 바라고 걱정하는 게 부모의 마음이었다. 사이좋게 나란히 서서 가지를 따는 시어머니와 며느리의 소쿠리에는 어느새 가지가 가득 찼다.

"어머님, 허리 아프지 않으세요?"

"괜찮다. 내 몸은 이렇게 조금씩 움직이는 편이 오히려 좋다."

"저도 어머님을 따라 가끔씩 밭일을 하면서 오이나 가지, 또 아침 국거리를 따는 즐거움을 알게 되었어요. 스노마타 성으로 옮겨가더라도 성은 넓으니 밭일을 계속해서 많이 수확하도록 해요."

"호호호."

시어머니는 흙이 묻은 손을 입가에 대고 말했다.

"너도 도키치로처럼 소홀함이 없구나. 벌써 스노마타로 옮기는 것을 기정사실로 받아들이고 있구나."

"어머님."

네네가 무릎을 꿇고 앉아 이어 말했다.

"저도 부탁드려요. 서방님의 소망을 들어주세요."

그러자 시어머니가 황망히 네네의 손을 잡으며 말했다.

"어찌 너까지 이러느냐. 이러지 말거라."

"아닙니다. 어머님의 마음은 너무나 잘 알고 있습니다. 하지만……."

"늙은이가 고집을 부린다고 생각지 말거라. 내가 스노마타에 가지 않는 것은 그 아이를 위해서다. 또 주군에 대한 봉공에 소홀함이 없도록 하기 위해서기도 하다.”

“서방님도 그것을 잘 알고 계십니다.”

“그 아이의 출세가 빠른 것을 두고 나카무라의 원숭이라거나 천한 평민의 자식이라고 하며 시기하는 사람이 많을 것이다. 그런데 천한 늙은이가 성안에서 밭일 따위를 하고 있으면 그 아이의 부하들도 주인을 가볍게 볼 것이고 도키치로도 괴로울 것이다.”

“아닙니다. 어머님, 그건 지나친 생각이십니다. 겉모습을 꾸미고 다른 사람의 말에 신경을 쓰는 사람들이라면 모를까, 서방님은 그런 세상의 시선이나 말에 좌우되는 분이 아닙니다. 그러니 서방님을 섬기고 있는 가신들도…….”

“그럴까? 나와 같은 늙은이가 한 성의 주인의 어머니로 가더라도 그 아이에게 아무런 지장이 없겠느냐?”

“서방님은 그렇게 소심한 분이 아닙니다.”

네네가 확신을 가지고 말하자 시어머니는 놀라 눈을 크게 뜨더니 이윽고 기쁨에 겨워 눈물을 흘렸다.

“네네야, 내가 쓸데없는 얘기를 했구나. 용서해다오.”

“어머님, 날도 저물고 있으니 그만 손과 발을 씻으러 가시지요.”

네네는 무거운 소쿠리 두 개를 양손에 들고 앞서 걸었다.

저녁 청소를 할 무렵이었다. 네네는 하인과 함께 빗자루를 들고 걸레질도 했다. 특히 시어머니의 방만은 자신이 직접 청소했다. 그리고 등불을 밝히고 저녁상을 차렸다. 아침저녁으로 도키치로의 밥상을 반드시 한쪽에 따로 준비해놓은 다음 밥을 먹었다.

“허리를 주물러드릴까요?”

시어머니는 이따금 지병인 신경통을 앓았다. 초가을 밤바람을 맞으면 통증을 호소할 때가 많았다. 네네가 다리를 주물러주자 시어머니는 스르륵 잠에 빠진 듯싶더니 이윽고 그동안 깊이 생각한 듯 자리에서 일어나 네네에게 말했다.

"애야, 너도 남편의 곁에서 함께 지내고 싶을 텐데, 내 고집만 피웠구나. 내일이라도 당장 스노마타에 답신을 보내거라. 스노마타로 옮길 것이니 서둘러 사람을 보내라고 말이다."

도키치로는 학수고대하던 아내의 편지를 받은 뒤, 어머니를 모시고 오기 위해 그날 바로 하치스카 히코에몬과 호리오 모스케 외 가신 세 사람과 함께 가마와 말을 기요스로 보냈다.

"내일이면 어머님이 이곳으로 오시는구나."

도키치로는 어린아이처럼 어머니를 어느 곳에 모실지, 어떻게 하면 어머니가 좋아하실지 골몰하며 기다렸다.

성문을 깨끗이 청소해놓고 어머니의 가마를 기다리는데, 전날 예상하지도 못한 귀한 손님이 찾아왔다. 손님은 허름한 옷에 삿갓을 눈썹까지 푹 눌러썼으며, 시종으로 젊은 여자와 꼬마를 거느리고 왔다.

"직접 보시면 아실 것이다."

부하에게 말을 전해 들은 도키치로는 뭔가 짐작이 가는 것이 있는 듯 즉시 성문까지 달려 나와 마중을 했다.

"아니, 이게 누구십니까!"

손님은 예상대로 구리하라 산의 다케나카 한베 시게하루였다. 시종인 동자는 고구마였고 여자는 한베의 동생인 오유였다.

"식솔은 이들뿐입니다. 일족은 여전히 보다이 산에 있는 성에 많지만, 이미 한 번 세상을 등졌으니 주가主家와 일족과의 인연도 끊긴 거나 다름없습니다. 도키치로 님께서 일전에 하신 약속, 그 시기가 온 듯하여 산의 암자를 버리고 다시 사람들 속으로 내려왔습니다. 떠돌이와 같은 신세인 저희 세 명을 거두어주시겠습니까?"

도키치로는 허리를 깊이 숙여 진심으로 말했다.

"지나친 겸손의 말씀입니다. 미리 서찰 한 통을 보내셨더라면 제가 직접 산까지 마중을 나갔을 터인데 어찌……."

"당치도 않습니다. 기껏 산속에 기거하는 낭인에 불과한 제가 봉공을 하고자 하는데 마중이라니요."

"좌우지간 어서 이쪽으로."

도키치로가 한베를 안으로 안내한 뒤 무릎을 꿇고 이야기를 하려고 하자 한베가 상좌를 거절하며 말했다.

"이러시면 제 봉공의 뜻과 어긋납니다."

도키치로 역시 지지 않고 말했다.

"아닙니다. 저는 귀공을 품을 만한 기량이나 그릇이 되지 않습니다. 주군이신 노부나가 님께 천거하여 앞으로 귀공을 스승으로 삼아 많은 것을 배우려고 합니다."

한베는 고개를 저으며 분명하게 말했다.

"처음에 말씀드린 대로 저는 노부나가 님을 섬길 마음이 추호도 없습니다. 옛 주인인 사이토 가에 대한 의리도 그렇고 만일 제가 노부나가 님을 섬긴다면 또다시 주가를 떠나야 할지도 모릅니다. 얼핏 들은 노부나가 님의 성정과 제 미흡한 성격을 감안하면 어쩐지 양쪽에 아무 득이 없는 주종 관계가 될 듯한 예감이 듭니다. 하지만 귀공께는 왠지 속마음을 다 털어놓을 수 있을 듯합니다. 제 천성이나 고집도 모두 받아주실 수 있을 듯한 생각이 듭니다. 그러한 나무 그늘이 아니라면 저는 몸을 의탁한다 해도 온전히 제 모든 것을 맡길 수 없을 것입니다. 그러니 부디 가신 중 하나로 생각하고 거두어주십시오."

한베는 그렇게 말하며 한사코 도키치로의 뜻을 받아들이지 않았다.

"그럼 부디 저뿐 아니라 가신들에게 군학의 스승이 되어주십시오."

두 사람은 그 정도에서 서로 타협점을 찾은 듯 등불 아래서 술을 주고받으며 밤이 깊어가는 것도 잊고 이야기를 나누었다.

날이 밝고 드디어 어머니가 스노마타에 도착하는 날이 되었다. 도키치로는 부하들을 데리고 성에서 일 리 정도 떨어진 마사키柾木 촌까지 어머니의 가마를 마중하러 나갔다. 도키치로와 시종들은 마을 끄트머리에 있는 민가에 말을 매고 곧 도착할 어머니의 가마를 기다렸다.

영주가 담장과 지붕뿐인 황폐한 집에서 휴식을 취하자 촌민들이 황송한 나머지 황망히 의자와 방석을 내오고 촌장의 딸도 옷을 갖춰 입고 접대를 하느라 때 아닌 소동이 벌어졌다.

늦가을 하늘은 푸르렀다. 민가의 대나무 울타리에서 국화향이 풍기고 은행나무 우듬지에서 때까치가 소리 높여 울고 있었다.

"나카무라가 생각나는군."

도키치로가 곁에 있는 가신에게 말했다. 무슨 일이 있어도 도키치로는 고향을 잊지 않았다. 그러던 중 마을의 개구쟁이와 코흘리개 들이 벌 떼처럼 모여들더니 나무 뒤편과 수풀 속에 숨어 도키치로를 엿보았다.

"저 사람이 성주님이다."

"아니야. 저쪽에 있는 사람이야."

"와, 멋있다."

"좋은 말이다."

처음에는 두려운 마음에 멀리서 서로 속삭이고만 있던 아이들이 어느 순간 근처를 뛰어다니면서 장난을 치며 와와, 하고 소리를 질렀다.

"이놈들!"

늙은 촌장이 고함을 치며 아이들을 쫓아버렸다.

"영주님 앞에서 무슨 짓이냐! 썩 저리 가거라. 가지 않으면 몽둥이로 혼쭐을 내줄 테다."

도키치로가 손을 흔들며 말했다.

"여보게, 뭐라 하지 말게. 아이들은 못 보던 것을 보면 들떠서 저러는 것이니 그냥 놀게 내버려두게."

도키치로는 부하에게 금은 가루를 뿌려 만든 칠기 그릇을 가져오게 한 다음 그것을 무릎에 놓았다. 그것은 어머니를 위해 준비해온 과자였다.

"얘들아 과자를 줄 테니 이리 오너라."

도키치로가 아이들을 향해 손짓을 했다. 하지만 아이들은 촌장에게 혼이 난 뒤 저편으로 물러가 나란히 서 있기만 할 뿐이었다. 모두 과자는 먹고 싶었지만 영주가 무서워 다가오지 못했다.

"거기 가장 작은 꼬마야, 이리 오너라. 무서워할 것 없다. 과자를 줄 테니 이리 오너라."

꼬마는 손가락을 입에 물고 다가와 도키치로의 손에서 과자를 받아 들고 도망치듯 되돌아갔다. 도키치로는 차례대로 과자를 한 줌씩 나눠주었다. 아이들의 부모가 무릎을 꿇고 눈물을 흘리며 그 모습을 바라보았다.

"부모들에게도 뭔가 주도록 하자."

도키치로의 명을 받은 가신이 촌장을 통해 마을 노인들에게 금자 한 닢씩을 내렸다. 깜짝 놀란 촌장이 마을을 다니며 사람들에게 말했다.

"요즘과 같은 난세에 보기 드물 정도로 어질고 좋은 영주님이다."

마을 사람들은 마치 부처님이라도 내려오신 듯 멀리서 도키치로를 향해 절을 했다. 도키치로는 가신과 마을 사람들에게 연신 말을 걸며 웃고 있었다. 얼마 뒤 가로수 끝 쪽에 있던 가신들이 달려와 소식을 전했다.

"저쪽에 가마의 행렬이 보입니다."

도키치로의 얼굴에 기쁨이 넘쳐흘렀다. 도키치로는 민가의 처마 아래에서 나와 가로수 입구까지 걸어갔다. 가마는 벌써 가까이 다가와 있었다. 가마를 따라온 무사들이 마중을 나온 주인을 보자마자 말에서 내렸다. 그리고 하치스카 히코에몬이 도키치로의 어머니가 타고 있는 가마 곁으로 다가가 말했다.

"도키치로 님이 이곳까지 마중을 나와 계십니다."

"아아……."

가마 안에서 놀라움과 기쁨에 찬 노모의 목소리가 새어나왔다.

"내려주시오. 어서 내려주시오."

가마가 멈추자 무사들이 양옆에서 무릎을 꿇고 머리를 숙였다. 먼저 가마에서 내린 네네가 시어머니 가마 곁에 서 있다가 손을 잡아주었다. 그때 한 무사가 노모의 발 앞에 재빨리 신발을 가지런히 가져다놓았다. 그의 얼굴을 보니 바로 남편 도키치로였다.

"……."

그 순간 네네는 가슴이 메어 와서 아무 말도 못하고 그저 눈으로만 남편에게 인사를 했다. 노모는 아들의 손을 잡더니 이마에 대며 마치 절이라도 하듯 말했다.

"일성의 성주가 가신들이 있는 데에서 어찌……."

"건강하신 모습을 뵈니 마음이 놓입니다. 제 어머니이신데 가신들 앞이면 어떻습니까. 오늘 저는 무장으로 마중을 나온 것이 아니니 심려하실 필요 없습니다."

노모는 가마 밖으로 내려섰다. 모든 무사가 땅에 손을 짚고 머리를 숙이고 있다 보니 그들 앞을 걸어가는 것이 왠지 무안할 정도였다.

"피곤하시지요? 여기서 잠시 쉬십시오. 스노마타까지는 일 리 정도밖에 되지 않습니다."

도키치로는 노모의 손을 잡고 민가의 처마 아래에 놓인 의자로 이끌었다. 노모는 아들의 말대로 의자에 앉아 노랗게 물든 은행나무 가로수 너머 가을 하늘을 바라다보았다.

'눈물이 많아지셨구나.'

도키치로는 어머니의 건강한 모습을 가만히 지켜보았다. 하지만 어머니의 손은 나카무라에 있을 때처럼 햇볕에 까맣게 타 있었다.

"참으로 꿈만 같구나……."

도키치로는 어머니의 혼잣말을 듣고 그 마음을 헤아려보았다. 도키치로 역시 지난날들이 아련히 떠올랐지만 꿈이라고는 생각하지 않았다. 오히려 자신이 걸어온 발걸음을 똑똑히 기억하고 있었다. 바로 지금, 오늘 이곳은 당연히 도달해야 할 여정 중에서 잠시 쉬어가는 곳에 지나지 않았다.

"축하드립니다."

"얼마나 기쁘시겠습니까."

어느 틈엔가 마을 사람들이 영주인 도키치로가 고향에 있는 어머니를 마중 나왔다는 사실을 알고 몰려와 멀리서 무릎을 꿇고 한마디씩 건넸다. 그리고 떡을 만들어 오고 차를 끓여 바쳤다. 또 오래된 방울을 든 노파가 토속 춤을 추고 노래를 부르며 축하를 전했다. 온 마을이 도키치로 일행을 환대했다. 그렇게 도키치로 일행은 잠시 휴식을 취한 뒤 그곳을 떠나 스노마타로 향했다.

"아, 예쁘다!"

"예쁜 가마다!"

아이들은 가을 햇살에 흔들리는 은행나무 잎 아래에서 고함을 치며 춤을 추었다. 모든 게 평화로워 보였다. 언제 또 전쟁이 벌어져 불길이 하늘을 검게 물들이고 화살과 철포가 지축을 뒤흔들지 몰라도 아이들의 눈에도 세상이 그저 아름답게 보이는 게 틀림없었다.

이윽고 스노마타 성이 눈에 들어왔다. 하얀 저녁 안개 속에서 본성의 등불 서너 개가 반짝였다. 성문 주변에 피워놓은 새빨간 화톳불과 횃불이 그들을 기다리고 있었다. 일가의 기쁨은 일성의 기쁨이었다. 또 영지 전체의 기쁨이기도 했다.

한편 도키치로는 평소 다른 사람에게 아버지에 대해서는 한 마디도 하지 않았고 좋아하는 기색도 보이지 않았다. 그에 반해 어머니에게는 다른 사람보다 몇 배나 효심이 깊다 보니 의아하게 생각하는 사람도 있었다. 그리고 이번에 어머니와 아내를 스노마타 성으로 데려올 때에도 그는 아버지에 대해서 아무 말도 하지 않았다.

"내가 나카무라와 가까운 곳에 살아 그 지쿠아미라는 사람에 대해 잘 아는데⋯⋯."

어느 날 성안의 무사 방에서 고로쿠 일족이었던 가신이 평소 동료들이 궁금해하는 이야기를 들려주었다.

도키치로의 의붓아버지인 지쿠아미는 나이가 들어도 여전히 행실이 좋지 않았던 듯했다. 아내 속만 태우고 술만 마시고 빈둥빈둥 놀다 건강이 나빠졌고, 몇 년 전 도키치로가 전쟁에 나가 있는 사이 나카무라의 집에서 병으로 죽고 말았다고 했다. 나카무라에서도 지쿠아미에 대해 좋게 말하는 사람은 한 사람도 없지만 도키치로의 어머니에 대해서는 끝까지 정절을 다했다고 모두 칭찬하고 동정까지 했다.

나중에 도키치로의 입신 사실이 고향 사람들에게 알려지자 사람들은 갑자기 그의 어머니를 떠받들고 아첨을 해댔다.

"역시 어릴 때부터 히요시는 어딘지 남다른 데가 있었다니까."

마을 사람들은 도키치로에 대해 이야기할 때에도 의붓아버지인 지쿠아미에 대해서는 입도 뻥끗하지 않았다. 오히려 '야에몬 님이 살아 있었더라면' 하고 말했다. 나카무라 사람이라면 도키치로가 지쿠아미의 진짜 아들이 아니라 일찍 죽은 기노시타 야에몬의 아들이라는 사실을 다 알고 있기 때문이었다. 하지만 도키치로가 진짜 아버지나 의붓아버지에 대해 아무 말도 하지 않는 것은 자신의 어머니가 괴로워할 것을 염려했기 때문이다. 성안의 가신들은 나중에야 그 사실을 알게 되었다.

노모와 네네가 스노마타로 온 다음 날, 도키치로의 가족 중 세 사람이 함께 살기 위해 왔다. 그들은 누이인 오쓰미와 동생인 고치쿠, 그리고 막내 여동생이었다. 오쓰미는 벌써 스무 살이었다. 게다가 아직 시집도 가지 않은 몸이었다. 오래전 도키치로는 누이에게 약속을 했다.

"어머니를 부탁해. 내가 위대해지면 누나에게 수진繻珍으로 만든 허리띠를 사주고 꼭 시집을 보내줄 테니."

도키치로는 소년 시절 누이에게 가난한 집을 맡기고 고향을 떠날 때 한 약속을 지키기 위해 아내와 의논했다.

다음 해, 성안에서 아내의 친척 집안인 기노시타 야스케木下弥助와 오쓰미가 혼례를 올렸다. 기노시타 야스케가 후일의 미요시 무사시노카미 가즈미치三好武藏守一路였다.

도키치로는 아버지가 같은 누이 이상으로 의붓아버지의 자식인 고치쿠와 누이동생에게도 마음을 썼다. 그는 고치쿠에게 이름을 고쥬로小十郎로 바꾸게 하고 무사의 신분을 만들어주었다. 후일의 야마토 다이나곤 히데나가大和大納言秀長가 바로 그였다. 시간이 많이 지난 뒤의 일이지만 막내 누이동생은 이에야스에게 시집간 뒤 얼마 되지 않아 병으로 죽고 말았다.

　이렇게 일가를 이루고 보니, 어머니는 해가 바뀌어서 쉰하나, 누이는 서른, 동생은 스물넷, 누이동생은 스물하나였다.

　"모두 어른이 되었어요."

　도키치로가 어머니에게 말했다. 흡족해하는 어머니의 얼굴은 도키치로에게 기쁨이자 내일을 향한 커다란 원동력이었다.

인교원계 隣交遠計[85]

오와리와 미노인 비노尾濃, 두 주州를 합치면 백이십만 석의 대국이었다. 오늘의 노부나가는 어제의 노부나가가 아니었다. 노부나가는 이나바 산의 이름을 기후라고 고치고, 그 기후 성에 자리를 잡았다.

에이로쿠 8년(1565년) 봄, 단바하세丹波長谷의 성주인 아카자와 카가노카미赤澤加賀守가 기후 성의 노부나가에게 자신이 비장하고 있던 매 두 마리 중 한 마리를 사자를 통해 헌상했다. 당시 아카자와 카가노카미는 매사냥의 명인이자 매를 길들이는 명가로 이름을 떨치고 있었다. 그는 노부나가가 소년 시절부터 매사냥를 좋아했다는 것을 알고 깊은 호의를 표했던 것이다.

하지만 노부나가는 사자를 환대한 뒤 사의를 표하더니 사자가 보는 앞에서 매를 놓아주었다.

"이 좋은 매는 잠시 동안 하늘에 맡겨두도록 하겠네."

노부나가는 매가 다시 정원으로 내려와도 그저 바라보기만 할 뿐 길

---

85 가까운 나라와 친교를 맺고 먼 나라를 공략한다는 뜻. 이것은 본래 중국 전국 시대 위나라의 범저范睢가 주장한 외교정책인 '원교근공遠交近攻'과 대비되는 개념으로, 이는 먼 나라와 친교를 맺고 가까운 나라는 공략한다는 뜻이다.

들이려 하지 않았다. 사자가 의아하게 생각하며 노부나가에게 물었다.

"혹여 기분이 상하신 것이라도 있는지요?"

"아니네."

노부나가가 빙그레 웃으며 이어 말했다.

"지금은 조정이 쇠락했고 사해에서 분란이 일어나 백성들도 편치 않은 세상이네. 나는 아카자와 님 이상으로 매사냥을 좋아하지만 지금은 매사냥을 할 때가 아니네. 후일 깃발을 들고 교토로 올라가서 각 주의 군웅들을 평정하고 황상皇上의 심금을 편안하게 한 뒤 한가로이 마음껏 매사냥을 하려 하네."

노부나가는 또다시 이어 말했다.

"아카자와 님의 마음은 감사히 받도록 하겠네. 자네도 수고가 많았네."

때는 봄 무렵이었는데, 노부나가의 말은 같은 취미를 가진 공경들에게도 전해졌고, 후일 교토 사람들에게도 전해졌다. 교토 사람들은 다음과 같이 말하며 노부나가를 비웃었다.

"노부나가가 천하에 뜻을 두고 있는 듯하지만 두 나라를 얻는 데 십 년의 세월이 걸린 것을 감안하면 도대체 몇십 년이 지나야 뜻을 이룰 수 있단 말이냐. 아니, 그 전에 자신이 먼저 죽지나 않아야 할 터인데……."

그 사람들은 그로부터 불과 삼 년 뒤, 교토의 아시카가 요시아키 장군이 노부나가에게 의지할 수밖에 없게 되리라는 것을 알 수 없었다.

하지만 그 무렵, 곁에서 노부나가의 모습을 보고 있던 사람들도 그저 웃으며 넘어갔고, 노부나가 역시 기후 성에 머문 뒤부터는 이전처럼 매사냥을 하거나 밤에 춤을 추러 나가지도 않고 늘 조용하고 한가로이 봄날을 즐겼다.

늦은 봄, 으스름달이 뜬 대청 처마 아래에서 꾸벅꾸벅 졸고 있는 노부나가의 사방침 근처까지 꽃이 지고 있었다.

"아, 그렇지."

무슨 생각이 떠올랐는지 노부나가는 갑자기 편지 한 통을 적더니 사자를 통해 스노마타에 보냈다.

근래 노부나가는 도키치로가 일성의 수장이 된 뒤 부르기만 하면 예, 하고 대답하고 달려오지 못하는 것을 다소 아쉬워했다. 노부나가의 서찰은 스노마타의 대하를 건너 도키치로에게 전해졌다.

스노마타의 봄날도 평화로웠다. 소나무 바람이 부는 쓰기야마에는 산등나무 꽃이 하얗게 흔들리고 있었다. 본성의 넓은 정원을 품은 쓰기야마의 뒤편에는 얼마 전 새로 지은 강당 같은 건물과 그에 딸린 가옥이 한 동 있었다.

작은 동에는 다케나카 한베와 그의 동생인 오유가 살고 있었다. 큰 강당풍의 건물은 가신들의 수양과 무예를 연마하는 도량이었다. 다케나카 한베는 그곳에서 아침에는 《논어》와 《효경》 등을 강의했고, 낮에는 창술과 검술 수련, 밤에는 밤이 깊을 때까지 등불을 밝히고 손자와 오자의 병법을 가르쳤다.

그곳에서 한베는 번藩의 기풍을 정립하기 위해 젊은 무사들을 열의를 다해 가르쳤다. 수장인 도키치로는 물론이고 이곳 가신들은 대개 야인으로 자란 무사들이었다. 도키치로는 자신의 부족함을 채우기 위해 노력했고 가신들의 부족한 면들 역시 채워주려고 했다. 앞으로는 야인의 강한 힘만 가지고는 진정한 가신이 될 수 없다고 판단했기 때문이다.

그래서 도키치로는 한베를 맞아들인 뒤 스승으로 예우하고 강습소를 지어 번의 군학 사범으로 추앙해 한베에게 가신들의 교육을 일임했다. 번의 기풍은 일신되었다. 한베가 손자나 《논어》를 강의할 때에는 하치스카 히코에몬도 빠지지 않고 강당에 모습을 보였다. 한 가지 아쉬운 점은 한베 시게하루의 건강이 좋지 않다는 것이었다. 그가 때때로 강의를 하지 못할 때면 가신들의 실망이 이만저만이 아니었다.

하루는 한베가 낮에는 모습을 보였지만 날이 저물자 밤에 있는 강의는 쉬겠다며 문을 닫아걸었다. 늦봄이었지만 기소 상류에서 불어오는 저녁 바람은 병약한 한베의 몸에는 춥게만 느껴졌다.

"오라버니, 안에 자리를 펴놓았으니 눕는 것이 어떠세요?"

오유가 탕약을 책상 옆에 놓으며, 틈만 나면 서책을 들여다보고 있는 한베에게 넌지시 말했다.

"몸이 좋지 않은 것이 아니라 도키치로 님이 부르실 듯해서 강의를 쉰 것이다. 잠잘 준비보다 부르시면 바로 출사할 수 있도록 의복들을 준비해놓아라."

"어머, 그러셨군요. 오늘은 본성에서 집회라도 있으신지요?"

"아니다."

한베는 뜨거운 탕약을 입으로 불면서 말했다.

"아까 문을 닫아걸 때, 네가 말하지 않았느냐. 사자의 깃발을 단 기후의 배가 강을 건너 성문에 닿았다고 말이다."

"아, 그 일이었군요."

"기후에서 도키치로 님께 전령이 왔으니 언제 무슨 일로 부르실지 모른다. 설사 나를 부르시지 않는다고 해도 잠을 자는 건 송구스런 일이다."

"이곳의 성주님은 오라버니를 스승으로 추앙하시고 오라버니는 성주님을 주군으로 공경하니 대체 무엇이 진짜인지 알 수가 없습니다만, 오라버니는 그분을 끝까지 따르실 작정인지요?"

한베가 웃음을 짓더니 눈을 감은 채 천장을 올려다보며 말했다.

"그렇게 되었구나. 사내가 가장 무서워하는 것은 다른 사내가 자신을 알아주는 것이다. 경국지색傾國之色의 미녀라 할지라도 흔들리지 않을 터지만……."

그때 본성에서 사람이 와서 도키치로가 바로 만나고 싶어 한다는 뜻을 전하고 돌아갔다.

"다케나카 님이 오셨습니다."

나이 어린 무사가 혼자 무언가를 깊이 생각하고 있는 도키치로에게 와서 말했다. 그러자 도키치로가 바로 방 밖으로 마중을 나가서는 한베를 이끌고 다시 안으로 들어왔다.

"밤늦게 이리 뵙자고 청해 죄송합니다. 스승님, 요즘 건강은 어떠신지요?"

한베는 자신을 스승으로 정중하게 대하는 도키치로의 모습을 찬찬히 바라본 뒤 말했다.

"걱정하실 필요는 없습니다. 주인 된 분이 그리 말씀하시니 제가 뭐라고 말씀드려야 할지 모르겠습니다. 어찌 '한베 왔는가' 하고 말씀하시지 않습니까. 그러한 배려는 신하 된 자에게 오히려 폐와 같습니다. 아울러 저를 보고 스승이라고 부르는 건 앞으로 그만두시길 바랍니다."

"그렇소이까? 흐음, 그렇군. 오히려 폐가 되었소이까?"

"저와 같은 자는 그다지 안중에 두지 않아도 되리라 여겨집니다만."

"하하하, 그렇지 않소. 나는 무학이고 그대는 학식이 있소. 나는 들에서 자란 인간이고 그대는 보다이 산의 성주의 아들이니, 분명 차이가 있소이다. 하여튼 예는 차리도록 하겠소."

"그것도 제 부덕이라 하지 않을 수 없으니 앞으로 주의를 하겠습니다."

"뭐, 아무튼 주종 관계이니 앞으로 내가 더 위대해져야 하지 않겠소."

일성의 수장인가 하고 여겨질 정도로 도키치로는 권위가 없고 실없어 보였다. 특히 한베 앞에서는 자신의 단점이나 무학을 온전히 드러내 보였다. 조금이라도 학문이 있고 도량이 있는 것처럼 보이려고 하지 않았다.

"그런데 무슨 일로 부르셨는지요?"

한베가 묻자 도키치로가 그제야 생각이 난 듯 말을 꺼냈다.

"실은 오늘 저녁 기후 성의 노부나가 님이 보내신 서찰이 도착했소. 무슨 일인가 하고 펼쳐보니, '기후를 얻으니 이내 한가함이 겹고, 풍운이 잦아드니 다시 풍운을 바라네. 화조풍월花鳥風月은 아직 벗이 되지 못하니, 올해의 계책은 무엇이랴'라고 묻고 있소이다. 그러니 뭐라고 답신을 올려야 좋겠소?"

"물으시는 의중은 명백하니 답은 한 줄로 족할 것입니다."

"흠, 그건 나도 알고 있소이다만, 한 줄로 어떻게 답을 하면 좋겠소?"

"인교원계隣交遠計."

"인교원계?"

"그렇습니다."

"흐음, 과연."

"노부나가 님은 기후를 얻으신 뒤 올해는 내정을 정비하고 병마를 양성하며 후일을 기약할 때라고 생각하고 계시니."

"분명 그러하실 것이오. 하나 그분의 성정상 한시라도 무위로 보내실 수 없다며 그 계책을 묻고 계시는 것이 분명하오."

"지금은 먼 곳을 공략하고 가까운 곳과 친교를 맺을 절호의 기회입니다."

"그러기 위해서는?"

"제게 다소의 생각이 있습니다만, 저보다 오히려 주군께 더 재기才器가 있으신 줄 압니다. 하니 먼저 인교원계라는 네 글자만 적어 사자를 돌려보내신 뒤 때를 봐서 직접 기후 성으로 가 책략을 말씀드리는 것이 좋을 듯싶습니다."

"먼저 그 인교란 어느 나라를 말하는 것인지 우리 두 사람의 의중을 종이에 적어보는 것이 어떻겠소?"

도키치로의 말에 한베가 먼저 이름을 적은 종이를 내밀었고, 도키치로도 곧바로 이름을 적어 종이를 건넸다. 두 사람이 서로의 종이를 펼쳐보았는데, 마치 부절이라도 맞춘 듯 일치했다. 두 사람의 종이에는 '고슈甲州'와 '가이甲斐의 다케다武田 가'라고 적혀 있었다.

"하하하하."

"하하하."

두 사람은 서로 같은 생각을 하고 있었다는 것이 유쾌했는지 큰 소리로 웃었다. 도키치로는 자리에서 일어나 한베에게 야식을 함께 먹자며 재촉했다.

객실에 등불이 환하게 밝혀져 있었다. 도키치로의 어머니와 네네가 기후 성의 사자를 상좌에 앉히고 대접을 하고 있었다.

"이거 기다리게 해서 죄송합니다. 자리가 너무 조용하군요. 자, 오늘 밤은 마음껏 즐기시길 바랍니다."

도키치로가 자리에 앉은 뒤 자리가 갑자기 밝아지고 즐거워졌다.

네네는 이전에 비해 남편의 주량이 많이 늘었다고 생각하며 술자리에서 활달하고 호방한 남편의 모습을 남몰래 바라보았다. 손님을 기쁘게 하고 노모를 웃게 만들고 자기 자신도 즐기고 있는 모습이 좋아 보였다. 그런 도키치로 모습에 술과는 인연이 없는 한베까지 자신도 모르게 술잔을 입에 가져다델 정도였다.

그러는 사이 동생의 신랑인 기노시타 야스케와 고주로가 합석을 했다. 또 하치스카 히코에몬과 다른 가신들도 합석을 해서 성대한 술자리가 벌어졌다. 그런데 어느 틈엔가 도키치로의 모습이 보이지 않았다. 술을 깨러 잠시 밖으로 나온 도키치로는 네네에게 노모를 침실로 모시라 하고 혼자 쓰기야마를 걸었다.

올해는 어린 벚나무에 벚꽃이 얼마 피지 않았는데 그마저 덧없이 져버리더니 어느새 여름이 지척인 어둠 속에서 산등나무의 물큰한 향기가 풍겨오고 있었다.

"잠, 잠깐."

"예."

"거기 나무 뒤편에 누구냐?"

"……예."

"아, 한베 님의 동생이신 오유 님이 아니오? 무엇을 하고 있었소?"

"오라버니가 너무 늦으셔서 혹시나 하고……."

"오라버니 걱정을 하고 있었구려. 두 분은 정말 의가 좋은 듯하오."

도키치로가 곁으로 다가가자 오유가 황망히 무릎을 꿇으려고 했다. 그러자 도키치로가 오유의 손을 거칠게 잡으며 말했다.

"오유, 나를 저 나무 뒤편 다실까지 데려가주시오. 발이 휘청거릴 만큼 취해버렸소. 그대가 만든 차를 한잔하고 싶소."

"저, 황송합니다만 이 손을 놓아주십시오."

"괜찮소. 내가 괜찮다고 하지 않소."

"이, 이러시면 안 됩니다."

"괜찮다지 않소."

"어머!"

"뭘 그리 놀라시오."

"안 됩니다."

그때 한베가 밖으로 나와 걸어왔다. 그것을 알아챈 도키치로가 급히 오유에게서 떨어졌다. 그러자 한베가 어이없다는 표정으로 자리에 서 있다 말했다.

"주군, 술주정이 심하십니다."

"아, 한베."

도키치로가 머리를 긁적이며 큰 소리로 말했다.

"아니오. 인교원계이니 마음 쓰지 마시오."

그 뒤 가을에 접어들 무렵 하치스카 히코에몬이 한베를 찾아와 동생인 오유를 도키치로 어머니의 시녀로 보내주지 않겠느냐고 물었다. 도키치로는 여름부터 노부나가가 있는 기후 성에 가 있는 상태였다.

"그것은 누구의 말씀이오?"

한베가 묻자 히코에몬은 주군인 도키치로가 기후 성에서 서찰을 보냈다고 말했다.

"워낙 효심이 깊은 분이라 성을 비우신 중에도 모친을 걱정하고 계십니다. 마음결이 고운 여인으로 하여금 모친을 보살피게 하고 싶다며 오유 님을 말씀하셨습니다."

"그것은 내 동생에게 명예로운 일이겠지만, 먼저 동생의 의향을 들은 뒤에……."

한베는 일단 그렇게 말해놓고, 며칠 뒤 오유에게 이야기를 꺼냈다. 그 말을 들은 오유가 몸을 떨며 무서워했다. 지난 늦은 봄밤에 쓰기야 마 나무 뒤편에서 도키치로에게 희롱을 당한 일을 아직도 기억하며 두려워하고 있었던 것이다.

"싫으냐?"

"예, 부디 잘 말씀드려 사양해주십시오."

오유는 눈물까지 흘렸다. 주군의 명이라는 말만으로도 두려움이 밀려와 떨고 있었던 것이다.

"울지 말거라. 거절하면 그뿐이다."

한베는 동생이 무서워한다는 것을 알았기에 강요할 마음이 없었다.

한 점의 흠도 없이 지나치게 깨끗한 찻잔은 오히려 풍정風情이 없다고 말하듯 자신의 주군인 도키치로에게도 어쩔 수 없는 흠이 있었다. 대개 남자들이 지닌 그 흠은 보는 관점에 따라 찻잔의 풍정이나 인간미처럼 보일 수도 있지만 여자의 눈으로 보면 도저히 받아들일 수 없는 것이기도 했다.

하물며 한베의 누이동생은 보다이 산의 성에 있을 때에는 성주의 딸로 애지중지 자랐고 깊은 산속에 들어간 뒤에는 세상물정을 모르는 처녀로 살아왔기에 그런 이야기만으로도 눈물을 흘릴 수밖에 없었다. 한베는 그런 누이동생의 태도가 무리가 아니라고 생각하고 히코에몬에게 사실대로 말하며 거절을 했다.

가을도 무사태평했다. 도키치로가 없어도 성안의 무사들은 매일 강당에 모여 한베와 히코에몬을 중심으로 무예를 연마하고 영지를 순찰하는 데 만전을 기했다.

한편 기후 쪽에서는 도키치로가 올린 계책 덕분인지 이른바 인교원계의 외교 정책이 활발하게 이루어지고 있었다. 고슈의 다케다 가는 항상 오다의 등줄기를 서늘하게 하는 배후 중 하나였는데 그런 다케다 가와 혼담이 맺어졌다. 바로 다케다 신겐武田信玄의 넷째 아들인 가쓰요리勝賴와 노부나가의 딸이 혼례를 올린 것이다. 신부는 방년 열네 살의 가인으로 소문이 나 있었는데 실은 노부나가의 진짜 딸이 아니라 가신인 도오야마 타쿠미遠山內匠의 딸을 양녀로 삼은 것이었다. 하지만 혼례를 치른 뒤 신겐은 며느리를 대단히 마음에 들어 했고, 그녀는 노부가쓰信勝라는 아들까지 낳았다.

오다 가는 한동안 다케다 가가 있는 북쪽 경계에 마음을 놓고 있었는데, 노부나가의 양녀가 노부가쓰를 낳은 뒤 산후열로 죽고 말았다. 노부나가는 다시 신겐의 여섯째 딸과 자신의 적자인 노부타다를 혼례를 시켜 양국의 긴밀함을 유지하려고 노력했다.

그리고 성을 도쿠가와德川로 바꾸고 이름도 이에야스家康로 바꾼 미카와의 마쓰타이라 모토야스에게도 혼약을 권해 친족 관계로서 군사 동맹을 한층 공고히 했다. 그 당시 이에야스의 장남인 다케치요와 노부나가의 딸의 나이는 아홉 살에 불과했다.

오우미近江의 귀인이라는 의미로 '오야가타御屋形'라고 불리는 사사키 로카쿠佐佐木六角의 일족과도 혼약 정책이 이루어졌다. 그래서 기후 성은 근래 삼 년 동안 경사가 끊이지 않았다. 생각이 짧은 무사들은 자신들이 살아 있는 동안에 전쟁은 일어나지 않을 것이라고 믿을 만큼 무사태평한 날이 이어지고 있었다.

● **1551년 다이네이지의 변**

오우치 가문(大內氏)의 가신인 스에 다카후사((陶隆房)가 가문의 당주인 오우치 요시타카(大內義隆)의
문치 정책에 반발하여 일으킨 모반이다.

● **가토 기요마사 加藤清正·1562-1611**

도요토미 히데요시(豊臣秀吉)의 가신으로 시즈가타케 칠본창의 1人이다. 규슈 정벌 이후에는 히고국의 절반을 받아 무려 17만 석의 다이묘가 된다. 이후, 히데요시 세력의 최측근 호위이자 칠본창의 행동대장 역할을 하면서 히데요시에게 무한한 충성심을 보였다.

밀객密客

키가 큰 마흔 전후의 무사가 얼굴이 보이지 않을 정도로 삿갓을 눈썹 깊이 눌러쓰고 있었다. 행색을 봐서는 떠돌이 생활에 익숙한 듯싶었지만 뒤에서 봐도 어딘지 빈틈이 없는 몸가짐이었다.

방금 기후의 가마자마치釜座町 네거리에서 점심을 먹은 무사는 연신 마을의 처마를 바라보며 걷고 있었다.

"많이 변했구나."

딱히 무엇을 찾고 있는 것도 아닌 듯 이따금 혼잣말을 중얼거렸다.

무사는 삿갓 끝에 손을 대고 마을 어디에서나 보이는 웅장한 기후성의 성벽을 한동안 넋을 잃고 바라보았다. 감개무량한 듯 보였다.

문득 곁을 지나치던 상가商家의 부인인 듯한 여자가 무사의 모습을 되돌아보며 발길을 멈추었다. 그녀는 일꾼인 듯한 사내와 연신 고개를 갸웃거리며 무언가 속삭였다. 그러다 주저하며 무사에게 다가가 물었다.

"저, 죄송합니다만 혹시 무사님은 아케치 미쓰야스明智光安 님의 조카 분이 아니신지요?"

"아니오!"

무사는 잠깐 놀란 표정을 짓더니 큰 걸음으로 바삐 길을 갔다. 그러다 얼마 가지 않아 뒤돌아보더니 아직도 자신을 바라보는 여자에게 말했다.

"갑옷을 만드는 슈사이春齊의 여식이군. 어느새 결혼을 했나 보네."

그러고는 모퉁이를 돌아 가버렸다.

그로부터 반 시각 뒤, 무사는 나가라 강의 기슭에 모습을 드러냈다. 그는 앞으로의 여정을 생각하는지 강기슭 수풀에 앉아 하염없이 강물을 바라보았다. 갈대가 흔들리며 울음소리를 냈고 어느덧 으스스한 가을 햇살이 저물어가고 있었다.

"무사님."

누군가 뒤에서 다가와 어깨를 두드렸다. 뒤를 돌아보니 한 사람이 아니었다. 세 사람이 서 있었는데, 오다 가의 가신인 듯했다. 늘 성 아래 마을을 은밀히 순찰하는 무사들이었다.

"무얼 하고 계시오?"

아무렇지 않게 묻고 있지만 무사를 주시하는 세 사람의 얼굴에는 의심스런 기색이 역력했다.

"걷다가 지쳐서 잠깐 쉬고 있소. 오다 가의 관인들이시오?"

무사는 온화한 표정으로 그렇게 말하며 일어섰다.

"그렇소이다."

세 사람은 검문을 하는 말투로 바뀌었다.

"어디에서 와서 어디로 가시오?"

"에치젠에서 왔소이다. 기후 성에 연고가 있는 사람이 있어서 그를 만나러 왔소이다."

"가신 중에 말이오?"

"아니오."

"방금 그리 말하지 않았소이까."

"번藩의 무사가 아니라 내명부에서 일하는 사람이오."

"이름은?"

"이런 길가에서 말하긴 좀 그렇소."

"그대의 이름은?"

"그것도……."

"길가에서 말하긴 거북하다는 것이오?"

"그렇소이다."

"그럼 원하는 대로 관청까지 안내를 하겠소."

세 사람은 그를 타국의 간자라고 생각해 데려가려고 했다. 그리고 그가 무모한 저항을 하지 못하도록 한 사람이 일부러 길 건너편을 향해 외쳤다. 그곳에는 책임자인 듯한 기마 무사와 열 명의 병사가 무리를 지어 있었다.

"나도 바라던 바이니, 안내를 하시오."

무사는 그렇게 말하고 걸음을 옮겼다. 다른 나라와 마찬가지로 이곳도 나가라 강의 나루터를 비롯해 성 아래의 경호에서 여행자의 검문이 상당히 엄격하게 이루어졌다.

노부나가가 이곳으로 온 지 아직 얼마 되지 않았고, 사이토 가가 다스리던 시절보다 시정과 제반 법령을 일신했기 때문에 처리해야 할 공무가 산적해 있었다. 게다가 일부에서 너무 엄중하다고 할 정도로 세심하게 경비를 서도 종종 사이토 가의 잔당들이 마을 사람들 속에 섞이거나 타국 간자들의 흔적이 발견되었다.

이러한 봉행을 맡기기에는 모리 산자에몬 요시나리森三左衛門可成가 적임자였지만 누구라도 무사라면 이런 문관과 같은 관직보다 전쟁에 나서기를 원했다.

“많이 피곤하실 듯합니다.”

매일 밤 요시나리가 하루 일과를 마치고 사택에 돌아오면 아내가 그렇게 말하며 요시나리를 맞이했다.

“오늘 안 계실 때 성에서 사자가 난마루蘭丸가 보낸 편지를 가져왔습니다.”

“오, 그렇소?”

난마루가 편지를 보냈다는 말을 들은 요시나리의 얼굴에 화색이 돌았다. 난마루는 어릴 적에 성에 들여보낸 아들이었다. 주군인 노부나가가 난마루를 마음에 들어 해서 별 도움이 될 리는 없지만 곁에서 노부나가를 모시게 했던 것이다. 그래도 요즘에는 시동들과 함께 주군을 잘 섬기고 있는 듯해서 요시나리도 뿌듯했고 난마루가 보내는 편지를 보는 것도 즐거움 중에 하나였다.

“무슨 편지예요?”

“잘 있다는 말과 주군의 기분이 좋다는 말밖에 쓰여 있지 않소.”

“언젠가 이케다 님이 말씀하시길 난마루가 감기에 걸려 며칠 동안 보이지 않았다고 하셨는데 그것에 대해서는 아무 말도 하지 않았는지요?”

“아주 건강하다고 적혀 있소.”

“그 애는 남달리 똑똑한 아이입니다. 부모에게 걱정을 끼치지 않으려 그러는 것이겠지요.”

“그럴 것이오. 아직 분별이 없는 나이이고 하루 종일 긴장을 풀지 않고 주군 곁에 있는 것도 큰일일 텐데……. 현명하니 잘하고 있을 것이오.”

“가끔은 집에 와서 어리광을 부리고 싶기도 할 터인데…….”

그때 어린 무사가 찾아와 말을 전했다.

"퇴청하신 뒤 관청에 작은 소란이 생겨 한밤중인데도 불구하고 무라야마 센에이村山仙暎, 이케가이 겐모쓰池貝監物, 호리코시 구라하지堀越內藏八 님께서 의논을 드리러 오셨습니다. 어떻게 하시겠는지요?"

모두 요시나리의 부하들이었다. 요시나리는 즉시 들여보내라고 말한 뒤 이윽고 응접실로 들어갔다.

"무슨 일인가?"

"실은."

이케가이 겐모쓰가 먼저 자신들이 처리할 수 없는 일이라는 말을 꺼낸 뒤 보고를 했다.

"저물녘에 여기 호리코시 님이 나가라 강기슭에서 수상한 무사를 잡아왔습니다."

"그래서?"

"관청에 끌고 오기 전까지는 순순히 행동했는데 일단 조사를 시작하자 이름도 밝히지 않고 나라도 말하지 않고 오직 모리 님을 만나면 말하겠다고 합니다. 또 자신은 수상한 자가 아니고 성안 내명부에는 기요스 성에 있을 때부터 일을 하고 있으며 자신과 연고가 있는 사람이 있다고 합니다. 자세한 것은 부교인 모리 님을 만나면 다 말하겠다고 고집을 피우고 있습니다."

"흐음, 나이는 얼마쯤 되어 보이나?"

"마흔 정도인 듯합니다."

"인품은?"

"지극히 호방하고 남자다운데, 단순히 각지를 떠돌아다니는 무사 수행자로는 보이지 않습니다."

이윽고 부하들은 무슨 말을 들었는지 서둘러 돌아갔고, 요시나리는 노신을 불러 은밀히 이야기를 전했다.

얼마 뒤 세 사람이 사내를 관청에서 데리고 다시 찾아왔다. 저녁 무렵에 본 그 무사였다. 무사는 어슴푸레한 등불이 켜진 복도를 가로질러 혼자 안쪽 서원으로 갔다. 서원의 상좌에는 요를 까는 등 이미 손님을 맞이할 준비가 되어 있었다. 무사는 노신의 권유에 따라 아무 말도 하지 않고 자리에 앉았다.

"요시나리 님은 곧 오실 것입니다."

노신은 그렇게 말하고 물러갔다.

향을 피우는지 은은한 향내가 풍겨왔다. 그 향이 얼마나 좋은 나무로 만든 것인지 구분할 수 있는 귀빈이 아니라면 아까울 정도로 극진한 대접이었다. 그것을 아는지 모르는지 무사의 행색은 이곳에 오자 한층 추레하고 지저분해 보였다. 무사는 한동안 아무 말 없이 기다렸다.

낮 동안 삿갓에 가려져 있던 얼굴이 등불이 가물거리는 사이로 드러났다. 관인의 의심을 살 만큼, 각지를 떠돌아다니는 무사 수행자의 얼굴치고는 지나치게 새하얀 얼굴이었다. 눈빛은 칼싸움을 업으로 삼고 있는 사람처럼 조용하고 온화했는데 오히려 너무 깊어서 차갑게 보일 정도였다.

한 여자가 차를 가져오더니 아무 말 없이 따른 뒤 조용히 장지문을 닫고 사라졌다. 가족 중에 한 사람인 듯 보이지 시녀처럼 보이지는 않았다. 귀한 손님이 아니면 이렇듯 정중하게 예를 차리지 않을 터였다.

"오래 기다리셨습니다."

주인인 모리 요시나리가 들어와서 손님을 바라보다 고개를 끄덕이더니 거듭 공손히 인사를 했다. 무사도 조용히 요를 치우고 인사했다.

"모리 산자에몬 님이십니까? 고집을 부려 관인들에게 수고를 끼쳤습니다. 저는 에치젠의 아사쿠라^{朝倉} 가에서 온 아케치 쥬베 미쓰히데라고 합니다. 처음 뵙겠습니다."

"역시 아케치 님이셨군요. 관인들의 무례를 용서하십시오. 조금 전, 말을 전해 듣고 급히 이렇게 모시게 되었습니다."

"관청에서 이름이나 태어난 나라도 말하지 않았는데 어찌 저라는 걸 아셨는지요?"

"성안 내명부에 질녀에 해당하는 부인이 오랫동안 봉공하고 계시다고 말씀하셔서, 그 말을 듣고 이내 짐작했습니다. 귀공의 질녀 되시는 분은 노부나가 님의 정실, 즉 작고하신 사이토 도산 님의 따님이 미노에서 시집왔을 무렵부터 곁에서 섬기고 있는 하기지萩路 님이 아니십니까?"

"그렇습니다. 굉장히 자세히 알고 계셔서 놀랐습니다."

"제 소임입니다. 내명부에 있는 나이 든 사람부터 시녀에 이르기까지 그들의 고향과 가계, 친척 등을 평소에 조사해놓았기 때문에……."

"대단하시군요."

"하기지 님이 늘 제 주군의 부인 되시는 분께 도산 야마시로노카미 님이 돌아가실 때 미노를 떠나 소식도 모르는 숙부가 있는데, 아케치 성의 아케치 쥬베 미쓰히데 님이라고 하소연하는 것을 저희 모두 듣고 있었습니다. 관인들에게 미쓰히데 님의 연배와 외모, 또 오늘 하루 종일 마을을 돌아다니는 모습 등을 듣고서 미쓰히데 님이 틀림이 없다고 확신하고 이렇듯 모시게 되었습니다."

"대단한 안목이십니다."

미쓰히데가 처음으로 웃음을 짓자 요시나리도 자신의 생각이 적중한 것이 유쾌한 듯 웃음을 지었다.

"그런데 미쓰히데 님은 무슨 일로 에치젠에서 이렇게 멀리까지 오셨는지요?"

요시나리가 은근히 묻자 미쓰히데가 갑자기 장지문을 살피면서 낮은 목소리로 되물었다.

"주위에 사람은 없는지요?"

"사람들을 멀리 물렸으니 걱정하지 않으셔도 됩니다. 문 뒤에 있는 자는 복도에서 망을 보는 자로 제 둘도 없는 심복인 노신입니다. 그 외에는 아무도 없습니다."

"그럼 말씀드리겠습니다. 실은 저는 장군가의 요시아키 공의 친서와 무로마치의 귀족인 호소카와 후지다카細川藤孝 님의 서찰을 가지고 왔습니다. 모두 노부나가 님께 보내는 것입니다."

"예? 장군가에서 말입니까?"

"에치젠의 아사쿠라 가에 알려지면 절대 안 될 것이고, 각 주의 다이묘들도 눈치를 채면 절대 안 됩니다. 이곳까지 오는 동안 겪은 어려움은 말씀드리지 않아도 짐작하시리라 여겨집니다."

"흐음……."

요시나리는 자신도 모르게 신음을 내뱉었다.

다년간 폭정을 휘두르던 무로마치 막부의 미요시三好와 마쓰나가松永 세력이 마침내 장군 요시테루를 죽인 게 작년 6월이었다. 요시테루에게는 동생이 둘 있었다. 하나는 녹원사鹿苑寺의 슈코周嵩였는데 그 역시 미요시와 마쓰나가에게 죽임을 당했다. 또 하나는 나라奈良의 일승원一乘院의 주지로 있는 가쿠케이覺慶였다. 가쿠케이도 당연히 위험했지만 호소카와 후지다카와 의논해서 그를 감시하는 병사들을 술에 취하게 한 뒤 도망을 쳤다. 그가 바로 요시아키義昭였다.

그는 도망친 뒤 한동안 고슈江州 부근에 몸을 숨기고 환속한 다음 형인 요시테루의 뒤를 이어 십사 대 장군이 되었다. 그때 그의 나이는 스물일곱이었다. 그 뒤로 장군가는 와다和田나 롯카쿠 가 등의 다이묘 가문을 전전하며 몸을 의탁했다. 그렇게 식객으로 살아가는 것이 아니라 미요시와 마쓰나가를 토벌하고 가업과 세력을 만회하는 게 그의 본래 목적임은 두말할 필요도 없었다.

멀리 있는 에치고越後의 우에스기 겐신上杉謙信에게까지 격문을 보내 원조를 구하고 곳곳의 다이묘大名와 쇼묘小名와도 일을 꾸몄다. 하지만 천하의 대사였다. 마쓰나가와 미요시, 두 세력은 중앙의 권력을 잡고 있었고 명색이 장군가였지만 요시아키는 유랑하는 식객에 지나지 않았다. 병력은 물론 자금도 없었고 명성도 없었다. 그러니 모두 망설일 뿐이었다.

그는 비와琵琶 호를 건너 북쪽 땅으로 들어가 떠돌아다녔다. 와카사若狹에서 에치젠으로 옮겨가서 그곳의 아사쿠라 요시카게朝倉義景에게 몸을 의탁했는데 그곳에서 아사쿠라 가의 가신으로 들어간 불우한 인물을 만나게 되었다. 바로 아케치 미쓰히데였다. 미쓰히데와 호소카와의 인연은 그때 처음으로 맺어지게 된 것이다.

"다소 이야기가 길어질 터이지만, 먼저 제 이야기를 들으신 연후에 노부나가 님께 전해주시길 바랍니다. 제가 지니고 있는 장군가의 친서는 노부나가 님 외에 그 누구에게도 건넬 수 없으니 말입니다."

미쓰히데는 후지다카를 알게 된 기연으로 이곳 기후 성으로 밀서를 가져오게 된 사정을 이야기하기 전에 이렇게 전제했다. 지금 현재 자신의 상황을 설명하기 위해 먼저 아케치 성을 버리고 미노에서 에치젠으로 도망친 당시의 상황을 차례대로 이야기하기 시작했다.

천하의 재갈

근래 십여 년, 미쓰히데는 세상의 쓰디쓴 산고를 맛봐야만 했다. 본래 책상 앞에서 학문에만 몰두하는 지식인이었던 그가 지금은 '살아 있는 경험과 수행을 했다'며 자신의 역경에 감사하고 있지만, 그간의 유랑과 곤궁은 너무나 길기만 했다.

그는 미노의 내란으로 아케치 성이 소실된 뒤 사촌 동생인 야헤이 미쓰하루와 함께 에치젠으로 도망쳐왔다. 그곳의 허름한 집에서 수년 동안 숨어 지내는 동안 낭인의 신분으로 농부의 자식들에게 글공부를 가르치며 근근이 지내왔다. 그 뒤 아내를 불러들여 서로 상의한 결과 '이대로는 살 수 없다'며 홀로 제국 편력에 나섰다.

'좋은 주군이 있으면, 또 좋은 기회가 있으면.'

미쓰히데는 그렇게 세상에 나갈 길을 구하는 한편, 후일을 기약하기 위해 병학자의 안목으로 각국의 경제나 성루 등을 돌아보며 유랑했다. 그가 너무나 광범위하게 돌아다녀 여정을 소상하게 알 수는 없지만 서쪽 나라 방면에 유달리 관심을 가지고 편력한 것은 분명했다. 왜냐하면 주고쿠中國 지방의 서쪽 땅에서 새로운 문화를 가장 빨리 받아들일 뿐 아니라 그가 오랫동안 연구해온 철포에 대한 새로운 지식도 얻을 기회가 많았기 때문이다.

주고쿠 지방에서는 이런 일도 있었다. 모리 가의 가신인 가쓰라桂라는 사람이 야마구치山口 성 아래에서 거동이 수상한 여행자를 붙잡았다. 바로 미쓰히데였다. 그곳에서 간자의 혐의를 받은 미쓰히데는 자신의 소생과 상황, 바람 등을 조금도 숨기지 않고 이야기했다. 그리고 천하를 주유하는 동안 보고 들은 각국의 군웅들 상황과 그들에 대한 평을 막힘없이 이야기했다.

심문을 하던 가쓰라는 그 해박함에 놀라 완전히 미쓰히데에게 경도되고 말았다. 그는 주군인 모토나리元就에게 미쓰히데를 천거했다.

"분명 인재입니다. 주군께서 거둬주시면 후일 반드시 큰일을 할 인물이라 생각합니다."

어느 나라나 인재가 필요했다. 자신들의 나라를 떠나는 인재는 다른 나라에 들어가 언젠가 자신들의 적이 될 게 분명했다. 모토나리는 가쓰라의 말을 듣고 서둘러 미쓰히데를 만나보기로 했다. 미쓰히데는 날을 잡아 요시다吉田 성으로 들어갔다. 그다음 날, 가신인 가쓰라가 모토나리에게 물었다.

"어떠하십니까?"

"과연, 그와 같은 무사는 드물 것이다. 시복과 황금 등을 주어 정중하게 영외로 보내는 것이 좋겠다."

"예? 뭔가 마음에 들지 않는 점이라도 있었습니까?"

"음, 영웅 중에도 진정한 영웅과 효웅이 있다. 효웅에 학문의 재능이 있으면 오히려 자신을 파멸시키고 주가에 독이 될 것이다. 인상 등을 보면 그렇지 않을 수도 있지만 그 무사의 정수리가 튀어나와 있는 것이 어쩐지 거슬린다. 침착하고 눈동자가 맑으며 조용히 말을 하는 모습을 보면 사람을 끌어들이는 힘이 있어 실로 매력 있는 무사다. 하지만 나는 주고쿠 무사의 둔골鈍骨을 사랑한다. 둔골 무사 중에 있으면 군계일학이라고 할 정도로 눈에 띄는 무사이나 오히려 그 때문에 그를 꺼리는 것이다."

아마도 사람들이 다소 살을 붙여 전한 듯하지만 모토나리의 생각은 훗날 미쓰히데의 운명을 너무나 잘 예언한 것이었다. 좌우지간 모리가에서는 미쓰히데를 거두지 않았다.

게이슈藝州를 떠난 미쓰히데는 히젠肥前과 히고肥後의 산야를 돌아다니며 오토모大友 가의 영내도 둘러보았을 것이고 바다를 바라보며 바다 건너편 세상도 상상했을 것이다. 해로로 시고쿠四國를 떠나 조소카베 씨長曾我部氏[86]의 병법도 살폈을 것이다. 그리고 다시 에치젠의 허름한 집으로 돌아왔는데 병에 걸린 아내는 변변히 먹지도 못한 채 죽었고 사촌 동생인 미쓰하루도 다른 가문으로 떠났다.

그로부터 육 년 동안, 그는 자신의 전도에 한 가닥 등불조차 발견할 수 없었다. 그러던 중 문득 미쓰히데는 암울한 어둠 속에서 한 사람의 지기를 떠올렸다.

"그래, 미쿠니三國의 엔아圓阿를 찾아가보자."

엔아는 에치젠의 후나사카船坂에 있는 칭염사稱念寺의 승려였다. 서찰을 주고받은 적이 있는 어렴풋이 아는 사이였다.

엔아는 미쓰히데의 성품을 좋게 보고는 극진히 돌봐주었다. 미쓰히데는 칭염사 앞에 집 한 채를 빌려 한동안 서당 선생으로 숨어 살았다. 미쓰히데가 이 지방에서 살기 시작한 뒤에도 매년 찾아오는 봄과 가을처럼 여기저기서 일향종一向宗의 난이 끊임없이 일어났다.

미쓰히데가 있는 곳은 아사쿠라 요시카게의 거성이 있는 영지였다.

---

86 헤이안 말기부터 전국戰國 시대에 걸친 무가武家. 전국 시대에 도사土佐를 통일하고 시고쿠四國로 진출한 다이묘인 조소카베 모토치카長曾我部元親가 유명하다.

성은 이치죠다니一乘谷에 있었다. 미쓰히데는 서당 선생을 하던 이 년 동안 내정이나 이 지방 특유의 난에 대해 공부를 했다.

어느 해 일향종을 토벌하기 위해 가슈加州의 경계로 향한 아사쿠라 군은 겨울을 넘기면서까지 그곳에 주둔을 하고 있었다. 그러자 미쓰히데가 평소 신세를 지고 있던 엔아에게 물었다.

"아사쿠라 가에 말할 계책이 있는데 누구를 만나면 좋겠습니까?"

엔아는 미쓰히데의 의중을 알고 있었다.

"일족 중에 사람들의 말을 듣는 아사쿠라 카게유키景行 님이 좋을 듯합니다."

미쓰히데는 서당을 엔아에게 맡기고 전쟁터로 갔다. 애초부터 아무런 연고도 없었고 그저 한 가지 계책을 적은 종이를 들고 아사쿠라 카게유키의 진영을 찾은 것이었다. 계책을 적은 종이가 카게유키에게 건네졌는지 어떤지도 알지 못한 채 그는 두 달 동안 진중에 구속되어 있었다.

"내 계책을 쓰고 있는가 보군."

미쓰히데는 비록 막사 안에 사로잡혀 있었지만 진중의 움직임이나 병사들의 사기 등을 보고 상황을 짐작할 수 있었다. 카게유키는 미쓰히데를 믿지 못해 붙잡아놓았지만 고전을 타개할 방법이 없다 보니 미쓰히데가 올린 전법을 시험 삼아 써볼 수밖에 없었다. 그러자 싸움이 아군에게 유리하게 전개되는 것이었다.

"흐음, 진심으로 충언을 한 자인 듯하다."

카게유키는 미쓰히데가 명석한 두뇌와 침착한 성품을 지니고 문무에 뛰어나다는 것을 알게 되었다. 그래서 진중에 두고 종종 불러 이야기를 들었지만 쉽사리 자신의 휘하로 거두려 하지 않았다.

"제게 철포 한 정을 빌려주시면 반드시 적의 수장을 쏴 죽이겠습니다.”

평소에 미쓰히데는 호언을 늘어놓지 않았다. 그래도 카게유키는 여전히 미쓰히데를 의심하는 듯했다. 하지만 이내 허락을 한 뒤 미쓰히데 몰래 수하를 붙여 은밀히 감시하게 했다.

재정이 풍부한 아사쿠라 가라 할지라도 철포 한 정은 대단히 귀중한 것이었다. 미쓰히데는 인사를 한 뒤 철포를 들고 병사들과 함께 전선으로 나갔다. 그리고 난전이 벌어지자 적지 깊숙이 들어가서 자취를 감추고 말았다.

“역시 염탐을 하러 온 적의 첩자였구나!”

미쓰히데가 사라졌다는 말을 들은 카게유키는 미쓰히데를 쏘지 않았다는 이유로 감시병을 질책했다.

그런데 며칠 뒤, 적의 맹장인 쓰보사카 호키노카미坪坂伯耆守가 전선을 순시하던 중 누군가의 철포에 저격을 당했고 적의 사기는 급격히 떨어졌다는 첩보가 들어왔다. 그 무렵 미쓰히데가 돌아와 카게유키를 보며 재촉했다.

“어찌 전군을 이끌고 적을 공격하지 않으십니까? 이런 좋은 기회에 팔짱만 끼고 바라보는 사람을 어찌 일군의 장수라고 할 수 있겠습니까?”

미쓰히데의 말에는 거짓이 없었다. 홀로 적지 깊숙이 들어가 적장인 쓰보사카 호키노카미를 철포로 저격한 뒤 돌아온 것이라는 사실도 싸움이 끝난 다음 확인되었다.

이치죠다니에서 돌아온 아사쿠라 카게유키는 이러한 사정을 주군인 요시카게에게 전했다. 그러자 요시카게는 미쓰히데를 불러 자신의 가문을 섬길 마음이 있는지를 물었다. 그리고 미쓰히데가 철포의 명사수라는 사실을 알고는 성 아래에 있는 안양사安養寺 경내에서 미쓰히데에게 철포를 쏘게 했다. 하지만 미쓰히데는 철포를 쏘는 실력보다 철포를 제작하고 해체하는 기술과 화약 지식에 밝았다.

"철포를 쏘는 것은 병사들이 하는 일이지 제가 할 일이 아닙니다."

미쓰히데가 말했다. 하지만 그는 어렵게 얻은 기회를 놓치는 것이 아까운 듯 총알 백 발을 청하더니 요시카게 앞에서 육십여덟 발을 과녁에 명중시켰다.

요시카게가 감탄을 하며 말했다.

"본가에 꼭 머무르도록 하라."

요시카게는 미쓰히데에게 성 아래 저택과 함께 일천 관의 녹을 내렸다. 그리고 가신들의 자제 백 명을 선발해 미쓰히데 휘하에 새로운 철포대를 조직했다.

미쓰히데는 마침내 역경에서 벗어났다. 그는 요시카게에게 고마워했으며 더불어 자신감도 얻었다. 아사쿠라 가에 출사한 뒤 몇 년 동안 오로지 봉공에 정진했다. 그런데 그의 그런 모습이 언제부터인가 주변 사람들의 눈에 곱게 보이지 않았다. 더욱이 새로 들어온 신참인데도 미쓰히데는 조금도 굴하지 않는 자부심과 지식인다운 풍모를 지니고 있었다. 미쓰히데가 무슨 말을 하거나 어떤 행동을 하더라도 주변 사람들 눈에는 그가 세련되고 똑똑해 보이기만 했다. 촌티 나는 일족들과 누대의 가신들은 그것이 마음에 들지 않았다.

"건방진 놈."

"잘난 체하긴."

"위선자."

그들은 미쓰히데가 없는 곳에서 험담을 늘어놓았다. 그러다 보니 주군도 미쓰히데에 대해 저절로 좋지 않게 생각했고 봉공도 원만해지지 않았다. 냉소적인 성격의 그가 냉소적인 사람들의 시선 속에 둘러싸여 있는 형국이었다.

　그때 요시카게가 특별히 미쓰히데를 비호했다면 별문제가 없었을 것이다. 하지만 요시카게는 일문의 사람들과 중신들에게 둘러싸여 있었다. 또 해마다 일어나는 일향종의 난 때문에 번의 상황은 다른 나라에서 그 예를 찾아볼 수 없을 정도로 복잡했다. 그리고 무엇보다 미쓰히데의 눈썹을 찌푸리게 하는 일은 요시카게의 애첩들 사이에서 벌어지고 있는 문란한 다툼이었다. 그 일은 아무런 연고도 없이 어느 날 갑자기 주가에 들어온 미쓰히데가 아무리 걱정을 해도 도저히 해결할 수 없는 일이었다.

　"내 잘못이다."

　미쓰히데는 생활이 안정되자 큰 고민에 빠졌다. 오랜 세월 모진 풍파와 싸우며 대하를 건너왔는데 서둘러 역경을 벗어나려는 마음 때문에 그만 발을 내딛을 땅을 잘못 선택한 형국이었다.

　"허송세월이었단 말인가!"

　미쓰히데는 그렇게 후회하며 입술을 깨무는 날이 많았다.

　그러한 후회와 울적한 마음이 겉으로 표출된 것인지 미쓰히데는 소창小瘡이라는 피부병에 시달리기 시작했다. 얼마 지나지 않아 그의 피부병은 다른 사람들 눈에도 보일 정도로 퍼졌다. 그는 좋은 기회라 생각하고 주군에게 휴양을 청한 뒤 야마시로山代 온천에 가서 피부병과 함께 울적한 마음을 달랬다.

　"오랫동안 엔아 님께 소식을 전하지 못했는데, 이번 기회에……."

　미쓰히데는 야마시로에서 미쿠니의 엔아를 찾아갔다. 그리고 엔아와 함께 작은 배를 타고 세쓰攝津의 미시마御島로 놀러갔다. 엔아는 시詩에 능한 승려였고 미쓰히데 역시 다소 풍류를 알고 있었던 터라 두 사람은 배 안에서 이야기꽃을 피웠다.

"미쓰히데 님, 이렇듯 자연의 아들이 되어 천지간에 배 한 척 유유히 띄우고 강물에 몸을 맡기고 놀고 있으니 참으로 살아 있는 듯하지 않습니까?"

"오랜만에 근심과 번민을 잊었습니다. 평소의 집착들이 한없이 어리석게만 보입니다."

"지금의 심경을 일상에서도 지니면 어떻겠습니까? 아사쿠라 가에 몸을 의탁하는 것은 좋지만 티끌만 한 녹미와 작은 공을 다투며 보기 추한 집안싸움에 번민하기보다 이렇게 유유자적 일생을 보내는 것은?"

"저도 생각은 그리 하지만."

"말이야 쉽지만, 그럴 수가 없다는 것이군요. 하하하."

"하지만 이번에 많은 것을 깨달았으니 더 이상 무익한 번민과 근심에 젖어 일상을 보내지 않도록 할 것입니다."

"출사에 염증을 느끼면 언제든지 칭염사로 돌아오십시오. 서당의 아이들은 언제라도 스승님을 기쁘게 맞이할 것입니다."

그날 미쓰히데는 마음이 한없이 평안해 보였다. 아사쿠라 가의 내분 속에 몸을 두고 추한 내분에 마음을 빼앗기는 것은 자진해서 진흙탕 속으로 들어가 그것을 욕하는 것과 똑같이 어리석은 일이라는 사실을 깨달았다. 그리고 가난한 서당의 선생이 얼마나 깨끗하고 고귀한 자리인지를 새삼 절실히 깨달았다.

밤이 된 뒤에는 섬으로 가서 미시마 신사의 신관인 지부타유의 사가에 머물렀다. 그날 밤, 미쓰히데와 엔아와 지부타유는 함께 렌가連歌를 지었고, 그 자리에서 미쓰히데는 오늘 배 안에서 지은 렌가를 엔아에게 보여주었다.

물결 너머 뿌리가 위로 자란다는 소나무를 보니

내 몸에 와 닿는 바람도 저와 같구나.

넘실대는 밀물에 씻기는 땅속의 강철 저편에

뿌리가 위로 자란 소나무

"흐음."

엔아는 고개를 끄덕였지만 좋은지 나쁜지는 말하지 않았다. 미쓰히데는 와카和歌도 읊고 렌가도 지었지만 시승詩僧인 엔아가 봤을 때 '무사치고는' 웬만큼 한다는 정도지 절창이라고 감탄할 정도는 아니었다.

미쓰히데는 엔아와 함께 야마시로 온천의 객사로 돌아왔다. 엔아는 본래 자유분방하고 재미있는 사람이어서 이곳의 마을 사람들도 이내 그를 좋아하게 됐다. 미쓰히데는 엔아보다 이곳에 더 오래 머물고 있었지만 객사의 사람들이나 온천을 오가다 마주친 사람들과 그저 인사만 나누는 정도였다. 사람들이 미쓰히데를 존경하지만 좋아하거나 따르지는 않았던 것이다. 서로의 알몸을 보며 생활하는 산골 온천에 있으면 사람들과 친해지지 못하는 것도 고민 중 하나였다.

그러던 중에 여행객의 입을 통해 교토에 큰 변이 일어났다는 사실이 전해졌다. 미요시와 마쓰나가 세력이 궁궐을 습격해서 요시테루 장군을 죽였다는 것이었다.

"장군이 살해당했으니 세상이 다시 어지러워질 것이다. 대체 앞으로 세상이 어떻게 될까."

산속 사람들은 흉흉한 교토의 소문에 마음이 심란해졌다. 온천의 욕탕에서 소식을 전해 들은 미쓰히데는 돌아오자마자 엔아에게 말했다.

"대장부가 이런 산속에서 한가로움을 즐길 때가 아니었습니다. 엔아 님은 천천히 온천을 즐기다 돌아가십시오. 저는 급히 떠오른 생각도 있고 해서 한발 먼저 떠나도록 하겠습니다."

미쓰히데는 그렇게 말하고 분주히 행장을 꾸려 에치젠의 이치죠다니로 돌아갔다.

"어쩔 수 없군. 남들보다 강한 그의 야심이 좋은 인연을 만나 올곧게 펼칠 수 있다면 크게 이로울 것이지만."

엔아는 중얼거리며 혼자 칭염사로 돌아갔다.

교토의 대란은 천하의 대란이었다. 당연히 주가에게도 여파가 미칠 것이었다. 그에 대비하느라 공무도 분주해질 것이 분명했다.

"어설프게 세상을 등지고 작은 일에 마음을 쓰는 것은 장부로서 부끄러운 일이다."

미쓰히데는 스스로를 돌아보며 마음을 다잡고 아사쿠라 가의 성 아래로 돌아왔다. 야마시로 온천에서 피부병을 완전히 치료한 그는 요시카게를 찾아갔다.

"병 때문에 오랫동안 자리를 비웠다가 이제야 돌아왔습니다."

요시카게는 잘됐다거나 잘 돌아왔다는 말을 하지 않았다.

"그런가."

그저 이 한 마디뿐이었다. 미쓰히데는 덧없이 물러났다.

그 뒤로 주군에게 아무런 연락이 없었다. 그러자 미쓰히데는 이상히 여기고 번의 상황을 자세히 살펴보았다. 자신이 맡았던 철포대에 새로운 사람이 임명되어 있었고 주변의 분위기도 모두 그에게 불리하게 변해 있었다.

그러고 보니 자신에 대한 요시카게의 신뢰가 이전과는 완전히 달라진 듯 보였다. 미쓰히데는 다시 번민에 휩싸였다. 그런 마음이 그의 맑은 눈에 그대로 드러나 보였다. 워낙 두뇌가 명석하다 보니 주위의 말 없는 소곤거림이나 보이지 않는 다툼까지 느낄 수 있었고, 그것은 그를 근심과 번민의 껍질 속에 틀어박히게 하곤 했다.

피부병은 나았지만 마음의 근심이 다시 그의 마음을 갉아먹고 있었다. 그는 문을 닫아건 폐인처럼 썰렁한 저택의 한구석에서 날마다 서책만 읽었다. 그래도 다행히 서책에서 마음의 위안을 찾았다. 그는 그것이 가장 좋은 방법이라고 믿고 있는 듯했다. 서책을 통해 성현의 길을 더듬어 가다 보면 세상에 더 화가 나고 세상에서 더 멀어진다는 것을 알면서도 어쩔 수가 없었다.

이윽고 미쓰히데는 세상에 대해 초연하게 되었고 내심 그것이 자랑스럽기도 했다. 그때 마침 유폐된 것과 다름없는 그의 대문을 두드리는 사람이 있었다. 그것은 미쓰히데가 전혀 예상하지 못했던 일이었다.

"은밀히 뵙고 싶습니다."

그 말은 실로 하늘이 내린 선물과도 같았다. 손님은 무로마치 조정의 간레이管領 가 일족인 호소카와 후지다카였다.

"어찌 이런 누추한 곳까지."

미쓰히데는 직접 나가 손님을 안으로 맞아들였다.

"엔아 님과 친하게 지낸다고 알고 있소이다. 실은 엔아 님을 뵈었을 때, 가네가사키金ヶ崎 성 아래 가면 꼭 아케치 님을 만나 달라며 그대 말을 자주 했던 터라 마음에 두고 있었소이다. 근래에 다소 한가한 직을 맡고 있다 보니 무료함에 겨워 이렇게 찾아왔소이다."

후지다카는 처음 만났는데도 친근한 말투로 온후하게 말을 건넸다.

후지다카의 인품은 미쓰히데의 마음과 잘 맞았다. 후지다카에게는 명문가의 품위와 지식인의 풍모가 묻어났다. 미쓰히데는 오랫동안 사람다운 사람을 만나지 못한 것을 한탄하고 있었기에 후지다카를 만난 것을 진심으로 기뻐했다. 그렇다 해도 후지다카가 대체 무슨 일로 자신을 찾아온 것인지 내심 의심스런 마음이 들었다.

호소카와 후지다카는 만년에 유사이幽齊라고도 칭했는데 호소카와

번에서는 중흥의 선조라고 할 수 있는 업적을 남긴 인물이었다. 하지만 미쓰히데를 은밀히 만나러 온 무렵 후지다카는 간레이 가의 혈통을 이어받은 가문이라고 해도 뜻 하나밖에 없는, 표박하는 무사에 지나지 않았다.

미요시와 마쓰나가의 난으로 각지를 전전하고 있는 망명한 장군가의 요시아키는 얼마 전부터 와카사의 다케다 요시무네武田義統를 찾아 몸을 의탁하면서 말했다.

"난적들을 교토에서 쫓아내고 가업과 권위를 되찾기 위해 찾아왔네."

요시아키는 믿을 만한 다이묘를 은밀히 물색하고 있었다.

호소카와 후지다카는 절을 떠나 이제 막 환속한 젊은 요시아키와 허울뿐인 장군가를 옹립해서 각 주의 다이묘에게 의義를 설파하고 분기할 것을 호소했다. 후지다카는 지금의 비참한 역경을 어떻게 타개할 것인가 혼자 고군분투하고 있었던 것이다.

'아사쿠라 가는 반드시 우리 편이 되어줄 것이다. 와카사와 에치젠의 두 주州가 가세하면 북쪽의 제후들도 앞다퉈 달려올 것이다.'

후지다카는 장군가의 친서를 가지고 은밀히 와카사에서 가네가사키로 와서 태수인 요시카게를 만나고 번에 있는 노신들의 집을 찾으며 며칠 동안 침식도 잊고 공을 들였다.

하지만 아무리 기다려도 번의 중론은 하나로 모아지지 않았다. 노신들 대부분이 거절하는 편이 좋다는 의견을 내놓았고 요시카게도 내켜 하지 않았다. 후지다카가 의를 강조하며 사람들을 설득했지만 사람들은 고립무원의 망명 신세인 장군가에 가담해 중앙과 싸울 의지가 없는 듯했다. 병력이나 재력이 있었지만 요시카게와 번의 노신들은 현재 상황을 유지하는 데 급급했던 것이다.

현명했던 후지다카는 아사쿠라 가의 내부 다툼과 파벌 싸움을 꿰뚫어보고 일찌감치 포기했다. 하지만 요시아키와 노신 일행은 이미 와카사를 떠나 이곳 성 아래로 옮겨와 있었다. 아사쿠라 가는 이들을 눈엣가시 같은 존재로 여겼지만 장군가를 소홀히 대할 수 없다 보니 당분간 성 아래 절을 객사로 제공하고 대접하면서 하루빨리 이곳을 떠나주기를 바랐다.

그날 갑자기 후지다카의 방문을 받은 미쓰히데도 그때까지의 사정을 어렴풋이 듣고 있었다. 하지만 그렇게 고달픈 역경에 처해 있는 후지다카가 아무 힘도 없는 자신을 찾아온 이유를 전혀 짐작하지 못했다.

"와카를 즐긴다고 하더군요. 엔아 님과 미시마에 놀러갔을 때 귀공이 지은 렌가를 보았소이다."

후지다카는 그렇게 이야기를 시작했다. 그는 마음에 근심이 있는 사람으로 보이지 않을 만큼 온화하고 부드러웠다.

"이거 부끄럽습니다."

미쓰히데는 정말로 얼굴을 붉혔다. 후지다카가 와카의 도道에 도달했다는 사실이 교토는 물론 지방까지 널리 알려져 있었기 때문이다.

그날은 와카 이야기를 시작으로 국학國學과 문학에 대해 논하고 아스카飛鳥와 나라 시대의 불상 미술부터 근래 특히 유행하는 다도까지 평했다. 그리고 다시 피리와 공놀이, 또 음식과 여행 등 밤이 된 것도 모를 만큼 이야기를 나눴다.

"이거 처음 방문한 사실도 잊고 이야기를 나누는 재미에 그만 푹 빠졌소이다."

등불이 켜진 것을 본 후지다카가 오래 머문 것을 사죄하고 돌아갔다. 홀로 남은 미쓰히데는 촛불을 바라보며 생각에 잠겼다. 그 뒤로 후지다카는 두세 번 더 놀러왔지만 늘 렌가에 대한 평이나 다도에 관한 한담만 나눴다.

그러던 어느 날이었다. 이슬비가 내려 대낮인데도 무가 저택의 안쪽 깊숙한 일실은 등불이 필요할 정도로 어두침침했고 왠지 구슬픈 날이었다. 후지다카가 먼저 말을 꺼냈다.

"오늘은 그대의 마음을 엿보고 싶은 것이 있소이다만……. 내가 앞으로 할 은밀한 물음에 귀를 기울여주겠소?"

사실 미쓰히데는 후지다카가 이런 말을 꺼낼 날만을 기다리고 있었다.

"저를 믿고 말씀하시는 이상, 맹세코 비밀을 지키겠습니다. 무엇이든 말씀하십시오."

후지다카는 고개를 크게 끄덕였다.

"그대는 얼마 전부터 내가 무슨 연유로 이렇게 찾아오는지 이미 깊이 헤아리고 있을 것이오. 실은 장군가를 따르는 우리는 이곳 아사쿠라를 유일하게 같은 편인 다이묘이자 믿을 수 있는 곳이라 여기고 있소. 그래서 지금까지 몇 번이나 은밀히 교섭하고 매달려보았지만 확답을 하지 않고 시간만 끌고 있고, 또 언제 결단을 내릴지 기약할 수 없는 상황이오."

"흐음……."

"그동안 아사쿠라의 내정과 사정을 살펴보았더니 그들은 애초부터 고립무원의 장군가를 옹립해서 군사를 일으킬 마음이 없었다는 것을 알게 되었소. 그래서……."

후지다카가 평소와 전혀 다른 사람처럼 정중한 말투로 물었다.

"그렇다면 아사쿠라 님을 제외하고 각 주의 다이묘 중에서 대체 누가 그러한 대임을 맡고 믿을 만한 사람이겠습니까? 귀공은 지금 세상에서 진정으로 믿을 수 있는 무장이 누구라고 생각하십니까? 듣기로 귀공은 젊었을 때부터 여러 나라를 편력했고, 또 이렇게 말하는 나도 귀공의 견식과 안목을 높이 평가하고 있습니다. 나는 오랫동안 분란이 일어난 교토에 몸을 두고 그 한가운데에 있으면서도 오히려 물고기가 강물을 보지 못하듯 새로운 시류에 어두웠습니다. 본래 아사쿠라 가와 같은 번을 유일한 희망이라 생각하고 온 것만으로도 그 어리석음을 깨닫게 되었습니다. 귀공은 어떻게 생각하시는지요. 귀공의 허심탄회한 생각을 들려주십시오. 또 그러한 무장은 진정 없단 말입니까?"

"있습니다."

"있습니까?"

후지다카의 눈이 반짝였다.

미쓰히데는 무릎에 올려놓았던 손을 들어 손가락으로 바닥에 글자를 썼다.

오다 노부나가

"기후 성의?"

후지다카는 숨을 삼켰다. 바닥을 응시하던 눈을 들어 미쓰히데의 얼굴을 바라보며 한동안 아무 말도 하지 않았다.

"과연!"

후지다카는 고개를 끄덕였다. 그 뒤로 두 사람은 오다 노부나가라는 인물에 대해 꽤 오랫동안 의견을 나눴다. 미쓰히데는 어릴 적부터 사이토 가에서 옛 주군인 도산 야마시로노카미를 섬기며 그의 사위인 노부나가의 성품을 지켜보았으니 미쓰히데의 말에는 근거가 있었다.

그로부터 며칠 뒤였다. 미쓰히데는 요시아키의 숙소인 사원의 뒷산에서 노부나가에게 보내는 장군가의 친서를 후지다카로부터 건네받

왔다. 그날 밤, 미쓰히데는 이치죠다니에서 모습을 감췄다. 물론 집과 하인도 버리고 두 번 다시 돌아오지 않을 생각이었다.

다음 날 아침, 아사쿠라 가에서는 미쓰히데가 실종됐다며 한바탕 소동이 벌어졌다. 추격대를 보냈지만 미쓰히데는 이미 영내에 없었다. 태수인 아사쿠라 요시카게는 그 전부터 장군 요시아키의 신하인 호소카와 후지다카가 두세 번 그의 집을 방문한 일이 있다는 소식을 듣고 있었다.

"미쓰히데를 다른 나라에 사자로 보낸 것이 틀림없다."

요시카게는 요시아키를 책하며 그를 영외로 쫓아버렸다. 후지다카는 일찍부터 이런 일이 일어날 것을 예상하고 있었기 때문에 오히려 잘됐다며 에치젠에서 오우미를 넘어 아사이 나가마사淺井長政의 오다니小谷 성에 몸을 위탁한 뒤 미쓰히데의 소식을 기다렸다.

이렇게 미쓰히데는 기후 성으로 오게 된 것이었다. 장군 요시아키의 친서를 품속에 넣은 미쓰히데는 도중에 몇 번이나 생명의 위협을 받았다. 간신히 그 목적의 절반을 이룬 미쓰히데는 지금 모리 요시나리의 사택에서 노부나가를 만나 자신의 사명과 포부를 상세히 전할 수 있게 되었다.

에이로쿠 9년 11월 9일은 숙명의 날이라 할 수 있었다. 미쓰히데가 기후 성에 들어가 노부나가와 처음으로 대면하는 날이었다. 노부나가는 이미 모리 요시나리에게 전말을 들은 상태였다.

미쓰히데는 서른아홉이었고 노부나가는 여섯 살 어린 서른셋이었다. 옆방에는 이노코 효스케猪子兵助, 모리 요시나리 외의 사람들이 대기한 상태로 미쓰히데를 손님으로 맞이했다.

"호소카와 님의 서찰과 장군가의 친서는 잘 보았소이다. 불초 노부나가를 이렇듯 믿고 의지하시는데 내 힘이 닿는 데까지 전력을 다해 돕겠소이다. 원로에 참으로 수고가 많았소이다.”

노부나가의 말에 미쓰히데는 엎드려서 대답했다.

“미천한 목숨, 뜻하지 않게 천하를 위해 분에 넘치는 막중한 임무를 띠고 와서 그와 같은 말씀을 들으니, 꿈인지 생시인지 그저 기쁨에 겨워 눈물만 나올 뿐입니다.”

미쓰히데의 말에는 조금도 거짓이 없었다. 아니 말로 표현하기에는 너무나 부족할 따름이었다. 미쓰히데가 성실한 모습을 보이자 노부나가는 그를 더욱더 눈여겨봤다. 바른 행동거지와 명석한 말투에 식견까지 갖춘 미쓰히데와 이야기를 나눌수록 노부나가는 미쓰히데를 자신에게 큰 도움이 될 사람이라고 생각했다.

노부나가는 일단 믿을 수 있는 사람이라고 판단하면 그 사람을 완전히 믿었다. 사쿠마, 시바타, 마에다, 그리고 도키치로와 같은 신하들은 모두 노부나가가 진실로 믿고 있는 사람들이었다. 그들과 노부나가 사이는 단순한 주종 관계를 넘어 한층 공고하고 깊은 믿음으로 연결되어 있었다.

미쓰히데도 노부나가를 자신이 듣던 것보다 훨씬 뛰어난 태수라고 생각했다. 자신의 일생을 그와 같은 주군에게 바치며 봉공하고 싶다고 생각했다. 이윽고 그런 그의 바람이 이루어졌다. 노부나가는 우선 미쓰히데의 질녀가 자신의 아내를 섬기고 있다는 말을 듣고 질녀를 만나게 해주었다. 그리고 아내의 부탁도 있고 해서 이내 아케치의 후예인 미쓰히데를 오다 가에 신하로 받아들였다. 그는 한 부대의 장으로 사천 관과 미노의 안파치安八 군의 일부를 영지로 받았다.

고슈江州의 아사이 가에 와 있는 장군가의 일행은 그로부터 얼마 뒤 미쓰히데를 필두로 사람들을 보내 기후 성으로 맞아들였다. 노부나가는 다른 나라에서 애물단지 취급을 받았던 망명 신세의 장군가를 맞이하기 위해 직접 국경까지 마중을 나갔다. 그리고 성문에서는 요시아키가 탄 말의 재갈을 직접 잡고 최고의 예를 갖췄다.

　사람들이 어떻게 생각하든 노부나가는 요시아키가 탄 말의 재갈을 잡았다. 노부나가에게 그것은 요시아키가 탄 말의 재갈이 아니라 바로 천하의 재갈인 것이었다. 앞으로 천하의 시류가 어디로 흘러가든 그 향방은 재갈을 잡은 노부나가의 주먹 안에 있었다.

춘풍행 春風行

노부나가는 날이 갈수록 미쓰히데를 총애했다. 그는 무슨 일만 있으면 미쓰히데를 불렀다. 그러다 보니 미쓰히데는 늘 노부나가의 오른쪽 자리에 있느라 안파치 군의 사택에 머무는 날이 드물었다.

그리고 노부나가의 곁에는 미쓰히데와 똑같이 그림자처럼 따라다니는 미동美童이 있었다. 성은 모리, 이름은 난마루였다. 어느 날, 미쓰히데가 난마루에게 물었다.

"모리 요시나리 님의 아들이라는 말을 들었습니다만?"

난마루는 아직 젖내가 나는 작은 꼬마였지만 위엄 있게 말했다. 먼저 들어온 사람들은 새로 들어온 사람을 자신보다 아래라고 생각했다.

"그렇습니다."

세상의 풍파를 다 겪은 미쓰히데는 겸손하게 인사를 했다.

"아버님을 쏙 빼닮으셔서 처음 주군 곁에 서 있는 모습을 보았을 때부터 혹시나 하고 생각했습니다. 일전에 기후에 도착한 날에 아버님의 사택에서 여정을 풀고 많은 신세를 졌습니다. 그렇듯 깊은 인연도 있고 하니 부디 앞으로 잘 부탁드리겠습니다."

"아, 그렇소."

난마루는 그렇게 말하며 고개만 끄덕였다. 하지만 미쓰히데는 난마루가 교만하다고 생각하지 않았다. 그는 근신이든 시종이든 주군 곁에 있는 사람들은 모두 자부심이 세다는 것을 알고 있었다. 오히려 난마루의 시원스런 눈매와 총명해 보이는 입가를 보고 지성이 있다고 여겨 난마루를 좋아하게 되었다.

그 뒤 난마루도 아버지인 요시나리에게 미쓰히데의 성품에 대해 듣고 처음과는 달리 전각에 있는 무사들 중에서 존경하는 무사로 미쓰히데를 대했다. 미쓰히데는 주군은 물론이고 주군 곁에 있는 가신들과 무사들의 젊고 희망 찬 모습을 보며 속으로 감탄했다.

"이번에야말로 목숨을 바쳐도 아깝지 않는 주군을 만난 듯하다!"

미쓰히데는 아사쿠라 가를 생각하고 오래전 멸망한 사이토 시절의 미노를 떠올리며 노부나가와의 기연을 소중하게 여겼다. 오다의 가신으로 봉공하는 날들이 즐거웠고 보람찼다. 가신들과도 대부분 알게 되자 신참이라고 경시했던 사람도 없어졌다.

그리고 해가 바뀐 에이로쿠 10년 2월 하순에 이세에서 연이어 파발이 도착했다.

"미쓰히데, 구와나의 다키가와 가즈마스가 계속 원군을 재촉하고 있으니 자네가 가서 공을 세우게."

노부나가는 미쓰히데를 불러 명을 내렸다.

노부나가를 섬긴 지 채 일 년도 되지 않은 미쓰히데에게 이세로 가서 싸우라는 명은 은명恩命이었다. 모든 무사들이 성안에서 십 년을 봉공하는 것보다 하루를 싸우더라도 전쟁터로 나가기를 바랐다.

노부나가 입장에서도 미쓰히데에게 출전 명을 내린 것은 과감한 발탁이 아닐 수 없었다. 미쓰히데는 대부대는 아니지만 기쁜 마음으로 오백십여 명의 기마병들을 이끌고 이세지로 향했다. 이세지로 가는 도중 스노마타 강의 남쪽을 건너자 성 하나가 눈에 들어왔다. 기노시타 도키치로의 스노마타 성이었다. 미쓰히데 부대가 배에서 내리자 성안의 아군들이 차와 식사를 대접했다.

전쟁터는 아직 멀었다. 병사들은 한가로이 흐르는 대하 앞에서 밥을 먹었고 말에게도 좋은 풀을 먹였다. 그리고 말을 강가로 끌고 가서 물을 먹이기도 했다.

"이케다는 어디에 있는가?"

작은 체구의 무사가 싱글싱글 웃으며 걸어와 물었다. 모두들 그가 스노마타 성의 수장 도키치로인 줄 몰랐다.

"이케다라니 누구 말인가?"

병사들은 도키치로의 무례함을 꾸짖듯 대꾸했다.

"이케다 가쓰사부로의 부대가 아닌가?"

가쓰사부로 노부테루는 이 부대의 주장主將이었다. 그런데 도키치로가 주장의 이름을 함부로 부르자 병사들이 도키치로의 얼굴을 빤히 쳐다보았다. 어디선가 본 적이 있는 듯했다. 누군가가 '기노시타 님'이라고 속삭이는 것을 듣고서야 병사 한 명이 황급히 저편으로 달려갔다. 강가에서 무장 한 명이 올라왔다. 옛 친구인 이케다 가쓰사부로였다.

"여어!"

이케다가 소리치자 도키치로가 똑같이 화답했다.

"여어!"

"차와 식사 대접 고맙네."

"시간이 괜찮으면 하룻밤 성에서 머물고 가는 것이 어떤가?"

"그럴 시간이 없네. 다키가와 가즈마스가 원군을 재촉해서 바로 떠나야 하네."

"수고가 많네. 하나 별일은 없을 것이네."

도키치로가 대수롭지 않다는 듯 말했다.

"그렇지도 않네. 그 똑똑하고 용맹한 가즈마스가 구와나 가니에 성의 병력으로 이세의 북쪽 여덟 군郡과 남쪽의 다섯 군인 기타바타케 北畠 대군과 대치하다 더 이상 버틸 수 없다고 비명을 지르며 도움을 청하는 것일세."

"하하하, 그렇군. 장기간에 걸쳐 진을 치고 있기도 하니."

"그리고 무엇보다 적은 이세에서 파견한 지방관인 아키이에顯家 이래의 유서 깊은 명문 귀족이네. 그런 가문의 당주인 토모노리具教는 결코 무시할 수 없는 자네. 그의 명망은 이세에서도 높은 것 같네."

"적에게 크게 감명을 받은 듯하군. 명문 귀족의 자제가 그리 대단하다니 나와 같은 사람은 도저히 대적할 수도 없겠네그려."

"자네 들으라고 하는 말이 아니네. 토모노리의 입장에서 보면 오다 가는 시바斯波 가의 일개 관리나 마찬가지네. 더욱이 그런 오다 가의 가신에 불과한 다키가와 가즈마스를 상대하는 것 자체를 오명이라고 생각할 것이네."

"그것은 지난날의 영화에만 집착해 바뀐 세상을 직시하지 못하는 것과 같네. 아직도 세상에 그런 자가 많다니 안쓰럽기만 하군."

"참, 그렇지!"

"이번에 자네 부대에 노부나가 님께서 특별히 출진을 명한 사내가 있지 않나? 그자도 명문가의 자제였다가 가문이 망한 뒤 재차 세상에 나온 자라 하니 다소 패기가 있는 듯한데 어디 한번 만나게 해주겠나?"

"누구 말인가?"

"성은 아케치, 이름은 쥬베 미쓰히데라고 하더군. 예전에는 아케치 노쇼의 성주로 사이토 도산 야마시로를 섬겼는데, 요시타쓰에게 패주하여 전국 각지를 떠돌아다니다 몇 년 전에 요시아키 장군의 밀서를 가지고 노부나가 님을 찾아온 자라고 하던데."

"아, 그자 말이군."

가쓰사부로는 병사에게 미쓰히데를 불러오게 했다. 이윽고 미쓰히데가 주장인 가쓰사부로 옆에 와서 섰다.

"아케치 님."

"예!"

"소개를 하겠소. 여기 계신 분이 스노마타의 수장인 기노시타 도키치로 님이오."

"아, 그렇습니까?"

미쓰히데가 한 걸음 앞으로 나오자 도키치로도 조금 앞으로 나왔다. 두 사람은 처음으로 서로를 바라보았다. 시간이 없다 보니 미쓰히데와 도키치로는 몇 마디 잡담만 주고받았다.

"그만 출발하세. 명령을 내리도록 하게."

가쓰사부로가 미쓰히데에게 말했다.

"그럼 실례하겠습니다."

미쓰히데는 도키치로에게 인사를 하고 제방 위로 달려가 각 부대의 부장들에게 출발 준비를 하라고 명령을 내렸다. 미쓰히데의 목소리와 행동이 믿음직스러워 보였다.

"노부나가 님께서 마음에 들어 하실 만도 하군……"

도키치로가 미쓰히데의 모습을 바라보며 말했다. 그러자 가쓰사부로가 고개를 끄덕이며 말했다.

"이젠 오다 가에도 뛰어난 인재가 많아졌네. 비노尾濃 두 나라로 영토도 넓어졌고 오다 전군을 거병하면 이 만은 될 것이네."

"적군."

도키치로의 말에 가쓰사부로가 회심의 미소를 지었다. 그러고는 말에 올라 탄 뒤 다시 만나자는 말을 남기고 떠났다.

끝없이 남쪽으로 이어진 길을 행군하는 군마들 위로 봄바람이 불었다. 가쓰사부로는 스노마타 영지를 벗어날 때까지 백성들이 길가로 나와 환호를 하며 자신들을 배웅하는 모습에 놀랐다. 어떤 지역을 지날 때에는 백성들이 밭 저편에서 쟁기를 든 채 자신들과는 무관한 표정으로 일만 하기도 했다. 매일 밤낮으로 전란이 끊이지 않아 전쟁에 익숙해진 사람들은 그렇게라도 하지 않으면 봄에 일하고 가을에 수확을 기다리는 생활을 견딜 수가 없었던 것이다. 상황이 그러다 보니 가쓰사부로는 도키치로의 영내에 있는 백성들 모습에 한층 놀랄 수밖에 없었다. 이곳에서는 성주와 영민, 갑옷을 입은 인간과 쟁기를 든 인간이 하나의 핏줄로 이어져 있는 듯했다.

"대단하군."

가쓰사부로가 말 위에서 중얼거렸다. 미쓰히데도 백성들의 모습을 보았다. 그리고 아까 성 아래에서 만난 풍채가 왜소한 도키치로를 떠올렸다.

이세 국경의 전황은 원군이 도착하자 한층 격렬해졌다. 그렇다 해도 기타바타케 일족의 실력은 결코 무시할 수 없었다. 이케다 가쓰사부로가 생각한 대로 적장은 만만치 않았다.

두 달 정도가 지났다. 그사이에도 또 다른 원군이 남쪽으로 내려왔다. 4월 중순이 되자 노부나가는 스노마타의 도키치로에게 전서를 보내 이세로 가라는 명령을 내렸다. 앞서간 가쓰사부로와 신참인 아케치 등과 함께 도키치로도 이세의 싸움에 참가하게 된 것이다.

"어머님, 다녀오겠습니다."

출전하는 날 아침, 도키치로는 갑옷을 입은 자신의 모습을 어머니에게 보여주기 위해 어머니 방으로 갔다.

"무사히 잘 다녀오너라."

노모와 네네는 본성까지 나와 도키치로를 배웅했다. 이젠 일족이라고 할 수 있는 사람들이 성문 앞에서 도키치로를 기다리고 있었다.

도키치로는 말을 타고 가면서 멀어지는 본성을 돌아다보았다. 노모는 쓰기야마에 올라 아들을 바라보고 있었다. 어머니 곁에는 아내 네네도 있었다. 그리고 여자들이 한곳에 모여 있었다.

"자신 있다. 내가 가면 이세는 4월 안으로 결착이 날 것이고 여름에는 다시 이곳에 돌아오겠다. 뭐라, 죽지 말라고? 나는 그리 쉽게 죽을 사람이 아니다. 어머님을 잘 모시고 있거라."

도키치로가 배웅을 하러 성 아래까지 말을 나란히 타고 따라온 동생 고쥬로에게 말했다. 그 순간 표주박 문양의 우마지루시가 그의 말 앞에서 펄럭이고 있었다.

이세 伊勢 평정

들판은 왕겨와 쌀이 타는 냄새와 연기로 뒤덮여 있었다. 오다 군은 지난밤부터 새벽녘 사이 본부를 점령한 부락으로 옮긴 상태였다. 부상자 무리가 모여 신음 소리를 토해내고 있어서인지 새빨간 복숭아밭이 검게 보였다. 부상을 당한 병사들은 반쯤 미친 사람처럼 하늘을 향해 고함쳤다.

"뭐라고, 적이 역습을 가해왔다고?"

"나를 일으켜라."

"이 정도 부상에 누워 있을 순 없다. 다시 나가서 싸우겠다."

피투성이가 된 수십 명의 부상자가 나란히 깔아놓은 멍석 위에 누워 있었다. 병사들은 미동도 할 수 없을 정도로 부상을 크게 당했지만 흥분한 나머지 고함을 치며 이를 갈았다. 그리고 눈을 크게 뜨고 한낮의 구름을 노려보았다.

복숭아밭 한쪽에는 반쯤 불에 탄 촌장의 집이 있었고, 불탄 우물 옆에는 소가 불에 타 죽어 있었다. 어린 송아지가 주위를 서성거리며 구슬프게 울고 있자 바로 옆에 있는 막사에서 장수가 얼굴을 내밀고 소리쳤다.

"시끄럽구나. 여봐라, 저 송아지를 데리고 가거라."

병사 한 명이 창대로 송아지의 엉덩이를 힘껏 후려쳤다. 어린 송아지는 깜짝 놀라 채소밭으로 도망치다 그만 논두렁 도랑에 빠지고 말았다. 송아지는 도랑에서 빠져나오려고 몸부림을 치며 한층 구슬프게 울어댔다. 장막 밖에 서 있던 보초가 그것을 보고 웃다가 황급히 엄숙한 표정을 지었다. 그리고 이내 안에서 들리는 목소리에 귀를 기울였다.

방패와 장막으로 둘러싼 본부 안에서는 아까부터 격론이 벌어지고 있었다. 새벽녘, 말을 나란히 하고 마을로 들어온 각 부대의 장수들끼리 앞으로의 작전을 두고 의견 차이가 생겼는지 서로 한 치도 양보하지 않는 듯했다.

일찍부터 구와나와 가니에 두 성을 지휘하면서 이세와 대치하고 있던 다키가와 가즈마스가 결정을 내리면 될 듯했지만 그는 모두 일리가 있는 의견이라고 할 뿐 어느 한쪽에도 찬반을 표하지 않았다.

논쟁은 주로 근래 이십여 일 사이 이세의 싸움터에 참전한 새로운 원군의 장수들 사이에서 벌어졌다.

"이세의 남쪽을 먼저 제압하고 다카사키高崎 성은 나중에 공격해야 하오."

"아니오. 적이 난공불락이라고 믿는 다카사키 성을 먼저 공격해서 함락시켜야 하오."

양쪽에서 서로 다른 의견을 주장하는 탓에 쉽게 결론이 나지 않았다.

전자의 의견에 동조하는 사람들은 아쓰다의 가토 즈쇼, 아이치愛知 군의 이오 오키노카미飯尾隱岐守, 기후 성의 철포 부대 대장인 하야가와 다이젠早川大膳, 시노다 우곤篠田右近, 가스가이 군에서 달려온 시모가타 사곤노쇼겐下方左近將監 등이었다.

도키치로가 그들의 의견에 반대하고 나섰다.

“손쉬운 곳을 먼저 공격하고 어려운 곳을 뒤로 미루는 것은 원정의 책략이 아니오. 북北 이세의 험지인 다카사키 성만 수중에 넣으면 적들은 그 중심을 잃을 것이고 남은 기타바타케 일족은 지리멸렬 사방으로 흩어질 것이 불을 보듯 뻔하오.”

사나흘 전, 가장 늦게 참전한 도키치로가 가장 강경하게 자신의 의견을 주장하자 앞서 참전한 부장들이 불편한 감정을 드러냈다.

“그 말은 평소 지략이 뛰어난 도키치로 님의 주장이라고 여겨지지 않소. 다카사키 성은 기타바타케 제일의 장수라 하는 야마지 단죠山路彈正가 지키고 있고 병사들이 강하고 지세가 험준해 귀공의 말처럼 그리 쉽게 함락시킬 수 없소. 아군의 전군이 기껏 성 하나에 매달려 날을 보내는 사이에 간베神戸의 적군이 퇴로를 끊고 포위를 하면 어떻게 할 생각이시오?”

이오 오키노카미와 시모가타 사고노쇼겐 등의 노련한 장수들은 도키치로가 젊은 혈기만으로 의견을 주장한다고 여겨 꾸짖듯 말했다.

“저는 기노시타 님의 의견이 옳다고 생각합니다.”

이케다 가쓰사부로 노부테루처럼 두세 사람은 도키치로를 지지했다. 아케치 미쓰히데도 그중 하나였다. 하지만 그는 신참이었고 더욱이 아직 한 부대의 부장에 지나지 않았기에 작전 회의에서 자신의 의견을 말할 자격이 없었다. 그는 이케다 부대의 일개 장교로 노부테루의 뒤에 묵묵히 서 있었다.

격론은 끝없이 이어졌다. 어떤 결정이 내려지는가에 따라 전군의 사활이 좌우되는 중차대한 문제였다. 다키가와 가즈마스는 사려가 깊은 사내였다. 그는 사람들에게 이렇게 된 이상, 주군인 노부나가의 의견을 듣고 결정할 수밖에 없다고 말했다. 기후 성까지 파발을 보내면 며칠밖에 걸리지 않을 것이었다. 이로써 다카사키를 공격하든지 남南 이세로 진로를 잡든지 이 부근의 적을 소탕하려면 며칠은 더 걸릴 것이 었다.

"그동안 주군의 대답을 기다리면서 좀 더 숙고할 시간을 가집시다."

카즈마사가 그렇게 중재를 하고 나서야 격론이 끝났다.

전령들이 기후로 출발했다. 그런데 그날 밤, 일단 철수했던 적병이 야음과 지리적 이점을 이용해 역습을 가해왔다. 기습을 받은 다키가와 가즈마스의 중군 부대는 어쩔 수 없이 이 리나 후퇴하고 말았다. 그 외에 이오, 가토, 시모가타 등의 오다 군은 연락이 끊어지고 지리멸렬 흩어졌다. 밤이 새고 보니 사상자 수는 엄청났고 근래 칠 일 동안 유리하게 전개되던 전선의 형세도 완전히 뒤집히고 말았다.

"기노시타 부대와 이케다 부대가 보이지 않는데 전멸한 것은 아닐까?"

패색이 짙게 드리운 오다 군 진영에 설상가상 이런 말까지 돌기 시작했다. 깜짝 놀란 가즈마스가 두 부대를 찾고 있는데 이오 오키노카미와 시모가타 사곤노쇼겐이 적지에서 전령을 보내왔다.

"어젯밤, 난전 중에 기노시타와 이케다 부대가 적의 오른편을 돌파해서 북쪽의 적지 깊숙이 들어갔습니다. 이는 필시 자신들의 주장을 굽히지 않기 위해 군명을 어기며 다카사키 성으로 향한 것 같습니다. 어떻게 하면 좋겠습니까?"

가즈마스는 어쩔 수가 없었다.

"이렇게 된 이상, 그들을 선봉으로 삼아 진군할 수밖에 없다. 그렇지 않으면 싸움이 끝난 뒤, 기노시타와 이케다를 죽게 내버려두었다는 말을 들을 것이다."

가즈마스의 오다 군은 마지못해 끌려가는 형국으로 기노시타와 이케다의 뒤를 따라 진군을 시작했다. 그렇게 적이 있는 다카사키 성 앞사오 리 부근까지 오자 검은 연기가 한쪽 하늘을 뒤덮고 있었다. 가즈마스가 척후를 보내 살펴보게 했다. 이윽고 척후가 돌아와서 상황을 전했다.

"기노시타 님의 부대가 다카사키 성 아래 마을에 불을 지르고 이케다 님의 부대가 논과 밭을 헤집고 곳간을 봉쇄한 뒤 성안으로 통하는 길을 목책으로 막아 다카사키 성을 포위하고 있습니다."

"적은?"

가즈마스가 척후병에게 물었다.

"성의 적병들이 이따금 나와 싸우긴 하는데, 바람이 거세다 보니 불길이 마을과 부락뿐 아니라 산과 들로 번져 성문을 닫고 성안의 불을 끄기에 여념이 없는 듯합니다."

밤이 되자 바람은 잦아들었지만 불길은 한층 거세져서 몇 리 떨어진 후방에 있는 병마들의 그림자조차 빨갛게 보일 정도였다. 다카사키 성은 엿새 동안 밤낮으로 타오른 불길로 완전히 알몸이 되었다. 성 밖의 전야와 민가 모두 불에 타 들판으로 변하고 말았다.

도키치로의 군사 삼천 명은 멀리 물러난 채 성과 외부와의 연결을 차단하고 있었다. 북 이세의 여덟 군의 군사는 모두 성주인 야마지 단죠의 수족이었지만 성안과 연락이 끊긴 탓에 사분오열로 분열되고 말았다.

"궤멸의 징후가 보이기 시작했네. 북쪽 방면의 적은 이 이케다 가쓰사부로가 격퇴하겠네."

도키치로와 행동을 함께한 이케다 부대가 이번 기회에 북쪽의 여덟 군의 대병에 맞서기 위해 진군했다. 하지만 후진에 있는 다키가와, 가토, 하야가와, 시모가타 등의 부대는 선봉군인 기노시타와 이케다 부대가 곧 패퇴할 것이라며 비웃어댔다. 곧이어 기후 성에서 파발이 당도했다.

다카사키 성을 먼저 공격해서 함락시키는 것이 상책이니 주저하지 마라.

노부나가의 명이었다. 그와 동시에 노부나가가 일거에 이세를 공략하기 위해 직접 오천의 군사를 이끌고 출전했다는 소식도 전해졌다.

가즈마스 등의 장수들은 뜻밖에 자신들의 의견과 다른 주군의 명령에 당황하며 급히 기노시타와 이케다 부대를 돕기 시작했다. 그러자 도키치로가 엄명을 내렸다.

"우리 부대보다 앞서가지 마라. 적들이 활과 철포 등을 쏘면 물러나기만 하고 결코 대응하지 마라."

그렇게 열흘이 지났다. 성의 병사들은 모두 결전을 각오하고 초조하게 기다렸지만 오다 군은 그저 멀리서 알몸이 된 성의 주위를 둘러싼 채 싸움을 피하고 있었다. 이윽고 노부나가의 본군이 도착했다. 이케다 가쓰사부로의 부대는 북 이세의 산악 지역으로 깊이 들어간 뒤 소식이 끊긴 상태였다.

"이곳은 됐다. 이케다 군을 도우러 가라."

노부나가는 시모가타와 가토, 하야가와 등 팔천의 병력을 북쪽 방면으로 보내 본격적으로 이세를 공략하기 시작했다. 그리고 눈앞에 있는 다카사키 성에 대해서는 다음과 같이 명을 내렸다.

"내일 새벽녘부터 총공격을 개시하라!"

"안 됩니다."

도키치로가 반대 의견을 개진했다.

"성 밖과 연락도 끊어지고 식량을 운반하는 길도 끊어져 병사들이 성안에 고립되다 보니 상하를 막론하고 모두 결전을 준비하고 있습니다. 게다가 이세의 준걸인 적장 야마지 단죠는 병사를 잘 부리고 무략에도 뛰어납니다. 저들은 분명 옥쇄를 각오하고 있을 것인데 그런 저들과 싸우면 아군도 적지 않은 손실을 입게 될 것입니다. 아니, 아무리 많은 희생을 치른다 해도 함락시킬 수 있을지 의심스럽습니다."

도키치로의 말에 노부나가는 화를 냈다.

"지금에 와서 무슨 말인가. 자네는 다키가와 가즈마스 등이 신중을 기하자는 의견을 내놓았을 때 반대를 하지 않았는가?"

"그렇습니다. 하지만 그것은 후속책이 있었기 때문입니다."

"후속책이라니?"

"저를 사자로 보내주시면 적도 구하고 한 명의 아군 병사도 잃지 않고 다카사키 성을 평화로운 방법으로 주군의 손에 바치겠습니다."

"좋다, 가라. 총공세는 모레 아침까지 기다렸다 하겠다. 그 안에 피를 흘리지 않고 성을 취할 수 있겠는가?"

"그리 해보겠습니다."

다음 날, 도키치로는 부하를 한 명만 데리고 다카사키 성의 해자 근처까지 갔다. 그는 성을 올려다본 다음 말에서 내려 부하의 손에 고삐를 맡기고 혼자 해자 기슭까지 걸어갔다.

"성안의 병사들에게 고한다!"

도키치로는 왼손으로 허리를 짚고 오른쪽 손을 입가에 대고 큰 소리로 말했다.

"나는 오다 노부나가 님의 신하, 스노마타의 기노시타 도키치로다. 주군의 명을 받들어 성주인 야마지 님을 만나기 위해 왔다. 야마지 단죠 님께 이로운 일이다. 야마지 님은 거기에 계시는가!"

도키치로가 대답을 기다리고 있는데 성의 창문 틈과 토벽 위, 망루 부근에서 갑자기 많은 사람이 머리를 내밀고 도키치로가 있는 곳을 바라보았다.

"뭐지? 이상한 자가 해자 끝에 와서 뭐라고 외치는데."

성의 병사들은 키가 작고 왜소한 풍채와는 어울리지 않을 정도로 대범한 도키치로를 의아한 눈길로 바라보며 웅성거렸다. 아무리 기다려도 대답이 없자 도키치로가 다시 외쳤다.

"어이, 북 이세의 사람들은 귀가 없는 것인가? 오다의 신하인 기노시타 도키치로가 여기에 온 것을 빨리 단죠 님께 전하라."

그렇게 말하고 얼마쯤 지났을 때, 도키치로의 발밑으로 해자의 물에 고기가 튀어 오르듯 총알 두세 발이 날아왔다. 도키치로는 한 발도 움직이지 않았다. 핑 하고 귓가를 스쳐 지나간 총알도 있었다. 총소리는 곧 멈췄다. 성의 병사들은 애초부터 그를 노린 게 아니었다. 그의 담력을 시험하기 위해 일부러 총을 쏜 것이었다. 그러는 사이 성주의 귀에 말이 들어갔는지 야마지 단죠가 망루에 모습을 드러냈다.

"기노시타 도키치로라고 했는가? 내가 야마지 단죠다. 노부나가의 사자로 왔다고 하는데 무슨 말을 하러 온 것인가? 전쟁 중에 노부나가와 교분을 쌓을 이유는 없지만 어디 한번 말해보라."

단죠가 망루 위에서 큰 소리로 말하자 도키치로가 멀리서 예를 갖춘 뒤 말했다.

"인정하지 싫겠지만 나는 싸움에서 이긴 오다 쪽 사자이고, 당신은 고립된 성에서 천여 명의 용맹한 병사들을 이끌고 있는 기타바타케 가의 충신이자 패장이오. 패군의 장이 승리한 쪽에서 온 사자를 위에서 내려다보며 말하는 법은 없소이다. 이곳에서는 주군의 뜻을 전할 수가 없으니 나를 성안으로 맞아들여 응당한 예를 취해주기 바라오."

단죠가 손뼉을 치며 웃더니 말했다.

"와하하하. 겉보기는 왜소한데 참으로 허세가 심한 자군. 패군의 장이라니 그것은 대체 누구를 두고 하는 말인가?”

성주의 웃음소리가 무엇을 뜻하는지도 모르고 여기저기서 병사들이 따라 웃었다. 도키치로는 조소 섞인 웃음소리를 묵묵히 듣고 있다가 다시 입을 열었다.

“무용에 있어서 야마지 님이 이세 제일이라는 명성을 들었는데 참으로 안타깝고 가련하구려. 흡사 필부의 만용과도 같소이다. 싸우다 죽는 것만이 용맹한 장수라고 잘못 알고 있는 것은 아니시오?”

“뭐라!”

단죠가 성난 목소리로 고함을 쳤다.

“이 단죠를 필부라고 했겠다!”

도키치로는 그 틈을 놓치지 않고 재빨리 되받아쳤다.

“필부도 생명이 얼마나 귀한지 정도는 알고 있소. 당신과 같은 사람은 생명이 얼마나 귀중한지도 모르는 들판의 멧돼지에 지나지 않소. 성에 틀어박혀 후일을 위해 목숨을 보존할 생각은 없소이까? 성 밖 사방 천지는 이미 초토화되고 식량을 들일 길도 끊기고 물도 고갈되었소. 게다가 원군이 올 가능성도 전혀 없는데 버티는 것은 패배를 인정하지 않는 억지에 불과하오. 하하하.”

도키치로의 목소리는 단죠에게 지지 않을 만큼 컸다. 도키치로의 하얀 이는 해자 건너편 성루에서도 또렷하게 보였다.

“재미있군. 그렇게 말할 자격이 있는 자인 듯하다. 성안으로 정중히 모셔라.”

단죠는 무슨 생각에서인지 곁에 있던 병사들에게 그렇게 명령했다. 해자의 당교가 불에 타서 떨어진 탓에 부장 한 명이 성문 옆에서 뗏목을 띄우고 병사 열 명 정도를 태우고 해자 아래로 와서는 말했다.

“주군께서 만나자고 하시니 오다의 사자는 배에 오르시오.”

도키치로는 말과 부하를 그곳에 남겨두고 홀로 뗏목에 올랐다.

성의 병사들이 통로 좌우에 빈틈없이 늘어서서 창을 겨누고 있었다. 성안의 장수와 병사 들은 굶어 죽는 한이 있더라도 끝까지 성을 지키려는 각오를 하고 있었던 만큼 비록 도키치로가 혼자 왔더라도 그들의 눈에는 살기가 번뜩였다.

성주인 야마지 단죠는 망루 아래 의자에 앉아 도키치로를 기다렸다. 적장을 처음으로 가까이에서 본 도키치로는 이내 그에게 호감을 느꼈다.

'정직한 인물인 듯하다.'

야마지 단죠도 전혀 주눅이 들지 않은 도키치로의 태도에 의외로 호감을 느꼈다. 전쟁터에서 만나면 서로를 야차나 귀신처럼 대하기 마련이었지만, 이렇듯 인간 대 인간으로 가까이에서 마주하면 오히려 비상한 친근함마저 느끼기도 했다. 영웅은 영웅을 알아본다는 말처럼 두 사람은 서로를 본 순간 직감을 했다.

"조금 전의 무례함은 용서해주기 바라오."

도키치로가 인사를 한 뒤 먼저 사과를 하자 단죠가 무인다운 기질로 오히려 도키치로를 칭찬했다.

"아니오. 피차일반이오. 내가 웃으니 그대도 웃었을 것이오. 홀로 적의 성까지 오는 일은 아무나 할 수 없는 일일 것이오."

단죠의 칭찬에 도키치로가 화답하듯 말했다.

"일찍이 이세 사람들은 기타바타케 다이나곤 님이라 불리는 나가소데長袖[87]의 후손들이라 대부분 유약하다고 생각했는데 이곳 성의 견고함과 병사들의 투지를 보곤 이세에도 출중한 무사가 있다는 사실을 깨

---

87 본래 긴소매라는 뜻이지만, 귀족이나 학자, 승려 들이 평소에 소매가 긴 옷을 입는 것을 빗대는 말로 쓰이기도 한다.

닫고 모두 감탄을 하며 높이 평가하고 있소이다.”

도키치로의 말에 단죠가 얼굴을 붉히며 말했다.

“나는 이미 죽음을 결심하고 있고 또 이곳이 뚫린다면 주가는 멸망할 것이라는 것을 알고 있소. 하지만 내가 살아 있는 동안에는 결코 오다 군이 북 이세를 마음대로 하게 내버려두지 않을 작정이오만, 이 성이 궤멸되면 다이나곤 가는 멸망할 것이오.”

“아니오. 결코 그렇지 않을 것이오.”

“그렇지 않다니?”

“충절을 꺾으라고 하는 말이 아니라 충의를 다함에 있어 다른 길도 있다고 생각하오. 말씀대로 다이나곤 가는 영역이 넓고 유서 깊은 명문가지만 귀하와 같은 무용과 충절을 지닌 무인이 몇 명이나 있겠소이까. 우리가 보기에도 이 성만 무너뜨리면 북 이세는 무너질 것이고 북 이세를 빼앗은 뒤 일거에 간베의 본성을 에워싸면, 실례의 말이지만 간베의 일족은 그물 안 고기를 잡는 것과 같을 것이오.”

“흐음.”

단죠는 도키치로의 말을 부정하지 않았다. 그만큼 자국의 운명을 잘 알고 있었다.

“게다가 믿고 있는 이 성도 이런 상태라면 반달도 버티지 못하고 함락될 것이오. 귀하를 비롯한 성의 병사들은 모두 굶어 죽든가 칼을 맞고 전멸할 것이오. 제 주군인 노부나가 님께서 그것을 안타까이 여기시고 이렇듯 항복을 권유하러 나를 보내신 것이오. 충의에도 소의와 대의가 있소이다. 바라건대 대의를 선택하여 병사의 목숨을 구하고 주가인 기타바타케 일족의 앞날도 보존할 수 있도록 깊이 숙고하기를 부탁하는 바이오.”

도키치로의 말에는 진심이 담겨 있었다. 더듬거리며 말을 하면서도 오직 자신의 성의를 전하고자 하는 모습에 상대의 마음이 흔들리고 있었다. 도키치로는 상대를 이해利害로써 설득하지 않았다. 오직 '만민을 위해서'라고 이야기했다. 그리고 천하의 난세를 지적하며 노부나가의 패권은 노부나가의 일신을 위한 게 아니라 한 명의 영웅을 세워 어지러운 천하를 하나로 통일하기 위해서라고 역설했다.

단죠는 그 말에 가장 공감을 했다. 한때는 그도 그것을 이상으로 삼고 주가인 기타바타케 다이나곤을 옹립해 중원에 임하려는 계획을 세웠다. 하지만 기타바타케 가는 기후가 온난하고 산과 바다에서 나는 물자가 풍부했기 때문에 오히려 큰 뜻을 품는 사람이 적었고 그저 현상을 유지하며 일생을 즐기려는 사람이 많았다.

그런 상황에서 단죠는 처음으로 도키치로의 주군인 노부나가에게 천하를 통일할 뜻이 있다는 말을 들은 것이었다. 비록 적이었지만 천하의 만민을 위해서라는 말은 실로 유쾌하기 그지없었다.

"그러한 주군의 깃발 아래에서 봉공을 하는 귀공은 행복한 사람이오. 무사로 태어나서 진실로 봉공의 보람을 느낄 수 있을 듯하오."

단죠는 도키치로가 부러웠다. 도키치로는 그 틈을 놓치지 않고 단죠에게 항복을 권했다.

"노부나가의 군문에 항복을 청한다고 생각하면 무사로서 자존심이 허락하지 않을 것이니 대의를 섬긴다고 생각하시오. 대의에 따르는 것 또한 무사의 본분이 아니겠소?"

"생각해보겠소."

단죠의 말에 도키치로가 한 번 더 다짐을 받고 돌아갔다.

"성을 나오면 이 도키치로가 목숨을 걸고 주군 앞까지 안내를 하겠소. 꿈속에서라도 개죽음을 당할 생각은 결코 마시오."

도키치로는 돌아오자마자 노부나가에게 보고를 했다.

"며칠 안에 야마지 단죠가 성문을 열고 나와 주군을 뵈러 올 것입니다."

도키치로의 말은 그대로 맞아떨어졌다. 단죠가 노부나가를 찾아와 기타바타케 가의 안위와 병사들의 목숨을 보존해주고 자신을 처벌할 것을 청했다. 노부나가는 단죠를 용서하고 그날 바로 다카사키 성을 접수했다.

공명첩 가장 처음 자리에 도키치로가 올랐고 두 번째 자리에 아케치 쥬베 미쓰히데가 올랐다. 미쓰히데는 이케다 가쓰사부로의 부대에 속해 싸웠지만 본래 병사들과 나란히 창을 들고 싸울 인물이 아니었다.

"며칠 동안 진영을 떠나는 걸 허락해주시길 바랍니다."

미쓰히데는 이케다에게 청해 말미를 얻은 뒤 한밤중에 홀로 말을 타고 적지 깊숙이 들어갔다. 그는 무사 수행을 하느라 여러 나라를 돌아다녔을 때부터 이세는 간베의 기타바타케 가를 중심으로 여러 작은 당파가 뭉쳐 있어 내부적으로 결속력이 취약하다는 사실을 간파하고 있었다. 미쓰히데는 한 가지 계책을 가지고 무언가 믿는 구석이라도 있는 듯 어두운 들판을 홀로 달려갔다.

"멈춰라! 어디를 가느냐?"

"누구냐?"

갑자기 미쓰히데의 앞뒤로 칼과 창이 나타났다. 미쓰히데가 예상한 일이라는 듯 말을 멈추고 물었다.

"너희는 기마타 곤노스케木股權之介 님의 부하인가?"

"아니다."

적병들 중 한 명이 대답하자 미쓰히데가 다시 물었다.

"그럼 너희의 부장은 지복사持福寺의 사나이左內 님이냐?"

"아니다!"

적병이 말의 옆구리에 창을 겨누며 위협하듯 고함을 쳤지만 미쓰히데는 동요하지 않는 기색으로 말했다.

"그럼 가미노죠고로上之條五郎 님의 부하이냐? 아니면 쇼지 요쥬로庄司予十郎 님의 부하이냐? 그도 아니면 이무라 덴젠飯村典膳 님, 고모리 고쥬로小森小十郎의 부하이냐?"

미쓰히데가 단숨에 이세의 호족 이름을 줄줄이 대며 물었다. 적병들은 미쓰히데가 아군 호족의 이름을 잘 알고 있자 오다 쪽 무사가 아닐지도 모른다는 생각에 다소 누그러진 태도를 보였다.

"우리는 이나베員弁 군의 호족이신 쇼시 요쥬로 님의 수하인데 너는 대체 누구냐? 또 어디를 가는 것이냐?"

미쓰히데는 숨김없이 말했다.

"나는 오다 가의 신하인 아케치 쥬베라는 사람으로 이나베 군의 지복사에 계시는 선학禪學의 은사인 쇼에勝惠 님을 찾아가는 도중이다."

"쇼에 님에게 무슨 볼일이 있느냐?"

적병이 미쓰히데에게 물었다.

"비록 적국이지만 근처까지 출진을 했는데 찾아뵙지도 않고 은사가 계시는 곳을 향해 활을 겨누는 것은 제자의 도리가 아니어서 인사를 하러 가는 것이다."

미쓰히데는 자신을 에워싼 병사들이 이세의 병사들이기도 하지만 한편으로는 호족의 병사들이기 때문에 임기응변으로 그렇게 말한 것이었다. 쇼에 화상이 이 지방에서 백성들의 존경을 받고 있다는 사실을 알고 있었던 것이다.

"어떻게 하지?"

병사들은 서로 의논을 했다. 쇼에 화상을 찾아가는 사람을 죽이는 건 도리가 아니라는 의견이 많았는지 병사들은 안내를 하겠다며 미쓰히데를 지복사까지 데려갔다.

미쓰히데는 오랜 벗인 쇼에를 만나 양국의 싸움에서 기타바타케가 불리하다는 것을 절절히 설명하고 더 이상 싸움이 계속되면 무고한 백성들만 도탄에 빠질 것이라며 설득했다.

"부디 스님께서 덕으로써 근교의 토호들을 설득해주십시오. 지금이라도 오다 가를 따르겠다고 하면 이 지방은 전화를 입지 않을 것입니다."

쇼에가 미쓰히데의 청을 받아들여 근교의 토호들을 설득하자 부하들을 이끌고 오다 군에 투항하는 호족들이 속출했다.

이렇듯 미쓰히데의 공으로 이세를 평정할 수 있었다. 눈 깜짝할 사이에 자국의 절반을 잃은 기타바타케 토모노리는 결국 화평을 청할 수밖에 없었다. 노부나가는 화평을 받아들여 토모노리의 목숨을 살려주었다. 하지만 후년에 다시 기타바타케 부자가 모반을 일으키자 그것을 계기로 노부나가의 차남인 차센마루茶筅丸, 후일의 노부오信雄를 기타바타케 가의 양자로 들여보냈다. 그리고 셋째 아들인 노부다카信孝에게 토모나리의 후사를 잇게 한 뒤 이세의 여덟 군을 자신의 수중에 넣었다. 그해 8월부터 다음 해 11월까지 이세 전역을 완전히 평정하였는데, 늘 공명첩의 첫째 자리를 다툰 사람은 미쓰히데와 도키치로였다.

그 뒤로 도키치로는 아케치 미쓰히데라는 인물에 대해 주목을 했고 미쓰히데 역시 속으로 도키치로를 눈여겨봤다.

"겉으로 보기에는 별 볼일 없는 사내처럼 보이지만 오다 가에서 뛰어난 인물 중 가장 앞에 있는 자가 바로 기노시타일 것이다."

때는 두 사람이 이세 진영에 있을 무렵이었다. 한편 노부나가는 미쓰히데에게 녹 오천 관을 하사하고 그를 오백 명의 기마 대장으로 중용했다.

오이치於市와 오도라於虎

남편의 모습에서 휴일의 한가로움이 느껴졌다. 아내는 실로 오랜만에 느긋한 가장의 모습을 보는 듯했다.

열흘 전 도키치로는 이세에서 스노마타 성으로 돌아왔지만, 성에 도착하자마자 장병들의 상벌과 번의 공무를 청취하는 일에 쫓겨 아내는 물론 어머니를 볼 틈도 없었다.

"그만 됐네. 너무 자질구레한 일까지 내게 물으러 오지 말게. 바깥일은 히코에몬에게, 군무는 다케나카 한베에게, 가사는 동생인 고쥬로에게 묻도록 하게."

도키치로는 계속 듣고 있으면 끝이 없을 듯한 공무에 그만 질린 듯했다. 그는 가신들에게 그렇게 말하고 모든 일에서 손을 놓았다.

도키치로는 혼자 응접실에 있었다. 그는 행실이 좋은 성주가 아니었다. 그러다 보니 가신들은 도키치로를 '성주님'이라고 불렀지만 그는 이른바 '성주님' 행세를 하지 않았다. 이따금 깔아놓은 요 밖으로 두 다리를 쭉 펴고 벌렁 누워 있다가 손으로 팔베개를 하고 무언가를 생각하는 듯 눈을 감았다. 잠을 자는 것도 아니었다. 그렇게 누워 있다가 배를 땅에 대고 멍하니 정원을 바라보기도 했다. 그렇게 잠시 한가로움에 젖어 있는가 싶더니 이내 그런 자신을 주체하지 못하고 중얼거렸다.

"나는 참으로 재주와 취미가 없는 인간이로구나. 비교하기 송구하지만, 노부나가 님은 취미와 재주가 많아 춤도 잘 추시고 북도 잘 치시며 렌가와 다도까지 즐기시는데, 그에 비하면 내겐 대체 무슨 재주가 있단 말인가?"

도키치로는 자신에게 아무런 재주가 없다고 생각했다.

"노부나가 님과 내가 자라온 환경과 세월이 다르니 어쩔 수 없는 노릇이군. 아무리 가시밭길을 헤쳐 오셨더라도 나와 같은 길은 아니었으니……."

도키치로는 다시 멍하니 지난날의 고난과 역경을 떠올렸다. 나카무라에 있는 농부들의 얼굴이 하나하나 머릿속에 떠올랐다. 마쓰시타 가헤이는 어떻게 살고 있는지 궁금했다. 또 때에 전 하얀 목면 옷 한 벌을 입고 떠돌아다니던 무렵 자신의 모습이 눈에 선하게 떠올랐다.

"불경스러운 생각이다."

도키치로는 갑자기 자세를 고쳐 앉더니 새삼 지금 자신이 받고 있는 은혜에 대해 생각했다. 그리고 이내 주군의 은혜에 보답하자고 마음을 다잡았다. 또 세상의 은혜에 보답해야 한다는 걸 알고 있었다.

도키치로는 묵연히 처마 저편의 하늘을 바라보았다. 그러자 문득 그의 머릿속에 얼마 전 이세 진중에 있을 때 유심히 지켜보았던 아케치 미쓰히데라는 인물이 떠올랐다. 그렇지 않아도 그는 가끔 미쓰히데를 떠올리곤 했다.

"분명 걸출한 인물이다. 그의 새로운 지식은 오다 가에서 유달리 빛을 발하고 있다."

도키치로는 미쓰히데의 지식에는 감탄했지만 사람까지 좋아하지는 않았다. 미쓰히데는 주군인 노부나가와 성격이 비슷한 듯했지만 자신과는 영원히 친해질 수 없는 사람처럼 여겨졌다.

그때 네네가 들어왔다. 네네가 아무 말 없이 생각에 잠겨 있는 남편 곁에 조심스럽게 앉더니 넌지시 물었다.

"무슨 생각을 그리 하고 계십니까?"

도키치로가 웃으며 말했다.

"아니오. 그저 멍하니 있었을 뿐이오. 이따금 이렇게 멍하니 있는 것도 재미있구나 하고 생각하며 말이오."

"곁에서 지켜보고 있으면 너무 바쁘시다 보니 건강을 못 챙기시는 게 걱정됩니다."

"바쁘니 건강한 것이오. 병에 걸릴 틈도 없으니."

"어머님께서 가끔은 서방님이 성의 공무에서 벗어나 방으로 찾아오시길 바라세요."

"그렇군. 개선하는 날도 얼굴만 잠깐 보이고 찾아뵙지 못했구려."

"서방님이 집을 비우셨을 때, 어머님께서 무사의 가정은 모자 사이라도 일 년에 며칠밖에 얼굴을 볼 수 없으니 참으로 적적하다고 말씀하셨어요."

"그렇소?"

도키치로가 안타까운 표정으로 말했다.

"효도란 참으로 어려운 일인 듯하오. 조금 뒤에 기후에서 사자가 올 것이오. 이러고 있는 것도 잠깐일 테니 오늘 하루는 어머님 곁에서 재롱이나 피우며 지내볼까."

"부탁이니 제발 그렇게 하세요."

네네는 남편의 말에 장단을 맞추었다.

"그리고 얼마 전 나카무라에서 오에쓰라는 분이 아이를 데리고 어머님을 뵈러 오셨어요."

"나카무라의 오에쓰?"

"예. 서방님을 친히 뵙고 부탁할 게 있다고 하시며 벌써 닷새 전부터 어머님과 함께 지내고 계세요."

"오에쓰? 누구지?"

도키치로는 연신 고개를 갸웃거리다 말했다.

"가봐야겠소."

도키치로는 네네와 함께 노모가 있는 안쪽 방으로 걸음을 옮겼다. 네네가 시어머니의 방 앞에 서서 말했다.

"어머님, 모시고 왔습니다."

며칠 동안 아들의 얼굴을 보지 못한 노모가 네네에게 아들을 데려오라고 부탁한 것이었다.

"오, 데리고 왔구나."

노모는 옆에 요까지 깔고 기다리고 있었다. 도키치로가 어머니의 곁에 앉아 말했다.

"어머니, 용서하십시오. 갑옷을 벗고 나서 아직 목욕도 한두 번밖에 하지 못할 만큼 공무에 쫓기다 보니 이제야 찾아뵈었어요. 하지만 이제 다 끝났으니 오늘 하루는 네네와 함께 어머니 곁에 있을게요."

"오늘 하루밖에 시간이 없는 게냐?"

노모가 기쁜 듯 장난스런 얼굴로 네네에게 말했다.

"아가, 오늘 밤은 도키치로를 이곳에 붙잡아놓고 돌려보내면 안 된다."

네네가 얼굴을 붉히며 대답했다.

"알겠습니다. 어머님의 허락이 없는 한 절대로 보내드리지 않을게요."

도키치로가 짐짓 머리를 깊이 숙이며 말했다.

"문안을 게을리한 것은 부모에게는 불효이고 아내에게는 무정한 일이니 이렇듯 사죄를 드립니다."

"호호호."

"하하하."

노모와 아내, 시녀와 함께 있던 동생 고쥬로까지 모두 웃음을 터뜨렸다. 그리고 도키치로가 농담을 섞어 이런저런 이야기를 들려주자 노모는 눈물까지 흘릴 만큼 즐거워했다.

"그만, 그만하거라. 너무 웃겨서 배가 아플 지경이구나."

그러던 중 도키치로는 문득 한쪽 구석에 오도카니 앉아 있는 일곱 살가량의 사내아이와 차림이 궁색해 보이는 여자를 발견했다.

"응?"

도키치로가 자신을 바라보자 아이를 데리고 온 과부가 얼굴을 붉히며 머리를 숙였다. 도키치로가 큰 소리로 곁에 있는 노모를 향해 물었다.

"어머니, 저분은 나카무라의 광명사 산에 사셨던 이모가 아닙니까?"

노모가 고개를 끄덕이며 말했다.

"용케 기억하고 있구나. 야부야마의 가토 단죠 님께 시집간 오에쓰다."

"역시 야부야마의 이모였군요. 그런데 왜 그런 곳에 계십니까."

도키치로가 손짓을 하며 반가운 듯 말했다.

"자, 이리, 이리 오십시오."

오에쓰는 퇴락한 과부의 모습으로 잔뜩 몸을 움츠린 채 머리만 숙이고 있었다. 나이도 어느덧 마흔이 넘었고 이십 년 동안이나 보지 않았던 사람이었지만 어머니의 동생이었다. 먼 옛날 도키치로를 히요시라고 부르던 시절, 젊은 이모인 오에쓰는 미인이었다. 지금도 수척해진 모습 어딘가에 그 아름다움이 희미하게 남아 있었다.

히요시가 광명사에 갔을 때, 그녀는 그 근처의 야부야마에서 가토 단죠와 연애 중이었고 곧 부부가 되었다. 하지만 얼마 되지 않아 남편인 단죠는 전쟁터에서 큰 부상을 입고 불구의 몸이 되어버렸다. 히요시의 아버지 야에몬과 똑같은 운명이 된 셈이었다.

오에쓰는 정숙한 여인이었다. 히요시는 이모의 아름다운 모습을 지금도 기억하고 있었다. 하지만 그 무렵 이모는 히요시에게 결코 다정한 사람이 아니었다. 이모는 나카무라의 말썽쟁이인 히요시가 절과 다완집에서 쫓겨나고 평판도 좋지 않자 그런 골칫덩어리가 자신의 일가라는 것을 창피하게 여겼다. 그래서 히요시가 자신의 집에 얼굴을 내밀기라도 하면 남편에게 숨기기 바빴고 개나 고양이를 쫓아내듯 돌아가라며 매몰차게 대했다.

히요시는 다완집에서 쫓겨난 뒤 이모를 보러 야부야마의 집에 간 적이 있었다. 그날 히요시는 밥을 먹고 있는 고양이를 부러운 눈으로 바라보며 이모가 자신에게 식은 밥 한 그릇 주지 않는 것을 원망했었다. 한편으로는 그로부터 이십 년이라는 세월이 흘렀다는 게 너무나 길게만 느껴졌고 또 한편으로는 기껏 이십 년밖에 지나지 않았다는 생각이 들기도 했다.

어찌 됐든 그리운 사람이었다. 고양이에게만 밥을 주었던 일이 떠오르긴 했지만 그것은 원망이 아니었다. 오히려 이모에게 고맙다는 말을 하고 싶었다.

"……."

물끄러미 이모를 바라보는 도키치로의 눈시울이 붉어지더니 뜨거운 눈물이 차올랐다. 이모는 어머니와 가장 가까운 육친이었다. 바로 어머니의 동생이었다. 어머니는 늘 속으로 불운한 동생을 걱정하면서도 여태껏 도키치로에게 이모 이야기를 꺼낸 적이 없었다. 도키치로의 눈치를 보고 있었던 듯했다.

"네네."

"예."

"내가 어릴 때 나를 많이도 귀여워해준 이모님이시오. 그런데 어찌 저런 구석에 계시도록 하였소? 요를 이쪽으로 옮겨드리시오."

"몇 번이나 권해드렸습니다만 한사코 사양을 하시니, 서방님께서 말씀을 좀 해주십시오."

"이모님, 이쪽으로 오십시오. 거기 계시면 인사를 드릴 수가 없습니다. 세월은 흘렀지만 혈육의 연은 변하는 게 아닙니다. 자, 어서 이쪽으로 오십시오."

이윽고 오에쓰가 조금 앞으로 몸을 움직였다. 그러고는 두 손으로 바닥을 짚으며 조심스럽게 도키치로의 얼굴을 올려다보았다.

"오랜만에 뵙습니다."

"벌써 닷새 전부터 머물고 계셨다고 들었습니다."

"예……."

"좀 더 빨리 만나 뵀으면 좋았을 것을. 너무 바빠서 미처 몰랐습니다."

"이런 부끄러운 행색으로 찾아봬서 송구스럽습니다."

"당치도 않습니다. 잘 오셨습니다. 많이 변하신 듯합니다."

"이처럼 달라지신 모습을 뵈니 오히려 제가 기쁘기 그지없습니다."

"이모님은 연세가 어떻게 되셨는지요?"

"벌써 마흔 하고도 셋을 넘었습니다."

"아직 젊으시지 않습니까. 지금부터입니다. 제가 소년이었을 때 부군이셨던 가토 단죠 님이 전쟁터에서 부상을 당해 누워 계셨는데 그 뒤에 좀 나아지셨습니까?”

“한때는 좀 나아져서 거동도 할 수 있게 되었는데 그만 사오 년 전, 이 아이가 태어나고 얼마 되지 않아 병으로 돌아가셨습니다.”

“저런. 그런 얘기를 들은 적이 있는 듯한데 고향 사람들과 너무 소원해서 죄송합니다. 그럼 저 아이는 단죠 님의 아이입니까?”

“예, 그렇습니다.”

“아주 의젓해 보입니다.”

“하도 말썽만 부려서…….”

“이거, 제 예전 얘기를 하시는 듯해서 면목이 없습니다. 몇 살입니까?”

도키치로가 묻자 오에쓰가 곁에 멀뚱히 앉아 있는 아이의 무릎을 찌르며 말했다.

“나리께서 묻지 않느냐. 어서 대답을 해라.”

“뭘요?”

머리가 붉고 피부가 검은 아이는 화려한 창문과 시녀들의 옷 등을 힐끔거리다 어머니가 무릎을 쿡하고 찌르자 어리광을 부리듯 어머니의 어깨에 얼굴을 파묻었다.

“버릇없이.”

오에쓰가 눈을 흘기며 달래듯 말했다.

“나리께 공손히 머리를 숙이고 대답을 해야지. 네 나이가 몇이냐고 묻고 계시지 않느냐.”

아이가 도키치로를 향해 싱글싱글 웃으며 말했다.

“일곱 살요.”

“일곱 살이구나.”

도키치로는 자신의 말썽쟁이 시절을 보는 듯한 기분이 들어 그만 웃고 말았다.

"이름은 무엇이냐?"

"도라노스케虎之助."

"흐음, 아주 강한 이름이구나."

"……."

도라노스케가 갑자기 정원 쪽에 무언가를 보고는 벌떡 일어서더니 바로 달려 나갈 기세였다.

"이놈."

오에쓰가 아이를 제지하며 말했다.

"실은 이 아이를 거두어주시길 바라는 마음으로 나카무라에서 왔습니다. 부친인 단죠 님이 무사였으니 이 아이도 장차 무사로 키우고 싶습니다. 그것이 죽은 남편에게 보답하는 최소한의 예가 아닐까 싶어……."

오에쓰가 한 손으로 아이를 감싸 안은 채 눈물을 흘리며 말했다. 그러자 도키치로가 고개를 끄덕이며 말했다.

"좋습니다. 제게 맡겨두십시오. 본인의 역량이 중요하지만 제가 어떻게든 어엿한 무사로 키우도록 하겠습니다. 도라노스케, 이리 오너라."

"예!"

도라노스케는 기다렸다는 듯이 앞으로 나와 도키치로에게 절을 했다. 그러고는 뒤에 있는 어머니를 향해 다시 양손을 바닥에 짚으며 절을 했다. 오에쓰가 '나리 앞에 나가면 이렇게 해야 한다'라고 미리 가르쳐준 듯싶었다. 그 모습을 바라보는 오에쓰의 눈에 사랑이 가득 담겨 있었지만 한편으로는 걱정도 담겨 있었다.

"그놈 참, 고집이 세 보이는구나."

도키치로가 그렇게 중얼거리고는 웃어 보였다. 옆에 있는 네네와 노모도 함께 따라 웃었다.

"도라노스케."

"옛!"

"좀 더 앞으로 오너라."

"예."

"무사가 되고 싶으냐?"

"예에."

"무사는 언제라도 목숨을 걸고 봉공을 해야 하는데 할 수 있겠느냐?"

"할 수 있습니다."

"네 아버님이신 가토 단죠 님도 무사셨다. 훌륭한 무사가 돼서 어머님을 기쁘게 해드려야 한다."

"……."

도라노스케는 아무 말 없이 고개를 끄덕이다가 사람들이 모두 자신을 바라보고 있는 것을 깨닫고는 갑자기 부끄러워졌는지 우물쭈물했다. 오에쓰는 울고 있었다. 너무 기쁜 나머지 눈물이 멈추지 않았다. 도키치로가 주위를 둘러보며 명을 내렸다.

"여봐라, 시동들을 맡고 있는 호리오 모스케에게 이치마쓰市松를 데려오라고 일러라."

사람들을 기다리는 동안 도키치로가 도라노스케에게 과자를 주라고 말하자 네네가 과자를 내밀었다. 도라노스케는 한동안 바라만 보다 더 이상 참을 수 없었는지 과자를 집어 베어 먹기 시작했다.

"도라노스케."

오에쓰가 얼굴을 붉히며 뒤에서 야단을 치려고 하자 노모가 말했다.

"괜찮다. 그냥 내버려둬라."

오에쓰는 그저 조마조마한 마음으로 지켜보고만 있었다. 이윽고 호리오 모스케가 서너 명의 시동을 거느리고 동쪽 마루에서 들어오더니 멀리 아래쪽에 무릎을 꿇고 앉았다.

"부르셨습니까?"

모스케가 머리를 숙이자 뒤에 있던 시동들도 따라서 머리를 숙였다. 도라노스케보다 나이도 훨씬 위였고 몸집도 컸지만 모두들 아직 어딘지 촌티를 벗지 못한 얼굴이었다. 얼굴에는 아직 검은 마마 자국이 있었고 옴팡눈에 코만 커 보였다.

"이치마쓰, 좋은 친구가 왔다. 앞으로 너와 함께 지낼 것이니 이리 와서 도라노스케 옆에 앉아라."

도키치로의 말에 이치마쓰는 부끄러운지 눈만 이리저리 굴리고 있었다. 시동 중에서 말썽쟁이 열 명만 따로 맡아 돌보고 있는 호리오 모스케가 작은 소리로 이치마쓰에게 가르쳐주었다.

"나리 앞으로 가서 저 아이 옆에 앉도록 해라."

이치마쓰는 도라노스케 곁에 와서 앉더니 곁눈으로 도라노스케를 힐끔거렸다.

"이모님, 저 아이를 모르시겠습니까? 저 아인, 후다쓰데라二寺에서 나무통 장사를 하던 먼 친척뻘인 신자에몬新左衛門의 자식으로 이치마쓰라고 합니다."

"어머."

오에쓰가 멀리서 바라보다 사뭇 깜짝 놀란 듯 말했다.

"저 아이가 신자에몬 님의 아들이었습니까? 남편이 돌아가셨을 때, 아버지의 손을 잡고 문상을 왔었는데. 그런 아이가 어느새……."

"사정이 있어 작년부터 제가 맡고 있었는데 지금은 몹시 부끄러워하며 얌전히 있지만 저 아이 역시 보통내기가 아닙니다."

도키치로가 웃자 네네와 노모도 따라 웃었다. 두 아이는 하나도 웃기지 않는다는 듯 곁눈질로 서로를 힐끔거리며 쳐다보기만 했다.

이치마쓰의 아버지인 신자에몬은 시나노信濃의 후쿠시마福島 출생으로 원래 무사였다. 하지만 비슈의 후다쓰데라로 옮겨와서는 나무통 목수를 업으로 삼더니 결국 그것이 편한 듯 무사로서의 야망도 버리고 나무통만 만들었다. 하지만 아들인 이치마쓰가 기가 세다 보니 그것을 주체하지 못하고 말썽만 피우자 걱정이 이만저만이 아니었다.

"마구간지기나 부엌에서라도 좋으니 봉공을 시킬 무가가 있으면 보낼 텐데. 어디 좋은 데가 없을까."

열네 살이 된 이치마쓰는 가니에 강 지류에서 다른 무가의 병졸을 죽이고 말았다.

새해 첫날, 이치마쓰는 놀이에 열중한 나머지 술에 취해 다리 기슭에서 자고 있던 병졸의 다리를 밟게 되었다.

"이 꼬마 놈이!"

병졸은 이치마쓰를 붙잡아 힘껏 발로 걷어찼다. 그에게 실컷 얻어터진 이치마쓰는 더 이상 참지 못하고 집으로 달려가 이윽고 아버지가 쓰던 손도끼를 가지고 달려 나왔다.

정월이라 작업장에는 아무도 없었고 근처에 몇몇 사람이 있었지만 전혀 알아차리지 못했다. 이치마쓰가 다리 기슭으로 달려왔을 때 사내의 모습은 보이지 않았다. 이치마쓰는 여기저기 찾아다니던 중 사내가 마을의 술집에서 나오는 것을 발견하고 뒤에서 달려들어 손도끼로 그의 정강이를 찍어버렸다. 병졸이 비명을 지르며 절뚝거리자 이치마쓰는 도망을 치면서 실컷 욕을 해댔다.

병졸이 불같이 화를 내며 이치마쓰를 쫓아갔다. 하지만 병졸은 다리가 너무 아픈 나머지 제대로 걷지도 못하고 쓰러지고 말았다. 그때 다시 돌아온 이치마쓰가 병졸의 머리를 손도끼로 몇 번이나 내리쳤고 병졸은 그대로 숨이 끊어져버렸다.

병졸의 주인이라는 무사가 신자에몬의 집을 여러 번 찾아가 이치마쓰를 내놓으라고 엄포를 놓았다. 신자에몬 부부는 이치마쓰를 내놓으면 죽일지도 모른다는 생각에 백방으로 수소문한 끝에 간신히 출가를 시킨다는 조건으로 아들의 목숨만은 건질 수 있었다. 하지만 이치마쓰는 중이 되느니 차라리 죽겠다며 엉엉 울었다. 아무리 어르고 달래도 듣지 않았다. 그러자 친척 중에 한 사람이 하치스카 촌의 히코에몬 님에게 부탁을 하면 어떻겠느냐는 의견을 내놓았다. 이전에 하치스카 가에 자주 일을 하러 갔던 신자에몬은 이치마쓰를 데리고 하치스카를 찾아갔다. 하지만 히코에몬과 일족의 대부분이 스노마타로 옮겨갔다는 말을 듣고 그는 히코에몬을 만나러 다시 스노마타 성으로 갔다. 결국 히코에몬의 중재로 부자는 도키치로를 만날 수 있었다. 도키치로의 부친인 야에몬과 그는 먼 친척 사이이기도 했다.

"부엌에서 일하게 하라. 그리고 심부름 등을 시키며 지켜보다 쓸 만한 구석이 있으면 모스케에게 맡겨 시동 일을 배우게 하면 될 것이다."

도키치로는 부친을 돌려보낸 뒤 이치마쓰를 선조의 이름을 따서 후쿠시마 이치마쓰라고 부르게 했다.

도키치로가 이치마쓰와 도라노스케를 나란히 두고 말했다.

"사이좋게 지내거라."

"예."

"오이치의 나이가 더 많을 것이다."

"예."

"새로 들어온 오도라를 잘 돌봐줘야 할 것이다."

"예."

"그만 물러가거라."

도키치로는 그렇게 말하고 호리오 모스케에게 명을 내렸다.

"아직 어려 자네에게 맡길 테니 잘 가르치도록 하라."

그 무렵에는 관례를 올리기 전 아이를 부를 때 여자아이 이름처럼 앞에 '오ぉ'를 붙였다. 이치마쓰를 줄여 '오이치', 도라노스케를 줄여 '오도라'라는 식으로 부르는 것이 풍습이었다.

오이치와 오도라는 주군에게 인사를 하고 모스케를 따라 물러갔다. 오에쓰는 아들의 뒷모습을 바라보며 또다시 눈물을 흘렸다.

"너무 걱정하실 것 없습니다. 성안의 사람들과 금방 친해질 것이니 안심하십시오."

도키치로는 네네를 보고 오도라의 어머니에게 성안에 거처를 마련해드리고 평소에 말상대도 되어드리라고 말했다. 오에쓰가 도키치로의 온정에 머리를 숙여 감사 인사를 전했다.

"은혜는 잊지 않겠습니다."

도키치로는 그녀뿐 아니라 연고가 있어 찾아오는 사람들에게 한결같이 인자하게 대했다. 수많은 갈래의 지류를 품는 대해처럼 모두 다 받아들였다.

한 달이 지나자 오도라는 환경이 익숙해졌는지 본성을 드러내기 시작했다. 그리고 성안 제일의 개구쟁이로 이름을 날렸다. 나무는 물론 지붕을 오르내렸으며 시동 중에서 작은 아이들을 울리기도 했다. 또 못된 장난을 치고 도망칠 때는 가히 번개처럼 재빨랐다. 오도라가 나타난 뒤부터 오이치는 자신의 명성을 빼앗긴 것처럼 오도라를 적대시했다.

"어이, 오도라."

"왜?"

"잠깐 이리 와."

"어디로?"

"하여튼 잠깐 와. 쥐방울만 한 게 건방지게시리."

오이치가 사람이 없는 뒤쪽 정원으로 오도라를 끌고 가서는 오도라의 머리 위에 주먹을 슬쩍 얹으며 말했다.

"오도라."

"……."

"이 주먹을 봐."

"……."

오도라가 머리 위에 있는 오이치의 주먹을 보기 위해 눈을 치켜뜨며 말했다.

"안 보여."

"안 보인다고?"

오이치는 주먹의 뾰족한 부분으로 오도라의 머리를 빙글빙글 돌리며 꾹 눌렀다. 오도라는 얼굴을 찌푸렸다.

"어때? 보이지 않지만 주먹맛은 잘 알겠지? 내 주먹은 이 정도야. 꼬맹이에다 신참인 주제에 너무 설쳐대면 이 주먹으로 한 방 갈겨줄 테다."

"……."

"한 대 맞고 싶어?"

오도라는 얼굴을 찌푸리며 머리를 옆으로 흔들었다.

"앞으로 내 말 잘 들을 거야?"

"들을게."

"나한테 대들 거야?"

"아니."

"그럼 오늘은 용서해주지. 앞으로 또 건방지게 굴면 돌담 아래로 던져버릴 테다."

이치마쓰는 의기양양한 기색으로 앞서서 걸어갔다. 오도라는 오이치의 위협에 겁이 났는지 풀이 죽은 모습으로 뒤따라갔다. 그러다가 손끝으로 돌돌 말고 있던 코딱지를 오이치의 옷깃 근처를 향해 튕기고는 입을 가리고 웃었다.

대의大義

　장군가의 요시아키는 노부나가에게 몸을 의탁한 뒤로 기후 성 아래 니시노타나西之店에 있는 입정사立正寺에서 신하들과 함께 지내고 있었다.

　그런데 다소 안정을 찾게 되자 백성들 사이에서 고생하던 시절에는 잠들어 있던 그들의 소심함과 허영과 권위 의식이 이내 본성을 드러내기 시작했다. 그들은 음식이 맛없다거나 침구가 지저분하다며 노부나가의 가신들에게 불평불만을 늘어놓았다.

　"비록 임시 숙소라고는 하지만 이런 협소한 절간에서는 귀족의 위엄이 서지 않는다."

　"좀 더 대우를 잘해주었으면 하오. 당장 풍광이 좋은 땅을 골라 장군의 거처도 새로 만들어주면 좋겠소."

　요시아키 가신들의 요구 사항을 전해 들은 노부나가가 그들의 근성을 한탄하며 즉시 그들을 불렀다.

　"장군가의 거처가 협소해서 새로운 거처를 만들어달라고 하셨다고 들었소이다만……."

　"그렇소이다. 지금의 숙소는 불편하기도 하고 장군가의 거처라고

하기에는 너무나 볼품이 없소이다."

노부나가가 그들을 업신여기는 듯 바라보며 말했다.

"경들은 어찌 그리 한가로운 소리를 하고 계시오? 새로운 장군이 이 노부나가를 믿고 찾아온 것은 나를 의지해서 교토의 간당인 미요시와 마쓰나가 무리를 일소하고 잃어버린 땅을 되찾아 무로마치 막부의 가통家統을 바로 세우려고 함이 아니었소?"

"예?"

"그 대임을 하루라도 빨리 이루기 위해 노심초사하는 내가 장군가의 거처를 세울 시간이 어디 있겠소. 혹시 경들은 다시 교토로 돌아가서 천하를 다스릴 생각을 버린 것이오? 이곳 기후의 풍광 좋은 곳에서 유유자적 성을 짓고 평생 내 식객이 되어 은둔하고 싶다는 것이오?"

요시아키의 측신들은 아무 말도 하지 못하고 물러가고 말았다. 그리고 그 뒤로는 불평을 늘어놓거나 요구도 하지 않았다. 얼마 뒤 노부나가의 말이 결코 거짓이 아니라는 게 증명됐다.

8월이 되어 가을로 접어들자 비노尾濃, 두 나라의 장수들에게 출병의 명이 내려졌다. 9월 5일까지 약 삼만 군사가 출정 준비를 끝내더니 7일에 기후에서 교토를 향해 속속 출진하기 시작했다.

출전 전야, 성내의 대연회 자리에서 노부나가가 장병들을 격려했다.

"계속되는 국내의 분란과 군웅들의 할거로 백성들은 끝없이 도탄 속에서 신음하고 있다. 만백성의 고통이야말로 천하 대군大君의 고뇌임은 말할 필요도 없을 것이다. 몇 해 전, 국주께서 이 미천한 노부나가에게 밀명을 내리시더니 오늘 또다시 이 노부나가의 상락의 소식을 들으시고 은밀히 윤지와 전포를 내리셨다. 우리 오다 가는 내 부친 대부터 오늘에 이르기까지 무문의 봉공은 오로지 대궐의 문을 수호함에 있다는 것을 철칙으로 삼아왔다. 이에 이번 상락도 대의에 의함이지 사

사로운 거병이 아님을 밝힌다. 때는 가을, 그대들의 말들도 혈기왕성
할 것이다. 모두들 이 노부나가의 뜻을 헤아려 대군께서 계시는 교토
까지 오로지 분골쇄신 진군하도록 하라."

노부나가의 출전 선언에 장병들은 모두 함성으로 화답했다. 그중에
는 감격에 겨워 노부나가의 말이 끝나기도 전에 눈물까지 흘리는 장수
도 있었다. 일찍이 노부나가와 동맹을 맺었던 미카와의 도쿠가와 이에
야스가 이번 장도에 병사 일천을 보냈다.

"미카와 님이 보낸 병력은 너무 적다. 소문과 달리 미카와 님은 교활
하다."

사람들 중에는 미카와를 비난하는 사람도 있었지만 노부나가는 웃
으며 그들을 달랬다.

"미카와는 지금 내치와 경제를 돌보느라 여념이 없다. 병사를 많이
보내면 군비도 많이 들 것이다. 비난을 듣더라도 군비를 줄이고자 한
걸 보니 그 역시 예사로운 장수는 아니다. 그리고 그가 보낸 장병들은
틀림없이 모두 정예병일 것이다."

노부나가는 굳이 미카와를 책망하지 않았는데, 과연 일천의 마카와
병사와 부장인 마쓰타이라 간시로松平勘四郎는 전투가 벌어지면 비노 삼
만의 군사들 중 어느 누구에게도 뒤지지 않을 만큼 용맹했다. 늘 선봉
에 서서 아군의 길목을 열었다. 그들의 당당함은 이에야스의 이름을
한층 돋보이게 했다.

날씨는 연일 맑았다. 화창한 가을 하늘 아래, 삼만 병마의 행렬이 검
게 띠를 이루며 이어졌다. 선진이 고슈江州의 가시와바라에 도착했는
데도 후진은 아직 다루이垂井와 아카사카赤坂를 지나고 있을 만큼 긴 행
렬이었고, 깃발이 하늘을 뒤덮을 만큼 대규모 행군이었다. 히라오平尾
역참을 지나고 다카미야高宮에 도착할 무렵이었다.

"사자가 왔소! 교토의 사자가 왔소!"

전방에서 세 명의 무장이 소리치며 말을 타고 달려왔다.

"오다 님을 뵙고 싶소!"

사자는 미요시 요시쓰구三好義繼와 마쓰나가 히사히데松永久秀의 서찰을 가지고 왔다.

"데려오라."

노부나가는 사자를 만나 화친을 청하는 서찰을 읽더니 적의 간계라고 간주했다.

"답신은 이 노부나가가 교토로 들어가서 하겠다. 서찰로는 미요시와 마쓰나가의 의중을 명확하게 알 수 없으니 교토에 있는 내 진중에 찾아오면 언제든지 만나겠다고 전하라."

노부나가는 그렇게 말하고 사자를 돌려보냈다.

다음 날 11일 새벽, 선봉은 일출을 신호로 아이치 강을 건넜다. 그리고 다음 날에는 관음사觀音寺의 성과 미쓰구리箕作 성 두 곳을 공격했다. 관음사에는 강남江南의 호족인 사사키 죠테이佐佐木承禎가 있었고, 미쓰구리 성에는 그의 아들인 사사키 롯카쿠佐佐木六角가 있었다. 미요시와 마쓰나가와 내통하고 있는 사사키 일족은 새로운 장군인 요시아키가 그곳에 몸을 의탁했을 때 요시아키를 죽이려고 한 적도 있었다.

사사키 일족은 에이로쿠 3년, 오다 노부나가가 이마가와 요시모토의 상락을 일거에 분쇄했을 때처럼 비와琵琶 호를 한쪽에 끼고 고슈의 산들을 장악한 요충지에서 노부나가를 격퇴하겠다고 호언장담을 하며 기다리고 있었다.

사사키 롯카쿠는 미쓰구리 성의 수비를 요시다 이즈모노카미吉田出雲守에게 맡기고 자신은 부친이 있는 관음사에 합세해 그곳을 본영으로 삼은 다음 와다和田와 히노日野 등지 열여덟 곳에 방어진을 쳤다.

고지대에서 그것을 바라본 노부나가가 비웃으며 말했다.

"참으로 병서에 충실한 훌륭한 포진이군."

노부나가는 사쿠마 노부모리와 니와 나가히데 두 장수에게 미쓰구리로 가라고 명을 내렸다. 그리고 선봉으로 미카와의 마쓰타이라 부대를 붙여주었다.

"이번 상락은 출진 전날 말한 대로 내 개인적인 싸움과는 취지나 명분이 다르다. 전군 모두 대의명분을 명심하고 도망치는 자들은 죽이지 마라. 민가를 함부로 불태우지도 말며 가능한 수확을 앞둔 논은 훼손하지 마라."

● 1553년 제1차 카와나카지마 전투

일명 후세 전투(布施の戦い)라고도 한다. 덴분 22년, 다케다 신겐(武田信玄)은 북시나노를 침공해 오가
사와라 가문(小笠原氏)의 잔존 세력과 무라카미 가문(村上氏)의 성들을 잇달아 공략했다. 이리되자 카쓰
라오성에 칩거하고 있던 무라카미 요시키요(村上義清)는 에치고로 도망쳐서 우에스기 가문(上杉氏)에
구원을 요청했다. 이에 겐신이 구원병을 파병했고 북시나노의 다른 고쿠진들도 지원군을 보내자, 신겐도
어쩔 수가 없어 병력을 철수시켰다.

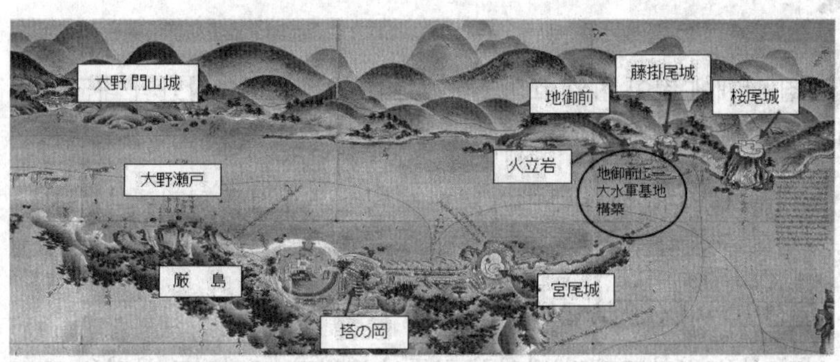

● **1555년 이쓰쿠시마 전투**

일본 3대 기습 중 하나로 꼽히는 전투로 모리 모토나리(毛利元就)가 스에 하루카타(陶晴賢)의 대군을 격
파한 전투이다. 이 이후 오우치 가문은 세력을 다시 일으키지 못하고, 결국 2년 뒤인 1557년에 모리의
침공으로 무너진다. 모리 가문은 이 전투를 계기로 스오, 나가토 국을 차지하면서 주고쿠에서의 영향력
을 더욱 확대시켰다.

이십일 일간의 상락

아침 안개에 젖어 비와 호의 물도 보이지 않을 무렵, 삼만의 대군이 안개를 뚫고 움직이기 시작했다.

노부나가는 니와와 사쿠마의 부대가 미쓰구리 성을 공격했다는 신호인 봉화를 보고 명령을 내렸다.

"본진을 와다 산으로 옮겨라."

와다 산은 적의 요새라 당연히 적군이 많았다. 그런데도 본진을 그곳으로 옮기라는 것이었다. 노부나가는 싸우라거나 공격하라거라 빼앗으라는 말을 생략한 채 그저 무주공산인 적지를 지나가듯 자신만만하게 명을 내렸다.

"뭐라? 노부나가가 직접 공격을 해왔다고?"

와다 산의 수장인 나카야마 야마시로노카미中山山城守는 망루에서 소리치는 보초에게 되묻고는 칼을 빼들고 요새에 몸을 숨기고 있는 전군에게 일장 연설을 늘어놓았다.

"이는 하늘이 내리신 기회다. 관음사와 미쓰구리는 적어도 한 달은 버틸 수 있다. 그사이에 마쓰나가와 미요시 님의 군대나 호수 북쪽의 아군이 노부나가의 퇴로를 끊을 것이다. 노부나가가 죽음을 재촉해서 직접 이곳을 공격해온 것은 절호의 기회다. 이런 행운을 놓치지 말고 노부나가의 목을 베도록 하라!"

야마시로노카미의 말에 전군이 함성을 내질렀다.

그들은 노부나가에게 지모가 뛰어난 책사가 많고 삼만의 대군이 죽을 각오로 달려든다 해도 사사키 일족의 철벽은 한 달 이상 버틸 것이라고 굳게 믿었으며 사방의 강국들도 모두 그렇게 판단했다. 하지만 와다 산 일대의 구릉은 그로부터 반나절 만에 불길과 흙먼지와 함성 속에서 함락당하고 말았다. 싸움이 시작되고 삼십 분도 되지 않아 야마시로노카미의 부하들은 앞다퉈 주변 논밭과 산과 호수 쪽으로 패주하고 말았다.

"쫓지 마라. 추격하지 마라!"

오후가 가까운 태양 아래, 어느새 와다 산의 정상에 오른 노부나가가 깃발을 휘날리며 소리쳤다. 피와 진흙투성이로 뒤범벅된 장병들이 노부나가 밑으로 모여들어 함성을 올리더니 점심을 먹었다.

미쓰구리 방면에서 몇 번이나 전령이 도착했다. 니와와 사쿠마의 선봉인 미카와의 마쓰타이라 부대가 분투하고 있다는 소식이 전해졌다. 그리고 아군에게 유리한 보고가 속속 날아들었다. 아직 해도 떨어지지 않은 시각, 미쓰구리를 함락시켰다는 소식이 들려왔다. 해질녘이 가까워지자 관음사의 성 방면에서 검은 연기가 피어올랐다. 기노시타 도키치로와 다른 부대가 성에 도착한 듯했다.

"자, 가라!"

총공격의 명이 내려졌다. 미쓰구리 방면에 있던 군사와 그 외의 전군이 일거에 관음사로 향했고, 노부나가도 진영을 옮겼다.

땅거미가 내릴 즈음에는 벌써 병사들이 적의 성벽을 넘기 시작했다. 성의 한쪽에서 갑자기 불길이 치솟았다. 청아한 가을 밤하늘이 별과 불꽃으로 가득 찼다. 파죽지세였다. 병사들이 성안으로 밀려들더니 어느새 소리 높여 개가를 올렸다. 그 소리는 단 하루 만에 견고했던 성이 함락 당하리라고는 상상도 하지 못한 사사키 일족에게 가을바람 소리처럼 너무나 무정하게 들렸을 것이다. 성난 파도 앞에 와다 산의 요새와 미쓰구리의 성을 비롯한 열여덟 곳의 요새는 속수무책으로 무너지고 말았다.

우다겐지宇多源氏[88] 이래의 명문가인 사사키 롯카쿠와 죠테이를 비롯한 일족들은 앞다투어 불길이 치솟은 성을 빠져나와 이시부石部 성 쪽으로 도망쳤다.

"도망치는 자들은 그대로 내버려두어라. 내일이면 또 새로운 적들이 나타날 것이다."

노부나가는 그들의 목숨뿐 아니라 그들이 가지고 간 수많은 재산과 보물에는 관심도 없었다. 노부나가가 원하는 것은 그런 것들이 아니었다. 그의 마음은 오직 중원을 향해 있었다. 관음사의 성은 본성 앞에서 불길이 멎었다. 노부나가는 성에 들어가자마자 군사들을 위로했다.

"병마들을 푹 쉬게 하라."

하지만 노부나가는 쉬지 않았다. 갑옷도 풀지 않고 잠을 자더니 다음 날이 되자 즉시 중신들을 불러 회의를 열었다. 그리고 포고령을 내리고는 급히 후와 가와치노카미不破河內守를 파견해 기후에서 요시아키 공을 맞이하여 모리야마守山에 머물게 했다.

어제는 진두에 서서 싸우고 오늘은 정무를 보는 데 여념이 없었다. 시바타 슈리, 모리 산자에몬, 하치야 효고노카미蜂屋兵倉頭, 사카이 우곤 등 네 장수를 임시로 고슈의 봉행과 대관 등으로 임명했다. 그리고 이틀 뒤에는 호수를 건너 오쓰大津로 진군할 병선을 준비하고 만전을 기

하느라 끼니도 잊을 정도였다.

"아침부터 기노시타 님이 뵙기를 청합니다."

호위 무사가 틈을 봐서 노부나가에게 전했다.

"그랬었지. 내가 잊고 있었군. 들여보내라."

따뜻한 물에 밥을 말아 먹고 있던 노부나가가 이제야 생각이 난 듯 젓가락을 내려놓고는 이내 서원으로 나갔다.

그곳에서 도키치로가 기다리고 있었다. 노부나가가 앉은 정면에는 무장 한 사람이 엎드려 있었고 도키치로 옆에는 열두세 살가량의 소년이 있었다. 소년은 노부나가가 나오자 엎드리는 것도 잊은 채 노부나가의 모습을 넋 놓고 바라보았다.

"주군께 아뢥니다."

도키치로가 노부나가에게 말했다.

"여기 데리고 온 무사는 사사키 롯카쿠 님의 휘하로 일찍부터 명성을 떨치고 있던 히노 성의 성주인 가모 가타히데蒲生賢秀 님입니다. 또 그 옆에 있는 아이는 가모 님의 적자인 쓰루치요鶴千代 님입니다."

"오, 그대가 가모 님이란 말인가?"

노부나가가 무사를 유심히 바라보았다. 가타히데 부자는 도키치로가 자신들을 소개하자 다시 한 번 공손하게 예를 갖추었다.

"다년간 섬기고 있던 주군인 사사키 가의 본성에서 적장인 노부나가 님을 알현하리라고는 무사로서 생각하지도 못한 일입니다. 하지만 어젯밤부터 기노시타 님이 시류의 향방을 얘기하며 대의를 위해 소의를 버리라고 간절히 권하자 그 말씀에 굴복하여 이렇듯 오게 되었습니다. 저는 패군의 장수이자 앞날도 얼마 남지 않은 노인이오나 제 아들인 쓰루치요는 어떻게 해서든 세상에 도움이 되는 사람으로 만들기 위해 평소부터 교육을 시켰습니다. 제게는 할복을 명하시더라도 원망하지 않을 것이지만 쓰루치요를 부탁드리려고 이렇게 부끄러움을 무릅쓰고 찾아온 것입니다."

노부나가는 눈을 감고 가타히데의 말을 듣고 있었다. 싸움에서 패하고 항복한 장수의 말이라고는 여겨지지 않을 만큼 진실이 담겨 있었다.

"걱정하지 마시오."

노부나가는 눈을 뜨고 가타히데가 데리고 온 아이를 응시했다. 봉황의 얼굴에 입술이 붉은 미동이었다. 노부나가는 자신도 모르게 소리쳤다.

"저것은 기린아다."

노부나가가 도키치로를 바라보며 말했다.

"도키치로, 자네는 어떻게 생각하나? 저 아이에게 단항목의 향이 나는 듯하군. 사위로 삼고 싶을 정도네."

노부나가가 쓰루치요를 곁으로 부르더니 머리를 쓰다듬으면서 몇 번이나 말했다.

"장차 내 셋째 딸과 혼례를 올려줘야겠구나. 좋은 부부가 될 것이다. 가타히데, 부모인 그대는 어찌 생각하시오? 이의는 없소이까?"

패군의 장수는 눈물을 흘리며 그저 아무 말 없이 머리를 숙였다. 도키치로는 생각보다 더 큰 공을 올렸을 뿐 아니라 뜻밖에도 노부나가가 아이를 사위로 삼으려 하자 진심으로 기뻐했다.

후일 노회한 도쿠가와 이에야스에게 자리를 넘겨준 관백關白 히데요시조차 거북해하던 오슈奧州의 독안룡獨眼龍이라 불리던 다테 마사무네 伊達政宗를 벽지에 가두어버린 지모와 지략이 뛰어난 무인 가모 후지사 토蒲生氏郷가 바로 쓰루치요였다.

백성은 물이고 정치는 그릇이라고 했다. 그리고 정도政道만 공명하다면 물은 그릇 속에서 평화롭게 살기를 바란다. 노부나가 군이 오우미近江에 들어와서 관음사와 미쓰구리를 공격했던 것이 20일이었는데, 노부나가는 25일에 이미 전후 처리와 법령 등의 포고까지 모두 마치고 오직 중원만을 바라보며 비와 호 동쪽 기슭에 병선을 띄우고 오쓰로 출발했다.

백성들은 많은 병선을 준비하는 일부터 병량과 병마를 배에 싣는 일까지 모두 도왔다. 물론 노부나가의 무력에 승복했기 때문이기도 하지만 그보다 더 큰 이유가 있었다.

"이 사람이라면!"

오우미의 백성들은 짧은 시간 동안 노부나가가 펼친 정치를 지켜보며 노부나가에게 믿음이 생겼다. 그저 노부나가는 앞으로 어떻게 될지 두려움에 떨던 민심을 헤아리고 안심해도 좋다는 공약을 앞세워 믿음을 심어주었을 뿐이다.

때가 때인 만큼 세세한 정강政綱을 세울 틈도 없었다. 또 모든 것을 뒤엎는 세세한 부분에 걸친 정책도 필요가 없었다. 노부나가의 비결은 신속하고 명확하게 백성들을 안심시킨 것이었다. 그 외에는 아무것도 없었다. 안심은 신뢰였다. 난국의 백성이 진심으로 바라는 사람은 결코 세세한 정치를 펼치는 수완가가 아니었다. 성현의 길을 정도로 삼고 정치를 펼치는 현인이 아니었다. 그런 사람은 난국에는 어울리지 않았다.

지금은 난세였다. 어지러운 세상이었다. 백성들은 그런 세상을 하나로 통합할 때 자신들이 다소 고충을 겪더라도, 엄격하고 준엄해도 참을 수 있었다. 그 대신 '이 사람이다!'라고 믿을 수 있는 사람에게 의지하고 싶었다. 백성들은 오닌의 난 이래로 십 년 동안 불안감을 종식시켜줄 사람을 애타게 기다렸던 것이다.

식자들은 입버릇처럼 이렇게 말한다.

"이런 난세와 같은 시류에 펼치는 정치야말로 실로 어렵기 그지없다.

누가 나선다고 해도 지금같이 정도政道가 어려운 때는 없을 것이다.”

다른 한편에서는 반대로 이렇게 말하는 사람들도 있다.

“그것은 피장파장이다. 지금처럼 정치를 하기 쉬운 때도 없을 것이다. 세상이 평화로운 때일수록 백성은 그럴싸한 핑계를 늘어놓거나 사소한 일에 열을 내며 비방을 하기 마련인데 지금은 그렇지 않다. 민심은 고난을 각오하고 어지러운 세상이 하나로 통합되는 것을 바라고 있다. 그 누구라도 진실과 영매英邁와 강한 지도력을 가지고 백성들에게 따르라고 외치면, 그것이 국가의 대도라는 것을 아는 이상, 모두들 그가 가리키는 방향을 향해 함께 가고 싶어 한다. 다소 생각이 다르고 비난의 목소리가 들려도 대의와 대도를 위해 일치단결하고 복종하는 지금과 같은 시대를 어떻게 어려운 시류라고 할 수 있단 말인가.”

이 말도 일리가 있는 것처럼 들리지만, 노부나가의 행동은 전자의 민심에 꼭 들어맞았다. 시대의 추세를 꿰뚫어보는 안목을 지니고 의식적으로 그렇게 하고 있는 것인지, 아니면 천부적인 재능과 성격에 따라 그렇게 하고 있는데 그것이 시류와 합치한 것인지는 모르지만, 노부나가는 고슈의 백성들에게 ‘기다리던 사람이 나타났다!’라는 인식을 심어준 뒤 배를 타고 호수를 건너갔다.

호수 위에서 맞는 바람은 가을을 느끼게 했다. 호수 위를 떠가는 수많은 병선 뒤로 길고 아름다운 파문이 일었다. 25일, 요시아키의 배도 모리야마에서 호수를 건너 삼정사三井寺 아래에 도착했다.

“이곳에서 일전을 피할 수 없을 것이다.”

먼저 도착했던 노부나가는 미요시와 마쓰나가의 공격을 예상하고 있었지만 직접 진두에 서서 싸울 정도로 별다른 저항이 없었다. 이에 노부나가는 요시아키를 삼정사의 극락원極樂院으로 맞아 원로를 위로했다.

"이미 상락한 것과 다름없습니다."

28일, 노부나가는 드디어 상락군을 이끌고 오우사카逢坂 산을 넘었다. 그런데 아와다구치에 이를 무렵 문득 행렬이 멈춰 섰다. 노부나가 옆에 있는 도키치로가 앞으로 달려 나가는 순간, 선발대에서 아케치 미쓰히데가 달려왔다.

"무슨 일인가?"

"칙사입니다."

"칙사?"

노부나가가 놀란 얼굴로 급히 말에서 내렸다. 마데노코지 츄나곤 고레후사万里小路中納言惟房와 다치이리 사교 요리타카立入左京賴隆 두 칙사가 이윽고 그곳에 와서 천황의 뜻을 전했다. 노부나가가 배복하며 말했다.

"야인 노부나가, 활을 잡는 것 외에는 아무 능력도 없습니다. 오직 부친인 노부히데 대부터 오랫동안 금문의 소란을 근심하고 천황의 신금宸襟이 편치 않은 시절을 한탄하고 있었습니다. 하여 오늘 벽지에서 상락하여 궁문을 수호하는 대임에 임함에 있어 무문의 자랑이자 일족의 기쁨 중 이보다 더한 일은 없을 것입니다."

삼만의 대군도 노부나가와 같이 숙연히 머리를 숙이고 침묵을 지켰다. 칙사들은 다이고醍醐, 야마나시山科, 우지宇治 방면에서 후시미에 이르기까지 반나절 동안 지나오면서 비노의 병마를 보지 못한 곳이 없었다.

노부나가는 동복사東福寺에 진을 쳤고 요시아키는 히가시東 산의 청수사淸水寺로 들어갔다. 그날 시중에 포고가 내려졌다. 가장 먼저 경비와 순찰이 강화됐다. 낮에는 스가야 규에몬菅谷九右衛門, 밤에는 기노시타 도키치로가 시중의 순찰 임무를 맡았다.

그런데 오다 군의 병사 한 명이 술집에서 술을 실컷 마시고 술값의 반도 되지 않는 돈을 던져주고 나간 일이 발생했다.

"이걸로 될 것이다."

"안 됩니다."

주인이 쫓아와서 매달리자 병사는 그를 한 대 후려치고 의기양양 걸어갔다. 순찰 중이던 도키치로가 그것을 발견하고 부하에게 명을 내렸다.

"붙잡아라."

병사를 본진인 동복사로 끌고 오자 노부나가가 잘했다며 병사의 갑옷을 압수한 뒤 동복사 문 앞에 있는 큰 나무에 붙들어 맸다. 그리고 그 죄상을 낱낱이 기록해서 칠 일 동안 붙들어 맨 뒤 목을 치라고 명했다.

동복사 문 앞은 항상 사람들의 왕래가 빈번한 곳이었다. 대부분 교토의 거상이나 공경 들이 지나다녔다. 또 절의 일꾼이나 생활용품을 나르는 상인들도 그곳을 자주 오갔다.

"무슨 일이지?"

모두들 한 번씩 발길을 멈췄다. 그리고 팻말과 나무 밑동에 묶여 있는 사람을 번갈아보며 비교했다.

"아군 병사라도 죄를 범하면 가차 없군. 거참 드문 일이군."

교토의 백성들은 노부나가의 공평함과 법령의 준엄함에 감탄했다. 얼마 전부터 곳곳에 세워진 관청의 팻말에 '일전一錢을 약탈해도 목을 치겠다'라고 적혀 있는 법령이 노부나가의 군대에서 먼저 시행되고 있다는 것을 알게 되었다. 그러자 사람들은 자신들을 대상으로 세워진 팻말에 적힌 엄중한 법률에도 누구 하나 불평을 하지 않았다.

"일전절一錢切, 일전절이다."

이런 말이 백성들 사이에서 유행하기 시작했다.

기후를 떠난 날이 9월 7일인데, 그로부터 21일째 되는 날, 노부나가는 중원에 있었다.

문전성시

"이젠 손님도 좀 질리는군."

노부나가는 도키치로를 보며 하품을 했다. 동복사의 정원은 아름다웠다. 샘물과 정원석이 있는 안쪽은 새빨갛게 단풍이 들었다. 노부나가는 도키치로를 데리고 한 바퀴 둘러보고 와서는 자리에 앉았다. 그러자 시종이 손님들이 와서 뵙기를 청한다고 전했다.

"몸이 피곤하다고 전하고 오늘은 더 이상 손님을 들이지 마라."

근래 며칠 동안 동복사의 문 앞은 말 그대로 문전성시를 이루었다. 공경과 귀족부터 부호나 이름 있는 상인들까지 술독을 짊어지고 수레에 재화를 싣고 명기와 명물을 들고 왔다. 대체 무엇을 위해 이렇듯 몰려오는지 노부나가는 쓴웃음을 지을 수밖에 없었다. 그리고 칠 년 전, 동국의 시골 무사로 변장해서 은밀히 교토의 형세를 살피러 왔을 때가 떠올랐다. 그 시절에는 노부나가의 목을 노리는 사람은 있어도 앞다퉈 재화와 보물을 보내는 사람은 없었다. 또 그는 아무것도 변한 것이 없는데 동복사로 찾아와서 노부나가를 만나고 돌아가는 사람들은 시합이라도 하듯 노부나가를 칭찬하는 것이 흡사 자신의 긍지라도 되는 것처럼 행동했다.

"역시 듣던 대로 인품이 뛰어나고 도량과 그릇이 큰 인물이야."

"나도 어제 만나 뵀는데 전혀 잘난 체하지 않고 마치 오랜 친구를 만난 듯 대해주셨지."

"그분이 세상에 나선 이상, 세상의 소란도 이젠 진정될 것이야."

사람들은 한 달 전까지는 상상도 하지 못했던 말과 칭찬을 입에 달고 살았다. 노부나가는 날이 갈수록 높아져만 가는 자신의 명성에 놀라면서도 한편으로는 민심의 다양한 속성을 보게 되었다.

노부나가는 오래전부터 생각한 일이기도 하고, 부친힌 노부히데의 가르침도 있어 교토에 들어가자마자 가장 먼저 조정에 황금 백 관과 비단 이백 필, 쌀 천오백 섬을 헌상했다. 그런데 이것을 두고 사람들은 지나치게 부풀려 이야기를 했다.

"노부나가가 근왕勤王에 뜻이 있는 듯하다."

"그야말로 근왕의 무장이다."

노부나가는 당연한 일을 한 것이었고, 더군다나 서둘러 돌아왔는데도 자신에게 다른 뜻이 있는 것처럼 이야기가 돌자 마음이 편치 않았다. 또 다른 한편에서는 노부나가를 비방하는 적들도 있었다.

오래되고 좁은 연못 속으로 대어가 들어온 것처럼 연못의 물이 범람하고 있었다. 세카센攝河泉89의 마을과 산지로 숨어든 미요시와 마쓰나가의 잔당들이야말로 연못의 물이나 다름없었다. 그리고 가장 가까운 곳에는 야마시로山城의 오토구니乙訓 군 청룡사青龍寺의 성에 있는 이와나리 치카라노스케巖成主税介, 다카쓰기高槻 성의 이리에 사곤入江左近, 무고武庫 군의 고시미즈小清水에 있는 시노하라 우교篠原右京, 도미다富田의 보문사普門寺 성에 있는 호소카와 카몬노스케細川掃部助가 있었다. 그 외에 이케다의 이케다 성에 있는 이케다 치쿠고노카미池田筑後守나 아마

---

89 세쓰攝津와 가와치河內와 이즈미和泉.

가사키尼ヶ崎의 아라키 무라시게荒木村重, 가와치의 미요시 시모쓰케三好下野, 그리고 멀리 떨어져 있지만 야마토大和의 시기信貴 산 다몬多門 성에서 여전히 위세를 떨치고 있는 마쓰나가 단죠 히사히데에 이르기까지 그가 지나온 지방과 마을의 면적보다 훨씬 넓은 지역에 적들이 있었다. 이들은 일거에 교토로 들이닥쳐 오다 군을 섬멸하기 위해 밤낮을 가리지 않고 빈틈을 엿보고 있었다.

"아마가사키의 아라키 무라시게라고 하는 적장이 홀로 평복 차림으로 기노시타 님을 만나고 싶다며 찾아왔는데 어떻게 하시겠습니까?"

시종의 말에 도키치로는 대답을 하지 않고 노부나가에게 머리를 숙이며 말했다.

"잠시 만나보는 것이 좋을 듯합니다."

"누구를 말인가?"

"저를 찾아왔다는 아라키 무라시게를 말입니다."

"자네는 언제부터 적장과 내통하고 있었던 건가?"

노부나가가 웃으며 말했다.

"얼마 되지 않았습니다. 시간을 내서 그를 설득하러 가 주군을 한번 뵐 것을 권했습니다."

"부지런도 하네."

"말을 타고 진두에 서는 것만이 싸움이 아닐 것입니다."

"하나 오늘은 아무도 만나지 않겠다고 말했으니 자네가 먼저 만나고 나는 내일 만나겠다고 전하게. 그리고 머물고 갈 뜻이 있으면 경내에 머물게 하라."

"그렇다면 돌려보내겠습니다. 그 역시 일성의 주인이고 젊은 나이에 세쓰의 아마가사키를 다스리는 자입니다. 아군에게 있어 가장 무서운 적 중 하나입니다. 제 생각에는 그를 적으로 만들면 향후 대계에 불리할 듯하여 예의를 취해 약속을 잡은 것입니다. 그는 자신들 안위와 부귀를 위해 술과 재화를 들고 와 문전성시를 이루는 자들과는 격이 다른 자입니다."

"적장에 대해 칭찬이 과한 건 아닌가?"

"비록 적이라고 해도 좋은 인물에게는 인간으로서 존경을 표하고 있습니다. 아라키 무라시게는 칭찬을 해도 모자람이 없는 자라고 믿고 있습니다."

"들여보내게."

"알겠습니다. 들여보내도록 하라."

도키치로가 시종에게 말했다.

얼마 뒤 무라시게가 무사들에게 둘러싸여 들어왔다. 도키치로는 그 모습을 보고 손님에 대한 예의가 아니라고 생각했는지 주군의 안위를 자신이 보증하겠다는 듯 말했다.

"모두 물러가도록 하라."

무사들은 조용히 물러가 만일의 사태에 대비해 옆방이나 보이지 않는 곳에 대기하고 있었다. 오히려 무서워해야 할 사람은 혼자 평복 차림으로 온 아라키 무라시게였다. 하지만 무라시게는 태연히 가슴을 펴고 앉아 있었다. 나이는 스물두 살이었고 체구는 작았지만 용모는 훤칠했다. 어릴 적 천연두를 앓았는지 한쪽 눈이 잡아당겨진 듯 애꾸눈처럼 보이고 피부가 검고 마른 골격이라 겉보기에는 인상이 좋지 않았다.

노부나가는 도키치로가 미리부터 그를 칭찬한 탓인지 그에게 그다지 흥미를 느끼지 못했다. 그리고 인사를 한 뒤 무뚝뚝한 얼굴로 아무 말 없이 앉아 있는 무라시게가 왠지 마음에 들지 않았다.

"무라시게, 떡을 좋아하는가?"

노부나가가 갑자기 그렇게 묻자 무라시게가 보이지 않는 한쪽 눈을 치켜 올리며 대답했다.

"예, 떡은 자주 먹고 있습니다."

"떡을 줄 테니 가까이 오게."

노부나가가 옆구리에 차고 있던 작은 칼을 빼서 그 끝으로 앞에 놓인 떡 한 조각을 찔러 무라시게에게 내밀었다.

"잘 받아먹겠습니다."

무라시게는 칼이 얼굴에 닿을 듯한 곳까지 얼굴을 내밀며 말했다.

"여기로 부탁드립니다."

노부나가는 무라시게가 양손을 내밀 것이라고 생각했다. 그런데 예상과 달리 무라시게는 입을 크게 벌리고 노부나가의 얼굴을 바라보았다. 무라시게의 이는 난치에다 누렇기까지 했지만 행동은 침착했고 얼굴에는 어렴풋이 애교까지 띠고 있었다. 노부나가가 떡을 무라시게의 입에 넣어준 뒤 칼을 칼집에 넣고는 크게 웃었다.

"하하하."

무라시게는 떡을 꼭꼭 씹어서 꿀꺽 삼킨 뒤 아무 말 없이 씽긋 웃어 보였다. 노부나가는 이내 무라시게를 좋아하게 되었다. 늘 그렇듯 노부나가가 느낀 작은 증오는 금방 호감으로 변하곤 했다.

"도키치로, 자네가 칭찬한 대로 재미있는 사내구나. 나도 나중에 합석할 테니 안에서 잘 대접하도록 하라."

도키치로는 무라시게를 안으로 데려갔다. 그리고 노부나가가 없는 곳에서 주군에 대해 물었다.

"뭐, 딱히……."

무라시게는 특별한 표정을 짓지 않고 이어 말했다.

"그대의 말대로 섬겨도 좋을 듯하오."

아라키 무라시게의 이탈에 세카센의 미요시와 마쓰나가 진영은 동요하기 시작했다. 청룡사의 이와나리 일족도 성문을 열고 노부나가에 게 투항했다. 이타미伊丹, 이케다, 아쿠타가와芥川, 고시미즈, 다카쓰기 등의 성들도 차례차례 오다의 토벌군에게 평정되었다. 미요시 잔당은 병자인 아시카가 요시히데足利義榮를 포로로 삼아 해로를 통해 아와阿波 로 도망쳤고, 마쓰나가 단죠 히사히데도 마침내 노부나가에게 투항을 청했다.

노부나가는 여전히 전투를 통해 정치를 펼쳤다. 그는 전시 중에도 전쟁이 끝난 뒤를 생각했다. 토벌한 지역의 영지는 모두 장군 요시아 키에게 돌려주고 자신은 한 치의 땅도 갖지 않았다. 특히 다년간 쇄락 한 요시아키를 섬기며 의절을 굽히지 않았던 신하들에게 많은 배려를 했다. 그리고 요시아키가 군비로 충당하라며 오쓰와 구사쓰草津, 센슈泉 州 경계의 작은 땅을 내리자 그것을 기꺼이 받았다.

요시아키는 다시 장군직에 올랐다. 선지宣旨는 8월 중순에 내려졌다. 요시아키는 정이대장군征夷大將軍을 겸한 참의參議에 임명되었고 궁중의 군마를 관리하는 사마노카미左馬頭에 제수되었다.

"노부나가에게도 작위를 내리심이 옳은 줄 압니다."

요시아키가 천황에게 말했다.

마침내 노부나가를 천황의 행행行幸과 행계行啓를 관장하는 종사품 의 우효에후右兵衛府 장관으로 임명한다는 교지가 내려졌다. 하지만 노 부나가는 분에 넘치는 명이라며 고사했다. 요시아키는 노부나가의 마 음을 가늠할 수가 없었다. 혹시 직책이 마음에 들지 않아서 그런 것인 가 하고 걱정을 했지만 그런 것 같지도 않았다.

"내가 곤란해서 그러하네."

요시아키가 울먹이며 말하자 노부나가는 앞서 내린 교지보다 훨씬 낮은 종오품의 단죠노츄彈正忠라는 관직을 받겠다고 했다. 단죠노츄는 중앙 행정의 감찰과 교토의 풍속 등을 단속하는 단죠다이彈正台의 관직 중 하나였다.

이윽고 요시아키가 장군직에 오르는 것을 축하하기 위해 이달 24일에 대연회를 열기로 결정했다. 오랜 관례에 따르면 그날은 산가쿠散樂[90] 열두 대목이 연주되고 역대 아시카가 가문의 성대한 의식 중 하나로 문무백관을 빠짐없이 초대하는 화려하고 아름다운 축제일이었다.

"산가쿠는 일곱 대목까지 하는 것이 어떻겠는지요?"

노부나가가 요시아키에게 직언을 했다. 그러자 요시아키가 전통 관례를 모르는 무인의 말이라는 식으로 단호하게 말했다.

"산가쿠는 본래 열두 대목이니 반드시 열두 대목까지 해야 하오."

"전통 관례를 따르지 마시고 새로운 관례를 세우십시오. 단지 이곳 교토만 평화로울 뿐입니다. 각지의 역당들이 잠시 몸을 숨긴 것이지 그들을 완전히 토벌한 것은 아닙니다. 진정한 태평성대를 이룩하면 만민과 함께 칠 일 밤낮 동안 춤을 추며 백 대목까지 해도 좋을 듯합니다."

노부나가의 말에 요시아키는 아무 말도 할 수 없었다.

대연회가 무사히 끝난 뒤 요시아키가 다시 노부나가에게 권했다.

"부장군이나 간레이, 둘 중 어느 하나의 관직을 맡아주지 않겠소?"

"부디 말씀을 거두어주십시오."

28일, 노부나가는 교토를 지키는 병사만을 남겨두고 귀국의 여정에 올랐다. 교토 사람들은 마치 하루 사냥을 하러 나왔다가 돌아가는 사람처럼 가벼운 옷차림으로 돌아가는 그의 모습을 그저 눈을 동그랗게 뜬 채 바라보기만 했다.

---

90 나라 시대에 중국에서 건너온 오락적 요소가 짙은 예능의 총칭. 일본의 모든 예능 중에서 대중 예능의 기원이라 할 수 있다.

대역사 大役事

돌연 교토의 거리 한가운데에서 함성 소리가 일었다. 봄이 가까운 정월의 넷째 날 한낮이었다.

"전쟁이다!"

마음의 준비도 하고 있지 않는 사람들 귀에 '전쟁'이라는 말이 들려왔다. 어디에서 어떤 식으로 전쟁이 시작됐는지 알 수 없는 사람들은 당황하기만 했다.

"큰일 났다!"

"도망쳐라. 짐을 싸라!"

마을 거리는 혼란에 휩싸였다. 교토 사람들만큼 전화에 시달린 사람도 없었다. 국난을 겪을 때마다 교토는 불길에 휩싸였다. 사람들은 노부나가의 대군이 교토로 들어오자 옛일을 떠올리며 비통한 심정에 빠졌다. 기소木曾의 미나모토노 요시나가源義仲가 교토로 쳐들어 왔을 때의 폭력과 약탈, 그리고 부녀자들이 겪은 고충을 떠올리고 전율했다. 그런데 노부나가는 요시나가와는 달랐다. 사람들은 안도했다. 그리고 노부나가 덕에 이번 연말을 평화롭게 보낼 수 있었다. 정월에 부녀자들이 밤길을 돌아다닐 수 있는 것도 오다 군 덕이라고 기뻐했다.

12월 중순에서 하순 무렵, 미요시 잔당이 센슈와 가와치 일대에서 다시 소란을 피우고 있다는 소문이 돌았지만 도성 안에 백성을 보호하는 오다 군이 있기에 사람들은 불안해하지 않았다. 하지만 실제로는 병사가 그리 많이 남아 있지 않았다. 도성의 안팎을 지키는 병사는 이천 명에 불과했다. 변장한 채 사람들 속에 잠복해 있는 잔당들은 노부나가의 본군이 기후로 돌아가자 이때다 싶어 각지의 동료들에게 은밀히 연락을 취했다.

노부나가를 노리는 적은 미요시와 마쓰나가 잔당뿐이 아니었다. 미노를 빼앗긴 사이토 다쓰오키와 그 일족도, 또 얼마 전 망한 사사키 일족도 그중 하나였다.

가와치와 센슈 부근에서 사이토 다쓰오키가 중신 나가이 하야토와 함께 모습을 드러냈다. 사이토가 미노와 마쓰나가 군과 결탁해서 허를 찔러 왔다. 12월 하순에 있었던 일이었는데 교토의 한쪽 경비를 맡고 있던 도키치로가 엄명을 내려 백성들은 그 사실을 알지 못했다. 하지만 전황은 도키치로에게 불리했고 적은 만여 명으로 늘어났으며 해를 넘긴 뒤에는 도성 밖까지 근접해왔다.

그런 적을 막고 있는 사이 도성 안에 잠복해 있던 잔당과 잠행한 적의 부대가 돌연, 4일 대낮에 본국사本國寺의 해자를 둘러싸고 함성을 지르더니 그곳의 토벽을 공격하기 시작했다. 본국사에는 장군 요시아키가 있었다. 아직 교토에 입성한 지 얼마 되지 않았던 때라 막부의 관청이나 장군의 거성을 지을 틈도 없었다. 요시아키는 거성을 지을 때까지 본국사를 임시거처로 삼고 있었던 것이다.

이전 장군인 요시테루는 마쓰나가 단죠의 기습으로 칼을 맞고 죽음을 맞이했다. 대낮의 태양 아래에서 그러한 비참한 살육이 다시 벌어질까 봐 본국사 경내는 혼란에 빠졌다. 사태가 급박하다는 이야기를 전해 듣고 달려온 도키치로의 부대와 적군 사이에 시가전이 벌어졌다. 싸움은 본국사와 시치죠七條 도장 사이에 있는 네거리에서 점심 무렵부터 해질녘까지 이어졌지만 승패가 갈리지 않았다. 처음부터 소수였던 오다 군은 도키치로의 지휘로 간신히 버티며 고전하고 있었다.

그런데 해가 질 무렵, 기세를 올리며 싸우던 적군이 바람에 날리는 먼지처럼 눈 깜짝할 사이에 무너지기 시작했다.

"퇴각하라!"

"도망쳐라!"

비장한 패장의 목소리가 들리자 적병들은 순식간에 도망쳐 모습을 감추었다. 그들이 떠난 뒤 부러진 칼과 대만 남은 창, 찢긴 투구의 목가리개, 짚신, 타다 남은 깃대 들이 어지럽게 흩어져 있었다.

"기노시타 님, 어디 계시오? 기노시타 님!"

어둠 속에서 누군가 도키치로를 부르고 있었다. 소리는 갑자기 본국사 옆과 부근 골목에서 가세한 사백 명의 병사들 속에서 들려왔다.

"여기 있소!"

도키치로가 땀으로 범벅된 얼굴로 뒤를 돌아보며 대답했다.

"민가의 불을 꺼라. 적은 쫓지 않아도 괜찮다. 불길이 마을로 번지지 않도록 하라."

도키치로는 적이 도망치자 즉시 지시를 내리며 동분서주하고 있었다. 김이 피어오를 정도로 온몸이 땀에 젖은 상태였다.

"이렇듯 돕기 위해 달려오신 부대는 어느 분의 부대요?"

도키치로가 가까이 다가갔다.

"얼마 전에는."

검은 갑옷을 입은 장수 한 명이 싱글싱글 웃으며 병사들 사이에서 나왔다.

“아니, 그대는?”

“변고가 생겼다는 말을 듣고 아마가사키에서 달려왔습니다. 불을 끄는 것도 돕고 싶고 장군가에 문안을 드리고도 싶지만 도망친 적들을 추격하면 일망타진할 수 있으니 명령만 내려주시지요.”

“고맙소이다. 그럼 부탁하오.”

“그럼.”

무라시게는 정연히 대오를 이루고 있는 부하들에게 진도를 들어 올리며 소리쳤다.

“적의 잔당들을 추격하라!”

무라시게는 맨 앞에 서서 요도淀 강에서 후시미 방면까지 적을 추격해 격퇴했다. 적의 잔당들은 곳곳에서 일천 명에 가까운 사상자를 내고 도망쳤다.

1월 6일, 대설이 내렸다. 기후에 파발이 도착했다. 본국사의 변과 교토 부근에서 움직이고 있는 잔당들의 상태가 적혀 있었다.

“불길하군.”

노부나가가 말했다. 장군의 안위도 걱정되었지만 그 이상으로 애써 자신이 쌓은 초석이 허물어지지 않을까 걱정이 되었다.

“지체할 수 없다. 때를 놓치지 마라.”

노부나가는 즉시 군령을 내리고 여느 때와 같이 가장 먼저 말을 타고 성문을 달려 나갔다. 처음에는 열 명 정도의 기마병이 그의 뒤를 따랐고, 잠시 뒤 스무 명, 서른 명으로 늘어났다. 갈수록 눈이 많이 쌓였다. 마음먹은 대로 움직이지 못하는 사람이 많았다. 노부나가가 말을 멈추고 말했다.

“모두 잠시 말에서 내리도록 하라.”

노부나가는 말의 안장 옆에 달려 있는 병량이나 무거운 무구와 짐들을 직접 검사한 뒤 지나치게 무거운 짐은 가벼운 사람에게 분담하게 했다.

"서둘러라!"

노부나가는 다시 말에 채찍을 가했다. 큰 눈이 내렸는데도 다음 날에는 세다瀨田 대교를 건너 삼 일이 걸리는 거리를 이틀 만에 주파해서 교토에 도착했다.

오다 노부나가가 로쿠죠六條에 왔다는 말이 들리자 도성 안은 활기로 가득 찼다. 귀족들과 서민들도 안심을 했다. 노부나가 군은 도성 밖과 부근 일대에서 다시 그 위력을 과시했다. 하지만 노부나가는 자신이 온 것은 그런 잔당들을 상대하러 온 것이 아니라는 듯 어느새 다른 일을 해나갔다. 우선 불탄 니죠二條 성을 다시 짓는 대공사를 시작했다. 장군 요시아키를 위해 해자를 깊게 파고 돌을 쌓고 동쪽과 북쪽으로 일 정町이나 넓게 만든 성을 신축하려는 것이었다.

공사는 실로 신속하게 진행됐다. 미노와 오와리, 고슈를 비롯한 다섯 지방과 그 외의 지방을 합친 열네 곳 나라의 인력과 자재를 징발한 대규모 공사였지만 4월 6일에 낙성식을 열 수 있었다. 요시아키는 새로 지은 성으로 옮겨왔다. 그때 요시아키가 노부나가의 손을 잡으며 말했다.

"그대는 내게 아버지와도 같은 분이오."

마음 깊은 곳에서 나온 말이었다. 연회 자리에서 요시아키가 직접 술병을 들고 노부나가에게 술을 따르며 말했다.

"그대를 위해서 축배를 들도록 합시다."

요시아키의 기뻐하는 모습을 보고 노부나가도 유쾌한 듯 자신의 시종에게 말했다.

"요이치로, 쇼죠猩猩[91]를 추거라."

호소카와 요이치로細川与一郎는 호소카와 후지다카의 아들로 올해 일곱 살이었다.

"예!"

요이치로가 일어서서 쇼죠를 추자 노부나가가 소고를 잡고 직접 박자를 맞췄다. 사람들이 환호성을 지르며 좋아했다. 요이치로의 모습도 사랑스러웠고 노부나가가 북을 잡은 모습과 동작도 멋졌다. 모든 사람들이 손뼉을 치며 박자를 맞췄다. 어린 요이치로는 후일 호소카와 산사이細川三齋, 엣추노카미 타다오키越中守忠興가 되었다.

그로부터 이틀 뒤, 노부나가는 더 큰일을 시작했다. 궁궐의 수축修築이었다. 4월 8일에 착공식을 올리고 공사가 시작된 뒤에는 한가한 밤에도 술을 마시지 않았다. 궁궐의 도면 등도 모두 직접 그렸다. 그리고 공사를 맡은 시마다 야에몬島田弥右衛門과 아사야마 니치죠朝山日乘와 무라이 사다가쓰村井貞勝 등을 몇 번이나 불러 의논했다. 노부나가는 평소 격식을 따지지 않았지만 황거의 공사만큼은 모두 전통 관례를 따라 진행했다. 목수들에게 귀족이나 무사가 쓰는 두건을 쓰게 하고 예복을 입게 했다. 자재도 신성하게 다루며 한 치의 불결함이나 불경을 용서하지 않았다.

만 관의 경비와 이만의 목수가 동원됐는데 교토의 부호들에게도 세금을 부가했다. 그리고 호랑이 가죽을 두르고 때로는 손에 시퍼런 칼을 들고 공사를 순찰했다. 그의 명성이 대단히 높았던 탓에 어느 날 한 사람이 노부나가가 어떻게 생겼는지 훔쳐보려고 여자의 장옷을 뒤집어쓴 채 노부나가의 곁으로 다가갔다.

아무것도 눈치채지 못한 노부나가는 누군가 아무 말도 없이 뒤에서

---

91 중국의 상상 속 동물인 성성이가 술을 마시고 춤을 추는 것을 본뜬 가부키 춤.

다가오는 것을 느끼고 그의 목을 쳐버렸다. 그렇게 노부나가는 착한 사람인 듯싶다가도 무서운 사람이었다. 격식을 따지지 않는 야인인가 싶다가도 격식을 엄격히 따지기도 했다. 하지만 그의 명령은 지나치다 싶을 정도로 잘 지켜졌다. 그의 발소리가 들리면 모두 흠칫 긴장을 했다.

도성 안의 시정市政도 똑같이 행해졌다. 또 자신의 영향력이 미치는 범위 안에 있는 가도의 관문을 모두 없애 사람들을 자유롭게 통행하게 했다. 더 나아가 종래의 무가에서 가지고 있던 궁궐 소유의 땅을 회수해 조정에 되돌려주었다.

장군가는 가까운 시일에 노부나가가 기후로 돌아간다는 소문을 듣고 급히 노부나가에게 부탁을 했다.

"무략이 있고 평시에 교토를 보호할 수 있는 인물을 교토 수비 대장으로 남겨두기 바라오."

노부나가가 떠난 뒤 치안이 걱정되었던 것이다. 노부나가도 그 점에 대해 생각하고 있었다. 군공을 세우길 좋아하는 휘하의 장수들은 어느새 그 소식을 듣고 누구를 임명할지 의견이 분분했다.

중차대한 임무였다. 무엇보다 금문을 지키는 자리였다. 장군가의 경비도 담당하고 백성들의 평화도 확보하고 또 노부나가를 대신해 공경과 귀족 사이의 미묘한 정치적 움직임도 살피면서 멀리 있는 노부나가가 꿰뚫어보도록 연락을 취할 수 있는 사람이어야만 했다.

"아무래도 니와 님이 아닐까."

"아니네. 시바타 님일 걸세."

"난 고로자에몬 님이 맡게 될 거라 생각하네."

니와 고로자에몬 나가히데가 가장 인기가 많았고 다음으로 시바타 가쓰이에였다. 그런데 모두의 예상은 빗나가고 말았다. 기노시타 도키치로 히데요시를 임명한다는 소식이 전해졌기 때문이다. 다들 어리둥절해했다.

"태생도 모르는 평민 출신의 미천한 자를 교토를 수비하는 중임의 자리에."

"그자가 주군이 생각하시는 오다 군중의 인물이라니."

모두들 시기와 반감에 차 한마디씩 던졌다.

"누대의 중신도 많은데."

중신들도 선망과 반감을 감추지 못했다. 아무리 인재를 등용한다고 해도 지금까지 많은 공을 세운 신하들의 입장은 어떻게 되는 것이냐고 말하는 사람도 있었다. 그중에서 사쿠마 노부모리만은 온화한 말로 그들을 달랬다.

"맞는 말이지만, 주군의 눈은 이제까지 한 번도 틀린 적이 없소이다. 하니 그와 같은 말이나 생각은 삼가는 편이 좋을 것이오."

노부나가는 늘 혁신의 의지가 불타올랐기에 누가 뭐라고 해도 단호하게 자신의 생각을 관철시켰다. 가신들의 불평을 들으면 잠깐 동안 당혹스러워하기는 했지만, 그렇다고 자신의 말을 부정하거나 철회할 사람이 아니었다.

"도키치로, 취임 인사는 필요 없으니 바로 가라."

노부나가는 그날 바로 명을 내렸다.

도키치로가 바로 요시아키의 거처로 가서 알현을 청하자 집사인 우에노 나카쓰카사노 타유上野中務大輔가 나왔다.

"취지는 잘 알겠으나 장군님을 알현하는 데에는 격식이 있으니 지금은 뵐 수가 없소이다. 후일 출두하라는 통지를 받으면 그때 예복을 갖추고 정식으로 찾아오시길 바라오."

"이상한 말씀을 하시는구려."

평소 무장 차림이었던 도키치로가 자세를 바로 하며 말했다.

"하루라도 빨리 교토를 보호하지 않으면 안 될 터. 게다가 전란의 여진이 멎은 듯 보이는 것은 도성 안에 지나지 않소. 노부나가 님을 대신해 변고를 대비하는 사람으로서 잠을 자는 순간에도 이 무구를 벗을 수 없소이다. 내가 소매가 긴 예복과 하카마를 입고 한가로이 있는 동안, 얼마 전과 같은 변고라도 일어나면 어떻게 하시겠소. 옛 격식과 관례는 옛사람인 그대의 마음속에서나 지키면 될 것이오."

도키치로의 위세에 깜짝 놀란 집사가 도키치로를 요시아키에게 안내했다.

장군가는 파격적으로 전례를 깨고 도키치로의 알현을 허락했다. 도키치로는 무로마치 가의 신하들이 지켜보는 가운데 노부나가의 신하로서 요시아키가 내리는 잔을 공손히 받아들고 당당한 모습으로 돌아갔다.

사카이境 상인

1월 무렵부터 병사들은 속속 겨울 바다를 건너와 사카이 포구에 상륙했다. 그들은 만선에서 내려놓은 물고기처럼 어느새 사카이 항구의 마을들을 가득 채웠다. 그들의 모습이 보이지 않는 곳이 없을 정도였다.

그들은 아와의 미요시 잔당이라고 불리는 시고쿠四國의 병사들이었는데, 작년 교토에서 패퇴한 소고十河 일족이 중심을 이루고 있었다. 교토에서 아와로 도망칠 때, 병이 든 아시카가 요시히데를 끌고 간 소고 마사야스十河存保가 그들을 지휘하고 있었다.

아와 미요시 잔당은 미나미노쇼南之庄의 남종사南宗寺를 본영으로, 마을의 관청을 군정소軍政所로 삼고 네거리마다 팻말을 세워 자신들의 뜻을 밝혔다.

노부나가는 소문과는 달리 교토에 입성해서 가짜 장군을 옹립하고 사민을 기만하며 정사를 사유화하는 등 그 폭정과 잔학함이 날이 갈수록 더하고 있다. 이에 하루라도 빨리 역적을 궤멸시키고 천황의 안위를 보존하며 사민의 무사를 도모하는 것이 우리의 소임이라고 믿고 있는 바이다.

또 사카이 항구는 본국과 해외를 잇는 유일한 교역지라서 당唐과 남만南蠻의 배가 오가는 곳인데, 지금과 같은 혼란 때문에 뱃길이 끊기는 것은 나라의 큰 손실이다. 특히 이곳은 이전부터 마쓰나가 단죠 님이 봉행하는 영지인 만큼 마을 사람들도 협력해서 침략자와 싸워야 할 것이며, 한 치의 땅과 한 푼의 재화도 역적을 이롭게 하는 데 사용해서는 안 될 것이다. 이를 어기는 자는 단죄에 처하겠다.

한때 노부나가의 대군이 들이닥칠 것이라는 소문이 돌자 사카이 항구는 극도의 혼란에 빠졌다. 남쪽과 북쪽의 사카이 사람들은 남녀노소할 것 없이 모두 네고로根來, 고가와粉河, 마키오槇尾 등의 연고가 있는 시골로 도망을 쳤다.

사카이는 멀리 오우치大内 씨족 시대부터 남만과 중국과 류큐琉球 등과의 교역의 요항要港이었다. 그러다 보니 오래전부터 일본의 어느 도시보다 경제적으로 발달해 있어 부호들의 저택이 즐비했다. 또 교토나 각 나라의 성 아래 마을에서는 볼 수 없는 화려하고 새로운 문화를 자랑하고 있었다.

이러한 경제도시가 가장 두려워하는 것은 불경기보다 전쟁의 전조였다. 노약자들의 피난에 이어 날마다 사카이의 재화가 밖으로 반출되었다. 하지만 아와 미요시 잔당에게 막대한 '전쟁 비용'을 징발당한 뒤라 황금은 거의 없었다. 대부분 무역 상품과 가재, 그리고 세상의 명품은 다 모아놓은 듯한 사카이 상인들의 다기와 골동품 등이었다.

한바탕 소동이 지나자 거리는 갑자기 텅텅 비어 아무 소리도 들리지 않았고 젊은 여자의 모습도 보이지 않았다. 그리고 기타노쇼北之莊 변두리나 마을에서 멀리 떨어진 언덕들을 잇는 곳에서는 날마다 참호를 만들고 있었고, 모든 도로에 목책과 망루를 세우며 전쟁 준비에 여념이 없었다.

갑자기 이런 일을 직면하게 되자 평소에 외국과의 교류가 빈번했던 지역에 살고 있어 모든 일에 민감하고 사교에 능한, 이른바 문화인으로서의 긍지를 지닌 사카이 상인들의 얼굴에는 근심스런 기색이 역력했다.

"앞으로 어떻게 될까?"

대부분의 상인들이 마음을 졸이고 있었다. 하지만 예부터 사카이 상인들에게는 큰 자부심과 권위가 있었다. 쇄락한 무로마치 막부는 사카이로부터 셀 수 없을 만큼 돈을 빌리고 있었다. 그때마다 사카이 항구는 교환 조건으로 세금과 민정民政 등의 특권을 부여받았고 조정도 사카이를 자치 지역으로 인정했다.

남쪽 항구의 해변에는 창고 건물이 많이 늘어서 있었다. 그 건물을 소유한 부자 상인들을 창고를 빌려주는 사람들이라는 뜻으로 나야카시슈納屋貸衆라고 불렀는데, 그들은 사카이에서 굴지의 가문으로 인식되고 있었다. 그중에서 열 명, 즉 십인중十人衆이 허용된 범위 안에서 마을의 모든 일을 맡아 처리했다.

센노 소에키千宗易도 십인중 중에 한 사람이었는데 그가 바로 후일 다도茶道를 집대성한 센 리큐千利休였다. 그는 벌써 오십에 가까운 나이였는데 사리 분별이 뛰어난 사람이었다. 그래서 십인중 모임에서도 노도야能登屋와 엔지야臙脂屋와 같은 노인은 별도로 치더라도 무언가 곤란한 일이 생기면 사람들은 반드시 그를 찾았다. 작다고 하면 작은 마을이었지만 그곳 어느 누구보다도 소에키는 머리가 명석했다.

"참으로 머리가 좋다."

모두가 소에키를 존경하게 되자 이전까지는 의견이 제각각이라 통일되지 않았던 십인중 제도도 대부분 소에키의 의견으로 결론이 났다.

"소송이나 정무를 보는 일을 좋아하는 것 보니 천성이군."

그렇게 그를 평하는 사람도 있었다.

어느 날, 소에키는 누군가 자신을 보고 상인이라기보다 정치가라고 말하는 것을 들었다.

"유희입니다."

소에키는 웃으면서 자신에 대해 이야기했다.

"저만큼 세상과 어울리지 못하는 사람은 없을 것입니다. 여러분과 사이좋게 교류도 하고 온후하다는 말도 듣지만, 어쩐 일인지 세상과 마주하면 제 반골의 기질을 어떻게 할 수 없어 저도 그런 제 자신이 무섭습니다. 그래서 부친인 센 요효에千与兵衛께서는 제 성질을 간파하시고 제가 요시로与四郎라고 불리던 소년 무렵부터 다케노 조오武野紹鷗 님께 차를 배우게 하셨습니다. 또 선학의 스승인 대덕사의 쇼레이笑嶺 님께서는 '요시로가 차를 배우다니 참으로 잘하는 일입니다. 꼭 계속 정진하도록 시키십시오. 그렇지 않으면 그 아인 상가商家에서 얌전히 지내지 못할 것입니다. 이윽고 터무니없는 꿈을 품고 결국에는 난세의 저잣거리에서 시체로 누워 있을 것입니다. 인상 따위는 믿을 것이 못 되지만 검난剣難의 상相이 있습니다. 아니 그런 성격이 있습니다. 차 주걱과 찻잔을 부적처럼 지니고 화로의 불을 가만히 응시하며 그 터무니없는 꿈과 반골의 기질을 재로 덮고 조용히 일생을 끝낼 수 있도록 가르치는 게 좋을 것입니다'라고 제 양친께 간곡히 말씀하신 적이 있다고 합니다. 그 이래로 지금까지 저는 차를 늘 곁에 두고 있습니다. 그런 제 우매함을 헤아려주십시오."

소에키는 스스로를 우매하다고 말했지만 사람들은 그를 어리석다고 생각하지 않았다. 오히려 바닥을 알 수 없는 우물을 들여다보는 것처럼 그의 가슴속에서 항상 샘물이 샘솟고 있다고 생각했다.

소에키는 기타노쇼의 마을 변두리를 걷고 있었다. 사카이는 대낮에도 깜깜한 밤처럼 당장이라도 전화에 휩싸일 듯 전율하고 있었지만 그의 얼굴은 봄볕을 받아 밝게 빛났고 옷차림도 여느 때와 다를 것이 없었다.

"거기, 소에키, 잠깐 멈춰라."

근처에서 참호를 파는 일을 독려하고 있던 흙투성이 무사가 달려오더니 소에키 앞을 가로막았다.

"이런 전란 중에 어딜 그리 돌아다니는 게냐? 우리가 이렇게 필사적으로 방어 참호를 파고 있는 것을 보고 재미있다는 듯 구경이나 하며 돌아다니는 자가 어디 있느냐!"

무사는 무턱대고 소에키에게 호통을 쳤다. 그는 갑옷을 입고 있지 않은 사람은 모두 놀고 있다고 생각하는 듯했다. 소에키는 아무 말도 하지 않고 잠시 상대의 얼굴을 바라보다가 입을 열었다.

"당신은 대체 여기서 무엇을 하고 계시오?"

"뭐라? 뭘 하고 있는지 눈에 보이지 않느냐? 노부나가의 공격에 대비해 참호를 파고 망루를 쌓고 있다. 저길 봐라. 늙은이와 아이들까지 노역에 징발당해서 일하고 있지 않느냐."

"나도 마찬가지요. 창과 칼은 들지 않았지만 마을 관리 중 한 사람으로 임명되었던 터라 이런 때일수록 사카이의 문화와 이곳에 사는 상인과 백성 들의 안전을 돌보기 위해 밤낮 걱정을 하고 있소이다."

"입만 살았구나. 하면 그 옷차림은 무엇이냐? 왜 구덩이를 파는 인부들을 지휘하지 않고 병량을 운반하는 것을 돕지 않는 것이냐?"

"내 소임이 아니오. 나는 내가 할 일이 있을 듯하여 찾고 있는 중이오."

"멍청한 소리. 그걸 찾는 동안에 적들이 공격해올 것이다. 그것이 두려워 서성거리고 있었던 게로구나."

"아니오. 마침 좋은 꽃가지 하나를 발견해서 꺾어서 가지고 가려던 참이오."

"꽃가지?"

"다도에 쓰려 하오. 오늘 저녁에 마을 관리 열 명을 초대해서, 때가 때인지라 그저 나뭇가지에 핀 꽃이나 대접하며 이야기를 나눌까 하여 그 꽃을 찾으러 그만 이곳까지 오게 된 것이오."

"마을 관리들을 불러 차를 마신다고? 제정신이냐!"

무사는 소에키가 자신을 놀리고 있다고 생각한 것이 분명했다.

"어이, 잠깐 이리 와보게."

무사가 노기를 띤 얼굴로 뒤돌아보며 동료들을 불렀다. 그러는 동안에도 무사는 소에키가 도망치지 못하도록 옆에 바짝 붙어 있었다.

"왜 그런가?"

"무슨 일인가?"

무사는 몰려든 동료들에게 소에키의 행실을 부풀려서 악의적으로 말했다.

"십인중의 소에키군."

무사들은 날카로운 눈으로 소에키를 머리부터 발끝까지 훑어보며 괘씸하다거나 발칙하다는 말을 내던졌다. 또 자신들이 고생하며 전쟁 준비를 하는 것을 보고 남의 일인 양 다도나 즐기는 것을 보면 분명 오다 쪽과 내통하는 자인지도 모른다는 둥 험담을 늘어놓았다.

"베어버려라!"

그중 한 사람이 소리쳤다.

"아니네. 일단 군정소까지 끌고 가서 심문을 해야 할 것이네. 오다 쪽과 내통하는 자라면 더더욱 그렇게 해야 하네."

무사들은 의견의 일치를 본 듯 소에키의 등을 밀며 무서운 눈으로 재촉했다.

"가자."

소에키는 자신이 쓸데없는 말을 했다는 생각에 유감스럽다는 표정을 지었지만 이젠 어쩔 수가 없었다. 근래 그 역시 무사들만큼이나 흥분한 상태였다. 그래서 나뭇가지의 꽃이라도 보고 차를 마시며 잠시 마음을 진정시키려 했던 것인데 그만 말을 잘못해서 무사들에게 오해를 받고 말았다.

군정소는 시외에서 가까운 고색창연한 선찰이었다. 소고 마사야스의 군정소는 철창과 무사로 가득 차 있었다. 소에키는 무사들에게 둘러싸여 조용히 선찰의 문 안으로 들어갔다.

마을에 여자와 아이들 모습이 보이지 않아 왠지 적막하기도 했지만 무엇보다 살벌한 기운이 감돌았다. 태양은 마을 위에 찬란하게 떠 있었지만 어디 한 곳 장사를 하는 가게가 없었다. 그저 한밤중처럼 바람만 불었다.

허리끈을 파는 가게나 술집 문도 닫혀 있었고 물건을 파는 소리도 들리지 않았다. 하지만 한 곳만은 문을 열어놓았다. 미나미노쇼라고 하는 마을 네거리에서 바라보면 처마가 낮은 오래된 판자에 '칼집 주인 소유宗祐'라고 적혀 있었다.

칠장이의 가게였다. 길가를 사이에 두고 마주 보고 있는 가게가 바로 작업장이었다. 칼집을 칠하는 것이 주업이고 주문을 하면 다기나 가구 등도 만들어주었는데, 주인이 괴짜라는 소문이 있었다. 주인은 사카이에서 가게 이름 이상으로 유명한 사람이었으니 별난 사람임에는 틀림없었다.

낮부터 당장이라도 전쟁이 벌어지고 오다 군이 들이닥친다는 이야

기에 번화했던 사카이가 흡사 무덤처럼 변했는데도 칠기장이 주인만
은 어두침침한 가게에서 칠기통과 함께 오도카니 앉아 있었다.

사람들은 그를 두고 오십 대쯤 되었을 거라고 했지만 더 늙었는지
더 젊은지 분간할 수 없는 사내였다. 그는 이야기를 나눌 때면 태평하
고 활달했는데, 특히 젊은 사람을 붙잡고 여자 이야기를 하는 것을 좋
아했다. 겉모습을 보면, 이는 빠졌고 등은 고양이등처럼 구부러졌으며
마치 생선뼈처럼 몸에 살이 하나도 없었다. 온종일 코만 훌쩍이다 보
니 게으르고 불결해서 작업장의 옻칠 주걱이나 숫돌이나 칠기 찻잔과
분간이 되지 않을 정도였다.

가게 이름은 '칠장이 소유'인데, 소유는 그의 아호였다. 하지만 사람
들은 아무도 그를 '소유'라고 부르지 않았다.

"저런 사내에게도 풍류를 즐기는 마음이 있다니 그것참 기특하군."

사람들은 뒤에서 그에 대해 그렇게 이야기했지만 오히려 소유는 '너
희가 풍류의 도를 어찌 알겠느냐'라고 말하고 싶은 듯 자신만만해 보였
다.

소유가 가장 자신 있어 하는 것은 '향도香道'였는데, 그는 향도를 향
도의 대가인 시노 소신志野宗心에게 배웠다고 했다. 또 다도는 몇 년 전에
죽은 다케노 죠오에게 대략 배웠으며, 이곳에서 큰 생선 도매 가게를 하
고 또 십인중의 한 사람이기도 한 센노 소에키와 동문이라고 했다.

하지만 세상 사람들은 차와 향도에 있어 그를 인정하지 않았다. 세
상 사람들이 그에게 존경을 표하는 것은 역시 본업인 칠공이었다. 그
는 특히 칼집을 만드는 기술과 칠 솜씨가 뛰어났다. 그가 만든 칼집은
칼을 칼집에서 빼고 집어넣을 때 실로 부드러워서 '소로리92 칼집'이라
불리며 귀하게 여겨졌다. 그 말은 어느새 통칭이 돼서 모두들 그를 '칠

---

92 무언가가 아무런 소리도 나지 않고 부드럽게 미끄러지는 모양을 나타내는 부사. 스르르.

장이 소로리會呂利’ 또는 ‘소로신會呂新 님’으로 불렀다. 스기모토 신자에 몬杉本新左衛門 님이라거나 스기모토 소유 씨라며 본명이나 아호로 부르는 사람은 없었다.

고향은 센슈泉州 오도리大鳥 군이라고 하는데 미카와 출신이라는 이야기도 있다. 그가 사카이에 정착한 지는 꽤 오래되었다. 아니, 오래된 것은 주인뿐만 아니라 사는 집도 마찬가지였다. 가게에서 모습이 보이지 않는다 싶으면 신자에몬은 역시나 처마가 기울어진 안채 작은 방에서 솥 하나와 찻잔 하나를 가지고 풍류가 지나치다 싶을 정도로 유유자적 시간을 보내고 있었다.

신자에몬은 아내도 자식도 없었다. 때때로 일을 하다 혼자 차를 끓여 마시는 것을 즐거움으로 삼고 있었다. 지금도 그는 그 작은 방에서 오도카니 쉬고 있었다. 지붕 위에서 쥐가 달려가는 소리가 들려왔다. 안쪽 여자들은 제자와 함께 고가와의 친척집으로 피난을 갔으니 그 집에는 그와 쥐밖에 없었다.

“훠이!”

신자에몬은 지붕 위에서 소란을 피우는 쥐를 노려보면서 꺼내둔 행주와 찻잔을 다시 씻으려고 일어섰다. 미세하게 먼지가 떨어지는 듯했다. 물독 부근에서 물소리가 나는 듯했다. 그가 찻잔을 든 채 부엌에서 길가 쪽으로 고개를 내밀고 외쳤다.

“도안道安 씨, 어디 가시오? 잠시 들리시오.”

마침 찢긴 울타리 밖으로 지나가는 사람이 보였고, 사람의 그림자가 울타리 너머에서 대답했다.

“소로리 님이시오? 시골로 도망치지 않고 여태 집에 남아 계셨소?”

“도망쳐봤자 무슨 소용이 있겠소. 하던 일도 있고.”

“이 마을에서 싸움이 벌어지면 어쩔 셈이오?”

"마루 아래에 숨어 있으려고 하는데. 자, 잠깐 들려 이야기나 하고
가시오. 거기 문을 밀면 열릴 게요."

"목이 마르군. 차나 한잔 마실까."

도안은 열 평 정도 되는 마당으로 들어왔다. 그는 아직 젊었지만 절
름발이였다. 센노 소에키의 장남이니 대가의 도련님 같은 풍모가 느껴
졌지만 몸이 그래서인지 고집스럽고 기가 드세다는 말을 들었다. 그래
도 신자에몬과는 사이가 좋았다. 신자에몬과 이야기를 나눌 때에는 비
뚤어진 성격이 전혀 나타나지 않았다.

"아아, 피곤하다."

도안이 젖은 툇마루 끝에 엉덩이를 걸치자 신자에몬이 올라오라고
권했다. 신자에몬은 아들뻘 되는 이 절름발이 청년을 사랑했다.

"오늘은 가만히 앉아 있을 수가 없소. 백탕이라도 좋으니 한잔 주시
구려."

"뭐가 그리 바쁘오? 이런 소란통에는 가게도 쉴 텐데."

"거 당연한 말만 하시는구려. 지금 가게가 문제가 아니오. 그렇지.
소로리 님 당신은 보지 못하셨소?"

"누구를?"

"내 아버님 말이오."

"소에키 님 말이오?"

"그렇소."

"방금 전까지 가게에 앉아 있었는데 지나가는 사람은 갑옷을 입은
무사와 병량을 운반하는 사람뿐이었소."

"어디를 가신 거지. 아무리 찾아봐도 보이지 않으니."

"필시 천왕사天王寺의 소규崇久 님이나 기름집이라도 들러 이야기를
하고 계시지 않겠소?"

"아니오. 오늘 밤 그 사람들을 모두 우리 집으로 초대했소이다. 그래 놓고 다실의 뒷마당에서 훌쩍 나가시더니 돌아오시지 않소이다."

"오늘 밤 무슨 일이라도 있소?"

"당신처럼 내 부친도 별난 분이시오. 십인중 동료들을 초대해서 다회를 여신다고 하셨소이다."

"거참, 나도 가고 싶군. 나는 왜 초대하지 않으셨을까?"

"한가한 소리 하지 마시오. 당장이라도 싸움이 벌어져서 이 사카이가 불길에 휩싸이지 않을까 모두 걱정하고 있는 통에 초대받은 손님들은 얼마나 곤혹스럽겠소."

"그런데 정작 초대한 주인이 사라졌으니."

"그래서 참으로 난처한 상황이오. 이러고 있는 동안에도 날이 저물고 있으니……."

도안은 신자에몬이 따라준 백탕의 찻잔을 손에 품으며 저물어가는 하늘을 바라보았다.

"사카이의 운명이 어떻게 될지 모르는 판국에 내 아버지도 아버지이지만 소로리 님도 여전하시오. 왜 도망치지 않으시오?"

"왜라니, 일을 버리고 도망칠 수가 있겠소?"

"전쟁이 다가오고 있소이다. 전쟁이."

"알고 있소만 공교롭게도 막 칠을 하기 시작한 상자와 차 그릇 따위가 쌓여 있어서."

"전쟁이 나면 그런 것들이 무슨 소용이 있겠소."

"시골로 도망쳐서 농부의 쌀만 축내는 것보다는 낫지 않겠소?"

"차를 만드는 데 쓰는 그깟 그릇을 만들어봤자 지금과 같은 때에 찾으러 오는 손님도 없을 것이오."

"오든 말든 우리는 일과 씨름하는 것이 천직이오. 그러는 사이에 세상도 저절로 한 바퀴 돌아 가게 앞에 손님이 찾아오는 날이 다시 올 것이오."

"하하하."

도안은 웃다가 부친을 떠올리고는 찻잔을 돌려주며 말했다.

"이러고 있을 때가 아니지."

신자에몬이 그의 허둥대는 모습을 바라보며 말했다.

"소에키 님을 왜 그리 혈안이 돼서 찾으시오?"

"아까 말한 것처럼 이런 어수선한 때에 밤에 다회를 연다고 십인중 동료들을 초대해놓고 뒷마당에서 어디로 훌쩍 나가신 뒤 여태껏 돌아오시지 않고 있소. 만에 하나 무슨 일이라도 생긴 건 아닌지 걱정이 돼서 온 집안사람들이 다 찾아다니고 있소이다."

"총알이 아직 날아오지 않았으니 괜찮을 게요. 설마 죽기야 하셨겠소."

"거, 못하는 소리가 없소이다. 남은 걱정이 돼서 죽겠는데."

"걱정될 때에는 가장 나쁜 일을 먼저 생각하면 대체로 안심이 되기 마련이오."

그때 울타리 밖에 사람의 그림자가 비쳤다. 틈새로 젊은 여자의 옷이 힐끗 보였다. 시집온 지 얼마 되지 않은 도안의 아내였다.

"여보, 여보."

도안이 작은 목소리로 아내를 불렀다. 아내는 세상 물정에 익숙하지 않은 여자라 남편과 신자에몬이 이야기하는 모습을 보고도 울타리 밖에 서서 눈치만 보며 초조해하고 있었다.

"방금 아버님이 계시는 곳을 알았습니다. 그러니 빨리 집으로 돌아가십시오. 모두 기다리고 계십니다."

도안이 뒤를 돌아보며 말했다.

"오기누, 아버님이 계신 곳을 알았단 말이오? 집에 돌아오셨소?"

"아닙니다. 아직 돌아오시지 않았습니다."

오기누의 목소리에 근심이 서려 있었다. 그녀는 네거리를 돌아보더니 도안을 찾고 있는 듯한 가게 사람에게 손짓을 했다.

"소로리 님, 그만 실례하겠소. 어서 서둘러 가게를 닫고 시골로 도망치도록 하시오."

도안은 황급히 신자에몬에게 말하고 다리를 절뚝이며 울타리 밖으로 나갔다. 그러고는 길가에서 기다리고 있는 아내에게 다가가 물었다.

"아버지는 어디에 계시오?"

"남종사의 스님이 당황한 모습으로 달려와서 알려주셨습니다."

"남종사? 그곳은 지금 아와 미요시 무리의 대장인 소고 사누기노카미十河讚岐守 님이 많은 병사를 거느리고 본진으로 삼고 있지 않소."

"스님께서 말씀하시길 아버님이 무슨 죄를 지으셨는지 무사들에게 에워싸여 끌려왔다고 하십니다. 스님도 걱정이 돼서 우선 집에 알리러 왔다고 하셨습니다."

"뭐, 무사들에게 에워싸여 끌려가셨단 말이오? 큰, 큰일이다."

도안은 다리가 불편한 것을 다른 사람이나 아내에게 보이지 않으려고 숨기듯 걷는 습관이 있었는데, 지금은 그런 것은 안중에도 없는 듯 다리를 절며 아내나 일꾼보다 먼저 집으로 향했다.

명기 名器

도안이 집에 돌아온 무렵, 초대받은 손님들은 소에키 신상에 뜻밖의 사건이 생긴 줄 꿈에도 모르고 이미 큰방에 모여 있었다.

"그거 참으로 큰일이군요. 얼마나 근심이 크시겠습니까. 어떤 죄목으로 끌려갔는지 모르면 군정소에 탄원을 하러 갈 수도 없으니……."

손님들이 입을 모아 말했다. 이제는 다회가 문제가 아니었다. 소에키의 가족에게 내막을 들은 사람들은 그런 흉사가 십인중인 자신들에게도 닥치지 않을까 탄식하고 있었다.

그들은 고구마가게의 소지宗二, 기름집의 쇼사紹佐, 환전상인 소노宗納 등과 같이 이곳에서 오래 살아온 부상들이었다.

"이거 참으로 죄송합니다."

이윽고 황망히 집으로 돌아온 도안이 인사를 하며 사죄했다.

"발걸음을 하시기 전에 알려드렸어야 했는데, 너무 당황한 나머지 아버님의 거처를 찾는 데에 정신이 팔려서……."

손님들이 도안을 위로하며 근심스런 얼굴로 물었다.

"소에키 님이 대체 무슨 연유로 군정소로 끌려간 것인지 짐작이 가는 일이 없습니까?"

"도무지 짐작이 가지 않습니다. 아버님은 이번 소동이 벌어진 뒤에도 여느 때와 똑같이 항구의 행정소에서 공무를 보셨고, 집안일을 모두 저희에게 맡기시며 '여느 마을 사람들과 달리 나는 사카이의 정무를 맡고 있는 몸인 만큼 이런 때일수록 일신이나 일가의 안위를 돌보느라 마을 사람의 신망을 저버릴 수 없으니 끝까지 마을과 운명을 함께하겠다'고 말씀하셨습니다. 또 전쟁으로 사카이가 재로 변하면 자신도 함께 재가 될 각오를 하고 있다고 하시며 마을 사람이 한 명이라도 사카이에 머무는 동안에는 본인도 사카이를 떠날 수 없다고 말씀하셨습니다."

"소에키 님의 성격이라면 충분히 그럴 것입니다. 행정소에서 뵈었을 때에도 그리 말씀하셔서 저희도 용기를 얻어 마을에 머물고 있었던 것입니다. 오늘 밤, 다회를 여신다는 말에 분명 뭔가 긴히 의논할 게 있다는 생각이 들어 왔던 것입니다."

"정원을 바라보시며 '지금과 같은 때에 초대를 하면 아무것도 대접할 게 없구나. 하다못해 아름다운 꽃이라도 있으면'이라고 말씀하시고는 마음에 드는 꽃이 없으셨는지 뒷문으로 훌쩍 나가셨다는 말을 들었습니다."

"어디 다치신 데라도 없으셔야 할 텐데. 흥분한 무사들에게 둘러싸여 군정소까지 끌려갔다니 참으로 걱정입니다. 이렇게 된 이상, 남종사의 화상에게 부탁을 하는 것 외에는 달리 좋은 방법이 없을 듯합니다."

모두들 한결같이 어두운 표정으로 탄식하자 가족들은 더욱 불길한 예감이 들어 근심이 깊어졌다. 그때 안채 복도 부근에서 도안의 아내가 크게 외치는 소리가 들리더니 가족들과 하인들의 목소리도 번갈아 들렸다.

"돌아오셨습니다."

"무사하십니다."

"나리!"

"아버님!"

모두 기쁨에 겨워 흥분한 목소리였다.

"소에키 님이 돌아오셨단 말인가?"

벌떡 일어나서 그대로 마당으로 달려 나간 손님들과 도안의 얼굴에 순간 화색이 돌았다. 정말로 소에키가 집으로 돌아왔다.

낮에 뒷마당에 있는 문을 나설 때 그 모습 그대로 조용히 마당에 들어와 있었다. 한 가지 달라진 것은 서너 명의 무사가 눈을 번뜩이며 소에키를 앞뒤에서 경호하고 있다는 사실이었다. 정원의 나무들이 이끼를 밟고 서 있는 낯선 무사들에게 겁을 집어먹었는지 소에키와 무사들 어깨 위로 나뭇잎들을 팔랑거리며 떨어뜨렸다.

"오, 다들 모여 계셨군요."

소에키는 숨을 죽인 채 바라보고 있는 손님들 쪽으로 걸어왔다.

"지금과 같은 시기에 이렇게 찾아주셔서 고맙습니다. 실은 밖에서 예기치 못한 일이 생겨 소고 님의 군정소에 끌려갔던 터라 마중을 나가지 못했습니다. 용서해주십시오."

소에키는 어느덧 다회의 주인으로 손님들을 맞이하고 있었다. 손님들은 어안이 벙벙해서 아무것도 묻지 못했다. 소에키가 자신의 뒤에 서 있는 무사들에게 말했다.

"잠시 저쪽에서 기다려주시오. 아니면 다회 자리에서 손님들과 함께 차라도 한잔하시겠소이까?"

"그럼 문과 안채 출입구에서 망을 보고 있을 테니 빨리 끝내도록 하시오."

무사들은 서로 쳐다보며 말을 주고받더니 사라졌다.

"자, 이쪽으로."

소에키는 손님들을 본래의 자리로 안내했다.

"날마다 마을을 위해 수고가 많으십니다. 특히 지금과 같은 시기에 어떻게 하면 마을을 보존할 수 있을까 냉정하게 생각해볼 때가 아닌가 싶어 차를 마시면서 이야기를 나누고자 이렇듯 초대를 했습니다. 잠시 실례를 할 터이니 그사이에 여러분의 현명한 지혜를 모아주시길 바랍니다."

소에키는 그렇게 말하고 다회를 준비하기 위해 일어섰다.

"혹시……."

쇼사가 사람들을 대신해서 어떻게 된 연유인지를 물었다.

"차도 좋지만 그보다 소에키 님이 걱정됩니다. 저렇듯 무사들이 지키고 있는 것은 무슨 연유인지요? 죄가 없어서 집으로 돌아온 것이 아닙니까?"

그러자 소에키가 대답했다.

"지금은 사카이 마을 전체의 운명이 어떻게 될 것인가 하는 기로에 서 있다고 할 수 있습니다. 사카이 항구가 재로 변하는 것은 아깝지 않지만 나라에 있어서는 커다란 손실일 것입니다. 제 일신의 사사로운 안위 따위는 걱정할 정도가 아닙니다."

소에키가 웃으며 말을 이었다.

"하지만 걱정을 끼쳐서는 애써 마련한 차를 즐길 수 없을 터이니 사실 그대로 말씀드리겠습니다. 실은 짐작하시는 대로 완전히 풀려난 것은 아닙니다. 소고 님 앞에서 엄격한 심문을 받는 중에도 오직 여러분과 약속한 다회를 지키지 못할까 봐 걱정했습니다. 그래서 소고 님께 제 고충을 말씀드렸더니 다인의 심사는 알 수 없지만 무사에게도 약속을 중시하는 마음이 있다며 반 시각 정도 시간을 줄 테니 손님들을 보낸 뒤 다시 군정소로 돌아오라고 하셨습니다. 우연하게도 약속을 어기지 않는 다인의 마음과 무사가 한 번 한 말이나 약속을 중시하는 마음이 통한 것은 기쁜 일이 아니겠습니까?"

이윽고 손님들은 주인이 마련한 소박한 다실 안으로 들어갔다. 소에키는 주인으로서 조금도 흐트러지지 않은 모습으로 그들에게 차를 만들어 대접했다. 찻잔을 들고 차를 음미하는 손님들도 소에키처럼 평정을 되찾았다.

"이런 곳에서 밀담을 나누는 것도 어울리지 않는 듯하지만, 때가 때인지라."

소에키는 낮은 목소리로 사카이 마을을 구하기 위한 한 가지 계책이 있다며 사람들에게 도움을 구했다.

"제가 살펴보기에는 지금이야말로 세상이 일변하려는 때가 아닌가 싶습니다. 무로마치 장군의 체제 아래에서 지금과 같은 난세가 몇 세대나 지났습니다."

소에키는 그렇게 말을 꺼낸 뒤 다시 말을 이었다.

"누구라도 이렇게 생각하고 있을 것입니다. 앞날을 명확하게 예측할 수는 없습니다만, 작년부터 교토에 진군한 오다 님이 정사를 돌보는 모습을 보면 오다 님이야말로 다음 세대를 이끌어갈 분이 아닌가 하는 생각이 듭니다. 앞날은 알 수 없지만 무엇보다 장군가를 다시 옹립하고 교토에 입성하자마자 가장 먼저 황거를 수축하셨습니다. 그것도 과감하게 대규모로 말입니다. 지방의 무가에게 빼앗긴 조정의 영지를 모두 반환하라는 령을 내리기도 했습니다. 우리 백성들이 마음속으로 바라고 있으면서도 이루지 못한 일을 그분이 이뤄가고 있습니다. 백성들의 마음으로 말입니다. 그러니 천하의 민심이 머지않아 오다 님을 따르게 되는 것은 당연한 흐름일 것입니다. 그러한 흐름을 거스르며 막아서는 자는 분명 망할 것입니다. 시류에서 멀어지고 뒤처질 것이 분명합니다. 과거와 함께 모두 사라져버릴 것입니다.”

“…….”

모두들 아무 말 없이 고개를 끄덕였다.

솥에서는 물이 조용히 끓고 있었다. 이상야릇한 정적 속에서 소에키는 처음으로 자신의 생각을 말하며 손님들을 설득하고 있었다. 무로마치 제도의 오랜 전통이 곧 일변한다는 것은 사카이 상인들의 상식으로는 꿈에도 상상한 적이 없는 일이었다.

“지금 생각하면 작년 오다 님의 군사가 입성했을 당시 사카이가 오늘의 위험을 자초한 것이라는 생각이 듭니다. 그때 이 사카이에도 오다 님의 이름으로 이만 관의 세금이 부가되었습니다. 그런데 사카이의 대표자인 우리는 배후에 있는 미요시 잔당의 사주로 그것을 단호히 거절했습니다. 그리고 미요시 잔당들을 받아들여 오다 군이 공격해오면 모두 일치단결해서 일전도 불사하겠다고 허세를 부렸습니다. 해가 바뀌고 오다 님은 두 번째 상락을 계기로 군사를 이끌고 사카이로 오셨습니다. 생각해보면 우리는 참으로 어리석기 그지없었습니다. 저를 비롯한 사카이의 십인중이라고 불리는 우리는 시류에 역행하고 스스로 멸망을 자초한 어리석고 우매한 자들이 아니라고 할 수 없습니다.”

소에키의 절절한 말을 듣고 나서야 사카이의 대표들은 상황을 깨닫고 물었다.

“그럼 어떻게 하면 눈앞에 닥쳐온 재난으로부터 사카이를 구할 수 있겠습니까?”

소에키는 바로 대답했다.

“저는 곧 소고의 군정소로 다시 끌려갈 것입니다. 그러니 여러분께서는 작년에 오다 님이 명하신 세금 이만 관을 배에 싣고 은밀히 항구를 빠져나가 사카이의 백성들은 딴마음을 품고 있지 않다는 말을 전하고 전화를 입지 않도록 간청하십시오. 처음 제안한 사람으로서 제 창고를 열겠으니 여러분도 함께 힘을 보태주십시오. 그리고 오늘 밤 안으로 이만 관을 만들어 오다 님을 찾아가시길 바랍니다. 실은 이러한 뜻을 말씀드리기 위해 여러분을 초대한 것입니다. 부디 모두 힘을 합쳐주시길 부탁드립니다.”

작년에 노부나가가 조정의 재건을 위한다는 명목으로 발령한 세금은 애초부터 사카이에만 부가된 것이 아니었다. 교토 부근에 있는 번성한 다섯 지역인 기나이畿內93에도 인구나 경제력에 맞춰 상납의 명이 내려졌다. 특히 사원에는 많은 세금이 할당되었는데 이시야마石山의 본원사本願寺는 오천 관, 나라奈良는 삼천 관이나 징발되었다.

그러니 사카이에 부가된 이만 관은 사카이의 경제력에 비하면 결코 가혹하거나 터무니없는 금액이 아니었다. 더군다나 노부나가는 세금의 용도를 세상 사람들에게 분명하게 밝혔다. 궁궐 수축에 막대한 공사 비용이 들어가는 것은 귀로도 듣고 눈으로도 확인할 수 있었다. 그런데도 사카이는 명을 따를 수 없다며 거절하고 말았다. 그리고 마을 밖에 참호를 파고 망루를 지으며 전쟁 준비를 했던 것이다.

노부나가의 성격상 격노했음은 불을 보듯 뻔했다. 작년에도 교토에서 일거에 들이닥칠 듯 난리를 폈지만 아무 일도 일어나지 않았다. 사카이 따위는 안중에도 없는 듯 기후로 돌아가버린 것이었다. 그런데 이번에 다시 교토로 올라온 뒤에는 더 이상 가만히 내버려두지 않을 기색이었다. 아와 미요시 잔당이 급히 바다를 건너 사카이에 상륙한 것도 그런 움직임을 알아차렸기 때문이다.

이렇게 사카이는 무력과 무력 사이에 끼어 이러지도 저러지도 못하

---

93 야마토大和, 야마시로山城, 가와치河內, 이즈미和泉, 세쓰攝津의 다섯 지역을 말한다.

는 신세가 되었다. 지금과 같은 시기에 사카이의 문화가 파괴되는 것을 막는 일은 단순히 사카이 백성만을 위한 일이 아니었다. 소에키가 말한 대로 나라의 손실을 막는 일이기도 했다.

그날 저녁 사람들은 조용한 다실에서 소에키의 말을 듣고서야 비로소 상황을 깨달았다. 그리고 아무도 소에키의 제안에 이의를 제기하지 않았다. 그날 밤 사람들은 사재와 행정소의 자금 외에 사카이의 현금을 모두 긁어모아 은밀히 배로 옮겨 실었다. 그리고 소에키의 동생인 센노 소하와 환전상인 소노가 사자로 가기 위해 배에 올라탔다. 나라의 낭인인 쓰치카도 겐하치로土門源八郎도 함께 떠났다.

배는 한밤중에 미요시 잔당의 눈을 피해 먼바다로 사라져서 동이 틀 무렵 오사카의 아지安治 강으로 들어갔다. 그리고 그곳에서 누군가 배에서 내려 노부나가의 진영으로 달려가 사카이 사람들의 진의를 호소했다.

"됐다."

소에키는 마음을 놓았다. 그리고 죽음을 각오했다. 물론 소에키는 다실을 나온 뒤 미요시 잔당의 군정소로 끌려갔기 때문에 뒷일을 알 수 없었다.

'지금쯤 배가 출발했을 것이다. 동틀 무렵에는 사자가 오다 님의 진영에 도착할 것이다.'

소에키는 살벌한 무사들에게 둘러싸여 소고 마사야스의 감옥에 있다 보니 상상만 할 수밖에 없었다. 어찌 됐든 이번 일이 발각되면 자신의 목숨을 내놓아야 한다고 생각하며 체념하고 있었다.

아침이 되자 무사들은 아침밥도 주지 않고 무작정 자신들을 따라오라고 했다. 소에키는 남종사의 남쪽 툇마루로 끌려갔다.

"거기에서 묻는 말에 대답하라."

땅에 꿇어앉게 된 소에키는 다실의 자리에 앉듯 조용히 바닥에 꿇어앉았다. 주위에는 장창을 든 소고 일족인 미요시 무사들이 늘어서 있었고 마루에는 무장들이 모여 있었다. 또 정면에는 대장인 마사야스가 앉아 있었다. 모두의 눈이 소에키에게 쏠렸다.

"소에키, 어젯밤에 다회를 마치고 돌아왔는가?"

마사야스가 묻자 소에키가 그 일에 대해 감사 인사를 전했다. 그리고 마사야스가 다시 물었다.

"그때 무슨 이야기를 했는가? 또 손님으로는 누가 왔는가?"

소에키는 어제의 자신과 지금의 자신이 마치 다른 사람인 것처럼 느껴졌다. 어제의 소에키는 사카이의 운명을 걱정하며 초조해했지만 지금의 소에키는 그렇지 않았다. 더 이상 마음에 걸리는 게 없었다. 죽음을 초월한 심경이었다.

'언제라도 기꺼이……'

선禪의 미경昧境으로 이끌어준 쇼레이 화상에게 새삼 고마움을 느꼈다. 또 평소에 즐겨 마셨던 차가 이런 일에 도움이 된다는 것을 깨닫고는 감사하는 마음을 갖게 되었다.

이윽고 소에키가 대답했다.

"무익한 심문은 무용한 줄 압니다. 머지않아 오다 님의 군사가 이리로 들이닥칠 것이기 때문입니다. 아무리 저항을 한들 미요시 군사의 힘으로는 버티지 못할 것입니다. 그분의 군사는 시대의 흐름을 상징하는 힘일진대 이쪽의 해자나 망루는 시대의 흐름을 보지 못하고 낡아빠진 껍질을 고수하려는 눈먼 저항에 지나지 않으니 말입니다."

소에키의 말에 아와 미요시 잔당의 주장인 소고 마사야스가 분노한 것은 말할 필요도 없다. 하지만 소에키가 너무나도 태연하게 말하자 기가 눌렸는지 그의 분노는 눈빛에 잠시 머물다 사라졌다. 잠시 뒤 마사야스가 소리쳤다.

"네 이놈, 그 무슨 망발이야!"

마사야스의 외침과 동시에 주위에서 치를 떨고 있던 부장들이 칼자루를 잡으며 소리쳤다.

"무례한 놈!"

소에키가 안쓰러운 눈빛으로 그들을 둘러보며 말했다.

"신념에 따라 제 생각을 말한 것뿐입니다. 저는 상인이어서 병법에 대해서는 잘 모르지만 질 것이 뻔한 싸움을 하라는 병법은 없을 것입니다. 시대의 흐름을 거스르고서 이긴 싸움도 없습니다. 그러니 당신들의 죽음은 바로 개죽음이 될 것이며 전란의 불길에 사라질 민가의 재산 또한 무익한 손실이 될 것입니다. 상황이 그런데도 명분이 없는 싸움을 하는 것은 단지 전쟁을 즐기는 것이라고밖에 생각할 수 없습니다. 명분이 없는 싸움, 그것은 난亂입니다. 굳이 난을 일으키는 자는 난적亂賊일 뿐입니다."

소에키가 조용한 말투로 이야기하자 무사들은 멍하니 서서 끝까지 들을 수밖에 없었다. 마사야스는 분노로 얼굴이 새파랗게 변했다. 무장들 중에는 벌써 소에키 곁으로 다가가서 칼을 뽑아들고 서 있는 사람도 있었다.

"멈춰라! 저자의 말은 저자 혼자의 생각이 아닐 것이다. 분명 어젯밤 다실에 모인 십인중도 의심스럽다. 적과 내통하고 있는지도 모르니 다른 자들도 모두 끌고 오너라. 한데 모아놓고 단번에 목을 쳐버려라."

부장들은 자신들의 대장을 일시적인 분노에 휘둘리지 않는 현명한 인물이라고 생각했다. 그들은 즉시 무사들을 세 편으로 나눠 십인중을 사로잡으러 마을로 향했다.

소에키는 군정소의 식당에 갇혔다. 선찰의 식당은 굵고 둥근 기둥과 사면의 벽 외에는 텅 비어 있었다. 소에키는 기둥 아래 앉아 명상을 했다. 무사들이 동료들을 잡으러 갔지만 오늘 새벽 무렵 각자 몸을 숨겼을 것이 분명했기 때문에 소에키는 별로 걱정하지 않았다. 오히려 사카이 마을이 전화를 면했다며 안심하고 있었다. 오늘이라도 노부나가의 군사가 사카이로 들이닥칠 것이었다. 그러면 몸을 숨긴 십인중 동료들이 안에서 오다 군을 위해 길을 열고 모든 편의를 제공하고 협력할 것이었다.

"아, 먼바다에서 들려오는 해명海鳴과 같은 소리는 함성 소리인 듯하구나."

소에키는 아무것도 보이지 않는 암흑 속에서 서서히 다가오는 사카이의 여명과 더불어 자신의 죽음을 응시하고 있었다.

소에키의 명상은 계속 이어졌다. 식당의 어둠은 밤과 낮의 경계도 없었다. 바깥세상 저 멀리에서 폭풍우와 같은 소음이 다가오고 있었다. 소에키는 적막 속에서 오다 군과 미요시 잔당의 싸움을, 또 시시각각 변해가는 세상의 모습을 두 눈으로 직접 보는 듯 온몸으로 느끼고 있었다.

절에 있는 소고 일족의 진영이 극도의 혼란에 빠진 듯싶더니 모두들 앞다퉈 도망치는 소리가 들리고 이윽고 무덤처럼 사람의 기척이 사라졌다. 그것으로 오다 군이 사카이에 들이닥치고 요소요소를 완전히 점령한 것을 알 수 있었다.

"그렇지. 소에키 이놈을 잊고 있었군."

소고 마사야스의 부장이 도망치면서 부하에게 소에키를 죽이라고 명령한 것이 분명했다. 무사 두 명이 식당의 무거운 문을 열고는 안을 살폈다. 살기에 찬 눈으로 여기저기를 둘러보더니 시퍼런 칼을 들고 가까이 다가왔다.

“······.”

소에키는 자신을 죽이러 온 사람의 그림자를 물끄러미 바라보았다. 그들이 다섯 걸음 정도 앞에 선 순간, 소에키가 쇼레이 화상이 꾸짖을 때 외치는 일갈을 흉내 내며 큰 소리로 외쳤다.

“미숙한 놈! 무례하구나!”

소에키의 목소리는 동굴 안에 있는 것처럼 식당의 사면에 크게 울렸다. 놀란 무사들은 자신도 모르게 펄쩍 뛰어올랐다. 그리고 어찌나 당황했는지 한 사람은 소에키의 머리를 향해 칼을 내리치다 소에키의 머리 위 기둥에 칼이 박히고 말았고, 또 한 사람은 칼을 쓰지도 못하고 허둥지둥 밖으로 도망쳐버렸다.

잠시 뒤 다시 갑옷을 입은 무사가 들이닥쳤다. 하지만 그것은 오다 쪽 장수였다. 소에키가 식당에 잡혀 있다는 사실을 안 십인중 동료들이 달려와서 소에키를 구해냈다. 소에키는 밖으로 나와 햇빛을 올려다보고는 자신이 살았다는 생각보다 ‘사카이가 살았다!’는 생각을 먼저 했다. 오다 군의 병사와 동료 들의 보호를 받으며 집으로 돌아오는 도중에도 눈물이 멈추지 않았다. 사카이는 다시 평화를 되찾았다. 근처 마을로 피난을 갔던 마을 사람들이 속속 돌아왔다.

그해 4월 1일, 오다 노부나가는 사카이에서 오래된 가문인 마쓰이 유칸松井友閑의 저택을 찾아 십인중을 만났다. 그리고 일실에 모아놓은 천하의 명기들 중에서 마음에 드는 것을 골라 가지고 돌아갔다. 노부나가의 마음을 사로잡은 물건은 천왕사의 소규가 가지고 있던 과자 그림과 마쓰시마松島 항아리, 기름집 쇼사의 도기, 소규의 거울 그림, 의원이었던 약사원藥師院이 가지고 있던 엽차를 넣어두는 항아리인 고마쓰시마小松島나 그 외의 찻잔과 차를 담아두는 용기 등이었다. 물론 금과 은으로 값을 지불했다.

또 노부나가는 사카이의 마을 행정과 자치제도 등을 새롭게 바꿔 자신의 밑에 두는 한편 사카이의 십인중에게 사죄문과 서약서를 쓰게 한 뒤 이전처럼 마을의 역무를 보도록 명했다. 그렇게 노부나가는 차를 마시는 동안 커다란 수확을 올렸다. 그때 노부나가 곁에 있던 사내가 나중에 노부나가에게 말했다.

"주군, 주군께서는 애써 보물이 있는 산에 임하셔서 좋은 명기들을 얻으셨지만 단 하나 더 좋은 명기를 보지 못한 채 버려두고 오신 듯합니다."

그 사내는 바로 그날 노부나가와 함께 있었던 도키치로였다. 노부나가가 눈을 크게 뜨고 물었다.

"뭐라? 더 좋은 명기가 있었다는 것인가?"

"물론입니다. 센노 소에키라는 사람입니다. 그런 명기를 어찌 보지 못하시는지 참으로 아쉬웠습니다. 뭐, 나중에라도 늦지는 않겠지만 말입니다."

"흐음, 그렇군. 그자는 좋은 찻잔이었다. 곧 청하도록 하겠네."

두 사람은 서로 고개를 끄덕이며 웃어 보였다.

북벌 北伐

노부나가가 교토로 진출한 뒤로 천하의 이목은 그의 일거수일투족
에 집중되었다. 시대의 흐름 속에서 주요 자리는 새로운 인물들로 교
체되었다. 새로운 법령이 제정되고 세상의 풍속까지 서서히 변해갔다.

"이곳은 앞으로 어떻게 될까?"

대부분의 사람들이 자신이 생활하고 있는 주변밖에는 생각하지 않
았다. 그러다 보니 새로운 법령이 선포될 때마다 사람들은 일희일비했
고, 이러한 중앙의 급격한 변화가 앞으로 어떤 시대를 예고할지 명확
하게 파악하고 예상하는 사람은 드물었다. 또 노부나가의 교토 진출을
보며 지금이 교토로 진출할 천재일우의 기회라고 생각하고 행동으로
옮기는 사람 역시 거의 없었다.

하지만 이에야스는 달랐다. 사카이 문제를 처리하고 다시 기후로 돌
아온 노부나가는 미카와의 근황을 궁금해했다. 어느새 미카와는 예전
처럼 나약하고 가난한 나라가 아니었다.

'이에야스도 만만치 않군.'

노부나가는 속으로 이에야스의 빈틈이 없는 면모에 혀를 내둘렀다.

이에야스는 동맹국인 오다가 자신의 배후를 맡기고 중원으로 나가

있는 동안 비노의 파수꾼 노릇에 만족하며 그저 지켜만 보지 않았다. 오히려 좋은 기회라고 생각하고 활발한 외교와 병력을 이용해 이마가 와 요시모토의 뒤를 이은 이마가와 우지자네 세력을 스루가駿河와 도 오도우미遠江 두 나라에서 완전히 쫓아내버렸던 것이다.

이것은 미카와 혼자만의 힘으로 이룬 일이 아니었다. 애초부터 미카 와는 오다 가와 동맹을 맺는 한편, 고슈甲州의 다케다 신겐과 '스루가와 도오도우미 양국을 나눠서 취하자'라는 맹약를 맺었다.

어리석은 우지자네는 도쿠가와와 다케다에게 공격할 빌미를 수없이 제공하고 있었다. 아무리 난세라고 해도 명분이 없는 싸움은 할 수도 없 었고 이길 수도 없다는 것을 무장의 자리에 있는 인물이라면 모두 알고 있었다. 그러한 명분을 적에게 제공하는 우지자네는 누가 뭐라고 해도 앞을 내다보지 못하는 어리석은 무장이자 죽은 요시모토에게는 불효막 심한 자식이었다. 결국 오이大井 강을 경계로 스루가 일대는 다케다 가 의 소유가 되었고 엔슈遠州는 도쿠가와 가의 영토가 되었다.

에이로쿠 13년 정월, 이에야스는 오카사키 성에 다케치요를 남겨두 고 엔슈의 하마마쓰浜松로 옮겨갔다. 2월에 노부나가는 축하 사절을 통 해 서찰을 전해왔다.

나도 작년에는 오래전부터 품어왔던 뜻을 펼쳐 다소의 공을 올렸지만 그대 가 단번에 엔슈의 비옥한 영토를 얻게 되다니, 이보다 더 기쁜 일은 없을 것이 오. 오다와 도쿠가와, 두 가문의 동맹은 이로 인해 한층 공고해졌으리라 생 각하오.

2월 25일, 이에야스는 노부나가의 권유를 받고 교토로 올라가게 되 었다. 표면적인 이유는 '낙중의 봄을 즐기며 꽃 아래에서 평소의 피로

를 함께 풀자'는 것이었지만 동맹인 두 나라의 국주가 함께 상락하다
보니 세상 사람들은 무슨 일이 있는 것이라며 정치적인 시선으로 그들
을 지켜보았다.

노부나가의 이번 여정은 실로 화려하면서도 유장했다. 가는 곳마다
이에야스를 위해 매를 날리고 하루 종일 들에서 매사냥을 하며 놀았다.
밤에는 객사에서 주연을 베풀며 마을 사람들의 민요나 토속 춤을 보았
다. 그러다 보니 겉으로 보기에는 그저 여행을 즐기는 것으로밖에 보이
지 않았다. 노부나가와 이에야스가 교토에 도착한 날, 교토 수비의 임무
를 맡고 있는 기노시타 도키치로가 오쓰까지 그들을 마중 나갔다.

"이 사람은 기요스 이래의 가신인 도키치로 히데요시라고 하오."

노부나가가 이에야스에게 도키치로를 소개했다.

"예전부터 알고 있었습니다. 처음 제가 기요스를 찾았을 때, 대현관
에서 마중을 나왔던 분들 중에 계셨습니다. 그것이 벌써 오케하자마의
싸움 다다음해이니 시간이 꽤 흘렀습니다."

이에야스가 도키치로를 유심히 바라보며 웃었다. 도키치로는 이에
야스의 기억력에 놀랐다. 이에야스는 올해 스물아홉 살, 주군인 노부
나가는 서른일곱 살이었다. 그리고 자신은 서른다섯 살이었다. 바로
십 년 전의 일이었다.

교토에 도착한 뒤 노부나가는 가장 먼저 황거의 개축 공사를 독려
하러 갔다.

"내년 봄에 궁궐까지 모두 짓고 낙성식을 올릴 예정입니다."

아사야마 니치죠와 시마다 야에몬 두 부교가 안내를 하며 말했다.

"오랫동안 황폐한 상태였으니 경비를 아끼지 마라."

노부나가의 말이 끝나자마자 곁에서 듣고 있던 이에야스가 말했다.

"이렇듯 전대미문의 봉공을 하실 수 있는 노부나가 님이 참으로 부

럽습니다."

노부나가는 겸손을 떨지 않고 자신도 인정한다는 듯 고개를 끄덕였다.

"그렇소이다."

작년, 교토 입성 때에는 조정의 영지를 회수하라는 령을 내렸는데 이번에는 공물이 끊이지 않도록 조정의 재정을 영지에서 올라오는 상납에서 금 본위로 바꾸었다. 즉 도성 안팎의 모든 상인들에게 공금公金을 위탁해서 매년 그 이자를 거두도록 한 것이다. 영지에서 올라오는 공물은 각지에서 난이 일어나면 약탈될 가능성이 컸기 때문이다.

궁궐의 조성과 더불어 조정의 재정도 일신되었다. 오닌의 난 이래로 불길한 구름으로 덮여 있는 하늘에서 밝은 빛이 비추기 시작했다. 천황이 진심으로 기뻐한 것은 말할 것도 없었다. 노부나가의 진실 된 충성은 백성들의 마음을 감동시켰다.

노부나가는 천황을 안심시키고 백성들의 화평한 모습을 바라보면서 이에야스와 함께 2월의 봄을 마음껏 즐겼다. 꽃구경을 하고 차와 무악을 즐기며 아무 근심 없는 사람처럼 시간을 보냈다. 하지만 누가 알았을까. 노부나가는 그사이에 마음속으로 다음의 고난을 헤쳐 나갈 준비를 하고 있었다. 실은 노부나가가 잠을 자고 있는 동안에 그 계획은 이미 착착 진행되고 있었다.

4월 2일, 돌연 초대장을 받은 제장들이 요시아키 장군의 저택에서 회합을 가졌다. 넓은 회의장에는 사람들이 가득 차 있었다.

"에치젠의 아사쿠라 가에 관한 일이오."

노부나가는 그 자리에서 처음으로 사람들에게 2월 이후 가슴속에 담아두고 있던 의중을 밝혔다.

"재작년 이후로 몇 번이나 재촉했지만 그는 장군가의 령을 무시하고 황거를 조영하는 데 자재 하나 상납하지 않고 있소. 게다가 그는 누 대로 장군 진영을 모시는 직책을 맡아 은혜를 입고 있으면서도 일문의 영화와 안위밖에 생각하지 않고 있소. 그런 그의 죄를 묻기 위해 내가 직접 군사를 이끌고 출전하려고 하는데 그대들의 생각은 어떻소?"

노부나가의 말은 개인의 사사로운 말로 들리지 않았다. 그의 대의에 반대하는 사람은 없었다. 장군가의 직속 무장들 중에는 오랫동안 아사쿠라 가와 교우하며 지내는 사람도 있었고 비밀리에 비호하는 사람도 있었지만 반대할 수 없었다. 대부분의 사람이 노부나가의 말에 찬성을 표했기 때문에 입을 다물고 있을 수밖에 없었다.

아사쿠라를 공략하기 위해 북국으로 원정을 떠나는 것은 커다란 문제였는데도 극히 짧은 시간 안에 결정이 내려졌다. 곧바로 당일에 군사 원정이 발령되었고 20일에는 이미 고슈江州의 사카모토坂本에서 출정식이 열렸다. 농병아리가 물가에서 노니는 화창한 늦은 봄 4월, 긴기近畿와 비노의 병사에 도쿠가와 이에야스의 미카와 무사 팔천을 합친 십만 군사가 몇 리에 걸친 호수를 건너 구름 떼처럼 모여들었다. 노부나가가 열병해 있는 군사들을 향해 북쪽 산맥을 가리키며 말했다.

"보아라. 북국에 있는 산들의 구름도 걷혔다. 우리가 나아가는 길에는 오직 화창한 봄만 있을 뿐이다."

도키치로도 얼마간의 병사를 이끌고 그 속에 있었다.

'이번 봄에 교토에서 도쿠가와 님과 노신 것은 북쪽 산들의 얼음이 녹기를 기다리기 위해서였구나.'

도키치로는 교토 구경을 하자며 이에야스를 부른 다음 넌지시 자신의 실력과 업적을 깨닫게 하고 자진해서 북국 원정에 가세하게 한 노부나가의 수완에 감탄해 마지않았다.

"세상의 난세도 머지않아 노부나가의 손에 의해 하나로 평정될 것이다!"

도키치로는 그렇게 믿었다. 그리고 이번 싸움은 필연적인 싸움이라는 사실을 어느 누구보다 깊이 이해했다. 하지만 도키치로와 같은 계급의 장교들 사이에서는 그런 의미는 제쳐두고 오로지 다음과 같은 이야기만 오갔다.

"도쿠가와 님을 따르는 미카와 병사들은 비노의 병사들에게 무시당하지 않기 위해 모두 실력을 갈고닦고 있다더군. 저들에게 뒤처지는 것은 명예에 관련된 일이자 후대에 부끄러움을 남기는 것이니 한층 분발하세."

그들은 서로 격려하며 전쟁에 임하기 전부터 명예와 공을 다투었다.

진군의 방향은 고슈의 다카시마高島 군에서 와카사若狹의 구마熊 강을 건너 에치젠의 쓰루가敦賀를 향하는 것이었다. 그들은 진군을 하면서 적의 요새와 검문소를 불태우고 끝없이 이어진 산을 넘어 쓰루가까지 들어갔다.

한편 아사쿠라 가에서는 자신들이 있는 곳까지 올 수 없다며 노부나가의 군대를 비웃고 있었다. 불과 반달 전까지 교토에서 꽃구경을 하며 놀던 노부나가가 급거 전쟁 준비를 시작했다는 파발이 전해져도 설마 이번 달 안에 자신들의 영지 내에서 노부나가의 깃발을 보리라고는 꿈에도 생각하지 못했다.

아사쿠라 가는 왕족에서 나와 다지마但馬의 호족이 된 뒤로 아시카가 타카우지를 도와 후일 에치젠 일국을 차지하고 분메이文明[94] 연간부터 이곳에 뿌리를 내린 '북국 제일의 기수'라고 자타가 공인하고 있었다. 또 아사쿠라 가의 당주인 요시카게는 무로마치 장군을 섬기고 수행하는 지위에 있으면서 풍부한 재력과 휘하의 많은 군사를 믿고 '대

---

94 일본의 연호 중 하나로 오닌応仁의 난 이후인 1947년부터 쵸코長享 이전인 1486년까지의 기간을 가리킨다.

적할 자가 없는 북국의 명가'로 자부하고 있었다.

노부나가가 이미 쓰루가까지 왔다는 소식을 들었을 때도 요시카게는 급보를 가지고 온 사람을 꾸짖었다.

"뭘 그리 허둥대느냐. 뭔가 잘못 안 것이 분명하다."

쓰루가를 함락시킨 오다 군은 그곳을 근거지로 가네가사키金ヶ崎와 데쓰즈手筒 두 성을 공략했다.

"미쓰히데는 어느 부대에 있느냐?"

노부나가가 묻자 곁에 있던 부하가 대답했다.

"아케치 님은 데쓰즈가미네手筒ヶ峰의 선봉을 맡고 계십니다."

"불러들여라."

검은 호로母衣95를 걸친 기마무사 한 명이 급히 본진을 출발했다.

미쓰히데는 무슨 일인가 싶어 전선에서 서둘러 돌아왔다. 노부나가가 미쓰히데에게 말했다.

"자네는 에치젠에 오랫동안 산 적도 있고 특히 아사쿠라 가의 본성인 이치죠다니의 지리에도 정통할 것인데 어찌 내게 아무 말도 하지 않고 선봉에 서서 사소한 공명 따위를 다투고 있는가?"

노부나가의 말에 가슴을 정곡으로 찔린 듯 미쓰히데가 흠칫하더니 이내 머리를 숙이고 말했다.

"명만 내리시면 즉시 지도를 그려 올리겠습니다."

"왜 명을 기다리지 않았는가?"

"혹시 제가 딴마음을 가진 것처럼 들릴지 모르겠습니다만, 비록 얼마 되지 않는 기간이라고 해도 예전에 저는 아사쿠라 가의 녹을 먹었습니다. 이런 제 입장을 헤아려주시길 바랍니다."

"흐음."

---

95 갑옷을 착용할 때, 화살을 막기 위해 등 쪽에 다섯 폭 정도의 천을 세로로 붙인 것.

노부나가는 그의 말을 듣고 오히려 기뻐했다. 미쓰히데가 그런 마음을 가지고 있다면 앞으로도 그를 믿을 수 있겠다 싶었던 것이다.

"그럼 다시 명을 내리겠다. 내게 있는 지도는 너무 조악하고 틀린 곳도 많으니 그대가 가지고 있는 지도와 대조해서 수정을 한 뒤 건네도록 하라."

"명 받들겠습니다."

미쓰히데는 노부나가가 가지고 있는 지도와는 비교가 되지 않을 정도로 세밀한 지도를 가지고 있었다. 그는 일단 물러가서 휴식을 취한 뒤 자신의 지도를 노부나가에게 올렸다.

"자네는 다른 진영에 머물면서 참모로서 지세를 살피며 군사 회의에 참여토록 하라."

노부나가는 그 뒤로 미쓰히데를 본진에 머물게 했다.

아사쿠라 쪽의 장수인 히쓰다 우곤띠때右近이 지키는 데쓰즈가미네의 성은 곧 함락되었지만 가네가사키는 쉽게 함락되지 않았다. 가네가사키 성에는 아사쿠라 요시카게의 일족인 아사쿠라 카게쓰네景恒가 버티고 있었다. 카게쓰네는 불과 스물일곱 살의 약관이었지만 유소년 무렵 승려가 되었다. 하지만 아사쿠라 가에서는 천부적인 무략과 근골을 가진 그를 승문에 두는 것을 아까워했다. 그래서 환속을 시켜 바로 성을 맡겼다. 그만큼 그는 발군의 인물이었다.

카게쓰네는 사쿠마와 이케다, 모리 등과 같은 오다의 효장이 지휘하는 사만여 군사에 둘러싸인 상태에서도 이따금 성의 망루에 나와 여유 있는 모습으로 웃으며 말했다.

"거참 살벌한 풍경이로군."

모리와 사쿠마, 이케다의 선봉이 개미 떼처럼 성벽으로 달려들어 하루 종일 총공세를 가한 뒤 죽은 병사를 헤아려보니 적군은 삼백여 명인 것에 비해 아군의 시체는 팔백 명이 넘었다. 가네가사키 성은 그날 저녁에도 커다란 여름 달 아래에서 견고한 모습을 유지하고 있었다.

"함락시킬 수 없습니다. 설사 함락시킨다 해도 아군이 승리했다고 할 수 없을 것입니다."

그날 저녁, 도키치로가 노부나가를 찾아와 말했다. 노부나가의 얼굴에도 얼마간 초조한 기색이 보였다.

"어찌 그 성을 함락시켜도 아군의 승리가 되지 않는다는 것인가?"

노부나가의 기분이 좋지 않은 것은 당연한 일이었다.

"그래서 말입니다."

도키치로가 바로 대답했다.

"저 성을 함락시킨다고 해도 에치젠이 멸망하는 것은 아닙니다. 저 성 하나를 빼앗은들 주군의 무위武威가 갑자기 높아지지도 않을 것입니다."

노부나가는 도키치로의 말을 가로막듯 재빨리 말했다.

"하지만 가네가사키를 돌파하지 않고 앞으로 나갈 수는 없을 것이네. 그런 무모한 행동은 적을 배후에 두고 자진해서 사지로 들어가는 것과 같네."

"저도 그와 같은 무모한 계책을 권하는 것이 아닙니다."

도키치로가 문득 옆을 돌아보았다. 그곳에 이에야스가 서 있었던 것이다. 도키치로는 이에야스의 모습을 보고는 급히 물러나며 인사를 했다. 그리고 이에야스를 위해 방석을 가져와 노부나가의 옆자리를 권했다.

"괜찮겠습니까?"

이에야스는 노부나가에게 물은 뒤 도키치로가 마련한 자리에 앉을 뿐 도키치로에게는 인사를 하지 않았다.

"무슨 의논을 하시던 중인 듯합니다만……."

이에야스가 묻자 노부나가가 도키치로를 턱으로 가리키며 온화한 표정으로 솔직하게 말했다.

"여기 이 사람이 가네가사키를 공격하는 것은 의미 없는 싸움이라고 해서……."

"흐음, 과연."

이에야스는 고개를 끄덕이면서 도키치로의 얼굴을 유심히 바라보았다. 주군인 노부나가보다 여덟 살이나 어린 이에야스였지만 도키치로의 눈에는 정반대로 보였다. 자신을 똑바로 바라보면서 몇 번이나 고개를 끄덕이는 몸짓이나 눈길로 봐서는 그가 도저히 이십 대의 청년이라고는 여겨지지 않았다. 사십 대나 오십 대 중년 같은 느낌이 들었다.

"저도 기노시타가 하는 말에 동감합니다. 더 이상 가네가사키 성 하나에 날짜를 허비하고 병력을 잃는 것은 득책이라 할 수 없습니다."

"그럼 적의 본거지를 칠 묘안이 있소이까?"

"먼저 기노시타의 말을 들어보시지요. 그에게 분명 무슨 생각이 있을 것입니다."

"도키치로."

"예."

"그대의 계책을 말해보게."

"계책은 없습니다."

"뭐라고?"

놀라서 눈을 크게 뜬 것은 노부나가뿐이 아니었다. 이에야스도 다소 이상한 표정을 지었다.

"적은 성안에서 삼천의 병사로 아군의 십만 대군을 대적하기 위해 죽음을 각오하고 똘똘 뭉쳐 있습니다. 하니 비록 작은 성이지만 쉽사리 함락될 리도 없고 또 계책을 쓴다 한들 동요할 리도 없습니다. 그저 상대도 인간인 이상, 진정과 성의만은 느낄 것이라고 생각할 뿐입니다."

"또 시작이군."

노부나가는 그 자리에서 더 이상 도키치로의 말을 듣고 싶지 않았다. 노부나가는 최고의 아군인 이에야스에게 두터운 예를 갖추고 대하고 있었지만 이에야스는 어디까지나 엔산遠三, 즉 도오도우미와 미카와 두 나라의 주장主將이지 오다 가 내부의 사람이 아니었다. 그리고 노부나가는 도키치로가 무엇을 생각하는지 자세히 듣지 않으면 도키치로를 믿지 못할 만큼 도키치로의 기량을 알지 못했다.

"됐네. 그만 됐어. 생각하는 게 있다면 자네에게 맡길 테니 어디 해보도록 하게."

"잘 알겠습니다."

도키치로는 아무 일도 아니라는 듯 명을 받들고 밖으로 나갔다. 그날 밤 도키치로는 홀로 적의 성에 들어가서 수장인 아사쿠라 카게쓰네를 만났다.

"그대도 병가의 사람이라면 싸움의 앞날을 예상하고 있을 것이오. 이미 승패의 향방은 역력하오. 여기서 더 저항하면 병사들의 아까운 목숨만 잃게 할 뿐이오. 특히 나는 그대가 개죽음을 당하는 게 너무나 안타깝소. 그보다는 떳떳하게 성을 비우고 후퇴를 해서 그대의 주군인 아사쿠라 요시카게 님과 합류하여 다시 새로운 전쟁터에서 마주하는 것이 어떻겠소? 성안의 보물과 무구, 여자들까지 모두 내가 책임을 지고 안전하게 보내드리도록 하겠소."

도키치로는 스물일곱 살의 젊은 성주인 카게쓰네에게 흉금을 털어놓았다.

"전쟁터를 바꿔 후일 다시 마주하자니 참으로 재미있소이다."

카게쓰네는 도키치로의 권고를 받아들여 성을 나왔다. 도키치로는 예를 취하며 퇴각하는 적들에게 모든 편의를 제공하고 성 밖 일 리까지 배웅을 했다. 그리고 가네가사키 성의 뒤처리를 불과 하루 반 만에 끝내고 그 경과를 노부나가에게 보고했다.

"그런가."

노부나가는 그렇게 말할 뿐 크게 칭찬하지 않았다. 오히려 도키치로를 보며 지나치게 주제넘다고 생각하는 듯한 표정이었다.

수훈을 세우는 데에도 정도가 있었다. 누가 봐도 도키치로가 큰 공을 세운 것은 부정할 수 없는 사실이었다. 그런데 거기서 노부나가마저 도키치로를 크게 칭찬하면 앞서 팔백 명의 병사를 잃고 적의 몇 배에 이르는 군사로 공격을 했지만 함락시키지 못한 이케다와 사쿠마, 모리와 같은 장수들은 노부나가를 향해 얼굴을 들 수가 없을 것이다.

도키치로 역시 노부나가 이상으로 그런 장수들의 마음을 민감하게 살폈다. 그래서 도키치로는 보고를 할 때에도 그것이 자신의 생각으로 거둔 성과라고 하지 않았다. 말미에 모두 노부나가의 명에 따른 것뿐이라는 말을 덧붙였다.

"모든 일을 명하신 대로 수행했습니다만 급히 명을 받들어 은밀히 수행함에 있어 미흡한 부분은 부디 용서해주시길 바랍니다."

도키치로는 사죄를 하고 물러갔다. 노부나가 곁에는 장수들 외에 이에야스도 있었다.

"흐음……."

이에야스는 마음속으로 탄식하면서 물러가는 도키치로의 뒷모습을 바라보았다. 그는 그때부터 자신과 나이 차이가 많지 않은 무서운 인물이 같은 시대에 태어났다는 사실을 깨달았다.

한편 가네가사키를 버리고 이치죠다니의 본성에 합류한 아사쿠라

카게쓰네는 다시 노부나가의 군사와 자웅을 겨루기 위해 서둘러 돌아오는 도중 가네가사키를 돕기 위해 달려오던 아사쿠라 요시카게의 이만 군사와 조우했다.

"아뿔싸!"

카게쓰네는 도키치로의 권고에 따라 성을 버린 것을 뒤늦게 후회했다.

"어찌 싸우지 않고 성을 포기한 것인가?"

요시카게는 화를 냈지만 어쩔 수 없이 양군을 이끌고 이치죠다니의 본성으로 돌아갔다.

노부나가는 일거에 기노메도우게木目峠까지 이르렀다. 그곳의 요새를 돌파하면 아사쿠라 가의 근거지가 바로 눈앞에 있었던 것이다. 그런데 그때 오다 원정군을 놀라게 할 만한 소식이 전해졌다. 선조 이래로 아사쿠라 가와 서로 동맹을 맺고 있는 고슈江州의 아사이 나가마사淺井長政가 호북湖北의 병사를 이끌고 퇴로를 차단했다는 파발이었다. 또 그에 호응해서 일전에 고가甲賀의 산지에서 노부나가에게 패망했던 사사키 롯카쿠이 오다 군의 측면을 공격하기 위해 병사를 이끌고 다가오고 있다고 했다. 원정군에게는 배후의 적이었다. 그 때문인지 전면의 아사쿠라 군사는 사기가 충천해서 당장이라도 이치죠다니를 나와 반격을 가할 듯한 움직임을 보였다.

"사지에 들어왔다."

노부나가는 직감했다. 병법으로 보면 자신이 이끌고 있는 원정군은 적국의 한가운데에서 무덤을 파고 있는 것과 같았다.

노부나가가 갑자기 두려움을 느낀 것은 사사키 롯카쿠나 아사이 나가마사가 배후를 위협해서만이 아니었다. 이 지방에 수많은 근거지를 두고 있는 본원사 문하의 승병들이 노부나가를 침략자로 규정하고 곳곳에서 떨쳐 일어났다는 이야기를 들었기 때문이다.

돌연 날씨가 변한 것이었다. 원정군은 바다 멀리 나온 배와 같았다. 즉각 전군 퇴각이라는 방침이 정해졌다. 그런데 전진은 쉬우나 후퇴는 어렵다는 병가의 격언처럼 십만 대군의 퇴각로를 어떻게 확보할 것인가가 문제였다. 자칫하면 전군이 몰살당할 우려가 있었다.

"후위를 제게 명해주십시오. 그리고 주군께서는 많은 병사를 거느리지 마시고 밤을 이용해 구치기다니柘木谷의 샛길을 따라 사지를 벗어나시고, 나머지 군사들도 새벽을 틈타 교토로 퇴각하는 것이 좋을 듯합니다."

조금이라도 지체하면 그만큼 더 위험한 상황에 빠질 수 있었다. 그날 저녁 무렵, 노부나가는 모리, 사사, 마에다 등의 부장과 불과 삼백 명의 병사만을 데리고 길도 없는 산골짜기와 계곡을 따라 구마 강에서 구치기다니 방면으로 밤새 도망을 쳤다. 몇 번인가 승병과 토적의 습격을 받았고 이틀 밤낮 동안에는 먹지도 잠을 자지도 못했다. 그렇게 사흘째 저녁에야 간신히 교토로 돌아왔는데 대부분의 병사들이 병자처럼 완전히 지쳐 있었다.

그래도 그들은 나은 편이었다. 더 비참했던 것은 자진해서 후위를 맡아 아군의 대군이 퇴각한 뒤에도 얼마 되지 않는 병사와 함께 가네가사키의 고립된 진지에 남은 도키치로였다. 평소에 도키치로의 입신을 시기하며 궤변가라거나 벼락출세를 했다는 둥 험담만 늘어놓던 동료 무장들이 도키치로를 찾아와 말했다.

"잘 부탁하네."

"자네야말로 오다 가의 기둥이자 진정한 무사네."

그들은 묘지에 꽃과 공물을 바치듯 철포와 탄약과 식량 등을 도키치로의 진영에 건네고 갔다.

"이승에서는 두 번 다시 보지 못할 것이다."

떠나는 사람이나 남는 사람이나 모두 그렇게 생각했을 것이다. 그리고 노부나가가 구치기를 넘은 밤부터 시바타 가쓰이에와 사카이 우곤, 하치야 효고, 이케다 가쓰사부로 등의 무장과 구만의 군사는 다음 날 아침과 대낮에 걸쳐 차례대로 후퇴했다.

아사쿠라 군이 추격을 하자 도키치로는 그들의 측면을 기습하고 배후를 위협하며 아군이 모두 사지에서 탈출할 수 있도록 도왔다. 그런 다음 가네가사키 성에 들어가서 결사의 의지를 내보이며 성문을 굳게 닫아걸었다. 마치 그들은 성안에서 밥을 배불리 먹고 잠을 충분히 자며 세상에 하직을 고하는 있는 것처럼 보였다.

이틀째가 되는 날 한밤중이었다. 적이 기습을 해왔다는 소식을 들은 도키치로의 군은 당황하지 않고 사전에 준비한 대로 어둠속에서 움직이는 적에게 총공세를 가했다. 하지만 비참하게 패하고 급히 가네가사키 성으로 쫓겨 들어와야만 했다.

"적들이 싸우기를 포기하고 우왕좌왕하기 시작했다. 이때를 놓치지 말고 공격하라! 새벽녘까지는 성을 함락시켜라!"

수천의 적병이 해자 기슭으로 몰려들더니 뗏목을 타고 건너와 성벽에 달라붙었다. 그리고 시치에몬七左衛門이 명령한 대로 새벽녘에 가네가사키를 함락시켰다.

그런데 어찌 된 일인지 깃발이 휘날리고 연기가 피어오르는 성안에는 기노시타 군사가 단 한 명도 보이지 않았다. 말들은 그대로 있었지만 도키치로는 보이지 않았다. 어젯밤 기습에 대한 공격은 싸움이 목적이 아니었던 것이다. 도키치로를 필두로 후위 부대는 성안으로 도망치는 것처럼 위장하고 사지에서 바람처럼 활로를 찾아 국경의 산악지대로 도망을 쳤다. 그들은 아침 무렵에도 찬란히 떠오르는 태양을 바라볼 틈도 없이 오로지 앞만 보며 도망치고 있었다.

아연실색했던 맹장 게야 시치에몬毛屋七左衛門과 군사들은 그냥 바라만 보고 있지 않았다. 사방에 추격하라는 전령을 띄우고 기노시타 군을 쫓았다. 도키치로와 부하들은 미쿠니三國 산맥 깊숙이 들어가 하룻밤 내내 아무것도 먹지도 마시지도 않고 오로지 도망을 쳤다.

"아직 호랑이 굴에서 벗어났다고 할 수 없다. 방심하지 마라. 졸지도 말고 목이 마르다는 생각도 하지 마라. 오직 살고자 하는 생각만 하라."

도키치로는 그렇게 군사들을 독려하며 계속 걸었다. 아니나 다를까 얼마 뒤 게야의 군사들이 추격을 해왔다. 적의 함성 소리가 뒤에서 들리자 도키치로는 처음으로 잠깐의 휴식을 명했다.

"당황하지 않아도 된다."

도키치로는 다시 병사들에게 말했다.

"적들은 참으로 멍청하다. 높은 곳에 있는 우리를 향해 골짜기에서 함성을 올리며 올라오고 있다. 아군도 지쳐 있지만 적은 무턱대고 쫓아왔으니 더 지쳤을 것이다. 어느 정도 올라오면 바위를 굴리고 돌을 던지고 창을 들고 찔러 떨어뜨려라."

도키치로의 말에 지쳐 있던 부하들이 자신감을 가지고 적을 기다렸다. 게야 시치에몬의 추격대는 도키치로 군의 암석과 창에 무수한 희생자만 내고 비참하게 패배하고 말았다.

"퇴각하라! 후퇴하라!"

적들이 있는 골짜기에서 새된 목소리로 외치는 전령이 울려 퍼졌다. 도키치로도 함께 외쳤다.

"지금이다! 후퇴하라!"

그들은 남쪽의 저지대를 향해 도망치기 시작했다.

게야는 남은 병사들을 이끌고 다시 쫓아왔다. 실로 집요했다. 하지만 추격대는 이미 힘이 많이 빠져 있었다. 그런데 그게 끝이 아니었다. 도키치로 군이 와카사의 다카시마 군에서 고슈로 이어지는 나카야마中山 고개에 이르렀을 때 갑자기 그 지방의 본원사 문도의 승병이 기습을 가해왔다.

"놓치지 마라."

"통과시키면 안 된다."

승병들은 길을 차단하고 좌우의 못과 숲에서 화살을 쏘고 돌을 던지며 집요하게 공격을 가했다.

"큰일 났다."

도키치로는 당황할 수밖에 없었다. 하지만 살고자 하는 마음을 포기하지 않고 지쳐 쓰러질 것만 같은 몸을 떨쳐 일으키며 외쳤다.

"생사를 하늘에 맡기고 서쪽 못 쪽에서 아래로 달려 내려가라! 계곡 물을 따라 도망쳐라! 물은 비와 호로 흘러가니 살고 싶으면 물을 따라 전력을 다해 도망쳐라!"

싸우라고 명령하지 않았다. 아무리 도키치로라고 해도 이틀 밤낮 동안 잠도 자지 않고 쉬지도 못한 굶주린 병사들을 이끌고 수많은 복병에 맞서 싸울 수는 없었다. 그때 그의 가슴속에는 휘하의 불쌍한 병사들의 목숨을 한 명이라도 더 보존해서 교토까지 돌아가고 싶다는 생각뿐이었다.

살고자 하는 마음보다 더 큰 용기는 없었다. 도키치로의 명령을 들은 굶주리고 지친 병사들은 함성을 지르며 격렬한 기세로 못의 한쪽을 돌파해서 굴러떨어지듯 아래로 달려 내려갔다. 너무나 무모해서 전법이라고도 할 수 없었다. 승병들이 편백나무 숲의 굴에 모기떼처럼 숨어 있었기 때문이다. 일부러 적의 한가운데로 달려 들어간 형상이었다. 그런데 오히려 그것이 신중을 기하던 복병들의 허를 찌른 듯 적들은 뿔뿔이 흩어지고 말았다. 달려 내려갈 때에는 제각각이었지만 계곡 물을 따라 남하하는 방향은 똑같았다.

"비와 호가 보인다!"

"살았다!"

병사들은 환호성을 질렀다.

다음 날 그들은 교토로 들어갔다. 노부나가의 거처로 향하는 병사들 중 어느 누구도 제대로 걷는 사람이 없었다.

그제부터 노부나가를 비롯해 속속 도착하는 병사들을 맞고 있는 무사들이 눈물을 흘리며 그들을 부축하고 물과 약을 주며 위로했다.

"참으로 고맙네. 잘 살아서 돌아왔네. 다 자네들 덕분이네."

● 가토 요시아키 加藤嘉明·1563-1631

도요토미 히데요시(豐臣秀吉)의 가신으로 시즈가타케 칠본창의 1人이다. 임진왜란 때 호랑이가 눈앞에 나타나도 꼼짝도 하지 않아 모두 그 용기에 놀랐는데 알고 보니 자고 있었다는 일화나, 손등에 담배불이 떨어져 타들어 가는데도 눈도 껌뻑하지 않았다는 일화 등이 유명하다.

제1차 카와나카지마 전투가 끝나고 2년 뒤인 덴분 24년에 사이강을 배경으로 다시 다케다 신겐(武田信玄)과 우에스기 겐신(上杉謙信)이 맞붙은 전투로 사이강 전투라고도 부른다. 우에스기군이 사이강을 건너 다케다군을 공격했지만 결판이 나지 않았고 이후 200여 일에 걸쳐 양측은 지리한 대치를 이어갔다. 결국 이마가와 요시모토(今川義元)가 중재에 나서 양군은 퇴각했다.

교토 탈출

구사일생으로 후위의 임무를 마치고 교토로 돌아온 병사들의 바람은 오직 하나, 잠을 자는 것이었다. 도키치로는 주군 앞에서 보고를 마치고 나오면서도 꾸벅꾸벅 졸았고 빨리 잠을 자고 싶다는 생각뿐이었다. 때는 4월 30일 저녁이었다.

다음 날 아침, 도키치로는 잠시 눈을 떴다가 다시 잠이 들었다. 점심 무렵, 누군가 흔들어 깨워서 비몽사몽간에 죽을 먹으면서도 맛있다는 느낌뿐이었다.

"또 주무시는군!"

도키치로 곁에 있는 사람들이 어이가 없다는 표정을 지어 보였다.

이틀째 되던 날, 초저녁에 눈을 뜬 뒤로 밤에도 하품을 늘어지게 하더니 몸을 주체하지 못했다.

"여봐라, 오늘은 며칠이냐?"

옆방에 있던 무사가 2일이라고 대답했다.

"뭐, 그럼 내일이 3일이더냐?"

도키치로는 놀란 표정을 지었다.

"오늘이 2일이군. 주군께서도 피로는 풀리셨겠지만 마음은 어떠실지 모르겠군."

도키치로는 혼잣말을 하며 주체하기도 힘든 몸을 일으켜 밖으로 나갔다. 노부나가는 황거를 조영하고 장군의 신관도 새로 지었지만 자신이 머물 객사는 짓지 않았다. 그러다 보니 상락 때마다 사원에서 머물러야 했다. 그리고 휘하의 장수들은 경내에 있는 말사를 객사로 사용했다. 도키치로는 말사를 나와 오랜만에 밤하늘의 별을 올려다며 '벌써 5월인가' 하고 생각했다.

"아직 살아 있구나."

도키치로는 왠지 기뻤다. 한밤중이었지만 노부나가에게 뵙고 싶다는 청을 넣었다. 노부나가도 기다리고 있었던 듯 이내 허락이 떨어졌다.

"도키치로, 싱글싱글 웃고 있는데 자네는 뭐가 그리 기쁜가?"

"이보다 기쁜 일이 어디 있겠습니까."

도키치로는 다시 말을 이었다.

"평소에는 이렇게 살아 있다는 것이 고마운 일인 줄 몰랐는데 사지에서 살아서 돌아오니 무지 기쁜 마음에 생명 외에 아무것도 필요 없다는 생각이 듭니다. 이렇듯 촛불의 불빛을 볼 수 있는 것이나 주군의 얼굴을 뵐 수 있는 것도 살아 있기에 가능한 일이라 그저 고마울 따름입니다."

"맞는 말이네."

"심경은 어떠신지요?"

"분할 따름이네……."

"아직도 원정의 참패를 마음에 담아두고 계십니까?"

"내 처음으로 패전의 치욕과 쓴맛을 알았네."

"저처럼 생각하심이 어떠실지. 세상에 패배의 쓴맛을 보지 않고 대사를 이룬 자는 없을 것이고 일개 상인이 장사를 함에 있어서도 성패成

敗가 따르기 마련입니다.”

“그런가? 자네의 눈에도 내 모습이 그리 보이는가? 도키치로, 말이라도 타야겠으니 그대도 준비를 하게.”

“예? 준비라 하심은?”

“기후로 돌아갈 것이네.”

도키치로는 내심 노부나가보다 앞을 더 내다보고 있다고 자부했는데, 노부나가가 도키치로보다 앞을 더 내다보고 있었다. 실제로 급히 기후의 본성으로 돌아갈 필요가 있었다. 또 그것은 여러 가지 측면에서 시급을 요하는 일이었다. 도키치로는 어떤 방법으로 돌아갈 것인지 걱정했지만 그와는 달리 노부나가는 강력한 의지로 실행에 옮겼다.

그날 밤, 노부나가는 도키치로 외에 불과 삼백 명도 되지 않는 소수를 이끌고 교토에서 탈출을 감행했다. 탈출은 질풍처럼 신속하게 이루어졌지만 어느새 누군가의 입을 통해 사실이 알려졌다.

노부나가 일행이 오쓰 고개에 도착할 무렵, 아직 짧은 밤이 새지도 않은 오사카逢坂 산의 나무들 위에서 철포를 들고 노부나가를 기다리는 괴승이 있었다. 갑자기 말이 요동을 쳤다. 새벽 어스름을 가르며 어딘가에서 철포 소리가 울렸던 것이다.

“아니?”

말을 타고 따라오던 가신들은 노부나가가 다치지 않았는지 걱정하며 사방을 살폈다.

“복병을 찾아라!”

그런데 노부나가가 철포 소리를 듣지 못했는지 어느새 반 정이나 앞서 달려가고 있었다. 그리고 뒤를 보면서 큰 소리로 가신들을 불렀다.

“내버려둬라! 내버려둬!”

주군이 혼자 앞서 달려가자 신하들은 어쩔 수 없이 복병을 내버려두고 서둘러 달려야 했다. 이윽고 노부나가의 뒤를 따라붙은 이케다 가쓰사부로와 하치야 효고, 기노시타 도키치로 등이 노부나가에게 물었다.

"주군, 어디 다치신 데는 없습니까?"

노부나가는 속력을 조금 줄이면서 한쪽 소매를 높이 들며 말했다.

"목숨은 하늘에 달려 있다!"

소매를 꿰뚫고 지나간 작은 총알구멍이 보였다. 나중에 알게 된 사실이지만 그때, 거목의 우듬지에서 노부나가를 저격한 복병은 이세 아사마朝熊 산에 있는 원통사円痛寺의 법사였는데, 그는 백발백중의 철포 명사수였다.

목숨은 하늘에 달려 있었다. 하지만 노부나가는 그 말을 소극적으로 받아들이지 않았다. 목숨을 하늘에 맡긴 채 한가로이 행동하지도 않았다. 노부나가는 지금 자신이 천하의 군웅들로부터 얼마나 질시와 선망을 받고 있는지 잘 알고 있었다.

오와리 두 군郡의 작은 성에서 비노 두 주州로 날개를 펼쳤을 때까지 세상은 그를 대수롭지 않게 여겼다. 그가 중원으로 나와 교토에 입성해서 명령을 내리자 천하의 제후들은 그를 달갑게 여기지 않았다. 노부나가와는 아무런 원한이나 관계도 없는 규슈九州의 오토모大友와 시마즈島津, 주고쿠中國의 모리毛利, 시고쿠四國의 조소카베長曾我部, 그리고 멀리로는 북방의 우에스기上杉와 다데伊達 등에 이르기까지 반감인지 멸시인지 냉소인지 명확하게 구분할 수 없지만 호의를 표하지 않았다.

그러니 그들이 동요한 것은 당연한 일이었다. 하지만 더 위험한 것은 가까이에 있는 친척들이었다. 가이甲斐의 다케다 신겐은 인척 관계라는 사실도 개의치 않고 끊임없이 일을 꾸미는 듯했다. 호조北條 가도 방심할 수 없는 존재였다.

평소 인척 외교가 얼마나 취약했는지는 고슈江州 오다니小谷의 아사이 나가마사가 이미 입증한 상태였다. 얼마 전 북벌을 감행했을 때, 불현듯 아사쿠라 요시카게와 결탁해 노부나가의 퇴로를 위협한 최대 적은 북 고슈의 아사이였다. 노부나가의 누이동생이 아사이 나가마사의 부인이었지만 달리 손쓸 방법이 없었다. 미요시와 마쓰나가의 잔당은 여전히 어둠 속에서 움직이는 복병이었고, 본원사 정토진종淨土眞宗의 승병은 종교적인 조직을 이용해 각지에서 노부나가를 반대하는 봉화를 일으킬 준비를 하고 있었다.

만천하가 일제히 노부나가의 적으로 변한 듯했다. 노부나가가 돌연 기후로 돌아간 것은 현명한 선택이었다. '목숨은 하늘에 달려 있다'는 말을 잘못 해석해서 만일 교토에서 반달이나 더 머물렀다면 돌아갈 고향과 집도 없어졌을지 몰랐다. 하지만 노부나가는 무사히 기후 성으로 돌아갔다. 그로부터 한 달 정도가 지난 6월 중순이었다.

"여봐라, 여봐라!"

아직 밤도 새지 않았는데 노부나가의 침소에서 외치는 소리가 들렸다. 이나바 산에서 나가라 강에 걸쳐 두견새가 울고 있는 사경 무렵이었다. 그는 종종 한밤중에 잠자리에서 벌떡 일어나 뜻하지 않은 명령을 내렸다. 그런 그의 행동에 익숙한 신하들조차 방심한 채 숙직을 하다 허둥지둥할 때가 있었다. 하지만 이번에는 당황하지 않고 재빨리 노부나가 앞에 와서 고했다.

"주군, 무슨 일이십니까?"

"지금부터 군사 회의를 열 것이니 즉시 노부모리에게 전해 모두 모이게 하라."

노부나가는 벌써 침소를 나섰다. 시종과 근신 들이 부산을 떨며 그의 뒤를 따랐다. 한밤중인지 새벽녘인지 분간이 되지 않았다. 하늘에

별이 총총 떠 있는 것을 보니 한밤중인 것은 분명했다.

"바로 등불을 켤 터이니 잠시 기다려주십시오."

근신이 황망히 고했지만 노부나가는 벌써 옷을 벗고 욕탕으로 들어가서 물을 끼얹으며 몸을 씻고 있었다. 성안에 있는 근신들보다 성 밖에 있는 가신들이 한층 더 당황했다. 사쿠마 노부모리, 사카이 우곤, 기노시타 도키치로 등은 성안에 있었지만 그 외 대부분의 장수들은 성 밖에서 살고 있었다. 그들에게 사자를 보내 회의를 소집하고 회의가 열리는 대청을 청소하고 촛불을 밝혔다. 그 지시를 내리는 사람은 아직 얼굴도 씻지 못하고 있었다.

제장들이 모두 모였다. 촛불에 비친 노부나가의 얼굴이 환해 보였다. 노부나가는 사람들을 둘러보면서 여명과 함께 출전하겠다는 결심을 밝혔다. 목표는 오다니의 아사이 나가마사였다. 그리고 지금의 군사 회의 자리에서는 이론이나 반대 의견은 허용하지 않을 것이며 오직 작전에 대한 계책만 들을 것이라고 말했다.

노부나가가 그렇게 자신의 결심을 천명하자 제장들은 큰 충격을 받은 듯 모두 입을 다물어버렸다. 오다니의 아사이 나가마사는 노부나가의 누이동생인 오이치於市와 결혼을 한 상태였다. 그뿐 아니라 노부나가는 동생의 남편인 나가마사를 진심으로 좋아했다. 제장들은 평소에 노부나가가 그를 얼마나 아꼈는지 잘 알고 있었다. 나가마사를 교토로 자주 불러 구경을 시켜주면서 장군가를 비롯해 만나는 사람들에게 '오다니에 있는 누이동생의 남편'이라고 소개했다. 또 근신들에게 자신의 시중만 들지 말고 매제의 시중도 들라고 말할 정도였다.

아사쿠라 공략을 위해 원정을 떠날 때, 노부나가가 오다니 성에 있는 매제에게 아무런 연락도 하지 않은 것은 나가마사가 오다 가와 연을 맺기 전부터 아사이 가와 아사쿠라 가가 서로를 침략하지 않는 친밀한 관계였기 때문이다. 그렇게 노부나가는 매제 나가마사의 입장을 고려해서 나가마사가 중립국으로서의 위치를 견지할 수 있도록 배려했다.

하지만 나가마사는 적국 깊숙이 들어간 노부나가가 역경에 빠지자 창끝을 돌려 노부나가의 배후를 위협했다. 그러다 보니 오다 군은 급거 퇴각할 수밖에 없었다. 노부나가는 교토에서 돌아왔지만 나가마사를 용서할 수 없었다.

때마침 어젯밤, 노부나가에게 첩보가 들어왔다. 나마즈에鯰江의 롯카쿠 죠테이六角乘禎가 관음사 성의 잔당과 승병을 이용해 각지에서 농민 봉기를 일으킨 뒤, 그 혼란을 틈타 오다니의 아사이 가와 호응해 일거에 노부나가를 굴복시키려는 움직임을 보인다는 것이었다.

노부나가는 군사 회의가 끝난 뒤 제장들을 데리고 본성 정원으로 나갔다. 그리고 그 증거를 보여주겠다며 손으로 가리켰다. 저 멀리 어둠 속에서 봉기의 불길이 하늘을 빨갛게 물들이고 있었다. 노부나가는 그것이 단순한 농민 봉기가 아니라는 사실을 제장들에게 설명하며 외쳤다.

"자, 출정하라!"

어느덧 날이 새고 있었다. 때는 19일이었다.

다음 날, 기후를 출발한 노부나가와 군사들은 오우미를 공격했다. 승병들의 봉기를 곳곳에서 격파하며 사사키 롯카쿠와 아사이 나가마사의 연환계連環計를 하나씩 끊어 나갔다. 그리고 21일에는 아사이의 본성인 오다니 코앞까지 들이닥쳐 오다니의 외성인 요코야마橫山 성을 포위했다.

질풍처럼 눈앞에 들이닥친 노부나가의 군사를 본 적들은 먹구름과 함께 몰려온 소나기가 들판을 휩쓸고 지나가는 듯 대비할 틈도 없이 무너지고 말았다. 하지만 그러한 파죽지세도 한계가 있었다. 에치젠과 강북江北의 요지인 요코야마 성은 적에게 중요한 요충지였던 만큼 견고했다. 오노기 도사노카미大野木土佐守는 아사쿠라 가에서도 쟁쟁한 효장이었다. 그런 오노기의 군사와 함께 노무라 비고野村肥後의 정예병이 가세하고 있었던 것이다.

"어디 공격할 테면 공격해봐라."

그들은 자신만만했다.

때는 6월의 대서大暑였다. 수많은 적지를 뚫고 진군해온 오다 군은 햇볕에 얼굴이 새까맣게 타 있었다. 그런데 22일, 에치젠의 아사쿠라 군사가 산을 넘어 오다니를 도우러 오고 있다는 첩보가 들어왔다. 뒤를 이어 들어온 상세한 보고에 따르면, 에치젠의 일만여 원군은 아사쿠라 카게타케朝倉景健를 주장으로 우오즈미 사에몬魚住左衛門, 고바야시 하슈켄小林端周軒, 구로사카 비추노카미黑坂備中守와 같은 쟁쟁한 장수들이 합세한 상태였다. 그리고 진중에서 누가 만들었는지 모르겠지만, 병사들은 고향길 선물로 창끝에 노부나가의 목을 걸고 가겠다는 노래를 부르며 오요세大寄 산을 넘어 노野 촌과 미타三田 촌을 향해 위풍당당 오는 중이었다. 아무래도 요코야마 성은 쉽사리 함락당할 것 같지 않았다. 게다가 퇴로를 차단당하면 또다시 에치젠의 기노메도우게木目峠 사지에 빠질 것이 분명했다.

"류가하나龍ヶ鼻까지 퇴각하라."

노부나가는 급히 군사를 물리고 그곳에서 대책을 숙고했다. 바로 그 날이었다. 노부나가가 마음속으로 학수고대하던 도쿠가와 이에야스가 오천의 군사를 이끌고 당도했다. 그때 노부나가는 진두에서 연한 검은색 진바오리를 입고 큰 우산 아래에 서서 왼손에는 부채를, 오른손에는 지팡이를 들고 지휘를 하고 있었다.

"오오!"

노부나가는 멀리서 이에야스의 모습을 발견하고는 굉장히 기쁜 듯 부채를 흔들며 맞이했다. 그리고 그는 든든한 아군을 맞이해서인지 직접 안내를 하며 전쟁터의 지형과 적의 포진, 에치젠 원군의 정세 등을 설명했다. 그런 다음 노부나가가 이에야스에게 물었다.

"어떻게 대처하면 좋겠소?"

"아네姉 강을 사이에 두고 야전에서 승패를 보는 길밖에 없을 것입니다."

노부나가의 생각도 그러했다. 이에야스가 자진해서 선진을 맡겠다고 하자 노부나가가 고맙다는 뜻을 전했다.

"휘하의 병사가 적으니 내 직속부대를 나눠서 함께 싸우게 하겠소."

"아닙니다. 대병은 필요 없습니다. 하지만 뜻을 받들어 이나바 잇테쓰稻葉一鐵의 부대를 빌리도록 하겠습니다."

이에야스가 대답했다. 이에야스의 선택을 받은 이나바 잇테쓰는 무문의 영광이라며 휘하의 일천 병사를 이끌고 미카와 군사에 합류했다. 노부나가는 이에야스에게 '다메토모爲朝'라는 유명한 창을 건넸다.

"이것은 미나모토源 씨와 인연이 있는 창인데 미나모토 가의 후예인 그대에게 주겠소."

그렇게 해서 오다 군에 도쿠가와 가의 원군이 가세했고 아사이 쪽에도 아사쿠라 가의 원군이 합류했다.

도키치로는 요코야마를 공략하느라 뒤늦게 합류했다. 그는 아사이 쪽의 가리야스刈安 성과 다케구라베長比 성, 후와 군 마쓰오松尾 산의 쵸테이켄長亭軒 성처럼 아군에게 가장 무서운 후방의 성들을 제압하고 전선과 기후와의 안전을 확보하기 위해 늦어진 것이었다. 그런 눈엣가시 같은 적들은 대부분 고슈와 미노의 경계에서 활동하고 있었다.

가리야스 성은 사카다坂田 군 상평사上平寺, 다케구라베 성도 같은 군의 장구사長久寺 촌, 쵸테이켄 성은 후와 군 마쓰오 산에 있었는데, 모두 노부나가가 목적으로 하는 지역과 멀리 떨어져 있는 후방이었고 산악들이 중첩한 샛길이었다. 그러한 적들을 일일이 상대를 하다가는 목표로 하는 오다니 성까지 반년도 넘게 걸릴 터였다. 그래서 노부나가는 오노기大野木 산의 관문과 그곳의 성채에는 도키치로의 군사를 남겨두고 본군은 오로지 적의 본성을 향해 돌진해온 것이었다.

노부나가는 본군이 오다니를 함락시킬 때까지 비록 소수의 병사일지라도 도키치로가 후방을 확실히 제압할 것이라고 여겼다. 그런데 노부나가가 류가하나를 퇴각한 뒤 얼마 지나지 않아 도키치로가 나가하마長浜에서 군사를 이끌고 자신의 진영을 찾아왔다.

"바라건대 다음 결전에서는 저희 부대에 선봉을 맡겨주십시오."

노부나가는 놀라다 못해 의심하는 마음으로 도키치로에게 후방의 적을 어떻게 처리하고 왔는지 물었다. 그러자 도키치로가 대답했다.

"가리야스와 다케구라베, 쵸테이켄의 성들은 모두 단숨에 함락시켰고, 적장인 히구치 사부로베樋口三郎兵衛 이하 모두 항복하여 제 휘하 부대에 들어왔으니 더 이상 후방은 걱정하실 필요 없습니다. 상세한 것은 후일 말씀 올리겠습니다."

도키치로는 그렇게 말하고는 더 이상 아무 말도 하지 않았다. 그 자리에 도쿠가와 이에야스를 비롯한 장수와 노신 들이 함께 있다 보니 노부나가도 도키치로가 자신의 공을 자랑하듯 말하는 것을 일부러 피한다고 생각하고 더 묻지 않았다. 하지만 도키치로가 선봉을 맡고 싶다고 청한 것에 대해서는 다음과 같이 대답했다.

"이미 선봉은 도쿠가와 님이 맡기로 하였으니 그대는 네 번째 진을 맡도록 하라."

도키치로는 이에야스가 부러웠지만 순순히 물러났다. 그리고 자신의 부대를 이끌고 네 번째 진에 합류했다.

진영 앞에는 맑고 깨끗한 강이 흐르고 있었다. 아네 강의 지류였다. 진영 안에서 하룻밤 숙면을 취한 도키치로는 병사들이 잠을 자고 있는 사이 혼자 강가로 나가 얼굴을 씻었다.

"주군, 일찍 일어나셨군요."

누군가 뒤에서 말했다.

"오, 다케나카 한베구려. 그대도 일찍 일어났구려. 간밤에 잘 잤소이까?"

"잘 잤습니다."

"몸은 괜찮소?"

"병자에게 싸움만큼 잘 듣는 명약도 없는 듯합니다."

"그런 소린 처음 듣는구려."

"평소에는 병을 앓아 계절이 바뀌거나 아침저녁 추위와 더위에 기침을 하고 열이 나던 몸이 이런 염천 아래 병량을 먹으며 병사나 군마와 함께 걷고, 밤에는 풀잎의 이슬 위에서 잠을 자는데 오히려 이렇듯 건강합니다. 앞으로 전쟁터에서는 이 한베를 병자 취급하시지 않기를 바랍니다."

"그렇소이까."

도키치로는 닭의장풀 하나를 꺾어 손가락 끝으로 만지작거리고 있었다. 어머니와 네네를 생각하는 듯했다. 그의 군사인 다케나카 한베는 도키치로의 그런 다정다감한 성격을 누구보다 잘 알고 있었다.

심금 心琴

문득 도키치로는 한베가 보고 있다는 것을 깨달았는지 만지작거리고 있던 닭의장풀을 획 던졌다.

"대전이 머지않았소이다."

"그렇습니다."

도키치로는 잠시 시선을 적지로 향한 채 멍하니 서 있다 무슨 생각이 들었는지 중얼거렸다.

"오유는 기후에 도착했을까?"

"나가하마에서 출발했으니 아직 기후에는 당도하지 않았을 것입니다."

"도중에 아무 일도 없어야 할 텐데. 전란 중인 데다 여자의 몸이라 더 걱정이 되오."

한베는 아무 말도 하지 않았다. 자신의 동생인 오유가 대전을 앞둔 주군의 마음을 심란하게 만든다는 것을 알고 있었기 때문이다. 한베는 그런 오유를 나가하마에서 돌려보냈다. 아무것도 모르는 사람들은 진중에 여자를 데리고 왔다고 비난할 테지만 거기에는 사정이 있었고, 그렇지 않고서는 한베가 허락했을 리 없었다. 그렇다 해도 한베는 주군이 동생의 귀로까지 걱정하고 있다는 점에서 씁쓸한 마음이 들었다.

아직 노부나가에게는 보고하지 않았지만 도키치로는 자신이 사랑하는 여인을 진중으로 불러들인 이유를 상세하게 해명해야만 했다. 도키치로가 오유를 진중으로 불러들인 사정은 다음과 같았다.

후와不破에는 검문소라는 관문은 없지만 지형 자체가 곧 천혜의 관문이었다. 그래서 이곳을 차지하면 호남湖南 일대에서 미노의 평야를 장악하고 교토나 북국으로 통하는 길목과 도카이도의 교통을 수중에 넣을 수 있었다. 그러다 보니 많은 적이 이곳에 눈독을 들이고 있었다.

가리야스 성, 다케구라베 성, 가마하鎌刃 성, 마쓰오 산의 성이 모두 적의 송곳니와 같았다. 게다가 각각 고립된 성이 아니라 치열처럼 연결되어 있었다. 도키치로의 부대는 극히 소수의 부대를 이끌고 이부키 산기슭에 진을 치고 있었다. 아직 일개 장교에 지나지 않는 도키치로에게 대병을 맡길 수는 없었다. 그런 적은 군사로 이 지방 일대의 적을 제압하고 오다니로 진격한 본군이 후방에 대해 걱정하지 않게 해야만 했다. 그것만으로도 막중한 임무였는데 도키치로는 거기에 만족할 수 없었다.

"한베, 다시 한 번 가주게."

"안 됩니다. 그 역시 무사입니다. 설사 제가 백날을 찾아간다 해도 절의를 바꿀 무사가 아닙니다."

"그대는 적을 지나치게 높이 평가하고 있소이다."

"오랜 벗이라 그의 마음을 잘 알고 있습니다."

"마음의 벗이라면 진심을 다해 설득할 경우 설득하지 못할 것도 없을 것이오."

"몇 번을 가도 문을 굳게 닫고 만나주지 않으니 어쩔 수가 없습니다."

"절망적이란 말이오?"

"그 사내만큼은."

"지금까지 내가 걸어온 길에 절망이란 말은 없었소."

도키치로와 군사인 다케나카 한베가 장막 안에서 밀담을 나눈 지 며칠 뒤였다. 한베의 동생인 다케나카 규사쿠가 행장 차림의 여인을 말에서 안아 내리더니 진중으로 데려왔다.

마침 그날은 병사들이 다루이 부근에서 적의 소대와 싸우고 돌아온 날이었다. 병사들은 땀을 훔치며 병량을 먹거나 부상을 입은 손을 천으로 묶고 있었다. 그때 아름다운 여인이 향기를 풍기며 지나가자 병사들이 눈을 크게 뜨고 바라보았다. 만일 그것이 한베의 누이동생이자 주군인 도키치로가 마음에 품고 있는 여인이 아니었다면 그들은 함성을 지르고 치맛자락이라도 만지고 싶어 소란을 피웠을지도 몰랐다. 다케나카 규사쿠는 형인 한베 시게하루가 기노시타 가를 섬기게 된 뒤 함께 섬기고 있었다. 병약한 형인 한베보다 네 살 아래 청년인 그는 혈기왕성하고 건장했다.

"유감이다. 왜 기노시타 군이 아군의 후위가 되었단 말인가. 노부나가 님을 따라 선봉을 맡았더라면 아사이 가 제일의 호걸이라고 불리는 적장인 엔도 기자에몬遠藤喜左衛門의 목은 내 것이었을 텐데."

규사쿠는 이번 싸움에 대해 형이나 다른 사람에게 그렇게 한탄할 만큼 무용에 있어서 누구에게도 지지 않을 자신이 있었다. 그런 규사쿠에게 며칠 전, 도키치로는 명을 내렸다.

"자네는 급히 기후로 가서 오유를 데려오라."

"대체 여자를 무엇 때문에 진중까지!"

규사쿠는 불만스러웠지만 주군의 명을 거역하지 못하고 사자로 다녀올 수밖에 없었다. 오유가 동생이기는 해도 어느 틈엔가 주군의 총애를 받게 되자 화도 났고 전우들 보기에도 민망한 마음이 들었다. 어쩔 수 없이 오유를 데리고 온 규사쿠가 휴식을 취하는 한베를 찾아가 장막 밖에서 외쳤다.

"형님, 오유를 데리고 지금 기후에서 돌아왔습니다. 주군껜 형님이 말씀드리십시오!"

규사쿠는 그렇게 말한 뒤 동생인 오유를 내버려두고 돌아갔다. 장막 안에서 나온 한베는 사뭇 반갑다는 표정을 지었다.

"오라버니."

오유는 병약한 오라버니의 모습을 보며 안쓰러워했다.

"무슨 일이신지요? 규사쿠 오라버니께 여쭤봤지만 아무것도 모른다며 고개만 저어서 이렇듯 영문도 모른 채 왔습니다."

"놀란 것도 무리가 아닐 게다. 네게 중대한 임무가 내려질 듯하구나. 하나 나와 함께하는 것이니 그리 걱정할 필요는 없다."

한베는 오유를 위로하고는 뒤를 돌아보며 말했다.

"주군의 거처는 바로 뒤편이니 우선 주군께 인사를 드리러 가자."

도키치로의 이야기가 나오자 오유는 갑자기 얼굴을 붉혔다. 한베는 동생이 부끄러워하는 모습에 왠지 민망한 기분이 들었는지 말을 제대로 못했다.

"오유 님, 지금 주군께 말씀드리고 올 테니 여기서 잠시 기다리십시오."

한베는 일부러 병사들이 들으라는 듯 큰 소리로 말하고 커다란 소나무 사이에 있는 도키치로의 장막 안으로 들어갔다. 잠시 뒤 다시 돌아와서 손으로 가리키며 말했다.

"기다리고 계시니 저리로 들어가면 됩니다."

오유는 함께 가는 줄만 알았던 한베가 병졸을 불러 명령을 내리기만 할 뿐 자신에게 전혀 신경을 쓰지 않자 혼자 주춤주춤 장막으로 통하는 길을 걸어갔다. 그때 하치스카 히코에몬과 호리오 모스케, 후쿠시마 이치마쓰, 가토 도라노스케와 같은 사람들이 장막 안에서 나오더니 어디론가 사라졌다. 오유가 왔다는 말을 듣고 도키치로가 사람들을 모두 물린 듯했다. 오유는 왠지 그들에게 미안한 마음이 들어 장막 안으로 들어가지 못하고 그늘에서 서성거렸다. 그때 도키치로가 장막을 젖히며 나왔다.

"오, 오유. 왜 왔다는 말도 없이 그런 곳에 서 있소. 자, 어서 들어오시오."

도키치로는 아무런 거리낌이나 망설임도 없이 오유의 손을 잡고 안으로 들어갔다. 도키치로가 갈색으로 조금 탄 오유의 얼굴을 바라보며 부드러운 목소리로 말했다.

"잘 왔소. 오는 길에 적을 만나지는 않았소? 혼자서 외롭지 않았소? 몸은 건강하오?"

그때 시종 한 명이 용무가 있는 듯 아무 생각 없이 장막을 젖히고 안으로 들어오려다 얼굴을 붉히고 급히 물러났다.

"오유, 여기서 쉬시오."

"예."

"한베에게 자세한 것은 들었소?"

"바로 이리로 와서 아직 아무 말도 듣지 못했습니다."

"규사쿠에게는?"

"역시 한 마디도……."

"그럼 내가 말하겠소. 멀리 있는 그대를 이곳까지 부른 것은 그대에게 적지로 가는 사자 역할을 부탁하기 위해서요. 지금, 후와 군 마쓰오 산의 쵸테이켄 성에 틀어박혀 있는 아사이의 신하인 히구치 사부로베와 그대의 오라비는 어릴 적부터 친한 사이라고 알고 있소.”

도키치로는 오유가 전쟁의 협상에는 어두운 여자인 만큼 알기 쉽도록 설명해주었다. 이 지방 중요한 곳에 적의 성이 몇 개 있는데, 그중 아성牙城은 쵸테이켄의 성이라고 할 수 있었다. 이 어금니만 뽑아버리면 나머지는 저절로 딸려 나올 것이었다. 하지만 쵸테이켄 성을 쉽게 함락시킬 수 없었다. 지금보다 다섯 배가 많은 병력으로도 이십 일 이상 걸릴 것이고 큰 희생을 치른다고 해도 함락시킬 수 있을지 장담할 수 없었다. 일찍부터 쵸테이켄의 중요성을 알아차린 아사이 나가마사가 가마하 성에 있는 히구치 사부로베를 쵸테이켄으로 보내 지키게 했기 때문이다.

사부로베는 한베와 오래전부터 깊은 인연이 있는 무장으로 보기 드물게 지략을 갖춘 장수였고 무용도 뛰어났다. 그러니 친구인 한베가 그를 설득해서 피를 흘리지 않고 항복하게 만드는 것 말고 다른 방법이 없었다. 하지만 지략이 뛰어난 사부로베 역시 도키치로 쪽의 약점을 훤히 꿰뚫어보고 있었다.

얼마 전부터 한베를 세객으로 몇 번이나 보냈지만 히구치 사부로베는 완고하게 만나지 않았다.

“설사 오랜 친우라고 해도 전쟁터에서 적과 아군으로 나뉜 이상 만날 일은 결코 없다!”

대여섯 번이나 한베가 찾아갔지만 사부로베는 성안에서 그렇게 말할 뿐이었다. 하지만 여자라면 이야기가 달랐다. 아무리 용맹한 장수라고 해도 여자라면 매정하게 대할 수가 없을 터였다. 특히 살벌한 전쟁터일수록 그 효과는 훨씬 빛을 발할 것이었다.

“일단 그대가 한베와 함께 가서 완고한 적의 성문을 두드리는 것이오. 알겠소? 히구치 사부로베가 측은한 마음이 들어 성문을 열고 한베를 맞아들이면 이미 일의 절반은 성사된 것과 같소. 나머지는 한베에게 맡기면 될 것이오.”

도키치로가 설명을 끝내고 웃으며 물었다.

“어떻소? 쉽지 않은 일이오?”

오유는 삼가며 명을 받들었다.

“알겠습니다. 열과 성을 다해 다녀오겠습니다.”

“전쟁의 병량을 아직 먹어본 적이 없을 테니 식사를 한 뒤에 가도록 하시오. 여봐라, 시간은 조금 이르지만 오유에게 저녁을 내오도록 하라.”

도키치로가 장막 밖을 향해 외쳤다. 오유는 도키치로 곁에 불과 일각 정도밖에 머물지 않았다. 한베가 있는 곳으로 돌아가서 차림새를 가다듬었고 한베도 무구를 벗고 가벼운 평복으로 갈아입었다.

얼마 뒤, 한베와 오유가 단둘이 진중을 나섰다. 두 사람은 말을 타고 물색 장옷을 뒤집어쓰고 있었다. 전쟁터의 사자치고는 너무나 풍아한 모습이었다. 다루이의 역참 부근에 이르자 해가 저물었다. 거기서부터 말을 타고 이부키 산의 기슭을 유유히 넘어갔다. 마침 세키가하라 저편에서 둥근 여름 달이 떠올라 한낮보다 밝게 길을 비추었다. 산 정상에서 불어 내려오는 바람은 가을바람처럼 상쾌했다.

이부키는 동쪽이었고 마쓰오 산은 서쪽이었다. 후와의 가도를 끼고 세키가 촌에서 산속으로 들어가자 어디선가 철포 소리가 메아리쳤다. 한베가 말을 멈추고 웃으며 말했다.

“오유, 놀라지 않았느냐?”

“아닙니다.”

오유는 침착한 모습으로 말했다.

얼마 뒤 이번에는 적의 군사들이 달려오는 발소리가 들렸다.

“멈춰라!”

군사 네댓 명이 날카로운 창을 들고 두 사람을 둘러싸자 한베가 말 위에서 말했다.

“우리는 히구치 사부로베 님을 만나러 가는 길이오. 고생스럽겠지만 안내를 부탁하오.”

“이름은?”

“나는 기노시타 도키치로의 가신인 다케나카 한베 시게하루이고 이쪽은 내 동생인 오유이오.”

한베의 말에 경계병들은 서로 얼굴을 쳐다보다 청아하고 아름다운 오유의 모습을 바라보았다. 젊은 여인과 함께 있는 데다 복장도 평복 차림이었다. 병사들은 안심하고 앞장을 섰다.

쵸테이켄의 성은 바로 지척이었다. 오지야祖父谷, 히라이平井 산, 마쓰오 세 산의 품속에 있었고 성채는 규모는 작았지만 천혜의 요새였다. 성문이 보이자 한베는 안내를 하던 병사들에게 고맙다는 인사를 하고 성문을 두드렸다.

“우리는 성장인 히구치 님과 오래전부터 친밀한 사이라오. 몇 번이나 찾아왔지만 한 번도 뵙지 못해서 단념을 하고 있다가 오늘 밤 이렇듯 달이 좋아 나도 모르게 다시 찾아왔소이다. 미안하오만 말을 전해 주길 부탁하오.”

한베는 큰 소리로 유장하게 소리쳤다. 철문이 너무나 튼튼해서인지 아무리 소리를 쳐도 안까지 잘 들리지 않는 듯했다. 한베는 다시 똑같은 취지의 말을 반복했다. 그러자 성문 너머 성루 위에서 병사의 얼굴이 보였다. 그가 아래를 내려다보면서 말했다.

“소용없소. 몇 번을 찾아와도 장군님의 대답은 똑같을 것이오. 어서 돌아가시오.”

한베가 위를 올려다보며 탄식하듯 말했다.

"이제까지는 기노시타 가의 가신으로 왔지만 오늘 밤은 일개 한베 시게하루로 누이동생인 오유와 함께 달을 감상하며 유유자적 들린 것이오. 내가 아는 히구치 사부로베 님은 무용의 자질뿐 아니라 풍류를 이해하고 정한情恨의 마음도 아는 무사였는데, 그만 기노시타 군사에게 둘러싸이더니 달을 감상하는 마음의 여유와 벗과 이야기를 나누는 정취도 잃어버렸단 말인가. 그렇다면 참으로 애석한 일이 아닐 수 없구나."

"말을 삼가시오!"

다른 누군가 소리쳤다.

"오, 사부로베 님."

위를 올려다보자 히구치 사부로베의 얼굴이 보였다.

"한베 님, 아무리 찾아와도 헛수고이오. 만날 일이 없으니 돌아가시오!"

"아저씨, 아저씨. 저 오유입니다."

"아니, 오유! 여자의 몸으로 어찌 이런 전쟁터까지?"

"오라버니가 너무나 슬퍼하셔서……. 또 아저씨도 언제 죽을지 모른다는 말을 듣고 작별 인사를 하러 왔습니다."

이곳은 두 사람의 고향인 보다이 산의 성에서 멀지 않았다. 같은 후와 군 안이었다. 히구치 사부로베는 어릴 적부터 두 사람을 알고 있었다. 방금 오유가 아저씨라고 부르자 사부로베의 머릿속에는 어릴 적 그녀와 한베의 모습이 떠올랐다.

"성문을 열어서 두 사람을 본성의 서원으로 안내하라."

마침내 사부로베가 고집을 꺾었다. 사부로베는 무구를 벗고 평복 차림으로 서원으로 가서 두 사람을 맞이했다.

"다 컸구나. 기노시타 가를 섬기고 있다고 들었는데 세월이 참 빠르구나. 내가 안고 볼을 비비면 수염이 따갑다며 내 얼굴을 할퀴곤 했는데……."

사부로베는 오유를 보며 감회가 새로운 듯 그렇게 말하고는 다시 한베를 보며 말했다.

"한베 님이 찾아올 때마다 박정하게 문을 닫아건 채 무례를 범하고 말았네. 지금과 같은 전국에 무문에서 살아가는 자의 고충을 헤아려주시게."

이윽고 이번 생의 마지막일지도 모르는 조촐한 술상이 나오고 달빛 아래에서 술이 한잔 돌자 사부로베는 허물없이 한베를 대했다. 그는 분명 죽음을 각오하고 있는 듯이 보였다. 자신의 주군인 아사이가 노부나가를 이길 것이라고는 전혀 생각하지 않았다. 반달이나 한 달 정도 버틸 수는 있겠지만 결국 최후의 날이 멀지 않았다며 단념하는 듯했다.

"무사만큼 덧없는 인생을 사는 사람도 없을 것입니다. 그런 덧없는 인생 속에서 살아온 흔적을 남기지 못하면 진정한 무사라고 할 수 없을 것이며 인간으로서 안타까움은 말할 것도 없을 것입니다. 서로 이름만큼은 더럽히지 않았으면 합니다."

한베는 술잔을 입에 대며 말했다. 그것은 사부로베의 현재 심경을 그대로 표현한 말이었다.

"그렇소이다."

사부로베도 완전히 마음을 열고 술을 마시고 있었다.

"오유, 거문고라도 연주해서 흥을 돋아주지 않겠느냐?"

"예."

한베가 권하자 오유는 시종에게 벽 한쪽에 있는 거문고를 빌려 달빛 아래에서 거문고를 켜기 시작했다.

"……."

적과 아군 두 벗은 거문고 소리에 귀를 기울였다. 어느 틈에 등잔불은 바람에 꺼져 있었고 고개를 숙인 사부로베의 얼굴에 유난히 하얀 달빛이 비치고 있었다. 거문고 줄이 가늘게 떨려왔고 오유의 노랫소리가 애절하게 이어졌다. 거문고의 여덟 음은 이곳에 있는 사람의 마음뿐 아니라 성안에 있는 칠백 명의 용맹한 병사들의 귀를 파고들어 가슴을 뒤흔들었다. 그리고 한순간, 솔바람이 멎자 깊은 정적에 빠져 있던 쵸테이켄 성과 마쓰오 성에는 오직 거문고 소리와 노랫소리만이 떠다니고 있었다.

"……."

사부로베의 야윈 볼에 눈물방울이 달빛을 받아 빛났다. 거문고 소리가 멎자 한베가 물었다.

"사부로베 님, 당신이 지키려고 하는 성주인 지로마루二郎丸 님은 올해 몇 살이십니까?"

"열두 살이 되셨소이다. 안타깝게도 부친이신 호리 도오도우미노카미堀遠江守 님은 몇 해 전 돌아가시고 지금은 어린 나이로 이 성과 함께 앞으로의 운명도……."

사부로베는 품속에서 종이를 꺼내 눈물을 닦았다. 그러자 한베가 갑자기 자세를 바로 하더니 고함을 쳤다.

"당신은 불충한 자이오!"

"뭐라, 내가 불충한 자라고?"

"그렇소이다. 아무리 무장의 자식이라 해도 이제 열두 살에 불과한 어린 주군은 세상이 어떤 것인지, 무엇을 위해 전쟁을 하고 있는지 알지 못할 것이오. 그럼에도 끝까지 이 일성에 의지해서 싸우다 죽음을 맞이하려는 것은 신하 된 당신의 뜻에 불과하오. 자신의 이름을 위해, 의절을 위해 아무것도 모르는 어린 주군을 희생하려는 잔혹한 아집이오. 나는 그러한 마음을 무사도라고 생각하지 않소. 무사도에 대해 잘못 알고 있는 당신이 한스러울 뿐이오. 그런데도 지금 사부로베 님이 충의를 다하고 있다고 생각하고 계시오?"

아녀姉 강 싸움

　이론에는 얼마든지 이론으로 맞설 수 있었다. 하지만 이理와 더불어 가슴을 파고드는 상대의 날카로운 지적에 히구치 사부로베는 아무런 저항도 할 수 없었다. 한베 시게하루의 우정 어린 말에 사부로베는 대꾸할 말을 찾지 못했다.

　"나이 어린 제가 귀공에게 이렇게 말씀드리면 부처님 앞에서 설교를 하는 듯하지만……."

　한베는 사부로베가 고개를 숙인 채 듣고 있자 오히려 한 발 물러서지 않을 수 없었다.

　"의義도 지나치면 사의邪義라는 말을 서책에서 보았습니다. 예부터 주군을 위해 자신의 자식을 죽인 예는 얼마든지 있지만, 자신의 의를 고집해서 주군을 멸망시킨 예는 들은 적이 없습니다. 귀공의 충의는 말하자면 의가 지나친 예라 할 수 있습니다. 그리고 귀공의 혜안으로 보기에도 이 작은 성에 불과 칠백의 병사를 이끌고 오다 가의 이만오천 대군에 맞서 끝까지 지켜낼 수 있으리라고는 생각하지 않을 것입니다. 더욱이 지금과 같은 혼탁한 시대가 누구에 의해 진정되고 통일되어 태평성대를 이루어갈지 시대의 흐름과 앞날을 내다보지 못할 리 없습니다. 그럴진대 주가를 보존하고 어린 주군의 일생을 구하고 칠백 명의 목숨을 구하기 위해 어떻게 하면 좋을지 귀공은 분명하게 알고 있을 것입니다."

"나도 그대의 말처럼 며칠 밤을 고민하지 않은 게 아니오. 하지만 항간의 말을 들으면 노부나가 님은 성정이 준열하여 포로와 투항한 자의 목을 가차 없이 베고 영토에서 쫓아버리는 가혹한 분이라고 하오. 만일 성문을 열었음에도 주가를 보존하지 못하고 어린 주군의 안위가 위험하다면 내 이름과 일신의 안위는 제쳐두더라도 천하의 웃음거리가 될 것이고, 그때 가서 뒤늦게 후회하고 한탄해도 되돌릴 수 없는 일이 아니겠소."

"그에 대해서는 염려하실 필요가 없습니다. 제 목숨을 걸고 주인인 도키치로 히데요시 님께 호리 가의 안태와 지로마루 님의 안위를 보장받도록 하겠습니다."

"……."

히구치 사부로베는 한동안 한베의 얼굴을 응시한 채 아무 말도 하지 않았다. 그러고는 조용히 눈을 감더니 하염없이 눈물을 흘리며 손을 바닥에 짚고 말했다.

"비겁해 보이고 멸시를 해도 좋으니 부디 부탁드립니다."

이튿날, 히구치 사부로베는 쵸테이켄의 성문을 열었다. 그리고 어린 주군인 지로마루의 손을 잡고 항복을 하기 위해 도키치로의 군문을 찾아갔다. 도키치로는 어린 주군과 충신을 두터운 예로 맞이하며 앞날을 보장했다.

사부로베가 항복했다는 사실이 전해진 뒤 도키치로는 가리야스 성과 다케구라베 성 두 곳 모두 피를 흘리지 않고 취할 수 있었다. 그다음 나가하마까지 진군한 뒤 그곳에서 오유를 기후로 돌려보냈다. 그리고 전열을 다시 가다듬은 뒤 대전에 늦기 전에 주군인 노부나가가 있는 아네 강으로 서둘러 돌아와 바로 어제 노부나가의 본군에 합류한 것이었다.

아네 강은 강폭이 넓지만 수심이 정강이까지 오는 삼 척 정도라 걸어서 건널 수 있었다. 하지만 강물은 여름이면 유달리 몸을 도려내는 것처럼 차가워서 발원지인 히가시아사이東淺井의 계곡을 연상시킬 정도였다.

겐키元龜 원년(1570년) 6월 28일 새벽 무렵, 노부나가의 이만 삼천 대군은 류가하나에서 진군해서 아네 강 기슭에 진을 쳤다. 전날 적인 아사이와 아사쿠라의 연합군 일만 팔천도 한밤중에 오요세 산을 출발하여 아네 강의 왼쪽 기슭에 해당하는 노 촌과 미타 촌 일대의 민가를 방패로 삼아 전기를 엿보고 있었다. 강물 소리만 들릴 뿐 밤은 아직 새지 않았다.

"야스마사康政."

"예!"

사카키바라 야스마사는 어두운 강기슭에서 주군인 이에야스의 모습을 돌아보았다.

"적이 강 건너편 기슭까지 와 있군."

"안개 때문에 잘 보이진 않지만 말 우는 소리가 희미하게 들립니다."

"하류는 어떠한가?"

"전혀 기척을 느낄 수 없습니다."

"어느 쪽에게 천운일지 모르지만 오늘 반나절이 갈림길이다."

"반나절이오? 그렇게나 시간이 걸린단 말입니까?"

"무시할 수 없는 적이다."

이에야스의 그림자가 강가의 숲으로 사라졌다. 그곳에 오다 군의 선봉 제1진인 이에야스 부대가 숨을 죽이고 있었다. 진중에 들어가자 벌써 소슬한 기운이 느껴졌다. 병사들은 수풀과 관목 속에서 몸을 숙인 채 총을 들고 전열을 이루었다. 창 부대는 창을 부여잡고 아무것도 보이지 않는 아네 강 일대를 노려보고 있었다.

병사들의 눈은 생사의 갈림길에 선 사람들처럼 번뜩였다. 모두 마음속으로 오늘의 혈전으로 어떤 결착이 날지 그려보고 있었다. 오늘 밤에도 지금처럼 하늘을 볼 수 있으리라고 믿는 병사는 한 명도 없었다.

이에야스는 야스마사를 데리고 그곳을 뚜벅뚜벅 지나갔다. 철포의 화승줄 외에 불빛은 전혀 보이지 않았다. 누군가 크게 재채기를 했다. 감기에 걸린 병사가 화약 냄새에 자신도 모르게 재채기를 한 듯했는데 그런 아군의 소리 하나에도 모두 눈을 번뜩이며 주위를 살폈다. 벌써 몇 시간째 이렇게 노려보고 있는 것인지 알 수 없었다. 이윽고 아네 강의 수면이 희미하게 밝아지는 듯싶더니 숲 속 나뭇가지 사이로 이부키 산 능선 부근에 한 조각 붉은 구름이 걸린 게 보였다.

"앗, 적이다!"

병사들 속에서 누군가 외치자 숲과 강가의 경계 부근에 서 있던 이에야스를 비롯한 장수들이 철포대에 손을 흔들며 외쳤다.

"쏘지 마라!"

다른 장수가 이어서 외쳤다.

"쏘면 안 된다!"

강 건너편 하류 쪽 기슭에서 기마병과 보병을 합해 천이삼백 명 정도 되는 적의 부대가 강을 대각선으로 가로질러 건너기 시작했다. 발목에서 물보라가 일어 흡사 새하얀 질풍이 불어오는 듯했다. 아사이

군의 선봉은 오다 군의 선봉이나 제2진과 제3진도 무시하고 일거에 노부나가의 중군을 칠 듯 무서운 기세로 달려왔다.

"앗, 이소노 단바磯野丹波."

"단바노카미의 군사다."

이에야스 주위에 있던 부장들이 침을 삼키며 외쳤다. 그들은 아사이 나가마사의 휘하에 아사이 가가 자랑하는 이소노 단바노카미라는 호적수가 있다는 사실을 일찍부터 알고 있었다. 그런데 지금 물보라가 이는 강 한가운데에서 그 호적수의 깃발을 발견한 것이었다.

탕탕탕. 적의 엄호인지 아군이 대응하는 총소리인지 양쪽 강기슭에서 총소리가 울려 퍼졌다. 총소리가 강물에 메아리쳐서 귀가 먹먹할 지경이었다. 6월의 파란 하늘에 떠 있던 구름이 흩어지자 그대로 하늘의 알몸이 드러났다. 순식간에 오다 군의 제2진인 사카이 우곤의 군사와 제3진인 이케다 가쓰사부로의 군사가 강물 속으로 돌격해 들어갔다.

"적들이 단 한 발짝도 땅으로 올라서지 못하게 하라! 한 명의 적도 살아서 돌아가지 못하게 하라!"

사카이 부대는 적의 측면을, 이케다 부대는 선두에서 달려오는 적을 향해 공격해 들어갔다. 순식간에 접전이 벌어지고 창과 창, 칼과 칼이 맞부딪쳤다. 서로 뒤엉키고, 말 위에서 떨어지고, 아네 강의 강물은 피인지 햇빛인지 모르게 선홍빛으로 물들어 요동치고 있었다.

이소노 단바노카미를 선두로 공격해온 아사이 군은 적군 중에서도 엄선된 정예병들임이 분명했다. 오다 군의 제2진인 사카이 우곤의 부대는 단번에 무너졌다. 대장인 우곤의 아들인 사카이 히사구라坂井久藏는 싸움터 한복판에서 절규를 하며 죽음을 맞았다. 뒤이어 그의 부하 백여 명도 강물 속에서 전사했다. 이소노 단바의 군사들은 파죽지세로 제3진인 이케다 가쓰사부로의 부대를 돌파했다.

"제, 제길!"

"막아라!"

가쓰사부로의 부하들이 창을 부여잡고 적을 막아섰지만 상대가 되지 않았다. 제4진은 기노시타 도키치로의 부대였다.

"저렇게 무시무시한 적들은 본 적이 없다."

도키치로가 한베를 돌아보며 중얼거렸다. 하지만 한베 역시 별다른 계책이 없었다. 기노시타 부대에는 얼마 전 쵸테이켄 성과 가리야스 성을 비롯한 각지에서 투항한 사람들이 많이 섞여 있었기 때문이다. 도키치로의 휘하에 들어와 있는 병사들은 모두 얼마 전까지 아사이 가와 아사쿠라 가의 녹을 먹고 있던 사람들이라서 싸우려는 의지가 약할 수밖에 없었다. 오히려 아군에게 걸림돌이 될 게 분명했다. 기노시타 부대에게는 이런 약점이 있었고, 제5진과 제6진의 부대도 순식간에 뚫렸다. 제13진으로 이루어진 오다 군 진영의 전열은 마침내 제11진까지 무너지고 말았다.

그 무렵, 상류의 이에야스의 군은 단숨에 아네 강을 건너 적을 격퇴하면서 서서히 하류로 이동하고 있었다. 그런데 그때 뒤를 돌아보자 물불을 가리지 않는 이소노 단바의 군이 노부나가의 본진 근처까지 다가왔다. 이에야스는 그들의 측면을 공격하기 위해 강 한가운데에서 군대를 돌렸다. 이소노 단바의 군은 이에야스의 군이 자신들의 아군이 있는 서쪽 강기슭에서 강을 건너오자 가까이 다가올 때까지도 같은 편 군사라고 생각했다.

사카키바라 이에마사를 필두로 쟁쟁한 미카와 무사들이 함성을 지르며 이소노 단바의 군사들을 향해 돌진했다.

"아뿔싸!"

이소노 단바는 그제야 도쿠가와의 군이라는 것을 깨닫고 쉰 목소리로 공격을 명했다. 하지만 누군가 몰래 다가와 창으로 단바의 옆구리를 찔렀다. 단바는 물보라 속에서 털썩 주저앉았다. 그리고 옆구리를 찌른 창날과 창대의 이음매를 붙잡고 일어서려는 순간, 그의 머리 위에서 칼이 번쩍하고 빛을 발하더니 누군가 그의 투구를 향해 칼을 내리쳤다. 칼이 몇 조각으로 부러져서 튕겨 나갔다. 단바가 일어서자 핏줄기와 같은 시뻘건 물결이 일었다.

"에잇!"

서너 명이 일시에 단바를 앞뒤로 둘러싸더니 옆구리를 비롯해 목덜미와 넓적다리, 손목 등을 인정사정없이 찌르고 베었다.

노부나가의 직속 군사들 모두 강기슭으로 나와 창을 겨누고 있었다. 다케나카 규사쿠는 자신이 속한 도키치로의 부대가 뿔뿔이 흩어져버리자 오로지 적의 돌격대인 아사이 부대를 뒤쫓아 노부나가의 본진 근처까지 올라갔다.

"아니 저곳은!"

규사쿠의 눈에 누군가 노부나가의 진영 뒤편에서 휘장을 들어 올리고 안으로 몰래 기어 들어가려는 사람이 보였다. 갑주와 칼의 두겁 등으로 보아 잡병 같지는 않았다. 또 아군이라고 하기에는 장막 끝자락을 올리고 안쪽을 살피는 모습이 수상쩍었다.

"멈춰라!"

규사쿠는 달려들어 적의 한쪽 다리를 붙잡고 잡아당겼다. 아군을 베어버리는 실수를 하지 않기 위해 신중을 기한 것이었다. 다케나카 규사쿠에게 다리가 잡힌 사내는 놀라는 기색도 없이 뒤를 돌아보았다. 아사이 군의 무사라고 생각한 규사쿠가 외쳤다.

"적이구나!"

"그렇다!"

사내는 그렇게 소리를 치며 창을 바싹 잡아당기더니 갑자기 공격해 들어갔다.

"누구냐? 이름을 대라. 아니면 댈 이름조차 없는 놈이냐?"

"아사이의 신하, 마에나미 신하치로前波新八郎! 이 창으로 오다 노부나가를 잡기 위해 왔거늘, 너는 웬 놈이냐?"

"기노시타 도키치로의 가신, 다케나카 규사쿠가 바로 이 몸이다. 분수도 모르고 노부나가 님께 가까이 가려 하다니. 내가 상대해주마."

"한베의 동생이구나!"

"그렇다!"

규사쿠는 말을 끝내자마자 붙잡고 있던 신하치로의 창을 끌어당기면서 그의 가슴으로 달려들었다. 그러자 신하치로의 창끝은 허공을 향했다. 규사쿠가 칼 손잡이에 손을 대려는 순간, 이번에는 신하치로가 달려들었다. 두 사람은 뒤엉킨 채 바닥에 쓰러졌다. 밑에 깔린 규사쿠가 이내 신하치로를 발로 차서 튕겨냈지만 다시 깔리고 말았다. 규사쿠가 신하치로의 손가락을 물고 늘어지자 신하치로가 몸을 틀었다. 그 사이 벌떡 일어선 규사쿠가 순식간에 단검을 뽑아 신하치로의 목을 노리고 찔렀다. 하지만 칼끝이 빗나가고 말았다. 규사쿠는 다시 한 번 칼을 휘둘러 신하치로의 윗입술부터 코를 가르고는 눈동자를 파고들었다.

"동료의 원수!"

뒤에서 외치는 소리가 들렸다. 규사쿠는 고개를 돌릴 틈도 없이 튕기듯 일어서서 다시 적과 맞서 싸웠다. 주변에는 이미 몇십 명의 아사이 쪽 결사대가 들어와 있었다. 갑자기 적이 등을 보이더니 도망치기 시작했다. 규사쿠는 쫓아가며 칼로 적의 무릎을 후려쳤다. 규사쿠는 쓰러진 적을 올라타고 외쳤다.

"이름이 무엇이냐? 마지막으로 할 말은 없느냐?"

"고바야시 하슈켄小林端周軒이다. 달리 할 말은 없다. 그저 노부나가를 만나기 전에 너와 같은 풋내기에게 잡힌 것이 분할 뿐이다."

"아사이의 가신이라면 알고 있을 것이다. 아사이 제일의 맹장, 엔도 기자에몬은 어디에 있느냐?"

"모른다."

"어서 말해라."

"모른다."

"에잇, 귀찮구나."

규사쿠는 하슈켄의 목을 벤 뒤 다시 달리기 시작했다.

"이번 싸움에서 엔도 기자에몬의 목은 다른 사람에게 양보하지 않겠다."

규사쿠는 싸움을 하기 전부터 그렇게 호언장담을 했다. 그러니 무슨 일이 있어도 기자에몬의 목을 자신의 손으로 베어야만 했다. 강가 쪽으로 달려 내려가자 잡초나 자갈 주위에 시체가 무수히 널브러져 있었다. 그중 한 시체는 얼굴이 머리카락으로 덮여 있고 피투성이가 된 상태였다. 규사쿠가 시체 쪽으로 달려 내려오자 발밑에서 쉬파리 떼가 일제히 날갯소리를 내며 날아올랐다.

"응?"

규사쿠는 무의식중에 뒤를 돌아보았다. 얼굴이 머리카락으로 덮여 있는 시체의 발을 밟은 듯했다. 어딘지 감촉이 이상했다. 규사쿠가 의아하게 생각하며 돌아본 순간, 갑자기 시체가 우리를 빠져나온 토끼처럼 노부나가의 진영을 향해 달리기 시작했다.

"조심하라! 저기 적이 간다!"

규사쿠가 뒤에서 소리쳤다. 적은 노부나가의 모습을 발견하고 낮은 제방을 달려 올라가다 그만 짚신 끈이 끊어지는 바람에 제방에서 미끄러지고 말았다.

"이놈!"

규사쿠가 달려들어 적을 사로잡아 노부나가의 앞으로 끌고 갔다.

"욕보이지 말고 어서 목을 쳐라! 어서!"

적이 포효하듯 연신 소리쳤다. 노부나가의 진중에 포로가 되어 끌려와 있던 아사이 쪽의 안요지 사부로에몬安養寺三郎右衛門이 절규하는 그의 모습을 보고는 갑자기 소리를 내며 울기 시작했다.

"기자에몬 님마저 사로잡혔구나!"

죽은 척하고 있었던 적은 바로 아사이의 맹장인 엔도 기자에몬이었다.

처음의 대세는 오다 군이 완패한 것처럼 보였다. 하지만 적의 맹렬한 선봉대의 측면을 공격한 이에야스 군에 의해 간신히 노부나가의 본진 앞에서 그 예각을 저지한 형국이었다. 하지만 적에게도 제2진과 제3진이 있었다. 아네 강을 사이에 두고 양군은 밀고 밀리는 접전을 벌이고 있어서 서로 승패를 장담할 수 없었다.

"한눈팔지 마라! 오직 노부나가의 본진을 공격하라!"

처음부터 노부나가를 목표로 삼고 돌진하던 아사이의 제2진인 다카미야 미카와노카미高宮三河守, 제3진인 아카다 시나노노카미赤田信濃守, 제4진인 오노기 야마토노카미大野木大和守 등의 군사들은 지나치게 기세를 올린 나머지 오다 군의 후방까지 돌진해버리고 말았다. 이에야스의 미카와 군사들인 사카키바라 이에마사, 오쿠보 타다요大久保忠世, 혼다 헤이하치로本多平八郎, 이시카와 카즈마사石川數正 등도 오다 군에게 뒤지지 않기 위해 즉시 강 건너편을 돌파해 에치젠 쪽의 아사쿠라 카게타케景健의 진영으로 돌진해 들어갔다. 하지만 그만 아군과 너무 멀리 떨어지는 바람에 적에게 앞뒤로 둘러싸여 고전을 겪고 있었다.

난전이었다. 물고기가 강을 보지 못하듯 어느 누구 하나 전체적인 대세를 가늠할 수 없었다. 주위에는 오직 생사生死뿐이었다. 한 명의 적을 쓰러뜨리면 이내 또 다른 적의 얼굴이 눈앞에 나타났다.

높은 곳에서 내려다보면 양군의 싸움은 아네 강을 사이에 두고 만卍자로 뒤엉켜 있었다. 노부나가는 냉정한 시선으로 눈앞에 벌어진 싸움을 바라보았다. 도키치로 역시 노부나가의 판단과 다르지 않았다. 그리고 '바로 지금이다'라고 직감했다. 승패는 미묘한 순간에 갈렸다. 노부나가가 들고 있던 막대기로 땅을 두드리며 소리쳤다.

"미카와의 군이 적지 깊숙이 들어갔다. 저들을 고립시키지 마라! 누가, 고전을 하고 있는 미카와 군을 도우러 가라!"

노부나가가 목이 쉴 정도로 외쳤지만 아군에게는 더 이상 여력이 없었다. 그때 북쪽 기슭에 있는 숲에서 난전의 한복판을 가로질러 강 건너편으로 새하얀 물보라를 일으키며 돌진하는 부대가 있었다. 노부나가의 호령을 들은 것이 아니라 노부나가와 똑같이 생각한 도키치로의 기노시타 부대였다. 노부나가는 기노시타 부대의 깃발과 문장을 보고 외쳤다.

"앗, 됐다! 도키치로가 갔다."

노부나가는 눈으로 흘러 들어오는 땀을 갑옷 토시로 훔치며 옆에 있는 무사들에게 외쳤다.

"이런 기회는 다시없을 것이다. 너희도 강으로 들어가 마음껏 실력을 발휘하라."

모리 난마루를 비롯한 나이 어린 소년들까지 모두 적을 향해 앞다

튀 달려 나갔다.

적지 깊숙이 들어간 도쿠가와 군의 행동은 분명 위태롭게 보였지만, 그것은 형안의 이에야스가 몸소 대국의 판세를 가름하는 급소에 갖다 놓은 바둑돌 한 점과 같았다.

'노부나가 님은 이 한 점의 바둑알을 가만히 바라보며 죽게 하지 않을 것이다.'

이에야스는 그렇게 믿고 있었고 노부나가 역시 그렇게 생각했던 것이다. 기노시타 부대에 이어 이나바 잇테쓰의 부대도 뒤를 따랐다. 이케다 가쓰사부로의 부대도 달려갔다. 그때부터 전황은 일변했고, 오다 군은 우위에 서기 시작했다. 아사쿠라 카게타케의 본진은 오천여 정이나 후퇴했고 아사이 나가마사는 오다니 성으로 도망쳤다. 그 뒤로 오다 군의 추격이 시작되었다.

아사이와 아사쿠라 군의 사상자는 수를 헤아릴 수 없을 정도로 많았다. 이름 있는 장수만 헤아려도 호소에 사마노스케細江左馬介, 아사이 이쓰키淺井齋, 가노 지로자에몬狩野次郎左衛門 형제, 유게 로쿠로자에몬弓削六郎左衛門, 아사이 우타노스케淺井雅樂助, 이마무라 카몬今村掃部, 구로사키 비추黑崎備中 등 이들의 이름은 싸움이 끝난 뒤 적의 수급을 기록한 오다 쪽의 명부에 올라 있었다.

추격은 급박하게 이루어졌다. 노부나가는 아사쿠라 군을 오요세 산으로 쫓아버리고, 아사이 나가마사를 오다니에 몰아넣는 등 이틀에 걸쳐 모든 처리를 끝냈다. 그리고 삼 일째 되는 날 군사를 이끌고 기후로 돌아갔다. 노부나가의 그런 신속한 행동은 수많은 시체가 겹겹이 쌓여 있는 아네 강의 기슭을 밤마다 날아다니는 두견새를 닮은 듯했다.

보이지 않는 적

영웅의 자질만으로는 영웅이 될 수 없으며 환경이 영웅으로 만들어 주는 것이었다. 그 환경이란 끊임없이 자질을 자극하고 괴롭히는 주변의 나쁜 조건이었다. 눈에 보이는 적, 보이지 않는 적, 일체의 존재가 그에게 시련을 주기 위해 세상에 태어난 것과 같은 태도를 보일 때, 비로소 그는 영웅이 되기 위한 시련과 직면하게 되는 것이다.

아네 강의 싸움 직후, 노부나가가 신속하게 귀환하자 각 부대의 부장들은 '기후 쪽에 무슨 일이라도 일어난 것이 아닐까' 하고 의아하게 생각할 정도였다. 애초부터 병사들이 진중의 전략까지는 알 수 없지만 어딘가에서 말이 새어 나와 알게 되는 법이다.

"그때, 기노시타 님이 일거에 아사이 쪽 본성인 오다니를 공략해야 한다고 간절히 말했지만 소용이 없었다고 하더군. 다음 날, 적의 외성인 요코야마 성만 함락시킨 뒤 기노시타 님께 그곳을 맡긴 채 신속하게 퇴각을 하셨으니 대체 무슨 생각이신지 우리와 같은 말단들은 도무지 알 수 없는 노릇이군."

병사들뿐이 아니었다. 니와, 시바타, 마에다, 사쿠마와 같은 측신들조차 노부나가의 진의를 알 수 없었다. 어렴풋이 짐작을 하고 있는 사람은 이에야스뿐이었다.

이에야스는 늘 노부나가를 객관적인 시각으로 보고 있었다. 그는 너무 가깝거나 너무 멀지도 않고, 너무 뜨겁거나 너무 냉담하지도 않은 객관적인 시각으로 볼 수 있는 입장에 있었다. 노부나가가 돌아가자 이에야스도 그날 바로 하마마쓰로 돌아가기 위해 출발했다.

"보아라. 오다 님은 피가 묻은 갑주를 벗고 다시 교토로 가실 것이 분명하다. 참으로 다망하신 분이구나."

하마마쓰로 가는 도중에 이에야스가 이시가와, 혼다, 사카키바라 등의 가신들을 돌아보며 말했다. 이윽고 그의 말은 적중했다.

이에야스가 하마마쓰에 도착할 무렵, 노부나가는 벌써 기후에서 교토로 출발했다. 교토에는 현재 특별한 사건이 없었지만, 노부나가가 두려워하는 것은 형체가 드러난 사건보다 형체가 없는 '환영과 같은 적'이었다. 언젠가 노부나가는 그러한 고민을 도키치로에게 말한 적이 있었다.

"내가 가장 두려워하는 것이 무엇인지 자네는 알 것이네⋯⋯. 모르는가?"

도키치로는 비스듬히 고개를 기울이며 말했다.

"그럴 것입니다. 항상 배후를 엿보고 있는 가이甲斐의 다케다武田나 발밑의 아사이와 아사쿠라와 같은 이들은 아닌 줄 압니다. 하마마쓰의 도쿠가와 님은 지혜롭고 통찰력이 뛰어난 사람이니 마땅히 두려운 상대이나 멍청한 자일수록 두려워하지 않을 것입니다. 마쓰나가와 미요시는 파리와 같으니 어차피 머지않아 썩어 사라질 것입니다. 여러 산에 흩어져 있는 본원사 정토진종 승려들은 상대하기 껄끄럽지만 그들 역시 주군께서 두려워할 상대는 아닐 것입니다. 그렇다면 두려운 것은 오직 하나만 남을 것입니다."

"무엇인가? 말해보라."

"적도 아니고 아군도 아니며, 늘 존경하고 떠받들어야만 하는데 존경만 하고 있자니 한도 끝도 없는 두 얼굴을 지닌 괴물, 이렇게 표현해서 송구합니다. 장군가가 아닌가 싶습니다."

"흠, 아무에게도 말하지 마라."

노부나가를 괴롭히는 것은 적도 아니고 아군도 아니었다. 노부나가가 상락한 날 '환영의 적'의 소행으로 보이는 사건이 일어났다. 네거리에 노부나가의 악정을 풍자한 노래를 적은 팻말을 꽂아놓았던 것이다. 그것은 파리와 같은 미요시의 잔당들이 저지르는 못된 장난 중 하나임이 분명했다. 팻말에는 이렇게 적혀 있었다.

오래 살수록 노부나가가 또한 그리워지리.
괴롭게만 보였던 예전이, 지금은 그립기만 하구나.

노래를 지은 사람은 노부나가의 혁신 정치를 조롱하고 있었지만 그것은 그들만의 불평일 뿐 사람들의 마음을 대변한 것은 아니었다. 그러다 보니 팻말 앞에 발길을 멈춘 행인들은 일견 재미있다는 듯 바라보다 이윽고 쓴웃음을 지으며 발길을 돌렸다. 반면 노래에 크게 동감을 표하며 사람들을 부추기는 이들도 있었는데, 그들은 모두 미요시 잔당들이거나 일향종의 법사들이었다.

사람들은 그들이 얼마나 비굴한지 잘 알고 있었다. 그래서 그들을 놀릴 생각에 짐짓 노부나가 쪽 무장이나 순찰을 도는 병사들이 온 것처럼 '왔다, 왔다' 소리를 질렀는데, 그럴 때면 그들은 깜짝 놀라 황급히 줄행랑을 놓았다.

교토에 있는 노부나가의 부장들은 눈에 보이는 대로 팻말을 철거했지만 그들의 집요한 교란전술 때문에 상당히 애를 먹고 있었다. 그들은 유언비어를 퍼뜨리며, 방화나 강도, 다리 교각 절단 등 온갖 술책을 부렸다. 그로써 노부나가 때문에 세상이 혼란스럽고 악화된 것이라고 여기게끔 만드는 게 목적이었다.

누가 봐도 반노부나가 동맹의 근원과 소굴은 에이叡 산과 본원사의 승려와 미요시 잔당이었다. 하지만 그들의 본존本尊은 궁중 깊은 곳에 숨어 있었는데, 바로 장군 요시아키였다. 요시아키는 일찍이 노부나가의 은혜에 눈물을 흘리며 '그대를 아버지라고 생각한다'고까지 말했다. 하지만 사람은 본래 겉과 속이 다른 존재였다. 게다가 요시아키와 노부나가는 성격이 맞지 않았으며, 자라온 환경도 다르고 신념도 달랐다.

요시아키는 노부나가에게 도움을 받을 때에는 은인으로 대했지만 장군가라는 자리에 오르고 익숙해지자 결핏하면 '야인은 안 된다'며 노부나가를 멀리했다. 노부나가라는 존재가 성가시기도 했고 자신의 위세를 능가하는 방해물로 여겨져 적대시하게 된 것이다. 그렇다고 그것을 겉으로 드러내고 노부나가와 싸울 만큼 용기가 있는 것도 아니었다. 노부나가가 양성적인 데 반해 요시아키의 지모智謀는 음성적이었다. 그러다 보니 요시아키의 계략은 음지에서 비밀리에 집요하게 이루어졌다.

"겐뇨 쇼닌顯如上人[96]에게도 분노가 있는 법. 그럴 것이다. 아무리 문적門跡이라고 해도 노부나가의 무자비한 전횡을 보며 참지 못하고 화를 내는 것은 당연한 일일 것이다. 이 요시아키조차도……."

이시石 산의 본원사 승려가 니죠덴二條殿의 처소에 있는 요시아키를

---

96 전국戰國 시대, 정토진종淨土眞宗의 승려로 노부나가의 숙적이었다. 무력으로 천하 통일을 이루려는 노부나가를 불교의 적으로 간주하고 노부나가 타도를 위해 전 종파의 궐기를 주장했다. 이후 노부나가 포위망을 구축해서 십 년 넘게 격렬한 공방을 펼쳤으나 결국 조정의 중재로 노부나가와 화친을 하게 된다.

은밀히 찾아와 작은 소리로 속삭였다.

"이제까지 말씀드린 것은 절대 다른 이들의 귀에 들어가지 않도록 당부드리며, 동시에 고슈甲州에 사자를 보내는 것과 아사이 가와 아사쿠라 가에게도 때를 놓치지 말도록 밀서를 보내주시기 바랍니다."

"잘 알았네."

"그럼 이만 물러가겠습니다."

밀사로 온 승려는 그렇게 말하고 은밀히 물러갔다. 그날 노부나가는 요시아키에게 교토에 왔다는 인사를 하기 위해 다른 전중殿中에서 요시아키를 기다리고 있었다. 이윽고 요시아키가 아무 일도 없다는 듯 태연하게 모습을 드러냈다.

"아네 강의 일전에서 여느 때와 같이 대승을 거두고 돌아왔다니 참으로 경축할 일이오."

노부나가가 요시아키의 말에 내심 쓴웃음을 지으며 말했다.

"장군님의 위덕威德이 있었기에 아무런 걱정도 하지 않고 싸움에 전념할 수 있었습니다."

요시아키가 여인처럼 얼굴을 조금 붉히며 말했다.

"도성 안은 보는 바와 같이 지극히 평온하니 안심해도 좋소. 그런데 전후에 이토록 빨리 상락을 하다니 무슨 안 좋은 일이 일어난다는 말이라도 들은 것이오?"

"아닙니다. 궁궐 공사의 현황을 살펴보고, 또 한때나마 소홀했던 정무도 보고 문안 인사도 드릴 겸해서……."

"그랬구려."

요시아키가 다소 안심하며 말했다.

"이처럼 나도 무탈하고 정무도 원활하게 이루어지고 있으니 그리 마음을 쓰며 번거롭게 상락까지 할 필요는 없소. 그렇지. 아네 강에서 개선을 하였으니 오늘은 안에서 축하연을 열어야겠군. 먼저 휴식을 취한 후 함께 자리를 하도록 하시오.”

노부나가가 손을 저으며 말했다.

“아닙니다. 싸움이 끝난 후, 아직 장병들에게 위로의 말도 하지 못했는데 저 혼자 축하연을 여는 것은 저들에게 면목이 없으니 후일 다시 출사할 때까지 미루는 것이 좋을 듯합니다.”

노부나가는 그렇게 말하고 나왔다. 숙소로 돌아오자 아케치 미쓰히데가 경비 일지를 내밀며 말했다.

“오사카 본원사의 문적인 겐닌 쇼닌의 사자로 보이는 승려가 니죠二條 성을 나와 급히 돌아갔습니다. 얼마 전부터 승병과 장군가 사이에 수상쩍은 움직임이 감지되고 있습니다.”

미쓰히데는 기노시타 부대의 뒤를 이어 교토를 지키는 수비군으로 머물고 있었다. 그러다 보니 무로마치 장군가의 출입이나 도성 안의 일들을 상세하게 적어놓을 수 있었다.

노부나가는 한번 훑어보고는 수고했다는 말만 전했다.

‘어쩔 도리가 없는 위인이군.’

노부나가는 씁쓸한 마음이 들었지만 한편으로는 요시아키가 순종적인 것보다는 낫다고 생각했다. 밤에 아사야마 니치죠朝日日乘, 시마다 야에몬과 같은 궁궐 공사를 맡고 있는 부교들을 불러 공사의 현황을 듣고 기분이 좀 나아진 듯했다.

다음 날 아침, 노부나가는 새벽녘에 일어나 이를 닦고 거의 완성된 궁궐의 외곽을 여기저기 걸어 다니며 살펴보다 황거皇居에 배례를 했다. 그리고 해가 뜰 무렵에는 숙소인 사원으로 돌아와 아침밥을 먹었다.

“돌아가도록 하자.”

상락할 때는 평복이었지만 돌아갈 때는 무장을 했다. 기후로 돌아가는 게 아니었던 것이다. 그는 다시 아네 강의 전쟁터를 일순하고 요코야마 성에서 대기하고 있는 도키치로를 만났다. 그리고 각지에 주둔시켜놓은 아군 부대에게 전령을 띄워 사와佐和 산의 성을 포위하고 공격했다. 사와 산에는 아사이의 가신인 이소노 단바노카미의 군사가 버티고 있었다.

"이번 공격으로 적을 모조리 쓸어버릴 것이다."

그때 이후 노부나가는 기후 성으로 돌아갔다. 노부나가와 병마가 더위에 지친 몸을 쉰 지 한 달도 되지 않을 무렵, 세쓰攝津의 나카노시마中之島 성에 있는 호소카와 후지다카에게 '화급'한 파발이 당도했다. 그리고 교토에 있는 아케치 미쓰히데로부터 다음과 같은 급보가 도착했다.

세쓰의 노다野田, 후쿠시마, 나카노시마 일원에 걸쳐 일만여 명의 아와 미요시 도당이 진지를 쌓고 부랑자들을 규합해서 봉기를 하였는데 여기에 승려 천여 명이 가세했습니다. 그 배후의 주모자는 본원사 문적으로 그 위세가 대단하여 촌각을 지체할 수 없는 상황이니 급히 지시를 내려주시길 바랍니다.

세쓰의 이시야마石山 본원사의 땅은 후일 오사카 성의 본성이 된 나니와難波97 경내 언덕에 있었는데, 오사카고보大坂御坊 혹은 이시야마미도石山御堂라고 불리기도 했다. 이시야마 본원사는 렌뇨蓮如의 불법을 이어받은 쇼뇨証如가 세운 도량이었는데 혼란하고 무질서하던 무로마치 막부 시절에 건립된 만큼 세상의 변란에 언제라도 대항할 수 있는 구조로 지어졌고 전쟁 준비도 갖추고 있었다. 외관은 사원으로 보였지만 해자를 깊게 파서 당교를 만들고 성벽을 쌓아 전체적으로 위풍당당한 성곽의 위용을 갖추고 있었다. 그리고 승려는 곧 병사였다. 역시나 이

---

97 예전에 오사카와 그 일대를 통칭해서 부르던 이름.

곳에도 에이叡 산에 뒤지지 않는 법사 무사가 많았다. 이런 유서 깊은 도량에 살고 있는 승려들 가운데 노부나가에게 반감을 갖지 않는 사람은 한 명도 없었다.

"노부나가와 같은 애송이가!"

그 말속에 그들의 감정이 담겨 있었다. 그들이 노부나가를 마음에 들어 하지 않는 이유 중 하나는 '전통을 무시하는 불적佛適'이라고 생각하기 때문이었다. 더욱이 '문화의 파괴자이며, 방자한 야인이 짐승과도 같은 무리를 이끌고 세상으로 나왔다'고 입을 모아 욕했다.

사실 이시야마 본원사의 승려들이 화를 내는 데에는 다 이유가 있었다. 어쩌면 노부나가가 지나치게 의욕적으로 서두른 탓에 그렇지 않아도 다사다난한 앞날에 자처해서 불필요한 대적을 만든 셈이었다.

사건은 노부나가가 이시야마 본원사에 '모두 물러가고 땅을 내놓으라'고 고압적으로 이주를 명하면서 시작되었다. 이시야마 본원사 승려들은 자긍심이 대단했고 그들의 특권 또한 역사가 깊었기에 노부나가의 명은 단번에 거절당하고 말았다. 그리고 그 뒤 서쪽에 있는 나라와 사카이 등에서 이천 정의 철포를 구입해서 무장을 했다거나 갑자기 승병들이 몇 배나 늘어났다거나 참호를 파고 전쟁 준비를 한다는 소문이 들려왔다.

노부나가는 그들이 바다를 사이에 둔 아와, 시고쿠四國의 미요시 도당과 손을 잡거나 장군 요시아키의 약점을 교묘히 이용하거나, 긴기近畿나 사카이의 상인들에게 악의적인 소문을 퍼뜨려 봉기를 부추길 거라고 예상했다. 그러다 보니 교토나 나니와의 아군이 보낸 급보를 받아도 의외라고 여기지 않았다. 오히려 이번 기회에 그들을 처리해야겠다고 마음먹고 즉시 세쓰로 출전했다.

"장군께서도 출진을 해주시길 청합니다. 장군가가 진두에 섰다는 말만 들어도 군사들은 사기충천하여 봉기를 평정할 수 있을 것입니다.”

노부나가의 말에 요시아키는 싫다는 말을 하지 못했다. 결국 요시아키는 억지로 나갈 수밖에 없었다. 노부나가에게 요시아키는 좋은 방패막이었고 반간계이기도 했다.

나니와의 간자키神崎 강, 나카쓰 강 일대는 갈대와 농경지, 그리고 소금기를 머금은 연못이 많은 망망한 평야였다. 나카지마中島에는 미나미나카지마南中島와 기타나카지마北中島가 있었다. 북쪽 요새에는 미요시 도당이 있었고 남쪽의 작은 성에는 호소카와 후지다카가 있었다. 싸움은 9월 상순부터 중순까지 이 일대를 중심으로 격렬하게 벌어져 서로 한 번씩 승패를 맛보았다. 들판에서 싸웠으며 새로운 소총과 대철포大鐵砲가 사용되었다.

“지금이다!”

9월 14일에서 16일 무렵이었다. 그때까지 산속 깊은 곳에서 성문을 닫아걸고 패전의 쓴맛을 곱씹고 있던 아사이와 아사쿠라 군은 장비를 재정비하며 노부나가의 허를 노렸다. 그러던 중 비와 호를 건너와 오쓰와 가라사키唐崎 해변에 진을 친 뒤 일부 병사들이 에이 산으로 속속 올라갔다. 종파 간에 파벌 싸움을 하고 있는 승단僧團도 ‘타도불적’이라는 기치 아래 ‘반노부나가’ 방침에는 일치단결하고 있었다.

“그는 에이 산의 신성한 땅을 제 마음대로 깎아서 훼손했다. 덴교伝教 대사大師[98] 이래 불가침의 경계이자 우리의 체면을 발로 밟고 욕을 보였다!”

에이 산과 아사이, 아사쿠라의 친밀한 관계도 한몫했다.

“노부나가의 퇴로를 끊어라!”

---

98 일본 천태종天台宗의 개조인 헤이안 시대 승려 사이쵸最澄를 일컫는다.

삼자의 의견은 일치했고 그들은 즉시 행동을 개시했다. 아사쿠라 군이 호수 북쪽의 산에서 움직이기 시작했고 아사이 군은 호수를 건너서 상륙했다. 그들은 오쓰의 목구멍을 장악하고 교토에 입성한 뒤 요도 강을 근거로 오사카 이시야마의 본원사와 호응해서 노부나가를 일거에 격퇴시키기 위한 작전을 세웠다.

한편 같은 달 22일, 노부나가는 나니와의 간자키 강과 나카쓰 강 주변의 습지대에서 이시야마고보의 승군과 나카지마 요새의 미요시 도당의 대병과 대치하며 연일 고전을 면치 못하고 있었다. 그 무렵 노부나가의 귀에 '후방에 큰 위험이 출현했다'는 소식이 전해졌다. 자세한 내용은 알 수 없었지만 노부나가는 상황을 직감하고 어금니를 깨물었다.

"가쓰이에!"

노부나가는 시바타 가쓰이에를 불러 와다 고레마사와 함께 그곳의 후위를 맡으라고 명하고 즉시 돌아갔다. 그리고 아사이와 아사쿠라를 비롯해 에이 산을 분쇄시킬 것이라며 서둘러 출정을 준비했다. 진중에 있는 장병들이 동요하자 시바타 가쓰이에가 만류했다.

"상세한 보고가 올라올 때까지 하룻밤 기다리는 편이 좋을 듯합니다."

"세상을 단숨에 바꾸려는 시기에 어찌 기다리기만 할 수 있겠는가!"

노부나가가 전혀 귀를 기울이지 않자 와다 고레마사가 다시 고했다.

"저희들 모두 목숨을 걸고 후위를 맡을 것이지만 싸움이 시작되기 전에 적의 공격으로 배가 불타버렸으니 이곳 미나미나카지마에서 건너편까지 가려면 뗏목을 새로 만들어야 합니다. 그러니 한밤중까지 기다리시는 것이……."

노부나가는 그의 말도 물리쳤다.

"보병들은 뗏목을 타고 건너게 하고 말을 가진 자는 내 뒤를 따르도록 하라. 어릴 적, 기요스의 쇼나이 강에서 해가 지도록 말을 타고 강을 건너며 놀던 일이 지금 도움이 될 줄 몰랐군."

이윽고 노부나가는 말에 올라 나카쓰 강으로 들어갔다. 하지만 그는 혼자가 아니었다. 노부나가는 또 한 명의 대장이 탄 말을 강물 속으로 잡아끌었다. 그 대장은 바로 요시아키였다.

"장군께서도."

노부나가는 요시아키를 함께 데리고 철수했다. 말을 타고 강을 건너본 적이 없었던 요시아키는 말이 대하의 강물 속으로 들어가 헤엄을 치자 자신도 모르게 위험하다고 고함을 치며 말의 갈기에 매달렸다.

"말의 목덜미를 붙잡거나 안장 위에서 허우적대지 마십시오. 말이 지치지 않도록 자세를 편히 하십시오. 제가 옆에 있으니 안심하십시오."

노부나가는 요시아키를 격려하고 가르치면서 앞으로 나아갔다. 그 순간 적의 참호와 요새의 성루에서 '노부나가다!'라고 외치는 소리가 들리더니 총알이 날아오기 시작했다. 소총과 대철포의 총알이 수도 없이 날아왔다. 수면에 비가 쏟아지듯 하얀 포말이 일자 요시아키는 잔뜩 겁을 먹었다. 하지만 적은 이내 총을 쏘는 것을 멈췄다. 노부나가를 죽이려다 요시아키를 쏠 위험이 있었기 때문이다.

노부나가는 요시아키를 방패로 삼아 북쪽 기슭의 모래톱으로 별 어려움 없이 올라갈 수 있었다. 노부나가와 요시아키의 뒤를 이어 말을 탄 군사들이 저녁놀이 붉게 내리는 나카쓰 강을 헤엄쳐서 건넜다. 해가 지자 병사들을 태운 뗏목도 속속 강을 건너왔다.

"적이 퇴각한다. 총퇴각인 듯하다."

미요시 쪽 참호와 본원사 승려들이 일제히 공세를 가하기 시작하자 드넓은 어둠 속에서 소총 소리가 끊임없이 울려 퍼졌다. 이번 싸움은

14일에 있었던 텐마노모리天滿之森 전투를 제하고는 대부분 총격전이었기 때문에 병사를 부리는 데 있어 참호 전술이 발전하게 되었다. 성루에서 쏘아대는 대철포의 소리도 이제까지와는 다른 굉음을 울리며 양쪽의 진지를 뒤흔들었다.

이시야마고보는 신도들의 헌금 덕분에 재정이 풍부했다. 하지만 그것은 모두 총알과 소총으로 변해 미요시 쪽으로 흘러 들어갔다. 근래 수년 동안 철포는 놀라울 만큼 발달하고 보급되었다. 오다 쪽은 미쓰히데 덕분에 최신식 총기를 많이 갖게 되었고, 승병의 소총 부대는 전원 모두 최신식 총기를 갖추고 있었다. 사격술도 신기할 만큼 승병 쪽이 더 뛰어났다.

사람들은 승병들이 평소 수행을 하다 보니 정신을 표적에 집중할 수 있기 때문이라고 말했다. 또 오다 쪽 병사들은 승병들이 자신들을 불적으로, 총알을 부적으로 여겨 쏘기 때문에 더 잘 맞히는 것이라고 생각했다.

승병들은 백병전에서도 강했다. 덴마노모리 싸움에서도 오다 쪽 군사는 지리멸렬 대패를 당하고 말았다. 그날 사사 나리마사는 중상을 입고 노무라 엣추노카미는 전사를 했으며, 마에다 이누치요가 간신히 아군의 퇴로를 확보해 전멸을 피했다.

"법력의 힘이 이리 강하단 말인가!"

지기 싫어하는 노부나가조차 싸우는 도중에 비통한 웃음을 지으며 어금니를 깨물어야 했다.

그런 이시야마와의 싸움을 포기하고 갑자기 노부나가가 말 머리를 돌린 곳은 에이 산이었는데, 그곳 역시 예부터 거칠고 우악스럽기 그지없는 아라호우시荒法師라고 불리는 승려들이 있는 싸움터였다. 노부나가는 몇 번이나 채찍이 끊어지고 말을 바꿔 타고서야 교토에 도착했다. 그러자 몇 사람이 비통한 눈물을 흘리며 그의 말 앞으로 몰려들더니 사태의 긴박함을 호소했다.

"가장 먼저 말씀드려야 할 것이 있습니다. 동생분이신 노부하루信治(오다 구로織田九郎) 님과 모리 산자에몬 요시나리 님 두 분 모두 우사宇佐 산의 성에서 이틀 밤낮 동안 분전을 하시다 돌아가셨습니다."

한 사람이 그렇게 말하고 차마 말을 잇지 못하자 다른 사람이 떨리는 목소리로 이어 말했다.

"아시이와 아사쿠라 쪽에 산문의 승도僧徒가 가세하여 적은 이만이 넘는 대군이 되었습니다. 그 뒤 도저히 당해낼 수가 없었습니다. 노부하루 님과 모리 산자에몬 님이 전사하셨고 아오치 스루가靑池駿河 님과 도우게 세이쥬로道家淸十郎 님, 비도 겐나이尾藤源內 님, 또 다른 분들까지……."

사람들은 전사한 아군의 쟁쟁한 장수들을 떠올리기만 해도 눈물이 나고 분노가 치밀어 오르는지 모두 옷소매로 얼굴을 훔쳤다.

"지금과 같은 시기에 굳이 돌아오지 않을 사람들의 이름까지 들먹이며 소란을 피우지 마라! 내가 듣고 싶은 것은 지금의 전황이다! 적은 어디까지 와 있는가? 어디가 싸움의 중심인가? 흐음, 너희들 얘기로는 대세를 가늠할 수가 없구나. 미쓰히데는 어디 있느냐? 싸움터에 있다면 속히 불러오라. 미쓰히데를 부르라!"

에이叡 산

　삼정사三井寺의 산문과 승방은 모두 연합군의 깃발로 둘러싸여 있었다. 아사이와 아사쿠라의 장수들은 이곳을 본진으로 삼아 어제 많은 사람이 보는 앞에서 노부나가의 동생인 노부하루를 비롯해 아오치 스루가, 도우게 세이쥬로, 모리 산자에몬 등 오다 가의 이름 있는 무사들의 목을 쳤다.

　"아네 강의 패전을 이것으로 설욕했다 할 수 있으니 얼마간 속이 후련하군."

　한 사람이 중얼거리자 다른 사람이 강한 어투로 외쳤다.

　"노부나가의 목을 칠 때까지는 아직 멀었다!"

　그러자 또 다른 사람이 걸쭉한 북쪽 사투리로 말했다.

　"하하하, 이미 목을 딴 것과 마찬가지네. 앞에는 나니와의 이시야마와 미요시 군, 뒤에는 우리와 같은 대군이 버티고 있으니 어디로 도망칠 수 있겠는가. 그물에 걸린 고기와 같네."

　반나절이나 무수한 수급을 검사해서인지 장수들의 몸에는 피비린내가 배인 듯했다. 밤이 되자 진중의 막사에 술독이 들어왔고 승리감에 도취한 그들은 술을 마시면서 군사 회의를 열었다.

"교토로 들어갈 것인가, 아니면 오쓰의 목구멍을 장악하고서 서서히 포위망을 좁혀가며 그물 속 대어를 잡을 것인가. 물론 교토로 군사를 진군시켜 요도 강과 가와치 들판에서 노부나가를 섬멸해야 할 것이오."

한 사람이 그렇게 말하자 일부 사람들이 불리하다며 반대하고 나섰다. 아사이와 아사쿠라는 목적을 위해 하나가 되었지만 군사 회의만 열면 각자의 체면을 고집하거나 쓸데없이 잔꾀를 늘어놓으며 시간을 보냈다. 그러다 보니 한밤중이 지나도 결론이 나지 않았다.

"하늘이 왜 저리 붉은 것인가?"

회의에 신물이 나서 잠시 밖으로 나온 아사이 쪽 장수가 하늘을 바라보며 말하자 보초가 대답했다.

"아군이 야마시나에서 다이고醍醐 방면의 민가에 불을 지른 것입니다."

"아무 이득도 없을 텐데 어찌 저런 곳까지 불을 태우는 것인가?"

그러자 그것을 지시한 아사쿠라 가의 장수들이 이구동성으로 반박했다.

"무익하지 않소. 적을 견제할 필요가 있소. 교토를 수비하는 아케치 미쓰히데의 부대가 필사적으로 반항을 하고 있소. 또 아군의 무서운 기세를 과시하기 위해서라도 필요하오."

그사이 날이 밝아왔다. 요지였던 오쓰의 가도에는 여행자나 짐말도 보이지 않았는데, 갑자기 말을 탄 병사가 달려오더니 뒤를 이어 두 번째, 세 번째 말이 당도했다. 전령을 전하는 병사들이었다. 그들은 말에서 훌쩍 뛰어내리더니 산문으로 달려 들어갔다.

"노부나가가 아케치, 아사야마, 시마다, 나카가와 등의 부대를 선봉으로 삼아 필사의 기세로 게아케蹴上 부근까지 진군해왔습니다!"

전령의 말에 장수들이 귀를 의심하며 외쳤다.

"노부나가일 리가 없다. 노부나가가 그리 쉽사리 나니와에서 되돌아왔을 리가 없다."

"야마시나 부근에서 벌써 아군이 이삼백 명이나 몰살당했습니다. 노부나가가 소리 높여 독려를 하며 지휘를 하다 보니 적들의 기세가 너무 드셉니다. 노부나가가 야차인지 귀신인지 분간이 안 될 정도로 말을 내달려 이쪽으로 오는 모양입니다."

그 말에 아사이 나가마사와 아사쿠라 카게타케의 안색이 변했다. 특히 나가마사에게 있어 노부나가는 아내인 오이치의 오빠였다. 예전에 노부나가는 나가마사를 아꼈다. 그만큼 나가마사는 노부나가를 잘 알고 있었다. 그는 문득 노부나가의 화난 모습이 떠오르자 아연실색했다.

"에이 산으로 퇴각합시다!"

나가마사가 다급한 말투로 외치자 아사쿠라 카게타케도 맞장구쳤다.

"옳소. 에이 산으로 갑시다."

카게타케가 요란을 떨고 있는 본진의 장병들에게 명령을 내렸다.

"가도에 있는 민가에 불을 질러라. 아니다. 아군의 선봉이 퇴각한 뒤 불을 질러라."

뜨거운 바람이 노부나가의 눈썹을 검게 물들였고 말의 갈기나 안장에도 불길이 날아왔다.

"사람은 언젠가 죽는다."

노부나가는 늘 마음속에 이 말을 부적처럼 품고 살았다. 그리고 생사의 경계에 서면 자신도 모르게 염불이나 노랫말처럼 입 밖으로 튀어나왔다. 무수한 적과 아군의 시체를 뛰어넘어 앞으로 내달리는 그의 눈에는 일말의 동정도 보이지 않았다. 사람은 언젠가 죽기 마련이라고 생각하니 살아 있는 사람이나 길가의 시체나 다를 게 없었다.

야마시나에서 오쓰로 오는 도중에 불에 타 허물어져 있는 민가의 대들보나 불길도 그의 앞길을 막을 수는 없었다. 그의 몸이 바로 하나의 거대한 불길이었다. 뒤에서 달려오는 그의 부하들도 한 덩어리의 불길이 되어 맹렬한 기세로 돌진해왔다.

"노부하루 님을 위한 복수전이다!"

"모리, 아오치, 도우게 님의 원한을 풀어주자!"

하지만 삼정사와 가라사키로 와보니 적은 이미 에이 산으로 도망치고 한 명도 보이지 않았다.

"참으로 재빨리 도망쳤구나!"

앞을 올려다보자 이만여 적병에 산의 승병들까지 가세한 대군이 스즈가미네鈴ヶ峰, 아오야마타케靑山岳, 쓰보가사다니坪笠谷 부근까지 자신들의 위용을 과시하듯 깃발을 펄럭이고 있었다. 노부나가는 그 모습을 바라보며 속으로 뇌까렸다.

"이곳이다. 나의 적은 천혜의 이 산이 아니라 바로 이 산의 특권이다."

예전부터 오늘에 이르기까지 평원에 있는 역대의 조정이나 양식이 있는 위정자, 혁신을 도모한 영웅과 수많은 백성이 얼마나 이 산의 전통과 특권에 고통을 받고 고초를 당해왔는지 새삼 느꼈다.

"이 산 어디에 진실한 부처의 빛이 있는가? 호국의 대본大本이 있단 말인가!"

노부나가는 타오르는 분노를 속으로 억누르며 마음속으로 외쳤다.

"덴교 대사가 당唐의 천태산天台山을 히에이比叡 산으로 옮겨와 중당中堂을 건립할 때 '아뇩다라삼먁삼보리阿耨多羅三藐三菩提[99]의 부처들이시어, 내가 서 있는 이 산에 부처님의 가호를 내려주십시오'라며 고다이시메

____

99 불교에서 부처가 통달한 최고의 깨달음이나 지혜를 의미하는 산스크리트어.

1034

이五臺四明100의 봉우리에 법등을 밝힌 것은 가마를 타고 조정에 나가 자신들의 요구를 하소연하기 위해서였단 말인가. 정치에 간섭해서 특권을 얻기 위함이었던가. 무가와 결탁하고 권문세가를 부추겨 세상을 어지럽히기 위해서였던가. 봉우리와 골짜기마다 승려의 모습을 한 괴물을 모아놓고 창과 철포와 깃발 들로 온 산을 메우기 위해서였던가.”

노부나가의 눈에서 분노에 찬 눈물이 솟구쳤다. 에이 산은 호국의 영지로 소임을 다할 때 특권과 전통도 의미가 있는 것이었다. 지금 에이 산에서는 그런 본연의 모습을 찾아볼 수 없었다. 근본중당根本中堂101을 비롯해 산왕칠사山王七社102와 동탑서탑의 가람은 물론이고 삼천의 승방도 법의로 무장한 괴물들의 소굴 외에는 아무것도 아니었다. 음모와 책동의 소굴과 다름없을 뿐 세상에 아무 역할도 하지 못했다. 진정한 호국의 영지도 아니었고 백성들의 마음에 한줄기 밝은 빛도 되지 못했다. 이를 꽉 깨물고 있는 노부나가의 입술이 붉게 물들었다.

“나를 불법을 파괴하는 마왕이라고 불러도 좋다. 요부의 허식과도 같은 이 산의 치장과 광대와 같이 갑주를 찬 중들을 모두 불태우고 그 불탄 자리에 민초들을 위해 진정한 아미타여래를 모실 것이다!”

그날 노부나가는 산 전체를 포위하라는 명령을 내렸다. 며칠 동안 노부가가 있는 곳으로 그의 전 병력이 호수를 건너고 산을 넘어 속속 집결했다. 그는 적들이 차지했다가 불을 지르고 물러난 우사 산을 본진으로 삼았다.

“아직 이 근처에는 전사한 노부하루와 모리 요시나리, 도우게 세이쥬로 등의 피가 마르지 않았을 터. 선혈을 흘리며 죽어간 그들의 충정

---

100 히에이 산의 동서로 나눠져 있는 서쪽의 산정으로 천태종의 성지다. 시메이가타케四明ヶ岳의 약자.
101 천태종 총본산인 히에이 산의 연력사延曆寺 동탑의 중당으로 산의 중심이다.
102 오쓰 시 사카모도坂本의 히에日吉 신사의 동본궁東本宮을 중심으로 하는 네 개의 신사, 그리고 후일 추가된 서본궁西本宮의 세 신사를 일컫는다.

을 헛되이 하지 않을 것이다. 그들의 피는 세상을 밝게 비추는 등불로 다시 살아나 불타오를 것이다."

노부나가는 우사 산을 밟자마자 땅을 향해 합장했다. 그는 유가삼밀瑜伽三密의 영지인 에이 산을 적으로 삼아 모든 전력을 들여 포위하고 한 줌의 흙에 두 손을 모아 합장하며 통곡했다.

"……."

노부나가가 문득 옆을 보자 자신과 똑같이 합장을 한 채 울고 있는 시종이 있었다. 모리 산자에몬 요시나리의 아들인 란마루였다.

"란마루."

"예."

"울고 있구나."

"송구합니다."

"이번만은 용서하겠으니 앞으로는 울지 마라. 네 부친이 비웃을 것이다."

노부나가의 눈시울은 더욱 붉어져 있었다.

노부나가는 높은 곳에 의자를 옮겨놓고 포위망의 배치를 일망했다. 에이 산의 산기슭에는 아군의 병마와 깃발밖에 보이지 않았고, 에이 산의 봉우리에는 구름이 걸려 있는 곳이든 걸려 있지 않는 곳이든 적군들로 가득했다.

산기슭의 포진을 보면, 아나다穴田 촌 방면에는 사사佐佐, 신도進藤, 무라이村井, 아케치, 사쿠마의 부대가 있었다. 다나카田中 쪽 진지에는 시바타 부대가 있었다. 그리고 우지이에, 이나바, 안도의 부대는 히에日吉 신사의 참배 길까지 철凸 자 형태로 전진해 있었다. 가도리야시키香取屋敷 방면에는 니와, 마루모치毛, 후와 등의 군사들이 가득했고 가라사키의 외성에는 오다 오스미노카미織田大隅守, 그리고 교토를 향해 있는 에

이 산의 뒤편 기슭 초입에는 아시카가 요시아키 외에 교토에 주둔하고 있던 군사들이 야세八瀨와 오하라小原를 끼고 둘러싼 형세였다.

"요시아키 장군은 꽤나 근심스런 얼굴을 하고 있겠군."

노부나가는 요시아키의 표정을 상상했다.

"저기 다가오는 병선은 무엇인가?"

노부나가가 호수를 돌아보며 물었다. 그 순간 급보가 도착했다.

"기노시타 도키치로 님께서 요코야마 성의 병력 중 칠백을 거느리고 호수를 건너 참전하러 오셨습니다."

얼마 뒤, 도키치로가 배에서 내려 노부나가가 있는 진지로 올라왔다. 그러고는 노부나가에게 다케나카 시게하루 혼자서도 충분히 성을 지킬 수 있다고 말했다. 그 말에 노부나가는 잘 왔다고 말하지는 않았지만 그렇다고 기분이 상한 것처럼 보이지도 않았다.

10월로 접어들었고 금세 10월의 절반도 지나고 말았다. 평소 노부나가의 전법과는 달리 포위망은 전혀 움직이지 않았다. 산 위에 틀어박힌 아사이와 아사쿠라 승병의 연합군은 그제야 깨달았다.

"아뿔싸! 적은 길목을 차단해 우리를 굶어 죽게 할 작전이다."

하지만 이미 때는 늦었다. 산 위의 곳간은 이만여 대병으로 인해 순식간에 텅 비어버렸고 병사들은 나무껍질까지 벗겨서 먹기 시작했다. 11월이 되자 산 위의 한기가 엄습해왔다. 도키치로는 노부나가에게 일전에 이야기한 계책을 다시 속삭이며 재촉했다.

"이제 때가 된 듯합니다."

노부나가는 이나바 잇테쓰를 불렀다. 노부나가의 명을 받은 잇테쓰는 병졸 다섯 명만 데리고 에이 산으로 갔다. 그리고 승병의 본진인 근본중당에서 손린보尊林坊와 회견을 가졌다. 잇테쓰는 오랜 친구 사이인 손린보에게 항복을 권했다.

"무슨 일인가 했더니, 아무리 벗이라고는 하나 농담이 지나치시오. 항복을 청하러 온 것이라 여겨 만남을 허락했더니, 우리에게 항복을 하고 산을 나오라니! 헛소리를 하기 전에 먼저 그대의 목과 상의를 하는 게 좋을 것이오. 하하하."

손린보가 어깨를 들썩이며 홍소를 하자 다른 법사들이 살기를 띤 눈으로 잇테쓰의 목덜미를 쏘아보았다. 잇테쓰는 손린보가 하고 싶은 말을 다 할 때까지 가만히 듣고 있다 조용히 입을 열었다.

"덴교 대사가 이 산을 연 것은 왕성을 지키고 나라의 안태를 위해서라고 알고 있소. 그리고 갑주에 창검을 들고 정쟁에 개입하여 조정의 명에 반항하는 역적의 편을 들고 백성들을 괴롭히는 것은 천태종의 본래 뜻이 아닐 것이오. 이 산의 승려들이나 우리와 같은 무신들 또한 모두 천황의 신하일 것이오. 그러니 지금과 같은 분란은 천황의 심금을 거슬리는 것과 같소. 승려는 승려의 본분으로 돌아가야 한다는 것을 깨닫길 바라오. 그리고 아시이와 아사쿠라의 도당들을 속히 산에서 추방하고 그대들도 무기를 버리고 본래의 불제자로 돌아가시오."

잇테쓰는 진심으로 충고를 했으며 다른 법사들이 끼어들 틈을 주지 않았다.

"만일 명에 따르지 않으면 노부나가 님도 이제까지와는 달리 근본 중당과 산왕칠사, 삼천의 승방, 또 봉우리와 골짜기를 모두 불태우고 이 산의 무리들을 모두 죽일 것이오. 냉정하게 숙고하길 바라오. 이곳을 지옥을 만들 것인지, 아니면 구태의 악풍을 일소하고 영지의 등불을 보존할 것인지 말이오."

갑자기 법사들 사이에서 누군가 고함을 쳤다.

"닥쳐라!"

"그 무슨 망발이야!"

그러자 손린보가 그들을 제지하며 조용히 하라고 한 뒤 쓴웃음을 머금은 채 말했다.

"실로 진부하고 따분한 설교였소이다. 하여 지금 삼가 답을 하겠소. 에이 산에는 에이 산의 권위와 신조가 있소. 주제 넘는 참견이라 하지 않을 수 없소. 잇테쓰 님, 날이 저물고 있으니 속히 하산하도록 하시오."

"손린보, 그대 혼자서 결정해도 괜찮겠소이까? 산의 장로들을 만나 뵙고 진지하게 의논을 하는 것이 어떻겠소?"

"일산일심일체一山一心一體, 내 말은 곧 온 산의 목소리이오. 그렇지 않으면 어찌 이 산에 노부나가 타도의 깃발을 세울 수 있었겠소."

"그러면 도저히 안 되겠다는 말씀이오?"

"참으로 어리석구려. 우리는 오로지 무력으로 침략해온 자와 싸울 것이오. 피로써 전통의 자유를 수호할 것이오. 돌아가시오!"

"알겠소."

잇테쓰는 자리에서 일어나지 않고 말했다.

"한스럽구나. 어찌 그 피를 무한한 불광佛光을 수호하는 데 쓰지 않는단 말인가. 그대들이 지키려고 하는 자유란 무엇이오? 전통이란 무엇이오? 그것은 모두 자신의 영화를 위한 기만적인 부적이 아니고 무엇이겠소. 이미 그러한 것이 통용되던 시대는 지나갔소. 시류를 직시하시오. 시대의 흐름에 눈을 감고 그것을 가로막는 사심에 찬 망자들은 봄가을의 낙엽과 함께 불타 사라질 수밖에 없을 것이오. 손린보, 그리고 다른 법사들은 후회하지 말기 바라오. 그럼 이만."

이나바 잇테쓰는 그렇게 말하고 산을 내려갔다.

12월, 겨울이 왔다. 찬바람이 마른 낙엽을 휩쓸고 지나갔다. 아침저녁으로 서리가 내리고 이따금 눈발이 섞인 한풍이 불어왔다. 그리고 밤마다 산에서 불길이 일었다. 어젯밤에는 요코橫 강의 대승원大乘院 장작 창고에서 불길이 일더니 그젯밤에는 이무로다니飯室谷의 용견당龍見堂에서 불길이 일었다.

그날 밤 역시 초저녁에 중당의 승방에서 화재가 발생해 종소리가 요란히 울렸다. 주변에 커다란 당각堂閣이 많다 보니 법사들은 불을 끄려고 필사적으로 움직였다. 새빨간 하늘 아래, 에이 산의 골짜기들은 너무나 깊었고 어둠은 끝을 모를 만큼 짙었다.

"아하하하, 저 당황하는 모습을 봐라."

"매일 밤, 잠을 잘 시간도 없을 것이다."

"통쾌해서 웃음이 멈추지 않는군."

그들은 원숭이 떼가 아니었다. 이상한 옷을 입고 있는 사람들의 검은 그림자였다. 그들은 바람이 부는 나뭇가지에 올라 손뼉을 치고, 말린 밥을 먹으면서 매일 밤 불구경을 하고 있었다.

얼마 뒤 밤마다 일어나는 불길은 도키치로의 계책으로, 그의 부하 중에 하치스카 일족이 한 짓이라는 사실이 밝혀졌다. 밤에는 의문의 화재가 빈번이 발생해서 고통을 받고 낮에는 방비를 하느라 지쳤다. 게다가 먹을 것은 다 떨어졌고 추위를 막을 방법도 없었다. 산은 눈보라가 몰아치는 겨울로 접어들었다. 이만 명의 병사와 수천의 승병은 서리가 내린 풀처럼 싸울 의지를 잃고 말았다.

12월 중순, 무장을 하지 않고 승복만 입은 대표가 승병 다섯 명을 데리고 노부나가의 진문 앞으로 찾아왔다.

"오다 님을 만나고 싶소."

노부나가가 만나보니, 그는 일전에 이나바 잇테쓰가 만난 손린보였다. 산의 의견이 바뀌어서 화친을 하고 싶다는 것이었다.

"안 될 말."

노부나가가 일언지하에 거절하며 칼을 뽑아들었다.

"일전에 내가 보낸 사자에게 무어라 했는가. 부끄러운 줄 알라."

손린보가 깜짝 놀라 외쳤다.

"미친!"

순간 당황해서 일어서려는 손린보를 노부나가가 단칼에 베어버렸다.

"이 목을 가지고 돌아가라! 내 대답은 이것이다!"

법사들은 새파랗게 질려서 산으로 도망쳤다.

호수를 건너온 진눈깨비가 노부나가의 진영에 세차게 내리고 있었다. 노부나가는 자신의 강철 같은 의지를 사자로 온 에이 산의 승려들에게 보였다. 하지만 그때 그의 가슴속에서는 다른 위험을 극복할 방법을 생각하고 있었다. 눈앞에 보이는 적은 대부분의 경우, 벽에 비친 불길의 그림자에 지나지 않았다. 벽에 물을 뿌려도 불을 끌 수 없었다. 불길은 등 뒤에서 타오르는 법이다. 그것은 병법에도 나오는 상식이었다. 노부나가 역시 그것을 알고 있었지만 그 불의 근원과 싸울 수는 없었다.

어제 기후에서 급보가 도착했다. 가이의 다케다 신겐이 군사를 이끌고 기후 성을 공격하려 한다는 것이었다. 또 본국인 오와리의 나가시마長嶋에서 수만의 본원사 승병이 봉기해서 노부나가 일족인 노부오키信興를 죽이고 성을 점령했다고 했다. 그리고 양민들에게 노부나가를 비방하며 가이의 다케다 신겐을 맞아들일 공작을 하고 있다고도 했다. 노부나가는 신겐이 그렇게 나올 줄 예상하고 있었다.

신겐은 근래에 오다 가와 인척의 연을 끊었다고 공공연히 밝히고 있었던 것이다. 그리고 그는 한편으로 근년의 적이었던 에치젠의 우에스기上杉 가와는 휴전을 맺고 오직 남쪽에 서진西進에만 전념하고 있었다. 그런 상황은 노부나가에게 있어 가장 크게 경계해야 할 일이었다.

또 그러한 악조건은 늘 갑자기 발생했다.

"도키치로!"

"옛! 여기 있습니다."

"이 서찰을 갖고 미쓰히데의 진지에 가서 둘이 함께 교토로 떠나라."

"서찰은 요시아키 장군에게 보내는 것입니까?"

"그렇다. 서찰에다 장군가에게 은밀히 화친의 중재를 해달라고 써놓았지만 직접 가서 청을 하라. 알겠는가?"

"알겠습니다. 하지만 방금 에이 산에서 보낸 사자의 목을 베고 쫓아버리지 않으셨습니까?"

"모르겠는가! 그리 하지 않으면 화친을 성사시키지 못할 것이다. 설사 화친이 성사된다고 해도 내가 퇴각한다면 그런 약조 따위는 휴지처럼 내팽개치고 추격해올 것이 분명하다."

"무슨 말씀인지 잘 알겠습니다."

"어찌 됐든 모든 불길의 근원은 하나다. 불장난을 좋아하는, 두 얼굴의 장군 소행이 틀림없다. 그런 장군께 일부러 화친을 중재하게 하고 서둘러 군사를 물리는 것이니 은밀히 진행해야 할 것이다. 그럼 서둘러 떠나라."

얼마 뒤 노부나가 말대로 화친은 성사되었다. 장군 요시아키는 삼정사까지 와서 노부나가를 위로하며 화친의 성사를 위해 노력했다. 하지만 그것은 어디까지나 노부나가가 만든 것이었다. 아사이와 아사쿠라 양군은 좋은 기회라고 여기고 그날 바로 자신들의 본거지로 돌아갔다. 그러자 세상 사람들은 다음과 같이 말했다. 그 내용은 책으로도 전해지고 있다.

아아, 참으로 한심하구나. 아사이와 아사쿠라의 무리여. 그때 시고쿠와 세

쓰 등에 호소하여 노부나가를 쫓았더라면 오다 군은 후방이 위태롭고 주변의 모든 정황이 불리하여 마침내 대장인 그까지 위험했을 것을. 화친에 속아 희희낙락 서둘러 군사를 물려 고향으로 돌아갔구나. 그때 사람들은 모두 머지않아 다시 노부나가에게 고향을 빼앗길 것이라고 비웃고 있었거늘.

12월 16일, 노부나가의 전군은 세디勢多의 배다리를 건너 기후로 철수했다. 다음 날, 도키치로의 기노시타 부대 칠백 명도 가라사키의 해변에서 병선을 타고 건너편 요코야마 성을 향해 귀환했다.

"어머니와 네네에게 오랫동안 편지도 쓰지 못했군."

도키치로는 배 안에서 붓을 들고 스노마타에 있는 어머니와 아내에게 편지를 썼다. 뭐라고 써야 할지, 어머니와 아내에게 할 말이 무척이나 많았다. 붓을 들자 마음만 앞서서 생각을 정리할 수가 없었다. 그때 근처에 있던 부장이 병사들에게 호통을 치는 소리가 들렸다. 그와 동시에 첨벙하고 물소리가 들리더니 그의 무릎과 종이까지 물보라가 튀었다.

무슨 일인지 밖으로 나가보니, 혹한 속에 젊은 병사 한 명이 발로 걸어차였는지 호수에 빠진 상태였다. 병사는 당장이라도 얼어 죽을 듯 얼굴이 자줏빛으로 변한 채 물결 속에서 허우적거리고 있었다.

"헤엄쳐라, 헤엄을! 배를 따라 요코야마 성까지 헤엄쳐 오너라! 죽지 않고 따라온다면 앞으로 큰 약이 될 것이다!"

병사를 발로 걸어차 물에 빠뜨렸던 부장이 고함을 치며 계속 꾸짖고 있었다.

"무슨 일이냐?"

도키치로가 묻자 부장은 급히 무릎을 꿇으며 말했다.

"송구합니다. 소중한 병사에게 가혹한 행동을 했습니다만, 그것은 사사로운 감정으로 처벌을 내린 것이 아닙니다.”

“자네를 책하는 게 아니라 저자가 어떻게 군기를 문란하게 했는지를 묻는 것이네.”

“저자는 돛대의 줄을 맡은 병사입니다. 항로를 올바로 잡기 위해 조타수를 비롯해 모든 병사들에게 맡은 바 소임에 충실하라고 끊임없이 명령을 내렸습니다. 그런데 저자는 돛이 느슨해질 때까지 멍하니 있었습니다. 달려가서 얼굴을 한 대 후려치며 연유를 물었더니 방금 자신이 태어난 고향인 아즈치安土 촌이 강기슭에 보여서 어머니를 생각하고 있었다 합니다. 그래서 아직 진중이고 싸움이 끝난 것이 아니며 전군의 사기를 위해서나 배의 항로를 위해서라도 본보기를 보이기 위해 호수로 빠뜨린 것입니다.”

부장의 눈에서 눈물이 보였다. 부장 역시 자식이 있는 부모로 보였다.

“잘했네. 하나 그만 됐을 테니 밧줄을 던져주고 용서하도록 하라.”

도키치로는 배 안으로 돌아와 종이와 붓을 던져버렸다. 그리고 한풍이 부는 뱃머리로 나가 우뚝 섰다. 배는 하얀 물결을 가르며 나아가고 있었다. 올바른 방향으로 전진하고 있었다. 돛대 줄은 모두 바람을 품은 채 팽팽하게 부풀어 있었다.

“부하들에게 참으로 부끄럽구나!”

도키치로는 절절히 생각했다. 노부나가 한 명이 바야흐로 세상에 무수한 노부나가를 만들고 있었다. 그것을 알고 있는 도키치로 역시 어느 틈엔가 자신이 노부나가의 분신 중 하나가 되어 있다는 것을 깨달았다.

한베의 지병

1월 중순이었는데 강남江南의 봄은 벌써 매화꽃이 필 정도로 따뜻했다. 이부키伊吹의 산기슭이나 후와 산의 그늘에는 아직 눈이 깊이 쌓여 있었다. 하지만 시가滋賀 앞바다의 잔물결에 반사되는 햇살을 받으며 호반을 느릿느릿 걸어오는 병사들의 얼굴에는 땀이 배어 있었고 졸음기가 묻어나 있었다.

"시게하루, 그대도 졸리지 않소?"

도키치로는 말 위에서 뒤를 돌아보고 양편에서 따라오는 여섯 명 중 한 명에게 말을 걸었다. 고개를 숙인 채 말에 몸을 맡기고 주인의 뒤를 따라가던 한베 시게하루가 얼굴을 들고 싱긋 웃으며 대답했다.

"강남의 동풍을 맞으며 말을 타고 가는 기분이 뭐라 형용할 수 없을 만큼 좋아 그만 꾸벅꾸벅 졸고 말았습니다."

"그대답지 않게 역시 졸고 있었구려."

"못 볼 꼴을 보이고 말았습니다."

"아니오. 그런 뜻이 아니오. 그대는 우리와 같은 무골들과 달리 내 휘하에 있는 유일한 풍류아가 아니오. 풍류를 아는 그대가 이런 더없이 좋은 날, 시나 노래도 없이 그저 묵묵히 고개만 숙인 채 가서야 말이 되지 않을 것이오. 그러니 어디 시가詩歌나 한 편 들려주지 않겠소?"

"송구스럽습니다만 부를 만한 시가가 없습니다."

"없소이까. ……하하하."

"그저 졸릴 뿐이어서…… 용서해주십시오."

"졸도록 허락해달라는 말이오? 어젯밤도 객사에서 늦은 밤까지 이야기를 했으니 어쩔 수 없구려. 사실은 나도 졸리기만 하오. 오랜만에 스노마타에 돌아가서 어머니와 아내와 동생과 함께 이틀 중 하룻밤은 이야기를 하느라 밤을 새고 또 하룻밤은 스고로구雙六를 하며 노느라 잠이 부족하오."

도키치로가 다른 가신들을 둘러보며 껄껄 웃더니 큰 소리로 말했다.

"참으로 좋은 정월이군. 모두들 얼굴에 졸음꽃이 피었군."

말을 탄 그들 뒤에는 이백 명 정도의 병사들이 따라오고 있었다. 그의 큰 목소리에 모두 일제히 앞쪽을 바라봤다.

'참으로 태평한 주군이시라니까. 천하의 봄이 주군의 얼굴에서 피어오르고 있는 듯하군. 전쟁터에서나 행군할 때나 무료해하는 얼굴을 본 적이 없으니.'

부장들은 마음속으로 그렇게 생각했다. 병사들도 부장들과 생각이 다르지 않았다. 도키치로가 웃자 모두 따라 웃었다. 모두들 도키치로의 밝은 목소리에 졸음이 싹 달아난 듯 일제히 보조를 맞춰 걸어갔다.

올해 정월은 겐키元龜 2년이었다. 누군가 에이로쿠 13년이라고 하자 다시 누군가 작년 4월에 원호를 바꾼 탓에 왠지 일 년을 뛰어넘은 듯한 기분이라고 말했다. 작년 12월, 에이 산의 화친을 받아들여 총퇴각을 하고 나니 바로 정월이었다. 도키치로는 아네 강의 싸움 이후 아사이와 아사쿠라를 견제하기 위해 아사이의 효장 오노기 도사노카미大野木土佐守가 지켰던 요코야마 성으로 들어가 있었다. 그러니 당연히 정월에는 그곳에 있었다. 하지만 해가 바뀌자마자 새해를 축하하기 위해 기후 성으로 가서 노부나가를 만났고 며칠 말미를 받아 그길로 스노마타로 갔다. 그리고 오랜만에 아내인 네네와 어머니와 형제들과 함께 이틀 밤을 즐겁게 보내고 돌아가는 길이었다.

"시게하루, 시게하루."

도키치로는 또 뭔가 말을 걸려는 듯 한베에게 시선을 돌리다 눈이 동그래졌다.

"시게하루, 왜 그러시오? 안 되겠다. 군사를 말에서 내리도록 해라."

도키치로는 주위 사람들에게 그렇게 명령하며 말에서 뛰어내렸다. 실은 한베와 말을 나란히 하고 오던 사람들은 한베가 안장 앞쪽으로 몸을 구부린 채 말의 갈기에 엎드려 있는 것을 알고 있었다. 하지만 방금까지 주인인 도키치로와 활기차게 이야기를 나누고 있었기 때문에 정말로 잠이 든 것이라 생각하고 이상하게 여기지 않았던 것이다.

"아니, 어떻게 된 것이오?"

도키치로의 말을 듣고 사람들이 한베를 말에서 안아 내리려고 다가갔을 때 한베의 얼굴은 숨도 쉬지 않는 것처럼 창백했고 눈썹은 고통으로 일그러져 있었다.

"병이 도졌다!"

"위중한 듯하다. 몸이 불처럼 뜨겁다."

가신들이 한베를 안아 내리자 도키치로가 입고 있던 하오리를 벗어 풀 위에 펼쳐 그 위에 한베를 눕히게 했다.

"조심하라. 살살……."

한베가 병약하다는 사실을 누구보다 잘 알고 있던 도키치로는 너무 무리를 시켰다며 자책했다.

12월 엄동설한에 사카모토에서 돌아오니 정월이었고 바로 다시 길을 떠났으니 지병이 있는 몸으로 버티는 것은 쉽지 않았을 것이다. 어젯밤에도 흥에 겨운 나머지 밤늦게까지 자신의 곁에서 밤을 세게 했다. 오한이 든 듯하다고 했는데도 그만 흘려듣고 말았다.

"하필이면 지금, 의원도 없을 터인데."

"예, 약은 가지고 있지만 한베 님의 지병에는 맞지 않을 것입니다."

"약을 먹이지 않는 것보다는 낫지 않겠는가? 한베의 지병은 항상 이렇게 열이 나고 기침을 한 뒤 몸이 야위는 증세를 보였으니."

"그보다 부근의 농가에서 잠시 재우는 편이 좋지 않을까 싶습니다."

"맞네. 내가 잠시 지나치게 당황한 듯하네. 여기는 이마하마今浜가 아닌가?"

"그렇습니다."

"이마하마라면 니와 님의 진영이 있을 터. 그곳까지는 먼가?"

"멀긴 합니다만 업고 조심해서 가면."

"가슴을 압박해서는 몸에 좋지 않을 것이네. 어찌해야 할지."

가신들은 그렇게까지 당혹해하고 걱정하는 도키치로의 얼굴을 본 적이 없었다. 하지만 도키치로가 다케나카 한베 시게하루를 휘하에 두기 위해 일찍이 구리하라 산의 산중을 칠 일 동안이나 오가며 지극정성을 들였다는 것을 떠올리고는 오히려 당황하는 모습을 믿음직스럽게 보았다.

"주군, 주군!"

그때 저편 호숫가 기슭에서 두 시동이 달려왔다. 그들은 행렬 중에 있었는데, 어느 틈엔가 재빨리 호숫가 쪽으로 달려갔다 되돌아온 듯했다.

"오, 오이치와 오도라구나!"

도라노스케는 열한 살, 이치마쓰는 그보다 대여섯 살 위였다. 두 명 모두 스노마타 성에 있었는데 이번에 도키치로가 들렀을 때 '나이도 됐고 하니 꼭 전선의 요코야마 성으로 데려가 달라'며 본인과 가족이 부탁을 해서 데려왔던 것이다.

"두 사람 모두 무슨 일이냐?"

"예."

도라노스케는 그저 그렇게 대답하고 눈만 동그랗게 뜨고 있었다. 아직 열한 살이어서 주군 앞에서는 제대로 말도 하지 못했던 것이다. 그에 비해 이치마쓰는 훨씬 어른스러웠다.

"바로 저쪽 물가에 오두막이 있고 의원도 있다고 합니다. 가까우니 그곳으로 한베 님을 모시고 가는 것이 좋을 듯합니다."

이치마쓰가 호숫가를 가리키며 말했다. 저편 호숫가 쪽에 임시로 지은 오두막 같은 건물들이 보였다. 도키치로나 가신들이 모르는 것은 아니었지만 멀리서 톱질하는 소리나 도끼 소리가 들려와 급한 병자를 데리고 간들 별다른 방법이 없을 것이라고 생각했던 것이다. 어른들은 지식이 많아 이것저것 따지다 때를 놓치기 쉽지만 소년들은 떠오른 생각을 바로 실행에 옮기는 경향이 있다. 그렇게 소년들은 어느 틈엔가 한달음에 달려가 그곳에 해결책이 있다는 사실을 확인하고 온 것이었다.

"잘했다."

도키치로가 칭찬을 하자 도라노스케와 이치마쓰가 만족한 듯 얼굴의 땀을 훔치면서 물러났다.

"우선 저쪽으로 가자."

도키치로가 말을 타고 앞장서자 가신들이 병자를 데리고 뒤따라갔다. 밭 사이에 난 꾸불꾸불한 길을 지나 키가 작은 가로수가 심어져 있는 방죽을 넘자 바로 호숫가였다. 살펴보자 멀리서 보기와는 달리 가도에서 제방 그늘을 따라 큰 건물이 늘어서 있었다.

“아니, 어느 틈에?”

도키치로는 눈을 크게 떴다. 그곳에는 ‘니와 고로사에몬 나가히데^{니와고로사에몬나가히데}羽五郎左衛門長秀 구역’이라고 적힌 말뚝이 박혀 있었다. 지금 그곳에서는 십여 척의 병선을 만들고 있었다. 새로운 선저나 늑골을 조립한 거대한 병선들이 물가를 따라 늘어서 있었다. 귀가 멍멍할 정도의 톱질 소리와 도끼 소리는 병선에 개미 떼처럼 들러붙어 있던 목수들이 일하는 소리였다.

문득 배 한 척의 선수에 서서 목수와 인부를 독려하고 있던 부교처럼 보이는 사내가 도키치로 일행을 보고 뛰어내려 달려오더니 소리쳤다.

“웬 놈이야!”

“요코야마 성의 기노시타 도키치로이오.”

도키치로는 말에서 내려 정중하게 다시 물었다.

“그대가 니와 님이시오?”

“아, 기노시타 님이시군요. 주군인 나가히데 님은 방금 전까지 이곳에 계시다 이마하마 진중으로 돌아가셨습니다.”

사내는 도키치로라는 것을 알자 정중한 태도를 보였다.

“급한 일이시면 이마하마 쪽에 급히 사람을 보내도록 하겠습니다.”

“아니오. 그럴 것까지는 없소. 실은 일행 중에 급한 병자가 생겨서 쉴 곳과 의원을 찾아왔는데, 의원은 있소이까?”

“예, 제가 있는 임시 가옥까지 가시지요.”

“그대는 누구시오?”

“니와 가의 가신인 시마키 치쿠고^{시마키치쿠고}島木筑後입니다. 얼마 전부터 이곳에서 배를 건조하는 일을 맡고 있습니다.”

“시마키 님이시구려. 아무튼 조속히 부탁하오.”

“병자는 어디 있는지요?”

"저쪽에 있소이다."

한베는 병사의 등에 업혀 시마키 치쿠고의 가옥으로 갔다. 저편 울타리 안에 배를 만드는 역소役所가 보였고 거기에 딸린 관사가 몇 개 있었다. 도키치로는 뒤에 남아 일단 안심하는 표정을 지어 보였다.

"여기 의자입니다."

뒤에서 대기하고 있던 이치마쓰와 도라노스케가 의자를 권했고, 도키치로는 의자에 앉은 채 눈도 깜빡이지 않고 배를 만드는 모습을 보았다.

물론 이것은 노부나가의 계획이었다. 에이 산과 교토나 나니와에 변이 일어났을 때를 대비한 것이었다. 기후에서 육로로 가는 경우, 도중에 일향종과 승병, 그리고 각지에 남아 있는 적들이 앞을 가로막았기 때문이다. 그래서 도키치로는 적들의 방해를 받지 않고 호수를 건너 다시 에이 산 서쪽으로 출군할 날이 멀지 않았음을 새삼 깨달았다. 또 노부나가의 선견지명과 그러한 예견을 실행에 옮기는 신속함에 감탄하지 않을 수 없었다.

얼마 뒤, 한베를 데리고 갔던 가신들이 돌아왔다. 호리오 모스케가 걱정스런 얼굴로 기다리고 있던 도키치로 앞에 무릎을 꿇고 한베의 용태를 설명했다.

"이젠 걱정하지 않으셔도 될 듯합니다. 시마키 님의 관사에 눕히고 서둘러 의원이 약을 먹였습니다. 하지만 입에서 다소 피를 토해 며칠 동안은 절대로 움직이면 안 된다고 의원이 주의를 줬습니다."

"피를 토했다고?"

도키치로는 눈썹을 찡그리며 물었다.

"그럼 중태란 말인가?"

"아닙니다. 한베 님은 안정을 취하고 약을 드시자 평소의 기색을 되찾으셨습니다. 그리고 피를 토한 것은 어제오늘 일이 아니라며 웃는 얼굴로 의원에게 말씀하셨습니다.”

“그렇게 참는 것이 안 좋은 것이다. 그렇군. 피를 토하는 게 이번이 처음이 아니란 말이군. 평소에 내겐 숨기고 있었던 게로군.”

“저희에게도 몇 번이나 주군은 어찌하고 계신지 물으며 걱정하셔서 먼저 떠나셨다고 말씀드리고 돌아왔습니다.”

“누군가 곁에서 병구완할 자를 남겨놓지 않으면 그의 성격으로 봐서 가만히 누워 있을 리가 없을 것이다. 마타쥬로!”

도키치로는 히코에몬의 조카인 하치스카 마타쥬로를 보며 말했다.

“자네가 모스케와 함께 뒤에 남아 한베의 수발을 들도록 하라. 내가 돌아가는 길에 니와 님을 만나서 잘 부탁해놓을 터이니, 몸을 충분히 돌보고 회복할 때까지는 요코야마 성으로 돌아오면 안 된다고 내가 엄하게 말했다고 한베에게 전하라. 알겠는가?”

“알겠습니다.”

“그만 출발하도록 하자.”

도키치로는 부하가 끌고 온 말에 오르기 위해 의자에서 일어섰다. 바로 그때 저편에서 배를 만드는 목재인 듯한 거목 앞뒤에 줄을 걸고서 걸어가는 인부들이 있었다. 그런데 그중에 이런 거친 일에는 익숙하지 않은 듯 얼굴을 찡그리고 목재를 짊어진 채 비틀비틀 걸어가는 피부가 하얀 인부가 문득 도키치로 쪽을 보고 놀란 표정을 지었다.

“아니?”

인부의 어깨에 대고 있던 막대기가 툭 하고 떨어졌다. 갑자기 균형이 깨지자 나머지 세 명의 인부도 중심을 잃고 비틀거렸고 목재가 쿵 하고 한 인부의 발등에 떨어졌다.

“아악!”

인부 한 명이 비명을 지르며 쓰러지자 다른 인부들이 달려와서 목재에 깔린 발을 빼줬다. 인부 같아 보이지 않는 마른 사내는 처벌을 당할 것이 두려웠는지 머리를 감싸며 땅에 이마를 대고 사죄했다.

"죄송합니다. 부디 용서해주십시오."

"이런 멍청한 놈!"

새파래진 얼굴로 절름거리며 일어난 인부가 갑자기 사내를 후려쳤다. 그래도 분이 안 풀렸는지 사내의 귀를 잡아당기며 외쳤다.

"어이, 여보게들. 좀 도와주게. 이놈이 실수한 적이 한두 번이 아니네. 이런 일에 익숙하지 않으면 일하러 오지 말든가. 품삯만 받아가는 날도둑놈. 여보게들 이놈을 멍석에 말아 흠씬 두들겨 패서 호수에 던져버리세."

"죄, 죄송합니다."

사내는 이리저리 도망을 치며 외쳤다. 오히려 그렇게 도망을 친 것이 사람들의 화를 더 돋웠다. 인부들은 사내의 목덜미를 붙잡아서 발로 걷어차고 두들겨 패더니 물가 쪽으로 끌고 갔다.

"모스케, 모스케!"

도키치로가 급히 손가락으로 가리키며 명령했다.

"도와주거라. 그리고 몰매를 맞고 있는 사내를 이리로 데려오라."

호리오 모스케가 달려가서 인부들을 꾸짖었다. 그리고 당장이라도 호수에 던져질 뻔했던 사내를 어깨에 짊어지고 한달음에 달려왔다.

"데려왔습니다."

모스케가 내던지듯 어깨에서 내려놓자 연약해 보이는 사내는 비명을 지르듯 머리를 땅에 대고 연신 사죄를 했다.

"용서해주십시오. 제발 용서해주십시오."

도키치로는 사내의 모습을 한동안 응시하더니 온화한 말투로 말했다.

"얼굴을 들라."

이윽고 두려움에 떨던 사내도 다소 진정이 된 듯했지만 좀처럼 얼굴을 들려고 하지 않았다.

"이놈, 얼굴을 들지 못할까!"

옆에 있던 호리오 모스케와 가신들이 호통을 쳤지만 그래도 사내는 얼굴을 바닥에 처박고 있었다.

"귀머거리더냐!"

하치스카 마타쥬로가 참지 못하고 옷깃을 부여잡자 도키치로가 만류하며 말했다.

"잠깐, 귀머거리는 아니다. 사연이 있는 자이니 거칠게 다루지 마라."

도키치로는 물끄러미 바라보다 흙투성이 사내 곁으로 다가가 한쪽 무릎을 대고 앉았다.

"오후쿠, 왜 얼굴을 들지 않는가? 자네는 오와리 신가와의 다완집 스데지로의 아들인 후쿠타로가 틀림없을 것이다."

"아, 아닙니다."

사내는 얼굴을 푹 숙인 채 몸을 돌리더니 흐느껴 울었다.

"하하하."

도키치로가 일부러 큰 소리로 웃더니 친근하게 그의 어깨를 가볍게 다독였다.

"뭘 그리 두려워하는 겐가? 오와리 신가와는 내 고향인 나카무라의 옆 마을이고, 게다가 자네와 나는 개구쟁이 시절부터 함께 놀던 친구가 아닌가. 어이, 희멀건 가지 얼굴 오후쿠! 하하하하, 왜 그리 우는가? 그 나이가 돼서도 울보인 건 여전하군."

"송, 송구합니다."

"뭐라, 송구하다고? 아, 그렇군. 자네의 부친인 다완집 스데지로는 이 부근에서 유명한 상가였는데 그 아들이 이렇게 영락한 모습을 보여 송구하다는 말인가? 아니면 예전에 내가 다완집에서 일할 때, 하도 나를 괴롭혀서 혹시나 그 앙갚음을 받지나 않을까 하고 두려워 떨고 있는 것인가? 걱정하지 말게. 나카무라의 히요시가 그런 소인이 아니었다는 건 자네도 잘 알고 있지 않은가."

"예, 예……."

후쿠타로는 코를 훌쩍이며 오열하기 시작했다. 도키치로가 히요시라고 불리던 당시, 그는 히요시보다 분명 두세 살 위였다. 올해 도키치로가 서른다섯 살이 되었으니 그도 서른일곱이나 여덟이 되었을 것이다.

"다른 사람들과 함께 나를 따라오게. 성에 돌아간 뒤, 자네의 이야기를 듣도록 하세. 자네를 해할 생각은 없으니, 알겠나?"

도키치로는 그렇게 말하고 말 위에 올랐다. 가신들은 그의 명령대로 후쿠타로를 함께 데리고 갔다. 호리오와 하치스카는 뒤에 남았다.

"그럼 저희는 다케나카 님이 쾌차하실 때까지 여기에 머물겠습니다."

"알았네. 한베를 잘 부탁하네. 노심초사해서 성으로 서둘러 오지 말라고 한베에게 전하도록 하게."

병사들은 창을 들고 기마무사들은 도키치로의 앞뒤로 정렬해서 대오를 이뤘다. 오이치와 오도라도 그 대열 속에서 함께 행군을 했다.

다케다와 우에스기가 맞붙은 세 번째 전투로 우에노하라 전투라고도 한다, 1557년 2월에 폭설이 내리자 신겐은 젠코지 서북쪽의 카쓰라야마성을 함락시키며 전쟁을 시작했고, 이에 겐신은 얼음이 녹는 4월이 되서야 출진했다. 하지만 서로가 전면 충돌은 하지 않아 좀처럼 결판이 나지 않았고, 양군은 다시 철수했다.

● 와키자카 야스하루 脇坂安治·1554-1626

도요토미 히데요시(豊臣秀吉)의 가신으로 시즈가타케 칠본창의 1人이다. 본래 아자이 나가마사(浅井長政)의 가신이었으나, 1573년 아자이 가문이 오다 노부나가의 공격으로 멸망하자 노부나가의 가신인 아케치 미쓰히데(明智光秀)의 부장이 되어 단바 공략전 등에서 공을 세웠다.

사자 새끼

이곳의 북국北國 가도는 오우미에서 에치젠으로 통하는 유일한 통로였다. 도리고에鳥越 산, 다카도키高時 산, 요코야마타케横山岳 등의 산기슭을 따라 이어진 길이 험준해질 무렵, 저 멀리 북쪽 호수의 강물 왼편으로 날이 저물고 있었다. 아사이 나가마사의 오다니 성은 길을 가는 도중에 있었다.

"오, 등불이 켜졌다."

무슨 연유인지 도키치로는 오다니 성의 등불을 보고 그렇게 중얼거리며 말을 멈췄다. 강북 여섯 군에 삼십구만 석을 거느린 아사이 가의 거성은 말 그대로 난공불락의 지형이었다.

"저것을 함락시키는 것은 용이한 일이 아니다."

도키치로가 탄식하는 듯 내뱉었다. 하지만 도키치로의 눈에는 요새의 한가운데에서 흔들리는 성곽들의 불빛과 골짜기의 등불이 금방이라도 꺼질 것처럼 덧없어 보였다.

'언제까지 저리 빛을 발할 수 있을까.'

아사이 일족에게 닥쳐올 날을 생각하면 그 불빛들이 가련하고 헛되게 보이기도 했다. 또 오다니 성으로 시집간 노부나가의 누이동생인 오이치의 처지가 내심 불쌍하게도 여겨졌다.

이번에 새해 인사를 하기 위해 기후 성에 들어갔을 때에도 노부나가는 몇 번이나 동생인 오이치^{於市}를 걱정했다. 그녀는 하늘이 내린 여인이라고 할 정도로 아름다운 여인이었다. 미인박명美人薄命이라는 말은 온전히 그녀에게 해당하는 말이었다.

오빠인 노부나가의 정략으로 아사이 가에 시집을 간 그녀가 세 명의 아이를 낳았을 때는 남편인 나가마사와 노부나가의 사이가 틀어져 서로 적국이 되어버렸다. 하지만 그녀의 나이는 아직 스무 살도 되지 않았다.

작년 봄, 장군 요시아키의 중재로 오다 가는 에이 산을 비롯해서 아사이와 아사쿠라와 화친을 맺었지만 그 뒤 각국의 움직임이나 승단의 교란책을 보더라도 그것이 결코 영원하리라고는 생각할 수 없었다. 아사이 나가마사의 마음 역시 그대로였다. 그는 노부나가가 매제인 자신을 그 누구보다 사랑한다는 사실을 알고 있었지만 도저히 노부나가와 손을 잡을 마음이 없었다.

젊다고 해서 모두 새로운 시대를 이해한다고는 할 수 없었다. 젊지만 시대가 요구하는 것이 무엇인지 깨닫지 못하는 젊은이들도 있기 마련이었다. 나가마사는 바로 그런 젊은이였다. 그의 눈에는 노부나가의 행동이 단지 위험하게만 보였다. 그런 방식으로 시대를 관통할 수 있을 거라고 믿지 않았다. 이성적인 그는 에치젠의 아사쿠라와 결탁하고 에이 산과 다른 승단과 내통해 장군가를 섬기고 있었다.

'애초부터 피할 수 없는 싸움이다.'

노부나가의 생각과 나가마사의 의중은 다를 수가 없었다. 그리고 도키치로는 지금, 이곳 오다니 성에서 에치젠으로 통하는 북국 가도의 중간에 있었다. 양쪽을 잇는 동맥인 이 외길을 요코 산의 산기슭과 요코야마 성으로 차단하고 에치젠의 아사쿠라와 강북의 아사이 가를 양 손으로 제압하고 있는 형세였다.

"서둘러라. 별이 떴다."

요코야마 성까지 일 리밖에 남지 않았다. 도키치로가 이끄는 병사들 의 행렬이 꿈틀꿈틀 움직이기 시작했다. 병사들이 저마다의 안락한 보 금자리를 머리에 떠올리고 있을 무렵이었다.

"앗, 불길이다!"

"성문 쪽이다."

산길을 벗어난 순간, 깜짝 놀란 병사들이 소리치며 동요했다. 돌아 가려는 요새 부근에서 밤하늘을 빨갛게 물들이며 불길이 피어오르고 있었다. 아직 아무런 명령도 들리지 않았지만 이백 명의 병사들은 전 투 준비에 들어갔다.

"적인가?"

"아사이? 아니면 아사쿠라?"

"성을 비운 틈을 타서 공격해오다니 비겁한 놈들."

"화친을 맺은 지 얼마나 됐다고 이리 비겁한 짓을."

병사들은 눈앞의 불길을 노려보고 입술을 깨물며 도키치로의 명령 이 떨어지기를 기다렸다.

"그렇군."

말 위에서 불길을 보고 있던 도키치로가 입에서 내뱉은 말은 너무 나 한가롭게만 들렸다.

"소란 피울 것 없다."

도키치로가 뒤를 돌아보며 말했다.

"비록 작지만 요코야마 성에는 하치스카 히코에몬이 있고 한베의 동생인 다케나카 규사쿠를 비롯한 훌륭한 인재가 많은데 어찌 저 정도 불길에 함락당하겠느냐.”

바람이 부는 산속에서 껄껄 웃는 소리가 들리더니 덴조를 부르는 소리가 들렸다. 와타나베 덴조가 무리 속에서 뛰어나와 도키치로의 말 앞에 무릎을 꿇었다.

“살펴보고 오너라.”

“옛!”

검은 그림자 하나가 쏜살처럼 사라지자 도키치로가 다시 기마 무사들을 둘러보며 외쳤다.

“신시치 있느냐!”

“여기 있습니다.”

아오야마 신시치가 큰 소리로 대답했다.

“자네도 말을 타고 가라.”

“알겠습니다.”

아오야마 신시치가 말 엉덩이를 채찍으로 후려치자 말이 달려 나갔다. 그렇게 예닐곱 명이 더 척후의 임무를 띠고 사라졌다.

이윽고 그들이 돌아와서 이야기한 내용을 종합해본 뒤 적의 실체와 불길의 상황을 알 수 있었다. 병사들의 예상대로 적은 아사이 일족이었다. 아사이 시치로에몬과 아사이 겐바玄蕃, 그리고 미타무라에몬 다유三田村右衛門大夫의 병사가 합세한 팔백 명 정도의 군사가 요코야마 성의 성문에 마른 섶나무를 쌓아놓은 채 불을 지르고 있다는 것이었다.

“공격을 하고 있는 적들은 그뿐인가?”

“성의 뒷문인 산과 물을 저장해둔 곳도 무사합니다. 단지 서쪽 성문 쪽에서 함성이 들리고 있는데 성의 방비가 견고하다 보니 소리만 지르고 있는 듯했습니다.”

“됐다! 이대로 곧장 시미즈사와清水澤 앞까지 은밀히 전진하라!”

드디어 명령이 떨어졌다. 말과 병사 들도 이곳까지 왔던 걸음걸이와 똑같은 속력으로 앞으로 나아가서 시미즈사와의 언덕 뒤편에 은밀히 진을 쳤다. 불길이 일고 있는 성문은 가까웠다. 그곳을 공격하고 있는 적의 그림자가 개미처럼 보였다. 이따금 함성을 올리고 철포를 쏘아대며 불길에 섶나무를 집어던지고 돌파를 시도하고 있었다. 도키치로가 채찍을 들고 목청 높이 호령했다.

"공격하라!"

병사들이 검은 물결을 이루고 달려가기 시작했다. 그리고 적의 배후까지 다다르자 제각각 있는 힘껏 함성을 질렀다. 도키치로는 몇 명 되지 않는 무사와 뒤에 남아 있었다. 군사의 수는 얼마 되지 않았지만 그가 있는 곳은 총사령부였다.

"오이치, 오도라."

"옛!"

"의자를 가져오너라. 그리고 두 사람 모두 이리 올라와라."

도키치로는 말에서 내려 야트막한 언덕으로 올라갔다. 그는 의자에 앉아 전방의 불길을 바라보며 잠시 입술을 굳게 다물고 있었다. 먼지와 같은 불똥들이 불기둥을 이루며 검은 연기와 함께 높이 솟구쳐 올랐다. 성문의 한쪽이 불에 타 쓰러진 듯했다. 적들은 일제히 그곳을 향해 돌진해서 불길과 연기를 뚫고 안으로 들어가려고 애썼다. 그 순간, 갑자기 뒤쪽에서 예상하지 못한 군사들이 공격해 들어왔다.

"배신자인가?"

당황한 적장이 큰 소리로 외쳤다. 그들이 도키치로 직속의 성병들이라고는 상상할 수 없었던 것이다. 불꽃 속에서 혈전이 펼쳐졌다. 급작스레 배후에서 달려든 적을 맞은 아사이 군은 초반부터 밀릴 수밖에 없었다. 성안의 병사들은 아군이 왔다는 사실을 서로 알렸다.

"주군께서 돌아오셨다. 주군의 도움을 받아 이 성을 지켰다는 말을 듣지 않으려면 모두 분전하라!"

성안의 병사들은 고함을 지르며 서쪽 성문을 열고 달려 나왔다. 어떤 병사는 불길을 뚫고 나와서 적병들을 에워쌌다. 순식간에 무수한 시체가 화염 아래에 쌓였다. 적들이 궤멸을 당하고 도망치기 시작했다. 성안의 병사들은 도망치는 적들을 쫓아가 목을 쳤다.

"쫓지 마라. 너무 멀리 쫓지 마라."

성안에서 하치스카 히코에몬이 끊임없이 고함을 쳤지만 아군의 기세는 멈출 줄 몰랐다. 도망치는 적의 비명과 쫓는 아군의 고함이 들판을 가로지르는 바람처럼 한동안 사방팔방에서 진동했다.

"이제 끝났군."

아까부터 시미즈사와 언덕에서 의자에 앉아 전황을 지켜보고 있던 도키치로가 뇌까리더니 오도라와 오이치를 돌아보며 두 사람을 불렀다. 두 사람은 바로 근처에 서 있었지만 도키치로가 부르는 것도 깨닫지 못하고 있었다.

"그럴 만도 할 것이다."

도키치로는 그들을 책하지 않았다. 오히려 웃음을 지으며 두 사람을 바라보았다. 두 사람 모두 싸움이라는 것을 처음으로 본 게 틀림없었다. 눈을 동그랗게 뜨고 정신이 나간 듯한 모습이었다. 특히 열한 살인 도라노스케는 어깨에 힘을 잔뜩 주고 입술을 앙다문 채 흡사 자신이 싸움의 한복판에 들어가서 싸우는 듯한 얼굴로 넋을 잃고 있었다.

"어떠냐?"

도키치로가 의자에서 일어나 양손으로 두 사람의 어깨를 끌어당기며 물었다.

"무섭더냐?"

"아, 아닙니다."

도라노스케는 고개를 저었다. 이치마쓰는 당황한 듯 무릎을 꿇으며 말했다.

"조금도 무섭지 않습니다. 부디 제게도 싸우는 것을 허락해주십시오."

"하하하, 싸움은 벌써 끝났거늘 그게 무슨 말이냐. 아직 모르겠느냐. 적들은 궤멸당해서 사방팔방으로 도망치고 있지 않느냐."

언덕 바로 아래쪽이었다. 마른 풀들을 헤치며 두세 명의 적이 도망쳐왔다. 그중 한 명이 도키치로가 있는 줄도 모르고 언덕 위까지 올라오려다 비명을 질렀다. 다른 한 명은 깜짝 놀라 옆으로 훌쩍 뛰어내려 다른 길로 달아났다. 도키치로는 적의 비명 소리를 듣자 이치마쓰와 도라노스케에게 명령했다.

"다완집 오후쿠는 어찌 되었는지 모르겠군. 도중에 데려온 인부를 찾아오너라."

"예."

두 사람은 득달같이 언덕을 달려 내려갔다. 눈앞에서 싸움이 펼쳐지고 있는데 그저 멀리서 지켜보기만 하는 것이 어린 마음에도 미안한 마음이 들었던 듯했다. 무슨 일이든 돕고 싶었던 두 사람은 주군이 명을 내리자 아무리 하찮은 일이어도 이것저것 따질 계제가 아니었다.

"어이, 오후쿠!"

"어이, 가지 얼굴!"

이치마쓰와 도라노스케는 번갈아 소리를 지르며 어두운 언덕 기슭을 찾아다녔다.

"없는걸."

"대체 어디로 간 거지."

"이상한 자로군."

"그런데 왜 주군께선 그런 사내를 데려오신 걸까?"

두 사람은 도토리 숲의 샛길로 들어가서 좌우를 살피며 불러보고 수풀을 헤집으며 찾아다녔다. 그러자 어디선가 바스락거리는 소리가 들리더니 무언가가 움직였다.

"저기, 뭔가 있다. 저기."

도라노스케가 뒤에 있는 이치마쓰에게 알린 순간, 표범처럼 튀어나온 그림자가 도라노스케를 냅다 들이받았다. 그러고는 방심하고 달려오는 이치마쓰와 마주치자 입을 크게 벌리며 고함쳤다. 숨어 있던 적병이었는데 병졸임이 분명했다. 이치마쓰와 도라노스케는 깜짝 놀랐지만 적병은 두 사람보다 더 흥분해 있었다.

"제기랄."

자빠져 있던 도라노스케가 고구마 넝쿨처럼 적의 발목을 부여잡고 고함쳤다.

"오이치, 붙잡고 있을 테니 어서 베어버려! 어서!"

하지만 이치마쓰는 적병이 긴 창을 들고 있다 보니 다가갈 수가 없었다. 더욱이 두 사람 모두 태어나서 처음 보는 얼굴처럼 적병은 무서운 형상을 하고 있었다.

"기노시타 가의 시종들이구나. 방해하면 죽여버릴 테다."

적병은 포효하듯 고함을 쳤다. 그는 단지 도망을 치고 싶은 마음뿐이었지만 어린 사자 새끼들은 그런 적의 마음을 헤아릴 수가 없었다. 이치마쓰는 돌멩이와 흙을 집어 던졌고 도라노스케는 필사적으로 적의 종아리를 붙들고 늘어졌다.

소리를 들은 몇 명의 아군이 달려오더니 아무 말 없이 적의 등을 창으로 찔러버렸다. 적은 쓰러졌지만 도라노스케는 머리부터 피를 뒤집어쓴 채 여전히 적의 다리를 부여잡고 있었다. 아군 병사가 도라노스케의 옷깃을 붙잡아 길옆으로 떼어놓았다.

"그만 됐다. 언제까지 시체와 씨름하고 있을 셈이냐."

도라노스케는 그제야 꿈에서 깨어난 듯 이치마쓰와 함께 멍하니 서 있었다.

그때 아군들이 승병 한 명을 밧줄로 묶어서 끌고 왔다. 포로라고는 여겨지지 않을 정도로 승병은 기세등등한 태도로 자신을 둘러싸고 있는 사람들을 노려보며 소리쳤다.

"도망치지 않을 테니 요란 떨지 마라. 도망을 치려 한다면 언제든 내 목과 몸뚱이를 베어버려라. 그걸 무서워할 미야베 젠쇼宮部善性가 아니다."

병사들은 승병을 도키치로가 있는 언덕 위로 끌고 갔다.

"오도라, 가자."

"주군께서 말씀하신 자는 찾지 않고?"

"오후쿠는 사람들을 따라 언덕 위로 올라갔어."

이치마쓰와 도라노스케는 사람들의 뒤를 쫓아갔다. 언덕 위에서는 병사들이 저마다 들고 온 적의 수급을 도키치로 앞에 놓고는 웅성거리고 있었다.

후쿠타로의 찻잔

그날 밤, 벤 적의 수급은 팔십이 넘었다. 요코야마 성의 하치스카 히코에몬, 다케나카 규사쿠, 마쓰바라 타쿠미를 비롯해 성을 지키고 있었던 사람들이 모두 나와 도키치로를 맞이했다.

"성을 비우신 동안, 부주의하게도 적을 막지 못해 성문의 일부를 불태우고, 소중한 수십 명의 병사를 잃었습니다. 면목이 없습니다."

그들이 일제히 사죄를 하자 도키치로는 자책하는 가신들을 위로하며 말했다.

"어느 누가 그러한 일을 죄로 삼아 책하겠는가. 사방에 아군도 없는 고립된 성을 그대들에게 맡기고 반달 동안이나 유유자적 성을 비운 내게 마땅히 죄를 물어야 할 것이네. 그간 성을 잘 지켜주었네. 수고가 많았네."

도키치로는 다른 사람들을 바라보며 명령했다.

"사로잡은 적장, 미야베 젠쇼를 이리 끌고 오너라."

젠쇼는 얼굴을 든 채 아무 말도 하지 않고 도키치로를 노려보았다. 그러다 눈싸움에서 졌는지 젠쇼가 문득 시선을 돌린 순간, 도키치로가 호통을 쳤다.

"괘씸한 놈!"

젠쇼가 흠칫하며 얼굴을 들고 무슨 말인가를 하려고 하자 도키치로가 다시 호통을 쳤다.

"불충한 놈!"

젠쇼는 당장이라도 달려들 듯 얼굴이 시뻘개져서 말했다.

"내가 어찌 불충한 자이고 괘씸하다는 것이냐! 아무리 사로잡힌 몸이라고는 하나 그런 치욕스런 말을 듣고는 이대로 죽을 수 없다. 그 이유를 말해보아라. 그렇지 않으면 가만두지 않겠다."

"참으로 가련한 자구나. 예전부터 아사이 나가마사의 신하, 미야베 젠쇼라는 이름을 듣고 있어 영웅인 줄 알았거늘 실제로 보니 소문과는 너무나 다르구나. 이와 같은 자가 바로 주가에 해를 끼치는 자다."

도키치로는 눈앞에 있는 젠쇼는 상대도 하지 않고 주위에 있는 사람들에게 말하듯 중얼거렸다. 젠쇼는 마침내 참지 못하고 고함을 쳤다.

"이유를 말해라, 이 원숭아! 아무런 이유도 없이 무사를 비방하는 법이 어디 있느냐. 천한 천민이 출세하더니 무사를 어찌 대해야 하는지 도리까지 잊어버렸느냐!"

도키치로가 웃으며 대꾸했다.

"무사로서 대접을 받고 싶다면 어찌 무사다운 길을 가지 않는가? 어찌 무장답게 싸우지 않는 것인가? 젠쇼, 잘 들어라. 너를 비롯한 아사이 시치로에몬, 그리고 겐바, 미타무라에몬 다유 등의 무리는 내가 성을 비운 사이 주군인 아사이 나가마사의 명으로 성을 습격한 것은 아닐 터이다."

"당, 당치도 않다!"

젠쇼도 지지 않고 대꾸했다.

"주군의 명도 없이 어찌 공격을 했겠느냐. 내 주군인 나가마사 님의 지시에 따라 공격한 것이다."

"그럴 리가 없다. 아무런 거리낌도 없이 그런 허풍을 치니 내가 너를 괘씸하고 불충한 자라고 하는 것이다."

"무슨 말이냐!"

"에이 산에서 아사이와 아사쿠라는 노부나가 님에게 화친을 간절히 청했다. 화친을 청하고 바로 배신하는 것보다 더 무문의 신의와 명예를 더럽히는 일은 없을 것이다. 너희는 너희의 주군에게 그러한 불충을 저질러 세상으로부터 손가락질을 받게 하고 싶은 것이냐?"

"……."

"게다가 재차 오다 가와 아사이 가가 창을 겨누게 된다면 오다니 성은 삼 일도 견디지 못할 것이다. 에치젠은 멀리 있고, 에이 산은 호수를 사이에 두고 떨어져 있으며, 이마하마에는 우리 오다 가의 니와 고로 사에몬이 있고 이곳에는 내가 있다. 하하하, 참으로 생각이 짧은 자들이구나."

젠쇼는 도키치로의 말에 아무런 반박도 하지 못하고 묵묵히 고개를 숙이고 있었다. 그러자 도키치로가 한층 더 그를 몰아세웠다.

"자식이 부모의 마음을 모른다는 말처럼 노부나가 님과 아사이 가 사이가 바로 그러하다. 노부나가 님은 아사이 가로 시집을 간 누이동생을 보호하고자 하는 마음뿐 아니라 매제인 나가마사 님을 아끼는 마음이 무척이나 크시다. 그래서 더 마음 아파하고 계신다. 그로 인해 두 가문이 힘을 합하면 커다란 위협이라고 생각한 아사쿠라와 에이 산이 끊임없이 양가의 불화를 부채질하고 있다. 너희 가신들도 그런 자들에 동조해서 주가가 멸문지화당하는 것을 보고 싶은 것이냐!"

"……."

"내가 오늘 요코야마 성을 공격한 너희의 소행을 주군인 나가마사 님의 지시도 없이 아사이 가의 가신들 일부가 마음대로 저지른 것으로 하려는 이유는 양가의 화친을 다시 깨고 싶지 않기 때문이다. 내 주군인 노부나가 님의 가슴을 아프게 하고 싶지 않기 때문이다."

"무슨 말인지 알겠다."

젠쇼가 밧줄에 묶인 몸을 앞으로 숙이며 말했다.

"그렇다. 오늘 밤, 요코야마 성을 공격한 것은 우리 가신들의 독자적인 행동이 분명하고 주군께서는 아무것도 모르고 계신다. 그러니 이제 내 목을 쳐서 오다 가에 내 주군께서 화친의 맹세를 깨지 않았다는 것을 분명하게 전해주길 바란다."

"내 뜻을 알아들은 듯하니 다행이군. 그럼 잠시 그대의 목을 치는 일은 뒤로 미루기로 하겠다. 히코에몬."

"옛!"

"미야베 젠쇼는 그대에게 맡겨둘 테니 포로라고 해서 함부로 대하지 마라."

"알겠습니다."

하치스카 히코에몬이 밧줄을 잡고 일으키려 하자 도키치로가 말했다.

"풀어주게."

젠쇼는 밧줄에서 풀린 뒤 사람들 속에 파묻혀 걸어갔다. 도키치로는 의자에서 일어나 언덕을 내려갔다. 그리고 그곳에서 가까운 요코야마 성의 성문으로 병사들과 함께 들어갔다.

다음 날, 불에 탄 성문을 새로 만드는 공사가 시작됐다. 하루라도 방심할 수 없는 상황이었다. 북쪽 경계의 눈이 녹기 시작하면 산들을 넘어 누가 공격해올지 아무도 몰랐다. 무사들은 싸움이 없을 때에는 철포를 손보고 창을 갈면서 무사로서의 마음가짐을 다져야 했다.

　수양을 쌓는 방법도 여러 가지였다. 병마의 훈련은 장수와 병사가 함께하지만 각자 한가한 시간에는 책을 읽는 사람도 있었고 술을 즐기는 사람, 그리고 선禪을 하는 사람도 있었다. 도키치로는 대체로 성안에 있는 가장 넓은 다다미방을 완전히 비운 뒤 넓은 마루 끝에 요를 깔고 책상다리를 한 채 오도카니 앉아 햇볕을 쬘 때가 많았다.

　"주군께서는 왜 다다미방에 계시지 않는지요? 마루 끝이 그리도 좋으십니까?"

　어느 날, 가신 한 명이 농담처럼 묻자 도키치로도 농담조로 말했다.

　"마룻바닥에 앉는 걸 좋아하는 게 아니라 왠지 봄에 풀들의 싹이 움트면 그저 한없이 흙이 그리워지네. 방 안보다 마루 끝이 흙과 가깝지 않은가. 그래서 여기에 앉는 것이네."

　가신은 도키치로의 말을 반밖에 알아듣지 못한 듯했지만 뒤에서 도키치로의 칼을 든 채 졸고 있는 두 명의 동자는 무슨 뜻인지 알아들은 듯했다. 이치마쓰와 도라노스케도 봄기운이 완연해지자 다다미 위보다는 흙이 한층 그리워졌다. 도키치로는 스노마타에 있는 노모가 자신이 출세한 지금도 여전히 괭이를 손에서 놓지 않고 채마밭에 나가 봄나물을 따거나 콩을 심는 모습을 떠올렸다.

　"오늘도 마루에 앉아 계십니까?"

　히코에몬이 웃는 얼굴로 다가와서 무릎을 꿇으며 말했다.

　"오, 히코에몬."

　"산에 있는 나무들이 꽤 물이 올랐습니다."

　"인간도 똑같다고 생각하지 않는가?"

　"하하하, 농담을 다 하시고."

　"농담이 아니네."

　도키치로는 진지한 표정으로 말했다.

"멀리 있는 아내가 그립군."

도키치로의 진지한 표정을 보고 히코에몬이 말했다.

"이곳으로 불러오시면 되지 않습니까. 스노마타에 사람을 보내도록 하겠습니다."

"당치도 않은 소리."

도키치로는 책망하듯 말했다.

"올해는 싸움이 끊이지 않을 걸세. 한 치 앞도 내다볼 수 없는……."

"이 히코에몬에게 그렇게 말하게끔 유도하시곤 너무하십니다."

"하다못해 그립다는 말을 해서 수심을 풀고자 했던 것뿐이네. 그런데 젠쇼는 어찌하고 있는가?"

"별 하릴없이 매일 독경을 외고 있습니다."

"속내는 다를 것이네."

"잘 알고 있습니다."

"아무렴 상관없네. 장기로 치자면 잡은 말과 마찬가지니 잘 데리고 있게."

"다른 말만 하다 용건을 잊고 있었습니다."

히코에몬은 손에 들고 있던 한 통의 편지를 앞으로 내밀었다. 이마하마에서 요양 중이던 다케나카 한베가 보낸 서찰이었다.

"불길하군."

도키치로가 뇌까렸다.

"주군, 한베 님의 신상에 무슨 일이라도 일어났습니까?"

"그것이 아니라, 편지를 보니 한베의 병은 날이 갈수록 좋아지고 있는 듯한데 이마하마의 니와 고로사에몬이 한베를 극진히 대하고 있다는군."

"그것이 어찌 불길하다는 말씀인지요?"

"한베는 한시라도 빨리 돌아오고 싶어 하는데 니와 님이 만류해서 곤란해하고 있네. 본래, 한베 시게하루는 이빨에는 굴하지 않지만 정에 약하네. 한베의 박식함과 지략은 니와 님도 익히 알고 있어서 나를 볼 때마다 좋은 인물을 휘하에 두었다고 부러워했네. 너무 많은 은혜를 베풀면 한베를 니와 님께 빼앗길 염려도 있네."

"하하하."

히코에몬이 너털웃음을 터뜨리며 말했다.

"역시 사람은 겉만 봐서 모른다는 말이 맞는 듯합니다. 주군께 그런 질투심이 있었습니까?"

"당연하네. 나는 여자들에게는 그리 질투하지 않네만 좋은 가신을 다른 가문에 빼앗기면 심히 질투를 하네."

"니와 님께서 그럴 리가 없습니다."

"그럴 리가 없는 일을 염려하는 것이 질투가 아니겠는가."

"옳은 말씀입니다."

히코에몬은 문득 도키치로는 한베의 변심을 걱정하는 것이 아니라 자신에게 넌지시 다짐을 두는 말이라는 것을 깨달았다. 히코에몬과 도키치로가 주종의 관계가 된 지도 그리 길지 않고 더군다나 노부나가의 명에 의해 도키치로 휘하에 있는 것이었다.

성안의 병사들 대부분이 하치스카 촌에서 데려온 히코에몬의 수하들이었고 도키치로 역시 그 옛날 소년 무렵에는 그의 저택에서 일을 했던 일꾼에 불과했다. 모두가 히요시라는 이름으로 부르지 않고 원숭이라고 부르던 코흘리개 꼬마였지만 지금은 그 반대였다. 히코에몬은 그렇게 생각하자 자신을 가신으로 부리는 도키치로의 어려움을 충분히 헤아릴 수 있었다. 한편으로는 그렇게 마음을 쓰게 했다는 생각에 미안한 마음이 들기도 했다.

햇살 아래 침묵이 이어졌다. 오이치와 오도라는 주군의 뒤에 앉아 졸고 있었다. 산비둘기의 울음소리에도 나른함이 묻어났다. 도키치로가 별다른 말이 없자 히코에몬은 자리에서 물러나려다 문득 정원을 바라보았다. 그 순간 나무 그늘에서 짙은 연기가 피어오르고 있었다. 정원지기가 썩은 낙엽을 태우는 것이라 생각했는데 자세히 살펴보니 숯을 굽는 가마를 작게 만든 듯한 흙가마가 보였다. 그리고 한 사내가 몸을 구부리고 가마 입구를 들여다보고 있었다. 히코에몬이 의아한 표정을 짓자 도키치로가 웃으며 말했다.

"히코에몬, 저자를 알겠는가?"

"처음 보는 자인데 언제 데려오셨습니까?"

"얼마 전, 성으로 돌아오는 도중에 이마하마 부근에서 데려온 자이네. 아마 자네도 아는 자일 걸세."

"흠, 얼굴을 보면 알 수 있을지 모르지만 이곳에서는 잘 보이지 않습니다."

"생각나지 않는가? 내 고향인 오와리의 나카무라와 그대의 고향인 하치스카 촌에서도 가까운 신가와 촌의 다완집 스데지로의 아들인 후쿠타로 말일세."

"저자가 다완집 자식입니까? 신가와의 다완집이라고 하면 상당한 부호였는데."

"주인이 죽은 뒤, 집과 땅 모두 잃어버렸다고 하는군."

"그럼 몰락해서 이마하마 부근에서 목숨을 연명하고 있었던 것입니까?"

"인부들 속에서 일을 하고 있던 것을 발견하고 옛정을 떠올려 데려왔는데, 본래 허약한 상가의 자식인지라 성안에서도 무슨 일을 시켜야 할지 모르겠네."

"그렇군요."

"본인에게 무엇을 잘하는지 물었더니 찻잔을 굽는 일을 좋아한다고 하더군. 그래서 찻잔이라도 구우며 머물라고 저리 내버려두고 있네."

"그럼 저것이 찻잔을 굽는 가마였습니까? 그나저나 찻잔 따위를 만들어 어디에 쓰겠습니까?"

"밥공기로라도 쓰도록 하세."

"하하하."

히코에몬의 웃음소리에 몸을 구부리고 있던 후쿠타로가 깜짝 놀란 듯 가마 앞에서 벌떡 일어나 뒤를 돌아보았다. 그리고 늘 무언가를 두려워하는 듯한 그의 눈이 멀리 도키치로의 모습을 발견하고는 가마 앞에서 비굴한 개처럼 황망히 머리를 조아렸다.

"저 비굴함을 어떻게 하면 없애줄 수 있겠나?"

도키치로는 항상 무엇인가를 두려워하는 후쿠타로의 눈을 볼 때마다 측은한 마음이 들었다. 친절하게 대할수록 부들부들 떨며 뒷걸음치곤 했다. 도키치로는 무엇 때문인지 후쿠타로의 마음을 헤아려보았다. 그러자 후쿠타로가 다완집 젊은 도련님이었을 때, 자신을 미워하며 아침저녁으로 괴롭혔는데 지금 그것을 떠올리고 자책하며 무서워하거나 괴로워한다는 생각이 들었다.

며칠이 지나자 찻잔이 완성됐다. 후쿠타로는 찻잔을 만들 때마다 아무 말도 하지 않고 몇 개를 도키치로의 서원 마루 끝에 갖다 놓았다. 가마가 작아서 한 번에 두세 개밖에 굽지 못했다. 그중 깨지는 것도 있다 보니 날이 지나도 마루 끝에 갖다 놓는 찻잔은 많지 않았다. 또 누가 가지고 갔는지 그 수가 줄기도 했다.

'마음에 드셨나? 그 찻잔으로 차를 드실까?'

후쿠타로는 조금씩 일의 보람을 느끼는 듯 눈가에 안심하는 기색이 보였고, 그가 만든 찻잔에서도 비굴하거나 위축된 듯한 분위기가 사라지고 있었다. 그렇게 그는 한가롭기만 한 본연의 모습을 조금씩 되찾고 있었다.

사면초가

　매달 8일에 장이 서면 기후 성 아래 마을에는 말과 사람과 물건이 흘러넘쳤다. 그것은 노부나가가 성주가 되기 전인 사이토 가 시대부터의 풍습이었다. 종이, 옻, 가죽, 지금地金, 직물과 그 외의 헌옷과 식료품 등이 대규모로 거래되었다. 여러 나라에서 수많은 사람이 들어왔기 때문에 국방이나 치안 문제에 있어 폐해도 많았지만 오다 가는 경제적인 측면 때문이라도 시장을 열지 않을 수 없었다.

　"멍청이, 어디를 보고 걷는 것이냐. 앞을 보고 걸어라!"

　저물녘, 번잡한 시장통 속에서 거간꾼의 거친 목소리가 들렸다. 그가 망아지와 어미 말을 끌고 사람들이 가득한 길 한가운데를 지나자, 길가의 사람들은 양옆으로 피했지만 두건 위에 삿갓을 쓰고 눈만 내놓고 걸어오던 무사는 피하지 않았다.

　"앗!"

　무사가 비틀거린 순간, 거간꾼이 잡고 있던 고삐가 무사의 어깨를 친 듯했다. 그런데 그 소리는 비틀거린 무사가 아니라 조금 떨어진 다른 사람의 입에서 나온 소리였다. 일행인 듯했다.

　"어디 다치신 데는 없습니까?"

일행이 달려오더니 벗겨진 한쪽 짚신을 찾아서 무사의 발밑에 놓았다. 시종인 듯했는데 거의 똑같은 옷차림을 하고 있었다. 삿갓과 얼굴 가리개까지 똑같았다.

"저 난폭한 놈을 붙잡아서 관아에 넘길까요? 무가에게 저 정도이니 백성들에게는 어찌할지 안 봐도 뻔합니다."

무사의 시종이 벌써 인파 저 멀리 사라져가는 말의 뒷모습을 돌아보며 말했다.

"그만두거라."

무사는 작은 목소리로 말하고는 앞서 걸어갔다. 시종은 다시 무슨 일이 생길지 걱정하듯 그의 등 뒤에 바짝 붙어서 이리저리 살피며 따라갔다. 시장을 벗어나자 사람이 드문 공터가 나왔고 그 앞에 있는 건물은 절인 듯했다. 간장에 조린 생선과 탁주 냄새가 풍겼고 저녁달이 떠올랐다.

"피곤하지 않으십니까?"

"아니다. 아주 재미있었다."

"날이 저물었으니 어서 돌아가시지요."

"으음."

주위를 둘러보던 무사가 무엇을 발견한 듯 물었다.

"저것은 무엇이냐?"

그리고 급히 발길을 돌려 공터 한쪽에 새카맣게 몰려 있는 사람들 뒤에 가서 섰다. 살펴보니 법사 한 명이 돌 위에 서서 사람들을 향해 연설을 하고 있었고, 법사의 일행인 듯한 세 명의 행각승이 세 방향으로 서서 노려보듯 사람들을 감시하고 있었다. 법사는 열변을 토하며 사람들에게 외쳤다.

"물건값만 오르고 법령은 가혹하기만 하오. 사내들은 전쟁이 나면 매번 군역을 져야 하니 먹고살 길도 막막하오. 이것이 우리의 실정 아니오? 이 시장만 해도 사이토 도산 님이나 다쓰오키 님 시절에는 이렇지 않았소. 훨씬 번창했었소. 백분을 칠한 여자와 노래를 부르는 여자도 있었고 밤늦게까지 술주정뱅이의 소리도 들렸소. 그런데 지금은 법률에 따라 장사까지도 초저녁에 문을 닫아야 하오."

법사는 입술에 침을 한번 묻히더니 사람들을 빙 훑어보았다. 교묘히 사람들의 불만을 부추겨 오다 가의 정책을 비방하려는 의도가 엿보였다. 그는 모든 것이 방만하던 과거 사이토 가 시대의 좋은 점만을 칭송하면서 사이토 가가 삼 대째 이르러 멸망하고 성 아래 백성들이 외적의 침략을 받아 고통을 겪고 아직도 그 상처가 치유되지 않았다는 사실은 말하지 않았다.

"주군. ……주군."

가쓰이에가 살짝 노부나가의 소매를 잡아당기더니 주위의 사람들이 알아차리지 못하게 눈짓을 하며 귀에 대고 속삭였다.

"일향종입니다. 적의 간자임이 틀림없습니다."

"으음."

노부나가는 고개를 끄덕였다. 그사이에도 사람들은 앞사람의 어깨 너머로 연설을 하는 법사를 쏘아보고 있었다. 아까 번잡한 시장통 속에서 거간꾼이 호통을 친 상대는 노부나가였고 시종은 시바타 가쓰이에였다. 두 사람은 잠행 중이었기 때문에 세심하게 위장을 하고 있었다.

노부나가는 영민들이 춤을 추고 노는 날에는 자신도 그들 속에 파묻혀 함께 춤을 추었다. 소년 시절부터 노부나가를 지켜본 가신들은 이러한 노부나가의 행동을 돌발적이라고 생각하지 않았지만 시절이 시절인 만큼 위험한 일이 생길까 봐 걱정을 했다. 그래서 가쓰이에가 주군을 보호한다는 중대한 임무를 맡았다. 하지만 노부나가는 그런 것에 대해서는 전혀 신경을 쓰지 않았다.

한동안 전쟁이 없다 보니 노부나가는 오로지 내정과 외교에 심혈을 기울이고 있었다. 특히 전쟁이 나면 늘 기후를 떠나야 했기 때문에 자신의 건강만큼 늘 민심에 세심하게 신경을 쓰고 있었다.

"미리 말해두겠지만, 이처럼 내가 승가에 몸담고 있는 만큼 내 눈은 아미타불의 눈이오. 여러 나라들이 동서남북 곳곳에서 싸우고 있지만 불자에게 적과 아군은 따로 없소이다. 그저 아미타여래의 가르침을 받들어 가련한 그대들에게 자비의 손길을 내미는 것이오."

법사의 연설은 청산유수였다. 과연 적지에 들어와서 민심을 교란하고자 할 정도의 대범함과 언변을 지니고 있었다. 그래서인지 사람들은 그의 궤변을 마치 사실인 것처럼 받아들이고 있는 듯했다.

"이대로 가면 올해도 전쟁, 내년도 전쟁, 전쟁이 끊이질 않을 것이오. 예언하건대 올여름에는 큰 역병이 창궐할 것이고 가을에는 기근이 들 것인데 당신들은 어떻게 하겠소?"

법사가 자신의 말에 취해 점차 노골적으로 선동하자 세 방향으로 서서 서로 등을 대고 사람들을 감시하던 중들이 이따금 뒤를 돌아보며 말했다.

"제발 중생들에게 자비를 베풀어 부적을 내려주십시오. 여기에 모인 불자들에게 역병을 물리칠 수 있는 부적을 내려주십시오."

"그럼, 지금 부적을 나눠줄 터이니 서로 다투지 말고 조용히 순서를 기다리도록 하시오."

연설을 하던 법사가 그렇게 말하고 돌에서 내려오자 세 명의 중이 부적이라고 하는 작은 종잇조각을 사람들에게 나눠주며 말했다.

"이것을 집 안에 붙이고 아침저녁으로 염불을 하면 역병을 피할 수 있소. 그리고 7월이나 8월 무렵에 부적을 태우는 의식이 시작될 때, 당신들도 역병을 물리치는 걸 도우러 모이도록 하시오. 바람이 세차게 부는 밤, 기후 곳곳에서 불길이 일 것인데 그것이 신호이오. 역병을 물리친 뒤에는 사이토 가 시대보다 훨씬 안락한 시절이 찾아올 것이오.”

눈발이 날리듯 수많은 사람이 종이를 받아들고 사라졌다.

“내게도 주시오.”

밀고 밀리는 사람들 사이에서 가쓰이에도 손을 내밀었다. 다른 중들과 함께 부적을 나눠주던 법사가 가쓰이에에게 한 장을 쥐여주었다.

“이놈!”

순식간에 법사의 손목을 붙잡은 가쓰이에가 사람들 속에서 그를 질질 끌고 나와 땅바닥에 내동댕이쳤다.

“앗, 방금 그 법사다!”

“붙잡혔다. 첩잔가 보다.”

놀란 사람들은 손에 들고 있던 종이를 내던지고 사방으로 도망쳤다. 가쓰이에에게 사로잡힌 승려들의 우두머리인 법사 외에 나머지 세 명도 여기저기서 붙잡혀 왔다.

“아니 저 무사는?”

가쓰이에가 붙잡은 법사를 마을 안에 있는 사원의 문 앞까지 끌고 갔을 때 사람들은 무사가 노부나가라는 것을 깨달았다. 문 앞에서 여덟 명 정도의 기마 무사와 많은 가신이 노부나가가 돌아오기만을 기다리고 있었던 것이다. 만일의 사태를 대비해 시장 부근 여기저기에 있었던 하인들까지 모이자 꽤 많은 인원이었다. 그들은 네 명의 법사를 밧줄에 묶어서 이나바 산의 성문으로 끌고 갔다.

일 각 정도 지난 뒤, 노부나가는 목욕을 하고 나서 상쾌한 얼굴로 기후 성의 한 방에 모습을 드러냈다.

“란마루, 빗을 다오.”

노부나가가 젖은 머리를 만지며 말하자 란마루가 뒤에서 다가왔다.

"빗겨드릴까요?"

"음, 그래."

노부나가는 조금 상기된 얼굴로 자신의 머리를 란마루에게 맡겼다. 측신이 전했는지 기다리고 있던 가쓰이에가 와서 보고를 했다.

"조사를 하고 왔습니다."

"그만 됐다."

노부나가는 이마의 땀에 종이를 갖다 대며 란마루에게 말하더니 가쓰이에에게 물었다.

"어떻던가?"

"좀처럼 입을 열지 않아서 애를 좀 먹었습니다."

"그럴 것이다. 어디에 속한 자인가?"

"한 명은 나가시마의 장원사長圓寺입니다."

"역시 그렇군."

"두 명은 에이 산의 승려입니다. 다른 한 명은 미요시 잔당으로 승려 행세를 하고 있지만 승려가 아닙니다."

"유유상종이군."

"우두머리인 장원사의 방주는 아무리 다그쳐도 시치미를 떼며 입을 열지 않고 있습니다. 미요시 잔당도 토설을 하지 않아서 에이 산의 두 명을 따로따로 고문했더니 그제야 모두 자백을 했습니다."

"그런가. 흐음, 재미있군. 같은 중이라 해도 그리 다르군."

"초여름을 기해서 사전에 영민들을 포섭해놓고 성 아래 곳곳에 불을 지르고 봉기를 선동한 후에 북쪽에서는 아사이와 아사쿠라의 군사, 남쪽에서는 나가시마의 일향종을 규합하고 이시모토 본원사의 승병과 에이 산, 또 기나이의 미요시 잔당이 합세해서 일거에 기후를 공격하려는 계획이라고 합니다."

"그렇군. 나를 미워하는 세력들이 자신들의 최후를 예감하고 모두 단결한 것이로군."

"모두 쇠퇴해가는 무리들임에는 분명하지만 경시할 수는 없습니다."

"옳은 말이네."

"에이 산 방주의 자백에 따르면 그들의 밀맹에 고슈甲州의 다케다 님까지 가세한 것으로 여겨집니다. 근래 다케다 가와 교토의 장군 사이에 빈번하게 밀사가 오가는 것을 고려하면 저희는 지금 사면초가인 듯 여겨집니다. 한시라도 방심할 수 없을 듯합니다."

노부나가가 묵연히 촛불을 바라보다 다소 피곤한 듯 말했다.

"가쓰이에, 보고는 내일 다시 듣도록 할 테니 법사들을 옥에 가둬놓고 한동안 살려두도록 하라."

노부나가는 란마루를 데리고 안으로 들어갔다.

복룡伏龍의 고뇌

"사면초가라는 말이 딱 들어맞는군. 성에 앉아 사방을 둘러보면 사방팔방 모두 적이 아닌 곳이 없다."

노부나가는 중얼거리며 팔베개를 하고 누웠다. 4월 말, 침소에 들기에는 아직 서운한 마음마저 드는 맑은 날이었다. 무더운 성 아래에 비하면 본성이 있는 산 위는 청량했다.

"사방의 적뿐만이 아니다."

노부나가는 자신이 거느린 영지의 시정市政과 영민들의 마음을 돌아보며 반성했다. 기후의 영지는 부친에게서 물려받은 유산이 아니었다. 자신의 실력으로 새로 획득한 것이었다. 영민들은 바로 어제까지 사이토 가를 영주로 모셨으니 그것만으로도 어려운 점이 많았다.

"한눈에도 알아차릴 수 있는 첩자들의 궤변에 백성들의 마음이 흔들려서야."

노부나가는 가슴이 아팠다. 누구의 탓도 아니었다. 바로 자기 자신의 덕이 모자라고 선정을 펼치지 못했기 때문이라고 생각했다.

"어떻게 하면 민심을 얻을 수 있을까?"

노부나가는 눈을 감고 생각에 잠겼다. 자신을 믿으라고 호령해봤자 민심이 자신의 생각대로 움직일 리가 없었다. 영민의 본분을 어기는 사람은 용서치 않겠다고 위협을 가하는 것도 좋은 방법이 아니었다. 마음은 형체가 없어 눈으로 구분할 수도 없었다. 법령을 시행하는 것은 쉽지만 진심으로 그 법령을 따르게 하는 것은 지난한 일이었다.

민심은 법령이라는 말만 들어도 그 내용이 어떻든 간에 먼저 꺼리는 습성이 있었다. 그 생리적인 습성은 오래전부터 이어져 내려온 폭압으로 인해 백성들 마음속 깊이 스며들어 있었다. 그렇다면 법령과 그 법령의 지배를 받는 사람은 영원히 동화할 수 없는 물과 불과 같은 사이인가 하는 생각이 들었다.

"서로 상충하는 두 존재가 멀어지면 나라는 반드시 멸망한다. 그럼 국주의 역할은?"

노부나가는 그 두 가지를 이어주는 것이 국주의 역할이라고 생각했다. 민심이 기꺼이 받아들이는 법령이어야 했다. 하지만 그렇게 하면 국정을 이끌어나갈 수가 없었다. 그렇게 자문자답을 해보던 노부나가는 '그렇지 않다'고 생각했다.

본래 민중은 넉넉하고 안정된 생활을 갈망하고 있지만 그렇다고 해서 방만한 쾌락이나 안일한 자유만 추구할 어리석은 존재가 아니었다. 한 사람의 인생을 보더라도 제 마음이 내키는 대로 생활하거나 부족함이 없는 사람이 오히려 행복하지 않은 경우가 있었다. 민심이라는 것도 고난의 시대와 번영을 구가하는 시대가 번갈아 찾아오는 편이 좋았다. 그렇지 않으면 민심은 오히려 염증을 느낄 것이었다.

"내가 잘못 생각하고 있었다."

노부나가는 후회를 하며 뇌까렸다.

선조 이래의 영지인 오와리의 영민들에게는 많은 고난을 강요했다. 하지만 이전의 사이토 가가 방만한 시정을 펼쳤던 탓에 화려하고 방종

한 생활에 익숙해진 기후의 백성들에게는 미온적인 정책을 펼치면서 서서히 길들여가는 방침을 택했다.

"내 잘못이다. 내가 민심을 너무 몰랐다. 오히려 영민들은 이전 영주의 방식과 닮은 듯 틀린 내 방식을 의심했던 것이다. 믿지 않았던 것이다."

영민들은 방만한 영주 아래에서 방만하게 살다가 멸망한 역사를 직접 두 눈으로 목격했다. 그들은 지금 사이토 가와는 다른 방식을 원하는 게 틀림없다. 자신이 솔선해서 신념과 덕을 보여주면 영민들은 기꺼이 고난을 감수할 것이다. 오히려 청신한 희망을 내걸고 민심에게 고난을 받아들이라고 했어야 했다. 자식을 사랑하는 부모의 마음을 가지고 영민들을 독려하고 채찍질을 했어야 했다.

란마루는 작은 체구와 나이와는 달리 의젓한 모습으로 방 한쪽 구석에 앉아 있었다. 하지만 그가 아무리 영리하다고 해도 노부나가의 참담한 마음까지 알아차릴 수는 없었다.

'잠시 눈을 붙이시는 게 좋을 텐데.'

란마루는 멀리서 노부나가의 얼굴을 보며 걱정하고 있었다. 산을 넘어오는 밤바람이 차가웠다.

"아직 침소에 들지 않으실 생각인지요?"

란마루가 일어서서 노부나가에게 살짝 물었다.

"조금 더 여기에 있도록 하자."

가늘게 뜬 노부나가의 눈에는 잠기운이 전혀 보이지 않았다. 란마루가 노부나가의 뒤로 돌아가 어깨를 주무르며 말했다.

"피곤하실 테니 주물러드리겠습니다."

노부나가는 필요 없다고도 그렇게 하라고도 하지 않았다. 란마루는 노부나가가 등이 결린다는 말을 자주 했기 때문에 어디를 주물러야 할지 잘 알고 있었다. 노부나가는 그대로 란마루에게 몸을 맡기고 있었다.

'무리도 아니다. 민심이 나를 그토록 싫어하는 것도 무리가 아니다.'

노부나가는 다시 생각에 빠졌다.

'지금 내 편이라고는 미카와의 도쿠가와 이에야스뿐이다. 그렇지만 근래에는 다케다 가와의 싸움으로 인해 힘을 빌리기 어렵다. 도쿠가와 가를 제외하면 나를 아버지라고 생각한다고 한 장군 요시아키를 비롯해 멀리 서쪽의 모리 가에 이르기까지 모두 적이다. 그러니 영민들이 이 성을 위태롭게 보는 것은 당연하다.'

그런 민심을 어떻게 신망으로 바꿀 것인가. 이 사람이 아니면 안 된다고 영민들의 마음을 하나로 묶을 수 있을까. 노부나가는 다음과 같이 생각할 수밖에 없었다.

'아직 미심쩍은 것이다. 그동안 몸소 실행해온 그간의 일들이, 영민들의 눈에는 미심쩍게만 보였던 것이다. 그렇다. 앞으로도 신념을 몸소 실행에 옮겨 보여주어야 한다. 민심을 얻을 방도는 그것밖에 없을 것이고 내가 살 수 있는 길도 그것밖에 없다.'

노부나가는 갑자기 벌떡 일어섰다. 태평하게 누워 있을 수 없는 의식의 충동이 불현듯 몸을 일으킨 것이다. 란마루가 깜짝 놀라며 물었다.

"무슨 일이십니까?"

"아니다. 지금 몇 시냐?"

"해시亥時 무렵인 듯합니다. 확인하고 올까요?"

"그럴 필요까지는 없다."

문득 란마루의 부어오른 눈을 본 노부나가가 물었다.

"울고 있었느냐?"

"예."

"졸리고 힘들어서 그러느냐?"

"그렇지 않습니다."

"그럼 왜 울었느냐?"

"왜 그런지 저도 잘 모르겠지만……."

란마루는 두 손을 팔꿈치로 가리며 말했다.

"주군의 몸을 주무르다 갑자기 죽은 아버님이 생각나 눈물이 나왔습니다. 용서해주십시오."

"산자에몬 요시나리를 떠올렸다는 것이냐?"

"……예."

"네 부친인 요시나리는 작년 에이 산을 포위했을 때, 아사쿠라의 대군과 승병과 싸우다 우사 산의 성과 함께 운명을 했다. 아직 어린 네가 슬퍼하는 것은 무리가 아니지만 슬퍼만 하고 있으면 부친의 죽음을 헛된 것으로 만드는 것밖에 되지 않는다. 울지 마라. 요시나리는 죽은 것이 아니다."

"예? 아버님께선 돌아가신 것이 아닙니까?"

란마루는 깜짝 놀란 듯 얼굴에서 팔꿈치를 뗐다. 노부나가는 바로 앉으며 고개를 세차게 끄덕였다.

"살아 있다."

"어디에, 아버님은 어디에 살아 계십니까?"

란마루는 손을 짚으며 노부나가의 입술을 응시했다. 그러자 노부나가가 가슴에 손을 대면서 말했다.

"여기다. 내 가슴속이다. 살아 있다고 한 것은 네 부친의 형체가 아니다. 요시나리의 충혼은 죽어도 이 노부나가의 가슴속에 살아 있다는 말이다."

"어, 어떻게 말씀입니까?"

"요시나리뿐만이 아니다. 이 노부나가의 군에 들어와서 오늘까지 각지에서 싸우다 죽은 자들도 모두 내 가슴에 함께 묻었다. 그것이 내 마음이 되어 고난을 맞을 때마다 나에게 용기를 북돋아준다. 내가 두려워하거나 주저할 때마다 어릴 적 내게 충언을 간하고 자결한 히라데 마사히데를 비롯한 수많은 충혼이 나를 질책하고 옳은 길로 이끌어주고 있다. 네 부친인 산자에몬 요시나리도 그중 한 명이다. 네가 슬퍼하면 내 마음도 슬프다. 두고 보아라. 나는 앞으로도 수많은 훌륭한 장수와 병사를 죽게 할 것이다. 슬퍼하고만 있다면 그럴 수 없을 것이다."

영리한 란마루는 자세를 바로 한 채 미동도 하지 않았다.

"하지만 너에게 맹세하마. 나는 반드시 암흑과 난세에 빠져 있는 이 나라의 백성들을 되살려낼 것이다. 대군大君께서 마음을 편히 하실 수 있는 날을 이룰 것이다. 그리고 백세의 후대까지 이 노부나가가 이룩한 것이 반드시 좋은 일이었다는 사실을 이 땅 위에 증명할 것이다. 내가 그렇게 한다면 내 밑에서 죽어간 백골들도 모두 헛된 죽음이었다고 후회하고 한탄하지 않을 것이다."

"주군, 잘 알겠습니다. 이 란마루도 결코 울며 한탄하지 않겠습니다."

어둠에 잠긴 산속 숲에서 두견새가 울고 있었다. 노부나가는 평소답지 않게 눈앞에 있는 란마루의 모습을 보며 감상에 젖어들었다. 하지만 그것은 극히 짧은 순간에 지나지 않았다.

"란마루, 종이와 벼룻집을 다오."

"옛. ……여기 있습니다."

"먹을 갈도록 해라."

노부나가는 붓을 들고 요코야마 성에 있는 기노시타 도키치로에게 보내는 서찰을 썼다. 서찰의 내용은 상당히 상세했다. 노부나가는 서찰을 봉한 뒤 숙직을 서는 하인을 불러 명했다.

"즉시 파발을 보내도록 하라."

그 뒤 노부나가는 다시 붓을 들고 성안과 성 밖에 살고 있는 주요 가신들의 이름을 구분해서 써 내려갔다.

"이것을 가쓰이에의 방에 전하면서 내일 아침 묘시卯時까지 여기에 적혀 있는 자들 모두 회의장으로 모이도록 하라고 전하라."

노부나가는 숙직을 서는 하인에게 그렇게 말하고 침소에 들었다.

묘시면 첫새벽이었다. 명을 받은 사람들은 무슨 일인가 하고 날이 새기도 전에 일어나서 모여 있었다. 근래 한동안 군사 회의도 없었기 때문에 모두들 때가 무르익었고 주군의 가슴속에 무언가 신묘한 계책이 세워진 것이라고 예감했다.

그들은 천장이 높은 큰 방에 줄지어 앉아 있었다. 시바타와 사쿠마를 비롯해 우지이에 보쿠젠氏家卜全, 안도 이가노카미安藤伊賀守, 다케이 세키안武井夕庵, 아케치 쥬베 등의 얼굴이 보였다. 이윽고 노부나가가 자리에 앉았다. 군사 회의는 실로 짧은 시간에 끝이 났고 결정이 내려진 뒤 모두 바로 자리에서 일어났다. 밖으로 나오자 아침 공기는 아직도 새벽이슬을 머금고 있었다.

"조식 전에 끝이 났군."

"그러게 말이네. 이런 기세라면 군사 회의뿐 아니라 조식 전에 싸움 터에 도착할 듯하군."

줄지어 회랑으로 몰려나온 장수들은 전의에 불타올라 있었다. 그날 아침, 노부나가는 회의를 열어 제장들에게 다음과 같이 물었다.

"먼저 나가시마의 봉기부터 평정하고 사면초가의 형상에 처한 기후의 상황을 타개하고자 하는데 그 방책을 말해보라."

반노부나가 연맹의 깃발을 치켜든 세 곳의 본산, 즉 오사카의 이시야마 본원사와 교토의 에이 산, 오와리와 이세 국경의 나가시마 승도僧徒, 여기에 고슈江州와 각지의 승병 세력 들은 확실한 영토를 갖지 않으면서도 백성들 깊숙이 파고들어 민심을 갉아먹으며 선동을 하고 있었다. 그러한 승단을 상대로 노부나가가 맞서 싸우기란 여간 거북한 일이 아니었다.

5월에 들어서자 노부나가의 대군은 기후 성에 집결했다. 당일까지 중역 외에는 출정 사실을 몰랐던 터라 모두 깜짝 놀랐다. 하지만 출정식 전인 지난 8일, 시장에서 붙잡은 네 명의 간자들의 목을 치자 그제야 상대가 나가시마라는 것을 깨달았다.

"그 간자들에게 역병을 물리친다는 부적을 받아 집에 붙여놓았던 사람들은 그것을 떼는 것이 좋다."

백성들은 동요하며 급히 이런저런 물건들을 감추거나 불태웠다. 여름이 오고 강풍이 부는 밤이 되면 역병을 물리치는 불길이 일 것이고 그것을 돕는 사람은 살아서는 안락한 삶을 살 것이며 죽어서는 불과를 얻을 것이라는 말을 맹신하고 있었던 것이다. 그중에는 그 말을 그대로 믿고 몰래 숨겨두었던 봉기의 깃발을 불태워버린 사람들도 있었다. 그 깃발은 하얀 목면에 범자梵字가 적혀져 있었고, 그 아래에 '퇴일보타지옥退一步墮地獄 진일보생극락生極樂進一步'이라고 쓰여 있었다.

나가시마에는 지금도 이 깃발이 숲처럼 빽빽이 들어서 있었다. 이미 봉기에 가담한 승려와 속인 들만 해도 칠만이 넘었고 일향종 승려들의 선동에 넘어가 괭이를 버리고 장사를 내팽개치고 투신한 사람들이 날마다 늘어났다.

"사내라면 한 발도 물러서지 마라. 여자라면 한 마디 후회하는 말을 하지 마라."

봉기에 가담하면 그렇게 맹세를 하게 했다.

노부나가 군은 전멸당할 것을 각오하고 나가시마로 진격했다. 이 지방의 오기에노小木江之 성의 성주였던 노부나가의 동생인 노부오키는 작년에 그들에게 죽임을 당하고 성도 빼앗겼다. 노부나가는 동생의 원수를 갚기 위한 싸움이라는 말은 입에 담지 않았지만 그의 가슴속은 동생의 복수심으로 불타오르고 있었다. 노부나가의 군사들 역시 마찬가지였다. 하지만 좀처럼 나가시마를 함락시킬 수가 없었다. 오히려 공격할수록 그들은 더욱 강해졌다. 그들이 주문처럼 외치는 '일심일향一心一向'처럼 그들은 한층 단결해서 맞서 싸웠다.

"뱀을 죽이는 데에는 그 머리부터 쳐야 하는 것을. 꼬리와 싸우며 날을 보내다가는 대사를 그르칠지도 모른다."

어느 날, 나가시마의 요새와 지세를 직접 살피던 노부나가는 갑자기 그것을 깨닫고 급히 전군에 퇴각의 명을 내렸다. 그 명을 받은 각 진영의 장수들은 노부나가의 심중을 알 수가 없어서 충격을 받았다. 손자가 이르길 '나아가기는 쉬우나 물러서기는 어렵다'고 했다. 노부나가는 그 어려움을 새삼 깨닫고 전군에 퇴각을 명한 것이었다.

전군은 당연히 큰 혼란에 빠졌다. 지금까지 공격 일변도에서 급작스레 퇴각한다는 것은 꿈에도 생각하지 못했던 일이다. 부장들은 '왜, 무엇 때문에 퇴각하는 것인지' 도무지 이해할 수 없다 보니 혼란스럽기만 했다.

"무엇을 의심하고 망설이는 것인가? 퇴각하라는 명령이 떨어졌다. 군명은 절대적인 것이다. 이유 따윈 나중에 생각하라. 무조건 퇴각하라."

후위를 맡은 시바타 가쓰이에와 우지이에 보쿠젠이 동분서주하며 망설이는 각 부대의 퇴각을 독려했다. 그날까지 넓은 지역을 둘러싸고 있던 노부나가의 대군은 한쪽에서부터 급격하게 회군을 하기 시작했다. 그러자 승단의 대군이 나가시마를 나와 추격했다.

"노부나가 군 후방에서 갑자기 돌발 상황이 생긴 것이 틀림없다!"

추격에 나선 승병의 한 부대는 앞질러 강을 거슬러 올라가서 퇴각해오는 노부나가 군을 기다리고 있었다. 후위를 맡았던 시바타 군은 둑을 무너뜨리고 공격을 가한 적들에게 무참하게 무너졌다. 앞에 매복하고 있던 또 다른 적이 철포와 화살을 퍼부어대자 시바타의 작전대로 도망을 치던 군사들이 절반 가까이 몰살당하고 말았다. 시바타도 왼쪽 허벅지에 총을 맞고 어깨 부위에 화살을 맞았다. 그뿐 아니라 중군이 가지고 있던 금빛 우마지루시馬標까지 적에게 빼앗기고 사방팔방으로 뿔뿔이 흩어져 도망칠 수밖에 없었다.

"장군, 그만 여기서 인사를 올리겠습니다. 장군을 모시는 것도 여기까지인 듯합니다."

시바타의 시종 중에 열일곱 살이 된 미즈노 우네메水野采女가 돌연 가쓰이에가 탄 말의 곁을 떠나 되돌아가려고 했다.

"우네메, 어디를 가느냐?"

가쓰이에가 소리치자 우네메가 외쳤다.

"비록 보잘것없는 재주지만 되돌아가서 후위를 맡겠습니다. 하니 저는 개의치 마시고 어서 빨리 피하십시오."

우네메는 그렇게 외치고 몸을 돌려 적들을 향해 달려갔다. 죽음을 각오하고 달려간 그는 적에게 빼앗긴 우마지루시를 다시 되찾은 뒤 도망쳐왔다. 이번 퇴각이 얼마나 지난한 일이었는가는 가쓰이에와 함께 후위를 맡은 우지이에 보쿠젠이 전사하고 안도 이가노카미를 비롯해 죽은 장수와 병사가 팔백 명, 부상자가 이천 명인 점만 봐도 쉽게 상상할 수 있었다. 하지만 노부나가는 간신히 기후에 다다르자 타고 있는 말의 목덜미를 두드리며 다행이라고 중얼거렸다.

"앞으로 일 년 동안은 참아라. 일 년 후에는 네 진짜 실력을 발휘해야 할 것이다."

죽음을 각오하고 적진으로 되돌아가서 금빛 우마지루시를 되찾아 온 미즈노는 퇴각 명령에 아무런 불평을 하지 않았지만, 장수들은 기후에 돌아온 뒤 속으로 노부나가에 대한 불만이 끊이질 않았다.

어느 날, 노부나가가 가신들에게 말했다.

"나와 오다 군의 전도에는 많은 임무가 가로놓여져 있다. 나가시마의 적들을 저리 내버려두기는 어렵지만 그들은 그저 한쪽의 적일 뿐, 이 노부나가를 치려고 하는 적의 근간이 아니다. 불을 끄는 데 있어 불이 난 진원지를 제쳐두고 벽에 비친 환영에 물을 뿌리기만 한다면 사람들이 웃을 것이다. 게다가 그곳에서 소중한 시간과 군마를 허비해버리는 것은 참으로 어리석은 행동일 것이다. 그러니 한동안 휴식을 취하고 정비를 하며 화재의 근원지가 어디인지 그대들도 잘 살피며 지켜보도록 하라."

비사문毘沙門 당주

가이甲斐의 명장으로 명성이 자자한 아마카스 비추노카미를 일족으로 둔 아마카스 산페이甘糟三平는 특별한 재능 때문에 오히려 십 년 동안 낮은 직책을 맡았다.

"사람이 지나치게 재능이 많아도 좋은 일이 아닌 듯하군. 차라리 둔재로 태어나 꼭 필요할 때, 일생의 소임을 다한 연후에 쓸모없는 자라는 말을 듣는 편이 나을 듯하다."

아마카스 산페이는 마흔이 가까워지자 종종 넋두리를 했다. 하지만 그는 여전히 자신의 재능을 살려 쉴 새 없이 적국과 고슈甲州를 넘나들고 있었다.

산페이는 다케다 가의 간자 조직에서 적국을 교란하고 첩보를 수집하고 아군과 연락을 취하면서 유언비어를 퍼뜨리는 일을 맡고 있었다. 산페이는 젊었을 때부터 동료들 가운데 가장 민첩했다. 어떤 산길이라도 하루에 이삼십 리를 족히 주파하는 다리를 가지고 있었다.

하지만 아무리 그런다 해도 날마다 그렇게 다닐 수는 없었다. 멀리 떨어진 곳에서 급히 돌아올 때는 험로가 아니면 말을 탔다. 그러다 보니 늘 왕래하는 요소마다 말을 갈아타는 곳을 두었는데 대부분 사냥꾼이나 나무꾼의 오두막이었다.

"어이, 숯쟁이. 여기 노인은 어디 갔는가?"

산페이가 말을 갈아타기 위해 숯쟁이 오두막 앞에서 내리며 말했다. 산페이가 땀에 흠뻑 젖은 만큼 말도 땀에 흠뻑 젖어 있었다. 5월 말이었다. 아직 녹음이 짙지 않는데도 마을 쪽에서는 벌써 매미가 울고 있었다.

"아무도 없느냐?"

산페이가 귀찮은 듯 부서진 문을 무릎으로 차자 오두막 문이 뒤로 넘어갔다. 그는 이곳에 맡길 말을 오두막 안으로 끌고 들어가 붙들어 맸다. 그러고는 토방 안으로 들어가 제 마음대로 밥통과 절임과 질주전자를 꺼내 들고 나왔다. 그는 배불리 먹고 일어서려다 전통에서 붓을 꺼내 종이에 무언가를 적었다. 그런 다음 밥풀을 이용해 뚜껑에 종이를 붙였다.

이것을 비운 것은 산여우가 아닌 산페이다. 말을 맡겨놓을 테니 다음번 찾아올 때까지 풀을 잘 먹이고 돌보도록 하라.

산페이가 나가려고 하자 헤어지기 싫은지 말이 벽의 널빤지를 발로 찼다. 하지만 무정한 말 주인은 뒤도 돌아보지 않았다. 말발굽 소리를 뒤로하고 문을 쾅 닫고 나온 산페이는 미나미고마南巨摩의 산지로 서둘러 뛰어갔다. 애초에 산페이가 가려는 방향은 고후甲府였다. 슨엔駿遠 방면에서 본국으로 돌아온 것이었지만 평소보다 몇 배나 빠른 속력으로 달려가는 모습을 보면 뭔가 화급을 다투는 정보라도 가지고 있는 듯했다.

다음 날 아침 일찍 산페이는 몇 개의 산을 넘고서 발아래 후지富士 강

을 내려다보고 있었다. 산골짜기 사이로 보이는 지붕들은 가지카자와
鰍澤 마을이었다.

"일단 점심이 지날 때까진……."

산페이는 그곳에서 자신의 걸음으로 고후에 도착하기까지의 시간
계산이 이미 끝난 듯 잠시 쉬면서 가이甲斐 분지에 찾아온 여름을 바라
다보고 있었다.

"어디를 가든 산들로 둘러싸여 불편하더라도 역시 내 나라처럼 좋
은 곳은 없군."

산페이는 무릎을 껴안은 채 중얼거렸다. 그때 산기슭에서 옻칠을 한
통을 등에 짊어진 수십 마리의 말이 달려오고 있었다.

"어디로 가는 거지?"

아마카스 산페이는 자리에서 일어나 아래로 내려가다 산 중턱에서
운송 부대와 맞닥뜨렸다.

"여어."

선두에 말을 타고 있는 사람은 다케다 가의 운송 부대 대장인 사나
다 겐타자에몬佐奈田源太左衛門이었다. 본래 면식이 있는 사이라 산페이
가 먼저 물었다.

"통이 굉장히 많군요. 저처럼 많은 옻통을 싣고 대체 어디로 가는 겁
니까?"

"기후요."

겐타자에몬은 그렇게 말한 뒤 의아해하는 산페이에게 덧붙여 말
했다.

"재작년, 오다 가에서 주문한 옻통의 수를 이제야 다 채워 기후까지
운반하고 있는 중이오."

"아니, 오다로 말입니까?"

산페이는 눈썹을 찌푸리며 큰일이라는 듯 표정을 지어 보였다.

"조심하십시오. 길이 여간 위험하지 않을 것입니다."

"나가시마의 승병들이 만만치 않다는데 오다 군의 전황은 어떻소이까?"

"주군에게 보고를 하기 전까지는 말씀드릴 수가 없습니다."

"그렇군. 지금 그대가 그쪽 방면에서 왔다는 걸 잊었구려. 그러면 이렇게 서서 이야기하는 것도 폐가 될 터이니, 어서 가보시오."

겐타자에몬은 백 마리에 이르는 짐말을 끌고 고개를 넘어 서쪽으로 사라졌다.

"역시 산에 둘러싸인 나라는 아무래도 세상의 정세에 뒤처지기 마련이다. 아무리 병마가 강하고 대장이 뛰어나더라도 그것은 치명적일 수 있다."

산페이는 그들을 지켜보다 자신의 임무가 얼마나 중요한지 새삼 깨닫고 제비처럼 산기슭까지 달려 내려갔다. 그는 가지카자와 마을에서 다시 말을 구해 한달음에 고후로 들어갔다.

분지인 고후는 무더웠다. 다케다 신겐武田信玄의 거성인 쓰쓰지가사키躑躅ヶ崎는 항상 경계가 엄했다. 상당히 중요한 문제이거나 군사 회의가 열릴 때가 아니면 평소에 좀처럼 보이지 않던 얼굴들이 속속 성문 안으로 들어가자 보초들은 무슨 일이 생긴 것을 직감했다.

전국 시대에 무슨 일이라는 것은 전쟁 외에는 없었다. 아침부터 성안으로 들어간 면면들을 보면 일족인 마고로쿠 뉴도 쇼요켄孫六入道逍遙軒을 비롯해 아나야마 바이세쓰穴山梅雪, 니시나 노부모리仁科信盛, 야마가타 사부로베 마사카게山縣三郎兵衛昌景, 나이토 슈리 마사도요內藤修理昌豊, 오바타 노부사다小幡信定, 오야마다 비추노카미小山田備中守 등의 누대의 가신들이었다.

"군사 회의일까?"

"두말하면 잔소리지."

"출군을 한다면 어디일까?"

"글쎄 어디일지."

"가와나가지마川中島 아니면 선광사善光寺 평야 서쪽."

"우에스기 가와는 화친을 맺고 있을 텐데."

"앞일을 누가 알겠나. 화친과 전쟁은 날씨와 같아서 갑자기 폭풍우가 몰아치는 것은 사람의 힘으로도 어쩔 수 없는 법이고 하늘을 탓해도 부질없는 일일세."

성문의 보초들은 그렇게 추측할 뿐 내일의 일을 알 수 없었다.

싱그러운 녹음에 둘러싸인 성안은 이따금 매미 소리만 들릴 뿐 적막에 휩싸여 있었다. 그리고 그날 아침부터 등성한 제장들 가운데 퇴성한 사람은 단 한 명도 없었다. 그곳에 아마카스 산페이가 도착했다. 그는 해자 밖에서부터 말에서 내려 고삐를 쥔 채 다리 위를 달려 건너왔다.

"누구냐?"

철문 옆에 서 있는 보초의 눈과 창끝이 번뜩였다. 산페이는 말을 버드나무에 묶고 대답했다.

"나다."

산페이는 좌우의 병사들에게 얼굴을 보이며 성안으로 뚜벅뚜벅 들어갔다. 그의 얼굴은 통행증과 같았다. 그가 어디의 누구인지 자세히 아는 사람은 없었지만 산페이의 얼굴과 임무를 모르는 병사는 없었다.

쓰쓰지가사키 성안에는 한 채의 가람이 있었다. 그곳은 비사문당毘

沙門堂이라고 하는데 신겐의 선실禪室이자 정무소이며 때로는 군사 회의를 하는 장소로도 쓰였다.

신겐은 비사문당의 회랑에 서 있었다. 정원의 샘과 바위에서 방으로 불어오는 바람에 그의 몸은 붉은 모란꽃이 불길에 타오르는 듯 흔들리고 있었다. 그는 갑옷 위에 대승정大僧正이 입는 붉은 옷을 입고 있었다.

올해 쉰한 살인 그는 다소 살이 쪘지만 근육으로 다져진 몸집이었고 키는 보통이었다. 어딘지 범상치 않은 인상이었지만 그를 본 적이 없는 사람들이 흔히 '무서운 분'이라고 하는 것만큼 다가가기 거북한 사람은 아니었다. 오히려 온화한 편이라고 할 수 있었다. 겉으로 보기에는 중후한 풍모였고 눈썹과 손발에 털이 많아 거친 인상이었지만 그것은 산으로 둘러싸인 나라인 가이 사람들의 공통적인 특징이지 신겐 혼자만의 특징이 아니었다.

"그럼 이만 하기로 하세."

"네, 이만 물러가겠습니다."

사람들은 차례로 자리에서 일어나 가람 밖으로 나왔다. 그러고는 계단을 내려오다 회랑 한쪽에 서 있는 신겐을 보고 인사를 한 뒤 사라졌다.

아침부터 열린 군사 회의였다. 신겐은 군사 회의에 나설 때면 진중에 있을 때와 마찬가지로 갑주를 착용하고 붉은 승복을 걸쳤다. 하지만 오늘은 날씨도 더운 데다 오랫동안 앉아 있던 탓에 다소 피곤했는지 회의가 끝나고 사람들의 인사를 받은 뒤 바로 회랑 밖으로 나와 서 있었던 것이다.

오바타, 나이토, 야마가타와 같은 누대의 가신을 비롯해 쇼요켄 마고로쿠, 이나시로 가쓰요리伊奈四郎勝頼, 다케다 코즈케노스케武田上野介 등의 일족에 이르기까지 오늘 회의에 참석한 사람들은 모두 입이라도 맞춘 듯 어딘지 심각한 표정과 결의에 찬 얼굴로 앞다퉈 황망히 돌아 갔다. 사람들이 돌아간 비사문당에는 반짝이는 금벽金璧과 고요한 매 미 소리만 남았다.

"이번 여름은?"

신겐은 사방을 둘러싸고 있는 먼 산들의 그림자를 둘러보았다.

열여섯 살 때 치른 운노다이라海野平의 초전부터 그의 기억 깊이 각 인된 전쟁들은 대부분 여름부터 가을에 걸쳐 일어났다. 산으로 둘러싸 인 나라에 살다 보니 겨울이 되면 칩거하며 내실을 다지는 수밖에 없 었다. 그러다 봄이 오고 여름이 되면 나가서 싸우라는 듯 전신의 피가 밖을 향해 용솟음쳤다. 그런 마음은 신겐뿐 아니라 가이 무사들도 똑 같았다. 상가나 농가의 사람들까지 때가 왔다는 듯 내리쬐는 한여름의 태양을 온몸으로 받아들였다.

"그동안 너무 전쟁을 위한 전쟁만 해왔구나."

올해 쉰한 살이 된 신겐은 초조해했으며 깊이 후회하고 있었다.

"지금쯤 에치고越後의 겐신謙信도 그렇게 느끼고 있을 것이다."

신겐은 다년간의 호적수를 생각하자 쓴웃음을 지을 수밖에 없었다. 하지만 나이를 먹어 쉰한 살이나 되자 그런 쓴웃음은 한층 가슴을 시 리게 했다. 그는 항상 앞으로 몇 년이나 살 수 있을지, 인간의 천수에 대해 생각했다.

일 년 중 삼분의 일은 눈에 둘러싸여 움직일 수 없는 나라였다. 그사 이에는 농사도 지을 수 없고 세상의 문화와도 멀리 떨어져 있다 보니 새로운 무기들을 손에 넣는 것도 곤란했다. 그런 곳에 있으면서 애석 하게도 가장 정력적인 중년기의 대부분을 에치고의 우에스기 겐신과 십 년이 넘게 싸움을 하며 보내버리고 말았다.

"지금에 와서 생각하면 사람들은 나를 보고 노련하다고 하지만 오히려 기후의 노부나가나 미카와의 이에야스에게 보기 좋게 이용당한 것이나 마찬가지다. 그 작은 나라의 젊은 놈들에게."

태양은 강렬했고 싱싱한 신록의 그늘은 짙기만 했다. 그래서인지 그의 얼굴에 칼로 새긴 듯한 후회감이 한층 도드라져 보였다.

신겐은 오랫동안 자신을 '간토關東 제일의 병가兵家'라고 자부해왔다. 그의 강한 정예군과 특유의 경제정책은 세상 사람들도 인정하는 것이었다. 그럼에도 불구하고 언제부터인지 가이는 천하의 대세에서 벗어나 있었다. 노부나가가 교토로 진출해서 급격히 자신의 존재감을 과시한 작년 무렵부터 신겐은 새삼 가이의 위치와 자기 자신을 돌아보고 그것을 절실히 깨닫게 되었다.

지금도 다케다 가가 간토 제일의 병가임은 분명했지만 천하의 중역은 아니었다. 반대로 생각하면 경제력과 정예의 군마는 세상의 중심이나 천하의 대세에서 너무나 멀리 떨어져 있는 느낌이 들었다. 다케다 가의 경제는 너무나 작았고 군마 역시 너무도 구식이었다. 그렇다고 해서 그와 같이 도량이 큰 인물이 가이와 인접한 나라들을 통합하는 것을 일생의 이상으로 삼고 있었던 것은 결코 아니었다. 그도 일찍부터 중원에 대한 뜻을 품고 있었다. 노부나가나 이에야스가 코흘리개였던 무렵부터 이미 가슴속에 다음 시대에 대한 야심을 품고 있었던 것이다.

"이 산골은 임시 거처다."

신겐은 교토의 사신에게 그렇게 말한 적이 있었고 에치고와의 장기간에 걸친 전쟁도 실은 뜻을 이루기 위한 전초전이었다. 그런데 가와나카지마 외 다른 곳에서 겐신과 싸우며 국력을 소비하고 귀중한 세월을 보내버리고 말았다.

오십이라는 나이는 신겐에게 강력한 경고와도 같았다. 그리고 그것을 깨달았을 때, 다케다 가는 평소에 '오와리의 애송이'라거나 '오카자키의 꼬마'라고 하며 안중에도 없었던 노부나가나 이에야스, 그리고 시대의 대세와는 아무런 연도 없이 먼 곳에 동떨어져 있는 자신을 발견했다.

"겐신도 속아 넘어간 것과 마찬가지이고, 나 역시 지금 생각하면 생각이 너무 짧았다."

후회하자니 끝이 없었다. 그는 싸움에서 후회를 한 적이 없지만 외교적인 면에서는 스스로 어리석었다고 여기는 게 몇 가지 있었다.

이마가와가 멸망했을 때, 왜 동남쪽으로 진출하지 않았는지. 또 이에야스로부터 볼모를 잡아두고도 그가 슨엔으로 영토를 확장하는 것을 왜 좌시하고 있었는지. 아니, 그것보다 더 큰 과오는 노부나가와 인척 관계를 맺은 일이었다. 그로 인해 노부나가는 너무나 손쉽게 서남쪽의 나라들과 싸우며 단숨에 중원으로 진출하게 되었다. 이에야스의 볼모 역시 기회를 틈타 도망쳤고, 노부나가와 이에야스가 긴밀한 동맹을 맺고 도모하던 외교적 노림수가 무엇이었는지 분명히 알 수 있었다.

"하지만 더 이상 그런 책략에는 속아 넘어가지 않을 것이다. 가이에 다케다 신겐이 있다는 것을 깨닫게 해줄 것이다. 이에야스의 볼모가 도망친 것은 이에야스가 먼저 의절한 것과 같으니, 아무것도 걸릴 것이 없다."

어제 군사 회의에서 신겐은 그렇게 선언했다. 마침 노부나가가 나가시마로 출정해서 고전을 하고 있다는 소식을 들은 그는 이 기회를 놓치지 않기 위해 급히 회의를 열었던 것이다.

아마카스 산페이는 신겐의 측신에게 말을 넣어놓고 대기실에서 차를 마시고 있었다. 그런데 아무리 기다려도 연락이 없자 그는 다시 측신을 찾았다.

"주군께 제가 도착했다는 말씀을 드렸는지요? 다시 한 번 말씀을 올려주시길 바랍니다."

측신이 대답했다.

"방금 회의가 끝나서 다소 피곤하신 듯 보였으니 조금 더 기다리게."

산페이가 재차 청했다.

"그 회의에 관련된 화급을 다투는 일인지라 송구하지만 한시라도 빨리……."

그러자 측신이 신겐에게 바로 전한 듯 즉시 들어오라고 했다. 비사문당으로 가는 중간까지 무사가 따라와서 그곳에서 다시 다른 무사에게 산페이를 인도했다. 이윽고 산페이는 신겐이 있는 곳으로 들어갔다.

"산페이인가?"

신겐은 비사문당 마루에 의자를 놓고 앉아 있었다. 커다란 단풍나무 사이로 비치는 햇살이 신겐의 몸을 빛의 반점으로 물들이고 있었다.

"먼저 급한 보고부터 올리도록 하겠습니다."

"그래, 무슨 일이라도 생긴 것인가?"

"얼마 전, 이세에서 파발을 통해 보고한 건입니다만 정세가 일변하였습니다. 하여 혹여 주군께서 움직이시기라도 하면 큰일이다 싶어 이렇듯 밤낮을 가리지 않고 달려왔습니다."

"뭐라, 나가시마의 상황이 일변했다? 그게 대체 무슨 말인가?"

"한때는 기후 성을 비워두고 나가시마에 총공세를 가하던 노부나가가 나가시마에 도착한 그날 바로 총퇴각을 명하더니 큰 희생을 치르면서까지 일제히 퇴각하였습니다."

"뭐, 퇴각을 했다고?"

"오다의 가신들조차 의외로 여기고 있는 듯합니다. 또 노부나가의 의중을 알 수 없어 당황한 자들도 적지 않았습니다."

"만만치 않은 자로군."

신겐은 혀를 차면서 한동안 입술을 깨물고 있었다.

"오다가 나가시마에서 손을 뺀 이상, 내가 허를 찔러 산엔三遠의 평야로 이에야스를 불러내서 치려던 계획도 물거품이 됐다. 참으로 안타깝구나."

신겐은 중얼거리다 당황한 듯 갑자기 한쪽을 바라보며 소리쳤다.

"노부후사信房, 노부후사!"

신겐은 노신 바바 노부후사馬場信房를 불러 군사 회의에서 결정한 출진을 급히 취소한다는 명을 전하고 즉시 가신들에게 알리라고 일렀다. 노부후사는 이유를 물을 틈도 없었다. 그러니 방금 전 그곳에서 돌아간 제장들이 당황한 것은 말할 필요도 없었다.

"지금이 아니면 도쿠가와 이에야스를 제거할 기회가 없을 터인데."

하지만 그 기회를 놓쳤다는 사실을 안 신겐은 더 이상 거기에 집착하지 않았다. 그는 갑주를 풀고 재빨리 대책을 세우고 다음 기회를 엿보기 위해 산페이를 선방으로 불러들였다. 그리고 사람들을 모두 물리고 기후와 이세, 오카자키, 하마마쓰 부근의 정세를 상세히 들었다. 보고를 마친 산페이가 한 가지 의아하게 생각했던 점을 신겐에게 물었다.

"도중에 수많은 옻통을 옮기는 것을 보았습니다. 오다와 도쿠가와와는 같은 편인데 어찌 오다 쪽에 그것을 보내시는 것인지요?"

"약속은 약속이다. 그것으로 오다도 마음을 놓을 것이고 그 짐말들은 도쿠가와 영토를 지날 것이니 도쿠가와 쪽에서도 그것을 보면 방심할 것이라고 생각하고 계책을 쓴 것인데 이젠 그것도 헛수고가 되었다. 아니다. 헛수고가 아닐지도 모른다. 당장 내일이라도 다시 기회가 올지 모르니 말이다."

신겐은 자조 섞인 웃음을 흘리며 말했다.

간자

가이甲斐 군의 정예는 출정이 보류되어 허무하게 여름을 보냈지만 9월이 되자 재차 동서쪽에서 기회가 찾아왔다.

신겐은 세상의 소리에 귀를 기울인 채 시대의 흐름을 주시하고 있었다. 그러던 어느 날, 신겐은 후에후키笛吹 강가로 말을 타고 나갔다. 종자도 몇 명 거느리지 않고 가벼운 마음으로 가을 햇살을 받으며 말을 타고 가는 모습은 자신감으로 가득 차 있었다.

앞쪽에 건덕乾德 산이라고 쓴 산문의 현판이 보였다. 신겐이 귀의한 가이센快川 국사國師가 사는 혜림사惠林寺였다. 미리 연통을 넣은 듯 사람들이 마중을 나와 신겐을 정원으로 안내했다. 잠시 들른 것이라 그는 일부러 가람에 들어가지 않았다. 정원에는 두 칸 정도 되는 다실과 참배객이 손을 씻는 작은 미즈야水屋가 있었다. 푸른 이끼 냄새가 짙게 배어 있는 석천石泉의 홈통 아래에는 노랗게 물든 은행나무 낙엽이 쌓여 있었다.

"국사, 당분간 이별을 해야 할 듯하여 오늘 이렇게 찾았소이다."

신겐의 말에 가이센이 고개를 끄덕이며 말했다.

"드디어 결심을 하셨습니까?"

"그렇소. 때가 오기만을 기다리고 있었더니 이번 가을에는 이 신겐에게도 다소의 시운時運이 찾아온 듯하오."

"9월 들어 오다 쪽은 작년에 이어 다시 대군을 이끌고 에이 산을 토벌하기 위해 서쪽으로 움직이고 있다는 말을 들었습니다만."

"그렇소이다. 기다린 보람이 있었소이다. 일찍이 교토의 장군가에서도 내게 계속 밀서를 보내 오다의 뒤를 치면 아사이와 아사쿠라가 함께 일어날 것이고 에이 산과 나가시마도 도울 것이니, 미카와의 이에야스를 일축하고 하루빨리 교토까지 상락하라고 하셨소. 하지만 기후를 지날 때 이마가와 요시모토의 전철을 밟지 않기 위해서라도 때를 기다리고 있었던 것이오. 이제 기후의 빈틈을 타 일거에 산엔三遠과 비노尾濃를 돌파하여 교토까지 올라갈 생각이오. 그리하면 올 연말과 정월은 교토에서 맞을 수 있을 것이오. 국사께서도 그동안 별고 없이 잘 지내도록 하시오."

"흐음, 그리만 된다면야……."

가이센은 뭔가 미덥지 못한 듯 그렇게 대답했다. 신겐은 군사軍事에서 정치에 이르기까지 무슨 일이든 물으며 가이센을 깊이 신뢰했다. 그러다 보니 신겐은 가이센의 얼굴 표정에 민감할 수밖에 없었다.

"국사는 내 계획에 무슨 걱정되는 점이라도 있으시오?"

"……."

가이센이 얼굴을 들며 말했다.

"일생의 대의일진대 어찌 제가 동의하지 않을 수 있겠습니까. 하나 한 가지 마음에 걸리는 것은 요시아키 장군의 잔꾀입니다. 연신 신겐 님을 재촉하기 위해 보낸 밀서는 신겐 님뿐 아니라 에치고의 겐신에게도 보냈다고 합니다. 또 지난 6월에 작고한 주고쿠中國의 모리 모토나리毛利元就에게도 똑같이 출병을 재촉했습니다."

"그 일이라면 나도 모르는 게 아니오. 흉중의 대책을 천하에 펼치기 위해서는 어찌 됐든 상락을 하지 않고서는 불가능한 일이 아니겠소."

"저도 신겐 님과 같은 인물이 가이의 분지에 머물다 생을 마감하는 것은 보고 싶지 않습니다. 가는 길목마다 많은 어려움이 도사리고 있겠지만 신겐 님의 군사는 이제껏 싸움에서 패한 적이 없는 정예이니 걱정하지 않습니다. 단지 몸만은 천수를 다할 수 있도록 잘 보존하시길 바랍니다. 그 외에 다른 드릴 말씀은 없으니 무사히 다녀오시길 바랍니다."

그때 차를 끓이기 위해 안쪽으로 샘물을 길으러 간 승려 한 명이 갑자기 수통을 내던지더니 큰 소리를 외치며 나무 사이에서 달려 나왔다. 사슴이 내달리는 듯한 소리가 사원 안쪽에 울려 퍼졌다. 그 발소리를 쫓아다니던 승려가 이윽고 숨을 헐떡이며 다실 앞으로 달려와서 고했다.

"방금 수상한 자를 놓쳤으니 속히 수배령을 내리십시오."

가이센이 경내에 수상한 사람이 있을 리가 없다고 하자 승려가 이렇게 말했다.

"아직 화상께는 말씀드리지 않았습니다만, 실은 그자는 어젯밤 늦게 산문을 두드려서 저희 방에 재웠던 객승입니다. 그것도 때가 때인지라 모르는 승려라면 재우지 않았을 텐데 이전에 성의 간자 조직에 있던 자로 성의 가신들과 종종 이곳을 찾았던 와타나베 덴조라는 자입니다. 별일은 없을 것이라고 여겨 다른 사람들과 의논한 후 하룻밤 재워주었는데."

"잠깐, 그게 더 이상하지 않은가? 몇 년 전에 오다 쪽에 염탐을 보낸 후로 소식이 끊긴 자가 갑자기 한밤중에 게다가 승려 행색으로 문을 두드리고 하룻밤 재워달라고 하다니. 어찌 잘 알아보지 않았는가?"

“저희가 부주의했습니다. 그런데 그가 말하길 오다 가의 영지에 잠입해서 염탐을 하는 도중에 고슈(江州)의 간자라는 것이 발각되어 몇 년 동안 감옥에 갇혀 있었는데, 다행히 기회를 틈타 도망쳐서 변장을 하고 돌아왔다고 했습니다. 그리고 내일은 고후에 있는 조장인 아마카스 산페이 님을 찾아갈 예정이라고 해서 그만 감쪽같이 믿고 말았습니다. 그런데 방금 제가 미즈야에서 수통을 들고 나오는데 그자가 도마뱀처럼 다실의 북쪽 창 아래에 달라붙어 안에서 하는 말을 엿듣고 있었습니다.”

“뭐라, 이곳에서 신겐 님과 하는 이야기를 엿듣고 있었단 말인가?”

“예, 발소리에 저를 돌아보더니 깜짝 놀란 표정으로 총총히 정원 안쪽으로 걸어가기에 멈추라고 소리를 쳤지만 못 들은 척 황망히 달려가기 시작했습니다. 그래서 제가 ‘수상한 자다’라고 소리치자 무서운 눈으로 저를 노려보았습니다.”

“이미 도망쳤겠군.”

“큰 소리로 다른 사람들을 불렀지만 모두들 점심을 먹으러 갔는지 아무도 없었고, 또 제가 당해낼 수 없는 자였던 탓에…….”

신겐은 승려를 쳐다보지도 않고 아무 말 없이 듣고 있다가 가이센과 눈이 마주치자 조용히 말했다.

“함께 온 자 중에 아마카스 산페이가 있으니 그에게 쫓도록 하는 것이 좋겠소. 이리로 불러주지 않겠소.”

가이센은 즉시 승려에게 산문 쪽으로 가라고 일렀다.

이윽고 산페이가 다실 앞 정원으로 와서 엎드리더니 무슨 일인가 하고 신겐을 올려다보았다.

“몇 년 전, 자네 밑에 와타나베 덴조라는 자가 있었는가?”

신겐이 묻자 산페이는 잠시 생각을 하다 말했다.

"생각이 났습니다. 비슈尾州의 하치스카 촌 출생으로 숙부인 고로쿠가 대장장이에게 지시해서 만든 새 철포를 가지고 이곳으로 도망쳐와 그것을 주군께 받치고 몇 년 동안 녹을 받던 자가 아닌지요?"

"그 철포 일은 나도 기억하고 있네만 그자가 다시 오다 가에 붙은 듯하다. 자네가 쫓아가서 그자의 목을 베어오라."

"쫓아가라 하심은?"

"자세한 내막은 저기 있는 승려에게 들은 후에 가도록 하라. 서두르지 않으면 놓칠 것이다."

산페이는 황망히 물러나 혜림사 문 앞에서 말 한 마리를 타고 어디론가 쏜살같이 달려갔다.

니라사키韮崎에서 서쪽으로 고마가타케駒ヶ岳와 센죠仙丈 등의 산자락을 관통해서 이나伊那 고원을 넘어 가는 산길이 있었다.

"어이!"

산속에서 사람 소리가 드물게 울려 퍼졌다. 한 객승이 문득 멈춰 서서 뒤를 돌아보았지만 더 이상 소리는 들리지 않았다. 객승은 다시 서둘러 고갯길을 올라갔다.

"어이, 행각승."

두 번째 목소리는 훨씬 가까운 곳에서 들렸다. 객승은 자신을 보고 승려라고 부르는 소리가 들리자 삿갓에 손을 댄 채 한동안 서 있었다. 얼마 뒤, 한 사내가 숨을 헐떡이며 올라오더니 비웃으며 말했다.

"오랜만이군, 와타나베 덴조. 언제 고슈로 돌아와 있었나?"

객승은 흠칫 놀란 듯하더니 이내 평정을 되찾고 삿갓 아래에서 쿡쿡 웃었다.

"흠, 누군가 했더니 아마카스 산페이 님이셨구려. 이거 오랜만입니다. 여전하시군요."

산페이의 비웃음에 덴조 역시 비웃음으로 대응했다. 두 사람 모두 적지에 들어가 아군을 위해 적의 기밀을 염탐하는 임무를 맡고 있었다. 그러니 뻔뻔하거나 침착하지 않으면 그런 일을 할 수 없지 않느냐 하는 태도였다.

"잘 지냈는가?"

산페이가 더없이 침착한 태도로 되받아쳤다. 자국에서 적의 밀정을 발견했다고 해서 소란을 피우는 것은 보통 사람들이나 할 짓이었다. 간자의 눈으로 보면 백주 대낮에도 간자들이 활개를 치며 돌아다니고 있었기 때문에 그다지 놀랄 일도 아니었다.

"그젯밤에는 혜림사에서 머물고 어제는 가이센 화상과 신겐 님의 밀담을 엿듣다 절의 승려에게 발각되자 도망쳤다고 하던데. 안 그런가 덴조?"

"그렇소. 귀공도 그곳에 와 있었소?"

"공교롭게도."

"그것만은 몰랐구려."

"자네에게는 불행이라 할 수 있군."

덴조는 마치 다른 사람의 일이라는 듯 '과연 그럴까'라는 눈빛으로 콧방귀를 뀌었다.

"다케다의 간자, 아마카스 산페이는 아직 이세 국경이나 기후 부근에서 오다 가의 허를 염탐하고 돌아다니는 줄 알았는데 언제 돌아왔소? 과연 빠르시오. 내 칭찬해드리리다."

"말장난은 그만. 아무리 나를 칭찬한다고 해도 내 눈에 띈 이상, 살려 보낼 수는 없다. 이 땅을 살아서 벗어날 수 있을 줄 알았는가?"

"나는 아직 죽을 마음은 눈곱만큼도 없소. 하나 그러고 보니 산페이,

그대의 얼굴에 저승꽃이 핀 듯하구려. 설마 죽고 싶어서 나를 쫓아온 것은 아닐 터인데.”

“주명을 받들어 목을 가지러 왔으니 그리 알라.”

“누구의 목을 말이오?”

“자네의 목이다!”

산페이가 칼을 뽑아들자 와타나베 덴조도 지팡이를 겨누며 자세를 잡았다. 지팡이의 끝과 칼끝 사이의 거리는 꽤 거리가 있었다. 서로 장시간 노려보는 사이에 두 사람 모두 호흡이 거칠어졌고 한 발 한 발 죽음을 향해 다가가는 두 사람의 얼굴은 백짓장처럼 창백해졌다. 그런데 문득 무슨 생각인지 산페이가 칼을 내리며 말했다.

“덴조, 지팡이를 거둬라.”

“두려워졌는가?”

“당치않다. 두려운 것이 아니라 서로 같은 일을 하는 자로서 그 소임을 다하다 죽는 것은 괜찮지만 서로 싸우다 죽는 것은 덧없는 일이다. 어떠냐? 네가 입고 있는 법의를 내놓고 가지 않겠는가? 그렇게 하면 그것을 가지고 돌아가서 자네를 죽였다고 말해주겠다.”

간자라고 불리는 이른바 전국 시대의 밀정들은 다른 무사들에게는 없는 특별한 신념을 가지고 있었다. 그것은 무사와는 소임이 다른 데에서 오는 생명에 대한 가치관의 차이였다. 주군의 말 앞에서 죽고, 주군을 위해서라면 자신의 목숨을 털끝보다 가볍게 여기며 떳떳하게 죽을 수 있는 것이 보통의 무사들의 신조라면 간자의 생각은 그 반대였다.

어떤 수치나 고통을 당하더라도 목숨만큼은 보존해서 돌아가야 했다. 설사 적국에 들어가서 아무리 귀중한 정보를 얻더라도 살아서 돌아오지 못한다면 아무런 소용이 없었다. 그래서 간자가 적국에서 죽는 것은 그것이 아무리 장엄한 죽음이라고 해도 개죽음과도 같았다. 설사 그로서는 무사도를 지키는 것이라고 해도 결국 주군을 위해서는 무익한 죽음이자 개죽음에 불과했다.

그래서 간자는 겁쟁이라는 말을 들어도 살아남아서 반드시 그 임무를 완수해야만 했다. 궁지에 몰리면 비열하고 교활하고 무사답지 못한 행동이라는 생각이 들어도 끝까지 살아서 돌아가는 것이 간자 조직에 몸을 담고 있는 사람의 소임이었다. 산페이와 덴조는 바로 그러한 신념을 가진 특수한 신분에 속한 사람들이었다.

방금 전 아마카스 산페이가 칼을 거두며 같은 일을 하는 사람으로서 서로 죽이는 것은 덧없는 일이라고 이성적으로 말하자 덴조도 즉시 지팡이를 거두며 말했다.

"나도 애초에 이걸 바란 것은 아니었지만 내 목을 가지고 가겠다고 해서 상대를 한 것뿐이오. 이 법의로 끝날 일이라고 하면 놓아두고 가겠소."

덴조가 몸에 걸치고 있던 법의의 한쪽 소매를 찢어서 산페이의 발 아래로 던졌다.

"서로 말이 통하니 잘된 듯하군. 아마카스 산페이 님, 그럼 이만 여기서 헤어지도록 합시다. 언젠가 다시 만나자고 하고 싶지만 우리가 만나면 그것이 마지막일 터이니 앞으로 두 번 다시 만나지 않기를 서로 빌도록 합시다."

와타나베 덴조는 그렇게 말하고는 문득 상대가 무서워졌는지 목숨을 건진 듯 서둘러 사라졌다.

덴조가 고개의 내리막길에 이르렀을 때, 산페이는 수풀 사이에 숨겨놓았던 철포와 화승줄을 주워들고 덴조의 뒤를 쫓았다. 이윽고 철포 소리가 들렸다. 뒤이어 철포를 내던지고 쓰러진 적의 숨통을 끊기 위해 사슴처럼 달려가는 산페이의 모습이 저편 언덕에 보였다.

와타나베 덴조는 나무를 베어낸 산길 수풀에서 하늘을 향해 쓰러져 있었다. 산페이가 덴조의 몸에 올라타서 칼로 그의 가슴을 찌르려는 순간, 덴조가 갑자기 벌떡 일어서더니 두 손으로 산페이의 양발을 덮쳤다.

"앗!"

산페이가 뒤로 쓰러지자 덴조는 온 힘을 다해 산페이의 명치를 머리로 들이박았다.

"각오해라!"

하치스카 촌의 노부시 고루쿠의 조카인 와타나베 덴조는 광폭한 야인 기질을 유감없이 발휘했다. 그는 산페이의 목을 조르면서 몸을 일으키더니 옆에 있는 돌을 양손으로 번쩍 들어 산페이의 얼굴을 향해 내리쳤다. 석류가 깨지는 듯한 소리가 났다. 어느 틈엔가 덴조의 모습은 더 이상 보이지 않았다.

● 1560년 오케하자마 전투

에이로쿠 3년, 오다 노부나가의 영지 오와리국의 오케하자마에서 오다 노부나가(織田信長)의 영토를 침공해 온 슈고 다이묘 이마가와 요시모토(今川義元)의 수만 대군을 고작 2천 기의 병사들로 격파한 전투이다. 또한, 이 전투는 일본 전국시대 3대 기습 중의 하나로 꼽힌다.

● 1561년 미야노마에 사건

히라도 항에서 포르투갈 선장과 다수의 포르투갈 상인이 일본인 무사에 의해 살해당한 사건이다. 이 사건으로 인해 포르투갈의 상인과 선교사들은 새로운 무역 항구를 찾게 된다. 이 사실을 알게 된 오오무라 스미타다(大村純忠)가 요코세우라(横瀬浦)를 포르투갈의 새로운 무역항으로 개방하여 선교사들을 초대한다. 이 만남을 계기로 포르투갈의 선교사들과 친분을 갖게 된 오오무라 스미타다는 1563년엔 세례까지 받아 일본 최초의 신자 다이묘가 된다.

권화勳化

노부나가가 나가시마에서 퇴각한 뒤에도 요코야마 성의 도키치로는 고슈江州 각지를 전전하며 고투하고 있었다. 하지만 봉기의 불길은 좀처럼 진압되지 않았다. 한곳의 불을 끄면 다른 쪽에서 다시 불길이 일었고 그곳으로 달려가면 다시 후방에서 불길이 일었다.

노부나가는 나가시마 정벌에 직접 나선 뒤 현지의 실정을 깨달았다. 그는 즉시 병사를 이끌고 물러나며 탄식하듯 말했다.

"이곳을 공격하는 것은 어리석은 짓이다. 화재의 진원지를 밝히지 못하고 불길이 치솟는 벽과 담장에 물을 뿌리는 것과 같다."

그 뒤로 노부나가는 각지의 봉기에 일일이 대응하며 일망타진하려고 했던 전법을 단념했다. 도키치로에게도 그런 취지의 명령이 내려졌다.

"현명한 생각이시군. 올여름은 유유자적 낮잠이나 자면서 보내라는 말씀이구나."

노부나가의 심중을 헤아린 도키치로는 즉시 요코야마 성으로 돌아가 병사들의 노고를 위로하며 강북의 산성에서 여름을 시원하게 보내고 있었다. 하지만 매일 훈련과 수련을 게을리할 수 없는 병사들에게 그런 휴식은 전쟁터에 있을 때보다 괴로운 법이다. 병사들은 백 일 정도 휴식 시간을 가졌다.

9월이 되자 출전 명령이 내려지고 성문이 활짝 열렸다. 요코야마를 나와 호숫가에 이르기까지 병사들은 어디로 싸우러 가는지 알지 못했다. 호수에는 큰 배가 세 척이나 정박해 있었다. 병사와 말이 모두 배에 오르고 나서야 이시타 산이나 에이 산으로 간다는 것을 알게 되었다. 새로 건조한 병선들에서는 나무 냄새가 났다. 올 정월부터 니와 나가히데가 부교가 되어 부지런히 만든 병선이었다.

가을빛이 완연한 호수를 건너 맞은편 기슭인 사카모토坂本에 이르자 이미 노부나가를 위시한 사사, 시바타, 사쿠마, 아케치, 니와 등의 장수들이 도착해 있었다. 에이 산의 기슭은 눈길에 닿는 곳마다 오다 군의 깃발로 뒤덮여 있었다. 아군들조차 언제 왔을지 모를 정도였다.

사람들은 작년 겨울 이곳의 포위망을 풀고 기후로 퇴각할 때, 니와 고로사에몬에게 언제라도 호수를 건널 수 있는 큰 병선을 만들어놓으라고 명령한 노부나가의 원모遠謀를 떠올렸다. 그리고 나가시마 공격을 중지하고 퇴각할 때, 노부나가가 한 말도 머릿속에 떠올렸다.

노부나가는 각지에서 일어난 봉기의 불길을 바라보며 그것은 벽에 비친 그림자에 지나지 않고 불길의 화근은 바로 이곳, 에이 산 위라고 꿰뚫어본 것이 틀림없었다.

오늘, 다시 에이 산을 에워싼 노부나가의 눈에는 일찍이 본 적이 없었던 결의와 투지가 불타오르고 있었다. 그 때문인지 중군의 장막 안에서 여느 때와는 달리 노부나가의 격앙된 목소리가 밖에까지 들렸다. 마치 적진 한가운데에서 포효하는 듯한 목소리였다.

"뭐라, 공격할 때, 불을 지르면 산 위에 있는 사찰이 불에 탈 위험이 있으니 화공은 쓰지 않는 것이 좋겠다고? 바보 같은 소리. 대체 전쟁이 무엇인가! 무엇을 위해 전쟁을 하는 것인가? 그대들은 모두 한 부대의 장수로서 여태껏 그것도 모른 채 싸워왔던 것인가!"

장막 안에는 사쿠마, 다케이 세키안, 아케치 쥬베 등의 장수들이 의자에 앉은 노부나가를 둘러싼 채 머리를 숙이고 있었다. 흡사 부모가 자식을 꾸짖는 듯한 광경이었다. 아무리 주군이라고 하지만 말이 지나친 듯했다. 사쿠마 노부모리와 다케이 세키안, 그리고 아케치 쥬베는 원망스러운 듯 노부나가의 눈을 응시하고 있었다.

"……."

무엇을 위한 싸움인가. 그들은 그것을 고려하고 근심하기 때문에 얼굴을 들어 간언하는 것이었다.

"감히 말씀을 올리겠습니다. 저희 역시 그것을 모르는 게 아닙니다. 하지만 수백 년 동안, 호국의 영지로 숭앙받고 있는 에이 산을 불태워버리라는 명에는 신하 된 자로서, 아니 신하이기 때문에 따를 수가 없습니다."

노부모리는 죽음을 각오한 듯했다. 죽음을 받아들일 각오가 아니면 노부나가의 얼굴을 똑바로 보며 그런 말을 할 수가 없을 터였다. 노부나가에게는 평소에도 직언을 하기 어려운 면이 있었는데 지금은 불같이 격앙된 상태라 더더욱 직언을 하기 어려웠다. 노부나가의 모습은 흡사 칼을 든 수라와도 같았다.

"시끄럽다!"

노부모리에 이어 세키안과 미쓰히데가 입을 열려고 하자 노부나가가 소리치며 말했다.

"자네들은 늘 제국의 승도들이 교화敎化를 빙자해서 백성들을 선동하고 재물을 끌어모아 무기를 비축하며 유언비어를 퍼뜨리고 분란을 일으킨다고 했다. 또 평소에 종파를 이용해서 사사로이 권력을 휘두르는 것을 지켜보며 뭐라고 분개했는가.”

“저희도 그러한 악폐를 징벌하는 데는 아무런 이의도 없습니다. 하지만 특수한 권능을 부여받은 교단의 개혁은 하루아침에 이룰 수 있는 것이 아닐 것입니다.”

“그것은 누구나 알고 있는 상식과도 같다. 팔백 년 이래로 그러한 상식에 사로잡혀 있었기 때문에 산문의 부패와 타락을 한탄하면서도 아무도 그것을 개혁하지 못하고 오늘에까지 이르렀던 것이다. 시라카와白河 천황께서도 ‘짐의 마음대로 할 수 없는 것은 스고로쿠雙六103의 합과 가모賀茂 강의 물104’이라고 말씀하셨다. 사서史書에도 산법사山法師105들이 히요시日吉 산왕사山王社의 신위神位를 모신 가마를 지고 올 때마다 조정의 위엄조차 빛을 잃었다고 나와 있다. 겐페이源平 시절 소란할 때나 그 후의 난세 때마다 에이 산이 호국의 소임을 다했는가? 민심을 보살피고 힘이 되어준 적이 있었는가?”

노부나가는 갑자기 오른손을 세차게 옆으로 저었다.

“지금 보는 바와 같다. 수백 년 이래로 나라가 큰 환란에 빠졌을 때에도 그들은 자신들의 특권을 지키기에 급급했다. 우매한 백성들이 바친 재물로 성곽과 같은 돌벽과 산문을 쌓고 총과 창을 비축했다. 게다가 평소의 행태를 보면 양식이 있는 자라면 할 수 없는 문란하고 탐욕적인 생활을 아무렇지 않게 보내고 있다. 그러한 것들을 불태우는 데 있어 무슨 거리낌이 있을 것인가. 나는 오히려 정색을 하고 직언을 하는 그대들의 마음을 이해할 수 없다. 그대들이 아무리 만류해도 나는

---

103 주사위 두 개를 던져서 나온 숫자를 합해 말을 이동시키는 놀이로 우리의 윷놀이와 비슷하다.
104 예부터 반복적으로 범람하는 가모 강이 일으키는 수해를 말한다.
105 히에이 산 연력사의 승려. 참고로 다이라푸 가의 영화와 몰락을 그린 《헤이케모노가타리平家物語》 1권에 제72대 천황인 시라가와 천황이 자신이 마음대로 할 수 없는 세 가지를 들며 한탄했다는 일화가 나오는데, 그것은 ‘가모 강의 물’과 ‘스고로쿠의 합’, 그리고 ‘산법사山法師’다.

반드시 그리할 것이다.”

“주군의 말씀은 모두 지당하오나 저희 세 명은 죽는 한이 있더라도 주군께서 마음을 돌리시길 청합니다.”

노부모리와 세키안, 미쓰히데는 동시에 손을 땅에 짚고 노부나가 앞에서 움직이지 않았다.

에이 산은 천태종, 이시 산은 정토진종으로 종파는 다르지만 부처를 모시는 불교 종파였다. 그들은 교의敎義로 인해 서로 다른 종파로 갈려 있었지만 노부나가에게 대항할 때는 일치단결하고 있었다. 아사이와 아사쿠라와 내통하거나 장군가를 이용하며 각지의 잔당들에게 편의를 제공하고 있었다. 거기에 에치고와 고슈로 밀사를 보내거나 노부나가의 영지에서 봉기를 일으켜 혼란을 획책하는 등 이 모든 게 에이 산에 있는 승려의 계책과 지령에 의한 것이었다.

이 특수한 세계, 불가항력과도 같은 산지를 일소하지 않고서는 오다 군은 행동에 제약이 뒤따를 수밖에 없고 노부나가의 이상을 성사시킬 수 없다는 사실을 세 사람도 잘 알고 있었다. 그런 상황에서 노부나가는 이곳에 도착하자마자 명을 내렸다.

“모든 산을 에워싸고 산왕사山王社 스물한 개의 불당을 비롯해서 산 위의 중당과 승방과 당탑, 또 일체의 가람과 불경과 신불을 남김없이 불태워버려라.”

또 화공을 준비하며 명을 내렸다.

“지위 여하를 막론하고 중의 행색을 한 자는 한 명도 살려두지 마라. 아이와 여자라고 해도 봐주지 마라. 일반 백성이라고 해도 불길을 보고 도망쳐 나오는 자는 적이라고 간주해라. 한 줌의 흔적도 남기지 말고 모두 죽이고 불태워버려라.”

제장들은 노부나가의 명을 전해 듣고 전율했다.

"미친 게 아닐까!"

다케이 세키안이 그렇게 중얼거리자 사쿠마 노부모리와 아케치 미쓰히데를 비롯한 대부분의 장수들도 노부나가의 생각을 반대했다. 그래서 일단 세 사람이 주군 앞에 나가서 직언을 하기로 했다. 그리고 이 세 사람이 주군의 노여움을 사서 할복을 하면 모든 장군이 주군 앞에 나가 죽는 한이 있더라도 무모한 행동을 만류해야 한다며 의견을 모은 상태였다.

에이 산을 공격해서 점령하는 것은 좋았다. 하지만 모두 불을 태우거나 살육을 저지를 필요는 없었다. 만약 그런 폭거를 감행한다면 민심은 노부나가를 버릴 것이었다. 그리고 세상에 넘쳐나는 반노부나들은 그 일을 세상에 퍼뜨리며 악용할 것이고 노부나가는 유래 없는 악명을 뒤집어쓸 것이 자명했다.

"저희는 주군을 망치는 싸움을 할 수 없습니다."

제장들을 대표해서 직언하는 세 사람의 논지는 명확했다. 세 사람은 신하 된 자로서 눈물로 고했지만 노부나가의 심중은 이미 정해져 있는 듯 재고할 기색조차 보이지 않았다. 오히려 그의 굳은 의지를 한층 더 결연하게 만들어준 듯했다.

"더 이상 할 말도 들을 말도 없으니 물러가라. 그대들이 내 명을 받들지 않겠다면 다른 자에게 명을 내리겠다. 다른 자들도 따르지 않겠다면 나 혼자서라도 할 것이다. 이는 반드시 해야 할 일이다."

"이 산 하나를 공격해서 빼앗는 데 모든 사람을 죽일 필요가 있겠습니까. 오히려 피를 흘리지 않고 빼앗는 것이 진정한 대장의 면모이자 최고의 싸움인 줄 압니다."

"그런 말로 날 현혹시키지 마라. 팔백 년 이래의 대적이다. 뿌리째 불태워버리지 않으면 다시 싹이 돋을 것이다. 이 산 하나라고 그대들은 말하지만 나는 에이 산 하나에 분노하는 것이 아니다. 이 산을 모두 불태우는 것은 세상에 있는 모든 산의 불각을 구하는 것이며, 이 산의 중들을 모두 죽이려는 것은 세상의 불온한 자들이 준동하는 것을 미연에 방지하고 그들을 구하는 길이기 때문이다. 눈앞의 아비규환 따윈 내겐 아무것도 아니다. 내가 아니면 누가 그 일을 할 수 있겠는가. 내가 이 세상에 태어난 것도 하늘이 내게 그 명을 내리시기 위함일 것이다."

세 사람은 노부나가의 경략과 재능을 누구보다 잘 알고 있었지만 노부나가가 자신의 입으로 '내가 아니면 누가 그 일을 할 수 있겠는가' 라고 말하자 노부나가에게 귀신이라도 씌었나 싶어 걱정스러운 마음이 들었다. 노부모리에 이어 다케이 세키안이 노부나가의 의자 앞으로 다가가 몸을 숙이며 말했다.

"주군께서 뭐라 하셔도 저희는 신하 된 자로서 간언을 올릴 수밖에 없습니다. 애석하게도 간무桓武 천황과 덴교 대사 이래의 사적을 잿더미로 만들어버리라고 하심은……."

"시끄럽다! 닥치지 못하겠는가! 나는 내 마음속에 간무 천황의 칙령을 받들어 불태우려는 것이다. 덴교 대사의 대자대비를 가슴에 품고 그대들에게 살육의 명을 내리는 것이다. 모르겠는가?"

"모르겠습니다."

"모른다면 방해하지 말고 물러가라!"

"소신을 죽이기 전까지는 간언을 멈추지 않을 것입니다."

"발칙한 놈. 일어서라!"

"어찌 일어설 수 있겠습니다. 살아서 주군의 오늘과 같은 모습을 보고 주가가 망하는 것을 지켜볼 바에는 죽음으로써 만류할 것입니다. 고래로 뉴도 기요모리入道清盛를 비롯해 수많은 예를 보더라도 불사불각佛舍佛閣을 불태우고 승려를 살육한 자 중 제명을 다한 자는 없습니다."

"그와 나는 다르다. 그는 자신의 일문을 옹호한 것에 불과하다. 나는 그런 어리석은 몽상가의 꿈을 이 세상에 이루기 위해 수많은 피를 뿌리려는 것이 아니다. 나는 나를 위해 싸우는 것이 아니다. 내 싸움은 구폐舊弊와 일체의 악을 파괴하고 새로운 세상을 건설하려는 것이다. 하늘과 백성과 시대의 사명을 띠고 싸울 뿐이다. 그대들은 소심하고 시야가 좁다. 그대들의 한탄은 소인의 슬픔에 불과하다. 그대들이 따지는 이해利害는 나 한 사람조차 설득하지 못한다. 나라와 백성들을 위한 길이라고 생각하면 에이 산과 같은 악을 재로 만드는 것이 무에 그리 대단한 일이겠는가."

"이상은 그러할지라도 백성들의 눈에는 악귀의 소행으로 보일 것입니다. 백성들은 인仁은 반기지만 준엄함은 받아들이질 못합니다. 비록 그것이 주군의 큰 사랑에서 나온 것이라 할지라도 말입니다."

"지금과 같은 난세에 좌고우면하면 무엇을 할 수 있겠는가. 고래로 영웅들 모두 한때의 인심을 두려워하다 말대에까지 화근을 남겼지만 나는 그 화근을 뿌리 뽑을 것이다. 기왕 할 바에야 철저하게 할 것이다. 그렇지 않으면 오늘 중원으로 나온 의미가 없을 것이다."

거센 파도도 잠시 잠잠해질 때가 있는 것처럼 노부나가의 목소리도 다소 평정을 되찾는 듯했다. 세 신하가 자신의 말을 반박할 여지를 찾지 못하고 고개를 숙였기 때문일지도 몰랐다.

마침 그날 점심 무렵 호수를 건너 이곳에 도착한 도키치로가 인사를 하기 위해 노부나가를 찾아왔다. 도키치로는 아까부터 밖에서 서성거리다 장막의 벌어진 사이로 얼굴을 들이밀었다.

"기노시타 도키치로입니다. 들어가도 괜찮겠는지요?"

장막 안에 있던 사람들의 시선이 일제히 입구 쪽으로 향했다. 그때까지 불같은 형상이었던 노부나가와 얼음처럼 차가운 얼굴로 죽음을 각오하고 있던 세 사람은 도키치로가 얼굴을 내밀자 구원의 손길이라도 본 듯한 표정을 지어 보였다.

"방금 전에 배가 닿았습니다. 호수의 가을은 각별해서 치쿠부시마竹生島 부근은 벌써 단풍이 들었습니다. 왠지 전쟁터로 향하는 마음이 들지 않아 서툴지만 배 안에서 노래를 지었는데 나중에 싸움이 끝난 뒤에 들려드리겠습니다."

도키치로는 장막 안으로 들어와서 혼자 떠들기 시작했다. 도키치로의 얼굴에서는 어디를 봐도 안에 있는 사람들과 같은 험한 인상과 근심 어린 기색을 찾아볼 수 없었다.

"무슨 일이라도 있으신지요?"

도키치로는 꼼짝도 하지 않고 아무 말도 하지 않는 군신들을 번갈아 바라보며 쾌활한 목소리로 말했다.

"아, 방금 밖에서 들었습니다만 그 일로 이렇게 아무 말씀도 하지 않으시는 것입니까? 신하는 주군을 근심한 나머지 죽음을 각오하고 간언하고 주군께서는 신하의 충정을 알고 계시는 데다 그것을 뿌리치고 생각하는 바를 이루려 하실 만큼 폭군이 아닌 탓에……. 그것참 곤란하게 된 듯합니다. 어느 한쪽이 옳다 그르다 할 수도 없으니."

노부나가가 불쑥 도키치로를 바라보며 입을 열었다.

"도키치로."

"예."

"마침 잘 왔네. 무슨 일인지 듣고 있었다니 내 생각과 세 사람의 생각도 알고 있을 터."

"알고 있습니다."

"자네는 내 명을 받들 것인가 말 것인가? 내 명이 옳지 않다고 생각하는가?"

"그렇게 생각하지 않습니다. 기꺼이 받들도록 하겠습니다. 하나, 잠깐 기다려주십시오. 본래 주군께서 내린 명령의 취지는 제가 서신으로 주군께 올린 계책으로 제가 주군의 결단을 권한 것이 아닙니까?"

"무, 무슨 말인가. 언제 자네가 그러한 계책을."

"맞습니다. 잊으셨을지 모르지만 올봄 무렵일 것입니다. 저도 아까부터 밖에서 아케치 님과 다케이, 사쿠마 두 분의 충언을 듣고 눈물을 지었습니다만, 세 분이 가장 근심하는 것은 이른바 에이 산을 불태우면 세상인심이 주군에게서 멀어진다는 것입니다. 그로 인해 주군을 위해 죽음을 각오하고 간언하지 않으면 안 된다고 생각하신 듯합니다."

"그렇소. 주군의 명대로 행한다면 세상 사람들에게 원성을 사고 사방의 적들이 그것을 악용하면 후대에까지 오명을 씻을 수 없을 것이오."

"바로 그 점이 다소 잘못된 듯싶습니다. 에이 산을 공격한다면 단호하고 철저하게 짓밟아야 한다고 한 것은 제가 주군께 올린 계책이지 주군의 생각이 아닙니다. 그러니 모든 악명이나 오명은 제가 져야 할 몫이라고 각오하고 있습니다."

"주제넘소이다. 어찌 그대와 같은 일개 장수를 세상 사람들이 책망하겠소. 오다 군으로 행한 일은 모두 주군께 되돌아올 것이오."

"맞는 말씀입니다. 그런데 세 분께서 어찌 도키치로의 편을 들지 않으십니까? 세 분과 제가 주군의 명령 없이 그렇게 했다고 세상에 말하면 되지 않겠습니까? 진정한 충은 죽음으로써 간언하는 것이라고 하지만 제가 보기에는 충언을 하고 죽는 것은 진정한 충신이라고 할 수 없고 충의 역시 부족하게 여겨집니다. 차라리 살아서 주군을 대신해 악명이든 비난이든 박해든 모든 오명을 자신이 받는 것이 진정한 충신이라고 생각하는데, 세 분 생각은 어떠신지요?"

노부나가는 긍정도 부정도 하지 않고 잠자코 듣고 있었다. 잠시 뒤 다케이 세키안이 먼저 입을 열었다.

"기노시타, 그대의 말에 동의하오. 나는 동의하오만?"

세키안이 돌아보자 아케치와 사쿠마도 이의가 없다는 뜻을 표했다. 그들은 노부나가가 내린 명령의 범위를 벗어나 자신들 마음대로 행동한 것으로 하고, 에이 산을 철저하게 불태우기로 결론을 내린 것이었다. 그렇게 하면 노부나가의 결심도 관철시킬 수 있고 죽음을 각오하고 충언한 세 신하의 도리도 다한 것이라는 도키치로의 제안을 받아들인 것이었다.

"명안이군."

세키안은 탄성과도 같은 목소리로 도키치로의 기지를 칭찬했지만 노부나가는 전혀 기뻐하는 얼굴이 아니었다. 오히려 주제넘은 행동이라는 듯한 표정을 지었다. 미쓰히데의 얼굴에도 그와 같은 기색이 얼핏 보였다. 미쓰히데도 솔직히 마음속으로는 도키치로의 제안에 감탄을 했다. 하지만 자신들이 진심으로 간한 충언이 도키치로의 한 마디 때문에 의미가 퇴색된 것 같아 가슴 한구석에 질투심이 일었던 것이다. 하지만 미쓰히데는 총명했기에 이내 그러한 사심을 부끄럽게 여겼다. 그리고 죽음으로써 주군에게 충언한 자신이 잠시라도 그런 부끄러운 생각에 빠진 것을 깊이 반성하며 경계했다.

세 사람은 그렇게 결심했지만 노부나가는 도키치로의 말 따윈 전혀 개의치 않는 듯했다. 그는 속속 각 부대의 부장을 불러 앞서 세 사람에게 내린 명과 똑같은 명을 직접 내렸다.

"오늘 밤, 본진의 나팔 소리를 신호로 일제히 산을 공격하라."

장수들 중에는 다케이, 아케치, 사쿠마와 마찬가지로 화공에 반대하는 사람도 많았지만 세 사람이 이미 명령에 복종했기 때문에 모두 두말없이 명을 받들고 자리에서 물러갔다. 진영이 먼 부대에는 중군의 사자가 말을 타고 전령을 전했다. 마침내 산기슭의 모든 진영에 명이 전달되었다.

태양은 저녁놀을 빨갛게 물들이며 시메이가타케 너머로 지고 있었다. 호수 위에는 무지개와 같은 커다란 빛이 걸려 있었고 수면에는 잔물결이 일고 있었다.

"보아라……."

노부나가는 언덕에 서서 에이 산의 정상과 그보다 더 위에 무리를 지어 있는 구름을 바라보았다. 그러고는 주위에 있는 사람들에게 말했다.

"하늘도 내 뜻을 고무하고 있다. 바람이 강해졌다. 화공을 하기에는 더할 나위 없는 날씨다."

그러는 동안에도 가을바람은 점점 강해져 사람들의 옷자락이 바람에 휘날릴 정도였다. 노부나가 주변에는 대여섯 명이 있었는데, 그때 저녁 바람을 품고 부풀어 오른 저편 장막 주변에 아군 한 명이 누군가를 찾는 듯 여기저기 살피며 돌아다니고 있었다.

"무슨 일이냐? 주군께서는 여기에 계신다."

다케이가 큰 소리로 외치자 그 무사가 먼발치까지 달려와서 무릎을 꿇고 고했다.

"주군을 찾고 있었던 것이 아니라 기노시타 님을 찾고 있었습니다."

도키치로가 가까이 다가와 무슨 일인가 묻자 무사가 다시 고했다.

"방금 와타나베 덴조라는 승복 차림을 한 자가 고슈에서 돌아왔다며 즉시 뵙고 싶다고 언덕 아래에서 기다리고 있습니다. 뭔가 화급을 다투는 일인 듯 연신 재촉을 하는데 어찌하시겠는지요?"

조금 떨어진 곳에서 그 말을 들은 노부나가가 도키치로를 돌아보며 물었다.

"도키치로, 고슈에서 돌아온 자가 그대의 휘하인가?"

"주군께서도 알고 계시리라 여겨집니다만 하치스카 히코에몬의 조카인 와타나베 덴조라는 자입니다."

"흐음, 덴조 말이군. 하면 뭔가 새로운 소식을 들을 수 있겠군. 나도 함께 들을 터이니 이곳으로 부르도록 하라."

무사가 언덕 아래로 달려가더니 잠시 뒤 한 행각승을 데리고 왔다. 덴조였다. 덴조는 그곳에 와서 도키치로와 노부나가에게 고슈에서 보고 들은 일을 상세히 고했다. 그중에서도 중요한 일은 덴조가 혜림사에서 가져온 가이 군의 출병에 관한 기밀이었다.

"흐음."

노부나가의 입에서 신음 소리가 흘러나왔다. 그러는 사이에도 배후는 늘 불안했다. 작년, 에이 산을 공격했을 때와 비교해서 그 위험과 불안은 조금도 가시지 않은 상태였다. 오히려 다케다 가와의 관계와 나가시마 방면의 상황은 더 악화되었다. 단지 작년에는 에이 산에 아사이와 아사쿠라의 대군이 함께 있었지만 이번에는 적에게 그럴 틈을 주지 않았기 때문에 눈앞의 적은 그때보다 많지 않았다. 오직 위험은 배후에서 도사리고 있을 뿐이었다.

"다케다 가가 이미 그런 뜻을 에이 산 쪽에 전했을 것이다. 저들은 분명 내가 또다시 급히 군사를 데리고 물러갈 것이라고 낙관하고 있을 것이다."

노부나가는 덴조에게 수고했다고 격려한 뒤 언덕 아래로 돌려보냈다.

"이 또한 하늘이 돕고 있는 것과 같다."

노부나가는 도키치로와 세키안을 돌아보며 회심의 미소를 지었다.

"고甲 산을 넘어 비노로 달려오는 다케다 군이 빠를지, 에이 산을 분쇄하고 교토와 세쓰를 석권한 후 돌아가는 오다 군이 빠를지. 우리에게는 큰 자극이 될 것이며 필승의 신념을 더욱 고취시켜줄 것이다. 모두 자신의 부대로 돌아가라. 별이 보이기 시작했다."

노부나가는 언덕 위에서 내려와 진막 안으로 들어갔다. 이윽고 에이 산의 산자락을 둘러싼 곳곳의 진영에서 저녁밥을 짓는 연기가 피어올랐다. 저녁이 되자 바람은 한층 강해졌고 평소에 들리던 삼정사의 종소리도 들리지 않았다. 얼마 뒤 중군이 있는 언덕 위에서 나팔 소리가 울리자 곳곳의 진지에서 함성이 일었다.

그날 밤부터 9월 13일 새벽에 걸쳐 에이 산은 아수라장으로 변했다. 산허리에서 산 정상에 이르는 십여 곳의 봉우리에 방루를 쌓던 승병들의 진지를 돌파한 오다 군은 온 산을 돌며 불을 지르고 강풍에 함성을 질렀다. 검은 연기가 골짜기를 뒤덮고 불길이 미친 듯이 산을 집어삼켰다. 커다란 불기둥이 에이 산 곳곳에서 치솟아 호수까지 빨갛게 물들였다. 그 거대한 불기둥의 위치로 봤을 때 근본중당과 산왕사의 일곱 불당까지 불타는 게 분명했다. 또 산 위에 있는 대강당부터 종루와 곳간, 사찰들의 승방과 보탑을 비롯해 봉우리와 골짜기의 말사에 이르기까지 불에 타지 않은 가람은 한 곳도 없었다.

'간무 천황의 칙령을 받들고, 덴교 대사의 허락을 받아 불을 지르는 것이다!'

무서운 기세로 치솟아 오르는 불길을 올려다볼 때마다 제장들은 노부나가가 한 말을 떠올리며 스스로를 독려했다.

장수의 신념은 병사들에게 전해지기 마련이었다. 병사들은 불길을 뛰어넘고 검은 연기 속을 뛰어다니며 노부나가의 신념을 그대로 수행했다. 팔천의 승려들은 모두 죽음을 맞이했다. 비명 소리가 메아리쳤다. 골짜기로 기어 내려가거나 동굴에 숨었다. 나무 위로 도망쳤던 승려들도 논의 해충을 박멸하듯 모두 잡혀서 죽임을 당했다.

그날 한밤중 무렵, 노부나가는 직접 산 위로 올라가 자신의 영단과 부하들의 용맹이 한데 어우러져 펼쳐낸 미증유의 광경을 두 눈으로 똑똑히 목격했다.

에이 산 측은 오판을 하고 있었다. 그들은 그날 저녁까지 산기슭에 있는 노부나가의 대군을 보고도 허세라고 생각하며 무시했다. 또 머지않아 황망히 총퇴각을 하리라 생각하고 그때 추격을 해서 공격하면 된다고 방심했다. 그들이 그렇게 생각한 연유는 산에서 멀지 않은 교토에서 그들을 안심시키는 정보가 빈번하게 산의 본진으로 전해졌기 때문이다. 교토에는 바로 장군 요시아키가 있었다. 요시아키는 각지의 승려와 신도에게 있어 반노부나가의 본산인 에이 산에 은밀히 병량과 무기를 지원하며 끊임없이 선동을 부추겼다. 그런 요시아키에게 가장 먼저 고슈에서 '신겐이 움직였다!'는 파발이 전해졌고 그것은 다시 에이 산에 전달되었다.

"당장이라도 고슈의 군사가 노부나가의 배후를 칠 것이다. 그럼 노부나가는 다시 나가시마에서의 전철을 밟게 될 것이다."

에이 산의 승단에서는 그렇게 판단하고 그저 전해지는 형세만을 믿었던 것이다. 그리고 그들이 오판을 한 다른 또 하나의 이유가 있었다. 그들은 팔백 년 이래로 누려온 특권에 안주하며 시대의 변화를 외면했다. 스스로 불도의 도량을 속세보다 더 세속화하고 나라로부터 특별한 대우를 받으며 부패만 일삼았다. 또 민심을 저버리고 오직 금빛 대일여래의 불상만 떠받들며 어떤 용맹한 군사라도 자신들의 특권과 신앙의 보루를 넘볼 수 없을 것이라고 믿었던 것이다. 하지만 노부나가는 그들의 예상을 처참하게 짓밟았다. 온 산을 불태우고 대살육을 감행했다. 하룻밤 사이에 온 산이 지옥으로 돌변했다. 상황이 그리되자 비록 늦은 감은 있지만 불길이 맹렬히 타오르는 한밤중 무렵, 공포와 절망의 나락에 빠진 에이 산의 대표가 노부나가의 진영에 사자를 보냈다.

"어떤 막대한 보상이라도 하겠습니다. 또 어떤 조건이라도 반드시 따르겠습니다."

화친을 청하러 온 사자에게 노부나가는 미소를 지으며 매에게 먹이를 던져주듯 좌우의 무사들에게 말했다.

"대꾸할 가치도 없다. 저자도 베어버려라."

에이 산에서 두 번째 사자를 보내왔다. 사자는 노부나가에게 합장을 하며 호소했다.

"부디 자비를……."

"안 된다!"

노부나가는 고개를 젓더니 그 자리에서 사자를 베어버렸다.

밤이 샜다. 검은 연기 아래 불에 탄 검은 고목과 재로 변한 에이 산의 봉우리와 골짜기는 시체들로 뒤덮여 있었다.

"저 속에는 당대의 석학과 현자와 촉망받는 젊은 승려도 있었을 터인데."

어젯밤 살육의 선봉에 섰던 아케치 미쓰히데는 재로 변한 산에 서서 얼굴을 감싸고 가슴 아파했다. 그날 노부나가는 미쓰히데에게 다음과 같은 명을 내렸다.

"시가志賀 일군을 그대에게 내릴 터이니 앞으로 사카모토 성에서 지내도록 하라."

노부나가는 하루가 지난 뒤 교토로 들어갔다. 그날도 에이 산에서는 검은 연기가 피어올랐다. 그제부터 타고 있던 잔불이었다. 대학살의 변을 피해 교토로 숨어든 승려들도 꽤 있는 듯했다. 그들은 노부나가를 '살아 있는 마왕'이라거나 '지옥의 사자' 또는 '폭루暴淚의 파괴자'라며 공포의 상징으로 불렀다. 지옥으로 변한 에이 산을 보고 어젯밤의 참상을 전해 들은 교토 사람들은 노부나가가 병사를 이끌고 교토로 온다는 소식에 이번에는 교토를 공격하는 건가 싶어 벌벌 떨고 있었다.

"요시아키 장군의 거처도 재화를 피할 수 없을 것이다."

사람들 중에는 낮부터 문을 닫아걸고 짐을 싸서 도망칠 준비를 하는 사람도 있었다. 하지만 노부나가의 군사는 가모加茂 강변에 주둔해 마을로 들어가는 것을 금했다. 금지령을 내린 사람은 바로 그들을 통솔하고 있는 그젯밤의 마왕이었다.

노부나가는 부장 몇 명만을 데리고 한 사원으로 들어갔다. 그는 그곳에서 갑주를 벗고 밥을 먹은 뒤 우아한 의관으로 갈아입고 나왔다. 그리고 화려한 안장을 얹은 말로 갈아타고 열다섯 명의 부장을 거느린 채 유유히 대로를 걸어갔다. 노부나가의 모습은 무척이나 평화롭게 보였다. 특히 백성들을 바라보는 그의 얼굴과 시선은 부드럽기 그지없었다.

"아무 일도 없을 듯하군."

길가로 몰려나온 사람들은 노부나가를 보고는 걱정이 안도로 바뀌었고 환희에 차서 함성을 질렀다. 그렇게 환호성이 울리는 네거리에서 갑자기 철포 한 발이 울려 퍼졌다. 총알이 노부나가를 스치고 지나갔지만 그는 태연히 철포 소리가 난 쪽을 돌아볼 뿐이었다. 주위에 있던 부장들은 말에서 뛰어내려 철포를 쏜 사람을 붙잡으려 달려갔고, 사람들은 일제히 철포를 쏜 사람을 붙잡으라고 소리 질렀다.

백성들이 자신의 편이라고 믿고 있던 자객은 예상 밖의 상황에 당황하다 도망치지도 못하고 붙잡히고 말았다. 산문 제일의 용맹한 승려라는 말을 듣던 법사는 사로잡힌 뒤에도 노부나가를 향해 불적이라거나 마왕이라며 고함을 쳤다. 하지만 노부나가는 아무 반응도 보이지 않고 유유히 말을 타고 가던 길을 갔다. 이윽고 노부나가는 황거가 가까워지자 말에서 내렸다. 그리고 경내의 샘에서 손을 씻은 뒤 천황의 거처가 있는 문 앞으로 다가가 앉았다.

"얼마 전 불길에 많이 놀라셨으리라 생각되옵니다. 황상의 심금을 어지럽힌 죄를 용서해주시길 바랍니다."

노부나가는 사죄하며 오랫동안 부복하고 있었다. 그러고는 황거의 새로 지은 문과 담장을 올려다보며 만족한 듯 좌우의 부장들에게 말했다.

"황거의 공사도 거의 마무리된 듯하군."

노부나가는 문 옆에 정렬해 있는 신하들을 바라보다 조용히 돌아갔다.

가업을 소홀히 하는 자는 그 죄를 물을 것이며, 유언비어를 퍼뜨리는 자는 즉시 목을 칠 것이니, 모두 오늘과 같이 본분에 충실하라.

노부나가 대관代官

노부나가는 법삼장法三章을 적은 팻말을 도성 곳곳에 세우게 하고 기후로 돌아갔다. 해자를 깊게 파고 철포를 든 채 죽음을 각오하고 있던 장군 요시아키를 만나지 않고 돌아간 것이었다. 요시아키는 안도하며 기후로 돌아가는 노부나가의 뒷모습을 께름칙한 마음으로 지켜보았다.

풍림화산風林火山

전화戰火의 연기는 에이 산만 뒤덮은 게 아니었다. 미카와의 서부지방에서 덴류天龍 강을 따라 형성된 부락들과 미노美濃의 일곽까지 들불이 번진 것처럼 연기가 피어올랐다. 다케다 신겐의 정예군은 고슈甲州의 산봉우리들을 넘어 남쪽으로 몰려 내려왔다.

"아시나가足長 신겐이다!"

하마마쓰를 본거지로 하는 도쿠가와 이에야스의 군사들은 눈을 부릅뜨고 신겐의 군사들과 맞서 싸웠다. 그들의 목적은 신겐의 상락을 저지하는 것이었다.

"서쪽으로 지나가게 해서는 안 된다!"

그것은 동맹국인 오다를 위해서가 아니었다. 고슈와 산엔이 숙명과도 같이 인접해 있다 보니 다케다 군에게 돌파당하면 도쿠가와 가의 존위 자체가 위태로워지기 때문이었다.

이에야스는 올해 서른 살이었다. 그의 휘하인 미카와 무사들은 십 년 동안 온갖 고난과 빈곤을 견뎌왔다. 이제 드디어 성인이 된 주군을 맞이해 노부나가와 동맹을 맺고 한편으로 이마가와 가의 영토를 잠식해가는 중이었다.

"이제부터다!"

미카와는 신하는 물론이고 백성과 초목까지 희망과 투지로 가득 차 있었다. 신겐의 군사에 비해 장비나 물자가 부족한 신생국이었지만 투지에 있어선 전혀 뒤지지 않았다. 그런 미카와 무사들이 신겐을 '아시나가足長'라고 부르는 연유가 있었다. 일찍이 노부나가가 보낸 서신 속에서 '아시나가'라는 경구를 본 이에야스가 딱 들어맞는 말이라며 가신들에게 이야기했기 때문이다.

신겐은 어제는 북쪽의 우에스기 군과 고신甲信(고슈甲州와 신슈信州) 경계에서 싸우다가 오늘은 죠슈上州나 소슈相州로 가서 호죠北條 가를 위협한 뒤 다시 말을 돌려 산슈三州와 엔슈遠州, 미노까지 가서 싸우다 돌아왔다. 그리고 신겐은 반드시 직접 싸움을 지휘했다. 세상에서는 신겐에게 '일곱 명의 대역 무사'가 있다고 했지만 사실 신겐은 모든 싸움에서 직접 지휘하지 않으면 성에 차지 않는 듯했다. 그래서 노부나가가 그를 두고 '산으로 둘러싸인 나라에 있으면서 오지랖이 넓다'는 뜻으로 '아시나가'라고 비꼰 것이었다.

신겐이 '아시나가'라면 노부나가는 '아시바야足무', 즉 발이 빠르다고 할 수 있었다. 노부나가는 에이 산에 도착하기 전에 이에야스에게 사자를 보내 전했다.

"고슈의 정예군과는 정면 대결을 피하는 것이 좋을 듯하오. 적이 공격하면 하마마쓰에서 오카자키로 물러나는 한이 있더라도 참기를 바라오. 지금은 후일을 기약하는 것이 좋을 것이오."

하지만 이에야스는 사자가 보는 앞에서 측신들을 돌아보며 말했다.

"이 성을 버릴 바에는 화살을 부러뜨리고 무문을 닫는 편이 나을 것이다."

노부나가에게 있어 이에야스는 하나의 전선일 뿐이었지만 이에야스에게 있어 미카와와 엔슈는 절대적인 것이었다. 그 땅을 제외하면 뼈를 묻을 땅이 없었다. 노부나가는 사자의 말을 듣고 성급한 사람이라고 중얼거렸다. 하지만 그 때문인지 에이 산의 일이 끝나자마자 질풍처럼 기후로 돌아가 있었다. 시기를 가늠하는 데 민감했던 신겐은 노부나가의 신속함에 혀를 차더니 다시 때가 올 것이라며 고甲 산 너머로 물러가버렸다.

그렇게 한 해가 저물고 겐기元龜 3년, 봄을 맞이했다. 봄, 아쓰다 신궁에서는 본전을 수리하는 공사를 하고 있었다. 오닌의 난 이래로 오랜만에 하는 공사였다. 백성들이나 호족들은 오랫동안 불안에 떨며 생활에 쫓기고 있었다. 그러던 차에 봄을 맞아 황폐해진 신궁의 숲에서 톱질 소리가 들리자 다들 깜짝 놀랐다.

"대체 누가 기특하게도 시주를 한 것일까?"

"연말에 노부나가 님이 아쓰다 신궁의 사관인 오카베 마타에몬岡部又右衛門 님을 기후로 불러 사재를 내리며 명을 하셨다고 하더군."

그 말을 들은 사람들은 의외라고 생각했다.

"그 노부나가 님이?"

사람들은 하룻밤 사이에 에이 산의 당탑부터 가람에 승방과 누각까지 모두 불태워버린 노부나가가 무슨 연유에서 공사를 벌이는지 도무지 알 수 없다는 듯한 표정을 지었다. 하지만 근래 가도를 오가는 여행객들은 교토 부근과 각지 사람들이 에이 산을 불태운 것은 바로 에이 산이라고 말하고 있다고 전했다. 신불은 불태우려고 해도 불태울 수 없다는 것을 노부나가가 모를 리 없다는 것이었다. 그리고 노부나가가 아쓰다 신궁을 수축하는 것만 봐도 다른 사람들보다 몇 배나 신을 숭배한다는 것을 알 수 있다고 했다. 또 그가 불교를 증오할 리도 없다고 했다. 그것은 노부나가가 어릴 적 충언을 하고 자결한 노신을 위해 정수사를 건립하고 공양하는 것만 봐도 알 수 있다고 했다. 그리고 매년 정월 초하루가 되면 의관을 단정히 하고 멀리 있는 황궁을 향해 배례를 하고 선조의 위패를 모신 사당에 엎드려 부모의 영정에 일 년의 보고를 올린다고 했다.

오케하자마로 출전하는 새벽녘에 '인간 오십 년, 하천에 비하면'이라고 노래하며 춤을 춘 것은 분명 불교에서 온 가치관인데, 그런 상황에 처한 노부나가가 불렀으니 무사도라고 하지만 그 근간에는 불교의 정신이 흐른다고 해도 무방할 것이라며 노부나가에 대해 세세히 논하는 사람들도 있었다. 어찌 됐든 근래 세상 사람들은 노부나가를 두둔하는 쪽과 싫어하는 쪽으로 나뉘었다. 에이 산을 불태운 것을 두고 세상은 두 편으로 나뉘어 시시비비를 따지는 치열한 논쟁을 벌이고 있었다. 싫다고 하는 쪽에서는 여전히 그를 악마처럼 여기며 깊은 반감을 가지고 있었지만 두둔하는 쪽에서는 '머지않아 천하는 노부나가의 손에 들어갈 것'이라고 예상하는 사람까지 나타났다. 한편 노부나가를 적으로 간주하는 사람들도 그의 방식을 보고 무서운 사람이라고 생각하게 되었다.

"하루가 늦어지면 일 년을 허송세월하는 것과 마찬가지다."

신겐은 다년간의 숙원인 상락을 하루빨리 이루기 위해 은밀하게 모든 외교책을 동원해 호조와 수교를 성사시켰다. 하니반 우에스기와는 여전히 교섭이 진척되지 않았다.

신겐은 어쩔 수 없이 10월을 기해 고후를 출발했다. 고에츠甲越(가이 甲斐와 에치고越後) 국경은 눈 때문에 길이 일찍 끊기다 보니 일단 겐신은 걱정하지 않아도 된다고 판단했던 것이다. 총 삼만의 대군은 신겐이 다스리는 가이, 시나노, 스루가, 엔슈의 북부, 미카와 동부, 고즈케上野 서부, 히다飛驒 일부, 엣추越中 남쪽에 걸친 약 백삼십만 석 영지에서 징발한 병사들이었다.

한편 하마마쓰 성안에서는 다음과 같이 주장하는 사람들이 있었다.

"오직 지키는 것이 능사다."

"오다 쪽 원군이 도착할 때까지."

도쿠가와 가의 병력은 전 영토를 통틀어도 다케다 쪽의 절반인 일만 사천도 되지 않았지만 젊은 이에야스는 오다 쪽 원군을 기다릴 정도의 적이 아니라며 출군을 명했다.

가신들은 모두 지난 아네 강에서의 싸움에서 노부나가를 도왔으니 당연히 오다 쪽에서 대군을 보내 도와주리라 기대하고 있었다. 이에야스는 짐짓 가신들의 그런 분위기를 일소하듯 지금이야말로 나라의 존망이 걸린 때라고 각오를 다지며 한편으로는 진실로 믿을 수 있는 것은 자신밖에 없다는 것을 깨닫게 하기 위해 조용히 말했다.

"물러서도 멸망하고 나아가도 멸망한다면 오직 앞으로 나아가 건곤일척의 한복판에서 무사로서 떳떳이 죽는 것이 나을 것이다."

이에야스는 어릴 때부터 모진 고난을 겪으면서도 잔재주를 부리거나 주눅이 들지 않았고 어딘지 어른스러운 모습이었다. 지금 용광로의 쇳물이 끓듯 살기가 충만한 하마마쓰 성안에 앉아 있으면서 다른 누구보다 치열하게 주전론을 주장하는 이에야스의 말투는 평소와 조금도 다를 게 없었다. 가신들 중에는 이에야스의 주장이 평소와 너무 달라 의심스러워하는 사람조차 있었다. 하지만 이에야스는 척후병들의 보고를 상세히 들으며 출전 준비를 착착 진행해갔다.

그러는 동안에도 패전을 알리는 보고가 끊이지 않고 전해졌다. 신겐의 대군은 벌써 엔슈를 공격하고 있다고 했다. 또 이다飯田의 두 성이 적에게 넘어갔다고도 했다. 후쿠로이袋井, 가케가와掛川, 기하라木原 지방의 촌락 중 고슈甲州 군에게 짓밟히지 않은 곳은 없었다. 특히 정찰에 나섰던 혼다, 오쿠보, 나이토의 삼천 선봉군이 덴류 강 부근의 히도고 토자카一言坂에서 다케다 군에게 발각되어 전멸에 가까운 궤멸을 당하고 이케다 촌에서 하마마쓰로 패주했다는 보고가 들어왔다. 그러자 성안 사람들의 얼굴은 흙빛이 되었다.

하지만 이에야스는 묵묵히 군무를 보고 있었다. 그는 교통로 확보에 주의를 기울이며 10월 말까지 수비 준비를 완전하게 해놓았다. 그리고 덴류 강의 후타마타二俣 성에 원군과 무기와 식량 등을 보낸 뒤 하마마쓰 성에서 출전했다.

덴류 강의 기슭인 간마시神増 촌까지 군사를 진군시킨 이에야스는 신겐의 중군을 중심으로 고슈의 이만 칠천여 대군이 차축과 톱니바퀴처럼 곳곳에 진을 치고 있는 광경을 바라보았다.

"아, 과연."

이에야스는 언덕에 서서 한동안 두 손을 모은 채 감탄했다. 멀리서 신겐의 중군을 바라보자 네 개의 깃발이 펄럭이는 모습이 들어왔다. 가까이 다가가면 깃발에 적힌 글자가 똑똑히 보일 터였다. 적과 아군 모두 알고 있는 손자의 병법이었다.

其疾如風　빠르기는 질풍과 같고
其徐如林　고요하기는 숲과 같으며
侵掠如火　공격할 때는 불과 같고
不動如山　움직이지 않을 때는 산과 같다

'움직이지 않을 때는 산과 같다'는 글자 그대로 신겐은 며칠 동안 꼼짝도 하지 않았다. 이에야스 역시 미동도 하지 않고 덴류 강을 사이에 둔 채 신겐과 대치하고 있었다. 겨울은 11월로 접어들고 있었다.

미카타가하라三方ヶ原 싸움

이에야스에게 과분한 것이 두 가지 있으니, 가라노카시라唐頭**[106]와 혼다 헤이하치**本多平八.

다케다 군이 점령한 히도고토자카 위에 누군가 시를 써서 세워놓았다. 물론 다케다 쪽 병사가 쓴 것이었는데 진지를 버리고 패주는 했지만 퇴각하는 군의 후위를 맡아 용맹을 떨친 혼다 헤이하치로를 두고 한 말이었다. 오쿠보 타다요와 나이토 노부나리도 용감히 싸웠지만 특히 혼다 헤이하치로의 활약은 실로 대단했기에 도쿠가와 가에도 무사가 있다는 뜻에서 노래한 것이었다.

"상대하기에 부족함이 없는 적이다. 이번 싸움이야말로 고슈와 도쿠가와가 전력을 다해 자웅을 겨루는 건곤일척의 승부가 될 것이다."

고슈 군은 전율을 느낄 정도의 맞수를 발견한 듯 사기가 한층 충만해 있었다. 신겐은 그런 본진을 에다이시마江臺島로 이동시키는 한편 이나 가쓰요리와 아나야마 바이세쓰 등의 부대를 후타마타 성으로 보내면서 시간을 지체하지 말고 빼앗으라는 엄명을 내렸다. 그에 맞서 이

---

106 중국에서 건너온 야크의 뿔을 단 투구.

에야스도 곧바로 원군을 보냈다.

"아군에게는 중요한 방어선이자 적에게는 공격하기 유리한 거점이다. 수장인 나카네 마사데루中根正照를 돕도록 하라."

이에야스는 자신이 직접 후속 부대가 되어 전투를 독려했다. 하지만 변화무쌍한 다케다 군이 즉시 진용을 바꿔 좌우에서 공격을 가하자 배후에 있는 이에야스의 진영은 하마마쓰와 차단될 위기에 처하고 말았다. 게다가 그사이 성의 물길까지 끊겨버렸다. 적이 후타마타 성의 가장 치명적인 약점을 공략한 것이었다. 후타마타 성은 한쪽이 덴류 강과 접해 있었기 때문에 병사들의 생명줄과도 같은 물을 성벽에서 돌출되어 있는 망루에 도르래를 달아 우물물을 푸는 것처럼 강에서 끌어올리고 있었다. 다케다 군은 그것을 노리고 상류에서 뗏목을 흘려보내 망루의 다리를 파괴했다. 그러자 성의 병사들은 그날부터 물을 차단당하고 말았다. 그야말로 눈앞에 큰 강을 두고도 밥을 짓는 물조차 부족한 상태가 되었다.

12월 19일 밤, 수장 이하 모든 병사들은 마침내 어둠을 틈타 퇴각을 했다. 성이 빈 것을 알게 된 신겐이 명령했다.

"요다 노부모리依田信守, 그대는 성을 지키며 사노佐野와 도요다豊田, 이와타磐田의 각 군郡과 연락을 취해 가케가와와 하마마쓰 방면의 적의 퇴로에 대비하라."

신겐의 포진과 전진은 바둑 명인이 한 수 한 수 바둑을 두듯 신중했다. 이렇게 이만 칠천의 다케다 군은 북소리를 울리며 이와이다祝田, 오사카베刑部, 이나사引佐 강으로 진군했고 신겐의 중군은 그곳에서 이이다니正伊谷를 넘어 미카와 동부로 진출할 계획이었다.

코가 떨어져 나갈 만큼 매서운 21일 낮, 미카타가하라 三方ヶ原 방면에서 붉은 먼지가 피어오르고 있었다. 한동안 비가 내리지 않아서 대기는 바싹 메말라 있었다.

"이이다니, 이이다니로 가라!"

중군의 전령이 각 부대에 신겐의 명령을 전달하자 장수들 사이에서 이론이 일었다.

"이이다니로 가라는 것은 하마마쓰 성을 포위할 생각이신 듯한데 그건 오산이 아닐까?"

사람들이 그토록 위험하게 생각한 이유는 아침부터 오다의 원군이 이미 속속 하마마쓰에 도착했고, 또 후속 부대의 병량이 얼마나 되는지 알 수 없다는 첩보가 올라왔기 때문이다.

적에게 가까이 가면 갈수록 적의 전체 모습을 볼 수 없었다. 정보도 마찬가지였다. 눈앞에 있는 적지에서 척후들이 끊임없이 적의 동정을 알려왔지만 너무 세세하고 단편적이라 오히려 대세를 오판할 수 있는 가능성이 농후했다. 길가의 촌락에서 들은 풍설에도 주의해야 했다. 그중에는 분명 적들이 퍼뜨린 유언비어도 섞여 있기 때문이었다. 하지만 오다의 원군이 속속 남하해서 하마마쓰에 합류하고 있다는 풍설은 아무래도 사실인 듯했다.

"만일 노부나가가 대군을 이끌고 하마마쓰를 돕기 위해 온다면 지금은 신중하게 행동할 때다."

신겐 휘하의 장수들이 중군으로 몰려가 신겐에게 직언을 했다.

"하마마쓰 성에 이르러 해를 넘기게 된다면 아군은 한겨울에 진을 쳐야 할 것입니다. 그러면 밤낮으로 적의 기습을 받을 것이고 또 병량이 부족해지고 병자들이 속출해서 아군의 힘이 소진될까 걱정이 됩니다."

"퇴로를 차단당할 우려도 있습니다."

"계속해서 오다 쪽의 원군이 가세하면 아군은 적지에 갇혀 형세가 역전될 수도 있습니다."

"그렇게 된다면 상락의 숙원을 접고 허무하게 퇴각할 수밖에 없을 것입니다. 애초에 이번 출정의 목적은 하마마쓰 성 하나를 공략하는 것이 아닌 상락에 있었던 만큼……."

신겐은 바늘처럼 반쯤 눈을 감고 중앙에 앉아 부하들의 직언에 일일이 고개를 끄덕였다. 그러고는 천천히 입을 열었다.

"모두의 의견은 잘 알았다. 하지만 나는 오다의 원군은 기껏해야 삼천에서 사천에 지나지 않을 것이라고 생각한다. 그 연유는 만일 기후의 군사 대부분을 하마마쓰로 돌린다면 내가 사전에 말을 해놓았으니 아사이와 아사쿠라가 강북에서 그의 배후를 칠 것이고, 또 교토의 장군가가 각지의 승병들에게 일제히 격문을 보낼 것이다. 그러니 오다군을 크게 걱정할 필요는 없다."

신겐은 그렇게 말한 뒤 다시 조용히 말을 이었다.

"내 오랜 숙원인 상락을 이루기 위해서는 그 길 위를 가로막고 있는 바위와 같은 이에야스를 피해 지날 수는 없다. 언젠가 기후를 공격하면 당연히 이에야스는 군사를 이끌고 내 배후를 끊고 오다를 도울 것이다. 그럴진대 오다가 전력으로 돕지 못하는 지금이야말로 하마마쓰 성을 격파하고 올라가는 것이 상책이 아니겠는가?"

장수들은 신겐의 말에 따를 수밖에 없었다. 주군의 말이기 때문이 아니라 전술에 있어서도 스승과 같은 사람이었기 때문이다. 하지만 자신의 부대로 돌아가는 장수들 중에 야마가타 마사카게는 옅은 잿빛 구름에 가려 한층 을씨년스럽게 보이는 겨울 해를 올려다보며 혼자 탄식했다.

"싸움을 좋아하시는 것은 실로 천성이구나. 무장으로서는 보기 드문 역량을 지니셨으나……."

한편 하마마쓰 성에 다케다 군이 방향을 전환했다는 사실이 전해진 것은 21일 밤이었다. 그리고 노부나가의 원군인 다키가와 가즈마스, 히라데 노리히데平手汎秀, 사쿠마 노부모리가 이끄는 삼천 정도의 군사가 하마마쓰 성 아래에 도착해 있었다.

"생각보다 소수군."

실망하는 사람도 있었지만 이에야스는 그다지 기뻐하지도 불평하는 기색도 보이지 않고 첩보가 속속 올라오는 동안에 군사 회의를 열었다.

"일단 오카자키로 퇴각한 후에."

대부분의 장수와 오다 쪽 부장들이 그렇게 자중하기를 원했지만 이에야스는 주전의 뜻을 꺾지 않았다.

"적에게 화살 한 발 쏘지 않고 어찌 성을 버리고 물러갈 수 있겠는가."

하마마쓰에서 북쪽으로 약 열 정町 떨어진 곳에 가로 이 리, 세로 삼 리가 넘는 고원이 있었는데 바로 미카타가하라였다. 그리고 이 미카타가하라 고원을 가로 방향으로 나누고 있는 단층이 있었는데, 깊이가 열여덟 척이나 되는 낭떠러지 아래에는 맑은 물이 흐르고 있었다. 바로 사이가타니犀ヶ崖였다.

22일 미명, 하마마쓰를 나선 이에야스 군은 사이가타니의 북쪽에 진을 치고 다케다 군이 지나가기를 기다리고 있었다.

"대체 무슨 생각이신지……."

군을 감찰하는 임무를 맡은 도리이 다다히로는 진영에서 만난 이시가와 가즈마사를 붙잡고 한탄했다.

"싸움을 하기도 전에 뭘 그리 걱정을 하는가?"

"평소에는 우리의 혈기를 꾸짖으시며 성급해하지 말라고 하시던 주군께서 이번에는 처음부터 다른 누구보다 더 공격을 주장하고 계시네.

혹여 마음속으로 옥쇄를 각오하신 게 아닌가 싶어 걱정이 되네.”

“흐음, 지금과 같은 상황이라면 명예와 치욕 둘 중 하나뿐이네. 주군은 명예를 선택하신 것이 분명하네. 우리가 좋은 주군을 섬긴 것이라는 생각이 들지 않는가?”

“평소에 그리 생각했기 때문에 오랜 역경도 역경이라 여기지 않고 고난도 기꺼이 감수하며 지금까지 주가를 섬겨온 것이 아니겠나. 그런데 그것도 오늘뿐이라고 생각하니 안타까운 마음이 들어서…….”

“군을 감찰하는 직분을 맡고 있는 자네가 그리 마음 약한 소리를 하면 어쩌나. 다케다 군 이만 칠천에 비해 아군은 일만에도 미치지 않는 소수지만 우리 미카와 무사의 용맹이 고슈 놈들에 뒤지겠는가? 한 명당 세 명의 적을 맡으면 족하네.”

“우리를 걱정하는 것은 아니네. 다만 우리가 펼치고 있는 학익진을 보면 주군의 본진을 중심으로 오른쪽 날개에 전의가 전혀 보이지 않네. 그 부분이 걱정일 뿐이네.”

“오른쪽 날개라면 원군인 오다 군 삼천 말인가?”

“그렇다네. 내 생각엔 사쿠마, 다키가와 등의 부장들은 노부나가로부터 원군으로 가도 병사를 잃지 말고 자진해서 싸우지 말라는 말을 듣고 온 것으로 여겨지네.”

“그들에게 많은 것을 바랄 수는 없네. 주군께서도 그에 대해 일절 언급하지 않는 것을 보더라도 얼마나 비장하게 각오를 하셨는지 알 수 있네. 우리는 그저 주군과 같은 마음으로 임하면 될 것이네.”

어젯밤부터 낮게 드리워져 있는 구름은 아침놀에 붉게 물들어 있었다. 아침에 새삼 세상을 바라보며 이슬보다 더 가없는 자신들의 생명에 대해 생각한 사람은 다다히로와 가즈마사만이 아니었다. 오른쪽 날개를 맡고 있는 오다 군의 진영을 바라보던 도쿠가와 군의 군사들은 주군인 이에야스의 결연한 의지를 그대로 이어받아 각오를 새롭게 다지고 있었다. 그들은 어젯밤 군사 회의 때까지는 이론도 있었지만 이곳에 온 뒤로는 꿈에도 물러난다고 생각하지 않았다. 언제라도 달려나갈 태세로 투구 아래로 눈을 번뜩이며 입을 굳게 다문 채 전방을 노려보고 있었다.

해가 떠오르더니 금세 구름에 가려졌다. 풀들이 메말라 쓰러져 있는 고원의 넓은 하늘에 한 마리 새 그림자가 소리 없이 가로질러 날아갔다. 이따금 새 그림자 같은 것이 메마른 풀들 위를 기어 다니다 재빨리 되돌아왔다. 척후병이었다. 다케다 군 쪽에서도 똑같이 정찰을 하고 있었다. 아침에 노베野部를 출발한 신겐의 대군은 덴류 강을 건너고 다이보사쓰大菩薩를 지나 오후 무렵 사이가타니 앞까지 와 있었다.

"멈춰라."

신겐 곁에 있는 오야마다 노부시게小山田信茂와 장수들이 전방에 있는 적군의 상황을 수집해서 모여 있었다. 한동안 응시하던 신겐은 부대 하나를 후위로 남겨두고 본군 이하의 대부대를 이끌고 예정대로 미카타가하라를 가로질러 진군했다.

이와이베 부락이 지척이었다. 행군의 선봉은 벌써 그곳에 들어갔을지도 몰랐다. 중군에서는 말 위에 서서 보더라도 끝도 없이 이어지고 있는 아군의 선두가 보이지 않았다.

"시작됐군."

신겐이 말 위에서 왼편을 돌아보며 앞뒤의 직속 부장들에게 말했다.

"아니, 저건."

부장들도 눈을 가늘게 뜨고 바라보며 외쳤다. 저 멀리서 누런 흙먼지가 피어오르고 있었다. 후위로 남겨둔 부대가 소수라는 것을 안 적들이 갑자기 기습을 가한 듯했다.

"아, 포위당했다."

"저리 적은 수로 적에게 포위당하면 한 명도 살아남지 못할 것이다."

"병사 이삼천 명을 이끌고 도우러 가지 않으면."

먼 길을 행군해온 말들은 머리를 숙인 채 뚜벅뚜벅 앞으로 걸어가고 있었지만 고삐를 꼭 움켜쥔 장수들은 노심초사하며 멀리서 피어오르는 흙먼지 아래를 응시하고 있었다.

"……."

신겐은 묵묵부답 아무 말도 하지 않았다. 그렇게 지켜보는 동안에도 저 멀리에서는 벌써 몇 명의 아군이 도미노처럼 쓰러지고 있었다. 신겐 주변에 있는 직속 부장이나 장수뿐이 아니라 긴 행군의 행렬을 이루고 있는 병사들이 모두 옆을 바라보고 있었다. 후위 부대에는 그들의 부모나 자식, 형제도 있었다. 그들은 시선을 그쪽에 고정시킨 채 행군을 하고 있었다. 그때 정찰 대장인 오야마다 노부시게가 행렬을 따라 신겐에게 달려왔다. 노부시게의 목소리는 여느 때와 달리 흥분된 상태였는데, 말을 타고 있다 보니 주변까지 선명하게 들렸다.

"주군, 바로 지금이 적들을 일거에 몰살시킬 수 있는 때입니다. 방금 아군의 후위를 공격하는 진용을 살펴보고 왔는데 적의 일진은 학익진을 펼쳐 보기에는 일견 대군인 듯했지만 이진과 삼진의 뒤쪽은 모두 허술하고 이에야스의 중군 역시 소수만 지키고 있을 뿐입니다. 그뿐 아니라 깃발들도 제각각인데 특히 원군인 오다 군은 전의가 전혀 없음이 분명합니다. 이때를 놓치지 않고 공격하면 반드시 이길 것입니다."

그러자 신겐이 뒤를 돌아보며 말했다.

"살펴보고 오라."

노부시게는 말을 조금 물린 채 그대로 대기하고 있었다. 척후인 무로가 노부도시室賀信俊와 우에하라 노도노카미上原能登守가 달려갔다. 노부시게는 적은 아군의 몇 분의 일에 지나지 않는 소수라는 사실을 알면서도 신중에 신중을 기해 섣불리 움직이지 않는 신겐의 냉정함에 경탄했지만, 한편으로는 때를 놓칠지도 모른다는 마음에 초조하기만 했다. 이윽고 무로가와 우에하라가 돌아와서 신겐에게 고했다.

"저희가 정찰한 것과 오야마다의 보고가 일치합니다. 다시없을 천기가 아군에게 찾아온 듯합니다."

"흐음, 그렇군."

신겐은 굵은 목소리로 중얼거렸다.

신겐이 쓰고 있는 투구에 달린 백모白毛가 전후좌우로 움직이더니 이윽고 장수들에게 차례로 명령이 떨어졌다. 나팔 소리가 울렸다. 그러자 이만 수천의 선봉군에서 말단에 이르는 행군의 행렬이 일제히 지축을 울리며 흩어졌다가 다시 어린진魚鱗陣을 펼쳤다. 그러고는 공격을 알리는 북소리가 울리자 곧장 도쿠가와 진영을 향해 진군했다.

여담이지만 당시 다케다 대군이 신겐의 지휘 아래 신속하게 진용을 바꾸고 일사불란하게 움직이는 것을 보고 이에야스는 후일 비록 적이지만 실로 대단하다고 칭찬을 했다.

"나도 병가에서 태어난 이상, 신겐 정도의 나이가 되면 한 번은 그와 같이 대군을 자유자재로 움직여보고 싶다. 그가 지휘하는 모습을 보고서 만약 지금 누군가 신겐을 독살하라는 말을 한다 해도 짐독鴆毒으로는 죽이고 싶지 않다."

신겐의 지휘는 적의 대장조차 감탄할 정도로 신묘했다. 그 휘하의 용맹무쌍한 장병들도 각각 자신들의 무기와 마구와 깃발 등을 비장하고 화려하게 장식하고 수만 마리의 매가 신겐의 주먹 위에서 먹잇감을 노리고 일제히 날아오르는 것처럼 함성을 지르며 적의 얼굴이 보일 만큼 가까운 곳까지 달려 나갔다.

도쿠가와 군들도 수레바퀴가 돌아가듯 학익진의 방향을 바꿔 돌진해 들어오는 적들에 맞섰다. 적과 아군이 일으키는 먼지 때문에 일순 사방이 어두워졌다. 그 어둠 속에서 저녁 햇살을 받은 창들만이 반짝반짝 빛을 발하고 있었다. 고슈 쪽이 창 부대를 전면에 내세우고 돌진해 들어오자 도쿠가와 쪽도 창 부대를 전면에 배치해서 맞섰다. 저쪽에서 와하고 함성을 지르면 이쪽에서도 똑같이 함성을 질렀다. 먼지가 옅어지자 적의 얼굴과 모습은 잘 보였지만 아직 양군의 사이는 꽤 벌어져 있었다. 하지만 섣불리 창의 대열에서 단 한 발짝도 내딛는 사람은 없었다.

이런 상황에서는 전쟁에 이골이 난 백전노장이라고 해도 이가 덜덜 떨리고 눈초리가 치켜 올라가고 온몸의 털이 곤두서며 전율을 느낄 터였다. 이때 느끼는 공포는 평소와는 전혀 달랐다. 의식이 떨리는 것이 아니라 온몸이 저절로 덜덜 떨리며 평상시의 감각이 본능적으로 변하고 있었다. 그것은 순식간에 이루어지는 것이기 때문에 피부에 소름이 돋으면서 피부색이 닭 볏처럼 자줏빛으로 변했다.

대낮이었지만 천지가 어두웠다. 귀에 들리는 소리가 무엇인지, 눈에 보이는 것이 무엇인지 한순간 분간조차 할 수 없어서 앞으로 나가지도 뒤로 물러서지도 못한 채 그저 창끝만 겨누고 함성만 지르고 있었다. 그 전선에서 가장 먼저 앞으로 튀어나간 용자에게는 나중에 첫 번째 창이라는 뜻인 '이치방一番 야리槍'라는 명예가 주어지고 모두에게 칭송을 받는다.

그와 같은 행동은 시간이 흐르면 아무것도 아닌 일이지만 그 순간만큼은 천군만마를 이끄는 무사라고 해도 쉽게 취할 수 없는 행동이었다. '이치방 야리'는 바로 거기에 가치가 있었고 큰 의의가 있었다. 무사 최대의 기회가 지금 몇천 몇만에 이르는 양군의 무사들 앞에 공평하게 주어져 있었다. 하지만 어느 누구도 그 한 발, 단 일보도 쉽사리 떼지 못했다.

"도쿠가와 가의 가토 구로지加藤九郎次, 이치방 야리!"

그때 누군가가 맞은편 전열에서 천둥처럼 고함을 지르며 달려 나왔다. 이름도 들은 적이 없는 말단 병사였다. 아마 도쿠가와 가의 일개 무사에 불과한 듯했다. 하지만 구로지가 이치방 야리를 외치자 뒤에 있는 몇천의 병사가 지축을 울리며 몇 발짝 전진했다.

"구로지의 아우, 가토 겐시로源四郎! 니방二番 야리!"

병사들 속에서 포효하듯 외치는 소리가 들렸다.

먼저 앞으로 나선 사람이 형인듯 했다. 형인 구로지는 다케다 군 앞까지 다가가기도 전에 앞으로 밀고나온 적의 전열에 파묻혀 수많은 적의 창 속으로 자취를 감추고 말았다.

"니방 야리는 나다! 가토 구로지의 아우다. 고슈 놈들아 각오해라."

겐시로는 근처에 있는 적들을 향해 창을 네다섯 번 후려쳤다. 적병이 고함을 치며 창으로 찔러 들어오자 겐시로는 몸을 뒤로 젖혔다. 그리고 갑옷 몸통을 스치고 지나간 적의 창을 붙잡고 일어선 순간, 어느새 아군이 물밀듯 밀려오고 있었다. 고슈 군도 일제히 그에 맞서 돌진해왔다. 두 개의 성난 파도가 서로 뒤엉키고 부서지는 광경을 피와 창과 갑주가 그려내고 있었다.

"앗, 형님!"

겐시로는 아군 병사와 말발굽에 허우적거리며 고함을 치고 있었다. 그는 네 발로 엉금엉금 기어 고슈 군의 발목을 붙잡아 쓰러뜨리고 목을 베어 옆으로 집어 던졌다. 그 뒤로 그의 모습을 본 사람은 아무도 없었다.

난전이 벌어졌다. 그렇지만 도쿠가와 군의 오른쪽 날개와 다케다 군의 왼쪽 날개 사이에서는 아직 이렇다 할 접전이 벌어지지 않고 있었다. 그들은 일 정町이나 떨어져 있었다. 흙먼지 속에 북소리와 나팔 소리가 격렬하게 들려왔다. 신겐의 직속부대가 그 뒤에 있는 듯했다. 양군 모두 전면에 철포대를 내세울 틈도 없었던 탓에 고슈 군은 최전선에 '미즈마타노 모노水俁者'라고 부르는 신분이 낮은 병사들로 이루어진 부대를 앞세워 돌팔매질을 하게 했다. 비가 쏟아지듯 무수한 돌이 날아왔다. 이곳 전선에는 사카이 타다쓰구의 제1진과 제2진 외에 오다 쪽 원군이 있었다.

"제기랄."

타다쓰구는 말 위에서 혀를 찼다. 고슈 군의 전열에서 던지는 돌에 맞은 말이 미친 듯 날뛰어서 손을 쓸 수가 없었다. 그의 말뿐 아니라 대기하고 있던 창 부대 뒤에 있는 기마병들의 말도 모두 앞발을 구르며 날뛰었다. 창 부대의 병사들은 타다쓰구의 명령을 기다리고 있었는데, 타다쓰구는 찢어질 듯한 목소리로 다음과 같이 명을 내렸다.

"이 채가 바람을 가르기 전까지는 아무도 움직이지 마라!"

돌을 던지고 있는 적의 전열은 고슈 군의 앞길을 개척하던 공병이었다. 그러다 보니 '미즈마타노 모노' 부대는 무섭지 않았다. 하지만 그 뒤쪽에 고슈의 정예군이 손에 침을 바르며 기회를 엿보고 있었다. 고슈 군 중에서도 가장 강하다는 소리를 듣고 있는 야마가타 부대, 나이토 부대, 오야마다 부대였다. 그리고 나이토 마사토요와 오바타 노부사다 등의 깃발도 보였다.

"미즈마타노 모노들로 하여금 우리를 화나게 해 유인하려는 계략이다."

타다쓰구는 적의 계책을 꿰뚫어보고 있었지만 이미 왼쪽 날개에서 난전이 벌어진 상태였다. 더욱이 제2진인 오다 군이 지켜보고 있고 본진의 이에야스가 어떻게 생각할지 몰라 걱정스러운 마음이 들었다.

"공, 공격하라!"

타다쓰구는 마침내 투구의 끈이 끊어질 듯 입을 크게 벌리고 공격 명령을 내렸다. 적의 계략을 알고 있으면서도 어쩔 수 없이 서전부터 불리한 상태를 자초할 수밖에 없었던 것이다. 도쿠가와 전군에 패전을 안겨다준 치명적인 실패는 바로 이렇게 시작되었다. 비 오듯 쏟아지던 돌들이 감쪽같이 멎었다. 그와 동시에 돌팔매질을 하던 칠팔백의 미즈마타노 모노 병사들이 좌우로 갈라지며 재빨리 전선에서 물러났다.

"아뿔싸!"

사카이 타다쓰구의 눈에 적의 제2진이 보였을 때는 이미 늦었다. 미즈마타노 모노와 다음 진영의 기병 사이에 또 다른 일렬, 철포대가 잠복하고 있었던 것이다. 철포대는 모두 배를 땅에 대고 몸을 숙인 채 총구를 왼손과 볼에 대고 있었다.

탕탕탕, 철포 소리가 무차별적으로 울리면서 화약 연기가 땅에서 피어올랐다. 탄도가 낮았기 때문에 공격해 들어오던 사카이 부대의 병사들 대부분은 발목 부분에 총상을 입었다. 벌떡 일어선 말은 배에 총을 맞았다. 쓰러지기 전에 말에서 내려 병사들과 함께 돌진하는 장수도 있었고, 아군의 주검을 뛰어넘어 창을 부여잡고 돌진하는 병사도 있었다.

"퇴각하라!"

다케다 쪽 철포대에 명령이 내려졌다. 맹렬한 기세로 돌진해오는 적의 창 부대와 맞서면 철포대는 전멸할 것이 분명했다. 철포대는 뒤에 있는 아군의 기병대가 앞으로 나갈 수 있도록 가능한 신속하게 흩어졌다. 말 머리를 나란히 하고 있던 제1진인 고슈 군의 최강 야마가타 부대와 제2진인 오바타 부대가 완전 무장을 하고 앞으로 달려 나갔다. 사카이 타다쓰구 부대는 철저하게 무너졌다.

"적이 무너졌다."

고슈 군 사이에서 함성이 일었다. 오야마다 부대는 우회해서 도쿠가와 쪽 제2진과 오다 군의 측면을 향해 먼지를 일으키며 달려갔다. 눈 깜짝할 사이에 고슈의 대군들이 강철과 같은 원을 그리며 포위망을 그리고 있었다. 오다 군과 사카이, 혼다, 오가사하라 등의 깃발들이 그 포위망 속에 갇혀 우왕좌왕했다.

"흐음! 졌다!"

중군의 다소 높은 진영에서 아군의 전선을 지켜보던 이에야스가 신음하듯 외쳤다.

"그런 듯합니다."

이에야스 곁에 서서 같이 지켜보던 도리이 다다히로가 분한 듯 입술을 깨물었다. 다다히로는 이번 싸움만은 승산이 없다며 쉬지 않고 간언했다. 그리고 이에야스에게 오늘 밤 적이 이와이다에 야영하기를 기다렸다가 불을 지르고 기습할 것을 권했다. 하지만 노회한 신겐은 일부러 후위에 소수의 부대를 남겨놓고 이에야스를 유인한 것이었다.

"이미 손을 쓰기에는 늦었습니다. 속히 전군에게 퇴각 명령을 내리고 일단 하마마쓰로 가시는 것이."

"……"

"퇴각은 빠르면 빠를수록 좋을 것입니다."

"……"

"주군. ……주군!"

"시끄럽다!"

이에야스는 다다히로의 얼굴도 쳐다보지 않았다. 해가 저물자 시시각각 미카타가하라의 들판에 하얀 저녁안개와 어둠이 짙게 깔리고 있었다. 전령의 깃발은 겨울바람을 타고 속속 비보를 전해왔다.

"오다 가의 사쿠마 노부모리 님께선 가장 먼저 패주하고 다키가와 가즈마스 님 또한 패퇴하였고 히라데 나가마사平手長政(노리히데) 님은 전사하셨습니다. 사카이 님 홀로 고전을 하고 있습니다."

"적, 다케다 가쓰노리의 부대가 야마가타 부대와 힘을 합쳐 아군의 왼쪽 날개를 에워쌌습니다. 이시가와 가즈마사 님은 부상을 입으셨고, 나카네 마사데루 님과 아오키 히로쓰구 님은 차례로 전사하셨습니다."

"마쓰타이라 야스즈미松平康純 님은 적의 한가운데로 돌진하여 전사하셨습니다."

"혼다 타다마사本多忠眞 님과 나루세 마사요시成瀨正義 님을 비롯해 휘하의 팔백여 군사가 신겐을 노리고 적진 깊숙이 들어갔지만, 적들에게 둘러싸여 살아 돌아온 군사는 몇 명이 되지 않습니다."

패전을 전하는 비보가 끊이지 않았다.

"송구합니다!"

무슨 생각인지 도리이 다다히로가 느닷없이 이에야스를 껴안더니 부하와 함께 그를 말 위에 밀어 올렸다.

"도망쳐라!"

다다히로가 말의 엉덩이를 후려치며 말을 향해 고함쳤다. 이에야스를 태운 말이 질풍처럼 달려 나가자 다다히로와 직속 부장들도 그 뒤를 쫓아 내달렸다.

해가 지기를 기다렸다는 듯이 눈발이 날리기 시작했다. 거센 눈바람이 휘몰아쳐 패군의 깃발과 병마 들은 방향을 분간할 수 없었다.

"주군은? 주군은 어디에?"

"본진은 어디에?"

"내 부대는?"

고슈 군의 철포대가 방향을 잃은 패군의 무리를 향해 자욱한 눈보라 속에서 철포를 퍼부었다.

"퇴각이다!"

"퇴각 나팔이 울리고 있다."

"본진은 벌써 퇴각한 것이냐?"

새까맣게 무리를 지어 북쪽으로 몰려간 거대한 패군의 물결이 서쪽에서 길을 잃고 우왕좌왕하는 바람에 많은 사상자가 속출했다. 그리고 마침내 그들은 남쪽 방향으로 패주했다. 앞서 도리이 다다히로와 함께 사지를 벗어난 이에야스는 뒤따르는 병사들을 돌아보며 소리쳤다.

"깃발을 세워라!"

이에야스가 급히 말을 멈추고 명을 내렸다.

"깃발을 세우고 아군을 한 명이라도 더 불러들이도록 하라."

밤의 어둠은 짙어지고 눈발은 한층 거세졌다. 부장들은 이에야스를 둘러싼 채 나팔을 불며 우마지루시를 흔들었다. 그러고 나서 고함을 치며 아군을 불렀다. 패군의 병사들이 속속 그곳으로 몰려들었다. 누구 한 명 피에 물들지 않은 사람이 없었다. 이에야스의 중군이 그곳에 있다는 것을 안 고슈의 바바 미노와 오바타 카즈사 두 부대가 즉시 화살과 철포를 쏘아대며 공격을 가하자 당장이라도 퇴로가 끊어질 듯했다.

"이곳도 위험하다. 내가 일부 군사를 이끌고 적진을 공격할 테니 모두 주군을 보호하며 서둘러 퇴각하도록 하라."

미즈노 사곤水野左近이 무리들 속에서 달려 나와 비장한 목소리로 이에야스와 부장들에게 마지막을 고했다.

"주군을 위해 죽을 각오를 한 자들만 나를 따르라."

미즈노 사곤은 주위의 부하들에게 그렇게 외치며 부하들이 따라오든 말든 개의치 않고 적진 한가운데로 달려갔다. 그의 뒤를 따라 삼사십 명의 병사가 달려갔다. 적군 사이에서 창과 칼이 부딪히는 소리와 함께 고함과 포효가 눈보라 소리와 뒤엉켜 들리기 시작했다.

"사곤을 죽게 내버려두지 마라."

이에야스는 더 이상 평소의 그가 아니었다. 호위 무사가 만류하려 말의 재갈을 저지했지만 이에야스는 그것을 뿌리쳤다. 깜짝 놀란 호위 무사가 몸을 뺐을 때는 이미 이에야스의 모습은 만卍 자로 뒤엉켜 있는 적진 한가운데로 달려가고 있었다.

"주군, 주군!"

그날 하마마쓰 성을 지키고 있던 나쓰메 시로지로사에몬夏目次郎左衛門은 아군의 패전 소식을 듣고는 불과 삼십 명의 기마병을 이끌고 달려왔다. 그리고 방금 도착한 뒤 분전하고 있는 이에야스의 모습을 발견하고 말에서 뛰어내려 창을 왼쪽에 들고 이에야스에게로 달려갔다.

"평소의 주군답지 않게 무모하게 이 무슨 짓이십니까! 돌아가십시오. 어서 빨리 성안으로 돌아가십시오!"

지로사에몬은 이에야스의 말고삐를 붙잡고 간신히 방향을 틀었다.

"지로사에몬 아니냐? 놓아라! 적군의 한가운데에서 이 무슨 짓이냐!"

"저를 보고 미쳤다고 하신다면 주군은 어리석을 뿐입니다. 이런 곳에서 개죽음을 당하기 위해 오늘날까지 고생한 것입니까? 평소에 하던 말씀은 다 무엇입니까? 공을 세우고 싶으시다면 후일 천하대사를 도모할 때 세우십시오!"

지로사에몬은 눈물을 흘리며 외치고는 들고 있던 창으로 이에야스가 탄 말의 엉덩이를 힘껏 후려쳤다.

어젯밤 이곳을 출발한 누대의 가신과 근신 가운데 더 이상 얼굴을 볼 수 없는 사람이 많았다. 삼백 명이 전사했고 부상을 당한 사람도 헤아릴 수조차 없을 만큼 많았다.

"분하다."

"제길."

저녁부터 한밤중에 걸쳐 비참한 패군의 멍에를 뒤집어쓴 이에야스 군은 제 자신에게 화가 난 듯한 표정으로 눈이 퍼붓는 성 아래로 속속 돌아오고 있었다. 성문들마다 밝혀놓은 화톳불 때문에 하늘은 붉게 물들어 있었다. 그러다 보니 붉은 눈발이 흩날리는 것처럼 보였고 그것은 분주히 뛰어다니는 무사들이 흘리는 피눈물처럼 보였다.

"주군은 어떻게 되셨나?"

병사들은 반쯤 미쳐 있었으며 울고 있었다. 이미 주군인 이에야스가 하마마쓰 성으로 돌아왔을 것이라고 생각해 돌아왔는데 성을 지키던 병사들이 아직 돌아오지 않았다고 전했다. 아직 적의 포위망 속에 있든지 아니면 전사를 했든지, 어느 쪽이든 주군보다 먼저 도망쳐온 것은 하마마쓰 백성들을 보기에도 부끄러운 일이라 병사들은 성안으로 들어가지 않고 발만 동동 구르고 있었다.

그때 서쪽 성문에서 철포 소리가 들렸다. 도쿠가와 쪽 사람들은 적군이 쳐들어왔다고 생각하고 마지막을 예감했다. 이곳까지 고슈 군이 들이닥친 상황이라면 주군인 이에야스의 생사도 불분명했다.

"적이 여기까지."

"이렇게 된 이상!"

그들은 절망적인 상황을 예감하면서 죽을 각오를 하고 철포 소리가 난 곳을 향해 달려가기 시작했다. 그러자 성문 부근에서 우왕좌왕하던 아군의 무리를 헤치고 눈보라와 함께 기마 무사들이 달려 들어왔다. 예상치도 못했던 아군의 장수들을 본 병사들은 환호성을 지르고 칼과 창을 들어 올리며 그들을 맞이했다. 한 명, 두 명 차례로 말을 타고 오는 기마 무사들 중 여덟 번째에 이에야스가 있었다.

"주군이다! 주군이야!"

"무사하시다!"

갑옷의 한쪽 소매도 찢겨져 나갔고 눈과 피로 범벅이 된 모습이었지만 이에야스의 모습을 본 사람들은 그렇게 외치며 몰려들었다. 그런데 그때까지 반쯤 미쳐 있던 장병들은 겉모습은 비참하게 보였지만 뜻밖에 싱글싱글 웃고 있는 이에야스의 모습을 보고는 크게 안심을 하고 다시 질서를 되찾았다.

이에야스를 포함한 스무 명의 기마 무사들은 성 아래 네거리에 말을 세우고 아직 뒤따라오고 있는 듯한 부하들을 기다렸다. 사십 명의 창 부대는 뒤쫓아온 야마가타 부대와 치열한 접전을 벌이다 한발 늦게 성으로 돌아왔다. 그리고 사십 명의 창 부대는 스물일곱 명으로 줄어 있었다. 그중에 한 명인 다카기 규스케高木九助가 창끝에 적장의 수급을 달고 왔다. 멀리서 그것을 본 이에야스가 그를 부르며 손짓했다. 무슨 일인가 하고 규스케가 달려가자 이에야스는 안장 위에서 얼굴이 닿을 듯 몸을 구부리더니 속삭였다.

"무슨 말인지 알겠나? 규스케, 큰 소리로 맘껏 허세를 부리도록 하라."

그의 말뜻을 알겠다는 듯 규스케는 성 쪽으로 힘껏 달려가서 쌓인 눈을 걷어차며 외쳤다.

"여러분, 들으시오. 오늘 난전에서 다케다 하루노부 뉴도 신겐武田晴信入道信玄의 목을 이 다카기 규스케가 땄소이다. 눈으로 직접 보고 귀로 똑똑히 들으시오. 바로 이 몸이오. 신겐의 목을 딴 것은 바로 나 규스케란 말이오!"

규스케는 성의 당교를 달려서 건너며 계속해서 외쳤다. 걱정하고 있는 성의 장병들 모두 들을 만큼 큰 소리였다.

"뭐? 신겐을 죽였다고?"

"신겐의 목을 땄다고? 정말인가?"

"저 목소리는 다카기 규스케다. 적장의 목을 창끝에 꿰고 미친 것처럼 외치고 다니고 있다."

성의 병사들이 술렁거렸다. 그리고 그 웅성거림은 절망을 순식간에 희망으로 바꾸어놓았다. 절망의 나락에서는 그것이 좋은 말이든 나쁜 말이든 비상식적인 말이 통할 때가 있었다. 게다가 생사조차 모르던 이에야스가 웃음 띤 얼굴로 무사히 돌아온 모습을 보고 사람들은 모두 신겐이 죽었다는 말을 믿게 되었다.

이에야스는 성문 안으로 들어가 성을 지키던 병사들에게 에워싸여 말에서 내려서야 온몸으로 한숨을 내쉬었다.

"물을, 물을 한 모금 다오."

이에야스는 그렇게 말하고 가신들을 둘러보다 병사 한 명이 국자째 떠온 물을 벌컥벌컥 들이마셨다. 그때 검은 가죽으로 만든 갑주로 온몸을 두른 마흔 정도 되는 무사가 부하들 속에서 뛰어나와 무릎을 꿇었다.

"주군, 오랜만에 뵙습니다."

이에야스가 국자에 남은 물을 뿌리고 시종에게 건네면서 물었다.

"그대는 누구인가?"

"소신 이시가와 젠스케石川善助입니다."

"뭐, 이시가와 젠스케라고?"

"사 년 전, 술자리에서 벗과 싸움을 해서 출사가 금지되어 어쩔 수 없이 타국을 전전하던 마구간지기 젠스케입니다. 벌써 잊으셨는지요?"

"잊은 것은 아니네만 자네가 무슨 일로 여기 온 것인가? 자네는 오다 가에서는 삼십 관의 녹을 받았지만 그 후, 다른 가문을 섬기며 녹을 삼백 관이나 받는 직책을 맡고 있다고 들었네만."

"마에다前田 님의 배려로 분수에 넘치는 녹을 받고 있습니다만 늘 주군의 은혜를 잊지 못하고 있다가 이번에 고슈 군의 공격으로 덴류 강과 다른 요새가 차례로 무너지고 옛 주가의 존망이 위태롭다는 말을 들었습니다. 그래서 마에다 님께 청하여 삼백 관의 녹을 반납하고 제 휘하의 부하 팔십을 이끌고 힘을 보태고자 밤낮으로 달려왔습니다. 부디 이전의 불충은 용서하시고 예전처럼 말단 마구간지기라도 좋으니 소신을 받아주시길 청합니다."

젠스케는 이에야스의 발밑에 이마를 대고 간절히 호소했다. 그의 얼굴에서 의와 충성을 본 사람들은 큰 감동을 받았지만 이에야스는 그다지 기뻐하는 모습을 보이지 않았다.

"부질없는 짓을 했구나."

이에야스는 오히려 기분이 상한 듯 말했다.

"자네의 도움을 받지 않더라도 도쿠가와 군이 싸움에서 지는 일은 없을 것이다. 애써 마에다 님이 내린 녹을 내던지고 오다니 바보 같은 짓을 했구나. 하나 이미 이곳까지 왔으니 어쩔 수 없는 노릇, 싸움이 끝날 때까지 아무 진영에나 들어가서 싸우도록 하라."

그렇게 말하는 동안에도 패군이 꼬리에 꼬리를 물고 성안으로 들어왔다. 무사 대기소와 성벽 아래뿐 아니라 대현관의 처마 아래에서도 부상자의 신음 소리가 들려왔다. 이에야스는 그들에게 눈길도 주지 않고 그들 사이를 지나 본성으로 들어가다 불현듯 직속 부장들을 돌아보며 진심으로 이야기했다.

"젠스케는 그가 마음껏 싸울 수 있는 진영에 배치해주도록 하라. 내 그리 말하기는 했지만 근래 보기 드문 사내다."

망루에 서서 내려다보자 눈은 잠시 멈춘 듯했지만 고슈의 대군은 어느새 밀물처럼 성 밖 가까이까지 들이닥치고 있었다. 그들의 선봉대의 소행인 듯 성문에서 마을에 걸쳐 불길이 활활 타오르고 있었다.

공성계 空城計

"히사노, 히사노!"

본성의 큰 방에서 이에야스가 큰 소리로 시녀를 불렀다. 그의 목소리는 전쟁터 한가운데 있는 듯 우렁찼다. 아직 평상시로 돌아오지 않았던 것이다.

"옛!"

시녀 히사노가 종종걸음으로 다가와 무릎을 꿇었다. 그녀의 옷자락에서 이는 바람에 등잔불이 흔들릴 때마다 이에야스의 한쪽 얼굴에서 불빛이 명멸했다. 뺨은 불그레하게 빛났고, 머리카락은 비참할 정도로 흐트러져 있었다.

"빗을 가져오너라."

이에야스는 그렇게 말하고 자리에 털썩 주저앉았다. 히사노가 머리를 빗겨주자 배가 고프다며 밥을 가져오라고 했다. 시종들이 밥상을 차려오자 이에야스가 젓가락을 집으며 다시 말했다.

"마루의 장지문을 모두 열어라."

어두운 실내를 환하게 밝힐 수 있을 만큼 많은 눈이 내리다 보니 촛불이 흔들리더라도 문을 열어놓는 편이 좋았다. 마루에서는 무사들이 여기저기 무리를 지어 휴식을 취하고 있었다. 이에야스가 밥을 먹으면서 한 무사에게 물었다.

"산고로, 부상을 당했는가?"

젊은 근신인 노나카 산고로野中三五郎가 입에 헝겊을 물고 팔꿈치의 상처를 묶으며 대답했다.

"아닙니다. 별것 아닙니다."

"이리 오너라."

이에야스는 손짓으로 산고로를 부르더니 그에게 잔을 건넸다. 술잔 바닥에 초승달 모양의 그림이 그려져 있었다. 산고로가 술잔을 비운 뒤 술잔 바닥을 바라보며 물었다.

"이 술잔을 제게 주실 수 없는지요?"

"그것으로 무엇을 하려고 그러는가?"

"제겐 영광이니 이 초승달을 가보로 삼고 싶습니다."

이에야스가 고개를 끄덕이며 젓가락을 놓았다. 아직 거리는 꽤 떨어져 있었지만 적군의 총성이 요란하게 들려왔고 정원에 쌓이는 눈도 우왕좌왕하는 성의 병사들로 인해 금세 진흙으로 변했다.

눈이 멎고 처마 너머로 보이는 밤하늘은 한없이 맑기만 했다. 불에 타고 있는 성 아래 마을 쪽에서 불꽃이 날렸다. 패군의 비장한 신음 소리가 없었다면 아름다운 하늘이었다.

"마쓰이 사곤은 있는가?"

"여기 있습니다."

"가까이 오라. 오늘 퇴각하는 도중에 잘했다. 내게 내일은 없을지도 모르니 지금 칭찬을 하는 것이다."

이에야스는 다른 사람들에게도 오늘 전쟁터에서 보인 분투에 대해 일일이 격려와 칭찬의 말을 건넸다. 싸움의 한복판에서 이에야스는 언제 그런 것들을 보았는지 의아할 정도로 세세한 부분까지 알고 있었다.

특히 노나카 산고로에게 초승달 술잔을 준 데에는 이유가 있었다. 밤중에 이에야스가 도망쳐오는 도중에 여덟 명 정도의 적이 앞에서 길목을 막았는데, 산고로가 분전을 해서 활로를 열고 나가 야구로長弥九郎라는 적의 목을 쳤기 때문이다. 나가 야구로는 본래 도쿠가와 가를 섬기다 고슈 쪽으로 변절한 사내였던 터라 이에야스도 똑똑히 기억하고 있었다. 이에야스가 야구로를 향해 칼을 겨누며 고함을 칠 정도로 분노한 모습만 보더라도 그의 목은 다른 적보다 한층 가치가 있었다.

마쓰이 사콘은 고슈의 하라미이시 츄야孕石忠弥의 목을 베었다. 오늘 난전 중에 하라미이시 츄야가 이에야스가 타고 있는 말의 꼬리를 붙잡자, 이에야스는 앞발을 들고 발버둥치는 말 위에서 칼을 휘둘러 말의 꼬리를 잘랐다. 하라미이시 츄야는 뒤로 벌렁 자빠졌지만 다시 벌떡 일어나 창으로 이에야스를 찌르려고 했다. 그 순간 마쓰이 사콘이 달려들어 하라미이시 츄야를 죽인 것이었다. 그의 목도 서너 번째로 가치가 있었다. 이번 싸움에서 대패를 당했지만 결코 후회는 없었다. 병사들도 고전을 했지만 잘 버텨주었다.

이에야스는 만족했다. 부하들의 공을 칭찬한 것도 다른 의도가 있어서가 아니라 진심으로 만족했기 때문이다. 그는 밥을 다 먹자마자 본성을 나와 성안의 방비를 둘러보고 아마노 야스카게와 우에무라 마사카쓰植村正勝에게 적의 총공격에 대비하라고 명을 내렸다. 그리고 수비를 위해 성문에서 현관까지 도리이, 나이토, 미즈노, 사카이를 배치했다.

"고슈의 대군이 전력을 기울여 성을 공격하더라도 성안으로는 결코 단 한 명도 들어오지 못할 것입니다."

장수들은 이에야스를 안심시키고 격려하기 위해 입을 모아 결사 항전의 뜻을 피력했다. 이에야스는 그들의 말에 크게 고개를 끄덕였다.

그리고 장수들이 자신의 위치로 달려가려 하자 그들을 불러 주의를 주었다.

"성의 정문과 그 밖에 문들은 물론 현관까지 모두 닫아서는 안 된다. 모든 성문을 열어두도록 하라. 알겠는가!"

"예? 그게 무슨 말씀이십니까?"

장수들은 깜짝 놀랐다. 자신들의 의사와는 전혀 반대되는 명령이었던 것이다. 이미 성의 정문은 물론이고 모든 철문을 닫아걸고 있었다. 적의 대군은 총퇴각하는 아군을 쫓아 이미 성 근처까지 와 있었다. 곧 밀어닥칠 거대한 해일을 앞에 두고 왜 자진해서 성문을 열어두라고 명령하는 것인지, 사람들은 이에야스의 심중을 이해할 수 없었다.

"그럴 필요는 없을 듯합니다. 뒤에 아군들이 퇴각해오면 문을 열고 맞아들이면 될 것입니다. 그 때문이라면 성문을 열어두지 않으셔도……"

도리이 모토타다의 말에 이에야스가 웃으며 그의 생각이 잘못되었다는 것을 일깨워주었다.

"뒤늦게 퇴각해오는 아군을 위해서가 아니다. 분명 이곳으로 밀물처럼 기세등등 들이닥칠 적을 대비하기 위해서다. 단지 성문만 열어두지 말고 성의 정문 밖 대여섯 곳에 화톳불을 크게 피워놓고 성안에도 화톳불을 많이 피워놓아라. 단, 방진은 엄중하게 하고 일절 소리를 내지 말고 적의 움직임을 지켜보도록 하라."

지금과 같은 상황에서 참으로 대담한 작전이었다.

"예, 알겠습니다!"

장수들은 이에야스가 배짱 좋게 말하자 이의를 제기하지도 못하고 각자의 위치로 달려갔다.

이에야스의 말대로 성의 철문이 활짝 열리고 새빨간 화톳불이 해자

밖에서 현관까지 활활 타오르기 시작했다. 이에야스는 그것을 바라보면서 다시 본성 쪽으로 걸음을 옮겼다. 몇 명의 핵심 부장들은 진실을 알고 있었지만, 성의 병사들은 대부분 '신겐의 목'을 자신이 쳤다는 다카기 규스케의 말을 믿고 있었다. 그러다 보니 성으로 몰려오는 적들은 대장을 잃은 패잔병에 지나지 않는다고 여겼다.

"히사노, 피곤하구나. 한 잔 따라주거라."

이에야스는 대청으로 돌아와 차가운 술 한 잔을 마신 뒤 그대로 자리에 누웠다. 그리고 시녀가 이불을 덮어주자 코를 골며 잠이 들어버렸다. 그로부터 얼마 지나지 않아 고슈 군의 정예인 바바 미노노카미와 야마가타 마사카게의 부대가 해자 근처까지 새까맣게 들이닥쳤다. 하지만 미노노카미나 마사카게는 하마마쓰 성문을 정면에서 바라보고 급히 말을 멈추었다. 그러고는 당장이라도 성으로 쳐들어가려는 군사들을 제지했다.

"미노 님, 어찌 생각하시오?"

야아가타 마사카게가 미노의 곁으로 말을 가까이 대며 도저히 풀 수 없는 수수께끼를 앞에 둔 사람처럼 물었다.

"……?"

미노노카미도 꼼짝 않고 적의 성문을 바라보았다. 화톳불은 멀리 있는 그의 얼굴을 당장이라도 태울 듯 성문의 안팎에서 활활 타오르고 있었다. 더욱이 성의 철문은 팔 자로 활짝 열려져 있었다.

문은 없어도 있는 것과 같았고, 있어도 없는 것과 같았다. 성은 흡사 고슈 군에게 어떻게 할 것이냐고 질문을 던지고 적막에 휩싸인 듯했다. 몸의 귀를 기울이면 멀리서 화톳불 타오르는 소리가 들려올 것이다. 또 마음의 귀를 기울이면 본성 안에서 문은 없다는 듯 문을 활짝 열어놓고 잠이 든 패군의 우두머리 이에야스의 잠꼬대가 들려올지도 몰랐다.

"경거망동하지 마라. 생사는 한순간의 바람과 같고 하늘은 유구하
니, 살고 죽는 것은 오직 하늘의 뜻이다."

하지만 그것은 마음의 귀가 없으면 들을 수 없는 소리였다. 이윽고
마사카게가 말했다.

"우리가 너무 빨리 추격해오니 당황한 나머지 적은 성문을 닫을 틈
도 없이 겁을 집어먹고 있는 듯하오. 자, 공격합시다."

"잠깐, 기다리시오."

바바 노부후사가 제지했다. 바바 미노노카미 노부후사는 신겐의 휘
하 중에서도 유수의 무장이자 병학에 능한 무장이었다. 하지만 지자智
者는 지智로 인해 자신의 발목을 붙잡을 때가 있었다. 노부후사는 마사
카게에게 불가함을 역설했다.

"지금과 같은 상황에서 패군은 당연히 성문을 굳게 닫아걸어야 하
오. 그런데 이에야스는 곳곳에 화톳불을 피워놓고 성문을 열어두었
소. 그것은 이에야스가 두려워하는 게 아니라 침착하다는 뜻이오. 그
는 계략을 세우고 우리의 허를 찔러 공격할 기회를 기다리고 있을 것
이오. 참으로 무서운 사람이오. 도쿠가와 이에야스는 젊지만 함부로
공격해 들어갔다가 패하여 고슈 군의 이름을 더럽히고 후일의 웃음거
리가 되어서는 안 될 것이오."

마침내 두 사람은 성 앞까지 진군해놓고도 군대를 돌려 물러가고 말
았다. 이에야스는 잠결에 근신의 말을 듣고 벌떡 일어나서 기뻐했다.

"나는 아직 죽지 않았다!"

그리고 즉시 도리이 모토타다와 와타나베 모리쓰나에게 군사를 내
려 적을 추격하게 했다. 하지만 야마가타와 바바의 두 부대도 당황하
지 않고 맞서 싸우면서 나구리名栗 부근에 불을 지르고 추격대를 따돌

렸다.

한편 아마노 야스카게와 오쿠보 타다요의 기습 부대가 샛길로 잠행해서 신겐의 본진이 있는 사이가다니 부근의 적에게 철포를 퍼붓고 성으로 돌아왔다. 몇십 명의 고슈 군이 눈에 미끄러져 사이가타니로 떨어져 차가운 강물에 빠져 죽었다고 했다. 비록 대패를 당했지만 도쿠가와 군은 마지막에 자신들의 기개를 보여주었던 것이다. 그로 인해 신겐은 또다시 상락을 포기하고 허무하게 고 산 너머로 퇴각할 수밖에 없었다.

하지만 이에야스 군이 큰 희생을 치른 것은 명백한 사실이었다. 고슈 군의 희생자가 사백아홉 명인 데 비해 도쿠가와 쪽 사상자는 천백팔십 명에 이르렀다. 의외였던 것은 전의도 없이 교묘하게 이리저리 피해 다니던 오다 쪽 원군에서 사상자가 많았다는 사실이다. 삼천 명 중 십분의 일에 가까운 이백 명이나 되었다. 이른바 전쟁에서의 위험은 누구에게나 평등한 것이어서 용감한 사람이 더 위험하다고 할 수 없었던 것이다.

노파의 교훈

소한小閑을 즐긴다는 것은 그럴 여유가 있는 사람에게나 해당되는 말이었다. 전국 시대에 태어나 올해 서른둘, 게다가 역경을 헤쳐온 약속국의 이에야스는 소한을 즐길 틈이 없었다.

"그럼에도 그래서는 아니 됩니다."

노신이 간했다.

"화살을 당긴 채로 놓아두면 줄은 느슨해지기 마련입니다. 큰 산에 오르기 위해서는 여유를 가지라는 말처럼 때론 마음의 여유도 필요합니다. 때론 다망함에서 벗어나 심신을 휴양하지 않으면 안 됩니다. 그리하면 가신들도 한숨 돌리고 영민들도 그 모습을 보며 평안함을 느끼고 온 나라가 안정을 찾을 수 있을 것입니다."

이에야스는 고개를 끄덕이며 말했다.

"옳은 말이오. 그럼 매사냥이라도 하는 것이 좋겠구려."

"좋은 생각이십니다."

고슈의 신겐은 물러갔지만 미카타가하라 이래 여전히 다사다난한 한 해를 보내고 덴쇼天正 원년(1573년)을 맞은 초봄 무렵이었다. 사냥을 하기에는 이른 때였다. 하지만 매사냥이 목적이 아니었다. 이에야스는 아홉 명의 신하와 함께 산과 들을 돌아다니다 돌아왔는데, 이와이베 촌락에 이르자 날이 저물었다. 집집마다 화톳불을 피우고 영주가 지나는 길을 환하게 밝히고 모두 나와 처마 아래에서 무릎을 꿇고 있었다.

"잠깐 멈춰라."

이에야스가 갑자기 선두에 있는 가신을 향해 말했다. 그러고는 길 한쪽에 있는 오래된 집을 바라보았다. 그 집 앞에는 밤인데도 백발이 눈에 띌 정도로 나이 든 노파가 얼굴을 들고 있었다. 마을 사람들은 노파가 무슨 책잡힐 잘못이라도 했나 싶어 눈을 크게 뜨고 바라보았다.

"무슨 일이신지요?"

가신들도 의아하게 생각했다. 이에야스가 말에서 내려 노파에게 다가갔다.

"할멈, 방금 나를 보고 오열하지 않았소? 갑자기 울음소리가 내 귀에 들렸소. 어찌 울었는지 그 연유를 말해보시오."

이에야스가 허리를 구부리고 바짝 엎드린 노파에게 부드러운 목소리로 물었다.

"……"

노파는 고개를 숙인 채 아무 말도 하지 않았다.

"주군께서 물으시지 않는가. 괜찮으니 어서 대답하라."

가신 중 한 명이 주의를 주자 이에야스는 가신들을 멀찌감치 물렸다. 그러고는 노파에게 다시 물었다.

"무서워할 것 없네. 그저 자네의 오열하는 소리가 문득 내 가슴을 후벼 파는 듯해서 물어보는 것이네. 어찌 나를 보고 울었는가?"

노파는 그제야 얼굴을 들고 대답했다.

"저 같은 촌구석에 사는 늙은이는 온전히 예를 갖춰 말하는 게 서툽니다. 그저 정직하게 말씀을 드리겠사오니 노여워하지 마시길 바랍니다. 나리의 모습을 보니 갑자기 너무 한스러워서 그만 울음이 터진 것입니다."

"내가 한스럽다는 것인가? 자네는 누구의 아내인가?"

"가토 마사쓰구加藤政次라고 하는 향사의 후처입니다."

"그럼 하마마쓰의 신하로 얼마 전 미카타가하라에서 전사한 가토 구로지와 겐시로 형제의 모친이란 말인가?"

"나리께서는 그와 같은 미천한 젊은이들을 잊지 않고 계셨습니까?"

"나를 본 순간, 전쟁터에서 두 명의 자식을 잃은 슬픔이 복받쳐 오른 것이로군."

"그렇사옵니다. 둘 다 남달리 효심이 깊은 아들이었던 터라……."

노파는 다시 오열했다. 이에야스는 심장을 도려내는 듯한 심정이었지만 그 노파 외에도 똑같은 슬픔을 겪고 있는 사람이 많다는 것을 깨닫고 자신의 솔직한 심경을 들려주어야겠다고 생각했다.

"할멈, 자네에게 다른 아들은 없는가?"

"얼마 전 전쟁에서 죽은 둘 말고는 자식이나 손자도 없습니다."

"친척은?"

"몇 명 있습니다."

"그럼 친척의 아들을 기르며 장자로 삼도록 하게. 언젠가 내가 그 아이를 거두도록 하겠네."

"황송합니다……."

노파는 머리를 숙였지만 그다지 기뻐하지 않았다. 이에야스는 자신을 올려다보는 노파의 눈을 보며 여전히 무슨 말인가를 하고 싶어 한다는 생각이 들었다.

"자네의 아들인 구로지와 겐시로는 미카타가하라에서 이치방 야리와 니방 야리를 자처해서 장렬하게 산화한 무인으로 그 이름은 후대에 전해질 것이네. 이미 은전이 내려졌겠지만 더 바라는 것은 없는가?"

이에야스가 묻자 노파는 황망히 고개를 저으며 얼핏 원망스러운 기색으로 이에야스를 올려다보았다.

"황송한 말씀이오나 두 아들을 전쟁에서 잃은 어미에게 은전이 무슨 소용이 있겠습니까. 저는, 저는 그저……."

또다시 오열하는 노파의 모습을 보며 이에야스는 노파가 자신에게 하고 싶은 말이 있다는 것을 깨달았다. 이에야스가 부드러운 목소리로 다시 묻자 노파가 말했다.

"두 명 모두 무사의 자식이고 저 또한 무사의 아들을 둔 어미인데 어찌 전쟁에서 죽은 것을 한탄하겠습니다. 하지만 나리께서 도쿠가와 가의 영화에만 뜻을 두고 이리 한가로이 지내시는 것을 보니 제 자식들이 대체 무엇을 위해 죽었고 그것이 무슨 명예인가 하는 마음이 드는 것은 금할 수 없습니다."

노파는 더 이상 울지 않았다. 앞날이 얼마 남지 않은 목숨을 내놓고 말하는 것처럼 보였다.

"저를 비롯한 이곳 마을 사람들은 이세伊勢의 아마데라스오가미天照大神107 님의 뜻에 따라 전국 각지로 옮겨온 선조들의 후예들로 대대로 이곳에 정착해서 농사를 지어온 조정의 백성들입니다. 겐페이源平와 겐무建武 이후, 또 오닌의 난 등 긴 세월을 거치는 동안 이곳을 다스리는 영주님은 바뀌셨지만 저희가 농사를 짓고 있는 이 땅은 변하지 않았습니다. 그런 땅을 경작하고 안온하게 생활하는 것도 영주님들의 보호가 있어서 가능한 일이라는 것을 잘 알고 있습니다. 하지만 영주님들이 모두 선량했던 것은 아니었습니다. 조정의 백성을 함부로 죽이는 영주님도 없지 않으셨습니다."

---

107 일본의 시조신. 그 아마데라스오가미天照大神를 제사 지내는 신사가 이세 신사다.

"할멈, 그럼 자네는 내가 그런 영주라고 생각하고 있는 것인가?"

"제 자식들은 나리께선 그런 무장이 아니라며 공경했고 그래서 무사 봉공을 하며 싸움에 참가한 것입니다. 하지만 사실 그대로 말씀드리자면 전쟁 때문에 해마다 공납의 징수는 많아지고 젊은이들은 징발당합니다. 게다가 보릿가을이나 수확 때가 되면 타국의 병사들에게 논밭을 훼손당해 마을 사람들이 말로는 다할 수 없을 만큼 곤궁한 상태입니다. 겨울이 되면 굶어 죽는 사람, 약도 쓰지 못해 죽는 사람, 아이를 가져도 낳지를 못하는 사람이 넘쳐납니다. 이것이 이세의 오가미大神 님을 섬기던 후예들인가 하고 평소 한탄하고 있었는데, 마침 오늘 영주님이 지나가는 모습을 뵙자 갑자기 가슴이 먹먹해졌습니다. 제 자식들의 두 목숨으로 저희에게 내리는 은전 대신 이 마을을 인자하게 보살펴주시길 바라는 마음에 저도 모르게 눈물을 흘린 것입니다."

가신들은 걱정이 됐는지 이에야스를 재촉했다.

"밤이 늦었으니 노파에게 더 묻고 싶으신 게 있으면 후일 성으로 부르시는 게 어떻겠습니까?"

이에야스는 마치 꿈에서 깬 듯 중얼거렸다.

"으음, 성에 있는 사람들이 걱정하고 있겠군."

이에야스는 노파에게 가까운 시일 안에 다시 부를 것을 약속하고 묵묵히 자리를 떴다. 그는 말을 타고 앞뒤로 기마 무사의 보호를 받으며 하마마쓰 쪽을 향해 어두운 밤길을 달려갔다.

"시골이라고 해도 무지한 자들만 있는 것이 아니다. 분별력을 지닌 무서운 백성들도 있다. 세상은 이렇듯 어지러워도 역시 황국皇國이라는 사실에는 변함이 없고 그 땅에서 살아가는 민초들 역시 다른 나라의 민초들과 다르다."

젊고 치열한 무사 정신을 가진 이에야스였지만 그날만큼은 노파에게 머리를 들 수 없었다. 그러한 자책감이 든 것은 이에야스의 마음속에 노파와 같은 민초들의 마음이 있기 때문이었다.

"앗, 후일로 미뤄서는 안 되는 것이었다!"

이에야스는 한참을 걸어오던 도중 무슨 생각이 들었는지 갑자기 말 위에서 뒤돌아보며 가신에게 명을 내렸다.

"달려가서 방금 그 노파를 즉시 성으로 데려오너라. 자해를 하지 않도록 눈을 떼지 말고 정중하게 잘 달래서 데려와야 할 것이다."

"옛!"

기마 무사 두 사람이 말을 돌려 달려갔다. 그런데 이에야스가 하마마쓰 성문에 이르렀을 무렵, 두 사람이 돌아와서 고했다.

"주군의 생각이 맞았습니다. 급히 노파의 집으로 달려갔더니 불단을 모신 방문을 닫아걸고 자해를 했습니다."

"늦은 것이더냐?"

이에야스는 큰 충격을 받았지만 가신들에게는 아무 말도 하지 않았다. 나중에 한 노신이 이 일에 대해 물었다.

"그때, 어찌 가토 형제의 노모가 자해할 것이라고 생각하셨는지요?"

그러자 이에야스가 대답했다.

"영주인 내게 그렇게까지 말할 수 있는 자는 아마도 누대의 가신 중에서도 없을 것이다. 바로 그 자리에서 죽음을 결심했기 때문에 자신의 생각을 그대로 내게 밝힌 것이다. 그로 인해 나는 난세의 무문으로서 앞으로 나아가야 할 대의를 깨닫게 되었다. 아무쪼록 노파의 장례를 정중하게 치러주도록 하라."

그리고 그는 가신들을 모아놓고 말했다.

"근래, 이세 국경은 진정되었고 오다 가와 동맹을 맺었으며 이마가와 우지자네도 우리에게 굴복하여 다소 영토도 넓어졌다. 그로 인해 가신들의 생계도 곤궁에서 벗어나 사치스런 기풍이 엿보이는 듯하다. 돌아보니 나도 부지불식간에 그러했다. 나는 여섯 살 무렵부터 타국의 볼모가 되어 옷 한 벌과 한 끼의 밥을 얻기 위해 고충을 겪어왔지만 그보다 더한 빈곤과 역경을 겪어온 누대의 가신들조차 지금과 같이 변한 것을 생각하면 무섭다는 생각이 든다. 아직 이 정도 작은 성과에 만족하기는 너무 이르다. 나부터 그런 생각을 고칠 것이니 그대들도 어려웠던 시절의 마음을 갖기 바란다."

이에야스는 다음으로 군사와 경제를 담당하는 부교와 노신을 불러 명을 내렸다.

"농민들의 세금을 경감하고 군비는 한층 증강할 수 있도록 번의 정무를 일신할 방법을 찾도록 하라."

주군인 이에야스가 솔선해서 실천하자 번은 일치단결해서 각각 새로운 시정을 실천에 옮겼다. 피폐했던 농민들의 생활이 개선되었고 가신들은 이전보다 더 검소하고 강직해졌으며 국방도 한층 강화되었다. 작은 나라였던 도쿠가와 일국은 영민과 영주, 또 사람과 물자가 대동단결된 강건한 나라로 변모되었다.

별이 지다

지금은 기후라고 이름을 바꾼 예전 이나바 산의 높은 산성 위에서 마을 지붕 위로 하얀 눈이 펄펄 내렸다.

"본성의 매화나무 숲에 있는 매화들도 지고 있겠군."

사람들은 그런 생각을 할 정도로 여유로웠다. 그리고 생활이 안정되다 보니 해가 갈수록 성주를 신뢰했으며, 다른 나라에 사는 것보다 이곳에서 사는 게 행복하다는 사실을 깨달았다.

법령은 엄격했지만 국주는 허언을 하지 않았다. 영민에게 약속한 일은 반드시 실행했고 실리를 가져다주었다.

"전쟁은 반드시 이길 것이니 안심하라."

국주가 그렇게 말하면 전쟁에서 반드시 승리했다. 그리고 국주는 그 기쁨을 영민들과 함께 나눴다. 삼 일 밤낮으로 술을 마시고 춤을 추고 노래하고 즐길 수 있도록 장려했다.

"인간 오십 년, 하천에 비하면 몽환과 같구나."

노부나가가 술에 취하면 부르는 노래를 영민들도 알고 있었다. 하지만 무로마치 무렵 세상을 무상하다고만 생각하며 이 노래를 부른 은둔승의 마음과 지금 이 노래를 부르는 노부나가의 마음에는 커다란 괴리

감이 있었다.

"사람은 언젠가 죽는다."

노부나가는 이 부분을 가장 좋아해서 이 부분에 이르면 소리 높여 불렀다. 아마도 거기에는 그의 생명관이 함축되어 있는 듯했다. 목숨에 대해 깊이 생각하지 않는 사람은 온전한 삶을 살 수 없다. 그는 언젠간 죽는다는 사실을 깨닫고 있었다. 마흔 살, 남은 날이 길지 않았다. 그 짧은 시간에 비해 그의 포부는 너무나 크기만 했다. 무한과도 같은 이상이 있었다. 그 이상을 향해 장애를 극복해가는 날들이 더없이 유쾌했다. 그럼에도 사람에게는 천수라는 것이 있었다. 노부나가는 그것이 안타까울 따름이었다.

"오란於蘭, 북을 치거라."

오늘도 그는 춤을 추려는 듯했다. 이세의 사자를 환대하고 사자가 돌아간 뒤에도 아직 흥이 가시지 않아 낮인데도 혼자서 술잔을 기울이고 있었다. 옆방에서 북을 가져온 오란이 노부나가 앞으로 다가가 말했다.

"방금 요코야마의 기노시타 도키치로 님이 성에 도착하셨습니다."

한때 아사이와 아사쿠라는 미카타가하라 싸움의 결과를 보고 크게 고무된 듯 도발을 하다 신겐이 물러간 뒤 자신들의 영토에 틀어박혀 오직 지키기에 급급했다. 당분간 지금과 같은 상황이 지속될 거라고 생각한 도키치로는 은밀히 요코야마 성을 나와 기나이畿內부터 교토를 유람하듯 돌아보았다.

다른 성의 장수들도 전란 중에 성에만 틀어박혀 있지 않았다. 실제로는 성에 있으면서 성을 비운 것처럼 위장하거나, 성에 있는 것처럼 보이고 성을 비우는 등 허허실실 전법을 그대로 응용하고 있었다. 물론 도키치로도 변장을 한 채 잠행 중이었고, 잠행 중에 갑자기 기후 성을 찾게 된 것이었다.

노부나가는 도키치로가 있는 방으로 들어가 상좌에 앉으며 아주 기분이 좋은 듯 말했다.

"도키치로인가!"

도키치로는 일반 사람들처럼 소박한 행색으로 엎드렸다가 얼굴을 들어 웃으며 말했다.

"놀라셨는지요?"

노부나가가 의아한 얼굴로 물었다.

"무엇이 말인가?"

"이리 갑자기 찾아뵈서 말입니다."

"그럴 리 있는가. 자네가 반달 전부터 요코야마에 없다는 것쯤은 알고 있었네."

"그래도 제가 오늘 이렇듯 찾아뵐 거라고 생각하지 못하셨을 것입니다."

"하하하, 자네는 내가 장님인 줄 알고 있나 보군. 교토에서는 교토 여인과 실컷 놀고 오우미지에 가서는 나가하마長浜의 호족 집에서 몰래 오유를 불러 은밀히 만나고 오지 않았나?"

"예에?"

"뭐가 예에인가? 어떤가, 자네야말로 놀라지 않았나?"

"이거 정말 놀랐습니다. 주군께서는 모든 것을 알고 계십니까?"

"이 산은 높으니 열 주州를 내려다볼 수 있네. 하나 나보다 자네의 행동을 더 잘 알고 있는 자가 있네. 누군지 알겠는가?"

"첩자가 저를 미행하고 있습니까?"

"자네 부인일세."

"농담하시는 걸 보니 오늘은 조금 취하신 듯합니다."

"취한 건 맞네만 사실이네. 자네 부인이 살고 있는 스노마타가 멀다고 생각하는 건 크게 잘못된 생각이네."

"아무래도 제가 때를 잘못 택한 듯합니다. 부디 용서해주십시오."

"하하하, 나는 노는 것은 뭐라고 하지 않는 사람이네. 은밀하게 벚꽃 구경을 하는 것도 좋은 것일세. ……하지만 나가하마에서 오유를 만나면서도 어찌 네네를 부르지 않았는가?"

"예, 그게……."

"두 사람이 만난 지도 꽤 되지 않았나?"

"제 아내가 주군께 쓸데없는 푸념이라도 한 것은 아닌지요?"

"걱정하지 말게. 그런 일은 없었네. 그저 나는 자네뿐 아니라 가신들에게도 하는 말이네. 전쟁에 나가면 오랫동안 집을 비우는 때가 많으니 무사한 모습을 가장 먼저 아내에게 보여주어야 한다고 생각하네……."

"옳은 말씀입니다만."

"자네의 생각은 다르단 말인가?"

"그렇습니다. 근래 몇 달 동안은 아무 일도 없습니다만 제 마음은 전쟁터에서 벗어나지 않았습니다."

"또 말장난을 하자는 겐가?"

"아닙니다. 그만 항복하겠습니다."

두 사람은 한바탕 웃었다. 그리고 술상 앞에 앉은 뒤에는 시종인 오란까지 물리더니 진지한 얼굴로 목소리를 낮춰 이야기를 했다.

"근래 교토의 정세는 어떠한가? 무라이村井에서 사자가 계속 소식을 전해오지만 자네의 생각을 듣고 싶네."

노부나가가 기대에 찬 표정으로 말했다. 도키치로가 하려던 말도 다르지 않아 보였다.

"다소 거리가 먼 듯합니다. 주군께서 가까이 오시든지 제가 가든지 좀 더 가까이에서."

"내가 가겠네."

노부나가가 술병과 잔을 들고 상좌에서 내려와 말했다.

"옆방의 장지문도 닫도록 하게."

도키치로가 일어서서 문을 닫으려고 하는데 문득 란마루의 얼굴이 보였다.

"날이 벌써 저물어 불을 가져와 여기에 놓았습니다."

란마루는 그렇게 말하고 바로 물러났다. 도키치로는 촛불을 들이고 문을 닫은 뒤 노부나가 바로 앞에 자리를 잡고 앉았다.

"정세는 여전합니다. 단지 지금은 신겐의 상락이 틀어져버렸기 때문에 무로마치 장군의 얼굴에 실망한 기색이 역력합니다. 하지만 귀족들은 노골적으로 오다 가를 경원하는 기색을 드러내고 책략을 꾀하고 있습니다."

"그럴 테지. 어렵사리 신겐이 미카타가하라까지 진군했는데 퇴각했다는 말을 들었으니. 요시아키의 얼굴이 눈에 보이는 듯하군."

"그럼에도 상당한 정치가임은 분명합니다. 교토의 백성들에게 가뭄에 콩 나듯 은전을 베풀거나 뒤로 주군의 선정을 두려워하게 만들면서 주군을 비방할 좋은 재료로 에이 산의 일을 활용해 각지의 승단을 부추기는 듯합니다."

"흐음, 골칫거리군."

"하나 너무 염려하실 필요는 없습니다. 천하의 승단도 에이 산의 모습을 보고 간담이 서늘해진 듯합니다. 그 일만큼은 성공한 것이나 다름없습니다."

"교토에 머무는 동안, 후지다카는 만나지 않았는가?"

"호소카와 님은 결국 장군가의 미움을 받아 어느 시골에서 칩거하고 계시다고 합니다."

"요시아키 장군이 내친 것인가?"

"어떻게든 오다 가와 중재를 하여 두 가문이 원만한 관계를 유지할 수 있도록, 또 무로마치 장군가의 명맥을 유지하기 위해서라도 그것이 가장 좋은 일이라고 믿고 계셨던 분이라 요시아키 장군에게 몇 차례 간언을 올린 것 같습니다."

"요시아키의 귀에는 누구의 말도 들어오지 않는 듯하군."

"아직도 무로마치 장군가와 같은 구시대의 유물을 너무 과대평가하고 계신 것은 아닌지요? 시대의 갈림목에서 과거와 미래라는 두 개의 커다란 파도에 허우적대다 사라지는 것은 지난날의 위세와 유물에 미련을 버리지 못하고 세상의 변화를 잘못 판단하는 자들입니다. 그 거대한 파도 위에서 가만히 바라보면 깨달을 수 있는 일조차 장군직이나 일국, 작은 성 등을 가지고 있으면 그 무게에 눌려 시대의 파도에 올라탈 수 없습니다. 어찌 보면 안타까운 일이기도 합니다."

"현재의 움직임은 그 정도인가?"

"아닙니다. 아주 큰일이 있습니다. 말씀드리는 게 늦었습니다만……."

"큰일이라고?"

"그렇습니다. 이것은 아직 세상에 알려지지 않은 일입니다만 와타나베 덴조가 누구보다 빨리 알려 준 것이니 믿어도 될 듯합니다."

"무슨 일인가?"

"애석하게도 고슈의 거성이 마침내 떨어진 듯합니다."

"뭐? 신겐 말인가?"

"이번 2월, 오사카베에서 산슈三州(미카와의 다른 이름)를 공략하기 위해 출전하여 노다野田 성을 포위하던 중 밤에 철포를 맞았다고 합니다."

"……?"

노부나가는 한동안 도키치로의 입술을 가만히 응시했다.

신겐의 죽음. 만일 그것이 사실이라면 그 즉시 천하의 형세가 바뀔 일이었다. 그 정도로 신겐의 존재는 너무나 컸다. 특히 노부나가에게는 직접적인 영향을 미치는 일이었다. 노부나가는 큰 충격을 받았다. 갑자기 뒤에 있는 호랑이가 홀연 사라진 듯한 심경이었다. 믿고 싶었지만 도저히 믿기지 않았다. 그는 신겐이 죽었다는 말을 듣는 도중 안도감이 드는 것마저 자중했다. 노부나가는 형언할 수 없는 기쁨을 느꼈지만 탄식하며 말했다.

"그렇군! ……그것이 사실이라면 고금을 통틀어 보기 드문 아까운 장수가 세상을 떠난 것이다. 앞으로의 시대를 우리 손에 맡기고."

도키치로는 노부나가와 같은 복잡한 심경은 아닌 듯했다.

"그 총상이 어디에 났는지, 즉사했는지, 부상이 어느 정도인지는 아직 자세히 모릅니다. 하지만 급히 노다 성의 포위를 풀고 고슈로 퇴각한 다케다 군의 사기는 꺾일 대로 꺾였다고 합니다."

"그럴 것이네. 고 산의 군사들이 아무리 용맹하다고 해도 신겐을 잃고서는."

"여행 도중에 와타나베 덴조에게 은밀히 소식을 듣고 덴조를 다시 고슈로 보냈으니 좀 더 자세한 사실을 알아내서 돌아올 것입니다."

"다른 나라는 아직 모르고 있나?"

"아무런 징후도 보이지 않습니다. 아마 고후 일문으로서는 혹여 신겐이 죽었더라도 한동안은 비밀에 부치고 신겐이 건재한 듯 행동할 것입니다. 그러니 만일 고슈에서 뭔가 적극적으로 움직이는 징후가 있으면 십중팔구 신겐의 죽음은 사실이든가 중태라고 봐도 무방할 것입니다."

"음, 흐음……."

노부나가는 전적으로 동의한다는 듯 두 번이나 고개를 끄덕였다. 그리고 갑자기 차가운 술잔을 손에 들더니 ‘인생 오십 년, 하천에 비하면’이라는 노래를 읊조렸다. 하지만 춤을 추고 싶은 기분은 들지 않았다. 그는 자신의 죽음보다는 다른 사람의 죽음을 볼 때 마음이 크게 움직였고 복잡한 심경이 들었다.

“자네가 보낸 덴조는 언제 돌아오는가?”

“삼 일 안에는 돌아올 것입니다.”

“요코야마 성으로 말인가?”

“아닙니다. 이곳으로 오라고 일러두었습니다.”

“그럼 그때까지 자네도 이곳에 머물도록 하게.”

“저도 그럴 생각입니다만 객사는 성 밖에 잡았으면 합니다.”

“왜인가?”

“별다른 이유는 없습니다만.”

“그렇다면 성안에 머무는 것이 어떠한가? 오랜만이고 하니.”

“그렇게까지 오랜만이라고는 생각하지 않습니다.”

“내 옆에 있는 것이 궁색한가?”

“아닙니다. 실은.”

“실은, 뭔가?”

“실은 성 밖 객사에 동행이 기다리고 있는데 오늘 밤 돌아가겠다고 약속하고 온 터라.”

“동행이 여자인가?”

노부나가가 어이없다는 듯 물었다. 신겐이 죽었다는 말을 들은 노부나가의 마음과 도키치로의 마음은 그 정도로 괴리가 있었다.

“피곤할 테니 오늘 밤은 객사로 돌아가도록 하게. 하지만 내일은 동행을 데리고 등성하도록 하게.”

노부나가가 물러나는 도키치로에게 말했다. 도키치로는 돌아가는 도중에 꾸중을 들은 듯한 기분이 들었지만 한편으로는 노부나가를 순진한 주군이라고 생각했다. 그래서 다음 날, 오유를 데리고 등성하는 데도 그다지 신경을 쓰지 않았다. 노부나가는 어제와 다른 서원에서 술기운 없이 도키치로와 오유를 맞이했다.

"다케나카 한베의 동생이라고 들었는데, 맞는가?"

노부나가가 친근하게 물었다. 오유는 노부나가를 처음 보기도 하고 도키치로도 함께 있다 보니 몸 둘 바를 모르겠다는 듯 고개를 숙인 채 작은 목소리로 대답했다.

"예, 처음 뵈겠습니다. 제 오라버니는 뵌 적이 있는 줄 압니다. 저는 오유라고 합니다."

노부나가는 오유를 유심히 바라보더니 감탄해 마지않았다. 그리고 도키치로에게 한 소리 하고 싶었지만 미안한 마음이 들어 진지하게 물었다.

"그 뒤로 한베는 건강한가?"

"오라버니가 진중에 있다 보니 오랫동안 만나지 못하고 가끔 편지만 주고받고 있습니다."

"지금 그대는 어디에 머물고 있는가?"

"연고가 있는 분이 후와의 쵸테이켄 성에 계셔서 그곳에 몸을 의탁하고 있습니다."

"그렇군. 그곳에는 아직 히구치 사부로베樋口三郎兵衛가 있겠군."

노부나가는 그렇게 말하고 도키치로의 얼굴을 바라보았다. 그리고 도키치로의 재주를 칭찬하는 듯한 미소를 지어 보였다.

"그런데 아직 와타나베 덴조는 돌아오지 않았는지요?"

도키치로는 부끄러운 듯 일부러 엉뚱한 질문을 했다.

"거 생뚱맞게 무슨 소린가? 어젯밤 자네의 입으로 덴조는 삼 일 정
도 걸린다고 말하지 않았는가."

"깜빡했습니다."

도키치로의 얼굴이 새빨개졌다. 노부나가는 그것으로 만족한 듯했
다. 도키치로가 부끄러워서 어쩔 줄 몰라 하는 모습을 보고 싶었던 것
이다.

"오유, 천천히 푹 쉬다 가게."

노부나가는 여자에게는 다정했다. 도키치로는 기쁘기도 했지만 마
음을 졸이며 하루를 보냈다.

밤이 되자 노부나가가 술자리에 오유를 불렀다. 그곳에는 노부나가
의 가족들과 가신들도 함께 있었다.

"도키치로는 가끔 보았지만 그대는 내 춤을 본 적이 없을 것이네."

노부나가가 오유에게 그렇게 말하며 자고 가라고 권했지만 오유는
그만 물러가기를 청했다. 노부나가는 강요하지 않았다. 다만 도키치로
에게 무뚝뚝하게 말했다.

"도키치로도 그만 돌아가라."

도키치로와 오유는 사람들의 놀림을 받으며 성에서 나왔다. 하지만
도키치로는 얼마 지나지 않아 혼자 황망히 술자리가 벌어진 옆방으로
돌아왔다.

"주군은 어디에 계신가?"

"방금 침소로 드셨습니다."

도키치로는 여느 때와 달리 분주히 노부나가의 침소로 갔다. 그리고
오늘 밤 중으로 꼭 이야기할 것이 있다며 만나기를 청했다.

● **후쿠시마 마사노리 福島正則·1561-1624**

도요토미 히데요시(豐臣秀吉)의 가신으로 시즈가타케 칠본창의 1人이다. 어머니가 히데요시의 이모로,
어릴 적부터 가토 기요마사(加藤清正)와 함께 히데요시의 저택에 거주하며 무사수업을 받았다고 한다.
창을 잘 다루었고, 여러 전투를 통해 용맹함으로 이름을 날렸다.

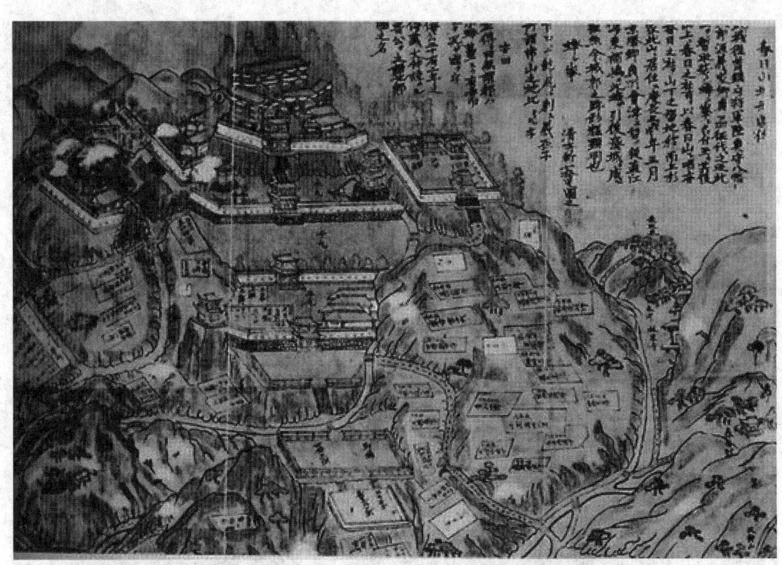

● 1561년 제4차 카와나카지마 전투

다케다와 우에스기가 맞붙은 네 번째 전투는 일본 역사에 남는 혈전이었다. 겐신의 기습 작전으로 인해 신겐의 참모이자 카게무샤로도 유명했던 동생 다케다 노부시게(武田信繁)는 전사하고, 주군에게 잘못된 작전을 제안한 야마모토 간스케(山本勘助)는 자신의 실책에 절망해 할복했다. 그 밖에도 양측의 수많은 이름 있는 무장이 전사한 전투였다.

십칠 조의 상소

노부나가는 침소에 들었지만 아직 이불을 덮고 눕지는 않았다. 도키치로는 사람들을 물리기를 청했다. 그리고 숙직이 멀리 물러간 뒤에도 여전히 주의를 기울이며 주위를 살폈다.

"도키치로, 무슨 일인가?"

"예, 옆방에 아직 한 명이 있는 듯해서 말입니다."

"란마루이니 걱정하지 않아도 되네. 아직 소년이니 신경 쓰지 않아도 되네."

"송구합니다만 신경이 쓰입니다."

"물리는 것이 좋겠나?"

"예."

"란마루, 너도 물러가 있어라."

노부나가가 옆방을 향해 말하자 란마루는 아무 말 없이 인사를 하고 일어서서 물러갔다.

"이젠 됐는가? 그래 무슨 일인가?"

"실은 조금 전, 돌아가다가 산기슭에서 뜻밖에 덴조를 만났습니다."

"와타나베 덴조가 돌아왔단 말인가?"

"밤에 산을 넘어 돌아왔다고 합니다. 그리고 신겐의 죽음은 기정사실이었습니다."

"역시……그랬군."

"자세한 것은 아직 듣지 않았지만 고후는 겉으로 아무 일도 없는 듯 보이지만 실의에 잠긴 기색이 역력하다고 합니다. 이젠 명백한 사실로 받아들여도 무방할 줄 압니다."

"아직 외부에는 비밀에 부치고 있는 것이로군."

"그럴 것입니다."

"하면 다른 나라는 아직 모르고 있겠군."

"현재로서는……."

"덴조에겐 입조심을 하라고 단단히 일러두었는가?"

"염려하지 마십시오."

"하나 간자들 중에는 속내를 알 수 없는 자들도 있네. 확실한가?"

"그는 하치스카 히코에몬의 조카이고, 의義로서 저를 섬기고 있으니 그 점에 대해서는."

"만의 하나라도 그런 일이 있어서는 안 될 것이니, 상을 내리고 일이 끝날 때까지 성안에 잡아두는 것이 좋을 것이네."

"안 됩니다."

"어째서?"

"사람을 그리 다루면 다음 대사에 있어 이번과 같이 죽을 결심을 하고 일할 마음이 들지 않을 것입니다. 또 사람을 믿지 않고 공에 따라 상을 내리는 방법을 취하면 후일 적이 막대한 돈을 제안하면 마음이 움직일 수도 있습니다."

"그럼 어디에 머물게 했는가?"

"다행히 오유가 돌아가려던 참이라 오유의 가마 호위를 명해 쇼테이켄 성으로 보냈습니다."

"밤을 틈타 고슈에서 돌아왔다면 목숨을 건 것이나 마찬가지인데, 자네는 그런 자에게 자신의 여자를 배웅하라고 명한 것인가? 그런데도 덴조는 자네를 원망하지 않았는가?"

"기뻐하며 데리고 갔습니다. 못난 주인이지만 저에 대해 잘 알고 있는 터라."

"사람을 다루는 방법은 자네와 내가 조금 다른 듯하군."

"그리고 비록 여자이지만 오유에게 만일 덴조가 다른 사람에게 기밀을 누설할 기색을 보이면 즉시 죽이라고 일러두었으니 안심하십시오."

"자랑은 그만두게."

"송구합니다. 저도 모르게 그만."

"하여튼 고 산의 맹호가 쓰러진 이상 지체할 시간이 없네. 세상에 신겐의 죽음이 알려지기 전에 일을 도모해야 할 것이네. 도키치로, 자네는 지금 당장 요코야마로 서둘러 돌아가게."

"저도 그럴 생각이었습니다만 오유가 쵸테이켄으로 돌아간 터라."

"쓸데없는 말은 하지 마라. 나도 잠을 잘 시간이 없다. 날이 새는 대로 바로 출전할 것이다."

노부나가의 생각은 도키치로의 생각과 일치했다. 평소에 엿보고 있던 기회, 오래전부터 품어온 숙원을 이룰 때가 바로 지금이라고 직감했다. 그 숙원이란 말할 것도 없이 애물단지와도 같은 장군가를 처리하는 일이었다. 무로마치 막부라는 복잡다단하고 기괴한 존재가 일으키던 수많은 말썽을 일거에 해결하고 중앙을 하나로 통합하는 일이었다. 그리고 갑자기 그 숙원을 실현시킬 때가 찾아온 것이었다.

다음 날 3월 22일, 노부나가는 대군을 이끌고 기후 성을 출발해 호숫가에 이르러 군사를 두 편으로 나눴다. 오른쪽에는 노부나가를 중심으로 한 군사가 중간에 합류한 니와 나가히데의 군사와 큰 병선을 타고 호수의 서쪽을 향해갔다. 또 시바타와 아케치, 하치야蜂屋 등의 왼쪽에 있던 군사들은 육로로 호수의 남쪽을 향해 진군했다. 이들은 여전히 준동하고 있는 승단 내의 반노부나가 세력을 축출하고 도중에 있는 검문소와 방루 등을 격파하기 위한 군사였다.

"노부나가가 왔다."

교토 도성 안은 난리가 났다. 특히 니죠고쇼二條御所라고 칭하는 요시아키의 관사에 있는 사람들은 아연실색해서 싸울 것인지, 화친을 청할 것인지 급히 회의를 열었다.

요시아키는 큰 숙제를 안고 있었다. 그는 올해 덴쇼 원년 정월에 노부나가가 요시아키에게 보냈던 열일곱 개의 조항을 간하는 서신, 즉 의견서에 대해 아직 명확한 답변을 하지 않았던 것이었다. 십칠 조의 간서에는 노부나가가 평소에 요시아키에 대한 불만과 고충, 울분 등이 조목별로 적나라하게 적혀 있었다.

먼저 요시아키가 니죠에 입관한 뒤에도 이전과 다름없이 황실을 섬기는 데 있어 성심성의를 다하지 않고 있으며, 그 불충은 이전의 요시테루 장군도 마찬가지였는데 지금도 여전히 천황을 섬기려는 마음이 희박하고 막부의 신하들 모두 그 소임을 소홀히 하고 있다며 힐책했다. 이 첫 번째 조목을 시작으로 열여섯 개의 조목에 걸쳐 요시아키의 불신, 악정, 음모, 불공정한 공사 소송부터 횡령 등의 사적인 부조리 등을 낱낱이 적었다. 이른바 그것은 탄핵상소라고 할 수 있었다.

장군인 요시아키가 노부나가에게 분수에 넘치는 짓을 했다며 화를 내는 것은 당연한 일이었다. 평소 요시아키의 마음속에는 노부나가의 비호를 받으며 장군직에 올랐다는 부채 의식과 반발심이 있었다. 비겁한 사람의 분노는 때론 맹목적일 때가 있었다.

"노부나가와 같은 지방의 일개 영주에게 굴복할 수는 없다. 내가 그에게 굴종할 이유는 없다."

요시아키는 간서를 집어던져버렸다. 노부나가가 아사야마 니치죠, 도리타 도코로노스케, 무라이 나가토노카미 등의 사신을 차례로 보냈지만 만나지 않았다. 그리고 그에 대한 대답인 듯 교토로 들어오는 통로인 가타디墾田와 이시야마 방면에 검문소와 방루를 쌓았다.

노부나가가 기다리고 있던 '때'와 도키치로가 도모하고 있던 '때', 즉 그 방루들을 격파하고 요시아키에게 십칠 조에 대한 대답을 요구할 절호의 시기였다. 그리고 그 시기는 신겐의 갑작스런 죽음으로 인해 두 사람이 예상했던 것보다 훨씬 빨리 찾아온 것이었다.

어떤 시대든 시대의 뒤안길로 사라질 사람이 품고 있는 우스운 신념이 있었는데, 그것은 바로 '나는 그런 사람이 아니다'라는 착각이었다. 요시아키 장군이야말로 그와 같은 착각에 빠져 잘못을 저지르기 쉬운 성격이었고 그런 위치에 있는 사람이었다. 또 다른 의미에서 노부나가와 같은 사람에게 요시아키와 같은 존재는 그저 평소에 쓰다가 효용 가치가 다하면 버리는 귀중품에 불과했다.

하지만 이 장군가는 자신의 가치를 알지 못했고 지식을 갖추고 있었지만 그 지식마저 무로마치라는 구시대에서 한 치도 벗어나지 못했다. 교토라는 좁은 지역의 문화가 마치 일본의 전부인 양 생각하며 잔꾀를 부리고 본원사의 승단과 노부나가를 적으로 삼고 있는 각지의 군웅들에게 의존하기만 했다. 요시아키는 신겐의 죽음을 아직 모르고 있는 듯했다. 그래서 더 강하게 대응할 수 있었다.

"나는 장군가로 무가의 기둥이다. 에이 산과 다르다. 만일 노부나가가 니죠에 화살을 쏜다면 그는 반역자가 될 것이다. 전국의 무문이 용서하지 않을 것이다."

요시아키는 일전도 불사할 태도를 보이며 긴기近畿의 무가들에 격문을 날렸다. 당연히 멀리 있는 아사이, 아사쿠라, 에치고의 우에스기, 고슈의 다케다 가에도 급사를 파견한 뒤 경비를 한층 강화했다.

"장군의 얼굴이 보고 싶구나."

그 말을 들은 노부나가는 일소에 부치며 하루도 쉬지 않고 군사를 이끌고 오사카로 진출했다. 허를 찔린 것은 이시야마 본원사였다. 그들은 갑자기 노부나가의 군사가 들이닥치자 어찌할 바를 몰라 우왕좌왕했다. 하지만 노부나가는 그들은 자신의 상대가 안 된다는 듯 진을 치고 움직이지 않았다. 그는 가능한 병력의 손실을 피하고 싶었던 것이다.

정월에 노부나가의 사자들은 노부나가가 보낸 십칠 조 의견서에 대한 대답이 무엇인지 듣기 위해 이따금 교토를 오갔다. 또 거기에는 최후통첩의 의미도 담겨 있었다. 사법을 관장하는 장군가라는 직책에 있는 요시아키로서는 자신의 통치에 대한 노부나가의 의견서 따위에 귀를 기울일 마음이 털끝만큼도 없었다. 하지만 십칠 조 중 두 개의 조목만큼은 그로서도 무작정 물리칠 수 없는 곤혹스런 문제였다.

그것은 제1조의 '무문 동량棟梁의 직에 있고 왕성 아래 거하면서 조정에 입궐하지도 않고 정사를 돌보지 않는 불충의 죄'와 제2조의 '천하의 태평을 도모하고 치안과 백성들의 행복을 돌볼 위치에 있으면서 각지에 밀사를 보내 난을 획책하는 등 천황을 보필하는 신분에 어울리지 않는 폭거'를 지적한 부분이었다.

"소용없습니다. 단지 문서나 사자를 보내 힐책해서는 받아들이지 않을 것입니다."

세쓰에서 노부나가를 맞이한 아라키 무라시게荒木村重가 말했다. 요시아키를 떠나 모습을 감춘 호소카와 후지타카도 노부나가의 진영으로 찾아와서 한탄했다.

"아마도 제가 죽는 날까지 장군가의 각성은 기대할 수 없을 듯합니다."

노부나가도 잘 알고 있다는 듯 고개를 끄덕였다. 하지만 에이 산에서 보인 과감하고 단호한 방법을 이곳에서 다시 쓸 수 없었고, 똑같은 방법을 되풀이할 만큼 책략이 부족하지도 않았다.

"교토로 진군하라."

4월 4일, 노부나가는 진군 명령을 내렸다. 하지만 그것은 단지 대군의 위용을 백성들에게 보이기 위한 시위에 지나지 않았다.

"그것 보아라. 오래 진을 치지는 못할 것이다. 노부나가가 또 이전처럼 기후에 불안을 느끼고 급히 군사를 물려 돌아갈 것이다."

요시아키는 주위 사람에게 득의양양 말했다. 하지만 속속 올라오는 보고를 듣자 그의 얼굴빛이 변하기 시작했다. 이번에도 군사를 물려 돌아갈 것이라고 깔보고 있던 노부나가가 오사카에서 대군을 이끌고 그대로 도성 안으로 들어왔던 것이다. 그리고 함성도 지르지 않고 훈련할 때보다 더 조용하고 신속하게 요시아키가 있는 니죠를 에워싼 것이다.

"황거가 가까우니 대궐을 시끄럽게 해서는 안 될 것이다. 엄숙함을 유지하며 말발굽 소리와 함성을 삼가고 오직 요시아키 장군의 죄만 물으면 될 것이다."

노부나가의 명이 말단 병사들에게까지 엄격하게 전해진 결과였다. 총소리도 들리지 않았고 활 소리도 들리지 않았다.

"야마토, 노부나가는 나를 대체 어떻게 할 셈인 듯한가?"

요시아키의 물음에 미부치 야마토三淵大和가 말했다.

"지금과 같은 상황에서도 아직 노부나가의 마음을 모르시겠습니까? 그는 분명 장군을 공격하기 위해 온 것입니다."

"하나 나는 장군이다."

"난세에 그러한 직책이 무슨 도움이 되겠습니까. 결전을 치를 각오를 하시든가 화친을 청하는 방법밖에 없을 것입니다."

미부치 야마토는 그렇게 말하며 눈물을 흘렸다. 야마토는 요시아키가 떠돌아다니던 무렵부터 호소카와 후지타카와 함께 그의 곁을 떠나지 않았던 공신이었다. 후지타카가 간언이 받아들여지지 않아 몸을 숨긴 뒤에도 그는 여전히 요시아키 곁에 머물렀다.

"지금의 인내는 명예나 보신을 위해서가 아니다. 내일 어떻게 될 것인지 이미 알고 있지만 이 우둔한 장군을 어찌 버릴 수 있겠는가."

어느 날 야마토는 녹원사鹿苑寺의 승려에게 그렇게 절절히 토로했다.

어느덧 오십 고개의 절반을 넘긴 무장은 분명 구원받을 수 없는 요시아키의 성정과 시대의 흐름을 알면서도 니죠에 머물고 있었다.

"화친을 청하라? 장군인 내가 노부나가 따위에게 화친을 청하지 않으면 안 될 이유가 어디 있는가?"

"끝까지 장군가라는 명분에 얽매이신다면 이대로 자멸하는 길밖에 없습니다."

"싸워서 이길 수는 없겠는가?"

"이길 수 없습니다. 이길 수 있다는 생각에 이곳에 방어진을 치셨다면 어불성설입니다."

"그럼 대체 무엇 때문에 자네를 비롯한 무장들은 갑주를 차고 있었는가?"

"하다못해 저승길에 마지막 꽃이라도 장식하기 위해서입니다. 누대의 아시카가 가문이 마지막을 고하는 지금, 그 니죠의 무덤에 꽃을 바치는 무사가 있다는 것을 보여주기 위함에 지나지 않습니다."

"섣불리 철포를 쏘지 말고 잠시 기다리라."

요시아키는 안으로 들어가 히노와 다카오카 등의 귀족과 이마를 맞대고 의논하기 시작했다. 그리고 점심 무렵이 지날 때쯤 히노가 은밀히 성 밖으로 사자를 내보냈다. 얼마 뒤, 노부나가 쪽에서 교토의 부교인 무라이 사다가쓰를 보냈고, 저녁이 다 돼서 노부나가의 공식적인 사자인 오다 오스미노카미 노부히로織田大隈守信廣가 들어왔다.

"이후로 각 조를 엄격히 지키도록 하겠네."

요시아키는 씁쓸한 얼굴로 노부나가의 사자에게 마음에도 없는 말을 맹세했다. 그는 어쩔 수 없이 화친을 청한 것이었다.

노부나가의 군사는 물러갈 때도 역시 조용하게 기후로 돌아갔다. 하지만 그로부터 불과 백 일도 되지 않아 군사들이 다시 니죠를 에워쌌다. 4월에 화친을 맺은 뒤에도 요시아키는 전혀 반성하지 않았던 것이다.

에치젠 멸망

초가을, 7월의 장마가 노부나가의 진영인 니죠의 묘각사妙覺寺 큰 지붕을 쓸쓸하게 적시고 있었다.

이번 출전을 위해 병선을 타고 비와 호를 건너왔을 때부터 비가 많이 내렸고 바람도 거셌다. 그로 인해 병사들은 전의를 한층 장엄하게 불태웠다. 비와 진흙에 젖은 군대는 아시카가 장군가의 관사를 두껍게 에워싸고 명령을 기다리고 있었다. 목을 치든 포로로 사로잡든 요시아키의 운명은 이미 노부나가의 손에 달려 있었다. 노부나가의 군사들은 우리 밖에서 머지않아 도살할 고귀한 맹수를 바라보는 듯한 느낌이었다.

"어떻게 하실 생각입니까?"

"지금에 와서 별수 있겠는가. 이번엔 용서하지 않을 것이네. 세상을 대신해서 단호히 단죄하는 수밖에."

"그렇지만 상대는 장군의 직책을 가진 귀족입니다."

"그걸 누가 모르는가."

"한 번 더 그냥 넘어갈 여지는 없으신지요?"

"없네. 결코 없네."

노부나가와 도키치로의 목소리가 밖으로 새어 나왔다. 어슴푸레한 해질녘, 사원의 일실 밖에서는 비가 내리고 있었다. 아직 늦더위가 남아 있는 7월의 장마여서 금빛 불상과 수묵화가 그려진 장지문의 그림에 곰팡이가 필 듯 무더웠다.

"한 번 더 생각하시길 청하는 것은 짧은 소견에서 드리는 말씀이 아닙니다. 장군의 직책은 조정의 명에 의한 것이니 그 관직을 함부로 대할 수 없기에 드리는 말씀입니다. 그리고 세상의 반노부나가 세력들에게 장군을 죽였다는 빌미를 제공한다면 명백한 하책이 될 수도 있기 때문입니다."

"음, 그렇긴 하군."

"다행히 요시아키 장군은 유약하다 보니 이미 벗어날 수 없는 궁지에 몰려 있다는 사실을 알면서도 자결도 하지 않고 그렇다고 결전을 벌이지도 않은 채 장마에 해자의 수위가 높아진 것을 의지해서 문을 닫아걸고 있습니다."

"그럼 대체 어떻게 하라는 말인가? 자네의 계책은 무엇인가?"

"일부러 한쪽 포위를 열고 장군이 도망칠 길을 만들어주는 것입니다. 타국으로 도망갈 수 있도록 말입니다."

"앞날의 후환이 되지 않겠는가? 지방의 세력과 야심을 품고 있는 무리들에게 이용당할 수도 있네."

"아닙니다. 사람들은 점차 요시아키라는 인물에 대해 염증을 느끼게 될 것입니다. 그런 사실을 자연스레 깨닫게 된다면 장군가가 중앙에서 쫓겨난 것도 어쩔 수 없는 일이었다고 납득하고 주군의 처분이 옳았다는 것을 깨닫게 될 것입니다."

그날 저녁, 노부나가의 군사는 한쪽 포위망을 풀고 경계를 느슨히 했다. 요시아키의 군사들은 계략이라고 의심하며 한밤중까지 아무런 반응을 보이지 않았다. 그런데 비가 잠시 멈춘 새벽녘에 돌연 한 무리의 병마가 해자의 다리를 건너서 도성 밖으로 도망을 쳤다.

"분명 그들 속에 요시아키 장군이 있었던 듯합니다."

노부나가는 보고를 듣고 진영 앞으로 나갔다.

"그런가. 빈집이 되었군. 누대로 이어져 내려온 장군가는 아시카가 요시아키 대에 이르러 제 스스로 직책을 내던지고 도망쳤다. 무로마치 막부는 오늘 이곳에서 종말을 고했다. 빈집을 공격해도 아무 소용은 없으나 한차례 공격을 가하고 함성을 지르도록 하라. 십오 대에 걸친 아시카가 악정의 종말에 고하는 조문을 하라."

니죠의 사저는 한차례 공격으로 노부나가 군에 넘어가고 말았다. 사저 안의 신하들은 대부분 항복했다. 히노와 다카오카는 나와서 노부나가에게 사죄를 했지만 미부치 야마토는 휘하의 부하 육십 명과 함께 끝까지 굴복하지 않고 싸웠다. 한 명도 도망치거나 항복하지 않고 그를 비롯한 육십 명은 장렬히 산화했다. 수백 년 동안 부패할 대로 부패한 해자의 바닥에도 한 줄기 맑은 물이 흐르고 있었던 것이다.

요시아키는 교토에서 우지宇治의 마키시마槇島로 도망쳤지만 애초부터 아무런 계책도 없었고 병력도 얼마 되지 않는 패잔병이었다. 이윽고 노부나가의 추격대가 평등원平等院의 강 하류와 상류에서 밀어닥치자 버티지 못하고 사로잡혔다.

"의자를 내드려라."

노부나가가 사로잡힌 요시아키를 보고 좌우의 장수들에게 말했다. 요시아키가 고개를 숙인 채 힘없이 의자에 앉았다.

"모두 장막 밖으로 물러가라."

단둘만 남자 노부나가가 의복을 단정히 하고 요시아키를 똑바로 바라보며 말했다.

"잊지 않으셨겠지만 일찍이 장군은 이 노부나가를 아버지라고 생각한다고 말씀하신 적이 있습니다. 한때 와해되었던 무로마치 관저를 간신히 니죠에 재건한 날이었습니다."

"……."

"기억이 나십니까?"

"내 어찌 그때의 일을 잊을 수 있겠소."

"비겁하십니다. 저는 비록 이렇게 되었지만 장군의 목숨 따위를 거두려고 하는 것이 아닙니다. 어찌 거짓말을 하십니까."

"용서하시오. 내가 잘못했소이다."

"그 한 마디로 족합니다. 하지만 장군과 같은 사람은 참으로 곤란한 분입니다. 장군의 자리에 오르는 몸으로 태어났음에도."

"죽고 싶네. 내, 내 목을 쳐주시게."

"하하하, 그만두시지요. 장군께서는 배를 가르는 법도 모르지 않습니까. 나는 장군을 진심으로 미워할 마음이 들지 않습니다. 단지 장군의 불장난은 우리 둘 사이에만 머물지 않고 온 나라로 옮겨 붙을 염려도 있습니다. 아니, 무엇보다 주상의 심금을 괴롭힐 것입니다. 그 큰 죄에 대해 조금이라도 생각하도록 하십시오."

"잘 알았네."

"그럼 한동안 어딘가에서 삼가고 있는 편이 좋을 것입니다. 어린 장군의 몸은 이 노부나가의 슬하에 두고 보살피도록 하겠습니다."

노부나가는 어디로든 자유롭게 가라며 요시아키를 풀어주었지만 그것은 사실상 추방이었다. 요시아키의 아들은 도키치로가 엄중하게 경비를 해서 가와치에 있는 와카에若江 성으로 보냈다. 한편으로 보면 원한을 은혜로 갚았다고 할 수 있지만 요시아키의 입장에서 보면 인질로 붙잡아간 것에 지나지 않았다. 와카에 성에는 미요시 요시쓰구三好義繼가 있었는데, 그는 잠시 그곳에 몸을 의탁한 요시아키를 더 불안하게 만들었다.

"이곳에 있으면 아무래도 신변이 위험하실 듯합니다. 노부나가는 비록 그렇게 말했지만 언제 마음이 변해 장군을 죽이려고 할지 모릅니다."

미요시 요시쓰구는 골칫거리인 귀인을 자신의 집에 두고 싶지 않았던 것이다. 요시아키는 허둥지둥 기슈紀州 방면으로 도망을 쳤다. 그리고 구마노熊野의 승려와 사카이雜賀의 무리를 선동해 노부나가를 죽일 궁리만 했다. 그는 그렇게 장군의 이름과 권위를 들먹이면서 세상 사람들의 비웃음을 사고 있었다. 하지만 기슈에도 오래 있지 못하고 비젠備前 쪽으로 건너가 우키다浮田 가의 식객으로 머물고 있다는 소문이 들렸다. 그리고 그 뒤로 한동안 소식이 들리지 않았다.

시대는 마침내 일변했다. 무로마치 막부의 멸망은 먹구름에 가려져 있던 하늘의 한쪽이 갑자기 열리더니 그 파란 속살의 일면이 드러난 것과 같았다. 불필요한 존재가 나라의 중추에 자리 잡고 명맥을 유지하는 시대만큼 무서운 것은 없다. 하극상이 벌어지는 것은 당연했다. 너무나 오래전부터 무로마치 막부의 허약함은 공공연한 사실이었다.

막부가 있었지만 통일이 된 적은 없었다. 무문은 각지에서 사권을 휘두르고 승단 역시 산속에 재력을 모아놓고 권력을 휘두르고 있었다. 그렇게 되자 귀족들 역시 박쥐와 같이 어제는 무가에 붙었다가 오늘은 승단에 아부하며 정사를 자신들 마음대로 농단했다. 승려, 무가, 조정, 막부가 모두 제각각 나라를 잊고 사사로이 권력 암투를 해왔던 것이다.

논과 밭도 남아나지 않았다. 적어도 오닌의 난 이래로 이러한 메뚜기와 같은 해충 세력이 나라와 국토를 마음껏 유린해왔다고 해도 과언이 아니었다. 그 시기 말기의 인물인 아시카가 요시아키는 그래도 사람이 좋은 편이었다. 하지만 그렇다고 그대로 내버려두면 그가 손에 틀어쥐고 놓지 않으려는 막부와 장군직과 같은 권력은 세상에 백해무익했다. 하루를 방치하면 그 하루만큼 나라는 혼란스러울 것이었다.

"마침내, 해냈군!"

세상은 눈을 크게 뜨고 노부나가의 행동을 바라보았다. 사람들은 파란 하늘을 봤지만 아직 먹구름이 가신 게 아니었다. 앞으로 어떻게 될지 아무도 장담할 수 없었다. 한쪽에 드리워진 먹구름이 걷히자 하늘은 격변의 형상을 띠었다. 그것은 평소 자연의 본모습과 다를 게 없었다. 아니, 천지는 격변하는 듯 보이지만 실은 더없이 서서히 움직이고 있었다.

근래 이삼 년 동안 과거의 인물이 된 사람이 많았다. 서쪽의 거대한 번이었던 모리 모토나리가 죽은 해인 재작년에는 도카이의 영웅 호보 우지야스가 세상을 떠났다. 하지만 노부나가에게 있어 올해 다케다 신겐의 죽음과 요시아키의 퇴장만큼 큰 의미를 지니는 일은 없을 것이다.

특히 끊임없이 북쪽의 배후를 위협했던 신겐의 죽음은 노부나가에게 전력을 집중할 수 있게 해주었다. 앞으로는 각국의 무문이 무로마치 막부가 사라진 자리를 노리고 깃발을 앞세워 경쟁하듯 중원으로 진출할 것이 분명했다. 그로 인해 전란은 한층 격화될 것이다. 노부나가는 그들이 그에 앞서 '에이 산을 불태우고 장군가를 쫓아낸 역적, 노부나가 타도'를 외치리라 예상하고 있었다. 그러기 때문에 그 기선을 제압하고 그들이 서로 연합하지 않는 동안 차례로 그들을 제거해야 한다고 생각했다.

"도키치로, 자네는 먼저 서둘러 돌아가라. 나도 가까운 시일 안에 자네가 있는 요코야마 성으로 갈 것이네."

"그럼 기다리고 있겠습니다."

도키치로는 그 이후의 방침을 알고 있다는 듯 요시아키의 아들을 와카에 성에 호송한 뒤 바로 소대를 이끌고 긴기의 전쟁터에서 기타오우미北近江의 요코야마로 돌아갔다. 노부나가가 기후로 돌아간 것은 7월 말이었다. 달이 바뀌자 요코야마의 도키치로로부터 때가 무르익었다며 출정을 재촉하는 서찰이 도착했다.

잔서가 남아 있는 7월, 야나가세梁ヶ瀬에서 다가미田神 산을 거쳐 요고余吾와 기노모토木之本 부근에 대군이 진지를 구축하고 있었다. 에치젠 군사였다. 그들은 바로 이치죠가타니一乘ヶ谷에서 나온 아사쿠라 요시카게의 대군이었다.

7월 말, 기타오우미의 연합국인 오다니小谷의 아사이 히사마사와 그의 아들인 나가마사에게서 '오다의 대군이 속속 북상하고 있으니 급히 원군을 보내주시오. 만일 원군이 늦으면 성은 버틸 수 없을 것'이라는 급보가 전해진 것이었다. 회의 자리에서 의심하는 사람도 있었지만 맹약을 맺고 있던 터라 급거 일만 군사를 선발로 삼아 다가미 산으로 보냈다. 그리고 오다 군의 강북江北 침공이 사실이라는 것을 확인하고 즉시 이만여 후속군이 출발했다. 주장 아사쿠라 요시카게도 이번에는 반드시 노부나가를 치기 위해 합세했다.

에치젠의 아사쿠라가 강북의 싸움에 큰 충격을 받은 이유는 아사이의 기타오우미가 에치젠에게 있어 국방의 제일선이기 때문이었다. 숙명의 땅, 오다니 성에 있는 아사이 부자는 그때까지 불과 삼 리밖에 떨어지지 않은 요코야마 성에서 기노시타 도키치로가 진을 치고 있었기 때문에 꼼짝할 수 없었다.

도키치로는 무로마치 막부의 뒷정리가 끝나기도 전에 질풍처럼 기나이의 전쟁터에서 돌아와 기후의 노부나가에게 전기가 무르익었다는 사실을 고하고 노부나가의 대군을 맞아들였다. 그것은 채 반달도 걸리지 않을 만큼 신속하게 이루어졌다.

8월 초순, 노부나가는 이미 아사이 공격을 개시하고 있었다. 그는 도키치로의 안내를 받아 도라고젠虎御前 산의 고지대에서 도키치로와 작전을 짰다.

"저기 하소우八槽 산, 미야베노사土宮部之郷, 오다니에서 요코야마에 걸친 삼 리 사이를 가시나무 울타리와 목책으로 차단하면 적이 나올 길은 한 곳밖에 없습니다."

도키치로는 마치 자신의 정원을 설계하는 것처럼 자세히 설명했다. 폭 세 칸의 군용도로가 요코야마까지 이어져 있었다. 노부나가는 오다니 성 근처 오십여 정 사이에 장벽을 세우고 계류의 물을 다른 곳으로 돌려 도로의 안전을 꾀하는 한편, 지구전을 펼칠 계획이었다. 곳곳의 방책들도 모두 반영구적으로 버틸 수 있도록 쌓았다. 이렇게 하면 적도 결전을 벌이기 위해 성에서 나올 수밖에 없을 것이라고 생각했던 것이다.

하지만 아무리 뛰어난 책사라고 해도 상대를 자기 본위로 생각하면 계책이 빗나가는 법이다. 아사이 부자는 끝까지 아사쿠라의 원군을 믿고 있었기에 먼저 성을 나와 공격하지 않았다. 그러다 보니 노부나가는 한 가지 계책에만 의지하지 않았다. 병가에는 반드시 변통이라는 것이 있었다. 그는 돌연 창끝을 바꿔 기노모토木之本를 공격했다. 에치젠 군에 급습을 가한 것이었다.

8월 13일, 오다 군의 수중에 들어온 적의 수급은 이천팔백여 급에 이르렀다. 14일과 15일도 도주하는 적을 쫓아 야마가세에서 다가미, 다베, 히키다 등지의 부락들과 잔서에 바싹 메말라 있는 들판을 피로 검붉게 물들였다.

"에치젠이 이렇게 약했단 말인가."

에치젠의 장병들은 자신들이 나약하다는 것을 깨닫고 통곡했다. 무엇 때문에 오다 군에 맞서 전력을 다해 싸우지 못하는 것인지 불가사의할 정도로 나약했다. 사라질 존재는 멸할 수밖에 없는 원인이 있고 그 시기는 한순간에 찾아오기 마련이지만 그 순간에는 그것을 지켜보는 상대나 당사자는 의외라고 생각할 수밖에 없었다. 하지만 모든 흥망성쇠에는 필연이 있을 뿐 기적이나 불가사의는 있을 수 없었다. 주장인 요시카게의 행동만 보더라도 아사쿠라 군이 약할 수밖에 없었다.

요시카게는 패주하는 병사들과 뒤섞여 나야가세에서 도망치기에 바빴지 오다 군의 맹렬한 추격에 반격을 꾀할 계책이나 기력이 없었다.

"틀렸다! 이대로 적의 추격을 따돌릴 수 없다. 말도 나도 지쳤다. 미마사카, 산 쪽으로!"

요시카게는 단지 일신의 안위만을 생각하고 급히 말을 버리고 산속으로 도망쳐 숨으려고 했다.

"대체 어쩌려고 그러십니까!"

중신인 다쿠마 미마사카託間美作가 통곡하듯 질책하며 요시카게의 허리끈을 붙잡아 억지로 말에 태워 에치젠 쪽으로 도망치게 했다. 그리고 요시카게가 도망칠 수 있게 그곳에서 천여 명의 병사들을 이끌고 돌진해오는 오다 군을 막았다. 미마사카를 비롯한 그의 병사들 모두 전멸하고 말았다. 그러한 충성스러운 신하를 잃은 뒤에도 요시카게는 본성인 이치죠타니에 틀어박힐 뿐 선조의 땅을 사수하려는 마음이 없었다. 그는 성으로 돌아오자마자 처자식과 일족을 데리고 오노大野 군의 동운사東雲寺 깊이 들어가 숨어버렸다. 성안에 있다가는 만일의 경우 도망칠 길도 없기 때문이었다.

대장이 그러하니 다른 장졸들 역시 모두 뿔뿔이 흩어질 수밖에 없었다. 홀로 본성에 남아 있던 구와야마 세이자에몬桑山淸左衛門이라는 장수는 너무나 한심한 나머지 목을 놓아 통곡했다고 한다.

"번의 시조인 노리카게教景 공 이래로 오 대째 내려온 에치젠의 명문 분가分家, 동족과 대대로 보살피고 양성해온 무사가 몇십만일진대, 지금 선조의 땅을 적병에게 유린당하고 본성도 적의 수중에 넘어가려 하는데 함께 죽고자 하는 자가 단 한 명도 없다니! 무사도가 사라진 것인가, 군의 부덕함인가!"

세이자에몬은 몇 명의 무사들과 죽음을 각오하고 적군과 맞서 싸우다 성안의 이치죠타니에 있는 역대 번주의 묘 앞에서 배를 가르고 피를 흘리며 쓰러졌다.

그에게는 딸이 있었다. 이름은 전해지지 않지만 방년 십팔 세였다고 한다. 그녀는 일찍부터 미인으로 명성이 자자했는데 미인이 많다는 '고시지越路의 꽃' 중에서도 번 제일의 미인이라는 말을 들었다. 그녀는 아버지를 도와 성안에 있었는데, 부친인 세이자에몬을 찾던 도중 적병에게 붙잡히고 말았다. 흥분한 적병들은 그녀를 잡아끌고 어디론가 데려가려고 했다. 그녀는 필사적으로 반항했지만 소용이 없자 호소하기 시작했다.

"더 이상 반항하지 않을 테니 붓과 종이를 가져다주십시오. 어머니에게 편지 한 통만 남기게 해준다면 순순히 따라가겠습니다."

앞뒤를 에워싼 채 병사들이 붓과 종이를 건네자 그녀는 빠르게 무언가를 쓰고 그것을 땅에 내려놓더니 갑자기 은장도를 뽑아 스스로 목숨을 끊었다. 편지는 붉은 매화꽃잎이 떨어진 듯 점점이 물들었고 먹이 채 마르지 않은 편지에는 다음과 같은 글귀가 적혀 있었다.

시간이 지나면 무정한 구름도 산자락에 걸린 달을 감싸주련가.

난공불락의 성도 때가 되면 함락되기 마련이었다. 몇만의 군사가 있어도 그 근간에 균열이 생기면 우수수 지는 낙엽처럼 덧없이 무너지기 마련이었다. 서른일곱 개의 문이 있는 에치젠 본성은 바야흐로 최후를 향해 가고 있었지만 이름도 없는 '고시지의 꽃' 한 송이는 결연한 의기를 보였다.

요시카게의 최후는 실로 한심하기 짝이 없었다. 노부나가의 군사가 마침내 이츠 산을 둘러싸자 그는 더 이상 동운사에도 있지 못하고 야마다山田의 로쿠보六坊로 도망쳐서 그곳의 견송사堅松寺에 숨었다.

"더 이상 도망칠 방도도 없습니다. 요시카게 님은 에치젠 삼십칠 문의 수장이니 설사 항복해서 포로가 되더라도 노부나가가 살려두지 않을 것입니다. 그러한 치욕을 당하느니 차라리……."

마침내 일족인 우오즈미 카게카타魚住景賢와 아사쿠라 카게마사朝倉景雅 두 사람이 자결을 권했다. 이미 견송사를 포위하며 다가오는 병마의 소리가 해명처럼 시시각각 가까이 다가오고 있었다.

"이젠 틀렸단 말인가."

요시카게의 창백한 얼굴에는 두려움이 역력했다. 그에게 죽음을 권하고 함께 죽을 생각이었던 두 사람이 산문 쪽에서 땅을 뒤흔드는 발소리를 들은 찰라, 갑자기 요시카게가 할복을 하고 쓰러졌다.

"아, 목숨을 끊었다."

카게카타와 카게마사는 그 모습을 보자마자 급히 자리를 뜨려고 했다. 요시카게를 속였던 것이다. 게다가 두 사람은 이전에 노부나가에게 항복을 청해 요시카게가 있는 곳으로 적을 안내한 사람들이었다.

"이놈들, 어딜 가려느냐?"

근신인 도리이鳥居와 가토 카게마사, 시종인 다카하시 진자부로高橋甚三郎 등이 화를 내며 두 사람을 본당 밖까지 쫓았지만 때는 이미 늦었다. 노부나가의 군사가 성난 파도처럼 경내로 밀려들었다.

에치젠은 그렇게 멸망했다. 애처롭게도 요시카게는 아직 젊었다. 마흔하나밖에 안 된 한창 나이였다. 게다가 대대로 부강한 나라의 명문에서 태어나 천혜의 요새와 비옥한 땅을 보유하고 다시없을 절호의 시대를 맞이했으면서도 안타깝고 허무하게 생을 마감하고 말았다. 요시카게나 아시카가 요시아키는 서로 닮은 점이 많았다. 두 사람은 격변하는 시대를 끝까지 안일하게 살다 결국 차례로 세상을 떠날 수밖에 없었다.

요시카게의 죽음이나 아시카가의 멸망에 비하면 신겐의 죽음은 더 안타까웠다. 고슈는 한때 신겐의 죽음을 비밀에 부쳤지만 가을이 되자 모두 알게 되었다. 신겐이 죽은 뒤 용맹한 무사들까지 정기를 잃고 의기소침하게 지낸 것만 봐도 신겐의 존재가 얼마나 컸는지 짐작할 수 있다. 또 신겐의 인품은 요시아키나 요시카게와 같이 수양이 부족한 젊은 사람들과 비교할 수 없을 정도로 뛰어났다.

신겐은 일국을 다스리는 다이묘가 무사를 거느릴 때 무용이 뛰어나고 행실이 올바른 사람만을 존중하는 풍조를 비웃곤 했다.

"나는 내 취향에 따라 똑같은 유형의 인물만을 거두고, 사람을 일률적으로 보는 것을 가장 싫어한다. 봄은 벚꽃처럼 곱게 물들고, 가을은 단풍처럼 수려하며, 여름은 청량하고 담담하며, 겨울은 묵묵하면서도 진중하다. 이것은 모두 사람에게도 있는 특질일진대 어느 것이 옳고 어느 것이 나쁘다고 할 수 없다. 이른바 사람들을 천체와 같이 원활하게 부리면 모두 유능하지 않은 자가 없다."

그의 인간관과 가신을 양성하는 마음가짐을 엿볼 수 있는 말이다. 또 그는 분별이라는 말을 자주 썼으며 잔꾀나 기지를 싫어했다. 한번은 가까운 친척에게 이렇게 말했다.

"원려遠慮, 즉 항상 먼 앞날의 일까지 내다보고 생각하는 마음으로

평소의 주변 일을 처리하는 것이 백난百難의 길을 헤쳐 나가는 방법이
다."

그러고는 다음과 같이 말하며 큰 소리로 웃었다고 한다.

"하나 오직 사람의 수명만은 먼 앞날을 내다보고 대비하기 어렵다."

마침내 신겐은 대비하기 어려운 그곳으로 가버렸다. 그리고 이제는
영원한 방관자가 되어 지상의 쟁패를 무연하게 내려다보고 있을 것이
다. 그의 입장에서는 꽤나 자조감이 들 듯싶다.

오빠와 동생

가을이 한창이었다. 8월 25일과 26일경, 노부나가는 기타오우미의 오다니를 둘러싼 도라고젠 산의 진지에 있었다. 그는 이곳에 온 이후로 오다니 성의 함락을 기다리는 듯 꼼짝도 하지 않았다.

노부나가는 에치젠 싸움이 끝난 뒤 전광석화처럼 뒷수습을 하고 이치죠가다니의 연기가 사그라지기도 전에 급히 이곳으로 돌아와 아무 일도 없었다는 듯 이런저런 지시를 했다. 항복한 에치젠의 무장인 마에나미 요시쓰구前波吉繼를 도요하라豊原 성에 두고, 아사쿠라 카게아키朝倉景鏡에게 오노 성의 수비를 명하고, 도미타 야로쿠로富田弥六郎에게 후츄府中 성을 맡기는 등 평소 영지의 사정에 밝은 에치젠의 무장을 많이 등용했다. 그리고 아케치 미쓰히데에게 감찰 역할을 맡겼다.

미쓰히데 외에 그 일을 맡을 적임자가 없었다. 그는 일찍이 떠돌이 신세였던 불우한 시절에 아사쿠라 가의 가신이 되어 이치죠가다니 성 아래에서 살았다. 그 당시 미쓰히데는 출세를 하지 못해 아사쿠라의 가신들에게 홀대를 당했지만 지금은 완전히 반대 입장이 되어 아사쿠라 일족을 감시했다. 그러니 그의 가슴속에는 분명히 남다른 감회가 일었을 것이다.

지금 미쓰히데는 노부나가에게 재주와 식견을 인정받는 총신 중 한 명이었다. 사람을 보는 데 남달리 명민했던 그는 수년간 전쟁과 봉공을 통해 노부나가의 성격을 잘 이해하고 있었다. 멀리 떨어져 있어도 노부나가의 얼굴, 말 한 마디, 표정 등을 거울로 들여다보듯 알 수 있었다.

미쓰히데는 독단적으로 일을 처리하지 않았다. 에치젠에서 하루에도 몇 번이나 파발을 보내 일일이 노부나가에게 의견을 물었다. 노부나가는 날마다 도라고젠 산의 진영에서 흡족한 마음으로 그가 보낸 문서와 서찰을 보며 지시를 내렸다.

"전쟁이 이번 같기만 하면 얼마나 좋을까."

"바보 같은 소리, 그런 마음이 위험한 거네. 당장 오늘 밤에 어떤 명령이 내려질지 모르네. 적인 아사이 일족만 하더라도 지금과 같은 상태라면 만만치 않은 상대네."

"끝까지 지킬 심사일까?"

"당연하지 않겠나. 기타오우미 여섯 군을 합쳐 삼십구만 석의 본성과 외성을 장기판의 말을 빼앗듯 그리 쉽게 빼앗을 수 없을 거네."

진영 밖 보초들도 한가로이 잡담을 나누었다. 구름 한 점 없는 푸른 하늘 아래 겹겹이 이어져 있는 산들은 가을빛이 완연했다. 그 산자락 밑으로 보이는 청명한 호수와 새소리에 하품이 나왔다.

"아, 기노시타 님이 오신다."

도키치로는 요코야마 성에서 바로 산 맞은편까지 진지를 구축했다. 그는 저편에 있는 못에서 네댓 명의 부하를 이끌고 큰 걸음으로 내려왔다. 무슨 말을 하는지 부하들과 웃고 있었는데 가을 햇살에 하얀 이가 선명하게 보였다.

도키치로는 가까이 다가오더니 좌우의 보초들에게 친근하게 아는 체를 했다. 스노마타 성을 쌓고 요코야마 성을 맡아 오다 군의 장수 가운데 임무와 지위가 단연 막중했지만 여전히 변한 게 없었다.

"그는 사람이 좀 가벼운 듯하다."

부장들 중에는 자신들의 진중함과 비교하며 그를 경솔하다고 평가하는 사람들이 있는가 하면 그 반대로 평가하는 사람도 있었다.

"아니네. 그는 직책에 얽매이지 않는 것이네. 하루아침에 녹봉이 아무리 많이 올라도 사람이 전혀 변하지 않고, 또 일꾼에서 무사가 되고 일성을 다스리는 지위에 올라도 변하지 않았네. 분명 상당한 지위까지 오를 걸세. 아무튼 장점이 많은 사내야."

하지만 그곳에 있는 사람들 중에 도키치로에게 큰 호감을 가지는 사람은 백 명 가운데 한 명 정도였다. 도키치로는 불쑥 본진에 얼굴을 내밀더니 어느 틈에 노부나가와 함께 산 쪽으로 올라갔다.

"괘씸하군."

시바타 가쓰이에와 사쿠마 노부모리 등이 진영 밖까지 나와 침을 뱉으며 말했다.

"저러니 사람들에게 미움을 받는 것이다. 잔재주를 믿고 나대는 자만큼 얄미운 자는 없는 법이니."

그들은 노부나가를 따라 저편의 못 쪽으로 가는 도키치로의 뒷모습을 바라보고 있었다.

"우리한테 아무 말도 하지 않고……. 알리지도 않고서."

"위험하지 않은가? 아무리 백주대낮이지만 산속에는 적의 자객들도 있을 텐데. 만약 멀리서 철포라도 쏘면 어쩌시려고."

"주군도 주군이네."

"아니네. 기노시타가 문제네. 사람이 많으면 눈에 띈다고 주군께 아첨한 게 분명하네."

가쓰이에와 노부모리뿐 아니라 다른 장수들도 기분이 좋지 않았다.

또 산의 고지대에 올라 도키치로가 평소의 달변으로 노부나가에게 계책을 고할 것이 분명했기 때문이다. 그들은 애초부터 자신들을 무시하고 두 사람이 그러는 것 자체가 불쾌했던 것이다.

도키치로는 사람들의 그런 생각을 모르는 건지 무관심한 건지 때때로 소풍이라도 가듯 산의 적막을 깨뜨릴 정도로 웃으며 노부나가와 함께 산을 올랐다. 그의 부하와 노부나가의 시종을 합쳐도 불과 이삼십 명의 소대에 불과했다.

"산에 오르니 땀이 나는군요. 주군, 손을 잡아드릴까요?"

"실없는 소리."

"거의 다 왔습니다."

"벌써 말인가? 좀 더 높은 산은 없는가?"

"공교롭게도 이 부근에는 없습니다. 하지만 이 산도 꽤 높은 편입니다."

도키치로가 땀을 훔치며 사방을 둘러보았다. 노부나가는 그곳에 멈춰 서서 부근의 골짜기와 못을 내려다본 뒤 곳곳에 도키치로의 군사들이 만일의 사태에 대비해 나무 사이에 숨어 경계를 하고 있다는 것을 알았다.

"너희는 모두 잠시 여기서 쉬고 있도록 하라. 이 앞부터는 사람이 많으면 눈에 쉽게 띌 것이다."

도키치로는 그렇게 말하고 노부나가와 단둘이서 남쪽으로 돌출된 능선 쪽으로 십여 걸음을 걸어갔다. 그곳에는 수목이 없었다. 사료로 쓰기에 맞춤인 듯한 부드러운 이삭과 풀이 일대를 덮고 있었다. 바람에 흔들리는 억새 사이로 얼핏 도라지꽃이 보였다. 마타리와 칡꽃이 가죽 허리띠에 엉켜 붙었다. 두 사람은 아무 말도 하지 않고 한 걸음 한 걸음 걸어갔다. 바다를 마주하는 듯 앞쪽에는 아무것도 없었다.

"주군, 허리를 구부리시지요."

"이렇게 말인가?"

"가능한 풀들에 가리도록."

그렇게 기듯 벼랑의 가장자리까지 가자 눈 아래 분지에 홀연 성곽 하나가 보였다.

"오다니 성입니다."

도키치로가 목소리를 낮추고 손으로 가리키자 노부나가는 고개를 끄덕였다. 아무 말도 하지 않는 그의 눈동자에 깊은 감정의 물결이 일렁거렸다. 그것은 단순히 적의 본성을 바라보는 눈빛이 아니었다. 대군으로 포위된 성안에는 자신의 동생인 오이치가 성주의 아내가 되어 어느덧 자식 네 명을 낳고 살고 있었던 것이다.

자리에 앉자 풀과 꽃이 두 사람의 어깨를 감쌌다. 물끄러미 눈 아래 성곽을 바라보던 노부나가가 시선을 도키치로에게 돌렸다.

"필시 오이치는 나를 원망하고 있겠군. 동생의 뜻은 묻지도 않고 아사이 가로 시집을 보냈으니. 나라를 보존하기 위해선 어쩔 수 없었네. 가문을 위해 희생하라는 말을 듣고 울면서 가마를 타고 간 그 아이의 모습이 지금도 눈에 선하네."

"저도 똑똑히 기억하고 있습니다. 수많은 짐과 화려한 가마와 말과 사람에 둘러싸여 호북으로 시집을 가신 날을 말입니다."

"오이치는 불과 열다섯, 아무것도 모르는 소녀였네."

"작고 사랑스러운 신부의 모습은 흡사 왕소군王昭君[108]과 같았습니다."

"……도키치로."

---

[108] 중국 전한前漢 원제元帝의 후궁이었다가 원제의 명으로 흉노의 호한야선우呼韓邪單于에게 시집간 절세미인이다. 중국 왕조 정책의 희생양이 된 대표적인 여성이라고 할 수 있다.

"예."

"자네는 알 것이네. 내 고충을."

"그렇기 때문에 저도 고뇌하고 있습니다."

"저 성 하나."

노부나가는 턱짓을 하며 말을 이었다.

"짓밟아버리는 건 손쉬운 일이네. 오이치를 무사히 밖으로 구출하고 싶은 사적인 고뇌와 일국의 수장으로서의 전쟁을 해야만 하는 고뇌가 상충하네. 그렇지만 나는 이렇듯 그 어느 것도 포기하지 못하고 있네."

"무리가 아닐 것입니다."

도키치로는 머리를 숙였다. 그 역시 정이 깊다 보니 노부나가의 마음을 이해할 수 있었다.

"일전에 오다니의 지형을 보고 싶다며 안내를 하라고 은밀히 말씀하셨을 때나, 이곳에 계시며 먼저 에치젠을 공략하신 것도 그러한 고뇌 때문이라는 것을 헤아리고 있었습니다. 주제넘은 말일지 모르지만 기탄없이 말씀을 올리자면 그 번뇌가 바로 주군의 장점이자 인간의 지극한 정일진대 신하들에게 어찌 흉이 되겠습니까. 송구합니다만 이번에 저는 주군의 미덕을 또 하나 발견했습니다."

"자네뿐이네."

노부나가는 혀를 차며 말했다.

"이곳에 진을 치고 내가 허무하게 세월을 보내고 있는 것을 보고 시바타와 사쿠마를 비롯해 다른 부장들은 모두 이해할 수 없다는 얼굴을 하고 있네. 특히 가쓰이에는 내 어리석음을 위태롭게 생각하며 속으로 비웃고 있는 듯하네."

"주군께서 어떻게 하면 좋을지 망설이고 계시기 때문입니다."

"어찌 망설이지 않을 수 있겠는가. 이대로 오다니의 외성을 하나씩 분쇄해서 적을 압박하면 아사이 나가마사는 반드시 처자식들을 데리고 함께 죽을 것이네."

"그럴 것입니다."

"도키치로, 자네는 아까부터 내 심정을 이해한다고 하며 더없이 태연하게 듣고 있네. 자네에게 혹 계책이라도 있는 것인가?"

"없지도 않습니다."

"그런데 어찌 빨리 내 고충을 풀어주지 않는 것인가?"

"근래에는 계책을 올리는 것을 스스로 삼가고 있는 중이어서."

"어째서인가?"

"주군의 휘하에 다른 인물도 많이 있기 때문입니다."

"다른 사람들의 질투를 두려워하는 것인가? 그것도 신경이 쓰이는 일이긴 하지. 하지만 중요한 것은 내 마음이네. 그러니 어디 한번 말해보게. 아니, 좋은 계책이 있으면 들려주게."

"이미 보고 계십니다."

도키치로는 눈 아래 있는 오다니 성 전체를 손가락으로 가리켰다.

"이 성의 특징은 다른 성들에 비해 세 개의 성곽이 독립된 듯 각각 확연하게 나눠져 있습니다. 즉, 첫 번째 성곽에는 대전大殿이라고 불리는 아사이 히사마사淺井久政가 살고, 세 번째 성곽에는 아들인 나가마사 님과 부인이신 오이치 님과 자제분들이 살고 계십니다."

"음, 그런가?"

"그렇습니다. 그리고 첫 번째 성곽과 세 번째 성곽 중간에 보이는 저 두 번째 성곽을 이른바 교고쿠京極 성곽이라고 부르는데 그곳은 노신인 아사이 겐바淺井玄蕃와 미타무라 우에몬三田村右衛門, 오노기 도사大野木土佐 세 신하가 지키고 있습니다. 따라서 이 오다니 성을 치기 위해서는 꼬리나 머리를 치는 것보다 저 교고쿠 성곽을 먼저 빼앗으면 두 개의 성곽은 단절되어 고립무원의 섬과 같을 것입니다."

"그렇군. 자네가 말하는 의미는 가운데에 있는 교고쿠 성곽만을 공격해서 빼앗은 뒤 나머지를 공략하는 것이군."

"그것도 힘으로 무작정 빼앗으려고 하면 당연히 첫 번째, 세 번째 성곽에서 원군을 보내 아군은 협공을 받아 격전이 벌어질 수밖에 없을 것입니다. 그렇게 되면 일거에 적을 섬멸하든지 물러서서 공격을 늦출 수밖에 없을 터인데, 어느 쪽이든 성안에 계시는 오이치 님의 생명은 보장할 수 없을 것입니다."

"그럼 어떻게 하면 좋겠는가?"

"아사이 부자에게 사자를 보내 설득해서 항복하게 해야 성과 오이치 님을 지킬 수 있을 것입니다. 그렇게 하는 것이 최고의 전술임은 분명합니다."

"이미 두 번이나 사자를 보냈다는 것을 자네도 알고 있지 않은가? 안도 이가노카미를 사자로 삼아 성으로 보내 항복을 하면 오다니의 영지는 그대로 주겠다고 했네. 또 믿고 있던 에치젠까지 내 손에 들어온 사실을 알려주었지만 아사이 부자는 저리도 강경하게 대응할 뿐이네. 그들이 저러는 것은 내 동생이 성안에 있으니 함부로 공격하지 못할 것이라고 생각하기 때문일 걸세. 그 역시 오이치의 생명을 방패로 삼은 허세에 지나지 않지만……."

"아니, 그것만이 아닙니다. 요 일이 년, 제가 요코야마 성에서 유심히 지켜본 결과 나가마사 님은 과연 영기도 있고 욕심도 있는 분이었습니다. 다만 그 욕심이 작다고는 해도 아시카가 장군이나 에치젠의 요시카게와는 비교할 바가 아닙니다. 하여 이곳을 공략한다면 최선의 계책이 무엇일까 평소에 방법을 찾고 있었습니다. 그것이 오늘 공을 이룬 듯, 이미 저 교고쿠 성곽만은 단 한 명도 병력을 손실하지 않고 제 손에 넣을 수 있었습니다.”

“뭐라? 지금 뭐라 말했는가?”

노부나가는 자신의 귀를 의심했다. 도키치로는 거듭 말했다.

“저기 보이는 두 번째 성곽입니다. 저 성곽만은 이미 아군의 수중에 들어왔으니 안심하시라고 말씀드린 것입니다.”

“그것이 정말인가?”

“지금과 같은 때에 어찌 주군께 거짓말을 할 수 있겠습니까.”

“믿을 수가 없네.”

“그러실 것입니다. 곧 알게 되실 것입니다. 지금 이곳에 승려와 노장을 불렀으니 만나보십시오.”

“그 두 사람이 누구인가?”

“미야베 젠쇼宮部善性라는 승려와 교고쿠 성곽을 맡고 있는 노신 중 하나인 오노기 도사입니다.”

도키치로가 손을 흔들자 저편에서 병졸 하나가 몸을 구부린 채 수풀 사이로 달려왔다. 도키치로는 그에게 명을 내렸다. 그리고 노부나가를 향해 몸을 돌리며 말했다.

“방금 부르러 보냈으니 곧 이곳으로 데려올 것입니다.”

노부나가는 여전히 어리둥절한 표정을 지어 보였다. 도키치로를 믿었지만 아사이 가의 노신을 어떻게 마음대로 이곳으로 데려올지 의심스런 마음을 지울 수가 없었다. 시간이 꽤 흘렀다. 그사이에 도키치로는 아무 일도 아니라는 듯 내막을 밝혔다.

“요코야마 성을 주군께 받고 나서 얼마 되지 않을 무렵 있었던 일입니다.”

도키치로는 그렇게 말을 꺼냈다.

노부나가는 천천히 이야기를 시작하는 도키치로의 얼굴을 물끄러미 바라보며 적잖이 놀랐다. 요코야마 성은 아사이와 아사쿠라를 견제하는 전선의 요충지였기 때문에 도키치로의 부대에게 맡겼던 것이다. 일시적으로 주둔시킨다는 생각으로 명을 내린 것이었지 성지城地를 주겠다고 약속한 기억은 없었다. 그런데 도키치로 쪽에서는 성지를 받은 것처럼 말하고 있었다. 하지만 때가 때인 만큼, 그리고 그 이후 이야기를 빨리 듣고 싶었기에 노부나가는 쩨쩨하게 그런 것을 따질 수가 없었다.

"그 무렵이란 에이 산을 공격한 다음 해, 자네가 기후에 새해 인사를 하러 온 초봄을 말하는 것인가?"

"그렇습니다. 그 도중에 다케나카 한베가 이마하마 부근에서 지병이 도진 탓에 예정이 늦어져 요코야마 성에 이르렀을 때는 이미 밤중이었습니다."

"이야기를 길게 듣고 있을 심경이 아니니 빨리 요지를 말하게."

"제가 성에 없는 틈을 타서 적들이 요코야마 성을 공격했습니다. 즉시 적을 물리쳤습니다만 그때 사로잡은 적들 중에 미야베 젠쇼라는 승려가 있었습니다."

"생포한 자인가?"

"그렇습니다. 목을 치지 않고 정중히 대하며 틈이 날 때마다 앞으로의 시세와 무문의 본분에 대해 논하고 일깨웠는데, 그러는 사이 그가 자진해서 옛 주인인 오노기 도사를 설득하고 도사는 다시 다른 노신을 설득해 저를 따르게 했습니다."

"정말인가?"

"진중에 허언은 없을 것입니다."

"흐음……."

노부나가는 도가 지나칠 정도로 자신만만해하는 도키치로를 어이가 없다는 표정으로 바라보았다. 얼마 뒤 도키치로가 '진중에 허언은 없다'라고 장담한 대로 미야베 젠쇼와 오노기 도사가 도키치로의 부하의 안내를 받으며 그곳으로 왔다. 두 사람은 멀리 풀 속에서 엎드려 있었다. 노부나가가 도사에게 도키치로의 말이 사실이냐고 두세 번 묻자 도사가 공손히 대답했다.

"저 혼자 항복한 것이 아닙니다. 교고쿠 성곽에 있는 다른 두 명의 노신도 적대를 하는 것은 어리석은 일이며 오히려 주가의 멸망을 재촉하고 영민들을 고통받게 하는 것이라며 깊이 뉘우치고 기노시타 님께 서약서를 올린 것과 같이 이미 마음을 굳히고 있습니다."

"서약서까지 가지고 있는가?"

노부나가가 돌아보며 묻자 도키치로가 웃으며 대답했다.

"백지 상태에서 주군께 말씀드릴 수는 없을 듯하여."

얼마 뒤, 노부나가는 산을 내려갔고 도키치로와 젠쇼는 요코야마 성으로 돌아갔다. 또 오노기 도사는 혼자 샛길을 따라 오다니의 두 번째 성곽으로 은밀히 돌아갔다.

정략결혼

나가마사는 젊었다. 아내인 오이치와의 사이에 네 명의 아이를 두고 있었지만 아내는 스물셋이었고 그 역시 서른에서 한 살이 적은 나이였다. 나가마사는 넓은 오다니의 땅을 삼등분해서 각각 성을 쌓은 뒤 세 번째 성곽에 머물고 있었다. 오다니 성이란 그렇게 세 개의 성을 합쳐서 부르는 이름이었다.

해질녘까지 남쪽 골짜기에서 소총 소리가 격렬하게 들리고 있었다. 이따금 격천장을 뒤흔드는 대철포 소리도 들렸다.

"아아……."

오이치는 겁에 질린 눈으로 품에 있는 아이를 꼭 껴안았다. 아직 젖을 떼지 않은 다쓰達였다. 바람도 불지 않는데 등잔불은 그을음을 일으키며 흔들렸다.

"무서워! 어머니."

둘째딸인 하쓰初가 오이치의 오른 소매에 매달리자 장녀인 차차茶茶는 입을 꼭 다물고 그녀의 왼쪽 무릎을 붙잡았다. 그리고 나가마사의 장자인 만쥬마루萬壽丸는 아직 어리지만 사내아이여서인지 어머니 곁으로 오지 않고 곁에서 시중을 드는 시녀를 상대로 막대기를 휘두르고 있었다.

“보여줘, 싸우는 걸 보여줘!”

만쥬는 촉이 없는 창으로 시녀를 때리며 떼를 쓰고 있었다.

“만쥬야, 시녀를 왜 때리느냐? 싸움은 아버지가 하고 계시니 얌전히 있으라고 아버지께서 말씀하신 것을 잊었느냐. 다른 사람을 괴롭히면 커서도 좋은 대장이 되지 못한다.”

만쥬는 어머니의 말을 어느 정도 알아들을 수 있는 나이였다. 그런데도 만쥬는 아무 말 없이 듣고 있다 갑자기 큰 소리로 응석을 부리며 울기 시작했다. 보모도 어찌하지 못하고 그저 지켜보기만 했다. 많이 잦아들기는 했지만 그사이에도 끊임없이 소총 소리가 들려왔다. 장녀인 차차는 예닐곱 살이었다. 그래서인지 아버지의 역경과 어머니의 슬픔, 그리고 성의 사람들이 품고 있는 적개심을 어느 정도 알고 있었다. 차차가 조숙한 말투로 말했다.

“만쥬, 그런 억지를 부리면 안 돼. 어머니가 불쌍하지도 않니? 아버지가 적들과 싸우고 계신 걸 몰라? 그렇죠, 어머니?”

“뭐라고?”

차차가 힐책하자 만쥬가 창을 휘두르며 달려와 차차를 때리려고 했다.

“나보고 뭐라고!”

“어머!”

차차는 소매로 얼굴을 가리며 어머니 뒤로 숨었다.

“그만두어라.”

오이치가 꾸짖으며 창대를 빼앗고 조용히 타일렀다. 그때 거친 발소리가 들렸다.

“뭐라? 오다 따위가! 얼마 전까지 촌구석에서 기회를 엿보다 튀어나온 자에 지나지 않는다! 그런 노부나가에게 굴복할 내가 아니다! 아사이 가는 다른 가문과 다르다!"

아사이 나가마사가 두세 명의 무장을 거느리고 내실로 들어왔다.

"오, 모두 여기에 있었구나!"

어두침침한 등잔불에 있다 넓고 탁 트인 곳에서 처자식의 모습을 발견하자 그는 안심한 듯 자리에 앉았다.

"아, 좀 피곤하군."

나가마사가 갑옷을 벗더니 숨을 거칠게 쉬며 뒤에 있는 부장들에게 말했다.

"자네들도 좀 쉬도록 하라. 해질녘 상황으로 보아 적이 한밤중에 야습해올지도 모르니 지금 쉬어두는 것이 좋을 것이다."

부장들이 물러가자 나가마사는 숨을 크게 내쉬었다. 전쟁 중이라도 이곳에서는 한 가정의 아버지이자 남편이라는 사실을 깨달았던 것이다.

"부인, 총소리가 무섭지 않았소?"

오이치는 아이들에게 둘러싸인 채 하얀 얼굴을 옆으로 저었다.

"아닙니다. 여기에 있으니 아무것도."

"만쥬와 차차가 무서워서 울지 않았소?"

"칭찬해주세요. 모두 얌전히 있었습니다."

"그랬소?"

나가마사가 억지로 웃어 보이며 말했다.

"안심하시오. 끈질기게 기습해왔던 적도 성에서 총을 쏘아 모두 산기슭 쪽으로 쫓아버렸소. 설사 앞으로 몇 날 며칠 동안 오다 군이 공격해오더라도 굴복할 내가 아니오. 아사이 일족이 아니오! ……노부나가 따위에게."

그는 침을 뱉듯 소리치다 갑자기 입을 닫았다. 오이치가 등잔불을 외면하며 품에 있는 젖먹이에게 얼굴을 묻었던 것이다.

'노부나가의 동생!'

나가마사는 마음이 흔들렸다. 오이치를 보자 어딘지 노부나가와 얼굴이 닮은 듯했다. 고운 목덜미부터 갸름한 옆얼굴의 선까지 모두 오다 가의 피를 이어받았으니 당연한 일이었다.

"부인, 울고 있는 것이오?"

"아닙니다. 우는 것이 아닙니다. 모유가 나오지 않는지 아이가 가끔 젖꼭지를 깨물어서."

"모유가 나오지 않는다?"

"예, 근래 들어."

"가슴속에 근심이 있어서일 게요. 요즘 눈에 띄게 마른 듯하구려. 부인은 이 아이들의 어머니임을 잊지 마시오. 그것이 부인의 소임이오."

"알, 알고 있습니다."

"모진 남편이라고 생각할 것이요."

오이치는 분연히 격천장을 올려다보더니 아이들을 안은 채 남편의 곁으로 몸을 기댔다.

"그리 생각하지 않습니다. 어찌 당신을 원망하겠습니까. 모두 숙명이라 여기고 있습니다."

"사람인 이상, 그저 숙명이라고 말한다고 해서 포기할 수 있는 것이 아니오. 바늘을 삼키는 것보다 괴롭겠지만 무장의 아내라는 것을 깨닫고 각오하지 않으면 진정한 각오라고 할 수 없을 것이오."

"깨닫고 있습니다. 하지만 여자로서는 기껏 어머니라고 생각하는 것 외에는."

"그럴 것이오. 평소에 세상의 지식이나 바깥일도 듣지 못하다가 갑자기 깨달으라는 말을 들으면. ……지금 분명하게 말해야겠소."

"……."

"부인, 나는 당신을 아내로 맞아들일 때부터 오랫동안 함께할 아내라고 생각하지 않았소. 아버님께서도 아사이 가의 여인이라고 인정하지 않았소."

"예? 지금 뭐라 말씀하셨습니까? 지금, 지금 그 말씀은?"

"사람은 지금과 같은 상황에 직면하면 진실을 말하기 마련이오. 당신에게 내 마음을 털어놓을 기회가 다시없을 것이오. 난세의 무인의 표리와 계략의 어려움, 또 인간적인 고뇌……. 지금 세상의 이면을 가르쳐주는 것이오. 슬퍼하거나 의심하지 말고 차분하게 들으시오."

나가마사는 당장이라도 울음을 쏟을 듯한 오이치의 얼굴을 보며 그렇게 달랜 뒤 이어 말했다.

"노부나가가 당신을 내게 시집보낸 것은 정략 때문이오. 나는 그것을 꿰뚫어보고 있었던 것이오. 처음부터 노부나가의 속내를."

나가마사는 말을 끊더니 잠시 뒤 다시 말을 이었다.

"하지만 당신을 알아가면서 우리 사이에는 그 무엇도 끊을 수 없는 사랑이 생겼소. 또 네 아이가 태어났소. 지금 당신은 더 이상 노부나가의 동생이 아니오. 나가마사의 아내이자 나가마사 아이들의 어머니이오. ……적인 노부나가를 위해 눈물을 흘리는 것은 용서할 수 없소. 왜 그리 야위는 것이오? 어찌 아이들에게 줄 모유를 마르게 한 것이오?"

지금의 운명적인 상황은 모두 '정략'이라는 속박에서 기인했다. 나가마사는 정략에 의해 시집온 오이치를 맞아들이면서 노부나가를 정략적인 사내라고고밖에 생각하지 않았다. 물론 노부나가에게 정략적인 측면도 있었다. 하지만 노부나가는 진심으로 매제인 나가마사를 사랑했다. 처음부터 사랑했던 것이다.

나가마사는 약관인 열여섯 살에 장수로 진두에 서서 미나미오우미南近江의 로카구 죠테이六角乘禎를 무찌르고 영토를 확장했다. 그 지방으로 노부나가가 진출했을 무렵에는 아사이 가의 영토는 아이치愛知 강을 경계로 할 만큼 눈부신 업적을 이루고 있었다.

"아사이의 아들은 장래가 밝다."

노부나가는 나가마사의 무용을 높이 사 동생인 오이치와의 혼담을 적극적으로 추진해서 성사시켰다. 하지만 그 결혼에는 처음부터 무리가 있었다. 에치젠의 아사쿠라와 아사이 가가 삼대에 걸쳐 친밀한 관계를 유지하고 있기 때문이었다. 단순한 군사동맹이 아닌 구은舊恩의 관계였고, 이런저런 호의로 얽여 있어 떼려야 뗄 수 없는 사이였다. 그런데 그런 아사쿠라와 오다는 숙명의 적국이었다. 노부나가가 기후의 사이토를 공략할 때 아사쿠라 쪽에서 얼마나 방해를 하고 얼마나 사이토를 도왔는지만 보더라도 서로에 대한 감정을 짐작할 수 있었다.

"그 일이라면 아무것도 걱정할 것은 없다. 이 노부나가가 편지 한 통을 써서 청하기만 하면 될 것이다."

노부나가는 혼인에 방해물을 제거하기 위해 그다운 해결책을 꾀했다. 아사쿠라 가에 한 통의 서약서를 보내 앞으로 아사쿠라 땅에는 군사를 들이지 않겠다고 약조했던 것이다. 아사쿠라 요시카게는 편지를 받고 히사마사와 나가마사에게 방심하지 말라고 은밀히 주의를 줬다. 그리고 항상 뒤에서 노부나가의 야심과 행동에 대해 알려주었다.

젊은 나가마사는 신혼 초부터 아버지나 구은이 있는 아사쿠라 가에게 끊임없이 그런 말을 들었던 터라 아무것도 모르는 천진스런 아내까지 한편으로 보았다. 그러던 중 아사쿠라와 아시카가 사이에 밀맹이 이루어졌고, 어느 틈엔가 고슈의 신겐과 에이 산 등의 반노부나가 연맹에 그도 들어가게 됐다. 그 계기가 된 것은 작년 노부나가가 에치

젠의 가네가사키를 공격했을 때였다. 나가마사가 불시에 노부나가의
배후를 친 것이었다. 원정을 나가 있던 노부나가의 퇴로를 끊고 아사
쿠라와 호응해서 오다의 궤멸을 꾀했을 때, 나가마사는 노부나가에게
'정략에 의해 시집온 아내는 개의치 않겠다'는 의지를 분명하게 표명
했다. 그는 노부나가가 거짓말이라며 의심할 정도로 단호했다. 노부나
가는 진심으로 나가마사를 사랑하던 만큼 있을 수 없는 일이라고 생각
했던 것이다.

그 이래로 자신이 높이 평가해서 누이동생까지 시집보냈던 나가마
사의 무용과 아사이의 세력은 오히려 발밑의 화근이자 족쇄가 되어버
렸다. 그리고 마침내 일거에 에치젠을 제압한 지금, 오다니 성은 더 이
상 화근이자 족쇄가 되지 못했다. 오직 노부나가의 마음 하나에 달려
있었다. 하지만 노부나가의 가슴속에는 여전히 나가마사를 죽이고 싶
지 않은 마음이 컸다. 그것은 나가마사의 무용을 아끼는 마음도 있었
지만 동생에 대한 애정으로 고뇌하는 마음이 더 컸던 것이다. 에이 산
을 불태울 때는 마왕이라고 불리기를 마다하지 않았던 주군이 망설이
자 사람들은 의아하게 생각했다.

아직 아침 안개가 짙게 깔려 있었다. 커다란 태양이 산등성이 위로
솟아 있었지만 오다니의 분지에서는 안개 때문에 사방으로 뻗어나가
고 있는 산들의 능선조차 보이지 않았다.
'아사이 성은 작구나. 작은 성이구나……'
그리 멀지 않은 곳이었다. 안개 속에서 목소리가 들렸다. 그것도 한
두 명이 아니라 많은 사람이 노래를 하며 손뼉을 치고 있었다. 춤을 추
고 있는 듯싶었다.
"어디지?"

"무슨 일이지?"

아침 일찍 일어난 차차와 만쥬가 방에서 튀어나왔다. 그리고 큰 복도를 지나 목소리가 들리는 곳을 향해 맨발로 정원으로 뛰어내려 성곽의 끝까지 가서 북쪽을 바라보았다.

"저기다! 저기서 사람들이 춤을 추고 노래를 부르고 있다."

만쥬가 기뻐하며 외치자 차차가 눈을 가늘게 뜨고 살피며 물었다.

"어디? 어디?"

북쪽 산 중턱이었다. 구름 사이로 쏟아지는 빛처럼 안개가 걷힌 산허리 부근에 햇빛을 받아 빛나는 곳이 있었다. 흡사 대불의 무릎처럼 보이는 언덕이었다. 분명 적이었다. 일개 소대 정도로 보이는 노부나가 쪽 병사들이 화창한 가을 아침에 장단을 맞추며 춤을 추고 있었다.

"어이, 잘 들리는가!"

병사들이 소리치고 있었다. 그리고 다시 일제히 노래를 불렀다.

"아사이 성은 작구나. 작은 성이구나. 아아, 착한 아이구나. 차차, 착한 아이구나."

그때 차차와 만쥬의 머리 위에서 갑자기 소총 소리가 연달아 울려 퍼졌다. 망루의 총안銃眼에서 그들을 향해 총을 쏜 것이다.

"무서워!"

차차는 몸을 숙이며 귀를 막았다. 만쥬는 사내아이답게 하얀 벽을 올려다보며 총안에서 나는 연기를 바라보았다. 노랫소리가 멈췄다. 적의 모습도 안개에 가려졌다.

"없어졌다. 에이, 시시해."

만쥬는 아직도 바라보고 있었다. 뒤쪽에서 보모와 어머니의 목소리가 들렸다. 오이치는 아까부터 보이지 않는 두 아이를 이곳에서 발견하자 가슴이 철렁 내려앉았는지 소리를 쳤다.

"위험하게 왜 이런 곳에 있는 거니?"

오이치는 차차를 끌어안고 보모는 만쥬의 손을 잡아끌며 본성 쪽으로 데리고 왔다.

"뭘 하는 것이오?"

나가마사가 한 무리의 노신과 부장과 함께 한심하다는 듯 입술을 굳게 다물고 서 있었다.

"아이들이 성 밖에서 들리는 노랫소리에 이끌려 먼 곳까지 나가 보고 있어서 말입니다……."

나가마사가 쓴웃음을 지으며 말했다.

"안으로 데리고 가시오."

"예."

"아니, 잠깐만. 다른 아이들도 함께 그 부근에서 구경하는 것이 좋겠소. 적들도 오랫동안 진을 치고 있어 무료한지 놀고 있는데 그것을 철포로 대응하는 건 속 좁은 일일 게요. 얘들아, 지금 재미있는 걸 보여주도록 하마."

나가마사는 병사들을 향해 적들에게 노래로 되돌려주라고 명을 내렸다. 따분하게 성에 틀어박혀 있던 병사들이 기뻐하며 큰 소리로 노래를 부르기 시작했다.

"적들도 노래로 대응한다."

그러자 노부나가의 병사들도 다시 아까 그 자리에 모습을 드러내 노래로 대응했다.

"아사이 님은 다 익은 밤처럼 가시 갑옷에 귀여운 아이들을 끌어안고 무서워 떨고 있구나. 아아, 이제 곧 떨어질 가련한 신세, 가련한 성이구나."

즉흥적으로 입에서 나오는 대로 부르는 노래였다. 적이 한바탕 노래를 부르고 잠잠해지면 성안에서 질세라 대응했다.

"노부나가 님은 다리 밑의 도둑 거북이. 불쑥 나왔다 들어가고, 불쑥 나왔다 집어넣으니 목놀림이 능수능란하구나. 이번에 나오면 잡아 찻솔로 써야겠구나."

웃음소리가 건너편 산까지 메아리쳤다. 그것을 계기로 총격전이 다시 시작됐다. 방금까지 노래하고 춤을 추던 병사들이 피를 흘리고 픽픽 쓰러지며 부상을 입었다. 날마다 이런 생활 속에서 오이치는 네 명의 아이를 부둥켜안고 마음속으로 싸우고 있었다.

골짜기를 날아다니는 직박구리의 울음소리에 가을은 날이 갈수록 깊어졌다. 풀에 맺힌 이슬도 차갑게만 느껴지는 어느 날 아침이었다.

"주군, 큰일입니다."

후지가케 미카와노모리藤掛三河守가 평소와는 달리 황망한 목소리로 외쳤다. 나가마사는 종이 모기장을 쳐놓고 자는 아내와 아이들의 근처에서 잠을 잤지만 갑주를 벗은 적이 없었다.

"미카와, 무슨 일인가?"

나가마사가 곧장 침소에서 나와 상기된 목소리로 물었다. 나가마사는 적들이 아침에 기습한 것이라고 직감했다. 하지만 미카와의 입에서 나온 이야기는 더 큰일이었다.

"두 번째 교고쿠 성곽이 하룻밤 사이에 노부나가 군에게 점령당하고 말았습니다."

"뭐, 뭐라?"

그럴 리 없다고 말하는 듯했다.

"의심은 접어두고 먼저 망루 위로 가셔서."

"그, 그럴 리가, 있을 수 없는 일이다."

나가마사는 망루를 향해 달려갔다.

교고쿠 성곽과는 거리가 꽤 떨어져 있었지만 망루 위에 서면 바로 눈 밑을 보듯 훤히 보였다. 살펴보자 저편의 성 꼭대기에 몇 개의 깃발이 펄럭이고 있었다. 그런데 어느 깃발도 아사이 가의 신하인 오노기 도사와 미타무라 우에몬과 아사이 겐바의 깃발이 아니었다. 아침 하늘에 자랑스러운 듯 펄럭이는 우마지루시 중 하나는 분명 적장인 기노시타 도키치로의 것이 분명했다.

"노신들이 아사이 가를 배신한 것인가. 부끄러움을 모르는 자들은 마음대로 떠나도 좋다. 이렇게 된 이상, 내 생각대로 할 수밖에 없다. 좋다. 노부나가에게 똑똑히 보여주마. 아니, 아사이 나가마사가 어찌 행동하는지 세상천지의 무문에게 똑똑히 보여주마."

나가마사의 얼굴에서 더 이상 웃음을 찾아볼 수 없었다.

세객

나가마사는 말없이 망루의 어두운 계단을 내려왔다. 신하들은 마치 깊은 땅속으로 함께 걸어 들어가는 듯한 기분으로 뒤따라갔다.

"대체 어찌 이런 일이!"

어두컴컴한 계단 중간에서 부장 한 명이 울음 섞인 목소리로 외쳤다.

"오노기 도사, 아사이 겐바, 미타무라 우에몬 세 명 모두 아군을 배신하다니."

또 다른 부장이 오열하듯 말했다.

"노직에 있으면서, 더군다나 중요한 교고쿠 성곽을 맡긴 신망을 무참히 짓밟다니!"

다른 사람들도 입술을 깨물며 세 사람의 불충에 분노했다.

"짐승만도 못한 자들!"

나가마사가 뒤를 돌아보며 말했다.

"그만두어라. 어리석은 것은."

그즈음 그들은 계단을 다 내려와 다소 밝고 넓은 마루에 서 있었다. 거대한 우리와 같은 그곳에서 수많은 부상자가 멍석을 깔고 신음하고 있었다. 나가마사가 지나가자 누워 있던 무사들이 벌떡 일어나더니 다시 엎드렸다.

"헛되이 죽게 하지 않을 것이다."

나가마사는 사람들에게 그렇게 말하며 지나갔다. 밖으로 나오자 그의 눈에도 눈물을 흘린 듯한 흔적이 보였다. 하지만 그는 결코 부장들에게 불평이나 불만을 하지 않았다.

"적에게 항복하든 나를 따라 죽든 거취는 각자가 선택하는 것이니 함부로 비방하지 마라. 이번 싸움은 노부나가에게도 명분이 있고 이 나가마사에게도 명분이 있다. 그는 천하의 개혁에 뜻을 두고, 나는 무문의 이름과 의를 위해 싸우는 것이다. 그대들도 노부나가에게 항복하는 것이 좋다고 생각하면 노부나가에게 가라. 나는 결코 잡지 않을 것이다."

나가마사는 그렇게 말하고 곳곳의 방비를 둘러보기 위해 걸음을 옮겼다. 그리고 백 걸음도 채 가지 못했는데 교고쿠 성곽을 잃은 것 이상의 변고가 전해졌다.

"주군, 주군! 분, 분합니다!"

저편에서 한 부장이 새빨갛게 피로 물든 모습으로 달려오며 고했다.

"규타로가 아닌가. 대체 무슨 일인가?"

나가마사는 불길한 예감에 사로잡혔다. 와쿠이 규타로湧井休太郎는 이곳 세 번째 성곽의 무사가 아닌 그의 부친인 히사마사의 측신이었다.

"방금 히사마사 님께서 자결하셔서 여기까지 적을 뚫고 유품을 가져왔습니다."

규타로는 그렇게 말하고 무릎을 꿇었다. 그리고 숨을 헐떡이며 히사마사의 상투를 감싼 옷소매를 꺼내 나가마사의 손에 바쳤다.

"그럼 두 번째 성곽뿐 아니라 아버님이 계시는 첫 번째 성곽까지 함락되었단 말인가?"

"채 날이 밝기도 전이었습니다. 교고쿠 성곽의 샛길에서 한 부대의 병사가 오노기 도사노카미의 깃발을 휘저으며 성문 밖까지 오더니 화급히 대군을 뵐 일이 있다며 문을 열라고 해서 아군이라 생각하고 성문을 열었습니다. 그러자 수많은 적이 그 틈을 노려 공격해 들어왔습니다."

"그, 그들이 적이었는가?"

"대부분 기노시타 도키치로의 병사들이었습니다만 길을 안내하는 자와 깃발을 흔든 자는 분명 오노기의 병사들이었습니다."

"그럼 아버님은?"

"끝까지 맞서 싸우다 직접 전각에 불을 지르고 자결하셨습니다. 그곳에 달려온 기노시타 군이 즉시 불을 끄고 소리가 나지 않도록 움직여 성을 함락시켰습니다."

"그래서 불길이나 연기가 보이지 않았던 것이군."

"만일 첫 번째 성곽에 불길이 일었다면 세 번째 성곽의 병사가 즉시 성문을 열고 도왔을 것입니다. 그렇게 됐다면 히사마사 님이 돌아가신 것을 안 나가마사 님과 가족분들이 모두 불을 지르고 자결할 것이고, 그것을 두려워한 적의 작전인 듯합니다."

규타로의 숨은 거기까지인 듯했다. 그는 돌연 땅을 손으로 움켜쥐더니 마지막 일성을 쥐어짰다.

"이만 하직을 고하겠습니다."

규타로는 그렇게 말하더니 손을 짚은 채 땅바닥에 얼굴을 부딪치며 쓰러졌다. 적과 맞서 싸우다 칼에 맞아 죽는 것보다 더 괴로워하며 숨을 거뒀다.

"또 한 명이 떠났구나. 아아, 참으로 장렬한 최후다."

누군가 나가마사의 뒤에서 낮은 목소리로 탄식했다.

"나무아미타불."

염주 소리가 들렸다. 뒤를 돌아보자 기노모토木之本의 유잔雄山 화상이 그곳에 서 있었다. 그는 얼마 전 정신사淨信寺가 병화에 휩싸인 뒤 오다니 성에 와 있었다.

"대군께서도 오늘 아침에 돌아가신 듯합니다."

유잔의 말에 나가마사는 동요하지 않고 말했다.

"화상에게 부탁할 것이 있소."

조용한 말투였다.

"다음은 내 차례일 것이오. 하여 생전에 사람들을 모아놓고 형식적으로나마 장례를 치르려 하오. 이 오다니의 깊은 계곡에는 예전에 화상에게 받은 계명을 새긴 비석이 세워져 있소. 수고스럽겠지만 그것을 성안으로 옮겨다줄 수 있겠소? 승려인 그대가 간다면 적들도 말없이 보내줄 것이오."

"알겠습니다."

유잔은 곧장 성을 나섰다. 이윽고 부장 한 명이 달려와 고했다.

"후와 가와치노카미 미쓰하루라고 하는 자가 성문 아래에 와 있습니다."

"후와 가와치가 누구인가?"

"오다 군의 직신입니다."

"적인가!"

나가마사는 침을 뱉듯 소리쳤다.

"쫓아버려라! 노부나가의 가신 따위에게 아무 볼일도 없다. 돌아가지 않으면 성문 위에서 돌이라도 던져 쫓아버려라."

부장은 나가마사의 뜻을 받들고 즉시 돌아갔는데 다시 다른 부장이 와서 고했다.

"아무리 뭐라 해도 적의 사신이 성문 아래에 서서 돌아가지 않습니다. 싸움은 싸움이고 교섭은 교섭이라며 일국을 대표해서 온 사자에게 예도 차리지 않고 돌려보내는 법이 어디 있느냐며 따지고 있습니다."

나가마사는 들을 필요도 없다는 듯 고개를 저으며 말했다.

"위협을 해서 쫓아버리라고 했거늘 상대의 말을 어찌 전하느냐!"

그때 또 다른 부장이 와서 고했다.

"잠깐이나마 만나주시는 것이 진중의 예가 아닌가 싶습니다. 주군께서 적국의 사자를 만날 수도 없을 정도로 이성을 잃었다고 소문을 내면 좋을 게 하나도 없습니다."

"그럼 만나기만 할 테니 일단 들여보내도록 하라."

"예. 그럼 어디로?"

"저쪽으로 데려오라."

나가마사는 무사 대기소의 큰 마루를 가리키며 성큼성큼 걸어갔다.

부장과 무사 들은 반대편으로 달려가서 오다 가의 사자를 성안으로 들였다. 아사이 가의 병사들 중 절반 이상은 그 성문으로 평화가 찾아오기를 바라고 있었다. 그들이 나가마사를 진심으로 따르지 않는 것은 아니었지만 나가마사가 주창하는 의와 전쟁의 의의는 소승적이었다. 그리고 그것은 에치젠과의 관계나 노부나가에 대한 단순한 반감에서 기인하는 것이며 노부나가가 표방하는 대의와 패업과는 비교할 수 없을 만큼 대국적이라는 사실을 알고 있었다. 이른바 그들은 대승과 소승에 대해 생각하게 되었던 것이다.

오다니 성이 견고하게 버티고 있을 때라면 몰라도 이미 첫 번째 성곽과 두 번째 성곽이 적의 수중에 들어가서 성이 고립무원이 된 상태라 틀어박혀 봤자 전혀 승산이 없었다. 그러다 보니 그들은 목숨을 걸고 지킬 가치가 있는지 고민하지 않을 수 없었다. 그리고 그들 사이에서 오다 가의 사신을 승자처럼 맞이하는 분위기가 느껴졌다.

사자인 후와 가와치노카미는 성의 큰 객실에서 나가마사와 마주 앉았다. 그를 바라보는 눈길들이 빙 둘러쳐진 장막을 따라 노골적으로 적의를 드러내고 있었다. 그리고 부상당한 손을 천으로 감아 목에 걸고 있는 사람들이 무서운 얼굴로 가와치노카미를 응시하고 있었다. 가와치노카미는 그 속에서 극히 온후한 태도를 보였다. 그는 무장이라는 사실이 믿어지지 않을 만큼 온화한 인품을 지닌 인물이었다.

"주군인 노부나가 님의 말씀을 그대로 전하도록 하겠습니다. 나가마사 님께서 분해하고 계실 거라고 말씀하셨습니다."

"전쟁터이니, 그런 입에 발린 말은 그만두고 용건만 말하시오."

"주군이신 노부나가 님께서도 아사쿠라 가에 대한 의리에 경탄을 금치 못하고 계십니다. 하지만 그것은 아사쿠라 가가 존립할 때의 일이라며, 에치젠이 멸망하고 에치젠과 깊은 관계였던 아시카가 장군도 교토를 멀리 떠나 모든 은원恩怨이 과거의 일이 되었는데 오다와 아사이 두 가문이 싸울 이유가 있느냐고 말씀하셨습니다. 더군다나 매형과 매제 사이에 싸울 필요가 있느냐고 하셨습니다."

"그것은 매번 듣던 이야기에 불과하오. 화친을 청하는 것이라면 몇 번을 찾아와도 거절할 것이오. 그러니 더 이상 쓸데없는 말은 마시오."

"실례되는 말이지만 이젠 성을 열 수밖에 없을 것입니다. 지금까지 싸우셨으니 무문의 면목을 충분히 세운 거나 다름없습니다. 떳떳하게 성지를 양도하시고 후일의 안위를 강구하시는 게 어떻겠습니까? 그렇게 하신다면 노부나가 님께서도 결코 소홀히 대하지 않을 것이고 야마토 일국을 맡기실 것입니다. 노부나가 님께서는 진심으로 나가마사 님을 걱정하고 계십니다."

나가마사가 세객의 말을 비웃으며 말했다.

"그러한 교언에 현혹될 내가 아니라고 오다 님께 전하시오. 이 성을 건넬 일은 결코 없을 것이오. 또 오다 님이 걱정하시는 것은 이 나가마사가 아니라 육친인 동생일 것이오."

"아닙니다. 그건 잘못 알고 계신 것입니다."

"뭐라고 하든 나는 아내의 연줄에 매달려 목숨을 보존하려는 생각이 추호도 없으니 돌아가 그리 전하시오. 그리고 아내인 오이치도 지금은 노부나가의 동생이 아니라는 사실을 오다 님이 깨달을 수 있도록 잘 말씀드리는 것이 좋을 것이오."

"그럼 무슨 일이 있어도 이 성과 운명을 함께할 생각이십니까?"

"나를 비롯한 오이치도 그리 각오하고 있소."

"……어쩔 수가 없군요."

후와 가와치노카미는 더 이상 아무 말도 하지 않고 인사를 하고 돌아갔다. 그 뒤 성안에는 절망 이상으로 일종의 침울하고 공허한 분위기가 감돌았다. 화친을 청하러 온 사자에게 평화를 기대했던 장수와 병사 들이 낙담한 탓도 있었지만, 그때까지 죽음을 각오하고 있던 사람들이 혹시나 살 수 있을지 모른다고 생각한 탓도 있었다. 그러다 보니 사람들은 쉽게 이전과 같은 상태로 돌아가지 못했다.

성안이 침통해진 데에는 또 다른 이유가 있었다. 전시 중이었지만 나가마사의 부친인 히사마사의 임시 장례가 치러진 다음 날까지 본성 안쪽에서 독경을 읊는 소리가 들렸기 때문이다. 오이치를 비롯한 네 명의 아이들도 그날부터 모두 하얀 비단 의복을 입고 검은색 허리띠와 머리끈을 매고 있었다. 그 모습은 죽음을 각오하고 있는 가신들의 눈에도 너무나 애달프게 보였다. 거기에 다시 얼마 전, 성 밖으로 나갔던 정신사의 유잔이 골짜기 안쪽에서 인부의 등에 석탑을 지고 돌아왔다. 석탑에는 나가마사의 생전 계명이 새겨져 있었다.

덕승사전천영종청대거사 德勝寺殿天英宗清大居士

8월 27일 전날 밤, 나가마사는 석탑을 성안의 대현관에 세워놓고 향로와 붓순나무 꽃 등을 바치고 생전 장례식을 거행했다.

"본성의 성주, 아사이 나가마사 님께서는 무문의 명성을 다해 지는 꽃처럼 장렬한 최후를 고하셨소. 제사譜士들께서는 대대로 은혜로 보살펴준 주군께 삼가 받들어 하직 인사를 고하도록 하시오."

유잔이 사람들에게 그렇게 고하는 동안 나가마사는 정말로 죽은 사람처럼 석탑 뒤에 앉아 있었다. 무사들은 처음에는 '이렇게까지 하지 않아도'라고 말하듯 석연치 않은 표정으로 웅성거렸다. 하지만 오이치와 아직 어린아이들이 차례로 분향을 하고 일족들도 차례로 분향을 하는 동안 여기저기서 흐느껴 우는 소리가 들려왔다. 큰 방을 가득 채운 남자들은 모두 눈을 감은 채 고개를 숙이고 있었다.

"자, 날이 새기 전에 석탑을 물속에 넣으러 가시오."

식이 끝나자 유잔 화상이 앞장서서 비석을 짊어진 몇 명의 무사를 이끌고 성 밖으로 나갔다. 그리고 산기슭 쪽으로 내려가더니 호숫가에서 작은 배를 타고 치쿠부시마竹生島에서 동쪽으로 팔 정 정도 간 곳에서 비석을 호수 밑으로 던지고 돌아왔다.

"생전 장례식도 끝났다. 이젠 성안의 장병들도 내 결의를 깨닫고 모두 결사의 각오를 했을 것이다. 자, 언제든지 오너라. 내 최후의 날이여."

나가마사는 자신을 향해 다가오는 죽음에 대해 그렇게 분연히 외쳤다. 그 역시 단순한 무장이 아니었다. 화친에 희망을 걸고 있던 일부 병사들의 느슨해진 마음을 놓치고 있지 않았다. 그가 치른 장례식은 성안의 분위기를 일신하는 데 효과가 있었다.

"주군께서 직접 결사의 결의를 보여주신 이상."

모두 옥쇄를 결심했다.

"여기까지다."

"죽는 것이다."

모두 그렇게 각오했다. 비장한 나가마사의 결의가 그대로 가신들에게 투영되었고 병사들의 결의를 떨쳐 일으키려는 그의 책략은 분명 성공적이었다. 하지만 그는 범장凡將은 아니었다. 그렇다고 걸출한 무장의 그릇도 아니었다. 나가마사는 병사들이 기뻐하며 죽음을 맞이하게 할 방법을 몰랐다.

손자가 말하는 병법의 극치는 병사들이 기뻐하며 죽을 수 있게 하는 데 있었는데 그는 그런 경지까지 이르지 못했다. 그의 병사들도 대대로 지위의 고하를 막론하고 죽는 것을 기피하지 않았다. 하지만 죽는 보람을 크게 느끼지 못했다는 데에는 의심의 여지가 없었다.

이제 죽으려고 하는 무사들은 '죽는 보람'을 느끼고 '기뻐하며 죽을 수 있는 싸움' 외에 바라는 게 없었다. 또 그것은 인간의 희망 중 최대치이자 마지막 가치였다. 무사들이 얼마나 그것을 열망하고 있는지 상상하기란 어렵지 않았다. 따라서 예부터 명장은 반드시 그와 같은 병사들의 갈망을 허되게 하지 않았다. 싸움에 임하기 전에 그런 의의와 정의가 없다면 싸우지 않는 것이 병법이었다. 그런 점에서 나가마사의 가신들은 다소 결의가 부족했을 것이다. 그 역시 그들이 섬긴 대장의 의지로 어쩔 수 없이 단념하고 싸움에 임할 수밖에 없었던 것이다.

병사들은 이제 적의 총공격만을 기다리고 있었다. 그런데 그날도 적들은 소총도 한 발 쏘지 않았다. 늦가을 아름다운 산의 풍광과 구름이 흘러가는 파란 하늘이 결사의 각오를 둔감하게 만들고 있었다.

"왔다!"

　　점심 무렵, 성문을 지키는 병사가 고함쳤다. 부근의 총안이나 석축 위로 보이는 철포들이 철컥 소리를 내며 표적을 찾기 위해 분주히 움직였다. 그런데 왔다는 적은 단 한 명이었다. 그것도 저편에서 더없이 태평한 걸음걸이로 오고 있었다. 사자라면 적어도 시종을 한 명 거느린 채 말을 타고 오기 마련이었다. 그러다 보니 성병들은 의심스런 눈초리로 적병이 다가오는 것을 바라볼 수밖에 없었다. 그때 부장이 철포를 겨누고 있는 병사에게 외쳤다.

　　"역시 사자로 가장한 적장이다. 한 발 쏘아라."

　　위협을 가하라는 명이었는데 서너 명이 동시에 철포를 쏘아댔다. 그러자 사자가 깜짝 놀라 그 자리에 멈춰 서더니 금색 바탕에 붉은 동그라미가 그려진 부채를 머리 위로 펼치며 큰 소리로 외쳤다.

　　"멈춰라. 기노시타 도키치로를 철포로 쏘다니. 너희 성주인 나가마사 님께 말씀을 드리고 난 연후에 그리해라. 나를 쏘아 죽인다고 해서 아사이가 싸움에서 이길 수 있는 것도 아니니 나중에 후회할 짓을 하지 마라."

　　도키치로는 그렇게 말을 하는 동안 벌써 성문 아래까지 달려왔다.

　　"오다 가의 기노시타께서는 무엇 하러 왔는가?"

　　아사이 쪽 부장이 도키치로의 의도를 의심하며 아래를 향해 외치자 도키치로가 성문을 올려다보며 외쳤다.

　　"일족의 누구라도 좋으니 안쪽에 말을 전해주기 바라오."

　　무언가 자신들끼리 의논하는 듯한 소리가 들려오더니 얼마 뒤 아사이 쪽 부장이 얼굴을 내밀고 말했다.

　　"소용없소. 무엇 때문에 왔는지 모르지만 말을 전해줄 수 없소. 분명 노부나가 님의 명을 받고 세객으로 왔을 터. 소용없는 짓이니 돌아가시오!"

"닥쳐라! 가신의 신분으로 주인의 의향도 묻지 않고 주인의 객을 쫓아버리는 법이 어디 있는가. 이미 함락된 것이나 마찬가지인 이 성을 빼앗고자 일부러 시간과 공을 들여 세객을 보내거나 술수를 부릴 바보가 어디 있겠는가."

도키치로는 허세를 부리며 다시 말을 이었다.

"내가 온 것은 노부나가 님을 대신해서 나가마사 님의 위패에 분향을 하기 위해서다. 듣기로 나가마사 님께서는 이미 죽을 각오를 하고 생전 장례까지 치르고 비석을 비와 호에 수장하셨다 하는데, 생전 인연을 생각하면 향 하나쯤 올리는 것은 당연한 일 아니겠는가. 아니면 이젠 그런 예의나 정의를 나눌 여유도 없는 것인가? 그것도 아니면 나가마사 님을 비롯한 그대들의 각오는 얄팍한 속임수에 지나지 않는 것인가. 혹은 허세나 겁쟁이들의 객기란 말인가?"

부장은 부끄러웠는지 대꾸도 하지 않더니 이윽고 성문 한쪽을 살짝 열고 말했다.

"노직인 후지카케 미카와노카미 님도 괜찮다면 말씀을 전하겠소?"

그리고 부장은 다짐을 받듯 덧붙였다.

"주군인 나가마사 님은 절대 만나지 않을 것이오."

"나도 나가마사 님을 이미 돌아가신 분으로 여기고 있으니 억지로 강요하지 않겠네."

도키치로는 고개를 끄덕이며 말하고는 좌우를 살피지도 않고 성안으로 들어갔다. 도키치로가 너무나 태연하게 적진 안으로 들어오자 위협적인 표정으로 창을 겨누고 있던 아사이 가의 병사들은 맥이 빠지고 말았다. 도키치로는 안내하는 부장을 따라 중문까지 꽤 긴 언덕길을 무심한 표정으로 올라갔다. 대현관에 이르자 나가마사의 일족으로 노직을 맡고 있는 후지카케 미카와노카미가 마중을 나와 있었다.

"이거 오랜만에 뵙습니다."

도키치로가 평시와 다르지 않는 가벼운 마음으로 인사를 건네자 안면이 있던 미카와노카미도 친근하게 인사를 했다.

"참으로 오랜만입니다. 지금과 같은 상황에 이런 복장으로 만나 뵙다니 마치 꿈인 듯합니다."

과연 노장의 얼굴은 성문에 있던 병사들의 살기를 띤 얼굴과 달랐다.

"오이치 님이 이곳으로 시집오실 때 뵙고 그동안 뵙지 못했으니 실로 오랜만입니다."

"그렇군요. 그 이후로 처음이군요. 그때는 오이치 님의 가마를 마중하기 위해 제가 기후까지 갔었지요."

"모두 경사스럽던 그날을 기뻐했는데 오늘 두 가문이 이렇듯……."

"숙명이라고밖에 할 수 없을 듯합니다. 하지만 지난날 난세의 흥망을 돌아보면 이것도 무문에게 있어 드문 일이라고 할 수 없을 것입니다. 자, 이쪽으로 오십시오. 느긋하게 이야기를 나눌 수는 없지만 차 한 잔 대접하겠습니다."

마카와노카미는 앞장을 서서 정원에 있는 다실로 도키치로를 이끌었다. 백발이 성성한 무장의 뒷모습에는 과연 생사를 초월한 듯한 침착함이 엿보였다.

어린 인질

한 동의 다실이 있었다. 나무 사이 통로를 지나 그곳에 앉자 새로운 세상으로 들어온 듯했다. 주객 모두 한동안 청초한 자연과 고적한 다실의 법도에 둘러싸인 채 피비린내 나는 세상에서 벗어나 있었다.

가을 끝 무렵이라 나뭇잎들이 다실 안으로 날려 들어왔지만 화로 주변과 마루에는 티끌 하나 없었다.

"근래 오다 님의 가신들이 차에 빠져 있다고 들었습니다만……."

후지카케 미카와노카미는 국자를 쥐고 솥을 바라보며 온화한 말투로 물었다. 그의 다도 예법을 보고 도키치로가 황망히 말했다.

"주군이신 노부나가 님을 비롯해 모두들 소양이 깊지만 저는 다도에 대해 아무것도 모르고 그저 마시는 것만 좋아합니다."

"상관없습니다."

미카와노카미는 무장의 복장으로 여인과 같이 세심하게 차를 달인 뒤 찻솔로 찻잔의 차를 저었다. 하지만 갑주를 차고 있는 손과 몸은 전혀 불편해 보이지 않았다. 오히려 녹이 슨 주전자와 찻잔밖에 없는 일실에 노장의 옷차림은 하나의 장식처럼 보였다.

'좋은 사람을 만났다…….'

도키치로는 마음속으로 차보다 미카와노카미를 만나게 된 것을 더 기뻐했다. 그리고 노부나가가 그렇듯 어떻게 하면 성안의 오이치를 구해낼 수 있을까 고뇌했다. 이제까지 오다니 성을 공략하기 위한 모든 계책에 자신의 지모가 작용한 만큼 이 문제에 대해서도 책임감을 느끼고 있었던 것이다.

언제라도 마음먹기만 하면 성을 함락시킬 수 있었지만 섣불리 공격할 경우 오이치를 잃을 수도 있었다. 게다가 성주인 나가마사는 이미 내외적으로 결사를 표명하고 있었고 그의 아내인 오이치도 남편을 따라 목숨을 버릴 각오를 하고 있다고 했다. 네 명의 아이를 둔 오이치만 무사히 구출하는 것은 아무래도 노부나가의 무리한 바람일 수밖에 없었다. 하지만 도키치로는 지금 그 임무를 짊어지고 이곳에 와 있는 것이었다.

"변변치 않지만 한잔 드시지요."

미카와노카미가 화로 앞에서 찻잔을 내밀었다. 도키치로는 무릎을 꿇고 찻잔을 들어 세 모금 정도 마셨다.

"참으로 맛이 좋습니다. 빈말이 아니라 오늘만큼 차가 맛있던 적은 없었습니다."

"그렇습니까? 그럼 한 잔 더."

"아닙니다. 입안의 갈증은 가셨습니다. 그런데 심중의 갈증은 아무래도 가시지 않습니다. 미카와 님과는 이야기가 통할 듯합니다. 제 의논 상대가 되어주지 않으시겠습니까?"

"저는 아사이 가의 신하, 도키치로 님은 오다 쪽 사자. 그 입장을 분명히 한 뒤에 듣도록 하겠습니다."

"나가마사 님을 뵙고 싶은데 어떻게 생각하시는지요?"

"그 문제에 대해서는 이미 성문에서 거절한 줄로 알고 있습니다. 도키치로 님도 나가마사 님을 만나지 않겠다고 하지 않았는지요? 그런데 이 자리에서 다른 말씀을 하시는 것은 보기 좋지 않습니다. 또 만나게 해드릴 수도 없습니다."

"살아 계신 나가마사 님을 만나려는 것이 아닙니다. 노부나가 님을 대신해서 나가마사 님의 혼백에 절을 하겠다고 말씀을 드리는 것입니다."

"궤변은 그만두시지요. 설사 말씀을 드린다고 해도 나가마사 님이 만나겠다고 할 리가 없습니다. 지금과 같은 시기에 차 한잔 대접한 게 저로서는 무문 최고의 예를 취한 것입니다. 부끄러움을 안다면 그만 돌아가십시오."

미카와노카미는 단호했다.

'목적을 이루기까지는!'

도키치로는 속으로 그렇게 되뇌며 인내심으로 침묵을 지켰다. 단호한 노장을 상대로 어설픈 연설을 늘어놓으면 득이 될 게 없었다.

"자, 그만 일어서지요. 돌아가시는 길을 안내하겠습니다."

미카와노카미가 재촉하자 도키치로가 무뚝뚝한 표정으로 다른 곳을 바라보았다. 그러더니 아무 대답도 하지 않고 직접 차를 한 잔 만들어 마신 뒤 차 도구를 부엌 쪽으로 물리고 대답했다.

"죄송하지만 잠시 더 머물게 해주십시오."

도키치로는 움직이지 않았다. 아니, 한 발짝도 움직일 수 없다는 표정이었다. 그러자 미카와노카미가 다소 경멸하는 듯한 말투로 말했다.

"아무리 계셔 봤자 헛수고일 것입니다."

"꼭 헛수고라고만 할 수 없습니다."

"저는 두말하지 않습니다. 여기에서 무엇을 하려는 것입니까?"

"솥의 물이 끓는 소리를 듣고 있습니다."

"물이 끓는 소리? 하하하, 도키치로 님은 다도를 모른다고 하지 않았소이까."

"다도는 모르지만 저 소리는 참으로 마음을 유쾌하게 해줍니다. 오랫동안 진을 치고 싸움 소리나 말의 울음소리만 듣고 있어서인지 더없이 마음을 편하게 해줍니다. ……잠시, 이곳에 혼자 앉아 있게 해주십시오. 그동안 깊이 생각도 하시고."

"아무리 생각을 한들 나가마사 님을 만나는 것은 물론 이곳에서 본성 쪽으로 단 한 발도 옮길 수 없을 것입니다."

미카와노카미의 말에 도키치로는 아무 대답도 하지 않고 화롯가에 무릎을 대고 연신 감탄을 하며 솥을 바라보았다. 그는 솥을 아시야가마蘆屋釜[109]에서 만들었는지, 아니면 고텐묘古天明[110]에서 만들었는지 알지 못했다. 그저 문득 흥미롭게 본 것은 녹이 슨 솥의 표면에 새겨져 있는 원숭이 조각이었다. 사람인지 원숭이인지 실로 애매모호한 작은 동물이 나뭇가지를 네 발로 지탱하며 방약무인한 자태로 애교를 부리고 있었다.

'누구를 닮았군.'

도키치로는 쓴웃음을 금치 못했다. 마쓰시타 카헤의 저택을 나와 먹지도 못하고 잠잘 곳도 없이 산천을 소요하던 무렵 자신의 모습이 문득 떠올랐다. 옆방에 숨어서 상황을 엿보고 있는지, 아니면 어찌할 수 없어서 문밖으로 나가버렸는지 미카와노카미는 어느새 그곳에 없었다.

"참으로 재미있군. 재미있는 물건이군."

도키치로는 솥과 이야기를 하는 듯 혼자 고개를 젓고 있었다. 그러면서도 절대로 돌아가지 않을 방법을 생각하고 있었다. 그러자 어딘가

109 후쿠오카福岡 현의 아시야마치芦屋町에서 만들었으며, 차를 내리는 물을 끓이는 솥인 차노유가마茶湯釜.
110 도치기栃木 현의 사노佐野 시에서 만든 솥.

에서 쿡쿡 웃는 사람이 있었다. 희희낙락 웃다가도 때론 웃음을 참는 소리가 새어나왔는데 어쨌든 밝고 천진난만한 웃음소리였다. 도키치로의 귀가 그 소리를 놓칠 리 없었다.

도키치로는 다실 울타리 쪽을 유심히 바라보았다.

"저기 봐. 정말 쏙 빼닮았지?"

"정말로 원숭이 같아."

"누굴까?"

"분명 히에比叡의 사자일 거야."

두 아이의 눈이 보였다. 솥의 조각에 친근감을 느끼고 바라보는 도키치로의 얼굴을 울타리 밖에서 엿보며 재미있어 하는 어린아이들이었다.

"응?"

도키치로는 순간 환희를 느꼈다. 나가마사와 오이치의 아이들 중 만쥬와 차차가 분명하다고 직감했던 것이다.

"저 봐. 웃고 있어."

도키치로가 씽긋 웃어주자 울타리 틈새로 엿보고 있던 만쥬와 차차가 속삭이더니 더 낮은 소리로 말했다.

"원숭이가 웃었다."

도키치로는 그 소리를 얼핏 듣고 이번에는 노려보는 흉내를 냈다.

"이놈!"

그것은 웃음보다 훨씬 더 효과가 있었다. 만쥬와 차차는 재미있는 아저씨라는 생각이 들었는지 울타리 틈새로 말이 입술을 까뒤집는 것처럼 이를 드러내 보였다. 그래도 도키치로가 웃지 않고 노려보고 있자 둘도 노려보기 시작했다. 눈싸움이 시작된 것이다.

"야아, 웃었다!"

만쥬와 차차가 기뻐하며 외쳤다. 도키치로는 머리를 긁적이며 같이 놀자는 것처럼 손짓과 표정으로 유혹했다.

"재미있는 아저씨다……."

두 아이는 도키치로의 손짓에 이끌려 사립문을 열고 안으로 들어왔다.

"뭐 해요?"

"아저씨, 어디에서 왔어요?"

도키치로는 마루에서 내려가 짚신 끈을 매고 있었다. 만쥬가 손에 들고 있는 참억새 끝으로 도키치로의 목을 간질였다. 도키치로는 간지러움을 참으며 양손으로 짚신 끈을 다 묶었다. 아이들은 그가 몸을 편 순간의 표정에서 무언가를 느낀 듯 갑자기 도망치려고 했다.

"앗!"

도키치로는 그렇게 외치며 달려들어 한 손으로 만쥬의 옷깃을 붙잡았다. 그리고 왼손으로 차차를 붙잡으려고 했다. 그러자 차차가 큰 소리로 외쳤다.

"무서워!"

차차는 고함을 치며 도망쳤다. 붙잡힌 만쥬는 너무 놀란 나머지 목소리도 나오지 않는 모습이었다. 도키치로 발아래 벌렁 자빠져 도키치로의 얼굴을 거꾸로 올려다본 순간에야 만쥬는 비명을 질렀다.

"캬악!"

만쥬의 비명과 저편에서 울고 있는 차차의 목소리를 가장 먼저 들은 사람은 도키치로를 혼자 다실에 남겨두고 밖으로 나간 후지카케 미카와노카미였다. 미카와노카미가 한걸음에 달려와 무의식적으로 칼잡이를 잡으며 소리쳤다.

"네 이놈!"

도키치로는 만쥬 위에 올라타더니 오히려 미카와노카미에게 주의
를 주었다.

"조심하시오!"

미카와노카미는 칼을 빼들고 달려들려다 도키치로의 손을 보고 멈
칫했다. 만쥬의 목을 찌르는 것은 아무 일도 아니라는 듯한 그의 손과
눈빛에 덜컥 가슴이 내려앉았던 것이다. 침착하고 용맹한 노장의 얼굴
이 흙빛으로 변했고 하얀 귀밑머리가 곤두섰다.

"네 이놈, 어린 분을 붙잡고 무엇을 하는 것이냐!"

울부짖는 목소리였다. 미카와노카미는 후회와 분노로 몸을 떨면서
조금씩 다가갔다. 미카와노카미가 데리고 있던 무사들도 그 광경을 보
고 절규하며 소리쳤다.

"큰, 큰일이다!"

"모두 나와라!"

엉엉 울면서 도망친 차차를 통해 안쪽에까지 상황이 전해지자 순식
간에 무사들이 새카맣게 무리를 지어 달려왔다. 그들은 만쥬의 목에
단도를 댄 채 주위를 노려보는 도키치로를 철통같이 둘러쌌지만 도키
치로의 손에 들린 칼과 눈빛에 당황해 그저 멀리서 소리만 지를 뿐 어
찌할 방도를 찾지 못하고 있었다.

"후지카케 님, 미카와 님."

도키치로는 무리들 중 한 명을 바라보며 외쳤다.

"어떻게 됐소? 대답은? 심히 거친 방법이지만 저로서는 제 주군을
욕보이게 하지 않으려면 이렇게 하는 수밖에 없었습니다. 분명하게 답
을 하지 않으면 만쥬 님을 죽일 수밖에 없습니다."

도키치로가 눈을 크게 뜨고 응시하며 다시 말했다.

"후지카케 님, 당신은 무엇을 위해 다도를 즐기고 계시오? 이곳은

차를 즐기는 곳이 아니오? 방금 전 당신께 이곳에서 다도를 배워 나는 그리 믿고 있었소. 이미 살아서 돌아가기를 포기한 나를 이리 둘러싸도 소용없는 일이오. 다실에서 나눈 이야기의 결론은 우리 둘로 족할 것이니 모두 물리시오. 그런 뒤에 담판을 지읍시다."

"……."

"아직도 상황을 모르시겠소? 나를 죽이고 적자를 무사히 구해내는 것은 어차피 어려운 일일 것이오. 그것은 노부나가 님이 이 오다니 성을 함락시키고 오이치 님을 무사히 구출하려는 것과 똑같은 일이오. 나를 철포로 쏘려고 하면 이 칼이 목을 관통할 것이오."

도키치로는 아까부터 혼자 말을 하고 있었다. 그러면서도 그는 적들의 움직임을 예의 주시하고 있었다.

"……."

아무도 움직일 수 없었다. 특히 미카와노카미는 자신의 책임을 통감하면서 도키치로의 말에 귀를 기울였다. 이윽고 그는 한때의 충격에서 벗어나 다실에서 보여준 침착한 모습을 되찾은 듯했다. 미카와노카미가 무사들에게 손짓을 하며 말했다.

"모두, 물러가라. 여기는 내게 맡기고 저편으로 물러가 있어라. 내 목숨과 바꾸는 한이 있더라도 어린 주군을 다치게 하지 않을 것이다. 모두 자리로 돌아가라."

그리고 도키치로를 향해 말했다.

"원하는 대로 모두를 물렸소. 그러니 만쥬 님을 내게 보내주시오. 그런 행동은 그만두고 신의로써 이야기합시다."

"아니 되오!"

도키치로는 머리를 세차게 흔들며 말했다.

"나는 지금 나가마사 님의 소중한 존재를 빼앗았소이다. 하지만 신의를 말한다면 무엇을 의심하겠소이까. 어린 주군을 돌려드리겠소. 하지만 나가마사 님에게 돌려드리고 싶소. 나가마사 님 내외분을 반드시 뵐 수 있도록 해주겠소이까?”

조금 전에 물러간 무사들 사이에 나가마사가 있었다. 멀리서 지켜보고 있던 나가마사가 도키치로의 말을 듣고는 자제심을 잃고 달려왔다.

“나가마사는 여기 있다. 아무것도 모르는 어린아이의 생명을 위협해서 자신의 주장을 관철하는 것은 비열하다. 그대가 오다 가의 장수인 기노시타 도키치로라면 그러한 간계를 부끄럽게 여겨라. 어쨌든 만쥬를 이쪽으로 보낸 뒤 이야기하라.”

“오, 나가마사 님. 계셨군요.”

나가마사가 격노하며 말했지만 도키치로는 전혀 개의치 않고 공손하게 인사를 했다. 하지만 그는 여전히 만쥬의 위에 올라타서 단검을 겨누고 있었다.

“기노시타 님, 칼을 거두시오. 주군께서 직접 말씀하셨으니 부족함은 없을 것이오. 만쥬 님을 제게 보내주시오.”

후지카케 미카와노카미가 떨리는 목소리로 말했다. 도키치로는 그 말을 흘려들으며 나가마사 쪽을 응시했다. 나가마사의 창백한 얼굴과 눈을 물끄러미 응시하던 도키치로가 이윽고 길게 탄식하며 말했다.

“아아, 그대에게도 육친의 애정이 있었구려. 가련한 자를 불쌍히 여기는 마음이 있었구려. 나는 그것을 전혀 알지 못했소이다.”

“그대는 저 어린것을 죽일 셈인가?”

“애초부터 그럴 생각은 없었소. 하지만 육친인 그대에게 아무런 애정이 없다고 한다면…….”

“자식을 사랑하지 않는 부모가 어디 있겠는가!”

“그렇습니다. 설사 금수라고 해도.”

　도키치로는 나가마사의 말을 긍정하며 말을 이었다.

　"그렇다면 내 주군인 노부나가 님이 오이치 님을 구출하고 싶은 마음에 이 작은 성 하나를 공격하지 못하고 있는 것도 어리석은 일이라고 비웃지 못할 것입니다. 그럴진대 오이치 님의 부군인 나가마사 님은 어떻습니까? 노부나가 님의 약점을 잡고 가련한 모자에게 억지로 이 성의 운명과 함께하라고 하지 않습니까? 그것은 지금 내가 이렇게 만쥬 님을 깔고 앉아 목에 칼을 댄 채 나가마사 님께 이야기하고 있는 것과 똑같은 일일 것입니다. 내 행동을 비겁하다고 하기 전에 자신의 전략이 비열하지 않은지, 잔인하지 않은지 깊이 생각해보시길 바랍니다."

　도키치로는 그렇게 말하며 만쥬의 위에서 내려왔다. 그리고 만쥬를 안아 일으켰다. 그제야 나가마사는 안도의 한숨을 내쉬었다. 도키치로는 급히 나가마사에게 다가가 만쥬를 건네고 발밑에 무릎을 꿇었다.

　"마음에도 없었던 조금 전의 행패와 무례를 용서해주십시오. 그런 방법을 취할 수밖에 없었던 것도 어떻게 해서든 주군의 뜻을 받들기 위해서였습니다. 또 이미 무장으로서 천지에 각오를 밝힌 아사이 나가마사 님이 후대까지 오명을 남길까 봐 걱정하는 마음에서 한 일이었습니다. 그러니 부디 제 마음을 헤아리시어 오이치 님과 자제분들을 전쟁터에서 내보내주시기 바랍니다. 뛰어난 무장은 남들보다 자비심이 크다고 알고 있습니다. 이 도키치로가 이렇게 간청합니다. 가련하신 오이치 님과 앞날이 전도양양한 어린 자제분들을 위해 나가마사 님의 대승적인 결단과 큰 사랑이 있기를 간절히 청합니다."

　도키치로는 적장인 나가마사에게 호소하는 것이 아니었다. 오로지 사람의 양심에 대고 자신의 진정성을 호소했다. 그가 두 손을 가슴에 모으고 나가마사를 올려다보는 것도 결코 거짓이 아니었다. 자연스럽게 두 손을 하나로 모으고 있었던 것이다.

“…….”

나가마사는 우뚝 서서 묵연히 눈을 감고 팔짱을 낀 채 그의 말을 듣고 있었다. 그 모습은 갑주를 찬 불상 같았다. 도키치로는 합장한 채 여전히 무릎을 꿇고 있었다, 그가 이 성에 들어올 때, 공언한 대로 살아 있는 나가마사의 영정 앞에 회향을 하고 있는 것과 같은 모습이었다. 오직 기원하는 마음과 오직 죽으려고 하는 마음인 두 사람의 마음은 그 순간 서로 통했다. 적과 아군이라는 구분도 사라지고 나가마사가 노부나가에게 품고 있던 감정과 반감과 같은 일체의 망념도 나가마사의 모습과 마음에서 한 줌의 티끌처럼 하늘 높이 날아가고 있었다.

“나가카쓰永勝(미카와노카미)…….”

“옛.”

“기노시타 님을 안으로 맞아들여 대접하도록 하라. 일 각 정도 작별 인사를 고하고 싶으니, 그사이에.”

“작별 인사라고 하시면?”

“오이치와 아이들에게 이승에서의 작별 인사를 하고 싶네. 이미 죽을 결심으로 장례까지 치른 몸이나 살아서의 이별은 죽어서의 이별보다 괴롭다고 하더군. 노부나가 님의 사자, 그 정도 시간은 허락해주시게.”

“예?”

도키치로는 깜짝 놀라 얼굴을 들어 나가마사를 바라보았다.

“무슨 말씀을 그리하십니까. 불초 도키치로의 간청을 들어주시고 오이치 님과 자제분들까지…….”

“내 아내와 아이들까지 성과 함께 최후를 맞게 하려고 하다니, 내 생각이 참으로 짧았네. 이미 죽은 몸이라고 마음먹었으면서도 여전히 하찮은 애정과 번뇌에서 벗어나지 못했네. 지금, 그대의 말을 듣고 내 자신이 부끄럽게 여겨졌네. 오이치와 어린아이들의 앞날을 부디 잘 부탁하겠네.”

“제 목숨을 바쳐서라도……”

도키치로는 땅에 이마를 댔다. 그 순간 그의 뇌리에는 기뻐하는 노부나가의 얼굴이 떠올랐다. 이기적인 욕심에서 나온 말은 상대에게 닿을 듯하면서도 닿지 않는 법이지만, 충절에서 우러난 진심은 아무리 어렵게 여겨지는 일이라도 상대의 마음을 움직이는 힘이 있었다. 도키치로는 그것을 절실히 느꼈다.

“그럼 잠시 후에 보세.”

나가마사는 그렇게 말하고 큰 걸음으로 본성 안쪽으로 사라졌다. 미카와노카미는 도키치로를 노부나가의 정식 사자로 맞아 객전 쪽으로 안내하기 위해 다가갔다. 그러자 도키치로가 자리에서 일어났다. 그의 눈썹에서도 안도하는 듯한 기색이 엿보였다. 도키치로가 미카와노카미에게 말했다.

“송구합니다만 잠시 성 밖의 아군에게 신호할 때까지 기다려주실 수 있는지요?”

“신호를?”

미카와노카미는 의아해했다. 그가 의아해하는 것도 무리는 아니었다. 하지만 도키치로는 당연하다는 듯 말했다.

“예. 주군인 노부나가 님의 뜻을 받들어 이곳에 올 때, 이렇게 약속하고 왔습니다. 만일 제가 목숨을 버려서도 일을 성사시키지 못했을 경우, 반드시 성안에서 불을 피워 실패했다는 신호를 보낼 것이니, 주군께서는 최후의 결심을 하시고 일거에 성을 공격하라고 말입니다. 또 다행히 나가마사 님을 뵙고 일을 성사시켰을 때에는 가져온 제 작은 깃발을 성안에 있는 높은 나무에 걸겠다고 말입니다. 어느 편이든 그

때까지는 군사를 움직이지 않고 기다려달라고 말입니다."

미카와노카미는 도키치로의 주도면밀한 일처리에 놀라고 말았다. 아니, 더 놀란 것은 어느 틈엔가 다실의 화롯가에 봉화를 피워 신호를 보낼 구슬을 놓아두었다는 것이다. 도키치로는 성 밖에 신호를 보내고 객전으로 와서는 웃으면서 이야기를 나눴다.

"만일 실패했다고 판단되었을 때에는 다실로 도망쳐서 구슬을 화로 안에 넣을 생각이었습니다. 아마 그리했다면 그것이야말로 다도에 대한 모욕이 될 뻔했습니다. 하하하."

롯카쿠 가문(六角家)과 하타케야마 가문(畠山氏)이 반미요시 전선을 형
성하여 미요시 가문(三好氏)과 벌인 전투이다. 미요시 나가요시(三好長
慶)의 동생 미요시 짓큐(三好実休)가 전투 도중에 전사하여 미요시 정권
이 흔들리기 시작한 원인이 되기도 했다.

● 히라노 나가야스 平野長泰·1559-1628

도요토미 히데요시(豊臣秀吉)의 가신으로 시즈가타케 칠본창의 1人이다. 히데요시 사후엔 도쿠가와 이에야스의 아이즈 정벌에 종군했다. 세키가하라 전투(関ヶ原の戦い)에서 동군에 참가하였으나, 정작 전투엔 늦는 바람에 딱히 공을 세우진 못했다.

무사 회합

도키치로는 다다미 열다섯 장이나 되는 방에 홀로 덩그러니 앉아 있었다. 후지카케 미카와노카미는 이곳으로 도키치로를 데려오더니 잠시 기다리라는 말만 하고는 일 각 반이 지나도록 오지 않았다.

"오래 걸리는군."

지루할 수밖에 없었다. 사람의 기척도 없는 큰 방의 격천장에는 어느덧 해질녘 그림자가 짙게 드리워져 있었다. 방 안은 등불이 필요할 만큼 어두운 데 비해 성 밖 먼 산은 늦가을 붉은 석양빛을 받아 반짝이고 있었다. 도키치로 앞에 놓인 과자를 담는 굽이 있는 그릇에 과자는 하나도 없이 종이만 남아 있었다. 이윽고 사람의 발기척이 들리더니 차 시중을 드는 사람이 찻잔을 가지고 왔다.

"전쟁 중이라 아무것도 없습니다만 주군께서 야식을 올리라고 하셔서 곧 상을 올리겠습니다."

그는 그렇게 말하고 두 곳 정도에 촛불을 두었다.

"야식은 필요 없소이다. 그보다 후지카케 미카와노카미 님을 뵙고 싶으니 이리 불러주시오."

"알겠습니다."

그가 자리를 뜨고 곧 미카와노카미가 안쪽에서 모습을 보였다. 그의 모습은 얼마 시간이 흐르지 않은 사이에 십 년 치 백발이 늘어난 듯 힘이 없었고 눈가는 눈물을 흘린 듯 젖어 있었다.

"이거 정말 실례가 많습니다. 저 혼자 이렇게 오랫동안……."

"아닙니다. 평소에 예의에 소홀함이 없는 분이 어찌 된 일인지 가족 분들과는 벌써 작별 인사를 끝내셨는데……. 날도 벌써 지고 있는데 걱정입니다."

"옳은 말씀입니다. 아까 나가마사 님께서도 그처럼 흔쾌히 말씀하셨습니다만 가족분들과 생이별을 하려 하시니, 아무래도……."

미카와노카미는 고개를 숙이고 손끝으로 눈을 지그시 눌렀다. 도키치로도 문득 눈가가 뜨거워져 시선을 어디에 둬야 할지 몰라 했다.

"특히 오이치 님께서는 끝까지 주군의 곁을 떠나지 않겠다며, 성을 나가 노부나가 님의 곁으로 돌아갈 마음이 없으시다며……."

"아마도 그럴 것입니다."

"제게도 호소하셨습니다. 본인께서는 시집올 때, 이미 이 성을 무덤으로 생각하고 시집오셨다고. 그런 두 분의 말씀을 들은 차차 님도 어린 마음에 무슨 뜻인지 이해하신 듯 어머니와 함께 울면서 왜 헤어져야 하는지, 왜 아버지는 죽어야 하는지……. 도, 도키치로 님, 용서하십시오. 이런 모습을 보여드려서……."

미카와노카미는 종이로 얼굴을 감싸더니 기침을 하며 엎드려 울었다. 그 모습에 도키치로는 군신의 정을 느꼈다. 그리고 나가마사의 심중과 오이치의 비탄을 충분히 헤아리고도 남았다. 남들보다 눈물이 많은 도키치로는 이내 눈물을 흘리며 몇 번이나 코를 풀거나 천장을 올려다보았다. 그러면서도 바로 지금이 중요하다는 사실을 잊지 않았다. 작은 정에 이끌려 사명을 소홀히 하는 것을 경계했다. 그는 눈물을 훔치고 이렇게 요구했다.

"기다리라고 약조하셨지만 무작정 기다릴 수만은 없습니다. 언제까지 기다리라고 시간을 정해주셨으면 합니다."

"알겠습니다. 그럼 제 생각입니다만 오늘 밤 해시亥時까지 기다려주시길 바랍니다. 해시가 되면 반드시 오이치 님과 자제분들을 성 밖으로 나갈 수 있게 하겠습니다."

도키치로는 더 이상 재촉할 수가 없었다. 그렇다고 해서 한가로이 기다리고 있을 수도 없는 상황이었다. 성 밖에 있는 아군은 나가마사의 대답 여하에 따라 오늘 일몰 전에라도 오다니 성을 공격해 함락시킬 만반의 준비를 마치고 대기하고 있는 참이었다. 낮에 성안에서 작은 깃발을 내걸고 일이 성사됐다는 신호를 보내긴 했지만 그래도 시간이 너무 많이 흐른 상태였다.

성 밖에 있는 노부나가를 비롯한 장수들이 성안의 상황을 알 리가 없었다. 그러다 보니 노부나가가 장수들의 분분한 의견에 둘러싸여 곤란해할 게 분명했다. 도키치로는 그런 주군의 얼굴을 떠올렸다.

"무리도 아닐 것입니다. 해시까지 기다리라고 말씀하셨으니 천천히 석별의 정을 나누도록 하십시오. 그때까지 성의 안위는 제가 책임을 지도록 하겠습니다."

도키치로가 흔쾌히 말하자 미카와노카미가 다시 안으로 들어갔다. 그때는 이미 사위가 어두워져 있었다. 시종과 차 시중을 드는 사람이 차례로 도키치로 앞으로 왔다가 물러갔다. 도키치로 앞에는 전쟁터에서 볼 수 없는 음식과 술이 차려져 있었다.

"그대들도 바쁠 터, 내가 알아서 할 테니 술병과 밥통은 여기에 두고 물러가도록 하시게."

도키치로는 시중들을 물리고 혼자 술을 마시기 시작했다. 엷게 칠을 한 술잔에서 온몸에 가을 정취가 스며드는 듯한 느낌이 들었다.

"……."

한기가 느껴지고 쌉쌀하지만 취할 정도의 술은 아니었다.

"이런 술을 맛있게 먹는 것도 수행이 될 것이다. 길고 긴 몇천 년이라는 시간의 흐름 속에서 보면 죽어가는 자와 살아남는 자의 차이는 한순간일 것이다."

그는 억지로 즐거운 마음을 가지려고 노력했다. 하지만 술을 마실수록 술은 심장에 차갑게 스며들었다. 어딘가에서 훌쩍이며 우는 소리가 온몸을 차갑게 파고드는 듯했다. 오이치의 슬퍼하며 우는 모습과 나가마사의 얼굴과 아이들의 무심한 모습이 자꾸 머리에서 맴돌았다. 본래 도키치로는 다감한 사내였다. 그런 감정이 동하면 남의 일이라도 소리 내서 울고 싶은 기분이 들었다.

'만약 내가 아사이 나가마사였다면' 하고 생각해보기도 했다. 그런데 그렇게 생각하고 나자 기분이 완전히 달라졌다. 평소에 아내인 네네에게 했던 유언이 떠올랐던 것이다.

"언제 어디서 죽을지 모르는 무사의 운명. 내가 죽었을 때 당신이 서른 전이라면 다른 곳으로 시집을 가시오. 하지만 서른이 넘으면 향기가 시들 것이고 인연도 드물 것이오. 하나 인간으로서 인생의 분별력은 깊어질 것이오. 그러니 서른이 넘었다면 당신 스스로 좋은 길을 선택하시오. 시집가라는 말도 가지 말라는 말도 하지 않겠소. 그리고 만약 그동안 아이가 생겼다면 젊든 나이를 먹었든 아이를 본위로 앞날을 도모하시오. 여인의 어리석음에 휘둘리지 마시오. 무슨 일이든 어머니의 입장에서 생각하며 흔들리지 마시오."

도키치로는 홀로 뇌까리며 다시 술 한 잔을 입에 머금었다.

"그렇다. 다른 사람을 생각하는 일이 더 괴로운 법이다. 병가에서는 드문 일이 아니다. 오이치는 살아야 하고 나가마사는 이곳에서 죽어야 무사로서 꽃을 피우는 것이다.”

도키치로는 마침내 입안에 머금은 술의 맛이 평소처럼 느껴졌다. 그리고 어느 틈엔가 잠이 들었다. 그렇지만 자리에 눕지는 않았다. 앉은 채 흡사 좌선이라도 하는 듯 꾸벅꾸벅, 때때로 머리를 낮게 숙이고 졸았다. 그는 잠을 자는 데 능숙했다. 남들보다 몇 배로 일을 많이 했을 때에는 남들보다 몇 배나 효과적으로 짧은 수면을 취할 필요가 있었다. 지난날 어려웠을 때 그렇게 노력했고 진중에서 생활하면서 단련이 되어 지금은 잠을 자려고 하면 어디에서든 바로 잠을 잘 수 있었다.

갑자기 북소리에 눈이 퍼뜩 떠졌다. 어느 틈엔가 상과 술도 치워져 있었고 촛불만 타고 있었다.

“꽤 잔 듯하군…….”

도키치로는 자고 나니 머리가 개운해지고 피로가 풀리는 것을 느꼈다. 그리고 무언가 몸을 감싸는 양기를 느꼈다. 잠을 자기 전까지는 거대한 묘지와도 같았던 성안의 음울한 기운이 어딘지 부드럽고 따뜻한 느낌이 드는 북소리와 웃음소리로 변해 있었던 것이다. 여우에게 홀린 듯한 기분이 들었다. 잠이 완전히 깨고 나서는 그러한 기운이 더 확연하게 느껴졌다. 북소리뿐 아니라 노래를 부르는 소리도 들렸다. 멀리서 희미하게 들리긴 했지만 사람들이 한꺼번에 웃을 때에는 선명하게 들려왔다.

“안쪽인 듯하다.”

도키치로는 사람을 찾아 큰 복도로 나갔다. 넓은 중정을 사이에 두고 저편 대전에 무수한 불빛과 사람의 그림자가 보였다. 산들바람에 술 냄새가 풍겨왔고 무사들이 박수를 치며 노래를 부르고 있었다.

“꽃은 붉고, 매화는 향기, 버드나무는 푸르고, 사람은 마음씨. 사람

중의 사람, 무사인 우리들은 꽃 중의 꽃. 우리 무사들.”

도키치로는 마음속으로 평소의 지론을 되뇌었다.

‘인생을 즐겁게 보내라. 즐거움이 없다면 그것이 무슨 인생인가. 내일 어찌 될지 모르더라도 아니, 내일 어찌 될지 모르는 신세이니.’

음기를 싫어하고 양기를 좋아하는 도키치로는 문득 자신도 모르게 노랫소리에 이끌려 조금씩 양기를 회복하고 있었다. 무사들이 분주히 지나갔다. 대부분 부엌에서 일하는 사람들인 듯했다. 큰 접시에 가득 쌓아올린 술안주와 술독을 전쟁을 치르듯 열심히 나르고 있었다. 대체 어떻게 된 일인지 의심이 들 정도로 모든 사람들의 얼굴이 생명력으로 빛을 발하고 있었다.

“기노시타 님 아니시오?”

“오, 미카와 님.”

“방에 계시지 않아 여기저기서 찾고 있었습니다.”

그렇게 말하는 미카와노카미의 뺨에도 술기운이 올라 있었다. 방금 전까지의 초췌한 모습은 온데간데없었다.

“안쪽이 떠들썩하던데 대체 어떻게 된 것인지요?”

“약속한 해시까지가 저희에게는 마지막 남겨진 시간입니다. 언젠가 죽을 운명이고 기왕 죽는다면 장렬히 산화하자며 나가마사 님을 비롯해 장졸들 모두 성안에 있는 술독을 비우고 무사 회합을 하자며 세상과 이별주를 나누고 있는 것입니다.”

“오이치 님과 자제분들과의 작별은?”

“그것도 겸해서…….”

미카와노카미의 눈가가 다시 붉어지기 시작했다.

어느 무가에서나 평소 무사 회합을 위해 자주 주연을 열었다. 평소의 계급이나 군신 간의 예의범절도 무사 회합의 자리에서는 너그럽게 용서되었다. 상하 일체, 마음껏 즐기고 술에 취해 노래를 부르는 관습이었다.

"그렇군."

도키치로는 고개를 크게 끄덕이며 말했다.

"오늘 밤 이후로 군신 간의 사별과 가족과의 생이별을 합쳐 무사 회합을 하는 것이군요. 그렇게까지 나가마사 님의 심경이 정해진 이상 어쩔 수 없군요. 저도 해시까지 꿔다놓은 보릿자루처럼 멍하니 있는 것은 따분한 일이니 주연의 말석에서라도 함께하고 싶은데 안 되겠는지요?"

"그 때문에 찾아다니고 있었던 참입니다. 주군께서도 그럴 의향이십니다."

"예? 나가마사 님도 말입니까?"

"오이치 님과 자제분들을 오다 가에 맡기면 후일 무슨 일이 있어도 잘 돌봐줄 것이라고. 무엇보다 어린 분들의 앞날을 생각해서라도."

"걱정하지 마시라고 제가 직접 말씀드리고 싶으니 미카와 님, 안내를 부탁드립니다."

"자, 이쪽으로."

도키치로는 미카와노카미의 뒤를 따라 안쪽으로 들어갔다.

사람들의 시선이 일제히 도키치로에게 쏠렸다. 안은 술기운으로 가득 차 있었고 모두 갑주 차림이었다. 그들은 모두 죽음을 결심한 사람들이었다. 함께 죽을 동료이자 같은 각오를 하고 있는 전우라서 그런지 분위기가 화기애애했고 머지않아 질 꽃이 바람에 흔들리듯 마지막 즐거움을 나누고 있었다.

"적!"

도키치로에게 쏠린 시선은 몸이 움츠러들 정도로 살기등등했다.

"이거 실례하겠소이다."

도키치로는 누구에게랄 것도 없이 그렇게 큰 소리로 말하며 들어섰다. 그리고 앞으로 나가더니 나가마사를 중심으로 아사이 일족이 빽빽이 모여 있는 상좌 앞으로 가서 엎드려 절을 했다.

"저에게까지 술잔을 주신다는 말을 듣고 이렇게 왔습니다. 또 어린 자제분들의 앞날은 이 도키치로가 목숨을 바쳐서라도 지킬 것이니 송구하지만 그 일에 대해서는 부디 걱정하지 마시길 바랍니다."

도키치로는 단숨에 그렇게 말했다. 만약 우물쭈물하며 시간을 지체하고 있으면 주위의 날카로운 눈빛이 취기와 적개심에 이끌려 무슨 짓을 할지 몰랐다. 실로 백척간두의 위기라고 할 수 있을 만큼 그는 팽팽한 살기 속에 있었던 것이다.

"부탁하네. 기노시타."

나가마사는 잔을 들어 직접 도키치로에게 내밀었다.

"송구합니다."

도키치로는 잔을 받으면서 다시 한 번 말했다.

"안심하시길 바랍니다."

"음."

나가마사는 만족한 듯했다. 도키치로는 굳이 오이치와 노부나가의 이름을 언급하지 않았다. 아름답고 젊은 오이치와 어린 딸들은 가련한 제비붓꽃이 연못가에 무리 지어 피어 있는 것처럼 한쪽에 둘러친 금빛 병풍 안에 모여 있었다. 도키치로는 그곳의 흔들리는 촛불을 힐끗 곁눈으로 보았다. 아무리 도키치로라 해도 정면으로 바라볼 수는 없었다. 도키치로가 술잔을 나가마사의 손에 공손히 건네며 말했다.

"지금은 적과 아군의 구분도 없습니다. 무사 회합의 주연에 동석하였으니 춤을 한번 추고자 하는데 허락해주시겠는지요?"

"뭐라? 춤을 추겠다고?"

나가마사뿐 아니라 사람들이 눈을 크게 떴다. 비록 체구는 왜소하지만 배짱이 두둑한 도키치로에게 다소 기가 눌린 듯했다. 오이치는 새끼들을 보호하는 어미 새처럼 아이들을 끌어안고 무언가 속삭이고 있었다.

"이 엄마가 옆에 있으니 조금도 무서워할 것 없다."

나가마사의 허락을 얻은 도키치로가 일어서서 한가운데로 나가 춤을 추려고 할 때였다. 만쥬와 차차가 오이치의 무릎에 달라붙었다. 낮에 봤던 무서운 아저씨의 얼굴을 정면에서 보았기 때문이다.

도키치로는 발을 한 번 쿵 하고 굴렀다. 그 순간 그의 손에 있는 붉은 동그라미가 그려진 부채가 쫙 펼쳐졌다. 도키치로는 큰 소리로 노래를 부르며 춤을 추기 시작했다. 그런데 그 춤이 끝나기도 전에 성벽 일각에서 총소리가 울렸다. 그리고 거기에 대응해서 총을 쏘는 소리가 들렸다. 성안과 성 밖에서 서로 총격이 시작된 듯했다.

"아뿔싸!"

도키치로는 부채를 집어던지며 외쳤다. 아직 해시는 아니었다. 하지만 성 밖의 아군들이 그것을 알 리가 없었다. 도키치로는 자신이 두 번째 신호를 하지 않는 이상 총공격을 하지 않을 것이라고 안심했지만 아군의 무장들은 더 이상 참지 못하고 노부나가에게 즉시 공격해야 한다고 재촉했고 마침내 공격 명령이 떨어졌다.

도키치로가 내던진 부채가 벌떡 일어난 무사들의 발밑으로 날아갔다. 그리고 그때까지 도키치로가 적이라는 사실을 잊고 있었던 그들의 의식을 새삼 일깨워주었다.

"공격이다!"

"비겁하다. 허를 찌르다니!"

무장들은 두 편으로 갈라졌다. 한편은 밖으로 달려 나갔고 다른 한 편은 도키치로를 둘러싸더니 칼로 벤 뒤 결전에 나서기 전 제물로 삼으려고 했다.

"누가 명령을 내렸느냐! 죽이지 마라! 그자를 죽이면 안 된다!"

그 순간 나가마사가 큰 소리로 소리치자 가신들이 의외라는 듯 성난 표정으로 외쳤다.

"적들의 총공격이 시작되었습니다!"

가신들의 말에 나가마사는 아무 대답도 하지 않고 외쳤다.

"오가와 덴시로小川伝四郎!"

"옛!"

오가와가 대답하자 이내 다시 외쳤다.

"나가지마 사곤中島左近!"

두 사람 모두 평소 나가마사의 아들과 딸을 보호하는 임무를 맡고 있었다. 두 사람이 앞으로 나와 엎드리자 나가마사는 재빨리 후지카케 미카와노카미를 가까이 불러 말했다.

"세 사람이 아내와 아이들을 보호하고 기노시타 도키치로를 안내해 즉시 성 밖으로 탈출하라. 어서 가라!"

나가마사는 명령을 내리고는 도키치로 쪽을 보며 침착하게 말했다.

"그럼 부탁하네."

나가마사는 오이치와 아이들이 자신의 발밑으로 달려와 울부짖는 것을 뿌리치며 무사들에게 작별을 고했다. 그리고 칼을 빼들고 어둠 속에서 들려오는 고함 소리를 향해 달려 나갔다.

오다니 성의 최후

성곽 한쪽에서 커다란 불기둥이 치솟아 올랐다. 달려 나간 나가마사는 자신도 모르게 한 손으로 얼굴을 가렸다. 불이 붙은 나뭇조각이 열풍과 함께 그의 얼굴을 스치고 뒤쪽으로 날아갔던 것이다.

"주군, 주군!"

"함께하겠습니다."

시종인 아사이 오기쿠淺井於菊, 가와세 단자河瀨丹三, 와키자카 사스케脇坂左介 등이 뒤따라왔다.

"오기쿠, 가사를 가지고 있느냐?"

"예, 있습니다."

"이리 건네게."

나가마사는 가사를 집어 어깨 위에 걸쳤다. 뭉클뭉클한 검은 연기가 땅에서 피어오르고 있었다. 어느덧 성안에는 적의 첨병이 앞다퉈 들어와 있었다. 불은 본성 건물에도 옮겨붙더니 처마의 홈통을 타고 빠르게 번졌다. 그 부근에서 몰래 다가오는 적병의 철갑 부대를 발견한 나가마사가 소리쳤다.

"적병이다. 쳐라."

적의 측면을 불시에 공격했다. 아카오 신베赤尾新兵衛와 아사이 이와미淺井石見를 비롯한 측신과 일족도 나가마사의 앞뒤에서 적을 공격했다.

불길과 검은 연기 아래, 갑주 소리가 울려 퍼졌다. 창과 창, 칼과 칼이 서로 부딪히고 고함 소리가 들리자 대지 위에는 순식간에 죽은 사람과 부상을 입은 사람들만 남겨졌다. 성의 병사 절반은 나가마사를 따라 마음껏 싸우다 장렬한 죽음을 맞았다. 그리고 나머지 절반은 부상을 당하거나 행방을 알 수 없었다. 포로로 잡힌 사람이나 항복을 한 사람이 극히 소수였다는 사실만 봐도 오다니 성의 최후는 에치젠의 아사쿠라나 교토의 장군가와는 달랐다. 그것은 노부나가가 나가마사를 동생의 신랑으로 선택한 게 절대로 잘못되지 않았다는 것을 말해주었다.

그리고 그날 밤, 오이치와 어린아이들을 성 밖으로 구출한 도키치로와 후지카케 미카와노카미 일행은 심한 고충을 겪어야 했다. 아군이 도키치로가 나올 때까지 일 각 반이나 기다려줘서 별 어려움 없이 성 밖으로 나올 수 있었지만, 본성을 나올 때부터 이미 성안은 불길에 휩싸여 접전이 벌어지고 있었기 때문에 네 명의 아이를 보호하면서 나오기란 여간 쉬운 일이 아니었다.

후지카케 미카와노카미가 막내인 젖먹이 딸을 업고 나가지마 사곤이 둘째 딸을 업었다. 그리고 오가와 덴시로가 만쥬를 붙들어 매다시피 하며 등에 업었다. 도키치로가 첫째인 차차에게 등을 보이며 자신의 등에 타라고 했지만 차차는 싫다며 어머니인 오이치의 곁에서 떨어지지 않았다. 오이치도 차차를 꼭 끌어안고 우물쭈물했다. 그러자 도키치로가 두 사람을 떼어놓으면 말했다.

"다치기라도 하면 큰일입니다. 나가마사 님이 제게 부탁한다고 말씀하셨으니, 제 등에 얼른."

어르고 달랠 시간이 없었다. 도키치로는 정중하면서도 무섭게 말했다. 오이치는 차차를 안아 도키치로 등에 업히게 했다.

"모두 준비됐습니까? 절대로 제 옆에서 떨어지지 마십시오. 오이치 님, 손을 이리……."

도키치로는 등에 차차를 업고 한 손을 내밀어 오이치의 손을 끌며 선두에서 달리기 시작했다. 오이치는 엎어지듯 뒤따라 뛰다 이내 도키 치로에게 잡힌 손을 잡아 빼더니 앞뒤에 있는 아이들을 살피며 아수라 장과 같은 전쟁터를 미친 듯 내달렸다.

노부나가는 본영을 도라고젠 산의 진지에서 북쪽의 가미야마다上山 삐로 옮긴 뒤 얼굴을 태워버릴 듯 불타오르는 오다니 성의 불길을 물끄 러미 바라보고 있었다. 세 방면의 산과 골짜기가 모두 새빨갛게 물들 어 있었다. 성은 거대한 용광로처럼 비명을 지르는 듯했다. 이윽고 불 꽃이 검게 연기를 뿜으며 약해졌을 때, 노부나가는 모든 것이 끝났다 고 생각했다.

"……바보 같은 녀석."

동생의 운명을 생각하자 울지 않을 수 없었다. 히에이 산의 가람과 불탑과 수많은 생명이 불속에서 사라지는 광경을 보고도 냉철함을 유 지했던 그의 눈에 눈물이 흐르고 있었다. 히에이 산의 살육과는 비교 도 되지 않는 누이동생 단 한 명 때문이었다.

인간은 누구나 지성과 본능이라는 모순된 두 가지 면을 지니고 있 었다. 노부나가는 히에이 산을 불태울 때 커다란 신념이 있었다. 그렇 게 많은 생명을 죽였지만 그것만이 그보다 더 많은 생명의 행복을 지 키는 것이라는 신념이 있었던 것이다. 즉, 대승을 위해서였다.

하지만 아사이 나가마사와의 싸움에서는 그런 대의가 없었다. 나가 마사가 소승적인 의리나 감정으로 싸운 것과 마찬가지로 노부나가의 싸움도 소승적일 수밖에 없었다. 노부나가의 입장에서는 나가마사가

소의를 버리고 자신의 대의를 이해해주길 바랐을 것이다. 노부나가는 끝까지 나가마사를 관대하고 너그럽게 대하고 싶어 했다.

하지만 그러기에는 한계가 있었다. 그가 용서하려고 해도 주위 제장들이 용서하지 않았다. 고슈甲州의 신겐은 죽었지만 그의 장수들과 용맹한 병사들은 여전히 건재했다. 게다가 신겐의 아들인 준걸 다케다 가쓰요리는 신겐 이상이라는 평가를 받고 있었으며, 나가시마長嶋의 정토진종 군도 완전히 제압된 것이 아니었다. 그들은 언제나 노부나가의 허를 엿보고 있었다. 그러한 상황에서 멀리 있는 에치젠을 일거에 공략해놓고 기타오우미에서 한가로이 진을 치고 있는 것은 실로 어리석다고밖에 할 수 없었다.

노부나가는 회의 자리에서 이런저런 의견을 말하고 간언하는 제장들에게 한가로이 오이치에 대한 이야기를 꺼낼 수 없었다. 그랬기에 자신의 어리석은 일면을 누구보다 잘 알고 있는 도키치로를 사자로 보냈던 것이다. 그런데 날이 밝을 무렵 일이 성사됐다는 신호가 있는 뒤에는 해가 지고 밤이 돼도 아무런 연락이 없었다.

"적에게 속은 것이다."

"살해된 듯하다."

"적은 이 틈을 이용해 계책을 꾸미고 있는 것이 분명하다."

장수들은 격노하다 못해 의심이 깊은 나머지 물밀듯이 성루로 몰려가 말싸움을 걸기 시작했고 해질녘에는 이미 일촉즉발의 상황이 전개되었다. 노부나가는 여기까지라고 생각했다. 그리고 마침내 총공격의 명령을 내렸다. 그리고 도키치로를 잃었다고 생각하자 통탄스러운 마음을 금할 수 없었다. 그 아픔은 오이치를 잃은 아픔과 일맥상통했다. 그토록 성을 나올 기회를 주었는데도 육친의 정보다 정절을 택한 누이동생을 칭찬할 수 없었다. 그러는 사이 검은 갑주를 두른 젊은 무사가 앞뒤를 가리지 않고 창끝이 노부나가의 몸에 닿을 곳까지 달려와 급히 멈춰서더니 숨을 헐떡이며 외쳤다.

"주군!"

"창을 내려놓아라!"

"창을 뒤쪽에 두지 못하겠느냐!"

노부나가가 주위에 있는 부장들이 소리치자 젊은 무사가 땅에 넙죽 엎드리며 고했다.

"방금 도키치로 님이 도착했습니다. 무사히 성을 나오셔서……."

"뭐라, 도키치로가 돌아왔다고?"

"옛!"

"혼자인가?"

노부나가가 급히 묻자 젊은 무사는 그제야 자신이 말을 잘못했음을 깨닫고 황망히 덧붙였다.

"성안에서 오이치 님, 그리고 어린 자제분들은 아사이 가 무사들의 등에 업혀서……."

"뭐라!"

노부나가는 떨리는 몸으로 다시 물었다.

"틀림없느냐? 네가 직접 보았느냐?"

"도중에 저희가 보호해 불타서 쓰러지는 성문을 곧장 빠져나오게 했습니다. 모두들 극도로 지치신 듯하여 안전한 곳에서 잠시 물을 마시고 계시라 했습니다."

"흐음, 그런가."

"도키치로 님께서 분명 주군께서 가슴 아파하고 계실 터이니 한시라도 빨리 알려드리라고 해서 서둘러 달려왔습니다."

"그랬는가! 아아……."

노부나가는 그렇게 되뇌었다.

"자네는 도키치로의 가신인 듯한데 이름이 무엇인가?"

"시종들을 책임지고 있는 호리오 모스케라고 합니다."

"사자의 임무를 훌륭히 수행했구나. 수고했으니 잠시 쉬도록 하라."

"황송합니다만 아직도 싸움이 한창입니다. 사자의 임무가 끝났으니 다시."

모스케는 그렇게 말하고 곧장 다시 왔던 길로 되돌아 달려갔다.

"천우신조다."

노부나가의 옆에서 누군가 문득 한숨과 함께 중얼거렸다. 시바타 가쓰이에였다. 니와, 하치야, 사쿠마 등의 제장들도 입을 모아 노부나가에게 축하의 뜻을 고했다.

"뜻밖에도 이리 좋은 결과를 얻었으니 더없이 만족하실 줄 압니다."

하지만 축하하는 그들의 말속에는 다른 감정도 담겨 있었다. 그들은 도키치로의 공을 시기하고 노부나가에게 단념하기를 권하며 총공격의 시기를 앞당기라고 재촉한 사람들이었다. 하지만 노부나가는 그것을 개의치 않았다. 지금 노부나가의 기쁨을 막을 수 있는 것은 아무것도 없었다. 노부나가가 기뻐하자 진중이 술렁거렸다. 빈틈이 없는 시바타 가쓰이에는 다른 사람들이 축하하는 데 정신이 팔린 사이 먼저 말을 꺼냈다.

"그 근처까지 마중을 갑시다."

시바타는 노부나가의 허락을 얻어 시종을 데리고 달려 내려갔다. 이윽고 오이치가 도키치로와 사람들의 보호를 받으며 언덕 아래에서 노부나가의 임시 진막이 있는 고지대로 올라왔다. 소대의 병사들이 앞에 서서 횃불을 비추며 오고 있었다. 도키치로는 그 뒤에서 차차를 등에 업고 숨을 헐떡이며 걸어오고 있었다. 노부나가는 가장 먼저 도키치로의 이마에서 빛나는 횃불을 보았다. 다음으로 적의 노장인 후지카케 미카와노카미와 무사들이 각각 등에 아이들을 업은 채 올라오고 있었다.

"……."

노부나가는 말없이 아이들을 한 명씩 바라보았다. 하지만 그의 얼굴에는 아무런 감정도 드러나지 않았다.

스무 걸음 정도 떨어져서 시바타 가쓰이에가 올라왔다. 하얀 손이 가쓰이에의 어깨를 잡고 있었다. 오이치의 손이었다. 그녀는 상심한 상태였다. 가쓰이에는 적장의 부인이지만 주군의 동생인 탓에 병사들에게 업히게 하는 것은 무례라고 생각했다. 그래서 주위를 물리고 그녀의 팔을 자신의 어깨에 두르게 하고 위로를 하며 가장 마지막에 올라온 것이었다.

"오이치 님, 다 왔습니다. 오라버님이 저기 눈앞에 서 계십니다."

가쓰이에는 곧바로 노부나가 앞으로 걸어온 뒤 그녀의 팔을 살짝 어깨에서 내렸다. 의식이 돌아온 오이치가 오열하기 시작했다. 여자의 울음소리가 일순 진중의 소음을 모조리 집어삼켰다. 주위에 있는 장수들도 가슴이 미어지는 듯했다. 하지만 노부나가만은 어찌 된 일인지 갑자기 못마땅한 기색을 보였다. 제장들은 노부나가가 방금 전까지 걱정하던 누이동생이 왔는데도 기뻐하며 맞이하지 않는 것에 의아해했다.

'무엇이 기분을 상하게 한 것일까?'

도키치로조차 이해할 수 없었다. 이렇듯 노부나가의 측신들은 늘 노부나가의 변덕 때문에 고충을 겪어야만 했다. 노부나가의 예민한 얼굴 표정에 모두 침묵을 지키며 안절부절못하자 오히려 노부나가는 쉽사리 기분을 풀 수 없었다. 측신 중에 노부나가의 기색을 눈치채고 찡그린 눈썹을 풀어줄 사람은 그리 많지 않았는데, 바로 도키치로와 지금은 이 자리에 없지만 아케치 미쓰히데 정도뿐이었다.

아무도 분위기를 부드럽게 하려는 사람이 없자 도키치로는 훌쩍 오이치의 곁으로 다가가 울고 있는 그녀에게 말했다.

"오이치 님, 오라버니 곁으로 가셔서 지난날 이야기도 나누시고 이번 일에 대한 예도 올리십시오. 그저 이렇게 기뻐 울기만 하고 계셔서는."

"……."

"왜 그러십니까? 형제자매 사이가 아니십니까."

"……."

하지만 오이치는 움직이지도 오빠인 노부나가에게 얼굴을 들어 보이지도 않았다. 그녀는 분명 남편인 나가마사를 잊지 못하고 있었다. 나가마사를 생각하면 노부나가는 남편을 죽인 적장이었고, 자신은 적진에서 사로잡힌 포로나 다름없었다. 노부나가는 첫눈에 동생의 그런 마음을 알아차렸다. 그러다 보니 동생의 무사한 모습을 보고 만족하면서도 자신의 애정을 알아주지 않는 어리석은 동생에게 불만을 느낀 것이다. 또 왠지 귀찮은 마음이 스멀스멀 피어올랐다.

"도키치로."

"옛!"

"내버려두라. 쓸데없는 말을 할 필요는 없네."

노부나가는 불쑥 의자에서 일어나 진막의 한쪽을 걷어 올리고 불길을 바라보았다.

"오다니도 함락됐군."

성을 불태우는 불길과 그곳의 함성이 사그라지자 봉우리와 골짜기에는 하얀 달빛만이 밤이 새기만을 기다리고 있었다. 그때 무장 한 명과 부하들이 함성을 지르며 달려 올라와 노부나가 앞에 아사이 나가마사를 비롯한 적의 수급을 늘어놓았다. 오이치는 몸부림을 치며 통곡했다. 아이들도 오이치에게 매달려 울기 시작했다. 그러자 노부나가가 큰 소리로 호통을 쳤다.

"시끄럽다! 가쓰이에, 아이들을 데리고 저쪽으로 가라."

"옛!"

"오이치와 아이들을 자네에게 맡기겠으니 어서 빨리 눈에 띄지 않는 곳으로 데리고 가라."

노부나가는 아무런 감정의 동요 없이 큰 소리로 말하고는 도키치로를 불렀다.

"아사이 성은 자네에게 주겠다. 알아서 뒤처리를 하고 성심을 다해 지키도록 하라."

노부나가는 성이 함락된 것을 확인하자 곧바로 기후로 돌아갈 생각인 듯했다.

오이치는 부축을 받으며 산기슭으로 내려갔다. 후일 오이치는 가쓰이에의 아내가 된다. 그리고 세 명의 어린 딸들은 자신의 어머니보다 더 극적인 운명을 맞이하게 된다. 장녀인 차차는 후일 오사카 성의 요도기미淀君, 즉 도요토미의 측실이 되고, 둘째 딸인 하쓰는 교고쿠 다카쓰구京極高次의 아내가 된다. 그리고 막내딸은 두 번이나 시집을 가지만 남편과 사별하게 되어 세 번째로 도쿠가와 이 대 장군인 히데타다秀忠와 혼인을 해서 이에미쓰家光를 낳는다. 그리고 다시 훗날 미즈노오後水尾 천황의 중궁中宮이 된 도후쿠몬인東福門院을 낳게 된다.

주군의 덕목

다음 해 덴쇼天正 2년(1574년) 3월 초순, 네네에게 남편인 도키치로로
부터 기쁜 소식이 전해졌다.

어머니의 편지와 당신의 편지를 늘 되풀이해서 읽고 있소.

네네와 노모가 보낸 편지에 대한 답신인 듯했다. 도키치로는 편지를
보낼 때마다 아내와 노모를 기쁘게 해주려고 노력했는데 이번 편지는
유달리 두 사람을 기쁘게 하고도 남았다.

**이마하마今浜의 공사는 아직 성벽도 제대로 갖추지 못했지만 어머니를 서둘러
모시고 싶고, 또 당신도 오랜만에 만나고 싶어 기다리고 있소. 그러니 곧장
이곳으로 옮겨올 수 있도록 당신이 어머니께 잘 전해주시오. 다른 이야기는
만나서 천천히 하도록 합시다.**

편지만으로는 무슨 일인지 상상하기 어려웠지만 정월 이래로 이 편
지가 오기 전까지 도키치로와 네네는 몇 번이나 편지를 주고받았다.

근래 기타오우미의 산간에 진을 치고 있던 도키치로는 한동안 끊이지 않고 싸움을 했다. 얼마간 소강상태가 이어졌지만 분주히 각지를 오가느라 쉴 틈이 없었다. 그런 상태에서 노부나가는 이번에 아사이와 아사쿠라를 평정하자 처음으로 자신의 영토를 건네며 도키치로를 영주永住로 인정하고 가족을 옮길 것을 권했다.

"그대의 가족들을 오우미로 맞아들이면 어떻겠는가?"

오다니 공략은 누가 뭐래도 도키치로의 공이 가장 컸다. 그러다 보니 노부나가는 지금까지 일개 장교에 지나지 않았던 도키치로에게 오다니 성에서 살라고 하고 아사이의 옛 영토 중 십팔만 석의 은전을 내리게 되었다. 그뿐이 아니었다. 노부나가는 도키치로에게 성姓까지 내렸다.

"앞으로 기노시타라는 성 대신 하시바羽柴라고 하라. 니와 고로사에몬의 한 글자와 시바타 슈리 가쓰이에의 한 글자를 따서 하시바라고 칭하도록 하라."

니와와 시바타는 모두 오다 가의 중신 중의 중신이었고 노부나가나 도키치로가 생각하는 이상으로 세상에서는 그들을 높게 평가했다.

"황공합니다. 앞으로 하시바 지쿠젠노카미[111] 히데요시羽柴筑前守秀吉라고 하겠습니다."

그 무렵 도키치로는 지쿠젠노카미로 임명되었으니 부족함을 느낄 리 없었다. 도키치로는 일약 다이묘의 반열에 오르고 영지도 이십이만 석에 달하게 되었다. 노부나가는 기노시타 도키치로라는 이름이 지위에 걸맞지 않다고 판단해 성을 내린 것인지 모르겠지만 어쨌거나 히데요시는 그 무렵 가을부터 누대의 무장들과 어깨를 나란히 하게 되었

---

111 현재의 후쿠오카 현 북서부인 지쿠젠筑前의 수호직守護職이라는 관직명. 이것은 노부나가의 규슈九州 토벌에 대한 의지를 나타내는 것이기도 하다.

다. 그렇다고 히데요시는 오다니 성에 만족하며 안주하지 않았다.

"오다니 성은 보수적이다. 물러나 지키기에는 좋지만 진출하기에는 불리한 지형이다. 그리고 앞으로 계속 큰 뜻을 품고 주군을 섬기려면 이러한 곳에 안주할 수 없다."

히데요시는 삼 리 정도 떨어진 남쪽의 호반에 있는 이마하마야말로 자신이 머물 곳이라는 사실을 간파했다. 그는 기후의 허락을 받아 곧바로 개축을 시작했고 봄에는 백악白堊의 망루와 견고한 성벽과 철문을 완성했다.

"성이 완성되면 곧장 이마하마로 가정을 옮기도록 합시다."

히데요시의 편지를 받은 네네와 그의 모친도 하루빨리 옮기고 싶어 몇 번이나 편지로 재촉했는데 마침내 오늘 스노마타로 답장이 온 것이었다.

스노마타 성은 당연히 그 전에 노부나가에게 헌상을 했다. 히데요시의 모친과 네네는 성안의 저택에서 살고 있었기 때문에 여장을 꾸리는 데도 그리 시간이 걸리지 않았다. 며칠 뒤, 이마하마에서 하치스카 히코에몬 일행이 마중을 하기 위해 도착했다. 노모와 네네는 가마를 탔고 앞뒤에서 따라오는 무사들의 행장도 평화로웠다. 백 명에 가까운 행렬에는 여자와 어린 시녀도 있어서 길가의 밭에서 바라보면 실로 아름답게 보였다.

"기후 성 아래를 지나갈 것이니 너는 히데요시의 아내로서 노부나가님께 알현을 청해 평소의 은혜에 대한 감사 인사를 드려야 할 것이다."

시어머니의 말에 네네는 그 일을 무엇보다 중요하게 여겼으며, 그녀의 머릿속은 온통 그 일로 가득했다. 네네는 기후 성으로 들어가 노부나가 앞에 서면 몸이 떨려 아무 말도 못할까 봐 걱정했다. 하지만 시어머니를 객사에 남겨두고 혼자 각양각색의 선물을 가지고 막상 기후 성안으로 들어가자 마음이 안정되고 걱정도 완전히 사라졌다. 또 처음 만난 노부나가는 상상외로 허심탄회하게 이야기를 했다.

"지쿠젠이 오랫동안 집을 비우는 동안 집안을 돌보고 노모를 공양하느라 고생이 심했을 것이네. 아니 그보다 외로웠을 것이네."

노부나가가 친근하게 말하자 네네는 자신의 집도 주가의 한 부분을 이루는 가족이라는 사실을 깨닫고 마음이 편안해졌다.

"황송합니다. 다른 일도 아닌 전쟁으로 집을 비우신 것이라 안온히 생활하는 것조차 심히 부끄러울 따름인데 외롭다고 생각하면 천벌을 받을 것입니다. 그저 어머님께서 연로하시기 때문에 그것만이."

네네의 말에 노부나가가 껄껄 웃으며 말했다.

"아니네. 여인의 마음은 다 똑같으니 숨기지 않아도 되네. 외로운 것은 당연한 일 아니겠는가. 그러한 외로움을 참고 견뎌야 남편의 좋은 점을 한층 깊이 알 수 있을 것이네. 누구의 노래인지 뒷부분은 잊었지만 '여행에 나가 아내의 고마움을 알게 된 눈 덮인 객사'라는 노래가 있듯 분명 지쿠젠도 목을 길게 빼고 기다리고 있을 것이네. 거기에 이마하마 성은 새로 지었으니, 그동안 괴로움을 잊고 다시 가정을 꾸린다면 신혼 무렵처럼 새로운 맛도 있지 않겠는가. 이는 군인만이 맛볼 수 있는 기쁨이라 할 수 있을 것이네."

"어머, 그리 말씀하시면……."

네네는 목덜미까지 새빨개져서 머리를 숙였다. 노부나가는 네네가 필시 열여섯 무렵을 떠올렸을 거라고 생각하며 웃음을 지었다. 상이 차려지고 붉은 술잔도 올라와 있었다. 노부나가가 술잔을 받아 한 모금 마셨다.

"네네……."

노부나가가 웃음을 지으며 친근하게 말했다.

“예.”

무슨 일인가 하고 네네는 눈을 들었다. 네네도 그제야 간신히 노부나가를 똑바로 바라볼 수 있었다. 그러자 노부나가가 불쑥 이렇게 말했다.

“투기는 하지 말게.”

“……예.”

아무 생각 없이 대답했지만 네네는 나중에야 그 뜻을 깨달았다. 언제가 남편 히데요시가 아름다운 여인을 데리고 기후 성에 들어갔다는 소문을 듣고 평소에는 입 밖에 내지 않던 말을 문득 곁에 있는 사람에게 한 적이 있었기 때문이다.

“지쿠젠은 다소 그쪽 방면의 행실이 좋지 않은 듯하네. 하지만 상처가 하나 없는 찻잔은 풍취가 없는 법이며 누구나 한 가지 버릇이 있기 마련이네. 그것도 범인의 큰 흠집이라면 곤란하지만 도키치로 정도의 사내는 세상의 사내들 중에서도 몇 안 되는 그릇이네. 그대는 용케도 그런 사내를 발견했네. 나는 평소부터 대체 그러한 사내를 평생의 반려자로 선택한 여자는 어떤 여자일까 하고 생각했는데 오늘 이렇게 만나보니 고개가 끄덕여지는군. 알겠나? 투기하지 말고 사이좋게 지내도록 하게.”

네네는 여자의 마음을 잘 아는 노부나가를 대하며 한편으로는 무서운 생각도 들었고, 또 한편으로는 남편이나 자신에게 믿음직스러운 주군이라는 생각도 들었다. 네네는 기쁘면서도 부끄러운 마음에 어떻게 하면 좋을지 몰라 했다.

어찌 됐든 네네의 인상은 좋았고 노부나와의 알현도 잘 끝이 났다. 노부나가는 기후 성을 떠나는 네네에게 손에 들고 갈 수 없을 정도로 막대한 선물을 하사했다. 그녀는 하사품 목록을 먼저 받아들고 객사로 돌아와 마음을 졸이며 기다리는 시어머니에게 성안에서의 일을 이야기했다.

"모두 노부나가 님을 무서워해서 어떤 분일까 걱정했습니다만 세상에서 보기 드물 만큼 착한 분이셨습니다. 그리 우아한 분이 말 위에 오르면 귀신도 무서워할 분으로 변한다는 게 믿어지지 않았습니다. 어머님도 알고 계셨는데 훌륭한 아들을 둔 세상에서 가장 행복한 분이라고 말씀하셨습니다. 또 지쿠젠 정도의 사내는 세상에 몇 안 된다며, 좋은 남편을 고른 제 눈이 높다고 농담도 하셨습니다."

"그러냐? 그랬구나……."

시어머니는 한없이 기뻐하며 네네의 말에 귀를 기울였다.

자고로 명장이라는 말을 듣는 인물은 휘하의 군사들의 존경을 받을 뿐 아니라 그들의 가족에게도 믿음직한 주인으로서 흠모와 존경을 받기 마련이었다. 그리고 깊이 존경하지 않으면 자신들의 남편이나 아들이 주군 앞에서 목숨을 던지는 것을 기꺼워하지 않을 것이었다. 그것도 단지 장렬하게 죽는 것이 아니라 죽는 사람이나 뒤에 남겨진 사람도 함께 기뻐하고 자랑스럽게 여기는 예를 보더라도 주인은 평소에 전략이나 정치 이외에도 많은 소양을 필요로 한다는 것을 알 수 있었다.

민중의 근심을 모르고 또 세상과 사람에 대해 모르는 이른바 다이묘나 귀족 집 자제 같은 사람들은 실력이 모든 것을 결정하는 노부나가의 시대, 즉 전국 시대에서는 존재의 가치가 없었다. 요시아키와 요시카게는 물론 이마가와 요시모토와 같은 사람도 지위나 명문에 안주하고 있었기 때문에 시대의 거센 격랑에 휩쓸려 사라졌다. 그래서 지금과 같은 시대를 호령할 대장에게는 높은 교양과 지위와 권력 외에도 서민의 실체를 잘 알고 있어야 하는 자격이 요구됐다. 문화인으로서의 덕목과 동시에 다른 한편으로는 야성을 지닌 사람이어야 했다. 구태의

연한 악폐를 일소하고 새로운 시대를 건설해 나가기 위해서는 그러한 두 가지 요소가 절대적인 힘을 발휘했다. 그것은 순수한 문화인이나 순순한 야성만으로는 성취할 수 없는 일이었다. 그런 점에서 노부나가는 그러한 자격을 지닌 무장이라고 할 수 있었다.

어찌 됐든 네네나 히데요시의 노모도 주군의 은혜를 깊이 느끼며 잠을 잘 때에도 기후 성 쪽으로 발을 뻗지 않을 만큼 주군을 존경했다. 또 아이들을 훈육시킬 때에도 그것을 예의와 정조의 기본으로 삼았다. 격변하는 난세에 비해 사회나 가정이 그다지 문란해지지 않은 것도 개개인의 가정과 주종 사이에 공고한 정조와 가풍의 미덕이 있기 때문이었다.

한편 두 사람은 별다른 어려움 없이 후와를 넘어 화창한 봄빛 아래 펼쳐진 이마하마의 호수에 다다랐다. 그날 이마하마는 마을이 생긴 이래 처음으로 떠들썩했다. 히데요시가 새로운 성을 짓고 이마하마라는 지명을 나가마하長洪로 개명할 정도로 온 마을은 축제 분위기로 들떴다.

행복

이른 봄, 호수는 새벽녘 진홍빛으로 아련히 물들었고 군데군데 짙은 안개가 깔려 있는 산은 어두웠다.

"기상, 기상 시간입니다."

완성된 지 얼마 되지 않은 하얀 성벽의 나가하마 성안에서 새벽 등불이 움직이고 있었다. 어젯밤 잠을 자지 않고 숙직을 했던 호리오 모스케는 히데요시의 침실 옆방에서 나와 숙직실과 시종의 방들을 일일이 찾아다니며 알렸다.

"벌써?"

"그만 일어나자."

사람들이 일어나는 소리가 여기저기서 들렸다. 도라노스케도 일어나 있었다. 일곱 살 무렵, 어머니의 손에 이끌려 처음으로 스노마타 성에 와서 시종으로 봉공한 지 구 년, 도라노스케는 벌써 열다섯 살이었다. 근래에는 선배인 이치마쓰에게도 여간해서 지지 않았다. 후쿠시마 이치마쓰는 어느덧 스무 살이 넘었는데, 지금도 나이 어린 도라노스케가 깨워야 일어났다.

"오이치 님, 주군께서는 벌써 기상하셨습니다."

이치마쓰가 천천히 몸을 일으키더니 아직도 졸린 듯 눈을 비볐다.

"아직 어둡잖아. 참새처럼 날만 새면 이리 요란을 떠는군."

"그럼, 계속 주무십시오. 주군께선 벌써 일어나서서 옷을 다 차려입고 계시니 말입니다."

"정말이냐?"

이치마쓰는 서둘러 의복을 갖추고 물었다.

"오늘 아침은 왜 이리 일찍부터 성화냐? 저 봐라, 아직 새벽달도 그대로인데."

"나 참. 오늘은 스노마타에서 주군의 가족분들이 도착하는 날이지 않습니까."

"그렇다고 해도 나가하마엔 점심 무렵 도착할 예정이지 않느냐."

"예정은 그렇지만 기다리다 못해 잠을 제대로 이루지 못하신 것이 틀림없습니다."

"그럴 리가 있느냐. 주군은 전쟁터에서도 주무시지 못한 적이 없다."

"그것과 이것은 다릅니다. 오이치 님은 불효자니 주군의 마음을 헤아리지 못하는 겁니다."

"이 녀석, 아침부터 또 건방진 소리를 하는군."

오이치는 눈을 흘겼지만 요즘은 그마저 별 효과가 없었다.

히데요시는 목욕을 좋아했다. 게을러서 신변에 전혀 신경 쓰지 않으면서도 목욕은 좋아해서 틈만 나면 목욕이나 해야겠다고 말했다. 전쟁에 나가서도 오래 진을 치고 있을 때에는 들판에 구덩이를 파게 해서 그 속에 기름종이를 깔고 뜨거운 물을 가득 채운 뒤 들어가 있기도 했다.

"노천탕은 참으로 좋구나. 뜨거운 물속에서 푸른 하늘을 올려다보고 날아가는 새의 가슴을 바라보는 건 천하일품이다."

목욕을 싫어하는 사람들은 뭐가 그리 좋은지 이해할 수 없었다. 아마도 그가 목욕을 좋아하는 것은 사치나 결벽증 때문이 아니라 어릴 적 때에 절어 몇 달이나 떠돌아다니며 목욕을 하지 못하던 때가 많았기 때문이다. 당시의 그런 욕망은 당연히 목욕을 할 수 있는 신분이 되고 나자 습관이 된 듯했다.

히데요시는 아침에 일어나자마자 바로 목욕을 했다. 접동새가 얕은 여울에서 물을 튀기며 놀고 있는 소리가 들렸다. 목욕을 좋아하면서도 그는 금방 물에서 나왔다.

"오후쿠, 오후쿠."

히데요시가 목욕탕 안에서 오후쿠를 불러댔다. 오후쿠는 바로 삼 년 전, 호반의 배를 만드는 작업장에서 일을 하고 있던 다완집 아들로 히데요시가 데려와 요코야마 성의 정원에서 찻잔을 굽고 있었다. 언젠가 히데요시는 오후쿠가 무가에 들어와 찻잔만 굽는 게 안쓰러워 오후쿠에게 한번 전쟁에 나가 새 길을 찾아보는 게 어떻겠느냐고 말한 적이 있었다.

"제발 전쟁만은."

히데요시가 억지로 데리고 가려고 하자 오후쿠는 당장 울음을 터뜨릴 것처럼 벌벌 떨며 빌었다. 그러다 보니 나이가 마흔이 넘었는데도 시종인 오도라나 오이치에게 겁쟁이라고 놀림을 받고 있었다. 히데요시는 그런 오후쿠를 불쌍하게 여겨 사람들과 별로 접촉하지 않아도 되는 목욕탕 일을 시켰다.

"부르셨습니까?"

"오후쿠인가. 옷을 주게."

"지금 면도칼을 갈고 있습니다만."

"아니네. 나가서 깎을 테니 어서 의복을 내오게."

"벌써 목욕을 끝내셨습니까?"

오후쿠는 히데요시 주위를 빙글빙글 돌며 등과 발, 그리고 손톱 끝까지 닦더니 삼나무 문을 열고 그 옆에 무릎을 꿇었다.

"날이 환하게 밝았군. 날씨도 아주 좋군."

히데요시는 그렇게 큰 소리로 말하면서 밖으로 나갔다. 시종인 도라노스케와 이치마쓰가 그의 칼을 들고 입구에 대기하고 있었다.

"지금 일어났는가?"

"옛, 조금 늦잠을 잤습니다."

"아니다. 오늘 아침은 내가 일찍 일어난 것이다. 이치마쓰, 수염을 깎을 테니 거울을 준비하라."

"예."

넓은 방 한쪽 구석에 경대를 세우자 히데요시는 직접 장소를 골라 좀 더 밝은 창가 아래에 두라고 했다. 그곳의 서원 창에는 아침 햇살이 붉게 비치고 있었다. 그곳에 거울을 두자 거울이 빛을 받아 반짝거렸다. 하지만 히데요시는 눈이 부신 것은 개의치 않고 얼굴을 찡그리며 뺨과 턱의 수염을 깎기 시작했다.

히데요시는 몸에는 털이 많은 편이었지만 턱에는 며칠을 깎지 않아도 수염이 잘 자라지 않았다. 아니 듬성듬성 자랐다. 정신은 급격히 발달했지만 아무래도 육체의 발육은 남들보다 뒤처진 경향이 있었다. 그 때문인지 그는 때때로 어린 티가 났다. 나이를 먹어도 어딘지 보통의 어른답지 않은 면이 있었다.

"자, 됐다. 면도칼은 치워도 되네. 이번에는 머리다. 이치마쓰, 내 뒤로 와서 머리에 물을 묻히고 다듬어주게."

"잠시 비녀를 빌리겠습니다."

이치마쓰는 히데요시 뒤에 앉아 히데요시의 칼에 꽂혀져 있는 비녀를 뽑아 물에 담갔다 뺀 뒤 히데요시의 머리를 빗겼다.

"어떠십니까?"

"좋네. 좋아."

"머리를 조금 더 단단히 묶는 것이 어떠신지요?"

"아니네. 너무 단단하면 눈꼬리가 올라가니 지금 정도가 좋네."

"주군."

"왜?"

"여느 때와 달리 오늘은 유독 날이 새기도 전에 일어나셔서 이리 치장을 하시니 모두 의아하게 생각하고 있습니다."

"뭐가 의아한가. 당연하지 않은가. 세상에서 가장 사랑하는 사람을 만나는 날이 아닌가."

"하하하, 주군께서 진지한 얼굴로 그리 말씀하시니, 하하하."

"이치마쓰, 왜 웃는 겐가?"

"아닙니다. 그리 말씀하시면 네네 님도 기뻐하실 것입니다."

"내 아내를 말하는 줄 알았는가? 네네는 두 번째이네."

"두 번째라고 하시면?"

"나의 첫 번째 연인은 바로 어머니네. 모르겠는가?"

"아, 그렇군요."

"내가 초췌한 모습으로 있으면 작은 일에도 근심하시는 어머니께서 쓸데없는 걱정을 하실 것이네. 아들의 야윈 모습을 보고 그런 생각이 들면 이 새로 지은 성의 아름다움과 웅장함은 모두 근심거리로밖에 보이지 않을 것이고, 이곳에서 마음 편히 사실 수 없을 것이네."

"그리 깊은 뜻이 있는 줄 모르고, 송구합니다."

이치마쓰는 머리를 숙이고 나서 히데요시 앞으로 경대를 가지고 갔다. 그런데 그런 이치마쓰보다 히데요시 옆에서 칼을 들고 오도카니 앉아 있던 도라노스케가 방금 히데요시가 한 말에 깊은 감명을 받은 듯한 모습이었다. 히데요시가 불쑥 얼굴을 돌리고 말했다.

"오도라."

"예."

"자네도 고향에 있는 어머니가 보고 싶지 않은가?"

"만나고 싶지 않습니다."

"어째서?"

"저는 아직 주군과 같은 공을 세우지 못했으니 말입니다."

"흠, 기특한 녀석."

히데요시가 위로하듯 도라노스케를 바라보며 말했다.

"그렇지. 여기 나가하마 성 아래에 쓰카하라 고사이지塚原小才治라고 하는 병학을 공부하는 자가 있다고 하니, 가까운 시일 안에 그의 도장 을 찾아가서 공부하도록 하라."

도라노스케는 기뻐했다. 그때 근시가 아침 차를 가져와서 권했다. 히데요시는 마침 목욕을 끝내 뒤라 갈증을 느꼈는지 차를 마시려고 찻 잔을 들었다. 하지만 찻잔을 보고는 갑자기 말했다.

"연한 차를 다오."

히데요시의 문중에는 아직 다도를 하는 사람이 없었다. 그런 한가한 사람은 쓸모가 없다고 여겨 거두지 않았던 것이다. 그런데 오다니 성 의 다실에 앉아 문득 자신을 빼닮은 원숭이 조각이 새겨진 솥을 바라 본 뒤 갑자기 다도가 좋은 것이라는 사실을 깨달은 듯했다. 그는 한번 생각한 일에는 이내 빠져드는 성정이었다.

"연한 차로, 알겠습니다."

다도에 식견이 있는 사람이 없었기 때문에 무사들 중에 찻솔을 다루는 법을 조금 알고 있는 사람이 차를 만들어 가지고 온 듯했다. 그래도 히데요시는 크게 만족했다. 주군인 노부나가가 차를 마시는 것을 몇 번 본 적이 있었기에 그는 찻잔을 들고 예를 취하는 것 정도는 알고 있었다.

"아아, 맛있군."

히데요시는 차를 한 모금 마신 뒤 손안에 있는 찻잔을 한동안 바라보았다.

"이건 요코하마 성의 정원에서 오후쿠가 구운 찻잔이군."

"그렇습니다."

가신이 대답했다. 히데요시는 이리저리 찻잔의 앞뒤를 돌려본 뒤 내려놓으며 말했다.

"참으로 재미있군. 역시 사람에겐 자신에게 맞는 천직이 있는 듯하군. 오후쿠를 부르게."

히데요시는 문득 무슨 생각이 떠오른 듯했다. 얼마 뒤, 오후쿠가 주저주저하며 오더니 히데요시 앞에 앉았다.

"자네는 오늘부터 목욕탕 일을 그만두게. 아무래도 그 일은 자네의 천성에 맞지 않는 듯하네."

오후쿠는 소심한 눈을 크게 뜨고 히데요시의 얼굴을 올려다봤다. 그러더니 자신이 뭔가 맡은 일을 소홀히 해서 쫓겨나는 것으로 생각한 듯 눈에 눈물이 한가득 고였다.

"뭘 그리 슬퍼하는가? 나는 자네를 꾸짖는 것이 아니네. 문득 자네의 천직을 발견하고 잊기 전에 자네가 앞으로 갈 길을 열어주려고 생각한 것이네. 벼루를 가져오너라."

"예."

시종이 일어서서 벼루를 가져와 앞에다 놓자 히데요시는 종이를 꺼내 빠르게 편지를 썼다. 그리고 손궤에서 얼마간의 돈을 꺼내 편지와 함께 오후쿠에게 건네며 말했다.

"이것을 가지고 센슈泉州의 사카이로 가면 될 것이네. 돈은 노자로 쓰게. 편지는 사카이의 센노 소에키라는 사람에게 쓴 것이니 그를 만나 자네의 앞길을 도모하게. 자네의 천성을 살릴 수 있도록 배려해줄 것이네."

"그럼 성에서 나가라는 말씀이십니까?"

"그렇다네. 자네를 위해서네."

"당치도 않습니다."

오후쿠는 기뻐하기는커녕 머리를 조아리며 울고 있었다. 히데요시가 천직이라고 말을 해도 그는 그것이 무슨 뜻인지 알 수 없었다. 오히려 히데요시의 온정에서 멀어지는 현실을 슬퍼하고 있었다.

"하하하, 참으로 알 수 없는 자로군. 떠나는 날은 자네 마음대로 정하게. 딱히 서두르지 않아도 되네. 하지만 내가 다망해지면 혹시 잊어버릴 수 있어서 이리 갑작스레 말한 것뿐이네. 오늘은 눈물을 보이지 말게. 오늘은 내게 있어 기쁜 날이니."

히데요시는 그렇게 말하고 훌쩍 정원으로 나가버렸다. 아침 햇살이 주변의 땅을 가득 비추고 있었다. 뚜벅뚜벅 본성의 안쪽 언덕 위로 올라갔다. 한쪽의 숲 속에 오래된 신사가 있었는데 청아한 박장 소리가 메아리치고 있었다.

"오늘 날씨는 어떠한가?"

히데요시는 언덕을 내려오며 마치 자신이 날씨를 만든 것처럼 시종과 부하 들을 돌아보며 자랑스러운 듯 말했다.

히데요시는 아침 식사를 한 뒤 젓가락을 놓자마자 이미 그곳에 없었다. 무사 대기소를 들여다보며 젊은 무사들에게 쾌활한 목소리로 말을 걸었다. 무슨 농담을 한 듯 젊은 무사들이 한바탕 웃어젖혔다.

"어이, 마구간지기."

"옛!"

"말들은 모두 건강한가?"

히데요시는 몇십 마리에 이르는 말들까지 자신의 가족이라고 생각하는 듯했다. 마구간의 무사는 엎드려서 모두 건강하다고 대답했다.

"오늘은 어떤 말을 타고 어머니를 마중 나가도록 할까. 어디, 짚신을 내오게."

히데요시는 무사의 안내를 받으며 자신이 탈 말을 고르러 나갔다. 길게 늘어선 마구간에는 용맹한 군마들이 얼굴을 나란히 하고 있었다. 말들은 히데요시의 얼굴을 알아보는지 아니면 무서워하는 것인지 힘차게 울거나 발을 구르며 요란을 떨었다.

"응? 저 북소리는?"

히데요시는 귀를 쫑긋 세웠다. 말이 요동치는 것도 그 때문인 듯했다. 멀리 성 아래 마을 쪽에서 북소리와 징소리가 크게 들려오기 시작했다.

"저 북소리는 무엇이냐?"

히데요시가 의아한 듯 묻자 마구간지기가 대답했다.

"마을 백성들이 오늘의 입성을 축하하기 위해 어제부터 춤을 추고 있는 것입니다."

"예전에 본 그 춤인가? 오다니에서 나가하마로 옮겨올 때 입성식은 하지 않았는가?"

"예, 오늘은 주군의 어머님과 부인께서 성에 들어오시는 것을 축하하는 것입니다."

"오늘 일은 내 개인의 기쁨일진대 영민들까지 저리 기뻐해주고 있는 것인가?"

"여정에서 도착하시는 두 분을 위로하기 위해 길에는 모래를 뿌리고 문과 처마에 꽃 장식을 하기도 했습니다."

"나도 빨리 보고 싶군."

"아직 시간이 남았습니다."

"오늘은 어찌 이리 아침 시간이 길기만 한 것인가."

"날이 새기 전에 눈을 뜨지 않으셨습니까."

"아, 그렇군."

히데요시는 노모를 만나기도 전부터 어린아이처럼 조바심을 내고 있었다. 그는 '노모와 아내의 가마는 벌써 호수를 보고 있겠지, 그래, 거기까지 와 있을 것이다' 하며 상상하고 있었다.

"잠시 후 성 아래 끝 편에 보이실 것입니다."

성문 쪽에서 기마 무사가 그렇게 외치며 달려왔다. 그 무렵, 히데요시는 이미 성문 안에서 말을 타고 이삼백 명의 보졸과 기마 무사와 함께 대오를 이루고 엄숙하게 기다리고 있었다.

드디어 성문이 열렸다. 성 아래 마을까지 이어진 넓은 대로는 정월처럼 티끌 하나 없었다. 나팔 소리에 맞춰 히데요시의 뒤를 따르는 대열이 앞으로 나가기 시작했다. 히데요시의 복장은 물론이고 시종과 근신 들의 복장은 실로 아름다웠다.

마을의 길가에는 강아지 한 마리도 다니지 못했다. 금빛 병풍과 조화가 양쪽으로 보였고 집 앞에는 사람들이 깨끗한 옷을 입고 나와 명석 위에 엎드려 있었다. 히데요시의 번들거리는 얼굴이 지나가자 골목과 마을 뒤편에서 북소리와 노랫소리가 들려왔다. 그 속요는 히데요시가 오다니 성에서 나가하마로 옮겨올 때, 영민들이 기뻐하며 춤을 추며 부른 노래였다. 노래의 가사는 시정 사람들이 붙인 것이다 보니 변변치 않았지만 영민들의 진심 어린 마음이 담겨 있었다.

"이쯤에서 기다리도록 하시지요."

히데요시는 소나무 가로수가 보이는 성 아래 길가에서 말을 멈췄다. 그리고 그곳에 임시 가옥을 만들었다.

"아직 보이지 않는가?"

히데요시는 그곳에서 쉬면서 의자에 앉아 있는 동안에도 몇 번이나 처마 아래로 나가 가로수 길을 바라보았다. 이윽고 점심이 가까운 무렵, 저편에서 한 무리의 인마와 가마가 보이기 시작했다. 태양이 갑자기 밝아지고 춤을 추듯 날아다니는 나비 그림자 외에 먼지 한 줌도 보이지 않았다.

"어머니다. 저기 앞에 오는 가마가."

목을 길게 빼며 가신들을 향해 말하는 히데요시의 얼굴은 실로 철부지 같았다. 하지만 그는 자제하는 것인지 네네에 대해서는 묻지 않았다.

"수고했네. 수고했어."

히데요시가 큰 소리로 외치며 걸음을 옮겼을 때, 행렬은 이미 임시 가옥 앞에 멈추고 선두에 있던 하치스카 히코에몬이 말에서 내려 히데요시를 향해 일례를 했다. 히데요시는 큰 소리로 히코에몬을 비롯한 일행들의 원로를 위로했다. 그리고 즉시 두 개의 가마 쪽으로 다가가더니 먼저 아내를 불렀다.

"네네, 별일 없었소?"

히데요시는 싱긋 웃는 네네의 얼굴을 보고 이내 노모의 가마로 다가가 무릎을 꿇고 말했다.

"도키치로입니다. 어머니, 마중을 나왔습니다. 잠시 저쪽 가옥에서 쉬시는 것이 어떤지요?"

노모도 싱긋 웃으며 얼굴을 보였다. 따사로운 봄날이 그의 가슴에 복받쳐 오르는 행복감과 감사함을 선명하게 비춰주고 있었다. 히데요시는 지난날의 어떤 즐거움도 지금 이 순간에는 미치지 못하는 것처럼 가슴 한가득 만족감에 젖어 있었다. 인생의 지극한 즐거움이야말로 바로 지금이라는 사실을 가슴속에 새기고 있었다.

"히데요시 님, 일어나시지요. 당신은 이미 일국의 주인이니 손에 흙을 묻히시면 안 됩니다."

노모는 예전처럼 무릎을 세우고 가마 안으로 아들을 맞아들이고 싶었지만 오히려 모성애가 가득한 눈길로 타이르듯 말했다.

"여행길도 일 리를 가서 쉬고 다시 이 리를 가서 쉬며 히코에몬과 다른 사람들이 배려한 덕에 전혀 피곤하지 않았다. 어서 빨리 새로운 거처가 보고 싶구나."

노모의 말에 히데요시는 바삐 말 위에 올라 노모의 가마를 나가하마 성으로 이끌었다. 그때 성 아래 마을은 축제가 벌어진 것처럼 떠들썩했다. 남녀노소를 불문하고 온 마을 사람들이 성주의 기쁨이 자신의 기쁨이자 히데요시의 효행이 자신들의 효행인 것처럼 축하했다. 마을 사람들은 꽃수레를 거리로 끌고 나왔고, 해자 근처에서 서로서로 손을 잡고 원을 그리며 춤을 추었다. 성문이 바로 지척이었는데 성안으로 들어가기까지 반 각이나 걸릴 정도였다.

히데요시는 노모와 아내에게 가장 먼저 북쪽 성곽에 새로 지은 거처를 보여주었다. 뒤편으로는 이부기 산줄기가 보이고 앞쪽으로는 큰 호수와 시메이가타케四明ヶ嶽가 보였으며 정원의 샘 주변에는 꽃과 나무와 진귀한 돌이 있었다. 새로운 거처는 어느 한 곳도 흠 잡을 데가 없었다. 그런데 노모가 문득 아쉬운 표정으로 히데요시를 돌아보며 말했다.

"밭이 없구나. 이곳 본성에는 내가 채소나 콩 등을 기를 밭이 없구
나."

히데요시는 고개도 끄덕이지 못하고 어머니의 얼굴을 하염없이 바
라보기만 했다. 고개를 끄덕였다가는 눈가의 눈물이 흘러넘칠 것 같았
기 때문이다. 한편 네네는 저 멀리 일곽을 보며 여자가 사는 듯한 건물
이 있다는 사실을 깨달았지만 기후 성에 들어갔을 때 노부나가가 넌지
시 한 말을 떠올리고 자신을 깊이 경계했다.

시동 도라노스케

호반의 성은 날이 갈수록 위용을 더해갔다. 나가하마張浜의 마을에는 밤마다 불빛의 수가 늘어났다. 풍토가 좋고 자연에서 나는 물자도 풍부했다. 영민들은 안심하고 생업에 종사할 수 있는 낙토樂土란 바로 자신들이 살고 있는 곳이라고 생각했다.

여기서 일단, 히데요시의 가족과 가신들에 대해 알아보는 것이 좋을 듯하다. 지금 히데요시가 느끼는 행복은 다 가정에서 비롯된 것이며, 그가 일성의 주인으로 거느리는 가신들이 모두 이곳에 모여 있기 때문이다.

먼저, 가정에는 노모와 아내가 있었다. 그리고 근래 아들 쓰기마루次丸가 생겼다. 하지만 쓰기마루는 네네나 첩실이 낳은 아이가 아니었다. 노부나가가 평소에 두 사람 사이에 아들이 없는 것을 근심하며 자신의 넷째 아들을 히데요시에게 양자로 주었던 것이다.

나카무라의 초가집에서 태어난 히데요시의 동생 고치쿠는 어느덧 어엿한 무장이 되어 하시바 고이치로 히데나가羽柴小一郎秀長로 이름을 개명하고 형을 돕고 있었다. 그 밖에 네네의 동생인 기노시타 요시사다木下吉定와 친족들이 있었다. 중신으로는 하치스카 히코에몬, 이고마

진스케生駒甚助, 가토 사쿠나이加藤作內, 마스다 니에몬增田仁右衛門이 있었고, 젊은 가신으로는 히코에몬의 아들로 고로쿠 이에마사小六家政, 오타니 헤이마 요시쓰구大谷平馬吉繼, 히도쓰야나기 이치스케一柳市助, 기노시타 카게유木下勘解由, 고니시 야구로小西弥九郎, 야마노우치 이에몬 카즈도요山內猪右衛門一豊 등이 있었다.

그리고 후쿠시마 이치마쓰와 가토 도라노스케, 센고쿠 곤베仙石權兵衛와 같은 늘 활기차고 시끌벅적한 시동들도 있었다. 아무도 그들을 개의치 않았기 때문에 싸움이 멎을 날이 없었는데, 그중 후쿠시마 이치마쓰는 코피가 났는지 수시로 종이로 코를 틀어막고 돌아다녔다. 그래도 누구 하나 무슨 일이냐고 묻는 사람이 없었다. 시동들의 목표는 훌륭한 무사가 되는 것이었는데, 무사들만 있는 성안에서 사는 것은 흡사 학생들이 기숙사에서 사는 것과 같았다. 그들은 좋은 일이든 나쁜 일이든 무엇이든 흉내를 냈다. 모든 일을 스스로 알아서 해야 했고 스스로 배워야 했다. 그들 중 도라노스케는 근래 급격히 어른스러워졌다. 다른 시동들이 무엇을 하거나 자신과는 상관없다는 얼굴로 봉공을 끝내면 서책을 옆구리에 끼고 서둘러 성 아래로 나갔다.

"저 녀석, 요즘 책만 들고 다니더니 좀 건방져진 듯하군."

다른 아이들이 괴롭혀도 예전처럼 불같이 화를 내지도 않았다. 싱글싱글 웃으며 전혀 개의치 않았다.

"어줍지 않게 어른 흉내를 내고 있군."

도라노스케와 성격이 맞지 않는 이치마쓰가 탐탁지 않게 여기며 나이 어린 시동들을 부추겼다. 도라노스케는 올해 열다섯이었는데 작년부터 성 아래 사는 군학자인 쓰카하라 고사이지塚原小才治의 집으로 공부를 하러 다녔다. 고사이지는 쓰카하라 도사노카미塚原土佐守라고 하는 검술가의 조카였다. 아직 도장이 없다 보니 스승 한 명에게 군학 강의 부터 검술과 검도, 무사의 예법과 진중에서의 마음가짐까지 모든 것을 배웠다.

도라노스케는 공부를 마치고 성으로 돌아가는 중이었다. 어느덧 저물녘이 가까워지고 석양빛이 마을의 두부 가게와 직물 가게의 처마를 붉게 비치고 있었다.

"뭐지?"

도라노스케가 발길을 멈췄다. 그러자 처마 아래에 몰려 있던 사람들이 갑자기 양쪽으로 갈라졌다.

"비켜라! 무슨 구경이 났다고 몰려들어 낄낄거리고 웃고 있느냐!"

술집이었다. 수풀 속에서 대호가 나타나듯 술집 안쪽에서 술 취한 사내가 한 손에 술병을 들고 비틀비틀 걸어 나왔다. 머리 옆쪽이 술잔 모양으로 벗어져 있었다. 술을 아주 좋아하는 사내였는데 한 번 그를 본 사람들은 그를 잊지 못할 정도였다. 그는 나가하마 성의 보병 조장인 기무라 다이젠木村大膳의 부하였는데 무슨 연유인지 모르지만 이치하시市脚의 규베久兵衛라고 불렸다. 하지만 마을 사람들은 그를 그렇게 부르지 않았다. '대머리 규'라는 뜻인 하게큐禿ㅅ나 '호랑이 규'라는 뜻인 도라큐虎ㅅ라고 하면 모두 누군지 알고 있었다. 그가 유명한 것은 대머리 때문이 아니라 술을 마시면 난폭해지기 때문이었다.

"내가 출세하지 못하는 것은 술버릇 때문이다. 술버릇만 없으면 오백 석이나 칠백 석의 무사가 됐을 것이다."

스스로 그렇게 호언장담할 만큼 실제로 그의 완력은 보통 무사들이 당해내지 못할 정도로 셌다. 전쟁터에서 셀 수 없을 정도로 공을 세웠다고 자랑하는 말도 거짓말이 아니었다. 그가 무슨 짓을 하든 조장인 기무라 다이젠이 모른 체하며 중용하는 것만으로도 알 수 있었다. 또 사람들이 마을의 부교에게 호소를 해도 부교는 '또 하게큐인가'라는 말만 하고 처벌하지 않았다. 그가 세운 무공을 익히 알고 있었고 조장인 기무라 다이젠을 꺼리는 마음도 있었기 때문이다. 그러다 보니 도라규는 한층 기고만장할 수밖에 없었다. 그는 걸핏하면 옆머리가 술잔 모양으로 벗어진 이유에 대해 자랑했다.

"본래 처음부터 이러지 않았다. 스노마타 싸움에서 사이토 쪽 팔십 명의 무사를 거느린 와쿠이 쇼겐과 강가에서 만났을 때, 그자의 창을 빼앗으려 하자 나를 창으로 찌르더군. 그것을 피하다 여기가 살짝 깎인 것이다. 감히 나를 찌르려고 하다니. 괘씸한 놈!"

그는 술집 안에서 낮술을 마시다 술집 일꾼을 두드려 패며 행패를 부렸다. 그 뒤 사죄하러 나온 노파의 팔을 묶고 뒷문으로 도망치는 주인을 붙잡아 위협하며 술을 따르게 하고 자기자랑을 늘어놓았다. 그런데 입구에 몰려들어 그 모습을 구경하던 사람들 중 한 명이 무슨 말을 들었는지 껄껄 웃었다. 그 웃음소리를 들은 도라규가 벌떡 일어서더니 느닷없이 사람들을 헤치고 길가로 나온 듯했다. 사람들은 술에 취해 비틀거리는 도라규를 피해 도망쳤다. 하지만 아까부터 그곳에 우두커니 서 있는 도라노스케는 도망치지 않았다.

하게규는 불쑥 도라노스케에게 다가갔다. 도망칠 것이라고 생각했는데 도라노스케가 한 발도 움직이지 않자 화가 난 듯했다.

"꼬마야, 넌 뭐냐?"

도라노스케는 물큰하게 풍기는 술 냄새에 얼굴을 찌푸리며 말했다.

"성안의 오도라다."

"뭐, 도라虎라고?"

하게규는 코를 킁킁거리며 도라노스케의 작은 몸집을 내려다봤다. 몸집에 비해 눈이 큰 도라노스케도 눈을 크게 뜬 채 하게규를 노려보았다.

"와하하하, 정말 뜻밖이군."

돌연 하게규가 몸을 뒤로 젖히고 웃어댔다. 그리고 도라노스케의 얼굴을 항아리를 들듯 양손으로 잡았다.

"너도 오도라於虎냐? 나도 오도라大虎다. 우리 의형제하는 것이 어떠냐?"

"싫다."

"그러지 말고 의형제하자."

"더러워."

도라노스케는 하게규가 얼굴을 가까이 대자 밀쳐버렸다. 그런데 화를 잘 내는 성격이었던 하게규가 신기하게도 화를 내지 않고 이번에는 도라노스케의 손목을 잡고 술집 쪽으로 잡아끌며 말했다.

"형제끼리 한잔하자."

도라노스케는 자신의 팔이 빠지든지 하게규의 허리가 꺾이든지 둘 중 하나라고 생각하며 한동안 힘을 주고 버텼다. 하지만 상대보다 몸집도 작고 상대는 힘이 세기로 유명한 사람이라 술집 처마 아래까지 질질 끌려가고 말았다.

"저거, 저거 불쌍하게도."

"도망치거라."

"도라규에게 붙잡혔으니 성치 못하겠군."

주변 사람들은 그렇게 웅성거릴 뿐 도와줄 엄두도 못 냈다. 하지만 도라노스케는 침착한 표정으로 한쪽 팔에 끼고 있던 서책을 술집 안으로 내던지고 하게규에게 소리쳤다.

"그만두지 못해!"

"잔말 말고 이리 오너라!"

하게규가 억지로 팔을 잡아끌자 도라노스케가 몸을 비틀면서 왼손으로 칼을 뽑았다.

"아니, 이놈이!"

칼을 보자 익은 감처럼 불그스레하던 하게규의 얼굴이 일순 파래졌다. 그 순간, 하게규의 한쪽 팔이 툭하고 땅으로 떨어지더니 피가 솟구쳤다. 피는 도라노스케의 가슴과 옷은 물론이고 보고 있던 사람들의 얼굴에도 튀었다.

"크악, 네 이놈!"

하게규가 고함을 치며 도라노스케를 향해 달려들었다. 도라노스케의 칼이 허공으로 날아갔다. 거대한 몸과 작은 몸이 이내 뒤엉켜서 흙과 피로 얼룩졌다. 아무리 용맹하다 해도 한쪽 팔을 잃은 하게규의 모습에서는 평소의 위력을 찾아볼 수 없었다. 게다가 출혈이 점점 심해지자 마침내 힘을 잃고 도라노스케의 아래에 깔리고 말았다.

"약한 사람들을 괴롭히다니 네놈은 하시바 가의 수치다!"

도라노스케는 그렇게 외치며 하게규의 눈과 코를 주먹으로 인정사정 보지 않고 갈겨댔다.

"……."

사람들은 숨소리도 내지 못하고 멀리 도망쳐서 바라보고 있었다. 뒷일이 걱정돼서가 아니라 자신들의 예상이 완전히 빗나갔기 때문이다. 도라노스케는 칼과 서책을 주워 다시 옆구리에 끼더니 멀리서 바라보는 사람들에게 말했다.

"이젠 괜찮소. 누군가 묶여 있는 술집 주인을 풀어주시오. 그리고 이 자는 봉행소에 건네도록 하시오. 그것이 가장 좋을 것이오."

도라노스케는 그 말을 남기고 곧장 자리를 떴다. 나가하마 성안은 벌써 등불이 켜져 있었고 사람들은 어둠이 내린 마을 네거리를 떠나지 못한 채 웅성댔다. 그리고 도라노스케는 깜깜한 우물가에서 멱을 감았다.

"오도라이냐?"

주군의 명으로 도라노스케를 찾으러 온 이치마쓰가 우물가에서 소리를 듣고 이름을 불렀다.

"어이."

도라노스케는 태평한 듯 대답했다. 알몸인 도라노스케를 보며 이치마쓰가 의아스럽다는 듯 물었다.

"이 밤중에 뭘 하고 있는 거야?"

"빨래."

도라노스케는 옷을 빨고 있었다. 이치마쓰가 진흙탕에서 넘어졌는지 묻자 도라노스케는 '응' 하고 고개를 끄덕이며 계속해서 빨래를 했다.

"주군께서 부르시니 오거라. 무사가 돼서 진흙탕에 자빠지다니. 그러려고 매일 병법을 배우러 다니는 게냐?"

이치마쓰는 타박을 주고 빨간 불빛이 보이는 본성 쪽으로 먼저 가버렸다. 도라노스케는 자신의 방으로 돌아와서 옷을 갈아입고 곧장 히데요시에게 갔다. 그곳에는 술상이 차려져 있었고, 히데요시 옆에는 기무라 다이젠이 굳은 표정으로 앉아 있었다. 도라노스케는 힐끗 그를 바라본 뒤 히데요시의 입가를 응시했다.

"오도라, 네가 오늘 큰일을 저질렀다고 하더구나. 다이젠이 몹시 화를 내며 나를 찾아와서 자신의 부하를 칼로 벤 너를 가만두지 않겠다고 하는구나. 그로서는 당연한 일, 어찌할 것이냐?"

"어찌할 것도 없습니다."

"어찌할 것도 없다니?"

"예, 그자가 잘못했기 때문입니다."

"네가 보병 부대에 속한 규베에兵衛인가 하는 자의 한쪽 팔을 잘랐다고 하던데?"

"그렇습니다."

"다이젠이 나를 찾아와 가문 안에서 일어난 싸움은 양쪽이 모두 처벌받는 것이 철칙이니 너를 건네달라고 하는데 그리해도 좋으냐?"

"괜찮습니다."

"그리 말하지 말고 너는 아직 어리니 내가 보는 앞에서 다이젠에게 머리를 숙이고 사죄를 하는 편이 좋을 것이다."

"싫습니다."

"어째서?"

히데요시의 눈이 촛불에 반짝 빛을 발했다.

"저는 잘못한 것이 없습니다. 그리고 저는 주군을 곁에서 모시는 시동으로 주군께서 곤란해하실 일을 하지 않았습니다."

"하하하, 그러하냐. 좋다. 그렇다면 나는 개의치 않겠다. 다이젠, 어찌하겠는가?"

아까부터 도라노스케의 옆얼굴을 노려보고 있던 기무라 다이젠이 말했다.

"역시 오도라의 신변은 제게 맡겨주셨으면 합니다."

히데요시는 다소 언짢은 표정을 보였지만 다이젠의 말을 다시 듣고 얼굴빛이 밝아졌다. 다이젠이 이렇게 말한 것이었다.

"제 부하인 규베가 평소에 행동이 바르지 못한 것은 알고 있었습니다. 하지만 마을 한복판에서 일개 시동에게 그와 같은 일을 당했는데 조장인 제가 묵시하고 있을 수만은 없어서 주군께 탄원했습니다만, 지금 오도라의 얼굴을 보고 갑자기 생각이 달라졌습니다."

"어떻게 달라졌다는 것인가?"

"바라건대 오도라를 제 양자로 맞아들이고 싶습니다. 안 되면 제 부대의 무사로 삼고 싶습니다."

"오도라만 좋다면 나도 좋다. 오도라, 어떠냐? 다이젠의 아들이 되겠느냐?"

"양자로 들어갈 마음은 눈곱만큼도 없습니다."

"양자라고 해서 업신여기지 말거라. 나도 양자이니라."

"그래도 싫습니다."

"하하하, 다이젠, 오도라가 저와 같으니 어떻게 하겠는가?"

"어쩔 수 없을 듯싶습니다. 제가 포기하겠습니다. 하지만 참으로 좋은 시동인 듯하여 마음은 흐뭇합니다."

다이젠은 히데요시가 따라주는 술을 마시며 연신 도라노스케를 칭찬했다.

비육지탄 髀肉之嘆

기무라 다이젠이 소문을 낸 듯 성안 사람들은 도라노스케의 침착하고 대담한 성격을 높이 샀다. 그리고 성 아래 마을 사람들 사이에서 도라노스케는 유명해졌다.

"오도라, 앞으로 백칠십 석의 녹을 더 내릴 터이니 고향의 어머니께 편지를 써서 기쁘게 해드려라."

히데요시의 말에 도라노스케는 기뻐하며 한층 공부에 매진했고 봉공에도 힘썼다. 하지만 같이 생활하는 동년배의 시동들은 불만을 품었다. 시동 중에는 후쿠시마 이치마쓰가 가장 나이가 많고 고참이었는데, 그는 그 아래 시동들인 히라노 곤페이平野權平나 가타기리 스케사쿠片桐組作, 가토 마고로쿠加藤孫六, 와키자카 진나이脇坂甚內, 가스야 스케에몬糟屋助右衛門 등과 틈만 나면 연못의 개구리들처럼 왁자지껄 몰려다녔다.

"오도라, 오도라."

"이치마쓰, 왜?"

"책만 보고 있지 말고 이쪽을 보고 대답해."

"상관없잖아."

“여긴 서당이 아니야.”

“참 시끄럽군. 무슨 일이야?”

“모두들 들어봐. 어이, 스케사쿠, 마고로쿠, 진나이, 잘 들어.”

“듣고 있어. 오도라에게 무슨 말을 하려고?”

“요즘, 너무 건방을 떨고 있어서 말해두려는 것이다. 오도라, 너 조금 컸다고 잘난 체하지 마.”

“뭐가?”

“녹이 늘었다고 갑자기 잘난 체하고 있잖아.”

“난 잘난 체한 적 없어.”

“아니, 잘난 체하고 있어. 건방지게.”

“네가 그렇게 생각하니까 그렇게 보이는 걸 거야.”

“나만 그런 게 아니라 모두 그렇게 말하고 있어. 녹이 늘었어도 넌 아직 내 밑이야. 스노마타 성에 있었을 때, 너는 콧물을 흘리며 어머니의 손에 이끌려 왔지? 그때를 잊지 마.”

“누구나 어렸을 땐 콧물을 흘려. 그게 뭐 어쨌다고?”

“저 봐. 저렇게 건방져진걸! 우리도 곧 큰 공을 세울 테니 두고 봐.”

“얼마든지. 어떤 공을 세울지 모르겠지만 꼭 보고 싶군.”

“그럴 거야. 건방진 놈.”

“뭐라고?”

“뭐!”

두 사람이 벌떡 일어서자 다른 시동들이 황망히 말렸다. 이치마쓰가 그런 스케사쿠의 머리를 후려쳤다. 말리는 사람을 때리는 법이 어디 있냐며 스케사쿠가 맞받아쳤다. 그러자 여기저기서 시동들이 뒤엉켜 싸우기 시작했다.

조장인 호리오 모스케가 혀를 차며 달려와 일갈한 뒤 간신히 진정되었다. 하지만 얼마 전 새로 간 장지문의 창호지가 찢어졌고, 세간과 책상, 서책도 어지럽게 흩어져 도저히 눈을 뜨고 볼 수 없을 지경이 되었다.

"주군의 눈에 띄면 큰일이니 빨리 치워라. 그리고 구멍 난 창호도 얼른 붙여놓아라."

모스케는 시동들을 꾸짖은 뒤 모두 자신의 자리로 돌아가라고 명령했다. 사자 새끼와 표범 새끼를 한 우리에 넣어놓고 무료하게 만들면 반드시 무슨 일이 생기기 마련이었다. 그런 사자 새끼나 표범 새끼가 목을 길게 빼고 기다리는 것은 성 밖으로 나가 파란 하늘을 보는 일이었다. 그런 상황에서 도라노스케가 히데요시의 허락을 받고 매일 쓰카하라 고사이지의 도장에 다니다 보니 다른 시동들이 그를 시기하는 것은 무리가 아니었다.

"오이치, 너는 내일 주군과 함께 어딜 갈 것이다. 스케사쿠, 곤페이 너희 두 명도 함께 갈 것이다. 아침 일찍 나설지도 모르니 늦잠을 자면 안 된다."

전날 밤, 호리오 모스케의 명을 들은 세 사람은 히데요시의 행선지는 알지 못했지만 너무 기쁜 나머지 잠도 자지 못할 지경이었다.

일행은 무사 열 명, 시동 네 명, 그리고 말의 고삐를 잡은 하인뿐이었다. 그들은 날이 새자마자 성을 나서 이부키 산 쪽으로 달려갔다. 사냥을 간다는 명목이었지만 매나 사냥개도 없었다.

"주군, 어디까지 가시는 것인지요?"

이부키 산기슭에 이를 때쯤 무사 한 명이 묻자 히데요시가 앞에서 계속 달리며 말했다.

"어디까지라는 예정은 없다. 날이 질 때까지 달리다 돌아갈 것이다."

"사슴이나 토끼라도 몰아올까요?"

"그만두어라. 사냥 따윈 관심도 없고 시시하다."

"그럼 단지 말을 타고 멀리 가시려는 생각입니까?"

"단지? 그렇지 않다. 큰 의미가 있다."

"다른 생각이 있으신 것입니까?"

"있다."

"들려주십시오."

호리오 모스케와 후쿠시마 이치마쓰가 히데요시에게 떼를 쓰듯 말했다. 히데요시는 말을 세우고 눈앞에 있는 이부키 산을 올려다보았다. 무사들도 고삐를 늦추며 땀이 밴 얼굴에 바람을 맞았다.

"비육지탄髀肉之嘆이라는 말이 있다. 알고 있는가?"

"알고 있습니다."

"그럼 유비 현덕이라는 이름은?"

"후한後漢의 영웅 아닙니까?"

"맞다. 공명을 맞아들여 촉蜀을 정벌하고 삼국시대에 촉을 세우고 제왕의 자리에 오른 인물. 그가 아직 뜻도 세우지 못하고 공명도 만나지 않았을 때, 동족인 유표에게 몸을 의탁하며 이른바 식객으로 지내던 장년 시절, 이런 일화가 있다."

"어떤 일화입니까?"

"하루는 유표와 동석해서 술을 마시고 있었는데 유표가 문득 뒷간에 갔다가 돌아온 현덕의 얼굴을 보니 눈물을 흘린 자국이 보였다. 의아하게 여긴 유표가 왜 슬퍼했는지 묻자 현덕이 대답하길, '덕분에 무사안온한 날들을 보내고 있어 그 은혜는 고맙게 생각하지만 방금 별실에서 제 몸을 보니 오랫동안 전쟁터의 물도 마시지 못하고 아름다운 객실에서 안주하며 말도 타지 않았던 탓에 넓적다리가 이렇게 살이 찌고 말았습니다. 세월은 빨리 지나가고 인생은 끝이 있으니 이러는 동안에 저도 안일함에 젖어 세상에 아무것도 남기지 못하고 나이만 먹고 있는구나 생각하자 참을 수 없이 슬퍼졌습니다'라며 탄식했다고 한다."

"그렇군요. 유비는 그때 아무것도 이루지 못한 자신의 처지를 한탄한 것이군요."

"나도 마찬가지다. 무사안일은 무서운 것이다. 지금 나는 지극히 위험한 행복에 빠져 있다. 오늘 그것을 깨닫고 넓적다리 근육을 빼기 위해 나온 것이다. 땀을 흠뻑 흘리기 위해서 말이다."

"주군께서는 남몰래 유비 현덕의 뜻을 품고 계셨군요."

"바보 같은 소리. 내게 망촉望蜀의 뜻이 있다고 해도 그런 산속에 있는 나라를 차지하고 조조나 손견과 같은 자와 패권을 다투다 삶을 마감한 유비를 모범으로 삼고 싶지 않다. 그는 해가 지는 나라의 영웅, 나는 해가 뜨는 나라의 백성, 내 바람은 다르다."

"앞으로 크게 기대가 됩니다."

"그러니 넓적다리에 살이 찌지 않도록 하라."

"걱정 마십시오."

모스케가 대답하자 가타기리 스케사쿠와 히라노 곤페이가 안장 위에서 자신들의 허벅지를 두드리며 말했다.

"보시는 대로 이렇게 말라 있습니다."

"더 빼도록 하라. 너희 소년들의 근육은 칼처럼 벼리고 벼려서 가늘어질수록 날카로움이 더할 것이다. 자, 따라오너라."

평야를 내려가는가 싶었는데 히데요시는 나오쓰г村 촌에서 이부키를 향해 산길을 오르기 시작했다. 이 각이 넘게 산야를 내달리자 배도 고프고 목도 말라왔다.

"어디 밥을 먹을 만한 곳이 없느냐?"

하오의 태양 속에서 히데요시 일행은 먼지를 일으키며 이부키 산기슭을 달려 내려왔다.

"있습니다. 있습니다."

앞서 산기슭의 작은 부락으로 달려갔던 후쿠시마 이치마쓰가 모퉁이까지 말을 돌려 달려와서 손을 흔들었다.

"이 앞에 진언종眞言宗의 삼주원三珠院이라는 좋은 절이 있습니다."

히데요시가 다가오자 이치마쓰가 앞서 달려갔다.

한적한 숲 속에 부엌으로 쓰는 고리庫裡와 본당이 보였다. 히데요시는 산문에 말을 놓고 무사들과 함께 안으로 들어갔다. 사람을 불러도 아무도 나오지 않자 히데요시는 그대로 본당으로 올라가서 한가운데에 앉았다.

얼마 뒤, 고리 쪽에서 사람의 기척이 들렸다. 아마도 승려들은 성주가 와서 휴식을 취한다는 말을 전해 듣고 당황한 듯했다.

"너무 소란을 피우지 마라. 목이 마르니 그저 차나 한잔 마시고 싶구나."

히데요시가 본당 쪽에서 말하자 옆에 있는 방의 칸막이 뒤편에서 누군가 대답했다.

"예, 바로 올리겠습니다."

히데요시는 칸막이 쪽을 돌아보며 고개를 갸우뚱거렸다. 서늘한 목소리였지만 여인의 목소리 같지는 않았다. 고적한 가람이어서인지 청아하고 가련하면서도 힘이 느껴지는 목소리였다. 히데요시가 의아하게 여기는 동안 한 소년이 찻잔을 들고 총총걸음으로 다가왔다.

"……"

소년은 아무 말 없이 인사를 하더니 자그마한 비단 보자기에 찻잔을 올려 히데요시 앞으로 내밀었다. 히데요시는 이내 일고여덟 명이 마실 수 있는 미지근한 차가 담긴 큰 찻잔을 받아들고 단숨에 꿀꺽꿀꺽 마셨다.

"한 잔 더 다오."

"예."

소년은 일어나서 돌아갔다. 히데요시는 절간의 아이라고 생각했다. 소년은 곧 차를 가지고 다시 왔다. 찻물은 이전보다 조금 뜨거웠고 양도 반밖에 되지 않았다. 히데요시는 두 모금 정도 마시면서 소년의 얼굴을 바라보았다.

"꼬마야."

"예."

"이름이 무엇이냐?"

"사기치佐吉라고 합니다."

"사기치. 음, 사기치야, 한 잔 더 다오."

"알겠습니다."

히데요시는 계속해서 소년이 사라진 쪽을 바라보았다. 그런데 이번에는 좀처럼 차를 가져오지 않더니 시간이 얼마 지나 소년은 과자를 가져왔다. 그러고는 조금 지난 뒤에는 이전 찻잔보다 훨씬 작은 백색의 천목天目112에 녹색의 말차를 담아 귀인에게 차를 대접하는 예법대로 천천히 걸어와서 히데요시 앞에 놓았다.

"이걸로 갈증이 풀렸구나. 아주 맛있었다."

"황송합니다."

"음, 으음……."

히데요시는 무엇 때문인지 그렇게 뇌까렸다. 소년의 용모는 보기 드물게 정갈했다. 지성미라고 해야 할지, 나가하마 성의 오이치, 오도라,

---

112 철분이 포함된 유약을 발라 구운 공기 모양의 찻잔. 주로 귀인에게 차를 대접할 때 사용한다.

오스케, 오곤 등의 시동들과는 말과 행동이 현저하게 달랐다.

"너는 몇 살이냐?"

"열세 살입니다."

"성은 있느냐?"

"집안 대대로 이시다石田라는 성을 쓰고 있습니다."

"그럼 이시다 사기치로구나."

"그렇습니다."

"이 부근에는 이시다라는 성이 많은 듯하구나."

"제 가문은 그런 수많은 이시다와는 조금 다릅니다."

소년은 대답할 때에도 명석했고 괜히 무서워하거나 부끄러워하는 모습도 보이지 않았다.

"다른 이시다와는 다르다는 건 무슨 뜻이냐?"

히데요시가 웃으며 묻자 사기치가 대답했다.

"이 부근에서 가장 오래된 가문이기 때문입니다."

사기치는 그렇게 말하고 다시 이어 말했다.

"그 옛날 아와즈粟津 싸움에서 기소 요시나가木會義仲를 죽인 이시다 타메히사石田爲久라는 분이 제 가문의 선조라고 아버님께서 말씀하셨습니다."

"흠, 그 무렵부터 고슈江州의 무가였느냐?"

"예. 겐무建武 무렵 이시다 겐자에몬石田源左衛門이라는 분이 계셨는데, 보리사菩提寺의 과거장過去帳에도 실려 있습니다. 그로부터 훨씬 뒤에는 이 부근의 영주였던 교고쿠京極 가를 섬겼습니다만 언제부터인지 낭인이 되어 아즈사梓 관문 부근에 살며 향사가 되어버리고 말았습니다."

"그 관문 터 부근에 지금도 이시다 저택이라는 이름이 남아 있는데 그것이 네 선조의 땅이더냐?"

"예, 말씀하신 그대로입니다."

"부모는?"

"안 계십니다."

"너는 중이 될 생각으로 절에 들어와 있는 것이냐?"

"아닙니다."

사기치는 고개를 젓더니 미소를 머금은 채 잠자코 있었다. 보조개까지 지성적으로 보였다. 히데요시가 불쑥 물었다.

"주지는 있느냐?"

사기치가 있다고 대답하자 히데요시가 주지를 불러오라고 말했다. 사기치가 주지를 부르러 가려다 말고 물었다.

"지금 성주님의 가신들로부터 밥을 올리라는 말씀을 듣고 주지 스님도 부엌에 들어가 계십니다. 다른 분도 아닌 성주님에게 올리는 상이라 다른 사람의 손에 맡길 수 없다고 하시며 서둘러 밥을 짓고 계신데, 많이 시장하신지요?"

"아, 그러하냐? 그렇다면 나중에 불러도 괜찮다."

"밥이 다 되는 대로 인사를 올리러 오실 것입니다."

사기치는 찻잔을 들고 나갔다.

히데요시는 사기치가 마음에 쏙 들었다. 그의 시동들 중에 들판에서 자란 아이가 많은 것은 그가 농부의 자식이라서 의식적으로 산과 들의 불우한 아이들을 거뒀기 때문이다. 그런데 근래 곰곰 생각해보니 야성적인 아이들만 휘하에 두고 있어서는 언제까지나 야성에서 벗어날 수 없을 뿐 아니라 야성의 장점도 둔해지는 듯했다. 취약한 문화나 무르익은 지성에는 거친 야성이 섞이는 게 본래의 생명력을 부활시키는 방법이었고, 또 지나치게 거칠고 호방한 야성에는 지덕知德의 빛을 비춰야 비로소 완전한 하나의 인격과 새로운 문화를 갖출 수 있는 법이다.

히데요시는 평소에 마음속으로 그렇게 생각하고 있었는데 지금 사기치를 보며 나가하마의 시동들을 떠올렸다. 그는 평소에 시동들을 많이 걱정했는데, 그것은 노신이나 중신보다 나이 어린 인재들을 더 중요하게 여겼기 때문이다. 열서너 살이 돼도 콧물을 흘리거나 잠잘 때 오줌을 싸고 싸움하는 골칫거리들이었지만 히데요시는 시동들이야말로 가문의 보물이라고 여기며 그들이 자라는 모습을 즐거운 마음으로 주시했다.

"열셋. 열세 살치고 너무 조숙하지 않나?"

히데요시는 연신 그렇게 중얼거렸다. 이윽고 그곳으로 주지가 인사를 하러 왔다. 삼주원의 주지는 사기치의 신변을 묻는 히데요시의 질문에 이렇게 답했다.

"여기서 키우고 있습니다만 절에 오래 둘 생각은 없습니다. 본인의 의지도 사문에 있지 않고 양친도 세상을 떴으니 스스로 가명을 일으킬 신세입니다. 사기치의 모친과 저는 먼 친척지간이어서 부디 잘 자라도록 기원하고 있습니다만, 다소 내성적인 성격이라 여자아이 같다는 말도 들을 때가 있어서 무사들 속에서 일가를 이룰 수 있을지 어떨지 걱정하는 마음뿐입니다."

히데요시가 의아해하며 말했다.

"저 아이가 내성적이란 말이오? 하하하, 당치도 않은 소리요. 뭐, 좋소. 그렇다면 저 아이를 내게 주지 않겠소?"

"예? 달라고 하심은?"

"내가 나가하마로 데려가서 시동으로 삼고 싶소. 그대 눈에는 사기치가 내성적으로 보일지 모르나 저 아인 순식간에 사람을 사로잡는 면모를 지니고 있소. 아이에게 나를 따르고 싶은지 아닌지 물어보도록 하시오."

"송구합니다. 싫다고 할 리가 없으나 어쨌든 성주님의 말씀을 전하고 나중에 답변을 올리겠습니다."

"그럼 그동안 나는 밥이나 먹어야겠소이다."

"안내하겠습니다."

승려들이 히데요시를 객실로 안내했다. 그리고 다른 가신들도 그곳으로 맞아들여 공손히 시중을 들었다. 식사가 끝날 무렵, 주지가 사기치를 데려왔다.

"어찌 되었소?"

히데요시가 묻자 주지가 사기치를 보며 말했다.

"보시는 것처럼 크게 기뻐하고 있습니다. 사기치, 어서 공손히 청을 올리도록 해라."

"……."

사기치는 히데요시를 보며 싱긋 웃으면서 양손을 바닥에 대고 머리를 숙였다. 히데요시는 아무 말도 하지 않았지만 만족한 눈빛으로 화답했다.

"성으로 가면 저기 있는 오이치, 오곤, 오스케와 사이좋게 지내야 할 것이다."

"예."

"오늘부터 너희와 같은 시동이 될 이시다 사기치다. 얌전하다고 해서 괴롭히면 안 된다."

"예."

"모스케, 자네가 잘 돌봐주게."

"알겠습니다."

호리오 모스케는 사기치를 보고 정중하게 말했다.

"시동들을 맡고 있는 호리오라고 하니 앞으로 잘 부탁하네."

그러자 사기치도 공손히 인사를 했다.

"이 지방의 향사, 이시다 겐자에몬의 아들, 사기치라고 합니다. 모쪼록 앞으로 잘 부탁드립니다."

열세 살짜리 소년이라고는 여겨지지 않았다. 그의 어른스러운 모습을 본 오이치와 오곤은 절을 떠나면서 서로 소곤거렸다.

"어이, 이번 아이는 오도라보다 훨씬 건방진 것 같아."

"애송이 주제에 벌써 무사가 된 것처럼 잘난 체하고 있더군."

"어디 두고 보자."

"한번 혼쭐을 내줘야겠군."

히데요시가 말을 불러 안장에 올라타자 모두 입을 다물었다. 이부키 산 위로 뜬 저녁달을 보면서 히데요시는 나가하마 성으로 돌아갔다. 물론 사기치도 뒤따라오고 있었다. 사기치는 후일의 이시다 미쓰나리 石田三成가 되었는데, 그날 저녁 그는 앞으로의 인생에 대해 어떤 뜻을 품었을까. 그날 히데요시는 그의 기지機智와 재능을 눈여겨보았는데, 이윽고 알의 껍데기를 깨고 밖으로 나온 봉황 새끼는 그런 히데요시의 기대를 배신하지 않았다.

노부나가의 정치

　일 년 사이에 몇 개의 성이 차례로 멸망해서 사라졌다. 새로운 인물이 나오고 옛사람은 쫓겨났으며 낡은 체제는 허물어졌다. 그리고 다시 새로운 성이 세워지고 새로운 문화가 시작되었다. 그렇게 되자 난세의 천하는 결국 종국을 향해 치달을 수밖에 없었고 좀처럼 안정을 찾지 못하는 격변의 세월 또한 넓적다리에 살이 오를 만큼 사람들에게 한가한 시간을 허락하지 않았다.

　나가하마 성에 명이 떨어졌다. 다시 에치젠을 정벌하고자 하는 노부나가의 명이었다. 출전의 목적은 반노부나가 세력의 괴멸에 있었다. 노부나가는 작년에 아사쿠라 일족을 멸망시키고 에치젠을 자신의 세력권 내에 두었지만 그것은 채 일 년도 가지 않았다.

　전후 정책이 실패로 돌아가자 영민들의 불평은 폭발하고 또 그것을 선동하는 세력에 의해 노부나가의 기반은 허물어졌다. 에치젠 여기저기서 반노부나가의 세력들이 봉기를 일으켰다. 주도 세력은 일향종 문도의 무기와 재력과 신앙으로 결속한 옛 아사쿠라의 잔당을 위시한 연합군이었다. 거기에 서쪽 주고쿠의 모리 가, 북쪽 가이의 다케다 가, 그리고 에치고의 우에스기 가 등이 그들을 원조하고 있었다.

늦가을, 에쓰樾 산은 벌써 눈이 내려 새하얗게 변해 있었다. 그 산을 넘어 에치젠으로 들어간 노부나가의 주력군은 니와 고로자에몬 나가히데와 하시바 지쿠젠노카미 히데요시였다. 봉기는 즉시 진압되었고 다음 해 두 장수는 눈에 갇히지 전에 개선을 했다. 때는 덴쇼 2년이었다. 하지만 1월이 지나자 다시 에치젠 영내에서 심상치 않은 분위기가 느껴졌다.

"애물단지와 같구나!"

노부나가도 혀를 찰 정도였다. 그렇다고 해서 화를 내거나 초조해하지는 않았다. 오히려 그러한 책동에는 넘어가지 않는다는 자세로 짐짓 모르는 체했다.

노부나가가 가장 시급한 일로 생각하는 것은 내정의 충실과 군비의 재편성이었다. 그리고 자신의 세력권 안에 있는 백성들에게 앞날의 태평성대와 통업統業의 과실을 보여주는 것이었다. 그것을 이루기 위해 노부나가는 칠 개국에 걸친 대로大路를 보수하고 가교를 놓는 공사에 착수했다. 미노, 오와리, 미카와, 이세, 이가, 오우미, 야마시로를 관통하는 국도였다. 도로의 폭을 세 간間 반으로 정하고 길 양옆에 가로수를 심었고, 불필요한 관문을 철폐했다. 그러자 무역과 여행을 하는 데 굉장히 편리해졌다. 그 길을 걸으며 가로수들을 바라보는 사람들은 노부나가가 천하의 권력을 잡았다는 것을 인정할 수밖에 없었고 인정하지 않는 사람들도 그를 칭찬하지 않을 수 없었다.

아무리 강력한 군사력으로 초토화된 점령지를 뒤덮어도 일반 백성들은 그를 영원한 지배자라고 생각하지 않았다. 사람들은 격변하는 난세의 흥망을 목격하면서 아무리 강력한 군사나 성루라고 해도 하루아침에 허물어지는 것을 오랜 세월 목도해왔던 것이다. 하지만 그런 땅에 새로운 문화를 건설하고 실리와 희망을 가져다주면 사람들은 그에 맞춰 현실을 기꺼이 받아들였다. 철포 소리와 함성 소리에도 묵묵히 밭을 갈며 농사를 짓는 그들은 귀머거리나 장님이 아니었다. 그들 역시 인생을 향유하고 싶은 인간이었던 것이다.

그래서 노부나가는 전쟁을 하고 파괴를 하면서도 한편으로는 그런 일들을 시급한 과제로 삼았다. 그리고 여름이 되자 그는 다시 군사를 나가시마 쪽으로 움직였다. 나가시마 정벌은 이번이 네 번째였다. 이전 세 번의 정벌에서는 모두 별다른 성과를 올리지 못했다.

첫 번째 원정에서는 동생인 오다 노부오키織田信興가 전사했고, 다음 해 겐기 2년에는 숙장인 가쓰이에가 부상을 당하고 우지이에 보쿠젠이 전사했다. 작년 원정에는 부장인 하야시 신지로林新二郎를 비롯해 많은 전사자가 발생하는 등 계속해서 고배를 마시고 있었다. 그 골칫거리 적에 대해 노부나가는 이렇게 말을 했다.

"나는 먼저 에이 산을 불태워 내 굳은 의지를 보여주었다. 그래서 한동안 그들의 반성과 참회를 기다리고 있었다. 그럼에도 그들은 아직도 반성하지 않고 종교의 이름을 빌려 사람들을 현혹하고 거기에 넘어오지 않는 양민들을 죽이고 무리들을 모아 세력을 점점 늘리고 있다. 천하의 화근이 될 것이 분명하니 결단코 더 이상 좌시할 수 없다."

직접 진두에 선 노부나가의 얼굴은 예전 에이 산을 공격할 때와 닮아 있었다. 더욱이 육만의 대군 속에는 오다 가의 대부분의 효장들이 말 머리를 나란히 하고 있었다. 시바타, 니와, 사쿠마, 이케다, 마에다, 이나바, 하야시, 다키가와, 사사 등의 장수들이 참전했고, 하시바 히데요시도 부대를 이끌고 출전했다.

8월 2일, 비바람이 몰아치는 먹물같이 어두운 여름밤을 틈타 노부나가의 대군은 오도리이大鳥居 성을 공격해 성을 지키던 남녀 천여 명을 몰살하고 불태운 것을 시작으로 차례로 작은 성과 요새를 분쇄해

나갔다. 다음 달 중순 무렵에는 나카에^{中江}와 나가시마 두 성을 포위해 함락시키고 불을 질러 성안의 이만여 문도들을 한 명도 남기지 않고 불태워 죽였다. 그런 변을 당하기까지 남녀 신도들은 단 한 명도 항복하려고 하지 않았다.

칠팔백 명 정도 되는 어떤 종단의 부대는 늦더위의 태양이 쨍쨍 내리쬐는 염천 아래에 반나체의 모습으로 손에 칼과 창을 들고 성안에서 달려 나와 일제히 염불을 외며 맹렬히 저항하다 죽기도 했다. 그로 인해 오다 군의 피해도 적지 않았다.

노부나가의 일족만 하더라도 사촌인 노부나리^{信成}, 이가노카미 센치요^{伊賀守仙千代}, 마타하치로 노부도키^{又八郎信時} 등이 전사했고, 오다 오스미노카미^{織田大隈守}, 도묘 한자에몬^{同苗半左衛門} 등도 큰 부상을 당하고 후송된 뒤 곧바로 죽고 말았다.

그 외에 전사한 장병들은 팔백칠십여 명에 이르렀고 부상자들은 그늘 안에 다 눕힐 수가 없을 정도로 많았다. 희생이 너무 컸다. 노부나가는 사방천지에 죽거나 다친 적과 아군으로 넘쳐나는 광경을 보고 하늘을 바라보며 신음했다.

후일 천하의 통업을 거의 완성하고 아즈치^{安土}에 임하는 날, 노부나가 역시 호사를 누렸지만, 그의 심사를 깊이 헤아려보자면 단지 자신의 작은 욕망과 영화를 위해서라면 이토록 수많은 희생을 치르고 나서 태연할 수 없었을 것이다.

물욕에 대한 욕심이라면 이미 지금의 노부나가는 일곱 나라의 영주로 충분할 것이었다. 명예나 공명에 대한 욕심이라면 교토로 가서 무엇이든 할 수 있는 위치와 힘을 가지고 있었다. 영내의 불안을 일소하기 위한 의미였다면 더 보수적이고 타협적인 방법은 얼마든지 있었다. 하지만 그는 진실로 바라는 것을 실현하기 위해 큰 희생을 치를 수밖에 없었다. 영웅의 고충은 바로 여기에 있었다. 그럼 그가 원하는 것은 무엇일까. 그것은 파괴가 아닌 건설이었다. 그가 이상으로 삼고 있는 체제와 문화를 세우는 것이었다.

근래 당상의 공경들 중에는 노부나가를 만난 적도 없고 그의 생활과 됨됨이도 모르면서 그에 대해 '노부나가는 역시 시골 사람이라 요리의 맛도 모른다'거나 '파괴할 줄만 알지 만들거나 세우는 것은 모르는 사내'라고 하며 뒤에서 그를 평가절하하고 험담하는 사람이 많았다. 하지만 노부나가는 그렇지 않다는 사실을 교토에도 조금씩 보여주기 시작했다.

먼저 나가시마를 평정해서 도카이도에서 이세에 걸친 다년간의 우환을 제거하자 다음 해인 덴쇼 3년 2월 27일에는 상락에 올랐다. 그가 명한 일곱 나라에 걸쳐 있는 대로의 보수도 거의 완성돼서 교토지京都路와 연결되어 있었다. 대로 양쪽에 심은 가로수도 모두 무성하게 자라 있었다.

"애석하게도 당대의 권력을 잡고 교토에 입성하고도 사리사욕에 눈이 멀어 교토를 황폐하게 만들고 도망쳐서 이윽고 아와즈에서 비참한 최후를 맞이한 것은 무문에게 좋은 교훈이 될 것이다. 그와 같이는 되지 말아야 할 것이다."

노부나가는 종종 좌우의 가신들에게 그렇게 말하며 스스로 경계를 하고 부장들에게도 넌지시 훈계를 했다. 필시 기소 요시나가木曾義仲를 두고 한 말일 것이었다. 요시나가는 무인이라면 누구라도 가지고 있는 약점이 있었다. 아니, 사람이 자만하다 보면 누구나 빠지기 쉬운 함정이기도 했다. 노부나가는 마음속으로 그런 위험에 빠질 수 있다는 것을 반성하고 있었음이 틀림없었다.

꽃 피는 3월, 노부나가는 교토에 들어오자마자 입궐해서 천황에게 상소를 하고 물러났다. 그리고 다시 당상관과 손님 들을 초대해 봄맞이 주연을 열었다. 그리고 천황을 곁에서 모시고 보필하는 측신이나 직신과 같이 명성 높은 권문세가들이 극심한 빈곤에 허덕이며 기품과 자긍심마저 잃고 있는 모습을 불쌍하게 여겨 많은 금품을 선물했다.

또 노부나가는 전에는 조정에서 은전을 내려도 고사했지만 이번에는 자처해서 참의參議에 올라 종삼품이 되었다. 천황에게 상소를 올려 나라奈良의 동대사東大寺에 비장되어 있는 란자다이蘭奢待 명향名香을 하사받았다. 이 향목은 쇼무聖武 천황 무렵 중국에서 도래한 것으로 정창원正倉院에 봉인되어 칙서가 없으면 볼 수 없는 보물이었다.

'란자다이蘭奢待'라는 글자 속에는 동東, 대大, 사寺 세 글자가 숨어 있었는데, 주상에게 그것을 하사받은 사람은 아시카가 요시마사 이후 노부나가가 유일했다. 그것을 하사받을 때에는 실로 장대하고 엄숙한 의식이 열렸다. 의식에는 칙사와 나라奈良의 사람들까지 모두 다 참석할 정도였고, 노부나가는 물론 하나와 구로에몬, 아라키 세쓰노카미, 다케이 세키안 외에도 시바타, 니와, 사쿠마, 하치야 효고노카미 등 배석한 이들의 행장은 화려했고 의식 또한 엄숙하여 실로 장관을 이루었다. 의식은 진시辰時 무렵 시작되었고 명향은 여섯 척 나무 상자에 보관되어 있었다.

노부나가는 일 촌寸 팔 분分 정도 되는 향목을 하사받았는데 그 일 촌 팔 분의 향목 때문에 이런 성대한 의식이 열렸을 뿐 아니라, 그로 인해 나라奈良의 마을과 근교의 사찰과 명소에는 전국 각지에서 몰려든 인파들이 일으키는 먼지가 파란 하늘을 뒤덮을 정도였다.

"노부나가가 하는 짓이 좀 과장되고 야단스럽군……."

나라奈良의 젊은 법사들 중에는 그렇게 말하는 사람도 있었고 또 다음과 같이 말하는 사람도 있었다.

"정치네. 노부나가는 상당히 노련한 정치가네."

노부나가는 분명 무인이면서도 정치가였다. 세상을 보는 안목이 있는 사람이 노부나가를 그렇게 본 것은 정확했다. 하지만 이 시대의 '정치'라는 것은 오늘날 말하는 '정치'와는 다소 차이가 있었다. '정치'라고 하는 말 자체의 의미가 훨씬 고결하고 명료해서 오늘날처럼 더럽혀지지 않았던 것이다. 인간의 천직 중에 가장 원대한 이상과 넓은 인애仁愛를 봉행할 수 있는 직분으로서 모든 사람들은 항상 그 직능에 경앙景仰하고 신망했다.

물론 긴 역사 속에서 그 정치를 손에 넣고도 민중의 신뢰를 배신한 권력자는 얼마든지 있었고, 이전 무로마치 시대의 정치 또한 그러했지만 그렇다고 해서 민중이 정치 자체를 천시하거나 의심하지는 않았다. 봉행하는 '사람'에 따라 다르다는 사실을 알고 있었다.

'정치'라는 고상한 말이 천박하고 사리사욕에 물든 무리의 대명사처럼 땅에 떨어진 때는 메이지 말기부터 다이쇼大正, 쇼화昭和 초기에 걸쳐서다. 본래의 '정치'란 인간의 직능으로 최고의 선사善事를 봉행하는 것이어야만 했다. 그 직무에 임하는 대신이나 고관을 마치 무능하고 어리석은 사람처럼 업신여길 때, 정치는 소시민들의 풍자와 해학의 대상으로 전락하기도 하는데 그러한 시대의 민중들은 반드시 불행했다.

그로 인해 대신과 고관은 위엄이 있고 매사에 늘 신중하고 진중하게 행동해야만 했다. 민중은 그런 정치가를 보고 믿음직스럽게 여기고 안도하기 때문이다.

어느 시대든 민중은 무능한 정치가나 민중의 눈치만 보는 대신을 보고 싶어 하지 않는다. 민중은 본능적으로 높은 묘당에 무릎을 꿇고 절을 하며 환호하고 우러러보고 싶어 한다. 형태상으로는 상하의 구분이 있어도 그런 치세의 민중은 태평성대를 느끼기 때문이다.

노부나가는 그러한 서민들의 마음을 잘 알고 있었다. 란자다이를 하사받기 위해 칙서를 올린 것도 명향을 가지고 싶다는 작은 욕심 때문이 아니었다. 오히려 자신의 광영과 존재를 모든 민중들에게 널리 알리고 각인시키려고 성대한 의식을 거행했다고 하는 편이 적절했다.

또 그와 같은 행사를 통해 그는 공경과 귀족의 문화인들과 접촉하고 깊은 친교를 맺어갔다. 노부나가는 간제觀世[113]의 노能[114], 고와카마이幸若舞, 스모, 매사냥, 다도茶道 등을 취미로 가지고 있었다. 말도 좋아했다. 일면 문화인들과 융합을 꾀하면서도 노부나가는 결코 민중을 저버리지 않았다. 막대한 비용을 들여 백성들이 구경할 수 있도록 며칠에 걸쳐 가모加茂의 마장에 큰 경주를 개최하고 자신의 애마 육십 마리를 출전시켜 사람들을 즐겁게 했다. 하지만 그는 무엇을 하고 놀든 거기에 완전히 빠져 자신을 잃는 경우는 없었다.

상국사相國寺에서 산죠三條, 가라스마루烏丸, 아스카이飛鳥井 등 모든 공경들을 초대해 공놀이를 개최했을 때였다.

"대단합니다. 참으로 멋집니다."

"우지자네氏眞 님은 천재입니다."

공경들은 모두 우지자네를 칭송했는데 노부나가는 나중에 측신들에게 이렇게 말했다고 한다.

"이마가와 우지자네가 공을 차는 재주의 십분의 일을 문무에 쏟았다면 사람들에게 그런 잔재주를 보여주고 칭찬받는 신세가 되지 않았을 것을⋯⋯. 조부 이래 슨엔산 세 나라를 다른 이에게 빼앗기고 그저 공 하나 가지고 노는 모습을 보니 참으로 보기에 가련하다."

---

113 남북조 시대의 노能 연기자이자 간제류觀世流 유파의 시조인 간아미觀阿弥의 예명.
114 가마쿠라 시대 후기부터 무로마치 시대 초기에 성립된 일본의 전통 가면 가무극歌舞劇.

● 하타케야마 다카마사의 초상

미요시 나가요시(三好長慶) 정권과 반미요시 연합 사이에 벌어진 전쟁의 행방을 가른 결정적인 전투이다.
미요시 요시오키(三好義興)가 전선을 총지휘한 미요시 군과 하타케야마 다카마사(畠山高政)가 지휘하는
하타케야마 군 사이에 벌어진 전투로, 양측이 합쳐 군세가 거의 10만에 달했다고 한다.

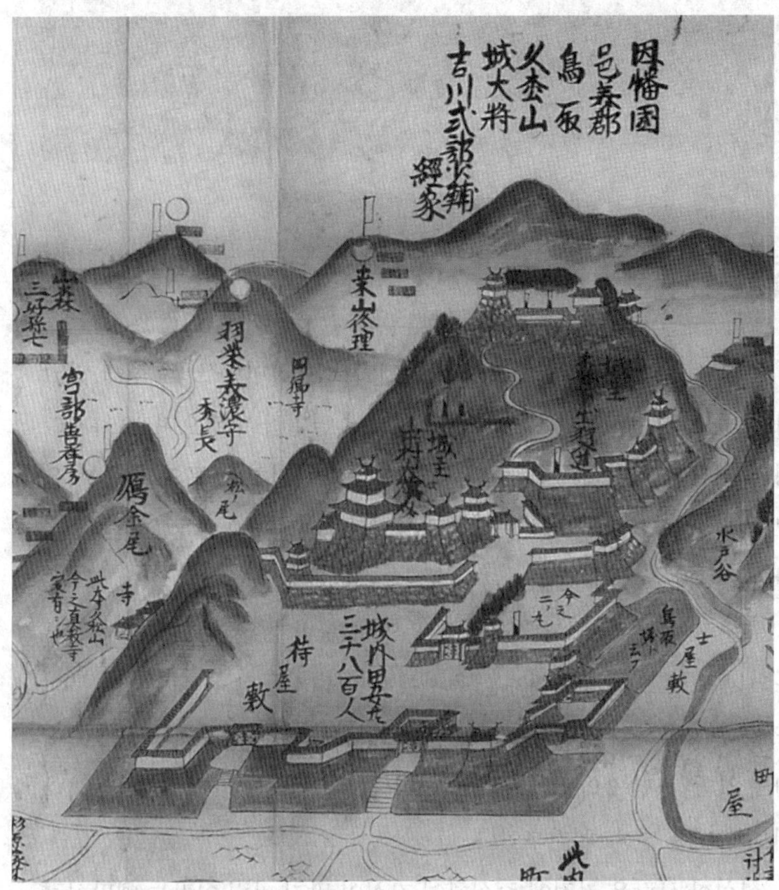

● 1563년 유도코로구치 전투

다케다(武田氏) 세력을 경계하던 야마나 도요카즈(山名豊数)가 나카무라 도요시게(中村豊重)를 내세워 돗토리 성의 성주인 다케다 다카노부(武田崇信)와 유도코로구치에서 맞붙은 전투이다. 전쟁 도중 도요시게가 다케다의 총포에 의해 죽임을 당하고, 결국 싸움은 다케다측의 승리로 끝났다. 결전에서 패한 야마나 가문은 그 후 급속히 세력이 쇠약해졌다.

미카와三河 무사

올해 서른네 살이 된 도쿠가와 이에야스는 하마마쓰浜松 성에 있었다. 아들인 사부로 노부야스三郞信康는 벌써 열일곱이 됐으며, 오카자키 성에 머물고 있었다. 예전부터 그러했지만 여전히 이곳의 사풍土風은 고지식해서 교토의 호사롭고 경박한 문화는 들어오지 않았다. 아니, 받아들이지 않았던 것이다.

군신과 백성 들도 시대와 유행에 영향을 받지 않았으며 미카와 특유의 검소하고 질박한 색채를 유지했다. 아녀자들의 옷 색상이나 무늬도 눈을 자극하지 않을 만큼 수수했고 머리를 묶는 끈도 한 번 쓰고 버리지 않았다. 남자의 복장은 갈색이나 짙은 남색에 기껏해야 잔무늬나 네모 무늬를 넣은 게 전부였다.

'성실한 사람은 가정에 충실하여 자식이 많기 마련'이라는 옛말처럼 이 나라에서는 어느 집에서나 갓난아이의 울음소리가 들렸다. 그 무렵 하마마쓰와 오카자키를 지나는 여행객이라면 꼭 하는 말이 있었다.

"어느 네거리나 아이들밖에 보이지 않는군. 이런 나라에서 아이만 줄곧 낳으니 가난에서 벗어날 수가 없는 것이다."

예전부터 젊은 무사들은 흔히 농담조로 '미카와 무사와 가난은 숙연宿緣'이라고 개탄했는데, 지금도 여전히 미카와는 가난에서 벗어나지 못하고 있었다.

미카타가하라三方ヶ原 싸움 이후 채 삼 년도 지나지 않는 덴쇼 3년 (1575년), 동맹국인 오다나 적국인 다케다의 번성한 모습과 비교해도 미카와는 가망이 없는 상태였다.

먼저 오다 가의 발흥을 수치로 보면, 근래 삼 년 동안 아시카가 요시아키를 쫓아내고 아사이와 아사쿠라를 격파한 뒤 급속도로 영지를 확장했다. 아네 강의 싸움이 있었던 오 년 전과 비교하면 약 백육십만 석이 증가했고 지금은 총 사백만 석이 넘었다. 다케다 가는 삼 년 전인 미카타가하라 이후, 약 십일만 석의 땅을 획득해서 전 영토를 합쳐 백삼십삼만 석의 부강한 나라가 되었다.

그에 비해 도쿠가와 가는 삼 년 동안 영지가 팔만 석이나 줄었다. 그것도 영지가 넓었을 때에는 그리 눈에 띄지 않았지만 불과 사십팔만 석밖에 없는 현재 상황에서는 군 전체의 군비와 병력, 또 아침저녁으로 소요되는 식량에 직접적인 영향을 미칠 수밖에 없었다.

"잊지 마라. 이 좁쌀 밥은 주군께서 일부러 너희를 굶기려고 내리신 것이 아니다. 해마다 다케다 쪽에 영지를 빼앗기고 있기 때문이다. 다른 나라처럼 배불리 밥을 먹고 싶다면 나라를 강하게 만들어라. 나라를 강하게 만드는 방법은 간단하다. 오늘 어려움을 견디며 먹고 싶은 것과 즐거움을 내일로 미루고 스스로를 단련시키는 길뿐이다."

등불을 밝힐 기름조차 부족한 저녁때가 되면 번의 무사의 가정에서는 자식들에게 그렇게 가르쳤다. 그런 상황에서 오카자키 성의 가신인 곤도 헤이로쿠近藤平六는 전공을 세워 녹을 더 받게 되자 어찌할 바를 몰라 했다. 주군의 은혜에 깊이 감명을 받았지만 그만큼 주가의 녹을 갉아먹는 마음이 들었던 것이다. 그렇다고 전쟁에서 세운 공에 대한 은전을 고사하는 것은 주가의 면목을 훼손하는 일이기도 했다.

"곤도, 자네는 아직 오오가大賀 님을 찾아뵙지 않았다고 하지 않았는가?"

"예. 경황이 없어서 그만……."

"빨리 가서 새로 받은 영지가 어느 마을이고 경계가 어디인지 그곳 관리인 오오가 님께 설명을 듣고, 인도받을 것은 받아두어야 하지 않겠나?"

"예, 오늘 돌아가는 길에 들러서 오오가 님의 말씀을 잘 듣도록 하겠습니다."

곤도 헤이로쿠는 조장의 꾸지람을 듣고 그날 저녁 집으로 돌아가는 길에 도쿠가와 가에서 제일가는 슈도닌出頭人[115]인 오오가 야시로大賀弥四郎의 저택을 찾아갔다.

하마마쓰나 오카자키를 통틀어 오오가 야시로 정도로 큰 저택을 가지고 있는 사람은 없었다. 오오가는 미카와 도오도우미 삼십여 군의 대관代官이었다. 또 지방을 감시하고 세금을 징수하며 오카자키와 하마마쓰의 금전 출납이나 군수품 구입 등 경제와 관련된 중요한 일도 겸하고 있었다. 그래서 늘 그의 집 앞은 손님들로 장사진을 이루었다. 밖에서는 그렇지 않았는데 저택 안으로 들어가면 그곳은 오카자키가 아닌 듯했다. 건축물이나 정원, 일하는 사람들의 복장과 머리는 교토를 그대로 옮겨놓은 듯 화려하고 아름다웠다. 손님이 오면 반드시 선물이 함께 들어오고 안으로 들어가면 진귀한 술과 안주가 나왔다.

"아무래도 나와 맞지 않는 듯하군."

곤도 헤이로쿠는 주인인 오오가 야시로가 나오는 동안 꿔다 놓은 보릿자루처럼 호사스런 서원에서 편하지 않은 마음으로 오도카니 기

다렸다.

"이거, 실례했소이다."

오오가 야시로가 들어왔다. 마흔둘이나 셋 정도 된, 체구가 큰 사내로 이마가 넓은 얼굴에 마맛자국이 가득했다. 하지만 그의 응대하는 모습을 보면 대단한 재사才士라는 것을 금방 알 수 있었다.

"오래 기다리게 했소이다."

오오가는 자리에 앉자 먼저 예부터 취했다.

"이번에 귀공께서 영지를 하사받게 되었다니 참으로 축하할 일이오. 다른 사람의 일처럼 여겨지지 않소이다. 곤도 님은 자제분들도 많아 봉록이 늘게 되면 앞으로 다소 편해질 것이라고 아내와도 이야기했소이다. 하하하, 정말 잘됐소이다."

오오가는 흡사 자신의 일처럼 기뻐해주었다. 미카와 사람의 순박함을 그대로 지니고 있는 헤이로쿠는 오오가가 정말로 기뻐하는 것인지 거짓인지 의심하는 마음조차 없었다.

"아닙니다. 부끄럽습니다. 별다른 전공이 없는데도 뜻밖에 봉록이 늘게 되어 어떻게 해야 할지 송구한 마음만 들 뿐입니다."

"송구한 마음이 든다고요? 봉록을 받고 송구한 마음이 든다고 하는 사람은 곤도 님이 처음일 것이오. 아니, 귀공이 정직한 사람이어서 일 것이오. 그런 면이 무사의 자질일지도 모르겠소이다."

"새로 하사받은 영지에 대해 가르침을 받으라는 조장의 말씀을 듣고 이렇게 찾아뵈었습니다."

"주군의 은명을 받고서도 어찌 오지 않는가 하고 생각하고 있던 참이었소. 곧 영지의 지도를 보여드릴 테니, 오늘은 천천히 머물다 가도록 하시오."

어느 틈엔가 헤이로쿠와 오오가 앞에 갖가지 음식으로 술상이 차려졌다. 그것을 가져오거나 시중을 드는 시녀도 오카자키나 하마마쓰 여인이 아니었다. 일부러 교토에서 불러온 여인들인 듯했다. 술도 평소에 아끼며 마시는 탁주와는 전혀 달랐다. 사람이라면 누구나 하룻저녁의 이러한 호사를 마다할 리가 없었다. 헤이로쿠는 완전히 흥에 취했다.

"이젠, 이젠 됐습니다. 그만 돌아가야겠습니다."

"영지의 사정과 지형도 이젠 충분히 알겠소이까?"

"예. 여러 가지 도움을 주셔서 고맙습니다."

"으음, 그런데 곤도."

"예."

"내 입으로 말하는 건 공치사 같지만, 이번 은전도 실은 내가 넌지시 주군께 중재한 것이오. 그러니 그것만은 기억해주게. 나를 소홀히 생각할 리는 없겠으나."

"……"

헤이로쿠는 흥이 깬 얼굴로 오오가의 마맛자국을 바라보며 아무 말도 하지 않았다.

"그럼 그만 물러가겠습니다."

곤도 헤이로쿠가 급히 자리에서 일어서자 오오가가 깜짝 놀라 말했다.

"아니 벌써 돌아가려는가?"

"예, 가야겠습니다."

"뭐가 신경에 거슬린 것인가? 자네의 봉록이 는 것이 내 천거에 의한 것이라고 솔직하게 말한 것이 마음에 들지 않은 것인가?"

"아닙니다. 그런 게 아니라 머리가 다소."

"그러고 보니 갑자기 얼굴색도 좋지 않아졌군."

"술기운 때문일지 모르겠습니다."

"술은 센 편이 아니던가?"

"몸이 조금 안 좋은 듯합니다."

헤이로쿠는 황망히 자리에서 일어나서 물러갔는데, 그날 별실 쪽에 또 한 명의 손님이 와서 술을 마시고 있었다. 그 역시 오오가와 마찬가지로 오카자키의 가신이자 세도가 있는 야마다 하치조山田八藏라고 하는 오구라가타御藏方116 제일의 슈도닌出頭人이었다. 하치조는 오오가와 상당히 친밀한 사이인 듯 서슴없이 오오가가 있는 방으로 들어와서 마주 보며 말했다.

"너무 일찍 말을 꺼낸 듯하오. 혹 뭔가 눈치채고 돌아간 것은 아니오?"

오오가도 하치조와 똑같이 불안을 느끼고 있었던 듯했다.

"평소 순박하다는 말을 듣던 자라 쉬 내게 고마움을 느낄 거라 생각했는데 의외로 갑자기 불쾌한 얼굴을 하고 돌아갔네. 내 속말을 이상하게 받아들인 기색도 보였네."

"그럼 살려둘 수 없군."

"그렇게까지 할 정도로 중요한 말은 하지 않았는데……."

"만사 불여튼튼이라는 말도 있네. 내가 쫓아가서."

야마다 하치조는 즉시 정원의 문을 통해 밖으로 나가 헤이로쿠의 뒤를 쫓았다. 곤도 헤이로쿠는 배웅을 나온 오오가의 하인들과 한 마디 말도 섞지 않고 정문을 지나 밖으로 나왔다. 그리고 그 웅장한 정문을 바라보다 침을 뱉듯 무슨 말인가를 중얼거렸다.

뒷문에서 돌아온 야마다 하치조는 헤이로쿠를 발견한 뒤 토벽에 몸을 바싹 붙이고 서서히 다가가 어떻게 베는 게 좋을지 생각했다. 그런데 곤도 헤이로쿠는 정문에서 담장을 따라 열 걸음 정도 가다 담장 근

---

116 무로마치 시대에 창고를 관리하고 금전과 곡물과 기재 등의 출납을 관장하는 사람.

처 도랑에 몸을 숙였다. 규모가 큰 저택이라면 반드시 담장 주위에 도랑이 있고 물이 흘렀다. 헤이로쿠는 입속에 억지로 손을 집어넣고 사뭇 괴로운 듯한 소리를 내며 방금 오오가 집에서 먹은 것들을 모두 토해내더니 눈을 비비며 중얼거렸다.

"아아, 시원하다."

그러고는 터벅터벅 걸어갔다. 그 모습을 본 야마다 하치조는 마음이 달라졌다. 역시 헤이로쿠가 갑자기 물러간 것은 몸이 안 좋았기 때문이 분명했다. 그에게 다른 뜻이 있는 것처럼 생각한 것은 신경과민이라고 생각했던 것이다. 그는 다시 오오가가 있는 곳으로 돌아와 그냥 온 이유를 이야기했다. 그러자 오오가가 안심한 듯 말했다.

"그것참 다행이오. 어쨌든 대사를 앞에 두고 있으니 아무 일도 없는 것이 가장 좋소. 자, 술이나 마십시다."

오오가는 손뼉을 쳐서 시녀들을 불렀다. 그곳은 백난을 극복하기 위해 번이 일치단결해서 검소한 생활을 하는 오카자키 성 아래에 있었지만 그런 것들과는 무연한 듯 보였다. 그들은 문을 닫아걸고 탐욕과 사리사욕으로 가득한 작은 나라를 이루고 있었다.

곤도 헤이로쿠는 부대의 우두머리인 오오카 츄에몬大岡忠右衛門의 사택을 찾았다.

"송구하지만 새로 하사받은 봉록을 다시 주군께 반납하고자 하니 성가시겠지만 그 절차를 밟아주시길 청합니다."

"뭐, 반납한다고? 오오가 님은 찾아뵈었는가?"

"예. 그래서."

"그런데 대체 무슨 연유로?"

"싫어졌습니다."

“바보 같은 소리 하지 말게. 하사한 봉록을 거절하고 반납한 예는 없었네.”

“그렇다 하더라도 받을 수 없습니다.”

“이유를 말해보게.”

“오오가 야시로의 말하는 폼이 마음에 들지 않았습니다.”

“오오가 님이 내린 것이 아니지 않는가.”

“그렇습니다. 그럼에도 오오가가 말하길 이번 일은 오직 자신이 뒤에서 힘을 써서 주군께 중재한 덕분이라고 했습니다.”

“그런 말을 했단 말인가?”

“오오가에게 신세를 질 수 없습니다.”

“오오가 님은 본래 그런 분이다. 앞날에 그분의 미움을 사서는 봉공에 곤초를 겪을 것이니, 자네가 참도록 하게.”

“싫습니다.”

“자네도 참 고집이 세군.”

“나리가 더 끈질기십니다.”

“자네가 뭐라 하든 하사받은 봉록을 반납하는 절차는 밟을 수 없네. 계속 고집을 부리겠다면 자네가 직접 하마마쓰로 가서 말씀을 올리도록 하게.”

오오카는 헤이로쿠가 가지 않을 것이라고 생각하고 쫓아버렸다. 그런데 며칠 뒤, 곤도 헤이로쿠는 태연스레 하마마쓰로 가서 이에야스에게 알현을 청하고 주군 앞에서 모든 것을 고했다.

“비록 소신이 미천하다고 하나 오오가와 같은 자를 따르며 녹지를 받을 마음은 추호도 없습니다. 그러한 봉록을 쌀 한 톨이라도 받는다면 무사의 오명이라 생각합니다. 혹여 주군의 기분을 훼손하여 할복을 명하신다 하더라도 봉록을 반납하고자 합니다.”

곁에 있던 노신들이 달래고 얼러도 헤이로쿠는 완고했다.

"……."

이에야스는 곤란한 표정을 지었다. 번의 재무를 담당하는 오오가는 무엇과도 바꿀 수 없는 수완을 지니고 있었다. 오오가는 마구간지기였는데, 이에야스는 그의 재능을 인정해 직접 등용한 뒤 중책을 맡기고 지금은 누대의 가신들과 같은 대우와 광범위한 직권을 부여했다. 그러다 보니 헤이로쿠의 입장은 이해가 되었지만 어떻게 처리해야 할지 고민스러웠다.

"헤이로쿠."

"예."

"봉록을 더 내린 것은 내 마음에 따른 것이지 야시로의 중재로 인한 것이 아니라는 사실은 알고 있는가?"

"하지만 오오가의 말처럼 세상에서 들으면."

"들어보게. 자네도 잊지 않았을 것이네. 내가 오카자키에 머물던 무렵, 논을 시찰하기 위해 갔을 때, 논두렁에 칼을 풀어놓고 그 논 한가운데에 들어가 백성들과 함께 모내기를 한 일이 있었네. 그때 자네와 자네의 처자식도 있었으니 내가 뭐라 했는지 기억하고 있을 것이네. 그때의 약속을 오늘 조금이나마 지킨 것뿐이니 투덜대지 말고 받아두게."

"예?"

헤이로쿠는 그렇게 외치고는 아무 말도 하지 못하고 눈물만 흘렸다. 이에야스는 그때 헤이로쿠에게 전쟁에 나가서는 창을 잡고 고향에 돌아와서는 논에서 일하는 그런 가난을 오래 겪지 않게 하겠다고 말했던 것이다. 지금 이에야스가 그때의 일을 잊지 않고 말하자 헤이로쿠는 눈물을 흘린 것이었다.

미하타御旗[117]와 다테나시楯無[118]

다케다 가쓰요리武田勝賴는 서른 살 봄을 맞았다. 망부인 신겐보다 키도 훨씬 컸고 골격도 늠름했으며 미장부美丈夫라고 불리기에 어울리는 풍모를 지니고 있었다. 신겐이 홀연 세상을 떠난 것이 올해로 삼 년째였고 4월이면 탈상이었다.

"삼 년 동안 내 죽음을 숨겨라."

신겐이 죽으면서 내린 명은 엄격하게 지켜져 왔다. 하지만 그의 기일이 되면 혜림사를 비롯해 각지의 산속 깊이 자리한 사찰에서 법등을 켜고 만 부의 독경을 외는 소리가 들려왔다. 그날은 가쓰요리도 병무를 접고 비사당문 안에서 신록도 보지 않고 휘파람새의 울음소리도 듣지 않으며 삼 일 동안 지냈다.

이윽고 기일이 끝나 쓰쓰지가사키躑躅ヶ崎의 성에 있는 방문을 열고 향의 연기를 밖으로 내보낸 날이었다. 가쓰요리가 의복을 갈아입고 모

---

117 다케다 가는 가이甲斐 지방의 겐지源氏의 시조인 미나모토노 요시미쓰源義光 이래로 그곳을 대표하는 가문이었다. 미하타御旗는 미나모토노 요시이에源賴家와 요시미쓰賴光의 부친인 요리요시賴義가 고레이제이後冷泉 천황에게 하사받은 '히노마루日の丸'가 그려진 깃발로 겐지源氏의 직계 자손임을 상징한다. 야마나시山梨 현의 운봉사雲峰寺에 소장되어 있다.

118 미나모토노 요시미쓰가 사용하던 갑옷으로, 방패가 필요 없을 만큼 칼과 창으로도 뚫을 수 없는 튼튼한 갑옷이다. 야마나시山梨 현 관전천菅田天 신사에 소장되어 있다.

습을 드러내자 기다렸다는 듯 아도베 오이노스케跡部大炊介가 부복하며
한 통의 서신을 바쳤다.

"화급을 다투는 사안이라 일견하신 후에 일러주시면 답신은 제가
적도록 하겠습니다."

주위에는 아무도 없었다. 오이노스케의 모습을 보면 일부러 지금과
같은 때를 기다리고 있었던 듯했다.

"흠, 오카자키에서?"

가쓰요리는 서신을 받아들고 바로 봉을 뜯었다. 필시 그도 기다리고
있었음이 분명했다. 읽어 내려가는 동안 그의 얼굴에 심상치 않은 기
색이 엿보였다. 그는 한동안 마음의 결정을 내리지 못한 듯 생각에 잠
겨 있었다. 여름이 지척이라 파릇한 나뭇가지 사이로 휘파람새 울음소
리가 들려왔다. 가쓰요리는 창밖 하늘을 한번 쳐다본 뒤 말했다.

"알았다. 답신은 이 한마디로 족할 것이니, 자네가 그리 전하라."

아도베 오이노스케는 깜짝 놀란 듯 얼굴을 들어 다시 한 번 확인했다.

"그렇게 전하기만 하면 되는 것인지요?"

가쓰요리가 결연히 말했다.

"그렇다. 하늘이 내린 기회를 놓칠 수 없는 법. 그런데 사자는 믿을
만한 자인가?"

"중대한 사안인 만큼 걱정하지 않으셔도 될 자입니다."

"외부로 새어나갈 일은 없을 터이지만 소홀함이 있어서는 안 될 것
이라고 서신에 적어 보내도록 하라."

"알겠습니다."

오이노스케는 서신을 돌려받아 품속 깊숙이 숨긴 뒤 황망히 물러갔
다. 오이노스케가 향한 곳은 사저가 아닌 성 안쪽에 있는 한 건물이었
다. 그곳은 타국의 사신이나 각지로 보내는 간자 등을 맞이하는 곳이

었는데 본성이나 성곽과는 단절된 비각秘閣이었다.

오이노스케가 그곳에 들어간 뒤 몇 각이 지나지 않는 사이 정문의 정무소 쪽에 군령이 내려지고 갑자기 분주해졌다. 밤이 되자 한층 더 분주해졌으며 밤새 사람들이 동분서주하고 성문을 드나드는 발길이 끊이지 않았다.

밤이 새기 시작하자 성 밖 광장에는 어느새 일만 사오천의 병마와 정기가 아침 안개에 젖은 채 엄숙히 정렬해 있었다. 아직도 속속 모여드는 군사들이 있는 듯했다. 해 뜰 무렵까지 출진을 알리는 나팔 소리가 몇 번이나 고후의 마을들을 잠에서 깨우고 있었다.

어젯밤 팔베개를 하고 잠깐 눈을 부친 가쓰요리는 갑옷을 입은 채 조금도 졸리지 않은 표정을 짓고 있었다. 남들보다 몇 배나 건강한 그의 육체와 장래의 원대한 꿈은 그날 아침 신록과도 같은 싱싱함을 머금고 있었다. 부친인 신겐이 죽은 뒤 삼 년 동안, 그는 단 하루도 편하고 한가로이 보내지 않았다.

고甲 산과 협수峽水의 방비는 공고했지만 부친의 유고를 계승하며 안주하고 있기에 가쓰요리의 담력과 무용은 부친인 신겐을 능가했다. 가쓰요리는 명문가 출신 중에서 흔히 볼 수 있는 이른바 '온실의 화초'와 같은 자식이 아니었다. 오히려 자부심과 책임감과 천부적인 무용이 지나칠 정도였다.

아무리 비밀에 부쳐도 신겐의 죽음은 얼마 지나지 않아 다른 나라에 새어나갔다. 우에스기가 급습해왔고 오다와라의 호조도 태도가 달라졌다. 거기에 오다와 도쿠가와 쪽에서는 틈만 나면 경계를 넘어 침범해왔다. 위대한 아버지를 둔 아들은 하루도 편한 날이 없었다.

가쓰요리는 지금 바로 그런 입장에 처해 있었다. 하지만 그는 부친의 이름을 욕보이지 않았다. 어떤 싸움에서도 대등하게 싸우거나 반드시 실리를 챙겨서 돌아왔다. 그러다 보니 근래 다른 나라들 사이에서 다음과 같은 소문이 돌았다.

"신겐이 죽었다는 건 거짓말일지 모른다. 언젠가 하루노부 뉴도 신겐이 여기 있다 하고 홀연히 세상에 나타날지도 모른다."

그러한 소문만 보더라도 신겐이 죽은 지 삼 년 동안 가쓰요리가 얼마나 경략을 잘하고 노력했는지 충분히 알 수 있었다.

"미노노카미 님과 마사카게 님이 출전하시기 전에 잠시 뵙고 싶다고 하십니다."

막 출전하려는 순간, 아나야마 바이세쓰穴山梅雪가 가쓰요리에게 말했다. 바바 미노노카미馬場美濃守와 야마가타 마사카게山縣昌景 두 사람은 선대 이래의 공신이었다. 가쓰요리는 문득 이렇게 되물었다.

"두 사람 모두 출전 준비는 하고 있던가?"

"갑옷을 입고 계십니다."

바이세쓰가 대답하자 가쓰요리가 다소 안심한 듯 고개를 끄덕였다.

"부르도록 하라."

두 사람이 오자 가쓰요리가 엄숙하게 말했다.

"그대들이 걱정해주는 것은 기쁜 일이나 내게 있어 오늘은 중요한 날이오. 게다가 아침 일찍 미하타다데나시御旗楯無에 배례하고 맹세한 뒤 나왔는데 이제 와서 생각을 접을 수는 없소."

'미하타다데나시!'

그 말을 듣자마자 두 장수는 손을 모으고 마음속으로 배례했다. 이 두 가지 물건은 다케다 가에 전해 내려오는 군신軍神의 신체神體였다. 미하타라는 것은 '하치만타로八幡太郎 요시이에義家'라는 통칭으로 알려진 미나모토노 요시이에源義家의 군기軍旗였다. 또 다데나시라는 것은 다케다 가문의 시조인 신라사부로 요시미쓰新羅三郎義光의 투구였다. 무슨 일이든 이 두 가지 가보 앞에서 맹세한 일은 절대로 어기지 않는 것이 다케다 가에 대대로 내려온 철칙이었다.

가쓰요리가 그 가보 앞에서 맹세하고 왔다고 하자 두 사람은 더 이상 간언할 여지도 없었다. 그리고 출전이 임박했음을 알리는 나팔 소리가 울리자 두 사람은 어쩔 수 없이 주군 앞에서 물러났다. 하지만 여전히 주가의 안위를 걱정하는 마음을 끊을 수가 없었던 두 사람은 오이노스케를 찾아갔다.

"자세한 것은 귀공에게 들으라고 주군께서 말씀하셨는데 대체 어떤 비책이 있어서 이리 급하게 출병하게 된 것인가?"

아도베 오이노스케는 사람들을 물리고 득의양양한 얼굴로 내막을 밝혔다. 그가 말하는 극비의 계책이란 다음과 같았다.

이에야스의 아들인 도쿠가와 노부야스가 지금 지키고 있는 오카자키 성의 가신 중에 오오가 야시로라는 사람이 있는데 그는 이전부터 자신을 통해 다케다 가와 내통하고 있으며, 성에서도 깊이 신뢰를 받고 있다고 했다. 그리고 그제 쓰쓰지가사키에 온 사자가 오오가 야시로가 보낸 밀서를 가져왔는데 '이제 때가 무르익었다'라고 적혀 있었다는 것이다.

그 때라는 것은 이번 2월 이래로 노부나가가 교토에 머물러 기후는 비어 있었고, 또 그 이전에 노부나가가 나가시마의 정토진종 무리를 공격했을 때 이에야스가 원군을 보내지 않았던 탓에 두 나라 간의 동맹도 소원해져 있었던 것이다.

그래서 지금 다케다 군이 질풍처럼 미카와로 나가 쓰구데作手 부근을 공격한다면 오오가는 오카자키에서 호응하여 성문을 열고 다케다 군을 맞아들이고 노부야스를 죽이고 도쿠가와 쪽 가족들을 인질로 잡은 뒤 그곳을 발판으로 하마마쓰를 공격하면 하마마쓰의 장병들도 속속 투항하여 아군에 가담할 것이라고 했다. 그러면 이에야스는 분명 이세나 미노지로 도망칠 것이라고 호언장담했다.

"어떻습니까? 이것이야말로 하늘이 내린 절호의 기회라고 할 수 있지 않겠습니까?"

오이노스케는 이미 만사가 자신의 계획대로 된 것처럼 자랑하듯 이야기했다. 두 사람은 더 이상 아무 말도 하고 싶지 않았다. 아도베 오이노스케와 헤어지고 자신들의 부대로 돌아가는 도중 두 사람은 서로의 얼굴을 암울하게 바라보며 말했다.

"미노 님, 서로 살아서 망국의 산하를 보고 싶지는 않을 것이외다."

야마가타 사부로베가 그렇게 말하자 바바 미노노카미도 고개를 끄덕이며 침통한 표정으로 말했다.

"나나 야마가타 님이나 어느덧 천수에 이르렀소이다. 그러니 선군의 뒤를 따라 떳떳이 죽을 자리를 살펴 우리가 제대로 보필하지 못한 죄를 사죄하는 것밖에 다른 방도가 없을 듯하오."

바바와 야마가타라고 하면 다년간 신겐의 휘하에서 천하에 이름을 떨친 용장들이었다. 하지만 신겐이 죽은 뒤, 두 사람의 머리에는 급격히 흰머리가 늘었다. 고 산의 신록은 젊어 파릇파릇했고 후에후키笛吹 강의 강물은 올해도 뜨거운 여름을 앞두고 유유히 흘러가며 영원한 생명을 노래했지만, 신겐이 죽은 뒤 다케다 군은 예전의 다케다 군이 아니었다. 어딘지 일말의 비조悲調와 무상함이 느껴졌는데 그런 기운은 바람에 나부끼는 깃발과 발소리에도 깃들어 있었다.

하지만 일몰의 붉은 노을과 일출의 붉은빛이 닮은 듯하면서도 다른 것처럼 북을 치고 깃발을 펄럭이며 국경의 저편으로 행진해가는 일만 오천의 정예군의 위용은 신겐이 살아 있을 무렵과 조금도 변함없다 보니 고후의 사람들 눈에는 위풍당당하게 비춰질 것이었다.

다케다 쇼요켄, 다케다 사마노스케 노부시게武田左馬助信繁, 아나야마 바이세쓰, 바바 미노노카미, 사나다 노부쓰나眞田信綱와 사나다 마사데루眞田昌輝, 야마가타 사부로베, 나이토 슈리, 하라 하야토노스케原隼人佐, 쓰지야 마사쓰구土屋昌次, 안나카 사곤安中左近, 오바타 카즈사노스케小幡上總介, 나가사카 쵸칸長坂長閑, 아도베 오이노스케, 마쓰다 미카와노카미松田三河守, 오가사와라 카몬小笠原掃部, 아마리 노부야스甘利信康, 오야마다 노부시게小山田信茂. 이들 각 부대들의 깃발을 보거나 가쓰요리의 전후를 두껍게 둘러싸고 가는 직속부대인 철포대를 보더라도 다케다 군의 쇠퇴한 기운은 전혀 보이지 않았다. 특히 대장인 가쓰요리의 얼굴에는 '오카자키 성은 이미 내 수중에 들어온 것이나 다름없다'라는 자신감으로 가득 차 있었다. 그의 두툼한 볼을 가리고 있는 투구의 햇빛 가리개에 박힌 황금은 그의 화려한 전도를 밝혀주는 듯했다.

사실 가쓰요리는 신겐이 죽은 뒤에 눈부신 업적을 세웠다. 도쿠가와 가의 영지로 진출해 곳곳의 작은 성을 공격해 빼앗거나 아케치 성을 기습해 노부나가의 코를 납작하게 만들었다. 또 불리하다고 판단되면 질풍처럼 물러나서 사라지는 데에도 능했다.

고후를 출발한 것은 5월 1일이었는데, 특히 이번 출전은 만반의 준비를 하고 있었다. 그날 밤, 도오도우미遠江에서 히라야마고에平山越에 이른 뒤 이윽고 목표인 미카와로 공격해 들어가기 위해 강가 앞에서 야영을 하고 있을 때, 건너편 강가에서 헤엄쳐 건너오는 무사가 있었다.

경계를 보던 병사가 바로 사로잡아 살펴보자 도쿠가와 쪽 무사인 고타니 진자에몬小谷甚左衛門과 구라치 히라자에몬倉地平左衛門이었는데 도쿠가와 쪽 병사에게 쫓겨 도망쳐왔다고 했다. 두 사람은 중대한 사실을 고할 것이 있으니 즉시 가쓰요리에게 자신들을 데려가줄 것을 요청했다.

"뭐라? 고타니 진자와 구라치 두 사람이 도망쳐왔다고?"

가쓰요리는 뭔가 짐작이 가는 데가 있는 듯 그들을 기다리는 동안
에도 조급해했다.

내부의 적

이에야스는 어젯밤 잠을 잘 이루지 못한 듯했다. 큰 근심이 있는 듯 아침부터 얼굴이 부어 있었다.

신록이 싱그러운 아침이었다. 예전 미카타가하라 싸움에서 적군이 성을 포위했을 때도 그는 하마마쓰 성의 문을 활짝 열어놓고 코를 골며 잠을 잤다. 그런 그가 이렇게 근심하는 모습은 드문 일이었다.

어제 오카자키의 곤도 헤이로쿠가 알현을 청해 봉록을 반납하겠다는 뜻을 밝히며 오오가 야시로의 천박한 말과 무례를 호소하고 돌아갔다. 다행히도 이에야스의 위로에 헤이로쿠는 봉록 반납에 대한 이야기는 거두었다. 하지만 이에야스의 가슴에는 깊은 근심이 생겼다. 오오가의 말에 의심을 품게 되었던 것이다. 주인 입장에서 자신이 중용한 신하를 의심하는 것만큼 불행한 일은 없었다. 이에야스는 근심이 깊었다. 그는 그 책임의 절반 이상을 자신의 부덕으로 여기며 자책하고 있었다.

외부의 환난과 사방의 강적은 두렵지 않았다. 오히려 적이 없는 나라는 망한다는 진리를 되새기며 기꺼이 역경을 극복해나가는 보람도 있었다. 하지만 군신 간의 의심암기疑心暗鬼는 내부의 적이었다. 더 나아가 번 전체의 질병이었다. 그 병을 치유하는 데에는 명의와 같은 노련함과 정치적인 결단이 필요했다. 이에야스는 아직 젊었지만 이런저런 생각에 심신이 피로했다.

"무사 방에 마타시로가 있는지 보고 오너라."

시종 한 명이 곧장 일어서서 나갔다. 잠시 뒤, 어깨가 다부지고 피부가 거무스름한 삼십 대 무사가 이에야스가 있는 서원 밖에 무릎을 꿇고 앉았다. 그는 이시가와 오스미石川大隈의 조카였는데, 전형적인 미카와 무사의 모습이었다.

"부르셨습니까?"

"좀 따분하여 자네와 장기라도 둘까 해서 불렀으니, 장기판을 가지고 이리 오게."

마타시로는 신기한 일도 다 있다는 듯 의아하게 여기며 장기판을 가져왔다.

"한동안 두지 않았으니 자넬 당할 수 없을 테고. ……자넨 진중에서 자주 둔다고 하니."

이에야스가 장기 알을 놓은 다음 뒤를 돌아보며 말했다.

"시종들도 모두 옆방으로 물러가서 쉬도록 하라. 옆에서 내 서툰 실력을 보고 있으면 정신을 집중할 수 없을 테니 말이다."

무사가 주군에게 '진중에서 자주 장기를 두고 있으니 꽤 강할 것이다'라는 칭찬을 듣는 것은 명예로운 일은 아니었지만 적어도 이시가와 마타시로에게는 불명예스러운 일이 아니었다. 거기에는 이런 내막이 있었다.

어느 해, 전쟁에서 이에야스는 적의 작은 성을 포위하고 공격할 곳을 살펴보기 위해 때때로 순시를 했다. 그런데 항상 성벽 위에서 이에야스를 향해 엉덩이를 까고 두드리던 적병이 있었다.

"참으로 얄미운 자로군."

이에야스는 혀를 차며 지나쳤다. 그런데 다음 날에도 그곳을 지나는데 적병이 성벽 위에서 엉덩이를 드러내고 연신 두드리는 것이었다.

"누가, 저 보기 흉한 것을 쏘아 떨어뜨리도록 하라."

무리들 중에 있던 이시가와 마타시로가 곧장 활을 들고 성벽 아래로 달려 나가 화살을 겨눠 쏘았다. 적병은 화살을 맞고 성벽 아래로 떨어졌다. 그런데 그 순간 성안에서도 화살이 날아오더니 마타시로 목에 꽂히고 말았다. 마타시로는 벌렁 나자빠졌다. 아군이 고함을 지르며 쾌재를 부르는 동안 이에야스는 곧바로 마타시로의 곁으로 달려가 그를 데려왔다.

"불쌍하게도……."

이에야스는 직접 화살을 뽑은 뒤 병사들에게 명을 내렸다.

"막사로 데려가서 잘 돌보도록 하라."

그날 밤, 이에야스는 현미를 쪄서 말린 호시이干飯 죽을 먹다 말고 문득 좌우의 무사들에게 마타시로에 대해 물었다.

"이미 숨을 거뒀을 듯하군."

무사들이 아직 죽었다는 보고가 올라오지 않았다고 하자 이에야스는 젓가락을 급히 놓았다.

"그런가? 그럼 숨이 붙어 있는 동안 얼굴이나 한번 봐야겠다."

이에야스는 한밤중에 부상병들이 있는 막사로 갔다. 사전에 아무런 예고도 하지 않았기에 부상이 가벼운 병사들은 웃으며 이야기를 나누고 있었고 부상이 깊은 병사들은 자리에 누워 신음을 하고 있었다. 이에야스가 들어가자 막사 한쪽 구석에 촛불 하나를 켜놓고 장기를 두고 있는 사내들이 있었는데 그중 한 명이 마타시로였다.

"화살을 맞은 목의 상처는 어떠한가?"

이에야스가 어이없어하며 묻자 마타시로가 자세를 바로 하며 말했다.

"좋아하는 장기를 두고 있으니 통증도 잊어버렸습니다. 내일은 진중에 나가 다시 싸울 수 있을 듯싶습니다."

"바보 같은 소리 마라. 좀 더 쉬는 것이 좋을 것이다."

이에야스는 마타시로를 꾸짖고 돌아갔지만 마음속으로 기뻐했다. 어느 날, 이에야스는 마타시로가 목에 천을 감은 채 갑주를 차고 볏섬 같은 꼴로 나오자 싱긋 웃었다. 그것은 이에야스가 만족할 때 흘리는 웃음이었다. 그 뒤로 주군 이에야스에게 마타시로는 목에 구멍이 뚫려도 직분을 소홀히 하지 않는 사내로 자리매김했다.

이에야스는 마타시로에게 장기를 두자고 해놓고 막상 장기판을 앞에 두자 말을 움직일 생각을 하지 않았다.

"자, 시작하시지요."

장기를 잘 두는 마타시로가 이에야스에게 선수를 양보하며 재촉했다.

"……."

이에야스는 그저 가만히 마타시로의 얼굴만 바라보았다. 시종이나 측신 들이 없다 보니 두 사람이 어떤 장기를 두는지 아는 사람이 없었다. 처음에는 조용했지만 이윽고 이에야스와 마타시로가 밀담이라도 나누는 듯하더니 말을 움직이는 소리가 들렸다. 그리고 얼마 뒤였다.

"무례하다."

"무례한 것이 아닙니다."

"방금 그 수는 물려주게."

"물릴 순 없습니다."

"주군한테."

"아무리 군신 간이라고 해도 장기의 승패는 별개입니다."

"고집 센 자로군. 물려줄 수 없다는 것인가?"

"그건 비겁한 짓입니다."

"이놈, 주군한테 비겁한 짓이라니."

큰 소리로 말다툼이 시작된 듯하더니 갑자기 이에야스가 '네 이놈' 하고 소리치며 벌떡 일어섰다. 뒤이어 장기판이 날아간 듯한 소리가 들리고 복도 쪽으로 도망치는 발소리가 들렸다.

"마타시로, 저놈을 붙잡아라!"

이에야스는 쫓아가면서 주위에 소리쳤다. 그의 손에는 칼이 들려 있었다.

"주군, 대체 무슨 일이십니까?"

가신들이 달려오자 이에야스는 분을 삭이지 못하는 표정으로 격노하며 명을 내렸다.

"장기를 두는데 어느 순간부터 주종의 구분도 망각하고 폭언을 해서 혼을 내주려 하자 더 심한 폭언을 하고 도망쳤다. 요즘 내가 너무 총애하는 듯하자 제 분수도 모르고 기고만장해진 듯하다. 마타시로 이놈을 무슨 일이 있어도 붙잡아서 본때를 보여줄 것이니 즉시 잡아오너라. 만일 반항하면 죽여도 상관없다."

이에야스의 명에 사람들이 찾아 나섰지만 이미 성안에는 마타시로가 보이지 않았다. 밤에 추격대가 마타시로의 집을 둘러쌌지만 그곳에도 없었다.

"저녁 무렵 오카자키 쪽으로 말을 타고 도망쳤다."

사람들의 말에 추격대가 밤새 쫓았지만 이미 너무 늦고 말았다. 더군다나 이시가와 마타시로는 하마마쓰에서 가장 발이 빠르다고 소문난 사내였다.

하루는 마타시로가 이에야스를 따라 전쟁에 참가하기 위해 서둘러 전쟁터로 가고 있었다. 이에야스는 평소 마타시로의 발이 빠르다는 소문을 듣고 마타시로에게 농담조로 물었다.

"내 말을 추월할 수 있겠느냐?"

"그야 식은 죽 먹기보다 쉬운 일입니다."

마타시로의 대답에 이에야스는 말의 엉덩이를 후려치며 달려 나갔다. 그런데 그날 밤 묵을 부락까지 달려가자 마타시로가 먼저 도착해서 태평하게 이에야스를 기다리고 있었다. 사람들은 모두 '당대의 준족'이라며 혀를 내둘렀다.

추격대는 그런 마타시로가 필사적으로 도망쳤다면 쫓아도 소용없다는 것을 알고 포기했다. 오카자키에도 전령이 전해지자 그곳에서도 마타시로를 찾고 있었다. 그로부터 삼사 일째 되는 날 저녁 무렵이었다. 오오가 야시로와 함께 오카자키의 오구라가타를 맡고 있는 야마다 하치조의 저택 담을 어떻게 넘었는지, 뒤편 정원에 모습을 드러낸 사내가 있었다. 사내는 저택의 무사를 통해 주인인 하치조를 은밀히 만나고 싶다는 청을 넣었다.

그 사내는 바로 이시가와 마타시로였다. 이윽고 그는 안내를 받아 일실로 들어갔다. 그것도 손님을 맞는 서원이 아니라 안쪽 깊숙한 곳에 있는 밀실이었다. 주인인 야마다 하치조가 낮은 목소리로 이시가와 마타시로에게 물었다.

"대체 몰골이 왜 그 모양인 것인가?"

하치조가 모를 리 없었다. 하마마쓰나 오카자키에서는 마타시로의 일을 모두 알고 있었다. 하치조는 사정을 알고 사람의 눈에 띄지 않는 밀실로 데려와 시종들까지 멀리 물렸으면서 짐짓 시치미를 떼며 물었다.

"야마다 님의 의義에 매달리고자 이렇게 찾아뵀습니다. 평소의 호의와 무사의 정에 호소하기 위해."

마타시로는 양손을 바닥에 짚고 떨리는 목소리로 말했다. 그의 부친인 오스미와 하치조는 일찍이 같은 직무를 맡았던 적도 있어서 마타시로를 어릴 때부터 잘 알고 있었다.

"무사의 정에 호소한다는 말을 들으면 어떤 일이라 해도 거절할 수 없을 것이나, 일단 먼저 자세한 경위를 말해보게. 대체 어찌 된 일인가?"

"실은 하마마쓰의 주군과 장기를 두다가 그만 폭언을 하자 저를 보고 무례한 자라고 하시며 당장이라도 칼로 찔러 죽이려고 하셨습니다. 전쟁터라면 몰라도 무사가 장기를 두다가 한 말로 죽는다는 것은 억울한 일이라, 아무리 주군이라 해도 다소의 공명을 세운 무사에게 너무 지나친 처사인 듯합니다."

"잠깐, 그럼 하마마쓰에서 도망쳐 행방을 감춰 추격 중이라는 자가 바로 자네란 말인가?"

"예, 저입니다."

"이 무슨 짓이란 말인가!"

야마다는 분연히 목소를 높여 외쳤다.

"그대와 같은 용자를, 더욱이 부친 대부터 도쿠가와 가에 공을 세워온 자의 아들을, 얼마나 화가 났는지 모르지만 장기를 두다 한 실언 때문에 목을 베려는 것은 너무나 가혹한 일이 아닌가. 알았네. 내가 숨겨줄 테니 걱정하지 말게."

"고, 고맙습니다."

"하마마쓰의 주군은 명군의 자질은 있으나 너무 매정하네. 때론 가문을 위해 냉혹하고 가혹할 만큼 무사들을 희생시키고 돌보지 않는 면이 있네. 그런 점을 생각하면 언제 어떤 이유로 처분을 받을지 몰라 늘 살얼음 위에 서 있는 듯한 심경이 드네.”

하치조는 그렇게 한 마디씩 하며 곁눈으로 마타시로의 안색을 살폈다. 그러자 마타시로도 맞장구를 치듯 은근히 불평을 내비쳤다.

“자, 일단 목욕이라도 하게.”

하치조는 다정한 말투로 젊은 마타시로를 달래고 위로했다. 그 뒤로 마타시로는 하치조의 집에 숨어 있었다. 사오 일 정도 지나자 상황이 진정되었다. 사람들은 마타시로가 나라 밖으로 도망친 것으로 생각했다.

“이시가와, 자네의 말을 전했더니 오오가 님께서도 매우 기뻐하시며 꼭 만나고 싶다고 하셨네. 하지만 오오가 님이 이곳으로 오시는 것은 남들의 이목도 있고 하니, 오늘 밤 은밀히 데려오라고 하셨네. 같이 가겠는가? 물론 나도 함께 갈 것이네.”

하치조의 말에 마타시로는 기쁜 기색을 보이며 양손을 바닥에 짚고 대답했다.

“네, 꼭 함께 가주시길 바랍니다.”

밤이 되자 두 사람은 검은 두건을 뒤집어쓰고 뒷문으로 몰래 빠져나갔다. 하치조는 저편에 오오가 야시로의 저택이 보이자 손으로 가리켰다. 그러고는 마타시로의 귀에다 대고 무슨 말인가를 속삭였다.

이시가와 마타시로가 갑자기 외쳤다.

“역적! 네놈의 의도가 이미 명백하니 그곳까지 갈 필요도 없다!”

하치조는 놀라 몸을 틀었지만 너무 늦었다.

“주명이다!”

마타시로가 달려들어 하치조를 땅바닥에 내팽개친 뒤 올라탔다. 그래도 하치조가 저항하자 그의 얼굴을 두세 대 주먹으로 갈기고 차분히 타일렀다.

"저항하지 않는 편이 신상에 좋을 것이다."

끝까지 저항하던 하치조는 더 이상 소용이 없다는 사실을 깨닫고 힘없이 소리쳤다.

"괴, 괴롭다. 손, 손을 놓아다오."

"할 말이 있느냐?"

"너는 주명을 받고 온 것이냐? 하마마쓰에서 도망친 것이 아니더냐?"

"어리석은 자, 그걸 이제 알았느냐? 모든 게 주군의 명이다. 거짓으로 성에서 도망친 것도, 네 저택으로 도망쳐 숨은 것도 다 네놈들의 의도를 살피기 위해서였다."

"나를 속인 것이구나."

"이를 갈며 분하게 생각해봤자 이미 늦었다. 떳떳하게 주군 앞에서 전부 실토하면 하다못해 목이 달아나는 일은 면할 수 있을 것이다."

마타시로는 사전에 오카자키 부교와 연락을 취한 듯했다. 그는 하치조를 밧줄로 묶은 뒤 옆구리에 끼고 질풍처럼 내달렸다. 그리고 봉행소에 던져넣더니 눈 깜짝할 사이에 몇 명을 데려가서 오오가 야시로의 저택을 포위했다. 부교인 오오카 마고에몬大岡孫右衛門과 그의 아들인 덴조伝藏, 또 이마무라 히코에몬 등이 마타시로와 함께 움직였다.

그날 밤, 오오가의 저택에는 구라치, 고타니 등이 모여 있었다. 그들은 곧 야마다 하치조가 마타시로를 데려올 것으로 생각해 여느 때처럼 주연을 열고 기다리고 있었다. 하지만 그들을 찾아온 것은 뜻밖에도 '주명, 군명'이라고 외치며 살진殺陣을 펼친 무사들이었다.

"발각됐다!"

오오가 야시로는 직접 저택에 불을 지르고 혼란해진 틈을 타 여자 장옷을 뒤집어쓰고 도망치다 오히려 그 모습을 의심스럽게 여긴 무사들에게 마을 네거리에서 붙잡히고 말았다. 구라치와 고타니는 무사히 도망쳐서 적, 아니 그들에게 있어서는 아군인 다케다 쪽 영지로 들어간 듯했다.

앞서 마타시로에게 붙잡힌 하치조는 바로 하마마쓰로 후송되어 일체를 자백한 덕분에 목숨을 건졌지만 머리를 자르고 참회하는 글을 한 통 남긴 뒤 행방불명되고 말았다. 사람들은 그가 승문에 들어가 몸을 숨겼을 것이라고 했다.

마침내 오오가 야시로가 주도하던 음모가 백일하에 드러났다.

"엄형에 처하라."

이에야스의 분노는 여느 때보다 한층 준엄했다. 오오가의 일족은 물론 아내부터 시종, 친교가 있는 무리들까지 그의 음모를 알면서도 묵인했던 사람들 모두 밧줄에 묶여 넨지가하라念志ヶ原로 끌려가 이틀에 걸쳐 참수와 책형을 당했다. 그리고 바로 어제까지 같은 영지에서 오오가와 웃음을 짓고 이야기를 나누던 사람들도 형장의 이슬로 사라졌다.

삼사 일이 지난 뒤 마지막으로 오오가를 처형하는 날이 되자 격분한 백성들은 자신들의 손으로 오오가를 처형하기를 원했다. 가장 불쌍한 사람은 그의 아내였다. 조사를 받을 때 오오가의 아내가 한 말에 따르면 오오가는 붙잡히기 며칠 전 술상에서 아내에게 모반을 암시하는 말을 했다.

"나는 이 정도 생활에 만족할 사람이 아니네. 머지않아 사람들이 자네를 미다이사마御台様119로 우러러 보도록 만들어주겠네."

오오가의 아내는 깜짝 놀라며 한탄하듯 말했다.

"농담도 정도가 있습니다. 저는 지금의 생활을 행복하다고 여기지

---

119 장군의 정실부인을 부르는 호칭.

않습니다. 당신이 일꾼으로 일했을 때 가난했던 생활이 그립기만 합니다. 그때 당신은 저를 진실로 대했고 다른 사람들과도 진심으로 사귀며 저와 함께 미래를 꿈꾸며 아침저녁으로 열심히 일했습니다. 그러다 주군의 눈에 띄어 지금은 누대의 가신들조차 흉내 낼 수 없을 만큼 출세했는데, 무엇이 불만이어서 그런 일을 도모하려고 하십니까?"

오오가의 아내는 울면서 말했지만 오오가는 코웃음을 치며 들은 척도 하지 않았다고 했다. 그때 그녀가 남편에게 예언한 천벌을 받는 날이 바로 오늘인 듯했다. 옥사의 사령이 한 마리 붉은 말을 끌고 왔다. 그러고는 오오가를 끌어내더니 말의 엉덩이 쪽으로 얼굴을 향하게 해서 짐말 안장에 붙들어 매고 형장으로 끌고 갔다.

네거리에는 이미 사람들이 왁자지껄 모여 있었다. 그중 한 명이 깃발을 들고 있었다. 깃발에는 반역의 장본인 오오가 야시로 시게히데重秀라고 적혀 있었다. 깃발을 든 사람은 같은 글자를 적은 작은 깃발을 야시로의 목덜미에도 꽂았다. 깃발과 말이 앞으로 걸어가자 사람들이 나팔을 불고 징과 북을 치며 따라갔는데 그 소리들은 흡사 오오가를 꾸짖고 비웃고 경멸하는 듯 온 마을로 퍼져 나갔다.

"짐승이 간다. 금수만도 못한 자가 간다."

돌을 던지고 침을 뱉는 사람도 있었으며, 아이들도 어른들을 따라 짐승이 간다고 소리쳤다. 관인은 그런 사람들을 말리지 않았다. 그것을 제지하면 사람들은 더 흥분해서 무슨 일을 저지를지 몰랐다. 그렇게 하마마쓰를 나와 오카자키로 끌려간 오오가는 그곳에서도 똑같이 온 마을을 끌려 다니다 마을 네거리에서 판자에 목이 끼워지고 양발의 힘줄이 잘린 뒤 목만 남긴 채 묻히고 말았다. 그 옆에 대나무 톱이 놓여 있었는데 길을 가는 여행자들까지 그를 미워하며 오오가의 목을 톱으로 켰다고 했다.

아무리 불의를 참지 못한다 해도 다소 지나친 형벌인 듯했지만 오오가 야시로는 마지막까지 뻔뻔한 태도를 보였다. 자신 때문에 모두 참형에 처해진 넨지가하라의 형장을 지날 때, 그는 주위를 둘러보며 이렇게 중얼거렸다.

"모두 먼저 가고 나는 후위인 듯하구나. 먼저 가다니 축복할 일이로구나."

처벌이 끝나자 사람들은 벌써 모든 것을 잊은 듯한 얼굴이었지만 이에야스는 가슴속으로 자신의 어리석음을 자책하고 있었다. 세상은 난세의 전국戰國이었다. 공성攻城과 야전野戰의 진두에는 수많은 영웅과 인재가 앞다퉈 참가했지만 그보다 더 중요한 군비와 재정 업무는 아무도 자처해서 맡으려고 하지 않았다. 어쩌다 유능한 인재를 발견하면 흠이 있어도 너그럽게 보아 넘기며 중용해야 했다. 이에야스와 같은 인물조차 그런 풍조에 너무 익숙해져 있었던 것이다.

이렇듯 이에야스의 일생에서 고배를 마시게 한 인물이 둘 있었는데, 첫 번째 인물은 바로 지금의 오오가 야시로였고, 두 번째 인물은 훗날의 오쿠보 나가야스大久保長安였다. 그러고 보면 인간으로서 재무의 명장明匠이 되는 것은 전쟁의 명장이 되는 것 이상으로 어려운 일인 듯했다.

나가시노長篠 성 탈출

이미 미카와에 들어와 있던 다케다 가쓰요리의 대군은 여전히 행군 중이었다.

"나갈 것인가, 물러날 것인가."

가쓰요리는 크게 낙담하며 깊은 고민에 빠져 있었다. 이번 출정은 오로지 오오가 야시로만 믿고 결행한 것이었다. 모든 작전과 목표는 오카자키 내부의 분란과 오오가의 호응에 맞춰져 있었다. 그런데 일이 발각돼서 오오가가 붙잡히자 모든 일이 어긋나고 말았다. 아니, 더 큰 문제는 자신들의 작전이 도쿠가와 쪽에 모두 간파당하고 만 것이었다. 강을 헤엄쳐서 도망쳐온 구라치와 고타니에게 그 사실을 들었을 때, 가쓰요리는 당혹스러워 그만 말문이 막혀버렸다.

"여기까지 와서 허무하게 물러가는 것도 무사답지 못하지만 그렇다고 섣불리 전진할 수도 없다."

가쓰요리는 고민에 빠졌다. 그는 고슈를 출발할 때 계속해서 만류하며 간언한 바바와 야마가타 두 장수를 생각하자 오기가 발동했다.

"군사 삼천은 나가시노를 공격하라. 나는 요시다吉田 성을 공격해 손에 넣겠다."

가쓰요리는 날이 새기 전에 요시다 방면으로 출발했고, 오야마다 마사유키小山田昌行와 고사카 마사즈미高坂昌澄 두 장수는 나가시노로 향해 시노바노篠場野에 진을 쳤다. 하지만 아무 계획도 없었던 가쓰요리는 니렌기二連木와 우시구보牛窪 등의 부락에 불을 지르고 위협만 가할 뿐 요시다 성을 공격하지 못했다. 이미 이에야스와 노부야스 부자가 내부의 배신자들을 모두 처벌하고 신속하게 하지가미가하라醬ヶ原까지 군사를 이끌고 와 있었기 때문이다.

가쓰요리의 대군은 단지 체면 때문에 물러나지 못하고 있는 상황이었다. 그에 비해 도쿠가와 군은 수적으로 열세하긴 해도 나라의 흥망이 걸린 싸움을 앞두고 전의를 불태우고 있었다. 양군의 선봉대는 하지가미가하라에서 두세 차례 국지적인 싸움을 벌였다. 결국 다케다 군은 적들의 사기에 눌려 급히 방향을 전환해 멀리 나가시노로 물러나고 말았다.

나가시노는 숙원의 전쟁터였고 나가시노 성은 난공불락의 아성이었다. 에이쇼永正(1504~1520년) 무렵에는 이마가와 가가 다스렸는데 다케다 가가 겐기元龜 2년에 빼앗았다. 하지만 다시 덴쇼天正 원년에 이에야스가 공략해 지금은 도쿠가와 가의 오쿠다이라 사다마사奧平貞昌가 수장으로, 부장인 마쓰다이라 카게타다松平景忠와 치카도시親俊 휘하의 오백여 군사가 상주하며 지키고 있었다. 나가시노 성은 지형과 교통 등 모든 면에서 군사상 중요한 요지였기 때문에 성 하나 이상의 의미와 가치를 지녔다. 따라서 싸움이 없는 날에도 나가시노 성에서는 끊임없이 음모와 배신이 펼쳐졌다.

덴쇼 3년(1575년) 5월 8일 저녁 무렵, 고슈의 일만오천 대군은 나가시노 성안에 있는 오백 명의 병사를 봉쇄해버렸다. 지금 생각해보면 이 모든 게 가쓰요리의 위장 전술이었는지도 모른다. 가쓰요리는 앞서 오야마다와 고사카의 일부 부대만을 보내고 주력군을 요시다 성으

로 보내 공격하는 것처럼 위장한 뒤 급히 이곳으로 우회해왔다. 그는
궁지에 몰렸다고 아무 계책도 없이 이삼 일이나 함부로 군사를 움직여
병마를 지치게 할 범장이 아니었다.

나가시노 성은 도요豊 강의 상류이자 오노大野 강과의 합류 지점인
미카와의 미나미시다라南設樂 군의 산지를 의지하고 있으며 서남쪽 방
향을 향해 있었다. 성의 뒤편인 동쪽과 북쪽은 대통사大通寺가 있는 산
과 의왕사醫王寺가 있는 산으로 둘러싸여 있었다. 또 오노大野 강과 다키
瀧 강을 해자로 삼고 있었는데 강폭은 삼십 간에서 오십 간이나 됐다.
절벽의 높이도 낮은 곳은 구십 척, 높은 곳은 백오십 척에 이르렀고, 수
심은 오륙 척에 지나지 않지만 격류였다. 더구나 장소에 따라서는 수
심이 대단히 깊은 곳도 있었고 물보라를 일으키며 소용돌이치는 급류
도 있었다.

평소 이 강물의 지리는 엄격히 비밀로 유지되었다. 강물 주변에서
수심을 재거나 먹과 붓을 가지고 서성거리면 성의 보초가 망루 위에서
쏘아 죽여도 무방했다. 이 천혜의 해자를 이루는 강을 사이에 둔 서남
쪽 일대의 평야는 아루미가하라有海ヶ原, 시노바노하라篠場原라고 불렀
다. 이 평야의 끝을 후나쓰기船着 산의 연산들이 둘러싸고 있었는데 도
비가스鳶ヶ巣 산도 그 중 하나였다.

"참으로 삼엄하군……."

그날 저녁, 성의 수장인 오쿠다이라 사다마사는 망루에 서서 적의
빈틈없는 배치를 바라보며 전율을 느꼈다.

척후병들의 첩보를 종합해보면 성의 뒤편인 대통사 산에는 다케다
노부도요와 바바 노부후사, 오야마다 마사유키가 이끄는 이천의 적군
이, 서북쪽에는 이치조 노부타쓰一條信龍와 사나다 형제의 부대와 쓰치
야 마사쓰구 등의 이천오백 적군이 진을 치고 있었다. 다키 강의 왼쪽

기슭에는 오바타 부대와 나이토 부대, 남쪽의 시노바노하라 평지에는 다케다 노부카도와 아나야마 바이세쓰와 하라 마사타네原昌胤와 스가누마 사다나오菅沼定直 등의 삼천오백여 적군이 있었다. 또 아루미가하라 일대에는 예비부대인 듯한 야마가타 부대와 고사카 부대의 깃발이 밤낮으로 펄럭이고 있었다. 여기에 가쓰요리는 약 삼천 군사를 거느리고 의왕사 산을 본진으로 삼고 있었고, 일족인 다케다 노부자네는 기습에 대비해 도비가스 산 일각에 군사들을 숨겨놓고 있었다.

공격은 그날 밤부터 11일 해질녘까지 이루어졌는데 성안의 사람들은 방어를 하느라 숨 돌릴 틈도 없었다. 시노바 평지에 있는 다케다 군은 다키 강의 격류에 뗏목을 만들어 띄우고 몇 번이나 접근해 성의 야규몬野牛門을 노렸지만 철포와 바위와 목재 등을 맞고 강 속으로 가라앉았다. 하지만 그들은 포기하지 않고 뗏목을 타고 끊임없이 접근해왔다. 성의 병사들이 기름을 붓고 횃불을 던지자 강물이 불길에 휩싸이고 뗏목과 사람들이 불에 탔다.

'너무 무모하다. 저런 작은 성 하나 때문에 이렇듯 큰 희생을 치르다니.'

야마가타 사부로베는 초조해하는 가쓰요리를 보며 한탄했다. 노장의 눈으로 봤을 때 총사의 심리 상태가 그러하다는 것은 심히 걱정스러운 일이었다. 하지만 가쓰요리는 공격을 멈출 기색을 보이지 않았다. 서북쪽의 이치조 부대와 쓰치야 부대는 땅굴을 파기 시작했다. 본성의 서쪽 성곽 안까지 땅굴을 판다는 계획 아래 밤낮없이 작업이 진행되었다. 개미굴처럼 무수히 파 올린 흙더미를 보고 성에서도 갱도를 팠다. 그리고 화약을 설치한 뒤 적의 갱도를 폭파해버렸다. 그때 칠백여 명의 다케다 군이 죽었다고 한다.

다케다 군은 땅굴 작전을 실패한 뒤 공중전으로 전환해 성의 정문 앞 몇 곳에 세이로井樓라고 하는 망루를 쌓기 시작했다. 세이로의 양식은 다양했지만 보통은 큰 목재를 정井 자로 몇십 척이나 쌓아 올리고 그 위에서 성안을 내려다보며 공격의 우위를 점하는 게 목적이었다. 도시 성벽이 있었던 중국에서는 오래전부터 이용된 전법이었는데 바퀴를 단 이동식 세이로도 있었다. 일본에서는 산악 지대에 성을 쌓던 산성山城 시대에서 평지에 성을 쌓는 평성平城 시대로 접어들면서 이용된 공성 전술이었다.

성병 오백 명의 목숨과 성의 운명을 짊어진 스무 살의 젊은 수장인 오쿠다이라 사다마사는 침착하게 적의 공격에 대처했다. 네 곳에 망루가 완성된 13일 미명 무렵이었다. 다케다 군은 새벽을 기다리지 않고 망루에 올라 총구를 겨누고 불을 붙인 마른 섶나무와 기름천에 저울추를 달아서 성문 안으로 집어던졌다. 성안 여기저기 떨어지는 화염을 끄기 위해 동분서주하는 성병들의 모습까지 빨갛게 보였다. 세이로 위에서 일제히 그들을 향해 철포를 쏘아댔다. 다케다 군의 압도적인 승리가 예상되는 순간이었다. 그런데 밤새 성벽 위에 서서 한숨도 자지 않고 지켜보고 있던 젊은 수장이 갑자기 호령을 했다.

"발사!"

그 소리에 갑자기 천지를 뒤흔들며 다케다 군의 병사들이 이제껏 들어 보지 못한 굉음이 들리더니 성안 몇 곳에서 불길이 솟아올랐다. 소총을 몇십 배나 크게 만든 거대한 철포였다. 이윽고 세이로는 차례로 비명을 울리며 무너지기 시작했고, 그 위에 있었던 병사와 장수 들은 중상을 입었다. 결국 세이로는 완전히 파괴되고 말았다.

도쿠가와 가는 경제적으로 빈곤하고 평소에 위아래 할 것 없이 모두 검소했지만 최신식 무기를 구입하는 데에는 어떤 희생도 마다하지 않았다. 한편 다케다 가는 부강했지만 문화를 수입하는 데 불리한 지형에 위치해 있었다. 그에 비해 미카와와 도오도우미는 중앙에서 가깝고 배도 다녔기 때문에 다케다 군이 지니지 못한 무기를 이미 갖추고 있었던 것이다. 다케다 군은 거대한 철포의 위력에 크게 놀란 듯 그 뒤로 무리하지 않는 공격으로 방법을 바꿨다.

어느 날 밤, 성의 뒤편에서 밤새도록 성벽을 무너뜨리는 듯한 소리가 들렸다. 사다마사는 동요하는 병사들을 자제시켰다. 그리고 밤이 샌 뒤 적병이 뒤편 골짜기에서 굴러 떨어뜨린 큰 바위를 발견했다.

"만일 성의 한쪽이 무너졌다고 생각해서 당황했다면 적은 그 틈을 노려 기습을 가해왔을 것이다."

사다마사는 웃으며 말했다. 하지만 젊은 수장의 웃음은 날이 갈수록 비장해질 수밖에 없었다. 큰 철포는 오래 사용할 수 없었고 소총의 총알도 부족해졌다. 활과 화살로는 방어가 쉽지 않았다. 거기에 더 절박한 문제는 식량마저 부족하다는 것이다.

"성안의 병사와 식량이 얼마 남지 않았으니 함부로 공격해서 병사들을 잃을 필요는 없다."

적은 13일의 총공격 이래 공격을 삼가면서 성을 둘러싼 다키 강과 오노 강 일대의 강 한가운데에 말뚝을 박은 뒤 큰 그물을 치고 강기슭에 목책을 만들어 고립된 나가시노를 개미 한 마리 드나들 틈 없이 완전히 봉쇄했다.

"뭐라? 병량이 사오 일 치밖에 없다고? 그 이상 버틸 병량이 아무것도 없단 말이냐?"

오쿠다이라 사다마사는 병량을 담당하는 부교의 말에 몇 번이나 확인했다. 부교는 침통한 표정과 절망적인 목소리로 분명하게 말했다.

"없습니다. 아무것도 없습니다."

사다마사는 부교의 말을 곧이곧대로 받아들이지 않았다. 성안 오백 명의 생명이 사오 일밖에 남지 않았다고 단정 짓는 것이기 때문이었다.

"내가 직접 보고 확인해야겠다."

사다마사는 직접 조사를 했다. 성안을 구석구석 돌아다닌다고 해도 기껏 여섯 정町밖에 되지 않는 작은 성이었다. 하지만 결과는 역시 비참한 현실을 다시 한 번 확인할 뿐이었다. 절식을 넘어 굶주리는 사람도 있었다. 사다마사는 곳간의 흙을 채에 걸러 쌀알을 충당해온 부교의 고충을 듣고 아무 말도 할 수 없었다. 그는 묵묵히 돌아와서 많은 장병이 있는 대기소 한가운데에 털썩 주저앉았다. 사람들은 그의 얼굴 표정을 보고 모든 것을 깨달았다.

"카쓰요시勝吉! 카쓰요시는 어디 있느냐?"

사다마사가 불현듯 얼굴을 들고 사람들을 둘러보며 외쳤다.

"여기 있습니다."

들창 근처에 기대 묵묵히 무릎을 껴안고 있던 사촌 오쿠다이라 카쓰요시가 대답하고 앞으로 나와 엎드렸다. 사다마사는 그를 바라보던 시선을 문득 사람들에게 돌렸다.

"다른 자들도 들어라. 방금 전에 샅샅이 조사해본 결과 성안에 식량이 사나흘 치밖에 남지 않았다. 죽은 말을 먹고 풀을 뜯어 먹는다 해도 며칠 더 연명하지 못할 것이다. 이미 오카자키에 원군을 청했지만 어찌 된 일인지 아직까지 아무 소식이 없다."

"……"

"설마 굶어 죽는 일이야 없을 테지만 그렇다고 해서 이 성과 함께 오백의 아군이 죽고 오카자키와 하마마쓰가 위태로워질 것을 생각하면 가슴이 아프다. 끝까지, 마지막 순간까지 흙을 먹고 풀을 뜯어 먹는 한이 있더라도 싸워야 할 것이다. ……그래서."

사다마사는 다시 눈길을 카쓰요시에게 돌리며 말을 이었다.

"지금 오카자키에 계신 주군께 내 서찰을 가지고 원군을 재촉하러 가야겠다. 대임이다. 카쓰요시, 자네에게 임무를 맡기는 내 마음을 알겠는가?"

"잠깐 기다려주십시오."

"무엇인가?"

"사절하겠습니다. 임무를 수행하려면 이 성을 나가야만 하기 때문입니다."

"그럼 싫다는 것이냐?"

"다른 사람을 보내주십시오."

"적들이 성 밖 강에 방울을 단 말뚝과 그물을 둘러치고, 기슭에 높은 목책을 치고 경계하고 있으니 두려워서 돌파할 수 없다는 말인가?"

"그것이 아닙니다."

카쓰요시는 쓴웃음을 지으며 대답했다.

"성안에 있어도 죽을 것이고 성 밖에 나가도 죽을 것입니다. 제가 사절하는 이유는 저는 비록 젊지만 수장인 장군의 일족입니다. 만일 무사히 해자를 넘어 적의 포위를 뚫고 임무를 완수한다고 해도, 그 뒤에 혹여 성이 함락되면 저는 어디에서 죽어야 합니까? 제가 죽을 자리는 바로 이곳입니다. 하여 성 밖으로 나갈 수 없습니다."

그때 어슴푸레한 한쪽 구석에서 오열하는 소리가 들려왔다. 사다마사의 가신인 도리이 스네에몬鳥居强石衛門이었다. 모두 그를 보며 애처롭다는 듯한 표정을 지었다. 배신陪臣의 말단으로 봉록이 오륙십 석밖에 되지 않는 신분을 경멸해서가 아니었다. 생사를 함께 기약하고 있는 지금, 신분을 구분 짓는 사람은 아무도 없었다.

하지만 사람들은 스네에몬을 미더워하지 않았다. 성실해서 가정에 충실한 사람은 자식이 많다는 말처럼 스네에몬은 서른여섯밖에 되지 않았는데 자식이 네 명이나 있었다. 봉록이 적다 보니 오카자키에서도 손에 꼽을 정도로 가난했다. 부업도 하고 농사도 지었지만 배를 자주 곯았다. 쉬는 날에도 등에 부스럼투성이 아이를 업고 코흘리개의 손을 잡고 무가의 활을 고쳐주거나 갑주를 손질해 입에 풀칠을 할 정도였다.

스네에몬의 아내는 아이를 낳거나 선천적으로 병약해서 병상에 누워 있을 때가 많았다. 그러다 보니 스네에몬은 오랜만에 전쟁터에서 돌아와도 한가로이 지낼 틈이 없었다. 더욱이 그는 둔감할 정도로 더없이 정직한 성격이었다. 그런 스네에몬이 오쿠다이라 카쓰요시의 말을 듣고 무엇 때문에 오열하는 것인지 모두 의아하게 바라보지 않을 수 없었다.

"카쓰요시가 가지 못하겠다고 하면 다른 사람들 또한 성을 나가는 것을 바라지 않을 터. 그렇다고 해서 불과 사나흘밖에 남지 않은 병량으로 손을 놓은 채 원군이 오기만을 기다릴 수도 없는 법."

사다마사는 재차 그렇게 말하고는 카쓰요시를 대신할 사람은 없는지 물색하는 듯한 눈길로 사람들의 얼굴을 하나씩 바라보았다.

"……"

깊은 침묵만 흘렀다. 그사이에도 성 뒤편 어딘가에서 소총 소리가 들려왔다. 그저 총격전에 불과하다며 아무도 개의치 않았지만 직면한 문제에 대해서는 곤혹스런 표정이 역력했다. 그때 스네에몬이 무사 대기소 한쪽 구석에서 느릿느릿 나왔다. 수장과 부장이 있는 곳이 가까워질수록 상석의 사람들이 자리를 차지하고 있었기 때문에 끼어들 자리가 없었다.

"회의 중에 송구합니다만 제가 한 가지 청을 올려도 괜찮겠는지요?"

사람들 사이에서 스네에몬이 머리를 깊이 숙인 채 조심스레 말했다. 그러자 사다마사가 물끄러미 그를 바라보았다.

"스네에몬, 무엇인가?"

"방금, 카쓰요시 님께 말씀하신 임무는 꼭 일족이어야만 하는지요?"

"그럴 리가 있겠는가."

"저는 안 되겠는지요? 그 임무를 제게 내려주실 수 없는지요?"

"뭐, 자네가 가겠다고?"

"예, 가능한 일이라면."

"……?"

사다마사는 바로 대답하지 못했다. 그의 둔하고 굼뜬 점이 염려되기도 했지만 평소에 허세 한 마디 하지 않는 사내가 불쑥 그렇게 말을 꺼내자 다소 놀랐던 것이다. 스네에몬은 무의식중에 앞으로 나와서 커다란 몸집으로 열을 다해 말하며 이마를 바닥에 댔다.

"이렇게 간청을 올립니다. 제가 할 수 있는 일이라면 제게 명을 내려주십시오."

사람들은 그런 그의 모습을 바라보고 있었다. 모두 사다마사와 같은 생각을 하는 게 틀림없었다. 하지만 모두 스네에몬의 모습과 목소리에서 진실과 간절함을 느낄 수 있었다. 그때 한 손에 밀봉된 서찰 한 통을 든 병사가 황급히 달려와서 고했다.

"방금 단죠彈正 성곽 밖에 있는 제방을 순찰하던 중에 사민士民으로 변장한 사내가 강 건너편에서 말을 걸더니 화살에 이 서찰을 묶어 보냈습니다. 아무래도 아군의 밀사인 듯했습니다."

사람들의 눈이 희망으로 반짝거렸다. 사다마사는 즉시 서찰을 펼쳐 읽으면서 계속 서찰에 코를 대고 냄새를 맡았다. 서찰은 기후의 노부나가가 보낸 것이었는데 농성에 대한 견해와 그의 동정이 상세히 적혀 있었다. 즉 이에야스로부터도 끊임없이 원군을 요청하고 있지만 지금의 상황에서는 급히 군사를 보내기 어려우니 일단 성문을 열고 후일 다시 탈환할 기회를 기다리는 것이 좋겠다는 내용이었다. 사다마사는 쓴웃음을 짓고는 사람들에게 서찰의 내용을 들려주고 나서 크게 웃어 젖혔다.

"고슈의 지자智者에게도 빈틈이 있구나. 이것은 적의 기만술이 분명하다. 노부나가는 늘 교토에 드나들며 공경들과 서신을 주고받는다. 그런 그가 필묵에 신경 쓰지 않을 리 없다. 먹의 냄새를 맡아보니 교토의 묵향이 전혀 나지 않는다. 아교 냄새가 강한 시골 먹, 이것은 바로 고슈의 먹이다."

사다마사는 그렇게 말하고 다시 침울한 기색으로 당면한 문제로 돌아왔다. 그는 아까부터 자신의 앞에 엎드려 있는 스네에몬을 향해 힘 있는 목소리로 말했다.

"스네에몬, 그런 마음이라면 분명 적의 포위망을 뚫고 임무를 완수할 수 있을 것이다. 하지만 본래 이 임무는 구사일생의 요행을 바라며 죽음을 각오하지 않으면 안 된다. 그래도 가겠는가? 가주겠는가?"

"명령만 내려주신다면 저로서는 그저 감사하고 행복할 따름입니다."

스네에몬은 끝까지 허풍을 치지 않았다. 바라보고 있는 사람들이 불안할 정도로 몸을 낮추고 머리를 깊이 숙였다.

"부탁하네."

사다마사는 성안에 있는 오백 명의 생명과 도쿠가와 가의 안위를 위해 진심으로 말했다. 비록 주군이었지만 그는 머리를 숙여 부탁하고 싶었다.

"가라, 스네에몬. 소홀함은 없을 터지만 충분히 주의를 해서 성을 나가도록 하라. 알았는가?"

"예."

"자네가 준비하는 동안에 오카자키의 형님인 사다요시貞能께 보내는 서찰을 써놓겠다. 또 성이 처한 절박한 실정을 주군인 이에야스 님께 직접 말씀드리도록 하라."

"알겠습니다. 오늘 한밤중에서 새벽녘 사이에 성을 나가 적의 눈을 피해 강을 건너 탈출에 성공하면 안봉雁峰 산 정상에서 봉화를 올려 신호를 보내겠습니다."

"음, 봉화를 보면 성공했다고 생각하겠네."

"만일 내일 오후까지 봉우리에서 봉화가 오르지 않으면 불초 스네에몬이 헛되이 적에게 붙잡혀 목숨을 끊었다고 생각하시고 즉시 다음 계책을 세우도록 하십시오."

"알았네. 잘 알겠네."

사다마사는 머리를 크게 끄덕이며 대답하고는 스네에몬을 생각해서 다짐하듯 말했다.

"만일 적에게 붙잡혀 허망하게 죽게 되더라도 뒤에 남은 아내와 어린 자식들은 걱정하지 말게. 우리 모두 여기서 죽는 한이 있더라도 내 반드시 오카자키의 주군께 말씀을 올려 자네 아이들을 거둬달라고 청해두겠네. 그러니 그에 대해서는 부디 걱정하지 말도록 하게."

그러자 스네에몬이 머리를 옆으로 흔들며 천진난만하게 대답했다.

"황송하오나 주군께서야말로 그런 걱정은 하지 마십시오. 저는 지금 처자식을 위해 목숨을 바치려는 것이 아닙니다. 성안 오백여 아군을 대신하여 성을 나갈 각오를 하였기 때문에 더 강해지고 떳떳할 수 있는 것입니다. 그런 말씀은 오히려 저를 겁쟁이로 만들 뿐이니 거둬주십시오."

그날 밤, 스네에몬은 방으로 물러가서 혼자 바느질을 하고 있었다. 진중에서는 바느질도 무사의 소양 중 하나였다. 그는 예전에 적의 시신에서 벗겨낸 짧은 의복을 무릎에 펼쳐놓았다. 그런 다음 옷깃을 풀고 그 속에 성주인 사다마사의 밀서를 넣어 다시 꿰맸다.

"스네에몬, 아직 있는가? 아직 가지 않았나?"

이따금 동료들이 남의 일이 아니라는 듯 걱정하며 판자문을 살짝 열고 물었지만 스네에몬은 바느질을 하느라 쳐다보지도 않고 대답했다.

"음, 아직이네. 아직 한밤중이 아니지 않은가. 갈 때 말할 테니 맡은 위치로 가 있게."

서너 명의 동료가 그 말을 듣고 발소리를 죽이며 조용히 돌아갔다. 이윽고 스네에몬은 바느질을 다 했는지 이로 실을 끊었다. 스네에몬은 바늘을 들면 눈앞에 병상의 아내가 떠올랐다. 아내를 생각하면 아이들의 목소리가 귓가에 들려오는 듯했다. 스네에몬의 눈에서 툭하고 눈물이 떨어졌다. 그는 황망히 눈물을 닦고 행여 다른 사람이 보지나 않았는지 자책하면서 두터운 판자문을 돌아보았다. 그러자 그 아래에 낡은 각반과 짚신, 칼 한 자루, 부싯돌, 봉화통 등속이 가지런히 놓여 있었다.

"이러면 안 돼!"

스네에몬은 머릿속에서 무언가를 떨쳐내려는 듯 머리를 흔들더니 주먹으로 한두 번 자신의 머리를 쥐어박았다. 그리고 준비를 서둘렀다. 그는 땅을 파는 고슈의 인부로 위장한 뒤 몇 번이나 자신의 행색을 세심하게 점검했다.

"됐다."

스네에몬은 그렇게 중얼거리고는 자세를 바로 하고 앉아 등잔불을 입으로 불어 껐다. 그러자 네모난 들창에서 푸르스름한 달빛이 그의 무릎 근처를 비쳤다. 5월 15일, 평소 같으면 벌써 장마가 시작되어 구름이 짙었을 때인데 그날 밤은 공교롭게도 달빛이 아주 밝았다.

"스네에몬."

동료 네다섯 명이 또 판자문을 열고 얼굴을 내밀며 들어왔다.

"아직 있었나? 그런데 불은 왜 껐나?"

동료들은 달빛이 들어오는 네모난 들창을 바라보고는 모두 입을 다물고 자리에 멈춰 섰다. 성 아래쪽 대하, 강 건너편에 목책과 고슈 군이 새카맣게 진을 치고 있는 들판이 한눈에 보였다.

'저곳을 넘어가야 하는구나.'

모두들 그 지난한 대임을 생각하는 동안 죽을 각오로 성을 나서는 동료에게 깊은 감명을 받았다. 그중 한 사람이 스네에몬 옆에 술잔을 놓으며 앉았다.

"어이, 조장에게 부탁해서 조금 가져왔네. 술이네. 신주이니 마시고 가게."

스네에몬은 술을 좋아했지만 평소에는 가난해서 마실 수 없었고 근래에는 성안에 병량이 없었던 상황이라 구경도 할 수 없었다. 스네에몬은 동료들의 호의에 눈물을 지으며 술잔에 인사를 했다.

"반갑구나."

그리고 동료들에게 말했다.

"어이, 앉아서 모두 함께 마시세."

"모두 함께 마실 만큼은 안 돼서 하다못해 자네라도 마시게 하기 위해 받아온 술이네. 그러니 한잔 들고 가게."

"모두 조금씩 입만 축이더라도 함께 마셔야 제맛일세. 술잔은 있는가?"

"가지고 왔네."

"한 잔 따라서 모두 돌려 마시세. 자, 따라주게."

스네에몬이 먼저 한 모금 마시더니 차례로 잔을 돌렸다. 그렇게 술을 마시고 스네에몬은 이별을 아쉬워하는 동료들에게 부탁하듯 말했다.

"잠시 눈 좀 부쳐야겠네."

"그리하는 것이 좋겠네."

동료들은 술병을 들고 조용히 나갔다. 스네에몬 카쓰아키勝商는 이내 자리에 누웠다. 이 각 정도 잠을 잤을까. 어느새 달이 도비가스 산의 언저리로 기울어 있었다.

"곧 날이 밝겠군."

두견새 울음소리가 귓가에 들려왔다. 적의 진지와 아군의 성은 총소리 하나 들리지 않고 깊은 정적에 휩싸여 있었다. 여느 때처럼 성벽 아래에서 흐르는 다키 강의 격류 소리가 들려왔다.

"자, 그럼."

스네에몬은 등에 봉화통과 화약을 싼 보자기를 걸머메고 각반과 짚신을 신고 느릿느릿 밖으로 나갔다.

"그럼 이제 다녀오겠습니다."

스네에몬은 본성의 전각을 향해 머리를 숙이고 다시 성안 오백 명의 장병들에게 이별을 고했다. 자신의 두 어깨에 오백 명의 생명이 달려 있다고 생각하자 새삼 온몸에서 삶의 보람이 용솟는 듯했다.

"오늘까지 이렇다 할 공 하나 세우지 못했으나……."

오늘과 같은 대임을 맡게 된 것 또한 무사에게 있어 최고의 행운이자 자긍심이라고 생각하니 전신의 근육이 부르르 떨려왔다.

"스네에몬, 무사히 다녀오게."

"성공을 빌겠네."

작별을 고하는 낮은 목소리들이 들렸다. 뒤를 돌아보자 스네에몬이 속해 있는 부대의 조장과 동료들이 스네에몬을 배웅하기 위해 토벽을 등진 채 묵연히 서 있었다.

"……."

스네에몬은 말없이 공손히 인사한 뒤 그대로 바깥 성곽 쪽으로 달려갔다. 평소 모두 소등해놓아 새카맣던 본성의 전각에서 언뜻언뜻 불빛이 움직였다. 수장인 사다마사와 측신들도 밤새 잠을 자지 않고 그의 목숨을 건 탈출을 지켜보는 듯했다.

스네에몬은 성의 한쪽 구석에 있는 나무숲으로 들어가서 이윽고 후죠몬不淨門[120]이 있는 절벽 쪽으로 내려갔다. 그것은 성안의 오물을 흘려보내는 수문이었다. 그러다 보니 아군의 눈에조차 잘 띄지 않았고 강 건너편 적들도 그다지 주의를 기울이지 않아 경비가 느슨한 곳이었다.

스네에몬은 등의 짐과 옷을 하나로 말아 머리 위에 묶었다. 그리고 멧돼지처럼 성벽 아래의 수풀 사이를 기어가 물살을 재본 뒤 격류 속으로 들어갔다. 강한 수압과 함께 이내 강 속에 종횡으로 둘러쳐놓은 그물이 가슴과 발에 걸렸다. 그물에는 수많은 방울이 달려 있었다.

스네에몬은 무신武神인 하치만八幡에게 보살펴달라고 기원했다. 방울이 딸랑거리는 소리를 내며 흔들렸다. 그는 단검을 뽑아서 몸을 휘감는 그물을 끊고 헤엄치기를 반복했다. 그러다 간신히 다키 강의 건너편 기슭에 손이 닿았다.

"응? 방울 소리가 났는데?"

목책 뒤편에서 적병의 소리가 들렸다. 스네에몬은 바로 아래쪽 강기슭에 몸을 숨기고 입을 틀어막았다. 또다시 적병들의 말소리가 들렸다.

"장마철이니 잉어나 농어일 걸세. 오늘도 큰 놈을 잡았네."

스네에몬은 발소리가 멀어진 뒤 목책을 뛰어넘어 앞만 보고 내달렸다. 그는 사방의 적지를 어떻게 빠져나왔는지 모를 정도로 정신없이 달렸던 것이다.

날이 밝고 점심이 가까울 무렵, 사전에 약속했던 안봉 산 위에서 봉화가 하늘 높이 피어올랐다. 성안 오백여 명은 환희와 눈물에 젖은 얼굴로 연기를 바라보았다.

---

120 성이나 저택 등에서 분뇨를 푸는 사람이나 시신들을 옮기는 문.

출정 전야前夜

　10일 전후부터 기후 성에는 나가시노의 정세를 전하는 도쿠가와 가의 파발이 하루에도 몇 번이나 도착했다. 동맹국인 도쿠가와 가가 위급하면 오다 가도 위급하다고 할 수 있었다. 기후 성도 심상치 않은 긴장감에 휩싸여 있었다.

　도쿠가와 가는 노부나가에게 서면은 물론이고 가신인 오구리 다이로쿠小栗大六, 그리고 뒤이어 급사로 온 오구다이라 사다요시를 통해 즉시 원군을 보내달라고 재촉했다.

　"알았네."

　노부나가는 그렇게 대답만 할 뿐 군사를 움직이려고 하지 않았다. 이틀에 걸쳐 군사 회의가 열렸다. 모리 가와치가 노부나가에게 간언했다.

　"어차피 승산이 없으니 출전은 무용합니다."

　그의 말을 반박하는 사람도 있었다.

　"아니오. 그것은 의에 반하는 일이오."

　사쿠마에몬과 같은 장수들은 중립적인 태도를 보였다.

　"가와치 님의 말씀처럼 다케다 군의 정예에 맞서 싸우는 것은 승산이 없는 일이라고 할 수 있으나 그렇다고 하여 출전을 늦춘다면 도쿠가와 가는 다케다 군과 화친을 맺고 우리에게 등을 돌리고 창끝을 겨눌지도 모릅니다. 지금은 일단 적은 병력이나마 원군을 보내 돕는 것이 최선인 듯합니다.”

그러자 부당하다고 주장하는 사람이 있었다. 나가하마에서 급거 군사들을 이끌고 달려온 지쿠젠노카미 히데요시였다.

“지금 나가시노 성 하나가 중요한 것이 아닙니다. 하지만 나가시노가 다케다 군에게 넘어가 그들의 공격 거점이 되면 도쿠가와 가는 이미 제방 한쪽이 무너진 것과 같은 형세에 빠져 다케다 군의 공격을 오래 막아낼 수 없을 것입니다. 신겐이 죽은 지금의 상황에서도 여전히 강한 다케다 군이 그런 우위를 점하게 되면 우리 기후 성의 안위 역시 보장할 수 없을 것입니다.”

사람들은 큰 소리로 주장하는 히데요시의 얼굴을 그저 바라만 보고 있었다.

“일단 군사를 움직인다면 싸우는 것도 아니고 싸우지 않는 것도 아닌 애매모호한 태도는 피해야 합니다. 그것은 하책 중에서도 하책일 것입니다. 출전은 적극적으로 싸우겠다는 의지를 피력하는 행위입니다. 하여 지금은 상책을 세워 오다가 쓰러지는가, 다케다가 이기는가 하는 건곤일척의 전의를 명확하게 표명해야 합니다. 그런 다음 대군을 이끌고 동맹국의 위급을 도운 뒤 그와 더불어 오랜 환부를 일거에 제거해야 할 것입니다.”

노부나가의 생각은 알 수 없었지만 다른 장수들은 어차피 원군을 보내야 한다면 육칠천이나 일만 정도를 생각하고 있었다. 그런데 다음 날, 노부나가는 삼만 대군에게 출정 준비를 명했다.

“이번 출정은 원군이라고는 하나 오다 가의 흥망을 결정하는 분수령이다.”

노부나가는 회의 자리에서 '히데요시의 말이 지극히 옳다'고 말하지 않았다. 하지만 히데요시의 말이 노부나가의 마음을 움직였는지, 아니면 노부나가가 히데요시의 주장을 받아들였는지 확실하지 않지만 노부나가는 직접 출전하기로 결정했다.

전군은 13일에 기후를 출발해 14일에 오카자키에 도착했다. 노부나가 이하 원군의 모든 장수와 병사는 다음 날 15일 하루만 휴식을 취하고 16일 아침에 전쟁터로 출발할 예정이었다. 그로 인해 오카자키 마을은 더없이 복잡했다. 작은 마을에 기후에서 온 삼만의 대군이 머물며 집집마다 말을 매어놓고 밥을 짓고 술도 마셨기 때문에 마을 안은 가마솥의 물이 끓듯 떠들썩했다. 병자를 제외한 모든 마을 사람들이 그들을 접대하느라 정신이 없었다.

"이젠 괜찮다. 이젠 걱정할 것 없다."

집집마다 노인들부터 계집아이들까지 마음을 놓으며 북적대는 상황을 기쁘게 받아들였다. 기후의 원군이 와도 기껏해야 오륙천일 것이라고 예상했던 사람들은 삼만의 대군이 도착하자 환호했다.

"양국의 군사를 합하면 삼만 팔천, 이 정도 군사면 아무리 고슈 군이 강하다 해도 적의 두 배니까 질 리가 없다."

하지만 마을과는 달리 성안은 낙관할 수만은 없는 분위기였다. 첫 번째는 원군이 갈 때까지 나가시노가 버틸 수 있을까 하는 걱정 때문이었다. 그리고 두 번째는 고슈 군에게도 계책이 있을 터였고 특히 그들의 돌격대와 기병대의 돌파 전법은 천하에 비견할 데가 없을 만큼 용맹하기 때문이었다. 비록 수적으로는 아군이 훨씬 우위에 있었지만 대부분 다른 나라의 원군이라 질적으로는 문제가 있었다.

그중에서도 특히 첫 번째 근심이 가장 컸다. 이에야스를 비롯한 오카자키의 병사들은 나가시노에 있는 병력의 수나 방비가 미약하다는 사실을 알고 있었기 때문에 무척이나 불안해했다. 그런 점에서 보면 노부나가 군은 아무리 동맹국이라지만 역시 자신의 일이 아닌 남의 일이었기 때문에 불안이나 위기감을 느끼지 않았다. 15일 밤이면 내일 당장 전쟁터로 가야 하는데도 여기저기에서 무사와 병사 들이 화톳불을 빨갛게 피워놓고 한가롭게 노래를 부르며 말똥 냄새가 나는 마을을 돌아다니는가 하면 술을 마시며 박수를 치고 투구를 두드리기도 했다.

그렇게 밤이 샐 무렵, 한 사내가 거지와 같은 몰골로 마을에 나타났다. 갑주를 찬 무사나 번뜩이는 칼을 봐도 짖지 않던 개가 사내를 보고는 짖어댔다.

"쉿! 조용!"

사내는 돌멩이를 집어 던지며 도망치듯 오카자키 성 쪽으로 달려갔다. 해자의 물과 버드나무 가로수가 저편에 보인 순간, 우르르 몰려나온 무사들이 사내를 앞뒤로 둘러싸더니 양쪽에서 달려들어 덮쳐눌렀다.

"이놈, 어디를 가느냐!"

땅바닥에 털썩 주저앉아 아무 저항도 하지 않던 사내가 사람들을 둘러보며 말했다.

"아아, 당신들은 기후의 군사들인 듯하구려. 원군으로, 도쿠가와 가를 도우러 온 것이오?"

사내는 숨을 쉬기 곤란한 듯 지친 기색이 역력했다. 경비를 서고 있던 사람들 중 한 명이 발로 걷어차는 듯한 몸짓으로 말했다.

"시끄럽다. 물어야 할 사람은 네가 아니라 우리다. 너는 대체 누구냐? 어디에서 왔느냐?"

"나가시노에서 왔습니다."

"뭐, 나가시노에서?"

"나는 오쿠다이라 사다마사 님의 가신인 도리이 스네에몬이오. 성문까지 데려가주시오."

행색을 보면 고슈 쪽 인부였고 얼굴과 머리는 땀과 진흙으로 뒤범벅되어 있었다. 많은 것을 묻지 않아도 모습에서 온갖 역경을 헤치고 적지에서 빠져나왔다는 사실을 알 수 있었다.

"나가시노를 탈출해서 여기까지 사자의 임무를 띠고 왔다는 것이냐? 도리이 스네에몬이라고?"

"그렇소! 주인인 오쿠다이라 사다마사 님의 서신을 가져왔소이다. 성안 오백여 명은 지금 촌각을 다툴 만큼 절박한 상황이라 일각이 급하니 부디 보내주시오."

경비 무사들은 즉시 도쿠가와 쪽에 그 사실을 알리고 성문까지 그를 데리고 갔다.

"뭐라? 스네에몬이? 도리이 스네에몬이 왔다는 것이냐?"

사다마사의 형인 오쿠다이라 사다요시는 그 말을 듣자 의심 반 기쁨 반의 심정으로 황망히 성안의 밀실로 그를 맞이했다.

"대, 대체 어찌 된 일인가?"

사다요시는 그렇게 한 마디만 내뱉고는 말문이 막힌 듯 아무 말도 하지 못했다. 스네에몬의 비참한 모습을 본 순간, 고립된 성을 지키는 아군의 고충과 아우가 떠올랐던 것이다.

"무, 무사히 뵐 수 있어서 사자의 소임은 이로써."

어눌한 스네에몬은 엎드린 채 울고 있었지만 그것은 이곳까지 무사히 당도했다는 기쁨에 겨운 눈물이었다.

"어서 빨리, 보여주게. 사다마사의 서신을 가져왔다고 하지 않았는가?"

"예, 여기……."

스네에몬은 가슴쪽 옷깃을 풀고 더러운 옷의 아래 깃을 허리 부분부터 위로 들어 올리더니 솔기를 물어뜯었다. 그리고 옷깃 안에 숨겨 온 한 통의 서찰을 사다요시 앞으로 내밀었다. 서찰은 기름종이로 몇 겹이나 싸여 있었다. 사다요시는 봉을 뜯어서 서찰을 읽어 내려가는 동안 눈물을 참을 수 없었다.

서찰에는 성안의 사기는 충분하며 총알은 다 떨어졌지만 다케다 군을 물리칠 바위는 남아 있다고 쓰여 있었다. 그런데 문제는 병량이었다. 스네에몬이 성에 도착할 무렵에는 병량이 필시 이틀 치밖에 남지 않을 것이라고 했다.

마지막 부분에는 이미 각오하고 있으니 적이 성안으로 들어오면 오백 명의 목숨을 대신해 자신은 할복할 것이라고 했다. 하지만 오백의 부하들은 적에게 사로잡혀 목숨을 연명하는 것을 떳떳하게 여기지 않을 것이며 오로지 원군을 학수고대하고 있으니 부디 한시라도 빨리 오기를 바란다는 말로 끝을 맺었다.

"스네에몬."

"예."

"더 상세히 묻고 싶지만 마음이 조급하구나. 이 서찰을 바로 주군께 보여드리고 올 터이니 잠시 여기서 쉬고 있게."

"알겠습니다."

"피곤할 테니 다리를 풀고 자리에 누워 쉬고 있도록 하게."

"아닙니다."

"배는 고프지 않은가?"

"실은 죽이라도 조금 먹었으면 합니다."

"그리 일러둘 테니 다리를 펴고 편히 쉬고 있게."

사다요시는 밖으로 나가 하인에게 무슨 말인가를 한 뒤 황망히 복도 안쪽으로 달려갔다.

밤도 꽤 깊었는데 본성 안에서는 북소리가 들리고 촛불이 밝게 빛나고 있었다. 객전은 양국의 중신으로 가득했다. 상단의 자리에 이에야스와 노부나가의 얼굴이 보였다.

노부나가는 좋아하는 춤과 소고를 청하고서 손에 술잔을 들고 온화한 표정으로 바라보고 있었다. 이에야스도 지금은 초조한 얼굴 표정을 노부나가에게 보이지 않고 있었다.

'나가시노의 아군들은 어떻게 됐을까?'

이에야스는 문득문득 그런 걱정이 솟았지만 억지로 웃음을 짓고 평소와 조금도 다름없는 모습을 유지하며 노부나가에게 약한 모습을 보이지 않았다. 그는 기요스 성에서 처음으로 노부나가와 회합을 가진 약관 때부터 오늘에 이르기까지 대등한 모습을 보였다.

"그런가. 으음."

이에야스는 측신에게 스네에몬이 왔다는 말을 듣고도 더없이 태연한 얼굴로 말했다. 그리고 노부나가의 시종이 춤을 추는 모습만 열심히 볼 뿐이었다. 그러다 춤이 끝나고 북소리가 멎은 뒤에야 새로 술잔을 들며 다시 말했다.

"오다 님, 방금 나가시노에서 사자가 도착해서 기다리고 있다고 하니 잠시 자리를 비우겠습니다."

이에야스는 그렇게 말하고 조용히 밖으로 나왔다. 그는 어슴푸레한 복도에 이르러서야 급히 외쳤다.

"사다요시, 어디에 있는가?"

이에야스의 목소리에는 어느새 조급함이 묻어 있었다.

"예, 주군."

"사다요시, 나가시노에서 왔다는 도리이 스네에몬에게 성안의 상황을 상세히 듣고 싶다. 그는 어디에 있는가?"

“제가 데려오겠습니다.”

“시간이 걸릴 테니 그럴 필요 없네. 내가 그리 가는 편이 빠를 것이네.”

이에야스가 안내하기를 재촉하자 사다요시는 총총걸음으로 앞서서 갔다. 이에야스도 큰 걸음으로 뒤를 따랐다. 스네에몬은 성문과 가까운 방에 있었다. 오쿠다이라 사다요시가 두꺼운 판자문을 열고 안으로 들어가 큰 소리로 말했다.

“스네에몬, 스네에몬. 주군께서 직접 이리로 오셨네.”

스네에몬이 너무 피곤한 나머지 방에 누워 있을까 봐 미리 알린 것이었다. 하지만 스네에몬은 똑같은 자리에 똑같은 자세로 오도카니 앉아 있었다. 또 말끔히 비워진 죽 그릇이 담긴 앉은뱅이 상이 한쪽 구석으로 치워져 있었다.

스네에몬은 이에야스를 보고 멀찌감치 물러나 엎드렸다.

“저 사내인가?”

이에야스는 아무 자리에나 가서 앉았다. 뒤늦게 따라온 가신들이 방석과 요를 권했지만 안중에도 두지 않고 한동안 스네에몬을 바라보았다.

“말씀을 올리도록 하게.”

사다요시가 재촉하자 스네에몬은 그제야 입을 열어 자신을 사다마사의 가신이라고 밝혔다. 그런 뒤 성안의 절박한 상황과 궁핍한 실상을 고했다. 이에야스는 듣는 내내 고개를 끄덕이면서 몇 번이고 손가락으로 눈가를 지그시 눌렀다.

“스네에몬, 그런 고초와 역경을 헤치고 참으로 잘 와주었네. 이젠 안심해도 될 것이네. 기후의 원군도 도착했고 나도 날이 새면 함께 출정할 것이네. 나가시노에는 늦어도 삼 일 안에 도착할 터. 수고했네. 자네는 다시 나가시노로 돌아가지 않아도 되니 여기서 성을 지키며 몸을 건사하도록 하게."

이에야스는 당연한 듯 그렇게 위로했지만 스네에몬 역시 당연한 듯 그에 대답했다.

"말씀은 황송합니다만, 저는 지금 바로 나가시노로 돌아가도록 하겠습니다."

이에야스는 놀란 눈으로 스네에몬을 물끄러미 바라보다 직감했다.

'이자는 죽을 각오를 했구나.'

죽을 각오를 하지 않은 이상, 적에게 몇 겹으로 둘러싸인 나가시노로 다시 돌아가겠다고 할 리가 없었다. 그곳에서 탈출해왔으니 그것이 얼마나 어려운 일이고 위험한 일인지 잘 알고 있을 터였다.

"돌아가겠다고?"

"예."

"지금 바로 말인가?"

"이러고 있는 동안에도 조바심이 일어……."

"그것은 안 된다. 자네 마음은 잘 알겠으나 그렇게까지 하지 않아도 될 것이다. 충분히 몸을 정양하면서 승전보를 기다리도록 하게."

이에야스는 스네에몬이 다시 성으로 돌아가서 원군이 며칠 내로 온다는 소식을 전하면 그만큼 성안 병사들의 사기가 올라가고 효과가 크다는 것을 알았지만 그를 사지로 돌려보내 죽게 하고 싶지 않았다.

"그 말씀만 들어도 피곤이 완전히 가시는 듯합니다. 하오나 성안에 있는 아군에겐 지금이 중요한 때입니다. 또한 나가시노에서는 목을 길게 빼고 길보를 기다리고 있을 터이니 반드시 돌아가서 소식을 전해야 할 것입니다."

스네에몬은 그렇게 말하고 오쿠다이라 사다요시 쪽으로 몸을 돌려 말했다.

"그럼, 이만 돌아가도록 하겠습니다."

스네에몬은 인사를 하고 자리에서 일어섰다.

"그런가……."

이에야스도 어쩔 수 없이 일어섰다. 그리고 애처롭고 소박한 그의 뒷모습을 바라보며 사다요시에게 말했다.

"성 밖까지 배웅하도록 하게."

그로부터 반 각 정도 지난 뒤 도리이 스네에몬은 어두운 마을 한가운데를 걷고 있었다. 집들은 모두 문을 닫아걸고 잠이 들어 있었다. 내일 이른 새벽의 출정을 기다리는 듯 밤하늘 구름 아래로 해오라기가 연신 울면서 날아갔다. 비를 예고하듯 물기를 품은 바람이 산 쪽에서 훅 불어왔다. 검문소마다 전령이 전해졌는지 돌아갈 때는 아무도 그를 멈춰 세우지 않았다.

스네에몬은 정신없이 걷다가 문득 어슴푸레한 뒷골목에서 옆쪽으로 들어갔다. 무너진 나무 담과 대나무 울타리가 어지럽게 이어져 있었다. 돌보지 않은 풀과 나무 사이로 널빤지를 댄 지붕과 담장이 있는 집들이 몇 채 보였다. 오카자키에서 오십 석의 봉록을 받는 무사가 사는 조장의 집이 얼마나 궁핍한지 알 수 있었다.

그중 한 집 앞에서 형태만 남은 쪽문을 밀고 들어가자 창이 곧 눈에 띄었다. 창에서 갓난아기 울음소리가 들렸다. 앞쪽 문은 닫혀 있었는데, 스네에몬은 문을 두드리지 않았다. 가만히 귀를 기울이고 있다가 곧 낮은 대나무 울타리를 넘어 발소리를 죽이며 풀밭을 지나 옆쪽으로 돌아갔다. 빗물에 이끼가 자란 돌이 있었다. 그 돌에 올라서자 창에 머리가 닿았다. 그는 대나무 창살 사이로 창문을 살짝 반 정도 열었다. 가난한 집 안이 보였다. 무심한 아비가 바로 지척에 있다는 사실을 아는 듯 갓난아이의 울음소리가 더욱 가까이 들렸다.

스네에몬은 숨을 죽이고 창밖에 바싹 달라붙은 채 유심히 집 안을 들여다봤다. 한 마디만 하면 아내가 바로 달려 나와서 문을 열고 손을 잡으며 반갑게 맞아줄 터였다. 하지만 그의 몸은 지금 자신의 것이 아니었다. 나가시노에 있는 전우들을 생각하면 집에 잠시 들른 것조차 미안한 마음이 들었다. 하지만 그는 두 번 다시 이곳으로 돌아올 수 없을 것이라고 생각하고 마음속으로 전우들에게 사죄를 하면서 작별 인사를 위해 집에 들른 것이었다.

"이 아비를 용서해라."

스네에몬은 창가에서 두 손을 모으며 말했다. 찢어진 창호지 너머에서 막내의 기저귀를 갈고 있는 듯 아내의 그림자가 움직였다. 스네에몬은 가슴이 저려왔다. 여전히 몸이 약한 듯 보였다.

"잘 있으시오. 그리고 아이들을 잘 부탁하오."

스네에몬은 소리 높여 그렇게 외치고 싶어 턱이 덜덜 떨렸다. 그는 품속에서 백지에 싼 물건을 꺼내더니 놓을 곳을 찾으려고 손으로 창가를 더듬었다. 백지에 싼 물건은 주가의 문장이 새겨져 있는 홍백의 과자였는데, 성안에서 기다리는 동안 품에 넣어두었다.

얼마 되지 않았지만 과자에 설탕이 들어 있다는 이야기를 들었다. 설탕을 먹어 보기는커녕 본 적도 없었다. 노부나가에게 대접하기 위해 선부膳部의 사람이 만든 것이라고 했다. 오늘 밤, 성안에서 과자를 받았을 때 스네에몬은 손톱으로 살짝 긁어 맛을 본 뒤 아내와 자식에게 주려고 가져왔다. 그는 손을 뻗어 과자꾸러미를 창 아래로 던졌다.

"누구세요?"

아내의 목소리가 들렸다. 어렴풋한 소리밖에 나지 않았는데 그녀는 찢어진 문을 열고 밖으로 나왔다.

"어머, 문을 닫아두었는데 창이 열려 있네."

아내가 아이를 안고 밖으로 나왔을 때 이미 스네에몬은 그곳에 없었다. 그는 도망치듯 길을 달렸다. 그 모습에는 나가시노를 향해 서둘러 달려가려는 마음보다 인간 본연의 나약함을 채찍질하며 집에서 멀어지려는 의지가 담겨 있었다.

필살의 땅

새벽녘 구름을 보자 마을에 있는 말들이 힘차게 울기 시작했다. 깃발은 바람에 나부끼고 나팔 소리가 우렁차게 울렸다. 그날 아침, 오카자키 성을 출발한 병마의 수는 실로 엄청났다.

"과연 오다 님이시다."

영민들은 넋을 잃고 강대한 동맹국의 병력과 무구를 믿음직스럽고 부러운 시선으로 바라보았다.

삼만의 오다 군을 깃발과 우마지루시로 구분하면 몇십 개의 부대로 편제되어 있는 듯했다. 시바타, 니와, 이케다, 다키가와 등의 숙장은 물론이고 노부나가 일족 중에서는 적자인 노부타다, 동생인 노부오도 참전했다. 미즈노水野, 가모蒲生, 모리, 이나바 잇테쓰 등도 있었다. 하시바 지쿠젠노카미, 마에다 마타에몬, 후쿠즈미 헤이자에몬福富平左衛門, 사사 구라노스케와 같은 젊은 무장들도 그 뒤를 따르고 있었다.

"철포가 정말 많구나."

연도의 영민들도 놀랐지만 도쿠가와 가의 장병들도 부러운 눈으로 바라보았다. 삼만 병력 중에 철포대 소속의 소총수만도 일만에 육박했고 소총의 수는 오천에 이르렀다. 또 거대한 대포도 밀고 갔다. 그런데 유달리 이상하게 여겨지는 것이 있었는데, 소총을 들지 않은 병사들이 목책을 세우는 나무를 하나씩 짊어지고 그것을 연결하는 노끈을 함께 가지고 가는 것이었다.

"저런 나무 말뚝을 가져가서 대체 어쩌려는 것일까?"

마을 사람들은 오다 가의 작전을 의심쩍게 생각했다.

같은 날 아침, 조금 시간을 두고 전선을 향한 도쿠가와 본군의 수는 팔천도 되지 않았지만 사기는 오다 군에 전혀 뒤지지 않았다. 오다 군은 원군으로 왔으니 이곳이 객지였지만 도쿠가와 군에게 있어 이곳은 선조들의 땅이었던 만큼 적에게 한 치의 땅도 내어줄 수 없는 삶의 터전이자 물러날 곳이 없는 필살의 땅이었다. 말단 병사들까지 그런 의기로 가득 차 있었고 비장해 보였다. 장비도 오다 군과는 비교할 수 없을 만큼 열세였지만 부족한 기색은 찾아볼 수 없었다.

행렬 속에는 이에야스의 장남인 노부야스를 비롯해 마쓰다이라 이에타다松平家忠, 이에쓰구家次, 혼다, 사카이, 오쿠보, 마키노, 이시가와, 사카키바라 등의 장수와 오쿠다이라 사다요시가 있었다. 성에서 몇 리 멀어지자 도쿠가와 군은 발길을 재촉하기 시작했다. 도중에 우시쿠보牛久保에 이르자 오다 군과는 방향을 다르게 틀어 시다라가하라設樂ヶ原 쪽으로 서둘러 갔다.

한편 하루 전, 도리이 스네에몬은 홀로 시다라設樂 근처에 이르렀는데, 곳곳에서 적의 척후병들과 후방을 감시하는 수색대와 마주쳤다. 이미 주변은 적지였기 때문에 방어선이 몇 겹으로 깔려 있었다. 스네에몬은 그 철통같은 엄중한 경계에 놀라고 말았다. 그는 어떤 때는 수풀 속의 메추라기처럼, 또 어떤 때는 들쥐처럼 날쌔게 움직이며 적의 눈을 피해 간신히 아루미가하라까지 도착했다.

"여기까지 왔으니……."

스네에몬은 다소 안심하듯 중얼거렸다. 하지만 이내 그런 자신을 경계했다.

"방심은 금물이다."

마침내 저편 멀리 나가시노 성이 보였다. 오백 명의 전우가 고군분투하고 있는 성이었다. 그 하얀 성벽을 아련히 보았을 때, 그는 자신도 모르게 두 손을 흔들고 싶은 충동에 사로잡혔지만 마음속으로 외쳐야 했다.

'버티고 있다! 아직 함락당하지 않았다.'

그때 뒤편에서 갑자기 떠들썩한 소리와 먼지가 일더니 말 울음소리와 수레바퀴 소리가 들려왔다. 살펴보자 말 등에는 잡곡과 채소, 그리고 수레에는 쌀이 산처럼 쌓여 있었다. 다케다 군의 운송 부대였다. 가까운 마을에서 징발해온 양식을 전선에 있는 병참 부대로 옮기는 중인 듯했다. 사람과 말이 흘리는 땀이 석양에 빨갛게 빛나고 있었다. 행렬은 끝이 보이지 않았다. 병사만 해도 백 명은 족히 넘을 듯했다. 징발당한 농민도 많이 보였고 고슈 쪽 인부도 말을 끌며 수레의 바퀴를 돌리고 있었다.

"제기랄!"

"어서 가자!"

이것도 전쟁이었다. 이 일대는 입자가 가는 먼지가 날리는 길이 아니면 갈대나 수초가 많은 늪지여서 바퀴와 말발굽이 푹푹 빠졌다. 길게 이어진 사람과 말의 숨결과 땀내가 끊어졌다가 다시 이어지기를 반복하고 있었다. 그 사이를 진흙투성이인 병사와 인부가 대오를 이루지도 않고 뛰거나 짐을 짊어지거나 해진 짚신을 들고 걸어갔다.

스네에몬은 어느 틈엔가 일행으로 가장해 그들 사이에서 함께 걸었다. 그 앞에는 늙은 농부가 무거워 보이는 지게를 진 채 걸어가고 있었다. 스네에몬은 빈손이었다. 아무것도 들지 않은 사람들도 있었지만 스네에몬은 왠지 노인에게 마음이 끌렸다.

"이보시오."

스네에몬은 노인의 곁으로 다가가 말을 걸었다.

"곱사등이 같은 모습으로 걸어가는 걸 보니 그냥 보고 있을 수가 없군. 내가 져줄 테니 지게를 벗으시오."

노인은 뜻밖의 말을 듣고 오히려 당황했다. 스네에몬은 노인의 대답을 기다리지 않고 그의 등에서 지게를 벗겨 짊어졌다.

"괜찮소, 괜찮아. 이 정도는 아무것도 아니니 앞에 있는 수레를 타고 가도록 하시오. 그럼 편할 거요."

석양은 어느새 구름 끝에 붉은 잔광만을 남기고 모습을 감췄다.

"멈춰라! 멈춰!"

앞쪽에서 큰 소리가 들렸다. 운송 부대 부장의 소리였다. 앞을 보자 진영의 임시 막사가 있는 책문이 있었다. 스네에몬은 섬뜩했다. 어느새 다케다 군 진영이 밀집해 있는 적지 한가운데까지 온 것이었다. 앞쪽에서부터 차례로 삼엄하게 검문을 하는 듯했다. 통과, 통과라는 앞쪽의 외침이 점점 가까워지자 스네에몬은 입이 바싹바싹 타들어갔다.

드디어 스네에몬의 차례가 되었다. 갑자기 갑주를 찬 무사의 손이 좌우에서 그의 몸을 더듬었다. 머릿속을 수색하고 품속에 손을 넣어보기도 했다. 스네에몬은 흡사 바보처럼 입을 벌리고 있었다.

"인부인가?"

"예."

"어디 소속이냐?"

"예, 저기."

"누구를 모시고, 어디 부대에 속한 자인가 묻고 있지 않느냐!"

"쇼스케庄助라고 하는데 이와무라 사람들과 함께 왔고 이와무라 부대에 있습니다."

"그만 됐다."

"예."

"통과!"

무사가 등에 진 지게를 밀치자 스네에몬은 비틀거리며 목책 안으로 들어갔다. 그리고 방향을 몰라 잠시 망설이던 스네에몬이 걸음을 옮기자 마부와 인부를 감독하는 병사가 호통을 쳤다.

"이런 멍청한 놈, 어디로 가는 게냐!"

말 등의 가마니와 수레의 쌀 포대 등을 진중의 병참 창고로 져 날라야 했던 것이다. 병사는 채찍으로 인부를 후려치는 일쯤은 아무것도 아니라는 듯 살기등등했다.

"한눈팔지 마라!"

스네에몬도 몇 번이나 엉덩이와 등짝을 맞았다. 하지만 맞고 있는 동안에는 안심할 수 있었다.

"밥이다. 식당 쪽으로 모여라!"

어느새 밤이 되었다. 큰 솥 아래에서 불이 빨갛게 타오르고 있었다. 인부와 농부 들은 그 주위에 둘러서서 밥그릇을 들고 국을 푸는 국자를 서로 집으려고 다투고 있었다. 그곳에 갑자기 순찰을 맡은 부장이 병사들을 이끌고 들어왔다.

"검문할 것이니 모두 줄지어 서라."

이와무라 부대의 대장이 말하자 가옥 안의 인부들이 모두 구석으로 물러섰다. 큰 민가의 봉당이라 어두컴컴했고 좁았다. 봉당 안은 서로 몸을 부대끼며 밀쳐야 할 정도로 사람들로 가득했다. 스네에몬은 아무 일도 없을 것이라고 확신했다. 무리에 섞여 있으면 수풀과 같은 색으로 위장한 벌레처럼 분간할 수 없을 것이라고 생각했던 것이다. 그런데 사태가 심상치 않았다. 아나야마 부대의 부장이라는 무사가 인부들의 머릿수를 조사하라고 큰 소리로 명령했다.

"목책을 통과한 자의 수가 한 명 더 늘었다. 누군가 이곳으로 들어온 것이 분명하다."

병사들이 입구를 막아섰다. 그리고 한 명씩 끌어내서 다시 조사를 시작했다. 스네에몬은 두려운 마음이 들었다. 설마 인부 한두 명 정도는 별 신경을 쓰지 않을 것이라고 마음 놓고 있었는데 다케다 군의 엄격함은 상상 이상이었다.

'큰일 났다.'

독 안에 든 쥐 신세였다. 그의 눈빛이 날카로워졌다. 그는 사람들이 눈치채지 않도록 등이 벽을 스치듯 옆걸음질 쳐서 뒷문 쪽으로 조금씩 이동했다. 그런데 갑자기 앞문에 서 있던 순찰 부장이 그를 가리키며 고함을 쳤다.

"앗, 저자다! 수상하다."

그 순간, 스네에몬은 몸을 날려 뒤쪽으로 도망치려고 했지만 그곳에도 병사가 있었다. 스네에몬은 눈먼 생쥐처럼 마루 위로 뛰어올라가 기둥과 벽을 향해 몸을 날렸다. 그리고 창으로 들어오는 별빛을 보고는 온몸으로 창살을 뚫고 밖으로 뛰쳐나갔다.

두세 번 총소리가 밤하늘에 울려 퍼졌다. 스네에몬은 초가지붕 아래에서 뛰쳐나와 가까이에 있는 뽕나무밭으로 뛰어들었다. 일견 현명한 선택인 듯했지만 그것이 오히려 화근이었다. 뽕나무잎에서 나는 소리는 그가 가는 곳과 숨은 곳을 알려주었다. 더군다나 가느다란 가지가 발목에 엉켜 몸을 마음대로 움직일 수도 없었다.

"더 이상 도망갈 데도 없으니 포기해라!"

뽕나무밭을 둘러싼 아나야마 부대의 부장이 소리를 쳤다. 적이지만 그의 말이 백 번 옳았다. 스네에몬은 얼굴을 들고 하늘을 향해 두 손을 들었다. 그리고 뽕나무잎 위로 몸을 반쯤 일으켰다.

"잠깐, 멈춰라!"

무차별적으로 총을 쏘아대는 적들을 향해 스네에몬이 다시 말했다.

"포기했다. 더 이상 저항하지 않을 테니 포박하라!"

스네에몬은 손을 뒤로한 채 움직이지 않고 가만히 있었다. 뽕나무잎을 헤치고 다가오는 발소리가 들렸다. 마침내 그는 밧줄에 묶여 밖으로 끌려나왔다. 순찰 부장이 스네에몬의 모습을 머리에서 발끝까지 훑어보고는 물었다.

"나가시노 병사인가? 오카자키 병사인가?"

"나가시노다."

스네에몬이 서슴없이 대답했다.

무사의 혼

가쓰요리의 목소리는 의자에 앉아 있는 체구나 부하들을 제압하는 위엄에 걸맞게 굉장히 컸다. 그는 지금 격분해 있었다.

"평소와 달리 모두 겁을 집어먹었는가. 바바, 나이토, 오야마다, 야마가타 등 천하에 이름을 떨치던 자들도 결국 세월을 이기지 못하고 노쇠한 듯하군. 내가 보기에 오다의 삼만 대군은 허울뿐인 허세이며, 도쿠가와 칠팔천 따위는 결코 우리의 상대가 되지 못할 터인데 무엇을 그리 두려워하는지 이해할 수가 없다. 아도베, 오이노스케! 그대들은 어찌 생각하는지 기탄없이 말해보라."

"송구합니다만."

진막의 서쪽에 앉아 있던 오이노스케가 조금 앞으로 나오더니 말했다.

"뜻밖에도 숙장인 노신분들이 한결같이 퇴각을 권하는 모습에 선대인 신겐 공이 떠난 뒤 다케다 군도 쇠퇴한 듯하여 속으로 눈물을 흘리고 있었습니다."

"흐음."

가쓰요리는 만족한 듯 고개를 끄덕였다. 그리고 그의 말에 힘을 얻어 재차 장수들을 향해 주전론을 주장하려 했다.

"오이노 님! 다소 말씀이 지나치시오. 그것은 신라사부로^{新羅三郎} 님 이래로 이십칠 대에 이르는 우리 다케다 가가 지금 흥망의 갈림길에 서 있다는 것을 깊이 숙고하시고 하는 소리이오?"

바바 미노노카미의 백발이 부르르 떨리고 있었다. 다른 노장들도 입은 굳게 다물고 있었지만 얼굴은 붉게 물들어 있었다. 그들은 일제히 오이노스케를 노려보듯 매서운 눈길로 바라보았다.

"지금은 평시가 아닌 진중입니다. 게다가 적을 앞뒤에 두고 피할 수 없는 결전을 목전에 두고 있습니다. 가문을 위해 자신이 믿고 있는 바를 말씀드리는 데 어찌 저어할 수 있겠소이까!"

오이노스케도 지지 않고 말했다. 그러자 그와 생각이 같은 가쓰요리가 노장들을 힐책하듯 타일렀다.

"아도베에게 발언을 허락한 것은 바로 나요. 어찌 그에게 자신의 의견을 말할 여유도 주지 않는 것이오?"

바바와 야마가타, 하라, 오야마다 등의 숙장들은 부끄러운 마음에 입을 다물고 말았다. 그 틈에 아도베 오이노스케가 다시 말했다.

"오카자키의 오가와의 계획도 어긋났고, 노부나가의 사자로 가장해서 나가시노 성에 항복을 권하는 편지도 실패로 끝났습니다. 그것들을 들어 노신분들은 이번 싸움을 탐탁지 않게 여기며 퇴각할 것을 주장하고 있습니다만, 일찍이 신겐 공이 살아 계실 때부터 적에게 등을 보인 예가 없었던 우리 다케다 군이 오다의 원군이 온다는 말을 듣고 도망친다면 그 오명과 치욕은 두 번 다시 씻을 수 없을 것입니다."

오이노스케는 노장들을 몰아세우며 말을 이었다.

"싸우지도 않고 물러서려는 생각은 버리시고 눈을 크게 뜨고 적의 실체를 보십시오. 어제 이후로 빈번하게 오다와 도쿠가와의 출전을 알리는 보고가 올라오고 있지만, 오다가 대체 무에 그리 대단한 자입니까? 또 삼만이라는 적군의 수는 사실일지 몰라도 그들은 그저 도쿠가와 가를 빼앗길 수 없다는 한낱 의리에 의한 것일진대 어찌 우리 용맹한 군사들을 이길 수 있겠습니까. 불리하다고 판단되면 그들은 후퇴하든지 방관하든지 둘 중 하나일 것입니다. 게다가 지금 도쿠가와 가의 선봉은 어쩔 수 없이 시다라가하라의 서쪽까지 나와 있는데 어찌 그들을 쳐부수지 않고 나가시노의 포위망을 풀고 허무하게 물러갈 수 있겠습니까. 나가시노 성은 이미 병량도 바닥나고 병사들은 생기도 잃어버렸습니다. 이러한 때, 도비가스 요새와 다른 두세 곳의 요새를 지키면 충분히 그들을 제압할 수 있습니다. 이후엔 전군을 들어 먼저 도쿠가와 군을 분쇄하고 뒤이어 오다 군을 맞아 격파하기에 절호의 기회일 것입니다. 하늘이 우리 다케다 가에 천재일우의 기회를 내렸음에도 기회를 잡지 않는 것은 무장의 그릇이라 할 수 없으며 단연코 무가라고 할 수 없을 것입니다."

오이노스케의 주장은 흡사 예리한 칼날과도 같았다. 신중론을 펴고 있는 숙장 중의 하나인 바바 미노노카미는 아무 말도 하지 않고 그저 부채를 무릎에 놓고 이따금 주위를 둘러보기만 했다.

"노부후사는 어떻게 생각하시오?"

가쓰요리는 부친의 가신들 중 가장 영향력이 큰 미노노카미 노부후사가 반대하는 건 아닐까 신경이 쓰였다. 이윽고 미노노카미가 대답했다.

"주군과 오이노 님의 말씀은 용맹하기 그지없으나 다소 필부의 만용을 닮은 듯합니다. 만일 말입니다, 반드시 싸워야만 한다면 하룻밤이나 반나절 동안 나가시노를 공략해서 함락시킨 후에 오다와 도쿠가와를 맞아 싸워야 할 것입니다."

가쓰요리는 안색을 바꿔 강하게 따져 물었다.

"성을 함락시킬 수 있단 말이오?"

미노노카미는 가쓰요리의 말에 개의치 않고 자신 있게 말했다.

"어찌 함락시키지 못하겠습니까. 성안의 병사는 오백, 철포의 수는 삼백에 지나지 않습니다. 그 삼백이 일제히 불을 뿜는다 해도 아군 병사 삼백밖에 죽이지 못할 것입니다. 또 그들이 두 번째 총을 쏠 때에는 역시 모조리 맞춘다 해도 희생은 육백일 것입니다. 즉 희생을 각오하면, 아군 천 명의 병사가 죽음을 각오하고 아군의 시체를 넘어 성에 달려들면 하룻밤, 아니면 반나절 사이에 성을 함락시키지 못하겠습니까. 하나 이것은 단지 무모한 작전이자 궁여지책입니다. 함부로 쓸 전법은 아닐 것입니다."

"그 역시 싸움을 피하는 것이 아니라 싸움을 하는 것이지 않소."

"그래서 어쩔 수 없는 경우라고 말씀드린 것입니다."

"같은 말이지 않소. 나는 오이노스케의 주장을 받아들이겠소. 불복하는 자는 후방을 맡도록 하시오."

가쓰요리는 결단을 내리고 이렇게 선언했다.

"미하타다테나시를 앞에 두고 맹세하니, 내일이야말로 오다와 도쿠가와, 양군을 맞아 자웅을 겨뤄 결판낼 것이다."

더 이상 퇴각을 고집하는 사람은 없었다.

"그럼 저희도 죽을 각오를 하고 싸우도록 하겠습니다."

신중론을 주장하던 사람들은 침통한 표정으로 자리에서 일어섰다. 그때 장막 밖에서 누군가 고했다.

"아나야마 바이세쓰 님의 휘하인 야쓰노오 도가노스케八尾梅之介입니다. 회의 중인 줄 아오나 바이세쓰 님이 계시는지요? 화급을 다투는 일이어서 이리 찾아뵙습니다."

"오, 야쓰노오인가?"

마침 회의가 끝난 참이라 바이세쓰는 그렇게 대답하며 밖으로 나갔다. 그러더니 얼마 뒤 황망히 안으로 돌아와서 말했다.

"방금 제 부하가 오쿠다이라 가의 무사인 도리이 스네에몬이라는 자를 사로잡아 왔습니다. 인부의 행색을 하고 진중에 잠입한 자인데 뭔가 중요한 밀명을 띠고 성안에서 탈출한 자인 듯합니다. 어떻게 하시겠는지요?"

바이세쓰의 말에 가쓰요리는 때가 때인 만큼 뜻밖의 수확을 얻은 듯 기뻐하며 자신이 직접 심문을 하겠다고 했다. 이미 숙장들은 먼저 일어서서 나갔지만 아직도 가쓰요리 주위에는 많은 장수가 남아 있었다.

얼마 뒤 그들 앞에 초라한 인부 행색을 한 스네에몬이 끌려왔다. 새로 밝힌 화톳불이 그의 옆얼굴을 빨갛게 비추고 있었다.

"오쿠다이라 가의 무사, 도리이 스네에몬이라고 하는가?"

"……예."

"언제 성을 탈출했는가?"

"날은 잘 기억하지 못하지만 삼사 일 전입니다."

"무슨 목적으로 탈출했느냐?"

"주인인 사다마사 님의 편지를 들고 오카자키 성까지 갔습니다."

스네에몬은 가쓰요리가 심문하는 보람을 느끼지 못할 정도로 묻는 말에 순순히 대답했다.

"그럼, 자네가 사다마사의 편지를 이에야스에게 전달한 것인가?"

"예, 오쿠다이라 사다요시 님을 통해서."

"칭찬을 받았는가?"

가쓰요리가 물었다. 어느 순간부터 그는 겉보기에도 선량하고 아무것도 숨기지 않는 스네에몬을 조롱하고 비웃으면서 심문하고 있었다.

스네에몬은 가쓰요리의 질문에 다소 의기양양하게 대답했다.

"예. 이에야스 님께서 직접 칭찬해주셨고 게다가 과자도 받았습니다."

가쓰요리는 돌연 옆에 있던 아나야마 바이세쓰와 아도베 오이노스케 등을 돌아보며 큰 소리로 말했다.

"저자는 보기 드물게 정직한 자구나. 하하하, 아니 참으로 사랑스러운 자구나. 과자를 받은 것을 기뻐하고 있구나."

가쓰요리는 다시 스네에몬을 내려다보며 말했다.

"이에야스는 참으로 무자비하지 않은가. 이런 삼엄한 포위망을 뚫고 오카자키까지 간 충성스런 자를 다시 성으로 돌려보내다니. 흡사 죽도록 내버려두는 것과 같지 않느냐."

"아닙니다."

스네에몬은 황망히 가쓰요리의 말을 부정했다.

"절대로 주군은 무자비하지 않으십니다. 제가 자처해서 성으로 돌아갈 것을 청한 것입니다."

"흐음, 그랬단 말이냐? 목숨을 걸고 돌아오면 얼마나 효과가 있을 것이라고 생각했느냐?"

"저 한 사람의 힘은 총이나 창 한 자루보다 못하지만 오다 님과 오카자키의 원군이 이미 이곳으로 오고 있다고 알리면 성안의 사기는 일거에 충천하여 마지막 순간까지 힘을 다해 싸울 것입니다. 그러니 제가 돌아가지 않으면 진실로 그 소임을 다했다고 할 수 없을 것입니다."

"옳은 말이다!"

가쓰요리는 신음 소리를 내뱉듯 말하고 눈을 감았다. 이윽고 그는 눈을 번쩍 뜨며 말했다.

"아아, 충직한 자이다. 감동했다. 저런 무사를 말단 배신陪臣으로 내버려두기엔 참으로 아깝구나. 스네에몬, 나를 섬기지 않겠는가? 이 가쓰요리의 휘하가 되어 한 부대의 무장이 되어 봉공하지 않겠는가? 어떠한가? 싫은가?”

스네에몬은 반신반의하는 표정으로 잠시 가쓰요리의 얼굴을 바라보다 갑자기 상기된 목소리로 말했다.

“지금 뭐라 말씀하셨습니까? 제 목숨을 살려줄 뿐 아니라 가신으로 거두어준다는 말씀…….”

스네에몬은 자신도 모르게 몸을 앞으로 내밀었다. 손이 뒤로 결박되어 있어서 두 손을 땅에 짚고 머리를 숙이고 싶지만 마음대로 되지 않는지 답답해하는 것처럼 보였다.

“그리하겠는가? 받아들이겠는가?”

가쓰요리가 다시 한 번 물었다.

“저를 놀리시는 것이 아니라면 저에겐 더없는 영광입니다. 너무 기쁜 나머지 꿈이 아닌가 싶어 어떻게 대답해야 할지 모르겠습니다.”

“자네와 같은 자도 역시 목숨은 아까운 듯한가 보군.”

“어릴 적에 절에서 자라면서 아침저녁으로 죽음을 보았던 탓인지 제 머릿속에는 사람은 언젠가 죽는다는 사실이 각인되어 있었습니다. 그래서 오늘 밤, 밧줄에 묶인 순간부터 모든 것을 포기하고 있었는데 방금 고슈를 따르면 목숨도 살려주고 많은 녹도 주신다는 말씀을 듣자 갑자기 죽는 것이 두려워졌습니다. 그리고 집에 남아 있는 불쌍한 아내와 아이들도 다시 만나고 싶어졌습니다.”

“정직한 사내. ……그것이 바로 스네에몬 자네일 걸세.”

“예, ……예.”

“방금 내가 말한 대로 진심으로 나를 따르면 처자식의 얼굴을 다시 볼 수 있을 뿐 아니라 평생 부귀영화를 누리도록 해주겠다.”

"황송합니다. 반드시 성심을 다해 봉공하도록 하겠습니다."

"자네와 같이 순박한 자는 후일 반드시 큰 성공을 거둘 것이네. 하나 먼저 자네가 딴마음을 품고 있지 않다는 확증이 필요하네. 어떠한가. 그 마음을 보여줄 수 있겠는가?"

"무슨 말씀이신지?"

"뻔하지 않은가."

"어떻게 하면 되겠는지요?"

"내일 아침, 자네를 십자로 된 말뚝에 묶고 병사들이 성 아래 해자까지 짊어지고 갈 터이니 자네는 그 십자가 위에서 큰 소리로 이렇게 말하게. '사명을 띠고 오카자키까지 갔지만 이에야스는 다케다 군에게 패했고, 오다 군도 이세와 교토 쪽을 근심하여 아직 한 명의 원군도 보내오지 않으니 어차피 아군의 도움은 기대할 수 없게 되었다. 또한 나도 이렇게 사로잡혔으니 그대들도 그만 단념하고 속히 성에서 나와 항복하여 목숨을 보존하는 것이 현명할 것이네'라고. 어떤가? 쉬운 일 아닌가?"

"……."

스네에몬은 고개를 숙이고 있다가 이윽고 순순히 대답했다.

"알겠습니다. 저를 성 가까이로 데려가신다면 말씀하신 대로 성안을 향해 그리 말하도록 하겠습니다."

"그래. 지금 내가 가르쳐준 말을 잘 기억해놓도록 하게. 만일 다른 말을 한다면 그대로 십자가형을 처할 테니 명심하게. 자네 인생의 갈림길이니 명심하도록 하게."

"예, 예."

스네에몬은 끝까지 순순히 응했다. 가쓰요리는 스네에몬을 적을 속이기 위한 함정으로 이용하고 있었지만 내심 정직한 자라고 생각

했다. 스네에몬은 다음 날 아침까지 아나야마 바이세쓰의 손에 맡겨
져 있었다. 바이세쓰는 큰 책임감을 느낀 듯 부하와 함께 직접 그를
데리고 갔다.

한밤중에 계속해서 소나기가 내렸다. 가쓰요리는 기분이 좋은 듯 갑
주를 찬 채 선잠을 잤다. 다키 강의 강물 소리만이 짧은 여름밤을 지키
고 있었다.

날이 새자 스네에몬은 곧장 불려 나갔다. 아나야마 바이세쓰의 눈에
는 졸음이 묻어 있었다. 중요한 포로를 맡으라는 주군의 명 때문에 잠
을 잘 이루지 못한 듯했다. 바이세쓰가 스네에몬을 보자 이내 물었다.

"어젯밤에 잘 잤는가?"

"예, 잘 잤습니다."

"뭐, 잘 잤다고?"

"마음이 편한 탓인 듯합니다. 방금 전까지 숙면을 취했습니다."

바이세쓰는 의심이 들었지만 실제로 스네에몬의 눈은 맑기만 했다.

"아침밥을 주도록 하라."

낭도가 곧 스네에몬 앞에 매실장아찌 한 개와 파 한 뿌리에 된장을
곁들인 밥상을 가져왔다. 스네에몬은 죽을 두 그릇이나 비웠다.

"준비가 됐습니다."

다른 낭도가 와서 고했다. 그러자 바이세쓰는 위엄 있는 목소리로
어젯밤 가쓰요리가 일러준 말을 다시 반복해서 들려주었다.

"반드시 말씀하신 대로 말하도록 하겠습니다."

스네에몬은 공손히 말하며 순순히 따랐다.

"그럼 이제 십자가에 묶도록 하겠네."

낭도들은 미리 만들어놓은 십자가에 스네에몬의 손목과 발목을 붙
들어 맨 뒤 병사들과 함께 십자가를 다키 강의 기슭까지 짊어지고 갔다.

스네에몬의 몸은 나가시노 성 쪽을 향해 하늘 높이 허공에 매달려 있었다. 가쓰요리를 비롯한 직속 부장들은 멀리 숨어서 지켜보고 있었다.

십자가 아래에는 바이세쓰와 다른 무장이 때를 가늠하며 지키고 서 있었다. 아직 아침 안개가 짙게 깔려 있었고 강 하나를 사이에 두고 떨어져 있는 성의 석축과 총안도 뿌옇게 보여 충분히 시야를 확보할 수 없었다.

구름 사이로 여름의 강한 아침 햇살이 비추기 시작했다. 스네에몬의 머리카락 한 가닥 한 가닥이 거꾸로 곤두선 것처럼 보였다. 이윽고 성의 총안이 선명하게 보이기 시작했다. 성의 병사가 이상한 풍경을 발견하고 즉시 성안에 알린 듯했다. 망루의 총구와 무사 대기소의 총안을 비롯한 망루와 성곽 곳곳에 병사들이 모여 술렁이고 있었다. 스네에몬의 귀에도 성안 병사들의 술렁이는 소리가 강을 넘어 들려왔다.

"스네에몬! 어서 말하라. 왜 잠자코 있는가!"

아나야마 바이세쓰의 부하인 가와하라 야타로河原弥太郎가 창대로 십자가를 두드렸다. 그러자 그 진동에 대답하듯 스네에몬이 입을 크게 벌리고 외쳤다.

"어이, 모두들 잘 있었는가? 나는 며칠 전 자네들과 작별을 고했던 도리이 스네에몬 카쓰아키이네. 오카자키의 답신을 지금부터 전할 테니 귀를 기울여 듣도록 하게."

스네에몬의 목소리가 똑똑히 들리는 듯했다. 그 순간, 다케다 쪽에서는 침을 꼴깍 삼켰다. 스네에몬은 입술을 축이고 다시 햇볕이 입속까지 비칠 만큼 입을 크게 벌리고 소리쳤다.

"먼저, 기후의 노부나가 님은 이미 출정을 해서 삼만의 대군이 오카자키 성에서 이곳으로 향해오고 있다! 또 죠노스케城之介(노부타다) 님도 출정하셨고, 이에야스 님, 노부야스 님도 각각 노다野田 부근까지 진

군하여 이미 선봉대는 이치노미야一之宮와 모토노가하라本野ヶ原에서 진을 치고 있네! 하니 성을 굳게 지키도록 하게. 늦어도 삼 일 안에 다케다 군은 최후를 맞이할 것이 불을 보듯 뻔하네. 조금만 더 힘내서 버티게!"

스네에몬의 말에 다케다 쪽 사람들이 길길이 날뛰며 외쳤다.

"네 이놈, 무얼 하는 게냐!"

당황한 무사들이 십자가 아래로 달려와서 스네에몬을 창으로 찔렀다. 그러자 선명한 핏빛 무지개가 피어오르더니 스네에몬의 절규 소리가 들렸다.

"성안에 있는 병사들이여, 그럼 잘 있게!"

스네에몬이 마지막으로 토해낸 절규는 성안에 있는 오백 명의 동료들 귀에 똑똑히 들렸다. 성의 병사들은 눈앞에서 펼쳐진 그의 숭고한 죽음과 희생을 목격하고 일순 자신들도 모르게 고함을 지르며 눈물을 흘렸다. 가쓰요리는 아연실색해서 얼굴빛이 변했고 아나야마 바이세쓰를 비롯한 다케다 군의 무장들도 당황한 나머지 어찌할 바를 몰라 했다.

"속, 속았다!"

서너 명이 십자가를 발로 차서 쓰러뜨렸다. 십자가 위에 묶여 있던 스네에몬이 기둥과 함께 땅으로 쓰러졌다. 그의 몸은 이미 몇 군데나 창에 찔려 떨어져 나가 있었다. 무사들은 닥치는 대로 스네에몬의 몸을 짓밟고 아무 소리도 내지 않는 얼굴을 걷어찼다. 그러다 문득 그들은 몸이 굳은 듯 발길질을 멈췄다. 그들 역시 무사였다. 스네에몬이 죽음을 각오한 이유를 너무나 잘 알고 있었다. 기개 있는 무사의 혼을 품고 더없이 만족한 얼굴로 죽어 있는 스네에몬의 모습을 보니 비록 적이지만 발길질을 하는 자신들이 부끄럽게 여겨졌던 것이다.

"멈춰라! 성의 병사들이 보는 앞에서 무슨 추태냐. 이제 와서 발길 질을 해봤자 소용없는 일이다."

가쓰요리 옆에서 달려 나온 부장 오치아이 사헤이지落合左平治가 병 사들을 향해 외쳤다.

"뭘 우물쭈물하고 있는 것이냐. 적들에게 비웃음을 살 것이다. 속히 시신을 들고 물러가라."

사헤이지는 그렇게 병사들을 힐책하고 목책 안으로 돌아갔다. 다케다 군은 한순간에는 이를 갈며 분하게 생각했지만 시간이 흐르자 모두 마음속으로 '적이지만 훌륭한 무사였다'고 스네에몬의 죽음을 애도했다.

훗날 여담이지만 당시 스네에몬의 장렬한 최후를 목격한 오치아이 사헤이지는 그때의 그림을 자신의 깃발에 그려 후대의 자손들에게 전했다고 한다. 사헤이지의 자손은 후일 기슈紀州 가를 섬기고 오천 석의 봉록을 받았으며, 도리이 스네에몬의 자손 또한 부슈武州의 제후가 거됐다고 하니 스네에몬 후예의 핏줄은 도쿠가와 시대를 거쳐 오늘날까지 누군가의 몸 안에 살아서 흐르고 있을 것이다.

적과 아군을 불문하고 스네에몬의 죽음이 얼마나 큰 감동을 주었는지는 나가시노 싸움 이후 노부나가가 스네에몬의 이야기를 듣고 '우리 가문에서도 보기 드문 천하무쌍한 무사의 혼을 지닌 자이다. 뼈라도 있으면 수습하여 그를 기리고 싶다'며 그의 유물을 수소문하여 쓰구데作手의 감천사甘泉寺에서 성대하게 장례를 치러준 것만 봐도 알 수 있었다. 또 스네에몬의 한 마디로 대패를 당하고 패주한 다케다 군 중에서도 누구 하나 도리이 스네에몬을 나쁘게 말하거나 욕하는 사람이 없었다는 사실만 봐도 분명히 알 수 있었다.

한편 모든 작전이 실패로 끝난 다케다 군은 이미 등 뒤로 다가와 있는 도쿠가와와 오다의 연합군으로 인해 한시도 안심할 수 없는 상태가 되고 말았다. 주장인 가쓰요리는 이 모든 게 아직 젊고 미숙한 자신의 탓이라는 반성은 전혀 하지 않았다. 노신들 중 일부는 그런 그를 근심했지만 그의 젊은 패기를 어떻게 할 수 없었다.

"시다라가하라야말로 노부나가와 이에야스가 뼈를 묻을 자리다."

자신만만한 가쓰요리는 그날 전군의 편제를 공성에서 야전으로 전환하고 생사를 건 건곤일척의 결전을 치르기 위해 움직이기 시작했다.

● **도쿠가와 히데타다 德川秀忠·1579-1632**

도쿠가와 이에야스의 삼남(三男)이었지만, 형들이 할복 죽음 또는 입양되어 실질적인 장남으로서 후계자 교육을 받았다. 도쿠가와 이에야스에 이어 에도 막부의 제2대 쇼군에 올랐으며 아버지처럼 태정대신의 관위도 보유했다.

● 1564년 제5차 카와나카지마 전투

다케다 신겐(武田信玄)과 우에스기 겐신(上杉謙信)의 마지막 카와나카지마 전투이다. 전투는 히다국 쿠니슈들의 싸움에 다케다와 우에스기가 각기 개입 및 지원하면서 시작됐다. 하지만 다케다와 우에스기는 서로 간에 결전을 피하고 대치만 했으며, 결국 양측이 철수하면서 별다른 싸움 없이 끝이 났다.

시다라가하라設樂ヶ原 싸움

극락사極樂寺 산은 시다라가하라 일대를 앞에 두고 멀리로는 적이 있는 도비가스, 기요이다淸井田, 아루미가하라 등을 조망할 수 있었다. 노부나가는 이곳을 본진으로 삼고 있었고 이에야스는 단죠彈正 산 한쪽에 본영을 두고 있었다. 구름으로 뒤덮여 있는 하늘에는 미동도 없었고 바람도 한 점 불지 않았다.

이날 극락사 산에 있는 오다의 본진에서는 군사 회의가 열렸다. 오다와 도쿠가와 양가의 숙장들이 모였고 물론 이에야스도 와 있었다.

"척후로 보낸 와타나베 한조渡辺半藏와 쓰게 마타쥬로柘植又十郎가 돌아왔습니다."

이에야스의 말에 노부나가는 마침 좋은 때에 돌아왔다며 즉시 그들에게 적의 동정을 듣고 싶다고 말했다. 이윽고 쓰게와 와타나베가 회의장으로 들어와 차례로 보고를 했다.

"먼저 적의 본진에 대해 말씀드리자면 대장인 다케다 가쓰요리는 아루미가하라의 서쪽에 진을 치고 용맹한 직속부대와 기마대 등을 배치했는데 그 수가 사천에 이르는 듯합니다."

한조의 뒤를 이어 마타쥬로가 기요이다 부근의 정세를 고했다.

"기요이다에서 조금 남쪽에 있는 야트막한 언덕에서는 오바타 노부사다, 노부히데 등의 예비대가 싸움터 일대를 주시하고 있습니다. 그곳에서 아사이淺井 경계까지 주력부대가 두껍게 전열을 이루고 있습니다. 중군에는 삼천 명 정도가 있는데, 다케다 노부카도, 하라 하야토, 나이토 슈리, 스가누마 교부 등의 부대이고, 왼쪽 날개에도 삼천이 넘는 병사가 있는데, 다케다 노부도요, 야마가타 마사카게, 오야마다 노부시게, 아도베 카쓰스케跡部勝資 등의 깃발이 보입니다. 그리고 오른쪽 날개에는 아나야마 바이세쓰, 바바 노부후사, 쓰치야 마사쓰구, 이치죠 노부타쓰 등이 있는데, 모두 말로 형언할 수 없을 만큼 삼엄하기 그지없습니다."

"나가시노 성을 견제하기 위한 부대는 어떠한가?"

이에야스가 묻자 한조가 대답했다.

"그곳에는 여전히 오야마다 마사유키, 고사카, 무로가의 정예병 이천 정도가 남아 성을 엄중하게 견제하고 있고, 성의 서쪽 산에도 작은 요새와 도비가스 산 부근에 걸쳐 대략 일천 명의 감시 부대가 매복하고 있는 듯 보입니다."

두 사람의 보고는 개략적이었다. 적의 대부대에는 이른바 명성이 자자한 맹장과 용장이 헤아릴 수 없을 만큼 많았고 특히 바바와 오바타는 천하의 전략가로 유명했다.

두 사람에게 적의 치밀한 포진과 불타는 전의, 그리고 전군의 주도면밀한 대비 상황을 들을수록 노부나가와 이에야스는 안색이 변했고 회의 자리는 싸우기 전부터 일종의 전율이 엄습한 듯 숨소리조차 들리지 않았다. 그때 사카이 타다쓰구가 입을 열었다.

"승패는 이미 명백하니 더 이상 회의는 무용합니다. 수에서 열세인 적군이 어찌 아군의 대군을 당해낼 수 있겠습니까."

그러자 노부나가가 갑자기 옆에 있던 사람이 놀란 만큼 큰 소리로 말했다.

"회의는 그만 됐다!"

노부나가는 무릎을 치며 타다쓰구의 말에 호응했다.

"타다쓰구, 말 잘했네. 겁을 먹은 자의 눈에는 논 위를 날아가는 백로도 적의 깃발처럼 보여 무서워한다는 말이 있네. 하하하, 두 사람의 보고를 듣고 나도 크게 안심했네. 이에야스 님, 그렇지 않소이까."

노부나가가 칭찬을 하자 타다쓰구가 우쭐대며 덧붙여 말했다.

"제 생각에 가장 약한 적진은 후방의 도비가스라고 여겨집니다. 소수의 날랜 병사들로 하여금 멀리 우회하여 먼저 그들의 배후의 약점을 공격해서 격파하면 그 즉시 아군의 사기는 충천할 것이며……."

"타다쓰구, 대체 무슨 말을 하는 것인가. 지금과 같은 대전에 그런 작은 계책이 무슨 도움이 되겠는가. 자네는 어리석은 면이 좀 있군. 자, 그만하고 다른 사람들도 모두 물러가라."

노부나가는 그렇게 힐책하면서 회의의 산회를 선언했다. 사카이 타다쓰구는 면목이 없는 듯 사람들과 함께 물러갔다. 사람들이 모두 물러간 뒤, 노부나가가 이에야스를 보며 말했다.

"방금 제장들 앞에서 훌륭한 가신인 사카이 타다쓰구를 심하게 책망한 것을 용서하시오. 그의 체면을 무시하고 힐책한 것은 진심이 아니었소. 다만 그의 계책이 지극히 신묘한 탓에 적에게 새어나갈 것을 걱정해서 오히려 꾸짖은 것이니 나중에 도쿠가와 님께서 잘 말씀해주시길 바라오."

"아닙니다. 아군들만 있는 자리라고는 하나 그런 묘책을 공언하다니, 역시 타다쓰구가 부주의했습니다. 그에게도 좋은 약이 될 것이고 저도 좋은 것을 배웠습니다."

"내가 바로 일갈하며 부정했으니 아군들도 타다쓰구의 계책이 받아들여지리라고는 상상하지 못할 것이오. 도쿠가와 님은 즉시 타다쓰구를 불러 그의 말대로 도비가스에 기습을 가하는 것이 좋을 듯하오."

"알겠습니다. 타다쓰구도 그 말을 들으면 진심으로 기뻐할 것입니다."

이에야스는 은밀히 타다쓰구를 불러 노부나가의 뜻을 전했다.

"서두르도록 하라."

타다쓰구가 기뻐한 것은 말할 것도 없었다. 그는 극비리에 준비를 끝내고 은밀히 노부나가에게 인사를 하러 갔다.

"해가 지면 출발할 것입니다."

"그런가."

노부나가는 그렇게만 말하고 아무 말도 하지 않았다. 하지만 곧바로 가나모리 나가치카金森長近와 사토 마사히데佐藤政秀 두 장수를 불러 기후에서 데려온 소총수 오백 명을 두 편으로 나눠주며 명을 내렸다.

"타다쓰구를 돕도록 하라. 그리고 적의 요새를 빼앗으면 즉시 봉화를 피워 신호를 하라."

사카이 타다쓰구 이하 혼다 히로타카本多廣孝, 마쓰다이라 고레타다, 야스시게, 오쿠다이라 사다요시 등을 비롯한 사이고西鄕, 마기노, 스가누마 등의 부대는 해가 지자 진영을 출발했다. 군사는 총 삼천 명 정도였다.

5월 저녁, 모로가하라師ヶ原에서 도요가와豊川에 이를 무렵 어둠을 가르며 빗방울이 후드득후드득 내리기 시작하더니 곧 억수 같은 장대비가 쏟아졌다. 삼천 군사는 흡사 물에 빠진 생쥐 몰골로 변했다. 마쓰야마 고개에 이르자 군사들은 산기슭의 사찰로 몸을 피한 뒤 말을 버리고 갑옷을 벗어 등에 짊어졌다. 군사들은 몸이 한결 가벼워져 있었다.

그곳은 지형이 대단히 험준했다. 거기에다 폭포의 급류와 같은 빗물과 어둠 때문에 군사들은 기어서 올라가다 미끄러지기를 반복했다. 뒤에 있는 병사가 앞에 있는 병사의 창대와 허리를 부여잡고 간신히 삼정町이 넘는 고개를 넘어야 했다.

21일 새벽이 밝아오고 있었다. 구름이 걷히자 아침 해의 광채가 안개 낀 바다를 비추고 있었다.

"날이 갰다!"

"하늘이 보살펴주셨다."

"조짐이 좋다."

산 위에서 병사들은 갑옷을 다시 입고 전군을 세 부대로 나눴다. 한 부대는 나카야마의 적의 요새를 아침에 기습했고, 또 한 부대는 도비가스를 향해 출발했다.

"무슨 소리지?"

방심하고 있던 적들은 아침나절부터 함성 소리를 듣고 우왕좌왕했다. 이윽고 나카야마 요새에서 검은 연기가 피어올랐다. 기습을 가한 병사가 불을 지른 것이었다. 이곳에서 무너지기 시작한 적은 도비가스로 도망쳤다. 하지만 적들은 이미 방벽의 일부를 통해 요새 안으로 들어와 있었다. 난전 속에서 목이 찢어져라 고함을 치는 소리가 들렸다.

"다케다 노부자네를 죽였다. 수장인 다케다 노부자네의 목을 쳤다!"

그곳에도 불길이 일었다. 약속한 봉화는 아니었지만 극락사 산에 있는 아군의 본진에서도 두 곳에서 솟아오르는 불길을 똑똑히 볼 수 있었다.

전날 밤, 사카이 타다쓰구 부대가 은밀히 도비가스로 향한 뒤, 노부나가는 전군에 전진 명령을 내렸다. 하지만 그것은 개전開戰의 명이 아니라 비바람 속을 뚫고 전군을 차우스茶磨 산 부근까지 이동시키기 위한 명이었다. 물론 본영도 그곳으로 옮겼다. 그리고 전군은 새벽까지 긴 목책을 세웠다. 말뚝 하나를 박는 데에도 위치와 깊이에 법칙이 있었다. 목책도 포진의 일익을 맡고 있는 중요한 전투병이나 다름없기 때문이었다. 이단 목책, 미로, 산목算木 쌓기 등 다양한 방식으로 세웠다.

이른 새벽 무렵, 노부나가가 말을 타고 순시를 왔을 때에는 이미 비도 개도 목책 공사도 끝나 있었다.

"두고 보게. 오늘이야말로 고슈의 적들을 끌어들여 깃털이 빠진 종달새처럼 만들어줄 것이니."

노부나가는 도쿠가와 가의 제장들을 향해 씽긋 웃으며 큰소리를 쳤다.

'그렇게 되진 않을 것이다.'

제장들은 속으로 생각했다. 주군이 억지로 자신들에게 용기를 북돋아주려고 하는 말이라고 여겼던 것이다. 하지만 지금 다시 생각해보면 기후의 모든 군사가 오카자키를 떠날 때부터 나무 말뚝 하나와 노끈을 짊어지고 전쟁터로 온 이유를 분명하게 알 수 있었다.

병사들에게 말뚝과 노끈을 가져가게 해서 대체 무엇을 하려는 것인지 궁금했는데, 지금 이 순간 그 비밀이 풀렸다. 그 삼만 개의 말뚝은 하룻밤 사이에 긴 목책으로 탈바꿈해서 다케다 군의 정예를 기다리고 있었다. 하지만 이것은 진격을 위한 수단이 아니었다. 노부나가의 말처럼 목책으로 적군을 끌어들여 섬멸하기 위한 절대적인 조건이었다. 사쿠마 노부모리 부대와 오쿠보 타다요의 소총 부대 일부는 적을 유인하기 위해 목책 밖으로 나가 기다렸다.

돌연 새벽하늘을 향해 와하는 함성이 일었다. 아직 적이 왔을 리가 없었다. 도비가스 방면에서 피어오르는 검은 연기가 보였던 것이다.

불길은 정면에서 보였지만 고슈 전군의 포진에서 보면 후방 쪽이었다. 그러다 보니 다케다 군이 놀란 것은 말할 필요도 없었다.

"적이 후방 쪽에서도 움직이고 있다."

"적이 후방을 공격했다!"

가쓰요리는 동요하는 군사들을 향해 단호한 목소리로 진격 명령을 내렸다.

"일 각도 유예하지 마라. 적을 기다리는 것은 적들에게 유리한 포진을 갖출 여유를 주는 것밖에 되지 않는다."

가쓰요리의 자신감과 그의 명령을 받아 움직이는 다케다 전군의 신념은 오직 신겐 이래로 불패를 자랑하는 자신들의 용맹함에서부터 오는 것이었다.

하지만 이미 이때를 기점으로 시대와 문화는 극명하게 변화하고 진보하고 있었다. 서양의 힘, 남만南蠻의 배를 통한 문화의 동진東進은 화약과 철포 등과 같은 무기에도 대변혁을 일으키고 있었다. 명장 신겐조차 문화적인 면에서는 선견지명이 다소 부족했다. 고甲 산과 협수에 둘러싸인 지세는 자연스레 중앙에서 멀어지고 해외의 영향에도 둔감하게 만들었다. 게다가 장병들도 산 나라 특유의 완고함과 자부심이 강해 다른 나라에서 배워 자신의 단점을 메우려는 기풍이 부족했다.

즉, 야마가타 사부로베 이하 아마리, 아도베, 오가사와라 등의 부대는 예전처럼 정예의 기마병을 이끌고 목책 밖에서 기다리는 사쿠마 노부모리와 오쿠보 타다요의 부대를 향해 맹렬히 공격해 들어갔던 것이다. 그에 비해 노부나가는 근대적인 지식과 병기를 가지고 과학적인 전법을 충분히 준비해놓고 있었다.

비가 갠 뒤라 들판은 질퍽질퍽했다. 다케다 군의 왼쪽 날개인 야마가타 사부로베의 이천 군사는 적의 목책을 조심하라는 대장 야마가타의 지휘를 듣고 급히 우회해서 렌지蓮子 다리의 남쪽인 목책이 끊어져 있는 사이로 돌진해 들어가려고 했다. 하지만 그곳은 수많은 작은 늪이 생겨 질퍽거리는 진창이었다. 어젯밤부터 내린 소나기로 작은 하천들이 넘친 게 분명했다.

그것은 사전에 지리를 충분히 조사한 야마가타 사부로베의 계산에는 없는 천재지변이었다. 병사들의 무릎이 진창에 빠졌고 말도 움직이지 못했다. 게다가 그 모습을 본 목채 밖 오쿠보 부대가 측면에서 철포를 쏘아댔다.

"공격!"

야마가타가 명령하자 진흙투성이가 된 이천 명의 군사가 방향을 틀어 오쿠보 소총 부대를 향해 돌진해 들어갔다. 그들이 움직일 때마다 진흙이 사방으로 튀었다. 하지만 거기까지였다. 그들은 이내 철포를 맞고 여기저기에 쓰러지기 시작하더니 피를 흘리며 절규하고 말에 밟혀 비명을 질렀다. 그리고 마침내 양군이 서로 충돌했다.

근래 십여 년 사이에 무사들은 예전처럼 서로 누구의 후예이고 제자이고 아들이라며 이름을 밝힌 뒤 칼을 겨누는 싸움을 하지 않았다. 그래서 일단 백병전이 시작되면 그 처절함은 이루 말할 수 없을 정도였다.

무기는 철포를 가장 많이 사용했고 그다음으로 창을 사용했다. 창은 찌르는 데 사용하기보다 진법에 있어 높이 치켜들거나 옆으로 휘두르고 후려치도록 훈련을 받았다. 그러다 보니 긴 것이 유리해 두 칸에서 세 칸 정도 되는 장창을 사용하기도 했다. 잡병은 그저 후려치는 것을 능사로 삼고 있다 보니 변화나 임기응변에 능숙하게 대처하는 능력이 떨어졌다. 실력이 뛰어난 무사가 갑자기 그들 속에 뛰어들어 종횡무진 휘저으면 십여 명이 한순간에 쓰러지는 경우도 다반사였다. 특히 고슈

쪽에는 실력 있는 무사가 굉장히 많았다. 그들에게 공격을 받으면 아무리 도쿠가와나 오다 군이라고 해도 살아남지 못했다.

그로 인해 오쿠보 부대는 눈 깜짝할 사이에 무참히 궤멸당하고 말았다. 하지만 오쿠보 부대나 사쿠마 부대가 목책 밖에 나가 있는 목적은 적을 유인하기 위해서였지 이기기 위해서가 아니었다. 그들은 도망치면 그만이었지만 막상 눈앞에서 적병을 보자 오랜 적개심이 불타올랐다. 적에게 겁쟁이라는 소리를 듣고 싶지 않았다. 오직 나라와 무문의 명예를 위해 맞서 싸웠다.

그러는 동안 드디어 때가 왔다고 판단했는지 다케다 군의 중심인 일만 오천의 군사가 구름이 몰려오듯 전진을 개시했다. 그들은 이윽고 오다 군의 목책으로 가까이 진군해왔다. 그런 다음 하라, 나이토, 다케다 노부카도의 부대가 가장 먼저 새 떼가 날아오르듯 일제히 함성을 지르며 공격해 들어왔다. 그들의 눈에 목책의 전선 따위는 대수롭지 않게 보였음이 분명했다. 목책을 단숨에 걷어차고 돌파한 다케다 군은 송곳으로 찌르듯 바로 도쿠가와와 오다의 중군을 꿰뚫어버릴 심사인 듯했다.

다케다 군은 와하고 함성을 지르며 일거에 목책을 향해 달려들었다. 목책을 기어올라 넘기도 하고, 큰 망치와 철봉으로 쳐서 쓰러뜨리기도 하고, 톱질을 하고 기름을 붓고 불을 질러 태워버리기도 하는 등 그들은 필사적이었다. 노부나가는 그때까지 목책 밖의 사쿠마와 오쿠보 두 부대에게 전투를 맡기고 차우스 산 곳곳에 진을 친 채 숨을 죽이고 있었다.

"지금이다!"

본진 부근에서 금빛 채菜가 바람을 가르자 곳곳의 철포 부대 부장들이 일제히 명령을 내렸다.

"쏴라!"

그 순간, 총소리가 대지를 뒤흔들며 진동하자 산이 무너지고 구름이 뿔뿔이 흩어졌다. 화약 연기가 끝없이 이어진 목책을 감쌌고 그 아래로 흡사 모기가 떨어지듯 다케다 군의 병마가 산을 이루며 쓰러졌다.

"물러나지 마라. 나를 따르라!"

그렇게 독려하던 장수는 물론이고 동료의 시체를 뛰어넘어 무작정 목책을 향해 달려들던 병사들도 소나기처럼 쏟아지는 총알을 피할 수 없었다. 병사들은 분한 듯 고함과 절규를 지르며 쓰러졌다.

"퇴, 퇴각하라!"

더 이상 견딜 수가 없었는지 네댓 명의 기마 장수가 비장한 목소리로 말 머리를 돌렸지만 그중 한 명은 이미 피를 흘리며 쓰러졌고, 다른 한 명은 타고 있던 말이 총을 맞고 발버둥 치는 바람에 말에서 내동댕이쳐지고 말았다.

하지만 고슈 군은 패하면 패할수록 강해지는 기질을 지니고 있었다. 첫 공격에서 군사의 삼분의 일을 잃었지만 다케다 군은 삼만 개의 말뚝에 흘린 선혈이 마르기도 전에 또다시 목책으로 진격해왔다. 그러자 기다리고 있었다는 듯 목책 안에 있던 총구가 일제히 불을 뿜었다. 다케다 군의 장수와 병사 들은 전우들의 피로 물든 목책을 노려보며 서로 격려하고 고함을 지르며 한 발도 물러서지 않겠다는 결의를 보였다.

"죽음을 두려워 마라."

"뒤쪽 아군을 위해 시니다테死楯가 되자!"

시니다테란 자신을 희생해서 뒤에 오는 아군에게 방패가 되고 뒤에 있는 아군은 또다시 자신의 뒤에 있는 아군을 위해 방패가 되어 오로지 전진하는 비장한 공격 방법이었다. 아무리 용감무쌍하다고 해도 다케다 군의 이런 공격 방법은 어딘지 만용에 가까운 면도 있는 듯했다.

하지만 다케다 군의 중앙에는 오바타, 나이토, 하라와 같은 병법에 밝고 실전에도 정통한 지휘자가 있었다. 아무리 주장인 가쓰요리가 뒤에서 돌진하라는 엄명을 내린다고 해도 그것이 불가능하다는 것을 알면 막대한 희생을 치르면서까지 무리하게 밀어붙일 리가 없었다. 그들에게는 반드시 돌파할 수 있다는 신념이 있었던 것이다.

그 당시 사용한 총기는 한 발을 쏘고 다음 총알을 쏘기까지 정비하는 데 꽤 많은 품과 시간이 걸렸다. 그러다 보니 한순간 총알 세례가 지나가면 그 뒤에는 총소리가 뚝 멎었다. 다케다 군의 부장들은 그 순간을 노리고 '시니다테'를 아끼지 않았던 것이다.

하지만 노부나가는 사전에 그러한 단점을 잘 알고 있었다. 그래서 신무기 조작과 함께 새로운 용병술을 고안해냈다. 삼천 정의 철포를 보유한 철포대를 세 편으로 나눠 첫 번째 천 명의 철포대가 총을 쏘고 재빨리 좌우로 길을 트면 두 번째 철포대가 앞으로 나와 철포를 쏘았다. 그리고 그들이 다시 양옆으로 벌리면 세 번째 철포대가 앞으로 나와 총을 쏘는 식으로 적들에게 전혀 틈을 주지 않았던 것이다.

또 목책 곳곳에 출구가 있어서 노부나가와 도쿠가와의 창 부대는 기회를 엿보다 목책 안에서 밖으로 달려 나와 다케다 군의 양쪽 날개를 향해 돌격해 들어갔다. 고슈 무사들은 전진하려면 방책과 철포에 저지당하고, 물러서려고 하면 협공을 당해 용맹무쌍함을 발휘할 틈이 없었다.

야마가타 부대를 비롯한 오야마다, 하라, 나이토 부대는 모두 큰 희생을 치르고 퇴각했지만 바바 노부후사만은 물러서지 않았다. 노부후사는 사쿠마 노부모리의 부대와 격돌했다. 애초부터 유인작전을 썼던 노부모리의 부대는 일부러 패한 척하며 도망을 쳤지만 바바의 부대는 그들을 쫓아 마루쓰 산의 진지를 점령했다.

"더 이상 깊이 들어가지 마라."

바바는 그렇게 명을 내리고 더 이상 적진 깊숙이 들어가지 않았다. 노부나가 쪽에서 보면 예상 밖의 전개였다. 또 가쓰요리의 본진이나 다른 아군의 부대에서도 계속 전진하라고 재촉했다.

"내게 생각이 있어 이곳에 진을 치고 한동안 전황을 살피려 하니 다른 제장들은 염려 말고 전진해서 공을 세우도록 하시오."

노부후사는 그렇게 말하며 군사를 움직이지 않았다.

다케다 군의 장수들은 목책에 접근하면 한결같이 참패를 당했다. 오다 군의 시바타 가쓰이에와 하시바 히데요시 두 부대는 멀리 북쪽에 있는 촌락을 우회해서 다케다 군의 본영과 전선의 중간을 차단하기 위해 공격을 가했다. 이 전투에서 다케다 군의 사나다 노부쓰나와 마사데루 형제가 고전하다 전사했고 쓰치야 부대도 전멸에 가까운 궤멸을 당하고 부장인 쓰치야 마사쓰구는 분전하다 죽음을 맞았다.

오후가 가까워지자 장마가 끝난 듯 중천에 떠 있는 태양이 무더운 열기와 햇살을 지상으로 토해냈다. 새벽 다섯 시 무렵부터 싸움이 시작되었던 탓에 다케다 군의 병마는 땀을 비 오듯 흘리고 호흡도 거칠어져 지친 기색이 역력했다. 아침에 흘렸던 피는 갑주와 머리, 피부에 들러붙어 바싹 메말라 있었다. 게다가 아군은 계속 피를 흘리며 죽어가고 있었다.

"아도베 오이노스케도 나가라. 아미리, 오가사와라, 스가누마, 다카사카 부대들도 일제히 전진하라."

중군의 가쓰요리는 야차처럼 포효했다. 그리고 만일의 사태를 위해 대비하고 있던 예비대까지 남김없이 전방으로 보냈다. 그때 가쓰요리가 자신의 과오를 빨리 깨달았다면 부분적인 손실로 끝났을지도 모른다. 하지만 가쓰요리는 자기 자신을 돌이킬 수 없는 사지로 시시각각 몰아가고 있었다.

이른바 그것은 단순한 사기나 용기의 문제가 아니었다. 노부나가와 이에야스 쪽에서는 사냥터에 함정을 파놓고 사냥감이 걸려들기를 기다리는 셈이었다. 그 함정을 향해 맹렬히 돌격해 들어가는 다케다 군은 결국 아까운 장수와 병사 들만 희생시키고 말았다.

아침부터 왼쪽 날개에서 선전했던 신겐 이래의 고굉지신股肱之臣인 야마가타 마사카게가 전사했다는 소식이 전해졌다. 그 외에도 이름 있는 무사와 누대의 용장 들이 차례로 목숨을 잃었고 전군의 사상자 수는 절반을 넘었다.

"적의 패색이 역력해졌습니다. 숨통을 끊어줄 때가 된 듯합니다."

노부나가의 옆에서 시종 전황을 보고 있던 사사 나리마사가 말했다.

"흠, 좋다!"

노부나가는 즉시 나리마사를 통해 목책 안의 전군에게 총공격의 명을 내렸다.

"목책을 나가 다케다 군을 섬멸하라!"

마루 산에서 움직이지 않고 있던 바바 노부후사는 멀리서 그 광경을 보고는 되뇌었다.

"지금이 바로 내 목숨을 바칠 때다."

다카마쓰高松 산의 한 언덕은 도쿠가와 군의 깃발로 뒤덮여 있었다. 오쿠보 시치로에몬大久保七郎右衛門, 도묘 지자에몬同苗治左衛門 형제도 진을 치고 있었다.

"형님."

"왜 그러느냐?"

"오늘 싸움은 우리가 주체이고 오다 군이 원군입니까?"

"당연한 걸 어찌 물어보느냐?"

"그런데 오늘 아침부터의 상황을 보면 오다 군이 주가 돼서 적을 괴롭히고 우리는 옆에서 구경만 하고 있으니 도쿠가와 가의 수치로 여겨집니다. 싸움이 끝난 뒤 오랫동안 오다 가의 휘하로 여겨질 가능성도 있습니다."

"아침부터 오직 철포만으로 싸우고 있다. 철포의 수를 보면 오다 가가 사천육칠백 정인 데 비해 우리는 사오백 정밖에 없다. 오다 쪽의 눈부신 활약에 비해 우리가 활약할 여지가 없는 것도 어쩔 수 없지 않느냐."

"하지만 머지않아 목책 밖으로 나가 싸우라는 명이 떨어질 것입니다. 그때에는 결코 뒤지지 않아야 할 것입니다."

"두말하면 잔소리. 그때가 오면."

형제는 부대를 이끌고 목책의 출입구 쪽으로 가서 숨을 죽인 채 산 위에서 명령이 떨어지기만을 기다렸다. 이윽고 적군의 머리 위로 패색이 짙게 드리워진 것을 본 노부나가가 급히 목책을 나가 공격하라는 명령을 내렸고, 이에야스 역시 전군에게 진격하라는 명을 내렸다.

두 사람은 드디어 때가 왔다는 듯 앞다퉈 목책 입구를 나와 선두에 서서 달려갔다. 그 모습을 본 부하들은 두 주군에게 뒤질세라 둑이 무너진 듯 성난 파도처럼 들판을 향해 달려 나갔다. 이시가와 가즈마사, 사카키바라 야스마사, 히라이와 치카요시平巖親吉, 혼다 타다카쓰 등의 부대도 함성을 올리며 다케다 군의 왼쪽 날개를 공격해 들어갔다.

애초부터 오다의 군세는 다케다 군보다 몇 배나 많았다. 하시바 히데요시와 시바타 가쓰이에는 먼저 멀리 서쪽에서 우회해 들어가 있었고, 지금까지 목책 안에서 지키기만 하다 일거에 시다라가하라 전면에 걸쳐 물밀듯 공세로 전환한 각 부대의 머리 위에는 사사 구라노스케,

마에다 마타에몬, 후쿠도미 구로자에몬福富九郎左衛門, 노노무라 산쥬로野村三十郎, 니와 고로자에몬 등의 깃발이 아우성치듯 펄럭이고 있었다.

"우지사토, 우지사토!"

차우스 산의 다소 높은 곳에 서서 전황을 지켜보던 노부나가가 뒤에 있는 직속부대의 부장들을 돌아보며 가모 우지사토蒲生氏郷를 불러댔다.

"부르셨습니까?"

우지사토가 바로 노부나가의 의자 옆에 무릎을 꿇으며 대답했다.

"저걸 보아라."

노부나가가 오른편의 난전을 가리키며 말했다.

"적과 아군 사이에서 적이 공격하면 물러서고 적이 물러서면 공격하는 것이 흡사 파도 사이를 날아다니는 옥토玉兎를 닮은 듯하다. 우지사토, 저 젊은 두 명의 부장이 보이는가? 자네의 눈에도 보이는가?"

우지사토는 노부나가가 가리키는 방향을 보며 말했다.

"예. 한 명은 금빛 호랑나비, 또 한 명은 옅은 황색 천에 고쿠모찌石餅121를 하얗게 칠한 깃발을 꽂은 무사 말씀이십니까?"

"그렇다. 아까부터 보고 있었는데 적인가 하면 아군인 듯하고 아군인가 하면 적인 듯, 진영에서 벗어나 분전하는데 대체 누구인지 자세히 알아보고 오너라."

우지사토는 즉시 말을 타고 달려 나갔다. 그러고는 얼마 뒤 돌아와서 고했다.

"역시 아군임에 틀림없습니다. 도쿠가와 님의 직신인 오쿠보 시치

---

121 떡餅을 닮은 검은 원형 안에 모양이 없는 문장紋章으로 지쿠젠筑前의 후쿠오카 번주인 구로다黑田 가문의 문장이다. 원이 하얀색이면 시로모찌白餅, 검은색이면 고쿠모찌黑餅라고 했는데, 나중에 '흑黑'과 '석石'의 발음이 같아 모두 고쿠모찌石餅로 부르게 됐다. 고쿠모찌石持라고도 한다.

로에몬 타다요^{忠世} 님과 동생인 지자에몬 타다스케^{忠佐} 님이었습니다.”

“뭐라? 두 명 모두 미카와 무사란 말인가? 사카이도 그렇고 오쿠보 형제도 그렇고 도쿠가와 님은 휘하에 참으로 좋은 가신을 두고 있구나. 저 두 명의 오쿠보를 보아라. 적에게 완전히 달라붙어 번개가 치더라도 떨어질 것 같지 않구나. 적에게는 참으로 성가신 적일 것이다.”

노부나가는 좌우를 돌아보며 웃음을 지었다.

어느덧 대세는 기울어졌다. 다케다 군은 자신들을 뒤덮은 패색을 더 이상 어찌하지 못했다. 가쓰요리의 본진조차 몇 겹의 포위망에 빠져 있었다. 가쓰요리를 둘러싸고 있는 다케다 군의 깃발과 칼과 창은 왼쪽에서 다가오는 도쿠가와 군과 날카로운 송곳처럼 전위를 돌파하고 중군을 향해 맹렬한 기세로 돌진해 들어오는 오다 군의 한가운데에서 흡사 회오리바람에 휩쓸린 한 척의 거대한 배처럼 위태로워 보였다.

그때 마루 산을 내려온 바바 노부후사의 부대만은 아무런 타격도 입지 않고 있었다. 노부후사는 휘하의 무사 한 명을 가쓰요리에게 보내 고했다.

“이젠 틀렸습니다.”

노부후사는 가쓰요리에게 퇴각을 권했다.

“분하고 억울하다.”

가쓰요리는 발을 동동 굴렀다. 그의 기질로는 응당 그러고도 남았다. 하지만 눈앞에 펼쳐진 현실을 부정할 수 없었다. 나이토 슈리를 비롯해 중앙 부대의 장수들도 모두 피투성이가 돼서 돌아왔다.

“지금은 일단 후퇴하시는 게 옳은 듯합니다.”

“분하지만 후일을 기약하는 것이 좋을 듯합니다.”

그들은 본진의 장병들을 독려해서 가쓰요리를 포위망에서 구출했다. 적의 입장에서 보면 고슈의 중군이 분명 패주하기 시작한 것이라고 할 수 있었다. 나이토 슈리는 대장 가쓰요리를 사루하시猿橋 부근까지 호위한 뒤 후위를 맡기 위해 이내 돌아가서 쫓아오는 적과 맞서 싸웠다. 그가 장렬히 전사한 장소는 스자와州澤 언덕이었다. 바바 노부후사도 도망치는 가쓰요리와 불쌍한 아군의 패잔병을 미야와키宮脇 부근까지 호위했다.

"아아, 돌이켜보면 참으로 짧고도 긴 생애였다. 어느 것이 진짜인지 모르나 그저 지금 이 순간만큼은 분명 영원할 것이다. 죽음의 순간, 영원한 생명이란 그 한순간에 달려 있구나."

이윽고 노장은 말 머리를 서쪽으로 돌리면서 만감이 교차한 듯 그렇게 되뇌었다. 그리고 적진 속으로 달려 들어가기 전까지 고향의 하늘을 바라보며 한 방울의 눈물을 흘렸다.

"돌아가신 신겐 공을 저세상에서 뵈면 어찌 사죄해야 할 것인가. 보필을 잘못한 우리 숙장들이 불민했다……. 아, 고슈의 산하여!"

그리고 그는 급히 말을 재촉하며 소리쳤다.

"죽기를 각오하고 신겐 공 이래 무문의 이름을 더럽히지 마라."

순식간에 열 배가 넘는 적의 대군 속으로 달려 들어간 그의 모습은 이내 사라지고 말았다. 바바 노부후사의 뒤를 따른 일족의 낭도들도 모두 그처럼 장렬한 죽음을 맞이했다.

이 싸움에 대해 처음부터 노부후사만큼 꿰뚫어본 사람은 없었다. 아마도 그는 이후의 다케다 가의 쇠망까지 운명을 깨닫고 있었음이 분명했지만 그의 선견과 충성도 주가를 위기에서 구할 수는 없었다. 시대의 힘, 거대한 대세의 추이는 거스를 수 없었던 것이다.

간신히 봉래사鳳來寺 산 방면으로 도망쳐 가쓰요리의 중군과 합류한 고슈 군의 수를 헤아려보면, 일만 오천에서 이만 가까이 있었던 군세는 불과 삼천도 남지 않았다. 가쓰요리는 수십의 측근 기마 무사와 함

께 고마쓰가하라小松ヶ原를 건너 간신히 부세쓰武節 성으로 도망쳤는데, 그사이 시종 벙어리처럼 아무 말도 하지 않았다.

시다라가하라 일대에 붉디붉은 석양이 내리고 있었다. 그날의 대전은 새벽 다섯 시 무렵에 시작되어 해질녘에 가까운 네 시 직전에 끝이 났다. 광막한 들판은 갑자기 적막에 잠겨 말 울음소리나 병사들의 소리조차 들리지 않았다. 아직 치우지 못한, 밤이슬에 젖어 쓰러져 있는 다케다 군의 시체만 해도 일만여 명에 이르렀다.

전후담 戰後談

싸움이 끝난 광야에서 시체 처리나 전리품 정리 등을 지시하며 순시하고 있던 마에다 마타에몬은 누군가 부르는 소리에 말을 멈추고 뒤를 돌아보았다. 금빛 표주박 문양의 우마지루시가 눈에 들어왔다. 바로 지쿠젠노카미 히데요시의 진중이었다.

"마타 아닌가?"

"오, 지쿠젠이군."

"알리지도 않고 지나가는 법이 어디 있나. 잠시 들르게."

히데요시가 직접 목책 밖으로 나와 그를 맞아들였지만 애초부터 임시 막사도 없는 곳이었다. 어제부로 대전은 일단락됐지만 아직 최고 군사 회의에서도 향후의 움직임에 대해 결론을 내리지 못하고 있었다.

이번 기회를 놓치지 말고 고후까지 공격해 들어가야 한다는 이에야스의 주장에 대해 노부나가는 이렇게 말했다.

"아니오. 싸워서 차지한 땅의 뒤처리가 더 중요할 것이오."

두 사람의 주장 모두 일리가 있다 보니 아직 결정을 내리지 못했던 것이다. 마타에몬은 쌀섬과 장작 등이 어수선하게 쌓여 있는 곳에 앉으면서 웃으며 말했다.

"싸움이 있는 날은 참 피곤하다니까."

히데요시는 이내 의자를 가져오게 해서 마타에몬에게 권했다. 하지만 마타에몬이 사양하자 자신도 적당한 돌 위에 앉으며 속으로 생각했다.

'그렇군. 이렇게 앉는 게 이야기하는 데 더 좋겠군.'

두 사람은 일찍이 서로를 '이누치요'와 '원숭이'라고 부르던 친구 사이였다. 입신은 어느 틈엔가 두 사람의 우정을 소원하게 만들어 근래에는 이렇듯 편히 이야기할 날이 좀처럼 없었다.

"지쿠젠, 술을 조금 주지 않겠나? 진중에 있는가?"

"술을? 있기는 하네만."

"무수한 시체를 묻고 왔더니 술을 조금 마시고 싶군."

"마에다 님에게 차 대신 술을 드리도록 하라."

히데요시는 뒤에 있는 시종에게 명했다. 그리고 마타에몬을 향해 웃으며 말했다.

"자네답지 않게 약한 모습을……."

마타에몬은 시종이 따라주는 차가운 술을 한 모금 마시며 말했다.

"뱃머리에서도 배에 취하는 경우가 있다 하지 않나. 이번 싸움만큼은 피에 취하고 말았네."

"어제는 어찌 싸웠는가?"

"그저 무아지경이었네. 자네는 어떠했는가?"

"승패가 역력해지고 나서는 조금 높은 곳에 올라 그저 말없이 바라보고 있었네."

"바라보고 있었다? 흐음……."

"나는 적이 불쌍하게 여겨졌네. 만일 가쓰요리가 다키 강을 방어망으로 삼고 굳게 지키기만 했다면 나가시노의 성도 함락될 수밖에 없었을 것이네. 또 우리 쪽 대군도 오래 진을 칠 수가 없었네. 길어야 열흘이나 반달이었을 걸세. 그때 우리가 퇴각하게 되면 적의 추격을 받았을 걸세. 생각해보면 참으로 위험한 싸움이었네.”

“전쟁의 양상도 달라진 듯하네. 철포라는 새로운 무기가 전쟁을 급격히 변화시킨 것이네. 오케하자마 싸움과 이번 대전을 비교하면 격세지감이 드네.”

“으음. 앞으로는 싸움이 없는 날이 진정한 싸움일 걸세.”

“가쓰요리의 잘못은 인접국의 군비를 완전히 잘못 판단한 점에 있네. 설마 오다 가에 오천 정의 총이 있을 거라고는 전혀 상상도 하지 못했음이 분명하네. 오다 가가 새로운 무기와 장비에 있어서는 천하제일이라는 것을 간과했던 것이네.”

“마타, 그것 역시 자네가 잘못 생각하고 있는 것이네.”

“어째서?”

“철포와 대포, 화약 등을 보유하고 있는 곳은 절대 우리 오다 가만이 아니네. 오다 가는 아직도 뒤처져 있네.”

“그럴까?”

마테에몬은 싱긋 웃었다. 그는 히데요시가 때때로 궤변으로 다른 사람을 골탕 먹이는 버릇을 가졌다는 것을 알고 있었다. 하지만 히데요시의 진지한 모습을 보며 그가 진실로 걱정하는 것이 무엇인지 이내 깨달았다.

“이제부터 중요한 것은 먼저 새로운 군비를 충실하게 갖추고, 그다음은 전법을 개혁하는 것이네. 또한 시시각각 변하는 시대에 뒤처지지 않는 마음가짐도 중요하네. 다케다 가문 하나를 섬멸했다고 해서 우쭐대서는 안 되네.”

“나를 가르치고 있는 듯하군. 그런 말은 회의 자리에서 하는 것이 어떠한가?”

“아니네. 나는 요즘 말을 삼가고 있네. 사람들 앞에서 말을 너무 많이 하는 것은 좋지 않다고 생각하게 되었네.”

“왜 그러는가? 자네에게서 웅변을 빼면 자네답지 않을 텐데.”

“회의 자리에서는 사람들 모두 하고 싶은 말이 많을 걸세. 그런데 한 명이 너무 많은 말을 하면 그만큼 다른 사람이 말할 기회는 줄어들고 그들의 진정을 억압하는 것이 될 것이네. 그래서 앞으론 꼭 말을 해야 할 때만 하려고 생각하고 있네. 그것도 가능한 말을 간략하게 요령 있게 말이네. 요즘은 평소에 말하는 법을 연습하고 있네.”

“자네의 천성인 줄 알지만, 언제 봐도 무언가 자신을 반성하고 노력하는 모습에 감탄하게 되네. 나도 배워야겠네. 그건 그렇고 방금 하던 말을 계속해보게.”

“철포 말인가?”

“오다 가가 첫째가 아니라면 그런 신무기를 다량으로 보유한 나라는 서쪽의 다이묘 중에 있을 것인데, 모리毛利 가인가 아니면 시마즈島津 가인가?”

“아니네.”

“흐음, 그럼 북쪽이라면 우에스기 겐신上杉謙信인가?”

“아니네. 절이네.”

“절?”

“나는 오사카 이시야마 본원사를 중심으로 하는 지역이라고 보고 있네. 절은 당해낼 수가 없네. 재력이 있고 또 사카이에 인접해서 지리적 이점도 있네.”

“그렇군……..”

“오늘 아침 회의에서 도쿠가와 님은 이번 기회에 다케다 령을 평정하고 고후까지 일거에 제압하자고 주장했지만 그것은 도쿠가와 쪽에서 보면 오다 군 삼만을 이곳까지 불러들인 이상 다시없는 기회일 것이 분명하네. 그러니 우리 오다 가 쪽에서 보면 취할 바가 아니네."

"어찌 그것을 오늘 아침 회의에서 말하지 않았나?"

"말단인 내가 말하지 않아도 주군께서는 도쿠가와 님의 그런 의도에 넘어가지 않겠다는 표정을 짓고 계셨네. 그러니 그 점에 대해서는 안심해도 되네."

본진 쪽에서 나팔 소리가 들려오자 마타에몬은 급히 일어섰다.

"지쿠젠, 후일 다시 보세."

마타에몬은 종자에게 말을 불러오라 이르더니 급히 돌아갔다.

그날 밤, 회의에서 전후의 방침이 결정됐다. 물론 노부나가는 기후로 돌아가고 이에야스도 일단 군사를 이끌고 오카자키로 돌아가기로 했다. 헤어질 때 노부나가는 이에야스에게 말했다.

"이후 도쿠가와 님은 스루가를 공략하시오. 나는 이와무라를 취하고 시나노信濃로 들어가는 길을 조금씩 열도록 하겠소이다."

"알았습니다. 삼 년 후에 다시 시나노에서 뵙도록 하겠습니다."

이에야스는 상냥하게 웃으며 대답했다. 노부나가의 말투는 어느덧 이에야스보다 얼마쯤 위에 서 있는 것처럼 바뀌었다. 동맹국이라고 하지만 형이 동생에게 지시하는 듯한 느낌이 들었다.

이에야스는 기꺼이 노부나가의 명을 따랐다. 그리고 그 뒤, 미카와와 도오도우미 사이에 있었던 다케다 씨 소속의 성채 십여 곳을 매달 하나씩 공격해서 취했다. 예를 들어, 나가시노 싸움이 끝난 뒤 즉시 아스케足助 성을 격파하고, 6월에는 쓰구데와 다미네 등을 공략했고, 7월에는 부세쓰를 8월에는 스와가하라諏訪ヶ原까지 놀라운 속도로 진출했다.

나가시노의 패전은 다케다 쪽에게 있어 분명 치명적인 것이었다. 이번 싸움에서 신겐 이래의 대부분의 숙장과 책사 들이 전사했을 뿐 아니라 더 큰 손실은 불패의 신념을 잃어버린 것이었다. 필승의 신념이 없는 군대는 마른 이파리가 떨어지기 시작한 가을 나무와 같았다.

가쓰요리의 가슴은 비통함으로 가득 찼다. 하지만 그는 신겐의 아들이었다. 다만 신겐의 전부를 물려받지 못하고 신겐의 일면만 물려받은 아들이었다. 나가시노에서 그런 깊은 내상을 입었음에도 그는 고甲 산을 등에 진 호랑이처럼 남은 군사를 이끌고 국경으로 진군했다.

그는 스와가하라의 성을 공격해서 일시적으로 탈환하거나 오야마小山 성에 급변이 일어나자 즉시 창끝을 바꿔 스루가에 불을 지르고 이에야스를 급습하려고 시도하는 등 여전히 예측할 수 없고 건재한 것처럼 보였다. 하지만 그런 움직임은 점점 더 명확한 방향성도 없고 완급이 결여된 임기응변에 불과한 즉흥적인 충동으로 변해갔다. 그것은 실체적인 힘이 급감한 증거라고 할 수 있었다. 이렇듯 일찍이 신라사부로 이래로 이십 대가 넘게 이어져온 미하타다테나시의 명가도 어느 틈엔가 삼류 국가로 전락하고 말았다. 하지만 그것은 모두 후일의 일이었다.

노부나가는 대전이 끝난 뒤 5월 25일에 즉시 나가시노의 진을 풀고 기후로 철수했다. 그리고 도쿠가와가 보낸 사신인 오쿠다이라 사다마사와 사카이 타다쓰구를 기후 성으로 맞아들여 대전 중에 있었던 이야기를 나누며 밤새 술을 마셨다. 다음 날 두 사람이 돌아갈 때, 노부나가는 타다쓰구에게 자신의 애검을 선물하며 공을 치하하고 오쿠다이라에게 자신의 이름 한 자를 내리며 말했다.

"사다마사貞昌라는 이름을 노부마사信昌로 고쳐 부르도록 하게. 또 가끔 놀러오도록 하게."

일견 그냥 하는 말과도 같은 '또 놀러오라'는 말을 듣는 것은 무문에 있어 더없는 명예였다. 노부나가는 노부마사와 함께 나가시노를 지키는 일곱 명의 가신들에게도 각각 은전을 내렸다.

오다 가의 가신들도 두 사람을 축하하며 배웅을 했다. 그런 노부나가의 온정은 앞서 나가시노 전쟁터에서 도리이 스네에몬의 유골을 찾아 성대하게 장례를 치렀을 때에도 느끼고 있던 것이어서 가신들은 노부나가를 점점 더 깊이 존경했다. 이 나가시노 싸움을 기점으로 노부나가의 위상은 모든 면에서 한층 굳건해졌으니 노부나가는 눈에 보이는 것 이상으로 큰 실리를 얻은 셈이었다.

"이젠 북쪽의 배후에 대해 근심이 없어졌다."

병사들까지 그런 분위기를 확연히 느끼고 있었다. 신겐이 죽은 뒤에도 고슈의 군마가 건재한 이상 게이키京畿로 향하거나 그 외 반노부나가의 제국을 상대할 때 반드시 배후의 호랑이를 대비해야만 하는 불안한 상태였던 것이다. 하지만 일부에서는 그러한 방심을 경계하기도 했다.

"한쪽의 적이 사라지면 또 다른 적이 생겨나기 마련이니 절대로 안심하면 안 된다. 이번에는 그동안 강대한 다케다 군이 있었기 때문에 자제하고 있던 에치고越後의 우에스기 겐신이 우리의 장해가 될 것이다. 겐신이 살아 있는 한은……."

실제로 겐신의 존재는 노부나가를 둘러싸고 있는 천지의 한쪽에서 여전히 북두칠성과 같은 찬연한 광채를 발하고 있었다.

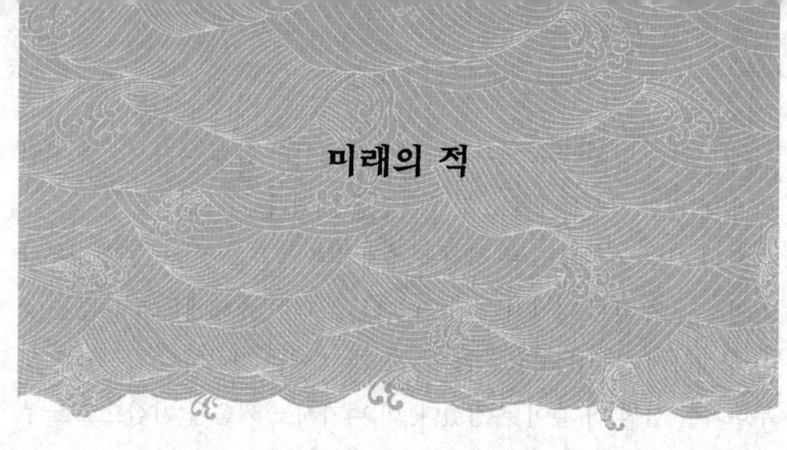

미래의 적

　본격적인 여름으로 접어들었다. 하늘은 뜨겁게 달아올랐고 구름 봉우리는 미동도 없었다. 6월 2일, 기후를 떠난 노부나가의 행렬은 미노에서 오우미의 경계인 야마나카 고개에 이르렀다. 멀리서 바라보면 끝없이 이어진 개미의 행렬을 닮은 듯했지만 가까이에서 보면 실로 눈이 부실 만큼 화려한 행렬이었다. 일개 노부나가가 교토로 올라가는데, 장수와 시종과 철포대와 활 부대와 창 부대부터 의원, 다도가, 서기, 승려, 운송 부대에 이르기까지 인마의 행렬은 도무지 끝이 보이지 않았다.

　나가시노 대전이 일어난 게 불과 한 달 전이었다. 그때에 비하면 이날의 행렬은 더없이 평화로웠다. 사람들의 차림뿐 아니라 말들도 장식을 했다. 깨끗이 닦은 철포와 창에서는 아름다움마저 느껴졌다. 사전에 행렬이 지나간다는 전령이 전해졌기 때문에 부락에서는 촌장을 비롯해 모든 사람들이 처마 아래 엎드려 노부나가의 행렬을 맞이했다.

　"이곳을 넘어가실 때마다 행렬은 점점 더 대단해지고 사람들도 늘어나는군."

　백성들은 그렇게 속삭였고, 노부나가의 의도도 거기에 있는 듯했다. 이렇게 교토로 올라가는 것이 벌써 몇 번인지 알 수 없었지만 교토로 올라가는 일은 그에게 있어 커다란 기쁨이자 자신의 생애를 건 큰 대업이기도 했다.

노부나가는 한 곳에서의 싸움이 끝나면 반드시 교토로 올라가 천황에게 결과를 보고하며 근심을 덜어주었다. 마치 객지에 나가 공을 세운 아들이 고향의 가족에게 기쁜 소식을 전하는 것처럼 노부나가는 교토로 올라가 천황 앞에 엎드려 자신을 낮추며 신하 된 자의 마음을 잊지 않았다. 그는 그것을 가장 큰 기쁨이자 광영으로 삼고 있었다.

이번 상락도 그러했다. 물론 일반 백성들에게는 전쟁을 치를 때마다 강대해지는 융성한 국운의 실체를 과시하려는 마음도 있었다. 또 교토의 당상관이나 서민의 마음을 얻고 문화적인 면모를 과시하려는 의도도 있었다. 하지만 본질적인 의도는 자신의 통업의 대의大義는 오로지 천황에 의한 것이며 자신은 그런 천황의 뜻을 받들어 천하의 난세를 평정하고 천황의 백성들을 돌보는 조정의 신하라는 것을 몸으로 보여주고 세상에 분명하게 알리는 데 있었다.

게다가 그는 임금과 왕실에 충성을 다한다는 '근왕勤王'이라는 말을 쓰지 않았는데, 그것은 노부나가뿐 아니라 전국戰國 시대의 제장들 역시 마찬가지였다. 비록 전란이 끊이지 않는 난세였지만 한 인간으로서 조정을 섬길 뿐 대역을 범하는 적자賊子는 한 명도 없었다. 그들은 오히려 서로 경쟁하며 노부나가와 같은 위치에 올라 노부나가처럼 충절을 바치고 천황의 적자赤子로서의 기쁨을 느끼고 싶어 했다. 하지만 그것은 노부나가와 같은 자질을 갖추지 못한다면 불가능한 일이었다. 따라서 그가 이번 상락을 얼마나 만족스러워하고 최고의 여정으로 생각하는지 쉽게 짐작할 수 있었다. 또 그는 세상과 각지의 영웅들이 얼마나 자신을 선망의 눈으로 바라보는지 잘 알고 있었다.

"땀이나 닦으며 잠시 쉬도록 하자."

야마나카 고개 위까지 올라왔을 때였다. 노부나가는 급히 말에서 내려 가장 먼저 행렬에서 벗어나 길가에 있는 작은 마두관음馬頭觀音 그늘로 성큼성큼 다가갔다. 시종들은 당황했다. 숙장과 측신 들도 당황하며 급히 뒤를 쫓았다.

"어찌 이런 곳에서 느닷없이 휴식을 명하셨습니까?"

"잠시 멈추고 쉬도록 하라."

노부나가는 그렇게 말하고 계속 걸어갔다.

"의자를, 의자를 가져오너라."

"아니다. 요를 가져오너라."

노부나가 주위에 있던 근신들이 연신 수선을 피우자 매미 울음소리가 뚝 하고 멎었다. 노부나가는 마두관음당의 젖은 툇마루에 먼지도 털지 않고 방석도 없이 앉았다. 그 곁에서 시종 한 명이 금부채로 연신 부채질을 하고 있었다.

"그만 됐다."

노부나가는 나무 사이로 불어오는 시원한 바람에 땀이 식자 시종의 손에서 금부채를 받아 접으면서 가모 우지사토를 불러 명을 내렸다.

"저편에 향민들이 엎드려 있는 듯하니 그들 중에 나이가 많은 노인이나 촌장을 불러오너라."

올해 스무 살인 가모 우지사토는 노부나가가 무슨 뜻으로 그러는지 몰랐지만 예, 하고 시원스레 대답하고 달려갔다. 그 뒤 노부나가는 고자에몬을 불러 말했다.

"기후를 떠날 때, 말해둔 목면은 싣고 왔느냐? 그 목면을 이리 가져오너라."

니시오 고자에몬西尾小左衛門은 부하와 함께 가 마부에게서 목면을 담아둔 고리짝을 받은 뒤 노부나가 옆에 사오십 단端의 천을 쌓았다.

모두 노부나가가 목면으로 무엇을 할지 궁금해했다. 노부나가는 사당 옆에 있는 연못으로 가더니 더위에 지친 병사들이 앞다퉈 손으로 물을 퍼서 마시는 모습을 바라보며 말했다.

"간스케勘助, 저들을 혼내고 오너라. 물을 마시면 안 된다고 하고 쫓아버려라."

니와 나가히데의 아들인 간스케가 병사들에게 다가가서 일갈했다.

"방해가 되니 썩 물러가거라!"

병사들은 깜짝 놀라 모두 나무 그늘로 도망쳤다. 노부나가 옆에 있던 니와 간스케의 부친인 고로자에몬 나가히데가 의아해하며 노부나가에게 물었다.

"오케하자마 때나 얼마 전 나가시노 때 모두 5월 무렵이었고 게다가 오늘보다 더 더웠는데도 무사들은 썩은 물이든 흙탕물이든 가리지 않고 장구벌레가 들어 있는 물을 손으로 떠 마시면서 싸웠습니다. 주군께서도 그러한 오수의 맛을 알고 계실 터인데 어찌 이 산 위의 연못물만 마시지 말라고 꾸짖는 것인지요?"

"하하하, 자네답지 않은 질문을 하는군. 전쟁터에서의 몸은 금강불괴와 같으나 평시가 되면 몸도 평시로 돌아가네. 전쟁터에서는 별문제가 없었던 물이라도 지금과 같은 때에는 부주의하게 마시면 탈이 날 염려가 있네. 저들도 평시에 병이 나서 쓰러지고 싶지는 않을 것이네. 그래서 꾸짖은 것이네. 곧 나이 든 향민이 오면 수질을 물어본 뒤 깨끗한 물이라면 마시게 하고 그렇지 않으면 골짜기에서 깨끗한 물을 퍼오도록 하는 게 좋을 것이네."

나가히데는 아무 말 없이 머리를 숙였다. 그때 가모 우지사토가 촌장으로 보이는 사람과 마을 노인들 대여섯 명을 데리고 돌아왔다. 향민들은 노부나가의 모습을 보자 스무 걸음이나 앞에서 납작 엎드려 땅에 이마를 댄 채 노부나가의 말을 기다렸다. 노부나가는 그 자리에 서서 직접 그들에게 물었다.

"먼젓번 상락에서 돌아가는 도중, 이 부근에 많이 보였던 거지 무리들은 여전히 이곳에 있는가?"

의외의 질문에 대부분의 가신들이 서로 얼굴만 바라보고 있었다. 그중에는 그때의 일을 기억하는 사람들도 있었다.

노부나가가 교토를 오갈 때, 이 부근에는 늘 거지가 많았다. 노부나가는 자신의 영지 안에 굶고 있는 사람들이 있는 것이 마치 자신의 잘못인 것 같은 마음이 들어서 매번 눈에 밟혔던 것이다. 그렇지만 모두 사는 곳이 일정하지 않아서인지 어제는 보였지만 오늘은 어디 있는지 보이지 않는 경우가 많았다. 하지만 오랫동안 주의 깊게 지켜본 결과, 이곳 야마나카 거지들인 곱사등이 사내나 장님 여자, 절름발이 소녀, 노인과 아이들은 모두 항상 같은 곳에 머물고 있었다. 그래서 이전 상락에서 돌아가는 도중, 가신을 시켜 무슨 연유로 야마나카 거지만은 이곳에 살고 있는지 마을 사람에게 물어보게 했다. 그러자 마을 사람이 다음과 같이 대답했다.

"저들의 선조가 예전에 이곳에서 도키와 고젠常盤御前122을 죽였다는 말이 전해져 내려오고 있습니다. 그 업보 때문인지 저들 중에 대대로 불구가 많이 태어나고 모두들 야마나카 원숭이라고 불리고 있습니다. 그래서 그들은 선조의 죄과를 이번 생에서 씻기 위해 이곳을 떠나지 않고 저렇듯 길가의 말똥을 청소하거나 자신들이 할 수 있는 일을 하면서 걸식을 하고 있는 것입니다."

그 말을 들은 가신은 대수롭지 않게 여기며 노부나가에게 말을 전

---

122 헤이안平安 시대 말기, 미나모토노 요시토모源義朝의 애첩이자 가마쿠라 시대 초기의 무장인 미나모토노 요시쓰네源義経의 생모다.

하고 잊어버렸는데 노부나가는 그것을 기억하고 있는 듯했다. 마을 노인들의 말에 노부나가가 고개를 끄덕이며 말했다.

"그렇군. 가련한 자들이니, 모두 이리 불러 여기에 있는 목면을 한 단씩 나눠주어라."

사람들은 노부나가 옆에 쌓여 있는 목면을 올려다보며 눈을 동그랗게 떴다. 그리고 아무도 거들떠보지도 않는 거지들을 불쌍하게 여기는 노부나가의 마음에 감동했는지 눈시울을 붉혔다. 그들은 서둘러 거지들을 데려왔는데, 기어 오는 자, 다리를 절뚝이며 오는 자, 업혀서 오는 자, 안겨서 오는 자들까지 그들의 모습은 마두관음당 주위를 가득 메우고 있는 상락의 화려하고 아름다운 행장을 한 무사들과 비교할 수 없을 만큼 극명한 대비를 이뤘다.

하지만 아무도 웃을 수 없었다. 명군은 인애가 금수에게까지 이른다고 했는데 노부나가의 마음도 그에 뒤지지 않는 듯했다. 최고의 지위에 있을 때일수록 다른 사람을 배려하는 게 어렵다고 하는데, 노부나가는 지금 나가시노 대첩을 승리한 뒤 불과 한 달, 속으로 인생 최고의 전과로 생각하며 남아로서 천하를 호령하는 행렬의 위엄을 보이며 화려하게 교토로 올라가는 도중이었다. 그런 지금, 노부나가가 기후를 출발할 때부터 길가의 거지들에게까지 마음을 쓰고 있을 줄은 어느 누가 상상할 수 있었을까. 가신들 모두 뜻밖이라고 생각한 것은 당연한 일이었다.

"앞으로도 굶어 죽는 일이 없게 마을 사람들이 잘 보살펴주도록 하라."

노부나가는 그렇게 말하고 가옥을 지을 돈까지 주고 갔다. 행렬이 멀어진 뒤, 다시 매미 울음소리가 들려왔는데 그것은 흡사 노부나가의 자비에 감동해서 우는 사람들의 목소리인 듯했다.

이렇듯 자비롭던 노부나가는 그로부터 두 달 뒤, 에이 산의 살육에 버금가는 잔인하고 피비린내 나는 싸움을 아무렇지도 않게 벌였다.

8월 12일, 기후를 떠난 노부나가는 14일 쓰루가敦賀에 들어가자마자 에치젠 정토진종 봉기를 토벌했다. 아케치 미쓰히데가 선봉에 섰으며, 나가하마의 히데요시도 참가했다. 니와, 시바타, 사쿠마, 다키가와 등 이번에 출전한 면면은 나가시노를 능가했다.

상대는 일향종의 승단이나 각지에 산재하는 종파가 연합한 세력이어서 국경의 경계가 명확하거나 일정한 영지를 가진 나라가 아니었다. 그러다 보니 봉기라고 할 수도 없고 전쟁이라고 할 수도 없었다. 그저 때를 가리지 않고 장소를 불문하고 일으키는 사변이었다. 그런 만큼 상대는 기습과 궤책을 주된 전법으로 삼으며 장기전을 꾀했고 결전을 피하면서 노부나가를 괴롭히는 데 목적이 있었다.

아사쿠라 가는 멸망했어도 에치젠은 사라지지 않았다. 에치젠의 권력자가 변해도 서민 속에 뿌리를 내리고 있는 교단의 세력은 쇠퇴하지 않았다. 아니, 오히려 옛 아사쿠라 가의 잔당이나 오사카의 이시야마 본원사와 연락을 강화해 전후 노부나가의 치세를 모조리 차단하고 날이 갈수록 노골적으로 반항했다.

노부나가는 그런 그들을 응징할 때를 기다리고 있었음이 분명했다. 그들만큼 노부나가를 괴롭힌 적은 없었다. 본래 노부나가는 인내와 끈기가 있는 사람이 아니었다. 하지만 그는 거북스러운 적에게만은 늘 꾹 참고 때를 기다리고 있었다. 그러던 참에 마침내 때가 와서 군사를 움직였고, 그는 에이 산에서 동원했던 방법이나 나가지마長嶋에서 벌인 살육도 마다하지 않았다. 일향종 토벌을 위해 출정한 때만큼은 평소의 노부나가가 아니었다. 적들이 그를 증오하고 비방하는 것만큼 그역시 야차가 되었고 그의 모습은 악귀나찰이라고 해도 부족할 정도였다. 그때 그의 모습이 어떠했는지는 진중 기록인《노부나가 코기信長公記》나《소켄기總見記》만 봐도 잘 알 수 있었다.

에치젠 봉기는 대략 8월 중에 평정되었다. 시바타, 아케치, 이나바 부자는 노부나가의 명을 받들어 여세를 몰아 가가加賀까지 공격해 들어갔다. 그런데 얼마 뒤 노부나가는 갑자기 진격을 중지시켰다. 그 방면의 경계를 넘을 경우 우에스기 겐신과의 마찰이 생길 것을 염려했기 때문이다.

다케다 가의 패퇴 이후, 그전까지 멀게만 느껴졌던 노부나가 대 우에스기의 대립 구도는 서로 국경을 눈앞에 두자 가깝게 느껴질 수밖에 없었다. 겐신이 노부나가를 바라보는 눈과 노부나가가 겐신을 보는 눈 속에는 모두 '언젠가는 마주하게 될 적'이라는 감정이 여실히 드러나 있었다. 하지만 노부나가는 지금 그것을 행동으로 옮길 마음이 추호도 없었다.

노부나가는 노미能美, 에누마江沼, 히야檜屋, 대성사大聖寺의 군郡에 각각 수비군을 두어 향후의 기점으로 삼은 뒤 기타노쇼北之庄로 진을 옮겼다. 그곳에는 숙장인 시바타 가쓰이에를 두고 에치젠 여덟 군을 다스리게 할 생각이었다. 노부나가는 기타노쇼의 축성과 상가의 권역까지 직접 살펴보았다. 그 외에 가나모리金森, 후와不破, 사사佐佐 등의 제장에게 각 군을 분배하였고 마에다 마타에몬 도시이에에게도 두 군을 나누어주었다.

단고丹後에는 잇시키 사교一色左京를, 또 단바丹波에는 아케치 미쓰히데를 두었다. 그리고 호소카와 후지타카에게는 구와타桑田와 후나다船田 두 군을 내렸다. 그렇게 전후 처리가 끝난 다음 노부나가는 새로운 영주와 토착 무사에게 세세하게 항목을 정한 명령서 '오키테가키掟書'를 내렸다. 그중 한 조條에는 '자신을 존경하라, 믿으라, 그리고 따라오

라. 그것이 무사의 본분이다'라고 명하고 있었다. 그 당시 아무리 자긍심이 높은 무인이라 해도 노부나가만큼 자신을 과신한 사람도 없었다. 이전부터 그를 섬기고 있던 장수들은 제외하더라도 정복당한 땅의 토착 무사나 일반 백성은 그것을 어떻게 생각했을까.

9월 하순, 노부나가는 기타노쇼에서 후츄로 진을 옮긴 뒤 26일 무렵 모든 것을 끝내고 기후로 개선했다. 그리고 나가시노 싸움 이후에 곧바로 상락했던 것처럼 에치젠 공략이 끝나자마자 상락길에 올랐다. 때는 가을이었다. 얼마 뒤, 여름 무렵에 말을 멈췄던 야마나카 고개를 넘어 오우미지에 이르렀다. 폭이 세 칸이나 되는 큰 도로는 산골짜기와 역참의 마을들을 지나 호반을 따라 교토까지 이어지고 있었다.

"지날 때마다 보아도 소나무와 버드나무가 아주 잘 자라고 있는 듯하구나."

노부나가는 소나무와 버드나무 가로수가 마치 자신의 권속이라도 되는 것처럼 한 그루 한 그루 바라보면서 말을 타고 갔다. 길가에 떨어진 소나무 낙엽은 깨끗이 치워져 있었고 버드나무 아래에는 물이 흐르고 있었다. 그러한 풍경을 바라보는 것도 상락길에 맛보는 즐거움이었다.

군웅이 할거하던 당시, 각 나라들은 가능한 길은 험준하게 하고 강에는 최소한의 다리만 놓고 곳곳에 검문소를 두었다. 신겐 역시 그러했고 아사이, 아사쿠라도 모두 마찬가지였다. 하지만 노부나가만은 정반대였다. 그의 영지에는 검문소가 없었다. 한 나라씩 차례로 영지를 넓혀갈 때마다 검문소들을 모두 철폐했고 다리를 놓고 도로를 넓히고 문화의 경계선을 밖으로 확장시켰다. 세 간 도로의 개통은 선도적 역할을 했다. 그리고 입국세나 다리세나 도선세渡船稅와 같이 문화의 교류를 방해하는 것은 한때 희생을 치르더라도 모두 철폐했다.

노부나가는 이번 상락에서 특별히 길을 달리해 세다勢田를 선택했다. 그것은 그가 초여름부터 착수에 들어가 마침내 완성된 세다의 장교長橋를 보기 위해서였다. 이곳도 난이 있을 때마다 치열한 공방전이 반복되는 요지였기 때문에 왕래하는 데 어려움이 많았다. 다리의 폭은 스물네 척이고, 길이는 백팔십 간이었으며, 양쪽 난간의 끝에 커다란 난간법수의 굵은 기둥을 세웠다. 천하의 대도大道이자 문화의 동맥인 세다 장교가 당교의 위엄을 과시하고 있었다.

"다 되었구나."

노부나가는 다리를 보며 말했다. 그러고는 말에서 내리더니 좌우를 향해 걸어서 건너자고 말했다. 모두들 예전의 전투들을 떠올리며, 또 이윽고 중원을 제패할 내일을 대비해 호반의 지세를 살피는 듯 다리 위를 걸어서 건넜다.

다리를 다 건너자 세다의 서쪽인 오우사카구치逢坂口와 야마시나에서 사람들이 마중을 나와 있었다. 세쓰攝 가, 산조三條, 미나세水無瀨의 공경과 긴기의 다이묘들이었다. 상락 중이던 오슈奧州의 다테 데루무네伊達輝宗도 와 있었는데 남부의 명마와 매를 선물로 보냈다.

"오, 일부러 이렇듯."

노부나가는 한 사람 한 사람에게 공손히 예를 취하며 지나갔다. 노부나가의 인품 좋고 경박하지 않은 미소를 본 사람들은 모두 의구심이 들었다. 그것은 그가 에이 산을 불태우고 다케다를 격파하고 바로 어제는 에치젠에서 가가까지 전율하게 만든 맹장인가 의심스러웠던 것이다.

오사카의 이시야마 본원사도 일단 미요시 쇼간三好笑巖과 마쓰이 유칸松井友閑을 사자로 보내 우호적인 인사말과 선물을 전했다. 노부나가는 그런 사람들에게도 변함없이 온후한 모습을 보였다.

"이렇듯 먼 길까지 오시다니 송구합니다."

반슈播州의 아카마쓰赤松와 벳쇼別所라고 하는 지방의 무장들도 보였다. 그들을 비롯해 초청하지 않은 사람들이 도성 안에 흘러넘쳤다. 노부나가가 머물고 있는 것만으로 교토는 날마다 축제나 정월이었다. 백성들에게 흘러 들어가는 돈도 막대했다. 무엇보다도 백성들은 궁중의 상서로운 기운과 당상관들의 기뻐하는 모습을 보고 입을 모아 말했다.

"드디어 나라의 대들보가 세워졌군. 머잖아 천하는 노부나가 님이 평정하실 것이다."

10월이 되자 노부나가는 묘심사妙心寺에서 다도회를 열었다. 사카이와 교토의 풍류가가 대거 모였다. 예전에 히데요시가 노부나가에게 명기名器라고 한 사카이의 소에키, 바로 리큐도 참석해서 다도를 시연했다.

아즈치安土

　노부나가에 대한 천황의 신임은 두터웠다. 다이나곤大納言에 임명된 것이 얼마 전이었는데 다시 우장군右將軍[123]에 봉해졌다.

　11월, 궁중에서 임명식이 성대하게 거행됐다. 문무백관들이 모두 참석해 조정의 위엄과 노부나가의 영광을 축하하며 만세를 외쳤는데, 그 광경은 전대미문일 정도로 성대했다. 노부나가의 서기는 그날의 감격을 다음과 같이 적었다.

> 황송하게도 천자께서 오카와라케御土器[124]를 하사하시니 상고말대上古末代까지 이보다 더 광영은 없을 것이다.

　6월에 상락했을 때 천황이 노부나가에게 종오품을 하사했지만 노부나가는 다른 신하에게 양보하며 고사했다. 그때 종오품의 작위를 받은 부장은 시바타 가쓰이에, 하야시 노부카쓰, 사쿠마 노부모리, 니와 나가히데, 이케다 노부테루, 하시바 히데요시, 다키가와 가즈마스 등

---

123 우근위대장右近衛大將의 약칭으로, 궁중의 경호 등을 관장하는 근위부近衛府의 장군.
124 5월 5일, 교토에 있는 이나리稻荷 신사에서 열리는 큰 축제에 사용되는 작은 토기.

열다섯 명이었다. 아케치 미쓰히데도 물론 포함되어 있었다. 다케이 세키안, 마쓰이 유칸도 모두 종오품을 하사받았다.

그와 더불어 노부나가는 그들에게 친제이鎭西(규슈九州)의 이름 높은 귀족의 성씨인 고레도惟任, 고레즈미惟住, 하라다原田, 베쓰기別喜 등을 내렸다. 미쓰히데는 '고레도 씨' 성을 하사받았다.

이제 노부나가는 시고쿠四國 규슈의 통일을 생각했다. 각 부장들에게 친제이 명족의 성을 가명으로 내려 머지않아 서쪽 정벌을 다툴 날이 올 것이라고 은연중에 내비친 것이었다. 그가 사용하고 있는 인장의 문장인 '천하포무天下布武'도 그런 이상을 위한 사전 준비 중 하나였다. 그런 연유로 노부나가는 교토를 떠나지 못했다. 그는 본래 아시카가 요시아키가 있던 니죠의 관館을 개축해서 그곳에 머물고 있었는데, 공경, 무인, 다인, 문인들, 나니와와 사카이 등의 상인들까지 방문객들로 문전성시를 이루었다. 교토가 그를 붙잡는 것인지 그가 교토를 떠나고 싶어 하지 않는 것인지, 계절은 벌써 초겨울을 지나고 있었다.

"내일은 날이 개겠군."

마구간지기들이 하늘을 보면서 말에게 먹이를 주고 있었다. 무사들도 방에서 행장을 싸느라 분주했다. 방금 노부나가의 측신이 와서 날씨에 상관없이 내일 기후로 출발할 것이라는 말을 전했던 것이다.

노부나가와 떨어져서 단바丹波의 영지로 돌아갈 예정이었던 미쓰히데가 날이 저물기 전에 출발하기 위해 인사를 하러 왔다. 그는 긴 마구간 건물을 멀리 바라보면서 회랑을 돌아 안쪽의 관사로 건너갔다.

"이거, 고레도 아니시오."

웃는 얼굴로 그에게 말을 거는 사람이 있었다.

"오, 지쿠젠이구려."

미쓰하데도 웃는 얼굴로 그를 맞았다.

“무슨 일이시오?”

히데요시는 두 손을 뻗어 미쓰히데의 어깨에 얹었다. 미쓰히데도 웃으면서 답했다.

“별일은 아니고 내일 출발해야 해서.”

“그렇군. 내일 떠나시는구려. 또 언제 다시 만날 수 있을지.”

“술을 드신 듯하오.”

“교토에 있는 동안 술에 취하지 않은 날이 없소. 주군께서도 상락 중에는 날마다 주량이 느시는 듯하오. 지금 뵈면 또 술을 권하실 게요.”

“주연 중이시오?”

미쓰히데는 문득 질린 듯 눈썹을 찌푸렸다. 근래 노부나가는 주량이 상당히 세졌다. 예전의 노부나가를 잘 아는 노신들 말로는 노부나가가 술을 좋아하기는 했지만 지금처럼 마시지는 않았다고 했다. 히데요시도 비슷한 부류였지만 그와 노부나가와는 건강 상태가 달랐다. 일견, 허약 체질처럼 보이지만 정신력을 봐도 알 수 있듯 노부나가가 훨씬 건강했다. 그런 점에서 히데요시는 반대였다. 겉모습은 거칠고 건강한 듯하지만 절대로 건강한 체질이 아니었다. 나가하마에 있는 히데요시의 모친은 지금도 히데요시가 건강을 돌보지 않으면 타일렀다.

“대범한 것은 좋지만 건강만은 세심히 돌보도록 해라. 태어났을 때부터 허약한 체질이어서 네 살인가 다섯 살 때까지 마을 사람들은 네가 어른이 될 때까지 살 수 없을 거라고 했다.”

히데요시는 어머니의 근심을 잘 알고 있었다. 또 어릴 적 허약했던 이유도 알고 있었다. 어머니의 배 속에 있을 때나 한창 자랄 나이에도 극심한 가난에서 벗어난 적이 없었다. 그런 상황에서 남들만큼은 아니더라도 이렇듯 자랄 수 있었던 건 오직 노력 덕분이었다. 평소 술을 싫어하지는 않지만 술잔을 손에 들면 어머니의 말이 떠올랐다. 또 술을 좋아했던 남편 때문에 고생한 어머니를 떠올리지 않을 수 없었다.

하지만 그가 술에 대해 엄격하다는 것을 아는 사람은 아무도 없었다. 오히려 사람들은 히데요시를 보며 술을 별로 마시지도 않으면서 술자리를 좋아하고, 잘 떠들지만 취하면 실없는 사내라고 생각했다. 그만큼 술과 건강에 소심한 사람은 없었다. 지금 만난 미쓰히데도 주량은 히데요시보다 훨씬 셌다. 게다가 미쓰히데가 곤란한 얼굴로 주연 중인지 묻는 것만 봐도 노부나가의 주도가 신하들을 꽤나 곤혹스럽게 한다는 사실을 알 수 있었다.

미쓰히데가 진지한 얼굴로 주저하자 히데요시는 빨개진 얼굴과 손을 저으며 농담이라고 말했다.

"실은 놀리려고 한 말이었소. 주연은 벌써 끝났소. 이처럼 나도 대취해서 나온 것이 그 증거요. 하하하, 거짓말이었소."

"그만 속고 말았소이다."

미쓰히데는 쓴웃음을 지어 보였다. 그는 히데요시가 싫지 않았다. 히데요시 역시 미쓰히데에게 나쁜 감정을 품은 적이 한 번도 없었다. 언제나 고지식하고 진지한 미쓰히데에게 서슴없이 농담을 건넸지만 존경을 표하고 있었다. 그래서 미쓰히데도 히데요시를 '쓸 만한 사내'라고 생각하는 듯했다.

히데요시가 미쓰히데보다 고참이고 자리의 순서도 앞이었지만 다른 숙장과 마찬가지로 미쓰히데의 마음속에는 가문이나 태생이나 교양과 같은 것을 따지는 선입관이 잠재해 있었다. 절대로 히데요시를 경시하는 것은 아니었지만 도기土岐 일족의 명문이라는 자존과 현실 세계의 체험이나 새로운 시대의 교양을 겸비한 지식인이라는 자부심 때문인지 히데요시를 자신의 아래로 생각하는 듯한 태도를 보였다.

히데요시는 다른 사람이 자신을 내려다본다고 느껴도 불쾌하게 여긴 적이 없었다. 그것은 그의 성격이라고 할 수 있었다. 언젠가 자신의 뜻을 펼칠 날이 올 것이라고 믿고 있어서인지는 몰라도 '어디 두고 보자'라고 생각하거나 불쾌한 기색을 보인 적이 한 번도 없었다.

특히 미쓰히데처럼 뛰어난 지식인이 자신을 내려다보는 것을 오히려 당연한 일로 생각하는 듯했다. 인물을 떠나서 단순히 지성이나 교양 면에서 미쓰히데가 자신보다 훨씬 뛰어나다는 사실을 시인하는 듯했다.

"그렇지. 잊고 있었군……."

히데요시는 갑자기 떠오른 듯 말했다.

"먼저 축하를 해야 했거늘. 이번에 고레도 성씨를 하사받고 그전엔 단바의 영지를 받으셨으니 경사가 끊이질 않는 듯합니다. 적년의 봉공을 생각하면 당연하다 할 수 있으나, 드디어 귀공에게 개운의 시기가 도래하였으니, 앞으로도 무운장구長久를 기원하겠습니다."

히데요시는 공손하게 무릎까지 손을 내리며 말했다.

"과분한 명예, 모두 주군의 은혜입니다."

미쓰히데도 진지하게 답례를 건넸다.

"단바를 받았다고는 하나 아시는 바와 같이 그 지방은 옛 장군가의 영지이오. 지금도 어느 누가 오더라도 절대로 복종하지 않겠다는 듯 성을 근거로 뜻을 굽히지 않는 호족이 많소이다. 그런데 과연 내 힘으로 그들을 제압하고 잘 다스릴 수 있을지. 축하의 말을 듣는 것은 아직 이른 듯하오."

"아니오. 겸손이 지나치시오. 이미 북쪽에서 옮기자마자 호소카와 후지타카와 타다오키 부자와 함께 단바로 진출하여 가메야마龜山의 수장인 나이토内藤 일족을 군문에 넣고 실적을 착착 올리고 있지 않으시오. 가메야마에 들어갈 때, 어떻게 들어갈지 흥미를 가지고 지켜보았소만 군사를 한 명도 잃지 않고 적을 항복시키고 입성하자 주군께서도 크게 칭찬하셨소이다."

"가메야마는 서전에 불과할 뿐. 앞으로가 어려울 것이오."

"어려운 일을 앞두고 있을수록 삶의 보람이랄까, 가치 있는 일은 없을 것이오. 하물며 모든 것을 맡긴다는 명을 받고 새로운 영지의 평정과 치세에 임하는 것만큼 유쾌한 일은 없을 것이오. 자신이 주체가 돼서 모든 것을 건설할 수 있으니 말이오."

미쓰히데는 우연히 마주친 뒤 이야기가 그만 길어질 듯하자 인사를 하며 헤어지려고 했다.

"그럼 후일 다시."

"아, 잠시만."

히데요시가 갑자기 화제를 바꾸며 말했다.

"박학한 귀공이라면 알지 모르겠소. 현재 전국에 있는 성곽 중에 천수각을 가지고 있는 성은 몇 개나 되겠소이까? 또 천수각을 갖춘 성은 어디에 있소?"

"아와노구니安房國 다테야마館山의 사토미 요시히로里見義弘의 성, 그곳에는 삼 층의 천수각이 바다를 면해 있고 그 위용은 해로에서도 볼 수 있소이다. 또 스오노구니周房國 야마구치山口에는 오우치 요시오키大內義興의 사 층 천수각이 성곽을 중심으로 지어져 있는데 아마 그 장대함은 천하제일일 것이오."

"그 두 성뿐이오?"

"내가 알기론. 한데 어찌 그런 것을 내게 물어보는 것이오?"

"실은 오늘 주군 앞에서 축성에 대해 이런저런 이야기가 나왔을 때, 모리 님이 끊임없이 천수각에 대해 설명하면서 아즈치에 짓고 있는 성곽에 꼭 천수각을 지어야 한다고 말씀하셔서."

“모리 님이라니?”

“근신인 란마루 님 말이오.”

“흐음.”

미쓰히데는 문득 눈썹을 찌푸렸다.

“뭔가 이상한 것이라도?”

“아니, 딱히 그런 것은 아니오.”

미쓰히데는 이내 평소의 얼굴로 돌아와 있었다. 그리고 히데요시와 두세 마디 이야기를 나누다 실례하겠다며 노부나가가 있는 안쪽을 향해 서둘러 걸어갔다.

큰 복도에는 노부나가를 만나고 나오는 사람과 만나려는 사람들의 왕래가 끊이지 않았다. 또 누군가 히데요시를 불렀다.

“지쿠젠 님, 지쿠젠 님.”

“오, 아사야마 님.”

히데요시가 웃는 얼굴로 아사야마 니치죠를 돌아보았다. 아사야마 니치죠는 보기 드문 추남이었다. 같은 추남이라도 아라키 무라시게는 어딘가 사랑스러워 보였지만 니치죠는 능글맞은 도깨비처럼 보였다. 그는 히데요시에게 가까이 다가와서 목소리를 죽이며 물었다.

“지쿠젠 님, 무슨 일이오?”

“무슨 일이라니, 뭐가 말이오?”

“방금 고레도 미쓰히데와 뭔가 밀담을 나누는 듯하던데…….”

“밀담? 하하하, 이런 곳에서 밀담을 나누는 법도 있소이까.”

“두 사람이 니죠의 복도에서 오랫동안 속삭이는 것만으로도 다른 사람들은 두려운 마음이 들게요.”

“설마.”

“설마가 사람 잡소이다.”

“귀공도 술에 취한 듯하구려.”

“꽤 마셨소이다. ……그나저나 조심하는 것이 좋소이다.”

“술 말이오?”

“무슨 소리. 미쓰히데와 친하게 지내는 걸 삼가는 것이 좋다고 주의를 주는 것이오.”

“어째서?”

“그자는 재식才識이 지나치오.”

“당대의 재식은 아사야마 니치죠라고 모두 말하고 있소이다.”

“나는 둔재이오.”

“귀공의 재주에 비할 자는 없을 것이오. 무인이 가장 거북해하는 것은 공경과의 교류와 상가를 다루는 것인데 오다 가에서 아사야마 님을 능가할 자는 없소이다. 시바타 님조차 두 손 들고 있소이다.”

“그 대신 내게는 무공이라고 할 만한 것이 하나도 없소.”

“무인은 무공이라면 어느 누구에게도 양보하지 않을 것이오. 궁중의 공사, 도성의 시정, 또 이런저런 재무까지, 귀공은 참으로 이상한 천재이오.”

“칭찬하는 것이오? 놀리는 것이오?”

“무문에 어울리지 않는 재목이자 가문을 잘못 태어난 인물이라고 칭찬하고 놀리는 것이오.”

“그대는 당할 수가 없소이다.”

니치죠는 껄껄 웃었다. 이가 벌써 두세 개 빠져 있었다. 그는 히데요시와 나이 차이가 많이 났다. 비록 히데요시가 자식뻘 되는 나이였지만 니치죠는 히데요시를 어른으로 대했다. 그렇지만 미쓰히데에 대해서는 왠지 거북한 느낌이 들었다. 히데요시의 조롱에는 화가 나지 않았지만 미쓰히데의 재식을 크게 인정하면서도 그의 말에는 왠지 신경이 거슬려 반발하고 싶어졌다.

"나만 그런 줄 알았는데 근래 우연히 똑같은 말을 들었소. 이건 골상骨相을 보는 명인에게 들은 말이니 틀림없을 것이오."

"관상쟁이가 고레도 님을 뭐라고 평했소이까?"

"관상쟁이가 아니오. 당대의 석학이오. 주고쿠에서 명승이라고 소문이 자자한 안국사安國寺의 에케이라는 자가 은밀히 내게 말했소."

"뭐라고 했소이까?"

"유감스럽지만 지식에 빠져 죽을 지자智者의 상이라고 했소이다. 게다가 하극상의 흉상凶相이 보인다고."

"아사야마 님."

"왜 그러시오?"

"연세에 어울리지 않게 그러한 말을 입 밖에 내는 것은 좋지 않소이다. 귀공은 수완 좋은 정략가라는 소리를 듣고 있는데 가신들까지 그런 정치 놀음의 대상으로 삼는 것은 보기 좋지 않소이다."

시종들이 큰 방 한가운데 다다미 두 장 정도 크기의 커다란 그림을 펼쳤다. 고슈江州의 가모蒲生 군 아즈치安土 일대의 그림이었다.

"여기가 비와 호의 내호內湖."

"오쿠시마奧島와 이사키시마伊崎島도 있군."

"아즈치가 여긴가?"

"상실사桑實寺도 있고, 상락사常樂寺도 그려져 있군."

시종들은 한쪽에 모여 제비 새끼처럼 고개를 나란히 하고 지도를 들여다보고 있었고, 란마루는 그들과 떨어져 혼자 얌전히 앉아 있었다. 란마루는 관례를 올릴 나이가 지났다. 스무 살이 되려면 아직 이삼 년은 남아 있었지만 앞머리를 자르면 어느덧 어엿한 무사였다.

"너는 그대로가 좋다. 몇 살이 돼도 어린 시종의 모습으로 있어라."

란마루는 주군인 노부나가가 그렇게 말했다고 말하곤 했다. 그래서 그는 다른 소년들과 경쟁하듯 머리를 쪽 지고 시동처럼 옷을 입었다.

"그렇군. 여기인가."

노부나가도 지도 한쪽에 요를 펴고 유심히 들여다보았다.

"잘 그렸군. 이건 내가 가지고 있는 군사 지도와는 비교가 되지 않을 만큼 정밀하군. 란마루."

"예."

"대체 어디서 이런 정밀한 지도를 이리 빨리 구해온 것이냐?"

"모친께서 한 사원의 비고秘庫에 있는 것을 전부터 알고 계셨습니다."

란마루의 어머니 묘코니妙光尼는 바로 오다 가의 충신인 모리 산자에몬 요시나리의 미망인이었다. 그녀에게는 여섯 명의 자식이 있었다. 그중 다섯 명이 아들이었는데 란마루는 셋째였고 다른 자식들도 모두 노부나가 가에서 총애를 받고 있었다. 란마루의 동생인 보마루坊丸와 리키마루力丸도 노부나가 가의 시종으로 이곳에 함께 있었다.

"전혀 닮지 않았다."

모든 사람이 그렇게 말했다. 보마루와 리키마루가 평범해서가 아니라 란마루가 너무 뛰어났기 때문이다. 그를 총애하는 노부나가뿐 아니라 누가 봐도 란마루의 총명함은 군계일학이었다. 모습은 아이였지만 군영의 장수와 측근 무사와 함께 있을 때에도 란마루는 결코 작게 보이지 않았다.

"뭐라? 묘코니에게?"

노부나가는 평소와 다른 눈으로 란마루를 응시했다.

"불자인 자네 모친이 사찰들과 왕래하는 건 당연한 일이나 나를 저주하는 정토진종의 첩자들에게 속아 넘어가지 않도록 자네가 때를 봐서 잘 말해두는 편이 좋을 것이다."

"그에 대해서라면 저보다 더 잘 헤아리고 계십니다."

"흐음, 잘 알아서 하게."

노부나가는 다시 몸을 구부리고 아즈치 일대의 지도를 유심히 들여다보았다. 최근에 그는 이곳에 자신이 있을 부府의 새로운 거성을 만들겠다는 말을 했다. 현재 그가 있는 기후는 다소 지방에 편중되어 있었다. 그가 앞날을 생각해서 점찍고 있는 지형은 나니와의 땅으로, 오사카에 있었지만 그곳에는 강건한 반노부나가의 법성인 본원사가 있었다. 그렇다고 해도 노부나가는 어리석은 무로마치 장군처럼 교토에 막부와 같은 구태의연한 체제를 만들 생각이 전혀 없었다. 게다가 정치적인 교섭도 가장 긴밀했고 주고쿠 서쪽을 견제하며 북으로 우에스기 겐신의 진출에 대비하기에도 좋았다.

"고레도 님이 뵙기를 청하며 기다리고 계십니다. 하직 인사를 하고 싶다며."

그때 무사 한 명이 와서 고했다.

"미쓰히데가 말인가? 들여보내라."

노부나가는 흔쾌히 말하고 다시 아즈치 지도를 바라보았다. 안으로 들어온 미쓰히데는 술 냄새가 나지 않자 안심하는 듯했다. 그리고 그제야 히데요시가 자신을 놀렸다는 것을 알았다.

"고레도, 이리 오게."

노부나가는 미쓰히데가 공손히 인사하는 것을 제지하며 친근하게 지도 옆으로 불렀다. 미쓰히데는 노부나가가 곁으로 조심스럽게 다가갔다.

"새 성을 만드는 데 여념이 없으신 듯합니다."

아부 따위를 못하는 미쓰히데는 그렇게 말하는 것도 아부가 아닌가 생각하며 반성하는 성격이었다. 노부나가는 공상가였다. 하지만 그 누구에게도 뒤지지 않는 실행력을 가진 공상가였다.

"어떤가? 호수에 임한 이 산 일대를 성지로 하면."

노부나가의 머릿속에는 벌써 성곽의 구조부터 규모까지 모두 설계되어 있는 듯했다.

"여기부터 여기까지 이렇게 해서."

노부나가는 손가락으로 선을 그려 보이며 말했다.

"산 아래, 성을 둘러싸고 저택가를 만들고 거리에는 어디에서도 볼 수 없을 만큼 정비된 마을을 만들 것이네."

노부나가는 중얼거리더니 다시 말을 이었다.

"이번 축성에는 내게 가진 모든 재력을 쏟을 생각이네. 천하의 군웅을 부리는 데 부족함이 없을 장엄한 성을 만들 것이네. 천하에 비견할 데 없는 아름답고 장엄하고 견고한 성으로 만들고 싶네."

"그렇습니다. 반드시 필요합니다."

미쓰히데는 마음속으로 그것이 결코 허영이나 자만이 아니라는 것을 인정하기 때문에 스스로에게도 그렇게 설명하듯 말했다. 평소 주위 사람들이 노부나가의 말에 과장되게 공감하고 맞장구를 치다 보니 노부나가는 미쓰히데의 고지식한 대답이 뭔가 부족하게 느껴졌다.

"어떤가? 이상한가?"

"그럴 리가 있겠습니까."

"시기는 어떠한가?"

"시의적절할 것입니다."

"그런가."

노부나가는 한층 자신감이 붙었다. 그만큼 그는 미쓰히데의 재식을 인정하고 있었다. 노부나가에게는 근대인적인 지식도 있었지만 신념만으로 밀어붙일 수 없는 정치적인 고충도 있었다. 그렇기 때문에 미쓰히데의 재능을 칭찬하는 히데요시 이상으로 그의 재능에 대해 잘 알고 있었다.

"자네는 축성학에도 정통하다고 들었는데 이 일을 맡겠는가?"

"축성을 맡을 부교는 그것만으로는 부족합니다."

"부족하다니?"

"축성은 건설입니다. 그러니 큰 전쟁이라고 생각하지 않으면 안 됩니다. 물자와 인력을 아울러 최선의 방법을 찾아 구사해야 합니다. 따라서 숙장 중에서도 중진으로 하여금 그 일을 맡도록 해야 할 것입니다."

"그럼 누가 좋겠나?"

"인화人和가 가장 중요하니 니와丹羽 님이 적임이 아닌가 싶습니다."

"고로자 말인가. 좋을 듯하군."

노부나가는 마치 자신도 그리 생각한 듯 고개를 끄게 끄덕였다. 그러고 나서 다시 말했다.

"그런데 이건 란마루의 생각인데, 이번 축성에는 구조의 중심을 천수각에 두려고 하네. 천수각을 짓는 것에 대해서는 어찌 생각하나?"

미쓰히데는 대답하지 않고 곁눈으로 란마루를 바라보았다.

"천수각을 짓는 것에 대한 가부를 물으시는 건지요?"

"그렇다네. 있는 게 좋겠나, 없는 게 좋겠나?"

"물론 있어야 합니다. 위용 면에서도."

"천수각 양식에도 여러 가지가 있네. 자네는 젊을 적, 각 주를 돌아다녀 축성에도 밝다고 들었네. 어디 한번 자네의 구상을 말해보게."

"저와 같이 얕은 지식으로는……."

미쓰히데는 겸손해하면서도 기탄없이 말했다.

"오히려 저기 계시는 란마루 님이 더 정통할 것입니다. 전국 각지를 편력하던 중에도 천수각을 갖춘 성은 두세 곳밖에 보지 못했고, 그것도 유치한 구조였습니다. 란마루 님의 헌책이라면 반드시 그에 대한 생각도 있을 터이니."

노부나가는 두 사람의 미묘한 신경전 따위는 안중에도 없었다.

"란마루."

"예."

"자네도 미쓰히데에 뒤지지 않는 학구파인 만큼 어느새 축성까지 공부했는가. 천수각의 구조에 대해 자네에게 어떤 안이 있는가? 아니면 다른 가문의 비고에 있는 도면이나 자료를 모친에게 받은 것은 아닌가?"

"……."

"란마루, 어찌 대답하지 않는가?"

"대답하기 곤란하기 때문에."

"무슨 연유인가?"

"그저 부끄러울 따름입니다."

란마루는 진심으로 부끄러운 듯 양손으로 얼굴을 가렸다.

"아케치 님은 짓궂으십니다. 어찌 제게 천수각의 구조에 대한 안이 있겠습니까. 실은 제가 주군께 올린 말씀도 사토미里見나 오우치大內와 같은 가문의 성에는 천수각이 있다는 것을 언젠가 숙직을 설 때, 미쓰히데 님께 자세히 들은 이야기를 전한 것에 지나지 않습니다."

"그럼, 자네의 헌책이 아니란 말인가?"

"일일이 이것은 누가 한 말이라고 말씀드리는 것도 여의치 않아 그저 주군께서 참고하시길 바라는 마음에 천수각을 지으면 어떠할까, 하고 말씀을 드린 것뿐입니다."

"그런가? 하하하, 그런 가벼운 뜻이었는가?"

"그런데도 아케치 님께서 가볍게 받아들이지 않으시고 제가 다른 사람의 지혜를 훔쳐서 제 공으로 한 것처럼 저를 꺼리며 말씀하시니 당황스러웠습니다. 언젠가 숙직을 설 때, 미쓰히데 님의 말씀으로는 오우치 성, 사토미 성 등의 천수각을 옮겨 그린 그림이나 스미구라角倉의 먹줄 비서秘書 등도 모두 가지고 계시다고 들었습니다. 그런데도 무엇을 심려해서 저와 같은 이에게 물어보라고 하시는지 그저 당혹스러울 뿐입니다."

란마루는 아직 시동의 모습이라 아이처럼 보였지만 실은 이미 어엿한 젊은이였다. 이를테면 전국戰國의 책사나 삼국三國의 모사들도 꺼릴 만큼 란마루의 말속에는 지혜가 번뜩였다.

"미쓰히데, 그러한가?"

노부나가의 물음에 미쓰히데는 태연한 척 있을 수만은 없었다.

"예?"

미쓰히데는 그렇게 대답한 뒤 말문이 막혀 아무 말도 못했다. 그는 자신보다 훨씬 어린 란마루를 원망하지 않을 수 없었다. 축성에 대한 자신의 의견을 말하지 않고 란마루가 그 방면에 조예가 깊다고 말한 것은 노부나가가 그를 총애하기에 그 공을 돌리려고 한 것이었다. 아니, 란마루가 부끄러워하지 않도록 배려한 것이었다.

만일 미쓰히데가 분명하게 '천수각이나 축성에 대한 지식은 숙직을 설 때 무료함을 달래기 위해 란마루에게 이야기한 것인데, 그것을 란마루가 마치 자신의 생각인 것처럼 주군께 이야기한 것은 어불성설이다'라고 말했다면 란마루는 몹시 부끄러워했을 것이고 노부나가가 역시 씁쓸하게 생각했을 것이다. 그것을 피하기 위해, 다른 사람의 감정을 꿰뚫어보는 데 민감한 그가 완곡하게 그 공을 란마루에게 돌린 것이었다. 그런데 결과는 자신이 생각했던 것과 전혀 다르게 되었다. 그는 새삼 어린 모습을 한 어른의 심술에 등줄기가 서늘해졌다. 노부나가는 미쓰히데의 곤궁해하는 모습을 보고 속마음을 알아차린 듯 돌연 일소에 부쳤다.

"고레도, 자네와 어울리지 않게 소심하군. 어찌 됐든 상관없네. 중요한 것은 천수각의 그림과 먹줄의 자료 등이 자네에게 있는가 없는가?"

"실은 제게 얼마간 있습니다만, 그것으로 족할지는……."

"있으면 됐네. 내게 잠시 빌려주게."

"알겠습니다. 곧 가져오게 해서 올리겠습니다."

그 문제는 그것으로 끝났지만 미쓰히데는 잠시나마 주군에게 허언한 것을 자책하며 괴로워했다. 각 주의 성에 대한 평가와 세상 이야기로 화제가 옮겨졌고 노부나가의 기분도 결코 나쁘지 않았다. 미쓰히데는 만찬을 들고 물러났다.

다음 날, 노부나가는 니죠를 출발했다. 그날 아침, 란마루는 문안을 드리러 모친의 방을 찾았다.

"준비는 다 되셨는지요?"

란마루는 분주하게 준비를 하는 모친의 곁으로 다가갔다.

"어머님, 어머님께서 각지의 사원을 드나들며 아군의 기밀을 정토진종 승려에게 누설할 염려가 있다고 주군께 고한 사람이 분명 미쓰히데라고 보마루와 사람들에게 들었는데, 어제 고레도가 출사했기에 한 방 먹여주었습니다. 저희 모자는 아버님도 안 계시고 다른 사람보다 주군의 총애를 받고 있으니 다른 이들의 시기를 살 우려가 있습니다. 그러니 부디 어머님께서도 주의하도록 하십시오."

묘코니는 아무 말 없이 고개를 끄덕였다. 주군의 총애가 두터울수록 사람들 속에서 여섯 명의 자식을 데리고 살아가려면 굳은 마음이 필요

했다. 방금 그녀는 손수 짐을 꾸리고 있던 상자 속에 위패 하나를 담았
는데, 다시 그것을 꺼내더니 염불을 외면서 이마에 대고 절을 했다. 그
것은 란마루의 부친이자 묘코니의 남편인 모리 산자에몬의 위패였다.

아즈치 축성

그와 더불어 노부나가는 그들에게 친제이鎭西(규슈九州)의 이름 높은 귀족의 성씨인 고레도惟任, 고레즈미惟住, 하라다原田, 베쓰기別喜 등을 내렸다. 미쓰히데는 '고레도 씨' 성을 하사받았다.

"도면을 그려서 계획을 검토해야겠지만, 지금은 전시 중이니 땅이 곧 도면이라 생각하고 착수하라."

축성 회의는 한 번밖에 열리지 않았다. 노부나가의 말 한 마디로 총감독 니와 고로자에몬 이하 관인과 직인 들까지 모두 한 번에 결정되었다. 놀랄 만큼 많은 인원이 공사에 동원되었다. 분명 이것도 전쟁, 흡사 건설 전쟁이었다. 백성들은 마음먹은 일은 무슨 일이든 신속하게 결정하는 노부나가의 성격을 칭송했다. 서민들은 속도가 빠른 것을 좋아했고 그런 일에 정열을 쏟았다.

교토에서 돌아오는 길에 아즈치에서 행렬을 멈추고 그곳의 산과 논과 초원을 일견한 게 지난 연말이었다. 그런데 초봄 일찍, 호수를 건너온 큰 배가 수많은 건축자재를 호숫가에 쌓아놓고, 배들이 도착할 때마다 뭍으로 쏟아져 나온 사람들이 눈 깜짝할 사이에 근교의 마을들을 뒤덮었다.

“온다, 와. 또 온다.”

한가로운 노인들은 날마다 가도에 나가 오래 살고 볼 일이라는 듯 눈을 끔뻑이며 구경했다.

교토와 오사카는 물론 멀리 서쪽에서, 또 간토 지방과 북쪽에서 제자와 직인을 데리고 오는 장인들이 끊임없이 아즈치로 모여들었다. 총감독인 니와 나가히데 아래 공사 부교는 기무라 지자에몬, 목수 도편수는 오카베 마타에몬, 금구 조각은 고토 헤이시로, 옻칠은 오우시 교부가 맡았다. 그 외에 대장장이, 석공, 미장이, 표구사에 이르기까지 천하의 이름난 공인들이 자신들의 실력을 발휘하기 위해 모여들었다. 그리고 문, 장지, 천장 등의 의장에 뽑힌 가노 에이도쿠狩野永德는 자신의 화파畵派에 치우치지 않고 각 화파의 명장들과 일생의 결작을 완성해서 전란 때문에 오랫동안 침체된 예술의 광영을 발휘하려고 했다.

뽕나무밭은 하룻밤 사이에 반듯한 도로로 변했고 호수에 면한 산 위에는 어느 틈엔가 천수각의 뼈대가 완성되었다. 불교의 수미須弥 산의 삼십삼천三十三天을 본떠서 주천主天으로 삼고, 그 아래 사천왕을 만들고, 그중 하나를 다문천각多聞天閣이라고 부르며 다문 망루를 지어 올렸는데 모두 오 층으로 된 누각이었다. 그 아래에는 돌로 지은 거대한 곳간이 있었다. 그 돌로 지은 곳간石藏에 이어 큰 연회장이 있었고 무수히 많은 다다미방이 이어져 있었다. 그 수가 몇백 개나 되는지 또 몇 층으로 되어 있는지 알 수 없을 정도였다.

흑매黑梅 방, 팔경八景 방, 꿩 방, 당자唐子 방 등 화공들은 잠도 자지 못하고 그림을 그렸고, 옻칠을 하는 장인은 한눈도 팔지 않고 붉은 난간과 검은 벽을 칠했다. 와공瓦工은 당나라에서 귀화한 잇칸一觀이라는 자였는데 중국의 요법으로 기와를 만들었다. 그 기와를 굽는 가마터는 호반에 있었는데, 가마에서는 밤이나 낮이나 소나무 장작 연기가 피어

올랐다.

"오다 님의 안목은 참으로 넓구나. 이 성의 구성을 보면 어딘지 남만의 운치가 있고 당나라 양식의 좋은 점도 보이지. 그 모든 것을 일본화하셨구나."

멀리서 연신 그렇게 감탄하는 승려가 있었다. 얼핏 보면 행각승으로 보였지만 미골眉骨이 건장하고 입이 커서인지 이국적인 풍모가 느껴졌다.

"에케이 님 아니시오?"

누군가 뒤에서 승려가 놀라지 않을 정도로 살짝 등을 두드렸다. 저편에 몰려 있는 부장들 속에서 혼자 빠져나온 히데요시였다.

"오, 지쿠젠 님이 아니십니까?"

승려는 뒤를 돌아보더니 깜짝 놀란 표정을 지었다.

"이런 의외의 곳에서 다시 뵈었습니다."

히데요시도 활달하게 한 번 더 에케이의 어깨를 두드리며 사뭇 보고 싶었다는 듯 눈을 가늘게 떴다.

"정말 오랜만입니다. 하치스카 촌의 고로쿠 님 댁에서 뵌 뒤 처음인 듯합니다."

"맞습니다. 그때, 고로쿠의 저택에 머물고 있던 객승이셨지요. 바로 얼마 전, 연말에 니죠의 관사에서 고레도 님께 얼핏 교토에 오셨다는 말을 들었습니다."

"모리 님의 사자 일행과 함께 교토에 머물고 있었습니다. 사자들은 벌써 돌아갔지만 딱히 급한 용무가 없는 몸이라 교토의 절들을 돌아다니다 축성 공사 모습을 보려고 잠시 들렀는데, 크게 감동하고 말았습니다."

"스님도 같은 일을 하고 계시지 않습니까?"

"예? 무슨 말씀인지?"

히데요시의 당돌한 물음에 에케이는 얼굴빛이 달라졌다. 그러자 히데요시가 웃으며 말했다.

"성곽을 말하는 것이 아닙니다. 근년, 머물고 계시는 아키노구니安藝國의 안국사安國寺라는 사찰 말입니다."

"하하하, 가람 말씀이군요."

에케이도 웃으며 말했다.

"안국사는 벌써 낙성을 했습니다. 지금 그곳의 주지로 있는데 한번 기회를 봐서 찾아주시면 좋겠으나, 귀공은 어느덧 나가하마의 성주이니 그리 쉽게 오실 수 없을 듯합니다."

"성을 갖기는 했지만 아직 부자는 아니니 여전히 몸도 가볍고 입도 가볍습니다. 하치스카 저택에서 뵈었을 무렵보다 지금은 조금 어른스러워 보이는지요?"

"아니, 조금도 변함이 없습니다. 하시바 님은 젊으시지만 오다 님의 가신들은 거의 장년이고, 축성의 웅장한 모습과 저기 있는 장수들의 기개를 보니 바로 욱일旭日의 기세란 이를 두고 하는 말인가 생각하며 아까부터 넋을 잃고 바라보았습니다."

"안국사는 모리 데루모토毛利輝元 님의 시주로 지은 것입니까? 모리 님이야말로 서국의 중진이자 부강한 대국으로, 인재 면에서 우리 오다가는 비할 수 없을 것입니다."

에케이는 그런 이야기는 하고 싶지 않다는 듯 천수각의 구조를 칭찬하거나 성지의 절경을 칭송했다.

"나가하마는 이곳에서 바로 북쪽 기슭에 있습니다. 제가 타는 배도 있으니 이틀 정도 묵으면서 놀다 가시지요. 저도 오늘은 허락을 받고 나가하마로 돌아갈 생각이었으니까요."

히데요시의 말에 에케이는 그것을 기회로 삼아 작별 인사를 했다.

"아닙니다. 다음에 다시 찾아뵙겠습니다. 하치스카 촌의 고로쿠 님에게, 아니지 지금은 히코에몬이라고 귀공의 휘하에 계시니 그분께도 안부를 전해주십시오."

에케이는 그 말을 남기고 급히 발길을 돌려 저편으로 걸어갔다. 히데요시가 바라보고 있자니 가도 끝의 민가에서 제자인 듯한 두 명의 승려가 그의 모습을 보고 황망히 뒤를 쫓아갔다.

히데요시는 호리오 모스케만 데리고 전쟁터 같은 공사장 쪽으로 발길을 옮겼다. 이번 축성에서는 그에게 책임 있는 역할이 주어지지 않았기 때문에 가끔 배를 타고 왔다가 다시 나가하마로 돌아갔다.

"하시바 님. 하시바 님."

누군가 부르는 소리가 들렸다. 살펴보니 란마루가 단정한 치열을 드러내고 웃으며 달려왔다.

"이거, 오란 님이 아니시오. 주군은 어디에 계시오?"

"아침부터 천수각에서 지시를 내리고 계셨는데, 방금 상실사로 가셔서 휴식 중이십니다."

"그럼 그리 갑시다."

"방금 저편에서 하시바 님과 친밀하게 이야기를 나누던 승려는 안국사의 에케이라고 하는 관상을 잘 보는 사람이 아닙니까?"

란마루는 왠지 흥미롭다는 듯한 말투로 물었다.

"그렇소. 그런 얘기를 들은 적은 있는데, 관상이란 건 맞기도 하고 틀리기도 한답디다."

히데요시는 그다지 흥미가 없다는 얼굴로 말했지만 란마루의 성격과 주군의 곁에 있는 그의 위치를 충분히 인식하고 있었기 때문에 일부러 그렇게 말한 것인지도 몰랐다. 란마루도 히데요시가 미쓰히데를 대할 때의 모습을 보고는 아무런 경계심을 갖지 않고 이야기했다. 때때로 친근함을 표하거나 바보 같은 모습을 보였기 때문에 교류하기 편한 사내라고 생각했던 것이다.

"제 어머님께서 관상은 잘 맞는다는 말씀을 종종 하십니다. 또 돌아가신 아버님께서도 돌아가시기 전, 어떤 관상가에게 은밀히 예언을 들었다고 합니다. 그래서 실은 저도 에케이 님과 같은 명인의 말이어서 다소 걱정되는 점이 있습니다."

"방금 전의 에케이에게 관상이라도 본 것입니까?"

"제 관상을 본 것이 아닙니다. 다만 다른 사람에게 말하는 것이 다소 걸리긴 합니다만……."

란마루는 앞뒤를 살피며 말을 이었다.

"고레도 님의 일입니다."

"고레도 님이 어쨌다는 것인지요?"

"그분의 말로는 주군을 칠 반골의 상이 보인다고……. 심히 흉상이라고 했다고 합니다."

"누가?"

"안국사의 에케이 님이 말입니다."

"그렇게 보면 그렇게 보일지도 모르겠습니다. 고레도 님의 관상뿐만 아니라."

"정말로 그리 말씀하셨다고 합니다."

히데요시는 싱글싱글 웃으며 듣고 있었다. 일부 사람들은 란마루를 극히 경계하며 신랄한 모사처럼 말하기도 했지만, 방심하고 이야기를 나누다 보면 역시 나이는 속이지 못하는지 아직 젖비린내 나는 아이라는 느낌이 들었다. 란마루는 히데요시가 자신의 말에 별반 동조하지 않자 안달이 나서 가볍게 보아 넘길 수 없는 말들을 했다.

"대체 그러한 말을 누구에게서 들었습니까?"

히데요시가 물어보자 란마루는 아무 생각 없이 털어놓았다.

"아사야마 니치죠 님에게서 들었습니다."

히데요시는 고개를 끄덕이며 말했다.

"니치죠 님이 란마루 님에게 직접 말했을 리가 없을 겁니다. 누군가 중간에서 그 말을 전한 사람이 있을 테지요. 맞혀볼까요?"

"맞혀보십시오."

"란마루 님의 모친인 묘코니 님일 겝니다."

"어떻게 아셨습니까?"

"하하하."

"아니, 대체 어떻게 그것을 아셨습니까?"

"묘코니 님은 본래 그런 것을 믿고 계실 것입니다. 아니, 좋아한다고 하는 편이 옳을 것입니다. 또 아사야마 니치죠 님과도 친하십니다. 그래서 얼추 헤아린 것입니다. 하나 제가 보기엔 에케이는 관상을 보는 것 이상, 적국의 국상國相을 보는 데 훨씬 능한 듯합니다."

"국상?"

"사람의 상을 인상이라고 한다면 나라의 상을 국상이라고 할 수 있습니다. 에케이는 그것을 보는 달인입니다. 하니 절대로 그런 자를 가까이 해서는 안 됩니다. 그는 승려 행색을 하고 있지만 모리 데루모토의 정략에도 참여하고 있는 인물입니다. 란마루 님, 어떻습니까? 제가 훨씬 사람의 관상을 보는 데 능하지 않습니까? 하하하."

어느 틈엔가 상실사의 산문이 저편에 보였다. 두 사람은 웃으면서 이야기를 나누며 낮은 돌계단을 걸어 올라갔다.

날이 갈수록 성의 공사는 진척되었다. 2월 말에 노부나가가 거처를 기후에서 이곳으로 옮기자 공사 부교인 니와 나가히데는 당황할 수밖에 없었다.

"아직 옮기시는 것은 무리입니다. 본성의 벽도 마르지 않았고 직인들도 많이 드나드는데 어찌."

나가히데는 노부나가에게 호소했다.

"기거할 수 있을 때까지 사쿠마 노부모리의 저택에서 기다리겠으니 가능한 빨리 하게."

노부나가는 손에 익은 다기만을 챙겨 신하의 저택에서 지냈다.

"참으로 난감하군."

역인들은 노부나가의 성급한 성격에 혀를 내두르며 공사에 박차를 가했다. 성도 성이었지만 노부나가가 성급하게 거처를 옮긴 덕분에 마을 조성은 눈부시게 진척되었다. 아직 제대로 집들도 갖춰지지 않았는데 노부나가는 마시장을 만들어서 다른 나라의 시세 이상으로 명마들을 사들였다. 그리고 인부들을 감독하는 사람들에게 앞으로 마시장은 아즈치에서만 정기적으로 열도록 하고 자신의 세력권 안에 있는 다른 마을에서는 엄금했다.

각지의 상가들은 앞으로 아즈치가 가장 큰 성 마을이 될 것이라고 예감하고 좋은 토지를 할당받기 위해 앞다퉈 이주해왔다. 그러다 보니 어느새 민가가 몇천 호에 이르렀다. 그리고 노부나가가 성의 본성에 들어갈 무렵에는 벌써 만 호 이상의 상가가 형성되어 매일 번창을 구가했다.

노부나가는 아들인 노부타다에게 기후를 물려줬다. 노부타다도 벌써 스무 살이었다. 그에게도 일성을 내리지 않으면 안 될 시기가 다가왔던 것이다. 아즈치 진출은 그런 의미에서도 오다 일문의 번영을 한층 공고하게 만들어주었다. 하지만 축성에 있어 신기원을 이룩한 천하무비의 견고한 성이 아즈치의 요지에 우뚝 세워졌을 때, 그 군사적 가치에 가장 큰 관심을 기울인 것은 이시야마 본원사와 주고쿠의 모리 데루모토, 그리고 호쿠에츠北越(에치고越後와 엣추越中)의 우에스기 겐신 등이었다.

특히 겐신은 아즈치가 에치고에서 교토로 이르는 길을 차단했다고까지 생각했다. 겐신의 의도도 당연히 중앙에 있었다. 기회만 있으면 당장이라도 에쓰越 산을 넘어 호북으로 나와 일거에 중원에 깃발을 꽂으려 했기에 당연히 마음이 편치 않았을 것이다.

그런데 그 무렵, 한동안 소식이 끊겼던 아시카가 요시아키가 밀서를 보내 근황을 자세히 알렸다. 밀서에는 '아즈치의 성곽은 대략 완성된 것으로 보이지만 실질적으로 완성되기까지는 적어도 이 년 반은 걸릴 것이고, 그것이 완성되면 이미 에치고와 교토의 길은 없다고 해도 무방하니, 칠 생각이 있으면 지금이 바로 절호의 기회'라고 부추겼다. 그리고 '그 뒤로 각지를 돌며 반노부나가 세력을 연계하는 데 성공해 주고쿠의 모리 님도 가맹했으며, 이제 다년간의 숙망인 사가미相模의 호조, 가이의 다케다, 에치고의 귀공 이렇게 삼국이 포위망을 결성하는 일만 남았다'고 했다. 또 그를 위해서는 '겐신이 맹주로서 가장 먼저 떨쳐 일어나지 않으면 성공을 장담할 수 없을 것'이라고 적혀 있었다.

아사카가는 망명한 뒤에도 여전히 예전의 습성을 버리지 못하고 있었던 것이다.

겐신은 아시카가의 철없는 행동에 쓴웃음을 지었다. 그는 그런 술수에 넘어갈 만큼 어수룩한 무장이 아니었다.

덴쇼 4년부터 5년 여름에 걸쳐 겐신이 가가加賀와 노도能登 방면으로 진출해 끊임없이 오다의 국경을 위협하자 오우미에서 신속하게 원군을 보냈다. 시바타 가쓰이에를 대장으로 다키가와, 하시바, 니와, 사사,

마에다 등의 부대들이 속속 향했다. 데도리가와手取川, 우치고시打越, 아타카安宅 등 곳곳의 적을 추격해 적을 후원하는 부락을 불태우고 가나쓰 앞까지 진출했을 때였다.

"겐신의 진영에서 오니고지마 야타로鬼小島弥太郎라는 자가 사자로 아군 진영에 가까이 와서 이 서신 한 통을 오다 님께 직접 보이라며 큰 소리로 말하고 돌아갔습니다."

부장이 이중삼중으로 진을 치고 있는 본영의 핵심부로 서신 한 통을 가져왔다. 실은 아군들조차 모를 정도로 노부나가는 진중에 은밀히 와 있었다. 노부나가는 자신이 와 있다는 사실을 적이 어떻게 알고 있는지 깜짝 놀랐다.

"겐신의 필적이 분명하군."

노부나가가 겉봉을 뜯자 다음과 같이 적혀 있었다.

고명은 익히 듣고 있었소만 아직 만날 날이 없어 한탄하고 있었는데 원로에 오셨으니 다시없을 호기好機인 듯하오. 그럼에도 허무하게 난군 속에서 엇갈린다면 서로 언제 다시 만날지 모르니 그 천연天緣을 원망하지 않을 수 없을 것이오. 하여 내일 묘시를 기해 일전을 치르기로 정하고 가나쓰 강으로 나와 나를 부르도록 하시오. 이 겐신도 그대를 부르도록 하겠소.

이른바 결전장이었다.

"사자로 온 오니고지마라는 자는 어디 있느냐?"

"답신은 필요 없다며 곧바로 돌아갔습니다."

"그런가."

노부나가는 전율을 느꼈다. 그날 밤, 노부나가는 급히 진영을 물리라는 명을 내리고 멀리 퇴각했다.

"과연 노부나가구나. 만일 그대로 머물렀다면 다음 날에는 모두 아군의 말발굽에 밟히고 칼을 맞아 강에 버려졌을 것이다."

겐신은 그렇게 말하며 크게 웃었다고 한다. 하지만 노부나가 역시 일부의 병사와 함께 아즈치로 돌아와 겐신의 고풍스런 결투장을 떠올리면서 싱글싱글 웃었다.

"가와나카지마川中島[125]로 신겐을 꾀어낼 때도 이 수법을 썼을 것이다. 분명 용맹한 자인 듯하다. 그가 자랑하는 아즈키 나가미쓰小豆長光의 장검을 내 눈으로 보는 것은 꿈에서도 상상한 적이 없다. 유감스럽게도 겐신 역시 금박을 칠한 갑옷과 미늘이 화려했던 겐페이源平 시대의 무사로 태어난 자다. ……이미 아즈치 성을 쌓는 직인들의 기술에도 남만의 미술이나 중국 교지交趾 등의 수많은 제법이 활용되는 것을 어찌 모른단 말인가. 가련하게도 그 역시 지방의 일개 영웅에 지나지 않는 듯하다. 무기와 문화 등 모든 것이 이십 년을 경계로 달라졌는데 어찌 전술이 달라지지 않았겠는가. 그는 나의 퇴진을 비겁하다며 비웃겠지만 나는 그의 시대 인식이 장인이나 직인에게도 뒤처져 있는 것을 비웃지 않을 수 없다."

그 말을 들은 사람들은 크게 깨달았다. 하지만 시대를 꿰뚫어보는 안목은 가르쳐준다고 되는 일이 아니었다. 물고기에게 강을 보라고 해도 갑자기 물고기가 육지로 올라올 수 없는 것처럼 말이다.

노부나가가 돌아간 뒤, 북쪽 진영에 주장인 시바타 가쓰이에와 하시바 히데요시 사이에 문제가 발생했다. 원인은 알 수 없지만 작전상의 문제로 둘 사이에 논쟁이 벌어져서 히데요시가 자신의 군사를 이끌고 임의대로 나가하마로 돌아가버린 것이다. 시바타는 노부나가에게 하

---

125 나가노長野 시 남부에 있는 치구마千曲 강과 사이犀 강이 합류하는 부근의 지역. 다케다 신겐武田信玄과 우에스기 겐신上杉謙信이 1553년부터 1564년까지 수차례 싸움을 벌인 숙연의 땅이다.

시바 지쿠젠이 무단으로 군사를 이끌고 돌아간 것은 언어도단으로 불문곡직하고 처벌을 내려야 한다는 전령을 보냈지만 히데요시는 아무런 연락도 하지 않았다.

노부나가는 히데요시에게도 이유가 있을지 모른다며 북쪽 진영의 장수들이 돌아오는 것을 기다린 연후에 판결을 내릴 생각이었다. 하지만 '시바타 님이 여간 진노한 것이 아니다'거나 '진중에서 무단으로 철수하다니 지쿠젠 님이 다소 성급했다. 그래서는 대장의 권위가 서지 않는다'라는 말이 계속 들려왔다. 노부나가는 지쿠젠이 정말 나가하마로 돌아간 것인지 측신에게 조사를 시켰다. 그랬더니 '지극히 태평하게 나가하마에 있다'고 했다.

"무슨 이유든 있을 수 없는 일이니 근신토록 하라."

노부나가는 진노하며 사자를 보냈다. 얼마 뒤 사자가 돌아오자 노부나가가 물었다.

"히데요시는 내 문책을 받고 어떤 반응을 보이더냐?"

"예상했다는 듯한 표정이었습니다."

"그뿐이더냐?"

"당분간 정양이나 해야겠군, 하고 중얼거렸습니다."

"무례한 자. 점점 오만해지는군."

노부나가는 불같이 화를 냈지만 진심으로 히데요시를 미워하는 듯한 기색은 보이지 않았다. 하지만 이윽고 가쓰이에 이하 북쪽 진영의 제장들이 돌아온 무렵에는 그도 정말로 화를 냈다. 앞서 근신을 명했는데도 히데요시는 나가하마 성에서 근신을 하기는커녕 밤낮으로 술자리를 벌였고, 어떤 밤에는 호수가 보이는 큰 연회방의 문을 활짝 열어젖히고 촛불을 밝힌 뒤 자신은 북을 치고 시종들에게는 금은 부채를 들고 춤을 추게 했다. 그 모습은 호수 위에서 고기를 잡는 배나 왕래하는 범선에서도 손에 잡힐 듯 선명하게 보였다.

노부나가는 화를 내지 않을 수 없었다. 자칫하면 할복, 아무리 좋게 봐도 아즈치로 소환해서 군법에 처해질 것이라고 모두 예상하고 있었다. 하지만 노부나가는 마치 잊어버렸다는 듯 그 일에 대해서는 아무 말도 하지 않았다. 마에다 마타에몬과 아케다와 같이 평소 히데요시와 마음을 터놓고 지내던 친우들만 걱정에 싸여 있었다. 그들은 어느 날, 은밀히 나가하마로 가서 히데요시를 만나 진심 어린 마음으로 힐책했다.

"바보 같은 짓도 적당히 하시게."

그러자 히데요시가 말했다.

"고맙네. 걱정을 끼쳐 미안하게 됐네. 하지만 만일 내가 시바타와의 논쟁으로 주군의 힐책을 받은 뒤 성문을 닫아걸고 음울하게 숨을 죽이고 있었다면 어떻게 됐겠나? 설령 주군께서 그렇게 생각하지 않으시더라도 내가 주군의 명을 원망하고 역의를 품을지 모른다며 여기저기서 말들을 했을 것이네. 내가 주연을 연 것은 그런 음지의 책모를 떨쳐내기 위한 주술이었네. 하하하. 어떤가? 기왕 왔으니 누각에 올라 한잔 하지 않겠나?"

히데요시는 그렇게 말하고 다시 껄껄껄 웃었다.

구로다 간베 黒田官兵衛

근래 히데요시는 늦잠을 자는 습관이 생겼다. 아침마다 네네는 남편의 얼굴을 해가 중천에 뜨고 난 뒤에야 볼 수 있었다.

"요즘, 그 아이가 좀 이상하지 않느냐?"

노모도 때때로 걱정스러운 듯 네네에게 물었다. 그때마다 네네도 대답이 궁했다. 늦잠의 원인은 매일 밤 술로 지샜기 때문이었다. 안에서 조촐하게 마실 때에는 작은 잔에 네다섯 잔만 마셔도 금방 얼굴이 새빨개져서 밥을 찾았는데, 가신들을 불러 모아 마시기 시작하면 밤이 새는 줄도 모르고 마셔댔다. 그러고는 꾸벅꾸벅 졸다가 시종들 방에서 시종들과 함께 잠들어버렸다. 또 어떤 밤에는 무슨 일이 있어서 네네가 큰 복도를 따라가다 보면 사내 하나가 다리 난간 위를 느릿느릿 건너갔다. 아무래도 남편의 모습을 닮은 듯해 네네는 짐짓 목소리를 바꿔 불렀다.

"거기 가는 자는 누구이냐?"

그러면 히데요시는 깜짝 놀라 뒤를 돌아보았다. 그러고는 흡사 춤을 추고 있었다는 듯 당혹감을 감추며 말했다.

"여긴 대체 어디인가? 길을 잃은 자이오."

그러고는 비틀거리며 다가와 네네의 등에 매달렸다.

"아, 취했다. 네네, 업어주시오. 어서."

남편의 응석에 네네는 웃음을 참으며 짐짓 심술궂게 물었다.

"예예. 업고 가겠습니다만, 대체 행선지는 어디인지요?"

등에 업힌 히데요시는 쿡쿡 웃으며 발을 동동 구르며 말했다.

"그대가 있는 곳, 그대의 방까지."

"호호호."

뒤에서는 시녀들이 촛대를 들고 부부를 바라보고 있었다. 네네는 무거운 듯 등을 돌리며 시녀들에게도 농을 건넸다.

"이런 술에 취한 나그네를 업어다 어디에 놓으면 좋겠느냐?"

시녀들은 배를 움켜쥔 채 눈물까지 흘리며 웃고 있었다. 그리고 그날 밤은 네네의 방에서 모두 함께 놀면서 밤을 새웠다. 하지만 그런 경우는 드문 일이었다. 히데요시와 함께한 지 벌써 십칠 년이었다. 네네도 서른이 넘었고 히데요시도 올해 마흔둘이나 되었다. 네네는 아침에 남편의 어두운 표정만 봐도 그것이 단순히 기분상의 문제가 아니라는 것을 알았다. 이른바 그녀 역시 남편의 건강을 챙기는 세간의 여자들과 똑같은 아내가 되어 있었다.

그녀는 남편의 건강을 걱정하면서도 아내로서 남편의 고민을 조금이라도 함께하고 위로할 수 있기를 간절히 바랐다. 하지만 남편의 표정만 봐서는 고민이 무엇인지 전혀 알 수 없었다. 그 속에 어떤 불만이 담겨 있는지, 마음속에 어떤 고뇌가 담겨 있는지 히데요시는 이야기해주지 않았다. 그럴 때마다 아내들은 남편에게 힘과 의논 상대가 되지 못하는 것에 대해 남자들보다 더 큰 고민을 했다.

어떤 때는 기쁜 일도 있었지만 또 어떤 때는 마음을 졸일 때도 있었다. 그런 점에서 히데요시는 세간의 여느 남편들과 조금도 다르지 않왔다.

"너무하십니다."

세간의 아내들처럼 네네가 박정하고 제멋대로인 남편의 처사에 원망의 눈물을 보이면 여자의 눈물에는 더없이 약한 히데요시가 교묘히 타일렀다.

"내 그런 행동들은 모두 당신이기 때문에 나오는 것이오. 당신에겐 아무것도 숨길 것이 없으니 안 좋은 표정도 보이고, 화가 날 때도 숨기지 않고 그대로 보이는 것이 아니겠소. 그것이 싫다면 이제부터 다른 사람들에게 하는 것처럼 해도 되겠소?"

그런 말을 들으면 네네는 스스로 한심하다고 생각하면서 남편의 그러한 행동에 오히려 기뻐하기까지 했다. 그런데 이번에는 그런 언짢은 상태가 다소 길었다. 북쪽 진영에서 돌아온 뒤부터였다. 시바타 가쓰이에와 감정적으로 크게 충돌한 뒤 그로 인해 주군인 노부나가의 화를 사서 문책을 받은 것에 대해 네네와 노모도 가슴을 졸이고 있었지만 여자의 힘으로는 어쩔 수 없는 일이었다. 또 히데요시에게 물어본들 걱정하지 말라고 말할 것이 뻔했다. 그래서 히데요시가 둘도 없이 아끼는 다케나카 한베에게 은밀히 사정을 물어보았다.

"아무 일도 없으니 너무 마음 쓰지 마십시오."

한베는 그렇게만 말할 뿐 아무것도 가르쳐주지 않았다.

그럴 때 히데요시의 모친은 네네에게 둘도 없는 좋은 시어머니였다. 네네에게 노모는 남편을 대신해서 모든 것을 살피며 섬기는 사람이지만 네네는 오히려 노모의 가슴에 안겨 마음의 안정을 얻는 날이 많았다.

"네네야, 남편이 눈을 뜨려면 아직 시간이 있을 테니, 그사이에 밭의 가지라도 따러 가자꾸나. 가지도 이제 끝물일 테니, 바구니를 가져오너라."

　노모는 아침 일찍 네네를 불러 아직 안개가 짙게 깔려 있는 북쪽 성곽의 채원으로 데리고 나갔다.

　기요스에 있을 때나 스노마타에 있을 무렵에도 노모는 괭이를 손에서 놓지 않았는데 이곳에 와서도 마찬가지였다. 괭이를 들고 채원에 나가 있을 때가 노모에게 있어 가장 행복한 때인 것처럼 보였다. 정원도 넓었고 공터도 많았지만 노모와 네네, 그리고 두세 명의 시녀가 가꾸는 채원이어서 크지 않았다.

　네네는 때때로 채원에서 딴 채소를 국에 넣어 '이건 어머님이 손수 기르신 채소입니다'라며 남편의 밥상에 올리기도 했다. 가지로 산적을 만드는 날에는 히데요시에게 칭찬을 듣기도 했다.

　노모는 그것으로 히데요시를 가르칠 생각은 꿈에도 하지 않았지만 히데요시는 가끔 그러한 어머니의 단정한 밥상을 받으면 크게 느끼는 것이 있는 듯했다. 나카무라의 가난했던 시절을 떠올리고 국에 들어 있는 한 젓가락의 채소나 가지산적에도 마음을 다잡았다.

　"네네야, 올해는 더위가 이어진 탓인지 가지꽃이 아직도 많이 피어 있구나. 그러니 아직 작지만 며칠 더 딸 수 있겠다."

　노모가 가지를 따기 시작하자 네네는 모든 것을 잊고 바구니 하나를 가득 채우더니 다른 바구니를 집어 들었다. 그러자 뒤에서 근래 드물게 아침 일찍 일어난 남편의 목소리가 들렸다.

　"어머님, 네네도 있었구려."

　"어머, 일어나신지도 모르고 송구합니다."

　"아니오. 갑자기 눈이 떠져서 시종들도 당황해하더이다."

　네네가 사죄하자 히데요시가 근래 보기 드문 밝은 얼굴로 말했다.

　"방금 다케나카 한베가 와서 척후병이 아즈치 방면에서 사자의 깃발을 꽂은 배가 이쪽으로 급히 오고 있다고 알려왔다기에 급히 일어나 먼저 성안의 사당에 참배하고 근래의 나태를 사죄하러 왔소."

그러자 노모가 아들을 향해 웃으며 말했다.

"호, 신령님께 사죄를 하고 온 게로구나."

히데요시가 진지한 얼굴로 대답했다.

"그렇습니다. 그 후에는 어머님께 사죄를 하고 아내에게도 좀 사죄를 할까 해서요."

"일부러 여기까지 왔구나."

"예. 그런 제 마음을 헤아려주신다면 정식으로 사죄를 하지 않아도 되지 않을까 싶습니다만……."

노모는 소리 내어 웃으며 말했다.

"나는 괜찮다만 네네에게는 미안하다는 말이라도 하는 것이 어떠냐?"

"면목이 없소."

그러자 네네가 당황해서 말했다.

"그리 말씀하시니 제가 어찌해야 할지 모르겠습니다."

노모는 히데요시가 무슨 연유로 갑자기 예전의 쾌활한 얼굴로 돌아왔는지 의아했지만 이윽고 호리오 모스케가 와서 하는 말을 듣고 연유를 알게 있었다.

"방금, 성문에 아즈치의 사자로 마에다 마타에몬 님과 노노무라 산쥬로野野村三十郎 님께서 오셨습니다. 하여 히코에몬 님이 마중을 나가 객전까지 모셨습니다."

호리오 모스케는 먼발치에서 무릎을 꿇고 가지밭에 있는 히데요시에게 고했다.

"그런가. 잘 접대하라고 이르라."

히데요시는 그렇게 말하고 모스케를 물린 뒤 노모와 함께 가지를 따기 시작했다.

"아주 잘 여문 듯합니다. 밭의 비료도 어머님이 손수 주셨는지요?"

"그런 건 아무래도 상관없으니 노부나가 님께서 보낸 사자께 어서 가보아라."

"아닙니다. 사자가 온 연유는 얼추 알고 있으니 서두르지 않아도 됩니다. 가지를 조금 더 따서 주군께도 드릴 생각입니다."

"이런 걸 어찌 사자를 통해 주군께 올리려 하느냐?"

"아닙니다. 오늘 아침에 제가 직접 가지고 갈 것입니다."

"아니, 네가 직접?"

힐책을 받아 근신 중인 히데요시가 그렇게 말하자 노모는 불안한 마음이 들었다.

"그만, 오시지요."

이윽고 한베가 히데요시를 재촉하러 오자 히데요시가 가지밭에서 일어서며 말했다.

"그럼 어머님께서도 날마다 오늘 아침처럼 건강하게 보내십시오. 부인, 내가 없는 동안 잘 부탁하오."

히데요시는 정원으로 가서 손을 씻고 본성의 일실로 들어갔다. 그러고는 이내 의복을 갈아입은 뒤 시종 두세 명을 뒤에 거느리고 서원 쪽으로 걸어갔다. 그가 걸어가는 큰 복도에는 가을 햇살이 한가득 비치고 있었다.

주군의 사자라고 하면 두말할 것도 없이 히데요시보다 위였다. 의복을 갈아입고 예의를 취하며 공손히 주군의 뜻을 받드는 것은 당연한 일이었다. 길보일까, 흉보일까, 하는 것은 채원에 남겨진 노모와 네네 두 사람만의 기우에 지나지 않았다.

사자가 오기 전날 밤, 마타에몬은 먼저 히데요시에게 그 취지를 은밀히 전했다. 정사正使로 온 마타에몬은 예전부터 문경지교刎頸之交였고, 히데요시를 위해 요 몇 달간 주군의 문책을 수습하려고 애를 썼던 것이다.

"그럼 이만."

사자와 히데요시가 어깨를 나란히 하고 서원에서 나왔다. 주군의 사자라는 직분에서 벗어나자 마타에몬은 평소의 벗으로 돌아와 있었다.

"지쿠젠, 알겠는가?"

"뭐가 말인가?"

"준비 말일세."

"이대로 가긴 서운하니 별실에서 차라도 한잔하세."

히데요시는 마타에몬와 함께 자리에 앉은 뒤 히코에몬을 불렀다. 하치스카 히코에몬이 와서 무슨 일인가 묻자 히데요시가 말했다.

"마타에몬과 함께 급히 아즈치로 가게 되었으니 뒤를 부탁하네."

"심려 말고 다녀오십시오."

"그대만 있으면 나는 안심이네. 상황에 따라 다소 길어질지 모르니, 잘 부탁하네."

"알겠습니다."

"그리고 내가 떠난 뒤 어머님과 네네에게도 내 뜻을 전하고, 주군께서 내게 내린 근신을 풀어주셨다는 이야기도 말씀드리게."

"축하드립니다."

"아직 축하할 일인지 알 수는 없네. 나는 적어도 상석의 막료와는 다투지 않으려고 조심해왔네. 하지만 그렇게 해야만 하는 정당한 이유가 있었기 때문에 가쓰이에와 논쟁을 벌였네. 만일 그것을 주군께서 헤아려주지 않으시고 시바타에게 사죄를 하라고 질책하시면 다시 성으로 돌아와 근신할 수 없을지도 모르네."

다인들이 명주 수건에 찻잔을 올려서 손님에게 권했다. 히데요시의 앞에도 찻잔이 놓였다. 마타에몬은 여전히 차를 벌컥벌컥 마셨지만 히데요시는 이제 손에 든 찻잔에 꽤나 익숙해진 듯했다. 다도의 예법이 어느 정도 몸에 배어 있었다.

'주군과 다도를 즐길 수 있을 만큼 어느새 몸에 배어 있구나.'

마타에몬은 히데요시를 바라보며 속으로 그렇게 생각했다.

"한베를 이리 부르게."

히데요시가 물러가는 히코에몬에게 명했다. 이윽고 한베가 모습을 보이자 이전에 뭔가 의미심장한 말이라도 해놓았는지 대뜸 이렇게 말했다.

"상세한 것은 어젯밤에 말한 대로 신호 여하에 따라 그렇게."

"심려치 마십시오."

한베는 조용히 머리를 숙이고 대답했다.

"그럼 가도록 하세."

모든 용무가 끝난 듯 히데요시는 마에다와 노노무라를 재촉하며 함께 성문을 나섰다. 어디 근방에 산책이라도 나가는 듯한 극히 간소한 차림이었다.

"아, 아즈치에 가지고 갈 선물을 잊고 있었군."

히데요시는 급히 발길을 멈추고 배웅을 위해 따라온 가신에게 가지 바구니를 가져오라고 명했다. 잠시 뒤, 돌아온 가신이 건넨 가지 바구니에는 머위잎이 덮여 있었다. 그리고 그 아래 자줏빛 가지는 아직도 이슬에 흠뻑 젖어 있었다. 히데요시는 그것을 들고 호숫가에서 사자의 배에 올랐다.

새롭게 발흥한 성 아래 마을인 아즈치는 아직 일 년도 되지 않았는데 삼분의 일은 완성되어 번성을 구가했다. 이곳에 머무는 여행객은 모두 정연한 구획과 번창한 모습을 보고 눈이 휘둥그레졌다.

왕래하는 상인이나 여행객이 하룻밤 머물고 싶어 할 만큼 아즈치는 편리한 운송 수단과 경제와 여정을 풀 위락 시설 일체를 갖추고 있었다. 호숫가에 화물선과 나룻배를 위한 시설이 갖춰 있다 보니 마치 작은 항구의 경관처럼 보였다. 마에다 마타에몬과 히데요시는 그곳에서 뭍으로 올라와 마을 부교인 후쿠즈미 헤이자에몬福富平左衛門의 임시 관사에서 조금 쉰 뒤 날이 지기 전에 성으로 들어갔다.

은빛 모래를 깐 정문의 언덕길과 거석으로 쌓은 돌계단, 그리고 금방 칠한 많은 문과 금빛 금구에 이르기까지 모든 것이 눈이 부실 만큼 새것이었다. 오 층의 천수각은 호수 위나 가도에서 바라봐도, 또 성안으로 들어와 그 아래에 서서 올려다봐도 말로는 형언할 수 없을 정도로 장려하고 위용이 대단했다.

"지쿠젠, 왔는가?"

금벽과 단청 들이 빛을 발하는 천수각 안에는 유일하게 수묵화로 꾸며진 방이 있었다. 가노 에이도쿠가 그렸다는 원사만종도遠寺晩鍾圖의 장지문으로 둘러싸여 있는 그 일실의 상단에서 노부나가의 목소리가 크게 들려왔다.

"예. 히데요시, 명을 받들어 이리 찾아뵈었습니다."

히데요시는 옆방에서 무릎을 꿇은 채 멀리 떨어져 있었다. 마타에몬이 노부나가 앞으로 나가 고했다.

"명을 전하고 데려왔습니다."

노부나가의 목소리는 울림이 좋았다. 기분이 좋다는 증거였다. 오랜만에 히데요시의 모습을 보자 역시 기뻤던 것이다.

"지쿠젠, 처분을 거뒀다는 말을 들었을 것이다. ……들어오라. 이리 앞으로 오도록 하라."

"황송합니다."

히데요시는 가지가 든 바구니를 들고 옆방에서 무릎걸음으로 들어왔다. 노부나가가 의아해하며 물었다.

"그것은 무엇인가?"

"송구합니다만."

히데요시는 공손히 노부나가의 앞에 가지 바구니를 올렸다.

"제 어머니와 아내가 성안 채원에서 손수 기른 가지입니다."

"가지? 흐음."

"별난 선물이라고 웃으실지 모르나 빠른 배편으로 오면 이슬이 마르기 전에 올릴 수 있을 듯하여 일부러 밭에서 따서 가지고 왔습니다."

"지쿠젠, 그대가 내게 보이려고 하는 것은 가지가 아닐 것이고 이슬도 아닐 것이다. 내게 무엇을 음미하라고 하는 것인가?"

"헤아려주십시오. 불초 소신은 다소의 공을 세웠다고는 하나 한낱 일개 범부에서 발탁되어 나가하마의 땅, 이십이만 석을 하사받은 몸이 되었습니다. 게다가 제 어머니는 지금도 손에 괭이를 잡고 채소에 물을 주고 오이와 가지에 비료를 주는 것을 게을리하지 않으십니다. 불초자식이 그 마음을 헤아려보니 이렇지 않을까 싶습니다. '필부의 출세만큼 위험한 것은 없다. 사람들의 시기나 왈가왈부는 모두 제 자만심 때문이다. 너는 나카무라 시절을 잊지 마라. 주군의 은혜를 망각해서는 안 된다'는 것을 무언중에 가르치고자 함이 아닌가 생각됩니다."

"흐음, 음."

"그런 어머니를 모시고, 어머니의 가르침을 가슴에 새기고 있는 자식이 어찌 진중에서 주군께 이롭지 못한 일을 할 수 있겠습니까. 설사, 상사와 이론에 대해 논쟁을 벌인다 해도 가슴속에 두 마음은 없습니다."

그러자 노부나가 옆에서 무릎을 치며 말하는 객이 있었다.

"이거, 아주 좋은 선물이로군. 그 가지, 나중에 꼭 맛보고 싶소이다."

체구가 작아 풍채가 더없이 볼품없는 사내였다. 나이는 서른셋에서 넷, 입이 큰 것으로 보아 의지가 강해 보였다. 미골은 다부지고 콧등이 굵었다. 야성이랄까 기개라고 할까, 검붉은 피부색의 광택이나 눈빛으로도 어딘지 왕성한 생명력을 품고 있다는 것을 알 수 있었다.

"하하하, 히데요시의 어머니가 손수 기른 가지를 간베도 먹은 싶어 하는 걸 보니 기쁘구먼. 나중에 요리를 해서 드려야겠소이다."

노부나가는 그렇게 말하고 객을 히데요시에게 소개했다.

"여기 있는 손님은 반슈播州의 오데라 마사모토小寺政職의 가신으로, 구로다 모토타카黑田職隆의 자제인 구로다 간베 요시타카黑田官兵衛孝高이네. 자네는 처음 만날 터이니 인사를 나누게."

히데요시는 그 말을 듣고 자신도 모르게 눈을 크게 떴다. 일찍부터 그 이름을 듣고 있었고 또 그가 보낸 서간 등도 종종 보아왔다.

"오, 귀공께서 구로다 간베 님이시오? 그런 줄도 모르고."

"그대가 평소에 자주 이야기 듣던 지쿠젠 님이시오?"

"늘 서간으로만 뵙다 이리 직접 만나게 됐소이다."

"그 때문인지 처음 뵌 것 같지 않소이다."

"저도 그렇소이다. 그런데 이리 처음 대면하는 자리에서 주군께 사죄하는 모습을 보여서 면목이 없소이다. 하나 저는 이렇듯 늘 주군께 꾸중만 듣는 사내인 것을…… 웃으셔도 할 말이 없소이다."

히데요시는 그렇게 말하며 모든 것을 일소하는 듯한 목소리로 웃었다.

"하하하, 하하하하."

노부나가가도 호쾌하게 웃었다. 별반 이상할 게 없는 일이라도 히데요시가 말하면 진심으로 웃게 되었다.

히데요시가 가져온 가지는 어느새 요리가 되어 주연 자리에 올라왔다. 간베는 히데요시보다 아홉 살 어렸지만 히데요시에게 뒤지지 않을 만큼 시류를 가늠하고 천하를 손바닥 들여다보듯 꿰고 있는 식견과 담력을 지니고 있었다. 그는 반슈의 세력가 밑에 있는 일개 관리에 지나지 않았지만 히메지姬路의 작은 성 하나를 소유하고 큰 뜻을 품고 있었다. 게다가 주고쿠에 있으면서도 시류의 향방을 꿰뚫어보고 일찍부터 노부나가에게 주고쿠를 제패할 수 있는 방법을 은밀히 알려주기도 했다. 주고쿠에는 본래 모리라고 하는 큰 세력이 있었다. 반슈에는 모리를 위시해서 아카마쓰, 베쓰쇼가 있었고 남부 주고쿠에는 우기타宇喜多, 북부의 하타노波多野 일족 등이 있었는데 그들의 세력권은 아키安藝, 스오周防, 나가토長門, 빈고備後, 비추備中, 미마사카美作, 이즈모出雲, 호우기伯耆, 오키隱岐, 이나바因幡, 타지마但馬 등 약 열두 개의 나라에 걸쳐 있었다.

그 안에 살면서 주위의 사대주의에 얽매이지 않고 대국적인 관점에서 '천하는 이렇게 움직일 것이다'라는 탁견을 가지고 혼자 노부나가를 움직여왔던 구로다 간베는 분명 그것만으로도 범상치 않은 사내이자 뛰어난 안목을 가진 걸출한 인물이라고 할 수 있었다. 영웅은 영웅을 알아본다고 했듯 처음 만난 자리에서 히데요시와 간베는 백년지기처럼 깊은 사이가 됐다. 노부나가는 그 자리에서 이렇게 말했다.

"분명 자네의 넓적다리도 꽤나 살이 쪘을 것이네. 즉시, 시기信貴 산에 있는 노부타다를 도우러 가라. 하나 이번엔 진중에서 싸움 따윈 하지 말게."

"황송합니다."

히데요시는 기뻐하며 물러갔다. 얼마 전부터 시기 산성의 마쓰나가 히사히데松永久秀가 반기를 들자 노부나가의 적자인 노부타다와 사쿠마, 아케치, 니와, 쓰쓰이, 호소카와 등의 장수들이 모두 북쪽에서 이동하여 일제히 그를 공격하고 있었던 것이다.

처분이 철회되었다. 아니, 단순히 화가 풀린 것뿐이 아니라 노부나가의 믿음은 한층 공고해졌다. 그렇다고 해서 히데요시의 말에 거짓이나 아첨이 있었던 것은 결코 아니었다. 히데요시는 어디까지나 성심전력을 다해 봉공하고 그것을 사실대로 고하겠다고 가슴속으로 다짐했던 것이다.

● 1565년 에이로쿠의 변

에이로쿠(永祿) 8년, 미요시 요시쓰구(三好義継)가 쇼군 아시카가 요시테루(足利義輝)를 공격해 살해한 사건이다. 1565년 5월, 미요시 요시쓰구는 미요시 삼인방(三好三人衆), 마쓰나가 히사미치(松永久通)와 함께 쇼군의 거처 니조어소를 포위 공격한다. 쇼군 측도 방어를 준비하고 있었으나, 주둔하고 있던 병사의 수가 너무 적어 공격을 막을 수가 없었다. 결국 쇼군 아시카가 요시테루는 사망하고, 쇼군의 측실 코지쥬노 쓰보네(小侍従局)도 그날 살해되었다.

● **사가이 다다쓰구 酒井忠次·1527-1596**

도쿠가와 사천왕을 대표하는 무장이다. 1567년 요시다성을 공략하여 요시다성주가 되었으며 1570년 아
네가와 전투, 1572년 미카타가하라 전투, 1575년 나가시노 전투에 참가하여 전공을 세운다. 특히 나가시
노 전투에선 별동대를 이끌고 다케다군의 배후에 있던 토비스야마채를 공격하여 다케다 가쓰요리(武田
勝頼)의 숙부인 노부자네(武田信実)를 죽였다.

삼군三軍 총사總師

시기 산성의 요새는 불과 칠 일 만에 함락되고 말았다. 그렇게 허무하게 함락된 것은 마쓰나가 히사히데의 밀사가 오사카의 본원사에 원군을 청하러 가는 도중 사쿠마 노부모리의 진영에 잘못 잠입해 사로잡힌 것이 원인이었다.

노부모리는 총대장인 노부타다와 은밀히 계획을 세운 뒤 이백여 명의 승병 부대를 원군으로 위장해 시기 산성으로 들어갔다. 그리고 총공격의 날이 되자 위장한 병사들은 성안에서 불을 지르고 혼란을 일으켰다. 결국 성은 허무하게 함락되었다. 당장이라도 성을 함락시킬 수 있었지만 이삼일 미룬 것은 히사히데가 일찍부터 노부나가가 몹시 탐을 내던 천하의 명기名器인 '히라구모平蜘蛛 솥'을 가지고 있었기 때문이었다. 노부모리는 히사히데와 히라구모 솥을 양도받기 위한 교섭을 진행했다.

"사람의 수명과 천운은 어쩔 수 없는 일인 것과 같이 성의 함락도 눈앞에 있소. 하지만 천하의 명기는 응당 그것을 지닐 자격이 있는 자가 갖는 것이 이치일 터, 혹여 애석하게 병화에 희생되게 해서는 아니 될 것이오. 그만 떳떳하게 노부나가가 공에게 양도하여 무문의 정신을 보여주는 것이 어떻겠소?"

올해 예순여덟 살인 히사히데는 재물을 늘리는 데 재주가 뛰어났고 물건에 대한 집착이 강한 사람이었다. 예전 이력을 보면 알 수 있듯 이해 손실을 따져 이익이 된다면 장군을 죽이고 그의 아들까지 해했고, 또 주가였던 미요시를 멸망시키고 그의 아내를 빼앗거나 대불전을 불태우는 등 일말의 양심도 없는 사내였다. 그러다 보니 그의 영지에 사는 백성들조차 그를 '극악한 구두쇠'라고 험담할 정도였다.

그런 히사히데가 순순히 히라구모 솥을 내어줄 리 없었다. 그는 목숨이 경각에 달려 있는데도 솥뿐 아니라 평생 탐욕으로 끌어모은 '물건'들 역시 절대 내어줄 수 없다고 완강히 거절했다. 거절 방법마저도 히사히데다웠다.

"일전에 노부나가가 오래된 차통을 달라고 졸라서 그것은 뺏겼지만 내 목과 히라구모 솥만큼은 절대 노부나가에게 바칠 수 없다."

히사히데는 그렇게 호언하며 교섭 자체를 걷어차버렸다. 그리고 성이 함락되는 날에는 자신의 목과 히라구모 솥에 화약을 달아 산산이 부숴버리라고 가신에게 명령한 뒤 할복했다. 그는 배를 가르기 전에 중풍에 좋은 뜸을 떴다. 그는 '물건'뿐 아니라 장수에도 욕심이 있었던 듯했다.

한번은 중풍으로 쓰러진 적이 있었는데, 곧 건강을 회복할 정도로 평소에도 양생에 힘을 썼다. 그는 평소에 사람들에게 '송충이와 방울벌레는 모두 일 년 안에 죽는다고 하지만 나는 시험 삼아 송충이를 삼 년이나 기른 적이 있다. 그러니 사람도 양생에 따라 우리가 생각하는 수명보다 훨씬 오래 살 수 있다'고 말할 정도로 장수에 대한 신념을 지닌 사내였다. 할복하기 전에 뜸을 뜬 이유도 가히 히사히데다웠다. 그는 '만일 죽을 때, 중풍이 재발하면 추할 테니 그렇게 죽고 싶지 않다'

고 말했다고 한다. 그러니 아무리 히사히데라고 해도 더 이상 목숨을 부지할 생각이 없었던 게 분명해 보인다.

난세의 시대를 그렇게 끈질기고 교활하고 능숙하게 살아온 마쓰나가 히사히데도 유일하게 한 가지, 큰 잘못을 범하고 말았다. 그것은 그가 근래 십 년 동안 섬긴 노부나가 역시 옛 주인인 미요시 나가요시나 이전 장군인 아시카가, 또 모든 구시대의 사람들과 마찬가지로 자신의 마음대로 이용할 수 있다고 얕잡아본 것이다.

하지만 그것은 큰 오산이었다. 그와 같은 난세의 간웅을 노부나가가 살려둔 것은 그를 이용할 필요가 있었기 때문이었다. 노부나가는 독도 약이 된다는 원리를 히사히데에게 적용했다. 막부가 붕괴된 뒤, 책동하는 무리들을 발본색원하는 데 히사히데라는 독을 이용해서 진압했던 것이다. 그리고 그 독을 다루는 데에도 역시 노부나가만의 방법이 있었다. 그것은 입에 발린 말을 하거나 과분한 상을 내리면서 교묘히 조정한 것이 아니었다. '그와 같은 파렴치한 자는 배가 터지도록 욕심을 채워주고 목숨을 보장해주면 어떤 것도 감수하며 따라온다'는 사실을 간파하고 양육한 것이었다. 한번은 이런 일도 있었다.

어느 날, 도쿠가와 이에야스가 노부나가에게 할 말이 있어서 그의 방을 찾았는데 그 자리에 한 늙은 장수가 있었다. 늙은 장수는 몸을 굽히고 황송해하며 연신 노부나가의 기분을 맞추고 있었다. 그런데 갑자기 노부나가가 그 노인을 가리키며 이렇게 소개했다고 한다.

"이 사내는 마쓰나가 단죠彈正 히사히데라는 자로 평생 다른 사람은 하지 못한 일을 세 가지나 이룩했소이다. 첫째는 아시카가 장군가의 고겐인光源院(아시카가 요시테루足利義輝)을 죽였소. 둘째는 주인인 미요시 나가요시三好長慶를 공격해서 멸망시켰소. 셋째는 나라의 대불전을 아무 이유 없이 불태웠소. 그런 노인이니 앞으로 가까이 두면 좋을 것이오."

천하의 히사히데도 그때만큼은 듬성듬성한 머리까지 새빨개져서 연신 땀을 닦으며 노부나가를 원망하듯 이렇게 말했다고 한다.

"다소 말씀이 지나치십니다."

그때부터 노부나가를 미워하게 된 것인지도 모르지만 히사히데는 자신의 이력이 보여주는 대로 평생 야심과 투기심을 버린 적이 없는 사내였다. 노부나가도 그가 '언젠가 주인의 손을 물 개'라는 것을 알고 있었던 탓에 그를 살려두었는지도 모른다. 히사히데는 노부나가에게 항복한 뒤에도 눈에 보이는 곳에서는 어느 누구보다 충성을 다했지만 보이지 않는 곳에서는 딴마음을 품었다. 본원사와 내통해서 돈을 취하고 긴기의 불평분자들을 사주해서 때때로 노부나가의 뒤를 쳤다. 그리고 상황이 나빠지면 그들을 달래서 그것을 자신의 공으로 삼았다.

근년에 히사히데는 주고쿠의 모리 가와 에치고의 겐신을 움직여서 연맹을 꾀하고 노부나가의 발밑에서는 본원사와 그 외의 잠재 세력들을 부추겨 교토 부근에서 분란을 일으킨 뒤 일거에 아즈치를 뒤엎기 위한 계획을 착착 진행하고 있었다. 마침 시기도 좋았다. 여름에 오다가 북쪽으로 출전하자 히사히데는 주고쿠에서 몸을 피하고 있는 아시카가와 의논해 모리 가의 출군을 재촉하는 한편, 우에스기 겐신과도 연락을 취했다.

"때가 왔다."

히사히데는 마침내 다년간 쓰고 있던 가면을 벗어던지고 반기를 들었지만 예상은 빗나가고 말았다. 히사히데가 시기 산에서 나팔을 불었지만 무대로 올라와 춤을 추는 사람은 아무도 없었던 것이다.

그나마 모리 가가 육군과 수군을 보냈는데, 그중 수군은 오사카의 가와구치川ㅁ 부근까지 와서 일전을 벌였지만 아직 때가 아니라고 판단하고 물러났다. 또 에치고의 겐신은 아즈치를 중시해서 쉽사리 무모한 상락을 단행하지 않았다. 상황이 이렇게 되자 본원사도 병력을 섣불리 움직일 수 없었다. 하지만 히사히데는 치켜든 반기를 급히 내릴 수 없었다. 결국 그는 홀로 고립되고 말았다.

"뭐라, 히라구모 솥과 자신의 목에 화약을 달아 산산이 부숴버리라는 유언을 남기고 할복했단 말이냐? 하하하, 참으로 재미있고 고집불통 늙은이구나. 일세의 야망가인 단죠 히사히데의 머리가 그의 솥보다 먼저 가고 말았구나."

노부나가는 나중에 히사히데의 최후에 대해 전해 듣고 어깨를 들썩이며 웃었다.

이번 야마토大和의 시기 산 싸움에서 이름을 떨친 사람은 뜻밖에도 전쟁에 처음 참가한 호소카와 후지타카의 두 아들이었는데 형은 열다섯, 동생은 열세 살이었다. 형인 호소카와 요이치로細川与一郎(타다오키忠興)는 총공격이 시작되자 아군 중 가장 먼저 본성에 뛰어들었고 동생인 도미고로頓五郎(오키모토興元)도 형에게 뒤질세라 가세했다. 그리고 형제는 마쓰나가 히사히데의 부장 세 사람을 베고, 불길이 치솟는 건물 안에서 날아오는 철포와 화살도 개의치 않고 마쓰나가의 가신들을 베었다. 그들의 활약상은 《노부나가 코기公記》에도 잘 나와 있다.

유사이幽斎 호소카와 후지타카라고 하면 옛 무로마치 출신의 막부 중에서 출중한 인물이었다. 그는 학문과 덕을 겸비한 문화인으로 그의 벗인 아케치 미쓰히데와 어깨를 나란히 할 정도였다. 미쓰히데가 서민적이고 혁신적인 지식인이었던 것에 비해 후지타카는 명문가 출신의 전통적인 문화인이었다. 그럼에도 불구하고 그렇듯 용맹무쌍한 아들을 새로운 시대의 일선에 설 수 있도록 키워낸 것은 그의 가문이 문무를 겸비했기 때문이었다. 두 아들의 활약으로 부친인 후지타카까지 크게 칭송을 받았다.

한편, 출전의 명을 받은 히데요시가 즉시 배를 타고 호수 위에서 신호를 보내자 미리 명을 받고 있던 다케나카 한베가 즉시 나가하마에서 군사를 이끌고 아즈치 성 밖으로 달려와서 아군에 합류했다. 하지만 히데요시의 군사는 마쓰나가 히사히데가 자멸에 가깝게 몰락하자 이렇다 할 격전도 치르지 못하고 아즈치로 개선해야 했다. 그러자 노부나가는 곧바로 히데요시를 불러 특명을 내렸다.

"내가 직접 출전해서 전력을 다해 싸우고 싶으나 주변 정세가 아직 그것을 허락하지 않는다. 하여 자네에게 특별히 맡기는 것이니, 삼군을 이끌고 주고쿠의 모리 일족에게 가서 내게 복종하겠다는 맹세를 받아오도록 하라."

노부나가는 다시 덧붙였다.

"이번 대임은 자네가 아니면 불가능하다고 생각했던 참에, 얼마 전 만난 히메지의 구로다 간베도 주고쿠 공략의 지휘자는 하시바 지쿠젠이 아니면 안 된다고 했네. 지쿠젠, 어떤가? 가겠는가?"

"……."

히데요시는 감격에 겨워 아무 말도 하지 못했다. 그는 노부나가의 은혜에 감동하며 투지를 불태웠다.

"신명을 다해 명을 받들겠습니다."

히데요시는 머리를 조아리며 말했다.

"그리 중차대한 명을 저와 같은 자에게 내리시니 황송합니다. 히데요시, 오직 분골쇄신 전신전력을 다해 주군의 은혜에 보답하겠습니다."

그동안 노부나가가 삼군을 내리며 총사總師를 신하에게 맡긴 것은 일전에 북쪽 진영에서 노신인 시바타 가쓰이에에게 맡긴 게 유일했다. 그리고 이번이 두 번째였다. 더군다나 주고쿠 공략의 중대성과 지난함은 북쪽에 비할 바가 아니었다. 히데요시도 그것을 잘 알고 있었기 때문에 천 근의 중책을 어깨에 짊어진 느낌이었다. 하지만 여느 때와 달리 히데요시가 신중한 태도를 보이자 노부나가는 문득 또 다른 불안을 느꼈다.

'역시 너무 중임을 내린 것이 아닐까? 확고한 자신감이 있을까?'

노부나가는 속으로 그렇게 생각하며 시험 삼아 물었다.

"지쿠젠, 일단 나가하마로 돌아가서 출전할 것인가? 아니면 곧장 아즈치에서 출전하겠는가?"

"당장 오늘 출전하겠습니다."

"나가하마가 걱정되지는 않는가?"

"아닙니다. 어머니가 계시고 아내가 있으며 훌륭한 양자가 있으니 어찌 근심이 있을 수 있겠습니까."

양자란 히데요시가 노부나가에게 청해 얻은 노부나가의 넷째 아들인 쓰기마루次丸(히데카쓰秀勝)를 말했다. 노부나가는 웃으면서 다시 물었다.

"자네의 출진이 길어져서 그사이에 자네의 영지가 전부 양자의 것이 되면 자네는 어떻게 하겠는가?"

"주고쿠를 평정해서 그것을 받도록 하겠습니다."

"내가 그것을 허락하지 않으면?"

"규슈를 공략해서 규슈를 거처로 삼겠습니다."

"하하하."

노부나가는 공연한 근심을 떨쳐내며 크게 웃었다. 히데요시가 출진하면 안심해도 되겠다는 마음이 들었던 것이다.

"먼저 반슈를 취하여 길보를 전하도록 하라. 그리고 객지에서의 고생은 당분간 이걸로 달래도록 하라."

노부나가는 손에 들고 있던 부채를 전별 선물로 내렸다. 금색 천에 히노마루가 그려져 있었는데, 그 뒤쪽에는 화려한 물감과 굵은 선으로 조선, 명나라, 여송呂宋, 섬라暹羅(타이) 등에 걸친 아시아 연해와 대륙의 지도가 그려져 있었다.

"이보다 더 좋은 것은 없을 것입니다."

히데요시는 부채를 받아 바로 부쳐보았다.

그 무렵 히데요시의 군세는 성 아래에서 대기하고 있었다. 히데요시는 의기양양하게 숙영지로 돌아와 바로 한베에게 군명을 전했고, 한베는 즉시 나가하마에 전령을 보냈다. 그러자 나가하마를 지키고 있던 하치스카 히코에몬이 밤사이 일군을 이끌고 합류했다. 그동안 아즈치 성에서는 각지의 장수들에게 '하시바 지쿠젠을 총대장으로 하여 주고쿠 공략을 명하니 모두 적극 협조하고 이론은 삼가라'라는 전령이 내려졌다.

히코에몬이 도착한 아침, 히데요시는 숙영지의 일실에서 혼자 다리의 삼리혈에 뜸을 뜨고 있었다.

"출전을 앞두고 좋은 마음을 다스리기에 좋은 듯합니다."

히코에몬의 말에 히데요시가 대답했다.

"등에도 어릴 적부터 뜸을 뜬 흔적이 여섯 군데 정도 있으니 떠주게."

히코에몬이 뜸을 떠주자 히데요시는 뜨거운지 이를 앙 물며 말했다.

"뜸이 너무 뜨거워서인지 아무래도 좋아지지 않으나 뜸을 뜨지 않으면 어머니가 걱정을 하시네. 나가하마에 서신을 전할 때, 나는 매일 뜸을 잘 뜨고 있다고 적어서 보내게. 내가 말하는 것보다 훨씬 더 잘 믿으실 테니 말이네."

히데요시는 뜸을 뜨고 주고쿠로 출정했다. 하지만 히데요시의 뜸과 마쓰나가의 뜸은 뜸을 뜨게 된 동기부터 근본적으로 달랐다. 그날, 아즈치 성에서 출발한 히데요시의 군세는 실로 위풍당당했다. 노부나가는 천수각에서 그 모습을 보며 감개무량한 듯 중얼거렸다.

"아아, 나카무라의 원숭이가 저렇듯……."

노부나가는 반짝이는 금빛 표주박의 마렴馬簾126을 언제까지 바라보고 있었다.

------

126 대장의 진지나 거처를 알리기 위해 표식으로 세워두는 가느다란 장대 끝에 매달았던 술.

주고쿠中國 공략

  모리와 오다, 용과 호랑이 사이에 놓여 있는 여의주, 바로 반슈 일국의 모습이 그러했다. 신흥 세력인 오다 쪽에 붙을 것인가, 아니면 강대한 구세력인 모리 쪽에 들어갈 것인가. 반슈, 다지마, 호우키 등에 걸쳐 있는 주고쿠의 다이묘 일족들은 갈림길에서 고뇌하고 있었다.

  모리 가를 요지부동한 서국의 중심으로 보는 사람들이 있는가 하면 신흥 오다 가도 무시할 수 없다는 사람들도 있었다. 이럴 때 사람들은 흔히 양쪽의 영지나 병력이나 동맹국과 같은 겉으로 드러난 수치를 따졌는데, 양쪽의 국력은 우열을 가리기 힘들었다. 그러다 보니 어느 쪽이 진정한 미래의 패자가 될지 도저히 가늠할 수 없었다. 날이 갈수록 혼탁한 상태가 되고 어느 쪽에 설지 결정을 내릴 수가 없었다.

  이곳에서도 강을 보지 못하는 물고기 떼가 격류의 한가운데를 갈팡질팡하며 몰려다니는 실정이었다.

  단지 한 가지 분명한 사실은 물고기 떼는 모리 쪽에 유리한 바람이 불면 일제히 모리 쪽으로 몰려갈 것이고, 오다 쪽에 승산이 보이면 또다시 일제히 오다 쪽으로 몰려갈 것이라는 점이었다.

  덴쇼 5년(1577년) 10월 23일, 한 치 앞도 내다볼 수 없는 어둠 속에서 히데요시의 군사는 거취를 망설이고 있는 주고쿠를 향해 속속 서진하고 있었다. 막중한 임무였다. 그의 나이 마흔두 살이었다. 말 위와 마렴馬簾 아래, 투구를 쓴 히데요시의 얼굴에도 이번만큼은 다소 복잡다단한 기색이 엿보였다. 말수도 거의 없었고 입도 일자로 굳게 다물고 있었다. 병마는 먼지를 일으키며 계속해서 앞으로 나아갔다.

'주고쿠로 가는 것이다.'

히데요시는 때때로 새삼 그렇게 생각했다. 아즈치를 떠나올 때, 마에다 마타에몬 도시이에나 니와 고로자에몬 나가히데, 호리히사 히데마사, 하세가와 소닌長谷川宗仁과 같은 이들은 히데요시를 축복했다.

"과감하게 발탁하신 주군의 안목도 안목이지만, 하시바 님은 이로써 누구에게도 뒤처지지 않는 대장이 되셨으니 주군의 지우知遇에 보답해야 할 것이다. 근래 들어 참으로 기분 좋은 일이다."

그에 반해 시바타 가쓰이에의 불만은 이만저만한 게 아니었다.

"뭐라? 정서征西 대장으로 그자가 임명되었다고? 그자가 간단 말이냐?"

가쓰이에는 하시바나 지쿠젠이라고도 하지 않고 '그자'라고 하며 주위 사람들에게 '그자가 무엇을 할 수 있느냐'는 듯 코웃음을 쳤다. 가쓰이에의 눈에 히데요시가 그렇게 보이는 것은 어쩔 수 없는 일이었다. 히데요시가 노부나가의 짚신지기를 하며 마구간에서 말과 함께 지냈던 미천한 하인 시절부터 그는 이미 오다 가의 중신이었다. 게다가 지금은 아사이 나가마사의 부인이었던 노부나가의 동생인 오이치를 후처로 맞아 에치젠의 기타노쇼를 거성으로 삼십만 석 이상을 거느린 신분이었다. 그런데도 히데요시는 얼마 전 가쓰이에가 북국 진영의 총사로 있을 때 가쓰이에의 명에 맞서 무단으로 나가하마로 돌아가기까지 했다. 그러니 가쓰이에로서는 솔직히 기뻐할 수 없는 일이었다. 더군다나 가쓰이에는 숙장으로서 오래전부터 주고쿠를 공략하기 위해 뒤에서 정치적인 영향력과 공작을 벌여오고 있었다.

"그런 나를 제쳐두고……."

가쓰이에는 노부나가의 결정에 대해 원망하며 불평할 수밖에 없었다.

히데요시는 산요山陽의 탄탄대로에 권태를 느끼며 문득문득 그 일을 떠올렸는지 서진하는 도중 말 위에서 혼자 킥킥 웃곤 했다.

히데요시가 혼자서 웃음을 짓자 말을 나란히 하고 함께 가던 한베가 의아해하며 물었다.

"무슨 일이라도 있으십니까?"

"아무것도 아니오."

히데요시는 말 위에서 정면을 향한 채 고개를 옆으로 저었다. 그날 행군의 여정은 이미 반슈 경계에 다다르고 있었다.

"한베."

"예."

"반슈에 들어가면 그대에게 한 가지 즐거움이 있을 것이오."

"예? 그것이 무엇입니까?"

"그대는 아직 구로다 간베라는 사내를 만난 적이 없을 것이오."

"없습니다만, 이름은 일찍부터 듣고 있었습니다."

"당대의 인물이니, 그대와 만나면 분명 백년지기가 될 것이오."

"소문으로 듣고 있었습니다만."

"고차쿠御著 성의 성주이자 오데라小寺 가의 중신의 아들로 아직 서른 둘인가 셋이라고 하오."

"이번 주고쿠 공략의 연고도 모두 구로다 님이 사전에 토대를 마련했으며 그분의 정략에 의한 것이라고 들었습니다."

"맞소. 만나보시오. 말이 잘 통하는 사내일 게요. 책략뿐 아니라 세상을 보는 안목이 있는 사내요."

"주군과 교류한 지 오래되었는지요?"

"이전부터 서로 서신을 나누긴 했지만 직접 본 것은 얼마 전 아즈치에서가 처음이었소. 그런데도 반나절 만에 서로 가슴속에 있는 말을 모두 털어놓았소. 나는 참으로 마음이 든든하오. 왼편엔 다케나카 한베, 오른편엔 구로다 간베를 두게 되었으니 말이오."

그때 뒤쪽 열에서 왁자지껄하는 소리가 들리더니 행렬이 흐트러졌다. 시동 무리 속에서 한바탕 웃음소리가 일었다. 하치스카 히코에몬이 돌아보며 호리오 모스케를 꾸짖자 모스케가 시동들을 향해 고함을 쳤다.

"엄숙한 행군 중이거늘 조용히 하지 못하겠느냐!"

히데요시가 무슨 일인지 묻자 히코에몬이 곤혹스런 표정으로 말했다.

"시동들에게 모두 말을 타는 것을 허락했더니 행군 중에 저리 신이 나서 흡사 산에 놀러가는 것처럼 요란을 떨고 장난을 치기에 모스케에게 엄중히 단속하라고 일렀습니다. 역시 시동들은 걸어가게 하는 편이 좋지 않을까 싶습니다."

히데요시가 웃으면서 말했다.

"어릴 때는 다 그런 것이네. 너무 기뻐 그러는 것이니 그냥 내버려두게."

그러고는 시동들 쪽을 바라보며 물었다.

"누가 낙마한 듯하구나?"

"가장 나이 어린 이시다 사기치石田佐吉가 말에 익숙지 않은 것을 재미있어 한 누군가가 일부러 낙마시킨 듯합니다."

"사기치가 떨어졌구나. 낙마하는 것도 다 훈련이니 괜찮을 것이다."

다시 행군이 계속됐다. 길은 하리마播磨로 접어들었고 저물녘에는 가스야加須屋에 도착할 예정이었다.

음울하고 오직 규율과 형식만을 중시하는 시바타 가쓰이에의 통솔 아래 있을 때나 냉엄하고 준열한 노부나가의 직속 진중에 있을 때에도 하시바 군에는 늘 한 가지 특색이 있었다. 한 마디로 말하면 하시바 군에는 '양기陽氣'가 있었다. 어떤 고난이나 악전 속에서도 '양기'가 살아 있었고, 한 가족과 같은 화기애애한 분위기를 유지했다. 그래서 열두 세 살부터 열일곱 살의 소년들로 이루어진 시동 조직은 서로 너무 친해서 군기가 흐트러지기 쉬웠지만 히데요시는 대체로 그냥 내버려두었다.

해질 무렵, 선봉이 반슈의 가스야로 조용히 들어갔다. 그곳은 적진 속에 있는 동맹국이었다. 거취를 정하지 못하고 사방의 중압 속에서 신음하고 있던 동맹국의 백성들은 화톳불을 피우고 환호를 하며 히데요시의 군사를 맞았다.

주고쿠 진출의 첫발이었다. 해가 지는 대지의 지축을 울리며 가스야 타케노리糟屋武則의 성으로 들어가는 두 줄의 긴 행렬을 보면 제1선은 깃발 부대, 제2선은 철포 부대, 제3선은 활 부대, 제4선은 창 부대, 제5선은 기리구소구切具足[127] 부대였다. 그리고 중군에 자리 잡은 히데요시의 전후에는 기마 무장들이 밀집해 있었다. 고수와 나졸, 마렴, 군감, 바꿔 탈 말, 짐을 운반하는 소규모 운송 부대, 척후, 대규모 운송 부대 등으로 이루어진 칠천오백여 행렬은 그것을 지켜보는 사람들의 마음을 믿음직스럽게 해주었다. 진문에 도착하니 구로다 간베가 마중을 나와 있었다.

---

127 칼과 장도처럼 적을 베는 데 쓰는 무기.

“오.”

히데요시는 구로다 간베를 보자마자 바로 말에서 내려 웃으며 다가갔다. 간베도 똑같이 대꾸하며 손을 뻗었다. 두 사람은 흡사 십년지기처럼 보였다. 그들은 나란히 성안으로 들어가 주고쿠에서 뜻을 같이하는 사람들을 만났다. 구로다 간베가 사람들을 소개했다. 사람들은 뜻을 같이할 것을 맹세하고 차례로 자신들의 이름을 밝혔다. 이윽고 시선을 사로잡는 한 사내가 히데요시에게 인사를 했다.

“아마고尼子[128]의 가신인 야마나카 시카노스케 유키모리山中鹿之介幸盛입니다. 일전에는 진중에서 엇갈려 뵐 기회도 없었습니다만, 이번에 오신다는 말씀을 듣고 기뻐 간베 님께 청을 올려 이렇듯 먼저 와서 기다리고 있었습니다.”

두 손을 짚고 엎드려 있는 모습만 봐도 보통 사람보다 어깨 넓이와 키가 훨씬 크다는 것을 알 수 있었다. 일어서자 신장은 여섯 척이 넘었다. 나이는 서른둘이나 셋, 피부는 강철빛을 띠고 있었고 눈은 사람을 압도했다.

“흐음.”

히데요시가 기억을 더듬는 듯한 표정으로 한동안 바라보고 있자 간베가 말했다.

“이 사람은 모리 일족에게 멸문당한 아마고 요시히사義久를 섬기며 오랜 세월 충절을 지켜온 근래 보기 드문 신의가 강한 사내입니다. 근래 십 년 동안 오기隱岐, 이즈모, 돗도리鳥取 등지를 전전하면서도 늘 소수의 군사로 모리를 괴롭히며 옛 주인인 아마고 요시히사의 가문을 다시 세우기 위해 눈물겨운 노력을 하고 있습니다. 그러니 부디 지쿠젠 님께서 보살펴주시길 바랍니다.”

---

128 오우미近江 겐지源氏의 사사키佐々木 씨족의 혈족이자 무로마치 시대의 이즈모出雲의 호족.

"아, 이거."

히데요시는 간베의 말이 끝나기도 전에 의아한 듯 물었다.

"산인山陰의 아마고 씨 충신 중에 시카노스케 유키모리가 있다는 말은 익히 들어 알고 있었소. 그런데 일전에 진중에서 엇갈려 만나지 못했다는 것은? ……대체 어디를 말하는 것이오?"

시카노스케가 대답했다.

"시기 산을 공격할 때, 아케치 미쓰히데 님의 휘하에 가세하여 싸웠습니다."

"오, 시기 산 싸움에 귀공도 참가하셨소이까?"

"그렇습니다."

간베가 다시 말을 받아 대답했다.

"오랜 세월의 충절도 덧없이 모리로 인해 산인에서 패하고, 그 후에 은밀히 시바타 님을 통해 노부나가 공에게 도움을 청한 적도 있고 해서 아케치 님의 휘하에서 시기 산 공격에 참가했습니다. 그리고 그때 마쓰나가 쪽의 맹장인 가와이 히데타케河合秀武의 목을 쳐서 노부나가 공의 지우知遇에 보답했습니다."

"이거, 가와이 히데타케를 친 용장이 바로 시카노스케, 그대였구려."

히데요시는 의문이 한꺼번에 풀려 기쁘다는 듯 다시 시카노스케를 바라보았다.

히데요시 군사는 이내 실력을 발휘했다. 그달 안에 바로 사요佐用와 고즈키上月 두 성을 함락시키고 부근의 우키다 세력을 일소한 것이다. 히데요시의 좌우에는 항상 다케나카 한베와 구로다 간베가 있었다.

본진은 히메지로 이동했다. 그사이 비젠備前의 우키다 나오이에宇喜多直家는 맹주인 모리 가에 후군을 재촉하는 한편, 비젠 제일의 용맹을 자랑하는 마케베 하루쓰구眞壁治次에게 군사 팔백을 내려 고즈키 성을 탈환하는 데 성공했다.

"히데요시도 별것 아니구나!"

우키다는 어느덧 히데요시 군을 경시하기 시작했다. 그리고 날이 갈수록 고즈키 성에는 탄약과 병량과 병사들이 새로 증강되었다.

"저대로 내버려둘 수 없습니다."

한베가 말했지만 히데요시는 한없이 태연자약했다.

"그러한가?"

히데요시는 히메지에 온 뒤 주고쿠 전체를 바라볼 뿐 일개 고즈키에는 집중하지 않았다.

"이번에는 다소 어려울 듯한데 누구를 보낼 것인지요?"

"유키모리 외에는 없을 것이오."

"시카노스케 말입니까?"

"간베는 어찌 생각하시오?"

구로다 간베는 히데요시의 물음에 지극히 옳다며 찬성을 표했다.

"바라던 바입니다."

그날 밤 시카노스케는 군사를 이끌고 고즈키 성을 공격하기 위해 출발했다. 때는 12월 말, 엄동설한이었다. 시카노스케 부하들은 반드시 모리를 치고 옛 주인인 아마고 가문을 다시 일으키려는 강력하고 일관된 투혼으로 무장되어 있었다. 부대에는 아마고 스케시로尼子助四郎, 데라모토 한시로寺本半四郎, 아키아게 진스케秋上甚介, 다치하라 히사쓰나立原久綱 등 세상에 이름을 떨치고 있는 아마고 낭인 칠팔백 명이 있었다.

"뭐? 아마고 일당이 공격해온다고?"

"야마나카 시카노스케가 대장이 되어 이곳을 공격한다면 큰일이다."

우키다 군사들은 척후로부터 소식을 듣고 공포심에 사로잡혔다. 그들은 야마나가 시카노스케의 이름과 아마고 낭인이라는 말만 들어도 호랑이 앞의 가축처럼 겁을 집어먹고 당황했다. 히데요시가 직접 공격해온다는 말보다 더 무서웠던 것이다. 주고쿠의 반노부나가 세력들 사이에서 하시바 히데요시는 아직 그리 대단한 사람이 아니었기 때문이다.

그에 반해 시카노스케의 굳은 충절과 무용은 강국인 모리 가조차 귀신처럼 여기며 두려워했다. 그러다 보니 히데요시가 유키모리를 고즈키 성에 보낸 것은 매우 효과적인 일이었다. 역시 생각한 대로 우키다 제일의 맹장인 마카베 하루쓰구는 병력을 잃어서는 안 된다고 생각해 싸우지도 않고 성을 버린 채 도망쳤다.

물론 이것은 일시적인 퇴각이었다. 유키모리의 부하가 히데요시에게 '무혈입성'이라고 보고한 지 얼마 되지 않아 도망친 마카베 군은 주가인 우키다 가에 원군을 청해 마카베의 동생인 하루도키治時의 군사까지 합쳐 오천오륙백의 군사로 성 밖 육십 정 앞에 있는 평야까지 역습을 가했다.

"근래 반달 넘게 비가 내리지 않았거늘, 저들은 자처해서 불속으로 뛰어드는구나."

시카노스케는 망루에서 그들을 보며 조롱하듯 뇌까렸다. 그리고 성문을 굳게 걸어 잠근 뒤 오직 수비에만 전념할 것처럼 위장했다.

그날 밤, 유키모리는 군사를 두 편으로 나눠 평야로 달려갔다. 그리고 일군의 군사로 하여금 바람이 불어오는 위쪽에서 불을 질러 일대의 메마른 풀들을 불태우게 했다. 불길에 휩싸인 우키다 진영은 동요하기 시작했다. 야마나카 시카노스케의 기습 부대가 기회를 엿보다 공격을 개시하자 적의 사상자는 수를 헤아리기 어려울 만큼 넘쳐났다. 그중에는 주장인 마케베 하루쓰구와 동생인 하루도키도 있었다.

"얼마든지 오너라."

시카노스케 군사들은 성으로 돌아가서 개가를 올리며 아마고 낭인의 존재를 과시하고 있었다. 그 무렵 본진인 히메지에서 사자가 와서 성을 버리고 즉시 히메지로 철수하라는 히데요시의 명을 전했다. 그러자 아마고 카쓰히사와 부하들은 작전상 요충지인 데다 애써 빼앗은 성을 버리고 철수하라고 하니 불평을 늘어놓을 수밖에 없었다.

"어찌 됐든 명령이니 어쩔 수 없습니다."

시카노스케는 주군인 카쓰히사를 위로하고 부하들을 달래며 히메지로 돌아왔다. 그리고 바로 히데요시를 만나 연유를 물었다.

"기탄없이 말씀을 올리겠습니다. 수하의 장병들 모두 히데요시 님의 명에 의문을 품고 있습니다. 이렇게 말씀드리는 저 역시 그렇습니다."

히데요시는 웃으며 말했다.

"기밀이라 사자에게는 연유를 말하지 않았네만 지금 말해주겠네. 고즈키 성은 우키다를 잡기 위한 최고의 먹잇감이네. 성을 버리면 우키다는 반드시 다시 병량과 무기와 탄약을 옮길 것이고 병마도 한층 증강할 것이네. 그리고!"

히데요시는 갑자기 몸을 앞으로 내밀더니 노부나가에게 받은 대명 남만도가 그려진 부채로 비젠 쪽을 가리키며 낮은 소리로 속삭이듯 말했다.

"이 히데요시가 다시 고즈키를 공격하리라 예상하고 이번에는 분명 우키다 나오이에가 직접 대군을 이끌고 내 뒤를 공격해올 것이네. 그 의표를 찌르는 것이네. 그를 위해 고즈키 성을 버린 것이니 시카노스케, 화내지 말게."

물론 그러한 전법은 히데요시 혼자 생각한 게 아니었다. 그의 뒤에는 참모인 구로다 간베와 다케나카 한베가 있었다. 시카노스케는 그제야 모든 것을 깨닫고 물러갔다.

해가 저물고 새해가 가까워지자 예상했던 대로 비젠의 우키다는 개미가 식량을 나르듯 수많은 군수품을 고즈키 성으로 운송했다. 그리고 고즈키 카게도시上月景利를 수장으로 정예병을 선발해서 성으로 들어갔다. 히데요시는 본군을 이용해 그들을 포위하는 한편, 아마고 카쓰히사와 야마나카 시카노스케, 그리고 군사 일만을 나눠 구마미熊見 강 기슭에 은밀히 숨겨두었다.

우키다 나오이에가 성안의 군사와 협력해 성을 포위한 히데요시 군을 협공할 요량으로 비젠에서 출전하자 아마고 낭인들이 나오이에의 병력을 질풍처럼 차단한 뒤 공격을 가했다. 우키다 군은 사분오열로 분열되었고 나오이에는 간신히 비젠으로 도망쳤다.

그렇게 아마고 낭인들과 고즈키 성을 포위한 부대가 합류하자 본격적인 총공세가 시작되었다. 전법은 화공이 주를 이뤘다. 성안의 병사들 대부분이 불에 타서 죽었는데, 후대까지 '고즈키 지옥곡地獄谷'이라는 지명이 전해질 정도로 수많은 병사가 성과 함께 죽음을 맞았다.

"이번에는 버리라고 하지 않을 터이니 굳게 지키도록 하게."

히데요시는 아마고 낭인들에게 성을 맡기고 다지마와 하리마를 제압한 뒤 일단 아즈치로 개선했다. 해가 바뀐 덴쇼 6년 1월, 호남湖南의 봄기운은 아직 먼 것처럼 느껴졌다.

모리 가의 유훈遺訓

"히데요시가 오면 내가 내리는 거라 말하고 그에게 전하라."

가신은 노부나가가 그렇게 말한 뒤 미카와 방면으로 초봄 매사냥을 떠나 아즈치에 없다고 했다. 군사를 성 밖에 주둔시키고 등성한 히데요시는 가신의 말을 전해 듣고 이내 알아차렸다.

'매사냥을 구실로 어딘가에서 도쿠가와 님과 회합하시는 듯하군.'

평소에 노부나가가 아끼는 보물창고에 보관한 오도고젠乙御前 솥이 앞에 놓여 있었다. 히데요시는 그것을 받아들고 나가하마로 돌아왔다.

"이 솥을 걸어두고 차를 마시며 쉬고 있으라는 뜻인 듯하오. 네네, 어서 솥을 화로에 걸구려. 주군께서 내린 솥으로 차 한 잔 마시고 싶소."

히데요시는 노모와 네네와 함께 차를 마셨다.

그로부터 한 달도 지나지 않은 2월 초순, 히데요시는 또다시 반슈로 갔다. 그동안 주고쿠 전역의 전황은 한층 격화된 상태였다. 우키다 나오이에는 모리에 급사를 파견해 호소했다.

"이는 단지 반슈 일국의 변이 아닙니다. 지금 아마고 카쓰히사는 야마나카 시카노스케를 필두로 히데요시의 힘을 빌려 고즈키 성을 점령했습니다. 이는 모리 가에게도 간과할 수 없는 앞날의 화근이라고 할 수 있습니다. 그들은 자신들의 주가를 멸망시킨 모리 가에 대한 복수심으로 불타고 있고, 또 빼앗긴 땅을 되찾고자 할 것이 분명합니다. 더이상 주저할 시간이 없습니다. 속히 군사를 출정시켜 당장 그들을 섬멸해야 할 것입니다. 저희 우키다 가는 그 선두에 서서 그간 보살펴준 은혜에 보답하고자 뜻을 하나로 모았습니다.”

모리 데루모토의 좌우에는 숙부에 해당하는 두 명의 명장이 있었다. 세상 사람들은 그 둘을 두고 모리 가의 ‘이숙二叔’또는 주고쿠의 ‘이천二川’이라고 불렀다. 지략이 출중한 고바야카와 다카카게小早川隆景와 재덕을 겸비한 깃카와 모토하루吉川元春가 그들이었다. 두 사람은 죽은 선친인 모토나리元就의 위대한 면모를 반반씩 나눠 갖고 있었다. 그리고 모토나리의 적손이자 현재 모리 가의 주군의 위치에 있는 데루모토를 전력을 다해 돕고 있었다. 생전에 모리 모토나리는 이들에게 이렇게 훈계를 했다고 한다.

“무릇 천하를 경륜할 그릇이 아닌 자가 천하를 원하는 것만큼 세상에 해가 되는 것은 없다. 또 그와 같은 자가 시류와 세력을 얻어 천하를 장악하더라도 이내 파멸에 이를 것은 자명하다. 너희는 자신의 분수를 잘 깨닫고 오직 주고쿠를 다스리며 그 안에서 다른 이들에게 뒤처지지 않도록 힘써야 한다.”

유서 깊은 대가인 모리 가의 가풍 중에서도 가장 이상적인 것은 부자와 형제가 한마음으로 일치단결하고 있다는 점이었다. 피로써 이어진 예의와 사랑과 믿음이 군신 간의 도를 한층 굳건하게 만들어주었다. 그래서 모토나리의 유훈은 오늘날까지 사람들에게 존중받고 있다. 그들이 노부나가나 우에스기, 다케다, 도쿠가와처럼 적극적으로 나서지 않았던 이유도 바로 여기에 있었다.

모리 가가 아시카가 요시아키를 숨겨주거나 본원사와 내통하고 멀리 우에스기 겐신과 묵계를 맺은 것도 모두 주고쿠를 지키기 위해서였다. 모리 가는 노부나가의 진출에 대비해 타국의 요새를 주고쿠 방어의 최전선으로 이용해왔던 것에 지나지 않았다. 하지만 이윽고 거대한 시대의 격랑이 밀려오고 있었다. 이미 방어선 한쪽은 무너지고 주고쿠도 더 이상 시대의 격랑 밖에 있을 수만은 없었다.

"본군의 데루모토 님과 다카카게는 힘을 합쳐 고즈키를 공격하십시오. 저는 이나바, 호우기, 이즈모, 이와미石見의 군사를 이끌고 단바와 다지마의 군사와 합류하여 일거에 교토로 진출하여 본원사와 호응한 후, 곧바로 노부나가의 본거지인 아즈치를 공격하겠습니다."

깃카와 모토하루의 대담한 계책에 데루모토와 다카카게는 무모하다며 찬성하지 않았다. 그래서 일단 전군을 이끌고 고즈키 성을 공격하기로 했다.

3월, 약 삼만오천의 모리 군은 각각 본국을 출발해서 북상하기 시작했다. 고바야카와 다카카게는 우키다 군사와 함께 비젠 방면에서, 깃카와 모토하루는 미마사카에서 진군했다. 그리고 모리 데루모토는 비추의 마쓰야마로 진군한 뒤 4월 무렵 하리마를 향해 서둘러 행군했다.

그 전에 히데요시는 반슈로 내려가서 가고가와加古川 성을 진영으로 삼고 밤낮으로 군사 회의를 열었지만 그가 이끌고 온 파견군은 칠천오백 명에 불과했다. 아군인 하리마의 호족과 향사를 더해도 병력 수는 모리 쪽과 비교가 되지 않았다.

"상황에 따라 언제든지 원군이 올 것이다."

히데요시는 태연한 모습을 보였지만 아군들은 속으로 모리 군의 강대함과 병력 수에 비해 파견군의 수가 적은 것에 불안을 느끼고 거취를 망설였다. 이윽고 그런 분위기는 행동으로 나타났다. 미키三木의 성주인 벳쇼 나가하루가 배신한 것이었다. 벳쇼 일족은 동부 하리마 여덟 군에 걸친 토착 세력이었는데 덴쇼 초기부터 오데라 일족과 함께 노부나가의 유력한 아군이었다.

"히데요시와 같은 소인을 우리의 총사로 받아들일 수 없다."

벳쇼는 반기를 들고 가장 먼저 히데요시의 선봉을 공격하고 히데요시를 비방하는 데 주력했다.

"소환장이 왔을 때, 공교롭게도 성주 나가하루가 감기에 걸려 숙부인 요시스케賀相와 노신인 미야케 하루타다三宅治忠를 가고가와 성으로 보내 계책을 올렸는데 히데요시는 성주의 의견 따위는 들으려고도 하지 않고 우리 토착 세력은 그저 싸우기만 하면 된다며 계책은 오직 자신의 마음속에 있을 뿐이라고 허세를 떨었다."

물론 그것은 근거도 없는 거짓말이었고 배신을 정당화시키기 위한 날조에 불과했다. 게다가 그들은 아즈치에 있는 노부나가에게도 그런 비방을 적은 서신을 보냈다.

"아군 중에 지쿠젠 님의 횡포에 대해 원망을 품은 자가 많습니다. 우대신右大臣인 오다織田 가에 대해 누를 끼쳐서는 안 된다고 여겨 본가는 하시바 님의 휘하에서 벗어나 미기 성에 틀어박혀 홀로 싸울 각오를 하고 있습니다."

그렇게 참언을 하고, 한편에서는 모리 가의 군사 고문을 성으로 맞아들였다.

"참으로 어이가 없는 자로구나."

히데요시는 무슨 말을 들어도 그렇게 말하며 일소에 부쳤다. 그리고 간베와 한베의 진언에 따라 3월 초순, 본진을 가고가와에서 쇼샤書寫 산 위로 옮겼는데 뜻밖에 에치고의 우에스기 겐신이 죽었다는 소문이 전해졌다. 출전 준비 중에 죽었다는 설도 있었고 가스가春日 산을 출발한 뒤 진중에서 죽었다는 설도 있었다. 또 평소에 술을 많이 먹었던 탓에 뇌졸중으로 쓰러진 것이 분명하다는 소문도 있었다. 그런가 하면 가스가 산성에서 뒷간에 가다가 자객에게 암살당했다고 하는 사람도 있었다. 어느 경우든 겐신의 죽음은 사실이었다. 히데요시는 그날 밤, 쇼샤 산에 올라 별을 바라보며 한동안 일대영걸인 겐신의 생애를 반추해보았다.

벳쇼 일족의 미기 성은 외성 역할을 하는 몇 개의 작은 성들에 둘러싸여 있었다.

"히데요시 따위가 감히."

"그리 적은 병력을 이끌고 주고쿠를 공략하려고 하다니 참으로 가소롭구나."

"교토가 전부인 줄 알고 세상 넓은 줄 모르는 자가 자만하여 오판한 것에 지나지 않는다."

반기를 든 오우고淡河 성, 하타야端谷 성, 노구치野口 성, 시가타志方 성, 간키神吉 성에서는 그렇게 히데요시를 비웃고 있었다. 구로다 간베가 히데요시에게 먼저 계책을 올렸다.

"저 작은 성들을 하나씩 치는 것은 성가신 일이지만, 간키 성의 간키 나가노리神吉長則, 다카사고高砂 성의 가지와라 카게유키梶原景行는 만만치 않은 자들입니다. 역시 주위의 작은 돌을 하나씩 제거해서 미기 성을 무너뜨리는 것이 가장 무난한 전법인 듯합니다."

히데요시는 간베의 말에 순순히 따랐다. 그는 좌우의 두 사람에게 늘 이렇게 말했다.

"지리地利는 간베가 밝으며 군사의 진퇴는 한베가 밝으니 무엇을 걱정하겠소. 나는 그저 그대들의 말에 따를 뿐이오. 내 금표金瓢 우마지루시는 그대들이 안내하는 곳이면 어디든지 갈 것이오."

그러다 보니 한베와 간베는 한층 더 막중한 책임을 느끼지 않을 수 없었다.

쇼샤 산을 내려온 히데요시의 군사는 먼저 노구치 성을 공격해 적장 나가이 시로자에몬長井四郎左衛門의 항복을 받아낸 뒤 간키와 다카사고와 부근 부락을 불태워 이를 잡듯 하나씩 함락시켜 나갔다. 그리고 마침내 목표로 삼고 있는 미기 성 부근까지 이르렀는데, 사요佐用의 고즈키 성에 있는 야마나카 시카노스케가 사자를 통해 '모리의 대군이 성을 포위해서 사태가 급박하니 원병을 보내달라'는 전서를 보내왔다. 시카노스케가 보낸 사자는 히데요시에게 모리 군의 강대한 군세에 대해 설명하기 시작했다.

"고바야카와 다카카게의 병력이 이만여 명, 깃카와 모토하루의 군사가 일만 육천 명, 거기에 우키다 나오이에의 군사가 일만 오천 명이 가세해 족히 오만은 될 듯합니다."

사자는 다시 이렇게 덧붙였다.

"적의 대군은 먼저 고즈키 성과 아군과의 연결을 차단하기 위해 다카구라高倉 산의 기슭과 마을들의 골짜기 사이에 긴 해자를 파고 낮은 지대와 높은 지대 모든 곳에 군사를 숨겨놓았습니다. 또 각 진지에는 목책을 세우고 가시나무 울타리를 둘러쳐 외부에서 성으로 한 발도 다가갈 수 없도록 공사를 하고 있습니다. 게다가 하리마와 세쓰 해상에는 칠백여 척의 병선을 띄우고 후군의 군사와 병략을 속속 뭍으로 옮기려고 하고 있습니다. 다만 지금이라면 무슨 수를 쓰든 외부의 후원과 연락할 방법이 있지 않을까 하는 것이 성안 아군의 유일한 희망입니다."

히데요시는 사자의 보고를 듣고 급거 진로를 바꿀 수밖에 없었다. 중대하고 급박한 문제였다. 전혀 예상하지 못한 일은 아니었다. 모리 쪽 출정은 사전 계산에 포함되어 있었다.

"흐음, 그런가."

히데요시는 다소 곤란한 듯 입을 일자로 굳게 다물었다. 그런 일이 일어날 것을 예상하고 노부나가에게 병력의 증원을 요청했지만 병력을 보냈다거나 보낼 수 없다거나 하는 연락이 아직 오지 않았던 것이다.

일전에 아마고 카쓰히사와 그 부장인 시카노스케를 남겨두었던 고즈키 성은 산촌의 작은 성이라고는 하나 비젠, 하리마, 미마사카의 삼각점에 위치한 전략상 중요한 거점이었다. 머지않아 산인山陰에 들어가기 위해서는 먼저 그곳을 장악하지 않으면 안 되는 관문이기도 했다. 모리 군이 그곳을 중시한 것은 당연한 일이었고 히데요시는 적의 안목에 감탄했지만 그렇다고 해서 자신의 휘하에 있는 군사를 나눠서 보낼 만큼 많은 병력을 보유하고 있지 않았다.

노부나가는 부하에게 대임을 맡기고 나 몰라라 할 만큼 협량한 인물이 아니었다. 하지만 어디까지나 노부나가가 모든 전권을 쥐고 있었다. 그리고 원칙상 만일 그것을 어기는 사람이 있으면 결코 용서할 그가 아니었다. 히데요시는 그 점을 잘 이해하고 있었다. 이번 주고쿠 공략의 총지휘를 맡았을 때에도 결코 우쭐대며 독단적으로 행동하지 않았다.

곁에서 보고 있으면 저런 사소한 일까지 일일이 아즈치의 지시를 청해야 하나 싶을 정도로 노부나가에게 파발이나 문서를 보내 의중을 물었다. 또 믿을 만한 가신을 몇 번이나 사자로 보내 전황을 상세하게 보고함으로써 노부나가를 안심시켰다. 그러다 보니 노부나가는 이번 일이 얼마나 긴박한지 잘 알고 있었다.

"좋다. 이렇게 된 이상, 내가 직접 가서 지쿠젠을 격려해줘야겠다."

노부나가는 그렇게 결단을 내리고 바로 출정 준비를 명했다. 그러자 장수들이 입을 모아 말했다.

"그렇게까지 하실 필요는 없을 것입니다."

사쿠마, 다키가와, 하치야, 아케치 등의 제장들은 모두 같은 의견이었고 니와 고로자에몬도 그들의 의견과 다르지 않았다. 제장들은 이렇게 말했다.

"반슈의 땅은 산악이 많아 길이 험하고 산세도 가팔라 이른바 첩첩산중에서의 싸움이라 할 수 있습니다. 일단 원군을 보내고 한동안 적의 동향을 살피는 것이 좋을 듯합니다."

"만일 또다시 주군께서 주고쿠에서 예상보다 길게 머물게 된다면 본원사의 무리가 퇴로를 끊고 해상과 육로에서 아군을 위협할 수도 있습니다."

아즈치 치세는 이제 갓 시작된 것이나 다름없었다. 노부나가는 그들의 말을 받아들여 직접 출정하는 것을 보류했다. 하지만 노부나가가 그런 결정을 내린 것은 군사 회의 때마다 히데요시에 대한 제장들의 미묘한 감정이 작용했기 때문이다. 즉 이번 일이 있기 전부터 그들은 히데요시를 경시하거나 질시했다. '그에게 너무 과한 임무다'라는 감정의 이면에는 '주군이 출정해서 그에게 공을 세우게 해서는 안 된다'는 시기심이 숨어 있었던 것이다.

질투는 여자들만의 전유물이 아니었다. 남자의 질투는 여자처럼 겉으로 드러나지 않는 만큼 더 무섭다고 할 수 있는데 전국 시대의 무사들도 그런 감정에서 자유로울 수 없었던 것이다.

다키가와 가즈마스, 니와 나가히데, 아케치 미쓰히데, 그리고 쓰스이 쥰케이 등의 원군 약 이만 명이 교토를 출발해서 반슈에 도착한 것은 5월 초순이었다. 노부나가는 그 뒤 아들인 노부타다도 보냈다.

한편, 히데요시는 원군의 선발대로 온 아라키 무라시게의 부대를 기다렸다 본군에 합류시킨 뒤 진영을 고즈키 성의 동쪽인 다카구라 산으로 옮겼다. 그곳에서 고즈키 성의 위치를 보자 성안과 연락을 취하는 일은 거의 불가능할 것처럼 여겨졌다. 이치市 강 본류와 지류가 세 방향에서 성의 산록을 둘러싸고 있었고 게다가 서북과 서남도 오가미狼 산과 다이헤이太平 산의 험준한 산세에 둘러싸여 접근할 방도가 없었던 것이다.

단지 한 줄기 통로가 있었는데 그곳에는 모리 대군이 득실댔다. 그 외에도 산을 등지고 강을 끼고 골짜기를 따라 곳곳에서 적의 깃발이 펄럭이고 있었다. 천혜의 성은 그것을 사수하는 경우에는 좋을지 몰라도 지금과 같은 상황에서 외부에 있는 아군의 후원을 받기에는 불리했다.

"이래선 도무지 어떻게 할 방도가 없군."

히데요시는 탄식했다.

"어떻게 손쓸 방도가 없다!"

히데요시는 두 번이나 그렇게 말했다. 무릇 싸움이라는 것은 직감이었다. 그는 산 위에 선 순간 그 사실을 느끼고, 직감에 따라 섣부른 공격을 엄격히 금했다. 그리고 밤이 되자 병사들에게 밤마다 화톳불을 활활 피우라고 명을 내렸다.

다카구라 산에서 미카즈키三日月 산 부근에 있는 봉우리와 골짜기마다 화톳불을 피우게 했다. 또 낮에는 높은 곳에 있는 나무들 사이에 무수히 많은 깃발을 펄럭이며 히데요시의 대군이 여기에 있다고 적에게 과시하는 한편, 고즈키 성에 있는 소수의 아군을 격려했다.

그렇게 5월까지 버티고 있을 무렵, 니와, 다키가와, 아케치 등의 삼만 원군이 당도했다. 군사의 사기는 올랐지만 전과는 올리지 못했다. 너무 잘난 대장들만 모여 있었던 것이다. 모두 히데요시와 동등한 위치에 서려고 했고 지시를 받는 것을 좋아하지 않았다. 니와와 사쿠마는 히데요시의 선배였으며, 아케치와 다키가와는 인망과 재식 면에서 히데요시와 백중지세였다.

누가 총지휘관인지 모를 지경이었다. 명령은 한 곳이 아닌 각각의 부장에게서 내려졌다. 그리고 때로는 명령들이 뒤섞여 혼란이 일기도 했다. 적들은 이런 히데요시 군의 내부 사정을 빠르게 알아차렸다.

"오다의 원군은 무서워할 필요가 없다."

모리 군이 그런 허점을 노리고 공격해왔다. 고바야카와 다카카게의 부대가 다카구라 산의 뒤편을 우회해서 야습을 가해오자 히데요시 군은 얼마간 손실을 입었다. 또 깃카와 모토하루의 부대가 멀리 배후의 평지에서 시카마 부근까지 진출해서 오다 군의 병참 부대를 기습하거나 병선을 불태우고 유언비어를 퍼뜨리며 교란작전을 펴기 시작했다. 어느 날 아침, 히데요시가 고즈키 성 쪽을 보자 간밤에 그랬는지 망루가 파괴되어 있었다.

"어떻게 된 것이냐?"

히데요시가 묻자 부하 하나가 대답했다.

"모리 군이 가지고 있는 남만의 대포에 맞아 파괴되었습니다."

"최신 무기와 숙달된 군사까지, 허점이 없구나."

히데요시는 모리 군의 강대함에 연신 감탄할 뿐 여전히 적극적으로 행동하지 못했다. 그리고 그는 제장들에게 진영을 맡긴 뒤 은밀하고 신속하게 교토로 향했다.

양자택일

노부나가는 니죠 성에 와 있었다. 교토에 도착한 히데요시는 같이 온 부하들을 객사에서 쉬게 하고 먼지투성이의 군복과 수염이 자란 지저분한 얼굴로 성으로 들어가서 노부나가를 만났다.

"지쿠젠입니다."

"지쿠젠인가?"

노부나가가 놀라 되물을 정도로 히데요시의 얼굴은 완전 딴판으로 변해 있었다. 출전할 때 그의 모습과 지금 그의 모습은 흡사 다른 사람인 듯했다. 눈은 움푹 들어가고 붉은빛이 도는 성긴 수염은 수세미처럼 입술 주위에 자라 있었다.

'마음고생이 심하구나.'

노부나가는 이내 그것을 알아차렸다.

"지쿠젠."

"예."

"무슨 일로 이리 급히 왔는가?"

"전시 중, 촌각이라도 꼼짝할 수 없는 몸이어서."

"그러니 내가 무슨 일로 급히 왔는가 묻는 것이네."

"주군의 지시를 받을 것이 있어서 이리 왔습니다."

"참으로 성가신 대장이군. 이미 지휘는 자네에게 일임했을 터인데 일일이 내 의견을 묻다가는 신속히 병사를 부리는 데 있어 분명 때를 놓칠 것이네. 왜 이번에는 그리 고지식한 것인가? 자네의 과감함과 결단력은 어디 갔는가?"

"지당한 말씀이나 명령은 항상 주군으로부터만 내려져야 할 것입니다."

"자네는 내가 내린 지휘채를 왼쪽이든 오른쪽이든 마음대로 휘두를 수 있지 않은가. 그것이 내 의지라는 것을 자네가 알고 있다면 자네의 지휘는 바로 내 지휘일 터인데 무엇을 망설이는가?"

"송구하오나 그로 인하여 다소간 고심하고 있습니다. 또 한 명의 병사라도 헛되이 잃을 수 없습니다. 불초 히데요시, 제게 내리신 중임을 뼈저리게 느끼고 이렇듯 상락하였습니다."

"의논할 것이 무엇인가?"

"지금과 같은 상황이라면 아군의 승리는 미더운 일이라고 여겨집니다."

"지는 싸움이라는 것인가?"

"불초 히데요시가 군의 지휘를 맡은 이상, 결단코 비참한 패주는 허용치 않을 것입니다만 패하는 것은 피할 수 없을 것입니다. 사기와 장비와 지리적 이점 등에 있어 모리의 진용을 당해낼 수 없습니다."

"같은 말이 아닌가. 그래도 지는 건 지는 것이다. 무엇보다 대장인 그대가 그렇게 생각하고 있는데 어찌 이길 수 있겠는가."

"이길 수 있다고 오판한다면 대패를 당할 것입니다. 지금 주고쿠에 있어 아군의 정예가 일패도지를 당한다면 숨을 죽이고 있는 긴기와 시고쿠의 적들은 물론이고 본원사의 무리들까지 주군의 실족을 보고 일제히 봉기할 것입니다."

"그 정도는 이미 알고 있다."

"한 번 발을 삐끗하면 주고쿠 공략의 대사는 오다 가에게 치명상이 될 것이라는 것까지 깊이 생각하셨는지요?"

"당연히 생각하고 있네."

"그럼 어찌하여 제가 진중에서 몇 번이나 재촉했음에도 불구하고 주군께서 직접 주고쿠까지 출정하지 않으시는지요?"

"……."

"시기가 중요합니다. 때를 놓치면 싸움에서 이길 수 없습니다. 이리 말씀드릴 필요도 없이 주군께서는 시기를 가늠함에 있어 고금 제일의 무장이신데, 제가 서신으로 거듭 재촉했음에도 무슨 연유로 움직이시지 않는지 저로서는 실로 알 수가 없습니다."

"……."

"이제까지 유인해도 좀처럼 나오지 않던 모리 군이 데루모토를 필두로 깃카와, 고바야카와 외의 모든 숙장까지 대병을 이끌고 일개 고즈키 성과 미기 성으로 온 것은 실로 하늘이 내린 절호의 기회가 아닐 수 없습니다. 저는 그들을 꾀어내는 미끼로 족합니다. 그러니 부디 직접 출정하셔서 일거에 그 먹잇감들을 일망타진하시라고 호소하러 이리 온 것입니다."

노부나가는 생각에 잠겼다. 그는 이럴 때 고민하거나 망설이는 사람이 아니었다. 그런데 그런 그가 주저하는 기색을 보이자 히데요시는 마음속으로 자신의 청이 받아들여지지 않을 것이라는 사실을 깨달았다. 이윽고 노부나가가 입을 열었다.

"지금은 가벼이 움직일 때가 아니네. 먼저 모리의 의중을 면밀히 살필 필요가 있네."

이번에는 히데요시가 생각에 잠기자 노부나가가 다소 질책하는 듯한 말투로 말했다.

"아직 싸움다운 싸움도 하지 않았는데 패배를 예상하다니 자네는 모리의 군세에 다소 주눅이 든 것인가?"

"패배할 것이 자명한 싸움을 하는 것은 주군을 생각하는 충신으로서 옳지 않습니다."

"그렇게 생각할 만큼 주고쿠의 군세가 강한가? 사기가 충천한가?"

"그렇습니다. 모토나리 이래로 분수를 지키며 오로지 내실을 다지는 데 전력하여 부富에 있어서는 에치고의 우에스기나 다케다 가와는 비교가 되지 않습니다."

"부유한 나라라고 해서 반드시 강하다는 법은 없네."

"아닙니다. 그 강함은 국부에 기인하는 것입니다. 모리에게 사치스럽고 교만한 기풍이 있다면 두려워할 바 없고 오히려 그것을 이용할 수 있으나, 깃카와와 고바야카와는 선군의 유훈을 지키며 데루모토를 견실히 보좌하고, 장병들은 그 덕에 교화되어 무사도를 준수하고 있습니다. 어쩌다 포로 한 명을 사로잡아도 늠름한 기개와 적개심으로 불타는 모습을 볼 수 있습니다. 그러니 주고쿠 공략은 지극히 어려운 일이라고 통감하지 않을 수 없었습니다."

"지쿠젠, 지쿠젠."

노부나가는 마음에 들지 않다는 듯 히데요시의 말을 급히 가로막았다.

"미기 성 쪽은 어떠한가? 노부타다를 보낸 미기 성은?"

"적자이신 노부타다 님의 위용으로도 용이하게 함락시킬 수 없을 것입니다."

"성주인 벳쇼 나가하루는 어떤 장수인가?"

"그 역시 인물입니다."

"자네는 적들만 칭찬하고 있군."

"적을 아는 것은 병가에서 첫째로 꼽는 일이라고 알고 있습니다. 주군께 적의 실체를 올바르게 전하는 것이 저의 임무라고 생각하여 정직하게 말씀드리는 것입니다."

"그것도 맞는 말이네."

노부나가는 인정하긴 싫지만 마침내 적의 강함을 인정한 형국이었다. 하지만 여전히 승기를 놓고 싶어 하지 않은지 이렇게 말했다.

"맞는 말이긴 하나, 아군이 사기가 오르지 않는 데에는 또 다른 이유가 있을 것이네. 지쿠젠."

"옛?"

"총대장의 역할은 쉽지 않다. 다키가와, 니와, 아케치 모두 어엿한 무장의 그릇이니 자네가 지휘하는 대로 움직이지 않을 것이네."

"……바로 보셨습니다."

히데요시는 고개를 숙이고 얼굴을 붉히며 말했다.

"후배인 제게 과분한 대임이어서……."

히데요시는 굳이 허세를 부리지 않았다. 노부나가의 출정을 저지하는 그 이면에 숙장들의 사심이 작용하고 있다는 사실을 꿰뚫어보고 있었기 때문이다. 모리의 대군은 두려울 것이 없다고 하더라도 아군 내부의 보이지 않는 움직임에 대해 그는 깊이 경계를 하고 있었다.

"지쿠젠, 이렇게 하라!"

"예."

"잠시 고즈키 성은 적의 손에 넘겨주도록 하라! 그리고 미기 성에 있는 노부타다 군에 합류하여 벳쇼 나가하루를 먼저 치도록 하라! ……그렇게 한 후에 한동안 적의 동정을 살피도록 하라."

주고쿠 싸움에서 아군이 부진한 가장 큰 원인은 병력을 미기 성과 고즈키 성 두 편으로 나눠 공격하기 때문이었다. 어느 한쪽을 포기하고 한쪽에 전력을 집중해서 먼저 미기 성의 벳쇼 일족을 공격하는 것이 가장 좋은 작전임이 틀림없었다. 하지만 대국적 관점에서 봤을 때 과연 향후에 그것이 유리한지 불리한지를 놓고 오다 쪽 진영에서는 한동안 이론이 분분했다.

지금 고립된 고즈키 성을 지키고 있는 아마고 일족은 모리 세력권 안에서 오다 가를 믿고 오랫동안 선봉의 역할을 해왔는데 전략적 방침에 따라 하루아침에 그들을 버린다면 노부나가는 주고쿠의 다른 아군 세력들에게 신망과 믿음을 잃을 가능성이 있었다.

아마고 카쓰히사와 야마나카 시카노스케 낭인들을 고즈키 성에 들여보낸 히데요시로서는 당연히 그것을 걱정하고 있었고, 또 신의 때문이라도 그들이 몰살당하는 것을 좌시하고 있을 수만은 없었다. 하지만 히데요시는 노부나가의 명령을 거역할 수 없어서 명에 따르겠다는 대답을 하고 물러났다. 그리고 홀로 사적인 감정을 억누르기 위해 자문자답하면서 주고쿠로 향했다.

"이길 수 없는 싸움은 피하고 이길 수 있는 싸움을 하는 것은 병법에서 당연한 일이다. 수단을 위해서라면 신의도 저버릴 줄 알아야 한다. 본래 우리는 더 크고 위대한 목표를 위해 싸우고 있다. 그를 위해서 사적인 정을 끊어내지 않으면 안 된다."

히데요시는 다카구라 산으로 돌아오자 니와, 다키가와, 아케치 등의 제장을 불렀다. 그리고 노부나가의 방침을 그대로 전하며 즉시 진영을 물려서 노부타다 군에 합류할 것을 명했다.

히데요시와 아라키 무라시게의 본군은 니와 부대와 다키가와 부대를 후위로 남겨두고 먼저 퇴각하기 시작했다.

"시게노리重兹는 아직 돌아오지 않았는가?"

히데요시는 다카구라 산에서 퇴각하기 직전까지 몇 번이나 그렇게 물었다.

"아직 돌아오지 않았습니다."

히데요시의 마음을 가장 잘 알고 있는 한베도 마음을 졸이며 고즈키 성 쪽을 돌아보았다. 히데요시의 가신인 가메이 시게노리龜井重兹는 그저께밤 히데요시의 명을 받고 고즈키 성에 사자로 간 상태였다. 히데요시는 시게노리가 적의 포위망을 뚫고 성안으로 들어갔는지, 또 야마나카 시카노스케의 아마고 낭인들이 어떤 결론을 내렸는지 궁금했다. 그는 시게노리를 고즈키 성으로 보내 작전이 바뀐 경위를 알리고 성안에서 탈출해 자신들과 합류한다면 내일 하루 진영을 물리지 않고 기다리겠다고 제안했다.

히데요시는 어제 하루 동안 마음을 졸이며 기다렸지만 성안의 아군은 미동도 하지 않았다. 또 성을 포위한 모리의 대군도 아무런 움직임을 보이지 않았다. 그는 결국 단념하고 다카구라 산에서 퇴각하기 시작했다.

일말의 바람

고즈키 성은 절망의 나락에 빠지고 말았다. 지킬 수도 없었고 그렇다고 성을 나갈 수도 없었다. 어느 쪽이든 오직 죽음만이 기다리고 있었다. 천하의 야마나카 시카노스케도 망연자실 아무런 계책이 없었다. 시카노스케는 히데요시의 사자인 가메이 시게하루에게 사정을 상세히 전해 듣고 이렇게 말했다.

"오직 하늘만 원망할 뿐 누구를 원망할 수 있겠습니까?"

그리고 주인인 카쓰히사를 비롯해 부하들과 회의를 한 뒤 시게노리에게 말했다.

"성안의 지친 병력을 데리고 성을 나가 아군 진영까지 합류하는 것은 불가능합니다. 이렇게 된 이상, 다른 계책을 강구할 수밖에 없을 것입니다. 그러니 부디 저희는 염려하지 마시고 퇴각하시라고 지쿠젠 님께 전해주십시오."

사자를 돌려보낸 뒤 시카노스케는 은밀히 적의 총대장인 모리 데루모토에게 서찰을 보내 항복하겠다는 의향을 밝히고 깃카와와 고바야카와에게 중재를 의뢰했다. 주인인 카쓰히사와 병사 칠백 명의 목숨을 보전하기 위한 것이었다. 하지만 깃카와와 고바야카와는 시카노스케가 세 번이나 청했음에도 그것을 거부하고 성문을 열 것을 요구하며 카쓰히사의 목을 원했다.

"항복을 청하며 연민을 바라는 것은 사치와 같은 것. 카쓰히사의 목을 내어줄 수 없다면 병사 칠백 명도 죽음을 각오하라."

시카노스케는 비통한 눈물을 삼키며 카쓰히사 앞에 엎드려 고했다.

"더 이상 소신들의 힘으로는 어찌할 수 없을 듯합니다. 저희와 같은 불초한 가신들을 만나신 것을 불행이라 생각하시고, 이제 그저 각오하심이 옳으신 듯합니다."

"시카노스케, 그렇지 않네."

카쓰히사가 고개를 저으며 말했다.

"일이 이렇게 된 것은 결코 자네들의 탓이 아니네. 그렇다고 오다 님을 원망할 마음도 없네. 약속 아닌가. 오히려 나는 자네들의 충의가 고마울 따름이네. 모리에게 멸망당한 아마고 가를 한때나마 다시 세울 수 있었던 것도 다 자네들의 충의가 있었기 때문이네. 세상에서 버림받아 출가한 내가 가문을 다시 일으켜 세우겠다는 뜻을 품을 수 있었던 것도 다 자네들 덕분이었네. 그리고 오늘까지 수십 번의 싸움에서 원수인 모리 가를 괴롭혀온 것 또한 사실이네. 하여 나는 아무 미련 없이 세상을 하직할 수 있네."

7월 3일 새벽녘, 카쓰히사는 자신의 배를 갈랐다. 이때 그의 나이는 불과 스물여섯 살이었다. 모리 가와 아마고 가와의 숙연은 다이에이大永 23년(1523년), 아마고 쓰네히사尼子經久와 모리 모토나리가 갈라선 이후부터였으니 그사이의 흥망과 유혈은 그해 덴쇼 6년까지 오십 년간에 걸쳐 처절하게 이어져 온 것이었다.

그런데 그때 야마나카 시카노스케의 진퇴가 다소 의아했다. 주군인 카쓰히사에게 할복을 권한 데다 그때까지 카쓰히사 이상으로 천신만고를 겪으면서 모리 가와 싸워왔기에 주군의 뒤를 이어 할복하지 않을까 싶었지만 그는 전혀 뜻밖의 행동을 취했다.

"카쓰히사 님이 이렇듯 돌아가셨으니 아마고 가의 대도 끊어지고 우리가 처음 품은 뜻도 그 의의를 잃고 말았다……."

시카노스케는 그날 바로 성문을 열고 깃카와 모토하루의 진영으로 가서 항복을 했던 것이다.

"사람의 마음은 참으로 알 수 없는 것이다."

"아무리 충의를 가장해도 결국 마지막 순간이 닥치자 본모습을 드러낸 것에 지나지 않는다."

사람들은 시카노스케를 비난했다. 뻔뻔하게 목숨을 연명한 그의 처사를 두고 비방하는 목소리가 하늘을 찌를 듯했다. 시카노스케가 항복하고 성을 나왔을 때 그를 비난했던 사람들은 며칠 뒤 더 어이없는 이야기를 들어야 했다. 그것은 모리 가가 항복한 장수인 시카노스케에게 스오우의 땅 오천 석을 내리며 앞으로 충성을 다하겠는가 묻자 시카노스케가 기뻐하며 바로 그 자리에서 그 제안을 받아들였다는 것이다.

"짐승보다 못한 비열한 자."

"무사의 본분을 저버린 자."

사람들은 어떤 비난의 말도 부족하다는 듯 '야마나카 시카노스케 유키모리'의 이름을 경멸했다. 그의 이름은 적과 아군을 구분하지 않고 이십 년이나 '백난百難에 굴하지 않는 충의의 무사!'로서 깊이 각인되었다. 그만큼 사람들은 증오심에 불타올랐고, 또 그를 과대평가했던 우매함을 통감했다.

땅에서 뜨거운 열기가 치솟는 7월 한여름이었다. 세상의 시시비비와 조소는 귀에 들리지 않는다는 듯 야마나카 시카노스케는 자신의 처자식과 일족들을 데리고 스오우의 임지로 향했다. 물론 모리 가의 군사들이 앞뒤를 뒤따르며 경호를 겸해 안내하고 있었다. 언제 날뛸지 모르는 맹호는 우리에 넣고 길들이기까지 결코 안심할 수 없다는 뜻인 듯했다.

며칠 뒤, 비추지備中路로 접어들어 마쓰야마의 산기슭에 있는 아베阿部 나루에 이르렀을 때였다.

"피곤하지 않으십니까?"

모리 가의 아마노 기이노카미天野紀伊守가 말에서 내려 시카노스케 곁으로 다가왔다. 시카노스케는 말에서 내려 강가가 보이는 큰 바위에 걸터앉아 있었다.

"자제분과 부인을 먼저 나룻배로 건너 보낼 터이니 잠시 쉬고 계십시오."

기이노카미의 말에 시카노스케는 고개를 끄덕였다. 오늘뿐이 아니라 그는 근래 세상의 평판을 의식해서인지 쓸데없는 말은 하지 않겠다는 듯 말없는 사람으로 변해 있었다. 그가 데려온 낭도들도 말없이 고개만 끄덕일 때가 많았다.

기이노카미가 강기슭에서 혼잡한 나룻배를 향해 무슨 말인가를 하고 있었다. 나룻배는 한두 척밖에 없기 때문에 번갈아가며 사람들을 가득 태우고 건너편 기슭으로 향했다. 그의 아내와 어린아이들도 시카노스케와 고생을 함께해온 삼십여 명의 낭도들 속에 파묻혀 배를 타고 갔다.

"히코구로."

바위에 걸터앉아 배를 바라보며 땀을 닦고 있던 시카노스케가 곁에 있던 종자인 고토 히코구로後藤彦九郎를 불러 명을 내렸다.

"이것을 시원한 강물에 빨아서 가져오너라."

언제나 시카노스케의 곁을 떠나지 않는 시바바시 다이리키노스케柴橋

橋大力介는 시카노스케의 말을 끌고 물을 먹이기 위해 강기슭으로 내려가고 없었다.

날개가 파란 벌레가 시카노스케의 몸을 둘러싸고 날아다니고 있었다. 하늘에는 한낮의 달이 희미하게 걸려 있었고 땅에는 메꽃이 피어 있었다.

"신지新左, 히코에몬. 지금이다. 지금이 기회다!"

기이노카미의 적자인 아마노 모토아키天野元明가 열 마리 정도의 말을 매놓은 나무 사이 그늘에서 작은 목소리로 급히 누군가를 재촉했다. 하지만 시카노스케는 아무것도 알아차리지 못했다. 처자식과 일족을 태운 나룻배가 강 한가운데를 지나고 있었다. 그저 그 모습을 바람을 맞으며 넋을 잃고 바라보고 있었다. 그의 눈에 언뜻 눈물이 비쳤다.

"불쌍한 것들……."

문득 부모이자 남편이며 주인으로서 당장 내일을 기약할 수 없는 가족과 부하들에게 연민의 정을 느낀 듯했다. 벌레가 울고 있었다. 염천 아래, 아스라한 한낮의 달과 메꽃에 왠지 모를 애절함이 느껴졌다.

무사는 정에 약하다고 했다. 시카노스케는 다른 사람들보다 한층 다감하고 다혈질이었다. 그의 눈동자 속에는 선천적으로 가지고 태어난 의협심과 강직함이 한여름 태양보다 뜨겁게 타오르고 있었다.

노부나가에게 버림을 받고 히데요시와는 손을 끊었다. 그리고 고즈키 성을 적의 수중에 넘기고 유일하게 남은 것, 즉 주군 아마고 카쓰히사의 수급까지 적에게 바쳤다. 그럼에도 그는 지금 이렇듯 살아남았고 눈빛은 여전히 빛을 잃고 있지 않았다.

"무엇을 바라고? 무슨 면목으로?"

시카노스케는 자신을 향한 세상의 조롱과 비방을 모르지 않았다. 지금 자신의 몸을 둘러싸고 날아다니는 메뚜기들보다 더 선명하게 듣고 있었다. 하지만 시원한 강바람을 가슴에 맞자 그런 것들은 더 이상 마음이 쓰이지 않았다. 그저 한여름의 풍정과도 같이 바라볼 수 있었다.

"반드시 끝까지 충의를 지키겠습니다."

어릴 적부터 그를 격려해준 어머니에게 맹세하고, 옛 주인과 하늘에 맹세하며 고전을 면치 못하는 싸움의 진두에 섰을 때 중천의 초승달을 향해 합장하면서 그렇게 맹세했던 청년 무렵의 기개를 그는 지금 새삼 가슴속에 떠올리고 있었다.

'제게 백난百難의 시련을 내려주십시오!'

시카노스케는 백난을 뛰어넘어 지금까지 버텨왔다. 그는 한 가지 어려움을 극복하고 그것을 돌아봤을 때의 거대한 생명의 숨결과 더없이 유쾌한 인생의 참맛을 '남아의 본망本望'이라고 명명했다.

'백난 그 자체는 근심할 게 없다!'

시카노스케는 백난을 겪으면서 커다란 환희도 맛보았다. 그런 마음이 있었기 때문에 노부나가의 방침이 일변했을 때나 히데요시가 보낸 사자의 말을 들었을 때에도 망연히 낙담했지만 원망하거나 슬퍼하지 않았다. 그리고 지금 이 순간에도 이젠 끝이라고 절망하지 않았다.

'나는 아직 살아 있다. 살 수 있을 때까지 살 것이다!'

시카노스케는 결의를 다졌다. 그 일말의 바람이란 깃카와 모토하루에게 접근해 그를 죽이고 자신도 그의 칼에 죽는 것이었다. 시카노스케는 아마고 가의 오랜 원수의 숨통을 끊고 저승에서 옛 주인인 쓰네히사와 요시히사를 만나겠다는 일념을 가슴속에 품고 있었던 것이다.

하지만 적도 만만한 인물이 아니었다. 모토하루는 시카노스케가 항복하기 위해 진문에 엎드렸지만 경계심을 늦추지 않았으며 쉽사리 그의 앞에 모습을 드러내지 않았다. 그리고 녹과 영지를 내리고 그곳으로 시카노스케를 보냈다. 시카노스케는 속으로 당황했다. 후일을 기약하며 기다릴 것인가 고뇌에 빠졌다. 그의 처자식과 낭도들을 태운 배가 방금 건너편 나루터에 도착했다.

"……."

그의 눈동자가 멀리 사람들 속에 섞여 배에서 내리는 아내의 모습에 고정된 찰나였다. 소리도 없이 뒤에서 날아온 칼날이 시카노스케의 어깨를 내리치고 바위에 부딪히자 불꽃이 튀었다. 시카노스케와 같은 인물에게도 빈틈은 있었다. 혈육의 정에 그만 모든 마음을 빼앗기고 있었던 듯했다. 불시에 어깻죽지를 향해 날아온 첫 번째 칼날이 그의 몸을 깊이 벤 듯했다.

"앗, 비겁한 놈!"

시카노스케는 몸을 일으키자마자 뒤에 있던 사람의 상투를 부여잡고 외쳤다. 그의 몸을 벤 칼은 하나였지만 그의 배후에는 두 명의 살수가 있었다. 한 명은 가와무라 신자에몬河村新 左衛門, 또 한 명은 후쿠마 히코에몬福間彦衛門이라고 하는 모토아키의 가신들이었다.

"네 이놈!"

시카노스케에게 머리채가 잡힌 것은 신자에몬이었다.

"시카노스케, 주군의 뜻이다. 각오해라!"

히코에몬은 그렇게 소리치면서 칼을 머리 위로 치켜들고 달려들었다. 그러자 시카노스케는 눈을 치켜뜬 채 부당하다고 고함을 치며 신자에몬을 들어 히코에몬의 옆구리를 후려쳤다. 히코에몬은 비틀거렸고 신자에몬은 땅바닥에 내동댕이쳐졌다. 그 순간, 바로 앞에 있는 강에서 첨벙하고 물보라가 크게 일었다. 그 새하얀 포말 속에 시카노스케가 있었다.

"놓치지 마라!"

모리 가의 장수인 미카미 아와지노카미三上淡路守가 소리치며 달려와 강기슭에서 창을 집어던졌다. 고래의 몸통을 꿰뚫은 작살처럼 피로 붉게 물든 강물 위에 창이 꽂혔다. 강으로 뛰어든 히코에몬이 시카노스케를 향해 달려들었다. 신자에몬도 뒤를 이어 강으로 뛰어들어 시카노스케의 다리를 붙잡고 강가로 끌어내서 마침내 목을 땄다. 무수한 피가 강가의 조약돌 사이를 타고 흘러들자 아베 강은 불에 타는 듯 빨갛게 물들었다.

"앗! 주군!"

"시카노스케 님!"

그 순간 강 위에서 통곡하듯 절규하는 소리가 들렸다. 종자인 시바바시 다이리키노스케와 고토 히코구로였다. 두 사람 모두 주인의 변을 보고 곧장 달려왔지만 애초부터 모리 쪽에서 계획적으로 벌인 일이었기 때문에 모리 쪽 무사들에게 제지당하고 말았다. 주인이 죽었다는 것을 알자 두 사람 모두 힘이 닿는 데까지 맞서 싸우다 시카노스케의 뒤를 이었다.

다이리키노스케의 목은 모리 쪽 와타나베 마타자에몬渡辺又左衛門과 우타다사에몬노쇼転左衛門尉가 거뒀고, 고토 히코구로는 적들에게 둘러싸인 채 무수한 칼을 맞고 절명했다. 이로써 시카노스케 유키모리의 삶과 뜻은 최후를 맞이하고 말았다.

"문득 짙은 쪽빛으로 물든 저녁 하늘을 올려다보면 야마나카 시카노스케 유키모리의 불요불굴不撓不屈이 떠올라 마음이 경건해지는구나."

본래 인간의 생명은 영원할 수 없는 것이지만 시카노스케의 충렬과 의로운 마음은 오랫동안 무문의 사람들 가슴속에 살아 숨 쉬며 영원한 생명을 얻었다.

시카노스케가 최후의 순간까지 목에 걸고 있었던 큰 차통과 허리에

차고 있었던 아라미구니유키新見國行의 칼은 그의 수급과 함께 깃카와
모토하루에게 보내졌다.

"만일 그대를 죽이지 않았다면 언젠가 내 목이 그대의 손에 최후를
맞았을 것이오. 그것이 무문의 관례가 아니겠소. 이렇게 되었으니 이
제 그대도 모든 걸 놓고 눈을 감길 바라오."

모토하루는 시카노스케의 목을 향해 합장하면서 그렇게 말했다. 그
리고 자신의 영지에 속한 이즈모 사람이었던 시카노스케의 아내는 자
식들과 함께 정중히 고향으로 보내주었다.

충치

　칠천오백의 히데요시 군사는 일단 고즈키를 떠나 다지마로 향하는 것처럼 보인 뒤 급히 반슈의 가고伽古 강을 우회해서 오다 노부타다의 삼만 군사에 합류했다.

　간기 성과 시가타 성은 7월에 노부타다 대군의 공격을 받고 순식간에 함락되었다. 이제 남은 것은 벳쇼 일족의 본거지인 미기 성뿐이었다. 이렇게 말하면 미기 성까지 이르는 동안의 싸움이 손쉬웠던 것처럼 느껴지지만, 실상은 전위의 요새들을 하나씩 제압하는 데 큰 희생과 치열한 공방을 치러야만 했다. 오다 쪽 총병력 삼만 팔천이 7월부터 공세를 시작해서 8월 중순에 이른 것만 봐도 적들이 얼마나 선전했는지 알 수 있었다. 진일보한 무기를 가지고 시시각각 변화하는 그들의 전법 역시 시간을 지체시킨 원인 중 하나였다.

　주고쿠 군의 병기는 에치젠이나 북쪽의 나라, 또 고신甲信(가이甲斐와 시나노信濃)의 적들과는 비할 바가 아니었다. 오다 군은 이제껏 본 적이 없는 대철포와 강력한 화약의 위력을 처음으로 눈앞에서 목격했다. 히데요시는 적에게 많은 것을 배우면서 공격해 나갔다. 그는 가장 먼저 구식의 화통과 대포를 버리고 구로다 간베가 동분서주해서 구입한 남만에서 만든 대포를 진두의 망루에 설치했다. 그것을 본 니와 고로자에몬의 진영과 다키가와 사곤의 진영에서도 앞다퉈 최신식 대포를 설치했다. 아무래도 멀리 규슈의 히라도平戶와 하가타博多 부근에 있는 수많은 무기 상인이 이번 싸움 소식을 듣고 주고쿠로 들어온 듯했다. 그들은 목숨을 걸고 적국 모리 영지인 쇼카이멘哨海面을 건너와 하리마 해협의 무로노 나루 등에 들어왔다. 히데요시는 그들을 장수들에게 소개해 막대한 자금을 들여 무기를 구입하게 했다.

새로운 무기들은 가장 먼저 간기 성에서 위력을 발휘했다. 성벽을 공격하거나 목재로 망루를 쌓고 가장 위쪽에 대철포를 설치해 성안으로 쏘아댔다. 성의 토벽이나 문 등을 파괴하는 것도 손쉬운 일이었다. 오다 군의 가장 큰 목표는 망루와 본성의 건물이었다. 하지만 적에게도 대포가 있었고 최신식 소총과 화약도 있었다. 오다 쪽 망루는 몇 번이나 파괴되고 불에 탔지만 그때마다 다시 만들어졌다.

그렇게 악전고투하는 동안, 다른 한쪽에서는 공병들이 해자를 메우고 석벽 아래로 진격한 뒤 '가나보리모노金抗者'라고 부르는 땅을 파는 부대를 이용해 밤낮없이 지하도를 팠다. 성안의 적군들은 그것을 막기에 여념이 없었지만 마침내 성은 함락되고 말았다.

시가타와 간기의 작은 성을 함락시키는 데도 이 정도의 노력이 필요한 것을 보면, 미기 본성은 그보다 더 난공불락일 게 불 보듯 뻔했다. 성의 동쪽으로 이십 정 정도 떨어진 곳에 히라이平井 산이라고 하는 고지대가 있었다. 히데요시는 그곳에 진을 치고 병사 팔천을 배치했다.

하루는 노부타다가 히데요시의 진영으로 왔다. 두 사람은 함께 적진을 꼼꼼하게 시찰했다. 적의 남쪽에 있는 구릉과 산 들이 반슈 서부의 산악 지대까지 이어져 있었다. 북쪽으로는 미기 강이 흐르고 있었고 동쪽으로는 대나무 숲 지대와 경작지와 황무지가 펼쳐져 있었다. 그

리고 적은 세 방향으로 높은 성벽을 둘러치고 본성과 성곽과 구루와曲
輪129 세 곳을 중심으로 부근의 언덕에 몇 곳의 방루를 갖추고 있었다.

"지쿠젠, 성급히 공격할 수 없을 듯하군."

노부타다는 성을 바라보면서 혼잣말처럼 말했다.

"어차피 쉽사리 함락시킬 수는 없을 것입니다. 주변은 썩은 듯 보여
도 그 뿌리는 아직 깊은 충치와 같으니 말입니다."

"충치?"

노부타다는 히데요시의 기발한 비유에 쓴웃음을 지었다. 그는 사오
일 전부터 안쪽 어금니를 앓고 있었기 때문에 얼굴이 조금 뒤틀린 듯
일그러져 있었다. 그것을 본 히데요시가 미기 성의 견고함을 자신의
충치에 비유해 말하자 아프기도 하고 우스워서 볼을 감싸고 쓴웃음을
지을 수밖에 없었던 것이다.

"충치라, 재미있는 비유군. 뽑는 데에는 인내심이 필요할 듯하군."

"오체에 속했음에도 그 오체에 반하여 아군을 괴롭히는 하나의 어
금니와도 같은 벳쇼 나가하루는 충치와 같은 존재라고 해도 부족할 것
입니다. 그렇다고 하여 무턱대고 성급히 뽑으려 하면 잇몸은 물론이고
자칫 목숨까지 위태로울 것입니다."

"그럼 어떻게 하면 좋겠는가? 계책이 있는가?"

"수명이 얼마 남지 않았으니 저절로 뿌리가 흔들릴 때가 올 것입니
다. 병량을 나르는 길을 끊고 때때로 뿌리를 흔들어주면……."

"공격할 여지가 보이지 않으면 일단 기후로 돌아오라는 아버님의
명이 있었네. 지구전이 될 듯하니 자네에게 맡기고 나는 일단 기후로

---

129 성곽 안에 있는 구획을 일정하게 나눈 구역. 방어 진지와 식량과 탄약 등을 저장하는 건물을 지은 택지 및 병
사들의 주둔 시설 등이 있는 성곽의 가장 중요한 시설이다. 일본의 성은 이런 구루와가 몇 겹으로 연결된 구조
로 이루어져 있다.

돌아가기로 하겠네.”

“뒷일은 염려하지 마십시오.”

“그럼 내일 아침부터 자네가 이곳을 맡도록 하게.”

노부타다는 그렇게 말하고 히라이 산을 내려갔다.

다음 날, 노부타다는 히데요시 휘하에 팔천 군사를 남긴 채 장수들을 이끌고 기후로 돌아갔다. 히데요시는 팔천 군사를 미기 성의 사방에 배치하고 각각 대대사령부를 두었다. 그리고 임시 진영들을 설치하고 목책을 세우고 보초를 주둔시켜 성과 외부와의 통로를 차단했다. 특히 성의 남쪽 통로에 주둔시킨 감시 부대에 신경을 썼다. 그 길에서 서쪽으로 오 리 정도 내려가면 우오즈미漁住 해변이 나왔는데, 모리 쪽 수군이 그곳을 이용해 종종 대량의 병선으로 무기와 식량 등을 운반했기 때문이다.

“양추涼秋 8월, 좋은 달이다. 이치마쓰, 이치마쓰.”

히데요시는 밖으로 나와 초저녁달을 바라보다가 진막 안을 향해 소리쳤다.

“옛!”

“예!”

“예, 무슨 일이십니까?”

나이 어린 시종들이 대답을 하며 앞다퉈 달려 나왔다. 그 안에 후쿠시마 이치마쓰는 없었다. 허락을 받고 동료와 강으로 헤엄을 치러 갔다고 했다. 히데요시는 가토 도라노스케와 이시다 사기치, 가타기리 스케사쿠 등을 둘러보며 명령했다.

“누구라도 좋으니 여기 히라이 산에서 전망이 좋은 곳에 멍석자리를 준비하라. 달구경을 하도록 하자. 전쟁이 아니니 서로 다투지 말고, 달구경을 하자꾸나.”

"알겠습니다."

사기치와 스케사쿠 등이 달려갔다. 도라노스케는 잠자코 히데요시의 뒤에 서 있었다.

"오도라."

"예."

"한베에게 가서 마음이 내키면 나와 달구경하자고 말하고 오너라."

"예, 다녀오겠습니다."

도라노스케가 달려갔다.

잠시 뒤, 사기치와 스케사쿠가 자리를 마련했다고 알려왔다. 진영이 있는 곳에서 조금 올라간 히라이 산의 산정에 가까운 평지였다. 히데요시는 그곳에 오르자 감탄을 금치 못했다.

"과연, 절경이구나!"

히데요시는 다시 시동들에게 명령했다.

"저 달을 보지 못하는 것은 애석한 일일 터이니 구로다 간베도 불러오너라."

군사軍師, 한베

커다란 소나무 아래는 달구경하기에 최적의 장소였다. 네모난 쟁반에는 마른안주가, 술항아리에는 차가운 술이 담겨 있었다. 사치스럽지는 않아도 진중에서 한때의 여유를 즐기기에는 충분했다. 하물며 휘황찬란한 달이 머리 위에 떠 있었다.

히데요시를 중심으로 다케나카 한베와 구로다 간베, 세 사람은 멍석 위에 앉아 하염없이 달을 바라보았다. 히데요시는 오와리의 나카무라에 있는 고구마밭을 떠올렸다. 한베는 보다이 산에서 처음으로 세상의 신비함을 느끼게 했던 달을 떠올렸다. 그리고 간베는 그들과 반대로 구름이 달을 가리면 먹물처럼 어두워질 내일에 대해 생각했다. 달은 하나였지만 보는 사람의 마음에 따라 다르게 보였다.

"한베 님, 춥지 않으신지요?"

문득 간베가 걱정스러운 듯 말하자 히데요시도 갑자기 근심스러운 마음이 들었는지 한베의 얼굴로 시선을 옮겼다.

"아닙니다. 그다지."

한베는 조용히 웃으며 얼굴을 옆으로 저었지만 순간 그의 얼굴이 달보다 창백하게 보였다.

"재자다병才子多病인가."

히데요시는 탄식했다. 허투루 하는 말이 아니었다. 히데요시는 한베보다 훨씬 더 그의 다병을 근심했다. 나가하마에서는 말 위에서 피를 토한 적도 있었다. 북쪽 정벌의 도정에서도 자주 병을 앓았다. 두 번째 주고쿠 공략을 위해 출전할 때에는 무리라며 만류했지만 한베는 아무 일도 아니라는 듯 진중에 합류했다.

히데요시는 한베가 곁에 있으면 마음이 든든했다. 유형무형의 힘이 되었다. 가령 유비 현덕이 공명을 얻어 사사받은 것처럼 겉으로는 의로 맺어진 군신지간이었지만 마음속에서는 스승으로 우러러보고 있었다. 특히 지금, 주고쿠 공략의 난업으로 싸움이 장기전에 돌입하고, 아군 중에서 질시하는 사람들이 적지 않다 보니 히데요시는 다케나카 한베를 한층 더 의지하고 있었다.

그런데 그런 한베가 주고쿠에 온 이래로 벌써 두 번이나 병으로 쓰러졌다. 히데요시는 너무나도 근심이 된 나머지 교토에 있는 명의에게 그를 억지로 보냈지만 그는 얼마 되지 않아 되돌아왔다.

"저는 선천적으로 허약하게 태어나 늘 병을 달고 살았고, 무사가 진중에서 생활하는 것은 당연한 일이니 딱히 요양을 해도 의미가 없습니다."

한베는 그렇게 말하고 여느 때와 같이 군무에 힘쓰며 조금도 게으르지 않게 생활했다. 하지만 그는 병자였다. 아무리 정신력이 강하다고는 하나 한계가 있었다. 다지마에서 이곳으로 올 때 소나기가 내리는 날이 이어졌다. 그때 무리한 탓인지 히라이 산에 진지를 구축하고 나서 감기 기운이 있다며 이틀 동안 히데요시에게 얼굴을 보이지 않았다. 병은 점점 더 깊어지고 히데요시에게 얼굴을 보이지 않는 날도 늘어갔다. 히데요시는 걱정을 끼치고 싶지 않은 한베의 마음을 잘 알고 있었다. 그래도 근래 며칠 동안은 한베가 웃는 얼굴을 보여 오랜만에 달빛 아래에서 무릎을 맞대고 이야기를 나누고자 했던 것이다. 하지만 달빛 탓이 아닌 듯 한베의 얼굴에서는 어두운 기색이 가시지 않았다.

"아, 잊고 있었습니다."

한베는 주군인 히데요시와 벗인 구로다 간베가 같은 멍석 위에서 달을 감상하면서 자신의 병을 근심하는 마음을 헤아리고 짐짓 갑자기 떠오른 듯 화제를 돌렸다.

"간베 님, 어제 본국의 가신에게 들은 소식에 따르면 적자이신 쇼주마루松壽丸 님이 드디어 낯선 주위 사람들과도 잘 어울리며 건강히 지낸다고 하니 안심하셔도 될 듯합니다."

간베가 싱긋 웃으며 대답했다.

"시게하루 님이 본국에 있는 한 쇼주마루는 아무것도 걱정할 것이 없습니다. 이제껏 한 번도 걱정한 적이 없을 정도입니다."

"하지만, 가끔은 자식의 자란 모습을 보고 싶은 적도 있지 않으십니까?"

"아무리 진중에 있는 몸이라도 부모 마음이란 것이 가끔은 생각이 나기 마련이지요."

두 사람은 한동안 자식들에 대해 이야기를 나눴다. 아직 자신이 낳은 자식이 없는 히데요시는 부모 간의 대화를 부러운 듯 듣고 있을 수밖에 없었다.

쇼주마루는 후일의 구로다 나가마사黑田長政로 간베 요시타카의 적자였다. 간베는 일찍부터 아들의 장래를 고려해 노부나가에게 보냈었다. 그 뒤 노부나가는 쇼주마루를 다케나카 한베에게 맡겼고, 한베는 쇼주마루를 자신의 고향이자 영지인 후와 군의 이와데 성으로 보내 자신의 아이처럼 키웠다.

히데요시를 중심으로 간베와 한베는 그렇게 정의로 맺어져 있었다. 그래서 서로 지략에 있어서는 공통된 면모를 지니면서도 두 사람은 공명과 지위를 두고 다투는 일이 없었다.

달을 보고 술을 마시며 고금의 영웅들의 흥망에 대해 이야기를 나누는 사이 한베도 병을 잊는 듯했다. 하지만 이야기는 결론에 도달해 있었다.

"아침에 삼군을 지휘하더라도 저녁이면 죽을지 모르고, 오늘 밤은 이렇듯 달을 보고 있지만 내일은 어떻게 될지 모릅니다. 그래도 큰 뜻을 품고 그것을 이루기 위해서는 어떤 영웅도 오래 살지 않으면 이루지 못할 것입니다. 후세에 이름을 남긴 영웅과 충신 중에는 단명인 사람도 적지 않았습니다. 하지만 그들이 더 오래 살았다면, 하는 마음은 금할 수가 없습니다. ……또 구태의연한 악폐를 철폐하고 파괴하는 것만이 영웅의 위업이 아닐 것입니다. 그 후에 세워나갈 다음 세대의 문화를 완성하고서야 비로소 영웅의 위업을 이루었다고 할 수 있습니다. 그것이야말로 영웅의 책임이 아닌가 싶습니다."

간베의 말에 히데요시는 몇 번이고 고개를 끄덕이며 동조했다.

"그렇소. 지극히 옳은 말이오."

그리고 침묵을 지키고 있는 한베를 보며 히데요시가 말했다.

"그를 위해서는 내일 어찌 될지 모르는 생명을 사랑하고 평소에 스스로 양생에 힘써 오래 살아야 할 것이오. 한베도 그런 마음가짐으로 부디 몸을 잘 건사하기 바라오."

"동감입니다."

간베가 동조하면서 말을 이었다.

"부디 무리하시지 말고 이번 가을에는 교토에 있는 사찰에라도 들어가셔서 명의를 찾아 양생에 힘쓰길 벗으로서 부탁드립니다. 또 주군을 안심시킨다는 의미에서도 그 역시 충의라고 할 수 있을 것입니다."

간베와 히데요시는 한베에게 양생에 힘쓸 것을 간곡히 권했다. 한베는 두 사람의 진심 어린 말에 무척이나 고마워했다.

"말씀대로 한동안 교토로 가서 양생에 힘쓰도록 하겠습니다. 하지만 그 전에 한 가지, 계획 중인 대사가 있으니 그것을 성공하고 나서 그리하도록 하겠습니다."

히데요시는 고개를 끄덕였다. 일찍이 한베 시게하루의 헌책으로 은밀히 이면에서 진행하는 계책이 하나 있었는데 아직 성공에 이르지 못한 상태였다.

"아카시 카게치카明石景親의 일이 걱정되시오?"

히데요시가 물었다.

"그렇습니다."

한베도 고개를 끄덕이며 말을 이었다.

"요양하기 위해 교토로 가기 전 오륙 일 정도 진영을 떠나는 것을 허락하신다면 제가 은밀히 비젠의 하치만八幡 산성에 가서, 아직 일면식도 없는 사이이지만 아카시 카게치카를 만나 대의를 논하고 이해를 따져 반드시 그를 아군으로 만들도록 하겠습니다. 허락해주시겠습니까?"

"그것이 가능하다면 큰 공임은 분명하나 십중팔구는 어려울 것이 분명한데, 그때는?"

"죽음 외에 무엇이 더 있겠습니까."

한베는 미동도 하지 않고 청아한 목소리로 대답했다.

아카시 카게치카는 우키다 가의 관리로 하치만 산성을 지키고 있었는데 미기 성이 함락되면 마주해야 할 대적이었다. 히데요시는 지금 미기 성 하나도 공략하지 못하는 역경 속에 있었다. 하지만 그는 초조해하며 눈앞의 공성에만 사로잡혀 있지 않았다.

이곳의 싸움은 하나의 국지전에 지나지 않았다. 히데요시의 목표는 주고쿠 전체를 공략하는 것이었다. 한베의 계책을 받아들여 은밀히 하치만 산의 아카시 일족에게 서찰을 보내거나 사자를 보내면서 외교적 교섭을 시도하는 것도 바로 그를 위해서였다.

"가주겠소?"

"가겠습니다."

히데요시는 한베의 결의를 보고도 주저하는 기색을 보였다. 지금, 단신으로 비젠으로 들어가는 것은 너무나 많은 위험이 도사리고 있었기 때문이다. 도중에 위험은 피한다고 해도 만일 아카시 카게치카를 만나 교섭이 실패로 끝났을 때에는 적이 한베를 살려 보내지 않을 수도 있었다. 그러다 보니 히데요시는 한베가 아무 소득도 얻지 못하고 목숨도 보존하지 못할까 봐 불안했다.

'혹여 한베가 병으로 쓰러지나 적진에서 쓰러지나 똑같이 죽는 것이라 여기고 각오하는 것은 아닐까?'

히데요시는 자꾸 그런 생각이 들었다. 그때 곁에 있던 간베가 우키다 나오이에의 가신 중에는 자신이 알고 지내는 벗이 적지 않으니 이번에 한베가 아카시 가에 교섭하기 위해 간다면 자신은 그들과 화친이 이루어지도록 혼신의 힘을 다하겠다고 했다. 그 말을 들은 히데요시는 직감적으로 일이 잘될 것이라고 확신했다. 주고쿠에 들어온 이래, 비젠의 우키다라는 인물을 살펴보니 그의 행동에 꽤 미온적인 부분이 있었다.

히데요시가 보기에 우키다는 위급한 상황에서 모리의 도움을 청했지만 전폭적으로 모리와 동맹을 맺지는 않았다. 오다 쪽에 장래성이 있다면 오다에 붙을 수도 있겠지만, 얻는 것이 없다면 그럴 일은 없을 것이었다. 특히 고즈키 성도 함락되고 깃카와와 고바야카와의 대군이 본국으로 철수한다면 우키다 가는 더욱 그럴 가능성이 농후했다.

"그렇군. 우키다가 타협을 하면 그의 관리인 아카시 카게치카도 어쩔 수 없이 굴복할 것이고, 카게치카가 우리에게 항복하면 우키다도 즉시 화친을 청할 것이오. 이것은 동시에 진행하는 것이 묘수이니 속히 한베도 가도록 하시오. 또 간베도 전력을 다해 우키다 나오이에를 움직이도록 해주시오."

다음 날, 한베는 병환으로 한동안 교토로 요양을 간다며 두세 명의 무사만을 데리고 히라이 산의 진영을 떠났다. 또 며칠 뒤에는 진중에서 구로다 간베의 모습도 보이지 않았다. 하지만 간베는 행선지를 극비에 부칠 뿐 아니라 아군에게조차 히라이 산의 진중에 있는 것처럼 위장했다. 간베는 비책을 품고 비젠의 우키다 가에 세객으로 갔고, 한베 역시 하치만 성의 아카시 히다노카미 카게치카를 설득하러 갔다.

한베는 먼저 아카시 카게치카의 동생인 아카시 간지로明石勘次郎를 찾아갔다. 그와는 교토의 남선사南禪寺에서 참선할 때 두 번 정도 만난 적이 있었다.

'그는 선에도 마음을 두고 있는 무사다. 도의를 들어 설득하면 곧 깨우칠 것이고 그러면 자처해서 형인 카게치카를 설득할 것이다.'

한베가 믿는 구석은 그것에 불과했지만 실제로 간지로와 카게치카는 병구를 이끌고 적국에 사자로 온 그의 열의와 장지壯志에 마음이 움직이지 않을 수 없었다. 한베를 만나기 전까지 그들은 히데요시의 군사軍師이자 뛰어난 책사라고 알려진 그가 어떤 계책과 말로써 자신들을 설득할지 궁금해하며 기다렸다. 하지만 막상 만나서 회담을 하자 한베가 의외로 가식이나 잔꾀를 부리지 않는 그저 평범하고 담대한 인물이라는 것을 알았다.

한베는 사자의 임무를 수행할 때 성심성의를 다해 이체로써 상대를 일깨우고 궤변을 결코 늘어놓지 않으리라 마음먹었다. 사실 병가에서는 실로 눈이 어지러울 만큼 권모술수가 횡횡하고 있었다. 그런 상황 속에서 진솔한 태도로 상대방의 이체에 대해 논한 것이 큰 효과가 있었는지, 아카시 일족은 은밀히 히데요시 쪽에 가담하게 되었다. 한베 시게하루는 양쪽 모두에게 유리하도록 중재한 뒤 요양을 위해 교토로 향했다.

"그럼 한동안 양생에 힘쓰도록 하겠습니다."

그때 히데요시가 한베에게 말했다.

"나를 대신해 노부나가 님을 알현해서 아카시 카게치카의 서신을 올리고 비젠의 하치만 산성이 아군에 가담하게 된 경위를 상세히 말씀드리도록 하시오."

한베는 그길로 니죠 성에 들어가서 노부나가를 만나 히데요시의 서신을 전하고 모든 것을 고했다.

"피 한 방울도 흘리지 않고 하치만 산을 손에 넣었단 말인가? 잘했네."

노부나가는 대단히 기뻐했다. 그것은 반슈 일원에 머물고 있던 자신의 군사가 처음으로 비젠에 첫발을 내딛었다는 의의를 지니고 있었다.

"보기에 많이 야윈 듯하네. 몸을 잘 건사하고 정양하도록 하게."

노부나가는 한베의 병을 걱정하면서 약값으로 은자 스무 냥을 내리고 히데요시에게 황금 백 냥을 보냈다. 한베는 절을 하고 도성 밖에 있는 숙소인 남선사의 말사로 돌아왔다.

서약서

노부나가는 기쁠 때는 도를 넘어설 만큼 기뻐하는 성격이었다. 그는 이번 일로 히데요시를 반슈의 탄다이探題[130]로 봉했다. 히라이 산의 전황은 여전히 난공불락의 미기 성을 에워싼 채 교착상태에 빠져 있었지만 이면에서의 외교 공작은 착착 성과를 올리고 있었다.

하지만 큰 번이었던 우키다 가와의 교섭은 구로다 간베가 필사적으로 노력해도 성공을 거두지 못했다. 비젠과 미마사카 두 주를 거느리고 노부나가 대군과 모리 세력권의 중간에 있는 산요山陽의 우키다 가의 선택, 그 향배에 따라 주고쿠의 장래가 결정된다고 해도 과언이 아니었다.

우키다 가에는 대대로 이즈미노카미 나오이에和泉守直家를 보좌하는 네 명의 중신이 있었는데, 오사후네 기이노카미長船紀伊守, 도가와 비고노카미戸川肥後守, 오카 에치젠노카미岡越前守, 하나후사 스케베花房助兵衛가 그들이었다.

그중 하나후사 스케베는 구로다 간베와 일맥상통하는 점이 많았다. 간베가 세객으로 가장 먼저 그의 집 문을 두드린 것도 그런 이유에서

---

130 주요 지방의 행정과 군사를 담당하는 직명.

였다. 간베는 그와 밤을 새우며 천하에 대해 논하고 앞날에 대해 흉금을 털어놓았다.

"무릇 한 치 앞도 내다보지 못하고 승패에 대한 확신도 없이 그저 무명武名만을 외치며 싸우는 것만큼 어리석은 일은 없을 것입니다. 또한 그것은 주가와 백성을 위하는 일도 아닐 것이며, 더 나아가서는 태평성대의 도래를 늦추는 것에 지나지 않을 뿐이니, 무사의 본분은 결코 그런 데 있지 않을 것입니다."

간베는 그렇게 자신의 견해를 밝혔다. 먼저 상대방의 담력을 높이 사면서 다음 세상에 대해 이야기하며 노부나가의 포부를 밝혔다. 히데요시의 인품도 넌지시 이야기하며 어느 틈엔가 하나후사 스케베의 마음을 사로잡는 데 성공했다. 그리고 하나후사를 통해 도가와 비고노카미를 설득하고 네 명의 중신 가운데 두 명을 히데요시 쪽에 가담시켰다. 그런 다음 직접 우키다 나오이에를 만났다.

"우키다 가는 이젠 더 이상 형세를 관망하고 있을 수만은 없게 되었습니다. 모리 님께 가담할지 하시바 님과 맹약을 맺을지, 둘 중 하나를 선택해야 하는 상황이 다가오고 있습니다."

간베는 히데요시의 사자로서 단도직입적으로 확실한 답변과 분명한 태도를 요구했다.

우키다 가에게 있어 중대사였던 만큼 네 명의 중신 이하 다른 중신들까지 참여한 회의가 열렸다. 하나후사와 도가와는 당연히 간베의 입장을 대변했다.

"하시바 지쿠젠을 통해 오다 쪽에 가담하는 것이야말로 장래의 대계일 것이오."

이에 대해 오사후네 기이노카미가 자신의 의견을 밝혔다.

"히데요시는 노부나가의 병졸에서 입신하여 지금은 하리마 일대를 소유하고 머지않아 산인과 산요의 이십여 개국까지 제압하려는 기개 있는 자로 분명 범인은 아닐 것이오. 하지만 본가는 이미 자제분 중 세 분을 모리 가에 볼모로 보냈으니 지금으로서는 어찌할 수 있는 입장이 아니오."

우키다 나오이에는 오사후네의 말을 듣고 바로 결심을 굳힌 듯 눈썹을 치켜뜨며 모두에게 말했다.

"만일 천하의 대세가 동쪽에 있다고 한다면 본가는 노부나가와 히데요시의 첨병에 맞서 모리 가의 방패가 되어 멸망당하는 것에 지나지 않을 것이다. 가문이 망할 때는 부모 형제와 그 외 일족 등 몇백 명이 희생될지 모른다. 지금 세 아이를 버려 수만의 장병들을 구하고 더 나아가 천하에 도움이 될 수 있다면, 이 나오이에의 아이들은 분명 기뻐하며 적국의 땅에서 눈을 감을 것이다. 나 역시 부모의 정을 뛰어넘어 더 큰 의의를 위해 히데요시와 손을 잡는 것을 결코 무문의 수치라고 생각하지 않는다."

지금과 같은 상황에서 수장이 망설이면 다른 사람들은 나라를 걱정한다는 명분을 내걸고 서로 대립하다 내분이 발생하여 결국에는 멸망의 나락으로 곤두박질칠 것이 분명했다.

"세 명의 자식이 적국의 볼모로 목숨을 잃어도 나라를 지키고 수만 장병들을 구할 수 있다면 그보다 더 기쁜 일은 없을 것이다."

우키다 나오이에의 말에 중신들은 더 이상 이론을 제기하기 못하고 모두 침묵할 수밖에 없었다. 그 대승적인 관점 아래, 중신들의 마음은 하나로 모아졌다.

"나라가 있고 백성이 있으며, 백성이 있고 무문이 있다."

회의는 즉시 그렇게 중지가 모아져 끝이 났다. 그날 우키다 나오이에는 구로다 간베에게 화친 의사를 전하고 반슈의 히라이 산에 파발을 보낼 것을 의뢰했다.

히데요시는 간베의 서찰을 보고 크게 기뻐했다. 그는 간베의 주도면밀함에 감탄할 수밖에 없었다. 간베는 서신에 '이번 일을 완전히 성사시키고 서약서 조인을 위해 그에 걸맞은 분을 조속히 보내주시길 바랍니다'라고 적어 보냈다. 그는 그저 자신은 이면의 책사로 머물고 맹약을 맺기 위한 정사正使를 청한 것이었다.

정사로 선발된 하치스카 히코에몬은 우키다 나오이에를 만나 '당대의 가문은 물론이고 모리 가에 있는 자손들도 소홀히 하지 않겠다'는 히데요시의 말을 전했다. 나오이에는 고마워하며 서약서를 건넸다. 히데요시는 그렇게 미기 성을 함락시키기 전에 화살 한 발도 쏘지 않고 피 한 방울도 흘리지 않고 비젠과 미마사카 두 주를 손에 넣었다.

히데요시는 기쁜 소식을 주군인 노부나가에게 하루빨리 이야기하고 싶었지만 서면 상으로는 위험하다고 생각했다. 아직 극비 사항이었기 때문에 때가 올 때까지 모리 가에는 알려지지 않도록 비밀에 부쳐둘 필요가 있었다.

"간베, 수고스럽겠지만 노부나가 공께 이번 일을 고하러 가주지 않겠소?"

"제가 가도 괜찮다면 기꺼이 다녀오겠습니다."

간베는 즉시 교토로 출발해 아즈치 성에서 노부나가를 만났다. 그런데 이야기를 듣는 동안 노부나가는 심히 못마땅하다는 듯 안색이 좋지 않았다. 일전에 한베가 니죠 성에 와서 아카시 일족의 투항을 보고했을 때 기뻐하던 모습과는 완전히 딴판이었다. 간베는 노부나가의 안색을 헤아리고 말을 삼갔는데 이윽고 노부나가가 간베의 말을 끊으며 말했다.

"대체 이것은 누구의 지시를 받고 한 일인가? 지쿠젠의 명이라면 지쿠젠에게 묻도록 하라. 비젠과 미마사카 두 주의 처분을 독단으로 결정하다니 무엄하기 그지없구나. 돌아가서 지쿠젠에게 그리 말하라.”

노부나가는 노기를 띠고 질타를 하더니 그래도 부족한지 이렇게 덧붙였다.

“지쿠젠의 서신에 따르면, 근일 우키다 나오이에를 데리고 아즈치로 온다고 하는데 설사 나오이에가 온다 해도 나는 만나지 않을 것이다. 나오이에는 물론이고 지쿠젠도 만나지 않을 것이라고 전하라.”

노부나가의 격노에 간베는 어찌할 바를 몰라 하며 침울한 마음으로 반슈로 돌아왔다.

“이와 같은 큰 전과를 올렸음에도 어찌 노부나가 공은 기뻐하기는커녕 어불성설이라고 질타한단 말인가.”

간베는 도저히 이해할 수가 없었다. 노부나가가 성격이 까다롭다는 사실은 익히 알고 있었지만 그렇다고 해도 낙담하는 마음이 컸다. 사실 그대로 말하면 히데요시가 마음고생을 할 게 분명했지만 그렇다고 숨길 수도 없는 노릇이었다. 간베는 히라이 산의 진지에 도착하자 아즈치에서의 일을 상세하게 전하며 히데요시의 안색을 살폈다. 그러자 조금 수척해진 그의 얼굴에 주름과 같은 쓴웃음이 번졌다.

“그렇군. 잘 알겠소. 불필요한 일을 독단으로 결정했다고 화를 내신 것이로군.”

히데요시는 간베처럼 낙담하지 않으며 자신의 공을 무시한 주군의 폭언에 조금도 개의치 않는 듯했다.

“노부나가 공께선 비젠과 미마사카를 제압하고 우키다 가도 격퇴한 후, 그 영지를 가신들에게 나눠주려고 하셨던 듯하군. 흐음, 별일 없이 그리할 수 있다면 좋겠으나.”

히데요시는 가벼운 웃음을 흘리며 다시 말을 이었다.

"전쟁이란 계산대로 되지 않기 마련이거늘, 하루를 보내는데도 어제 했던 생각이 오늘 아침에는 변하기도 하고 오늘 아침의 계획도 낮이 되면 수정해야 하는 경우도 있소. 특히 주고쿠를 평정하는 대업의 전도는 아직 요원하거늘……."

히데요시는 독백처럼 그렇게 중얼거리다 갑자기 간베를 위로했다.

"고생 많았소이다. 그리고 적정하지 마시오."

간베는 문득 히데요시를 위해서라면 죽음도 마다하지 않겠다는 생각이, 스스로 생각해도 무서울 정도로 절실하게 가슴에서 치솟는 걸 느꼈다. 히데요시는 노부나가의 마음을 정확하게 읽고 있었다. 자신이 섬기고 있는 주군의 심중을 헤아리지 못하면 진실로 봉공할 수 없었겠지만, 그렇다고 해도 히데요시가 노부나가의 짚신지기로 시작해 이십여 년 동안, 지금의 신망과 위치에 오른 것은 결코 우연이 아니라는 사실을 눈앞에서 똑똑히 목도한 느낌이 들었다.

"그럼 지쿠젠 님은 처음부터 노부나가 공의 심중을 알면서 우타기가와 일을 도모하신 것입니까?"

"평소의 포부를 헤아리면 언젠가 그럴 것이라고 예상은 하고 있었지만, 화를 내시는 걸 보면 분명할 것이오. 앞서 다케나카 한베를 통해 아카시 카게치카가 항복한 사실을 알렸을 때에는 대단히 기뻐하시며 한베와 내게 과분한 칭찬을 하셨소. 아카시 일족의 항복은 우키다 공략을 용이하게 하고 또 영지의 분배에도 별다른 지장이 없었던 탓에 기뻐하셨을 것이오. ……하지만 우키다를 아군으로 끌어들이면 영지 전부를 몰수할 수 없으실 터이니 그것이 마음에 들지 않으셨을 것이오. 히데요시 놈이 쓸데없는 일을 독단으로 처리했다며……."

"그 말씀을 들으니 이제야 저도 이해가 갑니다. 하지만 심히 진노하셔서 쉽사리 마음이 풀어지지 않을 듯합니다. 우키다 나오이에가 오든 히데요시 님이 사죄하러 오든 만나지 않겠다고 하셨습니다."

"화가 나셨다고 해서 그것을 두려워하며 찾아뵙지 않을 수는 없소. 부부와 가족 간의 화는 서로 피해 있는 것이 방도일 수 있으나 주군이 진노했는데 피해 있는 것은 옳지 않소. 매를 맞든 호된 질책을 당하든 주군 앞에 엎드려 부복하는 편이 좋을 것이오. 또 그것이 주군의 마음을 편하게 해드리는 일일 것이오. 간베, 이번엔 내가 가야겠소. 당장 아즈치에 가야겠소이다."

우키다 나오이에에게서 받은 서약서는 히데요시가 가지고 있었지만 본래 그는 파견군의 총사령관이었기 때문에 조약에 관한 문서는 노부나가의 승인을 거치지 않으면 효력이 없었다. 또 예의상으로도 나오이에가 직접 아즈치로 가서 한번은 노부나가에게 예를 갖추고 향후의 지시를 청하는 것이 순서이기도 했다. 그래서 히데요시는 며칠 안으로 나오이에와 함께 아즈치로 갈 준비를 하고 있었던 참이었다. 그는 그날 바로 나오이에와 함께 출발해서 아즈치에 도착했다. 하지만 노부나가의 진노는 그때까지도 가라앉지 않고 있었다.

"만나지 않겠다."

노부나가는 측신을 통해 일언지하에 거절했다. 히데요시는 당혹스러워하며 성의 대기소에서 고민을 했다.

"오늘은 주군의 기분이 좋지 않으신 듯하니 객사로 물러가서 잠시 기다리는 것이 좋을 듯합니다."

히데요시가 객전에서 기다리고 있는 나오이에에게 유감스럽다는 듯 말했다.

"몸이 편찮은 것인지요?"

나오이에는 불쾌한 기색을 보였다. 항복을 청했다고는 하나 결코 노부나가에게 동정을 구하고 싶지는 않았다. 비젠과 미마사카 두 주의 강병과 일족의 낭도들은 여전히 건재했다. 그저 히데요시의 열정과 간베 요시타카가 설파한 이쯰에 따라 바람직하지 않은 싸움은 피하려고 한 것에 지나지 않았다.

'대체 이게 무슨 냉대인가!'

나오이에는 속마음을 입 밖으로 내지 않았지만 그렇게 생각할 수밖에 없었다.

'더 이상 굴욕을 당할 수는 없다. 속히 본국으로 돌아가 진두에서 다시 얼굴을 마주하리라!'

나오이에가 그런 기색을 눈썹에 드러내며 말했다.

"아니오. 사정이 있다면 다른 때를 기약하겠소이다. 일단 성 아래 객사로 가서⋯⋯."

히데요시의 배려로 상실사의 후당을 객사로 정했다. 나오이에는 서둘러 그곳으로 돌아가서 의복을 벗었다.

"밤이 되기 전에 이곳을 떠나 오늘 밤에는 도성 안에서 일박을 하겠소. 그리고 내일 아침에 나 혼자 먼저 귀국하는 것이 좋겠소."

"아니, 대체 무슨 연유입니까? 아직 노부나가 공과도 대면하지 않으셨는데 말입니다."

"이젠 만나 뵙고 싶은 마음이 없소이다."

나오이에는 처음으로 감정을 드러내며 말했다.

"노부나가 경 역시 나를 만날 생각이 없으신 듯하오. 그렇다면 이곳은 이제 나와는 무연한 타국, 속히 떠나는 편이 서로에게 좋을 듯하오."

"그래서는 제 입장이 난처해집니다."

"하시바 님께는 후일 따로 인사를 올리겠소. 그리고 그 뜻은 잊지 않겠소이다."

"아닙니다. 하룻밤 더 머물면서 마음을 돌리도록 하십시오. 어렵사리 맺은 양가의 화친을 이렇듯 쉽게 수포로 돌아가게 할 수는 없습니다."

히데요시는 나오이에를 간곡히 만류하며 말했다.

"오늘, 만남을 피하신 것은 노부나가 공께 그럴 만한 사정이 있어서입니다. 제가 오늘 밤 다시 찾아뵙고 그 이유를 말씀드리겠습니다. 저도 일단 숙소로 물러가서 의복을 다시 차려입고 올 터이니 저녁은 드시지 마시고 기다려주시길 바랍니다."

히데요시는 그를 남겨두고 일단 돌아갔다. 나오이에는 어쩔 수 없이 저녁을 들지 않고 기다리고 있었다. 히데요시는 의복을 갈아입고 다시 그를 찾아와서 저녁을 함께 먹으면서 담소를 나누었다.

"그렇지. 이번 일로 노부나가 공이 어째서 저를 박대하고 계시는지 그 연유를 말씀드리겠다고 약속했었지."

히데요시는 갑자기 생각났다는 듯 그에 대해 이야기하기 시작했다. 우키다 나오이에는 그 이야기를 듣고 싶은 마음에 출발을 연기하고 있었던 터라 히데요시의 입술을 유심히 바라보았다.

"실은 이렇습니다."

히데요시는 먼저 자신이 독단으로 일을 계획해서 실행한 것이 주군의 기분을 상하게 한 원인이라고 한 뒤 흉금을 털어놓았다.

"제 계책을 쓸데없는 독단이라고 화를 내신 노부나가 공의 심중에는 바로 이런 생각이 있었던 것입니다. 실례의 말씀입니다만 미마사카와 비젠은 시기상의 문제일 뿐 언젠가 오다 가의 손에 들어갈 것입니다. 그런데 굳이 지금 우키다 가와 화친을 맺을 필요는 없을 것이며, 무엇보다 우키다 가를 무너뜨리면 그 영지를 제장들의 공로로 나눠줄 수도 있습니다. 그런데도 아즈치의 명도 없이 화친을 맺은 것에 진노하신 것입니다. 하하하.”

히데요시는 웃으면서 말했지만 그의 말은 한 치의 거짓도 없는 사실이었다. 나오이에의 얼굴은 창백해지고 말았다. 위압이라면 이보다 더 심한 위압이 없었다. 하지만 노부나가가 그렇게 생각하고 있다는 점은 의심의 여지가 없었다.

“그래서 기분이 안 좋으신 것입니다. 제게도 알현을 허락하지 않으시고 나오이에 님도 만나지 않으신 것입니다. 결코 결심을 돌리지 않으려는 생각이신 듯합니다. 그리 굳게 결심하시면 이후 결코 마음을 돌리는 법이 없으십니다. 그래서 나오이에 님께는 죄송스러운 일이나, 제게 맡기신 서약서는 임시 조약이라 주공의 직인을 받지 않는 한 아무런 효력이 없습니다. 제게 돌려달라고 하시면 기꺼이 돌려드리겠습니다. 그리고 내일 아침에 돌아가셔도 저는 어쩔 수가 없을 듯합니다.”

히데요시는 일찍이 맡아놓은 서약서를 꺼내서 나오이에에게 돌려주었다. 하지만 나오이에는 그것을 받지 않고 촛대의 촛불만을 바라본 채 꼼짝도 하지 않았다.

“……”

히데요시도 미안한 듯 입을 굳게 다물고 있었다. 나오이에는 꽤 오랫동안 생각에 잠겨 있었다.

“아니오.”

불현듯 나오이에가 침묵을 깨고 입을 열었다. 그러고는 공손히 양손으로 바닥을 짚으며 말을 이었다.

“다시 정식으로 부탁하겠소. 노부나가 공을 만날 수 있도록 한 번 더 진력을 다해주시길 부탁드리오.”

그 전까지는 구로다 간베에게 억지로 설득당해 항복했는데, 이번에는 진심으로 항복하는 듯한 태도였다. 히데요시는 고개를 크게 끄덕이며 말했다.

"알겠습니다. 그렇게까지 오다 가를 신뢰하신다면."

나오이에는 열흘을 넘게 상실사에 머물며 소식을 기다렸다. 히데요시는 기후의 노부타다에게 부탁해서 노부나가의 마음을 돌리려고 급히 기후에 사자를 보냈다. 노부타다는 상락의 용무도 있어서 얼마 뒤 교토로 올라왔다. 히데요시는 나오이에를 데리고 노부타다를 만났고 마침내 노부타다의 중재로 노부나가의 마음을 되돌릴 수 있었다. 그리고 서약서에 직인을 찍은 날부터 우키다 일족은 모리 가와 결별하고 완전히 오다 쪽에 속하게 되었는데, 그로부터 불과 칠 일도 지나지 않아 오다 쪽의 용장인 아라키 무라시게가 노부나가를 배신하고 모리 쪽과 호응해 돌연 오다의 발밑에서 반기를 드는 일이 발생하고 말았다.

● 1565년 제2차 갓산토다성 전투

주고쿠 이즈모국의 갓산토다성에서 벌어진 모리 가문과 아마고 가문 간의 전투이다. 모리 모토나리(毛利元就)는 아마고 가문의 거점을 차례차례 손에 넣고, 에이로쿠 8년(1565년)에 9월, 갓산토다성을 포위하여 지구전을 펼쳤다. 시간이 지남에 따라 아마고군의 농성병들이 줄지어 투항하기 시작했고, 아마고 가문은 결국 항복했다. 모리군은 아마고 요시히사 등 아마고 일족의 생명은 빼앗지 않았으나, 일족을 모두 아키국으로 데려가 유폐시켰다.

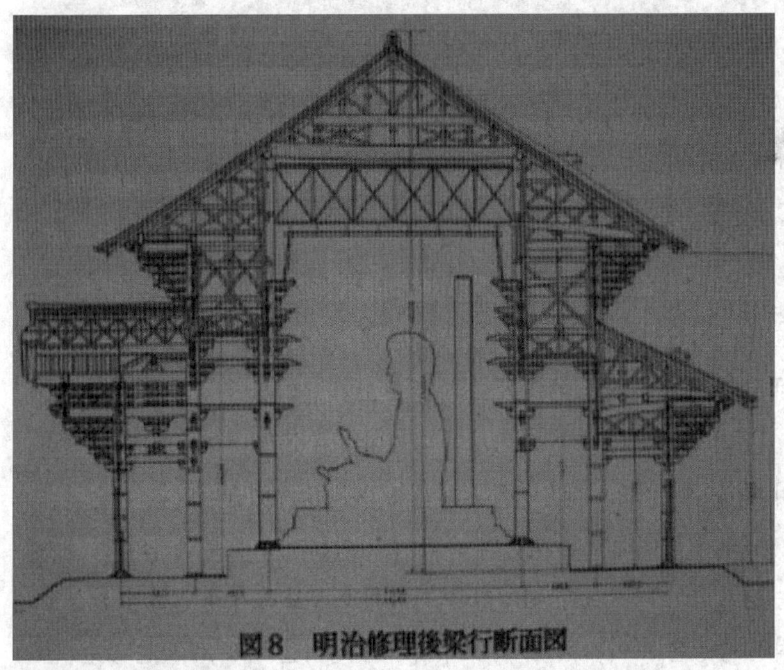

● 1567년 도다이지 대불전 전투

마쓰나가 히사히데(松永久秀)와 미요시 요시쓰구(三好義継)가 도다이지 사찰에서 벌인 전투이다. 이때 대불전을 비롯한 대불의 상당 부분이 손상됐으며, 에도시대에 와서야 복원 및 재건 작업이 진행되었다. 도다이지(東大寺)는 일본 화엄종(華厳宗)의 대본산으로써 일본의 호국불교를 상징하는 사찰이기도 하다.

뜻밖의 모반

"거짓말일 것이다!"

노부나가는 아라키 세쓰노카미 무라시게가 모반을 일으켰다는 보고가 들어와서 아즈치를 놀라게 했을 때, 믿을 수 없다는 표정을 지으며 부정했다. 하지만 이윽고 또 다른 보고가 올라왔다.

"무라시게를 따라 다카쓰키의 다카야마 우곤高山右近과 이바라기茨木의 나가야마 기요히데中山清秀도 함께 모반을 일으켰습니다."

사태가 중대해지고 사건의 윤곽이 명확해지자 노부나가의 얼굴에는 당혹함이 역력했다. 하지만 신기하게도 분노하거나 평소의 신경질적인 증상은 보이지 않았다. 노부나가의 성격을 '화火'로 보는 것은 잘못되었다. 그의 냉정함을 보고 '수水'와 같은 사람이라고 하는 것도 잘못되었다. 노부나가는 불인 듯하면서도 물이었고 물인 듯하면서도 불과 같았다. 다시 말해 뜨거움과 차가움 둘 다 가지고 있었던 것이다.

"지쿠젠을 불러라."

침묵을 지키고 있던 노부나가가 돌연 좌우의 사람들을 향해 그렇게 말했다.

"하시바 님은 오늘 아침 일찍 하리마로 떠난 듯합니다."

노부나가에게 급변을 알리러 와서 침묵을 지키며 대기하고 있었던 다키가와 가즈마스가 대답했다.

"벌써 돌아갔단 말인가?"

바로 어젯밤 우키다 나오이에와 함께 축배를 들었던 것이다. 노부나가얼굴에 조금씩 초조한 기색이 나타났다.

"아직 멀리는 가지 않았을 터이니 명을 내리시면 제가 달려가서 하시바 님을 불러오도록 하겠습니다."

그렇게 말하는 사람이 누구인가 살펴보니 항상 노부나가 뒤에 있는 란마루였다.

"오, 란마루구나."

노부나가는 힘을 얻은 듯 말했다.

"지금 당장 다녀오너라."

"알겠습니다. 잠시 기다려주십시오."

란마루는 인사를 하고 밖으로 달려 나갔다. 그런데 오후가 지나도록 란마루는 돌아오지 않았다. 그러는 동안, 이타미伊丹 방면과 다카쓰키 성 부근에서 척후병들의 보고가 속속 들어왔다. 그중에서도 노부나가의 간담을 가장 서늘하게 한 보고는 '오늘 새벽, 수많은 모리의 수군이 효고兵庫 해안으로 와서 아라키 시게하루의 휘하에 있는 성인 하나구마花隈 성안으로 들어갔다'는 새로운 사실이었다.

하나구마 성 아래, 니시노미야酉/宮에서 효고에 이르는 해안길은 교토와 오사카에서 반슈로 통하는 유일한 교통로였다.

"지쿠젠도 이젠 그곳을 지날 수 없을 것이다."

노부나가는 파견군과 아즈치의 연락이 차단될 위험이 있다는 사실을 깨닫자 적의 손길이 자신의 턱밑까지 다가온 듯 초조해했다.

"란마루는 아직인가?"

"아직 돌아오지 않았습니다……."

노부나가는 다시 침묵에 잠겼다. 주고쿠의 모리와 오사카의 이시야마 본원사, 이렇게 양대 적국을 둘러싸고 그들과 이어진 산인山陰의 하타노波多野 일족과 하리마의 벳쇼, 이타미의 아라키 시게하루 등의 무리가 본성을 드러냈구나, 하는 긴장감에 온몸의 신경이 곤두서는 듯했다. 게다가 동쪽을 보면 소슈相州의 호죠 가와 가이의 다케다 가쓰요리가 근래 화친을 맺고 노부나가가 주고쿠 공략에 힘을 다 소진하기만을 기다리고 있는 상황이었다.

란마루는 말을 타고 세다勢田 촌을 지나 오쓰大津를 넘어 삼정사三井寺 아래에서 마침내 히데요시의 행렬을 따라잡았다. 히데요시는 그곳에서 휴식을 취하는 것처럼 보였지만 실은 아라키 무라시게가 배신했다는 소식을 듣고 호리오 모스케와 다른 두세 명을 보내 상황을 파악하고 있었다. 란마루는 히데요시를 만나자마자 급히 말했다.

"주군께서 히데요시 님을 뵙고 싶다며 급히 저를 보내셨습니다."

"그렇지 않아도 주군의 지시를 받기 위해 가신들을 도성으로 보낸 참이었으니 바로 가세."

히데요시는 부하들을 삼정사에 남겨두고 란마루와 함께 말을 돌려 달려갔다. 그는 가는 도중 노부나가가 무라시게의 모반에 얼마나 격노하고 있을지 생각해봤다. 무라시게가 처음 노부나가를 따른 것은 니죠의 관저를 공격해 장군 요시아키를 쫓아낼 때였다.

노부나가는 자신의 마음에 조금이라도 들면 편애하는 경향이 있었는데, 그중에서도 무라시게의 무용을 유달리 크게 인정했다. 그동안 노부나가는 무라시게를 다른 사람들보다 몇 배나 총애했다.

본래 무라시게는 아무런 세력도 없는 일개 무인에 지나지 않았다. 그런 그를 거둬서 휘하의 장수로 삼고 수족과 같은 효장의 반열에 올려 최고 대우를 해왔던 것이다. 특히 히데요시의 부장으로 주고쿠 공략의 대사에 참가시킬 정도로 신뢰했던 그에게 배신을 당한 노부나가의 마음이 어떠할지 생각하니 히데요시는 마음이 편하지 않았다.

'나에게도 절반의 책임이 있다.'

히데요시는 아즈치로 길을 재촉하며 스스로를 책망했다. 자신의 부장이자 또 평소부터 사적인 교류도 깊었던 무라시게가 바보 같은 짓을 저지를 때까지 모르고 있었다니! 단순히 몰랐다는 것만으로 그냥 넘어갈 수 없는 일이라고 자책했다.

"란마루 님."

"예."

"무슨 들은 말은 없소이까?"

"아라키 님의 변심에 대해서 말입니까?"

"무슨 불만이 있어서 노부나가가 공에게 칼을 들이대게 됐는지, 그 원인을……."

갈 길이 멀다 보니 무리하면 말이 금방 지칠 터라 히데요시는 속도를 조절하며 뒤에서 따라오는 란마루를 향해 물었다.

"이전부터 소문을 들었습니다."

란마루가 운을 뗀 뒤 말을 이었다.

"아라키 님의 가신 중에 이시야마 본원사 쪽에 군량미를 판 자가 있는 듯합니다. 요즘 오사카 쪽은 육로가 차단당하고 해상이 오다 가의 구기九鬼 님의 수군에 봉쇄되어 있다 보니 병량을 모리 쪽 병선에서 가져올 수도 없는 실정이라 곤란을 겪고 있습니다. 그래서 쌀값이 치솟고 있지요. 군량 때문에 어려움을 겪는 오사카 성에 쌀을 밀매하면 막대한 이익을 얻는 것은 자명했습니다. 그런 상황에서 무라시게 님의 가신이 오사카 쪽에 쌀을 팔았습니다. 그 뒤 무라시게 님이 주군께서 죄를 물을까 봐 두려워 선수를 쳐서 반기를 든 것이라고 말하는 자들이 있습니다."

"그것은 적이 반간고육계反間苦肉計로 퍼뜨린 근거 없는 소문임이 분명하오."

"저도 거짓말이라고 생각합니다. 제 생각으로는 평소 아라키 님의 공을 질시 어린 눈으로 지켜보던 어떤 자의 참언 때문인 듯합니다."

"어떤 자라니요?"

"아케치 님 말입니다. 아케치 님은 항상 무라시게 님의 이야기가 나오면 주군께 좋게 말한 적이 없습니다. 늘 주군의 곁에서 그런 말을 들으면서 저는 내심 오늘과 같은 일을 걱정했었는데, 아니나 다를까……."

문득 란마루는 입을 다물었다. 말이 다소 지나쳤다는 것을 깨닫고 속으로 후회하는 듯했다. 란마루는 미쓰히데에게 품고 있는 감정을 드러낼 때마다 처녀처럼 부끄러워했다.

"아, 벌써 아즈치 성이 저기 보이는군. 란마루 님, 서두릅시다."

히데요시는 상대의 반응에는 전혀 개의치 않고 손가락으로 성을 가리키며 말을 재촉했다. 성의 정문은 변고를 듣고 달려온 사람들의 종자나 가까운 나라에서 달려온 사자들로 혼잡했다. 히데요시와 란마루는 그들 사이를 헤집고 본성으로 들어갔다.

"회의 중이십니다."

히데요시도 회의에 참석하려고 했지만 노부나가를 만나고 나온 란마루가 히데요시를 본성의 삼층루三層樓로 안내했다.

"주군께서 타케노마竹間에서 기다리라고 하셨습니다."

타케노마, 기리노마桐間 등의 방이 있는 일 층은 노부나가의 거실이었다. 히데요시는 혼자 자리에 앉아 호수를 바라보았다. 이윽고 노부나가가 와서 상좌에 털썩 주저앉았다. 히데요시는 예를 취한 뒤 침묵을 지키고 있었다. 오랫동안 두 사람 사이에 침묵이 흘렀다. 두 사람 모두 쓸데없는 말을 하고 있을 시간이 없었던 것이다.

"지쿠젠, 자네는 어떻게 생각하는가?"

노부나가가 비로소 입을 열었다. 그것을 보더라도 회의 자리에서는 의견이 분분해 아무런 결정도 내리지 못했다는 것을 알 수 있었다. 히데요시가 대답했다.

"아라키 무라시게라고 하는 사내는 지극히 정직한 자로, 말하자면 무용이 뛰어난 바보 같은 사내라고 할 수 있는데, 이렇게까지 어리석은 자인 줄은 몰랐습니다."

히데요시의 말속에는 자신의 부장이자 사적으로는 벗이기도 한 무라시게의 어리석은 행동을 애석해하는 진심이 담겨 있었다.

"아니네. 아니야."

노부나가는 고개를 저으며 말했다.

"그렇지 않네. 그 녀석은 자신의 꾀에 빠져 내 전도를 위태롭게 하고, 이해利害에 눈이 멀어 모리와 내통했네. 그것은 약삭빠른 자들이나 할 짓이니 무라시게는 얕은 지혜를 우쭐대는 자에 불과하네."

"그러니 바보라고밖에 할 수 없습니다. 과분한 은혜를 입고 있으면서도 무엇이 부족하여."

"모반을 일으키는 자는 어떻게 대해도 결국 모반을 일으키기 마련. 가령, 마쓰이에 단죠와 같은 자를 보더라도."

노부나가는 감정을 그대로 드러냈다. 히데요시는 처음으로 노부나가가 상대를 가리켜 '그 녀석'이라고 말하는 것을 들었다. 노부나가는 이미 모반을 일으킨 무라시게를 신하나 사람으로 인정하고 싶지 않은 게 분명했다. 그 때문인지 그는 증오나 분노를 온전히 겉으로 발산하지 못했고 회의에서도 아무런 결론을 내리지 못했다. 히데요시의 고민도 바로 거기에 있었다.

이타미 성을 칠 것인가, 아니면 무라시게를 달래서 모반을 접도록 해야 할 것인가. 문제는 이 두 가지 선택지 중에서 어떤 선택을 내릴 것인가였다. 이타미 성을 공격해서 함락시키는 것은 어려운 일이 아니었다. 하지만 겨우 주고쿠 공략의 첫발을 내디딘 지금, 그와 같은 작은 일로 군사를 이타미 성으로 돌린다면 기본 전략을 불가피하게 수정해야만 했다.

"먼저 제가 사자로 가서 무라시게를 만나 이야기해보겠습니다."

히데요시는 자처해서 사자의 임무를 맡겠다고 했다.

"그럼 자네도 지금은 군사를 동원해서 문제를 해결하는 것을 옳지 않다고 생각하는가?"

"가능하면 그렇게 하는 것이."

"고레도 미쓰히데를 비롯해 자네와 같이 무력을 동원해선 안 된다고 주장하는 자가 두세 명 있네. 하니 사자는 다른 사람을 보내도 될 것이네."

"아닙니다. 제게도 절반의 책임이 있습니다. 부장으로 제 휘하에 있던 무라시게가 저지른 일이오니."

"아니네."

노부나가는 강하게 머리를 흔들며 말했다.

"너무 친한 자를 보내서는 위엄이 서지 않을 것이네. 마쓰이 유칸, 고레도 휴가노카미, 만미 센치요万見仙千代 세 명을 보내겠네. 어르고 달래기보단 소문의 진위 여부를 따지는 게 좋을 듯싶네."

"그것도 좋을 듯합니다."

히데요시는 노부나가의 말을 거스르지 않고 벗과 주가를 위해 한

마디 덧붙였다.

"세상 속담에서는 불자佛者의 거짓말은 방편이라고 하고 무문의 변變을 전략이라고 합니다. 변은 변으로써 응해야지 변을 정면에서 맞서는 것은 엄하게 금해야 할 것입니다. 모리 쪽을 유리하게 만드는 일은 반드시 피하는 것이 좋을 듯합니다."

"알고 있네."

"평의評議의 결과도 기다리고 싶으나 하리마 쪽의 동요가 근심이 되어 저는 그만 돌아갈까 합니다."

"그런가?"

노부나가는 다소 아쉬운 듯 물었다.

"귀로는 어떻게 할 것인가? 효고 쪽 길은 이제 함부로 지날 수 없게 되었으니 말이네."

"해로도 있으니 걱정하지 마십시오."

"흐음. 그럼 결과는 파발을 통해 알려줄 터이니 자네도 연락을 게을리하지 말게."

"너무 심려치 마십시오."

히데요시는 아즈치 성에서 물러났다. 그리고 몸도 많이 지쳐 있어서 부하에게 범선을 띄우도록 명한 뒤 오쓰로 건너가 그날 밤은 삼정사에서 일박하고 다음 날 교토로 향했다. 그리고 그곳에서 호리오 모스케와 후쿠시마 이치마쓰를 먼저 보내 사카이 해변에 배편을 준비해두라고 명하고 자신은 게아게蹴上에서 길을 돌려 남선사南禪寺에 들렀다.

사전에 잠시 휴식을 취하겠다고 알렸지만 실은 단순히 중식을 먹기 위해서는 아니었다. 남선사에 꼭 만나고 싶은 사람이 있었던 것이다. 히데요시는 상락 때마다 그를 만나는 것을 마치 애인을 만나는 일처럼 즐겁게 생각했다. 히데요시가 기다리는 사람은 사찰 안에 있는 암자에서 조용히 정양하고 있는 자신의 부하 다케나카 한베였다. 절의 승려들은 갑자기 귀빈이 찾아오자 그를 응대하느라 정신이 없었다. 히데요시가 승려를 붙잡고 말했다.

"가신들은 모두 끼니를 가지고 있으니 그저 차 한 잔으로 족하네. 또 나는 이 절에서 요양 중인 한베 시게하루의 문병을 위해 잠시 들른 것이니 주안상 등은 필요 없네. 그저 한베와 이야기를 나눈 뒤 밥 한 끼 대접받으면 그걸로 족하네."

히데요시는 그렇게 말한 뒤 이어 물었다.

"그런데 병자의 용태는 이곳에 온 후로 어떠한가?"

승려가 근심스러운 듯 대답했다.

"별다른 진전은 없는 듯합니다."

"약은?"

"아침저녁으로……."

"의원은 자주 찾아오는가?"

"예, 교토의 의원도 오시고, 노부나가 님께서 보내신 의원도 종종 찾아오십니다."

"자리에서 일어났는가?"

"아닙니다. 요 삼 일 동안은."

"자리에 누워 있었는가?"

"예."

"거처는 어디인가?"

"저편 별채가 조용하고 또 그곳을 좋아하시는 듯해서."

"그리 가야겠군. 신발은 있는가?"

히데요시가 정원을 내려갔을 때, 한베를 시중드는 어린 무사 한 명이 달려와서 고했다.

"나리께서 이제 의복을 갈아입으시고 나오실 터이니 잠시 객전에서 쉬고 계시는 것이 어떠하신지요?"

"일어나면 안 될 것이다."

히데요시는 당치도 않다는 듯 그렇게 말하며 정원 안에 있는 암자 쪽으로 걸어갔다. 히데요시가 왔다는 말을 듣자 한베는 하인에게 바로 자리를 접고 방 안을 청소하라고 명한 뒤 그사이에 의복을 갈아입었다. 그리고 신발을 신고 밖으로 나와 대나무 울타리 아래 핀 국화 사이로 흐르는 작은 개울에 입을 헹구고 손을 씻었다.

"병자가 어찌 이리 몸을 가벼이 움직인단 말이오."

히데요시가 뒤편으로 다가와 가볍게 한베의 어깨를 두드리며 말했다.

"아니, 언제 오셨습니까?"

한베는 몸이 땅에 닿을 듯 구부리며 말했다.

"자, 어서 저리로."

한베는 말끔히 청소된 방 안으로 히데요시를 맞아들였다. 히데요시는 소박한 벽에 선가의 묵적墨蹟 말고는 아무것도 없는 방에 기분 좋게 책상다리를 하고 앉았다. 아즈치 성의 화려한 색채에 파묻혔던 히데요시의 진바오리나 갑주가 검소한 암자 안에 있으니 유독 화려해 보이고 위엄 있게 보였다.

"……"

한베는 몸을 구부린 채 마루로 올라와 조용히 히데요시 옆에 앉았다. 방에는 검게 그을린 대나무의 마디를 잘라 만든 화병에 한 송이 흰 국화가 꽂혀 있었다. 한베가 그것을 살짝 한쪽으로 밀어놓았다. 들판에 있을 때는 그다지 눈에 띄지 않는 국화도 이곳에 놓으니 향기가 은은했다.

'병상은 치울 수 있지만 약 냄새나 눅눅한 냄새가 나는 것을 걱정해

서 분향 대신 국화 한 송이를 꽂아둔 것이로군.'

히데요시는 속으로 그렇게 생각하며 근심스러운 얼굴로 물었다.

"이리 일어나 있어도 괜찮은 것이오?"

멀리 물러나서 정식으로 다시 절을 하는 한베의 모습에는 주군의 방문을 기뻐하는 기색이 역력했다.

"너무 심려치 마십시오. 얼마 전부터 늦가을 추위가 이어진 탓에 조심하느라 장지문을 닫고 방 안에 틀어박혀 있었습니다만 오늘부터 날이 따뜻해져서 일어날까 하던 중이었습니다."

"교토는 겨울이 빨리 찾아오고 특히 아침저녁은 춥다고 하오. 하니 겨울 동안에는 어디 따뜻한 곳으로 옮기는 것이 어떻겠소?"

"아닙니다. 병도 날이 갈수록 호전되고 있습니다. 겨울이 되기까지는 반드시 완쾌하여."

"당치 않은 소리요."

히데요시는 짐짓 놀란 듯 말했다.

"어렵사리 호전되는 기색이 보이면 이번 겨울은 더욱더 병상에서 나와서는 아니 될 것이오. 이번에야말로 완전히 나을 때까지 충분히 요양을 하시오. 그대의 몸은 그대 혼자의 것이 아니오."

"황송한 말씀입니다."

한베는 어깨를 떨어뜨리고 고개를 숙였다. 무릎에 놓여 있던 손으로 바닥을 짚으며 흐르는 눈물 때문에 한동안 아무 말도 하지 못했다.

'아, 많이 야위었구나.'

히데요시는 속으로 크게 탄식했다. 다다미를 짚고 있는 한베의 손목은 가늘었고 귀밑머리 부근은 유독 앙상했다.

'그의 지병은 불치란 말인가?'

그런 생각이 들자 가슴이 아파왔다.

'애초에 병약한 그를 억지로 난세 속으로 끌어낸 사람은 누구인가? 차가운 비바람 속에서 몇 번의 전쟁을 치렀던가. 평소에 군무 때문에 편히 쉬는 날도 없이 오늘까지 그를 혹사시킨 자는 누구인가? 게다가 본래 스승으로 우러러볼 사람을 가신처럼 대하면서 아직 그에 보답할 만한 기쁨도 주지 못했는데…….'

히데요시는 속으로 사죄하고 자신을 책망하면서 어느 틈엔가 옆을 바라보며 눈물을 뚝뚝 흘리고 있었다. 그런 그의 눈앞에서 대나무 꽃병에 꽂혀 있는 하얀 국화가 어느새 물을 머금고 은은한 향기를 풍기고 있었다.

군신君臣과 사제師弟

한베는 군무로 마음고생이 심한 주군에게 그만 눈물을 보여 마음을 흐트러지게 한 것은 신하로서 불충이며 무사로서 불찰이라며 마음속으로 자신을 꾸짖었다.

"피비린내 나는 진중에서 심신이 지치시지 않았나 해서 정원에 핀 국화 한 송이를 화병에 꽂아두었는데 다소나마 위안이 되셨으면 더 바랄 것이 없습니다."

한베는 아까부터 얼굴을 돌리고 꽃을 바라보는 히데요시의 모습을 보며 짐짓 화제를 돌리기 위해 그렇게 말했다.

"흐음, 그렇구려."

암울하게 입을 다물고 있던 히데요시는 한베의 말에 한숨을 돌리고 꽃을 바라보며 몇 번이나 고개를 끄덕였다.

"향기가 아주 좋소."

히데요시는 그렇게 말하고 다시 말을 이었다.

"히라이 산의 진지에도 들국화가 피었을 텐데 이와 같은 향기는 맡은 적이 없고 또 저런 색도 본 적이 없소이다. 늘 피 묻은 짚신으로 짓밟고 지났을 테니 말이오. 하하하."

히데요시는 한베를 똑바로 바라보며 분위기를 밝게 하기 위해 애를 썼다. 병자인 한베가 주군인 자신을 위로하기 위해 애쓰는 마음을 느끼고 히데요시 역시 똑같이 마음을 썼다.

"문득 이곳에 앉아 절실히 느끼는 것은 심신이란 둘인 듯하지만 하나라는 사실이오. 늘 그 둘을 명징하게 유지하며 살아가기란 실로 어려운 일인 듯하오. 전쟁은 분주한 것이고 또 인간을 조잡하게 만들기도 하오. 그런 의미에서 오늘은 이리 마음이 차분해져서 참으로 기쁘기 그지없소. 어쩐지 기운이 맑아지고 마음을 새로 할 수 있을 듯하오."

"몸이 한가하고 마음이 평온해지면 인간이란 참으로 고귀한 존재가 되는 듯합니다. 하지만 지나치게 한가한 사람이 되어 공적空寂해지면 그러한 보람도 없을 것입니다. 주군께서는 지금 심신이 모두 생사를 다투는 진중에 계셔서 더없이 다망한 몸이시니 때론 이렇듯 한때의 작은 한가로움이 크게 도움이 될 것입니다. 그에 비하면 저와 같은 이는……."

한베가 다시 자신의 병을 책하며 사죄하려는 듯한 기색을 보이자 히데요시가 그의 말을 가로막았다.

"그런데 세쓰노카미의 모반 소식은 들었소이까? 그 아라키 무라시게가 멍청한 짓을 저질렀다는 소문 말이오?"

"예, 어젯밤 사람이 와서 자세히 들었습니다."

한베는 그다지 큰일도 아니라는 듯 아무 표정도 짓지 않았다.

"그래서 말인데."

히데요시가 몸을 앞으로 굽히며 말했다.

"아즈치의 평의에서는 일단 무라시게의 불평을 들은 후에 그를 달래고 설득하기로 했는데, 어떻게 생각하시오? 또 만일 무라시게가 끝까지 반기를 드는 경우에는 어떻게 해야 할지 기탄없이 그대의 의견을 들고 싶소이다. 실은 그 일도 있고 해서 들른 것이오. 한베, 그대는 이 일에 대해 어떻게 생각하시오?”

한베는 한 마디로 대답했다.

“좋습니다. 지극히 온당한 듯합니다.”

“하면 아즈치에서 사자가 가서 설득하면 이타미 성의 모반은 진정되겠소이까?”

“아닙니다.”

한베는 조용히 고개를 옆으로 저으며 확신을 가지고 부정했다.

“그렇지 않을 것입니다. 한번 치켜든 반기를 그대로 접고 아즈치로 귀순하는 일은 결코 없을 것입니다.”

“그렇다면 이타미 성에 사자를 보내는 것은 헛수고가 아니오?”

“헛수고인 듯해도 쓸모없는 일은 아닙니다. 신하 된 자의 잘못을 일깨우고 먼저 인(仁)으로 대하는 것은 주군인 노부나가 님의 덕을 세상에 알리는 것과 같습니다. 또 그사이에 아라키 님도 속으로 고뇌를 하고 망설일 것입니다. 정의나 신념도 없이 무리하게 뽑은 칼은 날이 갈수록 칼끝이 무뎌지기 마련입니다.”

“그렇게 마침내 그를 공격하게 됐을 때의 대책과, 또 주고쿠의 정세는 어떻게 변할 것이라 예상하시오?”

“아마도 모리나 본원사도 그리 급격하게 움직이지 않을 것입니다. 우선 이미 반기를 든 무라시게에게 싸우게 한 뒤 하리마에 있는 아군이나 아즈치의 본영이 힘을 소진하였다고 판단될 때, 바로 그 틈을 타서 사방에서 공격할 계획인 듯싶습니다.”

“바로 그 점이오. 무라시게에게 무슨 불평이 있고 또 적들이 어떤 점을 이용해 그를 현혹시켰는지 모르지만, 모리와 본원사의 방패 역할을 하게 된다면 애석하게도 자멸할 수밖에 없을 것이오. 무용은 남들보다 뛰어난데 참으로 가련한 자이오. 어떻게든 해서 살릴 수만 있다면 살리고 싶소이다만."

"그렇습니다. 최선의 방법은 그를 죽이지 않고 그와 같은 자를 살려서 아군으로 삼는 것입니다."

"하나 아즈치에서 사자가 가도 헛수고라면 누가 가서 무라시게를 복종시킬 수 있겠소."

"먼저 간베 님을 보내도록 하십시오. 구로다 간베 님이라면 세쓰노카미 무라시게를 악몽에서 깨어나게 할 수 있을지 모릅니다."

"만일 간베가 가도 소용없다면?"

"마지막 사자가 갈 수밖에 없을 것입니다."

"마지막 사자라니?"

"바로 주군이십니다."

"내가 말이오? 흐음…… 그렇군."

히데요시는 깊이 생각한 뒤 다시 물었다.

"글쎄, 내가 간다 해도 소용이 없다면?"

"의義로써 가르치고 우정으로 일깨워도 듣지 않는다면 그때는 단호하게 반역의 죄를 물어 칠 수밖에 없습니다. 그리고 그때 일거에 이타미 성을 공격하는 것은 어리석은 짓입니다. 그가 믿고 있는 것은 견고한 이타미 성이 아니라 두 사람입니다."

"이바라기의 나카가와 세베中川瀨兵衛와 다카쓰키의 다카야마 우곤 말이오?"

"그 두 사람만 떨어뜨려놓으면 그는 양손이 없는 몸통과 같습니다. 게다가 다카야마 우곤이든 나카가와 세베든 개별적으로 설득해서 무라시게 님으로부터 떼어놓는 일은 그다지 어려운 일이 아닙니다."

한베는 어느새 병도 잊은 듯 귓불이 빨개질 정도로 히데요시에게 계책을 이야기했다.

"다카야마 우곤을 항복시키기 위해 어떻게 설득하는 게 좋겠소?"

히데요시는 다시 한베에게 비책을 청했다.

"우곤은 독실한 기독교 신자입니다. 하나님의 포교를 허락한다는 조건을 내세워 설득하면 반드시 아라키와 손을 끊을 것입니다."

"흐음, 그것 참 묘책이오."

히데요시는 탄복했다. 그런 우곤을 이용해서 다시 나카가와 세베를 설득하면 이른바 일석이조가 되었다. 더 이상 물을 것도 없었고 한베도 피곤해 보였다. 히데요시가 일어서서 돌아가려고 하자 한베가 만류했다.

"잠시만."

한베는 일어서서 손을 씻는 곳까지 가더니 좀처럼 돌아오지 않았다.

"배도 고프군."

함께 온 일행들은 벌써 도시락을 다 먹었을 것이다. 히데요시는 객전으로 가서 밥이라도 한 술 뜨고 싶다고 생각했다. 그때 마침 한베의 시종인 듯한 젊은이가 간소한 상과 쟁반에 술을 담아 가져왔다.

"오래 기다리셨습니다."

그리고 자리에 앉아 술을 따르며 말했다.

"입에 맞으실지 모르겠습니다만 근처 밭에서 기른 채소와 감자이니 드셔보십시오. 한베 님은 잠시 후에 오실 것입니다."

히데요시는 술을 한 모금 마신 뒤 다소 아쉬운 듯한 얼굴로 말했다.

"한베는 어떻게 된 것인가? 이야기가 길어져서 몸이 나빠진 것은 아닌가?"

"아닙니다. 조금 전에 부엌에 들어가셔서 손수 요리를 하시고 지금은 밥을 짓고 계시니 곧 오실 것입니다."

"아니, 나를 위해 밥을 짓고 있단 말인가?"

"예."

"이 나물과 찐 감자도 한베가 손수 만든 것인가?"

"그렇습니다."

"흐음, 그랬군."

히데요시는 아직 온기가 남은 작은 감자를 입에 넣으면서 또다시 눈시울을 붉혔다. 자신의 부하라고는 하지만 육도삼략六韜三略의 요체를 한베에게 배웠다고 해도 무방했다. 평소의 치민과 경제, 인간적인 수양 등도 모두 그에게서 배웠다. 이른바 한베는 겉으로는 가신이지만 실제로는 스승이었다.

"안 되겠다. 몸에 좋지 않을 것이다."

히데요시는 문득 잔을 내려놓고 젊은이를 내버려둔 채 부엌 쪽으로 갔다. 한베는 부엌에서 밥그릇과 찻잔 등을 손수 차리고 있었다. 한베가 깜짝 놀라 히데요시를 바라보았다. 히데요시는 한베의 손을 잡고 말했다.

"이렇게까지 할 필요는 없소. 그보다 자리에 함께 앉아 이야기나 더 나누도록 합시다."

히데요시는 한베를 방으로 데려와서 술잔을 건넸지만 한베는 병 때문에 입술만 적셨다. 이윽고 밥이 들어오자 둘이서 함께 밥을 먹었다.

"병문안을 와서 오히려 병문안을 받고 돌아가는구려. 힘이 솟는 듯하오. 이제 다시 싸울 수 있을 듯하오. 한베, 부디 그대도 몸을 잘 돌보도록 하시오. 알겠소? 꼭 그리하도록 하시오."

히데요시가 종자들을 거느리고 남선사의 산문을 나왔을 때는 어느새 해가 저물고 있었고 도성의 하늘이 붉게 물들어 있었다.

옥중獄中 논쟁

총소리 하나 들리지 않고 적요했다. 이곳이 전쟁터인가 의심이 들 정도였다. 사마귀 한 마리가 마른풀 위로 떨어지는 소리까지 귀에 들렸다.

주고쿠의 가을은 깊었다. 단풍도 오늘내일 이삼일이 절정이었다. 히데요시의 눈동자까지 붉은 단풍으로 불타고 있었다. 그는 히라이 산의 진영에서 간베 요시타카와 마주 앉아 있었다. 두 사람은 언젠가 달구경을 하러 소나무 아래에 앉았을 때 몇 마디 나누기도 전에 대사를 결정했다.

"그럼 가주겠소?"

"성패는 하늘에 맡기고 기꺼이 명을 받들겠습니다."

"부탁하오."

"진인사대천명盡人事待天命, 제가 마지막 사자여야 할 것입니다. 혹 제가 살아 돌아오지 못한다면 남은 것은……."

"흐음, 무력밖에 없소."

히데요시가 고개를 끄덕이며 자리에서 일어나자 간베도 일어섰다. 서쪽 골짜기에서 직박구리의 울음소리가 들려왔다. 그곳의 단풍도 아름다웠다. 두 사람은 묵묵히 진막 쪽으로 내려갔다.

"간베."

히데요시는 앞서 비탈길을 내려가다 뒤를 돌아보았다. 간베는 두 번 다시 이곳으로 돌아오지 못할지도 몰랐다. 그런 생각이 들자 유언을 들어두어야겠다는 생각이 든 것이다.

"뭔가 달리 하고 싶은 말은 없소?"

"없습니다."

"히메지 성에 전할 말은?"

"딱히."

"부친인 소엔宗円 님께 전할 말은?"

"그저 제가 이번에 사자로 가게 된 연유를 전해주시는 걸로 족합니다."

"알았소."

가느다란 벼랑길이 계속 이어져 있었다. 대기는 맑고 청아해서 적진인 미기 성이 선명하게 바라다보였다. 그곳으로 난 운송로는 여름부터 모두 차단되었기 때문에 성안의 기근이 얼마나 심할지는 쉽게 상상할 수 있었다. 하지만 과연 반슈 제일의 무장과 병사들이 지키고 있어서인지 그들의 사기는 가을서리와 같이 꺾일 줄 몰랐다.

적들은 장기전이 되고 병량이 고갈되자 초조했는지 때때로 싸움을 걸어왔다.

"적의 유인책에 넘어가지 마라."

히데요시는 엄명을 내려 부하들의 경거망동을 금하면서 포위망을 늦추지 않았다. 또 외부의 정보가 성안으로 들어가지 않도록 하기 위해 세심한 주의를 기울였다. 아라키 무라시게 이하 기나이畿內의 무장이 노부나가를 배신해 이곳 하리마에서도 동요하고 있다는 사실이 성안에 전해지면 성안 적들의 사기와 자신감을 높여줄 우려가 있기 때문이었다.

무라시게의 모반은 아즈치만을 당혹하게 한 것이 아니라 주고쿠 공략의 전도를 근저에서부터 위태롭게 한 사건이라고 할 수 있었다. 아라키 무라시게가 반기를 든 것을 보고 이곳 하리마에서도 고차쿠의 성주인 오데라 마사모토가 다음과 같은 성명을 발표한 뒤 등을 돌리고 말았다.

"주고쿠를 침략자의 손에 맡길 수 없다. 우리는 모리 가를 중심으로 다시 조직을 갖춰 외적을 쳐야 한다."

오데라 마사모토는 간베의 부친인 구로다 소엔의 주군이었으니 당연히 간베에게도 주군과 같은 사람이라고 할 수 있었다. 간베는 노부나가와 히데요시, 그리고 부친과 오데라 사이에서 진퇴양난에 처하게 되었다. 그는 그런 고충을 안고 사자가 되어 적지로 가고 있었다. 하지만 그는 히데요시야말로 자신의 마음을 알아주는 유일한 사람이라는 사실과 분별력을 잃지 않았다.

아라키 무라시게는 강단 있고 자부심이 강하고 대범한 사내였지만 첨예한 시대 인식과는 무연한 인물이었다. 나이는 불혹, 인간으로서 성숙미를 더해가는 사십 대였지만, 십 년 전이나 지금이나 강직한 성격이 변하지 않은 것처럼 자연스레 몸에 배게 되는 사려나 교양과 같은 인간적인 면도 전혀 깊어지지 않았다. 다시 말해 아무리 성주가 되고 권속이나 가신이 늘어나도 그는 여전히 맹장의 면모에서 한 발도 벗어나지 못하고 있었던 것이다.

노부나가가 무라시게를 주고쿠 단다이探題의 부장으로 히데요시에게 붙여준 것은 그런 부족한 점을 보완해주기 위해서였다. 하지만 그는 그런 생각을 한 적이 결코 없었다. 무라시게는 부장의 자격으로 작전에 대해 자신의 생각을 거침없이 밝혔지만 히데요시와 노부타나는 그의 의견을 한 번도 채용한 적이 없었다.

"마음에 들지 않는 자다."

무라시게는 히데요시를 마음에 들어 하지 않았다. 하지만 그는 히데요시의 얼굴을 보며 반감을 표현할 수 없었다. 그저 그런 자신이 한심할 따름이었다.

"저자는 나를 속이는 데 용한 재주가 있다. 참으로 거북한 자다."

무라시게는 때때로 자신의 가신에게 그렇게 울분을 토로하며 웃음을 지어 보였다. 세상에는 아무리 화가 나도 화를 낼 수 없는 상대가 왕왕 존재했다. 무라시게에게는 지쿠젠이 바로 그런 상대였다. 고즈키 성을 공격할 때에도 무라시게는 한쪽 산에 진을 치고 있을 뿐 전기가 무르익거나 히데요시가 명령을 해도 싸우지 않았다.

"어찌 그때 공격하지 않았는가?"

나중에 히데요시가 질책해도 특유의 강단 있는 태도로 대꾸할 뿐 조금도 기가 죽지 않았다.

"마음이 내키지 않는 싸움은 할 수 없소이다."

그때 히데요시가 입을 크게 벌리고 웃자 그도 맞장구를 치듯 웃어서 아무 일도 없이 지나갔지만 진중의 제장들은 그를 좋게 평하지 않았다. 미쓰히데와 같은 이들은 그런 그의 소행을 크게 비난하기도 했다.

"아케치 같은 자가 감히 나를 비난하다니."

무라시게도 뒤에서 미쓰히데를 욕하며 비방했다. 그는 이전부터 아케치 미쓰히데나 호소카와 후지타카와 같은 지적인 냄새를 풍기는 무장을 '문약한 자'라며 심하게 경멸했다. 한 마디 할 때마다 입버릇처럼 그런 말이 나왔다. 그들이 진중에서 자주 렌가連歌 모임을 열거나 다도회를 갖는 풍조를 달갑게 여기지 않는 감정 때문인 듯했다.

하지만 그런 무라시게도 마음속으로 감탄하는 것이 있었다. 그것은 지쿠젠 히데요시가 이제껏 단 한 번도 주군인 노부나가나 노부타다에게 자신에 대해 고자질한 적이 없다는 점이었다. 마음속으로 히데요시가 무장으로서 자신보다 못하다고 깔보면서도 함께하는 것은 무의식중에 그런 점을 감탄하고 있었기 때문이다. 그런데 무라시게의 그런 태도를 유심히 지켜본 사람은 아군이 아닌 적장 모리였다.

"세쓰노카미 무라시게는 뭔가 불평이 있는 듯하다. 그자를 설득하면 배신할 가능성이 아주 크다."

모리의 밀사와 오사카 본원사의 밀사는 사람들의 눈을 피해 무라시게의 진중과 그의 거성인 이타미 성을 끊임없이 왕래했다. 그런 초대하지 않은 손님을 부른 사람은 바로 무라시게였다. 지모智謀의 자질이 없는 사람이 지모를 꾀하는 것만큼 위험한 불장난은 없었다. 이타미 성의 노신들은 주인인 아라키 무라시게의 불장난을 근심하며 몇 번이나 간언했다. 하지만 무라시게는 이미 모리 가에 서약서를 보냈다며 받아들이지 않았다.

무라시게는 한 장의 서약서를 그토록 절대적인 것으로 믿고 있으면서도 주군인 노부나가에게 반기를 들었던 것이다. 군신 간의 맹세를 헌 짚신짝처럼 내팽개치는 인간도 있는 난세에 어제까지 적이었던 모리의 서약서 한 장이 얼마나 효력이 있는 것인지 깊이 생각하지도 않았고, 또 그런 모순을 모순이라고 느끼지도 못했다.

히데요시가 노부나가에게 '그는 지극히 정직한 자로 화를 낼 수도 없는 자'라고 말한 것은 분명 노부나가를 달래는 데 있어 최선의 말이었다. 하지만 노부나가는 무라시게가 강하고 용맹하고 중요한 위치를 차지하고 있었기 때문에 절대로 가볍게 넘길 수 없었다. 게다가 이번 일이 휘하의 장수들에게 어떤 영향을 미치게 될지도 중요했다. 그래서 노부나가는 아케치 미쓰히데나 마쓰이 유칸을 보내 무라시게를 설득하거나 백방으로 다른 수를 써보았지만 무라시게는 말을 듣지 않았다.

"한번 반기를 들었는데 섣불리 감언이설에 넘어가 아즈치의 소환에 응한다면 죽임을 당하든가 감옥에 갇힐 것이 자명하다."

무라시게는 의심을 거두지 않고 오히려 군비를 증강하고 있었다.

11월 9일, 마침내 노부나가는 아라키를 치기 위해 직접 군사를 이끌고 야마사키山崎까지 출전했다. 아즈치의 대군은 세 편으로 편제되었다. 한쪽은 다키가와 가즈마스와 아케치 미쓰히데와 니와 고로자에몬 등의 부대로 편성되어 이바라기 성의 나카가와 기요히데를 포위했다. 그리고 또 한쪽은 후와, 마에다, 사사, 가나모리 등의 부대가 연합해서 다카쓰키의 다카야마 우곤을 포위했다. 노부나가의 본군은 아마노天野 산에 진을 쳤다. 노부나가는 그렇게 장대한 포진을 전개하면서 피를 흘리지 않고 반군을 제압하기 위한 희망의 끈을 놓지 않았다. 그 바람은 하리마로 돌아간 히데요시와 이어져 있었다.

"아직 한 가지 계책이 남아 있습니다."

히데요시가 그렇게 고해왔던 것이다. 그 말의 이면에는 무라시게의 무용을 아까워하고 평소의 우정으로 노부나가에게 간절히 청하는 마음이 담겨 있었다.

히데요시의 오른팔인 구로다 간베 요시타카가 히데요시의 명을 받고 홀연히 히라이 산에서 모습을 감춘 것은 바로 긴박한 전운이 감돌고 있던 때였다. 다음 날 간베는 부친인 소엔의 주군이자 고차쿠 성의 성주인 오데라 마사모토를 급히 찾아갔다.

"본성이 세쓰의 아라키 님과 합세해서 오다 가에 등을 돌리고 모리 쪽에 가담했다는 소문이 돌고 있습니다. 그것이 사실입니까? 아니면 단순히 헛소문에 지나지 않습니까?"

간베는 단도직입적으로 물으며 먼저 마사모토의 의중을 떠보았다. 마사모토는 희미한 웃음을 띠며 듣고 있었다. 나이로 보면 자신의 아들과 같았고 신분으로 보면 가신의 자식에 지나지 않았기 때문에 물음에 답하는 그의 말투는 더없이 무례하고 노골적으로 들렸다.

"간베, 몹시 흥분한 듯한데 대체 본가가 노부나가의 휘하에 들어간 이래 어떤 득이 있었는지 생각해보게. 아무것도 얻은 것이 없을 것이네."

"지금은 단순히 손득의 문제가 아닐 것입니다."

"그럼 뭐가 문제인가?"

"신의의 문제입니다. 일찍부터 당가當家가 이곳 하리마에서 오다 쪽의 아군이었다는 것은 숨길 수 없는 사실인데, 아라키 무라시게의 모반에 가담하여 하루아침에 오다를 배신하는 것은 무문의 신의를 저버리는 것과 같습니다."

"당치 않네."

간베가 흥분하면 할수록 마사모토는 비웃듯 말했다.

"본래 내가 노부나가에게 가담한 것은 결코 신의 때문이 아니었네. 자네와 자네 부친인 소엔이 '향후의 천하는 노부나가의 손에 있고, 본가를 위해 노부나가가 중앙에 진출한 지금 화친을 맺어두는 것이 좋다'고 권했기 때문에 그렇게 한 것이네. 그런데 그 뒤, 노부나가는 실로 위태롭기 그지없었네. 가령, 물 위에 떠가는 큰 배를 육지에서 볼 때는 대단히 믿음직스럽고 그 배에 올라 시대의 물결을 타고 넘으면 지극히 안전한 듯 보이기 마련이네. 그런데 그 배를 타고 운명을 함께할 것을 약조하고 일신을 맡기고 보니 안태하기는커녕 좀처럼 마음을 놓을 수가 없네. 파도에 부딪힐 때마다 마음이 불안하고 배의 힘을 의심하게 되는 것은 인지상정이라 할 수 있네."

"바로 그 점입니다……."

간베는 앞으로 바싹 다가가며 말했다.

"그러니 한번 배에 오른 이상, 중간에 그 배에서 내려서는 안 됩니다."

"어째서 안 된다는 것인가? 도저히 지금의 격랑을 타고 넘을 수 없는 배라고 생각되면 난파되기 전에, 과감하게 배를 버리고 본래의 육지를 향해 헤엄쳐 돌아오는 것이 목숨을 건지는 길이 아니겠나?"

"그건 천박하고 비열한 생각입니다. 한때의 거친 날씨와 풍랑을 두려워해서 이미 몸을 맡긴 배를 의심하고 배 안의 사람들을 배신하고 저 혼자 황망히 바닷속으로 뛰어들어 도망치려는 자는 반드시 풍랑에 휩쓸려 바다에 빠져 죽을 것입니다. 그리고 나중에 날이 갠 뒤 위험하게 보인 배는 돛을 한가득 펴고 목적지에 도착하고, 사람들은 그 바보와 같은 자를 돌아보며 비웃을 것입니다."

"하하하, 말로는 자네를 당할 수가 없구먼. 하지만 현실은 훨씬 가혹한 것이네. 처음에 자네는 이 주고쿠 따위는 노부나가가 손을 대는 즉시 평정될 것이라고 말했네. 그런데 주고쿠 탄다이로 온 히데요시의 군세는 불과 오륙천. 그 후에 노부타다와 다른 장수들이 원군으로 왔지만 기나이나 교토의 배후가 불안해서 오래 진을 칠 수도 없는 상황이 아닌가. 그리고 나는 그저 노부나가와 히데요시의 손끝에서 놀아나며 병마와 병량을 징발당하고 적국을 막기 위한 방벽으로 이용당하며 고전하고 있을 뿐이네. 노부나가의 총애를 받으며 중용된 아라키 무라시게가 하루아침에 모리 가와 손을 잡고 기나이의 정세를 뒤엎은 것만 봐도 오다 가의 전도는 충분히 가늠할 수 있을 것이네. 내가 무라시게와 함께 오다 가를 떠난 것도 그런 명백한 이유가 있었기 때문이네."

"실로 구차하고 장황한 논리입니다. 분명 머지않아 후회하실 것입니다."

"자네는 아직 젊네. 싸움에서는 강할지 모르나 세상사에서는……."

"나리."

"말해보게."

"마음을 돌리시길 바랍니다. 부디 생각을 바꾸시길 바랍니다."

"그럴 수 없네. 무라시게와 서약을 하고 반기를 든 후 모리 쪽에 가담한다는 방침을 가신들에게 명백하게 밝혔는데 어찌."

"그럼 다시 한 번 숙고하시길 바랍니다."

"나를 설득하기 전에 아라키 무라시게를 설득하고 오게. 세쓰노카미 무라시게가 생각을 돌리면 나도 그렇게 하겠네."

어른과 아이의 논쟁이었다. 주고쿠의 신인新人이라거나 당대의 지략가라는 말을 듣는 간베도 옳고 그름에 상관없이 오데라 마사모토는 당해낼 수 없는 상대였다. 흡사 놀림을 당했다고밖에 할 수 없었다.

"어쨌든 이것을 가지고 이타미로 가게. 그리고 바로 답변을 들려주게. 세쓰노카미의 생각을 분명히 확인한 후에 나도 답을 하겠네."

마사모토는 무라시게에게 보내는 서찰 한 통을 건네며 말했다. 간베는 그의 서찰을 품속에 넣고 이타미로 발길을 재촉했다. 긴박한 상황이었다. 그의 행동에 따라 결과는 천하의 향방이 크게 달라질 터였다. 간베는 일신의 위험 따위를 생각할 틈조차 없었다. 이타미 성이 가까워지자 곳곳의 들판과 강가에서 참호를 파고 목책을 세우는 병사들을 만났다.

"나는 히메지의 구로다 간베로 세쓰노카미를 만나러 가는 중이다. 한 개인의 자격이지만 화급히 의논할 것이 있어 가는 것이다."

단신인 간베는 아라키의 병사들을 만날 때마다 그렇게 말하며 길을 재촉했다. 몇 개의 진문을 지나고 이윽고 이타미 성문도 지났다. 그리고 드디어 무라시게를 만날 수 있었다. 그를 만났을 때, 간베는 의외로 무라시게가 그리 강하지 않을 것 같다는 인상을 받았다.

사실 무라시게의 안색은 밝지 않았다. 간베는 그런 무라시게를 보며 어떻게 오다 노부나가와 같은 시대의 영웅과 맞서려고 하는 것인지, 더군다나 어쩌다가 그런 인물을 배신하고 적이 되어 싸울 마음이 들었는지 의아하기만 했다.

"이거, 오랜만이오."

무라시게가 망연히 말했다. 그 말조차 어딘지 아부하는 것처럼 들렸다. 맹장 무라시게의 태도에 간베는 그의 심중에 아직 망설임이 있다는 것을 깨달았다.

"무탈하셨소?"

간베는 태연히 인사를 건네며 그를 응시했다. 그러자 무라시게는 심히 부끄러운지 얼굴을 붉히며 우물쭈물했다.

"그런데 무슨 일로 오셨소이까?"

"소문을 듣고서 이렇게 왔소이다."

"음, 내가 반기를 들었다는 소문 말이오?"

"정말 대단한 일을 벌이셨소이다."

"세상에선 뭐라 말하고 있소이까?"

"시시비비 말이오?"

"제각각일 것이오. 어찌 됐든 세상의 평은 싸움이 끝나고 난 뒤, 죽은 후에나 정해질 것이오."

"죽은 후의 일도 생각하신 적이 있소이까?"

"그야 있소이다."

"있는데, 이번 일은 귀공답지 않게 돌이킬 수 없는 일을 벌이고 말았소이다."

"어째서?"

"큰 은혜를 내린 주군을 향해 칼을 겨눴다는 악명은 백 세까지 씻을 수 없을 것이오."

"……."

무라시게는 입을 다물고 말았다. 관자놀이가 씰룩거릴 만큼 감정이 일렁였지만 간베의 말에 논리로써 반박할 입담은 지니고 있지 못했다.

"술상 준비가 다 됐습니다."

"그런가."

가신이 와서 고하자 무라시게는 이제 살았다는 듯 자리에서 일어났다.

"요시타카, 안으로 들어오시오. 어찌 됐든 오랜만이니 한잔합시다."

무라시게는 간베를 환대하기 위해 본성 안에 술자리를 마련했다. 술자리에서는 논리 따윈 필요하지 않았다. 무라시게의 얼굴빛도 꽤 부드러워졌다. 그러자 간베가 다시 본론을 꺼냈다.

"그 이야기는 그만."

"허세를 부릴 때가 아니오."

"나는 허세를 부리기 위해 대사를 일으킨 것이 아니오."

"그야 그럴 것이오. 하지만 어찌 됐든 세상은 귀공의 싸움에 명분이 없다고 하고 있소. 반역이라고 하고 있소. 그래도 좋소이까?"

"자, 술이나 듭시다."

"오늘 술은 쓰구려. 나는 벗을 위해 진심으로 말하는 것이오."

"하시바 지쿠젠의 부탁을 받고 온 것이 아니오?"

"그렇소. 하시바 님도 가슴 아파하고 계시오. 한쪽 팔을 잃은 것처럼 한탄하고 계시오. 게다가 그분은 다른 사람들이 귀공에 대해 뭐라고 해도 귀공을 극구 감싸고 계시오. 아까운 인재다, 그대와 같이 무용이 뛰어난 인물을 잃어서는 안 된다고 밤낮으로 걱정하고 계시오. 나 역시 귀공을 이대로 포기할 수 없소이다.”

“고맙게 생각하오.”

무라시게는 다소 취기가 가라앉은 듯 마음속에 있는 말을 조금씩 내비쳤다.

“실은 지쿠젠이 나를 설득하려고 몇 번이나 서신을 보내왔소. 그의 우정에 마음이 흔들리기도 했소. 하지만 일전에 노부나가 공의 사자로 아케치 미쓰히데와 니와 나가히데, 마쓰이 유칸이 차례로 왔으나 모두 거절을 하였소. 그런데 이제 와서 지쿠젠의 말을 들을 수는 없소이다.”

“아니오. 그렇지 않소. 지쿠젠 님께 맡기면 그분이 노부나가 공께 잘 중재해주실 것이오.”

“그렇지 않소.”

무라시게가 씁쓸한 표정으로 말했다.

“아케치, 사쿠마와 같은 이들은 내가 반기를 들었다는 말을 듣고 손뼉을 치며 기뻐했다고 하오. 특히 미쓰히데는 나를 설득하러 사자로 와서 온갖 미사어구로 달랬지만 주군 앞에 가서는 어떻게 고했을지 모르오. 섣불리 성문을 열고 노부나가 공에게 무릎을 꿇으면 그때는 마지막일 것이오. 내 멱살을 잡고 목을 치라며 명하실 것이오. 가신들 모두 다시 노부나가 공의 밑으로 들어가는 것에는 반대하고 있소. 상황이 이러니 오직 끝까지 싸울 수밖에 없소. 이젠 나 혼자만으로 어떻게 할 수 없는 상황이오. 하리마에 돌아가면 부디 지쿠젠에게 나를 너무 나쁘게 생각하지 말라고 전해주시오.”

쉽사리 마음을 돌릴 수 없을 듯했다. 간베는 일단 끈기와 인내심을 갖기로 마음먹었다. 그리고 얼마간 이야기를 나누다 잊고 있었다는 듯 오데라 마사모토의 서찰을 꺼내 무라시게에게 건넸다. 서찰은 봉해져 있지 않아서 간베도 내용을 알고 있었다. 얼마 되지 않는 짧은 편지였지만 마사모토는 무라시게의 행동에 대해 간절히 간하고 있었다.

"……."

무라시게는 촛불을 끌어당겨 서찰을 읽었다.

"잠깐 실례하겠소,"

무라시게는 서찰을 읽은 뒤 그렇게 말하고 안으로 들어갔다. 그 순간, 입구와 서원의 창과 마루 끝에서 십여 명의 무사들이 우르르 안으로 들어오더니 간베를 둘러싸고 말했다.

"일어서시오."

간베가 술잔을 놓고 험상궂은 무사들의 얼굴을 둘러보며 물었다.

"어떻게 할 셈인가?"

부장 한 명이 침통한 목소리로 말했다.

"세쓰노카미 님의 명이오. 성안의 옥사까지 안내하겠소."

"옥사로?"

간베는 속으로 아차 싶었다. 무라시게의 함정에 너무나 감쪽같이 걸려든 자신이 우습게 여겨졌다.

"흐음, 그렇군."

간베는 웃으며 자리에서 일어나 얼굴이 경직된 무사들에게 재촉했다.

"가세. 아니, 세쓰노카미의 호의이니 순순히 갈 수밖에 없을 듯하군."

"……."

무사들은 아무 말도 하지 않은 채 간베를 둘러싸고 복도 쪽으로 몰려 나왔다. 어두운 복도와 계단을 몇 개나 오르내렸다. 아무것도 보이지 않는 곳도 지나왔다.

'이러다 죽일 심사일까?'

속으로 그런 생각도 들었지만 그럴 기색은 보이지 않았다. 그러던 중 덜컹하고 무거운 문이 열리는 듯했다.

"걸어라."

간베는 무사들이 말하는 대로 열 걸음 정도 똑바로 걸어갔는데, 이미 그곳은 감옥 안이었다. 뒤에서 쿵 하고 문이 닫혔다.

"하하하."

간베는 어둠 속에서 큰 소리로 웃었다. 그리고 시라도 읊는 것처럼 벽을 향해 자조하듯 말했다.

"내가 세쓰노카미 무라시게의 계책에 넘어가다니. 세상인심이 참으로 복잡해서 더 이상 상도常道는 통하지 않는 듯하구나."

무기고 아래인 듯싶었다. 바닥에는 발바닥에도 느껴질 만큼 나무 마디가 있는 두꺼운 판자가 깔려 있었다. 간베는 사방의 벽을 따라 유유히 걸었다. 실내는 대략 스무 평 정도인 듯싶었다.

"무라시게는 참으로 어리석은 자로구나. 나를 감옥에 가두고 어쩔 생각인지, 무슨 효과가 있다고 믿고 있단 말인가. 이로써 그의 지모가 어느 정도인지 알 수 있을 듯하다. 하하하."

간베는 한가운데인 듯한 곳에 책상다리를 하고 앉았다. 멍석이 없어 엉덩이가 차가웠다.

'칼은 압수하지 않았군.'

고마운 마음이 들었다. 칼만 있으면 언제든지 자결할 수 있다고 생각했다. 차츰 엉덩이에 감각이 사라지는 듯했지만 정신을 잃으면 안 된다고 다짐했다. 이럴 때는 청년 시절에 힘썼던 선이 다소 도움이 될지 모른다고 생각했다.

'내가 와서 다행이군.'

그다음 떠오른 생각이었다. 만일 히데요시가 직접 왔다면 큰일이었다.

"……."

차츰 마음이 진정되자 그곳으로 걸어오는 동안 결코 냉정을 잃지 않으려고 했지만 흥분했는지 가벼운 피로감이 밀려왔다. 인간의 의지와 생리는 하나인 듯 별개라는 사실을 깨닫고 사색에 잠겼다. 그런데 얼굴 옆으로 희미한 불빛이 비쳤다. 간베는 불빛이 들어오는 쪽으로 조용히 시선을 향했다. 창이 있었다. 튼튼한 격자창 맞은편에 사람의 얼굴이 불빛에 흔들리고 있었다. 아라키 무라시게와 무사들이었다.

"간베, 춥지 않소?"

누군가 물었다. 무라시게의 목소리였다. 간베는 눈을 가늘게 뜨고 응시하다 차분한 목소리로 대답했다.

"아직 술기운이 있어서 괜찮소. 하지만 한밤중이 되면 몹시 추울 듯하오. 만일 구로다 간베가 얼어 죽었다는 소식을 들으면 하시바 님은 하리마에서 당장 달려와서 귀공의 목을 가만히 내버려두지 않을 것이오. 세쓰, 그대는 참으로 지략이 없는 사내이오. 나를 붙잡아두고 무엇에 쓰려는 생각이오?"

"……."

무라시게는 아무 말도 하지 않았다. 자신의 부끄러운 행동을 잘 알고 있었다. 하지만 곧 그런 부끄러움을 물리치며 껄껄 웃었다.

"간베, 불평은 그만두시오. 내가 지략이 없다고 하는데 그런 내 계책에 빠진 그대는 대체 뭐란 말이오? 그러고도 주고쿠의 장량張良이라고 할 수 있소이까?"

"세쓰, 험담은 그만두고 진지하게 이야기하는 것이 어떻소?

"……."

"그대는 나를 책사나 모략가로 여기고 경계하는 듯한데 이 구로다 간베는 대책은 도모하나 소책은 경원하오. 소위 벗에게 계략을 써서 공을 세우고자 하는 마음이 추호도 없소. 단지 그대를 생각하고 지쿠젠 님의 고충을 헤아리고, 또 노부나가 공을 중심으로 여기에 있는 우리 모두가 하나가 되어 하루빨리 통업을 이루는 것이 천하를 구하는 대계라고 믿고 있기 때문에 혈혈단신으로 이곳으로 온 것이오. 모르겠소? 지쿠젠 님의 우정과 내 신의를?"

무라시게는 반박할 말을 찾지 못하고 한동안 침묵하다 항변했다.

"우정이나 도의라고 하는 것은 태평한 날에나 빛을 발하는 말로 지금은 다르오. 전국戰國이고 난세이오. 상대를 속이지 않으면 내가 속고, 먼저 치지 않으면 내가 당하기 마련이오. 젓가락을 들고 있을 때조차 벨 것인가 베일 것인가 생각해야 하는 험악한 세상이오. 어제의 아군이 오늘은 적이 되고, 적이 되면 비록 벗일지라도 어쩔 수 없이 감옥에 가둬야 하오. 그것이 전략이오. 죽이지 않은 것을 다행이라고 생각하시오."

"그렇군. 이것으로 그대의 세상을 바라보는 생각과 싸움에 대한 평소의 사고방식, 또 도의道義의 정도를 알게 되었소. ……시류를 보지 못하는 가련한 장님과는 더 이상 말을 나누는 것도 불결하니 마음대로 하시오."

"뭐라, 장님이라고?"

"그렇다! ……흐음, 이렇게 됐어도 아직 조금이나마 남아 있는 그대에 대한 우정을 버릴 수 없어 마지막으로 가르쳐줄 것이 있소."

"무엇인가? 오다 쪽에 은밀한 책략이라도 있는 것인가?"

"그런 이해 손실에 관한 것이 아니오. 그대는 아까운 인재이오. 뛰어난 무용을 천하에 떨치면서도 지금과 같은 전국을 헤쳐 나갈 처세를 모르고 있소. 인간으로서 이 난세를 정화하려는 정열이 없다는 것은 짐승과도 같소. 그럴진대 어찌 무장이라고 할 수 있겠소. 일개 상인이나 농부보다 못할 것이오.”

“뭐라, 짐승과도 같다고?”

“그렇소. 짐승 말이오.”

“네 이놈!”

“화를 내고 분개하시오. 바로 그대 자신에게 말이오! 세쓰노카미 들어보시오. 만일 인간 세상이 도덕과 신의를 잃어버린다면 그것은 짐승들의 세상과 무엇이 다르겠소. 싸움이 끊이질 않고 악업과 분란이 끊이지 않아도, 세상이 어지럽고 혼탁해질수록 우리만큼은 그런 세상에서 끝까지 사람들 마음속의 진실을 지켜나가야 할 것이오. 전쟁의 흥정, 외교 술책을 이루기 위한 간계 등을 보고 그대와 같이 도의와 인정까지 버린다면 오다 님의 적을 넘어 세상의 적이자 해악이 될 것이오. 만일 그대가 그러한 인물이라면 내가 그 목을 가만두지 않을 것이오.”

간베가 할 말을 다하고 입을 닫고 있는데 웅성거리는 소리가 들렸다. 창밖에서 아라키 무라시게를 둘러싸고 있던 부장과 측신 들이 제각각 큰 소리로 떠들고 있었다. 당장 베어버리라거나 죽여서는 안 된다는 말들이 들렸다. 무라시게는 간베를 끌어내서 당장 죽여야 한다는 사람들과 죽이면 자신들에게 오히려 좋지 않다고 주장하는 사람들 사이에서 결정을 내리지 못하고 있는 듯했다. 결국 죽이더라도 서두를 필요가 없다고 결론이 났는지 이윽고 그들은 자리를 떴다.

“……분열되어 있구나.”

간베는 그것만으로도 성안의 분위기를 헤아릴 수 있었다. 성문에 반노부나가의 깃발을 세웠지만 아직도 싸워야 한다고 주장하는 사람들과 타협해야 한다는 사람들이 서로 충돌하고 갈등하는 상황이라는 것을 똑똑히 읽을 수 있었다.

자신을 죽이라고 한 사람들은 주전파이고, 죽이면 안 된다고 반대하는 사람들은 주화파인 것이 분명했다. 그리고 아라키 무라시게는 두 세력을 품고 혼자 망설이고 있는 것이 분명했다. 그런 상황 속에서 그는 노부나가의 사자를 쫓아버리고 군비를 증강하고 자신을 투옥시킨 것이었다.

"운이 다했다는 건 바로 지금 그의 모습을 두고 하는 말일 것이다. 그런 줄도 모르고……."

간베는 자신의 운명을 슬퍼하는 것도 잊고 무라시게의 몽매함을 통탄했다. 사람들이 물러간 뒤, 문득 바라보자 감옥의 감시창도 닫혀 있는데 바닥에 종잇조각이 떨어져 있었다. 간베는 그것을 주웠지만 그날 밤에는 읽지 않았다. 자신의 손가락조차 보이지 않을 만큼 어두웠기 때문이었다.

다음 날, 아침 잔광이 비치자 간베는 어제 주운 종이를 떠올리고 펼쳐보았다. 그것은 하리마 고차쿠의 오데라 마사모토가 무라시게에게 보낸 서찰이었다.

간베가 찾아와서 내게 마음을 돌리라고 끈질기게 간언했습니다. 그래서 세쓰노카미 님을 먼저 설득하고 오라고 속이고 보냈으니 머지않아 이 편지와 동시에 도착할 것입니다. 그는 재략이 뛰어난 자인 만큼 우리에게는 방해가 되는 자입니다. 이타미에 도착하면 기회를 엿봐 두 번 다시 세상에 나오지 못하도록 처리해주시길 바랍니다.

간베는 깜짝 놀랐다. 서찰의 날짜를 보면 자신이 마사모토에게 간언하고 고차쿠 성을 떠난 바로 그날이었다.

"흐음, 그럼 그 후에 바로 이 편지를 보낸 것이구나."

간베는 어이없는 얼굴로 그렇게 중얼거리며 세상에는 참으로 지략이 뛰어난 사람이 많다고 생각했다. 그런데도 세상은 잔꾀와 술수를 경원하는 그를 두고 오히려 재략가라고 말했다.

"세상이란 참으로 재미있구나."

간베는 천장을 올려다보며 신음을 내뱉었다. 그의 목소리가 감옥 안에 맑게 울려 퍼졌다. 간베는 그날부터 열흘이나 감옥에 갇혀 있었다.

돌아오지 않는 사자

이타미, 다카쓰키, 이바라기 세 성을 포위한 노부나가 진영은 언제든지 공격을 가할 준비를 마쳤다. 그럼에도 불구하고 아마노 산의 본진에서는 좀처럼 공격 명령이 떨어지지 않았다. 모든 진영의 장병들이 넌더리를 낼 만큼 아무런 일도 벌어지지 않았다.

"아무런 연락도 없군. 지금이라도 당장."

노부나가는 어제도 그 말을 두 번이나 했다. 그가 학수고대하고 있는 것은 장병들이 목을 길게 빼고 기다리는 소식과 정반대의 것이었다.

현재 오다 가는 주고쿠나 간토 방면, 호쿠에츠北越(에치고越後와 엣추越中)는 별개로 치더라도 여기 기나이에서 대단히 위험하고 복잡한 상황에 처해 있었다. 그러다 보니 가능한 한 지금, 이 지역에서 전쟁을 벌이고 싶지 않았다. 노부나가는 날이 갈수록 어떻게든 이곳에서 싸우지 않고 해결할 수 있는 방법을 고심하고 있었던 것이다. 그는 고심할 때 반드시 히데요시를 떠올렸다.

"히데요시가 곁에 있었더라면."

그렇게까지 의지하고 있던 히데요시는 얼마 전 '간베 요시타카가 옛 주인인 오데라 마사모토를 설파하고 바로 이타미로 들어갔습니다.

세쓰노카미 무라시게와 대면해서 주군의 뜻을 전하기 위해 죽을 각오를 하고 갔으니 잘 해결되리라 믿고 기다려주시길 바랍니다'라는 말을 남기고 떠났다.

'그가 그토록 자신 있게 장담했으니 머지않아 좋은 소식이 올 것이다……'

노부나가는 그렇게 생각하며 초조함을 달랬다. 하지만 진중의 공기는 점점 더 험악해졌다. 히데요시가 사소한 잘못이라도 저지르면 그 즉시 잠자고 있던 불씨가 활활 타오를 것이었다.

"간베를 보낸 히데요시의 의중을 모르겠군. 본래 간베가 누구인가? 그 근원을 따지면 오데라 마사모토의 가신이지 않았나. 또 그의 부친인 소엔은 아직도 마사모토의 노신으로 그를 섬기고 있네. 그 마사모토는 아라키 무라시게와 손을 잡고 모리 가와 내통하여 우리를 배신하고 이타미와 호응해서 반기를 들었는데, 그런 자와 근본이 같은 간베에게 막중한 사자의 임무를 맡기다니."

그렇게 히데요시를 비난하고 더 나아가서는 히데요시 역시 반슈의 하수인으로 비밀리에 모리 가와 교섭하고 있는 것이 아닌가, 하는 의혹을 입에 담는 사람도 없지 않았다. 그런 장수들 역시 제각각 다양한 정보들을 입수하고 있었는데 노부나가조차 인정할 수밖에 없을 정도로 그 정보들은 한결같이 일치했다.

"오데라 마사모토는 간베에게 설득당하기는커녕 드디어 노부나가 공을 헐뜯고 주고쿠에서의 오다 가의 약세를 퍼뜨리며 주고쿠에 있는 오다의 아군들을 떼어놓기 위해 혈안이 되어 있다. 또 모리 가와는 점점 더 빈번하게 왕래하고 있다. 게다가 간베의 행동은 눈속임에 불과한데 그런 그에게서 희소식을 기다리는 동안, 적들은 긴밀히 연락하며 방비를 강화하고 있으니 아군이 맹공을 가하더라도 아무런 효과를 거둘 수 없을 것이다.”

노부나가는 여러 사람에게 그런 이야기를 듣고 있었다. 그런 와중에 드디어 히데요시에게 연락이 왔다. 하지만 그것은 길보가 아니었다.

간베 요시타카, 아직도 돌아오지 않고 있으며 안부 역시 불명. 이렇게 된 이상…….

절망하는 탄식이 들리는 듯한 서찰이었다. 혀를 차는 소리가 들리는가 싶더니 이내 노부나가는 서찰을 서기 앞으로 내던졌다.

“이제 와서!”

노부나가는 불쾌한 듯 중얼거리더니 돌연 큰 소리로 외쳤다.

“서기, 히데요시에게 당장 서찰을 보내 이리 오라고 하라. 한시도 지체하지 말고 아마노 산으로 오라고 말이다.”

“옛!”

노부나가는 다시 사쿠마 노부모리를 보며 물었다.

“다케나카 시게하루가 교토의 남선사에 칩거하며 요양 중이라는 말을 들었는데 아직 그곳에 있는가?”

“그런 듯합니다.”

노부모리가 대답하자 노부나가가 재빨리 말했다.

“그럼 그곳으로 가서 한베 시게하루에게 똑똑히 전하라. 일찍이 히데요시가 그의 본국에 맡긴 구로다 간베의 아들인 쇼주마루의 목을 베서 간베가 있는 이타미 성으로 보내라고 말이다.”

“옛!”

노부모리가 머리를 숙이며 대답했다. 하지만 노부나가의 좌우에 사람들이 노부나가의 격노에 어쩔 줄을 몰라 하며 엎드려 있자 노부모리도 한동안 자리를 뜨지 못하고 있었다.

노부나가는 너무 쉽게 기분이 바뀌고 너무 쉽게 화를 냈다. 청천벽력이라는 말은 그런 그를 두고 하는 말 같기도 했다. 하지만 그것이야말로 그의 천성이다 보니 속으로 참고 인내하는 법이 없었다. 그래서일단 자제심을 잃고 큰소리를 내고 귓불이 빨개지기 시작하면 아무도그를 말릴 수가 없었다.

"주군, 잠시만 기다려주십시오."

"누군가? 다키가와 가즈마스인가."

"그렇습니다."

"왜 만류하는가? 이리 앞으로 나오너라. 내게 무슨 간언이라도 할요량인가?"

"제가 어찌 간언 따위를 하겠습니까만, 어찌 갑자기 구로다 간베의자식을 죽이라고 명하시는지요? 잠시 숙고하신 연후에."

"간베의 죄를 묻는데 숙고할 것이 뭐가 있겠느냐. 오데라 마사모토를 설득하겠다고 위장하고, 또 아라키 무라시게를 말로써 굴복시키겠다고 속이며 십여 일이나 내 손발을 묶어놓은 것은 분명 간베의 책략일 것이다. 히데요시가 지금에서야 그렇게 알려왔다. 그 역시 간베와같은 자의 책략에 넘어가다니 참으로 어리석었다."

"하지만 지쿠젠 님을 불러 사정을 들어보시는 것이 좋을 듯합니다.또 간베의 아들의 처벌 역시 그와 의논한 뒤에 하시는 것이."

"지금과 같은 때에 평시처럼 절차를 밟을 수는 없다. 히데요시를 부르는 것도 그의 의견을 듣기 위함이 아니다. 그런 실패를 저지른 그의책임을 묻기 위해서다. 노부모리, 어서 빨리 출발하라."

"예. 그럼 그와 같은 뜻을 한베에게 전하면 되겠는지요?"

"다시 확인할 필요는 없다."

노부나가는 고함을 치며 서기에게 물었다.

"다 썼느냐?"

"그러하옵니다."

"어디……."

노부나가는 서찰을 받아들고 일독한 뒤 다시 쓰카이반使番[131]인 안도 소고로安藤惣五郎에게 건네 즉시 하리마로 보내라고 명령했다. 그 파발이 채 출발하기 전이었다. 산기슭에서 하치야 요리타카가 올라오더니 노부나가가 앞으로 가서 고했다.

"방금 지쿠젠 님이 진중에 도착했습니다. 곧 이리 오실 것입니다."

"뭐라, 지쿠젠이?"

그 순간, 노부나가의 얼굴에 있던 노기가 다소 누그러진 듯했다. 잠시 뒤, 여느 때처럼 쾌활한 울림을 지닌 히데요시의 목소리가 들렸다.

'왔군.'

노부나가는 히데요시의 목소리를 듣자 그때까지의 노기 띤 얼굴을 유지하기 위해 애를 썼다. 사람의 심리란 참으로 이상한 것이었다. 그렇게 격노하던 노부나가였는데, 자신도 모르게 햇빛을 받은 얼음처럼 가슴속 분노가 풀리는 것은 어쩔 수 없었다. 히데요시가 왔다는 말만 들었을 뿐인데 그렇게 변한 것이었다.

히데요시는 밝은 모습으로 안으로 들어와 안에 있는 제장들에게 인사하듯 손을 들더니 허리를 구부렸다. 그리고 사람들 앞을 지나 노부나가 앞으로 가서 예를 취하고 노부나가의 얼굴을 바라보았다.

"……."

노부나가는 '왔는가' 하는 말도 하지 않았다. 흡사 아이가 자신이 화가 많이 났다는 것을 보라는 듯한 모습이었다.

____

131 전시에는 주군의 명을 전달하는 전령사가 되거나 평시에는 관리들을 감찰하는 임무를 맡고 있는 직책명.

노부나가가 그런 표정과 침묵을 보이면 대부분의 장수들은 두려워 부복하지 않을 수 없었다. 숙장인 시바타 가쓰이에나 사쿠마 노부모리라고 해도 노부나가가 그런 눈으로 바라보면 아연실색했다. 니와, 다키가와와 같은 노련한 노장들도 어쩔 줄을 몰라 하며 아부를 하기에 급급했다. 총명한 아케치 미쓰히데도 당황하긴 마찬가지였고 모리 란마루 역시 말을 붙일 엄두도 내지 못했다.

하지만 히데요시만은 그럴 때 대하는 방식이 달랐다. 노부나가가 화를 내고 아무리 노려보며 얼굴을 붉혀도 그는 아무런 반응을 보이지 않았다. 그것도 결코 주군을 경시하는 것이 아니라 오히려 다른 사람보다 더 송구해하고 삼가면서 말이다.

'아하, 또 화를 내고 계시는구나.'

그는 한바탕 소나기라도 퍼부을 하늘이라도 바라보듯 지극히 초연하고 평범한 얼굴을 하고 말을 삼가고 있을 뿐이었다. 그것은 다른 사람들이 흉내 낼 수 없는 그의 천성인 듯했다. 만일 가쓰이에나 미쓰히데가 그런 흉내를 냈다고 하면 타는 불에 기름이라도 부은 격으로 그 즉시 노부나가는 신경질적인 발작을 폭발했을 것이 분명했다.

"……지쿠젠, 뭐 때문에 왔는가?"

끈기 싸움에서 졌는지 노부나가가 먼저 물었다. 그러자 히데요시도 비로소 이마가 땅에 닿을 듯 공축하며 대답했다.

"꾸지람을 듣기 위해 왔습니다."

'말주변이 좋은 녀석.'

노부나가는 내심 히데요시가 얄밉게 여겨졌다. 그런 대답을 들으면 누구라도 화를 내기 어렵기 때문이었다. 노부나가는 일부러 언성을 높이며 말했다.

"뭐라, 꾸지람을 듣기 위해 왔다고? 사죄를 하면 끝날 일이라고 생각하고 왔는가? 이 노부나가에게, 아니 전군에게 이렇듯 대사를 오판하게 만들어놓고 말일세."

"제가 먼저 파발로 보낸 서찰은 도착했는지요?"

"보았네!"

"간베 요시타카를 세객으로 보낸 건은 명백히 실패로 끝났습니다. 따라서."

"변명하는 것인가?"

"아닙니다. 전화위복으로 삼고 사죄를 겸해서 다음 계책을 고하기 위해 전력을 다해 효고 가도의 적지를 달려왔습니다. 바라건대 사람들을 물려주시든가, 다른 곳으로 자리를 옮기셔서 제 말을 한번 들어주시길 청합니다. 그런 후에 제게 어떠한 처분을 내리시더라도 기꺼이 감수하도록 하겠습니다."

"흐음……."

노부나가는 생각에 잠겼다. 그리고 그의 청을 받아들여 사람들을 물렸다. 제장들은 히데요시의 배짱에 어이없어 하며 물러갔다. 죄를 범한 사람의 몸으로 어떻게 저리 뻔뻔한가, 하고 비방하는 사람도 있었다. 이기적이라며 혀를 차는 사람도 있었다. 히데요시는 그런 말에 전혀 개의치 않는 얼굴로 혼자 남아 있었다. 두 사람만 남게 되자 노부나가의 태도도 다소 누그러졌다.

"뭔가? 일부러 하리마에서 달려올 정도의 계책이란?"

"이타미를 공격하는 수단입니다. 상황이 이렇게 된 이상, 아라키 무라시게를 단호히 치는 수밖에 없습니다."

"그렇다. 하지만 이타미는 요새라고 할 정도는 아니지만 오사카가 배후에 있고 모리와 호응하고 있으니 만만치 않을 것이다."

"꼭 그렇지는 않습니다. 너무 성급하면 아군의 손실이 클 것이고, 게

다가 아군 내부에 조금이라도 균열이 생기면 지금까지 쌓아온 제방이 한순간에 무너질 염려도 있습니다.”

“자네라면 어떻게 하겠는가?”

“제 생각은 아닙니다만 일찍부터 교토에서 요양 중인 다케나카 한베가 오늘과 같은 상황을 예상하고 제게 이렇게 말했습니다.”

히데요시는 일전에 한베에게서 들은 계책을 그대로 노부나가에게 고했다. 그것이 마치 자신의 머리에서 나온 계책인 듯 자랑하고 싶은 마음은 전혀 없었다. 그는 다른 사람의 지혜를 훔쳐 자신의 공으로 삼지 않으면 안 될 만큼 머릿속이 빈곤하지 않았고, 또 그런 것에 대해 귀신같이 낌새를 알아차리는 노부나가였기 때문에 혹여 주군을 속이려고 했다가는 오히려 화를 당할 수 있다는 것을 잘 알고 있었다.

히데요시가 노부나가에게 고한 계책은 시일은 걸리겠지만 가능한 아군 병력을 잃지 않는 것을 전제로 먼저 무라시게의 오른쪽 날개를 자르는 데 전력을 기울여서 그를 고립시키는 방침이었다.

“아주 좋은 방법이다.”

노부나가는 그 계책을 채용하는 데 조금도 주저하지 않았다. 그가 생각하던 계책도 대략 그와 비슷했던 것이다. 전략이 정해지자 노부나가는 히데요시를 책하는 일 따윈 벌써 새카맣게 잊어버리고 이후의 작전을 실행하는 데 필요한 이런저런 일들을 물었다.

“급한 용무가 끝났으니 저는 오늘 바로 반슈로 돌아가려고 합니다.”

히데요시는 해가 지는 하늘을 바라보며 하직 인사를 했다. 하지만 노부나가는 히데요시에게 육로는 위험하니 밤에 배를 타고 돌아가라고 말한 뒤 수군인 구기九鬼 일족에게 호위를 명했다. 그러고는 아직 시간이 있으니 술을 한잔하고 가라며 놓아주지 않았다.

“그럼.”

히데요시가 다시 자리에 앉더니 갑자기 생각이 난 듯 물었다.

"이젠 저를 용서하신 것인지요?"

"글쎄, 어떨 듯싶나?"

노부나가는 웃음을 지으며 히데요시를 놀렸다.

"용서한다는 말씀을 하지 않으시면 술잔을 받아도 그 술이 제대로 넘어가지 않을 듯싶습니다."

히데요시가 거듭 말하자 그제야 노부나가도 쾌활한 목소리로 말했다.

"하하하, 알았네, 알았어."

"그러시다면."

히데요시는 그 말을 기다렸다는 듯 다시 말했다.

"간베 요시타카에 대한 처분도 거두어주실 수 없으신지요. 그의 아들의 목을 치라고 벌써 사자를 보냈다고 알고 있습니다."

"구로다 간베의 마음은 자네도 보증할 수 없을 것인데 어찌 처분을 거둘 수 있겠나. 그 명은 거둘 수 없네."

노부나가는 고압적인 자세로 히데요시가 더 이상 말하지 못하도록 입을 막아버렸다.

선교사, 오르간티노

히데요시는 그날 밤, 반슈로 돌아갔다. 돌아갈 때, 은밀히 사자를 통해 교토의 남선사에 있는 다케나카 시게하루에게 서찰 한 통을 보냈다. 서찰의 내용이 무엇인지는 나중에 저절로 알려졌는데, 히데요시가 둘도 없이 아끼는 구로다 간베의 아들을 걱정하는 내용이었다.

한편 노부나가의 사자는 교토를 향해 길을 재촉했다. 사자는 남선사를 찾아가 에이로쿠永祿 이래로 일본에 와 있는 선교사 오르간티노를 데리고 다시 노부나가 진영이 있는 아마노 산으로 돌아왔다.

오르간티노는 이탈리아 출생의 선교사였다. 히라도平戸와 나가사키長崎 부근은 물론 사카이, 아즈치, 교토, 기나이 곳곳에 수많은 선교사가 들어와 있었는데, 오르간티노는 노부나가가 좋아하는 선교사 중 한 명이었다.

노부나가는 천주교를 싫어하지 않았다. 불교의 법성을 불태워버렸음에도 불교를 싫어하지 않은 것과 마찬가지로 종교가 지닌 본래의 가치를 인정하고 있었다. 하지만 그는 천주교에 귀의해서 세례를 받는 일은 꿈에도 상상하지 않았다. 오르간티노뿐 아니라 때때로 아즈치로 초대받은 많은 선교사가 어떻게든 노부나가를 자신들의 교단에 넣기 위해 노력했지만 노부나가의 마음을 사로잡기란 흡사 물에 비친 달을 잡는 일과 같았다.

한 선교사는 자신이 해외에서 함께 데려온 흑인 노예를 노부나가가 대단히 신기하게 여기자 노부나가에게 헌상했다. 노부나가는 성 밖으로 나갈 때나 교토로 갈 때에도 흑인 노예를 데리고 다녔다.

어느 날 남만사南蠻寺라고 불리는 교회의 선교사들이 그것을 질투하며 노부나가에게 물었다.

"공은 흑인 노예가 아주 마음에 드시는 듯합니다. 대체 어떤 부분이 마음에 들어 그리 총애하시는 것입니까?"

그러자 노부나가가 대답했다.

"자네들도 모두 데리고 다니지 않는가."

그 말로 노부나가가 선교사들을 어떻게 생각하는지 잘 알 수 있었다. 그가 오르간티노를 좋아하는 것이나 다른 선교사들을 보는 시선은 이른바 흑인 노예를 아끼는 것과 같은 의미라고 할 수 있었다.

오르간티노는 처음 노부나가를 알현했을 때 선물을 헌상했다. 철포 열 정, 망원경과 안경 여덟 개, 침향에서 채취한 향료 백 근, 호랑이 가죽 오십 장, 여덟 첩疊 모기장, 그 외에 시계와 지구의, 직물, 도기 등 모두 진귀한 물건뿐이었다.

노부나가는 어린아이처럼 그것들을 늘어놓고 바라보았다. 특히 지구의와 철포는 그의 마음을 사로잡았다. 노부나가는 그 지구의를 앞에 두고 오르간티노의 고향인 이탈리아 이야기와 해상의 이정표, 북유럽과 남유럽의 풍물에 대해 이야기를 들었다. 또 인도, 베트남, 필리핀, 남지나 등의 여행 이야기를 몇 날 밤 동안 들었는지 몰랐다. 그리고 그 자리에는 반드시 노부나가 이상으로 열심히 귀를 기울이며 자주 질문을 하는 사내가 있었다. 그 무렵에는 도기치로라고 불렸던 지금의 하시바 지쿠젠노카미 히데요시였다.

"잘 왔소이다."

노부나가는 기분 좋게 오르간티노를 맞이했다. 일본어를 조금 할 수 있었던 오르간티노는 일본식으로 예를 취하며 말했다.

"이리 급작스레 부르시다니 무슨 일이신지요?"

"자, 우선 앉으시오."

노부나가는 그곳에 놓여 있는, 선가에서 쓰는 의자를 가리키며 말했다.

"고맙습니다."

오르간티노는 의자에 앉았다.

"신부, 일찍이 그대는 일본에 와 있는 선교사를 대표해서 내게 탄원서를 낸 적이 있을 것이오. 교토와 기나이에 교회를 지을 수 있게 해달라는 것과 야소교耶蘇教를 포교할 자유를 허락해달라며 말이오."

"저희는 그날을 얼마나 갈망하고 있는지 모릅니다."

"아무래도 허락할 날이 가까워진 듯하오."

"예? 그럼 허락해주시는 것입니까?"

"대신 조건이 있소. 무릇 우리 무문에서는 아무런 공도 없는 자에게 은전을 내리는 일이 없소. 공을 세워줬으면 하오."

"무슨 말씀이신지요?"

"다카쓰키의 다카야마 히다노카미의 아들은 열네 살 무렵부터 기독교에 귀의했다고 하는데 신부와 각별히 친하다고 알고 있소."

"다카야마 우곤 님을 말씀하시는 것인지요?"

"그렇소. 바로 그 우곤이오. 그대도 알고 있는 대로 그는 아라키 무라시게의 모반에 가담하여 두 명의 아들을 이타미 성에 보내 아무런 연유 없이 내게 칼을 겨누고 있소."

"참으로 애석한 일입니다. 저희도 그로 인해 얼마나 가슴 아파하며 천제의 가호를 빌고 있는지 모릅니다."

"그렇소? 오르간티노, 그러니 이러한 때, 예배당에서 기도만 하고 있어서는 아무런 소용도 없을 것이오. 그렇게까지 우곤을 걱정한다면 내 뜻을 받들어 다카쓰키 성으로 가서 다카야마 우곤의 어리석음을 일깨워주는 것이 어떻겠소?"

"제가 할 수 있는 일이라면 언제든지 가겠습니다만, 이미 그의 성은 노부타다 경과 후와, 마에다, 사사 님 등의 군세에 둘러싸여 있어 저희가 가는 것을 허락하지 않을 것입니다."

"아니오. 내가 군사를 붙여주고 또 통행증도 주도록 하겠소. 그러니 다카야마 부자를 잘 설득해서 내게 항복하게 한다면 그것은 바로 그대의 공이니 내 명으로 포교의 자유와 교회를 짓는 것을 허락하도록 하겠소."

"아아, 그럼."

노부나가는 기쁨에 겨워하는 오르간티노를 바라보며 다시 말을 이었다.

"하나 만약 그와 반대로 다카야마 부자가 그것을 거절하고 끝까지 내게 대항할 때에는 선교사 일문 모두 다카야마와 같은 뜻을 품고 있다고 보고 남만사를 치는 것은 물론 종파와 신도와 선교사 들의 목을 칠 것이니 그리 아시오. 그런 각오를 한 후에 가는 것이 좋을 것이오. 어떻소? 가겠소이까?"

"……."

오르간티노는 핏기가 사라진 얼굴로 한동안 고개를 숙이고 있었다. 한 척의 범선을 타고 멀리 유럽에서 이곳으로 올 만큼 그들은 대담했지만 노부나가의 말 앞에서는 공포를 느끼지 않을 수 없었다. 노부나가의 모습이 특별히 악마처럼 보이는 것도 아니었고 오히려 그의 모습과 말투는 품위가 있었지만 그들은 노부나가가 내뱉은 말은 반드시 실행에 옮긴다는 것을 잘 알고 있었다. 에이 산을 불태우고 나가시마를 토벌한 선례를 보았고 그가 실행한 정책들을 늘 보아왔기 때문이다.

"가겠습니다. 가서 우곤 님을 만나도록 하겠습니다."

오르간티노는 마침내 약속했다. 그리고 얼마 뒤 십여 명의 기마무사의 호위를 받으며 다카쓰키 성으로 향했다.

오르간티노가 떠난 뒤, 노부나가는 자신의 생각대로 됐다고 여겼다. 하지만 노부나가의 위협에 다카쓰키 성으로 향한 오르간티노는 마음속으로 잘된 일이라며 기뻐했다. 노부나가가 생각하고 있는 만큼 그들은 만만한 사람들이 아니었다.

오르간티노는 노부나가를 만나기 전, 이미 다카야마 우곤과 편지를 자주 주고받고 있었다. 우곤의 부친인 히다노카미도 '어떻게 하는 것이 하늘의 뜻을 따르는 것일까' 하며 그에게 물었던 것이다.

"주군을 배반하는 것은 옳지 않다. 노부나가 공은 아라키의 주군이자 당신의 주인이 아닌가?"

오르간티노는 거듭 그렇게 답신을 보냈다. 그리고 우곤에게 본심을 담은 서신을 받았다.

"두 아이가 아라키 쪽에 볼모로 붙잡혀 있기 때문에 아내와 노모만 노부나가 공에게 굴하는 것을 강하게 반대하고 있소. 그 문제만 해결된다면 나는 반역자라는 오명을 듣고 싶지 않소이다."

오르간티노는 이번 사명을 성공했을 때 노부나가가 약속한 것은 이미 받은 것이나 마찬가지라고 생각했다. 우곤이나 히다노카미는 자신의 권유에 동의할 것이라는 확신을 가지고 있었던 것이다. 단지 반대를 하는 우곤의 모친과 아내가 문제였다.

‘여자와 노인은 하느님의 교리로써 눈물과 끈기를 가지고 호소하고 설득하면…….’

오르간티노는 다년간의 경험상 두 사람을 충분히 설득할 자신이 있는 듯 전혀 걱정하지 않았다. 이렇게 다카야마 가의 마음과 내부 사정에 깊이 관여하고 있는 오르간티노가 이번 일을 실패할 리 없었다. 그런데 다카쓰키 성에서 돌아온 오르간티노는 다음과 같이 말하고 바로 교토로 돌아가버리고 말았다.

“실패했습니다. 우대신 가의 자비 어린 권유도, 제 간절한 바람도 다카야마 부자는 완강하게 받아들이지 않았습니다.”

그 뒤 다카야마 우곤은 처자식에게 원망을 듣는 한이 있더라도 교단의 멸망을 모른 체할 수 없고, 성과 일족은 버려도 인도사道는 버릴 수 없다며 그날 밤 몰래 성을 나와 남만사로 몸을 피했다. 그와 반대로 우곤의 부친인 히다노카미는 아들의 배신을 괘씸해하며 이타미의 아라키 무라시게에게 달려가서 사정을 호소했다.

무라시게의 진중에는 다카야마 가와 연이 있는 친족이나 친한 사람이 많았다. 만일 가열한 처분을 내리거나 수중에 있는 볼모를 학대하면 내부 분란을 피할 수 없을 것이었다.

“어쩔 수 없게 됐군. 우곤이 성을 탈출했다면 이젠 두 아이는 아무 쓸모가 없다.”

무라시게는 전후 사정이 이상하다고 여기면서도 성가시다는 듯 두 아이를 히다노카미에게 돌려보내고 말았다. 그 소식을 들은 오르간티노는 우곤과 함께 남만사를 나와 아마노 산으로 가서 노부나가를 만났다.

“아주 잘했네.”

노부나가는 크게 기뻐하며 우곤에게 반슈의 아쿠타가 군을 내리겠다고 말했다. 그리고 말과 피륙 등을 선물로 내렸다.

"저는 머리를 깎고 남은 여생 동안 신을 섬기고자 합니다."

우곤은 그렇게 호소했지만 노부나가는 그것을 허락하지 않았다.

"바보 같은 소리. 그대는 아직 젊다."

노부나가가 바라던 대로 이루어진 일은 모두 오르간티노가 예상한 것이었다. 다시 말해 우곤의 진퇴와 두 아이를 되찾기 위한 계책은 모두 오르간티노의 머릿속에서 나온 것이었다.

천하의 봄날

어제의 정세는 더 이상 오늘의 정세라고 할 수 없었다. 상황은 시시각각 변했다. 거취를 망설이는 것도 무리가 아니었고, 잘못된 야망으로 스스로를 망치는 사람이 속출하기도 했다.

어느덧 11월도 다 지나갔다. 아라키 무라시게의 한쪽 팔로 신임을 받고 있던 야마나카 기요히데가 돌연 성을 나가 노부나가에게 귀순했다. 이바라키 성이 노부나가의 수중에 넘어간 것이었다.

"찬하대사를 앞둔 시기, 작은 잘못은 책하지 않겠다."

노부나가는 죄를 묻지 않을뿐더러 기요히데에게 황금 삼천 냥을 내렸고 그를 따라온 가신 세 명에게도 황금과 의복 등을 내렸다. 그리고 공을 세운 다카야마 우곤에게는 칼과 말을 수여했다.

"지나친 처우다."

휘하의 장수와 하급 무사들까지 노부나가가 무엇 때문에 그들을 우대하는지 의아해했다. 노부나가도 마음속으로는 부하들 중에 불평이 있는 사람이 있을 것이라고 생각했지만 전쟁의 목적을 완수하기 위해 그렇게 할 수밖에 없었다.

본래 회유와 외교와 인내는 그의 기질과 맞지 않았다. 그래서인지 다른 한편에서는 적을 향해 치열한 공격을 퍼붓고 있었다. 가령, 아라키와 모리의 양군이 연합해서 틀어박혀 있는 효고의 하나구마花隈 성에는 끊임없이 공격을 가하면서 스마須磨, 이치노타니一之谷, 로코六甲 일대의 사원과 마을들을 가차 없이 불태워버렸다. 아무리 사소한 적대 행위를 해도 남녀노소를 불문하고 용서하지 않았다.

이렇듯 노부나가는 한쪽에서는 책략을 쓰고 다른 한쪽에서는 위협을 가해 성공을 거두고 있었다. 이제 아라키 무라시게에게는 양쪽 날개가 꺾인 이타미 성만 남아 있었다. 노부나가는 오른쪽 날개였던 다카야마 우곤과 왼쪽 날개였던 나카야마 기요히데를 잃은 무라시게의 진형을 두고 '바람에 금방이라도 쓰러질 허수아비'라고 하며 언제라도 마음만 먹으면 취할 수 있다고 판단했다.

마침내 12월 초순, 총공격이 시작됐다. 첫날 싸움은 8일 해질녘부터 밤 11시까지 이어졌다. 그런데 의외로 적의 저항은 완강했다. 그날 일진의 장수인 만미 센치요万見仙千代가 전사하고 병사 중에서도 많은 사상자가 속출했다.

둘째 날과 셋째 날 사상자는 늘었지만 성벽의 한쪽도 무너뜨리지 못했다. 무용이 뛰어난 아라키 무라시게의 휘하에는 과연 용감무쌍한 장병이 많았다. 거기에다 일족이나 부장들은 무라시게가 노부나가의 설득에 넘어가 한 차례 반기를 접으려고 했을 때 '지금에 와서 항복하는 것은 스스로 목을 바치러 나가는 것과 같다'며 강하게 만류한 책임감 때문이라도 죽을힘을 다해 저항하고 있었다.

난세의 복잡한 정세 속에서 싸움이 벌어지자 그 영향은 반슈를 필두로 오사카는 물론이고 단바와 산인 지방까지 일파만파로 번지고 있었다. 먼저 주고쿠에서는 히데요시가 때를 놓치지 않고 포위 중이던 미기 성을 공격했고, 원군인 사쿠마 군과 쓰쓰이 군은 모리의 준동을 비젠의 경계에서 막고 있었다. 세쓰 지방의 전쟁 소식을 들은 모리 대군이 일거에 상락을 꾀하려는 기운이 보였기 때문이다. 단바에는 하타노 히데하루波多野秀治 일족이 이때를 틈타 끊임없이 분란을 일으키고 있었다. 이 방면은 아케치 미쓰히데와 호소카와 후지타카가 다스리고 있던 영지여서 두 사람이 제압하러 달려갔다.

그렇게 노부나가와 히데요시, 미쓰히데 등이 당면한 적들은 양대 세력, 다시 말해 해로를 통해 서로 긴밀하게 연락을 취하고 있는 오사카의 이시야마 본원사와 모리 가의 손에 조종당하고 있는 꼭두각시들이라고 할 수 있었다.

"이젠 이곳의 싸움도 끝이 났군."

노부나가는 이타미 성을 바라보며 말했다. 이타미 성은 완전히 고립되었지만 아직 함락되지 않았다. 하지만 노부나가의 눈에는 이미 함락된 것과 마찬가지였다. 12월 25일, 노부나가는 아군의 포위망을 남겨두고 급히 아즈치로 돌아갔다. 정월은 아즈치에서 보낼 생각인 듯했다.

그렇게 예측할 수 없는 전란과 원정에 쫓기면서 한 해가 저물어갔지만 성 아래의 마을을 내려다보면 새로운 문화들이 눈부시게 발흥하고 있었다. 정리정연하게 구획된 마을의 크고 작은 점포들은 처마를 나란히 하고 노부나가의 경제정책의 성공을 여실히 대변하고 있었다. 객사와 역사에는 손님들이 넘쳤고 호반에는 정박한 배들의 돛대가 숲을 이루고 있었다. 또 무사들의 주택가나 무장들의 웅장한 저택도 대부분 완성되었다. 사원도 증축되고 있었고 일전에 허가를 얻은 오르간티노 교단의 선교사들도 땅을 골라 교회를 건립하고 있었다.

문화라는 것은 신비스러운 안개와 같았다. 본래 그것을 파괴하는 일만 해왔다고 할 수 있는 노부나가의 발밑에 바야흐로 획기적인 신문화가 발흥하고 있었던 것이다. 음악, 춤, 그림, 문화, 종교, 다도, 의식주 등 모든 분야의 문화가 일제히 구태의연함을 벗어던지고 일신하고 있었다. 가령, 여자들이 입는 옷 하나를 보더라도 서로 경쟁하듯 아즈치 문화의 창의성을 보여주고 있었다.

정월, 노부나가는 마을을 내려다보며 그러한 새로운 문화를 눈으로 보고 귀로 듣고 혀로 맛보면서 만족하고 있었다.

"이것이 내가 고대하며 기다리던 정월의 모습이다. 천하의 봄날이다."

파괴보다 건설이 즐겁다는 것은 말할 것도 없었다. 그의 파괴는 건설을 위한 사전 작업이었다. 언젠가는 지금 아즈치에서 발효하고 있는 생기발랄한 신문화가 동쪽 지방과 미치노쿠陸奧는 물론이고 북쪽과 주고쿠와 규슈를 개펄이 썰물에 잠기듯 가득 채울 것이다. 그리고 전국 방방곡곡의 사민들까지 모두 이곳의 사민과 똑같은 생활을 향유하게 될 것이다.

"바로 그러한 때, 나는 무엇을 하며 이 세상을 향유할 것인가?"

그것이 자신의 사명이라고 생각했을 때, 노부나가는 이때까지의 고난에 찬 길이 오히려 부족한 듯했다. 그럼에도 아즈치 성의 누각에서 성 아래의 번성한 모습을 볼 때마다 늘 문화라는 것의 정체에 대해 신비한 마음이 드는 것은 어쩔 수가 없었다.

파괴할 때는 무를 이용했지만 새로운 문화를 키워나가는 데는 거시적인 방향만을 제시한 것 외에 무나 권력은 이용하지 않았다. 또 다양한 문화의 새로운 양상도 결코 노부나가가 새로 만들어낸 것이 아니었고 그의 구상도 아니었다. 그럼에도 불구하고 어느새 구태의연함은 흔적도 없이 사라지고 생기발랄하고 새로운 문화가 형성되고 있었다. 게다가 전통의 본질을 잃지 않고서 말이다.

대체 어떤 위대한 작가가 그 모든 것을 지휘하고 만든 것일까. 확실히 말할 수 있는 것은 문화성文化性이라는 것만 있을 뿐 작가는 없다는 것이다. 굳이 문화를 만든 작가를 찾는다면 그것은 시대라고 할 수밖에 없다. 그해 덴쇼 7년(1579년)이라는 '시대'가 바로 그 작자라고 할 수 있을 터였다.

"참으로 좋은 봄날 하늘인 듯합니다."

노부나가가 그런 생각에 잠겨 있을 때, 화창한 햇살을 등에 받으며 사쿠마 노부모리가 누각의 일실로 새해 인사를 하러 왔다. 노부나가는 노부모리의 모습을 보고 불현듯 무언가 떠오른 듯했다.

"그렇지, 그 일은 그 후에 어떻게 됐는가? 그 일은?"

노부나가가 손에 든 술잔을 시종을 통해 노부모리에게 건네며 뜬금없이 물었다.

"그 일이라 하시면?"

노부모리는 잔을 물리면서 노부나가의 눈썹을 바라보았다. 노부나가가 또 무엇인가 떠올리려고 하는 듯 손을 눈썹에 대고 있었기 때문이다.

"그렇지. 쇼주마루라고 했지. 다케나카 한베의 고향에 맡겼다는 간베의 아들 말이네."

"아, 그 일 말씀이십니까?"

"자네를 사자로 보내 교토에서 요양 중이던 한베 시게하루에게 목을 쳐서 이타미로 보내라고 했는데, 그 후 목을 쳤다거나 보냈다거나 아무 보고가 없었네. 자네는 대답을 들었는가?"

"아닙니다. 저도 아직."

노부모리가 고개를 저으며 작년 사자로 갔던 일을 떠올리는 듯한 표정을 지었다. 사자의 임무는 확실히 끝냈지만 쇼주마루는 다케나카 한베의 영지인 미노美濃의 후와 군에 있었기 때문에 당장 확인할 수 없었다.

"우대신 가의 명령이라면 거역할 수 없으니 며칠 말미를 주십시오."

그 당시 한베는 그렇게 말했고 사쿠마 노부모리는 알았다며 다시 다짐을 받았다.

"그럼 분명히 전하였으니 잘 처리하게."

그리고 노부모리는 곧바로 돌아와 노부나가에게 그대로 고했다. 하지만 노부나가는 군무로 다망했고 얼마 뒤 철군을 하느라 그 일을 잊어버렸다. 노부모리도 한베가 직접 노부나가에게 결과를 보고했을 것이라고 생각했는지 그 일에 대해 까맣게 잊고 있었던 것이다.

"흐음, 그럼 그 후, 지쿠젠이나 한베로부터 아무런 보고가 올라오지 않았습니까?"

"오지 않았네. 아무 말도 없었네. 그 일에 대해서는."

"기이한 일이군요."

"자네는 분명 한베에게 내 명을 전한 것인가?"

"분명 전했습니다."

노부모리는 덧붙여 말했다.

"기껏 배신자의 볼모 한 명의 처분이라고는 하나 엄중한 군명을 받고 아직껏 아무런 처분을 내리지 않았다면 그 죄를 가만둘 수는 없습니다. 제가 돌아가는 중 교토에 들러 한베에게 어떻게 되었는지 물어보도록 하겠습니다."

"……그래야겠지."

노부나가는 그다지 마음이 내키지 않는 듯한 반응이었다. 기억이 나기는 했지만 엄명을 내리던 그때의 상황과 지금과는 심경에 큰 변화가 있었다. 하지만 노부모리를 보내 일단 명을 내린 것을 아무런 이유도 없이 내버려두라고 할 수는 없었다. 또 그래서는 사자로 간 사람의 체면이 서지 않는다고 생각해서인지 그저 고개만 끄덕였다.

그런데 노부모리는 노부나가가 자신이 사자의 임무에 소홀했다고 생각하는 것이 아닌지 오직 그 점만을 걱정하며 이윽고 새해 인사를 끝내고 퇴성했다. 그리고 이타미를 포위한 진중으로 돌아가는 도중 일부러 말 머리를 돌려 남선사를 찾았다.

"병중에 찾아와서 안됐으나, 노부나가 공께서 명하신 건에 대해 한베 님에게 물어볼 것이 있으니 말을 전해주길 바라네."

노부모리는 혹여 거절당할까 봐 근엄하게 면회를 청했다. 말을 전하러 갔던 승려가 곧 돌아왔다.

"병중이라 방 안이 어지럽지만 괜찮다면 들어오시라고 말씀하셨습니다."

"괜찮네."

노부모리는 그렇게 말하며 승려의 뒤를 따라갔다. 별채의 장지문은 닫혀 있었고 연신 기침 소리가 들렸다. 한베가 어쩔 수 없이 병상에서 일어나 있는 듯했다. 노부모리는 잠시 밖에서 서성거리고 있었다. 눈이라도 내릴 듯한 하늘이었다. 낮이지만 남선사의 이슥한 산그늘은 춥기만 했다.

"들어오시지요."

안에서 그렇게 말하며 작은 서원의 장지문을 연 것은 시중을 드는 가신이었다. 안을 들여다보니 한베도 병중인 몸을 일으켜 방 귀퉁이에서 손님을 맞았다.

"어서 오십시오."

노부모리는 뚜벅뚜벅 안으로 걸어 들어가서 인사를 한 뒤 이내 한베에게 물었다.

"작년, 내가 군명이라며 전했던 쇼주마루의 목을 치라는 일은 이미
처리했다고 생각하오만, 그 후 확실한 보고가 없어서 주군께서도 의아
하게 생각하고 계시오. 오늘은 그 일을 확인하기 위해 나를 다시 사자
로 보내신 것이오. 시게하루 님, 어찌 되었소이까?"

"그 일이라면."

한베는 세잔한 등을 보이고는 양손으로 땅을 짚으며 고했다.

"제가 그만 게을러서 이런 염려를 끼친 듯합니다. 병이 조금 회복되
는 대로 서둘러 군명을 받들겠습니다."

"뭐, 뭐라? 지금 뭐라 했소이까?"

노부모리는 당황했다. 아니 당황했다기보다 얼굴빛으로 알 수 있듯
너무나 의외의 대답에 분노에 휩싸여 입안의 혀라도 꼬인 듯한 모습
이었다. 한베는 얼굴을 들고 병자 특유의 눈빛으로 진노한 노부모리의
얼굴을 차분하게 바라보았다.

"아니 그럼……."

두 사람의 상반된 시선이 서로를 응시하고 있었다. 노부모리가 기침
을 하며 물었다.

"귀공은 아직 그 볼모의 목을 치지 않았소이까? 그 목을 이타미 성
에 있는 구로다 간베에게 보내지 않았단 말이오? 그렇소이까?"

"생각하시는 그대로입니다."

"생각하는 그대로라고? 그런 기외한 대답은 처음 듣소이다. 그대는
군명을 어기면 어떻게 되는지 알면서도 군명을 어긴 것이란 말이오?"

"당치도 않습니다."

"그럼 어찌 베지 않은 것이오?"

"볼모는 제 고향에 분명히 잡아놓고 있으니 그리 서두르지 않아도
언제라도 그리할 수 있다고 생각하여."

"가당치 않은 말이오. 내 이제껏 그러한 불손한 말을 사자로서 주군께 전한 예가 없소이다."

"본시 사자의 잘못이 아닙니다. 제 판단에 의해 일부러 늦춘 것입니다."

"일부러?"

"중요한 일이라고 생각하면서도 그만 병환에 있는 몸이어서……."

"본국에 전서 한 통만 날리면 될 일인 것을."

"아닙니다. 다른 가문의 자식이라고는 하나 수년 동안 맡고 있으면 저절로 정도 들고 가련한 마음이 들어 평소에 그를 돌보던 이들은 쉽사리 벨 수 없을 것입니다. 만일 가신들이 분별없이 다른 이의 목을 보내기라도 하면 노부나가 공께 큰 죄를 짓는 거라 고민한 끝에, 제가 직접 가서 베려고 생각하고 있었습니다. 그러는 동안 병도 곧 나으리라……."

한베는 그렇게 말하다 추운 듯 기침을 심하게 하더니 품속에서 종이를 꺼내서 입을 감쌌다. 한번 기침이 시작되면 좀처럼 멎지 않았다. 옆에 있던 가신이 한베의 뒤로 가서 괴로워하는 등을 연신 쓸어내렸다.

"……."

노부모리는 어쩔 수 없이 입을 다문 채 한베가 진정되기를 기다렸다. 그러다 기침을 하며 병든 몸을 주무르고 있는 한베를 계속 바라보는 것이 괴로웠던 듯 먼저 말을 꺼냈다.

"자리에 들어 몸을 누이는 것이 어떻겠소?"

노부모리는 처음으로 근심하듯 권했지만 얼굴에는 일말의 동정도 보이지 않았다.

"어쨌든 귀공이 한 말을 근일 중에 반드시 실행에 옮기도록 하시오.

귀공의 태만에 대해 지금 여기서 말해본들 소용이 없을 것이니, 아즈치에는 내가 서신을 보내 그대로 고하도록 하겠소. 아무리 병중이라고는 하나 더 이상 지체하면 주군의 노여움을 부추기는 것과 같을 것이오. 다시 한 번 말하지만 소홀함이 없도록 하시오.”

노부모리는 여전히 기침으로 괴로워하는 한베를 무시하며 그렇게 말하고 자리에서 일어서서 툇마루로 나왔다. 그때 그는 쟁반에 약탕을 들고 오는 여인과 마주쳤다.

“오.”

“아니.”

여인은 급히 쟁반을 내려놓으면서 노부모리 발밑에 몸을 숙였다. 노부모리는 마루에 엎드린 여인을 자세히 바라보며 말했다.

“아니, 그대는 언젠가 만난 적이 있는 듯하구려. 그렇지, 지쿠젠 님의 초대를 받고 나가하마에 갔을 때군. 그때 지쿠젠 님을 섬기고 있지 않았소?”

“예, 나리께서 오라버니의 간병을 하라며 허락해주셔서 한동안 이곳에 머물고 있습니다.”

“하면 그대는 한베 님의 누이동생이오?”

“오유라고 합니다.”

“오유 님. 흐음…… 그렇군.”

노부모리는 그렇게 되뇌며 댓돌로 내려섰다. 오유는 그저 고개를 숙이고 있었다. 장지 너머로 한베의 기침 소리가 연신 들려왔다. 오유는 손님의 감정을 헤아리기보다 탕약이 식는 것을 근심하는 모습이었다. 밖으로 나선 노리모리가 돌아보며 그녀에게 물었다.

“하리마에 있는 지쿠젠 님은 근래 소식이 있었소?”

“아닙니다. 별다른 소식은.”

"노부나가 공의 군명을 일부러 소홀히 한 것은 설마 지쿠젠 님의 지시 때문은 아니겠지만, 그렇게 의심을 받을 염려도 있소. 그리되면 지쿠젠 님도 어떤 일을 당할지 모를 일이오. 하여 거듭 당부하니 부디 구로다 간베의 볼모 문제는 신속하게 처리하는 것이 좋을 것이오. ……아, 눈이 오는군."

노부모리는 하늘을 올려다보며 급히 걸음을 재촉했다.

멀어져가는 그의 뒷모습 뒤로 흰 눈이 남선사의 큰 지붕을 스치며 점점이 내리고 있었다.

"오유 님, 오유 님!"

문득 기침이 멎은 장지 안에서 가신의 다급한 목소리가 들렸다. 오유는 가슴이 철렁해서 장지문을 열었다. 그러자 한베가 새빨개진 종이로 입을 막은 채 바닥 쪽으로 몸을 구부리고 있었다.

"아, 피! 오라버니!"

춘설이 순식간에 초암 주위를 새하얗게 뒤덮고 있었다.

간베 구출

노부나가의 전쟁은 히데요시가 맡은 주고쿠中國 진영, 미쓰히데가 활약하는 단바丹波 방면의 전선, 그리고 포위망을 치고 해를 넘겨 장기전에 들어간 이타미의 전선, 이렇게 세 방면에서 전개되었다. 주고쿠와 이타미는 여전히 교착상태를 벗어나지 못했고, 다소 활발한 움직임을 보이는 곳은 단바 방면뿐이었다.

세 전선에서 매일 노부나가에게 올라오는 문서와 보고의 수는 실로 엄청났다. 물론 참모와 유히쓰祐筆[132] 등을 거쳐 중요한 것들만 노부나가에게 올라왔다. 그중에서 사쿠마 노부모리의 서찰을 읽은 노부나가는 심히 불쾌한 기색으로 그것을 내던졌다. 다 읽은 문서는 란마루가 정리했다.

'뭐가 마음에 들지 않으셨던 걸까?'

란마루는 나중에 그것을 살짝 읽어보았다. 하지만 딱히 노부나가의 기분을 언짢게 할 만한 내용은 없었다. 서찰 속에는 그저 이타미로 돌아가는 도중, 다케나카 한베를 방문해서 일전에 내린 명을 재촉했다고 적혀 있었다. 그 이면에 담긴 의미를 깊이 생각하면 노부모리가 말하

---

132 주군을 대신하여 각종 문서와 기록을 담당하는 무가의 직책. 서기.

려고 하는 바가 무엇인지 헤아릴 수 있었다.

즉, 뜻밖에도 한베가 아직 명을 실행에 옮기지 않아 한베에게 다시 엄중하게 독촉했으니 가까운 시일 안에 명을 완수할 것이라 말하고, 이를 확인하지 못한 자신의 소홀함을 너그럽게 용서해주기를 청하며 자신의 죄를 변명하기에 급급했을 것이다.

'주군께서는 그것이 마음에 들지 않으셨던 게로군.'

란마루는 노부모리의 일을 제외한 다른 부분에서는 대수롭지 않게 생각했다. 하지만 노부나가는 이 서찰로 인해 노부모리를 다시 보게 되었는데, 후일 그러한 인식의 변화가 겉으로 드러나게 되기까지는 노부나가 외에 어느 누구도 노부모리의 속내를 이해하지 못했다.

노부나가는 노부모리의 서찰을 본 뒤 한베 시게하루가 명을 어긴 것과 그 태만에 대해 딱히 격노하는 모습도 보이지 않았고, 아무것도 묻지 않고 독촉하지도 않았다. 그러니 다케나카 한베 역시 노부나가의 복잡하고 미묘한 기분의 변화를 알 리가 없었다. 한베가 며칠이 지나도 노부나가의 명을 실행에 옮기려 하지 않자 한베를 간병하고 있는 오유나 가신들은 노부나가가 벌을 내릴까 봐 아무 말도 못하고 벙어리 냉가슴 앓듯 가슴만 졸이고 있었다.

그러는 사이에 한 달이 훌쩍 지나 2월 중순으로 접어들었다. 남선사의 산문 부근과 초암의 처마 주변에도 매화가 피었다. 햇살은 날이 갈수록 따스해졌지만 한베의 병은 가볍지 않았다. 하지만 본래 지저분한 것을 싫어하던 한베는 매일 아침 습관처럼, 병실을 청소시키고 남쪽 툇마루 끝에 앉아 아침 햇살을 쬐며 지칠 때까지 묵연히 앉아 있었다. 그러면 오유가 한베에게 차를 가져왔는데 찻잔에서 피어오르는 김이 햇살 속에 눈부시게 보였다.

"오늘 아침은 혈색이 아주 좋아 보입니다."

“그렇게 보이느냐?”

한베는 찻잔을 쥐고 있던 야윈 손으로 자신의 뺨을 어루만지며 웃어 보였다.

“내게도 봄이 온 듯 기분이 아주 좋구나. 요 이삼일은 특히 더 그렇구나.”

근래 이삼일은 혈색도 좋고 특히 기분이 좋아 보였다. 오유는 그런 한베를 바라보며 크게 기뻐했다. 그러다 문득 언젠가 의원이 넌지시 일러준 말이 떠올라 다시 근심에 휩싸였다.

“애초부터 완쾌는 기대할 수 없습니다.”

하지만 오유는 속으로 이렇게 마음먹고 있었다.

‘의원이 불치의 병이라고 해도 나은 예는 얼마든지 있다. 내가 정성을 다해 간병해서 반드시 오라버니를 건강하게 만들 것이다.’

그리고 어제, 하리마에 있는 히데요시가 그녀에게 한베를 잘 부탁한다는 편지를 보내왔다.

“오라버니, 이런 상태로 몸이 호전된다면 벚꽃이 필 무렵에는 분명 자리를 털고 일어나실 수 있을 것입니다.”

“오유야……”

“예.”

“너한테 미안하구나.”

“무슨 말씀을 하실까 했는데…… 그런 말씀은 마세요.”

“하하하.”

한베는 사랑스러운 눈빛으로 힘없이 웃으며 말했다.

“형제자매인 탓에 오히려 고맙다는 말도 제대로 한 적이 없지만, 오늘은 왠지 고맙다는 말을 하고 싶구나. 이것도 기분이 좋은 탓일 게다.”

“그럼 다행입니다만……”

"돌아보면, 벌써 십 년이 넘었구나. 보다이 산의 성을 나와 고향인 구리하라 산 속에 들어갔던 때로부터 말이다."

"세월이 정말 빠른 듯합니다. 저도 돌아보면 모든 게 꿈인 듯 여겨집니다."

"벌써 그 무렵부터 내 곁에서 아침저녁으로 밥을 짓고 간병까지 모두 네가 도맡아 해주었구나. 그 오랜 세월 고생이 참으로 많았다."

"아닙니다. 그것도 한순간에 지나지 않은 듯합니다. 그 무렵부터 오라버니는 자주 병이 낫지 않을 거라고 말씀하셨지만, 병이 호전되자 히데요시 님의 휘하에 들어가셔서 아네 강의 싸움과 나가시노 싸움, 그리고 에치젠과 오사카, 이세지를 오가며 그토록 건강하게 지내오지 않으셨습니까."

"그렇구나. 이런 몸으로 잘도 견뎌왔구나 하는 생각이 들 때도 있다."

"그러니 이번에도 정양을 잘하시면 분명 나을 것입니다. 본래의 건강한 상태로 회복하실 수 있을 것입니다."

"아직 죽고 싶지는 않구나."

"그런 일은 절대 없을 것입니다."

"더 살고 싶구나. 살아서 이 어지러운 세상이 평화로워지는 모습을 보고 싶구나. 또 적어도 주종의 인연을 맺은 히데요시 님의 장래도……. 아아, 몸만 건강하다면 미력하나마 힘이 닿는 데까지 봉공하고 싶구나."

"부디 꼭 그렇게 하도록 하십시오."

"하나……."

한베는 문득 기운 없는 목소리로 말을 이었다.

"사람의 천수란 마음대로 할 수 있는 것이 아니다. 아무리 애를 써도 그것만큼은……."

한베는 안타까운 듯 중얼거렸다. 오유는 한베의 눈을 보고 한베가 이미 각오하고 있는 듯싶어 가슴이 먹먹해졌다.

남선사의 종이 한가로이 정오를 알리고 있었다. 전국戰國 시대였지만 매화가 피면 지팡이를 짚고 매화를 보러 오는 사람도 있었고, 그 매화가 지면 슬퍼하는 휘파람새의 울음소리도 들렸다.

아직 이른 봄인 2월, 병세가 호전되었다고는 하지만 밤이 되면 한베의 기침 소리에 초암의 등불은 여전히 추운 듯 가늘게 흔들렸다. 그래서 오유는 몇 번이나 한밤중에 일어나 오라비의 등을 쓰다듬으며 밤을 새워야 했다. 가신들도 있었지만 한베는 그들에게 그런 일을 시키지 않았다.

"그들은 내가 전쟁에 임했을 때, 내 앞에서 싸우는 사람들이다. 내 등이나 쓸어내리는 일을 하기에는 아까운 자들이다."

그날 밤도 오유는 밤중에 일어나서 한베의 등을 쓸어내리거나 부엌에 가서 탕약을 달였다. 그런데 문득 문밖에서 울타리의 대나무 가지를 밟는 듯한 소리가 들리더니 은밀히 중얼거리는 소리가 들려왔다. 오유는 가만히 귀를 기울였다.

"아, 불이 켜져 있습니다. 기다리십시오. 누가 일어나 있는 듯합니다."

잠시 뒤, 문밖에서 들리던 사람 소리가 처마 밑으로 다가오더니 가볍게 문을 두드렸다.

"누구세요?"

"오유 님이십니까? 구리하라 구마타로입니다. 이타미에서 지금 돌아왔습니다."

"아, 돌아오셨군요. 오라버니, 구마타로가 돌아왔습니다."

오유는 상기된 목소리로 문 쪽으로 다가가 빗장을 열었다. 구마타로 혼자인 줄 알았는데 세 사람이 서 있었다. 구마타로는 오유에게서 물통을 빌려 두 사람을 데리고 우물 쪽으로 갔다.

"누굴까?"

오유는 그 자리에 서 있었다. 구마타로는 한베가 구리하라 산에 한거하던 무렵부터 가까이 둔 가신이었다. 당시에는 고구마라고 불렸는데, 지금은 벌써 삼십 대의 어엿한 무사가 되어 있었다.

구마타로는 두레박으로 물을 퍼서 물통에 담고, 다른 두 사람은 손발에 묻은 흙과 옷자락에 묻은 피를 씻어냈다. 오유는 한베의 지시대로 서둘러 작은 서원에 불을 밝힌 뒤 나무 화로에 불을 넣고 손님들이 깔고 잘 요를 준비했다.

"구마타로가 데려온 손님 중 한 명은 분명 구로다 간베일 것이다."

한베의 말에 오유는 적잖이 놀랐다. 작년부터 그가 이타미 성안에 붙잡혀 있다거나 아라키의 편에 가담했다는 소문이 떠돌고 있었기 때문이다. 한베는 평소 공무나 군사기밀에 대해서는 가신에게도 일절 말하지 않았기 때문에 오유도 구리하라 구마타로가 작년부터 대체 어디에 무엇을 하러 가서 오랫동안 돌아오지 않는 것인지 전혀 알지 못했다.

"오유야, 옷을 다오."

한베는 일어나서 옷을 갈아입었다. 오유는 걱정이 됐지만 오라비의 성격상 아무리 병이 위중한 때라도 손님을 맞을 때에는 자리에서 일어나서 옷을 갈아입는 습관을 잘 알고 있었기 때문에 순순히 대답했다.

"예."

오유는 뒤에서 한베가 옷을 갈아입는 것을 도왔다. 한베가 헝클어진 머리를 빗고 입을 헹군 뒤 서원으로 나오자 구마타로와 다른 두 사람이 벌써 자리에 앉아 조용히 주인을 기다리고 있었다.

"오!"

손님 중에 한 사람이 그렇게 외치자 한베도 감정 어린 소리로 답했다.

"오, 이렇듯 무사히."

한베가 자리에 털썩 앉자, 두 사람은 서로 손을 마주 잡았다.

"걱정했소이다."

"난 이처럼 무사하오."

"정말 다행이오."

"그대에게도 심려를 끼쳤소이다. 정말 면목이 없소."

"어쨌든 이렇게 다시 만난 것은 천우신조일 것이오. 내게 근래 없는 기쁜 일이오."

"모두 주군과 귀공 덕분이오. 잊지 않겠소."

두 사람이 기뻐하는 모습에 옆에 있는 사람들까지 눈시울이 뜨거워질 정도였다. 손님 중 한 명은 새삼 말할 것도 없이 바로 이타미에서 탈출한 구로다 간베 요시타카였다. 또 다른 손님인 고령의 무사는 두 사람의 감격스러운 해후를 방해하지 않으려는 듯 처음부터 시종 침묵을 지키고 앉아 있었다. 이윽고 그가 간베의 권유를 받고 자신을 소개했다.

"저는 하시바 가의 무사로 늘 진중에서 멀리서나마 모습을 뵙고 있었습니다만, 평소에는 진중에 있는 경우가 적은 간자 조직에 적을 두고 있기 때문에 저를 본 적이 없으실 것입니다. 저는 하치스카 히코에몬의 조카인 와타나베 덴조라고 합니다. 앞으로 잘 부탁드리겠습니다."

한베는 무릎을 치며 말했다.

"오, 와타나베 덴조 님이 바로 그대였소이까? 소문은 익히 들었소이다. 그러고 보니 어딘가에서 한두 번 본 적이 있는 듯하기도 하오."

말석에 앉은 구마타로가 덧붙여 말했다.

"실은 뜻밖에 이타미 성안에서 같은 목적으로 잠입해 있던 덴조 님과 성의 망루 아래에 있는 옥사 앞에서 만났습니다."

덴조가 이어 말했다.

“우연이랄까, 천우신조랄까, 구마타로 님을 만난 덕분에 그 엄중한 성안에서 간베 님을 구출할 수 있었습니다. 만일 저 혼자나 구마타로 님 혼자였다면 실패하고 도중에 적들의 칼을 맞고 죽었을지도 모릅니다.”

두 사람은 서로 바라보며 미소를 지었다. 그동안 구로다 간베를 구출하기 위해 히데요시 쪽에서도 많은 노력을 기울였다. 어떤 때는 사람을 보내 아라키 무라시게에게 간베의 신변을 인도해달라고 청하기도 하고, 어떤 때는 무라시게가 믿고 있는 승려를 보내 넌지시 설득하는 등 갖은 방법을 시도해봤지만 무라시게는 완강하게 간베의 신변을 인도하지 않았다. 그러자 히데요시가 최후의 수단으로 와타나베 덴조에게 명을 내렸다. 천재지변이든, 병화든 성안에서 변고가 일어나기를 기다렸다가 옥중의 간베를 구출하라고 명한 것이었다.

덴조는 성안으로 잠입해서 기회를 엿보고 있었다. 그리고 이삼일 전 날 밤, 무슨 축하할 일이라도 있는 듯 아라키 무라시게 일족과 장병들이 모두 모여 대청에서 주연을 열었다. 마침 그날 밤은 달도 없고 바람도 불지 않는 캄캄한 밤이었다.

‘오늘 밤에는 반드시.’

덴조는 미리 눈여겨보았던 망루 아래의 옥사로 기어갔다. 그런데 한 사내가 자신과 똑같이 몰래 침입해서 옥사 안을 연신 엿보고 있는 것이었다. 처음에는 수상히 여겨 유심히 지켜보고 있다가 아무래도 성의 병사는 아닌 듯싶어 다가가서 자신의 정체를 밝혔다.

“나는 하시바 지쿠젠노카미 님의 간자인 와타나베 덴조라고 하오.”

그러자 상대도 자신의 신분을 밝혔다.

“나는 다케나카 한베의 가신인 구리하라 구마타로라고 하오.”

이윽고 두 사람은 서로의 목적이 똑같다는 사실을 알게 되었다. 그리고 서로 협력해서 옥사의 창을 부수고 안에 있던 간베를 구출한 다음 성벽과 담장을 넘어 수문 근처에 있는 작은 배를 타고 해자를 건너 도망쳐왔던 것이다.

"구마타로에게 명을 내렸지만 십중팔구 어려울 것이라고 걱정하고 있었는데, 이렇듯 성공한 것은 오로지 천지신명께서 돌봐주신 듯하다. 그런데 그 후, 며칠 동안 어떻게 보내며 이곳까지 당도하였는가?"

일의 전말을 상세하게 들은 한베가 구마타로에게 묻자 구마타로는 자신의 공을 자랑하는 듯한 기색도 없이 겸허하게 말했다.

"비교적 성 밖까지는 별 어려움 없이 탈출했으나, 그 이후가 문제였습니다. 곳곳의 검문소나 관문에서 아라키 군사들이 야영을 하고 있었습니다. 그래서 몇 번이나 그들에게 포위당해 뿔뿔이 흩어질 뻔하기도 했습니다만 간신히 적들을 베고 도망쳤는데, 그만 간베 님께서 왼쪽 무릎에 적의 칼을 맞아 멀리 갈 수 없게 되었습니다. 하여 어쩔 수 없이 농가의 헛간에서 잠을 자면서 밤에 움직이고 길가의 사당에서 쉬면서 교토까지 온 것입니다."

구마타로의 말이 끝나자 간베가 이어 말했다.

"그렇게까지 하지 않고 멀리 성을 둘러싸고 있는 오다 군 진영으로 도망치면 됐을 터지만, 아라키 무라시게가 말하길 노부나가 공께서 나를 심히 의심하고 있다고 했소이다. 무라시게는 그것을 이용해 자신에게 가담하라며 계속해서 설득했소이다. 나는 그것을 일소에 부치고 말았으나 솔직히 자세한 사정도 모르고 의심받는 것을 의외라고 생각하지 않았소. 그래서 일부러 아군의 도움을 청하지 않고 교토까지 온 것이오. 일이야 어찌 됐건 귀공을 만나고 싶다는 일념으로 말이오."

간베가 쓸쓸한 미소를 짓자 한베도 묵연히 고개를 끄덕였다. 서로 묻고 싶은 말과 하고 싶은 말이 다 끝나자 어느덧 날이 하얗게 새고 있었다. 오유는 벌써 부엌에서 아침밥을 짓고 있었다.

● **사카키바라 야스마사 榊原康政·1548-1606**

도쿠가와 사천왕 중 1人. 혼다 다다가쓰(本多忠勝)와 더불어 도쿠가와 막부의 양대 야전사령관으로 활약했다. 고마키 나가쿠테 전투 전에 도쿠가와 측의 도전장을 작성하여 히데요시의 기분을 매우 불편하게 만들었다고 하는데, 아마도 평소에도 야스마사의 입이 꽤 걸걸했던지라 내용이 상당히 과격했던 걸로 알려진다. 이때 히데요시는 화가 상당히 많이 났던지 야스마사의 목에 현상금을 십 만석이나 걸었다고 한다.

● 1570년 아네강 전투

오다-도쿠가와 연합군과 아자이-아사쿠라 연합군이 아네강에서 벌인 전투로 오다 노부나가(織田信長)는 가네가사키 전투의 설욕을 하게 되고 아자이(浅井氏)와 아사쿠라(朝倉氏)는 큰 타격을 입게 된다. 이후 아자이-아사쿠라 연합은 이시야마 혼간지 세력과 히에이산의 엔랴쿠지 승병 세력, 다케다 신겐과 연합을 맺어 노부나가 포위망을 조직해서 계속해서 오다 가와 맞서 싸웠다.

수의 壽衣

밤을 새우며 이야기를 나눈 탓에 네 사람의 얼굴은 피곤해 보였다. 그들은 아침을 먹고 나서 얼마간 수면을 취한 뒤 다시 얼굴을 마주했다.

"그런데."

한베가 간베에게 물었다.

"다소 급한 감은 있으나, 나는 오늘 이곳을 떠나 본국인 미노美濃에 들렀다가 다시 아즈치로 가서 노부나가 공을 뵙고자 하오. 귀공의 일은 내가 잘 말씀드릴 터이니 지금 바로 반슈로 가시는 것이 어떻겠소이까?"

"나도 하루빨리 그러고 싶은 마음이나……."

간베는 근심스런 얼굴로 한베의 얼굴을 응시했다.

"아직 병중의 몸으로 급히 여정에 오르는 것은 좋지 않을 듯싶소. 더욱이 본국으로 가는 것이라면 근심할 바가 없으나."

"아니오. 오늘부로 자리에서 일어날 생각이었소이다. 언제까지 병을 이유로 누워 있을 수도 없고, 근래에는 기분도 훨씬 나아졌소."

"하나, 흔히 병을 앓고 난 뒤 요양이 중요하다고 하였소. 얼마나 급한 용무인지는 모르나 좀 더 요양하는 것이 어떻겠소이까?"

"마음속으로 봄이 오기 전에 속히 병상에서 일어나려고 했으나, 실은 귀공의 안부를 확인할 때까지 미루고 있었던 것이오. 이렇듯 무사한 모습을 보았으니 이젠 더 이상 마음에 걸리는 일도 없소. 속히 아즈치 성으로 가서 노부나가 공의 처분을 기다려야 하니, 오늘 여기서 작별을 하고자 하오."

"노부나가 공의 처분을 기다려야 한다니, 그게 대체 무슨 말이오?"

"아직 말씀드리지 않았으나 실은……."

한베는 그제야 작년부터 노부나가의 명을 어긴 사정을 간베에게 이야기했다. 간베는 물론 모두 처음 듣는 이야기에 깜짝 놀랐다. 간베는 노부나가가 자신을 그렇게까지 의심했고, 또 그로 인해 자신의 아들인 쇼주마루의 목을 치라는 엄명을 내리라고는 꿈에도 상상하지 못했다.

"그랬었구려."

간베는 신음하면서 문득 노부나가에게 냉소에 찬 공허한 감정을 느꼈다. '혈혈단신으로 이타미 성에 들어가서 구사일생으로 살아 돌아온 것은 과연 누구를 위한 것인지'라는 생각이 들 수밖에 없었다. 또 그와 반대로 히데요시의 깊은 정과 한베의 우정에 눈시울이 뜨거워졌다.

"그럼 아즈치에 간다는 것은 노부나가 공을 뵙고 그 죄를 고하기 위함이란 말이오?"

"그렇소. 일찍부터 결심하고 있던 일, 아울러 귀공의 결백도 고할 생각이오."

"송구한 말이나, 어찌 내 아들 때문에 귀공이 처분을 받는 것을 보고 있을 수만 있겠소. 그런 일이라면 내가 직접 아즈치로 가서 모든 것을 고하겠소. 그러니 귀공은 이곳에 있도록 하시오."

"아니오. 오늘까지 군명을 어긴 죄는 내게 있소. 그대는 모르는 일이오. 단지 귀공에게 부탁하고 싶은 것은 앞으로도 하리마의 히데요시 님의 곁에 있으며 잘 보좌해주기를 바라는 것 외에는 없소이다. 죗값을 치르든 용서를 받든 모두 이 병든 한베가 감수해야 할 일이니, 부디 그대는 일각이라도 빨리 하리마로 가도록 하시오.”

한베는 청을 하듯 벗을 향해 고개를 숙였다. 병자의 몸이었지만 생각이 깊고 신중하기 그지없던 한베는 자신의 입으로 내뱉은 말을 결코 거두는 법이 없었다.

“그렇게까지 말씀한다면.”

결국 간베는 한베의 뜻을 따를 수밖에 없었다.

그날 두 사람은 각각 동쪽과 서쪽으로 말 머리를 향했다. 간베 요시타카는 와타나베 덴조와 함께 하리마로 갔고, 한베는 병구를 이끌고 본국인 미노의 후와 군으로 향했다. 한베는 가신들과 동생인 오유를 초암에 남겨둔 채 구리하라 구마타로만 데리고 떠났다.

오유는 남선사 문 앞에서 울며 한베를 배웅했다. 그녀는 한베가 다시 돌아오지 못할 것이라고 생각했다. 함께 배웅하던 승려들이 몸을 가누지 못할 정도로 슬퍼하는 그녀를 부축해 산문 안으로 데리고 들어갔다. 한베도 필시 같은 생각을, 아니 그보다 더 비통한 심정이었을 것이다. 그는 게아게蹴上까지 이르자 갑자기 무언가가 생각난 듯 고삐를 멈추더니 구마타로를 불렀다.

“한 가지 말하지 못한 것이 있구나. 여기서 편지를 써줄 테니 돌아가서 오유에게 전하도록 하라.”

한베는 종이를 꺼내 말 위에서 무언가 재빨리 적은 뒤 구마타로에게 건넸다.

“나는 슬슬 앞서가고 있을 테니 나중에 뒤따라오너라.”

구마타로는 편지를 공손히 받아 재빨리 달려갔다.

“아아, 내 잘못이다. 내가 걸어온 길은 추호도 후회하지 않으나, 누이동생은 여자의 길을……."

한베는 다시 한 번 남선사 경내를 내려다보며 그렇게 중얼거렸다. 그리고 말 머리를 돌려 길을 향했다.

무사의 길은 외길이었다. 설사 오늘 삶이 끝난다고 해도 한베는 일찍이 구리하라 산을 내려온 이래로 걸어온 길을 후회하지 않을 것이다. 하지만 그의 마음을 끊임없이 괴롭힌 것은 동생인 오유가 히데요시의 측실로 있는 것이었다. 그것은 극히 자연스럽게 이루어진 운명이라고 할 수 있었지만 그의 결백함은 그것을 허락하지 않았다. 또 여자로서 자신의 길을 선택해야 할 중요한 시기에 오유를 자신의 곁에 붙잡아둔 것을 끊임없이 자책하고 있었다.

하지만 그것도 벌써 십 년 전 일이었다. 한베는 자신에게 잘못이 있지 동생은 아무 잘못도 없다고 생각했다. 그럼에도 그는 여전히 자신이 죽은 다음 동생의 앞날이 어떻게 될지 걱정하고 있었다. 특히 그는 죽음을 각오하고 있는 무사의 인생에서 한 점의 오점을 남겼다는 생각에 늘 가슴이 아팠다. 그래서 몇 번인가 주군에게 사죄하고 물러나든지, 동생에게 그런 심정을 털어놓고 다른 곳으로 보내려고 했지만 적당한 기회를 잡지 못하고 어느덧 시간만 흘렀던 것이다.

"하지만, 이젠."

한베는 이번에 떠나면 두 번 다시 돌아오지 못할 것이라고 생각하며 오유에게 말할 용기를 냈다. 동생의 애처로운 모습을 보고 있을 때는 입이 떨어지지 않았지만 서신으로는 자신의 뜻을 전할 수 있을 듯했다. 필시 오유는 노래의 가사 속에 담긴 뜻을 헤아릴 수 있을 것이다. 그리고 자신이 죽은 뒤에는 오라비를 추도한다는 구실로 지금의 상황에서 벗어날 수 있을 것이다.

"이젠 아무것도 마음에 걸리는 것이 없다."

그날 한베의 심경이 바로 그러했다. 야마나시山科 부근, 한가로운 봄날의 해는 아직 중천에 떠 있었다.

한베 시게하루는 후와에 도착한 뒤 조상들의 성묘로 하루를 보내고, 잠시 보다이 산에 머물면서 고향의 산하를 바라보며 회상에 잠겼다. 오랜만에 돌아온 고향이었지만 오래 머물 수는 없었다.

다음 날 아침, 한베는 일어나자마자 바로 머리를 묶고 병 때문에 좀처럼 할 수 없었던 목욕을 한 뒤 이토 한에몬伊東半右衛門을 부르라고 명령했다.

보다이 산자락의 들판과 성안의 나무들 사이에서 휘파람새 울음소리가 연신 들려왔다. 또 어딘가에서 소고 소리도 들려왔다.

"한에몬, 여기 대령했습니다."

이윽고 호방한 늙은 무사가 하얀 장지문을 등에 지고 부복했다. 쇼주마루를 감시하고 보호하는 임무를 맡고 있는 사내였다.

"한에몬, 왔는가? 이리 가까이 오게."

한베는 그를 가까이 불러 말했다.

"일찍이 자네에게 소상히 일러둔 대로 드디어 볼모인 오마쓰於松(쇼주마루) 님을 아즈치에 데리고 가지 않으면 안 될 날이 왔다. 당장 오늘 출발해야 하니 자네가 함께 갈 자들에게 일러 즉시 출발 준비를 하라고 이르라."

한에몬은 주인의 고충과 사정을 잘 알고 있었음에도 안색이 창백해지고 관자놀이가 떨리는 것을 주체하지 못하고 물었다.

"예? 그럼, 오마쓰 님의 목숨은 도저히?"

한베는 안심하라는 듯 지극히 평온한 미소를 지어 보였다.

"아니네. 그럴 일은 없을 것이네."

한베는 다시 말을 이었다.

"내 목숨과 바꾸더라도 노부나가 공의 분노를 풀어 보일 것이네. 오마쓰 님의 부친인 간베 님은 이미 이타미를 탈출해서 하리마 진중으로 가 있으니 그의 결백이 증명된 것이나 다름없네. 이제 남은 것은 군명을 어긴 나의 죄뿐이네."

한에몬은 아무 말 없이 물러나서 아이들의 방 쪽으로 걸음을 옮겼다. 그곳으로 가까이 가자 신나게 떠드는 소년들의 밝은 목소리와 북소리가 들려왔다. 쇼주마루를 중심으로 춤 실력이 뛰어난 고도쿠幸德라고 하는 동자승과 집안의 소년들이 북을 치며 놀고 있었다.

몇 년 동안 쇼주마루는 다케나카 가에서 볼모로 지냈지만 볼모로 여겨지지 않을 정도로 다케나카는 쇼주마루에게 잘 대해주었다. 그는 평소에도 쇼주마루의 교육과 건강을 챙길 뿐 아니라 자신의 아들 이상으로 애정과 책임감을 가지고 보살폈다.

구로다 가 쪽에서 이구치 헤이스케井口兵助와 오노 구로자에몬大野九郎左衛門이 따라왔지만 다케나카 가에서는 이토 한에몬을 가신으로 삼아 금과옥조처럼 키우고 있었다. 그런 한베의 호의 아래, 자세한 내막을 모르고 있었던 이구치 헤이스케와 오노 구로자에몬은 지금 당장 길을 떠나야 한다는 이야기를 듣고 아연실색했다. 두 사람은 어렴풋하게나마 사정을 헤아리고 있었던 것이다.

"그러면 아즈치로?"

이구치 헤이스케와 오노 구로자에몬이 절망적인 얼굴로 서로를 바라보며 탄식하자 한에몬이 달래듯 말했다.

"걱정할 것 없소. 설사 아즈치로 데려간다고 해도 주인인 시게하루 님을 굳게 믿고 모든 것을 맡기면 될 것이오."

아무것도 모르는 쇼주마루는 동자승인 고도쿠를 비롯해 소년들과 북을 치고 춤을 추거나 깔깔거리며 노느라 정신이 없었다. 쇼주마루는 올해 열세 살이었는데 마쓰치요 혹은 오마쓰라고도 불렸다. 후일의 구로다 나가마사黑田長政가 바로 이 소년이었다. 다른 가문의 볼모로 있었지만 부친인 요시타카의 강직함과 전국 시대에 나고 자란 아이답게 조금도 위축되거나 주눅이 든 모습을 보이지 않았다.

"헤이스케, 뭐야? 한에몬이 뭐라고 했어?"

오마쓰는 북을 놓고 이구치 헤이스케 곁으로 달려왔다. 또 다른 보호 무사인 오노 구로자에몬과 헤이스케가 서로 얼굴을 바라보며 탄식하는 모습을 보고 오마쓰의 마음에도 걱정이 생긴 듯했다.

"아닙니다. 걱정할 일은 아닙니다."

두 가신은 먼저 그렇게 말하고 달래듯 다시 말을 이었다.

"지금 여행을 떠날 준비를 하시고, 한베 시게하루 님과 함께 아즈치로 가실 것입니다."

"누가?"

"도련님이 말입니다."

"나도 가야 한다고? 아즈치로?"

"예."

그 말을 들은 오마쓰는 눈물을 뚝뚝 흘리며 얼굴을 돌리는 두 가신을 바라보지도 않고 소리쳤다.

"정말? 이야, 신난다!"

오마쓰는 손뼉을 치고 펄쩍펄쩍 뛰며 다다미방 쪽으로 다시 뛰어가다가 같이 놀고 있던 소년들과 고도쿠를 보며 외쳤다.

"아즈치에 간다. 이곳 성주님과 함께 여행을 떠난다. 이젠 춤과 북은 그만, 그만하자."

그리고 오마쓰는 큰 소리로 재촉했다.

"헤이스케, 구로자, 옷은 이대로 괜찮아?"

그때 이토 한에몬이 와서 주의를 주었다.

"성주님께서 목욕을 시키고 머리도 단정하게 묶어주라고 말씀하셨습니다."

두 가신은 오마쓰를 목욕탕으로 데려가서 목욕을 시키고 머리를 단정하게 묶어주었다. 그리고 오마쓰에게 다케나카 가에서 보내준 옷을 입혔는데, 속옷과 고소데小袖 모두 순백의 수의였다.

"역시 한에몬 님의 말씀은 우리를 위로하기 위해 한 것이고 실은 노부나가 공의 면전에서 목을 칠 생각인 듯하다."

두 사람은 그렇게 생각하고 비통한 눈물을 흘렸지만 오마쓰는 그것을 전혀 알아차리지 못하고 흰 수의 위에 붉은 비단으로 지은 진바오리와 중국 비단으로 만든 하가마를 입었다. 하얀 고소데 위에 붉은 비단을 걸친 모습이 실로 아름답고 앳돼 보여 두 가신은 눈물을 감출 수 없었다.

채비가 끝나자 두 사람은 오마쓰를 데리고 다케나카 한베의 방으로 갔다. 한베는 벌써 채비를 다 마치고 오마쓰를 기다리고 있었다. 그렇게 몇 사람만이 모여서 송별 잔치를 벌였다.

"여행을 떠나면 말도 금세 배가 고픈 법이니 밥을 많이 먹어두어라."

한베가 말하자 오마쓰가 씩씩하게 대답했다.

"예! 그럼 한 그릇 더 먹겠습니다."

오마쓰는 식사를 다 끝낸 뒤 슬픈 표정으로 앉아 있는 두 가신을 전혀 개의치 않고 두 번이나 한베를 재촉했다.

"자, 그럼 가시지요."

"그럼 다녀오도록 하겠네."

마침내 한베가 자리에서 일어났다. 그리고 방 안에 있는 일족과 가신들의 얼굴을 내려다보며 말했다.

"뒷일을 잘 부탁하네."

나중에 생각하면 '뒷일'이라는 짧은 말 속에는 그의 만감과 자신이 죽은 뒤의 일을 부탁한다는 마음이 담겨져 있었다.

아네 강의 싸움에서도 그렇고, 그 뒤 공을 세울 때마다 다케나카 한베는 몇 번이나 노부나가를 알현하고 은전을 받았다.

"히데요시에게 듣기로 그대는 히데요시의 가신인 동시에 스승으로 히데요시가 공경하고 있다고 하는데, 그래서 그런지 나도 그대를 소홀히 생각하고 있지 않네."

아네 강의 싸움에서 공을 세웠다는 말을 들은 노부나가는 한베에게 직접 그렇게 말을 했고, 기후 성에 있을 때부터 한베를 직신으로 대하고 있었다.

이윽고 아즈치 성에 도착한 한베는 여느 때와 달리 성장盛裝을 한 채 자신의 옆에 간베 요시타카의 적자인 오마쓰를 데리고 노부나가가 있는 누각으로 향했다. 전날 밤 한베로부터 연락을 받은 노부나가는 한베가 오기를 기다리고 있었다. 얼마 뒤 한베가 도착하자 노부나가가 한베를 보며 온후한 태도로 말했다.

"잘 왔네. 더 가까이 오라. 누가 한베에게 깔고 앉을 것과 요를 주도록 하라."

노부나가는 멀리서 엎드려 있는 한베의 등을 바라보며 파격적이라고 할 만큼 그를 위무했다.

"이제 병은 다 나았는가? 하리마에서 오랫동안 진중에 머물러 심신이 피곤할 것이네. 내가 보낸 의원에게 듣자니 당분간 전쟁은 무리이고 적어도 일이 년은 정양을 해야 한다고 들었네만……."

근래 이삼 년간 노부나가는 신하에게 상냥하고 온화하게 말한 적이 별로 없었다. 한베는 당혹스러워 기쁜지 슬픈지 분간하기조차 어려웠다.

"과분한 말씀이십니다. 전쟁에 나가서는 병구의 몸이었고 후방에 머물며 제대로 봉공조차 하지 못했음에도 군은君恩만 입었습니다."

"아니네. 그대가 건강해야 지쿠젠도 힘을 얻고 근심이 없을 것이네."

"그렇게 말씀하시니 소신, 몸 둘 바를 모르겠습니다. 이곳에 오는 것이 염치가 없는 일인 줄 알면서도 감히 오늘 이렇듯 알현을 청한 것은 다름이 아니라 작년, 사쿠마 노부모리 님을 통해 제게 쇼주마루 님의 목을 치라는 명을 제 마음대로 오늘까지."

"잠깐."

노부나가는 한베의 말을 가로막으며 한베와 나란히 엎드려 있는 소년을 보고 물었다.

"오마쓰가 저 아이인가?"

"예, 그러하옵니다."

"흐음, 과연 어리지만 간베를 닮아 어딘지 다른 구석이 보이는군. 믿음직한 아이구나. 한베, 앞으로도 사랑으로 잘 보살펴주도록 하라."

"그럼, 오마쓰 님의 목은?"

한베는 얼굴을 들어 노부나가를 응시했다. 그는 만약 노부나가가 지금 당장 오마쓰의 목을 치라고 하면 목숨을 걸고 그 부당함을 간할 각오로 왔던 것이다. 그런데 노부나가는 그런 기색을 조금도 보이지 않을뿐더러 한베가 자신을 응시하자 돌연 웃음을 터뜨리며 자신의 어리석음을 자책하듯 말했다.

"그 일은 그만 잊어주게. 실은 나도 그 뒤 내가 얼마나 의심이 많은 사내인가 생각하며 후회하고 있었네. 지쿠젠에게나 간베에게도 면목이 없게 됐네. 후일 과연 지혜로운 그대가 내 명을 무마하고 오마쓰의 목을 치지 않았다는 것을 알고 속으로 가슴을 쓸어내렸네. 그러니 어찌 그대에게 죄를 물을 수 있겠는가. 죄는 내게 있네. 내 부덕함을 용서하게.”

노부나가는 머리만 숙이지 않았을 뿐 속내를 솔직히 털어놓았다. 그리고 어서 빨리 그 문제에서 다른 곳으로 화제를 돌리고 싶다는 표정을 지어 보였다. 하지만 한베는 노부나가의 용서를 쉽사리 받아들이지 않았다. 노부나가가 잊어달라고 말했지만 한베는 기뻐하지 않았다.

“일단 내리신 명을 이대로 유야무야 넘기시는 것은 앞으로 군명의 위엄에도 큰 누가 될 것입니다. 하여 부친인 요시타카의 결백과 공을 감안하여 쇼주마루의 참수는 거두는 대신 쇼주마루에게 그에 응당한 표본을 보이라 명하시고, 또 군명을 어긴 제 죄도 그와 마찬가지로 스스로 공을 세워 속죄하라고 명하심이 옳은 줄 압니다.”

한베가 그렇게 고하고 다시 엎드려 노부나가의 공명정대한 처분을 청하자 본래 노부나가도 같은 마음이었는지 한베의 청을 승낙했다. 한베는 정식으로 노부나가의 관대한 용서를 받은 뒤 옆에 있는 오마쓰를 향해 노부나가에게 감사의 인사를 올리라고 말했다. 그리고 노부나가를 향해 다시 말했다.

“저희 두 사람, 어쩌면 이것이 금생에서 주공을 마지막으로 보는 것일지도 모르겠습니다. 그럼 주공의 무궁한 무운을 빌며 갈 길이 바쁘니 오늘은 이로써.”

그러자 노부나가가 의아한 얼굴로 물었다.

“금생의 마지막이라니 왜 그런 이상한 말을 하는가? 그 말은 다시 내 뜻을 거스르겠다는 말인가?”

“그럴 리가 있겠습니까.”

한베는 고개를 저은 뒤 옆에 있는 오마쓰의 행색을 바라보며 말했다.

"여기 이 아이의 모습을 보십시오. 지금 바로 부친인 요시타카가 있는 하리마의 진영으로 가서 생사의 백척간두에 서서 부친에게 뒤지지 않는 공을 세울 각오를 하고 있습니다."

"뭐라? 그러면 전쟁터로 갈 심사인가?"

"요시타카는 이름 있는 무사이고 오마쓰는 그런 그의 아들이니 그저 주공의 관대함에 안주하고 있을 리가 없다고 생각하여 제가 그렇게 하도록 했습니다. 이 아이가 초전에 임하기 전에 한 마디, 용맹하게 싸우라고 격려의 말씀을 해주신다면 더 이상 바랄 것이 없을 것입니다."

"으음, 그런데 자네는."

"병구의 몸이라 아군에게 아무런 힘도 도움도 되지 못할 것이나, 마침 좋은 기회라 여겨 오마쓰를 데리고 진중으로 돌아갈 생각입니다."

"몸은 괜찮겠는가?"

"무문에 태어나서 게다가 오늘과 같은 가을날, 이불 위에서 죽는다면 그 얼마나 애석한 일이겠습니까. 죽을 자리를 찾아 신명을 다하고자 합니다."

"흐음, 자네의 각오가 그러하다면……. 그렇지, 오마쓰의 초전도 축하해줘야겠군."

노부나가는 오마쓰를 손짓으로 불러 직접 비젠備前의 가네사다兼定[133]가 만든 칼을 내렸다. 그리고 가신에게 명해 황밤과 토기를 가져오게 한 다음 술잔을 주고받으며 전별식을 열었다.

소년의 나이 열셋, 결코 빠르지 않은 초전이었다. 오마쓰는 이곳에 등성하기 전날 밤, 한베에게 가르침을 받았기 때문에 그다지 놀라지도 기뻐하지도 않았다. 그는 조용히 예의를 취하고 한베와 함께 노부나가

---

133 이즈노카미 가네사다和泉守兼定. 무로마치 시대, 미노美濃의 세키関를 대표하는 도공이다.

앞에서 물러나왔다.

노부나가는 누각의 난간에서 오마쓰의 모습과 한베의 그림자가 성문을 나갈 때까지 바라보았다.

다음 날 아침, 두 사람은 하리마로 가기 위해 서둘러 아즈치를 떠나 교토를 지났다. 또 남선사에는 들르지 않고 게아게蹴上 위에서 남선사 지붕과 숲을 내려다보기만 했다. 한베의 마음속에는 더 이상 누이동생이나 고향은 없었다. 오직 진중에 관한 생각뿐이었다.

아리마有馬 온천

아리마 온천 마을에 어둠이 내리고 있었다. 이케노보 기쓰에몬池之坊橘右衛門이 운영하는 온천에 두 명의 무사가 몰래 들어왔다. 한 사람은 여행 행색을 하고 있었고 또 다른 사람은 다리를 심하게 절고 있었다. 의복은 남루하고 때에 절어 곁으로 가면 냄새가 날 정도였다.

"바로 자리를 펴주게."

방에 들어와서 앉자 한 사람이 온천 사람에게 말했다. 절름발이 남자는 바로 자리에 누웠다.

"아프십니까?"

"무릎의 상처가 불에 덴 듯 뜨겁군."

절름발이 남자는 며칠 전, 남선사 암자에서 다케나카 한베와 헤어진 간베 요시타카였다. 그때는 상처 부위를 헝겊으로 감싸고 있어서 상처나 통증이 얼마나 심한지 실감하지 못했지만, 아리마로 몇 리를 걸어오는 동안 도저히 견딜 수 없을 정도로 극심한 통증이 밀려왔다.

이타미 성에서 탈출하던 어두운 밤, 적에게 왼쪽 다리의 관절 부분에 칼을 맞았다. 헝겊을 풀자 혈농이 잡힌 상처 부위가 석류 씨처럼 크게 벌어져 있었는데, 하얀 뼈가 보일 정도로 상처가 깊었다.

"이대로 진중으로 간다고 해도 치료할 수 없을 것입니다. 차라리 며칠 늦어지더라도 아리마 온천에서 치료를 하고 가는 편이 좋을 듯합니다."

동행인 와타나베 덴조가 계속 그렇게 권했던 것이다. 생각해보면, 제대로 움직일 수 없는 몸을 이끌고 무리해서 가다가 경계가 심한 효고 가도 부근에서 아라키 군사들에게 다시 붙잡히는 것만큼 어리석은 일은 없을 터였다.

"그렇게 하세."

간베는 덴조의 권유를 받아들여 길을 바꿨다. 그렇지만 이곳 아리마 온천 마을에 들어오는 데에는 세심한 경계를 요했다. 곳곳에 아라키 쪽 보초들이 망을 보고 있거나 검문소가 있었기 때문이다.

다음 날, 이케노보의 문어귀에서 한 상인이 온천의 여자를 붙잡고 세상 이야기를 하고 있었다. 그 순간 밖에서 돌아온 와타나베 덴조의 귀에 얼핏 거슬리는 말이 들렸다.

"분명히 있을 거네. 마을 사람들에게 다 들었네. 어제 저물녘, 발을 저는 남루한 손님이 묵었다고 말이네."

여자는 스쳐 지나가는 덴조의 모습을 못 본 체했다. 어제 도착하자마자 덴조가 온천 주인을 불러 입단속을 시킨 덕분에 여자는 아무 말도 하지 않았다. 덴조가 방에 들어와 이불 속에 누워 있는 간베를 보며 물었다.

"어떻습니까? 어젯밤과 오늘 아침, 아직 두 번밖에 온천을 하지 않아 별다른 효과는 없겠지만 조금 괜찮아지셨는지요?"

베개를 베고 누워 있던 간베가 돌아보며 말했다.

"많이 좋아졌네. 온천은 정말 효능이 좋구면."

"좋아졌다니 다행입니다만, 아무래도 오늘 밤에는 이곳을 떠나야 할 듯합니다.”

“뭐? 흐음, 그렇군. 적들이 냄새를 맡았나 보군.”

“아무래도 그런 듯합니다.”

“어쩔 수 없군. 언제라도 떠날 수 있으니 절대 어려워하지 말고 말하게. 위험한 순간이 닥치면 한쪽 다리가 없어도 달릴 수 있으니 말이네. 하하하.”

장지문 밖에서 인기척이 들리자 덴조가 바로 자세를 틀었다. 간베는 손을 뻗어 칼을 집어서 이불 속에 넣었다.

“실례합니다. 무료하지 않으신지요?”

온천의 시종이 차 쟁반을 들고 방 안으로 들어와 차를 만들며 세상 이야기를 하기 시작했다. 하지만 간베와 덴조는 장지문 뒤편의 수상쩍은 움직임에 신경을 곤두세우고 있었다.

“누군가? 거기 밖에 누군가 쭈그리고 있는 듯하구나.”

간베가 불쑥 외치며 시종의 안색을 살폈다.

“예, 실은.”

시종은 말하기 곤란한지 어물거렸다.

“꼭 나리를 만나게 해달라고 하며 물러가지 않아서 말입니다.”

시종은 그렇게 말하고는 장지문 밖의 안쪽 마루를 향해 목을 내밀며 말했다.

“신시치 씨, 들어오시오. 예까지 와서 뭘 그리 꾸물거리고 있소.”

아까 덴조가 문어귀에서 본 상인이었다. 덴조는 마침내 올 것이 왔다는 듯 눈을 번뜩이며 기다리고 있었다. 그런데 막상 사내를 보자 전혀 뜻밖이라는 생각이 들었다.

“쉬시고 계신데 이렇게 방해해서 죄송합니다.”

방으로 쭈뼛쭈뼛 들어온 사내를 자세히 보니 아라키의 부하가 변장한 것처럼 보이지는 않았다.

'내가 잘못 생각한 듯하구나.'

덴조는 오랜 세월 간자의 일을 업으로 삼아 변장에 대해 무척이나 잘 알고 있었다. 그랬기에 사내를 보는 순간 의심했던 마음이 사라진 것이다. 덴조는 간베가 자신의 마음을 눈치챌 수 있도록 지극히 허물없는 말투로 물었다.

"자, 들어오게. 자네도 이곳에서 온천을 하고 있는가?"

"아닙니다. 저는 이타미 성 아래에서 세공을 하는 신시치라고 합니다."

"이타미에서?"

"예, 비녀나 작은 금구 등에 금은 세공을 하고 있습니다."

"흐음, 그런데 무슨 일인가? 이분들에게 세공물이라도 청하려고 그러는가?"

"그것도 있습니다만."

사내는 가볍게 웃으며 온천 시종에게 넌지시 보따리를 건넨 다음 귀에다 대고 속삭였다.

"알겠소? 부탁하오."

시종은 고개를 끄덕이더니 이내 자리에서 일어나 나갔다. 간베는 사내를 의심하며 노려보았지만 신시치는 조금도 주눅이 든 모습을 보이지 않았다.

"이젠 다른 사람이 없으니 부디 두 분도 안심하시길 바랍니다."

"대체 자네는 누구인가?"

"아까 말씀드렸듯이 이타미의 신시치라고 합니다."

"거짓말."

"왜 그리 생각하십니까?"

"자네와 같은 상인과는 아무 연고도 없네."

"아니, 있습니다. 그것도 크게 말입니다. 장소가 장소이고 사람들의 눈도 있어서 아까부터 무례를 범했습니다만, 하리마의 오데라 마사모토 님의 가신이신 간베 요시타카 님이 아니십니까?"

"뭐라!"

덴조가 칼을 잡아당기며 살기를 띤 눈으로 노려보자 신시치가 깜짝 놀라 펄쩍 뛰며 간베 쪽으로 도망쳤다.

"용서하십시오. 놀라셨다면 더 이상 아무 말도 하지 않겠습니다."

사내는 엎드린 채 벌벌 떨며 말했다.

"베지는 않을 것이네."

덴조는 무의식적으로 나온 자신의 행동을 웃음으로 무마하며 온화하게 물었다.

"그걸 어떻게 알고 있는가?"

신시치는 입도 떨어지지 않는 듯 잠시 가만히 있다가 이윽고 옆을 바라보더니 품속에서 한 통의 서신을 꺼냈다.

겉봉을 뜯어 서신을 읽던 간베의 얼굴에 놀라움과 감동이 교차했다. 구로다 가의 가신인 모리 타헤이母里太兵衛와 구리야마 젠스케栗山善助와 이노우에 구로井上九郎, 세 사람이 함께 쓴 서신이었다.

주군께서 이타미의 성안에 유폐된 이래로 저희 세 사람은 무슨 수를 써서라도 주군을 구출하기 위해 일찍부터 성 아래에 있는 상인의 가게에 몸을 숨기고 기회를 엿보길 반 년, 마침내 목적을 이뤄 성안에 있는 자에게 뇌물을 줘서 무라시게의 생일 축하연이 열리는 밤, 성안에서 불을 놓고 주군께서 계신 옥사까지 잠입하였는데, 어찌 된 일인지 옥사는 이미 파괴되고 주위는 불바다여서 주군을 찾을 수가 없었습니다.

하여 저희는 무라시게가 재빨리 손을 써서 주군을 다른 곳으로 옮긴 것이라 여기고 한때는 비탄하고 절망한 나머지 자결하려고 했습니다. 그런데 그 뒤, 성안에서도 주군의 행방을 찾고 있다는 소식을 듣고 무사히 도망치신 것이 아닌가, 그렇다면 저희의 노력이 헛된 것이 아니었다고 기뻐하고 있었습니다. 그런데 마침 어제저녁, 주군께서 모습을 바꾸고 아리마 온천에 은밀히 들어가셨다는 신시치의 연락을 받고 당장이라도 그곳으로 가서 뵈려고 했으나, 그곳은 적지에서 멀지 않은 곳인 탓에 다른 사람의 시선도 있고 또 갑자기 놀라게 하는 것도 좋지 않을 듯하여 이렇듯 먼저 서신을 보내니 상세한 것은 신시치에게 직접 들으시기 바랍니다.

"신시치, 이 서신에 따르면 모리와 구리야마, 이노우에, 세 사람은 내가 이타미 성안에 잡혀 있을 때부터 자네의 집에 숨어 있었다고 하는데, 세 사람은 아직도 자네 집에 있는가?"

"예, 나리께서 성 밖으로 무사히 도망쳤다는 사실은 알게 됐지만, 나리의 생사를 명확하게 파악하기 전까지는 움직일 수 없다 하시며."

"그런데 세 사람은 자네와 어떤 연고가 있는가?"

"제 누이동생이 모리 타헤이 님의 댁에서 봉공하였는데 시집갈 때까지 돌봐주셨습니다."

"그랬군. 그들이 나를 구출하기 위해 와 있었다는 것은 몰랐네."

"이곳에 머물고 계시다는 말을 들으시고 세 분 모두 당장이라도 뵙기 위해 오려고 했습니다만, 이곳 아리마도 방심할 수 없는 곳이어서 제가 만류하고 직접 온 것입니다."

"그런가. 정말 잘했네. 이곳은 사람의 눈이 많은 곳이니 내가 이곳을 떠날 때까지는 오지 말라고 전해주게. 다리의 상처가 나을 때까진 며칠 걸릴 것이나, 급한 대로 통증만 줄어들면 하리마로 떠날 생각이네.

오륙일 정도 온천을 하고 말이네."

"그럼 돌아가서 그렇게 전하도록 하겠습니다. 하지만 멀리서나마 나리의 신변을 지켜보며 보호할 터이니 이곳에 있는 동안에는 안심하고 느긋하게 치료하도록 하십시오."

신시치는 그렇게 말하고는 바로 돌아갔다.

다음 날, 이케노보의 대각선 쪽에 있는 숙소에 세 명의 보부상이 도착해서 머물렀다. 그들은 바깥쪽으로 난 이 층의 장지문을 닫고 방 안에서 번갈아가며 망을 보고 있었다.

칠팔일째 되는 날, 구로다 간베는 와타나베 덴조를 데리고 이케노보 대문을 나섰다. 다리의 통증도 상당히 좋아진 듯 걸을 때 그다지 발을 절지 않았다. 마을 어귀에서 간베는 말을 빌려 타고 오른편에 있는 롯코六甲 산을 바라보며 효고지를 향해 길을 재촉했다.

붉은 소나무 가지에 등나무 꽃이 매달려 있었고 널찍한 길이 산그늘을 끼고 이어져 있었다. 문득 간베가 말을 멈추며 덴조에게 말했다.

"덴조, 이 부근에서 쉬도록 하세. 누군가 따라온 듯하네."

그러자 멀리서 자신들을 부르는 소리가 덴조의 귀에도 들렸다. 누군지 알 듯했다. 간베는 부드러운 봄 햇살을 정면으로 맞으며 아지랑이가 피어오르는 벼랑의 풀밭을 등에 지고 그루터기에 앉아 있었다. 그곳에 세 명의 보부상이 숨을 헐떡이며 앞다퉈 달려왔다. 그들은 구로다 가의 가신들로 간베가 젊었을 때부터 곁에 있었는데, 지금은 스스로 이름을 밝히지 않으면 알아볼 수 없을 정도로 얼굴과 모습이 달라져 있었다.

"오오."

"주군!"

간베가 자리에서 일어서자 세 사람 모두 간베의 발밑에 엎드렸다.

"이렇듯 무사한 모습을 뵙게 되어……."

모리 타헤이, 이노우에 구로, 구리야마 젠스케 중 한 명이 오열을 삼키며 간신히 쥐어짠 목소리로 말했다. 세 사람 모두 울고 있었다. 기쁨의 눈물이자 사내의 눈물이었다. 전쟁터에서는 귀신도 두려워하지 않고, 가정에서는 평소 눈물 한 번 흘린 적 없는 사람들이 어린아이처럼 통곡하고 있었다.

간베도 무슨 말을 해야 할지 몰라 망연히 서 있었다. 기쁘기도 했고 미안하기도 했다. 세 사람이 자신을 구출하기 위해 고심하고 있었다는 사실을 그들의 변한 모습에서 확인할 수 있었기 때문이다. 세 사람은 보부상 행색뿐 아니라 외모까지 완전히 바꿨던 것이다. 모리 타헤이는 한쪽의 살적을 인두로 지져 대머리처럼 만들었고, 구리야마 젠스케는 앞니를 몇 개 뽑았고, 본래 전쟁에서 한쪽 눈을 잃은 이노우에 구로는 얼굴을 불로 지져 마맛자국까지 만들었다. 두 줄기 눈물이 간베의 뺨을 타고 흐를 때, 조금 떨어져서 길가를 살피고 있던 와타나베 덴조가 말했다.

"이젠 간베 님의 신변에 대해 안심해도 될 듯하니 저는 먼저 가도록 하겠습니다. 그럼 천천히 오십시오."

덴조가 먼저 출발하자 간베가 다시 자리에 앉아 세 사람을 바라보며 말했다.

"기뻐해주게. 이렇듯 다시 하늘을 바라볼 수 있게 되었네. 하늘이 이 간베를 버리지 않으신 것은 이 간베에게 아직 세상에서 이뤄야 할 일이 있다는 명을 내리신 거라 생각하네. 이타미의 감옥 안에 있는 동안, 설마 자네들이 성 아래에서 이처럼 나를 위해 고심하고 있다고는 꿈에도 생각하지 못했네. 하지만 다행히 히데요시 님이 보낸 와타나베 덴조와 다케나카 님이 보내준 구리하라 구마타로, 두 사람의 도움으로 탈출할 수 있었네. 지금 생각하면, 그 모든 게 자네들이 보이지 않는 곳에서 온갖 방책을 강구한 덕분이었네. 머리를 깊이 숙이고 고맙다는 말을 하고 싶네. 어떻게 고맙다는 표현을 하면 좋을지 모르겠네. 그저 이처럼 변변치 못한 주인을 향한 자네들의 충절이 고마울 따름이네. 그리고 지금은 오직 천은으로 얻은 이 목숨을 앞으로 어떻게 써야 할지, 그대들에게 어떻게 보답해야 할지, 그것만 생각할 뿐이네. 용서하게. 나도 울지 않을 수가 없네."

간베는 팔꿈치를 들어 얼굴을 감싸더니 한동안 어깨를 들썩이며 세 사람과 함께 울었다.

소년 무사들

미기 성은 아직도 함락되지 않고 있었다. 벳쇼 나가하루, 나가사다 형제와 그 일족이 그 작은 성에 틀어박힌 채 장기간에 걸쳐 버틸 줄은 어느 누구도 예상하지 못한 일이었다.

오다 군에게 포위당한 뒤 공격을 받은 지 삼 년, 히데요시 군에게 성 밖과의 길을 완전히 차단당하고 고립된 지 반 년이 넘었다.

히데요시 군은 성안의 병사들이 무엇을 먹으며 어떻게 살고 있는지, 멀리서 그들이 움직이는 모습을 보고 활기찬 목소리를 들을 때마다 '기적'이라고 생각할 수밖에 없었다. 또 어떤 때는 왠지 께름칙한 기분이 들기까지 했다. 아무리 때리고 걷어차고 목을 졸라도 끈질기게 살아 꿈틀대는 생물과 싸우는 듯한 무기력함이 아군들 사이에 팽배해서 사기가 저하되기도 했다.

"초조해하거나 지친 기색을 보이지 마라."

히데요시는 자칫 무기력감에 빠지기 쉬운 전군의 사기를 세심하게 살피며 스스로를 경계했다. 하지만 그의 입가의 수염이나 움푹 들어간 눈가에는 장기전의 피로와 초췌함이 역력히 드러나 있었다.

"명백한 오산이다. 아무리 오래 버틴다고 해도 지금까지 함락시키지 못할 줄은 몰랐다."

히데요시는 솔직하게 인정하고 있었다. 그리고 전쟁이라는 것이 반드시 병력의 수나 병법의 이치만으로 판가름 나지 않는다는 사실을 새삼 절실하게 깨달았다.

병량을 운반하는 길과 수로가 끊겨 외부와 단절되면 성안에 있는 삼천오백 명의 사람들이 1월 중순 정도에는 아사 직전에 처할 것이라고 판단했다. 그런데 1월 말이 되어도 성은 함락되지 않았고, 2월이 되어도 완강하게 버티고 있었다. 그렇게 3월이 지나고 4월이 되었는데도 아무런 변화가 없었다. 게다가 성안의 사기는 점점 높아갈 뿐 항복할 기색은 전혀 보이지 않았다.

당연히 식량은 없을 터였다. 성의 병사들은 말과 소를 잡아먹고 나무뿌리와 풀까지 뜯어 먹고 있을 게 분명했다. 그런데도 불굴의 정신으로 적에게 석축 하나 내어주지 않는 것은 그런 역경에 처할수록 하나로 똘똘 뭉쳐서 싸우고자 하는 투지가 있기 때문이었다.

이른바 지금 미기 성은 투지 그 자체였다. 병량을 옮기는 길을 끊고 물길을 차단해도 그것은 성을 함락시키는 수단이 되지 못했다. 오히려 성의 병사들을 한층 일치단결하게 만드는 자극밖에 되지 못했다.

지난 2월 11일 밤, 성안에서 이천 명의 결사대가 시소메淸染 강을 건너와 히데요시의 진지에 야습을 가한 것만 보더라도 그들의 결의가 어느 정도인지 헤아리고도 남았다.

그날 밤의 싸움으로 히데요시 쪽도 상당히 큰 피해를 입었다. 성의 병사들은 새벽이 되자 부장 서른다섯 명, 병사 칠백팔십 명의 시신을 수습해서 의기양양 물러갔지만 히데요시 쪽은 그들의 배가 되는 사상자를 냈다. 아침 해가 봉우리 위로 솟았을 때, 시소메 강가와 근처의 벼랑과 골짜기는 말 그대로 시체들이 산을 이루고 강은 피로 붉게 물들어 있었다.

또 3월에는 이런 일도 있었다. 벳쇼 나가하루의 가노인 고토 쇼겐後藤將監의 가신 약 칠십 명이 뼈가 앙상하게 드러난 모습으로 비틀거리며 항복해왔다.

히데요시 군사들이 일단 죽을 주고 진중에 포로로 잡아두었는데, 밤이 되자 포로들이 일제히 달려들어 요새를 점령한 뒤 무기를 빼앗고 불을 지르며 기세를 몰아 히라이 산의 히데요시 본진 근처까지 공격을 가해왔다. 그들은 곧 몇 배의 적들에게 포위당해 섬멸되었지만 히데요시 군은 그들의 결의와 강인함에 혀를 내두를 수밖에 없었다. 그리고 시신들을 모두 땅에 묻고 헌화를 하며 장례를 치러주었다.

성병들의 죽음을 각오한 저항은 여기에서 멈추지 않았다. 벳쇼 가의 무사인 나카무라 타다시게中村忠滋는 히데요시 쪽 장수인 다니 다이젠谷大膳과 이전부터 연고가 있었던 탓에 서로 대치하는 동안에도 이따금 노래를 적은 편지를 보내왔다. 다이젠은 그것을 보고 타다시게에게 두 마음이 있다고 판단하고 은밀히 그에게 밀사를 보냈다.

"아군에 가담해서 성안으로 군사를 들여보내준다면 성을 함락한 후, 하시바 님께 청해 그대 가문의 안위를 보장하는 것은 물론 크게 대우하도록 하겠소."

나카무라가 제안에 응하자 다이젠은 만일을 위해 그에게 인질을 요구했고 나카무라는 밤에 열예닐곱 되는 묘령의 처녀를 보내왔다.

"됐다!"

그 뒤 다이젠은 나카무라와 공격할 시기와 방법 등을 의논했다. 그리고 어느 날 밤에 나카무라의 부하의 안내를 받아 첨병 일천 명을 미기 강의 건너편 절벽을 통해 성벽 안으로 들여보냈다.

"곧 불길이 치솟을 것이다!"

다이젠과 군사들은 침을 삼키며 신호를 기다리고 있었다. 그런데 성안의 호응이나 불길은커녕 오히려 곳곳의 성문은 한층 경비가 강화되어 끝내 날이 샐 때까지 다이젠의 군사들은 한 발도 움직이지 못했다. 그리고 나카무라 타다시게의 안내를 받아 성안으로 들여보낸 일천 군사는 한 명도 살아서 돌아오지 못했다. 그들은 안으로 들어가자마자 모두 섬멸당하고 말았다.

"참으로 가증스런 자다!"

다이젠은 발을 구르며 분해했다. 그리고 히데요시 앞에서 참회하며 말했다.

"이제 와서 귀중한 아군을 일천이나 잃은 죄, 뭐라 드릴 말씀이 없습니다. 바라건대 제 목을 쳐서 아군의 사기를 진작시키도록 하십시오."

"바보 같은 소리 하지 말게. 자네 한 명의 목을 친다고 될 일이 아니네."

히데요시는 그를 꾸짖으며 물었다.

"인질로 온 소녀는 어떻게 됐는가?"

다이젠이 대답했다.

"오늘, 미기 강으로 끌고 가서 그의 부친인 나카무라 타다시게와 적병들이 보는 앞에서 책형을 가할 생각입니다."

"책형?"

"그것으로 부족한 것인지요?"

"그것이 아니네. 그것은 위험한 생각이네."

히데요시는 급히 명을 내려 나카무라의 딸을 본진으로 데려오게 했다. 부친인 나카무라의 뜻을 받들어 적진에 인질로 올 만큼 대담한 처녀는 이미 죽을 각오를 하고 있는 듯했다. 하지만 히데요시는 그녀를 공개적으로 죽일 마음이 없었다. 히데요시는 눈을 크게 뜨고 그녀를 노려보며 말했다.

"부친인 타다시게와 미리 짜고 우리를 속이다니. 당장 목을 쳐서 시체를 뒤편 골짜기에 내다 버리도록 하라."

무사들은 그녀를 히라이 산의 뒤편 골짜기 위로 끌고 올라갔다.

"성병들은 저 소녀를 가련하게 여길 것이다. 그런 자를 미기 강에서 책형에 처한다면 적들의 결의를 굳게 만들어주고 한층 결속하게 만드는 것과 같을 것이다. 아무도 모르게 처형하는 편이 득책이다."

히데요시는 다이젠과 부장들에게 그렇게 이야기했지만, 실은 그사이에 측신인 호리오 모스케를 보내 나카무라의 딸이 전쟁터 밖으로 멀리 도망치도록 풀어주었다.

이 일은 아무도 몰랐지만 미기 성이 함락된 뒤, 히데요시가 단바에서 붙잡힌 나카무라 타다시게 앞에서 그의 딸을 부르자 세상에 알려지게 되었다. 그 뒤 나카무라 타다시게가 히데요시를 따를 것을 맹세한 것은 말할 필요도 없다.

성안의 결속이 얼마나 공고했는지 나카무라가 자신의 딸을 인질로 보냈을 때에도 절감했지만 그 뒤 작은 싸움에서도 다음과 같은 일이 있었다.

열다섯 정도의 소년이 있었다. 그는 늘 적들이 공격해오면 선두에 서서 몸집에 어울리지 않는 민첩한 몸놀림으로 히데요시 군의 목을 친 다음 수급을 가지고 돌아갔다.

"또 그 꼬마에게 당했다."

히데요시 군은 혀를 차며 분해했고 언제부터인지 히데요시 군 사이에서 소년은 유명해졌다.

"그 꼬마는 벳쇼 나가하루를 섬기는 자로 이름은 이시이 히코시치石井彦七이고 올해 겨우 열다섯 살이다."

히데요시에게도 시동은 많았다. 그 소문을 들은 이시다 사기치, 가토 마고로쿠, 도라노스케, 가타기리 스케사쿠 등의 시동들은 이를 갈며 벼르고 있었다.

"다음에 만나면 반드시 목을 따오겠습니다."

당연히 히데요시는 허락했다. 그러던 어느 날 아침, 적의 결사대가 미기 강의 남쪽 목책 입구를 공격해왔는데, 적들 사이에서 키가 작은 무사 하나가 분전하는 모습이 보였다. 스케사쿠와 도라노스케, 사기치 등이 앞다퉈 달려갔다.

"시동들이 다치지 않도록 하라."

그 모습을 본 히데요시가 위험하다고 여겨 명을 내리자 갑주를 찬 무사들이 시동들의 앞뒤를 둘러쌌다. 그러자 멀리서 누군가 적과 아군 사이에서 분전하고 있던 이시이 히코시치를 향해 활을 쏘았다. 화살은 히코시치의 코 밑에 명중했다. 히코시치는 뒤로 쿵하고 쓰러졌다.

"바로 네놈이구나."

그곳으로 달려간 시동들이 소년을 사로잡아 발로 걸어차며 히데요시 앞으로 끌고 왔다. 소년의 코 밑에는 깊숙이 꽂힌 화살이 그대로 남아 있었다. 히데요시가 그 모습을 안쓰럽게 바라보며 말했다.

"멈춰라. 코 밑의 화살부터 먼저 뽑아주어라."

"알겠습니다."

한두 명이 화살을 뽑으려 했지만 화살촉이 뼈에 걸렸는지 히코시치의 몸에 발을 대고 당겨도 뽑히지 않았다. 히코시치는 얼굴이 피로 물들어도 아무 말 없이 참고 있었다. 하지만 고통이 너무 심했는지 히데요시에게 호소했다.

"진막의 기둥을 빌려주십시오. 그렇지 않으면 뽑을 수 없을 것입니다."

"어떻게 할 생각인가?"

히데요시가 허락하자 히코시치는 일어서서 진막의 기둥에 자신의 머리와 가슴을 밧줄로 단단히 묶어달라고 한 뒤 다시 말했다.

"집게가 있습니까? 집게로 화살을 똑바로 잡고 단숨에 뽑아주십시오."

그 말을 들은 무사는 기가 질렸지만 히코시치는 조금도 동요하지 않았다. 그 모습을 보고 있던 아사노 나가마사는 히데요시에게 히코시치의 목숨을 살려줄 것을 간청하고 나중에 자신의 가신으로 삼았다.

어린 소녀나 이제 갓 부모의 슬하에서 벗어난 소년도 이 정도 기백을 갖추고 있었으니 작은 성에 불과한 미기 성을 쉽사리 함락시킬 수가 없었던 것이다.

그렇게 미기 성 쪽 병사들의 기개만 이야기하면 공격하는 군사들은 그저 수동적으로 당하기만 하는 것처럼 생각될지 모르지만, 히데요시 휘하에도 그들에게 뒤지지 않는 젊은 무사가 많았다. 시동 중에는 열여섯 살 먹은 와키자카 하야토脇坂隼人가 있었다. 어느 날 히데요시가 주위 사람들에게 한 장의 좋은 붉은 덮개를 보이며 말했다.

"이 덮개를 가지고 싶은 자는 없는가? 원하면 주겠다."

금실로 수가 놓여 있었고 붉은 천에 하얀 와치가이輪交[134]가 염색되어 있었다. 모두들 갖고 싶어 했지만 아무도 나서는 사람이 없었다. 화려한 덮개를 걸치면 그에 부끄럽지 않을 만큼 무공을 세우겠다고 맹세하는 것이었기 때문이다. 그 순간 열여섯의 와키자카 하야토가 나서며 말했다.

"제게 그것을 주십시오."

"갖고 싶으냐?"

____

134 두 개 이상의 원이 교차해서 절반 이상이 겹쳐진 형태. 또는 그 형태를 무늬로 한 가문家紋이나 문장文章.

히데요시는 하야토를 돌아보며 천을 던져주었다. 그 뒤 하야토는 성의 서쪽 언덕에서 벌어진 싸움에서 그것을 걸치고 분투했다. 그리고 허리춤에 적의 수급을 두 개나 매달고 돌아왔다.

"잘했다. 잘했어. 그 문장도 네게 주겠다."

히데요시는 와치가이 문장을 그에게 내렸다. 하야토는 그것에 감격해서 며칠 뒤, 다시 성벽 아래로 싸우러 갔다가 적이 쏜 총에 맞아 쓰러졌다.

"앗, 위험하다."

우노 덴쥬로宇野伝十郎가 그를 안아 일으켜서 후퇴하려고 했다.

"놓아라. 물러갈 수 없다. 이 정도는 아무것도 아니다."

하야토는 몸부림을 치며 덴쥬로의 손에서 벗어났다. 총알은 투구의 장식에 맞았기 때문에 그 충격으로 쓰러져서 잠시 눈이 어지러웠던 것뿐이었다. 와키자카 하야토는 덴쥬로의 손을 뿌리치고 옆에 있던 바위에 걸터앉더니 유유히 투구의 끈을 고쳐 맨 뒤 떨어뜨린 창을 주워들었다. 그리고 다시 진홍빛 덮개를 걸치고 적진으로 달려갔다.

후쿠시마 이치마쓰도 미기 성을 공격할 때, 벳쇼 가에서 용맹하기로 이름이 높은 스에이시 야타로末石弥太郎를 베어 히데요시로부터 크게 칭찬을 받았다. 스에이시 야타로는 약관의 이치마쓰가 이길 수 있는 상대가 아니었던 것이다. 그날 이치마쓰는 부상을 당한 스에이시 야타로가 수풀 속에서 물을 마시며 쉬고 있는 것을 보았다.

"이치마쓰다! 하시바의 가신, 후쿠시마 이치마쓰다!"

몰래 다가간 이치마쓰는 자신의 이름을 대며 불시에 공격을 가했던 것이다. 그때 이치마쓰는 스에이시 야타로에게 먼저 옷깃이 붙잡혀서 목숨이 위태로웠는데, 호시노星野라고 하는 그의 낭도가 뒤에서 칼로 야타로를 무차별적으로 베어버렸다. 그렇게 두 주종은 간신히 야타로의 수급을 베었던 것이다.

　그 외에 오사키 도조大崎藤蔵나 후루다 기치자에몬古田吉左衛門, 하치스카 헤코에몬의 아들인 이에마사家政까지 그들이 세운 군공을 일일이 세자면 끝이 없을 정도로 히데요시 군에도 인물이 많았다. 그럼에도 벳쇼 일족이 틀어박혀서 지키고 있는 미기 성은 여전히 건재했던 것이다. 그런 상황 속에서 한동안 진중을 떠나 있던 다케나카 한베가 전쟁에 처음 참전하는 소년인 구로다 쇼주마루를 데리고 돌아온 것이었다.

한베의 유언

앞서 히데요시는 와타나베 덴조의 보고를 통해 구로다 간베가 무사히 이타미 성의 감옥에서 구출된 소식을 들었다. 하지만 병중인 다케나카 한베가 돌아올 줄은 꿈에도 상상하지 못했다. 게다가 간베는 아직 도착하지 않은 상태였다.

"아니?"

히데요시는 뜻밖이라는 표정으로 한베를 맞이했다.

"이곳은 어찌?"

두 사람은 오랜만에 장막 안에서 마주 앉았다. 히데요시는 한베와 쇼주마루에게도 의자를 내어주고 자신도 의자에 앉았다. 한베가 머리를 숙이며 말했다.

"장진長陣에 얼마나 고충이 크실지 걱정하고 있었습니다만 뜻밖에 건강하신 모습을 뵈니 기쁘기 그지없습니다. 저도 주군 덕분에 보시는 바와 같이 근래 건강을 회복해 군무에 자신이 생겨 허락도 없이 진중으로 돌아왔습니다. 악전고투 중에 잠시 진중을 떠나 군무를 게을리했습니다만 이젠 마음을 놓으시길 바랍니다."

한베는 여느 때와 같이 조용하고 침착한 태도로 말했다. 히데요시는 한베가 불시에 나타나자 처음에는 걱정했지만 이야기를 나누면서 마음속으로 안도했다.

'이젠 쾌차한 듯하구나.'

한편 구로다 간베가 도착한 것은 그로부터 삼 일 뒤였다. 간베는 히데요시를 만나자 눈물을 흘리며 말했다.

"이번 고난을 겪으면서 처음으로 주군의 진정을 깨닫게 되었습니다. 이 은혜는 죽을 때까지 잊지 않겠습니다."

그리고 한베에게도 말했다.

"귀공의 깊은 우정에 대해, 그 고마움을 표현할 말이 없습니다. 그저 이 목숨, 앞으로 힘이 닿는 데까지 성심을 다하고자 합니다."

간베는 몇 번이고 고마움을 표했다. 그러자 한베가 쇼주마루를 불러 일렀다.

"오랫동안 볼모로 제 슬하에 있었습니다만, 이젠 그럴 필요도 없고 노부나가 공께서도 집으로 돌아가는 것을 허락하였으니, 오랜만에 부자가 상봉하시지요."

간베가 크게 자란 아들의 모습을 보며 말했다.

"왔느냐?"

그리고 쇼주마루의 행장을 살피며 훈계하듯 일렀다.

"이곳은 전쟁터, 네가 한 명의 어엿한 무사가 되는가 마는가 하는 초전의 자리이니, 아비 곁에 돌아왔다는 여린 생각 따윈 하지 말도록 하여라."

히데요시가 양팔이라고 여기며 믿고 있는 두 사람이 돌아오자 오랫동안 활기를 잃었던 진막 안이 갑자기 생기를 띠기 시작했다. 그러한 변화는 이내 전군의 사기에도 큰 영향을 미쳤고, 성을 공략하는 작전도 활기를 띠기 시작했다. 이윽고 히데요시는 성의 남쪽과 서쪽에 있는 요새들의 빈틈을 노려 공격을 가했다.

5월이 되자 우기에 접어들었다. 이곳은 주고쿠의 산지이기 때문에 보통 때에도 비가 많이 왔고 그럴 때마다 길은 급류로 변하고 물이 말라 있던 해자는 탁류로 넘쳤다. 히라이 산의 본진을 오르내릴 때에는 진흙 때문에 미끄러지는 게 다반사였다. 그래서 근래 다소 활기를 띠며 전과를 올리고 있던 공성전도 자연의 힘에 저지당해 재차 교착상태에 빠지고 말았다.

구로다 간베는 히라이 산의 본진에서 사 리에 걸친 전선의 각 진영을 하루도 쉬지 않고 가마를 타고 돌아보았다. 한쪽 다리의 상처는 끝내 완치되지 않았다. 그는 평생 절름거리며 살아야 한다고 자조하면서도 전투 중에 병졸들에게 가마를 들게 한 뒤 그것을 탄 채 지휘를 했다.

"저런 모습을 보고 내 어찌……."

한베는 간베의 모습을 보며 자신의 병고도 잊은 채 군무가 아무리 고되어도 소홀히 하지 않았다.

"이 유막은 참으로 기구하구나."

누군가 그렇게 중얼거렸다. 히데요시가 양팔로 믿고 있는 책사 두 명이 모두 온전한 몸이 아니었다. 한 명은 깊은 지병을 앓고 있는 병든 군사軍師였고, 또 한 명은 가마를 타고 싸움을 지휘하는 절름발이 군사였다. 히데요시는 두 사람의 비장한 모습을 볼 때마다 감격해서 눈물을 흘리지 않을 수 없었고, 그의 진중은 완전히 일심동체가 되었다. 그 모습을 본 군사들 역시 결의로 넘쳤고, 그 뒤 반년이나 시간이 더 소요됐지만 마침내 난공불락의 미기 성을 함락시킬 수 있었다.

만일 히데요시의 진중에 그러한 일체감과 중심축이 없었다면 미기 성은 끝내 떨어지지 않았을지도 모른다. 또 모리의 수군이 포위망 한쪽을 돌파해서 미기 성에 병량을 보급하거나 혹은 비추에서 산야를 넘어 구원군을 보내 성의 병사들과 협력해서 히데요시 군의 포위망을 분쇄하고 하시바 지쿠젠노카미 히데요시의 숨통을 끊어버렸을지도 모른다.

그래서 히데요시도 때때로 간베가 민첩하게 군사를 움직이거나 생각지도 못한 기지機智를 발휘할 때마다 경탄하며 '저 절름발이가 또!' 하고 농담조로 말하면서도 내심 깊이 존경하고 있었다. 그 사실은 그가 서기를 통해 남긴 기록에도 잘 나타나 있다. 그렇게 히데요시는 간베와 한베에게 탄복하고 그들을 절대적으로 신뢰하고 있었다.

그런데 그런 히데요시의 마음에 큰 상처를 남기는 일이 일어났다. 우기가 지나고 불볕 같은 여름도 지나고 선선한 가을로 접어들 8월 무렵, 한베는 병이 위중해져서 두 번 다시 갑옷과 갑주를 차지 못할 중태에 빠지고 말았다.

"아아, 하늘이 마침내 이 히데요시를 버리셨구나. 아직 젊고 영민한 한베의 목숨을 거둬 가려는구나."

히데요시는 그렇게 한탄하며 막사에 틀어박혀 밤낮으로 한베를 돌봤다. 하지만 그날 저녁, 한베의 용태는 시시각각 위급해져 갔다.

다카노오鷹之尾와 하치만八幡 산 등지에 있는 적의 방루도 저녁 안개에 휩싸여 있었다. 어둠이 내리고 있었다. 하얀 안개 속에서 총소리가 메아리쳤다. 히데요시는 히라이 산의 일각에 서서 적진으로 간 채 아직 돌아오지 않고 있는 간베를 걱정하고 있었다.

"절름발이가 적지로 너무 깊이 들어가지 말아야 할 텐데."

그때 분주한 발소리가 들리더니 그의 옆에서 멈췄다. 살펴보자 땅바닥에 넙죽 엎드려서 울고 있는 사람이 있었다.

"오마쓰가 아니냐?"

"예."

간베의 아들인 쇼주마루는 한베 시게하루를 따라 이곳 히라이 산의 아군 진영에 온 이래로 벌써 몇 번이나 전쟁에 참가하고 있었다. 그 얼마 되지 않는 사이에 그는 몰라볼 정도로 건장해지고 어른스러워져 있었다. 일주일 전부터 한베의 용태가 급변하자 히데요시는 오마쓰에게 자신을 대신해서 간병을 하라고 명령을 내렸던 것이다.

"내가 베갯머리를 지키는 것보다 네가 있는 것이 한베도 기쁠 것이다. 내가 돌보고 싶지만 그러면 병자가 오히려 마음이 편치 않을 것이다."

오마쓰는 수년 동안 훈육을 받은 스승이자 생명의 은인인 한베 곁에서 밤낮으로 정성을 다해 시중을 들고 있었다. 지금 그런 구로다 쇼주마루가 달려와 울면서 땅에 엎드리자 히데요시는 직감적으로 가슴이 철렁 내려앉았다.

"울기만 해서는 무슨 일인지 알 수가 없다. 오마쓰, 무슨 일이냐?"

히데요시가 짐짓 질책하듯 물었다.

"용서하십시오."

오마쓰는 팔꿈치로 눈가를 닦으며 말했다.

"시게하루 님께서 말씀하지 못할 만큼 기력이 약해지셔서, 오늘 밤을 넘기지 못할 듯싶습니다. 그러니 어서 가보시길 바랍니다."

"위독하다는 것이냐?"

"예, 예."

"의원이 그리 말했느냐?"

"그렇습니다. 하지만 한베 님께서는 제게 자신의 용태를 주군께나 다른 사람들에게 절대로 알리지 말라고 하셨습니다. 하지만 의원이나 다른 가신들이 주군께 마지막 작별 인사라도 하는 것이 좋을 것이라고 해서 이렇게 급히 달려왔습니다."

"알았다."

히데요시는 그렇게 말하며 단념한 듯 눈을 감았다.

"오마쓰, 너는 내 대신 잠시 여기에 서 있어라. 곧 네 아비가 다카노오 싸움에서 돌아올 테니 말이다."

"아버지께선 다카노오로 나가셔서 싸우고 계십니까?"

"그렇다. 여느 때처럼 가마를 타고 지휘하고 있다."

"그럼 제가 다카노오로 가서 아버지를 대신해서 병사들을 지휘하고 아버지를 한베 님께 보내면 안 되겠는지요?"

"네게 그런 용기가 있다면 그리하도록 해라."

"그럼 다녀오겠습니다."

쇼주마루가 바로 일어서더니 다시 말했다.

"한베 님도 돌아가시기 전에 아버지를 뵙고 싶어 할 것입니다. 말을 하지는 않았지만 한베 님도 아버지를 만나고 싶으실 것입니다."

쇼주마루는 결연히 그렇게 말하고 몸집에 비해 지나치게 커 보이는 창을 옆에 들고 산자락 쪽으로 달려갔다. 히데요시는 쇼주마루와는 반대 방향으로 발길을 돌려 걸어가다 이윽고 큰 걸음으로 성큼성큼 길을 재촉했다. 진중에 몇 개로 나눠져 있는 가옥 중 한 곳에서 불빛이 새어 나오고 있었다. 그곳이 다케나카 한베가 누워 있는 병동이었는데, 마침 그 가옥의 지붕 너머로 초저녁달이 아스라이 떠 있었다.

베갯머리에는 히데요시가 붙여준 의원과 다케나카 가의 가신이 있었다. 얇은 판자를 둘러친 것에 지나지 않는 가옥의 돗자리 한쪽에 장인들이 일하는 그림이 그려진 병풍이 쳐져 있었다.

"한베, 나를 알아보겠소? 히데요시네. 지쿠젠이네. 기분은 어떠하오?"

히데요시는 조심스레 한베 곁에 앉아 한베의 얼굴을 바라보았다. 어스름 때문인지 한베의 얼굴은 벽옥처럼 아름답게 보였다. 사람이 이렇게까지 야윌 수 있는지 눈물을 감출 수 없었다. 히데요시는 가슴이 아파 도저히 한베를 바라볼 수가 없었다.

"의원."

"예."

"어떠한가?"

"……."

의원은 아무 말도 하지 못했다. 의원은 침묵으로 얼마 남지 않았다고 대답했지만 히데요시는 어떻게 손을 쓸 수 없겠는가 하고 묻고 싶었던 것이다. 그때 혼수상태에 있던 한베의 손이 미세하게 움직였다. 한베는 히데요시의 목소리를 들은 듯 희미하게 눈을 뜨더니 옆에 있는 무사에게 무슨 말을 전하려고 했다.

"히데요시 님이 오셨습니다. 주군께서 바로 곁에 계십니다."

"……."

한베는 고개를 끄덕이더니 답답해하며 자신을 일으키라고 말하는 듯했다.

"어떻게 하면 좋겠소?"

무사가 의원을 돌아보며 묻자 의원은 곤혹스런 표정을 지었다.

"일어나고 싶어 한다고? 가만히 누워 있으시오. 가만히."

히데요시는 한베의 뜻을 헤아리고 아이를 달래듯 진정시켰다. 그러자 한베는 미세하게 고개를 젓더니 무사를 꾸짖듯 눈에 힘을 주었다. 두 명의 무사가 한베의 명령대로 뻣뻣한 판자와 같은 한베의 몸을 안아 일으켰다.

한베는 침구로 몸을 지탱하면서 무사들을 물리더니 입술을 깨물며 병상에서 조금씩 몸을 끌어내렸다. 당장이라도 숨이 끊어질 듯한 병자에게 그런 행동은 필사적인 노력임이 분명했다. 히데요시를 비롯해 의원과 가신들은 숨을 죽이고 지켜보고 있을 수밖에 없었다.

한베는 간신히 두 척 정도 병상에서 벗어나서 돗자리 위에 단정히 앉았다. 세잔한 어깨와 앙상한 다리, 그리고 가느다란 두 손은 흡사 여인의 모습처럼 보였다. 조용히 입을 다물고 숨을 고르는 듯하더니 이윽고 양손을 땅에 대고 허리를 숙이며 말했다.

"어느덧 하직 인사를 올릴 때가 닥쳐온 듯합니다. 다년간의 깊은 은혜, 새삼 감사의 인사를 올립니다."

한베는 그렇게 말하고는 조금 시간을 두고 다시 말을 이었다.

"꽃이 피고 지고 사람이 살고 죽는 것도 광활한 우주에서 보면 봄과 가을의 순환과도 같은 것이 아닌가 싶습니다. 주군과 인연을 맺은 뒤 깊은 은혜를 입었습니다만 돌아보니 제대로 봉공도 못했습니다. 임종을 앞둔 지금 단지 그것만이 마음에 걸릴 뿐입니다."

가느다란 실 같은 목소리가 입에서 새어나오고 있었다. 사람들은 얼핏 기적이라도 지켜보는 심경으로 엄숙하게 서 있었다. 특히 히데요시는 옷깃을 여미고 고개를 숙인 채 양손을 무릎에 얹고 공손한 태도로 한베의 말을 한 마디도 놓치지 않기 위해 귀를 기울이고 있었다.

촛불은 꺼지기 직전에 마지막으로 선명한 빛을 발했다. 지금 한베의 모습은 흡사 그러한 숭고한 촛불의 마지막 순간과도 닮아 있었다. 한베는 필사적으로 세상에서의 마지막 말을 히데요시에게 고하기 위해 혼신의 힘을 다하고 있었다.

"향후의 다사다난, 세상의 변화무쌍함이 실로 걱정스러울 뿐입니다. 거대한 변혁기의 경계에 서 있는 지금, 살 수만 있다면 이 한베도 살아 그 앞날을 지켜보고 싶습니다. 진실로 그러길 바라 마지않으나 천수란 인력으로 어찌할 수 없습니다."

점차 그의 목소리가 또렷해지고 있었다. 하지만 정신력만으로 버티고 있는 듯 이따금 육신은 크게 숨을 헐떡이다가 다음 말을 하기 위해 숨을 고르곤 했다.

"하지만, 주군. 당신이야말로 이러한 시대에 태어나고 또 선택받은 사람이라는 생각이 들지 않으시는지요? 이 한베가 곰곰 헤아려본 바로는 주군은 천하의 주인이 되려는 야망을 품고 있지 않습니다."

한베는 다시 잠시 숨을 고르며 말했다.

"오늘까지는 그것이 주군의 장점이자 특징이기도 했습니다. 송구하지만, 주군은 짚신지기일 때에는 그 직분에 성심을 다하고, 또 일개 무사의 신분일 때는 그 직분에 전력을 다하며 결코 자신의 윗분만 바라보는 망상가가 아니었습니다. 지금도 필시 그런 마음으로 주고쿠 공략의 직분을 어떻게 하면 완수할 수 있을까, 어떻게 하면 노부나가 공의 기대에 부응할 수 있을까, 또 어떻게 하면 눈앞의 미기 성을 함락시킬 수 있을까 전념할 뿐 일신의 영달 따위는 생각하지 않고 있을 것입니다."

"……"

주위에 아무도 없는 것처럼 숨소리조차 들리지 않았다. 히데요시는 깊이 숙인 머리를 드는 것도 잊은 채 미동도 하지 않고 한베의 말을 듣고 있었다.

"하지만, 하늘은 이러한 시대를 평정하는 큰 인물을 반드시 세상에 내려주십니다. 천하는 군웅들로 넘쳐나서 모두들 자신이 이 난세의 여명을 짊어지고 도탄에 빠진 만민을 구할 자라며 중원의 패업을 다투고 있습니다. 하지만 이미 겐신과 신겐은 세상을 떴고, 서쪽의 모토나리는 제 분수를 알고 자손을 지키라는 유훈을 남기고 유명을 달리했습니다. 그 외에 아사이 아사쿠라는 자멸했으니 그러한 대업을 이룩할 사람이 과연 몇이나 있겠습니까? 손가락을 꼽아볼 필요도 없을 것입니다."

"……"

그때 히데요시가 얼굴을 번쩍 들었다. 그러자 한베는 쏘아보는 듯한 시선으로 그의 얼굴을 응시했다. 순간, 이제 죽음을 눈앞에 둔 임종의 눈과 언제까지 살지 모르는 히데요시의 눈이 마주쳤다. 서로 아무 말도 하지 않고 노려보고 있었다.

"노부나가 공, 우대신 가를 제쳐두고 무슨 말을 하는가, 하고 당신은 마음속으로 제 말을 꾸짖고 있을 것입니다. 그런 마음은 잘 알고 있습니다. 하지만 노부나가 공은 그분이 아니면 불가능한 사명을 가지고 천하를 호령하고 계십니다. 지금의 난세를 혁파할 위세, 오늘날까지 백난을 극복해온 그 신념은 도쿠가와 님이나 주군이라고 해도 쉽게 이룰 수 있는 일이 아닐 것입니다. 노부나가 공을 제외하고 누가 혼란한 시대를 여기까지 이끌어올 수 있겠습니까. 하지만 그렇다고 해서 만천하를 혁신할 수 있다고는 할 수 없을 것입니다. 주고쿠를 정벌하고 규슈를 공략하고 시고쿠를 평정하고 미치노쿠를 제압해도 그것만으로 조정과 백성들을 안심시키고 새로운 문화를 건설하고 세세손손 번창할 기틀을 놓았다고 할 수는 없습니다. 결코 없습니다."

시대가 영웅을 낳고 영웅이 시대를 만드는 것이었다. 또 파괴하는 영웅이 있다면 창조하는 영웅이 있기 마련이다.

만일 천수天數와 인명人命, 우주의 섭리를 천의天意라고 한다면 천의는 그 시대에 어울리는 영웅을 만들고 그 영웅의 기량에 맞는 사명을 내린다고 할 수 있었다. 춘추삼국 시대의 역사를 돌아보고 또 일찍이 일본의 치란흥망을 되돌아보아도, 한베는 그것을 깊이 깨닫고 있는 듯했다. 역사를 통해 현재를 통찰하고 시류를 통찰하며 다년간 히데요시의 휘하에 머물러 있었지만 그의 마음은 구리하라 산의 높은 산정에서 천하의 움직임과 시대의 귀추를 대관하며 시대의 향방에 대한 결론을 가슴 깊이 숨기고 있었던 듯했다.

한베는 연을 맺고 다년간 보필해온 자신의 주인이야말로 파괴의 시대 이후를 계승할 새 인물이라고 믿고 있었다. 그리고 그와의 인연을 크게 기뻐하며 임종의 순간까지 살아온 보람을 느끼고 있었다.

"이제까지 말씀드린 것 외에, 더 드릴 말씀이 없습니다. 주군, 부디 자신을 소중하게 보살피십시오. 자신을 믿으시고 제가 죽은 후에도 한층 공부에 힘을 쓰셔서……."

그렇게 말한 순간, 한베의 가슴이 썩은 나무가 부러지듯 앞으로 꺾였다. 한베는 자신의 몸을 지탱하기 위해 가는 손으로 땅을 짚었지만 그 손에는 이미 아무 힘도 남아 있지 않았는지 멍석 위에 고꾸라지고 말았다. 그 순간 얼굴과 멍석 사이에서 붉은 모란이 피듯 빨간 피가 번졌다. 각혈이 있었던 것이었다. 흥건하게 흐르는 피가 한베의 무릎과 가슴을 붉게 물들였다.

"시게하루! 나, 나를 두고 그대 혼자 가는가! 그대가 가버리면 앞으로 싸움에서 나 혼자 어떻게 하란 말인가! 시게하루!"

히데요시는 한베를 끌어안고 대성통곡을 했다. 히데요시의 무릎에서 고개를 늘어뜨리고 있는 하얀 얼굴은 웃음을 지으며 히데요시를 달래는 것처럼 보였다.

"걱정하지 마십시오. 당신은 앞으로 더 이상 그런 근심을 할 필요가 없을 것입니다."

히라이^{比叡} 산의 무덤

아침에 본 사람을 저녁에 볼 수 없었고 저녁에 본 사람도 다음 날 아침에는 죽어 있었다. 전쟁터에서 이런 일은 나무에서 떨어지는 낙엽처럼 흔한 일이었음에도 히데요시는 한베 시게하루의 죽음을 깊이 슬퍼했다.

히데요시는 그곳에서 함께 슬퍼하던 사람들조차 의아하게 여길 정도로 비통해했다. 이윽고 그는 가슴을 진정시키고 정신을 차린 뒤 차가워진 한베의 몸을 안아 하얀 이불 위에 살며시 눕히고 한베를 보며 살아 있는 사람에게 말하듯 중얼거렸다.

"다른 사람보다 몇 배나 오래 살아도 다 이룰 수 없을 정도의 큰 이상을 품고 있음에도 아직 그 바람의 절반은커녕 첫발도 떼지 못했는데……. 죽고 싶지 않았을 것이오. 시게하루, 얼마나 아쉬움이 많겠소. 그와 같은 재주를 가지고 세상에 태어나서 애석하게도 백분의 일도 이루지 못했으니 죽고 싶지 않은 것이 당연할 것이오."

히데요시는 시신을 향해 한없이 넋두리를 늘어놓았다.

"유비 현덕은 어렵사리 촉을 세우고 공명에게 아들을 부탁하며 세상을 떴소. 공명은 침식도 잊을 만큼 슬퍼했다고 하오. 그런데 그대와 나는 그 반대이구려. 공명을 먼저 떠나보낸 유비와 같구려. 아아, 공명을 먼저 떠나보내고 홀로 남겨진 유비, 생각만 해도 참으로 적막하기만 하오. 이 슬픔과 고통을 어찌해야 하겠소."

그때 밖에서 분주한 소리가 들려왔다. 간베가 쇼주마루의 말을 듣고 전쟁터에서 가마를 타고 급히 돌아온 것이었다.

"뭐라? 이미 죽었단 말인가? 내가 늦었단 말인가!"

간베는 큰 소리로 그렇게 외치고는 다리를 절룩이며 안으로 들어왔다. 그리고 붉어진 눈으로 베갯머리에 앉아 있는 히데요시의 모습과 차가운 시신으로 누워 있는 한베 시게하루의 모습을 보고 무거운 신음을 흘리더니 그 자리에 무너지듯 주저앉아버렸다.

간베와 히데요시는 그저 망연히 한베의 시신에 눈길을 향한 채 아무 말도 하지 못하고 앉아 있었다. 어느새 날이 져서 실내는 마치 동굴처럼 어두워져 있었지만 촛불을 켜는 사람은 아무도 없었다. 하얀 이불만이 깊은 골짜기에 내린 눈처럼 하얗게 보였다.

"……간베."

이윽고 히데요시가 탄식하듯 입을 열었다.

"애석하구려. 일찍부터 어렵다고 생각하고는 있었으나……."

간베가 히데요시와 같은 표정으로 말했다.

"아아, 사람의 목숨이란 참으로 알 수 없는 것인 듯합니다. 이타미 성에 사로잡혀 죽을 목숨이라고 포기하고 있던 저는 이렇게 살아남고, 병이 호전되었다고 하던 시게하루 님이 그로부터 반년도 지나지 않아 이리 되리라고는."

간베는 문득 생각이 난 것처럼 다시 말했다.

"여봐라, 모두 언제까지 이렇게 슬퍼하고 정신을 놓고 있을 생각인가. 어서 촛불을 켜도록 하라. 그리고 시게하루 님의 시신을 깨끗이 닦고 실내를 청소한 후에 안치하도록 하라. 또 비록 진중이나 장례도 소홀함이 없도록 준비하라."

간베가 지시를 내리기 시작하자 어느 틈엔가 히데요시의 모습이 보이지 않았다. 흔들리는 촛불 속에서 사람들은 슬픔에 찬 모습으로 청소를 시작했다. 그러자 시게하루의 베게 밑에서 한 통의 편지가 나왔다. 한베가 죽기 이틀 전에 구로다 간베에게 쓴 편지였다.

가을바람이 소슬하게 부는 한낮에 히라이 산 한편에 임시로 시게하루의 시신을 묻은 간베는 지친 심신을 이끌고 적막에 잠겨 있는 진막 안으로 돌아와 히데요시에게 한 통의 편지를 내밀었다.

"한베의 유서가 베개 밑에 있었단 말이오? 그대에게 쓴 것이오?"

히데요시는 바로 편지를 펼쳐서 읽어 내려가면서 몇 번이나 손으로 눈가를 훔치더니 한동안 편지를 읽지 못하고 얼굴을 돌리고 있었다. 죽기 이틀 전에 심우心友인 간베 요시타카에게 쓴 편지였지만 그 안에는 단 한 마디도 자신의 바람이나 벗에 대해서는 언급하고 있지 않았다. 처음부터 끝까지 오로지 주군인 히데요시의 신변과 장래의 대계에 대한 근심을 이야기하며 선처를 부탁하고 있었고, 또 평소 가슴에 품고 있던 경략을 상세하게 적어놓았다.

설사 땅속의 백골이 되더라도 주군께서 소신의 충심을 잊지 않고 기억해주신다면 이 시게하루의 혼백은 영원히 주군의 가슴속에 살아 숨 쉴 것이며, 풀잎이 되어서라도 봉공할 것이며……

살아 있는 동안에 제대로 봉공하지 못한 것을 사죄하며, 젊은 나이에 세상을 뜨는 것도 원망하지 않고 백골이 되더라도 봉공할 길이 있다고 믿으며 죽음을 기다리고 있었던 시게하루의 진심을 읽으며 히데요시는 눈물을 흘리지 않을 수 없었다. 아무리 마음을 다잡아도 눈물이 흘렀다.

"주군, 언제까지 그렇게 슬퍼하고 있을 때가 아닙니다. 부디, 편지의 다른 부분을 보시고 마음을 정하시길 바랍니다. 한베 님이 그곳에 미기 성을 공략하는 계책을 적어놓았을 것입니다."

이윽고 간베가 강한 어조로 말했다. 간베는 이전부터 히데요시를 강하게 몰아붙이는 경우가 많았는데, 이번에도 히데요시가 슬픔에 빠져 헤어 나오지 못하자 다소 한심하다는 듯한 표정을 지어 보였다.

시게하루는 유서에 '미기 성은 앞으로 백 일을 견디지 못할 것'이라고 예언하고 있었다. 하지만 함부로 힘으로 밀어붙여서 군사를 잃어서는 안 된다고 강조하며 아군을 위해 최후의 계책을 적어놓았다.

미기 성안에서 사리 분별을 갖춘 인물이라고 하면 역시 벳쇼의 가노인 고토 쇼겐 모토구니後藤將監基國일 것입니다. 제가 보기에 그는 대세의 귀추도 분간하지 못하고 맹목적으로 싸울 아둔한 장수가 아닙니다. 싸움이 있기 전, 히메지 성에서 몇 번인가 이야기를 나눈 적도 있어 비록 깊지는 않지만 교류가 있는 사람이라고 할 수 있습니다.

따로 그에게 보내는 서신 한 통을 적어놓았으니 그것을 가지고 그를 찾아가, 그로 하여금 이해를 들어 자신의 주군인 벳쇼 나가하루를 설득하고 대세의 흐름을 논하면, 반드시 마음을 돌려 성문을 열고 화친을 청해올 것입니다.

다만, 그것을 행하는 데 있어 때를 가늠함이 중요합니다. 늦가을, 땅에 마른 낙엽이 떨어져 바람에 날리고 하늘에는 소슬한 달이 빛나는, 병사들의 마음에는 부모 형제를 생각하고 고향을 그리는 마음이 간절해지는 때가 가장 좋을 것입니다. 겨울이 다가오면 기아에 직면한 성의 병사들은 죽음이 멀지 않았음을 알고 마음의 각오를 하고 있을 것입니다. 그러한 때, 오직 힘으로 밀어붙여 공격하면 오히려 그들에게 죽을 곳을 부여하는 것과 마찬가지일 것입니다. 하여 지금은 싸움을 멈추고 그에게 조용히 사색에 잠길 시간을 준 뒤, 제 서신을 보내 예를 갖추며 진정을 다해 성주와 가노를 설득하면 분명 연내에는 결착을 볼 수 있을 것입니다.

한베는 그렇게 쓴 뒤 '일의 성패란 그 일을 실행함에 앞서 제 스스로 의심을 하면 그 일을 성사시킬 수 없다'고 덧붙이고는 신념을 가지고 실행에 옮기기를 당부했다. 그럼에도 불구하고 히데요시가 성패를 의심하는 듯한 태도를 보이자 간베는 다음과 같이 말했다.

"실은 한베 님이 생전에도 그 계책에 대해 한두 번 이야기한 적이 있었는데 아직 시기가 이르다며 미루고 있었던 것입니다. 주군께서 허락하신다면 언제든 제가 사자로 성안의 고토 쇼겐을 만나러 가겠습니다."

"아니, 잠깐……."

히데요시는 고개를 저으며 말했다.

"지난봄이었던가, 아사노 야헤의 중재로 성안의 한 장수에게 그 계책을 쓴 적이 있소. 그런데 아무리 기다려도 대답이 없어 나중에 알아보니 그가 주인인 벳쇼 나가하루에게 항복을 권하자 장병들이 화를 내며 그 자리에서 죽여버렸다고 하오. 한베의 비책은 그와 비슷하거나 똑같은 것이 아니오? 자칫하면 아군의 약점만 적에게 노출시키고 얻는 것은 아무것도 없을 것이오."

"아닙니다. 한베 님이 계책을 실행함에 있어 때를 가늠하는 것이 중요하다고 한 것은 바로 그런 연유일 것입니다. 지금이 바로 적기라고 여겨집니다."

"적기?"

“저는 그리 확신합니다.”

“…….”

그때 진막 밖에서 사람 소리가 들려왔다. 귀에 익숙한 병사들의 목소리 외에 여자의 목소리도 얼핏 들렸다. 뜻밖에 히데요시를 찾아온 그 여인은 바로 죽은 한베의 동생인 오유였다. 그녀는 한베가 위독하다는 연락을 받자마자 마지막으로 얼굴이라도 보기 위해 몇 명의 종자만을 데리고 교토에서 위험을 무릅쓰고 온 것이었다. 하지만 여자의 몸으로 적지를 피해 오느라 끝내 한베의 임종을 지키지 못했던 것이다.

“오유인가!”

히데요시가 수척해진 오유의 얼굴과 행장을 바라보며 말하자 간베와 시종들이 진막 밖으로 자리를 피했다.

“…….”

오유는 눈물이 앞을 가려 히데요시의 얼굴을 바라보지 못했다.

“한베가 죽었다는 말을 들었소?”

“들었습니다.”

“어쩔 수 없는 일이니 마음을 단단히 먹으시오.”

히데요시가 위로할 수 있는 말은 그게 전부였다. 하지만 오유는 히데요시가 근심 어린 마음으로 위로를 하자 눈이 녹듯 마음이 무너져내렸는지 땅바닥에 주저앉아 눈물을 쏟으며 통곡했다.

“그만 진정, 진정하시오.”

히데요시는 황망히 의자에서 일어났지만 바로 장막 밖에 있는 가신들의 이목이 마음에 쓰이는 듯 이렇게 말했다.

“둘이서 한베의 묘지로 참배하러 갑시다. 오유, 따라오시오.”

히데요시는 앞장서서 진막 뒤편의 산길을 따라 야트막한 언덕 위로 올라갔다. 한 그루 소나무가 늦가을의 소슬한 바람에 흔들리고 있었다. 그 아래 아직 흙의 빛깔이 선명한 봉분이 봉긋하게 솟아 있었고, 돌 하나가 비석 대신 세워져 있었다. 예전에 간베와 한베, 그리고 히데요시는 이 소나무 아래에 멍석을 깔고 둘러앉아 달구경을 하며 세상에 대해 논한 적이 있었다.

"……."

오유는 수풀을 둘러보며 헌화할 꽃을 찾은 다음 히데요시에 이어 봉분을 향해 엎드렸다. 그녀는 더 이상 울고 있지 않았다. 사람의 수명을 한탄하기에는 산 위의 자연이 만추의 초목을 통해 우주의 당연한 섭리를 일깨워주고 있었다. 가을이 가면 겨울이 오고 겨울이 가면 봄이 찾아오는 순리를 자연은 슬퍼하거나 아파하지 않고 순순히 받아들이고 있었다.

"나리……."

"왜 그러오?"

"오라버니의 무덤 앞에서 올릴 청이 있습니다."

"으음, 그렇소?"

"아마 나리께서는 이미 알고 계실 것입니다."

"알고 있소."

"제가 떠날 수 있도록 해주십시오. 나리께서 제 청을 받아주신다면 땅속에 계신 오라버니도 한시름 놓지 않을까 싶습니다."

"시게하루는 비록 몸이 땅속에 묻히더라도 그 혼백은 한결같이 봉공할 것이라고 말했소. 그런 시게하루가 생전에 늘 가슴 아파하던 일이었는데 내가 어찌 그것을 반대할 수 있겠소. 그대 뜻대로 하시오."

"고맙습니다. 나리께서 허락하셨으니 오라버니의 바람대로 오라버니의 유품을 가지고……."

"어디로 가려 하오?"

"어디 산속 깊은 마을의 비구니들이 있는 사찰에라도……."

다시 오유의 눈에서 눈물이 솟구쳤다. 단풍이 지고 새들이 울고 있
는 청아한 자연 속에 머물고 있지만 인간은 역시 번뇌를 끊어낼 수 없
는 존재인 듯, 히데요시는 다른 곳을 바라보며 서 있었다.

거문고 소리

오유는 다음 날 바로 떠날 준비를 마치고 하직 인사를 하기 위해 히데요시를 찾았다.

"그만 떠날까 합니다. 부디 옥체를 잘 돌보시길 바랍니다."

그러자 히데요시가 만류하며 말했다.

"이삼일 정도 이곳에 머물도록 하게."

오유는 할 수 없이 멀리 떨어진 임시 가옥 안에서 며칠 동안 오라비를 조문하며 지냈다. 그런데 닷새가 지났는데도 히데요시로부터 아무런 연락이 없었다. 산에 서리가 내리고 비가 내릴 때마다 사방에 둘러진 산에서는 나뭇잎들이 우수수 떨어졌다. 드물게 달이 환한 초저녁 무렵, 시종 한 명이 가옥을 들여다보며 히데요시가 찾는다고 말했다.

"지금 떠날 채비를 하고 바로 한베 님의 무덤이 있는 산 위로 오라고 하십니다."

시종은 그렇게 전하고 먼저 가버렸다. 채비라고 해봤자 미리 싸놓은 보퉁이가 전부였다. 오유는 한베의 가신이었던 구리하라 구마타로와 다른 두 명을 데리고 무덤이 있는 곳으로 올라갔다. 풀과 나무도 메말라서 산길의 풍경은 적막하기 그지없었지만 그날 밤은 서리라도 내린 것처럼 달빛이 새하얗게 보였다.

히데요시의 주위에는 예닐곱의 검은 그림자가 서 있었고, 그중 한 명이 오유가 온 것을 고하고 있었다. 그곳에 있는 사람 중에 간베의 모습도 보이는 듯했지만 오유가 히데요시에게 가까이 다가갔을 때에는 주위에 아무도 없었다.

"오유, 그 후로 그만 군무에 쫓겨 찾지도 못하고 날도 눈에 띄게 추워져서 마음이 불안했을 것이오."

히데요시가 부드러운 목소리로 말했다. 그는 여자라면 누구에게나 친절하고 부드럽게 대했는데, 지금 그의 그런 태도는 정 때문만이 아닌 듯했다.

"평생 혼자 산속 깊은 마을에서 살려고 마음먹었기 때문인지 이젠 어디에 있더라도 외롭다는 생각이 들지 않습니다."

그녀의 말을 들으며 히데요시는 연신 고개를 끄덕였다.

"한베가 극락왕생하도록 제사를 잘 지내주길 부탁하오. 어디에 살더라도 살아 있으면 다시 만날 때가 있을 것이오."

히데요시는 한베의 무덤이 있는 소나무 아래를 돌아보며 말했다.

"오유, 저기 준비해놓았소. 이젠 그대의 거문고 소리를 듣지 못하겠구려. 오래전, 그대는 오라비인 한베와 함께 노부나가 공에 맞서던 미노의 쵸테이겐長亭軒의 성에 가서 거문고를 연주해 성안의 군사들의 마음을 달래주고, 결국에는 성문을 열고 항복하게 만들었소. 내 마지막으로 한베의 무덤 앞에서 그대의 거문고 소리를 듣고 싶구려. 혹여 그대의 거문고 소리가 바람을 타고 지척에 있는 미기 성까지 울려 그들의 마음에 온정을 불러일으켜 무의미한 죽음을 깨닫게 해준다면 그것은 큰 공이 될 것이고 지하에 있는 한베도 크게 기뻐할 것이오."

그때까지 그녀는 깨닫지 못했지만 소나무 아래에 돗자리가 깔려 있었고 그 한쪽에 거문고가 놓여 있었다.

전쟁이 삼 년에 걸쳐 이어지자 주고쿠의 장수와 병사 들의 모습에서 가미가타上方 무사는 겉만 화려하고 경박하기 그지없다며 깔보던 기색을 더 이상 찾아볼 수 없었다.

"당장 내일 죽을지 모르지만 하다못해 굶어 죽는 일만은 피하고 싶다."

그들은 단지 굶어 죽지 않기만을 바랄 만큼 궁지에 몰려 있었다. 사람의 형상을 하고 있었지만 죽은 말의 뼈다귀를 빨아 먹거나 들쥐를 잡아먹고, 나무껍질과 풀뿌리까지 뜯어먹고 있었다.

"이번 겨울도 다다미와 흙벽의 지푸라기를 삶아 먹는 것 외에 다른 먹을 것이 없다."

움푹 들어간 눈들이 서로를 불쌍하게 여기며 푸념을 늘어놓고 있었다. 하지만 흙벽의 지푸라기를 삶아 먹는다고 해도 이번 겨울을 버틸 기백만큼은 잃지 않아서 적이 조금이라도 접근해오면 여전히 굶주림조차 잊고 맞서 싸웠다.

그런데 적들은 이상하게 근래 반달 정도 공격해오지 않았다. 성의 군사들로서는 오히려 지금과 같은 상황이 더욱 고달팠다. 날이 지면 성안은 등불 한 점 밝힐 기름조차 없어 깊은 수렁에 빠진 듯 캄캄했다. 어유魚油나 채유菜油까지 모두 먹어버렸던 것이다. 병사들이 아침저녁으로 성안의 겨울나무에 무리를 지어 앉아 있는 때까치나 참새와 같은 작은 새를 잡아먹다 보니 근래에는 새들조차 성안으로 날아오지 않았다. 까마귀를 잡아먹은 적도 수없이 많았는데 이젠 그런 까마귀조차 구경하기 힘들었다.

불현듯 어둠 속에서 족제비가 달려가는 듯한 소리가 들리자 이내 보초의 눈빛이 번뜩였다. 그럴 때면 본능적으로 위가 위액을 분비하기 마련이어서 보초들은 얼굴을 찡그리고 배를 쥐어짜며 아파했다.

그날 밤, 성의 병사들은 밝은 달을 보며 한탄하듯 중얼거렸다.

"아아, 저 달은 먹을 수가 없구나."

망을 보고 있는 성채나 성문의 지붕에 낙엽이 우수수 떨어졌다. 병사 한 명이 우걱우걱 단풍을 먹고 있었다.

"맛있는가?"

보초가 묻자 다른 한 명이 낙엽을 한 움큼 입에 집어넣으며 말했다.

"지푸라기보단 낫네."

하지만 이내 속이 안 좋은지 연신 기침을 하더니 먹은 것을 그대로 토해냈다.

"앗, 가노께서 오셨다."

누군가 그렇게 중얼거리자 모두 정신을 차리고 창에 잔뜩 힘을 준 채 다시 망을 보았다. 벳쇼 가의 가노인 고토 쇼겐 모토구니였다.

"수고가 많다. 이상은 없느냐?"

"별다른 이상은 없습니다."

"그렇군……."

쇼겐이 손에 들고 있던 화살을 들어 보이며 말했다.

"저녁 무렵, 히라이 산의 적진에서 이 화살에 서신을 묶어 쏘았다. 이 서신에 따르면 하시바의 책사인 구로다 간베 요시타카가 오늘 밤 나와 면담을 하기 위해 이곳으로 온다고 하였다."

"예? 간베가 온다고 하셨습니까? 그는 옛 주인을 배신하고 오다 진영으로 도망쳐 주고쿠 무사의 체면을 더럽힌 자가 아닙니까. 어디 오기만 하면 때려죽이겠습니다."

"아니다. 히데요시의 사자로 사전에 연락하고 오는 사람을 죽일 수는 없다. 사자를 죽이지 않는 것은 병가의 약속이다.”

“다른 자라면 몰라도 간베는 그 육신을 질근질근 씹어 먹어도 속이 풀리지 않을 것입니다.”

“적에게 우리의 속내를 들켜서는 안 된다. 웃으면서 맞이하라. 웃으면서.”

쇼겐이 그렇게 병사들을 달래고 있을 때, 문득 멀리서 거문고를 켜는 듯한 소리가 아련히 들려왔다. 미기 성은 일순 정적에 휩싸였다. 먹물처럼 새카만 밤의 어둠 속에는 사람들의 숨소리조차 들리지 않았고, 하늘에는 바람에 날리는 불길한 낙엽 소리가 떠돌아다니고 있었다.

“아, 거문고 소리다!”

병사 한 명이 돌연 눈을 들어 하늘을 바라보며 신음하듯 뇌까렸다. 물끄러미 서 있던 다른 병사도 그 말에 이끌리듯 중얼거렸다.

“거문고 소리가 들린다!”

“거문고 소리다!”

그들은 흡사 사무치게 그리운 사람이라도 만난 듯 눈을 가늘게 뜨고 귀를 기울이며 거문고 소리를 듣고 있었다. 그곳뿐 아니라 필시 망루 위나 무사 대기소, 방루 여기저기에서도 똑같은 생각에 휩싸여 있을 터였다.

삼 년 동안 아침저녁으로 총소리와 고함과 절규 소리만 들으며, 가족과 멀리 떨어져 성안에서 굶주림에 고통을 받아도 굴하거나 물러서지 않고 싸우던 성안 병사들의 귀에 문득 들려온 거문고 소리는 그들의 마음을 흔들어놓기에 충분했다.

고향은 오늘 밤 죽을 목숨인 줄 모르고 나를 기다리는구나.

성의 군사들은 겐코元弘[135]의 충신인 기쿠치 다케도키菊池武時가 적장인 쇼니 오오토모少弐大友 군사에 포위당하자 고향의 아내를 생각하며 지은 노래를 아들인 다케시게武重에게 맡기고 내보냈다는 일화를 떠올리며 입으로 되뇌고 있었다.

멀리 떨어져 있는 노모를 생각하거나 소식이 끊긴 아들과 형제를 떠올리는 병사도 있을 터였다. 아무도 돌볼 사람이 없는 신세인 병사들도 거문고 소리에 마음이 흔들려 아무 이유 없이 눈물을 흘렸다.

고토 쇼겐 역시 그런 병사들과 같은 마음이었지만, 문득 주위 병사들의 얼굴을 바라보고 정신을 차린 듯 마음을 다잡았다. 그리고 성문의 병사들을 향해 짐짓 쾌활한 목소리로 말했다.

"적진에서 거문고 소리가 들린다고? 바보 같은 소리. 그건 거문고 소리가 아니라 적들이 오랜 싸움에 지쳐 마을에서 노래를 부르는 여자를 불러 희롱하고 있는 것일 게다. 우리 군사들은 그런 것에 마음이 동하고 흐트러질 만큼 나약하지 않다."

쇼겐은 그렇게 고무하면서 이내 정신을 차린 군사들에게 다시 말을 이었다.

"모두 한 치의 소홀함 없이 각자 맡은 위치를 굳게 지키도록 하라. 이 성채는 홍수의 탁류를 막고 있는 제방과 같다. 제방이 아무리 길고 튼튼하더라도 어디 한곳에 금이 가면 모두 무너지고 말 것이다. 모두 죽을 각오로 한 발도 물러서지 마라. 어느 한곳이 무너져 미기 성이 함락되었다고 하면 너희의 선조는 땅속에서 통곡할 것이고, 너희의 자손은 온 나라의 웃음거리가 될 것이다. 알았느냐! 모두 정신을 바짝 차리고 굳게 지키도록 하라."

쇼겐이 그렇게 군사들을 독려하고 있을 때였다. 성 밑 언덕 아래에

---

135 가마쿠라 말기인 1331년부터 1333년까지의 연호. 그 당시 천황은 고다이고後醍醐다.

서 두세 명의 병사가 달려 올라오더니 지금 막 구로다 간베가 가마를 타고 산 아래 책문에 왔다고 보고했다.

간베는 가마를 타고 기다리고 있었는데 가마는 나무와 짚과 대나무로 만들어서 가벼워 보였다. 지붕 덮개도 없고 양쪽의 팔걸이도 낮았으며 겨우 몸을 지탱할 정도로 가죽 끈을 십자 모양으로 묶어 가마 위에 앉아 대검을 휘둘러 적과 싸울 수 있도록 한 구조였다. 그래서 멜대가 앞뒤에 따로 달려 있었고, 병졸 네 명이 앞뒤로 각각 떨어져서 가마를 메고 적진을 누비며 마음껏 싸울 수 있었다.

하지만 간베는 오늘 밤 평화의 사자로 왔기 때문에 갑옷 안에 황색 옷을 받쳐 입고 갑주를 차고 하얀 비단 진바오리를 걸치고 가마 위에 책상다리를 하고 앉아 있었다. 간베는 몸집이 오 척 정도로 작았고 체중도 다른 사람보다 가벼웠기 때문에 사졸들도 그다지 힘이 들지 않았고 간베 자신도 불편함을 느끼지 않았다. 이윽고 성채의 문 안에서 발소리가 들렸다. 병사 몇 명이 언덕 위에서 달려 내려온 듯했다.

"사자를 들여보내라!"

눈앞의 책문이 활짝 열렸다. 어둠 속에서 북적거리는 병사들의 그림자로 보아 백 명이 넘을 듯했다. 병사들의 그림자가 일렁거릴 때마다 번뜩이는 창끝이 눈에 어른거렸다.

"수고했네. 내가 절름발이인 탓에 가마를 탄 채 지나가야 하니 무례를 용서하라."

간베는 그렇게 말하고 함께 온 마쓰치요 나가마사(쇼주마루)를 돌아보며 명령했다.

"마쓰치요, 앞장서거라."

"옛!"

마쓰치요는 부친의 가마 앞으로 가서 창이 번뜩이는 적병들 속을 향해 곧바로 걸어갔다. 네 명의 사졸이 가마를 메고 그 뒤를 따라 책문 안으로 들어갔다.

아버지와 아버지

적들은 의외로 사자로 온 간베에게 호의를 느꼈다. 전쟁의 승패와는 별개로 무사로서의 진정성을 느꼈기 때문인 듯했다. 하지만 그것만으로 성문을 열고 항복하라는 간베의 제안을 받아들일 리가 없었다. 간베는 등불도 없는 성안의 한 방에서 고토 쇼겐과 반 각 정도 회견을 가졌다.

"그럼 대답을 기다리겠습니다."

간베가 그렇게 말하고 자리에서 일어섰다.

"주군인 나가하루 님을 비롯해 제장들과 상의한 후 답을 하겠소이다."

쇼겐도 그렇게 말하며 일어섰다. 그날 밤의 교섭은 그렇게 성립될 것처럼 보였지만 그 뒤 오 일이 지나고 칠 일이 지나도 성에서는 아무런 연락이 없었다.

그렇게 12월도 지나고 결국 서로 대치한 채 정월을 맞이했다. 히라이 산의 진영에서는 떡도 빚고 술도 조금씩 나눠 마셨지만 성 쪽 병사들은 어떻게 연명하고 있는지 알 수가 없었다.

간베가 사자로 간 11월 말부터 12월에 걸쳐 미기 성은 실로 적막할 만큼 숨을 죽이고 있었다. 이미 적들에게는 아군에게 쏠 철포의 총알조차 없다는 사실을 간파하고 있던 히데요시는 성안 병사들이 얼마 버티지 못할 것이라고 판단하고 불필요한 공격을 자제하고 있었다.

단순히 인내력 싸움이라면 결코 지금의 상황이 곤란하거나 역경이라고 할 수 없었지만, 이번 싸움은 히데요시만의 싸움이 아니었다. 이번 싸움에서 히데요시는 노부나가의 패권에 대항하는 서남북의 연환계를 돌파하려는 노부나가의 수족에 불과했던 것이다. 그래서 노부나가는 싸움이 장기전으로 흐르자 초조한 마음이 들었고, 또 평소에 히데요시를 달갑지 않게 여기고 있던 주위 사람들도 '지쿠젠은 처음부터 그런 대임을 맡기엔 역부족'이라거나 '이대로 그에게 맡길 수만은 없다'며 비방하고 나섰다. 그 증거로 '히데요시는 토착민들의 환심을 사기에 여념이 없어서 군자금을 함부로 낭비하고 있다'거나 '진중의 장병들에게 반감을 살 것을 두려워해서 금주령도 엄격히 지키지 않고 있다'는 등 그에 대한 중상모략이 횡행하고 있었다.

하지만 히데요시는 그런 것들을 전혀 개의치 않았다. 그 역시 사람이어서 감정이 있는 이상 신경이 쓰였을 테지만 '그런 세세하고 사사로운 일들은 조사하면 언제든 명백하게 규명될 일'이라며 안중에 두지 않았다.

단지 그가 가장 걱정하고 있는 것은 이러고 있는 동안 서쪽의 강대국인 모리가 전열을 정비한 뒤 오사카 본원사 세력을 비롯해 멀리 동쪽의 호조와 다케다와 긴밀히 협력하고, 북쪽 단바의 하타노 일족을 통해 각지의 제후들을 끌어들여 철벽과 같은 반노부나가 연합을 한층 공고하게 만드는 것이었다.

그것이 얼마나 위험하고 심각한 위협인지는 현재 중앙군이 아라키 무라시게 일족의 이타미 성조차 함락시키지 못하고 있는 것만 봐도 잘 알 수 있었다. 무라시게 일족이나 이곳의 벳쇼 일족이 끝까지 버티면서 저항하는 연유도 '곧 모리 군이 도우러 와서 노부나가를 칠 것'이라고 믿고 있기 때문이었다.

거기에 정면의 적보다 상대하기 거북한 것은 음지의 적이었다. 이시야마 본원사와 서쪽의 모리가 노부나가의 최대의 적인 것만은 분명했지만, 바로 눈앞에서 죽을힘을 다해 노부나가의 이상을 물고 늘어지는 이타미의 아라키 무라시게와 미기 성의 벳쇼 나가하루 등은 음지의 적이라고 할 수 있었다.

"흉금을 터놓고 이야기하면 알 수 있을 것을 적이 아닌 적과 이렇듯 사투를 벌이며 긴 시간을 허비하고 있다니."

그날 밤도 히데요시는 화톳불을 피워놓고 한밤의 추위를 견디고 있었다. 그러다 문득 뒤를 돌아보았다. 시종들 중에서도 나이가 어리고 몸집이 작은 아이들이 1월의 엄동설한에 반라의 모습으로 화톳불에 모여 뭔가 이상한 것이라도 있는지 소란을 떨고 있었다.

"사기치, 마쓰치요. 너희는 아까부터 대체 뭐가 그리 신이 나서 떠들고 있는 것이냐?"

히데요시가 부러운 듯 묻자 근래에 시종 조직에 들어온 구로다 마쓰치요가 황망히 갑주를 다시 차며 말했다.

"아무것도 아닙니다."

그러자 이시다 사기치가 말했다.

"주군, 마쓰치요 님은 불결하다고 여겨 말씀드리지 않았습니다만 이상하게 여기실지 모르니 제가 말씀드리겠습니다."

"그래, 뭐가 불결하다는 것이냐?"

"모두 함께 이를 잡고 있었습니다."

"이를?"

"예, 처음에는 스케사쿠 님이 제 옷깃에 기어 다니는 걸 발견하고, 그다음에 도라노스케 님이 센고쿠仙石 님의 소매에서 발견해 모두가 놀리고 있었는데, 이렇게 화톳불을 쬐고 있다 보니 다른 사람들의 갑옷 밖으로 이가 스멀스멀 기어 나왔습니다. 그러자 모두 갑자기 가려워져서 '적들을 모두 섬멸하자, 에이 산 때처럼 화공으로 공격하자'며 이를 잡고 있었던 것입니다."

"하하하, 그랬느냐! 이렇듯 싸움이 길어지니 이들도 지쳤나 보구나."

"하지만 미기 성과 달리 이들에게는 먹을 것이 풍부하니 화공을 쓰지 않으면 섬멸할 수 없습니다."

"그 이야기는 그만하자. 나도 가려워지는 듯하구나."

"주군께서도 십여 일, 목욕을 하지 않으셨으니 분명 이가 구름처럼 몰려 있을지 모릅니다."

"사기치, 그 얘기는 그만."

히데요시가 일부러 시동들에게 몸을 흔들어 보이자 시동들은 자신의 몸에만 이가 있는 것이 아니라는 사실을 알고 크게 기뻐하며 춤을 추며 화톳불 주위를 빙글빙글 돌았다. 그때 진막 밖에서 병사 한 명이 안을 들여다보며 물었다.

"구로다 마쓰치요 님이 이곳에 계십니까?"

"예, 여기 있습니다."

마쓰치요가 대답하고 일어서서 나가 보니 병사는 부친의 부하였다.

"아버님께서 저쪽 가옥에서 별일 없으면 잠깐 들르라고 하십니다."

마쓰치요는 히데요시에게 가서 허락을 구했다.

"다녀와도 되겠는지요?"

평소에 드문 일이라 히데요시는 무슨 일인가 궁금해했다. 그리고 고개를 끄덕이며 말했다.

"다녀오너라."

마쓰치요는 부친의 부하를 따라 달려갔다. 진막마다 불을 피우고 있었고 모든 부대는 활기에 차 있었다. 떡과 술도 이젠 다 떨어졌지만 정월 기분만큼은 아직 남아 있었다. 그날 저녁은 1월 15일이었다.

간베는 진막 안에 없었다. 추운 날씨인데도 진막에서 한참 떨어진 산등성이 한쪽에 의자를 놓고 앉아 있었다. 일대를 조망하는 데 방해가 되는 것이 하나도 없다 보니 매서운 한풍이 몰아쳐 뼛속까지 얼 정도였다. 그런데도 간베는 마치 나무로 조각한 무사상처럼 꼼짝도 하지 않고 드넓은 어둠을 바라보고 있었다.

"아버님, 마쓰치요입니다."

마쓰치요가 곁으로 다가가 무릎을 꿇자 비로소 간베가 몸을 조금 움직였다.

"주군의 허락을 받고 왔느냐?"

"예, 말씀드리고 왔습니다."

"잠시, 나 대신 이 의자에 앉아 있도록 해라."

"예."

"눈을 똑똑히 뜨고 이곳에서 정면에 보이는 미기 성을 보아라. 별빛도 흐리고 성 쪽에는 한 점 불빛도 없어 잘 보이지 않겠지만 유심히 바라보면 희미하게 보일 것이다. 성의 그림자가, 적의 기척이……."

"부르신 연유는 그뿐인지요?"

"그렇다."

간베는 의자를 내주며 다시 말을 이었다.

"요 삼 일 동안, 내가 본 바로는 성안의 움직임이 느껴졌다. 반년이 넘게 보이지 않던 연기도 피어오르고 있다. 유일하게 조망을 가리고 있던 성을 둘러싼 나무들도 모조리 베어서 땔감으로 쓰고 있는 흔적도 보인다. 깊은 밤, 이곳에서 눈과 귀를 집중해 들어보면 통곡하는 것 같기도 하고 웃는 것 같기도 한, 잘 분간이 되지 않는 사람의 목소리도 들리는 듯하다. 정월 15일을 넘기면서부터 저들 내부에서 여느 때와는 다른 움직임이 일어나고 있는 것만은 사실이다."

"그렇습니까."

"하나 그것은 어떤 형태로 나타나고 있지는 않다. 자칫 함부로 입에 담아 아군에게 불필요한 긴장감을 유발시키거나 혹여 그것이 잘못 본 것이라면 돌이킬 수 없는 결과를 초래할 수 있다. 또 적에게 허점을 제공할 수도 있다. 단지 나는 그것을 느끼고 있기 때문에 이렇듯 그젯밤과 어젯밤에도 의자에 앉아 성을 바라보고 있었다. 눈으로 보지 말고 마음의 눈으로 보아야 할 것이다."

"어려운 일인 듯싶습니다."

"그렇다. 어렵다. 하나 쉬운 일이기도 하다. 망상에 사로잡히지 않고 마음만 맑게 유지한다면 될 것이다. 그래서 다른 사졸들에게는 맡길 수가 없어 잠시 동안이지만 네게 맡기려 하는 것이다."

"알겠습니다."

"졸지 말도록 해라. 바람이 매섭지만 익숙해지면 자신도 모르게 졸릴 것이다."

"염려 마십시오."

"그리고 만일, 성에서 조금이라도 불기운이 보이면 즉시 다른 자에게 확인하도록 해라. 또 성안의 병사가 성 밖으로 나오는 모습을 확인하면 거기에 있는 봉화통에 불을 붙이고 즉시 주군이 계시는 곳으로 달려가거라."

"알겠습니다."

마쓰치요는 땅에 꽂혀 있는 눈앞의 봉화통을 힐끗 바라보며 고개를 끄덕였다. 간베는 마쓰치요에게 한 번도 힘들지 않느냐고 물어본 적이 없었다. 하지만 마쓰치요는 무슨 일이건 기회가 있을 때마다 부친이 이렇듯 병법을 가르쳐주고 있다는 것을 잘 알고 있었다. 그리고 부친의 그런 엄격함 속에서도 남모를 온정을 느끼며 행복한 사람이라고 생각하고 있었다.

간베는 지팡이를 짚고 진막 쪽으로 걸어가고 있었다. 혼자서 묵묵히 산을 내려가는 모습을 보고 당황한 종자가 어디를 가느냐고 묻자 간베는 산기슭까지 간다고 대답했다.

"가마는 필요 없다."

간베는 손을 저으며 그렇게 말하고 능숙하게 지팡이에 의지해서 가볍게 뛰듯 산길을 내려가기 시작했다. 그러자 미리 명을 받았는지 모리 타헤이와 구리야마 젠스케가 간베의 뒤를 따라 달려 내려갔다.

"주군, 주군."

간베는 지팡이를 멈추고 산허리에서 뒤를 돌아보았다.

"오, 자네들이군."

"이리 빠르게 가실 줄 몰라 놀랐습니다. 불편한 다리로 다치기라도 하면 어쩌려고 그러십니까?"

"하하하, 다리를 저는 것도 이젠 많이 익숙해졌네. 오히려 조심해서 걸으면 넘어지기 쉽다. 근래에는 감각과 요령으로 걷고 있는데 보기에 어떠한가?"

"전투 중에는 어떠신지요?"

"전투 중에는 가마가 낫네. 접전이 벌어지면 칼을 양손으로 쓸 수 있고 적의 창을 빼앗아 찌를 수도 있는데, 다만 진퇴만은 마음대로 되지 않네."

"그러시리라 헤아리고 있었습니다."

"하나 역시 가마가 가장 낫네. 가마 위에서 물밀듯 들이닥치는 적군을 바라보면 온몸에서 투지가 피어오르고, 그렇게 고함치는 내 목소리에 적군이 물러설 것처럼 생각되기도 하네."

"아, 위험합니다. 이 부근의 비탈길과 산그늘은 눈이 있어서 미끄러질 수도 있습니다."

"아래는 계류가 아닌가?"

"제가 업어드리도록 하겠습니다."

모리 타헤이가 등을 보이자 간베는 그의 등에 업혀 계류를 건넜다. 어디로 가는지 두 사람은 묻지 않았다. 방금 전, 산기슭의 목책에서 무사 한 명이 전령으로 와서 간베의 손에 서찰 한 통을 전하는 것을 보았지만, 그것만으로 무슨 일인지 짐작할 수 없었다. 단지 간베는 마쓰치요를 부를 때, 다른 부대에 있던 타헤이와 젠스케를 데리고 함께 산기슭으로 오라고 명했을 뿐, 그 연유는 말하지 않았다.

"주군……."

한참을 걸은 뒤, 구리야마 젠스케가 간베에게 물었다.

"오늘 밤, 산기슭에 있는 부장에게 부르신다는 말씀을 듣고 왔습니다만?"

그러자 간베가 껄껄 웃으며 말했다.

"자네는 어디 술이라도 마시러 간다고 생각했는가? 언제까지 정월 기분에 취해 있을 수는 없는 법. 지쿠젠 님의 다도회도 끝이 났고……."

"하면 어디로?"

"목적지 말인가?"

"그렇습니다."

"미기 강의 목책이네."

"옛? 강가의 목책 말씀입니까? 그 부근은 위험합니다."

“당연히 위험할 것이네. 하나 적들에게도 위험한 곳이네. 서로의 진지가 인접한 곳이니 말이네.”

“그렇다면 군사들을 더…….”

“아니네. 적도 많은 수를 데리고 오지 않을 것이네. 종자 한 명에 시동 한 명 정도일 것이네.”

“시동?”

“그렇다네.”

“이해가 가지 않습니다.”

“잠자코 따라오게. 알려줘도 무방하겠지만 지금은 비밀로 하는 편이 좋을 터. 지쿠젠 님께도 성을 함락시킨 뒤 알려드릴 생각이네.”

“성이 함락되겠는지요?”

“그럼 자넨 함락되지 않는다고 생각하는가?”

“그것이 아니라 가까운 시일 안에 함락되겠는가 여쭙는 것입니다.”

“앞으로 삼 일도 걸리지 않을 걸세. 잘하면 당장 내일이라도.”

“예? 정말입니까?”

두 사람은 간베의 얼굴을 응시했다. 간베의 얼굴이 물빛을 받아 희미하게 일렁이고 있었다. 바람에 처연하게 흔들리는 마른 갈대와 물소리가 귓가에 들려왔다. 그 순간 모리 타헤이와 구리야마 젠스케는 그 자리에 우뚝 멈춰 섰다. 강가에 있는 갈대밭 속에서 적인 듯 보이는 사람의 그림자가 보였기 때문이다.

“저기, 누군가…….”

적장인 듯했다. 종자 한 명에게 아이를 안게 하고 그 외 다른 무사들은 한 명도 데리고 오지 않은 듯했다. 그는 적대시하는 기색을 보이지 않고 이쪽에서 다가오기만을 기다리며 서 있었다.

“자네들은 여기서 잠시 기다리고 있게.”

간베의 말에 두 사람은 이것이 모두 주인의 의도임을 깨달았다.

"조심하십시오."

두 사람은 그렇게 대답하고 앞서서 걸어가는 간베의 모습을 지켜보았다. 간베가 다가가자 갈대 속에 서 있던 적장도 얼마간 앞으로 걸어나왔다. 두 사람은 서로를 확인하자 십년지기라도 되는 듯 친근하게 인사를 나누었다.

이런 곳에서 은밀히 적과 만나는 것이 발각되면 그 즉시 적과 내통하고 있다는 의심을 받을 것이 분명했지만, 두 사람은 전혀 개의치 않는 듯 세상 이야기를 나누었다. 그리고 이야기 말미에 미기 성의 가노인 고토 쇼겐 모토구니가 이렇게 말했다.

"저기 등에 업혀 있는 아이가 염치없이 서면으로 부탁드린 제 아들입니다. 내일이라도 성과 함께 목숨을 다할 몸이지만 자식을 걱정하는 부모의 마음은 어찌할 수 없어 이렇게. 아직 철이 없어 아무것도 모르는 아이입니다."

작년 늦가을 무렵, 히데요시의 사자로 항복을 권하러 간 간베를 정중하게 맞아 면담했던 쇼겐이었다.

"오, 데려오셨습니까? 어디 얼굴을 보고 싶군요. 거기 그 아이를 이리 데려오너라."

간베가 그렇게 말하자 쇼겐의 뒤에 있던 종자가 조심조심 앞으로 나와 등에 업고 온 어린아이를 내려놓았다.

"몇 살이냐?"

"여덟 살입니다."

평소에 보모 역할을 맡았던 사람인지 그는 아이를 등에 업고 묶었던 끈으로 눈물을 닦으며 그렇게 말하고 뒤로 물러섰다.

"이름이 무엇이냐?"

이번에는 부친인 쇼겐이 대답했다.

"이와노스케嚴之助라고 합니다. 모친도 이미 죽고, 나도 살 날이 얼마 남지 않았으니, 간베 님, 부디 잘 부탁드리겠습니다."

"너무 걱정하지 마십시오. 저 역시 아이의 아버지이니 쇼겐 님의 심정을 잘 알 수 있습니다. 반드시 제가 잘 보살펴 후일 어른이 되어 고토 가의 가명을 잇도록 하겠습니다."

"그 말씀을 들으니 내일 날이 밝아도 이젠 아무 근심 없이 죽을 수 있을 듯합니다. 이와노스케."

쇼겐은 무릎을 꿇은 뒤 어린아이를 품에 안고 타일렀다.

"이 아비가 하는 말을 잘 들어라. 너도 이젠 여덟 살이니, 무사의 자식은 어떤 때라도 눈물을 흘려서는 안 된다. 아직 관례를 올리려면 멀었고 평소라면 어머니의 사랑을 받으며 아버지 곁에 있고 싶을 나이이나, 지금 세상은 싸움이 끊이지 않는 난세다. 하여 부모와 헤어지는 것은 어쩔 수 없는 일이며 또 주인과 함께 죽는 것은 너 하나만의 불행이라고 할 수 없다. 너는 아직 이렇듯 아비의 곁에 있으니 행복한 아이인 것을 천지신명께 감사해야 할 것이다. 알았느냐? 그리고 오늘 밤부터는 저기 계시는 구로다 간베 요시타카 님을 주인이자 부모라고 생각하고 잘 섬겨야 할 것이다. 알았느냐, 알아들었느냐!"

쇼겐이 머리를 쓰다듬으며 타이르자 이와노스케는 아무 말 없이 눈물을 뚝뚝 흘리다 몇 번 고개를 끄덕였다.

어느덧 미기 성의 운명도 눈앞에 닥쳐와 있었다. 성안의 수천 군사와 성주인 벳쇼 나가하루는 죽음을 맹세하고 장렬하게 싸울 각오를 하고 있었다. 가노인 고토 쇼겐 역시 그런 마음에는 한 치의 흔들림이 없었다. 하지만 그에게는 어린 아들인 이와노스케가 있었다. 그 철없는 아이까지 죽게 만들 수는 없었다. 또 무문의 본분을 다하게 하기에 이와노스케는 아직 너무 어렸다. 그래서 쇼겐은 비록 적이지만 신의가 있는 인물로 생각한 간베 요시타카에게 편지를 보내 아이를 부탁한다는 청을 넣었다.

쇼겐은 간베의 답신을 받고 종자에게 이와노스케를 업혀서 데려온 것이었다. 아무리 죽음을 각오한 몸이지만 아이를 타이르면서 이것이 마지막이라는 생각이 들자 눈물이 솟구칠 수밖에 없었다. 쇼겐은 그런 자신의 마음을 힐책하듯 이와노스케를 떼어놓으며 말했다.

"이와노스케, 너도 잘 부탁드린다는 말씀을 올리도록 해라."

쇼겐이 무릎을 세우고는 일부러 간베가 있는 쪽으로 이와노스케의 등을 밀었다.

"반드시 제가 잘 돌볼 터이니 걱정하지 마십시오."

간베는 이와노스케의 손을 잡고 약속한 뒤 모리 타헤이를 불러 명을 내렸다.

"진지까지 업고 가도록 해라."

타헤이가 이와노스케를 업고 젠스케가 옆에 붙어서 함께 따라갔다.

"……그럼."

"그럼 이만."

쇼겐은 그렇게 말한 뒤에도 돌아서지를 못했다. 간베 역시 마음을 다잡고 빨리 돌아가는 것이 좋다고 생각하면서도 발길을 돌리지 못하고 같은 말만 되풀이하고 있었다. 그러자 쇼겐이 말했다.

"간베 님, 내일은 싸움터에서 뵙도록 하겠습니다. 그때에는 서로 오늘 밤의 정에 이끌려 전력을 다하지 않는다면 후대에 오명을 남기게 될 것이고, 자칫하면 그대의 목을 벨지도 모르니 부디 그러한 일이 없도록 전력을 다하길 바랍니다."

쇼겐이 웃으면서 한 마디를 덧붙였다.

"그럼 안녕히."

쇼겐은 말을 마친 뒤 걸음을 재촉해서 성 쪽으로 뚜벅뚜벅 걸어갔다. 서둘러 히라이 산으로 돌아온 간베는 이와노스케를 데리고 히데요시 앞에 나갔다.

"좋은 공덕功德이니 잘 키우도록 하시오. 아주 총명해 보이는 아이구려."

아이를 좋아하는 히데요시는 유심히 이와노스케의 얼굴을 바라보다 곁으로 불러 머리를 쓰다듬었다. 이번 정월에 여덟 살이 된 이와노스케는 모르는 사람들만 있는 본진 안에서 그저 눈을 동그랗게 뜨고 여기저기 살피고 있었다. 후일, 구로다 가의 유수한 무사 중에서도 진정한 구로다 무사라는 말을 들었던 고토 마타베 모토쓰구後藤又兵衛基次가 바로 천애고아가 된 이와노스케였다.

덴쇼 8년(1580년) 정월 17일, 마침내 미기 성의 함락을 고하는 날이 다가왔다. 성주인 벳쇼 나가하루는 동생인 도모유키友行와 일족인 하루타다治忠와 함께 할복하면서 가신인 우노우에몬宇野卯右衛門을 사신으로 보내 히데요시에게 항복한다는 서신을 전했다.

"항전 삼 년, 무문으로서의 본분은 다했습니다. 충용한 수천의 부하와 가련한 일족을 모두 죽음으로 내모는 것은 너무 가혹한 듯하여 이렇듯 엎드려 관대함을 청하는 바이니, 귀공의 뜻을 알고 싶습니다."

히데요시는 당연히 벳쇼 나가하루의 청을 받아들였고 마침내 미기 성은 히데요시의 수중에 들어갔다.

히메지姬路 성 입성

항복 사절인 우노우에몬이 나가하루 이하 세 명의 목을 바치고 미기 성에 있는 수천 명의 목숨을 청한 날, 히데요시 쪽에서는 아사노 야헤浅野弥兵衛가 그들을 맞이했다. 수급 검사도 끝나고 성문을 열고 항복의 절차도 모두 무사히 끝나자 히데요시는 전군에게 명을 내렸다.

"성안의 사람들을 정중하게 대하라. 먼저 큰 솥에 죽을 끓여서 굶주린 사람들에게 나눠주도록 하고, 병자들에게는 약을 주고 부상을 당한 자들은 치료해주도록 하라."

성문을 연 날은 죽을 쑤고 치료를 하느라 날이 저물었고, 양쪽 사람들 모두 서로에게 호의를 품게 되었다.

"히데나가."

히데요시는 의제義弟인 하시바 히데나가羽柴秀長를 불러 이렇게 말했다.

"이후 미기 성은 자네가 지키도록 하라. 힘겹게 얻은 성이니 성심을 다해 지키도록 하라."

"예."

히데나가는 막중한 책임감을 느낀 듯 머리를 숙였다. 히데나가는 훗날의 야마토다이나곤大和大納言 히데나가로 불렸다. 부친은 다르지만 히데요시와 같은 오와리 나카무라의 초가집에서 태어나 같은 어머니 손에 크며 가난과 고난을 함께한 가족이었다. 그리고 지금은 형인 히데요시의 조력으로 어엿한 부장이 되어 스노마타와 나가하마 이래로 늘 히데요시와 함께하고 있었다.

그때 히데요시가 미기 성을 동생에게 맡기고 떠난 것은 그의 의지 때문이 아닌 간베 요시타카의 제언 때문이었다. 히데요시는 자신이 미기 성에 들어갈 생각이었지만 간베가 만류하며 역설했다.

"그것은 득책이 아닙니다. 하리마 일원을 제압하려면 응당 히메지姬路에 임해야 합니다."

지형적으로는 요충지에 있는 미기 성이 훨씬 유리했지만 정치와 교통에 있어서는 히메지가 단연 유리했다. 또 주고쿠 공략과 시고쿠 평정 등 장래의 대계를 생각하면 히메지 성에 거점을 두는 것이 두말할 것도 없이 유리했다.

"하지만……."

히데요시가 조심스레 말했다.

"히메지 성은 이전부터 그대 일족의 거성이 아니오? 그런데 내가 입성하면……."

"저희에게 따로 성을 내리지 않아도 괜찮습니다."

"흐음, 그럼 그리하도록 하겠소."

"자랑은 아닙니다만 히메지 성은 남쪽으로 시카마飾磨 항구를 품고 있어 배편이 편리하고, 다카사고高砂와 야시마屋島 등지로의 왕래도 좋고, 이치市 강과 가고加古 강과 이호伊保 강 등의 하천을 끼고 있으며, 쇼샤書寫 산과 마스이增位 산 등의 험지를 등에 지고 주고쿠의 요지에 자리하여 중앙으로 나가는 데도 편리합니다. 그러하니 대사를 이루는 데 히메지를 능가할 만한 곳은 없습니다."

그래서 히데요시는 곧장 히메지로 들어갔던 것이다. 구로다 부자의 주인이었고 일단 오다 쪽에 가담했다가 중간에 배신한 고차쿠의 오데라 마사모토는 미기 성이 함락됐다는 소식을 듣자마자 싸우지도 않고 성을 버린 채 빈고備後 방면으로 도망치고 말았다. 세상 사람들은 그런 마사모토를 비웃었지만 간베는 몇 번이고 통탄하며 주가의 비참한 말로를 슬퍼했다.

후일의 일이지만, 덴쇼 10년에 간베는 마사모토가 여기저기를 떠돌다 빈고의 도모鞆에서 죽자 노부나가에게 사죄하고 히데요시에게 애원해서 마사모토의 아들 우지모토氏職를 구로다 가의 빈객으로 맞았다. 그는 그만큼 옛 주인의 은혜를 잊지 않았다. 그 사실만으로도 간베가 얼마나 주가의 말로를 슬퍼했는지 알 수 있다.

히메지 성은 주고쿠 단다이探題의 거성으로 실로 최고의 거점이었다. 히데요시는 이곳에 들어오자 즉시 일족인 아사노 야헤에게 성을 새롭게 개축할 것을 명했다.

"지금의 성곽도 좋으나 모두 지난 양식이다. 이 성을 지을 때는 한 지방의 방루로서 지었을 테지만 지금은 시대가 변했고 목적도 다르다. 노부나가 공의 도남서패圖南西覇의 거점으로서 내가 그 선구를 맡고 있는 것이다. 그러니 더 웅대하고 진중한 풍모를 갖추지 않으면 안 된다."

히데요시의 건축은 실생활 중심의 건축과는 전혀 달랐다. 이른바 건설이라고 할 수 있었다. 구태를 파괴하는 노부나가 옆에서 그는 새로운 것을 세워나갔다. 노부나가의 성격은 파괴할 때 잘 나타났다면 히데요시의 특성은 건설할 때 잘 나타났다.

"이렇게 큰 공사를 하면 노부나가 공이 의심하지 않겠는지요?"

노부나가의 일면을 잘 알고 있던 간베가 걱정했지만 히데요시는 웃으며 말했다.

"이 성에 내 어머님과 처자식을 맞아들이지만 않으면 괜찮을 것이오. 내 어머님과 아내는 나가하마에 있지 않소이까."

"그렇군요."

간베도 수긍했다.

"그리고 요시타카, 그대는 오데라 마사모토가 버리고 도망친 고차쿠 성에 들어가 살도록 하시오."

"과분한 말씀입니다."

"그리 말하면 오히려 내가 면목이 없소. 고차쿠 성에 사는 건 쉬운 일이 아닐 것이오. 지금도 모리 쪽에 속한 아가英賀 성에 미기 미치아키三木通秋와 야마사키山崎 성의 우노 스케기宇野祐清요, 쵸즈朝水 산의 성에 우노 마사요리宇野政賴 등이 버티고 있으니 말이오."

"그것은 걱정할 필요가 없습니다. 그 정도의 작은 성과 산성은 시간을 내서 하나씩 제압할 수 있습니다."

"나도 그리 생각해서 그대에게 고차쿠로 가라고 하는 것이니 부탁하오. 그리고 오카야마岡山의 우기타 나오이에宇喜多直家와 연합해 고지마児島 지방의 요새를 튼튼히 해서 먼저 모리 대군을 그곳에 붙잡아두도록 하시오. 나는 다지마와 하리마 일대를 일소한 뒤 그다음 계책으로 넘어가 합류하도록 하겠소."

이 약속은 6월부터 7월에 걸쳐 실현되었다. 7월 20일, 점령지의 내정과 성곽의 대공사, 군의 재정비 등이 끝난 뒤 고차쿠에 있는 간베 휘하의 군사를 포함한 전군이 이나바띠幡와 호키伯耆로 들어갔다.

이 두 나라에 있던 지방의 군웅들은 서쪽의 모리와 동쪽의 오다를 비교하며 아침에는 화친을 청하고 밤에는 배신을 하는 성가신 존재였다. 하지만 히데요시의 깃발을 눈앞에서 목격하자 모두 다 히데요시 앞으로 와서 항복을 약속했다.

그렇게 주고쿠 공략의 패업은 비로소 서광이 비추기 시작했다. 한때는 전도가 암담했지만 미기 성 함락 이후, 히데요시 군은 급속도로 기세를 떨치며 다지마, 하리마, 이나바, 호키의 네 개 나라를 자신들의 세력 아래 두게 되었다.

"아아, 한베가 하다못해 반년만 더 살아 있었더라면 좋았을 것을."

히데요시는 지금의 상황을 지하에 있는 한베에게 보여주고 싶다는 생각이 들 때마다 노부나가에게 서신을 보내 '초지일관 신의를 다한 간베 요시타카야말로 오늘의 일등 공신'이라며 간베에게 반슈에 있는 일만 석의 영지와 은전을 내려줄 것을 청했다.

간베는 그때 처음으로 다이묘의 반열에 오르게 되었다. 또 그때까지는 옛 주인인 오데라 가에게 받은 오데라 성을 가지고 있었지만 그때부터 옛 성을 버리고 구로다라는 성으로 다시 돌아갔다.

후일의 구로다 죠스이黑田如水, 즉 간베 요시타카는 자타가 공인하는 어엿한 무장이 되었다. 뜻하지 않게 한쪽 다리는 불구가 됐지만 그것은 아무 문제가 되지 않았다. 그 뒤에도 간베는 군명을 받아 고차쿠 성에서 야마사키 성으로 성지를 옮기게 됐다.

간베는 거듭되는 경사를 가문의 무사들과 함께 나누기 위해, 또 수많은 전쟁터에서 제 몸을 아끼지 않고 신명을 다한다는 상징으로 내걸었던 군기軍旗를 위해 하루 동안 큰 연회를 열었다. 온 마을이 일손을 놓고 쉬었고 성안의 무사들은 부레이코無礼講[136]를 열어 마치 정월 초하루처럼 대낮부터 술에 취해 얼굴이 새빨개졌다.

"저길 봐라. 오늘부터 하사받은 우리의 군기를."

---

136 신분이나 지휘 여하를 막론하고 다 함께 마음을 터놓고 즐기는 주연.

"가문의 문장도 정해졌구나."

사람들은 신기한 눈으로 성두를 올려다보았다.

그때까지의 깃발은 구로다 가의 가문으로 정해진 것이 없어서 불호佛號나 별자리 이름, 간지干支 등을 사용하고 있었는데, 간베는 더 이상 그런 주술적인 의미를 쓸 수 없다며 목욕재계를 하고 소샤惣社 신사의 신 앞에서 새로운 깃발을 늘어놓은 뒤 제주를 올리고 칠 일간 기원을 드리며 깃발을 점지받았다.

그것은 실로 커다란 깃발이었다. 폭은 명주비단으로 세 폭, 길이는 일 장丈 세 척, 상하 일 척 오 촌 정도는 검게 물들였고, 상부의 검은색 안에는 영락전永樂錢137 문양이 있었다. 또 그 간두竿頭에는 '마네키'라고 부르는 한 폭 세 척 정도의 오색 천을 무지개처럼 매달아놓았다.

깃발에 어울리게 우마지루시도 웅대했다. 가신 중 한 명이 너무 지나친 것이 아닌가 하고 간베에게 말하자 '지쿠젠 님은 저리 호기롭고 웅대한 것을 좋아한다'며 받아들이지 않았다. 또 종래의 영락전 문양 외에 등꽃을 소용돌이 모양으로 만든 문양을 가문으로 덧붙였다. 이것도 간베의 생각이었는데 가신들이 왜 등꽃 소용돌이 문양을 골랐는지 묻자 간베는 이렇게 대답했다.

"일찍이 내가 이타미 성의 옥중에 잡혀 있을 때, 옥사 창에 등꽃이 피어 있었네. 이 등꽃이 만개했을 무렵, 나는 더 이상 목숨을 부지할 수 없을 것이라고 생각하며 아침저녁으로 각오하고 있었네. 그런데 뜻밖에 그대들의 충의와 지쿠젠 님과 다케나카 한베 님의 온정으로 다시 태양을 볼 수 있는 몸이 되었네. 비록 이렇듯 한쪽 다리가 불구가 되었어도 세월이 흘러 언젠가 그날의 고통과 은혜를 잊고 마음이 방만해지는 것을 스스로 경계하기 위한 것이네. 하여 일부러 가문에 등꽃을 고

____
137 명나라에서 주조한 청동으로 만든 동전.

른 것이고, 옷소매에 문양을 보면 이타미 성의 옥중을 떠올리도록 한 것이네. 내 생애뿐 아니라 자자손손까지 잊지 않도록 말이네."

그날 히데요시는 일부러 야마사키까지 와서 자리를 함께했다. 그리고 깃발과 우마지루시를 보며 대단히 기뻐했다.

"간베 그대처럼 참으로 호방하오."

간베가 오래된 한 통의 편지를 꺼내 보이며 말했다.

"이것을 주군 앞에서 불태울까 합니다."

"그것이 무엇이오?"

히데요시가 의아하게 여기며 살펴보자 그것은 히데요시가 직접 써서 간베에게 준 편지였다. 주고쿠로 출정할 때, 히데요시는 '그대를 형제처럼 생각할 것이며 절대로 소홀하게 대하지 않을 것'이라고 써서 간베에게 건넸다.

"이것을 계속 가지고 있으면 오히려 좋지 않을 듯합니다. 군신 간에는 엄격함만 있으면 족합니다."

간베는 그렇게 말하며 히데요시 앞에서 편지를 불태워버렸다.

● 1570년 가네가사키 전투

아사쿠라(朝倉氏)를 정벌하기 위해 출병한 오다 노부나가(織田信長)는 가네가사키 성에 머물던 중에 아자이 나가마사(浅井長政)의 배반 소식을 듣고 퇴각을 결정했는데, 적의 추격을 저지할 임무를 맡을 부대를 정할 때 히데요시(羽柴秀吉)가 자청하여 임무를 맡아 가네가사키 성에서 의병전술을 써 적을 수일 동안 속인 뒤 철수하면서 적의 추격을 수차례 요격한 전투이다.

● 이이 나오마사 *井伊直政*·1561-1602

도쿠가와 사천왕 중 1人. 고마키 나가쿠테 전투 당시 붉은 갑옷의 특수부대인 이이 적비(井伊赤備)를 조직하여 여러 전쟁에서 주력으로 활약했다. 흔히 에도 막부의 창업 공신이자 도쿠가와 사천왕이라는 이름 때문에 이에야스의 고참 가신이라는 인상이 있지만, 도쿠가와 가신단 중 가장 늦게 합류한 신진 가신이다.

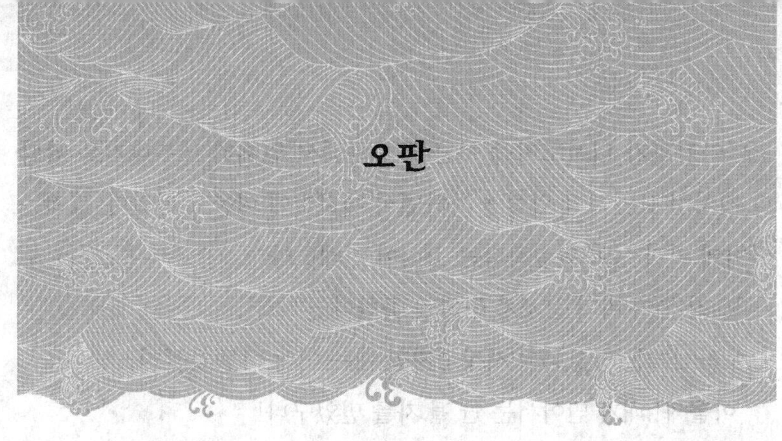

오판

주고쿠를 공략하는 도중 시대의 향방을 예단한 아라키 세쓰노카미 무라시게가 돌연 주장인 히데요시와 맹주인 노부나가를 배신하고 미기 성을 근거로 반기를 든 것은 '미기 성은 함락당하지 않을 것'이라고 판단했기 때문이다.

또 그는 곧 모리의 수군이 해로를 통해 동진할 것이고, 깃카와吉川와 고바야카와小早川의 정예군이 히데요시를 격파한 뒤 반슈를 제패하고 호족들을 규합해서 노도처럼 중앙을 공략할 것이라고 굳게 믿었다. 그와 동시에 본원사도 떨쳐 일어날 것이고 동쪽에서는 단바의 하타노波多野를 비롯해 에치젠의 잔당이 합세해 노부나가를 에워싸고 일제히 공격해 섬멸할 것이라는 공상에 빠져 있었다. 하지만 그것은 결코 공상에 지나지만은 않았다. 사전에 모리 가로부터 '반드시 수륙 양쪽에서 공격하며 올라가겠다'는 서약서도 받았고 세세한 동맹 조약 문서도 나누었기 때문이다.

그런데 재작년 6월, 반기를 들고 성에 틀어박힌 이래로 가을이 돼도 모리는 오지 않았다. 겨울이 되고 해가 바뀌어도 형세는 달라지지 않았다. 거기에 일 년을 버티고 올해는 반드시 모리 데루모토와 깃카와,

고바야카와가 니시노미야 부근에 상륙해서 일제히 노부나가를 압박할 것처럼 보였지만 위협만 가하면서 제자리에 머물고 있었다. 그러는 사이에 미기 성이 위험하다는 소식이 전해졌다.

"모리 군이 미기 성조차 구하지 못한다면?"

무라시게는 당황하기 시작했지만 때는 이미 너무 늦었다.

"아뿔싸! 내가 믿어서는 안 될 자를 믿었구나!"

무라시게는 발만 동동 구르며 자신의 망상과 어리석음을 책망할 수밖에 없었다. 돌이켜보면 좌우의 날개로 믿고 있었던 나카가와 세베와 다카야마 우곤도 이미 적의 항복 권유에 넘어가서 이타미 성은 지금 완전히 고립된 상태였다. 모든 수단을 동원해서 모리에게 원군을 재촉했지만 8월에 가겠다'거나 9월에는 사정이 있으니 10월에는 원군을 보내겠다'며 미루기만 해서 무라시게도 이제는 단념하고 있었다.

주인을 향한 아라키의 활고자, 쏘려 해도 쏠 수 없는 아리오카(有岡, 이타미) 성.

적병들부터 세상 사람들까지 그러한 노래를 지어 부르고 있었다. 당연히 무리시게를 따라 지금까지 버텨온 성안 병사들의 사기는 완전히 땅에 떨어져버렸다.

9월 중순 무렵이었다. 보병 대장인 나카니시 신하치로中西新八郎와 와타나베 간다유渡辺勘太夫를 비롯한 많은 사람이 무리시게를 버리고 성을 도망쳐서 노부나가에게 항복을 청했지만 노부나가는 그들을 한 명도 받아들이지 않고 모두 처벌했다.

"한 번 무사도를 저버린 자들을 거두어봤자 아무 도움도 되지 않으니 모두 베어버려라!"

무라시게는 매일 탈영하는 부하들을 원망할 수 없었다. 신념을 잃어버린 집단은 아무런 힘도 없었고 급속하게 와해되어갈 뿐이었다.

부하들의 탈주가 끊이지 않는 9월 중순 어느 날 밤, 주장인 아라키 무라시게는 일족에게도 알리지 않고 근신 대여섯 명만을 데리고 돌연 성을 빠져나와 아마가사키尼ヶ崎 방면으로 도망쳤다.

"대체 무슨 짓이란 말인가!"

뒤에 남은 사람들이 분개한 것은 말할 필요도 없었다. 모두 발을 구르며 무라시게의 비열함을 욕했다. 모리 군이 도우러 올 것이라는 주인 무라시게의 말을 믿고 함께 성에서 싸웠던 사람들은 그 주인에게 배신을 당한 것이었다.

"이렇게 된 이상……."

노신인 아라키 규자에몬荒木久左衛門을 비롯한 장수들은 성문을 열고 자신들의 처자식을 인질로 바치며 오다 노부즈미織田信澄에게 항복을 청했다.

"저희가 무라시게를 만나 결판낸 뒤, 아마가사키와 하나구마花隈 두 성을 바칠 터이니 부디 목숨만을 살려주시길 청합니다. 만일 무라시게가 받아들이지 않는 경우에는 저희가 오다 군에 앞서 일치단결하여 무라시게를 쳐서 두 성을 빼앗아 노부나가 공에게 바치겠습니다."

한편 무라시게는 자신의 목숨에만 집착해서 외성에 숨어 무조건적인 항복에는 동의하지 않고 있었다. 그러자 이타미 성에도 돌아가지 않고 그렇다고 아마가사키 성을 빼앗을 방법도 없었던 규자에몬을 비롯한 일족은 마침내 비열한 본성을 드러내고 제각기 도망치고 말았다. 오다 노부나가의 일군은 그 틈을 놓치지 않고 이타미 성에 들어가서 성을 점령했다.

노부나가는 격노했다. 적국의 붕괴는 아군에게 승리를 가져다주었지만 그것을 기뻐하기 전에 무문의 본분을 망각한 너무나 비열하고 추한 적들의 행태에 분노가 폭발하고 말았다.

"무문에 몸담으면서 위험이 닥치자 처자식과 형제자매를 인질로 내보내고 자신의 안위만을 돌보기 위해 도망치다니…… 그 추악한 자들을 한 놈도 살려두지 마라. 그 처자식과 권속, 모두 본보기로 처벌하라."

노부나가의 분노는 무사도를 위한 공분에서 나온 것이었다. 하지만 그 가혹한 처벌이 적들뿐 아니라 그들의 처자식과 권속까지 이르자 모두 얼굴을 가리고 말았다. 그때 노부나가는 사로잡은 적국의 처녀 백이십 명과 하녀 삼백팔십 명을 모두 한곳에 모아놓고 창과 칼과 철포 등으로 죽여버렸다. 당시 슬퍼하며 울부짖는 소리가 천지에 메아리치는 것을 눈으로 보고 귀로 들은 사람들은 오랫동안 그날을 잊을 수 없었다.

처형은 한층 더 가혹했다. 그들을 섬기고 있던 시녀와 젊은 무사 등의 백수십 명은 주위에 건초를 높게 쌓은 빈집에 갇혀 일각도 되지 않는 시간에 모두 불에 타 죽고 말았다. 또 어린아이들과 유모를 일고여덟 명씩 태우고 교토 시내를 끌고 다니다 이윽고 로쿠조六條 강가에서 목을 쳤다.

그 와중에도 당시 세상 사람들이 동정의 눈물을 흘리고 칭찬한 사람이 있었는데, 바로 아라키 규자에몬의 열네 살 된 아들과 불과 여덟 살밖에 되지 않은 이타미 안다유伊丹安太夫의 아들이었다. 두 아이는 처형장에 끌려와서도 조금도 굴하지 않았다.

"내가 죽을 자리가 여기인가?"

두 아이는 그렇게 말하고 강가에 놓인 멍석에 앉더니 손을 합장하고 떳떳이 죽음을 맞았다.

"참으로 의젓하구나."

"가여운 것들."

"부모들이 어떤 표정을 짓고 있을지 보고 싶구나."

세상 사람들은 이 모든 것이 아라키 무라시게 한 사람의 모반 때문이라며 그의 죄를 힐책하면서 인질들을 버리고 도망친 부모들을 욕했다. 하지만 아라키 무라시게와 그들의 부모는 미워해도 아무 죄가 없는 어린아이와 여자들까지 가혹하게 처형하는 것은 지나친 처사가 아닌가 하며 노부나가를 좋게 생각하지 않았다.

"무서운 분이다."

사람들은 그렇게 생각할 뿐 노부나가가 무문의 절의를 올바로 세우기 위해 내린 대승적인 결단을 헤아리지 못했다.

"그분에게 반기를 드는 사람은 모두 저런 신세가 된다. 우대신 님이 일부러 본보기를 보이기 위해 저리하는 것이다."

노부나가를 우호적으로 해석하는 사람들마저 그렇게 생각했다. 그리고 모두들 이 일을 하루빨리 기억에서 지워버리려고 노력했다.

한편 이타미 성을 비롯해 하나구마나 아마가사키의 외성을 버리고 곳곳으로 도망친 남자들은 당연히 발견되는 즉시 죽임을 당했다. 그들 중에는 중이 되면 살 수 있지 않을까 싶어 갑주와 칼을 버리고 절로 숨어들어 머리를 깎고 염주와 법의로 갈아입어 목숨을 부지하려고 한 사람들도 있었다. 하지만 모두 처벌하라는 노부나가의 엄명에 오다 군은 그들을 산문에서 끌어내서 베어버렸다.

그때에도 이번 참극을 일으킨 장본인인 아라키 무라시게가 포위망을 피해 재빨리 도망치자 세상 사람들은 이를 갈며 분개했다. 소문에 따르면 하나구마에서 효고의 해변으로 나가 배를 타고 빈고의 오노미치尾道로 도망쳤다고 하는데 그 뒤로 행방이 묘연했다.

오다의 수군

이번 아라키 무라시게와의 싸움에서 오다 쪽에서 눈에 띄는 활약을 펼친 부대가 있었는데 바로 구기 요시타카九鬼嘉隆가 이끄는 수군이었다.

세쓰의 하나구마 성이 함락되는 날, 그들은 해상에서 안개를 헤치고 나타나 수십 척의 전선을 강가에 댄 뒤 거룻배에서 내렸다. 그리고 즉시 하구에서 거슬러 올라가 곳곳에 부대를 상륙시켰다. 그런 다음 하나구마에서 도망쳐오는 적들의 목을 모조리 베서 노부나가에게 바쳤다.

"수군은 해상에서만 쓸모가 있다고 생각했는데 이번에 상황에 맞게 육상에서 큰 활약을 펼쳤다."

노부나가는 한층 수군의 정비에 전력을 다하라며 구기 요시타카에게 칠천 석의 봉록을 내렸다.

오다 군의 수군은 생긴 지 삼 년 정도밖에 되지 않았고 대단히 유치한 수준이었다. 하지만 그 짧은 시간 동안 수군을 양성한 것치고는 눈부신 발전을 이뤘다고 할 수 있었다. 최근까지도 노부나가조차 군사라고 하면 공성과 야전만 생각했지 해상의 군비까지 고려하지 않았다.

노부나가에게 그런 통념을 깨고 수군의 필요성을 통렬하게 깨닫게 해준 것은 바로 서쪽의 강대국인 모리였다.

오사카의 이시야마 본원사의 강력한 전투력은 노부나가가 아무리 기나이畿內의 육지에서 포위하고 교통로를 차단해도 쇠퇴하는 기미가 보이지 않았다. 그 지구력과 저항력은 오히려 날이 갈수록 더욱 강력해졌다. 그래서 그 원인을 조사했더니 무기와 탄약은 물론 수많은 병량을 상선으로 위장한 모리 쪽의 병선이 해상을 통해 아지安治 강 하구에서 오사카 시내로 운송하고 있다는 사실을 알게 됐다.

"해상을 차단하지 않으면 승산이 없다."

노부나가는 육상의 장비와 훈련도 받지 않은 어선 등을 모아 오사카의 하구에서 모리의 수군을 저지했다. 그것이 삼 년 전, 덴쇼 4년 무렵이었다. 하지만 오다 군은 참패를 당하고 말았다.

그 뒤 노부나가는 수전에서는 자신이 모리의 적수가 되지 못한다는 것을 뼈저리게 통감했다. 그리고 은밀히 수군을 창설하기 위해 고심했지만 쉬운 일이 아니었다.

조조가 위나라의 정예병을 이끌고 적벽대전에서 완패를 당한 것도 당초 그의 군사들 대부분은 북쪽의 야전에서 활약하던 이들이었는 데 반해 강남의 오나라의 병사들은 대하에 익숙하고 남해의 강물에 단련되어 있었기 때문이다.

아즈치에 철벽과 같은 성을 지은 노부나가가 그 세력과 부를 가지고 병선을 만드는 일은 크게 어려운 일이 아니었다. 또 이미 비와 호를 왕래하는 거대한 선박을 갖추고 있었다. 하지만 그가 어려움을 겪고 있는 것은 배의 크기나 수 때문이 아니었다. 기동력의 핵심과도 같은 사람이었다. 시바타, 사쿠마, 다키가와를 위시한 하시바 지쿠젠 같은 이들은 적임자가 아니었다. 서해의 거대한 번인 모리와는 애초부터 질적으로 차이가 있었다.

그런 와중에 마침 노부나가에게 접근해온 인물이 있었다. 군살도 없고 기골이 장대하고 피부가 검게 탄 구기 요시타카라고 하는 사내였다. 이른바 바닷바람에 단련된 피부와 숭어처럼 펄떡이는 눈매가 인상적인 사내였다.

"제게 맡겨주신다면 반드시 몇 년 안에 모리에게 뒤지지 않는 수군을 만들어 보이도록 하겠습니다."

구기 요시타카는 확신에 찬 말투로 말했다. 요시타카는 이세 출생이고 그의 아들 중 한 명은 도바鳥羽의 성주인 하라 겐모쓰原監物의 사위였기 때문에 노부나가도 크게 예우하며 그의 말에 큰 관심을 가졌다. 게다가 요시타카는 호남이었고 해상에 관한 지식도 풍부했다.

'큰 도움이 될 사내다.'

노부나가는 속으로 그렇게 생각했다. 노부나가에게 수군의 창설을 위임받은 구기 요시타카는 도바와 구마노熊野 등지에 있는 배를 만드는 장인이나 오랜 세월 수상에서 지낸 뱃사람 등을 규합했다. 그리고 큰 배 일곱 척을 만들어 사카이 항구로 보냈다.

그의 임무는 서쪽에서 운반되어 오는 군수품을 실은 배를 오사카의 하구에서 봉쇄하는 것이었다. 당연히 모리 쪽에서도 홀연 사카이 항구에 나타난 선단을 탐지하고 있었다. 하지만 그들은 하루아침에 만들어진 오다의 수군을 얕잡아보고 여느 때와 같이 병량과 무기를 가득 실은 뒤 구기의 수군 앞을 유유히 지나갔다.

요시타카는 때를 가늠하고 있었다. 그리고 그해 7월, 열풍이 부는 밤에 모리 쪽 대선단이 오사카 항에 들어간 것을 끝까지 지켜본 뒤 공격을 감행했다. 당시의 기록을 보면 '구기 요시타카는 아홉 척의 큰 배에 무수한 작은 배를 거느리고 산처럼 장식하고 적선을 가까이 끌어들여 순식간에 대철포를 퍼부었다'라고 적혀 있을 정도였다. 여기서 '산처럼 장식'했다는 말은 선교와 선수에 깃발이나 창과 갈퀴를 달았다는 것으로 보인다.

그날 밤 풍랑이 높았기 때문에 정박 중이던 모리 쪽 배들은 모두 서로 밧줄로 연결되어 있었고 해저 깊이 닻을 내리고 있었다. 배 한 척에서 불길이 일었다. 모리 쪽 수군이 깜짝 놀라 대응하려고 했을 때에는 이미 불길이 다른 배들로 번지고 있었다. 적에게만 시선을 빼앗기고 있던 모리 군은 밧줄을 끊고 불이 붙은 아군의 배를 먼저 피해야 한다는 사실을 잊고 있었다.

"됐다. 철수하라!"

구기 요시타카는 불에 타는 몇 척의 적선들에 활과 소총을 퍼붓고 재빨리 단노와淡輪 방면으로 도망쳤다. 모리 쪽 수군은 격분했다.

"모리 수군의 명예를 걸고서라도 이세와 구마노의 어부 놈들을 섬멸하라."

모리의 수군은 남은 전선과 전투선을 규합해 선단을 꾸려 단노와 방면으로 쫓아갔다. 정찰선을 보내 적선들의 행방을 찾는 중에 날이 샜고, 아침 안개 사이로 양쪽에서 활과 소총을 쏘아대며 전투가 벌어졌다. 그런데 예기치 못한 방향에서 안개를 뚫고 또 다른 선단이 모리의 수군을 향해 공격을 가해왔다. 대장선인 듯한 한 척에는 다키가와 사곤 쇼겐의 깃발이 펄럭이고 있었다. 매복하고 있었던 것이다.

구기 요시타카가 타고 있는 큰 배에는 구마노 곤겐熊野權現의 큰 깃발과 히노마루日之丸가 펄럭이고 있었다. 니혼마루日本丸라고 부르는 그 배는 동체가 일곱 간間, 세로가 수십 간에 이르렀다. 니혼마루는 거친 파도를 헤치며 고래처럼 맹활약을 펼쳤다. 적선에 다가가서는 횃불을 던지고 멀리 물러서면 대철포를 쏘아댔다.

7월의 태양이 해수면을 뜨겁게 달구듯 하늘 높이 솟았을 무렵, 단노와의 해상은 검은 연기로 가득 차 있었다. 모리 쪽 배는 거의 대부분 불에 타 물속으로 침몰했다. 풍랑이 심한 날이었기 때문에 불길이 높이 솟아 한층 더 비장해 보였다.

해전의 결과는 사카이와 오사카 사람들에게 큰 충격을 주었다. 노부나가의 위세를 알면서도 모리 쪽의 강대함과 부력을 훨씬 높게 평가하고 있었던 일반 사람들의 생각까지 뒤바꿔버린 것이다.

빈틈이 없는 노부나가는 자신에게도 이런 강한 수군이 있다는 사실을 과시하기 위해 호장하게 장식한 큰 전선들을 나란히 정박시켜놓고 날을 잡아 고노에近衛 공을 비롯한 공경들을 사카이로 초대해 연회를 열었다. 물론 백성들도 잊지 않았다.

귀천과 승속僧俗, 남녀노소를 가리지 않고 모두에게 배를 구경할 수 있도록 허용했다. 사카이는 며칠 동안 축제로 들썩였다.

단바丹波와 단고丹後

산인山陰[138]은 산요山陽[139]의 북부에 있었다. 그리고 이 두 지역을 합친 것이 주고쿠였다. 주고쿠 공략은 당연히 이 두 방면에 걸쳐 이루어질 수밖에 없었다.

히데요시가 산요에서 싸우고 있는 동안, 산인 방면의 사령관에 임명된 아케치 미쓰히데는 근래 몇 년 동안 부장인 호소카와 후지타카와 함께 단바와 단고의 성들을 하나씩 공략해서 함락시키며 공을 세우고 있었다.

이 지방의 맹주는 단연 하타노 히데하루波多野秀治 일족이었다. 이곳은 미쓰히데가 토벌에 나서기 전에는 하타노 일족의 야카미八上 성을 중심으로 오다 노부나가에게 반감을 표하고 있는 크고 작은 지방의 호족들이 각지에 산재한 사십여 개의 성과 삼십여 개의 요새에서 반기를 들고 있었다.

그런 적들을 근래 몇 년 동안 공략해서 삼분의 일까지 평정한 고레도 미쓰히데의 공은 산요의 히데요시의 무공과 비교해도 결코 손색이

---

138 주고쿠 지방의 일본해(우리나라의 동해)에 연한 지역.
139 주고쿠 지방의 세토나이카이瀬戸内海 연안 지역.

없었다. 거기다 노부나가의 미쓰히데에 대한 신뢰와 공로에 대한 평가도 결코 히데요시보다 못하지 않았다.

"지쿠젠과 휴가日向(미쓰히데)는 오다 군의 쌍벽이다. 두 사람 모두 뛰어나고 젊다. 둘의 활약을 지켜보는 일은 당대의 장관이라고 할 수 있다. 그들이 시대를 잘 타고났듯, 나 역시 그들과 같은 좋은 장수를 좌우에 둘 수 있어 참으로 다행이다."

어느 날, 노부나가는 노신들에게 그렇게 말했는데 그 말은 결코 정치적인 의도가 담긴 말이 아닌 그의 솔직한 심정이었다. 그 증거로 미쓰히데에게 고레도라는 성을 내리고 단바에 있는 가메야마龜山의 성에 육십만 석을 하사해서 일문의 권속까지 모두 그 은전을 받고 있었다. 지금의 아케치 휴가노카미 미쓰히데明智日向守光秀는 더 이상 예전의 영락해서 표박하던 시절의 쥬베 미쓰히데가 아니었다.

"주군의 깊은 은혜를 잊어서는 안 된다."

미쓰히데는 여섯 명의 자식들과 조카와 질녀 등의 일족에게 입버릇처럼 이야기했다. 그러한 마음가짐은 필연적으로 영지에 대한 내치나 법령에도 잘 나타나 있었다. 그는 노부나가의 이름에 누를 끼치지 않는 다이묘로서 영민들이 기꺼이 따르도록 선정을 펼치고 있었다.

성의 정원에 오늘도 도라지꽃[140]이 피었네.

영민들은 그렇게 노래를 부르며 새로운 영주의 온정과 그 가문을 축복했다. 명석한 미쓰히데가 펼치는 문화 진흥책과 새로운 정치는 이전의 지방 호족의 시정과는 비교가 되지 않았던 만큼 토착민들은 기뻐하며 미쓰히데를 따랐다. 또 그의 풍모를 흠모해서 싸우지 않고 그에

---

140 아케치 미쓰히데 가문의 문장이 도라지꽃이다.

게 투항하는 지방 호족도 적지 않았다.

올봄에는 사카이 마고자에몬酒井孫左衛門, 가지미 이와미加治見石見, 요모다 다지마노카미四方田但馬守, 하기노 히코베萩野彦兵衛, 나미가와 카몬노스케並河掃部助 등이 자신들의 성채를 버린 채 부하들을 이끌고 미쓰히데의 가신이 되었다.

하지만 가장 중요한 단바 제일의 적이 도사리고 있는 요새인 야가미 성만은 여전히 함락시키지 못하고 있었다. 호소카와 후지타카와 오다 노부즈미, 다키가와 가즈마스, 니와 고로자에몬 등의 장수가 미쓰히데를 도와 몇 년 동안 공략에 나섰지만 하타노 히데하루가 귀순했다가도 다시 반항하며 위세를 떨치고 있어서 도저히 성을 함락시키고 적대감을 뿌리 뽑을 수 없었다.

덴쇼 7년 5월, 히데요시는 노부나가에게 지금이 바로 야가미를 칠 기회라고 고하며 지금이라면 반슈 방면에 있는 자신의 군사를 이동시킬 수 있다고 말했다.

"일거에 야가미를 함락시켜라."

노부나가는 총공격의 명을 내렸다. 즉 미쓰히데의 본군은 야마시로山城 방면에서, 히데요시의 동생인 히데나가는 다지마 방면에서, 그리고 니와 고로자에몬의 군사는 세쓰구치, 이렇게 세 방면에서 앞다퉈 하타노 일족의 아성인 야가미 성으로 진격했다.

하시바 나가히데, 니와 고로자에몬이 이끄는 부대는 자신들이 맡은 지역에서 착실하게 전과를 올리며 적대적인 요새와 성지를 제압해 나갔다. 하지만 주력군인 미쓰히데의 부대는 얼마 나가지 못하고 답보 상태에 빠지고 말았다. 그의 앞에는 반드시 격파하지 않으면 안 되는 적의 아성인 야가미가 버티고 있었던 것이다.

"아케치 군의 명예를 걸고 성을 함락시켜라."

미쓰히데는 여느 때와 달리 격앙되어 있었다.

"어떤 희생을 치르더라도 성을 함락시켜라."

그는 적들이 숨을 쉴 틈도 없을 만큼 밤낮을 구별하지 않고 야습과 기습을 가하며 부하들을 맹렬히 독려했지만 야가미 성은 함락되지 않았다. 그러는 동안, 하시바 군과 니와 군이 혁혁한 전공을 올리고 있다는 소식이 들려왔다. 미쓰히데는 교착상태에 빠진 자신의 부대를 바라보며 스스로를 부끄럽게 여겼다. 다른 사람들보다 노부나가에게 각별한 총애를 받고 있다는 생각을 할수록 그의 초조함은 한층 더해갔다.

"지금과 같은 상태는 치욕과도 같다."

그는 유유자적 정치와 군사에 대한 경략을 펼치고 이념을 논할 때 세상에서 보기 드문 대기大器이자 뛰어난 인재였다. 하지만 그 이면에 숨겨져 있던 감정이 앞서면 흡사 다른 사람이 된 것처럼 사고가 흐트러졌다. 그의 명석한 두뇌는 눈앞의 사소한 일에 지나치게 사로잡혀 감정에 지배당하는 경우가 많았던 것이다.

미쓰히데는 평소에 다른 사람들이 자신의 내부에 그런 취약한 결점이 있다는 사실을 알아차릴 말이나 행동을 전혀 하지 않을 만큼 총명하고 신중했다. 일족의 근신에게조차 마찬가지였다. 하지만 스스로 그렇게 경계하고 있을 만큼 그의 마음속 고뇌는 몇 배나 클 것이 자명했다.

"안 됩니다. 어떤 작전을 써도 성안의 적들에게는 아무 소용이 없습니다. 지금은 그저 해자를 깊게 파고 목책을 세워 장기전을 준비하며 적이 지치는 것을 기다릴 수밖에 없을 듯합니다."

휘하의 책사와 부장 들은 모두 같은 생각이었다. 그 무렵, 미쓰히데의 병법과 계책은 이미 모두 소진된 듯 보였다. 게다가 그는 당장 내일이라도 야가미 성을 격파해야만 한다는 초조한 마음에 사로잡혀 있는 상태였다.

'노부나가 공도 한심한 자라고 생각하고 계실 것이다. 하시바나 니와 역시 내가 고전하는 모습을 보고 속으로 웃고 있을 것이다.'

미쓰히데는 홀로 마음을 졸이며 고뇌하고 있었다. 게다가 단바 지역은 자신이 사령관을 맡고 있는 지역이라 책임감도 강했고 고레도 휴가노카미라는 이름에 대한 자부심 때문이라도 결코 지금과 같은 교착상태가 계속되는 것을 보고만 있을 수 없었다.

"뭐라, 장기전을 준비할 수밖에 없다고? 아니다. 내게 이미 전부터 생각해놓은 계책이 있다. 아무것도 하지 않고 아군의 눈부신 전공을 그저 바라만 보고 있을 수만은 없다. ……사쿠자에몬!"

미쓰히데는 한쪽에 있는 부장들 중에서 한 사람의 이름을 부르며 명을 내렸다.

"일전에 자네가 본군에 데려온 대선원大善院의 화상을 이리 불러오라. 밤이어도 상관없으니 즉시 불러오라."

명을 받은 직속 부장인 신시 사쿠자에몬進士作左衛門은 즉시 말을 타고 다기多紀 군에 있는 대선원으로 향했다.

몇 달간 공성전이 이어지고 계절은 어느새 여름으로 접어들어 있었다. 땅거미가 내릴 무렵, 미쓰히데는 야가미 성을 눈앞에 두고 독충과 모기를 쫓기 위해 피운 화톳불 연기 속을 아무 말도 하지 않고 걷고 있었다. 대선원의 주지가 신시 사쿠자에몬과 함께 미쓰히데의 진문으로 온 것은 그로부터 얼마 되지 않은 때였다.

"밤중에 고생했소."

미쓰히데는 주지를 진막 안으로 맞이한 뒤 좌우의 사람들을 물렀다. 그리고 측근 두세 명과 주지와 함께 밀담을 나누었다. 야가미 성의 하타노 일족과 대선원과는 서로 연이 깊은 관계였다.

"그대의 노력 여하에 따라 도탄에 빠져 신음하는 영지의 백성들이 구원받고 성안 몇천의 목숨도 보존할 수 있을 것이오. 이것이야말로 승려인 그대에게 있어 당연한 사명이 아니겠소이까."

미쓰히데는 열심히 주지를 설득했다. 성안으로 들어가서 하타노 히데하루 형제를 설득하라고 명을 내리면서도 이치를 따져 거절할 수 없도록 명석한 논리로 설복시켰다.

대선원 쪽이 보기에는 야가미 성을 두고 싸우는 양쪽의 승부는 어느 쪽이 이기고 질지 모를 정도로 팽팽한 상태였다. 오히려 공격하는 쪽이 다소 지친 듯하고 지키는 쪽의 사기가 훨씬 높은 것처럼 보였다. 하지만 대선원의 주지는 어쩔 수 없이 승낙하고 말았다.

"일의 성패 여부는 하늘에 맡기고 최선을 다하도록 하겠습니다."

미쓰히데는 불안했다. 주지의 말에서 이미 실패할 것이라는 예감이 들었다.

"아무런 조건도 없이……."

주지의 얼굴에서 이번 교섭에 임하는 열의를 전혀 느낄 수가 없었다. 내심 공명심에 쫓기던 미쓰히데가 한 가지 구체적인 조건을 제시하자 주지는 초조해하는 미쓰히데를 가련하게 여기며 말했다.

"그렇다면 단순히 항복을 권하러 사자로 가는 것이 아니니 수장의 체면도 세워주고, 일을 도모하는 데에도 크게 도움이 될 듯합니다."

주지는 가능성이 있다는 말을 하고 물러갔다.

다음 날, 대선원에서는 혼모쿠本目의 서장원西藏院과 협의를 한 뒤 화친을 중재하기 위한 만전의 준비를 하고 있었다. 얼마 뒤, 미쓰히데의 본영에서 한 명의 늙은 여자를 서장원으로 보내왔다. 표면적으로는 미쓰히데의 어머니라고 했지만 사실은 그가 보살피고 있는 숙모라는 것을 가신들도 모두 알고 있었다.

서장원과 대선원 쪽에서도 그런 사실을 어렴풋하게 알고 있었지만 끝까지 미쓰히데의 어머니로 정중하게 대하며 야가미 성과 교섭하면서 하타노 히데하루에게 그녀를 인질로 보냈다. 당연히 대선원 주지도 그녀와 함께 사자로 가서 히데하루를 만났다.

"애초에 노부나가 공의 본의는 무로마치 이후의 난세를 하나로 통합하는 데 있지 절대로 각지의 가문과 영지를 혁파하고 토벌하는 데 있지 않습니다. 미쓰히데 님이 가장 강조하고 있는 점도 그것이어서, 혹여 성문을 열더라도 본래의 영지와 가문의 존속을 보장하겠다고 약조하셨습니다. 이렇듯 미쓰히데 님이 자신의 모친까지 이곳으로 보낸 성의를 감안해서라도 부디 깊고 현명하게 생각하시길 간절히 바랍니다."

그 말에 하타노 히데하루는 마음이 움직인 듯 말했다.

"대등한 위치에서 화친 회담을 하겠다면 모를까 항복하는 것은 싫소이다. 하나 일단 미쓰히데와 회담을 한 후에……."

마침내 하타노 히데하루는 미쓰히데와 허심탄회하게 이야기를 나누기로 하고, 날을 잡아 서장원에서 회담을 하기로 약조했다.

두 개의 문

"다시 한 번 생각하는 것이 어떠신지요. 지금이라도 거절하는 것이 좋을 듯합니다."

일부 부장들은 하타노 히데하루가 성을 나가는 것이 불안한 듯 간절히 말했다. 히데하루는 미쓰히데를 만나러 가기 위해 이미 의복을 다 갖추고 일행들과 성을 나설 참이었다. 히데하루는 이제 와서 그게 무슨 말이냐는 듯한 표정을 지었다.

"아무리 미쓰히데라고 해도 자신의 노모를 성에 인질로 보내놓고 나를 위해할 리가 없다. 안심하라."

히데하루는 웃으며 그렇게 말한 뒤 성을 나섰다. 화친을 위한 회견이었기 때문에 복장은 무장을 하지 않은 예복을 입는 것이 예의였다. 하지만 만일의 경우를 생각해 수행하는 이들은 모두 날래고 무예가 능한 사람들로 선별했다. 기마와 보병, 모두 합해 팔십여 명을 데리고 갔다.

행렬이 혼모쿠의 서장원에 도착하자 주지를 비롯한 승려들이 나와 그들을 맞이했다. 히데하루는 산문에 말을 매고 경내로 들어갔다. 아케치 미쓰히데 쪽은 이미 와 있었다. 대선원의 두 칸 방의 장지문을 떼어내 합친 서쪽 편에는 하타노 일행이, 동쪽 편에는 미쓰히데 일행이 마주 보고 앉았다. 어제까지 성벽과 해자를 사이에 두고 격전을 벌이던 적과 아군이 지금 문턱 하나를 사이에 두고 마주 앉은 것이다.

"……."

번뜩이는 눈과 시선이 서슴없이 서로의 얼굴을 응시하고 있었다. 이 순간에도 적과 아군이라는 의식은 감출 수 없는 듯 얼굴 근육과 어깻죽지에는 팽팽한 긴장감이 흐르고 있었다. 하지만 서장원과 대선원의 주지가 나서서 화친을 위한 회견의 자리가 마련된 것을 기뻐하며 이제까지의 싸움이 평화적으로 수습되고 하타노 가의 영지도 보존된다면 영민들이 얼마나 기뻐하겠는가 이야기하자 그제야 양쪽의 긴장이 다소 풀린 듯 친근한 분위기가 감돌기 시작했다.

"변변하게 차린 것도 없습니다만."

승려들이 주안상을 들고 들어왔다. 미쓰히데는 술상을 보며 친근하게 말했다.

"이렇게 문턱을 사이에 두고 있으면 언제까지나 대치하고 있는 듯한 형세여서 마음이 편치 않으니 한데 섞어 앉는 것이 어떻겠는지요? 한 명씩 말입니다."

하타노 히데하루는 미쓰히데보다 훨씬 호방하고 상대가 진심으로 대하면 자신이 입고 있는 옷까지 벗어줄 인물이었다.

"옳은 말씀이오."

히데하루는 미쓰히데의 말에 동의를 표하며 먼저 미쓰히데의 곁으로 가서 앉았다. 미쓰히데가 술잔을 권하면서 그동안의 농성에 대해 입이 닳도록 칭찬을 하자 히데하루가 웃으며 말했다.

"그렇습니까? 그리 애를 먹었습니까? 이거 면목이 없습니다. 고레도 미쓰히데 님의 군세를 그리 만들었다고 하니 그것참……."

히데하루는 술이 센 듯 술잔을 단숨에 들이켜고 미쓰히데에게 돌려

주먼서 다시 말을 이었다.

"공성의 성패는 눈 깜짝할 사이에 결정됩니다. 어느 시기가 지나도록 함락시키지 못하면 그 성은 함락되지 않는 것입니다. 성안의 사람들은 굶주림과 위험에 익숙해지기 때문이니 말입니다. 자랑인 듯하지만 이미 저희 야가미 성도 이렇듯 버텨왔으니 앞으로도 일 년이나 일 년 반은 너끈히 버틸 수 있을 거라 해도 좋을 것입니다. 하하하."

문득 미쓰히데가 자리를 둘러보았다. 성 쪽 사람들은 입이라도 맞춘 듯 아무도 젓가락을 들지 않고 술도 입에 대지 않고 있었다.

'아아, 과연 저런 마음가짐이라면……'

미쓰히데는 그 모습을 바라보며 속으로 감탄했다.

'모두가 평소의 굶주림을 참아왔던 만큼 그토록 먹고 싶었을 음식을 앞에 놓고도 저리 참고 있구나.'

성안에는 이미 이십 일 전부터 병량이 바닥났을 터였다. 이곳에 있는 사람들도 배불리 먹고 있을 리 없었다. 그런데도 그들은 진수성찬을 앞에 두고 아무렇지도 않은 표정으로 초연하게 앉아 있었다. 미쓰히데가 히데하루에게 말했다.

"가신 분들 모두 주군인 히데하루 님의 눈치를 보고 있는 듯한데 부디 히데하루 님께서 음식을 들라고 말씀해주시지요. 저희 쪽 사람들은 저렇듯 마음 내키는 대로 음식을 들고 있으니 말입니다."

"아, 신경 써주셔서 고맙습니다."

히데하루는 기뻐하며 부하들을 향해 말했다.

"자, 어서 마시도록 하라. 미쓰히데 님이 생각해서 그리 말씀하시는 것을 사절하는 것은 무례를 범하는 것과 같다. 술을 마시지 않는 자는 음식을 먹도록 하라."

성 쪽 사람들은 묵연히 머리를 조금 숙이더니 더없이 조심스럽게 젓가락을 들고 술잔을 들기 시작했다.

처음부터 오늘의 회견은 이른바 담판이 아니라 술자리에서 담소를 나누며 화친하고자 하는 마음이 생기면 화친을 맺고 아니라고 생각되면 그대로 헤어진다는 조건으로 모인 것이었다. 그래서인지 그 뒤 미쓰히데와 히데하루는 그 부분에 대해 이야기를 나누는 듯한 모습이었다. 호방한 무인 기질인 하타노 히데하루는 미쓰히데가 온화하면서도 교만하지 않은 태도로 자신을 대하자 완전히 감복한 듯했다.

"성안 사람들의 목숨과 앞날을 보살펴준다는 보증만 해주신다면, 저에 대한 처분은 미쓰히데 님에게 맡기겠습니다."

히데하루는 파격적이라고 할 수 있을 만큼 성문을 열겠다는 의사를 확실히 전했다.

"히데하루 님께서 그토록 저를 믿어주신다면 제 신명을 걸고 노부나가 공께 야가미 성의 영지 보존과 가신들의 안위를 고하도록 하겠습니다. 결코 히데하루 가의 명예를 손상시키는 일은 없을 것입니다."

미쓰히데는 진심을 담아 답했다. 술자리가 끝나고 다시 회담에 들어갔고 마침내 화친이 성사되었다.

"모든 일은 미쓰히데 님께 일임하도록 하겠습니다."

하타노 히데하루의 말에 미쓰히데가 의견을 물었다.

"지금의 휴전 상태를 길게 끌면 혹여 군사들 사이에 불필요한 다툼이 일어날 수도 있을 것입니다. 그러니 이곳에서 바로 저와 함께 아즈치로 가서서 노부나가 공을 직접 만나 뵙는 것이 어떻겠는지요?"

"그렇게 하시지요."

히데하루는 끝까지 호방하게 답을 했다. 이윽고 야가미 성에 소식이 전해졌고, 오다 군 쪽 진영에도 '화친 성립, 수일간 휴전'이라는 미쓰히데의 전령이 전해졌다.

그렇게 점심 무렵 시작된 회담은 반나절 만에 결착이 났다. 곧 저녁을 먹을 시간이었기 때문에 미쓰히데는 술과 안주를 가져오게 해서 만찬을 대접했다. 히데하루와 가신들도 이제는 완전히 마음을 열었는지 한결 편안한 모습이었다. 그리고 등불을 켤 무렵, 두 사람은 준비를 마치고 바로 아즈치로 출발하기로 했다.

히데하루는 마지막으로 방을 나와 서너 명의 측신의 호위를 받으며 사찰의 현관을 나섰는데, 그곳에서 안내를 하기 위해 기다리고 있던 미쓰히데 쪽 사람들이 말했다.

"타고 가실 말은 서문 입구에 준비해놓았습니다. 가신 분들도 이미 그곳에서 기다리고 있습니다."

"수고가 많소이다."

히데하루는 인사를 한 뒤 어둠이 내린 경내를 지나 서문 쪽으로 따라갔다. 그런데 밖에서 기다리고 있던 미쓰히데 쪽 무사들이 히데하루보다 먼저 도착한 하타노 가의 가신들을 향해 말했다.

"하타노 님이 타고 가실 말은 동문 밖에 준비해놓았으니 그쪽으로 가시지요."

그렇게 그들은 자신들의 주인이 곧 뒤따라올 것이라고 믿고 히데하루의 방향과 정반대 방향인 동문 쪽으로 갔다. 하지만 동문 밖으로 나선 순간, 기다리고 있어야 할 말과 종자 들의 모습이 보이지 않고 그저 괴괴한 어둠만이 기다리고 있을 뿐이었다. 그들은 문득 의심스런 마음이 들었다.

"말과 시종들은 어디에 있습니까?"

무리를 지어 서성이던 하타노 가의 가신들이 미쓰히데 쪽 사람들에게 물었다. 그런데 그 말이 채 끝나기도 전에 사방의 어둠 속에서 일제히 총소리와 화약 연기가 피어올랐다. 그곳에 있던 사오십 명의 사람

들은 서로 뒤엉키며 고꾸라졌고 어떤 이들은 뒤로 자빠지고 펄쩍 뛰어
오르며 고함을 쳤다.

"앗, 총을 쏘다니!"

"비, 비겁한!"

신음 소리와 절규 소리가 메아리쳤지만 그것도 순간에 지나지 않았
다. 간신히 총알을 피한 삼분의 일 정도 되는 사람들이 고함을 치며 미
쓰히데 쪽 무사들을 향해 칼을 빼들고 눈을 부라리며 돌진해 들어갔다.
하지만 그에 대비해서 두 번째 방비를 준비해놓았던 미쓰히데 쪽 무사
들은 즉시 나무 뒤편과 그늘에서 창 부대를 불러내서 포위를 했다.

"한 놈도 놓치지 마라!"

달빛 아래, 푸르스름하게 비치는 것은 모두 선혈이었다. 살아서 야
가미 성으로 돌아간 사람은 채 열 명도 되지 않았고, 시종들은 이미 모
두 날이 새기 전에 포로가 되어 있었다.

동문에서의 총소리는 당연히 초저녁 정적을 깨뜨리고 서문 쪽까지
들렸다. 히데하루와 근신 서너 명은 때마침 서문 밖으로 발을 내딛은
참이었다. 대범한 히데하루였지만 휴전 중의 총소리에 놀란 듯 낮은
돌계단 중간에 멈춰 섰다. 그리고 앞뒤를 둘러보며 외쳤다.

"미쓰히데 님! 고레도 님!"

그 순간에도 그는 미쓰히데가 보여준 호의나 온화한 태도, 그리고
굳게 맹세한 화친에 대해 일말의 의심을 하지 않았다.

"보이지 않으십니다."

"방금 전까지도 함께 왔었는데?"

히데하루는 내려가던 돌계단을 다시 되짚어 올라갔다. 그리고 자신
이 너무 앞서 왔나 싶어 서문에 얼굴을 들이밀고 경내를 살펴보았다.
캄캄한 문 옆에서 얼핏 물고기를 닮은 듯한 한 줄기 빛이 비쳤다 사라

졌다. 커다란 삼지창이었다. 히데하루가 무의식적으로 외쳤다.

"이놈!"

산문의 기둥이 쿵하고 울릴 만큼 커다랗고 무서운 목소리였다. 그와 동시에 그는 차고 있던 칼로 전광석화처럼 창대를 베어버렸다. 그의 눈에 비친 것은 그 창 하나뿐이었지만 사실은 뒤쪽에서도 또 하나의 창이 그의 몸을 겨누고 있었다.

히데하루는 칼로 앞에 있는 창을 벤 순간, 몸을 흡사 헤엄치듯 옆으로 허우적거렸다. 두 대의 창을 맞은 상처를 버틸 수가 없었던 것이다.

"으윽, 비겁한 놈!"

미쓰히데의 비겁한 술수를 욕하는 듯했다. 히데하루는 그렇게 신음을 내뱉으며 산문의 벽에 몸을 부딪힌 뒤 그대로 숨을 거두고 말았다.

히데하루의 근신 서너 명도 무사할 리가 없었다. 그들 역시 그물 안의 물고기 신세였다. 주위에 숨어 있던 갑주를 찬 수많은 무사가 곧바로 그들을 포위해서 어떻게 죽였는지 모를 정도로 신속하고 처참하게 숨통을 끊어놓았다. 야가미 성은 그렇게 함락되고 말았다. 수장도 없고 핵심 부장들도 모두 성 밖으로 나와 기습을 받고 죽은 이상, 아무리 용감무쌍한 군사라고 해도 버틸 재간이 없었다.

하나의 시련을 극복한 미쓰히데 군은 뒤를 이어 아카이赤井 일족의 우쓰宇津 성을 격파하고 진격해서 후쿠치야마福知山의 오니가鬼ヶ 성을 제압해 마침내 단바 전역을 평정했다. 그렇게 미쓰히데는 원군인 니와와 오다 노부즈미의 아군에 대해서도 일단 체면을 유지할 수 있었고, 아즈치에도 승전보를 전할 수 있었다. 하지만 미쓰히데가 이번 싸움에서의 승리를 진심으로 기뻐했는지는 알 수 없었다.

그 뒤 항복해온 야가미 성의 잔병들은 모두 미쓰히데에게 진심으로 굴복한 듯한 기색을 보였지만 미쓰히데에 대한 세상의 평판은 좋지 않왔다.

"아무리 공을 세우는 것이 중요하고 게다가 그것이 적장을 속이기 위한 계책인 만큼 얼마나 위험한 일인지 잘 알고 있음에도 노모를 성에 인질로 보내는 처사는 용서받을 수 없는 일이다."

미쓰히데와 같은 사람은 결코 자신의 노모를 그런 일에 이용할 리가 없었다. 실은 인질로 보낸 사람은 그의 숙모였다. 미쓰히데가 속으로 자위를 했을지 모르지만 그의 마음속에는 풀리지 않는 응어리가 남아 있음이 분명했다. 그는 아라키 무라시게처럼 신경이 둔한 사람이 아니었다. 오히려 남들보다 몇 배나 섬세하고 옳고 그름과 선악을 분명하게 구분할 줄 아는 인물이었다. 그런 만큼 씁쓸함을 지울 수가 없었다.

그 뒤 미쓰히데는 가메야마 영지를 다스리는 데 있어 명군이라거나 인군仁君이라고 존경받는 정치적인 수완과는 어울리지 않게 군사적인 면에서 초조함에 쫓기는 기색이 보이기 시작했고 부적절한 처신과 실수가 눈에 띄었다. 특히 미기 성과 여타 지역 공략을 완수한 히데요시의 활약과 비교하면 그것은 한층 더 도드라져 보였다.

본원사本願寺 몰락

노부나가는 다망했다. 특히 근래 삼 년 동안 더욱 그러했다. 그가 있는 곳은 정무의 중추가 되었고 그가 가는 곳은 군의 본영이 되었다. 그러는 동안에도 자신이 좋아하는 스모를 보거나 산요와 산인을 비롯한 다른 전쟁터에서 돌아오면 때때로 자신을 수행하는 부장들을 위로하며 성대한 주연을 열어 '인간 오십 년, 하천에 비하면 환몽과 같구나. 인간은 누구나 죽는다'며 노래를 부르고 춤을 추었고, 또 가신들의 중매까지 서기도 했다.

노부나가는 호소카와 후지타카가 단고의 잇시키 요시나오一色義直를 격파하고 다나베田邊 성을 헌상하자 후지타카에게 단고를 내렸다. 그 뒤 단고 일원의 땅은 후지타카의 영지였다. 그런 호소카와와 이웃한 단바의 아케치 미쓰히데는 친척 이상으로 서로 친밀함을 유지해오고 있었다. 두 사람은 노부나가를 섬기기 이전부터 교류하던 사이였다. 미쓰히데가 시류와 주인을 만나지 못해 에치젠의 아사쿠라 가의 객이 되어 찾아오는 사람도 없이 초라한 가옥과 적은 녹을 받고 있을 무렵, 처음으로 문을 두드리고 장래의 대계를 논한 사람이 호소카와 후지타카였다.

두 사람은 앞으로 노부나가가 천하의 패권을 잡을 것이라 내다보고 함께 에치젠을 탈출해서 기후 성으로 간 이래로 지금까지 그 뜻을 펼쳐왔던 것이다. 그래서 두 사람은 서로 만나기만 하면 생사고락을 함께한 지난날을 떠올리며 이야기를 나누었는데, 주위 사람들은 그런 그들의 모습을 부러운 시선으로 바라보았다. 노부나가가도 누대의 가신 이상으로 두 사람의 공을 인정하고 있었다. 특히 명문가인 호소카와 후지타카에게는 각별한 존경을 표하고 있었다.

"유사이幽齊의 아들인 요이치로 타다오키与一郎忠興는 몇 살이 되었소?"

어느 날, 노부나가가 갑자기 하야시 사도에게 물었다. 유사이란 호소카와 후지타카의 도호道號였다. 와카和歌나 다도 분야에서는 유사이가 노부나가보다 훨씬 정통했다. 노부나가는 친근함을 표하기 위해서인지 호소카와를 유사이라는 도호로 부르는 경우가 많았다.

"글쎄요."

사도가 손으로 이마를 짚으며 대답했다.

"기록원에 가서 조사해보겠습니다."

사도가 일어서자 노부나가가 제지하며 말했다.

"그럴 것까지는 없소."

노부나가는 혀를 차며 사도에게 '근래 들어 다소 노망기가 있는 것 같다'고 말했다.

"스무 살은 넘었을 듯한데."

"호소카와 님의 적자는 초전에서 공명을 크게 떨쳤으니 아마도 그럴 것입니다."

"미쓰히데에게 딸이 많다고 하던데."

"언젠가 일곱 명 중 다섯째까지 모두 여자아이라고 하며 푸념한 적이 있습니다.”

노부나가는 이야기를 나누는 동안 호소카와와 아케치의 가정사에 대해 한층 소상히 알게 되었다. 두 사람과 연고가 있는 다른 신하들에게도 많은 이야기를 듣고 있었던 것이다.

그해 9월, 양가 사이에 성대한 혼례가 열렸다. 중매를 선 사람은 바로 노부나가였다. 혼례식이 끝난 뒤, 신랑 신부가 노부나가에게 인사를 하기 위해 아즈치로 왔다. 천생연분이었다. 신랑은 요이치로 타다오키, 바로 후일의 호소카와 산사이細川三齊였다. 신부는 아케치 가의 셋째 딸로 꽃다운 열여섯이었는데, 후일 호소카와 가의 안방마님인 가라샤伽羅奢 부인이라고 하면 그녀의 얼굴도 본 적 없는 사람들까지 미인이라고 할 정도로 절세가인이었다.

노부나가는 안으로는 신하들의 사소한 일에도 마음을 쓰면서 밖으로는 대사들을 착착 진행시키는 것도 잊지 않았다. 지금 그가 최대의 과제로 생각하고 은밀히 도모하는 일은 본원사와의 정치적인 타협이었다. 그것을 성사시키는 데 있어 지금이 기회라고 판단한 것이었다.

노부나가가 악전고투하며 밤낮으로 고심하고 있던 것은 본원사 문도들의 움직임이었다. 표면적으로는 교단이라고 하는 더없이 소극적인 집단으로 보이지만 그들의 집요한 반항과 잠재력을 뿌리 뽑을 수가 없어 애를 먹어왔던 것이다. 그런 본원사를 일격에 말살하기 위해 오사카 출병을 단행해서 가와구치川口, 사쿠라노기시桜ノ岸에 위풍당당 진을 쳤지만, 오히려 그들의 결속과 항전 의식만 강화시켰을 뿐이었다. 그렇게 아무런 전과도 올리지 못하고 퇴각한 겐기元龜 원년(1570년) 이래 올해 덴쇼 8년까지 꼬박 십일 년이 흘렀다.

본원사 군과 오다 군이 전쟁을 벌인 지 십일 년째였던 것이다. 이 긴 세월 동안, 노부나가가 이 불가사의한 적에게 입은 유형무형의 손실을 생각하면 그것은 말로 표현할 수 없을 정도였다. 하지만 마침내 그 환부의 근원을 도려낼 때가 도래했다. 노부나가는 지금이야말로 결판을 낼 때라고 여기고 은밀히 행동에 나선 것이었다.

덴쇼 8년 2월, 교토를 나선 노부나가는 대규모 군사의 위세를 과시하며 야마사키, 고오리야마, 이타미 등지의 오사카 근교를 순유하고 있었다.

"매를 쫓는 것이다."

노부나가는 표면적으로는 매사냥을 구실로 내세웠지만, 명령만 내리면 그 즉시 이시야마 본원사를 중심으로 한 오사카 전역의 교단 마을들을 한순간에 재로 만들어버릴 정도의 포진과 병력, 명료한 의지를 그들에게 내보이고 있었다. 즉 그는 그들에게 '어떻게 할 것인가' 하는 의사를 묻고 있었던 것이다.

전국 각지에 걸쳐 있는 교단의 세력을 모아 나니와 언덕 위에 위풍당당한 법성을 과시하고 있던 이시야마 본원사도 이제 어느덧 예전의 위세를 찾아볼 수 없게 되었다. 근래 십 년 동안의 추이를 보면 그 쇠락을 실감할 수 있었다.

먼저 장군 요시아키의 몰락이 그 첫 번째 증거였다. 각지의 세력들과 연계해 배후에서 노부나가를 끊임없이 괴롭히던 반노부나가파 연합, 다케다 신겐이 홀연히 세상을 뜬 것부터 뒤이어 에치젠의 아사쿠라, 고슈의 아사이, 이세의 나가시마 문파의 전멸에 이르기까지, 본원사는 만신창이와 같은 상태라고 할 수 있었다.

유일하게 의지하고 있던 우에스기 겐신도 죽었다. 기슈紀州 지방의 사이카雜賀 문도도 노부나가에게 항복해버렸다. 마쓰나가 히사히데도 죽었고 반슈의 미기 성과 이타미 성의 아라키 무라시게, 단바의 하타노 일족까지 정벌당해 희미한 희망마저 사라진 형세였다.

그럼에도 믿을 만한 구석은 동쪽의 다케다 가쓰요리와 서쪽의 강대국인 모리뿐이었는데, 다케다는 나가시노 싸움에서 패배했고, 서쪽의 모리도 근래에는 연전연패를 거듭하고 있었다. 더군다나 모토나리 이래로 오로지 보수적으로 지키기만 했기 때문에 적극적인 동진 의사가 있는지조차 의심스러웠다. 아무리 낙관적으로 봐도 바야흐로 본원사는 일체의 외부 세력과 연이 끊긴 고립된 섬과 같았다.

무략武略과 공략攻略, 이 둘은 늘 둘이면서 하나였다. 노부나가의 흉중에는 지금이야말로 쇠퇴의 기운을 보이기 시작한 고립무원의 본원사를 공략하면 무너뜨릴 수 있다는 확신이 있었다. 하지만 노부나가는 공략하려고 하지 않았다.

그는 단 한 명의 병력도 손실을 보지 않기 위해 숙고하는 한편, 본원사 법성을 중심으로 한 마을과 나니와의 삼 리 안에 있는 마을과 항구와 다리 들이 전화로 소실되는 것을 안타까워했다.

노부나가의 군사가 표면상 매사냥을 한다는 이유로 오사카 근교의 땅을 순유하며 세를 과시하는 동안, 노부나가의 명으로 교토 도성 안에 머물고 있던 사쿠마 우에몬과 궁내경宮內卿의 호인法印[141] 등의 외교가들은 전력을 다해 관백關白인 고노에 사키히사近衛前久를 설득하며 본원사 무리를 오사카에서 쫓아낼 것을 종용했다.

"본원사를 위해, 아니 법성과 수천만의 불도를 구하기 위해서라도."

고노에 사키히사는 노부나가와도 친했지만 본원사 주지인 교뇨敎如와 그의 부친인 겐뇨顯如와도 막역한 사이였던 탓에 자처해서 천황에게 주청을 올려 교섭에 나섰다.

"신명을 바쳐서라도 반드시 일이 성사되도록 하겠습니다."

고노에는 먼저 본원사를 설득했다. 하지만 십일 년 동안 노부나가에

---

141 최고 승위僧位 중 가장 위에 있는 자리.

게 저항해온 본원사는 아무리 각지의 아군을 잃었다 해도 순순히 오사카에서 지방으로 물러갈 수 없었다. 부친인 겐뇨가 지금은 어쩔 수 없다며 오사카에서 물러갈 뜻을 발표하자 강경파의 핵심 인물이었던 교뇨가 반발하고 나섰다.

"설사 부친을 비롯한 모든 문도들이 이 땅을 떠난다 해도 우리는 이곳 이시야마 본원사에서 단 한 발도 물러갈 수 없다."

교뇨는 그렇게 호소하며 방루를 쌓고 각지에 격문을 띄워 노부나가와 최후의 일전을 벌인 뜻을 밝혔다. 하지만 오사카에서 내린 물러가라는 통고는 고노에 사키히사의 뜻이 아닌 조정의 뜻이자 칙명이었다. 조정은 몇 번에 걸친 논의와 회의 끝에 다음과 같은 칙명을 내렸다.

첫째, 칙명을 어겨서는 안 된다.
둘째, 노부나가에게 저항해도 어차피 그를 이길 수 없다.
셋째, 일반 문도들도 이미 실상을 깨닫고 있으니, 더 이상 무고한 인명을 희생하는 것은 불자가 선택할 길이 아니다.
넷째, 법등을 보존해야 한다.

그에 반해 강경파의 옥쇄 작전은 이른바 무문과 사문의 입장을 혼동하는 듯한 경향이 있었다. 결국 본원사는 5월에 오사카를 떠나겠다고 선언했다. 그 뒤에도 갈등은 있었지만 마침내 7월 하순부터 8월 초에 걸쳐 마지막까지 버티던 교뇨를 비롯한 강경파 무리가 오사카를 떠났다. 그 마지막 날에는 나니와 항에 마을이 생긴 이래로 볼 수 없었던 장관이 펼쳐졌다.

법성을 철거하는 임무를 맡은 사람은 오다 가의 가신인 야베 젠시치로矢部善七郎였다. 오사카 시내와 시외에 있는 본원사의 외성과 관문의 요새 등 오십여 곳이 차례로 철거되었다. 이제는 빈 성이 된 이시야마 사당에 야베 젠시치로가 거느린 수많은 오다 쪽 병사가 들어왔던 그날까지 교뇨와 예닐곱 명의 종자는 그대로 남아 있었다.

"할복할 셈인가?"

젠시치로가 물었다.

"아니다."

교뇨는 그렇게 말하고는 대대로 전해 내려온 보물과 진귀한 불구佛具를 당우堂宇에 남겨둔 채 법의 소매에 차통 하나만을 넣고 떠났다. 그는 그날 중에 센슈泉州의 사노佐野 강 부근까지 도망쳤다고 한다.

이시야마 본원사의 양도 절차는 더없이 평화롭게 마무리됐지만, 그 뒤 온산의 당탑과 가람을 비롯한 방루들은 삼 일 밤낮에 걸쳐 오사카의 하늘을 새빨갛게 물들이며 재로 변했다.

사실 그 당시에는 머지않아 재로 덮인 언덕 위에 대의를 품은 주인이 거성을 세우리라고는 어느 누구도 상상하지 못했다. 게다가 그것이 아즈치 성을 몇 배나 더 크게 확대한 오사카 성의 출현을 알리는 서막이라고는 상상조차 할 수 없었을 것이다. 하지만 그보다 더 예상할 수 없었던 일이 있었는데, 설사 그때 위대한 예언자가 있어서 오사카 성을 군림할 사람이 지금 주고쿠의 한쪽 구석에 있는 지쿠젠노카미 히데요시라고 예언한다고 해도 그 말을 믿을 사람은 단 한 명도 없었다는 것이다.

숙청

　노부나가는 흡사 마을을 나온 사람처럼 나룻배를 타고 우지교宇治橋[142]를 본 뒤 그대로 오사카로 내려갔다. 본원사 철거 직후인 8월 20일이었다. 잔서가 남아 있는 태양이 강물에 내리쬐어 뱃전에 강하게 반사되고 있었다.

　"오란."

　"예."

　"뭘 생각하고 있느냐?"

　"딱히 아무것도 생각하고 있지 않습니다."

　란마루가 웃으며 대답했다. 노부나가와 란마루 두 사람 주변에는 자줏빛 장막이 둘러쳐 있었고, 근신들 대부분은 선수 쪽에서 햇빛을 그대로 맞고 있었다. 나룻배라 지붕이 작은 탓에 어쩔 수가 없었다. 노부나가의 배를 중심으로 수백 척의 나룻배가 대나무 잎을 뿌려놓은 것처럼 맑은 강물에 흘러가고 있었다.

　"시원해서 졸았나 보구나."

　노부나가가 웃음을 지으며 말했다. 바람을 품고 펄럭이는 자줏빛 장

---

142 이세伊勢 시의 고타이皇大 신궁 참배길 입구에 있는 다리.

막과 물결의 그림자가 란마루의 얼굴에서 하염없이 흔들리고 있었다.

"종이와 벼룻집이 있느냐?"

"예, 있습니다."

"이리 내오거라."

노부나가는 아까부터 무언가 깊이 생각하고 있었다. 그래서 란마루는 방해하지 않으려고 침묵을 지키고 있었던 것이다.

란마루는 벼루 위에 물을 조금 부은 뒤 조용히 먹을 갈았다. 성격이 급한 노부나가는 벌써 종이와 붓을 손에 쥐고 기다리고 있었다. 근래 들어 노부나가는 미간에 주름을 짓는 경우가 많았다.

"여기 있습니다."

"음, 그래."

란마루는 옷자락이 쓸리는 소리가 나지 않도록 조심하며 뒤로 물러갔다. 노부나가는 고심하다가 무언가를 종이에 쓰더니 다시 미간을 찡그렸다. 대단히 험상궂은 표정이었다.

'보통 일이 아닌 듯하다.'

민감한 란마루는 노부나가의 얼굴을 보고 내심 한기를 느꼈다. 게다가 근래 란마루에게는 결코 다른 사람들에게 말할 수 없는 가슴을 졸이는 일이 있었다. 란마루는 노부나가의 험상궂은 얼굴을 보고 자신에게 무슨 일이라도 생길까 봐 두려워했다.

'저 서신은 보통 일이 아닌 듯하다.'

어릴 때부터 노부나가 곁에서 시중을 들어왔던 란마루는 노부나가의 감정을 눈썹이나 입술로 읽어내는 데 누구보다 뛰어났다. 그런 그가 무언가를 예감했던 것이다. 란마루의 직감은 틀리지 않았다. 하지만 그것은 란마루가 두려워하고 있던 일이 아니었다.

그날 노부나가가 배 안에서 쓴 것은 종이 세 장에 걸친 장문의 처벌장이었다. 그리고 그것은 평소 한 신하의 태만에 대한 분노가 마침내 폭발해서 준엄한 문구로써 그 죄상을 힐책한 것이었다.

"이제 오사카도 수중에 들어와 오랜 화근도 사라지고 이렇듯 우지의 맑은 강물을 타고 그곳으로 입성하는 날에, 어찌 그런 불쾌한 생각을 하신 것일까?"

란마루는 그렇게 혼잣말로 중얼거렸다. 아무리 노부나가의 속을 훤히 들여다보고 있는 란마루라고 해도 지금의 노부나가의 심리는 도저히 가늠할 수 없었다.

이시야마 본원사를 비롯한 법성의 성터는 삼 일 밤낮을 불에 타고도 아직 일부의 건물이 남아 있었다. 노부나가는 그곳에 입성하자 즉시 적어온 처벌장을 나카노 마타에몬中野又衛門과 구스노기 나가야스楠木長安와 궁내경호인, 세 사람에게 건네며 사자의 임무를 명했다.

"사쿠마 노부모리 부자에게 이것을 전하라."

노부나가가 오사카에 들어와서 그 점령지를 시찰한 뒤, 가장 먼저 한 일은 태만한 신하에게 처벌장을 내린 것이었다. 다시 말해 사쿠마 우에몬 노부모리 부자에게 철퇴를 가한 것이었다. 그리고 그런 처벌을 받지 않은 사람들까지 '드디어 노부나가가 책임 추궁을 시작했구나' 하며 남의 일이 아닌 듯 두려움에 떨었다.

"대체, 무슨 죄목으로?"

사람들은 일의 형세를 숨죽이고 지켜보았다. 사자가 노부나가가 직접 쓴 문책 서신을 사쿠마 부자에게 건넸다는 소식이 전해졌다. 노부모리 부자는 근래 오 년 동안, 이시야마 본원사를 공격하는 군사의 대장으로 오사카에 있는 아군의 성에 머물고 있었다. 즉 이시야마 법성은 본래 그의 손으로 함락시켜야 할 책임이 있었던 것이다. 그런데 오 년 동안 오사카를 공략하는 군사들은 아무것도 이루지 못하고 세월만 허비했다. 노부나가가 그 기간 동안 얼마나 초조해하며 지냈는지는 모두들 그 서찰을 보고서야 비로소 알게 되었다.

상대는 십일 년이나 노부나가조차 애를 먹었던 정토진종의 본거지인 본원사였다. 그렇기 때문에 사쿠마 군이 함락시키지 못했다는 이유만으로 노부모리 부자를 문책할 수 없었다. 노부나가가 화를 낸 이유는 다음과 같았다.

첫째, 재입 오 년 동안, 전쟁다운 전쟁을 한 적이 없다. 이것은 세상 사람들 모두가 인정하는 일이다.

둘째, 공격이 어렵다면 책략과 외교를 써야 했다. 그럼에도 오 년 동안, 단 한 번도 아즈치에 계책을 올린 적이 없었다.

셋째, 항상 병력이 부족하다고 푸념했는데, 나는 미카와, 오우미, 이즈미, 기슈를 비롯한 칠 개국에 인력과 병량 등 무엇으로든 사쿠마를 도우라고 명을 내렸다. 그리고 대장인 노부모리 부자는 그것을 익히 알고 있었음에도 그런 인적 자원과 물자를 활용하지 않았다. 이것을 두고 무능하고 아무 계책도 없으며 전의가 결여되어 있다고 아니할 수 없다.

넷째, 그동안 군비를 낭비하며 무사와 관리 들을 돌보지 않고 오로지 자신의 가문만을 돌보느라 백성들의 민심을 잃고 군사들의 사기까지 떨어뜨려 오다 군의 명예를 더럽혔으며, 지금과 같은 난세에 저 혼자 유유자적하며 오늘에 이르렀으니 실로 전대미문의 태만한 자라 아니 할 수 없다.

그 밖에 조문에도 면전에서 꾸짖는 것처럼 과격한 부분이 많았는데 예를 들면 다음과 같았다.

그대는 내 대가 된 뒤에도 삼십 년이나 봉공해왔으나 그동안 세상으로부터 단 한 번이라도 칭찬을 받은 예가 있었는가? 또 단바에 있는 고레도 휴가노카미의 활약을 보라. 천하에 그 이름을 떨치고 있지 않은가. 다음으로 산인의 나라들을 평정하고 있는 지쿠젠노카미 히데요시에게도 부끄러워해야 할 것이다. 몸집이 작은 이케다 가쓰사부로는 하나구마 성을 공략해 함락시켰다. 또 그대와 같은 노신인 시바타 슈리노스케 가쓰이에는 자처해서 북쪽 공략에 나섰다. 그가 사지에서 고전하고 있는 것을 어찌 생각하는가?

노부나가는 그렇게 힐책하면서 다음과 같은 말을 거리낌 없이 적었다.

그대와 같은 자가 내 휘하에 있다는 것은 세상이 비웃을 일이며, 이 땅뿐 아니라 명나라와 고려, 천축, 남만에 이르기까지 부끄러운 일일 것이다.

노부나가의 서찰을 받은 사쿠마 부자가 얼마나 두려움에 떨었는지는 말할 필요도 없었다.

"당장, 먼 나라로 도망치도록 하시오."

사자의 말에 사쿠마 노부모리 부자는 사죄는 후일 하겠다며 아무것도 챙기지 못하고 황망히 고야高野 산으로 도망쳤다. 그런데 고야 산에 머무는 것을 허락할 수 없다는 노부나가의 전령이 도착하자 노부모리 부자는 다시 기슈의 구마노熊野 산 깊숙이 도망쳤다.

당시 사람들은 그런 노부모리 부자에게 아무런 동정심도 갖지 않았다. 오히려 노부나가의 엄벌을 당연한 것으로 여겼다. 란마루도 그런 사람 중 한 명이었다. 그는 똑똑했기 때문에 그런 이야기를 들어도 자신이 먼저 말을 꺼내거나 욕을 하지는 않았지만 동료들이 사쿠마 부자를 비웃으면서 이런저런 이야기를 하면 다음과 같이 말했다.

"지나치게 총애를 받고 특별히 대우해주는 것에 익숙해져 있었기 때문이네. 오 년 동안, 천왕사天王寺에 머물면서 차만 마시며 일체의 군무를 게을리했다고 하더군. 노부나가 공께서도 차를 좋아하셔서 자주 차를 드시지만, 사쿠마 부자와는 그 마음가짐이 전혀 다르네. 무슨 일이건 그 사람의 마음가짐 하나로 사도邪道가 되기도 하고 수양이 되기도 하네. 어쨌든 오 년이라는 긴 세월 동안, 아무 말도 하지 않고 지켜보고 계셨던 주군도 대단하지만 그에 안주하고 있던 사쿠마도 어지간하지 않은가. 우리는 이것을 교훈 삼아 평소에 스스로를 경계해야 할 것이네."

란마루는 비난하지 않고 어물쩍 넘어갔지만 실은 마음속으로 그 처벌장이 사쿠마 부자에게 내려져서 참으로 다행이라고 가슴을 쓸어내렸다. 그것은 란마루와 관계가 깊은 사람의 신변과도 관련이 있기 때문이다. 그의 노모이자 모리 산자에몬 요시나리의 미망인인 묘코니는 본원사 쪽 책사인 스즈키 시게유키鈴木重行와 일찍부터 노부나가가 몰래 서신을 주고받는 사이였다.

십일 년 동안, 노부나가와 맞서 싸웠던 본원사 진영에는 스즈키 시게유키라고 하는 희대의 책사가 숨어 있었던 것이다. 시게유키는 란마루의 모친인 묘코니가 미망인이 된 뒤 오직 불문에 귀의하여 신앙 외에는 아무것도 모르는 여인이라는 사실을 알고 불법이나 불연을 통해 친밀함을 유지하면서 그녀를 이용해 끊임없이 아즈치의 동정을 살폈다. 그런 시게유키도 지금은 본원사 사람들과 함께 어디론가 멀리 도망친 상태였다. 그래서 복잡한 시국이나 세간의 사정에 어두운 란마루의 모친은 자신의 행동이 오늘날까지 주가에 얼마나 큰 폐를 끼쳤는지 깨닫지 못한 채 그저 망연한 상태로 지내고 있었다.

하지만 그녀와는 달리 란마루는 그런 사실이 알려질까 봐 근심이 이만저만한 게 아니었다. 일찍부터 모친에게 조심하라고 주의를 주기도 했지만 모친은 절대로 그런 일은 없을 것이라고 했다. 일찍이 남편과 사별한 그녀에게 신앙은 유일한 위안이었기에 더 이상 아무 말도 하지 못하고 마음만 졸이고 있었던 것이다.

란마루는 그 일로 인해 모친의 주위에 세심한 경계를 기울여왔다. 사쿠마 부자의 처분이 마무리된 뒤에도 란마루는 안심할 수 없었다. 란마루뿐 아니라 노부나가의 중신들 모두 과거 자신의 행적을 돌아보며 남의 일이 아니라고 속으로 동요하고 있었다.

노부나가는 오 일 동안 오사카에 머문 뒤 그달 17일에 교토로 돌아갔다. 그리고 니죠 성에 들어가자마자 다시 노신인 하야시 사도노카미 미치가쓰와 안도 이가노카미 부자를 먼 나라로 추방한다는 명을 내렸다.

"무슨 일이든 한 번 시작하면 철저하게 마무리하는 분이니, 분명 더 있을 것이다."

모두들 숨죽이며 속삭이고 있었는데 설마 누대의 가신 중에서도 단연 으뜸인 하야시 사도가 그 대상이 될 줄은 아무도 상상하지 못했다. 또 하야시 본인조차 아닌 밤중에 홍두깨라는 듯 사자가 와서 노부나가의 처벌을 고해도 처음에는 장난으로 여기며 진심으로 받아들이지 않았다. 그도 그럴 것이 노부나가가 그를 처벌한 이유는 지금으로부터 이십오 년 전 노부나가가 기요스에 있을 당시 주위로부터 어리석고 난폭한 도련님이라고 불리던 때의 문제였기 때문이다. 그 무렵, 하야시 사도가 노부나가에게 진저리가 나서 노부나가의 동생인 노부유키를 섬기며 오다 가의 후사를 잇게 하려고 기도한 일이 있었다.

"지금까지 그토록 먼 옛날 일을 가슴 깊이 담아놓고 있었단 말인가!"

그 말을 들은 사람들은 모두 어이가 없어 하며 전율했다. 이십오 년이라는 먼 과거의 일을 들춰내면 어떤 사람이라도 분명 다소의 과실과 태만이 있을 터였다. 또 하야시와 함께 추방된 안도 이가노카미 부자의 죄상도 십사 년 전의 일이었다. 노부나가가 이세에 출정했을 때, 그가 없는 틈을 타서 고슈甲州 군을 맞아들이려고 기도했던 형적이 있었던 것이다. 하지만 그 일은 미연에 노부나가에게 발각되어 당시 안도 이가의 일족이 사죄를 하고 일단락되었던 문제였다.

"그런 것을 십사 년이나 지난 오늘에 와서 다시 꺼내다니."

사람들은 노부나가의 지나치게 강한 집념에 새삼 놀라움과 전율을 품지 않을 수 없었다. 도저히 용서할 수 없는 일이라면 그때 처벌했던 편이 좋았다고 생각했다. 이제 간신히 천하의 절반을 평정하고 오사카까지 손에 넣은 지금, 몇십 년 전 지은 죄와 과실은 처벌하지 않아도 될 텐데, 하며 공포감을 넘어 원망하는 마음마저 품었다. 특히 란마루는 남들보다 더 근심했다. 아침저녁으로 노부나가의 곁에서 그의 눈썹을 볼 때마다 그는 제정신이 아니었다.

"만일 어머니와 스즈키 시게유키의 일이 주군의 귀에 조금이라도 들어간다면."

란마루는 재빨리 모친이 있는 아즈치에 동생인 보마루를 보내고 형인 모리 덴베森伝兵衛에게도 말해 과거 몇 년 동안 스즈키 시게유키와 주고받은 편지를 모두 불태우게 했다. 보마루가 일을 처리하고 돌아오자 란마루는 사람들이 없는 곳에서 보마루를 불러 물었다.

"한 치의 소홀함도 없이 처리하고 왔느냐? 또 어머니께서 과거의 일이나 앞으로의 일을 이해할 수 있도록 잘 말씀드렸느냐?"

"예, 어머니께서도 이번엔 완전히 이해하신 듯합니다. 하지만 덴베 형님께서는 근심이 완전히 사라졌다고 할 수 없다며 탄식하셨습니다."

"후환이 될 것이 아직 남아 있다는 말이냐?"

"그렇습니다. 아무리 편지 따위를 불태워버려도 중요한 스즈키 시게유키가 이 세상에 살아 있는 한, 후환은 사라지지 않을 것이라고 말씀하셨습니다."

"흐음, 대체 시게유키는 본원사 무리와 함께 도망쳐서 지금 어디 있단 말인가."

란마루의 표정이 어두워졌다.

명장과 명장

　오사카의 본원사 일문이 패퇴했다는 소식을 듣고 가장 큰 충격을 받은 사람은 당연히 주고쿠의 모리였다. 이미 하리마에서 다지마, 호우기에 걸친 지반 한쪽을 시시각각 히데요시에게 빼앗기고 있는 상황에서 전해진 비보는 그의 머리 위에 드리워져 있던 패색을 한층 짙게 만들었다.

　긴기近畿나 단바와 단고의 믿고 있던 아군들은 차례로 쓰러지고 현재는 오다 쪽의 압력을 직접적으로 받으며 방어하지 않으면 안 되는 입장에 처해 있었다. 모리 가에는 모토나리가 남긴 유언인 방침이자 철칙이 있었다. 그것은 '분수를 지키며 주고쿠를 굳게 지키고 조부가 백전百戰을 통해 얻은 영토를 잃지 마라'는 것이었다. 하지만 시대의 조류는 결코 모리 가만 피해가지는 않았다. 모리 가의 보수주의 방침에도 그 혁신의 파도가 밀어닥쳤다.

　깃카와 모토하루吉川元春와 고바야카와 타카가게小早川隆景는 지략과 용맹함을 겸비한 장수였다. 두 사람은 주고쿠에서 태어나고 자라면서 '주고쿠의 한 치의 땅도 적에게 건네지 마라'는 유훈을 받들며 분전해 왔지만 지금 그들은 시대의 조류를 역행하는 방향에 서 있었다. 그것은 흡사 보수적인 가훈의 깃발을 펄럭이며 거스를 수 없는 시대의 거대한 파도에 맞서는 형국이라 할 수 있었다.

하지만 모리 가는 명예와 자부심이 있는 무문이였고, '이천二川'이라고 불리는 깃카와와 고바야카와 역시 비범한 무장이었다. 이제까지의 외교적 기략을 보더라도 에치고의 겐신과 가이의 다케다까지 정략적으로 이용하고, 대의명분 때문이라도 이전의 무로마치 장군인 요시아키를 자신들의 나라에 거두고, 중앙에 있어서는 원대한 계략 아래 본원사의 재력과 실력을 능수능란하게 이용해 반간계와 정면 공격을 구사하며 선전해온 사실은 천하가 인정하고 있는 바였다.

만일 모리 쪽에 깃카와 모토하루와 고바야카와 다카카게가 없었다고 하면 모리 데루모토는 벌써 세상에서 사라지고 주고쿠 전역은 몇 년 전에 이미 노부나가 밑으로 들어갔을 것이 분명했다. 현재 그러한 일체의 외곽 세력이 무너졌음에도 여전히 '주고쿠에 모리가 있다'며 건재한 세력을 유지하고 있는 것은 바로 이천, 두 사람의 지휘 때문이라고 해도 과언이 아니었다.

하지만 천하의 형세와 더불어 해가 갈수록 그 진용이 쇠퇴일로에 접어들었음은 부정할 수가 없었다. 다카카게는 산요 방면의 방어에 전력을 기울이고 있었고 깃카와 모토하루는 산인 방어에 매진하고 있었다.

그러자 히데요시는 먼저 돗도리鳥取 성을 공략하기로 결정했는데 그러한 뜻을 행동에 옮기기까지는 꽤 오랜 시간이 걸렸다. 그 기간이 바로 히데요시가 싸움에 앞서 만전을 기하는 시기였다. 히데요시가 실제로 공격을 개시할 때에는 이미 싸움의 마무리 단계라고 해도 무방했다.

몇 개월 전부터 히데요시의 명을 받은 구로다 간베는 와카사若狹 방면으로 잠행해서 선박을 모두 사들이고 돗도리 지방에 산재해 있는 모든 식량을 일체의 수단을 동원해서 다른 곳으로 옮겨버렸다. 또 깃카와 모토하루가 군량을 싣고 해상을 통해 운송하는 길이 있다는 사실을 알아낸 뒤 연해상에 선단을 배치해 완전히 봉쇄해버렸다.

"이제 때가 무르익었습니다."

간베가 돗도리 성이 약해졌다는 정보를 입수하고 때가 도래했다고 고하자 히데요시는 그제야 군사를 움직여 적의 성 아래까지 진격했다. 물론 히데요시 군은 작년부터 그곳에 이르기 전까지 이나바와 호우기 등지에 산재해 있는 적의 요새들을 차례로 궤멸시켰다.

처음에는 야마나 도요구니山名豊國가 돗도리 성을 지키고 있었다. 히데요시는 그 전에 시카노 성을 함락시킬 때, 항복해온 많은 사람 중에서 야마나 도요구니의 딸을 찾아 진중에 남겨놓았다.

"도요구니와 같은 자는 전형적인 철새와 같은 무사다. 처음에는 모토나리의 위세에 굴복해 모리를 따르고, 나중에는 아마고尼子와 야마나카山中 세력의 위협에 넘어가 그들에게 붙었다가 근년에는 다시 깃카와와 고바야카와에게 청을 넣어 저 아이를 볼모로 바친 자다. 그러한 무사를 움직이는 데에는 화살이나 총알을 쏠 필요가 없다."

히데요시는 첫 번째 싸움에서 싸우지도 않고 야마나 도요구니의 항복을 받아냈다. 히데요시는 도요구니의 딸을 아름답게 차려입힌 뒤 성에서 보이는 언덕 위에 세워놓고 성안을 향해 소리쳤다.

"여기를 잘 보아라."

도요구니가 성에서 바라보자 언덕 위에 아름답게 화장을 한 자신의 딸이 서 있었고 그 곁에는 책형 기둥이 세워져 있었다. 그리고 성 밖에서 누군가 이렇게 외쳤다.

"딸이 불쌍하고 이나바의 영지도 아깝다고 여긴다면 잘 판단하는 것이 좋을 것이다. 내일 아침까지 대답을 기다리겠다."

그날 밤, 예상대로 야마나 도요구니는 사자를 보내 항복을 약속했다. 하지만 그의 가신들 중 강골들은 그러한 주인의 나약한 행태를 참지 못하고 합심해서 그를 다른 나라로 쫓아버렸다. 그리고 전령을 보내 모리 군의 깃카와 군에게 원군을 청했다.

깃카와 모토하루는 즉시 용장인 우시오 모토사다牛尾元貞를 보냈지만 그가 화살을 맞고 부상을 당해 자리에 눕자 다시 이치가와 우타노스케市川雅樂允를 파견했다. 하지만 돗도리 쪽에서 다시 모리 일족의 장수를 보내주지 않으면 군의 사기는 떨어질 것이라고 요청해오자 깃카와 쓰네이에吉川經家에게 팔백여 명의 군사를 내리며 성으로 들여보냈다.

그렇게 돗도리 성에는 이전부터 있던 성의 군사까지 합쳐 약 이천 명이 있었다. 하지만 그들 외에 성 아래 마을에 사는 가족이나 농부와 같은 일반 백성들이 모두 성곽 안으로 피난을 와 있었기 때문에 성안의 식량은 이내 바닥을 드러내고 말았다.

성의 서쪽에 있는 가로賀露 강은 북쪽으로 흘러 서쪽 바다로 흘러 들어가고 있었는데 군량을 실은 선박은 이곳을 거슬러 올라 성의 병사들의 군량을 옮기고 있었다. 하지만 그것은 이전까지의 일이었고, 근래 한 달 정도는 그 운반선마저 완전히 끊어져버렸다. 와카사와 그 외의 지방에서 쌀을 전부 사들이고 해상을 봉쇄하고 있던 히데요시 휘하의 구로다 간베의 활약이 마침내 그 효과를 발휘하기 시작했던 것이다.

"성안의 병량은 이젠 반달도 가지 못할 것입니다."

깃카와 모토하루에게 급박함을 알리는 보고가 몇 차례 올라왔다. 모토하루는 수백 석의 병량을 자신의 영지에서 가져와 선단에 싣고 해상을 통해 보냈지만 이미 그곳은 적에게 봉쇄되어 있었고 육상에서는 히데요시의 대군 이만 명이 성을 둘러싸고 있었다.

히데요시는 돗도리 성 밖의 다이샤구帝釋 산에 진을 치고 물샐 틈이 없을 정도로 성을 포위했다. 용맹한 성의 병사들이 가끔씩 야음을 틈타 후쿠로袋 강을 헤엄쳐 건너와 게이슈芸써의 아군과 연락을 취하려고 했지만 단 한 명도 히데요시의 포위망을 빠져나갈 수 없었다. 모두 포로로 사로잡히거나 그 자리에서 죽임을 당했다. 산인 제일의 요새라고 자부하던 돗도리 성도 전멸을 당하든가 성문을 열고 항복할 수밖에 없는 상황이 되었다. 그리고 또 한 가지, 성병들에게 치명적인 문제가 있었다.

8월 어느 날 밤이었다. 모리 쪽에서 빈사 상태의 성병에게 식량을 보내기 위해 병선 열 척이 운송선 다섯 척을 호위해서 결사의 각오로 가로 강을 거슬러 올라갔던 것이다.

"왔다!"

하구의 경비대는 그 사실을 봉화를 통해 강기슭의 아군에게 알렸다. 한밤중이었지만 히데요시 군은 물고기 한 마리도 빠져나갈 수 없을 정도의 포진을 펼치고 있었다. 하시바 히데나가, 도도 다카도라藤堂高虎, 호소카와 후지타카의 원군이 일치단결해서 강 한복판의 선단을 둘러싸고 나룻배에서 마른 섶과 횃불 등을 던져 적의 주력선을 불태워 침몰시키고 삼백여 명의 모리 수군을 섬멸시켰다. 또 주장인 시카노 모토타다鹿野元忠의 수급까지 베서 성안으로 보냈다.

"너희가 학수고대하며 기다리던 자가 여기 있다."

7월 중순부터 돗도리 성안에서는 쌀이 한 톨도 없어서 병사들과 피난민들 중에 병들거나 굶어 죽는 사람이 늘어나던 참이었다. 하시바 히데나가는 도도 다카도라와 의논해서 적들이 더 이상 버티지 못할 것이라고 여기고 말을 잘하는 신하를 사자로 삼아 적의 거점 중 한 곳인 마루丸 산 진지로 보내 항복을 권유했다. 그런데 사자가 좀처럼 돌아오지 않아 조사해보니 예상과 달리 적들이 사자의 목을 쳐버린 사실을 알게 되었다.

"괘씸한 놈들."

히데나가와 다카도라가 즉시 일거에 공격을 개시하려고 한 순간, 히데요시 본진에서 함부로 움직이지 말라는 엄명이 내려왔다.

8월 염천의 구름에 둘러싸인 다이샤구 산의 깃발들은 아무런 일도 없다는 듯 바람에 나부끼고 있었다. 히데요시는 여느 때처럼 무슨 일이든 아즈치의 노부나가에게 사자를 보내 일일이 고하고 있었다. 때론 불필요하다고 여겨지는 일들까지 급사를 보내 보고했다.

8월 중순 무렵, 다카야마 나가후사高山長房가 노부나가를 대신해서 진중을 시찰하기 위해 왔다. 아무 일도 없이 9월이 지나가고 이윽고 10월이 되자 히데요시는 호리오 모스케 요시하루堀尾茂助吉晴를 불러 성안에 사자로 갔다 오라고 명령했다.

"사자의 임무를 맡는 것은 처음일 것이니, 조심해서 다녀오도록 하라."

히데요시가 이것저것 유념할 사항들을 가르쳐주자 모스케는 어느새 자신이 사자의 임무를 맡는 어엿한 무사가 되었다는 생각에 감개무량한 마음으로 귀를 기울였다.

돌이켜보면, 벌써 십 년 전이었다. 노부나가가 사이토 요시타쓰의 기후를 공략하기 위해 긴가金華 산의 봉우리들을 기어올라 기습했을 때, 산중에서 길 안내를 한 당시 열예닐곱의 젊은이가 호리오 모스케였다. 그런 그가 이제는 한 부대를 맡을 만큼 어엿한 무사로 성장했던 것이다.

'세월이 참으로 빠르구나.'

히데요시도 문득 자신의 자식이 성인이 된 모습을 바라보는 심정으로 모스케를 바라보았다.

"명을 받들어 다녀오도록 하겠습니다."

모스케는 대임을 맡긴 히데요시에게 무척이나 고마워했다.

"잠깐, 잠깐."

모스케가 일어서려는데 히데요시가 다짐을 두듯 말했다.

"이 임무를 완수할 수 있을지, 스스로에게 물어본 후에……."

"반드시 완수하겠습니다."

"앞서 도도 가의 신하는 적에게 바로 목이 달아났다. 각오는 되어 있느냐?"

"일을 성사시키지 못했을 때에는 살아서 돌아오지 않을 생각입니다."

그러자 히데요시가 심히 언짢은 표정으로 꾸짖었다.

"앉거라. 여기 다시 앉도록 하라."

모스케는 자리에 앉았다. 히데요시가 왜 갑자기 꾸짖는 것인지 알 수가 없었다.

"사자의 의무는 그 임무를 완수하는 것이 본분이라고 할 수 있다. 그 외에 다른 각오는 불필요한 것이다. 사지로 들어가는 일이라면 다른 사람들도 할 수 있으나 적을 일깨우는 사자는 그런 가벼운 마음가짐으로 임무를 맡을 수가 없다. 죽지도 못하고 살아서 돌아오지도 못하는 그런 역경 속에서 적을 설득해야 하는 것이다. 깃카와 쓰네이에도 주고쿠에서 명예가 있는 무장이다. 게다가 아군의 대군에 둘러싸여 있으면서도 오늘까지 저렇게 훌륭하게 버티고 있는 자다. 그런 자를 일깨우기란 싸우는 일보다 어려운 일일 것이다."

모스케는 양손을 짚고 귓불이 빨개질 정도로 히데요시의 말을 열심히 듣고 있었다.

"무슨 말씀인지 잘 알겠습니다. 목숨을 소홀히 하지 않도록 유념해서 사자의 본분을 잊지 않고 다녀오겠습니다."

"좋다. 그럼 가도록 하라."

모스케는 일단 자신의 진막으로 물러가서 준비를 한 뒤 홀로 적의 성으로 향했다. 적의 사자가 왔다는 소식을 들은 깃카와 쓰네이에가 일단 만나보자며 성의 일실로 모스케를 맞아들였다.

모스케는 아직 사자의 임무에 익숙하지 않았고 딱히 달변도 아니었다. 그래서 적들이 더 이상 버틸 수 없다는 것을 알았지만 히데요시가 말한 대로 두터운 예를 취하면서 적의 선전에 대해 경애를 표하고 공손하게 이치를 들어 설득했다.

"주인인 지쿠젠노카미 님은 저희 가신들에게 돗도리 성이 이렇게까지 견고한 것에 대해 입이 마르도록 칭찬을 하십니다. 하지만 이젠 병량을 운반할 길도 끊어지고 명분도 충분히 세웠으니 더 버티면 굶어 죽는 길밖에 없을 것입니다. 무사들은 나가서 싸우다 죽거나 굶어 죽는 일을 선택할 수 있을 터지만, 부상자와 병자, 그리고 삼천여의 영민들까지 함께 굶어 죽게 하는 것은 너무나 무정한 일입니다. 사의私義에 집착하면 대의를 잃기 마련입니다. 하여 지쿠젠노카미 님은 단지 두 사람의 목숨만 바치면 성의 모든 이들의 목숨을 보존하겠다고 하십니다. 귀공의 명예도 충분히 고려하기 위해 계속해서 아즈치와 상의하고 계십니다."

"하하하."

쓰네이에는 잠자코 듣고 있다가 갑자기 웃음을 터뜨렸다. 하지만 비웃음은 아니었다. 오히려 그는 꾸밈이 없는 사자의 솔직한 태도가 마음에 든다는 듯 말했다.

"이보시오. 사자님."

쓰네이에가 정중하게 말했다.

"언제, 내가 항복하겠다고 했소이까? 그것은 지쿠젠, 혼자만의 착각일 것이오. 지쿠젠이 바라는 것은 성안의 난민과 병사 들의 목숨이 아니라 돗도리 성일 것이오. 하나 그렇게 마음대로 되진 않을 것이오. 이곳에 이 쓰네이에가 있으니 말이오."

"송구합니다만, 이 성 하나를 공격해서 함락시키고자 한다면 누가 보더라도 바로 함락될 것이 자명합니다."

"그렇게 하시오."

쓰네이에가 그렇게 대답하자 모스케가 당황하며 말했다.

"서로 간에 아무 연유도 없이 칼을 겨눠서는 안 될 것입니다."

"히데요시가 그렇게 말했소이까?"

모스케는 얼굴을 붉히며 할 말을 찾지 못하다가 진심을 담아 말했다.

"예, 주군의 말씀이기도 합니다. 그리고 제가 믿는 바이기도 합니다. 본래 미워할 것은 이전에 이곳의 성주인 야마나 도요구니와 가신 된 자로서 주인을 추방한 야마나의 신하, 나카무라 하루쓰구와 모리시타 도요森下道興 두 사람입니다. 그 두 사람의 목을 쳐서 성안 수천의 목숨을 구하라고 주인인 지쿠젠 님이 말씀하셨습니다."

"지나친 간섭이오. 나카무라와 모리시타는 그대들에게는 미워할 자일지 모르나 우리 모리 군에게는 둘도 없는 충신인데 어찌 그들의 목을 베서 건넬 수가 있단 말이오. 그것은 어불성설이오."

쓰네이에는 성문을 열 뜻이 있다는 것을 은연중에 내비쳤지만 전부터 이미 속으로 결심을 하고 있었다. 그는 돗도리 성의 수장으로 더 이상 성을 지킬 수 없다면 자신의 목숨을 던져 사람들의 목숨을 보존하겠다고 결심하고 있었던 것이다. 그런데 히데요시의 사자로 온 호리오 모스케의 말에 따르면 히데요시는 쓰네이에의 목을 원하지 않는다고 했다. 그리고 야마나 도요구니를 추방한 신하 두 명의 수급만 건네면 본국인 아키安藝로 돌아가도 좋다고 했다. 게다가 쓰네이에의 목을 아즈치에 바치고 공을 세울 생각은 전혀 하고 있지 않다는 것이었다.

그것은 쓰네이에가 품고 있는 생각과는 정반대의 제안이었다. 하지만 히데요시가 자신의 유리한 입장을 과시하지 않고, 설사 공격을 하더라도 적장에게 관대함과 호의를 표하려고 한다는 것을 충분히 알 수 있었다. 또 지자智者나 달변가를 사자로 보내지 않고 호리오 모스케 한 명만 보낸 것은 적어도 패자의 심정을 헤아려 자신들을 자극하지 않고 배려하기 위해서였다는 것을 느낄 수 있었다.

"……."

본래 말수가 적었던 호리오 모스케가 아무 말도 하고 있지 않자 쓰네이에도 입을 다물고 마음속으로 이런저런 생각을 하고 있었다. 세상 일이나 인간의 심리에 대해 잘 알고 있는 히데요시에게 짐짓 고집을 부리거나 허세를 부리는 것은 아무 효과가 없다는 생각이 들었다. 쓰네이에는 이번 기회를 놓치면 안 된다고 고민하다가 이윽고 모스케를 바라보며 말했다.

"성문을 여는 데 동의하겠소. 돌아가서 지쿠젠 님에게 그렇게 전해주시오."

"예? 그럼?"

모스케는 쓰네이에가 그렇게 쉽게 성을 양도하리라고는 전혀 예상하지 못했다. 그는 망연자실할 만큼 기쁨에 휩싸이고 말았다.

"그리고 아울러 분명하게 지쿠젠 님에게 다짐을 두고 싶은 것이 있소. 야마나의 두 신하는 결코 목을 쳐서는 안 될 것이오. 이 성의 수장은 깃카와 쓰네이에, 바로 나요. 모름지기 수장이란 모든 책임을 져야 하는 자이니, 나 혼자 할복함으로써 성안에 있는 장병을 비롯한 난민들을 한 명도 빠짐없이 무사히 거둬주길 바라오. 그렇지 않으면 싸우지 않고 성을 건넬 수는 없소.”

“돌아가서 주군께 그렇게 전하도록 하겠습니다.”

“지쿠젠 님의 휘하인 아사노 나가요시 님과는 이전부터 면식이 있어 서신을 맡기고자 하는데 전해주겠소이까?”

“꼭 전하도록 하겠습니다.”

“잠시 쉬고 있으시오.”

쓰네이에는 안으로 들어가서 편지를 쓴 뒤 가지고 나왔다. 편지를 받은 모스케는 곧장 성을 나와 히데요시에게 보고를 했다.

히데요시는 보고를 받은 뒤 아사노 나가요시를 불러 서신을 전했다. 그리고 무슨 내용인지 물었다.

“자신의 죽음으로 모두의 목숨을 보존해주기를 바란다는 취지밖에 적혀 있지 않습니다.”

나가요시가 서신을 히데요시에게 보여주자 히데요시는 진심으로 안타까워하며 말했다.

“나가요시, 모스케와 함께 다시 가서 쓰네이에를 잘 설득해 야마나의 신하 두 명의 목을 내놓고 그는 무사히 게이슈로 돌아갈 수 있게 하고 오너라.”

아사노 나가요시는 모스케와 함께 서둘러 성으로 향했지만 쓰네이에의 마음을 바꿀 수는 없었다.

“안타깝지만 어쩔 수가 없구나.”

히데요시는 마침내 쓰네이에의 요구를 받아들였다. 쓰네이에의 바람이 이루어진 10월 25일 낮, 깃카와 쓰네이에는 성 밖의 진교사眞敎寺로 가서 할복을 했다. 아직 젊었던 그는 떳떳하게 자신의 배를 갈라 성 안에 있는 수천 명의 목숨을 구했다.

같은 날, 깃카와 쓰네이에의 측신인 나사 니폰노스케奈佐日本助와 사사키 사부로사에몬佐々木三郎左衛門, 엔야 다카기요鹽谷高淸 세 사람도 주군의 뒤를 따라 할복했다. 히데요시는 안타까워하며 그들의 장례를 치렀다. 그리고 그들의 수급을 상자에 넣어 아즈치의 노부나가에게 바치고 유물들을 아키의 깃카와 모토하루에게 보냈다.

"가장 먼저 쌀을 나눠주도록 하라."

돗도리 성을 점령한 히데요시가 맨 처음 한 일은 성안의 굶주린 난민과 성 밖에 있는 백성들을 구제한 것이었다. 그날, 삼백 석의 쌀이 그들에게 전해졌다. 다음으로 교통을 복구했는데 후쿠로 강의 다리도 다시 놓기 시작했다.

"이제부터 돗도리도 하시바 지쿠젠노카미 님의 치하에 들어갔다."

그 소식이 전해지자 성 아래 마을의 모습은 깜짝 놀랄 만큼 일변했으며 산인 지방의 난민들이 몰려들었다.

"나는 단고에서 옮겨왔다."

"나는 단바에서 이곳으로 왔다."

전쟁 때문에 한때 피난을 갔다가 다시 돌아온 토착민뿐 아니라 상인과 농부 들까지 몰려들 정도였다. 장사치를 비롯한 직인들은 물론 떠돌이 예인에서 승려와 의원까지, 마을을 구성하는 데 필요한 백 가지 직업을 가진 사람들이 자처해서 모여들었다. 그리고 그들은 입이라도 맞춘 듯 다음과 같이 말했다.

"지쿠젠 님의 영지에 있으면 어쩐지 안심이 되고, 생활하는데도 왠지 즐겁고 보람이 있어 힘이 난다. 단바나 단고, 그 외 다른 기나이도 안심하고 살 수 있지만 그곳들과는 음지와 양지만큼 차이가 있다."

무지한 백성들의 말이라고는 하지만 근년에 이르러 백성들 사이에 그러한 생각이 또렷하게 각인된 듯했다. 각 나라와 지방의 실상은 사람들의 입을 통해 전해지고 있었는데 의외로 민간에서는 알 수 없는 일까지 실로 상세하고 정확하게 전해졌다.

사람들은 '고레도 마쓰히데 님은 이렇게 싸워서 이렇게 이겼다. 그리고 이러한 법령을 선포하고 다스리고 있지만 실제로는 이러이러하다'라는 구체적인 실상까지 알고 있었다. 또 노부나가가 직접 출정해서 지휘를 하고 점령한 곳은 너무 엄격하게 다스려서 사람들이 두려워하는 풍조가 있었는데 가령, 노부나가가 출정한다는 소식을 들으면 그 지방의 백성들은 싸움이 곧 끝날 것이라고 예상하며 아무리 견고한 성과 적도 순식간에 굴복할 것이라고 믿고 있었다.

"그분이 정벌하러 오시면 풀과 나무까지 말라버릴 것이다."

백성들은 평화가 멀지않았다는 기쁨 대신 앞으로 혹한의 겨울이 다가올 것이라는 두려움에 가까운 공포심을 먼저 느끼고 있었다.

한편 돗도리가 함락됐다는 소식은 모리 쪽에 큰 충격을 전해줬다. 깃카와 모토하루가 직접 아키를 출발했을 무렵, 히데요시는 점령지를 미야베 젠쇼보宮部善性坊와 기노시타 시게가타木下重堅 두 장수에게 맡기고 히메지로 돌아가고 있었다.

돗도리 성을 구하기 위해 급거 달려왔지만 너무 늦었던 깃카와 군과 공을 세우고 돌아가는 히데요시 군은 도중에 있는 호우기의 우마노馬之 산에서 대치했다. 하지만 양군은 서로 대치한 채 한 달이 넘게 싸우지 않다 그대로 군사를 물리고 돌아갔다. 물러갈 때, 히데요시는 이렇게 말했다.

"싸우지 않는 것 역시 하나의 전법이다. 모토하루의 기량을 잘 알게 되었다."

깃카와 모토하루 역시 아키로 돌아가면서 혼자 이렇게 뇌까렸다.

"앞으로 주고쿠에 큰 시련이 찾아오겠구나. 그와 같은 자가 세상에 나왔으니 바야흐로 천하는 더 이상 단순한 전란의 시대가 아니다."

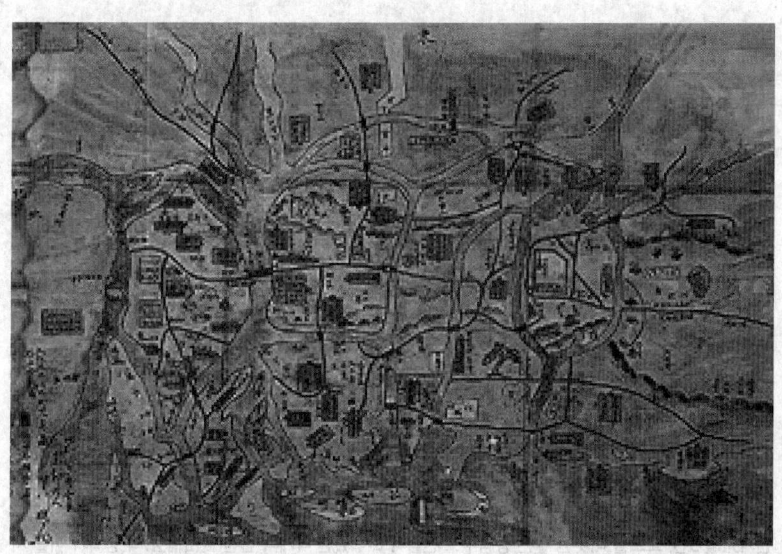

● 1570년 이시야마 전투

이시야마 전투 또는 이시야마 합전이라 불린다. 겐키(元亀) 원년 9월, 정토진종 혼간지(浄土真宗本願寺派) 세력과 오다 노부나가(織田信長)의 세력이 셋쓰노쿠니 이시야마에서 맞붙은 전투이며 잇코잇키(一向一揆) 중 가장 규모가 컸었다고 한다. 이 전투가 끝나면서 일본 각지의 잇코잇키는 그 수가 크게 줄어들다가 결국 사라지고 만다.

● 1572년 미카타가하라 전투

겐키元亀 3년, 교토를 비롯한 일본 중심부로 진출하고자 했던 다케다 신겐(武田信玄)의 병력과 이를 저지하려는 오다 노부나가(織田 信長)·도쿠가와 이에야스(德川 家康) 연합군 병력이 도토미(遠江) 국의 지배권을 두고 벌어진 전투이다. 이 전투에서 오다·도쿠가와 연합군이 대패하면서 도쿠가와는 멸망 직전까지 이르렀지만 갑작스러운 신겐의 급사로 인해 도쿠가와는 구사일생하고, 오다 노부나가는 바야흐로 천하일통(天下一統)의 확실한 기회를 얻게 됩니다.

부정父情

히데요시는 아무리 바빠도 불평을 한 적이 없었다. 돗도리를 수중에 넣고 우마노 산에 진을 친 뒤 히메지 성으로 돌아오자마자 바로 부장에게 물었다.

"배는 다 준비되었는가?"

히데요시는 시고쿠로 건너갈 생각을 하고 있었다. 그것은 구로다 간베가 돗도리 성이 함락되는 것을 보지도 않고 군사를 이끌고 진중에서 급히 아와지淡路로 건너가 시고쿠에 산재해 있는 적대 세력들을 이를 잡듯 소탕하고 있었기 때문이다.

조소카베 모토치카長曾我部元親는 시고쿠에 세력을 두고 오랫동안 노부나가에게 대항하고 있었다. 하지만 노부나가는 멀리서 미요시三好 일족을 원조하며 지금까지 조소카베를 견제해왔는데 더 이상 미요시 일족의 힘만으로는 조소카베 세력을 막기는 어려워졌다. 그래서 노부나가는 급히 히데요시에게 명을 내렸고, 히데요시는 돗도리를 공략하는 도중에 구로다 간베에게 병력을 나눠주고 센고쿠 곤베仙石権兵衛를 붙여준 뒤 그를 시고쿠로 보낸 것이었다. 하지만 어디까지나 히데요시는 주고쿠 공략이 근간이었지 시고쿠는 지엽에 불과했다.

그는 조소카베 모토치카와 같은 사람을 바람 속에 방치하면 큰불을 낼 사람이라고 생각하면서도 지금은 재 속의 작은 불씨 정도로 여기고 있었다. 아와지를 점령하고 오사카와 주고쿠 간의 해상을 확보한 히데요시는 스노모토須本 성을 센고쿠 곤베에게 맡기면서 시고쿠 정벌을 명한 뒤 즉시 간베를 데리고 히메지로 돌아왔다.

그때가 11월 중순 무렵이었다. 히데요시는 히메지로 돌아오자마자 이번에는 비추의 고지마児島로 가서 출정 명령을 내렸다. 그곳에 있는 무기메시麥飯 산의 성에서 우에키 이즈모노카미植木出雲守가 적대감을 드러내고 있었던 것이다. 간베가 고지마를 정벌하기 위한 계책을 실행하기에 지금이 호기라고 이따금 간했지만 그때마다 히데요시는 자신에게 생각이 있다며 흘려들었다.

간베는 그것이 무엇인지 이번 출전 무렵이 돼서야 알게 되었다. 일찍이 히데요시는 나가하마에 있는 자신의 가정에 노부나가의 넷째 아들인 쓰기마루를 양자로 받아들여 아내인 네네와 노모에게 맡기고 주고쿠에 와 있었다. 그 쓰기마루가 어느새 관례를 올릴 나이가 되자 히데요시는 올봄에 나가하마에 사람을 보내 전쟁터로 불러왔다. 그리고 무장의 아들로 진중의 고충에도 익숙해져야 한다며 때때로 쓰기마루를 전선으로 데려가서 경험을 쌓게 했다.

"저렇게까지 엄하게 대하지 않아도 될 터인데."

히데요시는 병사들이 걱정하는 소리를 들어도 모른 체했다. 이번 무기메시 산의 출정에는 병력 일만오천이 출정했는데 히데요시는 노련한 신하와 용맹한 젊은 장수를 각 부대마다 배치하고 총대장에는 오쓰기를 임명한다고 발표했다. 그리고 싸움에 임하는 아들을 불러 말했다.

"많이 배우고 오너라."

히데요시는 이기고 오라거나 죽을 각오로 출정하라고 하지 않았다.

그때 쓰기마루의 나이는 열네 살에 불과했다.

이윽고 12월 중순, 쓰기마루의 군사는 공을 세우고 개선했다. 양부이자 주고쿠 총독이기도 한 히데요시는 개선장군인 자신의 아들을 예를 갖추고 맞이한 뒤 가까이 불러 어깨를 어루만지며 말했다.

"잘했다. 어떠하냐? 전쟁이란 재미있지 않더냐? 적을 이기기 위해서는 어떻게 해야 하는지 이제 알았을 것이다."

히데요시는 그 기쁨을 혼자서 독점할 마음이 없었다. 또 한 사람, 자신보다 더 기뻐할 사람이 있었다. 아니, 자신의 만족감은 차치하더라도 그 사람을 위해 이 일을 기획한 것이 아닌가 생각될 정도였다.

"오쓰기가 초전에서 무공을 세웠다는 말을 들으면 우대신 가에서도 크게 기뻐할 것이다. 그러니 속히 아즈치에 사자를 보내 알려드리도록 하라."

히데요시는 아사노 야헤를 사자로 선발해 그날 바로 아즈치의 노부나가에게 서신을 보냈는데 그 내용은 다음과 같았다.

참으로 세월이 빠른 듯 오쓰기가 어느덧 열네 살이 되었습니다. 노모와 아내인 네네가 평소 눈에 넣어도 아프지 않을 만큼 사랑스러워하며 나가하마의 집 밖으로는 일절 내보내지 않습니다만, 그래서는 장차 대기의 자질을 부모가 꺾는 것과 같다고 여겨, 주고쿠를 공략할 때 진중으로 불러 일 년 동안 전선의 고단함을 몸소 겪으며 지내게 했습니다.

그로 인해 이젠 눈에 띄게 듬직한 무사가 되어 송구한 말씀이지만, 골격과 외모가 주군을 방불케 하는 면모를 보이기도 합니다. 하여 이번에 비추의 무기메시 산의 우에키 이즈모노카미 정벌을 위해 일만오천 대군의 대장으로 임명하여 초전에 나서게 했는데 불과 한 달도 되지 않아 개선하였고, 군사를 지휘하고 통솔함에 있어서도 부족함이 없을 만큼 훌륭하였으니 부디 함께 기뻐해주시길 바랍니다.

그런 연유로 오랜만에 주군의 건승한 모습을 뵙고 싶은 마음도 간절하여 세밀 인사를 겸해 찾아뵙고자 합니다. 자세한 것은 그때 말씀을 올리겠습니다만, 오쓰기도 이젠 어엿한 무사로 소임을 다하였으니 이번 기회에 관례를 올려 하시바 쇼쇼 히데카쓰羽柴少将秀勝라고 부르도록 하였습니다. 히데요시라는 이름은 주군으로부터 하사받은 것이며 '히데秀'는 부모로부터 물려받은 것입니다. 주군의 생각은 어떠하신지 모르겠습니다.

그는 부모로서 솔직한 심정을 토로했다. 노부나가는 서신을 받고 무척이나 기뻐했다. 그는 몇 번이고 편지를 반복해서 읽었다. 자신의 피를 이어받은 아들이 비록 신하의 가문에 양자로 들어갔다고 해도 부모의 입장에서는 어디서 어떻게 자라고 있는지 근심하지 않을 수 없었다.

"이 노부나가도 진심으로 기뻐하고 있다고 잘 전하도록 해라. 그리고 지쿠젠이 직접 세밑에 온다고 하니 학수고대하며 기다리겠다는 말도 함께 전하라."

사자인 아사노 야헤는 극진한 대접을 받은 뒤 히메지로 돌아갔다.

그 뒤 노부나가에게 또 다른 아들의 소식이 전해졌다. 오랫동안 고슈甲州에 볼모로 가 있던 막내아들 고보마루御坊丸가 고슈의 사자와 함께 아즈치로 돌아왔던 것이다.

신겐의 고간甲館

노부나가의 다섯째 아들인 고보마루는 오래전 미노의 이와무라岩村 성의 성주인 도오야마 카게도遠山景任에게 양자로 보낸 아들이었다.

겐기元龜 3년(1572년) 무렵, 성주인 도오야마가 몰락하자 고보마루는 적국인 가이의 다케다 가에 잡혀갔는데, 그 이래로 다케다 가쓰요리는 노부나가의 혈통인 그를 좋은 인질이라고 생각하며 기르고 있었던 것이다. 그런 고보마루를 고슈의 다케다가 일부러 보내왔으니 노부나가에게는 히데요시가 쓰기마루의 관례를 알려온 것 이상으로 기쁜 일이었음이 분명했다.

"그런가."

그렇게 말한 노부나가는 어른이 된 고보마루에게 '많이 컸구나'라는 말을 건넬 뿐 가신들과 함께 고슈의 사자를 환대하는 연회에 참석해 술만 권하고 있었다.

"어째서 고보마루 님이 돌아오신 것에 대해서는 그다지 기쁜 기색을 보이지 않는 것일까?"

가신들은 그런 노부나가의 모습을 의아하게 여겼다. 얼마 뒤, 고슈의 사신들이 만족해하며 돌아가자 노부나가는 곁에 있는 심복에게 넌

지시 말했다.

"때가 온 듯하구나. 마침내 기다리던 때가."

그리고 노부나가는 다시 덧붙여 말했다.

"고슈의 세력도 어느덧 지는 해와 다름없구나. 우리가 원하지도 않았던 인질을 보내왔다는 것은 우리에게 잘 보이고자 하는 고슈의 교태가 아니고 무엇이겠는가. 이 한 가지만 보더라도 지난날 고슈 군의 기개는 쇠퇴한 것이 분명하다."

그는 자신의 아들이 무사히 성장한 모습보다 고슈 군의 쇠퇴를 먼저 직감한 것이다. 그리고 아버지로서의 기쁨보다 더 큰 기쁨을 홀로 맛보고 있었던 것이다. 자신이 직접 사자를 환대하며 흉금을 털어놓고 이야기했던 것도 사자의 입을 통해 자신의 직감을 확인하기 위해서였다.

"아아, 그런 깊은 뜻이 있으셨구나."

노부나가의 심복들은 나중에야 그것을 깨달았다. 노부나가는 평소에 모으고 있던 고슈의 근황이나 이번 사자들의 말 등을 종합해서 또 한 가지 고슈의 쇠퇴를 확신할 수 있었다. 그것은 다케다 가쓰요리가 이번 여름인 7월 이래로 조부 대대로 살고 있던 쓰쓰지가사키의 저택을 나와 '고신푸御新府'라고 칭하는 새로운 성을 고슈의 니라사키韮崎 부근에 쌓고 벌써 그곳으로 옮겼다는 사실이었다. 노부나가는 그것을 지적하며 말했다.

"신겐은 역시 신겐이었다. 그는 살아생전, 천하에 이렇게 말했다. 내 대에는 고슈 사 군 안에 결코 성곽을 쌓지 않고 해자 하나로 둘러싸인 저택으로 족하다고. 그런데 가쓰요리가 그곳을 나와 새로운 성으로 옮긴 것은 이미 부친인 신겐과 같은 자신감을 잃어버렸기 때문일 것이다."

노부나가는 서고 안에서 한 장의 지도를 꺼내 측근들에게 명했다.

“그것을 펼쳐보라.”

아군의 첩자가 고생해서 그려온 고후甲府의 쓰쓰지가사키의 지도였다. 세상에서는 그것을 고간甲館이라고 칭하거나 오야가타御館라고 부르기도 했고, 또는 쓰쓰지가사키 성이라고도 했다. 하지만 그것은 결코 성의 양식으로 만들어진 것이 아니었다. 평범하고 평탄한 땅에 해자 하나를 둘러친 거대한 저택에 지나지 않았다. 그리고 동서 백오십 간間, 남북 백육십 간의 넓은 저택이었지만 흙으로 쌓아올린 십 척 정도의 제방과 사방의 문과 해자만 있을 뿐이었다.

“어떠한가? 이것만 보더라도 가이甲斐 일국을 성으로 삼고 있던 신겐의 기개를 알 수 있을 것이다. 하지만 아들인 가쓰요리의 대가 되자 오직 성은 고후와 니라사키밖에 남지 않았다.”

노부나가는 지도를 들여다보면서 이미 가이를 자신의 손안에 넣은 것처럼 말했다.

진상품

다사다난했던 덴쇼 9년도 얼마 남지 않았다. 세밑이 다가오고 있었다.

히데요시는 '주고쿠의 총독, 하시바 지쿠젠노카미 히데요시, 아즈치로 상경'한다고 공공연히 밝힌 뒤 자신의 임지인 반슈의 히메지에서 떠들썩하게 출발했다. 앞서 서신으로 양자인 쓰기마루의 관례를 알리면서 세밑 인사를 하러 간다고 했던 터라 노부나가는 학수고대하며 기다리고 있을 것이었다.

히데요시는 관례를 올린 쓰기마루, 아니 하시바 히데가쓰와 함께 아즈치에 도착한 뒤 서둘러 성안에 도착했다는 소식을 전하고 일단 숙소로 들어갔다. 그 소식은 바로 노부나가에게 전해졌다.

"왔구나."

노부나가는 밝은 표정으로 즉시 측신인 호리 규타로 히데마사堀久太郎秀政와 스가야 규에몬菅谷九右衛門을 불러서 명했다.

"히데요시가 오랜만에 전쟁터에서 상경하였다. 다년간의 군무와 전쟁으로 마음고생이 심했을 터. 내일 아침 등성을 하면 그간의 고생을 위무할 것이니 그대들이 주연을 잘 준비하도록 하라."

"잘 알겠습니다."

"히데요시도 예전의 도키치로가 아니다. 지금은 몇 개의 나라를 소유한 제후이니 그것을 명심하고 준비하도록 하라."

"예, 소홀함이 없도록 오늘 저녁부터 만전의 준비를 다하겠습니다."

두 사람은 물러나와 선부에서 일하는 사람들을 불러 모아 주연 준비에 소홀함이 없도록 명하고 성 밖으로 나갔다. 사전에 히데요시의 내일 아침 등성 시각과 일행이 얼마나 되는지 상의하고 노부나가의 뜻을 전하기 위해서였다.

히데요시 일행이 머물고 있는 상실사 숙소는 아직도 혼잡했다. 호리와 스가야가 장막을 쳐놓은 현관에 이르자 후쿠시마 이치마쓰와 가토 도라노스케가 마중을 나왔다.

"어서 오십시오. 나리께서는 방금 여독을 풀기 위해 목욕을 하러 들어가셨습니다."

두 사람은 공손히 호리와 스가야를 맞이하며 경내의 대서원으로 안내했다. 두 사람은 그곳에서 목욕을 끝내고 나올 히데요시를 기다리면서 다과를 가지고 온 시종이나 인사를 하러 나온 가신들을 바라보며 서로 속삭였다.

"하시바 님의 가풍이라고 할까, 모든 사람에게서 거만하거나 아첨하는 듯한 모습도 없고 실로 밝은 기운이 느껴지는구려. 우리 가문의 사람들이 저리 보이면 좋으련만 그것이 마음대로 되는 일이 아니어서……."

그때 큰 복도 쪽에서 히데요시의 모습이 보였다. 뒤에서 따라오는 가신들이 뒤처질 만큼 그의 걸음걸이는 굉장히 빨랐다.

"오, 오셨습니까."

히데요시는 자리에 앉기도 전에 두 사람의 뒤에서 그렇게 말하며 자리에 앉았다.

"오랜만입니다. 무고하셨습니까?"

히데요시는 양손을 짚고 예를 취하고 나서 형식적인 인사를 건넸다. 호리 규타로와 스가야는 문득 예전의 도키치로가 아니라고 주의를 준 노부나가의 말을 떠올렸다. 그래서 이곳에 와서 인사를 할 때에도 주의를 기울이고 있었는데, 히데요시가 예전과 변함이 없는 태도로 인사를 하자 두 사람은 당황했다.

"이거 오랜만에 뵙습니다."

두 사람은 그렇게 말하고는 자리에서 일어나 공손하게 예를 취했다.

"그간 이렇듯 무탈하신 듯하니 그보다 기쁜 일은 없을 것입니다."

"자자, 편히 앉으시지요."

히데요시는 처음부터 전쟁에 대한 이야기를 꺼내더니 자신이 보지 못한 사이에 아즈치의 마을과 문화가 장족의 발전을 이루어 깜짝 놀랐다며 그 이야기를 계속하려고 했다.

"저, 실은."

스가야와 호리는 간신히 히데요시의 말을 제지했다.

"오늘은 우대신 님의 뜻을 받들어 사자로 온 것이어서."

"오, 주군의 사자로 오신 것입니까? 이거 송구합니다."

히데요시는 황망히 자리에서 조금 물러나더니 자세를 바로 했다.

"아직 보고만 올리고 직접 인사도 올리지 못했는데 주군께서 먼저 사자를 보내시다니 정말 송구합니다. 그런데 주군께서는 무슨 일로?"

"아니, 그리 송구해하실 필요는 없습니다. 우대신 님께서도 지쿠젠 님과의 만남을 학수고대하며 즐거운 마음으로 기다리고 계신 듯, 내일 아침 지쿠젠 님이 등성하실 때, 어떻게 대접해야 하는지에 대해 직접 말씀하셨습니다. 그래서 내일의 일정을 사전에 여쭙고 싶어서 이렇게."

"이거, 참으로 과분한 일입니다."

히데요시는 절을 한 뒤 내일 아침의 등성 시각을 말했다. 그리고 두 개의 목록을 내밀며 말했다.

"주군을 뵙고 나면 저는 곧 주고쿠의 임지로 가야 하기 때문에 이번 상경에서 세밑의 축하와 인사를 겸하고자 이렇듯 새로 평정한 지방의 특산물들을 가져왔습니다. 제 작은 선물이라고 말씀을 올리고 주군께 올려주시길 바랍니다."

한 개는 노부나가에게 올리는 목록이었으며, 또 다른 목록은 노부나가의 부인을 비롯한 측실들을 위한 것이었다.

"그리하도록 하겠습니다."

호리 규타로가 목록을 품속에 넣으며 말했다.

"그럼 피곤하실 터이고 저희도 내일 아침 준비로 바쁘니 그만 돌아가겠습니다."

"아니, 잠시만 기다려주십시오."

호리가 스가야를 재촉하며 일어서려는데, 히데요시가 그렇게 말하고는 갑자기 안쪽으로 들어가는 것이었다. 두 사람은 어쩔 수 없이 그곳에서 선 채로 기다렸지만 시간이 지나도 히데요시는 나오지 않았다. 두 사람은 히데요시가 무슨 연유로 기다리게 했는지 의아스럽게 여기며 대청으로 나왔다. 그리고 황량한 경내의 정원에 서리를 맞지 않도록 짚을 씌워놓은, 붉은빛이 희미하게 감도는 모란을 바라보며 서 있었다. 이윽고 발소리가 들리더니 히데요시가 와서 두 사람에게 말했다.

"오래 기다리셨습니다. 자, 가시지요."

두 사람이 놀라면서 뒤를 돌아보자 히데요시가 예복을 갈아입고 서 있었다. 두 사람이 물을 새도 없이 히데요시는 현관 쪽으로 앞서 걸어갔다. 어느 틈엔가 사자가 타고 온 말과 히데요시가 타고 갈 말도 현관

쪽에서 대기하고 있었다. 시종들이 우르르 앞다퉈 뒤를 따랐다.

어디를 가는지 물을 필요도 없는 듯했다. 예복으로 갈아입고 나온 것으로 보아 성으로 갈 생각인 듯했다. 하지만 그의 등성은 내일 아침으로 예정되어 있었기 때문에 지금 가면 성안 사람들이 당황할 테고, 노부나가도 전혀 예상하지 못하고 있을 터였다.

호리와 스가야가 조금 걱정스런 표정으로 뒤따라오자 히데요시가 돌아보며 말했다.

"비록 내일 아침에 등성하기로 되어 있으나, 주군께서 먼저 사자를 보내셨음에도 인사를 올리지 않는 것은 황송한 일일 것입니다. 그러니 오늘은 그저 객전에서나마 잠시 인사만 올리려고 합니다. 자, 그러니 먼저 가셔서 그렇게 고해주시길 바랍니다."

어디선가부터 희미한 등불이 하나둘 켜지더니 여인들의 쾌활한 목소리가 새어나왔다. 아즈치 성의 깊숙한 내전에서는 다가오는 봄을 맞이하기 위해 준비에 여념이 없는 듯했다.

가노 산라쿠狩野山樂가 그린 그림을 비롯해 조각 작품이 진열된 아즈치 성은 흡사 당대 거장들의 작품을 모아놓은 예술의 전당과도 같았다. 이곳의 주인인 우대신 노부나가가 역시 예전에 머물던, 채 이십 년도 되지 않은 기요스의 작은 성과 비교하며 그런 감상에 젖을 것이 분명할 터였다.

내전과 중전 사이에 있는 당교의 난간에 서서 바라보자 무수한 부채를 겹쳐놓은 듯한 천수각의 오 층 처마와 사쿠라몬櫻門[143] 전각의 큰 처마는 허공에서 아름다운 곡선을 그리며 서로 교차하고 있었다. 그리고 산 위에서 산기슭에 이르기까지 호장한 건축물의 벽과 지붕 숲 사이로 넓고 평평하게 펼쳐진 아즈치 성 아래의 시가지는 짙은 쪽빛의

---

143 오사카 본성으로 들어가기 위한 문으로 주변에 벚꽃이 많아 사쿠라몬이라는 이름이 붙었다.

황혼 속에서 별을 뿌려놓은 것처럼 등불의 바다를 이루고 있었다.

"뭐라, 지쿠젠이 왔단 말인가?"

노부나가는 저녁을 먹기 위해 밥상 앞에 앉았다가 의외라는 듯 외치더니 이내 다른 방으로 걸음을 옮기며 시종들에게 재촉했다.

"하카마, 하카마를 내오너라."

그리고 저녁 시중을 드는 시녀들의 얼굴을 돌아보며 말했다.

"저녁은 나중에 먹을 터이니 상을 치우도록 하라."

노부나가는 시종들이 황망히 내미는 하카마를 받아 갈아입은 뒤 허리끈을 매면서 말했다.

"규타로, 구에몬. 지쿠젠은 어디까지 와 있느냐?"

호리 규타로와 스가야 구에몬은 노부나가의 당황하는 모습을 보며 송구한 듯 말했다.

"객전에 혼자 앉아 있습니다. 오늘은 멀리서 인사만 올리고 바로 숙소로 돌아간 후 예정대로 내일 아침 등성해서 알현을 청할 것이라고 했습니다."

"지쿠젠답구나. 가벼운 마음으로 인사만 하러 온 것이로군. 하나 기왕에 온 것, 얼굴도 보지 않고 돌려보낼 수 없는 법. 은밀히 만나도록 하겠다!"

노부나가는 그렇게 말하며 입었던 하카마를 벗었다. 그는 자연스러운 것을 좋아했다. 허물없이 대하면서도 그 속에서 격식을 지키는 것을 좋아했다. 그래서 격식을 차리지 않고 지나치게 허물없이 대하다가는 반드시 그의 격노를 사기도 했다. 사대주의를 싫어하는 듯했지만 군신 간의 예절이나 격식에는 철두철미한 편이었던 것이다.

만일 조금이라도 그것을 경시하면 어떤 중신이나 제후라고 해도 즉시 엄벌에 처했다. 그래서 측근이나 장수를 비롯한 문화 인사들도 노부나가를 알현할 때는 말 한 마디나 거동 하나에 극도로 주의를 기울이고 함부로 웃지 않았다. 그 때문에 노부나가는 때때로 조바심 같은 것을 느꼈다. 사람의 온정이나 인간미가 결여된 생활 속에서 살고 있는 자신에게 싫증을 느끼면서 갑자기 손님 앞에서 크게 하품을 하며 이렇게 말하기도 했다.

"아아, 매일 목상과 이야기하는 것은 참으로 따분하구나. 목상들은 아무리 불편해도 의관이나 허리띠를 풀 수 없으니 말이네."

그는 뭔가 마음에 들지 않으면 사람들을 목상이라고 했다. 아즈치의 전각에 있는 많은 사람 속에서 진솔한 생활과 인간미가 있는 사람을 찾았던 것이다. 그런 그에게 오늘 밤, 히데요시가 홀연 찾아온 것이었다. 게다가 노부나가의 말을 빌리자면 내일 아침 등성하겠다고 약속했음에도 의관이나 형식에 구애받지 않는 실로 상식 밖의 사내가 찾아온 것이었다.

"오, 지쿠젠, 오랜만이네."

노부나가는 하카마의 허리띠를 채 졸라매기도 전에 벌써 큰 걸음으로 객전에 와 있었다. 그리고 그곳에 혼자 앉아 있던 히데요시를 보자 손짓을 하며 말했다.

"참으로 반갑네. 내일 만날 것이라고 생각하고 있었는데 잘 왔네. 잘 왔어. 이곳은 너무 넓어서 추우니 어서 이쪽으로 오게."

그것은 전례가 없는 일이었다. 우대신인 노부나가가 직접 앞장서서, 게다가 자신의 거실로 안내했던 것이다. 히데요시는 그러한 주군의 환대에 황송해하며 무슨 말인가를 하려고 했다.

"주군, 아니 어찌."

하지만 노부나가가 개의치 않고 앞장서서 가자 히데요시는 몸을 숙인 채 황망히 쫓아가서 고했다.

"측신에게 명을 내려 부르시면 될 것을 어찌 이렇듯 직접 나오셨습니까."

"괜찮네. 어서 들어오게."

어느 틈엔가 노부나가의 거실 앞까지 와 있었다. 그날 밤, 노부나가는 정말로 기분이 좋은 듯했다. 그는 '히데요시에게 요를 내어주어라, 추우니 손난로를 주어라, 차보다 술이 좋겠다, 저녁은 먹었느냐'며 실로 세세한 부분까지 묻고 시종들에게 지시했다. 마치 친동생을 대하는 듯했다.

히데요시는 엎드린 채 감읍해서 그저 '예예'하고 대답밖에 할 수 없었다. 때때로 속에서 뜨거운 감정이 솟구쳐 오르는 것을 억제할 수가 없었다. 노부나가도 히데요시의 그런 모습을 보자 눈시울이 붉어졌다. 눈물이 많은 사내 둘이 만난 것처럼 두 사람은 시종과 근신의 시선을 의식하며 한동안 얼굴을 돌린 채 다른 곳을 바라보고 있었다. 이윽고 노부나가가 입을 열었다.

"오랫동안 염천 무렵부터 한겨울에 이르기까지 이나바, 호우기와 같은 벽지에서 고생이 많네. 늘 걱정하던 참에 이렇듯 보니 오히려 젊어진 듯하지 않은가. 지쿠젠, 이전보다 젊어졌구먼."

"아닙니다. 주군께서도 해마다 젊어지시는 듯합니다."

히데요시는 이곳에 오기 전에 깎은 면도 자국을 쓰다듬으면서 처음으로 웃었다. 술상이 들어오고 두 사람 사이에 몇 차례 술잔이 오갔다. 노부나가가 사람을 허물없이 대하는 일은 일족이라고 해도 좀처럼 없는 일이었다.

"오쓰기가 초전을 치렀다는 말을 듣고 어느새 갑주를 찰 나이가 되었구나 생각했네. 세월이 참으로 빠른 듯하네."

"주군께 한번 보여드리고 싶었습니다. 내일 아침에 데리고 오겠습니다. 나가하마의 아내와 노모에게도 보여주고 싶습니다.”

“이곳까지 왔으니 당연히 보여드려야지. 자네도 나가하마에서 하룻밤 머물도록 하게.”

“아닙니다. 그럴 틈이 없습니다. 반슈의 임지에는 아직 몇 년이나 처자식의 얼굴을 보지 못한 부하가 많은데 어찌 저 혼자 노모와 아내를 만나고 갈 수 있겠습니까.”

“자신에게 너무 엄격한 것이 아닌가. ……그렇지. 다케다 가가 오랫동안 고슈에 볼모로 잡고 있던 다섯째, 고보마루를 돌려보낸 것을 알고 있는가?”

“예, 소문으로 들었습니다.”

“어찌 생각하는가?”

“경사스런 일이라고 생각합니다.”

“고보마루가 무사한 것이 말인가?”

“그것도 그렇습니다만, 또 한 가지, 다케다 가의 무운을 생각해서도.”

“흐음.”

두 사람은 많은 것을 말하거나 묻지 않았다. 그저 이심전심으로 고개를 끄덕였다.

“내년 봄, 산의 눈이 녹으면 고슈를 공략하려고 하는데, 어떠한가?”

“응당 그러해야 한다고 생각합니다. 다 익은 나무의 열매를 흔들어 떨어뜨리는 이치와 같을 것입니다.”

“음, 꼭 그렇지만도 않네.”

“도쿠가와 님을 설득해서 미카와 군도 돕게 하는 것이 좋을 것입니다.”

“이에야스도 끊임없이 고슈 공략을 권했으나 오사카의 본원사 세력을 처리한 후가 좋을 듯하여 신중을 기하고 있었던 것이 지금에 와서 보니 오히려 다행인 듯하네."

"주군께서 고슈에 들어갈 무렵에는 제 군사들도 비추로 들어가 게 이슈의 모리 중군을 공략하고 있을지 모르겠습니다."

"고슈와 주고쿠 공략, 어느 쪽이 빠르겠는가?"

"물론 고슈가 더 빠를 것입니다."

"지쿠젠."

"예."

"질 수 없다며 큰소리를 칠 줄 알았는데, 약한 소리를 하는군."

"모리와 다케다는 본래 그 강함이 다릅니다. 고 산과 협수가 험준하다고는 하나 그것이 무너질 때는 순식간입니다. 다케다 누대의 정예는 여전히 수만을 자랑하지만 이미 신겐이라고 하는 기둥이 사라졌고, 안으로 화합하지 못하고 있습니다. 게다가 지리적으로 문화와 멀리 떨어져 있어 무기나 전법도 이미 시대에 뒤처져 있다고 할 수 있습니다."

"주고쿠에 있으면서 그대는 오히려 고슈 방면의 동정에 정통하지 않은가?"

"자신을 알고 적을 알기 위해서는 어느 나라든 유심히 살필 필요가 있기 때문입니다. 다케다에 비하면 주고쿠의 모리는 결코 호락호락하게 흔적도 없이 사라지지 않을 것입니다."

"그리도 뿌리가 깊은가?"

"해운이 편리하고 해외로부터의 문화, 특히 물자가 풍부하고 사람들이 예리하고 지적입니다. 그러한 풍족함을 갖추고 있으면서도 일족들은 죽은 모리 모토나리가 남긴 유훈을 굳게 지키고 있으니 단지 무력만으로 그들을 전멸시키는 것은 불가능하다고 여겨집니다. 계속 공세를 가하면서 그들에게 뒤지지 않는 문화와 경략을 펼쳐 토착민들의 마음을 사로잡지 않으면, 성을 공격해서 빼앗아도 결국 최후의 승리를

거둘 수 없을 것입니다. 그러니 부디 주고쿠의 싸움이 지체되고 의도
대로 되지 않더라도 요 몇 년 동안은 바람과 물결에 몸을 맡기고 대양
을 여행하는 것처럼 너그러운 마음을 지니고 기다려주시길 청합니다.”

노부나가와 히데요시는 밤이 깊어가는 것도 잊은 듯 끝없이 이야기
를 나누었다. 방을 사이에 두고 대기하고 있는 근신들의 얼굴에 근심
하는 기색이 역력할 정도였다.

“내일도 있고 하니 지쿠젠 님께 넌지시 주의를 주는 것이 어떻겠소
이까?”

스가야 구에몬이 호리 규타로에게 작은 소리로 상의했다. 규타로
가 고개를 끄덕이더니 이내 일어나서 마루를 돌아 두 사람이 있는 방
으로 허락을 구하러 들어갔다. 그리고 히데요시의 뒤쪽으로 다가가서
슬쩍 시각을 알려주자 히데요시는 그제야 깨달은 듯 등불을 바라보
며 말했다.

“벌써 밤이 이리 깊었습니까. 그것도 모르고 그만 이렇듯 오래.”

히데요시가 자리에서 물러가려고 하자 노부나가가 규타로에게 무
슨 일인지 물었다.

“내일 아침 일찍 등성해야 하고 또 밤도 너무 깊은 듯하여······.”

“음, 그렇군. 지쿠젠도 여장을 푼 지 얼마 되지 않았으니 꽤 피곤할
텐데.”

“아닙니다. 오히려 제가 너무 기쁜 나머지 주무실 시각도 분간하지
못하고······.”

히데요시는 호리 규타로의 호의에 인사를 하고는 물러가면서 호리
에게 물었다.

“아까 숙소에서 건넨 목록을 주군께 보여드렸습니까?”

“아직 그것조차 주군께 보여드릴 틈도 없었습니다. 지쿠젠 님을 이

리로 안내해오자마자 이야기를 나누시느라.”

“제가 실수를 했습니다. 그럼 나중에 전해주십시오.”

히데요시는 그렇게 말하고 곧 노부나가의 거실에서 물러나왔다. 히데요시가 물러간 뒤 호리 규타로와 스가야 구에몬은 히데요시에게 받은 진상품 목록을 노부나가 앞에 내밀었다. 하나는 노부나가에게, 또 하나는 노부나가의 부인과 내실들에게 바치는 목록이었다.

노부나가는 목록을 펼쳐 진상품의 내역을 들여다보았다. 그리고 몇 번이나 눈이 커질 정도로 감탄했다. 여간한 물건을 보고는 놀라지 않는 노부나가도 꽤나 놀란 표정이었다. 특별하고 귀한 진상품인 것만은 분명해 보였다. 노부나가는 잠자리에 들기 전에 호리 규타로와 스가야 구에몬에게 다짐을 받았다.

“지쿠젠이 마음을 다해 올린 진상품을 보지 않는 건 그의 성의를 무시하는 것일 터이니, 내일 아침 지쿠젠이 그것을 산으로 옮길 무렵에 천수각 위에서 볼 것이니 반드시 내게 알리도록 하라.”

호리와 스가야 두 사람은 무슨 일일까 하고 서로 얼굴을 바라보았다. 단순한 헌상품이 아닌 듯했다.

“사슴 한 마리라도 얼씬거리지 못하게 해야겠소이다.”

노부나가가 진상품을 천수각에서 바라보겠다고 하자 두 사람은 한밤중임에도 불구하고 시종과 하인 들을 불러 산 위에서부터 길 아래와 현관 앞의 정원과 산기슭 해자의 당교 부근까지 구석구석 청소를 시켰다. 그리고 비와 호의 모래를 일대에 깔고 시야가 닿는 곳까지 깨끗하게 빗질을 하게 했다.

“내일 대체 어떤 분이 등성하시기에 이처럼 공을 들여 마중 준비를 하는 걸까?”

아직 자세한 내막을 모르는 사람들은 어리둥절했다. 대단히 지체 높은 귀인이라도 오는가 하고 짐작만 할 뿐이었다.

어젯밤 늦게 잤는데도 노부나가는 아침 일찍 일어났다. 그의 오른편 자리에 눈에 띄는 사람이 부름을 받고 와 있었다. 사카이의 센노 소에키였다. 다도가 중 한 명으로 다도 모임이 열리면 반드시 초대를 받았고, 또 평소에도 노부나가가 자주 부르는 사람이었지만 근래 들어 그를 본 것은 오랜만이었다.

오사카 본원사의 철거 후 추방당한 사쿠마 우에몬 부자의 죄목 중에 다도에 심취하고 풍류에 정신이 팔렸다는 구절이 있었던 것이다. 그래서 사람들은 노부나가가 불교에 대해 가혹한 처벌을 내린 것처럼 근래 유행하는 다도에 대해서도 똑같이 탄압할 것이라고 생각했다.

다도는 히가시야마도노東山殿, 즉 무로마치 팔 대 장군인 아시카가 요시마사足利義政 대부터 무가에 전해진 뒤 공식적인 향응이 된 이래로 일반 백성들의 가정에서도 교우交友나 심신 수양으로 이용되었다. 또 다도는 더 이상 유행이라고 할 수 없을 만큼 일상 속에 깊이 스며들어 있었다. 그런 만큼 다도에 종사하는 사람들은 다도의 다기가 사치스러워지는 것과 같은 악풍을 근심하기도 했다.

그런 와중에 다도가 사쿠마 부자를 추방한 죄목 중 하나가 알려지자 찻숟가락이나 다기를 닦는 비단 수건 등을 모으기 시작한 제후들까지 '차는 아예 멀리하는 것이 몸을 보존하는 길이다'라며 다도를 멀리하게 되었던 것이다.

그로 인해 자연스럽게 다도의 왕래도 사라지고, 사카이나 교토를 중심으로 소위 '다가茶家'라고 불리던 이들까지 숨을 죽이고 있었다. 그러한 때에 센노 소에키가 아즈치에 모습을 나타낸 것은 다도를 사랑하는 이들에게 한 줄기 서광이 비치는 것과 마찬가지라고 할 수 있었다.

그날 소에키는 아침 일찍부터 아즈치 성의 정원 안에 있는 다실에 들어와서 제자 한 명을 데리고 성에 찰 때까지 실내를 쓸고 닦고 바깥 청소를 하는 데 여념이 없었다. 이윽고 모든 청소와 다도회 준비가 끝나자 노부나가가 있는 거실로 와서 고했다.

"모두 마쳤으니 한번 보도록 하시지요."

노부나가는 고개를 끄덕이고 이내 함께 일어섰다.

다석茶席은 다다미 여섯 장 크기였다. 차를 넣어두는 차통에는 대해大海가 새겨져 있었다. 차통은 눈에 띄지만 화병에는 아직 꽃이 꽂아져 있지 않았다. 손님을 맞기 직전에 꽂기 위해 물독 옆에 있는 작은 통에 밑동을 담가두고 있었다.

"됐소."

노부나가는 한번 둘러본 뒤 밖으로 나왔다. 그러자 나무 그늘로 물러가서 거미처럼 땅에 이마를 대는 사람이 있었다.

"누구냐?"

노부나가가 묻자 뒤에 있던 소에키가 대답했다.

"제 제자입니다."

노부나가는 아무 말도 하지 않고 정원 끝 쪽으로 걸어갔다. 그리고 뒤를 돌아본 뒤 웃으며 말했다.

"소에키, 아직 서리도 녹지 않았는데 시각이 너무 이른 듯하지 않은가."

석가산의 정자에 나란히 섰을 때 소에키가 근래 다도가 쇠퇴한 이야기를 꺼내자 노부나가가 다시 웃으면서 말했다.

"그랬소? 모두들 그렇게 받아들이고 있었군. 왜 그리 잘못 받아들였는지, 나는 이제껏 다도를 금한 적이 없소이다. 하나 사쿠마와 같이 무능한 자가 다도에 빠지는 것은 다도의 폐해라고도 할 수 있을 것이오.

모두들 신명을 다해 싸우고 열심히 일하는데 저 혼자 유유자적 지내는 자가 있다면 용서할 수가 없으나 히데요시와 같이 다망한 사내에게는 권장하고 싶소. 오늘 아침의 다도는 모두 그와 같은 사내를 위해 준비한 것이오.”

근신들이 와서 히데요시가 등성할 시각이 가까워졌다고 고하자 노부나가는 소에키를 남겨두고 천수각으로 갔다.

해가 높이 떠올라 겨울 아침을 따스하게 비추고 있었다. 나무 우듬지 위의 얼음꽃이 이슬과 함께 반짝이고 있었고 한눈에 내려다보이는 아즈치의 시가지도 서리에 젖어 있었다.

“훠이, 물렀거라. 훠이…….”

산기슭의 성문에서 우렁찬 소리가 들려오자 노부나가는 유심히 바라보았다. 그의 옆에는 내실들과 아들들도 있었다. 근신과 시종 들도 모두 도열해서 눈부신 아침 햇살을 맞으며 바라보고 있었다.

“오, 저것인가?”

노부나가가 탄성을 질렀다. 노부나가를 놀라게 한 물건은 분명 범상한 물건이 아니었다.

“모두 저것을 보아라.”

노부나가가 손으로 가리키며 주위에 있는 사람들을 돌아보았다.

“여봐라, 실로 대단하지 않은가. 저것이 모두 지쿠젠의 선물이라네. 이렇듯 주고쿠 진출의 증거까지 가지고 와서 진상하다니, 과연 히데요시구나. 하하하.”

노부나가는 정말로 유쾌한 듯 하염없이 바라보며 웃고 있었지만 다른 사람들은 그저 넋을 잃고 바라보고만 있었다. 아즈치 성이 생긴 이래 유래가 없었던 일이다.

산기슭에서 눈 아래의 긴 언덕길 위에 있는 문을 통해 진상품을 신고 오는 수레의 행렬이 꼬리에 꼬리를 물고 이어졌다. 아무리 바라봐도 행렬의 끝이 보이지 않을 정도였다. 그 사이에는 성장을 차려입은 하시바 지쿠젠노카미의 가신들과 무사들도 함께 있었다.

"아직, 아직도 끝이 보이지 않는구나."

노부나가는 어이가 없는 표정으로 되뇌었다.

"저 정도의 진상품은 분명 전례가 없을 것이다. 나조차 눈으로 본 것은 처음이다. 지쿠젠 놈, 이 아즈치 성의 문조차 좁게 느껴지게 하는구나. 참으로 천하에 둘도 없는 배포가 큰 대기大器로다."

목록은 어젯밤 일견했지만, 설마 이 정도일 줄은 생각하지 못한 듯했다. 노부나가는 주위의 모든 사람들이 다 들을 수 있는 목소리로 몇 번이나 그렇게 감탄했다.

진상품을 실은 수레의 수는 모두 이백하고도 수십 대에 이르렀다. 다문多門과 중문中門을 지나 대현관의 광장에 선두부터 차례대로 진상품을 내려놓기 시작했는데도, 산기슭의 문에서는 계속해서 수레가 들어오고 있었다.

정원 위와 신전의 신불 앞에 이르기까지 성안은 진상품으로 가득 찼다. 덮어놓았던 천을 벗기자 진상품들이 모습을 드러냈다. 그중 일부만 들면, 반슈播州의 스기하라가미杉原紙[144] 이백 속束[145], 안장 장식 열 필, 아카시明石의 명물인 말린 도미 천 상자, 도검 몇 자루, 다양한 노자토野里에서 만든 주물[146] 등 그 수와 품목이 헤아릴 수 없을 정도로 많았다. 즉 당시 사람들의 관습이나 상식으로는 상상할 수 없는 일이었던

---

144 닥나무를 원료로 해서 만든 얇고 부드러운 종이로 중세 시대에 가장 많이 유통되었으며, 특히 무사 계급에서 특권으로 사용한 종이로 유명했다.

145 1속은 약 500장.

146 하리마播磨의 노자토에서 만든 주물은 전국 시대의 특산물로, 후일 도요토미가 조선을 침략하기 위해 대포와 화통 제작을 의뢰했을 정도로 유명하다.

것이다.

"보았는가?"

이윽고 본성으로 자리를 옮겨 히데요시를 기다리고 있던 노부나가는 어젯밤과는 달리 평소 제후들을 접견할 때 모습으로 돌아가 있었다.

"군무로 인해 오랫동안 문안을 올리지 못했습니다."

히데요시 역시 공손하게 예를 취했다. 그런 뒤 함께 온 양자 히데가쓰를 불렀다.

노부나가가 만족한 듯 고개를 끄덕이자, 히데요시는 그 모습을 올려다보며 속으로 만족감을 느끼고 있었다.

세계지도

　주연 자리에는 히데가쓰도 동석했지만 이후 열린 다도 자리에는 히데요시만 부름을 받았다. 그 외에 니와 고로자에몬과 하세가와 단바노카미, 그리고 의원인 도산道三이 오쓰메御詰め[147]로 동석했다.

　다도회를 주최한 노부나가는 어느 틈엔가 간소한 의복으로 갈아입고 있었다. 소에키는 다실 뒤편의 차를 만드는 곳에서 꼼꼼하게 지시를 하고 있었다.

　"지쿠젠, 다지마와 이나바 등지의 진중에서도 가끔씩 차를 마시고 있는가?"

　노부나가가 물었다. 노부나가는 화로에 걸린 이가 빠지고 울퉁불퉁한 낡은 솥을 바라보고 있었다. 말하는 폼에서도 다도회를 주최한 주인의 마음가짐이 엿보였는데, 정중하면서 친근함이 묻어 있었다. 그것은 신하와의 대화라기보다 차를 즐기는 벗을 맞이하는 태도였다.

　"예, 그런데 그것이 마음과는 달리 좀처럼……."

　히데요시도 느긋한 태도를 보이며 말했다.

　"아무래도 차와 저는 하나가 될 수 없는 듯합니다. 어쩌다 마음이 동

---

147 다도 모임에서 주최한 사람을 도와 시중을 들거나 다도가 원활하게 진행되도록 돕는 역할을 하는 사람.

해서 마시는 적도 있지만 그것은 드문 일입니다. 더구나 이런 청결한 다실에서 마시는 것은 더욱 드문 일입니다."

고로자에몬 나가히데가 웃으며 말했다.

"아닙니다. 오히려 그런 지쿠젠 님의 마음이 차의 정신과 맞는 듯합니다. 일정한 법식에 얽매이지 않으면서도 자신만의 예법을 갖추고 있는 듯하여 오히려 부러울 정도입니다."

"과찬의 말씀입니다. 차의 정신이라는 것도 아직 가늠하지 못하는데 어디를 봐서 그리 칭찬을 하시는지 모르겠습니다."

"그런 망연함과 광막함이 바로 그렇습니다. 가령 봄에 아지랑이가 피어오르는 드넓은 세상처럼 가슴속에 바다를 품고 있으면서도 우뚝 솟은 산도 있고, 드넓은 들판도 있는 듯하지만 한편으로는 없는 듯하기도 한, 그와 같은 상태 말입니다."

"그저 망연하고 광막한 상태가 좋다는 말씀인지요?"

"그리 생각합니다."

"그럼, 차의 마음이란 망연한 상태로 있을수록 좋은 것입니까?"

"아니, 그렇게 말할 수는 없습니다. 그것은 지쿠젠 님에게만 국한된 것이라 할 수 있습니다."

"너무 난해하여 이해하기 어렵습니다."

"그런 것을 지쿠젠 님은 너무도 쉽게 지니고 계신 듯하니."

"아무것도 모르기 때문에 그런 것인지요?"

"하하하, 이래서는 아무리 말씀을 드려도 동문서답이 될 듯합니다."

소에키는 흥미 깊은 듯 손님들의 이야기를 다실 뒤편에서 가만히 듣고 있었다.

노부나가가 직접 차를 만드는지 다실이 조용해졌다. 차를 따르는 소리가 조용히 들려왔다. 찻잔 하나를 채울 정도로 잠깐 들린 소리였지만 그것은 다실의 적막을 깨기에 충분했고 듣기에 따라서는 천 길 아래로 떨어지는 폭포 소리처럼 크게 들렸다.

차솔 소리가 들리더니 주인이 차를 권하고 손님이 찻잔을 받아들었다. 그런 주객의 소리를 소에키는 꼼짝도 하지 않고 귀를 기울여 듣고 있었다. 손님들에게 차를 한 잔씩 대접한 뒤 노부나가는 자신도 차를 한 잔 마시며 손님과 함께 세상 이야기를 나누었다. 그리고 차 도구와 다판茶板 등을 손님에게 구경시켜준 뒤 자리에서 일어났다. 그러자 다른 사람들도 옆방으로 자리를 옮겨 한담을 나누었다. 노부나가는 다시 그곳으로 와서 손님 한 사람 한 사람에게 인사를 하며 말했다.

"모두 즐거웠는지 모르겠소이다. 그럼 잠시 천천히 이야기를 나누도록 하시지요."

주군이 주인이었고, 신하가 손님이었다. 평소의 입장이 완전히 뒤바뀐 듯 보였지만 주군이 다회를 연 주인인 이상, 손님에게 공손히 대하고 예를 취하는 것이 다도의 예였다.

평소 군신들을 위에서 내려다볼 뿐 황실에 등청했을 때 외에는 머리를 숙일 일이 없었던 노부나가에게 그날 밤은 좋은 수행의 자리였다. 공손히 손님의 시중을 드는 데 한 치의 소홀함이 없도록 시종일관 마음을 쓰는 것이 노부나가의 성격에는 맞지 않았지만, 그는 다실에서 더없이 자연스럽게 그 역할을 수행하고 있었다. 주군이 신하가 되고 신하가 상좌에 앉는 것은 비록 잠시 동안의 놀이와도 같았지만 서로에게 좋은 반성의 계기가 되기도 했다.

"주인분께서 어느덧 다도의 예법을 완전히 몸에 익히신 듯하여 그만 넋을 잃고 바라볼 정도였습니다."

그날의 주객인 히데요시가 말미에 그렇게 이야기하자 니와 고로자에몬 나가히데가 옆에서 거들었다.

"그럴 것입니다. 실례의 말씀이나 이곳 주인분께 무슨 일이건 불가 능한 일은 없으니 말입니다. 이제껏 한 번도 불가능하다고 말씀한 적 이 없으십니다. 다도를 배움에 있어서도 늘 오케하자마나 나가시노의 싸움에 임했을 때의 마음가짐으로 임한다고 하셔서 교토의 다이고쿠 안大黑庵도 깜짝 놀라고 말았습니다."

노부나가는 잠자코 웃으면서 손님들의 말을 듣고 있었다. 히데요시 가 물었다.

"다이고쿠안이 누구신지요?"

"교토의 육각당六角堂 옆에 살고 있는 다케노 죠오武野紹鷗148입니다."

"아, 죠오 말씀입니까?"

"이곳 주인분도 처음에 그 죠오에게 지도를 받으셨는데 근래에는 사카이의 센노 소에키에게 가르침을 받고 계십니다. 그러니 다도에 대 한 조예가 깊어지는 것은 당연한 일이라고 할 수 있을 것입니다."

"소에키는 스승으로 부족함이 없을 것입니다."

"오다 군이 처음으로 사카이에 들어갔을 때, 함께 갔던 지쿠젠 님이 인사를 온 소에키를 보고 한눈에 '명기名器'라고 말씀하셨다 하지 않았 습니까?"

"하하하, 그랬지요."

"훗날 그 말을 떠올리셨는지 아즈치로 부르셔서, 근래 이곳의 주인 분께서 종종 지쿠젠은 대기大器, 소에키는 명기라고 하며 아끼고 계십 니다."

노부나가가 처음으로 중간에 끼어들며 말했다.

"지쿠젠은 그 후, 오랫동안 소에키와 못 만나지 않았나?"

"예, 세 번 정도 만난 적은 있었습니다만 주고쿠로 간 후로는 아직."

"다행이군. 나중에 이리 부르겠네."

"이곳에 와 있습니까?"

"부엌에 있네."

"그럼 꼭 만나고 싶습니다."

그렇게 기다리고 있는데 마루를 돌아서 걸어오는 발소리가 들렸다.

"소에키인가?"

"예."

"들어오게."

장지문이 열리더니 겨울 햇살 속에 소에키의 모습이 보였다. 소에키가 합석하자 자리는 한층 활기를 띠었다. 대부분 가벼운 세상 이야기와 다기에 대한 이야기였다. 다기에 대한 이야기가 나오자 소에키가 당唐의 차통에 대해 꽤 상세하게 설명했다. 그러자 그때까지 아는 듯 모르는 듯 가만히 앉아 있던 히데요시가 갑자기 그런 화병과 차통을 들여오는 명나라의 풍속과 기후와 산천, 그리고 넓은 땅 등에 대해 흡사 두 눈으로 보고 온 것처럼 득의양양 이야기하기 시작했다.

"국내 상황이 대략 안정을 찾게 되면 이곳 주인께서도 한 번 명나라로 건너가셔서 장강천리長江千里라고 불리는 강줄기를 거슬러 올라 남종북화南宗北畵 등에서 자주 볼 수 있는 그런 곳에 다실을 짓는 것은 어떠하실까 합니다."

노부나가는 입가에 웃음을 머금고 일일이 고개를 끄덕이며 손님의 말에 귀를 기울였다. 소에키도 싱글싱글 웃으며 히데요시의 말을 들었다. 그리고 히데요시에게 말했다.

"그 말씀을 들으니 생각이 났습니다만, 마침 제 제자 중에 지쿠젠노카미 님을 뵙고 인사를 올리고 싶어 하는 자가 있습니다.”

“소에키 님의 제자라니 대체 누구입니까?”

“예, 설마 잊지 않으셨을 것입니다. 어릴 적에는 오와리의 나카무라에서 자주 함께 놀았다고 하며, 어른이 된 후에는 나가하마 성에서 돌봐주셨다며 본인은 일생의 은인이라고 말하고 있습니다.”

“아, 생각이 났소이다.”

히데요시는 무릎을 치며 말했다.

“오후쿠가 아니오? 본래 기요스의 다완집 스데지로의 아들이었는데 후일 떠돌아다니던 그를 나가하마 성으로 데려가 돌봐준 적이 있소만.”

“맞습니다. 그 후쿠타로입니다.”

“오후쿠가 소에키 님의 제자가 된 줄은 몰랐소이다. 대체 어떤 연유로?”

“사카이의 미나미노쇼南之莊에서 옻칠을 하는 소유라는 사람이 있습니다. 소유라고 하면 잘 모를 것입니다만, 본명은 스기모토 신자에몬杉本新左衛門이고 그가 칠한 칼집을 ‘소로리 칼집’이라고 불러 세상에는 소로리會呂利 신자에몬이라는 이름으로 널리 알려져 있습니다.”

“아아, 소로리 말이오?”

옆에 있던 니와 나가히데가 고개를 끄덕이며 말했다. 의원인 도산도 알고 있는 표정으로 미소를 지었다. 소에키가 다시 말을 이었다.

“제가 그 소로리 가와 인연이 있어 오후쿠를 제자로 삼게 된 것입니다. 가끔 차를 넣는 용기를 칠하기 위해 들렀지요. 그런데 어느 날, 낯선 사내가 옻의 염료를 거르거나 옻칠을 하지 않은 나무를 닦고 있는 것을 보았습니다. 일하는 폼이 성실하고 붙임성도 있어 눈여겨보고 있었는데 어느 날 제게 차를 배우고 싶다며 청해왔습니다. 직인이 그런 걸 배워 무엇 하려는지 묻자 차 도구를 만드는데 차의 마음을 배우지 않으면 좋은 다기를 만들 수 없다고 했습니다. 스승인 소로리도 어딘지 모르게 재미있는 구석이 있다며 한동안 아래에 두고 일이라도 시켜 달라고 부탁했습니다. 그런 연유로 삼 년 정도 곁에 두고 지켜봤는데 소질도 있어 언젠가 어엿한 다인이 될 듯하여 즐거운 마음으로 가르치는 중입니다."

"그렇소이까? 그 말을 들으니 왠지 저도 마음이 놓입니다. 나카무라에 있을 때부터 친구 사이여서 가끔 생각이 났습니다."

"그럼 정원으로 부를 터이니 만나보시겠습니까?"

"여기 와 있소이까?"

"함께 데리고 와서 청소를 시키고 있었습니다."

아까부터 손님들의 이야기를 방해하지 않기 위해 말하는 것을 삼가고 있던 노부나가가 갑자기 웃으며 히데요시에게 말했다.

"나도 그 오후쿠라는 사내가 생각이 났소이다. 지쿠젠이 아까 득의양양 이야기하던 명나라에 대한 지식은 오후쿠의 부친인 다완집 스테지로에게 들은 것이 아니오? 그러고 보니 언젠가 내가 오후쿠에게 들었던 이야기와 그다지 다른 점이 없는 듯하군."

히데요시는 멋쩍은 듯 머리를 긁적이며 말했다.

"주인분께서는 언제 오후쿠를 불러 친히 명나라에 대한 이야기를 들으셨던 것입니까?"

"꽤 오래전 일이지만, 소에키가 자신의 제자로 삼은 사내 중에 보기 드문 출생 이력을 가진 자가 있다고 했네. 십수 년 동안 도기 기술을 배우기 위해 명나라 경덕진으로 건너가서 그곳의 여자와 결혼해 아이까지 낳았는데 고향으로 돌아올 때, 그 아이를 데리고 와서 이곳의 다른 아이들과 똑같이 키웠다고 했네. 그 다완집 스테지로의 아들이 바로 지금의 소에키의 제자인 오후쿠라는 말도 했네."

"이거 저보다 훨씬 더 상세히 알고 계시는 듯합니다. 주인분도 또 소에키 님도 짓궂으십니다. 저는 그런 줄도 모르고……. 그런데도 두 분께서는 제가 득의양양 명나라 이야기를 하는 것을 가만히 듣고만 계셨단 말입니까."

"하하하, 절대로 손님을 놀릴 마음은 없었네. 지쿠젠도 해외의 다른 나라에 꽤나 관심을 가지고 있구나 하고 귀를 기울이며 명나라에 대한 지식을 얻고자 한 것뿐이네."

"주인분께 제 얕은 지식이 완전히 간파당한 것 같아 부끄러울 뿐입니다."

"아니네. 우리나라에서는 아직 조정의 관리는 물론 제후나 식자라고 자임하는 이들이라도 명국에 대해 물으면 어떤 나라인지, 또 여송이나 천축 등에 대해 물어도 어디에 있는 어떤 나라인지 모르는 자가 태반이네. 그런데 지쿠젠은 다회에서 당나라 차통이나 이국의 찻잔 하나를 보더라도 그것을 통해 해외의 사정과 문물을 알려고 하네."

"송구합니다. 사실은 어릴 적 다완집에서 일하면서 스테지로에게 그런 이야기를 듣는 것이 즐거움 중 하나였습니다. 하지만 그 이후로는 그런 사정에 밝은 사람을 만날 기회가 없어서 그 정도의 지식밖에 가지고 있지 못합니다."

"내일 밤, 다시 등성하도록 하게. 아즈치에 모아놓은 해외 물품들을 모두 보여주도록 하겠네."

"꼭 보고 싶습니다."

"또 자네도 내가 인정할 만큼 대인ㅅ이나 그런 대인이 몇 명 더 있으니 그들을 만나게 해주겠네. 그들에게 여송, 네덜란드, 천축 등 남만 각 주에 대한 자세한 이야기를 듣도록 하게."

"먼 이국에 대해 그리 밝은 인물이 있습니까?"

"있네."

"아, 선교사입니까?"

"아니네, 아니야."

노부나가가 웃으며 손을 내저었다.

"오늘은 다회이니 그에 대해서는 내일 이야기하세. 내일 밤 다시 오
도록 하게."

얼마 뒤, 히데요시를 비롯한 손님들은 주인인 노부나가와 소에키의
배웅을 받으며 정원의 사립문을 나왔다. 침엽수 나뭇가지 사이와 솔잎
이 폭신하게 쌓인 길 위로 햇살이 쏟아지고 있었다. 그런데 방금 다실
의 사립문을 나와 아즈치 정원으로 돌아가는 히데요시를 좇아 숨을 헐
떡이며 쫓아온 사람이 있었다.

"저기, 나리!"

히데요시는 발길을 멈추고 사내가 다가오기를 기다렸다. 사내는 일
꾼들이 입는 갈포葛布로 만든 하카마에 소매가 없는 남색 목면 옷을 입
고 있었다. 사내가 히데요시 앞에 엎드리며 말했다.

"오랜만에 뵙습니다. 나가하마에서 승낙을 받고 떠났던 다완집 후
쿠타로입니다."

"오, 후쿠타로!"

히데요시는 무릎을 치며 자리에 쪼그리고 앉아 흡사 일가친척이라
도 만난 듯 반가워했다.

"잘 지냈는가? 이거 사람이 완전히 달라지지 않았나. 그 후로 사카
이의 소에키 문하에 들어가서 다도 수행을 하고 있다고 들었는데, 그
말을 듣고 안심했네. 열심히 공부하게."

히데요시는 먼 옛날 친구로 지내던 시절을 떠올리는 듯 친근하게
오후쿠의 어깨에 손을 얹고 격려했다. 그 시절을 떠올리는 것은 오후

쿠에게 괴로운 일이었다. 또 지금은 신분의 차이가 너무나 컸다. 오후쿠는 납작 엎드려서 말했다.

"그 말씀을 드리면 분명 기뻐하시리라 여겨, 무례를 무릅쓰고 이렇게 돌아가실 때를 가늠하며 기다리고 있었습니다."

"아주 기뻤네. 흡사 내 일처럼 기뻐하며 들었네. 주고쿠의 단다이 하시바 지쿠젠노카미와 다도의 제자인 오후쿠는 서로 가는 길은 다르지만 좋은 세상을 만들고 사람들을 이롭게 하며 더불어 자신을 완성해가려고 하는 뜻은 같을 것이네. 지금도 여전히 세상은 싸움이 끊이지 않으나 반드시 다음 세대에는 자네들의 역할이 중요해지는 세상이 올 것이네. 그때까지 쉼 없이 정진하도록 하게."

"황송합니다."

"그럼 또 만나세."

"……건강하십시오."

오후쿠는 솔잎 위에 꿇어앉은 채 히데요시의 모습이 야구라몬櫓門 안으로 사라질 때까지 바라보고 있었다.

히데요시는 기쁜 마음으로 숙소로 돌아왔다. 다회도 아주 유쾌했고 오후쿠가 자신에게 맞는 길을 찾아 올바른 삶을 살아가고 있다는 사실을 알게 된 것도 기뻤다. 그는 자신이 알고 있는 주위 사람들 중에 단 한 명이라도 불행한 사람이 있으면 마음이 쓰였다. 먼 친척부터 고향의 옛 친구들까지 자신을 믿고 있는 사람이라면 늘 신경을 쓰고 도우려 했다. 그것은 다른 사람을 위해서가 아니가 자기 자신이 행복하고자 하는 바람에서 기인하는 것이었다.

히데요시는 상실사 숙소로 돌아오자 아즈치에서 얼마 멀지 않은 나가하마를 생각하면서 오랜만에 그곳에서 집을 지키고 있는 노모와 아내인 네네에게 편지를 썼다.

다음 날, 히데요시는 하루만이라도 진중의 피로와 여독을 풀기 위해 느긋하게 숙소에서 머물려고 했지만 주변에서 그것을 허락하지 않았다.

"지쿠젠 님은 계신가?"

아침 일찍부터 손님이 찾아왔다. 이케다 노부테루와 다키가와 가즈마스였다. 그들이 돌아가자 사사 나리마사를 시작으로 하치야 요리타카가 찾아오더니 이치바시 구로에몬과 후와 가와치노카미가 함께 들렀다. 그리고 오후가 지나자 교토의 지체 높은 귀인부터 사자와 근교의 승려들이 갖가지 물건을 들고 와서 그의 숙소는 문전성시를 이루었다. 마침 세밑이라 세밑 인사를 하기 위해 아즈치로 온 제후가 많았기 때문이기도 했다. 내일은 북쪽의 시바타 가쓰이에도 아즈치로 온다고 했고, 또 마에다 도시이에前田利家의 숙소에도 수많은 짐이 도착했다는 얘기가 들렸다.

히데요시는 손님들을 응대하느라 정신이 없었고 누가 무슨 말을 하든 그다지 개의치 않았지만 많은 사람이 고레도 미쓰히데에 대해 이런저런 말을 하는 것에는 마음이 쓰였다.

"아케치 님에게 무슨 안 좋은 일이라도 있는 것일까?"

"세밑 헌상품으로 몇 마리의 명마를 끌고 와서 우대신을 알현했는데 뭐가 마음에 들지 않았는지 우대신은 그것들을 바로 물렸다고 하더군."

그렇게 말하는 사람이 있는가 하면 이렇게 말하는 사람도 있었다.

"어젯밤, 호소카와 님을 비롯해 많은 사람에게 연회를 베푼 자리에서 아케치 님이 여느 때와 달리 냉담한 얼굴로 술을 마시는 사람들을 바라보자 우대신 님이 달갑지 않았는지, 미쓰히데 님께만 큰 잔에 술을 내리며 마시라고 강요해서 일순간이지만 분위기가 험상궂어졌다고 하더군."

또 이렇게 말하는 사람도 있었다.

"어디서 나온 말인지는 모르지만, 여기저기서 그들에게 아무래도 딴마음이 있는 듯하다는 말을 얼핏 들었네."

그런 말을 하는 사람들은 모두 일국일성의 주인이거나 장수였다. 그들은 자신들이 맡은 중책에 책임감을 느끼고 자중하고 있을 때에는 모두 그에 맞게 행세했지만, 술자리에서 술에 취해 담소를 나눌 때에는 그만 마음이 풀어졌는지 자신도 모르게 그런 말들을 해서 파문을 일으키는 경우가 많았다.

남자들은 나이를 먹어도 동심을 잃지 않았다. 특히 전국 시대의 무장들은 모두 그런 어리석은 면모를 지니고 있었다. 그리고 그런 면모는 서로 모여서 술이라도 마시거나 잡담을 나눌 때에는 더욱 도드라졌다. 그래서 그런 말들이 나오는 것인지도 몰랐지만, 노부나가를 비롯해서 아즈치를 중심으로 한 제후들 중에 그런 유치한 면모가 전혀 없는 인물을 들라고 하면 누구든 고레도 휴가노카미 미쓰히데라고 말할 것이 분명했다.

아케치에 대한 이야기가 나오면 누구나 그의 지성과 냉정한 풍모를 떠올릴 만큼 아케치는 다른 사람들의 눈에 뛰어나고 차가운 인물로 비치고 있었던 것이다. 히데요시와 비교해도 뒤지지 않는 그의 전공과 오다 가 최고의 총명함과 지식에 대해서는 누구나 속으로 탄복하고 있었지만, 지나칠 만큼 겉으로 드러나는 교양 있는 인품 때문인지 그는 어느 누구와도 친해지지 못했다. 그래서 사람들 사이에서는 오히려 멀리 떨어져서 그를 관조하고 싶어 하는 분위기조차 형성되어 있었다.

그날 하루 숙소에서 느긋하게 하루를 보내려고 생각했던 히데요시가 아침부터 저녁까지 꼬리에 꼬리를 물고 찾아온 방문객들이 쏟아내는 잡담에 때때로 '남의 험담을 하는 데에도 정도가 있다'는 듯한 기색을 보였으리라는 추측과는 달리, 히데요시는 전혀 다른 반응을 보였다. 그는 '아무래도 아케치 님에게 모반의 징후가 보인다'라고 하는 손님이 옆에 있으면 그 사람을 쳐다보지도 않고 큰 소리로 다른 손님과 이야기에 열중하며 이렇게 짐짓 딴소리를 했다.

"하하하, 그렇소이까. ……흐음, 그거 아주 맛이 있겠소이다. 나도 진중에 돌아가면 꼭 먹어보도록 하겠소이다."

겨울철 진중에서 음식이 부족할 때, 투구를 냄비로 삼아 멧돼지 고기나 산새를 먹었다는 이야기를 진지하게 들으며 하는 말이었다. 그럼에도 한쪽의 손님들이 다른 사람의 험담을 하는 데 신이 나서 미쓰히데의 시시비비를 계속 이야기하면 이렇게 말하기도 했다.

"귀공들도 딱하시오. 그런 풍설은 소위 적국에서 들어온 자가 퍼뜨린 경우가 대부분인 유언비어이오. 고레도 님에 대한 소문도 얼마 전 찾아왔다는 고후 사신들이 퍼뜨린 게 아닌가 싶소. 그것이 다른 사람에 대한 말이라면 말을 옮겨도 상관없을지 모르나 언제 자신이 그런 신세가 될지 모르니 조심, 또 조심하는 것이 좋을 것이오."

히데요시가 그렇게 말하며 껄껄 웃으면 사람들도 히데요시와 똑같이 껄껄 웃었다. 그리고 어느새 방금 전까지 했던 미쓰히데에 대한 말을 까맣게 잊어버렸다.

"이거 벌써 날이 저물어가는군. 실은 오늘 밤, 주군께 인사를 올리기 위해 다시 등성하고 내일 아침에는 주고쿠로 돌아갈 예정이라, 실례지만 이제 그만……."

히데요시는 그 기회를 이용해 손님들을 재촉하며 목욕탕으로 들어가버렸다. 시간이 없다는 것은 핑계가 아니었다. 내일 새벽에 출발하기 위해 분주히 짐을 싸고 있는데 손님들이 끊이지 않아 가신들이 곤란해하고 있었던 것이다. 그것을 눈치챈 히데요시는 목욕을 끝내고 나오자마자 의복을 입으면서 다 필요 없으니 짐은 간소하게 꾸리라고 이야기했다. 그런데 그 말이 밖으로 전해지기도 전에 하인이 와서 고했다.

"고레도 휴가노카미 님이 찾아오셨습니다. 마침 같은 날 아즈치에 왔으니 오랜만에 만나고 싶다고 하십니다."

"뭐라? 휴가노카미 님이 왔다고?"

히데요시는 왠지 우연이라는 느낌이 드는 한편, 등성 시간이 가까워서 때가 좋지 않다는 마음이 들었지만 이내 이렇게 말했다.

"서원으로 모셔라. 그리고 잠시 기다려달라고 말씀드려라."

머리를 다시 묶을 시간이 필요했던 히데요시는 비녀와 빗을 가져와 혼자서 머리를 묶었다.

"곧 등성할 것이니 말에 안장을 얹고 대문에 대놓아라."

히데요시는 밖에서 대기하고 있는 근신들에게 그렇게 명한 뒤 바로 서원 쪽으로 향했다. 사원이어서 보통 저택과는 달리 저물녘 시간에는 어딘지 중후하면서도 어슴푸레한 느낌이 들었다. 히데요시가 서원의 문을 열자 미쓰히데는 아직 등불을 켜지 않은 방 한가운데에 하얀 얼굴로 숙연히 앉아 있었다.

"이거 오랜만에 뵙습니다."

히데요시의 목소리가 종소리처럼 가람을 뒤덮고 있는 적막을 깨뜨렸다. 주인이 밝은 모습으로 대하자 손님 역시 쾌활하게 답하지 않을 수 없었다.

"이거, 지쿠젠 님은 여전히 밝고 건강하신 듯합니다."

미쓰히데는 최대한 밝게 보이려고 했다. 하지만 조금 이야기를 나누는 사이에 그러한 노력은 곧 안개처럼 사라지고 역시 본래의 지성적인 모습으로 돌아가 있었다.

미쓰히데는 이마에서부터 높은 콧대에 걸쳐 총명함이 반짝이고 있었다. 그는 해가 바뀌면 꼭 쉰다섯 살이었다. 범재라도 오십사 년 동안 경륜이 쌓이면 저절로 중후함이 느껴지기 마련이었다. 하물며 난세 속에서 심신을 갈고닦고 역경 속에서 교양을 쌓으며 입신한 그에게는 말로는 표현할 수 없는 깊이가 묻어났고 그윽한 향취마저 느껴졌다.

'참으로 훌륭한 무사로구나.'

히데요시도 그것을 절실히 느낄 수 있었다. 노부나가가 그토록 총애한 것도 무리가 아니라는 생각이 들었다. 단바의 가메야마 성에서 오십사만 석을 소유한 제후로서 조금의 부족함이 없는 인품이라고 느껴졌다.

"지쿠젠 님, 무엇 때문에 그리 웃고 계시는지요?"

문득 말이 끊긴 사이에 미쓰히데가 묻자 히데요시는 넋을 잃고 유심히 바라보던 자신의 시선을 깨달았다.

"하하하, 아무것도 아닙니다."

히데요시는 황망히 그렇게 말하며 어물쩍 넘어가려다가 미쓰히데가 옥생각할지 모른다는 생각에 자신도 모르게 말했다.

"미쓰히데 님도 어느덧 앞머리의 머리숱이 적어진 듯합니다."

그리고 다시 덧붙였다.

"노부나가 공께서 심술궂게 저를 가리켜 원숭이라고 하는 것처럼 미쓰히데 님을 보고 '긴카金貨'대머리라고 하십니다. 평소에 단바의 대머리가 잘 싸우고 있다고 하시며 자주 말씀하십니다. 하하하, 지금 미쓰히데 님의 머리를 보고 있자니 문득 주군의 장난스런 말씀이 떠올랐던 것입니다. 어느 틈엔가 서로 이렇게 나이를 먹었나 봅니다."

히데요시는 자신의 귀밑머리를 쓰다듬었다. 그의 머리는 아직 검었는데 그것이 미쓰히데보다 아홉 살 어리다는 사실을 잘 보여주는 듯했다.

"지쿠젠 님은 아직도 젊습니다……."

미쓰히데는 십 년만 젊었으면 하는 부러운 표정으로 히데요시를 바라보았다. 그리고 자신의 대머리가 화제에 오르자 꽤나 마음이 홀가분해진 듯했다. 그는 말하고 싶은 것은 무엇이든 말할 수 있는 히데요시의 성격이 부러웠다.

미쓰히데는 그날 저녁 단바로 돌아가야 하기 때문에 그저 얼굴이나 한번 보러 들렀다고 했지만, 히데요시는 그에게서 가슴속에 있는 생각을 솔직히 털어놓고 싶어 하는 듯한 기색을 느꼈다. 그럼에도 미쓰히데는 쉽사리 그 말을 꺼내지 못하고 있었다. 그러자 곧 나가야 할 시간인 데다 미쓰히데의 마음을 눈치챈 히데요시가 먼저 말을 꺼냈다.

"마침 고레도 님이 찾아주셔서 다행입니다. 사람들이 무슨 험담을 하든 개의치 않는 것이 좋지만, 그렇다고 해서 연기가 피어오르는 것을 그대로 내버려두면 큰불이 될 가능성이 있습니다."

"뭔가 저에 대해 들은 말이라도 있으신지요?"

"그렇지 않아도 이번 일에 대해 서신을 통해 알려드려야겠다고 생각하던 참이었습니다. 귀공은 누군가 써서 보낸 시에 가메야마 성의 북쪽에 있는 아타고愛宕 산을 주周 산에 빗대면서 자신을 주周의 무왕武王으로, 노부나가 공을 은殷의 주왕紂王[149]으로 비유한 적이 없습니까?"

"그런 터무니없는."

미쓰히데는 얼굴이 창백해져서 두 번이나 손을 저었다.

"터무니없는 말이오! 대체 누가 그런 악의에 찬 말을……."

미쓰히데의 입에서 나온 침통한 목소리는 흡사 말이라기보다 장탄식에 가까웠다. 하지만 히데요시는 상대의 그런 심각한 표정을 바라보

---

149 중국 은殷나라의 마지막 왕으로 용맹하고 지혜로웠으나 달기妲己에 빠져 주색과 폭정을 일삼다 주나라 무왕에게 살해되었다.

면서 마치 공을 주고받는 놀이라도 하듯 미쓰히데의 말투를 흉내 내며 말했다.

"실로, 참으로 터무니없습니다! 그런 터무니없는 말을 하다니. 하하하."

웃음소리가 천정을 뒤흔들 듯 컸다. 옆방에서 대기하던 가신이 깜짝 놀라 장지문을 살짝 열고 들여다볼 정도였다.

"여봐라, 말은 준비되었느냐?"

그 기척을 느낀 히데요시가 뒤를 돌아보며 묻자 가신이 대답했다.

"준비는 벌써 되어 있습니다."

미쓰히데는 급히 얼굴을 들며 말했다.

"이런, 나가셔야 하는데 그만 시답지 않은 얘기로 방해를 한 듯합니다."

미쓰히데는 요를 물리면서도 여전히 앉은 채 말했다.

"무릇 세속의 훼예포폄毀譽褒貶은 어느 누구도 피할 수 없는 일이자 거론할 가치도 없는 일이나 조금 전 말씀하신 것처럼 스스로 삼가지 않으면 안 될 것입니다. 그러니 부디 앞으로 그런 터무니없는 말을 들으시더라도 지금처럼 웃어넘겨주시길 바랍니다."

"잘 알겠습니다."

히데요시는 진지하고 깊은 눈으로 미쓰히데를 바라보며 말했다.

"귀공께서도 너무 마음 깊이 담아두지 않는 것이 좋을 것입니다. 외람되지만 이 지쿠젠처럼 만사에 다소 무신경해질 필요도 있지 않나 싶습니다."

"그것은 저도 늘 부럽게 생각하고 있습니다."

"그럼, 오늘은 등성해야 해서 이걸로."

"너무 오래 앉아 있은 듯합니다."

두 사람은 일어서서 서원을 나와 현관 쪽으로 함께 걸어갔다. 신발을 신고 나서도 두 사람은 산문 밖의 말을 매어둔 곳까지 어깨를 나란히 하고 걸어갔다. 미쓰히데는 좀 더 빨리 시간 여유를 가지고 히데요시를 찾지 않은 것을 후회하고 있는 듯한 모습이었다.

"자, 먼저 가시지요."

히데요시가 여전히 주객의 예를 취하면서 말을 권했다. 미쓰히데가 몹시 아쉬운 기색으로 인사를 하고 말에 오르자 히데요시도 말 위에 올랐다. 두 사람은 그렇게 산문에서 헤어져 서로 반대 방향으로 나아갔다.

아즈치의 밤길을 가는 데에는 횃불이나 제등이 필요하지 않았다. 세밑인 탓인지 마을은 갖가지 색상의 등불로 밝혀져 있었고 집집마다 켜져 있는 등불은 거리를 빨갛게 물들이며 봄을 기다리는 마음을 들뜨게 했다. 겨울 안개가 낀 하늘에는 총총한 별들이 박혀 있었다.

"요즘은 듣지 못하던 노래나 기악이 유행하는 듯하구나."

히데요시가 가신에게 말하자 시종이 대답했다.

"이 마을에 남만사가 생겼기 때문입니다. 다른 나라의 피리나 거문고는 물론이고 그들의 음계에 익숙해져서 가요의 가사나 곡조까지 달라졌다고 합니다."

"교토의 로쿠조六条에도 남만사는 있지만 이런 풍조는 볼 수 없었다."

"그 무렵에는 두세 나라의 선교사밖에 없었습니다. 하지만 근래에는 그때와 비교할 수 없을 만큼 이곳 아즈치에 이국인이 많이 살고 있습니다. 모두가 선교사는 아니지만 그들이 데려온 가족이나 하인들까지 더하면……."

번잡하고 사람들로 붐비는 네거리에 이르자 그중에는 반드시 외국인의 모습이 보였는데, 그들은 떡이나 소나무나 대나무 등을 팔고 있는 세밑 시장을 신기하다는 표정으로 구경하며 돌아다니고 있었다.

그날 밤 노부나가는 하직 인사를 하러 오는 히데요시를 기다리고 있었던 듯 성안 한가득 불을 밝혀놓고 그를 맞이했다. 두 사람은 저녁을 함께 먹었다. 그리고 호리 규타로가 노부나가가 내리는 하사품들을 내일 아침 출발하기 전까지 숙소로 가져다놓겠다고 말했다.

"주군의 은혜, 그저 황송할 따름입니다."

히데요시는 감격해서 눈물이라도 흘릴 듯한 모습이었다. 이윽고 히데요시가 하직 인사를 하자 노부나가가 말했다.

"아니, 잠깐. 아직 어제 한 약속이 남아 있네."

노부나가는 그렇게 말한 뒤 히데요시를 데리고 성루 위의 일각으로 올라갔다. 그곳은 어지간한 귀빈이 아니면 들어갈 수 없었고 중신 중에서도 극히 두세 명만 알고 있는 곳이었다.

"어제 다석茶席에서 약속한 것처럼 그대와 같은 대기大器에게는 보여주어도 무방할 터, 어서 들어오게."

노부나가가 문을 열라고 명하자 사라사[150]를 걸치고 검은 피부에 구슬과 금으로 만든 반지를 낀 두 명의 흑인이 문을 열었다. 히데요시는 아즈치 성안에서 그들을 몇 번 본 적이 있었고, 또 선교사에게서 선물로 받았다는 사실을 알고 있었기 때문에 흑인 노예를 봐도 그리 놀라지 않았다.

그렇지만 노부나가를 따라 실내로 한 발 들어서자 자신도 모르게 '아'하는 탄성이 나왔다. 이곳이 아즈치의 성안인가 싶은 의심마저 들었다. 커다란 방과 작은 방이 하나로 합쳐져 있었는데 백 평 정도는 됨직했다. 벽과 천장, 장식, 마룻바닥에 이르기까지 모두가 이국적인 색채와 집기들로 장식되어 있었다.

---

150 오색의 빛깔을 이용하여 인물, 조수, 화목 또는 기하학적 무늬를 물들인 피륙. 포르투갈 어인 saraça에서 온 말.

"그 의자에 앉아 쉬도록 하게."

히데요시의 눈은 여기저기 둘러보느라 한시도 가만있지 못했다. 옆 방과의 경계에는 긴 장막이 쳐져 있었는데 천축에서 만들었는지 유럽에서 만들었는지 히데요시조차 처음 보는 것이었다.

여송이나 안남安南 일대에서 배를 통해 건너온 도자기와 무기, 가구류부터 인도나 페르시아 등지에서 가져온 듯한 광물 덩어리나 불상, 그림이 그려진 가죽, 그리고 남만선의 모형과 금은 세공품과 자명종까지 헤아리자면 끝이 없을 정도였다. 그러는 동안에도 일찍이 일본에서는 맡아본 적이 없는 향료의 향이 끊임없이 코를 자극했다. 히데요시는 그런 시각과 후각을 비롯한 일체의 감각에 처음 접하는 자극을 받으며 망연자실한 표정을 짓고 있었다.

노부나가는 그 모습을 보고 속으로 즐거워하고 있었다. 히데요시가 갑자기 벽 쪽으로 뚜벅뚜벅 걸어갔다. 거기에는 여섯 폭 병풍이 있었는데 그중 두 폭이 펼쳐져 있었다. 히데요시는 병풍을 전부 펼치더니 팔짱을 끼고 그 앞에 앉았다.

"흐음……."

바탕에는 금박 가루가 뿌려져 있었고 중후한 안료로 지도가 그려져 있었다.

"……?"

히데요시는 이윽고 병풍에 닿을 듯 얼굴을 바싹 대더니 연신 무언가를 찾고 있었다. 노부나가가 웃음을 지으며 멀리 뒤쪽에서 물었다.

"지쿠젠, 무엇을 찾고 있는가?"

히데요시는 병풍을 살피며 돌아보지도 않고 대답했다.

"일본입니다. 일본은 어디에 있는지요?"

노부나가가 걸어와 그의 뒤에 서서 싱글싱글 웃다가 가르쳐주었다.

"지쿠젠, 아무리 그쪽에서 찾아봐도 일본은 찾을 수 없을 걸세. 그 부근은 로마, 스페인, 또 이집트라고 하는 나라들에 둘러싸인 내해內海네."

노부나가는 병풍의 왼쪽 반쌍 끝에서 오른쪽 반쌍으로 히데요시를 손짓해서 불렀다. 그리고 히데요시와 나란히 서서 병풍에 그려진 세계지도 앞에 앉았다.

그림은 포르투갈인 선교사가 헌상한 것을 원안으로 가노파狩野派[151]의 화공이 여섯 폭 병풍에 그린 것이어서 본래 지도라고 할 정도로 정밀하지는 않았다. 그만큼 세계지도라고 하기에는 더없이 유치하고 추상적이었다. 그렇지만 넓은 세계의 모습이 대략적으로나마 그려져 있었다. 지중해는 물론 인도양과 대서양도 그려져 있었고 태평양도 푸르고 짙은 안료로 칠해져 있었다.

"지쿠젠, 보게."

"예."

"일본은 이곳이네. 이 가늘고 긴 섬나라. 우리는 바로 여기에 살고 있네."

"이것이 일본입니까? ……이것이."

히데요시는 숨도 쉬지 않고 유심히 바라보고 있다가 얼굴을 들고 다시 여섯 폭 병풍의 넓이를, 아니 세계의 광대함을 바라보았다. 그리고 눈앞에 있는 가늘고 긴 작은 섬나라의 크기를 전도와 비교하며 바라보았다.

"중국, 남만 군도, 서구의 나라들, 어디와 비교해도 일본은 참으로 작지 않은가?"

---

151 무로마치 후기에서 에도 시대(15~17세기)까지 가노 마사노부狩野正信를 시조로 일본에서 발전한 화파. 이들은 이백여 년간 무가 정권을 섬기며 장군의 호방함을 치켜세우는 그림을 많이 그렸으며, 대담한 붓놀림과 날카로운 테두리 선이 특징이다.

노부나가가 말하자 히데요시는 한동안 잠자코 있다가 말했다.

"그렇지도 않은 듯합니다."

그리고 아까 터무니없는 곳을 둘러보며 일본을 찾고 있던 자신의 얕은 해외 지식을 만회하려는 듯한 표정으로 말했다.

"송구합니다만, 주군의 옥체는 오 척 이삼 촌寸. 체구가 마르셔서 결코 대남大男이라고 할 수 없습니다. 그런데 세상에는 육 척이 넘는 대남이 많이 있지만 그들을 위대한 인물이라 생각하지 않습니다. 그와 같이 그림에 그려진 나라의 크고 작음에는 저는 결코 놀라지 않습니다. 다만 그림을 보고 있자니 속에서 솟구치는 탄식을 금할 수가 없습니다."

"아까부터 계속 그런 감정에 빠져 있는 듯한 모습이었는데, 자네답지 않군. 뭐가 그리 슬픈 것인가?"

"오케하자마 싸움 당시, 또 그 후에도 주군께서 자주 부르시던 노래 한 소절이 떠올라서 그렇습니다."

"자네는 이러한 때, 묘한 것을 떠올리는군. '인간 오십 년' 그 노래 말인가?"

"그렇습니다. 세계의 넓음을 살아 있는 동안 전부 보기에는 오십 년으로는 어림도 없을 것입니다. 적어도 백 년은 살아야 할 듯합니다. 아니, 살고 싶습니다. 아아, 이 한 몸, 일본에 태어나 어찌 주고쿠와 시고쿠, 규슈 정도를 보고 그것으로 만족할 수 있겠습니까. 주군께서는 그리 생각하지 않으시는지요?"

노부나가가 갑자기 회심의 미소를 지으며 오른손으로 히데요시의 어깨를 세게 두드렸다.

"바로 내 심정이 그러하네. 살 것이네. 백 년까지."

당시의 일본밖에 보지 못하던 협소한 시각은 도쿠가와 시대에 접어들고 나서 후천적으로 심어진 관념이었다. 노부나가는 후일의 쇄국주의와 같은 것에 대해 알지 못했고 히데요시는 일본이 작다고 생각하지 않았다. 그의 세계관에서는, 그의 상식과 관념에서는 일본이 가장 큰 나라였다. 일본과 비교할 수 있는 지구상의 '거대한 나라'는 있을 리가 없다고 생각했던 것이다.

그래서 히데요시는 노부나가가 보여준 여섯 폭의 세계지도를 보고 그 광대한 육지에서 일본을 찾는 데 어려움을 겪었어도 다른 나라의 크기에 그리 놀라지 않았다. 단지 '이것이 일본인가?' 하고 유심히 들여다보며 '생각보다 작다'고 생각했던 것이다. 그리고 그가 탄식한 이유는 세계의 광대함 때문이었고 그에 비해 인간의 수명이 너무나 짧다고 생각한 것이다. 히데요시뿐 아니라 도쿠가와 정권의 쇄국주의 이전의 겐기元龜와 덴쇼 시절의 사람들은 어렴풋하게나마 만 리의 파도 저편에도 사람과 나라가 무수히 존재한다는 사실을 알고 있었다. 그런 해외에 대한 지식은 종교와 미술, 철포, 직물이나 도자기나 자명종을 통해 날마다 동쪽으로 밀려오던 때이기도 했다.

"나라는 많고 바다는 넓구나. 하지만 몇천 몇만 리를 돌아다녀도 일본과 같은 나라는 없다. 당나라와 천축이 있다고는 하나 일본과 같은 나라는 없다."

히데요시는 어릴 적부터 그런 말을 자주 들었다. 오와리의 나카무라 부근에도 그렇게 말하는 노인이 두세 명 있었다. 마을 사람들의 이야기에 따르면 그들은 모두 젊을 적 바한센八幡船[152]이라는 배를 타고 명나라에서 남만까지 넘나들었다고 했다.

히데요시가 어린아이였던 덴분天文 무렵에 왜구들은 대부분 사라졌지만 예전의 시절을 그리워하는 노인들은 시골에 많이 살았다.

---

152 무로마치 말기부터 아즈치모모야마安土桃山 시대에 걸쳐 명나라 사람들이 중국과 조선의 연안을 넘나들며 약탈했던 해적선 등을 칭하는 말. 에도江戸 시대에는 밀무역선의 칭호가 되기도 했다.

"그들에게 더 많은 이야기를 들었더라면 좋았을 것을."

훗날 히데요시는 그런 생각을 하며 후회하기도 했는데, 그런 사람들이 민간에 전한 해외 지식들이 결코 무시할 수 없는 것들이었기 때문이다. 이른바 사카이와 히라도平戶를 비롯한 여타의 항구와 여송, 안남, 말라카, 남지나 일대의 항구와의 왕래는 해가 갈수록 번창했고, 그것이 일반 백성들의 종교와 군사와 실생활에 큰 영향을 주기 시작한 무렵에는 정치적으로도 중요했기 때문에 노부나가가 지대한 관심을 가지고 있는 것은 너무나 당연한 일이었다.

그날 밤, 노부나가와 히데요시는 세계지도가 그려진 병풍을 앞에 둔 채 상당히 오랜 시간을 묵연히 앉아 묵상에 잠겨 있었다. 두 사람이 무슨 이야기를 했는지 그것을 들은 사람은 아무도 없었다. 하지만 결론적으로 두 사람의 이상이 합치했다는 것은 분명했다. 이윽고 밤이 깊어 두 사람이 헤어질 때, 그들의 얼굴에서 지금까지 볼 수 없었던 깊은 심계心契와 같은 결연함이 엿보였기 때문이다.

란마루

이른 새벽 출발이었다. 정원과 지붕에는 서리가 하얗게 내려앉아 있었고 상실사에는 등불이 밝혀져 있었다.

아침을 일찍 먹는 것은 히데요시의 습관이었다. 그는 젓가락을 내려놓자마자 바로 행장 준비까지 마쳤다. 히데요시보다 늦으면 안 된다는 듯 장지문 밖과 회랑 저편에서 가신들이 분주히 오가며 짐을 날랐다.

"어젯밤에 돌아왔습니다만, 퇴성이 늦은 데다 곧 잠자리에 드셔서 인사를 하지 못했습니다."

후쿠시마 이치마쓰와 가토 도라노스케가 히데요시를 찾아와 말했다. 두 사람은 히데요시의 명을 받고 나가하마 성에 있는 노모와 아내를 찾아가 근황을 듣고 전언을 가져온 것이었다.

"오, 어젯밤에 돌아왔는가. 나가하마는 어떠하던가?"

이치마쓰가 고했다.

"모두들 별고 없습니다. 특히 큰 마님께선 아주 건강하셨습니다."

"그런가. 이번 겨울에는 감기도 걸리지 않으셨나 보군."

"주고쿠에서 주군께서 보낸 편지를 보시고는 항상 건강에 유의하고 있으며 추울 때에는 밖에 나가 농사도 짓지 않는다고 하셨습니다. 또 주군의 말씀대로 방을 따뜻하게 하고 네네 님을 비롯해 다른 가족분들과 함께 지극히 즐겁게 지내고 있으니 아무 걱정하지 말라고 간곡하게 말씀하셨습니다.”

“그 말을 들으니 이제 안심이 되는군. 바로 지척인 아즈치까지 와서 얼굴도 보이지 않는다고 혹시 뭐라고 하지는 않으시던가?”

이번에는 도라노스케에게 물었다. 본래 두 사람은 먼 친척이었던 만큼 히데요시는 지금과 같은 가정사에 대해서도 아무 거리낌 없이 묻고, 또 도라노스케 역시 편한 마음으로 이야기할 수 있었다.

“아닙니다. 마침 저희가 찾아뵙고 있는데 황송하게도 우대신 님께서 보내신 사자가 와서 주군께서 오랜만에 아즈치에 와 있으니 네네 님과 함께 아즈치 성으로 가서 만나 뵙는 것이 어떤가 하고 권하셨습니다. 그러자 큰 마님께서 말씀하시길, 아직 주고쿠의 소임을 반밖에 이루지 못했다고 들었고, 아즈치에 오신 것도 공무 때문일 것이니 만나러 가면 주군께서 결코 좋은 얼굴을 할 리 없다며 정중하게 사절하셨습니다.”

도라노스케는 이치마쓰만큼 말을 잘하지 못했다. 특히 주인인 히데요시 앞에서는 너무 긴장했는지 어렵사리 말을 마쳤다. 그것이 답답하게 여겨졌는지 히데요시는 듣는 도중 몸을 돌려 옆에 있는 서궤와 문고에서 신변의 물건을 찾아 허리에 차고 종이를 품속에 넣었다. 흡사 건성으로 듣는 듯한 모습이었다. 그리고 도라노스케가 말을 마치자 쫓아내듯 두 사람을 물렸다.

“그래, 그래. 잘 알았네. 이제 떠날 것이니 자네들도 어서 밖으로 나가 준비를 하라.”

두 사람이 황망히 밖으로 나온 뒤 호리오 모스케가 무슨 일인가를 고하기 위해 장지문을 열었다. 그러자 히데요시는 종이를 얼굴에 대고 눈물을 닦고 있었다. 모스케가 그대로 장지문 아래에 앉아 있자 히데요시는 몹시 당황하며 물었다.

"요시하루, 무슨 일이냐?"

흡사 질책이라도 하는 듯한 목소리였다.

"아, 예⋯⋯."

모스케는 당황한 듯 재빨리 고했다.

"모리 나가사다森長定 님께서 우대신 님의 사자로 오셨습니다."

"뭐라? 모리 란마루 님이?"

히데요시는 뜻밖이라는 듯 그렇게 말하고는 이내 짐작이 가는 것이 있는 듯 말했다.

"아아, 그렇군. 이곳은 어지러우니 서원 쪽으로 안내를 하여라."

어젯밤 하직 인사를 고하러 갔을 때, 노부나가가 하사품 목록을 내렸는데 그 하사품을 오늘 란마루가 가져온 듯했다. 히데요시는 그렇게 예상하며 서원 쪽으로 향했다. 역시 란마루는 노부나가가 하사한 구니쓰구國次의 칼과 열두 종의 다기 등을 가지고 상좌에 앉아 기다리고 있었다.

그는 여전히 수려한 모습으로 화사한 행장을 차려입고 있었다. 어느덧 올해 스물서너 살이 됐을 터인데 사람들이 여전히 미동美童이라고 부르는 것도 무리가 아니라는 생각이 들었다. 주군의 사자였기 때문에 히데요시는 아래쪽에 앉았다. 서로 격식을 갖춘 인사가 끝난 뒤에야 평소의 친한 사이로 돌아갔다.

"그만 떠나셔야 하지 않습니까?"

"아닙니다. 어차피 하룻밤은 교토에서 머물 생각이니 아직 서두르지 않아도 됩니다."

"오랜만에 어렵사리 아즈치까지 오셨는데 쉬실 시간도 없었을 것입니다. 그래도 주군의 기분은 근래에 보기 드물게 좋으셨습니다.”

“오늘 북쪽에서 시바타 님이 도착하지 않았는지요?”

그 일에는 흥미가 없다는 듯 란마루가 넌지시 말했다.

“아케치 님도 떠나셨다고 합니다.”

“뵈었습니다. 여독 때문인지 다소 힘이 없는 듯하더군요.”

“무슨 말은 하지 않으셨는지요?”

“무슨 말이라니요?”

“주군께 혼이 났다거나 저에 대한 소문 같은.”

“아니, 없었습니다.”

“참으로 유감스럽지만, 이번에 기분이 굉장히 안 좋은 상태로 돌아가셨습니다. 분명 그 울분을 지쿠젠 님께 하소연이라도 하려고 생각했을 것입니다.”

“하면 아케치 님이 주군께 질책을 받았다는 소문은 헛소문이 아니었습니까?”

“평소에 아케치 님의 어둡고 무거운 행동거지가 주군의 기분을 심히 훼손하고 있었는데 마침내 그것이 주연 자리에서 폭발한 것에 지나지 않습니다. 그런데도 아케치 님은 아녀자처럼 제가 주군 곁에서 부채질이라도 한 것처럼 여기고 있는 듯합니다. 저로서는 참으로 억울한 일입니다.”

“하하하, 그렇군요. 고레도 미쓰히데 님은 가메야마 성의 성주이자 당대의 인물입니다. 저는 잘 모르겠으나 란마루 님이 말씀하는 것과 같은 감정이 있다고 한다면 거기에는 뭔가 다른 원인이 있는 것이 아닐는지요. 란마루 님을 그렇게 의심하는 다른 이유 말입니다.”

“제가 주군께 스즈키 시게유키에 대해 충언한 적이 있을 뿐입니다. 본원사의 책사인 스즈키 시게유키의 처리에 대해서…….”

"시게유키가 본원사가 망한 후, 어떻게 했다는 말씀입니까?"

"지쿠젠 님은 모르십니까? 오사카 이시야마의 몰락과 함께 종적을 감췄던 스즈키 시게유키는 이름을 바꾸고 단바 가메야마 성의 객신客臣이 되어 있다고 합니다. 십일 년 동안, 오다 가를 괴롭히던 본원사의 숨은 책사를 허락도 구하지 않고 숨기는 행위는 역의라는 말을 들어도 어쩔 수 없을 것입니다. 만약 지쿠젠 님이 노부나가 공이라면 그 사실을 알고도 미쓰히데 님을 중신으로 둘 수 있겠습니까?"

그런 상황에서 히데요시는 기묘한 표정을 지었다. 상대의 말을 열심히 듣는 것도 아니고 그렇다고 상대의 기분을 무시하고 허공만 쳐다보는 듯한 표정도 아니었다.

"흐음, 음. 과연."

어느 쪽이라고도 할 수 없는 표정으로 고개를 끄덕였지만 그의 의사는 그 사이를 떠다니며 하늘가에서 놀고 있을지도 몰랐다. 그로서는 솔직히 그런 화제에는 말을 섞고 싶은 생각이 없었다. 남의 험담과 훼예포폄, 중상모략에 관여했다가는 끝이 없을 것이었고 또 그의 성정과 맞지 않는 일이었다. 그뿐 아니라 그는 전날 미쓰히데를 만났다. 쉰이 넘은 미쓰히데는 시동의 모습을 하고 있는 청년 란마루와는 달리 말을 함부로 입 밖에 내지 않았다. 하지만 히데요시는 그의 심중에 있는 갈등의 근원을 충분히 헤아릴 수 있었다.

군무에 종사하고 있던 히데요시는 란마루의 모친인 묘코니가 지나치게 불교에 심취하여 일찍부터 본원사의 책사인 스즈키 시게유키를 돕고 있다는 사실을 간파하고 있었다. 란마루는 효심이 깊었고 재주가 뛰어난 청년이었다. 모친인 묘코니의 행복한 노후도 다른 많은 형제가 출세한 것도 오직 란마루에 대한 노부나가의 총애 덕분이었다. 그의 망부인 모리 산제에몬 요시나리의 충절이 노부나가의 가슴에 깊이 각인되어 있는 것도 명백한 사실이었지만 노부나가가 란마루에게 기울이고 있는 신뢰와 총애는 각별했다.

그런 점들을 종합해보면 본원사가 망한 뒤, 스즈키 시게유키가 연줄을 이용해 아케치 미쓰히데의 가메야마 성에 몸을 의탁해서 이름을 바꾸고 살아 있다는 사실은 란마루에게 도저히 견딜 수 없는 불안감을 품게 만들었음이 분명했다.

'만일 시게유키의 입에서 어머님이 했던 행동이 소상하게 흘러나온다면?'

그런 생각이 들자 란마루는 가만히 있을 수가 없었던 것이다. 노부나가의 총애와 신뢰를 일거에 잃을 뿐 아니라 묘코니는 처벌을 당할 것이 명백했다.

이시야마 본원사가 철거된 때부터 이미 란마루는 그런 공포심을 품고 있었다. 사쿠마 노부모리 부자의 추방이나 숙로인 하야시 사도의 말로를 보더라도 노부나가는 딴마음을 품은 사람을, 설령 그것이 먼 과거의 일이든 바로 어제의 일이든, 절대로 용서하지 않았다. 특히 란마루가 남몰래 가슴에 품고 있던 고뇌는 자신에게만 해당하는 것이 아니라 모친을 비롯한 모리 가 일문에게 치명상이 될 터였다.

"세상은 참으로 재미있습니다. 오랜만에 전쟁터에서 아즈치로 와서 이런저런 세상 이야기를 듣고 있으니 끝도 없고 세상의 참맛을 만끽하게 됐습니다. 먼저 아즈치가 사람들이 이렇듯 유유자적 태평성대를 누리는 것은 저희의 공이 아닐까 싶습니다. 저희처럼 전쟁터에서 언제 죽을지 모르고, 또 욕심이라면 어떻게 죽을까 하는 것밖에 생각할 수 없는 이들에게는 참으로 귀와 눈이 즐겁습니다. 내년에는 몇 번 더 오고 싶습니다. 오늘은 곧 떠나야 할 몸이라서 마음이 조급하지만, 다음에 왔을 때에는 꼭 느긋하게 이야기 나누고 싶습니다. 하하하, 오늘은 이만 실례해야 할 듯싶습니다.”

히데요시는 란마루와 함께 자리에서 일어나 작별 인사를 했는데, 그것이 정말 마지막 작별 인사였다.

히데요시 일행이 눈부신 아침 햇살을 받으며 상실사 앞에 있는 마을에서 벗어날 때, 란마루도 아즈치를 향해 돌아갔다. 두 사람은 이때가 세상에서 얼굴을 마주한 마지막 때라는 것을 알 리가 없었다. 그리고 반년 뒤에 벌어질 본능사本能寺의 변變을 예상하는 사람 역시 단 한 명도 없었다.

교토의 봄

히데요시는 교토에서 하룻밤을 묵었다. 교토의 모습은 몰라보게 달라져 있었다. 불과 십 년 전 교토의 모습을 알고 있던 사람들은 모두 그렇게 말했고, 이삼십 년 전 교토를 보았던 사람들은 격세지감을 느낀다고 할 만큼 짧은 시간 동안 교토의 모습은 달라져 있었던 것이다.

무엇보다 가장 달라진 점은 도성에 들어가면 천황이 거하고 있다는 사실을 실감할 만큼 청결하고 광채가 흘러넘쳤다. 사람들은 행복하고 평화롭게 살아가고 있었다. 일반 서민들이 느끼는 바를 히데요시 역시 똑같이 느꼈다.

히데요시는 문득 소년 시절, 도카이도東海道를 유랑하면서 자주 바라보았던 후지 산의 수려한 산세를 떠올렸다. 천고만대, 이 나라와 함께 해온 후지 산도 구름에 덮여 며칠 동안 보이지 않는 날도 있는가 하면 구름 한 조각도 없는 청명한 하늘에 선명하게 모습을 드러내는 날도 있었다.

속세에서 아등바등 생계에 쫓기던 사람들은 온전히 모습을 드러낸 후지 산을 올려다보면 '아, 후지'하고 경탄했다. 그리고 다시 그런 후지 산의 모습에 익숙해져서 잊고 있다가 비가 오고 구름이 낀 날을 한탄하면서도 구름 속에서 변함없이 그곳에 있을 후지 산을 그리워했다.

가깝게는 오닌의 난부터 불과 얼마 전인 무로마치 막부 말기에 이르기까지, 멀게는 아시카가 씨와 호조 씨 등의 폭정에 시달리던 시대까지, 돌이켜보면 이 나라의 명암은 후지 산과 구름의 관계처럼 끊임없는 난세가 이어져왔다.

"지금의 교토는 맑은 날의 후지 산과 같다."

근래 이삼 년, 히데요시는 도성에 들어올 때마다 늘 그렇게 감격하면서 그것이 어디에서 온 것인지 생각했다. 그리고 그 쾌청한 날을 가져다준 것은 바로 자신의 주인인 노부나가의 힘이라고 생각했다. 노부나가가 없었다면 대부분의 백성들은, 어떤 공경이 일기에 쓴 것처럼 세상이 어떻게 될지 몰라 불안에 떨며 하루하루를 살아가야만 했을 것이다.

그런데 지금의 교토는 달라졌다. 황거를 둘러싼 산수는 밝은 빛을 발하고 있었고 마을들은 활기에 차 있었다. 그곳에서 생업에 종사하며 즐거워하는 백성들의 모습은 불과 십 년 전 무로마치 막부 시절만 해도 찾아볼 수 없는 풍경이었다.

누구보다 노부나가를 잘 알고 있는 히데요시는 지금 눈앞에서 노부나가의 이상을 보는 듯한 심경이었다. 노부나가의 부친인 노부히데는 전란의 와중에 이세 신궁을 수리하거나 궁궐이 쇠락한 것을 한탄하며 공물을 헌상하기도 했다. 난세에 그와 같은 무인은 거의 없었다고 해도 과언이 아니다. 생각해보면 노부나가가 조정을 극진히 섬긴 것은 부친의 영향이자 부친 이상으로 적극적인 성격을 지니고 있었기 때문이기도 했다.

그는 궁궐을 조영하고 황거의 울타리를 쌓고 궁궐의 경제를 개혁하는 등 황실을 복구하기 위해 전력을 기울였다. 무로마치 막부를 혁파하고 아시카가 요시아키를 쫓아낸 지 불과 십 년, 백성들의 안정된 생활을 목도하고 노부나가를 가리켜 '막부에 대해 모반을 일으킨 자'라는 뜻인 '구보公方의 모반인謀反人'이라고 부르는 사람들도 더 이상 없었다. 에이 산을 불태운 직후에는 '희대의 대마왕'이라고 욕하던 승려들까지 더 이상 비난하지 않고 백성들과 함께 평화로운 일상을 즐기고 있었다.

특히 올해 덴쇼 9년 봄에 열린 성대한 열병식에 대해 사람들은 해가 저문 지금까지도 잊지 못하고 화제로 삼았다. 봄에 열린 열병식은 이른바 평화의 대축제이자 노부나가의 패권을 세상에 과시한 시위이면서 외국인 선교사 등에게 보이기 위한 국제적인 의미도 있었다. 하지만 가장 중대한 의의라고 한다면 친히 천황의 임어臨御를 청해 군권의 소재를 명확하게 한 점이라고 할 수 있었다. 노부나가는 이 성대한 열병식을 통해 군권을 세상에 확실하게 알리려고 했던 것이다.

황실과 무문 사이에는 나라를 세울 때의 철칙, 천황의 병사는 치안을 지키는 사키모리防人153, 군軍은 나라의 방패, 검은 자신을 수양하고 다른 사람을 지킨다는 본분을 지니고 있었다. 하지만 언제부터인가 그러한 본질이 무너져서 때론 황실을 위협하는 등 오닌의 난 이후부터 무로마치 말기에 이르기까지 그 폐해는 극에 달했다.

세상이 그런 문란한 시대를 바로 세울 인물로 노부나가를 인정하고 그도 자임하고 있던 때, 노부나가는 이전의 본분을 법제나 도리에 의지하지 않고 성대한 열병식을 통해 상하가 함께 즐기며 찾고자 했던 것이다. 이것을 통해 노부나가가 무인의 자질만 지닌 무장이 아닌 위

---

153 규슈九州 연안의 방어를 위해 설치한 변경을 지키던 군사. 본래 이 군사 제도는 663년 백제를 돕기 위해 출병한 왜군이 백강 전투에서 나당 연합군에게 대패를 당한 뒤, 당나라가 쳐들어오는 것을 염려해서 만든 것이 시초로 병사들의 임기는 삼 년이었다.

대한 정치가의 면모를 지닌 인물이라는 것을 엿볼 수 있었다.

그 열병식이 열린 것은 교토에 봄이 한창인 지난 2월 28일이었다. 궁궐의 동쪽에서 남쪽의 마장이 있는 하쵸八町에는 새로 돋아난 푸릇한 풀이 가득했고 곳곳의 울타리의 여덟 척 기둥은 짐승의 털로 짠 모전毛氈으로 덮여 있었다. 그리고 대궐의 동쪽 궁문 밖에는 천황이 행차할 행궁이 세워져 있었다.

임시로 지은 것이었지만 행궁은 백목白木에 금과 은으로 된 국화가 박혀 있었고 주렴에는 자줏빛 끈을 매달아놓았는데 큰 지붕의 기와와 금사金砂를 뿌려놓은 모습은 흡사 야마토에大和繪[154]를 그대로 옮겨놓은 것처럼 보였다. 셋게攝家[155] 이하 고관대작들이 필설로는 묘사하기 어려울 만큼 화려한 차림을 한 채 빠짐없이 자리를 메우고 있었다. 봄바람에 나부끼는 일월기日月旗와 오색기 아래에는 활과 창을 든 친위대와 사키모리 부대가 대오를 이루고 꽃밭의 꽃처럼 도열해 있었다.

오전 여덟 시가 되자 시모교下京[156]의 본능사에서 제1진, 제2진, 제3진 등 대오를 이루고 교토의 대로를 행진했다. 그리고 히가시이치조東一条에 있는 마장을 향하는 행렬의 출발을 알리는 나팔 소리가 들렸다. 그 무렵 마장 주위에는 그날의 성대한 열병식을 보기 위해 수십만 명의 군중이 운집해 있었다.

이윽고 깃발을 휘날리고 번쩍이는 투구를 쓴 시바가 가쓰이에, 마에다 도시이에 등 북쪽에서 온 장수들이 노부나가를 호위하기 위해 먼저 마장으로 몰려들었다. 하지만 이것은 서막에 지나지 않았다. 곧 다케이 세키안이 이끄는 일곱 번째 부대가 마장에 들어오자 그 뒤로 노부

---

154 중국화의 양식을 일본적인 정서로 변형시켜 일본 전통의 풍물과 산수 등을 그린 회화나 그 유파를 말한다.
155 섭정摂政이나 관백関白으로 임명될 수 있는 가문.
156 교토의 니조도오리二条通 이남의 명칭으로 주로 중소 상인들이 살았다.

나가의 모습이 보였다.

그날 노부나가가 착용한 행장은 교토와 나라와 사카이 등지의 비단에서부터 일반 서민들은 구경도 하지 못한 이국의 직물들을 모아 심혈을 기울여 만든 것이었다. 후지타가의 아들인 호소카와 요이치로가 그 일을 맡았는데, 그는 그날 노부나가가 착용할 고소데의 소매에 쓸 비단을 찾기 위해 교토 안을 다 뒤져 간신히 적당한 것을 발견했다고 할 정도로 수많은 인력과 자금을 쏟아부었다.

"마치 이 세상 분이 아닌 것처럼 보인다. 해신海神인 스미요시묘진住吉明神의 현현을 우러러보는 듯하다."

사람들이 그렇게 예찬한 것도 전적으로 과장된 것만은 아니었다. 오다 가는 혈통적으로 남자는 모두 미남형이었고 여자도 모두 미인형이었다. 그때 노부나가는 마흔여덟 살이었는데 단려한 풍모를 유지하고 있었고 기개도 젊은이들에게 뒤지지 않았으며, 눈썹과 볼은 화장을 하고 화려한 행장을 하고 있어서 그날 구경을 나온 외국인들, 즉 예수회의 대표자들도 모두 놀라 본국의 보고서에 다음과 같이 보고할 정도였다.

이 대단한 열병식의 주인공인 장군은 유럽의 국왕들에게서도 본 적이 없을 만큼 화려하고 호장한 분장을 걸친 단정한 귀인이었다.

한편 그날의 열병식은 노부나가 일족인 기후의 노부타다, 기타바타케 노부오, 오다 노부타카, 시바타, 마에다, 아케치, 호소카와, 니와 외에 제후에서부터 장병 일만육천여 명과 군중 십삼만여 명이 참가한 아래에 거행되었다. 각 부대의 연무가 끝나자 이윽고 마지막에 노부나가가 직접 말을 타고 마장을 종횡으로 내달리며 말 위에서 검을 휘두르고 창으로 과녁을 맞히는 연무를 시연했다. 십삼만여 명의 군중은 그런 노부나가를 보고 환호를 올리고 예찬했다.

그렇게 연무를 끝내고 노부나가가 말에서 내려 말을 쓰다듬고 있을 때 조정의 신하 열두 명이 달려와 칙사勅使라고 말했다. 노부나가가 타고 있던 말은 바다를 헤엄쳐온 듯 온몸이 땀으로 젖어 빛이 나고, 또 김이 피어오르고 있었다.

"칙사입니다."

조정의 신하들이 다시 말하자 노부나가는 그제야 알아차렸는지 말 아래 무릎을 꿇었다. 칙사가 열병식에서 깊은 인상을 받았으며 천황이 자랑스럽게 여기고 있다고 이야기하자 노부나가는 감읍했다. 죽은 부친의 뜻을 지금 일부라도 이룬 듯한 심경이었다. 그날 노부나가는 해질녘쯤 길가 군중들의 환성을 들으며 숙소인 본능사로 돌아갔다.

지금 히데요시는 교토를 지나면서 바로 그날을 떠올리고 있었다. 그리고 그날, 주군인 노부나가의 위대함을 깊이 생각하면서 자신에 대해 돌아보고 있었다.

왜구의 후예

히데요시가 오사카의 요도淀 강에 이르렀을 때였다.

"먼저 도착한 짐은 모두 배에 옮겨 실었고 배 안의 준비도 다 끝났습니다."

구기九鬼 가의 사자였다.

"육로로 가실 예정인 줄 알고 있습니다만, 나니와 항구까지 다른 길로 가신 뒤 그곳에서 배에 오르시면 해로를 통해 히메지로 도착할 때까지 저희가 모시겠습니다."

요도 강 근처의 주막에서 의자를 가져와 일행들과 함께 휴식을 취하고 있던 히데요시는 사자의 말을 듣고 기분이 좋아졌다.

"그것은 구기 님의 호의인가?"

세 명의 사자가 대답했다.

"주인의 명을 받들어 마중을 나왔습니다만, 배편은 아즈치의 노부나가 공께서 급사를 보내 지시한 줄 압니다."

"수고했네."

히데요시는 바로 가신들에게 명했다.

"구기 님의 사자에게 차를 대접하도록 하라."

히데요시는 이미 평정한 반슈와 중앙을 오가는 일을 그다지 위험하게 생각하지 않았다. 하지만 노부나가는 도중에 어떤 이변이 있을지 모른다며 그의 귀환길을 걱정했다. 그리고 갑자기 해상으로 가라고 구기 쪽에 지시한 듯했다.

'이렇게까지 나를 소중하게 여기시다니.'

히데요시는 마음속으로 생각하며 아즈치 방면을 바라보았다.

그날 저녁, 히데요시는 구기 가의 안내를 받아 오사카의 하구에서 배에 올랐다. 배는 일전에 이 연안에서 모리 가의 운송 선단을 격침한 전력을 지니고 있는 군선 중 하나였다. 군선의 의장은 삼엄했고 대철포의 총좌도 설치되어 있었으며 장창과 갈고리창 등도 뱃전에 늘어서 있었다. 또 선루의 한쪽에 흡사 본성에서나 볼 수 있는 방을 그대로 옮겨다놓은 듯, 옷걸이와 병풍을 비롯한 책을 얹는 선반과 북, 화로, 요, 식기와 술잔 등 없는 것이 없었다.

"다행히 해상이 평온하니 사카마 항에 도착할 때까지 편히 쉬도록 하십시오."

얼마 뒤, 구기 가의 가신인 세 명의 무사가 요리를 내왔다.

"배로 가는 것은 편해서 좋구먼."

근신들과 한담을 나누고 있던 히데요시가 술잔을 건네며 물었다.

"이 배는 몇 석이나 실을 수 있는가?"

오다 군의 수군인 구기 가의 가신들은 모두 검게 그을린 얼굴에 숭어와 같은 눈을 하고 있어서 이만 하얗게 보였다. 지금 히데요시를 접대하는 세 명의 무사도 연배는 모두 마흔 이상인 듯 보였지만 기골이 장대하고 군살이 없었다. 거기에 커다란 손을 어색하게 양 무릎에 얹고 있는 모습을 보니 앉아서 이야기를 나누는 일은 익숙하지 않은 듯 거북살스러워하는 것이 역력했다.

"예? 무슨 말씀이신지요?"

한 명이 반문했다. 그들은 육지에서의 정치적인 세력이나 권세가에 대해 무관심했고 아무 영향도 받지 못하는 듯했다. 그래서인지 아첨이나 아부도 할 줄 모르는 무뚝뚝함이 짙게 묻어났다. 히데요시는 그런 세 사람의 무뚝뚝함을 사랑스러운 시선으로 바라보며 다시 한 번 물었다.

"이 배는 대체 몇 석이나 실을 수 있는가? 이 배로 조선까지 갈 수 있는가?"

세 사람은 그저 웃기만 할 뿐 대답하지 않았다. 그러자 히데요시가 다소 발끈해서 물었다.

"왜 웃는 것인가? 내 질문이 우스운가?"

그러자 한 명이 공손히 대답했다.

"이 배는 칠백팔십 석을 실을 수 있는 돛대가 세 개 있습니다. 이 배로 조선까지 갈 수 있는가 하고 물으셨습니다만, 고려와 명나라를 비롯해 안남, 캄보디아, 보루네오, 고사高砂, 여송, 말라카는 물론이고 멀리는 남만에서 희망봉을 돌아 대서양으로 나와 스페인, 포르투갈, 로마 등 어디든 가고자 하자면 가지 못할 곳은 없습니다."

"흐음……."

히데요시는 머쓱해졌다. 그들의 친절한 설명을 듣고 이 배의 능력과 가능한 항해 범위를 알고 자신이 얼마나 유치하고 어리석은 질문을 한 것인지 깨달았기 때문이다.

"남만, 남만 하고 자주 말들을 하는데 대체 그런 나라들을 왜 남만이라고 부르는 것인가?"

"여송, 자바, 보루네오, 안남 부근을 합쳐서 남만제도라고 하며, 말라카에서 고아 등지를 오쿠남만奧南蛮이라고 부르고 있습니다."

"고아는 어디인가?"

"천축을 말합니다만 저희는 인도라고 부르고 있습니다. 고아에는 동인도 총독이 있습니다."

"그곳까지 가는 데 얼마나 걸리는가?"

"나가사키長崎에서 마카오 부근까지 순풍이면 대략 십사오 일이면 닿을 수 있습니다만, 거기서부터는 날씨에 따라 다르기 때문에 날짜를 단정해서 갈 수는 없습니다."

"어째서?"

"폭풍을 만나면 섬으로 피신해야 하고 배가 부서지면 수리해야 하니 담력과 끈기가 필요한 항해이기 때문입니다."

"자네들은 그리 소상히 알고 있는데 남만까지 간 적이 있는가?"

그러자 세 사람은 애매모호한 웃음을 짓기만 하고 입을 다물고 말았다. 서로 대답을 양보하고 있는 듯했다.

"없지는 않습니다만……."

이윽고 한 명이 대답했다.

"그에 대해 자세히 말씀드리면 저희의 소생이 알려지게 되는 것과 같아, 평소 주인인 구기 요시타카 님께서 함부로 자랑하며 발설하면 안 된다고 엄하게 금하셨기 때문에, 다소……."

"그것은 쓸데없이 자랑하는 것을 경계하라는 말일 것이다. 구기 님이 뭐라고 하면 내가 사죄할 터이니 어찌 된 것인지 말해보게."

"그럼 말씀드리겠습니다. 실은 저희는 오랫동안 해랑적海浪賊의 몸이었습니다. 그런데 텐쇼 5년, 노부나가 공께서 세이슈勢州의 구기 우마노스케 님께 명을 내려 오다 가의 수군이 조직될 무렵에 처음으로 구기 님의 부름을 받고 무가 봉공을 하게 되었습니다."

"해랑적이란 무엇인가?"

"그러니까, 그 바다를 떠도는 낭인이라는 것으로……."

"아, 왜구 말인가?"

"예, 그렇습니다."

히데요시는 그들이 바한센八幡船이라고 하는 배를 타고 남쪽의 섬들에서 명나라 연안은 말할 것도 없고, 양자강 천리를 거슬러 올라가서 고려 변경을 경유해 일생의 반을 바다에서 지낸다는 말을 듣자 눈을 크게 뜨며 갑자기 술병을 들었다.

"터무니없는 자들이로군. 자, 들게."

히데요시는 술을 권하더니 다시 말을 이었다.

"아까부터 뭘 그리 우물쭈물하며 말하기 거북해하는가 했더니 출생이 왜구라고 불리는 몸이어서 그런 것이었군. 아니, 그런 작은 배포로 잘도 해적질을 하였구먼. 주인인 구기 님도 이해할 수 없군. 바한센, 왜구가 뭐 어떻다는 것인가. 만약 나도 열여섯 무렵에 그대들을 만났더라면 분명 자네들 밑에 들어가 남만에서 명나라와 고려까지 한바탕 구경하고 왔을 것이네. 정말 아쉽군, 아쉬워."

"예?"

세 사람이 머리를 나란히 하며 송구해하자 히데요시가 다시 술병을 내밀며 말했다.

"잔을 들고 한 잔씩 받게. ……잘했네. 잘했어."

세 사람은 무엇을 칭찬하는 것인지 알 수 없다는 표정을 지었다. 그러자 히데요시가 술병을 바닥에 내려놓고 말했다.

"언제부터인지 왜구라는 존재가 해상에서 자취를 감추고 말았네. 안타까운 일이라고는 할 수 없으며, 나 역시 장려하는 것도 아니나, 바한센은 생길만 해서 생긴 것이라고 생각하지 않는가?"

"예?"

"먼 옛날, 진구神功 황후[157]의 거사를 오늘 되돌아보더라도, 그 전후부터 이미 이 나라를 침략하려는 외적들이 얼마나 많았는지 짐작할 수 있네. 그 뒤 여몽연합군의 침공[158] 때만큼 모든 백성들이 분노하고 그것을 여실히 알 수 있었던 때는 없을 것이네. 십만의 원군元軍과 수백 척의 배를 잃고 난 후로 그들은 더 이상 쳐들어오지 않게 됐지만 가마쿠라 이후, 만일 다시 그들이 쳐들어왔다면 더없이 위태로울 시대가 이어졌을 것이네. 예를 들어, 요시노미야吉野之宮 시대, 아시카가 막부 초기, 이어서 오닌의 난, 아시카가 요시미쓰足利義満와 요시마사義正 등의 무능하고 부패한 장군들이 다스리던 시대 등…… 어떠한가? 만일 그들이 다시 쳐들어왔다면?"

"정말 그렇습니다."

"다행히 고려나 명도 시대에는 예전의 힘을 잃은 듯하지만, 그렇다고 해도 무로마치 막부의 부패함이 그대로 외국에 전해졌더라면 어찌 되었을지 몰랐을 것이네. 그것을 무로마치 장군의 도움도 없이, 또 막부의 지시도 없이 백성들의 의지로 그들의 침공을 미연에 방지한 것은 자네들의 동료들이자 바한센의 힘 때문이라고 할 수 있을 것이네."

"예? 정말입니까?"

"자네들의 시대가 되고서는 이미 바한센도 말기에 접어들어 왜구라는 이름만 남고 그 기백을 잃어버렸을 것이네. 하나 일찍이 자네들의 선조에게는 그 기백과 신념이 있었음이 분명하네. 그렇지 않고서야 어찌 목숨을 거친 파도에 던질 수 있었겠는가. 그 이래로 이 나라의 백성

---

157 15대 천황인 오진應神 천황의 어머니로 《일본서기》에 따르면 그녀는 오진 천황을 임신한 채 한반도로 출병하여 삼한을 정벌했다고 기록되어 있다. 히데요시가 말하는 본문의 '거사'는 이를 두고 하는 말인데, 이 '삼한 정벌설'은 역사적으로 왜곡 논란을 불러일으킨 사안으로 여기서는 단지 본문의 이해를 돕기 위해 그대로 번역했음을 밝혀둔다.
158 몽고와 고려의 여몽연합군에 의한 두 차례에 걸친 일본 정벌을 말한다. 일본에서는 1차 원정을 분에이노에키文永の役(1274년), 2차 원정을 고안노에키弘安の役(1281년)라고 하며, 이를 합쳐 겐코元寇라고 한다.

들은 그런 기백을 잃어버리고, 설사 필부라도 더 이상 목숨을 던지지 않게 되었네. 대명大明과 고려의 각지에 올라가 진귀한 물건과 보물을 약탈해서 가져왔네. 그래서 해적이라고 불렀네. 참으로 애석한 일이지 않은가. 본래 자네들의 선조에게는 더 큰 열정이 있었는데 말일세.”

평소 가슴에 품고 있던 말임에 분명했다. 그 뒤에도 히데요시는 왜구의 공적과 기백에 대해 열변을 토했다. 그러자 반평생을 바한센에서 지낸 세 사람은 그저 감탄하며 넋을 잃고 듣고만 있었다. 히데요시는 이윽고 화제를 돌렸다.

“근래는 사정이 크게 달라졌네. 스페인의 야비에라는 선교사가 온 것은 분명 덴분 20년 무렵인데, 노부나가 공이 그들을 포용하고 있으니 남만을 비롯한 서구 각지에서 다양한 물건들이 배로 들어오고 있네. 그런데 야비에는 본국에 서신을 보내 ‘이 나라만은 병선을 보내지 마라. 문화와 선교사를 보내라’고 했네.”

파도가 이는지 배가 다소 요동을 쳤다.

“이제 졸립군. 나는 그만 잘 것이니 자네들은 마음껏 마시도록 하게.”

히데요시는 그들에게 들을 만큼 듣고 자신이 하고 싶은 말을 다 한 뒤 별실로 들어가 잠이 들었다. 내해內海라고는 하지만 앞바다 쪽으로 나가자 꽤 거친 파도가 배의 옆면을 때렸다. 히데요시는 꿈속에서 공상의 나래를 펼치고 있는 듯 얼굴에 미소를 띠었다.

‘아아, 파도 소리가 들린다. 저 파도는 대명의 기슭과 남만의 섬들, 그리고 서구의 나라들까지 물결칠 것이다. 노부나가 공은 종래의 영웅들과 달리 그 시야가 광대무변한, 일찍이 없었던 문명인이기도 하다. 구태한 것들은 가차 없이 파괴하는 성정을 지니고 있지만 그 이상으로 건설적인 정열을 지니고 있다. 새해에는 마흔아홉이 되니, 아직 이삼

십 년은 건재하실 것이다. 그래, 그 이십 년 동안……'

꿈과 현실을 오가던 히데요시는 입술을 꼭 다물더니 이윽고 깊은 잠에 빠져들었다. 하지만 그를 태운 배는 이제 겨우 산요山陽의 땅을 향해 가고 있었다. 게다가 인생이란 참으로 예측하기 어려운 것이었으니, 이번 상경이 주군인 노부나가와 마지막 만남이 되리라고는 꿈에도 상상하지 못하고 있었다.

● 혼다 다다가쓰 本多忠勝·1548-1610

도쿠가와 사천왕 중 1人이며, 평소 혼다 헤이하치로라 불렸다 1563년에 미카와에서 일어난 일향종(一向宗)의 난 때, 대부분의 혼다 일족이 도쿠가와 가문에게 반기를 내걸었으나, 다다카쓰는 오히려 일향종에서 정토종((淨土敎))으로 개종하고 도쿠가와 가에 남아 무공을 세웠다. 코스기 사콘(小杉左近)의 남긴 '이에야스에게 과분한 것이 두 가지가 있으니, 당나라 투구와 혼다 헤이하치로이니라.'라고 말로 유명하다.

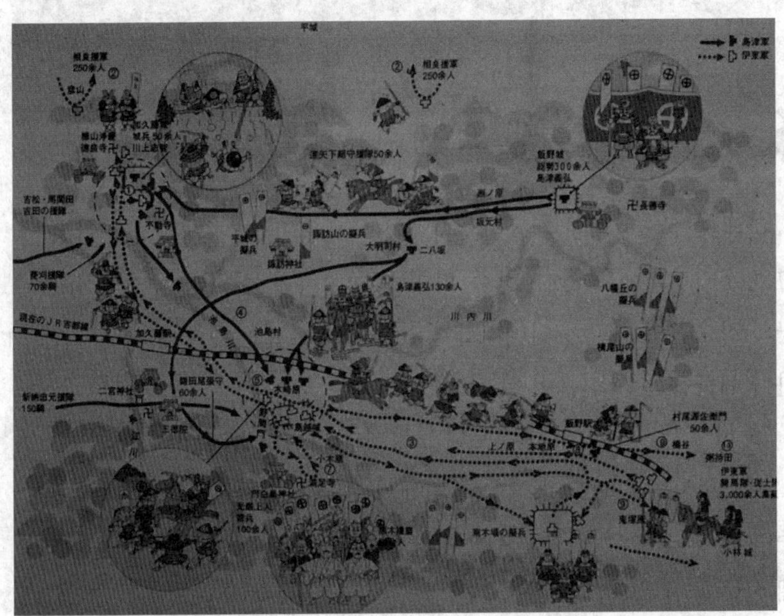

● 1572년 키자키바라 전투

겐키元龜 2년 6월에 사쓰마(薩摩)의 시마즈(島津氏) 15대 당주였던 시마즈 다카히사(島津貴久)가 사망하자 휴가(日向)의 이토 요시스케(伊東義祐)는 이를 기회로 여겨 겐키 3년 5월, 요시야스를 총대장으로 하여 시마즈와의 전쟁을 시작했다. 하지만 시마즈 요시히로(島津義弘)의 치밀한 계략과 배후 공격 등에 당해 크게 패하고 만다. 결과적으로 이 전쟁은 이토 가문의 쇠약과 내부 붕괴를 부르게 되었다.

백만일심百萬一心

히데요시는 히메지로 돌아오자마자 어느 누구보다 높은 자리인 주고쿠 총사령관에 올랐다. 반슈, 다지마, 미마사카, 이나바 등지의 점령군의 장수들이 번갈아 히메지를 찾았다. 히데요시는 그들에게 세밑 인사나 예물을 받는 신분이 된 것이었다.

"하나도 남지 않아도 괜찮으니 모두에게 나눠주어라."

히데요시는 아사노 야헤에게 명해서 예물 전부를 부하들에게 나눠주며 한 해 동안의 수고를 위무했다. 그리고 다가올 새해의 각오에 대해 이렇게 말했다.

"내년은 중대한 의의를 지닌 해이자 많은 일이 기다리고 있다는 것은 말하지 않아도 잘 알 것이다. 그 어떤 해보다 천하의 형세가 급격히 변할 것이고 세상의 문화도 달라질 것이다. 어떻게 변해갈 것인가 하면, 구태의 철폐도 일단락되고 싸움을 병행하면서 건설하는 시기에 접어들 것이다. 새로운 문화를 창조하며 오랫동안 도탄에 허덕이던 백성들은 모두 재생의 기쁨을 누릴 것이다. 그렇지 않고서는 노부나가 공의 다년간의 전쟁은 단지 패권을 다투는 싸움에 머물게 되고 진정한 패업이라고 할 수 없을 것이다. 패업이란 개인의 사사로운 업적이 아닌 국업國業이다."

히데요시는 평소의 신념을 밝혔다.

"나는 다가올 해에 모두가 한층 분발하도록 독려할 것이다. 이것은 결코 내가 요구하는 것이 아니고 노부나가 공께서 강요하는 것도 아니다. 천지의 명령이다. 우리는 모두 이 세상, 이 나라의 봉공인이다. 노부나가 공은 단지 그 대임을 짊어진 것이자 나는 그분의 수하 중 한 명이다. 이 지쿠젠, 그 소임을 띠고 이곳 주고쿠에 군사를 이끌고 모리를 침에 있어 모리가 천하의 시세를 안다면 스스로 길을 열고 깃발을 접어 우리에게 합세해야 할 것이다. 하지만 애석하게도 모토나리 이래의 모리는 보수적이고 구태를 고집하며 자국의 안위만을 돌보는 데 여념이 없으니 그것은 모두 개인의 사사로운 업인 사업私業에 지나지 않는다. 해가 밝으면 우리 주고쿠 군사는 즉시 전쟁에 임할 것이다. 모리 역시 이름 높은 강대한 무문으로 무시할 수 없으나 그들은 사업의 병사, 우리는 패업의 군사이니 그 승패는 이미 정해져 있다. 필승의 시기가 멀지 않았으니 새해 삼 일 동안은 마음대로 마시고 쉬며 심신을 재정비하도록 하라."

부장들은 평소부터 히데요시의 달변에 대해 잘 알고 있었지만 그의 입에서 처음으로 나온 패업이라는 말에는 감동하지 않을 수 없었다. 모리 가뿐 아니라 전국 시대 초기부터 할거하기 시작한 군웅호걸들 사이에는 사업만 있을 뿐 패업은 없었다. 그리고 국업을 이상으로 삼은 인물 역시 전무했다.

히데요시가 지금까지와는 달리 휘하의 부하들에게 그렇게 훈시한 것도 이번 아즈치에서 히메지로 돌아오는 도중 배 안에서 크게 깨달은 것이 원인인지도 몰랐다. 그는 해외에 대해 생각하면서 당연히 일본에 대해 생각하게 되었다. 일본을 일본으로밖에 생각하지 못하는 협량한 인물들이 일본 안에서 각축을 벌이고 사사로운 싸움만 되풀이해온 것이 전국의 군웅할거 시대였다고 믿게 되었던 것이다.

덴쇼 9년이 저물었다. 주고쿠 전선은 봄과 함께 다음 단계를 향한 준비에 여념이 없었다. 해가 바뀐 덴쇼 10년 정월이 되자 모리 쪽 진영은 벌써 전의에 불타고 있었다. 산요 방면의 총사인 고바야카와 다카카게는 적의 총사인 히데요시가 의외로 빨리 주고쿠로 돌아오자 그와 노부나가 사이에 뭔가 큰 방침이 정해진 것으로 판단하고 그에 대비하기 위해 각지의 아군들에게 전령을 보내 독려했다.

"지금이야말로 주고쿠의 흥망이 걸린 비상 상황이니 적에게 한 치의 땅도 내어주지 마라."

그리고 1월 말, 그는 다시 격문을 보내 '빈고의 미하라三原로 모이라'며 날짜를 통보했다. 빗추의 다카마쓰의 성주, 미야지宮路 산의 성주, 가무리冠 산의 성주인 가모加茂, 히나바日幡, 마쓰시마松島, 니와세庭瀬 등지에 있는 일곱 개의 주요 성의 수장이 미하라로 모이자 다카카게가 그들에게 고했다.

"산인과 산요 방면의 전황은 유감스럽게도 히데요시 정예군의 공세에 눌려 우군 쪽이 승리했다고 말하기 어렵다. 게다가 그의 병력은 날이 갈수록 증강되어 머지않아 십만에 달할 것이다. 그리고 빈고 경계를 공격하는 데 있어 우키다 나오이에가 안내할 것이라는 사실은 예상하기 어렵지 않다. 우키다는 다년간 우리 모리 쪽의 일익을 맡았으나 노부나가에게 투항한 자다. 적에게 무문의 절개를 판 자인 만큼 그에게는 그만한 손익계산이 있었음이 분명하다. 그리고 노부나가와 히데요시는 앞으로도 모든 수단과 계책을 동원해 아군들을 자기네 편으로 끌어들이려고 시도할 것이 분명하다. 하여 나는 지금 분명히 말해두겠다. 노부나가 쪽에 가담하고 싶은 자는 주저하지 말고 이곳을 떠나 그에게로 가라. 고금에 그 예가 없는 일도 아니니 지금이라면 이 다카카게도 그대들을 원망하지 않을 것이다."

평소에는 생각하지도 못한 말이었던 만큼 다카카게의 결의가 얼마나 굳은지 보여주기에 충분했다.

"……."

한동안 침묵을 지키고 있던 일곱 성의 성주 중 한 명이 입을 열었다.

"지금의 그 말씀은 참으로 애통하기 그지없습니다. 오랜 세월 주인의 은혜를 입은 저희를 절의가 없는 자들이라고 생각하고 계신 것입니까?"

다른 사람이 그 말을 이어받아 고했다.

"이러한 시기에 어찌 두 마음을 품을 수 있겠습니까. 중요한 경계를 수호하는 대임을 맡아 설령 죽는 한이 있더라도 그것은 큰 명예라고 각오하고 있습니다."

"고맙소이다."

다카카게는 그렇게 대답한 뒤 그들에게 주연을 베풀었다. 주연 중에도 전략과 전술에 대한 다양한 이야기가 오갔다. 그리고 협의도 끝이 나고 자리도 마무리될 즈음에 다카카게는 일곱 명의 장수에게 각각 한 자루씩 칼을 내렸다.

"이번 봄에는 모든 축하연을 일절 금지하였으니, 이것이 전쟁에 임하기 전의 마지막 축하연일 것이오."

"전쟁에서 승리한 후의 축하연에서 다시 뵙도록 하겠습니다."

일곱 성주는 그렇게 말하고 물러가려고 했다. 그런데 다카마쓰 성의 수장인 시미즈 쵸자에몬 무네하루淸水長左衛門宗治만은 다른 이들과는 달리 칼을 받아들고 이렇게 대답했다.

"제가 맡고 있는 구역은 홍수를 직접 막아내는 제방과 같습니다. 적 십만의 노도가 어디를 어떻게 끊을지 모릅니다. 그러한 경우에 저는 제가 맡은 성을 베개 삼아 싸우다 죽을 각오를 하고 있으니, 또다시 지금과 같은 축하연에 참가하리라고는 생각하고 있지 않습니다. 이 하사하신 칼을 그런 의미로 받도록 하겠습니다."

시미즈 쵸자에몬 무네하루는 솔직한 심정을 토로했다. 그렇다고 다른 여섯 명의 장수가 허언을 한 것은 아니었다. 무네하루 이외의 사람들은 단지 진심을 말하지 못했던 것이다. 총사인 고바야카와 다카카게에게뿐 아니라 자기 자신에게 '이번에는 필시 모리 군이 패전을 피하지 못할 것'이라고 말하고 싶지 않았고, 말할 수가 없었던 것이다. 다카카게 역시 그 사실을 잘 아는 위치에 있었다.

'아무리 군사를 모으고 선전한다 해도 아군의 병력은 사만팔천 내지 오만이 전부다.'

그는 속으로 그렇게 계산하고 있었다. 하지만 적은 세쓰의 이타미와 하나구마가 무너지고, 오사카 본원사가 망하고 난 뒤 병력과 운송에 숨통이 트여 이번 봄부터는 십만 이상의 병력으로 공격해올 것이었다. 아니, 지쿠젠노카미 히데요시는 십만이라고 보이고 십삼만, 더 나아가 십오만의 대군으로 공격해올지도 몰랐다.

어느 편이든 병력에 있어서 모리 쪽은 이미 그들의 반에도 미치지 못했다. 거기에 사기의 문제도 있었다. 유감스럽게도 산인과 산요 방면에서는 패전을 거듭하고 있었고 노부나가를 고립시키기 위해 꾀한 연합 계책도 전부 분쇄된 형세였다.

하지만 다카카게를 비롯한 주고쿠 무사에게는 '모토나리 정신'이라고도 부르는 것이 남아 있었다. 모리 모토나리는 본국인 아키의 요시다吉田 산에 성을 쌓을 때, '히토바시라人柱[159]는 필요 없고 오직 타마바

---

159 인신공양의 일종. 대규모 건축물을 지을 때 그것이 파괴되지 않도록 빌기 위해 건물이나 그 근방에 살아 있는 사람을 생매장하거나 수중에 빠뜨려 죽이는 풍습을 말한다.

시라魂柱만 필요하다'고 하며 토대 깊이 '백만일심百萬一心'이라고 새긴 거석을 매장했다. 이 일은 모토나리 재임 시절부터 끊임없이 번의 무사들에게 가훈으로 가슴 깊이 각인되어져 있었다.

이 가을, 그런 정신이 바야흐로 주고쿠 흥망의 갈림길에서 얼마나 큰 위력을 발휘할지 시험대에 올랐다. 사실 지자라고 알려진 다카카게도 지금의 상황에서는 더 이상 뾰족한 계책이 없었다. 물밀듯 밀려오는 중앙의 오다 대군과 히데요시의 지휘에 대해 '어차피 작은 계책 따윈 무익하다'고 단념하고 있었다. 최선을 다해 필사의 각오로 싸울 뿐이었다. 그 방법밖에 없었다. 또 오로지 방어에 전념하는 전략밖에 세울 수도 없었다. 다카카게는 1월, 2월, 3월 계속해서 경계를 게을리하지 않고 다가올 적을 기다리고 있었다.

한편 히데요시 쪽에서도 전비와 전열을 정비하면서 '일거에 빗추로 진격해서 다카마쓰 성을 점령한 뒤 다시 아키의 본성인 요시다 산으로 진격해서 모리로 하여금 항복을 받아낸다'는 방침을 선명하게 밝혔다.

하리마, 이나바, 다지마에 산재해 있는 히데요시 휘하의 군사는 2월 중에 히메지로 집결하라는 명을 받았다. 3월 말에 히메지를 출발할 때, 그 병력은 육만에 달했고 그들은 위풍당당 오카야마岡山 성에 도착했다. 그곳에는 우키다 히데이에의 군사 이만여 명이 있었는데 그들은 선봉에 서라는 명을 받고 즉시 빗추로 진격할 태세를 취하고 있었다.

하지만 히데요시는 성공할 리 없다는 것을 알면서도 하치스카 히코에몬과 구로다 간베를 사자로 삼아 다카마쓰 성의 시미즈 무네하루에게 일단 항복을 권했다. 무네하루는 모리 가의 '백만일심'을 거론하며 공손히 사절했다. 그렇게 주고쿠 전선은 마침내 최후의 단계로 돌입하게 되었다.

세객歲客

심계를 맺은 군신, 주고쿠의 히데요시와 아즈치의 노부나가는 헤어진 뒤에도 아침저녁으로 서로의 생각을 나누고 있었다. 히데요시는 여전히 군무 중 하나로 생각하며 아즈치에 매일 소식을 전하고 있었고, 노부나가는 아즈치에 머물면서 모리 쪽 정세를 훤히 꿰뚫어보고 있었다. 노부나가는 히데요시만 있으면 주고쿠 책략은 걱정할 것이 없다며 안심하고 있었던 것이다.

그런 히데요시를 주고쿠에 보낸 뒤, 아즈치에서 새해를 맞은 노부나가는 새봄과 함께 연말보다 더 바쁘게 지냈다. 아니 스스로 바쁜 일들을 만들고 있었다는 게 적절할 것이다.

덴쇼 10년(1582년)인 임오년 정월, 인접국의 다이묘와 소묘와 친족을 비롯한 새해 손님들이 노부나가에게 오로지 새해 인사를 하기 위해 총견사總見寺 산의 넓은 돌계단 길과 정문의 성문을 통해 몰려들었다. 어째서 야단법석한 일이 벌어졌는가 하면 노부나가가 제야 때, 다음과 같이 명한 것이 원인이었다.

"정월 연하객들에게는 누구를 막론하고 한 사람당 백 문文씩 거두도록 하라. 경사스런 새봄을 맞아 오늘 하루도 무사히 지내고 나를 알현하고 새해 인사를 하는 대가로 백 문 정도의 세금을 거둬도 무방할 것이다. 호리 규타로와 가모 우효에 두 사람이 내일 그 일을 맡도록 하라."

그뿐만이 아니라 노부나가는 다시 다음과 같이 명했다.

"세금을 거두는 대신 평소 사람들에게 개방하지 않았던 성안의 비각秘閣과 심전深殿을 열어서 모두 구경할 수 있도록 하라."

며칠 전부터 아즈치의 마을에 숙소를 잡고 기다리던 다이묘와 소묘, 상인, 의원, 화가, 장인 등 계급을 불문한 사람들이 이때를 놓치면 평생 후회할 것이라는 듯 일제히 모여들어 사상자까지 생길 정도로 인산인해를 이루고 있었다. 하지만 사람들은 구경할 만한 가치가 있다며 후회하지 않았다. 먼저 총견사 비사문毘砂門 무대에서 구경을 하고 정문을 통해 세 번째 문으로 들어간 뒤, 흰 모래가 깔려 있는 현관까지 와서 새해 인사를 올리게 되어 있었는데, 인파에 떠밀려 잠시도 서 있을 수가 없어 정작 노부나가의 얼굴이나 모습은 구경조차 할 수 없었다.

"저분이 노부타다 경이다."

"방금 저쪽으로 가신 분이 오다 나가마스織田長益 님이시다."

"이쪽을 보고 웃고 계시는 사람이 기타바타케 노부오키北畠信雄 경이 아닌가?"

사람들은 오다 일문의 사람들을 멀리서 바라보는 것으로도 만족하고 있었다. 거기에 일반 서민들이 만족을 넘어 감격해서 부복한 이유는 아즈치 성안에서 천황이 머무는 방인 '미유키노마御幸の間'를 보았기 때문이다. 일반 서민들은 아즈치에 미유키노마가 있으리라고는 상상도 하지 못했던 것이다.

사람들은 언젠가 이곳에서 천황의 행차를 맞이하고자 준비해온 노부나가의 충성심을 깨닫고 미유키노마의 계단이나 회랑 등을 바라보며 모두 머리를 조아렸다. 사람들이 구경을 마치고 다시 처음에 왔던 곳으로 내려오면 성의 병사들은 돌아갈 통로를 손으로 가리키며 부엌 입구를 통해 가라고 일러줬다. 그런데 뜻밖에도 그곳에 근신들과 함께 서 있던 노부나가가 사람들을 향해 이렇게 외쳤다.

"모두 구경한 값은 놓고 가도록 하라. 백 문씩 사례금을 잊지 마라."

노부나가는 동전을 집더니 뒤를 향해 던졌다. 당연히 노부나가 혼자서 수많은 군중이 내는 돈을 다 받을 수 없었기 때문에 호리 규타로의 부하와 다른 가신들도 함께 돈을 받아서 뒤편으로 던졌다. 사람들은 노부나가의 손에 직접 백 문의 세금을 건네는 것을 일생의 영광으로 여기며 노부나가 앞으로 몰려들었다.

노부나가의 뒤편에는 눈 깜짝할 사이에 동전의 산이 몇 개나 생겼다. 병사들이 그것을 바로 가마니에 쓸어 담았다. 그리고 동전 가마니를 성 아래에 있는 관청으로 보내 빈민들에게 나눠주었다.

노부나가는 이번 정월에는 아즈치의 마을에서 굶주리는 사람은 없을 것이라며 대단히 흡족해했다. 그러면서 호리 규타로에게 물었다.

"어떠한가? 연하세를 거둔 것은 참으로 잘한 일이라고 생각하지 않는가?"

규타로는 처음에 그 일을 맡았을 때, 천하의 우대신 가와 같은 인물이 그런 사소하고 평민적인 일을 해도 괜찮을까 걱정했지만, 의외로 서민들의 반응은 자신의 걱정과는 전혀 달랐다.

"실로 훌륭한 생각이었습니다. 구경을 온 사람들도 일생의 좋은 이야깃거리라며 크게 기뻐했고 세금을 나눠 받은 빈민들은 이것은 단순한 동전이 아닌 우대신 노부나가 님의 손이 닿은 것이라 함부로 쓸 수 없으니 내년 정월까지 소중하게 쓰겠다고 했다며 관인들까지 크게 기뻐했습니다. 하여 이러한 선정은 내년 정월, 그리고 그다음 해에도 연례로 해도 좋을 듯싶습니다."

그러자 노부나가는 의외로 머리를 좌우로 흔들며 말했다.

"두 번은 없을 것이네. 빈민들이 이것에 익숙해지면 오히려 위정자의 책이 될 것이네."

정월 중순, 사자로 파견되었던 란마루가 공무를 마치고 기후 성에서 돌아왔다.

"다녀왔습니다."

"수고했다."

"기후의 긴조金藏160에 있던 엽전 일만육천 관을 모두 가져왔습니다."

"그곳에서 돈을 꺼낸 것을 노부타다에게 잘 이야기했는가?"

"예, 말씀하신 취지 그대로 잘 고했습니다."

노부나가는 만족한 듯 머리를 끄덕였다. 란마루가 오다 노부타다의 기후 성에 사자로 간 이유는 일찍이 그곳 긴조에 넣어둔 거액의 돈을 가져오라고 노부나가가 명했기 때문이다.

"동전을 묶어놓았던 끈도 어느덧 썩었을 테니 모두 새로 묶어서 가져오너라."

란마루는 흙으로 지은 곳간에 넣어둔 돈을 묶은 끈이 몇 년이면 썩는지 알고 있던 노부나가의 세심한 성격에 '사람들은 주군의 무략에 관해 재능만 알고 경제적인 재능은 그다지 인정하지 않지만, 주군에게는 아무것도 숨길 수가 없구나' 하며 감복했다. 그리고 노부나가의 그런 면모를 확인할 때마다 모친인 묘코니가 저지른 과거의 잘못을 걱정하며, 스즈키 시게유키를 숨겨두고 있는 아케치 미쓰히데의 일거수일투족이 더욱 신경 쓰였다. 그렇지만 그것은 란마루 혼자만의 생각이거나 어림짐작에 불과했다. 그리고 이번 일에서 노부나가의 의도는 전혀 다른 데에 있었다.

---

160 조정이나 막부에서 어용상인들에게 임시로 부과하던 금전을 납입하는 창고나 곳간.

란마루가 사자로 온 용건을 들은 사람들은 그다지 달갑지 않게 생각하며 뒤에서 험담을 했지만 그 뒤 거기에 담긴 깊은 뜻을 알게 되자 자신들의 짧은 생각을 부끄럽게 여겼다.

세상에는 노부나가가 호방한 성격과 화려한 모습과는 어울리지 않게 인색하다는 평이 널리 퍼져 있었다. 또 실제로 그런 예는 얼마든지 있었다. 하지만 그 뒤, 그들에게 전해진 소식에 따르면 기후 성에서 가져온 돈은 얼마 뒤 육로와 해상을 통해 이세로 옮겨졌다고 했다.

이세 신궁은 근래 삼백 년 동안 신당이 쇠락하고 국가적인 제의도 끊긴 상태였다. 그래서 노부나가는 신궁 조영을 결심하고 재작년부터 그 일을 착수했던 것이다.

신궁 조영을 맡은 봉행인이 천 관이라는 거액의 예산을 세워 세밑에 고하자 노부나가는 이렇게 말했다.

"얼마 전 모은 야와타의 하치만궁八幡宮의 조영에도 예산이 삼백 관이었던 것이 천 관을 넘었다. 특히 이번 이세 신궁은 그보다 몇 배는 더 필요할 것이니, 비용을 아끼지 마라."

그리고 노부나가는 유사시에 대비해 기후 성에 보관하고 있던 돈을 건넸다.

소년사절단

1월이 절반이 지나고서야 아즈치의 백성들은 깨달았다.

"무슨 일로 날마다 짐을 잔뜩 싣고 배가 나가는 것일까?"

배들은 모두 호남에서 호북으로 가는 것이었다. 그런가 하면 수천 섬의 쌀을 실은 수레의 행렬이 호수의 기슭을 따라 북쪽으로 나아갔다.

아즈치의 활기는 12월과 정월을 지나도 쇠퇴할 기미가 보이지 않았다. 여객의 왕래뿐 아니라 아즈치를 오가는 제후들의 발길도 여전히 끊이질 않았고, 가도에는 사자의 말과 다른 나라의 사신들 모습이 보이지 않는 날이 없었다.

"세베瀨兵衛, 함께 가지 않겠나?"

"어딜 말씀입니까?"

"매사냥 말이네."

"예, 데려가주십시오."

"산스케三助도 오라."

초봄 아침, 노부나가는 아즈치를 나섰다. 함께 가는 이들은 전날 밤에 정해져 있었지만, 마침 돌아온 나카가와 세베와 이케다 가쓰사부로 노부데로의 아들인 이케다 산스케도 동행하게 되었다.

노부나가는 여덟 명의 매 장인에게 각각 매를 들게 했다. 그리고 가신들과 함께 말을 타고 아이치愛智 강 근처까지 나갔다. 노부나가가 좋아하는 것은 기마와 스모, 그리고 매사냥과 다도였다. 취미라고 하면 한가한 시간에 즐기는 소일거리로 들리지만, 노부나가는 다도를 비롯해 무엇을 하든지 어중간하게 하지 않았다. 예를 들어, 스모만 하더라도 아즈치에서 스모를 보고자 하면 고슈江州, 교토, 나니와를 비롯한 먼 나라에서까지 천오백 명이나 되는 스모 선수를 불러 크게 열었다. 그리고 제후와 군중과 함께 날이 저물도록 구경하다가 마침내는 가신들 중에서도 몇 개의 조를 뽑아 겨루도록 명령하기도 했다.

그런데 그날, 신슈信州의 기소木曾의 일족인 나에기 규베苗木久兵衛가 시종도 없이 혼자 노부나가를 찾아왔다. 노부나가는 규베가 건넨 서신을 받아들고 일독을 한 뒤 대답했다.

"요시마사義昌 외 그대들의 뜻은 잘 알겠으나, 응당 그에 맞는 볼모를 아즈치로 보내지 않는 동안에는 가부에 대한 즉답을 하기 곤란하다."

그리고 노부나가는 그 뒤의 일은 가신인 스가야 구에몬과 잘 의논하라며 자리를 떴다.

오늘 매사냥은 기소의 사자를 만나는 것이 목적이었던 것이다. 얼마 뒤, 스가야 구에몬이 뒤쫓아오자 노부나가는 그를 안장 옆으로 불러 무슨 말인가를 듣더니 만족한 듯 몇 번이고 고개를 끄덕였다.

"흐음, 그런가. 흐음, 그렇군."

노부나가 일행은 돌아가는 길에 아즈치의 마을로 들어갔다. 그곳에서 노부나가는 말을 멈추고 가로수 사이에 보이는 이국적인 건물을 올려다보았다. 건물의 창에서 바이올린 소리가 흘러나오고 있었다. 노부나가는 급히 말에서 내려 종자 한 명을 데리고 문 안으로 들어갔다.

"우대신 님께서 들르셨소이다."

앞서 달려간 이케다 산스케가 문을 열고 계단 위를 향해 소리쳤다. 계단 아래의 복도에는 나체의 커다란 조각상이 있었는데 산스케는 그것이 그리스도상인지 알 수 없어 그저 진귀한 듯 여기저기를 둘러보고 있었다.

"오……."

소의 울음소리 같은 목소리가 계단 위에서 들리더니 두세 명의 선교사가 분주히 내려왔다. 노부나가는 어느새 건물 안으로 들어와 있었다.

"오오, 장군님."

선교사는 불시에 방문한 노부나가를 보며 깜짝 놀란 표정으로 공손하게 최대한의 경의를 표했다. 이곳은 근처에 있는 남만사에 속한 그리스도교 학교였다. 노부나가도 기부자 중 한 명이었는데 다카야마 우곤을 비롯한 귀의한 다이묘들이 목재부터 교사 안의 물건 일절을 기증했다.

"수업하는 모습을 참관하고 싶소. 아이들은 있소이까?"

선교사들은 노부나가의 말을 듣고 크게 기뻐하며 입을 모아 영광이라고 이야기했다. 노부나가는 그들의 말에는 개의치 않고 성큼성큼 계단을 올라갔다. 그러자 선교사 중 한 명이 황망히 교실로 달려가서 아이들에게 노부나가의 방문을 알렸다. 바이올린 소리와 말소리가 뚝 하고 멈추었다. 노부나가는 교단에 서서 한동안 내부를 둘러보고 있었다.

노부나가는 '신기한 서당도 있구나' 하는 표정으로 여기저기를 살폈다. 교실의 책상이나 걸상을 비롯해 모든 게 서양풍이었다. 제후나 부장 들의 자제들이었던 만큼 아이들은 교과서 한 권씩을 책상 위에 놓고 노부나가의 모습을 올려다보며 엄숙하게 예를 차렸다. 열 살 정도부터 열서너 살의 아이들이 대부분이었지만 그중에는 관례 전후의 소년도 있었다. 모두 명문가의 자제이자 화려한 서양 문명에 익숙해져

있어서인지 마을에 있는 일본의 서당을 다니는 아이들과는 비교할 수
없을 만큼 의젓하고 수려했다.

　하지만 노부나가의 머릿속에는 어느 쪽이 정말로 아이들을 진정한
인간으로 훈육하는가 하는 것에 대한 해답이 있는 듯했다. 그래서인지
노부나가는 그다지 감탄하거나 놀라지 않았다. 그는 근처에 있는 책상
위에서 아이들의 교과서를 집어 들어 잠자코 책장을 넘기다가 이내 아
이에게 돌려주며 물었다.

　"방금, 바이올린을 켠 아이가 누구냐?"

　그의 질문에 선교사가 아이들에게 다시 묻는 것을 보고 노부나가는
교실 안에 교사가 없었다는 것을 알아차렸다. 아이들은 모두 그 틈을
노려 서양 악기를 만지작거리거나 잡담을 하거나 떠들고 있었음이 분
명했다.

　"이토伊東 제롬 님입니다."

　아이들이 일제히 한 아이를 바라보았다. 노부나가도 아이들의 시선
을 따라가다 열네다섯쯤 되는 소년을 발견했다.

　"예, 저기 있습니다. 제롬이었습니다."

　선교사가 손가락으로 가리키자 소년은 새빨개진 얼굴을 숙였다. 노
부나가는 알쏭달쏭한 표정으로 다시 물었다.

　"제롬이 누구냐? 누구의 아들이냐?"

　선교사는 엄숙히 소년에게 말했다.

　"제롬, 일어나서 장군님께 대답해야지."

　소년은 책상 사이로 나와 바른 자세로 노부나가에게 인사를 했다.

　"방금 여기서 바이올린을 켠 사람은 저입니다."

　말투도 명석했고 눈빛도 비굴하지 않아 귀인의 아들다운 느낌이 들
었다. 노부나가는 근엄한 표정으로 소년의 눈을 바라보았지만 소년은

그 눈길을 피하지 않았다.

"너였느냐? 바이올린을 켠 사람이?"

"예."

"어떤 노래를 연주한 것이냐? 서양에도 악보가 있을 것이다."

"있습니다. 제가 방금 연주한 것은 이스라엘 백성이 이집트를 탈출하는 내용이 담긴 다윗의 성가였습니다."

소년은 의기양양하게 말했다. 흡사 그 질문에 대답하는 날을 기다리고 있었다는 듯 막힘없이 대답했다.

"누가 가르쳐주었느냐?"

"발리그나노 신부님께서 가르쳐주셨습니다."

"아, 발리그나노 말이구나."

"우대신 님께서도 잘 알고 계실 것입니다."

소년이 반문했다.

"음, 알고 있다."

노부나가는 고개를 끄덕이며 물었다.

"발리그나노는 지금 어디에 있는가?"

"정월까지는 일본에 계셨습니다만 얼마 전 나가사키를 떠나셨으니 지금쯤은 마카오에서 인도로 들어가셨을 것입니다. 사촌 동생의 편지에 따르면 아마 20일 무렵 출항할 예정이라고 합니다."

"사촌 동생이라니?"

"이토 안시오라고 합니다."

"안시오가 무엇이냐? 일본 이름은 없느냐?"

"이토 요시마스伊東義益의 조카인 요시가타義賢입니다."

"그, 휴가오비日向飫肥의 성주인 이토 요시마스의 일족이구나. 그런데 너는?"

"예, 요시마스의 아들입니다."

노부나가는 천주교 문화 아래에서 교육을 받고 있는 되바라진 미소년을 보면서 그의 부친인 이토 요시마스라고 하는 혈기왕성하고 앞뒤 가리지 않는 사내의 얼굴을 떠올리고는 뭔가 기묘한 느낌을 받았다. 규슈의 다이묘인 오토모大友와 오무라大村, 아리마有馬나 이토 요시마스의 성이 있는 서일본 연해는 근년 모두 남만 색채나 서양 문물에 동화된 느낌이 있었다.

노부나가는 철포, 화약부터 망원경, 의약품, 가죽, 염색 직물류, 일용품까지 무엇이든 받아들이는 데 인색하지 않았다. 특히 의학과 천문, 군사에 관한 것들이라면 무엇이든 열망하고 있었다. 또 그에 수반한 다소의 폐해는 어쩔 수 없는 것이라며 너그럽게 생각하고 있었다. 하지만 그가 절대적으로 거부하는 것이 있었는데 그것이 바로 종교와 교육이었다.

선교사들은 그 두 가지를 허락하지 않으면 무기와 의학을 비롯한 다른 물건을 가져오지 않았다. 노부나가는 대의를 문화에 걸고 아즈치 한 곳에 남만사와 그 학교를 허락했지만 교육을 받고 있는 아이들을 보면서 그들의 장래를 걱정하지 않을 수 없었다.

'언제까지 이렇듯 방만하게 내버려둘 수 없다.'

노부나가는 마음속으로 그렇게 생각했다. 그는 교실을 나와 선교사들의 안내를 받으며 화려한 휴게실로 들어갔다. 그리고 귀인을 위해 특별히 준비해놓은 듯한 금빛과 푸른색의 화려한 의자에 앉았다. 선교사들은 자신들이 아끼는 자국의 차나 담배 등속을 내와 대접했지만 노부나가는 손도 대지 않았다.

"방금, 이토 요시마스의 아들이 말하길 발리그나노는 정월 말에 일본을 떠났다고 하는데 돌아왔는가?"

"아닙니다. 신부님이 이번에 유럽으로 가신 건 개인적인 용무 때문이 아니라 일본의 문화를 위해 사절단의 안내자로 따라간 것입니다."

"사절이라니?"

노부나가는 의아한 표정을 지었다. 규슈는 아직 그의 세력권 안에 들어오지 않았기 때문에 규슈의 다이묘들과 해외의 교류나 통상에 대해 노부나가는 신경을 곤두세우고 있었다.

"아직 듣지 못하셨습니까? 실은 발리그나노 신부님이 일본의 유력 가문의 자제들에게 꼭 한 번은 유럽의 문명을 접할 기회를 주어야 유럽과 일본이 진정한 통상과 국교를 맺을 수 있을 거라며 유럽 각국의 국왕과 교황을 설득하여 드디어 이번에 사절단을 보내게 된 것입니다. 그리고 사절단에 선발된 이들은 가장 나이가 많은 소년이 열여섯이고 나머지는 모두 어린 소년들뿐입니다."

선교사는 소년들의 이름까지 상세하게 고했다. 대부분이 규슈의 큰 번의 자제들이었다. 이토 요시마스의 조카인 이토 안시오의 이름도 그 안에 들어 있었고 오무라와 아미마 일족의 아들도 있었다.

"그거 참으로 기특하고 용감하군."

노부나가는 먼 유럽으로 떠난 소년사절단의 용기에 진심으로 감탄했다. 하지만 그와 동시에 가능하면 그 소년들을 만나서 자신의 심중에 있는 생각을 들려주며 격려하고 용기를 북돋아주고 싶다고 생각했다. 또한 노부나가는 유럽 각국의 국왕이나 발리그나노 신부가 무엇을 위해 다이묘의 자제들에게 유럽 견학을 시켜주기 위해 데려갔는지 그 문화적인 의도를 헤아릴 수 있었다. 그리고 그들이 종국에 품고 있는 커다란 야망이 무엇인지도 잘 헤아리고 있었다. 그 두 가지 의도를 고려하며 노부나가는 늘 아즈치 성에 있는 지구의를 바라보고 있었다.

"발리그나노 신부님은 작년 교토를 떠날 때, 장군님에 대해 애석하다는 듯 말씀하셨습니다."

"흠, 뭐라고 하였나?"

"아즈치의 장군님은 언제라도 세례를 받으실 듯하다가도 좀처럼 승낙하지 않으신다고 말입니다. 또 이번에도 장군님께 세례를 받게 하지 못하고 유럽으로 돌아가는 것이 유일한 안타까움이라고 하셨습니다."

"하하하, 그런가? 그렇게 말하였는가!"

노부나가는 의자에서 일어났다. 그리고 매를 손목에 얹고 뒤에 서 있는 시종을 바라보며 말했다.

"시간을 너무 지체했구나. 그만 돌아가자."

노부나가는 큰 걸음으로 계단을 내려가서 밖으로 나오더니 말을 불렀다. 아까 바이올린을 연주했던 이토 제롬을 비롯한 소년들은 교정에 정열해 있었다.

만시지탄晩時之歎

니라사키韮崎의 새로운 부府의 성은 장군의 부인이나 귀부인들이 사는 안쪽 대전까지 모두 완성되었다.

"똑같이 정월을 맞이하는 것이라면."

다케다 가쓰요리는 세밑 24일에 선조 몇 대에 걸친 고후甲府의 쓰쓰지가사키에서 새로운 부인 니라사키로 옮겨왔다. 연도의 백성들은 부를 이전할 때의 미려한 장관을 보고 정월이 돼서도 여전히 화제로 삼고 있었다.

가쓰요리와 그의 가족을 비롯해 그를 섬기는 수많은 귀부인과 딸이 타는 가마만 해도 몇백 대가 넘었다. 또 일족의 노무사나 젊은 무사, 거기에 부장과 근신 들이 탄 말부터 활과 창을 든 부대, 철포의 행렬, 붉은색 창 부대에 이르기까지 끝없이 이어진 행렬 중에서도 가장 사람들의 이목을 끈 것은 '나무추호남궁법성상하대명신南無諏訪南宮法性上下大明神'이라고 쓴 진홍색 천에 금빛이 드리워진 다케다 누대의 손자孫子의 깃발이었다. 그리고 또 하나는 세상 사람들이 다 알고 있듯 신겐이 좌우의 군기로 삼던, 곤색의 긴 깃발에 금빛 문자로 두 줄로 적혀 있는 다음과 같은 글자였다.

기질여풍其疾如風 기서여래其徐如林

침략여화侵掠如火 부동여산不動如山

신겐과 마음을 나누고 있던 혜림사惠林寺의 가이센快川 화상이 쓴 글자라는 사실을 모르는 사람이 없었다.

"아아, 저 깃발의 정령은 쓰쓰지가사키를 버리고 가는 오늘의 천도遷都를 얼마나 애석해하고 있을까!"

고후의 영민들은 에이로쿠永祿 전후 무렵, 그 두 개의 깃발이 고후를 출발해서 가와나카시마川中島로 향하고 다시 돌아올 때마다 개선한 병사들과 함께 감격의 눈물을 흘리며 환성을 지르던 때를 그리워하며 하염없이 바라보고 있었다.

깃발은 그때와 같은 것이었지만 그 무렵의 손자의 깃발과 오늘 보는 손자의 깃발은 완전히 다른 느낌이었다. 한편에서는 다케다 일족과 함께 니라사키의 새로운 부로 가는 수많은 진귀한 보물이나 군수품이 실린 수레와 마차의 행렬을 보고 '고슈는 아직 강국이다'라는 신념을 새삼 다지고 있었다. 신겐 이래의 자부심만은 장수와 병사는 물론 영지의 백성들에게까지 남아 있었던 것이다.

그렇게 옮겨간 새로운 부의 성에서 가쓰요리는 2월 어느 날, 숙부인 다케다 쇼요켄武田逍遙軒과 함께 본성의 매화 숲을 거닐면서 꾀꼬리 소리를 들으며 무엇인가 끊임없이 이야기를 나누고 있었다. 꽃망울을 터뜨린 홍매와 백매로 가득한 매화 숲은 아주 오래전부터 그곳을 지키고 있었다.

"이번 정월에도 얼굴조차 보이지 않았는데, 병이라도 든 것인지 숙부님께 무슨 소식이라도 오지 않았는지요?"

가쓰요리가 물었다. 그는 자신의 사촌에 해당하는 일족의 아나야마마이세쓰穴山梅雪에 대해 묻고 있는 것이었다. 다케다 쪽에 있어 중요한 남쪽 요충지인 스루가구치駿河口의 에지리江尻 성을 맡은 마이세쓰가 근래 반년 이상 소식도 없고 병을 칭하며 나오지 않는 것이 걱정된 것이었다.

"정말로 병이 든 듯합니다. 마이세쓰는 정직한 사내이니 결코 꾀병을 부리지는 않을 것입니다."

그렇게 말하는 쇼요켄은 죽은 형인 신겐의 기질을 닮은 호인이었다. 그러다 보니 가쓰요리는 그의 말에 동의하지 않을 수 없었다.

쇼요켄이 입을 다물자 가쓰요리도 침묵을 지키고 있었다. 두 사람은 그저 묵묵히 걸을 뿐이었다. 본성과 안쪽 성곽 사이에는 잡목이 우거진 협소한 계곡이 있고 계류도 있었다. 좌우의 벼랑에는 매화가 흐드러지게 피어 있었다. 그 계곡까지 왔을 때였다. 무엇에 놀랐는지 꾀꼬리 한 마리가 날아갔다.

"주군, 거기 계셨습니까? 큰일이 생겼습니다."

아도베 오오이跡部大炊의 아들인 아도베 겐시로跡部源四郞가 흙빛이 돼서 달려오자 쇼요켄이 꾸짖으며 말했다.

"겐시로, 무례하구나. 큰일이라는 말은 무사가 된 자가 함부로 입에 담을 말이 아니다."

평소의 강직한 모습과 달리 가쓰요리의 안색이 크게 동요했다. 곁에 있던 쇼요켄도 일부러 어린 겐시로를 꾸짖었다.

"함부로 드리는 말씀이 아닙니다. 정말로 큰일이 일어났습니다."

겐시로는 재빨리 벼랑을 달려 내려와서 다리 옆에 엎드리더니 단숨에 고했다.

"방금 성문에 시나노信濃의 다카도오高遠의 니시나 고로仁信五郞 님이 보낸 파발이 도착했는데 기소 요시마사木曾義昌 님이 역심을 품었다고 합니다."

"뭐라? 기소가?"

다케다 쇼요켄은 놀라면서 믿을 수 없는 듯 고함을 쳤다. 가쓰요리는 이미 어느 정도 예상하고 있었는지, 입술을 깨물며 겐시로를 내려다보고만 있었다. 쇼요켄은 좀처럼 진정되지 않는지 떨리는 말투로 외쳤다.

"서찰은 어디 있느냐?"

전령이 가져왔을 니시나 고로 노부모리信盛의 서찰이 어디 있는지 묻는 것이었다. 그러자 겐시로가 대답했다.

"방금 도착한 전령의 말에 따르면 화급을 다투는 사안이라 노부모리 님의 서찰은 두 번째 전령이 가져올 것이라고 합니다. 그 말을 마치고는 정신을 잃고 쓰러졌기에 약을 먹인 뒤 휴식을 취하게 했습니다."

가쓰요리는 부복하고 있는 겐시로의 곁을 큰 걸음으로 지나더니 뒤를 돌아보며 쇼요켄에게 큰 소리로 말했다.

"고로의 서찰은 볼 필요도 없습니다. 기소의 변심은 사실일 것입니다. 근년 기소나 마이세쓰에게 의심스러운 징후가 얼마간 보였습니다. 숙부님, 수고스럽겠지만 다시 출전해주십시오. 저도 곧 갈 것입니다."

그로부터 일 각도 지나지 않는 사이에 새로운 부인 이마슈 성의 망루에서 북소리가 울리고 성 아래에서는 출정을 알리는 나팔 소리가 울렸다. 그날 바로 니라사키의 석양을 받으며 기소지로 향한 군마는 처음에는 오천이었지만 밤이 되자 일만에 이르렀다.

"차라리 잘됐다. 이번 일이 없었다면 은혜를 저버린 역도들을 칠 기회도 없었을 것이다. 이번에야말로 기소를 비롯해 딴마음을 품고 있는 자들을 모두 쳐서 고甲 군의 전열을 일신할 것이다!"

가쓰요리는 도중에 분노를 억누를 수 없는지 이따금 말 위에서 그렇게 뇌까렸다. 하지만 그와 함께 분노하고 기소의 배신을 원망하는 목소리는 적었다. 그럼에도 가쓰요리는 여전히 강경했다.

"호조北條 따위가 무슨 도움이 된단 말인가!"

그는 후방의 큰 방패막이가 되는 호조 가를 일고도 하지 않고 버렸다. 주위의 헌책으로 다년간 볼모로 잡고 있던 노부나가의 아들을 아즈치로 돌려보낸 뒤에도 여전히 '노부나가와 같은 촌놈이!' 하고 경시하는 마음을 버리지 못했고 하마마쓰의 도쿠가와 이에야스에 대해서도 '두고 봐라, 머지않아!' 하는 반격의 기회만을 엿보고 있었다. 그런 경향은 특히 나가시노 싸움이 끝난 뒤 더 강해졌다.

강경함이나 고집이 나쁜 것은 아니었다. 그것은 적극적인 의사 표현이자 그런 정신의 발로였기 때문에 물독이 가득 차서 흘러넘쳐도 부족함이 없는 감정이었다. 특히 절대적으로 강자만이 살아남는 전국 시대에서는 더욱 필요한 요소라고 할 수 있었다. 하지만 거기에는 일견 연약함과도 닮은 듯한 침착하고 냉정한 힘을 겸비하고 있어야만 했다.

섣부른 강경함이나 허세는 그런 강한 상대를 위협하지 못하고 오히려 역효과를 낳기도 한다. 가쓰요리의 강직하고 용맹한 성격은 근래 수년 동안 그를 관찰해온 노부나가나 이에야스에게 그렇게 간파당하고 있었다. 그런 경향은 적국뿐만 아니라 고슈 안에서조차 '신겐 공이 살아 계셨더라면'이라는 한탄을 자아내고 있었다.

일족과 누대의 가신들이 옛 주인을 그리워하는 마음을 품고 있는 것은 그만큼 그들이 흔들리고 있다는 증거였다. 신겐은 강력한 군국 정치를 관철했지만 일족과 가신, 더 나아가 모든 영민들에게 '신겐 공만 있으면 무엇도 두렵지 않다'라는 절대적인 믿음을 심어주었다.

가쓰요리의 시대가 되어서도 군역과 징세, 그리고 일체의 정책은 신겐의 유훈대로 펼쳤지만 무언가가 결여되어 있었다. 가쓰요리는 그 결여되어 있는 '무언가'가 무엇인지 알지 못했다. 아니, 결여되어 있는 것조차 깨닫지 못하고 있었다.

그것은 '화和'와 중심에 대한 '신뢰'였다. 이 두 가지를 기초로 한 강력한 신겐의 정치는 오히려 가쓰요리의 대에 와서는 일족의 화를 저해하고 말았다. 그리고 신겐의 시대에는 '고슈의 네 국경은 적에게 한 발도 내어준 적이 없다'고 하는 일치단결된 자긍심에 '이대로라면 위험하다'며 근심하는 경향이 나타나기 시작했다.

나가시노에서 대패한 뒤 그런 경향이 현저해졌다는 사실은 말할 것도 없다. 그리고 그런 경향은 고 군의 장비나 전략상의 실책에 대한 반성에 머무르지 않고 사람들이 가쓰요리의 성격적인 단점과 평소의 강경함을 원망하는 계기가 되었다.

"가쓰요리 공은 역시 신겐 공이 아니었다."

사람들 사이에 급격히 퍼진 가쓰요리에 대한 부정적인 인식은 훗날 다케다 가의 쇠퇴를 한층 더 조장하는 원인이 되었다.

기소의 후쿠시마를 지키는 기소 요시마사가 신겐의 사위이면서도 등을 돌린 것은 '가쓰요리는 더 이상 버티지 못할 것'이라고 고슈의 장래를 판단했기 때문이다. 그는 미노의 나에기苗木 성의 도오야마 규베遠山九兵衛를 중간에 세워 벌써 이 년 전부터 은밀히 아즈치의 노부나가에게 청을 넣고 있었던 것이다.

고 군의 부대는 몇 갈래로 나눠서 스와諏訪의 다카하라高原에서 기소의 후쿠시마로 향했다. 모두들 처음에 출정할 때는 '기소의 군사들을 단숨에 짓밟아 버리겠다'고 큰소리를 쳤다. 하지만 날이 지나고 스와노우에하라諏訪之上原의 본진에 전해지는 소식은 '기소의 군사는 생각보다 강하다'라는 불리한 보고뿐이었다. 가쓰요리는 보고를 들을 때마다 입술을 깨물었다. 그는 아무런 진전이 없는 전황을 보며 성격상 조바심을 냈다.

달이 바뀐 2월 4일 무렵이었다. 스와로 비보가 전해졌다. 그 당시 다케다 군이 얼마나 놀라고 당황했는지 고슈의 병사들은 신겐 이래로 이런 일을 한 번도 경험하지 못했다고 해도 과언이 아니었다. 스와구치에서 파발과 척후병이 일시에 진중으로 몰려와서 입을 모아 고했다.

"아즈치의 노부나가가 급거 휘하에 출정 명령을 발령하더니 직접 고슈로 출정했습니다."

또 다른 사람이 고했다.

"스루가 쪽에서는 도쿠가와 이에야스의 군사, 간토 쪽에서는 호조 우지마사의 군사, 또 히다 방면에서는 가나모리 히다노카미金森飛驒守가 호응해서 고슈甲州로 진군하고 있으며, 이나伊那 쪽에서는 노부나가와 노부타다 부자가 두 편으로 나눠 고슈로 진입했다고 합니다. 그 소식을 듣고 높은 산에 올라 내려다보니 동서남, 어느 쪽을 둘러봐도 적의 군마가 일으키는 먼지가 보입니다."

"노부나가가! 이에야스가! 또 호조 우지마사까지?"

가쓰요리는 아연실색하며 주저앉을 듯 소리쳤다. 첩보대로라면 자신은 이미 독 안에 든 쥐의 형상이었다. 노부나가의 아들을 아즈치로 돌려보낸 것이 불과 칠 일 전이었다. 그때 노부나가는 사자에게 이렇게 말했다.

"다케다 가에 맡겨놓는 것이 내 슬하에 두는 것보다 마음이 놓였는데, 이렇게 잘 키워서 돌려보내다니 가쓰요리 님의 온정에 실로 감사하오. 이번 일은 양가의 친목을 영원히 하는 증좌가 될 것이오."

가쓰요리는 노부나가의 배신에 온몸의 털이 곤두서는 듯한 분노를 느꼈다. 그는 이미 스스로를 돌아볼 여유를 잃고 있었다. 소연한 가쓰요리의 진영에 황혼이 내릴 무렵, 기소 전선에서 다음과 같은 소식이 전해졌다.

"선봉인 다케다 쇼요켄 님을 비롯한 이치조 우에몬 다유一條上衛門大夫 님, 다케다 코즈케노스케武田上野介 님에 이르기까지 밤사이 각 진지를 버리고 모두 도망쳐왔습니다."

"거짓말이다!"

가쓰요리는 믿지 않았다. 하지만 그날 밤중에 차례로 들어오는 전령을 통해 모든 것이 사실로 밝혀졌다.

"이 무슨 짓인가!"

가쓰요리는 질타했다.

"기소와 같이 벌써 멸망할 가문을 아사히써 장군 이래의 명문이라 해서 내 부친이 딸까지 시집을 보내 보살펴준 자들에 불과하지 않은가!"

가쓰요리는 우리 속 호랑이처럼 진영 안을 오가며 부하들에게 고함을 쳤다.

"쇼요켄도 그렇다. 그는 내 숙부이자 일족의 장로가 아닌가. 그런데 어찌 무단으로 전선에서 도망쳐올 수가 있단 말인가. 다른 자들 역시 입에 담을 수 없을 정도로 불충하고 배은망덕한 자들이 아닌가!"

그는 하늘을 한탄하고 다른 사람들을 원망하고 자신을 돌아보지 못할 만큼 우매한 인물은 아니었다. 하지만 아무리 대범한 인물이라고 해도 그의 입장에 처한다면 동요할 수밖에 없었을 것이다. 하물며 가쓰요리 정도의 인물은 더욱더 그러했다.

"어쩔 수 없습니다. 이렇게 된 이상, 일단 철군을 명하심이 옳은 줄 압니다."

오야마다 노부시게小山田信茂와 다른 부장의 권유로 가쓰요리는 급거 스와노우에하라에서 후퇴했다. 이만여 명에 이르는 군사가 일전도 겨뤄보지 않은 채 그를 따라 니라사키까지 돌아갔는데 그 수도 불과 사천에 지나지 않았다.

가쓰요리는 주체할 수 없는 울분을 호소하기 위해 혜림사의 가이센 화상을 불렀다. 화불단행禍不單行이라는 말처럼 가쓰요리가 성으로 돌아온 뒤에도 비보는 끊이질 않았다. 일족의 아나야마 마이세쓰도 등을 돌리고 거성인 에지리 성을 적에게 넘기고 도쿠가와 이에야스의 길잡이가 돼서 고슈 공격의 선봉에 섰다고 했다. 매부인 마이세쓰까지 변심해서 자신을 멸망시키기 위해 오고 있다는 소식을 들은 가쓰요리는 그제야 스스로를 돌아볼 수밖에 없었다.

'대체 내가 무엇을 잘못한 것일까?'

이미 때는 늦었지만, 가쓰요리가 부하들에게 만전을 기할 것을 명하면서 가이센을 니라사키 성으로 부른 것은 그런 자성의 발로이기도 했다.

"아버님이 돌아가신 지 정확히 십 년, 나가시노 싸움으로부터 팔 년. 어찌 이렇듯 급격히 우리 고 군의 무장들이 예전의 절의를 잃게 된 것인지요?"

시간이 지나도 가이센이 아무 말이 없자 가쓰요리가 다시 물었다.

"불과 십 년 전까지만 해도 무장들은 이러지 않았습니다. 모두 부끄러움을 알고 명예를 존중하며 주군을 배신한다는 생각 따위는 하지 않았습니다."

가이센은 여전히 눈을 감고 아무 말도 하지 않았다. 차갑게 식은 재와 같은 상대를 보고 가쓰요리는 타오르는 불처럼 말을 이었다.

"반역자를 치러 간 자들까지 모두 일전을 겨루기는커녕 주명을 기다리지도 않고 전선을 이탈하고 있는 형국입니다. 이것이 우에스기 겐신을 가와나카지마 이남에 한 발도 들이지 못하게 했던 고슈 일족과 무장이 할 처사란 말입니까? 대체 다케다 가의 사풍이 이렇듯 무너진 것은 세상 탓입니까, 아니면 그들이 타락한 것이기 때문입니까? 바바, 야마가타, 오야마다, 아마카스를 비롯한 많은 숙장이 노쇠하고 세상을 떠나, 지금 남아 있는 이들은 그들의 아들이어서 부친의 대와는 면면들이 달라지긴 했습니다만……."

가이센은 역시 아무 말도 하지 않았다. 그 역시 지금 자신의 노쇠함을 생각하고 있을지 몰랐다. 신겐과 마음의 교류를 깊이 나누고 있던 가이센은 어느덧 칠십이 넘었다. 눈이 내린 듯한 흰 눈썹이 덮인 눈으로 그는 죽은 신겐의 후계자를 바라만 보고 있었다.

"노사, 일이 이 지경에 이른 지금, 너무 늦었다고 생각하실지 모르지만 정치를 펼치는 방법이 나빴다면 그 정치를, 군기를 잘못 통솔했다면 그것을 고치려고 고뇌하고 있습니다. 노사는 제 부친을 가르친 적도 많다고 들었습니다. 그러니 부디 제게도 가르침을 주십시오. 신겐의 아들이라고 생각하시고, 어디가 잘못됐다고 기탄없이 가르쳐주시길 바랍니다."

"……."

"그럼 제가 말해보겠습니다. 부친이 돌아가신 후, 국방을 강화하고 군비를 증강하기 위해 하천의 관문에서 세금을 징수하고 그 외의 모든 세금들을 갑자기 늘려 거둔 것이 사람들의 마음을 멀어지게 한 것입니까?"

"아니네."

가이센이 고개를 저었다.

"그럼 상벌에 있어 제가 실수한 적이 있습니까?"

"아니네……."

가이센은 다시 고개를 조용히 내저었다. 그러자 가쓰요리가 가이센

앞에 엎드리더니 몸을 들썩이며 울기 시작했다.

"시로 님, 우시게. 그대는 결코 불초하지도 않고 불효자도 아니네. 단지 깨닫지 못한 실수가 한 가지 있었을 뿐이네."

이윽고 입을 연 가이센이 다정하게 타이르듯 말했다.

"자네와 노부나가를 같이 내린 이 시대가 무정한 것이네. 애초에 자네는 노부나가의 적수가 아니었네. 고 산은 문화에서 멀고 노부나가는 지리적 이점을 얻고 있다고 하지만, 중요한 원인은 그것이 아니네. 노부나가는 일전을 겨루거나 정치를 함에 있어서 반드시 마음속으로 조정을 잊지 않고 조정의 봉공인이라는 무문의 본분을 지켰네. 황거의 조영이나 열병식의 참관 등은 극히 사소한 일인 듯하지만 노부나가에게 있어서는 대업이라고 할 수 있네. 그러니 고슈와 같이 군웅할거 하던 자들이 모두 본연의 자신들 자리로 돌아갈 수밖에 없지 않은가."

가이센은 신겐의 초빙을 받고 가이의 혜림사로 오기 전, 교토의 묘심사妙心寺에 출가해서 미노美濃의 숭복사崇福寺에 있었다. 또 묘심사에 있을 무렵, 선에 깊은 관심을 기울이고 있던 오기마치正親町 천황의 초청을 받아 몇 번이나 궁중의 선 법회에도 참가했었다. 그래서 그는 다케다 가 이상으로 신하 된 도리로 조정을 섬기는 절의가 굳었다. 특히 가이센은 고슈와 같이 먼 곳에 있으면서도 작년 덴쇼 9년에는 오기마치 천황으로부터 대통지승국사大通智勝國師라는 호를 받았으며 그 은혜에 감읍하고 있었다.

세상의 커다란 움직임과 고슈의 추이를 그와 같은 심경으로 바라보고 있던 가이센은 지금 가쓰요리로부터 질문을 받자 그로서는 앞에서 말한 한 마디밖에 할 수 없었던 것이다. 그는 죽은 신겐과는 심계를 맺은 사이였고, 신겐이 그를 높이 숭앙했던 만큼 그도 신겐에 대한 믿음이 두터워서 신겐의 칠 주기에 '사람들 속의 용상龍象, 천상의 기린'이라고 평하며 고인을 칭송했다. 하지만 신겐과 비교해서 아들인 가쓰요리를 결코 불초하다고 말하지는 않았다. 오히려 동정하고 있을 정도였다. 사람들이 가쓰요리의 잘못에 대해 말하면 늘 '부친이 너무나 위대해서 그것을 바라는 것은 무리네'라고 대답했다.

그가 다소 아쉽게 생각하는 것이 있다면, 만일 신겐이 지금까지 살아 있다면 신겐의 재주와 기량을 가이 일국만을 위해서가 아닌 천하의 대의를 위해 진력하도록 했을 텐데, 그러지 못한 것이었다. 하지만 이미 그런 대의를 품고 겐페이 시대 이후 군웅할거 하던 무문들의 세상을 조금씩 황실 중심으로 잡아가며 신하로서 모범을 보이는 중앙의 거대한 존재인 노부나가가 있는 이상, 가이센으로서는 신겐보다 그릇이 작은 가쓰요리를 통해 그런 바람을 이룰 수 없다는 것을 너무나 잘 알고 있었다.

'봄과 가을은 이미 지나갔다.'

지금 가이센의 심경이 바로 그러했다. 하지만 가쓰요리를 오다 가에 무릎 꿇리고 하다못해 신겐이 죽은 뒤 가문의 안전을 도모하고자 하는 일 역시 불가했다. 신라 사부로新羅三郎 이래 명족이자 세상에 이름을 널리 떨친 신겐의 무명을 생각하면 노부나가의 무릎 아래에서 항복을 청할 수는 없었다. 또 다케다 가쓰요리도 그 정도로 부끄러움을 모르거나 의지가 없지는 않았다.

영지의 백성들 사이에서는 신겐 시절보다 나빠졌다고 하는 이들도 있었다. 과중한 세금을 부과한 것이 주된 원인인 듯했다. 하지만 가이센이 보기에 가쓰요리는 결코 자신의 욕심과 향락을 위해 그렇게 한 것이 아니었다. 거둔 세금은 모두 군비로 썼다. 무기와 전법, 그리고 일체의 문화도 중앙은 물론 사해의 나라들까지 근래 수년간 장족의 발전을 이룩했다. 총기와 화약을 구입한 데 쓴 지출만 봐도 신겐 시대에는 도저히 상상할 수 없을 정도였다.

"몸을 잘 건사하게."

이윽고 가이셴은 그렇게 말하고 돌아가려고 했다.

"벌써 돌아가시려는지요?"

가쓰요리는 아직 묻고 싶은 것이 태산처럼 많았지만 더 이상 물어도 같은 대답만 돌아오리라는 것을 깨닫고 머리를 숙이며 말했다.

"이것이 마지막일지 모르겠습니다."

"그럼 안녕히."

가이셴은 염주를 잡고 있던 손을 바닥에 짚으며 인사하고 돌아갔다.

다카도高遠 성

"자, 고 산의 봄을 감상하고 돌아오는 길에는 도카이東海로 나가서 후지 산이나 구경하고 오자."

노부나가는 그렇게 말하며 아즈치를 출발했다. 이번 고슈 공략에는 충분한 승산이 있는 듯 어딘지 유유자적한 느낌이 들었다.

그는 2월 10일, 벌써 시나노로 들어가 이나구치, 기소구치, 히다구치 등지에서 전열을 정비하는 한편, 간토 방면의 호조 가를 재촉하고 스루가 방면에서는 동맹국인 도쿠가와 이에야스에게 진격을 재촉하고 있었다.

아네 강과 나가시노의 싸움 때와 견주면, 이번 고슈 공략은 흡사 자신이 경작하는 밭에서 수확을 거둬들이기 위해 가는 것처럼 노부나가의 모습은 한없이 침착했다. 이미 적국 안에는 더 이상 적이 아닌 아군만이 있을 뿐이었다. 나에기 성의 나에기 규베, 기소의 후쿠시마의 기소 요시마사는 학수고대하며 노부나가를 기다리는 아군에 지나지 않았다.

오다 노부타다, 가와지리 요헤, 모리 가와치노카미, 미즈노 겐모쓰, 다키가와 사곤 등 기후에서 이와무라로 들어간 군사들도 거칠 것이 없는 형세였다. 다케다 쪽의 요새들은 모두 텅 비어 있었고, 다케다 일족이 지키는 마쓰오松尾 성과 이다飯田 성도 날이 새고 보니 텅텅 비어 있었다.

"이나구치 방면은 저항하는 적을 찾아볼 수 없어 쾌속 진군하고 있다."

그러한 소식을 들은 기소구치 방면의 병사들이 웃으면서 이렇게 말할 정도였다.

"이대로라면 뭔가 섭섭하지 않은가."

2월 16일, 기소구치 군사는 기후 고개에 이르렀다. 그리고 그곳에서 매복하고 있는 아군, 나에키 규베 부자의 군사와 합류했다. 나라이奈良井 부근에서 다소 적의 저항이 있었지만 싸움이 끝난 뒤 적의 시신들을 살펴보니 사십여 명에 불과했다.

바바 미노노카미의 아들인 마사후사昌房가 지키고 있는 후카시深志 성도 순식간에 함락당하고, 그곳으로 진군한 오다 나가마스, 니와 후지쓰구, 기소 요시마사 등의 합류군도 요원의 불처럼 차례로 고슈의 외곽을 제압하며 진군하고 있었다.

가쓰요리의 숙부인 쇼요켄조차 이나 군의 성을 버리고 도망칠 정도였다. 이치조 우에몬 다유, 다케다 코즈케노스케, 다케다 사마노스케 등이 행방을 감춘 것도 더 이상 의아한 일이 아니었다. 무엇이 그들을 그렇게까지 나약하게 만든 것일까. 원인은 복잡하면서도 간단했다.

'이번에는 고슈도 버틸 수 없다.'

어느 틈엔가 다케다 쪽 병사들 모두 패배할 것이라고 단념하고 있었던 것이다. 차라리 그런 날이 오기를 기다리고 있었던 기색마저 보였다. 하지만 그러한 때, 고금을 돌아보면 설령 질 것을 뻔히 알면서도 분연히 떨쳐 일어난 진정한 무사가 있기 마련이다.

신슈信州의 다카도 성에 있는 니시나 고로 노부모리仁科五郎信盛가 바로 그런 인물이었다. 노부모리는 가쓰요리의 동생이었다. 그때까지 거칠 것 없이 진군해오던 오다 노부타다는 다카도 성 역시 손쉽게 손에 넣을 수 있을 것이라고 판단하고 편지를 화살에 묶어 성안으로 쏘았다. 항복을 권했던 것이다.

성안에서 바로 답신이 왔다. 답신은 '그 뜻은 잘 알았다'라고 시작해서 '본 성의 군사들은 가쓰요리 님의 무은武恩에 신명을 다해 보답할 것이니 너희와 같은 겁쟁이들에게 항복할 수 없으며, 신겐 이래로 단련해온 무용과 기량을 똑똑히 두고 보아라'며 결전의 의사를 밝히고 있었다. 노부타다는 노부나가의 명을 받들고 있었고 게다가 아직 젊었다.

"좋다. 그렇다면 본때를 보여주겠다."

노부타다는 즉시 공격을 명했다. 오다 군은 두 편으로 나눠 성의 뒷문과 정면에서 공격을 개시했다. 처음으로 전투다운 전투가 벌어졌다. 죽음을 각오하고 있던 니시나 노부모리 이하 성병 일천여 명은 고슈 무사의 무용을 유감없이 발휘했다.

2월부터 3월 초에 걸쳐 다카도 성의 성벽은 양군의 병사들이 흘린 피로 붉게 물들었다. 오다 군은 해자 기슭 반 정町을 사이에 두고 둘러쳐져 있던 첫 번째 목책을 돌파하고 해자를 돌과 흙으로 메운 뒤 건너와서 성벽 아래에 달라붙었다.

"이놈들, 어디 오기만 해봐라."

석축 위쪽과 축토 너머에서 성의 병사들이 숨어서 눈을 부릅뜨고 공격할 기회를 가늠하며 내려다보고 있었다. 이윽고 성병들은 돌을 떨어뜨리고 기름을 붓고 나무를 굴러떨어뜨렸다. 공격하던 병사들은 석축을 기어오르다가 돌과 나무를 맞고 떨어지기를 반복했다. 하지만 한번 떨어진 병사일수록 더욱 용감했다.

"두고 보자."

그들은 석축에 다시 달라붙었다. 그 용감한 모습을 본 동료 병사들은 일제히 함성을 지르며 뒤이어 석축을 오르기 시작했다. 그리고 다시 떨어지면 또다시 기어오르기를 반복했다. 한편 방어하는 쪽도 결코 그들에게 뒤지지 않을 만큼 필사적이었다.

"어떤 희생을 치러서라도 함락시키라고 명하시면 모를까, 쉽사리 함락시킬 수 없을 듯합니다."

가와지리 히젠노카미河尻肥前守가 노부타다의 앞으로 나와 강공의 무리함과 지나친 손실에 대해 간했다.

"사상자가 너무 많은 듯하군."

노부타다가 반성하자 히젠노카미가 혀를 차며 말했다.

"게다가 아직 성은 보시는 바와 같이 견고합니다."

"뭔가 좋은 계책이 없는가?"

"성병들은 아직 가쓰요리가 건재하다고 믿고 있기 때문에 저리 강하게 버틸 수 있는 것입니다. 그러니 일단 이곳은 제쳐두고 먼저 고후인 니라사키를 공격하는 것도 계책일 것입니다. 하지만 그렇게 하기 위해서는 전체적인 작전을 바꿔야 하니, 가장 좋은 것은 성의 병사들이 고후가 함락되고 가쓰요리가 죽었다고 믿게 만드는 것입니다."

노부타다는 고개를 끄덕였다. 3월 1일 아침이었다. 적군이 쏜 두 번째 화살이 성안에 떨어졌다.

"어린아이의 장난보다 못하구나. 안달하는 적군의 얼굴을 보는 듯하다."

노부모리는 화살에 묶여져 있는 편지를 보고 웃었다. 편지에는 다음과 같이 쓰여 있었다.

지난 28일, 고후는 함락되고 가쓰요리 님은 할복하였다. 일문의 면면들도 목숨을 끊거나 항복하여 고슈는 이미 평정되었으니 속히 성문을 열고 목숨을 보존하기를 온정으로써 권한다.

"참으로 가소롭구나. 훤히 들여다보이는 이런 어린애 장난을 병법이라고 여기고 내게 쓰다니."

그날 밤, 노부모리는 작은 연회를 열어 사람들에게 그 편지를 보여 주었다.

"만일 여기에 마음이 흔들리는 자가 있다면 아무것도 꺼리지 말고 내일 저녁까지 뒤쪽 계곡을 통해 이 성에서 도망쳐도 괜찮다."

그리고 그는 북을 치고 노래를 부르며 즐겁게 밤을 새웠다. 사람들은 그날 밤 노부모리가 각 부장들과 그의 가족들을 불러 모두에게 술잔을 돌리는 것을 보고 직감했다.

"드디어 결심하셨구나."

다음 날 아침, 노부모리는 왼쪽 발을 짚으로 동여매고 큰 칼을 지팡이 삼아 성의 다문多門까지 와서 명했다.

"어젯밤 이래로 아직도 이 성에 머물고 있고, 오늘 이 자리에 있는 사람들은 모두 이 아래로 모이도록 하라."

그리고 그는 다문 위로 올라갔다. 얼마 뒤, 의자를 놓고 다문 위에서 내려다보자 성안의 노약자와 아녀자 들을 제외하고 천 명이 되지 않는 병사들이 빠짐없이 모여 있었다.

"……."

노부모리는 기도라도 하는 듯 한동안 머리를 숙이고 있었다. 흡사 고 군에는 아직도 저와 같은 사람들이 있다고 부친인 신겐에게 고하고 있는 듯했다. 이윽고 노부모리가 고개를 들더니 전군을 내려다보았다. 그는 형인 가쓰요리와 같이 건장하거나 호남형이 아니었다. 오랫동안 시골에서 검소하게 생활하고 있었기 때문에 사치나 향락을 알지 못했고 산야에서 바람을 맞으며 자란 젊은 매와 같은 눈매를 가지고 있었다. 나이는 서른넷, 부친인 신겐을 닮아 털이 많고 눈썹이 길었으며 입술이 두꺼웠다.

"오늘은 비가 내릴 줄 알았더니 하늘이 저리도 쾌청해 먼 산의 벚꽃도 보이니 참으로 죽기 좋은 날씨다. 우리가 어찌 부귀영화를 좇아 명예를 버릴 수 있겠는가. 보는 바와 같이 내 그제의 싸움에서 한쪽 발에 깊은 상처를 입어 제대로 걸을 수가 없다. 하여 먼저 그대들이 최후까지 싸우는 모습을 지켜본 뒤, 이곳에서 유유히 적을 기다렸다가 마지막에 싸울 것이다. 자, 정문과 뒷문을 활짝 열고 용맹무쌍한 고슈 무사의 기백을 보여주도록 하라."

전군이 함성을 질렀다. 사느냐 죽느냐가 아닌 오로지 필사의 함성이었다. 성문이 활짝 열리자 천여 명의 장병들이 정문과 뒷문에서 함성을 지르며 달려 나왔다. 오다 군의 전열은 제4진까지 돌파당하고 무너졌다. 한때는 오다 노부타다가 있는 중군조차 동요해서 무너질 듯했다.

"퇴각하라. 일단 퇴각한 후 전열을 다시 정비하라."

성의 무사 대장인 이마후쿠 마타에몬今福又右衛門이 때를 가늠해서 성 안으로 신속히 퇴각을 명했다. 오바다 스오의 부대, 가스가 가와치노카미의 부대도 이마후쿠 부대를 따라 후퇴했다. 그리고 각각 적의 수급들을 다문 위의 주군에게 보였다.

"차라도 한잔하고 다시 공격하겠습니다."

그렇게 한 차례 쉬고 달려 나가 공격한 뒤 다시 퇴각하기를 여섯 번, 목을 치고 얻은 적의 수급이 사백삼십칠에 이르렀다.

날이 저물 무렵, 아군의 수도 눈에 띄게 줄어들었고 남아 있는 병사들도 모두 온몸에 상처를 입어 제대로 걷는 이들이 거의 없었다. 타닥

타닥, 생나무 타는 소리가 들리고 불길이 활활 타오르는 소리가 들렸다. 어느새 오다 군이 성안 이곳저곳으로 밀려들었다. 노부모리는 여전히 다문 위에서 아군의 최후를, 병사 한 명 한 명의 움직임을 눈도 깜짝하지 않고 지켜보았다.

"주군, 어디에 계십니까!"

가신인 고스게 고로에몬小菅五郎衛門이 다문 아래를 뛰어다니고 있었다.

"여기에 있다."

노부모리는 위에서 자신이 건재하다는 것을 알리며 아래를 내려다보았다. 고로에몬은 연기 속에서 노부모리의 모습을 올려다본 채 헐떡이며 고했다.

"오야마다 빗추 님을 비롯해 아군의 장수와 병사가 대부분 죽었습니다. 주군께서도 할복할 준비를 하시는 것이……."

"고로에몬, 이리 올라와 가이샤쿠介錯[161]를 맡으라."

"예, 지금 가겠습니다."

고로에몬은 큰 소리로 대답하고 비틀거리며 다문의 계단 쪽으로 돌아갔다. 그런데 무슨 일이 생겼는지 아무리 기다려도 고로에몬은 다문 위로 올라오지 않았고, 계단 입구에서 검은 연기만 점점 더 짙게 피어오를 뿐이었다.

노부모리는 다른 곳의 판자문을 열고 밖을 내다보았다. 아래에는 온통 적들뿐이었다. 그런데 그런 적들 사이에서 홀로 분전하고 있는 아군이 보였다. 긴 칼을 든 여자였다.

"아, 스와 쇼자에몬諏訪勝左衛門의 부인이다!"

곧 죽을 몸이었던 노부모리는 자신도 모르게 깊은 연민을 느꼈다.

---

161 할복하는 사람 옆에서 시중을 들며 마지막에 목을 자르는 것. 또는 그 역할을 하는 사람을 말한다.

"평소 사람들 앞에서는 칼을 드는 일은커녕 말도 하지 못할 만큼 수줍어하던 사람이……."

노부모리는 판자문 앞에 서서 적들을 향해 외쳤다.

"노부나가, 노부타다의 군사들이여, 잠시 진정하고 내 말을 들으라. 천년의 세월도 역사를 돌아보면 한순간, 노부나가가 지금 위세를 떨치고 있으나 그 역시 언젠간 질 벚꽃이며 불에 타 쓰러지는 성과 같을 것이다. 영원히 지지 않고 불에 타지 않는 불후가 무언가를 지금 보여주겠다. 신겐의 다섯째 아들, 고로 노부모리가 지금 보여주겠다."

오다의 병사들이 그곳으로 올라왔을 때에는 이미 배를 열십자로 가른 노부모리의 시체만 남아 있고 수급도 보이지 않았다. 그리고 그곳 역시 순식간에 봄밤의 하늘을 불태우는 불기둥으로 변해버렸다.

불타는 니라사키 성

새로운 부인 니라사키 성의 혼잡함은 흡사 이 세상의 종말을 고하고 있는 듯했다.

"다카도도 함락당하고 사제인 노부모리 님을 비롯한 성의 군사들도 성과 함께 모두 죽음을 맞았다고 합니다."

"으흠, 그러한가."

가신의 말을 들은 다케다 시로四郎 가쓰요리는 별다른 동요 없이 그렇게 말했다. 그는 더 이상 자신의 힘으로는 어떻게 할 수 없다는 것을 깨달은 듯 체념한 모습이었다. 다시 파발이 당도했다.

"오다 노부타다의 군사가 이미 가미스와上諏訪를 통해 가이에 난입해서 이치조 우에몬 다이스케 님, 세이노 미마사카 님, 아사히 나세쓰쓰 님, 야마가타 사부로베 님의 자제 등을 가차 없이 죽이고 그 수급을 길가에 걸고 물밀듯 이리로 향하고 있습니다."

또 다른 전령이 소식을 전해왔다.

"신겐 공의 혈족인 앞을 보지 못하는 류호龍寶 법사도 적의 손에 목숨을 잃으셨습니다."

그때는 가쓰요리조차 눈을 치켜뜨며 고함을 쳤다.

"무자비한 놈들. 맹인인 법사가 무슨 죄가 있단 말이냐. 저항할 힘이 어디 있단 말인가!"

그러면서도 그는 지금 자신의 죽음을 한층 절실하게 깨닫고 있었다. '지금과 같이 분노를 밖으로 드러내면 주위의 가신들은 내가 초조해하고 있다고 생각하고 불안해할 것이다.'

그는 입술을 꽉 깨물며 마음속에 이는 동요를 자제했다. 사람들은 가쓰요리의 강직한 모습을 보고 그가 무신경하고 거칠다고 생각했다. 하지만 가쓰요리는 가신들에게조차 세심하게 신경을 쓰고 있었다. 주인으로서 그러한 반성과 체면은 모두 소승적인 것에 지나지 않았다.

부친의 유훈에 따라 가쓰요리도 가이센에게 선을 배웠지만 같은 스승에게 같은 선을 배워도 신겐처럼 선을 활용하지 못했다.

"잘못 안 것이 아니냐? 다카도 성은 한 달은 충분히 버틸 수 있다고 믿었는데."

다카도 성이 함락됐다는 소식을 들었을 때, 가쓰요리는 그렇게 반문했다. 전략상의 오산이라고 하기보다 인간으로서의 미숙함을 그대로 드러냈던 것이라 할 수 있다. 선천적인 소질은 지니고 있었지만 그것이 채 완성되기 전에 지금과 같은 시운時運에 직면하게 된 것이다.

근래 며칠, 그가 있는 본성의 넓은 회의장과 모든 방들은 장지문을 떼어내고 매일같이 일문일족을 비롯한 노신과 부장 들이 기거를 함께 하고 있어서 대단히 혼잡했다. 또 정원에는 병사들이 장막을 치고 밤낮으로 경비를 서고 있었다.

가쓰요리는 시시각각 전해지는 전황과 세세한 파발까지 직접 보고를 받고 있었다. 지금 그에게 작년에 새롭게 심은 나무들의 향이나 화려한 장식과 아름다운 문양은 그저 방해물이나 거추장스러운 장식으로밖에 보이지 않았다.

"나리는 어디에 계시는지요?"

한 여인이 시녀 한 명을 데리고 마님이 보냈다며 혼잡한 정원에서 회의장 안쪽에 있는 사람들을 살피고 있었다. 그 정도로 그곳은 무장들로 가득했고 소란스러웠다. 그녀는 가쓰요리의 부인 시중을 드는 치무라茅村의 쓰바네局였다. 그녀는 이윽고 가쓰요리 앞으로 와서 마님의 전갈이라며 이렇게 말했다.

"안쪽 성곽은 이곳에서 멀고 모두 여자들뿐이어서 그저 울기만 하고 어찌해야 할지 모르고 있습니다. 마님께서 말씀하시길, 마지막에는 여인들도 모두 이곳에서 무사들과 함께한다면 각오를 더욱 다질 수 있을 것이라고 하셨습니다. 허락하신다면 마님이 이곳으로 사람들을 옮기고 싶다고 하시는데 어떻게 하시겠는지요?"

"그것이 좋겠다. 어린아이들도 모두 데리고 내 곁으로 오라고 하라."

가쓰요리는 바로 승낙했다. 회의 중이었던 때라 그의 주위에는 올해 열여섯이 된 장남 타로 노부가쓰太郎信勝를 비롯해 숙장인 사나다 마사유키, 오야마다 노부시게, 나가사카 쵸칸 등이 있었다. 쓰바네가 일어서기도 전에 노부가쓰가 부친에게 간했다.

"아버님, 그것은 오히려 좋지 않을 듯합니다."

가쓰요리는 날카로운 눈으로 아들을 바라보며 말했다.

"어째서 좋지 않다는 것이냐?"

"여자들이 이곳에 오면 방해가 될 것입니다. 여자들이 슬퍼하는 모습을 보면 무사들의 굳은 마음이 흔들릴 수도 있습니다."

타로 노부가쓰는 비록 어렸지만 자신의 생각을 피력하고 있었다. 즉 이곳은 신라 사부로 이래 조상들의 땅으로, 죽는 한이 있더라도 최후까지 이곳에서 싸워야지 새로운 부를 버리고 도망치는 것은 다케다 가의 최대 치욕이라고 주장하고 있었다. 노부가쓰의 주장에 대해 사나다

마사유키는 다음과 같이 진언했다.

"어찌 됐든 이미 사면이 적에게 둘러싸이고, 고후는 분지이기 때문에 일단 적의 공격을 받으면 호수 바닥에서 그대로 물을 맞이하는 것과 같습니다. 지금으로서는 죠슈上州의 아가쓰마吾妻로 피하는 게 상책일 것입니다. 일단 미쿠니三國 산맥까지 피신하면 어디로든 나갈 수 있고 숨을 곳도 있으니, 그곳에서 다시 아군을 규합해 재기를 꾀하는 것이 좋을 것입니다."

그러자 오야마다 노부시게가 말했다.

"죠슈 방면은 이미 몇 년 전부터 오다 쪽이 손을 써서 고슈 가에 숙원을 품은 무리들이 들어와 길목을 차단하고 있으니 그곳을 무사히 빠져나가기란 어려울 것입니다. 그러니 지금으로서는 일단 군郡 안에 있는 이와도巖殿 산으로 들어가 후사를 도모하는 것이 좋을 듯합니다. 그리고 그 전에 사방으로 흩어진 아군의 군사들을 규합해서 함께……."

나가사카 쵸칸이 노부시게의 말에 동의하자 가쓰요리도 결심을 굳혔다. 가쓰요리는 노부가쓰에게 향했던 시선을 거둬 쓰바네를 바라보며 말했다.

"그만 가보도록 하라."

"예, 그럼 방금 말씀드린 일은 마님이 원하시는 대로……."

"음, 그렇게 하라."

노부가쓰는 자신의 주장이 부친에게 거부당하자 말없이 고개를 숙였다. 이제 남은 문제는 죠슈의 아가쓰마로 도망칠 것인가, 이와도 산 방면으로 들어갈 것인가, 하는 선택뿐이었다. 하지만 가쓰요리와 숙장들은 어느 쪽이든 새로운 부를 버리고 피신하는 것은 피할 수 없는 운명에 굴복하고 포기하는 것과 같다고 생각했다.

3월 3일, 예년 같으면 성안이 떠들썩했을 3월 삼짇날 명절에 가쓰요리 일문은 새로운 부인 니라사키를 버리고 도망쳤다. 그때 성을 나선 가쓰요리는 자신을 따라 성 밖으로 나온 무사들을 돌아보고 아연실색한 표정으로 외쳤다.

"이것뿐인가?"

어느 틈엔가 숙장들을 비롯해 일족의 좌장격인 노부도요信豊의 모습도 보이지 않았다. 그들은 그날 아침, 날이 채 밝기도 전에 각자 식솔들을 이끌고 자신들의 거처나 성으로 도망쳤던 것이다.

"타로, 있느냐?"

"아버님, 저 여기 있습니다."

열여섯 살의 타로 노부가쓰는 가쓰요리에게 다가가 말 머리를 나란히 했다. 직속 부장부터 평무사와 보병을 합쳐도 채 천 명이 되지 않았다. 나머지는 모두 아녀자들을 태운 가마나 장옷을 뒤집어쓴 시녀들뿐이었다.

"아아, 불이 났다."

"불길이 치솟고 있다."

니라사키를 떠나 열 정 정도 오자 아직도 미련을 버리지 못한 여자들이 뒤돌아보며 외쳤다. 아침 하늘 아래에서 불길과 검은 연기가 높이 치솟아 오르더니 당장이라도 니라사키 성을 집어삼킬 기세였다. 그들은 새벽녘 여섯 시 무렵, 직접 성에 불을 놓았던 것이다.

"너무 오래 살아 못 볼 꼴을 보는구나. 신겐 공의 가문이 이리 될 줄은……."

가쓰요리의 큰어머니가 통곡했다. 신겐의 손녀를 비롯한 일문의 처녀부터 하녀들 모두 눈물을 흘리고 서로 부둥켜안고 한탄했다.

"서둘러라. 뭘 그리 울고 있느냐. 백성들 보기에 부끄럽지 않느냐!"

가쓰요리는 사람들을 독려하며 오야마다 노부시게가 지키고 있는 성을 향해 동쪽으로 길을 재촉했다. 그사이에도 가마를 메고 가던 사람들이 모습을 감추고 짐을 들고 가던 하인들이 차례로 도망쳐서 어느 틈엔가 그 수는 반으로 줄었고, 얼마 뒤 또다시 반으로 줄어 있었다. 그리고 가쓰누마勝沼 부근 산속까지 왔을 때에는 이백 명이었던 기마 무사가 가쓰요리 부자를 포함해 불과 스무 명밖에 되지 않았다.

그런데 가쓰요리 일행이 고마가이駒飼의 산촌에 이르자, 유일하게 의지하고 있었던 오야마다 노부시게가 갑자기 변심해서 사사고笹子의 산봉우리 길을 막고 다른 곳으로 가게 했다. 가쓰요리 부자를 비롯한 일행은 당혹감을 감추지 못했다. 그들은 어쩔 수 없이 길을 바꿔 덴모쿠지天目 산의 산기슭에 있는 다고田子라는 부락까지 도망쳤다. 사방에 펼쳐진 들판과 산에는 봄이 한창이었지만 이들에게는 아무런 위안을 주지 못했다.

일행은 어느덧 불과 마흔네다섯 명으로 줄어 있었고 가쓰요리는 속수무책으로 멍하니 먼 곳을 바라보고 있었다. 그래도 사람들은 여전히 가쓰요리에게 의지하며 그를 둘러싸고 불어오는 바람 속에 망연히 서 있었다.

다케다武田가의 최후

마을 사람들은 오다와 도쿠가와 연합군이 고슈 안으로 성난 파도처럼 밀려 들어왔다고 말하고 있었다. 이에야스 군은 아나야마 마이세쓰의 안내를 받아 미노부身延에서 문수당文殊堂을 거쳐 이치가와구치市川口로 들이닥쳤고, 오다 노부타다는 가미스와로 진격해서 스와 신사를 비롯한 모든 사찰은 물론 길가의 민가까지 불태우면서 밤낮을 가리지 않고 고후의 니라사키 성으로 진격하고 있다고 했다.

마침내 최후가 찾아왔다. 3월 1일 아침이었다.

"오다 쪽 선봉인 다키가와 사곤과 사사오카 헤이에몬篠岡平右衛門 등의 군사가 근처 마을에 들어와 이곳에 가쓰요리 님을 비롯한 일문이 계시다는 것을 마을 사람들에게 들은 듯합니다. 멀리서 에워싸고 있는데, 곧 길목을 끊고 이리로 들이닥칠 기세입니다."

어젯밤 마을을 나서 적의 동태를 살피고 온 가쓰요리의 측신인 오하라 단고小原丹後가 숨을 헐떡이며 달려와 고했다.

가쓰요리 부자를 따르고 있는 무사 마흔한 명과 오십 명의 일족은 덴모쿠 산속의 히라야시키平屋敷라고 하는 곳에서 목책을 세우고 한동안 숨어 있었다. 하지만 그 보고를 듣자 모두 마지막이 얼마 남지 않았다는 것을 직감하고 분주히 죽을 준비를 하기 시작했다.

가쓰요리의 아내는 본성의 내전에 있을 때와 같이 가만히 앉아 있었지만, 그녀를 둘러싸고 있는 여자들은 흐느끼며 어쩔 줄을 몰라 했다.

"이렇게 될 줄 알았다면 니라사키 성에 있었던 편이 좋았을 것을. 참으로 애통하구나."

"호조 가의 딸로 태어나서 사랑을 독차지하고, 시집와서는 다케다시로 가쓰요리 님의 부인으로 추앙받던 몸이……."

"이제 겨우 열아홉인데……."

여자들은 비탄에 잠겨 한탄하다가 마침내는 다른 사람의 시선도 의식하지 않고 목을 놓아 울었다.

"부인, 부인."

가쓰요리는 자신의 아내를 돌아보며 재촉했다.

"지금 오하라 단고에게 말을 준비하라 명했소. 적들이 산기슭 근처까지 들이닥쳤다고 하니 계속 여기 이러고 있을 수 없소. 이곳은 사가미相模의 쓰루고都留郷에서 가깝다고 하니 부인은 속히 떠나도록 하시오. 산을 넘어 쓰루고에 있는 부모님께 돌아가시오."

"……."

하지만 그녀는 눈물만 흘리며 그곳을 떠나려고 하지 않았다. 오히려 그런 말을 하는 남편을 원망하는 눈빛으로 보고 있었다.

"쓰치야 우에몬土屋右衛門, 마님을 안아서 말 위에 태우도록 하라."

"예."

측신인 쓰치야 우에몬이 다가오자 그녀가 눈물을 훔치며 남편에게 말했다.

"진정한 무사는 두 주인을 섬기지 않는 것처럼 한번 시집온 여자에게 다시 돌아갈 집이 있을 리 없습니다. 저를 생각해서 이곳에서 혼자 오다와라小田原로 돌아가라 하시지만 그것은 아내인 저에게는 너무나 한심스럽게 들릴 뿐입니다. 저는 이곳에서 한 발짝도 움직이지 않을 것입니다. 마지막까지 곁에 있겠습니다. 그리고 그 후에도 늘 함께할 것입니다."

그때 아키야마 기이노카미秋山紀伊守의 가신들이 달려와서 고했다.

"적이 바로 지척에 있습니다."

"산기슭의 절 근처까지 왔습니다."

가쓰요리의 아내는 비탄해하는 시녀들을 꾸짖으며 말했다.

"한탄만 하고 있을 때가 아니다. 준비한 것을 이리 가져오너라."

아직 스무 살도 되지 않은 그녀는 최후가 가까워질수록 냉정하고 단정함을 잃지 않았다. 오히려 남편인 가쓰요리가 그런 아내의 침착한 모습을 보고 위안을 얻을 정도였다.

"예……."

시녀들은 술잔과 술병을 가져와서 가쓰요리 부자 앞에 놓았다. 그녀는 어느 틈엔가 그것을 준비해놓은 듯했다. 그녀가 말없이 술잔을 권하자 가쓰요리가 잔을 받아들었다. 그리고 자신이 한 잔 마신 뒤, 장남인 노부가쓰에게 건네더니 아내에게도 술을 따라주었다.

"쓰치야 형제들에게도 따라주시지요. 쓰치야, 지금 이승에서의 마지막 인사를 하도록 하시오."

근신인 쓰치야 소조土屋惣藏는 동생과 함께 끝까지 주인에게 충성을 다했다. 형인 소조는 스물일곱, 동생은 스물둘, 막내는 열아홉이었다. 그들은 일치단결해서 비운의 주인을 보호하며 섬겨왔던 것이다.

"이젠 미련이나 후회가 없습니다."

형인 쓰치야 소조는 술잔을 비우고 미소를 짓더니 동생들을 돌아다보았다. 그리고 다시 가쓰요리와 그의 아내를 바라보며 말했다.

"지금의 비운은 온전히 일족들의 이탈 때문일 것입니다. 두 분께서는 사람의 마음이란 참으로 헤아리기 어려운 것이라 생각하며 사뭇 가슴 아파하시리라 여겨집니다. 하지만 이 세상에는 그런 사람만 있는 것이 아닙니다. 하다못해 마지막 순간만이라도 이곳에 있는 사람들은 모두 일심동체라고 여기시고 떳떳한 모습으로 편안히 가시길 바랍니다."

소조는 말을 마치고 일어서서 사람들의 무리 속에 있는 자신의 아내 곁으로 다가갔다. 이윽고 그곳에서 아이의 비명 소리가 '악' 하고 들려왔다. 가쓰요리가 멀리서 고함을 쳤다.

"소조, 무슨 짓인가!"

소조의 아내가 목을 놓아 울고 있었다. 소조는 다섯 살인 자신의 아들을 아내가 보는 눈앞에서 칼로 베어버렸던 것이다. 그리고 피가 묻은 칼을 칼집에 집어넣지도 않고 멀리서 가쓰요리를 향해 엎드려서 고했다.

"방금 말씀드린 증표로 먼저 족쇄가 되는 제 자식부터 저승으로 보낸 것뿐입니다. 곧 저도 주군과 함께할 것입니다. 먼저 가든 뒤에 가든 그것은 불과 일각에 지나지 않을 것입니다."

가쓰요리의 아내가 소매로 얼굴을 감싸고 통곡하자 시녀들도 오열했다. 그러는 중에 벌써 몇 명의 시녀가 품에서 단검을 꺼내 가슴과 목을 찔러 자결했다. 어디선가 화살이 날아왔다. 주위에 있던 무사가 화살을 맞고 쓰러졌다. 저편에서는 소총 소리가 메아리쳤다.

"왔다!"

"주군, 어서 준비를."

무사들이 일제히 일어섰다.

"준비됐느냐?"

가쓰요리가 묻자 노부가쓰가 일례를 하고 일어서면서 대답했다.

"아버님 곁을 떠나지 않고 끝까지 함께하겠습니다."

두 사람이 달려 나가려는 순간, 뒤에 있던 가쓰요리의 아내가 처음으로 큰 소리로 남편에게 외쳤다.

"먼저 가서 기다리겠습니다."

"아아……."

가쓰요리는 그만 그 자리에 멈춰 서고 말았다. 그리고 그녀의 눈을 응시했다. 그녀는 짧은 단검을 들고 하얀 얼굴을 하늘로 향한 채 눈을 감고 있었다. 그녀는 평소에 애송하던 법화경의 다섯 번째 권의 일장을 조용히 외고 있었다.

"쓰치야."

"옛!"

"가이샤쿠介錯를 해주도록 하라."

"예? 아, 예."

하지만 그녀는 그런 도움을 기다리지 않고 스스로 법화경을 외고 있는 입안으로 손에 든 검을 찔러 넣었다. 그녀가 풀썩 앞으로 쓰러진 순간, 한 여인이 외쳤다.

"마님께서 먼저 가셨습니다. 모두들 마님을 따라 함께하시오."

그 여인은 남아 있는 사람들을 독려하며 가쓰요리의 부인과 똑같은 모습으로 자결했다. 나머지 오십여 명의 여인이 뒤를 이어 자결했다. 그런 여인들의 모습 위로 젖먹이와 어린아이 들의 울음소리가 메아리쳤다.

쓰치야 소조가 아이들을 데리고 있는 여자 넷을 말에 태우더니 안장에 단단히 묶으면서 말했다.

"너희는 이곳에서 도망쳐도 불충을 저지르는 것이 아니다. 목숨을 보존하면 아이를 잘 키워서 옛 주인 일문의 공양을 지내주도록 하라."

소조가 그녀들이 탄 말의 엉덩이를 창대로 세차게 후려치자 깜짝 놀란 말이 그녀들을 태운 채 뒤도 돌아보지 않고 달려 나갔다.

"자, 이젠 됐다."

소조가 동생들을 돌아보며 그렇게 말했을 때, 산 위에 오다 쪽 병사인 다카가와 사곤과 사사오카 헤이에몬 등의 부하들 얼굴이 보였다. 가쓰요리 부자는 목책 근처에서 가장 먼저 적들의 표적이 되어 둘러싸였다. 소조가 가쓰요리 곁으로 가세하기 위해 달려가려는데 아군의 아도베 오와리노카미가 반대 방향으로 도망치기 시작했다.

"불충한 놈!"

소조는 고함을 치며 아도베를 쫓아갔다.

"아도베, 어딜 가느냐!"

소조가 뒤에서 칼을 내리치자 아도베는 피를 흘리면서 적들을 향해 달려갔다.

"다른 활을 다오. 쓰치야, 활을 바꿔라."

가쓰요리는 두 번이나 활시위가 끊어져서 활을 교체했다. 소조는 주군 곁을 떠나지 않고 방패 역할을 하고 있었다. 그들은 화살을 모두 소진하자 활을 버리고 나가마키長券라고 하는 긴 칼을 빼들었다. 적들이 눈앞까지 다가왔다. 하지만 아무리 베도 적들의 수는 줄지 않았다.

"잘 싸웠다."

"주군, 노부모리 님, 먼저 가겠습니다!"

무사들은 그렇게 외치며 싸우다가 차례로 쓰러졌다.

"타로!"

가쓰요리는 갑옷이 피로 새빨갛게 물든 채 노부모리를 불렀다. 하지만 피가 눈에 스며들어 앞이 잘 보이지 않았다. 눈앞에서 움직이는 것은 모두 적밖에 없었다.

"주군! 소조는 아직 여기 있습니다. 곁에 있습니다."

"쓰치야인가. 깔개를 들고 어서 할복할 준비를 하라."

"이곳에서는 무리입니다."

소조가 부축하자 가쓰요리는 그의 어깨에 의지해서 백 보 정도 후퇴했다. 그리고 모피로 만든 깔개 위에 앉았다. 이미 손을 쓸 수 없을 만큼 상처투성이였다. 서두를수록 손이 말을 듣지 않았다.

"주군, 죄송합니다!"

소조는 보다 못해 바로 가쓰요리의 목을 내려쳤다. 그리고 자신의 칼에 떨어진 주군의 수급을 품에 안고 통곡했다.

"막내야!"

열아홉 살의 막내에게 가쓰요리의 수급을 건네더니 도망치라고 외쳤지만 막내는 울면서 그럴 수 없다며 함께 죽겠다고 했다.

"멍청한 놈, 어서 가거라!"

소조가 밀쳐내며 재촉했지만 때는 이미 늦었다. 두 사람의 주위를 적들이 철통같이 둘러싸고 있었다. 두 사람은 무수한 창과 칼을 맞고 장렬한 죽음을 맞았다. 그리고 스물두 살이었던 둘째는 시종일관 타로 노부가쓰 곁에서 함께 싸우다 때를 같이해서 죽음을 맞았다.

타로 노부가쓰는 실로 미장부였다. 다케다 일문의 죽음에 대해 기록할 때 조금도 동정을 보이지 않는 《노부나가코기信長公記》의 필자조차 그의 떳떳하고 장렬한 죽음을 칭찬했다.

가쓰요리 부자와 쓰치야 형제를 비롯해 함께 죽은 무사들은 아키야마 기이노카미, 나가사카 쵸칸, 오하라 시모사노카미, 오하라 단고노카미, 아도베 오와리와 그의 아들, 아베 카가노카미, 린가쿠鱗岳 장로 등 마흔한 명이었고, 그 밖에 오십여 명의 여인이 그들과 함께했다.

오전 열 시 무렵, 모든 것이 끝났다. 마침내 다케다 가는 멸망하고

만 것이었다.

나가사카 쵸칸, 아도베 오오이 등이 가쓰요리를 함정에 빠뜨린 간신이라는 일설은 거짓이다. 아도베는 마지막에 도망치다 쓰치야 소조에게 죽임을 당했지만 그럼에도 그날까지 가쓰요리 곁에 있었고 쵸칸은 끝까지 주군에게 충성을 다했다. 또 가쓰요리의 수급을 보고 노부나가가 발로 걸어차며 욕을 했다는 말도 거짓말이다. 그것은 공손히 의자에서 일어나 가쓰요리의 수급에 경의를 표했다고 하는 도쿠가와 이에야스의 인물됨을 돋보이게 하기 위해 도쿠가와 시대의 어용사가가 날조한 것에 지나지 않는다.

사실은 그달 14일, 로쿠묘스 강의 진중에서 가쓰요리 부자의 수급을 받아본 노부나가는 좌우의 사람들에게 이렇게 중얼거렸다.

"천하에 둘도 없는 무사의 아들도 운이 다하면 이렇게 되는 것인가. 참으로 가련하구나."

그리고 노부나가는 수급을 이다飯田의 관문에 걸어놓도록 명했다.

차가운 불

그날 히가시야마나시東山梨의 마쓰무라松里 촌에 수많은 병마가 들어왔다. 물론 모두 오다의 군사들이었다. 대장은 노부타다였지만 실제로 수천의 군사를 지휘하는 사람은 그 휘하의 가와지리 히젠노카미河尻肥前守였다. 그들의 목표는 혜림사였다. 하지만 혜림사는 사방의 산림이 일 리, 경내는 일만육천여 평에 이르렀기 때문에 마을 전체를 둘러싸야만 했다.

황혼녘이었다. 오다 규지로織田九次郎, 하세가와 도모쓰구長谷川与次, 간지로關十郎, 아카자 시치로에몬赤座七郎右衛門 등에게 항복을 권하는 네 명의 사자가 말 머리를 나란히 하고 산문으로 향했다. 그들이 거느리고 간 부하들은 얼마 되지 않았지만 모두 철포와 창을 들고 있었고 고슈 전역을 유린한 뒤라 심상치 않은 살기를 띠고 있었다. 마을 사람들은 과연 어떻게 될지 문틈과 벽 뒤에서 숨을 죽이고 엿보고 있었다.

"아무도 없느냐!"

네 명의 사자가 본당에 올라가 고함쳤다. 경내는 쥐죽은 듯 고요했다.

"방장에 들어가보아라!"

간지로가 외치자 군사들이 흙발로 양쪽 회랑으로 달려가려고 했다.

"누구인가!"

지촉을 든 승려가 본존을 모신 기둥 안쪽에서 걸어 나왔다.

"그대는 얼마 전 본 간신勸心이 아닌가."

오다 규지로가 뚜벅뚜벅 걸어가 말하자 간신은 놀라는 기색도 없이 조용히 지촉을 아래에 놓고 엎드리며 말했다.

"노부타다 님의 군사들이셨군요. 절을 찾아오는 사람들은 모두 예를 차리기 마련이고 저쪽에 방문을 알리는 종도 달려 있어, 함부로 본당 안까지 흙발로 들어오는 손님은 분명 도둑이나 패잔병이라 여겨 이렇듯 실례를 범했으니 용서해주십시오."

"방주, 그대는 며칠 전에도 쓸데없는 말만 해서 노부타다 경의 사자를 화나게 하더니, 오늘도 짐짓 우리의 화를 돋울 셈인가? 그랬다가는 큰 해를 입을 것이네."

"사자의 물음에 정직하게 대답할 뿐 다른 뜻은 없었습니다."

"그대는 그것으로 족할 터지만 스승인 가이센 국사에게는 불리할 것이네. 가이센 국사 외에도 이곳에는 아직 많은 장로와 승려, 동자승, 운수 등이 있을 터."

"제가 드리는 말씀은 결코 제 개인적인 것이 아닌 모두 화상의 말씀입니다."

"가이센의 뜻이라는 것인가?"

"예, 그렇습니다."

"그럼 어찌 가이센이 직접 나와 고하지 않는 것인가?"

"노령이시라 속세 사람들과의 속무俗務는 제가 맡고 있습니다."

"속무라니 그 무슨 말인가!"

아카자 시치로에몬이 옆에서 끼어들며 무서운 눈으로 노려보자 간신은 고개를 돌려 칼잡이에 손을 대고 있는 그의 모습을 냉소 어린 표정으로 바라보았다. 오다 쪽 군사軍使는 그날까지 두 번이나 절을 찾아와 다음과 같이 명령했다.

"이 절에 숨어 있는 아시카가 요시아키의 수하인 상복원上福院이라는 자와 이전에 롯카쿠 조테이六角承禎라고 불렸으나 지금은 사사키 지로佐々木次郎라고 이름을 바꾼 자, 그리고 야마토 아와지노카미大和淡路守, 이렇게 세 명의 목을 내놓아라. 사문으로서 그들의 목을 쳐서 내놓을 수가 없다면 절에서 쫓아내도록 하라."

혜림사 측은 그때마다 이런저런 말을 하며 답을 피했다. 그뿐 아니라 사자가 오면 지금처럼 냉담하게 대했다.

"성의가 보이지 않는다."

오다 군은 그들이 자신들에게 반감을 표하는 것이라고 여기고 일부러 수천의 군사를 이끌고 이런 산촌까지 몰려왔던 것이다. 네 명의 사자는 혀를 차며 말했다.

"자네를 상대로 옥신각신하는 것도 성가시니 오늘은 직접 절을 수색할 것이다."

"그렇게 하도록 하십시오."

"정말인가?"

"다만 경내는 넓고 가람도 많으니 수색하려면 일단 가와지리河尻 님께 지시를 내려 이곳으로 사람을 불러 만전을 기하지 않으면 그들을 놓칠 수도 있을 것입니다."

"좋다. 내가 그들을 이리 데리고 올 터이니, 그때까지 잘 감시하고 있으시오."

하세가와 도모쓰구가 오다 규지로에게 말하고 회랑을 지나 계단으로 내려가려는 때였다.

"잠깐 기다리시오."

오다 규지로가 뒤를 돌아보자 한 노승이 동자승을 데리고 회랑 옆에 서 있었다. 도모쓰구가 노승을 향해 물었다.

"그대가 이 절의 화상인 가이센인가?"

저물녘 어둠 속에서 노승의 흰 눈썹이 흔들렸다.

"나는 말사인 이곳 보천원寶泉院의 세쓰신雪岑이라고 하는 자로 가이센 국사가 아니오."

"말사의 화상인가? 그런데 무슨 일인가?"

"경내로 도망쳐온 다케다 님의 잔당을 내놓으라는 뜻을 가이센 국사도 결코 거부하신 것은 아니라고 알고 있으나……."

"우리가 원하는 자들은 그와 같은 잔챙이들이 아니오. 상복원, 사사키 지로, 야마토 아와지, 세 사람이오."

"그러한 자들이 있을 리가, 아니 잘은 모르나 일단 내일 아침까지 기다려주시는 것이 어떻겠소? 내가 직접 찾아보고 있다면 반드시 쫓아내고 만일 없다면 사죄하러 찾아가실 것이오. 어찌 됐든 반드시 찾아뵙고 명확히 답하시도록 하겠소."

"누가 말인가?"

"국사께서."

"하지만 없다고 하는 사죄 따위는 받아들이지 않을 것이오. 나는 확실한 증거를 가지고 있고 또 그것을 고해온 증인도 있으니 말이오."

"그 정도로 단언한다면 아마도 경내에 있을 것이오. 하지만 이번 싸움 이래로 연고를 따라 이곳으로 도망쳐온 다케다 사람들은 지위가 높은 자에서 낮은 자까지 그 수가 많으니 잘 구분해서 찾아야 할 터라……."

"그럼 내일 아침까지 반드시 가이센이 직접 가와지리 님을 찾아와 인사할 것을 그대가 맹세하겠는가?"

"제 목을 걸고서라도 맹세하겠소이다."

"분명 약조하였네."

네 명의 사신은 내일 아침 오전 아홉 시까지 반드시 인사하러 가겠다는 세쓰신의 다짐을 받고 일단 진중으로 돌아갔다. 하지만 오다 군은 밤새 마을 곳곳에 화톳불을 피워놓고 경계를 늦추지 않았다. 그런데 다음 날 아침, 산속의 나무꾼들이 마을로 내려와 한밤중에 혜림사 뒷산을 따라 은밀히 탈출하려는 사람이 있었다고 고했다. 그의 말에 따르면 세 명의 법사였는데 상복원, 사사키 지로, 야마토 아와지노카미임이 분명했다.

"어찌 그 즉시 밤에 알리지 않았느냐?"

두 명의 나무꾼은 간담이 서늘해질 만큼 호되게 질책을 당했다. 시간은 벌써 오전 아홉 시였다.

"더 이상 기다릴 것도 없다."

가와지리 히젠노카미와 오다 규지로, 간쥬로는 수천의 군사를 이끌고 산문과 뒷문에서 혜림사로 들이닥쳤다. 경내는 모두 청소가 끝나 깨끗한 상태였고 본전에 있던 다케다 신겐의 목상도 보이지 않았다. 또 절의 보물과 귀중한 문서도 어딘가로 옮긴 듯 여기저기 떨어져 있는 종잇조각만 눈에 띄었다.

"응? 아무도 없는 듯하다."

절의 곳곳에 불을 질러도 아무도 뛰어나오는 사람이 없었다. 절의 사람들은 누문 위에 있었던 것이다.

"저기다! 저기에 있다."

가와지리 히젠노카미와 오다 규지로가 말 머리를 나란히 한 채 안장 위에서 손으로 가리키자 무리 지어 있던 병사들이 일제히 그곳을 바라보았다. 병사들은 흡사 그곳에서 상상도 하지 못한 것이라도 본 듯한 표정을 지은 채 한동안 넋을 잃고 있었다.

산문의 누각 위 정면에서 붉은 의자에 앉아 자줏빛과 금빛 비단 가사를 걸친 늙은 화상의 모습이 보였다. 바로 이곳의 장로인 가이센 국사였다. 왼편의 세쓰신, 오른편의 다이가쿠大覺 화상 외에 노승 십여 명과 제자들 열 명이 살아 있는 나한처럼 늘어서 있었다. 또 그들 외에 어림잡아 오백 명 가까이 되는 사람들이 서로 부둥켜안은 채 서 있었다.

"화상!"

히젠노카미가 말 위에서 불렀지만 가이센은 대답이 없었다. 오다 규지로가 다시 외쳤다.

"가이센, 잘도 우릴 속였구나."

가이센은 미동도 하지 않았다.

"불태워라!"

가와지리 히젠노카미가 호령하자 병사들이 산문 아래에 장작과 마른풀을 쌓아 올렸다. 오다 규지로가 말에서 뛰어내려 망설이고 있는 병사들을 꾸짖었다.

"왜 불을 지르지 않느냐! 장작만 쌓아놓은 채 바라보고만 있으면 무얼 하자는 것이냐!"

연기가 누문의 처마 위로 피어올랐다. 가이센이 처음으로 입을 열어 승려들에게 말했다.

"모두 화염 위에 앉아 마지막 염불을 외도록 하라."

모두가 염불을 외기 시작했다. 어느새 불길이 난간을 넘어 가이센의 옷자락까지 태우고 있었다. 어린 동자승과 늙은 승려 들이 비명을 질렀다. 염불을 외고 있던 승려들도 비명을 지르며 날뛰었다. 그 모습을 본 가이센이 일갈했다.

"안선불필수산수安禪不必須山水, 멸각심두화역량滅却心頭火亦凉162."

몸에 걸친 법의가 모두 불길로 변하고 앉아 있던 붉은색 의자가 불에 타고 있는데도 가이센은 그대로 꼼짝하지 않았다. 누문 위의 사람들은 모두 혼절했는데도 가이센은 여전히 의자에 초연히 앉아 있었던 것이다.

"저길 봐라."

"아……."

산문 아래에 있던 병사들은 흡사 기적이라도 목도하는 것처럼 공포심에 사로잡혀 신음 소리를 내며 바라보았다.

불길이 절정에 이르렀을 무렵, 가이센이 불길과 검은 연기 속에서 두 눈을 번쩍 뜬 것처럼 느껴졌다. 그리고 잠시 뒤, 산문의 처마가 와르르 무너지고 흡사 불꽃놀이를 하는 것처럼 불꽃이 솟구치더니 가이센의 모습이 점점 검게 변해갔다. 그럼에도 가이센은 여전히 꼼짝도 하지 않았다. 가이센의 모습이 보이지 않게 된 것은 거대한 산문이 커다란 비명을 지르며 불에 타서 쓰러진 순간이었다. 산문이 불타 쓰러진 뒤에도 거대한 불길은 하루 종일 자줏빛 화염을 뿜으며 타오르더니 저물녘이 되어서야 재로 변했다.

그날 밤, 혜림사에 주둔한 수천의 병사들은 가이센의 꿈을 꾸었다. 아니, 어쩌면 꿈이 아닌 현실에서 벌어진 일이 다음 날에도 마치 꿈을 꾼 것처럼 머릿속에 각인되어 있었는지도 몰랐다.

"무사도를 깨달았다."

양식이 있는 사람은 그렇게 뇌까리며 자신이 받은 감명에 대해 다

---

162 중국 당나라 후기의 시인인 두순학杜荀鶴의 〈여름날 오공 상인의 거처에 제하여夏日題悟空上人院〉에 나오는 '참선은 반드시 산수山水에서만 하는 것이 아니니 마음의 번뇌를 버리면 불속에 있어도 저절로 서늘해지거늘'이라는 구절이다.

음과 같이 말했다.

"가이센과 같은 경지에 이르면 무사와 승려의 구분이 없다. 이른바 달인의 경지다. 우리는 아침저녁으로 피비린내 나는 싸움터를 내달리며 적의 시신을 보고 벗을 보내면서 죽음을 각오하고 있지만, 싸움터 바깥에서는 과연 그럴 수 있을까."

가이센의 죽음은 그 소식을 들은 오다 군과 도쿠가와 군에게까지 커다란 질문을 던진 듯했다. 바로 어떻게 살고 어떻게 죽는가, 하는 생사관生死觀이었다. 고래로 일체의 지자와 달인 들이 불교와 유교에 질문을 던지고 고행과 수행을 해왔던 것도 바로 생과 사의 문제를 규명하기 위해서였다.

그러한 생명을 초개처럼 여기며 주군을 위해 수많은 싸움터를 내달리던 무사라고 해도 평시로 돌아와 집에 머물 때에는 역시 전쟁 때와 같은 마음가짐을 가질 수가 없었다. 그래서 그들은 무사도에 대해 묻고 선에 몰두하기도 한다. 또 성현에게 묻거나 검을 단련하며 마음을 수행하지만 살아 있는 한 죽음은 삶과 대립하기 때문에 생과 사의 사이를 방황하기 마련이었다.

"두 번 죽지 않는다."

입으로는 그렇게 말하지만 그것은 쉬운 듯하면서도 어려운 것이다. 생사의 문제는 살아 있는 일체의 생명에게 주어진 과제이며, 그런 자각이 없는 사람은 죽음을 두려워하지 않는 것이 아니라 생명에 대해 알지 못하는 사람이라고밖에 할 수 없었다.

혹자들 중에는 순순히 다케다 쪽 사람들을 경내에서 쫓아내면 무사했을 터인데, 가이센은 왜 죽음을 선택했는가 하고 묻는 사람도 있을 것이다. 가이센은 무인이 아닌 불자였기 때문에 비난을 받지 않았을 것이라고 하는 사람도 있을 것이다.

맞는 말이다. 아시카가 시대를 거처 무로마치가 몰락한 시절까지 선가禪家는 바로 그러했다. 하지만 일찍이 가마쿠라 시대의 선문에서는 그런 비굴한 타협은 허용되지 않았다. 그러한 선도 어느 틈엔가 말로 즐기는 유희로 전락하고 풍류로 변질되어 그 진수를 잃어버렸을 때, 그곳에 가이센이 있었던 것이다.

승려와 동자승 일흔네 명이 산사와 더불어 화염으로 변해버린 것은 가이센의 기백과 함께 선에 대한 세상의 인식을 다시 새롭게 만들었다. 그렇다고 해서 가이센이 시대의 흐름에 저항하거나 시류에 어두웠던 것은 아니다. 이전에 그는 가쓰요리에게 '조정을 받들고 그 조정을 중심으로 통합을 이루려는 노부나가에게 세상이 기우는 것은 자연스러운 귀결이다'라고 말하며, 가쓰요리에게 불초한 아들은 아니라고 위로한 적이 있었다. 그것만 보더라도 가이센은 시대의 흐름에 반항하지 않고 오히려 시대를 명료하게 꿰뚫어보는 사람이었다.

그럼에도 범인들의 눈에는 그가 자처해서 죽음을 선택한 것이 경탄의 대상으로 보이거나 이상하게 비쳐질지 모르지만, 본래 생과 사를 별개로 구분하지 않고 있던 그에게 그것은 더없이 자연스러운 행동이었음이 분명했다. 게다가 그러한 자연스러운 행동 속에는 죽은 신겐의 은혜에 대한 깊은 정의情義도 있었고 평소에 선가의 타락에 대한 일갈의 의미도 있었음이 분명했다.

한편 마침내 고슈의 산천은 모두 노부나가의 수중으로 들어갔다. 3월 10일 다카도 성에 도착했으며, 같은 달 9일 스와 진중에 들어가 군령을 발령했다. 20일 기소 요시마사에게 옛 영지 치쿠마 군에 아즈미安曇를 하사하고, 같은 날 아나야마 마이세쓰를 만나 그의 옛 영지를 그대로 하사했다. 다음 달 3일 다키가와 가즈마스에게 신슈信州의 이 군郡을 내리고 그를 간토를 다스리는 간료管領의 중책에 임명했다. 6일에는 오다와라의 호조 씨로부터 쌀 천 섬이 도착했다. 이렇듯 노부나가의 정벌 일정은 모두 순조롭게 진행되었고, 고슈를 정벌한 뒤 그가 머무는 진문과 행렬이 지나는 곳마다 사람들로 문전성시를 이루며 그 위세를 세상에 유감없이 고하고 있었다.

● 1574년 제1차 다카텐진성 전투

다케다 가쓰요리(武田勝頼)가 도쿠가와 군의 주요 거점인 다카텐진 성을 함락한 전투이다. 이때 성을 지키던 성주는 도쿠가와군의 용장이던 오가사와라 나가타다小笠原長貴) 였는데, 다케다군의 맹공으로 낙성의 위기에 몰렸다. 그러다 성안에서 오가사와라를 따르던 자가 다케다 가쓰요리와 내통하여 반란을 일으키는 바람에 나가타다는 항복하고 말았다.

● **다케다 노부시게 武田信繁·1525-1561**

다케다 신겐(武田信玄)의 동생이자, 그의 그림자 무사이다. 부친 노부토라(武田信虎)에게 미움을 받던 장남 신겐과 달리 각별한 총애를 받아 후계자로서의 자리를 확정받았으나, 형을 위해 자신의 후계자 자리를 깨끗이 포기하고 쿠데타에 협력하였다. 이후 신겐의 곁에서 참모로 활약하며 신겐의 시나노 정벌에 많은 공을 세웠다.

진노

스와는 기소구치와 이나伊那를 공격했던 병사들까지 속속 집결해서 노부나가 군사들로 넘쳐나고 있었다.

29일, 노부나가의 숙소이자 총본진인 법양사法養寺에서는 전군에 대한 논공행상을 발표했고, 그다음 날에는 제장들을 모아놓고 전승 축하연을 열었는데 앞서 은전을 받은 사람을 제외하더라도 그날 은전을 받은 면면들을 보면 다음과 같았다.

도쿠가와 이에야스에게는 스루가, 가와지리 히젠노카미는 가이의 일부와 스와 군, 모리 나가요시에게는 시나노 사 군, 모리 히데요리에게는 이나 군, 단 카게하루團景春에게는 이와무라 성, 모리 란마루에게는 가네야마兼山 성이 각각 하사되었다. 또 멀리서 많은 도움을 주었던 호조 우지마사에게는 나시지마키에梨地蒔繪의 칼 한 자루만 내리면서 언젠가 장자에게 후사를 상속해야 할 때가 올 것인데 그때는 그것을 인정해주겠다고 언질만 주었다.

사람들은 그러한 논공행상은 모두 노부나가의 의중에 따른 것이어서 이번 고슈 공략에서의 공뿐 아니라 평소에 자신들에 대한 평가가 포함되어 있는 것이라고 이해하고 있었다. 그러다 보니 란마루의 기쁨은 유달리 컸다.

"이대로라면 과거의 일에 대해 조금도 걱정하지 않아도 될 듯하구나."

란마루는 모친을 생각하며 가슴을 쓸어내렸다.

"형님인 나가요시 님도 시나노 사 군을 하사받으셨으니 참으로 축하할 일입니다."

사람들의 축하를 받아도 란마루는 더 이상 이전처럼 불편한 마음이 들지 않았다. 란마루는 축하연에서도 만면이 득의양양했다. 노부나가가 춤을 한번 추라는 말을 하자 거리낌 없이 앞으로 나가 춤을 췄고, 북을 치라고 하면 신이 나서 북을 쳤다.

"오늘은 드물게 고레도 님께서도 오신 듯하군."

어딘가에서 그런 말이 들려 살펴보니 장수들 속에 미쓰히데도 섞여 있었다.

"술에 취한 듯합니다."

미쓰히데 옆에 앉아 있던 다키가와 가즈마스가 말을 걸었다. 미쓰히데는 여느 때와 달리 술에 취해 얼굴이 새빨갰다. 노부나가가 툭하면 '긴카金貨 대머리'라고 놀리던 머리부터 이마까지 빨갛게 물들어 있었다.

"한잔 주시지요."

미쓰히데는 가즈마스에게 잔을 청하며 무척이나 밝은 말투로 말했다.

"긴 인생에서도 오늘과 같이 경사스러운 날은 몇 번 되지 않을 것입니다. 어디 한번 보십시오. 스와 일대는 물론 오랫동안 우리가 고생하며 싸워온 보람이 있어, 바야흐로 고슈와 신슈 전부 아군의 깃발로 뒤덮여 있지 않습니까. 다년간의 숙원이 눈앞에 실현되지 않았소이까……"

미쓰히데의 목소리는 평소와 같이 그다지 크지 않았지만 그 말은 술자리에 선명하게 울려 퍼졌다. 여기저기서 서로 이야기를 하고 있던 사람들이 갑자기 입을 다물고 노부나가의 얼굴과 미쓰히데 쪽을 번갈아 바라보고 있었다.

노부나가의 눈길은 미쓰히데의 반짝이는 대머리를 정면으로 응시하고 있었다. 지나치게 속이 들여다보이는 노골적인 시선은 때때로 뜻밖의 불행을 초래하기도 했고, 아무 일 없이 지나칠 수 있었던 일이 화근이 되기도 했다.

노부나가는 그날 미쓰히데의 모습에서 그러한 조짐을 꿰뚫어보고 있었다. 미쓰히데는 평소와는 달리 더없이 말이 많았고 밝은 모습을 가장하고 있었다. 이번 논공행상에서 의도적으로 미쓰히데의 이름을 제외시켰던 노부나가는 미쓰히데를 꿰뚫어보고 있었던 것이다. 무인은 논공행상에서 제외되는 것보다 공을 세우지 못한 자신을 더 부끄럽게 여기기 마련이었는데 미쓰히데의 얼굴에서는 그런 부끄러움을 조금도 찾아볼 수 없었다. 오히려 그는 웃는 얼굴로 사람들과 함께 즐거운 듯 이야기를 나누고 있었다.

'솔직하지 못하다. 거짓이다. 끝까지 속마음을 드러내지 않는 자이자 정이 가지 않는 자이다. 왜 한 마디 푸념이라도 하지 않는 것인가.'

노부나가는 미쓰히데를 보고 있을수록 그런 마음이 점점 강해졌다. 그곳에는 없었지만 히데요시를 바라보는 시선에서는 그러한 위험한 감정이 털끝만치도 없었다. 이에야스를 바라볼 때도 마찬가지였다. 하지만 미쓰히데의 대머리를 보면 노부나가의 눈빛은 일변했다. 예전에는 결코 그렇지 않았다. 언제부터인지 깨닫지 못하는 사이에 그렇게 달라져 있었던 것이다. 그것은 어떤 순간부터 갑자기 변한 것이 아니었다. 굳이 그 계기를 찾는다면, 미쓰히데에게 사카모토 성과 가메 산의 본성을 내리고 고레도라는 성을 하사한 뒤 그의 딸의 중매까지 서며 단고 오십여만 석에 봉하는 등 극진히 우대했던 그다음 날부터라고 할 수 있다. 그때부터 미쓰히데를 바라보는 노부나가의 눈빛은 전과 달라졌다고 할 수 있다.

그리고 또 한 가지, 미쓰히데가 스스로 도저히 고칠 수 없는 그의 풍채와 인품 등에서 그 원인을 찾을 수 있었다. 일을 처리함에 있어 조금도 실수를 범하지 않는 명석한 그의 머리, 반짝이는 대머리를 보면 노부나가는 흡사 악귀처럼 심술이 났던 것이다. 즉 노부나가의 심술궂은 시선은 미쓰히데의 의도와는 무관하게 그가 그렇게 만드는 것이라고 할 수도 있었다. 그것은 미쓰히데의 총명한 이성이 빛을 발할수록 노부나가의 말과 얼굴에 악귀와 같은 심술이 나타나는 것만 봐도 알 수 있었다.

어찌 됐든 지금, 다키가와 가즈마스를 상대로 태평하게 이야기를 나누는 미쓰히데의 모습을 물끄러미 바라보는 노부나가의 눈은 예사롭지 않았다. 이윽고 노부나가가 자리에서 벌떡 일어난 순간, 미쓰히데도 무의식적으로 그것을 깨달은 듯했다.

"휴가, 어이 긴카 대머리!"

미쓰히데가 노부나가의 발아래 얼굴을 숙이고 엎드렸다. 그러자 노부나가는 그의 목덜미를 부채로 두세 번 가볍게 두드렸다.

"옛! 예……."

술에 취해 빨갛던 미쓰히데의 얼굴이 순간 흙빛으로 변해 있었다.

"그만 물러가라."

미쓰히데의 목덜미에서 떨어진 부채가 날카로운 검처럼 회랑을 가리켰다.

"무슨 일인지 모르겠사오나 주군의 마음을 상하게 한 미쓰히데, 너무 황송하여 몸 둘 바를 모르겠습니다. 무엇을 잘못했는지 꾸짖어주십시오."

미쓰히데가 엎드린 채 사죄하면서 회랑 쪽 마루로 물러가자 노부나가도 그곳으로 나갔다. 사람들은 술기운이 달아난 얼굴로 침을 삼키며 두 사람을 지켜보고 있었다.

그 순간, 그들의 뒤쪽에서 무언가 떨어지는 소리가 들리자 사람들은 일제히 방 안쪽을 돌아다보았다. 노부나가가 내던진 부채가 떨어져 있었다. 다시 얼굴을 돌려 앞을 바라보았을 때, 노부나가는 미쓰히데의 멱살을 부여잡고 있었다. 그리고 무슨 말인가를 하려는 미쓰히데에게 틈도 주지 않고 회랑의 난간까지 밀고 가더니 버둥거리는 미쓰히데의 머리를 난간에 쿵쿵 박고 있었다.

"뭐라고 했느냐. 휴가, 방금 뭐라고 했느냐! 우리가 고생하며 싸워온 보람이라니! 이 고슈에 오다 가의 병마가 가득한 것은 실로 경사스런 날이라고, 그리 말했더냐!"

"그, 그렇사옵니다……."

"이놈!"

"……아."

"언제 네놈이 고생했느냐! 이번 고슈 정벌에 어느 정도의 공을 세웠단 말이냐?"

"황, 황송합니다."

"뭐라?"

"소신, 아무리 술에 취했다고는 하나 어찌 그런 교만한 말을 할 리가……."

"그렇지 않으면 네가 교만해할 이유가 없다. 내가 여흥에 겨워 못 들으리라 여기고 불평한 것이 분명하다."

"당치 않습니다. 천지신명이 보고 계십니다. 주군께 오늘까지의 깊은 은혜를 받고 있는 제가 어찌."

"닥쳐라!"

"놓아주십시오."

"그러마."

노부나가는 미쓰히데를 내동댕이치며 큰 소리로 외쳤다.

"오란, 물을 가져오너라."

란마루가 그릇에 물을 담아 가지고 왔다. 그것을 받아드는 노부나가의 눈에는 불길이 일고 있었다. 노부나가는 분노에 겨워 숨을 들썩이고 있었지만 미쓰히데는 어느새 노부나가에게서 여덟 척 정도 떨어진 맞은편에서 옷깃과 머리를 단정히 하고 마룻바닥에 납작 엎드려 있었다. 미쓰히데의 그런 흐트러지지 않은 모습은 흡사 노부나가로 하여금 다시 다가가라고 유인하는 것처럼 보이기도 했다.

"……앗! 만일!"

란마루가 소매를 붙들지 않았다면 마루에 재차 쿵쾅거리는 소리가 울렸을 것이다. 란마루가 노부나가에게 고했다.

"자리로 돌아가시지요. 노부타다 님, 노부즈미 님, 그리고 니와 님을 비롯한 모든 분들이 무료한 듯 기다리고 계십니다."

노부나가는 순순히 사람들 쪽으로 돌아왔지만 자리에 앉지 않고 좌중을 둘러보며 말했다.

"용서하게. 흥을 깨고 말았네. 모두 마음껏 즐기도록 하라."

노부나가는 그렇게 말하고 안쪽으로 훌쩍 들어가버렸다.

객래일미 客來一味

길게 늘어선 곳간의 처마에 제비들이 무리를 지어 울고 있었다. 해가 지는 줄도 모르고 어미 제비가 둥지 속 새끼들에게 먹이를 물어 나르고 있었다.

"화제畵題가 되겠소이까?"

넓은 중정을 사이에 둔 건물의 일실에서 아케치의 노신인 사이토 도시미쓰齊藤利三가 손님에게 말했다. 손님은 가이호 유쇼海北友松라는 화인으로 이곳 스와 사람이 아니었다. 오십 전후였는데 화인으로 보이지 않는 골격이었고 말이 없는 편이었다.

"전시라 진무에 바쁘실 터인데 갑자기 찾아와서 죄송합니다."

유쇼는 그만 너무 오래 앉아 있었다는 듯 물러가려고 했다.

"괜찮소이다."

사이토 구라노스케內藏助 도시미쓰가 점잖게 만류하며 말했다.

"어렵사리 찾아왔는데 주군을 뵙지 않고 돌아가는 법이 어디 있소. 주군이 돌아오셔서 유쇼 님이 찾아왔었다고 말씀드리면 왜 붙잡지 않았느냐고 혼을 내실 것이오. 그러니, 자……."

사이토는 새로운 화제를 꺼내며 유쇼를 붙잡았다.

가이호 유쇼는 현재 교토에 살고 있었지만 미쓰히데의 영지인 사카모토坂本 성 가까이에 있는 고슈江州의 가타다堅田에서 태어났다. 그뿐 아니라 유쇼는 이전 무인으로 기후의 사이토 가를 섬긴 적도 있었던 탓에 그 무렵부터 구라노스케 도시미쓰와 잘 알고 있었다. 도시미쓰도 아케치 가를 섬기기 전에는 사이토 일족 중에서 용맹을 떨치던 이나마 이요노카미 나가미치因幡伊予守長通를 섬기던 때가 있었다.

유쇼가 낭인이 된 뒤, 화인의 길로 들어간 데에는 기후가 멸망한 이유가 가장 컸지만 도시미쓰가 옛 주인을 버리고 아케치 가의 가신이 된 데에는 복잡한 사정이 있었다. 또 그는 옛 주인인 사이토와 미쓰히데의 사이에 발생한 갈등을 노부나가에게까지 고해서 그 판결을 청해 세상을 떠들썩하게 하기도 했다. 하지만 지금은 그런 일들이 모두 잊혀 사람들은 그의 새하얀 머리를 볼 때마다 '아케치 가에 없어서는 안 될 인물'이라며 존경하고 있었다.

노부나가의 본진 법양사에 숙소가 할당되지 않은 장수들은 스와의 상가에서 머물고 있었는데, 그중 아케치의 부대는 이곳의 오래된 된장을 파는 상가에서 머물고 있었다. 상가 주인의 아들인 듯한 사람이 와서 사이토 도시미쓰에게 말했다.

"도시미쓰 님, 다른 분들은 벌써 저녁을 다 드셨습니다. 목욕이라도 하지 않으실는지요?"

"아직 주군께서 돌아오시지 않았는데 어찌."

"아케치 님은 꽤 늦으실 듯합니다."

"오늘은 본진에서 전승을 축하하는 대연회가 열리고 있네. 주군께서도 너무 기쁜 나머지 평소에는 잘 안 드시는 술을 과음하고 계신 듯하네."

"그러면 저녁을 먼저 잡수는 것이 어떠신지요?"

"아니네. 돌아오시기 전까지는 그럴 생각이 없네. ……그런데 손님이 마음에 걸리는군. 손님이 먼저 목욕을 하시도록 안내해주게."

"낮에 오셨던 화인 말씀인지요?"

"그렇다네. 저편에서 무료하게 모란을 보고 계시니 잘 말씀드리게."

상인의 아들은 물러나와서 뒤편을 살펴보았다. 가이호 유쇼는 오도카니 무릎을 감싸고 모란꽃들을 바라보고 있었다.

사이토 도시미쓰가 그곳 사립문에서 나왔을 때에는 상인의 아들과 유쇼가 보이지 않았다. 도시미쓰는 주인인 미쓰히데가 너무 늦어지자 다소 걱정스런 마음이 들기 시작했다. 축하연이어서 오늘은 꽤나 성대할 것이고 길어질 것이라고 예상했지만 그럼에도 불안스런 마음이 들었다.

오래된 띠로 엮은 문을 나서면 길은 호반의 가도로 이어졌다. 스와호의 서쪽 하늘에는 아직 희미한 잔광이 비치고 있었다. 도시미쓰는 한동안 가도의 저편을 바라보고 있었다. 이윽고 아케치 미쓰히데가 부하들을 거느리고 왔다. 그 모습을 본 도시미쓰는 자신이 괜한 걱정을 했구나 하고 한시름을 놓았다. 그런데 미쓰히데와 가까워지자 도시미쓰의 눈썹에 다시 불안감이 드리워졌다. 미쓰히데의 모습이 어딘지 평소와 다른 듯한 인상을 받았고, 전승 축하연에서 돌아온 사람의 모습으로 보이지 않았던 것이다. 말을 탄 미쓰히데의 모습은 더없이 풀이 죽어 있었고 그의 뒤에서 따라오는 종자들도 똑같이 주눅이 든 모습으로 묵묵히 걸어오고 있었다.

"마중을 나와 있었습니다. 피곤하지 않으신지요?"

도시미쓰가 앞으로 나와 허리를 숙이자 미쓰히데는 놀란 듯 얼굴을 들고 말했다.

"도시미쓰인가. 내가 너무 늦어 걱정하고 있었나 보군. 미안하네. 용

서하게. 오늘은 다소 과음을 해서 일부러 술을 깨기 위해 호반을 걸어서
왔네. 내 안색이 안 좋다고 걱정하지 말게. 이젠 기분도 꽤 좋아졌네.”

무슨 안 좋은 일이 있었던 듯싶었다. 오랫동안 곁에서 섬겨온 주인
이었다. 도시미쓰는 그것을 놓칠 리가 없었다. 하지만 굳이 깊이 묻지
않았다. 노신인 도시미쓰는 그저 주인의 기분을 어떻게 위로할지 신경
을 쓰면서 숙소에 들어와 아케치의 시중까지 직접 들었다.

“먼저 저쪽에 있는 자리에서 차라도 한잔하시겠는지요? 아니면 저
녁을 드시고 바로 목욕을 하시겠는지요?”

전쟁에 나서면 그의 용맹함에 적들도 벌벌 떠는 맹장인 도시미쓰가
직접 미쓰히데의 옷을 받아들며 시중을 들고 있었다. 미쓰히데는 그런
그의 마음을 잘 알고 있었다.

“그렇지. 이럴 때는 한바탕 목욕을 하면 시원해질지 모르겠군.”

“그렇게 하시지요. 제가 안내하겠습니다.”

도시미쓰가 총총히 앞장을 섰다. 옆방에 있던 시종이 목욕을 한다는
말을 듣고 급히 상가의 아들에게 알리러 갔다. 아들은 지촉을 들고 어
둠이 내리는 목욕탕 입구에 무릎을 꿇고 있었다.

“시골 목욕탕이라 변변치 않습니다.”

미쓰히데가 그 모습을 내려다보더니 아무 말 없이 목욕탕 안으로
들어갔고 시종이 뒤를 따라 들어갔다. 한동안 안에서 물소리가 들렸
다. 도시미쓰가 밖에서 말했다.

“주군, 등을 밀어드릴까요?”

“시종도 있고, 노구인 그대의 손을 빌리는 것도 미안하니 됐소.”

“아닙니다.”

도시미쓰는 안으로 들어가더니 작은 통에 뜨거운 물을 퍼서 미쓰히
데의 뒤로 돌아갔다. 일찍이 그런 예는 없었지만 그곳은 진중과도 같

았고, 또 여느 때와 달리 심상치 않은 주인의 안색을 보고 어떻게든 그 기분을 달래주고 싶은 마음이 들었던 것이다.

"일군의 수장과 같은 무장에게 어찌 이런 일을 시키겠소."

미쓰히데가 겸손히 말했다. 도시미쓰를 비롯한 가신들은 미쓰히데가 평소 가신들에게 겸손하고 사양하는 듯한 모습을 보이는 것을 그의 장점이자 단점이라고 생각하며 그다지 좋게 생각하지 않고 있었다.

"무슨 말씀입니까. 저와 같은 늙은 무장은 언제 죽을지 모르니, 언제고 살아생전 한 번은 꼭 주군의 등을 밀어드리고 싶었습니다."

도시미쓰는 옷자락을 말아 올리고 소매를 걷고서 미쓰히데의 등을 씻어주었다. 미쓰히데는 희미한 수증기와 등불 속에 몸을 맡긴 채 고개를 숙이고 아무 말도 없었다. 도시미쓰가 자신을 대하는 마음과 자신이 노부나가를 대하는 모습을 비교하며 깊이 반성하고 있었던 것이다.

'아아, 내 잘못이다.'

미쓰히데는 마음속으로 통렬히 자신을 질책했다.

'무엇이 그리 불쾌해서 이리 괴로워하고 있는가. 노부나가와 같은 좋은 주군을 섬기면서 내 충절과 정조는 노신인 도시미쓰에게도 미치지 못하지 않은가. 아아, 부끄럽구나.'

목욕탕에서 나온 미쓰히데의 기분과 말투는 완전히 달라져 있었다. 심기일전한 듯 마음이 한층 상쾌해져 있었다.

"목욕을 하길 잘했군. 술기운뿐 아니라 피곤함도 가시는 듯하네."

"기분이 좋아지셨습니까?"

"구라노스케, 이젠 괜찮으니 마음 쓰지 말게. 기분이 아주 상쾌해졌네."

"오늘 안색이 다소 안 좋으신 듯하여 걱정했는데 정말 다행입니다. 이제야 말씀드리는데, 안 계실 때 귀한 손님이 오셔서 기다리고 계십니다."

"귀한 손님이라니?"

"가이호 유쇼 님이 마침 이곳 고슈를 여행하시다 다른 곳은 몰라도 주군은 잠깐이나마 뵙고 싶다며 낮부터 와 계십니다."

"어디에 있는가?"

"제 방에서 기다리고 계십니다."

"그럼 그대 방으로 가도록 합시다."

"주군께서 친히 왕림하시면 손님이 송구해할 것이니, 나중에 제가 데려오겠습니다."

"아니오. 유쇼는 풍류를 아는 손님이니 격식을 차릴 것까지는 없소."

안채에는 미쓰히데를 위해 저녁이 차려져 있었지만 미쓰히데는 도시미쓰의 방에서 손님인 유쇼와 함께 지극히 간소한 저녁을 함께했다. 미쓰히데는 유쇼를 만나자 밝은 얼굴로 돌아가서 남송북송南宋北宋의 화풍을 물으며 평소 회화 분야에 대해 가지고 있던 식견을 나누었다.

"나도 노후에는 한가로이 그림이나 그리고 싶소이다. 언젠가 그런 나를 위해 모범이 될 그림을 꼭 그려주시오."

"알겠습니다. 부족하나마 반드시 그림을 그려 바치겠습니다."

유쇼는 기뻐하며 대답했다. 유쇼와 도시미쓰는 낮에도 미쓰히데가 만년에는 꼭 그러한 생활을 보내기 바란다고 이야기했던 것이다.

유쇼는 중국의 양해梁楷의 화풍을 따라 근래 독자적인 화풍을 개척해서 세상에서 인정을 받고 있었지만 무슨 연유인지 노부나가에게 아즈치의 장지문 그림을 그려달라는 의뢰를 받았을 때에는 병을 구실로 응하지 않았다. 그가 노부나가에게 멸망당한 사이토 가의 가신이었던 곡절을 생각하면 의뢰에 응하지 않았던 그의 마음을 알 수 있을 것도 같았다.

그날 밤 미쓰히데는 숙면을 취했다. 목욕을 한 덕분이었고 뜻하지 않은 좋은 손님 덕분이기도 했다. 새벽녘, 병사들은 날이 새기 전에 일어나서 말에 먹이를 주고 갑옷을 차고 주인이 나오기를 기다렸다. 오다 군은 그날 아침 법양사에 집결하기로 되어 있었고, 이후 스와를 출발해서 고후로 간 뒤에 도카이도를 거쳐 아즈치로 개선할 예정이었다.

"주군, 어서 준비하시지요."

"구라노스케인가. 어젯밤은 아주 잘 잤네."

"정말 다행입니다."

"떠날 때, 유쇼에게 내 뜻을 전하며 노자를 주도록 하게."

"유쇼 님은 아침에 일어나보니 보이지 않았습니다. 병사들과 함께 일어나 채 날이 새기도 전에 떠난 듯합니다."

"그것참 아쉽군."

미쓰히데는 아침 하늘을 바라보며 중얼거렸다.

"참으로 부러운 사람이네."

도시미쓰는 미쓰히데 앞에 두루마리 하나를 펼쳤다.

"이것을 놓고 갔습니다. 깜빡 잊고 놓고 간 줄 알았는데 자세히 들여다보니 아직 먹물도 마르지 않았습니다. 제 짐작에는 어젯밤 주군께서 부탁하신 모범이 될 만한 그림이 떠올라 아침까지 그린 듯합니다."

"아니, 그럼 잠을 자지도 않고."

미쓰히데는 두루마리를 내려다보았다. 아침 햇살을 받은 하얀 백지 속에 싱그럽고 커다란 모란 가지 하나가 그려져 있었다. 그리고 그림 위쪽에 '무사시귀인無事是貴人[163]'이라는 글이 적혀 있었다.

"무사시귀인."

---

[163] 임제 선사가 한 말로 '무사無事'한 이가 바로 '귀인'이라는 뜻. 여기서 '무사'란 무엇인가 찾거나 얻으려 하지 않는 마음, 즉 고요함의 경지이자 본래의 자신으로 돌아간 평온함을 뜻하며, 귀인이란 지체가 높은 사람이 아닌 깨달음을 얻은 사람, 즉 부처와 같은 존재를 말한다.

입안에서 되뇌며 다른 부분에 시선을 옮기자 커다란 순무 그림이 그려져 있었고 제호에는 '객래일미客來一味164'라고 쓰여 있었다.

아무런 고심도 하지 않고 일필지하에 수묵으로 그린 듯한 순무였는데, 가만히 들여다보고 있자 흙냄새가 코를 찌를 듯 풍겨왔다. 대지의 생명이 그대로 한 줄기 잎과 뿌리에 담겨 있어서 한없이 순수하고 비굴하지 않은 순무의 야성이 흡사 미쓰히데의 이성을 비웃고 있는 듯했다.

"……."

아무리 두루마리를 펼쳐봤지만 그것 외에는 아무것도 그려져 있지 않았다. 여백이 훨씬 많았다.

"이 두 그림을 그리는 동안 날이 샌 듯합니다."

그림을 좋아하는 도시미쓰도 미쓰히데와 함께 목을 길게 빼고 감상을 했다. 한동안 그림을 바라보고 있던 미쓰히데의 눈에 갑자기 순무가 벌거벗은 갓난아이가 손을 벌리고 하품을 하고 있는 것처럼 보였다. 미쓰히데는 왠지 오래 바라보고 있기가 두려워졌다.

"구라노스케, 감아주게."

"제가 맡아두겠습니다."

그때 하늘 저 멀리서 나팔 소리가 들려왔다. 본진이 있는 법양사에서 각 부대에게 준비를 재촉하고 있었다. 피가 튀는 혈전 속에서 듣던 나팔 소리는 뭐라고 형언할 수 없을 만큼 처참하고 처연한 여운을 느끼게 했지만, 오늘과 같은 아침에 듣는 나팔 소리는 한없이 태평하고 유유자적함마저 느껴졌다.

"자, 그만 가세."

이윽고 미쓰히데도 말 위에 올랐다. 그날 아침, 그의 눈썹은 가이甲斐의 산들처럼 한 점의 어두운 기색도 보이지 않았다.

---

164 손님이 왔을 때, 바로 조리해서 내는 나물이나 채소.

후지 산을 보다

'꼭 한 번 후지 산을 보고 싶다.'

이것은 노부나가가 오랜 세월 가슴에 품고 있던 숙망이었다. 자신이 원하는 것은 무엇이든 할 수 있는 노부나가에게 대체 무슨 사욕이 있을까 싶었지만, 한 가지 '후지 산을 보고 싶다'는 바람이 있었다.

오와리에서 떨쳐 일어나 점차 서쪽으로 세력을 넓혀온 노부나가는 올해 마흔아홉 살이 되기까지 후지 산을 본 적이 없었다. 나가시노까지 출정했지만 후지 산의 위용을 보지 못했고, 산슈參州(미카와三河)의 기라吉良까지 매사냥을 간 적이 있었지만 후지 산은 보지 못했다.

"언젠간 꼭 한 번은."

노부나가는 그렇게 생각하면서 매년 북벌과 남벌에 여념이 없었고, 중앙에 머무는 날에도 군무에 쫓기고 사람들에 둘러싸인 채 오랜 세월 그저 동경만 하고 있었던 것이다.

4월 4일, 노부나가는 고후에 있었다. 사가미相模의 호조 우지마사는 고후에 또 사자를 보내 무사시노武藏野에서 사냥을 해서 잡은 꿩 오백 마리를 선물로 보내왔다. 그로부터 삼 일 뒤에는 말 삼십 마리와 매 세 마리를 헌상했다.

“말과 매는 그다지 진귀한 것도 아니니, 내가 마음에 들어 하지 않더라고 말하며 우지마사에게 돌려보내라.”

노부나가는 쓰쓰지가사키 성의 넓은 정원에서 일견한 뒤 그렇게 말하고 받지 않았다. 호조의 사자는 면목이 없다는 듯 그것을 가지고 돌아가다가 아무도 없는 곳에서 혀를 차며 뇌까렸다.

“기고만장한 놈!”

노부나가는 같은 달 10일, 드디어 고후를 출발해서 그토록 열망하던 후지 산을 구경하며 개선길에 올랐다.

그의 전군이 고후를 출발하는 아침, 마을들은 부府가 생긴 이래 유례가 없을 정도로 떠들썩했다. 아무리 신라 사부로 이래 다케다 가문이 번영을 구가하던 곳이었지만 중앙의 정예병과 위군의 장중하고 화려한 행장과는 비할 바가 아니었다. 그날도 노부나가와 그를 둘러싼 무장과 부장 들은 일찍이 천황이 참관하는 열병식에 참가했던 삼십만 명에 이르는 사람들의 눈을 사로잡은 찬란한 행장에 뒤지지 않는 화려한 모습을 하고 있었다.

위나라의 조조가 서량군西凉軍 병사들이 자신의 행장을 보고 놀라 손으로 가리키며 귓속말하는 것을 보고 비웃으며 지나간 일화처럼, 그날 길가의 백성들을 바라보는 노부나가의 얼굴에도 그와 닮은 득의양양함이 엿보였다.

이윽고 강을 건너 에비구치蝦口에 이르렀다. 그곳 사람들은 상점 문을 닫고 길을 깨끗하게 청소한 뒤 모래를 깔고 향을 피운 채 처마 아래에 엎드려 노부나가를 맞이했다. 그리고 도쿠가와 가의 무사들이 대거 나와 경호와 접대를 도맡아했다.

“고노에 님이 뵙고 싶다고 청합니다.”

마을에 들어올 때, 일행 중에 있던 고노에 사키히사가 부장을 통해 노부나가에게 면담을 청했다. 사키히사는 고노에 노부타다의 아버지이며 태정대신의 관직에 있었다. 고노에 사키히사는 조정과 무문 사이를 오가며 적절하게 일을 잘 처리해왔고 무문에 조정의 뜻을 전하는 데 있어 안성맞춤인 인물이기도 했다.

에이로쿠 4년, 나카지마 대전이 있었던 해였는데, 그때 여름에도 고노에는 우에스기 겐신의 청에 응해 죠슈上州의 우마야廐 다리에서 만나 겐신의 오다와라 공격에 종군해서 에치고에도 갔었다. 천황을 보좌하는 중신이 각 주를 돌아다니며 무장들의 진문을 출입하자 무로마치 막부가 수상쩍게 여겼는지 사키히사는 교토에 돌아왔을 때 바로 관직을 박탈당하고 실각했으며 그 뒤로 행방이 묘연해졌다. 그 무렵, 그는 사가嵯峨에 숨어서《사가기嵯峨記》를 쓰거나 시가詩歌와 풍월을 벗 삼아 본래의 공경 생활로 돌아가 있었다. 그리고 노부나가가 무로마치 막부를 폐하고 요시아키를 쫓아내자 다시 세상으로 나와 노부나가를 위해 사쓰마薩摩에 사자로 가거나 이시야마 본원사와 교섭을 하다 이윽고 올해 3월, 태정대신의 중책을 맡게 된 것이었다.

이번 고슈 공략에서 노부나가의 진중에 있었던 것도 노부나가의 청에 의한 것이 아니라 사키히사가 청했던 것이다. 노부나가에게는 현직에 있는 태정대신이라는 귀빈이 진중에 머무는 것이 분명 불청객처럼 여겨졌을 터였다. 사키히사가 만나고 싶어 한다는 말을 전해 듣자 노부나가는 갑자기 그의 존재가 떠오른 듯한 표정으로 중얼거렸다.

"아직 머물고 있었나 보군."

고노에 사키히사는 가마에서 내려 까마득히 긴 행렬의 중간에서 노부나가가 있는 쪽으로 걸어왔다. 병사들과 부장, 장수 모두가 정숙한 태도로 최대한의 예를 취했지만 노부나가는 말에서 내리지도 않았다.

노부나가는 안장 아래로 온 사키히사를 바라보며 '무슨 일인가' 하고 묻는 것처럼 눈을 크게 떴다. 사람들이 지켜보는 가운데 노부나가가 자신을 그렇게 바라보자 사키히사는 그만 자신의 직책에 어울리지 않는 행동을 하고 말았다. 그는 말 위의 노부나가에게 무례를 책하지도 않고 오히려 자신이 먼저 웃는 얼굴로 인사를 하며 말을 걸었던 것이다.

"우대신께서 후지 산을 구경하면서 도카이도를 거쳐 아즈치로 개선하시는 데 저도 함께 동행해도 되겠는지요? 아무런 지시도 받지 않고 여기까지 군사를 따라왔습니다만, 아무도 저희에게 신경을 써주는 사람이 없습니다."

아무래도 대우가 신통치 않았는지 불평을 호소하러 온 듯했다. 노부나가가 다시 물었다.

"그게 무슨 말씀이요?"

"그게, 저도 우대신과 함께 도카이도로 가도 괜찮은지, 혹시 몰라 물어보는 것입니다."

"고노에, 그대는 기소지를 돌아 돌아가는 것이 좋을 것이오. 금의환향, 개선하는 병사들과 함께 도카이도를 걸어가는 것은 이상하지 않겠소. 그러니 기소지로 올라가시오."

노부나가는 그렇게 말하고는 그날 머물 숙소를 향해 가버렸다. 홀로 남겨진 사키히사는 어쩔 수 없이 가시와자카柏坂 기슭에서 길을 돌려 나카센도中山道로 갔는데, 이 일은 여행 중에 꽤나 화제에 올랐다. 훗날 나온 《미카와三河 후풍토기後風土記》에는 노부나가를 두고 난폭하다고 쓰여 있지만, 난폭함만으로 설명할 수 있는 일이 아니었다. 노부나가의 그런 성격이 있었기 때문에 요지부동의 구태들을 일소할 수 있었던 것이다. 하지만 그때 제장들 속에 있던 아케치 미쓰히데는 고노에 사키히사를 심히 안쓰럽게 바라보고 있었다.

다음 날 노부나가는 스소노裾野의 모토스本巣 호에서 묵었다.

"겨울인 듯하군."

노부나가를 비롯한 행군의 장병들은 모두 추위에 떨었다. 앞에는 후지 산, 뒤편에는 호수가 바라보이는 소나무 숲 안에 새로 지어진 건물이 있었다. 그곳에 도착한 노부나가는 도쿠가와 가 무사들의 영접을 받으며 본진 안에 마련된 자리에 앉자마자, 오는 도중부터 숙소까지 꼼꼼히 청소를 하고 정성을 들인 도쿠가와 가의 가신들을 칭찬했다.

사실 이번 영접에 도쿠가와 이에야스는 이만저만 세심한 신경을 쓴 것이 아니었다. 그만큼 노부나가의 기분을 맞추는 일은 여간 어려운 일이 아니었던 것이다. 하물며 노부나가를 만족시키기란 어지간해서는 꿈도 꾸지 못할 일이었다. 그날의 도정을 되돌아보더라도 도쿠가와 가가 얼마나 세심하게 신경을 썼는지 잘 알 수 있었다. 도쿠가와 쪽에서는 길이 좋지 않은 곳은 돌을 제거하고 나무를 뽑고 다리를 모두 새로 놓았고, 비탈길을 평평하게 하고 계곡에는 정자를 만들기까지 했다. 그리고 마을에 들어와서는 차를 내오고 아름다운 여인이 산채 요리를 대접하는 등 세심하게 신경을 썼던 것이다.

노부나가는 호조 우지마사가 고생해서 무사시노에서 잡은 꿩과 사가미의 명마를 모아 헌상해도 마음에 들지 않는다며 눈길도 주지 않고 돌려보냈는데, 이번에 도쿠가와 쪽에 와서는 빗질을 한 길가나 숙소의 대야에 담긴 손숫물까지도 모두 진심이 담겨 있다는 것을 단번에 느꼈다.

만일 이번 여정에 히데요시가 있었더라면 이에야스의 세심함을 바라보며 진심으로 받아들일지, 아니면 의뭉스럽다고 여길지 모르지만, 노부나가 한 사람을 위해 그렇게까지 세심하게 신경을 쓴 이에야스의 수완도 결코 범상하지 않은 것만은 분명했다. 그리고 이런 상황을 멀리 주고쿠에서 서신으로 듣고 있는 히데요시의 심중에도 이에야스의 모습이 이제까지보다 한층 더 크게 각인되었음은 분명했다.

도쿠가와 가는 밤에도 각종 진수성찬과 가무로 노부나가 일행을 대접했고 밖에는 밤하늘을 훤히 밝히는 큰 화톳불을 곳곳에 피워놓았다. 밤새도록 화톳불에 일렁이던 후지 산은 새벽이 되자 진홍색으로 물들더니 노부나가가 모토스 호를 출발할 무렵에는 구름 한 점 없는 하늘 위로 선명한 은빛 위용을 드러내고 있었다.

"참으로 드문 일입니다. 이렇듯 후지 산이 온전히 본모습을 보이는 것은 일 년 중 극히 드문 일입니다. 우대신 님께서 후지 산을 보시는 줄 알고 온 산이 구름을 걷고 마중하고 있는 듯합니다."

도쿠가와 가의 사람들은 후지 산에도 마음이 있는 것처럼 입을 모아 쾌청한 날씨를 칭찬했다.

"후지, 후지 산."

노부나가는 말 위에서 아이처럼 몇 번이나 영탄했다.

"보았느냐!"

그는 몇 번이나 주위 사람들에게 물었다. 그리고 문득 '히데요시가 있었더라면' 하고 생각했다. 그러다가 히데요시는 분명 몇 번이나 후지 산을 봤을 것이라고 생각하기도 했다. 노부나가는 그러면서 무의식적으로 제장들의 행렬을 돌아다보았다. 얼핏 미쓰히데의 얼굴도 보였다. 노부나가는 물총새가 물속을 들여다볼 때와 같은 시선으로 물끄러미 미쓰히데의 얼굴을 바라보았다.

'저자는 이번 여행을 조금도 즐거워하지 않는구나. 후지 산에도 아무런 흥미가 없는 듯하다. 법양사에서의 일을 아직도 마음에 담고 있구나. 나약하고 기개 없는 놈.'

노부나가는 자신도 모르게 혀를 찼다. 자신이 즐거워하고 있을 때 권속 중에 홀로 즐거워하지 않는 사람이 있다는 사실을 알게 되자, 노부나가는 미쓰히데가 치통을 앓고 있는 이처럼 거추장스럽게 여겨졌다.

그때 앞쪽에서 와하는 커다란 함성 소리가 들려왔다. 그날 아침 날이 밝기 전에 앞서갔던 시동들의 무리가 각각 짐말을 타고 넓은 스소노의 들판을 뛰어다니며 말을 길들이고 있었던 것이다.

"이런 드넓은 천지에 나오면 물고기나 새처럼 사람도 뛰어다니고 싶어지는 건 인지상정. 자, 어디 나도 한번."

노부나가는 싱긋 웃으며 중얼거리고는 갑자기 채찍을 휘둘러 달려나갔다. 그는 길을 안내하던 도쿠가와 가의 가신들과 주위에 있던 부장과 장수를 비롯한 병사들을 내버려두고 한 마리 새처럼 달려가고 있었다.

"앗!"

"아니!"

깜짝 놀란 사람들은 입을 벌린 채 아연실색했지만 평소 노부나가의 그와 같은 행동을 모르는 바도 아니어서 자중하고 있었다.

"뒤를 따라갈까요?"

"흐음, 드문 일도 아니니 그러기에는……."

토끼라도 쫓고 있었는지 종횡무진 뛰어다니고 있던 시동들은 어딘가에서 자신들을 부르는 소리에 문득 고개를 돌렸다. 그러자 화려한 옷을 입을 귀인이 채찍을 흔들며 스소노를 가로질러가고 있었다.

"아, 참으로 좋은 말이구나."

"누굴까?"

"아니, 주군이다!"

"뭐, 주군?"

노부나가는 달려가는 말 위에서 그들을 향해 고함을 쳤다.

"어디 나를 잡아보아라. 그럴 자신이 있는 자만 나를 쫓아오라."

"말은 뒤질지 모르나 말 타는 기술은 지지 않는다."

그 소리를 들은 시동들은 먼지를 일으키며 앞다퉈 노부나가의 말을 쫓아 달려갔다. 노부나가와 말은 땀에 흠뻑 젖어 우에노가하라上野ヶ原, 이데노井手野와 같은 후지 산의 평야를 미친 듯이 질주했다.

"아아, 상쾌하구나."

노부나가는 열기를 가라앉히며 하늘을 올려다보았다. 고슈에 머무는 동안 가슴에 있었던 울적함 같은 것이 처음으로 발산된 듯 상쾌함을 느꼈다. 땀이 식을 무렵에야 시동들이 쫓아오자 노부나가가 유쾌하다는 듯 웃으며 말했다.

"늦었구나. 만약 전쟁터였다면 오늘 너희는 둘도 없는 대장의 목숨을 적에게 빼앗겼을 것이다."

그러자 아사노 진스케가 주눅이 든 기색도 없이 말했다.

"그러니 앞으로는 저희 시동들에게도 명마를 많이 내려주십시오."

"알았다, 알았어. 고한 순서대로 우선 이 말을 진스케에게 주겠다."

노부나가는 그의 말이 마음에 걸렸는지 안장에서 내려 말의 고삐를 진스케에게 건넸다. 진스케와 다른 이들도 모두 눈을 동그랗게 떴다. 그때 도라와카, 도구로, 야로쿠, 고구마 등이 땀을 뻘뻘 흘리며 달려왔다. 그리고 얼마 뒤, 란마루를 비롯한 근신들이 달려왔다.

"근처에 찻집이 있으니 그곳에서 쉬는 것이 어떠하신지요."

도쿠가와의 무사가 그렇게 말하며 노부나가를 안내했다. 노부나가는 그곳까지 걸어갔다.

"땀을 많이 흘리셨으니 목욕을 하신 후, 의복을 갈아입으시지요."

"목욕탕도 준비되어 있는가?"

"언제든지 땀을 씻을 수 있도록 준비해놓았습니다."

"그것참, 그런 데까지 세심하게 신경을 쓰다니."

노부나가는 도쿠가와 가의 세심한 배려에 부족함을 느낀 적이 없었다. 목욕을 하고 의복을 갈아입은 노부나가가 차를 마시는 동안 다른 이들은 모두 밥을 먹었다. 도쿠가와 가는 말단 보병들에게까지 다과를 준비해놓았다.

한동안 휴식을 취한 뒤, 다시 길을 떠나 후지에 있는 용암동굴인 히도아나人穴에 도착했다. 그리고 그곳의 찻집에서 쉬고 있는데 오미야大宮 신사의 신관과 승려 들이 대거 마중을 나왔다.

"길가까지 이리 세심하게 청소하며 신경을 쓰다니, 모두 고생이 많소."

노부나가는 그들을 위로하며 모두에게 잔을 돌렸다.

노부나가와 행렬은 신관들의 안내를 받아 요리모토賴朝가 사냥을 한 터와 하얀 실타래와 같은 폭포를 구경한 뒤 잠시 우키시마가하라浮島ヶ原에 말을 세우고 해가 저무는 후지 산에 작별을 고하면서 오미야의 역참을 향해 나아갔다. 높은 곳에서 아래를 내려다보자 부락들마다 화톳불을 피워놓았고 저녁 안개가 무지개처럼 빨갛게 대지를 물들이고 있었다.

이윽고 몇 리에 걸쳐 정갈하게 뿌려놓은 길가의 모래와 일제히 문을 닫은 초가집들이 눈에 들어왔다. 오미야에 들어서자 처마마다 제등을 밝히고 장막으로 벽을 둘러쳐서 꽃을 꽂고 금빛 병풍을 세워놓았다. 사람들 모두 화려한 옷을 입고 있었는데, 마치 온 마을이 축제와 같이 떠들썩하게 느껴졌다.

도쿠가와 이에야스가 직접 가신들과 함께 오미야까지 와서 노부나가를 맞이하기 위해 기다리고 있었다. 노부나가 일행이 그곳에 도착한 것은 해가 진 초저녁이었지만 마을은 낮보다 더 밝아 눈이 부실 정도였다.

개선

그날 밤, 숙소는 오미야 신사 경내였다. 본전과 배전을 제외한 모든 곳은 노부나가 일행을 위한 숙사로 사용되었다. 노부나가의 거처는 단 하룻밤 묵는 것인데도 금은 주렴을 달고 모든 것을 새로 단장한 듯했다. 특히 경호에 만전을 기한 듯했는데, 사방에는 작은 가옥을 세워서 노부나가의 직속 부장들을 배치하고, 미카와 무사 부대를 곳곳의 검문소에 배치해서 일말의 불안도 느끼지 않도록 했다.

"나를 위해 이렇게까지 신경을 쓴 성의가 참으로 기특하구나."

좀처럼 만족하는 기색을 보이지 않는 노부나가도 이에야스의 정성스런 환대에 그렇게 말하지 않을 수가 없었다.

"그에 비해 호조 우지마사는 속마음이 훤히 들여다보인다. 고후에서 오미야까지 오는 도중, 곳곳에 우지마사의 군사들이 움직이고 있는 것을 이 눈으로 똑똑히 보았다. 사람의 진심과 거짓은 숨길 수가 없는 것이다."

노부나가는 술기운에 그렇게 심중의 불만을 토로했다.

이번 고슈 공략에는 도쿠가와 가와 호조 가도 함께 출병해서 노부나가를 돕게 되어 있었지만 호조 쪽 군사들은 오미야 근방에서 스소노의 한촌 일대를 불태웠을 뿐 전과는 조금도 올리지 않고 있었다. 진심을 보이지 않았던 것이다. 그러면서 헌상품과 말로만 노부나가의 환심을 사려고 했다.

하지만 그런 아부나 형식적인 태도에 넘어갈 노부나가가 아니었다. 호조 가에서 헌상한 말 네 필이 마음에 들지 않는다며 돌려보낸 것은 그에 대한 무언의 의사 표시였다.

"밤이 깊었습니다. 매일 산길을 오시느라 피곤하실 터이니 내일 아침에 다시……."

이에야스가 때를 가늠하고 자리에서 일어서려 하자 노부나가가 란마루에게 말했다.

"일러둔 물건들을 도쿠가와 님께 드리도록 하라."

란마루가 노부나가가 주는 예물 목록을 이에야스에게 건넸다. 예물은 요시미쓰가 만든 칼과 노부나가가 평소에 아끼는 애마인 구로부치 등이었다. 이에야스는 고마움을 표시하며 두텁게 예를 취하고 물러갔다. 노부나가가 자신이 아끼는 애장품과 명마를 선물로 준 것은 이에야스의 성의에 대해 성의로 화답한 것이었다. 이에야스도 속으로 만족했다.

권모술수가 난립하는 전국 시대, 이십여 년간 서로 배신하지 않고 동맹을 유지해온 것은 결코 쌍방의 이해득실에 의한 것만이 아니었다. 노부나가도 진실을 아는 사람이었고 이에야스도 진심을 다했다. 우지마사와 같은 얄팍한 속임수로 난세를 헤쳐 나가려고 하는 마음은 추호도 없었다.

날이 새면 13일이었다. 노부나가는 예불을 끝내고 오미야를 출발해 우키시마가하라에서 아시타카愛鷹 산을 왼편으로 바라보며 나아가고 있었다. 그는 여행 중에도 잠자리에 일찍 들고 아침 일찍 일어났다. 날이 새기 전에 아침 식사와 양치질을 끝내고 숙사를 출발해서 이 리 정도 왔을 무렵에 해돋이를 보는 것이 상례였다. 그때 노부나가를 수행한 서기인 오오타 규이치太田牛一는 《노부나가코기》에 매일의 행군과 평소의 풍류에 대해 자세하게 적고 있었다.

10일 밤, 스소노 숙사에서 비가 오는 소리를 들었을 뿐 날씨는 모두 맑았다. 모토스 호에서는 그해 처음으로 두견새 소리를 들었는데, 그날 밤 에지리江尻 성에서도 들었다.

"여름이 멀지 않았군."

노부나가가 중얼거렸다. 신록을 떠올리고 다가올 여름을 생각하자 다음으로 해야 할 일들이 떠올라 마음이 분주해졌다. 다음 단계, 물론 그것은 주고쿠 공략을 위한 결정적인 방책이어야만 했다.

'히데요시는 어찌 되었을까?'

두견새의 소리를 처음으로 들었을 때, 노부나가는 시나 노래가 아닌 히데요시를 떠올렸다. 노부나가에게 시심詩心은 없었다. 하지만 그가 지금 이루고 있는 매일의 일들은 그야말로 거대한 서사시와 같았다.

그는 거의 매일 아침, 날이 새기도 전에 길을 나섰다. 오오이大井 강은 말을 타고 건넜다. 그때 이에야스는 만에 하나라도 무슨 일이 생기면 안 된다고 강의 상류와 하류에 몇백 명이 되는 군사를 배치하고 오덴류大天龍 강에 배를 연결한 다리를 놓았다.

이윽고 노부나가는 하마마쓰에 들어갔다. 하마마쓰는 이에야스의 거성이자 동맹국의 영지였기 때문에 모든 영민들이 축하를 하며 정성스레 맞이했다. 다음 날은 요시다에서 묵은 뒤 요시다 성의 사카이 타다쓰구의 배웅을 받으며 치리후池鯉鮒에서 나루미로 들어갔다. 여기까지가 도쿠가와령이었고, 나루미부터는 오다령이어서 그곳부터는 오다 가의 일문이 개선하는 주군을 맞이하기 위해 나와 있었다. 도쿠가와 가의 가신들은 그제야 자신들의 소임을 마치고 안도하는 얼굴로 돌아갔다.

나루미부터 기요스까지는 십구 일이 걸렸다. 노부나가는 강과 논밭, 둥그런 산과 산기슭의 초가지붕을 말 위에서 애정 어린 시선으로 둘러보았다.

"하나도 변하지 않았구나. 어느덧 이십삼 년이나 흘렀는데……."

에이로쿠 3년, 그때도 지금과 같은 계절이었다. 한낮, 땀투성이가 돼서 먼지를 일으키며 오케하자마를 향해 말을 타고 달려갔던 자신의 모습이 떠올랐다.

"젊었었지……."

지금 돌아보면 그때 자신의 패기에 경탄을 금치 못했다. 어떻게 승리를 거뒀는지 스스로도 신기하게 여겨졌다.

'흠, 그것은 정말 내가 한 일인가? 내 힘만으로 한 것인가?'

곰곰 되돌아보자 의심스런 마음이 들었다. 문득 노부나가는 자신의 교만에 대해 깨달았다. 하늘이 두려워졌다.

'그렇다. 그 이래로 불과 이십삼 년 동안 이 정도 대업을 이룬 것은 단지 나 혼자만의 힘이 아니다. 또 내 군사들의 힘만이 아니다. 크게는 천지신명의 가호, 작게는 부모님의 은덕 덕분이다.'

그것이 있었기 때문에 지금의 자신이 있는 것이라 깊이 깨달았다.

노부나가는 아쓰다노미야熱田之宮에 도착하자 말에서 내려 입을 헹구고 손을 씻은 뒤 먼저 신불 앞에 머리를 조아렸다. 그날 밤은 기요스에서 묵었다. 고향이었다. 그는 뜻하지 않게 고향인 기요스에서 하룻밤을 보내게 되었던 것이다.

4월 19일 저녁부터 불과 사십여 일 뒤, 노부나가는 본능사本能寺의 불길 속에서 재로 변하고 말았다. 그로부터 사십여 일 뒤 자신의 운명이 어떻게 될지, 노부나가로서는 알 수도 없었고 알 방도도 없었다. 하지만 마치 그의 영혼은 이미 자신의 운명을 예감한 것처럼 오랜만에 기요스 성에 있는 부친의 무덤을 깨끗이 청소하고, 그곳에서 저녁 안개 너머로 저 멀리 보이는 정수사政秀寺 쪽을 바라보며 지난날을 회상했다.

"아아, 할아버지가 있었더라면."

노부나가가 소년이었을 무렵, 노신인 히라데 나카쓰카사 마사히데는 천둥벌거숭이 소년 노부나가에게 간하기 위해 자신의 배를 가르고 죽었다. 생전에 노부나가의 부친인 노부히데가 그에게 남긴 '부탁한다'는 유훈을 죽음으로써 다한 것이었다. 노부나가는 노신 마사히데의 일만큼은 평생 가슴에 담고 있었던 듯 무슨 좋은 일이라도 생기면 '할아버지가 있었더라면' 하는 말을 했다.

마사히데를 공양하기 위해 세운 정수사는 그곳에서 가까웠다. 지금 노부나가는 기요스 성에서 마사히데에게 이젠 안심하라고 마음속으로 말하고 있었다.

'저 아이가 자라서 이 기요스 성을 무사히 지켜나갈 수 있으면 좋으련만.'

노신인 마사히데에게 자신이 죽은 뒤를 부탁한다는 말을 남기고 세상을 뜬 부친도 지하에서 그렇게 걱정하고 있었을 것이다. 부친 역시 노부나가가 오늘과 같은 날을 맞이할 줄은 꿈에도 생각하지 못했던 것이다.

노부나가는 20일에 기후에 도착했다. 노부타다의 성인 이나바 산의 신록을 보고 흡사 자신의 집에 돌아온 것 같은 심경이었다. 하지만 다음 날 아침 일찍, 다시 그곳을 출발했다. 로쿠로 나루터에서는 이나바 이요가 배 안에서 술을 진상했다. 다루이垂井에서는 작년 다케다 가에 볼모로 잡혀 있다 돌아온 노부나가의 막내가 기다리고 있다가 역시 술을 진상했고, 이마스今洲와 사와야마佐和山, 야마사키에서도 오다 영지 아래 있는 모든 신하들, 니와 고로자에몬을 비롯한 야마사키 겐타자에몬山崎源太佐衛門, 후와 나오미쓰不破直光, 스가야 구로에몬 등이 마중을 나와 있었다.

"지쿠젠의 노모는 건강한가?"

노부나가는 신하들에게 묻더니 뒤를 돌아 나가하마 성을 바라보고 있었다. 그렇게 그가 아즈치에 도착한 것은 황혼이 내리는 시각이었는데 성 아래 마을은 그날 모두 일을 쉬고 아침부터 개선장군을 환영하기 위한 준비를 하고 있었다.

저녁 하늘을 붉게 물들인 진홍빛 구름 아래, 말을 탄 노부나가와 장수들이 성문에 들어오기까지 모든 사람들은 정숙을 유지하며 부복하고 있었다. 길고 긴 군사들의 행렬이 마침내 끝이 보이고 해가 져서 등불이 켜지기 시작하자 일제히 와하는 함성이 꼬리를 물고 일어났다. 그리고 마을은 순식간에 춤과 음악과 불빛이 넘실대는 축제의 장으로 변했다.

"성 아래에서는 모두들 춤을 추며 한바탕 잔치가 벌어진 듯하구나."

노부나가는 목욕탕 안에서 여독을 풀며 마을 풍경을 상상했다. 춤을 추며 노래를 부르는 소리와 피리 소리, 북소리와 징 소리가 그가 있는 목욕탕 안까지 들려왔다.

"저녁은 간소하게 차려라."

노부나가는 목욕탕에서 나오자마자 근신에게 말했다. 십 일 동안 곳곳에서 대접한 진수성찬에 문득 간소한 밥상이 그리워졌던 것이다. 저녁을 마친 노부나가가 명했다.

"노부타카를 부르라."

간베 노부타카가 와서 기다리고 있었던 것이다. 시고쿠를 공략하고 있는 진중으로 가라는 명을 받은 노부타카는 인원수와 다른 지시 사항을 받는 즉시 출발할 예정으로 이곳에 와 있었던 것이다.

저녁 무렵, 성안에 들어온 뒤 아직 이 각도 지나지 않았는데 노부나가는 벌써 시고쿠를 정벌할 전략에 몰두하고 있었다.

"그럼 다녀오겠습니다."

노부타카가 인사를 하고 물러가자, 노부나가가 자신이 없는 동안 쌓아놓은 문서를 내오라고 명했다. 대부분은 진중에서 보았지만 아직 채 보지 못한 서신과 문서가 아직 산처럼 쌓여 있었다. 특히 그가 중대하게 생각하며 관심을 두고 있는 것은 주고쿠와 관련된 것들이었다. 그것도 고슈에 있을 때 꼬박꼬박 보고를 받고 있었지만 2월 9일부터 칠십여 일 동안의 정세는 어딘지 그의 예측과 달리 좀처럼 진전을 보이지 않고 순조롭지 못한 듯했다.

멈출 줄 모르는 노부나가의 정력은 오랜만에 아즈치로 돌아와 자리에 앉아도 쉴 마음을 모르는 듯 바로 다음 대사를 위한 필승의 전략과 전술을 모색하는 데 여념이 없었다.

히나雛의 손님

비젠備前 오카야마岡山 성에서는 개수, 증축 공사가 활발하게 진행되었다. 이 마을을 중심으로 육만의 군마가 기비다이라吉備平의 봄을 점령한 채 대기하고 있었다.

"대체 전쟁을 하는 건지, 안 하는 건지?"

흐드러진 유채꽃을 바라보며 날아다니는 나비에 쏟아지는 졸음을 느끼고, 한적한 마을의 소리와 성의 공사장에서 들려오는 끌 소리 등을 듣고 있노라면 장병들은 한가롭다 못해 따분해져 문득 이런 착각마저 들었다.

3월 초삼일, 고슈甲州 방면에서는 노부나가信長, 노부타다信忠의 지휘 아래 대군이 고신甲信의 국경 쪽에서부터 밀려들었다. 그러자 곧바로 다케다 가쓰요리武田勝賴는 운명이 다했음을 알고 자신이 머물고 있던 신푸新府 성에 스스로 불을 질렀다. 그의 부인은 물론 집안의 다른 여자들까지 불길을 피해 덴모쿠天目 산의 끝자락을 향해 뿔뿔이 흩어졌다.

하지만 오카야마에서는 때마침 삼월삼짇날을 맞아 집집의 아가씨와 부녀자들이 복숭아꽃 핀 낮에 치장을 하고 나왔으며, 집 안에서는

밤에 밝힐 히나마쓰리雛まつり165의 등불과 술잔치를 준비했다. 같은 하늘 아래면서도 마치 별세계처럼 평화롭게 느껴졌다.

"뭐야, 파발꾼인가?"

마을 입구에서 먼지를 일으키며 성문 쪽으로 달려간 말발굽 소리에도 천하의 급변을 알리는 전조가 아닐까 하며 과장스럽게 귀를 기울이는 사람은 없었다. 하지만 총알처럼 성문 앞으로 달려온 전령들은 숨을 헐떡이며 문지기에게 커다란 목소리로 말했다.

"기보로黃母衣의 야마구치 센조山口銃藏입니다."

"같은 소속인 마쓰에 덴스케松江伝介, 지금 돌아왔습니다."

그리고 두 사람이 동시에 외쳤다.

"고슈의 진영에 심부름을 다녀오는 길입니다."

문을 지키던 장병들이 여기저기서 나와 두 사람 곁으로 모여들었다. 그러고는 장수 한 명이 두 사람의 어깨를 두드리며 노고를 치하했다.

"그래, 수고했다. 고생 많았지?"

다른 병사들이 말을 끌어 안으로 데려가기도 하고 전령의 소매와 등의 먼지를 털어주기도 하고 땀 닦을 수건을 건네주며 그들을 위로했다.

"빨리도 다녀왔군."

"멀리서 단숨에 달려오느라 고생 많았겠소."

"자, 저리로 가서 더운 물이라도 드시오."

하지만 전령은 머리를 매만지더니 말을 버려둔 채 바로 발걸음을 재촉했다.

"한시라도 빨리 주군에게 보고를 해야지."

그때 히데요시秀吉는 오카야마 성 혼마루本丸166의 한 방에서 올해 막

---

165 삼짇날에 여자아이의 행복을 비는 행사.
166 성의 핵심이 되는 건물을 둘러싸고 있는 성벽 및 그 건물을 일컫는다.

성인식을 치른 우키타 나오이에宇木多直家의 아들 히데이에秀家와 함께 히데이에의 여동생들로부터 히나마쓰리의 손님으로 초대를 받아 즐거운 시간을 보내고 있었다.

히데요시에게 이름을 받아 하치로八郎라는 아명을 히데이에로 고치고 관례식을 치른 것이 바로 얼마 전 일이었다. 히데요시는 이 아이들을 남기고 세상을 떠난 나오이에의 마음을 헤아려 자기 자식처럼 늘 곁에 두었다.

히데이에의 여동생들은 여전히 어렸다. 원래 히나의 손님에게는 시녀들이 시중을 드는 법이지만 히데이에의 여동생들이 깔깔거리며 떨어지려 하지 않자 히데요시도 기뻐하며 그들과 시간을 보냈다. 히데이에의 여동생들은 히데요시를 친구처럼 생각하며 히데요시의 등에 엉겨붙기도 하고 더는 못 마시겠다고 취한 척하며 거절하는 히데요시의 입술에 억지로 술잔을 가져다대기도 하면서 강아지처럼 장난을 쳐댔다.

후쿠시마 이치마쓰福島市松가 옆방으로 와서는 히데요시에게 소식을 전했다.

"나리…… 나리."

"무슨 일인가?"

"얼마 전에 고슈의 진영으로 심부름을 보냈던 사자 두 명이 지금 막 돌아왔습니다."

"오, 야마구치 센조와 마쓰에 덴스케가 돌아왔는가?"

히데요시는 남몰래 기다리고 있었던 사람처럼 바로 자리에서 일어나려 했다.

"백로실鷺の間에서 기다리라고 하게."

히데이에의 여동생들은 여전히 장난을 멈추지 않은 채 히데요시의 소매를 잡기도 하고 어깨에 엉겨 붙기도 했다.

"싫어. 싫어."

히데이에의 여동생들은 머리를 흔들며 떼를 썼는데 히데요시가 난처한 표정을 짓자 더욱 떨어지려 하지 않았다.

"이치마쓰, 이치마쓰. 백로실로 가는 길에 내가 대신 전달하기로 할 테니, 너는 이 애들이랑 놀아주고 있어라."

"……네?"

"왜 그런 얼굴을 하는 거냐?"

"전 여자아이와 노는 법을 모릅니다."

이치마쓰도 이제는 어엿한 어른이라고 자부하고 있었다. 그러니 무인으로서 있을 수 없는 일이라는 듯, 언제까지고 코흘리개 취급해서는 곤란하다는 듯한 표정이었다.

히데요시는 낄낄 웃었다.

"노는 법 같은 건 몰라도 된다. 나 대신 여기에 앉아서 히나의 손님을 하면 되는 게야. 여자아이들의 장난감이 돼서 얌전히 있기만 하면 되는 게야."

"전장에서 참으라면 얼마든지 참을 수 있지만, 이런 일은 제가 잘할 수 있는 일이 아닙니다. 다른 사람에게 분부하시는 게 좋을 듯싶습니다."

"너는 여자아이를 싫어하는 게냐?"

"네, 싫습니다. 어떨 때는 때려주고 싶은 경우도 있습니다."

요즘 이치마쓰는 집안에서도, 우키타 가의 여러 신하 사이에서도 평판이 좋았다. 돗토리鳥取 성과 고즈키上月 성에서 공을 세웠다는 소리도 들려왔다. 이치마쓰도 장래가 기대되는 젊은 무사라는 둥 체격이 훌륭하다는 둥 자신을 추켜세우는 소리를 듣고 있었다. 그 때문인지 부쩍 어른스러워 보였고 얼굴에는 군데군데 여드름까지 난 상태였다. 때로는 히데요시조차 감당할 수가 없었다. 이치마쓰 마음속에 히데요시와 친척 사이라는 생각이 자리 잡고 있기 때문이었다.

히데요시가 혀를 차며 말했다.

"밖에 누가 있느냐?"

"도라노스케虎之助입니다."

"그래, 네가 좋겠구나. 도라노스케 이리 들어오게."

"네."

"듣고 있었겠지? 이치마쓰 녀석은 싫다고 하는군. 자네가 대신 여기서 히나의 손님이 되어주게."

"네."

"알겠는가?"

"알겠습니다."

히데요시가 자리에서 일어나자 이치마쓰도 서둘러 일어섰다. 이치마쓰는 순순히 그 자리에 앉은 도라노스케의 등을 경멸하듯 쳐다보았다.

백로실은 밀실이라 그곳에서는 매우 비밀스러운 이야기들이 오고 갔다. 야마구치 센조와 마쓰에 덴스케가 공손히 앉아 있었고, 이윽고 히데요시도 자리를 잡고 앉았다.

"돌아왔는가."

센조가 품속에서 몇 겹으로 싸인 종이를 꺼내 히데요시 앞에 내려놓았다. 물론 동유지洞油紙[167]에 두 겹, 세 겹 싸여 있었다. 히데요시는 그것을 바라보다 봉한 것을 뜯기 전 자신의 이마에 대고 말했다.

"아아, 오랜만에 보는 필체로구나."

---

167 유동 씨에서 짠 기름으로 결은 종이. 방수성이 있다.

그것은 말할 것도 없이 오다 노부나가織田信長 우후右府[168]가 직접 쓴 글이었다.

"틀림없군."

히데요시는 노부나가의 글을 읽은 뒤 자신의 품속에 넣으며 사자들의 노고를 치하했다.

"고생 많았네. 가서 쉬도록 해라. 그런데 신슈信州와 고슈에 있는 아군은 모두 혁혁한 전공을 세우고 있더냐?"

"거의 파죽지세라고 해도 좋을 정도입니다. 저희가 떠날 무렵에는 이미 노부타다 경의 군이 스와구치諏訪口로 들어갔다는 소식이 들려왔습니다."

"과연 대단하구나. 노부나가 공께서 친정을 나서신 싸움이니 당연히 그래야겠지. 공께서도 여전히 건강하시더냐?"

"네. 이번에 고슈로 들어갔을 때는 마침 봄이라서 그런지 마치 계곡으로 꽃놀이를 가신 듯했습니다. 돌아오는 길에는 도카이도東海道[169]로 나와 후지 산을 둘러볼 계획이라고 하셨습니다. 무사들에게서 들은 얘기입니다만, 진중에 여유로운 분위기가 넘쳐난다고 합니다."

"그런가. 고생 많았네, 얼른 가서 쉬도록 하세."

이것으로 임무를 마친 두 사람은 그제야 피로한 모습을 보이며 자리에서 물러났다. 하지만 히데요시는 여전히 그곳에 남아 장지문에 그려진 백로를 응시하고 있었다. 백로의 눈에만 노란 물감이 칠해져 있었다. 백로가 그를 노려보고 있는 것 같기도 했다.

"……역시 간베가 좋으려나? 간베를 보낼 수밖에 없겠어."

히데요시는 그렇게 중얼거리더니 시동을 불렀다. 이시다 사키치石田

佐吉가 들어왔다. 사키치도 부쩍 어른스러워져서 한층 더 단정한 시동의 모습을 하고 있었다.

"부르셨습니까?"

"그래. 니노마루二の丸[170]에 구로다 간베黑田官兵衛가 있을 게다. 그리고 하치스카 히코에몬蜂須賀彦衛門도 함께 불러오도록 해라."

"어디로 모실까요?"

"여기에 있겠다. 여기로 데려오면 된다."

히데요시는 품속에서 노부나가의 글을 꺼내 다시 읽었다. 그건 서찰이 아니었다. 히데요시가 요구한 서약서였다.

히데요시는 지금 앉은자리에서 육만의 병사를 간단히 움직일 수 있었다. 게다가 곧 국경을 돌파하여 빗추備中로 들어가기 직전이었다. 빗추에 들어가지 않고는 당연히 모리毛利를 격파할 수 없었다. 하지만 그러기에는 커다란 장애가 있었다. 사자를 노부나가에게 보내 노부나가의 서약서를 요구한 것도 실은 그 일 때문이었다. 그는 그 장애와 맞서 싸우지 않고 제거할 생각이었다. 빗추 국경에 있는 적의 방어선, 그 일곱 개 성이 늘어선 가운데 중심을 이루고 있는 다카마쓰高松 성을 우선 피를 흘리지 않고 함락시키기 위해 고심하고 있었던 것이다.

"그래, 이리 오게."

구로다 간베의 모습이 보이자 히데요시는 허물없이 자리를 양보했다. 방이 좁았기 때문이다. 다음으로 히코에몬이 조용히 들어와 간베와 나란히 앉았다.

"노부나가 님의 서약서가 지금 막 도착했네. 언제나 어려운 일만 부탁해서 미안하네만, 다카마쓰 성까지 가주었으면 하네."

"잠깐 봐도 되겠습니까?"

---

170 주성인 혼마루 바깥을 둘러싸고 있는 성곽.

“그래 한번 보도록 하게.”

간베는 마치 노부나가를 직접 대하듯 예의를 갖춰 서약서 내용을 살폈다. 마음을 돌려 오다의 군문에 항복하면 전투가 끝난 뒤 빗추와 빈고備後 두 나라에 걸쳐 많은 영지를 줄 것을 신명神明께 맹세하겠다는 내용이었으며, 노부나가가 다카마쓰 성을 지키고 있는 장수 시미즈 조자에몬 무네하루清水長左衛門宗治에게 보내는 서약서였다.

“잘 봤습니다.”

“이걸 들고 바로 출발해주기 바라네. 히코에몬, 자네도 부사副使로 간베와 함께 다카마쓰 성까지 가도록 하게. 간베에게 빈틈이 있을 리야 없지만, 시미즈 무네하루를 만나 극력 설득해서 우리 편에 항복하도록 힘을 써주게. 이 서약서를 보이면 그도 마음이 움직이고 말 걸세.”

히데요시는 낙관적인 표정을 지어 보였다. 두 사람은 그런 히데요시의 의중을 읽을 수가 없었다. 그들은 히데요시의 마음속에 이 서약서 한 통이면 적인 시미즈 무네하루의 배반을 실현할 수 있으리라고 믿는 것인지, 아니면 다른 뜻이 있는 것인지 알 수 없었다.

“바로 떠나도록 하게.”

히데요시가 거듭 재촉했다.

애초부터 이의를 제기할 수 있을 만한 일이 아니었다.

“알겠습니다.”

구로다 간베와 하치스카 히코에몬은 곧 자리에서 일어났다.

히데요시는 두 사람을 향해 덧붙여 말했다.

“어쨌든 성안의 사기와 준비 상태를 잘 살펴보고 오도록. 그리고 너무 많은 사람을 데리고 가지는 말게. 이치마쓰, 도라노스케 두 사람 정도만 데려가면 될 게야. 가능한 한 차분한 차림으로 다녀오게.”

“네.”

두 사람이 떠나고 히데요시도 그곳에서 나와 다시 안쪽의 아이들이 있는 방으로 돌아갔다.

'이제는 아무도 없는 것일까?'

히데요시는 장지문 밖에서 이상하다고 생각했다. 그렇게 장난을 쳐대던 여자아이들의 목소리가 조금도 들리지 않았기 때문이다. 너무 조용해서 아무도 없는 것 같은 느낌이 들었다.

이치마쓰가 뒤쪽에서 손을 내밀어 히데요시 앞에 있는 장지문을 열었다. 안을 들여다보니 그곳에는 히데이에도 있었다. 그리고 히데이에의 여동생들도, 다른 여자아이들과 시녀들도 있었다. 하지만 전과는 분위기가 전혀 달랐다. 모두 입을 다문 채 인형을 장식해놓은 단 앞에 앉아 있는 히나의 손님에게 시선을 고정시킨 상태였다.

히데요시에게 대신 거기에 있으라는 명령을 받은 시동 가토 도라노스케加藤虎之助는 '주군의 명령에 따르지 않을 수 없으니……'라고 말하는 듯한 얼굴로 성가심을 참아가며 두 손을 무릎 위에 얹은 채 앉아 있었다. 그는 고립된 군대에서 홀로 한쪽 성문을 지키는 사람과 같은 눈빛으로 시녀와 여자아이들을 노려보고 있었다. 무릎 앞에 과자를 담은 굽 달린 그릇이 놓여 있었으나 손도 대지 않았다. 또한 잔에 술이 담겨 있었으나 마시지도 않았다.

여러 가지 장난에 시달린 듯 도라노스케의 뺨에는 분이 발라져 있었고 등에는 종잇조각이 붙어 있었다. 하지만 도라노스케는 '참 재미없는 짓도 다 하는구나' 하며 상대도 하지 않고 아까부터 그 자세 그대로 그저 충실하게 주군의 명령만을 지키고 있던 모양이었다. 그는 눈만 움직여 히데요시의 모습을 올려다보더니 이제 살았다는 듯 한숨을 내쉬었다.

"수고했다, 수고했어."

히데요시가 웃으며 그를 해방시켜 주었다. 그러고는 바로 준비를 해서 이치마쓰와 함께 다카마쓰 성으로 가는 사자를 따라가라고 명령했다.

"고맙습니다."

도라노스케는 새장에서 풀려난 새처럼 밖으로 나가기도 전에 팔을 휘저어댔다. 히데요시가 다시 간곡하게 타일렀다.

"사자가 되어 적 속으로 들어가는 것은 매우 중요한 일이다. 너희가 웃음거리가 될 만한 일을 하면, 나 히데요시도 적에게 웃음거리가 되는 게야. 그렇다고 해서 너무 긴장하기만 하면 적에게 소심한 자라 여겨지게 된다. 오가는 길에는 각 문의 요해부터 군량의 운반, 길에 난 수레의 바큇자국까지 살피고, 성에 들어가서는 장병들의 눈빛부터 보루의 방비, 초목의 모습에 이르기까지 더욱 세심하게 살피고 와야 한다. 너희를 보내는 것은 공부를 위해서다. 알겠느냐? 그럼 명심하고 다녀오너라."

무인 무네하루

구로다와 하치스카 일행은 말 머리를 북쪽으로 향해 성 밖 수십 리를 달려갔다. 그들의 눈앞에 펼쳐진 산야는 전쟁을 실감하게 했다.

오카야마에서 적의 성 다카마쓰까지는 채 하루가 걸리지 않았다. 말을 타고 가니 훨씬 더 일찍 도착할 것이었다. 구로다와 하치스카, 두 사자를 따라온 이치마쓰와 도라노스케, 그리고 그 외 사람들까지 일행은 열 명쯤 되었다.

"멈춰라."

"어디로 가는 길이냐."

일행은 전선前線에 깔린 아군의 두터운 진지를 벗어난 뒤 기비吉備 산맥 너머로 붉은 저녁 해가 올려다 보일 무렵부터 산그늘이나 으슥한 숲 옆을 지날 때마다 검문을 받았다. 이제 만나는 사람들은 모두 적이었다. 오카야마 성 아래에서 보는 것과 같은 봄도 없고, 사람도 없었다. 논에는 농민들의 모습조차 보이지 않았다.

적의 전선에서 성 아래 책문柵門으로 달려가는 전령이 보였다. 성안의 지시를 받은 모양이었다. 잠시 뒤 사자들은 마중을 나온 부장의 안내에 따라 책문 안으로 들어갔고 다시 성문으로 들어섰다.

다카마쓰 성은 평성平城[171]이었다. 성 입구에 이르는 길까지도 양옆이 모두 논이나 밭이었다. 질척한 논 가운데 숲이 자리하고 있고 성의 돌담이 보였다. 거기서부터 돌계단을 오를 때마다 혼마루의 총안銃眼[172]과 검을 꽂아놓은 벽이 가까워졌다.

혼마루로 들어서자 과연 국경 칠 성의 주성主城답게 성안은 꽤 넓었다. 수비병이 이천여 명이나 되었지만 한적한 모습이었다. 아니, 지금이 성안에는 그 이천여 명의 병사 외에도 삼천여 명의 사람이 수용되어 있었다. 총 오천여 명의 사람이 모여 있는 셈이었다.

성안에 그 많은 사람이 있었던 것은 농성을 결심한 시미즈 무네하루가 농민과 여자, 어린아이와 노인 들을 성안으로 받아들였기 때문이다. 그 사실만으로도 그가 진작부터 수만에 이르는 동군의 성난 파도를 막기 위해 이 성에 의지해서 일전을 펼칠 각오를 했다는 것을 알 수 있었다.

사자인 구로다 간베와 하치스카 히코에몬은 방으로 안내를 받았다. 간베는 이전부터 한쪽 다리가 불편했기에 지팡이를 짚을 수 없는 실내에서는 다리를 특히나 더 절었다.

스무 살도 되지 않은 것처럼 보이는 시동이 차와 과자를 내왔다.

"잠시 쉬고 계십시오. 곧 주군이 나오실 테니."

두 사자는 시동이 물러나는 모습만 조용히 바라보고 있었다. 시동은 평소와 다름없이 예의 바른 모습으로 문을 나섰다. 하인의 침착한 모습에서 성안 사람들의 마음가짐과 장수인 무네하루의 인품까지 충분히 엿볼 수 있었다. 잠시 뒤 한 사람이 그곳으로 와서 거들먹거리지 않고 자리에 앉았다.

---

171 평지에 지은 성.
172 몸을 숨긴 채 총을 쏘기 위해 성벽에 뚫은 구멍.

"조자에몬 무네하루입니다. 하시바羽柴 나리의 사자로 오셨다고요. 어서 오십시오."

나이는 오십쯤 되어 보였고, 간소한 차림에 태도가 공손했다. 가신들을 좌우에 요란스럽게 줄줄이 거느릴 만도 할 텐데, 시동으로 열두어 살 된 아이 하나만 둘 뿐이었다. 만약 허리에 찬 칼과 시동이 없었다면 근방의 촌장이나 다를 게 없어 보였다. 그 정도로 패기나 현학적인 모습이 조금도 보이지 않는 사람이었다.

"고맙습니다."

간베 역시 위세를 떨지 않는 적장의 모습에 정중한 태도를 보였다.

"처음 뵙겠습니다. 저희 두 사람은 하시바 가의 신하, 구로다 간베."

"그리고 하치스카 히코에몬입니다."

무네하루는 인사를 받을 때마다 다정한 눈빛으로 고개를 끄덕였다.

'이대로라면 혹시 이 사람을 설득할 수 있을지도 모르겠다.'

두 사자는 남몰래 입술을 적셨다.

"하치스카 나리. 나리께서 받은 주군의 명을 무네하루 나리께 다시 한 번 말씀해주시지 않겠습니까?"

간베는 정사正使 격인 자신이 먼저 말을 꺼내는 것이 도리인 줄은 알고 있었으나 무네하루의 온아하고 순박한 모습을 보고 자신보다는 나이도 많고 경험도 많은 히코에몬이 정중하게 이해관계를 설명하는 게 효과적일 거라고 생각했다.

"그럼, 제가 말씀드리겠습니다."

히코에몬은 사양하지 않고 그렇게 말하고는 무릎을 무네하루 쪽으로 조금 끌어 다가갔다.

"아무것도 숨기지 말고 말씀해주시기를 청하라며 주군께서 분부하셨으니 내용 그대로를 전달하겠습니다. 무릇 아무런 득도 되지 않는 싸움은 가능하면 피하고 싶다는 것이 주군의 본심입니다. 지금 동서의 양군이 만나 장군께서는 일곱 개 성의 해자와 보루를 늘어놓고 국경을 지키고 계십니다만, 주고쿠中國의 결말은 이미 내려진 것과 다를 게 없다는 사실을 마음속으로는 충분히 짐작하고 계시리라 믿습니다. 숫자만 놓고 봐도 동군은 십오만의 병력을 여유 있게 움직일 수 있습니다. 그에 비해 서군인 모리 측은 남은 병력을 모두 모아도 사만 오륙천에서 오만쯤 됩니다. 그뿐만 아니라 모리 가와 손을 잡은 에치고越後의 우에스기上杉, 고슈의 다케다武田, 히에이比叡 산, 본원사本願寺(혼간지) 등과 같은 동맹국도 모두 쓰러졌으며, 그들 동맹국과 모리 가가 하나의 명분으로 삼았던 옛 막부의 형태도 쇼군將軍[173]이라는 인물도 이미 옛일이 되어 땅 위에 그 존재조차 없지 않습니까? 대체 모리 측에서는 지금 무엇을 명분으로 이 주고쿠를 초토화시키면서까지 싸움을 하려 하시는 것입니까? 저희는 도무지 알 길이 없습니다. 그에 비해 저희 오다 전군이 모시고 있는 우후 노부나가 공께서는 황공하옵게도 친히 금문禁門의 수비를 명 받으셨고, 조정의 신임도 날로 두터워지고 있으며, 군신의 본분을 분명히 하시며 위로는 천황의 마음을 받들고, 아래로는 민중의 흠모를 받고 있습니다. 세상도 여명을 축복하고 있으니 이제는 긴 전란의 어둠에서 나와 모두가 하나 된 모습으로 돌아가려 하고 있습니다. ……이거, 말이 좀 많았습니다만, 어쨌든 그러한 정세입니다. 거짓 없는 사실입니다. 실례의 말씀입니다만, 이런 시절에 귀하와 같은 인물을, 그리고 노인과 어린아이부터 수많은 장정까지 무고한 백성을 그대로 이 성과 함께 논 아래 묻는다는 것은…… 참으로 안타까운 일입니다. 주군이신 지쿠젠筑前께서는 그러한 희생 없이 일을 처리하기 위해 늘 고심을 하고 계십니다. 전에도 한 번 권한 적이 있었습니다

---

173 세이이타이쇼군의 준말로 막부의 실권자.

만 귀하께서 받아들이지 않으셨기에 체면이 깎였다는 생각도 조금은 하셨을 것입니다. 하지만 다시 한 번 마지막으로 말씀을 나눠보라는 명을 내리셔서 오늘 저희 두 사람이 거듭 찾아뵙게 된 것입니다. 주군이신 지쿠젠께서 얼마나 진실하게 마음을 다해 권하셨는지는 간베 나리께 더 들어보시기 바랍니다."

뒤이어 간베가 함께 가져온 히데요시의 편지와 노부나가의 서약서를 보이며 말했다.

"결코 이익을 취하기 위해 드리는 말씀이 아닙니다. 무사를 아끼는 주군 히데요시와 무사를 사랑하는 우후 노부나가 공의 마음이 여기에 나타나 있으니 모쪼록 현명한 판단을 내려주시면 좋겠습니다. 이것은 귀하의 생각에 따라 빗추와 빈고 두 나라를 드린다고 약속하는 서약서입니다. 어떻습니까, 무네하루 나리."

"……."

무네하루는 서약서에 절을 한 번 올릴 뿐 펼쳐보려고도 하지 않고 그대로 정사 앞으로 돌려주었다.

"참으로, 참으로 과분한 말씀과 은상을 내리시겠다는 약속까지 하시니, 뭐라 감사의 말씀을 드려야 할지 모르겠습니다. 모리 가에서 평소 받고 있는 녹은 솔직히 말씀드려 칠천 석도 되지 않습니다. 게다가 노령에 가까운 이 시골 무사를……. 참으로 고맙습니다. 그 뜻만으로도 더할 나위 없이 고맙습니다."

시미즈 무네하루는 알겠다고 대답하지 않았다. 단지 겸손하게 고맙다는 이야기만 되풀이할 뿐이었다. 침묵이 계속되었다. 사자로 온 두 사람은 어찌해야 좋을지 몰라 했다.

무네하루는 그저 무슨 말을 들어도 '그렇지요, 지당한 말씀입니다'라는 말만 온화하고 겸손하게 되풀이했다. 히코에몬의 노련함도 간베의 기지도 무네하루에게는 통하지 않았다. 하지만 두 사자는 그 벽마저도 뚫어보겠다는 듯한 마음가짐으로 설득에 설득을 더했다. 그리고 마지막으로 한마디 덧붙였다.

"저희가 드릴 수 있는 말씀은 모두 드렸습니다만, 귀공께서 특별한 희망이나 덧붙이고 싶은 조건이나 생각이 있으시다면 조치를 취하도록 하겠습니다. 그리고 힘이 되어드릴 생각이니 진심을 들려주십시오."

두 사자는 마치 다그치듯 무네하루의 진심을 들어보려 했다.

"진심을 들려 달라."

무네하루는 중얼거리듯 말하고는 두 사람을 바라보았다.

"그렇다면 들어보시겠습니까? 제 소망은 기껏 인간으로 태어나 인생의 마지막을 향해 다가가고 있으니 이러한 때에 인간의 도리에서 벗어나지 않는 것, 그것 하나밖에 없습니다. 저희 모리 가 역시 같은 하늘 아래 백성들 가운데 일개 한藩[174], 금문을 향한 신하의 충정은 당신들의 맹주인 우후님보다 더했으면 더했지 덜하지는 않습니다. 불초 무네하루는 그러한 모리 가에 속해 변변치 않은 몸으로 오랜 세월 칠천 석이라는 많은 녹을 받으며 일족 모두 은혜를 입고 있습니다. 오늘의 이변에 직면해서 국경 수비를 명 받은 것은 오로지 주군의 신임이라 할 수 있으니 삶의 보람을 느끼며 밤낮으로 즐겁게 살아가고 있습니다. 그런데 지금 작은 이익에 눈이 어두워져 하시바 나리의 대우를 받아들이고, 우후님의 휘하에 항복하여 두 나라의 영주가 된다면 도저히, 도저히 지금처럼 즐거운 마음으로 하루하루를 보낼 수는 없으리라 생각합니다. 게다가 신의를 저버리고 주군을 판다면, 이 무네하루는 무슨 면목으로 천하의 사민士民을 향해 얼굴을 들 수 있겠습니까? ……평소에도 집안의 아내에게나 아이들에게나, 조카에게나 질녀에게나 사람

---

174 제후가 다스리는 영지.

의 껍데기를 쓴 자는 그렇게 행동해야 한다고 가르쳐왔으니 제가 스스로 가풍을 깨는 짓을 할 수는 없습니다. 하하하하, 그러니 모처럼의 호의라 생각합니다만 이번 얘기는 없었던 것으로 잊어주시기 바란다고 하시바 나리께도 잘 좀 전해주십시오. 진심으로 감사의 말씀만 올리겠습니다.”

“……그렇습니까? 흐음.”

간베가 마음 깊이 탄식하듯 고개를 끄덕이더니 바로 명료하게 말했다.

“더는 권하지 않겠습니다. 히코에몬 나리, 돌아가도록 합시다.”

“어쩔 수 없지요.”

히코에몬은 자신들의 노력이 결실을 맺지 못했음을 한탄했다. 하지만 그러한 기분은 그 자리에서만 느낄 뿐이었다. 예전부터 두 사람은 시미즈 조자에몬 무네하루가 결코 두 나라를 취하기 위해 움직일 사람이 아니라는 것을 예상하고 있었다.

“밤이 어두워 가는 길이 위험합니다. 오늘 밤에는 성안에서 묵으시고 내일 아침 일찍 돌아가시는 게 어떻겠습니까?”

무네하루가 만류했다. 단순한 인사치레만은 아닌 듯했다. 무네하루는 참으로 독실한 인물이었다. 적이지만 솔직히 존경하지 않을 수 없었다.

“아닙니다. 주군께서도 답을 기다리고 계실 테니…….”

사자들은 횃불만을 청하고는 발걸음을 돌렸다. 무네하루는 도중에 문제가 생겨서는 안 된다며 가신 세 명을 붙여 전선의 경계까지 배웅하게 했다.

빗추로 들어가다

사자 일행은 한잠도 자지 않고 오카야마로 돌아왔다. 간베와 히코에몬은 돌아오자마자 히데요시를 만났다.

"항복을 권한 일은 뜻대로 풀리지 않았습니다. 결국 무네하루의 결심을 바꾸지 못했습니다. 어떤 방법을 쓴다 한들 담판에 성공할 수는 없을 듯합니다."

사자들은 히데요시에게 시미즈 무네하루의 말을 자세하게 전했다. 그들은 자신들의 주관이나 감정을 섞지 않고 있는 그대로 보고했다.

"그랬겠지."

히데요시는 뜻밖이라고 생각하지 않는 듯 덧붙여 말했다.

"우선은 눈을 좀 붙이도록 하게. 자네들도 피곤할 테니 한잠 자고 나서 다시 오도록 하게."

"그럼 잠시 쉬고 다시 찾아뵙도록 하겠습니다."

두 사람은 히데요시의 거처에서 물러났다.

히데요시가 한쪽 구석에 졸린 눈으로 얌전히 앉아 있는 도라노스케와 이치마쓰를 보며 말했다.

"너희 둘."

“네.”

“무엇을 보고 왔느냐?”

“적진 속에서 여러 가지를 보고 왔습니다.”

이치마쓰가 대답했다.

“어디를 둘러봐도 적의 모습은 별로 보이지 않았습니다.”

도라노스케가 솔직하게 말했다.

히데요시는 두 사람의 대답에 ‘옳다, 그르다’라는 말을 하지 않았다. 그저 두 사람을 방에서 놓아주었다.

“실컷 자고 오너라.”

정오가 지난 뒤 히데요시는 다시 간베와 히코에몬, 그리고 그 외 예닐곱 명의 장수를 모아놓고 모의를 했다. 아직 어린 나이였으나 우키타 히데이에도 한 부대의 대장으로 당연히 참석해 있었다.

“적의 일곱 개 성은 여기와, 여기와, 여기에 있습니다.”

히데이에와 간베가 지리를 설명하는 동안 히데요시는 지도에서 시선을 떼지 않았다.

“다카마쓰 성에서 서북쪽으로 삼십여 리쯤 떨어진 곳에 아시모리足守라는 마을이 있습니다. 그렇습니다, 그 부근에 있습니다. 그 아시모리의 뒤쪽 산에 미야지宮路라는 성이 하나 있는데 노미 모토노부乃美元信가 병사 오백여 명을 데리고 지키고 있을 것입니다. 그리고 거기서 동쪽으로 조금 떨어진 곳에 가무리冠 산의 성이 있는데 하야시 시게자네林重眞가 지키고 있고 병력은 삼백오륙십이라고 보면 틀림없을 것입니다.”

“그렇다면 주성인 다카마쓰에는?”

“평소에는 육칠백 명의 병사밖에 없었으나 모리 진영의 스에치카사에몬末近左衛門이 이천 명의 병력을 이끌고 도우러 왔으며, 성 부근의 농민과 남녀노소를 모두 받아들였기에 머릿수만 따지면 오천에서 육천 사이가 될 듯합니다."

"그런가? 그렇게 많은가?"

나중에 생각해보니, 이 순간 이미 히데요시의 가슴속에는 커다란 계획이 세워져 있었다.

"그 외에는?"

"다카마쓰에서 동남쪽으로 오 리쯤 떨어진 곳에 가모加茂 성이 있는데 여기에는 병사 일천 명이 있고 가쓰라 히로시게桂廣繁가 굳게 지키고 있습니다. 그리고 산요도山陽道175의 길을 사이에 두고 오 리쯤 뒤에 히하타 가게치카日幡景親가 지키는 히하타日幡 성, 여기에도 병력이 일천여 명. 그리고 미나미마쓰시마南松島 성에는 나시하 나카쓰카사노조梨羽中務丞의 병사 팔백 명. 거기서 십 리 정도 뒤에는 이노우에 아리카게井上有景가 일천 명으로 미나미니와세南庭瀬 성을 견고히 지키며 국경의 길목을 단단히 수비하고 있습니다."

"……그렇군. 일곱 개 성 연환계로군."

히데요시는 지도 위에서 얼굴을 들더니 피곤하다는 듯 가슴을 폈다.

그날 고슈 방면에서 전령이 전황 보고를 위해 급히 달려왔다.

그는 이달 11일에 가쓰요리勝賴 이하 다케다武田 일족이 덴모쿠天目 산에서 멸망했다는 소식, 고후甲府를 점령하고 접수했다는 소식, 노부나가 공을 비롯한 우리의 중군은 가미스와上諏訪에 진주하고 있으며 곧고후에 입성할 예정이라는 소식 등을 전했다.

"참으로 빠르시구나."

히데요시는 주고쿠 공략에 비춰봤을 때 진짜 어려움은 지금부터라고 생각했다.

"벼루를 가져와라."

히데요시는 노부나가에게 전승을 축하하는 글을 썼다. 더불어 주고 쿠의 상황을 적고, 시미즈 무네하루를 항복하게 하는 책략은 포기했다는 내용을 덧붙였다.

3월 중순, 히메지姬路에서 대기하고 있던 히데요시 직속의 이만 병력이 오카야마로 들어왔다. 거기에 우키타의 병사 일만을 더해 총 삼만에 이르는 병력이 장비를 완전히 갖추고 마침내 빗추로 진군했다.

히데요시는 십 리를 가기 위해 정찰 결과를 기다렸으며, 이십 리를 전진하기 위해 정찰을 한 뒤 앞으로 나아갔다. 그런 히데요시를 보며 사람들이 이구동성 말했다.

"이번 전투에는 매우 신중하게 임하시는 듯하구나."

고슈에서의 신속한 전과와 혁혁한 대승 소식은 일개 병사들까지도 들은 상태였다. 그러다 보니 개중에는 이와 같은 신중한 행동을 못마땅하게 생각했다. 다카마쓰 성과 나머지 조그만 성 따위는 아군 삼만 병력으로 치면 단번에 무너뜨릴 수 있다며 조바심을 내는 목소리도 있었다. 하지만 실제 전장에 임한 뒤 적의 포진을 깊이 알고 나서는 이번 전투가 얼마나 중요하고 승리에 필요한 지점을 반드시 선점하기까지 얼마나 많은 어려움이 있을지 알게 되었다.

"과연."

히데요시는 우선 다카마쓰 성에서 멀리 북쪽에 있는 고지대 류오龍王 산에 진을 쳤다. 그곳에서는 정남쪽으로 다카마쓰 성을 내려다볼 수 있었다. 그러자 적의 일곱 개 성의 위치와 주성인 다카마쓰와 이와 잇몸의 관계를 이루고 있는 지세가 한눈에 들어왔다. 그뿐만 아니라 더 멀리로 게이슈芸州 요시다吉田의 모리 본국을 중심으로 호키伯耆와 빗추, 그리고 그 외 적국의 움직임을 한눈에 둘러볼 수 있었으며, 기쓰카와 모토하루吉川元春의 군, 고바야카와 다카카게小早川隆景의 군, 모리 데루모토毛利輝元의 군 등이 이곳으로 구원을 올 경우의 대세까지 미리 살펴볼 수 있었다.

히데요시의 진영은 크게 나누어 류오 산의 본진에 일만 오천 명, 히라야마平山 촌 부근에 하시바 히데카쓰羽柴秀勝 군 오천 명, 하치만八幡 산에 우키타 군 일만 명으로 나뉘어 있었다.

"다카마쓰의 우익인 미야지와 가무리 두 개 성, 좌익인 가모와 히하타 두 개 성 이 양쪽 날개를 먼저 제거하겠다. 미야지 성을 공격하여 단번에 떨어뜨릴 자신이 있는 자, 누구 없는가?"

주력전에 들어가기에 앞서 히데요시가 말했다.

"소신이."

"제가."

"제게 명령을 내려주십시오."

히데요시의 말이 떨어지자마자 각 장군들은 앞다투어 서전의 선봉으로 뽑아달라며 청했다. 그 가운데는 후쿠시마 이치마쓰도 있었다. 나이 어린 장수 중 앞으로 나선 사람은 그뿐이었다.

"이치마쓰, 나가고 싶은 게냐?"

"명령만 내려주신다면. ……네."

"자신 있느냐?"

"뜻밖의 질문이십니다."

"하하하. 알겠다. 기껏해야 사오백 명이 지키고 있는 요새이니, 시동들이 공격하여 빼앗기에 알맞겠구나. 다녀오도록 해라. 후쿠시마 이치마쓰, 이번 일을 네게 명하겠다."

이치마쓰는 사람들의 선망의 시선을 몸으로 느끼며 바로 준비를 하기 위해 씩씩하게 자리에서 일어났다.

'병법도 어설프고 시건방진 이치마쓰가 실수나 하지 않으면 좋으련

만.'

사람들은 마음속으로 그렇게 걱정을 했다. 그 순간 이치마쓰는 타고난 성격 때문에 하지 않아도 좋은 말을 하고 말았다. 그는 그 자리에서 득의만만하여 히데요시에게 이렇게 말했다.

"불초 소생, 하나의 계책을 가지고 있으니 많은 부하는 필요 없습니다. 백 명이나 백오십 명 정도만 데려가면 충분합니다."

히데요시는 쓴웃음을 지으며 그저 고개를 끄덕이기만 했다. 그는 이치마쓰가 건방을 떨고 있으며, 휘하의 젊은 장교들 사이에서 미움을 사고 있다는 사실을 알고 있었다. 하지만 자신의 재능과 뜻을 강하게 밀어붙이는 이치마쓰의 성격을 높이 샀다. 그래도 이치마쓰가 걸핏하면 '주군과 우리 집안은 예전부터 친척이었으니 지금도 친척 사이다'라고 자랑하는 듯한 태도를 보일 때면 그런 마음을 꺾어야 한다고 생각했다. 히데요시는 단지 그런 점을 골칫거리로 여길 뿐 지금까지 이치마쓰를 특색 있는 무사 중 하나로 여겼다. 나이는 도라노스케보다 많아 올해로 스물서너 살이며, 공명을 바라는 마음은 불보다 더 뜨거울 정도였다.

"휴대용 식량은 준비했는가? 차림은 가벼울수록 좋다. 절벽에 매달려도 움직임에 방해가 되지 않도록. 말, 말은 필요 없다. 모두 도보로 이동한다. 나도 걸어가겠다."

이치마쓰는 백오십 명의 병사들을 늘어놓고 무장으로서 일장 훈시와 주의를 주었다. 전쟁은 이곳 주고쿠로 온 뒤로 충분히 경험한 상태였다. 덴쇼天正 6년(1578년), 처음으로 주고쿠에 들어와서 벳쇼別所 가의 강적 스에이시 야타로末石弥太郎의 목을 베었을 때가 열여덟 살이었다. 그 나이에 공을 세웠으니 실제 전장에 임할 때 자신의 강인함을 자랑할 만하기도 했다.

"출발할 때까지 쉬도록 해라."

이치마쓰는 준비를 끝내고 영 안으로 들어가 히데요시에게 출발 인사를 전했다.

"이치마쓰."

"네."

"적의 요새를 공격할 때보다 그곳까지 가는 길이 더 위험한 법이다. 도착할 때까지의 각오는 되어 있느냐?"

"문제없습니다."

"누군가에게 병사 삼백 명을 주어 뒤따르게 할까?"

"그러실 것 없습니다."

"좋다, 가도록 해라."

이치마쓰는 화가 치밀어 오르는 듯한 얼굴로 나갔다. 이렇듯 울컥하는 성격도 히데요시가 친척이라는 생각이 마음속에 있다 보니 생기는 것이었다.

미야지 성은 아시모리라는 조그만 마을 뒤편에 있었다. 아시모리의 민가를 지나 그 산기슭 근처까지 갔을 때는 이미 밤이었다. 밤새 길도 없는 산을 무턱대고 올랐다. 그곳은 상당히 높은 지대였다.

"아뿔싸. 몸을 숙여라."

이치마쓰는 총성을 듣고는 부하들에게 움직이지 말라고 명을 내렸다. 그리고 다시 낮은 목소리로 주의를 주었다.

"이 산 위에 수로가 있다. 성안 사람들이 생명줄이라 여기고 있는 저수지다. 그곳에 도착할 때까지는 아무리 사격을 받아도 뛰쳐나가서는 안 된다. 내가 허락하기 전까지 절대 뛰쳐나가서는 안 된다는 걸 명심하거라."

그 성의 약점은 이치마쓰가 간파한 것처럼 식수로 쓰는 저수지에 있었다. 이치마쓰는 그곳을 기습하여 물을 지키고 있던 병사 이삼십 명을 쓰러뜨린 뒤, 부하들에게 명을 내렸다.

"수문을 깨뜨려라. 저수지의 둑을 무너뜨려라."

산 위에서부터 중턱에 있는 성안으로 해일처럼 탁한 물이 밀려 들어가기 시작했다.

"적이 저수지를 기습했다."

이 말을 들은 성안의 병사들은 싸우기도 전에 사기가 떨어지고 말았다. 그곳을 점령당하면 다른 곳에서는 식수를 한 방울도 얻을 수 없기 때문이었다.

"적이 어떻게 거기까지 나타난 거지?"

성안에서 만반의 대비를 하고 있었던 적장 노미 모토노부는 당황할 수밖에 없었다.

"저수지를 탈환하라."

성안의 병사들에게 명령을 내렸지만 기습을 감행한 적은 자신들보다 높은 곳에 있었다. 그들은 아래를 막는 일에만 전념하다 반대로 위쪽에서 적을 맞자 거의 전의를 상실하고 말았다. 그들이 산 위를 향해 조금 오르기라도 하면 이치마쓰의 수하들이 바위, 나무, 돌덩이 등을 닥치는 대로 떨어뜨렸다. 그런 싸움을 예닐곱 번쯤 거듭하자 사람의 목소리조차 들리지 않게 되었다.

"돌격하라."

이치마쓰가 가장 앞에 서서 창을 겨눈 채 달려 내려갔다.

성의 병사들은 모두 달아나고 없었으며, 수비를 맡았던 장수 노미 모토노부도 보이지 않았다. 적들은 달아나면서 성안에 불을 질렀다. 산성이다 보니 바람이 세차게 불어 삽시간에 커다란 불길과 검은 연기가 피어올랐다.

"류오 산에서도 이 연기가 보일 테지. 아군 모두가 벌써 함락시켰나 하며 우리의 신속한 공격에 혀를 내두르고 있을 것이다."

이치마쓰는 그렇게 말하며 유쾌해했고, 장병들은 허리에 찬 식량을 풀어 허기를 달랬다. 그리고 전날 밤부터 한숨도 자지 못한 장병들은 교대로 눈을 붙였다. 낮잠에서 깨어나 보니, 성은 삼분의 일쯤 탄 상태였으며 불길이 잦아들고 있었다.

그날 밤 이치마쓰는 그곳에 병사들을 일부 남겨두고 류오 산으로 돌아갔다. 그는 이튿날 히데요시를 만나 보고를 했다. 이치마쓰는 크게 칭찬받을 생각에 자랑스럽게 전황을 들려주었다. 히데요시는 기분이 좋지 않은 것은 아니었으나, 그렇다고 해서 이치마쓰가 기대했던 것만큼 칭찬하지는 않았다.

"그러냐. 잘했구나."

단지 그뿐이었다. 이치마쓰가 계속해서 저수지 기습 작전을 세웠다는 사실을 자랑스럽게 이야기하자 히데요시가 말했다.

"만약 그 성을 기슭에서부터 공격해 들어갔다면 네게는 무장의 자격이 없다고 생각했는데, 어쨌든 잘도 생각해냈구나. 더욱 분발하기 바란다. 너도 머지않아 어엿한 장수가 될 수 있을 게다."

히데요시는 그렇게 말하고는 곁에 있던 사람들과 다른 이야기를 나누었다.

"물러나겠습니다만…… 그 외에 다른 하실 말씀은?"

이치마쓰가 자리에서 일어서며 말했다.

"그래. 쉬면서 다음 명령을 기다리도록 해라."

히데요시는 이치마쓰의 뒷모습을 쳐다보려 하지도 않았다. 구로다와 하치스카, 그리고 그 외 장수들과 함께 계책을 세우느라 바빴다. 서로 작은 목소리로 이야기를 주고받았기에 아주 가까이에 있는 사람이 아니면 무엇에 대해 논의하는지 알 수가 없었다.

후쿠시마 이치마쓰는 기분이 상했다. 부대를 해산하고 부하들에게 휴식을 명령한 뒤 빈 막사로 들어가 벌렁 누워 잠을 잤다.

얼마 뒤 막사 뒤에서 도라노스케의 목소리가 들렸다. 여럿이서 웅성거리는 소리도 들렸다. 이치마쓰는 막사의 아랫부분을 들어 올려 밖을 내다보았다.

"도라노스케, 어디로 가는 거지?"

● 1575년 나가시노 전투

덴쇼天正 3년 5월, 미카와 북쪽의 나가시노성을 둘러싼 다케다 가쓰요리(武田勝頼)의 병력과 오다 노부
나가(織田信長), 도쿠가와 이에야스(德川家康)의 연합군 사이에서 일어난 전투이다. 결과는 연합군의 대
승이었으며 이 전투의 본격적인 결전 장소가 시타라가하라였기에, 나가시노 시타라가하라 전투(長篠設
楽原の戦い)라고도 부른다.

● 1576년 미츠세의 변

덴쇼天正 4년에 오다 노부나가(織田信長)의 명을 받은 후지카타 도모나리(藤方朝成), 쓰게사부로 자에 몬(柘植三郎左衛門), 다키가와 가쓰토시(滝川雄利) 등이 이세 미쓰세관에서 기타바타케 토모노리(北畠 具教)를 살해한 사건이다.

성에 가장 먼저 오른 자

　도라노스케는 갑옷의 끈을 묶고 있었다. 그는 올해로 스물두 살 된 청년이었다. 도라노스케는 이치마쓰와 마찬가지로 미키三木 성을 공략하고, 여러 전투에 출전하는 등 나름대로 역할을 수행하고 있었다.

　주고쿠 전투는 지난 오 년 동안 히데요시가 데리고 있던 시동들이나 가신들의 자식과 같은 어린 무사들에게 절호의 실전 연습장이 되었다. 다음 시대를 짊어지고 나갈 인재들은 그 무렵 열예닐곱 살부터 스무 살 전후 무사들이었다. 어쨌든 히데요시의 시동들 중 코흘리개는 이제 한 명도 없었다. 히토쓰야나기 이치스케一柳市助의 아들인 히토쓰야나기 시로四郎가 열다섯 살로 가장 어렸다. 하치스카 히코에몬의 아들인 이에마사家政는 스물세 살, 도도 다카토라藤堂高虎가 스물일곱 살, 훗날 교부刑部라 불리는 오타니 헤이마 요시쓰구大谷平馬吉継가 열아홉 살이었다. 센고쿠 곤베仙石權兵衛는 이미 서른 살이 넘어 어린 시동들 무리에서 벗어나 어엿한 지휘관으로 아와지淡路나 시코쿠四國 등에 파견되었다.

　히데요시는 어린 소년들을 재능에 따라 적재적소에 배치했다. 그리고 '이 아이는 물건이 되겠구나. 이 아이는 여기에 쓰이겠구나' 하며 소년들의 소질을 미리 파악했다. 아울러 다음 시대의 중견이 될 소년들을 생사가 달린 넓은 도장에서 밤낮으로 단련시켰다.

"이치마쓰, 너야말로 진중에서 조심하지 않고 왜 뒹굴뒹굴 게으름을 피우는 거야?"

갑옷을 다 입은 도라노스케가 장막 틈새를 들여다보며 말했다.

후쿠시마 이치마쓰는 장막을 뒤집어쓴 채 엎드려 누워 턱을 괴고 밖을 내다보고 있었다.

"나는 괜찮아."

이치마쓰가 거만하게 말했다. 이치마쓰는 도라노스케를 대할 때면 언제나 자신이 형이라도 되는 듯한 태도를 보였다.

"나리로부터 천천히 쉬라고 떳떳하게 허락을 받은 몸이니까. 그저께부터 어제에 걸쳐 하룻밤 사이에 미야지 산성을 함락시켰지. 나는 이번 빗추 공략에 앞장서서 가장 먼저 공을 세웠으니 그냥 게으름을 피우는 게 아니야."

이치마쓰는 거드름을 피우며 다시 말을 이었다.

"그런데 너는 어디로 가는 거냐? 쓸데없이 겉모습을 잔뜩 꾸미고 말이야."

이치마쓰는 신경이 쓰이는 듯 도라노스케가 준비하는 모습을 빤히 바라보다 주위에 있는 부하들을 둘러보았다. 도라노스케와 함께 부지런히 준비를 하는 무사들은 하나같이 첩자들뿐이었다. 고가甲賀 무사인 미노베 주로美濃部十郎, 이가伊賀 무사인 쓰게 한노조柘植半之丞 등의 얼굴도 보였다.

"응, 이봐. 대체 어디로 가는 거야?"

이치마쓰는 마침내 몸을 일으켜 맞은편 장막으로 갔다.

"말할 수 없어. 어디로 가는지는."

도라노스케는 짓궂게도 가르쳐주지 않았다.

"왜 말할 수 없다는 거지?"

후배에게 언제나 선배에 대한 경의를 강요했던 이치마쓰가 덤벼들 듯 말했다.

"군의 비밀. 나중에 알게 될 거야."

"나중에는 들을 필요 없어. 기밀이란 적의 첩자에게 말하지 않아야 하는 거야. 내게 기밀을 말하지 않을 필요는 없잖아."

"아군을 먼저 속이라는 이야기가 손자인가, 어딘가에 있었어."

"건방 떨지 마. 대체 어디로 가는 거야? 도라노스케, 말해, 말하지 못해?"

"만약 적에게 새어나가면 귀공이 밀보한 것으로 간주해도 괜찮겠지?"

"좋아."

"그 정도로까지 책임지겠다고 하니 말하기로 하지. 우리는 명령이 떨어지는 대로 가무리 성으로 향할 수 있도록 대기하고 있는 중이야."

"뭐? 가무리로?"

"그래."

"가무리 성은 얼마 전부터 스기하라 시치로자에몬杉原七郎左衛門 나리의 병력 일천오백 명이 가서 공격을 하고 있는 성이잖아. 일곱 개 성 중에서도 매우 견고해 스기하라 나리조차 꽤나 애를 먹으며 고전한다는 보고가 있던데."

"맞아."

"거기에 너 같은 사람이 무엇을 도우러 간다는 거지?"

"모르겠어."

"그런 것도 모르고 전장에 나가는 놈이 어딨어?"

"오직 주군의 뜻에만 따를 뿐이야. 주군께서 가라고 하면 도라노스케는 땅속에라도 들어가고 하늘 위라도 날 거야."

"겨우 이 정도의 인원만을 데리고? 기껏해야 스무 명 정도밖에 되지 않는데?"

"인원수 같은 건 따질 필요 없어."

"내 체면을 짓뭉개려는 듯한 말만 하는군. 도라노스케, 고향 후배라서 친절하게 가르쳐주려고 호의를 베풀었더니."

"전쟁은 목숨을 걸어야 하는 일이라, 목숨을 내던져보지 않고 다른 사람의 말이나 책을 통해 쉽게 배울 수 없는 법이야."

"네 마음대로 해."

이치마쓰가 등을 돌린 순간 히라노 곤페이平野權平가 와서 도라노스케를 불렀다.

"가토 나리. 주군께서 바로 오라고 부르십니다."

"네!"

도라노스케는 순순히 그 뒤를 따라갔다. 이치마쓰는 여전히 뒤에 서서 고가 무사인 미노베 주로에게 말을 걸었다.

"가무리 산은 히하타나 미야지 산보다 더 요해가 되는 성이라고 들었어. 스기하라 님의 병력조차 공격이 쉽지 않아 애를 먹고 있고. 기습이라고 해도 상당한 결심을 하고 덤비지 않으면 낭패를 보게 될 거야."

이치마쓰의 말에 그 누구도 감탄한 듯한 표정을 짓지 않았다. 미노베와 쓰게가 말없이 웃기만 하자 이치마쓰가 재미없다는 듯한 표정으로 그곳을 나왔다.

주군을 만나러 간 도라노스케는 좀처럼 돌아오지 않았다. 빗추다이라備中平에는 오늘도 시뻘겋게 해가 떨어지려 하고 있었다. 적의 주성인 다카마쓰 성 부근에서 밥 짓는 연기가 희미하게 피어오르고 있었다.

"그럼, 가자."

도라노스케의 목소리가 들려왔다. 도라노스케는 사람들 뒤쪽에서 편겸창片鎌の槍[176]을 들고 있었다. 그 창은 도라노스케가 열여덟 살의 나이로 돗토리 성의 뒷문에서 공을 세웠을 때 히데요시에게 조르다시피 해서 받아낸 창으로, 무엇보다 소중히 여기는 창이었다.

가무리 산의 성은 지세가 험하고 지키는 장수도 강해 외성外城으로 충분한 자격을 갖추고 있었다. 하지만 성안의 장수들끼리 화목하지 못한 게 결점이었다. 수장守將 하야시 시게자네의 부하인 구로사키 단에몬黑崎団右衛門과 마쓰다 구로베松田九郎兵衛는 따로 당을 만들었고 전쟁이 벌어지자 사사건건 의견을 달리했다.

히데요시는 진작부터 그러한 약점을 탐지하고 있었다. 히데요시가 스기하라 시치로자에몬에게 성을 공격하라는 명을 내리자 그토록 화합하지 못했던 성안의 병사들이 그때만큼은 하나로 힘을 합해 맹렬하게 맞섰다. 오늘 새벽에도 마찬가지였다.

"새벽에 성을 쳐서 단번에 짓뭉개라."

히데요시는 스기하라 부대에 엄명을 내린 뒤 적어도 정오 무렵에는 함락시켰다는 보고가 들어올 거라고 기대하고 있었다. 하지만 수많은 손상만 입었을 뿐 성은 여전히 떨어지지 않았다. 공격하면 공격할수록 성안 병사들은 더욱더 굳게 결속했다.

이윽고 쓰카이반使番[177]으로부터 요해지인 만큼 그곳을 급히 떨어뜨리기는 어렵다는 보고가 전해졌다. 그 뒤로 히데요시는 도라노스케에게 은밀히 명령을 내렸다.

"첩자들을 데리고 성안으로 들어가라. 성안에 유언비어를 퍼뜨리

---

176 끝에서 삼분의 일쯤 되는 곳 한쪽에 낫 모양의 날이 붙어 있는 창.
177 관직명. 각 지방을 순회하며 여러 다이묘를 감독하고 요지에 감찰관으로 나가 있었다.

고, 기회를 봐서 불을 지르고 빠져나오도록 해라."

이가와 고가 무사들은 교란작전이나 정찰 업무를 맡았다. 적의 내부로 들어가 유언비어를 퍼뜨리거나 저수지나 불이 있는 곳을 위협하는 등 온갖 수단으로 적의 신경을 건드려 자신감을 떨어뜨리는 것이었다. 말하자면 숨어서 하는 싸움이었다. 화려하지도 늠름하지도 않았다. 더군다나 고가 무사와 이가 무사를 부하로 부리는 일은 매우 까다로웠다. 그들에게는 특유의 일그러진 마음과 전문적인 지능과 음성적인 기질이 있었기 때문이다.

도라노스케는 모든 사람들이 싫어하는 첩자의 우두머리 역할을 명령받고 가무리 산성으로 가고 있었다. 첩자들 중 자신의 집안 신하는 겨우 여섯 명밖에 없었다. 나머지 스무 명은 부리기 어려운 사람들이었다. 도라노스케가 뒷산으로 접어들려 하자 고가 무사인 미노베 주로가 도라노스케의 귓가에 속삭였다.

"가토 나리, 공격하는 입장에서 봤을 때 적의 약점이라 생각되는 곳인 만큼, 적도 대비를 하고 있을 것입니다. 함부로 뒷산에 올라가서는 안 됩니다. 우선 준비를 할 테니 조금만 기다려주시기 바랍니다."

주로는 부하를 불러 이번에도 귓속말을 했다. 이윽고 네다섯 명의 첩자가 성의 정문 쪽으로 바람처럼 사라져버렸다.

잠시 뒤 멀리 어둠 속에서 들개들이 짖어대는 소리가 들려왔다. 그리고 성의 정면에 있는 총안에서 조총 소리가 두어 발 들려왔다. 멀리 물러난 스기하라의 공격 부대 부근에 먹물을 뿌려놓은 것 같은 어둠 속에서 어떤 움직임이 있는 듯한 느낌이 들었다.

"이젠 됐습니다. 슬슬 올라가는 것이 좋겠습니다. 지금 적의 주의는 온통 성의 정면에만 쏠려 있습니다. 어떻습니까? 저 개 짖는 소리, 사람의 소리라고는 여겨지지 않습니다."

미노베 주로가 앞장서서 나아갔다. 이가와 고가의 무리들은 평소에도 적 속에서 절반, 아군 속에서 절반을 살아가다 보니 적진 깊숙이 들어왔다는 위기감을 조금도 느끼지 않은 듯했다. 그들은 자신의 집 정원을 거닐듯 담담하게 기어 올라갔다.

성의 뒤쪽에 북문이 있었다. 그리고 그 문과 뒷산 절벽 사이에 가느다란 계곡이 있었으며, 인공적으로 파놓은 해자에는 물이 없었다. 도라노스케와 이가, 고가의 무리들은 그 바닥을 기어갔다.

"대장."

주로가 다시 도라노스케의 귀에 대고 말했다. 신물이 날 정도로 수많은 전쟁을 경험한 고가의 나이든 무사가 아들만큼이나 어린 도라노스케에게 대장이라고 부르는 것은 도라노스케를 어린아이로 취급하는 것이나 다름없었다.

"대장은 여기에 있는 게 좋겠습니다. 아무리 작은 성이라 할지라도 적의 성안에서는 배짱이 아주 두둑한 사람이 아니면 마음대로 움직일 수 없는 법입니다. 아무래도 흥분하기 마련이니까요."

"……"

"아무리 교묘하게 숨어들었다 할지라도 그중 한 사람이 실수를 하면 모든 사람이 움직일 수 없게 됩니다. 방해만 될 뿐입니다. 그리고 오늘 밤에는 대장이니 여기서 성패의 소식을 기다리고 있기만 하면 됩니다. 당신의 사명을 훼손할 만한 일은 결코 하지 않겠습니다."

미노베 주로와 쓰게 한노조의 무리들은 들쥐처럼 해자 바닥을 달려나갔다. 그리고 북문에서 백 간間[178] 정도 떨어진 곳에 있는 성벽으로 가서는 낮은 곳을 찾아내 숨어들 생각인 듯 한데 모여 앞뒤를 살폈다.

그 순간 도라노스케가 가신들의 무등을 타고 해자 위로 기어올랐다.

---

178 1간은 약 1.818m.

뒤이어 두어 명이 더 기어올랐다. 그들은 성벽 아래에 엎드려 발판을 만들었다. 도라노스케는 그 등을 밟고 올라섰다. 도라노스케는 손이 성벽 위에 닿자 몸을 튕겨 성벽을 넘었다. 그러자 곧바로 한 사람이 편겸창을 건네주었다. 도라노스케는 창을 왼쪽 겨드랑이에 꼬나들었다. 그리고 성안을 바라보며 큰 소리로 외쳤다.

"가무리 산성에 가장 먼저 오른 자, 하시바 지쿠젠노카미筑前守의 시동, 가토 도라노스케 기요마사淸正!"

도라노스케는 그렇게 외치고는 성안으로 뛰어들었다. 뒷문을 지키던 성안의 병사들이 놀란 것은 두말할 필요도 없고, 그들보다 더 당황한 사람들은 오히려 성벽 아래에서 흔들리는 풀에도 신경을 곤두세우고 있던 이가와 고가의 무리들이었다.

"앗, 무모한 짓을!"

"무, 무슨 짓을 하는 거야!"

저마다 한마디씩 했으나 때는 이미 늦었다. 아무리 적의 허를 찌른다고는 하지만 기껏해야 스물예닐곱 명의 적은 병사로 몰려드는 적을 막아낼 수는 없었다. 죽음을 두려워하지 않고 덤비는 것에도 정도가 있었다. 이건 어처구니없는 일이라기보다 화가 나는 일이었다. 그렇다고 해서 도라노스케 혼자 죽게 내버려두고 그냥 돌아갈 수도 없는 일이었다.

"뛰어들어라. 이렇게 된 이상 마음껏 날뛰다 돌아가는 수밖에 없다."

미노베 주로가 혀를 차며 부하들에게 말하자 병사들이 앞뒤 가리지 않고 성벽에 매달렸다. 사람의 성격은 이런 상황에서 유감없이 드러나는 법이다. 주로는 부하들에게 '뛰어들라'고 명령한 뒤 반드시 다시 돌아가야 한다는 이야기를 덧붙였다. 같은 무사라 할지라도 이가와 고가의 무리들에게 죽음을 각오한 마지막 발걸음은 있을 수 없었다. 그 어떤 수치를 견디고서라도, 어떠한 어려움을 겪는다 할지라도 살아서 돌아가는 것이 그들의 사명이기도 했다.

"미노베 주로. 두 번째로 입성."

미노베 주로가 커다란 목소리로 씁쓸하게 외쳤을 때, 저쪽 벽 위에서도 동시에 이름을 외치며 성안으로 뛰어든 사람이 있었다.

"두 번째 입성! 가토 도라노스케의 가신, 이이다 가쿠베飯田覺兵衛!"

뒷문은 성안의 장수인 마쓰다 구로베松田九郎兵衛의 병사들이 지키고 있었다.

"북문이다. 아니, 수문이다."

어둠 속이었지만 병사들이 당황해서 우왕좌왕 혼란스러워하고 있다는 것을 잘 알 수 있었다. 도라노스케는 편겸창을 휘둘러 적병 두엇을 쓰러뜨렸다. 그리고 도라노스케의 뒤를 따라 정신없이 적을 베는 사람이 있었다.

'가쿠베로구나.'

돌아볼 틈도 없었던 도라노스케는 마음속으로만 되뇌었다.

이이다 가쿠베는 도라노스케가 열일곱 살 때 받아들인 가신이었다. 도라노스케는 기무라 다이젠木村大膳 아래 속해 있을 때, 주군 히데요시로부터 나가하마長浜 성에서 처음으로 삼백칠십 석의 녹을 받아 그중 백 석을 투자해 야마시로山城 국의 하치만 촌에서 낭인으로 있던 이이다 가쿠베를 받아들였다.

"앞으로도 여러 사람을 거느리셔야 하는데, 삼백칠십 석 중 제가 삼분의 일을 받아서는 안 됩니다."

가쿠베가 난처하다는 듯 말하자 도라노스케가 윗사람을 대하는 듯한 예로 말했다.

"아니, 그 열 배, 백 배를 주지 않으면 자네 같은 대장부에게는 주인

행세를 못할 걸세. 내 봉록이 낮은 동안에는 그것으로 참아주기 바라
네."

'이 사람을 위해서라면……'

가쿠베는 그렇게 다짐했다. 그 뒤 그의 다짐은 무언중에도 겉으로
드러났다. 어느 전장에서나 가쿠베의 그림자는 도라노스케의 그림자
곁에서 떠난 적이 없었다. 그런 가쿠베의 눈에는 도라노스케의 움직임
이 전혀 불안하게 보이지 않았다. 가쿠베는 도라노스케보다 나이도 훨
씬 많았으며, 수많은 전쟁도 경험했고, 낭인으로 있을 때도 좋은 주인
을 섬겨야 한다며 쉽게 누구의 밑으로 들어가지 않았다. 하지만 그는
지금의 주인에게 마음을 완전히 빼앗긴 상태였다.

'이 젊은 주인의 대담함은 타고난 것이다. 단지 대담한 기질만 있는
것이 아니라 자비심도 깊다.'

일단 주인을 섬기기 시작하면 목숨은 자신의 것이 아니었다. 가쿠베
는 마음속으로 이 대담하고 자비로운 청년이 천수를 누릴 때까지 살게
하리라 다짐했다. 주인을 위해서는 언제나 자신의 목숨을 내버릴 각오
를 하고 있었다.

"앗. 이놈!"

가쿠베는 적병이 도라노스케의 뒤쪽으로 민첩하고 거칠게 돌아들
어 기다란 칼을 치켜들고 내리치려 하는 순간 본능적으로 달려들었다.
이윽고 지축이 울리고 핏줄기가 뿜어져 나왔다. 두 사람은 얼굴을 마
주하고 씽끗 웃었다.

가쿠베가 정신을 가다듬고 도라노스케에게 말했다.

"이곳은 성 혼마루 근처인 듯합니다. 너무 깊이 들어온 듯싶습니다."

도라노스케가 머리를 흔들며 대답했다.

"일부러 성 한가운데까지 단숨에 달려온 걸세. 가쿠베, 고함을 치게.

고함을 치며 돌아다니게.”

“큰 소리를 내란 말입니까?”

“성안의 장수인 마쓰다 구로베가 뒷문을 지킨다는 얘기를 들었네. 그 구로베와 평소 사이가 좋지 않은 구로사키 단에몬이 성안에서 모반을 일으킨 것처럼 떠들고 다니게.”

“알겠습니다.”

두 사람은 허둥대는 성의 병사들 속으로 들어가 적을 베며 쉬지 않고 소리를 질렀다.

“배신자, 배신자다!”

“단에몬의 부대가 불을 지르며 돌아다니고 있다. 구로사키 단에몬의 수하들을 조심해야 한다.”

평소의 내홍은 이러한 때 수습하기 어려운 혼란을 불러왔다. 성안의 병사들은 서로를 의심하고 두려워하며 적이 아닌 동지를 찔렀고, 성을 버리고 곳곳의 문으로 달아나기 시작했다.

그 무렵 성의 정면 쪽에서는 그동안 공격을 가했으나 성을 떨어뜨리지 못했던 스기하라 시치로자에몬의 부대가 전력을 다해 성벽에 매달리고 있었다.

“됐다. 뒷문 부근에서 기습하여 성안으로 들어간 아군 부대가 있는 모양이다. 정면에서부터 돌격하라.”

성으로 가장 먼저 오른 사람은 스기하라의 가신인 야마시타 규조山下九藏였다. 하지만 이미 성안의 병사 대부분이 달아난 상태였다. 성에 가장 먼저 진입한 군공은 정확히 말하면 뒷문 쪽으로 들어간 도라노스케였다. 이렇게 해서 그날 밤 가무리 산성이 떨어졌으며, 성을 지키는 장수인 하야시 시게자네도 성과 운명을 함께했다.

도라노스케는 스기하라 시치로자에몬에게 뒤처리를 맡긴 뒤 류오 산으로 돌아가자마자 히데요시를 만났다.

"분부하신 것 이상으로 그만 도를 넘어 독단적으로 행동하고 말았습니다. 만일 실패했을 경우에는 살아 돌아오지 않을 생각이었으나, 생각대로 성이 떨어졌기에 이렇게 돌아왔습니다. 명령을 위반한 죄, 부디 질타해주시기 바랍니다."

히데요시는 고개를 흔들며 칭찬을 아끼지 않았다.

"그건 위반이 아니다. 만일 적에게 틈이 있을 때 적의 뒷문으로 접근하면 된다고 생각했기에 깊은 사려와 용기 두 가지를 모두 가지고 있는 너를 특별히 보냈다. 잘했다, 잘했어. ……이번에는 두 사람 모두 아주 잘했다."

두 사람이라는 말에 도라노스케는 다른 한 사람이 누구인지 궁금했다. 도라노스케가 얼굴을 들어 주위를 둘러보니 히데요시 옆에 후쿠시마 이치마쓰가 있었다. 그때까지 뿌루퉁한 표정을 짓고 있던 이치마쓰가 갑자기 얼굴을 붉히더니 얼른 손가락 끝으로 바닥을 짚으며 기뻐하는 모습을 보였다.

"상은 나중에 모든 사람들과 함께 내리도록 하겠다. 여기서는 그 표시로……."

히데요시는 이치마쓰와 도라노스케에게 감사장을 내렸다. 도라노스케는 주고쿠 전투에 참가한 이후 두 번째로 감사장을 받았다.

일곱 개 성으로 연환 작전을 펼쳤던 적의 방어진은 미야지와 가무리 산 두 개의 성을 잃은 뒤 이가 빠진 것처럼 허술함이 드러나기 시작했다. 이 하나를 잃으면 양쪽 이가 흔들리는 법이다. 히데요시는 아군 병사의 소모를 줄이면서 이를 하나하나 뽑아나갈 생각이었다.

그로부터 얼마 뒤 하시바 군은 별로 힘도 들이지 않고 가모 성을 취했다. 성을 지키는 장수인 나마이시 나카쓰카사生石中務를 동군에 내응하게 해서 무혈점령하는 성과를 거두게 된 것이었다.

다카마쓰 성 다음으로 완강할 것이라고 예상했던 성은 바로 히하타 성이었다. 그곳에는 일천여 명의 병사와 주고쿠의 호장豪將으로 알려진 히하타 가게치카가 있었으며, 모리 가의 일족인 우에하라 모토스케上原元祐가 군감軍監으로 이들을 돕고 있었다.

그런 상황에서 성을 어떻게 함락시키느냐가 문제였다. 히데요시는 삼만의 아군 전체를 배치해 적에게 반격할 여지를 주지 않았다. 또 류오 산의 중군 지역에는 일만 오천의 대병을 준비시켜 충분히 여유를 보일 뿐 굳이 대병을 함부로 움직여 공을 서두르려 하지 않았다.

"저건 뭐지? 진 밖에서 떠들썩한 음악이 들리지 않느냐?"

히데요시가 영내의 막사를 걷어 올리며 불쑥 밖으로 나왔다. 귀가 따가울 정도로 피리와 징과 큰북 소리가 들려왔다. 아무리 전장이라 하지만 늦봄 한낮 작전을 짜기에는 진력이 났는지 히데요시가 음악 소리에 이끌려 싱글싱글 웃으며 얼굴을 내밀었던 것이다.

시장

와키자카 진나이脇坂甚內와 가타기리 스케사쿠片桐助作와 이시다 사키치 등의 시동들과 무사들은 각자 자신들의 막사에서 달려 나와 천천히 걸어가는 히데요시의 뒤를 따랐다.

"저건 떠돌이 예술단이 산기슭 시장에 장막을 쳐놓고 사람들을 불러 모으기 위해 연주하는 음악일 것입니다."

하치스카 히코에몬의 아들인 고로쿠 이에마사小六家政가 대답했다.

고로쿠라는 이름은 하치스카 집안에서 대대로 쓰는 이름으로, 전에는 아버지의 이름이었으나 지금은 청년 이에마사가 물려받아 쓰고 있다.

"그러냐? 산기슭에 언제부터 시장이 생겼단 말이냐?"

히데요시는 그곳에 가볼 사람처럼 류오 산의 언덕길을 올려다보았다. 히데요시가 아무런 예고도 없이 진 밖으로 산책을 나오자 보초병들의 눈이 동그랗게 되었다.

"상인들은 정말 빠릅니다."

이코마 진스케生駒甚助가 옆에서 대답했다. 그는 측근 무사 중에서도 나이 든 무사였는데 세태世態를 보는 눈이 뛰어났다.

"여기에 본영을 친 사실이 알려지자마자 그 이튿날부터 근처 마을의 남녀들이 일자리를 구하러 오기도 하고, 남은 밥을 빌리러 오기도 하고, 채소나 과일, 바늘이나 실 같은 것을 팔러 오기도 했습니다. 그리고 여기에 머문 지 열흘이 지나자 노점이 하나둘 늘어났고, 빨래를 해주는 여자나 술 단지를 이고 와 잔술을 파는 사람도 모이기 시작했습니다. 보름쯤 지나자 이번에는 곳곳에서 상인들이 몰려들더니 순식간에 시장이 열리고 떠돌이 예술단까지 들어왔습니다. 이 산기슭은 이미 조그만 마을만큼 사람들로 북적이고, 또 사람들은 저마다의 방식으로 생업을 영위하고 있습니다."

이코마 진스케는 친절하게 설명했다.

"그래, 그렇게 된 거로군."

히데요시는 만족스러워했다. 집에 손님이 많이 찾아오는 것처럼 자신의 본영 주위에 서민들이 모여드는 것은 기쁜 일이었다.

"……과연."

잠시 뒤 히데요시는 산기슭 부근의 높은 지대에 올라 시장 풍경을 내려다보았다.

군대에 방해가 되지 않는 범위 안에서 한쪽 구역을 정해 시장이 형성된 듯했다. 산기슭에서 내려다보이는 가건물이나 노점의 모습은 신사나 절의 사이니치賽日[179]를 떠오르게 할 만큼 북적였다. 물론 이곳에 있는 삼만 명의 장병을 고객으로 시작된 일일 테지만, 사람들이 계속 모여들다 보니 시장은 날로 번창해갔다.

진스케가 히데요시 아래에 무릎을 꿇고 얼굴을 올려다보며 말했다.

"……참으로 활기찬 모습 아닙니까? 각국에 걸쳐서 전쟁이 빈번하고 전쟁이 있으면 반드시 본영을 설치합니다만, 이와 같은 광경은 오

---

179 염라대왕을 참배하는 날. 하인들의 휴가 기간이기도 하다.

로지 나리께서 진을 친 곳에서만 볼 수 있습니다. ……나리께서도 그 어떤 전장에서도 이와 같은 광경을 보신 적이 없으실 것입니다."

"……흐, 흠. 없긴 없구나."

"결코 아첨을 부리려는 것이 아니라, 틀림없이 나리의 인덕에 의한 것이라 여겨집니다. 그리고 우리 하시바 군이 주고쿠에서 민심을 깊이 얻었다는 증거라고도 할 수 있을 것입니다."

"……"

히데요시는 그의 목소리를 듣는 둥 마는 둥 그저 시장의 북적이는 모습만 바라보았다. 그는 마음속으로 주군 노부나가를 따라나섰던 호쿠리쿠北陸와 이세伊勢의 전투를 떠올려 비교해보았다.

노부나가의 원정군이 지나는 곳은 추상같은 군령과 엄격한 처분으로 초목마저도 말라버리는 듯한 분위기였다. 그런 탓에 노부나가를 깊이 이해하지 못하는 적국의 민중들은 오다 군이라고 하면 피도 눈물도 없을 것이라 생각하며 오로지 두려워하기만 했다. 그러니 진영을 둘러싸고 시장이 서기는커녕 사람을 구하려 해도 달아나버리고, 물자를 찾으려 해도 지하로 숨겨버리고 만다.

히데요시는 오랜 세월 그런 모습을 보았어도 따르지는 않고 있었다. 또 그의 성격상 노부나가처럼 할 수는 없었다.

잠시 뒤 히데요시는 시장을 미복잠행微服潛行했다.

떠돌이 예술단 무리가 세련되지 못한 음악에 맞춰 가타나타마토리刀玉取라는 곡예를 선보이고 있었다. 그곳에는 전장의 모습도, 공포도 없었다. 그저 무수한 얼굴들이 곡예를 바라보며 즐거워할 뿐이었다.

히데요시는 구경꾼들이 갈채를 보내고 있는 떠돌이 예술단에서 떠돌이 차림의 젊은 상인으로 보이는 사내 쪽으로 눈길을 돌렸다. 사내는 시선을 받고 있다는 사실을 깨닫지 못한 채 예술단의 가타나타마토리에 정신이 팔려 싱글벙글 웃고 있었다. 그는 빙 둘러선 구경꾼들의 맞은편에 앉아 커다란 짐을 옆에 놓은 채 한쪽 무릎을 세우고 아주 천진난만한 얼굴로 입을 커다랗게 벌려 웃기도 하고 자신의 코를 쥐어보기도 했다.

"오, 야구로弥九郎가 있다."

히데요시가 중얼거리더니 옆에 서 있던 하치스카 이에마사에게 조용히 명을 내렸다.

"고로쿠, 저기 맞은편 나무 밑에 앉아 깔깔 웃고 있는 거뭇하고 마른 젊은이 기억나는가?"

"어디서 본 것 같기도 합니다."

"센슈泉州의 야구로가 아닌가. 나중에 본영으로 데려오게."

히데요시는 그렇게 말하고는 다른 사람들의 호위를 받으며 먼저 산으로 돌아갔다. 잠시 뒤 고로쿠 이에마사도 야구로라는 젊은 상인을 데리고 산을 올랐다.

"왔는가?"

히데요시는 방패들 위에 모피를 깔고 앉아 차를 한잔 마시고 있었다. 그는 노부나가에게 하사받은 명품 찻그릇을 진중에서 아무렇지도 않게 쓰고 있었다. 히데요시가 다도를 맡은 부하에게 찻잔을 건넨 뒤 이에마사에게 말했다.

"여기서 만날 테니 바로 데려와라."

"여기로 데려오면 되겠습니까?"

이에마사가 다시 확인하듯 물은 뒤 히데요시가 고개를 끄덕이는 것을 보고 바로 야구로를 불러들였다.

"네, 네. 고맙습니다. ……여기에 계시다는 말씀입니까?"

막사 밖에서 야구로의 목소리가 들려왔다. 그의 짧은 말속에서 사카이境 지방 방언의 경쾌한 말투와 상인다운 재치가 드러났다.

"오랜만에 뵙겠습니다."

야구로는 가능한 한 몸을 낮추어 이마가 바닥에 닿을 정도로 납작 엎드렸다.

히데요시가 측근들에게 말했다.

"너희는 잠시 물러나 있어라."

부하들 중에는 왠지 불안하다는 듯 야구로의 모습을 경계하는 사람도 있었다. 이윽고 막사 안에는 히데요시와 젊은 상인, 단둘만 남게 되었다.

"좀 더 가까이 다가오게."

"황공합니다."

"야구로."

"네."

"이 근방에는 무엇을 하러 왔는가?"

"장사를 하러 왔습니다."

"약은 좀 팔리는가?"

"우키타 님과 구로다 님, 그리고 곳곳의 각 진중에서 대량으로 사주셔서 가게 사람들이 모두 이쪽으로 와 있는 상태입니다."

"이곳으로 왔으면서 왜 내게 얼굴을 비추지 않았나?"

"하시는 일에 방해가 될까 하여……. 하지만 가신들의 각 진영에는 빠짐없이 필요한 것들을 물으며 돌아다니고 있습니다."

"그런가?"

잠시 뒤 히데요시가 이어 말했다.

"그럼 모리 쪽 성에서도 장사를 하겠지? 히하타 성에도 장사를 하러 찾아가고 있는가?"

야구로의 눈동자에 당황한 빛이 어렸다. 하지만 한편으로는 매우 대담한 면이 있었다.

사카이에서 자란 상인들은 배짱이 두둑한 전국 시대 무장들까지도 안중에 두지 않을 정도로 호기가 넘쳤다. 좋게 말하면 외국과 교류를 하면서 자연스럽게 도량이 넓어지고 성격이 활달해졌다고 할 수 있으며, 나쁘게 말하면 재력을 바탕으로 한 경제관념이 뛰어나다 보니 마음속으로는 사람을 사뭇 얕잡아본다고 할 수 있다.

히데요시는 아직 서른 살도 되지 않은 풋내기 야구로에게서도 그런 점을 느꼈다.

'야구로 역시 전형적인 사카이의 기질을 가진 사람이야.'

히데요시는 마음속으로 생각하며 야구로의 말하는 모습부터 눈동자의 움직임까지 하나하나 살폈다.

야구로는 손을 옆머리 쪽으로 가져가 자꾸만 자신의 목깃을 매만졌다.

"참으로 송구스럽습니다. 짐작하신 바와 같이 상인이니까 주문을 받으면 거절하지는 않습니다. 얼마 전까지는 히하타 성과 가무리 산에 있는 성에도 필요한 용품을 전해주러 갔습니다. 하나 요즘에는 가지 않았습니다. 군대가 포위하고 있어 쉽게 왕래할 수 없기 때문입니다."

야구로는 명쾌하게 대답한 뒤 서둘러 말을 덧붙였다.

"참, 그렇지. 이번에 미야지 성과 가무리 산성을 단번에 손에 넣어 전과를 올리신 일, 진심으로 축하드립니다. 주고쿠의 농민과 평민들 모두 지금은 하루라도 빨리 나리께서 평정하시어 나리의 인정仁政 아래 안심하고 일하게 되기를 진심으로 바라고 있습니다. 결코 아첨이 아닙니다. 그러한 사실은 시장으로 모여드는 저 사람들만 봐도 아실 수 있지 않습니까?"

히데요시는 야구로의 말을 그대로 받아들이는 듯한 얼굴빛이었고, 하지만 히데요시가 다음으로 한 말은 조금 뜻밖이었다.

"자네에게 물어보면 자세히 알 수 있겠지. 히하타 성에는 주고쿠의 호장인 히하타 가게치카가 주장으로 앉아 있고, 모리 모토나리毛利元就의 첩이 낳은 딸의 남편인 우에하라 모토스케가 군감으로 그를 돕고 있네만, 한 명은 모리 가의 외척이고 한 명은 대쪽 같은 용장인데 이 두 사람이 한 성안에서 사이좋게 잘 지내고 있는가? 성안 병사들의 평판은 어떤가? 그런 내부 사정을 좀 들어보고 싶네만……. 만약 자네가 히하타와의 의리를 생각해야 하는 입장이라면 정직하게 말할 수는 없겠지. 자네가 말할 수 없다면 억지로 묻지는 않겠네만…… 어떤가, 야구로."

"그쪽과 의리를 지켜야 할 일은 결코 없습니다. 몇 번인가 약재를 납품한 적은 있습니다만 그것도 히하타 가의 중신重臣인 다케이 소자에몬竹井惣左衛門 님과 저를 양자로 받아주신 집의 큰어르신 사이에 약간의 연고가 있었기 때문입니다. 저는 히하타 가게치카 님을 직접 뵌 적이 한 번도 없을 정도입니다."

야구로는 히데요시가 자신을 부른 이유를 깨닫고 덧붙여 말했다.

"저희는 꽤 오래전부터 나리의 가문을 소중한 단골집으로 생각하고 있었습니다. 나리께서는 이미 잊으셨을지 모르겠습니다만, 나리를 처음 뵌 것도 벌써 십삼사 년 전. 틀림없이 노부나가 나리께서 처음 사카이로 진군하셨던 해로, 저는 아직 사카이의 생가인 고니시야小西屋 가게에 있었고 나이도 열두어 살 무렵이었습니다."

"그래, 맞아. 자네는 꽤나 활달한 아이였지."

"나리께서 고니시야의 점포에 들르셨을 때 점포 앞에서 놀고 있던 제 머리를 쓰다듬어주시며, '이 아이는 사람을 무서워하지 않는구나. 어떠냐, 무사가 되지 않겠느냐?'라고 말씀하신 것을 지금도 기억하고 있습니다.”

야구로가 옛 이야기를 꺼내자 히데요시도 분위기에 젖어 그립다는 듯 웃어 보였다.

“그런가? 그때 그런 말을 했었나?”

“어린 마음에 새겨진 말은 신기하게도 언제까지고 잊히지 않는 법이기에……”

야구로는 그렇게 말하고는 입을 다물었다. 옆길로 벗어난 이야기를 앞으로 되돌리려는 듯 히데요시에게 받은 질문에 대한 답을 마음속으로 정리하고 있었다.

잠시 뒤 야구로가 다시 입을 열었다.

“히하타 성의 내정에 대해 들은 것을 요점만 말씀드리겠습니다. 단, 대부분의 이야기가 사람들에게서 들은 풍문이니 그 진위에 대해서는 현명하게 판단하시기 바랍니다.”

“흐음.”

“한마디로 말씀드리면 히하타 성 사람들은 단합이 잘되지 않는다고 합니다. 명령이 언제나 주장인 가게치카 나리와 군감인 모토스케 나리 양쪽에서 따로따로 내려오고, 서로 자신의 주장을 고집하기 때문에 논의하는 경우가 많아 중신인 다케이 소자에몬 나리도 매우 난처하신 듯 저 같은 놈에게까지 탄식하는 모습을 보인 적이 있었습니다.”

“우에하라 모토스케의 처도 히하타 성안에서 산다고 들었네만.”

“그 마님은 비록 첩에게서 태어나기는 했으나 모리 모토나리 님의 피를 이어받아 현명한 부인이라는 평판이 자자합니다.”

“남편인 모토스케의 됨됨이는?”

“그는 특별히 논할 필요도 없는 인물입니다. 자기 처가 모토나리 공의 따님이라는 사실을 내세워 무슨 일에나 격식만을 따지려 듭니다.

이 역시 두 장군의 불화의 원인 중 하나라고 들었습니다."

"음, 그렇군."

야구로의 말은 미리 정찰해두었던 내용과 정확히 맞아떨어졌다.

히데요시는 눈을 크게 뜨고는 다시 한 번 턱을 한껏 당겼다.

"야구로."

"네."

"좀 더 가까이 오게. 지금부터 상의할 것이 있으니."

"네."

야구로는 겁도 없이 히데요시 앞으로 무릎이 거의 닿을 정도로 바짝 다가갔다.

"무슨 일이십니까?"

"어떤가? 무사가 되지 않겠나? 이건 십여 년 전 고니시야의 점포 앞에서 내가 자네의 머리를 쓰다듬으며 했다던 말을 지금 실행하는 셈이 되는 일이네만."

"……그렇게 되는 셈이군요."

야구로는 바로 알았다고 대답하지 않았다. 그는 깊이 생각한 뒤에 대답했다.

"되어도 상관은 없습니다만……."

"만…… 하고 말을 흐리는 것은 되어도 그만, 되지 않아도 그만이라는 뜻인가?"

"기탄없이 말씀드리겠습니다. 아시는 바와 같이 저는 사카이 약재상인 고니시야 주토쿠壽德의 차남으로 태어난 뒤 오카야마 성 아랫마을에 있는 동업자 집에 양자로 들어갔습니다. 그리고 끊임없이 사카이와 주고쿠를 오가며 여러 집안에 약을 대주고 있습니다만 이는 그리 나쁘지 않은 직업입니다."

“……흠.”

히데요시는 감탄하는 듯한, 또 조금은 머쓱해진 듯한 표정으로 야구로의 입가를 빤히 바라보았다.

“허름한 옷에 짚신을 신고 남들에게 허리를 굽실거리며 분주히 돌아다니고 있지만 그래도 마음만은 꽤나 즐겁습니다. 이렇게 말씀드리기 뭐합니다만, 주고쿠 전투 덕분에 외상을 입었을 때 쓰는 약뿐 아니라 다른 약재까지 신나게 팔리고 있습니다. 앞으로는 외국과도 교역을 넓혀 그곳의 약재와 향료 등을 들여다 팔면 상인으로 크게 활약할 수 있는 시대가 올 것입니다. 그런데 상인의 길을 버리고 무사들의 뒤를 따라다니며 창을 쥐는 법부터 배우고 전장을 쭈뼛쭈뼛 둘러보아야 한다니 아무래도 썩 자신 있는 일은 아닐 듯싶습니다. 좀 더 깊이 생각해 볼 일입니다. 어렸을 때라면 이것저것 따질 필요도 없이 말씀에 따랐을 테지만, 이제는 나이가 먹어서인지 단번에 대답을 드릴 수가 없습니다.”

사회적으로 상인은 무사보다 낮은 계급이었다. 그러니 무사로 거두어주겠다고 하면 고마워하며 그 말에 따르는 것이 인지상정이자 상식이었다. 그런데 고니시야 야구로는 그렇지 않았다.

야구로는 굳이 무사로 전향하지 않아도 이 시대에서 자신의 직업으로 충분히 희망과 보람을 느끼고 있다고 생각했다. 이처럼 어려운 시대를 만나 앞으로 무가武家에 이루어야 할 이상이 많다고 한다면 상인에게도 천재일우의 기회가 있을 것이었다.

“으음, 그런가?”

히데요시는 일단 입을 다물었다. 그러고는 이런 것이 바로 사카이 사람의 특징이라고 생각했다. 일반적인 경우라면 ‘부족한 저를 받아주셔서 고맙습니다. 견마의 노고를 아끼지 않겠습니다’라거나 ‘기대에 보답하겠습니다'라고 대답해야 하지만, 야구로는 장래의 이해관계를 분명히 이야기한 뒤 '깊이 생각해본 뒤에'라고 대답했다. 하지만 히데요시는 조금도 불쾌하게 생각하지 않았다. 오히려 이처럼 분명하게 말하는 야구로가 좋았다. 의리에 못 이겨 일단 승낙해놓고 나중에 이해득실을 따져 구구절절 이야기하는 것보다 훨씬 나았다. 게다가 그런 모습도 언젠가는 크게 쓰일 데가 있으며, 어떻게 쓰느냐에 따라 편리한 점도 있을 것이라고 생각했다. 아니, 애초부터 그런 사내라는 사실을 알고 이야기를 꺼낸 것이라 그다지 불쾌할 이유도 없었다.

"야구로, 흔히 상인에게는 눈앞의 일이 중요하다고 말하네만, 그 눈앞의 일이란 당면한 일만을 의미하는 건 아니겠지? 예측, 앞날을 의미하는 것 아닌가?"

"말씀하신 대로입니다."

"그렇다면 자네의 예측은 너무 눈앞에만 머물러 있네. 어째서 앞날의 커다란 이익을 생각하지 않는 겐가? 상인으로 살아간다 해도 사내가 해야 할 일은 여럿 있을 테지만, 열 칸짜리 집을 오십 칸으로 늘리고 문 세 개짜리 곳간을 백 개로 늘린다 한들 그것뿐이지 않은가? 한 나라, 한 성의 주인이 된다는 것은 그 의미가 전혀 다르다네. 일의 보람이 다르다네. 남자로 태어났으니 삶의 폭도 다를 텐데, 어떻게 생각하는가?"

"그 점은 잘 알고 있습니다."

"당장 주는 녹도 먹고살기 힘들 정도로 미록微祿을 주지는 않겠네. 중진과 같은 대우를 해주지. 전장을 뛰어다니기 어렵다면 내 뒤에서 장부와 주판을 들고 있어도 괜찮네. 군대 안에는 자네와 같은 재능을 가진 사람도 필요한 법이야. 아니, 휘하의 무사들은 기회만 있으면 진두에 서서 생사 한가운데로 달려 나가려고 하지. 군량과 군수의 숫자를 헤아리고 진영 뒤에서 경영을 위해 고심하는 일 따위는 무사로서 떳떳한 일이 아닌 것처럼 모두 싫어하는 게 고민일세. 그렇다고 해서 거기에 적합하지 않은 사람을 억지로 앉혀놓으면 그건 그 사람의 천성을 죽이는 일이 되어버리지. 바로 그렇기 때문에 자네와 같은 사람을 중용해야 할 이유가 있는 걸세.”

“나리, ……대답을 드리겠습니다. 저 같은 놈이라도 써주시기만 한다면 도움을 드릴 수 있을 것 같다는 생각이 들기 시작했습니다. 나리를 모시도록 하겠습니다. 모쪼록 훗날 야구로를 모자람 없이 썼다고 생각하실 만큼 충분히 써주시기 바랍니다.”

“승낙하는 겐가?”

“이러쿵저러쿵 제 입장만 말씀드려서 황공하기 짝이 없습니다.”

“그런 건 사과할 필요 없네. 내 부하가 된다고 하니 자네에게 즉시 명령할 일이 있네. 말하자면 일의 시작이라고 할 수 있지. 야구로, 우선 한바탕 신나게 일을 해보기 바라네.”

모토스케의 처妻

고니시야 야구로는 일단 오카야마로 갔다 곧장 본영으로 돌아와야 했다. 그는 그날부터 히데요시를 섬기는 몸이 되었다.

야구로는 스스로 고니시 야구로 유키나가行長라고 칭하는 어엿한 무사가 되었으나, 머리 모양도 옷차림도 상인이었을 때와 다름없는 모습으로 히데요시로부터 명령을 받아 곧 어딘가로 떠나버렸다.

며칠 뒤 야구로는 히하타 성안에 있는 다케이 소자에몬의 저택에 손님으로 찾아갔다. 그리고 깊은 밤까지 밀담을 나누다 은밀히 돌아왔다.

소자에몬은 군감 우에하라 모토스케의 가신이었다. 그는 야구로가 떠난 뒤 모토스케를 만났다.

"어젯밤 저와 절친인 고니시 야구로라는 자가 나리를 꼭 좀 뵙게 해달라며 이 서찰을 들고 저를 찾아왔었습니다. 일단 나리께 보여드리겠다고 말하고 돌려보냈습니다만."

소자에몬은 품속에서 히데요시가 보낸 서찰을 꺼내 모토스케에게 건넸다.

모토스케는 서찰을 꼼꼼하게 읽었다. 소자에몬은 곁눈질로 주인의 얼굴을 살폈다. 모토스케의 얼굴을 보니 싫지만은 않은 눈치였다. 히데요시의 편지는 항복을 권하는 내용으로, '내응해서 성을 넘겨준다면 노부나가에게 이야기해 전쟁이 끝난 뒤 충분한 상으로 보답하겠다. 빗추 일국을 귀하에게 줄 수도 있다'고 적혀 있었다.

"소자에몬."

"네."

"자네는 어떻게 생각하는가?"

"저는 단지 나리와 생사를 함께할 뿐입니다. 나리의 뜻에 따르도록 하겠습니다."

소자에몬의 말은 이미 모토스케가 마음속으로 생각한 것을 부추기는 것이나 다를 바 없었다. 하지만 모토스케는 쉽게 결심이 서지 않아 망설일 수밖에 없었다. 그러자 소자에몬이 이어 말했다.

"이 성의 성주이신 히하타 님께서 저렇게 완고하시니 아무리 막아도 성을 잃을 날이 머지않은 것만은 틀림없는 사실입니다. 그에 비해 적인 히데요시는 주고쿠에서 날이 갈수록 인망을 얻는 듯하니……."

소자에몬은 그렇게 말하고 주인의 눈치를 살폈다. 모토스케가 자신의 말에 동의하는 듯 보이자 그는 기탄없이 자신의 뜻을 이야기했다.

"일단 성을 빼앗기고 나면 그것으로 모두 끝입니다. 목숨을 잃거나 포로가 되어 쓴맛을 보게 될 것입니다. 그러니 이번 기회에……."

"으음. ……소자에몬, 자네 생각도 그런가?"

"사려 깊지 못한 히하타 가게치카 나리와 함께 참패를 당하느니 차라리……."

"종이와 벼루를 가져오게."

모토스케는 붓을 들어 히데요시에게 내응을 승낙한다는 내용으로 답장을 썼다.

"소자에몬, 그럼 이것을."

“넷.”

“가게치카에게 들켜서는 안 되네.”

“빈틈없이 처리하겠습니다.”

소자에몬은 답장을 품속에 넣었다.

그다음 날 고니시 야구로가 일개 상인 행색으로 여러 가지 약품을 납품하러 왔다. 성안에서는 부족한 물건들이었기에 그의 노고를 치하하며 평소보다 배가 되는 값을 치렀다. 물건값은 소자에몬의 손을 통해 건네졌다. 돈 안에는 우에하라 모토스케가 쓴 답장도 들어 있었다.

“고맙습니다.”

야구로는 떳떳하게 히하타 성 밖으로 나갔다. 그는 그길로 곧장 류오 산의 진영으로 서둘러 갔지만 방심하고 있던 히하타 가게치카의 부하들은 그 사실을 깨닫지 못했다.

멸망에 이르는 원인은 대부분 외적보다 내부의 적에 있었다. 내부에 화근이 없는 한 외적도 기회를 포착할 수 없기 때문이었다. 히하타 성은 이미 내부에 병이 들었던 것이다. 고니시 야구로를 움직인 히데요시의 책략은 단지 외부에서 환부에 열을 가한 것에 지나지 않았다. 성의 주장인 히하타 가게치카와 군감인 우에하라 모토스케의 알력, 아군끼리의 암투와 중상, 그것을 둘러싼 부하들의 흐트러진 사기 등 이미 내홍이라는 환부에서 고름이 흐르고 있었다. 성 앞쪽으로는 히데요시의 대군을 마주하고 있고 뒤쪽으로는 모리 가의 흥망을 짊어지고 있으면서도 인심人心의 참된 아름다움과 순수한 열정은 보지 못한 채 오로지 인심의 약점, 즉 사욕과 개인적인 감정, 사투私鬪와 같은 추한 모습만을 들춰내는 형국이었다. 그런 상황이다 보니 그냥 내버려두어도 틀림없이 와해되었을 것이다. 그런데 야구로가 오가며 박차를 가해 그날이 앞당겨졌을 뿐이었다.

그로부터 얼마 지나지 않은 어느 날 밤이었다.

"즉사하셨다!"

"누구의 하수인이냐?"

"성안에 만만찮은 배신자가 숨어 있다. 모두 방심해서는 안 된다."

성의 주장인 히하타 가게치카가 성의 북쪽 방어벽을 순시하던 중 누군가의 총에 저격당한 것이었다. 적의 탄환이 아니었다. 분명히 아군의 탄환이었다. 솥이 들끓는 것과 같은 혼란이 밤새 끝도 없이 이어졌다. 소란스러운 이야기들은 입에서 입으로 전해져 날이 밝을 때까지 가라앉을 줄 몰랐다.

"평소 가게치카 나리와 화목하지 못했던 우에하라 모토스케의 음모임에 틀림없소."

"모토스케의 중신인 다케이 소자에몬이 수상하오. 얼마 전부터 약재상인 고니시 야구로와 몇 번이나 은밀히 만나던데 그를 통해 적인 하시바 군과 연락을 취하는 것 같았소."

"모토스케의 집으로 가세. 어쨌든 밀고 들어가서 그들의 본심을 따져보면 낯빛으로 진실을 알 수 있을 게요."

가게치카의 부하들은 마침내 집결하여 우에하라의 집으로 쇄도해 들어갔다.

군감인 우에하라 모토스케가 같은 성안에 있으면서 밤새도록 벌어진 소동을 모를 리 없었다. 그럼에도 불구하고 모토스케는 어젯밤부터 누구에게도 얼굴을 보이지 않았다.

"모토스케, 나와라."

"모토스케를 만나야겠다."

히하타의 부하들이 문 앞에 모여 소리를 질러댔다.

"나오지 않는 것을 보니 떳떳하지 못한 모양이로군. 우리는 오랜 주

인을 잃고 성 앞에 적의 대군을 맞이한 채 억누를 수 없는 울분을 품고
온 자들이다. 밀고 들어가 모토스케의 목을 치자.”

저택 안에는 우에하라의 부하들이 한데 모여 있었다. 그들은 무슨
일인가 싶어 깊이 논의하는 중이었다. 그 순간 한 여자가 하인들에게
문을 열게 하더니 모습을 드러냈다.

“조용히 하십시오. 성 밖의 적이 눈치라도 채면 어쩔 생각이십니까?”

우에하라 모토스케의 아내였다. 그녀는 손에 언월도를 들고 있었다.

히하타의 부하들은 모토스케의 아내가 모리 모토나리의 피를 물려
받은 첩의 딸이라는 사실을 알고 있었다. 그런 점에서 모토스케의 아
내의 말은 일시적으로나마 그들의 분노를 어루만지는 효과를 보였다.

“지난밤의 일에 대해서는 여자인 저 역시 가슴이 아픕니다. 만약 남
편이나 저희 집안의 가신 중에 그와 같은 이단을 아군 속에 불러들인
자가 있다면 여러분의 손을 빌릴 필요도 없을 것입니다. ……지금까지
그 일을 살피고 있었습니다. 조사를 하는 동안 잠시 기다려주시기 바
랍니다.”

모토스케의 아내는 다시 문을 닫게 한 뒤 집 안으로 모습을 감추었
다.

“돌아갔는가?”

집 안으로 들어온 아내에게 모토스케가 물었다.

“아니요.”

모토스케의 아내는 눈물 속에서 남편의 얼굴을 경멸하듯, 또 원망하
듯 바라보았다. 그러다 가만히 말했다.

“소자에몬을 여기로 불러주십시오.”

이윽고 모토스케의 시종이 중신인 다케이 소자에몬을 데려왔다.

“들어오실 필요 없습니다.”

모토스케의 아내는 툇마루에 소자에몬의 모습이 보이자 직접 방 밖
으로 나서며 말했다.

"불충한 놈!"

잠시 뒤 모토스케의 아내가 야단치는 소리가 들려왔다. 놀란 모토스
케가 자리에서 일어나 방 밖으로 얼굴을 내밀었다. 모토스케의 아내가
옆방에서 꺼내온 언월도로 다케이 소자에몬을 단칼에 베어버린 것이
었다.

"앗. 다, 당신 어째서 소자에몬을……. 어째서?"

모토스케가 억누를 수 없는 분노를 불태우며 창백한 얼굴로 말했다.

"방으로 들어가십시오."

모토스케의 아내는 소란을 피우는 시종을 뒤로하고 방문을 닫았다.
방에는 부부 둘만 있게 되었다.

모토스케의 아내는 손으로 방바닥을 짚더니 몸을 떨며 눈물을 흘렸
다. 그러다 더는 울지 않겠다는 듯 마침내 눈물을 훔치고 남편에게 다
가갔다.

"같이 목숨을 끊기로 해요."

"……뭐, 뭐라."

모토스케는 자신의 무릎을 뒤로 물려 아내 곁에서 떨어졌다. 모토스
케의 아내는 자신과 남편 사이에 비수를 놓았다. 그리고 눈물 젖은 목
소리로 진심을 담아 이야기했다.

"평소 아무리 의견에 차이가 있었다 할지라도 다케이 소자에몬에게
명하여 히하타 나리를 암살하다니 이게 어찌 된 일입니까? 게다가 그
전에 적 히데요시와 내통한 뒤, 이에 눈이 어두워 아군을 팔기로 약속
하시다니……."

"대, 대체 누가 그런 말을 퍼뜨린 거지?"

"전 당신의 아내입니다. 당신의 마음을 어찌 모르겠습니까? 문밖에는 이미 가게치카 나리의 부하들이 당신의 목을 바라고 모여 있습니다. 아내가 곁에 있으면서 어찌 남편의 목을 다른 사람들의 조롱거리로 만들 수 있겠습니까? 저도 함께 가도록 하겠습니다. 깨끗하게 죄를 사죄하고 할복하시기 바랍니다."

"할복을 하라고? 부인, 정신이 어떻게 된 것 아니오?"

"저는 모토나리의 딸입니다. 선친의 유훈 가운데 이를 좇아 이름을 버리라는 말씀은 없었습니다. 당신 역시 모리 가에 충의를 바쳐 저를 아내로 맞아들였고, 또 이번에는 데루모토 님의 판단에 따라 군감이 되어 이 성에 오신 게 아닙니까? ……그 어떤 악귀가 제 남편을 이렇게 비열한 분으로 만들었는지, 믿지 못할 사람의 마음이 마냥 덧없기만 합니다. ……자, 저 목소리, 문밖에서 아우성치는 아군의 목소리를 들어보시기 바랍니다. 여기서 더 살아간다는 것은 몸만 욕되게 할 뿐이며, 모리 가의 이름을 더럽힐 뿐입니다. 자, 서두르세요."

모토스케의 아내가 핏발 선 얼굴로 다가서자 모토스케는 목숨이 아까운지 퍼뜩 달아나려 했다.

"비겁하십니다."

모토스케의 아내가 남편을 끌어안았다. 그 순간 선혈이 뿜어져 나왔다. 그로부터 얼마 지나지 않아 그녀의 아름다운 시체가 성곽의 동쪽 언덕에서 발견되었다. 그녀는 남편 모토스케의 목을 앞에 놓고, 한 줄기 꽃을 바친 뒤 그 앞에서 장렬히 목숨을 끊은 것이었다. 늘어진 검은 머리카락은 서쪽, 모리의 본국인 게이슈 쪽을 향하고 있었다.

장마 구름

연환계로 묶여 있던 작은 성들이 하나하나 무너져갔다. 이제 남은 것은 하나, 다카마쓰 성의 주력만이 홀로 고립된 상태였다.

'사태가 더욱 다급해졌다. 한시라도 빨리 원군을 보내달라.'

다카마쓰 성의 시미즈 무네하루는 모리 가에 급보와 전령, 연이은 특사를 빈번하게 보내 기울어가는 형세를 호소했다. 하지만 애석하게도 사정은 급속하게 변해 모리 군이 그곳으로 말 머리를 돌려 진출하는 것을 허락하지 않았다. 그즈음 고바야카와 다카카게는 지쿠젠의 다치바나立花와 분고豊後의 오토모 소린大友宗麟 등과 교전 중이었다. 그리고 깃카와 모토하루吉川元春는 돗토리 성을 중심으로 적이 산인山陰 지방으로 진출하지 못하게 하기 위해 분주한 나날을 보내고 있었다. 주장인 모리 데루모토도 양 날개가 뜻을 모으고 히데요시 군에 대한 커다란 방침이 결정되지 않는 한 본국인 요시다吉田 산의 성을 함부로 나설 수 없었다. 그러다 보니 데루모토를 중심으로 양쪽 날개의 의견이 일치하여 모리 가 역사상 최대의 전쟁을 예측하며 사만 전군이 방향을 틀어 빗추 경계로 나가기까지는 아무래도 보름 이상이 더 걸릴 터였다.

"최대한 서두르겠다. 반드시 대군을 이끌고 지원하겠다. 단, 문제는 그동안의 방어다. 견뎌야 한다. 다카마쓰 성 하나만 굳게 지키면 적은 게이슈에 한 걸음도 들어올 수 없다. 모쪼록 시미즈 무네하루 이하 모두가 일심으로 성을 지켜주길 간절히 바란다.”

데루모토의 측근은 매번 사자에게 데루모토의 말이라며 그렇게 답을 하고 격려를 아끼지 않았다. 그리고 그 일선의 책임과 농성의 의의가 얼마나 크고 무거운지를 설명하며 편달을 게을리하지 않았다. 모토하루와 다카카게 등도 무네하루에게 몇 번이나 비슷한 격려를 보내고 급히 구원 준비를 하고 있다는 소식을 전했다. 하지만 그 통신은 곧 끊어지고 말았다.

“오늘은 반드시.”

4월 27일, 히데요시는 주도면밀한 준비 아래 방해되는 모든 것을 제거하고 드디어 유일하게 남은 다카마쓰 성을 포위하기 시작했다. 하지만 류오 산의 본진 일만 오천 병사는 여전히 움직이지 않았다. 하시바 히데카쓰가 오천 명을 이끌고 히라야마의 고지에 진출했으며, 하치만 산에서는 우키타 히데이에의 병력 일만 명이 전의를 불태우고 있었다.

우키타 군의 배후에는 히데요시의 가신으로 보이는 여러 장수가 진을 치고 있었다. 장기판 위의 말처럼 일단 모두 자리를 잡은 상황이었다. 우키타 군 뒤에 가신들을 배치한 것은 우키타의 부하들 중 두 마음을 품은 사람이 전혀 없다고는 말할 수 없기 때문에 만일의 경우를 대비하기 위해서였다.

포위 형세를 취한 그날부터 공격 부대와 성의 병사 사이에서 충돌이 있었다.

“오늘 아침 연못 아래쪽의 전투에서는 우키타 나리의 가신 중 오백여 명의 사상자가 나왔으며, 성안 병사의 피해는 백 명에 미치지 못합니다. 그 가운데 팔십여 명은 모두 사살되었고, 나머지 몇 명만 생포했는데 온몸에 깊은 상처를 입어 몸도 제대로 가누지 못한 채 붙들린 자들뿐입니다.”

구로다 간베는 전선을 시찰하고 평소처럼 가마에 올라 류오 산으로 돌아왔다. 그는 히데요시 앞으로 나가 서전의 첫날부터 처참한 격전이 있었다는 이야기를 자세히 전했다. 히데요시가 고개를 끄덕이며 말했다.

“그래, 그랬겠지. 이번에는 피를 보지 않고는 성을 빼앗을 수 없을 테니까. ……그런데 우키타 군도 잘 싸우고 있는 모양이로군.”

우키타의 선봉은 히데요시 눈앞에서 전투력을 시험당하고 있는 셈이었다.

이윽고 5월이 되었다. 장마철에는 흐렸다 싶다가도 해가 뜨겁게 내리쬐다 보니 날이 후텁지근했다.

서전에서 커다란 피해를 입은 우키타 군은 그로부터 오 일 동안 매일 밤 와이모토和井元 문 부근에 은밀하게 참호를 팠다. 그리고 2일 아침, 그 부근에 공격 지점을 정해놓고 성을 공격했다.

시미즈 무네하루의 병사들은 우키타의 병사들이 성문이나 성벽 근처로 몰려드는 것을 보며 저마다 욕설을 퍼부었다.

“구더기 같은 놈들.”

한때는 모리 가에 속해 있었으나 배신을 하고 히데요시의 선봉이 되어 예전 동료를 공격하는 자들에 대해 분노를 느끼는 것은 당연한 일이었다. 무네하루의 병사들은 팔에 힘을 주고 이를 앙다문 채 지켜보고 있다가 때를 가늠해서 성문을 열고 성난 파도처럼 쏟아져나갔다.

“구더기들을 내쫓아라!”

“아니, 한 마리도 살아 돌아가게 해서는 안 된다.”

그들의 마음속에는 싸움을 처참하게 만드는 감정이 성난 파도처럼 물결치고 있었다. 맹렬하게 창을 휘두르고 대검을 번쩍이자 이내 참혹한 핏줄기가 뿜어져 나왔다.

"덤벼라!"

"이놈!"

곳곳에서 서로 찌르고 목을 베고, 그 목을 서로 빼앗는 등 다른 전장에서는 도저히 찾아볼 수 없는 맹렬한 전투가 펼쳐졌다.

"물러나라, 물러나라."

흙먼지 속에서 우키타 군 부장의 갈라진 목소리가 들려오자 여기저기 흩어져 있던 병사들이 와아 함성을 지르며 물러났다.

"돌격하라."

"저기 깃발이 보이는 곳까지."

성의 병사들은 그 기세를 몰아 우키타의 중군까지 짓밟겠다는 듯 뒤를 쫓았다. 그 순간 앞쪽 평지에 일렬로 늘어선 참호가 보였다. 선두에 섰던 부장은 멈추려 했으나 병사들은 참호도 보지 못하고 고꾸라질 듯한 기세로 뒤따라왔다. 병사들이 참호 부근까지 다가갔을 때 참호 안쪽에서 한꺼번에 총성이 울리고 연기가 피어오르더니 순식간에 병사들을 들판에 픽픽 쓰러뜨렸다.

"유인작전이다. 적의 유인작전에 말려들어서는 안 된다. 몸을 숙여라. 몸을!"

선두에 섰던 부장이 다시 외쳤다.

"총을 쏘게 내버려둔 다음 총알을 장전하는 틈을 타서 뛰어들어라."

병사들은 희생을 각오하고 일부러 일어서서 비처럼 쏟아지는 총알 세례를 받았다. 그러고는 적의 총수가 다음 총알을 장전하는 순간 참호로 다가가 구덩이 속으로 뛰어들었고 그곳에서 피비린내 나는 토중전土中戰을 벌였다.

그날 밤부터 비가 내리기 시작했다. 류오 산에 있는 각 진영의 깃발과 막사가 모두 흠뻑 젖었다. 히데요시는 어두운 얼굴빛으로 진소에 들어앉아 차양 밖으로 우울한 5월의 비구름을 바라보고 있었다.

"도라노스케."

히데요시가 뒤를 돌아보며 말했다.

"빗소리인지 사람의 발소리인지 문 쪽에서 술렁이는 소리가 들리는구나. 뭔지 보고 오너라."

"네."

이윽고 도라노스케가 돌아와 주군 히데요시에게 알렸다.

"구로다 나리께서 지금 막 전장에서 돌아오셨습니다. 오는 도중에 가마를 짊어진 자가 비 때문에 언덕길에서 미끄러져 간베 님이 가마에서 세게 떨어졌다고 합니다. 지금 간베 님이 도롱이를 걸친 채 가신들의 등에 업혀 돌아오셨습니다. 모든 사람이 놀라자 구로다 님이 우습다는 듯 껄껄 웃더니 '허리가 아프구나' 하시며 막사 안으로 들어가셨습니다."

'이 빗속에 불편한 몸으로 전선에 나갔던 것일까.'

새삼스러운 일은 아니지만 히데요시는 다시 한 번 간베의 지칠 줄 모르는 정력에 감탄했다.

"곧 이리로 오실 겁니다."

도라노스케는 자세히 이야기를 전한 뒤 옆으로 물러나더니 화로 안에 굵직한 장작을 넣었다.

하나둘, 모기가 나오기 시작했다. 비 내리는 날은 특히 더 귀찮을 정도였다. 날이 후텁지근해 화로를 피우면 더 덥기는 하지만 화로 속 장작은 모기를 쫓는 데 도움이 됐다.

"맵구나. 아아, 매워."

절름발이 간베는 그렇게 중얼거리며 안내도 없이 그곳에 있던 어린 시동들 사이를 지나 히데요시의 방 쪽으로 갔다. 건너편 방에서 만난 간베와 히데요시는 장마철의 눅눅함을 날려버릴 정도로 유쾌하게 이야기를 나누었다.

"왜 저렇게 웃고 계신 걸까?"

시동들은 화로 옆에서 따뜻한 물을 마시며 편안히 쉬고 있었다. 말할 필요도 없이 그들은 주군의 웃음소리를 들으면 '우리 나리가 기분이 좋으시구나' 하며 같이 유쾌해진다. 이곳의 젊은이들은 언제나 주군의 방에 민감하게 반응했다.

"틀림없이 이 일 때문일 겁니다."

이시다 사키치가 허리 문지르는 시늉을 하자 후쿠시마 이치마쓰가 무릎을 치며 말했다.

"그래, 맞아."

"뭐야."

"무슨 일 있었어?"

가타기리 스케사쿠와 다른 시동들이 눈을 크게 뜨며 얘기를 듣고 싶어 했다. 진중은 5월 장마에 한없이 무료하던 참이었다. 젊은이들은 이야깃거리에 목말라 있었다.

"도라노스케에게서 들었는데."

이치마쓰가 턱으로 도라노스케를 거만하게 가리켰다. 그러고는 조금 전 구로다 간베가 진영으로 돌아오던 중에 가마꾼이 언덕길에서 미끄러지는 바람에 가마에서 떨어졌다는 이야기를 과장되게 들려주었다.

"그거 재미있구나."

가토 마고로쿠加藤孫六가 말했다.

"구로다 나리가 떨어지는 모습이 볼만했겠는데."

히라노 곤페이가 안쪽에 들릴 정도로 크게 웃으며 말했다.

간베를 '안쓰럽다'고 말하는 사람은 아무도 없었다. 그럴 만도 한 게 간베는 언제나 젊은이들에게 쓴소리를 해댔다. 가끔 무리들 사이로 들어와 '요즘은 어때?' 하며 친밀함을 보이기도 했으나 대부분 간베를 어렵게 생각했다. 술에 취하기라도 하면 젊은이들을 다짜고짜 호되게 야단치기 때문에 친하게 지내려고 하지 않았다.

"두고 보라지."

젊은이들은 악의가 아닌 좋은 뜻에서 남몰래 훗날을 기약했다.

"선배라고 해서 요즘 젊은이들에게 큰소리만 쳐서는 안 된다."

그들은 언젠가 한번은 구로다 간베에게 혀를 내두를 만한 경고를 하겠다며 다짐했다.

"시동 여러분."

까까머리 한 명이 매운 연기 속에 가만히 서서 입을 열었다. 다도를 담당하는 무리 중 하나였다.

"이봐, 무슨 일이야?"

이치마쓰가 무뢰한과도 같은 말투로 물었다.

"나리의 명령이십니다."

그 말을 듣자 젊은이들은 모두 갑옷을 입은 채로 일제히 자세를 바로 하고 앉아 더는 장난스러운 말을 하지 않았다.

"구로다 님과 이야기하는 동안 잠시 시동들 방으로 물러나 있으라는 명령이십니다. 매우 중요한 말씀을 나누실 모양인 듯……."

"어렵겠는가?"

히데요시가 묻자 간베가 대답했다.

"어려울 듯합니다."

침묵이 이어지자 진중의 조잡한 임시 건물에 앉은 두 사람 사이에는 차양으로 떨어지는 5월의 빗소리만 적적하게 들려왔다.

"결국은 날짜가 문제일 듯합니다. 두 번의 총공격을 감행해서 단기 간의 역공力攻으로는 이기기 어렵다는 사실을 알게 되었습니다. 그렇다면 장기전을 각오하고 여유 있게 포위를 해야겠지만 거기에도 당연히 커다란 위험이 예측됩니다. 모리 본국의 사만 병력이 때를 놓치지 않고 급히 구원을 와서 다카마쓰 성과 연락을 취하고 서로 호응하여 저희에게 공격을 전개할 우려가 있습니다."

"으음……. 그 때문에 나 역시 이번 장마에는 기분이 가라앉았네. 간베, 무슨 묘책이 없겠는가?"

"어제와 오늘 전선을 돌아다니며 성의 위치, 사방의 지세를 면밀히 살펴보았습니다. 그 결과 여기서 단번에 승부를 낼 수 있는 묘책은 오직 하나밖에 없습니다."

"다카마쓰를 떨어뜨리느냐, 떨어뜨리지 못하느냐 하는 것은 적과 아군 모두에게 단지 하나의 성만을 놓고 싸우는 문제가 아닐세. 여기가 떨어지면 게이슈 요시다 산의 모리 본영은 이미 우리 수중에 들어온 것이나 다를 바 없지만, 여기서 차질이 빚어지면 오 년 동안에 걸친 주고쿠 공략의 업도 일패도지一敗塗地가 되어버리고 말 게야. 묘책이 필요하네. 간베 자네의 생각은 무엇인가? 옆방의 무리들도 물러났으니 기탄없이 말해주기 바라네."

"황공합니다만, 나리의 마음속에도 계책 하나가 있지 않습니까?"

"없지는 않다네."

"먼저 들어보도록 하겠습니다."

"그럼 서로 글로 쓰도록 하게."

히데요시는 옆에 있는 벼루를 당겨 자신도 붓을 들고 간베에게도 종이를 건넸다.

간베가 히데요시가 쓴 것을 집어 보았다. '수水'라는 한 글자가 적혀 있었다. 히데요시도 간베가 쓴 것을 집어 보았다. 거기에는 '수공水攻'이 라는 두 글자가 적혀 있었다.

"하하하하."

"아하하하."

두 사람은 웃으며 둥글게 만 종이를 품속에 넣었다.

"간베, 사람의 지혜란 역시 사람의 지혜 그 이상은 벗어날 수 없는 모양이군."

"그렇게 말씀하시지만, 다카마쓰 성은 평야와 밭의 낮은 지대에 위 치해 있고 사방에 적당한 산들이 자리하고 있고, 또 아시모리足守 강을 비롯하여 크고 작은 일곱 개의 강이 팔방으로 흐르고 있습니다. 이것 을 모아 평지의 한 곳으로 흘려보낸다면 그 성을 호수 밑바닥으로 만 드는 것은 그리 어려운 일이 아닐 것입니다. 무릇 활안活眼을 가진 자가 아니라면 생각조차 할 수 없는 대규모 작전입니다. 나리가 진작부터 그 사실을 깨달으셨다는 점에는 감탄하지 않을 수 없습니다만, 어떤 이유로 실행을 망설이고 계시는 것입니까?"

"예로부터 화공으로 성을 공격하여 성공을 거둔 예는 많지만 수공 으로 성공을 거둔 예는 거의 없다네."

"삼국시대, 후한의 전쟁 기록에서는 본 듯합니다만. 그러고 보니, 우 리나라에서도 덴지天智 천황 3년(628년)에 당나라 군이 규슈 미즈기水城 성을 침략했을 때 제방을 쌓아 물을 채웠다가 그것을 범람시켜서 단번 에 당나라 군을 흘려보내는 작전을 쓰려 했다는 기록을 본 적이 있습 니다."

"아니, 그것도 실행에 옮기지는 못했고, 그 전에 당나라 군이 떠나버 린 듯하네. 그것을 실행하면 이 히데요시가 전례 없는 전법을 쓰게 되는 셈이야. 그래서 주의를 기울일 필요가 있기에 지리, 수학에 밝은 자들에게 명해 거기에 필요한 공사 인원, 일수, 비용 등을 대략 조사해보라고 지시를 해놓았다네. 간베, 자네 생각에는 대체 며칠이나 걸려서, 또 얼마나 되는 인원을 동원해야 성공할 수 있을 것 같은가? 자네의 계산을 한번 들어보고 싶네만."

히데요시는 단순한 생각이 아닌 구체적인 숫자와 설계에 대한 확증을 듣고 싶어 했다.

"지당하신 말씀입니다. 제 가신 중에 재주를 가진 자에게 공사에 대한 자세한 계산을 셈하라고 일렀으니, 그자를 여기로 부르시면 명료한 답을 들으실 수 있을 것입니다. 제가 계책을 말씀드리기는 했으나 결국은 그 사람의 계산과 설계를 바탕으로 하고 있는 것입니다."

간베의 말에 히데요시가 다시 물었다.

"그 가신이란?"

"요시다 로쿠로다유吉田六郎太夫라는 자입니다."

"지금 진중에 있는가?"

"있습니다."

"그럼, 바로 부르게."

히데요시는 명을 내린 뒤 다시 이어 말했다.

"사실은 내 밑에도 토지 사정에 밝고 그런 공사를 관리하기에 적합한 사람이 한 명 있다네. 여기로 함께 불러 요시다 로쿠로다유와 협의를 하도록 하는 게 어떻겠나?"

"좋습니다. 그런데 그 사람이란?"

"가신은 아니고 빗추 다마시마玉島 사람으로 센바라 구에몬千原九右衛門이라는 자일세. 지금 진중에서는 이 부근의 도면을 만드는 일만 시키고 있다네."

"마침 적당한 인물입니다."

"여봐라, 누가 좀 이리로 오너라."

히데요시가 손뼉을 쳤다.

측근도 시동도 모두 멀리 물러난 상태라 박수 소리를 쉽게 들을 수 없었다. 빗소리도 한몫했다. 히데요시는 직접 옆방까지 가서 전장에서 나 낼 법한 커다란 목소리로 외쳤다.

"얘들아, 아무도 없느냐?"

사방에서 놀란 듯 발소리가 분주히 들려왔다. 히데요시는 두어 명에게 명령을 내린 뒤 화장실로 들어갔다. 비는 더욱 세차게 내리고 있었다.

얼마 뒤 요시다 로쿠로다유가 왔다. 그리고 센바라 구에몬도 달려왔다.

"여기서 잠시 기다리십시오."

한 시동이 다른 넓은 방으로 두 사람을 안내했다. 그곳은 횅댕그렁하고 어두웠다. 꽤 시간이 흐른 뒤 촛불이 곳곳에 놓였다.

히데요시와 간베는 방금 전 함께 있었던 방에서 여전히 밀담을 나누고 있었다. 잠시 뒤 진 밖에서 빗속을 뚫고 하치스카 히코에몬이 들어왔다. 그리고 아사노 야헤淺野弥兵衛, 기노시타 빗추노카미木下備中守, 이코마 진스케, 호리 규타로堀久太郎가 왔고, 야마노우치 이에몬 가즈토요山內猪右衛門一豐도 불려 왔다. 모두 넓은 방으로 안내되었다.

이윽고 히데요시와 간베가 함께 모습을 드러냈다. 두 사람은 이미 기본 방침에 대한 의견이 일치된 상태였다. 다시 말해 지금부터 열려고 하는 군의는 그 원안을 기초로 하여 센바라와 요시다 두 사람에게 자문을 구하고, 그와 동시에 인원의 배치와 군 전체의 전투를 전부 그일에 집중시키기 위한 것이었다.

"빗속에 고생이 많았네."

히데요시가 그 일에 대해 입을 열기 시작했을 때는 먼 진지에 있던 하시바 히데카쓰, 하시바 고이치로 히데나가羽柴小一郎秀長 등의 일족에서부터 우키타 히데이에, 스기하라 이에쓰구杉原家次에 이르기까지 모든 장수들이 자리에 참석한 상태였다.

센고쿠 곤베, 모리 간파치森勘八, 히토쓰야나기 이치스케, 야마시타 규조, 호리오 모스케堀尾茂助, 하치스카 이에마사, 구로다 기치베黑田吉兵衛(마쓰 주마루로 개명) 등과 같은 중견 무사들은 허락을 얻어 옆의 좁은 방에 모여 있었다.

밤이 깊도록 회의가 계속되었다. 어느 틈엔가 비는 그친 모양이었으나 그친 뒤의 무더위는 한층 더 심했다. 촛대 위의 불은 산안개 때문에 흐릿해져 몇 번이나 초를 새것으로 갈아야 했다. 그사이 히데요시와 간베가 더운 물조차 찾지 않다 보니 다도를 담당하는 무리만 딱히 할 일이 없었다.

흙과 사람

류오 산에 본진을 두면 '수공'을 결행하는 데 여러 가지로 불편한 점이 많았다. 거리상으로도 너무 멀었다. 이시이石井 산은 다카마쓰 성의 동쪽에 있는 고지대로 거리도 적당했으며, 적의 성과 마주 보고 있었다. 5월 7일, 히데요시는 그곳으로 본진을 옮겼다.

이튿날 히데요시는 막료 예닐곱 명을 데리고 산을 내려갔다.

"새끼줄을 치기 시작하겠다. 구에몬도 같이 가세. 로쿠로다유도 따라오고."

히데요시는 다카마쓰 성의 서쪽으로 한참 돌아 아시모리 강의 몬젠門前까지 갔다. 히데요시가 땀을 훔치며 말했다.

"구에몬, 이시이 산의 산마루에서 이 몬젠까지의 거리는?"

"십 리가 안 됩니다. 자세히 말씀드리면 스물여덟 정町[180]이 조금 넘습니다."

"자네의 도면을 좀 보여주게."

히데요시는 센바라 구에몬에게 도면을 건네받아 둑의 공사와 사방의 지세를 비교해보았다. 서쪽은 기비에서 아시모리 강 상류의 산지까

---

180 1정은 약 109m.

지, 북쪽은 류오 산에서 오카야마 경계의 산들까지, 그리고 동쪽은 이시이 산, 가와즈가하나蛙ヶ鼻의 산 끝자락에 걸쳐서, 실로 남쪽 한 방면만을 제외하고 깊숙한 천연의 만 같은 지세를 이루고 있었다. 그러한 평야 속 만 한가운데 다카마쓰 성은 오도카니 평성식平城式 구조를 드러내고 있었다.

히데요시의 눈에는 그 평지 안에 있는 밭과 논과 마장馬場과 인가가 모두 이미 수면으로 보였다. 그러한 눈으로 보면 삼면의 산기슭은 구부러진 물가나 곶이었으며, 다카마쓰 성은 그야말로 인공의 외로운 섬이라 할 수 있었다.

"음, 됐네."

히데요시는 도면을 구에몬에게 돌려주며 자신만만한 표정을 지어 보였다. 그리고 다시 말에 올랐다.

"돌아가자."

히데요시는 막료들에게 명령을 내린 뒤, 공사를 담당하고 있는 요시다 로쿠로다유와 센바라 구에몬에게 말했다.

"이곳 산기슭에서부터 저쪽 이시이 산의 가와즈가하나 아래까지 말을 타고 달릴 테니 그 말 발자국을 따라 둑을 쌓기 위한 새끼줄을 치도록 하게. 알겠는가?"

"잠시 기다려주십시오."

두 사람은 부근의 민가로 인부를 보내 급히 명령을 내린 뒤 히데요시에게 말했다.

"이젠 됐습니다."

"됐는가? 그렇다면 이제 치도록 하게."

히데요시는 동쪽을 향해 말을 똑바로 달리기 시작했다.

몬젠, 후쿠사키福崎, 하라코자이原古才 부근까지는 장대를 놓은 것처럼 직선으로 달렸고, 하라코자이부터 가와즈가하나까지는 활 모양처럼 안쪽을 조금 넓혀 달렸다. 구에몬과 로쿠로다유도 말을 타고 막료와 히데요시 사이를 뒤따라가며 때때로 보릿가루나 쌀가루 같은 하얀 가루를 떨어뜨렸다. 그러자 땅 위에 하얀 선이 그어졌다. 뒤를 돌아보니 벌써 몇몇 인부가 그들의 뒤를 따라 둑을 쌓을 선에 말뚝을 박고 있었다.

히데요시가 가와즈가하나에서 멈춰 서더니 좌우에 있는 부하들에게 말했다.

"이렇게 하면 될 걸세."

지금 그은 선을 둑이라고 보고 거기에 일곱 개 강의 물을 끌어들이면 반쯤 벌어진 연잎 모양의 커다란 호수가 생길 것이다. 사람들은 그제야 비로소 지형을 인식하고 먼 옛날에는 비젠, 빗추의 경계 부근도 바다가 아니었을까 하고 생각했다.

전투는 시작되었다. 피의 전투가 아니었다. 흙과의 싸움이었다. 둑의 길이는 스물여덟 정 스무 간이었다. 그리고 둑의 폭은 위쪽이 여섯 간, 아래쪽 지면부가 그 배에 해당하는 열두 간이었다. 문제는 높이였다. 그 높이는 수공의 대상인 다카마쓰 성과 비례하지 않으면 안 되었다. 수공에 대한 성공을 확신할 수 있었던 요인은 무엇보다 그 다카마쓰 성이 평성식인 데다 돌담도 겨우 두 간밖에 되지 않는다는 데 있었다. 둑의 두께도 그 높이인 네 간을 기본으로 해서 도출해낸 것이었다. 네 간 높이만큼 물을 가득 채우면 돌담을 잠기게 하고도 두 간 높이만큼의 물을 성곽 안으로 범람케 할 수 있으리라는 계산이었다. 하지만 토목공사라는 것은 언제나 예정일보다 빨리 진행되지 않았다. 게다가 구로다 간베를 더욱 근심하게 만든 것은 공사에 투입할 인력을 구하는 문제였다. 물론 대부분의 인력을 그 지역의 농민 가운데서 구하면 됐지만 최근 근처 부락에 인구는 매우 적었다. 적의 수장인 시미즈 무네하루가 농성을 벌이면서 농민 가족 오백여 명을 성안으로 받아들였으며, 영외에 분산되어 있던 사람들도 얼마 되지 않았기 때문이다.

'영주님과 생사를 함께할 수 있다면.'

성안으로 들어간 농민들은 평소 무네하루를 따르던 선량하고 순박한 사람들이었으며, 부락에 남아 있는 사람들은 품성이 좋지 않고 게으르거나 기회만 있으면 전장에서 한몫 잡으려는 불순분자가 대부분이었다. 물론 우키타 가의 협력이 있었기에 오카야마 쪽에서 인력을 징발해올 수 있었다. 처음에는 순식간에 수천 명이 넘는 인원을 모았다. 하지만 간베의 고민은 사람 수를 늘리는 데 있지 않았다. 그 인력의 결집을 통해 최고의 능률을 만들어내는 데 있었다.

"공사의 진척은 좀 어떤가?"

간베가 순시를 돌 때마다 요시다 로쿠로다유를 불러 물었다.

로쿠로다유는 침통하게 답하지 않을 수 없었다.

"아무래도 예정했던 날까지 마치기는 어려울 듯합니다."

셈이 밝고 기획이 뛰어난 사람도 다루기 어려운 망나니까지 섞인 수천에 이르는 사람들이 다 함께 성의를 다해 땀을 흘릴 방법을 찾지 못했던 것이다. 그래서 스물여덟 정이 넘는 둑 옆에 오십 간 간격으로 움막을 짓고 총 삼십이 개소의 감시소에 장사가 상주하며 독려해보기도 했지만, 단순한 독려만으로는 개미처럼 흙을 짊어져 나르고 가래와 괭이를 휘두르는 수천 명에게 아무런 박차도 가할 수 없었다. 게다가 히데요시는 극히 짧은 기간을 정해두고 무슨 일이 있어도 그 기간 내에 공사를 마쳐야 한다고 거듭 요구했다.

"모리의 원군 사만이 깃카와, 고바야카와, 데루모토의 본군 등 세 부대로 나뉘어 시시각각 국경으로 접근하고 있습니다. 그 선봉 중 일부는 이미 모 마을까지 왔다는 정보도 있습니다."

히데요시는 아침저녁으로, 밥을 먹는 동안에도 그와 같은 급보를 들어야 했다. 무엇보다 간베는 그런 그의 심중을 잘 알고 있었다. 밤낮으로 노동에 지친 탓에 낮에는 움직임이 둔해진 수천 명의 인부를 보면서 간베의 가슴속은 장마 구름처럼 초조하지 않을 수 없었다.

예정대로라면 공사 전체를 보름 이내에 완성해야 했다. 아니, 무슨 일이 있어도 그 기간 내에 둑을 쌓지 못하면 모리의 구원군과 함께 이 계획은 완전히 무의미한 것이 되어버릴 뿐만 아니라 아군의 통솔에도 커다란 파탄을 가져올 수 있었다.

이틀, 사흘이 지나고 닷새째가 되었다.

"안 되겠다. 무슨 수를 써야만 해. 이렇게 진척되지 않으면 보름이 아니라 오십 일, 백 일이 지나도 스물여덟 정 스무 간에 이르는 둑은 쌓을 수 없어."

간베는 좌시할 수 없게 되었다. 이 일을 맡은 요시다 로쿠로다유와 센바라 구에몬 역시 한시도 쉬지 않고 공사 감독과 인부의 편달에 나서고 있었지만, 일을 하는 인부들이 불만, 불복 덩어리라 해도 좋을 만큼 점령지의 적국 백성이었기에 어찌해볼 도리가 없었다. 게다가 뻔뻔스러운 망나니들도 섞여 있었다. 그들은 참으로 골치 아픈 무리들로 기회가 있을 때마다 비교적 얌전한 인부들까지 선동해서 태업을 조장했다. 게다가 고의로 예정을 넘기게 해서 겉으로는 반항하지 못하고 히데요시 군의 패배를 이끌어낼 생각이었다.

"누가 게으름을 피우는 게냐!"

간베는 마침내 지팡이를 짚고 직접 공사장에 나섰다. 그는 간신히 만들어진 몇 정의 새로운 둑 위에 서서 수천 명의 인부들에게 날카로운 시선을 쏟아부었다. 그리고 조금이라도 게으름을 피우는 사람을 발

견하면 절름발이라 여겨지지 않을 정도의 속도로 다짜고짜 그 인부 옆
으로 달려가 지팡이를 휘둘렀다.

"일을 해! 왜 게으름을 피우는 거야!"

"악귀 같은 쩔뚝이 무사가 보고 있어."

인부들은 부들부들 떨며 일을 했다. 하지만 그가 지켜보고 있는 곳
에서만 일을 했다.

가혹하고 엄격하게 땀을 강요하면 할수록 그들에게는 그들 특유의
게으름을 피우는 전법이 있었다. 그러니 아무리 간베라 할지라도 애를
먹지 않을 수 없었다. 수천 명에 이르는 인부, 그것도 넓은 공사장 전체
에 눈과 채찍이 빠짐없이 닿을 수 없었기 때문이다. 간베는 수백 명에
이르는 감시자를 붙여 그들을 질타한다 한들 결코 능률이 오르지 않는
다는 사실을 알게 되었다.

"어차피 예정된 기일 안에 마치기란 불가능한 일입니다. 만전을 기
하기 위해, 공사가 끝나기 전에 모리의 원군이 도착할 것이라 생각하
고 미리 작전을 세워 각오를 하는 것이 좋을 듯합니다. ……잡인들을
마음먹은 대로 부리는 것은 용병 이상으로 어려운 일입니다."

간베는 마침내 히데요시를 찾아가 어려움을 진심으로 호소했다.

히데요시는 말없이 손가락을 꼽아 날을 헤아리고 있었다. 히데요시
도 마음속으로는 적잖이 초조해하고 있었다. 곧 하늘을 뒤덮을 소나기
구름이 바로 산 너머에 보이는 것처럼, 모리의 대군이 다가오고 있다
는 보고가 시시각각으로 들어왔기 때문이다.

"간베, 너무 낙담하지 말게. 아직 칠 일이나 여유가 있지 않은가. 어
떻게든 될 걸세."

"예정한 날의 절반이 지났는데 공사는 아직 삼분의 일도 진행되지
않았습니다. 기일이 얼마 남지 않았는데 어찌 공사를 마칠 수 있겠습

니까?"

"아니, 할 수 있네."

히데요시는 간베의 말을 결코 받아들이지 않았다. 그는 처음으로 간베의 말을 강하게 부정한 것이었다.

"반드시 할 수 있네. 단, 삼천 명의 인부들이 삼천 명의 힘밖에 내지 못한다면 불가능하지. 한 사람이 세 사람 몫, 다섯 사람 몫의 힘을 낸다면 삼천 명의 인부는 만여 명의 힘이 돼. 그것을 감독하는 무사들도 마찬가지로, 한 사람이 열 명분의 힘을 내면 무슨 일인들 못할 이유가 어디 있겠나? 간베, 이렇게 하도록 하게. 나도 일단 공사장으로 나가도록 할 테니."

히데요시가 무엇인가를 속삭였다.

이튿날 아침이었다. 갑자기 누런 복장을 한 전령이 공사장을 돌아다니며 전원 공사를 중지하라는 명령을 전달했다.

"모두 저쪽 작은 깃발이 보이는 곳으로 집합하라."

"무슨 일이지?"

인부의 우두머리가 고개를 갸웃거리며 사람들을 모아 작은 깃발이 세워져 있는 둑 아래로 갔다. 어젯밤부터 밤새도록 흙을 짊어 나르던 인부도, 지금 막 교대해서 둑의 흙더미에 다다른 인부도 모두 각 조의 우두머리를 따라서 한 곳으로 모여들었다.

"이봐, 무슨 일이야?"

"무슨 일 있었나?"

흙인지 사람인지 그 빛깔을 구분할 수 없는 수천 명의 머리가 약간의 불안감에 휩싸인 채, 그래도 허세를 잃지 않으려고 그들 특유의 농담이나 야유를 노골적으로 드러내며 거뭇거뭇한 인파를 흔들어놓고 있었다. 그러다 갑자기 조용해졌다. 히데요시가 작은 깃발 옆에 놓여 있던 의자로 다가왔기 때문이다. 시동들과 본진의 무사들이 좌우로 엄숙하게 늘어서 있었다. 평소 인부들의 증오의 대상이었던 악귀 같은 쩔뚝이 무사 구로다 간베는 조금 떨어진 곳에서 대나무 지팡이를 짚고 서 있었다.

마침내 그 간베가 둑 위에서 수천 명의 사람들을 향해 커다란 목소리로 말했다.

"지쿠젠노카미 님의 뜻에 따라 오늘은 너희의 소망을 들어보려 한다. 너희도 알다시피 둑 공사의 기한은 이미 반을 넘어섰다. 그런데 공사는 지지부진하여 뜻대로 진행되지 않고 있다. 그 원인은 오로지 너희가 사력을 다해 일에 매달리지 않기 때문이라고 지쿠젠노카미 님께서는 말씀하신다. 바로 그 문제인데, 너희 사이에는 대체 어떤 불만이 있는지, 무엇이 부족한지, 어떻게 해주길 바라는지, 오늘은 그것을 기탄없이 들어보기 위해 여기에 모이라고 명령한 것이다."

"……."

간베는 잠시 말을 쉬고 수천 명의 사람들을 둘러보았다. 곳곳에서 서로 머리를 맞대고 무엇인가를 속삭이고 있었다. 서로 시선을 주고받으며 동요하고 있는 게 분명했다.

"각 조의 우두머리들은 인부들의 마음을 잘 알고 있겠지? 이때를 놓치면 너희가 바라는 것을 나리에게 직접 이야기할 기회가 없을 것이다. 어느 조든 상관없으니 대여섯 명쯤 이곳으로 나와 대표로 불만과 부족한 점, 희망 사항을 말해보기 바란다. 정당한 사유라면 들어줄 것이다."

많은 인부 사이에서 언뜻 보기에도 험악한 얼굴을 한 반라의 덩치 큰 사내가 동료들에게 얼굴을 알리려는 심산인지 둑 위로 성큼성큼 걸어 나왔다. 그러자 흙을 나르는 인부들의 우두머리 서너 명이 들으라는 듯 큰소리를 치며 둑 위로 올라섰다.

"그래 말하기로 하지. 저렇게까지 말씀하시니, 겁먹을 거 없잖아."

"대표는 이것뿐인가?"

"네."

인부들을 대표해서 나온 사람들이 의자 옆에 무릎을 꿇고 앉자 간베가 그들을 말리며 말했다.

"그렇게 앉을 필요 없네. 오늘은 특별히 자네들의 불만을 들어주겠다는 나리의 뜻에 따라 모인 것이다. 인부 일동을 대표해서 이 자리에 나왔는데 하고 싶은 말도 하지 못한다면 우리도 난처해지지. 이번 공사가 기일 안에 끝나느냐 못 끝나느냐 하는 것은 오로지 자네들이 어떻게 일을 해주느냐에 달려 있다네. 울분이 됐든, 불만이 됐든 평소 자네들의 가슴속에 있던 것을 숨김없이 들려주기 바라네. 우선 가장 먼저 나온 오른쪽에 있는 사내부터 말해보게. 자자, 망설이지 말고 말해보게."

간베가 친근한 말투로 이야기했다.

이번 공사에 참가한 인부들이 어느 정도의 급여를 받고 있었는지 살펴보는 것은 헛된 일이 아닐 것이다.《무장감상기武將感狀記》의 기재에 의하면 총 공비의 지출은, 전錢 육십삼만 오천사십 간몬貫文181이며, 쌀 육만 삼천오백여 석이었다고 기록되어 있다. 하지만 이처럼 많은 양의 쌀과 돈이 히데요시의 진중에 준비되어 있었던 것은 아니다. 오 년 동안에 걸친 주고쿠 원정에서 적으로부터 수많은 전리품을 얻었으나, 그 이상으로 막대한 숫자에 이르는 군비를 지출했다. 아즈치安土로부터 한정 없이 물자를 공급받는 것도 히데요시가 바라는 바는 아니었다. 물론 이 총비용을 조달할 만한 쌀과 돈의 일부는 우키타 가의 성안

---

181 옛날에 동전을 세던 단위.

에도 있었다. 하지만 만일의 경우에 대비해 그것을 고갈시킬 수는 없었다. 그리고 지금 우키타 가에서 그것을 거두어들인다는 것은 산요 지방의 경제나 인심을 생각해봐도 결코 좋은 방책이 아니었다.

그렇다면 히데요시는 없는 돈, 없는 쌀을 어떻게 만들어냈던 것일까? 정확한 자료는 없지만 이런 국면에 부딪치는 일은 군정軍政에서 흔히 있는 일이다. 히데요시는 우선 이 지방의 쌀을 군표軍票로 사들였을 것이다. 후불 제도인 군표 이외에도 점령지의 장원이나 호농 등에게 산이나 논 등을 보장해주는 조건으로 공로가 있다는 둥, 물자를 헌납했다는 둥 해서 물자를 받아냈을 것이라는 점에는 의심의 여지가 없다. 그리고 그들을 앞세워 토착민의 협력을 촉구하며 우선은 극력 진중에 물자를 쌓았을 것이다. 하지만 이 정책은 강권을 휘둘러야 하는 일이기 때문에 현재의 점령지 안에서는 가능한 한 억지로 행하지는 말라고 명령했을 것이다. 실시의 목표가 된 지방은 곧 모리의 지원군이 와서 포진하리라 여겨지는 국경의 가도에 면한 마을과 나가라長良 산, 이와사키岩崎, 히자시日差 산 등의 사이에 흩어져 있는 여러 마을이었다. 적의 대군이 오기에 앞서 우선 적의 식량을 아군 쪽으로 끌어들이겠다는 작전상의 의도도 농후하게 깔려 있었다.

'물物'은 '돈金'이다. 히데요시는 이번 공사에 앞서 인부를 모집할 때 임금을 일당으로 주지 않고 청부 제도로 처리하기로 약속했다.

'흙 한 가마를 나를 때마다 전錢 백 문文, 쌀 한 되를 주겠다.'

당시의 임금으로 치면 농민이 하루 버는 수입보다 훨씬 많은 임금이었다. 토목공사의 임금으로도 파격적인 것이었다. 땀을 아끼지 않고 체력이 허락하는 한 일을 하면 하루 안에 평소 보름분의 수입을 얻는 것도 어려운 일이 아니었다.

"한밑천 잡자."

소문을 듣고 공사장으로 순식간에 사람들이 모여든 것도 다 그런 이유 때문이었다. 하지만 수입이 좋다고 무한히 일을 하는 것은 아니다. 오히려 조금이라도 욕심을 채우기만 하면 땀을 아끼고 나태함을 즐기고 싶어 한다. 자신들을 그렇게까지 대우해주는 고용자의 은혜에 감사하기는커녕, 그의 절박한 심정을 이용해 고의로 게으름을 피우고, 그것을 야유했다. 그러다 채찍으로 강요하면 갑자기 불평을 토로하는 식이었다.

'인지상정이니 어쩔 수가 없구나.'

히데요시는 그런 그들을 상당히 관대하게 보고 있었다. 근본이 돼먹지 못한 사람도 있을 테지만 대부분은 점령지의 백성들이었다. 어제까지 영주라 우러렀던 사람을 갑자기 떠나 인정과 풍습이 전혀 다른 타국의 진영에 고용됐으니 오히려 가엾게 여겨야 할 사람들이라고 생각했다.

"당연한 일이겠지."

히데요시는 그들의 무지를 가엾게 여겼지 결코 노여워하지 않았다. 하지만 이대로는 당연히 뜻대로 작전을 펼칠 수 없었기에 구로다 간베에게 미리 언질을 주어 오늘의 자리를 마련한 것이었다.

"이보게들, 인부들을 대표해서 나왔으니 두려워 말을 못 한다면 모처럼의 기회가 아무런 의미도 없게 되어버리네. 바라는 바든, 평소의 불만이든 모두 말해보게."

간베가 두 번이나 재촉하자 불평분자의 대표로 그 둑 위에 선 다섯 명의 인부 중 한 명이 입을 열었다.

"그럼 분부하신 대로 말씀드릴 테니, 모쪼록 화를 내지는 말아주십시오. ……한번, 그러니까…… 잘 들어주시기 바랍니다."

"그래, 알았네. 말해보게."

“실은 흙 한 가마니를 나르면 쌀 한 되, 전 백 몬을 주신다기에 저희 몇천 명이나 되는 가난뱅이들이 기꺼이 일을 하겠다고 말씀드린 것이었는데, 이게 어찌 된 일입니까? 약속이 다르지 않은가…… 하는 마음이 그러니까, 비열한 근성이라고 해야 할지, 저를 비롯하여 여기에 있는 사람 모두의 불만입니다.”

“이보게, 하물며 하시바 지쿠젠노카미 나리의 이름으로 방을 내건 약정에 어긋남이 있을 리 있겠나? 자네들은 한 가마니를 옮길 때마다 낙인이 찍힌 대나무 막대를 받고, 저녁에 그것을 정산소에서 약속대로 받고 있지 않은가?”

“나리, 그야 물론 받고는 있습니다만 하루에 열 가마, 스무 가마 옮겨도 정산소에서 지급하는 것은 쌀 한 되와 전 백 몬뿐, 나머지는 모두 나중에 지불하기로 되어 있는 군표와 미권米券 아닙니까.”

“그렇지.”

“그게 영 틀렸단 말입니다. ……일하는 사람 입장에서는 일한 만큼 쌀이 됐든, 돈이 됐든 상관없으니 현물을 받고 싶어 합니다. 그렇지 않으면 하루 벌어 하루 먹고사는 가난뱅이들이니 처자를 먹여 살릴 수가 없습니다.”

“쌀 한 되와 전 백 몬만 해도 너희의 생활에서는 평소 수입보다 훨씬 좋은 편이 아니냐?”

“그런 말씀 마십시오. 소나 말도 아니고 일 년 내내 이렇게 일했다가는 몸이 끝장나고 말 겁니다. 그런 줄 알면서도 하시바 님의 명령에 따라 평소보다 몇 배나 밤낮없이 일하는 것은 일이 끝나고 나면 술도 마시고, 맛있는 음식도 먹고, 빚도 갚고, 마누라한테 여름옷도 한 벌 사주겠다는 욕심이 있기에 고된 일도 할 수 있는 것입니다. 그런데 평소와 별반 다를 바 없는 적은 임금만 받고 내쫓긴다면 마음과 끈기가 오래

갈 리 없습니다.”

“정말 답답한 놈이로구나. 우리 하시바 군은 너희 영민을 대할 때 인정을 근본으로 삼아 긍휼히 여기는 마음을 갖고 있기에 지금껏 혹정을 펼친 적이 없다. 대체 너희가 불평을 늘어놓을 만한 점이 어디에 있단 말이냐?”

“헤헤헤헤헤.”

다섯 명의 인부가 모두 빈정거리듯 웃었다. 이번에는 뻔뻔스러운 얼굴로 저마다 말했다.

“나리, 다른 말은 하지 않을 테니 일한 만큼만 주시기 바랍니다. 군표네, 미권이네 그런 종이 쪼가리 받아봐야 배가 부르지 않습니다. 무엇보다 이번 전쟁에서 하시바 님이 지면 그 종이 쪼가리를 대체 어디의 누구에게 가서 돈으로 바꾸면 된단 말입니까?”

“그 일이라면 걱정할 것 없다.”

“잠깐 기다려보십시오. 전쟁에서 틀림없이 이길 것이라고 말씀하실 생각 아닙니까? 말도 안 되는 소리입니다. 대장님이나 나리들께는 목숨을 건 도박일 테지만, 저희더러 그런 도박에 반쯤 발을 담그라니, 그건 싫습니다. ……이봐, 모두들 안 그런가?”

둑 위에서 손을 흔들어 수천의 인부들에게 동의를 구하자 순식간에 모든 사람들의 머리와 손이 물결치듯 술렁이더니 대표들을 응원하는 소리가 왁자지껄 들려왔다.

“잘한다! 잘해! 더 확실히 해라!”

“불평은 그것뿐인가?”

간베의 말에 다섯 인부는 나머지 인부들의 힘을 믿고 두려움 없이 대답했다.

“네, 우선은 그 문제 먼저 해결해주셨으면 합니다.”

“발칙한 놈!”

간베는 처음으로 한껏 소리를 짜냈다. 대나무 지팡이를 던지자마자 검을 빼들어 한 사람을 두 동강 내고 달아나는 사람을 뒤쫓아 다시 베었다. 그와 동시에 뒤에 있던 요시다 로쿠로다유와 센바라 구에몬도 대검을 휘둘러 다른 세 사람을 베어버렸다. 구로다 간베, 센바라 구에몬, 요시다 로쿠로다유 세 사람이 나누어 순식간에 다섯 사람을 벤 셈이었다. 수천 명의 인부들은 그 날렵함과 뜻밖의 일에 놀라 무덤가의 풀처럼 조용해지고 말았소. 무례한 표정을 짓던 얼굴과 불평의 목소리와 반항적인 눈빛도 단번에 사라지고, 흙빛의 무수한 얼굴들이 그저 겁을 먹은 듯 모여 있을 뿐이었다.

다섯 구의 시체를 바닥에 놓은 채 간베와 구에몬과 로쿠로다유는 아직도 피가 떨어지는 칼을 손에 들고 수많은 머리를 섬뜩한 눈으로 바라보고 있었다.

“다시 한 번 모두에게 말하겠다.”

잠시 뒤 간베가 있는 힘껏 커다란 목소리로 말했다.

“너희의 대표 다섯 명을 불러 그들의 말을 들어주었다. 그리고 이처럼 명료하게 대답해주었다. 하지만 아직 할 말이 더 남아 있을 것이다. 틀림없이 하고 싶은 말을 가슴에 품고 있는 무리가 있을 것이다. 다음은 누구냐? 내가 일동을 대표해서 말을 해야겠다고 생각하는 자가 있으면 지금 나오도록 해라.”

“……”

“나와라, 나오지 못하겠느냐.”

“……”

“더는 할 말이 없는 게냐? 있다면 누구라도 좋으니 여기로 나와서 말해라.”

"……."

간베는 잠시 입을 다물고 그들에게 반성할 기회를 주었다. 수많은 무리 중에는 얼굴빛을 공포의 빛에서 후회의 빛으로 바꾸는 사람도 있었다. 간베는 그제야 비로소 칼에 묻은 피를 닦고 칼집에 넣은 뒤, 위용을 바로잡으며 인부들을 향해 부드러운 얼굴빛으로 말했다.

"다섯 명에 이어 더는 나오지 않는 것을 보니 너희의 본심은 이 다섯 명과는 다른 모양이구나. 그렇게 알고 지금부터 우리의 생각을 들려줄 텐데…… 어떤가? 이견은 없는가?"

수천의 얼굴은 이제 살았다는 듯한 목소리로 답했다.

"애초부터 이견 따위는 없었습니다. 그리고 저희는 아무것도 모릅니다. 또 불평불만을 늘어놓은 기억도 없습니다. 그저 거기로 올라갔다가 처벌을 받은 우두머리들이 부추기기에 게으름을 피운 것뿐이었습니다. 저희는 어떤 명령에도 복종하여 일할 테니 용서해주시기 바랍니다."

수천 명이나 되는 사람들이 저마다 말을 했기에 커다란 목소리와 작은 목소리가 물결치듯 웅성웅성 들려왔다. 어느 얼굴이 어떤 말을 하는 건지 알 수 없었으나 어쨌든 전체의 마음만은 알아들을 수가 있었다.

"그래, 알았다. ……조용히 해라."

간베가 손을 흔들어 제지하며 말했다.

"그럴 테지. 나도 그럴 것이라 짐작하고 있었다. 어려운 말은 하지 않겠다만, 다시 말해 너희는 한시라도 빨리 좋은 정권 아래서 평안하고 행복하게 살며 처자와 함께 즐겁게 일하고 싶은 거겠지. 그런데 눈앞의 조그만 안일이나 이욕에 사로잡힌다면 너희 스스로가 너희의 소망이 이루어질 날을 방해하는 것이나 다를 바 없는 것이다. 또 이것만은 굳게 믿어도 좋다. 우리 오다 우후 님께서 파견하신 하시바 군이 모리에게 지는 일은 절대로 없을 것이라는 점. 제아무리 대국이라 할지라도 모리는 이미 떨어질 운명에 있는 나라다. 이는 모리가 약하기 때문이 아니라, 시대의 흐름이 그렇기 때문이다. 그리고 우리 오다 군은 조정을 섬겨 금문의 뜻을 실현하기에 지금의 제국을 통일하여 가장 잘 다스릴 거라는 깊은 신뢰도 얻고 있기 때문이다. 무슨 말인지 알겠느냐?"

"알겠습니다."

"그럼 일을 하겠느냐?"

"하겠습니다. 얼마든지 일하겠습니다."

"됐다……."

간베는 힘차게 고개를 끄덕인 뒤 히데요시 쪽으로 돌아 무리를 대신해 사과했다.

"인부들 모두가 저렇게 말하고 있으니 이번만은 관대하게 용서해주시기 바랍니다."

히데요시는 의자에서 일어나 간베 쪽으로 다가갔다. 그러고는 무릎을 꿇고 있는 간베와 감독관들에게 무엇인가를 명령했다. 그러자 정산을 맡은 무사들을 따라 병졸들이 묵직해 보이는 돈 자루를 짊어지고 왔다. 한두 자루가 아니었다. 몇십 개나 되는 자루가 산처럼 쌓였다. 여전히 공포와 후회에 휩싸인 채 멍하니 서 있는 사람들을 향해 간베가 말했다.

"지쿠젠노카미 님께서 '깊이 탓하지 말게, 저들은 원래 가엾은 자들일세. 동료 중 좋지 않은 두어 사람이 부추기는 대로 마음에도 없는 불평을 늘어놓은 것뿐일세'라고 말씀하시고, 다른 마음을 품지 않고 일하면 술값도 충분히 주어 격려하라고 하셨다네. 감사의 말씀을 올리고 술값을 받은 뒤 바로 일을 하도록 하게."

간베가 부하들에게 명해서 돈 자루를 모두 뜯게 하니 동전이 둑 위를 가득 메웠다.

"얼마든 상관없으니 쥘 수 있는 만큼 쥐고 가게. 단, 한 사람이 한 줌씩이야."

인부들은 아직 의심이 풀리지 않았는지 망설이며 누구 하나 앞으로 나오려 하지 않았다. 눈과 눈을 마주 보고, 동료와 동료가 서로 속삭일 뿐 산처럼 쌓인 동전은 여전히 그대로 놓여 있었다.

"먼저 갖는 자가 임자야. 돈이 없어지고 난 뒤에 딴소리해봐야 소용없어. 한 사람이 한 줌씩이니 손이 큰 자는 크게 태어난 만큼 득이야. 손이 작은 자는 침착하게 흘리지 않도록 쥐어야 할 거야. 허둥대다 손해를 보지 않도록. 그리고 한시라도 빨리 일을 시작하게."

그 말에 인부들은 더는 의심하지 않았다. 간베의 웃는 얼굴과 농담 속에서 진심을 보았기 때문이다. 앞쪽에 있던 한 무리의 인부들이 산처럼 쌓인 동전을 향해 달려갔다. 한 사람이 너무 많은 동전에 질린 듯 잠깐 망설이다 먼저 한 줌을 쥐어 물러나자 인부들은 동시에 와아 하며 개선가와도 같은 환성을 내질렀다.

삽시간에 돈인지 사람인지 흙덩이인지 분간할 수 없을 정도로 혼잡해졌다. 하지만 단 한 사람도 속임수를 쓰는 사람은 없었다. 이때만큼은 평소의 교활한 마음도 불평도 모두 어디론가 사라져버렸다. 그리고 한 줌의 술값을 쥐자 마치 새로이 태어난 사람처럼 각자 부리나케 자신들의 작업장으로 달려갔다.

이윽고 가래와 괭이를 힘차게 놀리는 소리가 온 땅을 뒤덮었다.

"영차."

흙을 짊어질 때도, 삼태기에 멜대를 찔러 넣을 때도, 흙 가마니를 어깨에 짊어질 때도 힘이 솟았다. 그들도 마음만 먹으면 그런 정신을 불러일으킬 수 있었던 것이다. 그곳에서 흘리는 땀은 사람의 마음을 더욱 유쾌하고 상쾌하게 했다. 그리고 그들 사이에서 이런 말이 나왔다.

"앞으로 사오 일이나 남았는데, 까짓 스물여덟 정 정도의 둑을 못 쌓는다는 게 말이나 돼. 모두 대홍수가 났을 때와 같은 마음가짐으로 일하세."

"그래, 넘치는 물을 막을 때와 같은 마음으로 일하면 이 정도는 아무 것도 아니지."

"있는 힘껏 해보자고."

"하고말고, 질 수 없지."

그날 한나절 동안만 해도 공사는 그 전의 오 일분보다 더 많을 정도로 눈에 띄게 진척되었다. 이제는 동료들에게 쓸데없는 소리를 하는 사람도 없었다. 어쩌다 손톱이라도 벗겨졌는지 쩔쩔매는 사람이 있으면 그들 스스로 격려하며 동료끼리 서로 살폈다. 감독관들의 채찍도, 간베의 지팡이도 이제는 쓸모없는 것이 되어버리고 말았다.

횃불이 밤을 태우고 흙먼지가 낮을 어둡게 하는 동안 스물여덟 정 스무 간에 이르는 거대한 둑의 공사도 이제는 거의 마무리가 되고 있었다. 항구를 짓는 일도 마무리가 되어가고 있었으며, 다카마쓰 성 부근의 일곱 개 강에서도 뒤지지 않을 정도로 힘겨운 공사가 진행되고 있었다. 그것은 하천의 수로를 바꿔 모든 물을 곧 완성될 둑 안으로 흘려보내기 위한 곁가지 공사였다. 그 공사에도 무사, 병사, 인부 등을 합쳐 이만에 가까운 인원이 참여하고 있었다. 그 가운데 가장 어려운 공사는 아시모리 강의 물을 막는 일과 나루야鳴谷 강의 물을 끌어들이는 일이었다.

"어찌하면 좋겠습니까? 요즘 산악 지방의 큰비로 날이 갈수록 물이 불어 막으려 해도 방법이 없습니다."

아시모리 강의 공사를 맡은 사람은 고충을 호소하러 히데요시를 뻔질나게 찾아왔다. 히데요시는 간베에게 문제의 답을 구하려 했으나 간베도 뾰족한 수는 없었다. 그 전날 가신인 요시다 로쿠로다유와 함께 그곳을 시찰하고 어려운 상황을 직접 보았기 때문이다.

"어쨌든 그 물줄기는 무릇 이삼십 명의 인부가 옮길 수 있는 커다란 돌을 무수히 떨어뜨려도 곧 휩쓸어 가버릴 만큼 격류입니다."

간베의 탄식에 히데요시는 현장을 한번 봐야겠다며 발걸음을 서둘렀다. 실제로 무시무시한 격류를 본 히데요시는 자신의 작은 지혜가 초라하게 느껴질 뿐이었다.

로쿠로다유가 히데요시에게 말했다.

"상류의 삼림을 벌목해서 잎이 무성한 채로 커다란 나무들을 끊임없이 흘려보내면 막을 수 있을지도 모르겠습니다."

히데요시는 로쿠로다유의 말을 받아들여 한나절 동안 수천 명의 인부를 삼림으로 보내 수많은 나무를 잎이 달린 채로 강에 던지게 했다. 처음에는 나뭇가지끼리 얽혀 물을 막는 데 도움이 될 듯 보였지만 그것도 한순간에 지나지 않을 뿐 아무런 효과가 없었다.

"그렇다면 일이 조금 커지겠지만, 이렇게 해보시는 것은 어떨지."

로쿠로다유는 두 번째로 수천 명의 병사와 인부에게 하류에서 커다란 배 삼십 척을 끌고 올라오게 한 다음 거기에 커다란 바위와 돌을 싣고 적당한 지점에서 가라앉히자는 계획을 세웠다.

"그렇게 해보세."

그날 바로 어마어마한 광경이 연출되었다. 하지만 커다란 배를 저어 상류로 거슬러 오르기란 도저히 불가능한 일이었다. 결국 뭍에 판자를 깔고 그 위에 기름을 바른 다음 아시모리 강의 둑 초입까지 배를 끌어다 예정대로 가라앉혔다. 이번 계책은 성공을 거두었다.

이미 십 리에 걸쳐 둑을 완성해놓았기에 격류는 배에 막혀 물보라의 방향을 바꾸어 마침내 다카마쓰 성을 둘러싸고 있는 널따란 논밭과 민가가 있는 평지를 향해 미친 듯이 달려 나갔다.

그 무렵 다른 일곱 개 강의 물도 역시 쏟아져 나왔다. 단, 나루야 강의 물을 끌어들이는 일만 공사의 어려움으로 기일을 맞추지 못했을 뿐이었다. 5월 7일부터 공사를 시작해서 십사 일째, 그러니까 겨우 보름도 걸리지 않아 완성을 한 셈이었다.

이튿날 5월 21일, 깃카와와 고바야카와 등 모리 쪽의 원군 사만이 국경 부근 산에 도착했을 때는 이미 다카마쓰 성 주변이 모두 흙탕물 호수가 되어버렸다.

그날 아침, 히데요시는 이시이 산의 본영에 서서 각 장수들과 함께 하룻밤 사이에 변해버린 흙탕물 호수를 바라보고 있었다.

"오오, 놀랍구나."

장관이라고 해야 할지, 참담하다고 해야 할지, 밤새 내린 비까지 더해져 물은 한없이 탁해졌고, 다카마쓰 성 하나만 호수 중앙에 오도카니 남아 있었다. 돌담도, 활엽수 숲도, 도개교도, 주택가의 지붕도, 마을도, 논과 밭도, 길도 모두 물 아래 잠겼고, 시시각각으로 수위까지 높아져갔다.

"아시모리는 어디쯤이지?"

히데요시의 질문에 간베가 멀리 서쪽으로 흐릿하게 보이는 한 무리의 소나무 숲을 가리키며 말했다.

"저쪽을 보십시오. 저 부근의 둑이 백오십 간 정도 끊어져 있습니다. 원래의 흐름이 막힌 아시모리 강의 물이 저곳으로 흘러 들어가고 있습니다."

"그렇다면 저 북쪽에 있는 야트막한 산이 도라노스케 기요마사가 있는 진지로군."

"그렇습니다."

"적의 좌익이 있는 나가라 산과 가장 가깝군. 도라노스케도 팔이 근질근질할 테지."

히데요시는 눈동자를 멀리 산등성이를 따라 서쪽에서 남쪽으로 움직였다.

국경인 정남쪽 방향에 히자시 산이 보였다. 맑은 날이라 그런지 그 산에 꽂힌 고바야카와 다카카게의 깃발도 무수히 보였다. 그들은 밤새 도착해서 진영을 펼쳤을 것이며, 그곳의 병력만 해도 이만은 넘을 것으로 예상되었다.

조금 떨어진 덴진天神 산에도 한 부대가 진출해 있는 모양이었다. 그 히자시 산과 덴진 산 사이로 산요 가도가 있었다.

모리 데루모토의 본군은 후쿠야마 산 중턱에 선봉을 두고, 거기서부터 서쪽에 걸쳐 사루카게猿掛 성 부근을 중심으로 후방 부대를 두고 있었다. 그 병력은 일만여 명이었다. 그리고 깃카와 모토하루의 병사 일만 명이 이와사키 산, 데라 산, 나가라 산 등에 흩어져서 전군의 우익을 맡았다. 그들은 변화에 가장 민첩하게 대응할 수 있도록 준비하고 있었다.

"다카카게와 모토하루 군 모두 오늘 새벽에 흙탕물 호수를 보고 어떤 느낌을 받았을지, 적이지만 딱하다는 생각이 듭니다. 틀림없이 발을 동동 구르며 분하게 생각했을 것입니다."

간베가 그렇게 말하며 히데요시의 얼굴을 보았을 때, 히데요시는 뒤를 돌아보고 있었다. 나루야 강의 공사 책임을 맡은 사람의 아들과 가신이 사자로 와서 바닥에 엎드린 채 울고 있었던 것이다.

"무슨 일인가?"

히데요시가 묻자 그중 한 명이 대답했다.

"오늘 새벽, 나루야 강의 현장에서 그 책임을 맡았던 자가 뵐 면목이 없다며 이렇게 사죄하는 글 한 통을 남기고 할복했습니다."

그곳의 물을 끌어들이는 공사는 산을 이백육십육 간이나 끊어야 하는 난공사였는데 오십여 간을 남겨두고 결국 그날 새벽까지 기일을 맞추지 못한 것이었다. 공사 감독을 맡았던 사람이 책임감을 느끼고 결국 자결을 한 모양이었다.

히데요시는 책임자의 아들을 바라보고 있었다. 책임자의 아들은 손발은 물론 머리와 얼굴도 진흙으로 더러워진 상태였다. 히데요시가 책임자의 아들을 다정하게 가까이 불러 땀 냄새 나는 등을 가볍게 두드리며 말했다.

"너는 할복해서는 안 된다. 아버지의 명복은 전장에서 빌도록 해라. 알겠느냐?"

책임자의 아들이 목 놓아 통곡하기 시작했다.

5월 22일 밤, 즉 모리의 원군이 국경에 도착한 이튿날 밤이었다. 가느다란 비가 내리는 어둠 속에서 흙탕물 호수를 괴어怪魚처럼 능숙하게 헤엄쳐 둑으로 기어오른 사내들이 있었다.

딸랑딸랑 딸랑이와 방울이 요란하게 울렸다. 물가와 둑 위에 가시나무처럼 조릿대와 풀을 엮어놓은 뒤 종횡으로 새끼줄을 둘러쳐놓았기 때문이다. 그리고 십 리에 이르는 기다란 둑에 오십 간 간격으로 초소를 세우고 시뻘겋게 타오르는 횃불을 밝혀놓았다. 곧바로 보초병들이 달려갔고 격투 끝에 한 명은 잡고 한 명은 놓치고 말았다.

"성안의 병사인지 모리의 사자인지는 모르겠으나 어쨌든 조사를 해볼 만한 자입니다."

초소의 장수가 사로잡은 사내를 이시이 산에 있는 본진으로 보냈다.

히데요시는 진영의 막사에서 등불을 밝혀놓고 편지를 쓰고 있었다. 사자인 사카키 야에몬佐柿弥右衛門이 여장을 꾸린 채 히데요시의 편지가 완성되는 대로 그것을 들고 어딘가로 급히 달려가기 위해 기다리고 있었다.

"어찌하시겠습니까?"

야마노우치 가즈토요山內一豊가 잡아온 적을 처마 밑으로 끌고 온 다음 툇마루 앞에서 히데요시에게 물었다.

히데요시는 흠, 흠 고개를 끄덕이며 마침내 편지의 마지막 부분을 써내려갔다. 그리고 봉인을 한 뒤 마루로 나갔다.

"어디 좀 보자. 어떤 사내인가?"

사카키와 야마노우치가 좌우로 촛불을 들고 나왔다.

"이건 성의 병사가 아니로구나. 모리 진영에서 다카마쓰 성으로 심부름을 온 자일 것이다. 아무것도 가지고 있지 않았느냐?"

히데요시는 비가 떨어지는 처마 밑에 두 팔이 묶인 채 거만한 모습으로 있는 적병을 바라보며 말했다.

가즈토요가 앞선 조사로 남자의 품에서 발견한 편지 한 통을 히데요시에게 건넸다. 그리고 흙탕물 호수를 헤엄치는 동안 물에 젖지 않게 하기 위해 그것을 인베尹部 지방에서 만든 조그만 호리병에 넣고 뚜껑을 굳게 닫았으며 다시 기름종이로 꼼꼼하게 싸서 몸에 지니고 있었다고 덧붙여 말했다.

"……흠. 이는 성주인 무네하루가 다카카게와 하루모토에게 보내는 답장인 듯하구나. 불을 좀 더 가까이 가져와라."

히데요시가 편지를 펼쳐 말없이 읽었다. 답장의 내용만 봐도 모리의 원군이 흙탕물 호수에 직면하여 얼마나 실망하고 낙담했는지 잘 알 수 있었다.

'기껏 여기까지 대군을 이끌고 급히 구원을 오기는 했으나, 사방이 넘실대는 물로 둘러싸인 다카마쓰 성으로 어떻게 구원의 손길을 내밀어야 할지 그 방책이 없다. 일단은 하시바 군에게 항복하여 성안에 있는 수천 명의 목숨을 구한 뒤, 때를 봐서 본국으로 돌아오는 것이 상책일 듯하다.'

아마도 다카카게와 하루모토는 이런 내용으로 밀서를 보냈을 것이며, 히데요시가 손에 넣은 무네하루의 답장에는 아래와 같은 내용이 적혀 있었다.

저희 성안 사람들을 참으로 가엾게 여겨 인자한 마음으로 명을 내리셨으나 항복할 수 없습니다. 전 주고쿠 지방의 요지인 다카마쓰 성이 떨어진다는 것은 곧 모리 가의 실추를 의미한다고 생각합니다. 감사한 말씀이오나 모토나리 공 이후로 은혜를 받은 저희는 말단의 필부에 이르기까지 적에게 개가를 팔아 살아남으려고 하는 자가 단 한 명도 없습니다. 모두 이 성과 함께 죽겠다는 각오로 성을 굳게 지키고 있습니다. 부디 저희 걱정 마시고 그쪽의 아군 모두 이 흥망의 경계에 서서 천추의 한을 남기지 않도록 만반의 준비를 갖추시기 바랍니다.

고립된 성안에서 무네하루는 이런 답장을 보내 오히려 구원을 온 아군을 격려하고 있었다. 잡혀온 모리의 부하는 뜻밖에도 히데요시의 질문에 솔직하게 대답했다. 이미 무네하루의 답장을 적에게 들킨 이상 굳이 숨겨봐야 소용없는 일이라는 사실을 깨달은 모양이었다.

"달아난 또 한 명의 사자는 누구인가?"

히데요시의 질문에 사내는 분명히 대답했다.

"깃카와 가의 가신인 우타타 고시로轉小四郎다."

"자네는?"

사내는 조금도 주눅 들지 않고 대답했다.

"나 역시 깃카와 가의 가신인 야마스미 로쿠조山澄六藏다."

히데요시는 이것저것 집요하게 묻지 않고 무사를 욕보이지 않을 정도로만 물었다. 그는 대국적인 관점으로 봤을 때 필요 없는 일이라 여겨지면 더는 관심을 갖지 않았다. 지금 히데요시의 마음은 오히려 다른 곳에 가 있는 듯했다.

"가즈토요."

"네."

"이젠 됐다. 오랏줄을 풀어 이 무사를 진 밖으로 놓아주어라."

"네? 놓아주란 말씀입니까?"

"진흙탕을 헤엄쳐 건너 추워 보이는구나. 죽이라도 먹게 하고 도중에 다시 잡히지 않도록 지호인寺宝院 아래까지 데려다주도록 해라."

"알겠습니다."

야마노우치 가즈토요는 마루 아래로 내려가 로쿠조 몸에 감긴 오랏줄을 풀어주었다. 당연히 죽음을 각오하고 있었던 로쿠조는 갑자기 당황할 수밖에 없었다. 가즈토요가 재촉하자 로쿠조는 히데요시에게 말 없이 인사를 하고 서둘러 일어섰다. 그러자 히데요시가 다시 불러 물었다.

"자네의 주군이신 깃카와 모토하루 나리는 요즘 건재하신가? 우마노馬之 산 이후 이번에 또 대진하게 되었군. 지쿠젠이 안부 전하더라고 말씀드리게."

로쿠조가 자세를 바로 하고 다시 앉았다. 히데요시의 은혜에 감사하며 진심으로 머리를 숙였다.

"말씀 올리도록 하겠습니다."

"그리고 모리 나리의 진영에 참모로 에케이惠瓊라는 군승軍僧이 출입하고 있겠지? 안국사安國寺(안코쿠지)의 에케이라고."

"네, 계십니다."

"오랫동안 뵙지를 못했군. 혹시 뵙게 되면 그 스님께도 안부 좀 전해 주었으면 하네."

빗속 문밖으로 사람의 그림자가 떠난 뒤 히데요시가 방 안에 있는 사카키 야에몬을 돌아보며 말했다.

"조금 전의 서찰 가지고 있겠지?"

"틀림없이 가지고 있습니다."

"중요한 기밀도 적혀 있으니 노부나가 님께서 직접 보셔야 할 것이다. 도중에 변을 당하지 않도록 조심해야 한다."

"여부가 있겠습니까."

"지금 잡혀왔던 깃카와 가의 가신 역시 네게 뒤지지 않을 정도의 각오로 길을 나섰을 게야. 하지만 잡혀서 이렇게 시미즈 무네하루와 깃카와 모토하루의 마음을 모두 내게 읽히고 말았다. 부디 조심하고 또 조심하기 바란다."

"넷……."

"그럼 수고스럽겠지만, 바로 출발하도록 해라."

"이만 물러나겠습니다."

사카키 야에몬은 인사를 하고 자리에서 일어났다.

히데요시는 홀로 촛불과 마주했다. 오늘 밤 야에몬을 시켜 급히 아즈치로 가져가게 한 서찰은 노부나가에게 구원을 요청하는 글이었다.

홀로 고립된 다카마쓰 성은 이미 그물에 걸린 물고기와 다를 바 없었다. 그것을 구하기 위해 모리 데루모토, 고바야카와 다카카게, 깃카와 모토하루의 전군도 이곳으로 모여들었다.

이제 때가 되었다. 지금 단번에 주고쿠의 패업을 완성해야 한다. 히데요시는 이 장관을 노부나가에게도 보여주고 싶었다. 그리고 중대한 승패의 갈림길을 결정적으로 확보하기 위해서는 노부나가에게 출마를 요청하는 편이 확실할 것이라고 믿고 있었다.

향연

그 무렵 아즈치 부府의 시장 풍경은 주고쿠의 전진戰陣과는 무엇 하나 맥이 통하는 게 없을 정도로 별천지처럼 느껴졌다. 향기 높고 신선한 문화에 어울리는 사람들의 화려하고 호방한 모습과 찬란한 천수각天守閣182의 금벽을 수놓은 파릇한 신록에서는 주고쿠에서 보았던 진흙의 싸움도, 사람의 땀도 찾아볼 수 없었다.

5월 15일부터 19일 사이는 다카마쓰 성을 고립시키기 위한 대대적인 수공 계획이 실행되었을 때였다. 히데요시 이하 구로다 간베와 모든 사람들이 쉬지도, 잠을 자지도 않고 그 공사를 독려했었다.

그러한 때에 노부나가는 아즈치 성에서 귀한 손님을 맞이하기 위한 준비를 하고 있었다. 아즈치 사람들은 마치 본盆183과 정월을 한꺼번에 맞은 듯 떠들썩한 모습으로 모든 성과 시장을 화려하게 치장했다. 노부나가로부터 극진한 예우를 받는 귀한 손님은 원래부터 널리 알려진 사람이기는 했으나, 새삼 그 사람을 생각해보면 세상도 새롭게 변했고, 사람들도 선구자들도 모두 성숙해졌다는 느낌이 들었다.

---

182 덴슈카쿠. 성 중심부에 높이 세운 망루 겸 본영.
183 음력 7월 15일로 조상을 제사하는 날이다. 보통은 그 전후로 칠 일을 일컫는다.

5월 15일, 아즈치에 도착해 성으로 들어온, 그 귀한 손님은 바로 도쿠가와 이에야스德川家康로 올해 마흔한 살이 되는 사람이었다.

표면상으로는 '십삼 년 만의 교토京都 구경'이라고 했으나 한 달 전 노부나가가 고슈에서 개선 길로 도카이도를 선택했을 때 이에야스가 적잖이 환대를 했으니 노부나가로서는 그에 대한 답례일 수밖에 없었다. 그런 상황에서 이에야스는 그 효력을 더욱 크게 확대하기 위해, 그리고 마침내 혁신 통업統業의 제2단계에 접어든 때에 장래에 대한 대책을 소홀하지 않게 하기 위해 보기 드물 정도로 대대적인 행장과 대오를 거느리고 공식적으로 찾아온 것이었다.

숙소는 성 아래에 있는 대보원大宝院(다이호인)이었고, 접대를 맡은 사람은 고레토 휴가노카미 미쓰히데惟任日向守光秀였다.

"다른 일보다 먼저 귀한 손님을 잘 모셔야 한다."

노부나가는 주고쿠 전선 참전 준비를 하는 아들 노부타다에게까지 접대를 돕게 하고, 교토와 사카이 상인들에게 명령해서 온갖 가효 진미를 가져오게 했다. 그렇게 15일부터 17일까지 삼 일에 걸친 대향연을 위한 준비를 해나갔다. 그러다 보니 시중드는 사람들 사이에서는 다음과 같은 말이 오갔다.

"대체 노부나가 공 같은 인물이 어째서 나이도 여덟 살이나 어린 데다 요즘 위세를 내보이긴 했어도 가난한 약소국에서 오는 도쿠가와 나리를 이처럼 환대하시는 것일까? 뭔가 약점이라도 잡힌 걸까?"

"당연한 일을 이상하다고 말하지 말게. 오다와 도쿠가와와의 동맹은 이십 년 이상 잘 유지되고 있지 않은가? 이 속임수와 권모투성이 난세에서 이십 년 이상이나 서로 시기하지 않고 약속을 어기지 않고 싸우지도 않고 신의를 지켜온 것만으로도 그보다 더 기쁜 일은 없지 않은가? 무슨 이유가 필요하겠는가? 그것만으로도 노부나가 공에게는 진심으로 기뻐할 만한 가치가 있는 거야."

"아니, 아니, 물론 그렇기도 하지만 고슈에서 개선할 때 받은 대접에 대한 답례일 거야."

"무슨 소리를 하는 겐가. 그렇게 작은 의미가 아니야. 노부나가 공께서는 장래에 주고쿠에서 규슈九州, 규슈에서 외국으로까지 웅비하실 마음을 가지고 계셔. 그러기 위해서는 간토關東 지방 이북을 도쿠가와 나리의 손에 맡겨 후방에 대한 근심 없이 서쪽으로, 남쪽으로 진출할 수 있는 형세를 만들어야 한다고. 그런 내용의 담합도 차근차근 진행되고 있는 게 틀림 없어."

이렇듯 때로는 서민들의 말속에 무시할 수 없을 만한 진실이 담겨 있는 법이다.

솔직히 말해 노부나가 입장에서 이에야스가 찾아온 것은 자신이 찾아가야 할 곳에서 손님이 먼저 찾아온 것이나 다름없었다. 그리고 그즈음 노부나가는 주고쿠로 직접 출마하여 고슈 때처럼 주고쿠를 일거에 석권하고 단번에 통치권을 쥐기 위해 아들 노부타다까지 아즈치로 불러 출진 준비로 분주한 나날을 보내던 중이었다. 그런 상황에서 아즈치의 귀빈으로 이에야스를 맞이하게 되었고, 노부나가는 중대한 일을 모두 접어둔 채 진심으로 손님을 맞았다. 또 모든 가신들에게 접대에 만전을 기하라며 군령軍令과도 같은 기세로 명령을 내렸다.

"최선을 다해야 한다. 손님에게 한 치의 소홀함도 있어서는 안 된다."

노부나가는 이에야스를 위해 훌륭한 숙사에 아름다운 가구를 놓아두고, 아침저녁으로 향긋한 술과 진미를 대접했다. 노부나가는 일반인들처럼 흉허물 없이 이에야스와 교제하기 위해 시골 사람들이 그렇듯 따뜻하게 대하고 '물物'보다는 '심心'을 우선시했다.

노부나가에게 이러한 '마음'이 있었기에 어지러운 세상 속에서도 이십 년 이상 동맹을 유지할 수 있었을 것이다. 또 이에야스 입장에서 보면 아군으로 의지하기에는 노부나가의 성격이 까다롭고 독단적이라 어려움이 있었다. 하지만 자세히 들여다보면 노부나가의 마음속에는 이해관계만 따지지 않는 진실이 있었다. 그러다 보니 때로는 식초 세 말을 들이켜는 것 같은 씁쓸한 마음이 들다가도 끝까지 이 사람을 높이고 따르겠다는 마음으로 대할 수 있었던 것이다. 그리고 두 사람이 동맹을 맺은 지 이십여 년 동안 누가 이득을 얻었고 누가 손해를 보았는지 제삼자의 입장에서 냉정히 바라보면 그것은 양쪽 모두에게 득이었다고 할 수 있었다.

만약 노부나가가 어린 나이에 뜻을 세웠을 때 이에야스를 맹우로 생각하지 않았다면 엄존하는 아즈치 부를 본다는 것은 꿈에도 생각하지 못할 일이었을 것이다. 또 만약 이에야스가 노부나가의 원조를 얻지 못했다면 초기부터 영양실조에 걸린 아이 같았던 약소국 미카와三河는 사방의 압박을 견뎌내지 못했을 것이다. 예를 들어 나가시노長篠에서의 일전을 생각해봐도 맹호 앞의 한 조각 먹이밖에 되지 않았다.

마음의 교류와 이해관계, 두 가지 연결고리에서 벗어나 두 사람의 성격을 살펴보면 그동안 우의를 지켜온 깊은 곳에서 두 사람의 인간미를 느낄 수 있었다. 한마디로 표현하면, 노부나가에게는 매사에 조심스러운 이에야스가 도저히 상상할 수 없는 경륜의 큰 뜻과 장대하기 짝이 없는 계획이 있었으며, 그것을 뒷받침할 만한 실행력이 있었다.

그에 반해 이에야스는 노부나가가 가지지 못한 것들을 지니고 있었다. 인내심이 강하고, 어려움을 견딜 줄 알며, 사치하지 않고, 자만하지 않았다. 게다가 오다 가의 노장들과도 마찰을 일으키지 않았다. 이에야스는 분수를 알았으며 야망을 드러내지 않고 마음속에 잘 담아두었다. 동맹국에게 위기감을 품게 하지도 않았다. 그리고 적대국에는 언제나 만만치 않은 존재로 여겨졌다. 그러한 무언의 방어벽은 늘 오다의 후방을 확고하게 뒷받침해주었다. 다시 말해 이상적인 동맹국이자 듬직한 지기였다.

이십여 년 동안 있었던 온갖 어려움과 위기를 돌아봤을 때 노부나가는 이에야스를 틀림없이 '나의 조강치처'라고 생각했을 것이다. 마음속으로 아즈치 제일의 수훈자라고 칭송하고 있었을 것이다. 그런 사람에게 보답하기 위한 향연이자 예우였다. 그러니 노부나가는 여전히 부족하다고 생각했지, 넘친다고 생각하지 않았을 것이다. 하지만 다른 향연 자리에서도 흔히 볼 수 있듯 주인이 너무 지나치게 긴장하면 오히려 손님을 초조하게 만드는 법이다.

그날 손님인 이에야스는 아즈치 산 위에 있는 총견사總見寺(소켄지)의 무악전舞樂殿에서 사루카쿠노猿樂能[184]를 보았다. 관람석에는 고노에近衛[185] 나리도 있었고 주인 역인 노부나가 외에 아나야마 바이세쓰穴山梅雪, 조운長雲, 유칸友閑, 세키안夕菴, 조안長安 등의 연장자와 시동, 그리고 도쿠가와 가의 가신들까지 여럿이 앉아 구경을 하고 있었다.

우메와카 다유梅若太夫가 다이숏칸大織冠과 덴카田歌 두 가지 춤을 추었다. 우메와카가 춤을 무척이나 잘 추자 주객들은 갈채와 함께 칭찬을 쏟아부었다.

"노能를 보여드리도록 해라."

노부나가가 우메와카에게 다시 명령을 내렸다. 그런데 어찌 된 일인지 우메와카는 노를 잘 추지 못했다. 심지어 가사를 잊어버려 두어 번이나 춤이 끊기고 말았다. 흥이 조금 깨졌으나 곧바로 고와카 하치로구로다유幸若八郎九郎太夫가 와다和田의 사카모리さかもり를 아주 훌륭하게

추었기에 주빈인 이에야스를 비롯해 모두 다시 흥이 일었고 우메와카 다유의 사소한 실수는 누구도 마음에 두지 않았다.

이에야스는 주인의 대접에 진심으로 기쁨을 드러내기 위해 자신의 가신을 무대 뒤로 보내 칭찬의 말을 전하게 했다.

"모두 잘 보았네. 특히 고와카의 춤은 한 번 더 보고 싶을 정도야."

이에야스는 우메와카, 고와카 두 사람에게 돈 백 냥, 옷감 오십 필을 답례로 주었다. 그때 무대 뒤에서 기뻐할 수 없는 소동이 일었다.

"중요하고 귀한 손님 앞에서 그처럼 엉망으로 춤을 추다니 꼴사납고 괘씸하구나. 예인藝人으로서 평소의 마음가짐이 부족하기 때문이다. 예도藝道의 단련 역시 무가의 병법과 조금도 다를 바 없다. 본보기로 우메와카 다유의 목을 베어라."

스가야 구에몬菅谷九衛門과 하세가와 다케長谷川竹가 노부나가의 명을 받아 우메와카의 실수를 질책하자 무대 뒤쪽 사람들은 아연실색하여 몸을 부들부들 떨며 사과를 했다. 결국 이에야스의 중재로 노부나가는 마침내 노여움을 풀게 되었다.

"용서해주기로 하겠다."

노부나가가 용서하기는 했지만 그 때문에 한때는 모두 무슨 일이라도 일어날 것처럼 걱정을 하며 오늘의 향연을 원수처럼 여겼다. 하지만 노부나가는 다른 사람들이 충격을 받은 만큼 불쾌해하지는 않았다.

"상을 내리기 아까워서 질책한 것이 아니다."

우메와카의 실수를 용서한 노부나가는 모리 란마루森蘭丸를 무대 뒤로 보내 고와카에게 준 것처럼 우메와카에게도 돈 열 냥을 주게 했다.

이처럼 노부나가는 손님에 대한 성의가 넘쳐날 정도로 손님을 환대했다. 이튿날 고운사高雲寺(고운지) 전각에서 벌어진 잔치에서는 우다이 진右大臣인 노부나가가 직접 이에야스 앞에 상을 놓을 정도였다. 하지만 이에야스는 그렇게까지 자신을 위하는 노부나가와 니와 나가히데丹羽長秀, 호리 규타로, 스가야 구에몬 등의 진심에 한없이 감사하면서도 뭔가 부족한 느낌을 받았는지 좌담 중에 자신도 모르게 노부나가에게 진심을 털어놓았다.

"처음부터 제 곁에 계셨던 휴가日向(미쓰히데) 님은 어찌 되셨습니까? 오늘도 보이지 않고, 어제 춤을 구경할 때도 보이지 않고, 그제도 모습을 볼 수 없었습니다……?"

이에야스의 질문에 노부나가는 별일 아니라는 듯 대답했다.

"아아, 미쓰히데를 말하는 게요? 그는 일이 생겨서 15일 밤에 사카모토坂本로 돌아갔소. ……아아, 갑작스러운 일이라 인사를 드리러 가지도 못하고 아즈치를 떠난 듯하오."

그렇게 말하는 노부나가의 모습에는 특별한 감정이라고 할 만한 것이 거의 드러나지 않았다. 사실 이에야스는 조금 걱정을 하고 있었다. 항간에 여러 가지 소문이 떠돌더니 이상한 억측까지 나돌고 있었기 때문이다. 하지만 노부나가의 담백한 대답이나 거리낌 없는 모습을 보면서 항간에 떠도는 소문은 모두 쓸데없는 번민에 지나지 않는 것이라고 생각했다. 그리고 그의 상식으로는 당연히 그래야 한다고 여겼다.

그런데 그날 밤, 숙소인 대보원으로 돌아온 이에야스에게 사카이 사에몬노조酒井左衛門尉, 이시카와 호키石川伯耆 등의 가신들이 집안사람들에게 들은 이야기를 들려주었다. 그 이야기에 따르면 고레토 휴가노카미 미쓰히데가 돌아간 데에는 가볍게 흘려들을 수만은 없는 복잡한 문제가 있었다.

우선 여러 이야기를 종합해 살펴본 결과, 미쓰히데는 대략 다음과 같은 사정으로 갑작스럽게 귀국을 하게 된 것이었다.

이에야스가 도착한 15일, 노부나가가 향응을 준비하는 주방 건물을 예고 없이 찾아왔다. 당시 아즈치는 마른장마처럼 날씨가 후텁지근한 탓에 건어물과 생선 냄새가 코를 찌를 정도로 심했다. 그뿐 아니라 사카이와 교토에서 대량으로 실어온 식량을 풀다 만 채로 놓아두기도 하고 한곳에 쌓아두기도 했다. 내용물이 아무리 산해진미라 할지라도 당연히 파리 떼가 꼬일 수밖에 없었다.

파리들은 노부나가의 얼굴과 어깨에도 몰려들었다.

"구리구나, 구려."

갑자기 건물 안으로 들어온 노부나가가 불쾌해하며 투덜거렸다. 그러더니 커다란 조리실로 성큼성큼 들어가 누구에게랄 것도 없이 내뱉었다.

"이 먼지가 다 뭐란 말이냐? 이 너절한 꼴은! 이처럼 냄새나는 곳에서 빈객의 상을 차릴 생각이란 말이냐? 하물며 요즘과 같은 계절에 썩은 것을 손님에게 어찌 권할 수 있단 말이냐. 모두 버려라, 모두 버려! 썩은 생선 따위는……."

음식을 장만하는 사람들은 전혀 생각하지 못한 갑작스러운 일에 놀라 안쓰러울 정도로 허둥댔다. 지난 며칠 동안 거의 잠도 못 자고 하인과 아랫사람들을 독려해가며 식재료를 모으고 상과 식기의 배합에까지 신경을 쓴 미쓰히데는 노부나가의 목소리를 듣고 처음에는 귀를 의심했다. 하지만 가신들로부터 '행차하셨습니다'라는 말을 듣고는 깜짝 놀라 주인 앞으로 나가서 몸을 바싹 엎드렸다. 그러고는 이상한 냄새는 결코 생선류가 오래됐기 때문이 아니라는 것을 설명하기 시작했다.

노부나가가 그의 말을 가로막았다.

"변명은 필요 없다. 모두 버리도록 해라. 오늘 밤에는 다른 것으로 대접하겠다."

노부나가는 미쓰히데의 말은 들어볼 생각도 하지 않고 돌아가버리고 말았다. 그 뒤 미쓰히데가 넋을 잃은 사람처럼 멍하니 앉아 있는데, 사자가 와서 서찰 한 통을 건네주며 노부나가의 명을 전했다.

"그대는 주고쿠로 가서 선진先陣에 나서도록 하라. 한시도 지체하지 말고 즉각 떠나도록."

그날 밤 아케치明智 가의 가신들은 귀빈을 모신 성대한 자리에 내놓기 위해 산처럼 쌓아놓은 산해진미를 뒷문으로 옮겨 마치 쓰레기나 개와 고양이의 사체라도 버리듯 아즈치의 해자로 텀벙텀벙 던져야 했다. 모두 말없이, 하나같이 비통한 눈물을 머금은 채 그저 검은 해자의 물 위로 솟구쳐 오르는 감정을 내던지고 있었다.

마음속 어둠

밤이 되면 저택 안의 크고 오래된 연못에서는 개구리들이 요란스럽게 울었다. 개구리 소리는 홀로 술에 취해 촛불 앞에 고개를 숙인 채 앉아 있는 사람에게 '무슨 생각을 하는 건가?' 물으며 야유하는 것 같기도 하고, 또 동정하여 함께 탄식하는 것 같기도 하고, 혹은 그 불만을 비웃는 것 같기도 했다.

"아무도 들어오지 말게."

그렇게 명령이라도 내린 것인지 넓은 방에는 촛불 하나와 미쓰히데 한 사람만 있을 뿐 시동의 그림자조차 보이지 않았다. 흐릿한 미풍이 가만히 스쳐 지나갔다. 아직 초여름, 기온은 높았으나 밤바람은 시원했다.

"……"

그날 밤, 미쓰히데의 얼굴빛은 한없이 창백했다. 촛불이 흔들릴 때마다 머리카락도 곤두서듯 흔들렸다. 그 모습에 번민의 그림자가 짙게 배어 있었다.

"아아……"

탄식은 그의 버릇이었다. 그는 무슨 일이든 가슴을 터놓고 다른 사람에게 이야기하거나, 근심거리를 호쾌하게 흩어버리지 못했다. 그냥 홀로 '아아……' 하는 한마디로 위안을 삼았다. 하지만 같은 탄식이라 할지라도 '아아……' 하고 답답한 심정을 온몸에서 하늘로 뱉어버리는 사람이 있는가 하면, '아아……' 하고 자신의 몸을 향해 한탄하며 세상의 근심을 더욱 모으는 사람이 있는 법이다. 미쓰히데는 후자의 경우에 속하는 사람이었다.

"……."

미쓰히데는 문득 노부나가가 이름을 붙여준 그 '나팔꽃 머리'를 무겁다는 듯 쳐들었다. 그러고는 정원의 어둠을 똑바로 쳐다보았다. 숲 사이로 저 멀리 있는 몇 개의 등불을 바라보고 있었다.

지금쯤이면 아즈치 성안은 향연의 첫날밤을 맞아 즐거운 이야기와 담소로 떠들썩할 것이었다. 주빈인 도쿠가와 이에야스 이하 하마마쓰浜松의 가신과 아즈치 사람들이 늘어앉은 모습도 떠올랐다. 미쓰히데 외에도 두어 명이 더 향응을 담당하고 있으니, 상에 올린 음식에는 변화가 조금 있을지 모르지만 오늘 밤 잔치에는 부족함이 없을 터였다.

'명령에 따라서 이대로 아즈치를 떠나야 하나, 아니면 다시 한 번 성으로 들어가 인사를 한 뒤 떠나야 하나.'

미쓰히데는 아까부터 이런 사소한 고민을 하고 있었다. 사무에 과오가 없도록 생각에 생각을 거듭해야 할 만큼 오늘 밤에는 그의 명석한 머리도 지쳐 있었다. 마치 그 사무가 중대한 일인 듯 생각하면 할수록 어떻게 해야 좋을지 판단하기 어려웠다. 아무리 조바심을 쳐도 그는 노부나가의 속내를 알아낼 수 없었다. 아아, 하고 자신도 모르게 나오는 탄식 속에는 어려운 상황에 봉착한 괴로운 마음이 진하게 배어 있었다. 군신 관계가 아니었더라면 그는 솔직히 노부나가를 다음과 같이 평했을 것이다.

'그처럼 속내를 알 수 없는 사람이 세상에 또 있을까? 대체 어떻게 해야 그 사람의 마음에 들 수 있는 걸까? 참으로 어렵구나. 비할 데 없이 까다로운 사람이다.'

아니, 훨씬 더 심각하게 노부나가의 심리를 도려내고 비판적으로 해부했을지도 모른다. 인간의 심리를 살피고, 인생을 비판하는 데 있어서 미쓰히데는 보통 사람 이상의 눈과 판단력을 갖추고 있었다. 억지로 그 눈을 가리고 그 사고를 스스로 어둡게 만들 수는 없는 법이다. 단지 그 사람이 주군이기 때문에 그는 자신의 비판을 삼가고 두려워할 뿐이었다.

"쓰마키妻木, 쓰마키."

미쓰히데가 갑자기 좌우의 장지문을 바라보며 소리쳤다.

"덴고伝伍라도 상관없다. 덴고는 없는가?"

잠시 뒤 장지문을 열고 손을 바닥에 댄 사람은 후지타 덴고도 아니고 쓰마키 가즈에도 아니었다. 측신 중 한 명인 시호덴 마사타카四方田政孝였다.

"두 사람 모두 못쓰게 된 음식물을 처리하고 갑자기 이곳을 떠나기 위한 준비를 하느라 자리에 붙어 있을 틈도 없습니다. 시킬 일이 있으시면 제게 명하시기 바랍니다."

"그렇군. ……그래, 너라도 괜찮다. 성까지 따라오너라."

"성에? 성에 들어가실 생각입니까?"

"떠나기 전에 노부나가 공에게 일단 인사를 올리고 출발하는 것이 온당하겠지. 준비해라."

미쓰히데는 결심이 다시 약해지기 전에 자신을 억지로 내몰 듯 바로 몸을 일으켰다. 그러자 마사타카가 당황해하며 말했다.

"저녁에 혹시 성에 가실까 하여 뜻을 여쭤보았으나 갑작스러운 명

령이니 성에 들어올 시간도 없다 하시며, 우다이진 나리께도 도쿠가
와 나리께도 인사하지 말고 떠나라 말씀하셨습니다. 그래서 수행인들
에게도 그 뜻을 전했고 하인들도 모두 뒷정리에 들어갔습니다. ……잠
시, 잠시만 기다려주시기 바랍니다."

"아니, 아니다. 수행인이 많을 필요는 없다. 너 하나면 족하다. 말을
대령해라."

미쓰히데는 현관으로 나섰다. 거기까지 지나오는 동안 방 안에서도
하인들의 모습은 보이지 않았다. 단지 두어 명의 시동이 다급하게 따
라왔을 뿐이다. 하지만 한 걸음 밖으로 나서자 나무 그늘과 마구간 뒤
에서 삼삼오오 짝을 지어 이마를 맞대고 이야기를 주고받는 하인들의
그림자가 거뭇거뭇하게 보였다. 아케치 가의 가신들은 오늘 갑자기 향
응 담당에서 밀려나 즉시 주고쿠 출진을 명령받은 일에 대해 미쓰히데
이상으로 불만을 품고 있었다.

"당치도 않은 일이야."

"이건 너무 가혹한 처사야."

"고의로 우리 주인을 욕되게 하시려는 처분인 것 같아."

그들은 끼리끼리 모여 한탄하기도 하고 울분을 토하기도 했다. 심지
어 분루를 머금은 채 고후甲府 이후 갑자기 품게 된 노부나가에 대한 울
분과 반감에 기름을 부은 듯 흥분했다.

고후로 출정했을 때 시모스와下諏訪의 진소에서 주인 미쓰히데는 여
러 사람이 보는 가운데 참을 수 없는 치욕을 맛보았고, 그 일은 이미 집
안 전체에 알려졌다. 요즘 무슨 이유로 우다이진이 걸핏하면 주인 미
쓰히데를 괴롭히는 건지 그들은 마치 부모를 대하는 듯한 심정으로 미
쓰히데가 고뇌하는 모습을 바라보았다.

"요즘 들어 몸이 편찮으신 것도, 말씀이 부쩍 준 것도 모두 그 때문

이야……."

그들은 단 하루라도 마음 아파하지 않은 날이 없었다.

그런 상황에서 오늘 미쓰히데가 보인 충동적인 행동은 그 어떤 경우보다 파장이 큰 일이었다. 도쿠가와라는 귀한 손님을 맞이하고 있으니, 하마마쓰의 집안에도 교토의 귀족들에게도 오다 가의 노장들에게도 모두 알려질 일이기 때문이었다. 여기서 치욕을 맛본다는 것은 천하에 수치를 드러내는 것과 같은 일이었다. 치욕을 생각하면 그들은 무문武門 안에서 살아갈 수가 없었다.

"말을……."

시호덴 마사타카가 미쓰히데 쪽으로 황급히 말을 끌고 갔다. 하지만 아케치 가의 가신들은 아직 아무것도 깨닫지 못하고 있었다. 그만큼 집안사람 모두 일도 손에 잡히지 않는 심정으로 그저 여기저기 서서 숙덕거리고 있을 뿐이었다.

미쓰히데가 문을 나서려 하는데 그때 문 앞에서 말을 내리는 사람이 있었다. 노부나가의 사자 아오야마 요조靑山与三였다.

"아아, 휴가 나리, 떠나시는 겁니까?"

"아닙니다. 일단 성으로 들어가서 우후 님과 도쿠가와 님께 인사를 드리고 떠나야겠다 싶어서."

"그렇게 신경을 쓰실 듯하여 저를 일부러 사자로 보내셨으니 굳이 다급하게 성으로 들어가실 필요 없습니다."

"뭐, 거듭 사자를 보내셨다고."

미쓰히데는 다시 저택 안으로 들어갔다. 그리고 자리에 바로 앉아 공손하게 명령을 들었다.

아오야마 요조가 노부나가의 뜻이라며 말했다.

"오늘 접대 담당에서 면직하고 물러나라 명하신 뜻은 조금 전 전한

대로이나, 선진이 되어 주고쿠로 떠나는 나리가 가야 할 방향에 대해
서는 다시 말씀하셨습니다. 잘 들으시기 바랍니다."

"……넷."

"아케치 부대는 급히 군장을 꾸려 수일 내로 다지마但馬를 거쳐 이나
바因幡로 들어가기 바란다. 적 모리 데루모토의 분국인 하쿠슈伯州, 운슈
雲州에도 지체하지 말고 난입하기 바란다. 방심해서는 안 된다. 시간을
끌어서도 안 된다. 속히 단바丹波로 돌아가 진용을 갖춰 다카마쓰 성을
포위하고 있는 하시바 히데요시를 산요도에서 측면 견제로 돕기 바란
다. 나도 곧 후진을 이끌고 서쪽으로 내려갈 것이다. 지체해서는 안 된
다. 만에 하나라도 군략軍略의 기회를 놓쳐서는 안 된다. ……이상과 같
이 말씀하셨습니다."

미쓰히데가 엎드린 채로 대답했다.

"명령 받들겠습니다."

미쓰히데는 자신의 목소리가 너무나도 작고 비굴하다고 여겨졌는
지 가슴을 들어 요조의 얼굴을 정면으로 바라보더니 목소리를 높여 다
시 말했다.

"주군께는 잘 좀 말씀해주시기 바랍니다."

아오야마 요조는 바로 얼굴을 돌려 미쓰히데의 시선을 피했다. 그
만큼 미쓰히데의 섬세한 신경은 봐주기 어려울 정도로 그림자가 있어
보였다. 요조는 반사적으로 아픔을 느꼈으나 일어나 바로 자리에서
떠났다.

"그럼 건강하시기 바랍니다."

미쓰히데는 요조를 배웅하고 되돌아왔다. 그사이에 그는 인기척이
드문 저택 안에 부는 밤바람에 들떠 왠지 발이 방바닥에 붙어 있는 것
같지가 않았다.

'……불과 몇 년 전까지만 해도 물러나라는 명령을 받고 돌아가려면, 밤에라도 떠나기 전에는 얼굴을 한번 비추라고, 차나 마시자고, 아침에 떠날 때는 새벽에라도 성에 들어오라고 끈질기다 싶을 정도로 말씀을 거듭하시던 노부나가 공께서…… 무슨 이유로 내가 그리 미워진 겔까. 아오야마 요조를 보낸 것도 내 얼굴을 보기 싫어 내가 성에 들어가는 것을 피하기 위한 마음에서 나온 것일 게야.'

마음에 두지 않겠다, 생각하지 않겠다, 그렇게 노력하면 노력할수록 불평이 커져만 갔다. 미쓰히데는 한시도 마음을 놓지 못하고 소리 없는 혼잣말을 썩은 물이 거품을 일으키듯 쉴 새 없이 중얼거렸다.

"……누가 보겠는가. 이 꽃도 이제 쓸모없구나."

그는 도코노마床の間[186]의 커다란 단지로 손을 뻗었다. 보기 좋게 꽂혀 있던 꽃도 그의 팔에 흐트러졌으며, 단지의 주둥이에서 흘러나온 물은 툇마루까지 뚝뚝 소리를 내며 흘러갔다.

"얼른 떠나기로 하자! 이곳을 떠나자. 준비는 다 되었는가?"

미쓰히데는 커다란 목소리로 하인을 부르며 두 팔로 단지를 어깨 부근까지 들어올렸다. 그리고 정원 끝의 평평한 섬돌을 향해 있는 힘껏 집어던졌다.

도자기의 파편, 물보라, 그것이 한 줄기 상쾌한 폭음을 올리며 미쓰히데의 앞에서 가슴으로 튀어올랐다. 미쓰히데는 젖은 얼굴로 밤하늘을 올려다보며 혼자 껄껄 웃었다.

밤이 깊었다. 안개가 축축하게 껴서 더욱 후텁지근한 밤이었다.

가신들 모두 빠짐없이 여장을 꾸렸다. 짐짝은 말의 등에, 활과 화살은 수행원의 손이나 어깨에, 그리고 선발 부대부터 말단의 하인까지 문밖에서 이미 대오를 갖추고 있었다.

---

186 방 안의 장식 공간.

말이 비구름이 깔린 낮은 하늘을 향해 자꾸만 울부짖었다. 수행원들의 우두머리는 이리저리 뛰어다니며 주의를 주기도 하고, 문 안을 들여다보며 누구에게랄 것도 없이 소리를 지르기도 했다.

"우장은 빠짐없이 갖추었느냐? 오늘 밤은 별도 없구나. 게다가 비가 내리기 시작하면 길도 좋지 않을 것이다. 횃불을 충분히 준비하도록 하라."

직책상 어쩔 수 없이 우두머리 수행원의 목소리에서만 생기가 조금 돌 뿐, 납덩이처럼 묵직한 것이 집안 전체를 뒤덮고 있었다. 모든 무사들의 얼굴이 오늘 밤 하늘처럼 암담해 보였다. 험악한 빛을 띤 눈, 눈물이 고여 있는 눈, 비통한 빛을 감추고 있는 눈, 괴로움에 말을 잃은 눈. 그 누구의 눈도 결코 평정하지 않았다. 이윽고 미쓰히데의 목소리가 들려왔다. 한 무리의 기마가 현관 앞의 말 타는 곳에서 다가왔다.

"사카모토까지는 눈에 보일 정도로 가까운 거리다. 한바탕 비가 내린다 해도 채찍 한 번 휘두르면 닿을 것이니 걱정할 것 없다. 걱정할 것 없어."

뜻밖에도 주인의 밝은 목소리를 듣고 수행원들은 오히려 의외라는 생각을 했다.

그날 저녁, 측신들은 미쓰히데가 미열이 있다며 전의典醫에게 약을 받았다는 이야기를 듣고 혹시 야밤에 비라도 맞을까 봐 걱정했다. 그러자 미쓰히데가 주위 사람에게, 또 문 안팎에 서 있는 집안사람들에게 일부러 다 들리도록 큰 소리로 말한 것이었다.

미쓰히데의 모습이 보이자 수행원들은 횃불의 끝을 모아 하나의 불에서 무수히 많은 불로 숫자를 늘려갔다. 그리고 선두부터 횃불을 든 채 차례차례 걸어 나갔다.

오 리쯤 가자 아니나 다를까 하얀 빗줄기가 어둠을 가르기 시작했다. 붉은 연기를 뿜어 올리는 횃불에도 픽, 픽, 픽…… 한 방울 한 방울 비가 소리를 내며 튕겼다.

"아즈치 성에서는 사람들이 아직 잠도 자지 않고 밤을 밝히는 모양이구나."

미쓰히데는 비를 보지 않았다. 말을 세워 호숫가 뒤를 돌아보니 거기에는 먹물 같은 우주 속에 우뚝 솟아 있는 천수각이 있었다. 비 내리는 밤이면 더욱 빛나는 옥상의 황금빛 범고래는 이 어두운 밤에 무엇인가를 노려보고 있었다. 그리고 각 건물의 수많은 불빛이 호수에 비쳐 추워 보일 정도로 몸을 떨고 있었다.

"나리, 나리. 비가 내립니다. 감기가 들면 절대 안 되십니다."

측신 중 한 명인 후지타 덴고가 미쓰히데의 말 옆으로 자신의 말을 몰아 등에 우장을 덮어주었다.

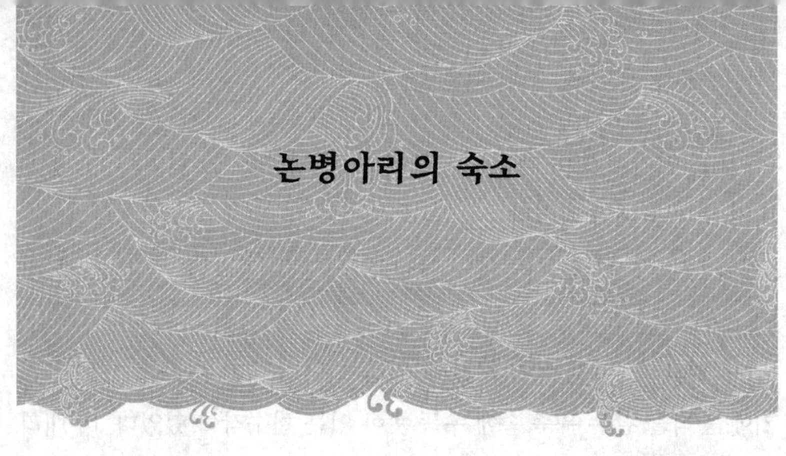

논병아리의 숙소

아직 장마가 개지 않았기 때문인지 오늘 아침에도 비와琵琶 호는 희미하게 보였고, 내리다 말다 하는 안개비와 잔물결에 시계는 그저 새하얄 뿐이었다. 하지만 길은 생각 외로 질척였다. 젖은 말의 갈기에서는 물방울이 떨어졌다. 밤새도록 전군의 장병이 입을 다문 채 비와 길과 싸워 사카모토까지 이르렀다. 오른쪽은 호수의 미쓰三津 호반, 왼쪽은 히에이比叡 산 연력사延曆寺(엔랴쿠지)로 오르는 언덕길이었다. 사람들이 입고 있는 도롱이는 아래위로 불어대는 바람에 고슴도치처럼 곤두서 있었다.

"오오, 저런 곳까지 사마노스케左馬介 님께서 마중을 나오셨습니다."

시호덴 마사타카가 주인 휴가노카미 미쓰히데에게 속삭였다. 호숫가의 성인 사카모토 성이 일행의 정면으로 보이기 시작했을 때였다.

미쓰히데는 벌써 알고 있었던 듯 가볍게 고개를 끄덕였다. 아즈치에서 이곳 사카모토까지 뒤돌아보면 보일 것처럼 가까운 거리였지만 그는 일만 리나 걸어온 사람처럼 피로에 지친 얼굴이 되었다. 그리고 사촌 동생인 아케치 사마노스케 미쓰하루光春가 사는 성 앞에 서자 마치 호랑이 굴에서 빠져나온 듯한 느낌을 받았다.

‘아아, 드디어 도착했구나…….’

가신들은 미쓰히데의 그러한 마음보다 미쓰히데가 때때로 기침을 할 때 더욱 걱정했다.

“감기가 든 몸으로 빗속을 밤새도록 걸어오셨으니 피로도 이만저만이 아닐 것입니다. 성안으로 들어가시면 한시라도 빨리 몸을 따뜻하게 하고 주무십시오.”

“그래, 그렇게 하도록 하지.”

미쓰히데는 참으로 순종적인 주인이었다. 가신들의 충언을 잘 들었으며 또 모두의 걱정을 함께 나눴다. 이처럼 주종 간의 정에는 꿀과 같은 게 담겨 있었다.

후지타 덴고가 말의 고삐를 잡았다. 그는 성 앞 큰길가에 있는 소나무 숲으로 접어들자 고삐를 멈추고 시중을 들기 위해 안장 옆에 섰다. 그리고 미쓰히데가 내리자 말을 부하에게 맡기고 인을 따라 해자 위 다리를 건넜다. 그곳에는 미쓰하루의 가신들이 도열해 있었다. 한 노신이 우산을 펼쳐 공손하게 내밀었다. 그것을 시호덴 마사타카가 받아 주인의 머리 위에 씌워주었다. 후지타 덴고는 미쓰히데의 우장을 들었다.

미쓰히데는 다리 위를 걸어갔다. 해자의 물은 호수와 연결되어 있었다. 난간 밑을 바라보니 물빛이 파랬으며, 교각 부근을 둘러싸고 하얀 물새가 꽃을 뿌려놓은 것처럼 떠다니며 장난을 치고 있었다. 이 부근 물가에서 흔히 볼 수 있는 논병아리였다.

“오늘 새벽부터 기다리고 있었습니다.”

성문까지 나와 기다리던 사촌 동생 사마노스케 미쓰하루가 빼곡히 늘어서 있던 각 무사들을 뒤로하고 몇 걸음 앞으로 나와 예를 갖춰 인사했다. 그러고는 앞장서서 현관으로 들어갔다.

집안의 노신에서부터 각 무사들까지 뒤를 이어 속속 안으로 들어갔다. 미쓰히데를 따라온 여러 측신들 중 십여 명도 진흙 묻은 손발을 닦고 젖은 도롱이를 쌓아놓은 채 혼마루 쪽으로 들어갔다. 나머지 가신들은 해자 밖에서 말을 씻기도 하고 작은 짐을 꾸리기도 하는 등 앞으로 있을 숙영宿營을 준비했다. 말이 울부짖는 소리와 떠들썩한 사람의 목소리가 멀리서 들려왔다.

그 무렵 미쓰히데는 이미 한 방에서 옷을 갈아입고 있었다. 사촌 동생의 집은 마치 자신의 집처럼 편안했다. 어느 방에서나 호수가 보였고, 소나무 숲이 보였다. 혹은 히에이 산이 보였다. 이곳의 혼마루는 더할 나위 없는 경승지에 있었다. 하지만 누가 지금 이 자연을 사랑하고 있을까? 히에이 산은 지난 겐키元龜 2년(1571년)에 노부나가의 명령 하나로 불태워진 이래 지금까지 산 위의 칠당가람七堂伽藍에도 중당中堂에도 산노山王 이십일 신사에도 당시의 잿더미만 쌓여 있을 뿐 부흥의 조짐조차 없었다. 최근에 들어서야 기슭의 민가가 하나둘 세워지기 시작했다. 모리 란마루森蘭丸의 아버지인 모리 산자에몬森三左衛門이 비장하게 전사한 우사宇佐 산의 성터도 가까이에 있었으며, 아사이 아사쿠라淺井朝倉 등의 대군과 오다 군이 맞붙어 시체를 쌓은 히에이 교차로의 전장도 멀지 않았다.

그러한 과거를 생각하다 보면 산수의 아름다움은 오히려 귀곡을 들려주는 법이다. 지금 미쓰히데는 장맛비 떨어지는 속에서 감상에 젖어 싸늘한 추억을 떠올리고 있었으며, 사촌 동생 미쓰하루는 떨어진 작은 방에서 화로의 불을 가늠하고 가마 만드는 장인 요지로与次郎가 만든 명품 솥에서 물이 끓는 소리를 들으며 오로지 다도에 잠기려 애쓰고 있었다.

하나의 성안에 서로 다른 두 개의 마음이 있었다. 미쓰하루를 야헤이지弥平次라고 불렀던 어린 시절부터 미쓰히데와 미쓰하루는 거의 한 집에서 자랐으며, 그 뒤로 한동안 계속되던 곤궁도, 전장의 어려움도, 가정 속의 즐거움도 함께해온 사촌지간이었다. 그러다 보니 어른이 된 뒤 소원해지기 쉬운 형제보다 훨씬 더 골육적인 정을 서로에게 품고 있는 사이였으나 타고난 성품만은 하나로 합칠 수 없는 듯했다. 오늘 아침만 해도 두 사람은 하나의 처마 아래 있으면서도 이처럼 각자의 마음에 따라 서로 다른 모습으로 떨어져 있었던 것이다.

"어디……. 이제는 옷도 다 갈아입으셨을 테지."

미쓰하루는 마침내 혼잣말을 하고 솥 앞을 떠났다. 그리고 툇마루를 건너 다리 모양의 복도를 넘어 사촌 형에게 내준 방 가운데 한 곳으로 조용히 들어갔다. 옆방에 미쓰히데의 측신들이 머물고 있는지 기척이 들려오기는 했으나 그 방에 있는 사람은 오로지 미쓰히데 한 사람뿐이었다. 그는 무릎을 꿇고 앉아 호수를 바라보고 있었다.

"어떻습니까? 괜찮으시다면 저쪽 다실에서 우선 차라도 한잔 대접하고 싶습니다만."

미쓰하루의 말에 미쓰히데가 꿈에서 깨어난 듯한 얼굴로 중얼거렸다.

"차라……."

"얼마 전 교토의 요지로에게 부탁해두었던 물건이 마침내 도착했습니다. 아시야蘆屋와 같은 전아한 문양은 없습니다만 좋은 갑주를 보는 듯한 거친 맛이 있습니다. 새 솥은 좋지 않다고들 합니다만 과연 요시로, 끓인 물의 맛도 옛 솥의 것에 뒤지지 않을 만큼 오묘합니다. 나리께서 오시면 그것으로 꼭 대접해야겠다고 마음먹고 있었는데, 오늘 새벽에 갑자기 아즈치에서 돌아오신다는 보고를 받고 바로 화로에 불을 넣어 기다리고 있었습니다."

"아니, 미안하지만 차를 마시고 싶지 않구나."

"그럼 목욕을 하신 후에라도."

"목욕도 그만두기로 하지. 사마左馬, 우선은 한잠 잤으면 하네. 그 외에는 바라는 게 없어."

미쓰하루는 전부터 여러 가지 이야기를 들은 상태였다. 그러다 보니 미쓰히데의 심사를 전혀 살피지 못한 건 아니었다. 하지만 그렇다 해도 갑자기 돌아오게 된 이번 일에 대해서는 그도 이해하지 못하고 있었다. 노부나가 공이 아즈치 성에서 귀빈으로 맞아들인 이에야스의 향응을 위해, 그 며칠 동안의 접대 역으로 고레토 휴가노카미 미쓰히데가 임명되었다는 것은 세상 모든 사람에게 알려진 일이었다. 그런데 그 향연의 첫째 날을 앞두고 갑자기 미쓰히데를 그 역할에서 물러나게 하다니 대체 어떻게 된 일이란 말인가? 그 빈객인 이에야스는 여전히 아즈치에 있는데 접대 역을 교체당해 급거 본국으로 돌아온 미쓰히데에게는 대체 어떤 신변의 변화가 있었던 것일까?

미쓰하루도 소식을 자세히 들은 것은 아니었다. 오늘 새벽, 성문을 두드리는 사람을 통해 잠결에 대략적인 내용을 들은 뒤 '이번에도 뭔가 노부나가 공의 심기를 불편하게 했구나'라고 짐작할 뿐이었다. 그리고 미쓰히데의 얼굴을 볼 때까지 조용히 가슴 아파하고 있었다.

오늘 아침 성문에서 미쓰히데를 맞이했을 때부터 미쓰히데의 모습은 좋아 보이지 않았다. 하지만 미쓰히데의 눈가에서 그처럼 심각한 그늘을 보는 것은 그다지 놀라운 일이 아니었다. 미쓰하루는 세상이 아무리 넓다 한들 자신만큼 미쓰히데의 성정을 잘 알고 있는 사람은 없다고 믿어 의심치 않을 정도로 두 사람은 과거를 함께 보냈다.

열여섯 살, 처음으로 관을 쓰고 주베 미쓰히데十兵衛光秀라는 이름을 썼을 무렵, 사마노스케 미쓰하루는 아직 아홉 살밖에 안 됐으며 이름도 야헤이지라 불렸다. 그렇게 어리다 보니 미쓰히데가 관례식을 할 때도 신기하다는 듯 어머니 곁에서 바라보기만 했다. 그 관례식을 맡은 사람도, 주베 미쓰히데라는 이름을 골라준 사람도 실은 미쓰하루의 아버지인 미야케 미쓰야스三宅光安였다. 미쓰히데의 친부모는 도키土岐 일족의 명문이었으나 일찍 세상을 떠났다. 그 뒤 부모가 살던 아케치 성도 망해버리고 말았다. 그랬기에 작은아버지에 해당하는 미쓰하루 의 아버지 미야케 미쓰야스의 손에서 자란 것이었다.

미쓰히데와 미쓰하루, 두 사람은 일곱 살 차이였다. 어렸을 때부터 한 집에서 책상을 나란히 하고 글을 읽었으며, 함께 등불 아래서 붓을 쥐었다. 사촌지간이라고는 하지만 형제보다 정이 더 깊었다. 그것은 삼십 년이 지난 지금도 마찬가지였다.

의義에 있어서는 주종 관계였으나 정애情愛에 있어서는 형과 아우 사이였다. 미쓰히데도 미쓰하루를 가신으로 생각하기보다 동생으로 생각했다. 그러다 보니 다른 사람에게 보이지 않는 얼굴빛도 미쓰하루에게는 그대로 보이곤 했다. 사마노스케 미쓰하루에게 있어서 그것은 오히려 기쁜 일이었다.

"……네, 그럴 만도 합니다. 아즈치에서 밤새 말을 타고 왔으니……. 저희도 이제 오십 고개에 이르게 되니 젊었을 때처럼 몸을 버틸 수가 없습니다. 준비해놓으라 이미 일러놨으니, 우선은 침소로 가서서 편히 쉬시기 바랍니다."

미쓰하루는 억지도 부리지 않고, 뜻을 거스르지도 않았다.

"그리하겠네."

미쓰히데는 많은 말을 하지 않고 그곳에서 일어나 아직 아침 기운이 감돌고 있는 모기장 속으로 들어갔다.

● 다케다 가쓰요리 武田勝頼·1546-1582

다케다 신겐(武田信玄)의 사남(四男). 노부나가 포위망에 의하여 오다 노부나가(織田信長)를 궁지에 몰아넣던 아버지 신겐이 죽자 가쓰요리가 자연스럽게 그 뒤를 잇게 된다. 신겐의 죽음에 대한 파급 효과를 우려하여 신겐의 죽음은 함구 되었으며 형식적으로는 신겐이 은거하고 가쓰요리에게 가문을 잇게 하였다고 발표되었다. 그 이후 전공을 세우며 활약하였다.

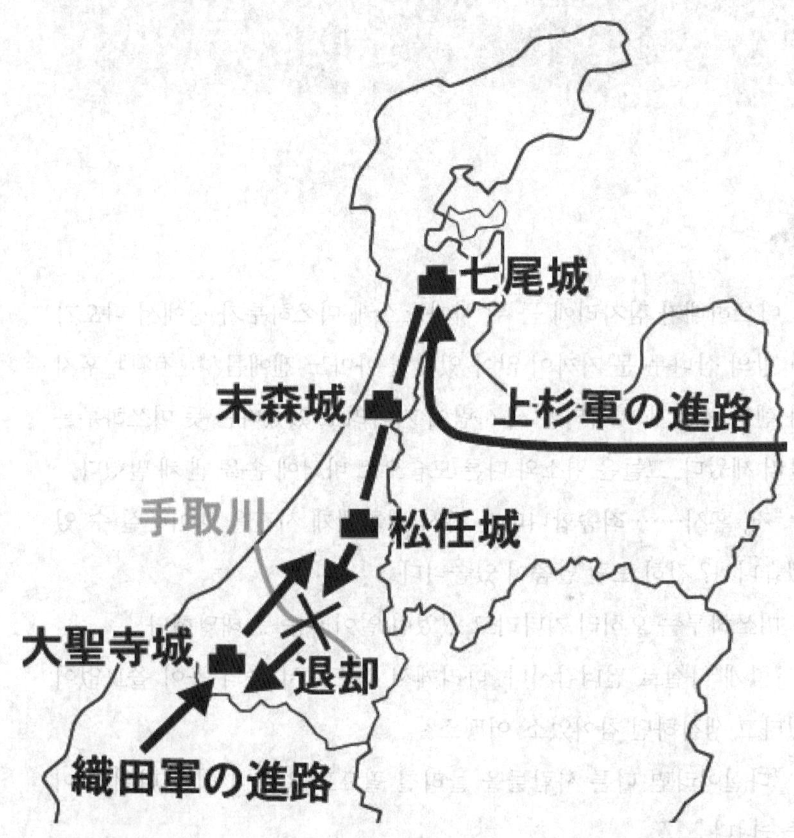

● 1577년 데도리강 전투

덴쇼天正 5년, 가가국 데도리강(手取川)에서 오다 노부나가(織田信長)와 우에스기 겐신(上杉 謙信)이 벌인 전투이다. 전투 결과는 겐신군의 대승이었다. 오다군은 나마즈에 사다토시(鯰江貞利)을 비롯한 1천여 명의 전사자를 냈고, 때마침 데도리강의 불어난 물에 많은 병력이 익사하는 등 큰 피해를 입었다.

병든 잎

미쓰히데가 잠자리에 든 뒤 사마노스케 미쓰하루가 방에서 나오자 한 방의 삼나무 문 가까이 앉아 있었던 아마노 겐에몬天野源右衛門, 후지타 덴고, 시호덴 마사타카 세 사람이 기다리고 있었다는 듯 미쓰하루를 불러 세웠다. 그들은 평소와 다른 모습으로 바닥에 손을 댄 채 말했다.

"저, 혹시…… 죄송합니다만 잠시 저희에게 시간을 내어주실 수 있겠습니까? 긴히 드릴 말씀이 있습니다."

미쓰하루는 오히려 기다리고 있었던 일이라는 듯 대답했다.

"함께 다실로 건너갑시다. 나리께서 잠드셔서 솥의 불이 쓸모없어졌다고 생각하던 참이었소. 어떻소?"

"다실이라면 다른 사람들을 물리칠 필요도 없으니 더할 나위 없이 좋습니다."

"그럼, 안내하도록 하겠소."

"하지만 저희는 모두 거칠기만 한 자들이라 차에 대한 소양도 없을 뿐만 아니라, 오늘은 그런 마음을 품을 수 있을 만큼 마음에 여유가 있는 것도 아닙니다."

"그럴 테지. 여러분의 흉중은 대충 짐작하고 있소. 바로 그렇기 때문에 이야기를 나누기에는 다실이 좋지 않을지. 신경 쓸 것 없소."

미쓰하루가 앞장서고 세 사람이 뒤를 따랐다. 그리고 그들은 좁은 벽과 장지문으로 들어오는 빛 사이에 마주 앉았다. 솥의 물은 잘 끓고 있었다. 조금 전보다는 끓는 소리도 부드럽게 들렸다. 미쓰하루의 무용은 수많은 전장에서 봐왔지만 미쓰하루가 화로 앞에 앉은 모습은 어딘지 낯설어 보였다. 지금 그의 모습에는 그러한 무용이 드러나지 않았다.

"그럼 차는 마시지 않도록 하겠네. 겐에몬, 마사타카, 긴히 할 말이란?"

세 사람은 약간 굳은 얼굴로 서로를 바라보다 그중 가장 강직하고 감정에 솔직한 후지타 덴고가 먼저 말을 꺼냈다.

"사마노스케 님. ……분합니다. 말씀을 드리려 해도 분, 분한 마음이 앞서서……."

덴고는 왼손을 무릎에서 밑으로 떨어뜨리더니 자신도 모르게 오른쪽 팔꿈치를 구부려 눈가의 눈물을 가렸다. 그러자 다른 두 사람도 함께 눈을 껌뻑였다. 덴고처럼 울지는 않았으나 눈꺼풀은 이미 붉어져 있었다.

"무슨 일이 있었는가?"

사마노스케 미쓰하루는 오히려 냉정한 태도를 보였다. 불을 보게 될 것이라 예상했는데 물을 보게 된 것처럼 세 사람은 퍼뜩 정신이 들었다. 서로 눈가를 보며 이런 얼굴부터 먼저 보였다가는 미쓰하루로부터 공감을 얻는 것도, 기대를 거는 것도 모두 틀린 일이라는 사실을 깨닫게 되었다. 그리고 이렇게 지나친 감정을 드러낸다면 이야기하려는 내용도 자연스럽게 소극적으로 될 게 틀림없었다.

"실은 생각하지도 못했던 갑작스러운 귀국에 어떤 일로 우후 님(노부나가)의 심기를 불편하게 한 것이 아닐까 생각하고 있었다네. 대체 어떤 이유로 접대 역에서 갑자기 물러나시게 된 것인가? 기탄없이 들려주기 바라네."

미쓰하루가 거듭 말했으나 세 사람의 가슴속에서 불타오르는 불꽃에는 미치지 못했다.

우선 후지타 덴고가 입을 열었다.

"저희가 모시는 주군이라고 해서 잘못에 눈을 감고, 도리를 왜곡하고, 억지로 분노의 말을 하여 노부나가 공을 까닭 없이 원망하려는 것이 결코 아닙니다. ……이번 파면에 대해서만은 어떠한 사정 때문인지, 어떤 실수를 이유로 명령하신 것인지 우다이진의 마음을 저희로서는 도무지 알 길이 없습니다. 참으로 기괴한 일이라고 말씀드릴 수밖에 없습니다."

덴고의 말을 받아 시호덴 마사타카가 계속 이야기를 했다.

"……하지만 저희도 일단은 가슴을 쓸어내리고 정치상의 문제일까도 생각해보았으나 아무리 돌아보아도 그와 같은 점은 떠오르지 않았습니다. 그렇다면 군 작전상의 문제일까 싶었으나 그처럼 커다란 책략은 예전부터 노부나가 공의 가슴속에 확고히 자리하고 있을 텐데, 도쿠가와 나리의 향응을 앞두고 한번 접대 역을 맡긴 자를 그 자리에서 파면하고 다른 자로 대신하는 모습을 일부러 손님에게 보일 필요가 있겠습니까?"

이번에는 아마노 겐에몬이 말을 더했다.

"……두 사람이 말씀드린 것처럼 생각하고 보니 저희는 이제 오직 한 가지, 이유 같지도 않은 이유밖에 떠오르지 않습니다. 즉, 평소 저희 주군에 대해 걸핏하면 비뚤어진 시선으로 보시는 노부나가 공의 깊은 집념과도 같은 미움이…… 마침내, 마침내 그처럼 노골적으로 드러나 일이 이 지경에 이른 것이 아닐지……. 저희 아케치 가 사람들은 이제 그렇게 체념할 수밖에 없습니다.”

세 사람은 거기까지 말하고 입을 다물었다. 그 외에도 하고 싶은 말은 얼마든지 있었다. 고슈 공략 때 스와諏訪의 진소에서 주인 미쓰히데에게 마시지도 못하는 술을 억지로 권하며, 아무리 취흥이라고는 하지만 팔을 비틀어 회랑의 나무 바닥에 얼굴을 짓이기고 “나팔꽃 머리, 나팔꽃 머리, 마셔라”라고 사람들 앞에서 벌을 준 일이나, 아즈치 성안에서도 종종 비슷한 모욕을 준 일, 혹은 평소 미쓰히데라는 말만 들으면 눈엣가시처럼 조소하고 멸시하며 증오한다는 사실이 다른 집안의 무사들 사이에서조차 이야깃거리가 되고 있는 분위기 등 떠올리면 끝도 없었다. 하지만 오늘 이전의 일은 굳이 말하지 않아도 주인 미쓰히데와는 거의 일심동체라고도 할 수 있는, 일족 중의 일족 미쓰하루가 모를 리 없었기에 마사타카도 겐에몬도 굳이 쓸데없는 말을 덧붙이지 않았던 것이다. 그런데 그들의 이야기를 다 들은 사마노스케 미쓰하루는 얼굴빛 하나 변하지 않은 표정으로 조용히 말했다.

“그럼 나리의 귀국은 이렇다 할 특별한 이유도 없는 파면 때문이라는 말이오? ……그 말을 들으니 마음이 푹 놓이는군. 우다이진 님의 기분에 따라 일이 잘 끝나거나, 잘 끝나지 못하는 것은 다른 집안에서도 흔히 있는 일. 우선은 안심이군, 안심이야.”

미쓰하루는 오히려 축하할 일이라는 듯한 투로 대답했다. 그러자 세 사람의 눈빛이 갑자기 달라졌다. 특히 덴고는 입가의 근육을 부들부들 떨며 미쓰하루 앞으로 불쑥 다가갔다.

“우선은 안심이라니, 뜻밖의 말씀이십니다. 사마노스케 님, 그것은 대체 무슨 뜻입니까?”

“거듭 말할 필요도 없소. 나리의 잘못 때문이 아니라 노부나가 공의 심기가 불편했기 때문이라면, 기분이 좋으실 때 다시 마음을 풀어드릴 수도 있을 것이오."

그 말에 덴고가 더욱 다급한 투로 물었다.

"그, 그렇다면…… 나리께서는 저희 주군을 오로지 노부나가 공의 기분만을 맞추는 게이샤 무리와 동일시하고 계시다는 말씀입니까? 당당한 무가이신 아케치 휴가노카미 님을 그렇게 보셔도 된다고 생각하십니까? 아무런 분노도, 치욕도, 또 그렇게 해서 자멸의 늪으로 내몰리게 될 것이라고도 느끼지 못하십니까?"

"덴고, 자네 관자놀이의 힘줄이 너무 굵은 것 같은데. 마음을 좀 가라앉히게."

"어제도 그제도 한잠도 자지 못했습니다. 나리처럼 냉정하게 있을 수는 없습니다. 무도함, 조소, 치욕, 인내, 온갖 분노로 들끓고 있는 기름 솥에서 괴로움을 맛보고 있는 아케치 가의 주종입니다."

"……그러니까 하는 말 아닌가. 우선은 마음을 달래고 이삼 일 푹 주무시도록 하게."

"그, 그런 한심한 말씀을."

후지타 덴고는 누가 뭐래도 미쓰하루가 주군의 사촌 동생이라는 사실을 알면서도 덤벼들고 말았다.

"단 한 번 더럽혀진 무가의 치욕도 씻기 어려운 법이거늘, 저희 주인과 가신들은 저 아즈치에 있는 천방지축 같은 나리 때문에 몇 번이고 그것을 참았는지 모릅니다. 오늘도 사람들이 지켜보는 가운데서 그런 일이 있었고, 눈물을 참으며 말씀하시는 미쓰히데 나리를 둘러싸고 주종이 함께 위로하며 눈물로 지새운 밤이 한두 번이 아닙니다. 게다가 이번에는 그저 향응 역에서 제외시켰을 뿐만 아니라 그 뒤 바로 '본국으로 돌아가 출진 준비를 하라. 주고쿠에 있는 히데요시를 측면에서 돕기 위해 모리의 분국인 산인 각국으로 당장 공격해 들어가라’고 명령을 내리셨고, 마치 저희 아케치 일족을 돼지나 사슴을 쫓는 몰이꾼이나 사냥개처럼 취급하며 말씀하셨습니다. 이런 마음을 품고 어찌 전장에 나설 수 있겠습니까? 이것이야말로 그 천방지축 나리의 무시무시한 간책입니다.”

“닥쳐라! 천방지축 나리라니, 누구를 두고 하는 말이냐?”

“남들이 보는 앞에서도 저희 주군에게 ‘나팔꽃 머리, 나팔꽃 머리’라고 부르시는 노부나가 공을 두고 하는 말입니다. 그 천방지축 시절부터 좌우에서 보좌하여 오늘의 아즈치를 이루게 한 오다 가의 공신인 하야시 사도林佐渡 님도 그렇고 사쿠마佐久間 부자도 그렇고 마침내 직책과 봉록으로 보답해야 할 날이 찾아오자 곧 사소한 죄를 뒤집어씌워 죽음으로 내몰거나 추방해버리는 등, 그 천방지축 나리의 최후의 수단은 언제나 그 자리를 빼앗는 것이었습니다.”

“닥쳐라. 우다이진 님에 대해 불손하기 짝이 없는 소리구나. 너희와 자리를 함께할 수 없다. 나가라, 나가.”

결국 미쓰하루가 화를 내며 호통을 쳤고, 사람이 온 것인지 병든 잎이 떨어진 것인지 정원에서 희미한 기척이 들려왔다.

히에이 산의 부흥

적대적 성격을 가진 사람은 절대 없을 성곽 안이라 할지라도 방첩 상으로는 밤낮으로 세심하게 경계를 게을리하지 않았다. 이것만은 어떤 성이든 예외 없이 똑같았다.

다실이라 할지라도 뜰이나 그 부근에는 정원을 지키는 무사가 반드시 서 있었다. 지금 다실의 조그만 출입구 바깥까지 와서 섬돌 앞에 머리를 조아린 사람도 정원을 지키는 사람이었다. 그는 한 통의 서찰을 안에 있는 주인에게 건네준 뒤에도 한동안 두꺼비처럼 몸 하나 까딱하지 않고 대기하고 있었다.

잠시 뒤 미쓰하루의 목소리가 안에서 들려왔다.

"답장을 달라니 적어서 보낼 생각이네만, 시간이 좀 걸릴 걸세. 심부름을 온 스님에게 잠시 기다리라고 하게."

"알겠습니다."

무사는 닫힌 채로 있는 다실의 문을 향해 정중하게 예를 갖추고 짚신 소리조차 내지 않으려는 듯 조심스럽게 뜰의 나무 사이를 걸어 돌아갔다.

그 뒤 미쓰하루와 세 사람은 한동안 더 서먹하게 가만히 입을 다문 채 앉아 있었다. 마침 어딘가에서 똑똑 당목으로 땅을 두드리는 듯한 소리가 들려왔다. 그 가벼운 울림만이 그곳의 침묵을 간신히 깨뜨리고 있었다. 끊임없이 매실이 떨어지는 소리였다. 장마 구름 사이로 약간 틈이 생긴 것인지 장지문 너머로 갑자기 강한 햇살이 비추기 시작했다.

"그만 인사를 올리고 물러나기로 하세. ……뭔가 다른 일이 생기신 듯하니."

시호덴 마사타카가 기회를 놓치지 않으려는 듯 동료들을 재촉해서 물러나려 하자 미쓰하루가 숨기려는 기색도 없이 펼쳐서 읽고 있던 편지를 말며 세 사람에게 미소 띤 얼굴로 말했다.

"더 있다 가지."

"아니, 그만 물러나겠습니다."

"참으로 폐를 끼쳤습니다."

겐에몬과 덴고도 함께 자리에서 일어났다. 그리고 뒤쪽의 장지문을 닫은 뒤 곧 다리 모양의 복도 쪽으로 살얼음이라도 깨듯 차가운 발소리를 지우며 갔다.

잠시 뒤 미쓰하루도 그곳에서 나왔다. 그리고 복도를 지나며 사람을 불렀다. 그러자 시신부터 시동까지 황급히 그의 뒤를 따라 방으로 들어갔다. 미쓰하루는 종이와 벼루를 가져오라 하더니 이미 써야 할 글이 머릿속에 있는 듯 별 어려움 없이 붓을 휘둘렀다.

"답장이다. 이것을 요카와橫川의 스님이 보낸 심부름꾼에게 주고 돌려보내라."

미쓰하루는 시신 중 한 명에게 편지를 건네주고 그 일에 대해서는 더 이상 생각할 것도 없다는 듯 다른 가신을 둘러보며 물었다.

"미쓰히데 님께서는 숙면을 취하고 계신 듯하더냐?"

"침소는 매우 조용한 듯합니다."

미쓰하루는 그제야 비로소 미간을 펴고 마음이 놓인다는 듯한 표정으로 말했다.

"그러냐."

19, 20, 21일, 미쓰히데는 며칠 동안 하는 일도 없이 사카모토 성에서 보냈다. 이미 주고쿠 출진을 명령받은 몸이었다. 아직 조금 여유는 있었지만 한시라도 빨리 자신의 성인 단바카메야마丹波龜山로 가서 가신들에게 동원령을 내리고 만반의 준비를 서둘러야 할 터였다.

"도중에 이처럼 며칠이고 헛되이 보내신다면 아즈치에서 더욱 좋지 않은 소리가 들려올 텐데."

미쓰하루는 미쓰히데에게 직언을 하고 싶었다. 하지만 미쓰히데의 마음을 생각하면 쉽게 말을 꺼낼 수가 없었다. 후지타 덴고와 시호덴 마사타카 등이 거침없이 말한 것처럼 미쓰히데도 '이런 기분으로는 전장에 나갈 수 없다'는 생각에 마음이 괴로울 것이었다. 그렇다면 여기서 조용히 머무는 며칠 동안의 휴식이야말로 미쓰히데가 무엇보다 먼저 할 수 있는 출진 준비일지도 모른다는 생각이 들었다. 그래, 그럴 것이다, 하며 미쓰하루는 어디까지나 미쓰히데의 강한 이성과 총명함을 믿었다.

미쓰하루는 미쓰히데가 어떻게 지내는가 싶어 미쓰히데의 방을 가만히 들여다보았다. 미쓰히데는 양탄자 위에서 붓을 씻는 그릇과 먹물통을 늘어놓고 한 권의 화첩을 펼쳐 그림 연습에 여념이 없었다.

"오호, 이건."

미쓰하루는 미쓰히데 곁에 앉았다. 그리고 미쓰히데가 이처럼 여유를 갖고 있다는 사실을 진심으로 기뻐하며 함께 그 경지를 즐기려 했다.

"그래, 사마노스케로구나. 봐서는 안 된다. 아직 사람들 앞에서 그릴 만한 실력이 아니니."

미쓰히데는 붓을 놓아버렸다. 그리고 쉰 살이 넘은 사람이라고는 여겨지지 않을 정도로 수줍어하는 모습을 보이며 당황한 듯 주위의 그림이 그려진 종이까지 숨겨버렸다.

"하하하, 이거 방해를 한 모양입니다. 본보기로 삼으신 화첩은 누구의 그림입니까? 가노 산라쿠狩野山樂에게라도 명령을 내리셨던 겁니까?"

"아닐세, 가이호 유쇼海北友松일세."

"유쇼 말씀이십니까? 그 사람은 요즘 어떻게 지냅니까? 이 근방에서는 도통 소식을 들을 수 없습니다."

"얼마 전 고슈 공략 때, 숙소로 불쑥 찾아왔는데 이튿날 아침, 날이 밝기도 전에 다시 표연히 떠나버리고 말았다네. 이건 그때 그가 그린 것이야."

"괴짜로군요."

"아니, 괴짜라는 한마디만으로 형용할 수 있는 사람이 아니야. 절개가 있는 사람, 대나무처럼 마음이 올곧은 사내일세. 무사는 그만두었지만 무사다운 인물이라고 생각하네."

"예전에는 사이토 다쓰오키齋藤龍興의 가신이었다고 들었는데, 그 옛 주인에 대한 절개를 지금도 지키는 점을 칭찬하고 계시는 겁니까?"

"아즈치를 건설하는 공사를 위해 우다이진께서 부르셨지만 그 사람만 거절했지. 그는 그렇게 명리와 권세에도 굴하지 않았어. '어찌 돌아가신 주인의 원수를 위해 그림을 그릴 수 있겠는가' 하는 기개를 품고 있는 것처럼 보이네."

그때 미쓰하루의 가신이 무슨 볼일이 있다는 듯 뒤에 와서 앉자 두 사람 모두 입을 다물었다. 미쓰하루가 뒤를 돌아보며 '무슨 일인가?' 하고 물었다.

무사는 손에 한 통의 서찰과 닥나무 종이에 쓴 탄원서 같은 것을 들고 당황스러운 얼굴빛으로 대답했다.

"성문까지 요카와 스님의 제자가 또 찾아와서 다시 한 번 이 서찰을 성주님께 꼭 보여드리고 싶다고 했습니다. 아무리 돌려보내려 해도 목숨을 걸고 온 사자라며 돌아가려 하지 않습니다. 어떻게 하면 좋겠습니까?"

미쓰하루가 가볍게 혀를 차며 말했다.

"뭐, 또 왔다고? 요카와의 스님에게 탄원의 취지는 도저히 받아들일 수 없으니 없었던 일로 알라고 신중히 답장을 썼는데, 그 뒤에도 두 번이고 세 번이고 끈질기게 서찰을 들려 보내다니, 참으로 말귀를 못 알아듣는 스님이로구나. 결코 안으로 들여서는 안 된다. 무슨 소리를 하든 거절하고 돌려보내도록 해라."

"네, 네."

소식을 전하러 온 무사는 그렇게만 대답하고, 마치 자신이 야단을 맞기라도 한 것처럼 서찰과 탄원서를 손에 그대로 든 채 허둥지둥 그 자리에서 물러났다. 그러자 미쓰히데가 바로 물었다.

"요카와의 스님이라면 히에이 산의 료신 아자리亮信阿闍梨를 말하는 것이냐?"

"그렇습니다."

"지난 겐키 2년 가을, 히에이 산 화공火攻 때 나도 선봉 부대 중 하나를 맡으라는 명을 받아 산속 사찰의 본당, 산노 스물한 개 신사, 그 외 영사불탑靈社佛塔 등에 불을 지르고 칼로 맞섰지. 그때 승병뿐만 아니라 동자승, 대사, 일반승, 고승, 남녀노소 할 것 없이 모두 베어 불속에 던져 다시는 이 심산에 사람은 물론 풀 한 포기 나지 않을 것이라 여겨질 정도로 철저하게 살육을 했는데……. 어느 틈엔가 살아남은 법사들이 거기로 다시 돌아와 살아갈 길을 구하고 있는 모양이구나."

"그렇습니다. 들리는 말에 의하면 산속은 아직 황량한 폐허지만 그 뒤 요카와의 스님 료신이나 보당원宝幢院(호토인)의 센슈詮舜, 지관원止觀院(시칸인)의 젠소全宗, 그리고 정각원正覺院(쇼카쿠인)의 고세이豪盛, 히에日吉의 네기교간禰宜行丸 등의 석학들이 사방으로 흩어졌던 사람들을 불러 모아 온갖 수단을 동원해서 산문의 부흥을 위한 운동을 하고 있다고 합니다."

"노부나가 공이 계신 동안에는 그 실현을 보기 어려울 게야."

"그들도 그렇게 알고 많은 힘을 조정의 버슬아치들에게 쏟아부어, 주상께서 노부나가 공에게 윤음綸音으로 설득해주시길 바라며 매우 열심히 운동을 펼친 듯합니다. 하지만 그것도 칙허를 얻을 가망이 없고, 요즘에는 오로지 민간의 힘에 의지하여 각국에서 모금을 하고 각 가문을 찾아다니며 산노 일곱 개 신사의 임시 전각 건립을 계획하고 있다고 들었습니다."

"그렇다면…… 요카와의 스님이 전부터 네게 거듭 사람을 보낸 이유도 그와 관련된 탄원 때문이겠구나?"

"아닙니다."

미쓰하루는 갑자기 눈빛을 바꾸어 미쓰히데의 얼굴을 조용히 바라보았다.

"사실은 말씀드릴 필요도 없는 일이라 생각하여 이 사마노스케가 독단으로 거절해왔습니다만…… 그렇게 물으시니 숨기지 않고 말씀드리겠습니다. 실은 요카와의 스님께서 거듭 사람을 보낸 이유는 나리께서 우리 성에 머물고 계시다는 사실을 알고 꼭 미쓰히데 님을 한번 뵙고 싶다며 제게 소개를 간곡히 부탁하기 위해서였습니다."

"료신 아자리가 이 휴가노카미를 만나고 싶다고 간곡히 청했단 말인가?"

"그리고 다른 한 통의 탄원서에는 산문 부흥을 위한 모금 명단에 고레토 휴가노카미 님의 존함도 올리고 싶다는 내용이 담겨 있었습니다. ……하지만 이 두 가지 모두 받아들일 수 없는 일이라고 말하며 단호히 거절했습니다."

"그렇게 받아들일 수 없는 일이라고 거절하고 또 거절해도 거듭 성문으로 목숨을 걸고 승려까지 보내다니……. 참으로 딱하기는 하구나."

"……."

"사마노스케."

"네."

"모금 명단에 내 이름을 올리는 것은 아즈치의 주군에 대해 불경한 일이 될 테지만, 아자리를 만나는 정도는 그렇게 꺼릴 것도 없을 듯한데."

"아니, 그리해서는 안 됩니다. 산문을 불태우는 데 공을 세운 대장이 무슨 이유로 이제 와서 살아남은 법사와 만날 필요가 있겠습니까?"

"그 당시에는 적이었으나 지금의 히에이 산은 완전히 무력화되었고, 아즈치에 대해서도 항복하여 공순할 것을 맹세한 양민 아니냐?"

"형식상으로는 틀림없이 그렇습니다. 하지만 불교가 전파된 이래로 지어진 보탑과 불사가 잿더미로 변했으며, 일만 명이나 되는 사제의 골육을 살육당한 무리와 그 인척들이 어찌 아직도 생생한 당시의 원한을 마음에서 지웠겠습니까?"

미쓰히데는 천장을 향해 훅 하고 큰 소리로 한숨을 내뱉었다.

"바로 그렇기 때문에……. 당시 나 역시도 노부나가 공의 명령을 받아 어쩔 수 없이 그 미친 듯한 불길 중 하나가 되어 산속의 사악한 중뿐만 아니라 무고한 승속僧俗, 노소老少까지 무수히 찔러 죽였다. ……지금 그 생각을 하면 이 가슴은 마치 당시의 불타는 산처럼 가책으로 괴롭구나.”

“평소 말씀하시던 대승적 사고와는 어울리지 않는 말씀을……. 히에이 산뿐만 아닙니다. 흥한 자, 망한 자, 봄이 가면 가을이 오듯 되풀이되는 것이 이 세상 이치입니다. 단번에 많은 이의 목숨을 빼앗고, 산 하나를 불태운다 할지라도 오산백봉五山百峰의 법을 밝혀 비춘다면 저희 무인의 살육은 결코 쓸데없이 무고한 생명과 문화를 멸하는 것이 아니라고 생각합니다.”

“옳은 말이다. 그 정도의 이치는 모르는 바 아니나 일개 인간의 정으로서 오늘의 히에이 산에 대해 나는 눈물을 금할 수 없는 심정이다. ……사마노스케, 공인으로서의 고레토 휴가노카미로서는 꺼려야 할 일이겠지만, 한 평범한 인간이 산의 옛터를 애도하는 의미라면 아무런 문제가 없을 것이다. 내일 은밀히 산에 다녀오고 싶구나. 그리고 요카와의 스님에게 약간의 보시를 하고 싶은데……. 어떻게 생각하느냐?”

낮의 두견이

그날 밤, 미쓰하루는 잠자리에 든 뒤에도 홀로 번민했다.

'어째서 히에이 산의 무리들에게 그토록 집착하고 계신 걸까?'

미쓰하루는 미쓰히데의 마음을 의심했다. 그리고 내일 은밀히 산에 오르겠다는 미쓰히데의 미심쩍은 생각을 되새기며 밤새도록 고민했다.

'끝까지 말려야 할까, 아니면 당신 뜻에 맡겨두어야 할까? 지금의 신분으로는 산문의 부흥 따위에 일절 관여하지 않는 편이 좋으며, 요카와의 승려와 만난다는 것은 더욱 좋지 않은 일이다.'

미쓰하루는 마음속으로는 분명하게 생각을 정리했지만, 자신이 독단으로 료신 아자리의 심부름꾼을 만나지 않은 일에도, 산에서 보낸 탄원서를 그대로 돌려보낸 일에도 썩 좋지 않은 얼굴 표정을 보인 미쓰히데가 떠올랐다. 그리고 근본적으로 자신의 처지와는 상반되는 생각을 품고 있는 듯 여겨졌다.

'지금의 히에이 산을 대상으로 대체 어떤 일을 꿈꾸고 계신 걸까?'

미쓰하루는 바로 그 점에 적잖은 불안과 의혹을 품고 있었다. 이는 틀림없이 노부나가에게 반하는 행위라고 비난받기에 딱 좋은 행동이었다. 게다가 주고쿠 전투의 출진을 앞둔 사람이 해서는 안 될 쓸데없는 행동이기도 했다.

'말리자. 무슨 말씀을 하셔도 말리기로 하자.'

미쓰하루는 그렇게 결심하고 눈을 감았다.

'면전에서 말리면 미쓰히데 님으로부터 듣기 거북한 격한 말도 들어야겠지만, 아무리 화를 내셔도 단호히 그 소매를 붙들자.'

곧이어 미쓰하루는 잠이 들었다.

이튿날 아침, 미쓰하루는 평소보다 일찍 일어나 세수와 양치질을 하고 있었다. 그런데 바로 그때 복도에서 현관으로 사람의 발소리가 우르르 들려왔다. 미쓰하루가 무사를 불러 빠른 어조로 물었다.

"지금 누가 나갔는가?"

"휴가노카미 님이십니다."

"뭐, 미쓰히데 님이?"

"네. 산에 오르기 위한 가벼운 차림으로 아마노 겐에몬 나리 한 분만을 데리고 히에 아래까지는 말로 달려가겠다고 말씀하셨습니다. 지금 현관에서 짚신을 신고 계십니다."

"그럼 날이 밝기도 전부터 이미 준비를 하셨던 게로군."

미쓰하루는 단 하루도 거른 적이 없었던 신전에 올리는 아침 예배도 불단에서 외는 염불도 이날 아침만은 거르고 말았다. 그는 부지런히 방으로 돌아가 크고 작은 의복을 갖추고 현관까지 달려갔다. 하지만 미쓰히데는 이미 그곳을 떠나버린 뒤였고 배웅을 나갔던 측신 몇 명이 졸린 얼굴을 마주한 채 차양을 통해 시메이가다케四明ヶ嶽의 하얀 구름을 올려다보고 있었다.

"장마도 이쯤에서 그칠 듯한데."

성 밖의 솔숲은 아직 걷히지 않은 아침 안개 때문에 호수의 밑바닥을 가는 것처럼 느껴졌다. 그곳을 사람을 태운 말 두 마리가 가벼운 발걸음으로 달려가고 있었다. 가마우지인지 까마귀인지, 말 두 마리 옆을 스쳐 지나며 커다랗게 날갯짓을 했다.

"겐에몬, 오늘은 날이 좋을 듯하구나."

"이대로라면 산도 꽤나 맑을 듯합니다."

"오랜만에 마음도 상쾌하구나."

"기분 전환이 되는 것만으로도 오늘의 산행은 의미가 있습니다."

"무엇보다 요카와의 스님을 만나고 싶다. 내 용무는 오직 그뿐이다."

"나리께서 일부러 산으로 드신다면 매우 황공해할 것입니다."

"사카모토 성으로 부르면 역시 사람의 눈이 신경 쓰이네. 산속의 사람이 없는 곳에서 조용히 만났으면 하네. 겐에몬, 자네가 일을 잘 좀 처리해주게."

"사람의 눈은 산속보다 기슭에 더 많을 것입니다. 고레토 휴가노카미 님께서 산에 오르셨다고 마을 사람들이 떠들어대면 곤란해집니다. 히에 부근까지는 두건으로 얼굴을 잘 가리고 가시기 바랍니다."

"이렇게 말인가?"

미쓰히데는 얼굴에서 머리로 둘러쓰고 있던 헝겊을 한층 더 깊이 둘러 눈과 입가만 보이게 했다.

"차림새도 수수하고 안장도 평범한 무사가 쓰는 것이니, 이제는 누가 봐도 고레토 미쓰히데 님이라고는 생각하지 못할 겁니다."

"겐에몬, 자네도 조심하게. 내게 너무 정중한 태도를 취하면 그것만으로도 의심을 받게 될 테니."

"하하하, 과연 그렇습니다. 거기까지는 생각하지 못했습니다. 지금부터는 격식을 차리지 않겠습니다. 무례함을 용서해주시기 바랍니다."

지난 이삼 년 전부터 임시 건물들이 처마를 늘어놓아 옛 사카모토의 모습을 조금씩 되찾아가고 있었다. 그 가도를 달려 연력사로 오르는 길로 막 접어들었을 무렵에야 비로소 뒤쪽 호수에 아침 해가 찬연히 빛나기 시작했다.

"도중에 내린 말은 어떻게 하시겠습니까?"

"히에 신사 부근에 임시 건물이 들어섰다고 하네. 그 부근에는 농가도 있을 게야. 아니면 히에에 있는 목수에게라도 맡기고 가면 될 걸세."

"아……. 누군가 뒤에서 부르는 소리가 들리지 않습니까?"

"따라오는 자가 있다면 그건 틀림없이 사마노스케 미쓰하루일 걸세. 미쓰하루는 나의 이번 산행을 말리고 싶어 하는 얼굴이었으니."

"참으로 보기 드물 정도로 온순하고 성실한 분이십니다. 무인으로는 너무 부드러울 정도로……."

"……저기 좀 보게, 겐에몬. 역시 사마노스케일세. 기슭에서부터 홀로 말을 몰아 달려오고 있네."

"모습으로 봐서는 억지로라도 나리를 말리실 생각인 듯합니다. 벌써 여기까지 오신 것을 보면……."

"그가 무슨 말을 하든 애초부터 돌아갈 마음은 없었네……. 아니, 아마도 그는 더 이상 말리지 않을 게야. 말릴 생각이었다면 성문에서 내 말고삐를 잡았을 테니. 저걸 좀 보게, 사마노스케도 산행을 위한 복장을 하고 오는군. 나와 함께 오늘 한나절 동안 산을 둘러볼 생각으로 마음을 고쳐먹고 온 게 틀림없어."

이 세상에 미쓰히데만큼 미쓰하루의 마음을 잘 아는 사람도 없었고, 또 미쓰하루만큼 미쓰히데의 마음을 잘 아는 사람도 없었다. 아니나 다를까 그 사마노스케 미쓰하루는 여기에 오기 전부터 이미 억지로 미쓰히데의 뜻에 거스르기보다는 오늘 하루를 산에서 함께 보내며 그가 커다란 실수를 하지 않도록 곁에서 노력하는 편이 좋겠다고 마음을 고쳐먹은 것이었다. 그랬기에 사이가 가까워지기 시작했을 무렵부터 무척이나 밝은 얼굴을 보이며 말했다.

"정말 부지런도 하십니다. 왜 이렇게 급히 나오셨습니까? 오늘 아침에는 저도 허를 찔린 것처럼 적잖이 당황했습니다. 이렇게 이른 새벽부터 오르실 줄은 생각하지도 못했기에……."

"아아, 사마노스케. 자네를 데리고 와야겠다고는 나도 생각하지 못했네. 이렇게 따라올 줄 알았으면 어젯밤에 약속을 해두었을 텐데."

"제 불찰이었습니다. 아무리 잠행이라고는 하지만 하인 열 명 정도는 데리고 차와 도시락도 준비해서 한가로이 다녀오실 줄로만 지레짐작하고 있었기에."

"하하하. 평소의 산행이었다면 그리했을 테지만, 오늘 산에 오르는 것은 어디까지나 지난날의 업화에 쓰러진 영을 애도하고, 수많은 백골을 위해 잠시 불공을 드려야겠다는 보리심에 기인한 것이니…… 술 단지와 진미를 들고 올라와서야 되겠는가."

아마노 겐에몬은 그렇게 말하는 주인 미쓰히데의 옆얼굴을 강렬한 눈빛으로 바라보고 있었다. 미쓰하루가 그 말을 조금도 의심하지 않는다는 듯한 표정으로 말했다.

"어제는 심기를 불편하게 하는 말씀을 올렸을지 모르겠으나 제가 원래 소심하다 보니 이번 일로 아즈치에 좋지 않은 소리가 들어가지나 않으면 좋겠다는 생각에서 드린 말씀이었습니다. 이렇게 가벼운 차림으로 문득 보리심이 일어 산으로 발걸음을 옮기신 것이니 혹여 노부나가 공의 귀에 들어간다 할지라도 그리 심하게 탓하지는 않으실 겁니다. 실은 이 미쓰하루도 사카모토 근처에 머물고 있으면서 아직 한 번도 산에는 가보지 못했습니다. 오늘 나리를 모시고 곳곳을 둘러보는 것도 한때의 행복일까 싶어 뒤따라온 것입니다. 겐에몬, 앞장서기 바라네."

미쓰하루는 미쓰히데와 말 머리를 나란히 한 채 그가 따분해하지 않도록 곳곳에 보이는 풀꽃에 대해 설명하기도 하고, 푸른 신록에 대해 이야기하기도 하고, 각종 새들의 소리를 구분해 새의 습성을 들려주기도 하는 등 마치 낙을 잃은 환자의 마음을 달래주려는 아낙네처럼 세심한 부분에까지 신경을 썼다.

"그렇군. ……흠, ……과연."

미쓰히데는 미쓰하루의 노력에 차가운 표정을 지을 수 없었다. 다만 미쓰하루가 하는 말은 대부분이 인간사가 아닌 자연의 풍물에 관한 것이었다. 그러다 보니 미쓰히데의 마음에는 아무래도 스며들지 못했다. 미쓰히데라고 결코 자연의 아름다움이나 정취를 모르는 것은 아니었으나, 그의 마음은 잠을 잘 때나 깨어 있을 때나, 또 붓을 쥐고 그림을 그려보아도 언제나 사람과 사람 사이의 갈등 속에 있었으니 어쩔 도리가 없는 일이었다. 그의 마음은 어지러이 서로 대립하는 인간 사회에 있었다. 그리고 분노하고 원망하는 불꽃 속에 있었다. 낮에도 두견이가 우는 이 산길에 접어들어서도 그의 관자놀이에는, 아즈치에서 물러난 이후 굵게 튀어나온 핏발이 여전히 불거져 있었다.

약초 채취

본능사本能寺(혼노지)의 해자에 미친 병사들의 활이 날아들고 반역의 맹렬한 불길이 하룻밤의 하늘을 불태우고 나자 세상 사람들은 하나같이 새삼스럽게 미쓰히데의 마음을, 그 변심의 시기와 동기를 여러 가지로 미루어 짐작해보았다.

"그는 이미 오래전부터 역심을 품고 있었다."

어떤 사람은 그렇게 말했으며, 또 다른 사람은 예증을 통해 이렇게 말하기도 했다.

"아니, 아즈치에서 물러나 가메야마 성으로 돌아가고 난 뒤다."

조금 더 깊이 파고든 사람은 장황하게 설명하기도 했다.

"가메야마로 돌아간 뒤 어느 날 밤, 아타고愛宕의 신사에 머물며 참배를 하던 중 신점을 보았을 때 걷잡을 수 없이 솟구쳐 오른 감정이다. 그 증거로 그날 밤 이후부터 그의 태도가 바뀌었다. 그날 밤 연가사連歌師[187] 조하紹巴 등을 불러 시회詩會를 연 자리에서도 '때는 바야흐로 하늘

---

187 렌가시. 연가란 두 사람 이상이 일본 정형시의 상구와 하구를 번갈아가며 읽어나가는 형식의 노래. 연가사는 전문적인 연가 작가.

이 하계를 살피는 오월이구나時は今天が下知る五月哉188'라고 대담하게 속내를 털어놓았고, 또 그날 밤 같은 방에서 잠을 잔 조하가 몇 번이나 깨웠을 정도로 밤새도록 가위에 눌렸다는 점을 봐도 그때 그의 가슴속에서 엄청난 역심이 빚어졌다고 할 수 있을 것이다."

사람들의 말은 하나같이 수긍이 가는 이야기뿐이었다. 그렇다면 그들 중 어느 한 가지 이야기가 미쓰히데의 본심과 그 변화를 맞혔는가 하면, 이 역시 무조건 그렇다고 결정할 수 있는 것이 아니었다. 무릇 사람 마음의 움직임이란 신비한 것이었다. 총명하고 중년의 분별력도 있으면서 굳이 만년의 생애를 역적이라는 이름으로 떨어뜨릴 망동을 하게 했던 원인은 무엇이었을까? 이러한 의문과 마찬가지로 그의 변심이 언제 어떤 순간에 시작된 것인지는 아마도 그의 가슴에 자리한 악마 외에는 알 수 없는 일이라고 해도 좋을 것이다. 하지만 지금까지의 사가들을 보면 역사적 증거에만 의존하여 추정한 몇몇 시기 중 어느 한 시기에 역심을 품었다고 보는 것 역시 경솔하다고 하지 않을 수 없다. 왜냐하면 종전의 역사가들이 미쓰히데의 심경에서 가장 중요한 때인, 아즈치에서 물러난 5월 17일 밤부터 사카모토에 머물렀던 5월 26일까지의 열흘 동안을 완전히 등한시했기 때문이다.

전날 밤의 사정과 작전의 상투성으로 봤을 때, 미쓰히데의 반역이 명백한 폭거로 오랜 기간에 걸친 계획하에 행해진 것이 아니라는 사실은 분명하다. 그렇다면 아즈치에서 물러난 뒤 그의 가슴에 악마가 자리 잡기 시작했을 것이다. 그때 그가 평생 쌓아온 수양과 이성이 산산이 부서지면서 충동이 일어났을 것이다. 귀국 도중 사카모토 성에서 열흘 동안

---

188 '때는 지금 (오다 노부나가가) 천하를 지배하는 5월이구나'라는 뜻이나 앞의 때(일본어로는 도키. 미쓰히데는
　　도키 씨의 일족이다)를 미쓰히데 자신이라 해석하여 '도키 씨가 천하를 지배하는 5월이구나'라는 의미로, 역심
　　을 드러낸 시라고 해석하기도 한다.

있었을 때 아침저녁으로, 시시각각으로 악마는 그의 주위를 맴돌며 번뇌가 되고 요물이 되어 정사正邪 두 갈림길의 기로에서 오른쪽으로 가야 할지, 왼쪽으로 가야 할지 밤낮으로 고뇌하게 했을 것이다.

미쓰히데는 지금 그런 날 가운데 하루를 히에이 산에 오르는 데 쓰고 있었다. 물론 산에 오르는 동안에도 그의 마음은 한시도 어느 한쪽 길에 머물 수가 없었다. 가는 길 내내 미혹의 기로를 비교해보고 있었다.

이 산이 번성했던 때를 생각해보면 적막함이 느껴질 정도였다. 곤겐權現 강을 따라 동탑東塔 언덕을 오르는 동안에도 사람의 모습은 거의 찾아볼 수가 없었다.

변함없는 것은 새들의 소리뿐이었다. 이곳은 예로부터 새들의 선경仙境이라 불릴 정도로 매사촌의 소리도 들리고 파랑새 소리도 가끔 들려왔다. 귀를 기울이면 큰유리새, 노랑턱멧새, 검은지빠귀, 울새, 직박구리가, 그리고 낮에는 두견이까지 메아리치듯 울어댔다.

"스님 한 분 안 보이는구나."

문수당文殊堂 터에 섰을 때 미쓰히데가 망연한 듯 중얼거렸다. 노부나가의 위세와 그 무력에 의한 철저한 토벌에 새삼 놀란 듯한 얼굴빛이었다.

"사마노스케."

"피곤하실 텐데."

"아니다. ……어찌 된 일이냐? 이 산 위에는 사람이 없는 게 아니냐? 본당 쪽으로 가보자."

무슨 이유에서인지 미쓰히데는 적잖이 실망한 모습이었다. 아무리 노부나가가 표면적으로 제압을 했다 할지라도 산속에 숨은 세력이 좀 더 눈에 띄게 활동하고 있으리라 생각했던 모양이었다. 하지만 본당도 불타고 남은 흔적 그대로였고, 대강당과 산노인, 정토원 부근을 둘러보아도 예전에 생긴 봉긋한 초토가 그대로 남아 있을 뿐이었다. 단 승려가 수학하는 곳 부근에 움막과 다를 바 없는 건물이 몇 채 있고 향 냄새가 나서 아마노 겐에몬을 시켜 안을 들여다보게 했으나 네다섯 명의 스님이 화로 위에 놓인 죽 냄비를 둘러싸고 앉아 있을 뿐이었다. 그들이 미쓰히데 일행을 향해 말했다.

"아무리 찾으셔도 요카와의 료신 아자리는 여기에 없습니다."

"요카와의 스님이 안 계시다면 예전의 석학이나 장로도 안 계신가?"

미쓰히데가 겐에몬에게 시켜 다시 묻게 하자 그중 한 사람이 대답했다.

"산에 그런 분은 한 분도 안 계십니다. 산에 오려 해도 일일이 교토에 있는 관리나 아즈치의 허락을 받아야 하고, 또 산속에 머물 수 있는 것은 한정된 평승平僧이나 불사를 집행하는 승려뿐으로 그 외에는 지금도 여전히 허락하지 않는 것이 규율입니다."

그 말에 미쓰히데가 말했다.

"물론 규율이야 그럴 테지만, 종문의 열의라는 건 물을 끼얹으면 꺼지는 불과 같은 것이 결코 아닐세. 아마도 우리를 아즈치의 무사라 생각하여 굳게 숨기고 있는 것 같네. 요카와의 스님을 비롯하여 살아남은 장로들은 지금도 여전히 산속 어딘가에서 살며 평소에는 사람의 눈을 피하고 계신 것이 틀림없네. ……결코 그런 걱정을 할 필요가 없는 사람이라고 잘 타일러서 다시 한 번 물어보게."

"네."

겐에몬이 다시 물으려 하자 미쓰하루가 그를 막으며 말했다.

"내가 물어보지. 겐에몬이 거칠게 질문하면 산승들이 더욱 입을 다물고 말 테니, 제가 정중히 물어보도록 하겠습니다."

미쓰하루는 미쓰히데가 고개를 끄덕이자 움막 쪽으로 발걸음을 옮겼다. 그때 미쓰히데는 만나려고 하지 않았던 인물을 뜻밖에도 만나게 되었다. 그 노인은 연둣빛 두건에 같은 색 도복을 입고 하얀 각반에 짚신을 신고 있었다. 나이는 일흔을 넘겼으나 입술은 소년처럼 붉고, 눈썹은 백설처럼 하얗고, 마치 학에 도복을 입혀놓은 것처럼 보였다. 그는 두 하인과 동자 한 명과 함께 시메이가다케의 계곡 길에서 지금 막 올라오는 중이었다.

"오오, 휴가 나리 아니십니까?"

노인은 문득 미쓰히데의 모습을 보고 한눈에 알아보았는지 함께 온 사람들을 뒤에 남겨둔 채 거리낌 없이 곁으로 다가와 말을 걸었다.

"오랜만에 뵙습니다. 아아, 이거 전혀 뜻밖의 장소에서 생각하지도 못했던 분을 뵙게 되었습니다. 아즈치에서 한시도 쉴 새 없이 일을 하신다 들었는데 오늘은 또 무슨 일로 이처럼 아무도 없는 산에 오셨습니까?"

노인은 나이에 어울리지 않게 목소리가 매우 쩌렁쩌렁했다. 그리고 허연 눈썹과 입가에는 천진한 미소를 머금고 있었다. 그와는 달리 미쓰히데는 적잖이 당황한 모습이었다. 밝은 노인의 눈썹 때문인지 눈이 부신 듯 시선을 둘 곳을 찾지 못했으며, 대답도 평소와는 달리 흐트러져 있었다.

"아, 누구신가 했더니…… 마나세曲直瀨 님. 이 미쓰히데에게도 적적한 날은 있는 법입니다. 요 며칠 사카모토 성에 머물고 있습니다만, 산이라도 좀 돌아다니면 끈적한 장마철의 울적함도 조금은 흩어질까 하여."

"가끔 큰 산에 올라 자연을 만나고 마음을 닦는 것은 마음을 기르는 데 무엇보다 좋고 몸에도 약이 됩니다. 예전보다 몸도 마음도 지치신 듯 보입니다. 병 때문에 말미를 얻어 귀국하던 길은 아니신지 모르겠습니다."

노인은 눈을 바늘처럼 가늘게 뜨며 말했다. 어떤 이유에서인지 그의 눈앞에서는 거짓말을 할 수 없을 것 같다는 느낌이 들었다. 그는 마나세 도산道三, 이름은 마사모리正盛, 자는 잇게이一溪로 당대의 이름 높은 명의였다. 아시카가 요시테루足利義輝가 아직 무로마치室町 쇼군으로 건재했던 무렵부터 도성에서 의원 도산의 이름은 이미 높았으며 그 총애도 두터웠다. 간료管領189인 호소카와細川와 마쓰나가 단조松永彈正, 미요시 슈리三好修理 모두 그의 치료를 받았으며, 특히 폐하의 신임도 두터워 시간이 날 때면 시약원施藥院의 업무에도 종사했고, 또 후배들을 위해 학사를 열어 칠십 세가 넘은 고령임에도 쉬지 않고 일을 했다.

한동안 만나지 못했으나 미쓰히데는 아즈치 성안에서 이 이름 높은 의원과 몇 번 자리를 함께한 적이 있었다. 그중 두 번 정도는 다도의 자리였다. 노부나가는 함께 차를 마시기 위해서도 그를 곧잘 불렀으나 병에 걸렸다 싶으면 몸져눕기 전부터 도산을 불러오라고 말했을 정도로 평소 좌우에 있는 전의보다 그를 더 신뢰했다. 하지만 권력자를 섬기는 것은 도산의 성격에 맞지 않았으며 집도 교토에 있었기에 부를 때마다 아즈치까지 가는 것은 아무리 건강한 몸이라 할지라도 그리 쉬운 일은 아니었던 듯하다.

미쓰하루는 움막까지 가지 않고 다시 되돌아왔다. 아마노 겐에몬이 급히 부르러 왔기 때문이다.

"좀 골치 아픈 사람을 만났습니다."

겐에몬이 함께 걸으며 작은 목소리로 속삭였으나 미쓰하루는 곧 마나세 도산의 모습을 보고는 오히려 다행이라는 듯 말했다.

---

189 무로마치 시대의 직명. 쇼군을 도와 정무를 총괄하던 벼슬.

"잇케이 어르신 아니십니까? 여기에는 어쩐 일이십니까? 언제나 장정보다 더 건강하십니다. 오늘은 교토에서 올라오셨습니까? 산속을 거닐기 위해 오신 것입니까?"

미쓰하루는 평소의 친밀함을 드러내며 미쓰히데와의 대화 사이에 끼어들었다. 담소 나누기를 좋아하는 도산은 이 산속에서 뜻밖의 지기를 만나 참으로 유쾌하다는 듯 말했다.

"봄부터 4, 5월의 여름, 늦가을인 9, 10월 무렵에는 매해 이렇게 산에 오르기를 거른 적이 없소. 이 산 곡곡의 풀 가운데는 귀중한 약초가 안타까울 정도로 많기에."

도산은 멀리 있던 동행 중 하나를 손짓해 불러 들고 있던 바구니 속에서 채취한 백합과와 용담과, 난과 식물 등의 약초를 종류별로 꺼내 놓고 그 약효를 설명하기도 하고 또 풀의 유래를 들려주기도 했다.

"노부나가 공께서는 무엇이든 새로운 것을 좋아하시고, 특히 외국 문명에 민감한 분이시기에 아즈치의 남만南蠻 학교에 있는 홍모인紅毛人[190] 의사에게 명령하여 이부키伊吹 산기슭에 약원을 설치하고 서양 약초를 칠팔십 종이나 심게 하셨습니다. 하지만 그렇게까지 할 필요도 없이 이 히에이 산에만 해도 아직 눈에 띄지 않은 신비한 약종이 얼마나 있는지 알 수 없을 정도입니다. 먼 옛날, 이 산의 고승이 찾아낸 온갖 약초를 백 수의 노래로 읊은 《천대채약가天臺採藥歌》라는 책자가 본당에 소장되어 있다고 들었기에 꼭 한번 보고 싶었습니다만, 그사이에 겐키 2년의 전화로 이렇게 모두 불타버리고 말았습니다. ……그《천대채약가》를 보지 못한 것은 두고두고 한이 됩니다."

도산은 그칠 줄 모르고 이야기했다. 하지만 그는 시종일관 입을 다물고 있을 뿐 아니라 이야기하는 중에도 어딘가 공허함이 느껴지는 미

---

190 머리털이 붉은 사람이라는 뜻으로 서양인을 낮춰 부르던 말.

쓰히데의 모습에 자꾸만 신경이 쓰였는지 그의 옆얼굴을 종종 의원다운 눈빛으로 바라보았다. 이에 화제는 어느 틈엔가 다시 미쓰히데의 건강에 이르게 되었다.

"미쓰하루 나리께 듣자 하니 휴가 나리께서는 곧 주고쿠로 출진하신다든데, 건강에 각별히 신경 쓰시기 바랍니다. 인간 오십을 넘기면 아무리 건강하다 할지라도 자연의 생리는 거스를 수 없는 법이기에 몸에 여러 가지 변화가 일어나는 계기가 되니……."

도산은 말보다 더 근심스러운 표정으로 간곡히 주의를 주었다.

"그렇습니까?"

미쓰히데가 억지로 일소에 부치며 도산의 경고에 남 일처럼 대답했다.

"얼마 전 가벼운 감기 기운이 있었습니다만, 워낙 건강한 편이라 이렇다 할 병은 없는 듯합니다."

"아니, 장담할 수 없는 일입니다."

도산은 자신의 의학 경험을 앞세워 미쓰히데의 말을 부정했다.

"병을 병이라 느끼고 있는 환자는 늘 주의를 기울이기 때문에 그나마 괜찮습니다만, 나리처럼 건강을 과신하면 커다란 화를 입게 되는 법입니다. 충분히 신경 쓰시기 바랍니다."

"그렇다면 어디가 안 좋습니까?"

"얼굴빛을 보고 목소리만 들어도 건강한 용태가 아니라는 사실은 바로 알 수 있습니다. 어디 특별한 곳이 좋지 않은 것이라면 그나마 낫겠습니다만, 아마도 오장이 모두 피로에 지친 듯합니다."

"피곤하냐고 물으신다면, 그야 저도 수긍할 수밖에요. 계속되는 전투에 주군 곁에서 끊임없이 일을 봤으니, 그야말로 무리에 무리를 거듭한 몸일 테니까요."

"휴가 님 같은 지식인 앞에서 이런 말씀은 공자 앞에서 풍월 읊기입니다만, 부디 몸조심하시기 바랍니다. 간장, 심장, 비장, 폐장, 신장, 이 오장은 오지五志, 오기五氣, 오성五聲에 드러나기에 혈색으로도 드러나고 말에서도 숨길 수 없는 법입니다. 예를 들어 간장이 좋지 않으면 눈물이 많이 나고, 심장이 좋지 않으면 불안해서 두려움을 느끼게 되고, 비장이 상하면 사사건건 화를 내기 쉬우며, 폐장이 좋지 않으면 허할 때 우울함을 느끼게 되어 이를 해소할 힘이 떨어집니다. 그리고 신장이 약해지면 감정의 기복이 심해집니다."

도산은 미쓰히데의 얼굴을 가만히 살펴보았다. 아픈 곳이 없다고 자신하던 미쓰히데는 그의 말을 들으려 하지 않았다. 애써 웃어 보였지만 불쾌하고 불안해 보였으며 이유도 없이 초조해하기만 했다. 그러다 보니 굳이 대답하지 않고 도산과 얼른 헤어질 기회만을 엿보았다. 하지만 마나세 도산은 자신이 하고 싶은 말을 중간에서 결코 흐리는 법이 없었다. 그런 미쓰히데의 눈빛과 기색을 깨달았으면서도 계속 간곡히 충언했다.

"나리를 뵌 순간부터 피부색이 마음에 걸렸습니다. 무엇을 근심하고, 무엇을 두려워하고 계시는지. 게다가 눈에는 노기가 서려 있으며 필부의 분노와 아낙과도 같은 눈물을 눈 안에 머금고 계십니다. 밤이면 손끝, 발끝이 어는 것처럼 한기가 느껴지지 않으십니까? 거기에 이명이 들리고 침이 마르고 입안에 가시를 씹는 것 같은 느낌이 들지 않으십니까?"

"좀처럼 잠들지 못하는 밤도 있기는 합니다만, 어젯밤에는 잘 잤습니다. 여러 가지로 충고해주셔서 참으로 고맙습니다. 출진한 뒤에 적당한 약을 쓰도록 하겠습니다."

미쓰히데는 미쓰하루와 겐에몬을 돌아보며 그만 가볼까, 하고 길을 재촉했다. 그리고 다시 마나세에게 말했다.

"조만간 사람을 보낼 테니 가지고 계신 약을 좀 나눠주시기 바랍니다. 이거, 길 가시는 데 여러 가지로 실례가 많았습니다."

미쓰히데는 달아나듯 길을 재촉해 갔다.

시라白 강 도하

　그날 아케치의 가신인 신시 사쿠자에몬進士作左衛門은 잔무를 처리하고 저택을 정리한 뒤 한걸음 늦게 소대원들을 이끌고 사카모토 성으로 들어갔다. 주인인 미쓰히데가 갑작스럽게 아즈치에서 물러났기 때문이다.

　사쿠자에몬이 여장을 풀자마자 마치 기다렸다는 듯 쓰마키 가즈에妻木主計, 후지타 덴고, 나미카와 가몬並河掃部, 시호덴 마사타카, 미야케 도베三宅藤兵衛, 무라카미 이즈미노카미村上和泉守 등이 한 방에서 그를 둘러싸고 앉아 이런저런 질문을 던졌다.

　"그 후의 정세는 어떤가?"

　"나리께서 물러나고 난 뒤, 아즈치에서는 어떤 말들이 오가고 있나?"

　사쿠자에몬이 이를 갈며 말했다.

　"지난 17일 이후 오늘 25일까지 겨우 팔 일 동안이었지만 아케치 가의 녹을 먹는 몸으로서는 삼 년 동안 바늘방석에 앉아 있는 기분이었소. 그 뒤 아즈치의 신분이 낮은 자나 서민들까지 갑자기 텅 비어버린 향응실 문밖을 지나면서 '여기가 휴가 님의 빈집이로구먼. 어쩐지 썩은 생선 냄새가 나더라. 이렇게 계속 실수를 하고 인색해서야, 이제 나팔꽃 머리도 이쯤에서 시들어버리겠군'이라고 거리낌 없이 농담을 지 껄이는 소리가 귀를 막아도 아침저녁으로 들려오질 않나……."

"그토록 평판이 좋지 않은가?"

"아즈치 안에서 살고 있는 무리는 누구 하나 노부나가 공의 처치가 억지스럽다고도 잘못되었다고도 생각하지 않소. 오로지 나리에 대한 비방뿐이오."

"상층부 사람들 중에는 조금이나마 분별 있는 사람도 있겠지. 그쪽 은 어떤가?"

"아니, 이후 며칠 동안은 오로지 귀빈이신 도쿠가와 나리를 대접하 느라 아즈치 성안이 떠들썩했소. 갑자기 향응을 맡은 사람이 바뀌니 도쿠가와 나리가 이상히 여겨 노부나가 공에게 '아케치 님이 보이지 않는데, 어찌 된 일입니까?' 하고 여쭤보았다고 하더군. 그러자 노부나 가 공께서 '별일 아닙니다. 자신의 나라로 돌려보냈습니다' 하며 안중 에도 없다는 듯 대답했다고 하더군."

"……"

그곳에 있는 사람들 모두 입술을 씹었다. 신시 사쿠자에몬은 다시 입을 열어 아즈치의 중신 중에는 주인 미쓰히데의 실의를 오히려 기뻐 하는 사람도 있다는 사실, 또 우리 주인이 다시 옛날처럼 노부나가의 총애를 받을 수 없을 뿐 아니라 아케치 가의 영지까지 다른 벽지로 옮 길 수도 있다는 사실 등을 이야기했다.

모든 게 다 소문일 수 있지만 아니 땐 굴뚝에서는 연기가 나지 않는 법이다. 아즈치의 소사奏者¹⁹¹ 모리 란마루는 예전에 사카모토에서 전 사한 모리 산자에몬森三左衛門의 차남인데, 지금의 영지인 미노美濃에서 사카모토로 영지를 바꾸고 싶다는 희망을 은밀히 품고 있었다. 게다가

---

191 무가에서 안내 역할을 맡은 사람.

이미 노부나가 공으로부터 묵약默約을 받았다는 소문까지 있었다.

그러다 보니 노부나가 공이 미쓰히데에게 산인 도로로 출군 명령을 한 것은 산인 지방을 공략한 뒤 그곳에 아케치 가를 봉하고 후에 아즈치 바로 옆에 있는 사카모토 부근을 란마루에게 주려고 한 것이라고 관측하는 사람도 결코 적지 않았다.

"그 증거로."

사쿠자에몬은 지난 19일에 노부나가가 아케치 가에 전달한 군령을 예로 들며 눈을 더욱 부라렸다. 신시 사쿠자에몬의 말을 들을 필요도 없이 지난 19일에 아즈치에서 아케치 가에게 내린 군령장은 미쓰히데뿐만 아니라 모든 가신의 분노를 살 만한 것이었다. 그 전문은 다음과 같았다.

각 선발 부대는 이번에 빗추로의 지원을 위해 가까운 시일 안에 나보다 앞서 전장으로 나가 하시바 지쿠젠노카미의 지도를 받기 바란다.

이케다 소사부로池田惣三郎, 이케다 기이노카미紀伊守, 이케다 산에몬三右衛門, 호리 규타로, 고레토 휴가노카미, 호소카와 교부다유, 나카가와 세베中川瀬兵衛, 다카야마 우콘高山右近, 아베 니에몬阿部仁右衛門, 시오카와 호키노카미塩川伯耆守.

덴쇼 10년(1582년) 5월 19일

노부나가

군령장이 잘못됐을 리 없었다. 또 서기의 개인적인 감정에 따라 좌우될 리도 없었다. 아케치 가의 모든 사람들은 이 군령장을 보고 노부나가 공의 명령으로 고의적인 것이 명백하다면서 노여움의 눈물을 흘리며 원망했다.

"이 집안은 당연히 이케다나 호리보다 높은 지위에 있고, 지금까지 하시바, 시바타柴田와 동격으로 대접을 받았다. 그런데 이들 각 장수들 밑에 주군의 이름을 적고, 더구나 히데요시의 지휘를 받으라니 무문에 가할 수 있는 가장 커다란 모욕이다. 향응 역 박탈의 치욕을 군령장에 까지 드러내고, 아케치 가의 굴욕을 전장에서까지 내보이려는 가혹한 처사라고 할 수밖에 없다."

신시 사쿠자에몬은 아즈치의 일반 사람들도 이 사실에 상당히 주목하고 있다는 이야기를 자신의 생각을 덧붙여 설명했다.

"틀림없이 영지를 바꾸어 사카모토 네 개 군을 결국 란마루에게 내리실 것이라는 풍문도 군령장에 나타난 강등의 뜻을 모두 민감하게 읽어냈기에 떠들고 다닐 수 있는 것이오. ……어쨌든 참으로 뜻밖의 일이오. 분하기 짝이 없소."

사쿠자에몬은 무릎 위의 굳게 쥔 주먹을 몇 번이고 눈가로 가져갔다.

마침 저물녘이라 그곳에 앉은 사람들과 벽에 저녁 어스름이 짙게 내리고 있었는데, 그 뒤로는 누구 하나 입을 여는 사람 없이 그저 뺨을 타고 흐르는 눈물만이 하얗게 보일 뿐이었다. 그 순간 복도에서 무사들의 발소리가 들려왔기에 사람들은 주군이 돌아왔다며 앞다투어 마중을 나갔다.

신시 사쿠자에몬만 여장도 풀지 않고 명령을 기다리고 있었다. 하루 종일 산을 돌아다니다 돌아온 미쓰히데는 목욕을 마치고 식사를 한 뒤 사쿠자에몬을 불러들였다. 그 자리에는 사마노스케 미쓰하루밖에 없었다.

사쿠자에몬은 가신들에게 아직 말하지 않은 사실 하나를 비로소 이야기했다. 그것은 노부나가가 이번 달 말인 29일에 마침내 아즈치를 출발해 교토에서 하룻밤 묵고 바로 서쪽으로 내려갈 것이라는 일정과 그에 대한 준비 상황이었다.

벌써 25일이었다. 미쓰히데는 29일에 노부나가가 아즈치를 떠날 것이라는 말을 듣고는 사카모토에서 머물렀던 칠 일을 돌아보게 되었고 조급한 마음이 들지 않을 수 없었다.

"그렇다면 아즈치 본성을 지킬 사람들도 결정된 듯하던가?"

사쿠자에몬이 대답했다.

"쓰다 겐주로津田源十郎 나리, 가모우 우효에타유蒲生右兵衛大輔 나리, 노노무라 마타에몬野 村又右衛門 나리, 마루모 효고노카미丸毛兵庫守 나리 등이 혼마루를 지키고, 니노마루의 각 방면까지 수십 명의 장수에게 명을 내리셨다는 말을 들었습니다."

가만히 이야기를 듣고 있는 미쓰히데의 귀와 눈동자를 보면 그가 얼마나 총명하고 관찰력이 뛰어난지 알 수 있었다. 미쓰히데는 사쿠자에몬의 한마디, 한마디에 고개를 끄덕인 뒤 물었다.

"그렇다면 함께 출진하는 장수는?"

"누구라고 하나하나 자세히 듣지는 못했습니다만, 좌우의 근신 몇 명과 시동 삼사십 명 정도만 데리고 가실 것이라고 들었습니다."

"뭣이, 겨우 사오십 명만 데리고 교토로 들어가신다고?"

노부나가가 움직이는 것치고는 너무 적은 수였다. 미쓰히데는 오히려 의심해야 하는 것이 아닐까 하며 갈피를 못 잡겠다는 듯 순간 촛불을 옆으로 바라보았다.

미쓰하루는 한 마디도 하지 않고 앉아 있다가 미쓰히데가 더는 말을 하지 않고 침묵만 지키자 신시 사쿠자에몬의 노고를 치하했다.

"그만 물러나서 여장을 풀고 야식이라도 좀 들도록 하게."

이제는 미쓰하루와 미쓰히데 두 사람만 남게 되었다. 미쓰히데는 자신의 분신과도 다를 바 없는 골육에게 마음을 터놓고 무슨 말인가를 하고 싶어 하는 눈치였으나, 미쓰하루의 말은 미쓰히데에게 그것을 이야기하지 못하게 했다. 게다가 한시라도 빨리 주고쿠로 출진하여 더 이상 노부나가 공의 심기를 건드리지 않도록 하라며 말끝마다 노부나가, 노부나가, 오로지 복종과 봉공만을 권할 뿐이었다. 이처럼 오로지 정도만을 걷는 사촌 동생의 성격 덕분에 미쓰히데는 사십 년 동안 미쓰하루를 듬직하게 여기며 의지하기도 하고 사랑하기도 했다. 바로 그렇기 때문에 지금도 '우리 일족 중 가장 뛰어난 인물'이라며 신뢰하고 있는 것이었다. 그러다 보니 미쓰히데는 미쓰하루의 태도가 아무리 마음에 들지 않는다 해도 화를 내거나 압박을 할 수 없었다. 한동안 깊은 침묵을 지키다 미쓰히데가 갑자기 입을 열었다.

"그래, 오늘 밤에라도 사람을 먼저 보내 가메야마의 가신들에게 얼른 진용을 갖추라고 해야겠군. 사마노스케, 일을 좀 처리해주게."

미쓰하루는 기꺼이 자리에서 일어났다.

그날 밤 바로 나미카와 가몬, 무라카미 이즈미노카미, 쓰마키 가즈에, 후지타 덴고 등의 장수가 한 무리의 부대를 이끌고 서둘러 가메야마 성으로 갔다.

사경[192] 무렵, 미쓰히데는 벌떡 일어났다. 꿈이라도 꾼 것인지, 아니면 무엇인가 또 다른 생각이 든 것인지, 잠시 뒤 다시 이불을 머리까지 뒤집어쓰고 애써 잠을 청했다.

안개인지, 비인지, 호수의 물결 소리인지, 바람 소리인지……. 밤새도록 산의 기운이 대전大殿의 차양을 감싸고 있었다. 머리맡의 촛불은 바람도 없는데 기척에 흔들려 미쓰히데의 감은 눈꺼풀 위에 너울너울 그림자를 던지고 있었다.

미쓰히데는 몸을 뒤척였다. 밤이 짧은 계절이라고는 하지만 그에게

---

192 새벽 1시에서 3시 사이.

는 너무 긴 밤이었다. 그러다 보니 마침내 잠들었나 싶다가도 갑자기 이불을 젖히고 몸을 벌떡 일으켰다.

"오코於香, 오코 있느냐!"

미쓰히데가 시동들의 방을 향해 외쳤다.

멀리 있는 장지문이 열렸다. 숙직을 하고 있던 야마다 고노신山田香之進이 소리도 없이 들어와 엎드렸다.

"마타베又兵衛에게 얼른 오라고 전해라."

미쓰히데는 한마디 명령을 한 뒤 다시 깊은 생각에 잠겼다.

무사들 모두 잠자리에 들어 있었다. 하지만 한 무리의 동료가 그날 밤 이미 가메야마로 떠났고, 주인 미쓰히데도 뒤이어 언제 출발할지 모르는 일이라 평소와 달리 긴장 속에서 각자의 여장을 머리맡에 놓고 잠을 자고 있었다.

"부르셨습니까?"

시호덴 마타베가 바로 들어왔다. 그는 힘이 아주 센 젊은이로 시호덴 마사타카의 조카이며 미쓰히데가 관심을 갖고 지켜보던 무사였다. 미쓰히데는 그에게 좀 더 가까이 오라고 눈짓으로 부른 뒤 작은 목소리로 무엇인가를 명령했다.

"다녀오겠습니다."

뜻밖에도 미쓰히데로부터 직접 비밀스러운 명령을 받은 젊은이는 주인의 신뢰에 크게 감격하여 온몸으로 대답했다. 그러자 미쓰히데가 그런 젊음이 듬직하기도 하고 걱정이 되기도 한다는 듯 말했다.

"날이 밝기 전에 얼른 가도록 해라. 아케치의 무사는 많은 사람이 지켜보고 있다. 빈틈이 있어서는 안 된다. 실수를 해서도 안 된다."

마타베가 물러난 뒤에도 날이 밝기까지는 아직 시간이 있었다. 미쓰히데가 제대로 잠에 든 것은 그 이후인 듯했다.

미쓰히데는 평소와 달리 해가 중천에 뜰 때까지도 침소에서 나오지 않았다. 틀림없이 오늘 가메야마로 출발할 것이라고, 그것도 이른 아침부터 말이 있을 것이라고 생각하여 대기하고 있던 가신들에게는 주군이 평소와 다르게 늦잠을 자는 게 뜻밖인 듯했다.

"어제는 하루 종일 산을 거닐었고 밤에는 근래 없이 잠을 잘 잤다. 그 때문인지 오늘은 참으로 기분이 좋구나. 감기도 완전히 떨어진 듯하다."

정오 무렵, 미쓰히데의 밝은 목소리가 넓은 방으로 들려왔다. 그러자 가신들 사이에서는 자신들의 건강이 회복된 듯 기뻐하는 분위기가 감돌았다. 그로부터 얼마 지나지 않아 측신이 이런 명령을 전달했다.

"오늘 밤 유시酉時(오후 5~7시)에 이곳을 출발하여 시라 강을 건너 교토 북쪽을 지나 가메야마로 돌아가겠다. 준비에 소홀함이 없도록."

가메야마로 함께 갈 장사將士는 삼천 명이 넘었다. 저녁이 다가오자 미쓰히데도 여장을 꾸렸다.

"떠나시는 길을 축복하기 위해 안사람과 노인들이 정성껏 음식을 만들었습니다. 차린 것은 별로 없지만 그들의 마음을 생각하시어 드시고 가셨으면 합니다."

사마노스케 미쓰하루가 청했다.

"주고쿠에 출진하면 또 언제 오게 될지 알 수 없으니 오늘은 오랜만에 가족들과 함께 먹기로 할까."

미쓰히데는 미쓰하루의 마음에 대한 답례로 출발 직전에 갑자기 단란한 시간을 보내게 되었다.

미쓰하루의 아내는 쓰마키 가즈에의 딸이었다. 미쓰히데의 가정은 자식이 많기로 유명했으나, 미쓰하루와 그의 아내 사이에는 여덟 살이 된 오토주마루乙壽丸밖에 없었다. 그리고 그 자리에는 숙부 초칸사이 미쓰카도長閑齋光廉가 있었다. 풍류를 아는 노인으로 올해 예순일곱 살이 되었는데 병도 없고 언제나 농담을 즐겼다. 지금도 오토주마루를 곁에 앉혀놓고 장난을 치고 있었다. 이 다정한 노인만이 아케치 일족이 직면한 암초도 모르는 채 봄의 바다로 가는 배에 나이 든 여생을 맡기고 안심하는 사람인 듯 보였다.

"떠들썩한 것이 벌써 우리 집에 온 것 같은 느낌이구나. 작은아버지, 이 잔을 미쓰타다에게 건네주기시 바랍니다."

미쓰히데가 두어 잔 마신 뒤, 그것을 옆에 있던 미쓰카도뉴도光廉入道에게 건네주자 미쓰카도가 그것을 옆에 있던 조카 아케치 지에몬 미쓰타다明智次右衛門光忠에게 넘겨주었다. 미쓰타다는 야카미八上의 성주로 오늘 막 도착했다. 세 사촌 형제 가운데서 가장 나이가 어렸다.

"잘 마셨습니다."

미쓰타다는 미쓰히데 앞으로 다가와 술잔을 돌려주었다. 미쓰하루의 아내가 술병을 들어 따랐다. 순간 미쓰히데의 손이 갑자기 흔들렸다. 북소리에 놀랄 미쓰히데가 아니었으나 밖에서 들려온 북소리와 함께 낯빛까지 변한 듯 보였다.

"집합 장소로 모이라고 알리는 북소리구나."

숙부인 미쓰카도가 말했다.

"알고 있습니다."

미쓰히데는 즐거운 기분을 모두 잊은 듯 대답하고는 마지막 잔을 쓸쓸하게 비웠다.

잠시 뒤, 미쓰히데는 말 위에 앉아 있었다. 별빛이 파란 밤하늘 밑, 삼천의 인마와 횃불이 구불구불 호반의 성에서 나와 솔숲을 뚫고 히에 언덕을 올라 시메이가다케의 기슭 쪽으로 모습을 감추었다.

미쓰하루는 성에서 그 모습을 바라보고 있었다. 그는 사카모토의 가신만으로 한 부대를 편성해서 훗날 가메야마의 본군과 합류할 예정이었다.

26일 밤, 날이 밝으면 27일이 될 무렵 미쓰히데가 이끄는 인마는 잠도 자지 않고 걸었다. 그리고 두 날의 경계가 되는 자정 무렵, 시메이가 다케의 남쪽에서 서쪽의 분지 가운데 고요히 잠들어 있는 교토 거리를 볼 수 있게 되었다.

시라 강을 건너려면 그곳에서 우류瓜生 산의 능선 쪽으로 내려가 일승사一乘寺(이치조지)의 남쪽으로 나서는 길로 가야 했다. 여기까지는 오르막이었지만 지금부터는 내리막이었다.

"쉬어라."

지에몬 미쓰타다가 미쓰히데의 뜻을 받아 인마에게 명령했다.

미쓰히데도 말에서 내린 뒤 걸상에 앉아 한동안 그 봉우리의 정상에서 휴식을 취했다. 낮이라면 이곳에서 한눈에 내려다볼 수 있는 교토의 거리도, 특징적인 건물이나 탑, 커다란 강을 제외하고는 그저 어둠 속에서 희미하게 보일 뿐이었다.

"시호덴 마타베는 아직 따라오지 않았느냐?"

미쓰히데가 옆에 있던 시호덴 마사타카에게 물었다. 하지만 마사타카야말로 미쓰히데에게 그 조카의 행방을 묻고 싶었다.

"어젯밤부터 보이질 않는데, 나리께서 어떤 일을 시키신 것이 아닙니까?"

"맞네."

"어디로 보내셨습니까?"

"곧 알게 될 걸세. 혹시 돌아온 것을 보면 행군 중이어도 상관없으니 내게로 보내게."

"알겠습니다."

마사타카는 깊이 묻지 않았다. 무슨 일이든 숨기지 않던 주군이 말하고 싶어 하지 않으니 더는 묻지 않는 것이 도리라고 생각했기 때문이다.

미쓰히데는 입을 다물고는 다시 먹물처럼 새카만 교토의 지붕을 계속 바라보았다. 밤안개가 짙어지기도 하고 옅어지기도 하는 탓인지, 아니면 눈이 어둠에 익은 탓인지 점차 건물들이 눈에 들어오기 시작했다. 특히 니조二條 성의 하얀 벽은 다른 무엇보다 분명하게 보였다.

미쓰히데의 눈길은 당연히 그 하얀 점에 고정되었다. 그곳에는 노부나가의 아들, 산미노추조三位中將 노부타다가 있었다. 그리고 며칠 전 아즈치에서 물러나 교토로 들어간 도쿠가와 이에야스가 그곳에 머물며 수많은 사람에게 환대를 받았을 것이다.

"도쿠가와 나리는 이미 교토를 뜨셨을까?"

미쓰히데가 중얼거리자 마사타카가 대답했다.

"지금은 오사카에 계시는 것으로 알고 있습니다. 그럴 예정이라고 들었으니."

"……흠, 흠."

미쓰히데는 앞뒤를 분간할 수 없는 외마디만 내뱉을 뿐이었다.

"그만 가기로 하자. 말을 가져오너라."

미쓰히데가 갑자기 일어나자 장수들이 당황해했다. 평소와는 달리 그가 발작적으로 행동했기 때문이다. 앞서 마사타카에게 했던 앞뒤를 알 수 없는 말처럼 미쓰히데는 지난 며칠 동안 종종 한 성의 주인도 아닌, 한 무리의 우두머리도 아닌 일개 인간으로서 행동하는 모습을 보였다.

"내려가는 길은 빠르다."

"발밑을 조심해라."

장수들은 밤길에도 굴하지 않고 주군을 둘러싼 채 서로 주의를 주며 교토의 교외를 향해 길을 재촉했다. 줄을 지어 가던 삼천의 인마가 시모카모下加茂의 강가까지 와서 멈춰 섰을 때 사람들은 자신도 모르게 뒤를 돌아보았다. 미쓰히데도 뒤를 돌아보았다. 눈앞에 있는 가모加茂 강에서 붉게 타오르고 있는 물결을 보고 뒤쪽 삼십육 봉 너머로 아침 해가 솟아올랐다는 사실을 알았기 때문이다.

"여기 강가에서 아침을 드시겠습니까, 아니면 서진까지 가서 드시겠습니까?"

군량을 담당한 부장이 미쓰타다 옆으로 와서 아침 식사에 대해 물었다. 미쓰타다는 미쓰히데의 뜻을 묻기 위해 말을 조금 움직였으나, 그때 시호덴 마사타카와 미쓰히데가 말 머리를 나란히 한 채 지금 지나온 시라 강 쪽을 응시하고 있었기에 잠시 한쪽으로 물러나 있었다.

"마사타카, 저건 마타베가 아닌가?"

"그런 것 같습니다."

미쓰히데와 마사타카는 멀리서 급히 다가오는 말 한 마리를 기다리고 있는 듯했다.

"오오, 역시 마타베로군."

마타베의 그림자가 아침 안개를 뚫고 다가오자 미쓰히데는 그 자리에서 초조하게 기다리며 좌우의 장수들에게 명령했다.

"먼저 건너라. 나는 뒤따라 강을 건너겠다."

전방에 섰던 부대의 일부는 이미 가모의 얕은 곳을 골라 맞은편으로 건너가 있었다. 각 장수들도 미쓰히데 곁을 떠나 맑은 물속에 하얀 거품을 일으키며 차례로 강을 건넜다. 그때 미쓰타다가 기회를 봐서 물었다.

"도시락은 어디서 드시겠습니까? 서진에서 드시면 여러 가지로 편리할 듯합니다만."

"모두 배가 고플 테지만 마을에서 먹는 것은 좋지 않다. 기타노北野까지 가기로 하자."

그즈음 시호덴 마타베는 열 간쯤 떨어진 곳에서 말에서 내려 강가의 말뚝에 고삐를 묶고 있었다.

"미쓰타다와 마사타카는 내게 신경 쓰지 말고 먼저 강을 건너 기다리고 있어라. 곧 따라갈 테니."

미쓰히데는 마지막 두 사람까지 떼어놓은 뒤 비로소 마타베 쪽으로 얼굴을 돌려 그를 불렀다.

"가까이, 더 가까이 와라."

"……넷."

"아즈치의 상황은 어떠하냐?"

"앞서 올렸던 신시 사쿠자에몬 나리의 보고와 다를 바가 없는 듯합니다."

"너를 재차 보낸 것은 29일에 교토로 드시는지, 또 수행하는 사람들의 수는 얼마나 되는지 알아보기 위해서였다. 다를 바 없는 듯하다는 애매한 말 가지고는 아무런 도움도 되지 않는다. 확실한지 아닌지 분명하게 말해보아라."

"틀림없이 29일에 아즈치를 출발하십니다. 수행하는 사람들 가운데 주요한 대장의 이름은 없으며, 단지 시동들 사오십 명만 명령을 받았습니다."

"그렇다면 교토에 머물 때의 숙소는?"

"본능사입니다."

"뭐, 본능사?"

"네."

“니조 성이 아니란 말이냐?”

“틀림없이 본능사라고 모두 말하고 있습니다.”

마타베가 다시 야단을 맞지 않도록 조심하며 분명하게 대답했다.

아타고 참배

거대한 산문을 중심으로 부근에 수많은 말사末寺가 있었는데, 각각 흙담이 둘러져 있고 문이 있었다. 시야 가득 비질을 해놓은 것 같은 흙이 있는 이곳의 솔밭 전체가 하나의 선원을 이루고 있었으며, 나무 위로 쏟아지는 햇빛과 희미한 새소리에 더욱 정적이 감돌았다.

미쓰히데 이하 아케치 가의 장병들은 그곳에 말을 묶어놓고 아침과 점심을 겸한 도시락을 먹었다. 가모 강변에서 아침을 먹어야 했지만 기타노까지 참고 왔기에 그처럼 어중간한 시간이 되어버린 것이었다.

장병들은 모두 하루분의 휴대용 식량을 가지고 있었다. 생된장과 매실장아찌와 현미밥으로 이루어진 간단한 것이었으나, 지난밤부터 굶은 사람들에게는 더할 나위 없이 맛난 음식이었다.

"고레토 휴가노카미 님의 부대가 아닙니까?"

묘심사妙心寺(묘신지) 탑두대령원塔頭大嶺院의 승려 서너 명이 그곳으로 차를 가져다주었다.

"괜찮으시다면 아무런 준비도 없습니다만, 절 안의 한 곳을 휴게소로 쓰시기 바랍니다. 곧 주지 스님께서 인사도 드릴 겸 안내를 위해 오실 것입니다."

승려들은 뜨거운 차를 시신들에게 건네주고 돌아가려 했다. 그때 미쓰히데는 짐꾼들이 간단히 쳐놓은 막 아래에서 걸상을 놓고 앉아 식사를 마쳤다. 그런 다음 서기에게 편지 한 통을 쓰라고 시킨 뒤 내용을 불러주던 중이었다.

"묘심사의 스님들이로구나. 마침 잘됐다. 불러오도록 해라."

시동에게 미쓰히데의 명령을 전해 들은 승려들이 멀리서 무릎을 꿇었다. 그러자 미쓰히데가 편지를 건네주며 말했다.

"연가사인 사토무라 조하里村紹巴의 집에 이 편지를 급히 전해줄 수 있겠는가?"

미쓰히데는 걸상을 거두게 한 뒤 말 옆에 서서 다시 말했다.

"급히 서둘러야 하는 길이기에 절의 스님들도 찾아뵙지 못하겠네. 말씀 좀 잘 전해주게."

미쓰히데는 말을 마친 뒤 바로 출발 명령을 내려 떠나버리고 말았다.

낮 동안에는 더웠다. 인화사仁和寺(닌나지)에서 사가嵯峨로 접어드는 평탄한 길은 특히 메말라 있다 보니 한여름과 같은 풀 냄새가 먼지와 함께 타올랐다. 미쓰히데는 시종일관 입을 다문 채 목마름도 호소하지 않았으며, 좌우의 사람들과도 이야기를 나누지 않았다. 하지만 그는 자신과 끊임없이 문답을 주고받았다. 천지간의 어떤 사람도 엿볼 수 없을 정도로 커다란 일에 대해 가슴속에서 자신과 대립하며 논쟁의 격류를 일으켰던 것이다. 그리고 그 일의 가능성과 세상의 여론, 그리고 실패했을 경우의 결과까지, 그 특유의 조심스러움으로 면밀하게 생각하고 있었던 것이다. 그것은 쫓아도 쫓아도 몰려드는 말파리 떼처럼 이미 마음속에서 몰아낼 수 없는 그의 백일몽이 되어 있었다. 그와 같은 악몽이 언제부터 그의 모공으로 스며들어와 온몸의 사악한 기운이 되었는지, 그의 총명함도 이제는 반성할 힘을 잃은 상태였다.

미쓰히데는 오십오 년을 살아오는 동안 지금처럼 자신의 총명함에 깊이 의지하고, 또 그것을 굳게 믿은 적이 없었다. 객관적으로는 그의 지성이 지금처럼 위험한 균열을 보인 적이 없었을 것이라 말할 수 있지만 그 자신은 그와 정반대라 믿었다.

'내 생각에는 물이 샐 정도의 착오조차 없다. 누가 나의 속마음을 알겠는가.'

미쓰히데는 사카모토에 있는 동안에는 혼자 면밀하게 세웠던 가슴속 기도를 실행해야 할지 말아야 할지 망설였지만, 오늘 새벽 시모카모 강변에서 시호덴 마타베로부터 두 번째로 정확한 보고를 듣고 나서는 온몸의 털을 곤두세우며 '지금이다'라고 마음속으로 결심하고 '하늘이 이 미쓰히데에게 이와 같은 때를 주신 것이다'라는 자아 맹신을 강하게 품게 되었다.

노부나가가 사오십 명의 수행원들만을 데리고 본능사에서 묵는다는, 다시없을 절호의 기회야말로 그의 마음을 사로잡은 악마의 속삭임이라고 해도 좋을 것이다. 소심하기 짝이 없는 미쓰히데가 아무리 대담한 사람이라 할지라도 꾸밀 수 없을 정도의 일을 순간적으로 실행하려고 하는 것은 미쓰히데가 아닌 그 외의 것이 미쓰히데를 움직이고 있는 것일 수도 있다.

인간은 각자의 의지에 따라 살아가기도 하고 움직이기도 한다고 생각할 수 있으나, 어쩌면 그 이상의 어떤 힘이 사람을 움직이고 있다는 우주의 섭리를 부정할 수는 없다. 지금의 미쓰히데도 그와 같은 생각을 하고 있었다. 그리고 그는 자신의 가슴속 계획을 하늘이 도와주고 있다고 느끼면서도 한편으로는 끊임없이 하늘을 두려워하고 있었다. 그러다 보니 시모카모에서 사가에 이르기까지 한나절 내내 마음속으로 그것만을 생각하고 있었다. 자신의 일거일동을 하늘이 보고 있는 것 같다는 생각에 공포에 가까운 감정을 느끼고 있었다.

"로쿠에몬, 로쿠에몬."

청량사淸凉寺(세이료지)를 지나 기타사가의 마쓰오松尾 신사 앞까지 왔을 때, 미쓰히데가 부하 중 아즈마 로쿠에몬東六右衛門을 불렀다.

"너는 지금부터 아타고 산으로 가서 위덕원威德院(이토쿠인)의 교유行祐 님께 말씀을 전하도록 해라. 내일 미쓰히데가 참배를 할 것이며, 밤에는 미쓰히데와 친분이 있는 사람을 네다섯 모아 시회를 열고 싶다고. 갑자기 찾아가 산방山房을 시끄럽게 만들고 싶지 않아서 미리 전하는 것이라 일러라. 그리고 너는 내일 밤까지 산 위에 머물도록 해라."

조금 전에는 교토의 조하에게 초대장을 보냈고, 지금은 아타고에 참배하러 간다는 일정을 미리 알렸다. 미쓰히데는 하늘이 자기편임을 믿으면서도 하늘의 눈을 속이는 데 총명한 두뇌를 사용하고 있었다.

대열은 가쓰라桂 강을 건너 마쓰오의 샛길을 지나 그날 저녁 해가 완전히 기울었을 무렵에야 가메야마의 본성으로 들어갔다. 성주가 돌아온 사실을 안 가메야마의 백성들은 밤하늘이 물들 정도로 횃불을 밝혀 경하하는 마음을 내보였다. 사실 이곳의 백성들은 옛 성주인 하타노波多野 시절보다 지금의 선정에 기쁜 마음으로 복종하며 미쓰히데의 덕을 칭송했다.

자네 보았는가

성의 정원은

언제나 도라지

꽃이 핀다네

민간에서 이런 노래가 불리기 시작한 것도 역시 아케치의 영지가 되고 난 뒤부터였다. 오늘 밤에도 성 밑의 노래가 해자 넘어, 성벽 넘어 혼마루까지 들려왔다.

"오래도록 성을 지키느라 고생 많았다. 나 역시 이렇게 건강하니 기뻐할 일일세."

미쓰히데는 성안으로 들어가자마자 널따란 방에서 사이토 구라노스케齋藤內藏助 이하 성을 지키는 사람들에게 인사를 받은 뒤 비로소 안채로 들어갔다.

미쓰히데뿐 아니라 전국 시대의 무장이라면 몇십만 석에 이르는 거처가 있다 할지라도, 떠들썩한 가족이 있다 할지라도 가정으로 돌아가 즐기는 날이 일 년 중에 손가락으로 꼽을 수 있을 만큼밖에 되지 않았다. 전투가 조금 길어지면 이 년이고 삼 년이고 돌아오지 않았다. 그러다 보니 아버지가 오랜만에 모습을 잠시 드러내는 밤이면 안채는 매우 분주해졌다. 아내도, 아이들도, 나이 든 숙부와 숙모까지도 기쁨으로 넘쳐났으며, 하녀들의 얼굴부터 등불 색에 이르기까지 화사하게 바뀌었고, 명절에 비할 수 없을 만큼 활기찬 모습이었다.

특히 미쓰히데는 슬하에 자녀가 많았는데, 여자아이는 일곱 명, 남자아이는 열두 명까지 있었다. 물론 자녀들의 삼분의 이 정도가 이미 시집을 갔거나 양자로 갔지만 아직 어린아이도 몇 명 있었으며 숙모의 아이들과 누구의 손자 되는 아이까지도 데리고 있었기에 아내 데루코照子는 언제나 웃으며 이렇게 말했다.

"대체 저는 언제까지 아이들을 돌봐야 하는 걸까요."

전사한 일족의 아이들도 있고 미쓰히데의 아이라 할지라도 그중에는 부인이 직접 낳지 않은 아이들도 있었다. 하지만 부인은 호소카와 후지타카細川藤孝가 늘 입에 침이 마르도록 칭찬하는 현모양처로, 나이 오십이 되어서도 그런 젖먹이나 장난꾸러기들에게 둘러싸여 있는 자신의 처지를 진심으로 감수할 뿐 아니라 오히려 평생의 기쁨으로 알았다.

예전에 미쓰히데가 강호를 떠돌며 병들어도 약값이 없고, 여비조차도 궁했을 때 그녀가 검은 머리를 잘라 돈으로 바꿔 위기를 넘기고 남편의 뜻을 격려한 적이 있었다. 하지만 그녀는 그런 이야기를 직접 한적이 한 번도 없었다. 다만 셋째 딸인 가라샤伽羅沙의 남편 호소카와 다다오키細川忠興의 아버지 호소카와 후지타카가 술에 취하면 곧잘 그 얘기를 꺼내 미쓰히데로 하여금 쓴웃음을 짓게 했다.

미쓰히데는 사카모토 이후, 아니 아즈치 이후 비로소 안정을 되찾았다. 그날 밤 그는 편안하게 잠들 수 있었다. 이튿날에도 즐거워하는 아이들과 정숙한 아내의 미소가 그의 날선 마음을 얼마나 위로해주었는지 모른다.

"역시 집이 최고로구나."

미쓰히데는 지금의 행복을 한껏 음미했다. 하지만 하룻밤을 보낸 뒤 그의 마음속에 어떤 변화가 있을 듯했으나, 아무런 변화도 없었다. 오히려 가슴속의 은밀한 계획에 그 이상의 야망을 더해 더욱 용기를 내어 실행하기로 마음먹은 듯싶었다.

미쓰히데는 낭인 시절부터 함께해준 조강지처가 지금의 처지에 만족하며 아이들을 돌보는 일에 여념 없자 이런 생각을 했다.

'당신의 남편은 아직 여기서 끝날 사람이 아니오. 머지않아 쇼군 가의 안주인으로서 사람들이 우러를 수 있는 몸으로 만들어주겠소.'

미쓰히데는 일족 사람들을 바라보며 이런 공상에 빠지기도 했다.

'머지않아 천하인의 가족이라고 존경을 받게 될 사람들이다. 이런 촌스러운 집에서 아즈치에도 뒤지지 않을 만한 곳으로 옮겨 살게 하면 모두 기뻐할 게야.'

그렇게 미쓰히데는 자신이 그린 미래에 황홀감을 느꼈다.

그날 오후, 미쓰히데는 몇몇 사람들만 데리고 성에서 나왔다. 옷차림도 가벼웠으며 늘 좌우에 두던 중신들도 데려가지 않았다. 하지만 특별히 말하지 않아도 성문의 장병들까지 그가 성을 나선 목적을 잘 알고 있었다.

"오늘은 아타고로 참배를 가신다지?"

사람들은 미쓰히데가 주고쿠 출진에 앞서 아타고 산으로 가 참배하며 무운장구를 빌고, 더불어 평소의 벗들을 불러 연가를 지으며 마음을 기른 뒤 돌아올 것이라 생각했다. 그리고 어제 미쓰히데가 가메야마로 돌아오는 길에 한 이야기이기도 했다. 그러다 보니 특별히 말하지 않아도 집안 대부분의 사람들이 미쓰히데가 27일에 가메야마에 도착해서, 28일에 아타고를 참배하고, 29일에 성으로 돌아올 것으로 알고 있었다.

모두들 전승을 기원하기 위해 참배를 올리고, 풍류를 아는 벗을 도읍에서 불러 시회를 연다고 생각했지 미쓰히데의 마음을 의심하는 사람은 아무도 없었다. 평소 미쓰히데의 성품으로 봐도 충분히 있을 법한 일이라고 여겨졌다.

미쓰히데는 하인 스무 명 정도에 측신 대여섯 명만 데리고 다카노鷹野에 갈 때보다 더 가볍게 길을 나섰다. 호즈保津 강을 건너 단바에서 미즈노오水尾로 올라갔다. 길은 사가 촌의 본도로 오르는 것보다 훨씬 더 험했다.

어제 아즈마 로쿠에몬을 보내 위덕사에 말을 전해놓았기에 산의 승려와 신사 사람들이 미즈노오 촌으로 마중을 나와 있었다. 미쓰히데가 사람들에게 타고 온 말을 맡긴 뒤 교유에게 물었다.

"조하는 왔는가?"

"네, 산에서 기다리고 계십니다."

"뭐, 벌써부터 산에서 기다린다고? 그거 잘됐군. 그렇다면 교토에서 가인도 몇 명 데려왔겠지?"

제비뽑기

노래와 차를 즐기는 벗들 사이에는 예의와 계급을 초월한 마음과 마음을 나누는 친밀함이 있는 법이다. 교유는 조금 과장스러워 보이는 손짓으로 대답했다.

"아마 조하 님도 당황하셨을 겁니다. 어제저녁이 다 되어서야 초대장을 받았다고 하는데, 장소도 이렇게 불편한 곳이었으니……. 누구를 청하려 해도 너무 갑작스러워 마땅한 사람이 없어 어쩔 수 없이 아드님인 신젠心前 님과 제자인 겐뇨兼如와 인척이신 사토무라 쇼시ㅆ里村昌叱 님 그렇게 세 분만 데려오셨습니다. 어쨌거나 짧은 시간에 꽤나 무리한 청을 드린 듯싶습니다."

"하하하, 그런가? 그렇게 불평을 하던가?"

그런 일도 노래를 즐기는 벗들에게는 하나의 흥인 듯 미쓰히데는 사심 없는 모습으로 재미있어했다.

"무리한 청인 줄 알면서도 평소에는 가마나 말을 보내 매우 정중하게 모셨으니, 가끔은 풍류를 즐기는 벗답게 고생을 해서 모이는 것도 좋지 않을까 싶어 장소까지 정해 갑자기 모임을 청한 걸세. ……하지만 과연 사토무라 조하답군. 칭병稱病하지도 않고 사가에서부터 올라도 오십 정이 넘는 산을 황망히 오르다니, 거짓으로 풍류를 즐기는 사람은 아니야. 내 벗으로 삼기에 족한 사내야.”

미쓰히데는 교유, 유겐有源 두 승려를 앞세우고 아즈마 로쿠에몬과 하인들을 뒤따르게 한 뒤 높은 돌계단을 올랐다. 그리고 평지를 조금 걸었나 싶었을 때 다시 높은 돌계단이 나타났다.

산에 오를수록 삼나무와 노송나무의 푸른 어둠이 깊어졌고, 여름 하늘이 보랏빛으로 물들기 시작한 것을 보니 곧 밤이 다가온 것 같은 느낌이 들었다. 그리고 발걸음을 옮길 때마다 산 위와 기슭의 온도 차가 크다는 것이 피부로 느껴졌다.

“잠시 잊고 있었습니다만, 조하 님께서 사과의 말씀을 전해달라고 하셨습니다. 도중까지 마중을 나오는 게 마땅하지만, 오늘은 무엇보다 기도를 올리러 산에 오르셨기에 산묘山廟에 참배를 마치실 때쯤 인사를 드리러 오시겠다고…….”

위덕원의 객전客殿에 든 뒤 교유가 그렇게 말하자 미쓰히데는 말없이 고개를 끄덕였다. 그리고 더운 물 한잔을 마시자마자 바로 안내를 청했다.

“무엇보다 먼저 수호신께 기원을 드리고 저녁 어스름이 남아 있을 때 아타고 곤겐權現193을 참배하고 싶네.”

길은 말끔하게 비질이 되어 있었다. 네기禰宜194가 먼저 사당으로 들어가 불을 밝혔다.

미쓰히데는 공손히 절을 한 뒤 조금 길게 기도를 올렸다. 신관이 상록수 가지로 미쓰히데의 머리 위에서 슥, 슥, 슥 세 번 바람을 일으켰다. 그리고 그 앞에 술이 담긴 토기를 놓았다. 그리고 난 뒤 미쓰히데가 신관에게 물었다.

---

193 신의 칭호 중 하나.
194 신사를 돌보는 신관 중 하나.

"이 신사에서 불의 신을 모신다고 하던데 맞는가?"

"그렇습니다."

"불의 신에게는 불에 구운 음식을 금한 뒤 기원하면 영험하다고 하던데, 정말 그런가?"

"네, 말씀하신 대로 예로부터 그렇게 전해지고 있습니다만."

신관은 미쓰히데의 말에 분명히 대답을 못하고 오히려 그 질문을 미쓰히데에게 되물었다.

"불을 피하고 불에 구운 음식을 금하면 불의 신의 영험으로 소망이 반드시 이루어진다고 마을 사람들은 믿고 있습니다만, 그와 같은 전설은 대체 어디서 유래한 것일까요?"

절묘하게 화제를 돌린 신관은 어느 틈엔가 신사의 기원에 대해 이야기하고 있었다.

"저희 신사에는 조간貞觀 4년(862년) 무렵의 오랜 기록이 남아 있습니다. 그리고 이곳은 마쓰오 천둥 신의 별처로, 먼 옛날에는 단바 산성의 국경까지 포함하여 이 지방 일대를 '아타코阿多古'라고 부르며 아타코의 신성한 산으로 숭배되었으나, 언제부턴가 아사히가타케朝日ヶ嶽, 오와시가타케大鷲ヶ嶽, 다카오高尾 산, 가마쿠리鎌倉 산, 다쓰카미龍上 등의 봉우리마다 불사, 보탑이 세워진 뒤부터는 오대五臺 불지佛地로서 세상에 이름이 더욱 높아졌고, 수도를 하는 우바새優婆塞들이 덴구天狗[195]를 모시는 도장이 되기에 이르렀으며, 지금은 이처럼 신불神佛을 함께 모시는 곳이 되었습니다."

신관은 다시 덧붙여 말했다.

"이미 알고 계실 테지만, 《성쇠기盛衰記》에 '가키노모토柿本의 기노소조紀僧正는 일본 제일의 덴구가 되어 아타고 산의 다로보太郎坊라고 불린

---

195 깊은 산에 산다는 괴물. 코가 높고 얼굴이 붉으며 신통력이 있어서 하늘을 날아다닌다.

다'고 기록된 것이 바로 이 산에 있는 다로보의 기원입니다. 좀 더 거슬러 올라가면 다이호大宝[196] 연간에 엔노오즈노役の小角[197]가 사가 산 깊은 곳에 살았다고 알려져 있는데 그곳이 바로 이 산이라는 설도 있습니다. 그러다 보니 수련자들은 이 산에 아직도 덴구가 살고 있다고 하고, 진심으로 기적을 이야기하며 조금도 의심하지 않습니다."

미쓰히데는 신관이 긴 이야기를 하는 동안 듣는 건지, 마는 건지 사당 안쪽의 촛불을 바라보고 있었다. 그리고 말없이 일어나서는 서둘러 계단을 내려갔다. 이미 저녁 어스름이 깊어졌다. 그는 그길로 아타고 곤겐에게 참배한 뒤 승려들을 백운사白雲寺(하쿠운지) 앞에 남겨둔 채 이번에는 혼자 건너편에 있는 장군지장將軍地藏의 당으로 가서 참배했다. 그리고 그곳에서 승려에게 청해 제비를 뽑았다. 제비의 점괘는 흉凶이었다. 그는 다시 뽑았다. 두 번째 점괘도 흉이었다.

미쓰히데는 한동안 돌처럼 굳어서 움직이지 않았다. 그러다 직접 자신의 손으로 산통을 머리 위로 들어 올린 뒤 눈을 감았다. 그리고 산통을 흔들었다. 이번에는 대길大吉이라는 점괘가 나왔다.

미쓰히데는 당에서 벗어나 기다리는 사람들 쪽으로 걸어갔다. 사람들은 미쓰히데가 점괘를 뽑는 모습을, 무슨 변덕인가 싶어 흥미롭게 바라보고 있었다. 미쓰히데의 이념적인 성격으로 보나 스스로 지식인임을 자랑스럽게 여기는 것으로 보나 그가 어떤 일을 판별할 때 신점에 의지한다는 것은 있을 수 없는 일이라 생각했기 때문이다. 다로보의 손님을 맞는 방 앞에 서니, 어린잎들 사이로 한층 밝은 촛불이 보였다. 조하와 나머지 무리들에게는 시회를 위해 먹을 갈며 훌륭한 시를 생각하는 것 말고는 아무런 관심도 없는 밤인 듯했다.

---

196 일본의 연호. 701~704년.
197 나라 시대의 산악 주술사. 수도자들의 원조.

● 1578년 오다테의 난

우에스기 겐신(上杉 謙信)의 갑작스런 죽음으로 벌어진 겐신의 양
자인 우에스기 가게카쓰(上杉景勝)와 우에스기 가게토라(上杉景
虎) 사이에서 발생한 후계자 분쟁이다. 결국 가게카쓰가 승리하긴
했지만, 이같은 내란은 우에스기의 군사력 약화와 내정의 쇠퇴를
불렀다. 이후로 노부나가 등 주변 강대국의 침공에 고심해야 했으
며 은상의 배분을 둘러싸고 부하들끼리 대립을 초래했다.

● 사나다 마사유키 真田昌幸·1547-1611

다케다(武田氏)의 명군사로 활약한 사나다 유키타카(真田幸隆의 삼남(三男)이자, 노부유키(真田信之), 사나다 노부시게(真田信繁) 형제의 아버지이다. 어려서부터 신겐의 시동으로 시작하여 옆에서 그 군략을 보고 익혔기 때문에, 고슈류 군략의 정통 후계자라고 할 수 있다. 시마 사콘(島左近), 나오에 카네쓰구(直江兼続와 함께 천하 3군략이라 불리기도 하였다.

짧은 밤

서쪽 승방의 객실에서 미쓰히데를 중심으로 성찬의 밤이 시작되었다. 이 자리에는 조하와 그가 데려온 사람들, 그리고 산방의 주지들이 함께했다. 서로 허물없이 이야기를 나누며 크게 웃기도 했다. 한동안 술잔이 정신없이 돌고 이야기도 무르익어 시가 필요 없을 만큼 흥겨운 분위기가 되었다.

"여름밤은 짧습니다. 밤이 너무 깊으면 시회가 끝나기도 전에 날이 밝을 것입니다."

주지인 교유가 적당한 때를 가늠해서 더운 물에 만 밥을 내고 미리 준비해둔 자리로 사람들을 안내했다. 교유는 한 방에 시회를 위한 자리를 마련해놓았는데, 각 사람의 방석 앞에는 종이와 벼루가 놓여 있었고, 시를 마음껏 읊을 수 있도록 준비되어 있었다.

조하와 쇼시쓰는 이 방면의 달인이었다. 특히 사토무라 조하는 소기宗祇, 소초宗長 이래의 명인이라는 평판을 듣고 있는 당대 최고의 인물로 노부나가에게도 사랑을 받았고, 히데요시와도 친했으며, 다도에 있어서는 사카이의 소에키宗易와도 절친이었다. 그만큼 발이 넓기로 따지면 비할 사람이 없는 사교계의 인물이었다.

"그럼 나리, 구(句)를 하나 내시기 바랍니다."

조하가 미쓰히데에게 권했다. 하지만 미쓰히데는 아직 종이에 손도 대지 않았다. 그는 팔꿈치를 사방침에 기댄 채 초여름 바람이 산들거리며 부는 어두운 정원을 바라보고 있었다.

"기록은 어느 분이 하십니까?"

조하는 시회에 익숙한 사람이었다. 여러 가지 일에 신경을 썼으며, 분위기가 가라앉지 않도록 노력했다.

구석 자리에 조그만 책상을 놓고 앉아 있던 아케치 가의 무사 아즈마 로쿠에몬이 조하에게 대답했다.

"부족하나마 주군의 명령을 어길 수가 없어서 제가 기록하기로 했습니다."

조하가 붙임성 있는 목소리로 말했다.

"무슨 겸손의 말씀을. 나리의 붓이라면 황송할 정도입니다. 여기 이 아이는……."

조하는 아들 신젠을 가리켰다.

"노래는 그럭저럭 흉내를 냅니다만, 공부가 부족해서 사람들 앞에 내놓기 부끄러운 글밖에 쓸 줄 모릅니다."

신젠이 아버지의 타박을 웃어넘기며 말했다.

"그건 당치도 않은 말씀이십니다. 아즈마 나리의 부군께서는 아케치 가 최고의 명필이라 들었습니다. 그 아드님 아니십니까."

"그렇다면 너의 악필도 애비 탓이란 말이냐?"

"닮지 않는다면 자식으로서 불효라고 알고 있습니다."

"말은 잘하는구나."

조하가 쓴웃음을 지으며 미쓰히데에게 고자질하듯 말했다.

"나리, 이처럼 고약한 놈입니다. 야단을 좀 쳐주시기 바랍니다."

"……."

미쓰히데는 이쪽을 돌아보며 빙그레 웃었으나 부자의 농을 제대로 듣고 있었는지 어땠는지 애매한 낯빛을 하고 있었다. 오늘 밤 미쓰히데는 어딘가 좀 이상했다. 그래도 평소 과묵하고 진지한 편이었기에 누구도 그것을 이상하게 생각하지 않았다.

"시를 생각하고 계신 모양입니다."

"구를 내라."

"그렇습니다."

"그래, 됐소."

미쓰히데가 드디어 붓을 쥐었다. 우선 한 사람이 기쿠起句[198]를 읊으면 다음 사람이 와키쿠脇句[199]를 읊는다. 다시 그것을 받아 마에쿠前句[200]를 내면, 다른 사람이 시타노쿠下の句[201]를 더해나간다. 이런 식으로 백 운韻이나 오십 운까지 노래를 이어나가는 것이었다. 그리고 그것을 집필자가 종이에 적었다가 나중에 낭독했다.

그날 밤 시회는 미쓰히데가 구를 내어 시작되었고, 백 운에 이르렀을 때 마지막 아게구揚句[202]도 미쓰히데가 읊은 뒤 끝을 맺었다. 하지만 후세까지 전해진 것은 겨우 열 수밖에 되지 않는다.

"때는 지금 천하를 지배하는 5월이구나"라고 미쓰히데가 구를 내자, 위덕사의 교유가 "상류의 물 불어나는 정원의 여름 산"이라고 받았고, 이어 조하가 "꽃 떨어지는 하류를 둑으로 막아"라고 읊었다. 그리고 그 뒤는 유겐이 "바람은 안개를 불어가는 바람"이라고, 쇼시쓰가

---

198 시나 문장의 첫 구.
199 둘째 구.
200 짝을 맞춰 부르는 시가에서 먼저 부르는 구.
201 단가에서 넷째, 다섯째 구.
202 노래의 결구.

"봄과 종소리도 맑아지는구나"라고, 신젠이 "홀로 깔고 자는 한쪽 소매는 새벽의 안개"라고, 겐뇨가 "말라가는 풀 젖은 채로 베개 삼아"라고, 유키스미가 "귀에 익은 들판의 귀뚜라미"라고 이어 읊었으며 마지막으로 신젠이 "색도 향도 취기를 더하는 꽃 아래"라고 읊자 미쓰히데가 고심 끝에 "각국은 여전히 한가로운 때"라고 덧붙여 백 운을 마무리지었다.

참배를 한 뒤 열린 시회이니 기록은 아타고 곤겐에 남아 있어야 하고 원래대로 하면 이 시는 세상에 전해졌을 것이다. 하지만 본능사의 변 이후 히데요시에게 문초를 받은 조하가 아타고에서 시를 기록한 종이를 가지고 나와 히데요시에게 보이며, "이처럼 틀림없이 밤새 백 운을 즐기며 보냈습니다. 휴가 님의 시를 나중에 보니 이때 이미 역심의 조짐이 있었다고 여겨지기는 하나, 허심탄회하게 시를 즐기는 자리였으니 누가 그런 커다란 변을 예감할 수 있었겠습니까? 심지어는 아케치 가의 가신들조차 대부분 본능사의 변이 있던 날 아침까지 휴가 나리의 흉중을 모르지 않았습니까?"라고 누누이 변증했을 것이다. 그러니 시를 기록한 종이가 히데요시의 손에 넘어갔을 것이고 이후 어떻게 되었는지는 분명하지 않다고 전해진다.

그날 밤 일은 모두 비밀로 부쳐졌는지 알려지지 않은 부분이 많다. 조하가 히데요시에게 내민 종이에는 미쓰히데가 읊은 첫 번째 구인 "……천하를 지배하는"이 "하늘이 아래가 되는"으로 고쳐 적혀 있었다고도 하는데 이 역시 사실인지 아닌지는 알 수 없다.

또 미쓰히데가 시를 생각하는 동안 대나무 잎에 말아서 찐 떡을 먹을 때 대나무 잎을 벗기지 않고 입에 넣었다는 둥, 조하에게 "본능사의 해자는 깊은가, 얕은가?"라고 묻자 조하가 "있는 듯 없는 듯합니다"라고 대답했다는 둥, 아주 그럴듯하게 들리지만 이런 이야기도 모두 사건이 일어난 뒤에 들리는 소문에 지나지 않을 것이다. 하루 만에 천하의 판도를 뒤엎은 사건이었으니 훗날의 소문은 진위와는 상관없이 항간의 참새들을 한바탕 떠들썩하게 만들었을 것이다. 그리고 조하가 한때, 그야말로 미쓰히데의 계획을 사전에 미리 알았던 유일한 사람으로 의심을 받았을 것이라고 쉽게 상상해볼 수 있다.

한편 시회가 끝난 뒤, 그날 밤은 모두 위덕원의 방에서 묵었는데, 방이 부족하다 보니 조하는 미쓰히데의 침실 옆에서 잠을 자게 되었다. 때는 여름이었고, 마음을 터놓고 지내는 시가의 벗이라 두 사람은 방 사이의 문을 열어두고 잠을 청했다.

"산 위에는 모기도 없으니 오늘 밤에는 기분 좋게 잘 수 있을 듯합니다. 아무래도 도읍에는 모기가 너무 많아서……."

조하는 잠자리에 들기 전에 미쓰히데를 향해 속삭였다. 하지만 미쓰히데는 아무런 대답도 없었다. 절의 승려가 불을 끄고 물러나자 바로 잠이 든 듯했다.

머리를 베개에 대자 문밖의 산바람이 나무를 흔들고, 건물에 부딪치는 소리가 마치 덴구의 함성처럼 들려왔다. 미쓰히데는 불의 신을 모신 곳에서 들은 신관의 이야기가 문득 떠올랐다. 그는 새까만 우주를 뛰어다니는 덴구의 모습을 머릿속으로 그려보았다.

그의 머릿속에서는 덴구가 불을 문 채 날아다녔다. 커다란 덴구, 작은 덴구, 수많은 덴구가 모두 불이 되어 검은 바람에 날아다니다 그 불이 떨어져 불의 신이 있는 신사가 삽시간에 다시 활활 타오르는 횃불이 되었다.

'잠들고 싶다. 자자.'

미쓰히데는 생각했다. 그는 꿈을 꾸고 있는 게 아니었다. 그럼에도 불구하고 머릿속에는 그런 환상이 끊임없이 그려졌다. 몸을 뒤척였다. 그리고 '오늘은' 하고 생각했다. 날이 밝으면 29일이라는 생각이 들었다. 꿈은 덴구가 되고, 비몽사몽간에 아즈치를 생각했다. 29일, 29일……. 노부나가는 아즈치를 떠나 오늘 교토로 향할 것이다.

꿈과 현실의 경계가 사라져 갔다. 그는 잠이 든 것도 아니고 깨어 있는 것도 아닌 상태가 되었다. 그리고 비몽사몽간에 자신과 덴구도 구분할 수 없게 되었다.

덴구는 구름을 타고 천하를 내려다보고 있었다. 하루아침의 변란을 일으키면 천하가 어떻게 될지 면밀히 굽어보기 위해서였다. 덴구가 보기에는 모두 자신에게 유리한 일들뿐이었다.

'우선 주고쿠의 히데요시는 지금 깃카와, 고바야카와의 대군과 네 갈래로 맞선 형국으로 다카마쓰 성에 매달려 있다. 만약 모리 가와 내통하여 그에게 도움을 준다면, 여러 해에 걸쳐 원정을 나가 있는 가엾은 하시바 히데요시 이하의 군은 주고쿠 땅을 무덤으로 삼아 두 번 다시는 교토를 돌아볼 수 없을 것이다. 지금 오사카에 있으리라 여겨지는 도쿠가와 이에야스는 더없이 처세에 능한 인물이다. 노부나가가 세상을 떠난 뒤라면 그의 향배는 오직 내가 어떻게 대우하느냐에 따라 달라질 것이다. 일단은 분노할 것으로 여겨지는 호소카와 후지타카도 나의 사위이자 오랜 벗이기도 하다. 싫다고는 하지 못하고 협력할 것이다.'

몸이 근질거리고 피가 끓었다. 오래도록 잊고 있던 청년의 피가 다시 되살아난 듯, 귀까지 뜨거워졌다. 덴구가 몸을 뒤척였다. 베개 소리와 함께 '으음' 하고 자신도 모르게 소리를 내고 말았다.

"……나리."

옆방에서 조하가 몸을 일으켜 말을 걸었다.

"나리……. 무슨 일 있으십니까?"

미쓰히데는 희미하게나마 조하의 목소리를 들었으나 일부러 아무런 대답도 하지 않았다.

조하는 다시 곧 잠들었다. 짧은 밤이 어느 틈엔가 밝아오기 시작했다. 미쓰히데는 자리에서 일어나자마자 사람들과 헤어져 아직 아침 안개가 짙은 산을 내려왔다.

무용無用의 용用

30일이 되자 사마노스케 미쓰하루가 사카모토에서 적지 않은 병력을 이끌고 가메야마로 왔다. 게다가 아케치의 부하들이 곳곳에서 각자의 직분에 맞는 병력과 아들들을 데리고 집합해 있었기에 성 밑은 병사와 말들로 가득하고, 거리마다 군수품을 나르는 마차가 폭주하여 길도 제대로 지날 수 없을 정도였다.

갑자기 한여름을 떠오르게 할 만큼 햇볕이 쨍쨍 내리쬐고 있었다. 행실이 좋지 않은 짐꾼들은 상점으로 몰려들어 정신없이 먹고 떠들었으며, 한편에서는 군량을 실은 소달구지를 사이에 두고 병사들끼리 말다툼이 벌어졌다. 부녀자들이 거리로 나와 그들을 둘러싼 채 구경을 했고, 말과 소의 똥에 꼬인 파리가 붕붕 소리를 내며 그들을 맴돌고 있었다.

미쓰하루는 말에 탄 채 그 광경을 바라보며 지나갔다. 이미 평소와 다른 분위기가 감돌고 있었다. 성문 안으로 한걸음 들어서자 그런 분위기가 한층 더했다.

"몸은 여전히 건강하십니까?"

미쓰하루는 우선 미쓰히데를 만났다.

"보면 모르겠는가?"

미쓰히데가 빙긋 웃어 보였다. 사카모토에 있을 때보다 훨씬 더 부드러운 모습이었다. 혈색도 좋아 보였다.

"떠나실 날은 정하셨습니까?"

"조금 뒤로 미루어, 월초에 출진하기로 했다. 모든 일이 시작되는 날, 초하루가 좋지 않을까 싶어서."

"6월 1일입니까? 그렇다면 아즈치에는?"

"그 뜻을 전달해두었다. 하지만 우다이진께서는 이미 교토로 가셨겠지?"

"29일 저녁에 무사히 교토에 도착하셨다고 합니다. 노부타다 공은 묘각사妙覺寺(묘카쿠지)를, 우다이진께서는 본능사를 숙소로 삼으신다고 합니다."

"그렇다고……."

미쓰히데는 낮은 목소리로, 말도 다 끝내지 않고 입을 다물었다.

이윽고 미쓰하루는 바로 자리에서 일어났다.

"안채의 아낙들과 아이들도 오래 만나지 못했으니 인사드리고 오겠습니다."

"우선 여장이라도 풀고 몸을 좀 쉬도록 해라."

미쓰히데는 그렇게 말하고는 자리에서 일어나 나가는 사촌 동생의 등을 하염없이 바라보았다. 그러고는 뱉지도 삼키지도 못할 가슴속 답답함을 얼굴 가득 드러내고 있었다.

그 옆옆 방에서는 허연 머리만 봐도 바로 알 수 있는 사이토 구라노스케 토시미쓰齋藤內藏助利三가 여러 장수들과 무릎을 맞대고 장부와 서류들을 펼쳐놓은 채 열심히 회의를 하고 있었다. 이윽고 그중 한 명이 미쓰히데를 찾아와 물었다.

"······말씀하신 크고 작은 짐들을 전날인 30일에 산인 지방으로 먼저 출발시킬까요?"

"짐? ······흠, 그 일인가? 아니, 전부를 먼저 보낼 필요는 없네. 일부만 보내면 될 게야."

그때 불쑥 미쓰하루와 함께 오늘 막 도착한 숙부 조칸사이가 안을 들여다보더니 두리번거리며 말했다.

"응? 안 계시는군. 사카모토의 나리께서는 어디로 가셨는가? 어디로?"

노인의 얼굴은 화가 날 정도로 늘 밝고 낙천적이었다.

아케치 조칸사이는 '출진 직전이든, 주군이나 집안에 무슨 걱정거리가 있든 언제나 변함없이 장난스러운 노인'이라고 여겨져 혼마루에 머무는 각 장수들 사이에서는 쓸모없는 사람으로 취급되지만, 일단 방향을 바꾸어 휘적휘적 안채 쪽으로 얼굴을 내밀면 그곳에서는 부녀자들과 수많은 아이와 어린 하인까지 몰려들 정도로 인기가 많았다.

"오오, 할아버지께서 오셨다."

"할아버지, 언제 오셨어요?"

이렇듯 조칸사이 주변에는 앉으나 서나 즐거운 소리와 익살스러운 분위기가 떠나지 않았다.

"할아버지, 오늘 밤 여기서 주무실 거죠?"

"할아버지, 식사 아직 안 하셨어요?"

"할아버지, 차 드세요."

"할아버지, 안아줘요."

"노래 불러줘요."

"춤을 춰볼게요."

아이들은 그렇게 무릎 위로 오르고, 장난을 치고, 엉겨 붙었다.

"하~나, 두울."

"세엣, 네엣."

여자아이들이 귓구멍을 들여다보며 장단에 맞춰 털을 뽑고 있으면, 남자아이들은 등에 걸터앉아 하얀 머리를 짓눌렀다.

"말 태워주세요, 말이 돼서 히힝 울어주세요."

"히힝, 히힝, 히힝."

그러면 조칸사이는 즐거워하며 기기 시작했다. 그러다 재채기를 하는 순간 등 위의 아이가 떨어지고 말았다. 시녀들도 유모도 배를 움켜잡고 웃었다.

안쪽의 한 방에서 조용히 이야기를 나누던 미쓰히데의 부인과 사마노스케 미쓰하루도 조칸사이 쪽을 돌아보고 함께 웃었다. 밤이 되어서도 웃음소리는 그치지 않았다. 미쓰히데가 있는 혼마루와 이곳은 마치 빙설에 갇힌 겨울의 벌판과 봄을 맞은 세상만큼 차이가 났다.

"숙부님께서는 연세도 있으시니 전장에 나가시기보다 여기에 머물며 아이들과 아낙들을 돌보는 편이 더 낫겠습니다. 형님께도 제가 그렇게 말씀드리도록 하겠습니다."

미쓰하루가 안채에서 나가며 말했다.

"내가 할 수 있는 일은 그 정도일지도 모르겠구나. 보다시피 모두가 뇌주려 하지도 않고."

조칸사이가 돌아보며 쓴웃음을 지었다. 밤이면 '옛날이야기'를 해달라며 조르는 사람들을 모아놓고 성쇠기 중 한 장면을 배꼽 빠질 정도로 재미있게 들려주었다.

출진까지 남은 날은 이제 겨우 하루였다. 오늘 밤쯤 총평의가 있을 것이라 생각했으나 혼마루는 정적에 잠겨 있었다. 미쓰하루는 니노마루로 들어가 잠자리에 들었다.

　이튿날이 월말이었다. 미쓰하루는 하루 종일 기다렸으나 회의를 열겠다는 소식은 여전히 들려오지 않았다. 밤이 되어도 혼마루에서 아무런 움직임이 없자 미쓰하루는 가신을 보내 상황을 살펴보게 했다. 이윽고 가신이 돌아와 미쓰히데가 이미 침소에 들었다는 이야기를 전했다.

“……뭐라고?”

미쓰하루는 이상하다고 여겼지만 잠을 잘 수밖에 없었다.

푸른 사紗 안

미쓰하루는 꽤 오래 잔 듯한 느낌이 들었다. 축시丑時(오전 1~3시)가 지날 무렵, 사마노스케 미쓰하루는 번쩍 눈을 떴다. 소곤소곤 사람의 소리가 들려왔기 때문이다.

소리는 방 두 개 정도 떨어진 숙직실 부근에서 들려왔다. 이윽고 발소리가 다가왔다. 그리고 조용히 방문이 열렸다.

"무슨 일이냐?"

잠을 자고만 있을 줄 알았던 미쓰하루가 먼저 묻자 숙직을 맡고 있던 무사가 당황해하며 황급히 바닥에 엎드려 말했다.

"미쓰히데 나리께서 혼마루에서 기다리신다고 합니다. 각별히 상의드릴 일이 있다며 이 시각에 사람을 보내셨습니다."

"아, 그러냐."

미쓰하루는 아무런 망설임도 없이 곧 잠자리에서 나왔다. 세수를 하고 양치질을 하고 머리는 쪽을 졌다. 그리고 의복을 갖추며 물었다.

"지금 시간이 어떻게 되었느냐?"

"자초시子初時입니다."

"삼경이로구나."

미쓰하루는 방에서 나왔다. 마루는 어두웠다. 그는 먹물과도 같은 마루의 삼목 나무문 근처에 엎드려 있는 사람의 허연 머리를 보며 때 아닌 시각에 부르는 걸 보니 심상치 않은 일일 것이라고 생각했다. 미쓰하루를 부르러 온 사람은 늘 미쓰히데의 곁에 있는 어린 무사가 아니었다. 노신인 사이토 구라노스케 토시미쓰였다.

"노인이신가."

"……오, 어서 오십시오."

"밤늦게 고생 많소."

토시미쓰가 등을 들고 앞장섰다. 몇 번이고 돌아야 하는 긴 복도였지만 마주치는 사람이 없었다. 혼마루 역시 깊은 잠에 빠져 있었다. 하지만 안쪽의 한 귀퉁이에만은 심상치 않은 기운이 감돌고 있었다. 두어 개의 방에서도 사람들이 깨어 있는 듯한 기척이 느껴졌다.

"어디 계시지?"

"침소에 계십니다."

토시미쓰는 침소의 복도 문 앞에서 등불을 껐다. 그리고 미쓰하루를 재촉하는 듯한 눈빛을 보이며 그곳의 묵직한 문을 열었다.

미쓰하루가 들어서자 문은 곧바로 닫혔다. 침실까지는 아직 세 개의 방이 더 있었다. 가장 안쪽에서만 희미하게 푸른빛이 새어나오고 있었다. 그곳에 미쓰히데가 있었다. 측신도 시동도 보이지 않았다. 그저 혼자 소매가 좁은 하얀 옷을 입은 채 큰 칼과 사방침을 옆에 놓고 앉아 있었다.

촛불이 더욱 파랗게 보인 것은 미쓰히데 주변에 푸른 사紗로 만든 모기장이 널따랗게 쳐져 있었기 때문이다. 잠을 잘 때는 모기장의 사방을 모두 내려쳤지만 지금은 앞쪽 한 면만을 열어 막처럼 걸어놓았다.

"사마노스케, 이리 바싹 다가오게."

“네.”

미쓰하루가 무릎을 꿇은 채 앞으로 다가가 말했다.

“무슨 일이십니까?”

“긴히 할 얘기가 있네만……. 자네, 우선 이 미쓰히데에게 목숨을 주지 않겠는가.”

미쓰하루는 아무런 대답이 없었다. 말문이 막힌 사람처럼 언제까지고 대답이 없었다. 그런 미쓰하루의 눈동자와 이상한 빛으로 가득한 미쓰히데의 눈동자가 촛불 하나를 옆에 두고 오래도록 응시했다.

“…….”

“…….”

목숨을 주지 않겠는가. 미쓰히데의 말은 간단하고 명료했다. 미쓰히데가 사카모토에 머물렀을 때부터 미쓰하루가 꿈속에서조차 남몰래 두려워했던 것은 언젠가 이런 말을 듣게 될 것만 같아서였다.

오늘 밤, 미쓰히데는 마침내 미쓰하루에게 그 말을 했다. 미쓰하루에게는 갑작스러울 것도 놀라울 것도 없는 일이었다. 하지만 온몸에 흐르는 피가 얼음처럼 응결된 것 같은 느낌에 사로잡힌 것만은 누가 뭐래도 부정할 수 없는 사실이었다.

‘무서운 사람이다.’

미쓰하루는 새삼스럽게 미쓰히데를 바라보았다. 열두어 살 소년 때부터 의식주를 같이하고, 어른이 되어서는 전장의 생사도 함께해온 사이인데 오늘 그를 새롭게 알게 되었다는 것도 매우 한심한 일인 듯하나, 아케치 휴가노카미 미쓰히데라는 사람 속에 그와 같은 생각을 할 만한 소질이 있었는지 아무래도 믿을 수 없는 일이었다.

“……미쓰하루. 싫은가?”

미쓰히데의 침통하기 짝이 없는 마른 목소리가 이윽고 미쓰하루의 귀를 다시 때렸다. 미쓰하루는 여전히 대답이 없었다.

"……."

미쓰히데도 다시 침묵에 잠겼다. 미쓰히데의 얼굴은 한없이 창백했다. 이것은 푸른 사의 모기장 때문이 아니었다. 촛불이 흔들리기 때문이 아니었다. 미쓰히데의 마음속이 반영되어 나타난 것이었다.

만약 미쓰하루가 싫다고 거절한다면 미쓰히데는 진작부터 다짐하고 있던 일을 즉석에서 실행에 옮겨야 할 것이다. 깊이 생각할 것도 없이 미쓰하루 역시 그것을 직감하고 있었다. 너무나도 잘 알고 있었다.

모기장 너머이기는 하나 구 척짜리 커다란 침상 옆에는 무사가 숨는 조그만 공간이 있었다. 그 장지문의 금박 가루가 안에 숨어 있는 자객의 숨결과 살기로 섬뜩하게 번뜩이고 있었다.

또 오른쪽의 커다란 장지문 옆에서도 소리는 들리지 않으나 조금 전 자신을 여기까지 안내해온 사이토 토시미쓰가 마른침을 삼키며 귀를 기울이고 있는 듯했다. 토시미쓰 외에도 창을 끌어안고, 칼을 쥔 사람 몇 명이 역시 몸을 숨기고 있는 것만은 틀림없는 사실이었다. 미쓰하루의 감각은 분명하게 그것을 꿰뚫어보고 있었다.

그러한 속으로 자신을 불러 농으로라도 단 한마디, 목숨을 주지 않겠느냐고 묻는 미쓰히데의 절박한 심정을 생각하자 미쓰하루는 그 무정함도, 그리고 그 음험한 행동도 원망할 마음이 들지 않았다. 그저 가엾다는 생각이 앞섰던 것이다.

'이렇게까지 절박했단 말인가? 총명했던 사람이. 이성으로 넘쳐나던 사람이. 내가 어렸을 때부터 보아왔던 아케치 주베라는 자는 어디로 사라져버렸단 말인가'

지금 미쓰하루는 미쓰히데의 껍데기만을 보고 있다는 생각밖에 들지 않았다.

"미쓰하루. 대답은?"

제정신이 아닌 듯한 모습으로 미쓰히데가 앉은 채 가까이 다가왔다. 미쓰하루는 미쓰히데의 숨결에서 중환자의 열기와도 같은 것을 느꼈다.

"제게 목숨을 달라니, 대체 어떤 뜻입니까? 무슨 말씀인지 잘 모르겠습니다."

미쓰하루가 처음으로 입을 열었다.

미쓰하루의 말은 결코 미쓰히데가 바라던 말을 교묘하게 빗겨가려 한 것도 아니었으며, 또 그의 가슴속을 꿰뚫고 있으면서 일부러 딴청을 부린 것도 아니었다. 미쓰하루에게는 아직 미련이 남아 있었다. 어떻게 해서든 미쓰히데를 폭거와 부덕한 생각에서 되돌리고 싶다는 마지막 희망을 버리지 못하고 있었던 것이다. 하지만 미쓰하루의 말 때문인지 미쓰히데의 눈초리는 관자놀이의 파란 힘줄과 더욱 하나가 되는 듯했다. 미쓰히데의 목소리도 평소와 달리 메말라 있었다.

"……너, 내게 그것을 묻는 것이냐? 아즈치에서 물러난 이후 이 미쓰히데의 가슴에 가득 드리워진 것이 있다는 사실을 네가 짐작하지 못했단 말이냐, 사마노스케."

"대충 짐작은 하고 있었습니다."

"그렇다면 어째서……. 더 많은 말은 필요 없을 것이다. 좋다, 싫다, 그것이면 충분하다. 우선 그 대답부터 먼저 해라."

"나리."

"……"

"나리……."

"……"

"나리야말로 어째서 입을 다물고 계십니까? 적어도 이곳에서의 한마디는 아케치 일족의 부침에만 관계된 것이 아닐 터입니다. 천하와 관계된 일일 터입니다. 나리야말로 분명히 대답해주시기 바랍니다. 형님!"

"무엇을 말이냐?"

"왜 이러십니까? 형님답지 않게……."

미쓰하루는 줄줄 눈물을 흘리며 손으로 바닥을 짚으려다 갑자기 미쓰히데의 무릎 옆까지 다가와서 말했다.

"그동안 저는 오늘 밤처럼 사람을 모른다고 생각한 적이 없었습니다. 우리 두 사람이 어린아이와 청년이었을 때, 아버지 댁에서 책상에 나란히 앉아 무엇을 읽고 무엇을 배웠습니까? 우리나라의 선현이 남긴 글 가운데 주군을 살해해도 된다는 말이 한 글자라도 있었습니까?"

"미쓰하루, 조용히 말해라."

"누가 듣기라도 한단 말입니까? 무사가 숨는 곳 안에도, 문 옆에도 형님의 명령을 기다리는 자객의 칼만이 있을 뿐입니다. 나리, 총명하신 우리 나리. 저는 단 하루도 형님의 예지를 의심해본 적이 없었습니다. 하지만 사카모토에 오셨던 날부터 형님은 마치 다른 사람처럼 변했습니다. 자기 자신에게 그토록 약하신 형님이 아니실 텐데……."

"이미 늦었다. 미쓰하루, 충언이라면 그만두도록 해라."

"해야겠습니다."

"소용없다."

"소용없더라도 말씀드리지 않을 수 없습니다. 안타깝습니다. 분합니다."

미쓰하루는 엎드려 몸을 떨며 흐느껴 울었다.

그때 무사가 숨는 곳에서 문이 덜컹하고 울렸다. 안에 숨어 있던 자객이 일이 어려울 거라고 생각해 팔을 움직였을지 모를 일이다. 하지만 미쓰히데의 입에서는 여전히 아무런 신호도 떨어지지 않았다. 미쓰히데는 자기 앞에 엎드려 울고 있는 미쓰하루를 보지 않으려는 듯 얼굴을 돌린 채 가만히 앉아 있었다.

"누구보다도 책을 많이 읽었고, 누구보다도 이성으로 넘쳐나며, 세상을 알 나이도 지났고, 무슨 일에나 분별력이 있는 형님이시니……우둔한 저로서는 하고 싶은 말이 있어도 어떻게 말해야 할지 모르겠습니다. 하지만 저 같은 놈조차 충효 두 글자만은 읽어서 마음에 새겨두었으며, 핏속에 넣어두었습니다. 설령 만 권의 책이 가슴속에 있다 할지라도 이것을 잊어서는 아무런 도움이 되지 않습니다."

"……."

"나리, 듣고 계십니까? 명문가인 도키겐지土岐源氏의 혈통을 물려받은 저희 두 사람의 피는 하나라고 믿고 드리는 말씀입니다. 한번 가문의 이름을 더럽히면 조상님의 영에도, 낳아주신 부모님께도 커다란 불효 아니겠습니까? 그리고 형님은 지금 자녀를 몇 명이나 둔 아버지이십니다."

"……."

"시집간 아이들과 다른 집안에 양자로 들어간 아이들과 또 몇 명인가의 어린아이들까지, 아니 자자손손에 이르기까지 형님의 마음 하나로 인해 세상 끝까지 얼마나 수치심을 느끼며 살아가야 할지를……."

"헤아리면 끝도 없을 것이다. 사마노스케, 이 미쓰히데의 생각은 모든 것을 초월했다. 그런 것도 모두 알고 있다. 그래도 나는 생각을 바꾸지 않을 게야. 인내에 인내를 거듭하고, 생각에 생각을 거듭한 끝에 내린 결론이다. 그만두어라. 쓸데없는 충언은 그만둬. 네가 말한 정도의 일은 나 역시도 밤이면 밤마다 거듭 생각했던 것이다. ……아아, 딱 한마디, 오십오 년 동안의 길을 돌아보면, 이 몸이 무문에서만 태어나지 않았더라면 이렇게 고민하지도 않았을 텐데, 또 이와 같은 생각도 하지 않았을 텐데."

"아니, 바로 그 무문이기 때문입니다. 설령 아무리 참아야 하고 아무리 어려운 일이 있다 할지라도 주군에 맞선다는 것은."

"노부나가도 아시카가 요시아키足利義昭를 내몰았다. 또 히에이 산의 화공과 같이 수많은 악업을 저질렀다는 것을 사람들도 이미 알고 있다. 한번 보아라. 대대로 그의 집안을 섬겨왔던 하야시 사도, 사쿠마 우에몬佐久間右衛門 부자, 아라키 무라시게荒木村重만 봐도 사람의 말로라고는 여겨지지 않는다."

"아아, 나리. 단바 육십만 석을 주시고 고레토라는 성까지 내리시고 일문에 부족함이 없으니 그와 같은 은혜를 생각하시면."

미쓰하루의 말은 지금까지 우물 속의 물과도 같았던 미쓰히데를 단번에 범람하는 물과 같은 표정으로 만들었다.

"그따위 은록이 무엇이란 말이냐! 미쓰히데에게 재능이 없었다면 그것도 없었을 것이다. 그런데 그 많은 일을 마치고 나면 그의 눈에는 아즈치에서 기르는 개나 쓸모없는 물건으로밖에 보이지 않게 된다. 나를 히데요시 따위의 아래에 두고 산인을 공격하라는 명령은 머지않아 다가올 아케치 가의 운명을 예고하고 있는 게 아니고 무엇이냐? 몸은 무문에서 자랐고, 남자로서 도키겐지의 피를 물려받았는데 어찌 노부나가 따위의 부림에 몸을 굽힌 채 일생을 마치겠느냐. 미쓰하루, 너는 노부나가의 검은 속내를 읽지 못하겠단 말이냐?"

"……"

미쓰하루가 한동안 입을 다물고 있다 미쓰히데에게 물었다.

"형님의 뜻을 가신 중 누구에게 밝히셨습니까?"

"……그건, 너를 제외하면 미쓰타다, 미쓰아키……."

미쓰히데는 한숨을 쉰 뒤 다시 말을 이었다.

"심복이라 할 수 있는 쓰마키 가즈에, 후지타 덴고, 시호덴 마사타카, 나미카와 가몬…… 무라카미 이즈미노카미, 오쿠다 사에몬奧田左衛門, 미야케 도베, 이마미네 다노모今峰賴母……. 그리고 미조오 쇼베溝尾庄兵衛, 신시 사쿠자에몬, 사이토 구라노스케 토시미쓰…… 등에게도 이야기했다."

"그 열세 명뿐입니까?"

"아마노 겐에몬에게도 얘기했던가? 아직인가? ……겐에몬에게도 뜻을 전한 듯하구나. 아직 젊기는 하지만 특별한 심부름을 시킨 적이 있었으니 시호덴 마쓰베도 내 마음속을 어느 정도는 눈치챘을 것이라 생각된다."

"아아……."

이야기를 듣고 난 사마노스케 미쓰하루는 길게 탄식하며 천장을 올려다보았다.

"이제 와서 무슨 말씀을 올리겠습니까? 저 외에도 그렇게 많은 이에게 이미 말씀하셨다니."

미쓰히데의 무릎이 갑자기 불쑥 미쓰하루의 무릎 가까이 다가왔다. 그리고 미쓰히데는 왼손으로 미쓰하루의 멱살을 잡으며 말했다.

"싫으냐?"

오른손으로는 작은 검의 손잡이를 무시무시한 힘으로 움켜쥐었다.

"함께하겠느냐?"

"……"

미쓰히데가 밀칠 때마다 미쓰하루의 목은 뼈가 없는 것처럼 위를 향한 채 좌우로 움직였다. 미쓰하루의 얼굴에서 구슬 같은 눈물이 흘러내렸다.

"이렇게 된 이상 좋고 싫고가 어디 있겠습니까? ……나리께서 다른 사람에게 아직 말씀하지 않으셨다면 모르겠습니다만."

"그럼 함께하겠다는 말이냐? ……나와 함께 일어서겠느냐?"

"형님과 미쓰하루는 두 사람이지만 한 몸이나 다를 바 없습니다. 형님 없이 살아갈 수 있는 미쓰하루가 아닙니다. 주종 관계에 있어서도, 혈연관계에 있어서도 같은 뿌리이며 같은 삶을 살아가고 있습니다. 지금까지의 삶도 함께해왔으니, 앞으로의 운명도 애초부터 함께할 각오였으니……. 아아, 그렇다 해도."

"걱정할 것 없다, 미쓰하루. 운명을 건 승부, 성공하느냐 실패하느냐 둘 중 하나다만, 이렇게 모두에게 이야기하고 이 휴가가 일어선 것은 가슴속에 승산이 있기 때문이다. 이 일을 성공한다면 네게도 조그만 사카모토 성 하나만을 가지고 있게 하지는 않겠다. 적어도 내게 버금가는 직위와 수많은 나라의 태수 자리를 약속하겠다."

"아니. 그, 그런 문제가 아닙니다!"

미쓰하루는 자신의 멱살을 잡고 있는 손을 떨쳐내더니 미쓰히데의 몸을 바닥으로 밀쳐 쓰러뜨렸다.

"저, 저는…… 저는 울고 싶습니다. ……나리, 울게 해주십시오."

"무엇이 슬프다는 게냐. 한심한 녀석."

"아아……. 한심한!"

"한심한!"

"하, 한심한!"

"한심하구나, 너는."

"한심합니다! 형님은."

둘은 소리를 지르며 사나이의 힘으로 서로를 힘껏 끌어안고 울었다. 그대로 통곡했다.

무사가 숨은 곳에서도, 장지 뒤에서도 흐느끼는 소리가 들려왔다.

오이노^老 언덕

본격적인 여름이 시작되었다. 특히 6월 1일에는 근례 없는 더위가 찾아왔다. 아침부터 구름 한 점 없이 햇볕이 내리쬐다 정오를 지나면 서부터 북쪽 하늘이 구름에 뒤덮였으나 저녁 해의 열기와 빛은 해가 질 때까지 단바의 산하를 태웠다.

이날을 기점으로 가메야마 거리는 텅 빈 상태가 되고 말았다. 그렇게도 많던 병마와 치중이 단번에 성 아래 바깥쪽으로 옮겨갔기 때문이다. 거리의 사람들과 향토의 노소들은 창과 총을 든 행렬과 총알, 화약 외의 군용품을 실은 수송부대가 땀이 흐르는 얼굴에 열을 가하는 듯한 검은 철 투구를 쓰고, 깃발을 짊어지고, 무사용 짚신을 신고 본국을 떠나는 모습을 보고는 연도로 몰려나왔다. 그들은 평소 출입하던 저택의 은인이나 지기를 찾아 커다란 목소리로 무운을 빌고 훈공을 독려하며 '내가 만약 길거리 서민만 아니었어도 저 대열을 따라나서는 건데' 하는 마음으로 환송의 손을 흔들었다.

"아아, 길모퉁이 저택의 지로마루次郎丸 님도 가신다. 연못 앞집의 나리께서도 말을 타고 가시는구나."

"무라코시村越 님도 저 연세에."

"오이카와笈川 님도 저 어린 나이에."

하지만 그 누구도 상상할 수 없었다. 이때는 보내는 사람도 환송을 받는 장병들도 이 출진이 주고쿠를 공략하기 위한 것이 아니라, 본능사를 치기 위한 첫걸음이었다는 사실을 아무도 알지 못했다. 미쓰히데와 막하의 열서너 명의 장수 외에는 아직 그 누구도 아는 사람이 없었다.

성 밖 동쪽에 평평한 논밭이 있었다. 먼 옛날에는 오에大枝 산에서 이쿠노生野를 지나 일본해에 면한 지방으로 가는 역로驛路가 있던 곳이었다. 시누무라 하치만篠村八幡203의 숲을 중심으로 이 부근을 노시누바타케能篠畑라고 부르기도 하고, 혹은 시누노篠野의 마을이라 부르기도 했다.

북쪽의 호즈 강 너머로 아타고 산과 류가타케龍ヶ嶽의 여러 봉우리가 보였으며, 남쪽으로는 묘진가타케明神ヶ嶽, 동쪽으로는 오에다 산에 둘러싸인 분지가 보였다. 가메야마에서 빠져나온 군마의 흐름, 깃발의 행렬이 속속 이 한 지점으로 모여들었다.

때는 신시申時(오후 4시) 무렵, 핏덩이처럼 빨간 석양이 깔리고 풀냄새 속에서 뿔피리 소리가 높고 낮게 잉, 잉 호응하듯 들려왔다. 그때까지는 그저 군데군데 무리 지어 있었던 병력이 곧 풀을 밟고 일어나 대열을 삼 단으로 나누어 정연하게 위용을 드러냈다.

노시누바타케의 지면은 병사와 깃발과 말로 뒤덮였다. 일순 천지가 숨을 죽인 듯 말의 울부짖는 소리 외에 아무 소리도 들리지 않았다. 사방 산속 깊은 숲의 연둣빛 잎이 반짝이듯 흔들리고 사람의 폐 속까지 물들일 것만 같은 푸른 저녁 바람이 수많은 얼굴을 스쳐 지나갔다.

맞은편 숲 속에서 다시 뿔피리 소리가 들려왔다. 잠시 뒤 그곳의 시

---

203 '시누무라에 있으며 아시카가가 의군을 일으킨 고적으로 무로마치 막부 시절에 특히 숭경하는 사당이었다'고 고서에 기록되어 있다. 미쓰히데 역시 여기서 세력을 규합했다.

누무라 하치만 경내에서 미쓰히데 이하 막료들이 서쪽 해를 비스듬히 받아 눈부신 모습으로 각 부대를 열병하며 점차 다가오는 것이 보였다.

미쓰히데가 열병하는 동안 장병들의 대열은 검은 쇳덩이 그 자체였다. 그리고 눈앞에서 미쓰히데를 올려다본 병사들은 말단에 이르기까지 '좋은 대장을 섬기게 되었다. 좋은 주인을 따르고 있구나'라는 사실을 새삼 자랑스럽게 느끼며 행복해했다.

미쓰히데는 하얀 바탕에 은난초를 수놓은 망토를 걸치고 검은 가죽으로 만든 갑옷을 입고 있었다. 갑옷의 미늘을 엮은 실은 연둣빛이었다. 대검도 아름다웠으며, 좋은 안장 위에 앉아 있었다. 평소보다 훨씬 더 젊어 보였다. 물론 그뿐만이 아니었다. 일단 몸에 갑옷을 걸치면 무장에게 나이는 없었다. 싸움에 처음 나서는 열예닐곱 살의 무사와 함께 있어도 '나이 든 모습은 보이지 않겠다, 늙었지만 뒤지지 않겠다'는 마음으로 무장하는 것이 무문의 사람들이었다.

특히 그날 미쓰히데는 가슴속으로 그 누구보다 더 필사적으로 맹세했다. 따라서 병사 하나하나를 바라보는 눈빛에도 처참한 기운이 어려 있었다. 총사령관의 기백은 당연히 전군의 병사에게도 전달되었다. 지금까지 아케치 군이 출전했던 스물예닐곱 번의 크고 작은 전투 때보다 더 온몸의 털이 곤두설 것 같은 긴장감에 사로잡혔다. 병사들은 무언중에 심상치 않은 전장으로 나간다는 느낌을 받았다. 평소의 전장에 나갈 때와는 달리 살아 돌아올 거라는 기약이 없는 출진을 앞둔 상태에서는 모든 병사들이 그 정도의 영감은 갖게 되는 법이다. 그리고 그러한 영감은 안개처럼 소슬한 기운을 감돌게 했으며, 각 부대 위에서 펄럭이는 물빛 도라지의 아홉 개 깃발에도 구름이 깔린 듯한 느낌을 주었다.

미쓰히데가 말을 멈추고 곁에 있는 사이토 토시미쓰에게 물었다.

“총인원은 몇 명 정도인가?”

“일만 칠백, 크고 작은 짐을 나르는 자까지 더하면 일만 삼천에 달할 것입니다.”

미쓰히데가 고개를 끄덕인 뒤 이윽고 다시 말했다.

“각 부장들을 이리로 부르게.”

창을 든 부대와 조총 부대, 검을 든 부대의 부장들이 각자 자기 부대의 선두에서 이탈하여 미쓰히데의 말 앞에 모였다.

미쓰히데는 말을 뒤로 물렸다. 대신 일족인 아케치 미쓰타다가 시호덴 마사타카와 쓰마키 가즈에를 좌우에 대동하고 앞으로 나섰다.

“이것은 어젯밤에 교토의 모리 오란森於蘭 님으로부터 온 서찰이네만, 알아두어야 할 것 같아 각 부장들에게도 전달하겠다.”

미쓰타다는 말 위에서 서찰 내용을 말했다.

“우후 님께서, 주고쿠 출진 준비가 다 되었으면 집안의 병마, 기치의 모습을 보고 싶으니 바로 군대를 이끌고 상경하기 바란다고 말씀하셨소.”

그리고 다시 말을 이었다.

“따라서 길은 시누노에서 오에 산, 오이노 언덕을 넘기로 하겠소. 출진은 유시(오후 5시). 시간이 얼마 없으니 밥을 먹고 말에게도 먹이를 먹인 뒤 잠시 쉬며 허술함 없이 때를 기다리시오.”

들판에서 일만 삼천 명에 이르는 인원이 밥을 먹는 모습은 가히 장관이라 할 수 있었으며, 어찌 보면 한가로워 보이기도 했다.

잠시 뒤 전령이 다시 이야기를 전했다.

“히다 다테와시比田帶刀 나리, 부르십니다.”

“호리 요지로堀与次郎 나리, 본진에서 부르십니다.”

“무라코시 산주로村越三十郎 나리, 오시라는 명입니다.”

조금 전 말 앞으로 불려갔던 부장 중 주요한 인물들이 다시 미쓰히데가 있는 하치만 숲 속으로 불려갔다. 그곳은 장막이 드리운 그림자와 매미 소리 때문에 차가운 물속에 있는 것처럼 시원했다. 그때 신사의 본전 쪽에서 손뼉 치는 소리가 들려왔다. 미쓰히데 이하 막료들이 모여 신사에 참배를 드리고 있는 모양이었다.

시누무라 하치만은 옛날 겐코元弘204 시절에 아시카가 다카우지足利高氏가 기원을 한 곳이기도 하다. 다카우지는 이곳에 와서 기치를 든 뒤, 칙명에 따라 일어선 것이라 성명하고 일거에 교토로 들어가 로쿠하라六波羅205를 점령했다. 다카우지의 부하가 화살을 묻었다는 야즈카矢塚도 멀지 않은 곳에 있었다. 적은 다르지만 미쓰히데의 가슴속에는 이곳이야말로 아시카가 씨가 십여 대에 걸친 무로마치 시대의 기반을 다진 발족의 땅이라는 생각이 반드시 있었을 것이다. 무로마치 막부는 대대로 이 신사를 고적으로 여겨 특별히 숭경하고 보호했다.

미쓰히데가 그런 사실을 몰랐을 리 없다. 그러다 보니 그가 밝은 신 앞에서 자신을 얼마나 부끄러움 없는 존재로 보이려 했을지 짐작이 된다. 심복인 가신들이 아무리 눈물을 흘리며 이번 거사를 권했다 할지라도 그와 노부나가 사이에 쌓인 사사로운 분노와 원한을 부인할 수는 없을 것이다. 미쓰히데는 언젠가 자신도 아라키 무라시게나 사쿠마 부자 같은 말로를 맞이하게 될지 모른다는 위기감과 불안이 들었을 것이다. 그리고 궁지에 몰린 쥐처럼 살아남기 위해 이처럼 선수를 쳤을 것이다. 하지만 그러한 자기변호도 자신의 양심을 납득시킬 만큼의 이유는 되지 못했다.

이곳에서 겨우 오십 리. 바로 코앞에 그 원한의 적이 허술한 경호 속

---

204 일본의 연호. 1331~1334년.
205 가마쿠라 막부가 교토에 설치하여 궁궐의 경호와 교토 부근 지방의 정무를 총괄시켰던 기관.

에 머물고 있다. 미쓰히데가 절호의 기회, 더할 나위 없는 천운이라 생각하며 즉흥적인 야망을 품었다면 더더욱 신 앞에 기원을 올리지 못했을 것이다. 하지만 그는 이러한 모든 이유 외에도 자신을 정당화할 만한 이유를 찾는 데 그리 어려움을 겪지 않았다. 지난 이십여 년 동안 노부나가가 보여준 좋지 않은 면만을 죄상으로 들어도 될 정도였다. 특히 노부나가의 극단적인 문화 파괴와 구제도의 변혁을 가장 커다란 죄로 들어 세상에 물으면 될 일이었다.

문화인이며 지성인라고 자부하는 미쓰히데는 그동안 노부나가의 부장으로 일해왔으면서도 옛 문화와 구제도에 대한 애석한 마음을 씻어내지 못한 채 살아왔다. 그리고 그 파행적 정신을 천하 일반의 것인 양 오인해왔으며, 자신의 지성이 좁은 지성의 연못에 빠져 있다는 사실을 깨닫지 못했다.

각 부대의 부장들은 무슨 일로 거듭 부른 것일까 이상히 여기며 부름을 받은 막사 안에 빼곡히 들어앉아 있었다. 아직 미쓰히데의 모습은 보이지 않았다. 지금 신전에 기원 중이니 곧 이곳으로 건너오실 것이라고 시동이 말했다.

잠시 뒤 미쓰히데의 측근인 중신들이 장막을 들어 올리고 인사를 하며 차례차례 안으로 들어왔다.

"모였군."

"어서들 오게."

나미카와 가몬, 신시 사쿠자에몬, 쓰마키 가즈에 등이 들어왔고, 마지막으로 미쓰히데가 노신 사이토 토시미쓰, 일족인 미쓰하루, 미쓰타다, 미쓰아키 등과 함께 모습을 드러냈다.

"부장들은 여기 모인 사람들뿐인가?"

"그렇습니다."

미조오 쇼베가 대답했다.

그때 미야케 도베와 이마미네 다노모가 오쿠다 사에몬노조를 돌아보며 무언가 눈짓을 했다. 그리고 세 사람 모두 불쑥 막사 밖으로 나갔다. 무슨 일일까 이상히 여기는 사이에 한 무리의 병사들이 막사 바깥을 둘러싼 모양이었다. 미쓰히데의 얼굴을 봤을 때 미리 준비되었던 일이라는 것을 알 수 있었으며, 노장들의 눈에서도 무언의 경계심을 읽을 수 있었다. 마침내 미쓰히데가 입을 열었다.

"집안사람들, 특히 나의 수족이라 여기는 사람들에게 이와 같은 대비를 하고 담합에 들어가는 것을 섭섭하게 여길지 모르겠으나 천하의 대사, 우리 집안의 부침과 관계된 대사를 밝히기 위해서이니 너무 이상히 여기지 말게."

미쓰히데는 그렇게 운을 뗀 뒤, 엄숙하게 의중을 밝히기 시작했다.

"나는 겨우 삼천 석을 받던 몸에서 일약 이십오만 석을 받게 되었으며, 이후 오우미近江와 단바에 걸친 이 영지를 주신 무거운 은혜, 우다이진께서 이 미쓰히데에게 베푸신 은혜를 결코 잊은 것은 아니나."

미쓰히데는 그렇게 말한 다음 아케치 가가 세운 여러 가지 공을 늘어놓더니, 다시 신슈의 가미노스와上ノ諏訪에서 꾸지람을 들었던 일, 이후 마음이 거듭 불편했던 일, 고관대작들 앞에서 참을 수 없는 치욕을 당한 일, 그리고 얼마 전 이에야스를 접대하는 역에서 물러나게 하여 세상 사람들의 웃음거리로 만든 일 들을 말했다. 그리고 주고쿠에 출진해서 히데요시 아래로 들어가라는 군령을 받기에 이르렀기에 무문으로서 더는 참을 수 없는 절박한 심정을 품게 되었다는 사실을 말했다. 그런 다음 노부나가를 위해 수년 동안 공로를 세웠으나 자멸해간 사람들의 선례를 들고, 그의 잔혹하고 격한 성격의 일면을 이야기하기 위해 히에이 산에 화공을 가했을 때의 일, 요시아키를 추방한 일을 말하고, 그

외에 그가 패도적覇道的인 마음을 품고 맹진하고 있음을 밝힌 뒤, 노부나가야말로 도의道義의 적, 문화의 파괴자, 제도와 전통을 문란케 하는 국적國賊이라고 지적했다. 그리고 마지막으로 이렇게 덧붙였다.

"이에 미쓰히데는 모든 상념을 끊고 이런 노래를 한 수 읊었다네. 자네들에게는 어떻게 들리는가? '마음을 모르는 자 떠들고 싶은 대로 떠들게, 몸을 아끼지 않고 이름도 아끼지 않을 테니'……."

미쓰히데는 자신의 노래를 읊으면서 스스로 가엾다는 생각이 들어 눈물을 줄줄 흘렸다. 노장과 젊은 장수, 주위에 있는 모든 사람들이 오열하기도 하고 흐느껴 울기도 했다. 개중에는 갑옷의 소매를 물고 엎드려 우는 사람도 있었다. 그러한 가운데 울지 않는 사람이 한 명 있었다. 바로 노장 사이토 토시미쓰였다.

그는 처음부터 미쓰히데의 말을 귀 기울여 듣고 있었다. 그러는 사이 그는 미쓰히데의 말에 아직 부족함이 있다고 느꼈다. 전군의 중견이라 할 수 있는 부장 모두 이 자리에서 천지신명에게 맹세를 해야 할 터인데, 미쓰히데의 말은 너무나도 술회적이고 이론에만 치우쳐 있었으며, 감정적인 면이 부족했다. 이에 구라노스케 토시미쓰는 일동의 눈물과 분한 마음을 피의 맹세로 묶기 위해 돌연 이렇게 제언했다.

"어떻소, 여러분. 우리같이 하찮은 자들도 믿음직한 무리라 생각하셨기에 마음을 열어 큰일을 밝히신 것이라 생각하오. 군君이 치욕을 당하면 신臣은 목숨을 아끼지 말아야 하는 법. 어찌 나리 홀로 괴로움을 맛보시도록 할 수 있겠소. 다른 사람들은 어떨지 모르겠으나 이 구라노스케 토시미쓰는 여생도 얼마 남지 않은 늙은 몸, 단 하룻밤이라도 우리 주군을 천하 일인자로 우러르고, 나아가 원한이 쌓인 우후 노부나가 공의 멸망을 이 눈으로 볼 수만 있다면 죽어도 여한이 없을 것이오. 여기 모인 젊은 분들은 어떻게 생각하시오?"

그러자 바로 사마노스케가 외쳤다.

"예로부터 천지지지아지자지天知地知我知子知[206]라 하였소. 여기 있는 자 모두 나리의 집안사람들이라고는 하나 이렇게 많은 사람에게 일단 말씀하신 이상 어찌 그 말을 세상에 숨길 수 있겠소? 그러니 더 이상 논의할 것도 없소. 앞에 놓인 길은 오로지 하나밖에 없소. 사이토 나리에게 뒤질 만큼 죽음을 두려워하는 자는 아무도 없소. 여러분, 안 그렇소?"

그곳에 모인 사람들은 이구동성으로 '넷!' 하고 대답했다. 사람들은 '넷!' 하고 한마디로 대답하는 것 외에는 다른 말은 알지 못한다는 듯 눈동자로, 굳게 다문 입술로, 부풀어 오른 코로, 숨결로, 부들부들 떠는 손발로 말하고 있었다.

"됐소."

미쓰히데가 의자에서 몸을 일으키자 사람들도 그 감동에 휩싸여 몸을 움직였다. 중신들은 출진을 앞두고 길조라며 저마다 이야기했다.

"경하해야 할 뜻을 세우셨으니 일은 틀림없이 성취하실 것입니다. 무로마치 막부 집안의 신심이 얕지 않았던 하치만 신사에서 기원을 하셨으니 더는 의심할 것도 없습니다."

중신들은 미쓰히데에게 축하의 말을 전했다. 시호덴 마사타카는 떠나기 전 사람들의 마음을 다잡기 위해 하늘을 올려다보며 말했다.

"벌써, 유시. 여기서 산길과 들길을 지나 교토까지는 오십 리, 늦어도 새벽녘에는 본능사를 포위할 수 있을 것입니다. 오각(오전 8시) 전에 본능사에서의 일을 마무리 짓고, 한 무리의 부대를 내어 니조의 숙소까지 친다면 모든 일이 아침을 먹기 전에 마무리될 것입니다."

---

206 하늘이 알고, 땅이 알고, 내가 알고, 그대가 안다는 뜻. 보이지 않는 곳에서 행한 일도 곧 세상에 알려진다는 뜻이다.

마사타카는 미쓰히데와 미쓰하루에 대해서도 확신에 찬 말투로 이야기했다. 물론 그의 말은 여기서 처음 나온 책략도 논의도 아니었다. 다만 천하는 이미 우리 수중에 있다고 들려줌으로써 중견 부장들의 사기를 돋우기 위한 것이었다.

유시도 절반이 지났다. 산길은 이미 어두웠다. 철갑을 두른 인마 일만 삼천이 줄을 지어 어두운 오지尾子 촌을 지나 오이노 언덕으로 접어들었다. 그날 밤하늘에는 수많은 별이 떴다. 교토도 같은 하늘 아래 있었다.

본능사 부근

본능사의 물이 없는 마른 해자에 저녁 해가 빨갛게 떨어졌다. 6월 1일은 교토에도 하루 종일 뙤약볕이 쏟아져 해자의 깊은 바닥까지 말라버리고 말았다.

동서의 흙담은 한 정, 남북의 흙담은 두 정이었다. 해자는 흙담과 수평으로 파여 있었는데 폭은 두 간이 넘었으며, 흙담도 일반적인 것보다 높았다.

본산 니치렌슈日蓮宗 핫폰하八品派의 사찰은 마을 속의 성곽과 같은 양식이었다. 그랬기에 거리에서는 겨우 중심의 가람과 십여 개가 넘는 건물의 커다란 지붕만 보일 뿐 안을 엿볼 수 없었다. 단 사찰의 한쪽 구석에 있는 유명한 '쥐엄나무'만 먼 곳에서도 잘 보였다. 그 교목을 가리켜 '본능사의 숲'이라고도 했으며, 또 '쥐엄나무 숲'이라고도 했는데 동쪽 사찰의 탑만큼이나 좋은 표식이 되었다.

그 높다란 가지 끝이 저녁 해에 물들 때면 언제나 수많은 까마귀가 한바탕 울어댔다. 기품 있는 사람들이 아무리 청결하게 풍치 있고 우아한 모습을 지켜도 밤의 들개와 저물녘의 까마귀와 아침의 소똥만은 없앨 수가 없었다. 하지만 그것이 지금의 교토를 나타내는 문화의 맨

2156

얼굴이라고 할 수 있을지도 모르겠다. 본능사 자체도 외관은 잘 꾸며져 있는 듯했으나 내부에는 아직 수많은 공터가 남아 있었다. 덴분天文[207] 시절의 화재로 소실되었다고 하는 이십 방사坊舍의 아름다운 건물을 완성하기에는 앞으로 수많은 공사가 필요했으며 현재 건축 중인 부분도 있었다. 그리고 본능사 밖을 둘러보아도 마찬가지였다. 본능사의 대문 앞길에서 시조四條 쪽으로 면한 길은 쇼시다이所司代[208]의 저택도 있고 무가의 골목도 있고 거리도 정비되어 있어서 도읍다운 모습을 띠고 있었다. 하지만 북쪽의 니시키코지錦小路 부근은 여전히 정비되어 있지 않은 빈민굴이 무로마치 시절의 모습 그대로 섬처럼 남아 있었다. 그곳의 좁은 길은 지금도 예전에 불리던 대로 '오줌골목'으로 통하고 있었다. 《우지슈이宇治拾遺》[209]에도 다음과 같은 기록이 남아 있다.

세이토쿠淸德라는 성인이 있었다. 대식가로 시조의 북쪽 골목에 소변을 흘뿌리면 하급관리들도 더러워하여 오줌골목이라 불렀다.

관에서는 시조의 남쪽에 아야코지綾小路가 있으니 그와 대비해서 니시키코지라 불러야 한다고 명령을 내린 적도 있었던 듯하다. 하지만 지금도 여전히 그 모습만은 잃지 않고, '쥐엄나무'의 까마귀와 밤낮으로 시끌벅적한 생활력을 보이고 있었다.

"바테렌Padre[210]이 왔다."

"바테렌이 간다."

"남만사南蠻寺의 스님이 아름다운 새장을 들고 지나가신다."

---

207 일본의 연호. 1532~1555년.
208 중요 정치 기관의 장관 대리.
209 설화집의 제목. 1212~1221년 무렵에 성립.
210 포르투갈어로 신부를 뜻하는 말인 파드레이를 이렇게 불렀다.

한껏 휘어진 판잣집의 차양 밑이나 흙을 바른 벽과 벽 사이의 골목
길에서 아이들이 땀띠와 종기와 콧물로 번뜩이는 얼굴을 한 채 날개가
튼튼한 벌레처럼 뛰어나왔다.

세 바테렌은 아이들의 목소리를 듣고는 친구를 기다리듯 미소를 지
으며 발걸음을 늦췄다.

남만사는 여기서 멀지 않은 시조보몬四條坊門에 있었다. 이 부근의 빈
민굴에는 아침이면 본능사의 독경 소리가 들려왔으며, 저녁이면 남만
사의 종소리가 울려 퍼졌다.

본능사의 문은 위압감을 주고 승려들은 모두 무서운 얼굴로 돌아다
니지만, 남만사의 바테렌들은 이 지저분한 뒷길을 걸을 때도 미소를
지으며 지났다.

종기가 난 아이를 보면 머리를 쓰다듬으며 치료법을 가르쳐주었고,
병자가 있는 집에도 가끔 문안을 가서 도움을 주었다. 부부 싸움은 칼
로 물 베기라고 하지만 남만사의 바테렌들은 부부 싸움까지 끼어들어
신중하게 시비를 가려주었다. 부부 싸움 당사자들에게는 특별히 고마
울 것도 없는 일이지만, 호기심이 많은 동네 사람들이나 주위의 구경
꾼들은 감탄하기 그지없었다.

“바테렌은 친절하다. 이해심이 깊다. 진심으로 세상을 위해 일한다.
아무나 할 수 있는 일이 아니다. 역시 신의 사도답다.”

평소에도 사람들은 진심으로 바테렌에게 감탄하고 있었다. 바테렌
의 사회구제사업은 교토 내외의 들판이나 다리 밑에 있는 빈민과 병자
들에게까지 미쳤으며, 절 안에 시료소施療所와 양로원 같은 조직까지 설
치되어 있었기 때문이다. 게다가 그곳의 바테렌들은 모두 아이들을 좋
아했다. 그러니 아이들의 부모들은 당연히 바테렌을 신처럼 생각할 수
밖에 없었다. 그런데 이런 바테렌도 길을 가다 우연히 본능사의 승려

들과 마주치기라도 하면 아이들에게 보이는 것과 같은 친절을 좀처럼 보이지 않았다. 적국 사람을 맞닥뜨린 것처럼 푸른 눈으로 한번 노려보고 지나갈 뿐이었다. 그러다 보니 바테렌들은 오줌골목의 좁은 길을 멀리 돌아가더라도 가능한 한 본능사 문 앞으로는 지나가려고 하지 않았다. 하지만 어제와 오늘만은 그 본능사 안으로 몸을 숙이고 들어가 참배를 할 수밖에 없었다. 그끄저께인 29일 밤부터 본능사가 우다이진 노부나가의 숙소가 되어, 그들이 일본에서 가장 무서워하는 사람이 바로 코앞에서 묵고 있는 거나 다름없었기 때문이다.

지금도 세 바테렌이 이름 모를 남방의 새를 금색 새장에 넣고, 본국에서 데려온 요리사가 만든 남만 과자를 그릇에 넣어 노부나가에게 헌상하러 본능사로 가는 중이었다.

"바테렌 님. 바테렌 님."

"그 새 이름이 뭐예요?"

"그 광주리 안에 뭐가 있어요?"

"과자라면 저도 주세요."

"주세요, 바테렌 님."

오줌골목의 아이들이 길을 막고 다가섰지만 세 바테렌은 귀찮다는 표정도 짓지 않았다. 오히려 생글생글 웃으며 어눌한 일본어로 달래면서 지나갔다.

"이건 우다이진 님께 드릴 거야. 미안해. 너희에게는 남만사로 어머니와 같이 오면 줄게. 지금은 없단다."

그래도 아이들은 여전히 뒤를 따르기도 하고 앞장서기도 하며 바테렌들을 둘러싼 채 줄줄이 따라갔다. 그러다 그중 한 아이가 본능사의 마른 해자 속으로 개구리처럼 퐁당 떨어지고 말았다. 물이 없어 익사할 염려는 없었지만 해자 밑은 늪과 다를 게 없는 진흙탕이었다. 해자 위에서 우왕좌왕 소리를 지르는 동안 떨어진 아이는 미꾸라지처럼 몸부림을 쳤고 이윽고 목숨이 위험해지고 말았다.

어른이라 할지라도 그곳에 빠지면 쉽게 올라올 수 없었다. 널따란 본능사의 경내를 몇 척이나 높일 정도로 흙을 파내 만든 도랑이었다. 또 만일의 사태에 중요하게 쓰기 위해 깊으면 깊을수록 좋았다. 비 오는 밤, 물이 고여 있을 때면 술에 취한 사람이 떨어져 익사하는 일까지 있었다.

"큰일 났다."

"이 집의 말썽꾸러기가 본능사의 해자에 떨어졌대."

누군가가 잽싸게 아이의 집으로 달려가 알린 모양이었다. 오줌골목에 솥이 끓는 것 같은 소동이 일었으며, 아이의 부모가 맨발로 달려 나왔다. 옆집 부부와 뒷집의 노인도 나왔다. 처녀들도 나오고 개들도 따라나왔다. 그야말로 일대 소동이었다. 하지만 아이의 부모가 해자 부근까지 왔을 때, 아이는 이미 목숨을 건진 뒤였다. 이제 막 캐낸 연뿌리처럼 건져져서 엉엉 울고 있었다. 그리고 바테렌 두 명의 팔과 옷이 진흙투성이가 되어 있었다. 나머지 바테렌 한 명은 순간적으로 해자 속에 뛰어들어 간신히 기어 나왔는데 팔과 얼굴을 거의 알아볼 수 없을 정도가 되어 있었다.

"와아, 바테렌 님이 메기가 됐다. 빨간 수염도 흙투성이다."

아이들은 그 모습을 보고 놀리기도 하고 손뼉을 치기도 하며 기뻐했다. 하지만 목숨을 건진 아이의 부모는 결코 신도가 아니었을 텐데 "신이시여!"를 외치며 메기가 된 바테렌 발밑에 엎드려 손을 모은 채 감사의 눈물을 흘렸다. 그리고 검은 산처럼 모여든 사람들 사이에서도 저마다 바테렌의 덕을 칭송하는 소리가 들려왔다. 순박한 사람들은 사심 없이 다 함께 기뻐했다.

"다행입니다. 이 아이에게는 천주님의 가호가 있었습니다."

바테렌들은 기껏 여기까지 왔는데 하는 아쉬움도 안타까움도 보이지 않고 못쓰게 된 헌상품들을 들고 그대로 발걸음을 돌렸다. 그들의 파란 눈에는 일개 노부나가도, 골목의 일개 어린아이도 같은 존재에 지나지 않았다. 그리고 그들은 그 일이 이야깃거리가 되어 집에서 집으로 전해질 것이며, 훗날 얼마나 커다란 감동의 파도가 될지 잘 알고 있었다.

"소탄宗湛, 보았는가?"

"정말 감동했습니다."

"무섭구나, 저 종문宗門은."

"무섭습니다. 여러 가지를 생각하게 만듭니다."

사람들이 떠난 뒤 해자 옆에서 얼굴을 마주 본 채 탄성을 내뱉으며 이야기를 주고받는 목소리가 들려왔다. 한 사람은 서른 살 전후, 다른 한 사람은 훨씬 더 나이가 많은 노인이었다. 보기에 따라서는 부자 사이로 보이기도 했다. 사카이 지방의 거물과는 조금 다른 정취가 느껴졌지만, 어딘가 대범해 보이면서도 교양이 느껴졌다. 하지만 두 사람 모두 얼핏 보기에는 평범한 서민들이었다.

일단 노부나가가 묵기 시작하면 절도 그냥 절이 아니게 되었다. 29일 밤 이후부터 본능사의 대문 앞은 드나드는 수레와 가마 때문에 혼잡하기 그지없었다.

사람들은 노부나가를 한번 만나는 것이야말로 천하의 대사라고 생각했다. 그리고 노부나가의 말 한마디, 혹은 웃음소리 한 번이라도 듣고 물러나면, 헌상물로 가져온 진귀한 그릇이나 보물이나 집기, 미주가효美酒佳肴의 백배, 천배에 해당하는 것을 얻은 것과 같은 기쁨을 품고 돌아가는 것이라고 느꼈다. 이른바 위광이라고 해야 할지, 인간계에 흔치 않은 사람에게 자연스럽게 따라오는 덕망이라고 해야 할지, 어쨌든 본능사 대문에서 기와지붕까지 신기할 정도로 반짝이는 인기의 오색 기운이 드리워져 있는 것만은 사실이었다. 그곳에서 일어나 밤안개에 비쳐 하늘로 퍼지는 빛은 오줌골목의 초라한 마을에서도 올려다볼 수 있을 정도였다.

그리고 지난 이삼 일 동안 방문한 사람 중에는 교토의 이름 높은 귀족이 망라되었다고 해도 과언이 아니었다. 기쿠테이 하루스에菊亭晴季를 비롯하여 도쿠다이지德大寺, 아스카이飛鳥井, 다카쓰카사鷹司 등의 벼슬아치들이 찾아왔고, 구조九條, 이치조一條, 니조에 있는 집안에서도 찾아왔으며, 오늘 1일 오후에는 고노에 사키히사近衛前久 부처가 함께 찾아오기도 했다. 이들은 상당히 오랜 시간 머물다 돌아갔는데 그사이에도 성호원聖護院(쇼고인)의 주지, 각 산의 승려, 교토 내의 부호와 여러 직종의 이름 있는 사람들이 개인적으로 오기도 하고 공인 자격으로 오기도 했다.

"숙부님, 여기서 잠시 기다리시지요. 누군가 또 문으로 들어갈 모양입니다."

"슌초켄春長軒 나리인 것 같구나. 수행원들을 보니 그런 것 같다."

두 사람은 발걸음을 멈췄다. 그들은 조금 전 해자 옆 모퉁이에서 수많은 구경꾼 속에 섞여 있다가, 오줌골목 아이들과 바테렌들이 떠나자 다시 천천히 해자를 따라 대문 쪽으로 걸어가는 중이었다.

대문 앞에는 쇼시다이인 무라이 나가토노카미村井長門守(슌초켄)가 수행원들을 데리고 서 있었다. 마침 안에서 나오는 귀인의 가마를 위해 길을 비켜준 모양이었다. 잠시 뒤, 가마의 행렬에 뒤이어 훌륭한 무사 차림의 사내가 두어 필의 말을 끌고 나왔다. 무사들은 나가토노카미의 얼굴을 보자 말의 고삐를 한손에 쥐고 인사를 한 뒤 지나갔다.

그 뒤 나가토노카미의 모습은 문 안쪽으로 사라졌다. 멀리서 그 모습을 지켜본 두 사람도 다시 천천히 그곳으로 향했다. 물론 문의 경비는 매우 삼엄했다. 출입하는 사람들의 모습에서는 볼 수 없는, 마치 전시 상황에서나 볼 수 있는 눈빛이 창이나 칼과 함께 번뜩이고 있었다. 위병들 모두 갑주를 걸치고 있었으며, 수상하다 싶으면 바로 커다란 소리로 검문을 시작했다.

"멈춰라! 어디로 가는 거냐?"

두 사람도 이런 검문을 받았다. 나이 많은 노인이 공손히 머리를 숙이며 먼저 대답했다.

"하카타博多의 소시쓰宗室입니다."

뒤이어 젊은이도 노인을 따라 대답했다.

"하카타의 소탄이라고 합니다."

위병들은 이름만으로는 누군지 모르겠다는 표정을 지었으나, 안쪽 초소 앞에서 조장이 다가와 '어서 드십시오'라고 말하며 웃는 얼굴로 통행을 허락했다.

밤의 담소

건축의 중심은 앞쪽의 불당이었으나, 사람들의 중심은 노부나가가 앉아 있는 곳이었다. 본당의 본존을 모신 곳 옆에 있는 다리 모양의 복도를 건너, 다시 넓은 복도를 따라 묵화의 방, 금벽의 방 등 몇 개나 되는 방들을 지나지 않으면 그의 목소리를 들을 수 없었다.

노부나가의 목소리가 들리는 곳 바깥 정원에는 샘물이 졸졸 흐르고 있었으며, 맞은편 몇몇 건물에서는 때때로 여자들의 교태 섞인 웃음소리가 바람에 실려왔다. 그런 소리는 방문객들의 귀에도 편안하게 들릴 뿐 아니라 준엄하기로 유명한 주인에게도 다소 친밀감을 갖게 했다.

"그런가? 내일 아침이면 스미요시住吉의 항구를 떠난단 말이로군. 노련한 고로사伍朗左가 보좌한다고? 모든 면에서 안심하고 있다고 고로사에게도 전해주기 바라네. 노부타카信孝에게도 말하고. 곧 주고쿠에서 만나게 될 게야. 나도 머지않아 내려갈 테니."

노부나가의 말에 무사는 머리를 방바닥에 붙인 채 올려다보지도 못했다. 그는 지금 막 이곳으로 노부나가의 셋째 아들인 노부타카와 니와 나가히데의 편지를 가져온 오사카의 사자였다.

사자는 간베 노부타카神戸信孝, 니와 고로사에몬, 쓰다 노부스미津田信

澄 등의 일군이 모든 준비를 갖추고 이튿날 아침 병선으로 스미요시에서 아와阿波로 건너갈 예정이라고 보고했다. 그리고 며칠 전 오사카를 떠나 사카이로 들어간 뒤 여행 중인 도쿠가와 이에야스의 상황을 함께 보고했다.

"그럼 물러가도록 하겠습니다."

사자는 노부나가와 노부나가 앞에 마주 앉아 있는 오다 가의 적자嫡子 노부타다를 향해 예를 표했고, 무릎의 방향을 조금 바꿔 한 단 낮은 곳에 있는 쇼시다이 무라이 나가토노카미에게도 인사를 하고 물러났다.

노부나가가 갑자기 깨달았다는 듯 어두워져가는 주변을 둘러보며 시동에게 말했다.

"저물었구나, 서쪽 창의 발을 올려라."

그리고 노부타다에게 물었다.

"네 숙소도 덥냐?"

노부타다는 아버지보다 조금 먼저 교토로 들어와 니조 성 옆에 있는 묘각사를 숙소로 삼고 있었다. 그는 아버지가 교토로 들어온 날 저녁에도, 어제도, 오늘도 이곳에 머물고 있었기에 조금 피곤한 상태였다. 그래서 그만 물러날까 했는데, 노부나가의 말에 더 있을 수밖에 없었다.

"오늘 밤에는 둘이서 조용히 차라도 마시자. 어제와 그제 이틀 동안은 밤늦게까지 손님이 있었다. 너무 여유 없는 생활은 정신에 빈곤을 가져다준다. 놀다 가거라, 재미있는 사람을 만나게 해줄 테니."

노부나가의 말에 노부타다는 싫다는 말도 못하고 기다려야 했다. 하지만 아들로서 솔직한 심정을 털어놓으면 노부타다는 "저는 당년 스물여섯 살, 아직 아버지처럼 차를 이해하지는 못합니다. 특히 이러한 전국 시대에 한가로이 시간을 내서 유유히 풍류만 즐기는 다인茶人을 극히 혐오합니다. 누군지는 몰라도 다인이라면 만나봐야 별로 반갑지 않습니다. 솔직히 말씀드리면 무사로서 동생 노부타카에게 뒤지지 않도록 한시라도 빨리 주고쿠의 전장으로 나가고 싶은 마음이 앞설 뿐입니다"라고 말하고 싶었을 것이다.

나가토노카미도 오늘은 쇼시다이로서가 아니라 슌초켄이라는 일개 지인으로 노부나가에게 부름을 받았지만 역시나 군신 관계라는 긴장감과 직무를 벗어나지 못하다 보니 좌담을 나누는 동안에도 어딘가 어색하기만 했다. 이러한 어색함은 노부나가가 싫어하는 것 중에 하나였다. 병마를 부리고 다망한 정무를 보고 많은 문객을 만나고 온갖 공인적 규범을 지키느라 잠잘 시간도 없이 바쁜 일상에서 잠시 벗어나 한숨 돌리는 사이 미쓰히데처럼 정중한 태도를 취하는 사람을 만나면 참을 수 없는 기분이 드는 모양이었다. 노부나가의 머릿속에는 문득 히데요시가 떠올랐다. 노부나가는 거리낌이 없는 히데요시가 그리워지기까지 했다.

"나가토."

"네."

"아들은 어디 있는가? 오지 않았는가?"

"데려오기는 했습니다만 여러 가지로 부족한 몸, 일부러 들어오지 못하게 했습니다."

"쓸데없는 짓을 했구먼."

노부나가가 오늘 밤에 아들을 데려오라고 한 것은 마음 편하게 이야기를 나누기 위해서였다. 군신의 접견이 아니었던 것이다. 그렇다 해도 노부나가는 굳이 아들을 부르라는 말을 하지 않았다.

"그런데 하카타의 손님들은 어떻게 된 게지?"

노부나가는 노부타다와 나가토를 자리에 남겨둔 채 일어나 안쪽 방으로 들어갔다.

　시동들의 방에서 보마루坊丸의 목소리가 들려왔다. 형인 란마루로부터 잔소리를 듣고 있는 모양이었다. 란마루 형제 셋은 모두 시동으로 있었다. 그것이 곧잘 형제 사이에 싸움의 원인이 되기도 했다. 노부나가는 새삼스럽게 '모리 산자에몬의 아들들도 모두 성인이 되었구나'라고 생각했다. 요즘 란마루가 아버지의 영지였던, 지금은 아케치의 영지인 사카모토 네 개 군을 차지하고 싶어 한다는 풍문이 얼핏얼핏 들려오고 있었다. 지금 이 순간에도 노부나가는 당치도 않은 일이라고 생각하고 있었다. 하지만 세상의 오해를 풀기 위해서라도, 또 자신을 위해서라도 언제까지고 어린 시동으로 곁에 두는 것은 좋지 않다고 반성하기도 했다.

　"정원으로 나가시겠습니까?"

　마루에 서 있는 노부나가를 본 란마루가 바로 시동들의 방에서 달려 나와 섬돌에 신을 가지런히 놓으며 말했다. 이렇듯 기지가 있고 싹싹하다 보니, 노부나가는 란마루를 벌써 십여 년이나 옆에 두고 부리고 있었다. 노부나가가 란마루를 바라보며 말했다.

　"아니, 정원에 나가려는 게 아니다. 그냥 두어라. 오늘은 꽤 덥더구나."

　"햇살이 정말 따가웠습니다."

　"마구간의 말들은 모두 건강하냐?"

　"말들도 조금 지친 듯합니다."

　"그렇겠지. 촉의 유비처럼 노부나가의 허벅지에도 살이 붙었으니."

　노부나가는 문득 주고쿠의 하늘이라도 생각하는지 저녁별을 올려다보며 깊은 눈을 반짝였다. 란마루는 별 생각 없이 그런 노부나가의 옆얼굴을 언제까지고 가만히 올려다보았다.

어느새 노부타다가 다가와 뒤쪽에 서 있었으나, 노부나가는 그런 사실도 잊은 채 마치 이번 생의 작별이라도 되는 양 저녁별을 바라보았다.

만약 그의 영적 능력이 좀 더 발휘되었다면, 왠지 소름이 돋을 만한 신비스러운 느낌을 더 의식했을 것이다. 나중에 헤아려보니 바로 그 무렵, 아케치 미쓰히데 군은 시누무라 하치만을 출발하여 노이노 언덕 기슭 부근에 와 있었다.

큰 부엌에서 뿜어져 나오는 저녁연기가 절 안에 자욱이 내려앉기 시작했다. 음식을 하고 밥을 짓는 일부터 목욕물을 데우는 것까지 장작을 때어 해결하고 있었다. 이 시각이면 이곳뿐 아니라 교토의 안팎에서 밥 짓는 연기가 피어올랐다. 이를 히가시 산에서 내려다보면 가히 장관이었다.

노부나가는 욕실에서 몸에 물을 끼얹고 있었다. 그곳은 지붕이 있는 증기욕실로, 땀을 내고 나온 뒤에 물을 뿌릴 수 있었다. 몸을 씻는 곳은 열 평 정도로 넓었으며, 높은 곳에 있는 창문의 대나무 살 사이로 박 덩굴이 하얀 꽃을 한 송이 내보이고 있었다.

시동들은 욕실의 방 두 칸에서 대기하고 있었다. 노부나가는 그곳에서 의복부터 머리까지 상쾌하게 새로 단장하고 다리 모양의 복도를 건너왔다. 순간 복도 밑에서 개처럼 뛰어나와 저녁 어둠이 깔린 정원에 무릎을 꿇고 앉은 사람이 있었다. 그 사람의 얼굴이 저녁 어둠보다 검어서 이만 하얗게 보였다.

"누구냐?"

노부나가는 자신도 모르게 발걸음을 멈췄다. 그러자 시동이 뒤에서 웃으며 대답했다.

"검둥이 하인입니다."

"그 검둥이 하인 말이냐. 저 검둥이에게는 나도 가끔 놀라는구나."

노부나가가 쓴웃음을 지으며 말했다.

육 개월 전쯤, 새로 일본에 온 바테렌 일행이 남쪽에서 데려온 흑인 노예를 아즈치에 헌상했다. 사람이 사람을 헌상하다니 참으로 진기한 일이었다. 노부나가는 당시 좌우의 사람들에게 만약 자신이 흑인국의 왕이었다면, 설령 아무리 가난한 집의 아이라 할지라도 외국에 건네는 선물로 자기 백성을 주지는 않을 것이라고 말했다. 하지만 젊은 흑인이 꽤나 애교 있는 사람으로 보였기에 하인으로 두고 외출할 때면 그 남만의 갓에 모직물로 지은 하오리羽織211를 입혀 데리고 다녔다.

란마루가 와서 알렸다.

"하카타의 소시쓰 님과 소탄 님 두 분이 나리를 뵙기 위해 다실 쪽에서 기다리고 계십니다."

"벌써 왔느냐?"

"날이 저물기 전부터 오셔서 다실과 노지露地의 청소는 물론 마루의 걸레질까지 사람들의 손을 빌리지 않고 두 분이서 직접 하셨습니다. 소시쓰 님께서는 물을 뿌리고 꽃을 꽂으시고, 소탄 님께서는 친히 부엌으로 가셔서 나리께 올릴 상에 대해 지도를 하시는 등 옆에서 보기에도 이만저만 마음을 쓰시는 게 아니었습니다."

"왜 미리 알리지 않았느냐?"

"그게, 두 분께서 '자리는 나리의 숙소라 할지라도 초대는 우리가 하기로 되어 있으니 주인으로서의 준비가 끝날 때까지는 말씀을 올리지 마시게'라고 하셨기에 일부러 말씀드리지 않았습니다."

"또 뭔가 운치를 더할 모양이로구나. 노부타다에게도 알렸느냐? 나가토에게도?"

"지금 말씀드리러 가겠습니다."

---

211 일본 옷 위에 입는 짧은 겉옷.

란마루가 떠나자 노부나가는 한 방에 들어갔다가 그 걸음을 곧바로 한 승방에 있는 다실 쪽으로 옮겼다.

특별히 다실처럼 보이는 건물은 없었다. 자리는 서원이었으며, 병풍을 둘러 조그만 공간을 만들었다.

손님은 노부나가, 노부타다, 무라이 슌초켄 부자였다. 촛불은 환하게 밝혀 있었고, 병풍 안은 사람이 없는 듯 조용했다. 하지만 다도가 끝나고 넓은 방으로 자리를 옮기자 손님도 없고 주인도 없을 정도로 이야기가 한없이 무르익어 밤이 깊어가는 것조차 잊은 듯했다. 그 순간만큼은 차의 '법도'도 '삼가야 할 말'도 없었다. 손님과 주인 모두 편안한 마음으로 허물없이 대하다 보니 자연스럽게 여러 가지 이야기가 나왔다.

평소 노부나가는 먹음새가 좋았다. 다실에서 대충 배를 채웠을 텐데 자리를 옮기고 나서도 자기 앞에 있는 나무 접시와 굽 달린 그릇을 거의 비운 상태였다. 특히 홍옥을 녹인 듯한 포도주를 즐겨 마셨으며, 때때로 과자 그릇에 담긴 남만 과자를 집어 먹으며 이야기를 했다.

"소시쓰를 안내자로 삼아 한번쯤은 소탄을 데리고 남쪽을 꼭 돌아보고 싶소. 소시쓰는 틀림없이 몇 번이나 돌아본 적이 있겠지?"

"그게, 이 나이가 되도록 아직 한 번도."

"없단 말인가?"

"생각은 있습니다만 나서질 못했습니다."

"소탄은 젊고 건강한 듯 보이는데, 자네는 가본 적이 있는가?"

"저도 아직 가보지 못했습니다."

"둘 모두 아직 남쪽을 모른단 말이오?"

"네. 저희 배의 뱃사람들이나 상점에서 일하는 자들은 끊임없이 왕래하고 있습니다만."

"그래서는 장사하는 보람이 없지 않은가? 나는 가고 싶어도 아직 일본을 벗어날 수 있을 만한 날을 얻지 못해 어쩔 수 없지만, 자네들은 배도 있고, 그곳에 상점도 있는데 어찌 가지 않는 겐가?"

"천하를 다스리는 일과는 비할 수 없겠지만, 이래저래 집안일 때문에 일 년, 이 년씩 나라를 떠날 수 없었습니다. 곧 천하의 일이 일단락 지어지면 소탄과 제가 우후 님을 안내해서 한 바퀴 둘러보시게 하겠습니다."

"꼭 가기로 하세. 숙원 중 하나로 남겨두겠네. 그런데 소시쓰, 그날까지 자네 살아 있겠는가?"

노부나가가 시동에게 포도주를 따르게 하며 노인인 그를 놀리자, 소시쓰도 지지 않고 말했다.

"그러니 모쪼록 제가 살아 있는 동안에 나리의 통업을 하루라도 빨리 천하에 분명하게 보여주시기 바랍니다. 그 일이 너무 늦어지면 저도 끝내 기다리지 못하고 떠날 수 있습니다."

노부나가가 '얼마 남지 않았어'라고 말하는 듯 웃어 보였다. 소시쓰로부터 역습을 당한 형국이었으나 이처럼 허심탄회하게 하는 이야기는 때때로 노부나가를 매우 유쾌하게 했다. 그 외에도 소시쓰는 좌담 중에 노부나가의 숙장이라 할지라도 감히 하지 못할 과감한 직언이나 넌지시 에둘러서 하는 말을 아무렇지도 않게 했다. 아직 젊은 나이인 소탄도 꽤나 신랄한 말들을 했다. 그럴 때면 아들 노부타다와 쇼시다이 무라이 슌초켄은 마음이 조마조마해 '저런 말씀을 올려도 괜찮은 건가' 하며 노부나가의 안색을 살폈다.

이쯤해서 하카타의 평민이라는 소시쓰와 소탄 두 사람이 대체 어떻게 노부나가의 믿음과 총애를 얻은 것인지 주의 깊게 살펴보지 않을 수 없었다. 단지 다인으로서, 차를 마시는 벗이기에 노부나가가 그들과 허물없이 지내는 것이라고는 여겨지지 않았다.

남방

　물론 노부나가는 잘 알고 있는 듯했으나, 그들을 아즈치에서 우연히 마주쳤거나 소문으로 들었거나 다실에서 만난 정도의 사람들은 이 두 사람이 대체 어떤 이유로 여러 제후들 이상으로 노부나가의 총애와 신용을 얻고 있는지 그 내력과 본질을 이해하지 못했다.

　'오늘 밤에는 재미있는 사람을 만나게 해주겠다.'

　미리 언질을 받았던 노부타다조차 때로는 전혀 재미없다는 듯한 표정을 지어 보였다. 단, 노부나가와 그들 사이에서 일단 남방에 대한 이야기가 무르익으면, 노부타다도 흥미를 느꼈다. 모든 것이 새롭게 들리는 이야기는 그의 젊은 꿈과 큰 뜻을 자극했다.

　깊이 이해하느냐 못하느냐를 떠나서 남쪽은 지금 지식인들의 관심거리 중 하나였다. 눈을 뜨기 시작한 덴쇼天正[212]의 문화는 일본성으로 급격하게 유입된 외국 문화에 자극을 받고 있었다. 총포 도래 이후 보인 눈부신 사회 변화도 바로 그것에 영향을 받은 것이었다. 포르투갈, 이스파니아 등에서 잇따라 들어온 수많은 바테렌이 그 매개자였다.

　대부분 사람들이 바테렌들에 의해 남방의 지식을 얻었으나 오늘 밤

---

212 일본의 연호. 1573~1592년.

이곳에 있는 시마이 소시쓰島井宗室와 같은 사람들은 그들로부터 시사를 얻어 지금의 가업을 일으킨 게 아니었다. 가미야 소탄神谷宗湛의 아버지인 쇼사쿠紹策는 이미 덴분 초년(1532년)부터 조선에도 건너간 적이 있었으며 중국으로 가서 아모이廈門[213], 캄보디아 등과도 교역을 했다. 그 이전에는 광산사鑛山師가 가업이라 오로지 이와미石見에서 은만을 채굴했으나 이왕 부를 캐려면 외국의 무한한 천지에서 캐야 한다며 무역으로 전업한 것이었다.

"바다를 건너야 해. 물건은 남방에 있어."

쇼사쿠에게 거듭 이야기를 들려준 사람은 나중에 서방에서 온 바테렌들이 아니라 지리상 당연히 규슈 하카타의 한쪽 끝자락을 근거지로 삼고 있는 왜구 무리들이었다. 그리고 지금은 소탄이 아버지의 유업을 물려받아 루손, 시암[214], 캄보디아의 곳곳에 지점까지 두고 있었다. 그는 중국 남부의 황로黃櫨 열매를 들여와 초를 만드는 법을 개발해서 밤의 등화를 더욱 밝게 했으며, 외국의 야금술冶金術을 들여와 개량을 해서 이른바 남만철 제련을 할 수 있게 했다. 하지만 그는 사람들이 그 공을 치하하면 오히려 부끄럽다는 듯 언제나 자신을 낮췄다.

"그런 작은 일 가지고는 칭찬을 들을 만한 자격이 없습니다."

시마이 소시쓰 역시 해외무역을 업으로 삼고 있는 사람으로서 소탄의 친척이었다. 규슈의 여러 다이묘大名[215] 가운데 이 집안에서 돈을 빌려 쓰지 않은 사람이 없을 정도였다. 항구에는 십여 척의 커다란 배와 수백 척의 조그만 배가 있었으며, 집에서는 언제나 수많은 무사와 뱃사람인지 상인인지 잘 분간이 가지 않는 사내들이 있었다. 그들은 오

---

213 중국 샤먼의 옛 이름.
214 타이의 옛 이름.
215 넓은 영지를 가진 무사.

래전에 해적의 깃발을 내렸지만 바다를 평야처럼 볼 정도로 대담하고 작은 일에 연연하지 않았다. 반짝이는 눈을 끊임없이 바다 너머로 향하며 남아의 업은 그곳에 있다고 여기는 기질만은 지금도 여전히 변하지 않았다.

어쨌든 시마이 소시쓰도, 가미야 소탄도 이곳에서는 일개 다인에 지나지 않았지만, 규슈의 집에서는 그런 사업을 하고 있는 사람들이었다. 무릇 오로지 무문에만 인물이 있는 게 아니라, 덴쇼라는 지금의 시대를 둘러보면 평민 중에도 인물이 있었다. 무문에 노부나가, 히데요시, 이에야스가 있다면 저잣거리에는 평민 노부나가, 평민 히데요시, 평민 이에야스가 있었다. 그것도 규슈의 하카타뿐 아니라 사카이에는 이른바 사카이 상인이라는 말이 있을 정도로, 덴노지야 소큐天王寺屋宗及, 센소에키千宗易, 마쓰이 유칸松井友閑 등 당대의 무장과 견주어도 인물과 식견이 결코 뒤지지 않는 걸물이 얼마든지 있었다.

그 지세 때문에 하카타 사람들은 진취적인 기개와 바다를 두려워하지 않는 호기가 뛰어났으며, 사카이 사람들은 경영의 재주와 문화가 풍부하고 또 그것을 정치와 연결 짓는 재주가 뛰어났다.

무역가, 또는 정상政商이라고 할 수 있는 평민들을 노부나가는 표면적으로 다도를 통해 만나고 있었다. 그리고 노부나가는 그들에게 전국 시대의 경제부터 문화 정책, 대외의 여러 문제까지, 예를 들면 바테렌에 대한 대책, 혹은 장래의 해외 웅비에 대한 포부 등을 자문하고 있었다. 노부나가의 해외 관련 지식은 대부분 그들과 차를 마시며 배운 것이라고 해도 과언이 아니었다. 지금도 노부나가가 이야기에 정신이 팔려, 자꾸 손을 뻗어 남만 과자를 몇 개고 먹는 것을 보고 시마이 소시쓰가 주의를 주었다.

"거기에는 설탕이라는 것이 들어 있으니 주무시기 전에는 너무 많이 드시지 마십시오."

그러자 노부나가가 물었다.

"설탕은 몸에 좋지 않은가?"

소시쓰가 대답했다.

"독은 되어도 약은 되지 않을 겁니다. 무릇 남만의 물건은 농후하고, 일본의 물건은 담박합니다. 과자만 해도 곶감이나 떡의 단맛으로 충분히 만족을 느꼈던 혀가 일단 설탕에 익숙해지면 일본의 것으로는 만족할 줄 모르게 됩니다."

"규슈에는 설탕이 이미 많이 들어와 있는가?"

"그렇게 많이 들여오지는 않습니다. 자카르타 설탕 한 근을 황금 한 조각과 바꾸니, 너무나도 수지가 맞지 않습니다. 조만간 사탕수수를 배로 싣고 와서 따뜻한 지방에 이식해볼까 생각하고 있습니다만, 담배와 마찬가지로 이것 역시 국내에 보급해도 좋을지 어떨지 생각해볼 문제입니다."

"자네답지 않구먼."

노부나가가 한바탕 웃었다.

"너무 외곬으로만 생각하지 말게. 좋은 것과 나쁜 것 일괄해서 배에 싣고 오는 것이 문화의 특질일세. 낮은 곳으로 물이 흐르듯. 당분간은 서양, 남양으로부터 여러 가지 잡다한 것들이 거침없이 들어올 게야. 그것들이 동쪽으로 흘러 들어오는 기세는 막을 수가 없어."

"그처럼 넓은 기상은 이해할 수 있습니다만, 그냥 거기에만 맡겨둬도 되는 것인지……. 그렇게 한다면 저희의 장사는 매우 흥할 것입니다만."

"되고말고. 새로운 문물은 거침없이 들여오는 게 좋네."

"네."

“대신 씹고 뱉도록 하게.”

“뱉으라니요?”

“잘 씹어서 좋은 것은 배 속으로 삼키고, 찌꺼기는 뱉어버리란 말일
세. 사민四民이 그것만 마음에 새기고 있다면 무엇을 들여와도 큰 탈은
없을 게야.”

“안 됩니다. 안 됩니다.”

소시쓰는 손을 저었다. 전적으로 반대인 모양이었다. 노부나가의 말
에 대해서, 그것도 국정의 방침에 대해서 그는 거침없이 사견을 이야
기했다.

“천하인의 커다란 마음으로는 마땅히 그래야 한다고 생각합니다만,
최근 아픈 마음을 달랠 길 없는 모습을 보았기에 갑자기 동의할 수 없
습니다.”

“무엇을 보았는가?”

“이교의 만연입니다.”

“바테렌 문제인가? 소시쓰, 자네도 절의 부탁을 받은 겐가?”

“너무 얕잡아보시는 것 아닙니까? 대덕사大德寺(다이토쿠지) 등도 저
희의 소중한 고객입니다. 진심으로 나라를 걱정해서 드리는 말씀입니
다.”

소시쓰는 진지하게 국정에 관한 진언을 했다. 오늘 소탄과 함께 본
능사로 오는 길에 마른 해자에 떨어진 아이를 본 사실을 예로 들었다.
그에 대한 세 바테렌의 행동이 얼마나 순교적이고, 서민을 감동시켰는
지를 이야기한 뒤 다시 말을 이었다.

“겨우 십 년도 되지 않아서 오무라大村, 나가사키長崎는 물론 규슈, 시
코쿠四國 부근, 그리고 오사카, 교토, 사카이 등에 걸쳐 조상 대대로 내
려온 불단을 버리고 야소교에 귀의한 사람이 얼마나 많은지 모릅니다.

우후 님께서는 조금 전에 무엇이든 일본에 싣고 들어와서 씹은 뒤 뱉으면 된다고 말씀하셨으나 종문의 교리만은 그렇게 하지 못할 것입니다. 씹으면 씹을수록 영혼까지 이교의 풍습에 동화되어, 책형을 당하든 참수를 당하든 이교를 버리지는 않을 것입니다."

노부나가는 입을 다물어버리고 말았다. 문제가 너무 심각해서 한마디로 말할 수 없다는 표정이었다. 그는 히에이 산을 불태우고 네고로根來를 공격하여 일본 전통의 교단에 대해서는 예전의 헤이쇼코쿠平相國216조차 하지 못했던 폭행으로 습복慴伏시켜왔다. 흔히들 말하는 탄압 같은 느슨한 것이 아니었다. 불을 지르고 칼로 목숨을 빼앗아 그것으로 일단 처리가 된 듯 보였으나, 그 원한은 노부나가가 있는 지상에서 결코 사라지지 않을 것이라는 사실을 누구보다 그 자신이 잘 알고 있었다. 그에 반해 선교사에게는 남만사 건립을 허락하고, 포교를 공인하고, 때때로 향연에도 불렀다. 이를 다카노高野나 네고로의 승려들이 봤다면 틀림없이 그들은 '대체 어느 쪽을 이국인으로 보고 있는 거냐'며 큰 소리로 외쳤을 것이다.

---

216 헤이안 시대 말기의 무장. 다이라노 기요모리平清盛(1118~1181년)를 말함. 자신의 딸이 낳은 아이를 왕으로 세워 정치권을 장악했으나 귀족, 승려, 무사들의 반발에 부딪쳤다.

등불의 정, 바람의 마음

노부나가는 무슨 일이든 끝까지 설명하는 것을 싫어했다. 사람과 사람 사이의 직감을 존중하기보다 즐겼다.

"소탄."

노부나가가 시선을 돌려 새로운 상대에게 물었다.

"자네의 생각은 어떤가? 자네는 젊네. 나이 든 소시쓰와는 당연히 생각이 다르겠지?"

소탄은 신중한 표정으로 한동안 촛불을 바라보다 분명하게 대답했다.

"역시 우후 님의 말씀처럼 이교에 관해서도 씹다 뱉으면 되지 않을까 싶습니다. 아니, 지금 막 그렇게 깨달았습니다."

"바로 그거요."

노부나가는 지원군을 얻은 듯한 표정으로 시선을 소시쓰 쪽으로 돌리며 말했다.

"걱정할 것 없소. 크게 생각하도록 하게. 미치자네菅原道眞217 공이 화

---

217 845~903년. 헤이안 시대의 귀족, 학자, 시인, 정치가. 지금은 학문의 신으로 숭상받고 있다.

혼한재和魂漢才218를 주창하여 당시 사람들의 폐풍弊風과 견당사遣唐使 제도를 금한 적이 있었으나 당나라 풍습의 이입도, 서양 문물의 유입도 봄이 오면 봄바람이 불고 가을이 오면 가을바람이 부는 것처럼 우리나라 매화와 벚꽃의 색은 변하지 않을 걸세. 오히려 연못물에 비가 내리면 연못을 새롭게 한다네. 본능사의 해자로 해양을 측량하려 하기에 착오가 생기는 걸세. 안 그런가, 소시쓰?”

“예, 알겠습니다. 해자는 해자입니다.”

“바다 바깥은 바다 바깥일세.”

“나이를 먹더니 시마이 소시쓰도 어느 틈엔가 해자 안의 개구리가 되어버린 걸까요?”

“아니, 자네는 고래일세.”

“아니, 참으로 시야가 좁은 고래인 듯합니다.”

해자라는 말이 나와 문득 주위를 둘러보니 가람의 천장은 높고 밤이 깊어 멀리 해자에서 개구리 우는 소리가 들려왔다.

“누가 더운 물을 좀 가져오너라.”

뒤에서 졸고 있는 시동에게 명을 내리는 노부나가의 얼굴은 여전히 밤이 질리지도 않은 듯 생생해 보였다. 더는 먹지도 마시지도 않고, 이제는 밤에 나누는 이야기의 흥만이 있을 뿐이었다.

“아버지.”

노부타다가 무릎을 움직이며 말했다.

“밤이 꽤 깊었습니다. 저는 이만 물러나도록 하겠습니다.”

“조금 더 있어라, 조금 더 있어.”

평소와 달리 노부나가가 만류했다.

---

218 일본 고유의 정신과 중국의 학문이라는 뜻으로 양자의 융합을 말한다. 일본 고유의 정신으로 중국에서 건너온 학문을 활용하는 것의 중요성을 강조한 말.

"니조 아니냐? 밤이 깊었다고 해도 가까운 곳이다. 슈초켄은 바로 문 앞. 하카타의 손님들은 하카타로 돌아갈 수도 없을 테고."

"아니, 저는 이만."

시마이 소시쓰가 돌아가려는 듯한 모습을 보이며 말했다.

"내일 아침에 만나기로 약속한 자가 있어서."

"그럼 묵고 가는 것은 소탄 한 사람뿐인가?"

"저는 묵도록 하겠습니다. 다실의 뒷정리도 아직 남아 있으니."

"소탄이 묵는 건 노부나가를 위해서가 아니로군. 소중한 도구를 가져왔기에 그 도구를 지키기 위해 남는 거겠지."

"현명하신 성찰은 당할 수가 없습니다."

"솔직히도 말하는구나."

노부나가는 한바탕 웃고는 문득 뒤쪽으로 시선을 돌려 벽 사이에 걸린 그림 한 폭을 언제까지고 바라보았다.

"……과연 목계牧谿[219]로구나. 간만에 눈이 호강을 하는군. 노부타다도 잘 보아두어라. 이것이 그 유명한 목계의 원포귀범지도遠浦歸帆之圖다. 소탄은 샘이 날 정도로 귀한 그림을 가지고 있구나. 하나, 소탄 같은 사내가 이런 명화를 과연 감당할 수 있을지?"

소탄이 갑자기 큰 소리로 웃었다. 눈앞에 있는 노부나가도 보이지 않는다는 듯한 웃음이었다. 이것으로 그의 면모를 여실히 알 수 있었다.

"소탄, 왜 웃는 겐가?"

노부나가의 질문에 소탄이 주위 사람을 둘러보며 말했다.

"보십시오. 우후 님께서는 또 그 귀신같은 계략으로 제가 가지고 있는 목계의 그림 한 폭을 거두어들이려 하고 계십니다. '이 사내가 원포귀범 같은 그림을 감당할 수 있을까?'라고 하신 말씀은, 가만히 파란을

일으켜 적국을 교란시키려 하는 것과 다를 바 없습니다. 숙부님, 숙부님이 아끼시는 졸참나무 차통도 조심하시기 바랍니다.”

소탄은 여전히 웃음을 그치지 않았다.

그의 말은 틀린 말이 아니었다. 아까부터 노부나가는 그것들을 갈망하고 있었다. 하지만 시마이 가의 졸참나무 차통도, 가미야 가에 전해 내려오는 목계의 원포귀범도 모두 하카타의 명물인 만큼 무턱대고 달라고 말을 꺼낼 수 없었던 것이다. 그런데 지금 주인인 소탄이 먼저 그 이야기를 꺼냈다는 것은 ‘그렇게 원하시면 진상할 수도 있습니다’라고 약속한 것이나 다를 바 없었다. 방약무인할 정도로 사람을 앞에 두고 웃어놓고 그 사람이 원하는 물건을 주지 않는다는 것은 정리情理상 있을 수 없는 일이기 때문이다.

“하하하하, 이거 소탄도 허투루 볼 수 없겠군. 내 나이쯤 되면 마침내 원포귀범의 주인에 걸맞은 다인이 될 수 있을 게야. 그때까지는 아즈치에 맡겨두도록 하게.”

노부나가도 농담 속에 진심을 담아 말했다.

“이것을 어디에 두는 것이 옳을지, 며칠 뒤 사카이의 소에키 님, 소큐 님과 만나 함께 깊이 논의하겠습니다. 원래대로 하면 필자인 목계에게 묻는 것이 가장 좋을 테지만요.”

노부나가의 기분은 더욱 좋아졌다. 그 뒤 더운 물만 마시면서도 시신이 초의 심지를 여러 차례 잘라낼 정도로 시간 가는 줄 몰라 했다.

여름밤이라 가람의 덧문과 방문이 모두 열려 있었다. 그 때문인지 등화의 불빛은 끊임없이 흔들렸으며, 밤안개가 희미하게 깔린 탓에 목계의 원포귀범에까지 물기가 배어날 것처럼 습도가 높았다. 만약 누군가 등화로 점을 칠 줄 아는 사람이 보았다면, 밤안개와 등불의 명암 속에서 이미 어떤 흉조가 있음을 점쳐냈을지도 모를 일이다.

그때 절의 문을 두드리는 소리가 났다. 이윽고 신하 한 명이 주고쿠 전장에서 지금 막 전령이 도착했다는 소식을 전했다. 그것을 계기로 노부타다가 자리에서 일어났으며, 소시쓰도 인사를 하고 일어섰다.

"……돌아가려는가?"

노부나가도 함께 자리에서 일어나 다리 모양의 복도 건너편까지 발걸음을 옮겼다.

"편안히 주무십시오."

노부타다는 다리 모양의 복도에서 다시 한 번 아버지의 모습을 돌아보았다. 무라이 슈초켄 부자는 그 옆에 등롱을 들고 서 있었다. 물론 어떤 예감이 있었던 것은 아니었으나 부자가 이번 생의 영원한 작별을 안타까워하기에 등롱이 잠시 밤바람에 불타고 있는 것처럼 보였다.

십여 개의 본능사 당사와 가람은 먹물처럼 고요히 잠들었고, 밤은 자시(오전 1시)를 지나고 있었다.

아홉 개의 깃발

오이노 고개부터는 야마시로노쿠니山城國였다. 단바 쪽에서 정상에 올라 오른쪽으로 돌아들면 야마사키 덴진바바山崎天神馬場에서부터 셋쓰攝津 가도를 따라 빗추 국으로 들어갈 수 있었다. 왼쪽으로 내려가면 구쓰카케沓掛, 가쓰라桂 강을 건너 그대로 교토로 들어갈 수 있었다.

미쓰히데는 그곳에 서 있었다. 바로 그 정상이었다. 마치 그의 인생처럼 여기까지 올라왔다. 길은 두 줄기였다. 그의 앞에는 어느 쪽으로도 선택할 수 있는 두 길이 갈라져 있었다. 하지만 한눈에 들어오는 야경은 더 이상 그에게 아무런 반성도 요구하지 못하고 있었다. 오히려 우주는 이 일개 인간에게 부여된 숙명으로, 내일부터 일어날 일대 변혁을 기약하기라도 하듯 조용히 별을 반짝이고 있었다.

"……."

쉬라는 명령을 내리지는 않았으나 미쓰히데가 말을 멈추고 안장 위에 앉아 한동안 움직이지 않고 하늘의 별을 가만히 바라보자 각 장수들의 갑주도, 뒤따르던 수많은 철갑의 그림자도, 깃발도, 마필의 그림자도 거뭇거뭇 멈춰 서서 땀을 닦고 짚신의 끈을 고쳐 매고 말의 고삐를 고쳐 쥐었다.

"졸졸 물소리가 들리는 걸 보니 근방에서 샘물이 솟는 모양인데."

일만 삼천 명이라는 대부대였기에 대열의 마지막 쪽은 아직 정상에서 먼 언덕길 도중에 발걸음을 멈추고 서 있었다. 각 조의 부장들은 당연히 가까이 있었으나, 중군의 장수들이나 미쓰히데의 모습은 몸을 뻗어 까치발을 해보아도 보이지 않았다. 그러다 보니 병사들은 명령도 없이 무엇 때문에 행군을 멈춘 것인지 알 길이 없었다.

"있다. ……물이 있어."

한 사람이 길을 따라 이어진 절벽 부근을 살펴보다 마침내 어둠 속 바위 아래서 조그만 샘물을 발견했다. 그러자 너도나도 그곳으로 다가가 대나무 물통에 맑은 물을 채웠다.

"이것으로 덴진바바까지 갈 수 있을 거야."

"식사는 야마사키에서 하겠지. 아니, 밤이 짧으니 해인사海印寺(가이인지) 부근에서 먹게 될지도 모르겠군."

"낮에는 말도 지칠 테니 가능한 한 밤과 아침에 길을 재촉하려는 게 아닐까?"

"주고쿠까지 그렇게 해주면 좋겠어."

병사들은 물론이고 무사들도, 각 조장 격인 부장 이외에는 아직 아무것도 모르고 있었다. 아직 전장까지 가려면 멀었다고만 생각했다. 조장의 귀에 들리지 않을 정도의 속삭임과 웃음소리가 그러한 여유를 나타내고 있었다. 그중에 한 명, 복통을 호소하는 병사가 있었다. 출발한 지 얼마나 됐다고 벌써부터 아프다니 어떻게 된 일이냐고 동료들이 타박하기도 하고 격려하기도 하자 그가 말했다.

"아니, 두 달 전부터 장이 좋지 않았는데 아직 다 낫지 않은 거야. 그래도 출진에 빠질 수 없다고 생각했기에 이를 악물고 나온 거야. 집에 돌아가서 나이 드신 부모님과 처자식들에게 공을 세운 이야기도 들려주고, 한 홉의 녹미祿米라도 더해 기쁘게 해주고 싶으니까."

앞쪽 대열이 움직이기 시작했다. 행군이 다시 시작된 것이다. 그 무렵부터 덮개를 벗긴 창을 든 부장들이 한층 더 커다란 발걸음으로 끊임없이 부대 옆쪽을 감시하며 전진했다. 왼쪽으로, 왼쪽으로. 그것도 묵묵히.

군마는 오이노 고개의 분수령에서 동쪽을 향해 내려갔다. 서쪽, 주고쿠로 이어진 길로 꺾어진 사람은 아무도 없었다.

'이상한데…….'

의심의 빛이 눈에서 눈으로 번졌다. 하지만 이상히 여기는 사람들 역시 그대로 뒤를 따랐다. 말단 병사들은 그저 펄럭이는 깃발만을 올려다보았다.

'저 깃발이 가는 길에 어긋남이 있을 리 없다.'

찰그락, 찰그락, 찰그락, 돌멩이를 차는 말발굽 때문에 언덕길은 경사가 더욱 급해져갔다. 계곡으로 돌이 떨어질 때마다 울림이 매우 컸다. 일만여의 대열은 이제 무엇에도 방해받지 않고 도도하게 흐르는 급류와도 같았다. 가속도 때문에 발은 점점 더 빨라졌다. 막아도 멈출 수 없고 멈추려 해도 막을 수 없어, 이제는 갈 데까지 가야만 했다.

땀인지 이슬인지, 갑옷 안의 옷은 금방 젖어버리고 말았다. 말도 사람도 그 숨결에 활활 타오르는 듯했다. 오에의 산간을 휘돌아 다시 내려가다 보니 졸졸 흐르는 소리가 들려오는 계류 맞은편으로 마쓰오 산의 중턱이 벽처럼 눈앞에 들어왔다.

"쉬어라."

"허리에 찬 식량을 풀어라."

"말에게도 풀을 먹여라."

"불을 피워서는 안 된다."

명령이 연달아 전달되었다.

이곳은 아직 산중턱에 있는 구쓰카케 마을이었다. 나무꾼과 숯 굽는 사람들의 오두막이 겨우 십여 호 있을 뿐이었다. 그럼에도 불구하고 중군의 경계는 매우 삼엄했으며, 기슭 쪽과 지나온 길 쪽에 곧 초계 부대가 배치되었다.

병사가 물을 뜨러 가는데 벼랑길에서 갑자기 목소리가 들려왔다.

"어디 가는 게냐?"

"물을 뜨러 계곡으로 내려갑니다."

"대오에서 벗어나서는 안 된다. 다른 자의 물통에서 받도록 해라."

병사들은 허리에 찼던 식량을 풀어 묵묵히 먹기 시작했는데 밥을 먹는 동안 여기저기서 서로 속삭이는 소리가 들려왔다.

"이런 산속에서 때아니게 배를 채우다니, 무엇 때문일까?"

병사들은 이상하게 생각했다. 이미 저녁에 시누무라 하치만을 떠나면서 밥을 먹었다.

"어째서 야마사키나 하시모토橋本에서 날이 밝을 무렵, 마을에 말을 묶으면 안 되는 걸까?"

병사들은 의문을 풀지 못한 채 지금도 여전히 주고쿠를 향해 가고 있다고만 생각했다. 주고쿠로 가는 길은 오이노 고개의 갈림길뿐 아니라, 이 구쓰카케에서도 오른쪽으로 꺾어지면 오하라노大原野를 지나 야마사키, 다카쓰키高槻로 나갈 수 있기 때문이다. 하지만 전군은 다시 그곳에서 출발하여 곁눈질 한번 하지 않고 곧장 쓰카하라塚原로 내려갔다.

가와시마川島 촌으로 나서자 눈앞에는 벌써 전군 대부분의 장병들이 참으로 생각하지도 못했던 가쓰라 강의 흐름이 사경四更(새벽 1~3시)의 하늘 아래 펼쳐져 있었다.

"아, 가쓰라 강이다."

"가쓰라 강?"

갑자기 병졸들이 수군거리기 시작했다. 당연히 여기로 도착하는 길을 걸어왔으면서도 어찌 된 영문인지 알 수 없다는 듯 눈을 둥그렇게 뜨고 한 줄기 시원한 바람에 부딪히자마자 전원 발걸음을 멈추었다.

"조용히 해!"

"서서 떠들지 마라. 함부로 입을 열지 말거라."

말 위에 앉은 장수들이 돌아다니며 동요하는 병사들을 향해 큰 소리로 외쳤다.

물에 반사된 빛에, 그리고 강바람에 물빛 도라지의 아홉 개 깃발이 기다란 깃대를 활 삼아 펄럭이고 있었다.

"겐에몬, 겐에몬."

말을 탄 한 장수가 손을 높이 들어 불렀다. 한 부대의 부장으로 우익의 끝 쪽에 있던 아마노 겐에몬이 말을 병사들 속에 남겨두고 달려갔다.

미쓰히데는 강가에 서 있었다. 형형한 막장들의 눈빛이 겐에몬에게도 쏟아졌다. 머리가 허옇게 센 사이토의 얼굴, 가면이 아닐까 여겨질 정도로 비장한 기운을 띠고 있는 사마노스케의 얼굴, 그리고 스와 히다노카미諏訪飛駄守, 미마키 산자에몬御牧三左衛門, 아라키 야마시로노카미荒木山城守, 시호덴 다지마노카미四方田但馬守, 무라카미 이즈미노카미, 미야케 시키부三宅式部, 그 외의 간부들의 수많은 갑주가 몇 겹으로 미쓰히데를 감싸고 있어 마치 철통을 만들어놓은 것만 같았다. 이 간부들만이 잠시 뒤 이 각(약 한 시간)도 지나지 않아 천하에 어떤 일이 일어날지 알고 있었다. 천하의 그 누구도 알지 못하는 지이地異와 난을 사전에 알고 있다는 사실이 얼마나 두려운 일인지, 이곳에 있는 인물들이라 할지라도 눈가와 몸, 그리고 말의 음색에서 드러날 수밖에 없었다.

"가까이 와라, 겐에몬."

미쓰히데가 겐에몬을 불러 말했다.

"머지않아 날이 밝을 것이다. 너는 한 부대를 이끌고 먼저 강을 건너라. 니시시치조西七條에서 호리堀 강으로 나가도록 해라. 네가 해야 할 일은, 아군 속에서 빠져나가 본능사에 일을 알리러 가는 자가 있을 시에는 그 자리에서 그를 베어버리는 일이다. 또 아직 미명이라 할지라도 일찍 일어난 나그네나 교토에 드나드는 장사치는 벌써 왕래를 하고 있을지 모른다. 그들을 잘 감시해야 한다. 이상이다. 바로 떠나도록 해라."

"알겠습니다."

"아, 잠시만……."

미쓰히데는 다시 불러 세워 말했다.

"역시 경계를 위해서 이미 호즈에서 산속의 샛길을 지나 기타사카北嵯峨로 내려가 지장원地藏院(지조인)부터 서진의 길을 대비하면서 가는 아군이 있다. 타다아키忠秋, 후지타 덴고, 나미카와 가몬 등의 부대다. 안개 때문에 서로를 치는 일이 있어서는 안 된다. 도라지 깃발 하나를 꽂아 옆으로 들고 가도록 해라."

미쓰히데의 명령은 치밀했고, 목소리는 날이 선 것처럼 날카로웠다. 고도로 활동하고 있는 그의 두뇌와 터지기 직전까지 긴장하고 있는 그의 혈관들만으로도 어떤 상태인지 짐작할 수 있었다.

일만여 명의 병사들은 아마노 겐에몬의 수하 수백 명이 텀벙텀벙 가쓰라 강을 걸어서 건너는 모습을 보며, 날이 밝기 직전 깃발에 부는 바람 아래서 더욱 커다란 불안감을 느꼈다.

미쓰히데는 말 위에서 주위를 둘러보았다. 각 장수들도 속속 말에 올라탔다. 잠시 쉴 때라도 바로 말에서 내려 갑주의 무게를 덜어주는 것은 말에 대한 무장의 배려이자, 전장을 앞에 둔 사람이 할 수 있는 대비이기도 했다.

"명심해야 할 것이 있다. 흘려듣고 실수하는 일이 없도록."

미쓰히데 옆에서 부장 한 사람이 손으로 입을 감싸고 두어 번 커다란 소리로 되풀이했다.

"말의 편자를 모두 떼어버려라."

첫 번째 주의 사항부터 높다랗게 울려 퍼졌다.

"알겠느냐. 말의 편자를 모두 떼어버려라. 보병들은 지금 바로 새 짚신으로 갈아 신어라. 산길에 풀어진 끈을 그대로 두어서는 안 된다. 끈은 조금 느슨하게 매고 단단히 묶어라. 물에 들어가도 발에 파고들지 않을 정도로."

그 장수는 모두가 잘 알아들을 수 있도록 커다란 목소리로 몇 번이고 되풀이했으며, 바람 속에서 목소리가 갈라질 정도로 외쳐댔다.

"화승총 부대는 화승을 일 척 오 촌 길이로 잘라두어라. 각 병사들에게 불을 나누어주고 불 끝을 다섯 개씩 거꾸로 들되 무슨 일이 있어도 실수를 해서는 안 된다. 식량 주머니, 신변의 물건, 아무리 작은 것이라도 손발이 움직이는 데 짐이 되는 것은 훗날을 생각하지 말고 모두 강속에 던져버려라. 오로지 무기 외에는 아무것도 들어서는 안 된다."

모든 전달이 끝났다.

전군의 얼굴에 놀라는 기색이 물결보다 더 뚜렷하게 움직였다. 그와 동시에 목소리인지, 몸을 움직이는 소리인지 알 수 없는 웅성거리는 소리가 들려왔다. 병사들은 오른쪽을 보고 왼쪽을 보았다. 사담이 금지되어 있었기에 그것은 얼굴과 얼굴로 주고받는, 말로 표현하기 어려운 소리 없는 소리였던 것이다.

하지만 어디를 둘러봐도 명령이 떨어지자마자 곧 행동으로 실행하고 있었다. 그것도 평소의 훈련보다 더 빠를 정도로 무척이나 신속하게 이루어졌다. 이러한 모습만 보면 장병들의 마음속에서 의심, 불안,

경악 등이 요동치고 있다고는 여겨지지 않았다.

말의 편자, 화승, 짚신의 끈, 차림새에 대한 준비까지 커다란 한 몸이 움직이듯 곧 마무리되었다. 그러자 사이토 구라노스케 토시미쓰가 백전노장다운 무사의 목소리로 다음과 같은 명령을 글을 읽듯 전했다.

"모두 기뻐하라. 오늘부터 우리의 주군이신 고레토 휴가노카미 님은 틀림없이 천하인이 되실 것이다. 꿈에도 의심하지 마라. 말단의 병사까지도 모두 기뻐하라!"

목소리는 그 자리에서부터 말단의 병사들이 있는 곳까지 뚜렷하게 들렸다. 죽은 사람처럼 모두가 숨을 멈추고 있었다. 하지만 이윽고 나타난 반응은 기쁨도, 환호도 아닌 우는 것과 같은 창백한 전율과 무언의 경직이었다.

구라노스케가 눈을 감고 한층 더, 자신까지도 격려하려는 듯 질타에 가까운 목소리로 말했다.

"오늘이 아니고는 다시 오지 않을 바로 그날이 밝아오고 있다. 모두 공을 세우도록 하라. 무사들에게는 특히 부탁을 하겠다. 만약 전장에서 쓰러진 자에게 형제, 자녀가 있다면 그 뒤를 잇게 하는 것은 물론, 형제, 자녀가 없는 자라 할지라도 연이 있는 자를 찾아내어 집안의 대를 이을 수 있도록 은상을 내리겠다. 물론 이는 공의 많고 적음에 따라 처분할 것이다."

마지막에 이르렀을 때 구라노스케의 어투는 현저하게 힘이 떨어졌다. 이는 원래 미쓰히데의 명령에 의한 포고였는데, 어딘가 자신의 마음에 들지 않은 부분이 있었던 게 아닐까 싶다.

"자, 건너라."

하늘은 아직 어두웠다. 가쓰라 강의 흐름은 순간 강을 건너는 병마의 둑에 가로막혀 대안까지 수많은 하얀 물줄기를 일으키며 거꾸로 소용돌이쳤다. 돌아보니 가쓰라 강에 남아 있는 병사는 한 명도 없었다. 전군이 젖은 짚신을 털며 몸을 떨었다. 몸이 젖은 사람은 있어도 화승을 적신 사람은 없었다.

무릎 부근까지 담갔던 맑은 물은 얼음보다도 차가웠다. 그사이에 장병들은 강을 건너기 전 부장과 노신으로부터 들은 말에 대해 각자 여러 가지를 생각했을 것이다.

'이건 도쿠가와 이에야스를 치려는 것이로군.'

병사들은 대부분 그렇게 판단했을 것이다. 막연히 '이 근방에서 쳐야 할 자는 도쿠가와 이에야스밖에 없다'고 생각하면서 한편으로는 '오늘부터 우리 나리가 천하인이 되신다는 건 또 무슨 뜻이지?' 하고 생각했다. 거기까지 생각했으면서도 노부나가의 이름은 적으로 떠오르지 않을 만큼 아케치 일가의 장병들은 도의와 인륜에 철저한 사람들이었다. 어찌 보면 에둘러서 말한 것이라고 할 수 있지만, 도의를 굳게 지켜온 완고하고 한결같은 기질은 장수보다는 조장, 조장보다는 소대장, 소대장보다는 말단의 병사일수록 더욱 강했다. 이를 단순하고 무지하기 때문이라고 보거나 욕심에 끌려 따르는 것이라고 단정하기에는 마음이 아플 정도로 많은 병사가 그러했다.

"아아, 날이 밝기 시작했다."

뇨이가타케如意ヶ嶽와 히가시 산의 중간쯤이었을 것이다. 한 덩이 구름 주변이 붉은빛으로 물들었다. 눈을 부릅뜨면 교토의 거리도 새벽어스름 밑으로 희미하게 보였다. 하지만 오이노 고개와 미쿠사三草의 단바 부근을 돌아보면 아직 선명한 별들을 볼 수 있었다.

"아, 시체다."

"여기도……."

"앗, 저기에도."

길은 벌써 교토의 니시시치조 초입에 가까웠다. 동쪽 절의 탑 아래
까지도, 곳곳의 초가지붕과 숲을 제외하면 오른쪽은 밭, 왼쪽은 푸른
논, 전면이 안개에 둘러싸인 경작지였다.

그 길 옆 소나무의 뿌리 부근과 길 중앙 등 곳곳에 시체가 쓰러져 있
었다. 모두 이 부근의 농민인 듯했다. 가지 꽃 속에 잠들어 있는 듯한
얼굴로 엎드려 소쿠리를 안은 채 단칼에 목숨을 잃은 젊은 아낙도 있
었다. 지금 막 피를 흘린 듯했다. 핏빛이 새벽안개보다 더 신선했다. 아
마도 본군에 앞서 달려 나간 아마노 겐에몬의 부대가 일찍 일어난 농
민들의 모습을 보고 가엾이 여기면서도 대사와는 바꿀 수 없기에 도망
가는 그들을 뒤쫓아 찔러 죽인 듯했다.

땅에서 선혈을 보고, 하늘에서 새빨갛게 물든 구름을 본 순간, 미쓰
히데는 손의 채찍을 갑자기 치켜들고 발걸이의 가죽이 끊어져라 안장
위에서 몸을 일으키며 외쳤다.

"본능사로 서둘러라. 본능사를 포위하라. 미쓰히데의 적은 시조 본능
사와 니조 묘각사 안에 있다. 가라! 서둘러라! 뒤처지는 자는 베겠다."

그것을 신호탄으로 물빛 도라지의 아홉 개 깃발은 세 개씩, 세 부대
로 나뉘어 시치조 입구를 돌파해 나카마치中町의 문들을 밟아 부수며
단번에 교토 안으로 밀고 들어갔다.

어지러운 북소리

그 무렵 아케치 군은 고조五條의 문, 시조와 산조三條의 문으로도 쇄도해 들어갔다.

아직 안개는 깊었으나 히가시 산 위쪽이 여명에 벌겋게 물들었을 때라 오가는 사람들을 위해 평소와 다름없이 각 문의 쪽문을 열어놓은 상태였다. 그 쪽문으로 말과 사람과 창과 조총이 서로를 밀치며 안으로 들어갔다. 깃발은 내린 채 지나가야 했다. 그 혼잡한 상황을 바라보던 부장이 말했다.

"밀지 마라, 서두르지 마라. 후속 부대는 잠시 쪽문 밖에서 기다려라."

우선은 억지로 병사들을 멈춰 세운 뒤 커다란 문의 빗장을 풀어 문을 활짝 열어젖혔다.

"자, 들어가라."

부장이 큰 목소리로 독려했다.

'본능사의 해자에 이르기까지 하무를 물어라. 절대 환성을 질러서는 안 된다. 깃발도 숨긴 채 가라. 말도 울게 해서는 안 된다'고 군령을 내렸으나 일단 문을 돌파하여 거리 안으로 몰려 들어가자 아케치 군은 이미 반쯤 광란 상태가 되고 말았다.

전방에서 와아 하고 이성을 잃은 듯 외치면 중간쯤에서 뒤따라 달려오던 무리도 와앗 하고 외쳤으며, 후방에서도 와앗 하고 호응했다. 그 함성의 소용돌이는 뭐라 표현할 길이 없는 병사들의 감정을 머금고 있었다. 성난 것 같은, 날뛰는 것 같은 함성 속에는 비통해서 우는 것만 같은 절규도 섞여 있었다.

거리는 아직 조용한 아침 안개에 휩싸여 잠들어 있었으며, 이곳에는 범해서는 안 될 성역이 있다는 것을 말단의 병사에 이르기까지 잘 알고 있었다. 어떤 필부, 천민이라 할지라도 도읍이라고 하면 관념 속에서 바로 대군大君이 계신 곳, 화려한 도시, 문화의 도시 등 온갖 의미의 평화와 전통에 대한 존경이 떠올랐다.

"가라, 본능사로!"

거역할 수 없는 주군의 명령에 따라, 또 무문 동지의 물러설 수 없는 기분에 떠밀려 일개 병사들은 각자 짓밟기 어려운 관념의 선을 눈을 질끈 감고 넘고 있었다. 와아 하는 목소리 속에 피가 섞인 듯한 목소리의 폭풍이 순간, 그들의 뇌리를 반미치광이 상태로 흥분케 한 것이었다.

"뭐야?"

"무슨 일이지?"

곳곳의 집에서 놀란 사람들이 문을 여는 소리가 들려왔으나 밖을 내다보고는 하나같이 목을 움츠리며 서둘러 문을 닫아버렸다.

시치조, 시조, 산조의 각 방면에서 본능사로 단번에 밀고 들어가는 몇몇 부대 가운데 본능사에 가장 먼저 접근한 것은 아케치 사마노스케 미쓰하루, 사이토 구라노스케 토시미쓰 등이 이끄는 부대였으며, 특히 그중에서도 토시미쓰의 부대는 상당히 전방에 자리하고 있었다.

"안개 낀 골목은 어둡다. 앞장서 나가려다 길을 잘못 들어서는 안 된다. 본능사의 숲은 쥐엄나무가 표식이다. 커다란 대나무 숲을 구름 사이로 보고 목표로 삼아라. 저것이다. 저것이 바로 본능사의 쥐엄나무다."

늙은 무사는 오늘 아침이 마지막임을 맹세하듯 말 위에서 하늘을 찌를 것처럼 손을 흔들며 병사들을 지휘했다.

아케치 미쓰타다가 이끌고 있는 군은 산조 쪽의 길로 밀고 들어가 안개처럼 네거리를 건너 니조의 묘각사를 향해 포위하는 형태를 만들며 다가가고 있었다. 그곳에서 묵고 있는 노부나가의 장남 노부타다를 본능사와 동시에 치기 위해서였다.

묘각사와 본능사와의 거리는 얼마 되지 않았다. 그 무렵 이미 새벽 어둠을 사이에 두고 본능사 쪽의 하늘에서는 말로 형용하기 어려운 소리가 들리기 시작했다. 잉잉 우는 나팔소리와 징과 북소리도 들렸다. 그것은 하늘을 흔들고 땅을 울릴 정도로 세상의 모습을 심상치 않게 만들었다. 그날 아침 교토 사람들은 잠결에 들려오는 소리에 놀라 일어나거나 집안사람의 커다란 목소리에 벌떡 일어나야만 했다.

궁궐의 각 문을 에워싼 공경들이 사는 조용한 저택 지역에서도 여러 가지 소리와 사람들의 목소리가 떠들썩하게 들려왔다. 그러한 소리와 요란하게 북을 울리는 군마 때문에 순간 교토의 하늘이 울리는 느낌이 들었다. 하지만 교토 사람들이 당혹해하는 것은 찰나에 불과했다. 당상의 저택이나 일반 민중의 집 들은 사태를 깨달은 직후 오히려 잠을 자고 있을 때보다 더 조용해졌다. 물론 거리를 돌아다니는 사람도 없었다.

밖은 여전히 지척에 있는 사람의 얼굴을 간신히 알아볼 수 있을 정도로 어두웠기 때문에 묘각사로 향하던 제2군은 다른 골목으로 우회해온 아군의 그림자를 적이라 의심하기도 하고, 부장이 '명령이 있을 때까지는 쏘지 마라'고 굳게 주의를 주었으나 네거리의 모퉁이에 도착했을 때 잔뜩 흥분한 병사가 안개 속으로 총을 마구 쏘아대기도 했다.

화약 냄새를 맡자 병사들의 마음은 공연스레 더욱 거칠어지고 혼란스러워졌다. 이러한 상태는 수차례 전장을 경험한 병사라 할지라도 자신의 목숨을 완전히 포기하기까지 반드시 한 번은 겪어야 할 기분이었다.

"앗, 저쪽에서 나팔과 징 소리가 들려온다. 시작되었다, 본능사 쪽은."

"시작했구나."

"시작했어."

그들은 자신들의 발이 땅에 붙어 있는지 어면지조차 알지 못했다. 달리면서도 여전히 그런 말이 누구의 입에서랄 것도 없이 나올 정도로 전면에 아무런 저항의 기운이 나타나지 않는 것에 온몸의 털이 곤두섰으며, 그 소름 돋은 얼굴과 손에 차가운 안개가 부딪쳐 감각조차 없어진 듯했다. 뭐라도 소리를 지르지 않고는 견딜 수 없었다.

그러다 보니 묘각사의 담을 보기 전부터 결국 와아 하고 함성을 지르고 말았다. 부대의 앞쪽에서도 갑자기 와아 하고 호응하며 다시 쇠북과 징을 빠른 박자로 울리기 시작했다.

미쓰히데는 제3군에 있었다. 그가 있는 곳을 본진이라고 해도 좋았다. 그 본진은 호리 강에 머물러 있었다. 미쓰히데는 일족인 주로사에몬타다아키十郎左衛門忠秋, 미마키 산자에몬, 아라키 야마시로노카미, 스와 히다노카미, 오쿠다 구나이奧田宮內 등에 둘러싸인 채 한시도 의자에 앉지 않았다. 그리고 온몸의 신경을 곤두세워 구름의 소리, 안개의 외침을 들으며, 끊임없이 니조 쪽 하늘을 바라보았다. 시시각각으로 아침 구름은 붉게 물들고 있었으나 아직은 불도 오르지 않았고 연기도 보이지 않았다.

한 국자의 물

노부나가는 문득 눈을 떴다. 특별한 자극이 있었던 것은 아니었다. 숙면을 취한 뒤 평소의 아침과 다를 바 없이 극히 자연스럽게 눈을 뜬 것이었다.

일찍 일어나는 것은 그의 습성이었다. 아무리 늦게 잠들어도 이른 아침에 눈을 뜨는 것은 젊었을 때부터 자연스럽게 몸에 밴 습관이었다. 그리고 그에게는 또 하나의 특유한 습성이 있었다. 눈을 뜬 순간, 아직 눈을 떴다고 분명하게 의식하기도 전, 물론 베개에서 머리도 들지 않은 순간부터, 그러니까 그것은 꿈에서 현실로 넘어오는 순간인데, 그의 머릿속에서는 실로 여러 가지 상념이 마치 전광석화처럼 오가는 것이었다.

대부분은 유년 시절부터 지금에 이르기까지의 온갖 체험과 현재의 생활을 반성하는 경우가 많았으나 장래에 대한 이상이나 내일에 대한 대비, 혹은 그날 해야 할 일 등을 비몽사몽간에 생각하곤 했다.

어쩌면 그것은 습성이라기보다 선천적인 것일지도 모른다. 유소년 시절부터 그는 이미 보기 드문 공상가였다. 하지만 어른이 되면서 가시밭길과도 같은 현실은 공상의 아들로 하여금 공상 속에서만 꿈을 꾸게 내버려두지 않았다. 현실은 곤란, 또 곤란을 부여해서 그에게 가시밭길을 헤쳐나가는 쾌감을 가르쳤다.

시험을 극복하고 나면 다시 시험이었던 성장기에 그는 마침내 주어진 어려움을 정복하는 데만 그치지 않고 스스로 고난 속으로 뛰어들었다. 그 고난을 뒤돌아봤을 때 유쾌한 인생을, 인생 최고의 기쁨이라 여기게 되었다. 그리고 이를 통해 얻은 자신감으로 가득 찬 신념은, 언제부턴가 세상 사람들의 상식을 훨씬 초월한 곳에서 사는 것 같은 마음가짐을 갖게 했다. 아즈치에 자리 잡은 이후부터 무릇 그의 한계에, 아니 아직 구상 중인 생각의 세계 속에도 불가능은 없었다. 그가 지금까지 이룬 업적은 하나같이 세상 사람들의 상식에서 벗어나 불가능을 가능하게 해온 것들뿐이었기 때문이다.

오늘 아침도 잠에서는 깨어났으나 아직 의식은 분명하지 않은, 혈관 속에는 여전히 어젯밤의 술기운이 그대로 남아 있는 것 같은 꿈과 현실의 경계에서, 그는 머릿속으로 남방의 섬들과 고려의 연해와 명국을 향해가는 커다란 배의 대열과 그 선루에 선 자신의 모습, 소큐와 소시쓰의 모습까지도 그려보았다. 아니, 한 사람 더, 거기에는 히데요시가 꼭 있어야 한다고 생각하기도 했다. 평생에 한 번은 반드시 실현하리라 다짐했던 날도 머지않은 듯한 기분이 들었다. 그의 마음속에는 이미 주고쿠와 규슈를 통일하는 일 따위를 평생의 업으로 삼기에는 부족하다는 생각이 있었던 것이다.

"……날이 밝았구나."

노부나가가 중얼거리며 침소에서 나왔다.

마루로 나서는 곳에 있는 묵직한 삼나무 문에는 교묘하게 고안된 장치가 달려 있다 보니 문을 밀면 자연히 문지방에서 삐걱삐걱 소리가 났다. 멀리 떨어진 방에 있는 시동들도 그 소리를 들으면 바로 몸을 벌떡 일으켰다.

기름을 발라 닦아놓은 것 같은 굵은 기둥과 툇마루를 비추던 등불이 흔들리기 시작했다. 노부나가가 눈을 뜬 것을 알고 시동 모리 보마루森坊丸와 우오즈미 쇼시치魚住勝七, 소후에 마고마루祖父江孫丸 등이 부엌 옆 물 뜨는 곳으로 급히 달려갔다.

그사이에 침전의 북쪽에 있는 마루에서 덜컹하고 채광창의 덧문을 올리는 소리가 들려왔다. 시동들은 '나리?'라고 생각하고는 발걸음을 멈추고 엿보듯 그곳의 마루를 돌아보았다. 하지만 안쪽으로 보인 사람은 시원하고 커다란 무늬의 홑옷에 스미요시의 소나무와 요시노吉野의 벚나무를 수놓은 덧옷을 걸치고 등까지 검은 머리를 뒤로 늘어뜨린 여인이었다.

덧문을 연 창으로 도라지꽃 빛깔의 새벽하늘이 잘라낸 듯 보였다. 불어오는 바람에 여인의 검은 머리가 흔들려 시동들이 서 있는 곳까지 침향 냄새가 전해졌다.

"아, 저쪽에."

시동들은 달리기 시작했다. 부엌 쪽에서 물소리가 들려왔기 때문이다.

공양간의 스님들도 아직 일어나지 않았기에 천장의 창도 커다란 문도 아직 열어놓지 않았다. 게다가 굉장히 넓은 부엌의 토방과 판자 사이에는 아직 어젯밤의 어둠과 모깃소리도 그대로 남아 있었기에 여름 아침의 형용하기 어려운 온도와 습기가 훅 하고 얼굴의 기름을 훑었다.

노부나가는 상쾌하지 않은 순간을 조금도 참지 못했다. 그가 침소에서 나서는 순간 시동들이 달려가도 언제나 늦을 정도로 그는 양치질과 세수를 빨리 했다. 지금도 임시 편전에 들자마자 물을 끌어다놓은 커다란 항아리 옆으로 다가가 직접 작은 통을 쥐어 옻칠을 한 대야에 물

을 붓더니 마치 할미새처럼 주위를 물바다로 만들며 성급하게 세수를
하고 있었다.

"아, 소매가 젖습니다."

"물을 갈아드리겠습니다."

시동들이 몹시 황공해하며 말했다. 한 시동은 다급히 노부나가의 뒤
로 돌아가 하얀 비단의 소맷자락을 집었으며, 다른 시동은 물을 다시
펐고, 또 다른 시동은 수건을 들고 그 발밑에 무릎을 꿇었다.

같은 시각, 무사들도 숙직실에서 나와 건물 구석의 여닫이문을 열
고 있었는데 마침 절 앞쪽에 있는 불당에서 심상치 않은 소리가 들린
다 싶더니 멀리서 이 안쪽 건물을 향해 우르르 맹렬한 발소리가 들려
왔다.

노부나가는 머리카락에 물을 묻힌 채로 돌아보았다.

"보고 오너라, 보마루."

노부나가는 성급하게 명령한 뒤 손에 들고 있던 헝겊으로 얼굴을
세게 문질러 닦았다.

"앞쪽 불당을 지키는 무리들이 싸움이라도 하고 있는 모양입니다."

그때 이미 노부나가의 뒤쪽에 줄지어 서 있던 야마다 야타로山田弥太
郎, 이마카와 마고지로今川孫次郎, 스스키다 요고로薄田与五郎 등이 묻지도
않은 것에 대해 대답했으나, 노부나가는 아니라고도 말하지 않았고 고
개를 끄덕이지도 않았다. 그리고 순간 그의 눈은 깊은 연못 물처럼 바
깥의 빛을 구하기보다, 자신의 기억 속에서 무엇인가를 찾고 있는 듯
반짝였다.

그것은 실로 한순간이었다. 앞쪽의 불당뿐만 아니라 객전도, 십여
채가 연달아 이어져 있는 당사堂舍도, 지각에서 흔들리며 올라온 지진
의 힘처럼 말로 표현할 수 없는 소리와 처참한 기운에 사로잡혔다.

“……?”

그 순간에는 그 누구라도 흔들리지 않을 수 없었을 것이다. 노부나가의 얼굴에도 핏기가 사라졌다. 주위에 있던 사람들의 얼굴도 순간 창백해졌다. 겨우 일곱 번이나 열 번 숨을 쉬었을 정도에 지나지 않은 짧은 시간이었다. 이윽고 근처의 마루를 굉장한 속도로 달려 지나가는 사람이 있었다. 그는 격렬한 목소리로 연달아 소리쳤다.

“나리, 나리!”

그의 핏발 선 눈이 엉뚱한 곳에서 사람을 찾고 있었다.

“모리 님, 모리 님. 나리는 여기에 계십니다.”

시동들이 일제히 한목소리로 노부나가가 있는 곳을 가르쳐주었다.

“란마루, 란마루, 어디로 가는 게냐.”

노부나가도 그를 불렀다.

“앗, 거기에 계셨습니까?”

모리 란마루였다. 앞으로 고꾸라지듯 무릎을 꿇은 그의 모습을 본 것만으로도, 노부나가는 이미 온몸으로 느끼고 있던 이상한 기운이 결코 앞쪽 불당에 있는 무사들의 다툼이나 마구간에 있는 사람들의 싸움처럼 간단한 문제가 아니라는 사실을 더욱 강하게 깨달을 수 있었다.

“란마루, 무슨 일이 일어난 게냐? 대체 왜 이렇게 소란을 피우는 게냐?”

노부나가가 빠른 어조로 묻자, 란마루 역시 빠른 어조로 대답했다.

“아케치의 무리가 함부로 난입해 들어오고 있습니다. 도라지 깃발을 어지러이 흔들며 오고 있습니다. 틀림없습니다.”

“뭣, 아케치?”

순간 노부나가가 입에서 튀어나온 말속에는 전혀 예측도 상상도 하지 못했다는 놀라움이 여지없이 드러나 있었다. 하지만 그로 인해 일어난 육체의 이상한 충동과 감정의 격분은 모두 그의 입가에 굳게 묶여 표면상으로는 평소의 노부나가와 크게 다를 바 없을 정도로 평정을 유지했다. 잠시 뒤 그 입술로 한마디를 중얼거리듯 내뱉을 뿐이었다.

"아케치라……. 어쩔 수 없구나."

노부나가는 몸을 돌려 방 안으로 달려 들어갔다. 란마루도 그 뒤를 따르려다 대여섯 걸음 돌아와서 허둥지둥하고 있는 시동들을 꾸짖었다.

"너희는 얼른 싸울 준비를 해라. 보마루에게 마루의 문을 함부로 열지 말라고 명령해두었다. 각 문을 지키고 서서 나리 곁으로 적들이 오지 못하도록 해라."

그 말이 채 끝나기도 전에 굵은 빗줄기가 바람에 날려 들이치듯 화살과 총알이 부엌의 문과 창 등에 후두둑, 후두둑 쏟아지기 시작했다. 판자문 깊숙이 박힌 화살들이 실내에 있는 사람들을 향해 싸움을 알렸다.

무례한 방문

롯카쿠六角 쪽의 남문, 니시키코지 쪽의 북문, 도인洞院 쪽의 서문, 아부라코지油小路 쪽의 동문, 본능사의 네 문은 이미 아케치 군의 갑주와 앞다투어 들어가려는 함성으로 뒤덮여 있었다. 하지만 앞쪽에 해자가 있다 보니 어려워 보이지 않는 담도 간단히 오를 수가 없었다. 창, 깃대, 조총, 긴 자루 등이 밀치락달치락 움직이고 있을 뿐이었다.

"이까짓 것."

"내가 먼저."

다짜고짜 서둘러 담 위에 매달린 사람도, 잘못 뛰어 매달리지 못한 사람도 예외 없이 해자 속으로 떨어지고 말았다. 갑옷의 무게도 있었기에 일단 그곳에 빠지면 허리 부근까지 악취를 풍기는 검은 진흙 속에서 몸부림을 치고 소리를 질러도 전우조차 돌아보지 않았다.

니시키코지 쪽의 한 부대는 곧장 부근에 있는 빈민굴의 민가를 부수기 시작했다. 무너진 집 아래서 갓난아기를 안은 여자와 노인과 아이들이 조개껍데기 속에서 달아나는 소라게처럼 달아났다. 아케치 군은 순식간에 기둥을 뽑아와 해자를 건넜으며, 문과 지붕으로 해자를 메웠다.

서로 앞다투어 담으로 우르르 몰려들었다. 조총 부대는 총을 가지런히 하고 그 위에서 안쪽의 가람을 향해 첫 번째 탄을 쏘아 올렸다. 그때 본능사의 경내와 각 건물들은 아직도 긴장감이 느껴지지 않을 정도로 고요했다. 앞쪽 불당의 문도 모두 닫혀 있다 보니 사람들이 잠에서 깨어났는지 아닌지조차 의심스러울 정도였다.

그날 아침, 불길과 연기는 본능사 바깥에 있는 오줌골목에서 먼저 치솟아 올랐다. 무너진 가옥 아래에서 연기가 나더니 순식간에 판잣집들을 차례로 불태워나갔다. 그러자 그 일대의 가난한 주민들은 서로를 짓밟아 죽일 것 같은 소란 속에서 울부짖으며 간신히 몸만 빠져나와 강가나 거리 가운데로 몰려들었다. 이를 정반대인 소몬 쪽에서 바라보면 이미 뒷문을 돌파한 아군이 공양간에 불을 지르기 시작한 것처럼 여겨졌다. 이에 정문 앞에 운집해 있던 제1군의 주력도 더욱 맹렬하게 공격을 가했다.

"뒷문의 아군에게 뒤떨어져서는 안 된다."

도개교 쪽에서 그저 시간만 허비하듯 뭉그적대는 장교들을 향해 뒤쪽 병사들이 고함을 쳤다.

"짓밟아라."

"밀고 들어가라. 뭐 하는 거냐."

이는 문 앞으로 나선 미야케 시키부와 무라카미 이즈미노카미 등이 문 안의 병사들을 향해 하나의 책략을 써서 적으로 하여금 스스로 문을 열게 하려다 보니 오히려 시간이 걸렸기 때문이다.

"우리는 주고쿠로 향하는 아케치의 군이오. 우다이진 님의 사열을 받기 위해 이곳으로 온 것이니 문을 열어주시오."

문을 지키던 장병들이 이런 분위기를 이상히 여기지 않을 리 없었으며, 노부나가의 뜻도 묻지 않고 자신들의 판단으로 문을 열 이유도 없었다.

"기다려라."

그 뒤로 문 안에서 아무런 소리도 들려오지 않은 것은 본당에 사태가 다급하다는 것을 알려 급히 방어 준비를 하고 있는 게 틀림없었다.

뒤쪽의 장병들은 겨우 이 정도의 해자를 넘기 위해 계책을 쓰는 것을 답답해했다. 그들은 무턱대고 앞줄을 우르르 밀어붙이며 서로 먼저 공을 세우기 위해 힘썼다. 그런 와중에 겁먹은 병사들은 뒤로 밀쳐지고 쓰러졌다. 앞줄에 있었던 병사들 중에는 어찌해볼 도리도 없이 해자 안으로 밀려 떨어졌다. 와아 하고 해자 아래서도 위에서도 함성이 들끓었다. 뒤쪽 부대에서 거의 고의로 밀며 들어왔다. 병사들이 또 떨어졌다. 삽시간에 물이 없는 해자 안은 진흙투성이가 된 사람으로 메워졌다.

"미안."

한 젊은 무사가 뒤엉킨 병사 무리를 짓밟고 담벼락에 매달렸다.

"가만히 있어라, 가만히 있어."

또 다른 무사는 창의 손잡이 끝으로 그들을 짚으며 훌쩍 건너 담 위에 들러붙었다.

해자 안에서는 병사들이 튀어 나오려는 미꾸라지처럼 몸부림쳤다. 하지만 아군들의 짚신이 그들의 등과 어깨와 머리를 밟고 지나갔다. 결국 해자 안 병사들은 처참하게 희생되고 말았다. 그렇게 숨은 공로자들 덕분에 아케치의 세 마리 까마귀라 불리는 후루카와 규베古川九兵衛, 미노우라 오쿠라箕浦大內藏, 야스다 사쿠베安田作兵衛가 본능사의 담 위에서 자랑스럽게 '첫 번째 입성'이라고 외칠 수 있었다. 또 그들과 거의 동시에 담에 오른 무사 중에는 시호덴 마타베, 호리 요지로, 가와카미 구에몬川上久左衛門, 히다 다테와키比田帶刀 등의 늠름한 모습도 보였다.

담 안쪽에서는 문의 경계를 맡은 부대와 마구간 부근에서 달려온 오다의 무사들이 닥치는 대로 무기를 손에 들고 담을 넘어오는 적을 막으려고 애썼으나, 마치 터진 둑을 손으로 막는 것과 다를 게 없었다. 아케치의 선봉은 그들의 칼과 창을 무시하기라도 하듯 훌쩍, 훌쩍 뛰어내렸으며, 싸움이 시작되자마자 몇몇 시체를 뛰어넘어 피로 물든 모습으로 '오로지 우다이진 한 사람만이 내가 노리는 표적이다'라고 말하기라도 하듯 본당과 객전을 향해 달려 나갔다.

본당의 널따란 마루나 객전의 높은 난간 부근에서는 울부짖는 바람처럼 화살이 날아드는 소리가 들려왔다. 활을 쏘기 좋은 거리였지만 화살의 대부분은 무사가 아닌 흙에 박히거나, 땅에 미끄러지거나, 멀리 담에 맞고 튀어나왔다. 그러는 중에 잠옷 하나만 걸치고, 혹은 반나체로 무기조차 들지 않은 채 갑옷을 입은 적과 엉겨 붙은 용감한 병사들도 보였다. 이들 경계병들은 비번이라 여름밤 더위 속에서 마음 편히 잠을 자고 있었는데, 오히려 늦게 나온 것을 부끄럽게 여겼다. 그들은 거의 맨몸으로 아케치의 무사들을 막으려고 사력을 다했다. 하지만 그들이 막을 수 없을 만큼 갑옷의 성난 파도는 이미 가람의 처마 밑까지 철썩철썩 밀려 들어왔다.

일단 방 안으로 달려 들어갔던 노부나가는 하얀 비단으로 만든 소매가 좁은 옷 위에 커다란 겉옷을 걸치고 어금니를 앙다물 정도로 끈을 힘껏 묶었다.

"활을 가져오너라."

누군가가 무릎을 꿇고 활을 치켜들자 노부나가는 활을 낚아채듯 쥐고는 큰 소리로 외치며 문밖으로 뛰쳐나갔다.

"여자들은 달아나라. 여자들은 달아나기 어렵지 않을 것이다. 방해가 되어서는 안 된다."

여기저기서 장지문을 짓밟아 깨는 소리를 뚫고 들려오는 여자들이 울부짖는 소리, 서로를 부르는 소리가 흔들리는 기와지붕 아래 상황을 더욱 처참하게 만들었다. 방에서 방으로 정신없이 달아나고, 복도를 달리고, 난간을 뛰어넘을 때마다 여자들의 치맛자락과 소맷자락은 암담한 상황 속에서 피어오르는 하얀 불꽃, 붉은 불꽃, 자줏빛 불꽃처럼 보이기도 했다. 그리고 그들이 오가는 곳의 덧문에도, 기둥에도, 난간에도 활이나 탄환이 박히지 않은 곳이 없었다. 노부나가가 널따란 툇마루 한쪽에서 마주 쏘자 그를 향해 날아오는 활과 탄환이 안쪽까지 들이치는 모양이었다.

"필부 놈들."

노부나가는 그렇게 외치고 한 발을 쏘았다.

"무례하게도."

노부나가는 눈을 부릅뜨고 다시 한 발을 더 쏘았다. 여자들은 그런 노부나가의 모습을 보고는 두려움에 제정신을 잃고 말았다. 그리고 이제 달아나려 해도 달아날 수 없을 것 같다는 생각에 한껏 목 놓아 울었다.

'인간 오십 년, 하천에 비하면 몽환과 같구나'라는 말은 노부나가가 좋아하는 노래의 한 구절이자, 젊은 시절에 품게 된 그의 생명관이기도 했다. 그는 오늘 아침 잠에서 깨어난 것을 천변지이라고는 생각하지 않았다. 인간들 사이에서 있을 수 있는 일이며, 그것이 지금 자신 앞에 일어난 것이라는 생각밖에 없었다. 그리고 그는 '이젠 끝이다. 마지막이다'라고 생각하지 않았다. 오히려 '여기서 죽을 수는 없다'며 전의를 맹렬히 불태웠다. 일생의 대업이라 여기고 있던 가슴속 이상은 아직 절반도 이루지 못한 상태였다. 그 중간에 스러진다는 것은 너무나도 안타까운 일이었다. 그리고 이렇게 하루아침에 목숨을 잃는다는 것은 매우 애석한 일이었다. 메웠다가는 당겨서 쏘는 화살 한 발, 한 발의 울림은 그 분노를 쏘아대는 것처럼 보였다. 게다가 활시위도 풀어지고 활도 부러지려고 했다.

"화살, 화살이 없다. 화살을 가져와라."

노부나가는 자기 옆에 떨어져 있는 적의 화살까지 주워 쏘았다. 그때 붉은 명주를 머리띠로 두르고 커다란 무늬가 들어간 한쪽 소매를 바싹 걷어 올린 여인이 화살을 한 아름 가져오더니 그중 하나를 그의 손에 바쳤다. 노부나가가 여인을 향해 턱짓으로 맹렬하게 쫓으며 말했다.

"오노阿能냐. 이젠 됐다. 달아나라, 달아나."

하지만 오노노 쓰보네阿能局는 노부나가의 오른손에 차례차례로 화살을 건네주며 야단을 맞아도 떠나지 않았다. 활을 당기는 솜씨보다는 기품이었다. 그리고 힘보다는 기백이었다. 노부나가가 쏘는 화살은 '필부들아, 저승으로 가는 노잣돈으로 써라. 천하인의 화살을 내리노라'라고 말하기라도 하듯 호쾌한 소리를 내며 날아갔다. 오노노 쓰보네가 가져온 화살도 곧 바닥이 드러날 정도로 쏘고 또 쏘았다.

노부나가의 화살에 맞아 쓰러진 적들이 정원 곳곳에 보였다. 그런 와중에도 화살을 피해 소리를 지르며 난간과 복도 밑으로 기어올라 노부나가에게 필사적으로 달려드는 적들은 마치 이 절의 쥐엄나무에 아침저녁으로 몰려드는 까마귀와도 같았다.

"우다이진 아니신가? 더는 달아날 수 없을 것이다. 흔쾌히 목을 내놓아라."

물론 노부나가를 중심으로 뒤쪽과 옆쪽 회랑에서는 시신과 시동들이 서슬 퍼런 칼을 들고 있었다.

"다가오지 마라!"

그곳에는 모리 란, 모리 리키力, 모리 보 삼형제도 있었다. 우오즈미 쇼시치, 오가와 아이헤이小河愛平, 가나모리 기뉴金森義入, 가노 마타구로狩野又九郎, 다케다 기타로武田喜太郎, 가시와바라柏原 형제, 이마카와 마고지로 등도 끝까지 주군 곁을 떠나지 않고 달려드는 적을 베었다.

바닥과 벽을 피로 물들이고 목숨을 잃은 사람 중에는 이이카와 미야마쓰飯河宮松도 있었다. 이토 히코사쿠伊藤彦作도 있고 구쿠리 가메노스케久々利龜之助도 있었다. 개중에는 적과 엉겨 붙은 채 서로를 찌르다 서로 목숨을 잃은 사람도 보였다.

한편 앞쪽 불당을 지키던 사람들은 노부나가가 있는 곳으로 적들을 가지 못하게 하려고 본당을 전장으로 삼아 맹렬한 혈전을 펼쳤다. 하지만 침전으로 통하는 다리 모양의 복도 입구를 적에게 빼앗길 듯하자 스무 명도 되지 않는 인원이 하나가 되어 복도 쪽으로 모여들었다. 그러다 보니 아케치의 무사들은 복도 아래쪽으로 오게 되었고, 좁은 곳에서 싸우다 화살에 맞고 칼에 찔리고 말았다. 불당에 있던 사람들은 노부나가가 무사한 것을 확인하고는 힘껏 외쳤다.

"지금, 이얏. 지금 어서 이곳을 떠나십시오."

"닥쳐라!"

그 순간 노부나가는 활을 버렸다. 활도 부러지고 화살도 떨어진 것이었다.

"물러나려 해도 물러날 곳이 없다. 칼을 이리 내놓아라."

노부나가는 신하의 무기를 낚아채 사자처럼 복도를 달렸다. 그러고는 자신이 있는 곳의 난간을 짚고 오르려는 적을 정면에서 베어버렸다.

아케치 군의 가와카미 구에몬은 장작더미 뒤에서 작은 활들을 잔뜩 쏘아댔다. 그중 화살 한 발이 노부나가의 무릎에 꽂혔다. 노부나가는 비틀거리며 뒤쪽의 덧문에 등을 기댔다. 하지만 그 정도의 부상으로 쓰러질 노부나가가 아니었다. 그는 마흔세 살이었던 덴쇼 4년(1576년)에 오사카 와카에若江 전투에서 다이나곤 우다이쇼大納言右大將라는 고위 신분으로 보병 속에 섞여 싸우다 다리에도 총알을 맞았으며, 몸에도 칼을 맞아 부상을 입었다. 그때도 그는 겨우 삼천의 병력으로 일만 오천이나 되는 적을 쓰러뜨렸다. 죽음은 두렵지 않으나 헛되이 죽음을 재촉할 그도 아니었다. 그리고 귀인이라는 명분에 사로잡혀 적의 잡병과 싸우기를 마다할 우다이진도 결코 아니었다.

● 1578년 미미강 전투

덴쇼天正 6년, 규슈 제패를 노리던 분고(豊後)의 오토모 소린(大友宗麟)과 사쓰마(薩摩)의 시마즈 요시히사(島津義久)가 휴가(日向) 다카조가와(高城川, 현재의 미야자키현 기조 정(木城町) 부근을 전장으로 격돌한 전투이다. 다카조가와 전투(高城川) 또는 다카조가와라 전투(高城川原の戦い)라고도 부르기도 한다.

● 1579년 제1차 이가의 난

덴쇼天正 7년, 이가 닌자(伊賀流) 중 한 명인 시모야마 카이는 동료를 배신하고 오다 노부나가(織田信長)의 둘째 아들 오다 노부가쓰(織田信雄)에게 이가의 통일성이 쇠퇴하기 시작했다고 보고하고 침략을 충고했다. 시모야마의 말에 이용된 노부가쓰는 조속히 국경에 있던 마루야마 성을 수리하고 침략의 거점으로 삼았다. 그러나 노부가쓰의 계획은 순식간에 이가 사람들의 귀에 들어갔고, 노부가쓰는 닌자들의 기습 공격으로 큰 패배를 당했다.

고요한 불길

그때 서쪽 담 밖에서도 작은 전투가 벌어졌다. 본능사 부근에 있던 쇼시다이의 저택 안에서 뛰쳐나온 슌초켄 무라이 나가토노카미 부자와 그 가신과 하인 무리는 정문 안으로 들어가기 위해 본능사를 포위한 아케치 군을 공격했다.

전날 밤, 슌초켄 부자가 노부타다 등과 함께 늦게까지 노부나가 앞에서 이야기를 나눈 뒤 관저로 돌아가 잠자리에 든 것은 이래저래 삼경에 가까운 때였다. 그러다 보니 그들은 깊은 잠에 빠져 있었고, 오늘 아침 적이 쳐들어온 것도 빨리 눈치채지 못했다. 직분으로만 보면 적어도 아케치 군이 교토 안에 발을 들여놓았을 때 미리 상황을 알아야 했다. 또 알자마자 바로 앞에 있는 본능사에 다급한 상황을 알려야 했다. 그런데 모든 면에서 방심하고 있었다. 이렇듯 노부나가만 방심한 게 아니라 교토 안에서 묵고 있던, 혹은 교토에 살고 있는 모든 사람들이 방심하고 있었다고 해도 과언이 아니었다.

"무슨 일인지 밖이 소란스럽구나."

슌초켄은 잠에서 처음 깼을 때도 큰일이라고는 생각하지 못했다.

"싸움이라도 난 게냐? 보고 오너라."

슌초켄은 부하에게 명을 내린 뒤 천천히 자리에서 일어났다. 그사이 담 위에서 하인이 말했다.

"니시키코지 부근에서 연기가 피어오르고 있습니다."

슌초켄은 하인의 소리를 듣고도 혀를 차며 중얼거렸을 뿐이었다.

"오줌골목에서 또 불이 난 게로구나."

그 정도로 슌초켄은 세상이 태평하다고 착각하고 있었던 것이다. 어젯밤도 오늘 아침도 여전히 변함없는 전국 시대의 하루이자, 도읍이라는 사실을 그만 잊고 있었던 것이다.

"뭣, 아케치 군이?"

이윽고 소식을 전해 들은 슌초켄은 깜짝 놀라고 말았다.

"아뿔싸."

슌초켄은 거의 입은 옷 그대로 저택 밖으로 달려 나갔다. 그는 간신히 보일 만큼 어두운 아침 안개 속에서 기마와 창검의 삼엄한 모습을 보자마자 서둘러 집 안으로 다시 들어왔다. 그러고는 갑옷 통을 뒤집어 갑옷을 갖추어 입고 칼을 쥔 뒤 말했다.

"뒤를 따르라."

두 아들과 그 외 사람들을 모아 삼사십 명의 병력으로 노부나가에게 달려가려 한 것이었다. 하지만 아케치의 부대들은 본능사를 중심으로 팔방의 크고 작은 길을 나누어 맡아 교통을 차단하고 있었다. 그렇다고 물러설 수는 없었다.

충돌은 서쪽의 담 부근에 있는 모퉁이에서 시작되었다. 맹렬한 백병전이 펼쳐졌으며 초계를 서던 작은 부대를 제압하고 절의 문 근처까지 다가갔다. 하지만 그들을 본 아케치 가의 중견 장수가 '건방진 놈들'이라고 외치며 병사를 모아 다가오자 거의 상대가 되지 않을 정도로 내몰리고 말았다. 결국 나카토노카미 부자도 부상을 입었고 그렇지 않아도 적은 인원 중 절반 가까이가 목숨을 잃었다.

"이렇게 된 이상 묘각사로 가서 노부타다 경과 합류해야겠다."

슌초켄은 방향을 바꾸어 달리기 시작했다. 얼마쯤 달리다 본능사의 커다란 지붕을 올려다보니 천둥을 머금은 구름 같은 새카만 연기가 치솟고 있었다.

건물에 불을 지른 사람이 아케치의 공격 부대인지, 노부나가의 가신인지, 노부나가인지 자세히 알 수 있는 상황이 아니었다. 연기는 앞쪽 본당과 객전의 한 방, 그리고 부엌 쪽에서 거의 동시에 피어올랐다. 부엌에서는 시동인 다카하시 도라마쓰高橋虎松와 무사 두어 명이 처참할 정도로 분전을 펼치고 있었다. 공양간 스님들의 모습은 하나도 보이지 않았으나 두 말짜리 커다란 솥이 걸려 있는 아궁이 안에서는 장작이 타고 있었다.

도라마쓰는 널따란 토방 입구에 서서 몰려드는 아케치 군을 다짜고짜 베었다. 그러다 창을 빼앗긴 뒤 다수에 맞서기 위해 마루 위로 올라가 주방의 기구를 닥치는 대로 집어 던졌다. 차를 담당하던 신아미針阿弥, 소년 시동인 히라오 규스케平尾久助도 칼을 들어 적과 힘껏 맞섰다. 단단히 무장한 아케치 군은 그곳에 무장도 하지 않은 어린 적이 겨우 서너 명뿐이라는 사실을 알면서도 쉽게 들어가지 못했다.

"뭘 꾸물거리느냐."

아케치 군의 부장인 듯한 무사가 그곳을 들여다보며 외쳤다. 그 무사는 아궁이 안의 불붙은 장작을 집어 느닷없이 다카하시 도라마쓰와 신아미를 향해 던졌다. 그리고 곳간의 문 안으로도 던지고 천장으로도 던져 불을 붙였다.

"안으로."

"안에 있다."

아케치 군의 목표는 노부나가였다. 무사들이 짚신 발로 장작불을 밟아 흩뜨리며 우르르 한꺼번에 밀고 들어갔다. 그러자 불길이 기둥과 장지문을 타고 번졌으며, 곳곳이 단풍 든 덩굴처럼 벌겋게 타들어갔다. 도라마쓰와 신아미의 몸에도 불이 옮겨 붙었다.

마구간 쪽도 소란스러웠다. 열 필 정도의 말이 바닥을 차고 판자로 된 벽을 차며 미친 듯이 날뛰었다. 그 가운데 두 필 정도가 마침내 가로대를 부수고 밖으로 뛰쳐나와 날뛰기 시작했다. 그 말들은 미친 듯이 달려 아케치 군 속으로 뛰어들었으나 나머지 말들은 불을 보고 더욱 거칠게 울부짖을 뿐이었다.

마구간에 있던 무사 야시로 쇼스케矢代勝介와 반타로자에몬伴太郎左衛門 형제, 무라타 요시고村田吉五 등은 그곳을 떠나 노부나가의 모습이 보이는 객전 아래 계단으로 가서 마지막 봉공을 하고 세상을 떠났다. 그렇게 조장을 따라 도망치려면 도망칠 수 있었던 마구간 말단까지 스물네 명 모두 아케치 군과 싸우다 목숨을 잃었다. 도라와카虎若, 쇼도라와카小虎若, 이로쿠弥六, 히코이치彦一, 이와岩, 도큐藤九, 고코마와카小駒若 등이었다. 평소 이름도 없는 무리였으나, 피를 바쳐 봉공해야 할 날이 오면 녹의 격차에도 관직의 높이에도 뒤지지 않는 모습을 보인다는 사실을 무언중에 보여주었다.

또 한걸음에 달려온 사람은 마을 숙소에서 머물고 있던 유아사 진스케湯淺甚助와 오구라 쇼주小倉松壽 두 시동이었다. 두 사람은 변을 알자마자 본능사 안으로 달려갔다. 아케치 군이 혼잡한 틈을 타서 무턱대고 안으로 들어간 것이었다. 그들은 이미 연기에 휩싸인 노부나가의 침소 근처까지 달려가자마자 외쳤다.

"진스케가 왔습니다."

"쇼주도 달려왔습니다."

그들은 노부나가를 찾아 돌아다니며 만나는 적과 칼을 맞댔다. 아케치 군의 신시 사쿠자에몬이 유아사 진스케를 찔러 쓰러뜨렸다. 신시 사쿠자에몬이 피로 물든 창을 비껴들고 두어 걸음 달려 나가자 연기 속으로 미노우라 오쿠라의 모습이 보였다.

"오쿠라냐."

"넷!"

"공을 세웠느냐?"

"아직 아닙니다."

서로 노부나가를 찾고 있었던 것이다. 아니, 경쟁하고 있었다고 하는 편이 옳을 것이다. 두 사람은 곧 서로 갈라져 연기 속으로 들어갔다.

불은 이미 지붕 밑까지 치솟았는지 가람 안이 웅 하고 울렸다. 갑옷을 만지면 가죽과 쇠붙이가 뜨거울 정도였다. 한순간에 사람의 모습은 보이지 않게 되었다. 눈에 들어오는 것은 시체뿐, 누군가 있다 싶으면 동지인 아케치 군이었다. 아케치 가의 사람들 중에서도 마룻대에까지 불이 붙자 다급히 밖으로 나온 사람이 많았다. 아직 안에 남은 사람들은 연기를 마시고, 불똥을 뒤집어 쓴 채 이리저리 돌아다녔다. 문과 창이 떨어져나간 널따란 방 안으로 불이 옮겨 붙은 비단과 판자 조각이 우수수 떨어져 마치 들불처럼 그곳을 밝히고 있었다.

그에 비해 안쪽 작은 방들 주변은 어두웠다. 짙은 연기 때문에 중간 복도와 뒤쪽 복도도 주위를 분간할 수 없을 정도였다. 모리 란마루는 한 방으로 들어가 문을 닫고 등으로 막아 누르며 여전히 버티고 서 있었다. 그리고 피 묻은 창을 손에 들고 좌우를 살피다 발소리가 들리면 바로 창을 휘둘렀다.

"목소리는 아직 들리지 않는군."

란마루는 방 안의 기척에도 귀를 기울이고 있었다. 조금 전 그곳으로 뛰어든 하얀 물체가 바로 우후 노부나가였기 때문이다. 그는 측근들이 대부분 목숨을 잃어가는 마지막 순간까지도 싸움을 포기하지 않았다. 적의 잡병을 상대로는 잡병처럼 분투하기를 마다하지 않았다. 그에게 '이름도 없는 자에게 목을 빼앗기는 수치를 당하느니……'와 같은 세상의 말 따위는 안중에도 없었다. 누구에게나 죽음은 정해진 일이었다. 그는 목숨을 아끼지 않았다. 하지만 목숨을 잃어 대업을 이루지 못하는 게 안타까울 뿐이었다.

그곳에서 니조 묘각사는 가까웠다. 쇼시다이의 저택도 바로 코앞이었다. 거리에서 묵고 있는 무사들도 있었다. 그는 만일 절 밖과 연락이 닿는다면 혈로를 뚫을 수도 있을 것이라 생각했다. 그리고 한편으로는 '아니, 모반을 일으킨 자는 그 나팔꽃 머리다. 아케치처럼 명석한 자가 이와 같은 일을 꾸몄으니 물 샐 틈이 없을 정도로 준비를 했을 것이다. 이제는 각오를 해야 하는 걸까?'라고 생각했다. 두 가지 생각이 그의 머릿속에서 다투고 있었다.

노부나가는 칼에 맞아 쓰러진 수행원들의 죽음을 딱하게 여기면서도 끝내 그들의 죽음을 살리지 못하자, 마침내 싸움을 멈추고 란마루를 밖에 둔 채 한 방으로 들어간 것이었다.

"이제 때가 됐구나. 안에서 나의 목소리가 들리면 노부나가가 자결한 것이라 생각해라. 그리고 시체에 장지문을 쌓아 불을 붙이기 바란다. 그때까지 적을 이 방에 들여서는 안 된다."

노부나가는 란마루에게 말했다.

삼나무 문은 튼튼했다. 사방의 벽에는 아름다운 그림들이 별 탈 없이 걸려 있었다. 어디선가 옅은 연기가 흘러들었으나 화염이 덮치기까지는 시간이 조금 걸릴 듯했다.

'어차피 죽는 것이다. 서두를 필요는 없다.'

노부나가는 누군가 자신에게 말하고 있는 것 같다는 생각이 들었다. 그곳에 들어서자 그는 사방의 열기보다 타는 듯한 목마름이 먼저 느껴졌다. 그리고 무너지듯 방 한가운데 앉았다가 다시 생각을 바꿔 한 단 높은 곳에 있는 두 평 남짓한 장식 공간에 앉았다. 그 아래는 평소 신하들이 앉는 곳이었기 때문이다.

그는 물 한 잔을 마셨다고 가정하고 정신을 바짝 차리기 위해 노력했다. 그러기 위해 무릎을 바로 하고 자세를 고친 뒤 평소 그 자리에서 사람들을 군림하던 때의 모습을 유지하려고 애썼다.

'이제 죽기로 할까.'

거친 숨결이 가라앉기까지는 시간이 조금 걸렸으나 왠지 마음은 편안했다.

'나도 한심한 짓을 했구나.'

이제 노부나가는 미쓰히데의 나팔꽃 머리를 떠올려도 더 이상 화가 나지 않았다. 오히려 미쓰히데도 인간이니 화가 나면 이 정도 일은 할 수 있겠지 하는 생각이 들었다. 아무리 그래도 자신의 방심은 웃음거리가 될 만한 일대 실책이었으며, 그의 분노도 어리석은 폭거에 지나지 않는다는 사실을 가엾이 여겼다.

'어리석은 미쓰히데여, 너도 역시 며칠 뒤 내 뒤를 따르려 하는 것이냐?'

노부나가는 미쓰히데에게 그렇게 묻고 싶었다. 그는 왼손으로 갑옷에 찔러 넣었던 칼집을 쥐었다. 그리고 오른손으로 그것을 뽑았다.

'서두를 건 없다.'

노부나가는 다시 한 번 자신에게 말했다. 불은 아직 이 방에 옮겨붙지 않았다. 그는 눈을 감았다. 그러자 철들기 시작한 소년 시절부터 오늘에 이르기까지의 일들이 천리마에 올라 둘러보듯 머리를 스치고 지나갔다. 매우 긴 시간이 지난 듯했으나, 사실은 숨을 쉴 정도의 한순간에 지나지 않았다. 죽으려는 찰나, 인간의 생리는 이상한 기능을 작동시켜 자신이 지나온 생애와 결별을 하는 모양이었다.

"후회는 없다."

노부나가가 큰 소리로 말했다. 그리고 눈을 뜨자 네 벽의 글씨와 그림이 빨갛게 빛나고 있었다. 천장의 모란 무늬도 화염에 휩싸여 있었다. 한마디, 후회는 없다는 소리가 바깥까지 들렸기에 란마루는 곧 안으로 달려 들어갔다. 노부나가는 흰 비단 소매로 선혈을 끌어안은 채 이미 엎드려 있었다. 란마루는 무사가 숨는 곳의 작은 문을 열어 관에 넣듯 노부나가의 시체를 안아 넣은 뒤 조용히 문을 닫고 물러났다. 그리고 곧 할복을 하기 위해 단도를 쥔 채 방이 완전히 화염에 휩싸일 때까지 눈을 반짝이며 노부나가의 시체를 지켰다.

원포귀범

비겁한 사람은 단 한 사람도 없었다. 또 단 한 사람도 죽음을 욕되게 하지 않았다. 모두 노부나가를 위해 목숨을 바쳤다. 밖에서 자던 사람들까지 달려 들어와 주군 곁에서 충성을 다했다.

"어젯밤의 꿈 한 줌의 재, 머리맡 새 울지 않네."

쥐엄나무 숲으로 몸을 숨겨 간신히 목숨을 건진 승려가 망연히 중얼거렸다.

시동에서부터 마구간의 말단까지 더하면 노부나가의 수행원은 백여 명 정도 있었을 터인데, 본능사의 모든 가람이 하나의 불덩이 속에서 활활 불타오를 때 단 한 명의 그림자도, 단 한마디의 절규도 찾아볼 수 없었다. 불은 물처럼 고요했다.

백 명의 영혼이 얼마나 원통하고 비참했을지는 말할 필요도 없을 것이다. 참으로 아름다운 생명의 업화라고 올려다볼 만했다. 하지만 그 불꽃 속으로 몸을 던지지 않은 사람이 없지는 않았다. 그들은 물론 무문 이외의 사람들에 한정되어 있었다. 본능사에 상주하는 노승과 공양간의 승려들은 한발 앞서 그곳에서 벗어났다. 아케치 군에게도 승려를 살육할 마음은 없었기에 승려로 보이는 사람은 오히려 적극적으로 탈출을 도왔다.

가엾은 것은 여자들이었다. 사방에 불이 붙자 노부나가에게 '도망쳐라, 달아나라, 여자들은 달아나기 어렵지 않을 것이다'라는 말을 들었으나 그녀들은 벗어날 방법이 있으리라고는 생각하지 못했다. 절의 승려들과 함께 아케치 군 속을 빠져나갔어도 무사들은 부녀자에게는 눈길 한번 주지 않았을 것이다. 하지만 두려움에 가까이 다가가지도 못하고 어쩔 수 없이 불속을 쫓겨 다녔다.

나중에 알게 된 사실이지만, 모두 희생되었다고 생각한 여자들은 대부분 목숨을 건졌다. 여자들은 불길이 잦아든 뒤 연못 속에서 살금살금 나왔다. 그들은 장옷이나 덧옷을 적셔 머리 위에 덮어쓴 채 연꽃처럼 연못 속에 있었던 것이다. 그렇게 불에 타 쓰러지는 가람과 노부나가의 최후를 바라보면서 '이 세상의 일일까?' 의심하며 거의 정신을 잃은 상태로 있었던 것이다.

그래도 아케치 군의 손에 끌려간 여자들 가운데 오노노 쓰보네는 없었다. 대부분이 시중을 드는 시녀이거나 잡일을 하는 하녀들에 지나지 않았다. 그랬기에 오노노 쓰보네가 정말 노부나가 곁에 있었는지조차 의문스럽게 여겨지고 있다. 당시 사람들은 그녀를 애도했으며 그녀의 이름은 전설에 남아 있지만, 그것을 증명할 만한 자료는 남아 있지 않다.

그러한 상황에서 익살스러운 광대이자 노부나가가 아끼던 검둥이 하인 구로스케黑助는 자신의 놀라운 마음을 유감없이 춤으로 보였다. 그는 야스케弥助라는 일본 이름까지 받았으나 일본 무장과 무장의 변란에 목숨을 바칠 이유가 없었으며, 사실 무슨 일이 일어난 것인지조차 전혀 알지 못했을 것이다. 그는 어디로 어떻게 도망쳤는지 허겁지겁 달려서 근처의 남만사로 뛰어들었다.

　마침 카리온 신부와 바테렌들이 그날 아침 타종과 기도도 잊은 채 이 층의 노대에 서서 본능사의 불을 바라보고 있었다. 문 바로 앞길을 달려가는 기마 무사와 피난하는 빈민의 무리가 남만풍의 건물 밖으로 실루엣처럼 보였다.

　살아남은 사람 중에 의외의 인물이 한 사람 더 있었다. 그는 부녀자도 아니고 외국인도 아닌, 당당한 보통 남자였다. 어젯밤 본능사에서 묵었던 손님, 하카타의 가미야 소탄이었다.

　소탄이 잠자리에 든 것은 노부나가보다 더 늦은 시간이었을 것이다. 자리를 치우고 도구를 정리한 뒤 침실에 든 지 얼마 지나지 않았을 때 일이 일어났을 것이다. 그리고 어찌 됐든 그의 주변으로도 화살과 총알이 날아들었을 것이며, 사태의 중대함도 직감했을 것이다. 하지만 대담한 해외무역상인 젊은 하카타는 '오호, 이건 커다란 파도다. 단순한 폭풍이 아니야'라고 중얼거리며 옷을 입고 허리띠를 두른 뒤 이불을 개고 한동안 방 안에 앉아 있었다. 그리고 얼마 지나지 않아 아케치의 모반이라는 말을 듣는 순간 불길을 보자 이거 안 되겠다 싶었는지 기다란 다리 모양의 복도를 달리기 시작했다. 하카타는 아케치 군의 무사와도 마주치고, 노부나가의 시동과도 마주쳤다. 화살도 아슬아슬하게 스쳐 지나갔다. 두 번 정도 무엇인가에 걸려 힘껏 내동댕이쳐졌다. 손에 끈적한 피가 닿았다. 정신을 차리고 보니 갑옷을 입은 무사와 시동이 서로를 찌른 채 쓰러져 있었다. 죽은 사람들의 모습이 눈에 들어오자 소탄은 스스로를 부끄럽게 여기며 속으로 되뇌었다.

　'나는 무문이 아니다. 여기서 칼에 맞아 죽어야 할 책임이 없다. 은혜를 입은 노부나가에 대해 의리를 지켜 목숨을 바치기보다 더욱 가치 있는 일이 있다. 그러니 여기서 벗어난다는 것은 불의도 아니고 수치도 아니다. 하지만 당황해서 허겁지겁 달아났다는 소리를 듣는다면 그것은 적어도 하카타 상인으로서 불명예다. 무엇을 위해 평소 다도 따위에 심취한 것이냐는 말을 듣는다면 다인으로서도 불명예다.'

방금 전까지만 해도 소탄은 그저 어젯밤 노부나가와 이야기를 나누었던 방에 두고 온 자신의 다기 하나만을 아까워하는 마음으로 그 방으로 향했다. 하지만 지금은 다른 올바른 이유를 가지고 그 방으로 들어섰다. 근처 회랑에서는 싸움이 펼쳐지고 있었으며, 옆방까지 불이 번져 있었다. 하지만 그는 신경 쓰지 않고 장식 공간 앞에 섰다. 노부나가의 청에 따라 멀리 하카타에서 가져왔던 가보 목계의 원포귀범 지도는 피어오르는 연기 속에서도 명화의 기품을 조금도 잃지 않고 있었다. 이것을 잃는다는 것은 자신의 재산을 잃는 것이 아니라 다시 태어나지 못할 명화와 국가의 보물을 잃는 것이었다. 소탄은 그런 생각으로 조용히 벽에 걸린 그림을 떼어낸 뒤 상자에 넣어 옆구리에 끼었다. 제정신을 잃은 듯 앞다투어 달아나는 승려들도 보았으나 그는 어느 곳에서도 자신에게는 위험이 없다는 신념을 가지고 있는 듯했다. 이에 아케치 군의 창검을 좌우로 헤치고 유유히 문을 빠져나왔는데, 그의 확신이 맞았는지 단 한 명의 무사도 그를 불러 세우지 않았다.

소탄은 그 걸음으로 바로 산조에 있는 챠야 시로지로茶屋四郎次郎의 집으로 갔다.

"안녕하십니까? 주인은 일어나셨는지요?"

시로지로의 가족들 모두 집 밖으로 나와 본능사 쪽에서 피어오르는 검은 연기를 바라보고 있었다.

"아아, 소탄 님 아니십니까? 안으로 드십시오."

주인의 동생 부부가 서둘러 안으로 들어가 소식을 전했다. 이 부근에 사는 사람들은 아직 자세한 사정을 모르는 모양이었다. 그리 멀지 않은 곳이었으나 단순한 화재인 줄 알고 구경을 하고 있었다. 주변에 있는 작은 다리와 강가에 갑옷을 입은 아케치 군의 보초병들이 서 있었으나, 본능사에 있는 노부나가의 경비병이라 생각했지 이상히 여기는 사람도 없는 듯했다.

"아니, 아니. 오늘은 일이 좀 급하니 정원으로 들어가겠습니다."

소탄은 정원을 통해 안으로 들어갔다.

이 집의 주인인 챠야 시로지로도 해외 무역가였다. 챠야는 본점을 사카이에 둔 상인이었는데, 대부분 교토에 머물렀다. 그는 표면적으로는 가모 강의 맑은 물에 면한 한적한 집에서 여생을 즐기는 한인閑人으로 보였지만 실은 정치의 중심지에서 무문과 당상관들과 끊임없이 접촉하며 지냈다.

소탄이 정원을 지나 안으로 들어가자 시로지로는 마루 앞에서 짚신을 신고 있었다. 시로지로가 문득 소탄의 모습을 보고는 먼저 입을 열었다.

"많이 놀랐겠소, 소탄."

"정말 놀랐습니다. 어처구니없는 곳에서 묵게 되어."

"정말 어처구니없는 일이 벌어지고 말았소. 천하가 어떻게 될지, 앞날을 예측할 수 없게 되었소."

"이미 알고 계셨습니까?"

"지금 막 알았소. 사토무라 조하가 사람을 보냈기에."

시로지로는 소탄에게 조하의 글을 보여주었다.

"그런데 어디를 가시려는 겁니까?"

"센슈로 갈 생각이오."

"센슈의 댁으로?"

"아니, 잠깐……."

시로지로는 말끝을 흐리며 무척이나 다급한 사람처럼 곧장 떠나려

했다. 그러자 소탄이 가지고 있던 원포귀범 지도 상자를 내려놓으며
말했다.

"번거로우시겠지만 이것을 잠시 댁에서 맡아주시겠습니까? 실은
저도 지금부터 주고쿠에 급히 다녀와야 해서요."

"주고쿠에?"

시로지로가 소탄의 얼굴을 쳐다보았다. 그러자 소탄이 고개를 끄덕
이며 말했다.

"네, 주고쿠로 급히 가려고 하는데, 센슈에 가신다니 거기까지 함께
가시겠습니까?"

소탄은 집안사람들에게 짚신을 청해 곧장 여장을 꾸렸다.

시로지로는 얼마 전 도쿠가와 이에야스가 교토, 오사카를 거쳐 지금
은 센슈 부근에 머물고 있다는 소식을 들었다. 그는 예전부터 이에야
스를 장래의 사람이라 여기며 언제나 이런저런 도움을 받고 있었다.

'그렇다면 주고쿠에는 지금 누가 있는 것인가?'

두 사람은 서로 말하지 않았지만 다음 세대에 대한 기대를 서로 다
른 사람에게 걸고 있었다. 그리고 함께 길을 나섰으나 요도淀 부근에서
는 서쪽과 동쪽으로 길을 달리했다.

"그럼, 여기서."

"길을 조심하시오. 아니, 서로 조심합시다."

격문

그날 아침, 밝기 시작하던 하늘이 다시 어두워졌다. 본능사에서 솟아오른 연기가 시 전체를 뒤덮었으며 거리에는 사람의 그림자조차 보이지 않아 소슬한 기운이 감돌았다.

호리 강 둑에 집결한 채 꼼짝도 하지 않던 이천 기의 병마가 하늘을 가득 뒤덮은 검은 연기를 올려다보고 있었다.

'깃소우喜左右는 어떻게 되었을까?'

미쓰히데를 중심으로 그곳에 진을 치고 있던 아라키 야마시로노카미, 오쿠다 구나이, 스와 히다노카미, 미마키 산자 등의 장수들은 앞으로의 정세를 걱정하며 한껏 긴장한 채 전령이 오기를 기다렸다. 이미 전령은 두 번이나 이곳으로 와서 보고를 한 상태였다.

"아군이 담을 넘어 일제히 당 안으로 밀고 들어갔습니다."

"모든 건물에 불을 붙이고 우다이진 님의 부하들도 대부분 목숨을 잃었으니 곧 그 목을 취할 수 있을 듯합니다."

하지만 그 뒤로는 전령이 오지 않은 상태였다. 그렇다 해도 본진의 장병들은 승리를 예감하고 웅성거렸다.

"열에 아홉까지는 이미 우리 군의 승리다. 우리의 일은 성공이야."

막사 안에서 미쓰히데는 서기를 옆에 앉혀놓고 차례차례 서장을 적게 한 뒤 수결하고, 또 측신과 무엇인가 은밀히 논의를 하느라 극도로 분주하고 긴장한 상태라 거의 눈앞의 일도 알지 못했다.

미쓰히데는 본능사의 하늘에서 연기를 보기 전까지 만일의 사태에 대비하고 있었다. 각 장수들과 함께 둑 위에 서서 하늘 한곳을 응시하고 있다가 멀리서 피어오르는 연기를 보고 첫 번째 전령을 듣고 나서는 홀로 '됐다'고 외쳤다. 그 뒤로는 막사 안으로 들어가 시시각각으로 변하는 전황보다 다른 쪽에 신경을 쓰기 시작했다.

'여기까지 왔으니 아군의 승리와 노부나가의 죽음은 이미 결정된 것이라 봐도 좋을 것이다. 더는 걱정할 필요가 없다.'

미쓰히데는 대국적인 일을 생각해야 했다. 그러기 위해서는 한시의 틈도 주지 않고 두 번째 일을 천하에 펼칠 필요가 있었다. 이번 승리를 결정적인 것으로 만들고, 이 좋은 기회를 정치화하기 위해서였다.

미쓰히데는 멀리 있는 소슈相州 오다와라小田原의 호조北條 가에 급사를 파견했으며, 시코쿠의 조소카베 모토치카長曾我部元親에게도 서한을 써서 보냈다. 말할 필요도 없이 내용은 다음과 같은 격문이었다.

하늘이 노부나가를 쳤다. 호응하여 일어나라. 지금 협력한다면 후일 공영共榮이 있을 것이다.

미쓰히데는 센슈 사기노모리鷺ノ森의 본원사 일문, 이가 우에노上野의 쓰쓰이 준케이筒井順慶, 산인의 호소카와 후지타카, 그의 아들인 다다오키의 친족부터 교토 부근에 사는 중요 유력자에게까지 모두 격문을 보냈다.

특히 대군이라 여겨지는 곳에는 미쓰히데 자신이 직접 붓을 들어 글을 썼다. 지금 히데요시와 대치하고 있는 주고쿠의 모리 가에 보내는 격문에는 모리 데루모토에게 직접 정성을 들여 글을 썼다.

"하라 헤이우치原平內와 사이가 야하치로雜賀弥八郎를 불러라."

미쓰히데는 사자까지 직접 지명했는데, 수많은 가신 중에서도 믿을 만한 뛰어난 무사를 골랐다. 하라 헤이우치는 원래 야마나카 시카노스케山中鹿之介의 부하로, 아마코尼子 가의 부흥을 위해 미쓰히데의 중개로 노부나가에게 운동을 했으며 이후 오래도록 아케치 가에 의지하며 지내온 객신客臣이었다.

하지만 아마코 일족도 주인 시카노스케도 주고쿠 전투에서 어려운 상황에 빠진 오다 군의 선봉을 맡았다. 그런데 모리의 대군이 고립된 성을 공격하자 노부나가는 시카노스케 군이 지키고 있던 전방 기지인 고즈키 성으로 히데요시의 원군을 보내지 않고 그들을 그대로 적 속에 버려두고 말았다. 그 때문에 아마코 가는 대가 끊겼고 시카노스케도 목숨을 잃었다.

하라 헤이우치는 당시 노부나가가 취한 태도를 신의에 어긋나며 용납할 수 없는 것, 무정한 것이라 여겼으며, 그 뒤로 뼈에 사무칠 정도로 원한을 가지고 있었다. 그런데 미쓰히데가 지금 헤이우치를 막사로 부른 것이었다.

"이건 모리 나리에게 보내는 중요한 밀서이네만, 자네라면 틀림없을 것이라 여겨 부탁하는 것일세. 바로 오사카를 지나 바닷길을 따라서 헤이슈로 건너가 그곳의 스기하라 모리시게杉原盛重 님을 통해 모리 나리께 전해달라고 청하게. 한시가 급한 일일세. 서둘러 떠나게."

미쓰히데의 명령에 하라 헤이우치는 크게 반겼다. 방금 전까지 그는 본능사의 연기를 올려다보며 우다이진의 말로야말로 더없이 기분 좋은 일이라며 미친 듯이 기뻐했다. 그는 바로 진중에서 오사카 쪽으로 발걸음을 재촉했다.

하지만 미쓰히데는 큰일을 앞둔 상황에서 한 사람만 보내놓고 만전을 기했다며 안심하지는 않았다. 그는 헤이우치가 나간 직후 같은 내용의 서장을 사이가 야하치로에게 건네주며 명령했다.

"육로로 잠행해서 이것을 모리 가에 전하라."

셋쓰에서 비젠까지 육로의 교통은 히데요시 군에 가로막혀 있었다. 바닷길을 따라 게슈에 가는 것보다 훨씬 더 어려운 일이었다.

"목숨을 걸고 수행하겠습니다."

야하치로 역시 바로 본진을 떠났는데, 그는 도중에 모습을 바꿨다. 그 변장한 모습은 그를 아는 사람도 알아보지 못할 만큼 교묘했다. 맹인이 되어 대나무 지팡이 속에 밀서를 숨기고 셋쓰에서부터 밤낮으로 터벅터벅 걸어갔던 것이다. 미쓰히데가 그를 고른 까닭은 그러한 잠행에 안성맞춤인 온미쓰구미隱密組 중 가장 뛰어난 사람이었기 때문이다.

한편으로는 전투, 또 다른 한편으로는 정치, 거기에 격문과 사자를 보내는 일까지, 이처럼 치밀하게 머리를 쓰고 있었기에 미쓰히데의 낯빛은 오늘 새벽 교토에 들어오기 전보다 '자신도 모르게' 한층 더 필사적으로 변해 있었다. 그러다 보니 곁에 가까이 다가가기조차 무서울 정도였다.

"아직 사마노스케 미쓰하루로부터 다음 전령은 오지 않았느냐?"

미쓰히데는 극력으로 평정을 유지하려는 사람처럼 애써 조용한 투로 말했다. 하지만 마음속으로는 노부나가의 수급을 확실히 거두었는지 끊임없이 신경을 쓰고 있었다.

니조의 세 문

그날 새벽 노부나가의 장남인 노부타다가 얼마나 놀랐을지는 헤아리고도 남는다. 시간을 조금 거슬러 올라가 그의 숙소인 묘각사로 이야기를 옮겨보자.

아직 어두운 아침 하늘에 심상치 않은 북소리와 함성이 울려 퍼지는 것을 듣고 노부타다가 벌떡 일어났을 때는 이미 그곳도 본능사와 다를 바 없이 아케치 군에게 포위된 상태였다. 하지만 그곳에는 본능사보다 많은 오백육칠십 명 정도의 병력이 주둔하고 있었다. 곧 아케치가 모반을 일으켰으며 적이 가까이에 있다는 사실을 알게 되었고, 그 뒤 말로 표현할 수 없을 정도로 혼란스러웠으나 그래도 전원이 곧 전투태세를 갖추고 노부타다의 명령을 기다리고 있었다.

아케치의 주력은 당연히 본능사에 있었다. 묘각사의 병력이 본능사보다 많다는 사실을 미리 알고 있었으나 미쓰히데는 제1군보다 병력이 훨씬 적은, 아케치 미쓰타다가 이끄는 제2군을 묘각사로 보냈다.

"우후의 목을 거두면 곧 원군을 보내도록 하겠다. 그때까지는 노부타다를 놓치지 않는 일에만 주력하도록."

노부타다가 필사의 각오를 다진 병사 육백여 명과 함께 목숨을 걸고 싸운다 해도 그보다 네 배쯤 되는 미쓰타다의 병력을 물 샐 틈 없이 막기란 좀처럼 어려운 일이었다. 그러다 보니 아케치 쪽에서도 본능사처럼 급습하여 맹렬히 돌진하지는 않았고, 노부타다와 부하들도 놀란 와중이었지만 갑옷을 갖추고 전후의 책략을 논의할 여유가 있었다. 논의라고는 했지만 이러한 때에 구구한 의견이 나올 리 없었다.

"본능사로 가야 합니다."

"무엇보다 먼저 노부나가 공을 지켜야 합니다."

노부타다 이하 전군은 우선 본능사로 가서 합류하여 굳게 지키며 다음을 생각하기로 했다. 그들은 즉시 그곳을 버리고 본능사로 서둘러 가려 했지만 이미 때는 늦고 말았다. 노부나가와 노부나가의 수행원들은 갑옷을 입을 여유는커녕 칼이나 창을 쥘 시간도 없이 적과 싸우고 있었다. 아무리 가까운 거리라고는 하지만 이곳 사람들이 갑옷을 걸치고 대오를 갖춰 달려가려 했을 때는, 설령 달려갔다 할지라도 시간적으로 노부나가를 구할 수는 없었다.

신속하지 못했던 것은 노부타다의 잘못이 아니라 오히려 육백여 명이라는 병력이 있었기 때문이다. 육십 명의 병사가 당황할 때보다 육백 명의 병사가 한꺼번에 당황할 때 훨씬 더 혼잡스럽다. 차라리 육십 명의 적은 병력이었다면 알몸으로라도 저돌적으로 달려갔을지 모르나, 육백 명의 병력이었기에 무장을 하고 대오를 갖추고 움직이다 보니 오히려 때를 놓치고 만 것은 어쩔 수 없는 일이었다.

이처럼 노부타다와 장병들이 막 묘각사를 떠나려 한 순간, 저쪽에서 열 명도 되지 않는 사람들이 흐트러진 머리에 창백한 얼굴, 피에 물든 몸으로 달려왔다. 본능사에 들어가려다 뜻을 이루지 못하고 결국 이곳으로 달려온 쇼시다이 무라이 슌초켄 부자와 가신들이었다. 본능사는 이미 적의 철통같은 포위 속에 있으며 노부나가에 대해서도 절망적으로 생각할 수밖에 없다는 슌초켄 부자의 말을 듣고 노부타다가 입술을 떨며 말했다.

"원통하구나. 천하의 불효자가 되었단 말인가……"

노부타다는 비통한 눈물을 흘렸다.

"주조 나리, 마음 단단히 먹어야 합니다. 정신 차리셔야 합니다."

누군가가 뒤에서 안아 몸을 지탱해준 순간 노부타다는 자신이 쓰러지려 했다는 사실을 알았다. 그는 상심에서 벗어나기 위해 굳게 다짐했다.

"나는 노부나가의 아들이다. 오다 노부나가의 아들 아닌가. 산미노 추조 노부타다가 나약하게 울고 있을 때가 아니다."

저 멀리 하늘의 검은 구름과 불을 다시 바라보자 노부타다의 머릿속도 미쳐버릴 듯 불타올랐다. 주위의 담과 나뭇가지와 길가에 벌써 적이 쏘아대는 총알과 화살이 이상한 소리를 내며 날아오기 시작했다. 노부타다를 둘러싼 장수들이 방패가 되어 노부타다를 지키며 말했다.

"이렇게 된 이상 더는 어찌할 도리가 없습니다. 혈로를 뚫어 아즈치로 서둘러 돌아가는 것이 최선책인 듯합니다. 아즈치에 들어가기만 한다면 어떻게든 방법을 강구할 수 있을 것입니다."

노부타다는 뒤에서 자신을 받치고 있는 무장의 손을 뿌리치며 말했다.

"아들 된 도리로 아버지의 생사도 확인하지 않은 채 어찌 여기서 한 걸음이라도 벗어날 수 있겠는가? 게다가 이렇게까지 일을 꾸몄으니 내가 지나는 것을 호락호락 내버려둘 아케치가 아니다. 우리 무문을 위해, 또 아들 된 도리로, 여기서 끝까지 싸울 수밖에 없다."

노부타다는 몸을 획 돌려 전 장병에게 외쳤다.

"진용을 갖춰라. 적이 가까이에 있다."

노부타다의 기백에 힘입어 모두 일전을 펼치기로 결의했다. 하지만 돌담 하나뿐인 이 묘각사에서는 적을 막을 방도가 없었다. 그래서 장수들은 노부타다에게 바로 근처에 있는 니조 성이야말로 굳게 지키기에 알맞다고 권하고 앞장서서 그곳의 문을 향해 달리기 시작했다.

묘각사와 니조의 궁궐 사이에는 해자가 있는 넓은 길 하나만이 놓여 있을 뿐이었다. 예전에는 그곳에 무로마치 막부의 군영이 있었다. 아시카가 요시아키를 추방한 뒤, 노부타다의 아버지인 노부나가가 옛 관을 부수고 새로이 조영해서 교토에 들어올 때면 그곳을 숙소로 삼기도 했으나 지금은 높으신 분의 궁궐로 쓰이고 있었다.

오기마치正親町 천황의 황자 사네히토 친왕誠仁親王[220]이 그곳에 머물고 있었다. 이에 노부타다의 신하는 황송해하며 우선 사정을 설명하고 허락을 받은 뒤 그곳으로 들어갔다.

노부타다가 니조 성으로 이동하려고 할 때 이미 바깥쪽 해자가 있는 도로 한쪽에서 아케치 군과 후방 부대가 혈전을 벌이고 있었다. 하지만 마침 시내에서 아군들이 속속 달려온 덕에 오다 군은 적잖이 기세를 더할 수 있었다. 그사이에 노부타다도 무사히 니조 성으로 들어갈 수 있었다.

본능사가 좁다 보니 시내에 있는 숙소에서 묵고 있던 휘하 무사가 많았다. 노부나가의 기마 호위 무사인 오자와 로쿠로사부로小澤六郎三郎는 에보시야마치烏帽子屋町에 묵고 있었다. 그날 새벽, 그는 본능사의 변을 듣고 벌떡 일어나 '나의 불찰이다'라고 자신을 타박하며 갑옷을 입고 밖으로 달려 나갔다. 그러자 평소 친하게 지냈던 집의 주인과 식구들이 모두 그의 소매를 잡고 말렸다.

---

220 1552~1588년. 오기마치 천황의 첫째 아들로 1568년 친왕이 되었다. 오다 노부나가의 양자가 되었으며, 1579년부터 노부나가의 헌상으로 니조 궁에서 살고 있었다. 시가에 능했다.

"벌써 저렇게 불길이 치솟았고 노부나가 공도 자결했으며 부하들 역시 한 명도 남김없이 목숨을 잃었다고 합니다. 묘각사 쪽도 아케치 군이 가득해서 길을 지날 수도 없을 것입니다. 여기서 헛되이 목숨을 버리느니 다락방에라도 숨어 계시기 바랍니다. 틀림없이 숨겨드리겠습니다."

"고맙소. 호의는 고맙지만, 일이 급박하니 한시라도 빨리 노부타다 경과 하나가 되어 마지막 봉공을 해야 할 듯하오. 오랫동안 신세를 졌소. 모두의 건강을 빌겠소."

로쿠로사부로는 감사의 말을 전한 뒤 소매를 뿌리치고 뒤도 돌아보지 않은 채 거리로 달려 나갔다. 평소 덕망이 매우 높은 무사였던 듯, '저길 좀 봐. 로쿠로사부로 님께서 목숨을 바치러 가시네' 하며 이웃 사람들도 모두 길가로 나와 눈물을 흘리며 그의 뒷모습을 지켜봤다고 한다. 그 외에도 시내의 숙사 곳곳에 묵고 있던 사람들로는 노노무라 산주로野々村三十郞, 스가야 구에몬菅谷九右衛門, 이노코 효스케猪子兵助, 후쿠토미 헤이자에몬福富平左衛門, 모리 신스케毛利新助, 사사가와 효고篠川兵庫 등이 있었다.

이노코 효스케와 모리 신스케 등은 호위 무사의 선참으로 이미 오케하자마桶狹間 전투 무렵부터 이름이 알려진 무사였다. 특히 모리 신스케라는 이름은 당시 이마가와 요시모토今川義元에게 창을 댄 수훈자로 모르는 사람이 없었다.

전장에 나서면 이러한 사람들 모두 어엿한 부장이었다. 이들이 그나마 본능사 가까이에 묵고 있었다면 아케치 군이 그렇게 간단히 일을 이룰 수는 없었을 것이다. 어쨌거나 모두 뿔뿔이 흩어져 있었으며 거리도 떨어져 있었다. 이에 그들은 생각과 달리 묘각사로 달려갈 수밖에 없었다. 마침 노부타다 군이 니조 성안으로 진영을 옮기던 차였으며, 아케치 군의 선봉과 오다 군의 후미가 치열하게 서전을 펼치던 중이었기에, 그들은 오다 군에 가세해 힘껏 싸웠다. 그 자리에서 바로 목숨을 잃은 사람도 있었으며, 부상을 입어 적군 속에 휩싸인 사람도 적지 않았으나 대부분은 기회를 엿보다 성문 쪽으로 달려갔고 마지막 도개교를 올리고 말았다.

묘각사에 있던 노부타다의 수하 육백여 명과 시내에서 달려온 삼백여 명을 합쳐 총 일천 명의 장병들은 그렇게 해서 목숨을 바칠 곳을 이날 아침에 갖게 되었다. 아케치 군 쪽에서는 노부타다의 수하가 묘각사에서 벗어나 니조 성으로 들어가리라고는 조금도 생각하지 못했다. 친왕이 머무는 곳이었기에 전혀 전장이 될 수 없다고 생각했던 것이다.

"아뿔싸."

순간 아케치 군은 당혹감을 감출 수 없었다.

"들여보냈단 말이냐. 실수를 했구나."

주장인 아케치 미쓰타다는 선봉이 느슨했음을 탓하고 적이 성문을 굳게 지키기 전에 바로 병사들을 성의 세 문으로 나누어 보내 그곳을 포위하게 했다. 니조 성에는 서문, 동문, 남문, 세 개의 문이 있었다. 해자는 깊고 폭도 넓었다. 본능사와는 달리 물이 가득 고여 있었다. 어딘가에 자연적으로 물이 솟는 곳이 있는 듯 푸른 물이 잔잔히 물결치고 있었다.

"적은 안에 있는가?"

미쓰타다가 이미 굳게 닫혀버린 성문과 해자의 거리를 눈으로 가늠하며 중얼거렸다. 주위는 고요한 상태였다. 그때 성안에 있는 돌로 쌓은 창고 위 망루에서 화살 하나가 해자를 넘어왔다. 나미카와 가몬이 그것을 주워 바로 미쓰타다에게 바쳤다. 화살에는 편지가 묶여 있었다. 산미노추조 노부타다의 이름으로 공격 부대에 휴전을 제의하는 내용이었다. 요지는 다음과 같았다.

이곳에는 친왕과 나이 어린 황자가 계신다. 새벽의 단잠을 깨운 것만 해도 황공한 일인데 우리가 이대로 전투를 벌인다면, 금지옥엽 같은 몸에 상처를 내거나 뜻밖의 불경한 일을 저지를지도 모르는 일이다. 그러니 우선은 쌍방 모두 잠시 활쏘기를 멈추고 친왕을 다른 곳으로 옮긴 뒤에 마음껏 혈전을 펼치도록 하자. 너희의 뜻은 어떠하냐?

미쓰타다는 바로 '이견은 없다'라는 답을 보내려 했으나 나미카와, 후지타, 마쓰다와 같은 장수들의 말을 받아들여 '잠시 기다리라'는 답을 보낸 뒤 바로 호리 강의 본진에 있는 미쓰히데에게 사자를 보내 의견을 물었다.

마침 미쓰히데는 진지를 움직여 니조 성 가까이까지 와 있었다. 미쓰히데는 본능사는 이미 떨어졌으니 이제 남은 곳은 니조 성뿐이라며 본능사에 있던 병력을 나누어 바로 니조 성으로 보내 미쓰타다를 도우라고 전달한 참이었다. 그런데 노부타다의 글을 읽은 뒤, 미쓰히데는 역시 노부나가의 아들이라고 속으로 감탄하며 흔쾌히 승낙하겠다는 뜻을 전했다. 그리고 다시 주의를 주었다.

"친왕이 이동하실 때에는 한 치도 소홀하지 않도록 군의 말단에 이르기까지 충분히 주의를 주어라."

미쓰타다는 명령을 받자마자 곧 그 뜻을 성안에 전했다. 때는 마침 묘시卯時(오전 6시), 본능사에 있던 병력은 본능사의 연기를 뒤로한 채 속속 가담했다. 그들은 해자의 물로 둘러싸인 곳 가운데 아케치의 병마를 볼 수 없는 곳이 없을 정도로 포위했다.

마침내 휴전의 음산한 침묵 속에서 친왕과 어린 황자는 여관과 시종들을 데리고 불안한 마음으로 동쪽 문에서 나와 천황의 궁궐까지 걸어서 이동했다. 다리까지는 성안의 장병들이 호위했으며, 해자 바깥부터는 아케치 쪽의 장병들이 호위했다. 하지만 아직 어린 황자와 여관들은 피투성이 장병과 창검 속을 두려운 마음으로 지나야 했다.

어쨌거나 노부타다는 그날 아침 아버지 노부나가를 잃고 또 자신의 목숨까지도 위태로운 상황에서 일을 침착하게 잘 처리했다. 적장 미쓰히데도 과연 노부나가의 아들이라고 감탄한 것처럼 세상을 떠난 노부나가도 아직 피어오르는 연기 속 하늘에서 '잘했구나'라며 아들을 바라보고 있을지도 몰랐다.

오다 가의 일개 장교이며 스물여섯 살에 지나지 않는 노부타다가 어떻게 이처럼 침착하고 용감하게 처치하고 신하로서도 도리를 다할 수 있었던 것일까? 평소의 교양 덕분일까? 어젯밤 다도에서 기른 마음가짐 덕분일까? 그도 아니면 일찍이 주고쿠 전선에 참가하여 히데요시와 함께 잠깐이나마 생사의 갈림길을 맛본 경험 덕분일까? 모든 게 도움이 되었을 것이다. 하지만 그게 전부는 아니었다. 오히려 근본적인 것은 그가 태어난 집안의 가풍과 피에 있었다. 그의 아버지 노부나가는 일단 중원에 깃발을 세운 뒤부터는 어디서 전투를 벌이든 전투를 마친 뒤에는 곧 교토로 들어와 금문에 전과를 고했으며, 나라에 기쁨이 있으면 그 기쁨을 궐 밑에 엎드려 고했고, 일본의 무위를 갖춘 뒤에는 말 머리를 나란히 하여 주상에게 보였고, 궁궐을 조영하여 사민에게 보였으며, 그 돌을 나를 때는 스스로가 돌 위에 올라 군중에게 돌을 끌게 했고, 깃발을 휘둘렀으며, 실천을 통해 대군을 섬기는 신하의 기쁨과 환희를 대중에게 가르쳤고 자신도 그런 신념을 가졌던 사람이었다.

당대의 사람 가운데 일부는, 아니 후세의 어떤 사가들도 그의 이러한 행동을 가리켜 노부나가가 충성을 다한 것은 인심을 얻기 위한 하나의 책략으로, 정치적으로 황실의 존엄을 인정하고 공리적으로 그것에 힘쓴 것이라고 평했다. 이는 정치, 경세經世의 업적을 오로지 권력을 잡은 사람의 책략이자 지능적인 모략이라고만 보는 약삭빠른 사람들의 견해로, 일본의 신민 대중 속에는 군신이 하나가 되는 흐름도 없고, 그에 의한 정념도 없다고 보는 그릇된 견해에 지나지 않는다. 만약 노부나가의 충성이 개인의 공리나 하나의 방편이었다고 한다면 그가 아무리 궁전 조영을 위해 몸소 돌 위에 올라 깃발을 흔들었다 할지라도 그 바위를 움직인 사민의 힘은 민중 속에서 솟아오르지 않았을 것이다. 그리고 서민들이 그와 함께 그처럼 환희의 노래를 불렀을 리도 없다.

그런 노부나가의 충성은 그의 아버지인 노부히데信秀로부터 물려받은 것이었다. 지금 노부히데의 손자 노부타다가 그 피가 명하는 대로 신하의 도리를 올바로 지켜 과오를 범하지 않은 것은 오다 가 삼대에 걸친 가풍이자, 무문의 한 신하로서 평소 있는 그대로 자연스럽게 일본인의 마음을 나타낸 것에 지나지 않는다.

그것은 그렇다 치고, 여기서 작가의 사설을 잠깐 허락해주기 바란다. 대체로 보면 많은 후세의 사가들이 전국 시대 무문의 사람들을 가리켜, 국가 관념이 결여되었다고 말하고 충성심과 비슷한 것은 있었으나 참된 충성심은 없었으며 통일을 위한 방편이자 정치적 판단하에서 취한 행동으로 그들이 품고 있던 것은 봉건적 주종의 도의뿐이었다고 보는 설이 강하다. 모리 모토나리도 그렇고 우에스기 겐신上杉謙信도 그렇고, 본원사도 그렇고 모두 황실에 헌금도 하고 궁궐의 조영에도 도움을 주었으며, 황명에도 순순히 따랐다. 하지만 그것은 이 시기의 경향으로 노부나가만 그렇게 한 것이 아니었다. 단지 노부나가는 더 철저하게 일관했고 적극적으로 임해 통일의 중추로 삼은 것이었다고 한다.

이처럼 사가들 사이에서 일시적으로 유행한 설에 대해서는, 전국 시대의 무인들을 위해 그 억울함을 씻어주지 않으면 안 될 것이다. 물론 무로마치 시대에는 황실 섬기기를 말로 표현할 수 없을 정도로 소홀히 한 것은 사실이지만 노부나가 이후 여명기의 사람들은 분명한 일본적 자각과 국가관을 이미 다시 품고 있었다는 사실을 나는 믿어 의심치 않는다. 드러난 행위를 놓고 정치적 의식에 의한 것이라거나, 경세의 방편이었다고 치부해버린다면 신하의 충심은 흔적도 없이 사라져버리게 된다. 그들의 충심은 세상을 속이기 위한 위선이 되어버리는 셈이다.

사가들은 어째서 좀 더 깊이 행위의 저변에 흐르는 본연의 혈액을 보려 하지 않는 것일까? 이미 이천 년 동안의 전통, 때로는 겐무建武[221] 시절 전후인 무로마치 시대 말기처럼 세풍이 붕괴되고, 인심이 무절제하는 등 한탄스러운 때도 있었지만 황실에 대한 신민의 진심에는 변함이 없었다. 막부의 위정자가 오래도록 그것을 잊고 있었을 때에는 민초의 집 하나하나에서, 각 마을 신사의 숲 하나하나에서 그 불후를 맹세하는 정신이 무언중에 지켜지고 있었다.

궁궐의 조영이나 물건의 헌납 등도 그것이 모토나리네, 겐신이네, 노부나가네 하며 시대의 대표자에 의해 행해지면 역사상에 기록도 되고 비판적인 눈으로 품고 있지도 않았던 의사까지 미루어 헤아려지곤 하지만, 세상에 알려지지도 않았고 기록에도 남아 있지 않은 무명의 민초들의 봉사는 끊임없이, 끝도 없이 세대를 초월해서 계속되어왔다고 나는 믿는다. 그것들은 모두 한 됫박의 팥이거나, 한 바구니의 푸성귀거나, 혹은 한 토막 목재에 불과했을지 모르나 이름도 없는 시골의 향사나 들판의 백성들이 연줄을 더듬어 남몰래 황궁에 헌납하기를 희망한 예도 적지 않았다.

---

221 일본의 연호. 1334~1336년.

노부나가의 아버지인 노부히데가 이세 신궁에 목재와 헌상금을 바치기도 하고 황실을 위한 봉사에 노력한 것도 말하자면 이러한 초야의 사람들과 같은 마음에서 행한 것이었다. 다시 말해 일본의 가정에 전해 내려오는 가풍을 집안의 어른으로서 마음에 새기고 행동으로 보여준 것에 지나지 않는다. 노부나가 역시 그러한 민초들 가운데서 나온 일개 백성이었다. 형식의 대소는 논할 가치도 없다. 그의 충성도 일개 백성으로서의 충성이었다. 모토나리도 그렇고 겐신도 마찬가지였다. 이러한 국토와 집안의 가풍을 이어받은 아들이 어찌 무권 정쟁과 그것을 혼동할 수 있겠는가? 충성은 오롯이 그것을 바친 사람의 기쁨이 된다.

지금 막 주군인 노부나가를 시살한 미쓰히데조차 노부타다가 편지로 친왕의 거처를 옮긴 뒤 결전을 펼치자고 제의하자 이를 흔쾌히 받아들이겠다고 답했다. 사투가 벌어져 아무리 혼란스럽고 생사를 오가는 중이라 할지라도 신하의 도리인 이 한 가지만은 소홀히 하지 않았던 것이다. 미쓰히데는 이날로부터 십일 일 뒤 오구루스小栗栖의 산촌에서 토민의 죽창에 찔려 죽으려 할 때 부하에게 붓을 들려 마지막 한마디를 했다.

순역무이문順逆無二門(순이네 역이네 하는 두 개의 문이 있는 것이 아니니)

대도철심원大道徹心源(대도가 마음 깊이 통해)

오십오년몽五十五年夢(오십오 년의 꿈)

각래귀일원覺來歸一元(깨어보니 근원으로 돌아가네)

미쓰히데에게 있어서 본능사에서의 일은 순역順逆을 따질 문제가 아니라고 여겨진 듯하다. 노부나가도 하나의 신하, 자신도 하나의 신하였다. 참된 대의와 일개 신하의 대도는 전혀 다른 것이라 보고 홀로 하

늘에 맹세한 비통한 마음이 있었을 것임에 틀림없다. 하지만 이미 주
인을 살해했다. 이는 무문과 무문의 도의로 용납할 수 없는 일이었다.
아무리 사정을 참작한다 할지라도 민중 역시 용서할 수 없는 일이었
다. 그랬기에 이 도의와 질서를 파괴한 일개 백성을 심판한 사람도 역
시 일개 백성이었다.

고노에近衛 가의 지붕

휴전 약속은 해지되었다.

전투 개시.

순간 북소리와 함께 성안에서도, 성 밖에서도 와아 하는 함성이 들려왔다. 성안 병사 중 한 부대가 조금 전 친왕이 건넌 다리가 있는 문에서 창을 가지런히 하고 밀려 나왔다. 이는 그곳에 있던 후지타 덴고와 나미카와 가몬의 두 부대가 서로 공격에 용이한 곳을 차지하려고 다투는 사이 성안 부대가 기선을 제압하기 위해 반격에 나선 것이었다. 하지만 성안 부대의 병사들과 공격 부대의 병사들은 얼굴을 마주하자 다리 가운데의 세 간 정도를 사이에 둔 채 걸음을 멈춰버리고 말았다. 다발로 묶어놓은 듯한 무수한 창끝이 햇살을 받아 번쩍번쩍 빛났고 반사된 빛 때문에 병사들의 모습이 뿌옇게 보였다. 병사들은 그저 서로를 노려보기만 했다.

"……."

"……."

그때 갑자기 이상한 소리가 울렸다. 하지만 가장 앞줄에 있는 무사들에게는 아무 소리도 들리지 않았다. 아무리 전장 경험이 풍부한 무사라 할지라도 이 순간에는 소리도 들리지 않고, 아무것도 보이지 않고, 간은 오그라들고, 장비를 단단히 두른 정강이까지 부들부들 떨려 왔다. 하지만 그것은 아주 짧은 순간에 지나지 않았다. 설령 떨고 있는 발꿈치라 할지라도 한 치도 물러서는 법이 없었다. 그들은 조금씩 앞으로 나아갔다. 물론 맞은편에서도 슬금슬금 발끝으로 다가왔다.

"와아!"

누군가 한 사람이 노도 속으로 뛰어들듯 부르짖으며 달려 나갔다. 잠시 틈도 주지 않고 아군 네다섯 명이 뒤따라 뛰쳐나갔다. 그 기세에 압도당한 적의 앞줄 중 일부가 뒤로 움찔 물러나는 순간 핏줄기가 솟아올랐다. 적도 일부가 물러난 채로 가만히 있지는 않았다. 바로 튕겨 나오듯 파도를 만들어 한꺼번에 달려들었다.

다리 위에서는 이미 소용돌이가 일어 피가 난간에 튀고 해자로 흘렀다. 시체를 밟는 사람, 그리고 시체 위에 다시 쓰러지는 사람으로 뒤엉켰다. 아케치 쪽에서 뒤쪽 해자 부근에 총을 늘어놓고 성안의 병사를 저격하기 시작했다.

"짓밟아라!"

"돌격하라!"

아케치 군은 그들을 제압하고 성문 아래까지 밀고 들어갔다. 성의 장병들은 기운이 다해 그 안으로 밀려들어갔는데, 따라오는 아케치의 병사들을 단번에 막기 위해 순간적으로 쿵 하고 철문을 닫아버렸다. 그런데 아직 성문 밖에는 오다 쪽 무사가 네 명 정도 남아 있었다. 그 가운데는 오자와 로쿠로사부로도 있었다. 후퇴를 모르는 사람들이기는 했으나 성문을 안에서 걸어 잠갔기에 그대로 적 속에 남겨지고 말았다. 하지만 그들은 그것을 오히려 잘된 일이라 여기듯 다리 위를 돌파하여 적의 한가운데로 뛰어 들어가 피로 물들였다.

특히 오자와 로쿠로사부로는 해자 부근에 서서 지휘에 여념이 없는 아케치 군의 장수를 노리고 달려들어 칼로 벤 뒤, 팔방에서 날아드는 창 속에서 사나이답게 전사하고 말았다. 성안의 병사들은 다리의 문 밑으로 몰려드는 적에게 기왓장을 던지고 돌을 날리고 소총탄을 쏘아 댔다.

공격하는 부분이 국한되다 보니 아케치 군의 장병들은 그곳에 수많은 시체를 쌓을 수밖에 없었다. 결국에는 공격을 포기하고 일단 다리 위에서 후퇴하기로 했다.

"물러나라, 물러나라."

그러자 오다 군의 병사들이 바로 성문을 열고 창을 나란히 한 채 사상자를 밟으며 달려 나왔다. 지금은 아군과 적군으로 나뉘지만 예전에 아즈치에 있었을 때에는 서로 얼굴도 알고 지냈으며 친구처럼 지내던 사람도 많았다. 그랬기 때문에 이 싸움은 처음부터 육친에게 화가 난 육친의 격투처럼 불이 나고 창이 부러지고 칼이 끊어질 정도로 처참한 모습일 수밖에 없었다.

아케치 미쓰타다는 왼쪽 어깨에 화살을 맞고 말았다. 그는 달려온 부하들에게 화살을 뽑게 하는 중에도 목이 터져라 아군을 독려했다. 하지만 멧돼지처럼 아군을 헤집으며 달려온 용사에게 갑자기 공격을 받았다.

"휴가의 조카 놈이렷다!"

미쓰타다는 허벅지를 깊이 찔려 옆으로 쓰러지고 말았다. 용사의 두 번째 창은 얼굴을 향해 날아들었다. 그러자 미쓰타다는 창끝을 잡고 벌떡 일어섰으며, 그 순간 그의 하타모토旗本222들이 몰려들어 용사를 마구 베어 쓰러뜨렸다.

---

222 장수 직속의 무사들.

미쓰타다의 몸에서 시뻘건 피가 흘렀고 적도 머리부터 피를 뒤집어썼다. 정신을 차리고 보니 부하 병사들이 자신의 발을 들고 머리를 받힌 채 전장 밖으로 성큼성큼 달려가고 있었다.

"어디로 가는 것이냐. 나를 어디로 데려가려는 것이냐?"

미쓰타다의 외침에 뒤따라오던 두어 명의 하타모토들이 입을 모아 대답했다.

"마음을 굳게 잡수고 조금만 참으십시오. 상처는 깊지 않습니다."

미쓰타다는 이를 갈며 더욱 몸부림쳤다.

"무, 무슨 소리를 하는 게냐! 이 정도의 상처는 아무것도 아니다. 전장으로 돌아가라. 어서 전장으로 돌아가!"

하지만 상당한 중상이었기에 땅에 쏟아지는 핏줄기와 함께 미쓰타다의 목소리도 점점 약해졌다.

미쓰타다가 물러나자 미쓰히데는 본능사에서 물러난 시호덴 마사타카를 대장으로 급히 보냈다.

"시간을 끌어서는 안 된다."

마사타카는 정문 앞에 도착하자마자 바로 장병들을 독려했다.

"주변 나무들을 베어다 해자 안으로 던져라."

육칠십 그루의 나무가 해자 안으로 던져졌다. 아케치 군의 용맹한 병사들은 나무들을 뗏목으로 엮을 새도 없이 밟고 뛰어넘어 돌담 밑으로 다가갔다. 그리고 돌담 사이에 발판을 박아 위로, 위로 기어올랐다. 하지만 이곳의 돌담은 다른 곳의 돌담과는 달랐다. 니조 성을 지을 당시 미쓰히데도 함께했는데, 그는 독특한 축성 기능으로 돌담의 세로선을 활처럼 휜 모양으로 쌓았다. 그 때문에 아케치 군의 사졸은 도중까지 기어오를 수 있었으나 마침내 위쪽에 가까이 이르러서는 자기 몸의 중량 때문에 모두 밑으로 떨어지고 말았다.

미쓰타다에게 부상을 입히고 목숨을 잃은 오다 가의 장수는 이노코 효스케로 알려졌다. 무라이 슌초켄도 다리의 문 아래서 목숨을 잃었다. 하지만 성안의 병사들은 아케치 군이 반격을 가하면 다시 곧 철문을 닫아걸었다. 그리고 돌담은 애초부터 기어오를 방도가 없었기에 공격을 서두를수록 희생자만 늘었고 또 제풀에 맥이 빠질 뿐이었다.

뒷문 쪽에서도 비슷한 상황이 전개되었다. 그렇게 정오가 가까워질수록 날도 더워졌고, 돌담과 갑옷도 뜨거워졌고, 넘쳐나는 피도 거뭇해졌다.

"여기까지 와서 시간만 보내서는 큰일이다."

미쓰히데는 초조했다. 말을 타고 본진에서 나와 해자를 따라 반 바퀴 정도 돌았다. 곧 성안에서 미쓰히데를 향해 총탄과 화살이 날아들었다. 좌우의 사람들이 권할 필요도 없이 미쓰히데는 바로 본진으로 되돌아오고 말았다.

"성의 북쪽으로 보이는 저 커다란 지붕은 고노에近衛 나리의 저택인 게 틀림없다. 산자에몬, 당장 달려가서 인사를 드리고 오너라. 잠시 지붕을 빌리고 싶다고."

미쓰히데는 미마키 산자에몬을 그곳으로 보내고 난 뒤, 곧 아라키 야마시로노카미와 오쿠다 구나이 두 장수에게 명을 내렸다.

"화살 부대와 조총 부대를 데리고 저 커다란 지붕으로 올라가서 성안으로 화살과 총알을 퍼부어라."

미쓰히데의 계책은 적절한 것이었다. 평성이다 보니 지붕에 오르자 내부를 충분히 노리고 화살과 총알을 쏠 수 있었다. 성안의 병사들에게는 틀림없이 치명적인 일이었다. 그런 상황에서 가장 놀라고 당황스러워한 사람은 지붕을 빌려준 고노에 사키히사였다. 집주인 고노에 부부는 바로 어젠가 그제 낮에 소가 끄는 수레를 타고 본능사로 노부나가를 찾아갔었다. 그만큼 고노에 사키히사는 노부나가와 오래도록 절친한 사이였다.

당연히 성안에서도 지붕을 향해 화살과 총알이 날아들었다. 양쪽 모두 대포를 들고 있지 않은 게 그나마 다행이었다. 원래 미쓰히데는 총기 연구 분야에서 최고의 지식을 가지고 있었으니, 사카모토나 가메야마에 대포도 갖추고 있었을 것이다. 하지만 이번에는 목표가 본능사와 묘각사였고, 이처럼 공성전을 펼치게 되리라고는 생각하지 못했던 탓에 그러한 무기들을 가져오지 않았다.

얼마 지나지 않아 성안의 일각에서 시커먼 연기가 피어올랐다. 돌담을 오르는 데 성공한 것인지, 세 문 가운데 어느 곳을 돌파한 것인지, 성안으로 어지러이 들어간 아케치 군의 모습이 보이기 시작했다.

"떨어지겠구나. 아니, 떨어졌다."

미쓰히데는 그렇게 외치며 서쪽 문 앞까지 달려갔다. 더는 화살과 총알도 날아오지 않았다. 성안의 병사들은 모두 달아난 모양이었다. 미쓰히데는 주위를 둘러보며 총공격을 명했다.

"미쓰아키도 공격하라. 히다도 나가라!"

서문, 동문, 남문 모든 문이 뚫리자 아케치 군은 어지러이 안으로 들어갔다. 그리고 곳곳에서 소수의 적을 여럿이 둘러싸고 공격했다. 성안에도 한 줄기 내호内濠가 있었으나 도랑 정도의 폭밖에 되지 않았다. 첩첩이 쌓인 시체의 피가 그곳의 물마저 새빨갛게 물들였다.

"노부타다 경의 목은 어디 있느냐?"

"노부타다 나리를 찾아라."

성의 깊은 곳까지 들어간 아케치 군의 장병들은 건물에 불을 질렀다. 그리고 그 연기를 뚫고 나가거나, 혹은 불속에서 나오는 사람들을 기다렸다가 그들의 목을 베었다.

목숨

노부타다는 분전했다. 노부나가의 아들답게 최후의 최후까지 싸웠다. 이미 지키고 있는 곳의 문이 뚫렸으나 그래도 핏줄기 속에서 물러서려 하지 않았다. 하지만 후쿠토미 헤이자에몬, 노노무라 산주로, 아카자 시치로우에몬赤座七郎右衛門, 사사가와 효고 등 모두 그의 방패 역할을 하다 목숨을 잃고 말았다.

"이제는 틀렸구나."

노부타다도 죽음을 각오했다. 돌아보니 저택의 건물은 검은 연기에 둘러싸여 있었다. 그곳을 향해 노부타다가 똑바로 달려 나가는 것을 보고 단 헤이하치団平八, 사쿠라기 덴시치櫻木伝七, 핫토리 고토타服部小藤太 등도 뒤를 따랐다. 그 외에도 여기저기에 흩어져 있던 미즈노 규조水野九藏, 야마구치 한시로山口半四郎, 사카가와 진고로逆川甚五郎, 시동들과 측신들도 모두 연기 속으로 들어가 숨었다.

"겐이玄以, 아직도 여기에 있었단 말이냐!"

노부타다는 건물 안까지 따라 들어온 마에다 겐이를 보고는 엄한 목소리로 야단을 쳤다.

"왜 달아나지 않은 게냐!"

“네.”

“네, 라니. 혼란한 틈을 타서 달아나도록 해라. ……어서 떠나라.”

“네…….”

“정말 말을 듣지 않는 놈이로구나. 주인의 명령이다. 달아난다고 해서 비겁하다고 말할 자는 아무도 없을 것이다.”

“마지막 모습을 보기 전까진 무슨 일이 있어도 달아날 수 없습니다.”

“아직도 그런 소릴 하는 게냐. ……죽음은 이미 정해진 일이다. 무사의 죽음에 두 가지 길은 있을 수 없다. 쓸데없이 시간 허비하지 말고 내 명령을 완수하도록 하라.”

“그럼 이것을 마지막으로…….”

마에다 겐이는 눈물을 흘리며 밖으로 나갔다. 그곳에 남아 죽어야 할 사람들은 눈물도 보이지 않는데, 살아남기 위해 떠나는 사람은 눈물에 젖어 떠났다. 마에다 겐이가 받은 명령이란 다음과 같은 노부타다의 유명遺命이었다.

“자네만은 기후岐阜 성으로 가서 이 급변을 가족에게 알리고 나의 아들 산포시三法師를 지켜 뒷일을 잘 처리해주기 바라네.”

이 정도의 혼란 속에서도 탈출하려고 하면 탈출할 수 있는 모양이었다. 마에다 겐이는 어떻게 달아났는지 모르겠으나, 어쨌든 유명을 지켜 훗날 산포시를 데리고 기요스淸洲로 갔다. 그리고 훨씬 뒤에는 히데요시의 고부교五奉行223의 일원으로 이름을 남겼다.

겐이를 내쫓은 뒤 노부타다는 그곳에 있던 하타모토와 시동들에게 마지막 작별 인사를 했다.

“여기서 헤어지기로 하지. 자네들도 각자 최후를 맞기에 적당한 곳을 찾아가도록 하게. 주종은 이 대에 걸친 인연이라고들 하네. 다음 세

---

223 히데요시 정권 말기에 주로 정권의 실무를 담당했던 다섯 명의 정치가를 일컫는다.

상에서 다시 만나기로 하세."

그러고는 가마타 신스케鎌田新介만을 데리고 안쪽으로 달려 들어갔다.

"자결을 하실 생각이군."

가신들은 하다못해 이 순간만큼이라도 적이 접근하지 못하도록 각 각 흩어져 곳곳의 입구를 지켰다. 그리고 그 입구를 지키는 일을 마지막 봉공으로 삼아 모두 핏속에 쓰러졌다.

안쪽으로 달려 들어간 노부타다가 명령했다.

"신스케, 나의 목을 치도록 하게. 그리고 내 시체는 바닥을 뜯어 그 밑에 넣고 바로 불을 붙이도록 하게."

노부타다는 죽은 다음 일까지 명령한 뒤 바로 몸을 바르게 하고 앉 았다. 가마타 신스케는 눈물을 훔치고 주군의 명령대로 죽음을 도왔 다. 그리고 그 시체를 바닥 밑에 숨기고 바닥을 원래대로 해놓았다. 하 지만 그는 여전히 걱정이 되었다.

"적병에게 발견되지는 않을지……."

주위에 연기가 자욱했으나 불길이 아직 안쪽 건물까지 번질 기미가 보이지 않았기 때문이다.

"주군께서 당신의 시체를 적의 눈에 띄지 않게 하라고 엄명하셨는 데."

신스케는 밖으로 달려 나갔다. 그는 불이 잘 붙는 것을 가져와 직접 불을 붙일 생각이었다. 뜰을 통해 쓰키야마築山²²⁴ 뒤쪽으로 올라 눅눅 한 북쪽 구석까지 가니 정원사가 평소 마른 가지를 잘라 묶어서 쌓아 놓은 움막이 있었다. 신스케는 별생각 없이 그 나뭇단을 양 옆구리에 끼우려 했다. 그러자 그 움막 안에서 사람의 목소리가 들려왔다.

"……응?"

---

224 정원에 돌을 쌓아 조그맣게 만든 산.

적이 아니었다. 아군 중에서도 아군, 일족인 오다 겐고로 나가마스織田源五郎長益였다. 싸움은 뒤로한 채 홀로 그 안에서 풀을 뒤집어쓰고 숨어 있었던 모양이었다. 이 사람은 노부나가의 동생뻘 되는 사람인데 노부나가와는 달리 '겁쟁이 나리'였다. 어째서 무문에서 태어난 것이냐며 평소 불평을 하며, 기개가 없는 자신을 스스로 한탄하던 사람이기도 했다. 하지만 마음씨가 아주 좋은 사람이었기에 노부나가도 겐고로를 아끼고 노부타다도 숙부를 존경했다. 그리고 오늘 새벽 이후 겐고로가 군중에 모습도 보이지 않고 목소리도 들리지 않자 다들 그가 가장 먼저 달아났을 것이라고 생각했다.

"……."

신스케는 그런 겐고로가 가엾다는 생각이 들어 아무런 말도 할 수 없었다. 그는 무너진 풀을 원래대로 다시 쌓아놓고 다른 곳으로 발걸음을 돌렸다.

'딱한 사람이로구나.'

신스케는 마음속으로 겐고로를 경멸했다. 한때는 침을 뱉어주고 싶다는 분노까지 느꼈다. 하지만 무성하게 우거진 나무 그늘 아래서 낡은 돌우물을 본 순간 가마타 신스케는 자신도 모르게 발걸음을 멈추고 말았다.

"이 안에 숨는다면?"

평소답지 않게 그 역시 목숨이 아까워졌다. 이런 기분이 문득 그림자처럼 드리운 순간, 무문의 마음가짐까지도 모두 무의미한 것처럼 느껴졌다. 그는 마치 겁쟁이처럼 줄에 매달려 낡은 우물 속으로 미끄러지듯 모습을 감추었다. 그 냉기가 더욱더 삶에 집착하게 만들었으며, 갑자기 오들오들 온몸이 떨려오기 시작했다.

한 반 각(약 15분)쯤 지났을까? 더는 창검이 울리는 소리도 들려오지 않았으며 건물들도 대부분 불에 타 무너졌을 것이라 여겨질 무렵, 우물가에서 아케치 군 병사들의 목소리가 들려왔다.

"여기 한 마리가 있다."

"우물 안인가?"

가마타 신스케는 아뿔싸 싶었으나 뛰쳐나갈 수도 없었다. 위쪽의 병사가 들여다보며 말했다.

"있어, 있어. 틀림없이 한 마리가 숨어 있어. 어차피 짐승과 다를 바 없는 놈이야. 가지고 놀다 죽여버려."

서너 개의 창끝이 우물 속으로 향했다. 깊은 어둠 밑에서 텀벙하는 물소리를 들은 아케치의 병사들이 한꺼번에 웃었다.

'목숨'을 어떻게 버리느냐에 따라 그 삶의 미추가 결정되며, 후세에 그 사람에 대한 가치가 매겨진다. 가마타 신스케 역시 누가 뭐래도 어엿한 무사였다. 하지만 애석하게도 죽기 직전 '목숨'을 아낀 탓에, 세상 사람들이 역신이라고 질타하는 아케치 군의 부하들에게까지 '짐승과 다를 바 없는 놈'이라고 조소를 당하며 저항 한번 못하고 찔려 죽어 낡은 우물 속의 귀신이 되어버리고 말았다.

무릇 인간이라면 누구나 죽음 앞에서는 나약한 법이다. 그렇기 때문에 깨끗한 죽음일수록 아름다운 법이다. 그리고 죽음의 경지를 초월했을 때 강인한 사람이 되는 것이다. 바로 그렇기 때문에 무문뿐만 아니라 선문禪門의 인간들도, 온갖 예능의 인사들도 생사 초월을 목표로 나약한 자신을 연마하고 수양하며 수많은 세월의 고행을 감내하는 것이다. 하지만 그것도 어설프다 보면 가장 중요한 순간에 가마타 신스케처럼 추한 모습을 드러내지 않으리라고는 장담할 수 없는 법이다.

'수행은 쌓았다. 죽음을 보는 것은 삶을 보는 것과 다를 바 없다.'

이렇듯 자신만만해하는 어설픈 수행자야말로 오히려 때로는 후세에까지 돌이킬 수도 없는 오명을 남기는 법이다. 차라리 자신의 각오를 늘 위험하게 여기는 사람일수록 실수가 적다. 그러기 위해서는 오히려 쓸데없는 지식이나 어설픈 분별력이 없는, 있는 그대로의 소박한 삶을 살아야 한다.

하지만 본능사에서나 니조 성에서나 가마타 신스케는 예외적인 인물이었다. 이 한 사람 때문에 오다 가 무사들의 평소 이름이 더럽혀진 것은 아니다. 때로 진흙투성이가 되어 더럽게 짓밟히는 꽃이 있다 할지라도 산 가득 떨어진 꽃의 장엄한 광경에는 영향을 주지 못하는 것과 같은 이치다.

같은 날, 같은 시각 용감하고 굳센, 그리고 아름다운 무사가 있었다. 원래 안도 이가노카미安藤伊賀守의 일족으로 마쓰노 헤이스케松野平介다. 몇 년 전 이가노카미가 노부나가의 심기를 건드려 추방당했을 때, '헤이스케는 뵈줄 만한 구석이 있는 자이니 두고 가라'는 노부나가의 특별한 명령이 있었고, 이후 영지도 받았으며 어엿한 무사로 대접받았다.

본능사의 변이 있기 전날, 헤이스케는 근처 지인의 집에 묵고 있었다. 그날 새벽 난을 알고 벌떡 일어나 달려갔으나 애초부터 때맞춰 도착할 수는 없는 일이었다. 그래서 바로 묘각사로 갔으나 그곳의 부대도 이미 니조 성으로 들어갔고 성안은 자욱한 연기에 휩싸여 이미 떨어진 상태였다.

"이렇게 된 이상 여기서 마지막 싸움을 벌여 노부나가 공, 노부타다 경의 뒤를 따르기로 하자."

헤이스케는 묘각사의 대문 앞에 홀로 버티고 서서 안쪽에서 웅성대는 아케치 군에게 큰 소리로 외쳤다.

"이놈들, 아직 승리의 함성을 지르기는 이르다. 노부나가 공의 일개 병사가 여기에 있다. 도적들의 목을 한 다발 가져가지 않는다면 저승에 계신 주군을 뵐 면목이 없을 것이다. 자, 덤벼라. 마쓰노 헤이스케의 창을 받아 후세의 이야깃거리가 되게 하라.”

헤이스케는 열심히 적을 불러들였다.

아케치 군은 이미 떨어진 성에서 피어오르는 연기를 올려다보며 해자 부근에서 부상당한 병사들을 치료하고 휴식을 취하고 있었다. 마쓰노 헤이스케의 목소리를 들은 아케치의 병사들이 때때로 묘각사 쪽을 돌아보았다.

“별 이상한 놈도 다 있군.”

아케치의 병사들은 누구도 상대를 하러 나오지 않았다. 그러자 화가 난 헤이스케는 아군이 절 안에 남겨두고 간 조총을 가지고 나와 아케치의 병사 서너 명을 쏘았다.

갑자기 흙먼지가 날아들더니 금세 묘각사의 대문이 아케치의 병사들에게 포위되었다. 하지만 아케치의 병사들은 절 안에 헤이스케 한 사람뿐이라고는 여겨지지 않았기에 웅성거리기만 할 뿐 쉽게 다가가지 못했다.

“방심해서는 안 돼. 성안에 잔병들이 숨어 있을 거야.”

“저승으로 가져갈 선물로 적당한 목은 어디에 있느냐? 이놈도 저놈도 가엾기만 한 가느다란 목이로구나. 역신을 도와 난의 앞잡이가 된 자치고 목이 끝까지 붙어 있던 자는 없었다. 어차피 버릴 것이라면 흔쾌히 마쓰노 헤이스케의 창을 받아 마지막 모습이라도 남기도록 하라.”

헤이스케는 창을 꼬나들고 다시 한 번 고함을 지른 뒤 형형한 눈으로 그들을 둘러보았다.

그때 사이토 구라노스케 도시미쓰가 아직 적이 남아 있다는 소리를 듣고는 부대를 이끌고 달려왔다. 그런데 적은 단 한 명뿐이고, 그 한 명에게 이미 몇 명이나 목숨을 잃은 상태였다. 게다가 그 적은 지금도 여전히 숨통을 끊어놓지 못했다는 말을 지껄였다. 구라노스케 도시미쓰가 누구냐고 묻자 병사들이 마쓰노 헤이스케라고 대답했다. 그 말에 도시미쓰는 깜짝 놀라고 말았다. 마쓰노 헤이스케와는 평소 친하게 지내던 사이였기 때문이다.

"그처럼 심지가 곧은 사내를 죽게 해서는 안 된다."

도시미쓰는 자신의 뜻을 급히 묘각사 안으로 전하게 한 뒤 바로 그곳으로 말을 달려갔다.

'과연 헤이스케로구나.'

도시미쓰는 둘러싼 아군을 헤치고 헤이스케 앞으로 가서 평소와 다를 바 없는 목소리로 말했다.

"마쓰노 헤이스케 아닌가?"

헤이스케가 창을 힘껏 쥐며 대답했다.

"도시미쓰, 왔는가? 너의 목 정도라면 저승으로 가져가 노부나가 공께 바칠 만하구나. 평소의 친구라 할지라도 오늘의 악행은 용서할 수 없다."

도시미쓰가 쓴웃음을 지으며 말했다.

"헤이스케, 아직 듣지 못했는가? 본능사는 물론 니조 성도 이미 떨어졌네. 노부타다 경도 조금 전에 자결을 하셨소. 천하는 한나절 만에 크게 바뀌었소. 어찌 흥분해서 소리를 지르는 게요. 평소의 친분을 생각하여 이 구라노스케 도시미쓰가 안내를 할 테니 우선은 본진으로 가세."

"무엇 하러?"

"휴가노카미 님께 인사를 드리도록 하게. 내가 잘 말씀드릴 테니."

"이 늙은이가 사람을 잘못 봤구나. 네놈의 옛 친구인 마쓰노 헤이스케는 그런 사람이 아니다. 떠돌이가 될 뻔했던 몸을 노부나가 공께서 거두어주셔서 오늘의 나를 있게 해주셨는데 그 은혜를 어찌 헌 짚신짝처럼 버릴 수 있겠느냐? 무문이란 이런 것이다. 나의 최후를 잘 보아두 어라."

헤이스케는 단숨에 똑바로 달려들었다. 하지만 도시미쓰에게 가까 이 오기 전에 몰려드는 적의 칼에 맞서다 핏줄기 속에서 장렬히 전사 하고 말았다.

"아깝구나, 참으로 아까운 사내로구나."

도시미쓰도 미쓰히데도 오래도록 애석해했으나 만약 마쓰노 헤이 스케가 도시미쓰의 권유에 따라 아케치의 진문에 항복했다 할지라도 헤이스케는 목숨을 열흘밖에 더 부지하지 못했을 것이다. 열흘 뒤 아 케치가 목숨을 잃고 말기 때문이다.

교토 안에는 곧잘 떨어진 목이 내걸린다. 특히 이런 소란 뒤면 선전 을 위해 내걸린다. 기적적으로 살아남아 달아난 오다 겐고로 나가마스 나 낡은 우물에서 헛되이 목숨을 잃은 가마타 신스케 등은 좋지 않은 소리를 들으며 조롱거리가 된다. 그런 중에 누군가 묘각사의 담에 다 음과 같이 현대풍의 글을 써놓은 사람이 있었다.

목숨을 잘 보존하여 소중히 여겨라
꽃처럼 향기 피우다 떨어지는 날에
미련 없이 깨끗하게 질 수 있도록

우학사

　아침에는 죽음의 거리처럼 고요하던 교토의 시민들도 정오 무렵이 되자 한꺼번에 거리로 몰려나왔다. 크고 작은 길 할 것 없이 거리마다 사람들이 모여 있었으며, 지나는 사람이 적은 길에까지 평소의 열 배나 되는 사람들이 지나다녔다.

　미쓰히데는 본능사와 니조 성의 연기가 아직 먹처럼 하늘을 뒤덮고 있을 때 민중의 심리를 재빨리 살펴 군령을 내걸었다. 그것으로 시민들은 사태의 진상을 알고 놀라기도 했지만, 한편으로는 안심도 했다. 그리고 집집마다 모두 문을 열고 볼일이 없는 사람까지 거리로 나와 곳곳의 풍문을 주워들으며 돌아다녔다.

　"서 있지 마십시오. 지나가시기 바랍니다. 여기를 봐봐야 재미있는 것은 없습니다."

　"물을 뿌리겠습니다. 물러나지 않으면 똥물을 맞을 겁니다."

　우학사又學舍(유가쿠샤)의 문하생들은 문 앞에 모여 안을 엿보기도 하고 담벼락에서 구멍을 찾기도 하는 구경꾼들을 쫓느라 진땀을 흘렸다.

　"닫아버리도록 하게, 닫아버려. 부상자도 더는 수용할 수 없으니."

　현관 부근에서 다른 문하생이 커다란 목소리로 말했다.

넓은 저택 안은 정원이고 실내고 마루고 부상병들이 빽빽하게 들어차 신음 소리로 가득했다.

이곳은 시라 강으로 통하는 길에 있는 솔밭의 일각으로 시민들에게는 우학사라는 이름으로 알려져 있었다. 정원의 사립문에는 취죽원翠竹院(스이치쿠인)이라는 판액이 보였으며, 강당에는 계적당啓迪堂(게이테키도)이라는 현판이 걸려 있었다.

집주인 마나세 도산이《게이테키슈啓迪集》를 탈고한 것은 덴쇼 2년(1574년)의 일이었다. 취죽원이라는 호는 임금이 그의 책을 읽고 일본 의학에 기여한 공로를 치하하기 위해 하사한 이름이었다. 이에 이곳을 함부로 부를 수 없기 때문에 우학사라고 불렀다.

"왜 문을 닫는 겐가?"

일본 의학의 태두인 마나세 도산은 오늘 새벽부터 지금까지 아침도 먹지 못했다. 윗도리 소매를 걷어붙이고 아랫도리 옷자락을 끈으로 여민 채 여러 문하생들을 지휘하며 마당에까지 넘쳐나는 수많은 부상자를 한 사람 한 사람 치료하고 있었다.

"열어놓으면 아녀자들까지 들여다보러 와서 귀찮기 짝이 없습니다."

문하생이 밖에서 대답했다.

"거리의 사람들이 들여다보는 정도로는 방해가 되지 않는다. 아직 사람의 눈을 피해 도망가는 자가 지나갈 것이다. 또 부상자도 비틀거리며 지나갈 게야. 문을 닫으면 그런 사람들이 모르는 채로 지나쳐버릴 게다. 받아들일 곳이 없으면 약을 말리는 곳에라도 멍석을 깔아 받을 수 있을 만큼 받도록 해라."

도산은 그렇게 말한 뒤 다시 곳곳에 누워 있는 부상자들을 돌보았다. 그는 상처를 닦고 붕대를 감고 약을 바르는 문하생들과 함께 부상자들을 치료했다. 그의 깨끗한 백발은 부상자들의 피로 물들었으며,

그의 진지한 얼굴에는 공복을 탓하는 기색도 없었다. 오히려 천하의 대란조차 모르는 듯한 표정이었다.

다행히도 우학사에는 수많은 문하생이 있었다. 도산이 후진을 양성하기 위해 지은 곳이기 때문이었다. 도산은 새벽녘부터 젊은 학생들을 독려해가며 우학사의 문을 열어 본능사의 부상자와 니조 성의 전투에서 기어 나온 무사들을 수용하기 시작했다.

바람의 방향이 한바탕 서쪽을 향하면서 이 부근으로 바람이 불어오자 근처 저택에서는 불똥을 두려워하여 피난 준비에 정신이 없었다. 하지만 마나세 도산은 '불길이 번지면 부상자들을 업고 다른 곳으로 옮기면 그만이다. 그때까지는 치료에 힘을 써야 한다'며 학생들을 밖으로 보내 부상자들을 부축해 들어오게 했다. 그렇게 도산은 눈코 뜰 새 없이 바빴기에 거의 한나절 동안 이편저편 가리지 않고 필사적으로 치료에 전념했다.

처음에는 학생들이 흥분해서 다음과 같이 떠들어댔다.

"아케치의 병사를 받아서는 안 된다. 역적의 가신 따위를 치료하는 의학은 배운 적이 없다."

그러자 스승인 도산이 학생들을 일장 훈계했다.

"무슨 소리를 하는 게냐. 나는 어질지 못한 의학은 가르친 적이 없다. 아케치의 가신들 역시 주인을 섬기고, 그 주인이 명령을 내린 이상 어쩔 수 없는 일이었을 게다. 아무것도 모르는 말단의 병사일수록 명령을 받은 순간에는 반미치광이처럼 있는 힘껏 싸웠을 것이다. 그런 생각을 하면 오히려 가엾은 것은 아케치 가의 사람들, 그 가운데서도 가장 가련한 것은 말단 병사들의 마음씨다. 너희들, 의학에 뜻을 두었으면서도 가련함조차 분별하지 못할 거라면 의학 따위는 그만두기 바란다."

이에 젊은 학생들은 곧 스승의 넓은 마음을 배워 오다 가의 무사든 아케치의 병사든 불평 없이 받아들였을 뿐 아니라 집이 불에 타 몰려 나온 빈민가의 부상자와 미아까지도 받아들여 보살폈다.

백주에 벌어진 두 전투에서는 오다와 아케치 양군이 불꽃 튀는 싸움을 벌였으나, 이 집의 지붕 아래서는 적과 아군이 서로 한자리에 누워 신음 속에서 얼굴을 마주했으며 차별 없이 따뜻한 치료를 받았다.

"오오, 그것참. 이 다급한 상황에서 참으로 대단하시군. 발 디딜 곳도 없이……. 과연 도산 나리야. 참으로 고마운 일을 하고 계시는군."

부상자가 아니었다. 평소부터 주인과 친하게 지내던 벗인 듯했다. 그는 문 안으로 들어서자마자 인사 대신 그렇게 혼자 중얼거렸다. 그러고는 부상자를 위해 깔아놓은 멍석 사이를 지나 안쪽 강당의 마루 앞까지 와서 말했다.

"도산 나리, 도와드릴까요?"

"아아, 조하 나리 아니신가? 우선 올라오게. 거기에라도 앉게."

"이런 때 방해를 해서 죄송합니다만 워낙 목이 말라서. 더운 물이라도 한 잔 마실 수 없겠습니까?"

가인인 사토무라 조하가 옷깃의 먼지를 털며 올라왔다. 그의 짚신과 얼굴은 평소와 다르게 시커멓게 더러워져 있었다. 조하의 방문을 계기로 도산도 아침 이래 처음으로 한숨을 돌렸다.

"이곳으로 둥근 짚방석을 가져오게."

도산은 문하생에게 명령하고 책만 가득 쌓여 있는 한 방에 조하와 마주 앉아 더운 물을 마시며 이야기를 나누었다.

"과연 어떻게 될까요, 앞날은……."

두 사람은 서로의 얼굴을 마주 보았다.

"니조는 아직도 커다란 불길에 휩싸여 있습니다. 오늘 아침 본능사의 무시무시한 화염을 보셨습니까?"

조하가 묻자 도산이 머리를 흔들었다.

"아무것도 보지 못했소. 그럴 여유가 없었소. 아직 밖에는 한 걸음도 나가지 못했으니……."

도산은 집 안의 부상자를 둘러본 뒤 다시 말을 이었다.

"싸움과 동시에 이곳도 전장이 되어버리고 말았소. 단지 마음에 걸리는 것은 궁궐 쪽인데……."

"네, 그쪽은 별 탈 없습니다."

"그래도 본능사와 니조 성의 불똥이 궁궐 정원에까지 튀었겠지. 참으로 황공한 일일세."

"더없이 황공한 일은, 니조의 궁에 계시던 친왕과 어린 황자께서 싸움 중에 걸어서 궁궐로 들어가신 일입니다. 마침 길가에 엎드려 있다가 너무도 황공해서 정신없이 근처 공경의 집으로 가 문을 두드렸지요. 다행히 거기에 있던 깨진 소달구지를 끌어다 오르시게 한 뒤 허겁지겁 금문 부근까지 모셔 갔습니다만……. 아무리 비상 상황이라 해도 친히 어의 자락을 바싹 올려 쥐시게 했으니, 아직도 황공해서 몸 둘 바를 모르겠습니다."

"놀라운 기지를 발휘하셨소. 참으로 잘하셨소."

도산이 칭찬을 하자 조하는 조금 안심이 되었다. 하지만 그 뒤로 도산은 사변 직전에 조하가 아타고의 곤겐에서 미쓰히데와 함께 하룻밤을 함께 보냈다는 사실을 알고 진심으로 나무랐다.

"어째서 그때 휴가노카미의 동작이나 말속에서 어처구니없는 일을 저지를 마음이 있었다는 사실을 감지해내지 못한 것인가? 들리는 말에 의하면 휴가노카미가 미심쩍은 시도 지었다고 하던데."

"그건 억지입니다."

조하도 발끈해서 부인했다.

"신하로서 주인을 시역弑逆하는 것은, 이 조하의 머리로는 도저히 생각할 수 없는 일입니다. 설령 이상한 점을 깨달았다 할지라도 저의 도의로는 짐작할 수조차 없었을 겁니다. 제 속에 없는 것을 사전에 깨달으라고 한들 그건 억지일 뿐……. 그것을 탓할 요량이시라면 저는 오히려 나리를 원망하고 싶습니다."

"어째서?"

"휴가노카미가 사카모토 성에 머물 때, 히에이 산 위에서 한번 마주쳤다는 말을 들었습니다."

"지금 생각해보면 당시 휴가노카미의 몸에는 심상치 않은 기운이 있었소."

"그런데 어째서 입을 다물고 계셨습니까?"

"환자 아닌가? 내가 보기에 미쓰히데의 모반은 하룻밤 사이에 고열을 일으킨 미친병이오. 열이 나는 것도 증상이 나타나는 것도 그 심신이 원인이기 때문인데, 이번 일의 절반은 병세가 영향을 미친 것이오. 그렇지 않고서는 이처럼 최고로 어리석은 짓을 최고의 이성을 가진 자가 했을 리 없소."

마나세 도산의 말에 조하는 크게 공감했다.

"참으로 그렇습니다."

조하는 도산의 목소리가 거침이 없었기에 같은 집의 지붕 아래에 있는 아케치 군의 부상자들에게 들리지나 않을지 흥분한 그들의 귀를 두려워하듯, 또 가엾어 하는 듯한 눈빛으로 근처 방들을 둘러보았다. 하지만 도산은 조금도 개의치 않았다.

"평소의 휴가노카미를 상식이 있는 사람, 지성이 있는 사람으로 본다면 오다 나리의 한 장수로서 부족함이 없는 교양을 갖추고 있는, 거의 흠잡을 데가 없는 인물이었소. 그리고 천하의 인심을 잘 헤아려서 노부나가 공이 지금까지 이룬 통업의 공죄功罪를 남몰래 비판하고, 노부나가 공을 칭찬하는 자도 많은 반면 노부나가 공에게 희생이 된 자나 원한을 품은 자도 세상에는 많다는 점을 알고, 그들을 아군이라 여겨 이러한 시기에 노부나가 공을 시살할 기회를 포착한 점만 봐도 그가 얼마나 머리가 비상한지 알 수 있소. 하지만 그렇게 모반을 일으켰다 한들 야망을 이룰 수 있을지 없을지……. 거사를 일으킨 명분으로 무엇을 내세울지……. 그는 그 명분도 이론으로 만들어낼 수 있으리라 생각하고 있는 듯하지만, 한심하기는……. 누가 그런 복잡한 이론의 강설에 귀를 기울일지 모르겠소. 명분이란 백성의 꾸밈없는 마음에 합치하는 것이어야 하오. 대의란 백성들이 그 속에 가지고 있는 철칙과도 같은 신조를 말하는 거요. 이러한 표적에서 벗어나서는 싸움도 정치도 뜻대로 펼칠 수 없는 법이오. 하물며 반역이라 불리는 깃발을 치켜들어서는 설령 휴가노카미가 아무리 노력한다 한들 이미 앞날은 뻔한 것이오."

도산은 사발 속에 남아 있던 식은 물을 마신 뒤 이어 말했다.

"이것만으로도 영리한 자의 어리석은 짓을 증명하기는 충분할 테지만, 휴가노카미 한 개인을 놓고 얘기해보면 그의 어리석음은 더더욱 커지오. 물론 그도 지금까지 많은 공을 세웠지만 주인의 은혜가 권속에까지 미쳤고, 단바와 오우미에 걸쳐 육십만 석에 봉해졌으니 그 보답에는 아무런 부족함이 없었소. 그런데 자신의 마음 하나 때문에 실패를 하면 단번에 자신은 물론 친족의 처자와 노소부터 집안 장수들의 가족까지 어떤 운명에 던져지게 될지……. 그 점을 생각했다면 어떠한 일도 인내할 수 있었을 거요. 대가족의 가장임을 생각한다면 더더욱 그렇소. 아무것도 모르는 자손이나 아녀자들을 위해서, 세상에 대해서는 쓴 눈물을 삼킨다 할지라도 커다란 배에 올라탔다는 안도감을 심어주는 것이 집안의 가장으로서 지켜야 할 도리 아니겠소. 애초부터 주인의 통업에 대해서, 그 정열에 힘을 보태왔으면서 때때로 비판적인 눈으로 주인을 봐왔다는 것 자체가 불손한 일이었소. 이러쿵저러쿵 말을 하자면 끝도 없을 테지만, 요컨대 휴가노카미의 역모는 지성에 지친 지식인의 파탄이오. 거기에 쉰다섯 살이 된 자의 생리적인 초조함과 약해진 인내심, 오장인 간장, 심장, 비장, 폐장, 신장의 쇠퇴도 한몫 했으리라는 점에는 의심의 여지가 없소. 만약 그가 여전히 건강했거나, 혹은 십 년만 더 젊었어도 결코 이처럼 어리석은 짓을 해서 천하를 혼란스럽게 하지는 않았을 것이오.”

도산의 긴 이야기에 귀를 기울이고 있던 조하는 문득 다른 쪽에서 소란한 목소리가 들리고 있다는 것을 깨달았다. 순간 한 문하생이 허겁지겁 복도를 달려 도산을 찾으러 왔다.

문하생이 스승 도산을 보자마자 다급하게 이야기를 전했다.

“교토 안 일대에서 벌써부터 잔당 섬멸이 시작되었습니다. 물론 아케치 군이 전 시내에 아직도 오다 군의 무사가 숨어 있다고 판단하여 벌이고 있는 일입니다. 아까부터 각 거리의 모든 집을 엄하게 수색한다는 말이 들려왔는데 마침내 여기까지 들이닥쳤습니다.”

도산은 문하생의 허둥대는 모습을 나무랐다.

“왔다 한들 무슨 상관이냐? 집 안을 뒤지겠다고 하면 잘 안내해주어라.”

“하지만…….”

“뭘 꾸물거리고 있는 게냐?”

“여기에 받아들인 자들의 삼분의 일 정도가 오다 군의 무사들이기에.”

“내가 치료하는 부상자들에게는 손가락 하나 대지 못하게 하겠다.

또 그 부상자들을 끌고 가겠다고는, 아케치도 말하지 않을 게야."

"그런데 지금 그 문제로 현관에서 승강이를 벌이고 있습니다. 잔당 섬멸을 위해 온 자들은 설령 빈사의 중상자라 할지라도 오다 군의 무사는 끌고 가겠다며 물러서려 하지 않습니다. 거부하려면 거부해보랍니다, 거리에 걸린 군령대로 이 집도 불태워버리겠다고. 들어보십시오, 저렇게 위협을 하고 있습니다."

"그런가……."

도산이 곁에 있는 조하에게 가볍게 인사를 하고 일어서며 말했다.

"중간에 잠깐 자리를 비워야겠으니, 용서해주시게."

도산의 얼굴을 보고 조하가 말했다.

"그냥 문하생들에게 맡겨두시는 게 어떻겠습니까? 아케치들의 무사들은 지금 흥분했을 것임에 틀림없습니다. 어디 다치기라도 하시면 큰일입니다."

"걱정하실 것 없소."

도산은 현관으로 나갔다. 하지만 무사들은 현관에 없었다. 집안사람들의 안내도 받지 않고 중문에서 뜰 안으로 들어와 있었다. 거기서 수많은 부상자를 보고 약간 냉정을 되찾은 것일까, 누가 아케치의 가신이고 누가 오다의 무사인지 얼핏 구분이 가지 않는다는 듯한 표정을 짓고 있었다. 그리고 한쪽에서부터 부상자에게 심문을 시작하려고 했다.

"잔당을 찾는 게요? 고생 많소."

도산의 목소리에 검찰을 온 무사들이 돌아보았다. 흰 수염에 마른 몸, 학과 같은 노의원의 모습에 아케치의 부장도 정중하게 인사를 했다.

"이 집의 주인이시오?"

"그렇소, 도산이라고 하오."

"나는 나미카와 가몬의 부하인 야마노베 지카라山部主税라고 하오.

새벽부터 전투에서 부상을 입은 아군을 치료해주신 점, 아케치 나리의 이름으로 감사를 드리오.”

“의원으로서 해야 할 일을 했을 뿐이오. 인사를 받다니, 황공하오.”

“그런데 울타리 안에는 오다의 신하도 꽤 섞여 있는 모양이오만, 포고문대로 오다와 관련이 있는 자들은 남녀노소를 불문하고 일단 데려가도록 하겠소. 특히 부상을 입은 자들은 전투에서 우리에게 맞섰던 적이오. 그러니 한 놈도 남김없이 당장 건네주도록 하시오.”

“그럴 수 없소. 단 한 사람도 건네줄 수 없소.”

도산은 거부했다. 그러자 그곳에 있던 십여 명의 무사가 도산을 둘러쌌다. 무사들은 문밖에도 더 있는 듯했다.

“뭐라, 건네줄 수 없다?”

주위를 둘러싸고 있던 무사들의 갑옷과 칼이 소리를 내며 움직였다. 하지만 마나세 도산은 부장인 야마노베 지카라의 얼굴만을 바라볼 뿐 눈동자도 흔들리지 않았다.

“건네네 마네 하는 건…… 조금 우스운 얘기 아니오? 여기에 있는 수많은 부상자는 오다 군이든 아케치 군이든 모두 주인을 위해서 무사의 이름을 걸고 싸우다 부상을 입은 자들이오. 물건이 아니오. 물건과는 다르오. 한 사람 한 사람 모두가 소중한 생명이오. 나는 그들을 치료하는 의원이니 내 문에 들인 이상 건강을 되찾게 해줄 때까지는 문밖으로 내보낼 수 없소.”

“지금은 전시 상황이오. 게다가 적의 잔당을 색출하고 있는 우리에게 지금 당신이 한 말은 평시의 의원이나 하는 말이오. 지금은 그런 말에 귀를 기울일 여유가 없소. 오다 군의 부상자들을 모두 데려가야겠으니 승낙하기 바라오.”

“그런 일은 승낙할 수 없소.”

"어째서?"

마침내 야마노베 지카라의 얼굴에 살벌한 기운이 감돌기 시작했다. 도산은 오히려 미소를 머금은 채 타이르듯 흥분한 상대를 달랬다.

"생각해보시오. 아케치 나리께서 난 직후에 바로 시내에 내건 군령도 듣자하니, '우리 군은 결코 천하를 원망하는 자가 아니다. 오다 나리의 평소의 악폐를 친 것에 불과하다. 특히 조정을 섬기는 마음에는 애초부터 변함이 없다'라는 것이었다고 하오. 그리고 뒤이어 조세를 가볍게 하겠다, 크게 선정을 펼치겠다, 그러니 시민은 안심하고 평소와 다름없이 가업에 힘쓰라는 영을 내걸었다고 들었소."

"……."

"칼이 부러지고 화살이 떨어져 의원의 집 울타리 안에서 치료를 받고 있는 병사는 이미 주인을 잃은 양민이오. 그저 평범한 일개 백성에 지나지 않소. 아니, 애초부터 조정의 백성이었던 자들 아니요? 하물며 의원의 눈으로 보면 오다도 없고, 아케치도 없소. 한 무리의 백성으로밖에 보이지 않소. 보시오. 이 울타리 안에서는 아케치 군의 부상자와 오다 군의 부상자가 한자리에 누워 있으나 서로 맞서려고도 하지 않소. 오히려 신음과 고통스러워하는 표정을 측은히 여기듯 말없이 서로의 얼굴을 바라보고 있지 않소. 이 사람도 양민의 아들, 저 사람도 양민의 아들, 서로 싸울 수 없는 하나의 피를 가지고 있다는 증거 아니겠소. 아직도 모르시겠다면 내 서재로 같이 갑시다. 예전에 구스노키 마사쓰라楠木正行가 와타나베渡辺 다리 전투에서 아시카가 대군을 물리친 뒤, 어두운 밤 강 속에 빠진 아시카가의 병사들을 구해줬다는 대목이《태평기太平記》속에 있으니.《태평기》를 빌려드릴 테니 한번 읽어보시면 좋을 거요."

부장 야마베는 몹시 난처한 표정을 지었다. 도산이 조야의 존경을 받고 있는 데다 도산의 말이 대의에 어긋나지 않다 보니 자신들의 단순한 협박이나 강변 가지고는 도저히 당해낼 재간이 없을 듯했다. 이에 그는 어쩔 수 없이 한 가지 제안을 했다.

"수고스럽겠지만 나와 함께 본진까지 잠깐 가주실 수 있겠소? 거기서 휴가노카미 님께 무슨 말이든 직접 하도록 하시오. 그것이 가장 좋은 방법일 듯하오."

"같이 가도 상관은 없지만 보시는 바와 같이 수많은 인명을 맡고 있기에 눈코 뜰 새 없이 바쁘오. 당신의 부하를 보내 있는 그대로의 사정을 본진에 알린 뒤, 휴가 님의 지도를 들려주기 바라오."

"그렇다면 후에 다시 처분을 하러 오겠소. 오다 군의 부상자들은 그때까지 맡겨두기로 하겠소."

부장인 야마노베 지카라가 어쩔 수 없다는 듯한 표정으로 대답하자마자 잔당 색출 부대는 그곳에서 우르르 물러났다.

'일이 어떻게 될지?'

자리에 누운 채 걱정하고 있던 오다 군의 부상자들은 마침내 도산이 마루를 지나 안으로 들어가는 모습을 우러르는 듯한 눈빛으로 바라보았다.

"어떻게 되었습니까?"

조하가 도산의 얼굴을 보자마자 걱정스레 물었다. 도산은 특별히 이렇다 할 표정도 짓지 않고 대답했다.

"돌아갔소."

하지만 그로부터 얼마 지나지 않아 조하가 돌아가기 위해 인사를 하려 하자 도산이 갑자기 목소리를 낮췄다.

"한 가지 부탁할 일이 있소."

"무엇입니까?"

"실은 조금 전 아케치 군이 왔을 때 내 마음에도 걸리는 점이 하나 있었소. 다름이 아니라 우리 집에 부상자가 아닌 도망자가 한 사람 숨어 있소. 그들이 다시 온다면 들킬지도 모르오. 미안하지만 잠시 댁으로 모셨다가 적당한 때에 어딘가에 숨겨주실 수 없겠소?"

"누굽니까? 그 도망자란."

"승낙하신다면 말씀드리겠소."

"이 조하 역시 예전부터 노부나가 공의 은혜를 입어온 사람입니다. 게다가 나리 같은 벗을 배신할 수도 없는 일입니다."

도산이 귓가에 대고 속삭였다.

"……노부나가가 공의 아우 되시는, 겐고로 나리요."

"……."

조하는 눈을 둥그렇게 떴으나 말없이 고개를 끄덕였다. 그리고 돌아갈 때는 한 사내를 데리고 부엌의 문을 통해 떠났다. 사내는 의원 차림을 하고 있었으나 오다 겐고로 나가마스였다. 아마 그를 아는 사람이 보았다면 금세 알아보았을 것이다.

땅거미가 질 무렵, 잔당 색출을 위해 낮에 왔던 야마노베 지카라가 과연 다시 문을 두드렸다. 하지만 이번에는 도산을 정중하게 모시기 위해 가마를 가져왔다.

"조금 전의 무례를 깊이 사과드립니다. 선생님의 말씀을 주인께 그대로 전했더니 오히려 의원의 인(仁)은 바로 그래야 한다며 크게 감동하셨습니다. 그리고 그 일은 이제 됐다고 말씀하셨으나, 오늘 전투에서 일족이신 미쓰타다 님도 니조의 동문에서 커다란 부상을 입으셨고…… 더불어 휴가노카미 님도 매우 지치신 듯하니 참으로 번거로우시겠지만 묘심사의 영내까지 함께 와주실 수 없겠느냐고 말씀하셨습니다. ……탈것도 준비해왔습니다. 송구스럽습니다만, 가주실 수 있겠습니까?”

야마노베 지카라가 정중하게 청을 해왔다. 도산은 승낙했다.

6월 2일 그날 밤, 음울한 교토 시내를 창검이 지키는 가운데 그곳을
지나는 일반 시민은 오로지 한 사람밖에 없었다.

일파만파

2일 아침, 사변이 한창이던 때에 챠야 시로지로는 하카타의 소탄과 함께 교토를 떠난 뒤 요도의 나루터에서 헤어져 사카이로 서둘러 발걸음을 옮겼다. 히라카타枚方에서 타오를 듯한 뙤약볕이 내리쬐는 시골길을 이십 리 정도 걸어갔을 때 저편에서부터 흙먼지를 일으키며 다가오는 한 무리의 병마가 보였다.

"이 부근까지 벌써 본능사의 일이 알려진 것일까? 그렇다 해도 꽤나 서두르는구나. ……아케치의 여당일까? 오다 군일까?"

어쨌든 시로지로는 변을 안 근교의 무사가 아들을 데리고 전장으로 급히 달려가는 것이라 지레짐작하고 몸을 두렁 옆으로 피했다. 그런데 지나던 부대의 대장인 듯한 무사가 뜻밖에도 그에게 말을 걸었다.

"시로지로 아닌가? 어디로 가는 겐가?"

시로지로가 두렁에서 무심코 올려다보니, 그 무사는 도쿠가와의 일족 중에서도 쟁쟁한 신하 중 한 명이었다. 그렇지 않아도 시로지로는 오늘 일어난 커다란 변을 그에게 한시라도 빨리 알리려고 했다.

"오오, 혼다本多 님이셨습니까? 나리야말로 어디로 가시는 길입니까?"

"교토로 가는 길이오."

"그렇다면 본능사에?"

"그렇소."

"어떻게 그리 빨리 아셨습니까?"

"알았다니?"

"오늘 새벽의 변을."

"무슨 소리인지……. 시로지로, 무슨 소리인지 모르겠소. 좀 더 가까이 오게."

혼다 다다카쓰本多忠勝가 시로지로를 가까이로 불렀다. 시로지로는 '그렇다면 아직 모르는구나' 생각하며 바로 다다카쓰의 안장 옆으로 다가갔다. 그리고 소리를 낮추어 물었다.

"노부나가 공을 뵈러 가시는 길입니까?"

"그렇소."

다다카쓰는 시로지로의 얼굴을 가만히 바라보며 무엇인지는 모르겠으나 무슨 일이 있었던 게 틀림없구나 하고 예감했다.

시로지로는 한층 목소리를 낮추어 말했다.

"우다이진께서는 이미 이 세상 사람이 아니십니다. 지금 가봐야 유해조차 보실 수 없을 것입니다."

"……?"

다다카쓰는 언제나 자랑거리로 가지고 다니는 창을 쥔 채 말 위에서 가슴을 폈다. 그리고 푸른 논 끝에 있는 히라카타의 둑에서 교토 쪽을 응시했다. 여름 구름이 두둥실 떠 있었다. 그곳에서는 니조의 연기도 보이지 않았다.

"모두, 나무 그늘에 들어가 잠시 쉬도록 해라."

다다카쓰도 말에서 내려 나무 그늘의 걸상에 앉았다. 그는 시로지로와 단둘이 되자 다시 한 번 확인을 했다.

"자네, 그냥 지나칠 수 없는 소리를 하네만, 혹시 잘못 알았거나 농을 치고 있는 건 아니겠지?"

"제가 어찌 그런 짓을."

시로지로야말로 목숨을 걸고 여기까지 온 것이었다. 농담으로 할 만한 말도 아니었다.

"본능사는 물론 지금쯤이면 니조 성도 무너졌을 겁니다. 이 부근은 아무것도 모르는 채 초여름 하늘과 푸른 논의 고요함에 잠겨 있습니다만, 교토 안은 날이 밝은 뒤에도 여전히 밤과 다를 게 없는 상태입니다. 쏟아지는 불똥과 말발굽 소리 외에는 사람의 그림자조차 찾아볼 수 없습니다. 교토 밖으로 통하는 길 모두를 굳게 막고 있어서 꽤나 고생을 했습니다."

시로지로는 진상을 소상히 밝혔다.

"모반자는?"

"아케치입니다."

그제야 다다카쓰는 비로소 납득이 간다는 듯 아케치라면 가능한 일이라는 표정을 지어 보였다. 하지만 그 예감이 이렇게 갑자기 사실로 나타나자 경악을 금치 못했다. 무엇보다 지금 교토로 가고 있는 자신의 진퇴에 대해서도 결단을 내리지 못했다.

"그렇다면 자네는 난과 동시에 서둘러 온 것이겠군."

"오늘 중으로 나리께 말씀드려야겠다 싶었기에. ……우다이진께서 돌아가신 이상, 천하는 틀림없이 어지러워질 것입니다. 거기에 대처하실 나리의 사려가 매우 중대하기 때문에……."

"잘했소, 아주 잘했어."

다다카쓰는 아낌없이 칭찬을 했다. 그리고 자신도 다시 돌아가기로 마음먹었다.

다다카쓰의 주인인 이에야스의 지난 수일 동안의 동정을 살펴보면, 5월 28일까지는 교토를 둘러보며 지냈고, 29일에는 사카이로 갔으며, 말일에는 사카이 관청의 공식 향응에 초대를 받았고 마쓰이 유칸松井友閑[225]의 안내로 유람을 하기도 했다. 이튿날인 6월 1일에도 사카이에서 숙박을 했다. 그날 아침은 이마이 소큐今井宗及[226]의 집에서 열린 아침 다도 모임에 참석해 여러 명기들을 보았으며, 정오 이후 한나절 동안 곳곳의 사원 등을 둘러보았다.

그날 밤 이에야스가 혼다 다다카쓰에게 명령을 내렸다.

"우후 님도 지금쯤이면 교토에 드셨을 것이다. 아즈치에서 받은 대접에 대한 예를 표하지 않으면 안 될 터. 우선은 자네가 한발 앞서 출발하도록 하라."

이에야스는 혼다 다다카쓰의 출발 인사를 받은 뒤 객사로 들어가 잠자리에 들었다.

다다카쓰가 사카이를 출발한 것은 아직 날이 어두운 이른 새벽이었기에 이후 주군의 동정은 알지 못했다. 하지만 오늘도 여전히 사카이에서 묵을 것이라 여겨졌다.

다다카쓰는 시로지로와 함께 사카이로 돌아갔으나 이에야스는 이미 그곳에 없었다. 그곳 사람들이 다다카쓰에게 말했다.

"정오 전에 갑자기 우다이진 님을 봬야 할 급한 일이 생겼다고 말씀하시고, 점심은 물론 다른 일들도 모두 취소하신 채 서둘러 교토로 향하셨습니다."

그 무렵에는 사카이에도 이미 본능사에 관한 소식이 전해져 어수선

---

225 ?~?. 노부나가의 측신.
226 1520~1593년. 사카이의 다인. 센리큐, 쓰다 소큐에 버금가는 명성을 얻었으나 히데요시는 그를 멀리했다.

한 상태였다.

"어떻게 된 일이지? 그렇다면 도중에서 봤어야 하는데."

다다카쓰는 고개를 갸웃거렸다. 측신인 다다카쓰조차 이에야스의 행방을 알 수 없다 보니 사카이 사람들은 오늘 알게 된 이변 소식에 이에야스의 행방불명까지 이야기하며 한층 더 어수선해할 수밖에 없었다.

사카이 부근의 인심만 봐도 본능사의 변이 천하를 얼마나 흔들어놓았는지 쉽게 상상할 수 있다. 이러한 때 민심은 자칫 도를 넘어 동요하기 쉽다. 어떤 사람은 이렇게 말했다.

"오늘부터 세상에는 다시 전과 같은 대란이 일어날 거야."

또 어떤 사람은 이렇게 말하기도 했다.

"무로마치 막부 말기와 같은 군웅할거가 다시 시작될 거야."

그러한 가운데 밑도 끝도 없는 풍문이 돌기도 했다.

"벌써 여기저기서 전투가 시작됐어."

어쨌든 교토 근방은 물론 주고쿠, 간토, 호쿠에쓰北越 등 지상에서 전투가 벌어지지 않는 곳은 없을 것이며, 아케치 미쓰히데가 하룻밤 사이에 노부나가를 대신하게 된 것을 그대로 용납하지는 않을 것이라는 게 일반 사람들의 관측이자 내일을 두려워하는 이유이기도 했다. 그리고 그런 어수선한 불안과 풍문은 2일보다 3일에 더 강해졌으며 3일보다 4일에 더 요란해져 날이 갈수록 전국적으로 퍼졌다. 즉 소식이 확산되어가고 그것을 알게 되면서, 거기에 차례차례로 일어나는 새로운 사건들이 뒤섞이고 하나가 되어 사람들의 마음속에서 일파만파 물보라를 일으켰기 때문이다.

사변이 일어난 뒤 며칠 동안 그 여파가 가장 클 만한 사람과 지리와 정세에 대해 누구도 귀추를 분명히 꿰뚫어보지 못했다. 지금의 소용돌이 속에서 벗어나 천하의 높은 곳에서 굽어봐도 너무나 놀란 나머지 앞으로 어떻게 대처해야 할지 모두들 난감해할 뿐이었다.

우선 노부나가 휘하의 숙장宿將들을 살펴보면, 가장 먼저 손가락으로 꼽아야 할 사람은 시바타 가쓰이에柴田勝家였다. 그는 마침 엣추越中에 원정 중이라 본능사의 변 이튿날인 6월 3일에도 교토의 흉변을 알지 못한 채 우에스기 군이 차지하고 있던 우오즈魚津 성을 힘껏 공략하고 있었다. 기소木曾, 신슈를 거쳐 사변의 진상이 그 일대에 전해지기까지는 적어도 삼사일 정도가 필요했을 것이다.

가쓰이에는 이 경악할 만한 소식을 듣자마자 우오즈를 버려둔 채 '우선은 기타노쇼北ノ庄로'라고 외치며 자국의 본성으로 돌아갔다. 그와 함께 전열에 가담했던 삿사 나리마사佐々成政도 엣추의 도야마富山로, 마에다 도시이에前田利家도 노토能登의 나나오七尾로 급히 떠났다.

가쓰이에가 기타노쇼에 우선 깃발을 내렸으나 그사이 사람들의 천하관과 가쓰이에의 방침이 서로 같지 않았을 것이라는 점은 쉽게 상상해볼 수 있다. 그때 도시이에가 가쓰이에에게 사자를 보내 다음과 같이 권했다는 설이 있다.

"즉시 교토로 가셔서 아케치와 일전을 펼치셔야 합니다."

혹은 반대로 가쓰이에가 마에다 군에게 출병을 권했다는 설도 있다.

"당장 교토로 갈 테니, 자네도 따르게."

하지만 도시이에는 우에스기 군과의 전투를 이유로 가쓰이에의 뜻을 거절했다.

어쨌든 시바타 가쓰이에는 동해에 면한 지방의 상황 때문에 신속한 행동을 취하지 못한 것도 있지만, 너무 걱정한 나머지 곳곳에 병사를 배치하여 뒤를 튼튼히 한 뒤 고슈江州로 넘어갔다. 하지만 천하는 이미 가쓰이에의 예상과는 달리 크게 달라져 있었다. 열흘 만에 세상이 변한 것이었다. 이쯤에서 시바타 가쓰이에는 잠시 잊기로 하자.

도고쿠東國에 있던 다키가와 가즈마스瀧川一益는 이 상황을 어떻게 받아들였을까? 그는 지리적으로 매우 좋지 않은 곳에 있었다. 조슈上州 우마야바시厩橋에서는 미쓰히데를 토벌하기로 다짐해도 간단히 달려갈 수 없다.

가즈마스가 본능사의 급변을 알리는 서장을 본 것은 같은 달 9일 무렵이었다고 한다. 그와 같은 천하의 커다란 일 치고는 파발꾼이 조금 늦게 도착한 감은 있다. 파발마에서 파발마로 옮겨 타고 밤낮없이 달렸다면 그 일수는 조금 더 단축되었을 것이다. 하지만 아즈치에 머물다 전령을 보낸 무리조차 이미 혼란에 빠진 상태라 평소의 역전 조직은 완전하게 기능을 하지 못했다. 그리고 어차피 알려질 사실이기는 했으나 하루라도 더 비밀을 유지하려고 한 탓도 있었다.

"어제오늘, 노부나가 공께서 돌아가셨다는 소문이 자꾸만 들려오니, 사실 여부를 알려달라."

11일에 오다와라의 호조 가에서 그렇게 물었다고 할 정도니, 간토 지방에 소식이 얼마나 늦게 도착했는지 짐작해볼 수 있다. 다시 말해 역전보다도, 그들 무사 간의 급사보다도 민중의 입에서 입으로 전해진 소문이 더 신속했던 것이다.

조슈는 새로운 영지였다. 그리고 부임한 지도 얼마 되지 않았다. 특히 오다와라의 호조라는 인물은 도저히 안심할 수 있는 존재가 아니었다. 그러다 보니 변을 들은 뒤에도 움직이지 않았다. 아니 움직일 수 없었다. 그럼에도 불구하고 호조는 그달 중순에 '지금이야말로 일을 이룰 때다'라며 조슈 다카사키高崎의 국경을 침략했다.

그와 동시에 얼마 전 오다 군에 의해 다케다 군까지 흔적도 없이 짓밟힌 고슈 방면에서도 벌집을 쑤셔놓은 것은 같은 망동이 일어나기 시작했다. 고수, 공략, 합류, 분리의 쟁란이 곳곳에서 일어났다. 이러한 새로운 영지에 있던 란마루의 형 모리 나가요시森長可와 모리 히데요리毛利秀賴도 대지진과도 같은 지표의 변동에 지위를 잃어 전몰하고 도망을 다니다 처참한 말로를 맞게 되었다. 다시 말해 지난 3월에 노부나가가 취한 다케다의 옛 땅이었던 새로운 영지는 하룻밤 사이에 모두 소유자가 다시 바뀌었다고 해도 좋을 것이다.

이 세상에 기회를 엿보다 이익을 취하는 민첩한 행동가들은 일일이 거론할 수 없을 정도로 무수히 많다. 하지만 예를 들어 보면 호쿠에쓰의 우에스기, 오다와라의 호조와 같은 사람이 있다. 그들은 시바타 가쓰이에의 국경과 도쿠가와 이에야스의 국경을 비슷한 방법으로 침공했다. 그러다 보니 천하에 난이 다시 일어날 것이라고 두려워하는 민중들의 예상이 그야말로 적중하는 듯이 보였다.

"설령 그렇다 할지라도 노부나가가 공과 좀 더 가까운 혈족 중에서는 왜 아무도 의연히 일어서지 않은 것일까? 왜 명분을 앞세워 일어서지 않은 것일까?"

사람들은 한결같이 초조한 마음으로 그렇게 말하곤 했다. 노부나가의 둘째 아들인 기타바타케 노부오北畠信雄와 셋째 아들인 간베 노부타카가 있었기에 그들을 동정하며 당연히 그런 생각을 품을 수밖에 없었다.

아즈치 본성을 지키고 있던 사람들은 이 일을 어떻게 대처했을까? 지리적으로 봐도 교토와는 지호지간이었다. 틀림없이 그날 저녁에 모든 사실을 알게 되었을 것이다.

가모 가타히데蒲生賢秀에게는 그날 밤에 이미 미쓰히데가 은밀하게 보낸 항복을 권하는 글이 도착했다고도 한다.

"발칙한!"

가모 가타히데는 두 번 다시 생각하지도 않았다. 그는 노부나가의 아내인 이코마生駒와 주군의 식구를 데리고 이튿날인 3일 고향인 가모蒲生의 아즈마고오리東郡에 있는 히노日野 성으로 물러났다. 그리고 그 아들인 우지사土氏鄕와 함께 거성인 히노에서 굳게 지킬 태세를 갖추었으며, 한편으로는 이세의 마쓰가사키松ヶ崎 성에 있는 노부나가의 둘째 아들 기타바타케 노부오에게 급히 전령을 보냈다.

유족에 대해서 미쓰히데의 내습이 있을 것은 자명한 일, 이곳으로 급히 원군을 보내주시기 바랍니다.

기타바타케 노부오는 채비를 서두르고 있었다. 하지만 이는 주고쿠 출병을 위한 준비였다. 어쨌거나 그곳에서도 변을 알게 된 뒤로 경악을 금치 못했고 어떤 방침을 내려야 할지 혼란스러워했다. 결국 노부오는 가모 가의 여자 한 명을 인질로 잡아두고 원군을 파견했다.

"아버지 우후의 원한, 어찌 갚지 않을 수 있겠는가."

노부오는 비장한 결의로 고슈 쓰치야마土山까지 가보았으나, 배후의 영지인 이세와 가는 길 중간에 있는 이가 지방 양쪽에서 변을 틈타 심상치 않은 흉조가 느껴졌다.

'만일 미쓰히데와 손을 잡은 자가 고슈 일원에서 갑자기 봉기한다면? 또 후방인 이세에서 일어난다면?'

노부오는 좌우고면左右顧眄하여 오로지 그 진압과 형세를 살피는 데에만 몰두했다. 그러다 보니 기껏 품은 뜻은 덧없는 것이 되어버렸다. 물론 진격의 때도 놓치고 말았다. 그리고 곳곳의 작은 난에 맞서 모든 힘을 쏟아부었기에 대의와 대도를 향해 똑바로 달려 나가지 못했다.

　이를 봐도 알 수 있는 것처럼 미쓰히데를 철저히 기피하고 그를 역적으로 본 사람도 있는 반면, 암암리에 미쓰히데의 연락에 묵계로 답하고 정세의 진전을 살피며 아케치에 의지하여 일어서려 한 호족도 결코 적지 않았다.

　특히 오사카 성에 있던 오다 노부즈미織田信澄는 미쓰히데의 사위이기도 했고, 그의 아버지인 오다 노부유키織田信行는 예전에 노부나가의 처벌을 받기도 했다. 즉 노부즈미는 일족이라고는 하지만 노부나가에 의해 살해된 사람의 아들이었다.

　'그야말로 틀림없이 내 편이 되어줄 것이다.'

　미쓰히데는 노부즈미가 반드시 오사카에서 호응할 것이라 기대하고 있었다.

　6월 2일, 본능사의 변 당일, 노부즈미는 노부나가의 셋째 아들인 노부타카, 니와 나가히데 등과 함께 아와, 주고쿠로 출군하기 위해 모든 준비를 갖추고 스미요시의 해변에서 병선에 오르려 하고 있었다.

　"교토에서 커다란 변이 일어났다."

　이런 소식이 들려오자 전군은 어떻게 해야 할지를 몰랐으며, 일찌감치 달아나는 병사들까지 속출했다. 니와 나가히데는 노부타카와 상의하여 오사카 성으로 돌아갔다가 5일 밤 갑자기 센간야구라千貫櫓에서 노부즈미를 습격하여 사살해버렸다. 살아남은 노부즈미의 몇몇 부하들은 교토로 달아나 곧 아케치 군에 투항했다.

● 사나다 유키무라 真田幸村·1567-1615

전국시대를 대표하는 전설적인 무장으로 본명은 사나다 노부시게(真田信繁)이다. 도요토미 히데요리(豊臣秀賴)의 부름을 받아 참전한 오사카 전투에서 오인중과 함께 부친에게 배운 군략을 바탕으로 난세의 승자인 도쿠가와 이에야스(德川家康)를 생사의 기로에 두 번이나 몰아넣는 등의 눈부신 활약을 펼쳤다.

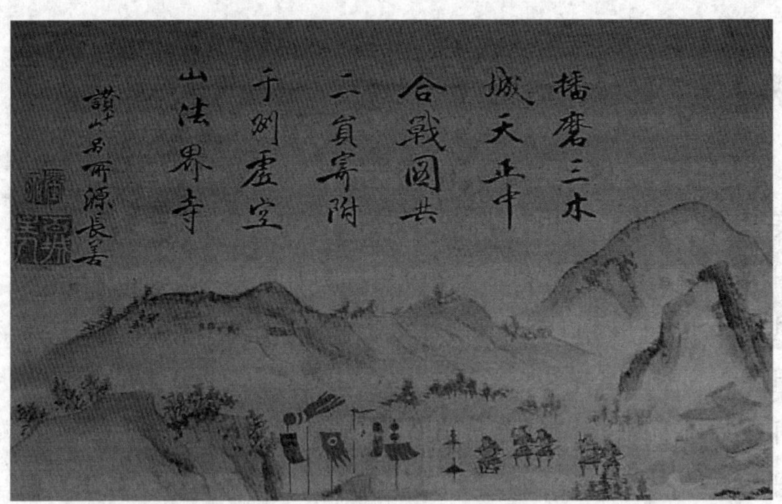

● 1580년 미키성 전투

덴쇼天正 6년, 하리마국 미키성에서 오다(織田氏)과 벳쇼(別所氏) 사이에 벌어진 공선전이다. 오다 가문의 무장 히데요시는(羽柴秀吉) 벳쇼 나가하루(別所長治)가 농성하는 미키성을 포위공격했다. 특히 히데요시가 3년간의 장기전을 펼치며 성의 병량이 떨어지기를 기다리는 병량 공격(兵糧攻め)를 펼친 것으로 유명하여, 흔히 미키의 말려죽이기(三木の干殺し)라 부른다.

이에야스의 경우

노부나가 한 사람의 죽음으로 천하가 모두 경악하고 동요했다. 이렇듯 하룻밤 사이에 변한 세태와 행로를 어떻게 밟아나가야 할지 망설이지 않는 사람이 없다고 해도 과언이 아니었다. 평소 지식인이자 당당한 무장이었다 할지라도 어쩔 수가 없었다. 도쿠가와 이에야스조차 그런 걸 보면 오히려 주요한 위치에 있는 사람일수록, 또 어설픈 지식을 가진 사람일수록 '어떻게 될까? 어떻게 해야 할까?' 망설이며 당황스러워했다.

챠야 시로지로와 혼다 다다카쓰는 갑자기 사카이에서 물러나 어딘가로 떠나버린 이에야스 일행을 찾다 마침내 길가에서 다음과 같은 소문을 듣게 되었다.

"가와치河內의 이이모리飯盛 부근에서 그들로 보이는 한 무리가 동쪽으로 서둘러 가는 것을 보았다."

시로지로는 그날 밤 이에야스가 존연사尊延寺(손엔지)에 묵고 있다는 소식을 듣고 급히 달려갔으나 그곳에도 이에야스는 없었다. 절의 승려는 이렇게 말했다.

"매우 급한 일이 있으신 듯, 여기서는 잠시 휴식만을 취하시고 밤길을 재촉해서 구사치草內 쪽으로 떠나셨습니다.”

시로지로가 이에야스를 따라잡은 것은 이튿날인 3일이었는데, 이에야스는 지친 상태로 시가라키信樂 마을의 조그만 산사에서 낮잠을 자고 있었다. 절 주변에서는 노신인 사카이 다다쓰구酒井忠次와 이시카와 가즈마사石川數正, 이이 나오마사井伊直政 등이 삼엄하게 경계를 하고 있었다. 평화로운 여행 중이었기에 중신들이 수행을 했지만 병사는 그리 많지 않았다. 그들은 상하 구분 없이 비상시의 차림을 하고 있었으며, 사카키바라 야스마사榊原康政도 덮개를 벗긴 창을 들고 직접 방 바깥에 서 있었다.

“자세한 내용을 보고하기 위해 교토에서 챠야 시로지로가 이곳까지 따라왔습니다. 그리고 혼다 나리도 시로지로와 도중에서 만나 지금 이곳으로 돌아오셨습니다.”

야스마사가 시동을 통해 이에야스에게 이야기를 전했다. 이에야스는 다다카쓰가 돌아오면 바로 깨우라고 말한 뒤 팔베개를 하고 누워 낮잠을 자고 있던 참이었다.

“그래, 시로지로가 왔단 말이냐.”

이에야스는 기뻐하며 되물었다. 그는 아직 제대로 된 소식을 듣지 못한 상태였다. 그래서 무엇보다도 자세한 소식을 알고 싶었던 것이다. 이에야스는 일어나서 서둘러 세수를 하고 다시 방으로 갔다. 그러자 두 사람 모두 벌써 들어와 엎드려 있었다.

“우다이진 님의 사망 소식은 틀림없는 사실이냐? 병란은 아직 교토에만 한정되어 있느냐? 오는 길에 살펴본 민심은 어떠하더냐?”

이에야스의 질문에 챠야 시로지로는 아는 대로 자세히 대답했다. 하지만 시로지로도 어제 정오 무렵까지 들은 정세밖에 알지 못했다. 그러다 보니 그 범위가 한정된 것이기는 했으나, 어제 이후 오로지 본국인 오카자키岡崎를 향해 길을 서둘렀던 이에야스는 그것만으로도 대략적인 전모를 파악하여 상당히 명료한 판단을 할 수 있게 되었다.

옆방에 주지가 와 있다는 사실을 알고 사람들이 입을 다물었다. 이에야스가 돌아보며 물었다.

"준비되었는가?"

주지가 대답했다.

"안내해드리겠습니다."

이에야스는 모두 따라오라고 말하며 주지를 따라 일어섰다. 그는 주지에게 앞서 명령을 해둔 상태였다. 야스마사와 다다미쓰와 시로지로가 따라나섰다. 그들이 간 곳은 시골 산사의 조그만 본당이었다.

"밖에 있는 다다쓰구와 나오마사도 이리로 부르게."

이에야스의 말에 절 부근에서 경계를 서고 있었던 사카이 다다쓰구와 이이 나오마사 등도 자리에 함께했다. 올려다보니 조그만 절의 소박한 즈시廚子227에서 등불이 하얗게 흔들리고 있었다. 그리고 단 정면에 우다이진 오다 노부나가의 속명俗名을 적은 종이 위패가 놓여 있었다.

'우선은 이곳에서 임시로 장례식을 치를 생각이시로구나.'

가신들은 이에야스의 마음을 살피고, 천하의 변동을 생각하며 조용히 자리에 앉았다.

주지가 형식적인 예배를 행하고 나자 이에야스가 향로 앞으로 나가 오래도록 합장을 했다. 그는 흘러내린 눈물이 뺨에서 말라버리는 것이 아닐까 싶을 정도로 오래도록 눈을 감고 있었다. 사카이 다다쓰구와 이시카와 가즈마사, 그리고 이이, 사카키바라, 혼다 등도 차례로 이에야스를 따랐다. 그리고 한동안 마주 앉은 채 말없이 감회에 잠겼다.

주지가 조용히 밖으로 나가자 챠야 시로지로 한 사람을 제외한다면

---

227 두 개의 문짝이 달린 궤. 불경, 경전, 책, 식기 따위를 넣어둔다.

도쿠가와 가의 주종만 자리에 남게 되었다.

"시로지로에게 실상을 들었지만, 아직…… 실감이 나지 않는구나."

이에야스가 중얼거리며 탄식했다. 하지만 그의 눈동자는 아무런 회의도 품고 있지 않았다. 이 커다란 사실을 누구보다도 정확히 바라보고 있는 눈이었다. 그리고 이른 나이지만 조금 벗어진 이마로 지금 어떤 생각을 품고 있는지 다른 사람에게는 쉽게 내보이지 않는 듯 긴장된 얼굴을 하고 있었다.

"……꿈이라도 꾸고 있는 듯합니다."

"참으로…… 우다이진 님의 마음을 생각하면 생각할수록, 순간의 분노가 얼마나 컸을까 싶습니다."

사람들도 모두 한탄했다. 이야기를 하면 한도 끝도 없이 추억이 떠올랐다. 아즈치에서 그 사람의 춤을 보고, 커다란 웃음소리를 들은 것도 겨우 열흘 전쯤 일이었다. 하지만 이에야스는 사람들의 탄식을 그다지 좋아하지 않았다. 사실은 가신들에게도 그럴 만한 여유는 없었다. 지금부터 과연 미카와에 무사히 돌아갈 수 있을지, 그것조차 안심할 수 있는 상황이 아니었다. 수행원 중 누구도 안전을 확신할 수 없는 상황이었다.

"어쨌든 위험을 감수하고서라도 하마마쓰로 돌아가자. 어떤 식으로 뒷일을 도모하든 우선은 본국으로 돌아간 뒤에 하기로 하자."

그들은 그렇게 결정하고 서둘러 사카이를 떠나기는 했지만 지방의 정세는 도회 이상으로 험악했으며 산야에서는 벌써부터 도적 떼가 출몰하고 있었다. 그러한 때에 가벼운 차림으로, 그것도 소수의 일행이 주인의 목숨을 지키며 미카와까지 가려 한다는 것은 거의 하늘의 도움을 빌 수밖에 없는 모험이었다.

노부나가가 당한 뜻밖의 재난이 꼬리에 꼬리를 물고 이에야스에게까지 이어진 셈이지만, 이에야스는 이제 막 마흔 줄에 들어선 왕성한 사내였다. 망설임은 없었다. 눈앞의 고달픔 따위는 커다란 의욕에 사라져버리고 말았으며, 오히려 기쁨이 느껴지기까지 했다. 이에야스는 향로에서 기다랗게 피어오르는 연기를 바라보며 생각했다.

'우후의 죽음을 계기로 세상은 크게 한 바퀴 돌았다.'

이에야스는 무엇보다 그 점을 생각했다. 이에야스의 사고 가운데 현실과 동떨어진 것은 아무것도 없었다. 이는 어렸을 때부터 변함이 없었다. 지금도 마찬가지였다. 눈에 보이는 것만으로는 그를 제대로 알 수 없었다.

어젯밤 이후, 노부나가의 죽음을 받아들인 순간부터 이에야스는 수시로 인간의 무상을 한탄했으며, 너무 상심한 나머지 할복을 해서 오랜 세월 동맹국의 친구로 지낸 노부나가를 따라가는 것이 아닐까 여겨질 정도로 슬퍼했다. 하지만 오늘 아침에는 기운을 조금 회복한 듯했다. 가신들은 그 모습을 보고 '드디어 마음을 다잡으신 모양이다'라고 속삭이며 기뻐했으나 이에야스의 참된 마음속은 노신들보다 훨씬 더 노숙했다. 그는 등불의 심지처럼 가느다란 신경을 곤두세운 채 인생에서 한 번 있을까 말까 한 세상의 일대 전환기를 그냥 바라만 보고 있을 사람이 아니었다.

'우후가 떠난 뒤, 누가 통업을 이을까? 누가 천하인이 될까?'

이에야스는 눈썹을 한 줄 더 얹어도 될 만큼 넓은 이마 속으로 이런 생각을 하고 있었다. 그는 마음속으로 분명히 단정 지었다.

'안됐지만 미쓰히데는 아니다.'

그리고 당연하다는 듯 속으로 이렇게 대답했다.

'나 말고 누가 있단 말이냐.'

오다와 도쿠가와는 오랜 세월 동맹국이었다. 동맹국의 원수를 갚겠다는 명분으로 기치를 올리면 제후에게 쉽게 격문을 띄울 수 있다. 그리고 거기에 노부나가의 아들을 하나 데리고 있으면 밖으로는 미쓰히데를 제압하고 안으로는 옛 오다 군을 포괄해 자연히 다음 세대의 중심 세력이 될 것이다. 설령 오다의 신하 가운데 야망가가 두어 명 나타난다 해도 사려와 실력을 모두 갖췄다고 할 만한 인물은 찾아볼 수가 없다. 니와, 시바타, 다키가와, 하시바, 그 누구도 당장 활동을 시작할 수는 없을 것이다. 시작한다 할지라도 그들 중에 두려워할 만한 사람은 보이지 않는다.

이에야스는 만사에 그러한 생각을 마음속 깊이 새겨둔 채 말하고 행동했다. 하지만 수행원들은 역시 눈앞의 문제만 생각했다. 어떻게 하면 위험한 상황을 헤치고 미카와까지 무사히 갈 수 있을지 고민했다. 그것은 보통 사람들도 마찬가지였다.

"길을 살피러 갔던 염탐꾼이 돌아왔습니다. 저쪽에서 기다리라고 할까요?"

시동 한 명이 이에야스 옆으로 다가와 물었다. 이에야스가 고개를 끄덕이자 시동이 한 번 더 확인을 했다.

"기다리게 할까요?"

이에야스는 다시 고개를 끄덕였다. 그때 이시카와 가즈마사가 문득 말을 꺼냈다.

"어떤 변이 기다리고 있을지 알 수 없는 일이니, 염탐을 갔던 병사의 보고를 먼저 들으시는 것이 어떻겠습니까?"

그러자 이에야스가 웃으며 말했다.

"아니, 지금 고하러 온 자의 모습을 보니 염려할 필요가 없을 듯싶소. 만약 이변을 감지하고 돌아온 염탐꾼이라면 필경 그 표정이 고하러 온 자에게까지 번질 것이고, 그러면 고하러 온 자의 말투도 심상치 않을 테니 여기까지 전해질 것이오. 그런데 지금 온 시동의 모습은 묻지 않아도 이변은 없다는 사실을 이야기하고 있소.”

가즈마사는 얼굴이 빨개졌다. 가즈마사와 같은 마음이었던 장수들이 그를 돕기 위해 화제를 다른 곳으로 돌렸다.

“과연 미쓰히데 정도의 인물이 역의를 저지르고도 천하에 받아들여질까요?”

이에야스는 말없이 듣기만 했다. 가신들의 생각은 대체로 일반 사람들과 다르지 않았다. 무엇보다 미쓰히데가 군신의 도의를 저버렸다는 점을 비난했다.

“나리의 생각은 어떠십니까?”

마지막으로 사카키바라 야스마사가 물었다. 다른 가신들도 미쓰히데를 보는 주인의 관점을 알고 싶어 했다.

“한마디로 말하자면 미쓰히데는 그와 같은 현재賢才를 가지고 있으면서, 자신도 모르게 딱 한 가지 미덕을 잃고 말았네.”

이에야스가 그렇게 말을 꺼낸 뒤 이어 말했다.

“바로 겸허를 잃었다네.”

야스마사가 납득하기 어렵다는 표정으로 거듭 물었다.

“휴가노가미는 평소에도 상당히 정중한 사람이어서 누구보다 겸허하게 보였습니다만.”

“그것은 그가 노력해온 교양의 결과이지 본성이 아니었을 게야. 지성을 갖춘 사람에게서 흔히 볼 수 있는 모습이지. 하지만…… 그는 마침내 그 일면을 끝까지 지켜내지 못하게 됐네. 알고서도 내버려둔 것인지, 우쭐함이 마멸시킨 것인지, 어찌 되었든 겸허를 잃자 평생 쌓아온 지식도 모두 잃게 됐지. 겸허하기만 했더라면 설령 사정이나 심정이 어떠한 상태에 놓여 있었다 할지라도 그러한 폭거는 결코 일으키지 않았을 게야. 우리가 겸허하지 않아도 될 때는 적진으로 달려 들어갈 때뿐이네.”

가신들은 이에야스의 이야기를 경청했다. 이윽고 야스마사가 다시 물었다.

“폭거라고는 하지만 미쓰히데의 승부수는 일단 성공을 거둔 셈입니다. 나머지 획책도 그의 뜻대로 진행될까요?”

이에야스는 전혀 문제 삼고 있지 않다는 듯 웃으며 말했다.

“이미 자신에게 진 자가 어찌 바깥을 이길 수 있겠는가? 그런 자는 세상을 아울러 다스리는 일을 해낼 수 없네.”

이에야스는 그렇게 말하고 자리에서 일어났다. 그리고 원래 있던 방으로 가서는 기다리게 한 염탐꾼을 마루 끝으로 불러 곳곳의 정세를 들었다.

이에야스가 곳곳에 염탐꾼들을 풀어 모은 정보는 결코 적지 않았다. 하지만 가장 중요한 교토와 아즈치 쪽의 움직임에 대해서는 교통이 차단된 탓에 전혀 알 수가 없었다. 물론 그쪽 상황도 자세히 알고 싶었으나 당장은 성으로 돌아가는 길에 있는 지방 영주들의 속내와 도적 떼들의 출몰, 반란의 유무 등이 더 중요했다. 그 형세에 따라 돌아가는 길을 잘 고르지 않으면 스스로 그물로 뛰어든 물고기가 될 우려가 있었기 때문이다.

“우지宇治 방면은 아직 소란스러운 움직임을 보이지 않고 있습니다. 그곳을 통해 시가라키信樂로 나가 이가로 들어가면 될 듯싶습니다. 그곳은 아직 아케치의 세력이 미치지 못한 곳입니다.”

정오 전에 온 염탐꾼이나 지금 돌아온 염탐꾼의 보고가 대체로 비슷했다. 이에야스가 염탐꾼에게 물었다.

“고오리야마郡山의 쓰쓰이 준케이筒井順慶는 여전히 나라奈良에 머무는 것 같으냐, 아니면 나라를 떠난 듯하더냐?”

염탐꾼이 대답했다.

“여전히 나라에 머물고 있지만 가신인 이도 요시히로井戶良弘가 쓰쓰이 가를 대표해서 미쓰히데를 만나기 위해 교토로 들어갔다고도 하고, 가는 도중이라고도 하는 소문이 있습니다.”

“그런가? 알겠다.”

이에야스는 염탐꾼을 물러나게 했다. 그리고 좌우의 중신들과 다시 머리를 맞대고 은밀하게 앞으로 방향을 어떻게 잡을지 상의했다. 이곳 구사치에서 머물며 휴식을 취하는 것은 밤새 지친 탓도 있지만, 쓰쓰이 준케이의 향배가 마음에 걸렸기 때문이기도 했다. 쓰쓰이 가와 아케치 가는 인척 관계였다. 바로 미쓰히데의 아들인 주지로十次郎가 쓰쓰이 준케이의 양자였던 것이다. 그러니 당연히 이번 일이 일어나기 전부터 양쪽 집안 사이에 묵계가 있었을 것이다. 이에야스는 그것을 두려워했다. 게다가 쓰쓰이 준케이 역시 주고쿠 출진을 명 받은 뒤 무장한 군단을 이끌고 거성인 고오리야마를 출발하여 나라에 와 있었다. 그는 때를 기다리지 않고 언제든 자신의 뜻을 행동으로 옮길 준비가 되어 있었다. 그러다 보니 적은 인원인 데다 무장을 하지 않은 이에야스 주종에게 있어 그는 매우 신경 쓰이는 존재였다.

“나라에 머문 채 오늘도 움직이지 않고 마키시마槇島의 이도 요시히로만 교토로 보낸 것을 보니 사전에 아케치와 논의가 있었던 것은 아닌 듯하군. ……며칠 더 형세를 지켜보다 미쓰히데의 세력이 날로 불어나면 미쓰히데에게 붙고, 불리하다 여겨지면 창끝을 거두고 다른 책략을 구하려 하는 것이 준케이의 속내가 아닐까, 나는 생각하네만.”

가신들 모두 이에야스의 판단에 동의했다. 그들은 우지를 통해 이가를 넘는 샛길로 간 뒤 이세로 나가 뱃길로 미카와로 건너가는 게 힘들지만 가장 안전한 길이라고 의견을 모았다.

"이러한 때에 망설이면 한도 끝도 없을 것이오. 지금은 무엇보다 시간이 중요하오. 한시라도 서두르는 것이 좋겠소. 그렇게 하기로 합시다."

이에야스는 때로는 매우 신중하게 생각하기도 했으나 또 때로는 놀라울 정도로 대담무쌍했다. 모든 결정을 내린 뒤 이에야스가 말했다.

"배가 고프구나. 승려에게 더운 물에 밥을 말아 달라고 하게. 그사이에 준비를 해서 황혼 무렵 이 절을 떠나기로 하세."

겨우 오십 명도 되지 않는 일행이었다. 그 가운데 말에 탄 사람은 예닐곱 명 정도였다. 시동과 무사들을 합쳐도 삼십 명이 되지 않았다. 나머지는 갈아탈 말을 끌거나 짐을 지는 하인들뿐이었다.

만일 도적 떼의 습격이라도 받게 된다면 바로 포위당해 전멸할 수밖에 없는 상황이었다. 세상이 어지러워질 때마다 바로 봉기하여 먹잇감을 휩쓸고 다니는 도적과 떠돌이 무사 집단은 노부나가의 노력에도 아직까지 근절되지 않았다. 덴몬, 에이로쿠永祿[228] 시절에 비하면 상당히 줄기는 했으나 산간벽지로 들어가면 여전히 백귀야행百鬼夜行과도 같은 무리들을 곳곳에서 만날 수 있었다.

아니나 다를까, 이에야스 일행이 시가라키에서 이가로 향하던 중, 나중에 뒤따라온 가신 가운데 한 명이 생생한 사건을 보고했다.

"함께 센슈에 계시던 아나야마 바이세쓰穴山梅雪 님께서 나리가 떠나신 뒤 사카이를 출발해 고슈로 돌아가시기 위해 야마시로의 구사치까지 우리와 같은 길을 지나셨다고 합니다. 그런데 구사치 부근에서 수많은 떠돌이 무사의 습격을 받아 안타깝게도 목숨을 잃으셨다고 합니다. ……대란의 여파가 마침내 산야 구석구석까지 미치기 시작한 듯합

---

228 일본의 연호. 1558~1570년.

니다. 우리도 방심해서는 안 됩니다."

때가 때이니만큼 아나야마 바이세쓰의 비명횡사는 모두의 간담을 적잖이 서늘하게 했다. 야마시로 부근에서조차 이미 그런 흉적들이 나타나기 시작했으니 지금부터 가야 할 이가 산중의 쓰게柘植 지방이나 가부토고에加太越え 부근의 샛길이 얼마나 위험할지는 미루어 짐작해볼 수 있었다.

"걱정할 것 없다. 이러한 때에는 쓸데없이 마음을 써봐야 소용없는 일이다. 그저 하늘의 뜻에 맡기고 망설임 없이 길을 서둘러 갈 수밖에 없다."

이에야스는 지친 기색도 보이지 않았다. 원래 건강한 체질이기도 했으나, 그보다 더 건강한 가신조차 이미 숨을 헐떡이고 있었다. 사카이에서 나온 뒤, 밤낮을 가리지 않고 길을 서둘렀으며 서로 경계하며 돌을 베개 삼아 풀에 누워 잠시 쉬었을 뿐이었다. 그런데 뜻밖에도 힘을 얻는 일이 생겼다. 몇 년 전 도쿠가와 가를 떠났다가 이후 감옥에 갇힌 혼다 마사노부本多正信가 낭인의 무리 십여 명과 함께 이가의 산기슭에서 이에야스를 기다렸다가 앞장서서 길을 안내해준 것이었다.

"지옥에서 부처님을 만난 격이로군."

수행원들이 한목소리로 말했으나 이에야스는 특별히 기뻐하는 모습을 보이지 않았다.

"마사노부인가. 고생이 많네."

이에야스는 그렇게만 말했을 뿐이었다.

마침내 이세로 들어가 배를 타고 미카와의 해변으로 건너갔다. 그러자 사람들은 비로소 되살아나기 시작했다. 때는 6월 5일. 사카이에서 겨우 삼 일 만에 돌아온 것이었다. 도쿠가와 가의 가신들은 그야말로 커다란 난 속에서 온몸으로 빠져나온 주군을 기쁨의 눈물로 맞이했다.

구름은 점점

6월 1일 이후, 교토와 주변 지방은 날이 맑고 무더웠지만 주고쿠 지방은 대체로 구름이 껴 있었다. 5월 말에는 큰비가 내렸다. 6월에 들어선 이후, 지난 삼 일 동안 산악 지방은 날이 궂고 남서풍이 강해 북쪽으로 어지럽게 흐르는 구름 때문에 햇볕이 내리쬐기도 하고 흐리기도 했다.

"천둥이 한번 소란을 피우고 지나갔으니, 슬슬 장마가 걷힐 때도 됐는데."

오랜 장마와 곰팡이에 질린 사람들의 바람은 이러했으나 빗추의 다카마쓰 성을 포위한 채 장기전을 펼치고 있는 하시바 군은 생각이 달랐다.

"더 내려라. 얼마 전처럼 이틀 밤이고 사흘 밤이고 폭우나 쏟아져 내려라."

하시바 군은 용왕님에게 그렇게라도 빌고 싶은 심정이었다.

비야말로 이곳 전쟁의 승패를 가르는 것이었다. 비는 히데요시의 작전대로 총면적 백팔십팔 정보에 이르는 커다란 진흙탕 호수를 만들었다. 고립된 성인 마카마쓰 성은 커다란 호수 가운데 오도카니 잠겨 있었다. 멀리 대머리의 머리칼처럼 보이는 것은 숲과 곳곳의 나무들이었다.

성 아래의 민가들도 수면 위로 지붕만 간신히 보일 뿐이었다. 낮은 지대에 있던 농가는 지붕조차 보이지 않았다. 분해된 무수한 목재는 탁류에 휩쓸려 커다란 호수 주위를 떠다니고 있었다. 그 목재들의 속도를 봐도 알 수 있듯 하룻밤 사이에 나타난 이 인공의 흙탕물 호수는 여전히 수위가 높아져가고 있었다. 아시모리 강과 나가라 강의 물이 한꺼번에 콸콸 흘러들고 있었다. 언뜻 보면 누런 탁류가 그저 가득 찬 상태로 정지해 있는 듯했으나, 물가의 둔치를 잠시만 바라봐도 곧 한 치, 두 치, 주위 기슭이 잠겨가는 것을 알 수 있었다.

"오늘은 한가로운 놈들이 있구나. 저길 좀 보아라. 너희와 어울리는 한가로운 놈들을."

히데요시가 말 등에 앉아 뒤쪽에 있는 시동들에게 말했다.

시동들은 '어디?'라고 묻고 싶은 듯한 얼굴로 말 위의 주인이 가리키는 곳을 보았다.

왜가리들이 흙탕물 호수 위를 떠다니는 목재 위에 앉아 장난을 치고 있었다. 이시다 사키치, 오타니 헤이마, 히토쓰야나기 이치스케의 동생 등 아직 열서넛에서 열예닐곱 살 정도의 어린 시동들이 목을 움츠리고 큭큭 웃었다.

"우리가 왜가리란 말인가?"

그러자 그 가운데서도 나이가 많은 모리 간파치로가 말했다.

"싸움 중에도 놀고만 있으니 나리께서 그렇게 말씀하신 거야."

어린 시동들도 지지 않았다.

"그럼 간파치 님은 뭘까?"

"까마귀, 까마귀. 까마귀 간파치 님이야."

히데요시는 그런 아이들의 장난을 뒤로 들으며 천천히 말을 몰아 돌아왔다. 그는 평소와 다름없이 우산을 들게 하고 깃발을 세우고 오십 기 정도를 데리고 진을 한 바퀴 둘러보고 오는 길이었다. 때는 6월 3일 저녁 무렵이었다. 그는 아직 아무것도 모르고 있었다.

히데요시는 하루도 거르지 않고 진을 둘러보았다. 오십 기, 혹은 백 기를 이끌고, 때로는 시동들까지 데리고 자루가 긴 우산을 들게 하고 찬란한 깃발을 세운 채 줄지어 천천히 걸었다. 아군 병사들은 그런 그의 '행차'를 올려다보면서 '우리 영감이 지나가신다'고 행각했다. 그 모습이 보이지 않는 날이면 어딘가 허전한 느낌이 들었다. 히데요시 역시 이리저리 둘러보며 병사들을 기특하게 생각했다.

히데요시는 땀과 진흙으로 범벅이 되어 있는 병사, 부족한 음식을 맛있게 먹고 있는 병사, 언제나 웃음을 머금은 채 무료함을 모르는 병사와 같은 활달한 생명들을 바라보지 않은 날이면 어딘가 쓸쓸해 보였다. 그는 주고쿠에서 사령관으로 군무에 종사한 이래 오 년에 걸친 긴 야전 생활을 해왔다. 고즈키 성과 그 외의 각지를 돌아다니며 펼친 고투는 말로 표현할 수 없는 것이었다. 전투에서 겪는 어려움이나 위기뿐 아니라 주장으로서 겪는 정신적 고통도 여러 차례 맛보았다.

성격이 까다로운 노부나가를 멀리 떨어져 섬기며, 언제나 삼군 가운데 주군이 있는 것처럼 마음을 삼가고, 노부나가를 만족하고 안심하게 만드는 것만 해도 꽤나 신경이 쓰이는 일이었다. 게다가 노부나가 주변에 있는 아군 장수들 중 히데요시가 부각되는 것을 탐탁지 않게 여기는 사람들과도 경쟁을 해야 했다. 하지만 히데요시는 아침에 태양을 올려다볼 때와 같은 마음으로 지난 오 년 동안 겪은 온갖 역경을 고마워했다.

'고마운 일이다.'

이런 시련은 원한다고 겪을 수 있는 것이 아니었다. 대체 어떤 뜻에서 하늘은 이처럼 고난, 또 고난을 내게 내리시는 것일까 하고 혼자 생각한 적도 있었다. 그리고 선천적으로 건강하지 못한 왜소한 작은 몸으로 그것을 극복할 수 있을 만큼의 의지를 만들어준 유소년 시절의 가난과 세상의 역경에 진심으로 고마움을 느끼는 날도 있었다.

그는 지금, 이 세상에 '인간'으로 태어난 의의를 무한으로 느끼며, 살아 있는 날들이 즐거워서 견딜 수 없는 '때'와 '나이'에 이르렀다. 그러다 보니 그가 하는 말은 '그래, 잘들 하고 있구나' 하는 특별할 것도 없는 것이었으나 장병들로 하여금 유쾌한 마음을 품게 했다. 힘들어도, 밥을 굶어도 그와 함께 생활하는 날들이 최고의 기쁨이었다.

그렇다고는 하지만 그의 얼굴은 결코 싱글벙글 웃는 표정이 아니었다. 이시이 산의 본진에 머물 때 열흘에 한 번도 뜨거운 물에 목욕을 하지 못했으며, 살갗은 오 년 이상이나 전장에서 그슬려 시커멨고, 불그스름한 수염은 걸핏하면 덥수룩하게 엉겼다.

그는 지금 다카야마 성에 대해 계획한 수공을 모두 마치고 노부나가가 서쪽으로 내려오기만을 기다리고 있었다. 그리고 나가라 강 하나를 사이에 두고 히자시 산과 곳곳에서 모리의 깃카와, 고바야카와 군삼만이 다가와 고립된 성을 도우려 하고 있었다. 그 산지에서 대치 중인 적들은 히데요시가 우산과 깃발을 치켜들고 진을 둘러보는 모습이, 맑은 날이면 더 잘 보였을 것이다.

히데요시의 행렬은 마침내 이시이 산 기슭까지 와 있었다. 류오 산에서 옮겨온 뒤 지보원持宝院(지호인)에 본진을 설치했다.

"어서 오십시오."

가장 앞쪽 문에서 맞은 사람은 야마노우치 이에몬 가즈토요였으며, 두 번째 문에 있는 사람은 아사노 야헤 나가마사淺野弥衛長政였다.

초여름 저녁 어스름이 내릴 무렵 곳곳의 막사에서 밥 짓는 연기가 피어올랐다. 아무리 유수한 사원이라 할지라도 일단 군마의 야영지가 되면 곧 일상생활의 주방과 마분의 웅덩이가 되어버리고 만다.

"이 말을 좀 받아라."

산문 앞에 이르자 히데요시가 말에서 내리며 말했다.

"이리 주십시오."

올해로 스물일곱 살이 된 도도 요에몬 다카토라藤堂与右衛門高虎가 달려와 고삐를 받아서는 마구간 쪽으로 끌고 갔다.

히데요시는 다시 병사들 사이를 천천히 걸으며 말을 걸었다.

"이보게."

네다섯 명의 병사들이 밥을 짓기 위해 나무를 하고 있었던 것이다. 그 가운데 벚나무도 있었다. 히데요시가 그것을 가리키며 말했다.

"가능한 한 잡목을 찾아서 베도록 하게. 벚나무는 베지 말고. 꽃놀이 할 때가 되면 백성들이 쓸쓸해할 테니."

그 뒤 히데요시는 문 옆에 있는 히토쓰야나기 이치스케의 막사를 잠깐 들여다보고는 취사병이 커다란 솥에 무엇인가 삶는 곳으로 가서 냄새를 맡으며 말했다.

"맛있겠구나."

히데요시는 좌우의 부장과 함께 웃으며 요즘에는 맛없는 음식이 없다는 등의 이야기를 나누고 밖으로 나왔다. 그러자 오른쪽 막사 끝자락에 웅크리고 앉아 있는 나이 어린 무사가 문득 눈에 들어왔다.

"이 아이는 누구의 아들인가?"

히데요시가 묻자 히토쓰야나기 이치스케가 황공하다는 표정으로 대답했다.

"제 막내 동생입니다."

"오호…… 몇 살이지?"

“열세 살입니다.”

“이름은?”

“이름은 시로에몬四郎右衛門이라고 합니다.”

“딱하게도 노인네 같은 이름이구나.”

“이번에 주고쿠로 출진하라는 명을 받고 집을 나섰을 때는 훨씬 더 어렸습니다만, 자기도 데려가라고 떼를 쓰며 말을 듣지 않았습니다. 거치적거릴 것이라 생각했으나 허락을 하고 데려오면서, 곧 숙부님의 이름을 물려받아야 할 몸이니 시로에몬이라 부르기로 했습니다.”

“그러냐. 거치적거리다니 무슨 소리냐. 전진에 참가하기만 하면 무사 정신은 저절로 갖춰지는 법이다. 어릴수록 좋다. 얘, 꼬맹아…… 오시로於四郎라고 불러야 하나?”

히데요시가 곁으로 다가갔다. 시로에몬은 그 전부터 이미 땅바닥에 오도카니 앉아 예의를 갖추고 있었다. 그리고 무릎에 병사의 갓을 소중히 끌어안고 있었다.

“그건 뭐냐? ……무엇을 줍고 있었던 게냐?”

“네, 버찌를 줍고 있었습니다.”

“그랬구나. 꽤 빨갛게 익었구나.”

히데요시는 저물어가는 가지들을 올려다보다 갑자기 시로에몬의 무릎에 있는 갓 속에서 버찌 두어 알을 집어 입에 넣었다.

“음, 이거 달구나.”

히데요시는 그렇게 말하며 본당 쪽으로 향했다. 본당은 오동나무 무늬가 새겨진 막에 둘러싸여 있었는데, 마루도, 계단도 장마철 습기를 머금고 있었다.

히데요시가 가는 곳마다 갑옷을 두른 사람들이 차례로 나와 그를 맞았다. 영 안은 이미 어둑어둑해서 곳곳에 등불이 밝혀져 있었다. 그는 마침내 객전으로 보이는 한 방에 앉았다.

"피로가 쌓였겠습니다."

손님 하나가 깔개를 깔고 앉아 있었다. 손님은 바로 호리 규타로 히데마사堀久太郞秀政였다. 노부나가가 오기 전에 주고쿠에 도착할 예정일을 잡고, 진영의 준비를 비롯해 여러 가지 대비를 히데요시와 상의하기 위해 온 것이었다.

"아니, 전장에서의 생활에도 이제는 이력이 났소. 요즘에는 아무런 불편함도 피로도 느끼지 못하오. 가끔 아즈치로 올라가면 주군께서도 위로의 말씀을 하시네만, 갑자기 두꺼운 이불을 덮고 자면 오히려 답답해서 잠을 잘 이룰 수가 없소. 갑옷을 입은 채 팔을 베개 삼아 잠시 누워 눈을 붙이는 그 맛은 전장에서만 맛볼 수 있는 최상의 것이오."

히데요시가 웃으며 말을 이었다.

"식사는 하셨소?"

"아직 못 먹었습니다."

"그럼 같이 먹기로 합시다."

히데요시는 시동을 돌아보며 명령했다.

"얼른 준비하라고 해라."

그리고 뒤이어 물었다.

"히코에몬은 어떻게 된 게냐?"

고니시 야구로가 대답했다.

"하치스카 나리께서는 이 절의 승려 하나를 데리고 어딘가로 가셨습니다. 아마도……"

히데요시가 말을 가로막으며 또다시 중얼거렸다.

"모스케도 안 보이는데."

히데요시는 저녁 시중을 들 사람을 찾는 듯 주위를 둘러보았다.

"제가 호리오 나리께 근처 마을 촌장들의 모임에 다녀와달라고 부탁을 했습니다."

야구로가 설명을 하자 히데요시가 그 이유를 물었다.

"무슨 일로?"

야구로는 근처 마을에서 군량을 징발하는 일을 맡고 있었는데, 걸핏하면 촌장과 농민들 사이에서 부정과 비협조적인 언동이 끊이지 않았기에 호리오 모스케에게 촌장들을 크게 야단쳐달라고 부탁했다는 것이었다.

"그렇게 덮어놓고 농민들을 교활하다고만 생각하지는 말게."

히데요시는 오히려 야구로를 야단쳤다.

"원래는 순수한 자들이라네. 작은 이익은 알지만 큰 이익은 깨닫지 못할 정도로 소박한 자들이지. 또 부정을 저지른다고들 하지만, 그것도 어쩔 수 없는 일일세. 무릇 전쟁의 시대에는 인간의 신성함은 한없이 높이 드러나지만, 인간의 약점이나 조그만 악의 성질은 평시보다 더 쉽게 횡행하는 법이라네. 그 신성함이 더욱 높아질 수 있도록, 그 악한 성질이 나오지 않도록 하는 것을 정치라 부르는 것일세. 혼쭐을 내는 것만이 능사는 아닐세. 농민들의 좋은 점도 깊이 살피도록 하게."

"네."

"규타로 나리, 저쪽에서 식사를 하기로 합시다."

히데요시는 히데마사와 함께 방장으로 들어갔다. 바로 그 무렵, 오카야마 도로의 이이쿠리飯倉에서 말을 내린 전령 하나가 문을 지키는 무사들에게 둘러싸였다.

이 도로는 오카야마에서 히데요시가 있는 이시이 산으로도 갈 수 있고, 히바타日幡를 넘어 고바야카와 다카카게의 진영이 있는 히자시 산으로도 갈 수 있는 길이었다. 이곳의 문은 이른바 요해지로 엄중하게 지켜지고 있었다.

"하세가와 소닌長谷川宗仁 님께서 보내신 사자입니다. 결코 수상한 자가 아닙니다. 2일에 교토를 출발해서 지금 도착한 것입니다. 결코 미심쩍은 자가 아닙니다."

무사들에게 좌우의 팔을 붙들린 채 어두운 길을 가는 중에도 전령은 잠꼬대처럼 쉴 새 없이 외쳐댔다. 그러자 그의 다리와 피로에 지친 몸을 친절하게 부축하며 걷고 있던 무사들이 웃으며 말했다.

"무슨 소리를 하는 겐가. 수상히 여겨 말에서 끌어내린 게 아닐세. 말에서 내린 순간 다리가 풀려서 걸을 수 없을 것 같았기에 부축해서 데려가는 것 아닌가?"

전령이 슬쩍슬쩍 뒤를 돌아보기도 하고 어둠 속에서 발을 헛디디기도 하며 말했다.

"하지만 이 길은? 대체 어디로 데려가려 하는 겁니까? 어느 길로?"

"그야 당연히 이시이 산의 본진으로 가는 길이지."

"그렇다면 여러분은 틀림없이 하시바 나리의 휘하입니까? 설마 모리 군은 아니겠지요?"

"조금 전에 우리가 물은 걸, 이번에는 자네가 묻는군, 하하하하. 이 전령 재미있군, 아주 재미있어."

무사들이 돌아본 순간, 전령은 털썩 주저앉고 말았다.

"이봐, 왜 그래?"

한 사람이 횃불을 가져가 그의 얼굴을 비춰보았다.

"앗, 큰일이다. 정신을 잃었어."

무사들이 서둘러 물을 떠다 전령의 입술에 흘려주기도 하고 등을 두드려주기도 했다.

"이봐, 정신 차려. 여기서 정신을 잃으면 어떡하나. 본진까지는 아직 멀었어.”

　전령은 고개를 끄덕이며 창백한 얼굴로 다시 걷기 시작했다. 어제부터 먹지도 마시지도 않고 말에 채찍을 가해 달려온 듯했다. 전령의 모습을 보고 처음에는 반쯤 장난스럽게 대하던 무사들도 ‘보통 일이 아니구나’ 하고 생각했다.

　이 사실은 곧 산기슭에 있는 야마노우치 이에몬의 부대에서 아사노 야헤에게 전달되었고, 도중부터 야헤의 부하가 거의 병자나 다를 바 없는 전령을 건네받아 본당 아래까지 데려갔다.

　이미 영내는 밤이 깊어 곳곳의 횃불 외에는 먹물처럼 깜깜했다. 전령은 다시 정신을 잃은 듯 보초를 서던 아사노의 가신 발밑에 엎드려 있었다. 버찌인지 송충이인지, 그곳으로 무엇인가 떨어지는 소리가 드문드문 들려왔다.

분루

　밤은 해시(오후 10시) 무렵이었다. 히데요시는 아직 깨어 있었다. 식사를 마치고 난 뒤, 마침 어딘가에서 돌아온 하치스카 히코에몬을 보자 그와 호리 히데마사만을 데리고 진중의 거실로 쓰는 서원으로 들어갔다.

　세 사람은 꽤 오랜 시간 그곳에 앉아 있었다. 시동들까지 모두 물리고 매우 은밀한 얘기를 나누는 듯했다. 가인 유코幽古만이 홀로 허락을 받아 한편에 자리해 다기 소리를 내고 있었다.

　그때 멀리서 급히 달려오는 발소리가 들려왔다. 아무도 들이지 말라고 엄하게 일러놓았기에 발소리는 문 앞에서 시동들에게 가로막힌 듯했다. 한쪽은 매우 급히 달려왔고, 다른 한쪽은 혈기왕성한 연소자들뿐이라 말끝에 싸움이라도 벌어진 듯했다.

　"유코…… 무슨 일이냐?"

　히데요시가 묻자 유코가 귀를 기울였다가 대답했다.

　"무슨 일인지 잘 모르겠습니다. 시동들과 당번병 무리인 듯합니다."

　"보고 오너라."

　"네."

유코는 화롯가의 물을 그대로 둔 채 자리에서 일어났다. 밖으로 나가 보니 바깥문을 지키는 무사인 줄 알았는데 아사노 나가마사가 와 있었다.

"나가마사 님이 아니라 누가 와도 허락이 있을 때까지는 결코 말씀을 여쭐 수 없습니다. 그런데 말씀을 여쭙지 않으면 억지로라도 들어가겠다고 위협하시는 것은 무엄한 일입니다. 가실 수 있으면 지나가보십시오. 비록 시동들이지만 우리는 결코 멋이나 장식품이 아닙니다."

나이 어린 시동들은 지지 않고 으름장을 놓았다.

"자, 자. 그만 목소리를 낮춰라."

유코가 우선 고집 센 시동들부터 달래놓고 말을 이었다.

"아사노 나리. 무슨 일이십니까?"

야헤는 손에 들고 있던 편지함을 보이며 교토에서 지금 막 도착한 전령의 모습이 심상치 않으니 아무도 들이지 말라고 하셨다고는 하나 당장 말씀을 전해달라고 부탁했다.

"잠시 기다리십시오."

유코가 안으로 달려 들어갔다가 곧 다시 나와 그를 안내했다.

"안으로 드시지요."

야헤는 문 옆에 있는 방을 흘겨보며 지났다. 그러자 방 안에 있는 시동들이 갑자기 입을 다물고 딴청을 부렸다.

"야헤냐."

히데요시가 등불을 멀리 놓고 앉았다.

"네. 말씀 중인 것은 알았지만."

"전령이 왔다니 어쩔 수 없지. 그래 누가 보낸 서찰이냐?"

"하세가와 소닌이 보낸 것이라고 합니다만, 우선 보시기 바랍니다."

"소닌이 전령을 보냈다니, 대체 무슨 일일까?"

히데요시가 호리 히데마사의 얼굴을 보고 중얼거리며 서찰을 집었다.

"글쎄요."

히데마사도 역시 고개를 갸웃거렸다.

하세가와 소닌은 노부나가의 다도를 담당하는 무리 중 하나였다. 평소 그리 친하게 지내지도 않았으며, 특히 다도를 담당하는 사람이 갑자기 진중으로 전령을 보냈다는 것도 이상한 일이었다. 게다가 야헤 나가마사의 말에 의하면 전령은 어제인 2일 정오에 교토를 출발해 3일인 오늘 밤 해시 무렵에 도착했다. 교토에서 여기까지 칠백여 리나 되는 길을 대략 하루 하고 한나절 만에 달려온 셈이었다. 이는 매우 빠른 속도였다. 틀림없이 도중에 물도 마시지 않고 밤새 달려왔을 것이다.

"히코에몬, 불을 조금 더 가까이 가져다주게."

히데요시는 몸을 조금 수그렸다. 그리고 소닌이 보낸 서찰을 풀었다. 매우 짧고, 또 매우 급하게 흘려 쓴 글이었다. 그런데 서찰을 읽는 순간 히데요시의 목덜미 털이 곤두서고 말았다.

"……."

"……."

모두 조금 물러나 앉아 있었으나 히데요시의 목덜미부터 귀 부근까지 혈색이 바뀌자 규타로 히데마사와 야헤 나가마사와 히코에몬 마사카쓰가 자신도 모르게 몸을 앞으로 내밀며 말했다.

"나리…… 나리……. 무슨 일이십니까?"

세 사람이 좌우에서 그렇게 묻는 순간, 히데요시는 깜짝 놀라 정신을 차렸다. 서찰을 읽는 순간 눈앞이 아득해지고 정신도 혼미해졌던 것이다. 그리고 서찰의 글을 의심하듯 다시 뚫어져라 바라보다 끝내 글 위로 눈물을 줄줄 흘렸다.

"대체…… 어인 일로 눈물을 흘리십니까?"

“평소에 없는 일을.”

“소닌의 글 안에 무슨 슬픈 내용이라도 적혀 있단 말입니까?”

그때 세 사람이 동시에 떠올린 사람은 나가하마에 두고 온 히데요시의 노모였다.

진중에서 가끔 고향 이야기가 나오면 히데요시는 반드시 노모에 대한 이야기를 했다. 히데요시가 노모에 대해 이야기할 때마다 어린 시동들처럼 사모의 정을 드러내는 모습을 모두 보아온 터였다. 그랬기에 노모가 위독하거나 세상을 떠난 것이라 생각했는데, 마침내 히데요시가 눈물을 닦고 옷깃을 바로 하는 모습을 올려다보니 비통한 모습 속에서도 엄숙한 기운과 분노가 느껴졌다. 그의 눈물은 모자의 정에 이끌려 흘리는 슬픔의 눈물이 결코 아니었다.

“이야기할 힘도 없구나. 규타로 나리도, 마사카쓰도, 나가마사도 이리로 와서 좀 보시오.”

히데요시는 여전히 얼굴을 돌리고 팔꿈치를 굽혀 울고 있었다.

세 사람 모두 벽력에라도 맞은 것 같은 표정이었다. 규타로 히데마사도, 히코에몬 마사카쓰도, 야헤 나가마사도 망연히 정신을 잃은 듯했다.

노부나가의 죽음과 노부타다의 전사. 조금 전까지는 상상할 수도 없었던 일이 엄연한 현실로 나타났으며, 전령이 가져온 글은 어제 2일 아침에 본능사에서 벌어졌던 일을 생생하게 전하고 있었다.

있을 수 있는 일이란 말인가? 세상일이란 이토록 예측할 수 없는 것이란 말인가? 너무 놀란 나머지 한동안 마음까지 마비되어 눈물도 나오지 않았고 말도 나오지 않았다. 특히 히데마사는 이곳으로 오기 전 노부나가에게 이런저런 명령을 받은 탓에 거의 믿을 수 없다는 듯 몇 번이고 글을 읽었다.

등불이 눈물에 젖어 사그라질 정도로 히데마사도 눈물을 흘렸으며, 히코에몬도 눈물을 떨어뜨렸다. 그러다 히데요시가 꾸물꾸물 몸을 움직이더니 자세를 바로 하고 앉았다. 그리고 약간 힘을 주는 듯한 얼굴로 입술을 굳게 다무는가 싶더니 갑자기 멀리 있는 시동의 방을 향해 소리를 질렀다.

"애들아, 누가 좀 와봐라."

천장을 뚫고 나갈 듯한 히데요시의 목소리에 평소 대담하던 하치스카 히코에몬도, 호리 히데마사도 깜짝 놀라고 말았다. 무엇보다 체면이고 뭐고 없이 히데요시도 함께 울고 있었기 때문에 그들이 놀란 것은 당연한 일이었다.

"넷!"

대답과 함께 시동들의 방에서 씩씩하게 달려오는 발소리가 들렸다. 그 발소리와 히데요시의 목소리 때문에 히데마사도, 마사카쓰도 순간 비탄을 떨쳐버리게 되었다.

"부르셨습니까?"

"누가 온 게냐?"

"이시다 사키치입니다."

체구가 작은 사키치는 옆방의 문 근처에서 조금 더 다가와 히데요시가 있는 방의 등불을 향해 손을 모았다.

"사키치냐? 그래, 너면 됐다."

"네."

"간베 요시타카의 막사까지 한달음에 달려갔다 오너라. 간베에게 할 얘기가 있으니 잠자기 전에 잠깐 오라고 일러라."

"그 말씀만 전하면 되겠습니까?"

"그것만 전하면 된다. 구로다의 막사다. 밤이 어두우니 틀려서는 안 된다.”

“네.”

“잠깐 기다려라. 다른 아이들은 무엇을 하고 있느냐?”

“따분해하고 있습니다. 전투가 없는 건 고통스러운 일이라고 모두 이야기하고 있었습니다.”

“유코, 옆방에 있는가?”

“있습니다.”

“시동들의 방에 과자라도 내어주고 돼지씨름이나, 팔씨름이라도 하고 있으라고 하게. 오늘 밤에는 좀 늦게까지 있어야 할 듯하니, 아이들이 졸지 않도록.”

“알겠습니다.”

“사키치, 다녀오너라.”

“다녀오겠습니다.”

히데요시는 목 놓아 울고 싶은 심정이었다.

노부나가와 처음 대면한 것은 열여덟 살 무렵이었다. 노부나가의 손은 히데요시의 머리를 쓰다듬어주었고, 히데요시의 손은 노부나가의 짚신을 받들었다. 그런데 이제는 그런 주군이 없는 것이었다.

‘뜻밖에도 주인이 먼저 세상을 떠나고 나 홀로 목숨을 부지하고 있구나.’

노부나가와 히데요시의 관계는 다른 사람들이 생각하는 것과 같은 단순한 주종 관계가 아니었다. 피도 하나, 신념도 하나, 생사도 하나라 여기던 사람이었다.

‘주군은 나를 알고 있다. 이 세상에 나를 알고 있는 사람은 주군 외에 없다. 본능사에서 마지막 불길에 휩싸인 순간, 주군은 틀림없이 나를 부르시고 내게 후사를 부탁하셨을 것이다. 나 히데요시, 미천한 몸

이나 어찌 주군의 원한과 유탁遺託에 응하지 않을 수 있겠는가.'

그날 밤, 히데요시는 혼자 맹세했다. 헛되이 탄식을 늘어놓지 않았다. 탄식을 하다 보면 통한의 눈물에 몸이 잠기고, 통곡에 피를 토해도 부족할 터였다. 히데요시가 생각해야 할 것은 오로지 노부나가가 죽기 직전에 무엇을 자신에게 명령했을까 하는 것뿐이었다.

히데요시는 주군의 원통함을 분명히 알 수 있었다. 평소의 주군을 떠올리면, 지금까지 이룬 통업을 완성하지 못하고 세상을 떠나는 것을 얼마나 안타까워했을지 쉽게 짐작해볼 수 있었다. 그것을 생각하면 히데요시는 단 한시도 한탄만 하고 있을 수 없었다. 뒷일을 어떻게 도모해야 할지 생각하고 있을 시간도 없었다. 몸은 주고쿠에 있었으나 마음은 이미 적 아케치 미쓰히데를 향하고 있었다.

눈앞의 적 다카마쓰 성을 어떻게 처리해야 할지, 모리의 대군 삼만여 명을 어떻게 조치해야 할지, 또 그 커다란 적과 네 갈래로 나뉘어 맞서고 있는 형국인 이 진지에서 어떻게 한시라도 빨리 벗어나 교토 쪽으로 진군할 수 있을지, 그리고 미쓰히데를 어떻게 쳐야 할지 산더미처럼 곳곳에 쌓여 있는 어려운 문제에 대해 히데요시는 조금 전 몸을 바로 하고 앉았을 때 이미 마음을 정한 상태였다.

'깊이 생각할 여유도 없다. 천기天機는 촌각 중에도 움직이고 있다. 무엇보다 먼저 행동으로 옮겨야 한다. 하나하나, 오직 실행만이 있을 뿐이다. 여러 어려움을 몸으로 직접 부딪치며 그때마다 망설임 없이 생각을 결정해나가면 된다.'

히데요시의 눈썹에서도, 입술에서도 천 번에 한 번 성공할까 말까 하는 일에 대한 각오를 엿볼 수 있었다.

"참, 전령은 어디에 있는가?"

이시다 사키치가 떠난 뒤 얼마 지나지 않아 히데요시가 아사노 야헤에게 물었다.

"무사들에게 본당 아래에 대기시켜놓으라고 말했습니다."

야헤가 대답하자, 히데요시가 하치스카 히코에몬을 향해 명령했다.

"자네, 그 사내를 부엌으로 데려가 밥을 먹게 하고, 방 하나에 감금하여 아무도 만나지 못하게 하게."

히코에몬이 알아들었다는 표정으로 자리에서 일어서는 것을 보고 야헤가 그런 일이라면 제가 다녀올까요, 하고 물었으나 히데요시는 고개를 흔들며 말했다.

"아니다, 야헤 자네에게는 따로 명할 일이 있으니 잠시 기다리도록 해라."

히데요시는 눈을 가느다랗게 뜬 채 단숨에 이렇게 명령했다.

"자네는 지금부터 바로 휘하의 병사 가운데서 눈치가 빠르고 발이 빠른 자를 골라 교토에서 모리의 영지 쪽으로 통하는 모든 도로와 샛길을 물샐틈없이 방비하도록 하게. 주요 도로는 차단해도 상관없네. 수상한 자가 있으면 바로 잡도록. 그렇지 않은 자라 할지라도 일단은 소지품과 정체를 엄하게 살피도록 하게. 이는 무엇보다도 중요한 일일세. 서두르게, 소홀함이 없도록."

아사노 야헤는 바로 자리를 떴다. 이제 남은 것은 호리 히데마사와 가인인 유코뿐이었다.

"유코, 지금 몇 시인가?"

"해정시亥正時(오후 11시)쯤 된 듯합니다."

"오늘이 3일이었지?"

"그렇습니다."

"내일은 4일이로구나."

히데요시는 혼자 중얼거리더니 다시 눈을 가느다랗게 뜬 채 무엇인가 헤아리듯 무릎 위에서 손가락을 움직이고 있었다.

"4일, 5일……, 규타로."

"넷!"

그전까지는 규타로 나리라고 부르기도 하고, 히데마사 나리라고 경칭을 썼으나 무의식중인지, 의식을 해서인지 히데요시는 갑자기 그렇게 부르기 시작했다.

히데마사도 그런 일로 감정을 개입시킬 만한 여유가 없었다. 오히려 지켜보는 내내 히데요시가 일변해가는 것처럼 느껴지자 어쩐지 히데요시의 위압에 스스로 손을 모아 대답해야 할 것처럼 여겨졌다.

"저 히데마사 역시 이렇게 앉아 있을 수만은 없습니다. 뭔가 명령을 내려주십시오."

히데요시가 그의 초조한 마음을 달래주며 말했다.

"아니, 여기에 잠시 더 있어줬으면 하오. 곧 간베 요시타카도 올 게요. 그사이에 전령을 어떻게 처리했는지 마음에 걸리오. 히코에몬이 가기는 했지만 혹시 모르니 가서 보고 와주시겠소?"

"알겠습니다."

히데마사는 자리에서 일어나 절의 부엌으로 가보았다. 전령은 부엌 바로 옆의 조그만 방에서 더운 물에 만 밥을 허겁지겁 들이켜고 있었다. 어제 정오 무렵부터 먹지도 마시지도 않고 달려왔던 사내는 배불리 먹은 뒤 그제야 몸을 뒤로 젖혔다.

"아아."

"전령, 이쪽으로 오게."

밥을 다 먹은 것을 본 히코에몬이 손짓으로 전령을 부르더니 부엌의 한쪽 방으로 데려갔다. 두껍게 흙을 발라 만든 경당經堂이었다. 히코에몬은 천천히 쉬라고 위로하며 사내를 안으로 안내한 뒤 바깥에서 자

물쇠를 채웠다. 그때 규타로 히데마사가 슬며시 곁으로 다가와서 히코에몬의 귀에 대고 속삭였다.

"아군들에게 교토의 변이 알려져서는 안 된다고 생각하고 계시는 모양이오. 차라리 저 전령을……."

규타로 히데마사가 눈에 살기를 드러내자 어떤 이유에서인지 히코에몬이 머리를 흔들었다. 그리고 그곳에서 몇 걸음을 옮긴 뒤 경장 쪽으로 한 손을 들어 배례하며 말했다.

"그냥 저대로 둬도 죽을 겁니다. 먹은 것을 삭히지 못할 겁니다. 허무하게 죽고 말 겁니다."

시시각각으로 변하는 천기

히데요시秀吉는 여전히 그 자리에 앉아 있었다. 촛불 밑에는 종이를 태운 재가 흩어져 있었다. 하세가와 소닌이 보낸 글을 태운 것이었다. 히코에몬과 규타로 히데마사가 전령을 방에 가두고 돌아와 자리에 앉자 잠시 뒤 이시다 사키치가 들어와 고했다.

"오셨습니다."

사키치가 시동들의 방으로 물러나자 뒤이어 구로다 간베 요시타카黑田官兵衛孝高가 다리를 절뚝이며 들어왔다.

"왔는가?"

그렇게 말하며 눈인사로 맞아들이는 히데요시도, 불편한 다리를 접어 털썩 앉는 간베도 평소와 다르지 않은 모습이었다. 특히 간베는 이타미伊丹 성안에서 난을 만난 뒤 불치의 외발이가 되었기 때문에 주군 앞에서도 다리를 옆으로 하고 편히 앉을 수 있었다. 한 가지 덧붙여 말하면, 그때 옥중 생활에서 얻은 피부병이 고질병이 되어 아직까지도 두피 쪽은 낫지 않은 상태였다. 그러다 보니 머리숱이 적어 등불에 가까이 앉으면 머리 뿌리까지 보일 정도였고, 왜소한 체구였지만 우락부락하게 보였다.

"깊은 밤에 무슨 일이십니까? 어찌 부르셨는지…….."

히데요시가 말이 없자 간베가 먼저 물었다.

"히코에몬이 얘기하도록 하게."

히데요시는 그렇게 말하고는 팔짱을 낀 채 고개를 숙였다. 이런 와중에도 시간을 허비하지 않고 앞일을 생각하는 것처럼 보이기도 하고, 또 걸핏하면 탄식에 잠겨 이내 무너질 것처럼 보이기도 했다.

"간베 나리, 놀라지 마십시오."

히코에몬은 엄숙하게 말을 꺼낸 뒤 간단하게 사실을 알렸다. 하세가와 소닌이 보낸 전령에 관한 일도 그대로 이야기했다. 그러자 평소 호기롭기로 유명한 간베 요시타카마저 당황한 얼굴빛을 감추지 못했다.

"……."

간베 역시 팔짱을 낀 채 커다란 한숨만 내쉴 뿐 아무 말도 없었다. 그리고 얼마 뒤 간베는 이마 너머로 같은 자세로 앉아 있는 히데요시를 보았다. 그때 호리 히데마사가 무릎걸음으로 다가와 히데요시에게 말했다.

"이미 지난 일은 생각해봐야 소용없습니다. 오늘부터 세상의 바람은 방향이 바뀌었습니다. 다행히도 그 바람은 순풍인 듯싶습니다. 마침내 출항을 위해 돛을 올리실 때가 찾아왔습니다. 나서느냐, 물러서느냐 판단해야 할 때, 지금이 가장 중요할 때라고 생각합니다."

유코幽古도 거들었다.

"히데마사 님의 의견, 참으로 지당하신 말씀입니다. 세상의 양태, 비유로 말씀드리면 눈이 녹아 요시노吉野의 벚나무가 춘풍을 맞은 격입니다. 사람들도 곧 꽃놀이를 기다리는 심정이 될 것입니다. 한시라도 빨리 꽃놀이를 준비하시기 바랍니다."

"두 분 모두 좋은 말씀을 하셨습니다."

간베 요시타카가 무릎을 치며 말했다.

"천지와 영겁, 만물도 봄가을로 모습을 바꾸기 때문에 생명이 유구한 것입니다. 그 천지의 마음으로 크게 생각한다면 이번 일도 경하할 일이라 말할 수 있습니다. 요시노의 벚꽃도 때가 오지 않으면 볼 수 없는 것입니다. 비를 머금고 바람의 양기에 스스로 피려 하는데 무슨 분별이 필요하겠습니까? 이렇게 된 이상 히데마사, 유코 등의 말처럼 꽃놀이를 위한 한바탕 싸움을 결의하셔도 좋을 때인 듯합니다."

그들의 말에 히데요시는 '말할 필요도 없는 일'이라며 회심의 미소를 지었다. 사실은 히데요시의 본심도 그들과 다르지 않았다. 단, 히데요시는 사람들이 먼저 그렇게 말해주기를 바랐을 뿐이었다. 히데요시가 먼저 노부나가信長의 죽음을 두고 '천지의 경하할 일'이라고 말할 수는 없는 것이었다. 그의 마음속에 작은 의義나 사사로운 정을 초월한 신념이 아무리 굳게 자리하고 있다 할지라도 통탄할 슬픔을 천하의 비애로 여기지 않고 섣불리 천하의 경축으로 만들면 오해를 살지도 모르는 일이었다. 총사의 죽음은 삼군의 상喪이었으며, 히데요시 역시 그의 신하였다. 그렇기 때문에 노부나가의 죽음을 헛되게 해서는 안 되는 것이었다.

히데요시는 주인의 생명을 영원히 살아가게 하는 것이 뒤에 남은 가신의 도리라고 굳게 믿었다. 하지만 누구나 입으로는 신도를 주장하고, 행동도 뒤지지 않으려 하지만, 그 언행에는 사람마다 깊이의 차이가 있는 법이다. 히데요시는 자신의 신념과 깊이에 따라 앞으로 나아갈 수밖에 없었다. 그러면서도 그는 마음속으로 늘 신도를 잊지 않고 있었다.

히데요시는 연신 고개를 끄덕이며 사람들에게 대답했다.

"간베와 히데마사, 거기에 유코까지 이렇게 격려를 해주다니, 다들 고맙소. 사실은 내 생각도 그렇소. 그것 하나밖에 없소. 그래서 하는 말인데,"

히데요시는 완전히 마음을 정한 듯싶었다. 그는 곧 실제 문제를 놓고 이야기를 나눴다. 다시 말해 모리毛체와의 전쟁을 어떻게 대처하고 타개해서 나아갈 방향을 바꾸느냐 하는 문제였다.

"여기서 가능한 한 신속하게, 그리고 은밀하게 모리와의 화목을 꾀하지 않으면 안 될 텐데……. 히코에몬, 자네는 오늘도 에케이惠瓊를 만났겠지? 어떤가, 그쪽 속내는?"

"화의에 관해서는 이쪽에서 먼저 제의한 것이 아니라 모리 쪽에서 지난 이삼 일 전부터 안국사安國寺(안코쿠지)의 에케이를 사자로 보내 은밀하게 청해온 것이니 그가 제시한 조건이라면 당장이라도 맺을 수 있습니다만……."

"결코 조건대로는 할 수 없다."

히데요시는 힘껏 머리를 흔들어 보이며 대답했다.

"그렇기에…… 원래 이전부터 모리 쪽에서 무슨 말을 해도 우리는 듣지 않겠다는 입장이라 오늘도 에케이와 다른 곳에서 은밀히 회담을 했습니다. 하지만 처음부터 그의 말을 거절했습니다."

"바로 그 점인데……. 이대로 끝나버리면 우리가 곤란해질 거야."

히데요시가 간베 쪽으로 시선을 돌리며 이어 말했다.

"안국사의 에케이는 예전의 친분에 의지하여 처음에는 히코에몬을 찾아갔다가 두 번째에는 자네의 막사로 가지 않았던가?"

"그렇습니다."

"자네에게는 어떻게 얘기하던가?"

히데요시의 물음에 간베가 대답했다.

"히코에몬 나리에게 제시한 조건과 다를 게 없었습니다."

“구체적으로는?”

“요컨대…… 모리 쪽에서 제시한 조건이란, 이번에 강화를 맺는다면 빗추備中, 빈고備後, 미마사카美作, 이나바因幡, 호키伯耆 오 개국을 할양하겠으니, 그 대신 다카마쓰高松 성의 포위를 풀고 시미즈 무네하루淸水宗治 이하 성의 병사 오천의 목숨을 보장해주라는 내용이었습니다.”

“흠, 그랬었지. 오 개국을 떼어 바친다고 하면 크게 양보하는 것 같지만, 빈고를 제외하면 지금도 여전히 쟁탈을 벌이고 있는 곳이어서 반드시 모리가 영지로 다스리고 있는 땅이라고는 할 수 없다.”

“옳으신 말씀입니다.”

“그러니 조건을 받아들여 무네하루를 살려주고 화의에 응할 수는 없다. 이는 노부나가 공의 뜻을 기다릴 필요도 없는 일이었다. 승패는 이미 우리 손에 달린 일이니……. 그런데 지금은 기회의 의미가 전혀 달라지고 말았어. 강화의 뜻을 놓칠 수 없게 되었다고.”

“지금은 간발의 차이로 성패가 갈리는 기로에 있습니다.”

“적인 모리가 교토京都의 변을 아는 순간, 화의는 맺을 수 없게 될 걸세. 전쟁의 주도권은 그에게로 넘어갈 것이고, 당연히 대세는 우리에게 불리해질 거야. 하지만…… 모리는 아직 모르고 있을 게야. 틀림없이 아직.”

히데요시는 말끝에 힘을 주었다. 그리고 다시 한 번 되풀이했다.

“틀림없이 아직 아무것도 모르고 있을 게야. 하늘이 내게 허락하신 시간은 적이 그 사실을 알게 되기 전까지야. 이 기회를 포착해 커다란 계책을 펼치는 것도 얼마 되지 않은 시간 안에 해야 해. 그러니 지금처럼 일각이 중요한 때도 없지.”

“오늘 밤이 3일의 자정이니까, 이제 자시(12시)쯤 됐을 것입니다. 4일인 내일 중으로 화의를 진행시켜도 이삼일 안으로는 얘기가 매듭지어질 것입니다.”

하치스카 히코에몬이 말했다. 그러자 히데요시가 히코에몬과 히데마사의 얼굴을 돌아보았다.

“아니, 그래서는 늦네. 날이 밝기를 기다릴 필요도 없이 지금 당장 일을 진행하도록 하게. 다행히 히코에몬이 오늘 에케이를 만나지 않았는가. 이야기를 다시 해서 에케이가 우리 진지로 한 번 더 올 수 있도록 해보게.”

“그럼 에케이에게 바로 사자를 보낼까요?”

“가만, 가만. 그동안 그의 알선을 일축해오다 한밤중에 갑자기 우리 쪽에서 먼저 사자를 보내면 적이 이상히 여길 걸세. 사자를 보내려면 가서 할 말도 깊이 생각해야 할 거야.”

히데요시와 가신들은 한동안 밖으로 목소리가 새어나가지 않을 정도로 소곤거렸다.

잠시 뒤 하치스카 히코에몬이 서둘러 밖으로 나갔다.

시동들은 유코에게 잠을 쫓기 위한 과자를 받고 돼지씨름이나 팔씨름을 하며 흥거워했다. 시동들의 방에서는 밤이 깊은 줄 모르고 때때로 커다란 웃음소리가 들려왔다.

기회 포착

히데요시의 명령을 받자마자 아사노 야헤淺野弥兵衛의 부하들은 곳곳의 길목으로 급히 달려가 통행 검찰을 시작했다. 그날 밤 그들은 신속하게 움직여 미심쩍은 사내를 붙잡을 수 있었다. 사내를 붙잡은 곳은 고베首部라는 산촌 마을에서도 떨어져 있는 샛길이었다.

"어디로 가는 게냐?"

일개 소대가 포위하자 사내는 지팡이를 멈추고 고분고분 대답했다.

"빗추의 친척을 찾아가는 길입니다."

"빗추 어디로 가는 게냐?"

소대원들이 다시 캐어물으니 사내가 짐짓 시치미를 떼며 말했다.

"네, 니와세庭瀨입니다."

"니와세로 가는 자가 어째서 이 같은 산길을 골라 가는 게냐? 게다가 이런 오밤중에."

"그러게 말입니다. 저물녘에 여관을 찾지 못해 십 리만 더 가면 나올까, 이십 리 걸으면 묵을 수 있으려나, 눈먼 자의 감과 고집으로 저도 모르게 그만 여기까지 오고 말았습니다. ……어디로 가야 여관이 있는 마을로 갈 수 있겠습니까? 부디 가르쳐주시기 바랍니다."

사내는 대나무 지팡이에 두 손을 얹어 자못 동정을 청하듯 고개를 끄덕였다. 그러자 가만히 사내의 모습을 지켜보고 있던 부장이 갑자기 손가락으로 사내를 가리키며 외쳤다.

"이 녀석, 가짜 장님이다."

부장은 부하들을 향해 몸을 묶으라고 명령했다. 그러자 사내가 눈이 번쩍 뜨인 것처럼 놀라 훌쩍 뒤로 물러나더니 땅을 몹시 두드리며 변명을 했다.

"마, 마, 말도 안 되는 소립니다. 저는 교토 사람으로 겐교檢校[229]를 인가받은 사람입니다. 오랜 세월 비파 등을 가르치며 생활해왔는데 니와세에 계시는 나이 든 숙모님께서 위독하셔서 불편한 몸도 돌아보지 않고, 채비도 제대로 갖추지 못한 채 이렇게 서쪽으로 내려온 것입니다. 이 앞이 보이지 않는 자를 불쌍히 여겨, 그렇게 놀리지 마시길 바랍니다."

사내는 몸을 떨며 손을 모아 빌었다.

"거짓말 마라!"

부장이 한 발 앞으로 다가가 사내가 짚고 있던 지팡이를 낚아채며 말했다.

"눈은 가리고 있으나 네 몸의 어디에도 빈틈이 없다. 이런 물건은 필요 없지 않느냐?"

부장은 손이 보이지 않을 만큼 민첩하게 단도를 뽑아 지팡이를 두 쪽으로 쪼갰다. 그러자 대나무 안에서 서찰 한 통이 떨어졌다. 사내는 언제부터인가 주위 병사들을 차갑게 노려보고 있었다. 그리고 얼른 달아나야겠다고 생각한 듯 갑자기 둘러싼 병사들의 한쪽을 발로 차고 달아나려 했다. 그곳에는 스무 명 정도의 병사가 있었기에 이 수상한 사

____

229 맹인에게 주던 최고의 벼슬.

내를 놓치지 않고 깔아뭉갤 수 있었다.

"분하구나. 두고 보자."

사내는 꽁꽁 묶여 말 위에 짐짝처럼 얹어진 뒤에도 어디 믿는 구석이라도 있는지 이를 갈며 복수를 하겠다고 외쳐댔다.

"시끄럽다!"

부장이 사내의 입에 흙을 쑤셔 넣었다. 그리고 말에 채찍을 가해 부하 두어 명과 함께 서쪽으로 길을 서둘렀다.

그렇게 고우베의 샛길에서 가짜 맹인을 붙잡고, 얼마 뒤 오카야마에서 동쪽으로 십 리 정도 떨어진 오쓰타미乙多見 마을 부근에서 수도자 차림을 한 사내가 검찰대의 검문을 받았다. 가짜 맹인이 가엾어 보이려고 했던 것과는 반대로 이 사내는 거만한 태도로 일관했다.

"나는 성호원聖護院(쇼고인)의 인가를 받은 우바새優婆塞로 교토 이나바도因幡堂에 사는 긴세이보金井坊라는 사람이오."

사내는 심문에 대해서도 거만한 태도로 맞서며 끝까지 검찰대를 속여 한시라도 빨리 벗어나려 했다.

"한밤중에 걷는 것은 수행자들의 습관이오. 수행을 위해서는 길 없는 길도 가야 하고, 잠도 자지 않고 걸어야 하는 법이오. 뭐, 어디로 가는 길이냐고? 그런 건 왜 묻소? 정처 없이 떠도는 몸, 목적지를 두고 길을 나선 적은 없었소."

검문을 하는 병사가 갑자기 창의 손잡이로 정강이를 후려치자 사내가 '아얏' 하고 비명을 지르며 맥없이 쓰러졌다. 옷을 반쯤 벗겨 조사해보니 아니나 다를까, 수도자가 아니었다. 이시야마石山 본원사本願寺(혼간지) 계열의 승려인 듯했는데 본능사本能寺(혼노지)의 변이 일어나자마자 모리 쪽에 은밀히 알리기 위해 밤낮으로 달려왔다는 사실이 밝혀졌다. 이윽고 사내는 짐짝처럼 히데요시가 있는 본진으로 급히 호송

됐다.

그날 밤 두 사람 중 한 사람이라도 경계망을 빠져나가 목적을 달성했다면 노부나가의 죽음은 그날로 모리 쪽에 알려졌을 터였다. 요행이라면 요행이라고 할 수 있을 테지만, 히데요시의 응급책은 참으로 적절했다. 놀라기에 앞서, 울기에 앞서 가장 먼저 아사노 야헤를 보내 길을 막고 검문을 실시한 덕분에 모리 쪽에 이야기가 새어나가지 않을 수 있었다.

수도자로 변장한 사내는 미쓰히데光秀가 보낸 밀사는 아니었으나, 앞선 가짜 맹인은 아케치明智의 무사인 사이가 야하치로雜賀弥八郎였다. 그는 미쓰히데가 모리 데루모토毛利輝元에게 보내는 편지 한 장을 들고 2일 이른 아침에 교토를 출발한 것이었다.

미쓰히데는 2일 아침에 모리 쪽으로 사자를 두 명 보냈다. 다른 한 명인 하라 헤이우치原平内는 오사카大阪에서 배를 타고 빗추로 들어갔다. 그런데 하라 헤이우치는 운이 좋지 않아 바다에서 풍랑을 만나고 말았다. 그러다 보니 그가 모리 가에 도착했을 때에는 주고쿠中國의 대세가 이미 결정 난 뒤였다.

본능사의 난 뒤로 미쓰히데의 획책은 모두 뜻대로 이루어지지 않았다. 그것은 사람의 지혜와 힘을 초월한 미묘한 일이었다. 그렇게 차질이 생기고 패한 원인을 생각해보면, 그것은 모두 하늘의 뜻이라고 할 수밖에 없다. 사람은 사람을 상대로 싸운다고 생각하고 사람과 사람의 전장만 떠올리지만, 거기에는 위대한 우주의 지휘도 한몫하는 법이다. 진陣 위에 존재하는 하늘의 뜻을 받들지 않고, 인력을 다해 신의와 통하지 않은 삼군이라면, 아무리 뽐을 내봐야 '인간의 진'에 지나지 않는다. 그러면 '신인神人의 진'에는 이길 수가 없다.

안국사 에케이

안국사의 에케이는 화의를 위한 예비 교섭을 하러 몇 번이나 회견을 시도했으나 아무런 실마리도 찾지 못하고 헛되이 돌아서야만 했다. 하지만 그날 밤 하치스카 히코에몬으로부터 갑자기 '바로 만나고 싶다. 가능한 한 빠를수록 좋다'는 간단한 서면을 두 번이나 받게 되었다.

'이거 일이 성사되겠구나.'

에케이는 자신의 직감을 믿고 바로 나설 채비를 했다. 그리고 사자로 온 히코에몬의 아들 이에마사家政와 함께 십 리 정도 떨어진 이시이石井 산으로 서둘러 갔다.

히코에몬은 잠도 자지 않고 자신의 막사에서 대답을 기다리고 있었다. 에케이는 히코에몬의 얼굴을 보자마자 말을 꺼냈다.

"내일 아침에 올까도 싶었으나, 무슨 일인지도 모르고 또 가능한 한 빠를수록 좋다고 하시기에 곧장 달려왔소."

"정말 고맙소. 내일 아침에 오셔도 되는데, 글 솜씨가 부족한 탓에 잠도 주무시지 못하게 한 모양입니다. 하지만 빠를수록 좋은 일이니……."

히코에몬은 겸연쩍은 듯 대답했다. 이윽고 그는 에케이를 데리고 이시이 산 중턱까지 올라간 뒤 흔히 개구리코라고 부르는 조금 꺾어진 곳에 있는 한 집으로 들어갔다. 그곳은 사람이 살지 않는 농가였다. 히코에몬이 이에마사에게 등불을 켜게 했다. 모리 측을 대표하는 에케이와 하시바羽柴 측을 대표하는 히코에몬의 회견은 항상 눈에 띄지 않는 곳에서 행해졌다.

"돌아보면 귀승貴僧과 저는 참으로 기묘한 숙연宿緣입니다."

히코에몬은 에케이와 마주 앉자 은근하게 말했다.

"참으로……."

에케이도 고개를 크게 끄덕였다.

두 사람은 이십여 년 전, 하치스카 촌 쇼로쿠小六의 저택을 떠올렸다. 특히 히코에몬 마사카쓰彦衛門正勝는 그 무렵 승려로서는 꽤나 젊었던 떠돌이 승려 에케이의 모습을 떠올렸다. 그리고 감개무량하다는 표정으로 에케이를 가만히 바라보았다.

에케이는 전국을 떠돌며 수행을 하던 중 하치스카 촌에서 하룻밤 묵은 적이 있었다. 오다 노부나가織田信長의 기요스淸洲라는 조그만 성 안에 기노시타 도키치로木下藤吉郎(도요토미 히데요시)라는 걸출한 인물이 하나 있다는 사실도 그때 알았다. 그 뒤 에케이는 세월이 흘러도 오다 휘하에 도키치로라는 청년 장교가 있다는 사실을 잊을 수가 없었다. 덴쇼天正 원년(1573년)에는 히데요시가 두각을 나타내기 전이었기에 시바타柴田, 니와丹羽, 다키가와瀧川 등의 장수들 입장에서 보면 히데요시는 한참 아래였다. 하지만 당시 에케이가 교토에서 주고쿠의 깃카와 모토하루吉川元春 앞으로 보낸 서장에는 우연인지, 형안炯眼인지 이런 내용이 적혀 있었다.

노부나가의 시대가 삼 년, 오 년은 유지될 듯합니다. 내년쯤이면 구게230가

---

230 조정의 벼슬아치.

될 듯도 합니다. 그런 뒤, 벌렁 나자빠져 몰락할 것이라 여겨집니다. 도키치藤吉는 패나 뛰어난 인물인 듯합니다.

에케이의 예언은 놀라운 것이었다. 십 년 뒤 오늘, 바로 그의 예언대로 되어버린 것이었다. 하지만 그날 밤 그는 십 년 전 자신이 한 말이 그렇게까지 적중하리라고는 꿈에도 생각하지 못했다. 그저 적이기는 하나 남몰래 히데요시의 됨됨이에 깊이 경도되어 있었을 뿐이었다.

이십 년 전 히데요시가 커다란 그릇임을 꿰뚫어보고, 십 년 전 노부나가의 운명을 맞힌 에케이를 세상의 평범한 승려라고는 결코 말할 수 없을 것이다. 모리 모토나리毛利元就가 아키安芸의 안국사를 방문했을 때 유소년이었던 에케이를 보며 '저 동자승을 내게 주지 않겠는가?'라고 한 말은 에케이의 명예를 이야기할 때 흔히 회자되곤 했다. 모토나리는 살아 있을 동안 에케이를 늘 전진에 데리고 다녔고 '동자승, 동자승'이라고 부르며 매우 아꼈다고 한다. 그리고 중년에 고향을 떠나 각 주를 유력하고 귀국한 뒤에는 사람들이 그를 안국사의 사이도西堂라 부르며 우러렀다. 또한 고바야카와 다카카게小早川隆景와 깃카와 모토하루가 그를 굳게 믿고 있어서 싸움이 있을 때면 군사 고문, 이른바 진승陣僧231으로 종군하기도 했다.

"지금은 화목하는 것이 최선책입니다."

에케이는 그렇게 고바야카와, 깃카와 두 장수에게 간곡히 권했다. 히데요시를 잘 알고 있다 보니 적으로 삼아서는 주고쿠가 존립할 수 없다고 생각한 것이었다. 게다가 왕년의 지기인 하치스카 히코에몬이라는 좋은 연줄도 있었다. 그런 연유로 몇 번이나 은밀하게 모리 측의 강화 조건을 제시해보았으나 히데요시가 오 개국 양도와 시미즈 무네

---

231 중세에 전진에서 사망자의 명복을 빌고 적에게 사자로 파견하던 중. 진중에서 문필에 관한 일도 맡았다.

하루의 목숨을 교환하자는 조건을 받아들일 수 없다고 했기에 오늘도 그대로 돌아올 수밖에 없었던 것이다.

"이렇게 갑자기 편지를 보낸 것은, 오늘 귀승과 만났던 일을 구로다 간베 님께 말씀드렸더니 '우리 나리께서는 마음이 아주 넓은 분이시니 모리 쪽에서 한발 더 양보한다면 화담은 틀림없이 성사될 것일세. 오늘 저녁에도 어쩌다 그런 얘기가 나왔는데 대수롭지 않다는 듯, 다른 조건이야 어찌 됐든 무네하루의 목숨만은 안 되네, 적장을 살려둔 채 성의 포위를 푼다면 우리 오다 군의 전력도 더는 버티지 못하고 어쩔 수 없이 미미한 조건에 응해 화의를 맺었다는 인상을 세상에 줄 걸세, 무엇보다 노부나가 공의 허락을 얻어낼 수 없을 걸세, 하며 무네하루만은, 무네하루만은 하고 말씀하셨소. 그렇게까지 화의에 뜻을 품고 계시니…… 에케이 님이 조금만 더 힘을 써주신다면 성립되지 않을 이유도 없을 듯하오. 그렇게 되면 틀림없이 성사될 것이오'라고 간베 님은 굳은 신념을 가지고 이 사람을 격려하셨소. ……어떻소? 귀승이 진심으로 생각하는 바를 들려주시오."

히코에몬의 말은 낮에 한 것과 다를 바 없었으나 사람은 에케이가 낮에 본 그 사람이 아니었다. 에케이는 그사이 방침에 어떤 커다란 변화가 있었다는 것을 형안으로 꿰뚫어보았으나, 평범한 말투로 대답했다.

"글쎄, 이미 모두 말씀드리지 않았소. 모리의 영지 열 곳 가운데 다섯 곳을 바치고도 시미즈 무네하루의 목숨을 건지지 못한다면 천하에 무문의 체통이 서지 않을 것이라 여기는 모리 가의 심중도 잘 살펴주시기 바라오."

"낮에 만난 이후, 오늘 저녁에라도 고바야카와 나리나 깃카와 나리의 심중을 들어보셨소?"

"들어볼 것도 없는 일이기에 뵙지 않았소. 설령 주고쿠 전토를 잃는다 할지라도 모리 가로서는 더없이 충의로운 무네하루를 잃을 수는 없는 일이라고 굳게 결심하셨소. 데루모토 님 이하 고바야카와 나리와 깃카와 나리도 모리 가의 철칙에 대해서는 모두 한마음이라 한번 정한 일에 이견을 품는 자는 한 사람도 없소.”

그 무렵 날이 밝고 닭의 울음소리가 멀리서 들려왔다. 어느 틈엔가 4일 아침이 되었다. 하지만 에케이도 응하지 않았고, 히코에몬도 양보하지 않았다. 덧없이 시간만 흘러갈 뿐, 화담은 조금도 진전되지 않았다. 그뿐만 아니라 서로 말이 끊기면서 ‘그럼 어쩔 수 없는 일’이라며 그대로 결렬될 것 같은 위기 상황을 몇 번이나 맞이했다.

에케이도 모리 측의 군명君命을 받고 자리에 임했으며, 히코에몬도 처음부터 히데요시의 생각을 자신의 생각으로 삼아 교섭에 임한 것이었다. 게다가 이번에는 두 사람 다 웬만해서는 교섭을 결렬시키지 말아야 했다. 하지만 에케이는 승려 특유의 눈으로 히코에몬을 가만히 지켜보고는 자신의 의견을 소곤소곤 되풀이해서 말했다.

“내 기량으로는 더는 귀승과 타협할 수가 없겠소. 하니 귀승도 잘 아는 구로다 간베 나리와 만나 다시 한 번 깊이 얘기해보면 좋겠소.”

“소승이 바라는 화의의 윤곽을 조금이라도 잡을 수만 있다면 누구와도 깊이 이야기 나눌 수 있소.”

“이에마사.”

히코에몬은 밤새 옆에서 대기하고 있던 아들을 불러 명령했다.

“벌써 일어나셨을 테니, 구로다 나리를 모시러 다녀오도록 해라.”

이에마사가 곧 간베를 데리고 왔다. 간베는 가신들이 짊어진 가마를 타고 왔다. 그는 가마에서 내려 절뚝이는 걸음걸이로 거침없이 들어와 두 사람 옆에 앉았다. 그리고 바로 에케이를 향해 말했다.

“실은 히코에몬 나리께 사이도(에케이)에게 다시 한 번 폐를 끼쳐 화목할 것인지, 갈라설 것인지 마지막 담판을 지으라고 권한 사람이 바로 저 간베입니다. 어떻습니까? 역시 안 되겠습니까? 밤새 얘기를 나눴는데도 매듭을 지을 만한 실마리를 찾지 못했습니까?"

간베의 호방한 말투는 꽉 막힌 것만 같은 두 사람 사이의 분위기를 되돌리는 데 효과가 있었다. 아침 햇살이 비추자 에케이도 얼굴에 웃음을 띠었다.

"기껏 자리를 마련했습니다만, 여전히 진전은 없었습니다."

그러자 히코에몬이 자리에서 일어나며 말했다.

"실례인 줄 알면서도, 오늘 아침에 노부나가 공께서 오시는 일과 관련해 호리 나리와 상의할 일이 있어 먼저 일어나야겠으니 용서해주십시오."

이어서 간베가 중얼거리듯 말했다.

"이삼 일 뒤면 노부나가 공께서 오실 듯하니 화의를 진행할 날도 오늘이 아니면 두 번 다시 없을 듯합니다. 그러니…… 어떻습니까? 적당한 선에서 마무리 짓지 않으시겠습니까?"

간베의 외교 방식은 단도직입적이었다. 또 매우 고압적이기도 했다. 도저히 승산이 없는 전국에 놓여 있으면서 조건에 대해서 이러니저러니 까다롭게 이야기한다면 일전을 펼칠 수밖에 없으리라는 극언까지 서슴지 않았다. 그리고 에케이 개인에게 득이 되는 말까지도 노골적으로 내비쳤다.

"이번 일로 동군을 위해 힘써주신다면 귀승도 장래를 위해 커다란 약속을 받아두는 것이나 다를 바 없지 않겠습니까?"

상대가 바뀐 뒤부터 에케이는 이전처럼 웅변을 늘어놓지 못했다. 하지만 얼굴빛은 히코에몬과 마주할 때보다 훨씬 편안해 보였다.

소가笑歌

"성주 무네하루의 할복만 확약하신다면, 오 개국 이양의 조건은 나리께 잘 말씀드려 양보하기로 하겠습니다. 어찌 됐든 오늘 아침에 깃카와, 고바야카와 두 장수께 다시 한 번 잘 말씀드려주십시오. 그런 연후에 화목할 것인지 싸울 것인지 결정하기로 하겠습니다."

간베의 말에 에케이는 더는 앉아 있을 수 없었다. 깃카와 모토하루의 진지인 이와사키岩崎 산까지는 겨우 십 리, 고바야카와 다카카게의 진지인 히자시日差 산까지는 이십 리밖에 되지 않았다.

"말을 빌리고 싶습니다."

에케이는 갑자기 마음이 움직인 듯 그렇게 청한 뒤, 말을 타고 달려 나갔다.

"과연 어떤 대답이 올지."

간베는 에케이가 떠나는 모습을 지켜본 뒤 지보원持宝院(지호인)으로 올라갔다. 그리고 어젯밤 히데요시가 있던 방을 들여다보았다. 히데요시는 이불도 덮지 않은 채, 팔을 베개 삼아 자고 있었다. 기름이 떨어진 등불은 이미 꺼져 있었다. 간베가 옆으로 다가가 히데요시를 흔들어 깨웠다.

"나리, 날이 밝았습니다."

히데요시의 코 고는 소리가 멈췄다.

"밝았는가……."

히데요시는 부스스 일어나자마자 에케이와의 회견 내용을 들었다. 그는 얼굴을 약간 찌푸렸으나 곧 자리에서 일어나 '밥을 준비하라'고 명령하고 바로 측간으로 들어갔다. 시동들은 욕실 문 옆에서 세수할 물을 받아놓고 기다리고 있었다.

"밥을 먹고 나면 바로 진을 둘러보기로 하겠다. 평소와 다름없이 말을 내어놓고 수행할 사람들을 대기시켜놓도록 하라."

히데요시가 얼굴의 물기를 닦으며 명령했다. 그러고는 아침 식사를 순식간에 마쳤다.

히데요시는 가신들에게 금박을 입힌 표주박 무늬의 깃발과 크고 붉은 우산을 들게 하고 벚나무의 푸른 잎 사이로 산문을 지나 기슭으로 말을 몰았다. 원래 진을 둘러보는 일은 정해진 시간이 없었지만 오늘처럼 아침 일찍 나선 적도 없었다. 그는 평소보다 기분이 좋은 듯, 때때로 익살스러운 말을 하며 천천히 각 진지를 둘러보았다.

히데요시는 마침내 돌아갈 때가 되자 서기를 옆으로 불러 말했다.

"붓을 들게. 시가 한 수 떠올랐어. 적어서 모리의 진중으로 보내도록 하게."

히데요시는 말 위에 앉아 함께 온 사람들까지 들을 수 있게 자작시를 읊었다. 서기가 품 안에서 종이를 꺼내 시를 받아 적었다.

두 강이 하나 되어 흐르면

모리 다카마쓰 물속의 부스러기가 되리라.

"어떤가?"

히데요시가 좌우를 둘러보며 묻자 사람들이 모두 흥에 겨워 웃었다. 시라고 하기에는 참으로 서툴렀으나 아군의 기개를 나타내기에는 부족함이 없었다. 한바탕 웃음을 터뜨리기에도 충분했다.

이윽고 사자가 적의 진영을 향해 출발했다. 그때까지 그 누구도 미묘한 기운을 감지해내지 못했다. 그 누구도 이처럼 여유를 과시하고 있는 사람의 가슴에 '노부나가의 죽음'이 숨겨져 있을 줄 생각하지 못했다.

그날 아침 아군의 진영까지도 교토의 변이 새어나간 듯한 기미는 보이지 않았다. 히데요시는 그러한 상황을 지켜본 뒤 천천히 이시이 산의 본진으로 돌아왔다.

간베 요시타카는 산문 앞에서 히데요시를 기다리고 있었다. 그는 눈으로 무엇인가를 말하며 절 안까지 따라왔다. 히데요시는 그의 낯빛으로 에케이에게서 원하던 답을 듣지 못했다는 사실을 깨달았다. 히데요시가 돌아오기 조금 전 에케이가 모리의 진영에서 다시 찾아왔는데 결과는 예상대로였다.

"무네하루를 내주면 무문인 모리 가의 체면이 서지 않는다. 무네하루의 목숨을 보장하지 않는 강화에는 결코 응할 수 없다."

에케이의 말에 따르면 마지막 노력도 헛되이 되고 말았는데, 모리 데루모토를 비롯하여 깃카와, 고바야카와 두 사람 모두 절망적인 대답으로 일관했다는 것이었다.

"어쨌든 에케이를 이리로 불러오도록 하게. 내가 만나기로 하지."

히데요시는 아직 절망하지 않았다. 오히려 더욱 열의를 내보일 정도였다. 기다리는 동안 곁에 있는 이코마 우타노스케生駒雅樂助와 하치스카 히코에몬에게 무엇인가 귓속말을 했다.

"에케이 님께서 오셨습니다."

잠시 뒤, 간베가 고하자 히데요시는 아침 햇살이 넘쳐나는 서원으로 에케이를 데려갔다. 그러고는 편안한 분위기 속에서 옛이야기와 도읍의 소문에 관한 이야기를 나눴다. 그러다 히데요시가 불쑥 에케이에게 물었다.

"그런데 스님께서는 비구승이시오, 아니면 대처승이시오?"

에케이가 당황한 듯한 표정을 지으며 대답했다.

"비구승입니다."

처자가 없다는 뜻이었다.

"아아, 그것참."

히데요시는 안타깝다는 듯한 표정을 지으며, '축하주 정도는 괜찮겠지' 생각하고는 시동에게 술과 안주를 가져오라 명했다. 얼마 뒤 시동이 소반에 다시마, 밤, 미노美濃의 곶감 등을 담아 내오자 그중 곶감 하나를 집어 먹으며 에케이에게도 권했다.

"드십시오, 어서 드십시오."

그러고는 히데요시는 본격적인 얘기를 꺼내기 시작했다.

"무네하루의 목숨 하나가 쌍방의 체면 문제가 되어 화의에도 전혀 진척이 없는 듯한데, 돌아보면 덴쇼 6년(1578년)에 반슈播州에서 벌어진 서전에서 우리 군은 작전상 어쩔 수 없이 아마코 가쓰히사尼子勝久, 야마나카 시카노스케山中鹿之介 등이 지키던 고즈키上月 성을 버렸소. 그때도 체면을 잃었을 뿐만 아니라, 뒤이어 작년에도 호키의 우마노馬之산에서 깃카와 모토하루와 진을 맞대고 있다가 우리가 먼저 진을 물리고 물러났소. 이렇게 우리는 두 번이나 천하에 체면을 잃었고, 모리는 무문의 체면을 세워왔으니 이번에는 다카마쓰 성의 수장인 시미즈 무네하루의 목숨을 잃는다 해도, 결코 두 강(깃카와, 고바야카와)의 수치가 되지는 않으리라 생각하오. 이 지쿠젠筑前의 생각은 그러한데, 고승의 생각은 어떠시오?”

“지당하신 말씀이라고는 생각합니다만…….”

“진심으로 그리 생각한다면, 어째서 승려라는 개인적 신분으로 무네하루를 만나 무네하루에게 사태를 알리고 자결을 권하지 않는 게요? 주인 집안에서 충의로운 그에게 할복을 명하기는 어려울 게요. 하지만 고승께서 그러한 주인 집안의 고충을 잘 전달하면 무네하루도 자신의 죽음 하나가 성안 오천 명의 목숨을 대신할 수 있으며, 또 모리 가의 멸망도 막을 수 있다고 생각하여 기꺼이 자결할 것이라 여겨지는데.”

히데요시는 그렇게 말하고는 군무를 핑계로 자리를 떴다. 이코마 우타노스케와 간베는 여전히 자리에 남아 에케이를 둘러싸고 비밀 하나를 더 털어놓았다. 그것은 모리 측의 우에하라 모토스케上原元祐가 히데요시에게 보낸 몇 통의 편지였다. 에케이에게 모토나리의 사위인 모토스케조차 내통한다는 사실을 알려주기 위해 특별히 이야기를 꺼낸 것이었다.

마침내 에케이가 결심을 굳히고 다카마쓰 성으로 향했다. 물론 탁류에 삿대질을 하여 ‘개구리코’에서 배로 건너갔다.

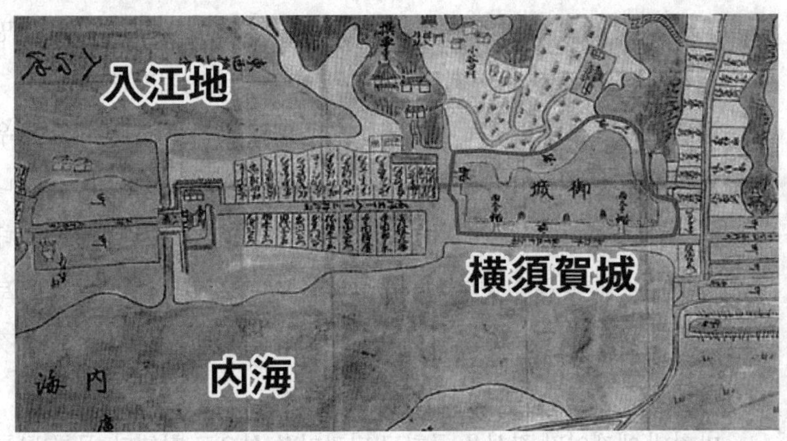

● 1581년 제2차 다카텐진성 전투

다카텐진성에서 다케다 가쓰요리(武田勝頼)와 도쿠가와 이에야스(德川家康)와 겨룬 두 번째 전투이다. 도쿠가와군은 오다 노부나가(織田信長)의 지시로 다카텐진성을 압도적인 병력으로 포위했는데 이 때문에 다카텐진성의 병사들은 대부분이 싸우지도 못하고 아사하고 말았다. 결국 포위 공격에 지친 다케다군이 성에서 뛰쳐 나왔고, 도쿠가와군은 이를 쳐서 크게 승리했다.

● 사나다 유키타카 真田幸隆·1513-1574

사나다 마사유키(真田昌幸)의 아버지이자, 노부유키(真田信之)와 노부시게(真田信繁)의 할아버지. 사나다 가문의 기틀을 닦은 인물이다. 맹장 무라카미 요시키요(村上義清)를 지략으로 하루 만에 물리친 일화가 유명하며, 이러한 배경으로 다케다가 가신단 중에서 최고의 지략가로 평가받았다. 특히 신겐에게 두터운 신임을 받았으며, 대대로 다케다가를 섬겨온 가신들과 동등한 대접을 받았다고 한다.

승낙

　물의 성, 고립된 성 다카마쓰 안에는 장병과 농민을 합쳐 오천 명의 목숨이 있었다.

　"이 물을 마시고, 벽을 파먹으면서라도."

　그들은 항복을 모르고 오로지 굳게 뭉치며 전의를 불태웠다.

　성을 공격하는 아사노, 고니시小西 등의 부대는 멀리 바다에서 산을 넘어 운송해온 커다란 배 세 척을 띄워놓고 거기에 포를 실어 성루 쪽으로 탄환을 날리곤 했다.

　망루는 반쯤 깨졌으며 사상자도 많이 나왔다. 게다가 장마철이라 환자들은 늘어가고 식량도 모두 젖어 성곽 안의 참상은 차마 눈 뜨고 볼 수 없을 정도였다.

　성의 동쪽에서 서쪽을 오갈 때도 작은 배나 뗏목을 이용해야 했다. 그러다 보니 성안의 병사들은 문짝 수백 장을 모아다 거룻배를 만들었다. 수상전이 벌어졌을 때 거룻배에 올라 적의 대선에 공격을 시도한 용감한 병사도 있었다. 그때 두어 척의 거룻배가 침몰했으나 헤엄쳐 돌아와 다시 지휘를 하는 병사도 있었다. 지금은 농민들까지 병사들에게 뒤지지 않을 만큼 결사적인 모습을 보이고 있었다.

"다른 곳으로 달아나려면 달아날 수도 있었을 텐데, 우리와 운명을 함께하다니 정말 딱하게 됐군."

수장인 무네하루가 돌아다니며 위로를 전하면 농민들과 그들 가족들은 소리 내어 울면서도 한결같이 대답했다.

"나리와 함께라면 모든 게 기쁨입니다."

평소 무네하루의 인망이 지금의 농민들을 있게 했다.

깃카와, 고바야카와의 원군이 건너편 산에 도착한 뒤 깃발을 꽂자 성안의 모든 사민士民이 그것을 보고는 되살아난 듯 '이젠 됐다'며 하루 종일 환호했다. 하지만 원군도 결국은 자신들을 구할 수 없다는 사실을 알게 되었을 때는 잠시 낙담하기도 했으나 결코 전의를 상실하지는 않았다. 오히려 그 뒤로는 모두 '어차피 죽을 몸'이라고 각오한 듯 활기 넘치는 모습을 보였다. 그런 모습에서 솟아오르는 강인함 속에는 깊이를 헤아릴 수 없는 불굴의 정신이 있었다.

그랬기에 구원을 온 아군이 밀사를 보내 구하기 어려운 상황을 전하고 모토하루와 다카카게의 이름으로 '이렇게 된 이상 하시바에게 항복하여 성안 오천 명의 목숨을 지키는 것이 좋겠소'라는 뜻을 전했으나 무네하루 이하 모든 사람들은 '우리는 아직 항복이라는 것을 배우지 못했소. 이런 때를 위해 평소 기른 소양은 오로지 죽음일 뿐이오'라며 뜻을 따르지 않았다.

그렇게 그들은 이십여 일을 힘껏 버텨왔다. 그리고 6월 4일 아침, 저 멀리 적지의 기슭에서부터 다가오는 조그만 배 하나가 성안에 있는 병사의 눈에 띄었다. 무사가 노를 젓고 있는 배 안에는 승려처럼 보이는 사람이 하나 타고 있었다. 그는 말할 필요도 없이 안국사의 에케이였다.

이윽고 에케이는 무네하루를 만나 할복을 권했다. 물론 에케이는 마지막에 할복에 대한 이야기를 꺼냈고, 그전에는 다음과 같은 말들을 했다.

"얼마 전부터 양군 사이에 화목을 위한 밀담이 있었는데 소승이 그 절충 역할을 맡아 하시바 쪽과 수차례 회견을 했었습니다만……."

에케이는 그간 있었던 회견의 내용을 들려주었고, 성의 수장을 살려야 한다와 그럴 수 없다는 의견으로 나뉜 양군의 체면 문제가 암초가 되어 더 이상 진척이 없다는 이야기도 전했다.

"이제 그대의 마음에 따라 모리 가의 안태를 확약할 수 있고, 수많은 성의 병사와 무고한 백성도 구할 수 있는 상황인데……."

에케이는 누누이 진심과 열변을 토해 무네하루를 설득했다.

무네하루는 내내 말없이 듣고 있다가 에케이가 더는 할 말이 없다는 듯 땀에 흠뻑 젖은 몸으로 고개를 숙이자 비로소 온화한 목소리로 말했다.

"아아, 오늘은 참으로 길일이로군. 덕분에 고마운 말씀을 듣게 되었소. 말씀에 거짓이 없다는 사실은 고승의 얼굴을 통해서도 잘 알 수 있었소."

무네하루는 승낙하겠다고도, 승낙하지 않겠다고도 말하지 않았다. 그의 마음은 이미 승낙 여부를 초월한 듯했다.

"얼마 전에는 고바야카와, 깃카와 나리께서도 이 하찮은 몸을 크게 걱정하시며 성을 열어 항복하라고 말씀하셨소. 하지만 오천의 사랑스러운 자들을 함께 죽음으로 내몬다 할지라도 무네하루는 결코 항복하여 목숨을 건져야겠다고 생각하지 않았기에 거절했소이다. 고승의 말씀에 따르면 주인 집안도 안태를 약속받을 수 있고 성안의 사민들도 무사할 수 있다 하니……. 그렇다면 싫다고 할 이유가 없소. 오히려 커다란 기쁨이오. 이 무네하루에게는 기쁨이오."

무네하루는 마지막 말을 거듭 강조했다. 그러자 에케이는 감격에 몸이 떨려왔다. 이렇게 간단할 줄 몰랐다는 말보다 오히려 무네하루가 기쁘게 받아들일 줄 꿈에도 생각하지 못했다는 말이 옳을 것이다.

'나는 승려인데, 어떤 일이 있을 때 과연 이 사람처럼 생사에 초연할 수 있을까? 죽음을 받아들이는 데 낯빛 하나 변하지 않고 그것을 기쁨으로 받아들일 수 있을까?'

에케이는 한편으로 부끄러운 마음이 들었다.

"그럼 승낙하시는 겁니까?"

"걱정하실 것 없소."

"일족들과 상의하지 않으셔도 괜찮겠습니까?"

"나중에 알리도록 하겠소."

"그리고…… 드리기 매우 곤란한 말씀입니다만, 한시가 급한 일입니다. 하루이틀 뒤면 노부나가가 서쪽으로 내려온다고 합니다."

"늦든 이르든 내게는 마찬가지요. 그렇다면 기일은?"

"오늘. ……그것도 오시까지라고 지쿠젠이 말했습니다. 오시까지라면 이제 이 각 반 정도의 여유밖에 없습니다."

"그거면 충분하오."

무네하루가 가느다랗게 웃으며 말을 이었다.

"마음 편히 죽음을 준비할 수 있을 게요. 고승께서는 얼른 돌아가셔서 무네하루에게 이견이 없다는 뜻을 양군에 전해주시기 바라오. 특히 오랜 세월 변변찮은 몸을 아껴주셨던 주군 데루모토 님, 그리고 고바야카와 나리, 깃카와 나리께도 잘 좀……."

곧이어 에케이는 작은 배를 타고 쏜살같이 돌아갔다. 그리고 바로 히데요시를 만나 무네하루가 흔쾌히 승낙했다는 사실을 알리고, 다시 말을 달려 서군의 이와사키 산으로 서둘러 갔다.

말할 필요도 없이 깃카와 모토하루와 고바야카와 다카카게도 그의 보고에 커다란 관심을 갖고 있었다.

“얘기가 잘 안 됐는가?”

다카카게가 그렇게 되리라고만 예상한 듯, 에케이의 모습을 보자마자 물었다.

“아닙니다.”

에케이는 한숨을 돌린 뒤 다시 말을 이었다.

“마침내 서광이 비추기 시작했습니다.”

모토하루와 다카카게는 조금 의외라는 표정을 지었다.

“그렇다면 히데요시가 양보를 했단 말인가?”

에케이는 그 물음에도 아니라고 답하며 고개를 옆으로 저었다.

“이 화의를 위해 자신의 몸을 바치겠다고 나선, 누구보다 화목을 바라는 자의 힘에 의해서입니다.”

“그게 대체 누구란 말인가?”

“무네하루 나리께서 말씀하셨습니다. ‘부족한 신하를 감싸주시는 주군의 은혜에 보답하지 않을 수 없다. 이렇게 된 이상 나만 할복을 하면 화담도 이루어지고, 더불어 주군 집안의 명예도 손상되지 않을 것이다’라고말입니다.”

“사이도, 자네 무네하루와 만났었는가?”

“지금 막 만나고 오는 길입니다. 이번 생에서는 다시 얼굴을 뵐 수 없을 테니, 데루모토 님 이하 모토하루 님과 다카카게 님께도 부디 말씀 좀 잘 전해달라고 하셨습니다.”

“히데요시가 권해서 만나러 갔던 겐가?”

“애초부터 하시바 쪽의 조치가 없었다면 배도 띄울 수 없었을 겁니다.”

“자네에게서 무네하루가 자세한 사정을 듣고 할복하겠다고 말한 것인가?”

“그렇습니다. 오시를 기해서 배를 띄워놓고 적과 아군이 모두 지켜보는 가운데 할복을 하겠다고, 그때를 기점으로 화의를 맺어 모리 가를 만대의 평안 위에 올려놓으라고 하셨습니다. 그리고 성안에 있는 가엾은 오천의 목숨을 구하기 바란다면서 모든 일에 신경을 쓰시며 인사하셨습니다."

"흐음."

다카카게도 한숨을 짓고, 모토하루도 한숨을 지었다. 그리고 두 사람은 뜨거운 눈과 눈으로 서로를 바라보다 그 감동의 물결을 깊은 숨결로 뱉어내었다. 이윽고 다카카게가 다시 물었다.

"그렇다면 히데요시의 의향은?"

"성을 지키는 장수의 목을 보기 전에는 결코 화의를 맺을 수 없다던 지쿠젠 나리도 소승으로부터 그 사실을 듣고는 참으로 애석하게 생각하신 듯, '과연 대국의 모리가 좋은 가신을 길러냈구나. 시미즈 조자에몬 무네하루淸水長左衛門宗治는 모리의 둘도 없는 충신이로구나' 하며 몇 번이고 길게 탄식했습니다."

에케이가 다시 말을 이었다.

"그리고 지쿠젠 나리께서는 '그런 충신의 목숨을 버리게 만들어놓고 그의 충혼에 보답하지 않는 것은 비록 적이라고는 하나 사려가 부족한 짓, 또한 주고쿠의 명문인 모리에게 전토의 절반을 할양케 하는 것도 딱한 일이니 오 개국을 이양하겠다고 약속했으나 우리는 삼 개국만을 취하고 나머지 이 개국은 무네하루의 충절을 생각해서 돌려드리도록 하겠소. 이러한 뜻을 두 장군께도 말씀드려 이견이 없으시면 무네하루의 할복을 지켜보고 난 뒤, 곧 서약서를 교환하겠소'라고 명언하셨습니다."

잠시 뒤 두 사람은 에케이를 남겨두고 모리 데루모토에게 사실을 전하러 갔다. 애초부터 이의를 제기할 이유는 어디에도 없었다.

사내를 치장하고

"저도 함께."

"소생도 함께할 수 있도록."

다카마쓰 성의 무사들이 주인 무네하루 앞으로 나와 죽음을 청했다.

"안 된다. 절대로 안 된다. 그럴 수 없다."

무네하루는 그들을 야단치고, 타이르고, 달래기 위해 같은 말을 몇 번이나 되풀이했다. 당혹스러울 정도로 많은 무사가 주인을 따르겠다고 했지만 그는 그 누구도 허락하지 않았다.

에케이의 배가 성에서 떠난 직후 무네하루는 자신의 결의를 성안에 있는 사람들에게 알렸다.

"오늘 오시에 이 탁한 물의 호수 위에 배를 띄워놓고 적과 아군이 지켜보는 가운데서 할복할 생각이다."

무네하루는 그렇게 말하고는 무사들에게 배를 준비하라고 명령했다.

성안 가득 통곡 소리가 울려 퍼졌다. 그저 무네하루의 할복이 슬펐기 때문만이 아니었다. 평소 사람의 죽음을 눈으로 보고, 귀로 듣던 사람들이었다. 자신의 죽음도 별반 다르지 않다고 인식하는 사람들이었다. 그렇다고 무네하루의 희생으로 자신들의 목숨을 건질 수 있게 되었다는 사실을 기뻐하는 것도 아니었다. 그들은 그 정도로 이기적이지도 무정하지도 않았다.

그것은 한 사람의 참된 아름다움이 또 다른 사람의 참된 아름다움을 감동시켰기 때문이다. 자신을 잊은 무네하루의 커다란 사랑에 모두 독하게 마음을 먹고 방어전을 준비했는데, 갑자기 눈 녹듯 긴장이 풀어지면서 오열을 하게 된 것이었다.

여러 무사들의 청을 간신히 물리쳤을 때, 이번에는 무네하루의 형인 겟쇼뉴도月淸入道가 와서 무네하루를 설득했다.

"조자에몬(무네하루), 조금 전에 자세한 얘기는 들었다만 네가 목숨을 버릴 필요는 없는 일이다. 내가 대신하기로 하겠다. 너의 수의를 내게 양보하기 바란다."

"형님은 상문桑門에 계신 몸이고, 이 무네하루는 이곳을 지키는 장수입니다. 감사한 말씀입니다만, 저를 대신하실 수는 없습니다."

"아니, 아니다. 나는 원래 네 형이니 가장의 자리를 물려받았어야 했으나 평소 불도에 집착하여 무문에는 어두운 몸이었기에 어쩔 수 없이 동생인 네게 가문을 이어받게 한 것이다. 그러니 오늘 이러한 일을 맞아서 네가 할복해야 할 입장에 놓였는데, 이 형만이 남은 목숨을 이어갈 수는 없는 일이다."

"승문에 계신 분은 세상일과 생사를 넘어선 높은 곳에 계셔야 합니다. 속세의 지난 일 따위가 지금의 일과 무슨 상관이 있겠습니까?"

"그렇지 않다. 승려는 사람들의 모범이 되지 못하면 도를 행할 수 없는 법이다. 그런데 세상 사람들로부터 겟쇼뉴도는 동생보다 더 목숨을 아끼는 사람이라고 웃음거리가 된다면, 나는 그렇다 쳐도 상문의 도와 가르침이 쇠하게 된다."

"무슨 말씀을 하셔도 이 무네하루의 할복을 막을 수 없습니다."

"그도 그렇구나. 그렇다면 배까지 함께 가기로 하겠다. 그 정도는 괜찮겠지?"

겟쇼가 시원스럽게 말했다. 그러자 조자에몬 무네하루도 마음이 편안해졌다.

무네하루는 시동들에게 명령하여 물빛 상하의와 겉옷 등 죽음에 임하기 위한 옷을 준비하라고 명을 내렸다.

'그사이에 편지를 한 통 써야겠군.'

무네하루는 미하라三原에 있는 아내와 아들 겐자부로源三郎에게 편지를 썼다. 겐자부로에게는 무사의 일생을 위한 처세의 노래를 세 수 남겼다.

성안에는 감찰을 위해, 그리고 독전을 위해 아군인 깃카와와 고바야카와 두 집안에서 온 장수가 몇 명 있었다. 그 가운데 한 사람인 스에치카 사에몬末近左衛門이 무네하루의 방으로 들어와 평소와 다름없는 태도로 이야기를 시작했다.

"잠시 실례를 해도 괜찮겠습니까?"

문득 바라보니 스에치카는 죽음을 각오한 듯 때 묻지 않은 통소매 옷을 입고 있었다. 무네하루가 깜짝 놀라며 이상하다는 듯 물었다.

"자네는 무엇 때문에 그런 차림을 했는가?"

스에치카 사에몬이 대수롭지 않다는 듯 대답했다.

"함께할 생각입니다. 다행히 날씨가 좋아 배 안에서 할복할 때도 기분이 좋을 듯합니다."

무네하루와 동행할 생각을 혼자 굳힌 듯한 말투였다. 하지만 무네하루는 단호히 거절했다.

"귀공께서는 이곳의 일들을 잘 보아두셨다가 다카카게 님과 모토하루 님께 말씀을 올리면 그것으로 사명을 다하시는 겁니다. 그 누구도 귀공에게 비겁하다고는 하지 않을 겁니다. 저와 함께하신다면 오히려 방해가 될 뿐입니다. 그만두시기 바랍니다.”

“아닙니다. 보고할 사람은 저 말고도 얼마든지 있습니다. 저는 무슨 일이 있어도 나리와 함께 세상을 떠나기로 마음먹었습니다.”

“그건 또 어떤 이유에서입니까?”

“그것은…… 이 성에 올 때부터 만약 귀공께서 조금이라도 다른 마음을 품고 적과 내통하려는 조짐을 보이시면 곧 귀공과 서로 맞찌를 각오를 하고 있었습니다. 그런데 마음을 조금도 바꾸지 않으시고 이 성을 끝까지 지키셨으며, 또 지금은 주군의 평안을 바라고 성안 사람들의 목숨을 대신하여 할복하신다고 하니 이 얼마나 흔쾌한 최후란 말입니까? 그 의에 감동을 받아 저도 함께 자결을 하려고 합니다. 이는 다카카게 님의 엄명으로 여기에 왔을 때 이미 귀공과 생사를 함께할 것이며, 고향에는 두 번 다시 돌아가지 않으리라 직분을 걸고 홀로 굳게 맹세한 일이니 괘념치 마십시오. 그리고 당연한 임무 중 하나라고 생각하시고 웃으며 받아들이시기 바랍니다.”

무네하루는 말없이 사에몬의 뜻을 받아들였다. 사에몬의 태도는 조금도 요란스럽지 않았으나, 그의 목소리에는 설득하지 못할 만큼 굳은 각오가 서려 있었으며, 그런 그의 모습은 마치 바위처럼 보였다.

그때 정문의 망루 위에 있는 부장 시라이 요소자에몬白井与三左衛門이 심부름꾼을 통해 주인 무네하루에게 이야기를 전했다.

“매우 황송한 일입니다만, 저는 지금도 망루를 지켜야 하는 몸이기에 설령 화의를 위한 논의가 있다 할지라도 서약서에 조인을 할 때까지는 한시도 이 부서를 떠날 수가 없습니다. 번거로우시겠지만 이번 생의 마지막 인사를 겸해서 잠시 드리고 싶은 말씀이 있으니 망루 위까지 와주셨으면 합니다.”

시라이 요소자에몬은 오랜 세월 일을 해온 집안사람들 중 가장 나이가 많았다.

이윽고 무네하루가 망루 위에 오르자 요소자에몬이 기뻐하며 주인을 전투가 끊이지 않는 곳으로 맞아들였다. 그 무렵 요소자에몬은 부상을 입은 상태였다.

성이 수공을 받기 전인 4월 27일, 요소자에몬은 적의 대대적인 공격 때 총포에 맞아 한쪽 다리에 상당히 큰 부상을 입었으나, 망루를 맡은 이상 쓰러지는 한이 있더라도 내려갈 수 없다며, 눈을 뜨고 있는 한은 사수하겠다며 밤낮으로 갑옷도 벗지 않았었다. 그는 오늘까지도 성 밖에 가득한 흙탕물을 노려보며 활을 나란히 걸어놓고 총구를 늘어놓고 손에서 칼을 놓지 않았던 부장이었다.

"아아, 잘 오셨습니다, 잘 오셨습니다."

요소자에몬은 숨을 헐떡이는 듯한 목소리로 주인의 발밑에 무릎을 꿇었다. 그리고 무사들에게 명령했다.

"걸상을 가져오너라."

그러고는 나머지 한쪽 다리를 접어 털썩 무릎을 꿇고 앉았다.

"요소자에몬, 자세한 얘기는 겟쇼에게서 들었겠지? 곧 나는 할복을 위해 떠나야 하네. 서로 볼 수 있는 것도 이번이 마지막일세. 평소 나를 섬겨준 그대에게 다시 한 번 예를 표하겠네."

"축하드리옵니다."

요소자에몬은 한쪽 팔을 떨어뜨렸다. 갑자기 목이 부러진 것처럼 고개를 앞으로 떨구었기 때문이다. 그는 어깨로 크게 숨을 쉰 뒤 다시 무네하루를 올려다보았다.

"아아, 더없는 무운武運을 맞이하게 되셨습니다. 사람의 일생도, 생애의 무사도 그 마무리는 좋은 것이든 나쁜 것이든 죽음에 의해 결정된다고들 합니다만, 오늘의 자결은 이승 사람의 목숨도 여럿 살리고, 또 나리의 목숨도 후세에 영원히 살리는 경사스러운 일입니다. 경하의 말씀을 올리지 않을 수 없습니다.”

“잘 말해주었소, 요소자에몬. 슬퍼해주는 것보다 훨씬 더 기쁘오.”

“그렇게까지 마음을 굳게 다잡으신 우리 주군께 쓸데없는 걱정을 늘어놓는 것 같으나, 오늘 주군의 자결은 적군과 아군의 양쪽 대장은 물론 주고쿠 군과 교토 부근의 군들도 시선을 모아 지켜보는 일입니다. 만일의 경우가 있어서는 안 되겠다는 늙은이의 근심에서 할복이란 어떤 것일까를 먼저 맛보았습니만, 뜻밖에도 대수롭지 않은 것이었습니다. 자결하기 전에 생각했던 것만큼 괴로운 일도 아닙니다. 무엇보다…… 그렇게 생각하시고 편안한 마음으로 행하시기 바랍니다.”

요소자에몬은 그렇게 말하고는 갑옷을 벗고 복대를 풀기 시작했다. 그리고 조용히 말을 이었다.

“이걸 좀 보십시오.”

무네하루는 눈을 둥그렇게 떴다. 요소자에몬의 늙은 배는 훌륭하게 갈라진 상태였다. 그렇게도 마음이 굳셌던 요소자에몬의 안색에도 죽음의 빛이 드리워졌다.

“외람된 말씀입니다만……”

요소자에몬은 목을 내밀며 눈빛으로 자신의 목을 쳐달라고 청했다. 무네하루가 요소자에몬의 귓가에 입을 대고 속삭였다.

“걱정할 것 없소, 요소자에몬. 잠시 뒤 저쪽 물 위를 잘 지켜보고 있게나.”

한 줄기 빛이 딸그락하고 울렸다. 무네하루는 자신보다 한발 앞서 떠난 길동무를 눈물과 검 아래로 내려다보았다.

오시가 다가왔다. 무네하루는 몸단장을 모두 마쳤다. 그동안 먹는 물 한 방울도 성안 사람들의 목숨을 이어주는 소중한 것이라고 여겼는데, 이제는 괜찮겠지 싶어 물통에 가득 가져오라 명했다. 그리고 그 물로 농성 사십 일 동안 쌓인 몸의 때를 씻고 머리도 빗었다. 그런 다음 삼베로 지은 통소매 옷에 물빛 상하의를 걸쳤다. 깨끗하게 단장을 마친 무네하루가 시동에게 배가 준비되었느냐고 물었다.

"아직 하시바 쪽 둑에서 신호를 위한 작은 깃발이 오르지 않았습니다. 신호가 오르면 말씀드리도록 하겠습니다."

참으로 고요한 휴전 상태였다. 무심한 태양은 시시각각 중천으로 떠올랐다.

성 밖 사방 백팔십팔 정보에 가득한 탁류는 여전히 벌겋고 흐렸으나, 장마철인데 바람도 없고 날이 맑아서인지 살랑살랑 햇빛을 반사하거나 때때로 백로의 날갯짓 소리만 들려올 뿐, 적과 아군의 양 진영도 이곳 성도 쥐 죽은 듯 고요했다.

그때 십여 명의 가신들은 곧 성을 나갈 주인의 마지막 모습에 인사를 하기 위해 눈짓으로 이야기를 나누며 무네하루가 있는 방 밖에 조용히 모여 있었다. 안을 보니 무네하루는 얼른 때가 되기를 기다리듯 방 가운데 기다랗게 누워 두 시동에게 족집게로 흰머리와 귓속의 털을 뽑게 하고 있었다. 마루 끝에서 그 모습을 지켜보고 있던 한 노신은 가슴에 찡한 슬픔이 느껴졌지만 일부러 가벼운 농담처럼 무네하루에게 말했다.

"이게 어인 일이십니까? 이러한 때에 나리답지 않게 사내의 모습을 치장하시다니, 대체 무슨 생각이십니까?"

그러자 무네하루가 한쪽 팔꿈치를 짚고 불쑥 얼굴을 쳐들더니 사람들에게 웃으며 말했다.

"이 목은 오늘까지 사나이로서 경쟁을 하던 히데요시와도 대면하게 될 것이고, 노부나가 앞에도 바쳐질 것 아닌가. 너무 추레해서는 잠깐 동안 벌인 농성에 이렇게까지 늙을 수 있단 말인가 하며 주고쿠 무사의 담력을 우습게 볼지도 모를 일일세. 그래서는 분한 일이기에 이렇게 사내를 치장하고 있는 걸세. 너무 비웃지 말게, 비웃지 마.”

그때 한 사람이 무네하루를 부르러 왔다. 시간이 된 듯, 맞은편 기슭인 ‘개구리코’에 붉은 깃발이 올랐다는 것이었다.

“그럼 가보기로 할까.”

무네하루가 자리에서 벌떡 일어섰다. 그 순간 가신들은 그러면 안 되는 줄 알면서도 오열하기 시작했다. 무네하루는 귀가 없는 사람처럼 성큼성큼 성벽 쪽으로 걸어갔다. 작은 배 안에는 짚으로 새로 짠 멍석을 깔아 하얀 죽음의 자리를 마련해놓았으며, 뱃머리도 한없이 깨끗하게 닦아놓았다.

무네하루의 형 겟쇼뉴도와 스에치카 사에몬 두 사람이 먼저 배에 올라 있었다. 그 외에 무네하루의 가신인 난바 시치로지로難波七郎次郎가 노를 쥔 채 대기하고 있었으며, 할복을 도와 목을 치라고 명령을 받은 사치 이치노조幸市之丞가 끝머리에 있었다.

부채에서 이는 한 줄기 바람

배는 성을 떠났다. 난바 시치로지로가 젓는 노 뒤로 잔잔한 파문이
일었다.

"아아, 나리께서 타신 배가."

"새하얗게 단장하시고."

"우리의 목숨을 대신하시는 거야."

"안타깝구나, 안타까워."

성안의 오천 명 가운데 삼분의 일은 영지 안의 농민들이었다. 모든
사람들이 물에 잠긴 성벽의 갈라진 틈과 지붕 위와 총안과 높다란 곳에
서 소리는 내지 않았으나 손을 모으고 눈을 훔치며 지켜보고 있었다.

오랜 세월 무네하루를 섬겨온 장병들에 대해서는 말할 필요도 없었
다. 모두 창자가 끊어지는 듯한 슬픔을 삼켰으며, 눈에는 슬픔의 눈물
을 머금고 있었다. 저쪽으로 멀어져가는 배의 모습조차 눈물에 흐려져
가만히 바라볼 수가 없었다. 하지만 배와 사람은 마치 화창하고 한가
로운 길처럼 구름의 그림자가 떠 있는 수면을 나아갔다. 돌아보니 다
카마쓰 성은 상당히 뒤에 있었다. '개구리코'와 성의 거의 중간쯤이라
여겨지는 곳까지 오자 무네하루의 형인 겟쇼뉴도가 말했다.

"시치로, 이쯤이면 될 듯하네."

난바 시치로지로는 말없이 노를 올렸다. 이 배가 성을 떠날 무렵 맞은편 '개구리코'에서도 한 척의 배가 호수 가운데를 향해 오고 있었다. 그것은 히데요시의 진에서 보낸 검사를 위한 배였는데, 뱃머리에 표식으로 붉은 기를 세우고 배 안에 심홍색 양탄자를 깔았다. 배에는 무사 세 명이 타고 있었는데, 그중 요시하루만 진바오리陣羽織232를 입고 있었다. 검사를 위해 나선 장수는 호리오 모스케 요시하루堀尾茂助吉晴였다.

마침내 하얀 수의를 입은 사람을 태운 작은 배와 붉은 기를 펄럭이는 검사를 위한 배가 찰랑찰랑한 물 위에서 만나기 직전이었다. 물도 조용하고 주위 산들도 조용했다. 검사를 위해 오는 배의 노 젓는 소리만 귓전을 때렸다. 오늘은 멀리 서쪽 바위산에서도 또렷이 내려다보일 정도로 날이 맑았다. 그리고 그곳에는 모리 데루모토, 깃카와 모토테루, 고바야카와 다카카게 등이 나란히 앉아 있었고, 아군 삼만의 장병들도 숨을 죽이고 물 한가운데로 시선을 집중시켰다.

하시바 지쿠젠노카미 히데요시가 있는 본진 이시이 산은 훨씬 더 가까이에서 이곳을 내려다볼 수 있었다. 그 기슭에서부터 둑 위 수십 정에 이르는 진영은 기치와 깃발로 메워져 있었다. 무네하루는 멀리 아타고 산 쪽을 향해 마음속으로 오랜 세월에 걸친 은혜에 감사를 전했고, 그리운 주인 집안의 깃발을 보며 석별의 정을 떠올렸다.

"거기로 건너오신 분은 다카마쓰 성의 수장, 시미즈 무네하루 나리십니까?"

검사를 위한 배가 바로 옆까지 다가왔고, 사자인 호리오 모스케가 소리쳐 물었다. 그러자 무네하루가 배에서 인사를 건네며 말했다.

---

232 진중에서 갑옷 위에 입던 민소매 겉옷.

"말씀대로 조자에몬 무네하루입니다. 화목을 위한 조건 가운데 하나를 수행하기 위해 할복을 하러 왔습니다. 검사하시느라 고생이 많습니다."

"전할 말씀도 있고 하니 잠시 기다려주시기 바랍니다."

모스케는 그렇게 말한 뒤, 부채를 들어 무네하루 뒤쪽에 있는 난바 시치로지로에게 다시 말했다.

"배를 조금 더 가까이 대십시오. 이쪽에서도 다가가겠습니다."

서로의 뱃전이 가까워지자 배가 가볍게 출렁 흔들렸다.

모스케가 위엄을 갖추며 말했다.

"이는 제 뜻이 아니라 저희 주인이신 히데요시 님의 말씀입니다. '이번 화의는 그대의 승낙이 없었다면 도저히 성립되지 않았을 터인데, 충의를 위해 몸도 돌보지 않겠다는 대답에 더없이 감동했소. 그리고 때를 맞춰 어김없이 나와줘서 참으로 고맙소'라고 말씀하셨습니다."

모스케는 은근한 인사를 건네고 계속 말을 이었다.

"이에 오랜 시간 농성을 하느라 여러 어려움이 있었을 것이라 말씀하시며 주인 히데요시 님께서 부족하나마 위로의 뜻을 표하기 위해 보내신 물건을 가져왔습니다. ……아직 해도 높으니 저희의 임무에 신경 쓰지 마시고 천천히 작별을 고하시기 바랍니다."

향기로운 술 한 통과 몇 그릇의 안주 등이 배에서 배로 건네졌다. 얼마 뒤 무네하루가 기쁜 얼굴로 잔을 쥐었다.

"뜻밖에 좋은 선물을 받았소. 특히 히데요시 님이 보내신 것이라니 반드시 맛을 봐야겠소. 사양 않고 받겠소."

무네하루는 형 겟쇼뉴도에게도 잔을 권했다.

"형님도 한잔 드십시오."

무네하루는 스에치가 사에몬과 난바 시치로지로에게도 잔을 돌렸다.

"오랜만에 이와 같은 미주를 마신 탓인지 벌써 술기운이 돌기 시작합니다. 재주 없는 자의 솜씨, 우습게 보일지 모르겠으나 호리오 님께 춤을 한번 추어 보이도록 하겠습니다. 형님, 사에몬, 북이 없으니 손뼉과 무릎을 쳐서 늘 추던 구세마이曲舞233를 출 테니 함께 노래해주십시오."

무네하루는 작은 배 위에서 일어나 하얀 부채를 휙 펼쳤다. 그리고 언제나 하나밖에 모르던 춤, 서원사誓願寺(세이간지)의 곡을 추었다. 배가 살짝 흔들리면서 물결이 일었다. 다카마쓰 성안에 있는 오천 명이 눈물을 흘렸다. 저편 멀리 산기슭에 있는 삼만 장병도 감동의 눈물을 흘렸다. 눈앞 가까이에 있던 호리오 모스케 요시하루는 똑바로 쳐다볼 수가 없어서인지 자신도 모르게 머리를 숙였다. 그러다 순간 노랫소리가 멈췄다.

"호리오 님, 잘 지켜보시기 바랍니다."

무네하루의 말에 얼굴을 드니 무네하루는 벌써 자세를 바로 하고 앉아 배를 한일자로 가르고 있었다.

"이치노조, 도와주기 바란다."

무네하루의 재촉하는 목소리가 처참했다. 피가 배 안을 붉게 물들이고 있었다.

"아우야, 나도 가련다."

형 겟쇼도 곧 배를 갈랐다. 뒤이어 스에치카 사에몬도 자결하고 말았다. 그리고 검사에게 수급을 건네주고 돌아온 시치로지로도, 할복을 도왔던 이치노조도 주인의 뒤를 따라 목숨을 끊었다. 그 당시 시미즈 무네하루의 나이는 마흔여섯 살이었다.

지보원에서는 히데요시와 부하들이 호리오 모스케가 돌아오기를

---

233 부채를 들고 노래를 읊으면서 허리에 찬 북을 두드리며 추던 무로마치 시대 초기의 춤.

기다리고 있었다. 모스케는 작은 배에서 내리자마자 목이 담긴 통을 들고 숨을 헐떡이며 지보원으로 올라갔다. 그러고는 무네하루가 할복했음을 알리고 그 목을 히데요시에게 바쳤다.

"아아, 훌륭한 무사를."

히데요시는 오늘처럼 마음 깊이 감동받은 적은 없었다는 듯 안타까워했다. 하지만 곧 서둘러 말했다.

"에케이를 데려오라."

히데요시는 에케이를 기다리며 목욕탕으로 들어가 몸에 물을 뿌리고 깨끗한 옷으로 갈아입었다. 얼마 뒤 에케이가 도착했고, 히데요시는 에케이에게 글 한 통을 내밀며 말했다.

"무네하루의 할복도 끝났소. 이제 남은 것은 서약서를 교환하는 일뿐이오. 지금 목욕재계하고 서약서를 약속대로 써두었으니 고승께서 살펴보시오. 또 모리의 글을 살펴보기 위해 이쪽에서도 진승 한 명을 보낼 것이오. 우선 읽어보시기 바라오."

서약서의 내용은 다음과 같았다.

서약서

1. 공의公儀(노부나가)께 목숨을 걸고 맹세하니 우리가 받은 조항, 조금의 소홀함도 없을 것.

1. 데루모토, 모토하루, 다카카게는 깊이 자중하여 우리의 진퇴를 가만히 지켜보기만 할 것.

1. 이렇게 합의한 이상 표리에 있어서 이를 지킬 것.

만약 위의 조항을 어길 시에는 일본국 대소의 천신지기天神地祇, 특히 하치만 대보살八幡大菩薩, 아타고 하쿠산마리시손텐愛宕白山摩利支尊天, 즉 수호신의 벌이 매우 클 것이다.

하시바 지쿠젠노카미 히데요시羽柴筑前守秀吉

모리 우마노카미毛利右馬頭 나리

깃카와 스루가노카미吉川駿河守 나리

고바야카와 사에몬노스케小早川左衛門佐 나리

에케이가 그것을 히데요시 앞으로 공손히 돌려주자 히데요시가 뒤에 있던 시신들에게 명을 내렸다.

"하얀 접시를 가져오너라."

히데요시는 벼룻집을 가져오라고 한 뒤 에케이가 보는 앞에서 수결했다. 그런 다음 희고 조그만 접시 위에 왼쪽 새끼손가락을 올려 칼로 피를 낸 뒤 수결한 곳 옆에 혈판을 더했다.

"고맙습니다."

에케이가 정중히 받아 간직하자 히데요시가 갑자기 편안한 얼굴로 '기쁜 일이다, 기쁜 일이야'라고 되풀이한 뒤 시신에게 명령했다.

"이제 마실 것을 가져오너라."

히데요시는 술과 잔을 재촉해서 한 잔 마신 뒤 사자에게도 술을 따라주었다. 그리고 다시 잔을 받은 뒤 축하의 뜻을 전했다.

"잔은 자네가 간직하도록 하게."

안국사의 에케이는 바로 인사를 하고 모리의 본진으로 서둘러 갔다. 모리의 글을 살펴보기 위한 사자로 다이치보大知房라는 진승이 에케이를 따라갔다.

머지않아 다이치보가 모리 세 집안의 수결이 담긴 서약문을 가지고 돌아왔다. 이렇게 해서 화의가 조인되었다. 그런데 그로부터 얼마 지나지 않아 모리 진영에 선풍이 불어닥쳤다. 그날 저녁 비로소 노부나가의 죽음을 알게 된 것이었다.

상^喪을 치지 않다

"속았다."

"히데요시 놈에게 완전히 속고 말았어."

"화목의 서약문은 파기해야 한다."

모리 진영 사람들은 그렇게 한목소리로 외쳤다. 그들이 노부나가의 죽음을 알게 된 것은 그날 오후 4시가 지난 무렵이었으니, 무네하루가 할복하고 서약서를 교환한 지 겨우 두 시간쯤 뒤의 일이었다.

당시 교토 방면에 배치했던 첩자 중 한 명이 소식을 전했는데, 그 사실이 전군에 알려지자 모리 군 가운데서도 이번 화의를 달갑지 않게 생각했던 강경파들이 나서서 말했다.

"이럴 줄 알았어."

"히데요시를 쳐야 한다."

"지금 쳐야 한다. 절호의 기회다."

각 진영의 장병들은 지금 막 조인하여 교환한 화목 따위는 조금도 생각하지 않고 떠들썩하게 자신의 의견을 분분히 말했다. 천하의 일변이 예상되는 흥분의 도가니 속에서 저마다의 감정이 극도로 동요되었다.

데루모토의 막사도 한때는 어수선한 움직임을 보였으나 곧 병사를 세워 엄중히 지키게 하자 고요해지고 말았다.

"결코 우리가 속은 게 아니오. 원래 화의는 지난달 말부터 우리 쪽에서 먼저 제의한 것이지, 히데요시가 먼저 말을 꺼낸 것이 아니오. 히데요시가 신이 아닌 이상 어찌 교토의 흉변을 미리 알고 일을 꾸몄겠소?"

고바야카와 다카카게의 말에 깃카와 모토하루는 지금 히데요시를 치지 않으면 언제 치겠느냐고 열심히 데루모토를 설득했다. 모토하루는 귓불까지 새빨갛게 달아올랐다.

"노부나가의 죽음은 곧 오다 세력의 분열이라 할 수 있을 것입니다. 이제 오다 가에서는 모리 가에 비견할 만한 강대함을 찾아볼 수 없게 되었습니다. 지금 당면해 있는 히데요시 따위도 오다의 후계자로 첫 손가락에 꼽을 수 있는 자이나, 지금 일격을 가한다면 그 배후에 있는 커다란 약점 때문에 쉽게 이길 수 있을 것이라 생각됩니다. 그렇게 되면 천하는 자연스레 모리의 수중에 떨어지게 될 것입니다. 그리고 화목에 관한 일은 오늘 새벽부터 히데요시 쪽에서 갑자기 진행시킨 것으로 히데요시는 틀림없이 어젯밤쯤 교토의 흉변을 알고 있었을 것입니다. 그런데도 그 사실을 숨기고 맺은 조인인 이상, 설령 우리 쪽에서 파기한다 해도 결코 모리 가에서 신의를 저버린 행동은 아니라고 생각합니다."

"아니, 아니. 이는 깊이 생각해야 할 문제입니다."

다카카게는 이성적이었으며 두뇌가 명석했다.

"우마노 산에서의 대진 이후에도 귀하는 히데요시의 됨됨이를 극찬하셨습니다. 솔직히 말하면 저도 그의 커다란 뜻과 지략을 안 뒤로 적이지만 그를 존경하고 있습니다. 틀림없이 노부나가 이후 천하를 이끌 사람은 그가 될 것입니다. 무문에는 적의 상을 치지 않는다는 고언도 있습니다. 지금 서약을 버리고 슬픔에 처한 그를 공격한다 할지라도 혹시 그가 무사히 빠져나간다면 뼈에 사무치는 원한을 품고 앞으로도 우리를 원수로 생각할 것입니다. 일개 야마나카 시카노스케의 적대조차 그처럼 오랫동안 재앙이 되었다는 점을 생각하면, 섣불리 방침을 바꿀 수 없습니다."

차근차근 이야기를 풀어가는 다카카게도 모토하루를 쉽게 설득시키지는 못했다. 모토하루는 어디까지나 병기兵機에 주안점을 두었다.

"지금 이때를 놓쳐서는 안 됩니다."

모토하루는 이론이 아닌 열정으로 말했다. 병가에서 두 번 다시 찾아오지 않을 이런 기회를 놓칠 수는 없었다. 무사에게는 더할 나위 없는 기회였다. 다카카게는 형의 주장을 반박하다 보니 두 배, 세 배로 힘이 들었다. 심지어 모토나리의 유훈까지 들어 설득해야만 했다.

"선친 역시 무엇보다도 분을 지켜 천하를 넘보지 말라고 경계하는 유훈을 남기셨습니다. 아무리 부강하다고는 하나 주고쿠는 변방에 지나지 않기에 중앙을 점할 이점이 없습니다. 선친께서도 그 점을 두고 두고 걱정하신 것이 아닐까 싶습니다."

가훈은 절대적일 수밖에 없었다. 모토하루는 더 이상 말하지 못했다. 마침내 데루모토도 집안의 유훈을 생각하여 결단을 내렸다.

"다카카게의 말이 옳은 듯하오. 파약하여 히데요시를 다시 적으로 만드는 것은 피하고 싶소."

밀의가 끝난 것은 4일 밤이었다. 다카카게와 모토하루도 모토테루 앞에서 물러나 각자의 진소로 돌아갔는데, 가는 길에 다카카게는 풀이 죽은 모토하루의 모습을 보며 동생으로서 미안한 마음을 금할 길이 없었다.

두 사람은 도중에 아군 척후병들을 만났다. 부장이 매우 흥분한 눈빛으로 멀리 어둠을 가리키며 말했다.

"하시바 쪽에서는 이미 철병을 개시했습니다. 여덟 시 무렵부터 속

속 오카야마 방면으로 물러나는 대오가 보였는데 이는 아마도 우키타
宇喜多의 군이 아닐까 여겨집니다."

"그런가?"

부장의 보고를 듣고 모토하루가 혀를 찼다. 결국 때를 놓쳤다는 생
각에 마음속으로 이를 갈았던 것이다. 다카카게가 모토하루의 속내를
읽은 듯 말했다.

"아직도 분하십니까?"

"그렇다."

모토하루가 낯빛에 울분을 드러내며 대답했다.

다카카게가 모토하루에게 다시 말했다.

"모리 가에서 천하를 쥐기 위해 나선다면, 그때는 형님께서 천하를
쥐실 생각입니까?"

"……."

"대답이 없으신 걸 보니 그렇게까지는 생각하시지 않는 모양입니다.
이 다카카게 역시 데루모토 공을 무시하고 천하를 장악하겠다는 생각은
추호도 가지고 있지 않습니다. 그런데…… 데루모토 공의 기량은 어떻
습니까? 과연 천하인이 될 만한 그릇을 갖추고 있다고 생각하십니까?"

"……."

"그 그릇이 아닌 자가 천하를 움직이는 자리에 앉으면 천하가 어지
러워지는 것은 물론이고 천하를 잃고 집안까지 망할 것이니, 천하의
불행은 모리 가 하나의 멸망에만 그치지 않을 것입니다."

모토하루는 아쉬운 마음에 얼굴을 돌렸다. 그리고 주고쿠의 밤하늘
을 올려다보며 눈물이 떨어지려는 것을 참았다. 모리 가의 가훈 밑에
머무를 수밖에 없는 서글픈 무사의 혼이 소리 없이 울고 있었다. 게다
가 그의 나이는 이미 만년에 가까운 쉰세 살이었다.

둑을 허물고

즉시 군대를 물리는 것은 양군 강화의 원칙이었다. 하시바 측에서는 그날 밤부터 이미 실행에 들어갔다. 하지만 그것은 다카마쓰 성의 북쪽을 지키고 있던 야와타 산의 우키타 다다이에宇喜多忠家와 류오 산 기슭에 있던 하시바 히데카쓰羽柴秀勝 두 개 부대가 물러난 것에 불과했다.

전략상 모리 측과 멀리 떨어져 있는 두 개 부대는 더 이상 머물러 있을 필요가 없었던 것이다. 다카마쓰 성에는 이제 항전할 수장도 없을 뿐만 아니라 그럴 정신도 없었다. 그래도 만일의 경우에 대비해 섣불리 움직일 수 없는 것은 모리 군 바로 앞에 있는 이시이 산의 본진과 아시모리足守 강을 따라 배치한 방어 부대뿐이었다.

밤을 기해 우키타 군은 오카야마로 철수했다. 하지만 히데요시의 본군은 아직 한 명도 철수하지 않았다. 물론 히데요시도 지보원에 그대로 머무르고 있었다.

4일 밤이 지나고 5일 아침이 되었으나 히데요시는 여전히 움직이지 않았다. 마음은 이미 교토의 하늘을 달리고 있었지만 진을 물릴 기색조차 보이지 않았다. 그제도 그랬고 어젯밤에도 한데서 잠을 잤다. 그는 일이 생기면 때를 가리지 말고 깨우라며 팔을 베고 누웠다. 그리고 오늘 아침 일어나자마자 하치스카 히코에몬으로부터 보고를 받았다.

"약정에 따라 오늘 아침, 모리 쪽에서 인질 두 명을 보내왔습니다."

히데요시는 모리 쪽에서 갑자기 마음을 바꾸지 않을 거라는 생각에 우선은 안심을 했다. 그래도 여전히 방심할 수는 없었다. 오늘 아침까지도 교토의 흉변을 모르고 있다면, 설령 인질을 보냈다 할지라도 그것을 안 뒤에는 변심할지 모를 일이기 때문이었다.

이제는 모든 일이 히데요시의 뱃심 하나에 달려 있었다. 히데요시는 그 뱃심을 의식하고 있었다. 화의가 성립되었다고는 하나 너무 서둘러 물러난다면 모리에게 자신의 허를 내보이는 격이라고 생각했다. 아무런 대책이 없는 듯 동쪽으로 달리는 마음을 서쪽으로 향한 것도 모두 모리의 허실을 헤아리기 위해서였다.

"히코에몬, 물은 좀 줄기 시작했는가?"

"일 척 정도 빠진 듯합니다."

"너무 급히 빼지는 말게."

히데요시는 지보원의 정원으로 나갔다. 어제 무네하루가 할복한 배의 흔적은 온데간데없이 잔잔한 물결만 보일 뿐이었다. 둑의 일부를 헐어 수량이 조금씩 줄어들고 있다고는 하나 맞은편에 있는 다카마쓰 성은 아직 물에 잠겨 있었다.

어제저녁 히데요시의 휘하인 스기하라 시치로자에몬杉原七郎左衛門이 다카마쓰 성으로 들어가 성의 인수를 완료한 상태였다. 지금 그곳에서는 무네하루의 죽음으로 목숨을 건진 무수한 백성들을 나룻배와 작은 배에 실어 나르는 중이었다. 농성 중이던 장병들은 백성들을 먼저 보내고 가장 늦게 뭍으로 나왔다.

별 탈 없이 하루가 저물었다. 밤이 되자 히데요시는 모리 간파치 다카마사森勘八高政에게 모리 군의 감시를 명했다. 그리고 구로다 간베를 비롯한 여러 사람들과 깊이 논의한 뒤 시동들에게도 철군을 알렸고 철수 준비를 서둘렀다.

한밤중을 지나 축시 정각이었으니, 정확히 말하면 6일 아침이었다. 전군에게 철수 준비를 명령해두었던 히데요시가 마침내 지보원에서 나와 즉각 출발을 명했다. 그리고 만약을 위해 모리 간파치에게 전령을 보내 다시 한 번 물었다.

"모리 군에는 아무런 이상이 없는가?"

히데요시는 답을 기다리는 사이 간베 요시타카를 불러 명령을 내렸다.

"지금 모든 곳의 둑을 일제히 헐어라."

요시타카는 이 임무를 가신인 요시다 로쿠로다유吉田六郎太夫에게 맡겼으며, 로쿠로다유는 산과 연결된 부분인 '개구리코'로 서둘러 달려갔다.

로쿠로다유는 수공을 위해 둑을 쌓는 공사를 맡았던 담당자 중 한 명이었다. 지난 달 19일에 그것을 완성하고 난 뒤, 꼭 보름이 되었다. 돌아보면 백팔십팔 정보에 가득 들어찼던 물은 위대한 역사에 한 획을 그은 시대의 분수령이기도 했다.

4일 화의 체결과 함께 둑의 일부를 텄기에 물은 조금씩 줄어들고 있었는데, 이제는 열 개 소에 걸친 커다란 둑을 일시에 터서 다카마쓰 성을 처음처럼 분지로 되돌리려 하는 것이었다. 로쿠로다유는 부하 병사가 불을 붙여 건네준 횃불을 양손에 들고 개구리코의 바위 위에 서 있었다. 로쿠로다유는 어둠 속에서 두 개의 횃불로 세 번 정도 슥, 슥, 슥 아름다운 불꽃의 선을 그렸다. 그것은 하라코사이原古才에서 후쿠사키福崎까지의 장장 십 리에 걸친 둑에 대기하고 있던 아군의 감시초소에서도 선명하게 보였다.

잠시 뒤 잠들어 있던 호수의 수면이 꿈틀꿈틀 움직이기 시작했다. 커다란 소용돌이가 무수히 일어나더니 물과 지각이 포효하는 소리가 들렸다. 어둠 속에서 우르릉 하고 울리는 이상한 울림이기도 했다.

"됐다."

로쿠로다유가 횃불을 밟아 끄고 원래의 자리로 돌아왔다. 그때 이미 히데요시와 그의 측근, 시동, 장병 들이 금 표주박이 새겨진 깃발을 중심으로 창을 나란히 하고, 활을 늘어놓고, 총포를 갖춘 채 푸른 잎에서 이슬이 쉴 새 없이 떨어지는 어두운 언덕길을 한 치의 흐트러짐도 없이 내려가고 있었다.

흔히 진격은 쉽지만 퇴각은 어렵다고들 얘기한다. 화목이 성립된 뒤 퇴각이지만, 비밀 중의 비밀을 감춘 상태였다. 히데요시가 돌연 태도를 바꾼다 할지라도 그 책임은 비밀을 감춘 채 일을 벌인 히데요시에게 돌아갈 터였다.

"오오, 저 소리는……."

히데요시가 말을 멈추고 허공에 귀를 기울였다. 폭풍 같기도 하고 해일 같기도 한 물의 울림이 밤하늘을 휘저었다. 한꺼번에 열 군데의 둑이 터지자 탁류가 미친 듯 흘러넘쳐 모리 군이 있는 이와사키, 덴진天神, 구로즈미黑住 등과 같은 고지대만 남겨두고 나머지 땅을 순식간에 물과 진흙으로 만들어버릴 것이었다.

히데요시는 생각했다. 물줄기가 빠를지, 동쪽을 향해 부지런히 전진하는 자신이 빠를지. 이시이 산을 뒤에 남겨두고, 전군이 범람하는 물처럼 발걸음을 서둘렀다. 이십 리쯤 가자 길은 어느새 빗추에서 비젠으로 접어들고 있었다. 그곳은 가라카와辛川 촌이었다. 히데요시는 때때로 말을 멈추고 각 부대의 장수들에게 행군로를 알렸다.

"본진은 여기서 갈라져 다른 길로 가거라. 즉, 일군은 니시오西大 강,

마카가미眞可上, 와케和氣, 가나야金谷를 지나 미쓰이시三石에 이르는 구도로로 가고, 다른 일군은 고쿠후이치바國府市場, 누마沼, 오사후네長舟를 통해 니시카타카미酉片上로 나가 미쓰이시에서 합류한다. 그리고 다시 전군이 하나가 되어 후네자카船坂 언덕을 넘어 우네有年에서 히메지姬路로 들어간다."

명령에 따라 어떤 부대는 옛길로, 또 어떤 부대는 새로운 길로 갔다. 넘쳐나는 군마로 마을이 혼잡한 때, 한발 늦게 출발한 간베 요시타카가 자신의 부대를 세워둔 채 홀로 히데요시가 있는 곳으로 다가왔다. 걸을 때는 다리를 심하게 절었으나, 말을 타는 데는 별 지장이 없는 모양이었다. 그는 말을 다른 사람에게 맡기고 히데요시 앞에 무릎을 꿇은 뒤, 마침 주위가 소란스러워 다행이라는 듯 조용히 속삭였다.

"다카마쓰 성 주위는 순식간에 개펄이 되고 말았습니다. 저지대가 모두 물에 잠긴 진흙탕이 되었으니 모리 군이 우리를 따라와 치려해도 이삼 일 동안은 건널 수 없을 듯합니다."

"그런가. 이로써 한쪽은 시름을 던 셈이로구나."

"그러니 이쯤에서 모리 쪽 인질을 깨끗이 돌려보내는 것이 어떻겠습니까?"

"인질을 돌려보내라고?"

"그렇습니다. 붙잡고 있어봐야 별 쓸모도 없는 인질은 돌려보내는 것이 상책이라 여겨집니다만."

"흠…… 그도 그렇구나."

히데요시는 고개를 끄덕였다.

요컨대 지금부터 하시바가 펼치려 하는 일전은 미쓰히데를 치느냐, 미쓰히데에게 당하느냐 하는 것이었다. 만약 미쓰히데에게 패한다면 모리 가의 인질을 데리고 있어봐야 아무런 득도 되지 않을 터였다.

한편 미쓰히데를 주살하고 노부나가의 한을 풀기 위한 전투에서 승리하여 천하에 대의를 외치게 되면 천하는 저절로 히데요시 쪽으로 기울게 될 것이다. 그렇게 된다면 인질을 잡고 있지 않아도 모리 가 일족은 다시 반항하지 않을 것이다.

요시타카는 오히려 지금 상황에서 은혜를 베풀어 환심을 사두는 편이 훗날 이익이 될 거라고 생각했다. 히데요시의 생각도 마찬가지였다.

"누구를 붙여서 돌려보내는 것이 좋겠는가?"

"제 가신을 보내도록 하겠습니다. 돌려주면서 그쪽에서 빌리고 싶은 것도 있으니."

"자네에게 맡기겠네. 알아서 잘 처분하도록 하게."

히데요시는 진 뒤편에 있던 모리 가의 인질 깃카와 쓰네코토吉川経言와 모리 모토후사毛利元總를 요시타카에게 넘겨주고 먼저 길을 떠났다.

이제 히데요시의 마음은 더 다급해졌다. 하루가 늦으면 하루만큼 아군에게 불리한 상황이었다. 또 그만큼 아케치의 군용이 강화되어 미쓰히데가 강탈한 천하를 받아들일 수밖에 없을 터였다.

본군과 갈라선 히데요시는 말에서 내려 가마를 탔다. 가능한 한 피로를 줄이기 위해서였다. 그리고 휘하의 장병들과 함께 야사카矢坂, 노도노野殿, 노다野田를 거쳐 한다半田 산으로 갔다. 한다 산에 도착하자 먼저 퇴군했던 우키타 주종이 오카야마에서 마중을 나와 있었다. 히데요시가 가마를 멈추게 한 뒤 일일이 인사를 건넸다.

"이거, 고생이 많군."

히데요시는 우키타 다다이에와 마중을 나온 오카야마 사람들에게 미소를 지어 보였다. 그러다 문득 각 장수들 사이에 둘러싸여 있는 한 소년을 보고 그를 불렀다.

"이리 오너라, 이리 와."

다다이에가 소년의 손을 잡고 가마 옆으로 데려오더니 무릎을 꿇고 소년에게 말했다.

"인사를 올려라."

소년이 히데요시에게 인사를 했다. 소년은 난의 새로운 싹처럼 고분고분했다. 아직 어린아이지만 무사 인형처럼 치장을 하고 있었다.

"다다이에, 이 아이인가? 세상을 떠난 나오이에直家 님이 남기고 간 아이가?"

"네, 나오이에처럼 끝까지 돌봐주시기 바랍니다."

"걱정할 것 없다. 여기서 고인에게 맹세하기로 하지. 반드시 이 지쿠젠이 잘 돌보기로 하겠다. 내 양자로도 삼을 것이다."

"고맙습니다."

소년의 일족인 다다이에가 눈물을 흘렸다. 오카야마의 성주인 나오이에가 올해 1월에 병으로 세상을 떠난 뒤 오카야마 사람들은 어린아이를 지키며 다카마쓰에 참전했다. 그때 그들의 심경은 참으로 복잡했다. 그런데 히데요시가 바쁜 와중에도 나오이에의 신하들의 마음을 알고 우키타 가의 어린 주인을 '양자로 삼겠다'고 약속한 것이었다. 이 어린 주인이 바로 훗날의 우키타 다이나곤 히데이에宇喜多大納言秀家다.

그 당시 히데이에의 나이는 열 살이었는데, 눈앞의 선풍에도, 아버지의 죽음에도 거의 아무런 느낌이 없는 듯했다.

"여기에 타자."

히데요시는 귀여워 어쩔 줄 모르겠다는 듯 직접 소년을 안아 가마에 태웠다. 그리고 자신의 무릎 사이에 앉혀놓고 몇 살이냐고 묻기도 하고, 무엇을 좋아하냐고 묻기도 했다.

"도련님은 오늘부터 이 아저씨의 양자란다. 어때…… 기쁘냐, 기쁘지 않냐? 이 아저씨가 싫으냐?"

그렇게 장난을 치면서도 히데요시는 가마꾼들에게 서두르라고 명령했다. 그러다 보니 가마는 배처럼 흔들렸다. 오카야마 성 아래까지 오는 동안 히데요시와 소년은 더없이 친한 사이가 되었다.

성 아래까지 오기는 했으나 히데요시는 성안으로는 들어가지 않을 생각이었다. 그는 히데이에를 가마에서 내리게 하고 다다이에와 오카야마 사람들에게 작별을 고했다.

"꼭 선봉에 서서 힘을 보태야겠다고 말하는 자들도 적지 않습니다. 이천이든, 삼천이든 데려가시기 바랍니다."

히데요시는 다다이에의 호의를 거절했다.

"고마운 말이네만 후방도 중요하네. 만일 모리 가가 돌변한다면 그때는 자네의 힘을 크게 빌려야 할 게야. 이 성은 모리를 견제하기 위해 이 지쿠젠이 의지하고 있는 곳일세. 모쪼록 소홀함이 없도록 잘 지켜주게."

히데요시는 병력은 받지 않았지만 여러 가지 계책을 건넨 뒤 우키타 가의 깃발을 빌려서 떠났다. 그런 다음 동쪽으로, 동쪽으로 서둘러 가는 군마가 끝도 없이 성 밑을 지나갔다. 기마의 울부짖는 소리는 한나절이 지났는데도 단속적으로 들려왔다.

목욕

6일 밤은 누마 성에서 묵었다. 한밤중이 되자 폭풍우가 몰아치기 시작했다. 폭풍우 소리가 무시무시하게 들렸지만 히데요시는 밤이 깊도록 우키타 가의 장수들에게 만일의 사태에 대비할 계략을 일러주었다.

히데요시는 잠도 별로 자지 않았다. 새벽녘부터 출발을 명한 뒤 남은 사람들에게 작별을 고했다. 어제는 가마를 탔으나 오늘 아침에는 말 위에 올라 풍우 속을 뚫고 서둘러 앞으로 나아갔다.

벌써 7일이었다. 후쿠오카福岡의 나루터까지 왔는데 큰물이 진 탓에 물살이 빨랐다. 그렇지 않아도 히데요시가 출발할 때 누마 성 사람들이 '이렇게 큰비가 내리고 있으니 힘들 겁니다. 하루 정도 쉬시면서 물이 줄어들기를 기다리십시오'라고 만류했다. 하지만 히데요시는 괜찮다며 서둘러 왔고 처음부터 어려울 것이라고 각오했다.

말에 실은 짐과 짐을 연결하여 울타리를 만들고 서로 손을 잡거나 창의 자루 끝을 잡아 한 부대씩 탁류를 건넜다. 먼저 건넌 히데요시는 풍우에도 신경 쓰지 않는 듯 맞은편 물가에 의자를 놓고 차분히 앉아 있었다.

"서두를 것 없다. 당황할 필요도 없어. 편안한 마음으로 강을 건너

라. 이러한 때에 사람 하나를 잃으면 삼백이고 오백이고 잃은 것처럼 이야기되는 법이다. 짐 하나만 흘려보내도 일백이고 이백이고 짐을 버리고 떠났다고 떠들어낼 게야. 그리고 전장과는 달라서 실수를 저질렀다는 말을 듣게 되면 목숨과 군기軍器의 위험을 무릅쓴 보람도 없어지게 된다. 천천히 건너라, 천천히.”

그 무렵 다카마쓰에 후미로 남겨둔 모리 간파치의 군도 뒤따라왔으며, 그 외에 출발이 늦어졌던 부대도 속속 도착해 있었다.

모리 간파치가 히데요시 앞으로 와서 그 뒤 상황을 보고했다.

“6일 미시(오후 2시)까지 아군의 철수를 모두 마쳤으며, 그 뒤에도 모리 진영에서는 추격할 기미를 보이지 않고 있습니다. 오히려 조금씩 병력을 후퇴시키고 있는 듯 여겨집니다.”

히데요시는 한시름 놓았다는 듯 안심하는 눈빛을 보였다. 이로써 전군을 한곳에 집중시킬 수 있겠다는 듯 확신에 찬 표정을 보였다.

이윽고 강행군이 계속되었다. 인마와 깃발이 모두 젖어 마치 걸레 같은 모습이 되었다. 비는 잠시 뜸해지기도 했지만 질풍은 하루 종일 그치지 않았다. 히데요시의 군대는 니시카타가미까지 온 다음 먼저 갈라섰던 본군과 합류했다. 일부는 후네자카 언덕에서 히메지로 급히 들어갔으나 히데요시는 그 험한 길을 피해 배로 아코우赤穗에 상륙했다.

히데요시는 해상운송 대리업자인 나다야 시치로에몬灘屋七郎右衛門의 집에서 잠시 쉰 뒤, 다시 육로를 따라 히메지로 갔다. 그는 도중에 가마와 말을 수시로 갈아탔는데 가마 안에서는 정신없이 코를 골았으며 말 위에서도 졸다가 몇 번이나 떨어지고 말았다.

그렇게 해서 히데요시가 자신의 성인 히메지에 들어간 것은 8일 아침이었다. 전날 밤에 도착한 부대도 있었고, 그날 아침 전후로 도착한 부대도 있었다. 이로써 전군이 거의 모였다. 진흙을 뒤집어쓰고 큰비와 질풍을 뚫고 하루에 이백 리나 걸어온 군마는 도착하자마자 젖은 솜처럼 몸이 무거워 저마다 자리를 골라 먼저 눈을 붙이기에 여념이 없었다.

히메지 성은 발칵 뒤집힌 듯 소란스러웠다. 손을 뻗고 발을 디딜 곳이 보이지 않을 정도였다. 성을 지키던 사람들이 성문과 현관 등으로 달려 나가 주인 히데요시를 환호로 맞아들였다.

"무엇보다 무사하셔서서 다행이야."

"얼굴은 검게 탔지만 몸은 더 건강해지신 것 같아."

"정말 다행이야."

성을 지키던 사람들은 주인을 무사히 맞아들일 날이 과연 올지 오늘 아침까지도 걱정을 하고 있었다. 그런 상태에서 진흙투성이가 된 히데요시의 모습을 보게 되었으니 눈시울이 뜨거워지지 않을 수 없었다. 무척이나 기쁜 나머지 그만 평정심을 잃어 복도를 오갈 때도 종종 걸음을 쳤고, 서로 용건을 말할 때도 흥분된 목소리였다. 히데요시가 혼마루에 든 뒤에도 성안은 여러 소리로 가득 차 있었다. 아니, 성 아래도 말들의 울부짖는 소리와 병사들의 목소리로 들끓고 있었다.

히데요시가 혼마루에 앉자마자 시동에게 명령했다.

"무엇보다 먼저 목욕을 하고 싶다. 준비를 해두어라."

그리고 자신의 피로도 잊은 채 사람들을 위로했다.

"수고 많았다. 고생했어."

성을 지키던 장수인 고이데 하리마노카미小出播磨守와 미요시 무사시노카미三吉武藏守도 히데요시 앞에 엎드려 있었다. 두 사람은 주인이 돌아온 것을 축하한 뒤, 나가하마에서 온 심부름꾼이 별실에서 기다리고 있으며, 다른 한 명의 손님도 기다리고 있다는 사실을 고했다.

"준비가 끝났습니다. 이제 언제라도 목욕을 하실 수 있습니다."

시동의 말에 히데요시는 바로 자리에서 일어났다.

"우선은 목욕을 하고 난 뒤 처리하도록 하겠다. 큰비에 속옷까지 젖은 탓인지 따뜻한 물이 그립구나."

히데요시가 중얼거리며 방 밖으로 나서다 문득 시신들을 돌아보았다.

"호리 나리는 어디서 쉬고 계시는가?"

"오동나무 방에 계십니다."

히데요시는 성큼성큼 걸어가 그곳을 들여다보았다. 호리 히데마사는 젖은 갑옷을 옆에 늘어놓은 채 편안히 쉬고 있었다.

"규타로 나리, 어땠는가? 힘들었지?"

"아닙니다. 저는 나리보다 열 살이나 젊습니다. 나리야말로 꽤나 졸리신 듯했습니다."

"하하하, 솔직히 말하면 아직도 졸리네. 지금 목욕물이 끓었네만, 실은 나가하마의 어머님께서 보내신 심부름꾼이 와 있어서 급히 보자고 하기에 먼저 실례하겠네. 그대는 나중에 히데카쓰(노부나가의 아들. 히데요시의 양자)하고 함께 들어가도록 하게."

"말씀 고맙습니다. 어서 먼저 드십시오."

성큼성큼 걸어가는 히데요시의 발걸음을 뒤따라가는 가신들의 발소리도 분주했다. 욕실 창에는 비 온 뒤 나온 아침 해가 아름답게 빛나고 있었다. 8일 아침 미시(오전 10시) 무렵이었다.

이곳은 증기 욕실이 아니라 중국식 욕조가 있는 욕실이었다. 히데요시는 뜨거운 물속에 어깨까지 푹 담그고 크게 숨을 들이쉬었다.

"아, 아."

높다란 창살 사이로 햇살이 쏟아져 히데요시의 얼굴에 닿았다. 잠시 뒤 검붉게 익은 그의 얼굴에서 굵은 땀방울이 배어나왔고, 모락모락 피어오르는 김 사이로 조그만 무지개가 여러 개 생겼다.

히데요시는 평소 목욕과 식사를 빨리 마쳤다. 그는 쏴아 하고 폭포와 같은 소리를 내더니 밖을 향해 소리쳤다.

"얘들아, 누가 와서 등 좀 밀어라."

옆방에서 대기하고 있던 시동 이시다 사키치와 오타니 헤이마大谷平馬가 마치 기다렸다는 듯 대답을 하고 들어왔다. 그러고는 히데요시 뒤쪽으로 돌아가서 목덜미부터 손끝까지 있는 힘껏 벅벅 문질렀다. 한참 때를 미는데, 히데요시가 갑자기 웃으며 자신의 발밑을 둘러보았다.

"재미있을 정도로 많이 나오는구나."

새똥을 흩뿌려놓은 것처럼 때가 떨어져 있었다.

"아, 아프구나. 이젠 됐다."

히데요시는 몸을 대충 씻은 뒤 다시 한 번 욕조에 텀벙 들어갔다가 바로 나왔다. 전진에서 볼 수 있는 위용은 찾아볼 수 없었다. 실오라기 하나 걸치지 않은 그의 몸은 참으로 빈약하기 짝이 없어 보였다. 오 년이 넘는 동안 계속된 전진 생활에서 꽤나 무리를 했을 테지만, 그래도 마흔일곱 살의 몸 치고는 지방이 너무 없었다. 아직까지도 오와리尾張 나카무라中村 빈농의 아들로 태어나 발육이 부족했던 당시의 모습이 남아 있었다. 커다란 고난을 겪어온 그의 뼈와 근육은 암초에 돋은 마른 소나무나 풍설에 시달린 왜소한 매화나무처럼 강인해 보였으나 한편으로는 인간의 노숙함을 드러내고 있었다. 하지만 그에게는 평범한 인간의 육체나 나이와 비교할 수 없는 것이 있었다. 그것은 피부나 근육, 뼈와는 전혀 다른 빼어난 정신력이었다. 그리고 목소리, 동작, 눈빛, 웃을 때나 화낼 때의 모습에서는 노숙함의 그림자조차 찾아볼 수 없을 정도로 젊음이 느껴졌다. 아니, 때로는 유치하게 보이기까지 했다.

"이치마쓰."

히데요시는 목욕을 마친 뒤 욕실 옆방에 있는 의자에 앉았다. 그러고는 아직 채 마르지 않은 땀을 닦으며 시동 중 선참인 후쿠시마 이치마쓰福島市松를 앞으로 불러 군령을 내렸다.

"바로 망루에서 첫 번째 나팔을 불어 전군에게 밥을 먹으라고 알려라. 두 번째 나팔이 울리면 인부와 짐 등을 먼저 출발시키라고 전해라. 그리고 세 번째 나팔 소리는 성 밖에 전군이 집합하라는 신호라고 전해라."

"네."

이치마쓰가 달려 나가자 이번에는 다른 시동에게 명령했다.

"히코에몬을 불러와라."

히데요시는 하치스카 히코에몬의 모습이 보이기도 전에 다시 다른 시동들에게 히메지 성의 금고를 관리하는 사람과 곳간을 관리하는 사람을 불러오라고 시켰다.

"히코에몬입니다."

"왔는가? 거기에 있게."

"네, 무슨 일이십니까?"

"잠시 기다리게. 지금 금고지기를 불러오라 했으니 그가 오면 용건을 말하겠네."

히데요시는 다시 땀을 닦았다. 목욕을 마치고 나온 몸에서는 닦아도, 닦아도 땀이 흘러내렸다. 그것은 목욕 때문이 아니라 피와 두뇌의 활동 때문에 떨어지는 땀방울이었다.

욕실 옆에 있는 방이었지만 꽤나 넓었다. 히코에몬은 나무 바닥 한쪽에 앉아 기다리고 있었다. 드디어 금고지기와 창고지기가 들어왔다.

히데요시가 의자에 앉은 채 바로 묻기 시작했다.

"지금 우리 성의 금고에는 금은이 어느 정도인가?"

금고지기가 바로 대답했다.

"은자 칠백오십 관, 금자 팔백여 개가 있습니다."

"히코에몬."

히데요시는 히코에몬 쪽으로 시선을 돌려 명령했다.

"금고에 있는 금은을 모두 받아다 보병, 조총 부대, 활과 창 부대까지 빠짐없이 봉록에 따라 지급하도록 하게."

"말씀 받들겠습니다."

"속히 처리하게."

"네!"

두 사람이 함께 나가자 이번에는 창고지기에게 재고 상황을 물었다.

"팔만 오천 석 정도는 됩니다."

창고지기가 대답하자 히데요시가 말했다.

"그래, 충분하군. 오늘부터 연말까지 녹미祿米를 받는 자의 가족에게 평소의 다섯 배를 내주도록 하라. 여기서 농성할 생각은 없으니 성안에 쌀을 남겨둘 필요는 없다. 활, 조총 부대의 하급 무사와 보병의 최하급 무사들의 남은 처자에게 하다못해 엽차라도 한잔 천천히 마시게 해주고 싶구나. 그 마음을 잃지 말고 잘 처분하도록 해라."

"황공하옵니다."

"물러나는 길에 고니시 야쿠로小西弥九郎에게 가서 이리로 오라고 말 좀 전해주게."

창고지기가 나가자 히데요시는 그사이 속옷을 갖춰 입고 갑옷을 몸에 둘렀다. 이윽고 야쿠로 유키나가가 달려왔다. 히데요시는 갑옷의 끈을 묶으며 진중에 있는 돈 액수를 물었다. 다카마쓰 진에서 경리를 담당했던 야쿠로가 대답했다.

"남아 있는 것은 은자 십 관과 금자 사백육십 개에 지나지 않습니다."

"그것만은 가져가도록 하게. 사자나 전령에게 주고, 또 상을 내릴 때 필요할 테니. 됐네, 더는 물을 게 없네."

히데요시는 욕실에서 나왔다. 그리고 곧바로 고이데 하리마노카미의 안내를 받아 나가하마에서 온 사자가 있는 방으로 갔다. 엎드려 있는 사자를 보자마자 히데요시가 성급하게 물었다. 그동안 그가 나가하마 성에 두고 온 노모와 아내 네네의 안부를 얼마나 궁금해했는지 짐작할 수 있었다.

"무사한가? 무슨 일이 있었는가? 자네가 여기에 오기까지 어머니는 어떻게 지내셨는가?"

나가하마에서 온 사자 역시 피곤한 모습이었다. 사자는 환자들이 먹는 음식을 먹으며 방에서 쉬고 있었다. 그런데 히데요시가 아무런 예고도 없이 들어와 이런저런 것들을 급히 묻자 매우 당황할 수밖에 없었다.

"네, 자당께서도 부인께서도 무탈하게 잘 계십니다."

"그렇군. 하지만 나가하마 성은 무사하지 않을 텐데."

"그렇습니다. 제가 나가하마 성을 빠져나온 것이 4일 이른 새벽이었는데, 그때 이미 소수의 적들이 성을 공격하기 시작했습니다."

"아케치 군의 부대더냐?"

"아닙니다. 아사이淺井의 옛 부하였던 아베 아와지노카미阿閉淡路守의 낭인들로 틀림없이 미쓰히데에 가담한 것이라 여겨집니다. 그리고 제가 아즈치安土에서 세타瀨田로 서둘러 오는 중에 아케치의 장수인 쓰마키 노리카타妻木範賢의 부대가 나가하마를 향해 속속 내려가고 있다는 소문을 들었습니다."

"자네가 떠난 것이 4일이라면 그 뒤 상황에 대해서는 알 수 없겠구먼. 그럼 성을 지키는 자들의 각오는 어땠는가?"

"어차피 농성할 만큼 사람이 있는 게 아니니, 무리들은 만일의 경우 자당과 부인을 깊은 산속으로 모시고, 뒷일은 나중에 생각하자며 죽음까지 각오하고 있었습니다."

사자는 마침내 침착함을 되찾은 듯 품속에서 서찰 한 통을 꺼내 히데요시 앞으로 내밀었다. 그것은 아내인 네네가 보낸 글이었다. 네네는 남편이 떠난 뒤 성을 맡은 안주인으로서 아사이의 잔당과 아케치 군의 습격에 대비하면서 한편으로는 노모를 보살피며 집안의 여자들과 시신들을 격려하고 있었다. 폭풍과도 같은 불안과 혼잡 속에서 쓴 것 치고는 평소의 편지와 다르지 않을 정도로 글씨도 차분했다. 하지만 편지의 내용에는 마지막 편지가 될지도 모르겠다며 통절한 마음이 담겨 있었다.

우선은 노모가 무사하다는 것을 알린 뒤 주고쿠에서의 진퇴가 가장 중요하며 이러한 때일수록 몸도 중요하다고 말했다. 그리고 이곳의 일은 조금도 걱정할 것 없다며 평소에는 아무런 불편함 없이 안온하게 지내온 아녀자들이지만 이러한 때를 만나 내조의 공을 쌓을 수 있게 된 것을 고맙게 여기며 어머님을 중심으로 말단의 시녀까지 모두 힘을 내고 있다고 말한 뒤, 마지막으로 이렇게 적었다.

설령 만일의 사태가 벌어진다 할지라도, '히데요시의 아내'라며 세상의 웃음거리가 될 만한 행동은 하지 않을 것입니다. 이쪽 일에는 조금도 신경 쓰지 마시고 모쪼록 이 중요한 시기를 잘 넘기시기를, 어머님께서도 오로지 그 일만을 걱정하고 계십니다.

편지는 끝으로 갈수록 글씨를 점점 급하게 쓴 모양이었다. 그래도 히데요시는 만족스러웠다.

"돌아가서도 어머니와 아내가 무사하거든 본 것을 그대로 전하도록 하라."

히데요시는 사자에게 그렇게 말하고는 곧 그 방에서 나왔다. 그때 마침 망루에서 부는 첫 번째 나팔 소리가 성안과 성 밑으로 울려 퍼졌다.

바람은 순풍

히메지 성 안팎에서 피어오른 밥 짓는 연기는 한때 하늘까지도 흐리게 할 정도였다. 첫 번째 나팔 소리와 함께 장병들은 모두 밥을 먹기 시작했다. 히데요시도 갑옷을 입은 채 넓은 방 한가운데 앉아 밥그릇을 쥐고 있었다. 양자인 히데카쓰, 호리 히데마사, 히코에몬 마사카쓰, 간베 요시타카 등도 한자리에 있었다.

"이것으로 몇 그릇째인가?"

히데요시가 옆 사람에게 물었다.

"네 그릇째입니다."

시중을 들던 시동이 대답하자 히데요시가 쓴웃음을 지으며 말했다.

"더운 물에 만 밥을 한 그릇 더 다오."

히데요시는 왕성한 식욕 못지않게 젓가락을 놀리는 사이에도 급한 일들을 처리하기도 하고 출발을 위한 조치를 명령하기도 하는 등 쉬지 않고 움직였다. 그사이 금고지기에게 명령했던 금은의 분배에 대한 보고와 창고 안의 쌀을 가신들의 가족에게 남김없이 나눠주라고 했던 일에 대한 보고를 받았다.

"모두에게 포고해서 분배를 마쳤습니다."

이번에는 또 다른 소식이 전해졌다.

"지금 막 가메이龜井 나리가 시카노鹿野 성에서 달려오셨습니다."

"가메이 고레노리玆矩가 왔단 말인가? 이리로 데려오게."

히데요시는 그곳에 앉은 채 고레노리를 맞아들였다. 그리고 고레노리의 모습을 보자마자 안부를 묻고 다시 말을 이었다.

"이나바는 변두리지만 깃카와 군이 변을 이용해 언제 또 엿볼지 모르네. 이후에도 더욱 굳게 지켜주기 바라네."

덴쇼 8년(1580년) 이후 가메이의 군은 깃카와 세력의 일면을 견제하기 위해 이나바의 시카노 성을 지키고 있었다. 히데요시는 고레노리의 얼굴을 보자 예전에 구두로 약속했던 일이 떠올랐다.

"주고쿠에서의 일이 성사되면 자네에게 이즈모出雲를 주겠다고 노부나가 공에게도 승낙을 얻어놓았는데, 이번에 갑작스럽게 모리와 강화를 맺게 되어 그곳을 줄 수 없게 되었네. 그러니 자네에게는 다른 영지를 내리도록 하지. 어디 원하는 곳이라도 있으면 말해보게."

"기억해주시니 참으로 황공합니다."

고레노리가 감사 인사를 한 뒤 말했다.

"이번에 아케치를 정벌하시면 육십여 개 주가 바람에 날려 자연스럽게 휘하로 들어올 것입니다. 제가 원하는 땅이 일본 국내면 여러 나라들과 겹쳐 지장이 있을 테니 바라옵건대 류큐琉球234를 하사받고 싶습니다."

히데요시는 갑자기 눈을 동그랗게 뜨고 '이 녀석 나보다 한술 더 뜨는구나' 하는 표정을 지었으나 곧 손에 들고 있던 금부채에 '가메이 류큐노카미'라고 적은 뒤 '히데요시'라고 서명해서 고레노리에게 건네주었다.

---

234 오키나와의 옛 이름.

"오늘 출진에 앞서 이렇게 빨리 보증서를 받은 자는 아무도 없었소. 역시 류큐 왕은 빈틈이 없는 자야."

각 장수들은 고레노리를 부러워했다. 그때 히메지에 남아 수비를 맡기로 한 고이데 하리마노카미와 미요시 무사시노카미가 다시 와서 고했다.

"곧 두 번째 나팔 소리가 울릴 것입니다. 그러면 선발대로 인부들과 짐을 보낼 것입니다."

"그런가?"

히데요시가 자리에서 일어났다. 그리고 성의 수비를 맡기로 한 고이데 하리마노카미와 미요시 무사시노카미 두 사람에게 말했다.

"승패는 천운에 따라 나뉘기도 하네. 만일 히데요시가 미쓰히데에게 진다면 이 성에 불을 질러 아무것도 남기지 말도록 하게. 우리 어머니와 아내, 일족에게도 이미 그렇게 일러두었네. 모두 본능사에서 돌아가신 분을 따라갈 생각으로 미련 없이 깨끗하게 처리하도록 하게."

그 순간 남는 사람도, 떠나는 사람도 모두 숙연해졌다. 그때 하리마노카미 뒤쪽에 앉아 있던 승려가 무릎을 앞으로 당겨 양손을 가지런히 놓았다. 평소 히데요시가 의지하고 있는 신곤眞言 종의 승려였기에 사람들은 그가 뭔가 도움이 되는 말을 할 거라고 기대했다. 하지만 그는 마침내 고개를 들더니 근심스럽다는 듯 충고했다.

"지금부터 전군을 사열하시고 내일 9일 새벽에 본진을 출발시킬 예정이라 들었습니다. 하지만 내일은 나갔다가 다시 돌아오지 못하는 매우 흉한 날이옵니다. 부디 길일을 택하시어 모레 이곳을 떠나시기 바랍니다. 출진 직전이기는 하나 아무래도 마음에 걸리니 깊이 헤아리시기 바랍니다."

히데요시는 이미 깔개에서 벌떡 일어난 뒤였다. 그리고 승려의 간곡

한 말을 들었는지 말았는지, 갑자기 그 자리에 있던 사람들의 근심을
날려버리듯 큰 소리로 웃었다.

"무슨 소리를 하는 겐가? 그렇다면 내일이야말로 우리에게는 길일
중에서도 길일일세. 한번 나가면 다시 돌아오지 않겠다고 다짐하는 것
이 어디 이번뿐이겠는가? 출진할 때마다 병가에서는 늘 다짐하는 일
아니던가? 이번에도 주군의 은혜에 죽음으로 보답할 각오를 했으니,
애초부터 살아 돌아올 생각은 없었다네. 또 혹시, 다행히도 히데요시
가 죽지 않고 싸움에서 이긴다면 어찌 이처럼 작은 성으로 만족할 수
있겠는가? 천하의 지세를 살펴 다른 곳에 커다란 성을 짓고 살 걸세.
역경易經에도 괘는 점괘에 있는 것이 아니라 받아들이는 마음에 있는
것이라는 말이 있지 않은가? 어쨌든 더없이 길일인 내일이 기다려지
네. 그럼 나가보기로 할까."

히데요시는 그대로 방에서 나왔다. 그리고 성문 밖 정문 다리 위에
서서 시동들과 장수들이 모두 나오기를 기다렸다.

두 번째 나팔 소리가 높다랗게 울려 퍼졌다. 치중부대는 이미 출발
을 개시하고 있었다.

해가 서쪽으로 기울 무렵, 히데요시는 그곳에서 세 번째 나팔을 불
게 한 뒤 자신의 걸상을 도카이도東海道의 초입인 이나미노印南野로 옮기
게 했다. 세 번째 나팔은 총집합을 알리는 신호였다. 히데요시가 이나
미노에 걸상을 놓을 무렵, 도로의 넓은 벌판과 소나무 가로수는 이미
밤을 맞이하고 있었다.

하치스카 히코에몬에게 명령하여 십여 명의 서기를 임시로 선발한
뒤, 높다란 막사를 좌우에 세우고 참전자들의 성명을 장부에 적게 했
다. 저녁부터 한밤중이 지날 때까지 선봉, 중군, 후진을 배치하느라 인
마의 그림자가 땅을 덮고 파도처럼 흔들렸다. 그사이 갑옷도 대충 걸

친 채 무기를 움켜쥐고 부랴부랴 달려와 장부에 이름을 올리는 사람이 꼬리에 꼬리를 물고 이어졌다. 히데요시는 장막 아래서 의자에 앉아 그 모습을 시종 지켜보고 있었다.

장부에 기록된 이름은 일만여 명이 넘었다. 때는 이미 9일의 축시(오전 2시)를 지나고 있었다. 히데요시가 좌우에 있던 히코에몬 마사카쓰, 모리 간파치, 구로다 간베 등에게 물었다.

"출발 준비는 되었는가?"

가신들이 한목소리로 대답했다.

"언제든 명령만 내리십시오."

히데요시는 나팔을 불게 하라고 명령한 뒤 자리에서 일어나 걸상을 치우게 했다.

드디어 나팔수가 나팔을 불었다. 길고 느리게, 다시 높고 낮게 나팔 소리가 울려 퍼지자 선봉에 선 나카무라 마고헤이지中村孫兵次의 조총 부대부터 북소리 한 번에 여섯 걸음씩 옮겨 전진을 개시했다. 제2군은 호리오 모스케 요시하루의 부대였다. 다음으로 중군이 뒤따랐는데 하시바 히데카쓰는 양아버지인 히데요시의 하타모토들보다 이삼 정 앞서 행군했으며, 후진은 히데요시의 동생인 히데나가秀長가 통솔했다. 총군 일만 병사가 다섯 무리로 나뉘어 히메지 성 밖의 이나미노를 출발했다.

그 무렵 날이 밝아 도카이도의 소나무 하나하나가 선명하게 보이기 시작했으며, 동쪽 하리마나다播磨灘의 수평선과 길게 누워 있는 여명의 구름 사이로 새빨간 아침 해가 출진의 발걸음을 축복하듯 솟아오르고 있었다.

"바람은 순풍이었다. 보라, 깃발과 기치 모두 서풍에 교토 쪽으로 나부끼고 있다. 일개 인간의 목숨이라 저녁 일을 알 수 없으나 우리 군의 출정을 하늘도 기뻐하며 앞길을 돕는 듯하구나. 우선 힘차게 함성을 올려 출발을 천하에 고하자."

나팔 소리로 인마의 발걸음을 멈추게 한 뒤 우선 중군에서 커다란 환호를 올렸다. 그러자 전군이 파도처럼 함성을 질렀다. 개중에는 아침 해를 향해 깃발을 흔드는 부대도 있었고, 일제히 창끝을 치켜드는 부대도 있었다. 울부짖는 말의 기개까지 북쪽의 아케치 미쓰히데 군을 집어삼킬 듯싶었다.

셋쓰攝津로 들어가 아마가사키尼ヶ崎에 이를 때까지는 이전에 빠른 행군과 마찬가지로 낙오자는 버리고 인마 모두 쉼 없이 나아갔다. 그리고 각 병졸의 정렬이나 규칙에 구애받지 않고 오로지 길을 서둘렀다.

11일 이른 아침, 아마가사키에 도착했다. 끝도 없이 밀려드는 군대에 문을 열어준 민가는 그저 눈을 둥그렇게 뜰 뿐이었다. 히데요시는 길가에서 말을 멈추고 쉴 곳을 찾았다.

"절이라도 없는가?"

"저쪽에 조그만 암자가 하나 있습니다."

히데요시는 시동의 안내를 받아 암자로 갔다. 그리고 도카이도에서 살짝 벗어난 솔숲에 말을 묶게 했다.

"어디든 좋다. 어디든 상관없어."

히데요시는 거듭 말했다. 깜짝 놀라 마중을 나온 스님은 물론 좌우의 사람들까지 아무런 시설이 없는 작은 절에 불과하다는 사실을 몇 번이나 되풀이해서 말했기 때문이다.

"들어가겠네."

히데요시는 재빨리 쪽마루 위에 올라가서는 마음에 드는 방에 들어가 앉았다. 호리 시데마사도 따라 들어가 앉았다. 각 장수들과 시동들은 들어갈 수 없다 보니 앞마당부터 뒷마당까지 빈 공간을 모두 차지하고 앉았다. 조그만 절 안에 사람들이 있는 것이 아니라, 군중 속에 절이 있는 듯한 꼴이 되고 말았다.

"히데카쓰, 여기에 앉아라."

히데요시는 더운 물을 한 잔 마시고 나서, 바로 옆방에서 쉬고 있던 양자 히데카쓰를 가까이 불렀다. 히데카쓰는 열다섯 살이었다. 노부나가의 넷째 아들로 태어나 아명은 오쓰기마루於次丸라 불렸다. 히데요시의 양자가 된 지도 벌써 오륙 년이 지났다. 히데요시가 주고쿠에 출정한 동안에는 나가하마 성에 머물며 영지의 정치를 돌보았다. 그러다 올해 3월, 노부나가의 명을 받아 양아버지인 히데요시 휘하로 들어가 처음으로 갑옷을 입었으며 고지마兒島 성을 공략하여 첫 번째 전공을 세웠다.

"히데카쓰."

"네."

"네 눈매를 보고 있으면 돌아가신 분이 떠오르는구나. 노부나가 공과 꼭 닮았어."

히데요시는 히데카쓰를 말끄러미 바라보았다. 히데카쓰는 여러 장수들 속에서 양아버지로부터 무슨 말을 듣게 될까 생각하며 엎드려 있었다. 히데요시는 고개를 돌려 옆에 있던 호리 규타로 히데마사와 히데카쓰를 한 번씩 바라본 뒤 이어 말했다.

"선군先君께서 목숨을 잃으셨다는 보고를 들은 뒤 너희도 보아온 것처럼 다카마쓰에서 여기에 이를 때까지 이 지쿠젠은 모든 행동을 삼갔다. 하지만 이곳 아마가사키는 적인 아케치 군과 지호지간일 정도로 가깝다. 오늘이든 내일이든 언제 적과 마주쳐 일전을 펼치게 될지 알 수 없다."

히데카쓰가 동그란 눈으로 히데요시를 바라보았다. 젊음은 벌써부터 그의 눈 속에서 끓는 물이 되어 넘쳐나고 있었다. 히데요시는 노부나가가가 세상을 떠난 뒤 아버지로서 한층 더 깊은 사랑과 자애를 보였다.

"나도 이제 마흔일곱 살이다. 벌써 나이 든 무사가 되었으나 이번 전투는 목숨을 걸고 선군을 애도하는 마음으로 싸울 것이다. 만일의 경우에는 스스로 창을 들고 적과 칼도 맞댈 각오를 하고 있다. 하지만 나이는 속일 수 없구나. 채식만 해서는 힘이 나지 않는다. 따라서 나는 오늘부터 정진을 그만두겠지만 너희는 젊으니 계속해서 정진하기 바란다."

"네."

히데카쓰가 힘차게 대답했다. 규타로 히데마사도 고개를 끄덕였다. 그러자 히데요시가 계속 말을 이어 히데카쓰를 타일렀다.

"그리고 적인 휴가노카미 미쓰히데日向守光秀는 네게 있어서 아버지의 원수이자 주군의 원수다. 말하자면 이중의 적이라고 할 수 있다. 그러니 미쓰히데를 치지 않고는 너의 목숨도 천지에 있을 수 없다. 누구보다 먼저 앞장서야 한다. 적과 싸우다 나보다 먼저 전사하기 바란다. 양아버지인 나도 너의 씩씩한 모습을 지켜본 뒤 전사하도록 하겠다."

"반드시 잊지 않겠습니다."

히데카쓰는 두 손을 바닥에 댔다. 엄숙한 분위기에 각 장수들도 숙연해졌다. 히데요시는 히메지에서부터 이번 싸움에 목숨을 걸어왔지만 적과 가까운 이곳 아마가사키에 와서 각오를 더욱더 굳건히 했다.

"물이 끓었습니다."

승려의 말에 히데요시는 암자의 뒤쪽으로 나가 목욕재계했다. 그리고 준비해둔 밥을 먹었다. 그의 밥상에는 생선과 새고기로 만든 음식이 풍성하게 놓여 있었다. 그는 며칠 동안의 정진을 끝내고 배 속을 든든히 채웠다. 식사가 끝난 뒤에는 방으로 들어가 잠깐 눈을 붙였다. 그렇게 히데요시는 밥과 잠으로 전투 준비를 마쳤다. 일각, 군마도 조용해서 매미 소리만 가득했다.

시원한 머리

천하의 모습은 급격히 변했으나 지나온 날들을 돌아보면 노부나가가 죽은 지 오늘로 열흘밖에 지나지 않았다.

교토 부근의 인심은 아직까지도 본능사 이후 그대로였다. 시바타, 다키가와는 멀리 있었고 도쿠가와德川는 자국으로 들어갔다. 호소카와細川, 쓰쓰이筒井는 향배를 알 수 없었고 니와는 오사카에 머물며 오다 노부즈미織田信澄를 처리했다는 풍문만 들려올 뿐 더 이상 다른 행동이 없었다.

"오늘 아침 이후 아마가사키에 지쿠젠노카미의 선봉과 중군 부대가 속속 도착하여 다이모쓰大物의 포구와 나가스長洲 부근이 병마로 넘쳐 나고 있다."

이러한 소문은 11일 아침부터 셋쓰를 중심으로 바람처럼 퍼져나갔다. 하지만 여전히 반신반의하는 사람이 많았다.

"설마, 이렇게 빨리?"

그도 그럴 것이 도쿠가와 나리가 서쪽으로 올라오기 시작했다는 둥, 기타바타케北畠 나리가 진격 중이라는 둥, 어딘가에서 누군가가 아케치와 접전 중이라는 둥, 귀를 잡아끌 만한 비슷한 풍설이 너무나도 많았다. 게다가 사람들은 '하시바 군은 모리에게 붙들려 그렇게 쉽게 주고쿠에서 움직일 수 없을 것'이라고 생각하고 있었다.

하지만 사태의 핵심을 잘 알고 있고 히데요시를 제대로 판단하고 시대의 추이를 직시한 일부 사람들은 그런 착오가 생기지 않았다. 옛 노부나가 휘하의 대장들 사이에는 누가 뭐래도 마음을 바꾸지 않을 히데요시의 지지자들이 있었다.

히데요시가 주고쿠에서 여러 해 동안 보여준 실제적 경략은 서일본의 전운을 배경으로 하여 멀리 있는 장수들까지도 어느 틈엔가 히데요시라는 사람의 가치와 위풍을 인정하게 했다. 그것만 보아도 히데요시의 오랜 고충은 오로지 노부나가에 대한 충성에서 비롯된 것이었다. 하지만 결과적으로 말하면 그사이에 히데요시는 히데요시 자신의 기초를 다진 셈이었다. 어쨌든 일부 인사들은 히데요시가 모리와 화약을 맺었다는 소리를 듣고는 히데요시의 의중을 읽었다.

"그렇다면 동쪽으로 올라올 생각이군."

그리고 그들은 평소의 기대를 배반하지 않았다며 히데요시가 히메지를 거쳐 방향을 바꿔 셋쓰를 향해 돌진해오는 동안 급보를 보내기도 했다.

"얼른 오십시오. 간절히 기다리고 있습니다."

그들은 급히 말을 달려 아케치 군의 동정을 알려주며 히데요시의 깃발을 학수고대했다. 그뿐 아니라 오카사의 니와 나가히데丹羽長秀 등도 히데요시가 오기를 기다리며 서찰을 보냈고, 나카가와 세베中川瀬兵衛, 다카야마 우콘高山右近, 이케다 노부테루池田信輝, 하치야 요리타카蜂屋賴隆 등도 히데요시에게 마음을 주고 있었다. 특히 아마가사키와 가까운 성에 있는 다카쓰키高槻의 다카야마 우콘과 이바라키茨木의 나카가와 세베 두 장수는 히데요시가 아마가사키 부근에 도착했다는 소식을 들자마다 일부의 수하들을 데리고, 또 각자 여덟 살이 되는 인질과 함께 히데요시가 쉬고 있는 절을 찾아왔다. 진문의 무사는 거의 비슷한 때에 찾아온 나카가와 세베와 다카야마 우콘에게 '나리는 지금 주무시는 중입니다'라고만 답했을 뿐, 두 장수가 온 것을 서둘러 전하지 않았다.

두 사람은 조금 의외라는 듯 고개를 갸우뚱했다. 세베와 우콘은 내심 자신들이 가진 가치와 힘을 알고 있었다. 두 장수는 노부나가가 살아 있을 때 아케치 휘하에 있었다. 그 병력이 한쪽 진영으로 돌아선다는 것은 적과 아군의 비율에 두 배로 영향을 줄 수 있었다. 그리고 세베는 이바라키의 성주였으며, 우콘은 다카쓰키 성을 가지고 있었다. 그들의 영내를 지나지 않고는 교토로 들어갈 수 없으며, 아케치 군과도 접촉할 수가 없었다. 거의 적의 가운데 있다고 해도 좋을 두 기지를 싸우기도 전부터 발판으로 삼을 수 있다는 것은 작전에 있어서도, 군량 운반에 있어서도 커다란 득이 되는 셈이라고 하지 않을 수 없었다.

그랬기에 두 사람은 당연히 자신들이 찾아가면 히데요시가 기다렸다는 얼굴까지는 아니더라도 '이렇게도 빨리, 잘 왔소'라고 기뻐하며 환대를 하리라 생각했던 것이다. 그런데 생각과는 달리, 잠을 자고 있으니 잠시 기다리라는 말을 들어야 했다. 그것까지도 상관은 없었으나 절 안이 인마로 가득해서 기다리는 동안 특별히 쉴 만한 곳도 없었다.

나카가와 세베와 다카야마 우콘은 병사들을 밖에 남겨둔 채 데려온 인질과 소수의 수행원들만 데리고 경내 한쪽 구석에 서 있을 수밖에 없었다. 그러는 사이에도 시간 가는 줄 모르고 바라본 것은 속속 도착하는 후속 부대의 군마가 비 오듯 줄줄 흘리는 땀이었다.

훗날 오무라 유코大村由己의 기록을 보면 '모든 병졸이 한꺼번에 도착한 것은 아니나, 9일에 히메지를 출발하여 밤낮 가리지 않고 아마가사키에 도착했다'고 적혀 있다.

히데요시의 급행군 때문에 도중에 낙오한 병사들까지 꼬리에 꼬리를 물고 도착했다. 하치스카와 모리 두 장수는 도착 보고를 한 병사에게 어디에 모여 있다가 명령을 기다리라거나, 또 누구의 부대가 어디에 있으니 그곳으로 가서 쉬라고 말하며 일일이 손으로 가리켜 그들의 군대에 소속과 위치를 가르쳐주었다. 또 어디의 사자인지, 어디에서 돌아온 심부름꾼인지 절 안팎으로 왕래도 빈번했다. 그 가운데는 어딘가에서 본 듯한 무사도 있었다.

"잠깐, 저 사람은 단고^{丹後} 호소카와 가의 무사 아니었던가?"

세베가 한 사내의 등을 지켜보며 중얼거렸다.

미쓰히데와 호소카와 후지타카細川藤孝, 그리고 후지타카의 아들인 다다오키忠興는 서로 밀접한 관계였다. 후지타카와 미쓰히데는 막역지교일 뿐만 아니라 미쓰히데의 딸 가라샤伽羅沙가 다다오키의 아내이기도 했다.

'호소카와 가에서 어찌 심부름꾼을?'

그것은 지금 여기에 있는 두 사람의 관심거리였을 뿐만 아니라, 천하의 모든 사람들이 강하게 의식하고 있는 문제이기도 했다. 세베가 그렇게 중얼거리자 우콘도 문득 의심을 품기 시작했다.

'낮잠을 잔다고는 했으나 사실 지쿠젠은 이미 눈을 뜬 것이 아닐까? 그럼 우리를 너무 홀대하는데.'

두 사람이 얼굴에 불만의 빛을 드러내며 그만 돌아갈까 생각하고 있을 때 히데요시의 시동이 달려왔다.

"이리로 드십시오."

시동은 두 사람을 좁은 암자의 안쪽으로 안내했다. 안내를 받아 방 안으로 들어갔지만 히데요시는 보이지 않았다. 하지만 이미 잠에서 깨어난 것만은 확실했다. 방장方丈인지 어딘지 가까운 곳에서 커다란 웃음소리가 들려왔기 때문이다. 나카가와 세베와 다카야마 우콘이 이러한 대접을 받는 것은 두 사람 모두에게 참으로 유감스러운 일인 듯했다.

두 사람은 자신도 모르게 '히데요시, 자기가 뭔데' 하는 생각이 들었다. 히데요시도 노부나가의 신하였다면, 두 사람도 노부나가의 신하였다. 게다가 두 사람은 지금까지 히데요시로부터 고하의 차별을 받을 만한 은혜를 입은 적도 없었고 주종 관계를 맺은 것도 아니었다. 단지 오늘 이곳에 스스로 달려와 히데요시의 진문에 말을 묶은 것은, 히데요시라면 옛 주인의 적인 미쓰히데를 치겠다는 뜻이 통할 거라고 생각했기 때문이다. 그런데 히데요시는 동료를 맞아들이는 태도가 형편없었다.

'이럴 줄 알았다면 우리가 먼저 여기에 오는 게 아니었어. 히데요시가 예를 갖춰 맞으러 오기를 기다렸다가 올 것을……'

우콘이 후회하는 듯 씁쓸한 표정을 지었고, 세베도 매우 언짢은 표정을 지었다. 게다가 그날 더위는 두 사람을 더욱더 불쾌하게 만들었다. 장마는 이미 끝났으나 공기는 조금도 건조해지지 않았다. 그리고 하늘에는 지금의 천하를 상징하듯 거취를 알 수 없는 구름만이 쉴 새 없이 오가고 있었다. 그 구름 사이로 종종 내리쬐는 태양은 뇌를 마비시킬 정도로 집요하고 강렬했다.

"덥군요, 세베 나리."

"으음, 바람도 없고."

두 사람은 정강이에서부터 팔 끝까지 전신에 갑옷을 두르고 있었다. 최근 갑옷이 민첩함을 중히 여겨 점점 가벼워지고 있다고는 하나, 틀림없이 몸통의 두꺼운 가죽 안으로 땀이 흘렀을 것이다.

"지쿠젠도 이제 얼추 나올 때가 된 것 같은데."

세베는 군선軍扇을 펼쳐 목 부근을 부지런히 부쳤다. 그리고 굳이 저

자세를 취하지 않겠다는 의지를 내보이려는 듯 우콘과 함께 윗자리에
앉아 있었다.

그때 '야아' 하는 목소리가 바람과 함께 들려왔다. 히데요시였다.

히데요시는 두 사람 앞에 앉자마자 되풀이해서 말했다.

"이거 미안하게 됐네, 미안하게 됐어. 잠에서 깨어 본당으로 나가 이
걸 하고 있자니 (자신의 머리를 찰싹찰싹 두드리며) 지금 막 멀리서 호소카
와 후지타카, 다다오키 부자의 사자가 와서 귀국을 서두르고 있다고
하기에 그 일에 대해 먼저 담합을 지었다네. 그 때문에 꽤나 기다리게
한 듯하군."

히데요시는 평소와 다름없는 태도였으며, 자리의 위아래 따위는 안
중에도 없었다.

"오호."

두 사람은 그렇게만 말하고 인사도 잊은 채 히데요시의 머리만 바
라보았다. 히데요시가 삭발을 했기 때문이었다. 막 깎은 머리에 정원
수의 푸른빛이 비쳐 보였다.

"선군의 원수를 갚는 싸움이라며 아들인 히데카쓰도 삭발을 하겠다
고 하고, 호리 히데마사도 삭발을 하겠다고 했으나 '너희는 아직 젊으
니 그럴 필요까지는 없다. 무사로서의 모습을 더 꾸며라' 하고 간신히
저쪽에서 말리고 오는 길일세. 그리고 지금 두 사람의 머리끝만 잘라
지쿠젠의 머리카락과 함께 위패 앞에 올리고 왔네. 덕분에 이 더위에
도 머리만은 시원해졌다네. 하하하하. 불문에 든다는 것은 시원한 일
일세."

히데요시는 신경이 쓰이는지 자꾸만 머리를 쓰다듬었다.

세베와 우콘은 조금 전 느꼈던 불쾌함을 완전히 잊었다. 이번 일전
을 앞두고 히데요시가 삭발까지 하고 결의를 보인 이상, 사소한 개인

적 감정에 사로잡힌다는 것은 부끄러운 일이라고 생각했다. 그리고 이 야기를 나누는 중, 히데요시의 머리를 보면 때때로 우스워서 견딜 수가 없었다.

요즘 들어서는 사람들이 히데요시 앞에서 거의 말하지 않지만 히데요시를 '원숭이, 원숭이' 하며 부르던 게 익숙하던 시절도 있었다. 두 사람 마음속 어딘가에는 아직도 그런 선입관이 있었다. 그 선입관과 눈앞의 모습이 바라보는 사람의 마음속에서 서로를 자극해 자꾸 우습다는 생각을 만들어내는 듯했다.

"신속함에는 정말 놀랐다네. 다카마쓰에서 여기까지 오는 동안 잠을 잘 틈도 거의 없었을 텐데……. 건강한 모습을 보니 나도 안심이 되네."

세베가 웃음을 참으며 인사를 건네자 히데요시도 갑자기 생각났다는 듯 인사치레를 했다.

"오는 길에 수시로 급보를 보내주어 정말 고마웠다네. 덕분에 아케치 측의 동향도 알게 되었고, 또 무엇보다 중요한 것은 두 사람의 도움만 있다면 뭐든 할 수 있겠다고 생각하며 든든한 마음으로 올 수 있었다네."

다카야마 우콘과 나카가와 세베는 그런 뻔한 인사말에 금방 기뻐할 만큼 만만한 사람들이 아니었다. 그들은 히데요시의 말을 대충 흘려듣고 이내 주의를 주었다.

"오사카에는 언제 갈 겐가? 우리는 그렇다 쳐도, 오사카에는 간베 노부타가神戸信孝 님도 계시고 니와 고로사丹羽五郎左도 귀공이 오기를 고대하고 있다네."

"아니, 지금은 적이 있지도 않은 오사카로 갈 여유가 없다네. 오사카에는 오늘 아침 곧바로 사자를 보내두었다네."

"노부타카信孝 님은 선군의 셋째 아드님일세. 귀공이 모시러 가지 않으면 움직이지 않으실 게야."

"히데요시의 진문으로 오라고 말씀드리지 않았다네. 선군을 애도하는 전투에 오시라 전하라고 했지. 곁에는 니와 나가히데도 있다 하니 평상시의 예나 하찮은 체면에 연연할 리는 절대 없으리라 생각하네. 내일이면 반드시 참전하실 걸세."

"이타미의 이케다 부자는?"

"그들도 틀림없이 회동할 걸세. 아직은 오지 않았으나 내가 효고兵庫까지 왔을 때 사자를 보내 우리에게 서약서를 전달해주었다네."

히데요시는 아군의 규합에 대해서는 상당한 확신을 가지고 있었다. 특히 산인山陰의 호소카와 부자가 아케치 가와는 끊으려야 끊을 수 없는 인척 관계에 있으면서도 미쓰히데의 권유를 뿌리치고 오히려 가신인 마쓰시타 야스유키松下康之를 사자로 보내 '결코 역도에는 가담하지 않겠다'는 서약을 전달케 했다는 사실을 상당히 자신만만하게, 또 그것이 당연한 세상의 대세이자 무문의 대도이기도 하다고 역설했다.

그 뒤 여러 가지 이야기를 나누던 끝에 나카가와와 다카야마 두 사람이 각자 데려온 어린아이를 인질로 맡기겠다고 말하자 히데요시가 크게 웃으며 거절했다.

"필요 없네, 필요 없어. 두 사람의 마음을 잘 알고 있을 뿐 아니라 이번 일전은 그런 낡은 관습에 의해 억지로 맺어야 할 일이 아니지 않은가. 얼른 어린아이들을 각자의 성으로 돌려보내도록 하게."

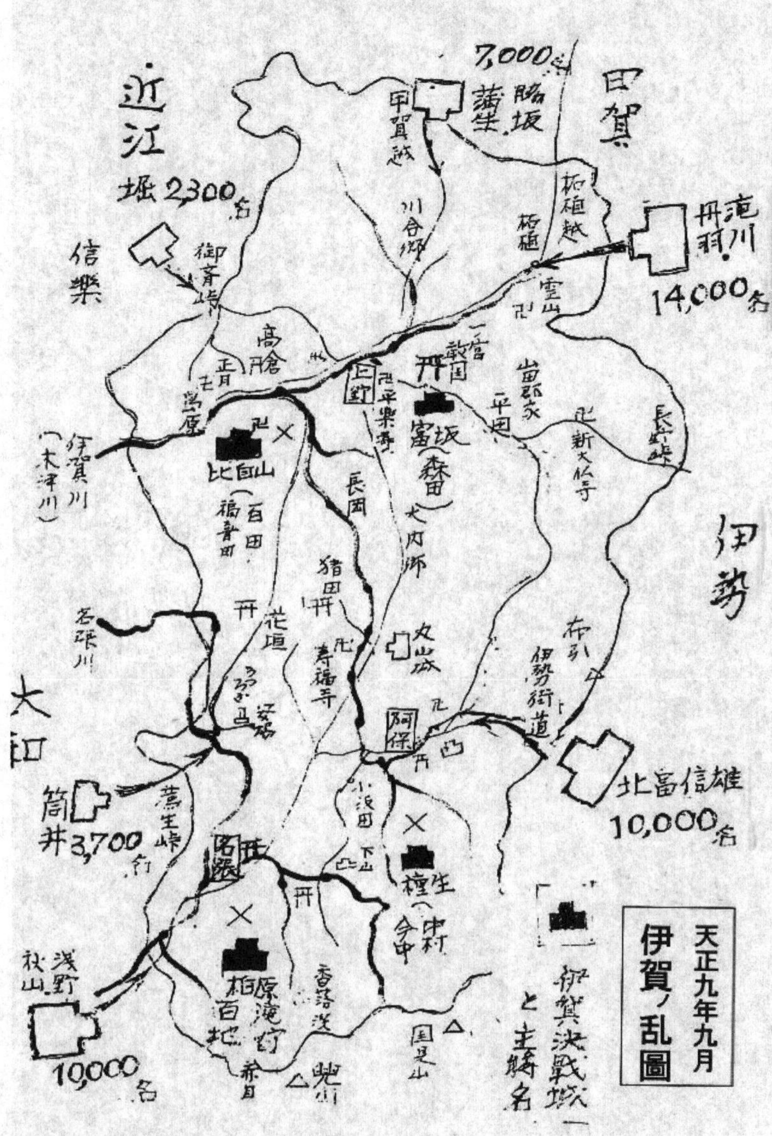

● 1581년 제2차 이가의 난

1차 이가의 난으로부터 2년 뒤인 덴쇼天正 9년, 오다 노부나가(織田信長)는 직접 4만의 군사를 끌고 이가(伊賀) 토벌에 나선다. 4만이라는 대병력에 놀란 이가닌자들은 결사항전을 주장하며 농성에 들어가지만 결국 차례차례 패배하고 마지막 수성인 가시와라성까지 함락되며 2차 이가의 난은 이가닌자의 패배로 끝난다.

● 1582년 고슈 정벌

오다 노부나가(織田信長)와 도쿠가와 이에야스(徳川家康) 연합군이 다케다 가문을 공격한 전투이다. 다케다 가쓰요리(武田勝頼)와 아들인 노부가쓰(武田信勝)가 상당히 분전했지만 결국 수에서 밀려 패배하자 가쓰요리와 노부가쓰는 자결했고, 이에 수하들도 따라 순사했다. 고슈 정벌로 인해 명문 가이 다케다 가문의 적통은 멸망하고 말았다.

천둥의 기운

히데요시가 머무르고 있는 암자는 서현사栖賢寺(세이켄지)였는데 조금 더 가면 광덕사廣德寺(고토쿠지)가 있었다. 히데요시는 이 두 절을 본진으로 썼는데, 시시각각 늘어나는 군세는 부근에 있는 나가스와 다이모쓰 포구까지 가득 채웠다. 할 수 없이 11일은 포구에서 보내야 했다. 그날 밤 널따란 어둠 속에서 군마들이 자꾸만 울부짖었다.

"아케치 측의 시호덴 마사타카四方田政孝가 보낸 척후병이 근처 마을에 출몰했다."

풍설이 나돌자 병사들은 밤새 긴장 속에서 번갈아가며 눈을 붙여야 했다. 하지만 말들이 잠을 자지 못한 이유는 그것과 관계가 없었다. 저녁 무렵 갑자기 하늘에서 번개가 번뜩이고, 멀고 가까운 곳에서 천둥도 들려왔기 때문이다.

"천왕사天王寺(덴노지)가 있는 동쪽에는 아주 큰비가 내린다던데."

보초병이 오사카에서 온 전령에게 들은 소리를 함께 보초를 서는 친구의 그림자를 향해 말했다.

"이 부근은 비가 조금밖에 오지 않지만 바람을 보면 어딘가에서 많이 내리는 게 틀림없어. 내일은 비가 오려나?"

"시집가는 날 밤과 싸움에 나설 때 내리는 비는 길조라고 하니 한바탕 내리는 것도 나쁘지는 않겠지."

"적도 그렇게 얘기하고 있을지 몰라."

"그도 그럴 테지만, 같은 하늘에서 같은 땅에 내리는 비라 할지라도 미쓰히데의 부하와 우리의 기분은 전혀 다를 거야. 보라고, 말조차도 저렇게 용맹스럽잖아."

"다행이야, 우리는."

"뭐가?"

"아케치의 가신이 아니라서."

"하하하. 그도 그렇군."

히데요시는 어둠 속에서 사람의 목소리를 듣고 문득 발걸음을 멈췄다. 그는 낮에 단잠을 잤기 때문인지 잠이 오지 않자 히코에몬과 모스케를 데리고 야영하는 사졸들을 둘러보고 오는 길이었다.

"히코에몬, 들었는가?"

히데요시가 돌아보며 물었다. 물론 보초병끼리 이야기를 나누는 것을 듣고 하는 말이었다.

"싸움은 이겼다. 이미 이겼다고 생각하지 않느냐?"

"그렇습니다."

히코에몬과 모스케는 주인의 마음을 이해하고 고개를 끄덕였다. 그리고 듣는 사람이 있는 줄도 모르고 지껄여댄 사졸들의 정직한 말에도 진심으로 공감했다.

"벌써 축시인가?"

"그렇게 됐을 겁니다."

"돌아가기로 하자. 곧 진격의 나팔이 울릴 테니."

그들은 뒷문을 찾아 절 안으로 돌아갔다. 부근에 농가가 있다 보니 황소가 길게 울었다. 무릇 들개도, 닭도, 쥐도 왠지 모르게 신경을 곤두세우고 있는 듯했다. 어느 병영에서나 병사들은 깊은 잠에 빠졌지만 동물들은 밤새 부스럭부스럭 소리를 냈다.

"찾고 있던 중이었습니다."

히데요시가 등도 밝히지 않은 마루 끝에 앉아 쉬고 있는데 시동들이 와서 고했다.

"오사카의 니와 나리가 보내신 전령이 와 있습니다. 바로 답장을 받아 돌아가야 한다며 걱정을 하고 있습니다."

"또 왔단 말이냐?"

같은 곳에서 전령을 세 번씩이나 보냈다. 히데요시는 쓴웃음을 지었다. 이 문제만으로도 그는 오늘 밤 잠을 자지 못할 듯했다. 히데요시가 마루에 앉은 채 말했다.

"오사카의 사자를 여기로 불러라."

이윽고 사자가 와서 히데요시 앞에 엎드려 니와 나가히데의 서찰을 전했다. 히데요시는 서찰을 읽고 난 뒤, 서기에게 붓을 들게 했다.

"바로 들고 돌아가도록, 자세한 내용은 글 안에 있다."

히데요시는 편지 한 통을 사자에게 건넸다. 하지만 답장의 글이 너무 간단하다고 생각했는지 사자가 일어서려 하자 덧붙여 말했다.

"곧 날이 밝자마자 히데요시는 군을 움직여 오늘 중에라도 적과 일전을 펼칠 각오를 하고 있네. 설령 아군의 각 세력이 모두 모이지 않았다 할지라도 적이 눈앞에 있으니 병기兵機만 좋다고 판단되면 언제라도 지체하지 않고 교전에 들어갈 것일세. 모처럼 노부타카 님을 맞아들여 아들로서는 돌아가신 아버지에 대한 효도를 다하게 하고, 신하로서는 선군의 원수를 갚는 싸움이 될 걸세. 이번에는 생사도 함께하고 깃발도 하나로 하기 위해 어제 아침부터 서한으로 세 번이나 참전을 부탁드렸는데 이런저런 이유만을 앞세워 도무지 움직이지 않으시니…… 그렇다면 어쩔 수 없지. 언제까지고 한가로이 기다릴 수만도 없는 상황. 훗날 후회하는 일이 없도록 니와 나리가 간곡히 충고하는 것이 보좌의 역할이라고, 지쿠젠이 이렇게 말하더라고 분명하게 전하도록 하라.”

사자가 몹시 황공해하며 돌아갔다. 사자의 눈에는 히데요시가 조금 화가 난 것처럼 보였을지도 모른다.

사실 어제부터 간베 노부타카神戶信孝는 세 번이고, 네 번이고 쓸데없이 전령과 시간을 허비하며 분명하지 않은 서찰을 보내기도 하고 답장을 요구하기도 했다.

히데요시는 병기를 한시라도 늦출 수 없는 바쁜 상황이었던 만큼 노부타카의 태도에 참을 수 없는 성가심을 느끼고 있었다.

간베 노부타카는 히데요시가 아마가사키까지 왔으면서도 오사카로 와서 자신을 배알하지 않는 것이 가장 큰 불만인 듯했다.

“나는 노부나가의 아들이다. 내 스스로 그의 진에 참가할 이유는 없다. 나의 체면과도 관계되는 일이다.”

노부타카가 체면에 얽매여 있는 것은 틀림없는 사실이었으나, 그것을 그렇다고 말하지 않고 니와 나가히데의 이름으로 ‘부하의 대부분이 달아났기에 아직 군세의 정비가 끝나지 않았다’거나, ‘시코쿠四國의 조소카베長會我部의 동정이 분명하지 않기에 하루나 이틀쯤은 더 지켜봐야 할 것 같다’는 등의 핑계를 대며 ‘귀공께서 오사카 성으로 한번 오셔서 군사 회의를 하는 것이 어떻겠습니까?’ 하는 등의 한가로운 소리를 하고 있었다. 이에 히데요시는 지금 돌려보낸 사자에게 맡긴 글 속에 이것이 마지막 서장이라고 밝힌 뒤, 다음과 같이 극단적인 말까지 적어 보냈을 정도였다.

이와 같은 때는 평생에 두 번 다시 오지 않을 것입니다. 히데요시 역시 내일이면 이 세상 사람이 아닐지도 모릅니다. 이러한 때를 놓쳐 천추의 한을 남기는 일이 없도록 하십시오.

한쪽 편의 아침 구름이 희붐해지기 시작했다. 그날 아침에도 구름의 움직임은 빨랐으며 다른 지방에서는 어젯밤부터 지금까지 거친 비바람이 불어댔다.

식사를 준비하라는 나팔 소리가 각 진에 울려 퍼졌다. 바다가 가까운 탓에 동이 틀 무렵에는 짙은 안개가 깔렸다. 게다가 일만 이상의 군세가 밥을 지을 때 피어오르는 연기까지 드리워져 소나무가 많은 아마가사키 일대는 소나무인지, 안개인지, 사람인지, 연기인지 앞을 구분할 수조차 없었다.

히데요시는 절 안의 한쪽 구석에 있는 노송 아래에 멍석을 깔고 호리 히데마사, 나카가와 세베, 다카야마 우콘, 구로다 요시타카, 하치스카 히코에몬 등과 함께 무릎을 맞대고 앉아 담소를 나누며 주먹밥을 먹었다.

"정진을 그만두고 생선과 날짐승을 충분히 먹은 덕분인지 오늘은 왠지 힘이 붙은 느낌이야. 역시 음식은 사기의 근본이군."

히데요시의 말에 옆에 있던 히코에몬이 웃음을 터뜨렸다.

"삭발과 동시에 육식을 시작한 출가인은 고금을 통틀어 나리가 효시일 듯싶습니다."

"어쩌겠는가, 그것이 나의 본디 모습인걸. 이 히데요시의 출가는 스님의 출가와는 의미가 전혀 다르니."

아침 식사 자리는 생환을 기약할 수 없는 전투에 들어가기 전일까 싶을 정도로 활기찼다. 그때 어젯밤 이후 다카쓰키의 북방, 아쿠타가와芥川 쪽으로 정찰을 나갔던 가토 사쿠나이미쓰야스加藤作內光泰와 후쿠시마 이치마쓰 등이 돌아와 소식을 전했다.

"분부하신 지방들을 샅샅이 살펴보았습니다만 적인 듯한 자는 만나지 못했습니다. 하지만 민가에서는 상당히 소란을 떨고 있습니다. 어제 낮, 아케치의 소부대가 지나며 저희 아군의 동정을 물은 뒤 승룡사勝龍寺(쇼류지) 쪽으로 갔다고 합니다."

히데요시는 직접 두어 가지 질문을 던진 뒤 얼른 식사를 하라며 노고를 치하했다.

잠시 뒤 나카무라 마고헤이지, 야마노우치 이에몬山內猪右衛門 등의 소대가 복명을 하러 왔다.

"지금 막 돌아왔습니다."

그들은 어제 낮부터 나갔다가 지금 막 돌아온 척후 부대였다. 그리고 명령받은 지역도 시부澁 강 유역에서부터 호라가미네洞ヶ嶺 부근이었기에 상당히 깊이까지 들어갔다 온 셈이었다.

"호라가미네에 있는 쓰쓰이 준케이筒井順慶를 찾아갔던 미쓰히데가 어제 아군이 이곳 아마가사키에 도착했다는 소식을 듣고 갑자기 시모토바下鳥羽로 물러났다고 합니다."

마고헤이지가 가져온 정보는 중요한 내용이라 장수들도 귀를 기울였다. 히데요시도 갑자기 형형한 눈빛을 띠었다.

"그렇다면 쓰쓰이는?"

"여전히 호라가미네에 있습니다."

"미쓰히데는 거기에 방어를 위한 병력을 남겨두었는가?"

"사이토 도시미쓰齋藤利三의 일군을 남겨두고 떠난 듯합니다."

장수들은 서로의 얼굴을 바라보았다. 히데요시도 말없이 고개를 끄덕였다. 그것으로 쓰쓰이 준케이의 향배를 점칠 수 있었기 때문이다.

히데요시가 나카무라와 야마노우치 두 사람에게 다시 물었다.

"미쓰히데가 시모토바로 옮긴 뒤 더욱 전진할 듯싶으냐, 아니면 후퇴할 기색이냐?"

"예측할 수 없습니다."

이윽고 두 번째 나팔 소리가 울렸다. 히데요시 주위에 있던 장수들이 어딘가로 달려갔다.

잠시 뒤 각 부대는 아마가사키를 떠나 야마자키山崎 방면으로 진군을 시작했다. 말 위에 앉은 히데요시의 모습 역시 깃발과 함께 흘러가는 듯한 군세 속에 있었다.

요도^淀, 야마자키, 덴노^{天王} 산

이타미의 이케다 노부테루도 큰아들 쇼쿠로^{勝九郎}를 데리고 히데요시의 군에 가담했다. 노부테루는 오늘 아침 출진 직전 삭발을 하고 이름을 쇼뉴^{勝入}라고 바꾸었다. 기요스 시절부터 히데요시와 막역지교로, 서로의 장단점을 잘 알고 있는 사이였다.

"아아, 자네도 머리를 깎았는가?"

"귀공도 삭발을 했군."

"약속한 것도 아닌데, 서로 한마음이었군."

"음, 한마음이었어."

히데요시와 노부테루는 그렇게 말할 뿐이었다. 노부테루는 데려온 병력 사천 명과 함께 행군에 가담했다.

어제 이후 군세는 눈에 띄게 강력해져 있었다. 처음에는 히데요시의 병력 일만 명만 있었는데, 다카야마 우콘이 이천 명, 나카가와 기요히데^{中川淸秀}가 이천 명, 하치야 요리타카가 일천 명을 이끌고 왔고, 거기에 이케다 부대 사천 명을 더해 이만 명 정도가 되었다.

전군은 오른쪽에 요도^淀 강을 두고, 왼쪽으로 노세^{能勢}와 아리마^{有馬} 지방의 산들을 바라보며 북진했다. 그사이 이삼십 명으로 이루어진 낭당들과 지방 향당의 소부대들도 참가해 병사의 수는 꼬리에 꼬리를 물고 늘어났다. 그들은 참전의 뜻을 이렇게 표명했다.

"아케치의 행위는 용서할 수 없는 배덕이다. 역逆을 치고 순順을 돕는 것은 무문의 당연한 철칙이니 종전의 왕래나 옛 인연 등은 일체 돌아보지 않고 휘하로 들어가겠다."

그들은 약속이라도 한 듯 한목소리를 냈다. 하시바 군이 반드시 승리할 거라고 생각해 합류한 것만은 아니었다.

정오 무렵 이바라키에 도착해 잠시 휴식을 하는 동안 히데요시는 각 방면에서 전하는 정보를 듣고 다시 전진해 이바라키와 다카쓰키의 중간인 돈다富田에 진영을 설치했다. 그런 다음 포진에 대한 명령을 내리고 바로 부하들을 모아 작전을 논의했다. 그때 뜻밖에도 나카가와 기요히데와 다카야마 우콘이 서로 고집을 부리는 바람에 작은 논쟁이 벌어졌다.

"선봉은 내가."

"아니, 선진은 이쪽에서."

"적 가까이에 있는 땅의 성주가 선진을 맡는 것은 예로부터 전해온 전법이니 누가 뭐래도 나카가와 나리의 뒤에 설 수는 없소."

다카야마 우콘이 말했다.

"선진, 후진을 가르는 것은 전장과 성의 위치에 따라 정할 문제가 아니오. 병마의 정예가 어떠한지, 장수의 각오와 질에 따라 정하는 것이오."

나카가와 기요히데도 지지 않고 말했다.

"그렇다면 이 우콘에게는 선봉으로 나설 자격이 없다는 말씀이시오?"

"아니, 그대에 대해서는 모르겠소. 하지만 나야말로 누구에게도 뒤지지 않는다고 스스로 굳게 믿고 있소. 따라서 선진은 내가 맡겠소. 어서 나카가와 기요히데에게 명을 내려주시오.”

기요히데가 히데요시에게 명을 내려달라고 요구했다. 우콘도 히데요시에게 손을 모아 명을 내려달라고 청했다. 히데요시는 주장으로서 걸상에 앉아 일을 결재했다.

“두 사람 모두 일리 있는 말씀을 하셨으니 나카가와도 일선에 진을 치고, 다카야마도 첫 번째 싸움이 벌어질 곳으로 나가 서로의 말씀에 부끄럽지 않을 만한 공을 세우도록 하시오.”

논쟁이 벌이지는 중에도 척후대로부터 정보가 전달되었다.

“어제 이후 호라가미네 하치만에서 철수한 미쓰히데는 야마자키, 원명사円明寺(엔묘지) 부근의 병력을 결집시켜 교토 사카모토坂本 방면까지 후퇴하는 분위기를 보였다고 합니다. 그러나 오늘 아침 이후 갑자기 분명한 공세를 취하고 있다고 합니다. 게다가 한 부대가 이미 승룡사 부근까지 전진한 정세입니다.”

보고를 들은 진영의 장수들은 모두 긴박한 눈빛을 보였다. 여기서 야마자키, 혹은 승룡사까지의 거리는 말을 한번 달려 부딪칠 만큼 가까운 거리였다. 장수들의 번뜩이는 눈 속에는 이미 그 부근에 출몰한 적의 그림자가 보이기 시작한 모양이었다.

나카가와, 다카야마는 선봉의 임무를 맡고 바로 자리에서 일어났다. 그들은 다시 한 번 히데요시에게 결단을 재촉했다.

“한시도 지체하지 말고 이곳의 본진을 야마자키 부근으로 옮기는 것이 어떻겠소?”

히데요시는 긴장된 분위기에 동요하지 않고 지극히 한가로운 어조로 대답했다.

“나는 여기서 하룻밤 더 묵으며 간베 나리가 오시기를 기다릴 생각이오. 한나절, 하룻밤 사이에도 중요한 기회가 생겼다 없어지는 때라고는 생각하나, 누가 뭐래도 두 번 다시 없을 싸움에 선군의 자제 중 한 분이라도 참가하셨으면 하오. 간베 나리를 평생 후회하며 살게 하거나, 세상에 얼굴을 들 수 없게 하고 싶지는 않소."

"하지만 그러는 사이에 적이 유리한 지세를 점한다면?"

"그렇기에 간베 나리를 기다리는 데도 자연히 기한이 생기는 법이오. 일이 어찌 됐든 내일까지는 히데요시도 야마자키까지 진출할 것이오. 전군을 야마자키에 집결시킨 뒤 다시 연락을 취할 테니 두 분도 전진하도록 하시오."

"알겠소. 그럼 이후의 상황은 전령을 통해 다시 알리겠소."

나카가와와 다카야마는 그렇게 말하고 떠났다. 선봉 부대는 첫 번째 다카야마 부대, 두 번째 나카가와 부대, 세 번째 이케다 쇼뉴 부대순으로 떠났다.

다카야마 부대는 돈다를 벗어나자마자 벌써 적군을 발견한 것이 아닐까 여겨질 정도로 빠른 속도로 돌진해 나갔다. 나카가와 세베 부대가 이상히 여길 정도로 그들의 말은 흙먼지를 일으켰다.

"적이 벌써 야마자키에 들어와 있었단 말인가? 아무리 그렇다 해도 너무 빠른 듯하군."

다카야마 우콘의 부하들은 야마자키에 들어서자마자 마을을 관통하는 길의 문을 봉쇄하고 부근의 작은 길까지 통행을 차단해버렸다. 그러자 뒤따라가던 나카가와 부대는 당연히 차단된 길에 막혔고, 그제야 다카야마 부대가 서두른 이유를 깨달았다. 오기가 생긴 나카가와는 부대를 더 이상 제2진에 머무르게 할 수 없었다.

"그래? 그렇다면."

나카가와 세베는 그곳의 요지를 버리고 갑자기 덴노 산 쪽으로 방향을 틀었다.

그날 밤 히데요시는 결국 돈다에서 보냈는데 이튿날인 13일 정오 무렵이 되어서야 노부타카 부대가 도착했다는 보고를 받았다.

"지금 간베 노부타카 나리와 니와 나가히데 님 등의 일군이 요도 강 기슭에 도착했습니다."

"뭐, 노부타카 님께서 오셨단 말이냐?"

히데요시는 걸상을 쓰러뜨리며 달려 나갈 기세로 기뻐했다.

"말을, 어서 말을."

히데요시는 영 밖에 서서 주위 사람들을 독촉했다. 이윽고 그는 말에 올라 진문에 있던 사람들에게 한마디 말을 내뱉고는 요도 강 기슭으로 급히 달려갔다.

"모시러 갔다오겠다."

물론 몇 기의 부하들이 그 뒤를 따라 달렸다.

물이 넘칠 듯 커다란 강 부근에서 사천 명과 삼천 명 정도로 나뉜 군대가 배와 뗏목을 버리고 말에게 풀을 먹이며 휴식을 취하고 있었다.

"노부타카 님은 어디에 계시느냐?"

히데요시가 큰 소리로 물으며 땀 냄새 나는 병사들 사이로 뛰어내렸다. 병사들은 그 누구도 그가 히데요시라고는 생각하지 못했다.

"누구신지?"

"지쿠젠 아니냐."

히데요시의 말에 병사들이 눈을 둥그렇게 떴다.

히데요시는 안내도 기다리지 않고 병마 사이를 헤집으며 갔다. 햇볕이 쨍쨍 내리쬐는 강변의 물가를 피해 홍수로 무너진 제방이 보이는 교목 아래에 산시치 노부타카三七信孝가 깃발을 세워놓고 걸상에 앉아 쉬고 있었다. 히데요시가 큰 소리로 부르며 다가갔다.

노부타카는 히데요시의 얼굴과 눈을 보고 목소리를 듣는 순간 왠지 모르게 미안하다는 생각이 들었다. 아버지 노부나가가 오랜 세월 손수 돌보아 기른 가신인 히데요시에 대해 주종의 정을 넘어 골육에 가까운 정이 느껴졌다.

"오오, 지쿠젠 왔는가."

노부타카가 손을 내밀기도 전에 서둘러 다가온 히데요시가 갑자기 노부타카의 손을 굳게 쥐고 말했다.

"노부타카 님!"

한마디 말뿐이었다. 히데요시는 아무런 말도 하지 않고, 아니 아무런 말도 하지 못하고 눈과 눈으로 이야기를 주고받았다.

두 사람의 눈에서 눈물이 줄줄 흘러내렸다. 노부타카는 눈물로 아버지를 잃은 마음을 이야기했다. 히데요시는 그 마음을 헤아리며 눈물을 흘렸다. 그리고 곧 굳게 쥐고 있던 노부타카의 손을 천천히 놓고는 땅바닥에 무릎을 꿇고 앉아 한동안 더 오열했다.

"잘, 잘도…… 건너오셨습니다. 지금은 무슨 말씀을 드릴 시간도 없고, 마음의 여유도 없습니다. 단지…… 그것만 황송하다고 말씀드리기로 하겠습니다. 그리고 이렇게 오셨으니, 선군께서도 저승에서 만족스럽게 생각하실 것이라 믿어 의심치 않습니다. 아아…… 이 지쿠젠도 여기서 모습을 뵈오니 신하의 도리 하나를 완수한 듯한 마음이 듭니다. 이야말로 다카마쓰 이후 처음으로 맛보는 기쁨입니다."

"여기는 이미 전장이오. 주장인 그대가 이래서는 이 노부타카가 몸 둘 바를 모르지 않겠는가. 우선은 걸상에 앉도록 하게."

노부타카가 히데요시의 손을 잡고 자리를 권했다.

또 다른 부대는 니와의 군대였다. 니와 나가히데는 안에 있다가 보고를 받자마자 바로 밖으로 나와 참전이 지연된 것을 사과했다. 또 이번 일전에 함께 임하여 생사를 같이하는 기쁨을 누리겠다고 맹세했다. 그리고 곧 군마 칠천은 히데요시의 진영으로 이동했다.

노부타카를 맞이한 강변에서는 노부타카 앞에 머리를 조아린 히데요시였으나, 일단 자신의 진영에 들어서자 그는 그 누구도 습복憎伏할 만큼 위풍당당했다. 설령 간베 산시치 노부타카라 할지라도, 니와 고로사에몬 나가히데라 할지라도 전군의 지휘자인 히데요시를 따를 수밖에 없었다.

하지만 히데요시는 노부타카를 밑에 두려는 듯한 태도를 보이지 않았다. 오히려 위로하고 달래며 모든 일에 신경을 썼다. 그리고 돈다의 진영으로 노부타카를 맞아들이자마자 작전도를 펼쳐놓고 현재 적의 정세와 아군의 상황을 자세하게 설명해주었다.

어제 나카가와와 다카야마 선봉이 진출한 뒤 밤에 승룡사 서쪽 부근에서 보병 부대 간의 총격전이 있었으며 그 부근에서 서로의 동향을 살피기 위한 방화가 행해졌다는 보고를 받은 상태였다. 그 뒤 불길이 희미하게 보였으나 더 이상 조총 소리도 들리지 않고 크게 전개되는 것처럼 보이지 않아 그대로 새벽을 맞이한 상태였다.

13일에도 하늘은 여전히 흐려 때때로 억수같이 비가 쏟아지다 다시 개곤 했다. 어젯밤에도 산 쪽에는 상당한 비가 내린 듯했다. 그 때문에 조총 부대의 보병들은 적과 아군 모두 화승의 불이 꺼져 어려움을 겪을 수밖에 없었다. 그것도 원인이었을 테지만, 또 하나는 돈다에 있는 히데요시가 전진해오지 않았기에 나카가와, 다카야마, 이케다의 군대는 만반의 준비를 갖춘 채 오로지 히데요시의 명령만 기다릴 수밖에 없었다.

"교전은 아마도 오늘 중으로 시작될 것입니다. 대세도 오늘 13일 안으로 결정이 날 것입니다. 어쨌든 오늘이야말로 결전의 날입니다. 쉴 틈도 없으셨을 테지만 이 히데요시와 함께 출마하시기 바랍니다."

잠시 뒤, 히데요시는 노부타카를 재촉해서 돈다의 진을 거두고 야마자키로 향했다. 그 순간에도 비가 한바탕 쏟아졌다. 금 표주박 깃발이 비에 젖어 선명하게 빛났으며, 각 장수의 겉옷과 칼에서도 물방울이 떨어졌다.

"오오, 무지개다, 무지개."

히데요시가 손가락으로 무지개를 가리키며 말했다. 하지만 사람들이 바라보았을 때는 이미 무지개가 사라질 정도로 날씨의 변화가 심했다.

야마자키에 도착한 것은 신시申時(오후 4시)였다. 선봉 세 부대의 팔천오백에 예비군 일만을 더한 상태라 산과 강과 마을 어디든 병마의 그림자가 없는 곳이 없었다.

"지금 아케치 쪽의 일군이 덴노 산 동쪽 기슭으로 결사적인 돌격을 개시하여 아군인 나카가와 부대와 격전 중에 있다는 보고가 들어왔습니다."

히데요시는 첫 번째 보고를 듣고 전기가 무르익었다고 생각했다. 이에 예비군 가운데 가토 미쓰야스에게 이케다 부대에 합류하고, 호리 히데마사의 군에게 다카야마 우콘, 나카가와 기요히데 두 부대에 합류하라고 명을 내렸다.

"그리고 나도 나서겠다."

히데요시는 전군에게 전면에 걸친 대공세를 명령했다.

심판의 비가悲歌

　히데요시는 9일 이른 새벽에 히메지를 출발했고, 아케치 미쓰히데는 9일 아침에 사카모토를 떠나 교토로 돌아갔다. 같은 해와 달 아래에 있는 두 사람의 거처와 행동을 비교해보면, 8일 밤 히데요시는 히메지 성에서 정신없이 보냈을 것이고, 미쓰히데는 사카모토 성에서 감회에 젖어 앞날을 꿈꾸고 있었을 것이다.

　본능사의 변이 일어난 뒤 오륙 일밖에 지나지 않았으나 미쓰히데의 행동과 그를 향한 세상 사람들의 미묘한 시선을 살펴볼 필요가 있을 것이다. 본능사에서 아직 연기가 사라지지 않았던 6월 2일 미시未時(오후 2시) 무렵, 미쓰히데는 이미 교토를 떠나 광풍처럼 아즈치를 향해 달리고 있었다. 물론 교토에도 부하를 남겨 잔당을 섬멸해 오다 세력을 일소하는 데 힘을 썼으며, 거리거리에 감세령에 대한 방을 붙이고 군령을 내걸었으며, 만약 야마시로山城 셋쓰 방면에서 움직임이 있으면 막기 위해 아케치 가에 속해 있는 승룡사 성으로 중신인 미조오 쇼베溝尾庄兵衛를 보내는 등 만반의 태세를 갖추어놓았다. 하지만 그는 교토를 나선 뒤 아와다구치粟田口에서 세타까지 오자 '뜻대로 내버려두지는 않겠다'며 나선 장애물에 발목을 잡히고 말았다.

정오가 되기 전 야마오카 미마사카노카미山岡美作守 형제는 항복을 권하는 글을 받고 사자를 베고 성을 자폭시킨 뒤, 세타 대교에 불을 지르고 집안사람들과 함께 고가甲賀 산중으로 도주해 있었다. 그 때문에 세타는 통행이 불가능해지고 말았다. 미쓰히데는 분노할 수밖에 없었다. 불에 타 반쯤 파괴되어버린 대교의 잔해가 그에게 이렇게 말하는 것처럼 느껴졌다.

'네가 세상을 보고 있는 것처럼 세상은 너를 보고 있지 않다.'

미쓰히데는 어쩔 수 없이 사카모토 성에 머물며 덧없이 이삼 일을 보냈으며, 급히 다리를 수리한 뒤 아즈치를 공격해 나아갔다. 아즈치는 이미 죽음의 도시로 변해 있었다. 그야말로 주인도 없고 사람도 없는 거대한 성이었다. 가모 가타히데蒲生賢秀를 비롯해 성을 지키던 무리들이 노부나가의 처자 권속을 데리고 히노日野 성으로 물러난 뒤였으며, 거리에도 발을 쳐놓거나 상품을 내놓은 집은 보이지 않았다. 하지만 천하제일의 성에는 여러 해 동안 축적한 금은과 명물 등의 재보가 그대로 남아 있었다.

미쓰히데는 성을 차지한 뒤 그것을 보았다. 하지만 그의 마음은 조금도 풍요롭지 못했다.

'내가 원하던 것은 이런 물건이 아니다. 이런 물건을 원할 것이라 여겨졌다니 참으로 유감스럽군.'

미쓰히데는 창고 속의 금은을 모두 꺼내 부하들에게 상으로 나눠주고 치민治民을 위해 아낌없이 썼다. 상급 장교들에게 삼천 냥, 오천 냥씩 나누어주고, 녹봉이 적은 사람에게까지 수백 냥씩 건넸다. 마침 아즈치에 머물고 있던 선교사 오르간티노가 그 모습을 보며 이렇게 중얼거렸다.

"휴가노 나리는 행운을 즐길 날이 그리 많이 남지 않았다는 사실을 자각하고 계신 듯하구나.”

이방인의 눈에조차 미쓰히데가 손에 쥔 ‘천하인’의 권위는 억지스러워 보이기 그지없었다.

‘미쓰히데는 과연 무엇을 원하는 자일까?’

미쓰히데는 자신에게 종종 자문했다. 그럴 때면 ‘천하인이다’라는 당연한 대답이 솟아올랐다. 하지만 어찌 된 일인지 그러한 대답은 공허하기만 했다. 신념에 따라 일어선 것이 아니라는 점을 스스로도 인정하지 않을 수 없었다. 애초부터 자신이 그런 큰 뜻을 품고 있던 사람이 아니라는 사실도 다른 누구보다 더 잘 알고 있었다. 그 정도의 그릇도 아니고 그런 뜻도 품고 있지 않았다는 사실을 알면서도 여기까지 온 것은 오로지 하나, ‘천하인 노부나가’를 쳤기 때문이다.

세상에는 천하인을 쓰러뜨린 사람이 천하인을 대신한다는 불문율이 존재했다. 미쓰히데는 그것을 거부하지도 못한 채 커다란 어려움에 빠지고 말았지만 오로지 화신처럼 보이려 했다. 그러다 보니 미쓰히데는 자신의 앞길과 이상을 조금도 발견하지 못했다.

신념의 뿌리가 없는 정열을 억지로 불태우려 하는 모습은 미쳐 날뛰는 것으로밖에 보이지 않았다. 그의 소망은 이미 6월 2일에 한 줄기 불로 채워진 셈이다. 그날 아침, 호리韋 강 진영에서 노부나가의 죽음을 듣자마자 그는 진심인지 거짓인지는 모르겠으나 이렇게 말했다고 한다.

“묘심사의 방 하나를 빌려 나도 자결하겠다.”

한때 이와 같은 항설이 떠돌았고 생각 있는 사람들은 그에 대해 이렇게 말했다.

“왜 죽게 내버려두지 않았을까.”

들리는 말에 따르면 그때 휘하의 중신들이 미쓰히데를 극력으로 말렸다고 한다. 어쩌면 사실일지도 모른다. 노부나가가 불 속의 재로 화한 순간 미쓰히데의 가슴에 응어리져 있던 크고 차가운 원한은 눈 녹듯 사라져버렸을 것이다. 하지만 미쓰히데와 함께 일을 이룬 장병 일만여 명이 모두 그와 같은 마음이었다고는 할 수 없을 것이다. 그들은 오히려 지금부터 시작이라고 다짐했을 것이다. 애초부터 노부나가가 한 사람만을 치는 것이 거병의 목적이 아니었을 테니 말이다. 그들은 모두 이렇게 믿고 있었다.

"오늘 이후, 실질적으로 우리 미쓰히데 님께서 천하인이 되신 것이다."

하지만 그들이 우러르고 있던 미쓰히데는 그때 이미 실實을 잃고, 허虛가 되어 있었던 것이다. 그는 6월 2일 이전과 이후가 마치 다른 사람인 것처럼 용모도, 기백도, 예지도 변해 있었다. 한마디로 표현하면 허화虛化되어 있었다. 어딘가 공허함이 느껴졌던 것이다. 그것은 단순한 피로와는 전혀 다른 것이었다.

그렇다고는 해도 천하는 움직였다. 어리석은 사람의 폭거라며 가볍게 보는 사람은 없었다. 천하는 미쓰히데의 생각 이상으로 그의 일거를 계획적인 것이라 보고 있었으며, 그의 수완과 지혜를 크게 평가하고 있었다. 그의 권유에 응하고, 그의 군에 투항하고, 또 멀리 있기는 하지만 호응하는 듯한 표정을 보인 사람들도 적지 않았다.

미쓰히데는 5일부터 8일 아침까지 아즈치에 있었는데, 그사이에 창고의 금은과 성에 가득한 능라진기綾羅珍器의 처분뿐 아니라 다음 단계를 위한 여러 가지 노력을 기울였다. 니와 나가히데의 본거지인 사와佐和 산을 공격해 취했으며, 동시에 히데요시의 성인 나가하마도 함락시켰다. 그뿐 아니라 미노의 각 무사들에게 항복을 권했으며, 록카쿠六角 가의 옛 신하들과 교고쿠京極 가의 일족, 그리고 와카사若狹의 다케다

요시노리武田義統를 적소에 배치하는 등 오로지 병력의 증강에 힘을 쏟았다.

미쓰히데는 고슈江州 부근의 공략을 마친 뒤 그곳을 지킬 병사 일부를 남겨놓고 전군의 방비를 새로이 해서 다시 교토로 향했다. 그리고 도중에 사카모토 성에서 묵었다. 그는 그곳에서 군세의 절반을 나눠 야마시나山科에서 오쓰 방면에 진을 치게 했다.

신경을 쓰기 시작하면 끝이 없을 정도로 각 방면에 대비가 필요했다. 그가 기대했던 사람들은 분명한 의지를 내보이지 않고, 오히려 가모 가타히데나 호소카와 후지타카 부자처럼 그의 뜻을 거절한 사람들만 태도가 분명했다. 미쓰히데에 있어 호소카와 다다오키는 더없이 사랑스러운 사위였다. 그랬기에 미쓰히데는 노부나가를 쓰러뜨린 이상 그가 무조건 자신을 따를 것이라고 생각했다. 그런데 다다오키도, 아버지인 후지타카도 '당치도 않은 소리'라며 화를 냈을 뿐만 아니라 '고 노부나가 공에 대해 두 마음은 품지 않겠다'며 머리를 잘라 맹세를 보였다. 게다가 아케치 가에서 시집온 다다오키의 아내와 아이들을 산속 깊은 마을에 숨겼으며, 히데요시에게 사자를 보내 '함께 역신을 치겠다'는 서약을 보냈다는 이야기까지 미야즈宮津에서 돌아온 사자로부터 전해졌다.

미쓰히데는 그동안 자신의 편으로 끌어들일 대상에만 정신이 팔려 자신에게 맞설 최대의 강적으로 누가 나타나게 될지 적확히 상정하지 못했다. 히데요시의 존재가 미쓰히데의 가슴을 강력하게 때린 것도 이날쯤에 이르러서였다. 물론 주고쿠에서 전투를 펼치고 있는 히데요시의 병력과 인물 등을 완전히 범위 밖에 두거나 경시했던 것은 아니다. 오히려 그의 존재에 커다란 위협을 느낄 정도였으나 미쓰히데가 남몰래 안심할 수 있었던 것은 '모리와 네 갈래로 맞서고 있는 히데요시가 갑자기 뒤로 돌아설 수 없을 것이다'라고 예상했기 때문이다. 본능사를 습격한 이른 아침, 호리 강의 진에서 해로와 육로로 급파해두었던 두 사자 중 어느 한 사람이 게이슈芸州에 도착하여 중앙의 이변을 알렸을 때 자신이 보낸 서한을 보고 '때가 왔다'며 환호할 것이라 생각했던 것이다. 그리고 곧 동서에서 협공을 가해 주고쿠에 있는 하시바 군을 분쇄하자는 답장이 올 것임에 틀림없다고 생각했다. 미쓰히데는 그렇게 판단하고 길보가 오기를 목이 빠져라 기다리고 있을 정도였다.

하지만 급파한 사자들은 감감무소식이었다. 그뿐만 아니라 자신의 휘하에 있고, 또 교토와 근접한 곳에 있는 셋쓰 부근의 나카가와 세베, 이케다 노부테루, 다카야마 우콘 등도 아직 아무런 대답이 없었다. 그리고 오사카에 있는 사위 오다 노부즈미에게도 희망을 걸고 있었는데, 노부즈미가 니와와 하치야 등의 습격을 받아 목숨을 잃었다는 소문이 들려왔다. 이렇듯 날이 밝을 때마다 미쓰히데의 귀에 들리는 것은 하나같이 일이 어긋났다는 소식이었으며, 심판의 비가였다.

호라가미네

미쓰히데에게 사카모토 성은 추억이 깊은 곳이다. 불과 보름 전, 미쓰히데는 노부나가에게 책망을 받고 향응 역을 박탈당한 뒤 아즈치를 떠나 자신의 성인 가메야마龜山로 가던 도중 며칠 동안 사카모토 성에 머물며 미혹의 기로에 서 있었다. 하지만 지금은 미혹도, 원한도 없었다. 그리고 반성도 없었다. 그는 어느 틈엔가 참된 지식인의 본질과 일시적인 '천하인'의 허명을 맞바꾸어버리고 말았다.

사촌 동생인 사마노스케 미쓰하루左馬介光春는 아즈치를 지키게 하기 위해 남겨두고 왔으나, 이 성에는 미쓰하루의 부인과 자녀들과 소탈하고 익살스러운 숙부 아케치 조칸사이明智長閑齋와 같은 식구가 여럿 있었다. 겨우 보름 만에 다시 만난 미쓰히데에게 미쓰하루의 식구들은 답답한 느낌이 들 정도로 격식을 차리며 대했으나 조칸사이만은 여전히 변함이 없었다.

"이번에 천하인이 되셨다니, 우리에게는 그저 꿈이라고밖에 여겨지지 않습니다. 오이나 가지가 갑자기 화원의 단 위로 올라간 것과 같은 일로, 권속의 끝자리에 위치한 저희도 언행을 조심하고 있습니다. 앞으로 조정 벼슬아치들과의 교제도 빈번해지면 오이나 가지도 관을 쓰고 엄숙한 태도를 취해야 한다고 황송해하면서요. 이거 솔직히 말씀드리면 앞날이 얼마 남지 않은 어리석은 노인에게는 성가신 일 같기도 하고 행복한 일 같기도 하지만……."

조칸사이는 농을 치며 낙천적인 모습을 보였다. 아케치 일족 가운데 이 노인만 다른 세월 속에서 사는 사람처럼 느껴졌다.

세상에 아무리 쓸모없는 사람이라 할지라도 자리를 주면 필요 없는 사람은 없다고 말하던 미쓰히데는 평소 사촌 동생에게 이렇게 말하곤 했다.

"사마노스케의 집안에 저 해맑은 노인이 있어서 가정이 얼마나 활기찬지 모르겠구나. 집안을 돌아보지 않아도 돼서 좋다."

하지만 이번에는 하룻밤 머무는 동안 조칸사이와 장난치는 아이들의 즐거워하는 소리조차 시끄럽다고 생각했다.

미쓰히데는 날이 밝자마자 이른 아침에 시라白 강을 건너 교토로 향했다. 요시다吉田 신사의 신관神官인 요시다 가네카즈吉田謙和와는 평소 친분이 두터웠다. 가네카즈가 시라 강 초입으로 마중을 나와 있었다.

"교토로 드신다는 말을 듣고 셋케攝家235 이하 조정의 신하들이 공식적으로 맞아들이기 위해 분주히 준비를 하고 있습니다. 여기서 잠시 기다려주셨으면 합니다만."

미쓰히데는 정중히 거절했다.

"아니오. 교토 시내 역시 아직은 조금도 진정되었다고 말할 수 없으며, 부근의 정세도 여전히 알 수 없는 상황이니, 그처럼 정중한 의례는 서로에게 부담이 됩니다. 머지않아 어소御所로 인사를 올리러 갈 테니 그날까지 기다려주면 좋겠소."

미쓰히데는 가네카즈에게 부탁해 은자 오백 개를 어소에 헌상했다.

---

235 섭정, 관백關白으로 임명될 수 있는 다섯 가문.

그리고 오산五山[236], 대덕사大德寺(다이토쿠지)와 그 외의 여러 곳에도 거액을 기부해 아즈치에서 가져온 군자금을 모두 써버리고 말았다. 그날 9일 밤, 미쓰히데는 시모토바에 진을 치고 잠을 잤다. 그 당시 그는 히데요시의 동향에 대해 아무것도 알지 못했으나, 가와치河內, 셋쓰 방면에 산재해 있는 장수들의 태도에는 어딘가 이상하다고 생각했다.

이튿날인 10일 아침, 미쓰히데는 본군을 시모토바에 남겨둔 채 한 부대만을 이끌고 야마시로 하치만에서 가까운 호라가미네로 올라갔다. 그곳은 야마시로의 쓰즈키綴喜 군과 가와치의 가타노交野 군의 경계에 있는 고갯길이었다. 미쓰히데는 깃발을 세워놓고 이 국경에서 하루 종일 무엇인가를 기다렸다.

"쓰쓰이 가의 선봉은 아직 보이지 않는가?"

"보이지 않습니다."

"다카야마, 나카가와, 이케다 나리의 전령은?"

"아무도 오지 않았습니다."

미쓰히데는 해가 기울 무렵까지 막사 안에서 진 밖으로 같은 질문을 몇 번이고 던졌다.

'그럴 리가 없는데.'

미쓰히데는 수시로 진 밖으로 나가 손차양을 한 채 저 멀리 가와치와 셋슈攝州의 산야를 바라보았다. 그가 그곳에 간 유일한 목적은 야마토大和의 쓰쓰이 준케이의 군을 기다리기 위해서였다. 물론 준케이에게 사전에 알린 일이기도 하고, 평소 아들 중 하나인 주지로十次郎를 양자로 들이겠다는 약속까지 한 사이라 당연히 협력할 것이라고 믿어 의심치 않고 깃발을 세워놓은 것이었다. 하지만 날이 저물기 시작했는데도 준케이는 끝내 오지 않았다. 그뿐만 아니라 이미 격문을 보낸 다

---

236 교토에 있는 오 대 사찰.

카쓰키의 다카야마, 이바라키의 나카가와, 이타미의 이케다 등 자신의 휘하라 여겼던 장수들이 서로 입을 맞추기라도 한 듯 누구 하나 오는 사람이 없었다. 미쓰히데는 초조할 수밖에 없었다.

"도시미쓰, 뭔가 잘못된 거 아닌가?"

미쓰히데는 아직 글이 전달되지 않았거나 각 군세의 준비가 늦어져 오지 못하는 거라고 믿었다. 하지만 미쓰히데의 질문을 받은 노신 사이토 구라노스케 도시미쓰齋藤內藏助利三는 마음속으로 이미 대세가 부정적이라고 판단했다.

"아니…… 쓰쓰이 나리는 이곳으로 오실 의향이 없는 듯합니다. 그렇지 않고서는 야마토 고오리야마郡山에서 이곳까지 탄탄한 길인데, 이처럼 늦으실 리가 없습니다."

"아니, 그럴 리가 없네."

미쓰히데는 고집을 피우며 말했다. 그러고는 후지타 덴고藤田伝五를 불러 서찰 하나를 건네더니 급히 고오리야마로 달려가게 했다.

"덴고, 갈아탈 말도 좋은 것으로 데려가게. 말을 타고 급히 서두르면 내일 아침까지는 돌아올 수 있을 게야."

"쓰쓰이 나리께서 바로 만나주시기만 하면 내일 날이 밝자마자 돌아오겠습니다."

"만나주지 않을 리가 없다. 깊은 밤이라 할지라도 바로 만나 답을 듣고 오너라."

"알겠습니다."

덴고는 부하 몇 명을 데리고 곧장 언덕을 내려가 기즈木津 강을 따라 고오리야마로 갔다. 하지만 덴고가 채 돌아오기도 전부터 각 방면의 정찰대로부터 히데요시 군이 벌써 동진을 시작했으며 그 선봉이 이미 효고 부근까지 왔다는 사실이 속속 보고되었다.

"있을 수 없는 일이다. 뭔가 잘못 알고 보고한 것 아니냐?"

미쓰히데는 아군의 첩보대가 보고하는 히데요시의 신속한 행동을 믿지 않았다.

'히데요시가 어찌 그리 간단히 모리와 화의를 맺을 수 있었겠는가? 또 화의를 꾀했다 한들 그 넓은 지역에서 교착 상태에 빠졌던 대군을 급히 거두어 교토로 올 수 있으리라고는 여겨지지 않는다. 도저히 있을 수 없는 일이다.'

"아무래도 오보는 아닌 듯합니다. 무엇보다 먼저 대책을 세워두어야 합니다."

사태를 정확히 직관한 사람은 오히려 노장 사이토 도시미쓰였다. 그는 미쓰히데가 망설이며 결정을 내리지 못하자 명확하게 방침을 주었다.

"제가 남아 쓰쓰이 나리에 대비하다 뒤따라갈 테니, 나리께서는 급히 산을 내려가서서 히데요시의 교토 진출을 저지하시기 바랍니다."

"쓰쓰이는 가망이 없겠는가?"

"십중팔구, 아군에는 가담하지 않을 것입니다."

"히데요시를 어떻게 저지하면 좋겠는가?"

"이타미, 이바라키, 다카쓰키 등의 세력도 이미 히데요시와 내통했다고 볼 수밖에 없습니다. 쓰쓰이도 역시 마찬가지라고 본다면 기선을 제압하여 그를 셋쓰 입구에서 요격하기에는, 유감스러운 말씀입니다만 아군의 병력이 부족합니다. 하지만 짐작컨대 아무리 히데요시라 할지라도 여기에 이르기까지는 아직 오륙 일이 더 필요할 테니 그사이에 요도, 승룡사 두 성의 방비를 강화하고 좁은 길에 남북으로 견고히 진을 설치한 뒤, 고슈 각 지방의 세력을 규합한다면 한때의 방어는 되리라 생각합니다."

"뭣이, 그렇게 해도 한때의 방어밖에 되지 않는단 말인가?"

"그 이후는 커다란 계책이 필요할 것입니다. 국지전 이외의 대책이 필요합니다. 하지만 지금은 매우 다급한 상황입니다. 한시라도 빨리 시모토바로 가십시오."

도시미쓰가 독촉하듯 말했다.

미쓰히데는 날이 채 밝기도 전에 산을 내려갔다. 날이 밝으면 11일이었다.

11일, 전날 밤 고오리야마에 사자로 갔던 후지타 덴고가 돌아왔다. 그가 도시미쓰의 얼굴을 보자마자 화난 눈빛으로 말했다.

"틀렸습니다. 준케이 놈도 배신했습니다."

덴고는 준케이를 강하게 비난한 뒤 험담을 퍼부었다.

"준케이 놈, 말로는 적당히 둘러대놓고 거취를 일절 내보이지 않더니, 돌아오는 길에 가만히 살펴보니 그와 히데요시 사이에 빈번하게 사자가 오간 듯합니다. 참으로 믿을 수 없는 것이 사람의 마음입니다. 평소 아케치 가와 그토록 좋은 관계에 있던 사이라 생각했던 자조차 이 모양이니."

덴고의 말에 노장 도시미쓰는 아무런 감정의 변화도 보이지 않았다. 그저 당연한 사실을 당연히 듣고 있는 모습이었다. 하얀 눈썹과 듬성듬성한 수염이 난 얼굴이 덴고를 향하고 있을 뿐이었다.

대나무에 싼 떡

　11일 정오 무렵, 미쓰히데가 덧없이 호라가미네를 떠나 시모토바의 본진으로 돌아왔을 때 히데요시는 이미 아마가사키에 도착하여 기분 좋게 낮잠을 자고 있었다.

　미쓰히데의 본진은 시모토바의 아키秋 산이라는 언덕에 있었다. 그날의 더위는 아마가사키의 절이나 이곳의 언덕이나 마찬가지였다.

　미쓰히데는 돌아오자마자 모든 장수들을 모아놓고 장막 안에서 작전 방침을 논의했다. 하지만 히데요시가 이곳에서 지호지간이라 할 수 있는 아마가사키에 와 있으리라고는 전혀 생각하지 못했다. 히데요시의 선봉 부대와 앞서 출발한 치중대가 셋쓰 입구에 드문드문 모습을 보였지만 히데요시가 도착하려면 아직 며칠이 더 걸릴 거라고 생각했다. 그렇다고 미쓰히데의 예지에 혼란이 있었던 것이라고 말하기는 어렵다. 미쓰히데는 그저 뛰어난 상식을 바탕으로 상식선에서 판단했을 뿐이다. 그리고 세상 모든 사람의 판단도 그와 다르지 않았다.

　"그럼 즉각 공사를 서두르기로 합시다."

　아케치 시게토모明智茂朝가 장막에서 가장 먼저 나왔다. 시간을 지체하지 않고 서둘러 논의를 끝냈다. 시게토모는 말을 타고 급히 요도로 달려가 적을 막기 위해 보강 공사를 시작했다. 요도를 오른쪽 보루로 삼고 승룡사 성을 왼쪽 보루로 삼아 노세, 가메야마의 각 봉우리와 오구라노이케小倉之池 사이에 낀 교토로 들어가는 좁은 길을 취해 하시바 군을 격퇴할 계획이었다. 그리고 전부터 산발적으로 요도 강 맞은편에서 야마자키 방면으로 나가 있던 몇몇 부대에 전령을 보내 명령을 전했다.

"승룡사로 들어가 방어를 굳건히 하고 만반의 태세로 적을 기다려라."

후시미伏見에는 가신 이케다 오리베池田織部를, 우지宇治에는 오쿠다 쇼다유奧田庄太夫를, 요도에는 반가시라 오이노스케番頭大飯助를, 그리고 승룡사 성에는 미야케 쓰나토모三宅綱朝를 각각 배치했다.

미쓰히데는 배치에 만전을 기했으나 적의 병력을 가늠해봤을 때 여전히 약점을 가지고 있었다. 아침부터 정오가 지나서까지 곳곳에서 모여드는 병력은 많았으나 모두 교토 부근의 조그만 무문이나 떠돌이 무사들로, 말하자면 이름도 없는 무리들이 출세의 기회를 잡기 위해 모이는 것에 지나지 않았다. 수많은 병력을 이끌고 찾아오는 반가운 장수는 없었다.

"현재 아군 병력은 어느 정도나 되는가? 승룡사, 호라가미네, 요도까지 합쳐서……."

미쓰히데가 묻자 서기가 찾아온 사람들과 가메야마 시절 이후부터 가신으로 있던 사람들을 합산하고, 거기에 다시 아즈치, 사카모토와 그 외에 멀리 흩어져 있는 병력을 뺀 뒤 다음과 같이 적어서 미쓰히데에게 보여주었다.

사이토 도시미쓰의 부대 이천 명.

아베 사다히데阿閉貞秀, 아케치 시게토모의 부대 삼천 명.

후지타 덴고, 이세 사다오키伊勢貞興의 부대 이천 명.

쓰다 노부하루津田信春, 무라카미 기요쿠니村上淸國의 부대 이천 명.

나미카와 가몬並河掃部, 마쓰다 마사치카松田政近의 부대 이천 명.

본군 약 오천 명.

어림잡아 일만 육천 명이었다. 미쓰히데는 마음속으로 중얼거렸다.

'……만약 단고의 호소카와와 야마토의 쓰쓰이만 우리 편에 가담해주었다면 일본 중부를 종단하여 절대 불패의 태세를 갖출 수 있었을 텐데.'

미쓰히데는 작전 방침을 결정한 뒤에도 고심을 거듭하고 있었다. 원래부터 그는 계수적計數的인 사람이라 적은 수로 많은 적을 깨뜨릴 만한 비약적인 방책을 갑자기 떠올리지 못했다. 게다가 히데요시와 직접 맞부딪치는 대전을 앞두고 어딘가에 패전을 의식하는 듯 주눅 든 마음이 숨어 있었다. 그것은 그의 성격과 지난 며칠 동안 어수선한 마음 때문에 생긴 것이라 그도 어찌해볼 도리가 없었다.

미쓰히데는 자신이 일으킨 노도의 높이에 스스로 휩쓸려갈지 모른다는 두려움마저 느끼고 있었다. 하지만 그것은 겉으로 드러난 모습이 아닌 미쓰히데도 깨닫지 못하고 있는 잠재의식 속 모습이었다.

그날 저녁, 시모토바의 진으로 한 무리의 사람들이 찾아왔다. 그들은 교토 서민들의 대표였다.

"감세에 대한 감사의 말씀을 올리기 위해 서민들을 대신해 찾아왔습니다."

그들은 축복의 뜻을 전하기 위해 손수 만든 떡을 헌상했다.

"전투에서의 대승리를 기원하고, 출정을 축하하기 위해서……"

그들을 맞이하는 장성들을 좌우에 늘어놓고 여유 있게 걸상에 기대 앉아 있는 미쓰히데는 새로운 '천하인'으로서 전혀 부족한 점이 없었다. 옆에 앉아 있던 한 장수가 교토 시민들이 헌상한 떡을 미쓰히데 앞에 펼쳐 보인 뒤, 사람들을 향해 말했다.

"교토 안을 엄중히 단속하고 있기는 하나 아직 날이 오래되지 않아 여러 가지 유언이 떠돌고, 나리께서 하신 일을 비방하는 설을 몰래 늘어놓는 자도 있을 것이다. 하지만 정치를 행하는 주권자에게 악행이 있을 때 그를 폐한 예가 우리 왕조뿐 아니라 중국에도 있었다. 주무周武가 주인인 주왕　紂王을 시해하여 백성의 곤궁을 구하고 주周나라 860년의 터를 닦은 것만 봐도 알 수 있을 것이다. 특히 우리 일본에는 위로 만대불역萬代不易의 대군이 계시고 아래로 무문도 있고 쇼군將軍도 있는 것이지, 결코 노부나가 한 사람만이 절대적인 천하인이어야만 할 이유는 없다. 이러한 점을 잘 살펴서 너희가 시민들이 망설妄說에 현혹되지 않도록 힘써주기 바란다."

미쓰히데도 한마디 하고는 마음이 담긴 귀한 떡이라며 그들이 보는 앞에서 떡 하나를 집어 먹었다. 그런데 떡을 싸고 있던 대나무 잎이 조금 들러붙어 있었는지 미쓰히데가 얼굴을 옆으로 돌려 혀끝으로 퉤하고 뱉어버렸다.

"틀렸어……. 저 대장은 영 글러먹었어."

특유의 입이 건 교토 서민의 대표들은 돌아오는 길에 저마다 한마디씩 했다.

"떡을 싼 잎은 곧잘 들러붙곤 하는 법이야. 그것을 잘 살펴보지도 않고 입에 넣는 대장으로는 승산이 없어. 아케치 군은 싸움에서 질 거야."

이 일을 두고 후세의 여러 책에서 과장하여 미쓰히데가 떡을 대나무 껍질째로 먹었다고 전하고 있으나 아마도 이 정도에 불과한 작은 일이었을 것이다. 하지만 교토 사람들은 예전부터 사람을 대할 때면 이런 조그만 일을 포착해서 바로 상대방을 평가했다. 예로부터 수많은 무문이 침입해왔다 몰락하면서 온갖 유위전변有爲轉變을 늘 피지배자 입장에서 긴 안목으로 봐왔기에 자연스럽게 길러진 버릇일 것이다.

가쓰라桂 강

"고레토惟任 나리를 뵙고 싶습니다."

교토 서민의 대표들이 돌아간 뒤 얼마 지나지 않아 승려인 세야쿠인 슈세이施藥院秀成가 시모토바의 본진을 찾아왔다.

미쓰히데는 후지타 덴고를 비롯해 네다섯 장수들과 함께 식사를 하던 중이었다. 덴고의 보고로 쓰쓰이가 변절했다는 사실을 분명히 알게 된 장수들은 전혀 생각하지도 못했던 쓰쓰이의 돌변에 대해 무문 축에도 끼지 못할 사내라고 욕하고 있었다. 그 무렵 손님이 찾아왔다는 전갈이 전해진 것이다.

"응? 세야쿠인이?"

미쓰히데는 눈을 가느다랗게 떴다. 세야쿠인은 본능사의 변이 일어나기 바로 전 노부나가가 주고쿠로 보낸 승려였다.

"어쨌든 우선, 안으로 들라 하게."

미쓰히데는 내키지 않았지만 한편으로는 호기심이 일었다. 히데요시의 근황을 아는 사람으로 마침 좋은 소식통이라 생각했기에 만나기로 한 것이었다.

"건강하신 듯하여 다행입니다."

세야쿠인이 평소와 다름없이 인사를 건넸다. 그가 노부나가에 대해 아무런 말도 하지 않자 미쓰히데의 마음이 더 뜨끔뜨끔했다.

"자네는 주고쿠로 간 지 얼마 되지 않았다고 들었는데 어째서 갑자기 돌아온 겐가?"

"지쿠젠 나리께서 교토를 칠 때 저 같은 것은 방해가 되리라 생각하신 모양입니다. 갑자기 말미를 주셨기에 바로 돌아온 것입니다."

"그렇군…… 후후후."

미쓰히데는 고개를 끄덕이더니 별로 궁금하지도 않다는 듯 물었다.

"지쿠젠은 건강하던가?"

"네, 네. 더 건강해지신 듯했습니다."

세야쿠인도 극력 평범한 어조로 대답했다. 그리고 묻지도 않은 말까지 덧붙였다.

"그분의 정력은 끝을 모르겠습니다."

"지쿠젠이 모리와 화의를 맺고 북상 중이라고 들었네만, 자네가 여기에 올 무렵에는 어디쯤에 있었는가?"

세야쿠인이 사정에 어두운 미쓰히데를 비웃듯 말했다.

"무슨 말씀을 하시는 겁니까? 이미 바로 코앞인 아마가사키까지 와 계십니다. 그것도 오늘 아침에 말입니다."

"응……?"

"모르셨습니까?"

"선봉이 아니었더냐?"

"아무래도 선봉이 더 늦은 듯합니다. 틀림없이 지쿠젠 나리께서 직접 와 계십니다. 풍우에도, 뭍길과 바닷길에서도 거의 잠도 자지 않고 쉬지도 않고 서둘러 오신 듯합니다."

"그, 그런가……."

미쓰히데는 말투가 조금 흐트러졌으나 애써 침착한 척하며 다시 말을 이었다.

"아마가사키에서도 만났는가?"

"너무나도 많은 군마를 보았기에 일부러 그냥 지나쳐왔습니다."

"숫자는?"

"잘 모르겠습니다. 제가 무인이었다면 대충 어림짐작이라도 할 수 있었을 테지만."

"아마가사키에는 들르지 않고 시모토바의 우리 진으로 온 것은 어떤 이유에서인가?"

"주고쿠에서 말미를 받았을 때, 지쿠젠 나리께서 휴가노카미 님을 만나면 전하라는 말씀이 있었기에……."

"지쿠젠이 이 미쓰히데에게 전언을? ……. 재미있군. 뭐라고 하더냐?"

미쓰히데는 흥분을 감추지 못했다. 사람을 통해 말을 전하는 거였지만 그것은 적장의 결전장이라고 할 수도 있기 때문이었다. 세야쿠인이 히데요시의 말을 전했다.

"주고쿠에서 헤어질 때 도중에 조심하라며 제게 직접 창을 한 자루 내리셨습니다. 그리고 지쿠젠 나리께서는 '자네는 행복한 사람일세. 곧 미쓰히데와 만나게 될 테지만 앞으로 천하는 미쓰히데나 나 둘 중에 한 사람이 잡게 될 게야. 두 장수 모두에게 좋은 인상을 준 자네의 집안은 안전을 보장받은 것이나 다름없네. 그러니 나보다 먼저 미쓰히데를 만나게 된다면 지쿠젠이 이렇게 말했다고 전하게' 이렇게 말씀하시고……."

세야쿠인은 잠시 품속에서 종이를 꺼내 이마의 땀을 두드려 닦았다. 그리고 히데요시의 말을 그대로 전했다.

"휴가노카미와 몇 번 만나기는 했으나 전장에서 만나는 것은 이번이 처음일세. 대장과 대장이 직접 칼을 맞댈 날도 얼마 남지 않았어. 주군의 적이니 부하의 창을 기다릴 필요도 없이 반드시 내 칼로 직접 쳐서 승부를 내게 될 걸세. 휴가에게도 그렇게 알아두라고 전하게, 라고 분명하게 말씀하셨습니다."

"……"

미쓰히데의 마음은 동요하기 시작했다. 하지만 그는 말없이 가만히 듣고 있다 경직된 얼굴을 풀고 조용히 웃어 보이며 말했다.

"참으로 지쿠젠다운 말이로구나."

미쓰히데는 자리에서 일어나 뒤에 걸어두었던 창을 집어 세야쿠인에게 내주며 덧붙여 말했다.

"지쿠젠의 말, 틀림없이 들었네. 자네가 고생이 많았군. 히데요시로부터 창을 하나 받았다고 했으나, 나도 하나 주기로 하지. 교토 안은 아직도 소란스럽다네. 데려온 자에게 들려서 방심하지 말고 돌아가도록 하게."

세야쿠인이 하직하고 떠났을 때 시모토바는 이미 저녁이었다. 바람이 불어 구름의 움직임이 빨라진 상태였다.

"어두우니 조심하도록 하라."

미쓰히데는 진 밖의 언덕 끝까지 나가 세야쿠인을 배웅했다. 하지만 그를 배웅하는 것이 주가 아닌 듯, 눈을 하얗게 치켜뜨더니 하늘을 올려다보았다.

"올 것 같기도 하고……."

미쓰히데가 바람을 느끼며 홀로 중얼거렸다. 전투에 임하기 전 날씨를 살펴두는 것은 장수의 마음가짐으로 중요한 것이었다. 미쓰히데는 꽤 오랫동안 구름의 움직임과 바람의 방향을 살펴보았다. 그리고 발아래에 있는 요도 강을 바라보았다. 반짝반짝, 바람에 흔들리는 조그만 등은 경계를 서고 있는 아군의 배일 것이다. 커다란 강의 물줄기는 하얗고, 야마자키와 셋쓰 부근에는 그저 칠흑 같은 어둠이 깔려 있었다.

"지쿠젠 따위가 감히!"

이 강이 멀리 바다로 흘러드는 곳, 아마가사키의 하늘을 향해 미쓰히데의 눈동자가 한 줄기 빛을 쏘아 올리듯 노려본 순간, 그의 입에서는 지금껏 한 번도 뱉은 적이 없었던 강한 말투가 흘러나왔다.

"사쿠, 사쿠에몬作左衛門은 없느냐?"

미쓰히데가 몸을 휙 돌려 영내로 성큼성큼 돌아갈 때, 어둠 속에서 열풍이 막사 쪽으로 커다란 물결을 일으키듯 불어왔다.

"넷. 호리 요지로堀与次郎가 있습니다."

"호리냐. 너라도 상관없다. 바로 나팔을 불게 해라. 전군에게 출진 준비를 하라고."

장병들이 진을 거두는 동안 미쓰히데는 호라가미네, 후시미, 요도를 비롯한 아군에게 급사를 파견했다. 그리고 사카모토 성에 있는 사촌 동생 미쓰하루에게도 사자를 보냈다.

"물러나서 막기보다는 앞으로 나가 그를 요격하여 한 번의 싸움으로 결판을 내겠다."

미쓰히데는 각 장군들에게 자신의 각오를 전하고 후원을 요청했다.

때는 이경이라, 밤하늘에 별 하나 보이지 않았다.

가벼운 차림을 한 전투 부대를 먼저 내려 보내 가쓰라 강 위아래를 감시하게 하고, 치중대와 본대, 그리고 후군이 뒤를 이었다. 얼마 뒤 소나기가 내렸다. 전군은 강을 반쯤 건너자 모두 비에 젖고 말았다. 북서쪽에서 차가운 바람도 불어왔다.

"이 강의 물도, 이 바람도 단바丹波의 산을 넘어온 것이야."

보병들이 어두운 강 위를 바라보며 중얼거렸다. 낮이었다면 시야에 들어올 거리였다. 오이노혼 고개도 그리 멀지 않았다. 그 오이노 고개를 넘어 단바 가메야마의 고향에서 나온 게 불과 열흘 전이었으나, 삼 년이고 사 년이고 지난 것처럼 느껴졌다.

"빠지지 않도록 하라. 화승도 젖지 않도록 조심하고."

각 조의 부장이 병사들에게 주의를 주었다. 가쓰라 강의 물살이 평소보다 더 세찬 것으로 봐서 산악 지방에 큰비가 내린 모양이었다. 창을 쓰는 부대는 창과 창을 맞잡고 건넜으며, 조총 부대는 개머리판과 총구를 맞잡고 건넜다.

미쓰히데를 둘러싼 기마 부대는 이미 맞은편 물가에 올라가 있었다. 앞쪽 어둠 속 어딘가에서 탁탁 습기를 머금은 총성이 단속적으로 들려왔으며 민가의 불인지 단순한 횃불인지 저 멀리 불꽃이 보였으나 총소리가 멎으면서 불빛도 사라지고 다시 새카만 어둠에 사로잡혔다.

"아군의 선봉이 적의 척후병을 쫓은 것입니다. 불꽃 역시 원명사 강 부근 농가에서 소수의 적이 달아나며 붙인 것이었으나 바로 불길을 잡았습니다."

전령 장교가 상황을 보고했다.

미쓰히데는 구가나와테ㅅ我畷를 지나 아군이 있는 승룡사 성으로 들어가지 않고 일부러 남서쪽으로 오륙 정 떨어진 온보즈카御坊塚에 본진을 설치했다.

지난 이삼 일 동안 습관처럼 내리던 비는 개고 먹을 흘려놓은 것 같은 하늘에 별까지 반짝이기 시작했다.

"적도 조용하군."

미쓰히데가 온보즈카에 서서 야마자키 쪽 어둠을 한번 둘러보며 중얼거렸다. 그는 이제 히데요시 군과 불과 오 리를 사이에 두고 대치하게 되었다. 그러다 보니 그의 말에서 한없는 감회와 긴장감이 느껴졌다.

미쓰히데는 이곳을 전군의 기점으로 삼고 승룡사를 후방의 보급 병참기지로 삼은 뒤, 다시 남서쪽의 요도에서 원명사 강까지 진영을 부채꼴로 펼쳤다. 전위 부대의 배치가 끝날 무렵 새벽이 가까워졌고, 요도의 기다란 흐름도 희미하게 모습을 드러내기 시작했다.

그때 갑자기 덴노 산 쪽에서 격렬한 총성이 울렸다. 해는 아직 오르지 않았으며 구름은 어둡고 안개는 깊었다. 덴쇼 10년(1582년) 6월 13일, 야마자키 도로에서는 아직 말 울음소리도 들리지 않는 때였다.

화문火門의 뚜껑

양군이 야마자키에서 만나 내일을 생과 사의 날로 기약하고 서로 대치하고 있을 때, 히데요시가 미쓰히데에게 '전서戰書'를 보냈다고 알려져 있으나 과연 그럴 만한 여유가 있었을지 의문이다. 또 그와 같은 낡은 방법으로 압박을 가해 접전의 포문을 열었을지도 의문이다.

미쓰히데가 온보즈카에 진을 친 지 얼마 되지 않을 무렵, 그리고 히데요시가 후방의 돈다에 머물며 오사카에서 간베 노부타카가 오기를 기다리고 있던 13일 새벽, 산에 있던 히데요시의 부대와 아케치 군의 기습 부대가 예기치 않게 어둠 속에서 격렬하게 맞부딪혔다.

지금 막 덴노 산 방면에서 격렬한 총성이 들린 것도 그 때문이었다. 밤이 된 뒤 때때로 습기 먹은 조총 소리를 울리며 작은 충돌이 있었다. 하지만 지금 들려온 총성은 귀가 있는 사람이라면 '어이쿠!' 하며 몸의 털을 곤두세울 만했다. 그리고 앞으로의 전황을 살피기 위해 구름인지 산인지 모를 산그림자를 응시하게 했다.

북군인 미쓰히데의 진영이 있는 온보즈카에서 보면 덴노 산은 이백여 정 서남쪽에 있었는데, 왼쪽 기슭으로 야마자키 가도와 대하를 품고 있었다. 강은 물론 요도였다.

산은 최고 이천칠백 척이나 될 정도로 꽤 높고 험했다. 고모리^{こもり}의 마쓰야마松山라고 불리기도 하고, 혹은 다카라데라宝寺의 산이라고도 불렀다. 아름다운 바위산으로 산 전체에 소나무가 많았다.

어제, 히데요시의 본군이 돈다 오쓰카大塚 부근까지 진출했을 때 휘하의 장수들은 모두 가장 먼저 이 산을 쳐다보았다.

"저건 무슨 산이지?"

"저 동쪽이 역참인 야마자키인가?"

"적의 승룡사는 저 산의 어느 쪽 방면에 있는가?"

각 장수들이 안내자에게 질문을 던졌다.

어느 부대에서나 지리에 밝은 사람들을 진중에 두었다. 조금이나마 전략적 지혜가 있는 사람이라면 그들에게 의견을 구해 덴노 산의 군사적 가치에 주목했다.

"내일의 전투는 저 산을 먼저 점해 높은 곳에서 적을 내려다보며 맞서는 쪽이 이길 것이다."

각 장수들은 가슴속으로 은밀히 생각했다.

'어쨌든 먼저 달려가 덴노 산에 아군의 깃발을 처음으로 꽂는 자가 평야에서 가장 큰 전공을 세운 자보다 더 큰 공을 세우게 될 것이다.'

13일 전날 밤, 여러 명의 장수가 히데요시를 찾아가 자신이 먼저 덴노 산으로 달려가고 싶다는 의사를 밝혔다.

"어쨌든 내일 하루 만에 결판이 날 싸움이라 여겨진다. 요도, 야마자키, 덴노 산을 중심으로 죽든 살든 수십 리 밖으로는 벗어나지 않을 것이다. 자신이 가야겠다고 생각하는 자는 가도록 하라. 단 아군끼리 싸우지 않도록 조심해야 한다. 서로의 공을 다투지 마라. 오로지 고 우다이진右大臣 노부나가 공의 하늘에 계신 영과 신께서 밝히 살피고 계시다는 사실만을 생각하라."

히데요시의 허락이 떨어지자마자 한밤중에 덴노 산으로 용감하게 뛰쳐나간 장수는 조총 부대의 대장인 나카무라 마고헤이지, 호리 히데마사, 호리오 모스케 등 지세에 어두운 세력들이었다.

남군 히데요시의 휘하가 모두 눈여겨본 중요 지점을 북군 미쓰히데가 어리석게도 그냥 지나칠 리 없었다. 미쓰히데가 멀리 있는 가쓰라 강을 건너 온보즈카까지 나온 것도 덴노 산을 점하겠다는 작전 태세를 그리고 있었기 때문이다. 미쓰히데는 이 부근 지리에 대해 적의 선봉인 나카가와 기요히데나 다카야마 우콘에게 뒤지지 않을 만큼 밝았다. 그리고 같은 산하의 지세를 보더라도 그들보다 미쓰히데가 훨씬 더 많은 것을 보았을 것이다. 미쓰히데는 가쓰라 강을 넘어 구가나와테를 행군하던 중에 이미 일군을 나누어 그곳으로 보내두었다.

"해인사 아랫마을을 북쪽으로 바라보고 덴노 산으로 올라가 산 정상을 취하라. 적이 습격해 오더라도 요지를 빼앗기지 않게 대비해야 한다."

미쓰히데는 이 부근 지리에 정통한 나미카와 가몬의 부하이자 승룡사 성에 있던 마쓰다 다로자에몬松田太郎左衛門을 특별히 선발해 보냈다.

마쓰다 다로자에몬은 활과 조총 부대를 합쳐 칠백여 병력을 이끌고 서둘러 덴노 산으로 갔다. 미쓰히데의 사령과 행동은 매우 신속했다. 그럼에도 불구하고 히데요시의 각 군은 이미 남쪽 기슭인 히로세廣瀬 방면을 돌파해 앞다투어 산을 오르고 있었다. 하지만 여전히 지리에 어두운 장병들이 많았다.

"오르는 길이 있다."

"그곳으로는 오를 수 없을 거야."

"아니, 오를 수 있어."

"길을 잘못 들었다. 이 앞은 절벽이야."

히데요시의 장병들은 기슭을 맴돌며 서로 오르는 길을 찾느라 몹시 분주했다.

그곳까지 앞뒤도 분간할 수 없을 만큼 한 덩어리가 되어 온 호리 히데마사의 부대, 나카무라 마고헤이지의 부대, 호리오 모스케의 부대는 산기슭에서 분산되어 돌을 떨어뜨리고 관목을 헤치며 요란스러운 소리를 낼 뿐이었다.

전날 낮에 한발 앞서 선봉을 명 받은 다카야마 우콘과 나카가와 세베의 진영도 그곳에서 멀지 않았다. 특히 세베는 다카야마 우콘에 뒤처져 야마자키 마을의 관문 안으로 들어가지 못하고 산 쪽에 진을 치고 있었기 때문에 곧 아군의 기습적 행동을 감지할 수 있었다.

"그곳이 요지임은 나도 깨닫지 못한 바 아니나 지쿠젠 나리의 명령도 없이 함부로 성급한 행동을 취해서는 안 되겠기에 꾹 참고 있었던 것이다. 그런데 후방에 머물러 있던 각 부대가 우리의 허락도 없이 앞장서 나서려 하다니 괘씸하다. 이렇게 된 이상, 이 세베도 그들에게 뒤질 수 없다."

세베는 직속 부하 몇 명과 얼마 되지 않는 조총수만을 데리고 산기슭에서 몇 정 위에 있는 다카라데라로 달려 올라갔다. 바로 이 길만이 유일하게 산으로 오를 수 있는 길이었고, 나머지는 쉽게 정상에 오를 수 없는 나무꾼들이 오가는 좁은 길이었다. 세베는 지리를 잘 알고 있기에 빨리 올라갈 수 있었다.

세베 부대가 다카라데라의 문 앞까지 다가가보니 벌써 와서 큰 소리를 지르며 산문을 두드리는 무리가 있었다.

"누구냐? 아군이냐?"

세베가 말을 걸자 산문 밑의 사람들은 뒤도 돌아보지도 않고 대답했다.

“물을 것도 없다.”

호리 모스케의 목소리였다.

모스케 기요하루茂助淸晴는 지금은 쟁쟁한 하시바 휘하의 장수지만 청년기까지만 해도 기후岐阜의 이나바稻葉 산줄기에 있는 산악에서 자란 자연인이었다. 그에게 덴노 산 따위는 그저 조그만 일개 동산에 지나지 않았다.

“중놈들 당장 일어나라. 산문을 열지 않으면 짓밟아 부수겠다.”

호리오의 부하가 문을 계속 두드려댔다. 싸움을 예감하고 절 안 깊숙이 숨어 있던 승려가 마침내 등불을 들고 나왔다. 그리고 산문을 열자마자 어딘가로 숨어버렸다.

“한 명 잡아라, 길 안내자로.”

세베가 그러는 사이 호리오 모스케의 주종은 십여 명밖에 되지 않았지만 뒤도 돌아보지 않고 경내를 달려 뒷산을 오르기 시작했다. 그것을 지켜본 세베는 혀를 차더니 붙든 승려를 창으로 위협하며 몰아쳤다.

“산 정상까지 안내하라. 어서 서둘러.”

그때 야마자키 마을에 진을 치고 있던 다카야마 우콘의 부대까지 그곳으로 몰려들었다. 그날 새벽, 각 부대는 덴노 산 선점을 위해 아군끼리도 양보하지 않는 모습을 보였다. 아군과 아군이 서로 지지 않으려고 때로 아슬아슬한 마찰을 일으키기도 하고 전국을 망치기라도 하듯 위험한 상황까지 벌어졌다. 하지만 그러한 기백이 없다면 적과 맞섰을 때 바로 몸을 던져 전력으로 싸우지도 못하는 법이다. 히데요시는 공을 다투어서는 안 되지만 대장부는 서로를 연마해야 한다고 생각했다.

어쨌든 그날 새벽 어둠 속에서 덴노 산을 아귀다툼으로 오르다 보니 가장 먼저 오른 사람이 누구였으며, 어느 부대였는지 나중에 논공행상에 의해서도 기록에 의해서도 전혀 짐작할 수 없었다. 호리, 호리오, 나카가와, 다카야마, 나카무라가 각각 집안의 기록을 내세워 자신의 집안이 가장 먼저 덴노 산에 올랐다고 주장하지만 책마다 기록이 다 다르다. 하지만 쉽게 상상해볼 수 있는 것은 남보다 먼저 산 정상에 이른 사람은 극소수에 불과하며, 그것도 한 장수 밑의 한 부대가 아니라 여러 장수의 부하가 뒤섞인 그야말로 발 빠른 사람들의 혼성 부대였을 것이라는 점이다.

각 부대의 장병들은 길이 험하고 날이 밝지 않다 보니 아군임에는 틀림없으나 누구의 수하인지 알 수 없는 상태로 그저 산 정상을 향해 발걸음을 서둘렀다. 그런데 정상을 앞두고 어느 쪽인지 방향도 알 수 없는 곳에서 연달아 총알이 날아왔다. 총을 쏜 것은 아케치 군인 마쓰다 다로자에몬의 조총 부대였다.

마쓰다 군이 먼저 불을 뿜었다고 해서 덴노 산 정상을 아케치 군이 먼저 밟았다고 할 수는 없었다. 그보다 훨씬 앞서 하시바 쪽 무사인 야마카와 시치에몬山川七右衛門, 야마카와 고시치山川小七, 기시 구베岸九兵衛 세 사람이 은밀히 올라 있었기 때문이다. 그들은 산 정상과 기슭의 어둠을 내려다보며 한발 늦은 아군과 아직 기척도 없는 적을 비웃고 있었다.

"이 요지를 가장 먼저 점한 건 틀림없이 우리일 거야. 우리 세 명을 빼면 누가 있겠어?"

그때 한 사내가 큰 소리로 외쳤다.

"시끄럽다. 입 다물고 거기에 몸을 숨이고 있어."

세 사람이 놀라 주위를 둘러보니 뜻밖에도 자신들보다 먼저 이 산 위에 와서 바위 그늘에 웅크린 채 잠을 자던 사내가 있었다.

"누구냐?"

하시바 쪽 무사들이 묻자 사내가 대답했다.

"다카야마 우콘의 부하인 나카가와 후치노스케 시게사다中川淵之助重定요. 적이 올 때까지 한잠 자려 했는데 귀공들이 떠들어대는 바람에 깨버리고 말았소. 서로 공을 이야기하는 것은 아케치를 전멸시킨 뒤 해야 하지 않겠소? 승패가 갈리기도 전에 찢고 까부는 건 너무 성급하지 않소?"

사내는 투덜투덜 이야기하고는 다시 자신의 무릎을 끌어안고 잠을 자기 시작했다.

잠시 뒤 그곳으로 나카가와 가의 신하인 아베 니에몬阿部仁右衛門이 조총을 든 보병 둘과 함께 올라왔다. 이로써 산 정상에는 일곱 명의 하시바 군이 있었다.

이윽고 산기슭의 다카라데라와 다른 방면에서 수많은 아군의 소리가 희미하게 들려왔을 뿐만 아니라, 북쪽의 해인사 아래쪽에서도 아케치 군의 마쓰다 부대 칠백 명이 굉장한 기세로 앞뒤 순서도 없이 정상에 먼저 오르기 위해 달려왔다.

"아직 쏘면 안 된다."

나카가와 후치노스케는 마치 무리의 지휘자라도 되는 양 성급히 달려들려는 나머지 여섯 명에게 주의를 주었다.

"적을 바로 옆까지 끌어들인 뒤 일제히 쏘도록 하라. 저 아래쪽 길이 굽은 곳에 하얀 것이 보일 것이다. 내가 소나무 가지에 묶어놓은 머리띠 조각이다. 총으로 그 아래를 겨누고 있어라. 그리고 적의 그림자가 저 길을 돌아선 순간 총알을 퍼붓도록."

나카가와 후치노스케의 행동은 얄미웠지만 그의 말은 좋은 책략이었다. 또 어딘가 믿음직스럽게 느껴졌다. 그러다 보니 어느새 모두 그의 말에 따라 적이 오기를 기다리고 있었다.

하지만 마쓰다 다로에몬의 선봉대는 산 정상의 팔부능선에서 이미 후방의 중턱에 하시바 군이 있다는 사실을 알았다. 그들은 곧 기선을 제압할 목적으로 일제히 총알을 퍼붓기 시작했다. 당연히 하시바 쪽에서도 마주 쏘았다.

서로 거리도 멀고 어둡다 보니 적과 아군 모두 표적이 매우 불확실한 상태였다. 단지 기세를 내보이기 위해 사격한 것에 불과했기에 양쪽 모두 큰 효과는 없었다. 오히려 적은 수이기는 하나 일곱 명이 산 위에서 수백 보 달려 내려가 아케치 군의 모습을 발견하자마자 총구를 아래로 향해 쏜 것이 훨씬 더 큰 효과를 거두었다.

처음 일곱 발 가운데 세 발은 틀림없이 적을 쓰러뜨렸다. 그뿐 아니라 많고 적음을 떠나 머리 위에서 하시바 군이 나타나자 아케치 군은 적잖이 당황할 수밖에 없었다. 이번 대결전에서 적을 가까이에서 본 게 처음이었으니 부대 전체가 덜컥하고 충격을 받은 것만은 틀림없는 사실이었다.

적의 모습도 아수라의 모습도, 싸움이 무르익어 서로 같은 모습이 되었을 때는 두려울 것이 없지만 처음으로 대면할 때는 아무래도 섬뜩하게 느껴진다. 그 순간만은 모든 적이 사람이 아닌 악귀나 악마처럼 느껴지는 법이다. 이것은 적 역시 마찬가지일 것이다. 그렇기에 살기에 압도당하지 않고 평소 담이 크고 침착하게 다가가는 쪽이 서전의 승리를 얻게 되는 것이다.

마쓰다 부대의 선두에는 주장인 다로에몬이 없었다. 다로에몬의 부하 장수인 쓰지 요시스케辻義助가 지휘를 하고 있었다. 요시스케는 역시나 담력이 큰 무사라서 그런지 기습해온 적이 예닐곱 명밖에 되지 않는다는 사실을 바로 꿰뚫어보았다.

"소란 피울 것 없다. 몇 명 되지 않는다."

요시스케는 지세가 낮아 불리한 위치에 있는 아군들이 겁을 먹지 않도록 격려한 뒤 다시 외쳤다.

"총구를 모두 저 위쪽 바위의 모퉁이로 모아라. 일제히 사격!"

적어도 칠팔십 정이나 되는 조총의 그림자가 한꺼번에 움직였다. 그리고 이내 총구를 하나의 초점을 향해 겨냥했다. 위쪽 바위에 서 있던 일곱 명은 벌집처럼 될지도 모르는 위치에 있었다.

"이미 늦었다. 나는 돌격하겠다."

그 순간 나카가와 후치노스케가 기시 구베, 아베 니에몬, 야마카와 형제 등에게 그렇게 말하고는 조총을 버린 채 높은 곳에서 낮은 곳에 있는 적을 향해 맹렬히 달려들었다.

한 발을 쏘면 다시 한 발을 채우고 화승에 불을 붙이고 방아쇠를 당기기까지 상당한 시간이 필요했는데, 이것이 이 시대 화기의 약점이었다. 특히 아케치 군의 조총수들은 가쓰라 강을 건널 때 소나기를 맞은 탓에 장비가 대부분 젖은 상태였다. 개중에는 가지고 있는 화승이 모두 못쓰게 되어 뒤로 물러나 있는 사람도 있었다.

후치노스케는 그런 허점을 노린 것이었다. 아베 니에몬도, 기시 구베도 후치노스케를 따라 지지 않고 뛰어들었다. 총구에서 파파팟 하고 연기가 피어올랐다. 이렇게 발사된 총알은 당연히 불발이 되고 말았다. 후치노스케는 벌써 칼로 적들을 베고 있었다. 야마카와 시치에몬의 동생 고시치는 적의 창을 빼앗기 위해 맨손으로 적과 엉겨 붙어 싸웠다.

● 우에스기 가게카쓰 上杉景勝·1556-1623

전국시대 다이묘이자 에도시대 요네자와 번(米沢藩)의 초대 번주. 우에스기 겐신(上杉謙信)의 양자로, 원래 이름은 나가오 아키카게(長尾顕景)이다. 예전에는 나오에 카네쓰구(直江兼続)와 함께 저평가를 당한 대표적인 인물이었지만, 후에 역사가의 긍정적인 연구가 많이 이루어지면서 현재의 무문명가의 대장이라는 이미지가 정착되었다.

● 1582년 혼노지의 변

교토 혼노지에서 일어난 사건으로 오다 노부나가(織田信長)의 가신인 아케치 미쓰히데(明智光秀)가 반란을 일으켜 노부나가를 살해한 사건이다. '적은 혼노지에 있다'라는 말의 유래가 된 사건이며 이 사건의 여파로 야마자키 전투가 벌어졌고, 기요스 회의를 통해 도요토미 히데요시(豊臣秀吉)가 집권하면서 근세 일본사를 재정립한 계기가 되었다.

소나무, 소나무, 소나무

나중에 상황을 살펴보니 마쓰다 부대의 칠백여 명은 이때 이미 두 갈래로 갈라져 있었다. 남군에서는 호리오, 나카가와, 다카야마, 이케다의 장병이 덴노 산 정상에 먼저 오르기 위해 앞을 다투었는데, 호리 히데마사가 갑자기 산허리를 우회하기 시작했다.

"옆길로 돌아 북쪽 기슭으로 향하라."

이미 산을 오르고 있는 적의 퇴로를 끊기 위한 게 목적이었다. 옆에서부터 기습을 가하자 과연 마쓰다 부대를 중간에 끊을 수 있었고 주장인 마쓰다 다로사에몬을 눈앞에서 볼 수 있었다.

이곳에서의 충돌은 산 위에서의 충돌보다 더 격렬했다. 소나무와 거친 바위가 많은 산언덕에서 싸우다 보니 조총은 오히려 둔했다. 그런 탓에 병사들은 대부분 창과 칼, 그리고 기다란 무기 등을 들고 싸웠다. 서로 맞서다 바위 위에서 떨어지는 사람도 있었다. 적을 깔고 앉았으나 안타깝게도 뒤에서 칼을 맞아 죽는 사람도 있었다.

물론 활을 쏘는 부대도 있었기에 활 팅기는 소리와 총성도 끊임없이 들렸다. 하지만 그보다 적과 아군을 합한 오륙백 명의 함성이 더 컸다. 그것은 누구 하나 목에서 내는 소리가 아니었다. 온몸의 머리털과 모공에서 울려 퍼지는 것처럼 들렸다.

밀고 밀리는 싸움이 계속될 무렵, 어느 틈엔가 해가 떠올랐다. 오랜만에 푸른 하늘과 하얀 구름이 보였다. 이렇게 맑은 날이면 산 가득 울려 퍼지는 매미 소리도 오늘은 벙어리가 된 듯했다. 그 대신 무사들의 함성과 절규가 산을 뒤흔들었다. 여기저기에 헤아릴 수도 없이 시체들이 흩어져 있었다. 혼자서, 혹은 겹쳐서 쓰러져 있는 모습은 비통하기 짝이 없었다. 하지만 시체들의 모습은 아군을 질타하는 힘이 매우 컸다. 시체를 밟는 전우는 모두 생사의 바깥으로 달렸다. 호리 부대의 병사도 아케치 부대의 병사도 마찬가지였다.

산 정상의 전황은 알 수 없었으나 이곳에서는 일승일패가 되풀이되었다. 그러는 사이 북군인 마쓰다 부대의 함성이 허성虛聲으로 바뀌었다. 그들은 마치 어린아이가 울 때처럼 와앗, 하며 숨을 들이쉬는 소리를 냈다.

"어, 어찌 된 일이냐?"

"왜 물러서는 거냐, 물러서지 마라."

마쓰다 부대원들은 앞서가던 아군이 흐트러지는 모습을 보며 분노했다. 하지만 그들도 곧 무너진 아군에 휩싸여 기슭 쪽으로 달려 내려가야 했다. 자신들의 주장인 마쓰다 다로자에몬이 총알을 한 방 맞아 부하 병사의 등에 업혀가는 모습이 눈에 들어왔기 때문이다.

"쫓아라, 마구 찔러라."

호리 부대원들이 추격하기 시작하자 히데마사가 있는 힘껏 소리쳐 그들을 말렸다.

"쫓지 마라."

하지만 그 순간의 기세는 도저히 말릴 수도 어찌해볼 수도 없는 것이었다. 아니나 다를까 산 위에서 마쓰다 부대의 선봉이 마치 탁류처럼 달려 내려왔다. 후속 부대가 오지 않던 차에 주장이 부상을 당했다는 소리를 듣고 달려 내려온 것이었다.

호리 부대원의 수는 마쓰다 부대원의 수에 비할 바가 아니었다. 그러다 보니 일전을 펼치기는커녕 한순간도 버티지 못하고 급경사를 달려 내려온 적의 부대에 나가떨어지고 짓밟히고 말았다. 히데마사가 걱정한 대로 조금 전 기슭 쪽으로 적을 추격해갔던 호리 부대원들 역시 협공을 받아 참담할 정도로 고전을 치러야 했다.

그때 호리오, 나카가와, 다카야마, 이케다의 혼성 산악 부대는 산 정상에 서서 서전의 첫 번째 환호성을 올리고 있었다.

"점령했다."

"덴노 산은 우리 군의 것이다."

하지만 그것은 일부 장병에 지나지 않았다. 대부분의 병력은 그곳을 점거하자마자 물밀듯이 기슭으로 물러난 아케치 군을 급히 쫓아야 했다. 그들은 호리 히데마사의 지휘를 받았다.

많은 아군을 얻은 히데마사도 망설임 없이 먼저 달려 내려갔던 부하들을 구하기 위해 서둘러 추격전을 벌였다. 달아나는 적이 길을 보지 않으니 쫓는 사람 역시 길을 보지 않고 내달렸다. 이 끔찍한 '추격전'에서 미야와키 마타베宮脇又兵衛(훗날 나가토노카미)는 말을 타고 다카라데라 뒤편에 있는 절벽까지 와버렸다. 말은 당연히 경직되어 움직이지 않았다. 그사이 가벼운 차림의 적들은 좁은 길을 달려, 혹은 덩굴 등을 붙잡고 거미 새끼처럼 아래로 달아났다.

"무문에서 태어나 평소 남들처럼 큰소리치던 마타베가 몇 길밖에 되지 않는 절벽에 서자 겁을 먹고 말을 버렸다는 애기를 듣기는 억울하다. 겐구로源九郎가 단번에 뛰어넘은 곳이 얼마나 험한지는 모르겠으나 될 대로 되라지. 그도 사람, 나도 사람이다."

마타베는 두 손에 고삐를 묶고 말 등에 가슴을 찰싹 붙이더니 고꾸라지듯 절벽을 내려오기 시작했다. 남들에게 보이기 위한 것은 아니었으나 그 순간 그의 용감한 모습을 목격한 사람도 적지 않았다. 적이고 아군이고 할 것 없이 그저 한목소리로 와아 하며 그 말발굽에서 이는 흙먼지에 경탄해 마지않았다.

사람들은 마타베가 탄 말이 발을 헛짚지나 않을까, 또 다리를 삐지나 않을까 생각하며 한동안 지켜보았다. 하지만 말은 마타베를 태운 채 무사히 내려와서는 적들 속을 미친 듯이 날뛰었다.

같은 길은 아니었지만 호리오 모스케도 말을 타고 적을 쫓았다. 그는 손에 익은 열십자 모양의 창을 휘둘러 적을 세 명이나 쓰러뜨렸는데, 그럴 때마다 말을 타지 않은 가신 쓰쓰미 고헤이堤五兵衛, 마쓰다 마타이치松田又市, 가키 곤파치枾權八 등을 돌아보며 명령했다.

"저 목을 주워라."

호리오 모스케는 다시 촌각의 시간을 아껴가며 계속 적을 추격했다.

덴노 산을 중심으로 새벽부터 정오 전까지 약 이 각 동안 벌어진 싸움에서 무공을 세운 장병을 열거하면 끝도 없을 것이다. 이로써 히데요시 휘하의 장병들이 손에 침을 뱉어가며, 우지 강의 선봉에 임한 것과 같은 자랑스러움과 기백을 얼마나 마음에 품고 있었는지는 쉽게 알 수 있다. 이러한 기백은 원래 그들 개개인이 가진 것이지만, 크게 보면 히데요시의 기백이 투영된 결과이자, 히데요시라는 주인을 얻어 비로소 태양계를 맴도는 각 위성과 같은 기세와 찬란함을 가진 것이라고도 할 수 있다.

하지만 히데요시는 아직 전선에 도착하지 않았다. 요도 강에서 간베 노부타카를 기다리고 있었기 때문이다. 히데요시는 해가 중천에 떠 있는 미시未時(오후 3시) 무렵에나 노부타카와 니와 나가히데 등의 군을 본진에 더해 이곳으로 전진시켰다. 그 뜨거운 햇살에 새벽에 내린 비도 모두 말라 인마는 땀과 먼지투성이가 되었다. 갑옷의 화려한 미늘과 겉옷도 모두 허옇게 변해버리고 말았다. 홀로 찬란하게 빛을 쏘듯 반짝이는 것은 금 표주박이 새겨진 깃발뿐이었다. 히데요시는 그 깃발을 야마자키 하치만의 신사 앞에 세우게 했다.

덴노 산에서 총성이 메아리칠 때는 거리가 텅 빈 상태였는데, 아케치 군이 퇴각하고 새로운 갑주의 물결이 밀려들자 집집마다 물통과 수북이 쌓은 오이와 보리차 등을 내놓았다. 하시바 군을 보며 기뻐하는 백성들 사이에는 아녀자들도 섞여 있었다.

"이제 저기에 적은 단 한 명도 없는가?"

히데요시는 말에서 내리지 않은 채 산 위로 보이는 아군의 깃발을 응시하고 있었다.

"없습니다."

하치스카 히코에몬이 대답했다. 그는 각 부대의 전황 보고를 종합하여 판단한 뒤 히데요시에게 전했다.

"초전부터 지휘자를 잃은 적 마쓰다의 부대 중 일부는 북쪽 기슭으로 갔고, 나머지 일부는 도모오카友岡 부근에 있는 부대와 합류한 듯합니다."

"그 미쓰히데가 저 고지를 어째서 깨끗이 단념한 것일까?"

"아마도 그 역시 우리가 이렇게 신속히 올 줄 생각하지 못했기 때문일 것입니다. '때'를 잘못 헤아린 듯합니다."

"그의 주력은?"

"승룡사를 후방에, 원명사 강을 전방에 두고 요도의 초입부터 시모우에노下植野에 걸쳐 만반의 준비를 하고 있습니다."

간베와 시동들이 시원한 나무 그늘에 걸상을 놓았다며 쉬기를 권했으나 히데요시는 여전히 말을 탄 채 돌아보지도 않았다.

이윽고 그곳으로 호리오 모스케, 호리 히데마사, 나카가와 후치노스케, 미야와키 마타베 등이 속속 돌아왔다. 그들은 히데요시의 말 앞에서 절을 하고 히데요시가 전선으로 출마한 것을 축하했다.

"산기슭으로 가보세. 아직 시체도 그대로겠지."

히데요시는 쉬지도 않고 혈전이 벌어졌던 곳으로 말을 몰았다. 그리고 성천당聖天堂, 쇼덴도 옆에서부터 중턱 가까이까지 올랐다. 그곳에서는 요도 강도, 원명사 강의 일선도, 적의 포진도 한눈에 내려다볼 수 있었다.

"히데마사와 모스케는 말을 타고 내려왔다고 하던데. 나카가와와 다카야마 모두 좋은 가신을 얻어 다른 집안에 부끄럽지 않을 전공을 세웠으니, 축하할 일일세. 특히 미야와키 마타베는 노부나가 공의 선봉으로 주고쿠에 갔어야 했는데 발걸음을 돌려 공을 세웠다고 하니, 듣기만 해도 가슴이 시원해지는 듯하네."

히데요시는 마타베를 불러 직접 장도를 건넸다.

소나무 밑동과 바위 위에 적과 아군의 시체가 어지럽게 핀 꽃처럼 붉은빛으로 물든 채 겹겹이 쌓여 있었다.

"아군도 아군이지만 적도 꽤나 잘 싸웠습니다. 아케치 군에도 부끄러움을 아는 무사는 많은 듯합니다."

호리 히데마사의 말에 히데요시는 고개를 끄덕였다. 그리고 그 시체들 사이를 걸어 산 밑으로 내려오며 연가의 첫 번째 구를 읊었다.

"소나무, 소나무, 소나무, 하나같이 일본의 모습이구나. 누가 이 연가를 받아보겠느냐?"

그 순간 원명사 강 쪽에서 함성과 총성이 일었다. 때는 햇살이 밝은 신시(오후 4시) 무렵이었다.

맞부딪친 양군

　원명사 강은 야마자키 역참의 동쪽에 있었다. 한 줄기 강이 요도 강으로 흘러드는데 부근은 갈대에 뒤덮인 습지였다. 그리고 평소에는 개개비 소리가 요란스럽게 들려오지만 오늘은 새소리 하나 들리지 않았다.

　이미 그 부근에서는 그날 오전부터 아케치 군의 좌익과 하시바 군의 우익이 강 하나를 사이에 두고 대치하고 있었다.

　때때로 쏴아 하고 갈댓잎을 하얗게 뒤집으며 습지를 건너가는 바람 속으로 겨우 깃대의 끝만 보일 뿐 군마다운 것은 양쪽 기슭 어디에도 보이지 않았다. 북쪽 기슭에는 사이토 도시미쓰, 아베 사다아키阿閉貞明, 아케치 시게토모 등의 병력이 선두와 예비 병력을 합쳐 오천 명 정도가 있었을 것이다. 또 남군에는 다카야마 우콘, 나카가와 세베의 부하 사천오백 명에 이케다 노부테루의 병사 사천 명이 진열을 갖추고 이른바 일촉즉발의 몇 시간을 헛되이 보내며 습지의 후텁지근한 열기 속에서 전기를 기다리고 있었다.

　이들은 히데요시가 도착하기만을, 그리고 히데요시의 명령을 기다리고 있었는데, 산으로 올라갔던 아군 부대가 덴노 산을 점령했다는 소식을 듣고 더욱 흥분하며 히데요시의 도착이 늦어지는 것을 답답해했다.

한편 온보즈카에 본진을 둔 아케치 미쓰히데는 미리 덴노 산으로 보냈던 마쓰다 다로자에몬의 전사와 부대의 패배 소식을 듣고 자신의 지휘가 때를 놓쳤음을 스스로 책망했다.

"늦었단 말인가."

미쓰히데는 그곳의 고지를 아군 세력 아래에 두는 것과 적의 손에 맡긴 채 결전에 임하는 것은 작전상 중대한 차이가 있다는 사실을 잘 알고 있었다. 하지만 그곳으로 진출하기 전까지 미쓰히데는 세 가지 '미련'에 사로잡혀 있었다. 그러한 미련 때문에 결단을 내리지 못하고 망설일 수밖에 없었다.

첫째는 쓰쓰이 준케이와의 약속에 연연하여 호라가미네에서 덧없이 하룻밤을 초조하게 보낸 것이었다. 둘째는 시모토바로 돌아온 뒤에도 여전히 요도 성의 수축 등을 명했을 정도로 히데요시의 진격에 대해 시간적인 과오를 품은 것이었다. 그리고 마지막으로 그의 근본적인 마음가짐이 문제였다. 즉 적극성을 띨 것이냐, 소극성을 띨 것이냐. 그리고 공세를 취할 것이냐, 수세를 선택할 것이냐. 온보즈카에 진출하기 직전까지 그는 여전히 기로에 서서 결정을 내리지 못하고 있었다.

물론 노신인 사이토 도시미쓰의 의견도 영향을 미쳤다. 도시미쓰는 두 번이나 전령을 보내 미쓰히데에게 이렇게 권했다.

"여기서 일전을 펼쳐서는 아무래도 아군에게 불리할 듯합니다. 그러니 히데요시의 예봉을 피해 우선은 사카모토까지 퇴진한 다음 고슈와 그 외의 곳에 산재해 있는 아군 세력을 하나로 결속하여 불패의 진용을 굳건히 갖춘 뒤 적을 맞는 것이 유일한 최선책일 듯합니다."

사이토 도시미쓰가 이런 주장을 한 데는 이유가 있었다. 일만 육천에 이르는 아케치 군이었지만 병력 중 이 할은 새로 얻은 야마시로의 병사였다. 그렇기 때문에 어렸을 때부터 기른 장병에 비하면 단연 실력이 뒤떨어졌다. 여기저기서 새로이 규합한 훈련받지 못한 병사들이라 약할 수밖에 없었다. 그리고 부장들 중에는 스와 히다노카미諏訪飛駄守, 야마모토 산뉴山本山入, 그 외에 옛 쇼군 가의 유신과 단바 무사라 불리는 토족 등이 섞여 있었다. 이들의 투지를 과연 오랜 세월 아케치 가를 섬겨온 무사들과 동일시할 수 있을지도 꽤나 의심스러웠다.

그에 반해 적인 히데요시의 군용은 압도적인 우세에 있었다. 병사의 수로만 봐도 주고쿠에서 데려온 그의 직속 일만 명에, 이케다 노부테루의 사천 명, 다카야마와 나카가와 양군을 합쳐 사천오백 명이었으니, 어림잡아 일만 팔천오백 명은 거느리고 있었다. 거기에 오사카에서 참가한 간베 노부타카, 니와 나가히데, 하치야 요리타카의 병력 팔천 명을 더하면 총 이만 육천오백 명이었다. 아케치 군과 비교해도 일만 명이나 더 많았다.

그뿐만 아니라 그들은 이른바 정예군이었으며, 또 고 노부나가의 가신들이었기에 '고 노부나가 공의 복수전'이라는 기치를 내걸고 있었다. 이렇게 빠른 물살처럼 밀려오는 하시바 군에 맞선다는 것은 아케치 군에게 무척이나 불리한 일이었다.

아케치는 교토라는 정략상의 주요 거점을 일단 적에게 내주는 한이 있더라도 사카모토까지 물러나 그곳에 있는 삼천 명의 병력과 아군 중 가장 믿을 만한 양장良將이라고 여기는 아케치 사마노스케 미쓰하루까지 참전케 했어야 했다. 그리고 시코쿠의 정치적 변화와 노부나가의 유신 중 당연히 일어날 내홍과 자괴 작용을 기다리며 서서히 진용을 굳건히 한 뒤 싸움에 임했어야 했다. 바로 이것이 노장 사이토 도시미쓰의 생각이었다.

노장의 견해는 자연히 정곡을 찌르게 마련이다. 미쓰히데도 내심 마음이 끌렸지만 이렇게 생각했다.

'여기서 질 정도면, 사카모토에서 농성한다 해도 질 게 뻔하다. 만약 교토를 적에게 빼앗긴다면 이 미쓰히데는 무엇으로 명분을 삼는단 말이냐.'

설령 여러 가지로 불리하다 할지라도 싸움 한번 하지 않고 교토를 넘겨준다는 것은 그의 마음속에서 결단코 받아들일 수 없는 일이었다. 누구에게도 말하지 않았으며, 격문에도 그것을 칭하지는 않았으나 사실 미쓰히데의 마음은 다음과 같았다.

'비록 주군이었던 노부나가를 하루아침에 치기는 했으나 나도 대군大君의 백성, 노부나가도 대군의 백성, 무인의 정신에 어찌 변함이 있겠는가만, 싸움 한번 해보지도 않고 어소의 땅인 교토를 간단히 적에게 넘겨준다면 미쓰히데는 대체 누구를 받들어 천하에 서려 하는 것인가? 불리하다고 판단되면 금문의 어소도 잊은 채 달아나는 비열함을 보라. 이를 통해 보면 노부나가를 친 마음도 모두 난신적자亂臣賊子의 야심에 지나지 않는다는 소리를 들어도 할 말이 없게 된다. 하니 시체가 아무리 욕을 보게 된다 할지라도 그 한 점을 의심받는다는 것은 후세에까지 유감스러운 일이다. 미쓰히데는 무슨 일이 있어도 교토를 등에 지고 이 야마자키에서 일전을 펼치기로 하겠다. 히데요시가 뭐 그리 대단하단 말이냐.'

미쓰히데는 싸움에 임하기 전부터 이미 슬픈 가락을 연주하고 있었다.

'히데요시가 뭐 그리 대단하단 말이냐.'

이렇듯 기개를 보이기는 했으나 그는 마음속에 필승을 다짐할 만큼 확신이 없었다. 그래도 그의 비장한 결의는 주요 장수들에게 잘 전달되었다. 그러한 점에서 봤을 때 미쓰히데 곁에는 그를 위해서라면 언제라도 목숨을 바칠 심복이 많았다. 특히 사이토 도시미쓰는 나이도 노령이었고, 충언도 받아들여지지 않았으며, 대세를 꿰뚫어보고 있었으나 노장인 만큼 '오늘이야말로 마지막이다'라고 생각하며 누구보다 먼저 결심했을 것이다. 그런데 그런 사이토 부대가 갑자기 원명사 강에서 총성을 울린 것이다.

싸움이 일어나는 계기는 참으로 미묘했다. 양군 모두 거의 한나절을 갈대 사이에서 파리매와 모기에 뜯기면서 대치한 채 지휘관의 호령을 기다리고 있었다. 그러는 사이 하시바 쪽 진영에서 아름다운 안장을 얹은 말 한 마리가 물을 마실 생각이었는지 갑자기 원명사 강의 기슭으로 달려 나왔다. 분명 말의 주인은 이름 없는 무사였을 것이다. 그리고 네다섯 명의 병사가 그 뒤를 쫓아 나왔다. 그러자 맞은편 기슭의 갈대 속에서 그들을 향해 휙 하고 연기가 오르더니 뒤이어 탕탕탕 연속으로 총알이 쏟아졌다.

"앗, 맞았다. 쏴라, 쏴."

아군 병사들이 강가에 쓰러지자 하시바 쪽 병사들도 북쪽 기슭의 연기가 나는 곳을 향해 총을 쏘았다. 더는 명령을 기다릴 틈도 없었다.

"전군 돌격."

이렇듯 총성이 울린 뒤에나 히데요시의 명령이 전달되었으며, 아케치 군 역시 적의 움직임에 반동을 일으켜 과감하게 강을 건너왔다.

요도로 흘러드는 강의 폭은 꽤 넓지만 상류 쪽은 그렇게 넓지 않았다. 하지만 물은 며칠 만에 내린 소나기로 상당히 거세게 흐르고 있었다. 조총을 든 아케치의 부대가 북쪽 덤불 속에서 모습을 드러내 남쪽 둑 위에 서 있는 하시바 군을 노리고 쏘는 동안, 아케치의 정예군이라고 할 수 있는 창을 든 부대가 벌써 여기저기서 물보라를 일으키며 강을 건너갔다.

"창을 든 부대, 전진하라."

다카야마 부대의 장수가 둑 위로 뛰어올라 지휘를 했다.

강폭이 좁아 총을 쏘는 게 쉽지 않았다. 앞쪽에서 쏜 뒤 총알을 장전하기 위해 뒷줄과 교대하는 사이에 적이 강기슭으로 몰려들어 조총 부대 속으로 뛰어들 위험이 있었다.

"조총 부대는 옆으로 물러나라. 아군의 앞을 가로막지 마라."

창끝을 가지런히 하고 달려 나온 나카가와 부대원 대부분이 창을 치켜들었다가 내리쳐 둑 밑의 수면을 베었다. 물론 표적은 적병이었으나 창을 뒤로 뺏다가 찌르기보다 치켜 올렸다가 내리치는 것이 더 신속하게 적을 막을 수 있기 때문이었다.

양군은 강 위에서 격렬히 싸웠다. 창과 창, 창과 검, 혹은 장대로 베고 또 베었다.

"귀찮구나."

이렇게 외치며 백병전을 펼치는 병사도 있었고, 물보라를 일으키며 전열에서 물속으로 쓰러지는 병사도 있었다. 탁류는 소용돌이치고 있었다. 아니, 무사와 무사 사이에 물줄기가 가늘게 흘러갈 뿐이었다. 그만큼 강물 안에 무사들이 가득했다. 수면은 피로 물들었다가 다시 순식간에 물빛이 되었다.

그사이 남군의 제2진인 나카가와 기요히데의 부대는 하류의 전투를 다카야마 우콘의 부대에게 맡겨둔 채, 신위를 실은 가마를 짊어진 가마꾼들이 신사에서 나올 때처럼 영차, 영차 하며 앞으로 달리기 시작했다.

"돌격, 돌격하라."

"옆도, 뒤도 돌아볼 것 없다."

"돌격하라, 돌격!"

“오로지 돌격이다.”

그곳에는 아케치 군 좌익의 제2대인 아베 사다아키의 진영이 있었는데, 그 무렵 북군의 파탄이 시작되었다. 아군의 좌익이 이미 맹렬하게 돌격하고 있었는데도 계속 총구에서 연기를 내뿜으며 화기에만 의존했기 때문이다.

덤불을 넘으면 곳곳에 습지가 있었고 밭과 들길과 밤나무 숲이 보였다. 아케치 군은 곳곳에 숨어 있다가 돌격해 들어오는 적을 보고는 노도처럼 일제히 일어나 적을 향해 달려들었다.

“이랴, 이랴.”

그때 아케치 군 쪽에서 이상한 소리를 내며 앞장서 나오는 거한이 있었다. 그는 순식간에 묵직한 창으로 나카가와 군의 병사 네다섯을 찌르더니 다시 사납게 달려들었다. 갑옷은 입고 있었으나 투구는 쓰고 있지 않았다. 머리띠 위로 곤두선 머리카락이 한 줄기 횃불처럼 벌겋게 보였으며, 커다란 두 눈에서 빛을 내뿜는 모습이 일당백의 무사처럼 보였다.

나카가와 부대는 사내의 창에 밀려 강 옆까지 물러나고 말았다. 그러자 나카가와 군에서 갑자기 소리를 지르며 나온 장수가 있었다. 나카가와 기요히데의 사위인 후루타 오리베시게나리古田織部重然였다. 그는 멧돼지 같은 아케치 무사의 창을 자신의 창으로 쩔그럭 맞대며 싸웠다.

“네 이놈, 저 혼자만 무사인 양 잘난 척하는 녀석. 여기에 오리베가 있다는 사실을 몰랐단 말이냐!”

두 사람의 전투가 너무나 치열해 다른 사람이 끼어들 여지가 없었다. 얼마 뒤 오리베의 창이 얇았던 탓인지 창날의 이음매 부근이 뚝 부러져 창끝이 쨍그랑하는 소리와 함께 얼음 조각처럼 날아가버리고 말왔다.

"아앗, 젊은 나리께서 위험하시다."

주위에 있던 나카가와 가의 가신들이 눈앞에 있는 적을 버리고 도우러 가려는 순간, 오리베가 갑자기 부러진 창을 휘둘러 멧돼지 같은 무사의 손목을 세게 내려치더니 그의 품으로 달려들었다. 나카가와 가의 가신들이 삽시간에 뒤로 다가와 오리베의 상대를 닥치는 대로 찌르고 베었다. 히데요시의 제2군인 나카가와 부대는 아케치 군의 가장 왼편에 있던 사이토 부대를 위험에 빠지게 했다.

"제2군인 나카가와 부대는 이미 앞으로 멀리 나갔다. 나카가와 군에게 뒤져서는 안 된다. 그들 뒤에 선다는 건 있을 수 없는 일이다."

사이토 부대의 예봉을 막지 못할 것처럼 보였던 다카야마 우콘의 부하들도 서로를 격려하며 밀려났다가는 밀어붙이고, 밀어붙였다가는 밀려나기를 거듭했다. 그들은 강 속을 병사들로 메워버리기라도 할 듯 으르렁거리며 싸웠다.

"물러나라! 땅 위로 물러나 적을 유인한 다음 쳐라. 유인한 뒤 쓰러뜨려라."

사이토 군 사이에서 쥐어짜내는 듯한 호령이 울려 퍼졌다. 그러자 다카야마 부대는 아군인 나카가와 부대가 벌써 적의 뒤쪽까지 접근한 증거라고 판단했다.

"돌격, 돌격, 돌격!"

"숨 쉴 틈도 주어서는 안 된다."

맞은편 기슭으로 물러나는 적의 물보라를 뒤집어쓰며 일제히 추격의 창을 겨누었다. 두 강이 만나는 곳에는 덤불도 없었다. 습지대인 만큼 일단 물러나면 방어물도 없어 사실상 완전히 무너질 수밖에 없었다. 말이 달려 강을 건넜다. 깃발이 돌진해 들어갔다. 다카야마 우콘의 부대원들도 대부분 북쪽 기슭으로 올라섰다.

그 무렵 서쪽 해가 기울기 시작했다. 저물녘 검붉은 구름은 처참한 저녁 하늘 아래에서 아우성치는 새카만 덩어리들을 비추며 홀로 적막하게 밤하늘로 흘러갔다.

약 반 각에 걸쳐 격렬한 전투가 펼쳐졌다. 사이토 군은 한때 무너질 것처럼 보였으나 다시 되돌아와 늪지나 관목 지대에 서서 끈질기게 적을 막아냈다. 그들뿐만 아니라 아베 사다아키의 군도 그렇고 아케치 시게토모의 군도 그렇고 대체로 아케치 군에게는 일종의 섬뜩한 광기 같은 게 있었다. 자신도 모르게 미쓰히데의 흉중에 예기되어 있던 비통함의 선율은 바로 이 광기가 올리는 파멸의 목소리였다.

"여기는 고립될 우려가 있다. 아군의 산악 부대가 궤멸되었다는 소식을 들었다. 나미카와 가몬 나리도 목숨을 잃었다. 스와 히다노카미도 목숨을 잃었다. 포위되기 전에 얼른 물러나자. 물러나라, 물러나."

비가와 비보가 바람처럼 아케치의 제1군과 제2군으로, 그리고 중앙의 제3군으로 전해졌다.

예비 부대로 중군에 온보즈카를 중심으로 미쓰히데 직속 병력이 오천 명, 후지타 덴고와 이세 사다오키 등의 병력이 이천 명, 쓰다 노부하루, 무라카미 기요쿠니 등의 병력이 이천 명 정도 되었다. 하치야 데와노카미 요리타카는 중앙을 향해 공격을 가했다. 후지타 덴고는 큰북을 울려 보무당당하게 전열을 전개했다. 앞쪽에 있는 활 부대가 일제히 시위를 당기자 화살이 바람에 실려 날아갔다. 하치야 부대도 맞서 조총을 쏘아댔다.

"교대."

덴고의 깃발이 명령과 함께 바람을 가르자 활 부대가 흩어졌다. 하치야 쪽에서도 조총 부대가 나와 맞서 싸웠다. 철창과 철갑으로 무장한 무사들은 모락모락 피어오르는 초연이 가라앉을 새도 없이 적을 향해 헤쳐나갔다.

후지타 덴고와 정예 병사들이 하치야 부대를 격퇴했다. 그러자 하치야 부대를 대신해 간베 노부타카의 휘하인 미네 시나노카미峰信濃守와 히라타 이키노카미平田壹岐守의 부대가 아케치 군과 맞섰다. 하지만 그 부대들도 덴고 유키마사伝五行政의 부대에 격파당하고 말았다.

후지타 부대는 더 이상 맞설 적이 없을 듯 기세를 떨쳤다. 무적을 자랑하는 후지타 부대의 북소리는 노부타카 주위를 둘러싸고 있는 무사들의 발걸음조차 어지럽힐 정도로 적을 위협했다.

그 순간 구니와케 사도노카미國分佐渡守와 부장들이 어림잡아 사오백 명쯤 되는 병사를 이끌고 징소리를 울리고 함성을 지르며 대군이 몰아치듯 후지타 부대의 측면을 습격했다.

구름은 붉은빛으로 살짝 물들었지만 땅 위에는 벌써 땅거미가 지기 시작했다. 후지타 덴고는 적진 깊숙이 들어온 것 같은 느낌이 든 순간 깃발을 휘둘러 방향을 바꾸었다.

"오른쪽으로 돌아라! 돌아라, 돌아. 어디까지나 오른쪽으로."

후지타 덴고는 원래의 중군과 합류하여 굳게 싸울 생각이었다. 그런데 갑자기 땅에서 솟아오른 듯 히데요시의 휘하인 호리 히데마사의 일군이 맹렬하게 공격을 가해왔다.

"물러설 수는 없다."

덴고는 순간적으로 생각을 바꿨으나 진용을 다시 갖출 여유가 없었다. 호리의 부대는 질풍처럼 적의 가운데를 끊더니 한쪽을 포위하기 시작했다. 덴고 앞으로 금색 절굿공이의 깃발이 흔들리며 다가왔다.

"간베 산시치 노부타카가 앞으로 나왔구나."

덴고는 지체하지 않고 아들 덴베 히데유키伝兵衛秀行와 동생 도조 유키히사藤三行久, 이세 요사부로伊勢与三郎 등과 함께 사백칠십 기를 모아 과감하게 적군 속으로 뛰어들었다.

"내 목을 내주든지, 저 목을 취하든지 하겠다."

그 순간 피비린내 나는 바람이 들판을 뒤덮었다. 저녁은 이미 어두워졌으며, 사투의 외침 하나하나가 피비린내를 머금은 채 하늘을 달리는 바람이 되었다.

하시바 군 가운데 간베의 부대가 가장 병력이 많았다. 게다가 니와 나가히데의 병사 삼천 명이 그를 도와 싸웠다. 후지타 덴고와 골육들이 아무리 용감하다 할지라도 창검으로는 도저히 무너뜨릴 수 없는 두터운 전선이었다. 덴고는 여섯 군데나 상처를 입은 채 이리저리 뛰어다니며 싸우다 말 위에서 정신을 잃어가고 있었다. 그 순간 뒤쪽에서 아들의 목소리가 들려왔다.

"아, 아버지!"

덴고가 아들의 목소리를 듣고 퍼뜩 말의 갈기에서 얼굴을 들었다. 그 순간 무엇인가가 왼쪽 눈 위에 부딪쳤다. 마치 하늘의 별이 이마로 떨어진 듯한 느낌이었다.

"앗, 안장에, 안장에 단단히 의지하시기 바랍니다. 화살은 비껴갔습니다. 이마의 상처는 깊지 않습니다."

"누구냐, 나를 지탱해준 것이."

"도조입니다."

"아우냐? 이세 요사부로는 어떻게 되었느냐?"

"전사하고 말았습니다."

"스와는?"

"스와 나리도."

"덴베는?"

"또다시 적에게 포위당할 것 같습니다. 제가 함께하겠습니다. 안장 앞쪽으로 몸을 엎드리십시오."

도조는 덴베의 생사에 대해서는 말하지 않고 형을 태운 말의 부리 망을 쥔 채 어지러운 병사들 속을 헤치고 달아났다.

금 표주박 전진

　하시바 군과 아케치 군의 싸움은 신시(오후 4시)부터 유시酉時(오후 7시경)까지 이어졌다. 그사이 구가나와테에서 원명사 강을 따라 펼쳐진 북쪽 벌판은 완전히 저물어 있었다.

　"생각보다 강하구나."

　히데요시가 그렇게 중얼거릴 만큼 아케치 군의 항전은 더할 나위 없이 치열했다. 하지만 누가 뭐래도 총결전을 펼치기 전 아케치 군은 적에게 덴노 산의 고지를 빼앗겼을 뿐만 아니라 산악 부대의 대부분을 잃었고, 마쓰다 다로자에몬과 나미카와 가몬 등의 대장을 일찌감치 잃었다. 그것은 결정적인 패인이 되었다.

　그때 민첩하게 기회를 포착할 줄 아는 히데요시가 아케치의 전선을 뚫었던 것이다. 기울어가는 붉은 태양이 원명사 강을 물들이고 있을 때 예비 부대 일만을 남김없이 전진시켜 상류에서부터 적을 압박한 것이었다. 결국 히데요시는 적군 속에 자신의 중군을 놓았다고 말할 수 있을 정도로 대담한 적극성을 내보이면서 전진, 다시 전진하며 한 발짝도 물러서지 않았다. 그렇지만 결코 쉽게 전진할 수 있었던 것은 아니다.

미마키 산자에몬御牧三左衛門, 오쿠다 구나이奧田宮內, 아케치 주로사에몬明智十郞左衛門, 신시 사쿠자에몬進士作左衛門, 쓰마키 주자에몬妻木忠左衛門, 미조오 쇼베 등 아케치 가를 대대로 섬겨온 용장들이 모두 그곳으로 쇄도해 들어온 상태였다.

“저기 지쿠젠이 보인다.”

“왔느냐, 원숭이 놈.”

“내가 단번에.”

무릇 이름 있는 무사라면 밤에도 번쩍번쩍 빛나는 금 표주박 깃발을 목표로 삼지 않은 사람이 없었다. 그렇듯 히데요시의 모습은 히데요시를 노리는 적장들에게 죽음까지 잊게 만들 정도로 큰 용기를 주었다. 그러다 보니 히데요시의 예비군은 일만에 이르는 대군이기는 했으나 아주 조금밖에 전진하지 못했다.

게다가 가토 미쓰야스와 호리 히데마사에게 병력이 적은 나카가와 다카야마 등을 도우라며 이천씩을 내준 상태라 실제로 히데요시의 예비군은 오륙천에 지나지 않았을 것이다. 그러다 보니 한때는 승패를 가늠하기조차 어려웠다.

미쓰히데에게 있어서도 그곳은 본진의 전위였으며, 히데요시도 검광극풍劍光戟風 속으로 말을 몰아 나간 것이었으니 그곳에서 주력과 주력의 참된 결전이 펼쳐졌다고 봐야 할 것이다.

앞서 히데요시는 승려인 세야쿠인을 시모토바에 있는 미쓰히데 진영으로 보내 미쓰히데에게 다음과 같은 말을 전하게 했다.

“늘 전투를 치르고 있기는 하나 아직 대장과 대장이 직접 칼을 맞댄 적은 없었다. 이번에는 주인의 원수를 토벌하기 위해 나가는 것이니 삼 일 안에 쳐 올라가서 미쓰히데와 직접 칼을 맞댈 것이다. 그리 전하도록 하라.”

히데요시가 진격하는 모습만 봐도 그의 얘기가 농담이거나 공갈이 아니었음을 알 수 있다. 히데요시는 진심으로 미쓰히데와 직접 칼을 맞대기를 바랐다. 하지만 그의 부하들은 그로 하여금 앞장서서 나아가는 모습을 자랑스럽게 여기도록 그냥 내버려둘 수는 없는 일이었다. 《가와스미 태합기》에 다음과 같은 내용이 기록되어 있다.

히데요시가 기마의 선봉대에게 창을 휘두르라 명함과 동시에 휴가노카미의 방어진이 무너져 일 정 정도 물러났으나 다시 적의 선봉이 밀려들었기에 히데요시는 혹시 밀리지나 않을까 걱정하여 아군이 창의 손잡이 끝도 움직일 수 없을 정도로 표주박 깃발을 바싹 전진하게 하여 다시 적을 쳤다.

이 부분은 그야말로 당시의 정황을 생생하게 기록한 것이다. 예로부터 '히데요시' 하면 지략이 풍부해서 공성, 야전에서도 대부분 싸우지 않고 계략으로 승리하는 데 능했으며, 자신이 나서서 용감히 싸우는 것을 매우 꺼리는 사람이라 여겨져 왔으나, 그가 용장이 아니라는 확실한 증거는 어디에도 없다.

히데요시는 단지 가능한 한 병력을 잃지 않고 피를 흘리지 않고 가장 큰 전과를 얻으려 했던 것이다. 청년 장교 시절에 있었던 미쓰쿠리箕作 성의 격전에서는 아군의 선봉에 서서 여러 군데에 부상을 입을 정도로 용감한 모습을 보여주었다. 그런 점만 봐도 그에게 용장의 일면이 없었다고는 결코 말할 수 없을 것이다.

특히 야마자키의 일전에서 '대장과 대장이 칼을 맞대 승패를 가르자'고 미쓰히데에게 전했고, '아군이 창의 손잡이 끝도 움직일 수 없을 정도로 표주박 깃발을 바싹 전진하게 하여'라고 기록된 것만 봐도 당시 그의 의지가 얼마나 불타올랐을지 알 수 있다.

바로 그때 그가 취한 전법은 에이로쿠永祿[237] 시절 에치고越後의 우에 스기 겐신上杉謙信이 적인 신겐信玄의 진영 깊은 곳에 기지를 설치하고 단번에 사이조妻女 산에서 가와나카지마川中島의 적군 속으로 목숨을 걸고 돌진하여 물러서지 않았던 것과 비슷하다. 그런 상황에서 그 앞을 가로막을 적이 어디 있겠는가?

아케치 쪽에도 용감한 사람은 많았으나 오쿠다 이치노스케奧田市之助, 미조오 고자에몬溝尾五左衛門, 사쿠라이 신고櫻井新五, 헨미 모쿠노스케逸見木工允, 호리구치 산노조堀口三之丞, 이소노 단조磯野彈正, 도리야마 도노모노스케鳥山主殿助 등이 한자리에서 목숨을 잃고 말았다.

별빛은 어둡고 길은 습지였다. 히데요시의 중군은 피인지 연못이지 모를 질퍽한 것을 밟고 또 밟으며 쉬지 않고 전진해 나갔다. 그런데 움푹 파인 땅 한쪽에서 쉬지 않고 총을 탕탕 쏘는 사람이 있었다.

앞줄에 있었던 네다섯 명이 차례로 쓰러졌다. 총알이 날아오는 간격으로 봐서 한 소대가 숨어 있는 줄 알았는데 총을 쏘는 사람은 단 한 명이었다. 그 사람은 좌우에 가신을 서너 명 두어 총을 한 발 쏘고 나면 총알을 끼우게 하고, 또 한 발 쏘고 나면 다시 다른 총을 들어 조준을 했다.

"물러나지 않은 적이 없는데 저렇게까지 용감한 적이 있다니. 도라노스케虎之助 가서 보고 오너라."

히데요시가 뒤를 향해 말하자 올해 스물두 살인 시동 가토 도라노스케가 주인의 말이 채 끝나기도 전에 말을 달려 나갔다.

탕, 탕! 두 번 정도 총성이 들렸으나 그 연기가 사라지는 것보다 도라노스케의 발이 더 빨랐다. 총을 쏘던 적이 총을 버리고 벌떡 일어나 눈을 번뜩였다.

---

237 일본의 연호. 1558~1570년.

"이놈, 무엇을 바라고 온 것이냐?"

도라노스케는 첫 출진이 아니었다. 주고쿠 진영에 머물렀을 때 가무리高 산성을 비롯한 전투에서 어엿한 전공을 세웠다. 도라노스케가 손에 익은 창을 비껴들고 맞받아쳤다.

"전장에서 원하는 것은 이름 있는 적의 목이다. 이름도 없는 너 따위는 취할 가치도 없다. 내 창에 걸려도 좋을 정도의 목이냐, 그럴 가치도 없는 목이냐? 다시 한 번 짖어보아라."

그 말에 적이 껄껄껄 웃으며 말했다.

"나는 휴가노카미 님의 일가이신 이세 요사부로 사다오키 나리의 가신 신도 한스케進藤半助다. 주인 사다오키께서는 이미 세상을 떠나셨다. 그러니 이 한스케가 살아서 무엇하겠느냐. 이렇게 된 이상 총알 하나를 저 깃발 아래에 있는 히데요시에게 돌려주겠다는 일념으로 몸을 숙이고 있었던 것이다. 너는 아직 나이도 어린 애송이라, 한스케가 쳐서 취하기에는 부족하다. 물러나라, 방해하지 마라."

"어리석은 놈. 이래도 상대로 부족하단 말이냐!"

도라노스케가 갑자기 창끝을 높이 치켜들었다가 휙 하고 내리쳤다. 창은 한스케의 미간 한가운데를 스치고 지나갔다.

대개 창을 휘두르면 노린 곳 아래를 치기 쉬운 법이다. 얼굴을 노리면 목 부근을, 목을 노리면 몸 부근을 치게 되는 게 일반적이다. 하지만 도라노스케의 창은 목표한 곳을 정확하게 쳤다. 그러자 순간 한스케도 놀라고 말았다.

"이놈."

한스케는 머리를 피하며 장검을 휘둘렀다. 도라노스케는 상대가 걸어낸 창을 그대로 내던졌다. 참으로 난폭한 모습이었다. 도라노스케는 투구 끝을 포탄처럼 향하고 한스케의 옆구리로 뛰어들었다.

"앗!"

한스케가 비틀거리자 도라노스케가 끈질기게 달라붙었다. 이미 도라노스케가 승리한 듯 보였다. 하지만 두 사람 모두 맨손이었고, 단검의 손잡이를 잡을 여유가 없었다.

"건방진 애송이."

그때 도라노스케 뒤쪽에서 한스케의 부하 셋이 와아 하며 달려들었다. 그들은 조총의 개머리판과 칼로 한꺼번에 도라노스케의 등을 내리치려 했다. 하지만 그 순간 털썩, 세 사람이 땅을 울리며 쓰러졌다. 도라노스케가 위험하다고 판단한 아군이 달려와 한 사람, 한 사람 적을 벤 것이었다.

도라노스케와 한스케는 싸움닭처럼 서로의 몸을 감싼 채 땅 위에 쓰러져 있었다. 이내 도라노스케가 정신을 차린 뒤 자신의 갑옷 끈을 있는 힘껏 쥐고 있던 주먹을 쥐어뜯었다. 그러고는 몸의 피를 털어내며 무엇인가를 끌어안고 히데요시의 말 앞으로 단걸음에 달려갔다.

"말씀하신 물건 가져왔습니다."

도라노스케가 신도 한스케의 목을 별빛에 비춰 보이며 말했다.

"서기, 붓을 가져오너라."

히데요시 역시 별빛에 종이를 비춰가며 글을 써서 도라노스케에게 던져주었다.

무용, 마음에 새겨 공을 세운 젊은이란 너를 두고 하는 말이구나. 더욱 무공을 세우기 바란다.

6월 13일

히데요시

가토 도라노스케

참으로 솔직한 말이었다. 어떠한 수식도 과장도 없었다. 하지만 이 한 조각 종이는 황금 투구, 명품 다기보다 몇 곱이나 더 귀한 훈장이 될 터였다. 그것을 기약 받은 젊은 무사는 감격의 눈물에 목이 메었다. 그리고 이치마쓰, 스케사쿠助作, 사키치佐吉, 마고로쿠孫六 등의 다른 시동들은 도라노스케에게 선망의 시선을 보내며 마음을 다잡았다.

온보즈카

어두운 바람이 소나무를 스치고 진영으로 몰아쳤다. 막사가 하얀 생물처럼 크게 부풀었다. 바람은 펄럭이며 자꾸 심상치 않은 비가를 불렀다.

"요지로, 요지로!"

"넷!"

"지금 저기서 무엇인가를 고하자마자 바로 돌아간 사자는 누가 보낸 자냐? 왜 일일이 이 미쓰히데에게 고하지 않는 것이냐."

"아직……사실인지 아닌지 분명하지 않기에."

"전령이 전한 내용이 어떤 것이든 미쓰히데에게 고하지 않을 수 있단 말이냐, 요지로!"

"넷!"

"정신 똑바로 차려라. 아군의 패색에 너마저 넋을 잃었단 말이냐."

"억울한 말씀입니다. 호리 요지로는 죽음을 각오하고 있습니다."

"그러냐……."

미쓰히데는 문득 자신의 목소리가 크다는 것을 깨닫고 소리를 낮추었다. 그리고 호리 요지로를 나무랐던 말을 자신에게 해야 한다고 생각했다.

‘온보즈카의 본진도 낮 한때에 비하면 참으로 적막하게 솔바람 소리만 들리는구나.’

미쓰히데는 망연자실 주위를 둘러보았다. 완만한 경사를 이룬 아래쪽은 밭과 들판으로 이어져 있었다. 동쪽으로 구가나와테, 북쪽으로 산악, 서쪽으로 원명사 강이 한눈에 들어오는 전장도 지금은 파란 별만 반짝일 뿐 어둠 일색이었다.

신시에서 유시까지, 아직 겨우 일 각 반(세 시간)밖에 지나지 않았다. 들판을 가득 메웠던 아군의 기치는 어디로 사라졌는가. 미쓰히데는 일 각 반 동안 ‘누구도 목숨을 잃었습니다. 누구도 적군 속에서 전사했습니다. 누구도, 누구도……’ 하며 연달아 보고되는 아군의 이름을 가슴에 모두 담아둘 수 없을 정도로 들어야 했다.

방금 전에도 호리 요지로가 또 하나의 비보를 전해 들은 것임에 틀림없었다. 하지만 호리 요지로도 더 이상 미쓰히데에게 비보를 고할 용기가 나지 않았을 것이다. 그는 미쓰히데에게 야단을 맞은 뒤, 다시 언덕 아래로 내려갔으나 소나무 줄기에 등을 기댄 채 힘없이 별을 올려다보았다.

“누구냐?”

요지로가 지팡이 삼아 짚고 있던 창을 갑자기 고쳐 쥐더니 어둠 너머에서 말을 세운 사람을 향해 외쳤다.

“아군이다. 아군…….”

숨을 헐떡이며 가까이 다가오는 그림자의 발걸음으로 봐서 분명히 부상을 입은 사람이었다. 깜짝 놀란 요지로가 가까이 다가가 그 사람에게 자신의 어깨를 내밀었다.

“교부刑部 아닌가? 내 어깨에 기대게.”

"오…… 요지로인가. 주군께서는?"

"위에 계시네."

"아직 여기에 계시는가? 위험하네, 이제는 여기도 위험해."

가가와 교부香川刑部는 후지타 덴고의 부대에 가담했던 아케치의 부장이었다. 이윽고 교부가 미쓰히데의 걸상 앞에 고꾸라지듯 꿇어앉았다.

"사이토 나리, 아베 나리, 쓰다 나리, 그 외에 후지타 덴고 나리를 비롯하여 모든 군이 무너졌습니다. 우리 장수와 정예 병사 모두 목숨을 잃고 시체가 되어 일일이 손가락을 꼽을 수도 없습니다."

"……"

미쓰히데는 아무런 대답이 없었다. 듣고 있지 않는 것처럼 보이기도 했다. 어두운 소나무 숲 아래였지만 미쓰히데의 얼굴만큼은 하얗게 떠 있는 것처럼 보였다. 교부가 괴롭다는 듯 말을 이었다.

"한때는 히데요시의 중군이 있는 곳까지 밀고 들어갔으나 어둠이 내릴 무렵부터 퇴로를 공격당해 주장인 덴고 나리의 행방조차 알 수 없게 되었습니다. 그리고…… 미마키 산자에몬 나리의 일군도 적에게 겹겹이 포위당해 고전을 거듭하다 미마키 나리 이하 이백 명 정도가 간신히 빠져나와 니시쿠가西久我 마을까지 물러났는데, 그 미마키 나리께서 저를 보시고, '여기도 이미 틀렸네. 주군께서도 얼른 승룡사 성으로 물러나 농성을 준비하시거나, 아니면 밤을 틈타 고슈로 물러나는 것이 상책이라 생각하네. 자네는 온보즈카로 급히 가서 한시라도 빨리 내 말을 주군께 전하도록 하게. 그때까지는 이 산자에몬도 죽음을 서두르지 않고 여기에 머물며 후방을 맡고 있겠네. 그리고 주군께서 떠나셨다는 소식을 들은 뒤에야 살아남은 이백여 명과 함께 히데요시의 진영 속으로 뛰어들어 적과 싸우다 목숨을 바칠 생각일세'라고 말씀하셨습니다."

"……"

미쓰히데는 여전히 말이 없었다.

그 순간 갑자기 사명을 다한 교부는 땅에 엎드린 채 불러도 대답 없는 사람이 되어버리고 말았다. 걸상에서 가만히 바라보고 있던 미쓰히데가 냉담하게 요지로를 돌아보았다.

"교부는 깊은 상처를 입고 있었는가?"

"네."

요지로는 비통해하며 눈물을 글썽였다.

"숨이 끊어진 듯하구나."

"그런 것 같습니다."

"요지로……."

미쓰히데가 전혀 다른 목소리로 물었다.

"조금 전, 네가 받은 사자의 보고는 무엇이었느냐?"

"더는 숨기지 않고 말씀드리겠습니다. 쓰쓰이 준케이의 부대가 갑자기 호라가미네를 내려와 요도 방면에서 아군의 좌익을 힘껏 습격한 탓에 사이토 도시미쓰 나리를 비롯해 아군 부대가 끝까지 버티지 못하고 모두 무너졌다는 사실과 그 패인에 대한 보고였습니다."

"그래, 그런 내용이었단 말이냐."

"이제 와서 말씀드려봐야 그것을 만회할 방법은 없습니다. 괜히 불쾌하고 초조하기만 할 뿐이라 나중에 때를 봐서 말씀드릴 생각이었습니다."

"아니다, 인간의 세상 아니냐. 특히 준케이 따위는 인간 중에서도 가장 흔한 인품. 그가 하고도 남을 짓이다. 상대할 것도 없다."

미쓰히데는 억지웃음을 지어 보였다. 그리고 뒤편을 향해 초조한 듯 말했다.

"말을 내 오거라, 말을."

밤길

원군을 잇따라 내보냈기에 병사의 수가 얼마 남지 않았으나 그래도 아직 노신 이하 이천 명 가까운 병력이 있었다. 미쓰히데는 남은 병력을 이끌고 적군 속에 있는 미마키 산자에몬 가네아키御牧三挫衛門兼顯의 잔군과 힘을 합해 마지막 일전을 펼칠 생각이었다.

미쓰히데는 말 위에 올라 온보즈카의 모든 영에 들릴 만한 목소리로 진격의 명령을 내렸다. 그리고 모든 영의 병사가 모일 때까지 기다리지도 않고 말 머리를 돌려 좌우의 무사 몇 기와 함께 언덕을 달려 내려갔다. 그런데 갑자기 막사 안에서 한 사람이 뛰쳐나오더니 언덕길을 달려 내려와 느닷없이 길을 막은 채 미쓰히데의 말 앞에 팔을 벌리고 섰다.

"앗, 거기 서 있는 게 누구냐?"

미쓰히데는 급히 말을 멈췄다. 길을 막은 사람은 노신인 히다 다테와키比田帶刀였다.

"다테와키, 왜 막는 게냐?"

미쓰히데의 목소리는 날카로웠다.

다테와키는 이미 주인 말의 부리망을 쥐고 서 있었다. 한번 흥분했던 말은 쉽게 본능을 억누르지 못하겠다는 듯 자꾸만 땅을 차며 발버둥 쳤다.

"요지로와 산주로三十郞 모두 어째서 말리지 않는 겐가? 어서 내리게."

히다 다테와키는 부하들을 먼저 야단친 뒤 미쓰히데를 향해 공손히 머리를 숙였다.

"평소의 나리답지 않으십니다. 승패는 한 번의 변화에 지나지 않습니다. 눈앞의 패배 한 번 때문에 몸을 버리려는 것과 다를 바 없는 경거輕擧를 보이시는 것은 휴가노카미 미쓰히데 님답지 않은 행동입니다. 이성을 잃은 행동이라 웃음거리가 될 것입니다. 비록 여기에서는 졌으나 사카모토에 일족이 계시고, 또 각지에서 때를 기다리는 장수들도 산재해 있습니다. 반드시 훗날을 도모할 책략이 없는 것도 아닙니다. 일단은…… 우선 승룡사 성으로 물러나는 것이 좋을 듯합니다."

"어리석은 다테와키."

미쓰히데는 성난 말의 갈기와 함께 고개를 흔들었다.

"지금은 평상시와 다르다. 평상시의 미쓰히데만 있는 줄 아느냐? 무너진 각 부대의 병사들도 미쓰히데가 선두에 섰다는 말을 들으면 다시 결집하여 예기를 되찾을 것이다. 그리고 미마키 산자에몬의 부대를 적군 속에 그냥 내버려둬 죽게 만들 수는 없다. 히데요시의 의표를 찔러야 한다. 신의를 저버린 쓰쓰이 준케이도 응징할 것이다. 미쓰히데는 그저 막연히 죽을 장소를 찾아갈 수 없다. 미쓰히데다움을 보여주려 하는 것이다. 놓아라, 쓸데없는 참견 마라."

"아아, 그처럼 예지에 빛나던 나리의 눈이 오늘은 어째서 이처럼 어두워진 것입니까? 오늘 우리 전군 중에 목숨을 잃은 자가 적어도 삼천 명은 넘을 것입니다. 부상을 입은 자는 헤아릴 수도 없습니다. 또 장수들 모두 목숨을 잃었고 새로 가담한 병사들은 모두 흩어져 달아났습니다. 지금 이 본진에 몇 명의 병사가 남아 있다고 생각하십니까?”

“놓아라. 아무래도 상관없다. 놓지 못할까?”

“그 말씀이야말로 이미 죽음을 서두르고 계시다는 증거입니다. 이 다테와키는 무슨 일이 있어도 막아야겠습니다. 지금 이곳에 삼사천쯤 되는 강병이 남아 있다면 모르겠으나, 나리의 말을 따르는 자는 아마 사오백 명도 되지 않을 것입니다. 나머지는 모두 땅거미가 질 무렵부터 살금살금 진지에서 벗어나 달아났습니다.”

노신 히다 다테와키 노리이에比田帶刀則家는 눈물로 충언을 쏟아냈다.

‘인간의 지성이란 이처럼 나약한 것일까? 그 예지가 일단 어긋나기 시작하면 이렇게까지 어리석음으로 되돌아가는 것일까?’

다테와키는 미쓰히데의 광기 어린 모습을 보고 통한의 눈물을 흘리며 예전의 사려 깊고 총명했던 그의 모습을 떠올리지 않을 수 없었다.

“히다 님의 말씀이 극히 지당하다고 생각합니다. 바로 가까이에 승룡사 성이 있으니 우선 그곳으로 들어가셔서 최선책을 세우셔도 결코 늦지 않을 것입니다. 제가 모시도록 하겠습니다.”

어느 틈엔가 신시 사쿠자에몬과 아케치 시게토모를 비롯해 여러 장수가 말 앞에 와 있었다. 사쿠자에몬과 시게토모는 전선으로 나갔다가 미쓰히데의 몸이 걱정돼 돌아와 있었다.

“이러는 동안 적이 가까이 밀려오면 여기서 모든 것이 허무하게 끝나버리고 말 것이다. 한시라도 빨리 고삐를 잡아 승룡사로 모시도록 하라.”

다테와키는 주인의 뜻을 더 이상 묻지 않았다. 나팔을 불게 하여 급히 북쪽으로 후퇴할 것을 명령했다. 무라코시 산주로村越三十郎, 호리 요지로 등은 자신의 말을 버리고 주인의 말고삐를 쥔 채 북쪽으로 정신없이 달리기 시작했다. 언덕 위의 장병들도 역시 뒤를 따랐다. 하지만 히다 다테와키의 말처럼 그 숫자는 겨우 오백 명 정도에 지나지 않았다.

승룡사 성에는 미야케 도베三宅藤兵衛가 수장으로 있었는데, 그곳에도 짙은 패색이 드리워져 있었다. 암담하고 처참한 기운이 성안 가득 넘쳐나고 있었다. 미쓰히데와 장군들은 희미한 등불을 둘러싸고 이번 패전을 수습하기 위한 논의를 했다. 사실 올바른 이성으로 판단했을 때 더는 계책이 없다는 것을 미쓰히데도 깨닫고 있었다.

성 밖의 보초병으로부터 적군이 다가오고 있다는 보고가 자꾸만 들려왔다. 승룡사 성도 히데요시 군의 파죽지세를 막을 수 있을 만큼 견고한 성은 아니었다. 애초부터 셋쓰의 나카가와, 이케다, 다카야마 등이 혹시라도 음모를 꾸민다면 당장 치겠다고 허장성세를 부리기 위해 쌓은 성에 지나지 않았다. 요도 성마저 바로 어제 수축을 명한 상태였다. 성난 파도 소리를 들은 뒤에 둑을 쌓기 시작한 격이었다. 모든 일을 거꾸로 생각해보면, 미쓰히데가 이렇게까지 눈이 어두워질 수 있을까 의심이 들 정도였다.

그래도 미쓰히데를 오래도록 섬겨온 숙장이나 가신들은 그의 은혜를 배신하지 않고 목숨을 바쳐 싸워 눈물겨운 주종의 의를 내보였다. 주인을 친 아케치 가 안에서 이처럼 주종의 도의가 깨지지 않고 남아 있었다는 것은 얼핏 모순인 것처럼 보이나, 역시 미쓰히데의 덕이라 할 수 있을 것이다. 또 도의에 사는 것 외에는 살아갈 곳도, 죽어야 할 곳도 없는 무문의 철칙을 잘 보여준 것이라고도 할 수 있을 것이다.

어찌 됐든 겨우 일 각 반 동안의 전투에서 양군의 사상자는 어마어마할 정도로 많았다. 훗날 조사에 따르면 아케치 군의 전사자는 삼천여 명, 히데요시 군의 전사자는 삼천삼백여 명이나 되었다. 부상자 수까지 더하면 헤아릴 수 없을 정도로 사상자 수가 많았다. 하지만 이번 싸움에서 미쓰히데의 의지에 뒤지지 않는 아케치 군의 기백을 엿볼 수 있었다. 그리고 적의 반수도 되지 않는 병력과 불리한 위치였다는 점을 생각해보면 미쓰히데의 패배는 결코 세상의 웃음거리가 될 만한 패배가 아니었다.

오구루스小栗栖

6월 13일, 옅은 먹물 같은 구름 속으로 달빛이 번져 있었다. 앞쪽에 한두 기, 그리고 조금 뒤떨어진 곳에 몇 기, 총 십삼 기 정도의 무사가 한 무리가 되어 요도 강 북쪽에서 후시미 방면으로 달아나고 있었다.

"여기는 어디쯤인가?"

마침내 길이 어두운 산중에 들자 미쓰히데가 히다 다테와키 노리이에를 돌아보며 물었다.

"오카메大龜 계곡일 것입니다."

다테와키의 얼굴에도 뒤따르는 몇 기의 그림자에도 나뭇가지 사이로 새어나온 달빛의 반점이 파란 물빛처럼 쏟아지고 있었다.

"그렇다면 모모야마桃山의 북쪽을 넘어 오구루스에서 권수사勸修寺 (간슈지) 길로 나갈 생각인가?"

"그렇습니다. 날이 밝기 전에 야마시나, 오쓰大津 부근까지 가면 더는 걱정하실 것 없습니다."

그때 미쓰히데보다 조금 앞서가던 신시 사쿠자에몬이 갑자기 말을 세우더니 손을 흔들었다.

"쉿!"

미쓰히데도 말을 세웠다. 뒤따르던 사람들도 모두 말을 세웠다. 그리고 속삭이는 소리도 멈추었다. 훨씬 앞에서 정찰을 하며 걷고 있던 아케치 시게토모와 무라코시 산주로의 그림자가 눈에 들어왔다. 그들은 계곡의 물가에 말을 세운 채 뒤쪽 사람들에게 손짓으로 기다리라는 신호를 보내놓고 온몸의 촉각을 곤두세우며 서 있었다.

사람들은 곧 안심하고는 두 사람의 신호에 따라 다시 살금살금 말을 움직였다. 달과 구름도 한밤중의 중천에서 잠을 자고 있는 듯했다. 아무리 조용히 걷는다 해도 말은 언덕길에 접어들면 돌을 차기도 하고 썩은 나뭇가지를 밟아 부러뜨리기도 했다. 그러다 보니 조그만 소리에도 잠들었던 새가 날아올랐다. 그럴 때마다 미쓰히데 일행은 '적인가?' 싶어 말의 발걸음을 멈추게 했다.

대패를 당한 뒤 승룡사 성으로 들어가 하루 종일 지쳤던 몸을 쉬며 앞으로 어떻게 해야 할지 논의했으나 결국 사카모토로 달아나는 수밖에 특별한 방책이 없었다. 신하들도 모두 미쓰히데에게 인내의 길을 택하라고 권했다. 그러자 미쓰히데는 사카모토로 방향을 정하고 성의 뒷일을 수장인 미야케 도베에게 맡긴 채 저녁 무렵 그곳을 벗어났던 것이다.

미쓰히데가 승룡사에서 나설 때까지만 해도 그를 따르는 병력은 사오백 명쯤 되었다. 하지만 구가나와테에서 요도 강을 건너 후시미 마을에 이르는 동안 대부분의 병력이 뿔뿔이 흩어져 달아났고, 남은 병력은 이제 심복들로 겨우 십삼 기뿐이었다.

"사람이 많으면 오히려 적의 눈에 띄기 쉽다. 생사를 함께하겠다는 각오가 없는 자는 오히려 걸리적거리기만 할 뿐이다. 사카모토에는 아직 미쓰하루 나리가 계시며 삼천의 정예도 있다. 그곳에 이르기까지 무사하기만 빌면 된다. 가엾은 주군 위에 신의 도움이 있기를."

아케치 시게토모, 무라코시 산주로, 신시 사쿠자에몬, 호리 요지로, 히다 다테와키 등의 심복들은 그렇게 서로를 위로했다.

자세히 말하면 오카메 계곡은 야마시로의 기이紀伊 군 후카쿠사深草 촌의 산중이었다. 길은 여기서부터 우지 군 다이고醍醐 촌의 미나미오구루스南小栗栖로 이어졌다. 산과 계곡이라곤 하지만 그다지 험준한 곳은 아니었다.

그날 밤 오랜만에 음력 6월 열사흗날의 달무리를 볼 수 있었으나 조금 전에 날이 다시 흐려졌으며, 나무 밑이 축축할 정도로 땅이 질퍽거렸고, 낮은 곳에는 생각하지도 않았던 물이 흐르고 있다 보니 주종 십삼 기가 달아나는 길은 결코 순탄하지 않았다.

더군다나 미쓰히데와 심복들의 심신은 젖은 솜처럼 녹초가 되어 있었다. 이제 야마시나까지는 얼마 남지 않았다. 오쓰까지 가면 그때부터는 안심할 수 있다고 서로를 격려했으나 모두 지쳐 있다 보니 그 얼마 되지 않는 거리가 마치 천 리처럼 느껴졌다.

"오, 마을이 보인다."

"오구루스일 걸세. 조용히 하게."

"그래. 조용히 지나기로 하세."

사람들은 눈빛으로 서로에게 주의를 주었다. 수풀 사이로 산속 집들의 초가지붕이 드문드문 보이기 시작했기 때문이다. 그러한 마을은 될 수 있으면 피하고 싶지만 길은 자연스럽게 집들 사이로 들어서는 법이다. 하지만 천만다행으로 어디를 둘러보아도 불빛 하나 보이지 않았다. 하얀 달빛 아래, 대나무 숲에 둘러싸인 산골 마을의 지붕은 세상의 소란도 모르는 채 깊은 잠에 빠져 있는 듯했다.

멀리 앞까지 정찰을 하며 달려갔던 아케치 시게토모와 무라코시 산주로는 한 줄기 좁은 마을길을 무사히 지나 숲의 모퉁이에 서서 뒤따라오는 미쓰히데의 무리를 기다리고 있었다. 그런데 두 사람이 비껴든 창의 하얀 빛이 반 정(약 오십 미터)쯤 앞에 있는 나무 그림자에 반짝반짝 보일 무렵이었다. 어린 대나무라도 밟아 부러뜨리는 듯한 울림과 함께 야수가 울부짖는 듯한 소리가 어딘가에서 들려왔다.

"……응?"

미쓰히데 바로 앞에서 말을 타고 은밀하게 걷던 히다 다케와키가 본능적으로 뒤를 돌아보았다. 어둠 속에 대나무 숲으로 둘러싸인 산골 집의 울타리를 따라 길이 나 있었다. 미쓰히데의 그림자는 열 간 정도 뒤에 못 박힌 듯 서 있었다.

"나리……."

아무 대답도 없었다.

대나무 숲의 어린잎들이 바람도 없는 하늘에서 흔들리고 있었다. 자꾸만 들려오는 땅의 울림은 그곳에서 떨어지는 밤이슬이었다.

"무슨 일이십니까?"

다테와키가 돌아서려던 순간이었다. 말의 갈기에 엎드려 옆구리를 쥐고 있는 것처럼 보였던 미쓰히데가 가슴 밑에 있던 고삐를 쥔 손을 움직이더니 갑자기 얼굴을 들어 급히 말을 움직이기 시작했다. 그러고는 아무런 말도 하지 않고 다테와키 옆을 지나 앞으로 달려가는 것이었다. 다테와키는 이상히 여기기는 했으나 아직 아무것도 깨닫지 못한 채 뒤를 따랐으며, 사쿠자에몬과 요지로도 뒤따라 달려갔다.

그들은 삼 정 정도를 그대로 달렸다. 앞에서 기다리고 있던 시게토모와 산주로는 하나가 되어 달렸고, 미쓰히데는 열세 명의 일행 중 여섯 번째로 달리고 있었다. 그러다 갑자기 무라코시 산주로의 말이 뒷발로 곤두섰다. 그 순간 산주로는 하얀 칼날을 뽑아 왼쪽 옆구리 부근을 베었다.

쨍그랑! 고막을 찢을 것 같은 소리가 하얀 칼날과 죽창 사이에서 들려왔다. 죽창을 들고 달려든 사람은 창끝이 잘린 뒤 바스락 소리를 내며 대나무 숲 속으로 민첩하게 숨어들었으나 사람들은 분명히 그를 보았다.

"지금 도둑 떼였나?"

"그런 것 같네. 방심해서는 안 돼. 이 대나무 숲 안에서 날뛰고 있는 듯하니."

"산주로, 괜찮은가?"

"당연하지, 산적들의 죽창 따위는 문제없네."

"신경 쓸 것 없어. 서두르게, 어서 서둘러. 신경을 쓰기 시작하면 귀찮아져."

"그런데…… 나리께서는?"

산주로를 비롯한 부하들이 주위를 둘러보았다.

"아, 저기에."

그 순간 모두 놀라 얼굴빛이 새파랗게 변했다. 한 백 보쯤 앞에 미쓰히데가 말에서 떨어져 있었다. 게다가 미쓰히데는 몸을 웅크린 채 심상치 않은 신음 소리를 내고 있었다.

"나리, 정신 차리십시오."

"나리! 나리……"

"조금만 더 가면 야마시나입니다. 상처도 그리 깊지 않습니다."

"마음을 굳게 먹으셔야 합니다."

말에서 내려 달려온 아케치 시게토모와 히다 다테와키가 미쓰히데를 안아 일으켜서는 억지로라도 다시 한 번 말에 태우려 했다. 하지만 미쓰히데는 이미 그럴 의지도 없는 듯했다. 그저 천천히 얼굴을 옆으로 흔들 뿐이었다.

"앗, 어떻게 되신 겁니까?"

산주로, 요지로, 사쿠자에몬 등도 달려왔다. 그리고 괴로워하는 미쓰히데의 신음과 사람들의 탄식과 오열 소리가 뒤섞였다.

그 순간 하늘에 떠 있는 달이 유난히 맑게 보였다. 그리고 대나무 숲 어둠 속에서 갑자기 토민들의 발소리와 외치는 소리가 노골적으로 웅성웅성 들려오기 시작했다.

"조금 전 어둠 속에서 죽창을 휘둘렀던 도적 떼가 여전히 우리를 노리고 있는 모양이군. 약한 모습을 보이면 상대의 빈틈을 노려 더욱 끈질기게 따라붙는 것이 그들의 습성이지. 산주로와 요지로는 이곳의 일보다 주위의 도적들을 처리하게."

시게토모의 말에 사람들은 급히 앞뒤로 갈라져 다가오면 베겠다는 듯 창을 꼬나들기도 하고, 칼을 뽑아 '이놈들!' 하고 크게 외치며 기척이 느껴지는 대나무 숲 속으로 달려 들어가기도 했다. 마치 나뭇잎에 떨어지는 빗소리처럼 사사삭 하며 오구루스의 깊은 밤의 정적을 깼다.

"시게토모……. 시, 시게토모는?"

"여기 있습니다. 이렇게 나리의 몸을 단단히 끌어안고 있습니다."

"오…… 시게토모."

미쓰히데가 입술을 움직였다. 그리고 자신을 지탱하고 있는 시게토모의 팔과 어깨를 더듬듯 쓰다듬었다. 옆구리에서 피가 너무 많이 흐르다 보니 이내 시력도 떨어지고 혀도 꼬였다.

"지금 상처를 감싸고 있습니다. 가지고 있는 약을 드릴 테니 조금만 참으십시오."

"쓸데없는……."

미쓰히데는 필요 없다며 머리를 옆으로 흔들었다. 그리고 무엇인가를 원하듯 손을 움직였다.

"무엇 말입니까? 무엇?"

"벼루."

"벼루 말씀이십니까?"

시게토모는 서둘러 갑옷의 소매에서 종이와 벼루를 꺼냈다.

미쓰히데는 힘없이 붓을 쥐고는 하얀 종이 위를 노려보았다.

'마지막으로 시를 지으실 모양이구나.'

시게토모는 가슴이 미어졌다. 그는 지금 그곳에서 미쓰히데에게 시를 짓게 하고 싶지 않았다. 그는 운명을 받아들이지 못하고 마음속으로 쓸데없는 반항을 하고 있는 것이었다.

"나리, 나리……. 덧없이 붓을 쥐지 마십시오. 오쓰까지 이제 얼마 남지 않았습니다. 거기까지만 가면 사마노스케 미쓰하루 님께서 마중을 나오실 것입니다. 자…… 상처를 감싸겠습니다."

시게토모가 종이를 땅바닥에 놓고 미쓰히데의 허리끈을 풀려 하자 미쓰히데가 놀라운 힘으로 그의 손을 뿌리쳤다. 그리고 왼손으로 몸을 짚어 땅바닥에 있던 하얀 종이를 향해 오른손을 뻗더니 붓이 부러질 듯한 힘으로, '순역무이문順逆無二門'이라고 썼다. 하지만 손의 떨림이 너무 심해 더는 쓸 수 없었다. 미쓰히데가 시게토모에게 붓을 건네주며 말했다.

"뒤를 받아쓰게."

"……."

미쓰히데는 시게토모의 무릎에 기댄 채 얼굴을 하늘로 향했다. 그러고는 오래도록 한 점 달을 응시했다. 달보다 더 창백한 죽음의 빛이 얼굴 가득 넘쳐날 무렵, 신기하게도 조금도 흐트러짐이 없는 목소리로 시의 뒷부분을 이어나갔다.

대도가 마음 깊이 통해

오십오 년의 꿈

깨어보니 근원으로 돌아가네.

시게토모는 붓을 던지고 통곡했다. 그 순간 미쓰히데는 자신의 목을 단도로 단숨에 베고 있었다.

"여기까지구나."

그 모습을 보고 달려온 신시 사쿠자에몬과 히다 노리이에도 죽은 주인 옆으로 다가가 자신의 칼끝 위로 몸을 숙였다. 그리고 네 명, 여섯 명, 여덟 명…… 나머지 사람들도 미쓰히데의 시체를 둘러싸고 목숨을 바쳤다. 순식간에 시체들은 땅 위에 커다란 피의 꽃잎과 화심을 수놓았다.

조금 전 대나무 숲 속으로 뛰어들었던 호리 요지로는 토민 무리와 싸우다 목숨을 잃은 것인지 무라코시 산주로가 어둠을 향해 아무리 불러도 돌아오지 않았다.

"요지로, 돌아오라. 요지로, 요지로!"

부상을 입은 산주로는 대숲 속을 엉금엉금 기어서 나왔다. 그때 바로 옆을 지나쳐 가는 사람이 있었다.

"앗, 시게토모 나리."

"산주로냐?"

"주군은 어떻게 되셨습니까?"

"숨을 거두셨다."

"넷?"

산주로는 깜짝 놀랐다.

"어, 어디에?"

"산주로, 나리는 여기에 계시다."

시게토모가 말안장 덮개에 쌌던 미쓰히데의 목을 내보이며 암울하게 얼굴을 돌렸다.

"아아."

산주로는 격렬한 기세로 미쓰히데의 목을 향해 달려들었다. 그리고 주인의 목에 달라붙자마자 엉엉 소리를 높여 통곡했다.

"마지막 말씀은?"

"순역무이문, 이 시 한 수뿐이었다네."

"순역무이문이라 말씀하셨습니까?"

"비록 노부나가를 쳤다고는 하나 순역을 따질 이유는 없다. 그도 나도 똑같은 무문. 무문 위에 삼가 우러러야 할 사람은 오직 한 분밖에 없다. 그 대도는 나의 마음 깊은 곳에 있는 것. 아는 자는 마침내 알게 될 것이다. 하지만 오십오 년의 꿈, 깨어나고 보니 나도 세속의 평판에서 자유롭지 못한 자였다. 평판을 하는 자도 역시 근원으로 돌아가지 않을 수 없을 것이다. 이렇게 울분을 토하고 자결하셨다네."

"이해할 수 있습니다. 이해할 수……."

산주로는 훌쩍이며 주먹으로 눈물을 훔쳤다.

"전략에 능한 사이토 나리의 간언도 쓰지 않으시고 불리한 지형과 적은 병사인 줄 뻔히 알면서도 야마자키에서의 결전을 피하지 않은 것도 그 대도를 생각했기 때문이었습니다. 야마자키에서 물러나면 교토를 버리는 셈이 되니……. 그 마음을 생각하면 울어도 울어도 속이 풀리지 않을 것입니다."

"아니, 비록 졌다고는 하나 대도를 버리지 않으셨다는 점에서만은 만족하시며 눈을 감으셨을 것이다. 마지막 시가 그것을 하늘에 외치고 있어. 아…… 시간을 지체하면 도적 떼가 또 공격해올 것일세, 산주로."

“네……."

“나 혼자서는 뒤처리를 할 방도가 없으니 저기에 남겨두고 온 목 없는 시체를 모쪼록 사람들 눈에 띄지 않는 땅속에 묻어 숨겨주기 바라네.”

“다른 분들은?”

“모두 유해를 둘러싸고 깨끗하게 목숨을 바쳤다네.”

“말씀하신 일을 마치고 나면 저도 죽을 곳을 찾도록 하겠습니다.”

“나도 이 수급을 지은원知恩院(지온인)에 계신 미쓰타다光忠 나리께 전해드리고 난 뒤 내 몸을 처리할 생각일세. 그럼 떠나도록 하게.”

“안녕히 가십시오.”

두 사람은 대숲 속 오솔길에서 헤어졌다. 넘쳐나는 달빛의 반점이 아름다운 밤이었다.

세베, 수고했네

미쓰히데가 오구루스 부근에서 최후를 맞이한 때 승룡사 성도 잃고 말았다. 야마자키와 원명사 강을 잇는 곳에서 아케치 군을 격퇴한 남군의 호리, 나카가와, 하치야 등의 부대가 들판과 풀을 휩쓸며 승룡사를 포위한 것이었다.

"미쓰히데는 틀림없이 저기에 있을 것이다."

공격진은 미쓰히데가 후시미 방면으로 달아난 뒤라는 사실을 알고 실망했으나 여전히 포위를 풀지 않았다. 성안에서 수장 미야케 도베와 수백 명의 병사가 한꺼번에 화살과 총알을 퍼부었기 때문이다. 하지만 그것은 불이 꺼지기 직전 피어오르는 불꽃에 불과했다. 잠시 뒤 사격 소리가 뚝 끊기고 성루의 한쪽 끝에서 벌건 불꽃이 피어오르더니 달이 뜬 밤하늘로 맹렬하게 타올랐다.

"마침내 스스로 불을 지르고 성안에 병사 한 명 남기지 않고 성 밖으로 나와 싸우다 죽을 준비를 하는군."

공격진에 긴장감이 감돌았고, 각 부대원들은 서로 주의를 주었다. 그들은 성문으로 적이 달려 나오면 한 사람도 남김없이 베겠다며 웅성거리고 있었다. 그러는 사이 성안의 불꽃이 사라져버렸다. 무덤과도 같은 정적이 흐르고 어둠 속에서 연기만 피어올랐다. 어찌 된 일일까, 공격진은 의구심에 사로잡혔다. 그때 성문 위에 사람의 그림자가 나타났다. 그가 공격진을 향해 외쳤다.

"공격진의 대장은 들으시오. 성의 수장인 미야케 도베께서 끝까지 버틸 수 없을 것이라고 판단해 조금 전 목숨을 끊으셨소. 죄 없는 부하는 각자의 고향으로 돌려보내고 싶소. 이러한 뜻을 받아들일 요량이라면 성문을 열도록 하겠소."

미야케 도베의 심복인 미조오 고자에몬이었다. 공격진은 요구를 받아들였다. 고자에몬은 그 자리에서 문을 열라고 명령하고 성안의 병사 수백 명이 적의 손에 넘어가는 것을 지켜본 뒤 내려왔다.

"그럼, 나도 가기로 할까."

하지만 고자에몬은 성 밖으로 나오지 않았다. 잠시 뒤 망루 아래에서 다시 불길이 일었다. 공격진은 일제히 몰려 들어가 불을 껐다. 하지만 고자에몬은 이미 할복을 한 뒤였고 불속에서 백골이 되어 있었다.

저녁 무렵, 원명사 강의 격전에서 중상을 입은 후지타 덴고 유키마사는 동생인 도조의 호위를 받으며 간신히 전장에서 빠져나와 새벽 무렵 요도 강가 마을 동구 밖에 도착했다.

"형님, 여기서 잠시만 기다리십시오."

도조 유키히사가 다리 부근을 돌아다니자 덴고가 물었다.

"유키히사, 무엇을 찾는 게냐?"

도조가 대답했다.

"작은 배를 찾아서 형님을 모실 생각입니다."

도조의 말에 덴고가 화를 내며 야단쳤다.

"주군의 생사도 알기 전에 나 홀로 안전한 길을 갈 수는 없다."

하지만 머지않아 승룡사 성이 떨어지고 미쓰히데가 죽었다는 소식이 전해졌다. 마침내 형제는 요도의 작은 다리 옆에서 장렬하게 서로를 찔러 목숨을 끊었다.

승룡사 성으로 남군이 밀려든 뒤에도 니시가오카西ヶ岡 방면, 구가스我, 가쓰라 강 일대에서는 여전히 작은 조총 소리가 울려 퍼졌다. 곳곳에서 소탕전이 벌어지고 있는 듯했다.

한편 나카가와 세베, 다카야마 우콘, 이케다 쇼뉴, 호리 히데마사 등의 장수들은 이곳으로 부대 사령부를 옮긴 뒤 커다란 횃불을 피워놓고 성문 밖에 걸상을 늘어놓은 채 간베 노부타카와 히데요시가 오기를 기다렸다. 이윽고 노부타카가 도착했다. 전승을 올리고 입성하는 것이었다. 장병들은 기치를 정연히 하고 그들을 맞아들였다. 노부타카가 말에서 내려 전군이 도열해 있는 사이를 지나갔다.

"그래, 그래."

노부타카는 줄곧 따뜻한 얼굴로 장병들과 인사를 나누었다. 그중 이케다, 다카야마, 호리, 호리오 등에게는 은근하면서도 정중한 말투로 노고를 치하했다. 특히 나카가와 세베에게는 손을 잡고 이렇게 말했다.

"이번 대전투에서 아케치 군을 하루 만에 격파하여 돌아가신 아버지 노부나가의 원한을 씻을 수 있었던 것은 모두 여러분의 충절과 분전에 의한 것이오. 이 노부타카, 결코 잊지 않을 것이오."

노부타카는 다카야마 우콘에게도, 이케다 쇼뉴에게도 찬사를 보냈다. 그런데 그 뒤를 따라온 히데요시는 다카야마, 이케다 앞을 지나면서 아무런 말도 하지 않았다. 그뿐만 아니라 그는 가마에 탄 채 몸을 조금 뒤로 젖혀 거드름을 피우는 것처럼 보이기까지 했다. 무사들 가운데 가장 사납기로 유명한 나카가와 세베는 히데요시의 모습을 보고 꼴불견이라 생각했는지 '기요히데가 여기에 있다'고 말하기라도 하듯 일부러 큰 소리로 마른기침을 했다. 그제야 히데요시가 가마 위에서 세베에게 눈길을 주었다. 그러고는 단 한마디 말만 내뱉고 지나쳐버렸다.

"세베, 수고했네."

히데요시의 말에 세베는 발을 동동 구르며 화를 냈다.

"노부타카 님조차 말에서 내려 인사를 했는데 가마를 탄 채 지나다니 불손하기 짝이 없는 녀석이다. 원숭이 놈, 벌써 천하라도 쥔 줄 알고 있단 말인가."

말은 주변 사람들에게 들리도록 했으나 더 이상 화도 내지 않았고 그 어떤 행동도 취하지 않았다. 사실 화를 더 내봤자 오히려 자신이 작아질 뿐이었다.

세베 한 사람만이 아니라 니와, 이케다, 다카야마 모두 히데요시와 어깨를 나란히 하던 오다의 유신이었다. 하지만 어느 틈엔가 히데요시는 그들을 자신의 휘하처럼 다루게 되었고, 그들 또한 그것을 알면서도 히데요시 밑에 머물지 않을 수 없었다. 모두 하나같이 석연치 않은 기분이었지만 그렇다고 해서 누구도 그것을 거부할 수 없는 상황이었다.

히데요시는 성안에 들어서서도 타고 남은 건물을 한번 쳐다봤을 뿐 안으로 들어가 몸을 쉬려 하지 않았다. 넓은 정원에 장막을 치게 한 다음 노부타카와 결상을 나란히 하고 앉은 채 모든 장수들을 불러 명령을 내리기 시작했다.

"규타로(호리 히데마사)는 곧 병사를 이끌고 야마시나에서 아와다구치로 밀고 들어가게. 오쓰로 가서 아즈치와 사카모토의 통로를 차단하는 게 목적일세."

나카가와와 다카야마 두 장수에게는 이렇게 명령했다.

"세베와 우콘은 단바 쪽으로 급히 서둘러 가게. 적의 잔병 중 대부분이 단바로 달아날 게야. 그들을 가메야마로 들어가게 해서는 안 되네. 때를 놓치면 성을 떨어뜨리기가 쉽지 않을 게야. 내일 중으로 가메야마를 공략한다면 별 어려움 없이 함락시킬 수 있을 걸세.”

나머지 장수들에게도 도바鳥羽, 시치조七條 방면으로 서둘러 가라는 둥, 요시다와 시라 강 방면으로 먼저 출발하라는 둥 하며 명령을 내렸다. 매우 명쾌한 지휘였으나 옆에 있는 노부타카를 제쳐놓은 채 지시를 내리고 있었기에 모든 장수의 눈에는 히데요시의 태도가 무척이나 불손하게 보였다. 하지만 조금 전 소리까지 내며 화를 냈던 나카가와 세베는 물론 다른 사람들도 점잖게 명령을 받아들였다. 단 한 사람도 겉으로 불쾌한 감정을 드러내지 않았다.

“알겠소.”

“말씀대로 하겠습니다.”

히데요시는 군량을 병사들에게 풀고 술을 내주어 배를 채우게 한 뒤, 다시 다음 전장으로 출발했다. 그는 사람을 굴복시키는 데도 때와 장소가 있다는 것을 잘 알고 있었다. 모든 사람들이 승리에 들떠 있을 때야말로 좋은 기회였다. 이러한 때에 세베처럼 울컥해서 화를 내면 주위 사람들은 오히려 세베를 소심하다며 비웃을 게 뻔했다. 히데요시는 그런 기회를 이용해 일당백의 장수들과 다루기 어려운 용맹스러운 동료들을 자신의 휘하로 만들 정도로 무분별한 사람이 아니었다.

군대에는 수뇌가 절대로 필요하며 통사가 명확하지 않으면 군기가 문란해진다. 신분상으로는 노부타카가 주장이 되어야 했으나 이번 전투에 늦게 가담한 데다 과감한 결단과 지략이 부족하다 보니 주장이 될 수 없었다. 그것은 전군의 모든 장수들이 인정하는 사실이었다.

그렇다고 해서 히데요시 말고 다른 인물이 있는가 하면, 그럴 만한 사람도 없었다. 다들 가슴속으로는 히데요시 휘하에 만족할 수 없다고 생각하면서 그렇다고 직접 나서서 사람들을 이끌 수 있다고 생각하지도 않았다. 특히 이번 복수전의 주창자는 히데요시였다. 그 규합에 응

해 나선 이상 이제 와서 '사람을 부하 다루듯 하다니, 괘씸하다'고 주장
해봐야 스스로 속이 좁다고 떠들어대는 것과 다를 게 없었다. 한편으
로는 승리를 거둔 진영에 가담했으면서 스스로 공을 버리고 배신자라
는 비방을 사려 하는 것과 다를 게 없었다. 이에 각 장수들은 쉴 틈도
없이 전장으로 향하기 위해 자리에서 일어났으며, 히데요시는 주장의
자리에 앉은 채 턱으로 간단히 인사를 건넬 뿐이었다.
　"수고하게."

다리 위, 다리 아래

　히데요시 역시 그날 밤이 지나기 전 요도까지 진출했다. 그곳에서 노부타카와 함께 숙영을 한 뒤 새벽에 출발해 교토로 들어갔다. 6월 14일이었다. 교토로 들어가서는 무엇보다 먼저 불에 타고 남은 본능사를 찾아가 고 노부나가의 영을 애도하고 전황을 보고했다. 하지만 그곳에는 불에 타고 남은 가람의 잔해와 재 외에는 아무것도 남아 있지 않았다.

　다만 고대사高台寺(고다이지)의 법사들이 한쪽 구석 연못가에 돌을 쌓아두었는데, 누군가가 그곳에 꽃과 물 등을 바쳤던 흔적이 있을 뿐이었다. 노부타카와 히데요시는 그곳을 임시 영지로 삼고, 노부나가를 비롯해 목숨을 잃은 수많은 장병들에게 절을 올렸다.

　"여기에 서 있는데도 아즈치로 돌아가면 뵐 수 있을 것 같은 생각이 드는군……."

　노부타카가 눈물을 흘리며 말했다.

　"얼마나 원통하셨을지. 6월 2일 이후 오늘이 꼭 십삼 일째 되는 날이구나. 타다 남은 마룻대와 기둥에서도 아직 불 냄새가 나는 듯하구나. 아아…… 불에 탄 헝겊 조각이 떨어져 있네. 부러진 활도 보이고."

히데요시도 그곳을 떠나지 못하고 이곳저곳을 돌아보며 깊은 감회에 사로잡혔다. 그는 오쓰까지 서둘러 가는 도중에 행군을 멈추고 그곳에 들른 것이었다.

어젯밤 승룡사에서 출발한 히데마사의 부대는 오늘 아침 무렵 오우미近江 근처까지 진출해 있을 터였다. 그 외에도 어젯밤 배치에 따라 다이고, 야마시나, 오우사카逢坂, 요시다, 시라 강, 니조二條, 시치조, 교토 곳곳에까지 히데요시가 지휘하는 부대가 이르지 않은 곳이 없었다. 오늘 아침에는 태양의 빛깔까지 왠지 상쾌하게 느껴졌다.

'묘심사에서 무수히 끌어냈다고 하더군.'

'사가嵯峨에서도 붙잡았다고 하던데.'

'혼아미本阿弥의 네거리에서 목이 잘리는 것을 보고 왔어⋯⋯.'

거리마다 잔당 섬멸에 대한 소문이 파다했다. 야마자키에서 달아난 무사들과 치안을 맡고 있던 아케치의 병사들은 한 명도 남김없이 잡혀 참수를 당했다.

니조 성의 전투에서 부상을 입고 지은원知恩院에 들어가 요양을 하고 있었던 아케치 미쓰타다도 그날 아침 근신으로부터 '이미 히데요시의 깃발이 교토로 들어왔습니다'라는 보고를 받고는 바로 방문을 걸어 잠그고 자결하고 말았다. 그의 가신들도 모두 그를 따라 목숨을 끊었다. 그리고 어젯밤 단바를 넘기 위해 떠났던 다카야마와 나카가와 두 부대는 14일 아침 무렵 가메야마 성을 포위했다. 하지만 그곳에는 이미 미쓰히데의 가족이 없었다. 큰아들인 주베 미쓰요시十兵衛光慶가 성을 지키고 있을 것이라 생각했으나 그도 보이지 않았다. 노신인 오키 고로베隱岐五郎兵衛는 전날 병사한 상태였다. 그 외에 장수들도 보이지 않았다. 그러다 보니 공격진은 아무런 저항도 받지 않고 입성할 수 있었다.

이튿날인 14일 무렵, 중앙을 제외한 지방의 제후들은 어떠한 결정을 내렸을까? 다들 여전히 혼란 속에서 갈팡질팡했지만 도카이도東海道의 도쿠가와 이에야스德川家康와 에치젠越前의 시바타 가쓰이에柴田勝家는 다소 적극적인 움직임을 보였다.

가쓰이에는 교토로 들어가 세상을 떠난 주인의 원수 미쓰히데와 일전을 펼치기 위해 양자인 가쓰토요勝豊와 가쓰마사勝政, 그리고 장수들을 이미 선발대로 내보냈다. 그리고 자신도 기타노쇼北ノ庄에서 나와 산을 넘어 오우미로 발걸음을 재촉하고 있었다.

도쿠가와 이에야스의 세력도 같은 목적으로 14일에 이미 아쓰타熱田까지 진출한 뒤 교토를 향해 속속 행군 중이었다. 하지만 미쓰히데가 패한 뒤라 이미 늦었다고 할 수밖에 없었다. 이에야스와 가쓰이에도 미쓰히데처럼 오산을 하고 말았다. 히데요시가 세상의 커다란 변화를 신속하게 밀어붙여 단번에 마무리 지을 줄은 꿈에도 생각하지 못했던 것이다. 세상 사람들 역시 마찬가지였다. 어제 하루 만에 아케치의 존재가 거품처럼 말살된 것이었다.

오늘 아침, 사람들은 미쓰히데가 갑자기 일으킨 사건에 놀란 만큼 다시 그가 맥없이 떨어져버렸다는 데 망연한 기분마저 들었다. 하지만 그날까지도 병력에 타격을 받지 않은 아케치의 일족이 있었다. 아즈치를 점령해 주둔하고 있던 일천여 명과 사카모토 성에 있는 일천 수백 명이었다. 그곳의 장수는 바로 미쓰히데의 사촌 동생인 아케치 사마노스케 미쓰하루였다.

두 개 성을 합치면 약 삼천 명의 병력이 있었다. 그들을 덧없이 오우미 초입에 남겨둔 것은 미쓰히데의 커다란 하책下策이었다고 혹평하는 전략가도 있으나 미쓰히데라고 결코 그 정도의 군을 그냥 놀게 내버려둘 생각은 아니었다. 단지 히데요시가 일사천리로 밀려왔기에 예비군으로 남겨두었던 아즈치와 사카모토의 새로운 병력을 더해 반격에 나설 틈을 얻지 못했을 뿐이었다.

미쓰히데가 야마자키에 도착하기에 앞서 사촌 동생인 미쓰하루에게 보낸 서찰은 늦어도 13일 아침에는 도착했어야 하나, 도중에 연락이 원활하지 않았기에 13일 한밤중이 지나서야 미쓰하루의 손에 전달되었다.

"늦게 도착하면 돌이킬 수 없을 것이다."

급한 사정을 알게 된 미쓰하루는 바로 일천여 명의 아즈치 장병들에게 전원 출군을 명했으며, 새벽에 성문을 나와 해가 오를 무렵에는 세타의 가교까지 나아갔다. 만약 미쓰히데가 오구루스에서 죽지 않고 몇십 리만 더 벗어났다면 그날 아침에 야마시나에서 오쓰로 가서 승리하지 못했어도 미쓰하루와 함께 화려하게 마지막 일전을 펼칠 수 있었을지 모른다. 하지만 이미 모든 게 너무 늦고 말았다.

수많은 적군이 세타의 다리 부근에서 만반의 준비를 한 채 미쓰하루의 마지막을 보기 위해 기다리고 있었다. 다리는 끊어져 있었다. 다리 밑판을 뜯어내 횡목과 말뚝만 남은 상태였고, 불을 질러 무너뜨린 흔적도 보였다.

"근처 민가를 허물어 바로 건너라."

말 위에서 명령을 내리는 사마노스케 미쓰하루의 얼굴에는 어떠한 망설임도 보이지 않았다.

주변에 있는 민가들이 순식간에 허물어졌다. 그곳에서 낡은 목재인 기둥과 문짝을 옮겨왔다. 병사들이 세타의 강줄기에 몸을 담가 다리의 말뚝을 보강하고, 횡목을 건너간 뒤 맞은편에서 밧줄을 던져 긴 판자를 끌었다. 그때 기회를 가늠하고 있던 맞은편 적들이 총을 나란히 하여 한꺼번에 탄환을 퍼붓기 시작했다.

"몸을 숙여라!"

아케치 군의 보병 대장이 부하들에게 큰 소리로 외쳤다. 하지만 자신은 의연히 선 채 적의 총에서 피어오르는 연기를 노려보았다. 보병 대장은 관자놀이 부근을 관통당해 다리의 횡목에서 강물 속으로 떨어졌다. 그러자 대포의 탄이 떨어진 듯한 물보라가 일었다.

"물러나지 마라. 물러나지 마라."

그곳으로 기다란 마룻대와 바닥에 깔려 있던 널빤지가 쉴 새 없이 옮겨져 왔다. 하나씩 하나씩 결사적으로 보수를 한 끝에 아군의 돌격로가 만들어졌다. 시체가 다리를 메우고, 다리의 횡목에서 피가 흘러 세타 강을 붉게 물들였다.

맞은편에는 적군이 꽤나 많은 듯했다. 조총수가 총알을 장전하기 위해 시간을 보내고 있는 사이 활 부대가 시위를 당겨 무시무시할 정도로 화살을 쏘아댔다. 그들은 사변 당초부터 아케치 군을 반대하는 뜻을 분명히 내보인 세타의 성주 야마오카 가게타카山岡景隆의 병력과 앞서 야마자키에서 급파한 호리 히데마사의 선봉 중 한 부대였다. 어제의 전승에 이어 미쓰히데와 여러 장수들의 최후를 들은 상태라 사기가 최고조로 올라 있었다. 그러다 보니 그들의 화살과 탄환, 함성에서 내뿜는 소리는 마치 사마노스케 미쓰하루가 통솔하는 일천여 명의 병력 따위는 주인을 잃고 헤매는 가엾은 패잔병이라고 야유하는 소리처럼 느껴졌다.

"아케치의 병사들이여, 아직 듣지 못했는가?"

"야마자키에서 전군이 패했다는 사실을 모르고 이곳을 건너려는 것이냐, 알고 건너려는 것이냐."

"휴가노카미 미쓰히데마저 어젯밤에 오구루스에서 목숨을 잃었다."

"인과응보를 몸으로 직접 보여주었다."

"그것도 모르느냐."

"알고 있느냐, 한심한 놈들."

"껍데기뿐인 어리석은 군."

"무엇을 위해 건너려는 것이냐."

"어디로 달아나려고?"

아케치 군을 조롱하는 말들과 왁자지껄 웃는 소리가 들려왔다.

미쓰하루의 부하들은 아군의 작업 부대를 위해 필사적으로 엄호사격을 가하며 조금씩 밀고 나갔다. 그리고 아군의 시체를 방어벽 삼아 대교의 절반 이상을 건넜다. 마침내 사마노스케 미쓰하루의 호령이 떨어지자마자 일천여 명의 병사들은 한꺼번에 적진 속으로 돌격해 들어갔다. 다리 위만이 아니라 다리 밑 급류 속을 말을 타고 건넜고, 뗏목을 저어 나갔고, 혹은 반나체가 되어 헤엄쳐 건넜다.

시가志賀 포구의 바람

　야마오카 가게타카 형제와 도묘 미마사카노카미同苗美作守 등의 일족은 이른바 시가 무사들의 두목이었다. 이번 대란을 만나 사카이堺에서 다급히 본국으로 돌아가던 중에 어려움을 겪은 도쿠가와 이에야스를 고가 산중에서 도왔던 일종의 떠돌이 무사들도 모두 야마오카 일족의 수하에 속한 사람들이었다.

　이 일족이 절개를 내세워 당초부터 미쓰히데의 권유를 뿌리치고 단호하게 아케치 군을 반대한 것은 쓰쓰이 준케이 등에 비하면 참으로 대단한 일이었다. 요컨대 세타 성은 원래 세타 가몬노스케瀬田掃部助의 거성이었는데, 노부나가 대에 이르러 야마오카 일족에게 준 것을 커다란 은혜로 여기고 있었기 때문이다. 이러한 야마오카의 세력에 호리 히데마사의 선봉대가 합류했기에 그들의 세력은 강할 수밖에 없었다. 게다가 그들은 미쓰하루가 아즈치에서 이끌고 온 일천여 명의 병력에 적어도 세 배에 가까운 병력으로 맞서고 있었다.

　세타의 대교를 앞뒤 가리지 않고 간신히 돌파한 미쓰하루와 병사들은 대군 속으로 망설임 없이 뛰어들었으나, 그것은 아무래도 스스로 고전 속으로 뛰어든 것에 지나지 않았다.

"흩어져서는 안 된다, 무너져서는 안 된다. 둥그렇게 원진을 짜서 북진하라. 아군의 깃발에서 떨어져 싸워서는 안 된다."

미쓰하루는 갈라진 목소리로 그렇게 외치며 함성과 흙먼지 속에서 움직이고 있었다.

군의 분열은 적이 바라는 것이며, 미쓰하루에게는 자멸을 의미한다. 미쓰하루는 어디까지나 일천여 명의 힘을 하나로 묶어 태풍처럼 선회진旋回陣을 취하며 오쓰까지 돌파하려 했던 것이다. 하지만 오쓰까지 가는 데 성공한다 할지라도 결코 승리하는 것도, 대세 위에서 서광을 보는 것도 아니었다. 여기서 이긴다 해도, 진다 해도 그가 가야 할 길은 오직 하나, 죽음뿐이었다.

야마자키에서 이미 패해 일족이 사방으로 흩어졌고 주장인 미쓰히데 역시 비명횡사했다는 소식을 들은 지금, 미쓰하루는 마음속으로 '그곳으로 가 무엇하리, 살아서 무엇하리'라고 생각할 것이다. 하지만 그러한 미쓰하루에게도 고전을 치르면서까지 이루고 싶은 소망이 한 가지 있었을 것이다. 그것은 물론 '그냥 죽지는 않겠다'는 것이었으며, 평소의 각오와 희망대로 '깨끗하게 죽고 싶다'는 것이었다.

"무사의 길, 한평생의 꽃과 열매를 맺느냐 맺지 못하느냐 하는 것은 오로지 죽음 직전의 한순간에 있다. 평생의 수양도 지킴도 연마도 만일 그 죽음에 오점이 있다면 평생의 언행이 모두 진실을 잃게 되며, 다시 살아서 그 오명을 씻을 수도 없게 된다."

미쓰히데는 평소 자식들에게 하던 말을 지금 자기 자신에게 들려주며 말 위에서 창을 비껴들고 아와즈粟津 쪽을 향해 노도와 노도가 맞부딪치는 것 같은 혈전 속으로 유유히 나아가고 있었다. 이렇게 해서 마침내 오쓰 마을의 동쪽 초입까지 돌파하기는 했으나, 문득 전후를 따르는 병사들을 둘러보니 겨우 이백 기 정도밖에 보이지 않았다. 대부

분 도중에 목숨을 잃었거나 부상을 당한 것일 테지만, 아와즈 부근에
서 적의 부대를 만나 사분오열된 결과였다.

'사카모토, 사카모토까지는.'

사마노스케 미쓰하루는 마음속으로 끊임없이 되뇌었다. 사카모토
에 도착하기 전까지는 죽지 않겠다고 다짐했다. 사카모토 성에는 아직
많은 집안사람과 가메야마에서 온 미쓰히데의 부인과 자녀들과 수많
은 권속이 있었다. 물론 자신의 처자도 있었다.

"그들이 마음 편히 저승으로 갈 수 있게, 훌륭한 죽음을 이루어야 한
다."

미쓰히데가 세상을 떠났으니 당연히 미쓰하루가 일족의 가장이었
다. 미쓰하루는 가장 나중에 죽을 생각이었다. 사카모토가 가까이에
있었다. 이제 십오 리나 이십 리밖에 남지 않았다. 하지만 오쓰의 마을
에 들어서자 집들은 연기에 휩싸여 있었다. 미쓰하루보다 앞서 출발했
던 아라키 야마시로荒木山城의 아들 야마키 겐노조源之丞와 오토노조乙之
丞 형제가 말 머리를 돌려 손을 흔들며 말했다.

"나리, 나리. 이 길은 지날 수 없습니다. 다른 길로 가야겠습니다."

형제를 따라서 다른 보병들도 우르르 발길을 돌렸다. 양쪽의 집에서
불길을 내뿜고 있다 보니 지날 수 없었던 것이다.

"왜 못 지난다는 것이냐?"

미쓰하루가 선두에 나섰다.

"새로운 적이 마을의 집에 불을 지르고 앞의 갈림길을 가득 메운 채
지키고 있습니다."

아라키 형제가 대답했다.

"이 적은 병력으로 밭이나 논길을 지나면 그때는 적이 우회하여 좋
은 먹잇감이라며 포위할 것이다. 적의 한가운데를 가르고 지나는 것이

다른 어떤 방법보다 안전하다. 나를 따라 돌파하도록 하라.”

미쓰하루는 그렇게 말하고 갑자기 말에 채찍을 가해 불꽃의 마을 속으로 뛰어들었다. 불뿐만이 아니었다. 그의 모습을 노리고 화살과 총알을 마구 쏟아댔다. 미쓰하루는 왼쪽 팔꿈치를 구부려 갑옷의 소매로 앞을 가리고 말갈기 가까이 몸을 숙여 돌격해 나갔다.

“모두, 나리의 뒤를 따르라.”

아라키 형제는 숨이 막히는 가운데서도 다른 부하들과 함께 불속을 달렸다. 그렇게 해서 갈림길까지 나왔다. 그곳을 오르면 오우사카였고, 서쪽은 삼정사三井寺(미이데라)였다. 또 다른 한쪽 길은 야나가사키柳ヶ崎의 해변이었다.

그 요지에는 호리 히데마사의 본진이 있었다. 물론 그곳에는 규타로 히데마사도 있을 터였다. 미쓰하루와 아케치 군은 당연히 그들을 향해 진격했으며, 호리의 부대 역시 맹렬하게 그들을 맞아 싸웠다. 말도 창도 마음대로 움직일 수 없을 정도로 길의 폭이 좁은 갈림길이었다. 한동안 펼쳐진 시가전으로 불에 타 무너지는 건물과 인간의 포효와 피의 검은 연기가 뒤섞여 밤인지 낮인지도 구분할 수 없었다.

갈림길은 언덕 아래에 있는 삼거리라 당연히 언덕 위를 점하고 있는 호리 군이 지형적으로 유리했다. 여러 가지 상황을 살펴봤을 때 미쓰하루와 부하들이 최후를 맞을 때와 장소는 지금 그곳밖에 없었다. 하지만 미쓰하루와 이백 명의 병사는 그 절대적인 것을 ‘전혀 개의치 않는’ 광기와도 같은 태도로 용전을 펼쳤다. 그곳까지 미쓰하루와 떨어지지 않고 따라온 것만 봐도 남은 병사들은 평범한 병사와는 질적으로 전혀 달랐다.

그러다 보니 호리 부대는 지형적으로 유리한 곳에서 검은 연기와 맹렬한 불길을 내뿜으며 몇 배나 많은 병력으로 맞섰지만 오히려 소수

의 적에게 완전히 의표를 찔리고 말았다. 시간이 흐를수록 적의 숫자
가 줄어들기는 했으나, 호리 군은 그보다 몇 배나 많은 사상자를 내고
있었다.

"저 사람이 사마노스케 미쓰하루인가?"

호리 히데마사가 손가락으로 가리키며 물었다. 그가 있는 언덕 위에
서는 거리를 가득 메운 연기 때문에 바로 앞의 전황조차 볼 수 없었다.

"누구 말입니까?"

곁에 있던 가신 호리 겐모쓰堀監物와 곤도 시게카쓰近藤重勝가 눈을 비
비며 히데마사의 손가락 끝을 둘러보았다.

"저기, 저 하얀 겉옷 말일세. 타고 있는 말도 좋은 말인 듯하고."

"오, 과연 그렇군요."

"미쓰하루겠지?"

"정확히는 모르겠습니다만."

"미쓰하루가 아니라면, 부하 중에 저 정도의 무사가 있으리라고는
여겨지지 않는다. 규타로 히데마사 앞에 세우기에 부족함이 없는 적이
다. 어디⋯⋯."

히데마사는 그렇게 말하고는 가까이 있던 말을 타고 언덕 아래로
달려 내려갔다.

그때 호리 규타로 히데마사는 정확히 서른 살이었다. 덴노 산, 야마
자키 등에서 그의 이름은 하시바 군 가운데서도 단연 두각을 드러냈
다. 그는 장막 안에 들어앉아 전략을 짜기보다 진두에 서는 것을 좋아
하는 용장이라 할 수 있었다.

히데마사는 아군을 헤치고 들어가 적군이 있는 곳 바로 앞에 말을
세웠다. 그런 다음 적을 향해 커다란 목소리로 무엇인가 말했으나 주
위의 규환과 불꽃 소리 때문에 말소리가 전혀 전달되지 않았다. 그래

도 그의 태도와 장비를 통해 그가 대장 히데마사라는 사실은 금방 알아볼 수 있었다. 아케치 군의 눈이 모두 히데마사에게 쏠렸다.

"죽더라도 저놈을 찌르고 함께 죽을 것이다."

잡병들까지 히데마사에게 우르르 몰려들었다.

"나를 보고 등을 돌릴 생각이냐? 사마노스케, 사마노스케."

히데마사는 바로 앞에 있는 적들은 보지 않고 저편에 있는 하얀 옷을 입은 적만 보고 있었다. 그리고 가까이 다가오는 적병들을 말발굽으로 차서 흩뜨리고 창으로 때려 쓰러뜨렸다. 그는 오로지 하얀 옷을 입은 적만을 노리고 있었다.

미쓰하루가 연기 속에서 히데마사 쪽을 힐끗 돌아보았다. 그러더니 주변에 있는 적들을 사납게 뿌리치고 히데마사 쪽으로 말 머리를 돌려 달려왔다. 그때 갑자기 아군의 젊은이 둘이 좌우에서 앞을 가로막더니 주인의 부리망을 잡고 반대 방향으로 달려갔다. 그들은 미쓰하루가 평소 기대를 걸고 있던 시동들이었다.

"더럽구나! 돌아와라. 달아나려 해도 달아날 길도 없을 텐데, 사마노스케는 죽어야 할 장소도 모른단 말이냐?"

호리 히데마사가 그렇게 외치며 타고 있던 준족을 달려 무시무시할 정도의 속력으로 미쓰하루를 추격했다.

"놓아라!"

미쓰하루가 말을 멈춘 채 말의 부리망을 잡고 있는 두 사람의 손을 떼어내려 했으나 두 시동은 필사적으로 거부했다.

"안 됩니다. 침착하시기 바랍니다, 나리."

"뒷일은 저희에게 맡기십시오."

시동 하나가 창의 손잡이로 미쓰히데가 타고 있는 말의 엉덩이를 있는 힘껏 내리쳤다. 말은 놀라 미쓰히데를 태운 채 앞을 향해 맹목적으로 달렸다. 그리고 두 시동은 길을 되돌아가 호리 히데마사와 창을 겨루다 나란히 전사하고 말았다.

미쓰하루는 흥분한 말의 고삐를 간신히 쥔 채 논두렁 옆 호수로 흐르는 냇가까지 달려가게 되었다. 그곳에서 돌아보았을 때는 이미 두 시동의 모습이 보이지 않았으며 따라오는 히데마사의 모습도 보이지 않았다. 그 대신 가까이 보이는 길에도, 뒤쪽 밭길의 흙다리와 숲 부근에도 백 기, 이백 기 정도의 적이 마치 하늘에서 그물 속으로 날아드는 새를 바라보듯 움직이지도 않고 삼엄하게 미쓰하루를 바라보고 있었다.

아직 위험한 곳에서 벗어난 것이 결코 아니었다. 오히려 더 위험한 상태에 놓였다. 혼란 속에서 적들에게 둘러싸여 있다가 이제 완전히 포위된 것이었다.

이럴 때 당황해서 허둥대면 훗날까지 이야깃거리가 된다. 미쓰하루를 포위하고 있는 적들은 '사마노스케 미쓰하루가 어떤 모습으로 죽을지 어디 한번 보기로 하자'라고 생각하며 태연자약하게 그를 지켜보았다. 그냥 내버려둔다 할지라도 어차피 미쓰하루는 우리 속에 있는 것이나 다를 게 없었다. 그들은 미쓰하루가 달아날 수는 없을 것이라며 자신만만해했다.

"워워."

미쓰하루도 여유로웠다. 고삐 한쪽을 휙 쳐들어 말을 야단쳤다. 억지로 말을 세운 탓에 말의 앞다리가 질퍽한 논바닥에 깊숙이 박혀버렸다. 그는 말이 다치지 않게 말의 앞다리를 빼낸 뒤 천천히 말 머리를 돌렸다. 말은 호수 쪽을 향해 논과 냇물 사이를 걷기 시작했다. 말은 자꾸만 갈기를 흔들며 하얀 거품을 부리망으로 내뿜었다. 아무래도 아직 흥분이 가라앉지 않은 모양이었다. 미쓰하루는 애써 말을 달래며 앞으로 나아갔다.

그때 화살 하나가 휙 하고 바람을 가르며 그의 얼굴과 말갈기 사이로 지나갔다. 주변 논두렁에서도 총알이 퍽 하고 박히는 둔탁한 소리가 들렸다. 하지만 화살과 총알은 대부분 논바닥에 떨어졌다. 그만큼 그의 위치는 아직 사정권 밖에 있었다.

미쓰하루는 어디로 가려는 것일까? 길은 모두 적이 막고 있었다. 적이 없는 곳은 비와琵琶 호수뿐이었다. 그런데 갑자기 미쓰하루의 모습이 사라져버리고 말았다. 멀리서 미쓰하루를 감싸고 있던 적들이 깜짝 놀라 소리쳤다.

"달아나버렸어."

"어딘가로 숨어버렸어."

당황한 적들은 미쓰하루의 모습이 사라진 쪽을 향해 화살과 총알을 마구잡이로 날리기 시작했다. 동쪽 숲에서도 서쪽 길에서도 일대일 승부에 자신이 있는 듯한 무사들이 삼 기, 칠 기, 십 기씩 앞서거니 뒤서거니 달려 나갔다. 물론 미쓰하루에게 다가가 자웅을 겨룰 심산이었다. 그들이 말 위에서 아군을 향해 손을 흔들며 외쳤다.

"쏘지 마라."

"잠시 멈추어라."

그들은 병사들을 제지하고 말을 달려 미쓰하루를 찾고 있는 듯했다. 바로 그때 한 줄기 바람이 갈대숲을 가르듯 눈에 띄게 갈대가 흔들렸다. 금빛 안장을 얹은 말과 그 말의 부리망을 쥐고 가는 하얀 겉옷을 입은 무사가 갈대 속에 그림자를 드리운 채 매우 여유 있게 호수 쪽으로 걸어가는 모습이 보였다.

"앗, 저기 있다."

"사마노스케, 기다려라."

십여 기의 무사들이 공을 다투었다. 너도나도 사냥감을 잡겠다며 다투듯 말을 달려 갈대 속으로 뛰어들었다. 논길에서 호수까지의 거리는 일 정 정도 되었는데 전면이 갈대로 뒤덮여 있었다. 그곳으로 뛰어든 사람들은 갈대의 뿌리가 자라 있는 곳이 질퍽한 습지인 줄 알지 못했다. 말의 정강이가 갈대의 뿌리보다 깊이 박힌 탓에 도저히 준족을 자랑할 수가 없었다.

"안 되겠다."

그제야 몇 사람이 깨닫고 말에서 내렸다. 혹은 다시 논길로 돌아가 멀리 갈대가 없는 길로 우회를 시도하기도 했다. 동구 밖인 그곳에만 갈대가 있었고, 야나가사키 앞에는 솔숲이 이어진 하얀 모래밭이었다.

"나올 데는 여기밖에 없다."

적병들 중에는 미쓰하루의 방향을 짐작하고 먼저 솔숲 쪽으로 가서 기다리는 사람도 있었다. 그곳에서 우치데가하마打出ヶ浜에 걸친 지역에는 하시바 군이 가득했으며, 삼정사 방면에서 아케치 군을 소탕하고 온 호리 히데마사와 그 휘하 역시 솔숲에서 잠시 휴식을 취하고 있었다.

그 순간 그곳뿐만 아니라 호숫가에 있던 아군들 사이에 와아 하며 환성 비슷한 동요가 일었다. 돌아보니 갈대 기슭에서 삼십 간 정도 되는 수면 위에 한 줄기 부드러운 파문을 그으며 나아가는 사람이 있었다. 그것은 적과 아군 누구도 예상하지 못했던 일이었다.

한 마리 말이 비와 호수 한가운데를 향해 멋지게 물을 가르고 있었다. 그리고 파문 주변에는 하얀 옷을 입은 사람이 잠겼다 떠오르기를 반복했다. 그 사람은 바로 그들이 아까부터 손에 침을 뱉어가며 찾고 있었던 사마노스케 미쓰하루가 틀림없었다.

아무래도 인간의 상상력에는 일정한 한계가 있다. 나중에는 잘못을 깨닫게 되는 일이라 할지라도, 사실을 알게 된 순간까지 일정한 상식 선에서 한 걸음도 벗어나지 못하는 법이다.

사마노스케를 놓친 하시바 군이 덧없이 탄성을 올리는 마음도 스스로 자신들의 상식을 비웃는 것과 비슷한 것이었다.

'갑옷을 입고 큰 칼을 차고, 오늘 아침부터 이어온 전투로 지친 사마노스케가 말을 탄 채 호수로 달아날 리 없다.'

하시바 군은 그렇게만 생각하고 있었는데 눈앞에 나타난 사실을 보고 자신들의 생각이 잘못되었다는 것을 깨달았다. 철은 물에 가라앉는 법이라는 만고불변의 통념이 전복해버리고 만 것이었다.

커다란 불찰임에는 틀림없으나 전국 시대 무사들은 미쓰하루에게 멋지게 당했다며 적이지만 참으로 대단하다는 환호를 보냈다.

"과연 아케치 일족의 최고 무사답군."

"대단하구나, 사마노스케."

미쓰하루를 칭찬하는 사람들까지 있었다. 특히 호리 히데마사와 그 외에 서로 이름을 아끼는 무문의 장수들은 아름다운 것에 홀린 듯한 눈으로 호수의 물을 응시하고 있었다. 사마노스케는 이미 총알도 화살도 닿지 않을 거리까지 헤엄쳐 나갔다.

"설마 사카모토까지 저 말을 헤엄치게 할 수는 없겠지."

"어디쯤에서 물에 잠길지……."

병사들의 대부분은 하나같이 약속이라도 한 듯 화살도, 총도 쓸데없이 쏘지 않았다.

그렇게 물가에서 몇 정이나 벗어난 사마노스케 미쓰하루는 곧 느슨한 반원의 파문을 그리며 수면 위로 살짝 보이는 말 머리를 사카모토 쪽인 서쪽으로 휙 돌렸다.

《개정 미카와고 풍토기改正 三河後 風土記》와 그 밖에 여러 책에서 기록한 글에 따르면 그날 미쓰히데의 차림은 당시 이름 있는 화공이 수묵으로 운룡을 그린 하얀 명주옷을 입고 있었다고 한다. 그리고 투구는 묘친明珍이 만든 것으로 '니노야ㄷ〵谷'라고 새겨져 있고 빛이 났으며, 말도 밤색을 띤 커다란 수말로 상당히 뛰어난 준마였다. 그것은 아침부터 이어온 전투를 견디고, 호수의 물을 가르는 힘찬 모습만 봐도 알 수 있는 일이었다. 하지만 아무리 명마라 할지라도 그 말이 오래 지치지 않도록 하려면 타는 사람이 어떻게 다루느냐도 중요했다.

활과 칼을 다루는 솜씨 이상으로 당시의 무장들이 기마를 중히 여겼다는 점은 말할 필요도 없는 사실인데, 특히 미쓰하루는 마술 연마에 힘을 쏟았다. 이에 관해서는 청년 시절 미쓰하루와 히데요시 사이에 일화 하나가 전해지는데 지금은 그것을 이야기할 여유가 없다.

미쓰하루가 말 머리를 돌린 호수 위에서 맞은편의 사카모토 성은 얼추 오 리가 넘었다. 그곳까지 말이 잘 버텨줄 수 있을지 모르는 일이었다. 또 사람들의 이목이 있으니 세상의 웃음거리가 될지도 모르는 일이었다. 미쓰하루로서는 틀림없이 필생의 도박이었을 것이다. 그냥 보기에는 널따란 호수로 보이지만, 그 물 밑에는 깊은 곳도 있고 얕은 곳도 있었다. 사마노스케 미쓰하루도 그것을 잘 알고 있었다.

미쓰하루는 아즈치를 나섰을 때부터 죽음을 각오하기는 했으나 원래의 성격으로 봐서 무모하거나 어리석은 행동은 하지 않는 사람이었다. 그러한 점에 있어서는 그가 사촌 형인 미쓰히데보다 훨씬 더 철저한 이성가였다고 해도 좋을 것이다. 미쓰히데는 자신의 생애에서 결국 스스로 교양도 인내도 단번에 파괴해버리고 말았으나, 사마노스케 미쓰하루는 마지막 순간까지도 자신을—적군이 사면을 감싸고 있는 비와 호수 속에서조차—귀한 구슬처럼 아끼며 지켰다.

비와 호수는 물론 주변 땅까지도 모두 미쓰하루의 영토였다. 게다가 그곳은 사카모토 성의 바로 아래에 위치해 있었다. 그러니 미쓰하루가 논밭 두렁길에서부터 갈대숲까지 어떤 상황인지 잘 알고 있었던 것은 당연한 일이었다. 물속에서 말을 몬 것도 상황을 잘 알고 있기 때문에 가능했던 것이다. 그는 오늘 처음 호수에서 말을 헤엄치게 한 것이 아니었다. 자신의 성인 사카모토의 마장에서 오쓰 부근까지 몇십 번이나 말과 함께 물을 건넜다. 그러니 호수가 얕은지 깊은지 잘 알고 있을 수밖에 없었다.

말의 다리가 닿지 않는 깊은 곳에 이르면 몸을 말의 엉덩이 쪽으로 내려 고삐를 가볍게 당겨서 말을 헤엄치게 했고, 또 얕은 곳에서는 물보라를 일으키며 달리게 했던 것이다. 이러한 방법은 그가 고안해낸 것이 아니라 적 앞에서 도하를 할 때는 이렇게 다루어야 한다고 가르치는 선인들의 소중한 경험에 바탕을 둔 것이었다. 그런데 후세 사람들은 이것을 두고 매우 어려운 일이라 여기며 끊이지 않고 다른 설을 세우기도 한다.

"사마노스케가 호수를 말로 건넜다는 것은 과장되게 전해진 허설로, 사실은 호숫가를 달려 사카모토로 들어간 것에 지나지 않는다."

또 다른 사람은 다음과 같이 말한다.

"그는 호수와 마을의 집들 사이를 돌파했다."

그 밖에 작은 배를 타고 사카모토 성으로 들어갔다는 설도 있다. 이러한 설들은 모두 호리 히데마사와 하시바의 군들이 병력을 호숫가나 사카모토로 통하는 길에 전혀 배치하지 않았던 것처럼 전국을 보는 것이라고 할 수 있다. 용병상, 그것도 적의 몇 배에 달하는 병력과 시간적 여유를 가지고 있었던 하시바 군이 그처럼 한쪽만을 지키는 작전을 취했을 리는 없다. 다시 말해 사마노스케가 호수를 건넜다는 사실을 부정하고 싶어 하는 사가들의 심리는 그것이 지극히 어려운 일이라는 생각과 함께 사실 자체가 너무나도 극적이기 때문에 오히려 회의를 품고 그것을 통속 중의 항설이라 여기고 싶어 하는 마음에서 나온 것이리라. 하지만 예로부터 자신의 몸으로 역사를 장식해온 일본 무사들의 모습은 언제나 최고로 극적인 장면을 연출해왔다. 미나토가와湊川, 시조나와테四條畷, 가와나카지마, 다카마쓰 성의 한 조각 배, 소나무 사이의 복도, 눈 내리던 밤의 혼조本所 마쓰자카松坂만 봐도 극 이상의 극이라고 할 수 있다.

하지만 사마노스케 미쓰하루에게 그것은 결코 후세 사람들이 생각하는 것처럼 어려운 일도 무모한 행동도 아니었다. 그는 단지 평소 호수에서 했던 말의 훈련을 갑옷을 입고 하는 정도로밖에 생각하지 않았다. 그러다 보니 유유히 파문을 일으키며 말을 몰고 나가는 사마노스케의 하얀 옷은 호수에 많이 살고 있는 논병아리 한 마리가 헤엄쳐가는 것처럼 보였다.

'곧 빠져 죽겠지.'

그렇게 생각하며 여전히 그 모습을 바라보고 있던 하시바 군이 다시 소란스러워지기 시작했다. 자신들의 예상이 다시 빗나갔기 때문이다.

사마노스케 미쓰하루는 적의 화살과 탄알의 사정거리 밖을 우회하여 마침내 무사히 사카모토 성의 동쪽 물가에 올라 있었다. 가라사키唐崎의 히토쓰마쓰一ツ松에서 그곳까지는 깨끗하고 고운 모래와 솔숲으로 이어져 있었다. 그는 물가의 물보라에서 벗어나자마자 솔숲 속으로 곧장 달려들었다. 그리고 한동안 숲 속에 모습을 감췄는가 싶더니 사카모토 마을의 가옥과 솔숲 사이에 있는 십왕당十王堂(주오도) 앞에 다시 모습을 드러냈다. 멀리서 그 모습을 확인한 하시바 군의 병사들은 그제야 정신이 든 것처럼 한꺼번에 북을 울리며 함성을 질렀다.

"아, 아. 호수를 건넜어."

"성에 들어가게 해서는 안 된다."

그들은 갑자기 물결을 이루며 달려갔다. 미쓰하루는 뒤돌아 그 모습을 보며 싱긋 웃음을 지었다. 그는 채찍을 휘둘러 발걸음을 재촉하지 않고 말에서 훌쩍 뛰어내렸다. 그곳은 십왕당 앞이었다.

미쓰하루는 말고삐를 본전 복도 기둥에 묶고 몸을 흔들어 갑옷 소매와 품속에 고인 물을 턴 뒤 니노야의 투구를 벗어 신전 앞에 놓았다. 그런 다음 벼루갑을 꺼냈다. 붓을 쥐고 본당 앞에 선 것이었다. 그리고 그곳의 하얀 벽에 이렇게 썼다.

아케치 사마노스케 미쓰하루가 타고 호수를 건넌 말이다. 지금까지의 충성을 위로할 틈도 없이 작별을 고한다. 누군가 내게도 뒤지지 않을 만한 자에게 이 밤색 말을 주겠다. 아끼기 바란다.

붓을 버리고 계단에서 내려온 미쓰하루는 커다란 밤색 말의 젖은 갈기를 몇 번이고 쓰다듬으며 마치 사람에게 하듯 이야기했다.

"밤색 말이여, 이제 이별이다."

말이 미쓰하루의 어깨에 얼굴을 얹었다. 마치 울고 있는 듯했다. 미쓰하루는 말의 목을 끌어안고 맞은편 가라사키의 소나무를 바라보며 문득 이렇게 읊었다.

"나 아닌 누가 심겠는가 한 그루 소나무, 조심해서 불어라 시가 포구의 바람."

그것은 예전에 미쓰하루가 처음으로 사카모토 성을 영지로 삼았을 때 가라사키에 그를 기념하는 소나무를 심게 하고 거기에 부쳐 읊은 노래였다. 미쓰하루는 그 노래가 왜 지금 자신의 입에서 나온 것인지 알지 못했다. 다만 이럴 때면 사람은 왠지 모르게 울분을 토하고 싶어진다는 것이다. 천지를 향해 통곡하고 싶은 감정을 반대로 표현하다 보니 자신도 모르게 시를 읊은 것인지 모르겠다. 어쨌든 미쓰하루는

애마를 버리고 그곳에서 몸을 돌려 마을 입구의 문 쪽으로 달려 들어
갔다. 그의 부하들이 우는 듯한 소리를 올리며 그를 사카모토의 진영
으로 맞아들였다.

천하의 물건

미쓰하루가 성으로 들어서자 그곳에 남아 있던 모든 사람들이 마치 초토에 내려온 보살이라도 맞이하는 것처럼 그의 모습을 감쌌다. 사카모토에 머물고 있던 미쓰히데의 부인과 일족들은 그가 반드시 돌아올 것이라고 믿었다. 당연히 죽음을 맞이해야 한다는 것은 알고 있었으나 '사마노스케 나리가 오시는 것을 본 뒤에라도 늦지 않을 것'이라며 기다리고 있었던 것이다.

미쓰하루는 바로 명령을 내렸다.

"할 말이 있다. 전 장병은 혼마루로 모여라. 성 밖의 문에 나가 있는 자도 불러들여라."

잠시 뒤 모인 사람은 삼사백 명도 되지 않았다. 절반 이상은 미쓰히데가 죽었다는 소식을 듣고 어젯밤 사이에 어딘가로 달아난 상태였다.

"지금까지 여기서 잘 버텨주었다. 하지만 우리의 뜻과는 달리 아군은 야마자키에서 패했으며, 큰 나리도 어젯밤 오구루스 부근에서 덧없이 돌아가셨다고 한다. 우리의 고레토 휴가노카미 님께서 돌아가셨으니 우리의 소망도 끝났다. 거듭 말하겠다. 이처럼 최후의 순간까지 다른 마음을 품지 않고 견뎌준 여러분의 선전에 사마노스케가 고 미쓰히데 님을 비롯하여 마님과 일족을 대신해 진심으로 감사의 말을 전하노라. 이렇게 이 성은 우리 아케치 일당의 마지막 분묘가 되었으나, 여러분은 이미 무사로서 부끄러울 것 없이 본분을 다했으니 죽음을 서두를 필요가 없다. 각자 고향으로 돌아가 무사의 혼을 더욱 연마하고 오늘의 교훈을 평생 살려 훌륭한 무사로 생을 마감하기 바란다. ……이것이 이 미쓰하루의 마지막 명령이다. 반드시 지켜주길 바란다.”

말을 마친 사마노스케는 곧 곳간을 열어 금은부터 여러 가지 기물과 신변의 물건까지 모두 꺼내 그들에게 나눠주었다.

“얼른 돌아가도록 하라. 뒷문으로 나가 산을 타고 시메이가다케四明ヶ嶽를 넘어가면 아직 벗어날 길이 있을 것이다. 모쪼록 우리 일족의 걸림돌이 되어서는 안 된다. 얼른, 얼른.”

사마노스케는 그렇게 재촉해서 거의 대부분의 사람들을 내쫓듯 뒷문으로 달아나게 했다.

그 뒤 성안은 텅 비어버린 것처럼 휑뎅그렁했다. 그 적막함 속에는 혈연이 있는 일부 사람들과 시중들던 하녀들과 근신만이 남아 있을 뿐이었다. 그 순간 한 노인이 어린아이들 몇 명과 그 어미 되는 사람과 시녀들을 데리고 안채의 다리 모양 복도를 건너왔다. 미쓰하루의 숙부인 아케치 미쓰카도뉴도 조칸사이明智光廉入道長閑齋였다.

“할아버지, 우리 어디로 가는 거예요?”

미쓰히데의 막내아들인 오토주마루乙壽丸는 여덟 살이었다. 안채 사람들이 모두 안채에서 나서는 것은 드문 일이었기에 신기하다는 듯 물었다.

“글쎄, 어디로 가는 걸까? 사가로 꽃놀이를 가는 걸까, 배를 타고 지쿠부竹生 섬에 달맞이를 가는 걸까?”

평소 천진하게 아이들과 장난을 치던 조칸사이의 모습은 오늘도 다른 날과 다름이 없었다. 부인이나 시녀나 유모들은 때때로 얼굴을 돌려 가만히 눈물을 훔치기도 했으나 조칸사이의 말을 들으면 눈물 속에서도 문득 웃음을 짓게 되었다.

그곳에는 사마노스케 미쓰하루의 처자도 있었다. 그리고 가메야마에서 미쓰히데의 처자 권속까지 받아들였기에 안채의 사람들만 해도 친척까지 더하면 상당한 숫자였다. 미쓰하루는 숙부인 조칸사이에게 부탁해 그들을 소란스럽지 않게 혼마루의 넓은 방으로 불러 모았다. 조칸사이의 역할은 꽤나 어렵고 괴로운 것이었을 터였다. 하지만 조칸사이는 괴로운 얼굴도, 슬픈 모습도 보이지 않았다. 평소와 다름없이 아이들과 장난을 치며 몇 번이고 다리 모양의 복도를 건너 마침내 넓은 방으로 모든 사람들을 모이게 했다.

"참으로 활기차구나. 길동무가 이처럼 많으니 어디를 가든 적적하지는 않을 게야."

조칸사이는 한가운데 앉아 쉴 새 없이 이야기를 했다. 하지만 대부분의 여인들은 눈물을 흘리고 있었다. 그런 모습이 아이들의 어린 마음까지도 이상하게 가라앉혔다. 평소 같으면 조칸사이의 어깨와 무릎에 달라붙어 그를 놀이 상대로 삼았던 아이들도 유모나 어미 옆에 기대앉아 떠나려 하지 않았다.

"숙부님, 모두 모였는지요?"

마침내 미쓰하루가 그곳으로 들어가 미쓰히데의 부인에게 마지막을 고했다.

"적은 이미 성 아래 가까이까지 밀려왔습니다. 이제는 미련 없이 떠나시기 바랍니다. 이 미쓰하루도 곧 뒤를 따르도록 하겠습니다."

미쓰히데의 부인은 자신의 아들과 맡아 기르던 어린아이들을 좌우에 두고 미쓰하루의 아내와 함께 나란히 앉아 있었다.

"이렇게 세심하게 신경을 써주셔서 저는 기쁩니다. 특히 다시 뵙게 되어 더없이 행복했습니다. 이곳의 일은 신경 쓰지 마시고 뜻에 따라 좋은 곳을 선택해 적에게 웃음거리가 되지 않도록 하십시오."

"고맙습니다. 그럼……."

미쓰하루는 이번 생의 마지막 인사를 올렸다.

"숙부님, 잘 부탁드리겠습니다."

"걱정 말게."

"부인, 동요하지 마시오."

미쓰하루는 아내에게도 한마디 말을 건네고 밖으로 나갔다.

성벽 밖에서는 이미 철포 소리가 들려오고 있었다. 그 순간 그곳에 있는 사람들이 조금 전 막 나온 안채 쪽에서 갑자기 짙은 연기가 피어오르기 시작했다. 이는 시동인 오쿠다 세이자부로奧田淸三郎와 후나키 하치노조船木八之丞가 미쓰하루의 명령에 따라 지른 불이었다. 그 불꽃이 다리 모양의 복도가 있는 안뜰을 넘어 넓은 방의 장지문에 붉게 비쳤다.

"무서워."

아이들은 그렇게 외치며 매달렸고 울음을 터뜨렸다. 그런 중에도 조칸사이의 목소리만은 어딘가 밝게 들렸다.

"울지 마라, 울지 마. 무사의 자식은 울지 않는 법이다. 할아버지도 가고, 어머니도 가실 게야. 모두 오너라. 손에 손을 잡고 저승길로 여행을 떠나자. 자, 바른 자세로 앉아야지. 할아버지가 차례차례 데려가도록 하마."

검은 연기가 감돌기 시작한 장지문 전면에 고운 핏줄기가 번졌다. 흐트러진 검은 머리카락 아래에서 마지막 숨결로 아들의 이름을 부르는 어머니의 목소리도 흘러나왔다. 하지만 이 모든 것은 한순간의 흔들림처럼 느껴졌다. 서로를 찌르고, 또 서로를 찔렀다. 뒤처지는 부모도, 자식도 없었다. 그곳에서 홀로 살아남아 복도로 나온 사람은 조칸 사이뿐이었다.

그 무렵 정면 쪽 성문에서 우지끈 하는 소리가 들려왔다. 공격진이 문을 부수기 시작한 것이었다. 돌담 여기저기에서 병사들이 앞다투어 기어오르는 모습이 보였다. 뒷문 쪽에서는 불길이 치솟았다. 그 불길은 성안 사람들이 지른 안채의 불과 하나가 되어 성 절반을 뒤덮을 듯한 기세로 타올랐다.

"하치노조, 세이자부로. 일일이 총알을 장전해서는 너무 늦는다. 총을 바꿔가며 있는 총알을 모두 쏘도록 하라."

미쓰하루가 망루에 올라 얼마 남지 않은 좌우의 사람들에게 명령했다. 그리고 자신도 총을 쥐고 적병을 저격했다. 성안에 있는 병사들을 이미 달아나게 한 뒤라 무기만은 얼마든지 남아 있었다. 총알을 한 번 쏘고는 다시 다른 총으로 쏘고 버리기를 거듭했다. 같은 망루에 있던 일고여덟 명의 시동들과 부장들도 모두 그런 식으로 적에게 맹공을 퍼부었다.

"사마노스케 나리, 계십니까?"

"여기 있다. 스오周防냐?"

"그렇습니다."

"명령한 물건들은?"

"망루 아래에 가져다놨습니다만, 어찌하실 생각인지?"

"그건 신경 쓸 것 없다. 곧 여기로 가져오도록 하라."

"알겠습니다."

계단 입구에서 상반신만을 드러내고 미쓰하루의 등에 대고 말을 한 사람은 미야케 스오노카미三宅周防守였다. 스오노카미는 망루의 2층까지 내려가 아래에서 기다리고 있던 무사들에게 손을 흔들며 말했다.

"올려라. 가지고 올라와라. 그것들을 들고 망루 위까지."

그사이에도 미쓰하루는 쉬지 않고 철포를 쏘아댔다. 그리고 곧 미야케 스오노카미와 다른 네다섯의 아군이 이불에 감싼 짐과 멍석에 만 고리짝 같은 것을 서너 개쯤 짊어지고 올라온 것을 보고는 갑자기 휴전을 명령 했다.

"철포를 거두어라."

연기는 여전히 자욱이 드리워져 있었으나 그의 명령과 함께 그곳은 쥐 죽은 듯 고요해졌다. 사마노스케 미쓰하루가 총안으로 상반신을 내밀어 적을 향해 외쳤다.

"공격진의 대장인 호리 나리, 근처에 안 계신가? 나는 수장인 사마노스케 미쓰하루요. 호리 히데마사 나리께 드릴 말씀이 있소."

적군 사이에서도 갑자기 함성이 멈췄다. 그리고 호리 히데마사의 사촌 동생인 겐모쓰가 망루 밑으로 모습을 드러냈다.

"사마노스케 나리시오? 조금 전에는 참으로 훌륭했소. 좋은 이야깃거리를 남기셨소. 이미 최후를 준비하고 계신 듯한데, 이쪽에 하실 말씀이란 무엇이오?"

사마노스케가 아래를 내려다보며 말했다.

"아아, 겐모쓰 나리시오? 아직 맞설 화살과 탄알은 남아 있으나 이것으로 무문의 마지막 인사를 드리겠소. 곧 성 전체가 불길에 휩싸일 것이오. 그 뒤에는 우리의 뼈조차 찾기 어려울 것이오. 이에 재로 만들기에는 아까운 물건들을 귀공의 손에 맡겨 세상에 돌려주고 싶소. 받으시기 바라오."

미쓰하루는 말을 마치고는 이불과 멍석에 싼 짐을 줄에 묶어 총안을 통해 아래로 내려 보냈다. 호리 겐모쓰는 뜻밖의 감정에 휩싸였다.

공격진의 장병들도 모두 그곳으로 시선을 보냈다. 망루 아래에 있는 겐모쓰와 위에 있는 미쓰하루 사이에 다시 몇 마디가 더 오갔다.

"지금 건넨 물건들은 돌아가신 미쓰히데 나리께서 공이 있으실 때마다 고 노부나가 나리로부터 받은 물건들이오. 거기에 함께 보내는 목록을 살펴보시오. 교도盧堂의 묵적, 찻물을 끓이는 솥, 명품 찻그릇, 그 외에 칼 등 몇 점이 더 있소."

겐모쓰는 목록을 살펴보았다. 그리고 병사에게 짐을 풀게 하여 대조한 뒤 바로 대답했다.

"목록대로 틀림없이 받았소. 그런데 이런 비장의 물건을 원수인 적의 손에 건네주다니 대체 무슨 생각이시오? 특별히 누구에게 건네주면 좋겠다는 바람이라도 있으시오?"

미쓰하루가 높은 곳에서 웃음을 지어 보이며 대답했다.

"아니오. 싸움에 패해 목숨을 잃으면 천하조차도 다음 세대의 승자에게로 넘어가는 법인데 일개 다기와 명검이 무엇이란 말이오. 그처럼 귀중한 물건은 그것을 소유할 만한 가치가 있는 사람이 살아서 가지고 있을 때만 그 사람의 물건이지, 결코 누구의 물건도 아닌 천하의 물건, 세상의 보물이라 생각하오. 사람의 한 세대는 짧지만 명기와 보물의 생명은 대대로 오래도록 이어지길 바라는 마음이오. 이것을 불속의 재로 만드는 것은 국가의 손실이며, 무문의 생각 없음을 후세가 탄식할 거라 여겨 이렇게 나리의 손에 넘기는 것이오. 그러하니 그 명기와 명검이 누구의 소유가 될지는 지금 세상을 떠나려 하는 미쓰하루가 알 바가 아니오. 누군가가 아끼다 누군가에게 상으로 전해지면 그것으로 충분하오. 가질 만한 자격이 있는 자에게 주었다가 세상의 흐름에 맡기면 될 것이오."

말을 마친 뒤 미쓰하루는 죽음을 서두르듯 총안에서 모습을 감추었다. 호리 겐모쓰가 당황하며 다시 망루 위를 향해 말했다.

"사마노 나리, 사마노 나리. 묻고 싶은 게 한 가지 더 있소. 다시 한 번 모습을 보이시오."

"무슨 일이오?"

미쓰하루가 다시 아래쪽을 내려다보았다.

"다름 아니라 지금 받은 여러 보물 중에 예전부터 아케치 가에 있다고 알려진 그 유명한 요시히로에吉廣江의 작은 칼이 보이지 않소만, 혹시 잊고 꺼내지 않은 것이오? 혹시 잊은 거라면 곳간에서 꺼내올 때까지 기다리기로 하겠소."

그러자 사마노스케 미쓰하루가 껄껄 웃으며 대답했다.

"그것은 평소 휴가노카미 나리께서 특히 아끼시던 명검이오. 그리고 아케치 가에 유서 깊은 물건이기도 하니 저승길에서 미쓰히데 나리를 뵙게 되면 바칠 생각으로 일부러 빼놓았소. 불길이 이미 혼마루까지 옮겨붙은 듯하니 더는 말씀드릴 시간이 없소. 겐모쓰 나리, 이제 공격을 시작하시오."

미쓰하루가 말을 마치자마자 쾅 하는 소리가 들렸다. 이내 미쓰하루는 한 줄기 섬광과 검은 연기 속으로 모습을 감췄으며, 망루의 총안에서 초연이 뭉게뭉게 피어올랐다. 그다음 순간, 커다란 소리를 울리며 전 망루가 한 줄기 불길에 휩싸여 무너지기 시작했다. 미쓰하루는 화약을 쌓아놓고 자결한 것이었다.

사카모토 성은 아케치 군의 마지막 거점이었다. 사마노스케 미쓰하루 이하 일족과 심복들은 아무런 미련도 없이 생의 마지막을 장식했다. 그렇게 해서 그날을 마지막으로 이 세상에서 아케치 군이라 이름하는 것은 성 하나도, 병사 하나도 남지 않게 되었다. 자폭한 망루가 무너지면서 성안도 불바다가 되었기에 공격진은 일단 그 불기운에서 멀어져 포위를 풀었다. 그런데 그 불길 밑에서 늙은 적 하나가 뛰어나왔다.

"공격진의 젊은이들은 들으라."

늙은 무사는 그렇게 말하며 열풍 속에서 달리기 시작했다.

"나는 미쓰하루의 숙부 아케치 조칸사이 미쓰카도다. 원하는 자는 앞으로 나서라, 이 목을 내주겠다."

조칸사이는 창을 휘두르며 호리 군의 일각을 향해 맹렬히 돌진했다. 평소 가정의 아녀자들이나 사카모토 집안사람들로부터 '만사태평한 양반'이라는 소리를 듣기도 하고 '익살맞은 노인'이라며 마치 안채의 장난감 같은 취급을 받았던 조칸사이는 그날 미쓰히데와 미쓰하루의 처자, 그리고 그 이하 모든 사람들의 최후까지 지켜보고 난 뒤 망루로 올라갔다. 그곳에서 조카인 미쓰하루에게 할복을 권하고 그것을 도운 뒤, 미야케 스오노카미를 비롯한 장병들이 모두 자결하고 나자 마지막으로 망루 아래에 있는 화약에 불을 붙였다.

"그렇게 겁먹을 것 없다. 올해 예순일곱 살 먹은 늙은 무사의 창끝을 피해 다니는 녀석은 앞으로 세상에 살아남아 있어봐야 도움이 되지 않을 게다. 자신 있는 젊은이라면 이 목을 취해라. 취해보기 바란다."

조칸사이는 큰소리를 쳤다. 실제로 그의 창에 맞설 만한 사람도 없었다. 참으로 죽음을 각오한 사람의 움직임에는 노소의 차이가 느껴지지 않는다. 그가 내지르는 소리는 그야말로 늙은 사자의 포효와도 같았다.

공격진은 다시 조총을 준비하여 그를 쏘려 했다. 그 순간 호리 히데마사의 하타모토인 야쿠시지藥師寺가 나섰다.

"과연 그 조카에 그 숙부로구나. 안타깝게도 훌륭한 죽음을 맞이하려 하는구나. 바라건대 나에게 저자를 치게 하라."

야쿠시지는 그렇게 조총 부대의 저격을 만류한 뒤, 한 자루 창을 들고 맞서 싸웠다. 결국 그는 조칸사이를 찔러 쓰러뜨리고 그 수급을 취했다.

조칸사이는 조카 미쓰하루의 죽음을 도울 때 썼던 미쓰하루의 칼을 차고 있었다. 미쓰하루의 칼은 수급과 함께 호리 히데마사에게 건네졌고, 그것은 다시 삼정사로 보내져 히데요시에게 바쳐졌다.

"세상을 떠났는가? 조칸사이도 재미있는 노인이지만, 특히 미쓰하루는 아까운 사내다."

히데요시는 목과 칼을 앞에 놓고 좌우의 장수들에게 옛 추억을 들려주었다.

"그건 벌써 꽤나 오래전의 일이네만, 미쓰히데가 처음으로 사카모토 성을 영지로 받았을 때, 노부나가 공의 사자로 이 지쿠젠이 축하를 하기 위해 찾아간 적이 있었다네. 그때 미쓰히데는 매우 정중하게 대접했을 뿐만 아니라 또 사촌 동생인 미쓰하루와도 만나게 해주고 싶었던 듯 몇 번이고 사마노스케를 부르기 위해 사람을 보냈지. 하지만 그는 끝내 오지 않았다네. 그 뒤 임무를 마치고 돌아올 때, 내가 호반의 길로 접어들었는데 솔숲 안에서 붉은 겉옷을 입은 사내가 마술 연습에 여념이 없더군. 우리의 행렬에 눈길 한번 주지 않고 말만 다루고 있었다네. 나중에 듣자하니 그가 바로 사마노스케 미쓰하루였다고 하더군. 그때부터 나도 그를 기골이 있는 사내라고 생각했는데 과연 오늘 그 진가를 천하에 내보였다. 이 사내가 내 휘하였다면…… 하고 진심으로 생각하고 있다네. 물론 이렇게 안타까워하는 것도 역시 그 사람의 행복일 테지만."

게으른 농부

히데요시는 삼정사에서 숙진宿陣을 했다. 14일 밤에는 다시 천둥이 치고 큰비가 내렸다. 사카모토 성의 여진은 사라지고 먹처럼 검은 호수와 시메이가다케 위로 밤새 희푸른 번개가 번쩍였다. 만약 지상의 현실을 넘어 사람의 감정과 환상까지 역사의 그림자로 묘사할 수 있다면 그날 밤 쓸쓸하고 검은 구름 속에서 아케치 군마의 재갈 소리와 함성이 들렸을 것이다. 본능사 방면에서도 심상치 않은 무사의 목소리가 들려왔을 것이다. 그리고 히에이比叡 산의 근본중당根本中堂 부근에서는 예전에 불타 목숨을 잃은 수많은 승려, 석학, 잡인의 아비규환이 들려왔을 것이다. 그 모든 것이 울부짖고, 웃고, 싸워서 천둥과 번개를 이룬 것이라 해도 과언이 아닐 것이다.

교토 부근의 백성들은 아케치 가의 멸망을 알고 난 뒤에도 여전히 내일의 세상이 어디로 향할지, 지상의 소란이 언제 그칠지 어림짐작할 수 없었을 뿐만 아니라, 오히려 노부나가 이전처럼 혼란스러운 풍운이 다시 세상을 뒤덮는 것이 아닐까 하고 밤새 이불을 뒤집어쓴 채 천둥과 빗소리를 들으며 두려워했다. 하지만 날이 밝자 하늘은 맑게 개었으며, 다시 뜨거운 여름 하늘이 되어 있었다. 15일이었다.

삼정사의 본진에서 봤을 때 호수의 동쪽 물가에 있는 아즈치 쪽에서 누른빛을 띤 짙은 연기가 뭉게뭉게 피어오르기 시작했다.

"아즈치가 활활 불에 타고 있습니다."

보초의 보고에 히데요시와 각 장수들은 마루로 나가 손차양을 하고 아즈치 쪽을 바라보았다. 그때 세타의 야마오카 다카카게가 보낸 전령이 와서 상황을 전했다.

"오늘 아침부터 고슈 쓰치야마土山에 진을 치고 있던 기타바타케 나리(노부나가의 둘째 아들)인 노부오와 가모 나리의 부대가 하나가 되어 아즈치를 공격해 성 아래와 성루에 불을 붙였는데 불이 호수의 바람을 타고 번져 아즈치 일대를 감싸고 있습니다. 하지만 아즈치에는 이렇다 할 적병도 없었으니 전투다운 전투는 없었을 것이라 여겨집니다."

히데요시가 그 정경을 상상하며 불쾌하다는 듯 중얼거렸다.

"쓸데없이. 노부오 님이야 그렇다 쳐도, 가모까지 어찌 허둥대는 건지."

하지만 그의 눈빛은 곧 온화해졌다. 노부나가가 반생의 피와 재력을 기울여 쌓아올린 문화는 여러 의미에서 아깝기는 하지만 히데요시에게는 자신의 힘으로 다시 그 이상의 문화와 성곽을 재현해보일 확신이 있었다. 그 포부는 이미 그의 마음속에 충분한 확신을 가지고 그려져 있었다. 오히려 오늘을 계기로 과거의 것들은 과거로 돌려보낸 하늘의 뜻에 감사한 마음을 가졌다. 그때 산문을 지키던 장병들이 한 사내를 데려왔다.

"오구루스의 농민인 조베長兵衛라는 자가 휴가노카미의 수급을 다이고 부근의 밭에서 주웠다며 가지고 왔습니다. 이 사실을 주군께 전해주시기 바랍니다."

중문을 지키던 수장이 달려오더니 툇마루에 나와 있던 사람들 가까이 다가와 무릎을 꿇고 히데요시에게 고했다.

적장의 목을 살펴볼 때에는 엄중하고 예의를 갖추는 게 당시의 관습이었다. 히데요시는 부하들에게 명하여 본당 앞에 걸상을 놓게 한 뒤, 좌우의 사람들과 함께 앉아 미쓰히데의 수급을 살펴보았다.

"……."

히데요시는 그저 쳐다보기만 할 뿐 아무런 말도 하지 않았다. 커다란 감회에 젖어 있는 듯한 모습이었다.

그때 히데요시가 걸상에서 일어나 '주군 노부나가를 친 대가가 무엇인지 이제 알았느냐?' 하며 미쓰히데의 수급을 지팡이로 때렸다는 내용이 《호칸豊鑑》[238]에는 기록되어 있으나 이는 우습기 짝이 없는 필자의 억측이라고 할 수밖에 없다. 그런 식으로 억측을 할 바에는 오히려 히데요시가 수급 옆에 자랑스러운 얼굴로 앉아 있던 농부의 머리를 지팡이로 내리쳤다고 생각하는 편이 히데요시의 심사에 더 가까울 것이다.

미쓰히데의 목을 땅속에서 파내 가져온 사람은 서른 살쯤 된, 얼굴에 술독이 올라서인지 어딘가 좋지 않은 인상을 풍기는 사내였다. 그는 자신을 오구루스의 농민인 조베라고 밝혔으나 농민의 집에서 태어나 농촌 사정에 밝은 히데요시는 그를 보고 단번에 이렇게 생각했다.

'이 사람은 선량한 농부가 아니다. 어느 마을에나 있는 게으른 농부다. 그러한 자에게 은상을 내려 마을의 자랑으로 삼게 할 수는 없다.'

여러 책에서는 조베를 두고 다이고 부근의 농민이라고도, 오구루스 촌장의 아들이라고도 이야기하는데, 어쨌든 성실한 농부가 아니었던 것만은 사실인 듯하다. 예나 지금이나 농촌에는 반드시 한두 사람

---

238 《노부나가 공기信長公記》에 대항해서 주군 히데요시의 일대기를 기술한 다케나카 시게카도竹中重門의 저작으로 전4권.

씩 있는 건달—게으른 사람, 마구 굴러먹는 사람으로 생떼를 써서 근면한 농부에 빌붙어 사는 사람—로 말하자면 질이 좋지 않은 농부였음에는 틀림없었던 듯하다. 통설에 따르면 특히 전국 시대의 농민은 평소 논밭으로 나가 일을 하다가도 부근에서 전쟁이 일어나면 도적 떼처럼 변해서 나약한 낙오자를 덮치기도 하고 전사자의 물건을 훔치기도 했다고 전해지고 있다. 하지만 이는 사가들의 커다란 착각이라고 여겨진다. 일본 백성의 향토에 대한 유구한 모습을 다른 민족의 백성과 동일시해서 보거나, 혹은 유물사관에 빠진 사가들의 오류에 지나지 않는다. 과거의 사가들이 말한 것 같은 폐풍弊風과 악질적인 성격은 결코 당시 농촌 전부의 모습이었던 것은 아니다. 단지 이렇게는 말할 수 있을지 모르겠다.

전란에 의한 '시대의 패배자'에게도, 악질적인 어둠의 난폭자나 게으른 사람에게도 당시의 농촌은 좋은 은신처가 되었다는 점이다. 그러한 사람들이 거침없이 흘러든 것만은 틀림없는 사실이다. 하지만 이와 같은 귀향민이나 타향민과 조상 대대로 묵묵히 땅에만 천명을 맡기고 오곡을 경작해온 순수한 백성은 당연히 구별해서 생각해야 한다. 무로마치室町 시대 이후 일전, 또 일전을 펼칠 때마다 수많은 불순분자가 순수한 사람들 사이에 섞여들어 농촌의 모습을 살벌하게 만들었으나, 그 황폐해진 시류의 흐름 속에서도 예로부터 땅을 지켜온 농부들은 여전히 허름한 집 속에 빈약한 등불을 밝힌 채 시대의 소란에 떨면서도 본연의 임무와 농부의 마음은 결코 잊지 않았을 것이다. 바로 그랬기 때문에 시간이 흐르면 그렇게도 탁했던 물이 다시 원래의 맑은 물로 돌아갈 수 있었던 것이다.

"미쓰히데의 목은 어디에서 가져왔는가?"

히데요시가 묻자 오구루스 마을의 조베가 마치 기다리고 있었다는 듯 몇 번이고 머리를 숙인 뒤, 농부답지 않은 말솜씨로 대답했다.

"다이고 도로의 대숲 부근에 남몰래 묻어둔 것을 나중에 파내서 가져온 것입니다요."

"거기에 묻었다는 사실을 어찌 그리 금방 알아냈는가?"

"그야 알고말굽쇼. 휴가노카미와 일고여덟 명의 무사가 오구루스 마을의 대나무 숲을 지날 때 지켜보고 있다가 죽창으로 단번에 찌른 것도 여기에 있는 이 조베니까요."

"자네가 죽창으로 미쓰히데를 찔렀다는 말인가?"

"네, 그렇습니다요."

"잘도 했구먼."

"대장님 앞에서 말씀드리기는 뭐합니다만, 약간은 손에 익은 일이라."

"농사도 짓고, 손에도 익은 일이라고 하니 자네 허투루 볼 수 없는 쾌나 거친 사람이구먼."

"거친 사람이라니, 무슨 말씀이십니까?"

"농민답지 않게 허투루 볼 수 없다는 뜻이야."

"헤헤헤. 부근의 농민들이라고는 하나같이 얼뜨기 같은 겁쟁이들뿐이어서 설령 아케치 쪽의 대장이 패잔병이 되어 지나는 것을 알아도 그 녀석에게 죽창을 먹일 만한 담력을 가진 사람은 한 놈도 없습니다. 자랑 같습니다만, 만약 이 조베가 먼저 말을 꺼내서 산적들을 모으지 않았다면 휴가노카미는 이렇게 수급만 따로 남지는 않았을 겁니다요."

"동료들은 숫자가 많은가?"

"오십 명쯤 모아서 벌인 일입니다요."

"그럼 자네 혼자만의 공이라고 할 수도 없겠군."

"그렇습니다. 나머지 오십 명은 마을에서 제가 돌아오기를 학수고

대하고 있습니다.”

“흠, 왜 기다리고 있는 게지?”

“헤헤헤헤.”

조베는 자신의 뒷목을 손바닥으로 두드리며 대답했다.

“대장님께는 말씀드리기 어렵습니다만, 그게…… 포상금을 나누어 갖기 위해서…….”

“포상이라.”

“네, 모쪼록 잘 처분해주십시오.”

조베는 손을 비비며 다시 절을 했다. 히데요시는 좌우의 가신들에게 명하여 미쓰히데의 수급을 상자에 넣게 한 뒤 말했다.

“조베.”

“네.”

“너는 술을 좋아하겠지?”

“조금은 합니다.”

“사양할 것 없네. 다 술을 마시고 싶어서 한 일 아닌가? 오늘은 마음껏 마시고 돌아가도록 하게.”

히데요시는 옆에 있던 후쿠시마 이치마쓰와 거친 무사 두엇을 골라 명령했다.

“이자에게 술 한 말을 주어 실컷 마시게 한 뒤 돌려보내도록 하게. 모두 마시기 전에는 자네들의 칼을 써서라도 결코 돌려보내서는 안 되네. 모두 마시고 나면 문밖으로 놓아주게.”

“알겠습니다.”

“아, 대장님……. 포상금은?”

“바로 오구루스 마을의 촌민들에게 내리도록 하겠네. 가신을 보내서 촌장에게 건네도록 하지. 자네에게 들려 보내면 말술을 마셨으니 도중에 잃을 것이 뻔하네.”

“자, 일어나라. 마시러 가자.”

후쿠시마 이치마쓰를 비롯한 무사들이 좌우에서 그의 멱살을 쥐고 재미있겠다는 듯 끌고 갔다.

도라지의 분맥分脈

미쓰히데의 수급은 본능사의 불타고 남은 자리에 내걸렸다. 그곳에서 새벽에 물빛 도라지 깃발 아홉 개가 요란스럽게 북소리를 올린 지 겨우 보름 뒤의 일이었다.

누구나 볼 수 있는 곳에 내걸리다 보니 아침부터 저녁까지 시민들이 몰려들었다. 그것만으로도 이 일의 정치성은 충분했다. 한때는 미쓰히데의 반역을 도의에 비춰 욕하던 사람들도 이제는 입안으로 부처님의 이름을 중얼거리며 돌아갔다. 가끔은 썩은 시체 아래에 꽃을 던지고 가는 사람도 있었다. 그래도 지키고 서 있는 무사가 타박하는 일은 없었다.

교토를 중심으로 이루어진 잔당 색출 작업도 극히 단기간에 마무리되었고, 더 큰 뜻에서 인심을 얻기 위한 작업들이 이루어지고 있었다. 생전에 미쓰히데와 친분이 있었던 요시다 겐와吉田兼和와 사토무라 조하里村紹巴 등을 소환해 민간의 신경을 곤두서게 했으나, 그날로 혐의가 없음이 인정되어 그들을 집으로 돌려보냈다.

히데요시의 군령은 간단하고 명료했다. '자신의 본분에 충실하고, 나쁜 일을 저지르지 마라, 질서를 어지럽히는 사람은 목을 베겠다' 이 세

가지로 요약할 수 있었다. 그리고 교토에 들어갔다고 해서 바로 세금 감면을 포고하거나, 오산이나 조정에 헌금하는 등 아첨하는 모습을 보이지 않은 게 미쓰히데와 다른 점이었다. 아니 히데요시는 아직 정식으로 노부나가의 장례를 치르지 않았다. 그렇게 큰 규모의 장례식은 병력만으로도, 또 한 사람의 이름으로도 할 수 없는 일이었다. 모든 일은 그 뒤에 처리하겠다는 심산이었다. 특히 중앙의 커다란 불은 마침내 잦아들었으나 그 불똥은 아직 각 주의 곳곳에 영향을 미치고 있었다.

시바타, 사구마佐久間, 마에다前田, 그리고 도쿠가와, 다키가와, 모리, 조소카베. 거기에 노부나가의 아들인 기타바타케 노부오와 간베 노부타카 등 친족들의 의향부터 그 사이에 잠재해 있는 각 무문의 속내까지. 모든 것을 일일이 고려해야 한다면 도저히 손쓸 수 없는 천파만파라고 할 수밖에 없었다. 천하의 모습은 아직 결코 광란에서 원래 상태로 돌아간 것이 아니었을 뿐만 아니라 노부나가가 떠나고 미쓰히데가 사라져 다시 전 국토가 셋으로 나뉘는 대분열을 초래하거나, 혹은 훨씬 더 좋지 않았던 무로마치 중기 시절처럼 동족상잔과 군웅할거가 재현될지도 모르는 상태에 있었다.

그러한 상황에서 히데요시는 며칠 동안 삼정사에서 움직이지 않았다. 17일에는 그곳으로 아케치 가의 노신인 사이토 구라노스케 도시미쓰가 생포되어 끌려왔다. 히데요시가 늙은 용장의 백발을 안쓰럽게 여기며 물었다.

"그대의 소망은?"

"그저 죽음뿐이다."

도시미쓰는 그렇게 대답했다.

심문에 의해 간신히 알게 된 바에 따르면, 구라노스케 도시미쓰는 야마자키에서 패한 뒤 아들인 도시미쓰利光와 미쓰요시光存와도 뿔뿔이 흩어져 고슈 가타다堅田의 민가에 숨어 있다 잡혔다. 몸 곳곳에 화살과 창에 의한 부상을 입었으며, 머리는 삼베처럼 하얘서 참으로 안쓰럽게 보였다.

18일, 도시미쓰의 수급은 교토 안을 끌고 돌아다닌 뒤 아와다구치에 내걸렸다. 그때 시정에서 조그만 사건이 하나 일어났다. 도시미쓰의 수급을 분실한 것이었다.

아와다구치에 내걸린 사이토 도시미쓰의 수급은 본능사에서 옮겨 온 미쓰히데의 수급과 나란히 걸려 있었는데 겨우 한나절 동안 걸렸을 뿐 그날 밤 누군가에 의해 도둑맞고 말았다.

"아케치 당의 짓이야."

"아직 잔당이 있단 말이군."

교토 안의 사람들은 더욱 엄중한 색출 작업을 예상하여 두려워했으나, 뜻밖에도 이 일에 관해서만은 그 뒤로 특별한 여파가 없었다. 그렇게 안심할 무렵 누구에게랄 것도 없이 이런 소문이 나돌기 시작했다.

"수급을 훔친 건 화가인 가이호쿠 유쇼海北友松인 듯해."

유쇼는 당시 교토 북쪽의 한 사원에서 살고 있었다. 그를 만났던 사람의 말에 따르면 그는 여전히 그림에 빠져 가난하게 살고 있는데 그 일에 대해서 물으니 자신이 했다고도, 하지 않았다고도 말하지 않고 그저 웃을 뿐이었다고 한다.

유쇼는 예전부터 미쓰히데와 마음을 주고받은 사이였으며, 구라노스케 도시미쓰와는 특히 친밀했다. 그러다 보니 '틀림없이 그가'라는 당연한 억측이 나돌게 되었다. 그런데 유쇼가 사람들의 억측을 부정하지 않았으니 어쩌면 맞을지도 모른다고 생각하는 사람도 있었다. 하지만 교토 수비군은 유쇼를 따로 소환하지 않았다. 그 뒤로 교토 안팎은 며칠 만에 예전보다 더 평온해졌다.

이는 훨씬 뒤의 여담인데, 사이토 도시미쓰의 막내딸 오후쿠お福는
이나바 마사나리稻葉正成에게 시집을 갔다. 남편인 마사나리는 고바야
카와 히데아키小早川秀秋를 섬겼는데 세키가하라關が原 전투에서 패해 감
옥에서 세상을 떠났으며, 아내인 오후쿠는 2대 쇼군將軍인 히데타다秀忠
의 아들 다케치요竹千代의 유모가 되어 쇼군의 집안으로 들어갔다. 유명
한 시녀 가스가노쓰보네春日局가 바로 이 여성이다. 한 해에는 교토로
들어가 임금을 가까이서 배알하는 영광을 누리기도 했다. 그때 가스
가노쓰보네는 이미 세상을 떠나고 없는 가이호쿠 유쇼의 유족을 찾
아갔다.

"텐쇼 10년(1582년) 6월의 아버지 기일마다 여러분의 아버지인 유쇼
나리의 정도 함께 떠오릅니다. 그 아름다운 뜻 지금도 잊을 수가 없습
니다."

가스가노쓰보네는 그렇게 말하며 들고 갔던 금일봉을 놓고 동쪽으
로 돌아갔다고 한다. 그러한 일화만 봐도 가이호쿠 유쇼의 웃음 속에
는 확실히 하나의 사실이 숨겨져 있었다.

아케치 가는 멸망했으나 도라지의 뿌리는 각 집안에 나뉘어 자라고
있었다. 그중에서도 묘한 사람은 후에 가라샤라 불린 호소카와 다다오
키의 부인이다. 아버지 미쓰히데가 반기를 든 날부터 마지막에 이르기
까지, 아니 그 훗날까지도 세상의 비판 속에서 얼마나 남모를 고뇌에
시달렸을지 상상이 가고도 남는다. 그것은 한 편의 전국 여성사로 삼
지 않으면 도저히 이야기할 수 없을 테니 여기서는 더 이상 언급하지
않도록 하겠다.

어머니의 성

18일, 삼정사의 히데요시는 본진을 십여 척의 병선 위로 옮겼다. 말도 실었으며 금병풍도 실었다. 아즈치로 이동하기 위해서였다.

군대는 육로를 이용해서도 기다랗게 줄을 지어 동쪽으로 나아갔다. 미풍에 움직이는 기치를 싣고 물길 위를 가는 배의 대열과 호숫가를 지나는 뭍의 행군, 서로의 모습을 바라보며 가는 광경은 장관이었다. 하지만 아즈치는 이미 초토가 된 상태였다. 그곳에 도착한 뒤 아연실색하지 않은 사람이 한 명도 없었다.

금색 벽을 두른 천수각도 없었다. 외곽의 문들도, 총견사總見寺(소켄지)의 누각과 행랑도 흔적을 찾아볼 수 없을 정도로 불에 타버리고 말았다. 성 아래 마을은 피해가 더욱 컸다. 들개가 먹을 만한 먹이조차 남아 있지 않았다. 남만사南蛮寺의 바테렌이 공허한 눈빛으로 돌아다니는 모습이 묘하게 눈에 띄었다.

그곳에 있어야 할 기타바타케 노부오는 가모 가타히데와 함께 고슈의 쓰치야마로 들어가 여전히 이세伊勢, 이가伊賀의 반란군과 항전 중이라는 사실도 그제야 알았다. 그리고 노부오가 아즈치에 불을 놓으라고 지휘한 것도 아니고, 가모 가타히데의 뜻도 아니었다는 사실도 알 수 있었다. 그렇다면 일부 군대가 저지른 일임에 틀림없었는데 명령이 잘 못 전달되었거나 적의 유설에 현혹되어 섣불리 행동한 것이라고 여겨 졌다.

"지각없는 행동이다. 돌이킬 수 없는 짓을. 아무리 생각해봐도 안타 까운 일이다."

히데요시와 동행한 간베 노부타카는 자꾸만 한탄했으나 그나마 노 부오의 손으로 방화가 행해진 것이 아니라는 사실을 알고 난 뒤부터 분노도 상당히 가라앉은 듯했다.

히데요시의 지향점은 이미 고호쿠江北에서 미노 방면으로 향해 있 었다. 그는 그곳에 도착하자마자 호리, 나카무라, 미야베宮部 등의 부대 를 고호쿠의 야마모토山本 산성으로 급히 달려가게 했다.

야마모토는 아케치의 부장이었던 아베 아와지노카미와 교고쿠 다 카쓰구京極高次 일족이 달아나 점거하고 있는 작은 성이었다.

미쓰히데의 난에 호응했던 와카사의 다케다 모토아키武田元明는 니 와 나가히데의 사와야마佐和山 성을 빼앗았으며, 비슷한 시기에 아베 아 와지노카미도 히데요시가 비운 성을 습격하여 나가하마를 점거했다. 하지만 얼마 지나지 않아 아베 아와지노카미는 중앙의 전황이 갑자기 틀어졌으며 미쓰히데도 목숨을 잃었다는 사실을 듣고는 교고쿠 일족 과 함께 삼십 리 정도 떨어진 야마모토 산성으로 거점을 옮겼다.

그 뒤 공격진의 맹렬한 포위 공격을 받게 되자 야마모토 산성은 하 루 반 만에 힘없이 떨어져버리고 말았다. 아베 아와지노카미는 전사했 고, 아들 마고고로孫五郎는 호반에서 배로 달아나려 했으나 마을 사람들 에게 저지당했을 뿐만 아니라 여러 가지로 괴롭힘을 당하다 목숨을 잃 었다. 한편 교고쿠 다카쓰구도 사카타坂田 군에 있는 절 안에서 잡힐 뻔 했다. 하지만 예전에 교고쿠 가를 섬긴 적이 있는 호리 히데마사 덕분에 간신히 난을 피했으며, 에치젠의 시바타 가쓰이에를 의지하여 멀리 달아날 수 있었다.

아즈치에 머문 날은 겨우 이틀이었다. 배의 행렬은 다시 호수의 북쪽으로 이어졌다. 히데요시는 마침내 예전에 살았던 나가하마 성으로 본군을 움직였다.

성은 무사했다. 적의 그림자는 보이지 않았으며 아군 병사가 들어가 있었다. 그곳에 금 표주박 깃발이 오르자 성 아래의 백성들이 미친 듯이 춤을 추며 그를 보기 위해 길가로 쏟아져 나왔다. 아녀자도, 늙은이도 모두 무릎을 꿇고 앉아 히데요시를 맞아들였다. 눈물을 흘리며 얼굴을 들지 못하는 사람도 있었고, 환호하며 손을 흔드는 사람도 있었다. 정신없이 춤을 추는 사람도 보였다.

'다행이로구나, 다행이야. 모두 무사해서 다행이로구나. 모두 잘 견뎌주었다. 나도 이렇게 건강하다.'

히데요시는 눈으로 그렇게 말했다. 그는 영민들의 열의에 보답하기 위해 일부러 말을 타고 지났다. 그러한 때 영민은 영주의 자애로운 눈빛을 금방 읽어내는 법이다. 말하지 않아도 영주의 마음을 잘 알게 되는 법이다. 하지만 히데요시의 마음속에는 커다란 불안도 남아 있었다. 나가하마 성으로 들어가자 불안은 더욱 커졌다. 그는 한시도 가만히 있을 수 없을 정도로 쓸쓸하고 초조했다.

"알아냈는가, 어머니의 안부를?"

그는 그곳 혼마루에 앉은 뒤부터 드나드는 장수들에게 끊임없이 물었다. 아케치 군의 습격 전까지 성에서 탈 없이 잘 지냈던 노모와 아내의 신변이 갑자기 걱정되기 시작한 것이었다.

"백방으로 사람을 풀어 행방을 알아보고 있으나 아직 확실한 보고가 없습니다."

히데요시 앞에 한 장수가 복명했다.

"영민 중에는 어렴풋이나마 알고 있는 자가 있지 않겠느냐?"

히데요시가 물었다.

"그렇게 생각했습니다만 의외로 영민들 사이에서도 전혀 정보를 얻지 못했습니다. 이곳에서 벗어나실 때 그 행동을 극력 비밀에 부치신 듯합니다."

"그래, 그럴지도 모르겠구나. 영내의 사람들에게 정보가 새어나갔다면 아베 아와지의 부하들이 곧 뒤를 쫓아 위협했을 테니."

히데요시는 또 다른 장수를 맞아들였다. 이번에는 전혀 다른 이야기를 나누었다. 그날 사와 산성에 있는 적들이 그곳을 포기하고 와카사 쪽으로 달아났으며, 그곳도 예전의 성주인 니와 나가히데의 손에 돌아왔다는 보고였다.

이윽고 밤이 되었다. 이시다 사키치를 비롯한 네다섯 명의 시동들이 어딘가에서 분주히 돌아왔다. 시동들의 방과 복도 쪽에서 뭔가를 기뻐하는 소리가 일자 히데요시가 좌우의 사람들에게 물었다.

"사키치가 돌아왔는가?"

히데요시는 그를 꾸짖기 위해 사람을 보낼 정도였다.

"왜 이곳으로 얼른 오지 않는 것이냐!"

이시다 사키치는 그 근방의 마을에서 태어난 사람이었다. 그러다 보니 아사이淺井 군과 사카타 군의 지리에 대해서는 누구보다도 자세히 알고 있었다. 그는 이런 때야말로 지식을 활용해야 할 때라고 생각하며 낮부터 자원해서 주군의 노모와 부인이 숨은 곳을 찾았다.

마음의 고향

마침내 이시다 사키치가 히데요시 앞에 무릎을 꿇고 앉았다.

"마침내 가족분들이 계신 곳을 알아가지고 왔습니다."

사키치의 말에 따르면 히데요시의 어머니와 네네 부인 등의 권속은 그곳에서 백여 리쯤이나 떨어진 산속에 숨어 있다는 것이었다. 나가하마에서부터 모시고 간 집안의 무사와 시녀 들도 모두 한곳에 있는데 오늘까지 적의 눈을 피해 모두 목숨을 부지하고 있는 듯하다고 덧붙였다.

"사키치."

"네."

"이 소식을 어디서 들은 게냐?"

"절의 스님에게서 들었습니다."

"절이라면?"

"어렸을 때 제가 일했던 신언사眞言寺(신곤데라)의 삼주원三珠院(산주인)입니다."

"그런 데를 잘도 생각해냈구나. 그렇다면 어머니와 네네가 숨어 있는 곳도 그 절과 연관이 있는 곳이겠구나."

"말씀하신 대로 아사이 군의 대길사大吉寺(다이키치지)라는 산사와 연관이 있는 곳입니다.”

“대길사라니, 처음 듣는데 어느 부근에 있는 곳이냐?”

“사카타 군의 시치조, 도리와키鳥脇 등을 지나 이부키伊吹 산기슭 끝까지 가면 홋코쿠北國 가도가 있는데 그 길을 따라가지 말고 가로질러서 다시 이부키의 서쪽 기슭으로 올라가야 합니다. 이 부근까지만 해도 성에서 육십 리 정도 됩니다.”

“잘도 알고 있구나.”

“산주원에 있을 때 그 부근을 곧잘 뛰어다녔으니, 말하자면 어린 시절의 옛 전장이라고 할 수 있습니다.”

“그래, 그래.”

히데요시는 고개를 끄덕인 뒤 다시 말을 이었다.

“거기서 더 산으로 들어가야 하는 게냐?”

“육칠십 리쯤 마을도 없는 길을 지나야 합니다. 아네姉 강 상류인 아즈사梓 강물이 계곡을 가로지르고 연못을 이루며 흐릅니다만 어디까지 가도 수원에는 이르지 못합니다.”

“잠깐, 잠깐. 그렇게 말해봐야 어딘지 모르겠구나. 내일 길 안내를 위해 따라오도록 하라.”

“어렵지 않은 일입니다만 저보다 더 좋은 길잡이가 있습니다. 그를 부르시는 게 어떻겠습니까?”

“누구냐, 그게?”

“미노 사람인 히로세 효에廣瀬兵衛입니다. 그 부근은 미노 무사인 히로세의 영지였다는 사실을 산주원에서도 이야기했습니다만.”

“아니, 미노까지 사람을 보낼 시간은 없다. 이 히데요시는 내일이라도 그곳으로 가고 싶다. 히로세에게는 사람을 보내 인사만 해두기로 하지.”

"내일 몇 시쯤에 떠나실 생각입니까?"

"아침에 떠나면 저녁에는 어머니와 아내를 볼 수 있겠지."

"설령 말을 타고 가신다 해도 하루 만에 갈 수는 없습니다."

"일찍 출발해도 안 된단 말이냐?"

"도저히……."

사키치가 머리를 흔들었다.

"그렇다면 지금 당장 출발하기로 하자. 지금 출발하면 내일 저녁에는 도착하겠지."

히데요시는 말을 마치자마자 자리에서 일어났다. 애가 타는 마음이었을 테지만 너무 갑작스러웠다. 그 자리에 있던 장수들도 어처구니없다는 표정을 지었으며, 수행할 가신들은 준비에 경황이 없어서 여간 분주한 것이 아니었다.

"나머지는 잘 부탁하겠다."

히데요시는 호리 히데마사 등을 돌아보며 시동이 걸쳐주는 하오리羽織를 입고 있었다. 그리고 다시 이렇게 말했다.

"오쓰에는 히코에몬을 남겨두었고 아즈치에는 간베 나리가 머물고 계시네. 사와 산도 그렇고, 이 나가하마도 그렇고 더는 적을 걱정할 필요는 없을 듯하니 어머니를 모시러 잠깐 다녀와야겠네. 이삼 일쯤 말미를 주기 바라네."

"다녀오시기 바랍니다."

각 장수들은 이렇게 말할 수밖에 없었다. 그리고 성문까지 배웅을 나갔다. 그러는 동안 사람들은 '대체 하시바라는 대장의 힘은 어디까지 이어질지, 뒤에서 봐도 봐줄 만한 곳이라고는 전혀 없는 체격인데 어디서 이와 같은 기력과 체력이 솟아오르는지'라고 생각하며 감탄에 가까운 의문에 휩싸였다.

"소란 피울 것 없다. 어머니를 모시러 가는 것은 이 히데요시 개인의 일이다. 이렇게 많은 병사를 데려갈 수는 없다."

성문을 나서자마자 히데요시가 커다란 목소리로 외쳤다. 그곳에 육칠백 명의 병사들이 짧은 시간 동안 준비를 마친 뒤 기다리고 있었기 때문이다. 야마자키와 사카모토에서 연전을 치르고 왔으며 아즈치에서도 거의 쉬지 못하고 이른 새벽에 출발해 오늘 밤 막 도착한 터였다. 그러다 보니 병사들의 얼굴은 진흙처럼 지쳐 있었다. 히데요시는 그런 병사들의 상황까지 살펴서 말했을지 모른다.

"수행은 오십 기 정도만 있으면 충분하다. 단, 시동들은 가능한 모두 따라오도록."

이미 말 위에 올라 횃불을 든 사람들이 앞줄로 나서는 동안 히데요시는 그렇게 말했다.

"그것은 위험합니다. 오십 기만으로는 너무 적습니다. 이러한 밤길, 특히 이부키 산 부근에는 아직도 적의 세력이 숨어 있을지 모릅니다."

호리 히데마사와 이케다 쇼뉴가 온갖 말로 간언했으나 히데요시는 확신에 찬 듯 '걱정할 것 없다'는 말만 되풀이했다. 마침내 히데요시와 수행원들이 횃불을 앞세우고 나가하마의 성문에서 북동쪽으로 난 길을 향해 나아갔다.

저녁부터 사경까지는 서두르지 않고도 오륙십 리의 길을 갈 수 있었다. 주변이 아직 새카만 어둠에 잠겨 있을 때 이시다 사키치가 앞서 달려가 나나오床 촌 산주원의 문을 두드렸다. 산승이 이만저만 놀라지 않을 것이라 생각했으나 뜻밖에도 산문을 열자 경내에는 불이 환하게 밝혀져 있었으며, 구석구석까지 깨끗이 청소를 해놓았다.

"누구냐, 내가 들를 것이라고 미리 말해둔 자가?"

"사키치입니다."

"그러냐."

"네, 틀림없이 이 부근에서 나리가 쉬실 것이라 생각했기에 발 빠른 젊은이를 하나 먼저 보내서 오십 인분의 도시락과 더운 물에 만 밥을 준비해두라고 명령했습니다."

히데요시는 이 절의 심부름꾼이었던 사키치를 열세 살 나이에 맞아들여 나가하마 성의 시동으로 삼았다. 그로부터 팔 년이 지났다. 이시다 사키치도 스물한 살의 젊은 무사가 되었다. 게다가 사리에 밝고 민첩했다. 평소 히데요시는 사키치를 두고 이렇게 말했다.

"이치마쓰와 도라노스케, 스케사쿠 모두 무용에 뛰어나지만 사키치에게는 조금 다른 면이 있다."

사키치를 자식처럼 길러준 산주원의 주지가 사키치를 보고 한없이 기뻐한 것은 물론 오랜만에 성주를 맞이하는 것이라 절 안에 있는 사람들 모두 환대에 힘을 쏟았다. 하지만 히데요시는 갑작스러운 줄 알면서도 잠깐 쉬기 위해 들른 것에 지나지 않았기에 함께 온 사람들에게 도시락을 먹게 하고 자신도 더운 물에 만 밥을 먹고 차를 한 잔 마신 뒤 서둘러 출발했다.

"고생 많았소. 곧 보답을 하리다."

그때까지도 날은 아직 완전히 밝지 않았다. 그저 눈앞에 있는 이부키 산의 능선이 새벽녘 붉고 누른 하늘에 또렷하게 그려졌고 새소리가 들려올 뿐이었다. 길가에 이슬이 흠뻑 내렸으며 나무 밑은 어두웠다. 주지의 명령으로 산길에 밝은 젊은 승려 둘이 짚신을 신고 횃불 앞에 서서 이부키 중턱으로 올라갔다.

"대길사까지 안내하겠습니다."

승려들이 말했다.

"저쪽에 이부키와 이어져 있는 산을 구니미國見라고 하는데, 동쪽으

로 넘어가면 미노의 이비揖斐 군입니다. 또 여기서 더 들어가면 구사노
쇼草ノ庄라고 하는 곳이 나오는데 예전에 헤이지平治의 난 때 미나모토
노 요시토모源義朝 부자가 그곳에 숨었다고 전해지고 있습니다.”

히데요시는 어머니와 아내에게 다가가고 있다는 생각에 즐거워 보
였다. 험한 길도, 몸의 피로도 잊은 듯한 모습이었다. 그리고 조용히 밝
아오는 이부키의 서쪽 계곡으로 들어갈수록 마치 어머니의 품속으로
들어가는 것처럼 느껴지는 모양이었다.

앞서 이시다 사키치가 말한 것처럼 아즈사 강의 계류는 아무리 거
슬러 올라가도 수원지 같은 모습이 보이지 않았다. 몇십 리를 더 가자
갑자기 주위가 넓어지더니 산속이라고 여겨지지 않을 정도로 널따란
골짜기가 나왔다.

“저것이 가나구소かなくそ 산입니다.”

안내를 맡은 승려가 맞은편 높다란 봉우리 하나를 가리키며 이마의
땀을 닦을 무렵, 해도 중천에 떠올라 한여름의 더위가 절정에 이르렀다.

“이 부근부터 히가시쿠사노東草野입니다만, 대길사까지는 아직 이십
리나 더 가야 합니다. 전 구역을 구사노쇼라고 부르기는 합니다만, 가
미쿠사노上草野와 히가시쿠사노로 나뉘어 동서 이십 리, 남북 오십 리에
이르는 넓은 골짜기입니다.”

승려가 다시 앞장서서 걷기 시작했다. 길은 점점 좁아졌다. 그래서
말을 타고 가기 어렵다 보니 히데요시와 가신들 모두 걸어서 갔는데,
그때 좌우의 사람들이 무엇을 봤는지 갑자기 술렁이며 떠들어댔다.

“적 같은데.”

착한 아들

산 밑을 돌아 시야가 트인 곳으로 나왔을 때였다. 앞을 보니 산중턱에 한 무리의 병사들이 모여 있었다. 병사들도 놀란 모양이었다. 멀리서 히데요시 일행을 확인하자마자 모든 병사가 자리에서 일어났다. 한 사람은 지휘를 하는 듯한 모습을 보였고, 몇몇 병사는 각자 어딘가로 흩어져 가는 듯한 모습을 보였다.

"이부키 쪽으로 달아난 자도 많다고 들었네. 그 아베나 교고쿠의 잔병들일 게야."

히데요시를 수행하던 사람들은 있을 법한 일이라며 조총수들을 앞으로 배치했다. 그리고 바로 쏘라고 명령했다. 그러자 앞쪽에서 길잡이로 나섰던 두 승려가 손을 흔들며 그들을 말렸다.

"적이 아닙니다. 구사노쇼를 지키는 보초병입니다. 대길사에서 나온 보초병이니 쏘면 안 됩니다."

승려들은 맞은편 산중턱을 향해서도 손짓을 해가며 있는 힘껏 목소리를 높여 뜻을 전달했다. 그러자 산중턱에 모여 있던 병사들이 절벽을 굴러 내려오는 돌덩이처럼 일제히 그곳에서 내려오기 시작했다. 잠시 뒤, 등에 작은 깃발을 꽂은 한 장수가 달려왔다. 점점 가까워질수록 아군임에 틀림없다는 사실을 확인할 수 있었다. 나가하마를 지키기 위해 남겨두었던 가신의 얼굴이라는 것을 히데요시도 떠올렸다.

누가 뭐래도 산사였다. 대길사는 대길당大吉堂이라고도 불리는데 당 하나와 무너져가는 승방 한 동밖에 없었다.

옛 기록에 헤이지의 난 때 요시토모 부자가 숨었을 무렵에는 이 산 속에 사십구 원院의 전사殿舍가 있었다고 전해지나 지금은 노세野瀨라 불리는 계류에 면한 작은 마을까지 합쳐도 그렇게 많지 않았다.

비가 내리면 비가 샜다. 바람이 불면 벽과 들보의 흙이 흘러내렸다. 그런 본당에는 네네가 노모를 모시고 있었으며, 승방에는 어린아이와 나이 든 사람과 시녀들이 묵고 있었다. 또 나가하마에서 따라온 가신 과 부하들은 부근에 움막을 짓기도 하고 마을의 농가에 흩어져 묵기도 했다. 어쨌든 이백 명이 넘는 대가족이 그곳에서 보름이 넘는 시간 동 안 생각하지도 못했던 필사의 생활을 체험하고 있었다.

6월 초, 본능사의 난 소식이 나가하마에 전해질 무렵에는 이미 아케 치 군이 눈앞까지 닥쳐온 상태였다. 무엇을 할 틈도 없었다. 네네가 할 수 있는 일이라고는 멀리 주고쿠에 있는 남편에게 편지 한 통을 써서 보내는 것이었다. 노모를 업고 권속을 이끌고 가신들을 독려해 성을 버리고 떠날 때도 물건을 챙길 여유도 없었다. 노모가 갈아입을 옷과 남편이 주군에게서 받은 물건 등을 말의 등에 싣는 것이 고작이었다.

네네는 그 누구보다 비장한 각오와 커다란 책임을 느꼈다. 남편이 비운 집을 지키며 시어머니를 모시고 수많은 하인을 부리면서 어떻게 해야 전장에 있는 남편을 기쁘게 할 수 있을지 목숨을 걸고 생각했다. 어제까지만 해도 남편은 전장에 있고 자신들은 고향에 있다고 생각했 으나, 하루아침에 그 경계가 무너졌으며 모든 곳이 전장으로 바뀌어 있었다. 하지만 이런 모습은 전국 시대의 너무나도 당연한 모습이었다. 전국 시대를 살아온 사람들은 설령 한때의 낭패라 할지라도 '꿈과 같은 일'이라며 망설이지 않았다. 있을 수 없는 일이라며 탄식에 잠긴 채 사라져버리는 무분별한 사람은 하녀들 속에도 없었다.

단, 어머니를 모시는 일만큼은 네네도 마음을 쓰지 않을 수 없었다. 잠시 성을 적의 손에 넘긴다 할지라도 남편이 있으니 언젠가는 반드시 탈환하리라. 그런 믿음도 강했다. 하지만 만일 노모의 몸에 화살 하나라도 닿는다면 그것은 돌이킬 수 없는 일이 된다. 남편이 자리를 비운 성을 맡은 아내로서 남편을 볼 면목을 잃고 만다. 네네는 오로지 그것만을 생각했다.

"오로지 노모를……. 어머님의 몸을 지키기 바란다. 내 몸 따위는 돌아볼 필요도 없다. 아무리 아까운 물건이라 할지라도 재보財寶에 마음을 빼앗겨서는 안 된다."

네네는 하녀들은 물론 일족의 모든 사람들에게 그렇게 말하고 동쪽으로, 동쪽으로 길을 서둘렀다.

나가하마의 서쪽 일대는 호수였고, 북쪽은 적인 교고쿠와 아베의 여당이 견제를 하고 있었고, 미노로 통하는 길은 동정을 전혀 알 수 없었기에 이부키 산의 기슭 쪽으로 달아날 수밖에 없었다.

승자의 일족인 경우 무인의 아내로서 행복에 둘러싸이지만, 일단 패자가 되어 특히 성에서 쫓겨나 달아날 경우 평소 들판에서 일을 하거나 거리에서 물건을 파는 사람들이 도저히 상상할 수 없을 만큼 비참한 모습일 수밖에 없었다. 먹을 것에 굶주려야 하고, 산적이나 적의 척후병을 염려해야 했다. 또 날이 저물면 비와 이슬을 피할 곳조차 궁했고, 날이 밝으면 피가 밴 하얀 발로 서로를 위로하며 달아나야 했다.

이러한 역경 속에서도 잃지 않는 것은 앞날에 대한 기백이었다. 만약 적에게 잡힐 경우 어떻게 해야 할지 각오를 다지고, 때가 되면 적에게 뜨거운 맛을 보여주겠다며 남몰래 맹세를 했다. 굽힐 줄 모르는 여자의 일심이었다. 평소 연지를 바르고 검은 머리에 윤기가 흘러도 이러한 때 마음에서부터 방향芳香을 발하지 못한다면, 그것은 단지 추한 모습을 가리는 거짓된 치장에 불과하다며 여자들 사이에서조차 그런 모습을 경멸하고 천하게 여겼다.

노세 마을은 더할 나위 없이 좋은 피난처였다. 멀리 보초병을 세워두면 적에게 급습을 당할 염려가 없었다. 한여름이라 이불과 먹을 것도 그럭저럭 마련할 수 있었다. 단지 걸리는 게 있다면 사람이 사는 마을과 너무 멀리 떨어져 있어서 세상 소식을 전혀 알 수 없다는 것이었다.

'전령도 이제 올 때가 되었는데.'

네네의 생각은 서쪽 하늘을 달리고 있었다. 나가하마에서 빠져나오기 전날 밤, 급히 글 하나를 써서 주고쿠에 있는 남편에게 전했지만 그 뒤로 전령의 소식마저 끊겨버리고 말았다. 어쩌면 도중에 아케치 군에게 잡혔거나 우리가 숨어 있는 집을 찾지 못하는 것일지도 모르겠다며 네네는 밤낮으로 천 갈래 만 갈래 생각에 사로잡혔다.

얼마 전 야마자키에서 전투가 있었다는 소식이 들려왔다. 은밀히 마을로 갔던 가신이 산주원에서 듣고 온 소식이었다. 그것을 듣는 순간 네네는 온몸이 핏빛으로 물드는 것만 같았다.

"그 아이의 성격으로 봐서 당연히 그랬겠지……."

소식을 전해 들은 노모가 당연하다는 듯 말했다. 하지만 언제부턴가 머리까지 새하얗게 변한 노모는 아침에 일어난 뒤부터 잠자리에 들 때까지, 대길사의 본당에 털썩 앉은 채 거의 움직이지 않았다. 오로지 아들의 전승만을 기원했다. 세상이 아무리 혼란스러운 때라고 하지만 자신이 낳은 아들이 대도에서 벗어나는 행동을 할 리 없다고 철석같이 믿고 있었다.

노모는 지금도 네네에게 히데요시를 이야기할 때면 예전에 부르던 대로 '그 아이, 그 아이' 하고 불렀다. 하루 종일 기도를 올릴 때도 '이 늙은이가 대신해서'라고 말할 게 틀림없었다. 그렇게 기도를 올리다 한숨을 내쉬며 정면의 본존불을 올려다보았다. 대길당에 있는 불상은 한 길이 넘는 성관음聖觀音의 입상이었다.

"어머님, 머지않아 이곳으로 길보가 전해질 것 같은 느낌이 드는데, 어머님은 어떠신지……."

잠시라도 시간이 나면 네네는 노모 곁으로 와서 함께 손을 모았다. 이곳에 온 뒤부터 그녀는 하인의 손을 전혀 빌리지 않고 어머니의 식사부터 잠자리를 돌보는 일까지 모두 직접 챙겼다. 또 짬짬이 가신의 아내들과 병든 사람들을 찾아가기도 하고 자칫 의기소침해지기 쉬운 가신들을 격려하기도 했다. 마치 가난했던 시절 히데요시의 아내로 다시 돌아간 듯한 모습이었다.

"그래, 너도 그렇게 생각하느냐? 이 어미도 그런 생각이 드는구나. 이유는 알 수 없지만."

"이 성관음님의 얼굴을 올려다보고 있자니 문득 그런 기분이 들었어요. 그제보다는 어제, 어제보다는 오늘, 날이 지날수록 더 분명하게 우리를 향해 웃어 보이는 것 같은……."

아침부터 두 사람이 그런 이야기를 주고받았던 날이었다. 그야말로 여자의 직감이라고 할 수 있을지 모르겠다.

해가 짧은 산골 마을은 일찌감치 절의 벽에 땅거미를 드리웠다. 네네는 당 안의 어두운 곳에서 초에 부싯돌을 문지르고 있었으며, 노모는 홀로 저물어가는 것처럼 성관음 밑에 오도카니 앉아 기도를 올리고 있었다.

그때 밖에서 심상치 않은 속도로 달려오는 발소리가 들려왔다. 열 명이 조금 안 되는 숫자의 무사들인 듯했다. 노모는 퍼뜩 놀라 뒤를 돌아보았다. 네네도 당의 마루로 나갔다.

"나리께서 이곳으로 오고 계십니다. 곧 나리께서 오실 것입니다."

그들은 경내 전체에 들리도록 커다란 목소리로 외쳤다. 날마다 이십 리 정도 떨어진 하류까지 망을 보러 나가는 보초병들이었다. 보초병들은 앞으로 고꾸라질 듯한 모습으로 기울어진 산문 안으로 뛰어들다 순간 앞쪽 툇마루에서 네네의 모습을 보자 다가갈 시간도 아깝다는 듯 그 자리에 서서 외쳐댔다.

"오십 기 정도가 쉬지도 않고 이곳으로 오고 있습니다."

"나리를 비롯하여 수행원 모두 건강하십니다."

"이제 곧 도착하실 겁니다. 꿈같은 얘기입니다만, 절대 꿈이 아닙니다. 정말로 주고쿠에서 밀고 들어온 우리 나리가 맞습니다."

그들의 목소리는 툇마루 앞을 떠나서 마침내 좁다란 절 안은 물론 뒤쪽에 지은 무사들의 움막에서 부락의 집들까지 전달되었다. 얼마나 빨리 전달되었는지 곧 대길사를 중심으로 노세 마을 전체에서 말로 형용할 수 없는 목소리가 와앗 하고 일제히 끓어올랐다.

"어머님."

"네네야……."

노모와 네네는 서로를 부둥켜안은 채 기쁨의 눈물에 목이 메었다.

노모는 성관음 앞에 엎드렸다. 네네도 진심으로 절을 했다. 그 모습을 본 노모가 어머니답게 네네를 재촉했다.

"네네야, 아무리 이러한 때라고는 하지만 그 아이도 오랜만에 너를 보는 것 아니냐. 네 모습이 너무 야윈 것처럼 보일 게다. 서둘러 머리라도 만져야……."

"네, 네."

"그리고 문 앞까지 나가서 마중하도록 해라."

네네는 급히 부엌으로 들어갔다. 머리를 만지고 옅게 화장을 하고 허리끈과 옷깃을 바로 한 뒤 짚신을 신었다.

일족과 집안의 하인들 모두 마중을 하러 이미 문 앞으로 나가 나이 순서대로, 신분에 따라 늘어서 있었다. 마을 사람들도 부근 나무들 사이에서 얼굴을 내밀고 내다보고 있었다. 무슨 일이 일어날지 눈을 둥 그렇게 뜨고 지켜보는 듯했다.

잠시 뒤, 다시 두 명의 무사가 달려와 상황을 전했다.

"곧 이곳으로 나리와 수행원들이 오실 것입니다."

그들은 네네 앞에서 보고를 마친 뒤 줄 끝으로 가서 섰다. 순간 갑자기 조용해졌다. 모두의 눈동자가 한 줄기 길 너머로 드리워질 그림자를 기다리고 있었다. 네네의 눈은 벌써부터 촉촉하게 젖어 있었으며, 사람들의 눈자위도 희미하게 충혈되어 있었다.

머지않아 한 무리의 인마가 도착했다. 이내 땀 냄새와 먼지가 마중 나온 사람들의 술렁임에 휩싸였다. 대길사의 문 앞은 울부짖는 말의 그림자와 서로를 끌어안고 무사함을 축복하는 사람들의 그림자로 가득했다.

히데요시 역시 그런 사람들 중 한 명이었다. 그는 마을 초입에서부터 말에서 내린 뒤 말을 하인에게 맡기고 걸었다. 그러다 오른쪽 줄 끝에 늘어서 있던 어린아이들에게 말을 걸었다.

"어떠냐? 산속에는 놀 곳이 많아서 좋지?"

그리고 가까이에 있던 남자아이와 여자아이의 어깨를 두드렸다. 다들 집안사람들의 가족이었다. 그러다 보니 당연히 그들의 어머니와 할머니, 나이 든 아버지가 섞여 있었다. 히데요시는 사람들의 얼굴을 하나하나 살펴보며 산문의 돌계단 쪽으로 걸어갔다.

"그래, 그래. 모두 건강하게 있었구나. 이 지쿠젠도 마음이 놓인다."

히데요시는 왼쪽 줄로 얼굴을 돌렸다. 그곳에는 집안의 무사들이 숙연하게 머리를 숙이고 있었다. 히데요시가 목소리를 조금 높여 말했다.

"모두들, 지금 돌아왔다네. 그동안의 어려움, 잘 알고 있다네. 고생 많았어."

줄지어 서 있던 집안의 무사들이 무릎까지 내렸던 손을 다시 무릎 아래까지 내렸다.

돌계단 위 산문 안쪽에는 친족들과 가신들이 서서 마중을 하고 있었다. 히데요시는 좌우를 향해 자신이 건강하다는 듯 미소만 지어 보일 뿐이었다. 특히 아내인 네네에게는 슬쩍 눈길만 주었을 뿐 말도 걸지 않고 산문을 지났다. 하지만 그곳을 지나는 남편의 모습 뒤에는 언제나 다소곳한 아내의 그림자가 따라다녔다. 네네의 말에 따라 줄줄이 따라다니던 시동들과 일족들도 휴식을 취하러 떠났고, 마루 위에서 '나중에 다시'라고 인사만 하고 자신의 거처로 모습을 감추기도 했다.

천장이 높은 당 안에 낮은 촛대 하나가 오도카니 밝혀져 있었다. 한쪽에는 누에고치처럼 머리가 새하얀 사람이 적갈색 겉옷을 입고 조용히 앉아 있었다. 말할 것도 없이 히데요시의 어머니였다. 그로부터 얼마 뒤, 아들이 마침내 태합太閤이 되었을 때는 오만도코로大政所로 받들어진 사람이었다.

"여기에 계시는가?"

네네의 안내를 받아 툇마루에 오른 아들의 목소리가 들렸다. 노모는 소리도 없이 일어나 발걸음을 문 쪽으로 옮겼다. 히데요시는 덧문 아래서 겉옷의 먼지를 털고 있었다. 아마가사키의 진중에서 깎은 머리는 아직 그대로 두건에 감싼 채 있었다. 네네가 남편의 뒤로 돌아가 조그만 목소리로 가만히 주의를 주었다.

"어머님께서 마루까지 마중을 나오셨습니다."

히데요시는 황망히 어머니 앞으로 다가가 엎드렸다. 어찌 된 일인지 아무런 말도 할 수가 없었다.

"어머니, 고생하셨습니다. 용서해주시기 바랍니다."

잠시 뒤, 히데요시가 간신히 한 말은 그 한마디뿐이었다.

노모는 무릎을 조금 뒤로 물리고 자신의 아들에게 절을 올렸다. 자신의 아들이라고는 하지만 이러한 때에는 개선한 집안의 주인을 대하는 예로 맞아야 했다. 그것이 무문의 가풍이기도 했다. 평소의 단순한 모자 사이로 대하는 게 아니었다. 하지만 히데요시는 무사한 어머니의 모습을 보자 골육의 정만이 솟아올랐다. 그는 어머니의 무릎 앞으로 다가갔다. 그러자 노모가 다시 한 번 공손하게 예의를 갖추며 그런 아들의 행동을 거부하듯 말했다.

"무엇보다 너도 무사히 돌아와 다행이다. 하지만…… 이 어미의 어려움과 무사함을 묻기 전에 어째서 우다이진(노부나가) 님의 소식을 이야기하지 않는 게냐. 또 천하의 적인 미쓰히데를 물리쳤는지, 아직 물리치지 못했는지…… 그것을 고하지 않는 게냐?"

"네, 그렇습니다."

히데요시가 옷깃을 바로 하자 노모가 말을 이었다.

"몰랐느냐? 어떤 상황에 있든 이 노모가 날마다 걱정한 것은 아들의 생사가 아니었다. 우다이진 님의 신하 하시바 히데요시라는 대장의 업적이었다. 주군께서 돌아가신 뒤 일을 어떻게 처리했는지, 아마가사키와 야마자키 부근까지 군대를 되돌려갔다는 소식은 들었으나 그 이후의 일은 아직 이 산속까지 전해지지 않았다. ……이 늙은이는 오로지 그것만을 걱정하고 있었다."

"말씀이 늦었습니다."

히데요시의 말투는 애정이 없는 타인을 대하는 듯했으나 온몸은 피가 끓어오르는 듯 기쁨에 떨고 있었다.

지금 노모의 나무람은 어머니의 사랑에 위로받는 것보다 백배, 천배로 커다란 사랑을 주었고 장래까지 격려하고 있었다. 아들을 끌어안고 온갖 다정한 애무를 해주는 것은 금수의 어머니도 할 수 있다. 하지만 사람의 어머니에게서만 볼 수 있는 참된 사랑은 때로 그러한 본능까지도 초월한 높은 곳에 있다. 히데요시는 그 커다란 사랑을 온몸으로 느꼈다. 사실 히데요시는 마음속으로 그런 말을 듣기를 바라고 있었다.

어째서 아들은 어머니에게 그런 희망을 품었는가 하면, 전장에서도 틈만 나면 미련을 갖게 하는 것이 정이기 때문이다. 만사 제쳐놓고 어머니가 무사한지를 보기 위해 온갖 어려움을 무릅쓰고 이곳으로 온 것도 결코 무사히 돌아왔다는 마음에서 나온 것이 아니었다. 가슴으로는 내일이면 다시 어머니고 뭐고 모두 버리고 생사의 길로 나서야 한다고 기약하는 몸이었다. 아니, 히데요시뿐만 아니라 무릇 대의를 위해 사는 사람이라면 모두 집에서는 그렇지 않은 모습을 보여도 그러한 희망을 어머니에게도 품고 있으며, 아내에게도 품고 있고, 형제들에게도 품고 있을 것이다. 뒤에 남겨두고 가는 사람들을 생각하면 생각할수록 그 마음은 뼈에 사무치는 것이다. 그러다 보니 나약한 사람들의 입에서 씩씩한 소리를 한 마디라도 들으면 그것을 무한한 사랑으로 받아들이고 뒤를 돌아보지 않는 자신의 영웅혼을 더욱 강하게 불태울 수 있는 법이다.

히데요시는 아직 누구에게도 장래에 큰 뜻을 이루겠다고 호언한 적이 없었다. 세상을 떠난 노부나가는 그를 '도량이 큰 자'라고 평가했는데, 그 도량은 저절로 우러나온 것이지 히데요시가 함부로 큰소리를 쳐서 생긴 것이 아니었다. 하지만 그를 낳은 어머니는 누구보다도 그를 잘 알고 있었다. 오늘 어머니의 말은 그야말로 아들을 알고 있는 어머니의 말이나 다름없었다.

'어머니는 알고 계시는구나. 뜻을 이루든 이루지 못하든 어머니는 각오하고 계시는구나.'

이러한 어머니의 마음은 아들에게 큰 힘이 되어주었다. 히데요시는 주고쿠 이후의 연전에서 오는 피로도, 앞으로 해야 할 집안에 대한 걱정도 단번에 벗어버린 듯한 느낌이 들었다. 지금은 오로지 혼신의 노력을 천명에 맡기고 천의天意의 대답을 기다리면 될 듯싶었다.

히데요시는 주군 노부나가의 죽음을 알게 된 뒤부터 지금까지의 경과와 앞으로 관철시키려 하는 커다란 뜻을 늙은 어머니에게 알기 쉽게 자세히 이야기했다. 아들의 이야기를 듣고 노모는 비로소 눈물을 흘렸다. 그리고 처음으로 장하다며 아들을 칭찬했다.

"짧은 시간 안에 아케치를 잘도 물리쳤구나. 우다이진 님의 영도 잘했다며 생전의 은혜를 후회하지 않고 계실 것이다. 사실 이 어미는 만일 네가 미쓰히데의 수급도 보기 전에 이곳으로 먼저 온 것이라면 단 하룻밤도 여기서 묵지 못하게 하겠다고 마음속으로 굳게 결심하고 있었다."

"네, 이 히데요시도 그 일을 마무리 짓기 전에는 어머니를 뵐 면목이 없다고 생각하여 이삼 일 전까지만 해도 오로지 싸움에만 몰두해 있었습니다."

"그런데 이렇게 무사히 서로의 얼굴을 볼 수 있었던 것도 네가 택한 길이 신불의 뜻에 합당한 것이었기 때문일 게다. 자…… 네네도 이쪽으로 오너라. 다 같이 절을 올리자꾸나."

노모는 그렇게 말한 뒤 정면의 성관음을 향해 앉았다. 그때까지 네네는 남편과 시어머니가 있는 곳에서 훨씬 떨어져 얌전히 앉아 있었다. 네네는 '네' 하고 대답한 뒤 조용히 일어서서 본존 앞으로 걸어갔다. 그런 다음 매달려 있는 두 개의 등과 감실 안에 불을 붙였다. 그리고 돌아와서는 처음으로 남편 옆에 앉았다.

모자 세 사람이 나란히 서서 희미한 등불 앞에 절을 했다. 히데요시는 머리를 들어 응시한 뒤 다시 삼배를 했다. 성관음 옆 감실이 놓인 단에 주군 노부나가의 속명을 적은 임시 위패가 놓여 있었기 때문이다.

절을 올린 뒤에야 노모는 비로소 마음속 무거운 짐을 내려놓았다는 듯 다정한 목소리로 말했다.

"네네야, 이 아이는 목욕을 좋아한다. 목욕물 준비는 시켜두었겠지?"

"네. 피로를 푸는 데는 목욕이 최고라 생각하여 급히 준비하라 일러두었습니다."

"그러냐. 우선 땀을 좀 씻도록 해라. 어미는 그사이에 부엌에 가서 이 아이가 좋아하는 음식이라도 마련해둘 테니."

노모가 두 사람만 남겨두고 나갔다.

"네네."

"네."

"자네도 이번 일로 마음고생이 심했겠소. 하지만 그동안 일 처리도 실수 없이 잘해주었고, 어머니도 잘 보살펴주었소. 이 히데요시도 그것만을 걱정하고 있었는데."

"이 정도의 어려움은 무인의 아내에게 언제 찾아올지 모르는 일이라고 생각해 평소 각오한 덕분인지 그렇게 힘들지는 않았습니다."

"그런가, 무릇 고난이란 그것을 극복한 뒤, 되돌아보면 재미있고 참으로 유쾌한 것이 되는 법이오. 그 점을 잘 알았겠지?"

"지금 이렇게 무사하게 돌아온 서방님을 바라보고 있는 것이 말씀하신 그대로의 마음입니다."

"인생에 기복이 없다면 아무런 맛도 없을 것이오. 부부 사이도 역시 마찬가지 아니겠는가."

"호호호호, 과연 그럴까요?"

"주고쿠에 오래 머무는 동안 아즈치까지 갔지만 나가하마의 집에는
들를 여유가 없었소. 그토록 오랫동안 보지 못한 아내를 오랜만에 만나
고 보니, 우리 집 조강지처도 신부였을 때만큼 상큼하게 보이는구려."

네네가 얼굴을 붉히며 말했다.

"어머. 그런 농담을."

"아니, 아니. 진심일세."

히데요시가 진지하게 말했다.

"단둘이 본당의 거친 멍석 위에 앉아 있으니 우리가 혼례를 올렸던
기요스 시절 활 부대의 숙소가 떠오르는군. 자네의 수줍어하는 모습, 그
리고 남편을 맞아들이는 진심 어린 모습을 생각하면 지금도 즐겁소. 너
무 친밀한 부부라면 때로 이삼 년 정도 떨어져보는 것도 좋을 듯하군."

"그건 서방님의 생각이시겠죠. 아내의 마음은 조금 다릅니다."

"그런가? 음……. 어떻게 다르지?"

그때 본당의 끝 쪽 방에서 술렁술렁 인기척이 들려왔다. 다정하게
이야기를 나누던 부부는 다시 사이를 벌리고 앉아 시선을 돌렸다. 일
족 근친의 노유老幼들이었다. 히데요시에게 인사를 하기 위해 저마다
의복을 갈아입고 온 것이었다.

"오오, 모두 건강하구나. 모두 무사했어. 다행이다, 다행이야."

히데요시는 그들 모두에게 일일이 말을 건네고 무사함을 축복했다.

히데요시는 목욕을 마친 뒤, 식구들을 모아놓고 활기찬 저녁 식사를
했다. 집안사람들은 주인을 중심으로 단란한 저녁 시간을 마음껏 누렸
다. 내일 아침 일찍 산속에서 나가 다시 되찾은 나가하마 성으로 돌아
갈 예정이었다. 그러다 보니 나이 든 사람은 물론 아녀자들까지도 즐

거운 마음에 쉽게 잠을 잘 수가 없었다.

"내일은 서둘러 나서야 해. 일찍 일어나야 된다."

부모들은 아이들을 달래며 절 안의 오두막으로 돌아갔다. 대길사 본당에서도 일찌감치 불을 껐다. 노모는 성관음 앞에 누웠고 히데요시 부부는 성관음 뒤에 있는 조그만 방에 몸을 눕혔다. 아즈사 강의 계곡소리와 두견이 소리가 밤새 들려왔다.

짧은 밤이 밝기도 전에 몸단장을 하고 말을 준비하는 소리가 들렸다. 나가하마에서 나올 때 모두 버리고 왔기에 돌아가는 날에도 짐은 적었다.

히데요시는 절에 땅을 기증하고 촌장에게 마을 사람들의 은혜에 보답하는 상을 내린 뒤 출발했다. 길게 늘어선 줄이 이어졌다. 어머니는 급히 만든 가마에 올랐으며 히데요시 부부가 그 옆을 따라갔다.

하얀 해무에 아침 해가 비쳤다. 아즈사 강의 계곡을 따라 길이 점점 좁아졌다. 말을 타고 가던 무사는 말에서 내려 말을 끌고 갔다. 길이 험해서 말도 버틸 수가 없었던 것이다. 가마도 편하지는 않았다.

"어머니, 힘드시죠? 잠깐 쉬었다 가시지요."

노모는 가마 밖으로 나와 잠시 휴식을 취했다. 출발할 때 히데요시는 자신의 등을 어머니 쪽으로 돌렸다.

"이런 험한 길도 이제 오 리나 십 리 정도만 가면 됩니다. 이번에는 제가 업어드리겠습니다."

노모는 망설이지 않았다. 늙어서는 자식의 말을 따르라는 말 그대로 두 손을 내밀어 히데요시의 어깨에 기댔다.

"아, 제가 모시겠습니다."

네네가 말하고 시동들도 당황해서 달려왔으나 히데요시는 머리를 흔들며 어머니를 업고 일어났다.

"십 년 동안 불효한 죄를 오늘 하루로 갚으려는 것일세. 이 히데요시가 업게 내버려둬."

히데요시는 언덕길을 내려가기 시작했다. 어머니에게 '당신의 아들은 아직 이렇게 건강합니다' 하고 말하듯 힘차게 걸었다. 그리고 등에 업힌 어머니가 너무나도 가벼웠기에 홀로 어머니의 나이를 헤아려보았다.

가는 도중 어제 이후의 전황을 보고하기 위해 나가하마에서 온 막료 중 한 명을 만났다. 나가하마에서도 히데요시가 이렇게 빨리 돌아올 줄은 몰랐던 모양이다.

"앞서 저희 집에서 각 집안에 아케치 정벌을 이미 마쳤다고 통첩을 보낸 탓인지 도쿠가와 나리의 군은 어제 나루미鳴海에서 하마마쓰浜松로 돌아갔다고 합니다. 그리고 오우미의 경계선까지 왔던 시바타 군 역시 대사는 이미 끝났다며 망연히 진군을 멈춘 듯합니다."

히데요시가 가만히 웃으며 중얼거렸다.

"도쿠가와 나리도 이번 일에는 조금 당황하신 듯하군. 간접적이기는 하나 이 히데요시를 위해 미쓰히데를 견제하여 병력을 분산시키는 역할을 해주신 셈이 됐어. 지금 덧없이 돌아가는 미카와 무사들의 안타까워하는 얼굴이 보이는 듯하군."

히데요시는 어머니를 나가하마로 안전하게 모셔놓고 이튿날인 25일에 다시 미노로 향했다. 한때 미노도 동요하는 듯했으나 히데요시가 도착하자마자 그날로 평정을 되찾았다.

히데요시는 우선 고 노부나가가 머물렀던 옛 산하인 이나바 산의 성을 노부타카에게 바쳐 옛 주군의 집안에 대한 충성심을 내보였다. 그리고 유유히 한잠을 자고 난 뒤 같은 달 27일에 열릴 예정인 기요스 회의를 기다렸다.

시바타 가쓰이에

그는 올해 쉰세 살의 무장으로서 수많은 전투를 경험했으며, 인간으로서도 인생행로의 우여곡절을 한껏 맛보았다. 거기에 내력 있는 가문, 실력 있는 부하들, 건장한 체격 등을 갖추고 있으니 이 사람이야말로 시운에 선택을 받은 가장 뛰어난 사내라는 점에 누구도 의심을 품지 않았다. 그도 애초부터 마음속 깊이 그렇게 느끼고 있었다. 지난 6월 4일, 엣추越中 우오자키魚崎의 진에서 본능사의 변을 알았을 때 그는 속으로 생각했다.

'나의 움직임은 매우 중요하다. 이번 일에는 만전을 기하지 않으면 안 된다.'

그래서 그의 움직임에는 시간이 걸렸다. 스스로 자중했기 때문이다. 하지만 마음은 질풍처럼 교토로 가 있었다.

그는 바로 오다 가 최고의 무인인 호쿠리쿠北陸의 장관 시바타 슈리노스케 가쓰이에柴田修理亮勝家였다. 가쓰이에는 지금 필생의 승부를 걸고—엣추 오우자키에서 대진 중인 우에스기 군과의 싸움을 뒤로하고—급거 교토로 향하는 중이었다.

급거라고는 했으나 엣추를 떠나는 데도 며칠이 걸렸으며, 자신의 성인 에치젠 기타노쇼에서도 며칠을 허비했다. 하지만 가쓰이에는 결코 늦다고 생각하지 않았다. 가쓰이에 정도의 사람이 이처럼 커다란 일을 맞아 움직이기 시작하려면 이른바 불패를 위한 만반의 준비를 해야 하기 때문에 당연히 시간이 필요한 법이라고 생각했다.

가쓰이에는 우에스기 가게카쓰上杉景勝와 대진 중인 엣추에 삿사 나리마사佐々成政와 마에다 도시이에前田利家 양군을 남겨두었으며, 기타노쇼에도 부하들을 놔두고 전진해 나아갔다. 가쓰이에 스스로는 참으로 빠르다 생각하며 움직였으나 에치젠과 오우미의 경계인 야나가세柳ヶ瀬를 넘을 무렵, 날짜는 이미 15일이 되어 있었다. 그리고 기타노쇼와 엣추 방면에서 주장 가쓰이에보다 한발 늦게 뒤따라온 후속 부대와 합류한 뒤 전군은 고개에서 휴식을 취했는데, 그때는 벌써 눈앞에 보이는 고호쿠 하늘에 여름 구름이 높다랗게 걸린 이튿날 16일 정오 무렵이었다.

16일이었으니 그가 노부나가의 죽음을 안 4일부터 헤아리면 십이일이 걸린 셈이었다. 하지만 어찌 알았겠는가? 주고쿠에서 모리와 대치하고 있던 히데요시가 교토의 비보를 들은 것은 틀림없이 가쓰이에보다 하루 정도 빠르기는 했으나, 히데요시는 4일에 모리와 화의의 서약서를 교환했으며 5일에 그곳을 출발하여 7일에 히메지에 도착했고, 9일에 아마가사키로 향했으며 13일에 야마자키의 일전에서 미쓰히데를 쓰러뜨리고 교토 안팎에 걸친 잔당 토벌 작업부터 전후의 포령까지 게시했다.

험난한 정도와 거리를 따져보면 엣추에서 교토까지의 길과 빗추 다카마쓰부터의 길 사이에는 얼마간 차이가 있지만 가쓰이에와 히데요시가 처해 있던 상황을 보면 비교할 수 없을 정도의 난이難易가 있었다. 가쓰이에의 상황이 훨씬 더 유리했음은 말할 필요도 없었다. 전면적인 전환을 꾀하기에도, 전장에서 이탈하기에도 히데요시보다는 훨씬 더 유리한 사정에 있었던 것이다. 하지만 이렇게 시간이 걸린 이유는 무엇일까? 결국 가쓰이에의 '자중과 만전'을 우선시하는 관념이 귀중한 '시간'을 허비하고 만 것이다. 그리고 백전의 노장다운 자신감과 경험이 사려 분별의 껍데기를 더욱 두껍게 한 탓도 있다. 이번과 같은 천하의 일대 전환점에서 그것은 오히려 질풍적 행동에 방해가 되어 끝내 한 걸음도 비약하지 못하게 되었다.

"쉬어라. 말에게 물을 먹여라."

"그 사이에 전원 휴대용 식량을 먹도록. 단, 마을 입구에서 초계에 임하는 부대는 교대로 휴식하라."

"난조南條에서 여기까지 오는 동안 도중에 가담한 무리들은 곧바로 도착을 알리고 이곳을 출발하기 전까지 인원과 이름을 본대의 서기에게 제출하기 바란다."

야나가세 산중에 있는 마을이 인마로 가득 들어찼다. 그곳에서 서쪽으로 가면 교토 방면이었고, 동쪽으로 가면 요고余吾의 호수를 지나 고슈 나가하마 가도로 나서게 되었다.

가쓰이에의 주력 부대에서 명령이 내려지자 부장들은 뿔뿔이 흩어져 커다란 목소리로 부대원들에게 명령을 전달했다. 다음에서 다음으로, 또 다음에서 다음으로 순식간에 전군에 명령이 전달된 것처럼 여겨졌으나 아직도 북쪽의 언덕길에는 개미처럼 줄줄이 행군 중인 후속 부대도 있는 듯했다. 앞선 부대와 연락을 취하기 위해 불어대는 나팔 소리가 저 멀리 여름 산 아래 아득한 곳에서 들려왔고 앞선 부대에서도 끊임없이 나팔로 답을 했다.

이 부근 일대의 산지를 통틀어 야나가세라고 불렀으나 좀 더 자세히 말하면 오우미 이카伊香 군 가타오카片岡 촌이었다. 그리고 대장 시바타 가쓰이에가 말을 멈춘 곳은 쓰바키椿 고개에 있는 작은 신사의 경내였다.

가쓰이에는 더위를 매우 잘 타는 사람이었다. 오늘 무더위 속에 지나온 산길은 더욱 견디기 어려워했다. 나무 그늘에 걸상을 놓게 하고 나무와 나무 사이에 막을 치게 한 뒤 그 안에서 흐트러진 자세로 갑옷의 끈을 풀고 있었다. 그리고 양자인 곤로쿠 가쓰토시權六勝敏에게 등을 돌리고 말했다.

"곤로쿠, 좀 닦아주어라."

가쓰이에는 갑옷을 풀어 젖힌 뒤, 목에서 등 쪽으로 손을 넣어 땀을 닦게 했다. 두 시동은 좌우에서 가쓰이에의 겨드랑이 쪽을 향해 커다란 부채를 부쳤다. 땀이 마르자 이번에는 몸이 가려운지 가쓰이에가 답답하다는 듯 말했다.

"곤로쿠, 좀 더 세게 문질러라, 세게."

양자인 곤로쿠는 아직 열여섯 살이었다. 양아버지 옆에 머물며 행군 중에도 효를 다하는 모습이 사랑스럽게 보였다.

가쓰이에의 피부에는 땀띠 같은 것이 잔뜩 나 있었다. 가쓰이에뿐만 아니라 여름철에도 가죽과 금속으로 감싸야 하는 군사의 피부에는 갑옷병이라고 부르는 피부병이 매우 많았는데, 가쓰이에는 피부병이 특히 심했다.

여름에 이렇게 약해진 이유를 놓고 가쓰이에는 덴쇼 7년(1579년)부터 지금까지 삼 년이 넘는 시간 동안 북쪽의 임지에서 보내며 호쿠리쿠 경영에 임했고, 기타노쇼 성곽에서 거주했기 때문이라고 말했으나, 사실은 나이 들어서도 여전히 건강하고 혈기 왕성한 담즙질膽汁質의 체질을 가지고 있기 때문이었다. 곤로쿠가 가쓰이에의 말대로 힘껏 문지르자 모공에서 지방과도 같은 붉은 피가 솟아나왔다.

“나리, 지금 신관과 촌장 등이 출진을 축하하기 위해 계곡에서 잡은 물고기 구이와 떡을 가지고 찾아왔습니다.”

막사 한쪽에서 무사 중 한 명이 고하자 가쓰이에는 당황해서 이제는 됐다며 곤로쿠의 손을 거두게 한 뒤 갑옷을 고쳐 입었다. 그리고 곁에 있던 사쿠마 겐바노조 모리마사佐久間玄蕃允盛政를 돌아보며 명령했다.

“자네가 마을 사람들의 인사를 받고 오게.”

겐바가 나서려 하자 겐바와 나란히 앉아 있던 멘주 쇼스케 이에테루毛受勝助家照가 막아서더니 가쓰이에의 커다란 몸을 올려다보며 절을 하고 말했다.

“안 됩니다, 나리.”

멘주 쇼스케는 자신의 일처럼 말했다.

“마을 사람들의 소박한 뜻에 나리께서 잠시라도 직접 인사를 하고 오시는 게 어떻겠습니까?”

“겐바, 가지 않아도 된다.”

가쓰이에는 멘주 쇼스케의 말을 받아들여 직접 신관과 마을 사람들을 만나 축하를 받았다. 그리고 바로 막료들과 함께 헌상 받은 물고기 구이 등을 펼쳐놓고 식사를 했는데 멘주 쇼스케에게는 말도 걸지 않고 눈길도 주지 않았다.

쇼스케의 간언은 지극히 당연한 것이었다. 가쓰이에도 그것을 이해하지 못할 만큼 어리석은 장수는 아니었다. 하지만 스물다섯 살의 젊은 부장에게 주의를 들었다는 사실 때문인지 가쓰이에는 잉어의 간이라도 씹은 것처럼 언제까지고 씁쓸한 맛이 가시지 않는 모양이었다.

그곳에는 쇼스케의 동생 쇼베勝兵衛도 있었다. 동생 쇼베는 스물한 살이었다. 시바타 가에 공을 세운 멘주 모자에몬毛受茂左衛門의 아들들이라 그동안 가쓰이에는 그들을 좌우에 두고 중용도 하고 신경을 써주었다. 그런데 가쓰이에는 동생 쇼베는 그렇다 쳐도 형 쇼스케 이에테루를 영 마음에 들어 하지 않았다. 때때로 지금과 같은 직언을 하기 때문이었다.

가쓰이에는 젊었을 때부터 귀신 잡는 시바타라거나 물통을 깬 시바타라는 식으로 불리다 보니 자부심이 높았다. 그런 탓에 평소에도 대담무쌍한 태도를 보였다. 한마디로 거칠다고 해야 할지, 거만하다고 해야 할지, 가쓰이에는 자신의 불손함을 오히려 자랑스럽게 여기는 듯했다. 벽지의 진중에서도 먹고 싶은 것이 있으면 '먹고 싶다'고 말했으며, 마시고 싶을 때에는 '마시고 싶다'고 말했고 가려울 때는 '가려우니 긁어라'라고 말하며 아무에게나 피부병을 긁게 했다.

"나리께서는 참으로 꾸밈이 없으셔서 좋다. 오늘처럼 높은 자리에 오르신 뒤에도 젊었을 때와 조금도 변함없이 우리를 편하게 대해주신다."

그렇게 주인을 호방하고 큰 인물이라면 한없이 칭찬하는 가신도 있었으나, 멘주 쇼스케와 같은 가신은 그것을 아첨하는 말이라 여겨 애써 반대가 되는 쓴소리를 했다.

쇼스케는 엣추의 전장에 오래 머물러 있을 때 느낀 게 있었는지, 가쓰이에가 무료함에 읽을 책이 있으면 가져다 달라고 말하자《삼략三略》의 일부를 눈에 띄게 접어서 바쳤다. 가쓰이에는 책을 차례로 펼쳐 읽었는데, 그 가운데 이런 글이 있었다.

군사가 아직 우물의 물줄기에 이르지 못했으면 장수는 목마르다고 하지 않는다. 군사의 막사가 아직 정비되지 않았으면 장수는 피로를 말하지 않는다. 군사의 음식이 아직 마련되지 않았으면 장수는 배고프다고 말하지 않는다. 겨울에는 가죽옷으로 몸을 따뜻하게 하지 않고, 여름에는 부채를 쥐지 않고, 비가 와도 덮개를 치지 않는다. 이를 장수의 예라 할 수 있다.

그 당시에도 가쓰이에는 이삼 일 동안 불쾌한 빛을 내보였다. 하지만 부하를 통솔하는 데 있어서 이 정도의 상식은 충분히 알고 있는 대장이었기에 쇼스케를 내치는 것과 같은 어리석은 짓은 결코 하지 않았다. 단, 자신이 가지고 있는 담즙질적 욕망과 거친 본질 탓도 있지만 호쿠리쿠 지방 원정의 총대장으로서 별다른 부조화 없이 위엄을 보였고 자신에 대한 긍지를 가지고 있었는데, 다른 의지에 의해 그것이 희석되어버리면 절도를 지키기가 매우 어려운 듯했다. 그러다 보니 삼가는 모습을 보이다가도 곧 예전의 귀신 잡는 시바타, 내지 물통을 깬 시바타로 되돌아가버리고 마는 것이었다.

오늘 일뿐만 아니라《삼략》의 글까지 머릿속에 떠올라 더 불쾌했는지도 모른다. 어쨌든 식사 자리는 그다지 흥겹지 못했다. 하필 그럴 때 히데요시가 보낸 전령이 와서 천하의 귀신 잡는 시바타의 간담까지도 서늘하게 만드는 이야기를 전했다.

사자는 두 사람이었다. 한 사람은 히데요시의 가신이었고, 다른 한 사람은 간베 노부타카의 가신이었다. 각자 주인의 글을 들고 와 동시에 가쓰이에 앞에 내밀었다. 두 통 모두 오쓰 삼정사에 머물고 있는 히데요시와 노부타카가 직접 쓴 것이며 날짜도 같은 14일로 되어 있었다.

오늘 역장逆將 **아케치 미쓰히데의 수급을 확인하였다. 이로써 돌아가신 주군 노부나가 공의 복수전을 모두 마쳤다.**

히데요시가 보낸 글에는 야마자키 이후의 전황이 대략적으로 적혀 있었다. 그리고 다음과 같은 글도 함께 적혀 있었다.

따라서 북쪽에 있는 오다 유신 일동에게 바로 알리기 위해 귀하께 대략의 상황을 급히 전한다. 새삼스럽게 말할 필요도 없이 이번 변은 비탄을 금할 길 없는 일이나 주인이 돌아가신 날로부터 십일 일 이내에 역장의 수급을 거두고 적도賊徒를 하나도 남김없이 소멸掃滅했으니, 나의 공을 자랑하려는 것은 아니나, 저승에 계신 영을 조금이나마 위로할 수 있었으리라 믿는다. 이러한 사실, 귀공께서도 불행 중의 기쁨으로 함께 기뻐해주길 바란다.

히데요시의 글처럼 크게 기뻐해야 할 일임에는 틀림없었으나, 아무래도 가쓰이에는 기쁘게 받아들일 수가 없었다. 오히려 반대의 상황이 되길 바라는 마음이 글에서 눈을 떼기도 전부터 그의 얼굴 가득 넘쳐 나고 있었다. 하지만 답장에는 더없이 경축할 일이라고 적으며 자신의 군도 야나가세까지 달려왔다는 사실을 강조했다.

가쓰이에는 사자를 돌려보내고 난 뒤, 사자의 입을 통해, 그리고 히데요시의 글에 의해 알게 된 정보로는 도저히 다음 행동을 할 수 없다는 듯 오쓰 방면에서 교토 부근까지 실상을 탐색하기 위해 미즈노水野, 와시미 겐지로鷲見源次郎, 곤도近藤 등의 다리가 튼튼한 젊은이들을 골라 보냈다. 그리고 현재 상황의 전모를 명확히 알기까지는 쓰바키 고개에서 숙영할 수밖에 없다고 마음을 정한 듯했다.

"설마……. 하지만 허설일 리도 없고."

가쓰이에는 앞서 노부나가의 비보를 들었을 때 이상으로 놀란 듯했다. '이미 미쓰히데의 수급을 거두었다'는 이야기를 들었으면서도 머리 한구석에서는 아직도 '설마?' 하며 의심을 품고 있었다. 혹시 자신보다 먼저 미쓰히데 군에 맞서 복수전에 나서는 사람이 있다면 그것은 간베 노부타카나 니와 나가히데 내지 사카이에 머물고 있는 도쿠가와 이에야스 등을 더한 교토 부근 오다 유신들의 연합군 정도일 것이라고 생각하고 있었다. 그리고 어느 쪽으로 형세가 기울든 승패는 결코 하루아침에 갈리지 않을 것이며 오다 가에서 자신보다 윗자리를 차지하고 있는 사람이 없으니 자신이 임하면 당연히 사람들이 자신을 아케치 토벌의 총대장으로 맞아들일 것이라고 충분히 계산한 터였다.

그러한 예견 속에 히데요시의 존재는 없었다. 그렇다고 히데요시가 보이는 것처럼 하찮은 사내라고는 결코 생각하지 않았다. 오히려 히데요시의 속내를 상당히 잘 알고 있었다고 해도 좋을 것이다. 히데요시가 일개 장교였던 시절부터 히데요시의 대두를 상당히 악질적으로 방해했던 적도 있었기 때문이다. 짓밟아도 짓밟아도 꺾이지 않는 어린 도키치로藤吉郎 시절부터 요즘 중신인 자신들과 어깨를 나란히 하기 시작한 그의 기량에 대해서는 언제나 차가운 눈초리로 지켜보고 있었다. 하지만 그렇다 할지라도 그가 어떻게 모리 군을 내버려두고 주고쿠에서 이곳으로 달려올 수 있었는지, 그렇게 빨리 움직일 수 있었는지, 가쓰이에의 상식으로는 거의 기적을 듣는 것과 같은 기분이 들었던 것이다.

숙영지인 쓰바키 고개는 이튿날까지 본격적으로 경비가 강화되었다. 길이 차단되었기에 교토 방면에서 오는 여행자들은 한 명도 빠짐없이 보초병들에게 심문을 받아야 했다.

수집한 정보는 모두 부장을 통해 본진의 막사로 전달되었다. 그들 항간의 설을 종합해봐도 아케치 군의 전멸은 의심할 여지가 없었으며, 사카모토 성까지 떨어진 것 역시 확실한 사실이었다. 그리고 어제부터 오늘에 걸쳐 아즈치 방면에서 불길과 검은 연기가 보였다고 말한 여행자도 있었고, 하시바 지쿠젠노카미 나리는 일부 병력을 이끌고 벌써 나가하마 쪽으로 향했다고 말하는 사람도 있었다.

하룻밤이 지나서도 가쓰이에의 마음은 편하지 않았다.

'나는 무엇을 해야 하는가?'

가쓰이에는 쉽게 결정지을 수 없었다. 수치심과 체면을 생각하면 한 없이 불쾌해졌다. 호쿠리쿠의 군마를 선별하여 여기까지 왔는데 팔짱을 낀 채 히데요시의 대활약을 바라보기만 해야 한다는 것은 도저히 견딜 수 있는 일이 아니었다. 그러다 보니 '이 가쓰이에는 무엇을 해야 하는가?'라는 물음이 머릿속에서 맴돌았다. 오다 가의 대로大老이자 수뇌부의 수석에 있는 사람의 당연한 임무는 무엇보다 아케치 토벌이었으나 그것은 이미 히데요시의 손에 의해 끝나버리고 말았다. 그런 상황에서 무슨 일을 어떻게 급히 해야 할지, 또 히데요시 위에 설 수 있는 방책은 무엇인지 고심할 수밖에 없었다.

어느 틈엔가 가쓰이에의 머릿속은 히데요시라는 대상으로 가득 차 버렸다. 게다가 적대 감정에 가까운 증오심마저 불타올랐다. 어제 밤 늦게까지 선참들과 무릎을 맞대고 논의를 한 것도 바로 그 문제 때문이었다. 그 결과 가쓰이에의 영지인 기타노쇼와 엣추 우오자키로 급사急使와 밀사 들이 파견됐다. 또 멀리까지는 조슈上州 삼국의 험난한 길을 넘어 에치고의 가스가春日 산으로 공격해 들어가 우에스기 세력의 본거지를 치기로 합의한 다키가와 가즈마스瀧川一益 휘하의 군대로, 그리고 다키가와 가즈마스에게로 파견됐다.

특히 간베 노부타카에게는 어제 돌아간 사자에게 들려 보낸 답장에 이어 다시 새로운 글을 써서 보냈다. 노신인 야도야 시치자에몬宿屋七左衛門을 사자로 보냈고, 그 외에도 눈치가 빠른 가신 둘을 더해 보냈다. 아무래도 중요한 내용을 전달하려는 듯했다. 그 밖에도 서기 두 사람이 한나절 동안 가쓰이에의 말을 받아 쓴 편지는 이십여 통에 이르렀다. 요지는 7월 1일을 기해 기요스에서 회동하여 주인 집안의 후계자를 결정하고, 아케치의 옛 영지를 처분하는 등 당면한 중대 현안을 논의하자는 것이었다.

가쓰이에는 회의를 주창한 사람으로 노장의 체면을 되찾으려고 했다. 또 자신이 아니면 그 누구도 이 중대 현안을 해결할 수 없을 것이라고 생각했다. 그것을 '열쇠'로 그는 당초의 방향을 바꾸어 오와리의 기요스로 향했다.

도중에 들은 소식과 잇따라 돌아온 미즈노와 곤도의 보고를 종합해 봤을 때 그가 보낸 편지가 도착하기 전부터 대부분의 오다 유신들이 기요스로 향하고 있다는 사실을 알 수 있었다. 그곳에 노부나가의 적자인 노부타다의 아들 산포시마루三法師丸가 있었기에 자연스럽게 아즈치 이후 오다 가의 중심이 그곳으로 옮겨간 것일 수 있는데, 가쓰이에는 그 사실조차 히데요시가 주제넘게 먼저 말을 꺼내 사태를 움직이고 있는 것이 아닐까 생각했다.

종이학

　기요스 성은 요 며칠, 성으로 들어가는 행렬과 성에서 나오는 인마로 들끓었다. 예전에는 노부나가가 일어선 곳이었는데, 이제는 노부나가 가에 대한 뒤처리를 논의하기 위한 장소가 되었다. 하지만 이곳에 모인 유신들은 '산포시 도련님의 안부를 여쭙기 위해' 모였다고 말할 뿐 시바타 가쓰이에의 편지를 받았다고 말하지 않았다. 그리고 히데요시의 뜻에 따라 왔다고도 말하지 않았다.

　사람들은 이윽고 성안에서 대대적인 평의가 열릴 예정이라는 사실을 암암리에 알고 있었다. 논의할 내용도 이미 알고 있었다. 단, 날짜나 시간과 같은 공적인 통지가 오지 않았을 뿐이었다. 그러다 보니 산포시에게 문안 인사를 마친 뒤에도 돌아가는 사람이 아무도 없었다. 다들 수많은 병력을 데리고 성 밑의 숙소에서 대기했다.

　한여름 더위에 평소보다 몇 배나 많은 사람이 한꺼번에 좁은 마을로 몰려들었기에 이만저만 혼잡하고 소란스러운 게 아니었다. 마구간의 말이 마을로 뛰쳐나가 날뛰고, 젊은이들끼리 싸움이 벌어지고, 작은 화재가 끊이지 않는 등 무료할 틈이 없었다.

　월말 무렵에는 간베 노부타카와 기타바타케 노부오 등의 일문도 모두 모였으며, 시바타 가쓰이에, 하시바 히데요시, 니와 나가히데, 호소카와 후지타카, 이케다 노부테루, 쓰쓰이 준케이, 가모 우지사토蒲生氏鄕, 하치야 요리타카 등도 도착해 있었다.

오로지 다키가와 가즈마스 한 사람만이 보이지 않았다. 그에 대해 사람들은 노골적으로 악평을 쏟아냈다.

"노부나가 공이 살아 계실 때는 첫째도 다키가와, 둘째도 다키가와 하시며 중용하셔서 간토關東 지방의 간료管領라는 중직까지 내리셨는데, 이번 흉변에 달려오는 게 이처럼 늦다니 어찌 된 일이란 말인가? 참으로 꼴사나운 사내구면."

심지어 주저하지 않고 이렇게 말하는 사람도 있었다.

"원래 그 사람은 경략가經略家 체질이지 충의로 일관된 사람이 아니야. 그러니 이번에도 바로 출발하지 않았지."

거리의 술집에서 일부러 들으라는 듯 이야기하는 무리도 있었다.

"가즈마스 나리에게 봐줄 만한 점이라고는 새로운 무기를 잘 쓰는 것밖에 없을 거야. 그렇게 사격술에 정통해 있다 보니 다키가와의 군은 철포 다루는 솜씨가 모두 좋아. 그 점을 노부나가 공도 높이 산 것일 테지만, 웬걸 전쟁에는 아주 서툴러. 젊었을 때는 늘 선봉에 서서 상당히 용명을 떨쳤지만, 그것도 당시 노부나가가 군 전체가 기세등등했기 때문이지 결코 그가 뛰어나서 그랬던 건 아니야."

"그럴지도 모르겠군. 이번과 같은 일을 맞아 바로 출발하지 않은 것을 보면."

"출발도 출발이지만 그는 머리도 나빠. 조슈 우마야바시厩橋라는 먼 곳에 있으니 여러 가지로 번거로운 것이야 어쩔 수 없는 일일 테지만, 도중에 호조北條 군과 승산이 없는 싸움을 벌여 간나神流 강에서 대패하고 간신히 자신의 성인 이세 나가시마長嶋로 돌아간 일은 딱하지만 당대의 웃음거리라고 해도 좋을 거야."

사람들은 다키가와에 대해 공공연하게 비난을 퍼부었다. 거기에 더해 아케치 토벌에 한발 늦은 시바타 가쓰이에 대한 비난도 얼핏 들려왔다. 그러한 말들은 당연히 그곳에 머무르고 있는 사람들의 귀에도 들어갔다.

시바타 가의 가신들이 히데요시에게 사람들이 비난하는 이야기를 들려주었다. 그러자 히데요시가 얼굴을 찌푸리며 고개를 끄덕였다.

"그런가……. 이제 슬슬 시작한 모양이군. 시바타까지 힐난하니 시바타가 유포한 말이라고는 누구도 생각하지 않을 테지만, 그것은 모두 가쓰이에가 시킨 이간질이라 보면 틀림없을 걸세. 대평의 전에 있는 모략이야. 잔꾀는 그냥 내버려두게. 어차피 다키가와는 시바타 밑으로 들어갈 사람이니, 아무래도 상관없어."

지난 며칠 동안 기요스에서는 노부나가가 세상을 떠난 이후 그려질 오다 왕국의 축소판을 볼 수 있었다. 얼마 뒤에 있을 평의에 앞서 그 결과를 각자의 장래에 비추어보고, 서로의 속내를 떠보는 형국이었다. 그리고 그 사이에 당연하다는 듯 묵계와 반목이 있었으며, 또 풍문을 이용하고 유인책을 강구해 사람을 포섭하기도 하고 깎아내리기도 했다.

시바타 가쓰이에와 간베 노부타카 사이의 왕래는 특히 눈에 띄었다. 한쪽은 노장의 상석, 다른 한쪽은 고 노부나가의 셋째 아들이었다. 두 사람은 사람들의 눈에 띌 정도로 공사를 넘어서 친밀하게 지냈다.

"슈리 나리(가쓰이에)는 차남인 노부오 님을 제쳐두고 노부타카 님을 다음 주군으로 세울 속내이신 듯해. 그렇다면 한바탕 파란을 면할 수 없겠는데."

모든 사람들이 그렇게 말했다. 사람들은 노부타카 옹립의 경쟁자는 노부오일 것이라고 믿고 있었다. 노부나가의 후계자는 당연히 노부나가와 함께 니조 성에서 전사한 큰아들 노부타다의 동생인 노부오나 노부타카가 될 것이라는 견해에는 누구도 의심을 품지 않았다. 하지만 두 사람 중 누가 후계자가 될지, 또 누구를 지지해야 할지를 놓고는 망설이고 있었다.

노부오, 노부타카는 에이로쿠永祿 원년(1558년) 정월에 태어나 올해로 스물다섯 살이었다. 같은 나이의 형제라니 좀 우습기도 하지만 이 시대의 상류 가정에서는 흔히 있던 일을 넘어 오히려 당연한 일이었는데, 다시 말해 이복형제였던 것이다. 게다가 노부오가 형, 노부타카가 동생이 되어 있기는 했으나 실제 생일은 동생인 노부타카가 이십 일이나 빨랐다. 그러니 노부타카가 형이 됐어야 했으나 노부타카의 어머니인 이코마生駒 씨가 비천한 집안의 여자였기 때문인지 출생 신고를 늦게 해 노부타카가 노부나가의 셋째 아들이 되었고, 늦게 태어난 노부오가 둘째 아들이 되었다.

두 형제는 비록 형제라고는 하나 골육의 참된 정이 깊지 않았다. 노부오는 음침하고 소극적인 성격이었으나 노부타카에 대해서만은 언제나 반발을 일으켰다. 그런 탓에 고의로라도 동생을 자신의 아래로 두어 형의 위치를 함부로 넘보지 못하게 했다.

노부나가의 후계자로서 두 사람을 공평하게 비교하면, 셋째 아들인 노부타카에게 더 많은 자질이 있었다. 그는 전장에 나가서도 노부오보다 훨씬 더 대장다운 모습을 보였으며, 평소의 언동에도 패기가 있었고, 무엇보다 노부오처럼 소극적이지 않았다.

노부타카는 아버지 노부나가와 큰형 노부타다의 죽음으로 맞게 된 이번 일에서도 야마자키까지 가서 히데요시의 진에 군림하였고, 그 이후 갑자기 패기를 드러냈다. 그리고 최근의 언동에서도 일찌감치 오다가의 상속자를 자처하는 듯한 모습을 보였다. 야마자키 전투 이후 사

사건건 히데요시를 몹시 싫어하게 되었다는 점만 봐도 그의 속내를 알
수 있었다.

노부타카는 아케치 군의 습격에 당황하여 아즈치라는 커다란 성에
불을 지른 노부오에 대해서 이렇게 말하기도 했다.

"상벌을 분명히 하자면 그에게도 책임을 묻지 않을 수 없다."

또 이렇게 큰소리를 친 적도 있었다.

"노부오는 멍청한 놈이다."

하지만 은밀하게 한 말조차 누구를 통해서랄 것도 없이 어느 틈엔
가 노부오의 귀에까지 들어가버리고 마는 것이 당시 기요스의 분위기
였다. 눈에 보이지 않는 모략의 그물이 사람의 범상함과 비범함을 탐
색하고 있는 상태라고 해도 좋을 것이다.

처음에는 그달 27일에 회의가 개최될 거라고 예상했으나 다키가와
가즈마스가 늦게 도착하는 바람에 다시 하루를 더 연기해 마침내 7월
1일 저녁이 되어서야 기요스에 있는 모든 가신들에게 알림장이 도착
했다.

**내일 진정시辰正時에 모두 등성할 것. 성에서 서로 논의하여 천하인을 정할 것
이다.**

평의를 소집한 사람은 시바타 슈리 가쓰이에였다. 가즈마스가 도착
한 뒤에도 이렇다 할 이유 없이 하루 이틀 늦어진 점도 그렇고, 모든 면
에서 그의 생각에 따라 일이 진행되는 것처럼 여겨졌다. 애초부터 그
런 것에 대한 불평은 있을 수 없었다. 그가 간베 산시치 노부타카를 앞
세워 사전에 이미 노부타카와 결탁했다는 사실은 은밀한 일이 아니라
공공연히 알려진 사실이었기 때문이다.

　노부타카는 시바타의 위세를 등에 업고, 시바타는 노부타카를 앞세워 압도적으로 회의를 밀어붙이려 했다. 게다가 대다수가 그런 분위기에 기운 듯한 상태에서 평의회가 시작되었다.

　그날 기요스 성은 수많은 방과 방 사이의 문들이 활짝 열려 있었다. 햇살이 쏟아져 덥기도 하고 사람들의 숨결에 견딜 수 없기 때문이기도 했으나, 보기에 따라서는 숨어서 개인적으로 담합하는 것을 용서하지 않겠다고 제어하는 것처럼 느껴지기도 했다. 무사들이 대기하는 방을 비롯해서 중요한 방문 앞에 서 있는 사람들까지 모두 시바타의 가신이라고 해도 좋을 정도로 많은 외신外臣이 섞여 있다는 점도 단순히 일을 돕기 위해서라고는 여겨지지 않았다.

　진정시에는 모두 모였으며 사초시巳初時에는 가신 모두 널따란 방에 앉아 있었다. 앉은 순서를 살펴보면 시바타, 하시바, 니와, 다키가와가 좌우 양쪽으로 갈려 마주 보고 앉았으며, 이케다 쇼뉴, 호소카와 후지타카, 쓰쓰이 준케이, 가모 우지사토, 하치야 요리타카 등이 늘어앉아 있었다. 물론 정면의 상좌에는 일문인 간베 산시치 노부타카와 기타바타케 노부오 두 사람이 나란히 앉아 있었으며, 다시 한쪽의 장지문 가까이에는 또 다른 어린 주인인 산포시가 하세가와 단바노카미長谷川丹波守에게 안겨 있었다.

　뒤에는 그 아이의 아버지인 노부타다가 니조 성에서 전사했을 때, 노부타다의 유명을 받아 적 가운데서 이곳으로 빠져나온 유신 마에다 겐이前田玄以가 공손히 서 있었다. 혼자 살아남아서 여기에 있다는 것은 체면이 서지 않는 일이라는 듯한 그의 모습을 모두 보고 있었다.

　산포시는 아직 세 살이었기에 하세가와 단바노카미의 무릎에 앉아 정면을 향하고 있었으나 결코 가만히 있지 못했다. 손을 뻗어 돌보는 단바노카미의 턱을 밀치기도 하고 무릎 위에 올라서기도 했다. 당황한 단바노카미를 돕기 위해 뒤에서 겐이가 조그만 목소리로 어르자 어깨 너머로 겐이의 귀를 잡아당겼다. 당황한 겐이가 그대로 내버려두고 있을 때 뒤에서 몸을 웅크리고 있던 유모가 산포시의 손에 색종이로 접은 종이학을 가만히 쥐여주면서 겐이의 귀를 놓게 했다.

"……."

자리에 있던 장수들의 시선이 천진난만한 아이에게 쏠려 있었다. 미소를 머금은 사람도 있었으며, 몰래 눈물을 글썽이는 사람도 있었다. 가쓰이에 한 사람만 널따란 방 안 가득 시선을 던지며 '난감하다'고 중얼거리고 싶다는 듯 씁쓸한 표정을 짓고 있었다.

기요스 회의의 주선자로서, 또 의장으로서 누구보다 엄숙하고 위엄 있는 태도로 가장 먼저 입을 열려고 했는데 사람들의 시선이 다른 곳으로 흩어져버렸기에 말을 꺼낼 기회를 잃었다는 사실을 몹시도 불쾌하게 생각하는 듯 보였다.

마침내 가쓰이에가 입을 열었다.

"지쿠젠 나리."

히데요시를 부른 것이었다.

히데요시가 맞은편 자리에서 똑바로 쳐다보았다. 가쓰이에가 얼굴에 애써 웃음을 지어 보이며 지극히 담합적인 투로 말했다.

"어떻소? 누가 뭐래도 아직은 저처럼 나이 어린 철부지 아니시오? 돌보는 자의 무릎 위에 앉혀 굳이 고생을 시키지 않아도 되지 않겠소?"

"글쎄요."

히데요시의 대답은 어느 쪽이라고도 할 수 없는 것이었다. 만약 히데요시가 반대하고 나섰다면 가쓰이에는 바로 대립각을 세웠을 것이다. 가쓰이에의 몸은 곧 위엄이 뒤섞인 반감으로 경직되었다. 시작부터 매우 재미없다는 듯한 표정이 노골적으로 드러났다.

"……하지만 말일세, 지쿠젠. 산포시 도련님의 출석을 요구한 것은 자네가 아닌가? 이 슈리는 잘 모르겠는데."

"그렇습니다. 틀림없이 이 지쿠젠이 청한 일입니다. 꼭 참석해주십사 하고."

"꼭 참석해주십사 하고?"

가쓰이에는 커다란 문양이 들어간 의복의 주름이 크게 흔들릴 정도로 몸을 움직였다. 정오 전이라 아직 더위가 심하지는 않았으나, 그에게는 두꺼운 예복과 피부의 부스럼이 남모를 고통인 듯했다. 이러한 것은 사소한 일 같으나, 경우에 따라서는 말투에서도, 중요한 의사표시에서도 관계가 있는 법이다. 특히 야나가세를 넘은 뒤부터 가쓰이에는 히데요시를 보는 마음이 완전히 달라져 있었다. 원래부터 히데요시를 후배라 여겨온 터라 결코 좋은 사이는 아니었으나, 야마자키에서의 전투 이후 날이 갈수록 오다 유업의 세력권에서 히데요시라는 이름이 위세를 떨치고 있다는 사실은 도저히 안심하고 있을 수 없는 현상이었다.

그뿐만 아니라 히데요시가 선군의 복수전을 수행한 뒤 '기타노쇼 나리(가쓰이에를 말함)는 때를 놓쳐 야마자키에도 참전하지 못했으니 틀림없이 허탈할 거야'라는 식의 체면을 구기는 말도 들려왔다. 최근 들어 무슨 일에 있어서나 사람들 사이에서 두 사람을 비교하는 듯한 풍조가 표면화되기 시작한 것은 무엇을 의미하는 것일까? 가쓰이에 입장에서 보면 이 역시 씁쓸한 일이라고 하지 않을 수 없었다. 지쿠젠과 자신을 대등하게 보고 있다는 사실조차 불쾌하기 짝이 없는 일인데, 하물며 지쿠젠이 때마침 올린 일개 수훈으로 수십 년 동안 지켜온 오다 가의 원로 지위가 무시된다면 그것은 참을 수 없는 일이라고 생각했다. 예전에 기요스의 해자를 긁어내고, 마분을 치우던 비천한 신분에서 벼락출세한 필부가 의관을 걸치고 자랑스럽다는 듯 앉아 있지만 시바타 슈리 가쓰이에가 그 밑에 놓일 수 없다고 생각한 것이었다. 그날 그의 가슴속은 팽팽하게 당겨진 화살처럼 그러한 감정과 여러 계책으로 긴장되어 있었던 것이다.

"지쿠젠 나리는 오늘의 평정評定을 어떻게 생각하고 계시는지 모르겠으나 무릇 여기에 계신 제후들 모두 이와 같은 대사를 논의하는 자리에 오셨을 때는 오다 가를 위해서라고 굳게 결심하고 오셨을 텐데……. 어찌 이제 세 살이 된 어린 도련님을 억지로 이 자리에 나오시게 한 것인지."

가쓰이에가 무뚝뚝하게 말을 꺼냈다. 그는 히데요시뿐만 아니라 주위에 있는 모든 가신들에게서 공감을 얻고 싶어 했다. 하지만 히데요시로부터 시원한 답을 들을 수 있을 것 같지 않았기에 다시 같은 어조로 말했다.

"이제 시간도 없으니 평의에 들어가기에 앞서 물러나시도록 하는 것이 어떻겠는가? 아니면 자네에게 어떤 사정이라도 있는 겐가, 지쿠젠 나리?"

풍채가 영 좋지 않은 히데요시는 예복을 입어도 옷의 커다란 무늬가 살지 않았다. 그러다 보니 사람들 가운데 앉아 있으면 아무리 봐도 야생의 거친 사람처럼 보였다.

히데요시의 위치를 보면 노부나가가 살아 있을 때 이미 굴지의 중직을 받았으며, 주고쿠 원정 중에나 야마자키의 승리로도 충분히 실력을 내보였다. 하지만 실제로 만나보면 '이 사람이?' 하며 오히려 들어왔던 명성이나 상상을 배신당한 기분이 들 정도였다. 이 사람과 깊이 사귀었다면 모를까 평범한 눈으로 언뜻 보면 이 사람과 예측하기 어려운 시대를 함께 나아가며 필생의 대사를 함께한다는 것은 생각해볼 문제라고 말하는 게 상식에 맞는 대답이었다.

다키가와처럼 풍채가 당당한 사람이라야 그 누구도 '과연 듣던 대로'라며 일류 무사로 받아들이게 될 것이다. 니와 고로사에몬 나가히데에게는 어딘가 속되지 않은 은근한 멋이 있었기에 벗어진 머리와 전장에서의 모습도 듬직하게 여겨지는 부분이 있었다. 가모 우지사토는 자리를 함께한 가신들 중에서 가장 어리기는 했으나 훌륭한 집안과 타고난 재질 때문에 어딘가 훈훈한 인상을 주었다. 체구는 히데요시보다 조금 작았으나 풍채가 중후하고 눈빛이 날카로운 이케다 쇼뉴도 있었으며, 또 청아하고 온순한 듯하나 그 속에 무엇을 숨기고 있는지 알 수 없는 대인적 풍격을 갖춘 호소카와 후지타카도 있었다.

이러한 사람들 속에 있기 때문에 어쩌면 히데요시의 풍채가 더욱 초라해 보이는 것인지도 몰랐다. 누가 뭐래도 그날의 기요스 회의에 참석한 사람들은 모두 당대의 일류급이라고 할 수 있었다. 회의에는 참석하지 않았으나 호쿠에쓰北越의 진영에 남아 있는 마에다 도시이에와 삿사 나리마사, 그리고 위치가 다르기는 하지만 도쿠가와 이에야스를 더한다면 우선 일본의 중심인물은 모두 열거한 것이라 해도 좋을 것이다. 그러한 가운데 히데요시가 있었지만 인품에 있어서는 아무래도 아직 어쩔 수 없는 면이 있었다. 히데요시도 그것을 느끼고 있어서인지 오늘 회의 자리에서는 겸허하게 행동할 것을 다짐하는 듯했다. 야마자키에서 승리한 뒤 전군의 예를 받을 때 가마 위에서 '세베, 수고했네'라고 말해 '저 녀석 벌써부터 천하인이 된 듯한 기분이로군' 하며 동료 장수들을 분하게 했던 것과 같은 불손한 태도는 찾아볼 수 없었다. 그는 처음부터 줄곧 신중한 표정을 짓고 있었다. 가쓰이에의 말에 대해서도 두려워하듯 과묵했다. 그러다 가쓰이에의 집요한 말에 더는 어쩔 수 없다는 듯한 태도로 이렇게 말했다.

"네, 숙로宿老의 말씀은 참으로 지당하십니다. 산포시 도련님의 출석

을 요청한 데는 이유가 없는 것도 아니나, 말씀하신 대로 아직 천진난
만한 나이인 만큼 긴 평의에 저렇게 계신다는 건 틀림없이 갑갑한 일
일 것입니다. 게다가 오늘의 모임을 주관하시는 숙로의 뜻이 그러하시
다니 우선은 물러나시도록 하겠습니다.”

히데요시는 온당한 대답을 하고 무릎을 상좌 쪽으로 약간 돌려 하
세가와 단바노카미에게 자리에서 물러나라고 말했다.

“그렇게 하시게나.”

단바노카미는 고개를 끄덕인 뒤 자신의 무릎 위에 앉은 산포시를
뒤에 있던 유모에게 넘겨주었다. 산포시는 화려하게 차려입은 많은 사
람이 나란히 앉아 있는 모습이 매우 즐거워 보였는지 유모의 손을 힘
껏 뿌리쳤다. 유모가 산포시를 억지로 안아 자리를 뜨려 하자 이번에
는 갑자기 손발을 휘저으며 울기 시작했다. 그리고 손에 쥐고 있던 종
이학을 그 자리에 모인 제후들의 한가운데로 던져버렸다. 그 순간 제
후들의 눈에 눈물이 맺혔다.

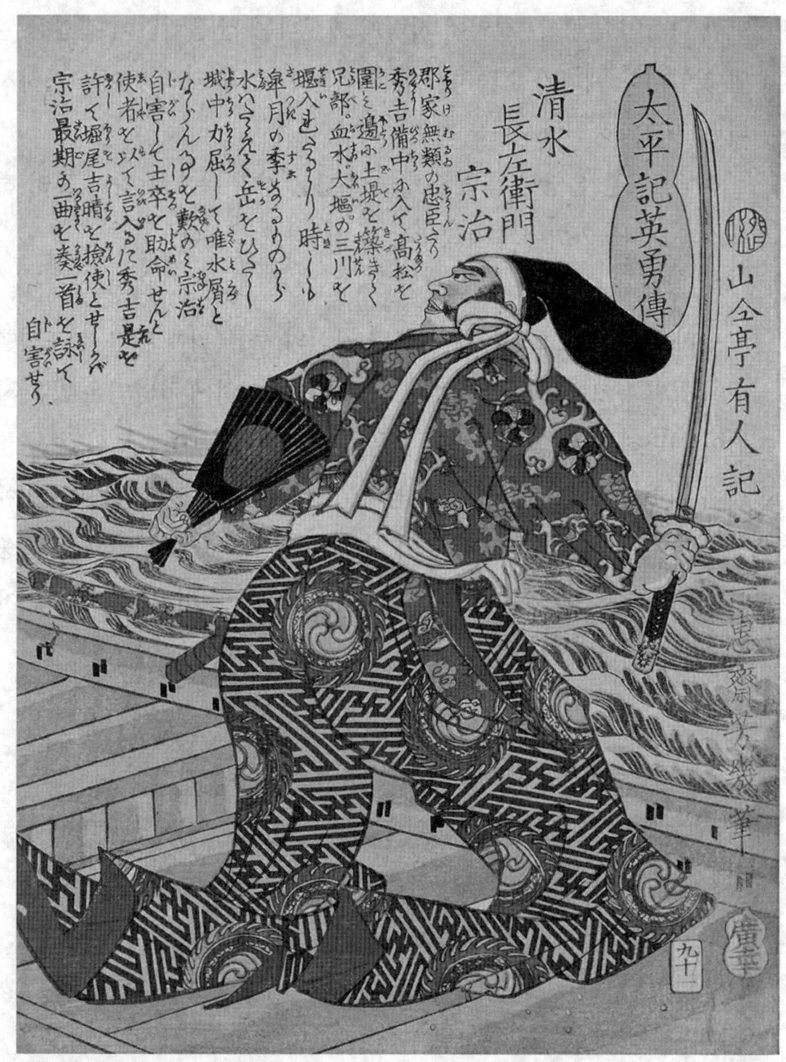

● 1582년 빗추 다카마쓰성 전투

덴쇼天正 10년, 오다 노부나가의 명령을 받은 히데요시(羽柴秀吉)가 모리 가문의 가신 시미즈 무네하루
(清水宗治)가 지키는 빗추 다카마쓰성(高松城)을 공격한 전투이다. 그러나 혼노지에서 주군 노부나가가
아케치 미쓰히데(明智光秀)에게 죽임을 당했다는 급보를 들은 히데요시는 히데요시는 성주 시미즈 무네
하루(清水宗治)의 할복을 조건으로 아케치 미쓰히데를 토벌하기 위해 군을 급히 회군하였다.

● **시마 사콘 島左近·1540-1600**

통칭 시마 사콘. 사실 사콘은 통명이고 실제 이름은 가쓰타케(勝猛)가 아니면 기요오키(清興)라고 추정되며 공식문서상에 남아있는 이름은 기요오키이다. 이름만큼이나 생애도 매우 불분명해서 1540년 근방에 태어났다고만 전해지며, 사실 세키가하라에서 전사하였는지도 확실치 않다. 나이 40이 넘어 이시다 미쓰나리(石田三成)의 열의에 져서 그에게 사관한 이후 당시에도 워낙 유명한 낭인이다 보니 사람들에게 '미쓰나리에게 과분한 부하'라고 불리기도 했다.

훈향산薰香散

시계의 종소리가 정오를 알렸다. 하지만 그 소리도 들리지 않을 정도로 평의가 열린 자리에는 조용한 긴장감이 흘렀다.

"주군 노부나가 공의 뜻밖의 타계는 모두 통곡할 일이나 이미 일이 벌어진 지금은 오로지 후계자를 바로 세우고 유업을 이어받아 이 세상에 살아 계셨을 때보다 더욱 충성을 다해야 할 것이다. 그것이 신하의 도리이자 또 존령尊靈을 위로하는 일이라 생각하여 이렇게 오늘……."

우선 의장 격인 시바타 가쓰이에가 주군을 애도하고 이후 상황을 보고했다. 그리고 예정되었던 의제가 그의 발언으로 상정되었다.

"그럼 그 일에 대해서."

즉, 첫째는 '유족 가운데 어느 분을 후계자로 삼을 것인가' 하는 문제, 둘째는 '아케치가 전에 소유하고 있던 영지의 분배'에 관한 것이었다.

"의견이 있으면 말씀하시오."

가쓰이에는 우선 가장 중대한 현안에 대해 제후들을 향해 물었다.

"중요한 일이니 후에 말이 없도록 허심탄회하게 생각을 말씀해주시오."

가쓰이에가 거듭 제후들의 발언을 요구했으나 다들 서로의 얼굴만 쳐다볼 뿐 굳이 자신의 의견을 피력하려고 하지 않았다. 사실 의견을 말하는 사람이 없는 것도 당연한 일이었다. 경솔하게 자신의 생각을 주장했다가 반대 입장에 있던 사람이 오다의 상속자로 옹립되면 당연히 그 발언을 한 사람의 앞길은 위험해지기 때문이다. 그러다 보니 모든 사람들이 가볍게 입을 열어서는 안 된다며 가만히 침묵을 지킨 채 대세가 대략 결정되는 것을 지켜보려고 하는 듯했다.

가쓰이에는 끈기 있게 사람들의 신중한 침묵을 지켜보았다. 그렇게 되리라고 대충은 예측하고 있었던 듯했다. 그러다 천천히 위엄을 갖추어 입을 열었다.

"여러분에게 따로 의견이 없으시다면 결국은 숙로로서 제가 어리석은 생각을 말씀드릴 수밖에 없는데……."

그때 상석에 있던 간베 노부타카의 얼굴빛이 문득 달라지는 듯한 느낌이 들었다. 가쓰이에의 눈은 히데요시에게 쏠려 있었으며, 히데요시는 다키가와 가즈마스와 노부타카의 모습을 번갈아 바라보고 있었다. 일순 미묘한 움직임이 마음에서 마음으로 눈에 보이지 않는 파장을 일으켰다. 기요스 성 전체가 텅 비어버린 듯 이상한 긴장감과 정적 속에 있었다.

"이 가쓰이에가 보기에는 산시치 노부타카 님이야말로 나이도 그렇고, 타고난 기량도 그렇고 후계자로 흠잡을 데 없는 분이라 생각하오. 이 사람은 마음속으로 망설임 없이 산시치 님을 후계자로 정해두었소."

가쓰이에의 거칠 것 없는 발언이었다. 아니 발언이라기보다 선언에 더 가까웠다. 가쓰이에는 이미 주도권을 잡은 것이라 생각하고 있었던 것이다. 그런데 그때 바로 반대의 목소리가 들렸다.

"아니, 그래서는 안 될 것입니다."

말을 꺼낸 사람은 히데요시였다. 히데요시는 가쓰이에의 제의를 정면에서 반박했다.

"물론 하나의 견해로서는 숙로의 생각도 좋습니다만."

히데요시는 가쓰이에의 말을 가볍게 일축한 뒤 말을 이었다.

"정통성을 따지면 적자이신 노부타다 님의 뒤는 산포시 님이 이어야 하는 것 아닙니까? 나라에는 법이 있고, 각 집안에도 마땅히 가법이 있습니다. 아랫사람들조차 이와 같은 대사는 어지럽히지 않는데, 하물며."

가쓰이에의 얼굴빛은 붉은빛 안료에 먹을 풀어놓은 것처럼 변했다.

"아아, 잠시 기다리게, 지쿠젠."

"아닙니다."

히데요시는 가쓰이에의 말을 뿌리치고 말을 계속 이어나갔다.

"산포시 님은 아직 어리다고 말씀하시겠지요. 하지만 일문 이하 시바타 나리를 비롯하여 숙로, 각 장수들이 한마음으로 지켜드린다면 어리다 할지라도 무슨 부족함이 있겠습니까? 충성을 다하여 우러러야 할 분은 꼭 나이를 따져야 하는 것이 아닙니다. 이 지쿠젠은 반드시 정통성을 따져서 산포시 님을 후계자로 삼아야 한다고 믿고 있습니다."

가쓰이에는 맥이 풀린 듯 품속에서 종이를 꺼내 목 주변의 땀을 닦았다. 커다란 암초에 부딪친 격이었다. 게다가 히데요시의 주장은 가계의 정법이자 통상적인 도의였기에 반대를 위한 반대라고는 들리지 않았다.

그러한 상황에서 상당한 실망의 빛을 얼굴에 드러낸 사람은 기타바타케 노부오였다. 그는 어디까지나 노부타카만을 대상으로 삼고 있었다. 표면상으로 노부타카보다 형이고 생모의 가계도 좋으니 자신이 후계자로 적합하다고 생각하며 기대를 하고 있었다. 노부오는 자신의 생각과 다른 상황이 되자 바로 얼굴에 견딜 수 없다는 듯 비굴한 표정이 드러났다. 산시치 노부타카는 좀 더 패기가 있었던 만큼 윗자리에서 히데요시의 옆얼굴을 응시하고 있었다.

"그렇다면."

가쓰이에는 옳다고도 그르다고도 하지 않고 그렇게 큰 소리로 중얼거리며 석상의 분위기를 파악하려고 애썼다. 하지만 쉽사리 자신의 뜻을 나타내는 사람이 없었다. 가쓰이에도 본심을 드러냈으며 히데요시도 속내를 털어놓았는데, 두 사람의 말이 대립하게 된다면 어느 쪽을 지지할지 고민하는 듯 침묵이 흘렀다. 사람들의 그러한 모습은 외피의 껍데기를 더욱 두껍게 하고 있을 뿐이었다.

"정통성이라……. 그렇지……. 하지만 무사태평한 세상과는 달라서 선군의 유업도 아직은 다 이룬 게 아니고, 선군께서 살아 계실 때 이상으로 여러 어려움이 밀려올 것이니, 이를 어찌할지."

가쓰이에는 자신의 편을 만들려고 자꾸만 사람들을 부추겼다. 그가 중얼거리듯 말할 때마다 고개를 끄덕인 사람은 다키가와 가즈마스였다. 다른 장수들의 속내는 여전히 읽어낼 수가 없었다.

히데요시가 다시 말을 이어 자신의 의견을 주장했다.

"만약 노부타다 님의 부인 중에서 회임하신 분이 계시면 출산까지 기다렸다가 아드님인지 따님인지를 확인한 뒤 이러한 회의를 열 수 있지만, 도련님이 어엿이 계시는데 어찌 이의나 평의가 필요하겠습니까? 이 자리에서 바로 산포시 님으로 정해야 마땅하다고 생각합니다."

히데요시는 다른 사람들의 낯빛 따위는 살피지도 않았다. 오로지 가쓰이에만을 향해 반박했다. 말을 하지는 않았으나 각 장수들 사이에서 히데요시의 말에 '그것이야말로 도리다'라고 내심 크게 끄덕이는 것 같은 분위기가 느껴졌다.

이와 같은 분위기가 형성된 것은 히데요시가 말한 적손嫡孫 승계의 정론에 긍정할 수밖에 없었기 때문만은 아니었다. '이理'의 이면에 '정情'이 뒷받침되고 있었기 때문이다. 다시 말해 각 장수들은 회의 직전에 노부타다가 남기고 간 산포시의 애처로운 모습을 보았다.

그곳에 모인 장수들은 한 명도 빠짐없이 자식을 둔 집안의 아버지였다. 내일을 기약할 수 없는 무문에 몸을 둔 사람으로서, 산포시의 사랑스러운 모습을 바라보며 그 모습을 동정하지 않은 사람은 아무도 없었을 것이다. 그러한 정념 위에 이념적으로도 당당한 정론을 펼치니까 자신의 뜻을 드러내지 않던 장수들도 마음을 움직일 수밖에 없었다.

그에 반해 가쓰이에의 주장은 언뜻 그럴듯하게 들리지만 근거가 부족했다. 하나의 방편에 지나지 않았으며, 또 노부오의 입장을 완전히 무시한 것이었다. 노부오로서는 자신을 제쳐두고 동생인 노부타카가 뒤를 잇기보다 그나마 산포시가 옹립되기를 바랐을 것이다.

가쓰이에는 어떻게 반박해야 할지 몰랐다. 오늘의 평의에서 히데요시가 자신의 제의를 쉽게 받아들이리라고는 생각하지 않았으나 산포시를 옹립한다는 주장을 이렇게 강경하게 할 줄은 예측하지 못했다. 또 히데요시 이외의 제후들이 이토록 간단히, 그것도 다수가 산포시를 지지할 줄은 더더욱 예상치 못했다. 아무리 그렇다고 해도 이 자리에서 히데요시에게 진다는 것은 견딜 수 없는 일이었다.

"흠……. 그도 그렇군. 이치를 따지면 그 말이 맞소만, 이제 세 살 된 어린 분을 모시는 것과 나이도 적당하고 장수로서 기량도 풍부한 분을 모시는 것은 우리 중책을 맡은 유신으로서도 그 시정施政과 사기士氣와 장래의 대계에 있어서 큰 차이가 있다고 하지 않을 수 없소. 모리도 그렇고, 우에스기도 그렇고, 아직은 안심할 수 없는 자가 많소. 이제 세 살 된 어린 도련님을 세우면 어찌 되겠소? 선군의 유업을 잇지 않을 생각이라면 모르겠지만. 그저 지키기만 하면 사방에서 때를 얻었다는 듯 침략해올 것이오. 그러면 세상은 다시 어지러워질 것이오. 무로마치가의 말로를 그대로 밟게 될지도 모르는 일이오. 아니, 이 가쓰이에는 심히 염려스럽소. 제후들은 어떻게 생각하시오?"

가쓰이에는 좌중을 돌아보며 자신을 지지할 사람들을 찾았다. 하지만 어디에도 명료한 반응은 없었다. 그뿐 아니라 우연히 그의 눈과 딱 맞닥뜨린 눈동자가 갑자기 그를 부르더니 오히려 옆에서 공격을 가하듯 반대의 뜻을 내보였다.

"대로大老."

"오오, 고로사 나리, 무엇이오?"

가쓰이에도 반사적으로 기대하지 않는다는 듯한 대답을 던졌다. 고로사 니와 나가히데가 처음으로 입을 열었다.

"말씀을 들어보니 여러 가지로 깊게 생각하신 줄은 알지만 이번에는 하시바 나리의 말씀을 우선 받아들이는 것이 어떻겠습니까? 하시바 나리의 말씀이 지당하다고 생각합니다……."

니와 나가히데 역시 숙로 중 한 사람이었다. 그러한 고로사가 침묵을 깨고 히데요시 쪽으로 깃발의 색을 분명히 내보이자 가쓰이에의 안색뿐 아니라 좌중도 술렁였다.

"고로사 나리, 그건 또 어떤 이유에서요?"

가쓰이에가 내심 불만을 억누르며 따지듯 물었다. 하지만 형세가 여기까지 다다른 이상 히데요시와의 대립을 더는 피할 수 없다고 여겼는지 가쓰이에는 초조할 뿐 아니라 귀신 잡는 시바타답게 일부러 오만한 모습을 내보였다.

한두 해 겪은 일이 아니었다. 나가히데는 가쓰이에의 성격을 잘 알고 있었다. 그러다 보니 우선은 살살 달래듯 온화한 얼굴로 바라본 뒤 자신의 생각을 말하기 시작했다.

"대로, 노여워 마십시오. 누가 뭐래도 하시바 나리는 선군의 뜻에 가장 합당한 자 아닙니까? 우후 님께서 비통한 일을 당하셨을 때, 주고쿠에서 곧바로 달려와 같은 하늘 아래 머물 수 없는 무도한 자인 미쓰히데를 친 것은 비통한 상태에서도 체면을 세운 일이니 우리 모두 고맙게 생각해야 합니다."

"……."

가쓰이에는 참담한 표정을 지었다. 하지만 자신의 뜻을 거두지 않겠다는 열의를 온몸으로 드러내고 있었다.

나가히데가 계속 말을 이었다.

"당시 대로께서도 엣추의 진영에서 우후 님의 최후를 듣자마자 비록 전열을 갖추지 못했다 할지라도 준마에 채찍을 가해 상경하셨다면 하시바 나리와 비교해 배로 뛰어난 신분이니 아케치 같은 것이야 둘이 됐든 셋이 됐든 그 자리에서 짓밟을 수 있으셨을 테지만……. 결국은 방심하신 탓에 한발 늦으셨습니다. 참으로 안타까운 일입니다."

제후들의 가슴속에도 그러한 생각은 있었다. 나가히데의 말은 제후의 감정을 대표한 것이나 다름없었다. 동시에 그것은 가쓰이에에게 커다란 약점이었다. 출발이 늦어 돌아가신 주군의 복수전에 참가하지 못한 일에는 누가 뭐래도 변명의 여지가 없었다. 나가히데는 교묘하게 가쓰이에의 약점을 찌른 뒤 히데요시의 제의가 옳기도 하고 온당하기도 하다며 찬성의 뜻을 기탄없이 밝혔다.

나가히데가 말을 마치자 평의회장에는 험악한 기운이 감돌기 시작했다. 곤경에 처한 가쓰이에를 도울 생각에서였는지 다키가와 가즈마스가 옆에 앉은 사람과 갑자기 개인적인 이야기를 나누기 시작했다. 그 뒤로 곳곳에서 낮은 목소리와 탄식이 들려왔다. '이것은 어려운 문제다', '오다 가의 운명이 갈리는 것은 지금'이라며 겉으로는 짧은 말들이 오가는 것에 지나지 않았으나, 마음속으로는 가쓰이에 대 히데요시의 정면충돌이 어떻게 될지 더욱 관심을 갖고 있었다.

숨 막히는 분위기 속에서 차를 담당하는 사람이 가쓰이에에게 정오가 지났음을 가만히 알리자 가쓰이에는 '음, 음' 하고 고개를 끄덕이더니 땀을 닦을 것을 달라고 말했다. 심부름꾼이 물에 적신 하얀 천을 올리자 그는 커다란 손으로 그것을 쥐어 목덜미 부근의 땀을 닦았다.

"아…… 이를 어쩌지."

그때 히데요시가 왼쪽 손으로 옆구리를 쥐었다. 그리고 갑자기 눈썹을 찌푸리며 가쓰이에에게 말했다.

"이거 안 되겠습니다. 시바타 나리……. 갑자기 경기가 일어난 것인지 배가 아픕니다. 실례인 줄은 압니다만, 잠시 자리를 비우겠습니다. 용서해주시기 바랍니다."

히데요시는 멀리 다기를 놓는 방까지 가더니 허둥지둥하는 심부름꾼에게 과장스럽게 복통을 호소하며 말했다.

"아프구나, 아파……. 베개, 베개."

히데요시는 그렇게 말하고는 바로 누우며 다시 말했다.

"약을 다오."

마치 중병에 걸린 사람처럼 보였다. 하지만 자신도 잘 알고 있는 병인 듯 서원의 정원에서 불어오는 시원한 바람을 향해 베개를 놓더니 사람들에게서 등을 돌린 채 땀에 젖은 목깃을 풀었다.

전의와 차를 담당하는 사람들이 어쩔 줄 몰라 했다. 무사들도 상태를 살피러 오는 등 신경을 썼다.

"좀 어떠신지……?"

히데요시는 등을 돌리고 누운 채 파리라도 쫓듯 손을 흔들었다.

"그냥 내버려두게, 그냥 내버려둬. 지병이니……. 곧 좋아질 걸세."

심부름꾼들이 훈향산을 우려 가져왔다.

"이건 더위를 먹었을 때도 좋지."

히데요시는 일어나 중얼거리고는 목이 마른 사람처럼 뜨거운 것을 후후 불어가며 마셨다. 그리고 다시 자리에 누웠다. 이윽고 히데요시가 잠이 들자 심부름꾼들도, 무사들도 옆방으로 물러났다.

평의가 열린 곳과 이곳 사이에는 수많은 방이 있었기에 히데요시가 떠난 뒤 평의 자리가 어떻게 되었는지 기척조차 느낄 수 없었다. 심부름꾼이 수차례 정오를 알렸으니 히데요시가 자리를 떠난 것을 계기로 점심을 위한 휴식에 들어갔을 것이라 여겨졌다.

일 각 정도의 시간이 흘렀다. 그사이 7월 한낮은 한층 더 뜨거워졌고 널따란 성안은 별일 없이 고요하기만 했다. 기요스 하늘 위에는 한 덩이의 구름이 다음의 풍운을 머금고 내일의 세대도 나누어 가진 듯 움직이지도 않고 가만히 떠 있었다.

"지쿠젠 나리, 몸은 좀 어떠시오? 진정이 되셨는지……."

어느 틈엔가 머리맡에 니와 나가히데가 와서 앉아 있었다. 뒤쪽에 기요스의 무사들도 서 있었다.

"응……? 음……."

히데요시는 팔꿈치를 바닥에 대고 몸을 일으켜 나가히데의 얼굴을 보더니 갑자기 깨달았다는 듯 몸을 바로 하고 앉았다.

"아아, 실례했습니다."

"시바타 나리께서 모셔오라 하십니다. ……그만 가시는 것이 좋을 듯하오."

"평의는?"

"귀공이 자리에 없어서는 평의도 이루어질 리가 없소. 어찌 됐든 오신 뒤에 하자는 것이 시바타 나리의 말씀이오만."

"제 생각은 이미 모두 말씀드렸습니다."

"아니, 그 뒤로 각자의 대기소로 가서 반 각 정도 쉬는 동안 분위기가 바뀌었소. 시바타 나리도 생각을 바꾸신 듯하오."

"가도록 하겠습니다."

히데요시가 일어섰다. 나가히데가 의미심장한 웃음을 지어 보였으나 히데요시는 아랑곳하지 않고 벌써 앞장서서 방문을 나서고 있었다.

가쓰이에는 눈으로 힐끗 히데요시를 맞아들였다. 자리에 있던 사람들도 마음이 놓이는 듯했다. 의장의 분위기는 전과 달라져 있었다.

가쓰이에는 히데요시의 제의를 받아들이겠다고 분명하게 말했다. 이렇게 해서 산포시가 상속자로 결정되었다.

"경하할 일이오, 경하할 일이야."

가쓰이에의 양보로 평의회장에 드리웠던 구름은 한순간에 걷히고 화기애애한 분위기가 빚어졌다.

"산포시 도련님을 천하인으로 맞아들이는 일, 모두 한마음이고 가쓰이에에게도 더 이상 이견이 없소. 축하할 일이오."

가쓰이에는 거듭 말했다. 자신의 상황이 절대 불리하다는 것을 깨닫고 앞서 했던 말을 갑자기 철회하여 간신히 어려움에서 빠져나간 형국이었다. 그래도 그로서는 은밀히 기대하는 게 있었다. 그것은 다음 의제인 아케치의 옛 소유지를 처분하는 일, 즉 영토 분배를 어떻게 할 것인가 하는 문제였다.

영토 문제는 제후들의 이해와도 직접적으로 연관된 실질적인 현안인 만큼 상속 문제 이상으로 의견 충돌이 있을 것이라 예상되었으나 뜻밖에도 그렇지 않았다.

"그 문제는 숙로의 뜻에 모두 맡기겠습니다."

조금 전에 승리를 거둔 히데요시가 겸손하게 양보하는 자세를 보임으로써 회의는 원활하게 진행되었다.

"그렇다면 우선은 대로의 생각을……."

이번에는 숙로 격인 니와, 다키가와 등이 참담한 패배를 맛본 시바타 가쓰이에의 체면을 세워주었다. 그러자 가쓰이에를 중심으로 원안이 정리되었다. 하지만 히데요시는 이미 넘볼 수 없는 존재가 되어 있었다. 정리된 원안은 히데요시 앞으로도 보내져 그의 내람內覽을 요구하지 않을 수 없었다.

"나리의 의견은 어떠하신지?"

"붓을."

히데요시는 원안을 살펴본 뒤 심부름꾼에게 붓을 달라고 하더니 먹을 묻혀 서너 개의 항목에 줄을 긋고 자신의 의견을 슥슥 덧붙여 돌려주었다.

"이렇게 하시는 것이 어떻겠습니까?"

다시 가쓰이에의 손에 넘겨졌다. 가쓰이에는 씁쓸한 표정을 지으며 오래도록 말없이 생각에 잠겨 있었다. 가쓰이에가 기대하고 있었던 항목에 먹이 죽죽 그어져 있었기 때문이었다. 하지만 히데요시는 자신에게 할당한 고슈 사카모토에도 줄을 그어 지워버렸다. 그리고 히데요시 자신의 몫으로는 다른 평범한 장수들과 마찬가지로 겨우 단바 한 곳을 써 넣었을 뿐이었다. 히데요시는 욕심이 없음을 내보이고 가쓰이에에게도 욕심을 버리라고 권한 것이었다. 그리고 노부오와 노부타카에게 많은 영지를 할당했으며 나머지는 야마자키 복수전에서 세운 공에 따라 분할 안을 제시한 것이었다.

"내일도 있으니……. 더위 속에서 평의가 길어져 모두 지쳤을 테고, 이 가쓰이에도 조금 피곤하오. 이 안에 대해서는 내일 얘기하는 것이 어떻겠소?"

가쓰이에는 마침내 결정을 보류하며 즉답을 피했다. 거기에 이의는 없었다. 저녁 해가 비춰들어 더위가 한층 더 심해졌다. 첫째 날은 그렇게 끝났다.

이튿날, 대평정이 다시 열렸다.

"이렇게 하는 건 어떻겠소?"

가쓰이에가 타협안을 제시하며 숙로들의 뜻을 물었다.

어젯밤 가쓰이에가 숙소에서 자신의 가신들을 모아 머리를 맞대고 담합한 내용이었다. 하지만 히데요시는 받아들이지 않았다. 오늘도 다시 분할 안을 놓고 양자의 대립이 격화될 것처럼 보였으나 대세는 이미 히데요시 쪽으로 기울었다. 가쓰이에는 아무리 버텨봐야 결국 히데요시의 말에 따를 수밖에 없었다.

정오의 휴식을 거쳐 미시를 기해 드디어 결정된 의견이 제후들에게 공개되었다. 배분된 영지에는 아케치의 소유지 외에 노부나가의 직영지까지 포함되어 있었다.

영지 분배의 필두는 노부오 경 '비슈尾州 일원', 노부타카 경 '노슈濃州'였다. 하나는 오다 가의 발상지, 또 하나는 기후 성이 있는 곳으로 모두 적절한 배분이라 여겼는데, 이것도 히데요시의 뜻에 따라 가쓰이에의 초안을 수정하여 결정된 것이었다.

다키가와 가즈마스의 '오만 석 증가, 새로 얻은 기타이北伊의 일부', 하치야 요리타카의 '삼만 석 증가' 등에는 따로 수정하지 않았으나, 이케다 쇼뉴 부자의 '오사카, 아마가사키, 효고 십이만 석'과 니와 나가히데의 '자쿠슈若州 및 고슈 두 개 군' 항목은 원안보다 많은 양을 더해 수정한 것이었다. 그 대신 히데요시는 자신에게 할당된 것을 지워 단바 한 곳을 얻는 데 그쳤고, 또 가쓰이에의 몫도 줄여 '고슈 중의 나가하마 육만 석'만을 부여했다.

가쓰이에가 요구한 곳은 에치젠에서 교토로 통하는 중요한 요지였다. 가쓰이에는 그것을 노렸을 것임에 틀림없었다. 그러다 보니 강경하게 요구할 수밖에 없었다. 그 외에 서너 개의 군도 원했으나 히데요시는 모두 지워버렸다. 그리고 나가하마 육만 석만 깨끗이 넘겨준 것이었다. 하지만 그것에도 조건이 붙어 있었다. 가쓰이에의 양자인 시바타 가쓰토요에게 그곳을 맡기겠다는 확약하에 이루어진 일이었다.

어젯밤, 시바타 가의 가신들은 가쓰이에를 둘러싸고 이와 같은 굴욕적인 분배에는 응할 수 없다며 히데요시의 처사에 대해, '잘난 척하는 상놈의 전횡, 결코 받아들여서는 안 된다'고 일축할 것을 다짐했다. 가쓰이에도 평의 자리에 오기 전까지는 가신들과 같은 마음이었으나 평의 자리에 임하고 보니 자신의 의견만을 강조할 수 없었다. 평의 자리에는 제후들의 대세라는 것이 있었다.

'나를 작게 보여서는 안 된다. 사욕만 생각하는 것처럼 보여서도 안 될 것이다. 다수가 옳다고 생각하는 이상 역시 순응하지 않으면 오히려 훗날 좋지 않을 것이다.'

좌중의 분위기와 견주어보면 가쓰이에의 생각은 자연히 견제를 받을 수밖에 없었다. 그러다 보니 결국 마음속으로 '요지인 나가하마만 히데요시에게서 빼앗아 내 손에 넣을 수 있다면' 하고 생각한 뒤 훗날을 기약하며 조건을 수락한 것이었다.

가쓰이에는 의심 많고 씁쓸한 듯한 태도를 보인 반면 히데요시는 담담한 태도를 보였다.

주고쿠 이후 야마자키에서의 쾌승까지, 사람들은 전쟁과 정치 양쪽에서 책략을 주동해왔던 지쿠젠노카미야말로 누구보다 많은 것을 획득하려 할 것이라고 예상했으나 히데요시가 받은 것은 평범한 장수와 다를 게 없는 단바 한 곳에 지나지 않았다. 게다가 지금 가지고 있는 나가하마도 양보하고, 사람들 모두 당연히 그가 취해도 좋을 것이라 생각한 고슈의 사카모토도 니와 나가히데에게 주었다. 더군다나 사카모토는 교토의 관건關鍵이었다.

"내게 천하를 엿볼 뜻은 없다."

히데요시는 그런 뜻을 모두에게 내보이기 위해 일부러 취하지 않은 것일까? 그게 아니면, '언젠가는 임자에게 돌아갈 것이다'라고 생각하며 눈앞의 작은 일에 연연하지 않고 여러 사람의 뜻에 맡겨둔 것일까? 히데요시의 커다란 뜻을 아는 사람은 아직까지 아무도 없었다.

호구 虎口

한때는 결렬될 위기에 놓였던 기요스 회의에서 어쨌든 두 개의 중대한 현안이 의결되었기에 나머지 작은 문제들은 일사천리로 정리되었다.

노부나가의 뒤를 이은 새로운 주군 산포시의 영지로 오우미에 있는 삼십만 석을 할당하기로 한 것도 이론 없이 결정되었다. 그리고 산포시를 보좌할 사람으로 그동안 돌봐온 하세가와 단바노카미와 마에다 겐이 두 사람 외에 히데요시가 추가로 임명되었다. 아즈치가 불에 타버리고 말았으니 아즈치에 임시 저택이 마련될 때까지 산포시의 거처는 기후로 결정되었다. 노부오와 노부타카 두 숙부는 어린 주군 산포시의 후견인으로 정해졌다.

그 밖에 시정 체제를 담당하는 인물로 교토에 오다 가의 대표인 사장四將을 두기로 했으며, 시바타, 하시바, 니와, 이케다 네 집안이 그 임무를 맡아 각자 집안에서 사람을 파견하여 교토 안의 서정庶政을 합의하고 재결하기로 즉석에서 결의되었다. 이로써 모든 문제가 해결되었다.

이윽고 폐회를 위한 의식으로 '모두가 일치 협력하여 어린 주군을 받들고 다른 마음을 품거나 배신하지 않겠다'는 서약서를 작성했다.

그리고 옛 주군인 노부나가의 영전에 서약서를 바치고 평정의 결과를 보고하기로 했다.

그날은 7월 3일. 노부나가의 월진月辰, 즉 한 달 후 기일은 어제인 2일이었다. 만약 회의가 순조롭게 진행되었다면 기일이었던 어제 모든 게 결정되었을 테지만 가쓰이에의 보류로 하룻밤을 넘겼기 때문에 기일 추복追福도 결국 하루 늦어지게 되었다.

장수들은 휴식을 취하기 위해 각자 방으로 돌아갔다. 다들 삼 일 동안의 긴장에서 해방되자 저녁 바람에 더위를 식히며 이제야 좀 살겠다는 듯 편안히 휴식을 취했다. 수많은 심부름꾼이 각 방에서 차를 만들어 바치기도 하고 향을 피우기도 했다. 그사이 기요스의 신하가 돌아다니며 이야기를 전했다.

"휴식이 끝나면 유정시酉正時의 시계 소리를 신호로 니노마루의 불전까지 건너오시기 바랍니다."

각 장수들은 땀을 닦고 상복으로 갈아입은 뒤 신호를 기다렸다. 모기 소리가 들려오는 대전大殿의 처마 위로 가느다란 초사흘 달이 보였다. 멀리서 시계 소리가 들리자 상복을 입은 무장들의 그림자가 조용히 니노마루 쪽으로 흘러가고 있었다.

운모雲母 같은 장지에 홍백의 연꽃이 그려져 있는, 부처를 모신 방 아래쪽으로 가쓰이에 이하 장수들이 조용히 앉았다. 차례차례 한 사람이 와서 앉고, 또다시 한 사람이 와서 앉았다. 그렇게 모든 사람이 와서 앉았는데, 오직 히데요시만 보이지 않았다.

"어찌 된 일이지……."

사람들은 이상히 여기며 정면의 어둑한 불감佛龕 부근을 가만히 살펴보았다. 감실, 위패, 금벽, 꽃, 향 등의 그림자 속으로 조금 전 작성한 서약서 한 다발이 바쳐져 있는 게 유독 눈에 띄었다. 그런데 그 이상으로 사람들의 눈길을 끈 것은 지쿠젠노카미 히데요시가 단 아래에 바싹 붙어서 상복을 입은 산포시를 무릎에 올려놓고 바른 자세로 천연덕스레 앉아 있는 모습이었다.

'뭐지……?'

사람들은 모두 이상하게 생각했다. 하지만 가만히 생각해보니 낮에 열린 회의에서 하세가와, 마에다가 외에 히데요시도 어린 주군을 보좌하기로 결정되었다. 그러니 참람스러운 짓이라고 탓할 수도 없었다. 게다가 신하들의 자리를 넘어서 각별한 위치에 앉아 있는 히데요시를 비난할 이유도 떠오르지 않았다. 그러다 보니 가쓰이에의 표정은 이만저만 씁쓸한 게 아니었다.

"그럼…… 순서에 따라서."

가쓰이에는 두 숙부인 노부오와 노부타카를 재촉하는 것조차 턱 끝으로 할 정도로 목소리는 낮았지만 끓어오르는 화를 감추지 못했다.

"내가 먼저."

노부오가 노부타카에게 말하고 앞으로 나섰다. 그러자 노부타카가 불쾌한 표정을 지었다. 이렇게 많은 장수 앞에서 노부오 다음으로 서게 됐다는 것은 앞으로도 그 아래에 놓이게 될 것이라는 사실을 무언중에 확정짓는 것이라 여겨졌기 때문이었다.

노부오는 아버지 노부나가와 형 노부타다의 위패를 향해 눈을 감고 합장한 뒤 향을 바치고, 다시 감실에 절하고 나서 그대로 조용히 뒤로 물러나려 했다. 그런데 그때 히데요시가 엄하게 마른기침을 한 번 했다. 그러고는 '여기에 새로운 군주가 있다'고 말하듯 자신의 무릎 위에 산포시가 있다는 사실을 알렸다.

노부오는 히데요시의 의도적인 몸짓에 깜짝 놀란 듯 무릎의 방향을 바꿨다. 그는 천성적으로 마음이 약했다. 그의 모습은 가엾을 만큼 허둥대는 것처럼 보였다.

"……."

노부오는 산포시를 올려다보고 지나치게 정중하다 싶을 정도로 공손하게 절을 했다. 어찌 된 일인지 떼를 쓰며 찡얼대던 산포시도 히데요시의 무릎 위에서만은 인형처럼 단정히 앉아 있었다. 하세가와, 마에다, 유모 등은 멀리 말석에 그저 엎드려 있기만 할 뿐, 그들의 손을 번거롭게 하는 일도 거의 없었다.

다음으로 노부타카가 자리에서 일어서더니 역시 아버지 노부나가와 형 노부타다의 영에 절을 올렸다. 그러고는 앞서 노부오를 보았기에 각 장수들에게 웃음거리가 되지 않겠다는 듯 새로운 주군인 산포시에게 예의 바르게 절을 하고 물러났다.

그다음은 시바타 가쓰이에였다. 그의 모습은 단을 가릴 정도로 컸는데, 단 앞에 앉자 장지의 홍련과 백련, 그리고 흔들리는 불단의 등이 마치 진노의 불꽃처럼 그의 그림자를 시뻘겋게 물들였다. 그는 회의에 대한 보고, 새로운 군주 옹립에 대한 맹세 등을 만감이 교차하는 마음으로, 노부나가의 영 앞에 길게 고하려는 것인지 말없이 절하고 엄숙하게 향을 피운 뒤 다시 오래도록 합장을 했다. 그리고 앉은 자리에서 일곱 자 뒤로 물러나서 다시 가슴을 바로 하고 산포시 쪽을 향해 몸을 돌렸다.

노부오와 노부타카가 이미 삼배를 한 상태라 그도 소홀히 할 수가 없었다. 마음에 없는 일이기는 했으나 그대로 가슴속 가득한 불만을 억누르며 절을 했다. 히데요시는 그에게도 역시 '흠' 하고 고개를 끄덕이는 듯한 태도를 보였다. 가쓰이에는 굵고 짧은 목을 휙 돌려 바스락바스락 자신의 자리로 돌아갔다. 그 뒤 그는 마치 침이라도 뱉고 싶다는 듯 일그러진 얼굴로 앉아 있었다.

그 뒤 니와, 다키가와, 이케다, 하치야, 호소카와, 가모, 쓰쓰이 등이 차례로 절을 마쳤다. 이윽고 사람들은 고 노부나가 경의 정실이 마련한 방으로 자리를 옮겨 주연을 벌였다. 그곳에는 회의가 끝난 뒤 뒤늦게 참석한 가나모리 나가치카金森長近와 스가야 구에몬노조菅屋九右衛門尉, 가와지리 히젠노카미河尻肥前守 등도 와 있었다. 그리고 지난 이틀 동안 성 밖의 치안과 성안의 수비와 연락 등에 힘쓰고 있던 제후의 가신 일족과 노신들도 한두 명씩 참석을 허락받았으며, 기요스의 신하들 가운데서는 마에다 겐이, 하세가와 단바 등이 참석했다.

당연히 노부오와 노부타카도 참석했다. 사십 명 이상의 손님들을 위한 주연상이 차려졌다. 벌써 술잔은 돌기 시작했으며 촛불은 선선한 밤기운에 흔들렸고, 사람들은 이틀 만에 비로소 편안한 마음으로 기뻐하며 술을 마셨다.

당시 전국 시대에 주연과 다도회는 유행과도 같은 것이었다. 진중의 막사에서 잡기로 쓰였던 비젠備前의 항아리에 한 송이 들꽃을 꽂아두고 갑옷을 입은 채 한잔 마시거나, 또 진영의 뒤쪽 길이나 성안의 모임에서 밤이고 낮이고 주연을 베푸는 모습을 쉽게 볼 수 있었다. 모든 일의 의례가 주연 형식으로 행해졌다고 해도 좋을 정도였다. 이는 원래 당시의 세태와 무문 생활의 요구에 의해 자연스럽게 생겨난 풍습이었다. 노부나가는 물론 시바타, 하시바와를 비롯한 당시의 선구자나 중견들이 세상에 태어났을 때부터 세상은 이미 전국 시대였으며, 자라서 사오십 대가 된 지금까지도 세상은 여전히 전국 시대였다. 극단적으로 말해 그 시대 사람들은 모두 '세상이란 곧 전국 시대를 말한다. 전국 이외에 어떤 세상이 있단 말인가?'라고 생각할 정도로 자신의 생애를 통해 전국 시대를 맛본 사람들뿐이라고 해도 좋을 것이다. 따라서 전쟁은 일상이었다.

"언젠가 반드시 내 손으로 햇볕 따사로운 평화를 사해에 펼쳐 만민을 화락和樂의 땅에서 편히 살게 하겠다."

무문의 위에 선 대장이라면 누구나 그러한 이상을 품고 있었으며, 일반 백성들도 그러한 날이 오기를 평생 바라고 있었다. 그렇다고 해서 '언젠가부터 시작된 전쟁, 언제쯤이면 끝날 것이다' 하며 세월 속에서 도출해내는 덧없는 관측으로 무위한 날을 보내는 사람은 아무도 없었다. 어쨌거나 사람들 사이에서 이 세상은 전국, 전국은 일상이라는 통념이 팽배했다. 모든 생활도 거기에 순응하다 보니 아무런 어색함도 없이 고통과 즐거움도, 초토와 건설도, 사별과 생이별도, 눈물과 웃음도 모두 있을 수 있는 일상의 일이라 여겨졌으며, 세상에 대한 커다란 희망과 고통의 날에도 유쾌하게 살아가려 하는 마음을 잊지 않았다.

장수들이 주연을 자주 여는 것은 그러한 마음을 적극적으로 표출하는 것이나 다름없었다. 전장에서 얻은 잠시 동안의 한가로운 때, 갑주의 끈을 풀고 편안히 쉬면서 마음을 열어 화락 속에서 심신을 기르려는 것이었다. 하지만 연락宴樂 속에는 외교의 궤계詭計와 사교의 허실, 인물의 시담試膽, 전쟁을 할 것이냐 말 것이냐에 대한 타진 등 선악의 온갖 미묘한 사정이 맛난 음식과 목소리를 가장한 채 뒤섞여 있다. 어쩌면 이곳 역시 칼날 없는 전장이라고 할 수 있을지 모른다. 게다가 마음을 깊이 숨긴 채 잔을 주고받고 담소를 나누는 사이 영혼의 맨살까지 내보인다는 점에서 사람과 사람 사이의 미묘한 맛이 빚어지고 있는 것이다. 따라서 당시의 무장들은 모두 주연에서 내보일 재주를 가지고 있었다. 노부나가의 고와카마이幸若舞도 유명했지만, 고지식한 도쿠가와 이에야스조차 언제나 고지居士의 구세마이曲舞를 추었으며, 그의 가신인 사카이 다다쓰구酒井忠次는 에비스쿠이鰕すくい의 명인으로 그의 진귀한 춤은 사린까지 유명세를 떨치고 있었다.

그날 밤 잔치는 평소와 달리 제사 음식을 받은 자리라 누구도 연무演
舞를 출 만큼 크게 취하지 않았으나 마음만 먹으면 진귀한 솜씨를 펼쳐
보일 만한 사람은 있었다. 특히 이케다 쇼뉴의 창을 들고 추는 춤은 모
두가 인정하는 것이었다.

노부나가는 살아 있을 때 아즈치에서 고후甲府의 사자를 맞아 한바
탕 주연을 베푼 적이 있었다. 주객인 사자가 나란히 앉은 무장 가운데
키도 아주 작고 다리도 저는 사내가 다른 사람에게서 받은 큰 잔을 비
우고 그것을 돌려주려 가는 모습을 보고 난쟁이의 옛날얘기에 빗대
'저기 술잔보다 작은 무사가 술잔을 저어 바다를 건너는구나' 하며 거
침없이 웃은 적이 있었다.

그러자 쇼뉴가―이 무렵 그는 아직 머리도 깎지 않았으며 이름도 쇼
뉴라고 바꾸지 않았지만―말없이 옆방으로 물러났다 싶었는데 다시
나타나서는 가지고 온 붉은빛 자루의 크고 멋진 창을 자리 한가운데
세워놓고 주객을 향해 이렇게 말했다.

"손님께 여쭙겠소. 말석에 앉은 자이기에 일부러 인사도 드리지 않
았소만 눈에 뜨인 듯하니 늦었지만 이렇게 인사 드리겠소. 손님의 눈
에는 이 사람이 아주 작은 난쟁이처럼 보인 듯하오만, 부모께 받은 몸
다행히 다섯 자 정도는 되며 오늘날까지 전장에서 어떠한 강적을 만나
도 키가 작아 불편한 적은 없었소. 그런데 손님은 작다고 하고 이 사람
은 크다고 하오. 누가 옳고 그른지 잘 봐주면 좋겠소."

노부테루信輝는 말을 마치고 무사로서의 치장을 갖춘 뒤, 붕붕 창을
휘두르기 시작했다. 마치 사면을 철통같이 두르고 있는 적군을 무너뜨
리고 모두에게 창을 휘둘러 하늘과 땅을 찔러 쓰러뜨리는 것 같은 훌
륭한 연기를 펼쳐 보인 것이었다.

노부나가를 비롯한 아즈치의 동료들은 손뼉을 치며 흥겨워했으나

고슈에서 온 사자는 연무의 창끝이 가슴 가까이에서 번뜩였기에 술이 모두 깬 듯한 얼굴을 하고 있었다. 그는 부끄러워하며 옆에 앉은 사람에게 쇼뉴에 대해 물었다.

"지금 저 사람은 누구입니까?"

"저 사람이 바로 저희 집안의 이케다 쇼자부로 노부테루池田勝三郎信輝입니다."

그 말에 사자는 다시 한 번 몸을 떨었다. 그 뒤로 노부테루의 춤은 유명해져서 기회가 있을 때마다 볼 수 있었으나 사실은 그처럼 격렬하고 거친 춤이 아니라 꽤 우아한 춤이었다고 한다.

그날 밤 이케다 쇼뉴도 자리에 있기는 했으나 돌아가신 주군의 제사를 마친 뒤 받은 상이었다. 취하기는 했으나 춤을 출 수는 없는 일이었다. 다른 장수들도 마찬가지였다. 하지만 약간의 취기가 오르자 각자 자신의 자리에서 벗어나 무리지어 담소를 나누는 소리가 곳곳에서 들려오기 시작했다. 특히 히데요시 앞에는 술잔과 사람들이 많이 모여 있었다.

그때 또다시 히데요시에게 술을 청하는 사람이 있었다.

"술을 한잔."

시바타 가쓰이에가 평소 자랑하던 신하 사쿠마 겐바노조 모리마사였다. 겐바의 용감무쌍함은 호쿠에쓰의 전장에서 오래도록 명성을 떨치고 있었다. '사쿠마 겐바와 두 번 칼을 맞댄 적은 없다'는 말까지 있을 정도였다. 그러다 보니 가쓰이에는 그를 매우 아꼈다. 걸핏하면 입버릇처럼 '우리 집안의 사쿠마는' 하고 말했고, '조카 놈이 그토록 잘해주어서'라고 자랑을 늘어놓으며 그의 무공을 끝도 없이 칭찬할 정도였다. 가쓰이에에게는 조카가 많았으나 그가 '조카 놈이'라고 말하면 그것은 겐바를 가리키는 것이었다. 그리고 겐바 모리마사는 아직 스물아

흡 살이라는 젊은 나이였으나 시바타 일족의 상장으로 가가加賀의 오야마小山 성에 살며, 그곳에 있는 여러 다이묘大名에 비해서도 전혀 손색이 없을 정도의 봉지와 대우를 받고 있었다.

"아아…… 지쿠슈筑州 나리. 그 사내에게도 한잔 주시오. 조카가 잔을 소망하고 있으니."

가쓰이에가 옆에서 말했다.

"조카라면?"

가쓰이에의 말에 히데요시는 처음 깨달았다는 듯 주위를 둘러보다 겐바의 씩씩한 모습을 바라보았다.

"아아, 이거."

과연 소문난 장부답게 겐바의 늠름한 체격은 조그만 히데요시를 압도하기에 충분했다. 게다가 그는 숙부인 가쓰이에처럼 얽은 자국이 있는 거친 얼굴이 아니라, 백석白晳의 미장부로 언뜻 보기에도 범의 눈썹에 표범 같은 용모였다.

히데요시가 잔을 건네며 말했다.

"과연 쇼사쿠匠作(가쓰이에를 말함)께서는 훌륭한 집안사람을 거느리고 계시는구나. 자…… 한잔 받게."

그러자 겐바가 고개를 흔들었다.

"아닙니다, 이왕 주실 바에는 저쪽의 커다란 잔으로 주십시오. 커다란 잔을 받고 싶습니다."

"이것 말인가?"

큰 잔에는 아직 술이 담겨 있었다. 히데요시가 선뜻 다른 그릇에 잔을 비우고 말했다.

"누군가 술을 따르게."

붉은빛 잔 끝에 금은 가루로 무늬를 넣은 술병의 주둥이가 닿았다.

술병의 술을 다 따랐는데도 잔은 채워지지 않았다. 술 따르던 사람이 다른 술병을 집어 잔에 술이 가득 차도록 부었다.

범의 눈썹에 표범 같은 몸의 미장부는 눈을 감고 잔을 기울였다. 그리고 남은 몇 방울까지 혀로 핥듯 마셔버리더니 그것을 종이로 닦은 뒤 잔을 돌려주었다.

"받으십시오."

히데요시가 웃으며 손을 흔들었다.

"나는 못하네. 그런 재주는 없어."

그러자 겐바가 바싹 다가왔다.

"어째서 받지 않으십니까?"

"약해서 그래."

"겨우 이 정도 가지고."

"그건 싸움을 할 때나 쓰는 말일세. 술을 마시기는 하지만 많은 술이 필요치 않은 지쿠젠이야. 거두게, 거두어."

"아하하핫. 아하하핫."

겐바가 배 속에서 나오는 대로 크게 웃었다. 그리고 모든 사람들이 들으라는 듯 말했다.

"과연 사람들의 소문대로 지쿠젠 나리는 사과를 잘하시는군. 참으로 겸손하셔. 예전, 이십여 년 전에는 이 기요스 성에서 마분을 치우고 짚신을 드는 하인이었던 시절도 있었지. 그 시절을 잊지 않기 위해서일까? 참으로 훌륭한 마음가짐이야."

오늘날 위세를 떨쳐 보이는 히데요시 앞에서 이 정도의 말을 할 수 있는 사람은 겐바밖에 없을 것이라고 스스로 자랑스러워하는 듯 겐바는 큰 목소리로 말했다. 그리고 다른 사람은 눈에 들어오지도 않는다는 듯 크게 웃어댔다.

사람들은 퍼뜩 놀라고 말았다. 곳곳에서 들려오던 담소가 뚝 끊기고 사람들의 시선이 모두 겐바 쪽으로 쏠렸다. 그리고 겐바 앞에 있는 히데요시의 안색과 가쓰이에의 모습을 번갈아 바라보았다. 그 순간 모두 술잔도 취기도 잊은 듯했다.

'아아, 또 무슨 일이 일어나는 것 아닐까?'

하지만 히데요시는 빙글빙글 웃으며 겐바를 보고 있을 뿐이었다. 마흔일곱 살의 눈으로 스물아홉 살의 젊음을 바라보고 있는 듯한 눈이었다. 아니, 나이 차이뿐만 아니라 히데요시가 태어나서 이십구 년을 헤아리던 무렵의 인생과 겐바 모리마사가 지나온 이십구 년의 발걸음 사이에는 처지도 그렇고 마음가짐도 그렇고 큰 차이가 있었다. 다시 말해 겐바는 실생활에서 겪는 어려움을 전혀 모르는 도련님이었다고 할 수 있을 것이다. 그렇기 때문에 용감무쌍한 이름과 함께 곧 오만함도 갖게 되었던 것이다. 당대를 대표하는 인물들이 한곳에 모인 그날 밤과 같은 자리가 사실은 전장보다 훨씬 더 위험하다는 경계심 따위는 전혀 없는 듯했다.

"하지만 지쿠젠……. 이 겐바로서는 참을 수 없는 일이 하나 있소. 아니, 들어보게 지쿠젠……. 귀가 없단 말인가?"

겐바는 이제 히데요시의 이름까지 함부로 불러댔다. 술주정이라기보다 마음에 품고 있던 진심인 듯 보였다. 하지만 히데요시는 겐바의 취한 모습을 보며 오히려 사랑스럽다는 듯 미소로 타일렀다.

"자네, 취한 모양이로군."

겐바가 크게 머리를 흔들며 말했다.

"아니, 이 일은 취흥으로 끝날 그런 작은 문제가 아니야."

겐바는 자세를 바꾸어 떡하니 버티고 앉더니 다시 말을 이었다.

"듣자하니 조금 전 불전에서 노부오 님, 노부타카 님 이하 각 제후들이 존당尊堂에 절을 할 때 하시바 지쿠젠은 원래 미천한 몸에서 벼락 출세한 자신도 돌아보지 않고 산포시 도련님을 자신의 무릎 위에 앉혀 놓고 떡하니 상좌에 자리를 잡았을 뿐 아니라 모든 사람들에게 자신을 향해서도 절을 하게 했다고 하던데."

"하, 하, 하."

"왜 웃는 거야? 지쿠젠, 뭐가 우습다는 게지? 산포시 도련님을 장식처럼 안고 사실은 일문과 제후에게 하시바 지쿠젠이라는 하찮은 사내에게 억지로 인사를 하게 만든 너의 간책임에 틀림없을 텐데……. 아니, 그랬던 게야. 만약 이 겐바노조 모리마사가 그 자리에 있었다면 당장 목을 뽑아버렸을 텐데. 이거, 이거, 우리 쇼사쿠 나리도 그렇고, 그 자리에 있던 쟁쟁한 장수들도 그렇고, 모두 답답할 정도로 좋은 양반들뿐이야……."

히데요시의 자리에서 두 사람 정도 떨어진 자리에 있던 시바타 가쓰이에가 그때 갑자기 술잔을 비우고 다른 사람의 얼굴을 돌아보며 말했다.

"얘, 겐바야. 어찌 그렇게 사람의 마음을 함부로 입에 담는 게냐. 이거 참, 지쿠젠 나리, 조카 놈은 원래 이런 사내라……. 하하하, 나쁜 마음은 없소. 그냥 흘려들어주시오."

히데요시는 화를 낼 수도, 웃을 수도 없이 쓴웃음을 지을 수밖에 없는 처지에 놓이게 되었으나 이럴 때면 그의 특이한 용모는 참으로 도움이 되었다.

"후, 후, 후, 후. 시바타 나리. 그렇게 마음 쓰실 것 없습니다. 됐습니다, 됐어. 괜히 저까지 어색해집니다."

히데요시가 마음을 읽을 수 없는 얼굴로 말했다. 흔들리는 감정에서 솟아오르는 얼굴빛을 봐도 대인의 표정은 아닌 듯했다. 겐바에게 노골적으로 갈파당해 참으로 난처하게 되었다는 표정으로도 보였으며, 반대로 냉정한 눈으로 상대를 한번 쳐다볼 뿐 전혀 문제 삼고 있지 않다는 듯한 표정으로 보이기도 했다. 한마디 덧붙이면, 원숭이라는 별명을 가진 결코 흔하지 않은 얼굴은 어린아이가 손톱을 씹으며 무엇인가에 골이 난 듯한 유치한 얼굴과 노승이 산의 달을 바라보며 세상사에는 시치미를 떼고 있는 듯한 표정으로 교묘하게 약간 취한 듯한 모습을 만들어내고 있는 것처럼 보이기도 했다.

"뭐, 어색해진다고? 거짓말하지 마. 이 원숭이가…… 원숭이가……. 아하하하하."

오늘 밤 겐바는 평소보다 한층 더 방약무인한 모습이었다. 불이 붙지 않는 물건에 억지로 불을 붙여 타오르게 하려고 노력하는 것처럼 보이기도 했다.

"원숭이……. 이건 실언이었소. 하지만 이십 년 동안 세상에 알려진 이름, 하루아침에 고치기는 어려울 게요. 아아, 원숭이라고 하니 떠오르는 게 있군. 예전에 이 기요스 성에서 원숭이를 닮은 하인이 이리저리 잡무에 분주하던 때, 여기에 계신 우리 숙부님도 곤로쿠 가쓰이에 權六勝家라 불리며 때때로 숙직을 하셨는데…… 어느 날 밤 너무나도 따분해서 원숭이를 불러 술을 마시고 취해서 누운 김에 '원숭아, 다리하고 허리를 좀 주물러다오' 하고 말했더니 일도 아니라는 듯 원숭이가 사근사근 곤로쿠의 다리와 허리를 오래도록 끈기 있게 주무르더라고 하던데."

히데요시는 어찌 되었든, 사람들은 술기운이 가신 창백한 얼굴로 마른침을 삼키고 있었다. 이는 예삿일이 아니었다. 이 자리에서 얼마 떨어지지 않은 벽 안, 나무 그늘, 마루 아래 등에 시바타가 은밀히 숨겨놓은 창검과 활이 있지나 않은지, 그런 다음 끈질기게 히데요시를 도발하고 있는 것은 아닌지…… 그런 오싹한 생각과 억측에서 빚어진 일종의 섬뜩함이 방 안 가득 흔들리는 촛불의 그림자와 먹 같은 밤바람이 되어 여름인데도 등에서 한기를 느끼게 했다. 그런데 히데요시는 겐바의 말이 끝나기도 전부터 껄껄 웃기 시작했다.

"이거, 기타노쇼의 조카님. 그런 이야기는 누구에게서 들으셨나? 귀한 추억을 들려주시는군. 말대로 이십여 년 전에 원숭이 놈은 안마를 잘한다고 소문이 나서 곤로쿠 나리의 허리뿐만 아니라, 일문의 사람들에게 곧잘 안마를 부탁받곤 했지. 그리고 과자 등을 받으면 얼마나 기뻤던지……. 와하하하. 지금도 그립군, 그 과자의 맛이 그리워."

"숙부님, 들으셨습니까?"

겐바가 과장스럽게 가쓰이에 쪽을 돌아보며 말했다.

"지쿠젠에게 뭔가 좋은 것을 내리십시오. 지금도 안마를 하라고 하면 해줄지도 모릅니다."

"좌흥의 도를 지나치게 넘어서는 안 된다. 그냥 농담일 뿐이오, 지쿠젠 나리."

"아니, 요즘에도 가끔 사람의 다리와 허리를 주무르기는 합니다."

"오호라, 누구의……."

"올해로 일흔 살이 넘은 노모의 허리를 주무르는 것이 나의 유일한 즐거움이오. 하지만 지난 몇 년 동안 전장에 머문 날이 많아서 요즘에는 그 즐거움을 거의 맛보지 못했소. 그래, 그래……. 갑자기 생각나는군. 먼저 실례하겠소. 여러분께서는 천천히 즐기시기 바랍니다."

히데요시가 먼저 자리에서 일어났다. 그곳에서 벗어나 마루 아래로 내려갈 때까지 아무도 그를 만류하지 않았다. 제후들은 그가 자리를 뜬 것을 오히려 현명한 일이라고 생각했다. 커다란 위험을 느끼고 있던 살기도 그것으로 우선은 안심할 수 있었기 때문이다.

“나리…….”

“돌아가시렵니까?”

현관 가까이 있는 방에서 가타기리 스케사쿠片桐助作와 이시다 사키치 두 시동이 불쑥 나와 히데요시의 뒤를 따랐다. 이틀에 걸친 성안의 분위기는 그들이 있던 방에서도 어느 정도 감지할 수 있었다. 하지만 히데요시는 많은 가신이 성안으로 드는 것을 허락하지 않았다. 이에 두 젊은이는 주인의 무사함을 알고 각자 뒤에서 이렇게 말했다.

“고생 많으셨습니다.”

“무엇보다 무사하셔서…….”

히데요시는 고개만 끄덕인 뒤, 뒤쪽의 두 사람이 종종걸음을 쳐야 할 만큼 성큼성큼 걸었다. 그리고 이미 밖으로 나와 스케사쿠와 사키치가 함께 온 가신들과 말을 부르고 있을 때였다.

“하시바 나리, 하시바 나리.”

분주히 뒤따라와 하늘에 초승달이 보이는 어두운 광장에서 히데요시를 부르는 사람이 있었다.

“여기에 있네. 여기에 있어.”

히데요시는 이미 말 위에 올라 있었다. 안장 두드리는 소리를 듣고 다키가와 가즈마스가 달려갔다.

“무슨 일인지?”

히데요시가 힐끗 쳐다보며 말했다. 그 모습은 주군이 신하를 보는 것과 같았다. 가즈마스가 다가가 부지런히 달렸다.

“충분히 이해할 수 있소. 오늘 밤에는 틀림없이 화가 나셨겠지. 하지만…… 술 때문에 벌어진 일이오. 게다가 기타노쇼의 조카는 보시는 바와 같이 아직 나이가 어리오. 너그러이 봐주시기 바라오.”

그리고 다음으로 이렇게 고했다.

"이미 정해진 일. 잊으셨을 리 없을 테지만, 내일 4일 낮, 산포시 도련님이 후계자의 자리에 오르시는 경축 행사에 잊지 말고 꼭 참석케 하시라고, 그대가 자리를 떠나신 뒤 시바타 나리께서 내게 특별히 말씀하셨소."

"그렇군. 음……."

"꼭 참석하도록 하시오."

"알겠소."

"모쪼록 오늘 밤 일은 잊어주시오. 기타노쇼 나리께는 내가 잘 말씀드렸소. 너그러운 지쿠젠 나리이니 젊은이의 한바탕 농담 따위에 마음 상할 분이 아니라고."

"이놈!"

말이 움직인 것이었다.

"노인, 위험하오."

가즈마스가 말의 뒷다리를 피하기 위해 몸을 돌렸다. 그러자 히데요시가 한번 돌아보고는 다시 말을 빙글빙글 돌리더니 시커멓게 몰려들어 자신을 지켜보고 있는 수행원들을 향해 말했다.

"가자."

히데요시는 이미 건물 밖으로 나가 큰길의 다리를 지나고 있었다. 그는 마을의 서쪽 끝에 조그만 절과 이웃하고 있는 호화로운 집을 빌려 쓰고 있었다. 승방에는 신하들과 마필을 두었으며, 히데요시는 농가 속 2층이라고 할 수 있는 곳에서 묵었다. 그곳이 마음 편하고 좋다는 것이었다. 간소한 여행길이라고는 하지만 병력은 칠팔백 명쯤 데리고 있었다. 하지만 이것도 적은 편이었다. 소문에 따르면 시바타는 출진했을 당시의 장비와 병력을 모두 이끌고 왔기에 기요스에 무려 일만에 가까운 휘하가 있을 거라고 했다.

"맵구나 매워. 창을 열어라. 계단 쪽 문도 열어두어라."

숙소로 돌아오자마자 히데요시는 그렇게 말하고는 더웠던 탓인지 오동나무 무늬의 예복과 긴 겉옷을 발로 차듯 벗은 뒤 다시 말했다.

"목욕은?"

히데요시는 알몸이 된 상태로 재촉했다.

밤이 오 각 무렵이었으나 팔백 명의 병사들이 밥 짓는 연기가 뭉게뭉게 피어오르고 있었다.

이 집의 아래층 방에서는 호리오 모스케, 히토쓰야나기 이치스케一柳市助, 기무라 하야토노스케木村隼人佑 등과 같은 측신들이 묵었으며, 시동들이 히데요시의 신변을 살폈다.

이웃한 절에는 나이 많은 부장이 병사들과 함께 있었는데, 그중 한 명인 가토 미쓰야스加藤光泰가 이곳으로 건너와 히데요시를 찾았다.

"나리는 어디에?"

미쓰야스는 히데요시가 뒤쪽 목욕탕에 있다는 사실을 알고 그리로 갔다. 호화롭다고는 하지만 시골집이었다. 판자로 이은 지붕 아래, 벽에 판자도 두르지 않은 곳에 목욕통 하나가 놓여 있었고, 김 속에서 히데요시의 얼굴이 보였다.

"사쿠나이 미쓰야스作內光泰입니다. 급히 찾으셨다고 해서 여기까지 왔습니다만."

미쓰야스는 물이 흘러내리는 울타리 끝에 무릎을 꿇었다.

히데요시가 그를 보며 물었다.

"사쿠나인가? 절 안의 사람들은 이제야 밥을 먹는 듯하던데 어째서 늦은 겐가?"

미쓰야스가 대답했다.

"성안에서 만일의 사태가 벌어질지도 모른다고 다들 오늘 하루 종일 걱정했습니다만 나리께서 무사히 돌아오셨다는 사실을 알고 비로소 밥 짓는 연기를 올리기 시작한 것입니다.”

“쓸데없는 걱정을 했구나.”

히데요시가 물에서 나와 시동인 이시다 사키치에게 등을 씻게 하며 말했다.

“병사들에게 쓸데없는 고통을 주다니 너희가 좀 섣불렀다.”

“네.”

“병사들에게 얼른 밥을 먹게 하고 말에게도 사료를 충분히 준 뒤, 오늘 밤에는 일찍 재우도록 해라. 불단속 잘하고. 때아닌 일이 벌어져도 얼른 일어날 수 있도록 마음의 준비를 해두어라.”

“알겠습니다.”

“무엇 하는 게냐? 모기에 물리지 않느냐. 할 말은 그것뿐이다. 얼른 가보아라.”

미쓰야스는 그곳에서 나왔다. 사키치는 아무래도 히데요시가 기분이 좋지 않은 모양이라고 생각하며 작은 통에 뜬 물을 조심조심 히데요시의 등에 끼얹었다. 하지만 히데요시는 목욕통 안에서 하품을 하고 있었다. 그리고 그 안에서 사지의 근육이라도 한껏 늘이고 있는지 코로 으음 하는 소리를 낸 뒤 말했다.

“피로가 조금은 풀렸다.”

이틀 동안 뭉친 몸을 한탄했다.

“모기장은 쳤느냐?”

옷을 들고 있던 시동들이 대답했다.

“쳐놓았습니다.”

“잘했구나. 너희도 일찍 자도록 해라. 다른 사람들에게도 그렇게 전하고.”

히데요시가 모기장 속에서 말했다. 문은 닫았지만 창은 바람을 통하게 하려고 열어놓았다. 초승달의 희미한 빛이 흔들리고 있었다. 그렇게 잠에 들었다 싶었는데 누군가가 불렀다.

"나리……."

"무슨 일이냐, 모스케냐?"

호리오 모스케가 밖에서 말했다.

"네. 아리마 호인有馬法印께서 오셔서 은밀히 뵙고 싶다고 하십니다만."

"뭐, 아리마 호인이?"

"이미 잠자리에 드셨다고 했습니다만, 그래도 꼭 봬야겠다고 하시기에……."

잠시 대답이 없었다. 모기장 안에서 한동안 생각을 한 듯 히데요시가 마침내 대답했다.

"그럼 계단을 올라선 곳까지 안내하도록 해라. 히데요시는 피곤해서 성에서 나오자마자 탕약을 먹고 누워 있다고 말씀드리고."

"알겠습니다."

모스케가 조용히 계단을 내려가는 듯싶더니, 잠시 뒤 다시 올라오는 인기척이 들렸다. 그리고 그곳의 좁은 바닥에 무릎을 꿇은 듯했다.

"지쿠젠 나리, 잠자리에 드신 모양입니다."

"그래, 호인인가?"

"그대로 계십시오."

"모기장 안에 누워 있다네. 무례를 용서하게."

"아닙니다. 성에서 돌아오자마자 차를 드시고 자리에 드셨다기에 어쩔까 싶었습니다만, 급히 드릴 말씀이 있어 늦은 밤 이렇게 온 것입니다."

"이틀 동안 치른 회의로 마음도 지치고 몸도 무리를 해서……. 그런데 밤늦게 급히 온 이유는?"

"네……. 하시바 나리."

호인이 갑자기 소리를 낮춰 말했다.

"내일 있을 산포시 님의 후계자 축하 자리에 참석할 생각이십니까?"

"글쎄……. 어제, 오늘 약을 먹으며 간신히 버틸 정도로 몸이 좋지 않아서. 아무래도 더위를 먹은 것 같은데……. 그렇다고 해서 성으로 들어가지 않으면 또 말들이 많을 테니."

"그처럼 몸이 좋지 않으신 것은, 어떤 전조인 듯합니다만."

"그런가? ……어째서 그렇단 말이지?"

"조금 전 자리를 뜨시자 시바타 당 사람들만 남아 무엇인가를 은밀히 담합했습니다. 심상치 않은 분위기라 마에다 겐이와 걱정이 돼서 가만히 엿보자니……."

호인은 문득 입을 다물더니 히데요시가 듣고 있는지 모기장 안을 살펴보았다. 파란 벌레가 모기장 옆에서 찍찍 울고 있었다. 히데요시는 여전히 천장을 바라보고 누워 있었다.

"호인, 그래서?"

"자세한 내용은 알 수 없으나 대충 짐작하기에, 시바타 당 사람들은 지쿠젠 나리를 절대로 살려둘 수 없다고 생각하는 듯합니다. 이에 내일 성에 드시는 것을 기회로 삼아 방 하나에 가둔 뒤 여러 가지 죄를 만들어 할복하게 만들겠다, 할복하지 않는다면 억지로라도 찔러 죽이겠다……. 그러기 위해 이렇게 하라는 둥, 저렇게 하라는 둥, 성안 병사의 배치부터 성 바깥사람들을 막는 일까지, 검은 속내를 위한 일을 은밀히 챙긴 뒤, 내일 평소와 다름없이 나리를 기요스에서 기다리자고 이야기한 듯합니다."

"그거 참……. 무섭구나."

"사실은 겐이가 고하러 오기 위해 여러 가지로 마음을 썼습니다만, 겐이가 성 밖으로 나오면 사람들 눈에 띌 우려가 있어서 이렇게 제가 온 것입니다. 그런데 마침…… 병에 드셨다니 이 역시 하늘의 비호인 듯싶습니다. 내일의 참례는 보류하시는 것이 좋을 듯합니다."

"글쎄, 어떻게 하는 게 좋을지."

"반드시 참석하지 않으셔야 합니다."

"다른 일도 아니고, 새로운 주군을 축하하는 자리이니. 어쨌든 호인…… 호의에는 감사하네."

계단을 내려가는 발소리를 향해 히데요시는 두 손을 모았다.

이離

히데요시는 쉽게 잠을 자는 사람이었다. 잠을 자야겠다고 생각하면, 어디서나 쉽게 잠드는 것은 쉬운 일인 듯하나 사실은 어려운 일이다. 하지만 히데요시는 장소와 상관없이, 또 눈앞에 무슨 일이 있든, 누워 있든 어딘가에 몸을 기대고 있든 눈을 감기만 하면 바로 잠을 잘 수 있었다. 게다가 극히 짧은 시간이라도 시간을 정해놓은 대로 눈을 뜨고, 백 년 동안 자고 일어난 사람처럼 머리와 몸이 모두 개운해져 크고 작은 일을 척척 처리해버리는 습성은, 습성이라기보다 오히려 하나의 경지에 가까웠다.

히데요시의 놀라운 정력과 건강은 '잠을 잘 자는 성격'에 있다고 해도 좋을 것이다. 굳이 애쓸 필요도 없이 그런 습관이 든 것은 어린 나이로 방랑하던 무렵, 집이 없어 풀 위에서든 허물어진 절의 바닥에서든 대지를 요 삼아 지내던 시절의 선물이라 여겨진다. 하지만 어른이 돼서, 그리고 세상의 지도자가 돼서 역경이나 어려움에 둘러싸이더라도 번뇌하지 않고 어린 시절의 단련을 잘 활용하여 '즉수즉각卽睡卽覺'이라고도 할 수 있는 오도悟道에 가까운 묘생妙生을 익히게 된 것은 늘 전진하고 군무에 쫓기는 속에서 건강을 지키기 위해 스스로 생각해낸 하나의 좌우명 덕분이었다.

무로마치 중기쯤부터 세상이 소란하고 암담하다 보니 생각이 있는 무문에서는 은밀히 '우리는 이대로 좋은가?'라는 반성이 일어났고, 그 결과 무가의 일문에, 혹은 무사 개개인에게 당시의 좌우명이라고도 할 수 있는 가헌家憲, 무사도훈武士道訓, 벽서壁書 등이 크게 행해지기 시작했다. 그리고 그러한 도의적 풍습은 전국 시대에 들어 더욱 경쟁적으로 발전했다.

히데요시의 마음속에도 그와 같은 좌우의 말이 몇 가지 있었을 텐데, 그중 그가 남몰래 아끼던 좌우명은 오히려 길가에서 만난 하찮은 떠돌이 승려에게 들은 말이었다.

이離. 바로 이 한 글자였다. 이것이 그의 좌우명이라고도 할 수 있는 부적이었다.

이. 떠나다. 아무것도 아닌 듯하지만 그가 잠을 잘 자는 비결도 떠나는 마음에 있었다. 양쪽 눈을 감는 순간 초조, 망상, 집착, 의혹, 조급 등 온갖 일과 연결된 것들을 모두 끊고 완전히 백지와도 같은 마음이 되어 잠을 잤다. 그리고 순간적으로 번쩍 깨어났다. 그렇게 마음대로 잠을 잘 수만 있다면 깨는 것도 기분이 좋고 자는 것도 기분이 좋고 세상만사가 기분 좋게 된다.

그뿐만 아니라 그동안 살면서 유리한 싸움이나 의도대로 풀리는 일만 있었던 것이 아니라 얼굴을 들 수 없을 정도로 큰 실책도 여러 번 겪어왔다. 하지만 히데요시는 실패와 실책에 연연하지 않았다. 그런 일이 있을 때마다 가슴속으로 떠올리는 것은 '이'라는 한 글자였다.

사람들이 흔히 말하는 '와신상담臥薪嘗膽'이나 '일념몰두一念沒頭'는 그에게 특별한 것이 아니라 평소 당연히 실천하고 있는 생활이었다. 따라서 그에게는 오히려 한순간이라도 그런 생활에서 벗어나 큰 생명을 숨 쉬게 할 '이'의 마음이 더 필요했던 것이다. 심지어 그는 생사까지도 '이'라는 한 글자에 맡겨두고 있었다.

짧은 동안이었다. 반 각이나 잠을 잤을까? 히데요시는 잠에서 깼다. 그런 다음 아래쪽에 있는 측간으로 갔다. 그러자 대기소에 있던 사람이 불을 들고 와서 바닥에 무릎을 꿇었다. 잠시 뒤, 그가 측간에서 나오자 또 다른 한 사람이 작은 국자에 물을 떠서 기다리고 있다 옆으로 다가가 히데요시의 손에 물을 부었다.

히데요시는 손을 닦으면서 처마 너머로 달의 위치를 확인한 다음 사키치와 스케사쿠 두 시동에게 물었다.

"너희도 잠을 잤느냐?"

시동들은 잠을 잘 여유가 없었으나 사실대로 대답하면 언짢아할 거라는 생각에 이렇게 대답했다.

"네, 잠시 졸았습니다."

히데요시는 마루를 대여섯 걸음 걸어 대기실로 가더니 그곳에 대고 직접 물었다.

"곤페이도 있느냐?"

히라노 곤페이平野權平가 대답하며 나오자 히데요시가 위층 계단 쪽으로 발걸음을 옮겼다.

"절에 가서 미쓰야스에게 밖에 나가야겠다고 알리고 오너라. 병사들의 배치와 행군할 길 등은 저녁에 성에서 오면서 글로 적어 아사노 야헤에게 주었으니 명령을 전해 들으라고 해라."

"네."

"잠깐, 잠깐. 한마디 잊은 게 있다. 오시마 구모하치大島雲八에게 잠깐 보자고 전해라."

뒤쪽의 잡목림에서 절 쪽으로 곤페이의 발소리가 멀어져갔다. 그 사이에 히데요시는 시동들의 도움을 받아 부지런히 갑옷을 입고 있었다. 평상시 그는 몸차림만 끝나면 얼른 밖으로 나가 다른 사람에게 한시의 틈도 주지 않았다. 그러다 보니 수행원들이 뒤에 남아 당황할 수밖에 없었다. 하지만 수행원들도 이제 적응이 되어 있었기에 히데요시를 도울 때는 시시각각으로 사람을 바꾸어가며 차림을 마친 사람이 오면 앞서 돕던 사람이 물러나 갑옷을 입고 늦을세라 뒤따라 나오곤 했다.

숙소 앞은 이세와 미노로 통하는 길이었다. 히데요시는 곳간 옆을 지나 그 길로 향했다. 그러자 앞서 부름을 받았던 오시마 구모하치 미쓰요시大島雲八光義가 비척비척 뒤따라오더니 멈춰 선 사람 앞으로 돌아가 무릎을 꿇었다.

오시마 구모하치는 일흔여섯 살의 늙은 무사였다. 그의 외아들 모헤미쓰마사茂兵衛光政는 니와 나가히데를 섬기고 있으나, 늙은 아버지는 자신의 성이 미노의 관문에 있기도 했지만, 일찍부터 히데요시에게 경도되어 있었다.

히데요시가 구모하치를 위로했다. 그리고 구모하치가 젊은이에게도 뒤지지 않을 만큼 빠르게 갑옷을 입고 온 것을 보고 다시 말했다.

"이런, 이런. 갑옷까지 입고 올 필요는 없었는데. 부탁할 일은 내일 아침에 해야 할 일이오. 자네는 뒤에 남아주게나."

"내일 아침, 기요스 성으로 들어가겠습니다."

"바로 그거요. 과연 나이는 무시할 수 없는 법, 내 마음을 잘 읽으셨소. 지쿠젠은 지병에 시달리다 어젯밤 갑자기 나가하마로 돌아갔기에 안타깝지만 경사스러운 일에는 참석하기 어려우니 만사 잘 부탁하더라고 성안 사람들과 시바타에게 전해주기 바라오. 어쨌든 가쓰이에, 가즈마스 등이 이래저래 말할 테지만 그대의 노망이야말로 행복한 듯, 귀가 먼 척하고 모두 흘려들은 뒤 그대로 관關으로 돌아가도록 하시오."

"말씀하신 속뜻 잘 알겠습니다."

일흔여섯 살의 무사인 오시마 구모하치는 새우처럼 허리가 굽었지만 여전히 창을 손에서 놓지 않은 채 인사를 하고 자리에서 일어났다. 그러고는 갑옷을 입은 몸이 무겁다는 듯 몸을 돌리더니 비틀비틀 물러났다.

산문 앞 거리에 절에 있던 병사들이 모두 나와 있었다. 깃발 하나하나를 표식으로 삼아 몇 개의 부대로 나뉘었으며, 각 조 앞에는 부장들이 말을 세워놓고 있었다. 화승의 불은 반짝이고 있었으나 횃불은 하나도 켜지 않았다. 게다가 그날 밤에는 달빛도 희미했다. 가로수를 따라 칠백 명의 병마가 물가의 물결처럼 조용히 거뭇거뭇하게 흔들리고 있었다.

"야헤, 야헤."

히데요시가 그렇게 부르며 장병들의 대열 바로 옆을 걸어 지나갔다. 가로수 그늘 아래였기에 사람의 그림자조차 분명하게 보이지 않았다. 조그만 사내가 겨우 예닐곱 명만 데리고 대나무 지팡이로 땅을 두드리며 지나가자 병사들은 작은 짐을 나르는 무리의 우두머리라고만 생각했다. 하지만 히데요시라는 사실을 알고는 그를 위해 조금씩 말발굽을 피했다.

"아, 야헤는 여기에 있습니다."

저쪽 돌계단 밑에서 한 무리에게 지시를 내리고 있던 아사노 야헤가 히데요시의 목소리를 듣고 얼른 명령을 내린 뒤 달려왔다.

"준비되었는가? 준비되었는가?"

히데요시는 그가 무릎을 꿇을 틈도 주지 않고 급히 물었다.

"준비됐으면 출발하게."

"넷. 됐습니다. 그럼 미쓰야스 앞장서게."

야헤가 뒤에 대고 말했다.

"알겠습니다."

뒤에 있던 가토 미쓰야스는 산문 옆에 세워놓은 금 표주박 깃발을 받아 대열 속으로 들어가 말 위에 올랐다.

히데요시는 그곳에서 멀어졌다. 그리고 시동 몇 명과 호리오 모스케와 아사노 야헤 등 삼십 기 정도 되는 병력에 둘러싸여 산문에서 움직이기 시작한 병사들의 대열을 바라보았다.

나팔을 불어야 할 때였으나 나팔 소리도, 횃불도 경계를 하는 듯 아사노 야헤가 히데요시로부터 금부채를 받아 히데요시 대신 한 번, 두 번, 세 번 흔들었다. 그것을 신호로 칠백 명의 병마가 선두부터 서서히 행진하기 시작했다.

대열의 선두는 방향을 바꾸어 길을 돌아 히데요시 앞을 지나갔다. 각 부대의 선두에 선 부장으로는 이코마 진스케生駒甚助와 미요시三吉 부자, 나카무라 마고헤이지, 야마노우치 이에몬, 기노시타 스케에몬木下助左衛門, 동생인 가게유勘解由, 고니시 야쿠로, 히토쓰야나기 이치마쓰 등 이른바 중견 하타모토들이었다. 노련한 선참들의 얼굴이 보이지 않는 것은 대부분 히데요시의 성인 나가하마와 하리마播磨 및 그 외 점령지에 남아 있었기 때문이다.

그렇게 해서 그날 밤, 히데요시의 병력은 마치 히데요시도 주력 부대에 있는 것처럼 위장한 채, 기요스 성 밑에서 출발하여 미노 본도를 따라 나가하마로 떠나버렸다.

그 직후 히데요시 역시 그곳을 떠났으나 따르는 무리는 겨우 삼사십 기에 지나지 않았다. 게다가 길을 전혀 다른 방향으로 잡았다. 일부러 쓰시마津島를 우회하여 마시まし 강, 이모라いもら의 나루터 등 사람들이 잘 모르는 시골길로 가다 미노의 나가마쓰에서 하룻밤을 묵은 뒤

나가하마로 돌아갔다.

그날 밤, 아니 이미 다음 날이라고 해도 좋을 새벽녘이었다.

시바타 가쓰이에의 숙소와 겐바 모리마사의 숙소로 어디서 돌아온 병마인지 안개와 이슬에 흠뻑 젖은 수많은 갑주가 몇 번이고 숨어들었고, 그 뒤 사람들의 눈을 두려워하듯 바로 문을 닫아버렸다.

"실패했구나, 겐바."

"아니, 빈틈없이 준비했다고 생각했는데."

"빈틈이 없었을 리 있겠느냐. 어딘가에 빈틈이 있었기에 기껏 잡은 그물 속 고기를 그대로 놓쳐버린 것일 테지."

"그래서 이 겐바가 말씀드리지 않았습니까? 처음부터 칠 의사를 분명히 하고 당당하게 북을 울리며 녀석의 숙소로 습격을 감행했다면 지금쯤 벌써 히데요시의 수급을 놓고 바라볼 수 있었을 것입니다. 그런데 숙부님께서 자꾸만 은밀하게, 은밀하게 하라고 말씀하시며 이 겐바의 계책을 쓰지 않으셨기에 이처럼 헛수고로 끝나버리고 말았습니다."

"너무 어리구나. 그것은 하책이라고 할 수 있다. 나는 상책을 생각했던 게다. 최상책은 히데요시가 성으로 들어오기를 기다렸다가 방에 감금하고 죄를 덮어씌워 배를 가르게 하는 것……. 이보다 더한 상책은 없었다. 그런데 밤이 된 뒤 세작들이 와서 말하길, 히데요시가 갑자기 숙소에서 나와 귀국할 듯하다고 하기에 이거 안 되겠다 싶었지만 만일 녀석이 밤을 틈타 기요스를 떠날 경우에는 오히려 하늘의 도움이라 생각했다. 무단으로 이곳을 이탈하면 그 죄를 알리는 데도 명분이 서기에 급거 네게 복병의 계책을 주어 도중에서 녀석을 치라고 명한 것이었다."

"바로 그것이 숙부님의 실책이었습니다."

"어째서 나의 실책이란 말이냐?"

“그 원숭이 놈이 우리 계책에 빠져 행사가 있는 오늘 성에 들어올 거라고 생각하신 것. 그리고 밤에 제게 병사를 매복케 하여 도중에 치라고 명령하신 것까지는 좋았으나, 다른 자에게 명령해 본도 이외의 길에도 충분히 병사를 배치해야 마땅한 것을 그렇게 하지 않은 게 실책입니다.”

“한심한 놈. 그 정도 일은 너 혼자서도 빈틈없이 해낼 것이라고 믿었기에 너 한 사람에게만 명령을 내리고 다른 사람들에게는 겐바의 지휘에 따르라고만 말해둔 것이었다. 그런데 본도에만 병사를 숨겨두어 결국 히데요시를 놓치고 나서는 마치 나의 실책인 양 떠들어대는구나. 조금은 자신의 실책도 돌아보도록 해라.”

“그렇다면…… 이번 일은 겐바의 실책으로 용서를 빌겠습니다만, 앞으로는 숙부님도 너무 지모에만 의존하는 버릇은 삼가시기 바랍니다. 자신의 꾀에 자신이 빠지는 법입니다. 모처럼 찾아온 기회를 또 놓치게 될 것입니다.”

“뭐라고, 내가 지모에 의존한다는 말이냐?”

“평소의 습관이십니다.”

“마, 말도 안 되는 소리.”

“아니, 세상 사람들도 곧잘 하는 소리입니다. 시바타 나리의 버릇이 나왔다고 하면, 그 속에는 또 다른 속내가 있다고 모두 거듭 조심하며.”

“……”

가쓰이에는 백발이 섞인 굵은 눈썹을 무겁다는 듯 찌푸리며 입을 다물어버리고 말았다.

평소에는 주종이나 부자 이상으로 사이가 좋았으나 지나치게 친해서인지 일단 차질이 빚어지자 둘 사이에서는 위령威令이나 존경을 찾아볼 수 없었다.

그날 아침, 가쓰이에의 씁쓸한 표정이란 말로 표현하기 어려운 것이었다. '복잡한 불쾌감'이었다. 어젯밤 한잠도 자지 못한 것도 한몫했다.

가쓰이에는 겐바를 시켜 도중에 병사를 숨겨두었다가 밤을 틈타 달아나는 히데요시를 급습하게 했다. 일거에 훗날의 화근을 끊고 마음 가득한 울분도 씻을 수 있으려니 하고 날이 밝을 때까지 초조하게 낭보를 기다렸으나 마침내 돌아온 겐바에게 들은 대답은 '하시바의 가신들뿐이었고 히데요시의 모습은 보이지 않았습니다. 히데요시도 없는 일행을 불시에 친다 한들 아무것도 얻을 게 없고 오히려 훗날 불리할 것이라 판단했기에 헛되이 돌아왔습니다'라는 말이었다.

가쓰이에는 밤새 신경을 쓴 데다 겐바에게까지 '평소의 버릇'이라는 둥, '제 꾀에 제가 넘어갔다'는 둥 이런저런 말을 들었기에 마음이 완전히 상해 기분이 좋지 않았다. 하지만 그렇게 있을 수는 없었다. 오늘은 산포시가 후계자가 되었음을 알리는 축일이었다.

가쓰이에는 아침 식사를 마치고 나서 잠시 눈을 붙이고 목욕을 한 뒤 덥고 답답한 예복을 갖춰 입었다. 그러고는 갈기에 장식을 한 말을 타고 성으로 향했다.

한때는 마음이 상했으나 그대로 있을 시바타 슈리 가쓰이에가 아니었다. 날이 흐려 한층 더 후텁지근했으나 길을 지나는 그의 모습에는 과연 기요스 성 아래 그 누구보다 위풍당당해 보였으며, 얼굴에는 담즙질 특유의 기름기가 번뜩였다.

어젯밤에는 투구의 끈을 맨 뒤 철창과 철포를 수풀에 숨겨두고 길가에서 히데요시의 목숨을 노렸던 수완가들도 오늘은 에보시烏帽子[239]를 쓰고 커다란 가문이 들어간 의복과 조그만 가문이 들어간 의복, 예복 등을 아름답게 차려입고 활은 자루에, 창의 날은 주머니에 넣은 채

---

[239] 옛날 조정의 벼슬아치나 무사가 썼던 건.

줄줄이 성으로 향했다.

시바타 가뿐만 아니라 니와, 다키가와와 그 외 집안 사람들도 성안으로 들어갔다. 어제까지 보였으나 오늘 보이지 않는 사람은 하시바 지쿠젠뿐이었다.

"숙로, 기다리고 있었습니다. 지쿠젠의 대리인으로 노신인 오시마 구모하치가 아침 일찍부터 와서 지쿠젠노카미는 병이 나서 참석할 수 없다는 사과의 뜻을 산포시 도련님께 전하고⋯⋯ 시바타 나리도 뵙고 싶다며 아까부터 기다리고 있었습니다만."

가쓰이에가 성안으로 들어서자 다키가와 가즈마스가 말했다. 가쓰이에는 씁쓸한 표정으로 고개를 끄덕였다. 그는 속으로 '신중하게도 시치미를 떼고 있는 히데요시여' 하고 화를 내면서 그도 짐짓 모르는 체 사자인 오시마 구모하치를 맞아들였다. 그리고 히데요시의 병은 어떤 병이냐는 등, 갑자기 돌아갈 거면 어째서 어젯밤에 자신의 숙소에라도 와서 알리지 않았냐는 등, 그랬으면 자신이 바로 가서 병세를 살피고 만사를 미리 논했을 것이라는 등, 속내가 담긴 질문을 해댔으나 나이 들어 귀가 어두운 오시마 구모하치는 절반도 제대로 알아듣지 못한 듯 무슨 말을 해도 마이동풍이었다. 그저 지레짐작으로 같은 말만 되풀이할 뿐이었다.

"네, 네. 그렇습니다. 옳습니다."

가쓰이에는 그야말로 헛힘만 쓰는 꼴이라고 생각했다. 그리고 이처럼 중대한 일에 노망난 무사를 보낸 히데요시의 속내에 참으로 화가 나서 견딜 수가 없었다. 아무리 따져 물어도 별 소득이 없는 상대이기는 했으나 울화를 속에 품은 채 헤어지기 직전 이렇게 물었다.

"사자, 자네는 대체 몇 살인가?"

"네⋯⋯ 그렇습니다."

"나이를 묻고 있다네. 자네의 나이를."

"지당하십니다."

"뭐라고?"

"하하하하."

가쓰이에는 마치 놀림을 당하고 있는 듯한 기분이 들었다. 화가 치밀어 오른 얼굴을 구모하치의 귀 옆에 대고 깨진 종 같은 목소리로 말했다.

"자네, 올해로 몇 살이 되었는가? 그걸 물었다네."

그러자 구모하치가 커다랗게 고개를 몇 번이고 끄덕인 뒤 한가롭게 대답했다.

"아하, 저의 나이를 물으셨습니까? 세상에 이름을 떨칠 만한 무공도 세우지 못한 채, 부끄러운 일입니다만 올해로 일흔여섯 살이 되었습니다."

가쓰이에는 어처구니가 없었다. 오늘처럼 바쁜 일을 눈앞에 두고, 게다가 단 하루도 편안할 수 없는 때에 이와 같은 노인을 상대로 화를 돋우고 있었다니 얼마나 어리석은 일인가 하고 한탄했다. 그리고 히데요시와 절대 같은 하늘을 이고 있을 수 없다고 맹세하게 되었다.

"돌아가게, 이젠 됐어."

턱을 흔들어 재촉했으나 구모하치는 허리에 풀이라도 바른 양 차분하게 앉아 가쓰이에의 얼굴을 느긋하게 바라보았다.

"뭔가 답장이라도 있으시다면."

"숙로는 어디에 계시는가? 기타노쇼 나리는 어디에 계시는가?"

그때 누군가가 가쓰이에를 찾는 목소리가 들려오자 가쓰이에는 그것을 기회로 내뱉듯 말했다.

"없소, 없어. 답장 따윈 아무것도 없소. 곧 만나야 할 곳에서 만나자고 지쿠젠에게 전하게."

가쓰이에는 그렇게 말하고는 마루가 좁아 보일 정도로 예복을 흔들며 혼마루 쪽으로 향했다. 오시마 구모하치도 복도로 나왔다. 나이 든 허리에 한쪽 손을 대고 가쓰이에의 그림자를 돌아보고 있었다. 잠시 뒤 혼자서 껄껄 웃더니 그는 성의 바깥쪽으로 걸어나갔다.

그날 산포시를 위한 축하 행사가 끝나고 어제보다 더 성대한 잔치가 열렸다. 새로운 주군을 받드는 피로연이었기에 자리는 성안의 넓은 방 세 곳에서 열렸으며, 사람들은 어제보다 몇 배나 많았다. 그 자리에서 오로지 화제에 오른 사람은 하시바 지쿠젠노카미였다. 이처럼 중요한 날에 칭병으로 결석하는 것은 있을 수 없는 일이라며 다들 쾌씸하게 생각했다. 그에게는 충성심도 없으며 신의도 없다는 사실을 오늘로 알게 되었다는 것이다. 가쓰이에는 스스로를 위로했다.

'생각하기에 따라 히데요시가 돌아간 것은 이 가쓰이에에게 유리한 일이었다.'

이처럼 히데요시에 대한 비난이 분분한 것은 다키가와와 사쿠마 등이 꾸민 일 때문이라는 것을 충분히 알고 있었으나, 가쓰이에는 이러한 분위기 덕분에 앞으로 형세가 자신에게 유리할 것이라며 남몰래 미소를 짓고 있었다.

회의, 제사, 축일 등이 지난 뒤 기요스에는 날마다 큰비가 내렸다. 제후들 중 호소카와, 가모, 이케다 등은 축일 이튿날 바로 귀국했으나 다른 제후들은 기소木曾 강의 물이 불어 발이 묶이자 숙소에서 하릴없이 며칠을 더 묵으며 날이 개기를 기다렸다. 하지만 그러한 무위無爲는 시바타 가쓰이에에게 결코 무의미한 것이 아니었다.

가쓰이에와 간베 노부타카는 사람들의 눈에 띌 정도로 왕래가 잦았

다. 그렇다고 두 사람의 빈번한 왕래가 곧 정치적 의미를 띤 것이라고
는 단언할 수 없었다. 가쓰이에의 사랑하는 아내로 세상에 알려진 오
이치お市는 말할 것도 없이 고 노부나가의 동생으로, 노부타카에게는
고모가 되는 셈이었다.

물론 몇 년 전 일이기는 했으나 노부나가와 오이치를 설득해 가쓰
이에와 오이치를 결혼시킨 사람이 바로 노부타카였다. 그 무렵부터 노
부타카와 가쓰이에는 단순한 인척 이상의 관계로 서로 떼려야 뗄 수
없는 사이가 되어 있었다. 그러다 보니 두 사람이 만나는 것에 대해 세
상 사람들은 의심을 품을 이유가 없었다. 하지만 두 사람이 만날 때마
다 반드시 다키가와 가즈마스가 동석했다는 사실이 떠오르자 사람들
은 '이건 또 무슨 모임일까?' 하고 생각하게 되었다. 그 뒤 '히데요시 퇴
치를 위한 담합이 슬슬 진행되고 있는 듯하다'는 불온한 소문과 이번
여름 안에 그 일이 이루어질 것이라는 말들이 나돌기 시작했다.

그러한 상황에서 그달 10일, 다키가와 가즈마스가 숙소인 대월헌待
月軒(다이게쓰켄)에 솥을 걸어놓고 각 제후들에게 아침 다도회에 초대한
다는 글을 돌렸다.

**며칠 동안 내린 긴 비도 그쳐 머지않아 귀국하리라 여겨지지만 병가에는 늘 있
는 일, 언제 다시 만나게 될지 알 수 없으니 선군을 추억하며 아침 이슬이 남아
있는 동안 거친 차라도 한잔 대접하고 싶다. 오랜 체재로 귀국길을 서둘러야
할 테지만, 참석해주시기를 바란다.**

지극히 평범한 모임에 지나지 않았으나 기요스 사람들은 '혹시 은
밀히 군사 회의를 여는 건 아닌지?'라고 하며 그날 아침 다도회에 주목
했다.

아침 다도회에는 하치야, 쓰쓰이, 가나모리, 가와지리 등이 참석했다. 노부타카와 가쓰이에 두 사람은 당연히 정객正客이었을 것이다. 하지만 다도회가 취지대로 다담을 위한 것이었는지, 아니면 밀담을 위한 것이었는지 그 자리에 참석한 주객 이외에는 알 길이 없었다.

그날 이후, 장수들은 마침내 모두 귀국하게 되었다. 시바타 가쓰이에는 14일 밤에 에치젠으로 돌아가겠다고 발표하고 15일 아침에 기요스를 떠났는데 기소 강을 건너 미노로 들어가자마자 자신의 예감과 도중에서 들은 풍설이 일치하는 것을 깨닫고 섬뜩한 위협을 느꼈다.

"다루이垂井에서 후와不破의 산간으로 이어진 통로를 점령하고 히데요시의 정병이 나가하마에서 나와 어젯밤부터 가쓰이에가 오기를 기다리고 있다."

사람들 사이에서 그런 소문이 무성했다. 역참에서도 들었으며, 나그네들도 그런 말을 했고, 정찰병들도 같은 소식을 전했다.

척후병

얼마 전 히데요시의 귀국길을 습격하려 했던 가쓰이에는 이제 입장이 바뀌어 살얼음이라도 밟듯 발걸음을 조심조심 옮기며 귀국을 해야 했다. 에치젠으로 돌아가려면 아무래도 고슈 나가하마를 지나지 않을 수 없었다. 하지만 나가하마에는 앞서 돌아간 히데요시가 있었다. 히데요시가 가만히 앉아 가쓰이에를 돌려보낼지는 커다란 의문이었다.

"다키가와 가즈마스의 영지를 지나 이세에서 스즈카鈴鹿를 넘어 고슈의 서쪽으로 돌아 귀국하시는 것이 어떨지……."

기요스를 떠나기 전부터 그러한 의견이 나왔으나 그 의견을 따르면 스스로 세상에 대고 히데요시를 두려워한다고 떠드는 셈이 될 것이었다. 그것은 가쓰이에에게 견딜 수 없는 치욕이었다. 겐바 모리마사도 그 의견에 동의할 리 없었다. 하지만 실제로 미노에 접어들자마자 모두 한 걸음 한 걸음 신경을 곤두세우고, 정보를 확인할 때까지 행군을 멈추고, 전투태세로 대오를 짜는 등 한시도 만일의 사태를 생각하지 않고 전진할 수 없었다.

"후방의 산에 복병이 숨어 있는 기색은 없는가? 저곳의 연기는 적이 피워 올리는 것이 아닌가?"

그러한 때에 히데요시의 휘하인 듯한 일군이 후와 부근에 있다고도
하고, 또 봤다고도 하는 소문이 들려왔다.

"드디어 왔군."

"거기에 있단 말인가."

가쓰이에 이하 시바타의 부하들이 말 위에서 온몸의 털을 곤두세우
고 앞길에서 기다릴 적의 숫자와 계책 등을 상상하며 시커먼 살기에
휩싸인 것도 당연한 일이었다.

가쓰이에는 갑자기 이비揖斐 강 앞의 우시마키牛牧 부근에서 병마를
멈추었다. 그리고 막료들을 불러 마을의 신사가 있는 숲 속에서 부딪
칠 것이냐, 물러날 것이냐를 놓고 급히 군사 회의를 열었다.

우선은 물러나 끝까지 기요스 성과 산포시를 끌어안고 히데요시의
잘못을 알려 제후를 규합한 뒤 당당히 맞서는 것도 하나의 대책이라는
의견이 나왔다. 또 여기에 이 정도의 병력이 있으니 개수일촉鎧袖一觸,
단번에 밀어붙여 짓밟고 지나는 것도 무문의 즐거움이라는 의견도 나
왔다.

결과를 생각하면 전자는 공략전에 많은 것을 의존해야 하며, 후자는
속전속결이었다. 어쩌면 단번에 히데요시를 꺾을 수 있을지도 모르지
만, 자신들에게 패전이 없으리라는 법도 없었다. 세키가하라關ヶ原 이북
의 험한 지형은 매복해서 기다리는 사람에게 매우 유리하기 때문이었
다. 게다가 일단 나가하마로 물러났으니 히데요시의 병력이 어제처럼
소수가 아닐 것은 자명한 사실이었으며, 강의 남쪽에서부터 후와와 요
로養老 지방까지 토호土豪와 무사들 중 하시바 가와 통하는 사람은 많았
지만 시바타 가와 연고가 있는 사람은 거의 드물었다.

"아무리 생각해봐도 여기서 히데요시와 맞서는 것은 좋은 계책이 아
닌 듯하다. 그가 하루라도 빨리 귀국한 것은 이처럼 유리한 입장에 서기

위해서였다. 그의 뜻에 따라 굳이 불리한 싸움을 할 필요는 없다.”

가쓰이에와 노신들의 생각은 히데요시와 맞서지 않는 쪽으로 기울었다. 하지만 겐바 모리마사는 그것을 비웃었다.

“히데요시가 그렇게도 무섭냐며 세상의 웃음거리가 될 것을 각오하셨다면 그렇게 하는 것도 좋을 듯합니다.”

어느 군사 회의에서나 물러나자는 의견은 약하고 맞서자는 의견은 강한 법이다. 결과와는 상관없이 그 자리의 기세에 있어서 한쪽은 소극적으로 보였고, 다른 한쪽은 적극적으로 보였다. 특히 겐바의 의견은 막료들을 좌우하는 힘이 있었다. 그런 배경에는 그의 무용, 그의 지위, 가쓰이에의 총애가 암암리에 작용했다.

“화살 한 번 주고받지 않은 채 적을 보고 물러난다는 것은 시바타 가의 불명예입니다.”

“아직 기요스를 떠나지 않았다면 모르겠지만.”

“겐바 나리의 말씀대로 여기까지 와서 물러났다는 사실이 알려지면 대대로 세상의 웃음거리가 될 것입니다.”

“일전을 치른 뒤 물러나도 늦지 않을 것입니다.”

“원숭이의 부하들이 무엇이란 말입니까?”

젊은 무사들이 한목소리로 겐바를 지지했다. 멘주 쇼스케 이에테루 정도만 홀로 입을 다문 채 아무런 말도 하지 않았다.

“쇼스케는 어떻게 생각하는가?”

드물게도 가쓰이에가 쇼스케에게 의견을 물었다. 평소 겐바와는 달리 주군이 자신을 멀리하려 한다는 사실을 알고 있었기에 쇼스케는 늘 말을 삼가고 있는 듯했으나 이때만은 공손하게 대답했다.

“역시 겐바 나리의 의견이 지극히 당연하다고 생각합니다.”

혈기에 넘쳐 모두 전의를 불태우고 있는데 젊은이답지 않게 물처럼 차갑게 앉아 있는 쇼스케의 모습은 용기가 부족해서 그저 어쩔 수 없이 그렇게 대답하는 것처럼 보였다.

"쇼스케까지 그렇게 말한다면 겐바의 의견에 따라 이대로 밀어붙이기로 하겠다. 단, 강을 건너서는 곧 대대적으로 척후병을 보내고 함부로 길을 서둘러서는 안 된다. 아시가루足輕240 여럿을 앞세우고 창을 든 부대를 바로 뒤따르게 한 뒤, 철포 부대는 후진의 앞쪽에 서라. 복병이 있을 시, 철포는 가까운 거리에서 도움이 되지 않는 법이다. 적이 있다는 척후병의 신호가 있으면 바로 큰북을 울리고 한 치의 흐트러짐도 보여서는 안 된다. 각 조의 우두머리들은 가쓰이에의 깃발을 잘 살피도록 하라."

방침은 정해졌다. 가쓰이에의 병력은 이비 강을 건너기 시작했다. 그리고 아무 일도 없이 아카사카赤坂 방면으로 전진했다. 적의 그림자는 아직 보이지 않았다. 척후 부대는 훨씬 떨어져 다루이의 역참 부근까지 나가 있었다. 그 주변 역시 아무런 이상도 보이지 않았다.

그때 나그네 하나가 다가왔다. 척후병이 수상히 여겨 달려가 나그네를 잡아왔다. 척후 부대의 부장이 으름장을 놓으며 물었다. 나그네는 묻는 말에 고분고분 대답했다. 으름장을 놓은 것이 허무하다 싶을 정도였다.

"하시바 님의 부대를 보았냐굽쇼? 네…… 틀림없이 보았습니다. 오늘 이른 아침에 후와 부근에서 말입니다. 그리고 저는 늦어서 조금 전에 다루이를 지나왔는데 다루이의 역참에는 앞서 출발했던 하시바 님의 인마가 가득 들어차 있었습니다."

"인원은 얼마쯤 되느냐?"

"잘은 모르겠습니다만 한 수백 명쯤 모여서."

---

240 하급 무사.

“수백 명?”

척후병들은 서로의 얼굴을 마주 보았다. 이윽고 나그네를 풀어주고 이 사실을 바로 후방에 있는 가쓰이에에게 전달했다.

가쓰이에는 뜻밖이라고 생각했다. 적의 병력이 너무 적었기 때문이다. 어쨌거나 기호지세騎虎之勢였다. 그는 계속 전진했다. 그때 저쪽에서 하시바 가의 사자가 혼자 말을 타고 달려온다는 보고가 전해졌다.

마침내 가까이 다가와 보니 사자는 갑주를 두른 무사가 아니었다. 얇은 비단에 금박으로 무늬를 놓은 통소매로 된 연보랏빛 예복을 입고 고삐에까지 장식을 넣어 시선을 빼앗을 정도로 차려 입은 젊은이였다.

“안내를 해주시기 바랍니다. 저는 하시바 히데카쓰 님의 측신인 이기 한시치로伊木半七郎입니다. 사자로 왔습니다. 기타노쇼 나리 앞으로.”

한시치로는 도중에 맞닥뜨린 척후 부대의 무사들에게 말 위에서 인사를 한 뒤 빠져나가고 있었다. 척후병들은 어이가 없었다. 척후 부대의 부장 한 사람이 당황한 듯 소리를 치며 한시치로의 뒤를 급히 쫓아갔다.

“누구지?”

시바타 가쓰이에와 막료들이 의심의 눈초리를 보내며 자신들의 진영으로 젊은이를 맞아들였다. 눈앞의 일전은 피할 수 없는 사실이라며 스스로 살기를 북돋고 있었던 때인 만큼 한시치로가 말에서 내려 청초하게 은근한 예를 갖추며 조용히 다가오자 그 모습이 주변의 철창과 화승의 냄새와 대비되어 아름답게까지 보였다.

“단바 나리의 측신이라니 참으로 이해할 수 없는 일이나, 어쨌든 데려오너라. 만나보겠다.”

가쓰이에는 길가의 잡초를 넘어 나무 그늘 아래로 들어갔다.

“무슨 일로 온 사자인가?”

　가쓰이에는 그곳에 걸상을 놓게 한 뒤 긴장한 모습은 숨겨둔 채 사자에게 앉으라고 의자를 권했다.

"이렇게 더운데 먼 귀국길, 고단하실 줄 압니다."

　한시치로는 평상시와 다르지 않은 투로 인사를 건넸다. 그러고는 빨간 끈으로 가슴에 걸치고 있던 글상자를 풀어 가쓰이에에게 내밀었다.

"지쿠젠노카미께서 말씀 좀 잘 전해달라고 하셨습니다. 자세한 내용은 글 속에 있습니다."

　가쓰이에는 의심이 들었기에 서찰을 바로 펼쳐보지 않고 한시치로를 빤히 쳐다보며 물었다.

"자네는 단바 나리의 측신이라고 들었네만."

"네."

"단바 나리께서는 건강하신가?"

"건강하십니다."

"이미 관례를 치르셨겠지?"

"벌써 열다섯 살이 되셨습니다."

"오호, 벌써 그렇게 되셨단 말인가. 참 빠르기도 하구나. 한동안 뵙지 못했으니."

"오늘은 부군의 말씀을 받들어 다루이의 역참까지 배웅을 나와 계십니다. 잠시 뒤 숙소로 드셔서 천천히 말씀을 나누시기 바랍니다."

"뭐, 뭐라……?"

　가쓰이에는 말을 더듬고 말았다. 걸상 한쪽 다리에서 작은 돌이 튕겨져 나가 그의 무거운 몸과 함께 마음까지 덜컥하고 놀라게 한 것이었다.

　하시바 단바노카미 히데카쓰는 노부나가의 아들이었으나 어렸을 때 히데요시가 청해 양자로 들인 사람이었다.

“마중이라니? 누구를……? 누구를 말인가?”

가쓰이에가 거듭 물었다.

“물론 나리를.”

한시치로는 부채로 얼굴을 가리고 웃었다. 상대의 눈꺼풀과 입술에 심한 경련이 일었기에 웃음을 참을 수 없었다.

“나를? 이 가쓰이에를 마중하기 위해서라고…….”

가쓰이에는 계속 중얼거렸다.

“우선 서찰을 읽어보시기 바랍니다.”

한시치로가 재촉했다. 너무나도 망연한 나머지 가쓰이에는 서찰을 손에 든 것조차 잊고 있었다.

“아아, 그렇지. 흠, 흠…….”

가쓰이에는 무슨 뜻인지 알 수 없을 정도로 고개를 자꾸 끄덕였다. 그의 눈동자가 글자를 따라 움직이자 심리의 변화가 더욱 노골적으로 얼굴에 드러났다. 서찰은 히데카쓰가 쓴 게 아니었다. 틀림없이 히데요시가 쓴 것이었다. 그리고 솔직하게 이렇게 적혀 있었다.

고호쿠에서 에치젠으로 가는 길은 여러 번 지나신 곳이니 길을 모를 리 없을 테지만, 이번만은 양자인 히데카쓰를 안내자로 보냈소.

하찮은 세상의 풍문이기는 하나 우리 나가하마가 존공尊公의 귀국길을 막을 수 있는 절호의 요지에 있다 보니 여러 가지 억측이 난무하고 있는 듯하오. 그처럼 비열한 풍설을 지우기 위해 양자인 히데카쓰를 보냈으니 그를 볼모로 생각하시고 안심하고 지나시기 바라오.

하룻밤 나가하마에서 술과 차라도 대접하고 싶으나, 그날 이후 지쿠젠은 여전히 병중에 있으니, 가시는 길 무탈하기를 멀리서 빌 뿐이오.

가쓰이에는 사자의 말을 듣고 서찰의 글을 읽고 난 뒤 자신의 의심과 소심함을 되돌아보지 않을 수 없었다. 왠지 히데요시의 배 속으로 꿀꺽 삼켜진 듯한 기분이 들기도 했다. 하지만 마음이 놓였다. 솔직히 안심이 되었다. 그는 예전부터 책략가로 여겨져 무슨 일인가 시작하면 '또 시바타 나리의 버릇이 나왔다'라는 말을 들을 정도로 음모에 뛰어난 것처럼 정평이 나 있었다. 하지만 사실은 지금 이러한 때에 감정을 숨기지 않을 정도로 정직한 사람이었다. 이러한 성정은 세상을 떠난 노부나가가 잘 꿰뚫어보고 있었다. 노부나가는 가쓰이에의 용감함도, 모략도, 정직함도 모두 특징으로 여겨 교묘하게 부렸으며, 호쿠리쿠 단다이探題241라는 중임과 많은 장수에 광대한 영토까지 건넨 뒤 충분한 신뢰를 보냈다. 가쓰이에는 자신을 가장 잘 알아주었던 주군이 이 세상에 없다고 생각하자 이제 더 이상 믿음을 줄 만한 사람이 없는 듯한 기분이 들었다.

가쓰이에는 히데요시의 서찰을 읽은 뒤 이전까지 히데요시에게 품었던 감정이 단번에 뒤바뀌고 말았다. 모든 것이 자신의 일그러진 시선과 소심함 때문이었다고 솔직하게 반성했다. 그리고 '주군이 돌아가신 지금, 앞으로는 지쿠젠노카미야말로 믿을 수 있는 사내다'라고 거짓 없이 생각했다. 이러한 생각은 그날 밤 다루이의 역참에서 히데카쓰를 직접 만나 이야기를 나누고, 또 이튿날 히데카쓰와 함께 서로 협력해서 후와를 넘어 나가하마 성 앞을 지날 때까지도 변함이 없었다.

하지만 나가하마에서 자신의 중신들과 함께 히데가쓰를 히데요시의 성문까지 돌려보내고 난 뒤부터 다시 흔들리기 시작했다. 히데요시가 이미 나가하마에 없다는 사실을 알았기 때문이다. 히데요시는 그 뒤로 교토로 올라가 중앙의 중추에서 움직이고 있었다. 그리고 야마시

---

241 지방의 요지에 둔 장관.

로의 다카라데라 성을 대대적으로 개축하기 시작했다는 등 가쓰이에
의 귀에 독처럼 들리는 일들이 빈번하게 들려왔기 때문이다.

"그렇다면 이번에도 히데요시에게 당했구나."

가쓰이에는 초조한 상태로 되돌아가 발걸음을 더욱 서둘렀다.

다이고大五라고 쓰게

7월 하순, 히데요시는 예전의 약속을 지켜 나가하마 성을 시바타에게 양도했다. 시바타 측도 그때 히데요시가 덧붙인 조건을 이행하여, 히데요시의 희망에 따라 가쓰이에의 양자인 시바타 가쓰토요를 그곳에 머물게 했다. 가쓰토요는 양아버지의 명에 따라 에치젠 사카이坂井 성에서 나가하마로 갔다.

히데요시가 기요스 회의에서 '가쓰토요를 성주로 삼는다면 나가하마를 양도해도 좋다'고 언명했는지 가쓰이에는 어리석게도 깨닫지 못하고 있었다. 아니, 가쓰이에뿐 아니라 주변 사람들도 세상 사람들도 그것을 이상히 여겨 히데요시의 심사를 깊이 살펴본 사람은 아무도 없었다. 그러면서도 다음의 사실에 대해서는 시바타 가의 일족 중 무릇 생각이 있는 사람이라면 모두 걱정하는 일이었다.

"양아버지와 양아들 사이가 저렇게 냉랭해서야 시바타 가의 앞날이 걱정이다."

가쓰이에에게는 또 한 명, 올해로 열여섯 살이 되는 양자가 있었다. 시바타 곤로쿠 가쓰토시였다. 가쓰이에는 정애에 있어서나 평소 감정에 있어서나 한쪽으로 기울어지기 쉬운 성격이었다.

“가쓰토요는 굼뜨고 빠릿빠릿하지 못한 녀석이야. 아들 같다는 생각이 들지 않아. 그에 비해 가쓰토시는 악의도 없고 어디까지나 나를 아버지로 여겨 잘 따르고 있어.”

하지만 그처럼 마음에 들어 하는 가쓰토시보다 더 편애하는 사람은 바로 조카인 겐바 모리마사였다. 겐바를 사랑하는 마음은 조카와 아들을 떠나 그 정애에 빠질 정도였다.

“조카 놈은 우리 집안의 더없이 중한 보물일세.”

그러다 보니 가쓰이에는 겐바의 동생인 규에몬 야스마사久衛門安政와 산자에몬 가쓰마사三左衛門勝政까지 총애해 모두 스물대여섯 살의 어린 나이였는데도 요지의 성을 하나씩 내주었다.

이렇듯 신임이 두텁고 총애를 받는 사람들 사이에서 오로지 양자인 가쓰토요만 양아버지로부터 미움을 샀다. 그러다 보니 사쿠마 형제들도 싸늘한 시선으로 가쓰토요를 바라보았다.

어느 해 정월, 친신親臣들이 모여 가쓰이에 앞으로 새해를 축하하는 인사를 올리러 갔을 때 가쓰이에로부터 첫 번째 잔이 내려오자 가쓰토요는 당연히 자신에게 주는 것이라 생각하고 앞으로 다가가며 말했다.

“잔, 감사히 받겠습니다.”

그러자 가쓰이에가 쌀쌀맞게 손을 피하며 말했다.

“네가 아니다. 겐바 받아라.”

가쓰이에는 겐바에게 잔을 먼저 주어 가쓰토요를 고의로 무시한 적도 있었다. 이러한 사실은 가쓰토요의 불평으로 외부에까지 흘러나갔으니 타국의 첩자들도 들었을 것이며, 당연히 히데요시도 알게 되었을 것이다.

시바타 가쓰토요에게 나가하마를 양도하기 위해 히데요시는 예전부터 그곳에 살고 있던 노모와 네네를 비롯한 가족들을 다른 곳으로 옮기지 않으면 안 되었다.

"겨울에도 따뜻하고 내해의 생선도 있으니 한동안은 히메지가 좋을 듯하군."

히데요시의 뜻에 따라 노모와 네네는 다른 가족들과 함께 하리마에 있는 히데요시의 성으로 거처를 옮겼다. 하지만 히데요시는 가지 않았다. 그 사이 단 한시도 여유가 없었던 것이다.

히데요시는 산슈山써 다카라데라 성을 부지런히 개축하고 있었는데, 그곳은 야마자키 전투에서 미쓰히데가 아성牙城으로 삼고 있던 곳이었다. 어머니와 아내를 그곳으로 데려오지 않은 것도 깊이 생각한 바가 있었기 때문이다.

히데요시는 하루걸러 하루꼴로 야마자키의 다카라데라 성에서 교토로 갔다. 돌아와서는 공사를 감독했으며, 교토로 가서는 중앙에서 정무를 보았다.

기요스 회의에서 결의한 내용에 따르면 교토 정치소의 각신閣臣으로 시바타, 니와, 이케다, 하시바 네 사람이 공평하게 서정을 돌보기로 했으니 결코 히데요시만의 중앙 무대는 아니었다. 하지만 시바타는 멀리 에치젠에 머물며 오로지 지방 세력의 결집과 기후, 이세, 그리고 간베 노부타카 등과의 암약暗躍에 분주했고, 니와는 근처 사카모토에 있었으나 이미 히데요시에게 모든 것을 일임한 상태였으며, 이케다 쇼뉴는 군사 회의라면 모르겠지만 서정이나 벼슬아치들과의 교류에는 재주가 없다며 명목상으로 이름이 올라 있었으나 관여하지 않는 것을 떳떳한 일이라 여기고 있는 듯했다.

그런 점에서 히데요시는 참으로 적합한 그릇이었다. 타고난 그의 재주는 무엇보다 경륜經綸에 있었다. 지금도 세상 사람들은 그를 무장으로 보지 않았다. 원래 싸움은 그의 특기가 아니었다. 하지만 그는 싸움도 경륜의 차축車軸임을 알고 있었다. 아무리 커다란 이상을 내건다 할지라도 싸움에서 지면 대경대륜大經大輪 역시 한 치도 나아갈 수 없다는 사실을 알고 있었기에 그는 싸움에 모든 것을 걸고 일단 전진을 펼치면 화신이 되었다.

교토는 분지에 있는 작은 산수에 지나지 않았으나 정치적으로 전 일본을 부감하기에 족한 곳이었으며, 사상적으로 재야의 모든 마음의 뿌리가 교토로 연결되어 있다 보니 이곳을 근본으로 삼지 않는 집이 없었고, 이곳을 근본으로 삼지 않는 꽃이 없었다.

히데요시는 일개 봉공인에 지나지 않았으나 교토 정치소에서 시무時務를 보는 일이 참으로 즐거웠다. 바쁘면 바쁠수록 더욱 즐거웠다. 그 무렵 히데요시가 좌우의 사람들에게 '이 지쿠젠에게도 때가 와서 마침내 참된 일이 주어진 듯하구나. 너희도 마음에 잘 새겨두어라'라고 본심을 털어놓고, 측신들에게도 일에 부지런히 힘쓰라고 독려를 아끼지 않았다. 그는 마음속으로 봄날 물이 차서 배 띄우기를 생각하는 것처럼 그것이 이루어지든 이루어지지 못하든 '나 세상에 임했다'며 시대와 연결된 목숨을 새삼스럽게 경탄의 눈으로 돌아보았을 것이다.

그러다 보니 그의 부하들도 교토에 들어서서는 눈에 띄게 인품을 수양했다. 적어도 수치스러운 행동은 하지 않았다. 시무를 사심 없이 척척 결재했다. 한 사람, 한 사람이 작은 히데요시라도 된 양 명랑했다. 특히 황성을 수호하는 일에는 자부심을 갖고 임했다.

얼마 뒤 조정에서 히데요시의 훈공을 칭찬하여 우콘에노추조右近衛中將로 삼아야 한다는 의견이 나왔다. 히데요시는 자신의 작은 훈공을 돌아보며 고사했다. 하지만 거듭 지시가 내려지자 이를 받아들여 종오위하從五位下, 우콘에노쇼쇼右近衛小將에 서임되었다.

좋은 일을 하는 사람이라 여겨지면 왠지 트집을 잡고 싶어지는 법이다. 일하지 않는 비굴한 사람은 정직하게 일하는 사람에 대해 왈가 왈부 말이 많았다. 어느 시대에나 있는 일이었다. 세상이 크게 변하고 있을 때에는 청탁의 비말도 격렬한 법이다.

"히데요시는 벌써부터 전횡을 휘두르고 있다. 부하들까지 권력을 잡고."

"시바타 나리를 제쳐두고, 다른 봉공인은 있어도 없는 것과 다를 바 없다."

"오늘날 그의 세력을 보면 마치 노부나가의 상속자는 지쿠젠이라고 말하는 듯하다."

모든 비난이 히데요시를 중심으로 시끄럽게 일었다. 하지만 늘 그렇 듯 최초의 탄핵자가 누구인지 알 수 없었다. 들리든 들리지 않든 히데 요시는 신경을 쓰지 않았다. 그와 같은 말들은 히데요시의 바쁜 마음 은 물론 다실에서 귀를 기울이기에도 쓸데없는 것들이었다. 누가 뭐래 도 히데요시는 바빴다.

6월에는 노부나가가 세상을 떠났고, 중순에는 야마자키에서 싸웠으 며, 7월에는 기요스에서 회합을 갖고, 하순에는 나가하마에서 철수하 고 가족을 히메지로 옮겼고, 8월에는 다카라데라 성의 공사를 시작했 다. 그러는 사이에 교토의 정치소와 야마자키 사이를 격일로 왕복하며 아침에는 금궐에 절하고, 점심에는 시정을 순찰하고, 저녁에는 서정을 보살피고 답사答使를 보내고 빈객을 맞아들이고, 밤에는 등불 아래서 먼 나라의 문서를 살펴보고, 새벽에는 부하의 호소에 재결을 가하고 밥을 먹으며 채찍을 휘둘러 어딘가로 향해야 했다.

가야 할 곳도 무척이나 많았다. 공경의 저택, 회합, 시찰, 그리고 최 근에는 무라사키노紫野에도 수시로 향했다. 그곳에서도 대대적인 공사 를 벌이고 있었다. 대덕사 지역 안에 새로이 절 하나를 더 지으려는 것이었다.

"10월 7일까지다. 8일에는 청소를 마치고 9일에는 식을 위한 준비를 갖춰 10일 아침부터는 아무것도 하지 않아도 될 수 있게 해두어야 한다."

히데요시는 하치스카 히코에몬과 동생인 하시바 히데나가에게 단단히 일러두었다. 어떤 공사에 있어서나 기한에 있어서나 히데요시에게는 두말이 필요하지 않았다. 명령이 떨어지면 그 누구도 안 된다고 말할 수 없었다. '네'라고 대답했으면 이후의 변명은 통하지 않았다.

히데요시의 모습이 보여도 공사 담당자와 감독을 하는 무사들은 그를 돌아보지 않았다. 또 수천에 이르는 목공, 토공, 미장이, 석공, 온갖 공장工匠과 인부들도 그를 돌아볼 여유가 없었다.

"잘하는구나, 잘해."

히데요시는 대팻밥이 묻은 다리로 나무의 향기가 피어오르는 곳곳을 한 바퀴 둘러보며, 혼자 그렇게 중얼거렸다. 흡족한 마음으로 말을 타고 돌아온 다음에도 방문객이며 정무며, 그리고 지금 진행 중인 총견원總見院(소켄인) 건립과 고 노부나가의 장례식 준비 등 일들이 산더미처럼 쌓여 있었다.

"유코, 어서 하게."

"네."

"다 썼으면 바로 사자를 보내도록 하게. 내용은 대략적이면 돼. 어서 쓰게."

"넷."

서기인 오무라 유코大村曲근는 히데요시가 불러준 것을 받아쓰고 있었는데, 문득 다이고醍醐라는 글자가 전혀 떠오르지 않아 자꾸만 붓 끝을 씹으며 떠올리려 애를 쓰고 있었다. 히데요시가 답답하다는 듯 재촉하다 옆에서 보고는 졸고 있는 사람이라도 깨우듯 큰 소리로 말했다.

"유코, 무엇을 하고 있는 겐가! 다이고大ㅊㅍ라고 쓰게."

히데요시는 손을 들어 허공에 커다랗게 대ㅊ라는 글자와 오ㅍ라는 글자를 썼다. 그러자 오무라 유코가 놀라고 말았다. 다이고醍醐와 다이고大ㅊㅍ는 글자가 전혀 달랐던 것이다. 음만을 취한다 해도 차이가 너무 심했다. 다이고醍醐를 다이고大ㅊㅍ라고 써서는 의미가 전혀 통하지 않는다고 생각했다.

"네……. 황공합니다. 하지만 그런 글자가 아닙니다. 새까맣게 잊어버린 것은……."

"무슨 소린가. 이보게 유코……. 자네가 아까부터 얼굴을 찡그리며 떠올리려 한 것은 다이고라는 글자 아닌가?"

"그렇습니다."

히데요시가 다시 손가락으로 허공에다 연습을 하듯 커다랗게 쓰며 말했다.

"그러니까 다이고大ㅊㅍ라고 쓰게. 그렇게 하면 알아들을 걸세."

"네…… 네."

유코는 어쩔 수 없이 재촉하는 대로 써서 서한을 마무리 지었고, 히데요시는 그것을 바로 시동을 통해 사자에게 건넸다. 사자가 공경의 집으로 달려갔으나 유코는 아무래도 마음에 걸렸다.

'그 편지를 받은 사람은 틀림없이 무식함에도 정도가 있지 하며 웃고 있을 거야. 서기라는 자가 그것도 모르다니, 대대로 웃음거리가 될 거야. 어떻게 해서든 그 편지를 되찾아 와서 태워버리고 싶다.'

유코는 언제까지고 이런 생각들에 연연하고 있었다. 히데요시는 수많은 손님을 만나기도 하고, 또 최근 소식이 없는 모리 가에 사람을 보내기도 했다. 그리고 바쁜 일이 끝난 뒤 마침내 유코와 함께 차 한 잔을 마셨다.

"왜 그러느냐, 유코."

히데요시가 유코의 침울한 얼굴을 보며 물었다. 유코가 히데요시의 안색을 살피며 조금 전 말도 안 되는 글자를 써서 보낸 것에 대한 이야기를 하자, 히데요시는 어처구니없다는 목소리로 웃어댔다.

"뭐라고? 서기로서 그처럼 무식함을 드러내는 서면이 남아서는 부끄러운 일이라고? 하하하하……. 유코야, 너도 자신의 필적이 천 년이고 세상에 남을 것이라고 생각하는 게냐? 걱정할 것 없다. 너 정도의 붓으로는 아마 백 년도 이 세상에 남아 있지 않을 게다. 네가 살아 있는 동안에도 어떻게 될지 모르겠구나. 다행 아니냐…… 세상은 도도하게 흘러 쓸데없는 글자는 티끌로 만들어 남겨두지 않으니."

그리고 이어 말했다.

"너처럼 다이고란 이렇게 써야 한다는 둥, 저렇게 써야 한다는 둥…… 고개를 갸웃거리고 붓 끝을 씹으며 하루를 살아서야, 어찌 세월과 세상의 정황이 수레바퀴처럼 정신없이 변하는 시대에 커다란 업을 이룰 수 있겠느냐? 히데요시에게 그런 여유는 전혀 없다. 다이고醍醐라고 써야 할 것을 다이고大五라고 써도 서면을 받은 자는 문맥을 통해 대략은 짐작할 수 있을 것이다. 그거면 됐다. 요즘 세상에서는……."

"그렇습니다. 듣고 보니 참으로 옳습니다."

"고민할 것 없다. 그거면 충분하다. 보아라, 아까 보냈던 사자가 벌써 답장을 가지고 돌아온 모양이로구나."

히데요시는 평소에도 그런 마음가짐으로 살았다.

오무라 유코는 고 노부나가의 장례식을 무라사키노에서 집행하기 위해 오다와 인연이 있는 근친과 각 주의 유신들에게 기일과 장소를 알리는 글을 대필하느라 부지런히 붓을 놀렸다.

무라사키노

성대한 의식이 행해지면 교토 안팎은 떠들썩해진다. 그리고 품삯이 하층민에게까지 이를수록, 거리의 등불과 밥 짓는 연기에도 서민의 칭송이 나타난다.

이번 가을, 무라사키노에서 행해질 고 노부나가의 장례식과 17일에 열릴 성대한 법사는 가난한 사람들에게 얼마나 큰 보시가 되었는지 모를 정도였다.

6월 이후, 본능사와 야마자키에서 연달아 일어난 전란 때문에 집과 일을 잃고 지붕도 벽도 없이 지내는 사람이 매우 많았다. 살아남은 아케치의 부하들 중에는 영주가 바뀐 단바로 돌아가지 못하고 신분을 바꾸어 시장 뒷골목이나 다리 밑에서 사람들의 눈을 피해 숨어 사는 사람도 적지 않았다. 그들을 잡아다 목숨을 빼앗는 것은 참으로 간단한 일이었으나 히데요시는 그렇게까지 잔당을 찾아내려고 하지 않았다. 미쓰히데의 수급 하나에 모든 책임을 씌워 시간의 저편으로 던져버렸다. 그뿐만 아니라 전후의 궁한 백성과 잔당들까지 포함해서 그들에게 갱생을 위한 일을 주었다. 총견원 건립과 노부나가의 장례식이 그것이었다.

"이것도 공양 중 하나."

히데요시가 홀로 중얼거렸다.

노부나가가 공격한 곳에는 초목도 시든다고 할 정도로 두려워하던 사람의 명복을 빌기에 앞서, 히데요시는 고 노부나가와 자신의 성격에는 전쟁을 할 때도 경륜을 행할 때도 차이가 있음을 새삼 되돌아보지 않을 수 없었다.

세상 사람들은 걸핏하면 히데요시가 일을 처리하는 방식을 놓고 이렇게 말했다.

"지쿠젠은 무슨 일에나 노부나가가 썼던 방법을 흉내 내고, 노부나가가 행한 방법을 배워서, 마침내 그의 상속자가 되려 하고 있다."

그런 말들은 히데요시의 귀에 우습게 들렸다.

노부나가가 살아 있는 동안 노부나가는 주군이었다. 그러다 보니 그의 성격에 따라서, 그의 지휘에 따라서 평소에도 호흡을 맞추고 발걸음을 맞추는 것은 당연한 일이었다. 하지만 그 사람이 이미 떠난 지금, 어찌 선인의 잣대에 연연할 필요가 있겠는가? 히데요시에게는 자연히 히데요시의 자질이 있었다. 노부나가의 장점을 배운 것도 있기는 하나, 그것조차 히데요시라는 다른 그릇에 담아 새로운 경륜으로 나타날 때면 노부나가적인 전법이나 시정과는 전혀 다른 것으로 바뀌어 있었다. 어디까지나 히데요시의 독자적인 것이었다.

'무엇보다 궁한 백성에게 일을.'

그러한 생각도 히데요시가 예전에 궁한 백성의 아들이었기에 시책으로 나올 수 있는 것이며, 또 아케치 군에 가담했다는 사실을 뻔히 알고 있는 유민까지 대대적인 법사의 공사에 쓸 정도로 관대한 모습은 노부나가에게서 전혀 찾아볼 수 없는 것이었다.

이렇게 무라사키노의 공사는 진척되었으며 준비도 거의 갖추어졌고, 서기인 오무라 유코의 손을 통해 그날의 초대장도 각국으로 보내졌다.

고 노부나가의 근친은 물론 기요스 회의에 참석했던 숙로 이하 각 다이묘까지 빠짐없이 초대장을 보냈다. 그 외에도 인연이 있는 주요한 공경, 무문, 서민, 여러 직책에 있는 사람에게까지 안내장을 보냈다. 하지만 히데요시는 근친이나 숙로라고 해서 특별히 정중하게 쓴 서장을 보내지 않았다. 그러다 보니 그 사람들에게는 '와도 그만, 오지 않아도 그만'이라는 식으로 보일 수밖에 없었다. 과연 거센 바람이 일었다.

참석 여부에 대한 답 대신 시바타 가쓰이에로부터 장문의 항의문이 도착했다. 간베 노부타카에게도 잔뜩 비아냥거리는 듯한 서면이 왔다. 그들은 모두 커다란 불만을 표시했다.

히데요시에게도 할 말은 있었다. 이번 일 역시 시바타나 노부타카에게 결코 갑자기 참례의 통지를 보낸 게 아니었다. 사전에 양자인 히데카쓰의 이름으로 서면을 통해 상의를 해두었다. 그런데 가쓰이에와 노부타카가 '오쓰기於次 따위가 건방지게'라고 말하며 대답도 하지 않고 있었던 것이다. 오쓰기마루는 히데카쓰가 노부나가의 넷째 아들로 있었을 때의 아명이었다. 여러 공로를 쌓은 숙로인 가쓰이에의 눈에도, 훨씬 형인 노부타카의 눈에도 히데카쓰는 아직 젖비린내 나는 풋내기로 보였다. 우스운 일이라며 성실하게 답을 하지 않고 무시한 것은 어쩌면 당연한 일이었다. 그리고 지난 9월부터 10월에 걸쳐 가쓰이에에게는 매우 분주하고 경사스러운 일이 있었다. 그 기쁨에 정신이 팔려 있었기 때문이기도 했다.

오이치는 예전부터 조카인 노부타카의 알선으로 기타노쇼에 재가하기로 내정되어 있었다. 하지만 전 남편인 아사이 나가마사淺井長政와의 사이에 둔 아이가 셋이나 있다 보니 아직 오다 가 안에 있을 수밖에 없었다. 그런데 최근 주변 정세에 따라 가쓰이에와 노부타카의 관계가 급속히 긴밀해졌고, 또 이번 기회에 세상을 향해 공공연하게 '시바타 나리야말로 고 노부나가 님도 생전에 인정하신 처남이다'라는 사실을 성대하게 화촉을 밝혀 내보이는 것이 급무라고 생각하게 되었다. 그 결과 갑자기 오이치가 기타노쇼로 재가하기 위한 성대한 의식이 진행되기 시작한 것이었다.

오다니小谷 성이 함락된 지 이미 십 년이 지났으나 오이치는 여전히 아름다웠다. 나이도 서른대여섯밖에 되지 않았다. 노부나가가 살아 있을 때부터 세상 사람들은 자꾸만 가쓰이에와 히데요시가 오이치를 놓고 다투고 있다는 등 있지도 않은 말을 해댔다. 어쨌든 당시 사람들의 기억에 남을 정도로 오이치가 아름다웠던 것만은 사실이다.

오이치는 마음에 들지 않는 일이었지만 거부할 수 없는 환경 속에 있었다. 오빠인 노부나가가 세상을 떠난 뒤로는 더더욱 자신의 뜻을 말할 수 없게 되었다. 노부타카는 처음부터 가쓰이에를 위해 일을 추진했으나, 지금은 자신의 미래를 위한 계획으로 고모를 이용하고 있었다. 기요스에서의 회동 이후 노부타카와 가쓰이에는 책모를 연대하기 위해 끊임없이 왕래했으며, 가쓰토요를 나가하마로 보내기도 하고 다키가와와 빈번하게 만나기도 하는 등 이래저래 바빴다. 그러한 가운데 노부타카는 동족의 말이나 주변 사정은 무시한 채 독단적으로 일을 진행시켰다.

오이치는 열여섯 살짜리 장녀 차차茶々를 비롯해 여자아이만 셋을 데리고 있었는데, 그야말로 옛 중국의 왕소군王昭君이 멀리로 떠났던 날처럼 서글픈 능라금수綾羅錦繡에 둘러싸여 있었으며, 오색 가마의 행렬은 호쿠에쓰의 산을 넘어 9월에는 이미 기타노쇼의 저택으로 들어가 있었다.

고목에 꽃이 핀 듯, 쉰세 살이 된 신랑은 영지 안의 관리들을 연일 불러 피로연을 벌이고 기쁜 표정을 지어 보였다. 그러한 때에 하시바 가의 일개 양자인 오쓰기 히데카쓰로부터 무라사키노에 절 하나를 건립하는 일과 고 우후의 법사에 관한 서면이 온 것이었다. 그러니 가쓰이에가 자신도 모르게 소홀히 한 채 지나버린 것도 무리는 아니었다.

10월에 들어서자 이번에는 히데요시의 이름으로 정식 초청장이 왔다. 가쓰이에는 '이번만큼은 묵인할 수 없다'며 일의 중대함과 진노의 불꽃에 몸을 떨며 히데요시에게 격렬하게 항의하는 글을 보낸 것이었다.

세월은 인간을 대상으로 흐르는 것이 아니다. 하지만 인간은 종종 세월을 믿고 살아간다. 어느 세월이든 자신의 편인 양 혼자 사모하는 감정을 품고. 무심한 구름, 세월의 광륜향륜光輪響輪 역시 공허한 수레에 지나지 않는다. 하지만 같은 세월을 같은 시대에 산다 할지라도 그것을 어떻게 쓰느냐는 사람들의 의지에 달려 있는 법이다. 거기서 생태의 분야가 발생하며, 인간 사회의 격차가 생겨나고, 흥국과 망국, 천세까지의 역사도 천지간의 한순간에 결정되는 법이다.

어쨌든 10월이었다. 가쓰이에가 그때까지 쓴 날수와 히데요시가 보낸 날수를 하늘은 같은 운행으로 부여해왔다. 본능사의 변이 있던 날부터 헤아려도 만 사 개월. 기요스의 회합에서부터 따지면 겨우 백 일도 지나지 않은 세월이었다. 하지만 두 사람이 그 세월 동안 구현한 것을 보면, 10월 중순인 오늘 너무나도 극명한 차이를 보이고 있었다.

즉, 히데요시가 주창하고 또 전력을 기울여 실행한 노부나가의 대법요大法要는 마침내 전 일본의 이목을 집중시켜 '그야말로 우후의 유업을 이을 사람인 듯하다'는 인상을 심어주었을 뿐만 아니라, 심지어는 중앙의 서정도 히데요시가 아니면 맡을 사람이 없다는 듯한 느낌을 민심 속에 깊이 심어놓았다.

이러한 점에서 가쓰이에가 권익의 확대를 이후 동렬에 있는 숙장이나 오다 가와의 혼인으로 긴밀하게 하려고 했던 것과는 큰 차이가 있었다. 히데요시가 대상으로 삼아온 것은 니와 나가히데도 아니었고 이케다, 호소카와, 쓰쓰이 등과 같은 무리도 아니었다. 하물며 오다 노부오나 귀족의 여인네는 더더욱 아니었다. 바로 민중이었다. 그는 농민의 아들이었기에 흙과 열熱을 너무나도 잘 알고 있었다.

그달 11일부터 17일에 걸쳐 행해진 무라사키노 대덕사의 법요가 대규모로 화려하게 진행된 것은 단순히 세상을 떠난 주군을 흠모하는 마음이 넘쳐났기 때문만이 아니었다. 민중까지도 회장자會葬者로 보고 민중에게 직접 보여 선한 봉행을 함께하겠다는 커다란 보시의 마음이 담겨 있기 때문이기도 했다.

《호칸豊鑑》의 필자는 그날의 모습을 이렇게 기록했다.

11일부터 떠들썩해지기 시작해서 온갖 존엄함의 극치를 다했다. 열 개 사찰의 승려들도 경을 외우고 풍경을 울렸다. 15일에는 화장을 위한 작업이 시작되어 렌다이노蓮台野에 영감당靈龕堂이 장엄하게 만들어졌으며 대나무로 울타리를 둘렀다. 대덕사에서 길까지 경비가 삼엄했는데 무사들이 굳게 지켰다. 동생인 미노노카미 히데나가가 이를 맡았다. 관곽은 금과 비단으로 꾸미고 옥으로 만든 요령을 반짝이게 했다. 자루의 앞은 이케다 고신池田古新(데루마사)이, 뒤는 쓰기마루(하시바 히데카쓰)가 짊어졌다.

《고레토 퇴치기》에도 다음과 같이 기록되어 있다.

하시바 고이치로羽柴小一郎가 경호 대장이 되어 대덕사부터 천오백 채 사이에 무사 삼만 정도를 배치하여 길 좌우를 지켰는데, 활과 화살통, 창과 철포를 세웠으며, 장례식장에는 히데요시 분국의 도당은 물론 여러 무사가 모두 달려왔고, 구경하는 무리는 귀천을 가릴 것 없이 구름과도 같았다.

그리고 상여의 자루는 데루마사와 히데카쓰, 노부나가의 위패는 히데요시가 들었다고 적어놓았다. 오오기마치正親町 천황은 신 노부나가에게 종일위 태정대신太政大臣을 증위증관贈位贈官하고 선명宣命을 내렸다.

즉, 시호를 내려 '총견원전 대상국 일품總見院殿大相國一品, 태엄대거사泰嚴大居士'라고 했는데 선명宣名 안에는 고 노부나가에 대해 '조정을 생각하는 중신, 중흥의 양사良士'라는 황공한 칙지가 덧붙여져 있었다. 저세상에 있는 노부나가가 봤다면 기대 이상의 영광과 신분에 눈물을 흘렸을 것이다.

선불선善不善, 범비범凡非凡, 인간으로서의 노부나가는 무슨 말을 듣든 그의 궁시弓矢는 구중九重의 계단에 세워져 빛나고, 그의 신하로서의 한 조각 충성심은 뜻밖에도 왕의 황공한 말씀에 천세까지 남게 되었다.

아울러 노부나가는 아버지 오다 노부히데織田信秀의 황실을 중히 여기는 마음까지도 완수한 것이라 할 수 있을 것이다. 틀림없이 충성심과 신도에 있어서 오다 부자는 이 대에 걸쳐서 그것을 수행했다. 노부나가는 아버지가 돌아가시는 날까지 걱정을 끼친 불효자였으나, 오늘 아버지에게 효자가 된 셈이었다.

사십구년몽일장四十九年夢一場

위명설십마존망威名說什麼存亡

청간화리오담발請看火裡烏曇鉢

이것은 쇼레이笑嶺 화상의 시다. 장례는 백이십 칸짜리 영당 안에서 집행되었다. 오색 닫집은 눈부실 정도로 반짝였으며 천만의 등명은 별과 같았고, 침목의 연기가 깃발이 펄럭이는 사이로 흘러 퍼져 그곳에 모인 수만 명의 사람 위에서 보랏빛 구름을 만들고 있었다.

승려만 해도 오악五岳의 연학研學, 교토 안팎의 선종과 율종律宗, 팔종八宗의 사문沙門이 모두 집합해서 구품의 정토, 오백아라한, 삼천의 불제자가 눈앞에 있는 듯했다고 기록되어 있다.

풍경, 산화 등의 식을 마친 뒤 다시 선문 각 대화상들의 기감起龕, 염송念誦, 전탕奠湯, 전다奠茶, 습골拾骨 등의 예배가 차례로 행해졌으며, 마지막으로 종흔宗訢 쇼레이 화상의 시가 낭송되자 일순 정적이 감돌았다. 또 불교 음악이 연주되는 동안 연화가 내렸으며 향목이 태워졌고 모인 사람들은 빙글빙글 돌며 순서대로 향을 올렸다.

하지만 그 모인 사람들 가운데 반드시 있어야만 할 오다 가의 근친들이 절반이나 모습을 보이지 않았다. 무엇보다 산포시가 보이지 않았다. 노부타카도 참석하지 않았다. 시바타, 다키가와뿐 아니라 그 외에도 많은 사람이 보이지 않았다. 그렇게 당연히 떠오르는 얼굴들이 보이지 않았다. 그것은 무시와 묵살로 이미 히데요시를 향한 항쟁의 포진을 분명히 한 것이라는 사실을 누구나 금방 느낄 수 있었다.

'이대로 끝나지는 않을 것이다.'

대법요가 있었던 17일이 지난 직후부터 모든 사람의 마음에 그러한 생각이 남아 있었다. 교토 주변에 있는 장수들은 거의 대부분 참석했으며 모리 데루모토도 대리인을 보냈으나 시바타 가쓰이에 산하에 있는 마에다, 삿사, 가나모리, 도쿠야마의 장수들과 간베 노부타카의 일문인 다키가와 이하는 모두 약속이라도 한 듯 교토로 오지 않았다. 특히 마음에 걸리는 것은 도쿠가와 이에야스의 존재였다. 아니, 그의 의중이었다. 본능사의 변 이후, 매우 특수한 위치 때문에 어지러운 시류를 벗어나 있었던 그가 오늘을 어떻게 보고 있는지, 그의 뜻을 추측할 만한 재료가 전혀 없었다.

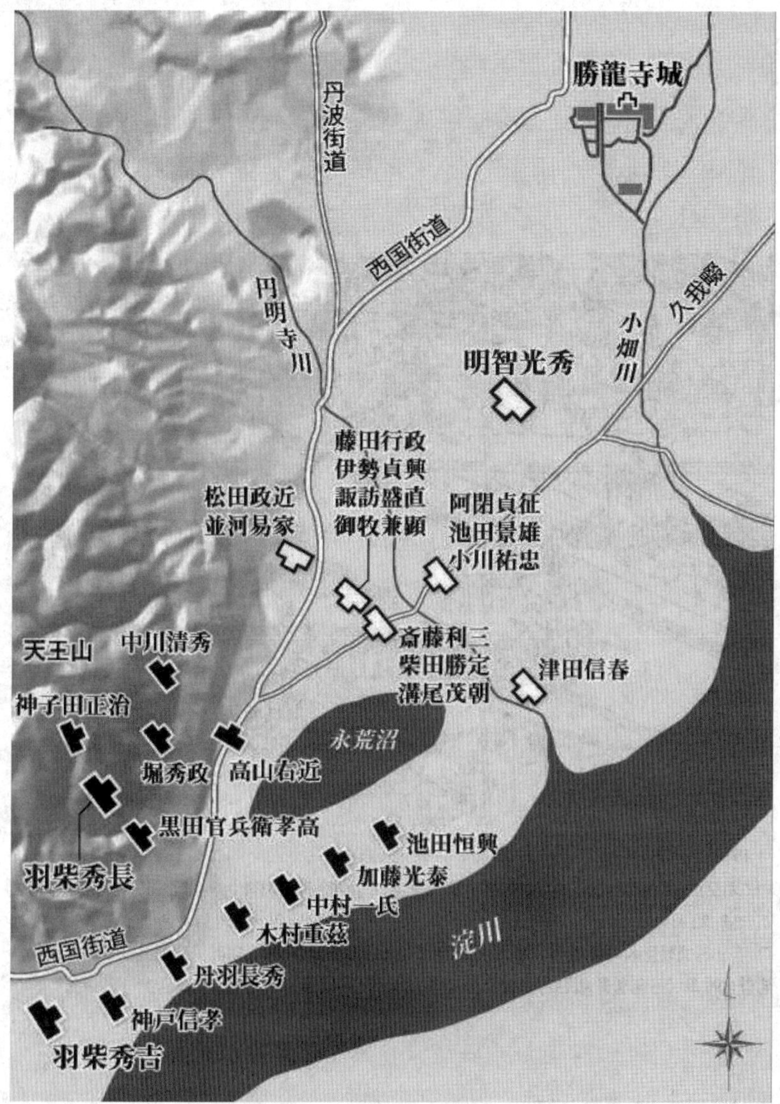

● 1582년 야마자키 전투

혼노지의 변 이후, 오다 노부나가(織田信長)가 죽었다는 급보를 들은 히데요시(羽柴秀吉)가 주고쿠 대반전으로 회군하여, 셋쓰국과 야마시로국 경계에 있던 야마자키에서 오다를 죽인 아케치 미쓰히데(明智光秀)군과 격돌한 전투이다. 전장의 요충지였던 산인 텐노산(天王山)에서 따서 '텐노잔 전투'라고도 부른다.

● **1582년 관백상론**

아즈치모모야마 시대, 고셋케 내부에서 관백직을 두고 벌어졌던 정치적 논쟁이다. 고노에(近衛家)와 니조(二条家) 사이에 벌어진 다툼이었다. 결과적으로는 양 가문 모두 이 상론의 결과 관백에 오르지 못했고, 그 대신 관백직을 차지한 것이 바로 도요토미 히데요시(豊臣秀吉)였다. 여러 측면에서 도요토미 정권의 방향성에 크나큰 영향을 미친 사건이라 볼 수 있다.

거짓 화친

에치젠越前은 벌써 눈에 덮여 있었다. 눈이 내리기 시작하면 낮에도 눈보라, 밤에도 눈보라였다. 그러다 보니 마음을 열어놓을 창도 없었다. 하지만 기타노쇼北ノ庄 성곽의 겨울은 다른 해와는 달리 어딘가 따뜻한 분위기가 감돌았다. 오이치お市가 데려온 세 딸이 혼마루本丸 부근의 일곽에서 살기 시작했기 때문이다. 오이치의 모습은 거의 볼 수 없었으나 세 딸들은 한정된 거처 안에서만 얌전히 지내지 않았다. 게다가 언니인 차차茶々가 열여섯 살, 아래 동생이 열두 살, 막내가 열 살로 나뭇잎만 굴러가도 깔깔거릴 나이였기에 늘 웃음소리가 끊이질 않았다. 때로는 혼마루에까지 밝게 들려왔다.

가쓰이에勝家는 그 소리에 이끌려 자주 안채로 건너갔다. 그리고 그 소녀들 속에서 한때라도 근심을 잊으려 했다. 하지만 가쓰이에가 그곳을 들여다보면 차차도, 하쓰初도, 막내딸도 약속이라도 한 듯 이상한 표정을 지으며 조금도 웃지 않았다.

'무슨 일로 온 걸까?'

'무서운 새아버지.'

'얼른 돌아가셨으면 좋겠는데.'

오이치의 딸들은 비둘기 같은 눈으로 서로를 마주 보며 이렇게 속삭이는 듯했다.

"어서 오세요."

오이치는 아름다운 옥으로 만든 향로처럼 단정하고 아름답기는 했으나 차갑게 겨우 인사만 건넸다. 마치 은 뚜껑을 씌운 작은 화로의 끝을 슬쩍 내주는 듯한 모습이었다. 아무래도 예전에 오랫동안 맺어왔던 주종의 관계가 오이치에게도, 가쓰이에에게도 남아 있는 듯했다.

"이곳에서 처음 보는 큰 눈에 한층 더 춥기도 하고 쓸쓸하기도 하겠지?"

가쓰이에가 오이치를 위로했다.

"그렇지도 않습니다."

오이치는 고개를 살짝 흔들어 보였으나 역시 따뜻한 지방을 그리워하고 있었다.

"이곳에서는 언제쯤 눈이 녹습니까?"

오이치가 밖을 내다보며 물었다.

"기후岐阜, 기요스淸洲 등과는 달라서 그곳에 유채꽃이 피고 벚꽃도 질 때쯤이 돼야 비로소 산야의 눈이 드문드문 녹기 시작하오."

"그때까지는."

"매일 이렇소."

"녹는 날도 없나요?"

"천길만길 쌓이기만 하오."

마지막 말에서는 내뱉는 듯한 울림이 느껴졌다. 가쓰이에에게 그런 대화는 아무런 흥미도 없는 것이었다. 그뿐만 아니라 고시지越路 도로의 깊은 눈을 생각하면 그의 가슴에는 천 길은커녕 만 길이나 되는 원한이 번민처럼 쌓였다. 한시도 아녀자와 편안하게 지낼 수 없는 심정에 사로잡혀버리고 말았다.

가쓰이에는 세 자매가 있는 방에 모습을 드러냈는가 싶더니 어느새 곧 혼마루로 돌아가고 있었다. 시동들을 거느리고 눈보라 치는 두 건물 사이의 복도를 성큼성큼 걸어가자마자 뒤쪽에서는 세 자매의 목소리가 희희낙락 들려왔다. 그들은 안채 마루에서 나와 눈 장난을 치며 고장의 노래가 아니라 오와리尾張 지방의 노래를 부르고 있었다.

"⋯⋯."

가쓰이에는 돌아볼 마음도 들지 않았다. 혼마루로 온 뒤 방으로 들어가기 전 시동에게 명령을 내렸다.

"고자에몬과 고헤에게 서둘러 내 방으로 다시 오라고 전하라."

시동은 빛이 눈에 반사되어 환한 복도를 쌩하니 달려갔다.

가가加賀 다이쇼지大聖寺의 성주인 하이고 고자에몬 이에요시拜鄕五左衛門家嘉, 이시카와石川 군 맛토松任의 성주인 도쿠야마 고헤 노리히데德山五兵衛則秀 두 사람 모두 대대로 시바타柴田 집안을 섬겨온 중신이었으며 가쓰이에의 고굉지신股肱之臣이었다.

"어젯밤 깊이 논의해서 결정한 일 말이네만⋯⋯. 마에다前田에게 벌써 사자를 보냈는가?"

가쓰이에의 말에 고자에몬이 대답했다.

"조금 전에 서면을 들려 나나오七尾로 급히 가라 일렀습니다만."

고헤 노리히데가 가쓰이에의 안색을 살피며 물었다.

"무슨 덧붙일 말씀이라도⋯⋯."

가쓰이에는 말없이 고개를 끄덕일 뿐 쉽게 입을 열지 않았다. 그러다 여전히 무엇인가 망설이듯 말했다.

"사자는 떠났단 말이지."

"떠났습니다만⋯⋯?"

어젯밤부터 노신과 성안에 있는 일족이 모여 깊이 논의한 일은 꽤나 중대한 일이었다. 바로 히데요시秀吉에 대한 문제였기 때문이다. 마음은 이미 정했다. 그것은 소극적인 것이 아니라 적극적인 것이었다.

그렇게 해서 이곳 기타노쇼에서는 예비 공작을 위해 팔방으로 비책을 준비하며 겨울로 들어선 것이었다. 이세伊勢의 다키가와 가즈마스瀧川一益에게는 변방의 작은 성들을 남김없이 결속시키게 하고, 간베 노부타카神戸信孝에게는 가모 우지사토蒲生氏郷를 설득하게 하고, 니와 나가히데丹羽長秀에게는 가담을 권했다. 그리고 요즘 빈고備後의 도모노쓰鞆ノ津에 있는 아시카가 요시아키足利義昭에게 사자를 보냈다. 그것은 멀리 도카이東海에 있는 도쿠가와 이에야스德川家康에게 글을 보내 가만히 이에야스의 의중을 타진해보기 위해서였다. 만약의 경우 골동품이 된 야심가 이에야스를 움직여 모리毛利가 다시 히데요시의 배후를 위협하게 하는 등 탁상에서 쓸 수 있는 작전은 거의 빈틈없이 준비되었다.

하지만 숨은 유력자인 이에야스의 반응에 대해서는 전혀 알 수가 없었다. 요시아키처럼 정이 많은 성격은 부추기기 쉬웠으나 모리, 깃카와吉川, 고바야카와小早川라는 세 집안의 정립으로 이루어진 커다란 세력이 쉽사리 자신에게 기울지는 장담할 수 없었다. 그리고 노부타카를 통해 끌어들이려 했던 가모 우지사토 부자는 히데요시를 따르겠다는 입장을 분명히 했고, 니와 나가히데는 그럴듯한 이야기로 중립적인 태도를 취했다.

"모두 돌아가신 주군의 유신이니 시바타 나리를 편들기도 어렵고, 하시바羽柴 나리에 협력할 수도 없다. 내게는 산포시三法師 주군만이 계실 뿐이다."

그 사이 교토京都에서는 히데요시의 시주施主로 전례 없이 성대하게 노부나가信長의 법요가 진행되자 전국의 인심이 한꺼번에 그곳으로 모이는 듯 보였다. 중앙에서 히데요시의 존재와 명성이 더욱 높아지다 보니 북쪽의 변방에서 자부하는 강호 가쓰이에는 해야 할 일의 '단斷'과 '급急'을 생각하지 않을 수 없었다.

하지만 어쩌겠는가, 밤에도 쟁쟁 울릴 정도로 귀신 잡는 장군의 마음과는 달리 에치젠의 산야는 10월 말부터 눈으로 온통 뒤덮여 뜻은 움직일 수 있으나 군은 움직일 수 없었다. 그때 다키가와 가즈마스가 밀서를 보내왔다.

내년 봄에 눈 녹기를 기다렸다가 일거에 대사를 일으키는 것이 상책. 그때까지는 히데요시와 화친하시길.

가쓰이에도 그의 뜻을 받아들였다. 사실 어젯밤부터 노신, 일족들과 협의해서 결정한 것도 그 문제에 관한 것이었다.

"마타자又左(마에다 도시이에) 나리께 뭔가 덧붙여 말씀하실 게 있으면 급사를 보내 뒤쫓아 가게 하는 게 어떨지."

두 노신이 가쓰이에의 생각에 잠긴 얼굴을 보며 거듭 말했다. 그러자 가쓰이에가 처음으로 망설이는 이유를 밝혔다.

"그게 말일세, 히데요시에게 화의를 청할 사자로 나의 심복인 후와 히코자에몬不破彦三衛門과 가나모리 고로하치金森五郎八 두 사람에 마에다 마타자에몬 도시이에前田又左衛門利家를 더해 보내기로 한 것은…… 이미 협의 때 결정된 일이네만……. 그게 과연 어떨지."

"어떨지라 하심은?"

"마타자라는 사내 말일세."

"사자로 보내기에는 불안하다는 말씀이십니까?"

"그는 말일세, 이 가쓰이에가 누구보다 잘 알고 있는데, 히데요시가 비천한 신분이었을 때부터 밤에 방탕하게 놀 때도 그렇고 집안과 집안 사이도 마치 친척이라도 되는 양 친하게 지냈던 사이라네.”

“그건 이미 들어서 알고 있습니다. 노부나가 님께서 아즈치安土에 공사를 일으키셨을 때도 히데요시와 마타자 나리는 담 하나를 사이에 두고 임시 숙소를 쓰셨으며 두 사람이 여름이면 들보 하나만 두르고 박 꽃 아래 깐 명석에서 큰 소리로 웃으며 저녁을 먹는 모습을 저희도 자주 보았습니다.”

“그런 사이이기도 하고, 또 마타자에몬 도시이에라는 자는 우리 숙로보다 낮은 자임에는 틀림없으나 누가 뭐래도 오다 가의 신하가 아니겠는가? 하시바, 이케다池田, 가모, 삿사佐々 등과 동렬의 유신 중 하나일세. 오래도록 북국의 진에 머물며 이 가쓰이에의 휘하에 속해 있었다고는 하나, 결국은 노부나가 공의 명령에 따라 시바타 군의 일익에 가담했던 자. 그를 지금 원숭이 놈에게 사자로 보내는 것이 과연 잘하는 일인지, 어떤지……. 사실은 나중에야 그러한 사정이 문득 떠올라 걱정스러운 마음에 자네들에게 급히 묻는 것이네만.”

“걱정하실 것 없습니다.”

“없겠는가?”

“조금도.”

하이고 고자에몬이 말했다.

“마타자가 소유한 영토인 노토能登 나나오의 십구만 석과 그의 아들 도시나가利長의 영지인 에치젠 후추府中의 삼만 석 모두 저희 집안의 영국領國과 심복들의 성으로 둘러싸여 있습니다. 지세에 있어서 히데요시와는 단절되어 있기 때문에 그의 처자 권속은 어쩔 수 없이 후추와 나나오에 두고 가야 합니다. 그러니 그것은 기우라 여겨집니다.”

도쿠야마 노리히데도 고자에몬의 이야기에 동의했다.

"지금까지 오랜 전진 중에도 주군과 마타자 나리 사이에는 아직까지 단 한 번도 불화가 일어나지 않았습니다. 옛날 기요스의 젊은 무사들 중에서 이누치요犬千代라 불리던 때의 마에다 나리는 난폭하기로 유명했으나 사람 역시 변하는 법, 요즘에는 '의리가 두터운 사람' 하면 마타자 나리, '올곧은 사람' 하면 마에다 나리라며 사람들도 곧 고개를 끄덕일 정도로 신뢰를 하고 있습니다. 그렇다면 더더욱 이번 사자로 안성맞춤 아니겠습니까?"

"그도 그렇군……."

두 사람의 말을 듣고 보니 그런 것 같다는 생각이 들기도 했다. 가쓰이에는 자신이 망설였던 사실에 웃음이 났다. 하지만 만약 계책이 좋지 않은 결과로 끝나면 사태는 급격히 악화된다. 게다가 설국의 군은 내년 봄까지 움직일 수 없다. 그럴 경우 무엇보다 기후에 있는 노부타카가 고립되고 이세에 있는 다키가와가 분열될 수 있다. 따라서 이번 사자의 역할은 매우 중요했다.

며칠 뒤 마에다 도시이에가 나나오 성에서 찾아왔다. 마타자에몬 도시이에는 젊었을 때부터 왼쪽 눈이 없었다. 히데요시보다 한 살 어렸으니 마흔다섯 살인 셈이다. 전진의 풍운이 사람을 연마하는 것은 참으로 굉장한 법이다. 한쪽 눈이 없는 용모까지 어딘가 침착하고 강인한 풍격 중 하나처럼 보였다.

"오늘 밤에는 대접이 아주 융숭합니다."

기타노쇼 성에 도착한 날 밤, 도시이에는 가쓰이에게 과분한 환대를 받았다. 처음에는 오이치도 함께할 정도로 가쓰이에 부부는 도시이에를 예를 갖춰 대접했다.

"추운 밤, 저희 무인들의 거친 술자리에 앉아 계시는 건 괴로운 일입니다. 저희도 약간 갑갑하고, 그만 방으로 드시지요."

도시이에가 오이치를 안채로 들게 했다.

가쓰이에는 도시이에가 단지 아내를 배려한다고만 생각했으나 도시이에의 마음은 그게 아니었다. 세상을 떠난 노부나가와 닮은 구석이 있는 오이치가 가쓰이에의 부인이 되어 먼 북국의 성곽에서 마타자에몬 도시이에 따위의 술자리에 앉아 있다 싶어 가슴이 아프고 술잔의 주둥이까지 차갑게 느껴져 취기도 오르지 않았다.

"과연 잘하시는군. 많이 하신다고 알고는 있었지만."

"술 말입니까?"

"그렇소."

"하하하하."

도시이에는 한쪽 눈을 깜빡이며 호탕하게 웃었다. 마른 편이었으나 어깨와 가슴은 넓었으며, 갸름한 미남형의 얼굴에 커다란 콧대와 입이 특히 눈에 띄었다. 거기에 귀밑털이 텁수룩하고 긴 것도 특징이었다.

"지쿠젠筑前은 술을 그다지 못 마시는 것 같았는데."

"지쿠젠. 아아, 그 사람은 술이 약합니다. 금방 벌게지고 말지요."

"하지만 젊었을 때는 밤이면 함께 꽤나 돌아다닌 듯하던데."

"노는 것에 있어서만큼은 그 원숭이가 지칠 줄도 모르고, 또 잘 놀기도 했습니다. 저는 술만 마실 뿐, 마시고 나면 아무 데서나 맥없이 자버리고 말았지요."

"요즘도 지쿠젠과는 절친으로 지내겠지?"

"아니, 아닙니다. 세상에 술친구만큼 미덥지 못한 것도 없습니다."

"그럴까?"

"시바타 나리께서는 그런 기억 없으십니까? 젊었을 때는 누구에게나 있지 않습니까? 먹고 마시고 노래하며 밤새 돌아다니는. 그러한 때 친구는 당시에는 서로 어깨동무를 하고 친형제에게도 말하지 않은 일을 털어놓기도 하면서 참된 교우라고 생각하지만, 시간이 흘러 서로 필사의 세상에서 일을 하기 시작하고 주인을 섬기고 가정을 꾸려 아내와 자식까지 갖게 된 다음 오랜 시간이 지나 만나면 한방에서 지내던 시절 마음과는 양쪽 모두 전혀 달라지고 맙니다. 세상을 보는 사고도 사람을 보는 눈도 사상도 모두 성장해서 이미 예전의 그도 아니고 예전의 나도 아닙니다. 그저 예전처럼 가볍게 여기는 마음만이 남아 있기 때문일 것입니다. 마음으로 깊이 사귀는 참된 벗, 문경지우는 역시 고난 속에서 알게 된 자가 아니면 평생을 기약할 수가 없습니다."

"그렇다면 내가 조금 잘못 생각한 듯하오."

"무엇을 말씀이십니까, 슈리修理 나리."

"그게, 자네와 지쿠젠은 좀 더 깊은 사이라 생각했기에 간곡히 일 하나를 부탁하려 했는데."

"지쿠젠과의 싸움이라면 이 도시이에, 선봉에 서는 것만은 사양하겠습니다. 화담이라면 선진에 서는 것도 받아들일 수 있지만……. 이 일을 말씀하시는 것 아닙니까?"

도시이에는 가쓰이에의 생각을 바로 꿰뚫어 보았다. 마치 '어떻습니까?'라고 말하기라도 하는 듯했다. 도시이에는 술잔을 들며 미소를 머금고 있었다.

어떻게 그 일이 도시이에에게 새어나간 것일까? 가쓰이에는 당황한 나머지 눈을 둥그렇게 떴다. 하지만 가만히 생각해보니 처음부터 '지쿠젠, 지쿠젠' 하며 화제를 꺼내 도시이에의 속을 떠본 것은 자신이었다. 도시이에는 노토에 있지만 구석에 있지는 않았다. 중앙의 정세에도 밝고 자신과 히데요시와의 복잡한 사정도 잘 알고 있었다. 게다가 자신의 갑작스러운 초대에 응해 눈 속을 마다하지 않고 바로 달려온 이상, 그 정도의 통찰력도 없는 사람이라고 본 게 잘못된 것이었다.

가쓰이에는 그러한 반성 속에서 도시이에라는 사람을 다시 보게 되었다. 앞으로 더욱 중요한 일익으로 자신의 진영에 유력한 아군을 포섭해두기 위해서였다. 애초부터 부하는 아니었으니, 가쓰이에가 도시이에를 대하는 마음은 그런 생각에 뿌리를 두고 있었다.

삿사 나리마사佐々成政도 그렇지만 마에다 도시이에 역시 원래는 노부나가의 명령에 의해 가쓰이에의 휘하로 배속된 군단이었다. 따라서 지난 오 년 동안에 걸친 호쿠리쿠北陸 공략에서 가쓰이에는 당연히 도시이에를 지휘 아래의 일개 부장으로 보았으며, 도시이에는 가쓰이에를 호쿠리쿠 방면의 총대장으로 보았으나, 노부나가가 세상을 떠나고 난 지금도 예전의 관계가 유지되는 건지 커다란 의문이었다. 그러다 보니 가쓰이에의 마음은 불안할 수밖에 없었다.

고 노부나가는 이누치요를 오다 가의 인재 중에서도 뛰어난 기량을 가진 무사로 여겨 '오이누於犬, 오이누' 하며 매우 아꼈다. 가쓰이에가 숙로이자 총사령관이었던 것도 결국은 노부나가가 있었기 때문에 가능한 것이지, 그가 없는 지금 상황에서는 단지 무문의 장수와 장수, 인간과 인간일 뿐이었다. 그러다 보니 이전과는 매우 다른 느낌이 들 수밖에 없었다.

마에다 마타자에몬 도시이에라는 인간의 무게는 노부나가였기에 '오이누, 오이누' 하며 가볍게 대할 수 있었던 것이다. 시바타 슈리 가쓰이에는 갑자기 묵직한 것을 끌어안은 기분이었으며, 그 또한 시종 안고 있다는 사실을 의식하지 않으면 안고 있을 수 없었다.

"그게 말일세, 나는 지쿠젠을 상대로 딱히 싸움을 할 생각도 없는데 세상의 소문은 좀처럼 그렇지가 않은 모양일세. 아하하하. 내게도 난처한 일이 아닐 수 없어. 하하하."

사람이 노숙해질수록 자연스레 숙련된 웃음이라는 것이 있는 법이다. 그것은 상대방의 직시를 흐리게 하는 안개와도 비슷한 것이었다.

가쓰이에가 다시 말을 이었다.

"싸움도 하지 않은 지쿠젠에게 화답을 위한 사자를 보낸다는 게 우스운 일이지만 산시치 노부타카 님도, 다키가와도 내 쪽에서 먼저 사자를 보내라는 간곡한 글을 재차 보냈다네. 고 우후右府 님께서 타계하신 지 반년도 지나지 않았는데 유신들 사이에서 벌써 상극과 내분이 일고 있다는 소리가 나돌면 세상에 보기 좋지 않다네. 그리고 우에스기上杉, 호조北條, 모리 등에 엿볼 틈을 줄까 봐 산시치 노부타카 님도 매우 걱정하고 계신 듯하네."

"그 점은 잘 알았습니다."

도시이에는 말주변이 없는 가쓰이에의 말을 듣고는 장황히 들을 필요도 없다는 듯 단번에 승낙했다.

"히데요시를 한번 만나보도록 하겠습니다."

불혹, 대혹大惑

이튿날, 마타자에몬 도시이에는 사자가 되어 기타노쇼를 떠났다. 후와 히코자에몬 가쓰미쓰不破彦三衛門勝光와 가나모리 고로하치 나가치카金森五郎八長近가 수행원으로 따라갔다. 두 사람 모두 시바타 가의 가신이었다. 부사 자격이었으나 도시이에를 감시하기 위한 역할로 따라나선 것이었다.

일행은 10월 29일, 나가하마長浜에 도착했다. 그곳은 이미 시바타 가의 양자인 이가노카미 가쓰토요伊賀守勝豊의 거성이 되어 있었다. 가쓰토요는 병중이었지만 세 사람을 맞이했다. 그리고 세 사람의 사명을 듣고는 진심으로 기뻐했다. 가쓰토요는 양아버지와 히데요시의 관계가 날이 갈수록 험악해지는 것을 충심으로 걱정하고 있었다.

"저도 꼭 가겠습니다."

가쓰토요가 말했다.

"아니, 병을 참으면서까지 그렇게 할 필요는 없습니다."

도시이에도 말렸고 두 신하도 간언했으나 가쓰토요는 듣지 않았다. 그는 젊은이의 순수한 열정으로 생각했다.

'양아버지 가쓰이에와 지쿠젠노카미 사이만 평화롭다면 오다 유신들의 관계도 원만하게 수습될 것이고, 그러면 천하에 다시 대란이 일어날 일도 없을 것이다. 위로는 임금의 마음을 편안히 할 수 있고 밑으로는 만민을 위할 수 있다. 일신의 병 따위 어떻게 되든 따질 필요도 없다.'

말일 아침, 배는 나가하마를 떠났다. 가쓰토요의 시의는 배 안에 칸막이를 해서 약을 달이고, 호수를 건너는 차가운 바람에 신경을 썼다. 하지만 가쓰토요는 의연히 앉아 도시이에와 고로하치 등과 애써 담소를 나누었다.

일행은 오쓰大津에서부터 말을 탔으나 환자는 가마를 타고 교토로 들어갔다. 그리고 그날 밤은 교토에서 묵고 이튿날 야마자키山崎 덴노天王 산의 다카라데라宝寺 성으로 향했다. 그곳은 지난여름 미쓰히데光秀가 패한 전장이었다. 그 전에는 일개 오래된 역참에 지나지 않았던 한가로운 마을이 지금은 활기 넘치는 성 아래 마을이 돼가고 있었다. 요도淀 강을 건너면 상당한 규모의 개수 계획이라고 여겨지는 다카라데라 성의 통나무 비계飛階가 바로 보였다. 통로는 우마가 끄는 바큇자국에 종횡으로 파여 있었고, 귀에 들리는 것 모두 히데요시의 왕성한 의욕으로 만들어지는 것이었다.

"혹시?"

도시이에조차 히데요시를 의심하는 마음이 들 정도였다. 시바타, 다키가와, 그리고 산시치 노부타카 등이 걸핏하면 입버릇처럼 히데요시를 공격하던 말이 문득 떠올랐기 때문이다.

"기요스 이후부터 지쿠젠은 어린 주군을 돌보는 일을 게을리한 채, 오로지 사리사욕을 채우기에만 급급해 교토 안에서는 사권을 마음껏 휘두르고 있으며, 교토 밖에서는 별 탈이 없는 성을 아무런 거리낌도 없이 견고하게 쌓기 위해 막대한 비용을 들이고 있다. 서역西域이나 북변北邊이라면 모를까 중앙의 땅에서 대체 누구를 상대로 한 대비란 말인가?"

그에 대해 히데요시는 히데요시대로 크게 반박하고 있었으며, 도시이에도 그런 사실을 잘 알고 있었다.

'기요스 회의에서 산포시 님을 아즈치로 옮기기로 약속한 일도 지금까지 실행하지 않은 것은 어째서인가? 고 노부나가 님의 장례에 대해 자문해도 한 조각 답서조차 주지 않더니, 하나같이 참석하지 않은 것은 어떤 뜻에서인가? 숙로끼리 손을 잡아 유족 중 한 분을 옹립해서 멋대로 당을 만들고, 유신을 회유해서 굳이 세상의 불안을 조장하다니 당최 그 이유를 이해할 수가 없다.'

그러한 의문 속에는 서로에 대한 복잡한 감정도 있었기에 도시이에는 사명의 어려움을 예감하지 않을 수 없었다.

전날 밤, 교토에서 미리 연락을 해둔 상태였다. 일행은 직접 다카라데라 성으로 들어가지 않고 성 아래에 있는 도미타 사콘쇼겐富田左近將監의 숙소에서 묵었다. 네 사자와 히데요시와의 회견은 이튿날인 11월 2일 낮, 반쯤 신축된 혼마루에서 이루어졌다.

"먼 길 오시느라 피곤하실 테니 우선은 편히 쉬시기 바라오."

히데요시는 그렇게 인사를 나눈 뒤 회담이 시작되기 전부터 잔칫상을 내오고 사신들을 극진하게 대접했다. 그리고 난 뒤 히데요시는 정주亭主가 되어 함께 차를 마시며 직접 네 사신의 노고를 치하했다. 흔히들 밀사를 논하기에는 다실보다 더 좋은 곳이 없었지만, 그런 분위기는 만들어지지 않았다. 그러다 보니 사신들은 그 자리에서도 사명의 본론으로 들어갈 수 없었다. 하지만 무릎을 맞대고 앉아 있으니 도시이에와 히데요시의 이야기는 점점 무르익어갔다. 서로 어렸을 때부터 섬겨온 노부나가라는 주군을 잃고 오늘 처음으로 만나는 것이었으며 그동안 북국의 진영과 서국의 진영에 멀리 떨어져 있었기에 오래도록 만나지 못했다.

"오이누, 몇 살이 되셨는가?"

"마흔다섯일세. 곧 마흔여섯이 되네."

"자네도 벌써 그렇게 되었는가?"

"무슨 소리 하는 겐가? 예전부터 자네보다 한 살 어리지 않았는가?"

"그래, 그랬지. 한 살 어린 동생이었지. 그런데…… 이렇게 마주하고 보니 자네 쪽이 더 어른스럽게 보이는군."

"무슨 소리, 내가 더 어리네. 자네는 늙었어."

"난 젊었을 때부터 나이 들어 보이지 않았나. 솔직히 말하면 이 히데요시는 나이가 먹어도 어른이 된 것 같은 기분이 들지 않아 걱정이야."

"사십, 불혹이라 하지 않는가?"

"누가 한 소린지 그건 틀린 말 같네."

"그런가?"

"'군자는'이라는 말을 덧붙여야 해."

"군자는 나이 사십이면 미혹되지 않는다는 말인가? 그렇군."

"우리 범부는 사십에 비로소 미혹된다고 해야 할 거야. 오이누 자네도 대체로 그렇지 않은가?"

"뚱딴지같기는, 원숭이 나리가……. 안 그렇습니까, 여러분?"

도시이에가 자칫 이야기 밖에 놓이기 쉬운 시바타 가쓰토요, 가나모리, 후와 세 사람을 돌아보며 웃었다. 세 사람은 면전에 대고 원숭이 나리를 원숭이 나리라 부를 정도로 친한 사이가 문득 부럽게 여겨졌다.

"저는 마에다 나리의 말씀에도, 시바타 나리의 설에도 동의할 수 없습니다."

가나모리 고로하치가 말했다. 고로하치는 네 사자 중에서 가장 나이가 많은 예순 살이었다.

"어째서 동의할 수 없다는 말씀이오?"

히데요시가 흥미를 보였다.

"어리석은 노인네의 입장에서 말씀드리면 인생 열다섯 살에 불혹이라고 말하고 싶습니다."

"그건 너무 빠르지 않소?"

"관례식을 마쳤을까 말까 한 나이로 첫 출진하는 어린 무사들을 보십시오."

"음, 과연 그렇군. 열다섯 살에 불혹, 열아홉, 스물에 더욱 미혹되지 않고, 마흔부터 슬슬 글러먹게 된단 말인가. 재미있군……. 그런데 존로尊老만큼 나이가 들면 어떻소?"

"쉰, 예순은 대혹입니다."

"일흔, 여든 되면?"

"그야 물론 망혹忘惑의 경지에 들게 되지 않겠습니까?"

"망혹이라, 하하하."

모두가 웃었다.

밤에는 밤대로 또다시 향연이 열렸다. 그러다 보니 환자인 가쓰토요는 도저히 버틸 수가 없었다. 히데요시가 문득 그의 모습을 깨닫고 묻자 도시이에가 사실을 털어놓았다.

"실은 병으로 누워 계셨는데 우리가 이 성으로 온다는 소리를 듣고 병중임에도 함께 오신 걸세. 당신의 몸만 생각할 수는 없다며."

도시이에는 이를 이야기의 전환점으로 삼아 '실은……' 하고 말을 꺼내려 했다. 하지만 히데요시가 '자리를 옮깁시다' 하고 앞장서서 먼저 다실을 나갔기에 네 명은 안내를 기다리고 있었다. 그사이 하시바가의 전의가 와서 가쓰토요의 맥을 짚은 뒤 탕약을 권했다. 그리고 가신들도 거듭 문안을 왔다.

"힘드시지 않으십니까? 그 옷으로는 춥지 않으십니까?"

마침내 회담이 열리게 된 커다란 서원은 환자를 위해 정성을 다해 덥혀져 있었다. 히데요시는 말은 하지 않았지만 눈빛으로 환자를 끊임없이 위로하고 있었다.

"앞서 산시치 노부타카 님께서도 서장을 보내 시바타 나리와의 화친을 권하셨다고 하던데."

도시이에가 입을 열자 히데요시가 고개를 끄덕였다. 기꺼이 듣겠다는 태도였다.

도시이에는 서로 고 노부나가를 주군으로 삼아 오늘까지 이른 신하였다는 이야기를 시작으로 회담을 풀어갔다.

"히데요시 자네는 고 노부나가 님의 신하로서 도리를 잘 지킨 사람일세. 하지만 그 이후 숙로들과의 화목이 결여되고, 산포시 님을 받드는 일을 소홀히 하면 신하로서 도리와 성의도 사리사욕을 채우기에 급급한 것이라는 오해를 받게 되지 않겠나."

도시이에는 친구로서 안타깝다는 이야기를 전하고 다시 말을 이었다.

"간베 나리와 기타노쇼 나리의 입장을 한번 생각해보게. 한쪽은 실의에 잠겨 있고, 한쪽은 세상에 대한 체면이 서지 않는다네. 맹장 시바타, 귀신 잡는 시바타라는 말을 들어오던 분이 소식을 늦게 들어 무슨 일에나 후배인 자네보다 한발 늦었을 뿐만 아니라, 기요스 회의에서도 자네를 거듭 인정해주셨다고 하질 않나? 그러니 서로의 반목은 깨끗이 잊어줄 수 없겠는가? 도시이에의 얼굴을 봐서라도. 아니, 도시이에 따위는 문제도 아닐세. 돌아가신 주군의 유지는 아직도 중도에 있다네. 벌써부터 유신들 사이에 동상이몽이라니, 꼴사납다네. 이 한 가지 사실만으로도 모두 화해할 수 있으리라 여겨지네. 하물며 자네는 얼마 전에 서위임관敍位任官이라는 황공한 은혜도 입지 않았는가? 그런데 폐하께 걱정을 끼치는 것은 너무나도 황송한 일 아니겠는가?”

히데요시가 똑바로 도시이에를 쳐다봤다. 도시이에의 마지막 한마디 때문이었다. 도시이에는 그것을 맹렬한 반박에 나서기 위한 준비라 보고 각오를 했다. 불화의 주된 원인이 가쓰이에보다 히데요시 쪽에 더 많은 것처럼 이야기했다는 사실을 알고 있었기 때문이다.

“참으로 옳은 말일세. 자네 말이 맞아.”

뜻밖에도 히데요시는 몇 번이고 고개를 크게 끄덕였다. 결코 가벼운 태도는 아니었다. 그리고 탄식하며 말했다.

“지쿠젠에게 잘못은 없네. 따라서 할 말이야 얼마든지 있네만, 자네로부터 그렇게 듣고 보니 이 지쿠젠에게 조금 지나쳤던 면도 있었던 듯하군. 아니, 너무 지나쳤던 듯해. 내가 잘못했네. 그 점, 이 지쿠젠의 잘못일세. 마에다 나리…… 자네에게 맡기겠네. 맡아주기 바라네.”

이로써 화담은 단번에 성립되었다. 히데요시가 너무나도 간단히 수락해 사자들이 오히려 불안함을 느낄 정도였다.

“고맙네. 그 말을 들으니 나도 멀리 북국에서 온 보람이 있네.”

도시이에는 히데요시의 성정을 잘 알고 있었기에 의심치 않았으나 후와와 가나모리 두 사자는 여전히 기쁨을 함부로 드러내지 않았다. 도시이에가 낌새를 채고 한발 앞서 덧붙여 말했다.

“그런데 지쿠젠 나리. 기타노쇼 나리에 대해서 하고 싶은 말이나 불만이 있다면 기탄없이 말씀해주시는 것이 좋을 듯하네. 그것을 숨긴 채 화의를 맺어봐야 오래 지속되지 않을 우려도 있으니. 이렇게 된 이상 이 도시이에가 어떤 중재나 해결의 수고도 아끼지 않겠네……”

그러자 히데요시가 웃으며 말했다.

“됐네, 됐어. 그것을 마음에 담아둔 채 말없이 있을 이 지쿠젠이 아니지 않은가? 하고 싶은 말은 벌써 모두 했다네. 간베 나리에게도, 시바타 나리에게도. 길고 긴 서면으로 조목조목 모두 써서 보냈다네.”

“사실 그 글이라면 기타노쇼를 떠나기 전에 나도 보았다네. 시바타 나리께서도 지금은 자네 입장에서 보면 모두 일리 있는 것들뿐이라고 충분히 마음을 푸시고 화담을 진행하신 것이니 거듭 들을 필요도 없겠네.”

“산시치 노부타카 님 역시 이 지쿠젠의 솔직한 글을 보신 뒤에 화담을 진행하신 것이라 생각했기에 사실은 마타자 나리, 자네가 오기 전부터 이미 시바타 나리의 심기를 불편하게 하지 않겠다고 내심 삼가고 있던 차였다네.”

“그런가. 역시 원로는 어디까지나 원로로 대접해야 한다고…… 다른 사람에게는 말하지만 이 마타자 역시 때로는 귀신 잡는 시바타 나리의 심기를 건드리는 적이 있다네.”

“그 심기를 건드리지 않고 일을 하기란 쉬운 일이 아니지. 우리가 젊었을 때부터 특히 까다롭고 무서웠던 심기였으니. 특히 이 지쿠젠은 때로 노부나가 님의 심기보다 귀신의 심기를 더 두려워했던 적도 종종 있었다네.”

“아하하하하. 듣고 계시네, 듣고 계셔. 가신들이.”

도시이에가 한손으로는 배를 움켜잡고 다른 한손으로 가나모리 고로하치와 후와 히코자에몬의 얼굴을 가리켰다. 후와 가쓰미쓰와 가나모리도 덩달아 함께 웃었다. 주인에 대한 좋지 않은 말도 뒤에서 해대는 험담이 아닌 면전에서 듣고 나니 오히려 동감을 금할 길이 없어 허물없이 함께 웃을 수 있었다.

사람의 심리란 참으로 미묘했다. 그 뒤로는 가나모리, 후와 두 사자도 진심으로 히데요시에게 마음을 열었으며 도시이에에 대한 경계의 눈빛도 풀었다.

"축하할 일입니다."

"저희에게도 이보다 더한 기쁨은 없습니다. 주인의 명령을 완수한 지금, 저희의 체면을 살려주시고 관용을 베풀어주신 점 감사드립니다."

가나모리와 후와는 온갖 말로 감사 인사를 전했다. 특히 병을 무릅쓰고 온 가쓰토요는 눈물을 흘릴 듯 기뻐했다.

가쓰토요는 일찍 성에서 나와 도미타 사콘쇼겐의 숙소에서 극진한 치료를 받았으며 도시이에, 가나모리, 후와 세 사람은 그날 밤의 향연에 참석했다가 늦게야 숙소로 돌아갔다.

이튿날, 가나모리 고로하치가 다시 의심을 하기 시작했다. 쉰 살, 예순 살은 대혹이라고 말했던 노인이었다.

"어떻습니까? 이대로 에치젠으로 돌아가 주군께 보고를 하려 해도, 뭔가 지쿠젠 나리의 징표가 없다면 미덥지 못하리라는 생각이 드는데."

그날 사자들은 떠나기 전 '인사를 위해서'라며 다시 성안으로 들어가 히데요시를 만났다.

현관 앞에 말이 세워져 있고 하인이 서 있기에 손님이 왔는가 생각하며 지났는데, 히데요시가 외출하기 위한 것이었다. 마침 혼마루에서 나온 히데요시가 도중에서 사자들을 기다렸다.

"잘들 오셨소. 안으로 들어갑시다."

히데요시는 발걸음을 돌려 어린 무사들과 함께 직접 손님을 안내해서 방으로 들어갔다.

"어젯밤에는 참으로 즐거웠소. 덕분에 오늘 아침에는 늦잠을 잤소."

히데요시가 말했다. 과연 그는 지금 막 일어나 세수를 한 것 같은 얼굴을 하고 있었다.

히데요시가 '어젯밤에는 참으로 즐거웠다'고 말한 것은 그 자리 뒤에 서로 흉허물 없이 흥겹게 즐긴 것을 두고 한 말이었다. 하지만 오늘 아침 사자들은 껍데기를 쓰고 있는 사람처럼 격식을 차렸다.

"바쁘신 중에 과분한 대접을 받았습니다. 오늘 귀국길에 오르려 합니다."

가나모리 고로하치가 일동을 대표해서 인사했다. 히데요시는 담담히 고개를 끄덕였다.

"그렇소? 귀국하시면 시바타 나리께도 말씀 좀 잘 전해주시오."

"화담에 흔쾌히 응해주셔서 기타노쇼 나리께서도 기뻐하실 것입니다."

"고생 많았소. 여러분이 사자로 와주셔서 이 지쿠젠도 마음이 가벼워졌소. 걸핏하면 싸움을 붙이려 드는 세상 사람들도 이로써 실망하게 되었을 거요."

"그런데 그 세상의 입을 막기 위해서라도 화의의 굳은 뜻에 변함이 없을 거라는 의미에서 서약서를 써주실 수 있겠습니까?"

오늘 아침에 사자들이 갑자기 떠올린 중요한 사실은 바로 이것이었다. 화담은 예상 밖으로 순조롭게 마무리 지어졌으나, 말과 말만의 약속으로는 불안했던 것이다. 가쓰이에에게 보고할 때도 뭔가 징표가 될 만한 게 없다면 확약을 듣고 왔다는 것 정도밖에는 말할 수 없었다. 따라서 내친김에 서약서의 교환을 제의한 것이었다.

"음, 그렇군."

히데요시도 얼굴 가득 동의하는 빛을 보이고 있었다.

"이쪽에서도 건네주고 시바타 나리께도 받아두도록 하지. 하지만 이는 오로지 지쿠젠과 시바타 나리 사이에만 한정된 것이 아닐세. 다른 숙장들도 함께 서명하지 않으면 의미가 없소. 니와와 이케다 등에게도 내가 바로 말해두기로 하지."

"네, 모쪼록……"

"그러는 게 좋겠지?"

히데요시가 도시이에를 바라보며 물었다.

"좋소."

도시이에가 명석하게 대답했다.

도시이에의 눈동자는 히데요시의 가슴을 꿰뚫어보고 있었다. 아니, 기타노쇼에서 이곳으로 오기 전부터 그는 곧 필연적으로 찾아올 장래까지 간파하고 있었다. 절대 방심할 수 없는 사람 가운데 이처럼 품위 있고 위험한 사람도 없었다.

사자들은 밖에서 사람들이 히데요시를 기다린다는 것을 알기에 곧 인사를 하고 나왔다. 히데요시도 자리에서 일어나 혼마루를 나왔다.

"나도 나서려던 차였으니 성 아래까지 함께 갑시다."

히데요시가 걸어가며 물었다.

"이가 나리(시바타 가쓰토요)가 보이지 않는데 먼저 나가하마로 돌아가셨는지?"

"아닙니다. 오늘 아침에는 몸이 더 좋지 않은 듯했기에 억지로 숙소에 남겨두고 왔습니다."

후와 히코자에몬의 말을 듣고 히데요시가 혼잣말처럼 중얼거리며 현관을 나섰다.

"그거 큰일이군."

히데요시는 기다리고 있던 말에 올랐다. 하지만 사자들은 말을 타지 않고 걸어서 온 상태였다. 히데요시가 하인들을 돌아보고 말했다.

"손님들께도 말을 올려라."

이윽고 하인들이 세 필의 말을 끌고 와 사자들에게 권했다. 히데요시와 세 사자는 말을 나란히 하고 공사 중인 큰길을 내려갔다. 성 아래 갈림길에 서자 도시이에가 물었다.

"지쿠젠, 오늘은 어디로 가려는 겐가?"

"평소처럼 교토로 갈 걸세."

"그럼 여기서 헤어지기로 하지. 나는 다시 숙소로 돌아가서 여장을 꾸려야 하니."

"아니, 이가 나리를 잠시 문안하고 가기로 하지."

히데요시가 갑자기 그곳을 방문하자 가신인 도미타 사콘쇼겐도 당황하고, 숙소에서 묵고 있던 시바타 가쓰토요도 놀라 급히 병상에서 일어서려 했다. 이미 방으로 들어가 앉은 히데요시는 가쓰토요가 일어나려는 것을 만류했다.

"몸은 좀 어떻소? 병을 참으며 추위에도 아랑곳하지 않고 나가하마에서 여기까지 오셨다는 것 자체가 무리였던 듯하오. 하지만 그대의 진심은 헛된 것이 아니었소. 그 열의를 보았기에 이 지쿠젠의 마음도 크게 움직인 것이오. 아무 말 없이 화담에도 응했던 것이오."

"고맙습니다."

가쓰토요는 감격의 눈물을 흘렸다.

어젯밤 잔치를 사양하고 오늘 아침 답례에도 빠져, 사자들과 함께 온 것도 명목에 지나지 않아 진심으로 면목이 없다며 부끄러워하는 사람에게 히데요시의 말은 무척이나 따뜻한 위로가 되었다. 게다가 병고를 딛고 사자로 온 성의를 높이 사서 아무 말도 하지 않고 화담에 응한 것이라 했다. 그것은 마치 이번 일의 공을 가쓰토요의 열의로 돌린다는 듯한 말투였다. 그러니 가쓰토요는 은혜에 감사하여 눈물을 흘리지 않을 수 없었다.

히데요시는 다시 정중하게 말했다.

"그 몸으로 오늘 출발하는 것은 무리이오. 아무리 가마를 타고 간다고 하지만 겨울바람은 좋지 않소. 며칠 동안 여기서 충분히 요양을 하다 가는 것이 좋을 듯싶소. 탕약과 치료에도 만전을 기하리라. 그사이 교토 사람들에게 명령해 호수 위에 좋은 배를 준비하겠소.”

도시이에와 다른 사자들도 권했다.

“말씀에 따라 그렇게 하시기 바랍니다. 지쿠젠 나리, 잘 부탁하네.”

“걱정 말게.”

히데요시는 그렇게 말하고 교토의 정치소로 가야 한다며 서둘러 병실에서 물러났다.

도시이에가 장지문을 열었다. 후와와 가나모리는 바닥에 엎드렸다. 그 사이를 히데요시가 슥 지나는데, 갑자기 뒤쪽에서 누군가 손뼉을 치며 웃어댔다. 전혀 거리낌도 없이 감정을 그대로 드러낸 소리였다. 웬만한 일에는 꿈쩍도 하지 않는 히데요시가 적잖이 놀란 듯, 뒤돌아 멍하니 서 있었다. 뒤쪽에는 환자인 가쓰토요가 있었고, 장지문 근처에는 가나모리 고로하치와 후와 히코자에몬과 도시이에가 엎드려 있었다. 그곳에는 그들밖에 보이지 않았다.

어디서 누가 왜 웃었을까? 그것도 밝고 거리낌 없이, 참으로 ‘유쾌’하다는 듯한 목소리로.

“무엇인고······.”

이상하다는 듯 히데요시가 말했다. 가나모리와 후와도 같은 눈빛으로 여기저기 쳐다봤다. 그 순간 노랫소리가 들려왔다.

원숭이 나리의 엉덩이는

빨간 동백꽃

꺾으려 해도 꺾을 수 없네

수풀의 꽃

원숭이 나리의 재채기에

뚝 떨어져라.

　남쪽 툇마루 장지문 너머로 작은 그림자가 햇살에 움직이고 있었다. 조금 전 웃음소리도, 노래가 흘러나온 것도 그곳임에 틀림없었다.

　"이놈."

　도시이에가 벌컥 문을 열었다. 그 순간 가볍게 '아' 하는 목소리가 정원으로 퍼졌다. 이윽고 정원에서는 도시이에가 조그만 소년 하나를 붙잡아 엎어놓고 두어 번 후려치고 있었다.

　"너, 이놈."

　"아얏, 용서해주십시오."

　장난꾸러기 소년은 비명을 지르면서도 도시이에의 주먹이 간지럽다는 듯 웃어댔다.

　"이 무례한 놈."

　도시이에가 무릎과 두 손으로 누르자 숨통이 막혔는지 소년은 마침내 힘없이 입을 다물어버리고 말았다.

　"그만두게, 그만둬. 마타자."

　히데요시가 마루 위에서 손을 흔들며 말렸다. 히데요시의 짧은 겉옷 자락에 소년이 들고 다니는 빨간 부채가 반쯤 펼쳐져 매달려 있었다. 조금 전, 소년은 다과를 가져온 뒤 잠시 뒤에서 대기하고 있었는데 그 잠깐 사이에 한 짓인 모양이었다.

　"아, 이런 장난을 치다니. 변변치 못한 꼬맹이 녀석."

　히데요시가 부채를 풀려 했으나 풀리지 않았다. 몸을 비틀면 마치 원숭이 나리의 엉덩이를 떠오르게 하듯 부채가 따라 돌았다.

　"풀어드리겠습니다. 풀어드리겠습니다."

　"가만히, 가만히. 용서해주십시오."

후와와 가나모리가 황공하다는 표정으로 히데요시 뒤로 가서 엉킨 부채를 풀었다. 하지만 히데요시는 빨간 부채를 보더니 자신이 생각해도 우스웠는지 배를 움켜쥐고 웃기 시작했다.

"마타자, 데려오게. 너무 그렇게 거칠게 다루지 말게. 그 아이는 자네의 시동인가?"

"정말 어처구니없는 녀석일세."

도시이에가 붙들어다 그대로 히데요시 앞으로 데려갔다. 소년은 참지 못하고 울고 있었다. 시동이라고는 하지만 아직 열한두 살로밖에 보이지 않는 어린아이였다.

"이놈, 재미있구나."

히데요시가 말했다. 무엇을 보고 그렇게 말했는지는 모르겠으나 고개를 크게 끄덕일 만한 점이 있는 듯했다. 히데요시가 소년에게 말했다.

"이놈 괜찮군. 자라는 걸 지켜보는 즐거움이 있겠어. 마타자에몬, 이 아이를 지쿠젠에게 주지 않겠나?"

모두 뜻밖이라는 표정을 지어 보였다. 이윽고 도시이에가 대답했다.

"먹을 것을 달아서라도 버리고 싶을 정도로 장난꾸러기지만, 다른 집으로는 보낼 수 없는 놈이라서……."

히데요시의 청을 호사가로 여겨 일소에 부친 것이 아니었다. 도시이에는 이유를 덧붙였다.

"사실 이 아이는 우리 형님이신 도시히사利久의 아들일세. 피는 못 속인다더니 이놈 역시 개구쟁이를 넘어서 좀 특이한 놈일세. 다른 집으로 보내려 해도 부모가 절대 동의하지 않을 걸세."

"도시히사 님의 자제란 말인가? 그래서 두려움 없는 얼굴을 하고 있군. 몇 살이 되었느냐?"

히데요시가 다시 봤다는 듯한 눈길로 소년의 머리에 손을 얹었다.

　도시이에가 쥐고 있던 소년의 팔목을 놓으며 작은 목소리로 재촉했다.

"이놈, 대답 안 하느냐? ……몇 살이냐고 묻지 않으셨느냐!"

　소년은 히죽히죽 웃을 뿐 아무런 거리낌도 없이 상대방의 얼굴을 빤히 바라보았다. 원숭이를 닮은 조그만 체구의 어른을 찾아내 친구처럼 친해지고 싶다는 마음밖에 없는 듯했다. 소년이 귀여운 얼굴로 대담하게 쳐다보자 히데요시도 조금 놀란 듯한 기색이었다. 문득 '모자란 것이 아닐까?' 하는 의심이 들 정도였다.

　도시이에가 얼굴을 붉히며 매서운 눈으로 꾸짖었다.

"이놈, 게이지!"

"열두 살!"

　게이지로慶次郎는 순간 내뱉듯 그렇게 답하고 직박구리처럼 정원의 나무 사이로 달려갔다. 달아난 것이었다. 도시이에가 큰 소리로 혀를 찼다. 그리고 히데요시에게 다시 한 번 사과를 했다.

"우리 형의 아들이네만, 저렇게 한심하다네."

　그러면서도 도시이에에게는 탄식하는 듯한 느낌이 없었다. 오히려 괴짜 소년을 어딘지 아끼는 듯했다.

"이거, 시간을 지체했군. 마타자, 내년 봄에 날이 풀리면 다시 올라오도록 하게. 느긋한 마음으로."

"꼭 올라오게 될 걸세."

　도시이에는 문까지 히데요시를 배웅하며 한마디 더 덧붙였다.

"고시지 도로의 눈이 녹는 대로."

"그럼, 눈이라도 녹으면."

　히데요시가 뒤돌아보며 뒤따라오는 도시이에를 향해 싱긋 웃었다. 도시이에도 미소를 지었다.

마에다 도시이에, 후와 히코자에몬, 가나모리 고로하치 세 사자는 같은 달 10일에 기타노쇼로 돌아가 시바타 가쓰이에에게 자세한 내용을 보고했다. 가쓰이에는 거짓 화친의 계책이 생각했던 것 이상으로 잘 이루어졌다고 판단하여 한없이 기뻐했다.

"추운 계절에 먼 길이라 고생스러웠을 텐데, 사자의 역할을 하느라 참으로 수고했소. 매우 만족스럽소."

가쓰이에는 도시이에가 에치젠에서 물러나 자신의 성인 노토로 돌아가자 심복 중의 심복이라 할 수 있는 사람들에게 은밀히 속삭였다.

"겨울 동안 지쿠젠을 속이고, 내년 봄에 눈이 녹기를 기다렸다가 일거에 숙적을 제거하기로 하겠다. 눈이 녹기 전에 병마, 군량에 대한 대비를 마쳐야 한다. 자네들에게도 빈틈이 있어서는 안 되네."

한편 히데요시는 근신들에게 이렇게 말하며 큰 소리로 가쓰이에를 비웃었다고 한다.

"애초부터 우리를 계책에 빠뜨릴 수 있는 자는 중국의 자방子房, 우리 일본에서는 구스노키 다몬노효에楠多聞兵衛 정도밖에 없는데, 한낱 시바타 따위가 어리석은 생각으로 이 지쿠젠을 계책에 빠뜨리려 하다니, 참으로 우스운 일이로구나. 잘 지켜보고 있어라, 당랑지부螳螂之斧란 이를 두고 하는 말이니."

이에야스

텐쇼 10년(1582년)은 그렇게 저물어가고 있었다. 더욱 많은 일이 예상되는 텐쇼 11년이 다가오고 있었다. 하지만 말없이 운행하는 천기 아래서 사람들은 앞으로 올 새해가 지상에 어떤 현상을 펼쳐낼지 한 치 앞도 내다볼 수 없었다. 그것은 지상의 사람들 대부분이 그랬다.

단, 극소수의 인물만이 예외 중에 예외로, 커다란 미래의 공간을 간신히 바라보고 가슴에 천지인 세 가지 운의 신묘한 계기를 포착하여 손바닥 위에서 세월의 움직임과 휘하 백만의 생명을 비춰보며 미래에 대한 예견과 신념 아래 원대한 계획을 서서히 진행시켰다.

그처럼 특이한 인물이 여럿 있을 리 없지만, 어지럽고 암담한 시류 속이라 할지라도 그런 사람이 어딘가에는 반드시 있는 법이다. 하지만 그러한 때일수록 모든 사람들이 하늘을 보지 못하고 땅도 보지 못하는 협소한 마음의 껍데기 속에 갇혀 있는 법이라 사람들 속에서 그런 사람을 찾아내는 것조차 어려웠다.

그러다 보니 대부분의 일반 사람들은 마음의 지주가 되어줄 사람으로 시바타를 생각하기도 하고, 하시바를 생각하기도 하고, 모리를 생각하기도 하고, 우에스기를 생각하기도 하고, 도쿠가와를 생각하기도 하고, 호조를 생각하기도 하고, 혹은 오다 유족인 노부타카나 노부오 등에게 위임해서 '누군가가 일본을 좀 더 일본다운 모습으로 만들 것이다'라고 기대했으나 앞서 말한 인물들 중에서 누가 그런 인물인지 전혀 판정하지 못했다.

훗날 역사의 결과가 명확해질 무렵에서야 '왜 그 정도의 견해도 갖지 못했는가?' 하며 이상히 여겼다. 하지만 덴쇼 10년 말의 시국에서는 그때까지 히데요시가 이룬 업적과 인간을 직접 봐온 사람들조차 '과연 이 사람에게 노부나가 정도의 기량이 있을지. 지금까지는 뜻밖에도 신속하고 수완이 좋았으나 그것이 세력의 한계는 아닐지' 걱정하며 자신만의 척도로 앞을 내다보며 차질이 생길까 봐 근심하기도 했다.

그 정도로 당시 사람들은 인물을 찾기 위해 모색하는 단계에 머물러 있었다. 이듬해인 덴쇼 11년 봄, 시바타와 하시바의 충돌이 불가피해지자 양 진영 중 한 곳을 택해야 했다. 그제야 각 집안에서는 '두 사람 중 어느 편에 속할 것이냐'를 중대한 문제로 토의하기 시작했다.

가모 가타히데蒲生賢秀, 우지사토 부자조차 결론을 내리지 못해 성원사成願寺(조간지)의 요슌陽春 화상을 불러 점을 치게 한 뒤 결단을 역경易經에 맡겼다고 할 정도니 다른 여러 세력은 어땠을지 충분히 짐작하고도 남는다. 이러한 상황에서도 영웅은 영웅을 알아보는 법이다. 어떤 특수한 감각을 지닌 사람은 세상의 움직임을 꿰뚫어보고 아울러 자신의 위치를 깨닫고 자신을 앎과 동시에 자신의 상대도 알고 있었다. 그러한 점에서 시바타 가쓰이에가 구안지사具眼之士였음은 틀림없는 사실이었다.

가쓰이에는 표면상 히데요시와 화친한 뒤 계책을 성공했다고 판단하자 같은 해 11월 말에 다시 사자를 파견하여 도쿠가와 이에야스를 찾아가게 했다. 그로부터 육 개월 전인 6월 이후, 도쿠가와 이에야스는 중앙에서 완전히 떨어져 지냈다.

본능사本能寺(혼노지)의 변 이후 모든 사람들의 이목이 갑자기 함몰된 중심의 구멍으로 쏟아졌다. 그러다 보니 사람들은 다른 것을 돌아볼 틈도 없이 지냈고, 그사이 그는 자신만의 독자적인 길을 걷고 있었다.

그때 이에야스는 사카이境를 둘러보던 중 구사일생으로 자신의 성으로 돌아왔고, 곧 군비를 명하여 나루미鳴海까지 진군했다. 하지만 그의 마음은 에치젠에서 야나가세柳ヶ瀬를 넘어온 가쓰이에와는 전혀 달랐다.

이에야스는 히데요시 군이 이미 야마자키에 도착했다는 말을 듣고 히데요시의 '히' 자도 입에 담지 않았으며, '그런가' 하고 고개만 끄덕였을 뿐이다.

"영내는 조용한 듯하구나."

이에야스는 그렇게 말한 뒤 미련 없이 하마마쓰浜松로 돌아갔다. 애초부터 그는 노부나가의 유신들과 같은 위치에 자신을 두지 않았다. 오다 가의 손님이었다. 시바타와 하시바의 무리들은 노부나가의 일개 부장에 지나지 않았다. 그는 변란 뒤 일어난 유신들 사이의 난에 개입해서 타다 남은 것을 취하려고 다투고 싶지 않았다. 그만큼 그는 도량이 넓었다. 그리고 다른 한편으로 그에게는 좀 더 실질적인 '이러한 때에 해야 할 일'이 있었다.

자신의 영지인 산엔슨參遠駿과 맞닿아 있는 고신甲信 두 나라로의 세력 확장은 오랜 세월 그가 호시탐탐 노리고 있던 일이었다. 노부나가가 살아 있는 동안 손을 내밀 수 없었으며, 앞으로도 중앙의 혼란이 가라앉으면 기회가 없을지 모를 일이다. 그 절호의 기회에 이에야스의 마음이 움직인 순간, 어리석게도 호시虎視의 길을 열어준 사람이 바로 소슈相州 오다와라小田原의 호조 신구로 우지나오北條新九郎氏直였다.

우지나오 역시 본능사의 변을 기회로 '이러한 때에' 하고 움직인 사람 중 하나였다. 호조 세력의 대군 오만 명이 곳곳에서 국경을 넘어 신슈信州로 들어갔다. 대부분은 신슈 우미노쿠치海野口에서 고슈甲州를 남하해 갔다. 빼앗아야겠다고 생각한 만큼의 땅을 지도 위에 줄을 긋듯 거침없이 빼앗는 대규모 침공이었다. 이에야스에게 있어서 이는 출병을 위한 절호의 명분이었다. 하지만 그가 동원할 수 있는 병력은 겨우 팔천 명이었다. 그중 삼천의 선봉은 스와諏訪 남쪽부터 옷코쓰가하라乙骨ヶ原까지 칠십 리에 이르는 동안 호조 군의 수만 명을 잘 견제하며 이에야스의 후진과 합류했다. 그런 다음 새로 얻은 땅인 니라사키韮崎의 지형에 의지해, 아소우가하라淺生ヶ原를 끼고 수십 일 동안 대진을 하자 호조의 대군은 엿볼 틈도 없었고 움직이면 불리할 정도로 진퇴양난의 형국에 빠지고 말았다.

이윽고 화담이 진행되었다. 이에야스가 기다리고 있던 일이었다. 일을 맡은 사람은 호조 미노노카미 우지노리北條美濃守氏規였다. 그는 이에야스가 이마가와今川 가에 볼모로 잡혀 있었을 때 함께 볼모로 있었던 어린 시절 친구였다. 그보다 더 적당한 사람은 없었다.

"조슈上州 일원은 호조에게 넘기고 고신 두 나라는 도쿠가와 가에."

그렇게 일이 결정이 나면서 이에야스의 의도는 성공을 거두었다.

이에야스는 둘째 딸인 도쿠히메德姬를 우지나오에게 시집보내겠다는 약속도 함께했다. 화의와 혼인과 영토 분할이라는 세 가지 항목을 약속하고 양쪽 모두 12월 중에 군대를 물리기로 했다.

멀리 에치젠에서 시바타 가쓰이에의 사자가 북국의 눈을 뒤집어쓰고 이곳까지 온 것은 12월 11일이었다. 우선 사절에게 고후古府의 객관에서 휴식을 취하게 했다. 일행은 시바타 가의 노신인 야도야 시치자에몬宿屋七左衛門, 아사미 쓰시마노카미 뉴도도세이淺見對馬守入道道西 외 무사 이십여 명, 짐꾼과 하인 수십 명에 이르는 많은 인원이었다. 공식 사절이었다. 이시카와 가즈마사石川數正가 접대를 맡아 일행을 돌보았다.

"만나시겠다는 말씀이 있을 때까지 우선은 천천히 쉬시기 바랍니다."

이틀 정도 접대를 받았지만 가즈마사는 몇 번이고 같은 말을 정중하게 되풀이하며 사과했다.

"워낙 이와 같은 진중, 이후의 군무에도 정신이 없어서 집안사람들도 짬을 낼 여유가 없습니다. 음식 준비조차 충분하지 않다며 주군께서도 안타까워하고 계십니다."

하지만 이와 같은 말을 뒷받침할 만한 성의는 조금도 보이지 않았다.

"참으로 춥구나."

일행은 냉대에 대해 푸념했다. 무엇보다 시바타 가에서 보낸 수많은 선물에 대해서도 목록만 받았을 뿐 인사조차 없었다.

사흘째 되는 날이었다. 이시카와 가즈마사가 처음으로 이에야스가 있는 고후의 관으로 안내했다. 이에야스는 엄동설한에 불기도 없는 가람 같은 넓은 방에 앉아 있었다. 가난과 역경에 뼛속까지 시달려온 사람이라고는 보이지 않았다. 볼살이 통통했으며, 커다란 귓불은 다도에서 쓰는 솥의 고리처럼 얼굴 전체를 묵직하게 보이게 했다. 마흔 살쯤 된 대장의 모습일까 여겨질 정도로 젊은 육체는 검은 가죽의 갑옷 속에서 현자의 위엄과 건강미를 드러냈다. 만약 이번에도 가나모리 고로하치 노인이 사자로 왔다면 한눈에 보고 이 사람이야말로 마흔 불혹이라는 말에 합당한 사람이라며 감탄했을지도 모른다.

"먼 곳까지 수많은 선물을 가져온 걸 보니 정성이 느껴지네. 쇼사쿠匠作께서는 별고 없으신지. 내 잊고 있었는데 고 우후 나리의 영매令妹로 오래도록 홀로 계시던 오이치 님을 얼마 전 내실로 맞아들이셨다고 들었네. 축하할 일일세. 이 이에야스는 당시 국경이 소란스러워 출마할 수밖에 없었기에 결국 축하의 말씀도 전하지 못하고 지나버리고 말았네. 에치젠으로 돌아가시면 말씀 좀 잘 전해주시기 바라네."

말에서 높은 품격이 느껴졌다. 조용하면서도 사람을 압도하는 듯한 목소리였다. 게다가 혼다本多, 오쿠보大久保, 사카키바라榊原, 이이井伊, 오카베岡部 등의 신하들이 시선을 모아 두 사자를 바라보고 있었다. 야도야와 아사미는 조공을 바치러 온 속국의 신하처럼 느껴졌다. 그러한 분위기 속에서 주인의 말을 그대로 전하는 것은 걱정스러운 일이라는 생각이 들기도 했으나 어쩔 수 없는 일이었다.

"이번에 고신 두 나라를 평정하신 점, 주인인 가쓰이에 님께서도 멀리서나마 기뻐하고 계십니다. 그에 따른 축하의 촌지 역시 흔쾌히 받아주셔서 고맙습니다."

"평소 소원했던 이에야스에게 쇼사쿠께서 일부러 축하하기 위해 자네들을 보내셨단 말인가? 참으로 자상하시구나."

인사로 부족하진 않았지만 지극히 형식적인 말이었다. 이시카와 가즈마사도 그랬으나, 대체로 이 집안에는 일종의 특별한 가풍이 엄연히 존재하는 것처럼 느껴졌다.

세상 사람들은 비교하는 것을 좋아한다. 이야에스를 만난 사람은 추상같은 미카와三河 무사들의 군기와 긴장 가득한 조직력과 여전히 옛날을 잊지 않고 있는 이에야스의 진지한 모습에 감동을 받는다. 그리고 최근 하시바 가의 내부를 엿본 사람은 히데요시의 대범함을 극히 칭찬하고 가족처럼 밝고 화목한 분위기를 참으로 부럽다고 말하며, 집안에서 느껴지는 화목함과 대범함과 젊은 사람의 힘이야말로 오늘날 그에게 미래를 기대하는 사람이 하루하루 늘어가는 이유라고도 말한다.

한쪽은 음이고, 한쪽은 양이었다. 그리고 한쪽은 정신을 주체로 한 이념적 조직으로, 다른 한쪽은 인간, 특히 정이라는 면을 벽으로 삼고 이상을 기둥으로 삼아 모인 거대한 가족으로 보는 사람도 있었다. 또 '어느 어느 무문이네' 하는 것은 '이에야스네 히데요시네' 하는 사람들의 개성이 반영된 것에 지나지 않았다. 시간과 위치와 대상이 바뀌고 하늘의 맑고 흐림에 따라 바다의 빛깔과 산의 모습이 바뀌는 것처럼, 그것은 일정하게 정해진 것이 아니라 서로 호응하는 생명군이 다른 한쪽의 생명군에 대해 얼마나 높이 살아서 빛나려고 하느냐에 따라 바뀌는 것으로, 일희일비 모두에 묘한 변화의 뜻을 포함하는 법이다. 어느 집안의 가풍은 이러이러하다는 둥, 어떤 집안의 진용은 이러한 것이라는 둥, 한두 번 사자로 찾아갔다고 해서 어설프게 추정하여 그것을 주군이나 자기 집안사람들에게 떠들고 다니는 것은 참으로 위험한 일일 뿐만 아니라 때로는 자신의 주인으로 하여금 과오를 범하게 하는 불충한 일이 될지도 모른다. 우물 안 개구리의 눈으로 가볍게 논하는 것은 삼가야 한다고 씁쓸하게 타이르는 나이 든 무사도 있었다.

"사자란 우둔해질 줄도 알고 비굴해질 줄도 아는 자가 아니면 해낼 수 없다."

시바타 가 일행은 이번에야말로 영 뒷맛이 좋지 않은 귀국길에 올라야 했다. 이에야스로부터 가쓰이에에게 선물이 될 말이 끝내 나오지 않았기 때문이었다.

자신들이 냉대를 받았다는 점이야 그렇다 쳐도 '알겠다'는 말 한마디조차 없었다는 사실은 주인에게 보고를 하고 싶어도 할 수가 없었다. 게다가 가쓰이에가 이에야스에게 보낸 간곡한 서한에 대해서도 '훗날……'이라고만 대답했을 뿐, 답장조차 없었다. 다시 말해 이번 사절은 완전히 헛걸음으로 끝났을 뿐만 아니라, 이에야스의 콧김 앞에서 가쓰이에가 스스로 자신의 속내를 필요 이상으로 비하한 듯한 형국이 되어버리고 말았다는 사실을 부정할 수 없게 되었다. 씁쓸한 흥정 중에서도 이처럼 씁쓸한 흥정은 없었다. 그것을 깨달았다 할지라도 보고를 한 뒤에는 늦고야 만다.

"이렇게 된 이상 너무 심기를 해치지 않는 정도로 가볍게 말씀드릴 수밖에 없을 듯하네."

야도야 시치자에몬과 아사미 쓰시마노카미 두 사자가 돌아오는 길에 나눈 근심 중에는 당연히 적인 히데요시가 있었다. 그리고 호쿠에 쓰北越의 우에스기를 여전히 염두에 두고 있었다. 도쿠가와 가와의 사이에 감정이 어긋나면 매우 불길해지니 그저 무사함을 비는 마음밖에 없었던 것이다.

하지만 시운은 그런 소심한 사람들의 기우 따위를 멀리 뛰어넘을 정도로 빨리 흐르는 법이다. 그들이 에치젠에 돌아왔을 무렵에는 바로 지난달에 구두로 했던 약속도 이미 깨져, 신춘을 앞둔 연말에 히데요시가 고호쿠江北의 일부에 대해 단호하고 중대한 군사 행동을 일으켰으며, 도쿠가와 이에야스는 무슨 생각에서인지 갑자기 하마마쓰로 물러났다.

수중의 물건

　마에다 도시이에 일행이 에치젠으로 돌아온 지 열흘 정도 지났을 때였다. 뒤에 남아 다카라데라 성 아래서 요양에 힘쓰고 있던 시바타 이가노카미 가쓰토요는 건강을 회복한 뒤 히데요시에게 떠나겠다는 인사를 하고 나가하마로 출발했다.

　"제게 베풀어주신 온정은 잊을 수 없을 것입니다. 언젠가 다시 때를 보아 교토로 올라가서 감사 인사를 올리도록 하겠습니다."

　가쓰토요가 돌아갈 때 히데요시는 교토까지 동행하며 그를 직접 돌봤고, 가토 미쓰야스加藤光泰와 가타기리 스케사쿠片桐助作 등에게 명을 내려 오쓰까지 수행하게 했다. 그리고 특별히 제작한 호수용 배에 의원을 함께 태워 나가하마로 보냈다.

　가쓰토요는 히데요시가 펼친 온정의 날개에 감싸여 황홀한 지경에 이르렀다. 그의 마음에 한없이 메말라 있던 육친의 참된 정이라는 것을 처음으로 알게 되었다. 그는 호쿠리쿠의 시바타 일족 중에서도 으뜸이 되는 자리에 앉아야 했으나 사실은 언제나 고독 속에 놓여 있었던 것이다. 가쓰이에에게 미움을 샀으며 일족들도 그를 싸늘한 시선으로 바라보았다. 그러다 보니 스스로 돌아보아도 지금까지 어딘가 비뚤어진 사람의 그늘이 없다고는 단언할 수 없었다.

하지만 히데요시를 만나고부터는 부끄럽게 여겨지기도 했고, 또 본연의 자신으로 되돌아가려는 뜻을 품게 되기도 했다. 육체적인 건강을 되찾았을 뿐만 아니라 이번 일로 마음의 병도 나은 듯한 기분이 들었다.

"바람이 일어나는 곳에 사람이 있고, 사람이 일어나는 곳은 서울이라고 하더니 과연 하시바 가 안에는 말로 형용할 수 없는 편안함이 있다. 그늘이 없다. 위화감이 없다. 험담을 들을 수가 없다. 그리고 그 아래에는 풀이 돋아날 무렵의 지열과도 같은 맹세가 모든 얼굴에서 불타오르고 있다. 집안에 힘든 일이나 어려움이 없지 않을 텐데 집안사람 그 누구에게서도 불평이나 비굴한 얼굴이 보이지 않는다는 것은 신기한 일이다. 시바타 가와는 비교할 수도 없다. 우리 시바타 집안은 그렇지 못하다. 참으로 부러운 일이다."

젊은 가쓰토요는 그렇게 히데요시의 봉황과도 같은 날개에 감싸여, 몸은 시바타 가쓰이에의 양자였으나, 마음은 이미 히데요시의 것이었다. 양아버지인 가쓰이에를 생각하는 것 이상으로 히데요시에게 마음 깊이 끌리고 말았다.

가쓰토요가 히데요시를 따르게 된 것은 결코 갑작스러운 일이 아니었다. 히데요시는 오래전부터 기회가 있을 때마다 은밀히 호의를 베풀었고, 이번에 그의 마음을 다시 크게 흔들었다.

하지만 그사이 히데요시가 보인 정의情誼가 아무리 순수하게 '불우한 자에 대한 온정'이었다 할지라도, 그것은 대국 입장에서 살펴보면 결과적으로 '그는 이미 히데요시의 수중에 있는 사람일 뿐'이었다.

히데요시는 앞서 마에다를, 그리고 이번에는 가쓰토요를 배웅하고 나서 약 보름 동안 성의 공사도 교토의 일도 거의 돌보지 않고 뭔가 눈에 보이지 않는 다른 방면으로 시간을 보내고 있었다. 마침내 12월에 들어서자 예전에 기요스로 은밀히 들어가게 해두었던 와키자카 진나이 야스하루脇坂甚內安治와 하치스카 히코에몬 마사카쓰蜂須賀彦右衛門正勝가 돌아왔다. 그 소식이야말로, 히데요시가 기요스 회의 이후 보인 수동적이고 인내적인 휴식기에서 벗어나 비로소 천하라는 바둑판 위에 '딱' 하고 돌 하나를 던져, 소극적인 자세에서 적극적인 자세로 전환할 것이라 예고하는 것이었다.

하치스카와 와키자카가 기요스에 간 것은 기요스에 있는 오다 노부오에게 품의해서 승낙을 얻기 위해서였다.

노부타카의 암약은 요즘 더욱 심해지고 있다. 가쓰이에의 군비도 지금은 현저하게 눈에 띈다.

노부타카는 지금도 여전히 산포시 님을 아즈치로 옮기지 않고 기후에 있는 자신의 성에 억류해두고 있다.

이는 탈적奪嫡의 죄에 해당한다. 또한 기요스 조약을 공공연히 파기하는 것이다.

이와 같은 각 항목을 실상에 비추어보아 원인을 제공한 모략의 수괴인 가쓰이에를 치기 위해서는 우선 호쿠리쿠의 세력이 눈 때문에 남하할 수 없는 틈을 타서 제압해두어야 한다고 설득한 것이었다.

노부오는 애초부터 노부타카에 대해 마음 가득 불만을 품고 있었다. 가쓰이에에게도 좋은 감정은 없었다. 그는 결코 히데요시를 믿고 이해해서 장래를 히데요시에게 의지한 게 아니었으나 가쓰이에보다 히데요시가 훨씬 낫다고 생각했다. 자신의 힘으로는 어떻게 해볼 수 없는 노부타카를 제거해주고, 말하지 못하고 있던 불평까지 히데요시의 군이 천하에 포고해줄 것이라 기대했던 것이다. 그러니 마다할 이유가 어디에도 없었다.

"……노부오 님께서는 적극적으로 호응하실 듯한 기세였습니다. 이번 일은 너무 늦은 감이 있다고까지 하시며, 지쿠젠이 기후로 출마한다면 자신도 참가하겠다고 하셔서 품의를 받으러 간 저희가 오히려 격려를 받은 듯한 상황이었습니다."

히코에몬과 진나이가 노부오를 만나고 온 상황을 전했다.

"적극적으로 호응하실 뜻이란 말인가……. 그래, 눈에 보이는 듯하구나."

히데요시는 노부오를 가엾게 여기며 가슴속에 그려보았다. 전형적인 명문가 자제의 모습이 떠올랐다. 노부오는 구제할 길 없는 성정의 소유자였다. 하지만 동시에 그것을 커다란 요행으로 여기는 자신의 의도도 분명하게 자인하고 있었다. 그는 지금까지 농담으로라도 큰 뜻에 대해 큰소리를 친 적이 없는 사람이었다. 하지만 노부나가가 세상을 떠난 지금, 특히 야마자키에서의 일전 이후에는 '천하에 나 말고 사람이 있느냐?'고 자각하며 자부심과 자존을 굳이 숨기지 않았다. 그리고 원래 어떠한 명분을 내건다 할지라도 사사로운 뜻의 확대에 지나지 않는다는 의심을 받기 쉬운 '천하인'이 되려는 대망이, 예전과는 달리 자신을 향해서도, 세상을 향해서도 두려움 없이 마음속에서 당연시되기 시작했다. 그렇게 변하기 시작한 심회를 히데요시에게 직접 물으면, 이렇게 말했을 것이다.

"그렇다. 태양이 솟아오르지 않으면 세상은 밝아지지 않는다."

어둠, 어둠, 어둠. 지금도 여전히 어둠 속을 헤매는 얼굴들이 곳곳에 얼마나 많은지. 노부나가는 오랜 암야의 빽빽한 구름을 단번에 씻은 질풍이기는 했으나 태양은 아니었다. 히데요시는 스스로 기어오른 것이 아니라 일세를 불어간 노부나가 이후, 예전부터 그대로 존재하던 사람이었다. 태양은 불쑥 솟아오르는 듯 보이지만 사실은 지표의 빠른 선회에 의해서 그렇게 보이는 것이다.

갑자기 한 무리의 군마가 상국사相國寺(쇼코쿠지) 문 앞에 모이는가 싶더니 다시 서, 남, 북에서 흘러드는 군마를 표주박 아래에 모아 이윽고 교토의 한가운데에 몇 개의 군단이나 되는 세력을 일으켰다. 섣달 강풍이 불어대던 7일 아침 햇살 아래에서 일어난 일이었다.

"무슨 일이지?"

서민들은 이유를 알지 못했다. 지난 10월 대덕사大德寺(다지토쿠지)의 대법요는 장엄하고 화려하고 분주했다. 서민들은 작은 판단에 사로잡혀 있기 쉬운 법이라 이제 전쟁은 당분간 없을 것이라고 안심하고 있었다.

"지쿠젠 나리께서 직접 말을 앞세워 가신다. 쓰쓰이筒井의 세력도 보이는데. 니와 나리의 군대도."

사람들은 이번 출진의 행선지를 궁금해하고 있었다. 급속히 게아게蹴上를 넘은 기다란 갑주에 야바세矢走에서 기다리고 있던 일군을 더했다. 나루터의 군선은 하얀 물결을 일으키며 호수의 중심에서 동북쪽으로 달렸고 육상군은 아즈치를 비롯해 몇몇 곳에서 사흘을 묵어가며 10일 사와야마佐和山 성에 도착했다. 그리고 13일에 호소카와 후지타카細川藤孝, 다다오키忠興 부자가 단바丹波에서 이끌고 온 부대와 합류했다.

후지타카 부자는 히데요시를 보고 공손하게 말했다.

"늦었습니다."

히데요시가 후지타카 부자를 따뜻하게 맞이했다.

"잘 왔소. 이부키伊吹, 북국로北國路가 저러니 오는 도중에 눈 때문에 고생이 심했을 텐데."

생각해보면 후지타카 부자처럼 지난 반년 동안 살얼음을 밟는 듯한 마음으로 지내온 사람들도 없을 것이다. 아케치 미쓰히데와 후지타카는 노부나가를 섬기기 전부터 막역한 사이였다. 다다오키의 아내인 다마코珠子(가라샤 부인)는 미쓰히데의 딸이었다. 그 외에도 두 집안은 끊으려야 끊을 수 없는 관계들로 이어져 있었다. 미쓰히데가 당연히 아군이라 생각했던 데에도 그럴 만한 이유가 충분히 있었다. 하지만 후지타카는 미쓰히데 쪽에 가담하지 않았다. 만약 조금이라도 사사로운 정에 이끌렸다면 그의 일문도 아케치明智처럼 되었을 것이다. 그야말로 누란지세累卵之勢였다. 하지만 밖으로 일을 잘 처리하고, 안으로 위기를 벗어나기까지 말로 표현할 수 없을 정도로 고심했다. 부하들 사이에서 내분이 일어나 후지타카가 미쓰히데의 딸인 다다오키의 아내를 구하는 데 이만저만 고생한 것이 아니었다. 지금은 히데요시에게 용서도 받고 대의를 따라온 진정성도 인정받아 우대를 받기는 하지만 후지타카의 가느다란 머리카락은 그때 이후로 갑자기 허옇게 변하고 말았다. 히데요시는 그를 볼 때마다 '아아, 달인이로구나'라고 생각하면서 '대국에 임해 과오를 범하지 않으려면 이렇게 육체와 머리의 검은빛을 잃게 되는구나'라고 가엾게 여겼다.

"호수 위에서도, 성 아래에서도 이미 북을 울려 공격을 시작한 듯하나 제 아들 다다오키에게도 선봉에 서서 공격할 수 있는 기회를 주시기 바랍니다."

후지타카의 말에 히데요시는 전혀 공격 대상이 아니라는 듯 말했다.

"나가하마 말인가?"

그리고 그것과는 별개로 대답했다.

"수륙 양면으로 나아가고는 있지만…… 그럴 것 없네. 참된 공격 목표는 성안에 있지 성 밖에 있지 않다네. 아마 곧 이가노카미 가쓰토요의 가신들이 우리에게 항복할 걸세. 자네들은 우선 먼 길을 오느라 피로가 쌓였을 테니, 피로부터 풀도록 하게."

후지타카는 히데요시의 말을 듣고 문득 '사람을 잘 쉬게 하는 자는, 역시 사람의 사력死力을 잘 쓰는 자다'라는 옛말의 깊은 뜻을 다시 한 번 마음속으로 되씹었다. 아들인 다다오키 역시 히데요시의 옆얼굴을 올려다보며 한 가지 사실을 떠올렸다. 그것은 얼마 전 호소카와 가의 운명이 커다란 기로에 섰을 때의 일이었다. 거취를 놓고 집안 전체가 모여 논쟁을 벌이는 자리에서 아버지인 후지타카는 자신의 뜻을 밝혔다.

"나는 이 나이까지 쉽게 볼 수 없었던 사람을 지금의 세상에서 둘이나 보았다. 한 명은 하마마쓰의 도쿠가와 이에야스, 다른 한 명은 말할 것도 없이 지쿠젠노카미 히데요시다."

하지만 젊은 다다오키는 지금 다시 생각해봐도 '정말 그럴까?' 하는 마음이 들 뿐이었다.

'바로 이 사람이 아버지가 말한 보기 드문 사람이란 말인가? 세상에 둘밖에 없을 만큼 대단한 사람일까?'

다다오키는 의심하지 않을 수 없었다. 특히 히데요시를 실제로 보고 있으면 더욱 혼란스러웠다. 아무리 봐도 그 정도로는 여겨지지 않았던 것이다.

부자는 사와야마 성안의 일곽으로 물러나 휴식을 취했다. 그때 다다오키가 자신의 생각을 있는 그대로 아버지에게 말했더니 후지타카가 그럴 만도 하다는 듯 중얼거렸다.

"너 정도의 기량과 나이로는 아직 이해할 수 없을 게다."

다다오키가 그래도 받아들일 수 없다는 듯한 눈빛을 보이자 후지타카가 다시 이렇게 덧붙였다.

"커다란 산은 산으로 다가갈수록 거대함이 보이지 않게 된다. 산기슭으로 접어들면 더욱 보이지 않게 되는 법이지. 여러 사람들의 평을 잘 비교해보기 바란다. 대부분은 산 전체를 보고 말하지 않는다. 봉우리 하나, 계곡 하나를 보고 전체를 봤다고 생각하고 있거나, 좁은 시야 안에 있는 초목이나 길을 보고 산 전체를 평하는 것에 지나지 않는다. 참된 인물이란 그런 협소한 시야로는 도저히 볼 수 없는 법이다. 그런 시야로 볼 수 있는 자라면 어느 정도 지나면 세상에서 대신할 자를 얼마든지 찾을 수 있지 않겠느냐.”

후지타카의 말을 듣고도 다다오키의 머릿속에는 여전히 ‘그럴까?’라는 생각이 남아 있었다. 하지만 세상과 온갖 사람을 경험한 아버지 후지타카에게 한참 미치지 못하는 아들이라는 점에서 다다오키는 순순히 아버지의 말을 받아들이지 않을 수 없었다. 결국 인간으로서 자신이 조금 더 성장하지 않으면 알 수 없는 관념적 한계의 문제일 것이라고 겸허하게 생각했다.

그로부터 이틀째 되는 날, 놀랍게도 나가하마 성은 병사 하나 다치지 않고 히데요시의 수중으로 들어왔다. 히데요시가 호소카와 부자에게 ‘상대가 먼저 성을 바칠 것이다’라고 예고한 대로 일이 진행된 것이었다.

이가노카미 가쓰토요의 노신인 기노시타 한에몬木下半右衛門, 오가네 도하치로大金藤八郎, 도쿠나가 이시미노카미德永石見守가 사자로 왔다. 그들은 서약서를 들고 와서 히데요시의 권유에 응했다.

“가쓰토요 이하 가신 일동은 나리의 손에 속했으니 이후 선처해주시기 바랍니다.”

“잘 판단했다.”

히데요시가 만족스럽다는 듯 말했다. 약속을 바탕으로 영지도 옛날 그대로 두고, 나가하마 성도 지금처럼 가쓰토요에게 맡기겠다고 확언했다.

나가하마 성은 기요스 회의 결과에 따라 시바타 가에 양도한 곳이었는데, 히데요시는 그것을 7월에 넘겨주었다가 같은 해 12월에 되찾은 셈이었다.

당시 사람들은 '그 요지를 참으로 과감하게도'라며 그의 속내를 헤아리지 못했으나, 이제 와서 돌아보니 그것을 시바타의 손에 맡겨둔 것은 겨우 반년도 되지 않았다.

건네줄 때도 미련 없이 깨끗하게 건네주었고, 되찾을 때도 왼손에 있던 물건을 오른손으로 옮겨 쥔 것처럼 간단했다. 하지만 이는 히데요시를 중심으로 봤을 때의 얘기고, 상대인 시바타 가쓰토요의 신변에는 지난 며칠 동안 강풍이 몰아쳤을 것이다.

에치젠에 원병을 청하려 해도 쌓인 눈 때문에 도저히 바랄 수도 없는 일이었다. 게다가 양아버지인 가쓰이에는 그 뒤에도 여전히 가쓰토요에게 모질게만 대했다. 특히 가쓰토요가 마에다, 가나모리 등과 함께 다카라데라 성에 간 일에 대해 일족들 앞에서 '나대기는……'이라고 말하며 불쾌한 마음을 드러냈다. 또 '병을 핑계로 지쿠젠의 접대에 안주해서 며칠이고 하시바의 성 아래서 놀다 오다니, 말이 필요 없는 멍청한 놈'이라고 매도했다. 그러한 사실은 에치젠에 있는 집안 가족의 편지를 통해 가쓰토요에게까지 전해졌다.

히데요시 군에게 포위당해 고립된 성은 의지할 곳이 없고, 고독한 마음은 기델 곳이 없다 보니 가쓰토요는 '어떻게 하면 좋단 말인가?' 거듭 생각하다 노신들에게 해결책을 물었다. 노신들은 가쓰토요의 의중을 이미 파악했기에 집안사람들의 의중을 물을 필요도 없이 이렇게 말했다.

"에치젠에 가족을 남겨두고 온 자들은 에치젠으로 돌아가도 상관없고, 가쓰토요 님과 함께 지쿠젠 나리의 손안으로 들어갈 마음이 있는 자는 여기에 머물러도 좋소. 어쨌든…… 어떤 이유가 있든 기타노쇼 님은 나리의 양아버지 되시는 분이니, 배반한다는 것은 인도에 어긋나는 일이지만 나리의 마음을 잘 살펴서 우리는 이미 나리와 뜻을 함께하기로 했소. 그러니 시바타 가를 떠나서는 무사로서의 체면이 서지 않는다고 생각하는 자들은 사양 말고 떠나기 바라오."

한때 불온한 기운이 감돌았다. 하지만 일이 이미 여기까지 이르렀으니 어쩔 수 없다는 분위기였다. 이론이 쏟아지기는커녕 비통한 얼굴로 고개만 떨구었다. 사내의 흐느껴 우는 소리만큼 사람의 애간장을 끊어지게 하는 것도 없다. 그날 밤, 주종 사이에는 결별의 잔이 오갔다. 하지만 에치젠으로 돌아간 사람은 집안사람들 중 십분의 일도 되지 않았다.

이렇게 해서 가쓰토요는 양아버지를 떠나 히데요시를 따르게 되었다. 그는 그때부터 히데요시에게 속하게 되었다. 하지만 그것은 형식상의 일이었다. 가쓰토요는 그 이전부터 이미 히데요시의 새장 속에서 길러진 새였다.

어쨌든 히데요시는 나가하마를 접수했다. 하지만 히데요시에게는 기후로 가는 김에 행한 일 중 하나에 지나지 않았다. 이번 군의 목표는 어디까지나 간베 노부타카의 기후 성에 있었다. 그렇다 해도 나가하마는 호쿠에쓰 세력의 출격을 예상한다면 누가 뭐래도 손에 쥐고 있어야 할 중요한 땅이었다. 히데요시는 예정대로 가쓰토요를 항복시켜 나가하마라는 요지를 자신의 진영에 가담시켰으나 시바타 가쓰토요를 그대로 수장으로 명하고 영토에 대한 권리도 보장한 뒤 다시 기후로 전진했다. 범상한 사람이었다면 이런 경우 심복으로 교체하지 않고는 마음이 편치 않았을 것이다.

이부키를 왼편에 두고 겨울에 후와를 넘는다는 것은 알려진 대로

쉬운 일이 아니었다. 세키가하라關ヶ原 부근의 풍설은 특히 세찼다.

12월 18일부터 20일에 걸쳐 히데요시의 군은 이 부근을 지나야 했다. 군단은 몇 개의 부대로 나뉘어 앞뒤로 늘어섰으며, 부대는 다시 작은 치중대와 큰 치중대, 철포, 창, 기마, 보병 등의 조로 나뉘어 눈 웅덩이를 넘으며 전진했다. 이틀 동안에 걸쳐서 삼만 정도의 병력이 남하했다. 그것을 기치별로 살펴보면, 니와 군, 쓰쓰이 군, 호소카와 군, 이케다 군, 하치야蜂屋 군 등의 각 군이 각 장수의 지휘 아래 편제되어 있었다. 오가키大垣에 다가갈 무렵 오가키 성의 성주인 우지이에 유키히로氏家行廣도 합류했으며, 소네曾根의 성주인 이나바 잇테쓰稻葉一鐵도 참가했다.

주진은 오가키에 설치되었다. 히데요시는 이를 작전 본부로 삼아 미노美濃 일원의 작은 성을 차례차례 공략하여 함락시키기 시작했다.

다급한 사정이 기후에 보고되자 노부타카는 지난 며칠 동안 그저 당황하기만 했을 뿐 방어전을 위한 명령은 고사하고 취해야 할 방책조차 알지 못했다. 그는 그동안 의지를 펼칠 계책만을 생각했을 뿐 의지를 이룰 길을 전혀 생각하지 않았기 때문이다. 전부터 시바타, 다키가와 등과 굳게 연계해서 히데요시를 칠 계획은 차근차근 진행하고 있었지만 히데요시로부터 역공을 당하리라고는 전혀 예상치 못한 일이었다. 적을 몰라도 너무 몰랐다.

"지금으로서는 방법이 없다. 이렇게 된 이상 고로사 등에게 의지해서……."

노부타카는 당황한 나머지 모든 운명을 노신들의 선처에 맡겼다. 아니, 일이 이처럼 되어버리고 말았으니 선처라고 할 만한 여지가 있을 리 없었다. 노신들 역시 히데요시의 진문에 머리를 조아릴 수밖에 없었다. 노부타카의 생모인 사카坂와 가족의 여자들을 인질로 삼고, 또 자신들의 어머니들까지 보내 니와 고로사에몬 나가히데에게 의지하여 오로지 노부타카의 목숨을 빌었다.

"모쪼록 관대한 처분을 바랍니다."

히데요시는 용서했다. 그리고 화의를 받아들일 때 노부타카의 노신들을 향해 쓴웃음을 지으며 이렇게 말했다.

"산시치 나리의 눈이 뜨이셨는가? 그렇다면 축하할 일이지."

히데요시는 곧장 인질을 아즈치로 보냈으며, 뒤이어 기후 성안에 머물러 있던 산포시도 넘겨받아 그 역시 아즈치로 옮기게 했다. 그런 다음 노부오에게 산포시를 맡기고 같은 달 29일에 다카라데라 성으로 개선했다. 그로부터 이틀 뒤는 벌써 그해의 마지막 날이었다.

덴쇼 11년(1583년) 첫날은 눈이 갠 뒤 화창한 햇살이 아침부터 새로운 성의 새로운 나무들 사이로 비추고 있었다.

가신들로부터 연하 인사를 받는 것은 어느 집안에서나 보통 이틀 동안 하는 것이 관례였으나 하시바 가에는 원래 관례라는 것이 거의 없었다. 때와 장소에 따라서 신속히 일을 처리하는 것이 관례였다. 그 때문인지 어떤지는 모르겠으나 올해는 그믐날과 새해 첫날이 하나가 되어버리고 말았다. 덴쇼 10년의 일을 마치자마자 가신들은 목욕도 하지 못한 채 예복으로 갈아입고 어두운 때부터 줄줄이 새해를 축하하기 위해 성으로 들어갔다. 집으로 돌아가지 못하고 그대로 성에 남아 도소주를 받은 사람도 많았다. 성안에 떡국 냄새가 가득하고 북소리가 흘러나왔다. 그런데 정오 무렵, 갑자기 히데요시의 명이 전해졌다.

"히메지姬路로 내려가겠다."

히데요시는 참으로 급하기도 했다. 여유라고는 전혀 없었다. 사람들은 올해 역시 바쁠 징조라고 여기고 다망한 나날을 즐기듯 떠날 준비를 하느라 분주했다.

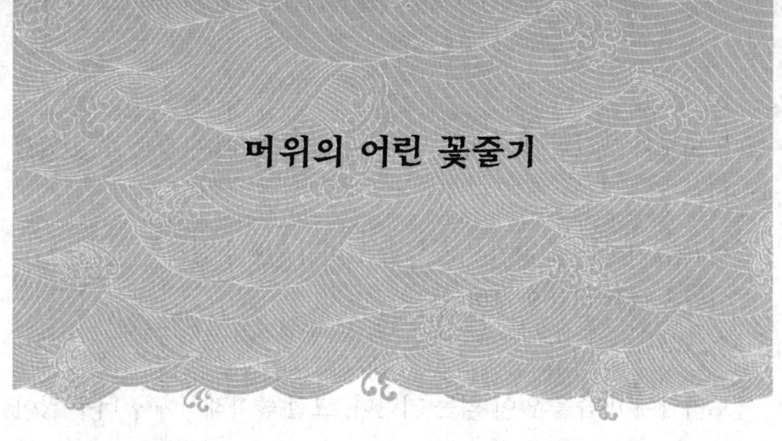

머위의 어린 꽃줄기

히데요시가 히메지에 도착한 것은 1일 한밤중이 다 되어서였다. 앞서 출발한 가신이 말을 있는 힘껏 달려 히메지에 미리 소식을 전하기는 했으나 히메지 성에서는 전혀 생각하지 못한 일이라 '이것 참……' 하며 오랜만에 주인을 맞기 위해 한바탕 소동이 벌어진 모양이었다.

히데요시는 주고쿠中國를 떠나 야마자키에서의 일전을 위해 출발했을 때 히메지에 들른 뒤 처음 찾아온 것이었다. 이곳에는 그때 남겨두고 떠난 심복과 하인, 집안사람과 가족들까지 있었다. 특히 작년 7월 나가하마에서 온 히데요시의 노모와 아내 네네寧子, 그리고 연이 있는 수많은 자녀와 사람이 살고 있었다. 그들 모두 히데요시를 호주로 우러렀으며 기둥으로 의지했다. 아침이면 히데요시를 위한 공양을 올리고, 저녁이면 무운을 빌었으며 이번 생에 주어진 각자의 작은 생명을 모아 '생사를 같이하고, 고락도 같이하겠다. 나아가라면 나아가고 머무르라면 머물러, 오로지 명령에만 따르고 운에만 맡겨 집안의 착한 아들이라는 칭찬을 듣겠다'는 마음으로 살았다.

"네네야, 그 아이가 좋아하는 게 뭐였더라?"

노모는 히데요시가 돌아온다는 소식을 듣고 기쁜 마음을 감추지 못했다. 노모가 그러한데 네네가 넘쳐나는 감정을 어찌 감출 수 있었겠는가.

"정말 싫어하는 게 없어서, 무엇을 올려야 기뻐하실지."

"어렸을 때는 마즙을 좋아했다만."

"마즙이라니요?"

"보리밥에 마즙을 얹어 먹는 거란다. 그걸 좋아해서…… 너무 많이 먹었기에 지쿠아미筑阿弥 님께 밥벌레라고 꾸중을 듣기도 했단다."

"호, 호, 호. 도로로지루とろろ汁242 말씀입니까? 그것도 만들라 시키겠습니다만, 밤늦게 오신다고 하니 배가 고프다며 또 더운 물에 만 밥을 찾을지도 모르겠습니다."

"늘 조바심을 치는 아이라서. 그럼 더운 물에 만 밥에는 무엇이 좋을까?"

"어머님, 좋은 것이 있습니다."

"좋은 것이라니?"

"정원을 좀 보십시오."

네네가 일어나 옻칠을 한 장지문 옆에 무릎을 꿇고 앉아 그것을 한 자 정도 열었다. 아직 봄이라고 할 수 없을 정도로 날이 추운 탓에 노모는 옷깃을 여미며 말했다.

"그래, 뭐냐?"

땅거미가 내린 정원에는 곳곳에 도사土佐 파의 화공이 병풍에 담은 눈처럼 하얀 눈이 남아 있었다. 봄이라지만 널따란 잔디 사이에도, 인공 산의 기슭에도 아직 봄나물과 나무의 새싹은 보이지 않았다.

"저기, 저 눈 아래에 있는 것입니다. 흙을 조금 헤집어보면 틀림없이 푸르고 푸른 머위의 어린 꽃줄기가 싹을 틔웠을 겁니다. 그것을 따다

---

242 참마 따위를 갈아 장국으로 묽게 한 요리.

된장에 무쳐서 올리면 어떻겠습니까?”

“그래, 그래. 좋은 생각이구나. 여기서도 아직 밥상에 오르지 않았으니 그 아이도 아직 먹지 못했을 게다.”

노모가 마루로 나와 위에 걸친 겉옷 자락을 걷어붙이기 시작했다. 저녁이라 날도 추웠으며 아직 눈도 녹지 않았다. 네네가 감기라도 걸려서는 안 된다며 극력 말렸으나 노모는 벌써 정원으로 내려서서 웃으며 말했다.

“걱정 마라, 농민의 어미 아니냐…….”

정원은 어두워져가고 있었다. 잔설만이 어슴푸레 보였다. 작은 섬처럼 군데군데 희끗했다. 노모와 네네는 눈과 흙을 끈질기게 파헤쳤다. 머위의 어린 꽃줄기가 하나라도 나오길 바라며 기도하는 마음으로 찾았다.

“네네야, 안 보이는구나.”

“곧…… 나올 겁니다.”

“아직 너무 이른 거 아니냐? 봄이 조금 더 지나야 할 듯하구나.”

“하지만 없으면 없을수록 그건 더욱 귀한 것이니.”

“너도 그것을 알고 있느냐?”

노모의 그림자는 문득 허리를 쓰다듬고 있었다. 그리고 자신의 그림자에 겹쳐져 있는 그림자를 돌아보며 말했다.

“그래, 아무리 산해진미를 올린다 할지라도 만약 거기에 마음이 담겨 있지 않다면 아무것도 아니다. 사람이 물건에 의지하고 있는 것에 지나지 않는다.”

“그이가 싫어하는 것도 겉만 그럴듯하고 마음이 담겨 있지 않은 번지르르한 것들이었습니다.”

“그렇단다. 늘 하는 옛날얘기를 또 하게 돼서 좀 그렇다만, 나와 그 아이가 오와리 나카무라中村에 있던 때의 어느 날 밤에는 한 모금 피죽조차 없어서 그저 뜨거운 물에 된장을 풀어 굶주림을 잊고 추운 밤을 서로 안은 채 오들오들 떨며 지낸 적도 있었단다. 방탕한 그 아이의 양아버지는 며칠이고 집을 돌아보지 않았고, 그렇다고 비렁뱅이가 될 수도 없고, 남들에게는 남들만큼은 먹은 듯한 얼굴을 보이며 밥 알갱이는커녕 소금기가 들어간 뜨거운 물 말고는 그 아이의 뱃속에 먹을 것다운 먹을 것이 들어가지 못한 날이, 아아, 정말, 며칠이고 며칠이고 있었단다. 사람들은 그 아이를 볼 때마다 아귀라고 불렀고, 지쿠아미는 집에 돌아오면 밥벌레, 밥벌레라고 야단을 쳤지만 한참 자랄 나이였으니 어쩔 수 없는 일이었단다.”

“……”

“네네야, 이렇게 옛일을 털어놓고 말하는 것도 너밖에 없단다. 평생 그 아이 곁에서 함께 해줄 아내라고 생각하기 때문이다. 그 아이를…… 아니, 너의 남편을 천하에서 가장 크게 만드는 것도, 가장 작게 만드는 것도 모두 뒤에 있는 너의 마음 하나에 달렸다고, 진심으로 이 노모까지 의지하고 있기 때문이라고 생각해주기 바란다.”

“……”

두 사람에게 흙이 보이기나 하는 걸까? 두 사람의 손과 막대기가 움직이고 있었으나 주위는 매화의 꽃망울도 얼어붙을 듯 추위와 어둠에 잠겨 있었다.

“……하지만 네네야. 나는 지금도 잘했다고 생각한단다. 그와 같은 가난 속에서 그 아이를 기르기는 했다만 나는 늘 이렇게 얘기했다. ‘히요시日吉야, 너무 서글퍼하지 마라. 사람은 마음먹기에 따라 물질 따위는 곧 어떻게든 되는 법이란다. 무슨 일이 있어도 물질 밑에 자신을 두어서는 안 된다. 설령 가난한 시간을 보낸다 할지라도 마음은 높이 물질 위에 두어야 한다. 넌 신의 아들이다. 태양이 살아가게 하고 있는 인간이란다. 어찌 물질에 눈이 어두워 물질 밑에서 괴로워할 수 있겠느냐. 물질 위에 서서 천하의 물건을 자유자재로 써야 할 인간이 물질 밑에 놓인다면 그야말로 모든 것이 끝이다'라고."

노모는 여전히 말을 이었다.

"가난할 때만이 아니다. 부유할수록 더욱 그럴 게다. 물질을 자랑하고 물질에 아첨해서 물질을 소유하면 소유한 대로 물질 밑에 부림을 당해 가엾게도 물질 앞에서는 고개를 들지 못하는 부자가 또 얼마나 많으냐? 우리는 지금 그 아이 덕분에 성주의 아내가 되고 어머니가 되었다만 그것을 잊어서는 안 될 게다. 자신을 물질 밑에 둔다면 어찌 일국 위에 설 수 있겠느냐. 네네야…… 그렇지 않느냐?"

시녀, 노신, 젊은 무사 등 예닐곱 명의 그림자가 등불의 흔들림을 소맷자락으로 가린 채 널따란 정원 곳곳을 돌아다니며 사람을 찾고 있었다.

"마님."

"큰 마님."

"여기에 있다."

노모와 네네의 대답에 사람들이 한 곳으로 달려와서 저마다 안도의 말을 주고받았다.

"안채에도, 늘 계시던 방에도 안 계시기에 등불을 밝힐 무렵인데 어떻게 된 일일까 싶어 바깥까지 찾고 있었습니다."

"아아, 여기는 북쪽 성곽에서 멀리 떨어진 곳이구나. 정신없이 여기까지 온 듯하다."

노모는 미안해하며 네네와 얼굴을 마주 보고 미소를 지었다.

"네네야, 몇 개를 캤느냐?"

노모는 옷자락 안에 모아두었던 머위의 어린 꽃줄기를 들여다보며 물었다.

"일곱 개입니다."

네네는 자신의 옷자락 안을 헤아려보고 대답했다.

"역시 네가 더 많이 캤구나. 할미가 캔 것은 다섯 개밖에 되지 않는다. 한데 합쳐서 가져가도록 해라."

노모는 머위의 어린 꽃줄기를 네네에게 건네주었다.

"오, 머위의 어린 꽃줄기를."

"잘도 찾아내셨습니다. 눈도 쌓여 있는데."

시녀와 가신들은 등불을 가져가 가까이서 머위의 어린 꽃줄기를 바라보았다. 흙 속 깊이 숨어 있던 식물의 옅은 푸르름이, 사람들의 눈에 띈 것을 부끄럽게 여기듯 연홍색 옷자락 안에 구슬처럼 담겨 있었다.

"어머."

시녀들은 눈을 동그랗게 떴다. 그때 노모가 뒤에 떨어져 서 있던 세노오 긴고로瀬尾金五郎라는, 언제나 중문을 지키고 있는 젊은 무사를 돌아보며 말했다.

"긴고로, 너희 집안의 환자는 요즘 어떠시냐? 이렇게 추워서는 지병도 더 깊어졌겠지? 머위의 어린 꽃줄기는 담에 아주 좋은 약이라고 하더구나. 삶거나 된장국에 넣어 드시게 하도록 해라."

노모는 네네에게 넘겨주었던 머위의 어린 꽃줄기 가운데 몇 개를 집더니 종이에 싸서 그에게 건넸다.

"아, 고…… 고맙습니다."

긴고로는 뜻밖의 은혜에 당황한 듯 눈 위에 털썩 주저앉아서는 두 손으로 머위의 어린 꽃줄기를 받아들었다.

"눈을 헤치며 손수 캐신 것을……. 황송합니다. 아버지께는 더없는 행운일 듯합니다.”

긴고로는 목소리까지 부들부들 떨며 언제까지고 감격해서 울고 있는 듯했다.

성루에서 시각을 알리는 북소리가 울렸다. 밤하늘이 횃불에 비춰 시뻘겋게 물든 모습은 새해 첫날의 태양이 아직 기울지 않은 것처럼 느껴졌다.

네네가 노모를 부축했으며, 네네와 노모는 앞에서 등불을 든 시녀들의 그림자에 둘러싸여 마침내 따뜻한 대전大殿 안으로 들어갔다. 세노오 긴고로도 자신이 맡고 있는 중문으로 돌아갔다. 그러고는 품속에 있는 머위의 어린 꽃줄기를 내일 아침까지 시들지 않게 하려고 보관할 곳을 찾았다. 동료 무사들이 쉬는 방 벽에 조그만 감실이 매달려 있었는데, 그는 까치발을 하고 가만히 하얀 종이에 싸인 머위 꽃줄기를 올려놓았다.

“세노오, 뭐 하는 거야?”

동료 네다섯이 궁금하다는 듯 물었다. 긴고로는 대답하지 않고 잠시 합장을 한 뒤 그들이 있는 화로 곁으로 갔다.

비번인 동료들이 떡을 굽고 있었다. 긴고로는 비번이 아니라 화로 곁으로 다가가기는 했으나 바로 나갈 준비를 하고 있었다.

“저거 말인가? 저건 머위의 어린 꽃줄기일세.”

“머위의 어린 꽃줄기?”

동료들이 떡을 먹으며 말했다.

“이렇게 바쁜 때에 그런 걸 캐고 있었단 말인가? 또 뭐 하러 그런 걸 감실 옆에 올려둔단 말인가?”

긴고로는 반쯤 일어서다 다시 자리에 앉아 화로의 불을 바라보았다. 눈 속에서도 불이 타올라 뚝뚝 떨어지는 것처럼 보였다.

"하하하, 세노오가 울고 있어."

한 사람이 조심성 없이 웃었으나 다른 사람들은 모두 숙연히 입을 다물었다. 긴고로의 눈물에서 진지한 빛을 보았기 때문이었다.

"내가 캔 게 아닐세. 임무 중에 누가 그런 한가로운 짓을 하겠는가? 큰 마님께 받은 것일세."

"뭐? 큰 마님께?"

"들어보겠는가? 이렇게 된 걸세. 우리 아버지…… 진고로의 숙환을 큰 마님께서 어떻게 아셨는지 머위의 어린 꽃줄기는 담에 더없이 좋은 약이니 환자에게 먹이라며 주신 것일세. 아직 눈도 쌓여 있는 이 추운 밤에 마님 두 분이서 정원에 나가 손수 어렵게 찾아내신 것을 나눠주신 것일세. 이보게들…… 이게 울지 않을 수 있는 일인가? 누군가가 웃었네만, 웃으려면 웃게. 나는 울려니……."

긴고로는 두 손으로 얼굴을 가렸다. 한 사람이 불쑥 일어나 감실 밑으로 다가갔다.

"불 켜는 걸 잊고 있었군."

불이 밝혀졌다. 모두 그 불을 올려다보았다. 노모의 마음이 싸여 있는 하얀 물건과 감실 속 비쭈기나무의 푸른 잎이 사람들의 가슴속을 따뜻하게 해주었다.

"……."

누구도 다가가 절을 하지도 않았고 말로 표현하지도 않았으나 모두 똑같은 행복감에 둘러싸여 있었다. 이 성을 베개 삼아 이 자리에서 죽어도 아까울 것이 없다는 생각이 들 정도로 행복해했다. 내일을 기약할 수 없는 전국 시대에 하시바 가의 가신이 되기를 잘했다는 생각이 들기도 했다.

참으로 신기한 심리라고 하지 않을 수 없다. 등불은 한 작의 기름의 작용이며, 비쭈기나무는 어디에나 있는 식물의 가지 중 하나였다.
하얀 종이꾸러미 안에는 머위의 어린 꽃줄기가 몇 개 있을 뿐이었다.
이것들을 그저 물질로 보면 물질일 뿐이었다. 게다가 작은 물질이라고
하기에도 부족할 정도로 하찮은 것에 지나지 않았다. 그런데 그것이
사람으로 하여금 눈물을 흘리게 하고 얼마 되지 않는 녹봉을 받는 무
사에게까지 만약의 사태가 벌어지면 기꺼이 목숨을 바치겠다고 맹세
하게 했다.

머위의 어린 꽃줄기는 물질일까? 그렇게 말하는 것이 옳은 것일까?
머위의 어린 꽃줄기의 쌉싸름함―겨울 동안의 고난과 이른 봄의 희망
을 혀에 떠오르게 하는 향과 맛―을 맛이 없다고 싫어하는 사람도 있
으나 좋아하는 사람은 그 맛과 향을 매우 좋아한다.

사계절로 이루어진 미묘한 땅에서 나는 풀 한 포기의 싹도 쉽게 씹
어 삼키기 어려운 향, 색, 맛을 머금고 있다. 그런데 그것이 사람의 손
에 의해 채취되고 거기에 사람의 사랑이 더해지면 물질과 마음의 구별
이 완전히 사라져버리게 된다. 물질이 곧 마음, 마음이 곧 물질이 되는
것이다. 따라서 물질과 마음을 따로 떼어놓거나, 역작용을 일으키는
일은 무문에서도 농민들 사이에서도 경계를 해왔다. 히데요시의 어머
니는 그것을 어기지 않으려 한 것뿐이었다.

● 호조 소운 北条早雲·1456-1519

최초의 전국 다이묘. 타고난 모략와 책략으로 막부의 호리고에 구보를 멸해 이즈를 빼앗았고, 이어서 오모리 가문의 오다와라성을 차지하여 독립, 사가미(相模)를 평정했다. 다른 두 전국 삼효웅에 비해 악행은 별로 안 저지른 편이나, 앞서 서술한 것처럼 쇼군가의 일원인 아시카가 챠챠마루(足利茶々丸)를 물리치고 이즈를 빼앗은 일 때문에 효웅이라 불리게 되었다.

● 1582년 기요스 회의

오다 노부나가 사후에 열린 오다 가문의 당주 지명과 영지 재분배를 결정하기 위한 회의이다. 회의 결과,
유력한 후계자였던 노부타다(織田信忠)와 노부가쓰(織田信雄) 둘 모두 명확히 승리하지 못한 채 산포시(
三法師)의 후견인이 되어 오다 가문을 공동 통치하기로 합의했다. 이것으로 니와 나가히데(丹羽長秀), 시
바 가쓰이에(柴田 勝家), 하시바 히데요시(羽柴秀吉), 이케다 쓰네오키(池田恒興) 네 사람에 의한 일종의
과두체제인 '오다 체제'가 성립되었다.

엎드린 백성

"성주님이 돌아오신다."

"지쿠젠노카미 님께서 귀국하신다고 하던데."

"한밤중에나 오실 거래."

히데요시의 귀국 소식은 때아닌 횃불과 성안 사람들을 통해 성 아래까지 알려졌고 입에서 입으로 전해졌다.

해마다 새해 첫날 저녁이면 거리의 집들은 섣달 그믐날의 피로를 풀기 위해 일찍부터 대문을 걸어 잠그고 새카만 어둠에 고요히 잠들었다. 하지만 덴쇼 11년의 히메지 성 밑은 저녁부터 모든 집이 문을 열어 길을 쓸고 횃불을 피웠으며, 금병풍에 꽃을 더하고 처마에서 향을 피워 마음을 깨끗이 하는 사람도 있었다.

"그렇게까지 할 필요 없네. 한밤중이 되어서야 돌아오시거나, 혹은 그보다 더 늦어질지도 모르니 마중할 필요는 없어. 특히 한천동토寒天凍土, 성 아래 사람들이 감기에 걸리지 않도록 하라는 큰 마님의 분부도 있었으니 모두 문을 닫고 자도록 하게."

말을 타고 순찰을 돌던 무사가 말리기도 하고 타일러보기도 했으나 잠을 자기는커녕 문을 닫고 안으로 들어가는 사람도 없었다. 처음에는 집집마다 나와 모여 있기도 하고 집 앞에 앉아 있기도 하다 보니 온 거리가 잡담과 웃음소리로 떠들썩했다. 마침내 밤안개 속으로 앞서 달려온 두어 기의 사람들이 '도착. 곧 도착하실 것이다'라고 시카마飾磨 방면의 가로수 길에서 네거리의 목책과 길가의 경비들에게 신호를 하며 달려 나가자 큰길의 밤하늘은 한층 더 밝게 횃불을 올리고 거리의 연도는 갑자기 얼어붙은 것처럼 조용해졌다.

백성들은 한 명도 남김없이 모두 처마 밑에 앉아 있었다. 살얼음까지 깔린 차가운 밤의 대지에 멍석조차 깔지 않았다. 그런데 시간이 흘러도 성주의 행렬은 좀처럼 모습을 드러내지 않았다. 히데요시는 그날 아마가사키尼ヶ崎 부근에서 배에 올라 해로의 북풍을 등에 업고 지금 막 시카마 항구에 도착했지만 많은 수행원과 마필, 짐 등을 내리는 데 시간이 걸렸다.

무릎을 꿇고 앉아 기다리는 백성들의 등에 하얀 서리가 내린 듯 여겨졌다. 여기저기서 기침 소리도 들려왔다.

"오시려면 아직 멀었다. 한밤중에나 오실 거야. 큰 마님께서도 걱정하시니 모두 문을 닫고 들어가 잠을 자도록. 안으로 들어가, 집으로 들어가서 자도록 해라."

성의 무사가 돌아다니며 거듭 타일렀으나 그렇게 말하면 말할수록 무릎을 꿇은 백성들은 더 들어가려 하지 않았다. 그러는 사이 시카마로 통하는 길의 가로수 위로 밝은 빛이 확 번지기 시작했다. 횃불이 하나하나 다가오기 시작했다. 얼어붙은 땅에서 따각따각 말발굽 소리가 들려왔다.

많은 숫자가 아니었다. 측신, 시동, 짐꾼까지 해서 칠팔십 명쯤 되는 행렬이었다. 하시바 지쿠젠노카미의 입국치고는 지나치게 적다 싶을 정도의 인원이었다. 그날 다짐하자마자 뛰쳐나온 것이었기에 수행할 신하들도 제대로 따라나서지 못했던 것이리라.

"오오, 건강하신 듯하군."

"작년보다 더 건강하신 것 같아."

"믿음직한 대장의 모습."

눈앞을 지나는 히데요시를 보고 무릎을 꿇은 백성들은 크게 기뻐했다. 히데요시는 금빛 안장 위에 있었고 백성들은 얼음 위에 조아리고 있었으나, 그 사이에 존재하는 계급의 차이야말로 오히려 백성들이 크게 안심하는 바였다. 국주國主와 백성 사이에는 어떠한 대립도 없었으며, 백성의 마음이 곧 국주였고 국주의 마음이 곧 백성이었다. 요컨대 두 가지가 완전히 하나의 경계 안에 있었기 때문이었다.

"오…… 그래, 그래."

히데요시는 말 위에서 길 오른쪽을 보고, 왼쪽을 보며 감탄사를 터뜨리고 있었다. 횃불이 앞뒤에서 그의 옆얼굴을 붉게 비추고 있었으며, 그의 입에서는 하얀 숨결이 뿜어져 나왔다.

수행원으로는 하치스카 부자, 이코마生駒, 이나바, 호리오堀尾, 와키자카 등의 부장이, 시동으로는 가토, 가타기리, 이시다石田, 후쿠시마福島 등의 무리가 따라나섰다. 백성들에게는 모두 낯익은 사람들이었다.

"날도 추운데."

히데요시의 말은 무릎을 꿇고 있는 사람들에게 전해졌다.

"우리를 걱정해주신 것이다."

백성들은 직감했다. 그 순간 한층 더 머리가 숙여져, 거리와 길가 끝까지 나란히 무릎을 꿇은 백성들의 그림자가 바람에 나부끼듯 더욱 낮게 엎드려졌다.

"어느 집이나 가가미모치鏡餅243가 커다랗구나."

---

243 신불에게 바치거나, 설이면 장식 공간에 차려두는 둥근 떡.

히데요시의 목소리였다. 마을 안에 말발굽 소리가 천천히 들려오고 있었다.

땅으로 쏟아지는 자비로운 눈빛과 올려다보는 무수한 신뢰의 눈빛. 양자는 완전히 하나였다. 다른 몸이 아니라 같은 몸이었다. 만약 따로였다면 이러한 광경은 땅에서 볼 수가 없다. 교만과 비굴의 대립에서 평등을 빙자한 투쟁이나, 끝없는 인간의 욕망에서 일어난 끝없는 갈등이 영원히 피로 피를 씻기 시작할 것이다.

참된 평등은 형식적으로 만들어진 평면이 아니다. 엄연한 상하에 있다. 말 그대로 상하가 참으로 일심동체가 되었을 때 존재하는 것이다. 무사侍는 곧, 아래에 앉은 모습을 나타낸 것이다. 무사의 본질도 아래에 앉은 모습이다. 그 무문 아래에 무릎을 꿇은 백성도 강요에 의한 것이 아니라 스스로의 신뢰와 안도감에서 그런 모습을 보이는 것이다.

오늘 밤, 히데요시를 보고 눈물을 흘리는 노인도 적지 않았다. 맹신에 의한 그릇된 섬김이라고 보기에는 너무나도 진지하고 소박한 눈물이었다. 눈물은 그들의 커다란 안도감에서 흘러나온 것이었다.

사람들은 '이 어른 아래서 살고 있기에'라고 생각하며 감사해했고, '나라에 이 사람만 있다면'이라고 생각하며 신뢰했다. 그리고 오늘도, 내일도 앞날을 알 수 없는 전국 시대에서의 생애를 모두 히데요시의 품속에 맡겨두었다.

이 지방도 오닌応仁[244] 이후의 어둡고 난마와도 같은 시대적 고난의 기다란 흐름 속에 존재할 수밖에 없었다. 지금의 노인, 장년, 청년은 모두 예전의 오랜 피와 기아 속의 방랑을 직접 체험했다. 예전 불안했던 시대에는 오늘 밤처럼 땅바닥에 무릎을 꿇고 싶어도 진심으로 우러를 사람이 없었던 것이다. 홀연 나타났다가 홀연 사라지는 사병私兵적 세

---

244 일본의 연호. 1467~1469년.

력이나, 그들을 몰아내고 국수國守나, 군수郡守를 칭하는 사람이 나타났다 할지라도 덕이 없고 위엄이 없고 오랜 계획이 없었다. 그저 백성들에게 의지해서 혈세를 추구하는 데만 능했다. 그랬기 때문에 아래에서도 역시 위를 놓고 왈가왈부했으며, 관리의 위법이나 서로의 악행만을 들춰냈다. 이래서는 당연히 망할 수밖에 없었다. 그리고 다시 비슷한 국수가 일어났다가 마찬가지로 멸망해 갔다. 하지만 끝을 알 수 없는 불행은 오히려 백성들 속에 있었다. 진심으로 존경해서 땅에 무릎을 꿇고 앉을 수 있을 만한 사람을 갖지 못한 백성은 진심으로 편안함을 얻지 못하기 때문이다.

"……."

히데요시는 활활 타오르는 횃불 속을 지나 벌써 성안으로 들어가 있었다. 그 성대한 경관을 보고 가장 크게 기뻐한 사람은 히데요시가 아니라 히데요시의 영민領民들이었다.

큰길 난간이 달린 다리 부근에 집안 무사의 가족들이 모두 나와 히데요시를 맞이했다. 또 성문으로 들어서서는 수많은 문과 망루, 현관에 오르는 계단에서부터 앞마당에 이르기까지, 성안의 모든 가신들과 하인들이 땅바닥에 무릎을 꿇고 히데요시를 맞이했다.

"오오, 모두 무사했구나. 건강한 모습을 보니 다행이다, 건강해서 다행이야."

히데요시는 새카만 말 위에서 친히 둘러보고 기쁨을 함께 나누며 지나갔다. 마침내 자신의 집에 돌아왔다는 마음이 든 모양이었다. 그는 말을 묶는 곳 앞에서 훌쩍 뛰어내려 고삐를 하인에게 건네준 뒤, 일순 감개무량한 표정으로 성안을 둘러보았다.

'마침내 살아 돌아왔구나.'

히데요시는 새삼스레 그렇게 생각했다.

작년 6월 여름, 다카마쓰高松 성을 공격하던 병사들을 거두어 일거에 야마자키를 향해 한달음에 달려가 고 노부나가의 복수전에 임했을 때는 '살아서 다시 돌아올 날이 있을까?'라고 생각하며 문을 나섰다. 미요시 무사시노카미三好武藏守, 고이데 하리마노카미小出播磨守 등에게 '만약 히에요시가 졌다는 소식을 들으면 우리 권속도 모두 처분하고 성안에 집 한 채도 남기지 말고 불태워버리게'라는 명령을 남기고 떠났을 정도였다. 그런데 오늘 그 집으로 다시 돌아왔다. 덴쇼 11년(1583년) 첫날 한밤중에 돌아온 것이다. 그러니 감회가 새롭지 않을 수 없었다.

'만약 그때 나가하마의 처자 권속에게 마음이 이끌리고 성 하나에 집착하여 여기서 목숨을 다하겠다는 생각에 출진하지 않았다면 서쪽은 모리의 대군에게 압박을 받았을 것이며, 동쪽은 아케치의 강화로 인해 결국 오늘과 같은 귀추는 볼 수 없었을 것이다.'

한 개인의 경우도, 한 나라의 경우도 흥망의 경계는 생사를 어디에 거느냐에 달려 있다. 사즉생死卽生, 생즉사生卽死다.

성에 남아 성을 지키다 히데요시를 맞은 무리와 말단의 하인들까지 그날 밤 몸을 아끼지 않고 주인이 승리해서 얻은 존귀한 '목숨'을 위로하기 위해 앞다투어 노력한 것도 당연한 일이었다. 하지만 히데요시는 휴식을 취하기 위해 돌아온 게 아니었다. 혼마루에 들어서자마자 여장도 풀지 않고 고이데 하리마와 미요시 무사시 등 성을 지키는 무리들을 불러 모았다.

"음, 음……. 그런가? 그래, 잘 처리했네. 그런데 그 문제는?"

그들에게서 최근의 주고쿠 정세와 영지 안 사정을 귀 기울여 듣고 궁금한 것들을 연달아 물었다.

자정시子正時, 밤은 심경深更이었다. 가신들은 '하루 종일 쌓인 피로도 있을 텐데'라고 생각하며 너무나도 왕성한 정력이 주인의 몸을 상하게 할까 봐 걱정했다.

"자당께서도, 네네 마님께서도 저녁부터 학수고대하고 계셨습니다. 우선은 안채로 건너가셔서 나리의 건강한 모습을 보여드리는 것이 어떻겠습니까?"

미요시 무사시노카미 가즈미치三吉武藏守一路는 히데요시의 자형이었다. 그러다 보니 그렇게 권할 수도 있었던 것이다. 가신들과 머리와 무릎을 맞대고 있던 히데요시는 그제야 한밤중이라는 사실을 깨달았다는 듯 '음' 하고 고개를 끄덕였다. 그러고는 자리에서 일어나 이렇게 말하고 안으로 들어갔다.

"내일은 모두 마음껏 쉬도록 하게. 설을 마음껏 즐기도록 하게."

커다란 자비

안채로 들어가자 노모와 아내와 조카딸과 처제 등이 잠도 자지 않고 히데요시를 기다렸다. 한데 모여 절을 하는 가족들에게 히데요시는 미소로 화답했다. 그리고 누구보다도 먼저 노모 앞으로 가서 얼굴을 보았다.

"이번 설에 마침내 약간의 말미를 얻어 잠시 뵙고 인사를 드리러 왔습니다."

아랫자리에 앉아 어머니에게 절하는 히데요시의 모습은 그야말로 노모가 지금도 입버릇처럼 말하는 '그 아이'의 모습 그대로였다. 희고 부드러운 비단 두건 속에서 노모의 얼굴은 말이 없었으나, 말 이상의 기쁨을 내보이고 있었다.

"지금까지 고생 많았다. 특히 작년은 쉽지가 않았을 테지. 하지만 잘 견뎌주었구나. 무엇보다 축하할 일이다."

"이번 겨울은 전례 없이 추웠던 듯한데 어머니는 생각보다 더 건강하신 듯합니다."

"그래, 모두 우리 나리 덕분으로 이렇게 오래 살게 되었구나. 나이는 기억하는 것이 아니라고들 하지만 나도 어느 틈엔가 고희를 하나 넘어서게 되었구나."

"그러고 보니 올해로 일흔한 살이 되셨습니다."

"뜻밖에도 장수를 하는구나. 이렇게 오래 살 줄은 꿈에도 몰랐었는데."

"아닙니다. 백 세까지 사셔야 합니다. 이 히데요시도 아직 이렇게 어린아이에 불과하니."

"호, 호, 호. 우리 나리도 이번 봄에 마흔여덟 살이나 되셨는데……. 호호호호호. 어찌 어린아이라고."

노모가 웃음을 터뜨렸다. 네네도 따라 웃었다.

"하지만 어머니께서도 늘 '그 아이, 그 아이' 하고 말씀하지 않으십니까?"

"그건 입버릇이다."

히데요시가 크게 기뻐하며 말했다.

"부디 언제까지고 그렇게 불러주십시오. 나이만은 먹어도 이 히데요시, 솔직히 말씀드리면 마음은 나이만큼 자라지 못했습니다. 게다가 어머니라도 안 계시면 이 어린아이는 긴장을 놓아 성장을 멈출지 모릅니다."

조금 뒤늦게 이곳으로 온 미요시 무사시노카미가 노모와 이야기 나누는 히데요시의 모습을 보고 어처구니없다는 표정으로 말했다.

"나리, 아직도 여장을 풀지 않으셨습니까?"

"무사시인가? 우선 앉게."

"앉기야 하겠습니다만, 우선 욕실로 가셔서 목욕이라도 하고 오시는 것이 어떻겠습니까?"

이곳에서는 무사시노카미도 밖에서와는 달리 히데요시의 자형이니, 가족 중 한 사람이었다. 히데요시는 자형의 말에 순순히 고개를 끄덕였다.

"그래, 그래야겠군. 네네, 안내를 해주오."

네네는 천천히 일어나 턱을 치켜들고 나갔다. 얼굴에 기쁨이 가득했다. 그것은 바로 '네' 하고 남편의 목소리에 응해 따라나간 아내에게서 볼 수 있는 모습이었다.

위대한 남자를 남편으로 둔 여자는 선택받은 행복한 사람이라고 할 수 있으나, 여자의 좁은 마음으로는 그러한 남편을 둘 수 없게 마련이다. 집에 없는 날이 많고 가끔 집에 있을 때도 수많은 공무와 가신과 근친들이 남편 주위를 둘러싸고 있다. 그리고 남편이 끊임없이 싸우고 있는 창조의 세계는 자칫 아내를 멀어지게 한다. 하지만 아내는 어디까지나 이해하고 받들어야만 한다. 그렇게 좋은 아내여야만 한다.

네네는 욕실 옆방에 벗어던진 남편의 옷을 손수 개고 있었다. 무사의 겉옷, 소매가 좁은 옷, 속옷 등이 오래 갈아입지 않은 듯 때에 절어 있었다. 남편의 옷가지를 보며 집에 머물러 있다는 사실이 미안하게 여겨져 '곁에 있었다면' 하는 생각이 문득 들지 않은 것도 아니었다. 하지만 이는 평소 히데요시 곁에 있는 사람이 소홀하기 때문이 아니었다. 한 가지 일에 몰두하기 시작하면 그 관문을 뛰어넘을 때까지 몸에서 냄새가 나든, 이가 생기든 수십 일이고 아무렇지도 않게 지내는 것이 남편의 습관이었다. 그랬기에 그럴 때면 하녀들에게 옷을 치우게 할 때도 주의를 주며 건넸다.

"이가 생겼을지도 모르니 따로 보관하도록 하고, 속옷은 뜨거운 물에 담갔다가 빨도록 해라."

익숙하지 않은 시녀는 웃음을 참느라 고생을 한다. 하지만 하시바가와 이는 끊으려야 끊을 수 없는 관계에 있다. 네네가 열여섯 살, 히데요시가 스물여섯 살이었던 옛날, 기요스에 있던 처마가 기울어진 궁수

들의 숙소에서 두 사람이 그저 형식뿐인 식을 올린 날 밤부터 이 친척
아닌 친척은 이미 부부의 생활에 섞여들어 있었던 듯하다. 신부가 처
음으로 신랑의 옷을 빨았을 때, 그녀는 남편의 친구들을 속옷의 바늘
땀에서 발견하고 눈을 둥그렇게 떴다. 그 뒤 아내는 남편에게 이렇게
말했다.

"제가 사람들의 웃음거리가 됩니다."

하지만 남편은 이렇게 대답했다.

"저절로 생기는 걸 어쩌겠는가?"

그렇게 이는 젊은 부부의 싸움의 원인이 되는 적도 종종 있었다. 결
국 네네가 남편을 이해하게 되면서, 또 전장이 곧 가정이고 가정이 곧
전장이라는 듯 거칠게 몰아치는 바람이 잦아들 줄 모르는 시대를 살아
가면서 이 문제는 자연스럽게 해결되었다.

남편의 속옷에서 이를 발견하는 날이면 오히려 남편이 아내에게도
말하지 못한 고생이 떠올라 눈물이 났다. 치열한 에이로쿠永祿, 겐키元
龜, 덴쇼 시대를 살아가며 네네도 히데요시에게 뒤지지 않을 만큼 하루
하루 여러 가지를 배우고 있었던 것이다.

"아아…… 극락이 따로 없구나, 극락이 따로 없어."

욕실 안에서 들려오는 목소리였다. 그러더니 성급하게 대여섯 번 물
을 뒤집어쓰는 소리가 들렸다.

"네네, 등을 닦아줘."

드르륵, 나무문이 열렸다. 썩 훌륭하지 않은 등이 네네 쪽을 향하고
있었다.

네네의 명령에 따라 갈아입을 옷과 버선, 신변의 물품 등을 들고 온
시녀들은 히데요시의 등을 보고 기겁을 해서 옆방으로 물러나버렸다.
그리고 모두 얌전히 기다리고 있자니 듣지 않으려 해도 목소리가 들려

왔다.

"어때? 살이 좀 붙었지?"

"호, 호, 호. 그렇게까지는."

"잘 보라고, 이 부근을."

히데요시는 그렇게 자랑하며 자신의 손으로 몸을 찰싹찰싹 때리는 모양이었다.

"예전에 비하면 지금은 천하장사가 됐어."

"어머, 속옷을 어서 입으세요."

"잠깐, 잠깐."

"뭐 하시는 거예요?"

"모르겠나? 씨름꾼의 자세잖아. 네네, 한판 붙겠는가?"

시녀들은 입을 가리고 웃음을 참느라 힘들어했다. 이게 쉰 살에 가까운 부부인가 싶어 어처구니없다는 듯 눈과 눈을 서로 마주 보고 있었던 것이다.

히데요시의 가족들은 이미 익숙해져 있었다. 예전부터 히데요시의 사생활에는 일정하게 정해진 시간이 없었다. 침식, 출입이 때에 따라서 달랐다. 오늘 정한 것이 내일의 예는 아니었으며, 내일의 예정은 결코 내일의 규칙이 아니었다. 모든 것을 공적 생활에 바탕을 두었으며, 사생활은 그 사이사이에, 시운의 완급에 따라서 적절하게 영위했다. 그러다 보니 자연스럽게 하루하루의 변화가 심했다. 어제는 이에게 목덜미를 물어뜯겼으나, 오늘은 목욕을 하며 왕자다운 쾌적함을 맛보았다.

오늘 밤도 벌써 축시丑時(오전 2시)를 알리고 있었다. 하지만 지금 막 욕실에서 나온 히데요시는 지금부터 시작이라는 듯한 모습이었다. 깔끔해진 얼굴을 다시 노모가 있는 방의 불빛에 내보이며 말했다.

"그럼, 바로 먹겠습니다. 이 히데요시, 배가 고픕니다."

히데요시는 벌써부터 상 앞에 자리를 잡고 앉아 술잔을 들고 국을 마셨다. 젓가락을 집었다. 다시 술잔을 들었다. 참으로 분주했다.

미요시 무사시노카미가 노모와 함께 웃으며 그 모습을 지켜보았다.

"배가 많이 고팠던 모양입니다."

"음, 음. 벌써 술기운이 오르네."

히데요시는 그렇게 말하고 자형인 무사시노카미에게 술잔을 건넸다.

"네네, 더운 물에 만 밥을 줘."

"술은?"

"내일도 있으니 그만두기로 하지. 밥, 밥."

히데요시는 오는 동안 바다 위도 추웠고 배 안에서도 여러 가지 진미를 늘어놓게 하기는 했으나 이렇게 노모의 얼굴을 보고, 다 함께 먹는 즐거움을 생각해서 애써 과하게 먹지 않고 배 속을 비운 채 왔다며 더운 물에 만 밥을 먹었다. 그리고 흥에 겨워 이야기를 하며 문득 젓가락으로 집은 머위의 어린 꽃줄기를 잠깐 바라본 뒤, 앞니로 씹으며 맛을 보았다.

"이건 진미로구나."

다시 젓가락을 머위의 어린 꽃줄기에 가져갔다. 그리고 더운 물에 만 밥을 한 그릇 더 비웠다. 노모의 눈가에 기쁨이 물결처럼 번졌다. 노모가 시중을 들던 네네를 돌아보고 속삭였다.

"마음에 든 모양이로구나."

네네도 방긋 웃으며 고개를 끄덕였다. 마치 보답을 받은 사람처럼 가슴이 벅차오른 모양이었다.

"잘 먹었다."

하지만 히데요시는 그렇게 한마디 말만 한 뒤 젓가락을 내려놓고 자형과 이야기를 나누었다.

"누님과 아이들 모두 건강하신지?"

"무탈하게 지내고 있습니다. 조만간 함께 신년 인사를 올리겠습니다."

"잘 있다니, 굳이 만날 건 없겠소. 집안일을 하도록 내버려두게. 안살림을 하는 것도 쉬운 일은 아니니. 작년에 이 성을 돌보는 안주인 역을 맡느라 어깨가 무거웠을 것이오."

"서쪽 나라들에 대해서는 늘 만일의 사태가 벌어지면 목숨을 바치겠다는 태도로 견제를 해왔습니다만, 성의 관리를 맡은 뒤 비로소 사람 부리는 일이 어렵다는 것을 알게 되었습니다. 여러 사람을 한 사람처럼, 또 수족처럼 움직이는 것은 참으로 어려운 일입니다."

"어렵다고 하면 어렵고, 쉽다고 하면 쉽지."

"물론 나리와 같은 기량을 가진 사람이라면 그럴 테지만……."

"그렇지만도 않네."

"아니, 누구나 할 수 있는 일이 아닙니다. 여러 사람을 거느릴 그릇이 아니라면."

"그릇?"

"그렇습니다."

"자형, 이 히데요시를 그렇게 작게 보셨소?"

"작게 본 것이 아니라…… 나리의 기량을 칭찬한 것입니다. 스스로 제후들을 이끌 기량을 갖추신 것이라고."

"그릇 가지고는 아직 멀었소. 너무 작아. 히데요시를 비유하는 데는 어울리지 않소."

"어째서?"

"아무리 커다랗다 할지라도 그릇에는 형태가 있고 한도가 있소. 담기에 적당한 것과 담을 수 없는 것이 있지 않소."

"그렇다면?"

"성 하나를 인솔하는 자, 그것은 그릇이면 충분할 것이오. 군 하나를 다스리는 자, 그것도 그릇이면 충분하오. 하지만 삼천 세계의 지식석학知識碩學 및 불기견개不羈狷介 및 우부나부愚夫懦夫, 모든 범인까지 담으려면 그릇으로는 감당할 수가 없을 것이오."

"글쎄, 모르겠습니다."

"당연한 일 아니오."

"그렇다면 히데요시란 인물은 대체 무엇입니까?"

"그렇게 묻는다면……. 글쎄, 뭘까? 셋쓰攝津 두 개 군 하리마播磨의 국수평조신좌근위소장國守平朝臣左近衛少將은 대체 뭘까?"

히데요시는 짐짓 고개를 까닥여 보이다 다시 말했다.

"아아, 잊고 있었군. 생각해보니 너무 커다란 걸 잊고 있었어. 이 몸도 역시 인간이었군. 자형, 잘 보시오. 이 히데요시는 인간이오."

"호호호호."

"호, 호, 호."

히데요시의 익살을 종종 보아왔던 노모와 아내와 하인들은 주위에서 웃음을 터뜨렸다. 하지만 히데요시와 무사시노카미 사이에는 그야말로 쉽게 볼 수 없는 진지한 눈빛이 오갔다.

"이 히데요시가 인간이기에 인간 그 누구의 마음도 알 수가 있는 것이오. 백성들 밖에 따로 마련한 그릇이 아니라, 백성들과 같은 히데요시요. 히데요시는 백성과 하나요. 그렇게밖에는 대답할 수가 없소."

"……"

"그렇기 때문에 모든 정사에도 어려움이 없는 것이오. 지식인과 현인까지지도 포함해서 사람은 무릇 범인이라 생각하오. 하나…… 범인이라고는 하지만 깊고 깊은 곳에는 일이 생기면 눈물도 흘리고, 화가 나면 하늘까지도 치는 영혼의 샘물을 모두 가슴에 가지고 있소. 누구에게는 있고 누구에게는 없는 그런 것이 아니오. 스스로는 깨닫지 못하는 범우凡愚도 가지고 있소. 이 나라에 태어난 자의 천성, 그것만은 틀림없는 사실이오. 그것을 무엇이라 하면 좋겠소? 신이라고 해도 상관없소. 부처라 이름 붙여도 좋을 것이오. 어쨌든 무한한 영의 샘물, 백성에게 있는 마음 깊은 곳의 우물. 정치가 됐든, 싸움이 됐든, 이 히데요시는 단지 그곳에 있는 두레박이오. 그저 위와 아래를 오가고 있는 것에 불과하오.”

“그것을 헤아릴 수 없습니다. 제게는 헤아릴 능력이 없습니다.”

“아니, 헤아리려 하지 않는 것이겠지. 우물의 수면만을 들여다보고 이건 오염된 우물이네, 이건 마른 우물이네 하며 대중을 잘못 보고 두레박이나 우물만 탓하는 것을 능사로 삼지는 않았는지? 바닥 깊은 곳의 맑은 물이 콸콸 솟아오를 때까지 진심을 다해보았는지?”

“……”

“무릇 각 주의 국수들도 그렇고 군수들도, 특히 영지 안의 백성들을 볼 때면 더욱 심한데, 하늘 아래의 대중을 볼 때면 대중이란 낮은 자, 지혜 없는 자, 아무래도 상관없는 자들로 여기나 이 히데요시에게는 이해할 수 없는 일이오.”

“그렇다면 나리의 눈에는 어떻게 보입니까?”

“대중은 커다란 지식이오. 이 히데요시라 할지라도 속일 수가 없소. 농간을 부려서는 뜻대로 움직일 수가 없소. 그들을 움직여 생사와 고락을 함께하려면 오로지 진심과 성의를 보일 수밖에 없소.”

노모와 네네는 참견을 하지 않고 깜빡이는 촛불과 함께 조용히 앉아 있었다. 자형인 무사시노카미는 때때로 뜨끔한 모양이었다. 히데요시가 이처럼 진지하고 진실하게 속내를 이야기하는 것은 드문 일이었다. 그것은 그가 천하에 포부의 시초를 펼치려 함에 있어서 올해 초를 참으로 중대한 시기라 보고 '바깥보다는 안에서 지지 않기 위한 준비'를 일족인 무사시노카미에게 은근슬쩍 알려둔 것으로 여겨지기도 했다. 자형인 무사시노카미도 이심전심으로 히데요시의 뜻을 잘 알았다. 그만큼 히데요시가 자신에게 의지하는 부분이 크다는 사실도 잘 알았다.

특히 그의 큰아들인 마고시치로 히데쓰구孫七郎秀次(훗날 도요토미 히데쓰구)는 히데요시의 손에 의해 미요시 야스나가三好康長의 양자가 되었으며, 아직 열여섯 살이었으나 가와치河內 기타야마北山에서 이만 석이라는 두터운 대우를 받고 있기도 했다.

히데요시는 어머니를 극진히 생각하는 천성으로 골육을 대했다. 아니, 그러한 심정으로 영민들을 대했으며, 천하의 백성과도 즐겁게 살아가자는 것이 인신人臣으로서의 그의 비원인 듯 여겨졌다. 하지만 그가 우려하는 것은 그 커다란 비원도 간신히 시작되었을까 말까 한 상황인데 자신의 권속이나 가신들 속에서 지금의 작은 성과에 자만하는 듯한 기운이 전혀 없지 않다는 점이다. 특히 권력을 가진 관리들 사이에서 종종 듣기 싫은 소리가 들려왔다.

백성과 하나인 그는 자신 밑에 있는 관리가 백성에게 매정하거나 부당한 사권을 휘둘렀다는 소리를 들으면 그때마다 어딘가 아픈 듯한 얼굴을 했다. 실제로 가슴이 욱신욱신 아파왔다. 그럴 수밖에 없는 게 그는 어렸을 때 빈곤하고 방랑한 온갖 하류 생활을 해왔다. 그랬기에 권세와 매정한 채찍이 몸의 살갗에, 살에, 골수에 어떤 맛을 주는지 길가의 개가 사람 손에 쥐어진 돌멩이를 보는 것처럼 너무나도 잘 알고 있었다. 그러면서도 백성의 공사를 듣고 소송의 판결 등에 임할 때면 참으로 가혹했다. 놀라울 정도로 엄하게 다스렸다.

히메지에서는 그럴 만한 여유도 없었으나 오래 머물렀던 나가하마나 교토의 정치소에서는 관리와 함께 법무를 처리하는 경우도 있었다. 그의 단죄는 단순해서 대부분 세 가지 벌로 나뉘었다. 그 세 가지 벌이란 야단치고 때리고 베는 것이었다. 물론 죄의 성질에 따른 것이기는 했으나 참형을 내리는 경우도 종종 있었다. 베는 것을 대수롭지 않게 여기고 있는 것처럼 목을 베게 했다. 때로는 형리들이 봐도 지나치게 중한 게 아닐까 여겨질 정도였다. 한번은 형리가 매우 조심스럽게 히데요시에게 뜻을 밝혀 재고를 요청했더니 히데요시가 그 형리를 이렇게 야단쳤다.

"한심한 놈. 사랑스러운 백성을 좋아서 죽이는 사람이 어디 있겠느냐?"

그러고는 바로 말을 바로잡았다.

"죽이는 것이 아니다."

다시 빠른 어조로 덧붙였다.

"일살다생一殺多生이다. 만 명을 잘 살아가게 하기 위해 때론 한 사람을 희생으로 삼는 일 따위는 아무것도 아니다. 하물며 엄한 규율로도 도저히 바로잡을 수 없는 악성惡性을 거기에 쓰는 것은 히데요시의 커다란 자비라고도 할 수 있다."

그렇게 커다란 소리로 꾸짖었을 때 히데요시의 빨간 얼굴이 눈 속까지 빨개지더니 당장이라도 울음을 터뜨릴 것처럼 보였다. 그것은 나가하마 시대에 있었던 일이었는데, 무사시노카미는 지금 문득 그 일을 떠올렸다. 그는 마음에 짚이는 것이 있었다. 커다란 자비, 그것을 가지고 백성과 하나가 되는 지휘자라면 백성의 무한한 마음속 샘물에서 무한한 힘을 길러낼 수도 있으리라는 생각이 든 것이었다. 그리고 원나라의 침공과 같은 국난이 일어난 경우라면 당대의 선도자들은 여러 백성들의 분노를 몸에 두르고, 백성 가운데서 게으르고 비겁한 사람을 악마의 채찍으로 때리지 않을 수도 없는 법이다. 도저히 깨우칠 수 없는 사람을 베어 저잣거리에 내건다 할지라도 하늘은 이를 무도한 짓이라고 하지 않을 것이다.

단, 그것은 한 치도 사심이 없어야 하고 권력이 문란하지 않아야 하고 백성과 하나가 된 사람의 커다란 자비심 아래서 행해지는 것이어야 한다.

'불가능해……. 불가능하기 때문에 존귀한 거야. 따라서 만약 그런 사람이 나타난다면 일세의 태양, 백성의 사부가 될 게야.'

무사시노카미는 그렇게 반성을 하며 잠시 성을 맡아 다스렸던 때의 정치를 되돌아봤다. 그리고 '비슷한 정도로도 하지 못했다'며 솔직히 부끄러워했다.

밤에 책상다리를 하고 앉아 그렇게 이야기를 나누는 일은 거의 없었다. 사경 무렵, 가신들도 없고 친인척들뿐이었다. 네네와 노모에게 폐가 된다는 것은 알았으나 무사시노카미는 자신의 생각을 토로하며 히데요시에게 물었다.

"조금 전 어렵다고 하면 어렵고, 쉽다고 하면 쉽다, 정치도 싸움도 한 가지라고 말씀하시고, 히데요시도 인간, 백성과 하나라고 하셨습니다만, 그 인간이란 대체 보이는 겉모습이 본성일까요, 속 깊이 있다고 말씀하신 선미善美가 본성일까요? 어느 것이 참된 인간의 본성일까요?"

히데요시가 평소와 달리 진지하게 말했다.

"그렇게 정해놓고 보는 것이 잘못일세. 이보게, 자형. 서로 몸의 모습은 하나지만, 마음의 모습은 하나가 아닐세. 자네의 성정 속에도 선과 악이 있으며, 히데요시의 성정 속에도 범우와 총명함이 있다네. 단지 대중, 그 어지럽고 탁한 대해에서 진심을 퍼 올리고 아름다움을 일으킬 뿐이라네."

"바로, 그것입니다만."

"생명력일세. 생명력이 풍부한 백성이 아니고는 구해도 퍼 올릴 수가 없을 게야. 그리고 생명력이 풍부한 자일수록 죽음도 두려워하지 않아. 이 히데요시는 젊은 무사들에게서 그것을 늘 보아왔네. 하지만 인간은 모두 살고 싶어 하는 법일세. 결국 백성은 그것일세. 참으로 작은 소망 아니겠나? 가엾고 사랑스럽다네. 우리 무문은 백난고전百難苦戰에 정면으로 맞서 나아간다 할지라도 백성의 부녀노소婦女老少는 활기차고 즐겁게 살아가며 따라오도록 하고 싶다네."

"누구나 생각하고 있는 일입니다만."

"우리의 영지도 언제 아수라장이 될지 모르나 바로 그렇기에 더욱 그런 것이야. 무릇 인간의 생명력이란 자식을 낳고, 먹고, 싸우고, 사문沙門에서 말하는 애욕즉시도愛慾卽是道, 음식즉시도飲食卽是道, 투쟁즉시도鬪爭卽是道 세 가지로 귀결된다고 들었어. 게다가 모두 보살로 통하는 업이라고 하질 않나. 싸움은 우리가 할 것이야. 지켜보고 있으라고 해도 지켜보고 있지 못하는 것이 백성의 본능이지. 그 싸움이 더욱 치열해진다 할지라도 먹는 것, 자식을 낳는 것 두 가지만은 결코 소홀히 해서는 안 돼."

"……."

"그리고 너무 지나치게 간섭하지 않는 것도 필요해. 정치가 너무 촘촘하면 백성은 창의성을 잃고 백성의 힘도 약해진다고 하질 않나."

"그러한 때의 커다란 자비란?"

"분노의 부동不動이면 충분해."

"그렇다면 부동명왕처럼."

　"부동명왕과 관세음보살은 두 모습을 하고 있으나 사실은 하나의 부처일세. 표리 하나의 커다란 사랑을 나타낸 것이지. 그래, 그래……. 자네에게 주기로 하지. 네네, 자네 방에 조그만 금색 관음상이 있었지? 그것을 내일이라도 자형의 지불持佛로 드리도록 하게."

쐐기

닭소리에 놀라 잠깐 눈을 붙이기는 했으나 거의 밤새워 이야기했다고 해도 좋을 것이다.

이른 새벽의 북소리와 함께 히데요시는 벌써 의관을 갖추고 히메姬산의 사원 앞에서 아침 예배를 올렸다. 그다음 네네의 방에서 떡국을 먹었다. 그리고 혼마루로 나갔다.

정월 초이틀, 히데요시가 왔다는 사실을 알고 아침부터 원근에서 연하 인사를 올리기 위해 성으로 들어오는 사람들이 끊이질 않았다. 히데요시는 일일이 맞아들여 잔을 건넸고, 바로 물러나려는 하객들을 만류했다.

"천천히 한잔하고 가게."

"자, 이쪽으로 오십시오."

시동들이 다른 편안한 방으로 부지런히 안내를 했다. 그곳에는 선객들이 밝은 얼굴로 앉아 있었다. 혼마루, 니시마루에 걸쳐 손님이 없는 방은 없었으며, 저쪽에서 노래를 부르면 이쪽에서도 노래로 답해 성안 가득 활기차고 화기애애한 기운이 감돌았다.

정오가 지나서도 히데요시 앞에는 여전히 새로운 하객이 끊이지 않았으나 히데요시는 그 사이에도 서기 세 명을 옆에 두고 여러 잡다한 장부를 펼치게 해서 누구에게는 옷을 한 벌 주라는 둥, 누구에게는 칼을 내리라는 둥, 다기 중에는 무엇이 있냐는 둥, 그에게는 다기가 좋겠냐, 말이 좋겠냐는 둥 이야기하며, 지난해의 공에 따라 혹은 평소의 인물을 감안해 자신이 없는 동안 성을 지킨 무사들에게 내릴 은상을 정했다.

"하리마를 불러오게."

히데요시는 황혼이 질 무렵에서야 총 팔백육십 명에 이르는 가신들에 대한 논공행상을 마쳤다. 서기에게 적게 한 장부를 일괄해서 고이데 하리마노카미에게 건네주고 그대로 실행할 것을 명했다.

"4일까지 모두 준비하도록 하게. 5일 아침에 상을 내려 다 함께 기뻐하는 모습을 볼 생각이니."

아무리 히데요시라 할지라도 피곤했는지 '아아' 하는 소리라도 내고 싶다는 듯 허리를 폈는데 좌우에는 이미 촛불이 밝혀져 있었다. 안채에 있는 네네가 보낸 사람이 와서 이렇게 고했다.

"마님께서 '아무리 바쁘셔도 체력에는 한계가 있는 법. 적당히 하시고 하다못해 오늘 저녁만이라도 일찍 안채로 드셔서 편안히 쉬시라고 어머님께서 간곡히 부탁하셨습니다. 언제쯤 건너오실 수 있으신지, 어머님과 저도 식사를 하지 않고 건너오시기를 기다리고 있겠습니다'라고 말씀하셨습니다."

히데요시는 안채에서 온 사람에게 곧 가겠다고 대답해 돌려보내고 서기들과 하리마노카미에게 나머지 일에 대해 물었다.

"빠진 것은 없겠지?"

서기들과 하리마노카미가 서류를 정리하며 대답했다.

"없습니다."

히데요시도 함께 자리에서 일어났다. 수면 부족과 피로 때문에 일어선 순간 현기증이 났다. 방마다 노랫소리와 북소리가 촛불과 함께 활기차게 들려왔으나 그것조차 머리에 울려 머리가 아픈 듯한 기분이 들었다.

그때 다시 우르르 한 무리의 하객과 시동들의 발소리가 들려왔다. 하리마 시소宍粟 군 야마자키 성의 구로다 간베 요시타카黑田官兵衛孝高가 아들 기치베 나가마사吉兵衛長政를 데리고 지금 막 도착했다는 것이었다.

그 말을 듣고 히데요시는 안채로 들어가려다 이렇게 말했다.

"뭐, 간베 부자가 왔다고? 들라 하게, 들라 해."

히데요시와 구로다는 보통 사이가 아니었다.

히데요시가 손을 흔들고 있는 사이 간베는 벌써 가까이 와 있었다. 그는 황혼이 물든 방 한가운데 서 있었다.

시동들이 서둘러 촛불과 방석을 준비했지만 기다리지 않고 선 채로 인사를 했다.

"오오, 건강하셨습니까?"

히데요시도 선 채로 기다리고 있었다.

"아아, 간베 왔는가? 잘 왔네, 잘 왔어."

히데요시는 성큼성큼 다가가 두 손으로 간베를 와락 끌어안았다.

"아차차."

간베는 절름발이였다. 그러다 보니 히데요시의 손을 쥔 채로 방석이 없는 곳에 쿵 하고 주저앉아버렸다. 예전에 아라키 무라시게荒木村重가 반란을 일으켰을 때 홀로 아리오카有岡 성으로 들어가 왼쪽 다리를 잃었다는 사실을 히데요시는 떠올렸다. 자신의 몸이 아니니 순간 뒤늦게 깨달을 수밖에 없었다. 히데요시도 간베의 손을 맞잡은 채 절름발이처럼 함께 무너져 앉았다.

"참으로 기쁘구나."

"참으로 기쁩니다."

간베도 화답했다. 두 사람은 계속 서로를 끌어안고 있었다.

히데요시가 문득 멀리 떨어져 조용히 서 있는 간베의 아들을 보고 말했다.

"저 아이가 마쓰치요松千代인가? 정말 많이 자랐군."

"관례식도 치렀습니다."

"그런가? 이름은 뭐라고 지었지?"

"제 어릴 적 이름인 기치베를 물려주어 기치베 나가마사라고 지어주었습니다."

"기치베라. 가까이 오너라, 가까이."

히데요시는 손짓으로 가까이 부르더니, 올해 열다섯 살이라는 말을 듣고 자신의 아이라도 되는 양 싱글벙글 웃으며 바라보았다. 그는 마음이 즐거울 때면 말투가 흥분되었다. 그래서 상대도 저절로 그 사실을 알 수 있었다. 히데요시는 촛불이나 방석에서 떨어져 차가운 맨바닥에 아무렇게나 앉아 있다는 사실도 잊고 곁에서 지켜보던 시동들을 향해 턱을 흔들며 말했다.

"뭣들 하고 있는 게냐? 술과 음식을 왜 빨리 내오지 않는 게냐?"

시동들이 웃으며 공손히 대답했다.

"자리와 상 모두 저쪽에 벌써 마련해두었습니다."

히데요시도 씁쓸하게 웃으며 돌아보았는데, 주인의 자리와 아랫사람의 자리가 서로 떨어져 놓여 있었다. 그게 마음에 들지 않아서인지 움직이기가 귀찮다는 듯한 표정으로 간베와 무릎을 맞대고 앉은 채 말했다.

"이쪽으로 가져오너라. 상도 같이 가져오고."

그렇게 자리를 잡고 앉아서는 도소주를 주고받았다.

"우선은"

히데요시는 기치베에게도 손수 술을 따라주며 정월은 지금부터라는 듯 떡하니 자리를 잡고 앉았다.

"오랜만일세. 자, 마셔보세. 밤늦도록 이야기를 나누세."

그때 서원의 구석에서 시녀 하나가 머리를 조아렸다. 이번에도 네네가 보낸 사람이었다.

"큰 마님도, 작은 마님도 식사를 하지 못하고 계십니다만……."

히데요시가 앉은 자리에서 큰 소리로 말했다.

"먼저 드시라고 해라, 먼저……. 나를 기다리다 보면 한밤중이 될지 내일 아침이 될지 모른다고 말씀드려라."

"늦게 찾아봬서 죄송합니다."

간베는 안채 사람들의 마음과 히데요시의 진심 어린 환대를 잘 알기에 미안해하는 표정을 지었다.

"아닐세, 아니야."

히데요시는 그런 생각이 들게 해서는 안 된다는 듯 자신도 술을 마시고 그에게도 술을 권했다.

"요즘 다리는 어떤가?"

간베가 좋지 않은 쪽 무릎을 쓰다듬으며 대답했다.

"날이 추워지면……."

그리고 살짝 아프다는 표정을 지어 보였다.

히데요시가 온천에라도 가보는 게 어떻겠느냐고 권하자 간베는 씁쓸한 웃음으로 입가를 일그러뜨렸다.

"아닙니다. 가까이에 완전히 잊을 수 있는 장소가 있기에 기다리고 있습니다."

“어디? 어디로 가려는 겐가?”

간베가 다시 웃으며 말했다.

“나리께서 더 잘 아시지 않습니까?”

그러자 히데요시가 파안일소하더니 고개를 끄덕이며 말했다.

“하하하하. 그런가……. 전장을 말하는 게로군.”

“간베를 주고쿠의 시골 한쪽에 은거하도록 내버려두기는 아직 이르지 않습니까? 이번에는 데려가주시기 바랍니다. 아들놈도 데려가지 않을 수 없으니.”

“그래서 아까부터 살짝 마음이 상했던 게로군. 자네는 싫증을 아주 잘 내는군.”

“어째서?”

“다카마쓰에서 물러난 이후, 아직 반년도 못 쉬지 않았는가?”

“보기에만 그럴듯하게 모리를 감시하는 역할 아니었습니까? 다른 사람에게 시켜주십시오. 이 간베에게는 적합하지 않습니다.”

“아니, 적합했다네, 적합했어.”

“적합하지 않습니다.”

“이 산요山陽에 앉아 서쪽의 네 나라까지 노려보아 움직이지 못하게 할 정도의 인물, 자네 말고 또 누가 있겠는가?”

“전 고마이누狛犬[245]가 아닙니다.”

“잘 말해주었네. 꼭 닮았어, 꼭 닮았어.”

“그런 한심한 소리를.”

“화내지 말게, 화내지 말아.”

“어쨌든 이번에는 무슨 일이 있어도 따라나서겠습니다. 눈이 녹을 때까지 기다리지는 않으실 테니.”

---

245 신사나 절 앞에 돌로 사자와 비슷하게 조각해서 쌍으로 마주 놓은 상.

"대체 무엇을 말하는 겐가?"

"시치미를 떼실 겁니까? 과연 지쿠젠 나리, 섭섭합니다."

간베는 정말로 울적해지기 시작했다. 그 모습에 히데요시도 가엾다는 생각이 들었는지 갑자기 낮은 목소리로 말했다.

"기타노쇼 말인가?"

히데요시가 진지한 얼굴로 말했다.

간베가 기분을 풀고 고개를 끄덕이며 웃어 보였을 때였다. 밤이 되어서도 또 성으로 찾아온 사람이 있다는 전갈이 왔다.

하리마 시키사이飾西 군 오키시오置塩 성의 성주인 아카마쓰 지로노리후사赤松次郎則房가 같은 성의 야사부로 히로히데弥三郎廣英를 데리고 왔다는 것이었다. 그는 아카마쓰의 후손으로 주고쿠 지방의 토착 호족이었다. 히데요시가 주고쿠 지방의 책임자로 임한 이후, 노부나가에 속해서 자연스럽게 히데요시를 따르게 되었으며 구로다 간베의 가계를 살펴보면 주류에 해당하는 사람들이었다. 그러한 인연을 들어 히데요시의 휘하로 들어오게 한 것도 오로지 간베의 운동 덕이었다.

"마침 잘됐군."

이로써 새로운 손님을 위한 상이 더 늘었다. 잠시 뒤 미요시 무사시노카미까지 자리를 함께했다. 하치스카 히코에몬 부자도 자리를 잡았다. 성안에 있는 측신 중 이 사람도 오라고 하고, 저 사람도 오라고 해서 어느 틈엔가 그 방은 손님과 주인, 신하로 가득 들어찼다.

네네와 노모의 말에 따라 때때로 상황을 엿보러 온 안채의 하인은 성대한 남자들의 모임을 보고는 히데요시에게 말을 고하지도 못하고 그저 원망스럽다는 얼굴로 오갈 뿐이었다. 결국 안채로 들어가 히데요시가 잠자리에 든 것은 그날 밤의 자시도 지난 시각(오전 1시)이었다.

정월 첫날의 정오에 산성에서 나와 육로와 해로를 거쳐 같은 날 밤에 입국, 이튿날 2일도 인사를 받고 가신들에게 내릴 은상을 정하느라 계속 깨어 있다가 비로소 잠자리에 든 것이었다. 그 놀라운 정력에 집안사람들도, 측신들도 어처구니가 없을 정도로 놀라고 말았다.

그 뒤 5일에는 각 사람들에 대한 은상까지 모두 내렸고, 그날 저녁에는 내일 상경하겠다며 사람들을 재촉해서 준비를 하게 했다.

"이건 또 웬 날벼락이냐?"

늘 성급하다는 것은 알고 있지만 사람들은 이번에도 당황했다. 적어도 이번만은 중순께까지 머물 것이라 여겼다. 실제로 그날 낮까지도 히데요시의 모습에서 떠날 듯한 기미가 보이지 않았으니 여러 무사들이 당황할 만도 했다. 하지만 훗날이 되어서는 사람들도 '그렇게 된 것이었구나' 하고 고개를 끄덕였다. 히데요시는 다음과 같은 동기로 때를 놓치지 않으려고 즉각 움직이기 시작한 것이었다.

세키 모리노부關盛信라는 장수가 있었다. 그는 이세 가메야마龜山의 성주로 간베 노부타카를 섬기고 있었는데 일찍부터 히데요시와 친분을 쌓았기에 이세에서는 의심할 여지도 없이 '두 마음을 품은 자'로 여겨지고 있었다. 그 외에도 스즈카鈴鹿 군 미네노峰ノ 성의 성주 대리인 오카모토 시게마사岡本重政가 역시 의심을 받고 있었으며, 아울러 간베 노부타카가 기후를 잃은 일 때문에 그곳의 형세가 갑자기 소란스러워진 모양이었다.

그런데 그해 정월, 그처럼 험악한 주변 분위기 속에서 가메야마의 세키 모리노부가 큰아들 가즈무네一致를 데리고 은밀히 히메지로 와서 인사를 올리고 이후의 계책을 듣고 있었다.

그때 전령이 왔다. 이세에서 온 사람이 모리노부 부자에게 고했다.

"자리를 비운 사이 가신인 이와마 산다유巖間三太夫 등이 가메야마 성을 점령했고, 다키가와 가즈마스의 명령에 따라 가즈마스 군 또한 나가시마長島에서 나와 오카모토 시게마사 나리를 내쫓고 미네노 성 이하 부근의 각 성을 남김없이 점령한 뒤 스즈카 일대를 엄중히 지키고 있습니다."

때가 때인 만큼 그 소식을 들은 히데요시는 지체하지 않고 히메지를 떠났다. 같은 날 밤 다카라데라 성에 도착했으며, 7일에 조정으로 들어갔다가 이튿날 아즈치로 갔고, 9일에는 산포시를 배알했다. 그날 시즈가타케賤ヶ嶽 결전의 쐐기를 박은 것이라 해도 좋을 것이다.

히데요시는 올해로 네 살이 된 산포시를 배알하면서 장난감 말 등 여러 가지 선물을 늘어놓고 '기분이 좋으신 모양이구나. 오오, 기쁘신 듯해'라며 천진하게 상대가 되어주었다. 그리고 잠시 뒤 어린 주군 앞에서 물러나 아즈치의 한 방에 모습을 드러냈다. 그곳에는 산포시를 섬기는 신하들도 있었고 가모 우지사토도 있었다. 세키 모리노부, 가즈무네 부자도 히메지에서 따라왔다. 야마오카 가게타카山岡景隆, 하세가와 히데카즈長谷川秀一, 다가 히데이에多賀秀家 등과 같은 주변국의 무사들도 모여 있었다.

"다키가와 가즈마스를 정벌하는 일, 지금 막 산포시 님으로부터 허락이 떨어졌다네."

히데요시는 자리에 앉자마자 바로 선언했다. 이런 커다란 일을 공이라도 던지듯 자리에 있던 사람들에게 툭 던진 것이었다. 하지만 아직 이세 방면의 변을 정확히 모르는 사람도 있으리라 생각했기에 세키 모리노부에게 말할 기회를 주고 자신은 입을 다물었다.

"자세한 내용은 세키 모리노부에게 듣기로 하지. 모리노부, 일동에게 얘기하게."

그는 백 마디 말보다 더한 분노를 보라는 듯 침묵을 지키고 있었다.

성을 비운 사이에 가신인 이와마 산다유에게 배신을 당해 자신의 성과 미네노 성까지 빼앗긴 모리노부의 감정은 그것을 전염시켜 일동의 의분을 사기에 충분한 것이었다. 특히 가모 우지사토의 여동생은 모리노부의 아들인 가즈무네의 아내였다. 두 집안은 인척 관계에 있었다. 우지사토의 눈가에서는 누구보다도 강한 결의를 볼 수 있었다.

"첫 번째 소식은 히메지에서 받았고 여기에 오는 도중에도 차례차례 보고를 받았는데, 그 뒤로 이와마 산다유 놈은 당연히 다키가와 가즈마스와 합류했고 가즈마스는 영을 내려 미네노 성에는 조카인 다키가와 노부마스瀧川詮益를, 세키에는 다키가와 노리타다瀧川法忠를, 가메야마에는 사지 마스우지佐治益氏를 각각 배치하고 스즈카 입구를 점령한 채 이쪽으로 남하하기 위해 단단히 벼르고 있다고 하오."

모리노부가 말을 마치자 히데요시가 덧붙였다.

"다키가와 따위는 문제될 것도 없으나 중요한 것은 시바타 가쓰이에의 움직임에 있소. 시바타 없이는 그런 움직임을 취할 다키가와가 아니오. 따라서 시바타의 북쪽 병사들이 나서기 전에 이세 일원을 정리하지 않으면 안 될 것이오. 야나가세, 시즈가타케 등 경계를 이루는 산들이 지금은 천 길 눈에 쌓여 자연의 방어벽을 이루고 있다는 점이야말로 무엇보다 든든한 강점이오. 참으로 적당한 때에 이와마 산다유라는 자가 다키가와를 어쩔 수 없이 이 지쿠젠의 공격 아래로 끌어내 주었소."

히데요시는 웃음을 터뜨렸으며, 그 쓴웃음 뒤에 이렇게 말했다.

"다키가와 역시 한심하기는 마찬가지요. 가즈마스는 아마도 그 벗어진 이마를 두드리며 자신이 조금 성급했다고 후회하고 있을 것이오."

히데요시는 훨씬 전부터 이세를 공략하겠다는 뜻을 세웠지만 사람들이 모인 가운데서 언명한 것은 이번이 처음이었다. 히데요시의 말을 통해서도 히데요시가 이와마 산다유의 무모한 행동을 천혜의 기회라고 생각하며 은밀히 얼마나 기뻐했는지 엿볼 수 있었다.

하지만 히데요시는 결코 일을 서두르려다 순서를 그르치는 우를 범하지 않았다. 들어가서는 조정에 절하고, 나와서는 산포시를 알현했다. 그런 다음 평의에 부칠 필요도 없었으나 각 장수들을 모아놓고 명분을 명백하게 밝혔다. 그리고 그곳에서 격문을 띄웠다. 영지에 있는 무리에게는 물론 우방의 장수들에게도 널리 전해 함께 정대한 병사를 아즈치에 집합시킬 것을 요구했다.

가엾게도 어두운 책략을 가진 사람은 기타노쇼의 깊은 눈 속에서 아름다운 여인 오이치를 안채로 맞아들인 뒤, '따뜻한 봄, 눈이 녹기만 하면' 하고 덧없이 자연에 의존하고 있던 시바타 슈리 가쓰이에였다.

천 길의 눈. 가쓰이에가 철벽이라 보고 계략을 세웠던 눈의 장벽이 봄도 되기 전부터 무너지기 시작할 줄 누가 알았겠는가. 가쓰이에라고 그 울림을 듣고 놀라지 않았을 리 없었다.

기후가 함락되고, 나가하마에서 반란이 일고, 간베 노부타카가 히데요시의 군문에 항복했다는 보고가 이어지고, 뒤이어 최근에는 '지쿠젠이 격문을 띄워 이세 공략을 꾀하고 있다. 다키가와 역시 부지런히 움직이고 있다'는 소리를 듣고 더욱 안절부절못했을 것이다. 하지만 고에쓰江越의 국경은 눈이 쌓여 있으니 촉도蜀道와 다를 바 없었다. 병사도 치중부대도 넘을 수 없을 터였다.

'히데요시가 공격해올 일은 없다.'

가쓰이에가 '눈이 녹는 날 안심하고 움직이리라' 여기며 남몰래 의지했던 눈은 일이 이 지경에 이르고 보니 적국의 방어벽이 되어 있었다. 결국 자신의 병사들을 빙설 안에 어쩔 수 없이, 또 손을 쓸 수도 없이 넣어둔 꼴이 되어버리고 말았다.

'가즈마스처럼 노련한 자가 가메야마와 미네노 성 등을 빼앗는 데 어

찌 때도 가늠하지 않고 함부로 병사를 움직였단 말인가? 어리석구나.'

가쓰이에는 진심으로 화가 났다. 커다란 계획에 있어서 자신의 계책이 이미 그릇된 것이었다는 사실은 생각하지 않고 때를 기다리지 않고 일어선 다키가와 가즈마스의 행동을 어리석다고 탓한 것이었다.

이처럼 돌이킬 수 없을 정도로 일이 크게 어긋나면 아군은 아군을 더욱 격려해야 했지만 묘하게도 실제로는 아군이 아군을 온갖 말로 분개하는 경향을 보였다. 일심동체라는 감정이 있어서 다른 곳에서의 실책도 자신의 실책처럼 여겨지기에 스스로에게 화를 내고 스스로를 부끄럽게 생각하는 마음이 있어서일 테지만, 가쓰이에의 경우는 그 분노가 전혀 엉뚱한 곳으로 향하고 있었다.

가쓰이에는 화를 내려면 정면에 있는 적, 히데요시를 향해 화를 냈어야 했다. 설령 다키가와 가즈마스가 가쓰이에의 지시를 지켜서 눈이 녹을 무렵까지 가만히 움직이지 않았다 할지라도 이미 적의 의중을 간파하고 있던 히데요시가 그때까지의 시간을 그냥 지나쳤을 리 없다. 다시 말해 히데요시는 가쓰이에의 허를 찌른 것이다. 가쓰이에가 화담을 위한 사자를 보냈을 때부터 가쓰이에의 깊은 속까지 꿰뚫어보고 있었던 것이다.

히데요시에게 격분하지 않고 아군인 다키가와 가즈마스를 탓하는 것을 보면 시바타 슈리 정도의 인물도 나이가 들기 시작하면서 왕년의 명성이 바랜 듯한 느낌이 들었다. 그렇다고 앉아서 그것을 지켜보고만 있을 사람은 아니었다. 다시 사자를 파견해서 빈고備後의 도모노쓰鞆の津에 있는 아시카가 요시아키에게 밀서를 보냈으며, 서쪽에서 모리를 움직이기 위해 노력했고, 한편으로는 하마마쓰의 도쿠가와 이에야스에게도 사자를 보내 극력 도움을 청한 듯했다.

그런데 이에야스는 1월 18일을 전후에서 무슨 생각을 품은 것인지,

또 어떠한 연락을 취한 것인지, 오카자키岡崎까지 가서 오다 노부오와 은밀히 회견을 나누었다. 국외중립을 엄중히 표방하고 있던 그가 대체 어떤 마음을 품고 있는 건지 알 수 없었다.

때가 때인 만큼 방심할 수 없는 사내와 속내가 뻔한 사내의 화합에 주변에서도 신경을 곤두세웠다. 하지만 '사람이 어찌 그 속내를 알겠느냐'며 시치미를 떼고 모두 입을 다물어 소문이 소문을 낳는 것을 경계했다.

백성과 그 나라

대세에 어두워도 너무 어두웠다. 좀 더 심하게 말하면 자기 지위의 무게도 알지 못하고 수치도 모르는 야비한 행위라는 소리를 들어도 어쩔 수가 없었다. 오다 노부오를 말하는 것이었다. 아무리 이에야스가 초청했다고는 하지만 이러한 때에 그가 옳다구나 싶어 천연덕스럽게 오카자키까지 찾아간 것은 체면과 개성을 중히 여겼던 덴쇼 시절의 인사들 사이에서는 이해하기 어려운 것이었다.

틀림없이 '그 양반의 마음은 그 양반이 되어보지 않고는 알 수 없다'고 여겨졌을 것이다. 하지만 이와 같은 시대의 격류에 떨고 있는 명문가의 2세를 자신의 밀실로 불러 환대하고 은밀한 말을 건넨 이에야스야말로―당시 사람들은 아직 도카이도東海道의 일개 젊은 장수라고밖에는 주의를 기울이지 않았던 듯하나―참으로 방심할 수 없는 존재라 할 수 있을 것이다.

이에야스가 노부오를 대접하는 것은 마치 어른이 아이를 어르는 것과 같았다. 두 사람의 회견이 어떤 내용으로 매듭지어졌는지는 '사람이 어찌 그 속내를 알겠느냐'는 말처럼 알 수 없는 것이었다. 이른바 비밀 중의 비밀이라 여겨지고 있었다.

어쨌든 노부오는 커다란 기쁨에 휩싸여 기요스로 돌아갔다. 필부가 기뻐서 어쩔 줄 몰라 하는 모습과 다를 게 없었다. 하지만 소심한 그는 그러한 모습에서까지 떳떳하지 못한 게 느껴졌다. 히데요시의 눈을 극도로 의식한 모양이었다.

한편 1월 18일 전후 히데요시는 심복 십여 기만을 데리고 아즈치에서 고호쿠에 걸친 고에츠 국경 지대의 산지를 은밀히 둘러보고 있었다. 그는 시바타보다 선수를 쳐서 각 주에 다키가와 토벌에 대한 격문을 띄우고 난 뒤, 곧장 나가하마로 가서 가벼운 차림으로 북쪽 국경의 산악 지방을 돌아본 것이었다.

이번이 두 번째 시찰이었다. 연말에 나가하마를 취하고 오가키를 공략한 뒤 돌아오던 길에도 은밀히 시즈가타케에서 야나가세까지 둘러보았다. 시바타 가쓰이에와 곧 결전을 펼쳐야 할 곳에 대한 실지 답사가 목적이었다.

"덴진天神 산이란 말이지? 저기에도 망루를 하나 세우게. 저기, 저기의 산에도 급히 요새를 구축해두게."

히데요시는 며칠에 걸쳐 눈이 더욱 깊어진 산촌, 계곡, 고지대를 돌아다녔다. 그리고 지팡이 삼아 짚고 있던 대나무 끝으로 요지를 가리키며 수시로 명을 내렸다. 그는 진지의 구축과 수비를 시바타 가쓰토요의 가신인 오가네 도하치로大金藤八郎, 야마지 마사쿠니山路正國 등에게 명하고 돌아왔다.

"자세한 사항은 니와 고로사에게 묻도록 하게."

니와 마사히데를 감시역으로 두겠다는 뜻이었다.

이듬달인 2월 7일, 교토에 머물던 히데요시는 서운사西雲寺(사이운지)의 주지를 사자로 보내 신슈 가이즈海津 성의 스다 사가미노카미須田相模守에게 글을 보냈다. 스다 사가미노카미는 우에스기 가게카쓰上杉景勝의 신하였다. 히데요시가 맡긴 글의 내용은 짐작되고도 남았다. 히데요시는 호쿠에쓰의 우에스기 가게카쓰와 결탁하기로 하고, 공수동맹의 약속을 자신이 먼저 요구한 것이었다.

서면은 신하인 마스다 니에몬增田仁右衛門, 기무라 야에몬木村弥右衛門, 이시카와 효스케石川兵助 세 사람의 이름으로 보내게 했으며, 스다를 매개로 하여 우에스기에게 전달되었는데, 히데요시의 가슴에는 처음부터 '이 일은 반드시 이루어질 것이다'라는 자신감이 있었다. 시바타 가쓰이에와 우에스기는 수년 동안에 걸친 혈전 속에서 일진일퇴를 거듭했기에, 양국 휘하의 무사들에게 풀려고 해도 풀 수 없는 골육의 숙원이 깊이 쌓여 있었다. 가쓰이에는 이제 원한을 풀어 후방의 근심을 없앤 뒤, 정면의 히데요시에게 전력을 집중하고 싶었을 테지만, 그의 자의식과 오만한 기질로는 그와 같은 속내가 담긴 경략은 해낼 수 없을 거라고 히데요시는 판단하고 있었던 것이다.

북쪽의 우에스기에게 2월 7일자로 글 하나를 보내놓고, 그로부터 사흘 뒤 히데요시가 세이슈勢州로의 출진을 명하자 전군은 물밀 듯 남하하기 시작했다. 삼군이 세 갈래 길로 전진하여 깃발과 북소리는 구름을 찌를 듯했으며, 발소리는 험한 산을 뒤흔들었다.

같은 날 같은 시각, 아즈치에서 피어오른 한 줄기 봉홧불을 보고 일제히 출진한 삼도 삼군이 편제되었다.

좌군은 사와야마를 출발해 도키타라土岐多良를 넘어가며 병력이 이만 오천 명이었고, 중군은 다카미야高宮를 출발해 다가多賀, 오지가하타大君ヶ畑를 넘어가며 병력이 이만 명이었고, 우군은 아즈치를 출발해 미즈구치水口를 지나 안라쿠安樂를 넘어가며 병력이 삼만 명이었다.

통솔하는 장수는 좌군에 하시바 고이치로 히데나가羽柴小一郎秀長에 쓰쓰이 준케이筒井順慶, 이도 스케토키伊東祐時, 이나바 잇테쓰, 우지이에

유키히로 등을 배속했고, 중군에 미요시 마고시치로 히데쓰구三好孫七郎
秀次에 나카무라 가즈우지中村一氏, 호리오 요시하루堀尾吉晴와 그 외 미나
미오우미南近江 일원의 병력을 배속했고, 우군에 하시바 히데요시는 히
데카쓰秀勝를 이끄는 것 외 니와, 가모, 호소카와, 모리森, 하치야 등의
협력자들을 비롯해서 하치스카, 구로다, 아사노淺野, 호리堀, 야마노우
치山內 등의 직계 막료들을 배속해 그의 전 세력을 총망라한 듯한 모습
이었다.

하지만 히데요시가 이번 출진에 쓴 칠만 오천 병력은 그가 가진 세
력의 일부에 지나지 않았다. 비젠備前의 우키타宇喜多는 병력을 전혀 동
원하지 않았으며, 오다 노부오의 병력도 가담하지 않았다. 이케다, 쓰
쓰이의 병력도 일부만 참가했으며, 이나바因幡의 미야베宮部, 아와지淡路
의 센고쿠仙石 등도 특별히 소집하지 않았다.

우키타와 미야베는 주고쿠의 모리를 견제하기 위해서, 이케다와 센
고쿠는 아와阿波 및 도사에 걸쳐 있는 조소카베 모토치카長曾我部元親를
견제하기 위해서였다. 그리고 빈틈을 이용해서 일어날 우려가 있는 네
고로根來와 사이가雜賀의 도둑 떼와도 같은 무리에 대해서는 하타게야
마 사다마사畠山貞政와 쓰쓰이의 일부 세력으로 견제하게 했다. 또 눈
이 아직 녹지 않은 고에쓰 방면의 국경에도 히데요시는 그 전부터 수
하의 무장들을 떼어서까지 몇 개의 부대를 눈에 띄지 않을 정도로 보
내놓았다.

이렇게 해서 히데요시는 후방에 대한 근심을 전혀 하지 않게 되었
다. 적어도 후방 방어에 만전을 기한 뒤 출진한 상태였다. 히데요시가
다키가와를 짓밟기 위해 일 개월 동안 한 준비는 약간 길고, 지나치게
규모가 큰 것처럼 보이기도 했다. 하지만 1월 7일에 히메지에서 나선
뒤 히데요시는 다키가와 하나만을 적의 전모로 여기고 있지 않았다.

충분히 중시 여긴 것이 바로 시바타였다. 히데요시가 두 번이나 눈을 헤치고 야나가세, 시즈가타케 등의 경계를 순시한 것에서도 알 수 있듯 그는 자연과 세월에도 의지하지 않았다.

전쟁은 언제나 인지를 뛰어넘었다. 내가 주목한 곳에는 적도 당연히 신경을 썼다. 이에 히데요시는 생각했다.

'녀석은 눈이 녹기를 기다리지 못할 것이다. 틀림없이 곰처럼 굴에서 기어 나올 것이다.'

그렇다고 한쪽 면만 대비하지 않았다. 주고쿠와 아와와 시코쿠와 교토 부근까지 대비를 하고 있었다. 일을 할 때면 집중하는 모습이 그의 참된 면모였다. 일이 크고 작은 것은 상관없었다. 전후의 계책을 가지고 당면한 일에 집중했다. 전쟁뿐만 아니라 일상의 시무에서도 마찬가지였다.

어쨌든 세 갈래 길의 군은 오우미, 이세의 세키료脊梁 산맥을 넘어 마침내 남하하기 시작했으며, 미리 짜놓은 작전대로 목표인 구와나桑名, 나가시마 부근에서 합류했다. 다키가와 가즈마스가 그곳에 있었다.

"히데요시의 싸우는 모습을 한번 지켜보기로 할까."

다키가와 가즈마스는 적이 밀려온다는 소리를 듣고는 좌우의 사람들에게 거침없이 내뱉었다. 그에게도 그만한 자부심은 충분히 있을 만했다. 하지만 마음속으로는 어쩔 수 없이 '조금 빨랐다'는 시기의 문제가 하나의 엇갈림으로 남아 있었다. 개전의 시기를 잘못 판단한 것이었다. 그것은 가쓰이에와 노부타카와 자신 세 사람만의 밀계密契로 일족, 막료에게도 굳게 숨겼기에 오히려 안에서 때를 서두르는 아군이 맹목적으로 도화선에 불을 댕기고 만 것이었다. 남을 탓하기에 앞서 너무 지나치게 비밀을 유지한 수뇌부 자신을 탓하지 않을 수 없었다.

비록 일은 엇갈렸지만 '일이 여기에 이르렀으니 어쩔 수 없다'고 일

축하고 다급한 사태에 모든 것을 쏟아부었다. 기후와 에치젠에 다급한 사태를 알리고, 나가시마 성에는 일족인 다키가와 겐파치瀧川源八, 다키가와 히코지로瀧川彦次郎 등의 병사 이천을 두었다. 그리고 다키가와 가즈마스는 헤키 고로사日置五郎左, 다니자키 다다우谷崎忠右, 고바야시 나오하치小林直八, 다마이 히코조玉井彦三 등의 하타모토旗本 정예를 이끌고 구와나 성에 의지해 있었다.

한쪽 면에는 바다를 두르고 있고, 다른 한쪽 면의 시외에는 구릉을 가지고 있는 구와나 성은 나가시마보다 지키기에 좋고 적을 치기에도 유리했다. 그렇다고 해서 가즈마스 역시 이 좁은 지형에 의지해 오로지 지구전을 펼칠 계획만 가지고 있었던 것은 아니다. 세이슈 서쪽의 산지에서부터 스즈카 부근에 이르는 구역에 미네峰, 고쿠후國府, 세키關, 가메야마 등의 성이 산재해 있었다. 적은 육만여 병력 가운데 일부를 기후 방면의 견제를 위해 나눌 수밖에 없으며, 나가시마에도 몇 개의 부대를 배치할 터였다. 게다가 각 성에 공격을 가하고 이 구와나에도 공격해 들어오려면 당연히 병력이 몇 개로 분산될 테니 설령 주력군이라 할지라도 이른바 노도와 같은 기세는 올리지 못하게 될 것이었다.

더군다나 적의 숫자가 아무리 많은 대군이라 할지라도 미쿠니三國, 스즈카 등의 험준한 비코尾甲 산맥을 넘어 먼 길을 온 군대였다. 군수, 식량 등을 나르는 치중대가 많은 부분을 차지할 것이라는 점은 쉽게 예상해볼 수 있었다.

그러다 보니 가즈마스는 내심 '히데요시를 깨는 것은 어렵지 않다'고 생각했으며, '끌어들여서 한껏 치다가 때를 봐서 노부타카를 다시 궐기케 하고 기후의 병사까지 아울러 나가하마로 쇄도해들겠다'고 꾀하는 듯했다. 물론 이번에는 어긋남이 없도록 가메야마, 세키, 고쿠후, 미네 등의 수장들에게도 방침을 미리 전달해두었다.

휘하의 장병들 역시 '최근 들어 교만한 얼굴을 하고 있는 하시바 군에게 드디어 맛을 보여줄 때가 왔다. 노련한 다키가와 군의 창과 철포가 어떤 맛인지 보여주겠다'며 사기가 매우 높아진 상태였다.

결과가 나온 뒤에 살펴보면, 그처럼 강한 척하는 것도 역시 커다란 형세를 보는 눈이 어두운 지방적 인식에 지나지 않다고 볼 수 있으나, 다키가와의 가신이나 일족은 누가 뭐래도 간베 노부타카의 존재와 시바타 가쓰이에의 세력을 매우 중요하게 생각하고 있었다. 그뿐 아니라 다키가와 사콘쇼겐 가즈마스라는 자신들의 주인과 히데요시를 단적으로 비교해봐도, 히데요시가 지휘하는 병사에게 패할 대장이라고는 여기지 않았다.

물론 가즈마스 휘하의 무사들은 대세에는 어두웠으나, 그 지방과 연이 깊은 토착 세력이라는 강점을 가진 사람들이었다. 가즈마스가 이 지방 고가甲賀 대평원 출신이기 때문이었다.

고가 가운데서도 다키가와라는 성을 쓰는 일족은 모두 유서 깊은 집안이었다. 가즈마스도 그 피를 물려받았다. 무예로 단련된 것은 물론 젊은 시절에는 꽤나 고생도 했다. 그 역시 아케치, 하시바처럼 노부나가의 눈에 띄면서 세상에 알려지게 되었다. 하지만 그는 나이나 집안으로 봐서도 당연히 아케치보다 위에 있었으며 히데요시 따위와는 비교도 할 수 없었다.

흔히 세상에서는 노부나가가 히데요시를 아꼈다는 사실을 이야기하지만, 히데요시가 대성해서 주인의 사랑을 세상에 활용했기에 듣게 된 말이지 노부나가는 이른바 무사를 사랑했던 것이다. 마찬가지로 미쓰히데도 아꼈으며, 가쓰이에도 아꼈고, 가즈마스 역시 범상치 않은 자질을 아꼈던 것이다. 그런 뜻에 부응하듯 가즈마스의 무공은 헤아릴 수 없을 정도로 대단했으며, 한때는 다키가와 부대의 창 앞에 맞설 적이 없을 정도였다.

　가즈마스는 무사들 중에서 드물게도 경영의 재능까지 겸비하고 있었다. 노부나가가 뜻을 중앙으로 펼치기 시작했을 때, 후방에 있는 미카와의 이에야스를 설득해서 오다, 도쿠가와 동맹을 성공으로 이끌었다. 그러다 보니 니와, 시바타 등과 함께 숙로라 여겨지게 된 것도 당연한 일이었다.

　가니에蟹江, 나가시마를 영지로 삼아 지방에서 신망이 매우 두터웠다. 원래 이 지방에는 견고한 세력들이 뒤섞여 있었기에 가쓰이에도 애를 먹었으며, 노부나가도 다스리기 어려워했다.

　노부나가가 세상을 떠났을 때, 그는 조슈에서 물러나던 도중 호조 세력에게 막혀 기요스 회의에 늦으며 좋지 않은 모습을 보였다. 하지만 언제나 그런 실수를 범하는 것은 아니었다. 이 지방을 잘 다스려왔다는 점만 봐도 그가 심상한 범인이 아니라는 점은 증명하고도 남는다. 게다가 수많은 전투로 단련된 휘하의 정예는 여전히 '다키가와 군'이라는 이름을 자부하는 강용한 부대였다.

　히데요시는 앞에 있는 그 적을 결코 가볍게 보지 않았다. 구와나로 진격하기에 앞서 스즈카 군 가와사키川崎 촌의 미네노 성에 일부 병력을 남겨 지키게 하고 고베神戶, 시라코白子 등의 민가를 불태우며 곳곳에서 맞서는 적의 소병력을 개수일촉鎧袖一觸의 기세로 제압해 마침내 야다矢田에 진을 쳤다. 도키타라를 넘어온 일군도, 오지가하타를 넘어온 일군도 역시 구와나 공략을 위한 위치에 자리했다.

　가즈마스의 예상과는 달리 히데요시는 각지의 작은 성은 돌아보지도 않고 적의 중심을 향해 전 세력을 쏟아부었다. 그리고 포진이 끝나자 이렇게 주의를 주었다.

　"적을 가벼이 보아 성벽 밑으로 다가가서는 안 된다. 자리를 지켜라."

히데요시의 명령은 겁을 먹은 것이 아닐까 여겨질 정도로 신중했다. 하지만 히데요시는 적의 화기를 가볍게 보지 않았다. 예전부터 세상 사람들이 다키가와가 아케치 다음으로 총화기에 정통하다고 전했던 말을 잊지 않았던 것이다.

"우선은 성 밑에 불을 질러라."

아울러 그 성의 창고에는 반드시 다량의 화약이 저장되어 있을 것 이라 생각했기에 적의 턱 밑까지 파고들었지만 굳이 서두르는 모습을 보이지 않았다.

히데요시의 명령에 따라서 공격 부대의 병사들이 건초와 화약을 사 용해 거리에 불을 지르기 시작했다.

대개 적국을 침공할 때면 건초와 화약을 다량으로 가져갔다. 화공은 전략 수행을 위한 주요한 전법이었다. 이번 세이슈 공략에서도 히데요 시 군은 연도의 민가에서부터 야다 본진 부근의 촌락까지 남김없이 불 태웠다. 광풍 같은 연기가 곧 성 아래를 뒤덮었다. 바로 눈앞에 있던 구 와나 성도 보이지 않을 정도였다. 거리에는 춤추는 불과 집들의 잔해 와 연기에 휩싸인 갑주의 그림자밖에 없었다.

기습을 감행하기에 좋았다. 성안의 병사들은 화염과 연기에 뒤섞여 뛰쳐나와 곳곳에서 공격 부대의 병사들 뒤로 돌아가 따로따로 포위해 서 몰살하는 계책을 썼다. 그리고 시장의 창고나 민가를 방패삼아 철 포로 저격했다. 그것도 공격 부대를 괴롭히는 일이었다.

"엄마."

"할머니, 할머니."

그렇듯 가엾은 목소리는 갑주를 두른 사람들에게서 나오는 외침이 아니었다.

포위 이틀 뒤에도 여전히 남아 있던 서민들이 있었다. 소소한 식기와 가재도구를 들고, 노인네를 들쳐 업고, 병든 사람을 달래고, 젖먹이를 안고, 다리가 약한 사람을 끌고 불속의 집에서 나와 창검 밑을 달리는 봉두난발의 사람들이 무사들의 눈앞을 몇 번이고 스쳐 지나갔다. 참으로 가슴 아픈 광경이었다. 하지만 전쟁이었다. 전쟁과 불은 떼려야 뗄 수 없었다. 전쟁이 시작되자마자 연기를 볼 수밖에 없었다. 하루나 이틀 전에 전조를 봤으면서도 피할 틈조차 없는 것이 전쟁이기도 했다.

연기가 피어오르는 점포에서 어머니를 부르고, 창검 사이에서 아이를 불렀다. 하지만 절대 있을 수 없는 커다란 변이라며 놀라지는 않았다.

"전쟁, 전쟁이다!"

서로를 격려하고 도울 뿐이었다. 당시 사람들은 전쟁이 없는 세상은 없으며, 전쟁이 없는 생애 따위는 생각할 수도 없었다. 아니, 이 전국 시대뿐만이 아니었다. 예전의 오닌応仁(1467~1469년) 시절 전후, 겐무建武(1334~1336년), 쇼헤이正平(1346~1370년) 시절 무렵, 가마쿠라鎌倉 시절(1185~1333년), 멀리로는 오진応神 천황(5세기 초), 스이코推古 천황(554~628년), 우타宇多 천황(867~931년), 고우타後宇多 천황(1267~1324년) 등의 연대에 걸쳐서도 외이外夷의 정벌, 내적의 토벌 등 땅 위에 전쟁이 없었던 날이 과연 얼마나 되었을까?

문화가 활짝 꽃피운 시기라 일컬어지며 봄날 햇살 아래서 상하 모두가 태평하게 생활했을 것이라 여겨지던 시대, 그《만요슈万葉集》가 태어난 시대, 후세 사람들은 노래만 보고 덴표호지天平宝字 시절(757~765년)의 찬란함을 그리워하지만 사실은 약 사백 년 동안 국가에는 외정外征, 외구의 변, 국내의 난, 기근, 천변지재 등이 끊임없이 있었다.

어쨌든 전쟁은 지진이 일어났던 빈도만큼 일어났다. 특히 전국 시대의 백성은 그 가운데서 고락을 맛보았으며, 그 아래서 새로운 해를 맞이했다. 교토의 구석구석까지도 병화兵火의 재로 이루어지지 않은 지층이 거의 없다고 해도 좋을 정도였다.

구와나도 히데요시 군이 몰려들기 전에 성에서 이미 영지 안의 백성들에게 '달아날 자는 얼른 달아나라'고 포고령을 내렸으나 역시 많은 사람이 남아 있었던 모양이다. 가련하고 가엾은 사람들이었다. 그래도 탄식하지 않고 살기 위해 달려 벗어나려고 끈질기게 노력했다. 그들에게는 갑주를 입은 무사가 흘리는 피와는 또 다른 다기찬 부분이 있었다.

긴 역사를 통틀어 가장 강인한 것은 무엇일까? 백성의 굽히지 않는 의지만큼 경탄의 대상이 되는 것도 없을 것이다.

예전에 아사마淺間 산이 대분화를 일으켰을 때 기슭의 마을들은 하룻밤 사이에 모습을 감추었으며 땅 위의 물건은 모두 재에 덮여버렸다고 한다. 재가 흙으로 변해서 나무가 자라고 밭이 생기고 마을이 형성되자 다시 대분화가 일어났다고 한다. 그래도 어느 틈엔가 다시 마을이 생겨 도회와 이어지고, 삼질날에는 떡을 찧고, 추석에는 햅쌀로 술을 빚어 메밀국수와 함께 먹었다.

역사상 아무리 격렬한 전란이라 할지라도, 그것에 의한 변화라 할지라도 이처럼 백성이 보이는 커다란 힘보다 더 큰 힘은 없었으며, 이 꺾이지 않는 행위에 비할 것은 없었다. 이는 전쟁과는 다르나, '백성의 근성이라는 것은 이 정도이다'라고 말하기에는 충분한 예가 되리라. 그리고 그 극기와 전쟁의 고통을 비교해보면, 전화戰火 따위는 아무것도 아니다. 아무리 치열하다 할지라도 사람과 사람의 싸움에 지나지 않는다.

전국 시대의 백성이 끊임없이 전란 중에 놓여 있었으면서도 그처럼 느긋한 마음을 가지고 끝내 다이고모모야마醍醐桃山의 문화를 이루어낸 것도 원래 이러한 근성을 가진 백성이었다는 점을 생각한다면 그리 놀라울 것도 없는 일인지 모르겠다. 하지만 옛날부터 당시에 이르기까지도 일단 전쟁이 일어나면 그 부근 일대에서는 적국 병사의 모습을 가장 먼저 보았으며 봄에는 보리를, 가을에는 벼를, 밭의 온갖 작물까지 불에 타고, 베어가고, 약탈당하고, 집은 물론 남김없이 불에 타버렸다.

마을을 불태우고, 거리를 불태우고, 다리를 불태워 적을 끊었다. 이는 성을 공격할 때나 야전을 펼칠 때의 상투적인 정공법인데 병가에서 보면 참으로 진부한 공격법에 지나지 않는다. 하지만 그때마다 농민과 거리의 서민을 만나게 된다. 그들은 불에 쫓기기도 하고 총알과 칼날, 창끝에 쓰러졌다. 피에 미끄러지고, 시체에 발이 걸리고, 떨어져가는 산성의 밤에는 또 떠돌이 도적 떼와 무뢰한들이 기다리고 있었다.

그러한 백성들에게 먹을 것을 주는 사람은 아무도 없으며, 오히려 그들이 가지고 달아난 얼마 되지 않는 식량마저도 빼앗는 사람들만이 들판과 산속에 있었다. 하지만 그 뒤에도 그들이 다시 무리를 지어 불에 타고 남은 곳으로 돌아오는 모습을 보면 며칠이고 먹을 것도 없었을 텐데 참으로 밝고 온화하며 내일에 대한 희망으로 반짝이고 있었다.

무엇이 그들을 그렇게 불사신으로 만들었는가 하면, 그들은 물자가 부족하면 부족할수록 더욱더 서로를 돕고 마음과 마음의 교류로 더 강하고 아름답게 살아가는 길을 알고 있었기 때문이다. 그리고 밭으로 돌아가면 다시 묵묵히 밭을 갈았으며, 거리로 돌아가면 다시 부지런히 오두막을 세웠다.

얼마 전 농성과 함께 성으로 들어가 성안의 무사를 돕던 젊은 사내들이 각자의 흙과 집으로 돌아왔다. 무릇 일할 수 있을 정도의 사내들은 성주의 평소 은혜를 생각해서 집안의 무사들과 함께 성으로 들어가는 것을 서민의 도리로 여겼다. 백성들의 마음은 그랬다. 따라서 에이로쿠 시절 이후 백성을 갖게 되었다 할지라도 이러한 백성의 마음을 잘 품지 못하는 국주라면 한결같이 망할 수밖에 없었다.

마음의 귀와 때를 보는 눈

서로 보병을 내보내 곳곳에서 기습과 역습을 주고받기는 했으나 구와나 공수 양군 사이에서 아직 커다란 전투는 없었다.

온종일 결전 직전의 팽팽한 긴장감을 품고 있었으나 양쪽 모두 본격적인 움직임은 보이지 않고 며칠이 흘러갔다. 그러는 사이에 다키가와 가즈마스는 히데요시의 본진이 있는 야다 산의 정황을 충분히 정찰한 듯 성안의 수뇌부를 모아 '어떤 작전'을 계획하고 있었다.

히데요시 역시 곧 그것을 감지한 듯 전선의 첨병 진지에서부터 산기슭의 요소에 이르기까지 호를 파고 목책을 세우게 했다. 그리고 이렇게 명령했다.

"오늘 밤부터 각 진지에 밤새도록 횃불을 밝혀라."

성안 병사들이 움직이려고 하는 기미를 느끼자 틀림없이 대대적인 야습을 감행하려는 것이리라 예감하고 선수를 친 것이었다. 아니나 다를까 다키가와 군은 이튿날 밤, 성안의 정예병사 수천을 일곱 갈래로 나누었다. 한 부대는 성의 북문을 나서 시가지로, 다른 부대는 서쪽으로 나서서 평소와 다름없이 소규모 기습을 감행하는 것처럼 보이게 했다. 그리고 또 다른 대부대는 어둠 속에서 뒷문을 통해 시외로 멀리 우회해서 전군이 하무를 물고 필살의 의지를 품은 채 야다 산에 있는 적의 본영을 향해 나아갔다.

"아, 잠깐."

가즈마스가 갑자기 말 위에서 말했다.

"기다려라. 병사를 멈추어라."

가즈마스는 흘러가는 대열 속에서 말 머리를 돌려 그 흐름을 막았다. 전후에 있던 막료들의 그림자도 무슨 일인가 의심하듯 그를 따라 말을 멈췄으나 앞서 가던 부대는 그 사실을 모른 채 앞으로 나아가고 있었다. 당연히 중군과의 사이가 반정半町 정도 벌어졌다.

"미루기로 하자……."

가즈마스의 말에 부장들은 뜻밖이라며 하나같이 눈을 동그랗게 떴다.

"오늘 밤의 야습 말입니까?"

"그렇다. 얼른 선봉을 되돌리도록."

"네!"

이유를 묻고 있을 때가 아니었다. 네다섯 기가 바로 달려 나갔다. 이상히 여긴 채 발걸음을 멈춘 후속 부대에도 부장들이 갑작스러운 명령을 전달하고 있었다.

"돌아가라. 돌아가라."

야마다 산까지는 아직 십여 리가 남아 있었다. 어째서 갑자기 야습의 결행을 미룬 것인지 성으로 돌아가 가즈마스의 입을 통해 직접 설명을 듣기까지는 누구도 그 마음을 알 수가 없었다.

"안 되겠다. 과연 지쿠젠, 벌써 야습에 대비하고 있다. 그걸 어떻게 알았느냐고? 참으로 어리석은 질문이구나. 그 정도 마음의 귀와 때를 보는 눈이 없어서야 어찌 전쟁을 할 수 있겠느냐? 잘 들어보아라, 잠시 뒤 척후병이 돌아와서 보고하는 내용을.”

머지않아 척후병이 성으로 돌아와 상세한 내용을 보고했다. 그로 인해 가즈마스의 말이 틀리지 않았음을 알 수 있었다.

적의 야다 산 부근에 하루 사이에 새로운 목책과 참호가 설치되었으며, 각 진지에서 횃불이 활활 타오르는 것으로 봤을 때 한밤중이라고는 하지만 전의로 가득 차 있고 조금의 빈틈도 보이지 않는다는 것이었다.

“아아, 큰일 날 뻔했구나.”

장수들 모두 가즈마스의 밝은 헤아림에 감탄했다. 그리고 적인 히데요시에게도 감탄했다. 히데요시 역시 마음의 귀와 때를 보는 눈이 있는 대장이라고 남몰래 생각했다. 하지만 그 히데요시는 그날 밤 이미 야다 산의 본진에는 없었다.

히데요시의 주력은 갑자기 방향을 바꾸어 스즈카 입구를 공략하기 위해 나섰다. 구와나에는 단지 성을 포위할 수 있을 정도의 병력만을 남겨둔 채 남진한 뒤 16일부터는 이 지방의 작은 성채 가운데 주요한 곳이라 여겨진 가메야마 성을 공격하고 있었다.

“짓밟아라.”

히데요시의 명령은 그뿐이었다. 구와나를 공격할 때의 기백과 이곳을 공격할 때의 기백은 전혀 다른 것이었다. 구와나에서는 장기전을 각오했으나, 가메야마에서는 한시의 지체도 용납하지 않고 맹공을 퍼붓게 했다. 앞서 가즈마스와 대립했을 때 히데요시의 전술을 남몰래 답답히 여겼던 장수들은 앞다투어 성벽을 향해 달려들었다. 하지만 성을 지키는 장수인 사지 신스케 마스우지佐治新助益氏 역시 이름이 알려진 무사였다. 그는 참으로 훌륭하게 성을 지켰다.

“잘도 막는구나, 사지 놈. 잘도 막아.”

히데요시는 때때로 입술을 씹으며 그렇게 말했다.

산성이었기에 해자는 없었으나 광산의 광부들을 데려다 성 주위에 구덩이를 깊이 파고 그곳에 스즈카 강의 계류를 끌어들여 공격 부대가 건너기 어렵게 만들었다. 북서쪽에 산이 있어서 지켜야 할 부분을 좁게 만든 것도 이 성의 강점이었다. 공격 부대의 출혈과 희생이 없고는 도저히 다가갈 수 없는 험한 지세와 준비 태세를 갖추고 있었던 것이다.

매일 총공격을 감행했지만 오늘 떨어질 줄 알았던 성이 내일도 떨어지지 않았으며, 그다음 날에도 떨어지지 않았다.

"겨우 이 작은 성 하나 때문에……."

하시바 군이 부대를 바꿔가며 공격할 때마다 부장들은 가장 먼저 성으로 들어가겠다고 다짐했으나 견고한 가메야마는 함락되지 않았다. 그렇게 해서 하시바 군의 주력도 보름 가까이 발이 묶이고 말았다. 그사이 점령한 곳은 겨우 동쪽 성벽에 접한 한구석의 땅뿐이었다.

"작은 성은 오히려 공격하기에 어려운 법이지. 큰 성은 삼엄한 듯 보이나 사실은 허점을 보이기 쉽고 안의 균열을 이끌어낼 방법도 찾아낼 수 있지. 수천에 미치지 못하는 병력이라 할지라도 작은 성에 의지해 한마음으로 굳게 지키면 이는 십 주의 병사를 쫓는 것보다 어려운 법이야."

히데요시는 조금 지친 듯 그렇게 말했으나 결코 아무런 계책도 없이 말만 내뱉지는 않았다. 며칠 전부터 이미 병사들에게 동쪽 성벽 밑에서부터 성안을 향해 깊은 갱도를 파게 한 것이었다. 일종의 두더지 전술이라고도 할 수 있었다. 이는 전례가 없는 전법이 아니라, 성벽이 극단적으로 높고 견고한 중국에서는 예로부터 행해져왔던 전법이었다. 그리고 그곳에서 나온 흙으로 성 밖의 해자를 척척 메워나갔다. 그러자 성안에서도 동요하는 게 느껴졌다.

"성이 떨어질 날도 얼마 남지 않았다."

히데요시는 속으로 은밀하게 결론을 내렸다. 그런데 지하 돌격로가 성안까지 뚫릴 날도 얼마 남지 않았다고 여겼던 어느 날, 커다란 폭음이 땅을 뒤흔들었다.

"아, 무슨 일이냐?"

성과 가까운 산 위에 있던 히데요시가 자신도 모르게 걸상에서 벌떡 일어났다. 이윽고 그쪽을 담당하고 있던 호리 히데마사堀秀政가 잠시 뒤 숨을 헐떡이며 달려왔다.

"적도 성안에서부터 같은 방향으로 갱도를 파온 모양인데, 그들이 폭약을 사용해서 갱 안의 아군 대부분이 전멸하고 말았습니다."

갱도 돌격대가 전멸했다는 비보에 히데요시는 '보' 자만 듣고 무릎을 쳐서 '비' 자를 털어냈다.

"아아, 그럼 갱도는 뚫렸구나. 됐다, 길은 열렸다."

히데요시의 눈동자를 바라보며 장수들은 말없이 한 손을 땅에 대고 눈을 반짝이고 있었다.

"우지사토, 나가요시長可, 그 갱도를 통해 당장 성안으로 들어가라. 적은 화약으로 두 번, 세 번 메워 막으려 할 테지만 이제는 어려울 것 없네. 때를 놓치지 말게."

"네! 다녀오겠습니다."

가모 우지사토, 모리 나가요시가 바로 일어나 각자 휘하가 있는 곳으로 달려갔다.

"아아, 이 작은 성에서 뜻밖에도 장기전을 펼쳤지만 이제는 승산이 있다."

히데요시는 그렇게 중얼거리며 걸상에서 일어났다. 막사 밖으로 나가자 여기저기서 하늘을 지붕 삼고 풀을 요 삼아 잠을 자고 있는 무사들의 모습이 보였다.

"나팔수!"

히데요시가 부르자 나팔수가 '넷' 하며 대답했다. 그리고 부근의 갑주가 소리를 내며 일제히 자리에서 일어섰다.

"불어라, 총공격이다."

"네!"

나팔수는 한 단 높은 바위 위로 달려 올라갔다. 그 그림자가 저녁 하늘 위로 선명하게 떠올랐다. 나팔 소리가 높게, 낮게 울렸다.

나팔을 부는 데도 여러 복잡한 방법이 있다고 한다. 부는 소리로 신호를 보냄과 동시에 그 속에 추상과 같은 군기가 담겨 있어야 한다. 나아갈 때는 죽음을 초월케 하고, 물러날 때는 흐트러짐이 없도록 엄숙함을 느끼게 해야 한다. 이에 들을 줄 아는 귀를 가진 장수는 나팔 소리를 듣고 그 병사가 얼마나 용감한지를 알 수 있다고 한다. 그리고 마음의 귀를 가진 명장은 아무리 잘 부는 사람이 분다 할지라도 적의 거짓을 간파하고, 허실을 살피고, 날카로움을 측량할 수 있기에 결코 그 귀를 속일 수 없다고 한다. 따라서 나팔수의 기氣는 곧 아군의 사기이기도 하다. 그러니 강하고 기가 센 무사가 나팔수로 뽑히는 것은 당연한 일이다. 하지만 개중에는 '나팔 소리로 그런 것까지 알 수 있을 리 없다'고 의심하는 사람도 있다. 의심을 하는 것은 애초부터 귀는 있지만 마음의 귀를 가지고 있지 않기 때문이라고 주장하는 사람도 있다.

"그렇다면 마음의 귀란?"

누군가 이렇게 묻는다면 그것은 말로 가르칠 수 없는 것이라고 대답할 수밖에 없다. 하지만 다茶나 선禪 등에 정진한 사람이라면 바로 깨달을 수 있을 것이다.

한 예가 있다. 차 마시는 자리에 들 때의 예법으로 울리는 징, 그것은 여운을 매우 중히 여긴다. 손님은 주인이 울리는 소리 하나하나에 몸을 가라앉히고 마음으로 그 소리를 듣기 때문이다.

징은 남만, 조선, 명, 일본 등에서 만들어 여러 가지가 있다. 그런데 이론의 여지가 없는 사실은, 그 나라가 번성해서 백성의 힘이 흥한 시절에 만들어진 징은 '징~' 하고 한 번 울린 뒤 소리가 끝으로 갈수록 맑게 하늘로 올라가는 듯한 여운을 남기지만, 그에 반해 나라의 쇠퇴기에 만들어진 징은 아무리 잘 치는 사람이 친다 할지라도, 소리가 아무리 아름답다 할지라도 여운은 음울하게 땅으로 꺼져 들어가 즐길 만한 소리를 띠지 못한다고 한다.

그리고 노래와 음악도 알게 모르게 백성의 의기를 이끈다고 여겨져 왔기에 예로부터 명재상은 저잣거리의 동요도 결코 허투루 듣지 않았다. 이러한 이야기들을 놓고 보면 나팔수가 부는 소리도 듣는 귀에 따라서 무서운 것이라고 하는 말이 사실일지도 모르겠다.

"성문을 열어라. 남동쪽의 창고를 제외하고 각 부문의 수비병 몇만을 남겨둔 채 각 방면에서 일거에 돌격하라."

성안의 장수인 사지 신스케가 급히 명령했다. 심복 중 노장 하나가 주의를 주었다.

"저 소리를 들어보십시오. 공격 부대 쪽에서 지금 총공격의 나팔 소리를 세차게 불고 있습니다."

신스케는 쓸쓸히 웃고 있었다.

"노인, 바로 그렇기 때문에 성을 나서려는 것이오."

"이 망루와 해자에 의지해서 지키면 싸움에 유리할 것입니다."

"해자는 이미 메워졌소. 성벽에 의지하고 있을 때도 아니오. 적이 넘어오기 전에 성 밖에서 마음껏 짓밟고 오겠소. 그런 다음에 지켜도 늦지는 않을 것이오. 노인, 때를 봐서 물러나라는 북을 울리시오."

사지 신스케는 그렇게 말하고 말 위에 올라 창을 꼬나들고 문밖으로 달려 나갔다.

스즈카 산이라 여겨지는 곳에서 하늘의 석양이 땅 위를 붉은빛으로 물들이고 있었다. 적을 베기 위해 넓은 곳으로 나선 성안의 병사와 북소리를 울리며 좁은 땅으로 밀려든 공격 부대가 함성을 올리며 흥분한 말을 달려 맞부딪혔다.

공격 부대에게 성안 병사들의 맹렬한 출격은 뜻밖의 일이었다. 보름 동안 지키기만 했으니 상당히 지쳤을 것이라 생각했으며, 또 이처럼 총공세를 가하면 당연히 망루와 성문을 더욱 굳게 지킬 것이라 예상하고 뛰어든 것이기 때문이었다.

그런데 나팔 소리와 함께 성문을 열고 나온 성안의 병사들이 오히려 공세를 취하며 돌격해 들어왔다. 병사를 늘어놓고 철포를 쏠 여유도 없었다. 공격군은 모든 부대가 오로지 성안으로 가장 먼저 들어갈 생각만 하고 창을 든 장병들이 대열에서 벗어나 달려온 참이었다. 따라서 당시의 야전에서는 거의 볼 수 없었던 창과 창, 칼과 칼, 말과 말의 대결이 전군에 걸쳐 전개되었다. 그 모습을 높은 곳에서 바라보면 흙먼지와 함성 속에서 반짝이는 무수한 바늘처럼 보였다.

아무리 히데요시의 병사라 할지라도 필사적으로 맞서는 병사에게는 밀리지 않을 수 없었다. 산 위에 있던 히데요시는 꼼짝도 하지 않고 바라보며 침을 삼키고 있었다. 평소 그의 얼굴에서 볼 수 없었던 주름이 한두 개 더 보였다. 그러다 마침내 히데요시가 주름을 펴고 말했다.

"아…… 우지사토로군, 나가요시야. 벌써 성안으로 들어갔어. 갱도가 뚫렸다."

히데요시는 미친 듯이 울려대는 적의 퇴각을 명하는 북소리를 온몸으로 들으려는 듯 걸상에 앉아 몸을 앞으로 수그렸다.

사지 신스케를 시작으로 성안의 병사들이 깨끗하게 물러났다. 밀어붙일 기회라 여겨 적과 거리를 두지 않고 따라가던 공격 부대는 바로 눈앞에 성벽이 보였는가 싶었는데 그 아래 엎드려 몸을 숨기고 있던 성병들이 와아 하고 일어났기에 뜻밖에도 물러나는 발걸음이 어지러워졌다. 그 순간 성벽 위에서도 성문 위에서도 일제히 저격이 시작되었다.

이는 성안에 있던 노련한 장수가 출격했던 아군을 정체되지 않고 받아들이기 위한 묘책이었다. 순식간에 성의 철문이 굳게 닫혔다. 그리고 그다음 성벽 위로 모습을 드러내더니 기어오르려는 공격 부대의 머리 위로 불화살과 돌을 어지러이 쏟아부었다.

그러한 가운데 성에서 떨어져 움직이지 않는 군단이 있었다. 그들은 적인지 아군인지 분간할 수 없는 위치에 시커멓게 모여 있었다. 산야는 짙은 보랏빛으로 물들어가고 있었으며 떨어지는 햇살이 비추는 풀과 땅만 빨간빛이었다.

히데요시는 문득 이상한 군단이 들판 한가운데 자리를 잡은 채 움직이지 않고 있는 모습을 보면서 좌우의 사람들에게 물었다.

“저건 누구의 부대인가?”

시동 가운데 이시다 사키치石田佐吉가 분명하게 대답했다.

“아군은 아닙니다.”

“뭐, 아군이 아니라고?”

히데요시는 놀란 모양이었다. 한참 동안 그곳을 바라보았다.

어지러운 싸움 끝에 적은 모두 성안으로 물러났고 아군은 그들을 따라 모두 성벽 바로 아래까지 몰려 들어간 때라 적의 일군이 본진 가까이에 남아 있으리라고는 생각하지도 못했다.

“음, 대단한 놈이로구나.”

히데요시는 적을 칭찬하듯 중얼거리고는 주위를 향해 강한 어조로 그 적을 살펴보고 오라고 명령했다. 세 무사가 곧장 달려 나갔다. 잠시 뒤 세 무사의 그림자들이 말에 올라 움직이지 않는 적을 향해 기슭에 서부터 다가갔다.

번뜩하고 적의 앞쪽에서 초연이 피어올랐다. 세 명 중 두 명은 말 위에서 떨어졌다. 하지만 그중 한 명이 돌아와 걸상 앞에서 상황을 보고했다.

"적장 사지 신스케의 노신인 우도노 이쓰키鵜殿齋宮의 부대입니다. 인수는 삼백 명이 되지 않습니다."

"과연 노련하구나. 어지러운 서전에는 신경도 쓰지 않고 가만히 움직임 없이 남아 있다니, 죽음을 결심한 듯 날이 어두워짐과 동시에 이 본진으로 뛰어들어 목숨을 버릴 각오인 듯하구나. 참으로 위험한 일이다."

히데요시가 그렇게 중얼거리는 사이, 아군의 작은 부대가 히데요시의 명령을 기다리는 것도 답답하다는 듯 진을 치고 있던 기슭의 성긴 숲 사이에서 움직이지 않는 적군 속으로 함성을 올리며 한꺼번에 달려드는 게 보였다.

"누가 나간 것이냐?"

좌우의 무사들이 저마다 흥분된 목소리로 답했다.

"이에몬입니다. 이에몬입니다!"

"야마노우치 이에몬 가즈토요山內猪右衛門一豊의 부대인 듯합니다."

히데요시는 자신도 모르게 외쳤다.

"이에몬이란 말이냐? 적은 필사의 각오를 한 병사, 안심할 수 없으나 이에몬이라면 그도 살아 돌아올 마음으로 나서지는 않았을 게야."

아니나 다를까, 야마노우치 가즈토요의 병사들은 그들과 맞부딪치자 놀라울 정도로 과감한 모습을 보였다. 필사의 각오를 한 채 움직이지 않던 적군도 공격을 받자 잠자던 호랑이가 한번 울부짖고 일어선 것처럼 맹위를 떨쳐 거의 비슷한 숫자의 양 부대가 널따란 지역으로 흩어지지도 않고 소용돌이가 되어 서로 맞붙었다. 이쪽도 필사적이었고, 저쪽도 필사적이었다. 그야말로 선혈 한 빛깔로 전투도戰鬪圖가 그려졌다.

함성이 뚝 끊겼다. 들판에는 이미 땅거미가 내려앉았다. 승패는 한순간에 갈리고 말았다. 이에몬 가즈토요와 몇 명의 그림자가 물에 젖은 솜처럼 싸움에 지쳐 돌아왔다. 말의 발걸음까지 비틀거리는 듯 보였다.

약 삼백 명이었던 병사 가운데 겨우 사오십 기만이 돌아왔다. 그때 히데요시 곁에서 명령을 받은 비토 간자에몬尾藤勘左衛門이 급히 아래로 달려 내려갔다. 그리고 중턱의 바위 위에서 아래를 지나는 가즈토요를 향해 큰 목소리로 축하했다.

"이에몬, 이에몬. 그대의 활약을 보시고 지쿠젠 나리께서 매우 기뻐하시며 '잘한다, 잘한다' 하고 벌떡 일어나시다 엉덩방아를 찧으실 뻔했소. 대단한 명예요!"

이에몬이 말에 탄 채 위를 올려다보고 이를 드러내며 싱긋 웃더니 말했다.

"너무 과장스럽게 말하지 마시오. 부끄럽소."

가메야마 성은 그날 밤 떨어졌다. 성을 지키던 장수 사지 신스케 이하 병사들이 잘 방어했으나 성안에서 불이 일어나자 신스케는 마침내 힘이 다했는지 두꺼운 포위 속에 갇히고 말았다.

일설에 의하면 몸을 히데요시의 군에 맡겨 성안 수천에 이르는 사민土民의 목숨을 빌었다는 이야기도 있다.

공격 부대가 물불 가리지 않는 두더지 전법으로 희생을 무시한 채 성안으로 들어간 것이 치명타가 됐지만, 그처럼 견고하던 성이 마지막으로 버텨야 할 때에 그렇게 급히 깨져버린 이유는 무엇보다 지휘자가 기회를 잘 포착해서 '지금이다'라고 느꼈을 때 즉각 행동으로 옮겨 적을 깰 기회를 놓치지 않았기 때문이다.

'기회를 포착'해야 한다는 것은 누구나 알고 있는 상식에 불과하지만, 어려운 때의 크고 작은 기회를 그대로 놓쳐버리고 마는 것도 그 상식의 병이라 할 수 있을 것이다. 패한 군의 곁에서 지켜봐도 결코 비상식을 책략으로 써서 지는 것이 아니라 대부분은 상식을 거쳐 상식에게 지고 만다.

가메야마 성이 떨어진 것은 3월 3일로 히데요시는 이튿날인 4일에 사로잡았던 장수 사지 신스케의 오랏줄을 풀어 그를 놓아주었다.

"나가시마로 돌아가라."

신스케는 어리둥절했다. 히데요시의 뜻을 이해할 수 없다는 듯한 표정이었다.

"머지않아 다키가와 나리와도 이렇게 만나게 될 것이다. 구와나에도 들러서 있는 그대로 전해주기 바란다."

히데요시가 웃으며 신스케를 진문 밖으로 내쫓았다.

6일, 히데요시는 부대 하나를 남겨두고 고쿠후 성으로 이동했다. 며칠 만에 고쿠후도 떨어뜨리고 부대를 돌려 스즈카구치에 결집했다. 그리고 병력을 나누어 세키노 성을 손에 넣었으며, 주력은 미네노 성을 공격했다.

미네는 가메야마보다 더 작은 성이었다. 그곳을 지키는 병사도 일천이백 명 정도로 적은 수에 불과했다. 하지만 험한 산을 등에 업고, 계곡을 앞에 두고 있어서 공격 부대의 작전 행동은 극히 협소하고 불리한 지형에서만 허락되는 조건이었다. 게다가 그곳을 지키는 다키가와 기다유瀧川儀太夫는 숙부에게도 뒤지지 않는 용장이었다. 숙부란 다키가와 가즈마스로, 기다유는 가즈마스의 조카였다.

공격 부대의 주요한 선봉은 센고쿠 곤베仙石權兵衛, 기무라 히타치木村常陸, 와키자카 나카쓰카사脇坂中務, 핫토리 우네메服部采女 등의 부대였다. 이른바 날카로운 기백의 신진 하타모토들이었다. 기습, 맹공, 야습 등 성안의 병사들에게 쉴 틈도 주지 않고 공격을 퍼부었다. 하지만 미네는 미동도 하지 않았다. 때때로 망루 위로 빙그레 웃으며 성 밖을 내다보는 것 같은 수장 다키가와 기다유의 모습이 보였다.

"이놈, 한 방에……."

공격 부대의 진지에서 기다유를 보고 좋은 사냥감이라며 방아쇠를 당겨 앞다투어 쏘았으나 그 당시 철포는 탄알이 거기까지 미치지 못했다.

열흘 만에 공격 부대는 수많은 희생을 치렀다. 단번에 떨어뜨릴 수 있는 성으로 보이지는 않았다. 이 성에 대해서는 아직 묘책이 떠오르지 않은 듯 특별히 새로운 명령이 내려오지도 않았다. 이러한 때에 고호쿠에서 급사가 달려왔다. 나가하마, 사와야마 등에서 차례로 보고가 들어온 것이었다. 사태는 심상치 않았다. 세상을 뒤덮은 시운時雲, 급조急潮는 하루가 다르게 변해가고 있었다.

"에치젠의 선봉이 야나가세를 지났으며, 일부는 이미 고호쿠를 공략하고 있습니다."

다음 전령도 상황을 보고했다.

"시바타 가쓰이에가 결국 눈이 녹기까지 기다리지 못하고 수만 명의 일꾼을 동원해서 연도의 눈을 치우며 주력 대군을 서서히 남진시키고 있습니다."

또 다른 급보도 사태의 긴박함을 대대적으로 알려왔다.

시바타의 군세는 3월 2일쯤에 기타노쇼를 출발한 것으로 보인다. 그 선봉이 5일에는 오우미 야나세 부근, 그리고 쓰바키椿 고개까지 진출했다. 7일 한 부대는 벌써 아군의 덴진 산까지 접근할 기세를 보였으며, 다른 부대는 부근의 촌락인 이마이치今市, 요고余吾, 사카구치坂口 부근에 불을 지르며 돌아다녔고, 이후 대장 가쓰이에 이하 마에다 도시이에 등의 중군 약 이만 명이 속속 남하 중인 듯하다.

히데요시는 전령들의 보고와 급보를 종합해서 한나절 사이에 가쓰이에의 움직임을 앉은 자리에서 거의 파악했다. 이제 남은 것은 이 커다란 사태를 막기 위해 어떤 명령을 내릴 것이냐 하는 문제였다.

"마침내 기다리지 못하고 전면에 나섰구나……."

히데요시는 가쓰이에에 대해 그렇게 말하고는 바쁜 와중에도 더없이 싱글벙글했다.

"눈에 갇혀 있던 구멍 속의 곰도 이렇게 되고 보니 더는 봄의 긴 햇살을 기다릴 수 없게 된 모양이구나."

히데요시는 벌써부터 짐작하고 있던 일인 듯했다. 히데요시의 말투에서 가쓰이에의 출격 시기를 비판하는 게 느껴졌다.

만약 자리를 바꿔서 히데요시가 에치젠에 있었다면 이 시기에 출동했을까? 아마도 상당한 차이가 있었을 것이다. 이처럼 정석에 따라서 후속 조치를 취하지는 않았을 것이다. 지금 수만 명의 인부를 징용해 고에쓰 국경에 위치한 산들의 눈을 치우며 진군을 하든, 그것을 좀 더 이른 1월에 결행하거나 작년 겨울에 단행했어도 결국 어려운 점에 있어서는 차이가 없었을 것이다. 그런데 '눈이 녹을 때까지' 하며 유유히 덧없이 세월을 보냈다는 점에서 가쓰이에의 '상식'이 상식을 그대로 답습한 것이라 해도 좋을 것이다.

게다가 기후, 세이슈 방면 등의 사태가 일어나자 도저히 눈이 녹기까지 기다릴 수 없게 되었다. 다시 말해 사태를 보고 사태에 따라 움직이게 된 것으로, 극단적으로 말하면 가쓰이에가 방책을 가지고 있었든 가지고 있지 않았든 같은 결과를 맞이하게 된 셈이었다.

적어도 히데요시는 그와 같은 어리석음은 결코 범하지 않았다. 무릇 필연적으로 일어날 사태에 대해서는 모든 수단을 동원해 미리 포석을 해놓은 뒤 세이슈의 진에 임했다.

예를 들어 나가하마의 시바타 가쓰토요를 항복하게 만든 것도 그러한 수 가운데 하나였으며, 기후를 공략한 것도 급속한 선수先手 중 하나였다. 적의 출동로인 고호쿠의 각 요지를 순시한 뒤 진작부터 요새를 여러 개 짓게 한 것도 그러한 일 중 하나였다. 그리고 사자를 멀리까지 보내서 에치고의 우에스기 가게카쓰에게 친교의 글을 보내는 등 빈틈없이 선수를 쳐놓았다. 하지만 선수를 치는 것은 범인의 상식으로는 잘 이해할 수가 없는 일이었다. 그것은 마음의 귀로 듣고, 때를 보는 눈으로 보는 사람의 담략에 따른 것이었다.

● 1583년 시즈가타케 전투

덴쇼天正 11년, 오미국 이카군 시즈가타케 부근에서 벌어진 히데요시(羽柴秀吉)와 시바타 가쓰이에(柴田
勝家)에 간의 전투이다. 오다 세력을 양분한 격렬한 전투로, 히데요시는 이 전투에서 승리하여 오다 노부
나가(織田信長)가 쌓아 올린 권력과 체제의 계승자가 되었다.

● 모리 모토나리 毛利元就·1497-1571

아키(安芸)의 다이묘. 여러 가지 모략으로 유명해서 모신(謀神)이라고
도 불리며, 역사적 평가 또한 서국 제일의 다이묘(西国一の大名)로 인
정받는다. 어릴 무렵, 이쓰쿠시마에 참배하러 갔을 때 부하에게 어떤
소원을 빌었냐고 묻자 부하는 "주군께 주고쿠를 달라"고 빌었다고 대
답했다. 이를 들은 모토나리는 "천하를 달라고 빌어도 주고쿠를 얻을
까 말까 하거늘. 소원을 비는데 고작 주고쿠를 달라고 했단 말이냐?"고
한다. 그리고 이 소원은 결국 이루어졌다.

요새

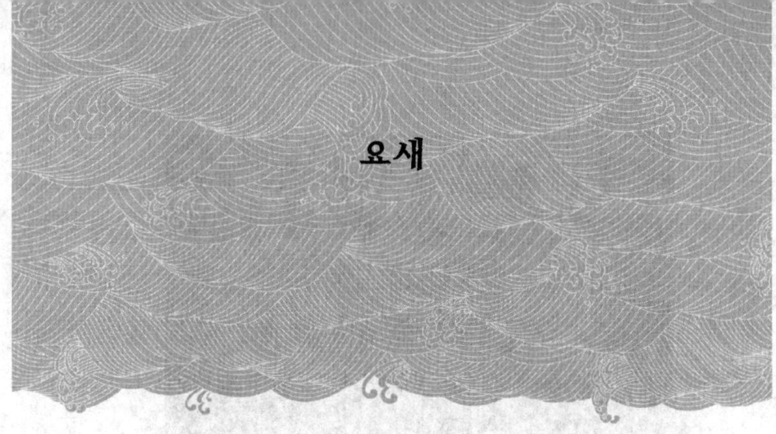

히데요시는 이미 마음을 정했다. 그것이 하나의 명령이 되어 행동으로 옮겨지게 되면 일은 간단한 것처럼 보이지만, 만약 수뇌부가 '결단'을 내리지 못한다면 끝없이 망설이기만 해야 할 것이다. 그리고 시바타 군의 파죽지세와도 같은 출동에 중대한 '때'를 짓밟히고 말았을 것이다.

다키가와의 본성인 구와나는 아직 떨어지지 않았으며 나가시마도 건재했다. 한때는 히데요시의 군문에 사과문을 보냈던 간베 노부타카의 미노 세력도 가쓰이에가 남하했다는 소식을 들으면 곧 돌변해 가즈마스와 함께 번거로움의 불씨가 될 게 뻔했다.

가메야마도 함락시켰고 고쿠후도 손에 넣었다고는 하나 그곳들은 지방의 조그만 성에 지나지 않으며, 세이슈 공략은 아직 적지에 발을 들여놓은 것일 뿐이었다. 이러한 때에 에치젠의 시바타 군이 범의 기세로 야나세 부근의 국경을 넘어 남진해온다니, 세이슈에 있는 하시바 군은 위치상 결코 쉽게 방도를 정할 수 없었다. 하지만 히데요시는 명령을 내리는 데 쓸데없이 시간을 허비하지 않았다.

"바로 철수 준비를 하라."

히데요시가 진영 안에서 명령을 내리고 뒤이어 '기타오우미北近江'로 향하라고 방향을 정한 것은 보고를 받은 그날 저녁에서 자정까지의 사이에 만반의 준비를 모두 마치고 난 뒤였다.

즉 세이슈 방면의 이후 작전은 오다 노부오와 가모 우지사토 두 장수에게 맡기고 그 휘하에 세키 모리노부, 야마오카 가게타카, 하세가와 히데카즈, 다가 히데이에 등의 부대를 남겨두는 것이었다.

"요로는 끊고 성은 포위하고, 공격해 들어오면 맞서되 굳이 추격하지는 말고, 자리를 지켜 다키가와의 교묘한 유인술에 넘어가지 않도록 하라."

히데요시는 그렇게 주의를 준 뒤 이튿날 군대를 돌려 도키타라를 넘어 오지가하타의 고갯길을 통해 오우미 쪽으로 향했다. 그리고 히데요시의 주력 부대가 사와 산에 도착한 것은 3월 15일이었다. 16일에는 나가하마로 옮겼으며, 이튿날인 17일에는 호숫가의 길을 따라 기타고슈北江州로 전진해가는 금 표주박의 깃발 속에서 말을 타고 얼굴에 봄바람을 맞으며 가는 히데요시의 모습을 볼 수 있었다.

국경인 야나세 방면 산에는 아직도 눈이 남아 있었다. 북국에서 그곳을 넘어 호수로 불어오는 바람은 무사들의 코를 빨갛게 만들 정도로 차가웠다.

저물녘, 야나세 부근에 도착하자마자 전군 모두 흩어져 각자의 위치에 포진했다. 그 부근까지 오자 벌써부터 어디선가 적의 냄새가 나는 듯했다. 물론 적의 모습은 한 줄기 연기조차 보이지 않았다.

"덴진 산, 쓰바키 고개 부근에는 시바타의 선봉이 상당수 있다. 기노모토木之本, 이마이치, 사카구치坂口 부근에도 대부대가 주둔하고 있다고 하니 잠을 잘 때도 방심해서는 안 된다."

각 조의 장수들은 코앞에 있지만 보이지 않는 적을 병사들에게 인지시켰다. 하지만 밤안개가 하얗게 드리웠고, 싸움이 있는 세상이라고는 여겨지지 않을 정도로 조용한 봄밤이 찾아왔다.

탕탕탕탕, 어디선가 총성이 들리기 시작했다. 끊겼다가는 다시 들려왔다. 모두 하시바 쪽에서 쏘는 소리일 뿐 적은 잠이 든 것인지 밤새도록 한 발의 총성도 들리지 않았다.

날이 밝을 무렵, 조총 부대들이 세 방향에서 돌아왔다. 밤새도록 들린 총소리는 그 부대들이 탐색을 위해 적이 있는 방향으로 쏜 것인 듯했다.

"그래……. 음, 음."

이른 아침, 히데요시는 조총 부대의 대장을 불러 적의 상황을 보고받았다. 그렇게 해서 그의 머릿속에는 적의 포진에 대한 대략적인 그림이 그려졌다.

우선 제1선에는 벳쇼別所 산에 마에다 도시이에와 그의 아들인 도시나가의 군, 도치다니橡谷 산 방면에 가나모리 나가치카와 도쿠야먀 노리히데의 부대, 그리고 하야시타니林谷 산에 후와 가쓰미쓰, 나카타니中谷 산에 하라 후사치카原房親의 부대를 배치한 듯했다.

제2선에는 사쿠마 모리마사佐久間盛政 형제의 대부대가 교이치行市 산에 의지해서 팔방으로 견고한 진용을 구축하고 있었으며, 그 부근에서부터 안쪽 나카오中尾 산 정상까지 폭 두 간 정도의 새로운 도로를 만들고, 거기에 총대장 시바타 가쓰이에의 본진을 두어 시야를 확보하고 연락을 취하는 데 부족함 없이 대비하고 있는 듯했다.

"삿사의 진이 보이지 않는구나."

히데요시가 확인했다.

조총 부대의 대장 세 명이 한결같이 대답했다.

"삿사 나리마사의 깃발은 어디에서도 보이지 않았습니다. 이번 출병에는 가담하지 않은 듯합니다.”

히데요시는 예상하고 있었다는 듯 고개를 끄덕였다. 가쓰이에가 출진하려면 배후의 우에스기를 돌아보지 않을 수 없었다. 그러다 보니 틀림없이 삿사 나리마사 정도의 인물을 남겨두고 왔을 것이다.

“그래 알았다. 물러가서 자도록 하라.”

그들이 나간 뒤 어젯밤 정찰을 나갔던 부장 두 명이 들어왔다. 이들 세작 부대의 정보도 앞선 보고와 크게 다르지 않았다.

“아침 밥!”

그렇게 보고를 받고 난 뒤 히데요시는 밥을 먹었다. 받아든 야전 식량은 떡갈나무 잎으로 싼 색이 검은 주먹밥이었다. 안에는 된장이 들어 있었다. 히데요시는 그것을 오물오물 씹으며 시동인 이시다 사키치, 후쿠시마 이치마쓰福島市松, 가타기리 스케사쿠 등과 이런저런 이야기를 나누었는데, 주먹밥을 아직 반도 먹지 못했을 때 사키치를 제외한 시동들이 다 먹어치우는 모습을 보며 물었다.

“너희는 밥을 씹지 않는 것이냐?”

시동들이 웃으며 대답했다.

“나리께서 너무 늦게 드시는 겁니다. 밥을 빨리 먹고 변을 빨리 보는 것은 저희의 습관입니다.”

“마음가짐은 그것으로 충분하다. 변을 빨리 보는 것도 좋다. 하지만 밥은 사키치처럼 먹지 않으면 안 된다.”

그 말을 듣고 가타기리와 와키자카를 비롯한 무리들이 모두 사키치를 바라보았다. 히데요시와 마찬가지로 사키치 역시 아직 손에 절반쯤 밥을 남겨둔 채 할머니처럼 꼭꼭 씹어 먹고 있었다.

히데요시가 말했다.

“오늘처럼 전투를 하는 날에는 빨리 먹는 것도 좋지만 성으로 들어가 한정된 식량을 하루라도 더 오래 먹어야 할 때에는 소량의 식사를 잘 씹어서 먹는 것과 그렇지 않은 것에는 성을 지키는 데 있어서도 그렇고, 몸의 건강에도 큰 차이가 생기기 때문이다. 그리고 산성, 계곡의 깊은 곳으로 들어가 먹을 것 없이 지구전을 펼쳐야 할 때는 풀뿌리, 소나무 뿌리 등 닥치는 대로 씹어서 허기를 달래야 해. 평소에 그런 버릇을 들여놓지 않으면 그러한 때에 뜻대로는 잘되지 않는 법이다. 사키치가 씹는 것을 보아라. 여러 가지를 생각해서 잘 씹고 있지 않느냐?"

히데요시는 걸상에서 벌떡 일어나더니 손짓으로 시동들을 부르며 말했다.

"모두 따라오너라. 후무로父室 산으로 가보자."

후무로 산은 크고 작은 두 개의 호수인 히가시아사이東淺井 군의 요고노우미余吾ノ湖 호수와 니시아사이西淺井 군의 비와琵琶 호수 북단에 있는 여러 산 중 하나다. 기슭인 후무로 마을에서 정상까지 표고는 이천육백 척, 거리는 이십여 리였다. 그 험한 길을 오르려면 한나절은 족히 걸렸다.

"나가신다, 나가신다."

"나리께서?"

"갑자기 어디로?"

부근을 경비하고 있던 무사들이 시동들의 모습을 보고 뒤따라왔다. 히데요시는 가느다란 청죽靑竹을 지팡이 삼아 마치 매사냥을 나설 때처럼 가벼운 마음으로 터벅터벅 앞서 걸어가고 있었다.

"산에 오르실 생각이십니까?"

뒤따라온 히토쓰야나기 이치스케一柳市助, 기무라 하야토노스케木村隼人佑, 아사노 휴가淺野日向 등이 숨을 헐떡이며 묻자 히데요시가 돌아보고 청죽을 들어 중턱의 한 고지대를 가리키며 대답했다.

"그래, 저 부근까지."

산을 삼분의 일 정도 오르니 평지가 나왔다. 히데요시는 이마의 땀을 말리며 바람 속에 서 있었다. 그곳에 서니 야나가세에서 시모요고下슈쿠까지의 산하를 한눈에 굽어볼 수 있었다. 산을 뚫고 마을을 연결하는 가도도 한 줄기 띠처럼 눈으로 따라갈 수 있었다.

"나카오 산은?"

"저쪽입니다."

히데요시의 눈은 나카무라 하야토가 가리킨 곳으로 향했다. 적의 주력이 진을 치고 있는 곳이었다. 수많은 기치가 산의 골짜기를 따라 기슭까지 이어져 있었으며 그 기슭에도 한 군단이 자리하고 있었다.

더욱 시선을 돌리자 이쪽의 산과 산, 저쪽의 봉우리와 봉우리, 혹은 도로의 요충지를 점령한 상태였다. 주요 지점이라 생각되는 곳에 북국 세력의 깃발이 보이지 않는 곳이 없었다. 마치 병법의 묘수妙手가 이곳의 천지를 기반으로 삼아 포진을 시험해보고 있는 것처럼 느껴졌다. 절묘한 포진과 주요한 곳을 놓치지 않은 배치는 그야말로 빈틈이 없었다. 또 이미 적을 집어삼킬 것처럼 기세도 한껏 올라 있었다.

"……"

히데요시는 말없이 둘러보다 시선을 시바타 가쓰이에의 주력이 있는 나카오 산 쪽으로 돌렸다. 자세히 살펴보니 나카오 산 진지의 남쪽으로 개미처럼 움직이는 사람들이 보였다. 한두 곳이 아니었다. 약간 높은 지대에서는 하나같이 어떤 움직임이 보였다.

"오호라…… 그렇다면 가쓰이에는 장기전을 펼칠 생각이로구나."

히데요시는 답을 얻었다.

적은 진지의 남쪽에 여러 단으로 요새를 구축하는 중이었다. 중군에서부터 펼쳐진 전체적인 포진 역시 주로 지키기 위한 형세를 취하고 있는 것으로 봐서 급히 나서려는 기세는 조금도 보이지 않았다.

"그렇군."

히데요시는 적의 의도를 파악했다. 요컨대 가쓰이에는 이곳으로 히데요시의 주력을 끌어들여 일단 위급한 세이슈를 구하고 이곳에서는 가능하면 지구전으로 시일을 끌 계획이었다. 그리고 그 사이 이세, 미노와 그 밖의 아군에게 충분한 시간을 벌어주었다가 때가 무르익으면 남북에서 대공세를 펼쳐 히데요시를 어려움에 빠지게 만들겠다는 계획이었다. 히데요시가 헤아린 것 역시 바로 그것이었다.

"돌아가자."

히데요시가 산 밑을 바라보며 내려가다 일행에게 물었다.

"올라온 길과 다른 길로 내려갈 수는 없느냐?"

"있습니다."

가타기리 스케사쿠가 알고 있다는 표정으로 옆을 지나쳐 앞장섰다.

"좁고 험한 길입니다만 저기서 왼쪽으로 내려가면 덴진 산의 서쪽, 이케노하라池ノ原가 나옵니다."

"스케사쿠는 이 부근 출신도 아닌데 어떻게 좁은 길까지 알고 있느냐?"

"작년 말, 이 부근을 둘러보셨을 때 시간을 내서 혼자 여기저기 돌아다녔습니다."

"흠, 무슨 생각으로?"

"나리께서 두 번이나 둘러보셨으니 훗날 반드시 이곳에서 시바타와 결전을 펼치게 되리라 생각했기에."

"그러냐?"

히데요시는 그저 고개를 끄덕일 뿐이었으나 그의 눈은 그를 사랑스럽게 바라보았다.

늘 그의 곁에 있는 시동들 중 와키자카 진나이 야스하루脇坂甚內安治가 서른 살로 나이가 가장 많았으며 그다음이 스케사쿠로 스물여덟 살이었다. 참고로 다른 시동들을 살펴보면 히라노 곤페이平野權平와 오타니 헤이마 요시쓰구大谷平馬吉継가 동갑으로 스물다섯 살, 후쿠시마 이치마쓰가 스물네 살, 가토 도라노스케加藤虎之助가 스물두 살, 가토 마고타로 요시아키加藤孫太郎嘉明가 스물한 살이었다.

그 외에 히데요시 곁에는 있지 않았으나 이번 전진에 참가한 젊은 이로 히토쓰야나기 시로우에몬一柳四郎右衛門이 열여덟 살, 구로다 기치베 나가마사가 열여섯 살, 스가 로쿠노조菅六之丞가 열일곱 살, 시바타 히데카쓰가 열여섯 살이었으며, 아마도 최연소라 여겨지는 시동은 니와 나가히데의 아들로 열두 살인 니와 나베마루丹羽鍋丸였다.

이들은 모두 무장의 아들, 명문가의 자제였으나 창을 쓰는 부대와 치중부대, 그 외의 부대에도 열대여섯 살 먹은 홍안의 병사는 아주 많았다. 그들 모두 실전에 참가하고 싶다고 아들이 졸라서, 혹은 아버지가 원해 온 것이었다.

삶과 죽음 사이를 지나지 않고는 어엿한 인간으로서 성장할 수 없으며, 전장에서 배우지 않고는 무문의 아들로서의 교학도 없었기 때문이다.

이곳에서 볼 수 있는 하시바 가의 신하들도 나가하마의 시동들이 묵는 방에서 지냈을 무렵에는 하나같이 누런 콧물을 흘릴 것 같은 어린아이들뿐이었으나 지금은 '어떻게?'라고 의심이 들 정도로 어느 틈엔가 각자 뛰어난 인품과 무사로서의 면모를 갖추었다. 그뿐 아니라 어지러운 천하의 대란을 구할 사람은 '바로 나'라고 나선 히데요시의 좌우에 머물며 크고 작은 일에 부족함 없이 쓰일 수 있는 교양을 갖게 되었다. 이는 결코 평소 책상에 앉아 닦은 학문에 의해 길러진 게 아니었다.

오랜 세월 전장을 돌아다니느라 주인인 히데요시마저도 책을 붙들고 공부다운 공부를 할 여유가 없었다. 병서, 국학, 도의를 가르치는 책 등을 짬짬이 손에 쥐기는 했으나 그것도 전장의 등불 아래에서나 적 앞에서 잠시 한가로울 때나 볼 수 있었다. 그의 시동들이 코흘리개 시절부터 오늘에 이르기까지 공부를 한 과정 역시 마찬가지라 할 수 있다.

하지만 히데요시를 비롯해 그들은 서툴기는 하나 일본 고유의 정형시도 읊으려면 읊을 수 있었으며, 필서와 여러 도까지 남들만큼은 즐기고 있었다. 그들의 학문은 책상이라는 것을 모르고, 오로지 생사의 도를 본보기로 삼아, 인간 세태의 현실을 교훈과 반성으로 삼아, 천지자연을 스승으로 삼아 체득한 것이었다.

다른 쪽으로 내려오다 보니 갈수록 동쪽의 평지가 펼쳐져 보였다. 히데요시가 갑자기 발을 멈추고 기노시타 휴가노카미木下日向守를 돌아보며 말했다.

"저 연기는 뭔가?"

"다카토키高時 강 부근의 마을이 타고 있는 것 같습니다."

"그 너머의 연기는?"

"신도新堂인 듯합니다."

"조금 오른쪽으로 커다란 연기가 보이는 곳은 어느 부근인가?"

"이마이치의 번화가와 기쓰네즈카狐塚 부근이라 여겨집니다."

"시바타 놈……. 불을 질렀구나."

히데요시가 히가시아사이의 절반에 가까운 면적을 뒤덮은 연기를 바라보며 문득 입술을 씹듯 중얼거렸다.

"두고 보아라. 곧 이 불길이 야나세를 넘어 기타노쇼까지 번질 테니."

히데요시는 갑자기 빨리 걷기 시작했다. 수행원들 모두 그의 뒤를 따라 내리막길을 내려갔다. 히데요시의 가슴에 뭔가 갑작스러운 분노가 솟구친 듯했다.

히데요시가 주력을 이끌고 이곳으로 오기까지 시바타 군이 방화를 하고 논밭이나 곡창 등을 유린한 지역이 상당히 많았다. 이미 보고를 듣기는 했으나 그 피해를 눈으로 직접 보니 격한 분노가 치밀어 오르는 것을 금할 길이 없었다. 그런데 그가 감정에 휩싸이지 않을 수 없을 정도로 도회지, 마을, 논밭, 산림까지 훼손하고 다니는 시바타 군의 저의는, 요컨대 히데요시의 그러한 기분을 이끌어내려는 것으로 이른바 '미리 대비를 해두고 적을 끌어들여 치겠다'는 책략임에 분명했다.

"왜 이렇게 늦는 게냐, 너무 늦는구나."

기슭에 도착하자 히데요시가 뒤따라오는 사람들을 돌아보며 큰 소리로 말했다. 그리고 수행원들이 가까이 오자 자신의 건각을 자랑했다.

"어떠냐, 빠르지? 이 지쿠젠 아직 나이를 먹지 않았다."

초토에서 피어오르던 연기를 멀리서 바라보다 갑자기 변한 감정은 이미 얼굴 어디에도 없었다.

"오호, 야생 매화가 피었구나."

좁은 숲길을 가는 동안 대나무 지팡이로 장난을 치기도 하고 아름다운 모습을 보고는 잠시 황홀하다는 듯 지켜보기도 했다. 덤불에 사는 휘파람새의 소리도 들려왔다. 세상에서는 전쟁이 벌어졌는데 새는 처량하게 울고 있었다.

히데요시가 좌우를 향해 말했다.

"봄인데 봐주는 사람이 아무도 없구나. 가끔은 봐주는 것도 길을 가는 사람의 정이다. 누가 시를 읊어보지 않겠느냐?"

"……."

잠시 모두 입을 다물었다. 햇살에 피어오르는 매화향이 모두의 얼굴에 가만히 닿았다. 오타니 헤이마 요시쓰구가 운을 띄웠다.

"오는 이에게 말을 걸고 싶어지는 야생 매화로구나."

그러자 히라노 곤페이 나가야스가 다음 구를 덧붙였다.

"꽃은 지나치나 기다려라 이길 날까지."

히데요시는 기분 좋다는 듯 '그래, 그래' 하고 호응하며 다시 걷기 시작했다. 걸으면서 입으로 조금 전 시를 중얼거렸다.

덴진 산과 이케노하라 사이까지 오자 아군의 진지 하나가 있었다. 깃발을 보니 호소카와 요이치로 다다오키細川与一郎忠興의 진지였다.

"목이 마르구나. 물이라도 마시고 가자."

히데요시는 그렇게 말하며 진문 가까이로 갔다. 다다오키와 가신들은 이만저만 놀란 것이 아니었다. 갑작스럽게 진영을 둘러보는 것이라고 생각한 모양이었다.

"아닐세, 후무로에 올랐다가 돌아가는 길일세. 그래도 생각난 김에 말해두기로 하지."

히데요시는 더운 물을 마시며 다다오키에게 명을 내렸다.

"자네는 바로 이곳의 진을 철수해 본국으로 돌아가게. 그리고 단고丹後 미야즈宮津 일원의 병선을 모두 동원해서 적의 에치젠 연해를 위협하도록 하게."

다다오키는 히데요시가 떠나자 곧 진을 철수하고 미야즈로 돌아갔다. 그리고 일 개월 뒤, 마침내 이곳에서 시즈가타케 결전이 펼쳐지자 호소카와 군은 수군이 되어 에치젠의 영해를 물 위에서 습격했다.

히데요시는 산에 올라서도 수군을 떠올리는 사람이다. 이러한 구상은 히데요시가 아니면 할 수 없는 것이다. 이와 같은 두뇌의 활동과 육안의 시계는 그다지 관계가 없다.

그야 어찌 됐든 그날 히데요시는 다다오키에게 갑작스럽게 퇴각 명령을 내리고 더운 물 한 잔으로 목을 축였다. 그러고는 결상에서 일어나 다다오키에게 귀국하면 후지타카에게 안부를 전해달라는 등의 말을 하며 진 밖으로 나섰다. 그렇게 헤어지자마자 히데요시는 다시 뒤돌아서 다다오키를 불렀다.

"요이치로, 요이치로."

아직 명령할 것이 남았나 싶어 다다오키가 달려가자 히데요시가 이렇게 말했다.

"요이치, 이 지쿠젠에게 말 한 필을 주지 않겠는가?"

명마를 바라는 것인가 싶어 다다오키가 당황한 듯 대답했다.

"저의 애마는 드릴 수 없습니다만, 다른 말이라면."

히데요시는 전혀 신경 쓰지 않았다. 그러고는 말뚝으로 직접 가서 벌써 말 하나에 올라 있었다.

"이걸 가져가기로 하지."

그가 탄 말은 안장이 놓여 있기는 했으나 짐꾼이 타는 말로 그저 튼튼하기만 한 볼품없는 말이었다.

'대장은 말을 보는 눈이 없구나.'

젊은 다다오키는 문득 히데요시를 가볍게 보다가 언젠가 사와 산성 안에서 아버지 후지타카가 타이르던 말이 문득 떠올랐다.

'아니, 그렇게 봤다면 나야말로 사람을 보는 눈이 없는 자일지도 몰라.'

다다오키는 바로 반성하며 말을 타고 가는 히데요시의 모습을 바라보았다.

히데요시가 말 위에서 수행원 중 가토 도라노스케를 불렀다.

"도라노스케."

"무슨 일이십니까?"

　도라노스케가 안장 옆으로 다가가 올려다보니 히데요시가 안장을 고치고 있었다.

　"이 말은 성깔이 있는 놈 같구나. 자꾸만 왼쪽으로 치우쳐 가려 하니. 어떻게 된 걸까?"

　"하하하. 그럴 겁니다."

　"다리가 안 좋은 것이냐, 안장이 비뚤어진 것이냐?"

　"아닙니다, 한쪽 눈이 좋지 않습니다."

　"뭐? 한쪽 눈이?"

　히데요시가 크게 웃으며 말했다.

　"요시로가 말을 아끼는 것은 무사로서 당연한 일이라 생각하고, 이 지쿠젠이 진지로 돌아갈 때까지만 쓰기에는 짐말이면 충분하다 싶어 일부러 짐말을 골라왔더니 그게 애꾸일 줄은 몰랐구나. 이거 애물단지를 얻어가지고 온 셈이로군."

　"신경 쓰실 것 없습니다. 제가 부리망을 잡아 잘 끌도록 하겠습니다."

　"이런 말도 부리기 나름이라는 말이냐?"

　"그렇습니다."

　신도에서 십 리쯤 지나 다카토키 강 부근에 도착했다. 그 부근의 마을은 적에 의해 모두 불에 타 있었다. 자세히 둘러보던 히데요시는 때때로 마음이 아프다는 듯 눈썹을 찌푸렸다. 특히 이마이치의 번화가로 들어서자 잿더미 외에는 아무것도 눈에 들어오지 않았다. 듣자 하니 이틀 전 밤에 적이 불을 질렀다고 하는데 이후 비가 내리지 않았던 탓인지 아직도 연기가 피어오르고 있었다.

　히가시아사이의 이마이치는 추억이 깊은 나가하마 시절의 영지였다. 대부분의 백성들이 모두 산지로 달아나 보이지 않았으나, 불에 타고 남은 널따란 지역에는 불에 탄 모습 그대로 무엇인가를 찾듯 돌아다니는 사람들이 있었다. 그러한 모습과 길가에 허무하게 쓰러져 있는 시체 등 무엇을 보든 히데요시는 가슴이 아팠다. 오랜 세월 자신의 손으로 돌보던 영지의 백성들이었다. 그들 모두가 예전에 영지를 둘러보던 때 말 앞에서 보았던 사람들처럼 느껴졌다.

'가엾은 백성들이여, 전란의 세상에서 이와 같은 일을 당하는 것은 늘 있는 일이라고는 하지만 이 지쿠젠은 백성들 위에 있으면서 그들의 힘이 되어주지 못하는구나. 게다가 불시에 에치젠 군의 출격이 있으리라는 사실을 예전부터 알고 있었으면서 적으로 하여금 이렇게 자부심에 젖게 한 것은 오로지 나의 불찰이다. 용서해주기 바란다, 용서해주길.'

히데요시는 죽은 사람과 잿더미는 물론 살아 있는 사람의 그림자를 향해 사과를 했다. 그러는 사이에 그는 무엇을 보았는지 말의 부리망을 멈추게 했다.

"도라노스케, 기다려라."

"저쪽 불에 탄 자리에 집을 잃은 자들이 여럿 모여 초토에 엎드려 있는데 무슨 일이냐? 굶주린 것이냐 울고 있는 것이냐?"

히데요시의 말에 기무라 하야토노스케, 아사노 휴가 등의 시동들은 비로소 황량한 초토 가운데 이상한 무리의 사람들이 있다는 사실을 알고 가만히 바라보았다.

"아, 알았습니다."

이시다 사키치였다. 문득 무릎을 치더니 말 위에 올라 있는 주인에게 말했다.

"저건 틀림없이 이마이치 관세음이 있던 자리입니다. 관세음당이 불탄 자리입니다."

"관세음당이 있던 자리란 말이냐?"

"그렇습니다. 가람과 누문, 나무들까지 모두 불타버리고 말았습니다만."

"아아……."

히데요시는 놀라 감탄했다. 사람들의 진실한 마음에 감동을 받은 듯한 표정이었다. 불에 타 무엇 하나 남아 있지 않은 잿더미 속에서 서민들은 여전히 관세음의 실재를 보고 있었던 것이다. 그리고 재생에 대한 약속을 하고 있는 것처럼 보였다.

황량한 초토뿐 눈에 들어오는 것은 아무것도 없었으나 전화를 입은 백성들이 엎드려 있는 곳 앞에는 그야말로 대자비, 빛의 관음이 내려앉아 있었다. 히데요시의 눈에도 그것이 보였다.

히데요시는 말에서 내려 백성들을 향해 합장을 했다. 그리고 다시 안장에 올라 그곳을 떠났다. 백성들은 깨닫지 못한 듯했으나 히데요시는 본진에 돌아와서도 초토 속에서 본 그 장면이 머리에서 떠나지 않았다.

한나절에 걸친 전장 시찰로 히데요시의 작전 구상은 거의 마무리가 된 듯했다. 히데요시는 그날 밤 진영으로 각 진지의 장수들을 모아 방침을 주었다. 즉, 적의 지구전에 맞서 보루를 더 구축해서 지구전으로 대치하겠다는 방침이었다.

요새의 구축이 개시되었다. 토목공사는 백성의 마음을 활발하게 했다. 히데요시는 백성들 사이에 잠재되어 있는 적개심을 전쟁에 모두 집결시키기 위해서라도 대대적인 토목공사가 필요하다고 보았다.

대결전 직전에 적 앞에서 토목공사를 실시한다는 것은 무모하기도 하고 대담하기도 한 일이었다. 만약 패한다면 패인의 죄는 오로지 적 앞에서 토목공사를 일으킨 어리석음에 있다고 세상의 웃음거리가 될 게 뻔했다. 하지만 그는 굳이 그 어리석음을 택했다. 우선 백성을 결집시키기 위해서였다. 그가 섬겼던 노부나가는 언제나 파죽지세로 진군해 '노부나가가 가는 곳에는 초목도 마른다'는 말을 들을 정도였으나 히데요시는 조금 성격이 달라서 그가 가는 곳, 진을 친 곳에는 저절로 백성들이 모여들었으며 시장을 이루었다. 또 백성들을 잘 아우르는 것을 적에게 이기는 것보다 중요한 일로 여겼다. 매섭고 엄한 군율은 군기의 기본이 되는 것이지만, 피바람이 몰아치는 가운데서도 그가 앉은 곳에는 어딘가 봄바람이 감돌고 있었다. 누군가가 글에서 '봄바람은 도키치로藤吉郎가 있는 곳'이라고 말했는데, 정말로 그런 기운이 느껴졌다.

요새를 설치할 곳은 북국 가도 나카노고中之郷의 기타北 산에서 히가시노東野 산, 단기堂木 산, 신메이神明 산까지의 제1선 지구와 이와사키岩崎 산, 오가미大上 산, 시즈가타케, 다가미떠上 산, 기노모토 등의 제2선 지구에 걸친 광범위한 곳으로, 당연히 매해 수십만 명의 인력이 필요했다.

히데요시는 나가하마의 영지 안에서 사람들을 징집했다. 특히 전쟁으로 화를 입은 지역에는 방을 내걸게 했다.

1. 남녀노소 불문, 꼽추, 절뚝발이도 무방함. 흙을 질 수 없는 자는 새끼 꼬는 일을 시킴.

1. 그 자리에서 쌀과 소금을 지급하겠음. 훗날에는 집안의 소작료를 일 년 면제해주겠음. 집을 잃은 자에게는 협력하도록 하겠음. 시장은 이번 여름부터 설 것임. 추석에는 축제가 있을 것임.

1. 늦지 않도록 할 것. 서로 살펴서 게으른 자를 집에 두지 말 것. 이는 중죄가 되리라.

며칠 지나지 않아서 각 산들은 사람으로 메워졌다. 나무는 베어지고 길은 뚫리고, 여기저기 보루가 하나씩 놓였다. 곧 일대 요새 지역이 출현할 것처럼 여겨졌다. 하지만 실제 공사는 그렇게 쉬운 것이 아니었다. 그 보루 하나에만도 망루도 필요하고 막사도 필요했다. 해자도 만들어야 하고 둑도 만들어야 했다. 산기슭에는 가시나무 울타리를 두르고, 중턱에는 미로를 만들고, 첫 번째 목책, 두 번째 목책, 세 번째 목책에는 문을 만들고, 적이 공격로로 오를 만한 길 위에는 커다란 나무와 바위를 쌓아두는 등 곳곳에 전략적 시설도 필요했다.

특히 첫 번째 전투 구역인 히가시노 산에서 단기 산까지의 사이는 목책과 참호로 길게 연결되었다. 그 흙을 파내는 것만 해도 큰일이었다.

하지만 그러한 대대적인 토목공사도 겨우 이십 일 만에 완료했다. 그것이 가능한 했던 것은 방에 쓰인 글 그대로 노인도 여자도 아이들도 참가했기 때문이다. 소쿠리 가득 흙을 끌어안고 비틀비틀 옮기는 모습까지 눈에 띄었다. 젖먹이를 업은 아낙이 취사장에서 밥 짓는 모습도 보였다. 애초부터 그러한 사람들이 힘이 되기는 어려웠다. 하지만 그러한 모습은 건강한 사람들의 분투를 자극하는 힘이 되었다. 그들은 전쟁으로 입은 화의 슬픔도 잊고 토목공사에 희망찬 내일을 걸고 있었던 것이다.

"좋구나."

히데요시가 각 요새를 한 바퀴 둘러보고 고개를 끄덕였다.

요새의 공사만으로 마음이 든든했던 것은 아니었다. 이로써 백성들의 가슴에도 '마음의 요새'가 굳게 세워졌다고 생각했기 때문이다.

군민이 하나가 된 '마음의 요새'와 지역의 모든 물자를 동원해 만든 요새의 공사가 모두 끝나자 히데요시는 그곳에 각 장수들을 배치했다.

제1선 지구의 히가시노 산 요새에는 호리 히데마사의 오천 병력과 가도의 북쪽에 오가와 사헤이지 스케타다小川佐平次祐忠의 일천 병력을 배치했다. 그리고 단기 산에는 야마지 쇼겐 마사쿠니山路將監正國, 기노시타 한에몬 등의 부대를 각각 오백 명씩 배치했다.

신메이 산에는 오가네 도하치로와 기무라 하야토노스케 시게노리의 부대를 각각 오백 명씩 배치했다. 이곳은 원래 시바타 가쓰토요가 지켜야 할 곳이었으나 가쓰토요가 다시 병을 앓았기에 그의 가신인 오가네 도하치로와 야마지 쇼겐이 대신 지휘를 하게 되었다.(가쓰토요는 그로부터 얼마 지나지 않아 교토에서 병사했다.)

제2선 지구에는 이와사키 산에 히데요시 직속의 다카야마 우콘나가후사高山右近長房, 오이와大岩 산에 나카가와 기요히데中川淸秀, 시즈가타케에 구와야마 시게하루桑山重晴의 부대를 각각 일천 명을 배치해 중추적인 역할을 맡게 했다. 그리고 다가미 산에는 하시바 히데나가의 일만 오천 명을 두었으며, 각 보루를 이곳의 위성으로 여겼다.

이 외에도 객장이라 할 수 있는 니와 나가히데에게 호수 북쪽의 경비를 맡겼으며 가이즈 근방에 칠천여 병력을 배치했다. 그의 아들인 니와 나가시게丹羽長重도 삼천 명을 이끌고 쓰루가敦賀 방면을 견제했다. 물론 이것이 히데요시 군의 전모는 아니었으나 대체로 이와 같이 병력을 배치한 뒤 히데요시는 마음속으로 홀로 한 가지 계획을 구상하고 있었다.

하지만 아직 그 누구에게도 말하지 않고 며칠 동안 적의 동향을 가늠하고 있었다. 히데요시 쪽에서 각 요새를 구축하기 시작하자 시바타 군은 한동안 야간 기습과 여러 가지 작은 책략을 써서 활발하게 방해를 했으나, 늘 대비를 하고 있는 적에 대해서는 아무런 효과도 없다는 사실을 깨달았는지 이후부터는 산처럼 전혀 움직이지 않아 오히려 불안하게 여겨질 정도였다.

어째서 쉽게 움직이지 않았던 것일까? 히데요시는 그 이유를 알고 있었다. '섣불리 맞설 수 없는 강적'이기 때문이었다. 가쓰이에는 히데요시의 생각대로 자중에 자중을 했다. 그리고 그 외에도 중대한 이유가 있었다.

이곳은 이미 충분히 준비되었지만 다른 방면에서는 자신이 쓸 수 있는 아군 부대가 전면적으로 동원되기에는 아직 때가 아니라고 생각한 것이었다. 자신이 쓸 수 있는 아군 부대란 기후의 간베 노부타카였다. 노부타카가 일어나야만 다키가와 가즈마스도 구와나 성에서 적극적인 공세에 나설 수 있게 되고, 그래야만 비로소 가쓰이에가 생각하고 있는 일이 전략상으로 실제화될 수 있었다.

'그렇지 않고는 이번 전쟁에서 쉽게 이길 수 없다.'

가쓰이에는 처음부터 은밀히 그러한 계산을 하고 있었다. 그 계산은 피아의 국력 비교에서부터 시작된 것이었다.

당시 히데요시는 야마자키 전투 이후 급격히 세력을 더했기에 동맹국은 반슈播州, 다지마但馬, 셋쓰, 단고, 야마토大和를 비롯해 다른 몇 개 주에 걸쳐 이백육십만 석에 이르렀으며 병력은 육만 칠천을 움직일 수 있었다. 거기에 오다 노부오의 오와리, 이세, 이가伊賀에 산재해 있는 병력과 비젠에 있는 우키타와 그 외의 세력을 합치면 무려 십만에 이르렀다.

시바타 쪽은 에치젠 기타노쇼를 주력으로 노토의 마에다, 가가 오야마尾山의 사쿠마 모리마사, 에치젠 오노大野의 가나모리 나가치카, 가가 맛토의 도쿠야마 노리히데, 엣추越中 도야마富山의 삿사 나리마사 등을 더해 백칠십여만 석이었으며, 동원 병력도 사만 오천에 지나지 않았다. 거기에 미노, 이세의 노부타카, 가즈마스의 국력을 더해야 비로소 적과 거의 대등하게 맞설 수 있는 육만 이천 명의 병력을 갖게 되는 것이었다.

모략

떠돌이 승려가 장부와 같은 발걸음으로 집복사集福寺(슈후쿠지) 언덕을 오르고 있었다. 그 부근은 니시아사이의 구쓰카케沓掛, 집복사, 야나가세 등 산에서 산으로 이어지는 샛길이었다. 그리고 시바타 군의 주력 진지를 이루는 교이치 산에서 나카오 산까지의 경비 구역 안이기도 했다. 귀가 밝은 한 무리의 보초병이 갑자기 나무 그늘을 헤치고 나와 승려 앞에서 창으로 담을 쌓았다.

"어디로 가는 거냐?"

"날세."

승려가 쓰고 있던 두건을 벗었다. 보초병들이 실수를 사과하고 뒤쪽의 목책을 향해 수신호를 보냈다. 나무 문 쪽에는 다른 부대 하나가 모여 있었다. 승려는 그곳의 부장을 향해 무엇인가 이야기를 했다. 말을 빌려달라고 청한 모양이었다. 성가시기는 했으나 거부할 수 없는 중요한 임무를 띤 사람이었는지 부장이 직접 끌고 와서 건네주었다. 승려는 말에 오르더니 교이치 산의 진영을 향해 전보다 한층 더 서둘러 떠났다.

교이치 산의 진영은 사쿠마 겐바노조 모리마사佐久間玄蕃允盛政 형제의 진영이었다. 승려의 모습을 한 사내는 겐바의 동생 야스마사安政의 신하인 미즈노 신로쿠水野新六라는 사람으로 은밀한 명령을 받아 어딘가 사자로 다녀온 듯했다. 반 각 뒤에 그는 주인인 구에몬 야스마사久右衛門安政의 막사 안에 엎드려 있었다.

"지금 막 돌아왔습니다."

"결과는 어땠는가?"

야스마사가 기다리고 있었다는 듯 물었다.

"우선은 됐습니다."

신로쿠가 대답했다.

"만났단 말이냐? 잘했구나."

"적의 감시가 삼엄해서 야마지 나리에게 접근하는 것조차 쉬운 일이 아니었습니다."

"그랬겠지. 바로 그래서 특히 자네를 보낸 것 아니겠나. 그래, 쇼겐의 의중은?"

"여기에 가져왔습니다."

신로쿠가 삿갓 안쪽에서 끈이 달린 부분을 힘껏 뜯어냈다. 그러자 안에서 서장 한 통이 그의 무릎 아래로 떨어졌다. 신로쿠가 구겨진 부분을 펴서 주인 야스마사의 손에 건네주었다.

야스마사가 봉인한 표식을 가만히 살피고는 말했다.

"음, 이건 틀림없이 쇼겐의 필적……. 그런데 이건 형님 앞으로 보내는 글이로구나. 신로쿠, 따라오너라. 바로 형님께 보여드리고, 또 나카오 산의 본진에도 급히 보내 기뻐하시는 얼굴을 보기로 하자."

"잠시만 기다려주십시오."

신로쿠는 창황히 다른 막사로 들어가더니 승복을 벗어버리고 갑옷으로 갈아입었다.

“모시겠습니다.”

주종은 그곳의 목책에서 나와 교이치 산의 정상으로 올랐다. 병마, 책문, 막사의 배치는 위로 올라갈수록 더욱 긴밀해졌다. 그리고 마침내 임시 성이라 할 수 있는 혼마루의 막사와 여러 작은 막사가 산 위에 펼쳐져 있었고 중앙에 깃발 등이 세워져 있는 곳이 바로 사쿠마 겐바노조가 머무는 곳이었다.

“구에몬 야스마사일세, 형님께 말씀 전하게.”

야스마사가 진문의 부장에게 말하자 측신인 곤도 무이치近藤無一가 달려 나와 말했다.

“오셨습니까? 그런데 나리는 안 계십니다.”

“나카오 산에라도 가신 겐가?”

“아니, 저기에 계십니다.”

무이치가 가리킨 곳을 보니 형 겐바노조는 무엇을 하는 것인지 혼마루에서 떨어진 잔디밭 위에 네다섯 명의 무사와 시동들과 함께 앉아 있었다.

다가가 보니 겐바노조는 시동 한 명에게 거울을 들게 하고, 또 다른 한 명에게 작은 대야를 들게 한 채 푸른 하늘 아래서 수염을 깎기에 여념이 없었다.

그날은 4월 12일(양력 6월 2일)이었다. 천지는 이미 여름으로 접어들어 강남의 역참길이나 평야의 성시城市에서 벌써 더위가 느껴질 때였다. 하지만 이 산과 일대의 산악지대는 지금이 한창 봄이었다. 나무에 잎이 새로 돋고, 연둣빛 계곡 곳곳에는 철쭉이 불타오르고, 벚꽃이 만개했다.

“형님, 여기에 계셨습니까?”

야스마가사 잔디 위에 무릎을 꿇었다.

"오오, 아우 왔는가."

겐바노조가 슬쩍 곁눈질을 했다. 하지만 여전히 시동이 들고 있는 거울 앞으로 턱 끝을 내민 채 수염을 깎았다. 수염을 다 깎고 나서 면 도칼을 놓고 대야의 물로 푸르스름한 수염 자국을 씻은 뒤에야 비로소 야스마사를 향해 앉았다.

"무슨 일인가? 야스마사."

"시동들을 물려주시기 바랍니다."

"막사로 가서 이야기할까?"

"아니, 잠시 밀담을……. 이곳이야말로 사방을 살피기에 좋은 자리입니다."

"그러냐. 그렇다면."

겐바노조가 시동들을 돌아보며 명령했다.

"모두 멀리 물러나라."

시동들이 거울과 대야를 들고 물러났다. 측근들도 물러났다. 산 위의 잔디밭에는 마주 보고 앉은 사쿠마 형제만이 남아 있었다. 아니, 한 사람 더 있었다. 야스마사와 함께 온 미스노 신로쿠였다. 신로쿠는 신분상 멀리 떨어져 머리를 조아리고 있었다.

그제야 겐바노조가 신로쿠의 존재를 깨닫고 말했다.

"신로쿠가 돌아왔구나."

"무사히 돌아왔습니다. 맡은 일도 잘 처리한 듯합니다."

"고생 많았구나. 그렇다면 야마지 쇼겐의 대답은?"

"신로쿠가 가지고 돌아온 쇼겐의 서장입니다. 우선 살펴보시길."

"그래…… 어디 보자."

겐바노조는 서장을 손에 쥐자마자 바로 개봉했다. 입가와 눈에서 숨길 수 없는 기쁨이 묻어났다. 어떤 비밀스러운 일을 성공했기에 그토록 기뻐하는 것인지 그는 가만히 있을 수 없다는 듯 어깨를 흔들었다.

"신로쿠, 좀 더 가까이 오라. 거기는 너무 멀다."

"쇼겐의 글을 보니 자세한 내용은 사자에게 전하겠다고 했는데, 쇼겐의 전언을 남김없이 말해보도록 하라."

"야마지 나리께서 구두로 전달하신 내용을 말씀드리면, 누가 뭐래도 자신과 오가네 도하치로는 원래 나가하마의 신하였으며, 나가하마가 그렇게 되기 전부터 가쓰토요 님과 의견을 달리했다는 사실을 히데요시를 비롯해 휘하의 각 장수들도 알기에 단기 산과 신메이 산의 보루를 맡기면서도 방심하지 않고 다시 히데요시의 심복인 기무라 하야토노스케를 붙여 감시하게 한 것이며, 그러다 보니 마음대로 움직일 수 없는 형편이라고 했습니다."

"하지만 서면에는 내일 아침 오가네 도하치로와 함께 단기의 요새를 빠져나와 우리의 진소에 반드시 투항하겠다고 적혀 있는데……."

"그 일은 비밀 중의 비밀이기에 글 속에는 적지 않았습니다. 하지만 계책을 써서 기무라 하야토노스케를 살해한 뒤 모든 세력을 이끌고 시바타 쪽으로 달려와 항복할 것이라고 확약했습니다."

"내일 아침이라면 얼마 남지 않았군. 이쪽에서도 도중까지 사람을 보내 맞이하도록 하게."

겐바노조가 야스마사의 눈을 보고 말한 뒤 다시 신로쿠에게 물었다.

"히데요시는 지금 진중에 있는 것 같기도 하고, 나가하마에 있는 것 같기도 하다는 소리가 들리던데 자네가 본 바로는 어떤가? 정확히 어디에 있는가?"

"그것만은 정확한 내용을 전혀 알 수가 없습니다."

미즈노 신로쿠가 솔직히 대답했다.

"모른단 말인가."

겐바노조도 한탄하듯 말했다. 시바타 측에게 히데요시가 전선에 있는지, 나가하마에 있는지는 커다란 수수께끼였다. 아무리 염탐을 해봐도 정확한 사실을 알 수 없었기 때문이다. 특히 지난 며칠 동안에는 하시바 군에서도 미묘한 기운이 감지되었고, 아군의 작전도 무르익어가고 있었으나 정작 중요한 히데요시의 소재가 정확하지 않다 보니 지금의 상황에서는 한 걸음도 적극적으로 나설 수 없었다.

왜냐하면 시바타 군은 어디까지나 일방적인 침공을 방책으로 삼고 있지 않기 때문이었다. 그들은 간베 노부타카의 기후 군이 궐기할 날이 오기를 오래도록 기다렸다. 그와 함께 이세의 다키가와 가즈마스도 공세로 전환해 세이슈와 미노가 히데요시의 배후를 위협하기를 기다렸다. 그런 다음 이곳의 이만여 세력이 일거에 물밀듯이 쳐들어가 니시아사이, 히가시아사이의 각 요새를 짓밟고 히데요시를 나가하마, 사와 산의 한쪽 구석으로 몰아 완전한 승리를 이루길 기대하고 있었다.

기후의 노부타카는 이미 '조만간 군대를 일으키고, 세이슈와도 연락해서 히데요시의 배후를 치겠다'고 가쓰이에에게 밀서를 보냈다.

만약 히데요시가 나가하마에 있다면 히데요시는 이미 그 사실을 깨닫고 기후와 야나가세를 대비하고 있다고 봐도 좋을 것이다. 그렇다면 그들도 그에 대해 충분히 주의를 해야 했다. 하지만 만약 히데요시가 아직도 고호쿠의 전선에 있다면 노부타카가 일어날 때는 바로 지금이었다.

시바타 군으로서는 그에 앞서 히데요시를 이곳에서 교착상태에 빠지게 만드는 방책을 써서, 노부타카가 작전을 쓰기에 유리한 정세를 속히 전개해둘 필요가 있었다.

"히데요시가 어디에 있다는 것만은 모르겠단 말인가."

겐바노조가 다시 한 번 입안에서 되풀이했다. 그의 왕성한 전의나 평소의 성격으로 봐서, 그는 한 달 넘게 계속된 무위에 가까운 장기전에 더는 견딜 수 없는 답답함을 느끼고 있었을 것이다.

"아니, 욕심을 부리면 한도 끝도 없지. 이번에는 야마지 쇼겐을 끌어들였다는 사실만으로도 축하할 일이라고 해야 할 게야. 어쨌든 기타노쇼 나리에게도 얼른 보고하기로 하지. 야스마사, 너는 가쓰마사勝政(막냇동생)와 잘 상의해서 내일 아침에 야마지가 내응의 신호를 보내면 빈틈없이 잘 처리할 수 있도록 준비해두어라."

"알겠습니다."

"신로쿠에게는 훗날 상이 있을 것이다."

"황공합니다."

야스마사와 신로쿠는 먼저 일어나 각자의 진영으로 돌아갔다. 겐바노조는 손짓으로 시동을 불러 애마 '세이란靑嵐'을 끌고 오게 해서 무사 열 명 정도와 함께 바로 나카오 산의 본진으로 향했다.

교이치 산에서 나카오 본진까지의 군용도로는 폭 두 간 정도의 새로 닦은 길로 이십여 리가 구불구불 능선을 따라 나 있었다. 마침 깊은 산 가득 봄이 찾아와 있었다. 명마 세이란을 타고 한들한들 가자니 겐바노조의 거친 가슴에는 풍류를 억누르지 못하고 시를 읊고 싶은 마음이 생겼다.

나카오 산의 본진은 몇 겹의 목책으로 둘러싸여 있었다. 그는 문을 지날 때마다 말 위에서 보초를 서는 장병을 내려다보며 '겐바노조다'라고 한마디 던지고는 그대로 지나쳤다. 혼마루 안쪽의 문에서도 얼굴을 보이고 지나려 하자 수비를 맡은 장수가 엄하게 제지했다.

"기다려라, 어디로 가는 것이냐?"

그렇게 말하고는 말 위의 겐바노조를 검문했다. 그러자 겐바노조가 힐끗 돌아보며 말했다.

“그래, 멘주로毛受구나. 숙부님을 뵈러 가는 길이다. 숙부님은 안에 계시냐?”

젠바노조는 안내를 하라는 듯한 말투였다. 그러자 멘주 쇼스케 이에 테루毛受勝助家照가 씁쓸한 표정으로 젠바노조 앞으로 돌아가 타일렀다.

“우선 말에서 내리십시오.”

“뭐라고?”

“이곳은 대장의 장막에서 가까운 진문입니다. 어떠한 분이라도, 또 아무리 급한 용무라도 말을 탄 채 들어갈 수는 없습니다.”

“그러냐, 멘주?”

젠바노조가 씁쓸하게 웃으며 말에서 내렸다. ‘이놈!’ 하는 반감이 들었으나 군기에는 반항할 수가 없었다. 그 대신 상대방의 요구대로 말에서 내리자 말투가 더욱 거칠어졌다.

“숙부님은 어디에 계시느냐?”

“회의 중이십니다.”

“어떤 자들이 참석했느냐?”

“하이고 나리, 오사長 나리, 하라 나리, 아사미 나리입니다. 그리고 아드님이신 곤로쿠 가쓰토시權六勝敏 나리까지 더해 막료들하고만 막사에서 회의를 하고 계십니다.”

“그렇다면 상관없겠군. 그곳으로 가겠다.”

“아니, 말씀을 여쭙겠습니다.”

“그럴 필요 없다.”

젠바노조는 그대로 들어가버리고 말았다.

멘주 쇼스케는 그 뒷모습을 바라보았다. 문득 감출 수 없는 근심의 빛이 눈가를 스치고 지나갔다. 그가 면전에서 타박을 준 것은 그저 군율만이 아니라, 평소 젠바노조의 태도에 대해 은밀히 반성을 유도하고 싶었기 때문이다. 그만큼 겐바노조는 걸핏하면 가쓰이에의 총애를 자랑하려는 듯한 태도를 보였다. 쇼스케는 기타노쇼의 수뇌부에 일족 사이의 사사로운 정인 맹목적인 사랑과 지나친 은총이 짙게 배어 있는 것을 볼 때마다 견고한 진영도 불안하게 느껴져 견딜 수가 없었다. 적어도 군중에서만은 대군의 총사를 '숙부님'이라는 사칭으로 부르게 하고 싶지 않았다. 하지만 당사자인 겐바노조는 쇼스케 이에테루의 근심 따위는 애초부터 마음에 두지 않았다. 그는 직접 숙부인 가쓰이에의 막사로 들어가 자리에 있던 신하들을 무시한 채 가쓰이에에게 속삭였다.

"자리가 끝나면 은밀히 드리고 싶은 말씀이 있습니다."

겐바노조는 그렇게 말하고 가쓰이에 곁에 놓인 걸상에 한동안 앉아 있었다.

가쓰이에는 서둘러 평의를 마치고 장수들을 물린 뒤, 무슨 일이냐는 듯 조카와 무릎을 맞대고 앉았다. 겐바노조는 우선 빙그레 웃어 보인 뒤, 숙부를 기쁘게 하려는 듯 말없이 야마지 쇼겐의 답서를 보여주었다.

"음, 성공했구나."

가쓰이에는 이만저만 만족한 게 아니었다. 이는 원래 그가 착상해서 겐바노조에게 공작을 펼치도록 한 음모였던 만큼 '모략에 성공했다'는 쾌감이 누구보다 클 수밖에 없었다. 특히나 가쓰이에는 음모를 좋아한다고 세상에 정평이 나 있었다. 그러니 그가 쇼겐의 서장을 말아 쥐며 침을 흘릴 듯 크게 기뻐한 것은 당연한 일이었다.

모략을 은근히 자랑스러워하는 가쓰이에가 야마지 쇼겐에 주목한 것은, 과연 '적의 환부'를 잘 꿰뚫어본 일이었다. 적의 약한 부분에 병균을 심어 적의 내장을 안에서부터 갉아먹는 것이 모략의 목적이었다. 히데요시의 전열 가운데 야마지 쇼겐 마사쿠니와 오가네 도하치로가 있다는 사실은 가쓰이에의 눈에 더할 나위 없는 모략의 온상이었다.

그가 그 존재를 어떻게 해서 '적 속의 아군'으로 만들 것인가를 놓고 부심한 것은 말할 필요도 없다.

거듭 말할 필요도 없이 야마지 쇼겐과 오가네 도하치로는 원래 시바타 가쓰토요의 가신이었는데, 가쓰토요가 히데요시에게 항복한 뒤로 시바타 쪽 진영에 있게 되었다.

"이들과 내통하고 설득해서 적을 안에서부터 무너뜨리는 것이 좋겠다."

가쓰이에는 모략의 방침을 은밀히 겐바노조에게 내렸고, 겐바노조는 동생들과 논의해서 적의 배 속에 몇 번이고 은밀히 독을 넣으려 했다. 하지만 단기 산, 신메이 산 두 요새는 기무라 하야토노스케의 군이 엄중하게 감시하는 곳이라 모두 성공을 거두지 못했다. 그리고 당사자인 쇼겐에게 다가가지도 못하는 게 아닐까 싶어 모처럼 세운 모략도 허무하게 포기하려던 참이었다. 그러던 차에 미즈노 신로쿠가 마침내 쇼겐을 만나 쇼겐의 답서를 들고 온 것이었다. 사쿠마 형제는 자부심을 느꼈다.

"정말 고생 많았다."

노병 가쓰이에는 자신의 술책이 성공을 거두었다며 한없이 희열을 느끼고 그것을 조카인 겐바노조의 수훈으로 돌려 노고를 치하했다.

모략을 꾀할 때 이득을 나누어주는 것은 예로부터 늘 써오던 방법이었다. 가쓰이에도 달콤한 먹이로 야마지 마사쿠니를 설득했다. 즉 에치젠 사카이坂井 군의 마루오카丸岡 성과 그 부근의 합 십이만 석을 주겠다고 약속했다. 마사쿠니는 거기에 눈이 어두워졌다. 그는 이유를 들어 자신의 추함에 양심의 눈이 쏠리는 것을 막으려 했을 테지만, 이미 이익에 눈이 어두워 가문의 명예와 생애까지 팔아버린 사람이 되어버리고 말았다.

노회한 가쓰이에는 쇼겐의 이용 가치는 높이 봤지만 인물은 높이 보지 않았다. 그는 이미 쇼겐을 이<ruby>利<rt></rt></ruby>에 움직일 사람이라고 보고 있었던 것이다. 그에게 어떤 달콤한 먹잇감을 약속하든 전쟁이 끝나고 나면 뒤처리는 마음대로 할 수 있었다.

예로부터 적에 내응해서 모반을 꾀한 사람이 이익을 추구했음에도 이익을 얻어 평생을 영화롭게 산 예가 없었다는 점 또한 신기한 일이다. 훗날 그 약속이 무시되어 이익 대신 참수나 독살을 당하거나, 혹은 자멸을 하게 되어도 천하가 조소할 뿐, 그 말로를 가엾이 여기는 사람은 아무도 없었다.

그러한 역사상의 수많은 예를 모를 리 없는 야마지 쇼겐이 어째서 그처럼 어리석은 행동을 하게 된 것일까? 그 역시 '이번 일만은 뜻대로 풀릴 것이다. 기타노쇼 나리도 확약을 하지 않았는가?'라고 자신의 경우만은 예외로 여기고, 또 전쟁이 시바타 측의 승리로 끝날 것이라고 굳게 믿었던 것이다. 그것은 놀라울 정도의 망동이라고 할 수밖에 없다. 하지만 나중에는 그도 번민했다. 양심의 가책도 느꼈을 것이다.

어쨌거나 이미 승낙의 뜻을 밝히는 글을 건넨 뒤였다. 후회해도 소용없는 일이었다. 무슨 일이 있어도 내일 아침에는 내응을 결행하여 그 요새로 시바타 군을 맞아들여야 할 운명을 스스로 만들어버리고 말았다.

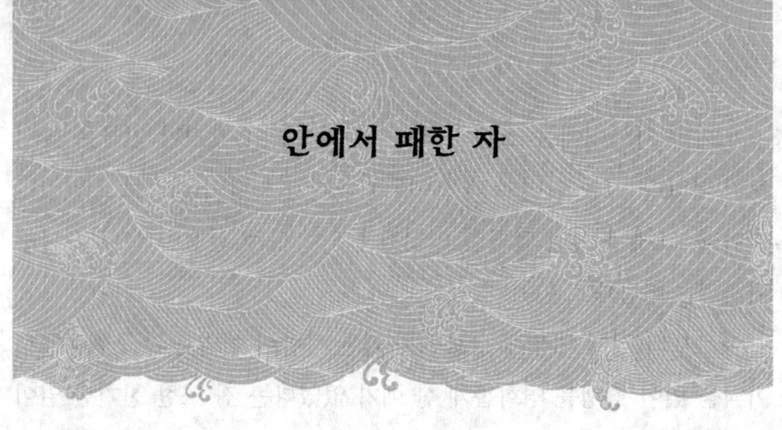

안에서 패한 자

12일 자시 무렵이었다. 자시는 그야말로 한밤중이라 횃불도 어둡고 산속의 군영도 고요함에 잠겨 솔잎 소리나 이슬 떨어지는 소리밖에 들려오지 않았다.

"문을 열어주시오. ……잠시 문을 열어주시오."

누군가가 목책의 문을 자꾸만 두드렸다. 무엇인가를 두려워하듯 기어 들어가는 목소리였다.

그곳은 모토야마의 혼마루였다. 모토야마란 단기 산, 신메이 산의 총칭이었다. 원래는 야마지 쇼겐이 진을 치고 있었으나, 히데요시는 조금 전 배치를 바꾸어 야마지와 오가네를 성곽의 바깥쪽에 두고 기무라 하야토노스케 시게노리를 혼마루에 앉혔다.

"누가 문을 두드리는 것이냐?"

목책 안에서 무사가 밖을 내다보았다. 어둠 속에 서 있는 얼굴은 혼자인 듯했다.

"오사키大崎 나리를 불러주십시오."

문밖에 있는 사람이 말했다. 그러자 보초를 서던 사람이 안에서 꾸짖듯 말했다.

"이름을 대라. 어디의 누구라고, 먼저 말해라. 아니면 말씀을 전할 수 없다."

"……."

문밖에 있는 사람은 떠나지도 않았다. 비가 뚝뚝 떨어졌다. 먹물을 뿌려놓은 것 같은 하늘이었다.

"여기서는 말할 수가 없습니다. 수상한 자가 아닙니다. 이곳을 지키는 부대의 부장인 오사키 우에몬大崎宇右衛門 나리를 목책까지 불러주시기 바랍니다. 이렇게 청합니다."

"아군이냐?"

"당연합니다. 이 부근까지 적이 쉽게 드나들 수 있을 만큼 수비가 허술할 리 없습니다. 또 적의 첩자라면 이렇게 문을 두드릴 리도 없을 것입니다."

일리 있는 말이었다. 보초를 서던 사람이 고개를 끄덕이더니 마침내 부장인 오사키 우에몬에게 고한 모양이었다. 우에몬이 다가왔다.

"무슨 일이냐?"

"오사키 나리입니까?"

"그렇다, 오사키다."

"저는 시바타 가쓰토요 나리의 신하로 노무라 가쓰지로野村勝次郎라고 하는데 지금은 야마지 쇼겐의 휘하에 속해 신메이 산의 두 번째 망루에 진을 치고 있는 자입니다."

"자네가 무슨 일이 있어서 이 깊은 밤에 혼마루의 문을 은밀히 두드린 것인가?"

"저를 기무라 하야토노스케 나리께 안내해주시기 바랍니다. 물론 이렇게 말씀드리면 의심스러우실 테지만 긴히, 또 다급히 말씀드려야 할 중요한 일이 있습니다."

"내게는 밝힐 수 없는 일인가?"

"직접 뵙지 않고는 말씀드릴 수 없습니다. 다짐을 위해서 이것을 맡기겠습니다. 한시가 급한 일이니 모쪼록 급히 처분해주시기 바랍니다."

노무라 가쓰지로는 큰 칼과 작은 칼을 풀어 목책 사이로 우에몬에게 건네주었다. 우에몬은 그의 성의를 생각해서 그를 안으로 들어오게 했다. 그리고 부하 열 명에게 그를 둘러싸게 한 뒤 앞장서서 기무라 하야토노스케의 막사로 데려갔다.

우선 우에몬이 먼저 들어가 근신을 통해 하야토노스케를 깨웠다. 전진이었기에 밤도 없었고 새벽도 없었다. 이윽고 하야토노스케의 방에서 촛불이 흔들리기 시작했다. 잠시 뒤 시동 두 명이 나와서 말했다.

"들어오십시오."

부하 열 명을 밖에 남겨둔 채, 우에몬이 노무라 가쓰지로를 데리고 방으로 들어갔다. 혼마루라고는 하지만 임시로 지은 방이라 그저 판자를 두른 것이나 다를 게 없었다. 잠시 뒤, 하야토노스케가 그곳으로 와서 자리에 조용히 앉더니 노무라를 똑바로 쳐다보며 말했다.

"무슨 일인가?"

옆에서 비추는 빛 때문인지 가쓰지로의 얼굴이 창백하게 보였다.

"내일 아침 신메이 산에 있는 야마지 쇼겐의 막사에서 나리를 주객主客으로 하는 아침 다도회가 열리는 것으로 알고 있습니다만……. 쇼겐이 나리께 그 초대장을 보내지 않았습니까?"

가쓰지로의 눈에서는 절박한 감정이 불타오르고 있었다. 심야의 음산한 정적은 말투의 미묘한 떨림까지 전달했다. 하야토노스케와 우에몬은 심상치 않은 기분에 휩싸였다.

"보냈네. 틀림없이 쇼겐이 초대장을 보냈다네."

하야토노스케가 간단하고 명료하게 대답했다. 그러고는 의심하지 않는 태도로 이 정직해 보이는 사람이 어렵지 않게 말할 수 있도록 귀를 기울였다.

"그렇다면 거기에 참석하겠다고 벌써 약속하셨습니까?"

"그렇다네. 일부러 불러주셨으니 내일 아침 참석하겠다고 심부름 온 자에게 대답해 돌려보냈다네."

"언제쯤의 일이었습니까?"

"오늘 정오 무렵쯤이었던가?"

"그렇다면 급히 떠올린 계책인 듯합니다."

"계책이라니?"

"내일 아침 모임에는 결코 참석하시면 안 됩니다. 아침에 차를 대접하고 싶다는 것은 모두 거짓말입니다. 쇼겐은 나리를 다실에 가두어 살해하겠다고 손에 침을 뱉어가며 기다리는 것입니다."

"……."

"쇼겐은 이미 시바타 쪽의 밀사를 만나 적에게 약속의 글을 건네주었습니다. 그를 위해서 우선은 모토야마의 수장인 나리를 살해하고 곧 반기를 들어 시바타 군을 단기, 신메이 두 요새로 끌어들이기 위해 획책하고 있는 것이 틀림없습니다."

"자네는 그 사실을 어떻게 알았는가?"

"쇼겐이 조상님의 기일이라며 근처 집복사에서 승려 세 사람을 진 안으로 불러들였습니다. 그저께의 일이었습니다. 그런데 승려 중 한 명은 낯이 익은 자로 미즈노 신로쿠라는 시바타의 신하임에 틀림없었습니다. 어라, 싶어서 주의해 지켜보고 있자니 아니나 다를까 제를 마치고 식사가 끝난 뒤, 승려 세 명 중 두 명만 돌아가고 한 명은 배가 아프다며 야마지의 진중에서 묵었습니다. 그리고 이튿날 아침, 집복사로 돌아간다며 문을 나섰는데 혹시나 해서 부하에게 뒤를 밟게 했더니 역시나 집복사로는 돌아가지 않고 사쿠마 겐바노조의 진중으로 달려갔다고 합니다.”

“그래, 있을 법한 얘기로구나.”

하야토노스케는 많은 말을 들을 필요도 없다는 듯 고개를 끄덕였다.

“잘 알려주었네. 전부터 야마지와 오가네 두 사람은 방심할 수 없는 자라며 지쿠젠 나리께서도 마음을 주지 않으셨지. 그들의 역의는 이미 명백한 사실……. 우에몬, 어떻게 하는 게 좋겠는가?”

오사키 우에몬이 가까이 다가가 자신의 생각을 말했다. 그리고 가쓰지로의 생각도 받아들여 그 자리에서 한 가지 계책을 세웠다. 우에몬은 밖에 두었던 부하 열 명을 극비리에 나가하마로 서둘러 가게 했다. 그 가운데 한 명만이 우에몬의 지시를 받아 밤중에 뒷문으로 나섰다.

기무라 하야토노스케는 그사이 편지 한 통을 써서 우에몬에게 맡겼다. 야마지 쇼겐에게 보내는 거절 편지였다.

밤사이 감기 기운이 들어서 죄송스럽게도 아침 다도회에는 참석할 수 없을 듯합니다. 봄바람 여전하니 다시 기회가 있을 것입니다. 조만간 사과를 드리러 찾아갈 테니 용서해주시기 바랍니다.

날이 밝자 우에몬은 그 편지를 가지고 신메이산의 쇼겐이 있는 곳으로 찾아갔다.

그 무렵에는 진중에서도 곧잘 다도회를 열었다. 하지만 임시로 다실을 지은 데다 거친 멍석을 깔고, 단지에 들꽃을 꽂은 정도로 간소한 자리였다. 중요한 것은 마음을 기르는 것이었다. 그리고 오랜 진중 생활에 지치지 않기 위한 것이었다.

그날 아침, 야마지 쇼겐은 이른 새벽부터 이슬에 젖은 땅을 쓸고 물

끓일 화로의 숯을 만들고 있었다. 잠시 뒤 오가네 도하치로와 기노시타 한에몬이 찾아왔다. 두 사람 모두 시바타 이가노카미 가쓰토요의 가신으로, 쇼겐의 속내를 듣고 이번 배신에 행동을 같이하기로 깊이 맹세한 무리였다.

"하야토노스케가 늦는군."

어느 막사에서 기르고 있는 것인지는 몰라도 닭 울음소리가 들려오자 도하치로와 한에몬이 과민한 눈빛을 보였다. 하지만 쇼겐은 느긋한 주인의 모습을 보이며 침착하기만 했다.

"곧 올 테지."

이윽고 기다리던 사람의 모습은 보이지 않고 오사키 우에몬이 하야토노스케의 편지를 들고 찾아왔다. 참석이 어렵다는 내용의 편지였다. 세 사람은 얼굴을 마주 보았다.

"사자 우에몬은?"

하인에게 물으니 편지를 놓자마자 바로 돌아갔다는 것이었다.

"그렇다면 눈치챘다는 말인가?"

세 사람은 같은 표정을 지어 보였다. 불안에 휩싸인 것이었다. 아무리 용맹한 자들이라 할지라도 이처럼 뒷맛이 좋지 않은 파탄을 맞이하게 되면 평소의 얼굴빛을 잃고 만다.

"그토록 은밀히 준비한 일이 어떻게 새어나간 거지?"

그러한 말도 푸념과 다를 게 없었다. 이미 비밀이 새어나갔으니 다도회가 문제가 아니었다. 이곳에서 어떻게 탈출하느냐가 문제였다. 두 사람은 한시라도 빨리 서두르기 위해 안절부절못했다.

"어쩔 수 없소. 이렇게 된 이상……."

쇼겐의 입에서 그런 말이 나온 순간 두 사람은 다시 한 번 가슴이 덜컥 내려앉았다. 하지만 쇼겐은 굵은 눈썹으로 당황하지 말라고 꾸짖듯 두 사람을 노려보았다.

"귀공들은 당장 수하를 이끌고 이케노하라까지 달려가 그곳의 커다란 소나무 부근에서 기다리도록 하시오. 나는 글 하나를 써서 나가하마에 전령을 보낸 뒤 바로 뒤따라가겠소."

"나가하마에 어떤 사자를?"

"우리 노모와 처자가 아직 나가하마 성에 머물고 있다네. 내 몸 하나야 어떻게든 이 진에서 벗어날 수 있을 테지만, 노모와 처자는 때를 놓치면 당연히 인질이 되어버리고 말 걸세."

"아, 너무 늦은 것 아닙니까? 과연 늦지 않았을지."

"어찌 됐든 그냥 버리고 갈 수는 없다네. 도하치로 자네의 붓을 좀 빌려주게나."

쇼겐은 붓으로 글을 쓰기 시작했다. 그때 부하 하나가 들어와 고했다. 어젯밤부터 두 번째 목책의 문을 지키는 무사 노무라 가쓰지로의 모습이 보이지 않는다는 것이었다. 쇼겐이 붓을 내던지고 고함을 쳤다.

"바로 그놈이로구나. 평소 좀 아둔해 보이기에 방심한 것이 잘못이다. 이놈, 두고 보자."

저주하는 듯한 눈빛이었다. 아내에게 보내는 글을 봉인하는 손조차 부들부들 떨렸으며, 목소리도 매우 신경질적이었다.

"노가미野上와 잇페이타逸平太를 불러라."

잇페이타가 바로 모습을 드러내자 쇼겐이 그에게 명령했다.

"급히 말을 달려 나가하마로 가서 노모와 처자를 만나라. 재물 따위에는 눈길도 주지 말고 오로지 몸만을 배에 싣게 해서 호수를 건너 시바타 나리의 진소로 데려가주게. 부탁하네. 한시가 급하네. 서둘러 출발하게."

쇼겐은 말이 채 끝나기도 전에 갑옷을 집어 몸에 두르고 커다란 창을 꼬나들고 막사 밖으로 달려 나갔다.

오가네 도하치로와 기노시타 한에몬 두 사람은 이미 부하들을 모아 기슭 쪽으로 물러나 있었다.

그 무렵, 날이 밝기 시작했으며 모토야마의 기무라 하야토노스케의 명령에 따른 배치가 시작되자 산 곳곳에서 서로를 부르는 소리와 격려하는 소리가 들려왔다.

"배신자를 놓쳐서는 안 된다."

"신메이 요새가 배반을 했다."

"아군끼리 싸워서는 안 된다. 모반자는 옛 시바타 가쓰토요의 가신들뿐이다."

오가네와 기노시타 두 부대가 기슭까지 가는 동안 오사키 우에몬의 수하가 매복하고 있다 그들을 공격했다. 오사키 우에몬 군의 공격에서 겨우 빠져나온 병사들은 이케노하라의 커다란 소나무 아래서 야마지 쇼겐이 오기를 기다렸다. 하지만 얼마 뒤 기무라 하야토노스케가 단기산의 북쪽을 우회해서 오더니 앞길을 차단하고 포위하기 시작했다. 오가네와 기노시타 부대는 다시 뿔뿔이 흩어져버리고 말았다.

야마지 쇼겐 역시 한발 늦게 부하들과 이곳으로 달려 내려왔다. 사슴뿔을 세운 투구에 검은 가죽으로 지은 갑옷을 입고 커다란 창을 겨드랑이에 끼고 말 위의 바람을 가르며 나온 무사의 모습은 가쓰토요 휘하 중 가장 용맹스러워 보였으나, 아무리 용맹스럽다 할지라도 이미 무문의 대도에서 벗어났기에 발걸음에 정정당당한 위풍은 느껴지지 않았다. 낯빛은 심상치 않아 보였지만 어딘가 어지러운 듯한 모습이었다.

완전히 포위한 기무라 하야토노스케의 부하들이 긴 창을 휘두르며 앞과 뒤에서 쇼겐을 쫓으며 온갖 욕설을 퍼부었다.

"배신자, 어디로 달아나려는 것이냐?"

“이 부끄러운 줄도 모르는 놈아!”

“추악한 놈! 짐승보다 못한 놈!”

하지만 쇼겐은 필사의 각오로 혈로를 뚫어 마침내 철통같은 포위 속에서 탈출했다. 그리고 이십 리 정도 달려 미리 연락을 해두었던 사쿠마 야스마사의 군이 야영을 하는 곳에 이르렀다. 기무라 하야토노스케를 모살하게 되면 쇼겐이 봉홧불을 올리고 그것을 보자마자 단기, 신메이 두 요새로 공격해 들어가 바로 점령할 생각이었다. 하지만 계획이 틀어졌기에 야마지 쇼겐의 몸만을 간신히 구해 교이치 산에 있는 자신들의 진으로 물러나버리고 말았다.

그 뒤로 오가네와 기노시타도 교이치 산으로 와서 투항했다. 하지만 그들도 쇼겐처럼 단신이나 다를 게 없었다. 대부분의 부하들이 도중에서 목숨을 잃거나 흩어져 달아났기에 수하를 얼마 데려오지 못했다.

“뭣이? 오늘 새벽에 일이 새어나가 하야토노스케가 선수를 쳤단 말이냐? 아아, 쇼겐이 일을 어찌 그리 허술하게 처리했단 말이냐. 어쨌든 하는 수 없구나. 세 사람을 이리로 데려오라.”

사쿠마 겐바노조는 동생 야스마사에게서 보고를 듣고 한없이 씁쓸한 표정을 지었다. 사전에는 온갖 수단을 다 동원해서 쇼겐의 내응을 유도해냈으면서 일이 뜻대로 풀리지 않자 마치 애물단지라도 대하는 듯한 말투로 바뀌었다.

쇼겐을 비롯해 오가네와 기노시타는 극진한 대접을 꿈꾸고 있었다. 그러다 보니 겐바노조의 태도에 더욱더 실망하고 말았다. 하지만 한편으로는 자신들의 실수를 돌아보고 가슴을 쓸어내리고 있었다. 그리고 그 실수를 만회하고도 남을 만한 중대한 기밀을 기타노쇼 나리를 만나 직접 고하겠다고 말했다.

“흠, 듣던 중 반가운 말이로구나.”

겐바노조는 마음이 조금 풀렸다. 하지만 여전히 오가네와 기노시타에게는 무뚝뚝하게 말했다.

"자네들은 여기서 기다리고 있게. 본진에는 쇼겐 한 사람만 데리고 갈 테니."

겐바노조와 쇼겐은 그날 아침 나카오 산으로 출발했다.

13일 밤에 있었던 일은 벌써 상세한 내용까지 가쓰이에의 귀에 들어가 있었다. 가쓰이에는 겐바노조가 야마지 쇼겐을 데리고 온다는 소식을 듣고 자리에 엄숙하게 앉아 기다리고 있었다. 그는 그렇게 무슨 일에 있어서나 위엄을 보이고 싶어 하는 사람이었다. 그것은 그에게 극히 자연스러운 일이었다.

"쇼겐, 이번에는 실수를 했더군."

잠시 뒤 쇼겐이 막사로 들어와 인사를 하자 가쓰이에가 본심을 털어놓았는데 그때의 표정은 매우 복잡한 것이었다. 타산적인 성질은 시바타 숙질叔姪의 공통적인 성격인 듯, 가쓰이에 역시 겐바노조처럼 쇼겐을 매우 냉정하게 대했다.

"방심하고 말았습니다."

야마지는 사과를 할 수밖에 없었다. 이제 와서 남몰래 후회도 했을 테지만 다시 돌아갈 곳도 없었다. 수치심을 참고 화를 억누르며, 오만하고 이기적인 상대 앞에서 그저 머리를 조아려 사과할 수밖에 없었다.

"오늘 새벽의 실수는 오로지 저의 얕은 생각 때문이었습니다."

하지만 쇼겐은 다른 계책 하나를 내서 가쓰이에의 기색을 살피고 공을 세워 은상의 약속을 받아내는 것을 잊지 않았다.

히데요시가 어디에 있는지가 문제였다. 쇼겐이 그 문제를 이야기하자 전부터 관심이 많았던 가쓰이에와 겐바가 열심히 귀를 기울였다.

"그래, 히데요시는 지금 어디에 있는가?"

쇼겐이 고했다.

"지쿠젠이 머무는 곳은 아군들 사이에서도 늘 극비에 부쳐지고 있습니다. 요새를 구축하는 동안에는 가끔 모습이 보였으나 최근 한동안은 진지에서 볼 수가 없었습니다. 틀림없이 나가하마에 머물며 한편으로는 기후의 움직임에 대비하고, 다른 한편으로는 이곳의 움직임을 살펴 변화에 응할 생각인 듯합니다."

"역시 그렇단 말인가?"

가쓰이에가 엄숙하게 고개를 끄덕인 뒤 겐바노조의 얼굴을 마주 보며 중얼거렸다.

"그 헤아림대로 나가하마에 있는 듯하군."

겐바노조가 다시 물었다.

"어떤 확증이라도 있는 것인가?"

"제가 어찌 거짓을 고할 수 있겠습니까? 어쨌든 며칠만 더 말미를 주신다면 지쿠젠의 동정을 더욱 자세히 아뢸 수 있을 것입니다. 나가하마 쪽에 제가 눈여겨봐온 자들이 수십 명 있으니, 제가 기타노쇼 나리의 진영에 가담했다는 사실을 알면 반드시 나가하마에서 탈출해서 찾아오는 자들이 몇 명쯤은 있을 것입니다. 그리고 따로 풀어두었던 세작들의 보고도 있을 것입니다."

쇼겐은 기대하는 바를 말한 뒤, 신념에 찬 목소리로 다시 말을 이었다.

"보고가 들어오고 나면 하시바 군을 궁지로 몰 좋은 계책도 하나 말씀드리고 싶습니다."

"만전을 기하자는 말이로군. 그렇다면 쇼겐의 말에 따르기로 하지."

가쓰이에가 기뻐하며 말했다. 겐바노조 역시 흡족한 마음으로 곧 찾아올 기회를 기다렸다.

며칠이 지난 19일 아침의 일이었다. 야마지 쇼겐은 사쿠마 겐바노조와 함께 다시 가쓰이에의 막사를 찾아갔다. 그리고 가쓰이에에게 전 날 밤 들은 적의 중대한 기밀과 그에 따른 작전상의 진언을 했다.

항복한 장수인 야마지 쇼겐 마사쿠니가 그날 아침 한 이야기는 틀림없이 중대한 것이었다. 겐바노조는 이미 들은 내용이었으나 처음 듣는 가쓰이에는 순간 눈이 번쩍이고 전신의 털이 곤두서는 듯한 느낌을 받았다. 적어도 그의 긴장된 전의에 커다란 충격을 준 것만은 틀림없는 사실이었다. 쇼겐도 흥분한 듯한 말투였다.

"얼마 전부터 나가하마로 물러나 있던 히데요시가 지난 17일에 갑자기 병사 이만 명을 이끌고 나가하마 성에서 나와 오가키로 들어간 것이 틀림없습니다. 기후의 간베 나리를 단번에 쳐서 후환을 없앤 뒤, 전 병력을 풀어 저희와의 결전을 펼칠 각오인 듯합니다."

쇼겐이 다시 덧붙여 말했다.

"나가하마를 떠나기에 앞서 예전에 아즈치에 억류해둔 간베 나리의 인질을 모두 베었다고 합니다. 그것으로 지쿠젠이 기후로 떠날 때의 마음가짐이 어떠했는지를 잘 알 수 있습니다. 그리고 어제 18일에는 휘하의 이나바 잇테쓰, 우지이에 히로유키 등의 선봉이 각지에 불을 지르고 순식간에 기후 성에 공격을 퍼부을 듯한 맹렬한 기세를 내보이고 있다고 하니 지쿠젠의 이번 결의와 움직임에 천천히 대비하자며 여유를 가지고 보아서는 결코 안 될 듯합니다."

"……."

가쓰이에, 겐바노조, 쇼겐 세 사람 모두 한동안 입을 다물고 있었다. 각자의 눈빛을 보니 하나의 일을 놓고 깊이 생각하는 듯했다.

'이때를 놓쳐서는 안 된다. 기다리고 기다리던 때가 왔다.'

가쓰이에가 입술을 핥으며 생각했다. 젊은 겐바노조는 같은 생각을 더욱 뜨겁게 했다. 하지만 이 호기를, 더할 나위 없는 절호의 기회를 어떻게 잡아야 한단 말인가? 그것이 중대한 문제였다.

전쟁에 있어서 작은 기회, 작은 운은 여러 번 찾아오지만, 흥망을 단번에 결정지을 참된 기회는 거듭되지 않는다.

'바로 지금이다. 이 기회를 잡느냐, 잡지 못하느냐에 달렸다.'

가쓰이에는 생각할수록 침이 말랐다. 겐바노조의 입술은 평소보다 훨씬 붉었다. 또 평소와 달리 말수도 적었다.

"쇼겐……."

가쓰이에가 마침내 입을 열었다.

"뭔가 계책이 있다고 하지 않았던가? 말해보게, 숨김없이."

"황공하옵니다. 제 어리석은 생각으로는 이번 기회를 놓치지 말고 적의 이와사키 산 요새와 오이와 산 요새를 공격해 멀리 기후에 있는 간베 나리에게 호응의 불길을 보이고 히데요시의 신속함에 뒤지지 않도록 아군 역시 파죽지세로 하시바의 요새를 짓밟아야 한다고 믿고 있습니다."

"물론 그렇게 하고 싶소만……. 하지만 쇼겐, 말은 쉬우나 적에게도 사람이 없는 것은 아니고, 또 요새도 허투루 짓지는 않았을 게요."

"아니, 히데요시의 포진에도 안에서 보면 커다란 틈이 있습니다. 가만히 살펴보시기 바랍니다. 적의 이와사키, 오이와 요새는 아군의 진과 가장 멀리 떨어진 곳에 있으며, 적에게는 중핵을 이루는 견고한 요새처럼 보이지만, 그런 만큼 두 개의 요새는 사실 다른 곳보다 허술하게 구축되어 있습니다. 게다가 그곳을 지키는 장병들도 그 진지에 적의 습격이 있을 리 없다며 지리적 위치만을 믿고 수비를 게을리하는 듯한 분위기입니다. 지금 전격적으로 허를 찌르려면 그곳을 쳐야 합니다. 게다가 적의 중핵을 단번에 쳐서 무너뜨리면 다른 요새 따위는 크게 걱정할 것도 없습니다."

적진 속으로

"그렇군. 역시, 역시."

가쓰이에는 감탄의 말을 되풀이했다. 그리고 쇼겐의 계책에 일단 고개를 끄덕였다. 겐바노조도 쇼겐의 계책을 찬성하며 온갖 말로 칭찬했다.

"쇼겐의 달견은 틀림없이 적의 허를 찌른 것이오. 그 계책을 쓴다면 지쿠젠의 간담을 서늘하게 할 수 있을 것이오."

쇼겐은 항복한 뒤 처음으로 이와 같은 대접을 받았다. 사실 그는 그동안 불만스럽고 즐겁지 못했다. 하지만 지금 그는 갑자기 낯빛을 바꾸어 가져온 지도를 펼치며 말했다.

"우선 이것을 보시기 바랍니다."

지도에는 단기, 신메이 두 요새 외에도 요고노우미 동쪽에 떨어져 있는 이와사키 산, 오이와 산의 요새, 그리고 바로 남쪽에 위치한 시즈가타케에서 다가미 산 등의 보루와 북국 가도를 따라 깔린 일련의 진지선과 곳곳의 병력에 이르기까지 손바닥을 들여다보듯 그려져 있었다. 그리고 부근 일대의 지세, 호수와 연못, 산야, 샛길까지 상세히 표시되어 있었다.

있을 수 없는 일이 펼쳐진 것이었다. 이처럼 상세한 지도가 싸우기도 전부터 적군의 막사 안에서 펼쳐졌으니 히데요시 측이 크게 불리할 것임은 말할 필요도 없을 것이다. 그만큼 가쓰이에의 기쁨은 더 컸다고 할 수 있다. 그는 눈을 커다랗게 뜨고 그것을 검토하다 다시 한 번 쇼겐을 과장스럽게 칭찬했다.

"이건 커다란 선물일세. 쇼겐, 큰일을 했구먼."

옆에 있던 겐바노조 역시 지도를 들여다보고 있었다. 그러다 지도에서 얼굴을 들더니 순간 무엇인가 확신을 품게 된 듯 눈동자에 열의를 가득 담아 숙부를 힘차게 불렀다.

"숙부님! 불시에 적 속으로 들어가 적의 이와사키, 오이와 두 보루를 빼앗자는 쇼겐의 지금 계책, 그 선봉으로 저를 꼭 써주시기 바랍니다. 이 겐바라면 과감하고 신속하게 처리해야 하는 기습을 잘해낼 수 있습니다."

"잠시 기다려라, 잠시……."

가쓰이에가 말을 막았다. 조급하게 나서려는 예기를 경계하듯 눈을 감고 깊이 생각했다. 그러자 겐바노조의 자부심과 뜨거운 피가 바로 반발하고 나섰다.

"이러한 때에 무엇을 생각하십니까? 더 생각할 필요도 없는 일입니다."

"아니, 그렇지 않다."

"천기는 우리를 기다리지 않습니다."

"……."

"이러고 있는 사이에 기회를 놓칠지도 모를 일입니다."

"조급하게 굴지 마라, 겐바."

"아니, 지금은 숙고할 때가 아닙니다. 이처럼 승산이 있는데 여전히 결단을 내리지 못하시다니, 아아, 귀신 잡는 시바타 나리께서도 나이를 드신 듯합니다."

"허튼소리 마라. 너야말로 아직 풋내기라고 할 수 있다. 싸움에 임해서는 강하나 전략에 있어서는 아직 풋내가 난다, 풋내가 나."

"어, 어째서입니까?"

겐바노조의 낯빛이 바뀌려 했으나 가쓰이에는 과연 흥분하지 않았다. 백전의 노장다운 침착함을 잃지 않고 타일렀다.

"겐바, 생각해봐라. 무릇 적진의 중핵으로 깊이 들어가 공격하는 것만큼 위험한 전법도 없는 법이다. 그러한 위험을 감수하면서까지 취할 만한 계책인지, 어떤지……. 훗날 후회하지 않도록 신중하게 생각해봐야 할 것이다."

그 말을 듣고 겐바노조가 큰 소리로 웃었다.

'안심하시기 바랍니다.'

겐바의 웃음은 그렇게 말하고 있었다. 젊은이의 철과 같은 의지가 노령의 분별과 망설임을 쓸데없는 걱정이라고 말하며 비웃는 듯했다. 하지만 가쓰이에는 그러한 조카의 거칠 것 없는 조소에 '무엇을 비웃는 것이냐?'고 타박할 생각도 없는 듯했다. 오히려 그러한 무례한 행동까지 '사랑스러운 녀석'이라는 감정으로 바뀌는 듯했다. 그리고 그처럼 혈기 왕성한 모습을 남몰래 아끼고 있었다.

평소 숙부의 총애에 익숙해져 있던 조카는 벌써부터 그러한 마음을 읽고 쉽게 맞설 수 있겠다며 다시 이렇게 주장했다.

"이 겐바, 아직 젊기는 하나 적 속으로 들어가는 전법이 위험하다는 것 정도는 잘 알고 있습니다. 그렇기 때문에 앞장서서 어려움 속으로 들어가려는 것이지 단지 계책에 의존해서 공을 세우려는 것이 아닙니다."

그래도 시바타 가쓰이에는 쉽게 '알았다'고 말하지 않았다. 여전히 숙려하는 듯한 모습이었다. 겐바노조가 떼를 쓰다 지친 듯한 목소리로 문득 쇼겐을 돌아보며 말했다.

"조금 전의 지도를 다시 한 번 보여주게."

그리고 걸상에 앉아 지도를 다시 펼친 뒤 한손으로 턱을 괸 채 그 역시 언제까지고 입을 다물었다. 그렇게 반 각이 흘렀다.

가쓰이에는 조카가 열의를 불태우며 말하는 동안에는 불안한 생각이 들었으나 입을 다문 채 지도를 가만히 들여다보며 생각하는 모습을 보자 갑자기 듬직하다는 생각이 들었는지 마침내 자신의 생각에 결단을 내려 겐바노조에게 이렇게 말했다.

"그래, 알았다. 빈틈이 있어서는 안 된다, 겐바. 오늘 밤의 기습, 네게 명하겠다!"

"네!"

겐바노조는 얼굴을 들더니 걸상에서 일어나 뛸 듯이 기뻐했다.

"그럼 제게 맡겨주시겠습니까?"

겐바노조는 정중하게 예를 표했다. 자칫하면 목숨을 잃을지도 모를 기습의 선봉에 서는 것을 이처럼 솔직하게 기뻐하는 조카를 보면서 가쓰이에는 마음속으로 대견하게 생각했다. 그렇지만 그는 다시 한 번 굳게 주의를 주었다.

"다시 한 번 당부하겠다. 이와사키 산, 오이와 산의 요새를 짓밟아 목적을 달성한 뒤에는 신속히 병사를 모아 아군의 후진까지 바람처럼 물러나야 한다."

"네."

"말하지 않아도 잘 알 테지만 싸움에서는 들고 날 때의 신속함이 중요하다. 특히 적 속으로 들어가 싸울 때 신속함을 잃으면 공든 탑도 단번에 무너져버리고 만다. 모쪼록 물러날 때를 놓쳐서는 안 된다. 바람처럼 들어갔다가 바람처럼 빠져나오기 바란다.”

“훈계, 마음 깊이 새기겠습니다.”

희망은 이미 이루어졌기에 겐바노조의 태도는 매우 온순했다. 이윽고 가쓰이에가 전령을 불러 각 진지의 장수들을 집합시켰다. 그날 막사로 모인 사람은 마에다 도시이에 부자를 비롯해서, 가쓰이에의 양자인 도시마사, 후와 히코자에몬 가쓰미쓰, 도쿠야마 고헤 노리히데, 가나모리 고로하치 나가치카, 하라 히코지로 후사치카原彦次郎房親, 하이고 고자에몬 이에요시, 오사 구로자에몬 쓰라타쓰長九郎左衛門連龍, 야스이 사콘노다유 이에키요安井左近太夫家清 등이었다. 그곳에 모였다가 떠나는 장성들의 입가에도 어딘가 엄숙한 기운이 감돌고 있었다.

저물녘까지 각 부대에 명령이 전달되었고, 부대에서도 만반의 준비를 마친 모양이었다. 때는 덴쇼 11년(1583년) 4월 19일 밤이었다. 정확히 말하면 20일이었다. 선봉, 선봉의 본대, 중군, 감시대 등 총 일만 팔천여 병력이 각자의 진영에서 은밀하게 움직이기 시작한 시각은 자정 시(오전 1시) 무렵이었으니 말이다.

총군은 적 속으로 들어가 육박 돌격에 임할 선봉과 선봉의 본대로 나뉘어 있었다. 이는 각각 사천, 합쳐서 팔천 명의 병력으로 집복사 언덕에서 시오쓰塩津 계곡으로 내려갔으며, 다루미足海 고개를 넘어 요고의 서쪽 기슭을 향해 갔다. 그리고 그와는 별도로 가쓰이에의 본군을 포함한 일만 이천의 주력은 견제를 목적으로 전혀 다른 길을 취해 북국 가도를 따라 서서히 남동진에서 내려왔다. 요컨대 이 방면으로의 진출은 사쿠마 모리마사, 후와 히코자에몬이 적 속으로 들어가 펼치는 기습 공격의 성공을 돕고 적의 다른 보루의 움직임을 견제하기 위한 것이었다.

이 주력의 견제군 가운데 시바타 가쓰마사의 부대 삼천 명은 이이노우라飯浦 언덕의 남동쪽에 깃발을 숨기고 시즈가타케 방면에 있는 적의 움직임을 감시했다.

마에다 도시이에 부자의 임무는 시오쓰에서 단기, 신메이 산에 걸쳐 있는 곳을 경계하는 것이었는데, 그를 위해 마에다의 이천 병력은 곤겐權現 고개에서 가와나미川並 촌의 고지대인 시게茂 산 부근까지 주둔하고 있었다. 그 무렵 총대장인 시바타 가쓰이에는 칠천 명의 병력을 이끌고 나카오 산의 본영에서 나왔다. 그들은 북국 가도를 따라 내려가 기쓰네즈카까지 전진했는데, 히가시노 방면의 유력한 적―호리 히데마사의 오천 병력―을 유인해서 움직이지 못하게 하기 위해 일부러 기치를 당당하게 세우고 진출했다.

그날 음력 4월 20일은 양력 6월 10일로 전보다 훨씬 밤이 짧아진 상태였다. 해는 새벽 4시 26분에 떠올랐다. 바로 그 무렵 기습의 선봉인 후와 히코자에몬과 도쿠야마 고헤, 하라 후사치카, 하이고 고로자에몬, 야스이 사콘노다유, 그리고 겐바노조의 동생인 사쿠마 야스마사 등의 장수들은 새벽어둠 아래로 요고노우미의 하얀 물결을 내려다보았을 것이다.

그 사천 병력 바로 뒤에는 사천 병력의 부대가 하나 더 있었다. 이는 기습 본대로 그 속에는 사쿠마 겐바노조 모리마사도 있었다.

안개가 깊었다. 요고노우미의 호수 가운데로 무지갯빛 불빛이 오도카니 보였다. 그것만이 간신히 새벽을 밝히고 있을 뿐 앞서가는 아군 말의 엉덩이조차 잘 보이지 않을 정도로 초원의 길은 어두웠다. 마치 물속을 걷는 것처럼 깃발과 갑주와 창의 손잡이와 짚신, 정강이 싸개까지 안개에 흠뻑 젖어 있었다.

'이미 적지로 들어섰구나……'

몸에서 긴장감이 느껴졌다. 눈썹과 콧수염을 적시는 안개도 차가웠다. 많은 병마가 함께 걷고 있는 것처럼 느껴지지 않을 만큼 적에 대한 접근은 은밀히 행해졌다.

그때 요고의 동남쪽 물가에서 텀벙텀벙 물소리가 들려왔다. 소리 높여 웃으며 이야기하는 소리도 들려왔다. 기습 부대의 척후병이 바로 몸을 엎드려 안개 속에 있는 사람들을 살펴보았다. 그들은 오이와 산 요새를 지키는 나카가와 세베中川瀨兵衛의 부하인 듯했는데 무사 두 명, 마졸 열 명 정도가 호수의 얕은 곳에 들어가 말을 씻기고 있었다.

"……."

척후병은 선봉대가 다가오기를 기다렸다가 소리 없이 뒤쪽을 향해 수신호를 보냈다. 그리고 적병 중 맨 앞에 있는 사람을 벤 뒤 소수의 적을 향해 일제히 고함을 치며 달려들었다.

"생포하라!"

아무것도 모르고 말을 씻기고 있었던 마졸과 무사들은 '앗' 하고 물을 차며 급히 달아났다.

"적이다! 적!"

대여섯 명은 달아났으나 그 가운데 반은 사로잡히고 말았다.

"첫 번째 수확물이다. 우선은 보고를 하자."

시바타 군이 그들의 멱살을 쥐고 부장인 후와 히코자에몬의 말 앞으로 끌고 갔다.

주변이 삼엄한 창으로 둘러싸인 곳에서 히코자에몬이 심문을 해보니 한 사람은 이케다 센에몬池田專右衛門이라는 나카가와 세베 부대의 무사였고, 나머지는 그 아래의 마졸들이라는 사실을 알 수 있었다. 본대의 사쿠마 겐바노조에게 그들의 처분 문제로 전령을 보냈는데, 이내 전령이 돌아와 답을 전했다.

"그와 같은 자들에게 시간을 빼앗겨서는 안 된다. 목을 베어 희생물로 삼고 곧 오이와 산의 요새로 진격하라.”

말에서 내린 후와 히코자에몬이 칼을 뽑아 직접 이케다 센에몬의 목을 베었다. 그리고 큰 소리로 선봉 전원에게 호령했다.

“여기에 희생양이 있다. 다른 목들도 모두 베어 전쟁의 신에게 바치고 함성을 올리며 오이와 요새로 공격해 들어가라.”

“이놈들.”

좌우의 휘하들이 앞다투어 마졸들의 목을 베었다. 선혈을 바친 사람들의 피 묻은 칼을 새벽하늘 높이 치켜들고 ‘와아’ 하고 이수라阿修羅를 부르자 전군도 ‘와아아’ 하고 함성을 올렸다. 그러고는 노도와 같은 기세로 앞다투어 아침 안개를 뚫고 꿈틀꿈틀 움직였다. 사나운 말들이 뒤엉켜 앞을 다투었으며, 창을 든 부대는 창끝을 서로 부딪히며 달려나갔다.

이미 총성이 요란하게 들리고 창끝과 칼날의 빛이 오사키 산의 한 목책에 이르러 이상한 소리를 내기 시작했으나, 짧은 밤의 남은 꿈은 아직 깊은 듯 히데요시 측 요새 지대의 중핵으로 나카가와 세베가 지키는 오이와 산의 안쪽도, 다카야마 우콘이 수비를 맡고 있는 이와사키 산의 품속도 산 위아래 모두 하얀 구름의 띠에 갇힌 채 고요하기만 했다.

성의 곽郭은 바깥쪽 울타리를 말하며, 누壘는 각 부분의 담을 말하고, 채砦는 그 중심 전체를 말한다. 급히 만들어 조잡하기는 하지만 성곽의 형태를 갖추고 있으니 오이와 산의 요새도 성이라고 할 수 있을 것이다.

나카가와 세베 기요히데는 전날 밤 중턱의 한 보루에 있는 작은 침실에서 잠을 잤다.

"응?"

기요히데는 물건의 소리인지 규환인지 모르는 소리를 듣고 갑자기 벌떡 일어났다.

"무슨 일이지?"

기요히데는 비몽사몽간 일어나 직감적으로 머리맡에 있는 갑옷을 챙겨 입었다. 그때 밖에서 침소의 문을 부서져라 두드리는 사람이 있었다. 그러더니 또 다른 사람이 몸을 문에 부딪쳤는지 문이 부서지고 부하 서너 명이 굴러 들어왔다.

"시, 시바타 군입니다!"

"벌써 밀고 들어오고 있습니다, 대군입니다."

호숫가에서 달려온 오타 헤이하치太田平八와 말을 돌보는 하인들이었다.

"침착해라."

세베가 꾸짖었다.

오타 헤이하치와 마졸들은 무척이나 들떠 있었다. 그러다 보니 그들이 고하는 내용은 적의 병력, 공격 방향, 주장 등 무엇 하나 알 수 없는 것이었다.

"대담하게도 이 깊은 곳까지 기습을 감행한 자라면 그리 만만한 적은 아니다. 시바타의 휘하 가운데 그 정도의 사람은 겐바노조 모리마사밖에 없을 것이다."

세베 기요히데의 판단은 정확했다. 그런 생각이 들자 온몸이 부르르 떨려왔다.

'강적!'

어쩔 수 없이 그런 생각이 들었다. 하지만 그 압도감에 대해 마음 깊은 곳에서 또 다른 힘이 솟아올라 '오냐, 어서 오너라' 하며 반발하고 있었다.

떨림은 전혀 상반된 두 개의 감정이 의식을 통하지 않고 일으킨 순간의 충동이었다고 할 수 있었다.

“어디 맞서보자, 이놈!”

세베가 침소 바로 앞에 있는 야트막하게 흙이 쌓인 곳 위에서 커다란 창을 들고 외쳤다.

총성이 요란하게 들렸다. 기슭 쪽에서도 들렸으나 의외로 가까운 산 중턱의 남서쪽에 있는 나무들 사이에서도 들려왔다.

“샛길로도 왔구나.”

안개가 껴서 적군의 기치가 시야에 들어오지 않다 보니 오히려 더 초조했다.

“이놈들!”

세베가 다시 소리쳤다. 목소리가 산 깊은 곳까지 메아리쳤다.

요새를 지키던 나카가와의 일천 병력은 갑작스러운 기습에 눈을 떴다. 산 전체에서 분주히 움직이는 소리가 들려왔다. 그렇다고는 하지만 허를 찔린 것만은 틀림없었다.

이곳은 시바타 군의 적진지에서 멀리 떨어진 후방이었다. 그러다 보니 병사들은 설마 여기까지 적이 올까 하며 안이한 생각을 가지고 있었던 게 사실이다. 오라고 기다리는 곳에는 적이 오지 않는다. 안심하고 있다는 것을 알게 된 순간 적은 질풍처럼 습격해온다.

세베는 발을 구르며 아군을 독려했다.

“구마다 마고시치熊田孫七는 어디 있느냐? 가야노 고스케榧野五助는 무엇을 하고 있느냐! 모리모토 도토쿠森本道德, 야마기시 겐모쓰山岸監物 어서 나와서 맞서라! 도리가이 헤이하치鳥飼平八, 깃발을 여기에 세워라!”

“네, 여기 있습니다.”

"나리, 여기에 계셨습니까?"

서로가 서로를 찾고 있었던 듯 각 조장들과 그 부하들이 깃발을 보고 세베의 목소리를 듣고는 달려와 세베를 중심으로 둥그런 진 하나를 만들었다.

"공격 부대는 시바타의 조카인 겐바노조 모리마사가 지휘하고 있느냐?"

"그렇습니다."

도리가이 헤이하치가 대답했다

"병력은?"

세베가 다시 물었다.

"일만이 되지 않습니다."

"한 갈래냐, 두 갈래냐?"

"두 갈래인 듯합니다. 겐바의 부대는 니와토노하마庭戸ノ浜에서 기슭으로 공격해 들어오고, 다른 한 부대는 후와 히코자에몬, 도쿠야마 고헤 등의 지휘로 오노지尾野路 산의 샛길을 통해 산 중턱부터 공격해 들어오고 있습니다."

병사를 모두 동원해도 일천 명밖에 되지 않는 요새였다. 그에 반해 몰려오는 적은 약 일만 명이었다.

샛길도 그렇고, 기슭의 목책도 그렇고 말할 것도 없이 병력은 많지 않았다. 때를 놓치면 전멸할 게 뻔했다.

"후치노스케淵之助! 샛길로 가거라."

세베는 심복인 나카가와 후치노스케에게 병사 삼백 명을 주어 먼저 내보낸 뒤 틈을 주지 않고 다시 빠른 어조로 명령했다.

"이리에 도사入江土佐, 후루타 기스케古田喜助, 구보 진고久保甚五 너희는 오십 명쯤 데리고 혼마루로 들어가라. 겐쇼보玄正坊도 함께 가라. 다른 자들은 이 세베를 따라오너라. 셋슈攝州 이바라키茨木의 패배를 모르는 나카가와 군이다. 눈앞의 적에게는 한 치의 땅도 양보해서는 안 된다.”

세베는 휘하의 무사들을 격려한 뒤 깃발과 기치 앞에 서서 기슭을 향해 똑바로 달려 내려갔다.

“나리! 나리! 잠시 기다리십시오.”

뒤에서 가야노 고스케가 불렀다. 뒤돌아보니 고스케가 사자를 데리고 달려왔다.

“사자입니다. 구와야마 나리께서 보내신 사자가 드릴 말씀이 있다고 합니다.”

“무슨 일인가?”

세베의 눈은 이미 적과 싸우고 있었다. 사자는 일의 다급함을 알고 말로 내용을 전했다.

“주인이신 슈리다이부修理大夫(구와야마 시게하루桑山重晴)께서 말씀하시길, 오늘 새벽 기습을 감행한 적은 대군인 데 반해 이곳은 소수여서 아무리 나카가와 나리께서 용맹스럽다 할지라도 도저히 막을 수 없다고 하셨습니다. 안타깝지만 얼른 물러나 다른 아군과 합류하는 것이 좋을 듯하다고 걱정하고 계십니다……”

세베가 무겁게 고개를 흔들며 사자에게 이렇게 대답했다.

“쓸데없는 걱정이다. 두터운 정은 참으로 고마우나 기요히데의 담력은 아직 그렇게까지 시들지 않았다. 요고 호수에 면한 이 오사키의 두 요새는 적어도 아군 진지의 중핵을 이루는 요지다. 세베가 이곳에 머물다 적의 숫자가 많다는 것을 알고 다른 곳으로 옮겼다는 소리가 퍼지면 대대로 세상의 웃음거리가 될 것이다. 그러면 자손들의 수치가 어찌 가엾지 않겠는가?”

세베는 그렇게 말한 뒤 뒤따라 달려온 휘하의 무사들이 모여 있는 것을 보고 그들에게도 들리게 다시 말을 이었다.

"우리는 셋쓰 이바라키에서 몸을 일으켜 겐키 원년(1570년)에 와다 이가노카미和田伊賀守를 치고, 집안사람 모두 나카가와 군이라는 이름 하나로 무문을 닦아왔으며, 작년에 있었던 야마자키의 일전에서 장수 아케치, 미마키 산자에몬御牧三左衛門, 이세 사부로 사다오키伊勢三郎貞興를 멸할 때까지 전장에서 적에게 뒤를 보인 적이 없었다. 싸우지 않고 달아날 병사는 한 명도 없다. 큰소리를 치는 듯하지만 그것이 사실이다. 구와야마 나리께 이 세베가 그렇게 말하더라고 있는 그대로 전하기 바란다."

"네!"

사자가 얼굴을 들었을 때 세베의 모습은 벌써 보이지 않았으며, 세베의 뒤를 따르는 무사들이 산사태와도 같은 소리를 올리며 아래로, 아래로 몰려 내려가고 있었다.

구와야마 시게하루는 나카가와 세베와 같은 숫자의 병력으로 시즈가타케를 지키고 있었다. 시즈가타케는 여기서 산길을 따라 십여 리 남짓한 남쪽에 있었는데, 이와사키 산, 오이와 산, 차우스茶臼 산, 다루미 고개 등 요고노우미를 둘러싼 여러 봉우리 중 주산을 이루는 위치에 있었다.

사자가 돌아가 시게하루에게 상황을 그대로 전했다.

"세베답군. 그럴 테지."

시게하루는 그렇게 중얼거렸으나, 예순 살의 분별로 재차 급사를 보내 세베에게 물러날 것을 권했다.

서전 승리

《무장감상기武將感狀記》에는 이런 구절이 있다.

겐바모리마사 측에 노련한 무사가 있어서 시즈가타케志津ヶ嶽(오이와 산의 잘못)로 향할 때, 나카가와 세베 기요히데의 방루防壘는 급히 쌓은 지 얼마 되지 않았으니 담의 흙도 아직 마르지 않았을 것이다. 이를 공격할 때는 담 너머로 창을 휘두르는 것이 유리하리라 보았기에 십자 모양, 낫 모양의 창은 버리게 하고 자루가 긴 창을 나누어주었다. 아니나 다를까 담 너머로 긴 창을 휘둘렀기에 매우 유리했다.

그리고 같은 곳에 이런 기사도 있다.

겐바의 부하 가운데 노련한 자가 겐바 앞으로 나가 말했다.

"나카가와는 용勇을 좋아하는 장수입니다. 적이 다가온다는 소리를 들으면 앉아서 기다리지 않고 반드시 중간까지 나와서 싸우려 할 테니 다른 샛길로 병사를 보내 요새의 배후로 돌아가게 해서 막사 곳곳에 불을 지르게 하면 나카가와 군은 불을 보고 뒤에서도 싸움이 벌어진 것이라 생각하여 급히 돌아가려 할 것입니다. 이를 복병으로 치면 아군의 승리는 정해진 것이나 다름없습니다.”

겐바노조의 좌우에는 용감한 무사가 많았다. 하지만 그에게 이처럼 좋은 계책을 알려준 노련한 무사란 누구를 말하는 것일까? 도쿠야마 고헤 노리히데나 하이고 고로자에몬이 아닐까 여겨진다. 특히 하이고 는 이름이 알려진 무사로 가가 다이쇼지에 성을 가지고 있으며, 지모도 있고 무용도 떨치던 노장이었다. 그러니 겐바노조를 도와 적진 속으로 기습을 감행한 작전을 성공시킨 측근이라면 우선 이 정도의 인물은 되어야 할 것이다.

어쨌든 이날 아침, 사쿠마 군은 그 기습의 서전에서 자신들의 뜻대로 적 속으로 육박해 들어가 허를 찔렀다. 이른바 서전에서 승리를 거둔 셈이었다.

“단번에 짓밟아라!”

“일거에 빼앗아라!”

사쿠마 군의 부대는 첫 번째 목책을 돌파해 요새 정면에 있는 묘켄妙見 고개를 올랐다. 이들 목책에는 기껏해야 부장 한 명에 칠팔십 명의 병사들이 배치되어 있을 뿐이었다. 노도와도 같은 사천의 군마에 부딪치자 그야말로 개수일촉, 용감히 외로운 창을 휘둘러 맞선 병사는 곧 피를 흘리며 땅바닥에 나뒹굴었고 대부분은 뿔뿔이 흩어져 다음 망루로 달아났다.

바로 그때 주장인 나카가와 세베와 그 휘하들이 한 무리가 되어 산위에서 요격을 위해 맹렬히 달려왔다.

“무례한 잡병 놈들, 여기가 아무도 없는 요새인 줄 알고 함부로 뛰어든 것이냐?”

무리의 가장 앞에 서서 창을 붕붕 휘두르며 달려온 무장은 틀림없이 세베였다. 말의 배도 창끝도 이미 피에 젖었으며, 말발굽이 춤추는 곳 앞에도 더 이상 적이 없었다.

"겐바, 어디 있느냐!"

세베의 목소리는 적과 아군 모두에게 들릴 정도였다. 스스로 창의 명수라 자부하는 그는, 기타노쇼의 조카로 이름을 떨치고 있는 사쿠마 겐바를 오늘에야말로 만나고 싶다며 돌아다니고 있었다.

그러한 장수 아래 총칼로 유명한 나카가와 군이 있었다. 모리 곤노조森權之丞, 가야노 고스케, 도리가이 시로다이부鳥飼四郎大夫, 야마기시 겐모쓰 등 사백여 명은 눈앞에 있는 적의 십분의 일에 지나지 않았으나 각자 필사의 각오로 곁눈질 한번 하지 않고 창을 휘두르며 사쿠마 군의 창 속으로 뛰어들었다. 맞부딪치는 창의 울림이 함성, 절규, 말이 울부짖는 소리와 뒤섞였다.

무릇 소수를 대하는 다수는 전체적으로는 강하지만 국부적으로는 피할 수 없는 약점을 가지고 있는 법이다. 나카가와 부대 사백 명은 필사의 각오로 적을 맞아 사쿠마 군 속에서 마음껏 날뛰었다. 사쿠마 군은 열 배에 달하는 대군이었으나 좁은 국지전에서 그 숫자만큼 힘을 쏟아붓지 못했다.

"물러나라! 기슭까지."

너무 많은 희생자가 나오자 사쿠마 군의 부장이 찢어질 듯한 목소리로 외쳤다. 하지만 그 많은 병사가 물러나는 데는 당연히 시간이 걸릴 수밖에 없었다.

"지금이다. 따라가서 베어라."

세베 기요히데를 필두로 나카가와 군은 닥치는 대로 적을 몰살할 것처럼 기세를 올렸다. 게다가 나카가와 군은 지세도 유리했다.

사쿠마 군의 병사들은 밤새 한잠도 자지 못했다. 처음에 '와아' 하고 공격을 위해 지르던 함성이 덧없는 소리로 바뀌었다. 한번 무너지기 시작하면 어쩔 수 없는 법이다. 사쿠마 군은 앞다투어 기슭 쪽으로 달려 나갔다. 그리고 남아서 지키는 병사들까지 낯빛을 잃은 아군에 떠밀려 달려야 했다.

"에치젠의 군, 한 놈도 살려 보내서는 안 된다."

세베는 정신없이 사쿠마 군을 뒤쫓으며 아군에게 말했다. 이미 이겼다고 생각했는지 끝까지 추격을 해나갔다.

"위험하다……."

세베의 휘하 중 누군가는 더 나아가면 위험하다고 느꼈지만 주인의 모습을 보니 물러설 수 없었다. 묘켄 고개를 내려가 오노지노하마의 물가가 보이는 평지까지 나아가자 갑자기 양쪽에서 사쿠마 군의 북소리가 귀를 찢을 듯 울려 퍼졌다. 그러고는 앞이 보이지 않을 정도의 탄연彈煙이 나카가와 부대를 감싸기 시작했다.

세베 주변에서만도 몇 사람이 쓰러졌다. 하지만 이와 같은 사지에 익숙한 세베는 그다지 놀라지도 않았다.

"겐바, 어디에 있느냐. 겐바노조 이리 나와라."

세베는 처음과 다를 게 없는 커다란 소리로 외쳐댔다.

"오오, 나카가와 나리 아니시오."

적 가운데서 누군가가 말했다. 그는 크고 검은 물결처럼 세베 바로 옆으로 말을 몰아왔다.

"이 늙은이를 몰라볼 테지만, 가가 다이쇼지의 성주 하이고 고로자에몬이라 하오. 가치 있는 목을 만났으니 가져가기로 하겠소."

두 사람은 창을 맞대며 싸웠다. 세베는 말과 말 사이가 너무 가깝다 보니 몸을 획 돌려 창을 높이 치켜들었다가 뒤로 내찔렀다.

"네놈의 얼굴에 바치겠다."

고로자에몬은 말의 갈기 위에 바짝 엎드렸다. 그의 커다란 창과 눈은 적의 몸을 보고 피하며 찌르는 두 가지 동작을 동시에 하고 있었다.

"빗나갔구나."

세베는 물러서다 고로자에몬의 창과 엉키자 다시 공세를 취했다. 그때 적의 보병인 듯한 무사가 세베 뒤쪽으로 다가섰는지 세베는 창을 돌려 뒤쪽을 베었다. 그러자 한 무사가 나는 듯이 달려 나와 털썩 쓰러진 사람의 수급을 주웠다.

"도리가이냐? 앞을 열어라."

주인의 목소리에 도리가이 시로다이부는 세베 앞으로 나가 하이고 고로자에몬과 맞섰다. 그사이 세베는 순간적으로 말을 옆으로 달려 핏발 선 눈으로 적 속에서 장수의 깃발을 찾으며 돌아다녔다.

아수라장 속에서도 진공과 같은 정적이 흐른다. 그것은 용감한 사람의 모습에만 있는 것이다. 부처의 후광과도 같은 것이라고 할 수 있다.

용勇의 극치는 시원한 법이다. 막힘이 없는 자유자재의 경지에 있기 때문이다. 자신도 없고 눈에 넘치는 적의 대군도 없다. 무아무상無我無想 속에 있는 것은 오로지 무문의 혼, 그것뿐이다.

나카가와 세베 기요히데는 틀림없이 그러한 경지에까지 도달한 용장이기는 했다. 하지만 무용에도 한계라는 게 있다. 그와 함께 분전했던 시동들과 병사들은 끊임없이 밀려드는 적의 손에 대부분 목숨을 잃고 말았다. 그사이 아군인 구와야마 시게하루의 사자가 후퇴를 권하기 위해 세베를 몇 번이나 찾아왔다. 이와사키 산의 다카야마 우콘이 보낸 전령도 달려왔다.

"무슨 일이 있어도 이번만은 물러나셔서 몸 하나만이라도 무사히 지켜야 한다고 주인 우콘 님이 아침부터 당신의 일처럼 마음 아파하고 계십니다.”

다카야마의 전령은 그렇게 말하며 세베가 탄 말의 부리망을 잡고 억지로 끌어 물러나게 하려고 했다.

“무슨 소리를 하는 게냐! 여기서 어찌 물러날 수 있단 말이냐. 이곳을 적에게 넘기고 물러나라는 것은 이 세베에게 사내로서의 자존심과 이름을 버리라는 말과 같은 것이다. 그처럼 심상치 않은 일이라고 생각했다면 시즈가타케의 구와야마 슈리도, 너의 주인인 다카야마 우콘도 어째서 얼른 수하를 모아 달려오지 않는 것이냐?”

세베는 더욱 발끈하며 질타했다. 그리고 창의 손잡이 끝으로 사자를 밀어 쓰러뜨리고 다시 아수라가 되어 적병을 맞아들였다.

세 정 정도 사이를 두고 밀고 밀리는 일진일퇴의 혈전을 열세 번이나 거듭했다. 이른 새벽인 인시(오전 5시) 무렵부터 진시(오전 9시)에 이르는 네 시간 동안 참으로 잘도 싸웠다. 눈에 거의 핏빛밖에 보이지 않을 정도로 분투를 펼쳤다.

“이, 이렇게까지 싸우셨으니…… 더, 더는 여한이 없을 터……. 잡, 잡병들의 손에 목숨을 잃기 전에.”

아군 중 한 명이 세베가 탄 말의 부리망을 끌고 요새 쪽으로 곧장 달려 나갔다. 그토록 용맹하던 세베도 숨을 헐떡였으며 눈동자가 화염을 보고 있는 것처럼 뜨거웠는지 모든 것이 희미하게 보였다.

“누, 누구냐?”

“후, 후, 후치노스케 시게사다淵之助重定입니다.”

“그래, 시게사다냐. 샛길은……. 새, 샛길은 어떻게 되었느냐?”

“깨졌습니다. 분합니다.”

“무엇을 한탄하는 게냐. 구와야마, 다카야마야말로 그렇게 말해야 할 것이다. 마음껏 싸운 우리에게 후회는 없다.”

"아니, 적의 계책에 떨어진 것이 분하다는 말입니다. 무슨 일이 있어도 혼마루 근처에 적을 들여서는 안 된다며 한 사람이 열 명의 적과 맞서 맹렬히 싸웠습니다. 하지만 뒷산의 막사에서 갑자기 불길이 이는 것을 보고 아뿔싸, 적이 뒤쪽으로 돌아들었구나 싶었고 그때부터 무너지기 시작해서 결국에는 어느 곳도 막지 못하고 말았습니다."

"그렇다면 저 불길은 뒷산의 막사에서 이는 것이란 말이냐?"

"적인 도쿠야마 노리히데가 소수의 병력을 데려와서 지른 불의 연기에 지나지 않습니다."

세베가 갑자기 말의 등자를 밟고 올라서서 말했다.

"아, 잠시 멈춰라. 후치노스케 나를 어디로 데려갈 생각이냐?"

"싸움도 여기까지인 듯하니 혼마루로 돌아가셔서 조용히 할복하시기 바랍니다."

"뭐, 할복을 하라고? 무, 무슨 소리냐. 이 세베는 그냥 배를 가를 수 없다. 놓아라, 놓아. 말의 부리망을."

세베는 혼자가 되어서도 여전히 일전을 펼치겠다는 생각을 버리지 않았다.

"배를 가르기보다 가치 있는 적과 칼을 주고받은 뒤 죽기로 하겠다. 후치노스케…… 덧없는 죽음의 장소로 나를 데려가지 마라. 죽는 모습 따위는 아무래도 상관없다. 나는 다시 한 번 적진으로 뛰어들겠다. 너는 네가 원하는 모습으로 목숨을 버리기 바란다."

세베는 말을 마친 뒤 고삐를 잡아당겨 말 머리를 힘껏 흔들게 했다.

"그렇게까지 말씀하신다면."

그 순간 부리망에서 손을 뗀 나카가와 후치노스케의 눈에는 눈물이 고여 있었다. 혈연으로 맺어진 동족이자, 야마자키 전투에서도 시종 생사를 함께해온 주인이기도 했다.

"앗, 뒤따라왔습니다."

"왔느냐. 다행이로구나."

세베는 뒤에서 다가오는 함성을 향해 곧 말 머리를 돌리려 했으나, 안타깝게도 이미 말은 지쳐 있었다. 그는 초조한 마음에 등자의 뒤꿈 치로 말의 배를 걷어찼다. 하지만 붉게 물든 말의 커다란 몸은 한번 울 부짖고는 비틀거릴 뿐이었다. 바로 그때 앞쪽에서 목소리가 들려왔다.

"나카가와 세베 기요히데는 여기에 있다! 세베가 여기에 있다. 자, 자, 덤벼라."

세베가 깜짝 놀라 뒤를 돌아보았다. 그 순간 말의 무릎이 꺾였고, 안 장 위에 앉은 세베도 땅바닥으로 쿵 떨어지고 말았다.

"아아, 후치노스케 놈이 나인 척하고 팔방의 적과 싸우고 있구나. 자 신이 적을 막을 테니 나보고 달아나라는 말이냐."

세베는 기뻤지만 눈물을 흘리지 않았다. 오히려 싱긋 웃는 것처럼 보 였다. 후치노스케 시게사다의 마음과 그의 마음이 하나였기 때문이다.

"후치노스케, 죽음의 길도 함께하자꾸나."

세베는 앞쪽을 향해 큰 소리로 외치며 양 손바닥을 땅바닥에 문질 렀다. 피범벅이 되어 미끈미끈한 창의 손잡이가 손에서 미끄러지면 자 연히 전력을 발휘할 수 없었기 때문이다.

이윽고 세베가 달려갈 필요도 없이 적이 먼저 다가왔다. 번뜩이는 창을 나란히 든 한 무리의 갑주가 물결을 이루며 그의 앞까지 달려와 소리만 질러댔다.

"진짜 세베는 이놈이다. 이놈이 바로 적장인 기요히데다!"

한 무사가 소리를 지르며 한 발 앞으로 나와 세베를 찌르려 했다. 하 지만 뜻을 이루지 못했다. 또 다른 사람이 나섰다. 그러자 세베는 그에 맞서 창으로 앞을 찌른 뒤 다시 손잡이 끝으로 뒤를 찔렀다.

그 순간 난투가 벌어졌다. 사람은 쉽사리 죽지 않는 법이다. 세베는 몇 번이나 붉은빛을 뒤집어쓰며 비틀거렸으나 표범처럼 일어나 다시 적을 쓰러뜨렸다. 그는 적의 숨통을 이빨로 물어뜯을 듯한 기세로 싸웠다. 너무나도 처참했으며 간담이 서늘할 정도로 섬뜩했다. 적병들도 무너지기 시작했다. 아직 살아 있는 세베는 부러진 창을 들고 도깨비불이 공중을 떠다니는 것처럼 흐느적흐느적 혈로를 뚫었다.

희미한 눈동자에 언덕길이 들어왔다. 하지만 그곳을 오를 힘이 없었다. 그때 포복으로 뒤따라오던 사쿠마 군의 무사 중 하나가 벌떡 몸을 일으켰다.

"사쿠마 나리의 신하인 곤도 무이치다."

그는 창과 함께 세베의 몸을 향해 달려들며 자신의 이름을 외쳤다. 두 개의 몸이 함께 나뒹굴었다. 다시 일어선 무이치가 선혈이 떨어지는 수급을 높이 치켜들고 절규했다.

"베었다! 나카가와 나리의 목, 곤도 무이치가 베었다!"

결국 오이와 산은 떨어졌다. 나카가와 세베가 목숨을 잃은 순간, 산 위의 혼마루에서도 뭉게뭉게 검은 연기가 솟아올랐다. 안에 있던 나카가와 군 오십여 명도 그때 모두 목숨을 잃은 모양이었다.

산기슭의 북쪽에서부터 동쪽에 걸쳐 있던 막사와 마구간에서도 연기가 났으며, 때때로 화약이 터지는 폭발음도 들렸고 생나무가 타는 열풍과 함께 나뭇잎의 재가 눈처럼 내렸다.

"방심해서는 안 된다. 마음을 놓기는 아직 이르다."

사쿠마 겐바노조는 부서의 장병들에게 그렇게 외치고는 막료 수십 기, 병사 이천을 데리고 불이 활활 타오르는 산 위로 올라갔다.

마침내 승리의 함성이 울려 퍼졌다. 천둥소리처럼 하늘까지 울려 퍼진 소리에 응해서 기슭의 니와토노하마와 오노지 산의 샛길과 곳곳에

서 경비를 서고 있던 아군의 부대도 자신들이 있는 곳에서 '와아' 하고
승리의 함성을 올려 축복했다. 그때 시각은 미시(오전 10시) 무렵이었다.

"지금 휴대용 식량을 먹으며 휴식을 취하라."

장병들에게 명령이 떨어졌다. 명령은 나팔 소리로 전해졌으며, 주의
사항은 전령을 통해 각 부대의 부장들에게 전달되었다.

**이번 기습은 결과가 좋아 아군의 대승으로 끝났으나 시즈가타케, 이와사키
산, 호리 히데마사가 지키는 히가시노 산에서 단기 산에 걸친 적의 움직임이
분명하지 않다. 밥을 먹는 동안에도 방심해서는 안 된다. 산 위에서 깃발로
보내는 신호, 봉화, 혹은 수시로 나팔을 불어 알리는 영에 늘 신경을 쓰기 바
란다.**

불길과 연기가 조금은 잦아들었다. 불에 타고 남은 곳 근처에 본진
을 설치한 사쿠마 겐바노조 주변은 마치 불꽃놀이라도 벌어진 듯 떠들
썩했다. 겐바노조의 기분이 매우 좋았던 것이다. 그는 걸상에 앉아 차
례차례로 가져오는 수급을 지켜보고 있었다. 으뜸가는 공로자는 누가
뭐래도 세베의 목을 벤 곤도 무이치였으나 무이치는 공을 전우들에게
돌리며 장부에 자신의 이름이 오르는 것을 애써 사양했다.

"제가 목을 베기는 했으나 그를 쓰러뜨린 것은 수많은 아군입니다.
제 이름 하나만 장부의 가장 위에 적어 넣을 수는 없습니다."

무이치는 스물한 살이었다. 훌륭한 무사이니 잘 보살피라고 가쓰이
에가 말한 적이 있을 정도였다. 사쿠마 가에는 그러한 무사가 적지 않
았다.

승리에 대한 보고서와 함께 나카가와 세베의 수급은 곧 기쓰네즈카
에 있는 시바타 가쓰이에의 본영으로 보내졌다. 그와 함께 겐바노조는

전령에게 이렇게 명했다.

"밤새 먼 길을 온 뒤 새벽부터 전투를 벌여 병마 모두 크게 지쳐 있으니 오늘 밤은 이곳에서 보낼 생각이다. 그러니 걱정 마시라고 전해라."

기쓰네즈카까지 우회로로 가면 사오십 리나 되지만, 직선으로 가면 십여 리밖에 되지 않았다. 가쓰이에가 세베의 수급을 본 것은 같은 날 정오 무렵이었다.

"조카 놈이 해냈구나."

가쓰이에는 크게 기뻐했다. 하지만 겐바노조가 오늘 밤에 그곳의 진지에서 묵는다는 말을 듣고 갑자기 눈썹을 찌푸렸다.

"당치않은 짓을……."

가쓰이에는 엄하게 반대했다. 승리에 취해 교만해지는 것은 병가의 금기 사항이었다. 한시라도 빨리 적진에서 발을 빼지 않으면 독 안에 든 쥐 꼴이 되고 말 것이라며 단단히 일러 사자를 돌려보냈다.

● 1584년 고마키 나가쿠테 전투

덴쇼天正 12년, 히데요시(羽柴秀吉)군과 오다 노부가쓰(織田信雄), 도쿠가와 이에야스(德川家康)의 연합군이 격돌한 전투이다. 북부의 고마키성, 이누야마성을 중심으로 오와리 남부, 미노 서부, 미노 동부, 이세 북부, 기이, 이즈미, 셋쓰 곳곳에서 전투가 진행됐다. 본 전투에서는 도쿠가와 이에야스가 승리하였지만, 전략적인 국면을 놓고 봤을 때는 히데요시가 우세를 점했기 때문에 이에야스도 어쩔 수 없이 저항을 포기하고 히데요시에게 귀부하게 된다.

● **1585년 시코쿠 정벌**

덴쇼天正 13년 5월, 히데요시는 구로다 요시다카(黑田孝高)에게 시코쿠 정벌의 선봉을 삼아 초소카베 가문의 아와지(淡路)로 출병하라고 명령한다. 요시다카에 의해 먼저 키즈성이 함락되고, 다른 성을 지키던 수비병들도 달아나버려 초소카베군의 거점이던 이치노미야, 이와쿠라, 와키의 세 성만 남게 된다. 초소카베 모토치카(長宗我部 元親)는 철저항전을 주장했지만, 이내 형세가 불리함을 깨닫고 히데나가(豊臣秀長)의 정전조건을 수락한 후 항복한다.

교만한 군대

같은 날 아침이었다. 비와 호수 가운데를 물새 떼처럼 북상하는 예닐곱 척의 병선이 있었다. 선루船樓를 감싸고 있는 군막에서는 커다란 제비붓꽃 문양이 펄럭이고 있었으며 장막 안에는 총신과 창날이 빽빽하게 세워져 있었다.

"응? 저 연기는?"

니와 고로사에몬 나가히데丹羽五郎左衛門長秀는 선루에 서 있었는데, 문득 호수 북쪽과 이어져 있는 산에서 피어오르는 검은 연기를 보고 큰 소리로 물었다.

"오이와 부근일까, 시즈가타케일까?"

"시즈가타케인 듯합니다."

사카이 요에몬坂井与右衛門, 에구치 사부로우에몬江口三郎右衛門등의 막료가 대답했다.

산들이 중첩되어 있다 보니 오이와 산의 불길도 마치 시즈가타케의 불길처럼 보였다.

"하지만 이해할 수 없구나."

나가히데는 눈썹을 찌푸린 채 여전히 그곳을 바라보았다. 그가 이해할 수 없다고 생각한 것은 자신의 예감이 정확히 맞아떨어졌기 때문이다.

20일 새벽, 가이즈에 머물고 있는 아들 나베마루가 전령을 보내왔다.

"어젯밤부터 시바타, 사쿠마 등의 영 안이 어딘가 어수선한 게 수상합니다."

그 순간 나가히데는 '적의 기습'을 직감했다. 히데요시가 17일 이후부터 오가키를 떠나 기후에 대한 작전을 준비하고 있다는 사실을 알았기에 적이 때를 놓치지 않고 허를 찌를 것이라 예측하고 있었던 것이다.

나가히데는 '어젯밤부터 적의 움직임이 수상하다'는 전령의 말을 듣자마자 대여섯 척의 병선에 수하 일천여 명을 싣고 떠났다.

"이러는 동안에도 마음을 놓을 수 없구나. 구즈오葛尾 부근으로 출동하라."

그렇게 해서 배를 타고 온 것이었다. 그런데 아니나 다를까 시즈가타케 방면에서 연기가 보였을 뿐만 아니라, 구즈오 부근에 다다르자 요란스러운 총성까지 들려왔다.

"적은 벌써 모토야마의 요새를 공략해서 취한 듯하구나. 시즈가타케도 위험하다. 틀림없이 이와사키 산도 견디기 어려울 것이다. 요에몬, 사부로 너희는 어떻게 생각하느냐?"

나가히데가 의견을 묻자 막료 두 사람이 솔직하게 대답했다.

"참으로 쉽게 볼 사태는 아닌 듯합니다. 적은 필시 대군을 움직여 왔을 것입니다. 그러니 지금의 이 적은 병력으로 파죽지세와도 같은 적에게 맞서봐야 아군을 도울 수는 없을 것입니다. 지금 상황에서는 사카모토로 돌아가 사카모토 성을 지키는 것이 상책일 듯합니다."

"한심한 소리를……."

나가히데는 막료들의 말을 흘려들었다. 그리고 오히려 두 사람에게 급히 명령을 내렸다.

"어서 배를 물가에 대고 병마를 모두 뭍에 내려라. 그리고 너희는 급히 배를 돌려 가이즈에 주둔하고 있는 나베마루에게 군세 중 삼분의 일을 떼어 즉각 이곳으로 달려오라고 전하도록 하라."

"하지만 오십 리에 이르는 물길을 오가서는 눈앞의 전투에 늦을 것입니다."

"전투 중에 평소의 셈법은 모두 무익한 것이다. 고로사에몬 나가히데가 이곳에 병사를 내렸다는 소리만 적이 들어도 이미 효과는 있는 것이다. 설마 이처럼 소수의 병력이라고는 적도 예상치 못할 것이다. 반드시 한쪽에 틈이 생길 것이다. 작은 사려, 분별은 모두 버리고 어서 배를 저어 가이즈로 가라."

니와 나가히데가 상륙한 지점은 구즈오 촌의 오자키尾崎였다. 배는 곧 돌아갔다. 채비를 갖추는 데 일 각 남짓한 시간을 소비했다. 총과 창과 기마와 치중대 등 대오가 갖춰지자 그들은 곧 시즈카타케를 향해 급류처럼 진군하기 시작했다.

도중에 나가히데는 한 마을에서 말을 멈추었다. 한 무리의 마을 사람들이 보이자 정보를 얻기 위해서였다. 마을 사람들이 말했다.

"새벽의 전투는 뜻밖의 일로 어떻게 되었는지 전혀 알 수 없으나, 이 부근까지 탄알이 날아오더니 곧 오이와 산 쪽에서 불길이 치솟고 함성이 몇 번이고 해일처럼 들려왔습니다. 그리고 사쿠마 부대의 무사가—아마 척후병일지도 모르겠습니다만—몇 번이고 요고 쪽에서 말을 달려와 마을을 지나갔습니다. 소문에 따르면 나카가와 세베 님의 군세는 요새를 지키다 한 사람도 남김없이 목숨을 잃었다고 합니다. 앞으로 일이 어떻게 될지 저희끼리 이야기를 나누고 있던 중이었습니다."

그리고 시즈가타케 방면의 아군에 대해 뭔가 아는 것이 없냐고 물었더니 마을 사람들은 입을 모아 이렇게 대답했다.

"시즈가타케의 구와야마 시게하루 님은 조금 전에 요새의 병력을 이끌고 기노모토 쪽으로 산을 타고 급히 가셨습니다."

그 말은 나가히데를 아연실색하게 했다. 가세를 해서 그곳에 함께 머물려고 왔는데 당사자인 구와야마의 부대는 나카가와 부대가 전멸한 것도 돌아보지 않고 요새를 버리고 달아났다는 것이었다. 이 무슨 추태란 말인가. 나가히데는 슈리 시게하루의 허둥대는 모습에 연민의 정까지 느껴질 정도였다.

"지금 막 보았다고 했는가?"

"네, 네. 아직 열 정도 가지 못했을 겁니다요."

"이노스케."

나가히데가 보병 중 한 명을 불러 급히 명령을 내렸다.

"구와야마의 부대를 뒤쫓아가 슈리 나리를 만나서 나가히데가 여기에 왔다는 사실을 고하게. 함께 시즈가타케를 지킬 수 있도록 얼른 돌아오시라고 전하게."

"알겠습니다."

전령인 안요지 이노스케安養寺猪之助는 말에 채찍을 가해 기노모토 쪽으로 서둘러 갔다.

구와야마 시게하루는 오늘 아침 이후 나카가와 세베에게 세 번씩이나 퇴진을 권하기만 했을 뿐 협력하지도 않고 사쿠마 군의 맹렬한 기습에 당황하기만 했다. 그리고 나카가와 군이 전멸했다는 소식을 듣고는 허둥대기만 할 뿐 아군의 중핵을 이루는 진지의 궤멸을 앞에 두고 총알 하나, 창질 한 번의 반격도 시도하지 않은 채 시즈가타케를 버리고 서둘러 달아나는 중이었다. 그는 기노모토에 있는 아군과 합류해 하시바 히데나가의 명령을 받을 생각이었다. 그러던 중 니와 가의 안

요지 이노스케를 만나 나가히데의 원군이 도착했다는 소식을 듣고 용기를 얻었다.

"그래, 니와 나리께서 힘을 보태기 위해 달려오셨단 말이냐? 그렇다면……."

시게하루는 부하들을 모아 다시 시즈가타케로 돌아갔다. 그사이 나가히데는 주변 마을의 주민들을 안심시키고 시즈가타케로 올라가 구와야마 시게하루와 합류했다. 그리고 글 하나를 써서 미노 오가키의 진에 머물고 있는 히데요시에게 전령을 보내 사태의 중대함을 급히 알렸다.

그날 저녁, 하시바 히데나가의 명령을 받은 도도 다카토라藤堂高虎도 부대를 이끌고 와서 시즈가타케의 사수에 가담했다.

한편 오이와 산의 사쿠마 군은 승리감에 젖어 오시(정오)부터 일 각 정도 천천히 휴식을 취했다. 어젯밤 이후부터 먼 길을 달려와 격전을 치르다 보니 장병 모두 지쳐 있었다. 하지만 병사들은 식량을 먹은 뒤에도 피투성이가 된 손발을 서로 자랑하느라 피곤한 줄도 몰랐다. 부장들이 각 부대에 명령을 전달했다.

"잠을 자두도록 하라. 지금 한잠 자두어야 한다. 오늘 밤에도 어떻게 될지 모른다."

구름에도 여름의 기운이 감돌고 있었다. 새잎이 돋은 나무에서는 매미의 첫 울음소리도 들려왔다. 호수에서 호수로 건너가는 산 위의 바람은 특히 시원했다. 병사들은 배를 채우고 나니 졸음이 쏟아졌는지 창과 총을 끌어안은 채 여기저기에 눕기 시작했다. 말들도 나무 그늘 아래서 눈을 감았으며 부장들도 나무에 기대어 졸고 있었다.

"……."

진영은 조용했다. 격전 뒤에 잠시 눈을 붙일 때만큼 적막감을 느끼게 하는 시간도 없는 법이다. 조금 전 새벽까지 적군이 꿈을 꾸고 있던 막사는 모두 재가 되어버렸으며, 적군은 하나도 남김없이 시체가 되어 수풀 속에 버려졌다. 한낮이기는 하나 섬뜩한 기운이 느껴졌다. 보초 병의 모습 외에는 막사 안까지 고요함에 잠겨 있었다. 그곳에서 우뢰 만큼은 아니었으나 주장인 겐바노조 모리마사의 코고는 소리가 마치 기분 좋다는 듯 흘러나오고 있었다.

그때 따각따각, 대여섯 기가 어딘가에서 멈춰 섰다. 곧 갑주를 입은 한 무리의 사람들이 달려왔다. 겐바노조 주변에서 앉은 채로 잠을 자고 있던 막료들이 번쩍 눈을 떠 바로 밖을 바라보며 소리를 질렀다.

"무슨 일이냐?"

"마쓰무라 도모주로松村友十郎, 고바야시 즈쇼小林図書 등 정찰을 갔던 자들입니다."

"들어와라."

겐바노조가 말했다. 갑자기 일어나 커다랗게 뜬 눈은 아직 잠이 부족한 듯 붉게 충혈되어 있었다. 눈을 붙이기 전 술을 마신 듯 자리 한편에 붉은색의 큰 술잔 하나가 비어져 있었다.

마쓰무라 도모주로만이 막사 안으로 들어와 무릎을 꿇었다. 그리고 정찰 결과를 보고했다.

"이와사키 산에는 이미 적병이 하나도 없습니다. 혹시 깃발을 숨기고 매복한 것이 아닐까 싶어 주의 깊게 살펴보았으나 수장인 다카야마 우콘나가후사 이하 전원이 일 각 반쯤 전에 다가미 산(하시바 히데나가의 진지)의 기슭 부근까지 멀리 퇴각한 듯합니다."

겐바노조가 손뼉을 치며 큰 소리로 웃었다.

"달아났단 말이냐."

그리고 막료들을 돌아보고 다시 온몸을 흔들며 웃었다.

"우콘이 달아났다고 하네. 참으로 빠르기도 하군. 와하하하하."

축배로 마신 술의 기운이 아직 완전히 가시지 않은 모양이었다. 겐바노조가 여전히 웃음을 그치지 않고 말했다.

"예전에 후지富士 강의 다이라平 가가 있었다면, 지금은 이와사키 산의 다카야마 우콘이 있구나. 참으로 우스운 광대로다. 어쩌다 무문에서 태어났는지. 웃음을 참을 수가 없구나."

그때 시바타 가쓰이에에게 승리를 보고하기 위해 기쓰네즈카로 보냈던 전령이 돌아왔다.

"전령, 돌아왔는가?"

"네, 지금 막 돌아왔습니다."

"본진인 기쓰네즈카 쪽에 적의 움직임은 없었는가?"

"특별한 움직임은 없었습니다. 나리께서도 자못 기분이 좋으신 듯했습니다."

"틀림없이 기뻐하셨겠지?"

"그렇습니다."

사자는 다그쳐 묻는 듯한 겐바노조의 질문에 땀을 훔칠 여유도 없이 대답했다.

"오늘 새벽부터 있었던 전투 상황을 상세히 보고하자 '그런가, 그런가. 조카 놈의 모습이 눈에 선하구나'라고 평소의 입버릇처럼 말씀하시며 이만저만 기뻐하신 것이 아니었습니다."

"그렇다면 나카가와의 수급은?"

"바로 보시고 '틀림없이 세베로구나'라고 말씀하신 뒤 좌우의 사람들을 돌아보며 '좋은 징조로다. 기뻐해야 할 일이야'라고 흥겹게 말씀하셨습니다."

"그랬겠지."

겐바노조도 기분이 좋았다. 가쓰이에가 기뻐 했다는 말을 듣는 것은 동시에 그의 자부심을 즐겁게 하는 일이기도 했다. 그는 숙부를 더욱 기쁘게 해주겠다는 의지를 불태웠다.

"이와사키 산의 요새까지 우리 수중에 들어왔다는 사실은 기타노쇼 나리께서 아직 모르시겠지. 하하하하……. 그렇다면 만족하시긴 아직 이르군."

"아니, 이와사키 산의 일은 제가 물러나려 할 무렵 기쓰네즈카에 전달되었습니다."

"그렇다면 전령을 다시 보낼 필요는 없겠군."

"전할 말씀이 그것뿐이라면……."

"어차피 내일 아침이 되면 시즈가타케도 우리 손에 떨어질 게야. 같이 말씀을 올려도 늦지 않겠지."

"저…… 그 일 말씀입니다만."

"그 일이라니?"

"대승에 취해 적을 너무 얕잡아보는 것은 실패의 근원이라고 멀리서나마 걱정하고 계신 듯합니다."

겐바노조는 일소에 부쳤다.

"쓸데없는 걱정. 이 겐바, 이 정도의 승리에는 취해 있지 않다네."

"하지만 나리께서는 출발하기 전에 특별히 일러둔 말─적진에 들어가서는 신속히 물러나는 것이 무엇보다 중요하니 한 번의 승리를 거둔 뒤 오래 머무는 것은 쓸데없는 짓─을 오늘도 되풀이하시며 그 뜻을 꼭 전하라고 말씀하셨습니다."

"바로 돌아오라는 말인가?"

"어서 물러나 후방의 아군과 합류하라는 말씀이셨습니다."

"어찌 그리 배짱이 없는지."

겐바노조가 희미하게 웃으며 강한 어조로 중얼거리고는 대답했다.

"어쨌든 알겠네."

그때 정찰대의 보고 하나가 더 들어왔다. 니와 나가히데가 이끄는 삼천 병력이 구와야마의 부대에 가세해 함께 시즈가타케로 들어가 방비를 굳건히 하고 있다는 소식이었다. 내일 아침에 시즈가타케를 공략하겠다고 혼자 결심하고 있던 겐바노조에게 있어서 이는 불에 기름을 붓는 격이었다. 이러한 때일수록 맹장의 용맹스러움은 더욱 맹렬하게 전의를 불태우는 법이다

"재미있군."

겐바노조가 막사 밖으로 나가 눈썹으로 불어오는 상쾌한 바람을 맞으며 남쪽으로 이십여 리 떨어진 시즈가타케를 바라보았다. 그때 기슭에서 한 장수가 부하 몇 명을 데리고 올라오는 게 보였다. 그리고 그를 안내하기 위해 목책의 수장이 앞장서서 서둘러 올라오고 있었다.

"뉴도 아닌가?"

겐바노조가 혀를 차며 말했다. 그 사람이 언제나 숙부 곁에 있는 아사미 뉴도도세이淺見入道道西라는 사실을 알고는 그가 사자가 되어 이곳으로 찾아온 이유도 바로 알 수 있었기 때문이다.

"오……. 여기에 계셨습니까?"

뉴도도세이는 땀을 흘리고 있었다. 겐바노조는 막사 안으로 그를 안내하지도 않고 쌀쌀맞은 눈으로 바라보았다.

"쓰시미對馬 나리 아니오. 무슨 일이오?"

뉴도도세이가 여기서 말씀드리기 좀 그렇다는 뜻을 몸짓으로 보였으나 겐바노조는 다른 말은 듣지 않겠다는 듯 먼저 입을 열었다.

"오늘 밤에는 여기서 머물고 내일 철수할 생각이오. 조금 전에 기쓰네즈카에도 보고를 해두었소만."

"저도 들었습니다."

뉴도도세이가 다시 한 번 정중하게 예를 갖췄다. 그리고 오이와 산에서의 대승을 장황하게 축하했다. 겐바노조는 생각했다.

'이 녀석에게 붙들려서는 버티지 못할 거야.'

겐바노조가 무뚝뚝하게 말했다.

"숙부께서 또 무슨 쓸데없는 걱정이 있으셔서 자네를 이곳으로 보내신 것인가?"

"밝히 살피신 대로 이곳에서 묵으신다고 하신 것을 심히 걱정하고 계십니다. 적에게 미련을 두어 밤을 보내지 말고 곧 본진으로 돌아오라는 말씀이셨습니다."

"걱정할 것 없네, 뉴도. 겐바 휘하의 정예는 나아갈 때면 파죽지세, 지킬 때면 철벽. 지금껏 수치를 맛본 적이 단 한 번도 없었다네."

"물론 그 점은 나리께서도 굳게 믿고 계시는 바이옵니다만, 병법에 의하면 적진 속으로 들어가 응체凝滯하는 것은 아무래도 좋은 계책이 아니기에……."

"잠깐 기다리게, 뉴도. 응체의 진이라는 것은 변통자재變通自在가 결여된 죽은 진을 말하는 것일세. 이 겐바가 병법을 모르는 줄 아는가? 그것은 자네의 말인가, 숙부님께서 하신 말씀인가?"

겐바노조가 그렇게까지 말하자 뉴도도세이는 두려움에 입을 다물어버릴 수밖에 없었다. 그리고 이와 같은 문제로 사자를 맡는 것은 위험한 일이라고 생각했다.

"그렇게까지 말씀하신다면 어쩔 수 없는 일입니다. 굳은 신념, 나리께 말씀드리도록 하겠습니다."

뉴도도세이는 창황히 그곳을 떠났다.

막사로 돌아온 겐바노조는 곧 지휘를 시작해서 이와사키 산에 한

부대를 보내고, 시즈가타케와 오이와 산 중간에 있는 간논觀音 언덕과 하치가미네蜂ヶ峰에도 감시를 위해 각각 소규모의 부대를 보냈다. 그로부터 얼마 지나지 않아 다시 사람이 찾아왔다는 전갈을 받았다.

"고쿠후 조에몬國府尉右衛門 나리께서 기쓰네즈카 본진의 군령을 받들고 지금 막 이곳에 도착하셨습니다."

이번 전령은 단순히 면담을 하거나 가쓰이에의 뜻을 전하러 온 게 아니라 정식 군령을 전하러 왔다. 그러다 보니 겐바노조는 걸상을 내주지 않을 수 없었다. 하지만 명령의 내용은 조금 전 말을 되풀이하는 것에 지나지 않았다. 겐바노조는 얌전히 듣기는 했으나 여전히 자신의 주장을 고집하며 명령에 따르려는 빛조차 보이지 않았다.

"이미 이번 기습의 일전에서는 지휘와 진퇴 모두 겐바에게 일임한다고 하셨소. 지금의 말씀을 받아들인다면 이번 작전도 화룡정점을 찍지 못하게 될 것이오. 그러니 이번에는 한 번 더 겐바노조의 지휘에 맡겨두셨으면 하오."

겐바노조는 사람을 보내 살살 타일러도 안 되고, 총대장으로서 명령을 내려도 따르지 않았다. 그러한 자아를 방패로 삼아 고집을 부리는 사쿠마 겐바노조 앞에서는 아무리 가쓰이에가 보낸 고쿠후 조에몬이라 할지라도 그 고집을 꺾을 수가 없었다.

"어쩔 수 없는 일."

조에몬은 곧 단념하고 말았다. 군령을 들고 왔지만 단념하지 않을 수 없었다.

"나리의 뜻을 헤아릴 수는 없으나 대답하신 대로 말씀 올리겠습니다."

조에몬은 조금 노여운 듯한 기색마저 내보이며 그렇게 말했다. 여담은 단 한마디도 하지 않고 다리가 튼튼한 준마에 채찍을 가해 돌아갔다.

그렇게 세 번째 사자가 돌아가자마자 네 번째 급사가 도착했다. 이미 해는 서쪽으로 뉘엿뉘엿 기울어가고 있었다.

가쓰이에의 나이 든 측신인 오타 구라노스케太田內藏助라는 무사가 온갖 말로 설득을 하러 온 것이었다. 즉 숙질 사이에 서서 혈기왕성한 겐바노조의 고집스러운 성격을 살살 달래러 온 것이었다.

"물론 높으신 뜻도 있으시겠지만…… 나리께서는 일족 중에서도 귀하를 각별히 생각하시기에 그렇게 걱정을 하시는 것입니다. 특히 이렇게까지 적의 일각을 무너뜨렸으니 지금부터는 진세를 견고히 해서 승산이 있는 곳부터 천천히 적을 깨뜨려 나가면 저희 시바타 가가 생각한 천하의 계획도 틀림없이 이루어질 것입니다. 그러니 겐바 나리, 이번만은 뜻을 꺾으셔서……."

"노인, 해가 떨어지면 가는 길이 위험하오. 그만 돌아가시오."

"안 되겠습니까?"

"무엇을 말이오?"

"결의는?"

"그런 결의는 애초부터 하지 않았소."

결국 구라노스케도 아무런 소득 없이 돌아가고 말았다. 그리고 다섯 번째 급사가 왔다. 그러자 겐바노조의 강경한 성격에 뿔이 났다. 방자함도 여기에 이르면 고집이 되어버린다.

"만나지 않겠다고 해라."

쫓아 보내려 했으나 사자로 온 야도야 시치자에몬은 소홀히 할 수 있는 무사가 아니었다. 오늘 사자로 온 사람들 모두 쟁쟁한 장수들이었으나 특히 시치자에몬은 주군 곁에 있는 영웅이었다.

"저희가 사자로 부족하다는 점은 잘 알고 있으나, 가쓰이에 나리께서 직접 이곳으로 모시러 오겠다고 하시는 것을 저희 측신들이 우선은 말리고 부족하나마 이 시치자에몬이 이렇게 나리 대신 온 것입니다. 부디 잘 헤아리셔서 한시라도 빨리 이곳 오이와 산에서 물러나시기 바랍니다."

시치자에몬이 막사 밖에 엎드려 고했다. 하지만 그와는 달리 겐바노조의 가슴에는 이런 생각이 있었다. 오가키에 있는 히데요시가 변을 알고 제아무리 빨리 달려온다 한들 오가키에서 이곳까지는 약 백삼십 리니 밤이나 되어야 오늘 소식이 전해질 것이었다. 그리고 그렇게 빨리 기후의 진지를 떠날 수도 없었다. 히데요시가 아무리 빨리 온다 해도 내일 밤이나, 모레가 될 것이었다. 겐바노조가 고집스럽게 뜻을 꺾지 않은 것은 이와 같은 계산이 있었기 때문이다.

"겐바 놈이 아무래도 말을 듣지 않는다면 내가 직접 가서라도 오늘 밤 안으로 끌고 오겠다."

시바타 가쓰이에의 초조함은 병가의 노련함에서 나온 초조함이라 해도 좋을 것이다. 그러다 보니 겐바노조의 헐거운 공산과는 커다란 차이가 있었다.

그날 기쓰네즈카의 본진에서는 기습을 감행한 군이 쾌승을 거두었다는 보고를 듣고 환호로 들끓었으나 가쓰이에의 전투관에 따른 급속한 후퇴 명령이 전혀 지켜지지 않았을 뿐 아니라, 쟁쟁한 무사들을 차례로 보냈는데도 겐바노조가 하나같이 그들을 거부하며 돌려보냈기에 근심이 깊어질 수밖에 없었다.

"조카 놈은 이 가쓰이에의 주름진 배를 가르게 할 놈이로구나. 아아, 어찌 된 놈이란 말이냐."

가쓰이에는 몸부림치듯 겐바노조의 고집을 한탄했다. 그렇게 막사 안의 내분이 흘러나가자 중군의 분위기도 어딘가 침울한 느낌이 들었다.

“또 사자가 나서는군.”

“아, 이번에도.”

사자들이 오이와 산을 빈번하게 다녀오는 모습에 장병들까지 가슴 아파했다.

가쓰이에도 한나절 동안 목숨이 줄어든 것 같은 기분이 들어서인지 다섯 번째 사자인 야도야 시치자에몬이 돌아오기를 기다리는 동안 자리에 가만히 앉아 있지 못했다.

“시치자는 아직인가?”

진소는 기쓰네즈카의 한 절에 있었는데, 가쓰이에는 그곳의 회랑을 말없이 걷다가 산문 쪽을 바라보며 측근들에게 몇 번이나 물었다.

“벌써 땅거미가 내려앉았구나.”

물들어가는 저녁 빛마저 가쓰이에를 초조하게 했다. 하지만 해가 가장 길 시기였다. 종루 부근에는 아직도 저녁 해가 걸려 있었다.

“야도야 나리께서 돌아오셨습니다.”

산문을 지키던 무사가 섬돌 아래까지 달려와서 고했다. 가쓰이에는 백발이 섞인 눈썹을 찌푸리며 다가오는 시치자에몬의 그림자를 보자마자 무릎을 꿇을 틈도 주지 않고 먼저 물었다.

“시치자, 어떻게 되었는가?”

시치자는 겐바노조가 만나지 않겠다고 하는 것을 억지로 만나 몇 번이나 뜻을 전했으나 결국 ‘오가키에 있는 히데요시가 여기까지 달려오려면 아무래도 하루 이틀은 걸릴 것이며, 또 신속히 왔다 할지라도 먼 길을 오느라 지친 병사들이니 이를 치는 것은 그리 어려운 일이 아니라 여겨진다. 그러니 무슨 일이 있어도 오이와 산에 머물 각오라고 말씀드리게’라며 뜻을 꺾으실 것 같은 기색을 보이지 않아 어쩔 수 없이 돌아왔다고 있는 그대로 보고했다. 그러자 가쓰이에가 눈을 번뜩이더니 분노가 섞인 골육의 감정을 그대로 드러내며 피를 토하듯 외쳤다.

"하, 한심한 놈."

그리고 커다란 신음과 함께 몸을 부르르 떨며 다시 외쳤다.

"이 무슨 터무니없는 짓이란 말인가!"

가쓰이에는 오른쪽을 보고, 왼쪽을 보더니 옆방을 향해 큰 소리로
외쳤다.

"야소! 야소!"

"요시다 야소吉田弥惣 나리를 찾으십니까?"

멘주 쇼스케가 반문하자 가쓰이에가 쇼스케에게 화풀이하듯 말했
다.

"그렇다. 어서 불러라. 야소에게 당장 이리로 오라고 전해라."

이윽고 요란스럽게 달려가는 발소리가 들렸다. 그리고 얼마 뒤 요시
다 야소는 가쓰이에의 명령을 받고 바로 오이와 산으로 말을 달려갔다.

긴 해도 마침내 지고 어린잎의 나무 그늘에 횃불의 빛이 흔들리기
시작했다. 마치 가쓰이에의 가슴속을 나타내는 듯했다.

왕복 이십여 리는 준마에 채찍을 가하면 금방 다녀올 수 있는 거리
였다. 요시다 야소가 곧 돌아왔다.

"이것이 마지막 말씀이라고까지 간곡히 간했으나 겐바노조 님께서
는 끝내 받아들이지 않으셨습니다."

여섯 번째 보고도 마찬가지였다. 가쓰이에는 이제 화를 낼 기력도
없는 듯했다. 만일 이곳이 전장이 아니었다면 눈물을 흘렸을지도 모를
정도로 참담한 모습을 하고 있었다. 그저 탄식에 잠겨 자신을 책망하
며 '내가 어리석었다……'고 평소 겐바노조에게 보인 맹목적인 사랑을
후회하기 시작했다.

오로지 군율 하나로 엄숙히 통솔되어야 할 전장에서 겐바노조는 평

소와 다름없이 숙질 사이의 감정에 따라 버릇없는 태도로 흥망의 처결을 향해 자신의 독단을 고집했다.

'난처하게 되었구나!'

가쓰이에는 속으로 그렇게 생각하며 뼈저리게 후회했다. 가쓰이에의 주먹은 무릎에서 부르르 떨고 있었다. 하지만 젊은 겐바노조로 하여금 그토록 방자하게 굴도록 한 사람이 누구인가? 누구도 아닌 숙부 자신의 맹목적인 사랑 아니었는가? 겐바노조의 소질을 지나치게 사랑한 나머지 얼마 전에는 양자인 가쓰토요와 나가하마 성을 잃었으며 지금은 전 시바타 군의 운명보다 더욱 커다란, 다시 돌이킬 수 없는 기운을 잃게 생겼다. 시바타 슈리 가쓰이에는 누구도 원망할 수 없는 회한의 밑바닥에서 암울한 기분에 잠기지 않을 수 없었다.

요시다 야소가 계속 겐바노조의 말을 전했다. 요시다 야소의 말에 따르면 겐바노조는 야소의 간곡한 권유를 일소에 부치며 다음과 같이 야유하고 조금도 들으려 하지 않았다.

"예전에는 시바타 나리 하면 귀신이라고도 불리고 신산귀모神算鬼謀의 대장이라고도 불렸을지 모르나, 지금은 기타노쇼 나리의 전법도 모든 명령도 이미 시대에 맞지 않는 낡은 것이 되어버렸다. 낡은 군략으로는 요즘의 전투를 수행할 수 없다. 이번 기습도 처음에는 좀처럼 허락하지 않으셨다. 어쨌든 이번 일은 겐바에게 맡기고 슈리 숙부께서는 기쓰네즈카에 머물며 한 이틀쯤은 구경을 하시는 것이 좋으리라 생각한다."

그렇게 말하는 사이에도 간논 고개와 하치가미네 방면의 새로운 지점에 적극적으로 소규모 부대를 파견하는 듯했다고 야소는 숨김없이 이야기했다.

가쓰이에의 근심과 참담한 마음은 차마 눈뜨고 볼 수 없는 것이었다. 가쓰이에가 그렇게 까지 절망한 이유는 히데요시의 진가를 누구보다도 잘 알고 있었기 때문이다. 평소 겐바노조나 측신들에게 들려준 평은 적을 두려워하지 않게 하기 위한 전략적 언사에 지나지 않았던 것이다. 가쓰이에는 주고쿠에서 물러난 이후 히데요시가 얼마나 무서운지 야마자키 전투에서도, 기요스 회의 때도 질릴 정도로 맛보았다. 지금 그 강적을 앞에 두고 건곤일척의 일전을 펼치기 위해 나선 첫 출진에서 뜻밖에도 아군에서 차질이 빚어진다면 아무리 가쓰이에 스스로 가쓰이에를 자부한다 할지라도 결전을 앞두고 어려움을 느끼지 않을 수 없었다.

"터무니없는 녀석이로구나. 이 가쓰이에, 지금까지 단 한 번도 불찰로 인해 적에게 빈틈을 보인 적이 없었는데……. 아아, 어쩔 수 없구나."

침통한 탄식 속에 밤이 깊어갔다. 결국 가쓰이에는 포기할 수밖에 없었다. 그 뒤로 더는 그곳으로 사자를 보내지 않았다.

그날 안으로

오가키에 있는 히데요시의 진소로 하시바 히데나가의 보고가 처음 도착한 날은 20일 오시(정오) 무렵이었다.

"오늘 새벽, 사쿠마 군 팔천 명이 샛길로 기습을 감행해 오이와 요새의 세베가 고전하고 있습니다."

기노모토에서 오가키까지는 백삼십 리였다. 파발마를 달렸다 해도 상당히 빠른 시간이었다. 그리고 얼마 뒤 바로 두 번째 보고가 전해졌다.

"시바타 가쓰이에의 본군 일만 이천 명도 같은 시각에 움직이기 시작했다고 합니다. 그들은 기쓰네즈카를 중심으로 북국 가도를 따라 히가시노 산 방면으로 포진해 심상치 않은 기운을 보이고 있습니다."

때는 마침 히데요시가 로쿠몫ㅅ 강변으로 나가 불어나는 물의 기세를 가늠하고 돌아온 순간이었다. 그제부터 어젯밤에 걸쳐서 미노 방면에 호우가 쏟아져 오가키와 기후 사이에 있는 고토合渡 강과 로쿠 강 모두 범람했다. 그로 인해 작전에 커다란 차질이 빚어지고 있었다. 예정대로라면 전날인 19일에 기후 성을 향해 일거에 총공격을 개시할 생각이었으나, 큰비가 쏟아지고 로쿠 강이 범람하자 강을 건널 수 없어서

하루 이틀 대기 상태로 있어야 했다.

히데요시는 진 밖의 말 위에서 첫 번째 전령의 보고를 받았다. 그는 고삐를 쥔 채 안장 위에서 전령이 건넨 글을 읽었다.

"큰일이로구나."

히데요시는 전령에게 그렇게 말했을 뿐 아무런 표정의 변화도 보이지 않고 진 안으로 돌아왔다.

"유코ㅃ리, 차를 한잔 내오게."

이윽고 유코가 차를 내오고 히데요시가 차를 거의 다 마셨을 무렵 두 번째 보고가 전해졌다. 그리고 겨우 반 각(한 시간)도 지나지 않아 세 번째 전령이 도착했다. 그는 호리 히데마사가 보낸 사람이었다. 히데마사의 글을 통해 선전을 펼치던 나카가와 세베가 목숨을 잃은 사실과 다카야마 우콘이 이와사키 산의 요새를 포기해 그곳을 잃었다는 사실 등 비교적 자세한 내용을 알 수 있었다.

히데요시는 막사 안의 걸상으로 자리를 옮겼다. 그리고 여러 막료들을 불러 모아 담담히 말했다.

"히데마사로부터 지금 이런 보고가 왔네만……."

각 장수들의 눈은 심상치 않은 빛을 띠었고, 히데요시 역시 세베가 전사했다는 보고를 전하면서 순간 눈을 감고 말았다.

"이처럼 안타까운 일이……."

각 장수들의 얼굴에 처연한 기운이 감돌았다.

"오이와 산의 세베는 이미 목숨을 잃었단 말인가."

장수들의 입에서 침통한 물음이 나왔다. 그리고 위기를 어떻게 대처할 것인지, 히데요시의 얼굴에서 읽어내려 하듯 모두 한곳을 응시했다. 그때 히데요시가 말했다.

"세베가 전사한 것은 참으로 안타까운 일이고 가여운 일이다. 하지만 헛된 죽음이 되도록 하지 않겠다…….”

히데요시는 한층 더 큰 소리로 말했다.

“기뻐하라, 기쁨을 세베에게 공물로 바쳐라. 싸움은 마침내 우리의 대승으로 끝날 것이라고 하늘도 고하고 있다. 오래도록 험한 지세에 의지해 숨은 채 나오지 않아 칠 방도가 없었던 시바타 놈도 지금은 스스로 요새에서 나와 승리를 자랑하며 멀리 진을 펼치고 있으니 이는 가쓰이에의 운이 다한 것이다. 놈이 진영을 펼치기 전에 무너뜨리면 잠시도 버티지 못할 것이다. 천하의 자웅을 겨뤄 우리의 커다란 뜻을 이룰 때는 바로 지금이다. 때가 찾아왔다. 모두 긴장을 늦추지 마라.”

위기를 알리는 청천벽력과도 같았던 비보는 히데요시의 한마디에 오히려 맑은 하늘을 가리키는 쾌보快報가 되었다. 히데요시가 ‘우리는 이미 대승을 거두었다’고 각 장수들에게 분명히 말한 것이었다.

히데요시는 곧바로 잠시도 틈을 주지 않고 속속 명령을 내리기 시작했다. 명령을 받은 각 장수들도 ‘때가 왔다’며 히데요시 앞에서 물러나 각자의 진영으로 달려갔다.

한때는 ‘이거 큰일이로구나’ 하며 위기를 느꼈던 사람들도 ‘이번 싸움의 승리에 기여하지 못하고 뒤에 남겨지는 게 아닐까’ 하며 걱정했다. 그러다 보니 히데요시의 명령이 떨어질 때까지 걸리는 시간조차 답답하다는 듯 긴장을 하고 있었다.

좌우의 시동과 측근을 제외하고 장수들 대부분이 명령을 받고 준비를 하기 위해 물러났다. 하지만 우지이에 유키히로, 이나바 잇테쓰와 같은 그 지방의 무사 두어 명과 직속 부하인 호리오 모스케 요시하루堀尾茂助吉晴에게만은 아직 아무런 명령도 떨어지지 않았다. 그러자 우지이에 유키히로가 기다릴 수 없다는 듯 먼저 히데요시에게 물었다.

“저희 부대도 함께 나설 준비를 하고 싶습니다만.”

“아니, 자네는 오가키에 남아 있게. 기후를 견제하기 위해.”

그리고 호리오 요시하루에게도 명령을 내렸다.

“모스케, 자네도 남도록 하게.”

히데요시는 그렇게 마지막 명령을 내리고 막사에서 나갔다. 그러더니 바로 큰 소리로 사람을 불렀다.

“사쿠나이, 사쿠나이! 조금 전에 말해두었던 전령들은 어떻게 되었나? 모두 모였는가?”

“네, 저쪽에서 명령을 기다리고 있습니다.”

가토 사쿠나이 미쓰야스加藤作內光泰가 바로 달려가 한편에서 기다리게 했던 약 오십 명의 건각들을 히데요시 앞으로 데리고 왔다. 조금 전 히데요시는 미쓰야스에게 ‘발이 빠르고 튼튼한 자로 오십 명 정도 준비해 두어라’ 하고 명령을 해두었던 것이다.

히데요시가 건각들에게 직접 말했다.

“오늘은 우리의 생애에 두 번 다시 찾아오지 않을 날이 될 것이다. 그날의 선봉으로 뽑힌 너희야말로 사내로 태어난 보람이 있다고 할 수 있을 것이다. 각자 평소 단련해온 다리를 뽐내기 바란다.”

히데요시는 그렇게 말하고는 명령을 내렸다.

“스무 명은 다루이垂井, 세키가하라, 후지카와藤川, 마케馬上, 나가하마 사이에 있는 마을의 백성들에게 해가 떨어지면 길 곳곳에 횃불을 밝히고 통행에 방해가 되는 수레나 소나 목재 등을 길에 두지 말고 아이들은 모두 집 안에 머물게 하고 위험한 다리는 당장 손을 보라고 큰 소리로 전하며 다녀라.”

“네.”

오른쪽 끝에서부터 스무 명이 일제히 고개를 끄덕였다. 나머지 서른 명에게는 다시 이런 명령을 내렸다.

"나머지 자들은 나가하마까지 한달음에 달려가 성안을 지키고 있는 자들과 힘을 합쳐, 거리의 노인과 각 마을의 백성들에게 기노모토까지 우리가 지나가는 길 곳곳에 간격을 두지 말고 먹을 것을 늘어놓으라고 전하라. 따뜻한 물, 횃불, 말먹이 등도 함께 놓으라고 전하라. 싸움이 끝나고 나면 너희에게도 상을 내릴 것이다. 어서 가라."

건각 오십 명이 바로 달리기 시작했다.

"말을 가져오너라!"

이윽고 와키자카 진나이가 말을 끌고 오자 히데요시가 오르려고 했다.

"나리, 잠시만."

그 순간 갑자기 우지이에 유키히로가 달려오더니 히데요시의 안장에 기대어 소리 없이 눈물을 흘렸다. 우지이에 유키히로는 오가키 성의 성주로 지역 무사의 우두머리라고 할 수 있었다.

히데요시는 기후를 견제하기 위해 우지이에만을 남겨두는 것을 불안해했을 뿐 아니라 간베 노부타카와 내통해 배반할지도 모른다고 의심하고 있었다. 그러다 보니 적을 견제하는 데 또 견제가 필요했던 것이다. 히데요시가 호리오 모스케에게 우지이에와 함께 남으라고 명령한 것은 그 때문이었다.

'의심을 받고 있구나.'

유키히로는 뜻밖이라고 생각했다. 그와 더불어 자기 때문에 호리오 모스케까지 천재일우의 결전장에서 제외되었다는 생각이 들어 견딜 수가 없었다. 유키히로가 진심을 호소하기 위해 히데요시의 말 앞에 기대서서 단도를 잡아 빼며 말했다.

"제가 따라가지 못하는 것은 어쩔 수 없는 일이나 호리오 나리는 꼭 데려가시기 바랍니다. 유키히로, 이 자리에서 배를 갈라 나리의 후환을 끊도록 하겠습니다."

"덤빌 것 없다, 유키히로."

히데요시가 채찍을 들어 그의 손을 쳤다.

"그렇게 지쿠젠을 따라오고 싶다면 뒤따라오기 바란다. 하나, 모두 떠난 뒤에 따라오라. 물론 모스케만 오라고는 하지 않겠다. 자네도 뒤따라오도록 하라."

"네, 저까지도?"

유키히로가 뛸 듯이 기뻐하며 막사 안을 향해 큰 소리로 말했다.

"호리오 나리, 호리오 나리. 허락을 받았습니다. 따라오라고 명령을 내리셨습니다."

호리오 모스케가 달려 나왔다. 두 사람 모두 땅바닥에 엎드렸다. 하지만 휙 바람을 가르는 채찍 소리가 들렸을 뿐, 히데요시의 말은 벌써 저 멀리 달려가고 있었다.

"앗, 출발하셨다."

당황한 측근들이 앞다투어 달려가며 외쳤다.

"뒤처져서는 안 된다!"

"뒤처질 수 없지."

그대로 달리기 시작하는 사람, 말 위로 뛰어오르는 사람 할 것 없이 대오를 맞추지도 않고 무리를 이루지도 않고 한꺼번에 우르르 주인의 뒤를 따라 달려 나갔다. 때는 미시(오후 2시) 무렵이었다. 첫 번째 전령이 도착한 뒤 히데요시가 출발하기까지 일 각(두 시간)밖에 지나지 않았다. 그 일 각 사이에 히데요시는 고호쿠에서의 패배를 오히려 하늘이 내린 승기라 단정하고, 그 자리에서 전군의 커다란 방침을 정한 뒤 건곤일척의 대도 백삼십여 리에 걸친 길에 포고령까지 내리며 태세를 갖추었다. 그리고 총병력 일만 오천의 선두에 서서 질풍처럼 달리기 시작했다.

하시바 군 이만 명 가운데 오천 명은 뒤에 남고 일만 오천 명이 방향을 틀어 히데요시의 뒤를 따랐다. 하지만 선두를 홀로 달리는 히데요시를 따라붙은 사람은 몇 되지 않았다. 기수인 이시카와 효스케, 군 전반의 행정을 맡고 있던 히토쓰야나기 이치스케와 가토 미쓰야스 두 사람, 시동 중에는 가토 도라노스케, 와키자카 진나이, 히라오 곤페이, 이시다 사키치, 가스야 스케에몬糟屋助衛門 등 일고여덟 명의 무리가 히데요시 주변에서 달리고 있을 뿐이었다.

나가마쓰, 다루이, 세키가하라를 지나 산 사이로 접어들자 말없이 달리던 사람들은 처지기 시작했다. 그 대신 말을 탄 사람들이 앞서 달려 나갔다. 하지만 히데요시의 모습은 여전히 선두에 있었다. 후와를 지나자 앞서 달리던 히데요시와 일고여덟 기의 그림자가 갑자기 가도에서 모습을 감추고 말았다.

"앗, 어디로 갔지?"

정신없이 달려오던 기마, 그리고 기마의 흐름에 맞춰 달려온 무사들이 다마玉 촌 부근의 가로수에 둑처럼 멈춰 있었다.

"대체 어디로 가신 거지?"

"이쪽 길에는 보이지 않아."

"아뿔싸, 다른 길로 가신 것이 틀림없어."

"그렇다면 이부키의 기슭으로 난 길일 거야. 다마 촌에서 강 쪽으로 돌아들면 후지藤 강, 상평사上平寺(조헤이지) 아래, 슌소春照 촌을 지나 이 가도를 가는 것보다 틀림없이 스무 정 정도는 빠를 거야."

"그래, 그 길이다. 돌아가자."

"모두 발걸음을 돌려라."

"뒤에 오는 자들은 발걸음을 돌려라."

여전히 달려오는 사람들과 돌아서려는 사람들로 소용돌이와도 같은 혼란이 빚어졌다. 개중에는 그런 시간조차 아깝다는 듯 그대로 북국 가도를 따라 채찍을 들어 곧장 달려 나가는 사람도 있었으며, 다마촌의 갈림길에서 이부키 산의 기슭을 바라고 좁은 샛길로 서둘러 가는 사람들도 있었다.

어쨌든 히데요시를 따르던 수많은 장병이 히데요시에게서 떨어지지 않기 위해, 또 다른 사람에게 앞자리를 양보하지 않기 위해 예기를 겨루며 앞을 다투었다. 전국 시대 곳곳에서 크고 작은 전투는 끊임없이 일어났으나 그날처럼 선두 경쟁이 치열했던 적은 없었다.

당시에도 앞서 달려가는 것이나 아군끼리 다투는 것은 군율로 엄하게 금지하고 있었다. 하지만 그날 히데요시는 평소의 규율을 풀어 장병들의 기개와 뜻에 모든 것을 맡긴 것이었다. 그것도 말이나 법문으로 보인 것이 아니었다. 그 자신이 가장 먼저 달려 나가 아군 일만 오천의 선두에 선 것이었다.

게다가 그날 그가 내린 커다란 방침도 그렇고, 달려가고 있는 전장도 그렇고 모든 사항이 장막 안에서 짧은 시간 동안 단번에 결정되었기에 상세한 내용을 자세히 알고 있는 사람은 수뇌부뿐이었으며 일만 오천의 병사 대부분은 그저 기노모토로, 기노모토로 달려가며 '이번 싸움은 우리가 이겼다고 대장께서 말씀하셨다'는 것 말고는 무엇 때문에 급히 서둘러 가는 것인지 아무것도 모른 채 달리고 있었다. 하지만 병사들은 '대장께서 급히 서두르시니……' 하고 신념과 신뢰만으로 앞서가는 사람을 뒤따르고 있었다.

"죽고 사는 것은 이미 정해진 일. 어차피 생사를 초월할 바에는 우리 대장에게 모든 것을 맡기자. 지쿠젠노카미 님을 따라가자!"

바로 그것이 병사들의 기백이었다. 거짓 없는 마음이었다. 그들은 말을 탄 장수에게 뒤떨어지지 않도록 부지런히 달렸으며, 개중에는 피를 토하며 쓰러진 병사도 적잖이 나왔다. 병사들이 그러한데 벚꽃의 꽃망울과도 같은 한창 나이의 시동들은 말할 것도 없었다.

"이랴, 이럇. 앞에 가는 말, 너무 느리다. 비켜라. 비키지 않으면 다친다."

산기슭의 샛길은 좁았다. 그러다 보니 등자 하나만큼만 벗어나도 뒤따르는 사람이 고함을 질렀다. 아니, 아무런 이유가 없어도 앞에 가던 사람에게 따라붙으면 뒤에 있는 사람은 앞에 있는 사람을 위협해서 한 사람이라도 더 추월하려 했다. 그러한 경쟁은 한시라도 히데요시 곁에서 떨어지는 것을 수치스럽게 여기는 시동들 사이에서 가장 치열하게 벌어졌다.

앞뒤 가리지 않고 모두 한꺼번에 앞을 다투자 말과 말이 부딪치는 바람에 앞발을 쳐들고 울부짖는 말들도 적지 않았다.

"앗, 다리가 부러졌다."

가토 도라노스케는 안장 위에서 말의 머리를 뛰어넘어 땅 위에 섰다. 채찍을 너무 맹렬하게 가했기에 그가 자랑하던 준마도 마침내 쓰러지고 만 것이었다. 그 말은 그가 세이슈 미네노 성을 공격했을 때 적의 철포 대장인 오우미 신시치近江新七를 쓰러뜨린 공으로 히데요시에게 받은 흑마였다. 말을 받았다는 것은 주인으로부터 '말을 타도 좋다'는 허락을 받은 것이나 다를 게 없었다. 그래서 안장을 얹기는 했으나 말을 가지고 있지 않은 동료들의 마음을 생각해서 아직 말에 오른 적은 없었다. 그저 고삐를 잡고 끌고 다니며 자랑스러워하기만 했다. 하지만 오늘이야말로 하사받은 준족을 자랑할 때라며 시종 히데요시의 뒤에서 떨어지지 않고 달려왔으나 이제는 어쩔 수 없이 그것을 버릴 수밖에 없었다. 그는 부지런히 뒤따라오는 부하를 불렀다.

"이봐, 마타조又藏. 갈아탈 말을 끌고 오너라. 빨리 와!"

그러는 사이에도 기마, 보병은 그의 모습에 눈길 한 번 주지 않고 질풍처럼 달려 나갔다. 도라노스케는 초조해서 견딜 수가 없었다.

"이봐 마타조, 로쿠스케 빨리 와!"

도라노스케가 발을 동동 구르며 외쳤다. 그때 평소 얼굴을 알고 지내던 다니 헤이다유谷兵太夫가 하마터면 말 머리로 그를 들이받을 뻔했다. 헤이다유가 깜짝 놀라 고삐를 당기며 고함쳤다.

"멍청한 놈. 좀 더 길가로 물러나 있어!"

도라노스케도 지지 않고 맞받아쳤다.

"말을 똑바로 달리게 하지 못할 바에는 그 말을 내게 넘겨."

"애송이가 무슨 소리를 하는 거야. 도중에 다리가 부러지는 말을 가진 주제에 시건방진 소리 하지 마. 조심스럽지 못한 풋내기 녀석. 앞으로는 조심해!"

헤이다유가 뒤돌아 땅 위를 힐끗 돌아보고 그대로 달려 나가려 했다. 그러자 도라노스케가 헤이다유의 등자를 쥐고 말했다.

"다니 나리, 잠시만. 말은 쓰러졌으나 도라노스케의 다리는 보시는 것처럼 건강하오. 곧 적의 명마를 빼앗아 보이겠소. 창을 쓰는 것도 나리께 뒤지지는 않을 것입니다. 잘 기억해두시기 바랍니다."

"시건방진 소리 하지 마."

헤이다유는 채찍을 휘둘러 다른 말들의 무리 속으로 달려 들어갔다.

마침내 도라노스케의 창을 든 사람과 갈아탈 말을 끄는 사람이 뒤따라왔다. 하지만 그 갈아탄 말도 곧 쓰러져버리고 말았다.

"에잇, 귀찮구나."

도라노스케는 타고난 다리로 땅을 힘껏 박차고 나갔다. 하지만 갑옷이 무거워 달리는 데 거추장스러웠기에 결국에는 그것을 벗어 하인에게 지게 하고 단지 하얀 천에 붉은 뱀의 눈이 그려진 겉옷 하나만을 입고 바람처럼 달렸다. 그리고 어느 틈엔가 다시 히데요시 옆까지 따라붙었다.

히데요시가 오가키에서부터 타고 온 말 역시 숨이 끊어지고 말았다. 어쩔 수 없이 도중에서 말을 갈아탔다. 그곳은 이부키 산기슭의 마케라는 마을이었다. 히데요시가 말을 갈아타고 있자니 그곳 절의 승려 부부가 경단을 바치러 왔다.

"행군 중의 즐거움 삼아."

"보시인가? 고맙소."

히데요시가 말 위에서 바로 경단을 먹으며 물었다.

"여기는 무슨 마을인가?"

"마케 촌입니다."

그 답이 마음에 들지 않았기에 히데요시가 다시 물었다.

"마케지馬上寺 촌, 마케지 촌 아닌가?"

승려는 '마케[246]'라는 말이 불길하다는 사실을 깨닫고 다시 말했다.

"네, 네. 마케지 촌입니다."

히데요시는 껄껄 웃으며 채찍으로 먼 곳을 가리키고 있었다. 질주하는 말의 등에서 때때로 햇발을 바라보았다. 잠시도 시간이 흐르는 것이 아까운 모양이었다.

산기슭 샛길에서 벗어나자 다시 원래의 가도가 나왔다. 산길에서는 황혼에 가까운 것이 아닐까 여겨졌는데 밝고 넓은 곳으로 나오자 석양까지 아직 꽤 시간이 남아 있었다.

"어찌 된 일이냐?"

히데요시가 전후의 신하들에게 물었다.

---

246 '마케'는 일본말로 '지다, 패하다'라는 뜻. '마케지'는 '지지 않다'라는 뜻.

"지금까지는 연도의 마을 모두 미리 말해둔 대로 식량, 횃불을 빈틈없이 잘 준비해두었는데, 이 부근에는 명령이 전달되지 않은 듯하구나."

"그럴 만도 합니다."

이시다 사키치가 바로 대답했다.

"명을 받든 무리는 모두 두 다리로 먼저 달려 나갔으니 아무리 발이 빠르다 할지라도 그렇게 언제까지고 나리의 말보다 앞서갈 수는 없었을 것입니다. 벌써 모두 추월당해 뒤에 있는 듯합니다."

"그런가? 아니, 그 말이 맞겠군. 그렇다면 우리가 가며 말을 전해야겠군."

마을이 나타날 때마다 히데요시는 타고난 커다란 목소리로 외쳤다.

"마을 사람 모두 들으시오. 히데요시, 오늘 밤 안으로 시바타 가쓰이에를 무찌를 방도가 있기에 달려가고 있소. 집집마다 쌀과 콩을 미지근한 죽으로 쑤어서 뒤따라오는 무사들에게 먹게 해주시오. 밤이 되면 횃불을 밝혀 달려가는 무사들의 편의를 도와주시오. 전쟁이 끝나면 상을 내릴 것이며, 쌀과 콩은 모두 열 배로 갚아주겠소."

그렇게 해서 이시다石田 촌, 주조十條, 난고南鄕를 순식간에 달려 마침내 가로수 너머로 호수가 보이기 시작했다.

"오, 나가하마."

"벌써 나가하마다."

쩔그럭쩔그럭 흔들리며 울리는 마구와 갑주의 격류 속에서 사람들은 목소리로, 또는 채찍으로 서로를 격려했다.

나가하마의 번화가는 솥이 끓는 것처럼 떠들썩했다. 이곳은 기노모토, 시즈가타케와 가깝다 보니 오늘 새벽 이후부터 전선의 붕괴에 전전긍긍하고 있었다. 그렇게 극단적으로 떨고 있는 민심은 히데요시 군의 선두가 달려오자 그만큼 더 반동적으로 들끓어 올랐다.

"오가키의 아군들이 돌아왔다."

"지쿠젠 님께서 선두에 섰다."

"됐다, 이제 안심이야."

"정말 빠르기도 하지!"

백성들은 히데요시의 모습을 보고 크게 감동한 듯 '와아, 와아' 하고 환호인지 울음소리인지 분간할 수 없는 절규를 올리며 미친 듯이 손을 흔들었다.

히데요시와 선두에 선 부대가 나가하마에 들어선 것은 신시(오후 5시)였다. 그리고 일만 오천 명에 이르는 후속군이 꼬리에 꼬리를 물고 속속 도착했으며, 그 무렵 오가키에서는 마지막 인마가 출발했다. 그렇게 많은 병사가 뒤따라오니 히데요시가 떠나기 전 연도의 민가에 횃불과 식량을 준비하라고 명령한 것이었다.

히데요시는 나가하마에 도착하자마자 선봉을 위한 준비도 게을리하지 않았다. 그는 갑작스러운 변을 당해 그저 신속하게 움직이는 것만이 아니라 고도의 전략으로 움직였다. 그 부분에 대해서는 가와스미도오쿠川角道億가 그 상황을 자세히 묘사하고 있다.

길 곳곳의 촌장, 부농 등을 불러 모아 말여물까지 함께 준비하라. 모두 가지고 있는 쌀을 내서 밥을 짓도록 하라. 쌀은 농민들 자신의 쌀이라면 열 배로 쳐서 후에 갚으리라. 급히 서두르라며 자신이 직접 이야기했다.

밥이 되면 빈 가마니를 찢고 그 끝을 그대로 두어라. 가마니를 두 개로 자르고 소금물에 잘 적셔 밥을 넣어라. 준비를 마쳤으면 우마로 시즈가타케를 향해 급히 나르라.

여물에는 나뭇가지나 종이 등으로 표시를 해라. 계속해서 뒤따라오는 사람이 늘어나면 지친 자들도 많을 것이다. '이것을 먹고 가라, 먹고 가라'고 말해주어라. 틀림없이 먹어야 할 자들이 많을 것이다. 빼앗아 먹으려는 자가 있으면 그대로 먹게 하라. '옷에 싸가지고 가라', '헝겊 등에도 싸가지고 가라'고 이야기해주어라.

설령 빼앗아 가져간다 해도 후에는 모두 함께 먹을 수 있을 것이다. 여물을 먹으려고 하는 자가 있으면 '이는 말의 여물이나 필요하다면 주겠다'고 말하고 그것 역시 건네주어라.

이와 같은 주도면밀한 준비는 사람의 미묘한 심리를 잘 이용한 데서 나온 듯싶다. 그 시대의 성격상 군민의 참된 협력을 얻어내기란 쉬운 일이 아니었다. 목숨을 바치겠다는 장병과 사사로운 정을 가지고 있는 백성들을 하나로 묶는 것은 결코 쉬운 일이 아니나, 히데요시는 별 어려움 없이 그들을 하나의 밧줄로 연결해놓았다.

히데요시라 할지라도 싸움인 이상 사실은 승패의 귀결을 예측하기 어려웠을 테지만, 우리가 이긴 싸움이라고 말해 사기를 올렸으며, 민중에게 희망의 대도를 내보였다. 그러니 백성들이 협력하지 않을 리 없었다.

쌀은 한 집당 한 되씩 내오라고 했으나 그들은 다섯 되고 한 말이고 짊어지고 나왔다. 노인과 어린아이는 집에 있으라고 했으나 장작을 나르고 물을 퍼 날랐으며, 지나는 병사들에게 더운 물을 주고 먹을 것을 바쳤다.

여자들도 순수한 마음과 정을 담아 부지런히 일했다. 특히 아가씨들이 흔드는 손이나 보내는 눈길은 젊은 무사들에게 애호의 감정을 품게 했다.

횃불과 모닥불이 길가에 끝도 없이 늘어서 있었다. 그 불은 번화가에서 마을을 지나 호숫가의 물에 반사되었으며, 산그늘과 산기슭을 따라 이어졌기에 땅거미가 질 무렵에는 일대 장관을 이루었다.

히데요시는 말 위에서 주먹밥을 먹고 더운 물로 잠시 목만 축인 상태로 벌써 나가하마를 벗어나 소네, 하야미速水를 달려가고 있었다. 그리고 목적지인 기노모토에 도착한 것은 술시(오후 8시)로 아직 초저녁이었다. 오가키에서부터 어림잡아 다섯 시간이 걸렸다. 한걸음에 주파한 것이었다. 당시로서는 놀라운 속도라고 해도 좋을 것이다. 하지만 문제는 속도가 아니었다. 그의 대범하고 명쾌한 통솔과 거침없는 방략의 결단에 있었다.

타나가미 산에는 하시바 히데나가의 휘하 일만 오천이 있었다.

기노모토는 산의 동쪽 기슭을 따라 난 가도의 역참 중 하나로 산 위 부대의 일부가 그곳에 주둔하고 있었으며 마을 끝의 아자지조字地藏라는 곳에 지붕이 없는 망루를 설치해서 척후 진지로 삼고 있었다.

"여기는 어디냐?"

히데요시가 힘차게 달리던 말을 급히 멈춰 세운 뒤 말 등에 찰싹 달라붙은 채 물었다.

"지조입니다."

"기노모토의 진지 근처입니다."

저마다 대답했지만 히데요시는 다 흘려듣고 안장에 앉은 채 말했다.

"더운 물을 한 모금, 냉수여도 상관없다."

히데요시는 국자의 손잡이를 짧게 잡아 벌컥 한 모금 마신 뒤 비로소 가슴을 폈다.

주둔 부대의 부장이 말 앞으로 달려와 인사를 했으나 히데요시의 주의를 끌 시간도 없었다. 히데요시와 동시에 말에서 내린 사람들, 다섯 마신, 열 마신, 또는 반 정, 한 정 정도의 차이로 연달아 달려온 사람들이 우르르 한꺼번에 말에서 내렸기 때문이다. 부근은 삽시간에 노도에 휩싸이고 말았다.

"꽤나 높구나."

히데요시는 바로 발걸음을 옮겨 망루 아래쪽까지 다가가 허공을 올려다보고 있었다. 지붕이 없는 망루였기에 계단도 없었다. 받침대를 밟으며 기어 올라가야 했다.

그는 갑자기 젊은 시절 일개 병사였던 때의 일이 떠오른 모양이었다. 감즙으로 물들인 부채(지휘할 때 썼다)의 끈을 허리에 찬 칼의 고리에 묶더니 망루의 받침대로 발을 가져갔다. 시동들이 엉덩이를 차례차례 밀어 올려 인간 사다리를 만들었다.

"앗, 위험합니다."

"지금 곧 사다리를."

멀리서 외쳤으나 히데요시의 모습은 이미 두 길이 넘는 허공에 서 있었다.

그날 밤, 하늘은 청명했다. 비노尾濃 평야를 지난 폭풍의 여파도 가라앉아 조용히 별이 빛났으며, 비와, 요고 두 호수는 크고 작은 거울을 던져놓은 것처럼 보였다.

히데요시는 조금 전 말 위에서는 지쳐 보이더니 그곳에 서자 의연한 그림자를 우주에 내보이는 것처럼 보였다. 그에게 즐거움은 있어도 피로는 없는 것처럼 보였다. 위기가 크면 클수록, 노고가 깊으면 깊을수록 정반대가 되는 보람을 품는 것이리라. 역경을 극복한 뒤, 역경을 돌아봤을 때의 쾌감, 큰 일이든 작은 일이든 이는 어렸을 때부터 맛보아온 것이었다. 인생의 참된 즐거움은 성공하느냐, 실패하느냐 하는 괴로운 갈림길에 있다고 스스로 이야기하는 이유이기도 했다.

히데요시는 그곳에서 가까운 시즈가타케, 오이와 산 등을 내려다보며 승산이 있다고 판단했다. 하지만 그는 누구보다 조심스러운 사람이었다. 그의 습성에 따라 일단 조용히 눈을 감고 있었다. 그리고 자신을 적도 아니고 아군도 아닌 대우주 위에 놓았다. 천지의 운행과 인간 항쟁의 지도를 아울러 살펴보며 자신이 이길지, 상대가 이길지 사심 없이 냉정하게 둘러보았다. 병력의 많고 적음이네, 우리 하시바 군이네, 이 히데요시네 하는 모든 자가당착에서 벗어나 순수하게 우주의 마음이 되어 천의天意의 답을 들은 것이었다. 마침내 히데요시가 중얼거렸다.

"우선, 대충은 끝났구나……."

그리고 미소를 보였다.

"사쿠마 놈이 섣불리 나섰구나. 애송이, 무엇을 꿈꾸는가."

그날 밤, 망루에서 적의 진지를 둘러본 히데요시가 '대충은 끝났구나'라고 말한 것으로 봐서 그가 이미 모든 전국에 대해 침착하게 여유를 갖게 되었다는 사실을 알 수 있다.《무가군기武家軍紀》의 기록에 따르면 히데요시는 혼잣말 뒤에 펄쩍 뛰며 기뻐했다고 한다.

사쿠마 놈이 섣불리 나섰구나. 모두 몰살하겠다며 작약했다. 비토 진에몬尾藤甚右衛門, 도다 사부로시로戶田三郎四郎 등이 아래서 듣고 주인이 어째서 기뻐하시는 것이냐 하며 웃었다.

여기서 주인이란 물론 히데요시를 말한다. 여러 장수들이 '어째서 기뻐하시는 것이냐'라고 말할 정도이니 그가 망루에서 적진을 둘러본 순간 '이젠 됐다'고 손뼉을 치며 얼마나 기뻐했는지를 가늠해볼 수가 있다. 그가 무엇을 그렇게 기뻐했는지는 '사쿠마 놈이 섣불리 나섰구나'라는 말 한마디에 잘 드러나 있다. 사쿠마 겐바노조가 위험을 무릅쓰고 적진 속에서 오이와, 이와사키 두 요새를 일거에 빼앗아 교만한 깃발을 내걸고 '천하에 이 겐바 님만 한 전략가도 없다'며 자부했지만 히데요시의 눈으로 보면 풋내가 나는 '애송이 겐바' 정도에 지나지 않았던 모양이다.

병법에 따르면 주목해서 봐야 할 적의 아홉 가지 부분이 있다. 그 요강을 '상相', '체體', '용用'의 삼위三位, 삼단三段으로 나누어 아홉 개의 주목할 부분과 아홉 개의 계戒와 아홉 개의 대사大事를 보인다. 그리고 미묘한 움직임 모두 여기에 있다고 주장하는 것이다.

    (상)······절切······분紛······위位

    (체)······극隙······응凝······이弛

    (-용)······기起······거착居着······진盡

겐바노조의 경우를 보면 싸우기도 전에 그는 적과 대치하는 '상'의 기간에 히데요시의 '분'을 잡아 '극'을 잘도 찔러 기습을 성공시킨 것이라 할 수 있다. 다시 말해 '용'의 용병, 서전의 일어섬一起一의 질풍신뢰疾風迅雷라는 점에 있어서는 유감이 없었으나, 가쓰이에가 여섯 번에 걸쳐 보낸 사자를 물리침으로써 '절'을 취하지 않고 그날 밤 진지를 움직이지 않았던 것은 병법에서 꺼리는 '거착'의 경계를 무시한 것이었다. 히데요시가 둘러보고 '애송이, 머물러 있구나'라며 손뼉을 쳐서 뜻대로 되었음을 나타낸 이유가 바로 여기에 있었던 것이다.

망루에서 내려온 히데요시는 바로 미노베 간자에몬美濃部勘左衛門이라는 그 지방의 무사를 길잡이로 삼아 다가미 산 중턱으로 올라갔다. 그곳에서 하시바 히데나가의 영접을 받고 지시를 내린 뒤 다시 산을 내려왔다. 그리고 구로다黑田 촌을 건너 간논 고개를 지나 요고의 동쪽에 있는 차우스 산에 접어든 뒤에야 비로소 결상, 아니 궤짝 위에 자리를 잡고 앉았다. 그 무렵까지 뒤따라 달려온 장병의 숫자만 해도 이천 명에 이르렀다.

궤짝에 앉은 히데요시는 낮부터 흘린 땀과 먼지로 뒤범벅된 감색 겉옷을 입고 감즙으로 물들인 부채를 천천히 움직여 전투 지휘를 하고 있었다. 때는 한밤중, 시각으로 따지면 해시에서 자시로 넘어갈 무렵(오후 11시)이었다.

후군後軍

가미네蜂ヶ峰는 하치가미네鉢ヶ峰라고도 쓴다. 시즈가타케에 이어진 동쪽의 한 산을 말한다.

사쿠마 겐바노조는 저녁에 한 부대를 그곳에 올라가게 했다. 이튿날 아침에 있을 시즈가타케 공격에서 이이우라飯浦 고개, 시미즈清水 계곡 등의 북서쪽에 있는 아군 선봉 부대와 호응해서 적을 고립 상태에 빠뜨릴 의도였다.

별은 하늘 가득 흩어져 있었다. 하지만 산속의 밤은 매우 어두웠다. 숲과 관목으로 뒤덮인 산들도 어둠에 잠겼으며 큰길과 좁다란 산길이 한 줄기 뻗어 있을 뿐이었다.

"뭐지?"

한 사람이 중얼거렸다. 네다섯 명의 초계병 사이에서 나온 소리였다.

"뭐가 뭐란 말이야?"

또 다른 사람이 물었다.

"이리 좀 와봐."

조금 떨어진 곳에서 처음 말한 사람이 보초병들을 불렀다. 그러자 바삭바삭 관목을 밟는 소리가 들리더니 보초병들이 한곳으로 모여들었다. 한 사람이 남동쪽을 가리키며 말했다.

"저쪽 하늘이 묘하게 밝은 것 같은데."

하지만 다른 보초병들의 눈에는 갑자기 알아볼 수 있을 정도의 이변은 없었다.

"어디를 말하는 겐가?"

"아니, 그쪽이 아니야. 저기, 저 커다란 노송나무 오른편에서부터 훨씬 남쪽에 걸쳐서."

"난 또 뭐라고."

보초병들이 모두 웃었다.

"저건 오쓰나 구로다 촌 부근이니 농민들이 뭔가 태우고 있는 거겠지."

"마을에 사람들은 없을 텐데. 모두 산으로 달아났잖아."

"그럼 기노모토에 머물고 있는 적의 횃불이겠지."

"아닐세, 구름이 낮은 밤이라면 모르겠지만 이렇게 맑은 밤에 저 정도로 하늘을 물들였으니 조금 이상해. 그래, 여기는 눈을 가리는 나무가 많지만 저 절벽 위로 올라가면 잘 보일 거야."

"그만두게, 위험해."

"발을 헛디디면 계곡 밑으로 떨어질 게야."

보초병들이 말렸으나 처음 말을 꺼낸 병사는 벌써 덩굴을 붙들고 기어오르기 시작했다. 기어오른 병사의 그림자가 바위산 정상에서 원숭이처럼 보였다. 그 순간 그 병사의 입에서 외침이 들려왔다.

"아, 큰일이다."

아래서도 놀랐다.

"뭐야! 뭐가 보이는가?"

"……"

위쪽의 그림자는 얼이 빠져 몸이 굳어버린 모양이었다. 아래 있던 병사들도 하나하나 위로 올라갔다. 그리고 모두 밤바람 부는 하늘에 몸을 움츠렸다. 그곳에 올라서면 요고, 비와 두 호수는 물론 호수를 따라 남쪽으로 한 줄기 뻗은 북국 가도와 이부키의 기슭까지 한눈에 내려다보였다.

밤이라 정확히 알 수는 없었으나 나가하마 부근이라 여겨지는 지점을 관통해서 이곳 기슭 가까이에 있는 기노모토까지 한 줄기 광염光焰이 강처럼 흐르고 있었다. 횃불, 모닥불의 흐름이 끊임없이 이어지고 있었다. 활활, 그리고 점점이 끝도 없이 불빛이 흐르고 있었다.

"세상에!"

한동안 눈을 빼앗겼던 보초병들은 부대의 진지로 알리기 위해 미끄러지듯, 뒹굴듯 달려갔다.

"빨리 서둘러."

겐바노조는 내일을 기다리며 일찍부터 막사에서 잠을 자고 있었다. 병사들도 잠을 자고 있었다. 말도 잠에 빠져 있었다.

해시(오후 10시) 무렵, 겐바노조는 몸을 벌떡 일으켰다. 무엇인가가 예민한 그의 긴장을 흔들어 깨운 모양이었다.

"쓰시마!"

겐바노조가 쓰시마노카미를 불렀다. 같은 막사 안에서 팔을 베개 삼아 자고 있던 오사키 쓰시마노카미大崎對馬守가 벌떡 일어섰을 때, 겐바노조 역시 일어나 무의식적으로 시동의 손에서 창을 낚아챘다.

"말의 울부짖음이 들렸다. 보고 와라."

"네."

쓰시마노카미가 장막을 걷어 올린 순간 '앗' 하고 외치는 사람이 있었다. 시미즈 계곡에 진을 치고 있던 사쿠마 가쓰마사의 부하 이마이

가쿠지今井角次였다.

"큰일입니다."

가쿠지의 첫마디에 겐바노조의 목소리도 흥분되었다.

"무슨 일이냐?"

가쿠지는 당황한 나머지 화급을 알리는 보고치고는 횡설수설했다.

"지금, 보초병의 보고에 따르면 미노지美濃路에서 기노모토까지 수십 리 사이에 수많은 횃불과 모닥불이 시뻘겋게 움직이고 있어 심상치 않은 기운이 있다고 합니다. 가쓰마사 님께서도 필시 적의 움직임일 것이라며 얼른 보고하라고 하셨기에 급히 달려왔습니다."

"뭣이, 미노지에서부터 불의 행렬이라고?"

겐바노조는 이해할 수 없다는 듯한 표정을 지어 보였다. 하지만 시미즈 계곡에서의 급보와 거의 비슷한 때에 하치가미네의 하라 후사치카에서도 보고가 전해졌다.

진중의 장병 모두가 일어나 어두운 소란 속에 있었다. '미노지를 통해 히데요시가 돌아왔다'는 소식이 전해졌기 때문이다. 하지만 겐바노조는 여전히 반신반의하는 듯한 모습이었다.

"설마 벌써?"

겐바노조는 도저히 이해할 수 없다는 듯한 얼굴이었다.

"쓰시마, 확인하고 오너라."

겐바노조는 명령을 내린 뒤 걸상에 앉아 애써 여유 있는 태도를 보이려 했다. 자신의 얼굴을 살피는 신하들의 심리가 미묘하게 움직이고 있기 때문이었다.

잠시 뒤, 오사키 쓰시마노카미가 말에 채찍을 가해 돌아왔다. 시미즈 계곡, 하치가 미네는 물론 방향을 바꾸어 차우스 산에서 간논 고개까지 둘러보고 오는 길이었다.

"횃불, 모닥불은 물론 귀를 기울여보니 말의 울부짖음, 말발굽 소리처럼 기노모토를 중심으로 심상치 않은 소리가 들려왔습니다. 속히 대책을 세우지 않으면 안 될 듯싶습니다."

"그렇다면 지쿠젠이란 말인가?"

"히데요시가 곧바로 돌아온 듯합니다."

"쳇, 이렇게까지 빠를 줄이야……."

새삼스럽게 놀란 겐바노조는 입술을 씹은 채 한동안 창백한 얼굴을 말없이 쳐들고 있었다.

잠시 뒤 겐바노조는 소의 울부짖음과 같은 목소리로 갑자기 철수를 명령했다.

"물러나자. 물러날 수밖에 없지 않는가. 적은 대군, 우리는 고립된 군이니."

조금 전 저녁때까지만 해도 숙부 가쓰이에의 명령에도 따르지 않고 강경하게 고집을 부리던 겐바노조는 발등에 불이 떨어진 듯 '어서 서두르라'며 하타모토와 시동들에게 철수 준비를 재촉했다.

"하치가미네에서 온 전령은 돌아갔느냐, 아직 있느냐?"

겐바노조가 말 등에 오르며 좌우에게 물었다. 아직 있다는 답을 듣자 말 앞으로 그를 불렀다.

"곧장 돌아가 히코지로(하라 후사치카)에게 전해라. 우리 본대는 지금부터 이곳을 출발해 시미즈 계곡, 이이우라 고개를 넘어 가와나미, 시게 산을 거쳐 물러날 생각이니 히코지로의 부대는 후군이 되어 뒤따라오라고……."

겐바노조는 명령을 내리자마자 하타모토들과 한 무리가 되어 새카만 어둠에 잠긴 산길을 달려 나갔다.

"히코지로를 뒤에 두면……."

그런 생각에 마음의 여유가 조금 생기기 시작했다. 그렇게 해서 사쿠마의 본대가 총퇴각을 시작한 것은 해시(오후 11시) 무렵으로, 그날 밤 달이 뜬 것은 요즘 시간으로 하면 11시 22분이었다. 따라서 약 삼십 분 동안은 적에게 이동을 들키지 않기 위해 횃불도 켜지 않고 오로지 흔들리는 화승과 별빛에만 의지해서 어두운 길을 가야 했다.

결국 겐바노조의 근본적 오류가 부하 장병들을 극도로 당황하게 만들고 말았다. 오제 호안小瀨甫庵의 《호안 태합기》에 기록된 내용만 봐도 얼마나 혼란스럽고 어수선했는지 어느 정도 짐작해볼 수 있다.

겐바노조의 진중도 마침내 소란스러워져 퇴각을 위해 북적거렸는데 어젯밤에는 험한 산길을 서둘러 걸어왔고, 낮에는 하루 종일 싸웠기에 어디로 가는지도 모르는 밤길, 조릿대 위의 이슬과 함께 쓰러졌다가 일어나서는 넘어지고, 넘어졌다가는 일어나 길을 서둘렀다. 하다못해 달이 뜨면 가자고 아우성치는 동안 스무날의 달이 산 끝으로 희미하게 걸려…….

험한 산길로의 퇴각은 이튿날 새벽 3시가 넘을 때까지 약 네 시간에 걸쳐서 이루어졌다.

한편 히데요시의 진격과 이곳의 움직임을 시간적으로 대비해보면, 겐바노조가 퇴각 준비를 하고 있을 무렵, 히데요시는 다무라 촌에서 차우스 산에 올라 궤짝을 걸상 삼아 잠시 쉬고 있었다. 그곳에서 히데요시는 자신을 만나기 위해 시즈가타케에서 급히 내려온 니와 나가히데를 만났다. 그는 객장의 신분인 나가히데에게 예를 갖춰 대했다.

"지금 다른 말은 필요 없소. 오늘 아침부터 고생이 많았소."

히데요시는 그렇게 인사를 한 뒤 나가히데와 함께 걸상에 앉아 적의 상황과 지세를 살폈다. 때때로 두 사람의 웃음소리가 산 위의 밤바람을 타고 흘러나왔다.

그사이 이백 명, 삼백 명씩 히데요시를 따라온 장병들이 속속 도착했다. 그의 주변은 만조를 맞은 것처럼 시시각각 병사들을 더해갔다.

"하치가미네 부근에 일부 후군을 남겨두고 겐바의 부대는 벌써 시미즈 계곡으로 물러나기 시작했습니다."

척후병이 뻔질나게 드나들며 상황을 보고했다.

히데요시는 나가히데에게 명하여 아군의 각 요새에 다음과 같은 내용을 전달하게 했다.

- 나는 축시(이튿날인 20일 오전 2시)부터 겐바를 급히 추격하겠다.
- 백성까지 동원해서 여명이 밝아오면 각 산 위에서 커다란 함성을 발할 것.
- 날이 밝으려 할 때 일제히 총성이 울릴 것이다. 그때가 바로 독 안에 든 적을 단숨에 잡을 기회다.
- 미명의 총성은 적의 것이라 생각하면 된다. 총공격의 신호는 나팔로 할 것이다. 때를 놓쳐서는 안 된다.

니와 나가히데가 떠나자마자 히데요시도 걸상을 치우게 하고 자신의 주위를 경호하는 무사들에게 명을 내렸다.

"겐바는 달아났다고 한다. 겐바가 달아난 길을 있는 힘껏 추격하라. 날이 밝을 때까지 철포를 쏴서는 안 된다."

탄탄대로와는 달리 깎아지른 듯한 절벽이 많은 산길이었다. 진격을 위한 선봉이 속속 움직이기 시작했으나 뜻대로 나아갈 수는 없었다. 개중에는 말에서 내려 끌거나 서로의 허리를 밀어 길도 없는 습지나 절벽을 넘어가는 부대도 있었다.

한밤중 중천에 솟은 스무날 밤의 달은 사쿠마 군의 퇴로에도 도움을 주었고, 급히 추격을 시작한 히데요시 휘하의 장병들에게도 절호의 불빛이었다.

양군 사이의 거리는 서전 행동에 들어간 시간으로 봐서 세 시간 정도의 차이밖에 없었다. 히데요시가 이 국지전에 굳이 압도적인 대군을 투입했다는 것과 처음의 사기를 생각했을 때 양군의 승패는 싸우기 전부터 이미 결정 난 것이나 다를 게 없었다.

세상 사람들은 흔히 히데요시의 전법은 언제나 다수로 소수를 치는 것으로, 그러한 점에 있어서는 노부나가와 큰 차이가 있다고 평한다.

그에 히데요시는 옳지 않다고 말할 것이다. 작은 것보다 큰 것이 좋고, 적은 것보다 많은 게 좋은 것은 평범한 진리지 전략이나 신조라 할 수 있는 것이 아니기 때문이다. 가능하면 누구나 그렇게 하리라는 점은 말할 필요도 없는 사실이다.

히데요시의 경우는 평소 싸움이 없는 날에도 이 평범한 진리에 따라 업무와 정략을 처리했다. 그리고 '다섯 손가락으로 튕기는 것보다 한 주먹에 치는 것이 낫다'는 옛말에 따라 겐바 한 사람을 칠 때도 미노에서 되돌린 군을 모두 투입한 것이었다. 하지만 그는 그 숫자만을 맹신하는 어리석은 사람이 아니었다. 다섯 손가락은 그의 부하이며, 다섯 손가락을 주먹으로 만들려면 자신이 진두에 서야 한다는 사실을 일고 있는 통솔의 체현자였다. 통솔이야말로 그의 본령이었으며, 그의 참모습이었다고 해도 좋을 것이다.

짧은 여름밤이었으나 아직 날이 밝지 않았다. 사루가바비猿ヶ馬場까지 도착한 히데요시가 발밑에 펼쳐진 호수를 보고 말했다.

"저것이 요고인가?"

"요고입니다."

히데요시 주변 무사들이 대답했다.

히데요시는 고삐를 멈추고 지세를 살피는 듯했다.

탕, 탕, 탕…….

왼쪽 고지대에서 총성이 들려왔다. 커다랗게 외치는 무사들의 소리도 메아리쳤다. 히데요시가 다시 물었다.

"사쿠마 군의 후미인 듯하구나. 물론 겐바가 기른 무사일 테지만, 저 씩씩한 적은 누구인가?"

"후미에 선 적장은 하라 후사치카라고 들었습니다."

무사 중에 한 명이 대답했다.

"아, 그 하라 히코지로란 말이냐?"

뭔가 떠오르는 것이 있는지 히데요시는 혼자 고개를 끄덕인 뒤 한동안 더 메아리에 귀를 기울였다. 멀리서 들려오는 총성과 함성은 새카만 어둠에 잠긴 산 중턱을 지나 전투 지점을 점점 서쪽으로, 서쪽으로 옮겨가고 있는 듯했다. 또 때로는 뒤따라가던 하시바 군이 반대로 역습을 받아 양군이 아수라장을 이루며 외치는 소리가 바로 근처에서 들려오는 듯했다. 그러한 격투를 생각하며 히데요시가 말했다.

"히코지로 놈이 후미에 섰다면 하치가미네로 향한 아군도 틀림없이 고생을 하겠군. 하지만 상관없겠지……."

그리고 다시 말을 몰기 시작했다. 히데요시의 주력은 서전의 불길이 번지고 있는 하치가미네와 반대 방향으로 내려갔다. 그 길을 비스듬히 내려가면 오노지 산을 오른쪽으로 바라보며 마침내 요고 호숫가에 위치한 니와토노하마에 이르게 된다. 그 언덕길에는 끊어진 짚신, 수건, 부러진 화살, 삿갓, 마분 등이 짓밟아놓은 것처럼 여기저기 흩어져 있었다.

"겐바의 군도 오노지에서 이곳을 가로질러 시미즈 계곡으로 넘어간 모양이구나. 보아라, 땅에 남기고 간 이 당황한 흔적들을."

히데요시가 생각한 대로 사쿠마의 본대는 바로 일 각(두 시간) 전에 이곳을 지났다.

"서둘러라. 날이 밝기 전까지 따라붙어야 한다. 달아나는 적과의 거리도 그리 멀지 않다. 조금만 더 가면 된다, 조금만 더."

요고 호수의 수면이 조금 밝아진 것 같은 느낌이 들었다. 험한 비탈길로 접어들자 히데요시는 말에서 내려 젊은이에게도 뒤지지 않을 만큼 힘차게 걸었다.

이윽고 호숫가에 다다랐다. 잔잔한 수면 위로 날이 희붐하게 밝기 시작했다.

"식량을 먹어라, 식량을 먹어라."

히데요시는 그렇게 명을 내린 뒤 휴대용 식량을 먹었다. 하지만 불은 일체 피우지 않았다. 어제저녁, 미노 가도를 급히 행군해올 때 길가의 백성들에게서 받은 주먹밥을 선 채로 먹을 뿐이다. 그리고 약속이라도 한 듯, 병사들은 물가로 머리를 숙여 말처럼 호수의 물을 마시기 시작했다.

"목이 마르다고 물을 너무 많이 마셔서는 안 된다. 낮이 되면 볕이 뜨거울 게다. 공을 세우기도 전부터 땀을 많이 흘려 덧없이 퍼지면 안 된다."

두 부장이 병사들에게 외쳤다.

밤새 뒤늦게 따라온 병사들이 속속 도착했기에 이곳의 주력은 더욱 증강되었다. 날이 밝아 구름도 없는 21일, 아침 하늘 아래서 대략 인원을 살펴보니 육칠 천의 병사들이 모인 듯했다. 그 흔들리는 갑주의 물결 위에서 눈에 익은 금 표주박 깃발이 선명하게 보였다.

묘시(오전 6시) 무렵, 다시 추격이 시작되었다. 잠시 뒤, 적의 후미에 있는 부대가 보였다. 그 부대는 사쿠마 본대의 후미를 맡은 야스이 사콘의 부대였다.

'퇴각'을 서두르던 사쿠마 군 주력의 후미와 그들을 추격하기 위해 급히 '발걸음'을 놀리던 하시바 군의 선봉이 그곳에서 처음으로 일촉즉발의 함성을 올렸다.

사쿠마 군의 후미를 맡은 야스이 사콘 이에키요는 수하 수백 명을 반정 간격으로 매복시켜 놓은 뒤, 히데요시의 선봉이 달려올 때마다 소총으로 탄알을 퍼부었다.

"놓쳐서는 안 된다."

사격수가 탄알을 끼우는 동안에는 궁수들이 나섰다.

"궁수들, 쏘아라!"

그렇게 번갈아가며 맹렬하게 공격을 퍼부어 적의 선봉을 당황하게 했다. 그러자 히데요시가 있는 중군 부근에서 각 부장들이 질타하는 소리가 높아졌다. 요란스러운 나팔과 징소리, 그리고 북소리가 둥둥 물결이 되어 선봉을 격려했다. 각 조의 조장들은 '물러나서는 안 된다. 오로지 돌격뿐이다. 후미의 얼마 되지 않는 적 따위는 그대로 짓밟고 지나야 한다!'며 소리를 높였고 '뒤따르라'며 스스로 앞장서서 길을 여는 사람도 있었다.

후미를 맡은 군은 적은 병력이었으나 지세를 이용했으며, 하시바 쪽은 대군이었으나 길이 좁았기에 전력을 쏟아부을 수 없었다. 한동안 일진일퇴의 밀고 밀리는 상황이 되풀이되었다. 그때 히데요시가 철포 부대에게 명령했다.

"한꺼번에 쏘아라."

그것은 적을 향해 쏘는 것이 아니라 니와 나가히데에게 미리 말해 두었던 대로 적군을 위협하기 위해 커다란 함성을 일으키라는, 봉홧불 대신으로 쏘게 한 총성이었다. 총성이 울리자 아군이 있는 시즈가타케에서도, 곳곳에 산재해 있는 부대와 요새들에서도 일제히 '와아' 하는 함성이 일었다. 함성 소리가 물결처럼 산을 넘고 요고 호수를 넘어 기노모토, 다가미 산, 단기, 신메이, 가도 위 마을의 각 부대에게까지 흘러갔다. 그러자 하늘 가득 천둥이 한꺼번에 울리는 듯한 느낌이 들었다. 아울러 아군의 선봉에게도 커다란 힘이 되었다.

야스이 군은 그 기세에 짓밟혀 노도와도 같은 하시바 군의 '발걸음'에 쫓겼다. 그런데 갑자기 하치노미네 방면에서 죽음을 각오한 채 달려온 한 무리의 부대가 야스이 사콘을 향해 맹렬하게 창을 휘둘렀다.

"아군은 돌아서라. 히코지로가 왔다! 나와 함께 적을 막자, 적을 막아라!"

그렇게 외치며 히데요시의 선봉을 향해 달려들었다. 사쿠마 군의 후미에 서서 새벽부터 하치가미네 쪽 적의 별동대와 맞섰던 하라 히코지로후사치카였다. 하라 부대는 거칠게 몰아붙이던 하시바 군의 '발걸음'을 한때나마 묶어놓을 만큼 있는 힘껏 싸웠다.

하라 히코지로의 '창을 빼든 후군'이라는 말을 들을 정도로, 이때 그가 보인 뛰어난 활약은 당시 사람들의 눈을 번쩍 뜨이게 하고도 남았다. '빼든 창'이란 이처럼 난전이 벌어졌을 때는 긴 창, 짧은 창 할 것 없이, 또 적과 아군 할 것 없이 서로를 때리기에만 분주한 법인데 하라 히코지로는 시종 찌르고는 빼고, 다시 찌르고는 빼며 돌아다녔다. 그 모습을 본 사람들 모두 그의 침착한 손놀림에 놀랐다고 한다. 하라 히코지로의 용감한 이름과 함께 또 다른 일화가 전해진다.

하라 부대의 한 무사 가운데 아오키 호사이靑木法齋(당시 이름은 신베新兵衛)라는 사람이 있었다. 이 호사이는 만년에 에치젠 가를 섬겼다. 어느 날 밤, 같은 지방의 오기노 가와치荻野河內의 집에서 사람을 불러 잔치를 벌였을 때 그도 손님들 속에 섞여 있었다. 그 무렵 무사들은 술만 마시면 바로 왕년의 싸움에 대한 이야기를 했다. 그날 밤 손님으로 온 사람이 말했다.

"시즈가타케에서 퇴각할 때, 요고 호숫가에서 하시바 군의 추격을 맹렬하게 뿌리치려 했던 전투 상황을 여기에 계신 호사이 나리께 한번 들어보기로 합시다."

"그건 처음 듣는 소리인데, 호사이 노인께 그런 경험이 있었단 말이오?"

모두 그의 얼굴을 바라보았다. 호사이는 귀찮다는 듯한 표정을 짓고 있었으나 사내가 자꾸만 부추겼다.

"있고말고. 호사이 노인은 늘 시치미를 떼고 있지만 당시 하라 히코지로의 부대에 속해서 놀라울 정도로 멋진 활약을 한 분이라고 들었소."

이에 손님들은 흥미롭다는 듯 모두 입을 모아 호사이에게 꼭 좀 들려달라고 청했다. 호사이가 끝내 거절하지 못하고 천천히 입을 열었다.

"특별히 공을 세운 이야기는 아닙니다만, 그때 하시바 군의 선봉 중 한 무사가 달려와 내게 창을 겨누었소. 그 무사, 금인지 은인지 분명히 떠오르지는 않지만 주발만 한 커다란 장식을 투구에 달고 있었는데 나를 향해 세차게 찔렀으나 내가 튕겨냈기에 그 커다란 장식에 쨍그랑 부딪치고 말았소. 그 무사는 창이 튕겨 돌아왔기에 분하다는 듯 자신의 진으로 물러났소만 참으로 훌륭한 차림이었기에 지금도 잊지 않고 기억하고 있소."

그 말에 가장 앞에서 듣고 있던 주인 오기노 가와치가 물었다.

"근래 없이 재미있는 이야기를 들었소. 당시 그 무사의 갑옷은 붉은 칠을 한 것이 아니었소?"

호사이가 그렇다고 대답했다. 가와치가 쉴 새 없이 이런저런 질문을 했다.

"그리고 그때 존공의 갑옷에 창 자국이 남지 않았소?"

"참으로 자세히 알고 계십니다."

호사이가 신기해하자 가와치가 정색을 했다.

"많은 손님 앞에서 참으로 좋은 이야기를 꺼내셨소. 당시 붉은 갑옷의 무사는 바로 이 가와치였소. 말씀에 따르면 창이 튕겨져 돌아왔다고 하셨는데 잘못된 기억이오. 대대로 집안의 이름에 흠이 될지도 모르니 잘 생각하신 뒤에 다시 말씀해주시오."

가와치의 말에 일대 논쟁이 벌어졌다. 두 사람은 서로 조금도 양보하지 않았다.

그때 가와치의 아들로 당시 열일곱 살이었던 젊은이가 부엌의 일을 돕고 있었는데, 옷차림도 제대로 갖추지 못한 채 그곳으로 올라와 두 노인 앞에 무릎을 꿇었다.

"두 분은 지금 전장에서 살아남아 얻은 여생을 부끄럽다고도, 황공하다고도 여기지 않으시고 '물러났네, 물러나지 않았네' 하며 어리석은 말다툼을 하십니다. 이렇게 잔치를 벌일 수 있는 것이 모두 누구의 덕이라고 생각하십니까? 오십여 년 동안 계속되었던 전쟁에서 얼마나 많은 무사가 백골이 되었겠습니까? 그러한 분들께 공양의 예도 갖추지 않은 채 오늘 어찌 한 잔의 술이라도 마실 수 있겠습니까?"

그렇게 타일러서 그날의 이야기는 잘 마무리되었다고 한다.

한 무리의 사자 새끼들

겐바노조의 동생인 시바타 가쓰마사는 어젯밤 이후부터 형 겐바노조의 명령을 받아 수하 삼천의 병사와 함께 이이우라 고개에 머물러 있었다. 이이우라 고개는 비와 호수 북쪽 기슭의 후미에 있는 조그만 마을에서 시즈가타케의 서쪽에 걸쳐 있는 산의 고갯길이었다. 지세는 매우 좁았다. 만일 전황이 불리해지면 단번에 위험한 땅이 될 우려가 있었다. 이에 겐바노조는 자신이 이끄는 본대를 요고의 물가에서 시미즈 계곡을 거쳐 급히 물리는 동안에도 가쓰마사의 부대에 전령을 보내 경고를 해두었다.

"사태는 급변했다. 너도 이이우라 고개의 계곡을 버리고 얼른 서쪽으로 산길을 달려 가와나미, 다루미 고개 부근까지 단번에 병사를 물리기 바란다."

그 전부터 이미 이이우라 마을과 시즈가타케에서 하시바 군의 선봉이 산발적으로 습격을 가해왔다. 그럼에도 가쓰마사의 휘하는 선전을 펼치고 있었다.

"무슨 일인가 일어나 갑자기 작전을 바꾼 모양이로구나."

겐바노조가 보낸 전령이 오자 가쓰마사는 마침내 적의 기세가 심상치 않은 것이라 생각하여 자신의 부대가 위험한 곳에 위치해 있음을 깨달았다. 우시를 지난 때(오전 7시 30분 무렵)였다.

"이이우라의 계곡을 서쪽으로 넘어 전원 산길을 따라 다루미, 곤겐 고개 방면까지 퇴각하라."

가쓰마사의 휘하는 요란스러운 퇴각의 나팔 소리에 쫓겨 각자의 기치와 조장이 가는 모습을 따라 길도 없는 계곡을 오르기 시작했다. 그 순간 관목지대의 연둣빛 잎과 바위 틈새로 이어진 철쭉이 폭풍처럼 흔들렸다. 그곳은 계곡이라기보다 나무가 무성한 단층이라고 하는 편이 적절할 정도로 좁은 곳이었다. 서쪽의 고지대와 동쪽의 고지대, 두 봉우리 사이의 거리는 얼마 되지 않았다. 수백 년 된 커다란 벚나무는 어린잎과 다 떨어지고 남은 꽃잎을 매달고, 서쪽의 절벽에서 동쪽의 절벽에 닿을 듯 거대한 가지를 뻗고 있었다. 내려갈 때는 별문제 없었으나 오르려니 말을 타고는 쉽게 오르지 못했다. 미끄러진 말에 깔려 함께 나뒹구는 병사도 있었다. 치중부대의 어려움은 이만저만한 것이 아니었다. 하지만 마침내 선두가 계곡을 다 오르고, 기치와 중군기도 그곳의 팔부능선까지 오를 무렵이었다. 갑자기 고막이 터질 것 같은 소총 소리가 동쪽의 고지대에서 울려 퍼졌다.

그 총성과 함께 울창한 단층은 초연에 휩싸였다. 우르르, 우르르. 두두두두, 무시무시한 소리가 들려왔다. 거목이 굴러가는 듯한, 혹은 산사태가 난 듯한 소리였다. 하지만 그것은 모두 총알에 맞은 인마가 한데 뒤엉켜 굴러떨어지는 소리였다.

"앗, 적이다!"

"하시바 군이다!"

뒤돌아본 병사들의 눈에 바로 뒤쪽 맞은편 절벽에 모여 서 있는 적군의 모습이 들어왔다. 깃발과 갑주 속에서 아침 햇살에 반짝이는 창은 산의 깊은 곳에서 홀연히 솟아오른 구름처럼 보였다. 히데요시의 모습은 보이지 않았으나 히데요시가 그곳에 있는 것만은 틀림없는 사실이었다.

히데요시 군의 방향을 갑자기 이쪽으로 향하게 한 것은 다름 아닌 가쓰마사 부대였다. 가쓰마사 휘하 삼천 명이 갑자기 이이우라 고개를 버리고 계곡에서 서쪽 봉우리로 물러나기 시작했다는 사실을 탐지한 하시바 군의 척후병은 그것을 재빨리 히데요시에게 알렸다.

"그것은 바로 산자에몬三左衛門(시바타 가쓰마사)일 것이다. 좋은 먹잇감을 놓쳐서는 안 된다."

히데요시는 일곱 개의 철포 부대를 보내 봉우리의 샛길과 계곡의 나무 밑 등에 자리를 잡게 했다. 그리고 적군의 대부분이 골짜기를 오르자 그들의 등을 향해 일제히 철포를 쏘아댔다. 연기 속으로 이삼백 명의 병사들이 굴러떨어졌고, 산을 뒤흔들 정도로 큰 함성이 서쪽 절벽에서도 동쪽 봉우리에서도 한꺼번에 일었다. 골짜기의 부상자도 말도 울부짖었다.

히데요시의 주력은 동쪽 고지대로 몰려가 히데요시의 '돌격'이라는 호령을 신호로 앞다투어 골짜기 아래로 달려 내려갔다. 길을 찾을 틈도 없었다. 병사들이 관목지대를 향해 뛰어내리고, 또 뛰어내리자 파란 잎을 스치는 창의 빛과 깃발이 산의 철쭉꽃과 함께 온갖 색채의 소용돌이를 그리고 있었다. 이 일은 훗날 세상에 '시즈가타케의 창 일곱 자루, 칼 세 자루'라는 말로 전해졌다.

히데요시는 목이 터져라 독려하며 좌우의 젊은이들을 향해 힘껏 부채를 휘둘렀다.

"때에 따라서는 군법도 필요 없는 법. 오늘은 시동들에게도 법도 따위는 없다. 마음껏 달려 내려가라. 너희 뜻대로 싸워보기 바란다."

“넷!”

시동들은 기뻐하며 펄쩍 뛰어 내려갔다.

“와아!”

시동들은 벌써부터 앞다투어 달려갔다. 곁에 있던 십여 명의 젊은이들이 맹렬히 달려 나가자 골짜기 속 양군의 대치는 균형이 깨져 아비규환의 어지러운 싸움이 되어버리고 말았다.

한쪽에서 기세 좋게 나팔 소리를 울리면 다른 한쪽에서도 공격의 징을 힘껏 두드렸다. 서로가 함성을 질러 ‘등을 보이지 않겠다’는 듯 무문의 이름을 걸고 칼을 힘껏 맞부딪쳤다.

한발 늦게 달려 나간 젊은이들은 이미 소용돌이치고 있는 곳곳의 전투를 버리고 마치 약속이라도 한 듯 적진의 중핵을 향해 돌진했다. 사자 새끼와도 같은 그들은 후쿠시마 이치마쓰, 가토 도라노스케, 오쿠무라 한베奥村半兵衛, 오타니 헤이마, 가토 마고로쿠, 이시카와 효스케, 이시다 사키치, 히토쓰야나기 시로우에몬, 히라노 곤페이, 와키자카 진나이, 가스야 스케에몬, 가타기리 스케사쿠, 사쿠라이 사키치, 이기한시치로伊木半七郎 등이었으며, 그 외 히데요시 주위를 경호하는 사람도 있었다.

사자의 새끼는 강적을 골라 싸우는 법이다. 그들이 무언중에 찾고 있던 것은 다름 아닌 적장의 목이었다. 적이 창을 들이대도 힐끗 돌아보고 ‘하찮은 자’라 여겨지면 발로 차 쓰러뜨릴 뿐이었다.

“쓸 만한 적을 만났구나. 덤벼라.”

가장 먼저 적의 장수를 붙들고 덤벼든 시동은 홍안의 무사 이시카와 효스케였다. 효스케는 아직 열여덟 살에 지나지 않았으나 아키타 스케에몬秋田助右衛門과 함께 깃발을 들 정도였으니, 결코 남들에게 뒤처질 만한 젊은이가 아니었다.

“애송이가!”

적장은 큰 소리로 효스케를 꾸짖고는 방해가 된다는 듯 상대도 하지 않고 달려가려 했다.

“지쿠젠 나리의 기수, 이시카와 효스케를 모른단 말이냐!”

효스케가 적장의 커다란 등을 향해 외쳤다. 하지만 적장은 뒤도 돌아보지 않았다. 효스케가 다시 외치며 손에 들고 있던 창을 말 엉덩이를 향해 던졌다.

“비겁한 놈, 돌아와라!”

그곳은 붉은 흙이 무너져 내린 절벽 근처였다. 늠름한 갑주의 전신과 앞발을 치켜들었던 말의 그림자가 모락모락 피어오르는 흙먼지에 휩싸인 것을 본 순간 효스케는 ‘맞았다!’고 소리치며 적장을 향해 달려들었다. 그의 맹렬한 칼날이 적장의 투구에 부딪혀 불꽃을 일으켰다. 적장의 얼굴에서 선혈이 솟아오른 것은 분명한 사실이었으나 적장 역시 칼을 뽑아 효스케의 두 다리를 향해 휘둘렀다. 그 순간 효스케는 나자빠지고 말았다. 적장은 부상을 입었지만 몸을 일으켜 효스케를 향해 칼을 들이댔다.

“에잇!”

효스케는 적장의 허리에 달라붙었다. 두 사람은 하나가 되어 붉은 흙 위를 나뒹굴었다. 그러다 서로 엉겨 붙은 채 절벽 아래로 굴러떨어졌다. 그때 가타기리 스케사쿠가 이시카와가 위험에 빠진 것을 보고 재빨리 달려갔으나 한발 늦고 말았다. 스케사쿠는 절벽을 내려다보며 외쳤다.

“앗, 효스케!”

그 순간 아래쪽에서 아군이 달려가 적장의 목을 베고 효스케를 안아 일으켰으나 효스케는 이미 목숨을 잃은 상태였다. 스케사쿠는 발아래 떨어져 있는 적장의 깃발을 보고 효스케의 죽음과 전공을 축복하듯 높은 곳에서 외쳤다.

"적장 하이고 고자에몬 이에요시를 이시카와 효스케가 베었다. 시바타 나리의 시동인 이시카와 효스케가 베었다."

하이고는 시바타 군에서 손가락에 꼽힐 정도로 맹장이었다. 스케사쿠의 목소리가 적을 떨게 만들었다. 그리고 사자 새끼들과도 같은 시동들은 아직 효스케의 죽음을 모르는 상태라 더욱 용기를 냈다.

"그가 먼저 공을 세웠단 말인가."

"효스케에게 뒤질 수는 없다. 하이고보다 더 큰 적을 잡아야 한다."

그중에서도 후쿠시마 이치마쓰는 무리에서 떨어져 피바람을 일으키며 적장 아사이 기치베淺井吉兵衛와 창을 부딪쳤다. 결국 이치마쓰는 적장의 목을 베었다. 또 이치마쓰와 늘 경쟁을 하며 티격태격 다투는 가토 도라노스케도 마음껏 날뛰며 싸웠다.

"하이고 나리의 부하, 철포 부대의 도나미 하야토礪波隼人다!"

도라노스케는 십자 모양의 창으로 하시바 군을 괴롭히던 강호와 맞부딪쳤다. 풀을 흩날리고 흙을 차올리는 격투 끝에 마침내 하야토의 목을 베었다.

"가토 도라노스케가 가장 먼저 공을 세웠다!"

도라노스케가 큰 소리로 사방에 외치자 누군가가 그의 뒤에서 큰 소리로 웃었다.

"진나이, 어째서 웃는 게냐?"

도라노스케가 뒤돌아 와키자카 진나이를 보며 '쓸데없는 소리를 하면 동료라 할지라도 가만두지 않겠다'는 듯 눈에 쌍심지를 세웠다. 그러자 진나이가 웃으며 도라노스케에게로 다가갔다.

"화내지 말게, 도라노스케. 강적 도나미 하야토를 벤 것은 잘한 일이네만, 그것이 한계인가? 자네 약간 흥분했어. 그 목, 적에게 빼앗기지 않도록 조심하게.”

“닥쳐라, 남의 공을 시기해서 쓸데없는 잡소리를 하다니. 이 도라노스케가 어디 흥분했단 말이냐!”

“남의 이목도 아랑곳 않고 지금 막 ‘도라노스케가 첫 번째 공을 세웠다’고 외치지 않았는가?”

“첫 번째 공을 세웠기에 첫 번째 공이라 외친 것이 뭐가 잘못되었단 말인가?”

“하하하, 그럴 만도 하지.”

진나이 야스하루는 도라노스케보다 나이가 훨씬 많다 보니 평소에도 도라노스케를 아랫사람 대하듯 했다.

“몰랐는가? 조금 전에 이 절벽 아래서 이시카와 효스케가 하이고 고자에몬을 베어 첫 번째 공을 세웠다고 가타기리 스케사쿠가 이시카와 대신 외친 것을?”

“앗, 그런가.”

“후쿠시마 이치마쓰도 아사이 기치베를 베었다고 외치더군. 자네는 첫째도 아니고 둘째도 아니야. 아군의 목소리도 듣지 못할 정도인 걸로 봐서 목을 가지고 돌아가는 길도 위험하지 않을까 싶어 주의를 준 걸세.”

“…….”

우직한 성격의 도라노스케는 아무 말 없이 얼굴을 붉혔다. 와키자카 진나이도 이미 창끝을 피로 물들였으며 허리에 적의 수급 하나를 차고 있었다.

“알겠는가, 도라노스케.”

“알겠네.”

"좀 더 전장에 익숙해져야 할 거야."

진나이는 그렇게 말하고 다시 적들의 말이 피워 올리는 흙먼지 속으로 달려 들어갔다.

이 격전에서는 도라노스케뿐 아니라 모두 흥분 상태였다고 해도 좋을 것이다. 싸움이 골짜기와 절벽, 고갯길에서 벌어진 데다 사자의 새끼와도 같은 시동들 중에 전장에 처음 나선 것은 아니었으나 생사의 갈림길에서 이름이 알려진 강적들과 처음 맞서는 사람이 많았기 때문이다. 그러다 보니 모두 의욕에 불타올라 도라노스케처럼 너도나도 '첫 번째 공로, 첫 번째 공로'를 외치며 히데요시 앞에서까지 말다툼을 했을 정도였다.

훗날 가토 기요마사加藤淸正가 젊은 시절의 체험을 아들에게 들려준 《갑자야화甲子夜話》에서 기요마사는 이렇게 이야기하고 있다.

언덕을 오르자 앞에 적이 있었기에 그와 맞서 싸웠다. 당시 가슴속은 어두운 밤 같아서 아무것도 보이지 않았다. 눈을 감고 염불을 외우며 단번에 달려들어 창을 내질렀다. 손에 뭔가 느낌이 있어 보니 적을 찔러 쓰러뜨린 것이었다. 그때부터 적과 아군을 조금씩 구분할 수 있게 되었다. 나중에 그가 시바타군의 도나미 하야토라는 이름이 알려진 장수인 것을 알고 그 자리에서 첫 번째 공을 세웠다고 외쳤다.

첫 번째 공을 세운 사람에 대해서는 앞서 말한 대로 서로 외쳤다는 사실을 알 수 있다. 어쨌거나 가토 기요마사와 같은 솔직하고 용감한 무사도 참된 결전장에 서면 마음 상태가 어떠할지 짐작할 수 있는 대목이다. 생사를 가벼이 이야기하는 것은 결코 참된 용사가 아니다.

전투는 물론 한순간도, 또 어디 한군데서도 교착 상태에 빠지지 않았다. 처음에는 시바타 군이 지리적으로 유리한 높은 곳에 서서 골짜기를 기어오르는 히데요시 군을 맞아 공격을 가했으나 한 무리의 사자 새끼들이 골짜기 위로 올라가 중군의 장수들을 벤 뒤로는 분위기가 바뀌고 말았다.

"우리에게 불리하다. 퇴각하라."

시바타 군 사이에서 그러한 목소리가 들려왔다. 어지러이 달리는 말, 사기가 떨어진 기치, 흙먼지를 일으키며 물러나는 치중부대……
시바타 군은 서쪽으로 약 스무 정이나 급히 퇴각했다.

"지금이다!"

히데요시는 병사들을 독려하며 동쪽 절벽 위에서 내려가 계곡을 건넜다. 그러고는 무사들에게 엉덩이를 떠받치게 해서 맞은편 높은 곳으로 기어 올라갔다.

"말을 가져와라, 말을 끌고 와라."

히데요시가 맞은편에 서서 큰 소리로 외쳤다.

적이 떠난 적진 속에는 아군의 모습조차 거의 보이지 않았다. 급히 추격전을 벌였기에 자칫하면 히데요시가 뒤에 남겨질 수 있는 상태였다.

"앗, 말을 찾으십니까?"

그곳에는 겨우 네다섯 명의 무사만이 있을 뿐이었다. 히데요시가 계속 재촉하자 그들은 당황한 듯 여기저기 뛰어다니며 대답했다.

"말은 갈아탈 것까지 시즈가타케의 벼랑길에 버리고 오셨기에 여기에는 끌고 오지 않았습니다."

"한심하기는."

히데요시가 소리를 지르며 화를 냈다. 그러고는 발을 구르며 부채로 가리켰다.

"저기에 버려져 있는 것을 주워오도록 해라. 말은 얼마든지 있지 않느냐."

사실 적이 버리고 간 말은 얼마든지 뛰어다니고 있었다. 화살에 맞아 울부짖는 말, 훌륭한 안장을 얹은 채 고삐를 땅에 끌며 돌아다니는 말…… 마치 누군가 자신을 골라주기를 기다리는 듯한 모습이었다.

히데요시는 적의 말을 타고 적의 퇴각로를 바라보았다. 그곳에 서서 바라보면 남북의 봉우리로 오르는 길은 비교적 평탄했다. 요고의 서쪽 기슭인 다루미, 시게 산 부근까지 완만한 경사를 이루는 내리막이었다. 이제 산악전은 곧 야전으로 바뀔 것이라는 사실을 지세가 가르쳐주는 듯했다.

"말의 엉덩이를 그 창의 손잡이로 한 번 내리쳐라."

히데요시가 말의 방향을 정한 뒤 무사에게 말했다. 무사가 가지고 있던 창으로 히데요시가 탄 말의 엉덩이를 내리쳤다. 그러자 놀란 말이 탄환처럼 튕겨져 나갔고, 그 뒤 무사들도 몸이 뒤로 젖혀질 정도로 급히 따라갔다.

앞길에서 다시 누런 먼지가 피어오르기 시작했다. 뒤에 남아 버티던 시바타 군에 사쿠마의 부대가 새롭게 가세해 힘을 보탠 듯, 맹렬히 추격에 박차를 가해 덮친 히데요시 군과의 사이에서 커다란 포효와 피바람을 일으키고 있었다. 히데요시는 그런 아군 속으로 말을 달려 들어가 우선 고수를 격려했다.

"북, 북을 울려라."

그리고 장병들을 독려하며 어느 틈엔가 창을 쓰는 부대의 선봉까지 나왔다.

"우리의 이마로 적의 가슴을, 적의 등을 밀어붙여라."

히데요시는 무리를 이루고 있는 적과 아군을 뒤로한 채 젊은 시동들과 함께 무너져가는 적을 추격했다.

그 무렵 시바타 산자에몬 가쓰마사柴田三左衛門勝政가 목숨을 잃고 말았다. 야도야, 도쿠야마, 야마지 등의 장수들도 차례로 쓰러졌다.

가쓰이에의 양자이자 겐바노조의 동생인 시바타 산자에몬 가쓰마사는 당시 스물일곱 살이었다. 한 부대의 대장으로 부끄러움 없는 싸움을 했다고 말할 수 있을 것이다. 같은 자리에서 숨을 거둔 휘하의 부장 도쿠야마 고헤는 새끼 사자 중 한 명인 가스야 스케에몬에 의해 목이 떨어졌으며, 야도야 시치자에몬 역시 시동인 사쿠라이 사키치의 손에 목숨을 잃었고, 가토 마고로쿠가 야마지 쇼겐의 수급을 거두었다. 그중 사쿠라이 사키치의 전공에 대해서는 《노인 잡화老人雜話》에 이렇게 기록되어 있다.

시즈가타케 전투 때 사쿠라이 사키치가 이름을 떨쳐 일곱 개 창의 무리에게도 뒤지지 않았다. 병으로 일찍 세상을 떠났기에 사람들이 이를 모른다.

사키치가 싸운 모습을 살펴보면, 사키치는 적장 야도야 시치자에몬이 난전에서 벗어나 약간 높은 지점에서 아군의 허를 살피는 모습을 보고 대담하게도 그 바로 아래까지 가서 소리를 지르며 길도 없는 곳을 올랐다.

"좋은 적을 만났구나. 하시바 나리의 시동인 사쿠라이 사키치, 지금 거기로 가겠다. 달아나지 마라."

아군 중에 그 모습을 보고 멀리서 그를 말렸다.

"사쿠라이 위험해!"

사키치가 적의 발밑까지 다가간 순간 위에서 기다란 창으로 사키치의 가슴을 찔렀다. 이내 사키치는 아래로 데굴데굴 굴러떨어지고 말았다. 그 순간 그것을 보고 모두 '사쿠라이가 목숨을 잃었다'고 생각했다. 하지만 잠시 뒤 그는 같은 곳을 다시 기어올랐다. 호로母衣[247]의 금빛 반달 모양 장식은 부러지고 일그러졌으나, 불굴의 일념으로 앞서 창에 찔린 부근까지 다시 기어 올라가 떨어뜨린 창을 주웠다. 그러고는 정상까지 올라가 적을 향해 달려들었다.

적인 야도야 시치자에몬은 자신의 창끝에 빨간 호로의 어린 무사가 죽은 것이라 생각하고 방향을 바꾸어 열네다섯 간이나 앞으로 걸어간 상태였다. 그런데 얼마 뒤 시치자에몬이 비명을 지르며 비틀거렸다. 그리고 사키치가 뒤에서 옆구리를 향해 찌른 창을 사력을 다해 잡았다. 사키치는 창을 놓고 칼을 뽑아 상대가 쓰러지자마자 달려들어 목을 베었다.

"대단하구나."

사키치의 아군들은 멀리서 함성을 질러 축하했다.

이시다 사키치, 오타니 요시쓰구, 히토쓰야나기 형제, 가스야 스케에몬 등도 뒤처지지 않을 만큼 활약했으며, 전장은 서쪽으로 조금씩 옮겨갔다. 장소도 같은 곳이 아니었으며, 시간도 달랐다.

앞서 아군을 배신하고 시바타 측에 절개를 팔아 겐바노조를 안내해 '오이와 기습'의 길잡이를 맡았던 야마지 쇼겐 마사쿠니는 그곳에서 말로와도 같은 죽음을 맞이했다. 그는 히데요시가 기른 무사 중 하나인 가토 마고로쿠의 손에 목숨을 잃었는데, 안타깝게도 서른여덟 살의 생애를 씻을 수 없는 오명과 함께 마감하고 말았다.

그뿐만 아니라 당시 나가하마에서 탈출을 꾀했던 쇼겐의 노모와 처자도 경계를 서던 배에 사로잡히고 말았다. 하시바 군은 적과 아군이 함께 지켜보는 들판에서 '야마지, 여기를 보라'고 조롱하며 그들을

---

247 갑옷 뒤에 덮어 화살을 막던 천.

모두 찔러 죽였다. 오늘의 결전에서 쇼겐이 나약했던 것은 어쩔 수 없
는 일이었다. 쇼겐이 얻은 것은 그가 미혹되었던 것과는 정반대의 것
이었다.

고요한 숲

해가 높이 솟아올랐다. 초여름 상쾌한 바람도 없이 햇살이 강하다 보니 날이 더웠다.

시바타 가쓰마사가 전사하고 장수들도 여러 명이나 쓰러졌으니, 시바타 군이 커다란 혼란 상태에 빠진 것은 당연한 일이었다.

"놓쳐서는 안 된다. 살려 보내지 마라."

추격을 하는 하시바 군은 오로지 이것이 목표였다. 지세 역시 쫓기에 좋은 내리막길로 접어들었다. 해는 진시(오전 8시) 무렵으로 접어들었다.

요고의 서쪽 기슭에서 다시 한바탕 싸움이 벌어졌으나 시바타 군은 버티지 못하고 다시 달아나 시게 산, 다루미 고개 부근으로 몰려들었다. 그곳에는 마에다 도시이에 부자가 기치를 숨긴 채 진을 치고 있었다. 참으로 조용했다. 도시이에는 오늘 새벽 이후 오이와, 시미즈 계곡, 시즈가타케에 걸쳐 벌어진 불꽃과 총격을 그곳에서 조용히 바라보았을 것이다.

원래 그는 시바타 가쓰이에의 일익으로 그곳에 진을 치고 있었으나 그 심사는 참으로 미묘한 것이었다. 한걸음 잘못 내딛으면 영토와 일족 모두 망하고 말 터였다.

당초 가쓰이에에게 반항했다면 가쓰이에의 손에 멸망당했을 것이다. 그렇다고 해서 히데요시와의 오랜 우의를 버리자니 정 때문에 자신을 속일 수 없을 것 같은 기분이 들었다. 그뿐만 아니라 가쓰이에와 운명을 함께하기 위해서는 마음을 다잡지 않으면 안 되었다.

가쓰이에와 히데요시. 도시이에는 가늘고 긴 눈으로 두 사람을 비교했다. 그런 그가 어떤 사람을 취해야 할지 잘못 판단했을 리는 없었다. 하지만 그는 이번 출군에 있어서 그 어느 쪽에 가담하든 그것은 하책이라 여기고 있었다. 병사를 데리고 진을 치기는 했으나 이는 한때의 눈속임에 지나지 않았다. 그가 진심으로 바란 것은 자신의 전투로 운명을 타개하는 것이 아니라 하늘에 순응하는 것인 듯했다. 이번에 성을 나설 때 그의 부인도 남편의 의중을 알고 있었다.

"이번에는 어쩔 수 없이 지쿠젠 나리를 적으로 삼지 않으면 무문의 체면이 서지 않겠지요?"

"자네 스스로 생각해보게."

"시바타 나리께 그렇게까지 지켜야 할 의리는 없는 듯합니다만."

"무슨 소리인가? 무사의 청을 어찌 스스로 배신하겠는가?"

"그렇다면 어느 쪽에?"

"하늘의 뜻에 맡기겠네. 그럴 수밖에 없어. 사람의 작은 지혜로는 헤아릴 수 없는 일이니."

도시이에는 그렇게 말하고 떠났다. 부인은 크게 안심했다. 그녀는 시바斯波 가의 신하인 다카시마 사교다이부高島左京大夫의 딸로, 그 당시 낮은 신분이었던 히데요시와 네네 두 사람이 중매를 서서 도시이에에게 시집을 갔다.

당시에는 여자도 선禪에 귀의하는 사람이 많았는데, 그녀도 대덕사에 귀의해 호슌인芳春院이라 불렸다. 그녀는 남편이 하늘의 뜻에 따를 뿐이라고 한 말의 의미를 바로 깨달은 것이었다.

천우天佑란 곧 커다란 천운에 따르겠다는 말로, 하늘의 운행에 거스르지 않겠다는 뜻이라고 할 수 있다. 바로 도시이에의 심중을 잘 헤아린 말이라고 할 수 있다.

마에다 군의 전위는 중군 가까이까지 패해 물러난 사쿠마 군의 아우성과 피범벅이 된 모습을 지켜보는 동안 흙먼지의 소용돌이와 피어오르는 처연한 빛에 휩싸이고 말았다.

"허둥대지 마라, 꼴사납구나."

겐바노조가 고삐의 한쪽이 끊어져버린 붉은 안장 위에서 뛰어내리며 갈라진 목소리로 쥐어짜듯 무사들을 질타했다.

"뭣들 하는 게냐, 이 정도의 싸움에."

겐바노조는 스스로를 격려하듯 눈에 거슬리는 무사들을 하나같이 나무랐다. 하지만 그 역시 바위 위에 털썩 주저앉더니 불꽃과도 같은 숨으로 어깨를 들썩였다. 그의 입술과 눈빛에서는 평소와는 달리 숨길 수 없는 비통함이 느껴졌다. 장수의 긍지를 잃지 않기 위해 노력하는 젊은 그가 이러한 혼란과 참패 속에 있었으니 그것은 한층 눈에 띄는 것이었으리라.

겐바노조는 이곳에 와서야 동생인 산자에몬 가쓰마사가 전사했다는 사실을 알았다. 그뿐 아니라 하라, 하이고, 도쿠야마 등의 용장도 목숨을 잃었으며, 야마지 쇼겐의 수급까지 적의 손에 들어갔다는 사실을 알았다. 그는 도무지 믿기지 않는다는 듯한 얼굴이었다.

"다른 아우들은 어떻게 되었는가? 야스마사, 그리고 시치에몬 등은?"

겐바노조는 문득 두 동생의 생사를 물었다. 그러자 가신 중 한 명이 그의 뒤를 가리키며 말했다.

"두 아우님께서는 저쪽에 계십니다."

겐바노조가 고개를 돌려 무사한 두 사람을 핏발 선 눈으로 바라보았다. 야스마사는 다리를 뻗고 앉아 망연히 하늘을 올려다보고 있었으며, 아래 동생인 시치에몬은 상처에서 피가 줄줄 떨어지는 줄도 모른 채 졸고 있었다.

'살아 있구나…….'

겐바노조는 그렇게 안도하며 골육에 대한 격렬한 분노에 휩싸인 듯 갑자기 고함을 치기 시작했다.

"일어나라, 야스마사! 시치에몬도 정신을 차려라! 이놈들, 쓰러지기에는 아직 이르다. 무슨 꼴이냐!"

그것을 계기로 겐바노조도 기운을 내서 상처를 입은 몸을 간신히 일으켰다.

"마에다 나리의 진은 어디인가? 음…… 저 고개 위인가? 됐다, 이 사이에 만나서."

겐바노조가 다리를 끌며 걸어가다 따라올 것 같은 동생들을 돌아보며 말했다.

"오지 않아도 된다. 너희는 병력을 추슬러 적을 대비하기 바란다. 발이 빠른 지쿠젠이니 시간이 없다."

겐바노조는 그렇게 말하고 고개 위로 올라갔다. 그리고 막사 안의 걸상에 앉아 도시이에를 기다렸다. 이윽고 도시이에가 들어와 위로의 말을 건넸다.

"원통함, 나도 잘 알고 있소."

겐바노조는 애써 쓴웃음을 지어 보였다.

"괜찮소……. 누구나 생각할 수 있는 일이었는데, 지지 않고는 깨닫지 못하는 법인가 보오."

뜻밖에도 겐바노조가 솔직하게 대답하자 도시이에는 겐바노조를 다시 보는 듯했다. 겐바노조는 패전의 책임을 오로지 자신의 탓이라고 여기는 듯, 도시이에가 움직이지 않은 것에는 한마디도 하지 않고 그저 다음과 같은 희망을 밝혔을 뿐이었다.

"우선은 나리의 새로운 병력을, 이곳으로 몰려드는 하시바 군을 막는 싸움에 가담시켜주실 수 있겠소?"

"알겠습니다. 창이 좋겠습니까, 철포가 좋겠습니까?"

"저 앞에 총열을 매복시켜두고 싶소. 발밑도 살피지 않고 몰려오는 적의 혼란을 틈타 우리가 2진이 되어 피 묻은 창을 휘두르며 전력을 다해 싸우겠소. 지금 바로 부탁하겠소."

평소라면 도시이에에게 절대로 부탁하겠다는 말을 쓸 겐바노조가 아니었다. 도시이에는 그런 겐바노조가 가엾다는 생각이 들었다. 같은 진영에 있으면서 겐바노조가 이처럼 예를 갖춘 것은 싸움에서 패했다는 약점이 있기 때문일 테지만, 다른 한편으로는 자신의 참뜻을 이미 간파하고 있는 것이 아닐까 여겨졌기 때문이다.

"고즈카 도베小塚藤兵衛, 기무라 산조木村三藏를 이리로 불러라."

도시이에가 철포 부대의 부장들을 불러오라고 명을 내렸다. 그리고 겐바노조 눈앞에서 철포 부대의 부장들에게 명을 내리고 다시 다짐을 해두었다.

"사쿠마 나리의 수하로 들어가 진 앞에 총열을 깔고 하시바 군이 다가오면 한꺼번에 쏘아라. 양군에 혼란이 없도록 진퇴의 지휘는 모두 겐바 나리께 받도록 하라."

그 외에 히쓰타 사마노스케匹田左馬助, 세키도 야로쿠關戶弥六 등에게도 명을 내려 달려가게 했다.

“오…… 적이 다가온 모양이군.”

겐바노조는 한순간도 쉬지 않고 신경을 곤두세웠다. 그는 그렇게 중얼거리며 바로 자리에서 일어났다.

“그럼, 훗날…….”

그리고 막사 밖으로 나갔는데 뒤따라 나온 도시이에를 돌아보고 격한 어조로 묻지도 않은 말을 했다.

“아마도 살아서 다시 만날 일은 없을 듯하오만, 겐바노조도 간단히 죽지는 않을 게요. 설령 혼자 남아 중국의 예양豫讓처럼 자결을 하게 된다 할지라도.”

도시이에는 조금 전에 서 있던 고개 위까지 그를 배웅했다.

“그럼…….”

겐바노조는 빠른 걸음으로 달려 내려갔다. 아래쪽 상황은 조금 전과 비교가 되지 않을 정도로 변해 있었다. 사쿠마 군 팔천 명은 사상자, 낙오자를 제외하면 삼분의 일도 남지 않았다. 그마저도 하나같이 패배로 어지러워진 병사, 흥분한 장수들로 고함을 지르고 소란을 피워 서로의 마음을 실제보다 더 처참하게 만들고 있었다.

겐바노조의 두 동생인 시치에몬과 야스마사의 힘만으로는 도저히 막을 수 없었다. 이미 사쿠마 군의 주요 장수들은 목숨을 잃고 말았다. 그러다 보니 병사들은 조장도 부장도 없는 상태에서 지휘도 받지 못하고 저 멀리 다가오는 히데요시 군의 신속한 진격을 보게 되었다. 일단 이곳에 도착한 뒤 발걸음을 멈추기는 했으나 여전히 침착하기는 어려웠다. 하지만 마에다 군의 철포 부대가 소란스러운 상황 속을 지나 진지 훨씬 앞쪽에 진을 치자 겐바노조의 입에서 나온 명령도 전군에 잘 전달되었고 병사들도 마침내 침착함을 되찾기 시작했다.

“모두 자리에 임하라.”

마에다의 새로운 부대가 가담했다는 사실이 활기를 잃었던 병사들에게 큰 힘이 되었다. 겐바노조는 물론 나머지 부하들도 용기를 되찾았다.

"원숭이 놈의 목이 아군의 창끝에 걸리는 것을 보기 전까지는 한 발도 물러나서는 안 된다. 마에다 군의 웃음거리가 되어서는 안 된다. 모두 수치를 알아야 한다."

겐바노조가 장병들 사이를 돌아다니며 독려했다. 과연 여기까지 그를 따라온 장병들은 수치심을 아는 사람들이었다. 갑옷도 창도 피로 물든 모습이었는데, 아침부터 내리쬔 태양에 피가 말라붙고 흙먼지로 범벅이 되어 있었다.

'물 한 모금 마시고 싶다.'

병사들은 얼굴로 말했다. 하지만 물을 구할 시간도 없었다. 저 멀리 적의 말발굽 소리가 들려오고 흙먼지가 날리고 있었다.

시즈가타케에서 여기까지 한달음에 진격해온 히데요시도 시게 산을 앞에 두고 갑자기 선봉의 급한 발걸음을 멈추었다.

"여기는 마에다 부자의 진지 앞이다."

히데요시는 병력을 모아 진용을 갖추었다. 이러한 경우 대치선은 철포의 사정거리 밖에 있는 법이다.

겐바노조는 마에다 군의 조총수를 바로 적의 진로에 급히 배치했으나 흙먼지는 움직이지 않는 인마를 감싼 채 사정거리 안으로 더 이상 들어오지 않았다.

"……"

도시이에는 겐바노조와 헤어진 뒤 산 위에 서서 그 모습을 바라보고 있었다. 주변 장수들에게도 그의 의중은 수수께끼와 같은 것이었다.

얼마 뒤 경호를 맡고 있는 아이우라 신스케相浦新助와 아기시 슈케阿岸

主計가 도시이에의 말을 끌고 왔다. 그러자 사람들은 '마침내 출격하실 뜻을 굳히셨나 보다'라고 여기며 모두 말 앞에서의 활약을 다짐했다. 하지만 등자 옆으로 간 도시이에는 아들 도시나가의 진소에서 돌아온 전령에게 조그만 목소리로 무엇인가를 묻고는 말 위에 올라서도 쉽게 말을 몰려 하지 않았다.

그런데 그때 무슨 일이 일어난 것인지 기슭 쪽에서 심상치 않은 소리가 떠들썩하게 들려왔다. 도시이에와 사람들이 무슨 일인가 싶어 내려다보니 아군의 뒤편에서 말 한 마리가 끈이 풀린 채 진 가운데를 미친 듯이 뛰어다니고 있었다.

평소라면 모르겠으나 때가 때인 만큼 혼란이 혼란을 불러 큰 소동이 벌어지고 말았다. 도시이에는 아이우라, 아기시 두 무사에게 눈으로 무엇인가 신호를 준 뒤 주위 사람들에게도 말했다.

"모두 따라오게."

그리고 급히 말을 달리기 시작했다.

그 순간 격렬한 총소리가 평야에서 울려 퍼졌다. 그것은 아군의 총성이었는데, 그것으로 봐서 하시바 군이 쳐들어왔다는 사실을 알 수 있었다. 언덕을 달려 내려가는 도시이에는 누런 흙먼지와 초연 사이에서 몇 번이고 안장을 두드렸다.

"지금이다, 지금이다."

시게 산 일대의 진지에서 징과 북소리가 요란스럽게 울렸다. 파죽지세로 달려온 하시바 군은 총의 방어선에서는 약간의 희생자를 냈으나 벌써 사쿠마, 마에다 부대의 깊숙한 곳까지 들어가 그렇지 않아도 소란 속에서 혼란을 겪고 있던 중군을 마음껏 짓밟으며 걷잡을 수 없을 정도의 맹위를 떨치고 있었다.

그때 도시이에는 어지러운 격투가 벌어지는 길을 피해 아들 도시나가의 부대와 합류한 뒤 시오쓰 방면으로 퇴각했다.

"이게 어찌 된 일이지?"

그 순간 격분하는 부하도, 이상히 여기는 부하도 있었으나 도시이에
로서는 예정된 행동에 지나지 않았다. 원래 그의 본심은 국외局外에 있
었으며, 그의 바람은 중립을 지키는 것이었다. 국가의 지위와 주변 정
세 때문에 가쓰이에의 청을 받고 어쩔 수 없이 참전하기는 했으나 이
제는 히데요시와의 정의를 생각해서 말없이 물러난 것일 뿐이었다.

하지만 히데요시의 진격 부대는 마에다 군까지 가차 없이 마구 몰
아댔다. 마에다 군의 후미에 섰던 고즈카 도베, 도미타 요고로富田与五郎,
기무라 산조 등 십여 명의 장수가 목숨을 잃고 말았다.

그사이 도시이에 부자는 거의 아무런 타격도 입지 않은 가신들을
데리고 시오쓰에서 히키타疋田, 이마조今庄를 우회하여 도시나가의 거
성인 에치젠 후추로 물러났다.

이틀 동안에 걸친 격전 중 마에다 부자의 진지만은 마치 어지러운
구름 속에 고요히 잠겨 있는 한 무리의 숲과도 같았다. 만약 그가 적극
적으로 겐바노조 모리마사와 힘을 합쳤다면 먼 길을 달려온 히데요시
의 병사들이 시게 산, 다루미에서 그처럼 마음껏 적을 유린하지는 못
했을 것이다.

《마에다 창업기前田創業記》에는 도시이에의 측근인 고즈카 도베, 기무
라 산조를 비롯해 여러 장수가 분전을 펼치다 이곳에서 목숨을 잃었다
고 기록되어 있는데, 이 분전도 사실은 소극적인 퇴각에 의한 상처에
지나지 않는다. 따라서 전투가 끝난 뒤 세상 사람들은 이렇게 추측하
기도 했다.

"마에다 부자는 전날부터 히데요시의 밀서를 받아 그날 이미 당일
의 배신을 약속했다."

"그러고 보니 그 전날 밤, 마에다 나리의 진중으로 농민 차림의 사내 둘이 서장을 들고 들어갔는데 그날 밤부터 시게 산의 횃불이 아주 밝게 아침까지 타오르고 있었다. 그것도 히데요시 쪽에 응해 어떤 신호를 보낸 것인 듯하다."

항간에 여러 이야기가 떠돌고 있었으나 그것은 어디까지나 항설로, 조금 의심스러운 부분이 있다. 사실은 언제나 복잡하게 보이지만 실상은 단순한 법이다. 그것을 복잡하고 괴기스럽게 만드는 것은 세상의 억지스러운 관찰이다. 하나의 실상에 대해 분해에 분해를 거듭하고 다시 분해를 더하기 때문에 방향을 잡지 못하게 되는 것일 뿐이다.

그는 시바타와 같은 적이었으나 예로부터 우의가 깊어 내심 히데요시와 마음이 통했다.

《호칸豊鑑》의 저자가 한마디로 이 문제를 갈파한 것은, 그러한 점에서 세상의 허상에 미혹되지 않은 평이라고 할 수 있을 것이다.

도시이에의 딸 중 하나가 히데요시의 양녀로 들어간 사실이나 도시이에 부부의 중매를 선 것이 히데요시라는 등의 가정사는 차치한다 하더라도, 이른바 남자와 남자의 문경지우에 있어서 히데요시와 마에다는 하루아침에 맺은 교우가 아니었다.

젊은 시절 무너진 담, 박꽃이 핀 시렁 아래의 가난 속에서도 속옷 하나만 걸치고 서로의 속내를 털어놓았으며, 밖에 나가서는 한심한 짓을 하기도 했고 때로는 다투기도 했다.

"네놈의 좋은 점에는 꽤나 반했지만, 한심한 면은 따라갈 수가 없어."

한 사람이 이렇게 말하면 다른 한 사람도 맞받아쳤다.

"네놈의 단점에는 정나미가 떨어진다. 하지만 내게는 좋은 본보기가 돼. 그래서 친구가 되어주는 거야. 내게 한심한 면이 있다면 너에게 좋은 본보기가 될 테니 좋은 친구라 여기고 함부로 대하지 말라고.”

이처럼 두 사람은 깊은 속까지 서로 알고 지내던 사이였다. 당시 이미 상장上將의 자리에 있었던 시바타 가쓰이에와의 사이와, 오늘 이렇게 만나게 된 두 사람의 사이는 전혀 다른 것이었다. 한마디로 인간관계의 깊이가 달랐다.

그런데도 노장 가쓰이에는 도시이에의 소유국이 자신의 완전한 세력권 안에 있다는 이유만으로 이번 대결전에서 마에다 부자의 병력을 자신의 세력이라고 생각했을 뿐 아니라 그들을 시즈가타케 방면에 배치했다는 사실만으로도 이미 패하기 전 패배라고 할 수밖에 없을 것이다. 믿어서는 안 될 사람을 믿었다. 그것은 누구도 부인할 수 없는 실책이었다.

시즈가타케, 야나가세의 전투에 있어서 시바타의 패인은 모두 ‘적 가운데에 머문’ 겐바노조에게 있다고 여겨지나, 이렇게 보면 겐바노조의 실책은 오히려 국지적인 것인 반면, 가쓰이에의 오류는 그 이전에 자신의 몸에 어울리지 않은 사람을 굳이 안으로 받아들였다는 근본적인 것이라는 사실을 알 수 있다.

대체로 패인은 안에 있는 법이다. 안에서 패한 사람이 바깥 싸움에서도 패한다는 말은 고금을 통한 전쟁의 철칙이다.

권위

여기서 시선을 돌려 기쓰네즈카 방면의 움직임을 보기로 하자.

시바타 가쓰이에 진 안의 정황은 밤새 어떠했을까? 그 전에 유의해야 할 점은 이 전쟁으로 뜻하지 않게 빚어진 결과의 특이성이다.

겐바노조의 '기습'에 의한 국지전이 전국 전체를 결정한 탓에 총사 가쓰이에의 주력은 이제 곁가지와도 같은 존재가 되어버리고 말았다. 다시 말해 가쓰이에는 모험이지만 기발한 방법이 될 수 있겠다 싶어 겐바노조에게 '서전'을 허락했는데 뜻밖에도 실패로 돌아가 아군 전체에 치명상을 입고 말았으며, 적의 대대적인 움직임을 본 순간 기쓰네즈카 주력의 기동력도, 그의 총사로서의 능력도 무의미한 것이 되어버리고 말았다.

이를 근거로 후세의 사가들은 겐바노조를 비난했다.

"시즈가타케에서 시바타 군이 패한 것은 무엇보다 풋내기가 대사를 그르친 데 있다."

그들은 겐바노조가 숙부 가쓰이에의 말을 듣지 않고 적지에 머문 것을 패인으로 돌렸다. 겐바노조의 재략이 노회한 장수와는 다르다 보니 '풋내'가 나는 것은 사실이지만, 그러한 주장 역시 극히 소승적인 결과론에 지나지 않는다. 그 이유는 가쓰이에가 그날 밤부터 이튿날까지 총사로서 조치한 일을 보면 자연스럽게 알 수 있다.

전날 밤인 20일 저녁, 가쓰이에는 겐바노조에게 여섯 번이나 보냈던 사자가 끝내 허탕만 치고 돌아오자 앙앙불락怏怏不樂했고, 모든 일이 끝장이라며 한탄했다. 그는 비통한 체념에 잠겨 진을 설치한 절의 한 방으로 들어가 잠시 눈을 붙이려 했으나 좀처럼 잠이 오지 않았다. 관자놀이 부근의 혈관이 눈에 띄게 두꺼워져 자꾸만 불평과 망상을 불러왔다. 그리고 이명이 들려왔다.

'어처구니없는 녀석. 이 가쓰이에에게 배를 가르게 할 녀석이다.'

잠에 빠진 진 안의 고요함 속에서 혼자 속을 끓이고 있자니 겐바노조에 대해 고함을 쳤던 자신의 말들도, 분노도 누구에게 돌릴 길이 없었다. 결국 자업자득이라며 자기 자신을 돌아볼 수밖에 없었다. 너무나도 지나쳤던 편애의 업보였다. 맹목적인 사랑이 품은 독이었다.

어쨌거나 숙질 사이라는 골육의 관계와 군율 속의 총사와 부하라는 엄연한 관계를 감정에 휘둘려 혼동하고 있었던 게 큰 잘못이었다.

'그것도 모두 내 탓……'

가쓰이에는 이제야 깨달았다. 양자인 가쓰토요가 나가하마에서 배반한 것도 겐바노조에게 원인이 있었다. 그리고 예전에 노토의 전장에서 겐바노조가 마에다 도시이에에게 불손한 행동을 했다는 말을 들은 적이 있었다. 하지만 그러한 흠을 인정한다 할지라도 겐바노조의 소질은 역시 누구보다 뛰어났다. 좋은 점을 많이 가지고 있었다.

'아아, 그것이 오히려 오늘의 치명타가 될 줄이야……'

가쓰이에는 악몽이라도 꾸고 있는 것처럼 신음하며 몸을 뒤척였다. 바로 그때였다. 등불이 흔들릴 정도로 무사들이 복도를 달려오는 소리가 들렸다. 옆방, 그리고 그곳과 연결된 방에서 선잠을 자고 있던 고쿠후 조에몬과 아사미 쓰시마노카미와 시동들의 우두머리인 멘주 쇼스케 등이 외쳤다.

"엇, 누구냐?"

다른 한편에서 침소를 지키던 병사들이 발소리를 향해 내뱉는 소리를 듣고 바로 복도로 나왔다.

"웬 소란이냐?"

"무슨 일이라도 있는 게냐?"

급히 보고를 하러 온 무사의 동작부터 심상치 않았다. 무사는 쥐어짜는 듯한 목소리로 말했다.

"얼마 전부터 기노모토 방면의 하늘이 새빨갛게 보이기에 이상히 여겨 히가시노 산 근처까지 정찰병을 보냈더니."

"말이 길다. 요점만 한마디로 말해라!"

멘주 쇼스케가 엄하게 주의를 주자 보고자가 단숨에 말했다.

"오가키의 히데요시가 도착했습니다. 기노모토 부근이 인마로 소란스럽습니다. 심상치가 않습니다."

"뭣이, 히데요시가?"

사람들이 가쓰이에에게 보고하기 위해 침소로 들어가려 했으나, 가쓰이에는 이미 듣고 밖으로 나온 상태였다.

"지금 들어온 소식 들으셨습니까?"

"들었다."

가쓰이에는 고개를 끄덕였다. 저녁에 봤을 때보다 안색이 더 좋지 않았다.

"내 이럴 줄 알았다. 주고쿠 진의 경우를 봐도 히데요시라면 이 정도의 일은 할 줄 알았다. 놀랄 필요도 없다."

가쓰이에는 침착하게 말해 좌우를 진정시켰으나 감정의 잔재만은 숨길 수 없었다. 그는 '내 이럴 줄 알았다'며 예전에 맹장이라 불리고 귀신 잡는 시바타라 일컬어졌던 장수로 돌아간 듯 겐바노조에게 한 경고가 적중했음을 은근히 자랑 삼아 말했다. 예전을 기억하고 있는 사람들에게 그의 말은 가엾게 들릴 뿐이었다.

"이제 겐바는 믿을 수가 없구나. 이렇게 된 이상 이 가쓰이에가 몸소 버티고 서서 여한 없이 한번 싸워보겠다. 당황할 것 없다. 소란 피울 것 없다. 지쿠슈筑州가 이곳으로 온다면 오히려 행운이다."

가쓰이에는 부장들을 당 앞으로 불러 모은 뒤 부채를 들고 걸상에 앉았다. 그리고 전투를 위한 배치를 명령했다. 침착하고 강인하게 명령을 내리는 모습이 아직 늙지 않았다는 것을 말해주었다. 하지만 여기까지는 그도 만일의 사태로 예기했던 일이었으나, 그다음 참으로 당혹감을 느끼게 하는 일이 자신의 진 안에서 일어나고 말았다.

'히데요시가 온다'는 말이 퍼지자 진 안에 커다란 동요가 일었다. 자신이 맡은 자리를 지키는 병사는 적었다. 갑자기 꾀병을 부려 명령을 거역하고 혼란한 틈을 타 진에서 벗어나 도주하는 병사가 속출했기에 칠천 명의 병사가 순식간에 삼천여 명밖에 남지 않게 된 추한 상황이 연출되었다.

얼마 전, 에쓰후越府를 떠날 때 장병들은 히데요시와 싸우겠다며 굳게 다짐했다. 그러니 히데요시가 온다는 말만으로 이렇게 당황할 이유는 없었다. 오히려 부하들의 심리가 괴이하게 변한 것은 일만여 명의 대군을 이끌고는 있으나 그들을 엄격하게 통솔하지 못했기 때문이다.

낮 동안 두 사람 사이를 사자가 여섯 번이나 오갈 때부터 이미 이러한 불길함은 자라나고 있었던 것이다. 거기에 예상외로 신속한 히데요시의 행동이 그들의 간담을 서늘하게 했다는 사실까지 더해져 허언, 망설이 난무하다 보니 더욱 겁을 먹게 될 수밖에 없었다.

가쓰이에는 아군의 혼란스러운 상황에 아연실색하며 주위에 있는 장수들에게 분노를 표출했다.

"비겁한 놈들이로구나. 언제까지고 저렇게 혼란스럽다니, 어찌 된 일이냐? 각 부장에게 이 가쓰이에의 명령을 똑바로 전달한 것이냐?"

하지만 아사미 쓰시마노카미와 고쿠후 조에몬 등은 아까부터 자리에 앉았다 일어났다 반복했다. 그들의 모습에서도 침착한 모습은 조금도 찾아볼 수가 없었다. 그들은 그저 '명령은 재차 엄중히 전달했습니다만'이라고 웅얼거리듯 대답했다. 보다 못한 가쓰이에가 좌우를 꾸짖었다.

"왜들 허둥대는 게냐! 진정시키고 오너라. 모습을 보아하니 자신이 맡은 자리도 지키지 않고 뜬소문과 욕지거리로 아군이 아군을 미혹케하고 있는 듯하구나. 그러한 자가 있으면 엄히 처벌하도록 하라."

가쓰이에는 질타에 질타를 가했다.

요시다 야소, 오타 구라노스케, 마쓰무라 도모주로 등이 다시 엄명을 전하러 달려 나갔다. 그 뒤에도 고함을 지르는 가쓰이에의 목소리가 들려왔다. '침착해라, 당황하지 마라' 하고 단속하려는 그의 목소리부터 기쓰네즈카 본진을 소란스럽게 만들었다.

이제 여명도 얼마 남지 않았다. 시즈가타케 방면에서 요고의 서쪽 기슭으로 옮아가고 있는 총성과 함성이 물을 건너와 아주 또렷하게 들렸다.

"저런 기세라면 머지않아 하시바 군이 여기까지 오겠군."

"정오쯤이면."

"아니, 정오까지 기다릴 필요도 없을 거야."

두려움이 두려움을 낳았으며 결국 공포를 불러일으켰다. '적은 일만이나 될 것'이라고 하면, '아니, 이만이다', 또 '무슨 소리냐? 기세가 저처럼 맹렬한 것을 보니 삼만은 될 것'이라며 자신의 공포를 한층 더 부풀려 다른 사람에게 애써 동의를 얻으려 했다.

"마에다 부자도 배신해서 히데요시와 함께 몰려오고 있다."

언제부턴가 이와 같은 헛소문을 사실인 양 퍼뜨리는 사람도 있었다. 이처럼 극단적인 상태가 되자 부장들의 제지도 더는 효과가 없었다. 가쓰이에는 자신의 엄명을 부장들에게만 맡겨서는 도저히 수습이 불가능할 것이라고 판단했다. 그는 결국 말을 타고 절의 문밖으로 나가 기쓰네즈카 부근을 돌아다니며 각 진의 부장들에게 직접 호통을 쳤다.

"까닭 없이 진지에서 벗어나는 자는 가차 없이 목을 쳐라. 비열한 탈주자는 철포로 쏘아라. 근거 없는 뜬소문을 퍼뜨려 아군 안에서 아군의 사기를 떨어뜨리는 짓을 하는 자는 즉시 찔러 죽여 본보기로 삼아라."

가쓰이에의 명령은 엄했으며, 목소리는 준엄하기 짝이 없었다. 하지만 이처럼 추상과 같은 명령이 효과를 발휘하는 것도 다 때가 있기 마련이다.

때는 이미 늦고 말았다. 칠천 가운데 반수 이상이 탈주했으며 남은 사람들도 허둥대고 있었다. 게다가 그들은 벌써부터 자신의 총사에 대한 신뢰를 잃은 상태였다. 일단 아랫사람들이 경외심을 잃으면 아무리 귀신 잡는 시바타의 호령이라 할지라도 결국은 공허한 울림으로 돌아가버리고 마는 것이다.

"아아, 가쓰이에도 끝이로구나."

가쓰이에가 아무리 독촉해도 병사들의 사기는 끌어올릴 수 없었다. 하지만 그의 용맹함은 오히려 그에게 마지막 사생결단을 맹세케 했다. 날이 뿌옇게 밝기 시작하고 진은 허술했으며 인마의 그림자는 얼마 되지 않았다.

기쓰네즈카와 지호지간에서 대치하는 하시바 군의 첫 번째 진지인 히가시노 산에 있는 히데마사의 병사들이 마침내 움직일 기미를 보였다.

가쓰이에의 주력이 이 방면으로 나온 것도 말하자면 우세한 적의 첫 번째 군이 움직이는 것을 견제하려는 데 있었으니 가쓰이에로서는 그 목적을 달성한 셈이라고 할 수 있었다. 하지만 호리 히데마사 정도의 인물이 이와 같은 요지에 대병을 거느리고 있으면서 그곳에 안주해 있었다는 것은 히데요시 측에서 보면 매우 유감스러운 일이었다고 할 수 있을 것이다.

일설에 따르면 이런 말이 전해지기도 한다. 당초 히데마사는 바로 적극적인 공격을 꾀했으나 그 신하인 호리 시치로베堀七郎兵衛가 극력 간해서 말렸다고 한다.

"하책입니다. 지난 한나절 동안 적의 움직임을 살펴보니 가쓰이에가 겐바의 진으로 급사를 몇 번이나 보냈는지 셀 수 없을 정도였습니다. 이는 가쓰이에가 겐바에게 급히 물러나라고 거듭 재촉하고 있는 것이라 여겨집니다. 그 명에 따라 겐바가 물러난다면 그는 원래의 길로 돌아가지 않을 것입니다. 그러니 이 부근에서의 일전은 피할 수 없을 것입니다. 또 만약 겐바가 그곳에 머물며 돌아가려 하지 않는다면 가쓰이에도 참지 못하고 반드시 나와서 이 가도를 중심으로 일전을 펼치려 할 것입니다. 어쨌든 이 양 방면으로는 나설 수 없습니다. 그러니 지금은 병사를 나누지 말고 이곳에서 힘을 하나로 합쳐 적이 두 길 가운데 어디로 오는지를 지켜봐야 할 것입니다."

그 말이 사실인지 아닌지는 알 수 없으나 어쨌든 오가키에서 달려온 히데요시의 직속부대가 시즈가타케 부근을 석권하고 이튿날 아침에 걸쳐서 요고 서쪽 기슭으로 추격하기까지 히가시노 산의 첫 번째 진지에서 눈앞에 적 가쓰이에의 진지를 바라보면서도 아무런 움직임을 보이지 않은 것만은 틀림없는 사실이었다.

호리 시치로베의 간언으로 히데마사가 긍정적으로 생각한 것도 있지만, 더 큰 이유는 21일 새벽까지 시바타 쇼사쿠 가쓰이에의 존재감이 무언의 '권위'로 자리했기 때문이라는 데는 이론의 여지가 없을 것이다. 다시 말해 히데마사는 가쓰이에의 '권위'가 힘을 발휘하고 있다 보니 함부로 움직일 수 없었던 것이다.

여기서 말하는 '권위'란 이른바 위계훈위位階勳位라는 것과는 또 다른 것이다. 세상에서 흔히 '권위가 있다', '권위가 없다'고 말할 때의 그것을 가리킨다. 바둑의 세계에서 흔히 사용되고 있으나 근원은 역시 병법상의 용어였으리라 여겨진다. 성현의 말씀은 이처럼 솔직하지 않다.

군용, 진기陣氣, 정, 동 모두 '권위'의 빛에 의한 것이다. 임기응변도 계략도 밖으로 '권위'가 없다면 행할 수 없다. 외교나 정치에서도 이것이 힘을 발휘하는 범위는 매우 크다. 한 집안에서도 가장이 일단 '권위'를 잃으면 자신의 아내에게까지 잔소리를 듣게 된다. 한 집안에서조차 그러니 '관리'의 시무, 지도자의 지휘, 대신의 위령 등은 말할 것도 없다.

그날 아침, 호리 히데마사가 갑자기 진격을 결심한 것은 적의 본진에서 미심쩍은 분위기를 감지했기 때문일 테지만, 바꿔 말하면 그것은 가쓰이에의 '권위'가 깨졌기 때문이라고도 할 수 있을 것이다.

● **깃카와 모토하루 吉川元春·1530-1586**

모리 가문 최고의 맹장. 고바야카와 다카카게(小早川隆景)와 더불어 모리가 양천(兩川)으로 불린다. 일본 대부분을 통일한 도요토미 히데요시와(豊臣秀吉)의 압도적인 국력 차이에 대세에 따라 어쩔 수 없이 무릎을 꿇었지만, 그는 이를 인정하지 않고, 히데요시와는 말도 한마디 제대로 하지 않았다고 한다. 실제로 1585년에 히데요시의 시코쿠 정벌 당시, 동생 고바야카와 다카카게는 적극적으로 히데요시를 따라 정벌에 참가하였으나, 모토하루는 아들 모토나가(吉川経言)만 참가시키고 자신은 출진하지 않았다.

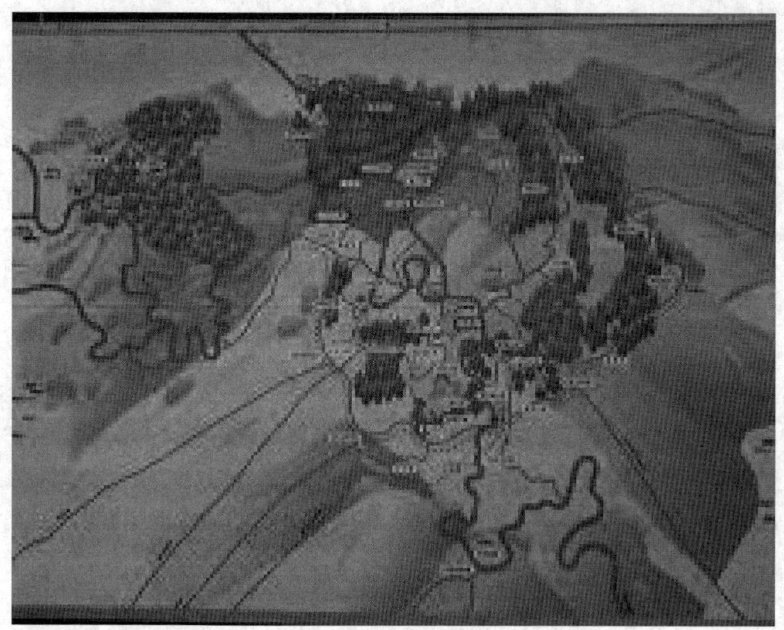

● 1586년 이와야 성 전투

덴쇼天正 14년, 시마즈(島津家)의 당주인 시마즈 요시히사(島津義久)가 치쿠젠으로의 진격을 명령하여 시작된 전쟁은 오토모(大友氏)의 죠운(高橋紹運)이 지키고 있던 이와야성(岩屋城)에서 처음 맞붙게 되었다. 그러나 죠운의 치밀한 전략으로 시마즈군은 패배를 거듭했다, 결국 승리는 거뒀지만 시마즈군의 피해가 심각했고, 그 영향으로 이후의 공격은 둔화될 수 밖에 없었다. 결국 시마즈군은 본국으로 철수하고 만다.

멘주 이에테루

히데마사의 병사 오천 명 외에도 기슭의 가도에 주둔하고 있던 오가와 사헤이지 스케타다의 일천 명이 하나가 되어 기쓰네즈카의 정면을 공격했다. 조총 부대는 선봉에 선 창 부대 앞에 서서 길을 안내하듯 총을 쏘아가며 조금씩 나아갔다.

적도 탕탕 총을 쏘았다. 하지만 매우 단속적이었다. 탄알도 많지 않았다. 게다가 빗나가는 총알이 많았다.

"창을 든 부대, 달려 나가라!"

오가와 사헤이지는 창을 든 병사들과 함께 총을 든 부대 앞으로 나섰다. 약한 적이라 창이면 충분하다고 판단했기 때문이다.

호리의 본대가 뒤처질 리 없었다. 호리 휘하의 각 부대는 오가와 부대가 이마이치 거리의 불에 타고 남은 곳부터 공격해 들어가는 것을 보고 산을 끼고 돌격해 벌써 기쓰네즈카 바로 앞에서 격전을 치르고 있었다.

호리 겐모쓰堀監物, 호리 한에몬堀半右衛門, 호리 미치토시堀道利 등 각 조의 무사들이 등에 꽂은 깃발을 낮게 숙이고 적 안으로 깊이 들어가는 모습이 여기저기서 보였다. 때는 진시(오전 9시)였으며, 호수 서쪽을 급히 진격해온 히데요시 군이 시게 산에 자리한 마에다 부자의 진 앞에 다다랐을 무렵이었다.

멀리 서쪽에서도 뭉게뭉게 피어오르는 먼지와 연기 속에서 대함성이 들려왔다. 그에 응답하듯 여기에서도 새로이 함성의 물결이 일었다. 이렇게 해서 시바타 군은 요고 호수를 끼고 동서가 서로 연결될 것 같은 형세를 보이고 있었다. 그에 반해 기쓰네즈카 군은 큰 충격을 받고도 전의가 전혀 되살아나지 않았다. 전초에 있는 산병散兵 진지, 첨각尖角 진지, 제2진지가 거의 대부분 순식간에 무너졌으며 중군이 있는 사원 부근은 장병과 말들의 울부짖음으로 가득 들어차 있었다.

"나리! 우선은…… 우선은 여기서……. 나리답지 않게 어찌 그리 짧은 생각을."

아사미 뉴도도세이, 고쿠후 조에몬이 달려왔다. 그들은 갑옷을 입은 가쓰이에의 커다란 몸을 양쪽 옆구리에서 끌어안은 채 인마의 소용돌이 속에서 끌고 나와 주변을 향해 외쳤다.

"이리로 얼른 말을 끌고 와라! 나리의 말은 어디에 있느냐?"

"물러나지 않을 것이다! 무슨 일이 있어도 이 가쓰이에는 여기서 물러나지 않을 것이다. 너희는 어째서 이 가쓰이에가 나서려는 것을 막는 것이냐. 가쓰이에가 나서기까지 어찌해서 눈앞의 적을 막지 않은 것이냐!"

그사이에도 가쓰이에는 사납게 날뛰며 외치고, 또 자신을 놓지 않는 장수들에게 눈을 부라렸다. 이윽고 병사들이 말을 가져왔다. 금빛 신장대처럼 꾸민 아름다운 깃발을 든 병졸도 옆에 서 있었다.

"어차피 이곳은 지킬 수 없을 듯합니다. 그러니 적과 맞서 싸우다 목숨을 잃는다는 것은 헛된 일……. 우선은 기타노쇼까지 물러나셨다가 거기서 다시 일을 꾀하신다면 더 좋은 방도가 있을 것입니다."

"한심한 소리."

가쓰이에가 소리치며 크게 고개를 흔들었으나, 좌우의 사람들은 그를 밀어 올리듯 해서 말에 태웠다. 그만큼 사태는 다급했던 것이다. 그때 평소에는 스스로 앞장서서 나선 적이 없었던, 시동들의 우두머리인 멘주 쇼스케 이에테루가 불쑥 달려 나와 가쓰이에의 말 앞에 엎드려 말했다.

"이렇게 청하겠습니다, 나리……. 그 금 신장대의 깃발을 제가 들게 해주십시오."

쇼스케가 깃발을 들고 싶다고 주군에게 청한 것은 자신이 뒤에 남아 대장을 대신하겠다는 뜻이었다. 그 뒤 쇼스케는 말없이 엎드려 있었다. 그의 모습에서는 결사라거나, 필사라거나, 용맹스럽게 보이려는 듯한 모습은 보이지 않았다. 평소 가쓰이에 앞에서 시동들의 우두머리로서 그를 섬길 때의 행동과 조금도 다르지 않았다.

"뭣이, 깃발을 달라고?"

말 위의 가쓰이에가 이해할 수 없다는 듯 땅에 엎드린 쇼스케의 등을 바라보았다. 좌우의 장수들도 같은 얼굴과 눈빛으로 쇼스케의 등을 바라보았다. 모두 뜻밖이라고 생각한 것이었다. 무릇 시바타 가의 수많은 측근 중에서도 멘주 쇼스케 이에테루만큼 평소 주인 가쓰이에로부터 냉대를 받던 신하도 없었기 때문이다.

쇼스케가 언제나 말이 없는 것도 그런 냉대에서 오는 우울함 때문이라는 말이 전해질 정도였다. 까닭도 없이 쇼스케를 미워하는 가쓰이에가 누구보다 더 쇼스케에 대해 잘 알고 있었으리라. 그런데 그 쇼스케가 지금 스스로 나서서 '제가 대신' 하며 깃발을 청하고 있지 않은가?

일단 진 안에 패색이 드리워지자 오늘 새벽부터 허둥대던 아군의 모습은 차마 눈뜨고 볼 수 없을 정도였다. 일찌감치 무기를 버리고 몸

하나 건지기 위해 달아난 사람도 적지 않았다. 그중에는 가쓰이에가 평소 아끼며 은혜를 베푼 사람들도 섞여 있었다. 가쓰이에는 이런저런 생각이 떠오르자 순간적으로 눈시울을 붉히고 말았다. 하지만 무슨 생각을 한 것인지 등자의 뒤꿈치로 말의 배를 차더니 눈가에 복받쳐오는 나약한 눈물을 자신의 사자후로 떨쳐내려는 듯 외쳤다.

"무슨 소리를 하는 게냐, 쇼스케. 죽을 때는 함께 죽는 게다. 거기서 비켜라, 비켜."

흥분한 말 아래서 쇼스케는 몸을 피했으나 그의 손은 말의 부리망을 쥐고 있었다.

"그렇다면 저기까지 안내하겠습니다."

쇼스케는 가쓰이에의 뜻과는 반대로 전장을 뒤로하고 야나가세 촌 쪽으로 달리기 시작했다.

깃발을 지키는 사람과 하타모토 모두 가쓰이에의 말을 둘러싸고 한 무리가 되어 서둘러 달렸다. 하지만 그때 호리 히데마사, 오가와 사헤이지 등의 선봉은 기쓰네즈카를 돌파하였고, 그들을 막기 위해 나선 시바타 군의 장병들에게는 눈길도 주지 않은 채 멀리 달려가는 금빛 신장대의 깃발 하나만을 바라보며 창을 들고 뒤따라갔다.

"쇼사쿠는 저기에 있다. 놓쳐서는 안 된다."

가쓰이에를 지키며 함께 달렸던 부장들은 작별 인사를 건넨 뒤 되돌아가서 추격해오는 적의 맹렬한 창 사이로 용감히 뛰어들었다.

"여기서 그만 작별 인사를 올리겠습니다."

멘주 쇼스케는 몸을 돌려 뒤쫓아오는 적에 맞섰다. 그러다 다시 주인의 말을 따라가더니 가쓰이에의 뒤에서 이렇게 외쳤다.

"깃발을 내리십시오. 쇼스케에게 내리십시오."

야나가세의 끝자락이었다. 가쓰이에가 잠시 말을 멈춰 곁에 있던 사

람의 손에서 평생의 수많은 추억이 담긴—귀신 잡는 시바타라는 이름
과 함께 오늘까지 진영에 걸어두었던—금빛 신장대의 깃발을 뒤쪽으
로 던졌다.

"여기 있다, 쇼스케. 부하에게……."

쇼스케는 몸을 앞으로 숙여 멋지게 깃발을 잡았다. 그는 기쁜 마음
으로 깃발을 흔들며 주인 가쓰이에의 뒷모습에 대고 마지막 인사를 올
렸다.

"그럼, 안녕히 가십시오, 나리."

가쓰이에도 돌아보았다. 하지만 말은 야나가세의 산 쪽으로 달려
가고 있었다. 그때 가쓰이에 주변에는 겨우 십여 기밖에 남아 있지 않
았다.

깃발은 쇼스케가 원한 대로 쇼스케의 손에 건네졌으나 그때 가쓰이
에는 '부하에게……'라고 말했다. 그 말속에는 부하에게 건네주라는 뜻
과 쇼스케와 함께 목숨을 바칠 사람들을 생각하는 마음이 담겨 있었다.

깃발 밑으로 곧 삼십여 명의 사람들이 모여들었다. 그들은 진심으로
이름을 아껴 주인을 위해 목숨을 바칠 사람들이었다.

'아아, 시바타 가에도 사람이 없는 건 아니로구나.'

쇼스케가 듬직한 얼굴들을 둘러보았다.

"그럼, 흔쾌히 마지막을 장식하자."

쇼스케는 무사 한 명에게 깃발을 들게 하고 가장 앞에 서서 야나가
세 촌에서 서쪽으로 몇 정 떨어져 있는 도치노키橡の木 산의 북쪽 능선
으로 달려 올라갔다. 그곳은 도쿠야마 고헤, 가나모리 고로하치 등이
먼저 진을 치고 있던 곳이었다.

사십 명이 넘지 않는 적은 인원이었으나 각오를 하나로 뭉쳤으니
수천의 병사가 있었던 기쓰네즈카의 오늘 아침보다도 훨씬 더 씩씩한

기상을 보였으며 적을 흘겨보는 듯한 무시무시한 기운마저 느껴졌다.

"가쓰이에는 산으로 올랐다."

"마침내 마지막 각오를 하고 죽을 곳을 찾아간 모양이군."

추격해오던 호리 휘하와 오가와 휘하의 무사들도 일단은 경계를 했다. 그 무렵 단기 산 요새에 있던 기노시타 한에몬의 수하 오백 명도 추격에 가담해 '가쓰이에의 목은 내 손으로'라고 외치며 앞다투어 도치노키 산으로 올라왔다.

산 위에서 빛나는 금빛 표식과 삼십여 명의 결사대는 숨을 죽인 채 서 있었으나, 기슭에서부터 그들을 향해 경쟁하듯 길로, 또는 길 아닌 곳으로 오르는 강인한 장병들의 숫자는 시시각각으로 불어나고 있었다.

"아직…… 물을 나누어 마실 정도의 시간은 있다."

멘주 쇼스케를 비롯한 삼십여 명은 산 위에서 얼마 되지 않는 짧은 동안 방울방울 솟아올라 바위틈에 고여 있던 샘물을 떠서 나누어 마시고 시원하게 마지막 준비를 하고 있었다. 그때 쇼스케가 형 모자에몬茂左衛門과 동생 쇼베勝兵衛를 보며 말했다.

"형님은 여기서 벗어나 고향으로 돌아가시기 바랍니다. 삼 형제가 모두 목숨을 잃으면 집안의 대가 끊길 뿐 아니라 집에 계신 어머니의 노후를 돌봐드릴 사람도 없습니다. 형님은 대를 이어야 할 분이기도 하니, 부디 여기서 벗어나시기 바랍니다."

그러자 모자에몬이 대답했다.

"동생 둘을 적에게 죽게 내버려두고 형이 '다녀왔습니다' 하며 어머니의 얼굴을 볼 수 있을 것 같으냐? 나는 남기로 하겠다. 쇼베 네가 가도록 해라. 너는 떠나거라."

"싫습니다."

"왜 싫다는 게냐!"

"이런 때 살아 돌아왔다고 해서 그것을 기뻐하실 어머니가 아닙니다. 돌아가신 아버지도 오늘은 풀잎 뒤에서 저희 형제를 지켜보고 계실 것입니다. 저는 오늘 에치젠으로 돌아갈 다리를 가지고 있지 않습니다."

멘주 쇼스케 이에테루.
원래 오와리 국 가스가이春日井 군 사람이다. 열두 살부터 가쓰이에를 섬겼으며 나중에 시동들의 우두머리가 되었다. 믿음이 두터웠으며, 학문을 닦았고, 고풍古風을 즐겼으며, 어머니에 대한 효심이 컸다. (후략)

《오우미 국 지지략近江國地志略》의 도치橡 계곡 조에서, 저자인 사무카와 다쓰키요寒川辰淸는 쇼스케의 젊은 영혼을 애도하며 그의 생애를 그렇게 기록했다. 굳이 기록이 아니더라도 아버지를 일찍 여의고 어머니의 손에서 자란 멘주 형제의 효심은 그곳 사람들 모두 아는 일이었다.
삼 형제가 모두 주인의 깃발 아래 모여 가쓰이에를 구하기 위해 무문의 이름으로 목숨을 바친 것만 봐도 평소 집안의 가풍과 어머니의 교육이 어떠했는지 알 수 있다. 어쨌든 쇼스케 이에테루가 남은 이상 형 모자에몬도, 동생 쇼베도 금빛 찬란한 깃발 아래를 떠날 기색을 보이지 않았다.
"그렇다면 모두 함께."
쇼스케는 형에게도 동생에게도 더는 고향으로 돌아가라고 권하지 않았다. 삼 형제는 바위틈의 샘물을 나누어 마신 뒤 청량한 기운이 가슴을 훑고 지날 때 마음속으로 생각했다.
'여생, 쓸쓸하실 테지만 세상에 부끄러운 죽음은 하지 않겠습니다. 부족하나마 그것으로 위안을 삼으시기 바랍니다.'

사방의 적은 이미 목소리가 들리는 곳까지 가까이 왔다.

"쇼베, 깃발을 지켜라."

쇼스케가 동생에게 말하며 얼굴에 '가림막'을 썼다. 자신이 가쓰이에가 아니라는 사실을 적에게 바로 들키지 않기 위해서였다.

총탄이 귀를 스치고 지나갔다. 그것을 신호로 삼십여 명이 일제히 몸을 숙였다가 일어섰다. 그 순간 그들은 신의 가호를 빌며 적에 맞섰다.

"신이시여, 굽어 살피소서."

대략 열두어 명이 한 조가 되어, 세 갈래로 적을 내려다보며 맞섰다. 숨을 헐떡이며 올라온 적은 도저히 쇼스케를 비롯한 결사들 앞에 설 수가 없었다. 정면에서 칼을 맞고, 가슴을 창에 찔려 곳곳에서 참담한 희생자가 나오기 시작했다.

"모두 죽음을 서둘러서는 안 된다."

쇼스케는 일단 목책 뒤로 물러났다. 그가 있는 곳에 금빛 깃발이 있었으며, 깃발이 가는 곳으로 아군들이 모였다.

"다섯 손가락으로 튕기는 것보다 한 주먹으로 내리치는 것이 낫다. 게다가 인원도 얼마 되지 않으니 흩어져서는 안 된다. 나아갈 때나 물러설 때나 깃발에서 벗어나서는 안 된다."

쇼스케는 그렇게 훈계한 뒤 다시 뛰쳐나갔다. 베고 또 베었으며, 찌르고 또 찌르다 바람처럼 보루 뒤로 물러났다.

그렇게 싸우기를 예닐곱 번. 공격 부대는 벌써 이백 명 이상의 전사자를 냈다. 해가 중천에서 뜨겁게 이글거려 정오 무렵이라는 것을 알게 했으며, 갑옷의 선혈도 바로 말라붙어 옻칠을 한 것처럼 검게 빛나고 있었다.

이제 깃발 아래 열 명 정도밖에 남지 않았다. 형형한 눈들은 서로를 보고 있으나 서로의 모습이 보이지 않는 듯한 눈빛이었다. 팔뚝, 난발,

무릎, 사지가 멀쩡한 사람은 아무도 없었다.

"앗······."

바로 그 순간 화살 하나가 쇼스케의 어깨를 꿰뚫었다. 나무 뒤에서 쇼스케에게 활을 쏜 사람은 오가와 사헤이지의 가신인 오쓰카 히코베 大塚彦兵衛였다.

"첫."

쇼스케는 팔뚝으로 흐르는 선혈을 바라보며 어깨에 꽂힌 화살을 뽑았다. 그리고 화살이 날아온 쪽을 노려보았다. 그 순간 맞은편의 조릿대 숲을 멧돼지 여러 마리가 달려오듯 투구의 끝부분만이 조릿대의 물결 속에서 다가오고 있었다.

"아아, 여기까지인 듯하구나."

쇼스케는 아직 남아 있는 몇몇 전우에게 마지막 인사를 할 만큼의 여유는 가지고 있었다.

"싸움이 끝나면 다시 싸움이 오는 법. 여한은 없다. 모두 좋은 적을 골라 이름을 화려하게 남기고 마감하기 바란다. 우선 쇼스케부터 주인을 대신하여 목숨을 바치겠다. 비겁하게 깃발을 숨기지 말고 높이 치켜들어 하나가 되어 뒤를 따르라."

결사의 각오로 한 무리가 된 피투성이 무사들이 깃발을 세우고 물결치는 조릿대 속의 적을 향해 달려갔다. 그곳으로 다가오는 적은 적 가운데서도 특히 용맹스러운 사람들뿐인 듯했다. 그들은 꿈쩍도 하지 않았으며 창에 맹세를 하며 다가오고 있었다. 쇼스케가 그들을 향해 예기를 꺾는 듯한 목소리로 말했다.

"어서 오너라, 이 잡병들아. 시바타 슈리노스케 가쓰이에의 몸에 너희의 창끝이 닿기나 하겠느냐. 귀신 잡는 시바타라는 이름을 허투루 얻은 것이 아니다. 나와 맞설 만한 자는 오가와 도사小川土佐(사헤이지 스케타다)나 기노시타 미마사카木下美作, 아니면 호리 히데마사다. 그러니 그들 보고 직접 오라고 하라.”

쇼스케의 모습은 아수라처럼 보였다. 그 앞에 설 사람은 없었으며 실제로 눈앞에는 여러 사람이 찔려 쓰러져 있었다. 쇼스케가 용맹스럽게 맞서고, 깃발을 사수하려는 사람들이 고군분투했지만 자부심으로 다가온 공격 부대는 과연 포위를 뚫고 두 정쯤 되는 거리를 달려 올라가 마침내 길을 열었다.

“가쓰이에가 직접 나서겠다. 지쿠슈가 있다면 한달음에 이곳으로 나오기 바란다. 원숭이 놈, 나와라!”

쇼스케는 언덕길로 나섰다. 그곳에서도 그는 갑옷을 입은 무사 하나를 찔러 쓰러뜨렸다. 하지만 형 모자에몬은 그사이에 이미 목숨을 잃었으며, 동생 쇼베도 검을 든 적과 서로를 찌르다 근처 바위 밑에 쓰러져 있었다. 그 옆에 금빛 신장대의 깃발도 새빨갛게 물든 채 버려져 있었다.

언덕 위아래서 쇼스케를 향해 번뜩이며 다가온 수많은 창은 가쓰이에라 믿는 쇼스케의 목을 서로 내기라도 하듯 앞다투어 취하려 했다.

“내 것이다.”

어지럽게 창이 날아드는 가운데 멘주 쇼스케는 목숨을 잃었다.

‘과연 귀신 잡는 시바타로구나.’

이름 있는 적의 무사들조차 소름이 돋을 정도로 쇼스케의 마지막 모습은 용맹무쌍했다.

평소 말이 없고 조용했으며, 누구보다 학문을 즐기고 온아한 탓에 가쓰이에나 모리마사가 그다지 좋아하지 않았던 하얀 얼굴의 스물다섯 살 무사가 얼굴 가리개로 순수한 얼굴을 가리고 있을 줄이야 아무도 몰랐다.

"시바타 가쓰이에를 베었다."

"금빛 신장대의 깃발, 내 손으로 빼앗았다."

저마다 외치는 소리와 개가를 부르는 소리가 산 전체를 뒤흔들며 한동안 그칠 줄 몰랐다.

하시바 쪽에서는 아직 그 수급이 시바타 가쓰이에가 아니라, 그를 대신한 멘주 쇼스케라는 사실을 모르고 있었다.

"가쓰이에를 베었다!"

"기타노쇼의 수급을 거두었다!"

그와 동시에 적의 깃발, 금빛 깃대도 서로 자신이 빼앗았다고 다투듯 함성을 올렸다.

멘주 쇼스케의 목을 거둔 사람과 깃발을 취한 사람이 누구인지가 문제였다. 책들마다 이견이 분분해서 누구인지 알 수 없지만 이곳의 주력이었던 호리 히데마사 휘하의 공을 적은 기록에는 다음과 같이 나와 있다.

히데마사의 무사인 호리 한에몬이 가쓰이에의 깃발을 취하고 목 두 개를 얻었다. 히데마사가 이를 히데요시에게 바치고 한에몬에게 황금 한 덩이, 칼 하나를 내렸다. 그리고 목 두 개에 대한 상으로 금전 세 개를 내렸다. 한에몬은 두 개를 받았는데 하나를 조정에 바쳤다.

《근대 제사전략近代諸士伝略》

또 다른 책인 《간에이이후寬永譜》에는 다음과 같이 기록되어 있다.

호리 겐모쓰 나오마사堀監物直政가 시바타와 싸울 때 십자형 창으로 시바타의 금빛 신장대의 깃발을 앗았다. 이때 고즈카 도에몬 등이 나오마사 주위로 달려왔다. 나오마사가 깃발을 버리고 도에몬을 쓰러뜨려 목을 취했다.

이렇듯 기록이 서로 일치하지 않는다. 하지만 호리 겐모쓰는 당시 '신하 가운데 이름이 높은 것은 교부刑部, 겐모쓰, 마쓰이 사도'라고 세상에 알려졌을 정도로 강한 사람이었음은 틀림없는 사실이고, 또 시바타 측의 사납고 날랜 장수인 고즈카 도에몬을 베었다는 내용은 다른 책에서도 볼 수 있으니 그것 하나만은 거의 확실하다고 봐도 좋을 듯하다. 하지만 멘주 쇼스케의 목을 쳤다고 나선 사람은 아주 많다.《요고 전투 각서余吾合戰覺え書》에는 이렇게 기록되어 있다.

기노시타, 외치고 외쳤다. 쇼스케의 목을 취해 지쿠젠노카미에게 보였다. 모두 더할 나위 없는 공이라고 말했다.

하지만 다른 책에는 오가와 사헤이지 스케타다의 부하가 취했다고 기록되어 있기도 하다. 마찬가지로 깃발도 누가 취했는지 일치하지 않는데 가모 히다노카미蒲生飛驒의 병사인 나가하라 마고에몬長原孫右衛門이 취했다는 설도 있으며, 이나바 하치베稲葉八兵衛, 이자와 요시스케伊澤吉介, 후루타 하치자에몬古田八左衛門, 후루타 가스케古田加助 네 사람이 함께 간신히 취한 것이라고 전해지기도 해서 어느 것을 취하고 어느 것을 버려야 할지 전혀 알 수가 없다.

결국 그 자리에서 싸웠던 사람들조차 알 수 없었다는 것이 참된 진상일 것이다. 그 정도로 멘주 이에테루가 가쓰이에를 칭하며 깃발 아래서 행한 마지막 혈전은 치열했다. 살점과 내장이 튀고 붉은 피가 풀을 물들였다. 그야말로 처참하기 짝이 없는 난투였다.

그 무렵 히데요시는 이미 기쓰네즈카 부근까지 들어가 있었다. 그

전에 마에다 부자의 진은 시게 산에서 깃발을 되돌려 멀리 북쪽으로 돌아갔으며, 남아 있던 사쿠마의 병사들도 일단 자리를 지키며 항전하기는 했으나 버티지 못하고 결국 패하고 말았다.

그렇게 해서 하시바의 주력은 이제 적다운 적과 부딪치는 일도 없이 히데요시를 둘러싼 한 무리의 말에 탄 장수와 전후로 늘어선 수많은 병사가 깃발과 기치에 뜨거운 햇살을 받아가며 줄줄이 북진했다. 시게 산에서 후무로 촌을 거쳐 구니야스國安, 덴진 앞을 지나 이마이치의 북쪽, 기쓰네즈카와 도치노키 산 사이 가도로 속속 접어들었다.

시게 야마에서 이 부근까지는 이십 리 정도의 거리였다. 그날 날씨에 대해서는 《시즈가타케 전투기賤嶽合戰記》에 이렇게 기록되어 있다.

4월 21일, 진정시辰正時에 이르자 하늘에 구름 한 점 없었으며 해가 뜨겁게 내리쬐었다. 상처에도 해가 내리쬐자 매우 고통스러워했다.

초여름이지만 폭풍우 뒤 날씨가 급변해서 비노에는 갑자기 찌는 듯한 더위가 찾아온 상태였다. 그러다 보니 오가키를 출발한 이후 줄곧 달리고 전투를 치르느라 한 잠도 자지 못한 장병들의 피로는 여간하지 않았다.

한껏 달구어진 갑주의 무게도 무게지만 거기에 둘러싸여 있는 몸의 땀구멍에서 흐르는 것은 도저히 땀이라고 할 수 없었다. 모든 사람의 얼굴이 벌겋게 타오르고 있었다. 이렇게 되면 온몸의 핏자국도, 흙탕물 자국도 그 사람들의 의식과는 아무런 상관도 없는 것이 되어버리고 만다. 단지 무척 배가 고팠으며, 얼른 물 한잔 마시고 흙 위든 풀 속이든 누워 한잠 자고 싶을 뿐이었다.

먼 길을 왔으니 당연한 일이었다. 사실은 히데요시도 무리를 하고 있다는 것을 잘 알고 있었다. 단지 적에게 커다란 '허'가 있었기에 굳이 취한 강행 전법이었다. 만약 가쓰이에가, 혹은 마에다 부자가 하나로 결속해서 먼 길을 한달음에 달려온 병사들을 급히 쳤다면 아무리 피죽 지세로 달려온 하시바의 정예라 할지라도 기력이 다해 단번에 승패가 뒤바뀌어 참담한 패배를 맛보아야 했을지도 모른다.

하지만 마에다 부자 쪽은 이미 문제될 게 없었으며, 가쓰이에의 기쓰네즈카 본진도 아무리 겐바노조의 큰 실수가 있었다 할지라도 예상 외로 너무 빨리 무너지고 말았다. 어젯밤부터 오늘 아침까지 총사 가쓰이에에게 아무런 대책도 없었으니 시바타는 그날로 이미 망할 운명이었다고 말할 수밖에 없으리라.

이번 싸움으로 시즈가타케, 요고, 기쓰네즈카 부근의 세 전장에서 목숨을 잃은 시바타 군의 전사자는 오천여 명이나 되었다. 물론 이 수많은 희생은 결코 한쪽에서만 나온 것이 아니었다. 히데요시 쪽에서도 무수한 사상자가 나왔다. 하지만 하시바 군 사상자의 정확한 숫자는 기록에 남아 있지 않다. 단지 부상자에 대한 일화 하나가 전해진다. 히데요시는 시게 산에서 방향을 틀어 기쓰네즈카 쪽으로 진군할 때, 난투 끝에 쓰러진 수많은 부상자가 뙤약볕이 쏟아지는 땅바닥에서 신음하는 모습을 보았다.

"가엾구나, 고통스럽겠어."

히데요시는 급히 서두르던 발걸음을 멈추고 부근의 산을 둘러보았다. 산 높은 곳 여기저기에 사람들이 전쟁을 피해 구름처럼 모여 있었다. 히데요시가 구로쿠와黑鍬(공병) 부대의 부장을 불러 명령했다.

"저기에 삿갓을 쓰고 도롱이를 가진 마을 사람들이 보이지? 훗날 상을 내릴 테니 삿갓과 도롱이를 달라고 해서 모두 가져오도록 하라."

잠시 뒤, 병사들이 삿갓과 도롱이를 모아 가져와 부상을 당한 병사들에게 덮어주는 것을 보고 난 뒤에야 히데요시는 비로소 마음이 풀린 듯한 얼굴을 하고 진군을 계속했다고 한다. 사람들은 이 일화를 예로 들며 휘하의 장수들이 지치고 배고픔을 느끼기 시작했을 때, 그는 민심을 돌보는 것을 잊지 않았으며 전쟁 뒤에도 사려 깊게 행동했다고 이야기하는데 사실은 과연 어떠했을지 모른다.

히데요시는 아무리 급한 때라도 길가에 쓰러져 고통스러워하는 부상자를 보고 그냥 지나치지 못했다. 그러니 그저 평소에도 그랬듯 자신의 성격대로 정을 베풀었다고 볼 수 있다.

어쨌든 호수의 서쪽으로 진격한 히데요시의 주력군과 호수의 동쪽을 지키던 호리 히데마사의 군은 야나가세 산지로 들어서는 북국 가도의 길 위에서 하나로 합쳐졌다.

"가쓰이에는 이미 숨통이 끊겼다. 가쓰이에의 부장들도 대부분 목숨을 잃었다."

소식을 들은 병사들은 천둥 같은 환호성을 올렸다. 하지만 얼마 지나지 않아 가쓰이에의 전사는 오보였다는 게 밝혀졌다.

가쓰이에 휘하의 이름 높은 장수 중 고쿠후 조에몬, 요시다 야소, 오타 구라노스케, 고바야시 즈쇼, 마쓰무라 도모주로, 아사미 쓰시마노카미 뉴도도세이, 진보 와카사神保若狹, 진보 하치로우에몬神保八郎右衛門 등이 기쓰네즈카에서 야나세의 쓰키치突地에 걸쳐 차례로 쓰러졌으며, 그 수급을 호리 부대, 오가와 부대, 구로다 부대, 도도 부대 등 하시바 군의 용사들이 손에 넣은 것만은 틀림없는 사실이었다.

호리 규타로 히데마사가 직접 히데요시에게 오보에 대한 해명을 했다.

"대장 가쓰이에라 여겨졌던 자는 가짜로, 기타노쇼 시동들의 우두머리인 멘주 쇼스케가 가쓰이에를 대신한 것이었습니다."

히데요시가 수급을 보았다. 얼굴 가리개는 걷혀져 있었다. 가쓰이에 와는 조금도 닮지 않은 아름다운 젊은이의 수급이었다.

"주인의 깃발을 청해 가쓰이에 대신 죽은 것이로군. 만족스러운 얼굴로 죽었구나."

히데요시는 넋을 잃고 수급을 바라보았다. 수급은 자줏빛 입술에 하얀 이를 살짝 드러내고 있었는데, '주군이 주군답지 않아도 신하는 신하다워야 한다'는 의를 지킨 자신에게 미소 짓고 있는 듯했다.

멘주 쇼스케 이에테루는 히데요시에게 큰 감명을 주었다. 이후 히데요시는 에치젠으로 들어가 평정을 되찾은 뒤 쇼스케의 어머니와 멘주 가의 친척을 찾아가게 해서 정중히 위문하고 부양을 약속했다고 한다.

그의 전시하의 행정은, 아니 자연스럽게 하는 행동 모두 언제나 정의情義를 본위로 한 정도政道였다. 물론 정책의 궤도는 이념을 기조로 하고 있었지만 자연스레 그의 성격이 더해져 정념을 주조로 하고, 또 물질에 도의를 더하고, 도의를 법치 상벌의 거울로 삼아 전시하의 행정을 펼쳐나갔다. 며칠 뒤, 사쿠마 겐바노조가 생포 당했을 때도 그러한 시정의 한 예를 보여주었다.

22일 밤, 겐바노조가 자신의 영지였던 에치젠의 산속에서 농민들의 손에 붙들려 히데요시의 진소로 끌려왔는데, 그때 히데요시는 자신의 부하를 통해 이렇게 이야기하도록 했다.

"겐바노조를 생포하는 데 협력한 자들에게는 상을 내리겠다. 남녀 노소를 불문하고 호소할 것이 있는 자들은 내일 함께 오도록 하라."

이튿날, 여러 사람이 한 무리가 되어 찾아왔다. 그리고 모두 한몫했다며 자신의 공을 이야기했다. 그러자 히데요시가 백성들에게 말했다.

"패했다고는 하나 어제까지 영주라 우러르던 자를 포박해 침공해 온 적군에게 건네주었을 뿐만 아니라, 농부로서의 업을 게을리하여 이

利를 얻기 위해 여기까지 와서 공을 경쟁하듯 떠들어대다니, 농촌의 사려 깊지 못한 자들이라고는 하나 그 마음을 어여삐 여길 수가 없다. 이미 백성의 본성을 잃은 놈들이니 모두 목을 베도록 하라.”

농민들은 통곡했으나 히데요시는 그들을 질타하고 노려보았을 뿐 끝내 용서하지 않았다고 한다.

백성들 사이에 도의를 세우려면 정의情義의 정치를 펼쳐 보여야 한다. 정의를 ‘법’ 속에 세우기 위해 온정을 베풀고 상을 내리는 것만이 결코 상책은 아니다. 때로는 준엄하고 무정한 듯한 엄벌의 단도 역시 휘두르지 않으면 안 될 것이다.

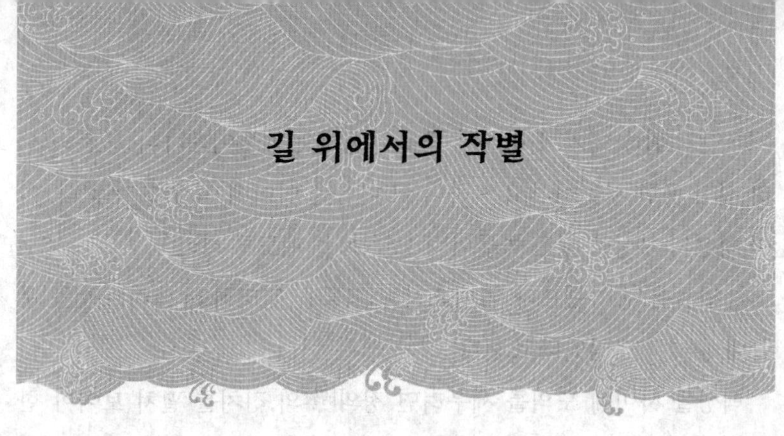

길 위에서의 작별

가쓰이에는 간신히 달아났으나, 가쓰이에의 날개였던 전군은 완전히 꺾여 안개처럼 흩어져버리고 말았다.

야나가세 부근에는 오늘 아침까지 걸려 있던 금 신장대의 깃발 대신 히데요시의 표주박 깃발이 내걸렸다. 이색적인 깃발이 뜨거운 햇살에 반짝여 어딘가 사람의 힘과 지혜를 초월한 것의 표식처럼 사람들의 눈을 찔렀다. 그리고 그 주위에서부터 일대의 가도, 평야, 부락에 걸쳐 휘하 각 제후들의 깃발과 각 부대의 깃발이 새카맣게 운집해서 마치 승전식이 벌어진 것처럼 장관을 이루었다.

하시바 고이치로 히데나가의 병단이 가장 컸으며, 니와, 하치스카, 하치야, 호리오 등의 부대, 호리 규타로, 다카야마 우콘, 구와야마 슈리, 구로다 간베 부자, 기무라 하야토노스케, 도도 요에몬, 오가와 사헤이지, 가토 미쓰야스 등의 부대 등 한눈에 다 둘러볼 수 없을 정도의 군마였다.

"이겼다, 우리가 이겼다."

그곳에 모인 사람들의 물결에서 승리를 느낄 수 있었다. 병사들의 모습에서 환희의 물결을 볼 수 있었다. 말의 땀에서 반짝이는 것도 그러한 빛이었다.

사실 그날 이미 모든 것이 결정되었다고 해도 좋을 것이다.

히데요시와 가쓰이에가 서로의 전력을 동원해 천하의 귀추를 걸고 벌인 일전은 여기서 승패가 갈려 형세가 다시 뒤집어질 여지도, 기적도 더는 있을 수가 없었다. 험한 산, 호수, 성시城市, 보루와 요새, 평야 등 그토록 광범위한 천지에 웅대한 구상을 펼친 포진의 대치가 한동안 계속되었던 대전도, 그 세심한 태세에 비하면 마지막 귀결에 들어선 혈풍투지血風鬪地의 목숨을 건 전투는 참으로 짧은 것이었다. 일방적인 돌진과 맹공에 허무할 정도로 빨리 결정이 나고 말았다.

훗날 역사로 보면 결과는 당연한 일이었다. 일본과 중국의 역사 모두 수많은 국토와 피로써 명백하게 보여준 흥망의 공식에 지나지 않았다. 그를 통해 알 수 있는 일이었다. 하지만 가쓰이에의 마음으로 보면 그렇게 간단히 받아들일 수 없었으리라. 일정한 법칙을 역행하고 있었다는 사실은 패한 뒤에도 수긍하지 않았을 것이다. 또 히데요시조차 그렇게 단번에 승리하리라고는 생각하지 못했을 것이다.

오가키를 출발할 때 '우리는 이미 이겼다'고 말하고 준마에 채찍을 가했던 것은 그저 이길 수 있다는 편안한 마음이 아니었다. 이미 가쓰이에와의 먹느냐 먹히느냐 하는 싸움을 예기하고 나섰던 것이었다. '죽음 속에 삶이 있고, 삶 속에는 삶이 없다'는 커다란 호령을 단지 영 뿐만 아니라 자신의 모습으로 전군에 펼쳐 보인 것이었다.

히데요시가 이 싸움에서 이미 '이기지 못한다면 죽음뿐'이라고 결심했다는 것은 시체로 산을 쌓고 피로 강을 이룬 시즈가타케의 난투 중에 시종 진두에 서서 이십 대, 삼십 대의 젊은이에게도 뒤지지 않고 '이마로 적의 등을 밀어라'라며 소리 높였던 기운만 봐도 충분히 짐작할 수 있다.

이번 싸움에서 이기면 그는 그다음 날부터 천하인이라고 일컬어질 수 있었지만 털끝만큼이라도 내일 이후의 세상이나 일신의 영광을 생각하지 않았다. 만약 그런 생각이 있었다면 결코 그처럼 단번에 승부를 볼 수 없었을 것이다. 여담은 여기까지만 하겠다.

그런 히데요시의 정력과 적을 추격하는 마음은 이런 곳에 머물며 개가에 취해 있을 만한 것이 아니었다.

때는 21일 정오. 일단 전군은 밥을 먹었다. 돌아보면 시즈가타케에서 서전에 들어간 것이 오늘 새벽 4시였으니, 그로부터 약 여덟 시간 동안 쉴 새 없이 전쟁을 치렀다. 하지만 밥을 먹고 나자 전군은 다시 바로 북진하라는 명령을 받았다.

시즈가타케, 쓰바키 고개, 오쿠로大黑 계곡으로 길게 늘어선 병마는 촉蜀으로 들어서는 위魏나라의 군대를 떠오르게 했다. 국경인 도치노키 고개로 접어들자 서쪽으로 쓰루가의 동해가 보였으며, 북쪽 에치젠의 산야가 말발굽 아래 펼쳐져 있었다.

해는 이미 기울어 봄기운 가득한 천지는 저물녘의 무지갯빛으로 불타오르고 있었다. 히데요시의 얼굴도 붉은빛에 물들어 있었다. 오가키를 떠난 이후 한잠도 자지 않은 얼굴이라고는 여겨지지 않았다. 아마도 그는 인간에게 자는 시간이 있다는 사실을 잊고 있었던 것이리라. 나아가도, 나아가도 멈추라고는 말하지 않았다. 밤은 가장 짧고 낮은 가장 긴 때였다.

해가 떨어졌을 무렵에야 에치젠의 이마조에서 숙영을 했다. 하지만 선두 부대는 계속 행군해서 밤이 새기 전에 이십여 리 앞에 있는 와키모토脇本까지 진출하라는 명을 받았으며, 후방 부대도 중군에서 이십 리 정도 떨어져 있는 이타도리板取에 멈췄으니 사오십 리에 걸친 야영진을 자연스럽게 펼친 것이었다.

두견이가 우는 줄도 모르고 히데요시는 깊은 잠에 빠졌다.

'내일은 후추 성 밑을 지날 텐데, 마에다는 어떤 식으로 인사를 해올까? 어떻게 받아야 할까?'

잠들기 전, 히데요시의 머릿속에는 당연히 숙제가 떠올랐을 것이다. 하지만 도시이에는 시게 산에서 물러날 때의 태도로 자신의 의중을 어느 정도 내비친 것이라 할 수 있었으며, 또 그것을 장애물이라 생각하여 앞일을 미리부터 걱정하고 있을 히데요시도 아니었다.

그렇다면 그 무렵 마에다 도시이에는 어떤 행보를 보이고 있었을까? 도시이에는 같은 날 정오 무렵 이미 이 부근을 지나서 해가 아직 높이 떠 있을 때 아들 도시나가의 성인 후추 성안으로 전군을 물린 상태였다.

"무사히 다녀오셨습니까?"

부인이 그를 맞아주었다.

"잘 다녀왔소."

도시이에는 그렇게만 말했을 뿐 속내는 조금도 털어놓지 않았다.

"부상자도 있으니 성안으로 받아들여 그들을 정성껏 돌봐주시오. 나는 그 뒤에 돌아봐도 되니."

도시이에는 현관으로 들어서려고도 하지 않았다. 짚신도 벗지 않고 무장도 풀지 않은 채 현관 앞에 서 있었다. 시동들도 정숙하게 늘어서서 무엇인가를 엄숙하게 기다리는 듯했다.

잠시 뒤, 정문에서 몇 무리의 무사들이 조용히 들어왔다. 방패 위에 눕힌 전사자를 옮겨온 것이었다. 갑주를 입은 시체 위에는 그 무사의 명예로운 깃발이 놓여 있었다. 십여 개의 방패와 깃발이 성의 불당 안으로 옮겨졌다. 다음으로 부상자가 업히거나 다른 이의 어깨에 기대어 성의 한쪽으로 들어왔다.

그 정경으로 봐서 시게 산에서 물러날 때 마에다 군의 희생자는 전사자 십여 명, 부상자 서른예닐곱 명인 듯했다. 시바타와 사쿠마 군에 비할 수는 없었지만 도시이에 부부는 얼마 되지 않는 희생자에게 예로써 매우 정중하게 대했다. 종전과는 달리 예를 넘어 마치 사과라도 하는 듯했다.

불당에 종이 울리고 해도 기울어갈 무렵, 성안에 밥 짓는 연기가 피어오르기 시작했다. 식사를 하라는 명령이 떨어진 것이었다. 하지만 군대는 여전히 해산하지 않았다. 장병들은 전장에 있을 때와 같은 편제 속에서 곳곳에 배치되어 성벽을 굳게 지키고 있었다.

"기타노쇼 나리가 지금 막 성문에 도착하셨습니다."

정문을 지키던 병사가 안을 향해 큰 소리로 고했다. 가쓰이에가 온 모양이었다.

"뭣이, 쇼사쿠 나리(가쓰이에)가 성문까지 오셨다고?"

마침 망루에 있던 도시이에가 정문에서 들려오는 소리를 듣고 망연히 중얼거렸다. 뜻밖이라는 표정이기도 했으나, 한편으로는 도망자가 된 그를 눈앞에 그려보니 차마 만나기 어렵다는 듯한 표정이기도 했다.

"마중하기로 하자."

도시이에는 깊은 생각에 잠겼다가 아들 도시나가와 그 자리에 있던 장수 네다섯 명을 데리고 발걸음을 옮겼다.

"아버지."

망루 아래로 내려가는 입구에서 도시나가가 말했다.

"저 혼자 마중을 나가서 현관까지 안내하도록 하겠습니다. 아버지께서는 거기서 기다리고 계심이……."

"그래…… 그렇게 하겠느냐?"

"그렇게 하겠습니다."

망루의 계단은 급하고 발밑도 어두웠으며 삼 층이나 되었다. 도시나가가 후다닥 앞서 달려 내려갔다. 뒤따라 내려가는 도시이에는 한 걸음, 한 걸음 깊이 생각하며 발걸음을 옮기는 듯했다. 마지막 계단을 내려가서 굵직한 기둥이 몇 개나 있는 무사들의 방 앞쪽 복도로 들어선 순간이었다. 뒤따르던 사람 중 무라이 마타베 나가요리村井又兵衛長賴가 도시이에에 바로 뒤까지 불쑥 다가와 소매 끝을 붙잡듯 속삭였다.

"나리……."

도시이에는 눈빛만으로 무슨 일이냐고 물으며 나가요리의 얼굴을 바라보았다. 나가요리가 주인의 귓가로 턱을 더욱 가까이 가져가 영리한 척 계책 하나를 들려주었다.

"때가 때이니…… 기타노쇼 나리께서 여기에 들르신 것은 더할 나위 없는 기회입니다. 숨통을 끊어 그 수급을 지쿠젠 나리에게 보낸다면 별 어려움 없이 두 집안의 화해를 꾀할 수 있을 것입니다."

그러자 도시이에가 갑자기 마타베 나가요리의 가슴을 힘껏 밀치며 무시무시한 목소리로 꾸짖었다.

"닥쳐라."

나가요리는 뒤쪽 벽까지 비틀비틀 뒷걸음쳐 간신히 엉덩방아를 찧지 않았다. 그는 새파랗게 질려서 몸을 일으키는 것도, 그 자리에 앉는 것도 잊고 있었다. 도시이에가 그를 노려보며 아직도 분이 풀리지 않은 듯한 목소리로 말했다.

"불의하고 비열해서 입에 담기조차 부끄러운 간사한 모략을 주인의 귀에 속삭이다니 당치도 않은 놈! 무사로서 무사도를 모르는 놈이로구나! 궁지에 빠져 문을 두드린 장수의 목을 팔아 집안의 경영에 취하려는 자가 어디에 있단 말이냐. 하물며 누가 뭐래도 가쓰이에와 도시이에는 오래도록 같은 진에 있던 사람들이다. 한심한 소리도 사정을 살펴가면서 해야지, 닥치고 있어라."

도시이에는 부들부들 떨고 있는 그림자를 뒤에 남겨둔 채 그대로 가쓰이에를 맞이하기 위해 현관으로 나갔다. 그곳에 오래 서 있을 필요도 없이 이윽고 가쓰이에가 말을 탄 채 들어왔다. 부러진 창의 손잡이를 한손에 든 채, 부상을 입은 것 같지는 않았으나 만면, 아니 온몸이 처참한 꼴이었다. 마중을 나갔던 아들 도시나가가 말의 부리망을 잡고 친절하게 안내를 했다. 함께 온 부하 여덟 명은 중문 밖에 남겨두고 온 듯 가쓰이에 한 사람뿐이었다.

"아드님, 고맙소……."

가쓰이에는 상냥하게 인사하고 말에서 내리더니 도시이에의 얼굴을 보자마자 자조하는 듯 큰 소리로 이렇게 말했다.

"졌소, 지고 말았소. 안타깝게도 이처럼……."

뜻밖에도 기력을 잃지 않은 모습이었다. 아니, 가쓰이에가 그렇게 보이려 했기 때문일지는 모르겠으나 어쨌든 도시이에가 상상했던 것보다는 훨씬 쾌활한 모습이었다.

"자, 우선은. 아니…… 그대로 안으로 드십시오."

도시이에는 패장을 맞이하는 데 평소보다 더 정중한 태도를 취했다. 아들 도시나가도 아버지에 지지 않을 만큼 성의를 보였는데, 피로 물든 도망자의 짚신 한쪽을 풀어주기도 했다.

"아아…… 집에 돌아온 듯한 기분이 드는구나."

그러한 때에 보이는 사람의 온정은 패망의 늪에 빠진 사람에게 진실한 감동을 주어 다른 원한이나 의심을 버리게 하고, 또 세상의 빛을 떠오르게 하는 유일한 구원이 된다는 사실은 말할 필요도 없을 것이다. 가쓰이에는 한없이 기뻤는지 혼마루로 들어가서 부자의 무사함을 축복한 뒤 솔직히 잘못을 인정했다.

"이번의 패전은 모두 나의 불찰에 의한 것이오. 그대에게도 거듭 번거로움을 끼쳤으니 용서해주시기 바라오. 어쨌든 기타노쇼까지 돌아가 여한이 없도록 일을 처리하고 깨끗이 마음을 정리할 생각이오. 이러한 때 예의가 아닌 줄은 아나…… 더운 물에 만 밥을 한 그릇 내주실 수 있겠소?"

귀신 잡는 시바타가 부처가 된 듯한 말투였다. 도시이에도 눈물을 흘리지 않을 수 없었다.

"더운 물에 만 밥을 바로 가져오도록 해라. 물론 이렇다 할 안주는 없지만 술도 더해서."

도시이에는 아들에게 얼른 음식을 준비하게 했다. 그리고 뭐라 위로해야 할지 몰랐으나 가쓰이에에게 이렇게 말했다.

"이기고 지는 것은 병가에 늘 있는 일이라고들 하지 않습니까? 오늘의 안타까움을 모르는 바는 아닙니다만, 우주의 윤회라는 커다란 입장에서 보면 비록 이겼다 할지라도 교만하면 망할 날로 가는 첫걸음, 패했다 할지라도 마음에 새기면 승리할 날로 가는 첫걸음일 듯싶습니다. 흥망의 윤회는 하루아침의 희비에 있지 않습니다."

가쓰이에는 벌써부터 도시이에가 하려는 말을 깨달은 듯 대답했다.

"그렇기에 안타까운 것은 썩지도 않고 변하지도 않는 이름뿐이오만…… 하지만 걱정할 것 없소. 이미 결심했으니."

평소 가쓰이에와는 달리 초조함에 망설이는 듯한 느낌이 전혀 없었다.

술이 오자 가쓰이에는 시원하게 한 잔 마시고 나서 마지막 작별이라고 생각한 듯 도시이에 부자에게도 따라주었다. 그러고는 도시이에의 시중을 받으며 더운 물에 만 밥을 한 그릇 후르르 먹었다.

"내 생애 최고의 진미였소. 오늘처럼 맛있는 밥은 처음이었소. 참으로 실례가 많았소. 결코 잊지 못할 것이오."

가쓰이에는 창황히 인사를 한 뒤 아까 들어왔던 현관으로 걸어갔다. 밖까지 배웅을 나간 도시이에는 가쓰이에의 말이 매우 지친 것을 보고 시동에게 명령해서 자신의 애마를 가져오게 했다.

"마구간에서 내 말을 끌고 오너라."

도시이에는 가쓰이에에게 권한 뒤, 도시나가에게 부리망을 잡게 하며 명을 내렸다.

"행여 무슨 일이라도 있어서는 안 되니 성 아래 마을의 동구 밖까지 모셔다드리도록 해라."

도시이에는 그렇게 말한 뒤 말 위에 오른 가쓰이에에게도 말했다.

"기타노쇼에 들어가시기까지 이곳의 방비는 염려하실 것 없습니다."

가쓰이에는 일단 말을 몰기 시작했으나 무슨 생각을 한 것인지 갑자기 말을 돌려 도시이에 옆으로 다가왔다. 그런 다음 도시이에에게 말했다.

"마타자 나리, 그대와 지쿠슈는 젊었을 때부터 둘도 없는 친구였소. 싸움이 이리 된 이상 이 쇼사쿠에 대한 의리는 더 이상 지킬 필요 없소. 잘 판단해서 처신하시오."

가쓰이에의 말은 도시이에에 대한 마지막 인사로 가장 커다란 호의와 오늘까지의 감사를 나타낸 것이었다. 말 위에 앉은 가쓰이에의 얼굴은 거짓 없이 그것을 표정에 드러내고 있었다.

"고맙습니다."

도시이에는 가쓰이에의 마음을 향해 진심으로 감사의 뜻을 전했다.

저녁 해의 붉은빛이 성문을 나서는 가쓰이에의 그림자를 더욱 도드라져 보이게 했다. 말에 탄 수행원 여덟 명과 보병 십여 명이라는 미미한 잔존 병사는 그렇게 기타노쇼로 발걸음을 옮겼다.

"이젠 됐다. 그만 돌아가도록 해라."

도시나가가 말의 부리망을 쥐고 가는 동안 가쓰이에가 몇 번이고 가엾이 여기며 그렇게 말했으나 도시나가는 아버지의 명령이기도 하고 무슨 일이 있을지 몰랐기에 후추의 마을 밖까지 가쓰이에를 배웅했다.

"여기도 너의 치정으로 몰라볼 정도로 번창하게 되었구나. 전쟁도 어렵지만 영지를 다스리는 일은 특히 어려우니 아버지께 잘 배우도록 해라. 이 가쓰이에에게 배워서는 안 된다."

길을 가는 동안 가쓰이에는 성 아래 마을의 새로운 저택 등을 보며 말 위에서 이런저런 이야기를 들려주기도 하고 때로는 농담으로 도시나가를 웃게 만들기도 했다. 성 아래 마을 밖까지 왔을 때 도시나가가 부리망을 수행원에게 건네주며 작별을 고했다.

"건강하십시오. 저는 여기서 그만……."

도시이에는 가쓰이에가 떠난 뒤 혼마루의 한 방에 홀로 조용히 앉아 있었다.

"무사히 모셔다드리고 돌아왔습니다."

"그래."

도시이에는 그저 그렇게만 대답했다. 감회에 잠겨 무슨 생각을 하는 것인지 여전히 말이 없었다.

21일 후추 성은 그렇게 저물어가고 있었다. 그때 히데요시의 하시바 군이 벌써 도치노키 고개의 국경을 속속 넘어 후추와 같은 길로 연결된 이타도리, 마고타니孫谷, 오치아이落合 등으로 빠르게 다가오고 있었다는 사실을 이곳에서는 아직 모르고 있었다.

"아버지, 초를 가져오겠습니다."

"아니, 여기에는 필요 없다. 오늘 밤에는 망루에 있어야 할 듯하다. 너도 정문을 지키되 한 치의 소홀함이 있어서는 안 된다. 특히 장병들 모두 지쳐 있으니 너의 느슨함이 곧 모두의 느슨함이 될 것이다.”

“네, 그럼…….”

“나도 망루로 가야겠다.”

도시이에 부자는 함께 그곳에서 나왔다. 그때였다.

“한심한 놈! 한심한 놈!”

망루 아래 어두운 복도에 갑자기 우물가 아래서 들려오는 듯한 목소리가 울려 퍼졌다.

“안 돼, 안 돼. 놓지 않겠다. 아니, 놓을 수 없어. 이런 곳에서 헛되이 죽으려는 한심한 놈은 다시 한 번 혼쭐이 나야 해. 자…… 숙부님 앞으로 가자.”

필사적으로 목소리를 짜내는 듯했으며, 또 어딘가 소탈한 목소리처럼 들리기도 했다.

“누가 저렇게 소란을 피우는 것이냐?”

도시이에가 귀를 기울이자 도시나가가 바로 대답했다.

“게이지로慶次郎입니다. 틀림없이 게이지로의 목소리입니다.”

도시이에는 시끄러운 소리가 들려오는 곳으로 발걸음을 돌렸다. 망루 밑의 무사들이 쉬는 방으로 통하는 복도는 새카만 어둠에 잠겨 있었다. 가만히 바라보니 조카인 게이지로가 한 무사를 끌어당기고 있었다.

“자, 이리 와라. 이리 오라니까!”

게이지로는 상대의 팔을 있는 힘껏 끌어당기고 있는 듯했다.

무사가 진심으로 맞선다면 아직 열네 살로 몸집이 작은 게이지로의 손을 뿌리치는 정도는 식은 죽 먹기였을 것이다. 하지만 주인의 조카였기에 머리를 숙이고 몸을 낮춰 그가 하는 대로 내버려둔 채 그저 고집스러운 뜻만을 거부하는 듯했다.

“게이지로 아니냐. 왜 소란을 피우고 있는 게냐?”

“아, 숙부님. 마침 잘 오셨습니다.”

“누구냐, 네가 붙들고 있는 자는?”

“마타베입니다.”

“뭐, 나가요리라고?”

“네, 조금 전에 숙부님께서 망루의 사다리 아래서 크게 야단을 치셨던 마타베 나가요리입니다. 숙부님, 다시 한 번 야단을 쳐주십시오. 마타베는 한심하기 짝이 없는 놈이니.”

“너야말로 나이 어린놈이 무슨 소리를 하는 게냐. 나가요리가 그 뒤로 무슨 짓이라도 했단 말이냐?”

“저기서 할복하려 했습니다.”

“흠, 그래서…….”

“말렸습니다. 제가.”

“왜 말렸느냐?”

“하지만…….”

게이지로는 영리해 보이는 콧구멍을 위로 치켜 올렸다. 그리고 숙부의 뜻을 이해할 수 없다는 듯한 얼굴로 항변했다.

“무사씩이나 돼서 헛되이 죽으려 하다니, 불경하지 않습니까? 할복에도 다 때가 있는 법입니다. 주군에게 야단을 맞아 체면이 서지 않는다고 배를 가른다면 이 게이지로는 매일 배를 갈라야 할 것입니다.”

“하하하, 게이지로가 참으로 우스운 말을 합니다.”

뒤에 있던 도시나가는 이를 계기로 아버지가 나가요리를 용서하면 좋겠다고 생각했기에 일부러 앞으로 나서서 아버지의 말을 가로막았다.

“게이지로야, 넌 무슨 일로 여기에 있었던 거냐?”

“아까부터 숨어서…….”

“숨어서?”

"마타베가 숙부님께 야단맞을 때, 이건 틀림없이 할복할 것이라고 생각했기에 저 기둥 뒤로 가서 혼자 가만히 지켜보고 있었습니다."

"하하하. 장난도 잘 치지만, 영리하기도 하구나. 아버지, 게이지로까지 이렇게 걱정하고 있습니다. 조금 전에 했던 나가요리의 실언을 용서해주시기 바랍니다."

게이지로도 함께 나가요리를 위해 용서를 빌었다.

"숙부님께 데려가 다시 한 번 야단을 맞게 할 생각이었습니다. 마타베를 용서해주시기 바랍니다."

도시이에는 용서한다고도, 용서하지 않는다고도 말하지 않은 채 가만히 서 있었다. 그러다 마침내 마타베 나가요리에게 말했다.

"나가요리, 나를 원망하지 마라."

뜻밖의 말에 마타베가 이마를 바닥에 대고 오열하는 듯한 목소리로 외쳤다.

"무, 무슨 말씀이십니까. 부끄럽기 짝이 없습니다. 그저 죽음을 내려주십시오."

"주인을 생각해서 한 말인데 어찌 나쁘게 듣겠느냐. 하나 선의를 갖고 한 말도 때로는 주인을 위험에 빠지게 하는 경우가 있는 법이다. 다른 사람에게 보이기 위해서 야단을 친 것이기도 하다. 언제까지 마음에 담아두지 않아도 된다. 그만 잊어라."

무라이 나가요리는 감격의 눈물을 흘리며 언제까지고 얼굴을 들지 못했다.

게이지로는 나가요리가 용서를 받자마자 곧 어딘가로 달려가버렸다. 한시도 헛되이 하지 않고 놀기에 여념이 없는 소년이었다.

벌써 열네 살이니 전장에 데리고 나가도 좋을 나이였으나 도시이에는 형의 아들에게 무슨 일이 있어서는 안 된다고 생각한 것인지, 혹은 남달리 뛰어난 재능을 가지고 있는 조카의 소질을 보고 때를 가늠하고 있는 것인지, 잔소리도 하지 않고 거의 놓아기르는 새처럼 그의 천성에 맡겨두고 있었다.

"아아, 보인다, 보여."

게이지로는 곧 망루 위로 달려 올라간 것인지 큰 소리를 지르다 다시 달려 내려와 도시이에 부자를 부지런히 찾아댔다. 도시이에는 도시나가와 나가요리를 데리고 정원의 막사를 향해 걸어가고 있었다.

"숙부님, 적이 보입니다, 적이."

게이지로가 달려와 소년답게 흥분한 모습을 보였다. 망루에 올라 동쪽을 보니 호쿠리쿠 가도 옆에 있는 와키모토 부근에서 하시바의 부대 하나가 기치를 내보이며 오고 있다는 것이었다.

도시이에도 지금 막 망루에 있던 병사에게 보고를 받았기에 이미 그 사실을 알고 있었다. 하지만 히데요시가 앞장서서 달려온 것인지, 다른 부장의 선봉대인지는 아직 자세히 듣지 못했다.

"게이지로, 시끄럽구나."

말없이 걸어가는 아버지를 대신해서 도시나가가 노려보는 듯한 눈빛을 보냈다. 하지만 사촌 형인 도시나가가 그래 봤자 이 소년에게는 아무런 효과도 없을 뿐 아니라 오히려 게이지로의 좋은 상대가 될 뿐이었다.

"마고시로孫四郞(도시나가) 님. 전투는 오늘 밤에 시작될 것 같습니까? 숙부님께서는 언제까지고, 언제까지고 저를 데려가주지 않으시지만, 여기서 싸움이 시작된다면 허락이 없다 할지라도 게이지로는 싸움에 나갈 것입니다. 저는 마고시로 님께도 지지 않을 겁니다."

"시끄럽다고 하지 않았느냐. 너는 어머니가 계신 곳으로 가 있어라."

"여자들이 있는 곳은 싫습니다. 곧 전투가 시작될 텐데."

"어서 가지 못할까?"

도시이에가 돌아보고 말했다.

"마고시로야, 그냥 내버려두어라."

게이지로가 손뼉을 치며 쓴웃음을 짓고 있는 사촌 형을 놀렸다. 그러는가 싶더니 정원 끝으로 달려가 거기서 와키모토 쪽을 향해 적의 횃불이 빨갛게 물들여놓은 밤하늘을 동그란 눈으로 가만히 바라보았다.

그때 정문 쪽으로 말 두어 마리가 달려왔다. 정찰을 나갔던 병사들인 듯, 곧 성문 안으로 들어오더니 도시이에가 있는 막사 안으로 모습을 감추었다. 상세한 내용은 부장들의 입을 통해 곧 성안의 모든 사람들에게 전해졌다.

"오늘 밤 와키모토에 진을 친 적은 호리 히데마사의 선봉이고, 히데요시는 후방의 이마조에 진을 친 듯하다. 워낙 먼 길을 단숨에 달려온 병사들이니 우리 성을 바로 공격할 염려는 거의 없으나 무슨 짓을 할지 모르는 하시바 군이니 새벽에는 경계를 요한다."

후추 성의 장병들은 조금 전 무라이 마타베 나가요리가 크게 야단을 맞았다는 소문을 듣고, 그것으로 도시이에의 마음을 알게 되었다. 도시이에가 히데요시를 이곳으로 끌어들여 흥망을 걸고 승패를 내려 하는 것이라 생각했기에 모두 마음속으로 피할 수 없는 농성전을 각오하고 있었다.

훌륭한 집안, 훌륭한 아내

하룻밤 동안, 아니 그저 밤의 절반 동안만 이마조에서 기분 좋게 잠을 잔 히데요시는 이튿날인 22일에 이마조를 출발해 와키모토까지 말을 몰아 나갔다.

호리 히데마사가 마중을 나갔다. 깃발도 바로 받아서 꽂았다. 총사가 있음을 보여, 이 선봉 부대의 위치가 곧 중군임을 나타낸 것이었다.

"어젯밤, 후추 성의 움직임은 어땠는가?"

히데요시의 질문에 히데마사가 대답했다.

"특별한 것은 없었습니다."

그리도 다시 덧붙였다.

"하지만 꽤나 단단히 각오를 하고 있는 모양이었습니다."

"흠, 단단히 각오를 하고 있단 말인가? 지쿠젠과의 일전을 피할 수 없다고."

히데요시는 자문자답하며 그곳의 언덕에서 후추 성 쪽을 바라보다 갑자기 명령을 내렸다.

"규타로, 준비하게."

"직접 나서실 생각입니까?"

"물론이지."

히데요시는 탄탄대로를 바라보는 듯 고개를 끄덕였다.

히데마사는 곧 각 부장에게 히데요시의 뜻을 전달하고 자신의 선봉대에도 나팔로 알렸다. 잠시 뒤, 어제와 같은 서열로 행군이 시작되었다.

후추까지는 일 각도 걸리지 않았다. 히데요시는 규타로 히데마사를 앞세우고 선봉 가운데 자리를 잡았다. 벌써 성벽이 보이기 시작했다. 성안의 긴박함은 말할 필요도 없었다. 위치를 바꿔 성 위에서 바라보면, 빠르게 달려오는 병마의 거센 흐름과 표주박 깃발이 더욱 선명하게 보일 터였다.

멈추라는 명령이 떨어지지 않았다. 히데요시의 모습은 여전히 말 위에 있었다. 선봉대의 장병들은 '그렇다면 이대로 성을 포위할 모양이군'이라고 생각했다.

후추 성의 정문을 향해 성난 파도처럼 달려가던 히데요시 군이 학익진을 펼쳤다. 그리고 오직 표주박 깃발만이 한동안 움직이지 않았다. 그때 성의 방어군이 일제히 초연을 피워 올렸다. 그 순간 쏟아지는 듯한 총성이 들렸다.

"규타로, 조금 더 뒤로 물러나게, 뒤로."

히데요시가 히데마사에게 병사를 후퇴시키라고 명령했다. 그리고 다시 진형을 바꾸게 했다. 아니, 진형을 취하지 못하게 했다.

"병사들을 펼치지 말게. 진형을 취하지 말고 한곳에 둥그렇게 머물러 아무런 태세도 취하지 말게."

앞에 선 병사가 사정거리 밖으로 물러나자 자연히 성안의 철포도 그쳤다. 하지만 서로의 기세는 그야말로 일촉즉발 직전에 있는 것처럼 보였다.

"누군가 깃발을 들고 지쿠젠보다 열 간 정도 앞장서서 똑바로 먼저 달려가도록 하게. 말을 끄는 자는 필요 없네. 지금부터 히데요시 혼자 성안으로 들어갈 테니."

히데요시는 사전에 누군가에게 자신의 의중을 밝히지 않았다. 그저 말 위에서 갑자기 그렇게 외쳤다. 그러더니 놀라 술렁이는 장수들을 내버려둔 채 곧 따각따각 말을 몰아 성의 정문 쪽으로 향했다.

"잠시만! 앞장설 테니 잠시만 기다리십시오."

앞으로 고꾸라지듯 히데요시를 따라잡은 무사가 마침내 열 간 정도 앞서서 명을 받은 대로 깃발을 흔들며 달려 나가자 그 금 표주박을 향해 총알이 몇 발 날아왔다.

"쏘지 마라, 쏘지 마라."

말 위에서 큰 소리로 외치며 총알이 오는 쪽으로 과감히 달려가는 사람은 쏜살과도 같은 모습이었다.

"지쿠젠을 모르는가?"

히데요시는 성문 가까이까지 다가가더니 허리춤의 금빛 부채를 뽑아 성안의 병사를 향해 흔들어 보였다.

"나는 지쿠젠일세. 나를 아는 자도 있을 터, 철포를 쏘지 말게나."

정문 옆 망루에 있던 다카바타케 이와미高畠石見와 오쿠무라 스케에몬奧村助右衛門 두 사람이 '앗' 하고 놀란 모습으로 망루에서 뛰어 내려왔다. 그리고 안에서 문을 열며 말했다.

"하시바 나리셨습니까?"

참으로 뜻밖이라는 듯 어쩔 줄 몰라 하는 얼굴이었다. 두 사람은 낯이 익은 사람들이었다. 얼른 말에서 내린 히데요시가 먼저 다가가 안부를 물었다.

"마타자는 돌아왔는가? 마타자에몬 부자 모두 별일은 없는가? 무사히 성으로 돌아왔는가?"

오쿠무라 스케에몬이 대답했다.

"그렇습니다. 두 분 모두 무사히 성으로 돌아오셨습니다."

"그런가? 다행이로군. 그 말을 들으니 안심이 돼. 스케에몬, 이와미, 나의 말을 끌고 오게."

히데요시는 말의 부리망을 두 사람에게 건네주더니 마치 자신의 부하를 데리고 자신의 집으로 들어가듯 부지런히 성문 안으로 들어갔다. 성을 지키던 갑주의 무리들은 히데요시의 행동에 망연히 넋을 잃고 말았다. 그 무렵 도시이에 부자가 저쪽에서 달려왔다. 그리고 히데요시와 도시이에는 서로 만나자마자 이렇게 말했다.

"오오, 어서 오게."

"아아, 마타자."

그들은 꾸밈도 없었고 억지스러운 표정도 짓지 않았다.

"어떻게 지냈는가?"

히데요시가 묻자 마타자에몬 도시이에가 웃으며 대답했다.

"그럭저럭 지냈다네. 우선 안으로 들게."

그리고 아들 도시나가와 함께 앞장서서 혼마루 안으로 맞아들였다. 일부러 딱딱한 현관은 피하고 다실로 들어가는 문을 열어 정원을 따라 걸었다. 그리고 보랏빛 제비붓꽃과 하얀 철쭉이 피어 있는 사이를 지나 안쪽의 서원으로 안내했다. 이에 도시이에 부자는 히데요시를 집안의 손님으로 맞아들인 것이라 해도 좋을 것이다. 예전에 담 하나를 사이에 두고 살았을 때도 이런 식으로 오갔었다. 히데요시 역시 이 허물없는 친근한 대접에 옛날을 떠올리듯 기뻐했다.

"자, 이리로 들게."

도시이에가 서원 위로 청했으나 히데요시는 짚신도 벗지 않고 서서 주위를 둘러보았다.

"저쪽 담 안으로 보이는 건물이 부엌인 듯한데."

도시이에가 그렇다고 대답하자 히데요시가 큰 소리로 도시이에의 부인을 부르며 부엌 쪽으로 성큼성큼 걸어갔다.

"그렇다면 부인께 먼저 인사를 드리도록 하지. 부인 계십니까?"

도시이에는 깜짝 놀랐다. 아내를 만나고 싶다면 이리로 부르겠다고 말할 틈도 없었으며, 부엌 같은 데 가서는 안 된다고 말하지도 못했다. 그랬기에 아들 도시나가에게 다급히 말해 히데요시의 뒤를 쫓아가게 했다.

"마고시로, 안내를 해드려라. 어서 가거라."

도시이에는 그렇게 말하고 아내에게 알리기 위해 서원에서 복도로 나와 안으로 급히 들어갔다.

히데요시로 인해 더욱 놀란 사람들은 혼마루의 부엌에서 일하고 있던 하인과 하녀였다. 감색 겉옷을 입은, 무사치고는 몸집이 작은 한 장수가 '안녕들 하신가?' 하며 갑자기 불쑥 토방 안으로 들어오는가 싶더니 거기에 있는 여러 사람을 돌아보며 친한 사이처럼 큰 소리로 묻지 않겠는가?

"마타자의 안주인은 안 계시는가? 내실은 어디에 있는가?"

그곳에는 히데요시를 아는 사람이 아무도 없었다. 하지만 허리에 차고 있는 부채와 칼은 누가 보더라도 평범한 부장의 물건이 아니었다. 아무리 봐도 대장의 물건이었다. 하지만 아군 쪽에서는 본 적이 없는 대장이었다.

"……?"

처음에는 모두 이상하다는 표정을 지었으나 금빛 부채와 화려한 장식의 검을 보고는 놀라 일제히 뒤로 물러났다.

"제수씨, 제수씨……. 지쿠젠입니다. 어디에 계십니까?"

히데요시는 부엌 안쪽의 방을 향해 여전히 그렇게 부르고 있었다.

마침 조리실을 정리하기 위해 하인들과 함께 일하고 있던 도시이에의 부인이 문득 그 소리를 듣고 '누굴까?' 궁금히 여기며 작업복을 입은 채 나왔다. 그리고 히데요시의 모습을 본 순간 놀란 그녀의 모습은 말로 형용하기 어려운 것이었다.

"어머……."

도시이에의 부인은 한동안 눈을 동그랗게 뜬 채 가만히 서 있다 이렇게 말했다.

"지금 이게 꿈은 아니겠지요?"

"제수씨, 오랜만입니다. 여전히 건강하신 듯해서 다행입니다."

히데요시가 다가가자 그녀도 그제야 정신이 든 듯 마룻바닥 아래로 내려왔다. 그리고 우선 안으로 들라고 몸을 낮추어 청했으나 히데요시는 봉당의 마룻귀틀에 아무렇게나 앉았다.

"제수씨의 얼굴을 보니 무엇보다 먼저 들려주고 싶은 말은 하리마에 있는 따님(도시이에의 딸을 히데요시의 양녀로 삼았음)도 히메지의 아낙들과 잘 어울리며 매우 건강히 자라고 있다는 사실입니다. 걱정하실 것 없습니다. 그리고 이번에는 남편께서도 뜻과는 달리 출진할 수밖에 없었던 모양이나 진퇴에 망설임이 없었고, 물러날 때도 신속해서 마에다 군만은 전쟁에서도 패하지 않았다고 해도 좋을 것입니다. 이것도 축하할 일입니다. 남편의 무운은 잘 풀리고 있으니 제수씨도 기뻐하시기 바랍니다."

"네……. 고맙습니다."

도시이에의 부인이 엎드린 얼굴 밑으로 손을 모았다. 그때 부인을 안채에서 찾고 있던 도시이에가 모습을 드러냈고, 부부가 손을 잡아끌

듯하며 히데요시를 안으로 안내하려 했다.

"여기는 툇마루의 끝 중에서도 가장 끝으로 너무나도 누추하니 우선은 짚신을 벗고 이곳을 통해서라도 안으로……."

하지만 히데요시는 여전히 '잠시 들른 손님'처럼 가벼운 마음으로 말했다.

"기타노쇼로 서둘러 가는 길이기에 오래 머물 수는 없어. 하지만 성의도 있고 하니 식은 밥이라도 먹고 갈까?"

"그야 어려울 것 없지만 우선은 서원이나 다실에라도 잠깐 오르는 게……."

온 가족이 히데요시에게 잠깐 쉬어 갈 것을 권했다.

"훗날도 있을 테니, 오늘은 빠를수록 좋겠네. 제수씨, 그저 식은 밥이면 되니 가볍게 차려주셨으면 합니다."

히데요시는 그렇게만 말할 뿐 짚신을 벗고 안으로 들어가 편히 쉬려 하지 않았다. 도시이에 부부는 히데요시의 성격에 대해 좋은 점, 나쁜 점을 모두 잘 알고 있었다. 애초부터 의무나 겉치레가 필요할 만큼 서먹서먹한 사이도 아니었다.

"네……. 그럼 얼른 차리도록 하겠습니다."

도시이에의 부인은 다시 어깨에 끈을 두르고 직접 조리실로 들어가 물병과 도마 앞에 섰다. 한 성의 커다란 부엌이었다. 요리하는 사람과 하녀도 여럿 있었다. 부엌에서 일하는 병사들까지 있었다. 하지만 밥을 짓고 요리를 할 줄 모르는 안주인이 아니었다. 어제와 오늘도 부상당한 장병을 손수 치료했으며, 음식도 손수 조리했다. 평소에도 남편의 입맛에 맞추기 위해 직접 요리를 하고, 식칼을 쥐는 것도 결코 드문 일이 아니었다.

가난한 시절일수록 사람을 성숙하게 한다. 특히 여자의 교양은 가난하고 궁핍한 겨울을 견뎌온 풍설의 훈향이 아니면 참으로 뿌리 없는 화병 속의 꽃에 지나지 않는다.

히데요시는 도시이에의 부인이 옛날과 다름없이 어깨에 끈을 두르고 일하는 모습을 흐뭇한 기분으로 바라보았다. 지금은 이 집안도 노토 나나오에 성 하나, 후추에 성 하나, 부자를 합쳐 이십이만 석의 널따란 영지를 소유하고 있었다. 하지만 기요스 시절의 가난은 이웃에 살던 도키치로의 집에도 뒤지지 않을 정도라 쌀 한 되 꾸는 것은 고사하고 소금 한 줌, 하룻밤 등잔불을 켤 기름조차 떨어지는 날도 있다 보니, '웅? 오늘 밤에는 불을 밝혔는데' 하며 이웃집의 살림을 바로 알게 되는 때도 있었다.

하지만 그 시절의 어려움은 오늘 이 부인의 모습에 든든한 향기가 되어 피어났으며, 굳건히 뿌리내린 교양미가 되어 나타났다. 히데요시는 당시 자신들 부부의 생활도 떠올랐기에 '우리 네네에게도 뒤지지 않는 아내'라며 진심으로 감탄했다.

"자, 이리로."

하지만 그것도 한순간, 도시이에의 부인은 두어 개의 반찬을 얼른 만들더니 밥상을 직접 들고 부엌 밖으로 나갔다. 먹을 것이 가는 곳에 히데요시도 따라가지 않을 수 없었다. 부인은 아궁이 옆을 지나 그을린 빛깔의 벽 바깥으로 나왔다. 서쪽으로 이어진 정원의 인공산 부근, 적송이 드문드문 자란 숲 아래의 한 정자였다. 뒤따라온 하녀들이 부근의 풀밭 위에 양탄자를 깔았으며 또 다른 두 개의 밥상과 술병을 날라 왔다.

"아무리 바쁘시다 할지라도 나리께만 상을 올릴 수는 없습니다."

"아아, 남편과 아드님도 함께 드시겠소? 그렇다면 더욱 고맙지."

"들판에서 휴대용 식량을 드시는 듯한 기분으로…… 자 어서 드십시오.”

도시이에는 히데요시와 마주 앉았다. 도시나가가 술을 올렸다. 정자는 있었으나 쓰지 않았으며, 솔바람은 불었으나 귀에 들려오지 않았다. 술은 한 잔을 넘지 않았으며 히데요시는 도시이에의 아내가 정성껏 준비한 반찬과 식은 밥을 두 그릇 정도 급히 먹고 나서 다시 청했다.

“잘 먹었다. 미안하지만 여기에 차 한 잔 마셨으면 합니다.”

정자에 이미 준비되어 있었다. 부인은 곧 그곳으로 가서 차를 따라 올렸다.

“그런데 제수씨.”

히데요시가 차를 마시며 무엇인가를 부탁하는 듯한 얼굴로 말했다.

“여러 가지로 실례가 많았습니다만, 이왕 청하는 김에 지금부터 남편이신 마타자 나리를 빌려주셨으면 합니다. 어떻겠습니까?”

참으로 담백한 얘기였다. 하지만 만약 이것을 하시바 쪽에서 마에다가에 정식으로 요청한 것이었다면 문제는 참으로 중대해진다.

당연히 무문으로서의 체면 문제도 있을 것이고 내부적으로는 의견의 분열이 일어날지도 모를 일이었다. 자칫하면 의견 대립이 일어 위험한 상황에까지 이를지도 모를 문제였다. 더군다나 지금 성벽을 사이에 두고 양쪽 군대가 만반의 태세를 갖춘 채 언제라도 전투를 개시할 수 있도록 대치하고 있었다. 그리고 무엇보다 그렇게 되면 많은 ‘시간’이 필요했다.

“호, 호, 호, 호.”

도시이에의 부인이 밝게 웃으며 말했다.

“남편을 빌려달라는, 입버릇과도 같았던 말을 오랜만에 들었습니다. 남편을 빌려달라는 말은 옛날부터 나리께서 곧잘 쓰시던 수법 아니었습니까?”

“하하하하.”

히데요시도 웃고 도시이에도 웃었다.

“이보게 마타자, 여자는 묵은 원한도 쉽게 잊지 못하는 모양일세. 자네를 빌려서 술을 마시러 갔던 일을 아직도 지금처럼 말씀하시니……. 하하하, 제수씨. 차의 온도는 적당하고 좋았습니다만 조금 씁쓸한 맛이 납니다.”

히데요시가 찻잔을 돌려주며 다시 말을 이었다.

“하지만 오늘 이야기는 예전과는 좀 다릅니다. 제수씨께 이견이 없으시다면 남편께서도 싫다고는 하지 않을 겁니다. 기타노쇼까지 꼭 동행하게 해주셨으면 합니다. 아드님이신 마고시로는 어머님의 말벗으로 여기에 남겨두고 가겠습니다.”

담소를 나누는 동안 일은 이미 결정된 것이나 다를 바 없다고 보았는지 히데요시는 혼자 모든 것을 결정해 나갔다.

“아드님은 남겨두겠지만 남편은 꼭 먼저 달려가주면 좋겠습니다. 마타자는 비교할 자가 없을 정도로 싸움에 능합니다. 그리고 영광스럽게 돌아오는 날에는 여기에 다시 들러 제수씨가 싫다고 하셔도 제멋대로 며칠을 묵을 생각입니다. 지금부터 미리 진수성찬을 청하겠습니다. 그럼…… 내일 아침에 출발하려면 시간이 없으니 오늘은 이만.”

히데요시는 벌써 자리에서 일어나 인사를 했다. 집안사람 모두 부엌문까지 배웅을 나갔다. 그 사이에 부인이 말했다.

“제 말벗으로 마고시로를 두고 가신다고 하셨지만 저는 아직 그런 나이도, 또 그렇게 외로움을 잘 타는 사람도 아닙니다. 성을 맡기기에 부족함이 없는 무사들도 여럿 있으니 부디 남편과 함께 데려가주시기 바랍니다.”

도시이에도 부인의 생각에 동의했다.

히데요시와 가족들이 부지런히 발걸음을 옮기는 사이에 내일 아침 떠날 시각과 절차까지 모두 결정되었다.

"다음에 오실 날을 학수고대하고 있겠습니다."

부인은 부엌문에서 발걸음을 멈췄으며, 부자는 성의 정문까지 배웅을 나갔다.

우씨虞氏와 초왕楚王

히데요시가 마에다 가에서 나와 성 밖에 있는 자신의 진으로 돌아간 날 밤이었다. 그곳으로 시바타 쪽의 거물이 두 사람이나 포로가 되어 끌려왔다.

한 사람은 사쿠마 겐바노조 모리마사였고, 또 다른 사람은 가쓰이에의 양자인 시바타 가쓰토시였다. 두 사람 모두 산의 능선을 따라 기타노쇼로 달아나려다 도중에 붙잡힌 것이라고 했다.

겐바노조는 부상을 입었다. 상처를 그냥 놔두면 여름에는 파상풍 때문에 바로 곪아버릴 수도 있다. 그래서 싸움에 패해 달아나는 무사들이 흔히 쓰는 비상수단 중 하나가 뜸을 뜨는 것이었다. 겐바노조도 산속의 농가로 들어가 '쑥을 좀 주지 않겠는가?'라고 청해 상처 주위에 뜸을 떴다. 원시적인 치료법처럼 보이지만 구더기가 생길 정도의 커다란 상처도 그렇게 하면 세포와 피부까지 눈에 띨 정도로 회복된다고 한다. 그리고 당시의 무사들은 가죽 버선에 무사용 짚신을 신은 채 호수와 연못을 그대로 건너다 보니 무좀 때문에 고생을 많이 했는데 그때도 주로 뜸을 떴다고 한다. 상처를 치료할 때처럼 무좀의 진지를 뜸으로 포위한 뒤 병의 뿌리를 화공으로 섬멸하는 것이다.

겐바노조가 뜸뜨기에 여념이 없을 때 그곳의 농민들은 '잡아다 상을 받기로 하자'며 은밀히 상의를 했다. 그날 밤 농민들은 두 장수를 집에서 묵게 해주고 그들이 잠든 사이 포위해 멧돼지처럼 묶어 끌고 온 것이었다. 하지만 그 말을 들은 히데요시는 별로 기뻐하는 기색을 보이지 않았다.

"잘했다고 말하고 싶지만, 농민들치고는 너무나도 잘했군."

오히려 농민들의 기대와는 전혀 반대가 되는 엄벌로 보답했다는 사실은 앞서도 이야기했다.

23일, 히데요시는 마침내 가쓰이에의 본거지인 기타노쇼로 말을 몰았다. 마에다 부자도 참가했다. 이날도 선봉은 호리 규타로 히데마사였다.

후추에서 기타노쇼까지는 겨우 오십 리밖에 되지 않았다. 당일 오후에는 에치젠 최고의 도시 기타노쇼 성 아래의 구즈류九頭龍 강변도, 아스와足羽 산의 요지도 히데요시의 병마로 넘쳐나고 있었다. 도중에 도쿠야마 노리히데의 일족과 후와 미쓰하루不破光治(가쓰미쓰의 아버지)처럼 그의 진문에 항복한 사람들도 적지 않았다.

히데요시는 아스와 산에 진을 치고 기타노쇼 성을 물샐 틈도 없이 포위하도록 했다. 그리고 포위가 끝나자마자 히데마사의 부대에게는 외곽의 한쪽 부분을 치게 했다. 그리고 어젯밤 생포한 겐바노조 모리마사와 가쓰토시를 성벽 가까이까지 끌고 가 공격의 북을 울리며 성안에 있는 가쓰이에의 귀를 공격했다.

"쇼사쿠 나리, 여기를 보시오. 아드님이신 곤로쿠 가쓰토시와 조카인 겐바노조 모리마사도 이미 이처럼 되었소. 마지막으로 하실 말씀이 있으시면 그곳에서 나와 말씀하시오."

두세 번 불렀으나 성안은 조용할 뿐 아무런 대답도 없었다. 가쓰이에는 차마 얼굴을 마주할 수 없었는지 모습을 드러내지 않았다. 물론 이는 싸우지 않고 성안 병사들의 사기를 떨어뜨리려는 히데요시의 계책이었다.

전날 가쓰이에는 도시이에와 헤어져 기타노쇼로 돌아왔다. 밤새 병사들이 하나둘 돌아왔고, 성을 지키던 무리와 전투에 참가하지 않은 사람까지 모두 합쳐도 성안의 인원은 삼천 명이 되지 않았다. 게다가 지금 겐바노조와 가쓰토시도 적의 손에 사로잡혔다는 사실을 알았으니 제아무리 가쓰이에라 할지라도 '모든 것이 끝났구나'라며 포기할 수밖에 없었다.

히데요시 군의 진격의 북소리는 그칠 줄 몰랐다. 저녁에는 외곽의 방어선도 모두 무너져 성벽을 사이에 두고 겨우 열다섯 간이나 스무 간 정도 앞까지 하시바 군의 갑주로 가득 채워져 있었다. 그럼에도 불구하고 성안은 여전히 조용했다. 그사이 공격 부대의 북소리도 멈췄으며, 밤이 들자 성 안팎을 사자인 듯한 부장이 오갔기에 '저건 가쓰이에의 목숨을 살리기 위한 운동이거나 항복을 위한 사자일 거야'라는 소문이 떠돌기 시작했다. 하지만 성안의 분위기는 그런 것 같지만도 않았다.

저녁이 지나자 그때까지 새카만 어둠에 잠겨 있던 혼마루에 등불이 환하게 밝혀졌다. 북쪽 성곽에도, 서쪽에도 불이 밝혀졌다. 아니 필사의 각오로 무사들이 방어를 위해 늦은 밤까지 이야기를 나누고 있는 망루에도, 총안에도 불이 밝혀졌다.

"무슨 일이지?"

공격 부대는 이상히 여겼다. 하지만 머지않아 그 의문이 풀렸다. 북소리가 들려왔기 때문이다. 또 피리 소리가 흘러나왔기 때문이다. 거기에 북국의 사투리가 섞인 노래까지 들려왔기에 성 밖의 공격 부대조차 그날 밤에는 감회에 잠기지 않을 수 없었다.

"그래, 알았다. 성안에서는 오늘 밤을 마지막으로 알고 가엾게도 작별의 잔치를 즐기고 있는 거로군."

추억처럼 떠오르는 에이로쿠 시절, 당시 오다의 막장 중 한 명이었던 시바타 곤로쿠 가쓰이에가 고슈江州의 장광사長光寺(조코지) 성안에서 사사키 조테이佐々木承禎의 강적 팔천에 포위당해 맹공을 받았을 때, 마침내 마실 물이 떨어졌는데도 여전히 '물은 정원에 버릴 정도로 통에 가득 있다'는 태도를 보이며 항복을 권하러 온 사자의 간담을 서늘하게 했다. 그런데 그 젊은 곤로쿠 가쓰이에의 기개는 지금 어디로 갔는지?

장광사 성안의 물이 더욱 궁해져 병마 모두 목이 말라 죽을 지경에 이르자 가쓰이에는 저장해두었던 세 개의 커다란 물통을 목이 말라 생기를 잃은 성안의 병사들 가운데 놓게 했다. 그러고는 '경들이 갈망하는 물, 실컷 마시도록. 이것이 마지막 물이다'라고 말했다. 병사들의 입에서 물방울이 흐르는 것을 본 다음 칼 끝을 아직 물이 남아 있는 통으로 향하며 '통이여 들으라. 물이 궁하다 한들 우리 무문이 어찌 목이 말라 죽겠는가. 목이 마르면 적병의 피를 마시리라!' 하고 호언했다. 그리고 그 통을 있는 힘껏 내리쳐 부수고는 '모두 나서라'라고 외치며 성문을 열었다. 필사의 각오를 다진 일천 명의 병사는 적 속으로 달려 나가 팔천의 대군을 달아나게 했다. 그렇게 죽음을 각오하고 나선 길을 결국 개선가가 울려 퍼지는 길로 만들며 의기양양하게 본국으로 돌아왔다. 그런데 지금 그러한 맹장 시바타의 이름은 어디로 사라졌단 말인가?

성안의 부대도, 성 밖의 부대도 원래는 같은 오다 휘하의 장병들이었다. 그러다 보니 예전의 가쓰이에를 모르는 사람은 아무도 없었다. 바로 그랬기에 더욱 감회가 깊었다.

그날 밤, 기타노쇼 성안에서는 마지막 향연이 펼쳐졌다. 혼마루의 천수각 안에 가쓰이에의 부인과 그 딸들을 중심으로 일족과 고굉지신을 합쳐 팔십여 명에 이르는 사람들이 지척에 적군을 둔 채 촛불을 밝혀놓고 나란히 앉았다.

"이렇게 한자리에 모두 모인 것은 새해 첫날에도 없는 일이지?"

나카무라 분카사이中村文荷齋의 말에 역시 일족인 시바타 야에몬柴田弥右衛門이 웃으며 말했다.

"날이 바뀌면 죽음의 첫날일세. 오늘 밤은 이승에서의 섣달그믐……."

촛불의 숫자도 사람들의 웃음소리도 평소의 잔치와 다를 게 없었다. 단지 갑옷을 입은 사람들이 늘어앉아 있었기에 소슬한 기운이 감도는 듯했다. 그러한 가운데 부인 오이치와 열일곱 살 먹은 큰딸을 비롯해 세 딸들의 치장이 있어서는 안 될 곳에 있는 듯 눈에 띄고 처연해 보였다. 특히 열한 살 된 막내가 상 위의 진수성찬과 많은 사람이 모인 것을 보고 즐거워서 음식을 흘리기도 하고 언니에게 장난을 치기도 하는 모습을 보면서 주연에 참석한 무장들도 눈시울을 붉히지 않을 수 없었다.

그 자리에는 가쓰이에도 있었다. 그는 주위 사람들에게 술을 따라주며 몇 번이고 외로움을 호소했다.

"겐바도 있었으면."

좌중에서 겐바노조의 실패를 원망하는 사람의 목소리가 들려오면 가쓰이에는 오히려 이렇게 말했다.

"겐바를 탓하지 말게나. 이 모든 것이 이 가쓰이에의 불찰일세. 그런 소리를 들으면 이 가쓰이에를 탓하는 듯해서 견딜 수가 없다네."

그리고 좌우에게 자꾸만 술을 권했으며, 각 망루에 있는 무사들에게도 창고 안에 있는 명주를 넉넉히 꺼내 보냈다.

"여한 없이 작별을 하도록 하게. 큰 소리로 시를 읊어도 상관없다네."

각 망루에서 노래가 들려왔으며 웃음소리가 흘러나왔다. 가쓰이에 앞에서도 북이 울렸으며 춤을 출 때 쓰는 은색 부채가 우아한 선을 그렸다.

"예전에 우후(노부나가) 님께서는 기회가 있을 때마다 바로 일어나셔서 춤을 추시고 쇼사쿠도 춰보게 하며 곧잘 강요하셨는데 춤에 서툰 것이 부끄러워 늘 사양했으나 이제 와서 생각해보니 잘못했다는 생각이 드는구나. 오늘을 위해서라도 하다못해 한 사위 정도는 배워둘 걸 그랬어."

가쓰이에는 그런 이야기도 늘어놓았다. 그의 가슴에는 지금 옛 주인을 그리워하는 마음이 있었던 것이다. 그리고 그 옛날 일개 병사에 불과했던 원숭이 놈 때문에 이처럼 절망 외에는 아무것도 없는 궁지에 몰리기는 했으나 하다못해 세상에 부끄럽지 않도록 사후의 명예만이라도 지킬 수 있기를 남몰래 빌었을 것이다.

가쓰이에는 아직 쉰네 살이었다. 무장으로서는 지금부터가 시작이라고도 할 수 있었을 테지만 그에게는 왕년의 기개를 찾아볼 수 없었다. 오로지 사후의 명예만을 생각해 '이 세상에 여한이 없도록'이라고 말하며 죽음의 향연을 즐기는 것은 대체 무엇 때문인지? 그 자리에는 일족과 고굉지신 팔십여 명이 있으며, 각 망루에는 여전히 죽음을 두려워하지 않는 철갑 병사가 이천 명 이상이나 있는데 시즈가타케에서 단 한 번 패배한 뒤로 '졌다'고 포기하는 것이야말로 겐바노조의 혈기 이상으로 기타노쇼 멸망의 원인이 아닐까 싶다.

왕년의 그를 아는 사람 중 누가 늙은 시바타의 모습을 보고 한탄하지 않을 수 있겠는가? 장광사 성 한쪽에 있던 큰 통도 이제는 빛이 바래버리고 말았다. 그 역시 세상의 흙 속에서 과거, 현재, 미래를 보내는 무수한 똥장군과 다를 바 없는 하나의 범용한 항아리로 변해버리고 만 것일까?

술잔이 돌고, 또 돌다 보니 통 안의 술도 밤과 함께 말라갔다. 노래와 북소리가 있었으며, 춤과 은 부채가 있었고, 사람들의 환성과 웃음소리도 있었으나 슬픔의 기운은 도저히 떨쳐낼 수가 없었다.

때로 얼음과도 같은 침묵과 밤기운에 어둠을 내뱉는 촛불이 팔십여 명의 취한 얼굴을 술기운이 가신 듯 하얗게 비추고 있었다.

"아직은 밤도 깊고 날이 밝으려면 멀었소. 성 밖의 적도 쥐 죽은 듯 고요하니 마음껏 즐기도록 하시오. 여한이 없도록."

고지마 와카사노카미小島若狹守는 주연 중에도 끊임없이 복도로 나가 밖을 둘러보며 적의 움직임을 감시했다. 그리고 여한 없이 즐기라며 정황을 들려주곤 했다.

그때 방 밖에서 와카사노카미의 목소리가 들려왔다.

"거기 오는 것이 누구냐?"

"신로고입니다."

다시 와카사노카미의 목소리가 들려왔다.

"오오, 그래……. 왔느냐……."

와카사노카미는 격렬하게 솟아오르는 감동을 억누르지 못했다. 그러한 분위기가 방 안에 있는 사람들에게까지 전해졌다.

"아버지, 왔습니다."

다음 말이 들려오자 사람들은 모두 술잔을 아래로 내려놓았다.

'누구지?'

사람들은 서로의 눈을 바라보았다. 가쓰이에도 귀를 기울이고 있는 듯했다.

잠시 뒤 한 사람이 조용한 발걸음으로 방 바로 앞까지 다가왔다. 그리고 이내 고지마 와카사노카미가 한 젊은이를 데리고 방으로 들어왔다. 그 젊은이의 가녀린 모습을 본 순간 가쓰이에를 비롯한 모든 사람들이 눈을 둥그렇게 떴다. 와카사노카미 뒤에 서 있는 사람은 오랫동안 병으로 집에서 요양만 하고 있어서 사람들의 기억에서 잊힌 와카사노카미의 장남이자 당년 열여덟 살의 고지마 신고로였기 때문이다.

"한 가지 청이 있습니다."

와카사노카미가 가쓰이에 앞에 엎드려 말했다.

"돈아豚兒 신고로, 오래도록 녹을 먹었으면서도 몸이 약해 야나가세에도 참전하지 못했으니 이대로 집에 머무는 것은 분한 일이라며 탕약도 버리고 이렇게 달려왔습니다. 모쪼록 아들놈에게도 내일의 최후를 함께할 수 있도록 허락해주시기 바랍니다."

가쓰이에는 크게 감격하며 신로고를 불렀다.

"주종의 인연은 2세에 이른다."

그리고 그 자리에서 술잔을 내렸다.

이 젊은 무사는 이튿날 진지의 문에 '고지마 와카사노카미의 아들 신고로, 십팔 세. 야나가세에 참전하지 못했으나 오늘 충의를 다하리라'라고 크게 써 붙이고 맹렬한 불길과 어지러운 싸움 속에서 분전했다. 그는 그렇게 평생 병든 몸이었지만 마지막에 의와 효를 지켜 훈훈한 생을 마감했다.

얼마 전에는 멘주 이에테루가 있었고, 지금은 고지마 신고로가 있다. 멸망해가는 집안에도 무사 정신을 잃지 않은 사람이 적지 않았다. 그처럼 무사 정신을 잃지 않은 사람을 여럿 데리고 있었으면서도 끝내 무너져가는 대세를 좌시할 수밖에 없었던 가쓰이에는 가장으로서 얼마나 자책했을까?

때는 삼경이었다. 잔치는 아직 끝나지 않았고, 어린 딸들은 어머니의 무릎에 기대어 졸기 시작했다. 딸들에게는 이 잔치도 마침내 따분한 것이 되어버린 모양이었다. 막내딸은 언제부턴가 어머니의 무릎을 베고 곤히 잠을 자고 있었다. 오이치는 그 딸의 머리를 쓰다듬으며 시종 눈물을 참느라 애를 썼다. 둘째딸도 마침내 졸기 시작했다. 큰딸 차차만이 이 밤의 잔치가 어떠한 자리인지를 알았기에 사랑스러울 정도로 밝은 얼굴로 어머니의 마음을 살폈다. 딸들 모두 어머니를 닮아 미모가 뛰어났으나 특히 큰딸인 차차는 타고난 아름다움 속에 오다 가의 핏속에 흐르는 고귀한 향기까지 더해 보는 사람의 눈을 더욱 아프게 했다.

"참으로 천진하구나."

가쓰이에가 잠든 막내딸의 얼굴을 보며 오이치에게 말했다.

"자네는 노부나가 공의 누이동생이오. 이 가쓰이에의 집으로 온 지 아직 일 년도 되지 않았소. 날이 밝기 전에 아이들을 데리고 성을 나서도록 하시오……. 도미나가 신로쿠富永新六를 붙여 히데요시의 진소까지 데려다주도록 하겠소."

오이치가 눈물을 흘리며 대답했다.

"싫습니다……."

오이치는 눈물로 대답했다. '무문으로 시집온 이상 이와 같은 일은 이미 각오를 하고 있었습니다. 이 모든 것이 숙명의 업. 이제 와서 놀랄 것도 없습니다. 이러한 때에 성 밖으로 나가라니 오히려 말도 안 되는 소리입니다. 지쿠젠의 진문에 의지해 목숨을 부지해야겠다고는 생각하지도 못한 일'이라고 말하기라도 하듯 소매에 묻은 얼굴을 흔들어 보였다. 하지만 가쓰이에는 거듭 재촉했다.

"물론 연이 깊지도 않은 이 가쓰이에를 위해 정조를 지킨다는 건 기쁜 일이지만, 세 딸들은 원래 아사이 나리(나가마사)의 핏줄이 아니오. 또 히데요시에게도 주인의 누이동생이니 자네들 모자를 모질게 대하지는 않을 것이오. 그렇게 하도록 하시오. 어서 채비를 하도록."

"신로쿠, 이리 오너라."

가쓰이에는 자리에 있던 무사를 불러 뜻을 전했다. 그리고 다시 오이치에게 권했으나 오이치는 싫다며 고개만 흔들 뿐 자리를 떠나려 하지 않았다.

"그렇게까지 마음을 정하셨다면 억지로 권하는 것도 오히려 좋지 않을 듯합니다. 하다못해 아무것도 모르는 따님들만이라도 나리의 뜻에 따라 성 밖으로 내보내심이……."

여러 신하들이 한목소리로 말했다. 그러자 오이치는 그 뜻에는 동의를 하는 듯 무릎에서 자고 있는 막내까지 흔들어 깨웠다. 그러고는 무사를 붙여 성 밖으로 내보내기로 했다.

"싫습니다. 싫습니다. 어머니와 함께……."

차차는 떼어낼 수 없을 정도로 오이치에게 매달리며 몸부림을 쳤다. 하지만 가쓰이에가 달래고 오이치가 타이르고 무사인 신로쿠가 떼어내 억지로 차차를 밖으로 데리고 나갔다. 세 딸이 멀어질 때까지 울음소리가 들려왔다. 밤은 이미 사경에 가까웠다. 흥겹지 않은 잔치의 흥도 다해 무사들은 이미 갑옷의 끈을 조였으며, 무기를 들고 마지막 전투를 위해 각자의 자리로 흩어져 갔다.

가쓰이에 부부와 일문의 몇몇 사람들은 서로를 의지하며 혼마루의 안채로 들어갔다. 오이치는 작은 책상에 앉아 세상을 하직하는 글을 남기기 위해 먹을 갈았다. 가쓰이에도 시 한 수를 남겼다.

장막 안 희미해진 촛불은 우씨와 초왕의 원한을 떠오르게 했다. 새소리가 새벽이 가까워졌음을 알리고 있었다.

귀공녀

같은 밤이지만 사람마다 맞이하는 밤이 다르다. 그리고 패자와 승자가 맞이하는 아침도 다르다.

히데요시는 저녁에 아스와 산의 본진을 더욱 앞으로 당긴 뒤 날이 밝는 대로 총공세를 펼치기 위해 만반의 준비를 갖춰놓았다. 그리고 그는 시가지의 한쪽 끝인 구즈류 강을 등에 지고 걸상을 놓게 한 뒤 조용히 날이 밝기를 기다렸다.

시가지도 비교적 평온했다. 두어 군데서 불이 나기는 했으나 병사들에 의한 것이 아니라 당황한 시민들이 실수로 불을 낸 것이라는 사실이 밝혀졌으며, 오히려 그것을 커다란 횃불로 삼아 성안 병사들의 기습을 감시하려고 밤새 그대로 불타게 내버려두었다.

"각 진에 게시하도록 하게."

저녁에 히데요시가 호리 히데마사에게 건넨 군령은 오륙십 통으로 복사되어 각 부장들에게 교부되었다. 그 내용은 다음과 같은 것이었다.

규율

- 진퇴 및 모든 일은 전령이 전하는 법에 의할 것.

- 난폭하게 굴지 말 것. 특히 술집에 들어가지 말 것.

- 단독으로 함부로 행동하지 말 것.

- 승리에 교만하지 말 것.

- 전투에 대한 마음의 준비를 하고 야습에 대비할 것.

저녁부터 밤늦게까지 각 진에 소문이 돌았던 것처럼 히데요시의 영안으로 여러 사람들이 드나들었던 것은 틀림없는 사실이었다. 그 때문에 가쓰이에의 목숨을 구하기 위한 운동이 행해지고 있다는 둥, 바로 성문을 열 것이라는 둥 여러 말들이 오갔으나 자정이 지나서도 당초의 작전방침에는 아무런 변화가 없었다. 그리고 일찍부터 각 진에 새벽이 가까웠음을 알리는 움직임이 있었다. 그러는 사이 나팔이 울렸으며, 안개를 뚫고 북소리가 둥둥 전 진지를 흔들었다.

동쪽 하늘은 이미 밝아오기 시작했다. 예정대로 인시(오전 4시)에 한 치의 오차도 없이 총공격이 시작된 것이었다. 성벽에 가까운 선봉 부대의 총성을 시작으로 싸움이 시작되었다.

탕탕. 안개 속에 섬뜩한 소리가 울려 퍼졌으나 어떻게 된 일인지 잠시 뒤 총성도 선두에 선 사람들의 함성도 뚝 끊겨버리고 말았다.

"무슨 일이지?"

전군 모두 적잖이 움직임을 망설였다. 그때 전령 하나가 안개를 뚫고 히데요시의 걸상과 호리 히데마사의 진지 사이를 오가며 말에 채찍을 가했다.

잠시 뒤, 버드나무가 있는 마장馬場에서 적의 무사 한 명이 여자아이들을 데리고 히데마사의 부하와 전령의 안내를 받으며 시가지를 향해 걸어오는 모습이 보였다.

"철포를 멈춰라. 쏘지 마라."

말을 탄 전령이 앞을 향해 외치며 지나갔다.

"오오, 성안에서 나온 투항자인가?"

병사들 모두 그들을 유심히 살펴보았다. 그들이 노부나가의 세 조카딸이라는 사실은 알 수 없었으나 안개에 젖은 여섯 개의 사랑스러운 소맷자락을 지켜보고 있었다.

언니는 동생의 손을 잡고 있었으며 그 동생은 막내를 위로하며 돌멩이가 깔린 길을 까치발로 걷고 있었다. 신을 신지 않는 것이 항복한 사람의 예의였기에 아이들도 비단 버선만 신은 채 흙을 밟고 있었다.

"아야, 아파……."

막내는 걸으려 하지 않았다. 성으로 돌아가고 싶다고 말했다. 그러자 성안에서 함께 나온 도미나가 신로쿠가 거짓말로 속여 등에 업었다.

"신로쿠, 어디 가는 거야?"

신로쿠 등에 업힌 아이는 떨고 있었다. 마치 아름다운 시체를 업고 있는 것 같은 차가운 느낌에 신로쿠마저 살아 있는 듯한 기분이 들지 않았다. 신로쿠는 눈물로 대답했다.

"좋은 아저씨들이 계신 곳에……."

"싫어. 싫어……."

막내가 울기 시작했다. 열셋, 열일곱 살의 두 언니가 열심히 달랬다.

"어머니도 곧 오실 거야. 그렇지? 신로쿠……."

"네, 오시고말고요."

마침내 그들은 히데요시의 진소가 있는 솔숲 부근까지 왔다. 히데요시는 막사에서 나와 소나무 아래에 서 있었다. 그들이 다가오고 있는 모습을 지켜보고 있었던 모양이었다.

"모시고 왔습니다."

그들을 데리고 온 히데마사의 가신이 그동안의 경위를 대충 보고했다. 히데요시는 알았다고 대답한 뒤 곧 아이들 옆으로 걸어갔다.

"많이 닮았구나……."

히데요시가 가슴속으로 그리고 있던 사람이 노부나가인지, 오이치인지는 모르겠으나 어쨌든 그렇게 중얼거렸다.

"착한 아이들이로구나."

그리고 가만히 바라보았다.

차차는 담홍색 매화가 그려진 옷자락에 우아하게 띠를 매고 있었다. 가운데 아이는 자수로 새긴 커다란 무늬에 붉은 허리띠를 매고 있었다. 막내도 뒤지지 않을 만큼 치장했으며, 각자 조그만 금방울과 침향 냄새가 나는 주머니를 들고 있었다.

"몇 살이냐?"

히데요시가 물었으나 셋 모두 대답하지 않았다. 오히려 창백해진 입술로 건드리면 이슬 같은 눈물을 흘릴 것만 같았다.

"하하하."

히데요시가 의미도 없이 웃어 보인 뒤 자신의 코를 가리키며 말했다.

"얘들아 무서워할 것 없다. 지금부터는 이 지쿠젠과 놀기로 하자."

처음으로 가운데 아이가 살짝 웃었다. 어쩌면 원숭이를 떠올렸는지도 모른다. 그런데 바로 그때 아침 하늘이 드리우기 시작한 기타노쇼 성 주변으로 전보다 더 큰 총성과 함성이 들려왔다. 성벽에서 연기가 피어오르자 아이들이 울기 시작했다.

"어머니, 어머니."

"아이들이 겁을 먹지 않을 만한 곳으로 데려가라."

히데요시는 아이들을 가신에게 맡긴 뒤 말을 가져오라고 큰 소리로 외쳤다. 이윽고 그는 말을 타고 성 쪽으로 달려갔다.

훗날 첫째인 차차는 히데요시의 측실로 들어가 요도기미淀君가 되었으며, 둘째는 교고쿠 다카쓰구京極高次의 정실이 되었고, 막내는 도쿠가와 히데타다德川秀忠의 아내가 되어 이에미쓰家光를 낳았다. 그러한 전국 시대의 기구한 운명은 역사적 기록에 의해 사람들에게 전해졌다.

구즈류 강의 물을 끌어다 만든 외곽의 이중 해자는 적의 접근을 쉽게 허락하지 않았다. 하지만 바깥쪽 해자가 무너지자 성안의 병사들은 정문 쪽 다리를 자신들의 손으로 불태워버렸다. 불길이 근처 망루에 옮겨 붙어 부근의 막사에도 불똥이 튀었다.

성안 병사들의 항전은 예상외로 거셌다. 전날 밤부터 공격 부대에서 이미 이긴 것이나 다름없다는 분위기가 있었던 것도 한몫했다.

"두려운 것은 적이 아니다. 바로 그 교만함이다."

히데요시는 각 진에 방을 내건 것처럼 그 점을 적잖이 신경 쓰고 있었다. 그래서 그는 오늘 아침부터 선봉에 서서 직접 지휘를 했다.

정오에 바깥쪽 성이 함락되었다. 공격 부대는 각 문을 통해서 혼마루로 물밀듯이 쏟아져 들어갔다. 하지만 가쓰이에를 비롯한 기타노쇼의 주요한 인물들은 천수각에 의지해 온갖 방어전을 펼쳤다. 이 천수각은 구 층이었는데 철문, 돌기둥으로 지어져 무척이나 견고했다.

공격 부대는 그곳에 들어가기 전보다 들어와서 공격한 일 각 동안 오히려 몇 배나 더 많은 희생을 치렀다. 게다가 성의 정원과 건물이 모두 불바다로 변한 상태였다. 히데요시도 그곳으로 들어갔다.

"일단 모두 물러나라."

히데요시는 결판이 나지 않을 거라고 생각했는지 공격에 지친 각 부대의 병사들을 물러나게 했다.

"우선은 잠시 쉬도록 하라."

그사이에 그는 직속의 정예부대와 각 부대의 용맹한 무사들을 수백 명 골라 창과 칼만 들게 해서 일제히 달려가게 했다.

"이 히데요시가 여기서 지켜보겠다. 천수각 안으로 들어가라."

특히 가려서 뽑은 병사들은 곧 벌 떼처럼 각을 둘러싸더니 안으로 들어갔다. 건물의 삼 층, 사 층, 오 층에서도 시커먼 연기가 뿜어져 나왔다.

"됐다!"

히데요시가 큰 소리로 외쳤을 때 천수각의 지붕은 거대한 불의 우산이 되어 있었다. 그것은 가쓰이에의 최후를 알리는 섬광이기도 했다.

가쓰이에는 권속 팔십여 명과 함께 건물의 삼사 층 부근에서 공격 부대의 용맹한 병사들을 베고 찌르며 최후의 순간까지 핏물에 발이 미끄러질 정도로 분전을 펼쳤다. 하지만 결국 무너져내리자, 일족인 시바타 야에몬, 나카무라 분카사이, 고지마 와카사노카미 등이 그를 재촉했다.

"어서, 어서, 준비를……."

그 말에 가쓰이에는 오 층으로 달려 올라가 우선 오이치의 죽음을 지켜본 뒤 분카사이의 도움을 받아 할복했다. 때는 신시(오후 4시)였다.

건물은 밤새 활활 타올랐다. 노부나가가 에치젠 경영을 시작한 이후 세운 구즈류 강변의 화려한 건물과 수많은 꿈과 영혼을 애도하듯 모두 불에 타 재로 변한 자리에서 가쓰이에로 여기지는 것은 아무것도 발견되지 않았다고 한다. 사후의 모습을 보이지 않기 위해 주도면밀하게 준비를 한 뒤 건초를 건물 위에 쌓아 스스로를 불태웠기 때문이라고 전해진다.

가쓰이에의 죽음을 수급으로 확인할 수 없었기에 혹시 달아난 것이 아닐까 하는 억측도 나돌았으나 히데요시는 신경도 쓰지 않고 이튿날인 25일에 벌써 가가로 향하고 있었다.

아수라의 아들

　가가의 오야마 성(가나자와金澤)은 어제까지 사쿠마 겐바노조의 영지였다. 기타노쇼 성이 떨어졌다는 소식이 전해지자 이 지방도 히데요시 군에게 항복했다. 히데요시는 싸우지 않고 오야마 성을 손에 넣었다. 하지만 이기면 이길수록, 전진하면 전진할수록 그는 '때로는 마속馬謖을 베는 것도 마다하지 않겠다'며 군기가 헤이해지는 것을 경계했다. 거기에는 가쓰이에를 정벌하기는 했으나 여전히 가쓰이에를 따르는 적들에게 무언의 압력을 가하려는 뜻도 있었다.

　도야마富山 성에 있는 삿사 나리마사가 그런 사람 중 하나였다. 그야말로 누구보다 시바타를 따랐으며 누구보다 히데요시를 싫어했고, 또 히데요시를 멸시한 사람이었다. 원래 삿사는 오와리 가스가이 군 히라이平井 성의 성주로, 가문만 봐도 히데요시와 비교할 수 있는 사람이 아니었다. 예전 노부나가 시절에 호쿠리쿠로 출정했을 때에는 시바타의 부장 역할을 맡았으며, 가쓰이에가 야나가세로 출진했을 때에는 에치고의 우에스기 가게카쓰를 견제하고 내부를 빈틈없이 단속하라는 부탁을 받고 '여기에 나리마사가 있다'며 호쿠리쿠에서 자리를 굳건히 지켰다.

비록 가쓰이에는 세상을 떠났고 기타노쇼도 함락되었다고는 하나 타고난 용맹과 히데요시를 싫어하는 마음이 있는 나리마사는 '설령 가쓰이에의 전철을 밟는다 할지라도 아직 타격을 입지 않은 병력과 시바타를 따르는 잔여 세력을 규합해서 장기전을 펼치면 그사이에 주위의 사정도 변하리라' 다짐하며 오기로라도 사력을 다해 맞설 가능성이 매우 높았다.

히데요시는 구태여 그러한 오기를 건드리지 않았다. 굳이 공격하지 않고 위용을 내보이며 그가 다가오기를 기다리기로 했다. 말하자면 나리마사에 대해 '다시 생각해보게' 하고 생각할 여지를 준 것이라고 할 수 있다.

그사이 히데요시는 에치고의 우에스기 가게카쓰에게 적극적으로 맹약을 재촉했다. 앞서 다키가와 정벌 이전 우에스기에게 밀사를 보내 취할 수 있는 수단은 이미 취했으나 그 뒤 추이를 다시 알리고 '그쪽의 근황은 어떤지?'라고 물으며 구체적인 의사표시를 요구한 것이었다.

호쿠에쓰에서는 그곳을 진압하고 자리한 겐신謙信 이후부터 우에스기 가가 높은 곳에 서서 독자적으로 그곳을 경략하여 이 커다란 풍운의 시절을 건너려 하는 기운이 있었다.

가게카쓰는 가신인 이시카와 하리마노카미石川播磨守를 보내 전승을 축하하고, 히데요시의 회맹의 뜻에는 '호쿠리쿠의 산하, 작금 다망하니 훗날 직접 뵐 날이 있을 것입니다'라고 정중히 답했다.

히데요시와 우에스기 가 사이에 우호 관계가 유지되는 한 도야마의 샷사 나리마사가 항전을 꾀할 여지는 없었다. 그러다 보니 나리마사는 뜻을 꺾고 마침내 히데요시에게 항복했다. 그리고 자신의 둘째딸을 도시이에의 차남인 도시마사에게 시집보내겠다고 약속함으로써 영지를 무사히 지킬 수 있게 되었다. 이로써 히데요시는 기타노쇼 이북 지방은 거의 싸우지 않고 승리의 여세로 평정했다.

4월 25일, 히데요시는 도야마 성안에서 위로의 잔치를 베풀었다. 마침내 군을 되돌리기 위해서였다. 그 자리에는 에치고의 사자인 이시카와 하리마노카미도 있었다. 이시카와 하리마노카미는 사자의 공무를 마친 뒤 에치고로 돌아갈 예정이었으나 히데요시가 만류했기에 귀국을 하루 미루고 잔치에 참석한 것이었다.

"귀공의 얼굴은 전장에서 본 기억이 있는데, 혹시 나를 잊으셨소?"

술자리가 한창 무르익어 좌중이 어지러워질 무렵, 마타자에몬 도시이에가 하리마노카미 앞으로 다가가 잔을 청했다. 하리마노카미가 술을 따르면서 웃으며 말했다.

"무슨 말씀이시오. 텐쇼 9년(1581년) 10월, 성원사의 격전에서 투구와 갑옷을 붉게 물들인 채 고전하는 아군을 독려하던 애꾸눈 대장의 모습, 지금도 눈에 선한데 어찌 잊었을 리가 있겠소."

도시이에가 무릎을 치며 말했다.

"그렇소. 그때 언제나 장기 알 모양의 깃발을 내걸고 능란하게 창을 휘두르며 우에스기 군의 선두에 서서 아군을 괴롭히는 장수야말로 에치고의 이시카와 하리마라고 들었기에 잘 기억해두었다가 창을 겨루어보려 했는데 끝내 맞설 기회도 없이 오늘 여기서 무릎을 마주하게 될 줄이야……."

"마타자 나리께 그건 행운이었다고 할 수 있을 게요."

"하하하, 무슨 말씀이시오. 하리마 나리야말로 목숨을 건지신 게요. 이후의 목숨은 공짜로 얻은 것이라 생각하시고 오늘은 마음껏 드시도록 하시오."

도시이에는 그 자리에서 가장 큰 잔을 가져오게 해서 하리마노카미의 손에 건네주었다.

"이거 정말 마음에 드는군."

에치고의 무사 중에 다섯 홉이나 한 되쯤 되는 술에 겁을 먹는 사람은 아무도 없었다. 하리마노카미는 술을 한 방울도 남기지 않고 마셨다. 여기저기에 제각각 모여 이야기를 나누던 사람들도 그가 술을 마시는 모습을 보고 자신도 모르게 감탄했다.

"아, 잘도 마시는군."

히데요시도 그 모습을 보고 옆에 있던 장식이 있는 잔을 쥐었다.

"하리마 한 잔 더 받게."

그 잔은 술꾼도 고개를 살짝 갸웃거릴 만한 물건으로 전 성주였던 겐바노조가 가쓰이에에게서 받은 커다란 잔이었다.

"고맙습니다."

하리마노카미는 그것을 올려다보며 절했다. 하지만 시중을 드는 사람이 히데요시의 손에서 잔을 받아 건네주려 하자 잠시 만류하며 정중하게 말했다.

"잠시만 기다려주십시오. 그 잔은 다른 자에게 내리셨으면 합니다……. 그래주시면 더욱 고맙겠습니다."

히데요시가 궁금하다는 듯 둘러보았다.

"누구인가? 이 잔을 하리마가 특히 받게 하고 싶다는 자는?"

"그게, 여기에는 없는 자입니다."

"없는가?"

"제가 함께 데려온 자로……. 만일 허락하신다면 이곳으로 부르도록 하겠습니다."

"그래, 바로 부르도록 하게."

히데요시가 가벼운 마음으로 다시 하리마노카미에게 물었다.

"그런데 그자는 자네의 가신인가, 가게카쓰 나리의 무사인가?"

"그게, 아수라의 아들입니다."

"그래, 아수라의 아들이라고?"

"그렇습니다."

"아수라의……?"

히데요시가 묘한 표정을 지었다. 하리마노카미가 취흥에 농담을 하는 것이라고 의심했기 때문이다. 그런데 잠시 뒤 하리마노카미가 불러온 사람을 보니 그는 아직 열두어 살에 불과한 사랑스러운 소년이었다.

"하리마, 이처럼 어린아이에게 이 커다란 잔을 내리라니 어찌 된 일인가? 설마 주태백의 아들도 아닐 텐데."

히데요시도 농담을 건넸다. 그 소년에게 시선을 모으고 있던 사람들도 모두 웃었다. 하지만 이시카와 하리마노카미 한 사람만은 눈에 눈물까지 글썽이며 그 소년을 옆으로 불러 히데요시에게 예를 갖추게 한 뒤 이렇게 말했다.

"지난 덴쇼 7년에서 9년(1579~1581년)까지의 호쿠에쓰 전투에 참가했던 자들은 아직 잊지 않았을 테지만, 이 아이는 당시 저희 우에스기가의 장수로 우오쓰魚津 성에서 오다 나리의 원정군인 시바타 일족, 삿사, 마에다 등의 대군에 홀로 맞서 수년 동안이나 공격 부대를 괴롭혔기에 그 귀신 잡는 시바타조차 지치게 만들었던 에치고의 무사 다케마타 미카와노카미 히데시게竹股三河守秀重의 큰아들입니다."

하리마노카미의 진지한 말에 사람들 모두 잡담을 그치고 귀를 기울였다. 특히 우오쓰 성의 다케마타 미카와노카미의 아들이라는 말을 들은 사람들은 한층 더 소년에게 마음이 끌렸다.

하리마노카미는 계속해서 다음과 같이 당시의 추억을 회상했다.

고립된 채 견고하게 지키던 우오쓰 성도 결국 떨어질 날이 오고 말았다. 그때 성을 지키던 장수인 미카와노카미는 성 전체가 불바다가 된 것을 보고 적에게 이 성을 내주게 된 이상 적장 가쓰이에의 목을 얻 어야겠다고 생각하고 불길 속에서 뛰쳐나가 난투를 벌이는 양군 가운 데 엎드려 가쓰이에를 노리고 있었다. 가쓰이에는 그것도 모른 채 성 은 이미 떨어졌다고 생각하며 말을 몰아 성안으로 들어가려 했다. 그 순간 겹겹이 쌓여 있던 시체 중에 전신을 선혈로 물들인 무사가 벌떡 일어나 맹렬하게 창으로 바람을 일으키며 표범처럼 달려들었다.

"나를 모르겠느냐, 가쓰이에. 다케마타 미카와노카미가 여기서 너 를 기다린 지 오래다. 그 목을 내놓아라."

하지만 적은 많았고 미카와노카미는 단신이었다. 결국 그는 적의 철 통같은 방어에 쓰러지고 말았다. 미카와노카미는 피를 흘리며 이제 마 지막이라고 생각했는지 노여운 눈으로 하늘을 올려다보며'아수라 왕 에게 내 어찌 뒤지겠는가. 곧 다시 태어나 취하겠다. 가쓰이에의 목'이 라고 마지막 노래를 두 번이고 세 번이고 목이 터져라 읊었다.

"잘도 읊었구나."

미카와노카미는 스스로 칭찬한 뒤 껄껄 웃는가 싶더니 눈앞에 있는 적의 손을 기다릴 것도 없이 스스로 목을 찔렀다.

우오쓰는 결국 떨어졌으나 우에스기 가의 무사들은 집안에 다케마 타 미카와노카미가 있었다는 사실을 매우 자랑스럽게 여겼다고 한다. 이에 이시카와 하리마노카미는 이번에 사절로 오기에 앞서 그의 아들 을 찾아 에치고로 데려왔다고 덧붙였다.

그 자리에 있던 무장들 모두 잔을 내려놓고 귀를 기울였다. 히데요 시도 고개를 끄덕이며 그의 말을 들었다. 그리고 하리마노카미가 청한 대로 커다란 잔을 들어 아이를 불렀다.

"아수라의 아들, 좀 더 가까이 오너라."

다케마타 히데시게의 아들 산노스케三之助가 히데요시의 손에서 잔을 받아들었다. 히데요시는 산노스케가 소년이다 보니 술을 내리는 대신 잔을 내렸다.

"이 잔은 미카와노카미의 단심丹心을 공양하기 위해 너희 집안에 내리는 것이다. 아버지를 거울삼아 아버지에게도 뒤지지 않는 훌륭한 무사가 되어라."

감수성이 풍부한 소년의 얼굴이 살짝 붉게 불타올랐다.

하리마노카미는 산노스케와 함께 정중하게 예를 갖춘 뒤 그날 저녁에치고로 돌아갔다.

히데요시는 이튿날 군을 돌려 기타노쇼로 들어갔으며 5월 1일에는 호쿠리쿠의 각 장수들에게 새로 얻은 영지를 나누어주었다. 오야마 성(가나자와)은 마에다 도시이에에게 맡겼다. 히데요시는 도시이에의 우의에 보답하기 위해 가가의 이시카와와 가호쿠 두 개 군을 주었을 뿐 아니라 아들 도시나가에게도 맛토 사만 석을 주고 대신 후추 성을 거두어들였다. 가가의 에누마江沼를 미조구치 히데카쓰溝口秀勝에게, 노미能美 군을 예전처럼 무라카미 요시아키村上義明에게, 그리고 토착 호족들에게는 그대로 옛 영지를 소유하게 한 채 모두 니와 나가히데에 속하게 했다.

그중 히데요시가 특히 신경을 쓴 것은 니와 나가히데의 공이었다. 《니와 가 가보丹羽家家譜》의 기록에 따르면, 기타노쇼에 머물던 날, 히데요시는 고로자에몬 나가히데의 손을 잡고 눈물을 흘리며 이렇게 말했다고 한다.

"자네의 두터운 마음이 없었다면 어찌 오늘이 있었겠는가? 지금 그 공을 이야기하고 노고에 감사를 하려 해도 감정이 북받쳐 무슨 말을 해야 할지 모르겠네."

히데요시가 정말 그렇게까지 말했는지는 알 수 없으나 어쨌든 나가 히데가 가장 커다란 후의를 보인 것만은 틀림없는 사실이다.

"앞으로는 호쿠리쿠 단다이探題248로 이 지쿠젠을 도와주기 바라네."

히데요시는 와카사, 오우미의 옛 영지에 새로이 에치젠의 모든 주와 가가의 두 개 주를 더해 많은 상을 내렸을 뿐 아니라 아들인 나베마루에게까지 시바타 가의 가보인 명검을 내렸다. 그 외 직속 부하들에게도 대대적인 논공행상을 행했다.

히데요시 군이 호쿠리쿠에서의 일을 모두 처리하고 나가하마로 돌아온 날은 단오인 5월 5일이었다. 히데요시는 단오절도 쇠게 할 겸 장병들을 성에서 이틀 동안 머물게 했다. 그는 그사이에 기후 방면의 상황을 전해 들었다.

히데요시가 오가키에서 군대를 돌려 떠난 뒤 이나바 잇테쓰 등의 부대는 기후 성을 계속 공격했다. 하지만 시바타의 대패가 전해진 뒤에는 간베 노부타카를 비롯한 성안 병사들의 사기가 완전히 떨어졌으며, 성안에 잇테쓰의 조카인 사이토 도시타카齋藤利堯와 이나바 교부稻葉刑部 등의 미노 동족이 여럿 있었기에 그들 모두 성을 나와 하시바 군에 속해버리고 말았다.

결국 남은 사람이 스물일곱 명뿐이라 산시치 노부타카도 마침내 성에서 빠져나와 나가라長良 강에서 배를 타고 기소木曾 강을 내려와 오와리의 지타知多로 달아났다.

《호칸豊鑑》이나 《무가사기武家事紀》 등의 기록에 따르면 노부타카의 형제인 오다 노부오가 노부타카를 교묘하게 유인하여 마지막 조치를 취했다고 한다. 물론 지휘를 한 사람은 히데요시였다. 주인의 아들인

<hr>

248 지방의 요지에 둔 지방 장관.

노부타카를 자신의 군대로 직접 처리하는 것은 바람직하지 않았기에 노부오의 손을 빌려 처리한 것이었다.

역사적으로 히데요시의 불충에 대해 지적한 평가도 적지 않다. 하지만 야마가 소코山鹿素行의 《무가사기》를 보면 히데요시는 모리와 화의를 맺고 야마자키에서 미쓰히데를 친 뒤 기요스 회의에 임할 때까지 천하를 넘볼 뜻이 전혀 없었다. 단지 신의 때문에 어쩔 수 없는 길을 갈 수밖에 없었다. 천하의 대사가 일단락 지어진 뒤 신의에 어긋나고 지모가 부족한 노부오, 노부타카와 같은 노부나가의 아들들과 가쓰이에, 가즈마스와 같은 중신들이 오히려 히데요시에게 천하를 삼킬 여지를 준 것이다. 그리고 소코의 같은 책에서는 그 문제에 대해 다음과 같이 결론을 내리고 있다.

히데요시는 이를 빼앗은 것이 아니다. 노부오, 노부타카가 그것을 준 것이다.

대부분의 중평도 그러한 결론에 대해서만은 이론이 없는 듯하다. 하지만 주고쿠부터 야마자키 전투에 이르는 동안 천하를 엿보지 않았다는 평가가 과연 사실에 부합할지 의문이 든다. 어쨌든 노부오와 노부타카 형제가 범용한 인물이라는 사실만큼은 누구도 부인할 수 없는 듯하다. 만약 형제가 마음을 합쳤거나, 혹은 어느 한 사람이라도 무용이 뛰어나고 시조를 읽는 눈을 가졌다면 결코 이와 같은 파국은 맞이하지 않았을 것이다.

노부오가 사람이 좋은 데 반해 용렬하다면 노부타카는 그나마 기개가 조금은 있는 사람이었다. 콧대가 높고 재략이 부족하기는 했으나 오와리의 노마野間까지 달아나, 그곳의 한 절에서 할복한 마지막 모습을 봐도 결코 나약한 모습은 아니었다.

예전에 노마의 안양원安養院(안요인)에 수묵으로 매화를 그린 고화가 한 폭 있었는데 오다 노부타카는 할복할 때 그것을 방의 벽에 걸게 했다고 한다. 그림에 피가 튀어 있다 보니 보는 사람으로 하여금 당시의 애달픈 상황을 떠오르게 했다고 한다. 그래서 훗날 가노 노에이狩野衲永가 그 그림에 시 한 수를 더했다고 한다.

밤의 창, 꿈결처럼 서쪽 호수에 이르렀네
달 아래 꽃을 보고 옛날 쫓기던 자를 떠올리네
홀연 종소리 들려 잠을 깨우니
머리 들어 한 폭 매화를 바라보네

노부타카는 당시 스물여섯 살이었으며, 자결한 날은 5월 7일이라고 알려져 있다.

그날 7일, 히데요시는 아즈치를 떠났고, 11일에는 사카모토에 머물렀다. 이세의 다키가와 가즈마스도 마침내 그에게 항복했다. 히데요시는 찻값이라며 오우미의 땅에서 녹봉 오천 석을 떼어주고 지난날의 죄는 깊이 따지지 않았다.

하쓰하나 初花

겨우 일 년밖에 지나지 않았다. 덴쇼 10년(1582년)이었던 작년 초여름부터 덴쇼 11년인 올해 초여름까지 히데요시의 위치는 히데요시조차 내심 놀랄 정도로 달라졌다. 그동안 히데요시는 아케치를 치고 시바타를 쓰러뜨렸다. 다키가와瀧川, 삿사佐々도 무릎을 꿇었다.

니와 나가히데는 오로지 믿음으로 협력했으며 마에다 도시이에는 의로써 옛 우의에 변함이 없다는 뜻을 내보였다.

무릇 노부나가의 영지였던 곳은 지금 한 곳도 남김없이 히데요시 밑에 있었다. 노부나가 생전에는 적국이었던 여러 주까지 지난 일 년 동안 관계가 완전히 바뀌고 말았다.

노부나가의 패도에 대해 오래도록 집요하게 대항했던 모리도 지금은 인질을 보내 동맹국이 되었으며, 규슈의 오토모 요시무네大友義統249도 축하 글을 보내며 관계를 맺으려고 했다. 또 사누키讚岐의 소고 나가

---

249 1558~1610년. 분고豊後 오토모 씨의 이십일 대 종가. 1576년, 아버지 요시시게義鎮로부터 가장의 자리를 물려받았으나 국내에 모반자가 끊이지 않았으며 1587년 히데요시에 의해 마침내 분고 1국의 소유를 인정받았다. 하지만 1593년 조선의 평양에서 오토모 군은 명군이 내습하기 전에 퇴각했기에 히데요시에게 영지를 빼앗겼다. 세키가하라關ヶ原 전투에서는 서군에 가담했다.

야스十河存保[250]도 화의를 청해왔다. 게다가 에치고越後의 우에스기 가게카쓰上杉景勝도 정중히 축하 사절을 보내 맹약을 맺었다. 마치 전국이 히데요시에게 굴복하여 히데요시의 품 안으로 귀속하는 것을 기뻐하는 듯한 상황이었다.

하지만 단 한 사람, 숙제와도 같은 인물이 남아 있었다. 도카이東海의 도쿠가와 이에야스德川家康였다. 이에야스는 떠오르는 태양과도 같은 히데요시의 대두에 대해 과연 어떻게 생각하는지 참으로 속내를 알 수 없는 존재였다.

"그의 속내는?"

히데요시 쪽도 이에야스의 속마음이 궁금했다.

"과연 지쿠젠筑前이라는 자는?"

이에야스도 눈을 커다랗게 뜨고 히데요시를 지켜봤다.

두 사람은 서로 연락이 단절되어 있었다. 양쪽 모두 섣불리 손을 쓰느니 건드리지 않는 편이 낫다며 무외교의 공간에서 추이를 지켜보고 있었다. 하지만 이는 아무런 대책도 없이 손을 놓고 있는 것과는 경우가 달랐다. 기성적 사실로 '권위에 의한 압박'을 내보이고 있는 히데요시와 말없이 자신의 진영을 굳건히 하며 추이를 관망하고 있는 도쿠가와 이에야스가 절묘하게 힘의 균형을 유지하고 있는 것이었다.

하지만 그동안 지속된 무표정을 깨고 마침내 이에야스가 먼저 외교 형식을 취해 움직이기 시작했다. 히데요시가 교토京都로 귀환한 지 얼마 지나지 않은 5월 21일이었다. 도쿠가와 이에야스의 으뜸가는 숙장

---

250 1554~1586년. 미요시 요시카타三好義賢(짓큐實休)의 아들로 숙부인 사누키 소고 성의 성주 가즈마사一存('가즈나가라고도 한다)의 양자. 조소카베 모토치카長曾我部元親에게 쫓겨 오사카로 달아났다가 히데요시의 시코쿠四國 원정군을 따라나섰으며 이후 소고 삼만 석을 받았다. 1586년, 히데요시의 규슈 원정군의 선봉에 가담하여 시마쓰 이에히사島津家久와 싸우다 12월 13일에 전사했다.

인 이시카와 호키노카미 가즈마사石川伯耆守數正[251]가 이에야스의 명령으로 야마자키山崎 다가라데라宝寺 성으로 히데요시를 찾아와 '하쓰하나初花[252]'라는 명문이 새겨진 찻그릇을 정중하게 바쳤다.

"이번 야나가세柳ヶ瀬에서의 대승으로 천하의 통치가 정해졌다며 주인 이에야스 님께서 경하하는 마음을 참지 못하고 축하를 위해 저처럼 부족한 신하를 보내셨습니다."

하쓰하나의 다기는 오래전부터 천하에 널리 알려진 명품이었다. 그것이 히가시야마 요시마사東山義政의 손에 들어갔을 때, 요시마사가 기뻐하며 '붉은 하쓰하나 물들인 빛깔 깊이 생각하여 마음은 나를 잊었다'는 시 한 수를 읊어 '하쓰하나'라는 이름이 붙었다.

최근 들어 갑자기 다도에 열을 올리기 시작한 히데요시는 다기 선물을 받고 무척이나 기뻐했다. 하지만 그는 그보다 이에야스가 먼저 예를 보였다는 사실에 더 만족하고 있었다.

가즈마사가 곧바로 하마마쓰浜松로 돌아가려고 하자 히데요시가 극력 만류했다.

"그렇게 서두를 것 없지 않나? 이삼 일 쉬었다 가게. 미카와三河 나리(이에야스)께는 이 지쿠젠이 잘 말씀드리도록 하겠네. 특히 내일은 집안의 작은 축하연도 있으니."

작년 이후부터 히데요시가 나라 안팎으로 전공을 세우다 보니 조정에서는 그를 종사위하從四位下 참의參議에 명했다. 그 일을 축하하기 위

---

251 ?~1592년. 1549년, 오카자키岡崎에서 슨푸駿府 이마가와今川 씨에게 인질로 보내졌던 도쿠가와 이에야스를 수행한 이후, 사카이 다다쓰구酒井忠次와 어깨를 나란히 하는 이에야스의 노신이 되었다. 고마키小牧, 나가쿠테長久手 전투 이후 이에야스의 사절로 히데요시와 회견했으나 1585년 11월 갑자기 오카자키에서 빠져나와 히데요시에게 투항했다. 히데요시가 가즈마사를 흠모해 '가즈마사는 히데요시와 내통하고 있다'는 소문을 퍼뜨려 이에야스 아래에 머물 수 없는 상태로 만들었다는 설, 이에야스가 임무를 주어 히데요시에게 보냈다는 등의 설도 있으나 어쨌든 히데요시로부터 좋은 대우를 받았다.

252 봄에 처음 피는 꽃, 혹은 그 나무에 처음 피는 꽃을 뜻한다.

해 내일 집안에서 잔치가 열릴 예정이었다.

히데요시는 이 영예를 가신들에게도 나누어주기 위해 일곱 자루 창의 젊은이 이하 공이 있는 장수 서른여섯 명과 그 외의 사람들에 대해 광범위한 논공행상을 행했다. 그리고 새로이 이십 개 분국分國을 정해 신진 성주를 임명했으며, 교토 주변 오 개국을 직할 영지로 삼았고, 그해 5월부터 오사카에 대규모 축성을 계획하여 연내에 그곳으로 옮길 예정이라는 사실도 발표했다.

"이런저런 기쁜 일이 있다네. 쉬었다 가게. 천천히 쉬었다 가."

히데요시가 그렇게 말하자 가즈마사는 물러날 만한 구실을 찾는 게 쉽지 않았다. 경축의 뜻을 표하기 위해 온 사절이 경축의 자리를 거절하고 떠난다는 것이야말로 우스운 일이라고 판단한 것이다.

잔치는 삼 일에 걸쳐서 행해졌다. 은상을 받은 장병들과 하객들의 발걸음이 끝없이 이어지다 보니 성시城市도 좁고 문도 작은 다카라데라宝寺 성은 수레와 가마와 인마로 넘쳐났다. 하지만 가즈마사는 그곳에서 상서로운 기운을 느꼈다.

'시대는 마침내 이 사람의 양어깨에……'

가즈마사는 오늘날까지 자신의 주군을 굳게 믿어 의심치 않았으나 여기서 히데요시와 기거하는 동안 그의 심경에는 적잖은 변화가 일어났다. 그는 모든 면에서 자신의 나라와 이곳을 비교했다. 도쿠가와 휘하와 하시바 휘하를 비교하고 반성했다.

'누가 뭐래도 하마마쓰, 오카자키는 아직 지방……'

가즈마사는 속으로 그렇게 결론을 내리고 탄식하지 않을 수 없었으며, 히데요시와 이에야스의 인물을 비교해보았다.

'아무리 우리 주군이 대단할지라도 지쿠젠노카미의 타고난 도량과 천의무봉天衣無縫하고 커다란 인품 속에 있는 인망에는 도저히 미치지

못할 것이다. 세상은 이 사람을 따를 것이고, 대세는 이 사람에게 다음 세대를 구축하게 할 것이다.'

히데요시를 맹주로 일어서는 세력은 하나같이 일본 전국에서 새벽 구름과도 같은 움직임을 보이며 그 중심의 힘을 실증하는 데 비해 하마마쓰의 이에야스는 아직도 여전히 도카이의 한정된 구역에 갇힌 지방 세력에 지나지 않는다는 것은 그 누구도 부인할 수 없는 사실이었다.

"너무나도 과분한 대접에 며칠을 매우 흥겹게 보내고 말았습니다. 내일은 돌아가도록 하겠습니다."

"돌아가려는가? 그럼 내일 교토까지 함께 가기로 하세. 나도 교토까지 가야 하니."

가즈마사의 인사에 히데요시는 그렇게 말하고 그날 밤을 그와 함께 보냈다.

이튿날, 히데요시는 귀국하는 이시카와 가즈마사와 함께 교토까지 동행했다.

"호키(가즈마사), 호키."

히데요시가 말 위에서 뒤를 돌아보며 가즈마사를 불렀다. 가즈마사는 도쿠가와 가의 사절로 성안에서는 빈객의 예우를 받았으나 길 위의 행렬 속에서는 배신陪臣이기에 당연히 히데요시의 뒤를 따랐다.

"무슨 일이십니까?"

히데요시가 자꾸만 부르자 가즈마사는 수행원들을 뒤에 남기고 혼자 말을 몰아 히데요시 곁으로 갔다.

"호키, 동행하기로 약속하지 않았는가? 따로 떨어져 걸어서는 동행이라고 할 수 없네. 교토까지 가는 길은 특히 따분하니 이야기를 나누며 가기로 하세."

히데요시가 여유로운 마음으로 가볍게 말했다.

"그렇다면 말씀대로 그리하겠습니다."

가즈마사는 황공해하며 말 머리를 나란히 한 상태로 히데요시와 이야기를 나누며 갔다.

연도에 있는 사람들의 눈에는 히데요시가 가즈마사를 교토까지 배웅하는 모습으로 보였을 것이다. 하지만 히데요시는 전혀 신경 쓰지 않는다는 듯한 태도로 오사카 축성에 대한 포부 등을 이야기했다.

"여기서 교토에 드나들기는 참으로 불편하다네. 오가는 동안 길에서 버리는 시간도 아깝고……. 그래서 올해 안에 오사카로 거처를 옮긴 뒤 나니와浪華와 교토를 하나의 부府로 묶어 모든 일을 그곳에서 처리할 생각이라네."

"오사카라니, 좋은 땅을 택하셨습니다. 노부나가 공께서도 생전에 오래도록 오사카를 원하셨다고 들었습니다만."

"당시에는 본원사本願寺(혼간지)의 법성法城이 견고해서 어쩔 수 없이 아즈치를 선택했지만 사실은 오사카에 마음이 있었는지도 모르겠네."

"오늘에 이르러 그곳에 공사를 일으켰다는 소리를 듣고는 모든 주에서 돌을 나르고 재료를 보내 밤낮으로 공사에 힘쓴다고 하니……. 이 모두가 위덕威德이라 할 수 있을 것입니다."

"글쎄, 이 모두가 기운機運이라고 할 수 있을 듯하네. 나니와 땅이 그렇게 될 때가 오늘에 와서야 비로소 무르익기 시작한 것에 지나지 않아."

두 사람은 어느 틈엔가 교토의 번화가로 들어섰다. 가즈마사가 작별 인사를 하자 히데요시가 다시 만류하며 말했다.

"이 더위에 육로로 가는 것은 현명하지 않다네. 오쓰大津에서 배로 호수를 비스듬히 건너서 가도록 하게. 배를 준비하는 동안 겐이의 집에서 도시락이라도 먹기로 하세. 자, 이리 오게."

겐이는 얼마 전부터 교토 쇼시다이所司代253로 취임한 한무사이半夢齋 마에다 겐이前田玄以를 말하는 것이었다. 히데요시는 가즈마사를 억지로 데리고 겐이의 공관으로 갔다.

문은 청소가 되어 있었다. 미리 기별이 있었던 듯 가즈마사를 맞이하는 겐이의 태도는 무척이나 정중했다.

"너무 그렇게 형식을 차릴 것 없네."

히데요시는 오히려 편안한 모습을 보였다. 그는 다실에서 식사를 하고 차를 마시는 동안에도, 정오의 향연이 끝난 뒤에도 오사카 경영에 대한 이야기를 그치지 않았다.

"겐이, 도면을 가져오게, 도면을."

"공사 도면 말씀입니까?"

"그렇다네. 여기에도 사본이 하나 있지 않은가?"

"있습니다."

겐이가 곧 커다란 도면을 가져와 펼쳤다. 다른 나라의 외신에게 아무렇지도 않게 도면을 펼쳐 보이는 히데요시의 의중에 지도를 펼쳐 보이는 사람도, 또 그것을 보는 사람도 하나같이 두려운 표정을 지었다.

히데요시는 개방주의자였다. 이처럼 흉금을 털어놓고 이야기하기 전에는 가즈마사가 도쿠가와 가의 신하라거나 도쿠가와 가가 어떤 존재인지 거의 잊고 있는 듯했다.

"이걸 좀 보게."

히데요시는 다시 말을 이었다.

"자네는 성을 쌓는 데도 지식이 풍부하다고 들었네. 뭔가 하고 싶은 말이 있으면 어려워 말고 얘기해주기 바라네."

히데요시는 가즈마사에게 성의 설계에 대한 평을 듣고 싶어 했다.

---

253 교토의 정무와 경비를 맡은 사람.

　도면은 다실 안에 가득 들어찰 정도의 크기였다. 히데요시의 말대로 가즈마사는 축성에 조예가 있었으며 흥미도 있었다. 그러다 보니 일반적으로 비밀 중의 비밀로 다른 나라의 사신에게 절대로 보이지 않는 것을 히데요시가 어떠한 의도로 보여주는 것일까 하는 의심은 접어놓은 채 도면 위로 몸을 수그려 가만히 살펴보았다.

　"그럼 잠시 보도록 하겠습니다."

　가즈마사는 히데요시가 벌인 일이니 작은 규모는 아닐 거라고 예상했지만 자세히 살펴보고 구상의 크기와 치밀한 준비에 매우 놀라고 말았다.

　"오호."

　가즈마사는 몇 번이나 감탄하며 도면 속의 꿈에 점점 사로잡혀 갔다. 그의 기억에 따르면 본원사의 근거였던 시절에는 사방 여덟 정町의 성곽이었으나, 지금 설계도를 살펴보니 사방 여덟 정은 겨우 혼마루本丸의 한 기초가 되어 있을 뿐이었다. 그리고 주변에 있는 네 강과 산과 바다를 모두 받아들여 경승을 고려하고, 공수의 난이와 경영의 이해를 생각하고, 병마의 출입과 수레와 배의 편리에 따라 혼마루, 야마자토마루山里丸 니노마루二の丸, 산노마루三の丸 등을 두었다. 그리고 따로 우마다시馬出し와 소구루외總曲輪를 두었다. 이들을 둘러싼 외곽의 둘레는 육십여 리에 이르고 있었다. 성의 중심을 이루는 천수각은 가장 높은 위치에 수십 간間의 누대를 쌓고 크고 높은 오 층으로 설계되어 있었고, 두껍게 흙을 발라 화재에 견딜 수 있도록 했으며 기와는 금박을 입히게 되어 있었다.

　"음, 과연."

　가즈마사는 다시 한 번 깊이 감탄했다. 설계 도면을 보며 놀라지 않을 수 없었던 것이다. 하지만 그가 본 것은 성의 일부에 지나지 않았다.

그곳을 둘러싼 오기칠도五畿七道의 시가 교통을 보았다면 더욱 놀랐을 것이다.

황성인 교토에서 가깝고 후시미伏見, 도바鳥羽의 주요 항구를 끌어안고 있으며, 요도淀 강의 흐름을 끌어와 성의 해자를 두르는 물로 삼았다. 그리고 사카이堺의 번화가는 눈 아래 있을 정도로 가까우며, 중국과 조선 및 남방의 섬으로 통하는 무수한 교역선과 연결되며, 나라奈良 가도는 멀리 야마토大和와 가와치河內의 산맥을 장벽으로 삼아 천연의 방어벽을 이루고, 산인山陰과 산요山陽 두 도로는 시코쿠四國와 규슈九州의 해로와 육로와 연결되어 사통팔달의 관문을 이루고 있다. 그야말로 천하제일의 성으로서, 천하를 호령할 곳으로서 노부나가의 아즈치보다 몇 배나 뛰어나며 무엇 하나 부족한 게 없는 곳이었다.

"어떤가, 자네의 생각은?"

히데요시가 말했다.

"흠잡을 데가 없습니다."

가즈마사가 대답했다. 솔직히 그것밖에는 달리 할 말이 없었다. 그때 겐이의 가신이 자리를 옮기자고 말했다. 가즈마사도 너무 열심히 도면을 들여다본 탓에 어깨가 조금 굳은 모양이었다.

"그러세."

히데요시가 바로 분위기를 바꾸어 앞장섰다. 널따란 방인 쇼인테이松韻亭에는 발을 쳐놓았고 물을 뿌려놓았다.

"그저 놀라울 뿐입니다."

가즈마사가 다시 한 번 말했다.

"무엇이 말인가?"

히데요시는 벌써 잊은 듯한 표정이었다.

"오사카 경영을 위한 원대한 계획 말입니다."

"아, 오사카 성 말인가? 부족한 점은 없는가?"

"만약 그것이 완성된다면 고금 미증유의 대성시가 지상에 실현될 것입니다."

"그렇게 할 생각일세."

"언제까지로 예정하고 계십니까?"

"올해 안으로 옮기고 싶네."

"네, 올해 안으로?"

"대충 그렇게 생각하고 있다네."

"대대적인 토목공사인 만큼 적어도 십 년은 걸릴 텐데."

"하하하, 십 년이나 걸려서야 세상이 변해버리고 말 걸세. 히데요시도 늙어버리고……. 성안의 세부와 세간, 장식도 삼 년 안에 마무리 지으라고 명령해두었다네."

"공장工匠을 독려하는 일도 쉽지 않으리라 여겨집니다. 석재와 목재 등의 수량도 굉장할 듯하고요."

"이십팔 개국에서 목재를 베어 육로와 해로로 옮기고 있다네."

"필요한 인부의 숫자는?"

"그건 잘 모르겠네. 몇만, 몇십만은 필요하겠지. 담당자들은 안쪽 해자, 바깥쪽 해자를 파는 데만도 매일 육만 명씩 투입해 대충 삼 개월은 걸릴 거라고 말하고 있다네."

"네."

가즈마사는 입을 다물어버리고 말았다. 어처구니없다는 듯한 표정이었다. 자신의 나라인 오카자키 성, 그리고 하마마쓰 성과 비교했을 때 너무나 격차가 크다 보니 기분이 가라앉은 듯했다.

석재가 없는 오사카로 과연 그처럼 커다란 돌을 옮겨올 수 있을지, 분주한 전국 시대에 그처럼 방대한 비용을 어떻게 만들어낼 생각인지,

의심을 품기 시작하면 한두 가지가 아니었기에 히데요시의 대범함이 어쩌면 허풍과도 같은 것이 아닐까 여겨지기도 했으나 당사자인 히데요시는 그런 가즈마사를 앞에 두고 갑자기 급한 용무라도 떠올랐는지 서기인 오무라 유코를 불러 서면의 내용을 구술하기 시작했다.

"하나하나 부를 테니 거기에 적도록."

히데요시는 오사카 축성 따위는 마치 잠시 틈이 날 때 하는 한가로운 일에 지나지 않으며, 지금 서기에게 적게 하고 있는 일이야말로 자신의 본령으로 소홀히 할 수 없는 문제라는 듯 가즈마사의 존재조차 잊은 채 문장을 생각하고 또 고개를 갸웃거리며 이야기했다.

"……."

들지 않으려 해도 눈앞에서 히데요시가 내용을 말했기에 자연히 귀에 들어왔다. 게다가 그것은 모리 일족인 고바야카와 다카카게小早川隆景에게 답하는 중요한 외교문서인 듯했다. 그러다 보니 가즈마사는 어찌할 바를 몰라 하며 당황스러워했다.

"공무로 바쁘신 듯하니 잠시 물러나 있겠습니다."

"아닐세, 그럴 필요 없네. 바로 끝날 걸세."

히데요시는 전혀 개의치 않았다. 그리고 다시 구술을 계속했다.

답장은 고바야카와 다카카게가 대승을 축하하기 위해 보낸 글에 대해 히데요시가 야나가세의 전황을 보고하며 모리 가의 거취를 분명히 하라는 뜻을 단호한 어조로 재촉하는, 사적인 형식이라고는 하나 중요한 서면이었다.

히데요시가 불러주면 그 옆에서 서기가 글을 썼다. 그리고 서기가 쓴 글을 히데요시가 보고 다시 내용을 불러주었다. 이시카와 가즈마사는 그 옆에서 말없이 정원의 대숲을 바라보고 있었다.

"시바타를 살려두면 번거로워질 것이며 '일본을 다스리는 일, 이때에 있다'라고 여기고 병사들이 희생되어도 지쿠젠노카미의 불찰은 아니라 생각했기에 24일 인시에 과감히 본성을 공격했으며 정오쯤 안으로 들어가 전부 목을 쳤소."

히데요시는 기타노쇼北ノ庄를 함락한 상황을 이야기했다. '일본을 다스리는 일, 이때에 있다'는 말을 했을 때, 히데요시의 두 눈동자는 마치 그 당시처럼 형형하게 빛났다.

답장의 내용은 모리 가의 심중에 관한 것으로 바뀌어 있었다.

"총병력을 헛되이 배치하는 것도 쓸데없는 일, 귀국의 일각까지 가서 국경을 정하고 서로의 흉중을 내보였으면 하오. 잘 판단해서 히데요시가 화나지 않도록 깊이 각오하셨으면 하오."

"……."

가즈마사는 자신도 모르게 히데요시의 얼굴을 훔쳐보았다. 히데요시의 모습은 혀를 내두를 정도로 대담했다. 하지만 히데요시는 노골적인 내용들을 당사자인 다카카게와 마주 앉아 담소라도 나누듯 무척이나 가벼운 마음으로 이야기했다. 방약무인하다고 해야 할지, 천진난만하다고 해야 할지, 가즈마사는 감을 잡을 수가 없었다.

"동쪽 나라 호조 우지마사北條氏政, 북쪽 나라 우에스기 가게카쓰 둘 모두 그들의 각오에 맡긴 형국이오. 모리 우마노카미毛利右馬頭 나리도 히데요시의 생각에 따라 각오하신다면 일본의 정치, 요리토모賴朝 이후 어찌 이보다 더 편한 날이 있었겠소? 잘 살펴서 행하도록 하시오. 여기에 다른 생각이 있으시다면 7월 이전까지 기탄없이 말씀해주시기 바라오."

"……."

가즈마사의 눈은 대숲에서 노니는 바람을 가만히 바라보았으나, 귀는 히데요시의 나지막한 목소리에 이끌린 상태였다. 그리고 마음 깊은 곳이 바람에 흔들리는 대나무 잎처럼 부르르 떨려왔다.

생각건대 히데요시에게는 오사카 축성도 그리 대수롭지 않은 일인 듯했다. 모리에 대해서조차 이견이 있으면 7월 이전에 말하라고 단언했다. 가즈마사는 놀랍다 못해 가벼운 피로가 느껴질 정도였다.

"배가 준비되었습니다."

마침 쇼시다이의 무사가 와서 고했다. 히데요시도 답장을 마무리한 상태였다.

히데요시가 허리에 차고 있던 검 한 자루를 가즈마사에게 건네주며 말했다.

"오래되기는 했으나 사람들은 좋은 검이라고들 하오. 작은 정성이오."

가즈마사가 그것을 받아 밖으로 나갔다. 그곳에는 히데요시의 경호부대가 가즈마사를 오쓰의 선착장까지 배웅하기 위해 말을 늘어놓은 채 기다리고 있었다.

● 1587년 규슈 정벌

덴쇼天正 14년 7월부터 이듬해 4월까지, 규슈 지방에서 히데요시(豐臣秀吉)와 시마즈(島津家) 사이에 벌어진 전투의 총칭이다. 히데요시의 규슈 공격(九州攻め), 시마즈 공격(島津攻め), 규슈 평정(九州平定) 등 여러 가지 명칭으로 불린다.

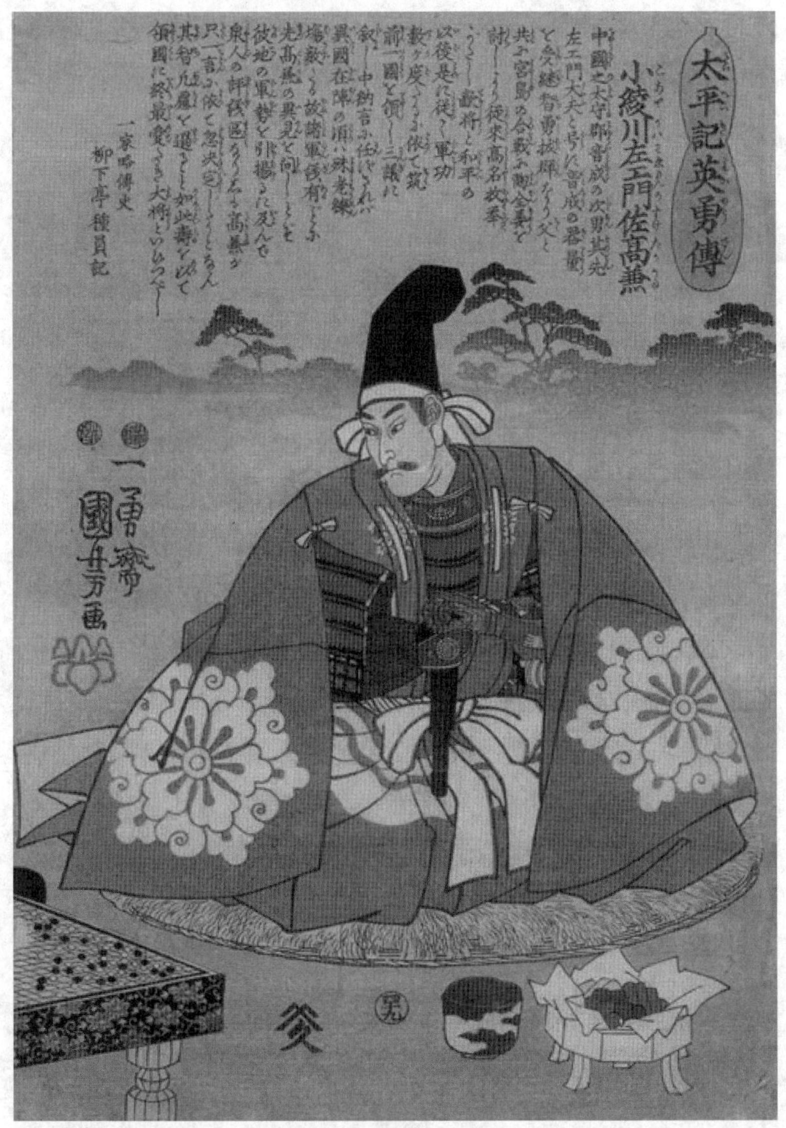

모리 가문 최고의 지장. 깃카와 모토하루(吉川元春)와 더불어 모리가 양천(兩川)으로 불린다. 덴쇼天正 11년의 시즈가타케 전투 때는 중립을 지켰으나 이 전투에서 히데요시(豐臣秀吉)가 시바타 가쓰이에(柴田勝家)를 격파하자, 모리는 그때까지의 관망 노선을 버리고 히데요시에게 복속하게 된다.

예양의 수레

교토로 가면 교토에도 그의 결재를 기다리는 문제들이 산더미처럼 쌓여 있었다. 히데요시는 한시도 쉬지 않고 일을 결정해 나갔다.

야나가세 이후 대세는 이미 기울어 전쟁은 끝난 듯이 보였으나, 이세 방면에는 다키가와 가즈마스가 항복한 이후에도 여전히 고집스럽게 굴복하지 않는 등 지방적 국면이 곳곳에서 연기를 피워 올리고 있었다. 나가시마長島, 고베神戸 등에 자리하고 있는 이세의 잔군들이었다. 그 방면은 오로지 오다 노부오織田信雄가 담당했는데, 소탕도 거의 끝나가고 있었다.

히데요시가 에치젠에서 돌아왔다는 소식을 듣고 노부오가 전장에서 교토로 찾아왔다.

"나가시마가 떨어지거든 그곳 성으로 들어가십시오. 미노, 이세에는 연고가 깊은 집안과 무사도 많으니 귀공을 흠모하고 있을 것입니다."

노부오는 히데요시의 말을 흔쾌히 받아들이고 나가시마로 돌아갔다. 용렬한 청년은 히데요시에게 약속받은 미미한 전승의 할당을 마치 커다란 선물이라도 되는 양 득의양양해서 돌아갔다.

"대덕사大德寺(다지토쿠지)에서 온 승려가 잠시 뵙고 싶다며 아침부터 기다리고 있었습니다만."

노부오가 돌아간 뒤 맞이한 손님은 오사카에서 온 이케다 데루마사
池田輝政였다. 데루마사는 오래도록 앉아 때때로 히데요시와 함께 웃음
소리를 냈다. 그 모습을 본 근신이 히데요시에게 고했다.

"아아."

히데요시가 생각났다는 듯 말했다.

"2일의 법요에 대해 상의하기로 했지. 내가 먼저 오늘 아침에 오라
고 해놓고 깜빡 잊고 있었군. 히코에몬彦右衛門에게 말하도록 하게."

"하치스카蜂須賀 나리는 어젯밤에 마키시마槇島로 가셨습니다."

"그래, 맞아. 히코에몬은 없지. 그렇다면 법요에 대해 잘 알고 있는
자, 누구 없겠는가?"

그러자 곁에 있던 데루마사가 스스로 임무를 청했다.

"6월 2일은 돌아가신 우후右府 님의 일주기. 그것을 위해 대덕사의
승려들과 논의하는 일을 말씀하시는 것입니까? 그 일이라면 제가 모
든 것을 맡아 이야기하도록 하겠습니다."

"흠, 고신古新(데루마사)은 작년의 대법요 때도 일을 맡아주었지? 그
럼 올해 일주기 때도 일을 부탁하기로 할까?"

"그렇게 하겠습니다."

데루마사는 별실로 들어가 대덕사에서 온 센가쿠仙岳 화상을 비롯해
네다섯 명의 승려들과 함께 저녁까지 노부나가의 일주기 법요에 대한
이야기를 나누었다.

등불을 밝힐 무렵, 손님 중 하나인 조정의 신하가 소달구지를 타
고 이곳의 문을 나서자 한동안 손님도 끊겼다. 히데요시는 목욕을 마
치고 나와 단바에서 온 양자 히데카쓰, 마에다 겐이 등과 함께 저녁을
먹었다.

그때 어딘가에서 돌아온 사람이 하인에게 대문 앞 버드나무에 말을 묶게 했다. 이윽고 근신이 히데요시가 있는 곳으로 고하러 왔다.

"지금 막 하치스카 나리께서 마키시마에서 돌아오셨습니다."

히데요시는 내심 기다리고 있던 사자였는지 곧장 밥상을 치우게 했다.

"돌아왔는가? 이리로 들라 하게."

처마의 발 사이로 바람이 불어왔고, 어딘가에서 여자아이들의 웃음소리가 흘러나왔다.

히코에몬 마사카쓰彦右衛門正勝는 바로 안으로 들어가지 않고 욕실 옆 세면장에서 입을 헹구고 머리카락을 매만졌다. 우지宇治 마키시마까지 말을 타고 다녀오느라 먼지를 흠뻑 뒤집어썼기 때문이다. 그는 마키시마의 유배지에 있는 사쿠마 겐바노조를 만나 히데요시의 뜻을 전달하고 돌아왔다. 어찌 보면 쉬운 일 같았으나 꽤나 어려운 일이었다. 히데요시도 그것을 잘 알기에 어젯밤 마사카쓰에게 '자네가 아니면……' 하고 특명을 내려 우지로 보낸 것이었다.

에치젠의 아스와足羽 산속에서 붙잡힌 겐바노조를 바로 베지 않고 우지의 마키시마로 보낼 때부터 히데요시에게는 오늘의 속내가 있었던 듯했다. 히데요시는 겐바노조를 마키시마로 보낼 때도 호송하는 무사들에게 직접 세세한 주의를 주었다.

"너무 무정하게 죄인 다루듯 하지는 말게. 어쩔 수 없이 포박은 해야겠지만 에치젠의 포로라며 길가 사람들의 눈에 띄어 수치심을 느끼지 않도록 하게. 포박도 느슨하게 하고 탈것에 태워 마키시마까지 가도록 하게."

마키시마의 감옥에서는 용감무쌍한 겐바노조를 들판에 풀어놓으면 곧 맹호로 돌변할지 모른다는 사실을 잘 알고 있었기에 엄중하게 감시를 했으나 식사와 같은 생활에서는 히데요시의 뜻도 있었기에 매우 우대를 했다. 포로로 잡힌 적장이라고는 하나 히데요시는 마음속으로 겐바노조 모리마사를 아끼고 있었다. 히데요시 역시 가쓰이에처럼 그의 타고난 재질을 아끼다 보니 죽이지 않고 숙제로 남겨두었던 것이다.

히데요시는 교토로 돌아오자마자 사람을 보내 솔직하게 의중을 전하고 겐바노조를 회유하려고 노력했다.

"가쓰이에는 이미 세상을 떠났다. 그러니 나를 가쓰이에라 여기게. 곧 귀국도 할 수 있을 테니 자네를 위해 큰 나라 하나를 주도록 하겠네. 모쪼록 잘 생각하도록 하게."

히데요시의 제안에 겐바노조는 웃음을 보이며 단호하게 말했다.

"가쓰이에는 가쓰이에다. 가쓰이에를 대신해서 맹세할 사람이 있으리라고는 여겨지지 않는다. 가쓰이에가 이미 자결한 이상 겐바 혼자 세상에 남아 있을 마음이 없다. 설령 천하를 준다 할지라도 지쿠젠을 섬긴다는 것은 생각할 수도 없는 일이다."

그렇게 히데요시가 보낸 사자가 헛걸음을 하고 돌아왔고, 며칠이 지난 어젯밤 하치스카 히코에몬이 두 번째 사자로 간 것이었다. 상황이 그러다 보니 히코에몬도 겐바노조를 설득하는 게 쉽지 않을 것이라고 예상했다. 히코에몬은 노숙한 말들로 겐바노조를 밤새 끈질기게 설득했지만 겐바노조의 뜻을 꺾을 수 없었다.

"히코에몬인가. 어땠는가?"

히데요시가 히코에몬을 보자마자 물었다. 은으로 된 모기잡이 향로에서 피어오르는 연기가 그의 모습을 감싸고 있었다.

"실패했습니다."

히코에몬이 답하자 대충은 짐작했다는 듯 히데요시가 말했다.

"실패했는가."

"겐바는 오로지 목을 치라고만 할 뿐, 아무리 달래도 마음을 굳게 정한 듯 전혀 움직이지 않았습니다."

"자네가 말했는데도 그랬다면 더 이상 강요하는 것도 인정은 아니지."

히데요시가 문득 포기한 듯 얼굴의 긴장을 풀었다.

"나리의 뜻대로 일을 잘 처리하지 못해서……."

히코에몬이 사명을 완수하지 못한 것은 자신의 불찰이라며 사과했다.

"자네가 사과할 필요는 없네."

히데요시는 오히려 히코에몬을 위로했다.

"붙들린 몸이 되어서도 이체에 움직이지 않고 지쿠젠에 굴복하지 않으니 겐바의 절개가 훌륭한 거지. 그러한 기개와 불굴의 기백을 이 히데요시가 아끼는 것인데……. 이젠 어쩔 수 없구나. 만약 그가 자네의 설득에 넘어가 지쿠젠 앞에서 절개를 굽혔다면 그 모습을 본 순간 히데요시의 아끼는 마음도 사라졌을지 몰라."

"아마도 그랬을 것입니다."

"하하하. 자네도 마음속으로 그렇게 생각하니 겐바를 설득하지 못한 것도 당연한 일이지."

"용서해주십시오."

"아닐세, 고생 많았네. 그런데 겐바가 다른 말은 하지 않던가?"

"일이 그렇게 되자 더는 강요하지 않겠다고 약속하고 이런저런 이야기를 나누던 끝에 제가 겐바에게 '어째서 그대 정도의 무사가 전장에서 죽지도 않고 산속으로 달아나 농민들의 손에 붙들린 게요? 또 포로로 보내면서 자결도 하지 않고 참수당할 날만을 기다리고 있는 게요?'라고 물었습니다."

"흠, 뭐라고 하던가?"

"겐바노조가 답하기를 '아니오, 히코에몬 나리. 나는 할복만이 용사의 가장 커다란 용기라고 생각하지 않소. 그것도 무문의 명예이기는 하나 나는 그렇게 생각하지 않소. 끝까지, 끝까지 살아남는 것에 있다고 생각하오'라고 했습니다."

"흠…… 그래서?"

"야나가세, 시게茂 산의 난투 중에 달아난 것도 아직 가쓰이에의 생사를 확인하지 못했기에 기타노쇼까지 가서 함께 재기를 꾀하려고 한 것이었는데 도중에 상처의 고통을 참지 못해 농가로 들어가 뜸뜰 쑥을 얻은 것이 무운의 끝인 듯하다며 한동안 고개를 숙이고 있었습니다."

"원통해서 그랬겠지."

"그리고 수레에 실려 마키시마로 가는 동안 생포당한 장수의 수치를 참은 것은 지키는 자들에게 빈틈이 있으면 탈출하여 진晉나라의 예양豫讓은 아니나 언젠가 지쿠젠에게 접근하여 목숨을 빼앗아 돌아가신 가쓰이에의 원한을 풀고, 시즈가타케 기습에서 저지른 불찰을 사죄할 생각이었다고 떳떳하게 말했습니다."

"아아, 아깝구나, 아까워."

히데요시는 탄성을 내뱉는 동시에 눈가에 눈물까지 보이며 겐바노조의 마음을 동정했다.

"그 정도의 사내를……. 잘못 써서 죽음에 이르게 만들었으니 역시 가쓰이에의 불찰이로다. 그래, 그의 뜻에 따라 깨끗이 죽을 수 있게 해주지. 히코에몬, 일을 처리해주게."

"알겠습니다. 그렇다면 내일이라도."

"흠, 빠른 게 좋겠지."

"목을 칠 곳은?"

"마키시마의 벌판."

"저잣거리를 끌고 돌아다니게 할까요?"

히데요시는 잠시 생각을 하다 명했다.

"그렇게 하는 것이 오히려 겐바가 바라는 거겠지. 교토 안을 끌고 돌아다닌 뒤 그날 밤으로 마키시마의 들판에서 목을 치도록 하게."

이튿날 히코에몬이 마키시마로 떠나려고 할 때 히데요시는 겐바노조에게 입힐 옷을 건넸다.

"죄수복도 틀림없이 더러워졌겠지. 수의로 이것을 주도록 하게."

히코에몬은 히데요시의 명을 받고 그날 다시 마키시마의 유배지로 갔다. 그리고 유배 중이던 겐바노조를 만나 말했다.

"소망대로 곧 교토 안을 끌고 다닌 뒤 마키시마의 벌판에서 참수하라는 명이 떨어졌소."

겐바노조는 주눅 든 모습도 없이 예를 표했다.

"고맙소."

히코에몬은 히데요시의 호의를 들려주며 커다란 쟁반에 옷을 담아 보여주었다.

"지쿠젠노카미 님께서 특별히 옷을 내리셨소. 받으시오."

겐바노조가 그것을 잠시 바라보다 말했다.

"뜻은 고맙소. 하지만 이 옷의 문양이나 옷 지은 법이 겐바노조 모리마사가 수의로 입기에는 마음에 들지 않소. 돌려드리겠소."

"오호, 마음에 들지 않다니."

"총을 쏘는 병사가 입는 것 같은 옷을 입고 교토 사람들 눈에 '저것이 시바타의 조카'라 보이는 것은 돌아가신 가쓰이에의 체면을 구기는 일이 되는 것이오. 누더기라고는 하나 지금 입은 때가 묻은 옷을 입고 도는 것이 나을 듯하오. 하지만 지쿠젠 나리께 새로 옷 한 벌을 줄 마음이 있다면 좀 더 겐바의 마음에 맞는 것을 주셨으면 하오."

"말씀 전하도록 하겠소. 원하는 바는……?"

"커다란 무늬가 들어간 붉은 옷. 뒤에는 붉은 매화에 은색 줄무늬가 있는 옷을 주셨으면 하오."

겐바노조는 자신의 생각을 솔직하게 말했다. 그리고 이어 말했다.

"엣추越中의 산속에서 농민에게 사로잡혀 오랏줄에 묶인 채 마키시마로 보내졌다는 것은 세상에 이미 알려진 사실이오. 그사이에 살아남았다는 수치도 참고 기회만 있으면 지쿠젠 나리의 목을 얻으려 했으나 그 뜻도 이루지 못하고 참수가 될 것이라는 사실이 알려지면 교토 사람들도 틀림없이 술렁이리라 생각하오. 초라한 옷을 얻어 입는다면 분할 것이니 이왕 입을 바에는 전장에서 거물이라 알리는 깃발과도 같은 화려한 옷을 입고 싶소. 그리고 오랏줄을 두려워하지 않았다는 증거로 수레에 오를 때 사람들 앞에서 오랏줄을 묶어주시오."

이렇듯 겐바노조에게는 참으로 사랑스러운 면이 있었다. 히코에몬이 곧 겐바노조의 뜻을 히데요시에게 전했다.

"마지막까지 무사다운 마음가짐, 참으로 갸륵하구나."

히데요시는 바로 겐바노조가 원한 옷을 보내주었다.

형을 집행하는 날이 찾아왔다. 사쿠마 겐바노조는 그날 아침 목욕을 하고 푸른 수염 자국이 시원하게 보이게 면도를 했으며, 머리까지 새로 묶고 붉은 옷에 커다란 무늬가 들어간 겉옷을 입었다. 그리고 스스로 오랏줄을 청해 수레에 올랐다.

"몸을 묶으시오."

당년 서른 살의 미장부, 모든 사람들이 그의 죽음을 안타까워했다.

수레는 교토의 시치조七條, 로쿠조六條에서부터 돌기 시작해 밤에 들어서야 마키시마로 돌아갔다.

"배를 가르시오."

겐바노조에게 인정을 베풀기 위해 칼과 부채를 내주었으나 겐바노
조는 웃으며 대답했다.

"나를 생각해줄 필요는 없소."

겐바노조는 오랏줄도 풀지 않은 채 목을 베게 했다.

오사카 축성

히데요시는 전쟁 전보다 더욱 다단多端했다. 오사카 축성과 그에 따른 오기五畿254 경영만 해도 쉬운 일이 아니었다. 종전과 같은 축성 토목 정도라면 천하의 지혜와 일을 맡은 사람들의 진행만으로도 충분히 가능할 테지만, 히데요시의 구상은 이전까지 있었던 일본인의 창의보다 훨씬 웅대해서 도시계획만 놓고 보더라도 규모가 너무 컸기에 다른 사람의 머리로는 도저히 감당할 수가 없었다. 설계자가 과감한 기획이라고 생각해 작성한 원안도 히데요시에게는 늘 부족했다.

"작아, 너무 작아. 이보다 열 배로. 여기는 이곳의 백 배로 하고."

너무 크니 작게 하라거나 축소하라고 말한 적은 거의 없었다. 예를 들어, 대천수각과 소천수각의 층루도 노부나가의 아즈치 성을 훨씬 뛰어넘는 것이었다. 또 건물의 규모도 당초 설계자의 원안은 천팔백여 평에 크고 작은 방 이백여 개를 구상한 커다란 규모였다.

"이렇게 하시면 천하에 비할 데가 없을 것입니다."

하지만 히데요시는 힐끗 보고는 이렇게 말했다.

"살기에 좀 좁은 듯하군."

---

254 교토 부근의 다섯 개 지역.

그러더니 대지를 사천육백여 평으로 확대하고 총 육백이 개의 방으로 늘려 어마어마한 규모가 되도록 수정했다. 대체로 히데요시의 안목과 담당자가 생각하는 규모 사이에 큰 격차가 있다는 것을 토목공사를 통해 분명히 알 수 있었다. 하지만 일의 관리를 맡은 사람이나 축성 담당자들의 생각은 당시 일반 상식으로 봤을 때 가장 높은 창의였다. 그러니 말할 필요도 없이 히데요시의 기획과 구상이 너무나도 컸던 것이다.

그렇게 차이가 나는 원인이 무엇인지 생각해보면, 양자의 관념에 근본적으로 차이가 있다 보니 '착안점'이 전혀 달랐던 것이다. 일본의 일반 인사들은 당연히 창의와 구상을 할 때도 일본이라는 한계를 넘어서지 못한다. 하지만 히데요시는 그 대상을 일본에만 한정시키지 않고 해외까지도 고려해 생각했다. 적어도 그는 전 아시아를 조감하고 있었다. 사카이 항구의 물결은 멀리 유럽의 17세기 문화와 연결되어 있었으며, 오기의 경영은 서구의 사신과 선교사들이 본국으로 보내는 보고에 의해 일본의 국위와 크게 연관된다고 믿고 있었다.

따라서 사람들 모두 놀랄 만큼 큰 규모의 기획도 그에게는 아직 마음에 그리고 있는 것을 전부 펼쳐 보인 것이 아니었다. 게다가 그의 이와 같은 이상의 구현은 어제오늘 갑자기 떠올린 것이 아니었다.

히데요시의 커다란 도량은 원래부터 그의 본질 가운데 있었던 것일 테지만, 당시 마침내 일어서려는 기운이 도는 일본의 문화적 사명과 해외에서 전해지는 서점西漸의 풍조 등에 대해 시대적 안목을 부여해준 은인은 다름 아닌 히데요시의 주군이자 스승인 고 노부나가였다.

청출어람靑出於藍. 노부나가의 뜻은 바로 히데요시에 의해 계승되었다고 해도 좋을 것이다. 히데요시는 옛 주군의 장점을 취하고 단점을 버렸으며, 거기에 독자적인 방식과 타고난 대범함을 더했다. 일찍부터 해외로 눈을 돌려 언제부턴가 세계적 지성을 갖게 된 것도 틀림없이 노부나가의 은혜였다. 아즈치의 높은 누각의 한 방에 있던 세계지도 병풍은 히데요시의 뇌리에 그대로 옮겨졌다. 그리고 사카이나 하카타博多의 상인들에게서 얻은 지식도 적지 않았다. 철포나 화약 등의 거래로 그들과 늘 접촉했으며, 사적으로는 다도의 벗으로 만나기도 했다.

히데요시는 비천한 집에서 태어나 역경 속에서 자라다 보니 특히 학문을 닦거나 교양을 기를 시간이 없었다. 그래서 그는 늘 만나는 사람에게서 무엇인가를 반드시 배우겠다는 자세로 살아왔다. 그동안 그에게 가르침을 준 사람은 오직 노부나가 한 사람만이 아니었다. 평범하거나 그보다 못한 사람, 아니 하찮은 사람에게서조차 자신보다 뛰어난 점을 찾아내어 그것을 자신의 것으로 삼았다.

'나 이외의 사람은 모두 나의 스승이다.'

히데요시는 마음속으로 늘 그렇게 생각했다. 그의 몸은 하나였으나 그의 지혜는 천하의 지혜를 모아놓은 것이나 다름없었다. 그는 여러 사람의 지혜를 흡수하여 자신의 본질 속에서 여과했다. 때로는 여과하지 않은 대중의 어리석은 행동을 보여 개성을 그대로 그러내기도 했다. 그는 자신을 비범하다고 생각하면서도 현자라고는 생각하지 않았다.

어찌 되었든 그에게 있어서 잊을 수 없는 사람은 누가 뭐래도 고 노부나가였다.

"원숭아, 대담한 자여, 이쪽을 보아라, 저쪽을 돌아보아라."

히데요시는 다시 한 번 그런 말들을 듣고 싶었다. 그랬기에 이처럼 바쁜 중에도 6월 2일의 기일을 잊지 않았던 것이며, 대덕사에서 일주기의 법사를 행한 것도 결코 정략적인 것만은 아니었다. 어쩌면 사람들 눈에는 그렇게 보였을지 모르겠으나, 그는 원래 번뇌가 많은 사람이었다. 그는 어리석은 추억이나 추모와는 상극인 노부타카信孝의 처리와 노부오에 대한 생각들을 선군의 위패에 부지불식간에 고하기도 하고 사죄하기도 했는데, 그러면 마치 노부나가가 살아서 말하는 것처럼 느껴져 후련한 기분이 들었다.

그 법사도 끝났다. 6월 말이었다.

"공사도 꽤나 진척되었을 테니 한번 보기로 하지."

히데요시는 오사카로 갔다. 성의 공사를 담당한 사람은 이시다 미쓰나리石田三成, 마스다 나가모리增田長盛, 아사노 나가마사淺野長政 세 사람이었다. 시구 건설을 맡은 사람은 호리 규타로堀久太郎, 가타기리 가쓰모토片桐且元, 나쓰카 마사이에長束正家 등이었다. 그들은 히데요시를 맞아 이시石 산의 높다란 곳에 서서 이런저런 설명을 하느라 애를 썼다.

그 옛날 나니와難波의 갈대밭도 지금은 메워지고 개간되어 벌써 수로도 종횡으로 달리고 있었으며, 거리의 구획이 끝난 곳에는 상인들의 임시 가옥이 처마를 나란히 하고 있었다. 사카이의 항구와 아지安治 강하구 등의 해면을 바라보면 돌을 실은 수백 척의 배가 돛을 활짝 편 채 들어오고 있었다. 그리고 히데요시가 서 있는 혼마루 예정지에서 시야에 들어오는 땅들을 둘러보면 밤낮으로 교대해가며 한시도 공사를 쉬지 않는 수만의 인부와 여러 장인들이 개미처럼 일하는 모습이 보였다.

축성을 위한 목수로는 당시의 대표적인 사람들만 뽑았다. 곤고金剛, 나카무라中村, 다몬多門, 다케쓰지武辻 네 사람이었다. 인부의 공출은 모두 각 지방에 맡겼다. 소홀히 하는 사람이 있으면 제후라 할지라도 엄벌에 처했다.

각각의 직 아래에는 하청을 받은 사람들이 있었으며, 그 아래 중간 우두머리가 있었고, 다시 현장의 우두머리들이 있어서 통솔했는데, 말하자면 그들 각 조의 이름은 책임 범위의 명칭이었다. 그리고 책임자가 있는 곳에는 반드시 명백한 책임이 따랐다. 만약 그것을 지키지 못한 경우에는 목을 쳤다. 감독자인 각 지방의 무사들은 처벌을 기다리지 않고 할복했다.

일반 토목공사처럼 보였으나 목숨을 걸 만큼 진지했다. 다시 말해 전장과 다를 게 없었다. 그리고 공사는 모두 청부 제도, 즉 할당제로 이루어졌다. '할당제' 하면 기요스 성과 도키치로가 출세하게 된 일로 유명했지만 그렇다고 도키치로가 '할당제'를 처음으로 고안해낸 것은 아니었다.

전국 시대 토목 중에서 다급하지 않은 공사는 거의 없었다. 특히 성채의 공사는 대부분이 적 앞에서 강행하는 공사였다. 얼마나 신속하게, 견고하게, 그리고 적에게 빈틈을 노릴 여지를 주지 않고 완성하는 게 관건이었다. 그런 상황에서 할당제는 자연스럽게 생겨난 일종의 약속이었다.

이러한 제약 속에서 진척시키는 일 가운데 가장 경계해야 할 것은 흔히들 말하는 '빠르면 허술하다'는 식의 졸속 건설이 일상화되는 것이다. 반대로 할당제의 가장 큰 특징은 일하는 사람 각자가 '나만의 영역, 나만의 시간'을 갖게 되기 때문에 일용제에서는 보기 어려운 '자신에 대한 도전' 정신을 갖게 된다는 점이다. 우선 '내가 전심전력으로 임하면 어느 정도의 일을 해낼 수 있을까?' 하며 시험해본 뒤, '열심히 하면 이 정도로 할 수 있다'는 자신감을 갖게 되고, '그저 빠르기만 한 게 아니라고. 내가 한 일에 대해 흠잡을 데가 있으면 흠잡아보라고' 하는 식의 자부심이 생긴다. 그러다 보면 일에 열중하고 몰두하기 때문에 자연스레 혼을 담게 되고 재미도 느끼게 되면서 장인적 도의도 높아지게 되는 것이다.

원래부터 청부제는 평범한 인간이라면 모두 가지고 있는 이기심을 활용한 것으로 결국은 소아小我에서 시작해 무아無我로 들어가고, 이利에서 시작해 이를 돌아보지 않는 경지로 사람을 움직인다. 만약 이 수단이 좋지 않은 것이라고 한다면 사람이 도를 찾아 성현의 말씀을 구하는 것도 하나의 이기이며, 불심을 일으켜 보시를 구하는 것도 좋지 않은 일이 되고 만다. 나아가서는 사회의 모든 일, 인간의 모든 활동에 불순함이 있다고 할 수밖에 없을 것이다.

하지만 지금 오사카 성의 공사장에서는 그런 이념을 따질 겨를이 없었다. 밤낮으로 일을 해야만 했다. 그리고 할당제 아래서 반석도 거목도 뜻대로 움직이고 있었다.

위에서 말한 것처럼 대공사도 아직 절반, 아니 착수한 지 얼마 지나지 않아 절반에도 이르지 못했는데, 히데요시는 공사 현장을 둘러본 다음 며칠 뒤 갑자기 이렇게 말했다.

"오사카 성에서 첫 번째 다도회를 열어야겠군."

그러더니 사카이의 센노소에키千ノ宗易와 쓰다 소큐津田宗及에게 사람을 보냈다.

"바로 오도록 하게."

그곳으로 온 두 사람은 놀란 표정을 감추지 못했다. 광대한 지역이 마치 토목의 전장 같았기 때문이다. 본원사 시절의 오래된 건물도 모두 헐린 상태였다. 대체 어디서 다도회를 열 것인지조차 의심스러웠다.

"이러한 곳에서의 모임도 재미있지 않겠는가?"

히데요시는 그렇게 말하고는 자신이 머무르기 위해 급히 만든 네 평짜리 임시 가옥에서 7월 7일부터 13일까지 칠 일 동안 다도회를 열 테니 준비를 하라고 명했다.

"갑작스러운 뜻, 한층 더 흥겨울 듯합니다."

소에키와 소큐는 황공해하며 격일로 자리를 담당했다. 7월 7일에는 칠석을 맞아 옥간玉礀의 저녁 종이라는 그림을 걸었으며 조오紹鷗의 솥을 화로 위에 걸고 다기로는 하쓰하나를 썼다. 손님은 축성 공사를 담당하고 있는 제후들로 하룻밤에 네다섯 명씩 차례대로 불렀다. 벽에 거는 그림과 꽃병은 날마다 바뀌었으나 하쓰하나의 다기만은 늘 사용했다.

"이것은 얼마 전 야나가세 전투에서의 승리를 축하하기 위해 미카와 나리(이에야스)께서 일부러 사자를 보내 선물하신 것으로……."

그 자리의 정주亭主인 히데요시는 히가시야마에게서 전래된 이야기보다 오로지 이에야스가 자신에게 예를 취했다는 이야기를, 명기를 자랑하는 척하며 은근슬쩍 들려주었다. 사람들은 그것이 세상에 널리 알려진 명기라는 것을 잘 알고 있었기에 히데요시에 대한 이에야스의 예가 보통이 아니라는 사실에 고개를 끄덕였다.

"미카와 나리께서도 이러한 물건을 참으로 흔쾌히……."

칠 일 동안 열린 다도회에서 제후들 대부분이 이 하쓰하나를 보았다. 아니, 정주의 선전을 들었다. 정주는 전쟁에 임할 때와 같은 뜨거운 마음을 보이며 칠 일 동안 쉬지 않고 다도회를 열었다.

"펄펄 끓는 다도를 하세."

히데요시는 입버릇처럼 그렇게 말했다. 그는 무슨 일에서나 미지근한 것을 싫어했다. 그렇게 각 장수들을 기쁘게 해서 공사도 격려했으며, 또 다른 목적도 달성했다. 지금 그의 마음속에 무엇이 가장 크게 자리하고 있는가 하면, 그것은 바로 이에야스였다.

지금까지 히데요시가 일생 중에 고인이 된 옛 주인 노부나가를 제외하고 참된 인물 중의 인물이며 두려워해야 할 인물이라고 생각하는 사람은 오직 한 사람 도쿠가와 이에야스밖에 없었다. 자신의 위치가 이렇게까지 눈에 띄게 오른 지금, 다음으로는 당연히 이에야스와의 대립을 피할 수 없을 것이라 예상하고 있었다.

우란분盂蘭盆이 찾아왔다. 히데요시는 대덕사의 총견원으로 참배를 갔다. 히메지에 있는 어머니와 아내에게 오랜만에 소식을 전했다. 내용은 다음과 같았다.

지금 나니와에 새로운 주거를 만들게 하고 있습니다. 그곳의 조망, 아늑함은 히메지에 비할 바가 아닙니다. 내년의 일을 이야기하면 도깨비가 웃는다고들 하지만 다음 정월은 네네寧子와 함께 그곳에서 봄을 맞이하게 될 듯합니다. 물론 저도 그때까지는 오사카로 옮기기 위해 모든 일을 서둘러 진행하고 있습니다.

히데요시는 어머니와 아내가 편지지에 얼굴을 묻고 읽는 모습을 눈에 그려가며 편지를 썼다.

8월, 시원한 가을이었다. 히데요시는 부하 쓰다 사마노스케 노부카쓰津田左馬允信勝에게 특사를 명했다.

"하마마쓰로 가서 도쿠가와 가에 답례를 하고 오게."

그러고는 후도 구니유키不動國行의 명검을 건네주며 말했다.

"일전에 가신 이시카와 가즈마사를 통해 둘도 없는 명기를 보내셔서 이 지쿠젠이 한없이 기뻐하고 있다고 전하게."

히데요시는 다기를 받은 답례로 이에야스에게 후도 구니유키의 명검을 건넸다.

"그리고 가즈마사를 만나 그때는 고생이 많았다고 전하게."

히데요시는 가즈마사에게 보내는 선물도 잊지 않았다.

사마노스케는 8월 초순에 하마마쓰로 출발해서 10일쯤 돌아왔다. 그는 히데요시에게 도쿠가와 이에야스가 황공할 만큼 극진하게 환대했다고 보고했다.

"미카와 나리도 건강하신 듯하더냐?"

"무척이나 건강해 보였습니다."

"집안 분위기는 어떻더냐?"

"다른 집안에서는 볼 수 없는 게 느껴졌습니다. 소박한 가운데서도 모두들 어딘가 불굴의 정신을 갖추고 있는 듯한."

"신참도 많다고 들었는데."

"대부분 다케다武田 무사인 듯했습니다."

"그렇군……."

히데요시는 고개를 끄덕이며 대답했다. 그리고 문득 마음속으로 자신의 나이와 이에야스의 나이를 비교했다. 히데요시는 이에야스보다 나이가 많았다. 이에야스는 마흔둘, 히데요시는 마흔여덟 살이었다. 여섯 살 차이가 났다. 그러다 보니 나이가 훨씬 많은 시바타 가쓰이에보다 나이 어린 이에야스가 더 신경 쓰였다. 하지만 그 모든 게 가슴속에만 있을 뿐 표면으로는 드러나지 않았다. 히데요시가 전쟁 직후 다시 그런 대전을 예기할 거라고는 추호도 생각하지 못했다. 아니, 두 사람의 관계는 참으로 원만한 듯 보였다.

10월, 히데요시는 이에야스의 공을 조정에 고해 정사위하正四位下 사콘에곤노추조左近衛權中將로의 승진을 주청했으며, 얼마 지나지 않아 다시 종삼위從三位 참의參議에 임명하라고 청했다. 히데요시는 그때 종사위하從四位下의 참의였다. 그는 나이 어린 이에야스에게 자신보다 높은 지위를 주선한 뒤에도 한동안 이에야스의 환심을 사는 것을 최선의 방책으로 여겼다. 그리고 그는 그해 12월에 예정대로 다카라데라 성에서 나와 셋쓰攝津 오사카의 새로운 성으로 거처를 옮겼다.

중용

사콘에곤노추조 미카와노카미 이에야스는 덴쇼 10년(1582년)인 작년 하반기부터 올해 11년 상반기까지 일 년 동안 얻은 수확물을 뱃속 가득 삼키고는 지난 반년 동안 그저 유유히 소화만 시키고 있었다.

이에야스는 풍모만 보면 매우 느긋한 사람처럼 보였다. 목이 굵고 짧았으며 살이 쪘고 턱이 두툼하고 귀가 컸다. 당시의 책에는 다음과 같이 기록되어 있었다.

도쿠가와 이에야스만큼 우스운 사람도 없었다. 아랫배가 튀어나와 스스로 속옷의 끈도 매지 못해 시녀들에게 매게 했다. 한마디로 그는 너무나도 느긋한 다이묘大名였다.

이에야스는 조금도 예리하지 않고 영리하지 않았다. 둔중하고 촌스럽게 보이기까지 했다. 아니, 마치 그렇게 보이게 하려는 것이 그의 참모습인 듯했다.

노부나가가 세상을 떠난 뒤, 이에야스는 곧 고신甲信 지방으로 군대를 보내 오랜 소망이었던 영토 확장을 이루었다. 둘째 딸인 도쿠히메

德姬를 호조 우지나오北條氏直에게 시집보내 오다와라小田原를 향한 창을 거두었다.

"조슈上州에는 손을 대지 않겠다. 두 집안이 다투는 것은 오로지 에치고의 우에스기를 기쁘게 할 뿐이다."

이에야스는 그렇게 점령 범위를 기성사실로 인정하게 해서 이득을 취한 뒤 마치 두꺼비가 파리를 잡아먹고 시치미를 떼고 있는 것처럼 태연히 점잔을 뺐다. 게다가 가쓰이에가 기타노쇼에서 그의 진중으로 사자와 선물을 보냈지만 답례도 하지 않고 서신도 보내지 않아놓고는 야나가세 전투의 귀추가 분명해지자 연락도 주고받지 않던 히데요시에게 자신이 먼저 하쓰하나의 다기를 보내 환심을 사려고 했다. 그런 점만 봐도 그는 쉽게 판단하면 안 될 '배불뚝이'라는 사실을 알 수 있었다.

히데요시 쪽에서 후도 구니유키의 명검을 보내고 뒤이어 정사위하 곤노추조에 오르게 하는 등 좋은 일을 계속 주선해주었지만 이에야스는 그다지 기뻐하는 모습을 보이지 않았다.

"지쿠젠도 요즘에는 매우 신경을 쓰는 듯하구나."

이에야스는 그렇게 말하며 빈정거리는 듯한 웃음을 보일 뿐이었다.

그 무렵 이에야스 곁에서 흔히 볼 수 있는 가신은 이에야스에게 다시 돌아온 혼다 야하치로 마사노부本多弥八郎正信였다. 그동안 쫓겨났다가 용서를 받고 다시 돌아온 가신이 없지는 않았으나 마사노부처럼 오랜 시간이 걸린 경우는 극히 드문 일이었다.

마사노부는 이에야스가 어린 시절 인질이 되어 이마가와今川 가에서 지낼 때부터 이에야스를 섬겼던 오래된 미카와 무사였으나 나가시마에서의 봉기 때 버림을 받은 뒤 십팔 년 동안 각 주를 떠돌아다녔다. 그리고 작년 본능사本能寺(혼노지)의 변 직후 이에야스가 사카이 여행 중에 황급히 하마마쓰로 돌아갈 때 위험한 길을 헤치고 이에야스를 지켰기에 십구 년 만에 돌아올 수 있었던 것이다.

"하시바 나리가 신경 쓰는 것을 느끼셨다니, 나리께서도 조금은 신경이 쓰이는 모양입니다."

마사노부도 이에야스처럼 특별한 특징을 보이지 않는 평범한 무사였다. 나이는 이에야스보다 네 살 많았다. 그리고 오래도록 세상을 돌아다니며 이에야스와는 또 다른 고난을 맛보았기에 자연스럽게 오래된 덴묘天妙의 솥과도 같은 인간미를 갖추고 있었다.

마사노부가 돌아온 뒤, 이에야스는 그와 단둘이서만 진솔하게 이야기를 나누는 것을 즐겼다. 어렸을 때부터 주종 관계였던 두 사람이 미워하는 마음도 없고 원망하는 마음도 없이 십팔 년 동안이나 헤어졌다가 다시 만나 물과 물고기 같은 군신 관계가 되었으니 예전의 추억만으로도 할 얘기는 끝이 없었다.

하지만 이에야스는 그렇게 정회情懷에만 사로잡혀 있을 사람이 아니었다. 그가 늘 혼다 마사노부를 곁에 둔 것은 마사노부가 유랑 중에 파악한 각 주의 실상과 세상의 고통을 맛본 경험에 대한 이야기에서 얻는 게 많았기 때문이다. 그뿐만 아니라 최근 하마마쓰에는 판도가 확대되면서 이마가와 가를 섬겼던 스루가駿河의 무사나 다케다 가 출신의 고슈甲州 무사들이 휘하에 가담했으며, 거기에 마쓰다이라松平 촌에서 일어난 일족과 다를 바 없는 가신들까지 더해 쟁쟁한 인재들이 몰려들었으나 마사노부만 한 인물이 흔치 않다는 것을 잘 알고 있기 때문이다. 예전에 마사노부가 유랑하던 시절, 마쓰나가 히사히데松永久秀는 그를 이렇게 평했다.

"미카와 무사는 모두 어려움을 잘 견디고 소박하나 천박하지 않으며 기골이 늠름해서 매와 같은 기개가 느껴진다. 마사노부는 소박하고 말투가 온화하고 사람을 대할 때면 모난 부분이 없으면서도 포부가 느껴진다. 미카와 무사 가운데 조금 이색적인 면을 가진 자다."

하지만 그러한 말도 이에야스가 보기에는 결코 마사노부의 전모를 이야기한 게 아니었다.

이에야스가 마사노부에게 은밀히 기대하고 있던 것은 '이 사람은 무슨 일에 있어서나 판단을 내리기 전에 일단 상의해볼 만한 좋은 상대다'라고 생각했다는 점에 있다. 지혜라는 면에 있어서 이에야스는 결코 자신 한 사람의 지혜만으로 부족하다고 생각하지 않았다. 그는 그 커다란 머리 안에 지혜를 풍부히 가지고 있었을 뿐만 아니라, 또 하나 매우 커다란 특질을 가지고 있었다. 그는 놀라울 정도로 조심스러웠던 것이다.

'지자智者는 지혜에 빠진다.'

이에야스는 언제나 그것을 경계했다. 그는 느긋해 보이는 풍모만으로는 예지의 송곳을 숨기기에 부족하다고 생각하는 듯했다.

"가즈마사의 말에 따르면 지쿠젠이 짓고 있는 오사카 성은 고금에 없었던 것이라고 하네. 하늘을 찌를 듯한 기세란 요즘의 지쿠젠을 두고 하는 말인 듯해. 그러니 이 이에야스도 조금은 신경을 써야 하지 않겠는가?"

"조금 가지고는 부족합니다."

마사노부가 웃지도 않고 대답했다.

"입술이 없으면 이가 시리다는 말도 있습니다. 차츰 바람이 불어올 것입니다."

"언제쯤 오겠는가?"

"틀림없이 생각보다 빠를 것입니다. 소문대로 하시바 나리가 올해 안에 오사카 성으로 옮긴다면 이미 때가 온 것이라 생각해도 될 것입니다."

"그렇다면 무엇을 명분으로……."

"말씀드리기 좀 어려운 일입니다. 잘 헤아리시기 바랍니다."

"흠……."

이에야스는 노부오를 생각하고 있었다.

그 뒤에도 마사노부는 오래도록 이에야스 앞에 바싹 다가앉아 이야기를 나누었다. 주종이 히데요시에 대한 대책을 부지런히 세우고 있었던 것에는 의심의 여지가 없었다. 하지만 표면적으로는 어디까지나 서로 상대의 환심을 사려 했고, 두 사람 모두 겸손의 예를 취하며 교만한 태도를 조금도 내보이지 않았다.

마치 커다란 기회를 엿보고 있는 명인과 명인이 대국의 서전을 치르는 듯한 느낌이었다. 한 수 두고는 상대방의 속내를 살펴보고, 한 수 맞서고는 상대방의 의중을 피해 시치미를 떼어 간신히 균형을 유지했다. 덴쇼 11년(1583년)부터 12년에 들어서는 기간 동안 오사카와 도카이 방면 사이에 그런 상태가 이어졌다. 그리고 그러한 기류에 의한 두 사람의 두 천지는 현저하게 대조적인 모습을 보이고 있었다.

새로이 일어선 오사카는 하루하루 날이 밝을 때마다 높이 솟아오르는 기세를 통해 인심과 물자를 끌어 모으는 데 반해, 도카이의 마쓰하마를 중심으로 한 슨엔駿遠 고신에 걸친 뇌운雷雲은 짙은 어둠에 둘러싸인 채 여전히 지방적 잠재 세력에 머물러 있었다. 하지만 집안의 일반적인 사기는 달랐다. 미카와 무사의 통념에는 '히데요시 따위가 무엇이란 말이냐'는 식의 생각이 잠재되어 있었다. 그리고 집안 대부분의 사람들에게는 '그는 필부에서 일어난 오다 가의 일개 가신이지만 우리 나리는 노부나가 공과도 자리를 함께했던 분, 동등한 위치에 있는 동맹국의 대장, 그쪽에서 와서 예를 취한다면 모를까, 우리 쪽에서 사절을 보내 예를 취할 이유는 없다'는 식의 고집이 있었다.

　　그러한 때에 이시카와 가즈마사가 돌아와서 히데요시의 커다란 도량과 오사카 축성의 방대함을 자꾸만 칭찬했기에 집안사람들의 반감은 오히려 더욱 거세졌다.

　　"마음속 기세는 이미 천하를 강탈할 생각인 모양이로군. 오다의 숙로들과 싸워 시바타를 쓰러뜨리고 다키가와를 무너뜨린 정도는 그나마 봐줄 만하지만, 오다 일문인 노부오 공으로 노부타카 공을 자멸케 하고 거처를 오사카로 옮겨 벌써부터 천하인인 양 허세를 가장하다니 말도 안 되는 일이다. 도쿠가와 가에서 그것을 그냥 내버려두어서는 안 된다."

　　그렇게 생각하는 사람이 많았다. 심지어 얼마 전에 히데요시에게 사자로 다녀온 이시카와 가즈마사까지도 이상한 시선으로 바라보았다.

　　"가즈마사 나리는 지쿠젠에게 상당한 대접을 받고 돌아왔다고 하더군."

　　그러한 말들이 나돌고 있을 때 히데요시의 가신인 쓰다 사마노스케가 다른 중신은 찾아가지 않고 오직 이시카와 가즈마사만 찾아가 선물을 전달했기에 가즈마사는 더욱더 의심을 받게 되었다.

　　이런저런 일들이 이에야스의 귀에도 알게 모르게 전해졌으나 이에야스는 타고난 궁상을 고집스럽게 지키는 인색한처럼 혼다 마사노부와 소곤소곤 이야기를 나누지 않을 때면 홀로 거실에서 책을 읽는 경우가 많았다. 그의 거실에는 노부나가와 히데요시의 거실과는 달리 책의 기운이 감돌고 있었다. 그곳에는 《논어》, 《중용》, 《사기》, 《정관정요》, 《육도》 등의 한서漢書와 《엔기시키延喜式》, 《아즈마카가미吾妻鏡》 등의 일본 책이 있었다. 그중에서 그가 애독한 책은 《논어》와 《중용》이었으며, 일본 책 중에서는 《아즈마카가미》를 즐겨 읽었다.

향귤

"독서 중이십니까?"

"다테와키帶刀인가? 무슨 일인가?"

"방해되지 않는다면 비 내리는 밤의 무료함을 달래기 위해 세상 얘기라도 했으면 합니다만."

"들어오게."

이에야스가 책을 내려놓았다.

보통 주종 관계에서 매우 친밀한 사이가 아니라면 부르지도 않았는데 가신이 주군의 방을 찾아오는 것은 쉽지 않은 일이었다. 하지만 하마마쓰 성이라는 집안에서는 주종 사이의 관계가 그 어느 곳보다 친밀했다. 이곳의 가신들은 예전에 가이도에서 가장 가난한 소국을 지키며 지금의 주군인 이에야스를 갓난아이 때부터 길러낸 사람들이었기 때문이다.

주군이 가신들을 기른 것이 아니라 가신들이 주군을 길러왔다는 변칙이 오히려 가족적 단결을 만들고, 다른 집안에서는 찾아볼 수 없는 '도쿠가와 가'만의 독특한 분위기를 조성했다. 어쨌든 이 모든 게 이 나라가 예전에 가이도에서 가장 빈국이었다는 데서 비롯되었다. 그렇게 무문 가운데 가장 고생한 사람들이 모인 집안이었기에 견실할 수밖에 없었다.

"그럼 들어가겠습니다."

다테와키가 무릎걸음으로 들어와 뒤쪽의 장지문을 닫았다. 겨울비가 커다란 차양을 차갑게 때리는 밤이었다.

안도 다테와키 나오쓰구安藤帶刀直次는 주군 앞에 오도카니 무릎을 꿇고 앉았다. 특별히 용무가 있는 것은 아닌 듯했다.

이에야스는 이상하게 여기며 말없이 그를 바라보았다. 그렇다고 갑갑하거나 어색하게 느끼지는 않았다. 그는 빗소리를 들으며 다테와키의 돌아가신 아버지를 생각했다. 어렸을 때부터 '할아범, 할아범' 하며 애만 먹였던 안도 이에시게安藤家重라는 노신의 얼굴을 떠올린 것이었다.

'지금 살아 있었다면.'

이에야스의 머릿속에 떠오르는 공신은 이에시게뿐 아니라 열손가락이 모자랄 정도로 많았다. 모두 오늘의 성운盛運도 이에야스가 어른이 된 모습도 보지 못한 채 이 나라의 역경 속에서 덧없이 세상을 떠난 노신들이었다. 다테와키도 그런 공신 중 한 사람의 아들이었다. 하지만 나이는 이에야스보다 훨씬 많았다. 다테와키는 벌써 머리에 초로의 서리가 내려앉아 있었다.

"다테와키…… 무엇을 보고 있는 겐가?"

다테와키가 그제야 빙그레 웃으며 말했다.

"네. 늘 같은 책만 보시기에 이상히 여겨 바라보고 있었습니다."

이에야스가 책상 위로 시선을 떨어뜨리며 말했다.

"이 책 말인가……. 책은 같아도 마음은 때에 따라 다르다네. 읽을 때마다 얻는 것도 같지 않아. 예를 들어 중용이나 논어도 이십 대에 읽는 것과 삼십 대에 읽는 것과 사십 대에 읽는 것에는 큰 차이가 있어. 그처럼 책은 평생 읽을 수 있는 것이 아니면 참된 책이라고 말할 수 없을 게야."

"하하하. 그렇습니까?"

대체 무료함을 달래주러 온 것인지 무료함을 돋우러 온 것인지 다테와키의 속내를 알 수 없었다.

"……."

다테와키는 다시 입을 다물었다. 이에야스도 말이 없었다. 싸늘한 방 안에서는 마치 촛대의 기름이 얼어붙은 듯 불빛이 더욱 가늘어졌고 바깥에서는 빗소리만 소슬하게 들릴 뿐이었다. 불기운을 느낄 수 있는 것은 이에야스 옆에 놓인 손화로가 전부였다.

"세상 얘기를 하러 왔다더니 무슨 특별한 일이라도 있었는가?"

마침내 이에야스가 재촉했다.

"네, 그렇습니다."

마침내 다테와키가 입을 열었다. 더듬더듬 말하는 모습으로 봐서 평소에도 말주변이 없을 것처럼 보였다. 그 사실을 알고 있는 이에야스가 쓴웃음을 지으며 말했다.

"다테와키, 아무래도 젊은이들에게 등 떠밀려서 온 모양이군. 최근 교토 부근에서 위세를 떨치고 있는 자에 대해 한가로이 좌시하는 듯한 이에야스의 태도에 불만을 품은 젊은이들이 이에야스 앞으로 가서 간언해보라고 부추겨서 온 것 아닌가? 어떤가?"

"그게……."

"아닌가?"

"아, 아니. 틀리지 않았습니다."

"하하하."

기골이 장대한 다테와키가 처녀처럼 얼굴을 붉히며 우물쭈물하는 모습을 보고 이에야스는 더 크게 웃었다.

"그 일이어도 상관없네. 어디 한번 말해보게, 다테와키."

"실은…… 오늘 성에 들어오기 전에 사쿠자作左 나리를 만났습니다."

"사쿠자……. 그래 부교奉行 영감을 만났단 말인가?"

"네, 부교인 혼다 사쿠자에몬本多作左衛門 나리입니다. 사쿠자 나리께서 긴히 할 말이 있다고 하시기에 들어보니, '요즘 교토 쪽에서 노부오 경이 살해당했다는 소리가 들려온다네. 히데요시의 위세가 날이 갈수록 더해가니 있을 법한 얘기라네. 참으로 불안한 일이야'라고 말씀하셨습니다."

"……."

"그러고는 얼굴을 찌푸리며 근심하는 말투로 '그러한 상황에서 우리 나리께서는 교토 쪽 정세를 어떻게 생각하고 계시는지, 히데요시와 사자를 주고받으시는 것으로 봐서 마음을 허락하신 듯한데……. 조만간 고신의 경계 쪽으로 국경 순시를 가시겠다는 명령을 받았는데, 이러한 때에 그처럼 중요하지도 않은 변경 지방을 둘러보실 때가 아닐 텐데……. 이거 참 어떻게 해야 할지'라고 말씀하셨습니다."

"다테와키."

"네."

"집안의 젊은이들이 자네를 부추긴 줄 알았더니 자네의 등을 떠민 것은 그 영감이었나?"

"아니, 사쿠자 나리뿐 아니라 집안의 많은 사람이 한탄하고 있습니다."

"그야말로 곤란한 일이로군. 나이 지긋한 그 영감까지 그처럼 귀가 얇아서야."

“무슨 말씀이신지?”

“산스케三助(노부오) 님께서 살해당했다는 소문은 말하자면 유언모설流言謀說, 그러한 항간의 소문이야말로 부교가 단속해야 할 것이거늘 앞장서서 믿어서는 곤란하지……. 다테와키, 내일은 자네도 따라오도록 하게. 겨울비와는 상관없이 나는 가이甲斐, 시나노信濃 지방으로 출발할 테니.”

12월 초순, 칙사가 찾아왔다. 지난달부터 이에야스는 고신의 국경으로 나가 하마마쓰에는 없었으나 급보를 받고 곧바로 돌아왔다. 벼슬이 올랐다는 사실은 이미 비공식적으로 알고 있었으나 칙사는 공식적으로 벼슬이 올랐다는 사실을 전달하기 위해 찾아온 것이었다.

이에야스는 칙명을 받든 뒤 이틀 동안 칙사의 향응을 위해 성대한 잔치를 열었다. 평소 검소한 하마마쓰 성안에서도 북소리와 피리 소리가 들려왔고 성 아래의 서민들도 떡을 찧는 등 함께 국주의 영예를 축하했다.

교토로 돌아가는 공경의 행렬을 배웅하고 얼마 지나지 않아 하마마쓰에는 연말이 찾아왔다. 연말의 시장은 해를 거듭할수록 더욱 번성했다.

“내가 어렸을 때는 떡은커녕 피죽조차 구경할 수 없었던 설이 몇 년이고 계속됐는데…….”

시장 안에서도 나라가 부강해지는 것을 느낄 수 있었다. 옛날을 아는 시장의 늙은이들은 격세지감을 느끼며 화려하게 변해가는 거리의 풍경을 바라보았다.

하지만 성시의 한가운데에 위치한 장엄한 관청에는 울던 아이도 울음을 그치게 한다는 무시무시한 부교가 있었다. 부교인 혼다 사쿠자에몬 시게쓰구는 밖으로는 다른 나라의 첩보 책동에, 안으로는 시민의 도의와 기거에 신경을 써야 했다. 그러니 법과 오랏줄을 장식으로 남겨둘 수는 없는 법이다. 옳고 그름을 밝히 가려 죄가 있으면 엄벌에 처했으며 집안의 무사라 할지라도 용서하지 않았다.

부처님 같은 고리키高力

악귀 같은 사쿠자

어느 쪽도 아닌

아마노 사부로베에天野三郎兵衛

그 무렵 사쿠자의 이름은 오카자키, 하마마쓰 부근에서 동요로도 불릴 만큼 사민 중에 '무서운 영감'을 대표하고 있었다. 그와 함께 고리키 사콘高力左近과 아마노 야스카게天野康景 세 사람은 에이로쿠永祿 시절 이후 도쿠가와 가의 세 부교라고 일컬어지고 있었다. 사쿠자는 준엄하기로 유명했으며, 고리키는 인자仁慈한 성품으로 사랑을 받았고, 아마노는 중화中和를 지키는 사람이라는 평을 받았다.

그 사쿠자가 한때 눈에 쌍심지를 세우고 있던 교토 방면에서 흘러나온 유언도 연말에는 어느 틈엔가 수그러들었다. 노부오 경이 살해당했다는 뜬소문은 이에야스가 일소에 부친 것처럼 명백한 뜬소문에 지나지 않았다는 사실이 마침내 자연스럽게 밝혀졌다.

정월을 앞두고 교토에서 하마마쓰 성으로 남양南洋의 향귤을 헌상했다.

"이건 중국이나 우리나라에서 말하는 향귤하고는 조금 다르군. 남만 밀감이라고도 하는 나무의 열매겠지."

이에야스는 진귀하고 맛이 좋은 향귤을 백 개 정도 나누어 얼마 전에 호조 가로 시집간 둘째 딸에게 보냈다. 그런데 호조 가의 관리는 그것을 등자라고만 생각했다.

"하마마쓰에는 등자가 귀한 모양이로군. 오다와라에는 얼마든지 있다는 사실을 알려주도록 하지."

얼마 뒤 그는 인부 여덟 명이 짊어져야 할 정도로 많은 양의 등자를 하마마쓰로 보냈다. 하지만 이에야스는 그러한 우스운 일을 겪고도 오히려 가신들의 입을 굳게 단속했다.

"오다와라의 사람들은 남이 보낸 선물을 눈으로만 보고 맛도 보지 않은 채 이처럼 얕잡아보는구나. 그곳의 정사도 이러한 행동과 다르지 않을 것 같구나. 그래, 그래……. 아무 말도 하지 말게."

동병상련

아즈치의 산포시三法師도 해가 바뀌어 다섯 살이 되었다. 산포시가 건강하게 자라는 모습을 축하하기 위해 인사를 하러 오는 다이묘들도 적지 않았다.

"쇼뉴勝入 나리 아니십니까?"

"오오, 주자부로忠三郎 나리. 마침 잘됐소."

두 사람은 혼마루의 커다란 서원 앞에서 만나자마자 초봄에 어울리는 목소리로 인사를 건넸다.

히데요시가 오사카로 옮긴 뒤 오사카에서 오가키大垣로 옮긴 이케다 쇼뉴사이 노부테루池田勝入齋信輝와 가모 주자부로 우지사토蒲生忠三郎氏鄕였다.

"더욱 건강하신 듯하여 무엇보다 다행입니다."

"몸은 더욱 건강해진 듯하지만 워낙 바빠서……. 이번에 옮긴 오가키에서도 아직 몇 밤 묵지 못했소."

"그렇지. 쇼뉴 나리께서는 오사카의 공사도 함께 맡으셨지요?"

"마스다나 이시다에게는 그런 일이 어울릴 테지만 우리 같은 무사에게는 어울리지 않소. 변변치 못한 일만 많아서."

“아니, 적임자가 아닌 사람을 단 하루라도 적합하지 않은 자리에 앉혀둘 지쿠젠 님이 아니십니다. 공사 중에 나리를 필요로 하는 일이 있기 때문이겠지요.”

“하하하, 전쟁 이외에 그와 같은 재주가 있는 것처럼 보이는 것도 피곤한 일이오, 쇼뉴. 그건 그렇고 어린 주군에게 인사는?”

“지금 인사를 드리고 나온 참입니다.”

“나도 돌아가려던 길이오. 어쨌거나 마침 잘됐소. 잠시 긴히 상의할 일이 있소만.”

“사실은 저도 얼굴을 뵙는 순간 꼭 여쭙고 싶은 일이 떠올랐습니다.”

“그렇다면 서로 마음이 통한 모양이오. 어디서 얘기를 하지…….”

“작은 서원에라도.”

사람이 없는 한 방에 두 사람이 앉았다. 화로는 없었지만 장지문 너머로 비치는 봄 햇살이 따뜻하게 느껴졌다.

“얼마 전 항간을 떠들썩하게 했던 소문을 들으셨소?”

“들었습니다. 산스케 님께서 살해당하셨다고 사실인 양 떠들어대던 것을 말씀하시는 것 아닙니까?”

“그렇소만…….”

쇼뉴가 크게 한숨을 내쉬고 심히 걱정스럽다는 듯 눈썹을 찌푸리며 말했다.

“올해도 벌써부터 동란의 조짐이 보이고 있소. 상대에 따라서 그것도 대수롭지 않을 수 있으나 근원지가 근원지인 만큼 조짐이 영 좋지 않소. 주자부로 나리, 그대는 젊지만 분별력은 이 쇼뉴보다 뛰어난 듯하오. 어떻게 미리 손쓸 좋은 방도는 없겠소?”

우지사토가 되물었다.

“그와 같은 헛소문은 대체 어디서 나온 것일까요?”

"그것은 말하기 어렵소만……. 단지 이 말만은 할 수 있을 듯하오. 아니 땐 굴뚝에서 연기 나지 않는 법."

"그렇다면 그런 소문이 떠돌 만한 어떤 일이 있기는 있었다는 말씀이십니까?"

"아니, 없었소. 사실과는 정반대요. 실은 산스케 노부오 경이 작년 11월에 야마자키의 다카라데라 성으로 지쿠젠 님을 뵈러 간 일이 있었소. 그때 이세를 평정한 노고를 치하하기 위해 지쿠젠 님께서 직접 접대하시며 성안에서 나흘이나 묵게 하셨다고 들었소."

"그렇습니까?"

"산스케 님의 가신들은 이튿날 성에서 나올 줄 알았는데 이틀째에도 명령이 내려오지 않고, 사흘째에도, 나흘째에도 노부오 경이 나오지 않으셨기에 혹시나 하고 좋지 않은 쪽으로 추측하여 성 밖의 하인들까지 있지도 않은 억측을 입에 담은 모양이오."

"하하하하, 그렇게 된 일이었습니까? 세상의 소문이란 근원을 캐보면 대부분은 하찮은 일인 듯합니다."

우지사토가 알아들었다는 눈빛을 보이자 이케다 쇼뉴가 아직 다 얘기하지 않았다는 듯 서둘러 덧붙였다.

"그런데 말이오……. 그 후에 또다시 물의가 빚어져 여러 가지 뜬소문이 이세 나가시마와 교토, 오사카 사이에 허허실실 전해졌소. 우선 다카라데라 성안에서 노부오 경이 살해당했다는 뜬소문이 돌았던 것은 결코 노부오 경의 수행원들 사이에서 나온 것이 아니다, 하시바 가 하인들의 입에서 나온 말이 소란을 일으킨 근원이라고 주장했소. 거기에 대해 아니다, 노부오 경 가신들의 의심에서 생겨난 소문이라고 반박하는 다카라데라 성 사람들의 주장이 서로 목소리를 높여 대립하는 동안, 그 경위와 상관없이 세상에는 노부오 경이 모살되었다는 말만 바람처럼 전해졌던 게요.”

“세상에서는 역시 그와 같은 일을 ‘있을 수 없는 일이 아니라 있을 법한 일’이라 여기고 있다는 말씀이십니까?”

“일반 민심은 헤아릴 수 없으나 기타바타케 나리와 연고가 있는 자들이나 가신 중에는 시바타의 멸망에 이어 간베 나리의 마지막을 지켜보았기에 그다음은 누구일까 자문자답하여 악몽을 그리는 자가 적지 않은 것만은 틀림없는 사실일 것이오.”

우지사토가 처음으로 속내를 털어놓으려는 듯 무릎을 바싹 당겨 말하기 시작했다.

“바로 그 점입니다만, 어떤 소문이 나돌더라도 하시바와 기타바타케 양 집안이 견고한 이해관계를 맺고 있기만 하면……. 그런데 지쿠젠 님과 노부오 경의 마음은 조금 어긋나 있는 듯합니다.”

쇼뉴가 크게 고개를 끄덕이자 우지사토가 눈을 반짝였다.

“이것도 세상의 뜬소문일 테지만 요즘에는 이런 말도 들었습니다. 고 우후 님의 타계로 일어났던 전쟁과 여러 사정도 일단은 가라앉아 어쨌든 평정을 되찾았으니 지쿠젠 나리도 이제는 모든 권력을 옛 주인의 유족에게 돌려주고 보좌하는 데만 충실할 것이다. 그런데 아무리 정당한 계승자라 할지라도 산포시 님은 너무 어리니 천하의 후계자로는 아무래도 노부오 님을 세우게 될 것이다. 그렇게 하지 않고는 지쿠젠노카미로서도 의를 세울 수 없을 것이다. 오다 가의 은혜에 보답할 길도 없을 것이다.”

“참으로 난처하군. 마치 마른 잎에 불을 지피는 것과 같은 말이야. 그분의 저의가 그대로 들여다보여. 오히려 그 반대의 경우가 올 것이라는 사실을 모르는 듯하군.”

“하지만 그분이 정말 그처럼 섣부른 생각을 하고 계신 걸까요?”

“그럴지도 모르오. 세상 물정 모르는 귀공자의 심산으로는.”

“오사카에서도 틀림없이 들었을 텐데, 이래서는 서로의 뜻이 더욱 어긋날 뿐입니다.”

“그러니 참으로 난처하게 됐소.”

쇼뉴가 다시 탄식했다.

이케다 쇼뉴와 가모 우지사토는 히데요시의 장수로 히데요시와 깊은 주종 관계를 맺고 있을 거라고 여겨져 왔으나 그러한 대승적 관점을 떠나 쇼뉴 개인, 혹은 우지사토 개인의 입장으로 보면 그렇게 간단히 여길 수만은 없는 사정과 관계가 있었다. 무엇보다 우지사토는 노부나가의 총애를 받았던 시절 노부나가의 막내딸을 아내로 맞아들였다. 그리고 쇼뉴 이케다 노부테루는 노부나가의 유모의 아들로 노부나가와는 한젖을 빨고 자란 형제와 다를 바 없는 매우 깊은 관계였다.

두 사람은 기요스 회의 자리에도 단순한 신하의 자격이 아니라 오다 가의 외척으로 참석했기에 당시의 서약에도 연대 책임이 있었다. 따라서 오다 가의 장래에 대한 문제에 냉담할 수 없었으며, 나이 어린 산포시를 제외하고 지금 유일하게 홀로 남은, 노부나가의 피를 직접 물려받은 기타바타케 노부오와도 끊으려야 끊을 수 없는 친족 관계였다.

노부오가 조금만 더 괜찮은 인물이었다면 두 사람도 그리 크게 고민하지 않았을 텐데, 노부오는 그저 범용한 인물이었다. 기요스 회의 전후부터 이미 열이면 열 모든 사람들이 노부오에게 노부나가의 뒤를 이을 소질이 없다고 판단했다. 하지만 명문가 자제의 불행은 노부오 앞에서 그런 사실을 말하는 사람이 한 명도 없었다는 점에 있었다. 세상 물정 모르는 명문가의 자제는 어떤 명령을 내려도 여전히 엎드려 받드는 중신과 교언영색巧言令色의 방문자와 그를 이용하기 위해 조종하는 사람들의 힘에 움직여 커다란 변동기를 자각하지도 못한 채 보내고 있었다.

쇼뉴와 우지사토처럼 시대의 물결을 몸으로도 느끼고 눈으로도 보는 사람들은 노부오의 행동과 안일한 생각을 마주할 때마다 위험하다는 탄식이 절로 나올 정도로 불안해했다. 예를 들어 작년과 같은 복잡한 정세 속에서 은밀히 미카와까지 가서 이에야스와 밀담을 나누기도 하고, 아무리 히데요시가 종용했다고는 하지만 야나가세 전투 뒤에 형제인 간베 노부타카를 자결케 하기도 하고, 최근에는 전승의 공에 대한 상으로 이세, 이가伊賀, 오와리尾張 전 주州의 백칠십만 석을 받아 우쭐하는가 싶더니 히데요시가 곧 중앙의 권력까지 자신에게 이양할 것이라는 소문을 내는 등 어설픈 책략으로 히데요시의 속내를 떠보기도 했다. 이렇듯 하나하나 헤아리자면 끝도 없었다.

"그렇다고 지금의 상황을 그저 지켜볼 수도 없는 일 아니겠습니까? 쇼뉴 나리께서 따로 생각하고 있는 방도는 없으신지요?"

"아니, 그러한 지혜는 그대가 가지고 있을 것이라 생각했소만. 주사부로 나리, 생각을 좀 빌려줬으면 하오."

"이 우지사토의 생각으로는 노부오 경께서 나가시마에서 한번 나오셔서 지쿠젠 님과 만나 서로의 마음을 터놓고 허심탄회하게 이야기하는 것이 가장 좋은 방법일 듯합니다만."

"좋은 방법이기는 하나……. 그분이 요즘처럼 권위의식에 젖어 있어서야, 일이 어떻게 될지."

"그럼 제가 그분을 잘 설득해보도록 하겠습니다."

명문가의 화禍

어제는 좋았지만 오늘은 좋지 않은 것처럼 노부오의 마음은 늘 평안하지 못했다. 그렇다고 왜 그런지 반성해볼 만한 사람도 아니었다.

작년 가을에 이세 나가시마 성으로 옮겨 이가, 이세, 오와리 세 주에 백칠십만 석의 봉지를 가지고 있으며 위관은 종사위하 우곤에노추조右近衛中將였다. 밖으로 나가면 여러 신하가 몸을 숙이고, 물러나면 관현管絃으로 맞아들이며, 원하면 못할 것이 없는 데다 나이는 겨우 스물일곱 살이었다. 명문가 자제의 불행은 명문가 자제가 좋아할 만한 이 모든 조건 속에 있었다. 노부오는 자신의 상황에서 마음에 들지 않는 부분이 많았다.

"이세는 시골이 아닌가."

그리고 작년부터 마음에 들지 않는 일이 한 가지 더 늘었다.

"지쿠젠은 무슨 생각으로 오사카에 그처럼 커다란 성을 쌓는 걸까? 자신이 살기 위해서인가, 아니면 천하를 이을 사람을 맞아들이기 위해서인가?"

노부오의 말투를 통해 그의 머릿속에 아직도 망부 노부나가가 크게 자리하고 있다는 사실을 알 수 있었다. 한마디로 정신은 없고 형식만 있는 것처럼 그는 아버지의 뜻은 물려받지 않고 위세만 물려받을 생각인 듯했다. 그러한 눈으로 오사카를 보고, 히데요시를 바라보고, 또 자신의 신변을 생각했다.

"지쿠슈야말로 불손한 자다. 어느 틈엔가 아버지의 신하라는 신분을 잊고 아버지의 유신에게 부과하여 미증유의 축성을 서두르고 있을 뿐만 아니라 나를 장애물로 여겨 어떤 일도 의논하지 않는다."

서로 왕래가 끊긴 건 작년 11월 무렵부터였다. 그 무렵 히데요시가 노부오를 제거할 계획을 세우고 있다는 둥, 노부오는 이미 살해당했다는 둥, 그의 의심을 사기에 충분한 소문이 끊임없이 나돌았다. 더군다나 노부오는 자신이 신하들 사이에서 부주의하게 내뱉은 말이 세상에 전해져 자신의 저의가 히데요시를 얼마간 자극했으리라 생각했다. 그러다 보니 결국 정월이 되었지만 아직 서로 신춘 인사조차 나누지 못했다.

정월의 첫 번째 자일子日이었다.

"히노日野의 작은 나리께서 오셨습니다."

노부오가 성안의 후원에서 부녀자와 시동들을 상대로 축국을 즐기고 있는데, 바깥의 무사가 가까이 와서는 고했다.

오우미 가모 군의 작은 나리는 다름 아닌 우지사토를 가리키는 말이었다. 나이는 노부오보다 두 살 많았으나 인척 관계로 따지자면 여동생의 남편이었다. 노부오가 보기 좋게 공을 차며 고하러 온 무사에게 말했다.

"히다飛騨가 왔는가? 마침 좋은 상대가 왔군. 잘됐어. 바로 정원으로 데려오도록 하게. 그와 함께 공을 차야겠으니."

무사가 달려갔다 잠시 뒤 다시 돌아와서 고했다.

"급한 일이라면서 벌써 서원으로 들어가 기다리고 계십니다."

“축국은?”

“그와 같은 재주는 갖고 있지 않다고 하셨습니다.”

“촌놈이로군.”

노부오가 번쩍번쩍 검게 물든 이를 드러내며 웃었다. 그러고는 옷을 갈아입고 서원으로 올라갔다. 잠시 뒤 다른 방으로 점심 식사가 옮겨졌고, 두 사람은 친밀하게 인사를 나누었다.

노부오와 우지사토는 나이도 비슷하고 서로 비교했을 때 흥미로운 점이 많았다. 한 사람은 노부나가라는 명문가의 자제였고, 다른 한 사람은 그 노부나가에게 정벌을 당해 항복한 가모 가타히데蒲生賢秀라는 사람의 아들이었다.

노부나가는 우지사토가 열세 살쯤 되었을 때부터 우지사토를 품속에서 기르기 시작했다. 그러다 보니 노부나가 휘하의 장수들이 병사를 논하는 자리에도 우지사토는 늘 함께 머물렀다. 우지사토는 아무리 깊은 밤까지 회의가 이어져도 따분한 모습을 보인 적이 단 한 번도 없었으며 일심불란으로 이야기하는 사람을 바라보았다. 그 모습을 본 이나바 사다미치稻葉貞通는 이렇게 말했다.

“가모의 아들은 예사스럽지가 않다. 이 아이가 뛰어난 무장이 되지 못한다면 그렇게 될 자는 아무도 없다.”

또 노부나가는 이렇게 말했다.

“가모의 아들을 보고 있자면 눈동자가 참으로 아름답다. 훌륭한 청년이 될 것이다.”

당시 노부나가는 단조노추彈正忠라는 이름을 쓰고 있었는데, 우지사토에게 그 ‘추忠’ 자를 따서 주자부로라는 이름을 주고 심지어는 자신의 딸까지 시집보냈다.

우지사토가 처음 전쟁에 참가한 것은 열네 살 때였다. 노부나가가

가와치 성을 공격할 때였는데, 우지사토가 적의 목을 취해오자 노부나가가 직접 마른 전복을 집어 건네주며 말했다.

"이것 보게, 평범한 아이가 아닐세."

한번은 이런 일도 있었다. 오다 긴자에몬織田金左衛門이 명마를 가지고 있다 보니 명마를 달라며 간곡히 청하는 사람이 끊이지 않았다. 이에 긴자에몬은 마구간 앞에 푯말을 세웠다.

이는 전쟁이 일어났을 때 적 앞으로 가장 먼저 달려가기 위해 기르는 명마다. 주인의 마음에도 뒤지지 않고 명마에도 부끄럽지 않을 만한 자가 있다면 천지신명께 맹세컨대 이 말을 내어주겠다.

그 뒤로 말을 원하는 사람들의 발길이 끊겼다. 그런데 당년 열여섯 살인 가모의 아들이 어느 틈엔가 찾아가 이 명마를 얻었다. 마침 다케다 하루노부武田晴信의 군대가 미노의 동쪽을 침범해 불을 질러 교란작전을 펼치고 있었는데, 주자부로 우지사토가 그 말을 타고 적 속으로 뛰어들어 적의 우두머리와 맞서 싸웠고, 결국 적장의 목을 안장에 걸고 돌아왔다.

그렇게 해서 우지사토는 노부나가의 사랑과 집안사람들의 신망을 두텁게 받았다. 그리고 그는 열일곱 살 무렵 노부나가에게 이렇게 청했다.

"나리 곁을 떠난다고 하면 배신陪臣이 되는 셈입니다만 저를 시바타 나리 밑으로 가게 해주십시오. 하급 무사들과 섞여 무사의 자세를 배우고 싶습니다."

물론 노부나가는 허락했다. 그렇게 해서 우지사토는 어린 시절에 시바타 가쓰이에 휘하에 배속되어 병사들과 마분 속에서 병영 생활을 한 적도 있었다.

스물아홉 살이 된 지금, 그가 큰 인물이 될 소질을 갖추고 있다는 사실을 히데요시를 비롯해 세상 모든 사람이 인정하고 있었다.

야나가세 전투 이후 히데요시는 전공에 대한 상으로 우지사토에게 가메야마龜山를 건넸지만 그는 받지 않았다.

"가메야마는 세키 가즈마사關一政의 조상이 대대로 소유해온 땅입니다. 모쪼록 제게 내리셨다 생각하시고 가즈마사에게 돌려준다면 그도 저도 얼마나 기쁠지 모르겠습니다."

세키 씨와 가모 가는 먼 친척에 해당하지만 아무리 그렇다 해도 쉽게 할 수 있는 일이 아니었다. 노부나가에게 큰 사랑을 받고 있었던 우지사토는 히데요시의 마음까지도 완전히 사로잡았다. 하지만 노부나가가 아무리 그를 사랑했다 할지라도 친아들인 노부타카, 노부오에 대한 사랑과는 비교할 수 없을 것이다. 어쩌면 노부타카를 그처럼 이른 나이에 세상을 떠나게 하고, 노부오를 오늘과 같은 인물로 만든 것 역시 그 맹목적인 사랑이었다고 할 수 있을 것이다. 그리고 보면 명문가의 아버지라는 자리는 결코 쉬운 일이 아니다.

우지사토가 방문한 뒤 며칠이 지나서, 우지사토와 이케다 쇼뉴의 이름으로 서장이 왔다. 노부오는 지난 며칠 동안 기분이 매우 좋아 들떠 있는 상태였다.

"오늘 오쓰로 갈 것이네. 원성사園城寺(온조지)에서 지쿠젠이 기다린다고 하네. 히데요시 쪽에서 먼저 만나고 싶다고 하더군."

노부오는 갑자기 네 명의 노신을 불러 수행을 명했다. 노신 중에는 괜찮겠느냐고 묻는 듯한 기색을 보이는 사람도 있었다. 그에 답하듯 노부오가 까맣게 물든 이를 드러내고 웃으며 말했다.

"난처한 모양이더군, 지쿠슈도. 누가 뭐래도 나와 사이가 좋지 않은 것처럼 보여서는 세상에 대해 모양새가 좋지 않을 테니. 그럴 만도 하지. 주인 집안에 명분이 서지 않을 테니."

"그런데 원성사에서의 외견은 어떤 경로를 통해서⋯⋯."

네 노신 중 한 명이 물었다. 그러자 노부오는 매우 자랑스럽다는 듯 대답했다. 그는 조금도 불안을 느끼지 못하는 듯했다.

"이렇게 된 걸세. 얼마 전에 히다노카미飛驒守가 와서, '나와 지쿠젠과의 사이가 좋지 않은 것처럼 세상에서 말하는데 지쿠젠의 마음은 결코 그처럼 매정한 것이 아니다. 뭔가 다른 목적이 있는 자들의 책모라는 사실은 잘 알고 있으나 그렇다고 해서 지쿠젠이 여기로 오는 것도 이상한 일이니 신춘의 대면을 겸해 오쓰의 원성사까지 와주셨으면 한다. 지쿠젠도 틀림없이 오사카에서 나와 그곳까지 갈 것이다' 이렇게 말했다네. 그 말을 듣고 보니 나 역시 지쿠슈에게 원한을 품고 있는 것은 아니니 그 말대로 가겠다고 약속했다네. 두 사람의 편지에도 결코 신변에 이상이 없도록 하겠다고 적혀 있었다네."

편지든 사람의 말이든 있는 그대로 받아들여 믿는 것은 무난한 환경에서 자란 사람의 좋은 점이라고도 할 수 있을 테지만, 노신들은 자신들의 임무 때문에라도 그만큼 더 세심하게 신경을 써야 했으며 무슨 일이 있을 때마다 걱정이 떠나질 않았다. 그랬기에 서로 머리를 맞대고 우지사토의 편지를 살펴보았다.

"그렇군⋯⋯."

"틀림없이 직접 쓴 글인 듯하군."

그런 뒤에야 마침내 동의를 표했다.

"다른 사람도 아니고 쇼뉴 님과 우지사토 님이 주선하셔서 이렇게까지 중재를 하셨으니 틀림없을 듯합니다. 그래도 조심하시는 것이 좋을 듯합니다."

네 노신은 그렇게 말하고는 삼엄한 경계를 위해 다 함께 노부오를 수행하기로 했다. 그들은 오카다 나가토노카미岡田長門守, 아사이 다미야마루淺井田宮丸, 쓰가와 겐바津川玄蕃, 다키가와 사부로베瀧川三郎兵衛였다.

이튿날 기타바타케 노부오는 네 노신과 함께 오쓰까지 갔다. 약속 장소인 원성사라는 곳은 삼정사三井寺(미이데라)를 말하는 것이었다. 그는 북원 총문의 안쪽에서 두 정 정도 서쪽에 위치한 렌게蓮華 계곡의 법명원法明院(호묘인)을 숙소로 삼았다. 곧바로 우지사토가 왔으며 뒤이어 이케다 쇼뉴도 왔다. 그리고 이렇게 말했다.

"지쿠젠 님은 어제부터 와서 기다리고 계셨습니다."

회견 장소는 히데요시의 숙소인 중원中院의 금당에 준비해놓았는데, 두 사람이 노부오에게 언제 만나는 게 좋겠느냐고 묻자 노부오는 조금 방자한 마음이 들었는지 이렇게 대답했다.

"먼 길을 오느라 피곤하기도 하니 내일 하루는 쉬고 싶구나."

"그럼 모레로 정하면 되겠습니까?"

두 사람은 노부오의 뜻을 히데요시에게 전하기 위해 돌아갔다.

그 시절에는 하루라도 헛되이 보내면 안 될 만큼 한가한 사람이 없었다. 하지만 이튿날, 노부오가 하루 쉬고 싶다고 희망하는 바람에 원성사에서 묵는 사람들 모두 아무런 득도 없는 무료한 시간을 보내야 했다.

원성사에서는 누가 뭐래도 중원의 금당이 건축의 주된 각閣이었다. 그곳에는 히데요시 주종이 묵고 노부오는 렌게 계곡의 법명원에서 묵었다. 그러다 보니 그곳에 도착한 순간 노부오는 기분이 유쾌하지 않았다. 그런 마음 때문에 회견 날짜를 정할 때 고집을 부리긴 했으나 이튿날 노부오는 종일 무료해서 견딜 수 없었던 듯 이렇게 푸념을 늘어놓았다.

"가신들도 얼굴을 보이지 않는구나."

노부오는 절의 보물인 가집歌集을 구경하기도 하고 노승의 길고 따분한 이야기를 듣기도 하며 간신히 하루를 보냈다. 황혼 무렵 네 노신이 함께 노부오의 방으로 찾아왔다.

"오늘은 번거로운 일 없이 천천히 휴식을 취하셨습니까?"

노부오는 무슨 소리냐며 버럭 화를 내고, 할 일 없이 심심해서 견딜 수 없었다고 소리를 지르고 싶었다. 하지만 아무리 주군이라 할지라도 그들의 선의에 넘친 생각까지 일일이 탓할 수는 없었다.

"음, 편안히 잘 보냈네. 자네들도 숙소에서 잘 쉬었는가?"

"쉴 틈도 없었습니다."

"어째서?"

"각 집안에서 인사를 온 자들이 끊이지 않았기에."

"방문객이 그렇게 많았단 말인가? 어째서 내게 고하지 않았던 겐가?"

"모처럼 쉬시는 하루를 객들에게 방해받아서는 안 되겠기에……."

노부오는 손가락으로 고리를 만들어 무릎을 튕기며 감흥이 없는 얼굴로 품위 있게 가만히 고개를 들고 있었다.

"어쨌든 알겠네. 저녁은 자네들도 여기서 들도록 하게. 한잔하세."

노신들은 서로의 얼굴을 마주 보았다. 조금 난처한 기색이었다. 노부오는 그러한 심리를 민감하게 간파했다.

"무슨 다른 일이라고 있는 겐가?"

"그렇습니다만……."

네 사람 중 오카다 나카토가 사과하는 듯한 투로 말했다.

"실은 조금 전에 지쿠젠노카미 님께서 사람을 보내 오늘 밤 네 사람 모두 숙소로 오라고 초대하셨기에 우선은 허락을 받은 뒤 가겠다고 답하고 이렇게 여쭈러 온 것입니다.”

“뭐? 지쿠젠이 자네들더러 오라고 했다고. 또 차를 마실 생각인가?”

노부오는 마음에 들지 않는지 싫은 표정을 지어 보였다.

“아니, 그러한 일은 아닌 듯합니다. 나리도 초대하지 않고, 또 함께 데려온 제후들도 있을 텐데 나리의 신하인 저희를 차 모임에 초대할 리는 없다고 생각합니다. 뭔가 저희 네 사람에게 긴히 상의할 일이 있다고도 했으니.”

“흠, 무슨 일로…….”

노부오가 고개를 갸웃거리며 말을 이었다.

“그렇다면 이 노부오에게 오다 가의 모든 것을 물려받게 하기 위해 자네들을 불러 상의하려는 것일까? 그럴지도 모르겠군. 나를 무시하고 히데요시가 천하인의 자리에 앉는다는 것도 우스운 일이지. 무엇보다 세상이 용납하지 않을 게야.”

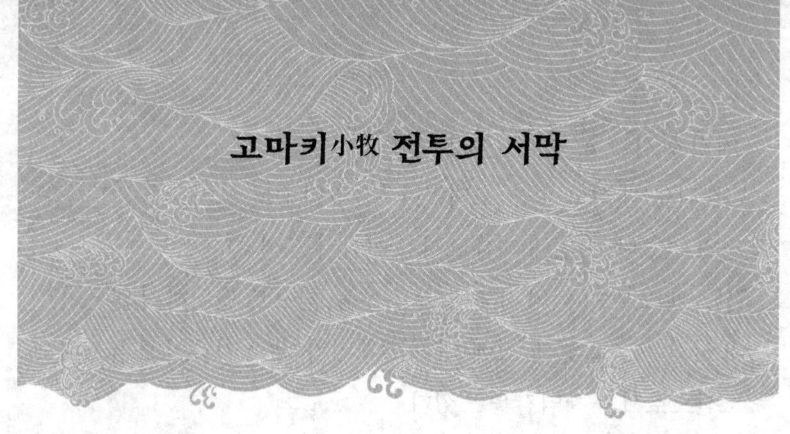

고마키小牧 전투의 서막

중원 금당에 있는 한 방에서는 사람도 없이 촛불만이 밤을 기다리고 있었다. 마침내 손님이 안내되었다. 쓰가와 겐바, 다키가와 사부로베, 아사이 다미야마루, 오카다 나가토노카미 네 사람이었다. 이윽고 다과가 나왔다.

정월의 중순이라 추위가 혹독했다. 잠시 뒤 기침 소리가 가까워졌다. 수행원들의 발소리도 함께 들려왔기에 히데요시임을 바로 알 수 있었다. 큰 목소리로 명령을 내리며 오고 있는 듯했다. 감기에 든 목소리라 여겨졌다. 잠시 뒤 방으로 들어왔다.

"그래. 기다리게 해서 미안하네."

히데요시가 말했다. 그리고 주먹으로 입을 막으며 기침을 했다. 네 사람이 히데요시를 올려다봤지만 그는 혼자였다. 뒤에 시동들도 없었다. 네 사람은 쉽사리 마음을 놓을 수 없었다. 차례로 인사를 하는 동안 히데요시는 자꾸만 코를 풀었다.

"감기에 걸리셨나 봅니다."

마침내 사부로베가 편안하게 얘기를 꺼냈다. 히데요시도 편안하게 대답했다.

“이번 감기는 잘 떨어지지가 않아.”

대접다운 대접도 없는 초대였다. 술과 안주도 보이지 않았다. 잡담도 거의 없었다. 마침내 히데요시가 이야기를 꺼냈다.

“산스케(노부오) 님의 요즘과 같은 행동, 참으로 난처하지 않은가?”

네 사람은 움찔했다. 그에 대한 질책인가 하고 가슴이 뜨끔했다. 모두 노신으로서의 책임감을 느꼈다.

“자네들도 고생이 많겠지.”

다음 말을 듣고 네 노신의 얼굴에 생기가 돌았다.

“……”

“하나같이 뛰어난 자들만 모였어. 하지만 산스케 님 밑에서는 어쩔 수가 없겠지. 짐작이 가네. 이 지쿠젠 역시 나리를 위해 마음을 쓰고 있으나 오히려 반대로, 반대로만 가는 듯해서 유감스럽다네.”

히데요시의 말끝이 조금 격해지자 네 사람은 몸이 오그라드는 듯했다. 히데요시는 계속해서 충정衷情을 이야기했다. 구체적으로 예를 들어 노부오에 대한 불만의 뜻을 분명히 하고 마지막으로 이렇게 말했다.

“이제는 단념했다네. 성의를 다해 여러 해 동안 몸을 바쳐온 자네들에게는 참으로 딱한 일이네만 어쩔 수가 없네. 단, 히데요시와 뜻을 하나로 해서 노신인 자네들이 합심하여 산스케 님께 할복이나 출가를 권한다면 일은 조용히 끝날 걸세. 군대를 움직이지 않고도 일을 마무리지을 수 있을 게야. 그리고 일이 잘 마무리 지어진다면 자네들에게는 이세와 이가 지방 안의 요충지를 나누어주도록 하겠네. 자네들을 부른 것은 이를 은밀히 상의하기 위해서야. 잘 판단해서 답하도록 하게.”

“……”

네 사람은 온몸이 오싹해졌는데 추위 때문만은 아니었다. 네 면의 벽이 소리 없는 창검으로 느껴졌다. 히데요시의 눈이 빛나는 구멍처럼 그들을 바라보았다. 얼른 대답을 하라는 듯한 눈빛이었다.

이처럼 큰일을 밝힌 이상 자리를 뜨지도 못하게 할 것이며, 시간도 많이 주지 않을 것이었다. 절체절명의 위기에 놓인 셈이었다. 네 사람은 탄식 속에서 고개를 떨어뜨렸다. 하지만 마침내 승낙하고 말았다. 그리고 바로 서약서를 써서 건네주었다.

"가신들이 버드나무 방에서 술을 마시고 있다네. 자네들도 가서 함께 즐기도록 하게. 지쿠젠도 함께 즐기고 싶지만 감기 때문에 일찍 자야겠네."

히데요시는 서약서를 챙기더니 곧 안으로 들어가버리고 말았다.

그날 밤, 노부오는 마음이 차분해지지 않는 모양이었다. 근신, 이야기꾼, 승려, 히요시日吉 신사의 무녀까지 불러 저녁 자리를 떠들썩하게 즐기는 듯한 소리가 들려왔으나, 자리가 파하고 혼자 남자 몇 번이고 시동을 시켜 노신들을 찾았다.

"지금 시각은 어떻게 되었느냐?"

"노신들은 아직 금당에서 돌아오지 않았느냐?"

그러는 사이에 네 사람 중 다키가와 사부로베 다케토시瀧川三郎兵衛雄利가 돌아왔다.

"혼자 왔는가?"

노부오가 이상하다는 듯 눈앞의 사부로베를 바라보았다.

"네, 혼자서 돌아왔습니다."

그렇게 말하는 사부로베의 얼굴빛이 심상치 않았다. 노부오의 가슴까지 뛰기 시작했다. 사부로베는 두 손을 바닥에 댄 채 얼굴을 들지 않았다. 우는 소리가 들려왔다.

"어, 어찌 된 겐가, 사부로베? 지쿠슈가 무슨 말을 하던가?"

"참으로 괴로운 자리였습니다."

"뭣이, 자네들을 불러 꾸짖기라도 했단 말인가?"

"그러한 일이었다면 괴로운 자리였다고 말씀드리지 않았을 것입니다. 참으로 뜻밖의 일이었습니다. 칼을 앞에 놓고 마음에도 없는 서약서를 쓰게 했습니다. 나리께서도 각오하셔야 할 듯합니다."

사부로베는 히데요시가 자신들에게 꾀한 계획을 숨김없이 노부오에게 들려주었다.

"싫다고 하면 그 자리에서 살해당할 것이 뻔했기에 네 사람 모두 어쩔 수 없이 서약서에 이름을 써넣은 뒤 가신들과 함께한 술자리에서 혼자 은밀히 빠져나온 것입니다. 나중에 사부로베 한 사람만이 보이지 않는다는 사실을 알게 되면 그때는 이곳조차 안전하지 못할 것입니다. 얼른 떠날 채비를 하십시오."

노부오는 입술 색깔까지 변해버리고 말았다. 사부로베의 말 절반도 귀에 들어오지 않는 듯 눈동자가 불안하게 움직였다. 종을 마구 울려대는 듯 두근거리는 가슴 때문에 입을 가만히 다물고 있을 수 없는 모양이었다.

"그, 그렇다면…… 나가토와 겐바 등은 어떻게 되었는가? 자네 이외의 사람들은?"

"저는 제 생각에 따라 이렇게 빠져나왔지만 다른 사람들의 마음은 알 수 없습니다."

"그들도 서약서에 서명했겠지?"

"나가토 나리 이하 모두가."

"그리고 지쿠젠의 가신들과 술을 마시고 있단 말이지? 내가 잘못 보았군. 그들은 개만도 못한 짐승들이야."

노부오는 욕을 퍼부어대며 갑자기 자리에서 벌떡 일어나 뒤에 있던 시동의 손에서 자신의 칼을 낚아챘다. 그리고 황망히 법명원의 바깥쪽

마루로 나섰다. 사부로베가 황급히 따라가며 '나리, 나리. 어디로 가십니까?'라고 묻자 노부오가 뒤를 돌아보며 낮은 목소리로 말을 가져오라고 재촉했다.

"잠시만 기다리십시오."

사부로베가 노부오의 마음을 읽고 마구간으로 달려갔다. 노부오의 말은 '가나즈치金槌'라는 이름을 가진 유명한 적갈색 명마였다.

"뒷일은 자네에게 맡기겠네."

노부오는 말에 올라 사부로베에게 그렇게 말하고 법명원의 뒷문 쪽으로 달려 나갔다. 마구간의 무사 하나가 바람처럼 달려가 부리망을 쥐었는데 이세에 들어가기까지 함께한 사람은 결국 이 무사 한 사람뿐이었다.

밤사이에 그림자를 감춘 가나즈치는 그처럼 신속했기에 이튿날까지 아무도 아는 사람이 없었다. 히데요시와의 회견은 노부오가 병에 걸렸다는 이유로 당연히 무산되었다. 히데요시는 미리 예견하고 있었다는 듯 태연히 오사카로 돌아갔다.

나가시마로 돌아온 노부오는 성안 깊숙이 숨어 칭병하고 가신들에게조차 얼굴을 보이지 않았다. 하지만 그렇게 숨어 지내는 게 결코 꾀병만은 아닌 듯했다. 그에게는 병에 걸릴 만한 충분한 이유가 있었다. 그가 있는 곳에는 전의典醫만 출입했으며 성 뒤편의 매화는 날이 갈수록 만개하여 색을 더해갔으나 그 뒤로 관악 소리가 끊기자 봄의 정원은 쥐 죽은 듯 고요했다.

그에 반해 성 아래 마을, 아니 이세와 이가 일원에서는 날이 갈수록 여러 가지 어지러운 소문이 퍼졌다. 앞서 원성사에 남겨졌다가 노부오의 뒤를 따라 어슬렁어슬렁 돌아온 무사들의 행렬도 사람들의 궁금증을 자극하기에 충분했다.

"무슨 일이 있었던 걸까?"

그 당시 수행했던 노신들이 각자 자신들의 고향으로 돌아가 나가시 마로 전혀 나오지 않는다는 사실도 '보통 일이 아닌 듯하다'는 항간의 설을 뒷받침하여 자연스레 불안을 가중시켰다. 사람들은 진상은 알 수 없으나 노부오와 히데요시 사이의 불화가 다시 농밀하고 복잡하게 연기를 피워 올리고 있는 것만은 분명하다고 판단했다. 그것도 이번에는 작년의 정세 이상으로 매우 험악한 기운을 품고 있으며, 사태는 이미 급박한 상황에까지 이르렀다고 보고 있었다.

노부오는 당연히 태풍의 중심에 있었다. 하지만 그에게는 크게 믿는 구석이 있는 모양이었다. 원래부터 보수적인 그가 늘 비책이라고 믿는 것은 양다리를 걸치는 작전이었다. 이쪽이 틀렸다 싶으면 저쪽에 의지하고, 또 일치를 보았다 할지라도 수가 틀리면 자신에게는 따로 기댈 데가 있다며 허세를 내보였다. 이는 늘 그렇게 만일의 사태에 대비한 흑막을 품고 있지 않으면 안심하지 못하는 성격 탓이었다.

지금 노부오의 머릿속에는 그러한 흑막 속의 인물로 도카이 하마마쓰의 와룡, 종삼위 참의 도쿠가와 이에야스가 있었다. 올해 2월, 이에야스는 곤노추조에서 다시 직급이 올랐다. 예전에도 그랬지만, 근래 들어 이에야스는 오사카의 히데요시와 대척을 이룰 만큼 무게를 더해가고 있었다. 노부오가 히데요시와 협동하면서도 한편으로는 이에야스와 밀교를 유지한 것은 보잘것없는 책략이라고는 하나, 이 명문가의 자제가 완전히 무시할 수만은 없는 장난을 치는 사람이라는 사실을 말해주는 것이었다.

하지만 사람을 우롱하는 책략도 상대를 봐가면서 써야 하는 법이다. 노부오가 이에야스로 히데요시를 견제하고, 만일의 사태가 벌어질 때 이에야스를 대항마로 사용할 생각이었다면 이는 상대를 몰라도 너무 모른다고 할 수밖에 없다. 하지만 눈이 먼 사람의 강점은 바로 상대를 모른다는 데 있다. 사슴을 쫓는 사냥꾼이 산을 보지 못하는 것과 다르지 않았다. 바로 노부오가 딱 그러한 사람이었다. 이렇게 된 이상 그로서는 당연히 이에야스를 앞세워 히데요시의 대두를 막아야겠다고 생각했을 것이다.

2월 어느 날 밤, 노부오의 밀사가 나가시마를 은밀히 빠져나가 오카자키로 서둘러 갔다. 그리고 이에야스의 심복인 사카이 요시로 시게타다酒井与四郎重忠가 이세 지방을 여행한다는 명목으로 나가시마를 찾아가 노부오와 비밀스러운 논의를 했다. 극비리에 진행되었으나 시기로 봐서 노부오의 밀사가 오카자키로 간 직후의 일이었으니 그것으로 이에야스의 '대답'을 쉽게 짐작할 수 있었다.

동시에 노부오와 이에야스 사이에 군사동맹이 맺어지고 때를 봐서 히데요시를 치자는 합의가 이루어졌으리라는 점도 짐작할 수 있었다. 아울러 제반 사항에 대한 대책을 협의한 뒤 사카이 요시로가 돌아갔으리라는 점도 쉽게 상상해볼 수 있었다.

그 뒤로 노부오는 병실에서 나와 가신들과도 만나고 고굉지신들과도 밤 깊도록 은밀한 이야기를 나누었으며 먼 나라로 사신을 보내기도 했다.

그러던 3월 6일, 원성사를 다녀온 뒤 한동안 모습을 드러내지 않았던 세 노신인 세이슈勢州 마쓰가시마松ヶ島 성의 쓰가와 겐바, 비슈尾州 호시자키星崎 성의 성주인 오카다 나가토노카미, 비슈 가리야스가苅安賀 성의 성주인 아사이 다미야마루가 나가시마에 얼굴을 드러냈다.

노부오가 향응이라는 명목으로 특별히 부른 것이었다. 하지만 원성사를 다녀온 뒤, 노부오는 마음속으로 세 사람에 대해 히데요시와 내통해 나를 폐하려는 역신들이라고 생각하고 있었기에 그들의 얼굴을 보자 증오심이 들끓었다. 애초부터 오늘의 향응이라는 것도 결코 평범한 향응은 아닐 터였다. 하지만 노부오는 평소와 다름없이 세 노인을 대접한 뒤 문득 떠올랐다는 듯 나가토만을 별실로 데려갔다.

"그렇지. 사카이의 대장간에서 새로 만든 철포가 왔다네. 나가토 좀 봐주게나."

이윽고 오카다 나가토가 철포를 보고 있을 때 히지카타 간베土方勘兵衛라는 가신이 갑자기 소리를 지르며 뒤에서 끌어안았다.

"주군의 명령이시다!"

"용서하지 않겠다."

나가토는 단도를 일고여덟 치쯤 뽑았으나 힘이 센 간베에게 짓눌려 고작 몸부림칠 뿐이었다.

"간베, 그를 놓아라."

노부오가 자리에서 일어나 그렇게 외치며 벽 주위를 맴돌았다. 치열한 격투가 한동안 계속되었다. 노부오는 손에 칼을 든 채 여전히 소리를 지르고 있었다.

"놓지 않으면 그 녀석을 칠 수가 없다. 간베, 놓아라."

간베는 나가토의 목을 엄지손가락으로 누른 채 기회를 엿보고 있다가 손가락을 떼었다. 떼었다 싶은 순간 노부오의 칼을 기다릴 것도 없이 간베의 단도가 나가토의 옆구리를 관통했다.

노부오는 방 안 가득 퍼진 선혈을 보고도 의외로 태연했다. 마음이 약했지만 한편으로는 잔인하고 매정한 면도 있는 모양이었다. 그때 다른 가신들이 방 밖에 무릎을 꿇고 고했다.

"지금 막 이이다 한베飯田半兵衛가 저쪽에서 겐바를 찔러 죽였습니다."

"모리 겐자부로森源三郎가 다미야마루를 주살했습니다."

노부오는 얼굴도 보이지 않고 '그런가?' 하며 가볍게 고개를 끄덕였다. 하지만 그 역시 훅 하고 커다란 숨을 어깨로 쉬고 있었다. 아무리 그렇다 해도 오랜 세월 곁에서 보좌해온 노신 세 명을 한꺼번에 주살한 것은 누가 뭐래도 끔찍한 일이었다. 게다가 그 방법 자체가 잔혹하기 짝이 없었다.

이처럼 흉포한 면은 노부나가의 피를 물려받은 것이라 할 수 있었다. 하지만 노부나가는 천하의 무사들이 수긍할 만큼 큰 뜻과 정열을 가지고 있었으며, 그에 따른 희생도 나중에는 크게 살릴 수 있다는 이상에서 벗어나지 않았다. 그러다 보니 노부나가가 때에 따라 보인 흉포한 모습은 영단이라 불렸으나, 노부오의 경우는 작은 계책이자 감정에 의한 폭단暴斷에 지나지 않았다.

커다란 기로에 섰을 때 한 손가락으로 세상을 가리키는 사람의 '단斷'을 대사大事라 일컫는다. 하지만 안식을 갖지 못한 사람의 '단'만큼 무서운 것도 없는 법이다. 손가락으로 잘못 가리키면 마침내 일을 그르치고 만다.

"이거 대란이 일어날지도 모르겠군."

나가시마 성안에서 일어난 한바탕의 참극은 곧 그날 밤부터라도 사면의 국경이 모두 전란에 휩싸일지 모른다는 광란의 심리를 불러일으켰다. 세 노신의 살해는 비밀리에 행해졌으나 그날로 즉시 나가시마의 병사들이 노신들의 성을 공격하기 위해 이세의 마쓰가시마, 비슈의 가리야스가와 호시자키로 급파되었으니, 그 순간 사람들이 대전이 일어날지 모른다고 예상한 것은 당연한 일이었다.

"그렇다면 히데요시와의 관계도 끊을 각오인 모양이군."

작년부터 세상의 밑바닥에서 자꾸만 연기를 피워 올리던 것이 마침내 불을 뿜어 만천하를 불태울 전화가 될 수 있다는 사실이 지금은 항간의 목소리가 아니라, 억측이 아니라 이미 눈앞에 그려지는 듯했다.

그 당시 네 노신 중 한 사람인 다키가와 사부로베 다케토시는 이가의 우에노上野에 있었다. 그는 처음부터 다른 세 노신과 달리 독자적으로 노부오에게 히데요시와의 회합 내용을 알려 의심을 받지 않았다. 따라서 세 노신이 나가시마에 초대받았을 때도 그의 이름은 빠져 있었던 것이다. 이윽고 이가의 우에노에도 세 노신이 살해당했으며 각 성은 노부오가 보낸 병사들에게 빼앗겼다는 소식이 질풍처럼 전해졌다.

"이러고 있을 때가 아니다."

사부로베는 곧 길을 떠날 채비를 해서 오사카로 갔다. 이는 언뜻 보면 기이한 행동처럼 보이나 주인 노부오와 히데요시의 싸움이 목전에 다다른 것을 안 순간 그가 당혹스러워할 수밖에 없었던 것은 하시바가에 노모가 인질로 잡혀 있었기 때문이다. 하지만 다행스럽게도 노모는 히데요시의 가신으로 최근 세상에서 좋은 평판을 얻고 있는 시즈가타케 일곱 자루 창의 용사 중 한 명인 와키자카 진나이 야스하루脇坂甚內安治의 집에 있다는 소식을 들었다.

"전쟁이 일어나기 전에 어떻게든 어머니를 이쪽으로……."

사부로베는 그렇게 생각하며 급히 길을 떠났다. 그는 오사카의 번화한 모습을 보며 놀라고 말았다. 신도시에서 일어난 일 개월 보름 동안의 변화는 다른 지방의 십 년, 이십 년보다 더 큰 발전을 보였다. 그곳을 돌아다니는 동안 '파괴도 하룻밤 사이에 행해지지만, 건설도 하려고 들면 하루 만에 할 수 있는 법이로구나' 하는 경탄을 품지 않을 수 없었다.

시의 어느 곳에서나 금빛 기와, 하얀 벽의 누대, 오사카 성의 천수각이 보였다. 사부로베는 시골뜨기처럼 크고 작은 길을 헤매다 마침내 와키자카 진나이의 집을 찾아냈다.

● 1587년 파트레이 추방령

덴쇼天正 15년, 규슈를 평정한 히데요시는 하카다항에 파트레이 추방령을 선포한다. 이 명령의 배경은 오무라 스미타다((大村 純忠)가 나가사키를 기독교 교회에 헌납했다는 것과 포르투갈인이 일본인들을 노예로 삼아 동남 아시아 등지에 팔아 넘긴 것, 그리고 기독교 신자의 증가가 지배체제에 위협이 되었다는 것으로 볼 수 있다.

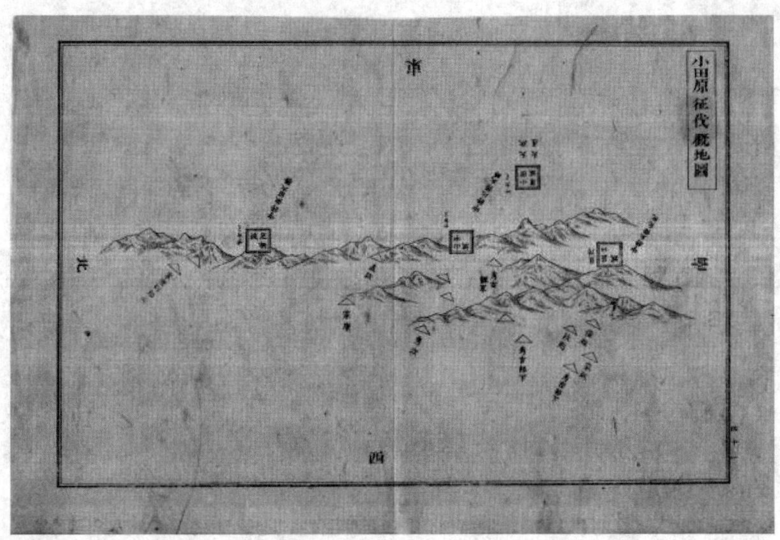

● 1590년 오다와라 정벌

덴쇼天正 18년, 관백 태정대신(関白太政大臣) 도요토미 히데요시가 고호조(後北条氏)를 항복시킨 역사적 사건이자 전역(戰役)이다. 호조와 사나다(真田氏), 우에스기(上杉氏) 사이의 영토 분쟁을 도요토미 히데요시가 중재했으나, 이 과정에서 내려진 누마타령(沼田領) 재판의 일부를 호조가 무력으로 뒤엎고 이를 정당화했다. 이 행위가 도요토미 정권의 총무사령(惣無事令)을 위반한 것으로 간주했고, 결국 도요토미군은 호조가를 공격하게 되었다.

울보 진나이

담장의 흙이 새하얗고 나무향이 물씬 풍기는 새로 지은 저택이었다. 게다가 주인은 아직 서른 살 정도밖에 되지 않았다. 그것만 봐도 신흥 도시 오사카와 히데요시 세력이 어느 세대에 있는지 알 수 있었다.

"제가 와키자카입니다만."

"진나이 나리십니까? 저는 기타바타케 가의 노신인 다키가와 사부로베입니다."

"존함은 전부터 들었습니다. 노부오 경의 노신께서 불현듯 찾아오시다니 무슨 일이십니까?"

"무인의 번뇌, 말씀드리기도 부끄럽습니다만."

"번뇌라면?"

"부끄러움을 참고 말씀드리겠습니다. 실은 저희 어머니의 일입니다만……."

"아아, 어머님 말씀이십니까? 그 일이라면 조금도 걱정하실 것 없습니다. 주인 지쿠젠 님의 명령을 받아 인질로 오신 나리의 어머님을 저희 집에서 맡고 있습니다만, 부족하나마 잘 돌봐드리고 있습니다. 게다가 몸도 매우 건강하십니다. 얼마 전에는 벽안의 외과의에게 명해서 틀니를 만들어드렸습니다.”

“후의에 감사드립니다.”

사부로베는 감격해서 고개를 숙였다. 그리고 다짐한 듯 다시 말했다.

“그렇게까지 정성스럽게 돌봐주시는데 다시 청을 드리기는 좀 어렵습니다만……. 실은 노모가 어렸을 때부터 아끼던 막내 여동생이 얼마 전에 병에 걸려 어머니만을 찾는데 헛소리할 때도 ‘어머니, 어머니’ 하며 그리워하고, 깨어나서도 ‘뵙고 싶다, 잠깐이라도 뵙고 싶다’며 눈물로 그리워하고 있습니다.”

“오호, 그것 참 딱한 일입니다.”

“어린아이도 아니고 나이도 벌써 열여덟 살이나 먹은 처녀가 당치도 않은 떼를 쓴다며 야단을 치기는 했으나 어젯밤에도 어머니 꿈을 꿨다며 얼마 남지 않은 목숨이라는 사실을 알고 호소하는 것을 들으면, 인간 누구에게나 있는 모자의 정……. 참으로 딱하다는 생각이 듭니다.”

“지당하신 말씀이십니다.”

“참으로 곤란한 일입니다. 서로 전장에서라면 골육의 시체라도 밟겠습니다만…….”

“흠, 흠.”

진나이는 사부로베가 눈물을 짓자 흔들리는 마음을 억눌러야 했다. 정에 약한 천성을 생각해 경계를 하고 있는 것이었다. 하지만 딸의 목숨은 이미 얼마 남지 않았다고 하고, 인질로 온 노모의 고독한 심정도 잘 알고 있기에 그는 울지 않으려 했지만 줄줄 눈물을 흘리지 않을 수 없었다.

“그렇다면 병에 걸린 딸에게 어머님을 한번 뵙게 하기 위해 일부러 여기까지 오신 것입니까?”

결국 진나이는 상대방이 차마 하지 못하고 있던 말을 자신이 먼저 해버리고 말았다. 사부로베가 몸을 떨며 대답했다.

"말씀하신 대로입니다. 다키가와 사부로베의 평생소원입니다. 들어주실 수 없겠습니까?"

사부로베는 몇 번이고 머리를 숙이며 온갖 말로 애원했다.

"알겠습니다. 모시고 가십시오. 주군께 여쭙지 않으면 안 될 일입니다만, 여쭈면 당연히 허락하지 않으실 것입니다. 제 독단으로 칠 일 동안 은밀히 노모를 빌려드리겠습니다. 반드시 다시 모시고 오셔야 합니다."

사부로베는 미친 듯이 기뻐하며 노모를 데리고 돌아갔다. 물론 극비리에 행해졌다. 하지만 이튿날 날이 밝자 진나이는 곧 크게 후회하고 말았다.

'어제는 좋은 일을 했다.'

홀로 상쾌한 기분에 잠겨 있었지만, 이튿날 아침 진나이는 큰 충격을 받고 말았다. 나가시마에서 있었던 세 노신 사살 사건과 세이슈와 비슈에 걸친 세 성에서의 전란이 그날 아침 비로소 오사카에도 알려졌기 때문이다. 그리고 거센 파도가 몰아친 뒤 바로 '나가시마에서는 대대적인 전쟁 준비에 들어갔다. 배후에는 미카와 나리(이에야스)가 있다'는 말도 믿을 만한 사람의 입을 통해 분명히 전해졌다. 진나이는 깜짝 놀라 귀를 의심 했다.

"정말일까?"

진나이는 그날 아침 성으로 들어가는 길에 이케다 쇼뉴의 가신인 다케무라 고헤이타竹村小平太로부터 소식을 전해 들었다. 진나이가 틀림없는 일이냐고 묻자 고헤이타가 대답했다.

"어제 깊은 밤에 이세 사람 둘이 주인께 달려가 이러이러하다며 일의 전말을 고했습니다. 쓰가와 겐바의 가신이라고 들었습니다. 어쨌든 노부오 경과 미카와 나리 사이에서 뭔가 의심스러운 일을 벌이고 있다는 사실만은 아무도 의심하는 사람이 없습니다."

오사카 성은 지금도 여전히 활발하게 공사가 진행 중이었다. 성의 해자, 외곽, 제후의 저택 등에서 수만 명에 이르는 인부와 장인 들이 밤 낮없이 일하고 있었다.

진나이는 혼마루에서 멀리 떨어진 문 쪽에 말을 버리고 이마에 땀을 흘려가며 거석과 목재 사이를 달려갔다.

"진나이, 왜 그리 서두르는 겐가?"

동료인 가타기리 스케사쿠片桐助作가 진나이를 보고 말을 걸었다. 진나이는 그저 돌아보기만 했을 뿐 대답도 하지 않았다. 그러다 다시 달려 돌아와서는 스케사쿠를 불렀다.

"스케사쿠, 스케사쿠."

"무슨 일인가?"

"나가시마 부근에서 뭔가 심상치 않은 변이 있었다는 말, 사실인가?"

스케사쿠가 웃으며 대답했다.

"맞아, 일곱 자루 창이 나설 다른 장소는 어디가 될지. 이세지伊勢路가 될지, 미카와가 될지. 곧 알게 되겠지."

얼마 뒤 진나이는 히데요시 앞에 있었다. 히데요시 아래 엎드린 채 머리도 들지 않았다. 히데요시의 명에 따라 자신의 집에서 맡고 있던 기타바타케 가의 인질을 허락도 없이 인질의 아들인 다키가와 사부로베에게 넘겨준 사실을 고하고 참회하며 사죄했다.

"그놈의 거짓 눈물에 이끌려 저의 독단으로 사부로베 놈에게 넘겨주었습니다. 그런데 오늘 아침 기타바타케 나리께서 우리 집안과 이제연을 끊으실 각오라는 말을 듣고 크게 후회했으나 더는 어쩔 수 없는 일이 되어버리고 말았습니다. 저는 참으로 한심한 사람입니다."

진나이는 히데요시가 격노하며 야단칠 줄 알았다. 하지만 히데요시는 웃음을 터뜨렸다.

"한심한 사람이라, 말 한번 잘했네. 자네는 어렸을 때부터 울기도 잘 우는 울보였으니……. 그래서 어떻게 할 생각인가?"

"얼마 전에 받은 일곱 자루 창이라는 칭호와 영지를 전부 거두시기 바랍니다."

"그 정도로는 안 될 텐데."

"참으로 죄송합니다. 하지만 그러한 불찰 때문에 배를 가르고 싶지는 않습니다. 성패가 달린 일이라면 목을 내놓겠습니다만."

"그렇게 서두를 건 없네."

"저의 독단으로 저지른 실수, 제가 알아서 처리할 수 있도록 허락해 주신다면 그 후에는 어떠한 벌을 내리신다 할지라도 결코 원망하지 않겠습니다."

"성가시구나……. 어쨌든 뜻대로 일을 처리하고 오너라."

히데요시는 오무라 유코를 보며 다른 일에 대해 이야기하기 시작했다. 히데요시 앞에서 물러난 진나이는 나는 듯이 집으로 돌아갔다. 어머니의 방에 귀가를 알리고 앉았을 때 마음은 이미 진정되어 있었다.

"진나이야, 오늘은 일찍 돌아왔구나."

"네."

진나이는 잠시 뜸을 들이다 말을 이었다.

"갑자기 다른 곳으로 출진하게 되었기에."

"오오, 그러냐? 지금부터라도 준비하는 데 지장은 없을 게다. 마음 놓고 다녀오도록 해라."

"네……."

그리고 다시 뜸을 들이며 말했다.

"그런데 이번 전쟁은 평소처럼 휘하를 따라가는 것이 아니라 와키자카 진나이 일가의 병사들만 데리고 가서 싸워야 합니다."

"그야 어찌 됐든 싸움은 싸움, 무문의 이름을 걸고 마음껏 싸우도록 해라."

"물론입니다. 하지만 이번 일전 후에 저희 와키자카 집안은 틀림없이 이겨도 망할 것이고 진다면 말할 필요도 없이 망할 것이라고 각오하셨으면 합니다."

"어쩔 수 없는 일 아니냐."

"어제 다키가와 사부로베 놈에게 주인의 허락도 없이 인질을 몰래 건네주었다는 사실, 이미 들으셨습니까?"

"들었다. 네게도 이렇게 나이 든 어미가 있지 않느냐……. 다키가와 사부로베가 너를 속인 것은 증오해야 할 일일 테지만 그것도 노모를 극진히 생각했기 때문일 터……. 네가 정에 이끌려 의로써 행한 일이니, 큰 허물이기는 하나 이 어미는 조금도 억울하다는 생각이 들지 않는다."

"사려 깊지 못한 아들, 조상 대대로 내려온 집안을 오늘 마침내 망하게 하고 말았습니다. 커다란 불효를 용서해주시기 바랍니다."

"아니다, 무슨 소리냐. 조상님께는 참으로 면목이 없다만 의와 정으로 조금은 용서를 빌 길도 있을 것이다. 의와 정 역시 무사의 아름다움 아니겠느냐. 불의와 무도함으로 집안을 망하게 한 것과는 경우가 다르다."

"그 말씀을 들으니 이 진나이도 흔쾌히 죽을 수 있을 듯합니다. 그리고 가신들은 전부 데려갈 테지만 가엾은 아녀자들과 나이 든 하인들은 지금 곧 고향으로 돌려보내도록 하겠습니다."

“그래야겠지. 이 어미의 일은 걱정할 것 없다.”

“어머니 곁에는 아내를 남겨두고 가겠습니다. 곧 전장에서 진나이가 목숨을 잃었다는 소식이 들려오면 지쿠젠 님께 여쭈어 여생을 준비하시든, 벌을 기다리시든 주군의 뜻대로 해주셨으면 합니다.”

“오오, 그래. 네 말대로 하겠다. 그럼 자꾸 지체하지 말고 하인들을 고향으로 돌려보내도록 해라.”

노모는 조금도 동요하는 기색을 보이지 않았다.

진나이는 곧 집안의 하인들을 하나도 남김없이 정원으로 불러 모았다. 얼마 전까지만 해도 이백오십 석을 받는 보잘것없는 시동이었으나 시즈가타케 전투 이후 일곱 자루 창에 더해 공에 따라 삼천 석의 녹봉과 저택의 주인이 되었다. 하지만 아직 집안의 하인은 많지 않았으며 말도 그리 많지 않았다.

그곳에 모인 하인들은 와키자카 진나이가 얼마 되지 않는 녹봉을 받았던 시절부터 물을 기르고 장작을 패며 가난 속에서 섬겨온 사람들이었다. 그들은 오늘 아침부터 이미 주인이 처한 역경을 알고 모두 자신의 일처럼 걱정했고, 마른침을 삼키며 주인의 얼굴을 지켜보았다. 진나이가 입을 열었다.

“참으로 부족한 나를 여러 해 동안 주인이라 여기며 충실하게 섬겨 준 너희와 갑자기 헤어진다는 것은 견디기 어려운 일이나, 사정이 생겨서 오늘을 마지막으로 각자 집으로 돌려보내기로 했다. 모두 고향으로 돌아가 여생을 행복하게 보내기 바란다. 그리고 우리 집 물건은 무엇이든 상관없으니 필요하다면 사이좋게 나누어 가지기 바란다.”

“……”

곧 훌쩍이는 소리가 들려왔다. 통곡하는 하인도 있었다. 그때 나이든 하인이 무리 속에서 큰 소리로 외쳤다.

"나리, 어찌 그리 매정한 말씀을 하십니까. 깊은 속내까지는 모르겠으나 나리께서 죽음을 각오하셨다는 사실은 보잘것없는 저희라 할지라도 부엌의 여자들까지 모두 알고 있습니다. 어째서 함께 각오를 해달라고 말씀하시지 않는 것입니까?"

"고맙구나, 고마워."

진나이는 몇 번이고 고개를 끄덕이며 눈물을 줄줄 흘렸다.

"그렇다면 말하기로 하겠다. 이처럼 어리석은 이 주인은 주군이신 지쿠젠 님께 배를 갈라도 갚을 수 없는 큰 죄를 저지르고 말았다. 이에 죽기에 앞서 목숨이 붙어 있는 동안 사죄의 징표라도 세워 조금이나마 오명을 씻지 않으면 편히 눈을 감을 수 없으리라 생각했다."

"나리의 마음은 이미 알고 있습니다."

진나이는 오열하는 사람들을 달랜 뒤 계속 말을 이었다.

"조금만 더 듣기 바란다. 따라서 지금부터 다키가와 사부로베의 성인이가 우에노를 공격할 생각이다. 하지만 무사와는 달라서 너희 나이 든 자들이나 평소 우리 어머니를 돌봐주고 밥을 짓는 여자들, 그리고 아이들은 데리고 갈 수도 없으며 또 집에 남겨두어도 와키자카 집안은 오늘로 끊기고 말 것이다. 아니 내 스스로가 끊고 마지막으로 집의 문을 나서는 것이다. 이해해주기 바란다. 모두 울지 말고 떠나주기 바란다."

"어, 어째서입니까? 어째서 집안을 버리시는 겁니까?"

눈물을 흘리며 말한 사람은 진나이를 어렸을 때부터 길러온 할멈이었다. 그녀는 마치 와키자카 가의 조상을 대신해 야단이라도 치듯 소맷자락을 씹으며 계속 한탄했다.

"조, 조상님께 그, 그와 같은 커다란 불효가 어디 있겠습니까?"

사람들의 눈물을 바라보며 진나이도 한없이 눈물을 흘렸다. 단지 소리만 내지 않았을 뿐이었다.

"할멈, 참으로 나 같은 불효자도 없을 게야. 하지만 이미 실수를 범해버리고 말았다네. 지난 일을 탓하지 말게. 그리고 지금부터 이 진나이가 펼치려는 싸움도 주인의 명령 없이 멋대로 행동하는 것일세. 가엾은 이 불효자는 이겨도 망하고 싸움에서 지면 당연히 망하고, 어쨌든 집안은 도저히 유지할 수 없게 되었다네. 따라서 아무런 허물도 없으니 각자 고향으로 돌아가 목숨을 지키라고 하는 것일세. 알겠는가, 나의 마음을……."

"모르겠습니다."

젊은 하녀가 말했다.

"그렇게 말씀하실수록 더욱 나리만 보내드릴 수 없습니다. 어린아이나 나이 든 사람들은 남겨둔다 할지라도 저희는 데려가주시기 바랍니다."

"아니, 어머니와 처자 모두 남기고 갈 것이다. 무사들 외에는 누구도 데려갈 수 없다. 너희가 그렇게까지 말한다면 저기에 있는 진나이의 외아들, 저 아이의 후사만은 너희에게 부탁하기로 하지."

진나이의 아내가 올해 두 살 된 젖먹이를 안고 사람들의 눈에 띄지 않는 툇마루 끝에 고개를 숙인 채 서 있었다.

진나이는 태어난 지 얼마 되지 않은 아들과 아내, 그리고 어머니를 오래도록 진나이를 섬겨온 하인들에게 맡기고 집을 나섰다. 늘 마구간에 두는 말도 아직 두어 필밖에 가지고 있지 않은 신분이었다. 집안의 사내라는 사내는 한 사람도 남김없이 무기를 들고 문 앞에 모였으나 총인원은 겨우 삼십여 명이었다. 이것이 집안 가신의 전부였다.

'우리 주인은 얼마 되지 않는 인원을 데리고 지금부터 어디로 가서 무슨 일을 하시려는 걸까?'

모두 그런 궁금증을 품고 있었을 것이다.

‘싸움을 하러 가시는 것입니까? 상대는 이 정도의 병력으로 깰 수 있을 만큼의 세력입니까?’

이처럼 주인에게 이치를 앞세워 묻는 사람은 없었다. 단지 주인이 달려가는 곳을 향해 그 뒤를 따라가서 주인이 싸우라고 명하는 사람과 전력을 다해 싸우겠다는 생각 외에는 아무것도 가지고 있지 않았다.

서로의 목숨이 하나라는 생각은 결코 그 자리에서 바로 품을 수 있는 것이 아니다. 당시에는 무사로서 주인에게 몸을 바치는 관습이 있었다. 무가에서 살며 무사로 밥을 먹기 시작한 뒤 수년, 혹은 몇십 년에 걸친 가르침에 의해 생겨나는 것이었다. 마구간에서 일하는 하찮은 사람부터 짚신을 드는 말단에 이르기까지 ‘드디어 몸을 바칠 때가 왔구나’라고 생각할 뿐이었다.

이러한 주종 관계는 무가 사회의 일반적 법칙으로, 어느 집안에는 있고 어느 집안에는 없는 그런 것이 아니었다. 물론 평소 주인이 사람을 어떻게 부리느냐에 따라 달라지기도 했지만, 무사에 뜻을 두고 무가를 주인으로 모신 이상, 그와 동시에 무언의 봉공奉公 증서를 주인에게 건넨 것이라는 마음가짐은 말단의 병사들도 가지고 있는 것이었다.

지금은 오사카 성이라는 커다란 집의 주인이 되었으나, 히데요시는 겨우 열여덟 살인 데다 이름도 아직 히요시日吉라 불렸던 무렵, 수년 동안의 방랑 생활 끝에 고향의 쇼나이庄內 강가에서 당시 젊은 성주였던 오다 사부로 노부나가織田三郎信長의 말 앞으로 불쑥 달려가 이렇게 애원했다.

“무사가 되고 싶습니다. 저를 받아주십시오.”

“너는 무슨 재주가 있느냐?”

당시 노부나가가 히요시에게 묻자 히요시는 이렇게 대답했다.

“아무런 재주도 없습니다. 위급이 닥쳤을 때, 죽을 각오 외에 다른 특출한 재주가 없습니다.”

노부나가는 단지 그 한마디만 듣고 히요시를 그 자리에서 무리에 가담시켜 기요스의 말단으로 썼다. 그것만 봐도 무사 봉공의 안목은 쓰는 주인이나 쓰이는 신하나 단지 하루아침에, ‘만약의 사태가 벌어진 날’에 생긴다는 사실을 충분히 엿볼 수 있다.

여담은 이쯤 하기로 하고 와키자카 진나이 야스하루는 집을 떠나 우에노로 향했으나 결코 자포자기의 심정이나 아무런 대책도 없이 궁지에 몰려 나선 게 아니었다.

‘소수이기는 하나 나와 함께하기로 한 삼십여 명이 있으니.’

진나이는 그렇게 생각하며 굳게 결심했다. 무엇을 결심했는지는 말할 필요도 없다. 속일 것이 따로 있지 눈물로 사내의 정을 자극하고 의를 가장해 무사의 마음을 속인 다키가와 사부로베의 목을 치는 일이었다.

“아무리 어머니를 구하기 위해 아들이 정에 이끌려 한 일이라고는 하지만 그 간교한 술책, 그 비열함은 무슨 일이 있어도 용서할 수 없다.”

진나이는 그렇게 맹세했다.

한낮에 갑주를 두른 기마 두엇, 병사 삼십여 명이 오사카의 신시가지를 동쪽으로 똑바로 달려가자 시민들은 모두 눈을 둥그렇게 뜨고 바라보았다. 하지만 너무나도 적은 병력이었다. 누구도 그들이 죽음을 각오하고 전쟁터로 급히 달려가는 사람들이라고는 보지 않았다.

진나이가 이끄는 소수의 병력은 히라노^{平野} 가도에서 다쓰타^{龍田}로 나가 그날 밤은 고오리야마^{郡山}에서 야영을 했다. 그곳으로 고오리야마의 국주인 쓰쓰이 준케이^{筒井順慶}의 가신이 찾아와 야단을 쳤다.

“떠돌이 무사들 같지는 않은데 이렇게 중무장을 하고 어디로 가는 게요? 다른 나라로 와서 무단으로 야영하는 것은 어느 나라에서나 불법이라는 사실 정도는 알고 있을 거 아니오.”

진나이가 나서서 인사를 했다.

“당연한 질타시오. 하지만 그럴 만한 여유가 없는 비상사태이니 너무 탓하지 마시고, 좀 봐주시오.”

“비상사태라니?”

“비상이라고 했으니 당연히 전쟁이오. 전장으로 가는 길이오.”

“대체 어디로?”

“히데요시 공의 명령을 받아 이가 우에노 성을 짓밟으러 가는 길이오.”

“척후병이오?”

“아니, 여기가 본진이오. 이것이 병력의 전부요. 주인이신 쓰쓰이 나리께는 그렇게 고하면 될 게요. 나는 오사카 성의 시동인 와키자카 진나이요.”

“오, 일곱 자루 창!”

그 말을 듣더니 쓰쓰이의 가신은 창황히 돌아갔다.

진나이 주종은 식사를 한 끼 하고 잠시 잠을 잔 뒤 아직 밤이 어두웠으나 진을 풀고 다시 급히 길을 가기 시작했다. 그날은 나라, 야규柳生, 사가라相樂를 지났다.

야규, 사가라 부근에 이르렀을 때 진나이가 큰 소리로 외쳤다.

“나는 하시바 나리의 가신인 와키자카 진나이 야스하루다. 히데요시 공의 명을 받아 이가의 다키가와 사부로베를 처단하러 가는 길이다. 우에노 성을 빼앗고 사부로베의 목을 얻은 후에는 어떤 자라도 그 공을 고해 큰 상을 받게 할 것이다. 때를 얻지 못해 벽촌에 묻혀 있는 용사는 모두 나오너라. 나야말로 초야에 묻힌 용맹스러운 자라 생각하는 자는 무기를 들고 나오너라. 이 기회를 놓치면 다시 세상에 나올 기회는 없을 것이다."

마을을 지날 때는 초가집 한 채만 봐도 그렇게 소리를 질러 외쳤다. 그 소리를 듣고 진나이의 부대에 합류한 사람이 순식간에 늘어났다.

"제가 길을 안내하겠습니다."

"저도 가겠습니다."

하지만 그 누구도 그들을 보며 우에노 공략의 전군이라고는 생각하지 않았다. 선봉의 극히 일부라 생각하고 가담했던 것이다.

다키가와 사부로베 다케토시는 녹봉 수만 석을 받는 노부오의 노신으로 이가 우에노 성에 적어도 이천 이상이 되는 병력을 가지고 있었다. 맨손에 가까운 진나이의 가신 삼십여 명으로는 그들을 도저히 이길 수 없으며, 또 이것이 총병력이라 해도 누구도 그 말을 믿지는 않았을 것이다. 하지만 진나이는 삼십여 명의 부하들과 길을 가며 얻은 이백여 명의 떠돌이 무사와 농병과 함께 우에노 성의 해자에 도착했다. 그리고 사부로베의 불의와 비열한 행위를 당당하고 통렬하게 비난했다.

"다키가와 사부로베는 이리 나와라. 부끄러움을 안다면 망루로 나와 나의 말을 들어라."

사부로베가 웃으며 답했다.

"진나이 나리시오? 참으로 잘 오셨소. 무사의 예에 따라 우선은 화살로 인사를 올리겠소."

그 순간 화살이 후두둑 날아왔다. 소수의 병력이었으나 진나이는 성벽에 들러붙어 저녁까지 분전을 벌였다.

밤이 되었다. 아무래도 저항이 약하다 싶어 이상히 여기고 있자니 곧 성주 다키가와 사부로베 이하 성안의 병사들이 뒷문으로 달아났다는 보고가 들어왔다. 진나이는 어처구니가 없었다. 진상을 파악하기 위해 성문 가까이로 가보았다. 총성도 울리지 않았으며 날아오는 화살도 없었다.

"아무래도 허언은 아닌 듯하구나."

진나이는 성문을 넘었다. 그리고 바깥쪽 성벽을 지나 혼마루로 들어가보았다.

"마치 텅 빈 성 같은데."

"장수인 다키가와 사부로베는 물론 성의 병사 하나 찾아볼 수 없어."

"이게 대체 어찌 된 일이지?"

진나이의 뒤를 따라 들어온 결사의 가신들도 뜻밖의 사실에 주위를 둘러보며 의심했다.

이세의 우에노는 쓰쓰이가 성주로 있던 때 이후로 이곳의 지세와 어우러져 난공불락의 성으로 유명했다. 거기에 호용豪勇을 자랑하는 다키가와 사부로베가 삼천에 가까운 병사들을 데리고 성에 의지해 방어한다면 와키자카 진나이가 아무리 죽음을 각오하고 공격한다 한들 기껏해야 가신 삼사십 명과 갑자기 끌어모은 지역의 무사 일이백 명으로는 절대로 짓밟을 수 없을 것이다. 그것을 사부로베가 모를 리 없었을 텐데 어째서 밤을 틈타 성을 버리고 우세한 병력을 거둬 이세로 퇴각해버린 것일까? 그러다 보니 진나이를 비롯해 성에 들어간 사람들 모두 무혈점령의 기쁨을 느낄 새도 없이 오로지 의심 속에 있을 수밖에 없었다.

"이상한데?"

"이해할 수 없는 일이야."

그때 진나이의 가신이 다급히 무엇인가를 고하러 왔다.

"뭐, 천수각의 벽에?"

진나이는 바로 그곳으로 달려 올라갔다.

천수각 삼 층의 하얀 벽에 다키가와 사부로베가 먹으로 시커멓게 써놓은 글이 남겨져 있었다.

이 성을 잠시 맡기겠다는 증서를 대신하는 글

어머니는 나의 태胎다. 태는 내 신명身命의 근본이다. 이 한 목숨 원래 주군의 집안에 맡겼으나 주군은 아직 병마의 명령을 발하지 않았다. 그 하루의 무사함을 틈타, 곧 인질로 잡힌 어머니를 훔쳐 그대의 의를 속였다. 죄는 크지만 불의를 탓하지 마라. 어머니의 아들이 아닌 자 어디 있겠는가? 그러니 그대의 정에 대해 쏠 화살이 없고, 그대의 은혜를 향해 피를 묻힐 칼이 없다. 따라서 그대가 주인의 집안에 대해 얻은 죄와 같이 나도 일단은 불충의 이름을 입어 이 성을 그대에게 맡겨 패자의 치욕을 참고 이세로 물러나겠다.

그대, 이를 받으라. 훗날 내가 이를 다시 빼앗으리라. 장래의 풍운을 말하기는 아직 이르다. 단지 지난날 그대의 한 조각 온정에 감사하며 무사로서 더욱 큰 공을 세우기 바란다.

사부로베 다케토시

사부로베의 글을 올려 읽고 내려 읽는 사이 진나이의 눈에서 뜨거운 눈물이 흘러내렸다.

곧바로 진나이는 오사카의 히데요시에게 이를 보고하고 명을 기다렸다. 이윽고 야마오카 다카카게山岡隆景가 오사카에서 사절로 와서 사실을 살펴보고 돌아갔다. 뒤이어 마스다 우에몬노조 나가모리增田右衛門尉長盛가 히데요시의 뜻을 받들고 사자로 왔다.

"히데요시 공께서 '진나이는 무사로서의 명예를 지켰다. 훌륭한 처사였다. 앞서 저지른 과오를 만회하고 부끄러움보다 더한 공을 세웠다'며 이만저만 칭찬하신 것이 아니오. 이대로 이가 성에 남아 견고히 지키라는 명령도 함께 내리셨소."

이로써 진나이는 앞서 저지른 죄도 추궁당하지 않고 크게 체면을 세우게 되었다.

구상

이가 우에노 성의 성주가 바뀐 것은 사사로운 일에서 비롯되었으나 이는 곧 히데요시와 오다, 도쿠가와 연합군과의 공식적 개전을 포고하는 단서가 되었다.

이세로 물러난 다키가와 사부로베는 곧 나가시마로 전령을 보내 글로 자세한 사정을 밝히고 벌이 내려지기를 기다렸다.

치욕을 참고 수장守將으로서 해야 할 임무를 외면한 채 성을 적의 손에 맡겼습니다. 어떠한 처벌도 받겠습니다.

노부오의 가슴에도 세 노신을 주살한 것에 대해 약간의 후회가 남아 있던 때였다. 그리고 사부로베 대해서는 원성사에서 히데요시에게 가담하지 않고 자신에게 진실을 고한 공도 있었다. 노부오는 이렇게 답했다.

처벌을 기다릴 필요는 없다. 그대의 군병은 곧 이세 이치시一志 군 마쓰가시마 성으로 향하라. 마쓰가시마 성은 역신 쓰가와 겐바의 성이었으나 겐바는 이미

나가시마에서 주살당했다. 그리고 이곳 나가시마에서 고즈쿠리 나가마사木造長政를 보내 토벌하게 했으나 아직 성이 떨어졌다는 보고가 없다. 그러니 그대는 나가마사의 부대와 합류하여 쓰가와의 가신들을 내몰고 그대로 마쓰가시마 성을 지키도록 하라.

노부오의 명령을 받은 다키가와 사부로베는 곧 마쓰가시마로 달려가 고즈쿠리 나가마사와 협력하여 그곳을 쳤다. 그리고 사부로베가 마쓰가시마에 입성할 무렵, 노부오로부터 두 번째 편지가 도착했다.

히데요시가 마침내 평소의 야심을 드러내 내게 공식적으로 전서戰書를 보냈다. 이에 대해 결코 대책이 없는 것은 아니며 이미 도쿠가와 나리의 원군이 속속 증파되고 있고 사이고쿠西國, 시코쿠, 기슈紀州 네고로根來의 세력, 호쿠에쓰北越의 삿사, 간토關東 일원도 우리에게 가담하여 호응할 것이다. 오다가와 연이 있는 제후인 이케다, 가모 등의 참가도 의심의 여지가 없다. 히데요시는 틀림없이 그 선봉으로 이세에 침공하여 서전을 펼칠 것이라 여겨진다. 주력인 이곳과 멀리 떨어져 있기는 하나 한마음으로 견고한 성에 의지하여 그 지방에서 선방, 분투하길 빌겠다.

노부오는 이 글을 보냄과 동시에 휘하인 사쿠마 진쿠로 마사카쓰佐久間甚九郎正勝에게 병사 오천여 명을 주어 이세의 스즈카구치鈴鹿口로 급히 달려가게 했다.

"미네노峰の 성을 신속히 수축하여 히데요시의 내습에 대비하라."

그리고 이치노미야一宮 성의 성주인 세키 시게마사關成政, 다케하나竹鼻 성의 성주인 후와 히로쓰나不破廣綱, 구로다黑田 성의 성주인 사와이 다케시게澤井雄重, 이와사키岩崎 성의 성주인 니와 우지쓰구丹羽氏次, 가가

노이加賀ノ井 성의 성주인 가가노이 시게무네加賀野井重宗, 고오리小折 성의
성주인 이코마 이에나가生駒家長 등 각 신하의 인질을 일제히 나가시마
로 받아들이고 자신은 기요스로 옮겼다. 그곳에서 비로소 그의 깃발은
공공연히 군사적 움직임을 분명히 하기 시작했다.

　나가시마 성에는 이코마 이에나가를 머물게 하고 노부오의 하타모
토旗本와 주력은 거의 대부분 기요스로 옮겨갔다. 3월 13일의 일이었
다. 물론 노부오 혼자만의 뜻에 따라 이러한 행동을 취한 것은 아니었
다. 아마도 13일에 도쿠가와 이에야스와 기요스에서 회견하자는 긴밀
한 연락이 있었던 듯 같은 날 도쿠가와 이에야스도 자신의 정예를 이
끌고 기요스로 갔다. 두 사람의 간담은 창의 그림자가 엄하게 경비를
서는 곳에서 몇 각에 걸쳐 행해졌다.

다른 빛깔의 꽃 두 송이

　미노의 요로 산과 이부키의 산간에는 예로부터《만요슈万葉集》와《고킨와카슈古今和歌集》에서도 쓸쓸하게 노래로 불린 몇 개의 오래된 역참이 있다. 세키가하라와 고난湖南 사이를 오가는 나그네들은 이 협곡 사이로 난 길을 걸을 때면 반드시 먼 시대 사람들의 시정과 길을 가는 마음을 그려봤다.

　도카이도東海道에서 옆으로 꺾어진 곳으로, 그것도 후와不破에서 이십 리, 다루이垂井에서 십여 리밖에 되지 않았다. 이부키 산자락이 남서쪽으로 흘러가는 야트막한 산지에 의지해 살아가는 사람들이 사는 집의 지붕들이 점점이 눈에 들어왔다. 마을의 이름은 이와테岩手 마을이며, 뒤쪽의 산은 보다이菩提 산이다.

　세상에서 그리 멀리 떨어져 있지 않으나 겨울에는 기온이 낮고 토지가 척박하기 때문에 오히려 산수가 맑고 아름다우며 사람들이 소박하고 말과 풍속에도 어딘가 무로마치 시대室町(1338~1573년) 이전의 예스러운 모습이 남아 있었다.

　지금은 3월 초순, 오와리 지방에 비해 보름 이상이나 늦다고 하는 매화꽃이 곳곳에 활짝 피었으며, 하늘과 새소리도 무척이나 맑아 봄이라고 하기에는 아직 쌀쌀한 느낌이 있었다.

"아저씨, 그 그림 주세요."

"아저씨, 우리한테 주세요."

"주세요, 아저씨."

아이들이 유쇼友松의 뒤를 따라왔다. 그림이라는 것을 분명히 알 수 있는 종이 하나를 유쇼가 손에 말아 쥐고 있었기 때문이다. 아이들은 화공 아저씨를 졸라대면 틀림없이 그림을 준다는 사실을 지금까지의 경험으로 알고 있었다.

"이건 줄 수 없다."

유쇼가 발걸음을 멈추고 뒤따라오는 아이들을 내쫓았다.

"다음에 그려주마. 오늘은 안 된다. 이건 너희에게 줄 수 없어."

"왜요? 왜요?"

"아이들에게는 재미없는 그림이니까."

"재미없어도 괜찮아요. 주세요, 아저씨."

"안 된다, 안 돼. 착한 아이는 그만 돌아가도록 해라. 얌전히 돌아가는 애에게는 다음에 좋아하는 것을 그려주도록 하마."

"그럼 그 그림은 누구에게 줄 건데요?"

"저기 있는 분에게."

유쇼는 손에 말아 쥐고 있는 종이로 사립문 쪽을 가리켰다.

"에이, 여승님께 드릴 거였어?"

아이들이 일제히 말했다. 그러고는 놀리는 듯 보조개를 지어 보이며 왔던 길로 흩어져 갔다.

"아저씨는 여승님에게만 그림을 그려준다니까. 쳇, 재미없어."

유쇼는 밝게 웃는 얼굴로 아이들의 뒷모습을 지켜보았다. 그는 친근한 풍모를 가진 탓인지 아이들에게 곧잘 놀림을 당했으며 험악한 세상에 집도 없고 몸을 지킬 그 무엇도 없었으나, 떠돌아 가는 곳에는 반드시 지기가 있다는 마음만은 잃지 않고 살았다.

지기는 저 사립문 안에도 있었다. 그가 이 마을에 들어온 뒤, 우연히 알게 된 젊은 비구니였다.

"계십니까?"

유쇼는 암자의 문을 밀고 들어갔다. 암자를 찾을 때마다 느끼는 것이지만 늘 비질 자국이 나 있는 정원은 평온해 보였고, 대나무 잎 너머로 실내까지 청결한 빛이 반짝였다.

"스님, 안 계십니까?"

대답이 없었다.

상냥한 여승은 암자를 새들에게 맡기고 어디 가까운 곳에라도 간 것일까? 유쇼는 발걸음을 멈추고 입을 다물었다. 그러자 여승이 아닌 다른 사람의 목소리가 어딘가에서 들려왔다. 그것은 이야기 소리가 아닌 책을 읽는 소리였다. 이야기책이라도 줄줄 읽어 내려가는 듯한 억양이었다. 목소리의 주인은 여승보다 젊은 여자인 듯했다.

얇은 종이를 바른 장지의 싸늘한 방 가운데 키가 낮은 작은 책상을 사이에 두고 열예닐곱 살로 보이는 어린 소녀가 여승 쇼킨松琴과 마주 앉아 있었다. 곁에는《겐지모노가타리源氏物語》가 몇 권이나 쌓여 있었다. 작은 책상 위에 펼쳐놓은 것은 그중 〈허물매미空蟬〉였다.

소녀는 책을 막힘없이 읽어 내려갔다.《겐지모노가타리》에서 〈허물매미〉나 〈댑싸리〉, 〈박꽃〉은 모든 사람들이 좋아하는 이야기라 외울 정도로 몇십 번이나 읽었다.

"어머…… 놀래라."

소녀가 갑자기 얼굴을 붉히며 책을 덮었다. 은행처럼 동그란 눈을 더욱 크게 뜨더니 한숨까지 내쉬었다. 갑자기 소녀가 열심히 문학을

공부하다 이상한 소리를 내자 《겐지모노가타리》 읽기와 해석을 가르
치는 쇼킨이 웃으며 말했다.

"어머, 오쓰於通[255]. 왜 그러니?"

쇼킨은 오쓰의 시선을 따라 툇마루의 명장지를 돌아보았다.

"놀랐어요, 스님……. 저 밖에서 누가 듣고 있잖아요."

"그럴 리 있겠니? 올 사람이 없는데."

"아니에요, 있어요. 아까부터 듣고 있었던 것 같아요."

"누굴까?"

"누군지 모르니까 더……."

"아마 얼마 전에 왔던 새끼 고양이가 또 왔나 보다."

쇼킨은 오쓰를 안심시키기 위해 자리에서 일어나 문을 열었다. 그런
데 뜻밖에도 한 사람이 툇마루 끝에 가만히 앉아 있는 것이었다. 안에
서 문이 열리자 황홀경에 빠져 있었던 듯한 손님도 놀란 듯 쇼킨을 바
라보았다.

"아이고."

"어머, 짓궂으셔라. 유쇼 님 아니세요."

쇼킨이 말하자 안에서 오쓰가 그것 보라는 듯 말했다.

"그것 보세요, 있잖아요, 다른 사람이."

서로 친한 사이인 듯, 쇼킨의 말에 따라 유쇼는 안으로 들어가 자리
에 앉자마자 변명을 늘어놓았다.

"이거 정말 죄송합니다. 실례했습니다. 겐지처럼 아녀자들의 은밀
한 세계를 엿보려는 건 아니었습니다만, 바깥이 너무 조용해서 계신

건지 안 계신 건지 몰라 정원까지 들어오고 말았습니다. 게다가 오랜만에 〈허물매미〉를 아름다운 목소리로 듣게 되어 그만 넋이 빠져서.”

오쓰가 책상과 《겐지모노가타리》를 다급히 방구석으로 치웠다. 그리고 일부러 약간 화난 듯한 표정을 지어 보였다. 오쓰의 성격을 잘 알고 있는 쇼킨이 재미있다는 듯 깔깔 웃으며 말했다.

“아니, 그렇게 신경 쓰지 않으셔도 돼요. 이 아이는 원래 좀 특이한 편이니까.”

그러자 오쓰가 더욱 새침하게 뽀로통해서 말했다.

“맞아요, 스님. 전 어차피 괴짜니까요.”

하지만 진짜로 화난 모습처럼 보이지는 않았다. 오쓰의 모습에는 오히려 애교가 섞여 있는 듯했다. 손님에게 공부를 방해받은 것에 대한 불평을 친절하고 순수한 마음으로 재치 있게 표현했다.

“하하하, 어쨌든 제가 잘못했습니다. 오쓰 님, 마음을 푸세요.”

“아니, 싫어요.”

“뭐, 싫다고요? 이를 어쩐다지. 죄송합니다.”

“그렇게 사과를 하시니 봐드리기로 하죠. 앞으로는 여자들이 사는 곳에서 그런 실례를 범하시면 안 돼요. 만약 남자들만 있는 자리였다면 무례함에 처단을 당해도 할 말이 없었을 거예요.”

“간담이 서늘해지는군. 정말 특이한 아가씨이기는 하네요. 흠……..”

유쇼는 그렇게 말하며 오쓰의 모습을 가만히 바라보았다. 처음부터 이 부근 산골에 있는 집안의 아가씨라고는 생각하지 않았다. 그런데 지금은 더욱 맑고 고운 모습으로 보였다. 겐지를 둘러싼 수많은 여성 중에서도 예를 찾아볼 수 없는 신선한 감각과 지성을 지닌 모습에 유쇼는 마음속으로 놀라지 않을 수 없었다.

‘이건 참으로 잘 만들어진 꽃이야. 순수할 뿐 아니라 예지의 결정이

라고도 할 수 있는 꽃…….'

지금까지 오십여 년을 사는 동안 젊어서는 여러 여자를 만나보았고, 험한 세상을 멸망한 무인에서 가난하게 떠도는 일개 화공으로 살았다. 그렇게 여러 사람과 세상의 경험을 거치며 자연스럽게 세상을 보는 눈, 바로 화가의 눈으로 그는 솔직하게 놀란 것이었다.

"스님, 제가 할게요."

쇼킨이 일어서려 하자 오쓰가 대신 서둘러 안쪽으로 들어갔다. 손님에게 차를 내기 위해서였다. 유쇼가 오쓰의 뒷모습을 바라보며 말했다.

"스님, 저 아이는 스님의 동생이나 친척의 딸이라도 됩니까?"

"그렇게 묻는 분이 많은데 동생도 조카도 아니에요. 저희 아버지 때부터, 그리고 돌아가신 오빠도 친하게 지내던 집안의 딸이기는 합니다만."

"그렇습니까? 저 나이 때 아가씨치고는 머리가 상당히 좋은 듯합니다. 《겐지모노가타리》를 읽는 것만 봐도 끊어서 읽어야 할 부분이나 대화체와 지문을 구별해서 읽는 방법 등을 알고 있다니 정말 놀랐습니다. 어쨌든 듣는 사람에게 《겐지모노가타리》의 향기와 정경을 그렇게까지 느끼게 할 수 있으려면, 읽는 사람이 그 내용을 충분히 이해하고 있어야만 합니다. 역시 유서 있는 집안에서 태어나 좋은 환경에서 자란 덕분이겠지요?"

"아니, 아닙니다."

쇼킨이 미소를 지으며 유쇼가 지레짐작으로 한 이야기를 바로잡아 주었다.

"시골 아이에요. 이곳 미노 지방 가운데 여기서 동쪽으로 팔십 리쯤 떨어진 곳에 기타카타고北方鄉 오노小野 마을이라는 곳이 있는데, 그곳에 사는 오노 마사히데小野政秀라는 사람이 오쓰의 아버지였어요. 그런데 마사히데 나리는 저 아이가 어렸을 때 전장에서 목숨을 잃었어요.
그 뒤로 가족과 가신들이 흩어져 저희 오빠가 잠시 맡아 기르다 열세
살 때부터는 연줄이 닿아 아즈치에서 일을 했어요. 보신 것처럼 저렇
게 영리한 아이라서 오쓰보네お局 님께도 사랑을 받았고 노부나가 공
께서도 매우 아끼셨어요. 하지만 덴쇼 10년(1582년)에 노부나가 공이
본능사에서 최후를 맞이하시고 아즈치도 그렇게 된 뒤로 가엾게도 당
시 열다섯 살 나이로 온갖 고생을 겪으며 마침내 이곳 미노로 돌아왔
습니다. 전쟁이라고 하면 진 쪽의 사람들만 가엽다고 여겨지지만, 사
실은 모두 피해를 입게 되잖아요. 어째서 저렇게 아무것도 모르는 여
자아이까지 끔찍하고 괴로운 경험을 해야 하는 건지……. 하지만 저
아이는 자신의 뛰어난 소질로 한창 자랄 나이에 겪은 어려움까지도 값
진 시련으로 되살리는 듯하니, 그것만 봐도 요즘 아가씨들과는 조금
다른 아이라는 생각이 들어요. 그래서인지 저렇게 천진난만한 모습도
있지만 때로는 남자도 미치지 못할 만큼 강인한 면도 보이기에 저도
가끔 깜짝 놀랄 때가 있어요.”

쇼킨이 말을 멈춘 것은 그때 당사자인 오쓰가 찻잔을 받침에 받쳐
청초하게 유쇼 앞에 올리러 왔기 때문이었다. 유쇼가 예를 갖춘 뒤 마
시고 난 빈 잔을 돌려주자 오쓰는 쇼킨을 위해 차를 타려고 다시 모습
을 감추었다.

“그렇습니까? 역시 그랬군요. 저러한 교양도 아즈치에서 몸에 익힌
것이겠지요. 그리고 지금은 스님 밑에서 훌륭한 여승이 되기 위해 수
련하고 있는 것입니까?”

“아니에요. 저 아이는 시골을 싫어해요. 아즈치 성 아래 마을과 성안
으로 쏟아져 들어온 이국 문화와 화려한 생활에 익숙해져 있으니 암자
에서 살겠다는 생각은 조금도 없을 거예요.”

"그렇습니까? 그도 당연한 일일 듯합니다."

"요즘은 여승이 아주 많지만 자신이 좋아서 여승이 된 사람은 아마 없을 거예요. 저희는 모두 난국의 폭풍에 떨어져버린 가지 없는 꽃이에요. 하물며 누구보다 뛰어난 소질을 가진 아이이니 기회만 있으면 제 곁을 떠나 도회로 가고 싶어 할 거예요. 저도 그것을 나쁘다고 말하고 싶지는 않지만, 아직은 평화로운 세상이라고 할 수 없으니 때를 기다리는 게 좋겠다며 마음을 달래기는 하나 저렇게 영리한 아이이니 언제까지 이 한가로운 산골에서 저와 함께 진일을 하고 책을 읽고 새소리만 들으며 있을지……."

쇼킨은 그 나이 무렵의 자신을 떠올리는 듯한 눈빛으로 자신이 없다는 듯 말을 끝맺었다. 그런 쇼킨도 나이는 아직 서른일고여덟 살밖에 되지 않아 보였다. 아직은 애처로울 정도로 젊다고 할 수 있을 만한 나이였다. 특히 정진을 하고 있는 탓인지 피부로 밀려드는 초로의 그림자도 보이지 않았기에 보는 사람으로 하여금 묘령의 나이 때는 참으로 아름다웠을 것이라는 생각이 들게 했다.

"아참, 내 정신 좀 봐. 유쇼 님, 얼마 전에는 호의에 기대어 큰 실례를 했습니다. 참으로 번거로우셨지요?"

쇼킨은 오쓰가 쇼킨 앞에 차를 내려놓자 그것을 기회로 자연스럽게 말을 바꾸었다. 그러자 유쇼가 뒤쪽에 놓은 종이 두루마리로 손을 가져가며 말했다.

"참, 그렇지. 이렇게 찾아온 것도 그 일 때문입니다. 그 뒤로 바로 작업을 시작해서 몇 번인가 고쳐 그린 끝에 마침내 밑그림이 완성되었기에 가져왔습니다. 우선 보시기 바랍니다. 그리고 마음에 들지 않는 점은 기탄없이 말씀해주시기 바랍니다. 그것을 참고로 밑그림을 다시 그려볼 테니."

유쇼는 그렇게 말하며 쇼킨을 향해 가지고 온 밑그림을 펼쳐보였다. 그리고 의뢰인이 감상을 마칠 때까지 조용히 기다렸다.

그것은 젊은 무사의 초상화였다. 물론 자세한 모습이나 색은 칠하지 않은 상태였다. 하지만 그렸다가 고치고, 다시 그렸다가 고쳐 몇 겹으로 된 선만 봐도 얼마나 고심하며 그렸는지 알 수 있었다. 미완성이라고는 하지만 전체적인 구성도 좋고 선 하나, 획 하나에서도 힘과 정신이 느껴져 이미 그대로 감상하기에 부족함이 없었다.

"어떻습니까?"

세 사람은 각자 침묵에 잠겨 그림을 바라보았다.

"아아……. 정말 닮았어요."

쇼킨의 눈에서 눈물이 솟았다. 그녀는 그림을 보고 있으나 그림을 보고 있지 않았다. 그림에서 세상을 떠난 오빠의 모습을 보고 있었다.

"정말, 그분 같아요."

오쓰도 역시 감탄한 듯했다.

"저, 이분이 누구인지 바로 알아봤어요. 틀림없이 제 가슴에 떠오른 분일 거예요."

쇼킨이 눈물을 감추려는 듯 화제를 돌렸다.

"오쓰는 이 그림 속 사람이 누구라고 생각하니?"

"스님의 오라버님 되는 분이시잖아요."

"어머, 잘도 아는구나……."

쇼킨이 그리움을 얼굴 가득 드러내며 말했다.

"그렇단다. 그런데 네가 그걸 어떻게 알았지?"

"무인의 초상화는 어떤 것을 봐도 강해 보이거나 권위를 과시하는 듯한데, 이 그림 속 사람은 갑주도 입지 않았고 결상에 앉아 부채를 들고 있는 모습도 아니고, 그렇다고 사모관대를 입은 모습도 아니에요.

어느 산골에나 있을 것 같은 평범한 무사가 평상복을 입은 채 양반다리를 하고 오도카니 앉아 있을 뿐이에요. 하지만 서책을 옆에 높다랗게 쌓아놓고 무릎 위에 펼쳐놓은 책 한 권에 깊이 빠져 있는 모습은 평범한 시골 무사와는 다른 점이에요.”

“단지 그것만 가지고 우리 오빠라고 생각한 거니?”

“아니요, 더욱 분명한 것은 무인이면서 무인답지 않은 인상을 주는 얼굴이에요. 선천적으로 나약한 것이 아니라 병에 걸리신 거겠죠. 학문이 깊으시고 예지가 넘치지만 젊은 나이에 돌아가신 분의 용모가 이 그림에서 생생하게 느껴지거든요.”

“그래……. 정말 그렇구나. 나도 마치 살아 계신 오빠를 보는 듯한 마음이 들어서.”

“그리고 옷에 새겨진 문양을 보세요. 동그라미 속에 덩굴의 잎이 그려져 있잖아요. 동그라미 속에 덩굴 잎이 그려진 문양은 이 암자 뒤로 오를 수 있는 보다이菩提 산성의 낡은 기와에서도 볼 수 있는 거예요. 더 생각할 것도 없이 그 옛날 보다이 산의 성주였다가 훗날 구리하라栗原 산으로 몸을 숨기셨으나 하시바 히데요시 님이 수차례에 걸쳐 간곡히 청하자 어쩔 수 없이 히데요시 님의 휘하로 들어가 주고쿠를 공략할 때 히라이平井 산의 장기전에서 병이 중해져 결국에는 세상을 떠나셨다고 들은…… 그 다케나카 한베 시게하루竹中半兵衛重治 님이야말로 이 초상화 속 인물임에 틀림없어요. 그렇죠, 스님? 제 말이 맞죠?”

“……”

쇼킨은 추억에 잠겨 눈을 감고 옆을 향해 고개를 숙인 채 아무런 대답도 하지 않았다. 다케나카 한베의 여동생이라고 하면, 이 여승 쇼킨이야말로 병든 오빠의 수발을 위해 구리하라 산의 산속에 함께 있었던 산나리와도 같은 가련한 여인 오유おゆう임은 말할 것도 없다.

  산에서 내려와 시대의 호수와 권력의 중심에서 살면, 대쪽같이 절조
가 높았던 오빠도 결국은 히데요시의 군사가 되어 주인을 섬기는 삶을
피할 수 없었다. 그러니 아녀자인 오유가 히데요시의 눈에 띄어 정염의
유혹을 끝내 이기지 못하고 측실이 되었던 것은 어쩔 수 없는 일이었다.
하지만 오빠 한베에게 그 사실은 평생 남모를 불쾌감과 고통이었다. 오
유도 애초부터 그런 오빠의 마음을 깨닫고 있었기에 언젠가는 히데요
시의 총애에서 벗어날 날을 기다리고 있었다. 그러는 사이 그녀는 히라
이 산의 전투에서 오빠가 세상을 떠났다는 소식을 듣게 되었다.

  오유는 그것을 계기로 히데요시에게 떠나게 해달라고 청했고, 히데
요시는 한베의 죽음으로 비탄에 잠겨 있을 때라 망설임 없이 그녀의
청을 들어주었다. 그리고 그녀는 오빠의 유골을 안은 채 미노로 돌아
와 머리를 깎고 이름을 쇼킨이라고 바꾼 뒤 암자에서 정갈한 마음으로
생활해왔다.

조용한 밤의 시끄러운 손님

"고맙습니다."

쇼킨은 유쇼에게 기쁨을 드러내며 진심으로 감사의 인사를 전했다.

"마치 살아 계신 분을 그린 것 같습니다. 이와 같은 그림을 그려주신다면 아마 묘심사妙心寺(묘신지)에 봉납하기 아까워 언제까지고 저와 함께 이 초암에 둘지도 모르겠습니다."

한베 시게하루의 죽음은 덴쇼 7년(1579년) 7월의 일이었으니, 아마도 쇼킨은 올해로 꼭 칠 년째 기일을 맞아 그림을 표구하여 묘심사에 공양할 생각이었던 듯하다. 그래서 때마침 이 지방으로 흘러 들어온 가이호 유쇼海北友松에게 오랜 소망을 말해 휘호를 부탁한 듯했다.

"그야, 사원에 봉납하는 것보다 스님 곁에 두고 조석으로 추모하는 편이 고인께서도 기뻐하시겠지요. 화공인 제게도 그러는 편이 더 감사할 것입니다."

유쇼가 말을 이었다.

"밑그림입니다. 얼마든지 수정할 수 있습니다. 달리 원하시는 것이나 만족스럽지 않은 부분이 있으면 어려워 말고 말씀해주시기 바랍니다."

유쇼는 그 말을 몇 번이고 되풀이했다. 쇼킨이 아무 말 없자 그는 그 그림을 기본으로 완성하겠다고 말하며 자리에서 일어났다.

"벌써 저물녘인데요."

쇼킨과 오쓰가 그를 만류했다.

"아무것도 없지만……."

그렇게 말하며 한 사람은 서둘러 부엌으로 갔고 다른 한 사람은 등불을 켰다. 그리고 유쇼가 돌아갈 틈도 주지 않고 곧 저녁상을 차려 왔다.

"얻은 것으로 직접 빚은 것입니다. 맛난 음식은 없지만……."

쇼킨은 유쇼에게 술을 권하고 마음을 가득 담아 음식을 대접했다. 하지만 그녀는 유쇼가 그림을 성심껏 그려준 것에 비하면 이 정도의 정성은 오히려 부족한 편이라고 여기는 듯했다.

유쇼는 술을 좋아했고, 숙소로 삼고 있는 농부의 집으로 돌아가도 말벗이 없었기에 자리를 잡고 앉았다.

"여승방에서 술을 마시면 사람들의 입에 오르내릴 테지만 이렇게 신경을 써주시니 말씀에 따르겠습니다."

매화향 풍기는 좋은 계절의 저녁, 유쇼는 오랜만에 알큰하게 좋은 기분을 맛보았다.

"마을 사람들의 말 같은 건 신경 쓰지 않으셔도 돼요."

쇼킨이 술을 권하며 말했다.

"저희 승방에 있는 자들은 세상 사람들의 말에는 조금도 신경 쓰지 않으니까요. 나리도 권세에 굴하지 않고 흰 구름을 벗 삼는 세계의 화공이면서 어찌 그런 말씀을 하십니까?"

"하하하, 아픈 곳을 찌르십니다, 스님. 저야 어찌 되든 상관없지만 스님께 폐가 될까 하여."

"아니, 아닙니다. 조금도 폐가 될 건 없습니다."

"하지만 이 유쇼는 지명수배자입니다. 알고 계셨습니까?"

"지명수배자라니요?"

"재작년 야마자키 전투 이후 교토 산조三條의 강변에서 두 차례에 걸쳐 수급을 훔친 자가 나타났습니다. 일패도지一敗塗地한 아케치 쪽 사람들의 목이 차례차례 교토의 강변에서 사라진 일이 있지 않았습니까?"

"피비린내 나는 세상일은 잊은 지 오래입니다. 풍문으로 듣기는 했습니다만."

"오구르스小栗栖의 마을에서 농민들에 의해 목숨을 잃은 미쓰히데光秀 나리의 수급이 어느 날 밤 누군가에 의해 도둑을 맞았습니다. 그로부터 며칠 뒤 아케치 가의 노장인 사이토 구라노스케 도시미쓰齋藤內藏助利三 나리의 수급 역시 사라졌습니다. 교토에서 일어난 소동은 이만저만한 것이 아니었습니다. 하하하하."

"그 하수인이 유쇼 님이셨습니까?"

"당시의 소문은 그랬습니다만."

유쇼는 부정도 긍정도 하지 않고 그저 웃기만 했다. 무장의 생활을 포기하고 주인 없는 산수에 몸을 맡겨 생활한 지도 이미 오래되었지만 호연하게 웃을 때면 그 웃음 어딘가에 스산한 전장에서의 목소리가 남아 있는 듯했다.

유쇼 역시 다케나카 한베나 오쓰의 아버지인 오노 마사히데와 마찬가지로 이른바 미노의 무사라 일컬어졌던 이나비稻葉 산의 사이토 요시타쓰齋藤義龍의 가신이었다. 주인 사이토가 노부나가에게 멸망당한 에이로쿠 6년(1563년)을 전기로 다케나카 일족과 오쓰의 아버지와 가이호 유쇼는 각자 서로 다른 운명으로 갈라서게 된 것이었다.

오늘 밤 등불 아래 모인 세 사람은 동향 사람으로 한 나무에서 자란 싹이 세월을 거쳐 모이게 된 것이라 해도 좋을 것이다. 아니, 서로 말하지 않았으나 각자의 가슴속에는 그런 기분이 들었을 것이라 여겨진다.

다케나카 한베가 죽은 지 칠 년이 되는 해에 우연히 그 혈연으로부터 그림을 부탁받은 유쇼는 그러한 인연을 떠올리며 그림에 한층 더 정성을 쏟았을 것이다. 한베가 구리하라 산으로 숨어들고, 히데요시의 부름을 받은 뒤 끝내 만날 기회를 얻지 못했으나 약관의 시절에는 한베를 몇 번이나 직접 봤다. 뜻밖에도 그 기억이 도움이 되어 그림의 선 하나하나를 채워 나갈 수 있었다.

'어쨌든 참으로 아까운 사람이었어.'

유쇼가 회상에 잠긴 것 이상으로 쇼킨도 오빠를 수발했던 구리하라 산의 봄밤을 떠올리고 있었다. 그래서인지는 모르겠으나 쇼킨이 참으로 드물게도 이렇게 말했다.

"손님께 대접한 음식이 너무나도 초라합니다. 하다못해 이 비구니의 가야금이라도 들려드리고 싶습니다."

"네, 그러세요."

오쓰는 흥에 겨웠는지 한쪽 벽에 있던 가야금을 얼른 끌어안고 왔다. 그러더니 유쇼에게 소개하듯 말했다.

"스님은 가야금을 얼마나 잘 연주하는지 몰라요. 비밀리에 내려오는 곡을 모두 터득하고 계셔서. 하지만 누가 부탁해도 거의 들려준 적이 없었어요. 오늘 밤에는 마음이 크게 동하셨나 봐요."

오쓰는 뜻밖의 행운을 만났다는 듯, 뒤로 물러나 마음을 정갈히 하고 연주되어 나올 곡을 기다렸다. 쇼킨이 가야금을 앞에 두고 줄을 고르면서 말했다.

"저보다 돌아가신 오라버니가 가야금을 더 잘 타셨어요. 구리하라 산의 집에서 제가 가야금을 타고, 또 오라버니가 가야금을 타며 달밤이 깊어가는 것도 잊은 적이 있었어요."

쇼킨은 당시의 오빠 모습을 떠올리는 듯했다. 유쇼는 손에 든 잔을 내려놓는 것도 잊고 크게 고개를 끄덕였다. 현이 울리기 시작했다. 아름다운 음계가 열세 개의 현에서 끝없는 변화를 빚어내다 다시 하나의 향음響音으로 통일되고, 갑자기 무너지고 흐트러지고 서로 다가가다 흩어졌다. 듣고 있자니 앉은 채 파도 밑으로 가라앉는 듯한 기분에 휩싸이는가 싶다가도 밝고 반짝이는 천계와 같은 곳으로 마음을 데려가기도 했다.

'길고 끝이 없는 문화의 변이, 그리고 흥망의 수많은 변화, 때로는 번성하고 때로는 가라앉고 비탄하고 환희하고 유희하고 다투는 인간의 운명, 그 모습을 음계로 표현한 듯하구나. 빗소리, 새가 지저귀는 소리, 벌레가 우는 소리 등 자연의 모든 소리가 담긴 듯하구나. 참으로 신비로운…….'

유쇼는 어떤 곡인지 알지 못했다. 그는 음악에 대한 지식이 없었다. 하지만 눈을 감고 있으면 그렇게 느껴지는 만상이 환영처럼 뇌리를 오갔다. 그때 꿈결에 빠진 사람들을 두드려 깨우듯 암자의 사립문 밖에서 사람의 목소리가 들려왔다. 말발굽이 멈춘 듯한 소리도 들려왔다. 그리고 뒤이어 문가에서 무사인 듯한 사람이 부르는 소리가 들렸다.

"실례하겠습니다. 실례하겠습니다. 여기가 쇼킨 스님의 거처입니까?"

"밖에 손님이 오신 듯한데……."

유쇼가 쇼킨의 주의를 환기시키듯 중얼거렸으나 그녀는 조금도 신경 쓰지 않고 여전히 연주를 했다. 마침내 끝까지 연주하고 난 뒤에야 오쓰에게 천천히 말했다.

"이런 밤중에 누가 온 걸까? 나가보아라."

"네."

잠시 뒤 오쓰가 돌아와 고했다.

“손님이 계신 듯해서 이름은 밝힐 수 없지만 스님께서 보시면 아실 것이랍니다. 교토 부근의 무사인 듯한 사람이 아랫사람 셋과 함께 말 두 필을 끌고 와서 서 있습니다.”

뜻밖에도 쇼킨이 머리를 세차게 흔들며 말했다.

“이런 밤에 이름도 밝히지 않는 분과는 만날 수 없구나. 이곳은 여승방이니 묵을 곳이 필요하다면 다른 데서 찾으시라고 전해라.”

“네.”

오쓰가 다시 밖으로 나갔는데 이번에는 꽤나 애를 먹으며 승강이를 벌이는 듯했다. 그러자 유쇼가 자리에서 일어났다.

“저도 모르게 그만 오래 머물고 말았습니다. 교토 방면의 무사라니 일이 귀찮아질지도 모르겠습니다. 이 수배자는 달아나기로 하겠습니다. 아아, 덕분에 참으로 좋은 시간을 보냈습니다.”

“어머, 그러실 필요 없으시잖아요.”

“아닙니다. 얼큰하게 기분이 좋을 때 밤 매화를 구경하며 돌아가도록 하겠습니다.”

“그러시겠습니까?”

쇼킨이 직접 배웅했다.

마흔 살 정도의 위엄 있는 차림을 한 무사는 문을 가로막고 서서 오쓰와 승강이를 벌이다 방 안에서 거나하게 취해 나온 사내를 수상쩍다는 듯 가만히 바라보았다. 그러고는 다시 쇼킨의 얼굴을 보고 이는 당치도 않은 일이라는 듯한 표정을 지으며 밖으로 나가는 유쇼의 뒷모습을 빤히 바라보았다. 그는 유쇼의 모습이 사립문 밖으로 사라지기를 기다렸다가 쇼킨에게 인사를 건넸다.

“잊으셨을지 모르겠으나 하시바 가의 신하인 무토 세이자에몬武藤清左衛門입니다. 그리고 여기에 있는 자는…….”

그는 뒤에 서 있는 승려 하나를 가리키며 말했다.

"묘심사 탑두대심원의 승려이신 젠조스漸藏主입니다."

"그렇습니까? 안으로 드십시오."

쇼킨은 귀한 손님을 맞는 듯한 모습도 아니었으며, 그렇다고 해서 움츠러드는 듯한 기색도 없이 그들을 안으로 안내했다.

가야금과 밥상은 치울 새도 없었기에 방구석으로 밀어놓은 상태였다. 승려인 젠조스는 마치 자신의 치욕이라도 되는 양 얼굴 가득 업신여기는 듯한 표정으로 함께 온 사람에게 눈짓을 했다.

"무슨 일이십니까?"

쇼킨의 말에 무토 세이자에몬은 쇼킨이 먼저 말을 꺼내 다행이라는 듯 지켜야 할 예의도 잊은 채 답하기 시작했다.

"사실을 말씀드리자면 우리는 은밀한 명을 받고 오사카 성에서 기소木曾 강 근처에 있는 구로다黑田 성까지 내려온 자들이오. 그런데 주인 히데요시 님께서 그리 멀리 돌아가는 것도 아니니 보다이 산의 기슭을 찾아가 근황을 물어보라 하셨소. 그랬기에 후와에서 일부러 돌아온 것이오."

"고생이 많으십니다."

쇼킨이 남의 일처럼 말했다.

무토가 말 등에 싣고 온 물건들을 쇼킨 앞에 내보였다. 모두 히데요시가 보내는 물건이었다. 이중으로 된 상자에는 다기가 들어 있는 듯했고, 비단도 몇 필이나 되었고, 그 외에 금은으로 따져도 적지 않은 물건이었다.

쇼킨은 그 물건에서 히데요시의 정을 보았다. 세월이 흘러도 잊지 않았다는 사실은 머리를 깎은 사람에게도 역시 기쁜 일이었다. 남녀의 애욕이 아닌 인간과 인간이 서로 기뻐하는 정애는 더욱 순수한 법이다. 아마도, 아니 분명히 히데요시의 미음도 그러한 것이었으리라.

'지금의 신분으로는 필요 없는 물건이기는 하나 그 마음만은 감사히 받기로 하자.'

그녀는 그렇게 생각하며 깊은 예를 표하고 두 사람에게 말을 전했다.

"오사카에 돌아가시거든 이렇게 아무 일 없이 잘 지내고 있다고 전해주시기 바랍니다."

"그대로 전하겠소."

세이자에몬이 대충 대답했다. 원래 주인이 마음을 주었던 여자라 좀 더 정중하게 대해야 했으나 문 앞에서 이상한 사내를 보았고 여승방에서 세상의 이목도 꺼리지 않고 가야금 소리가 들려왔으며 술잔도 보았기에 존경심을 잃어 의식적으로 소홀히 대할 수밖에 없었다.

쇼킨은 평소에도 원하지 않는 손님에게는 좋지 않은 얼굴을 보였기에 세이자에몬이 무례하든 말든 개의치 않았다. 그녀는 오히려 방을 치우고 있는 오쓰에게 우스갯소리를 건넸다. 세이자에몬도 함께 온 젠조스와 사담을 나눴다. 그리고 얼마 뒤 젠조스가 쇼킨에게 말했다.

"중요한 얘기가 있으니 저 소녀를 잠시 물릴 수 없겠소?"

쇼킨은 어렵지 않은 일이라며 오쓰에게 뜻을 전했다. 곧 오쓰가 물러나자 세이자에몬이 태도를 바로 하고 입을 열었다.

세이자에몬이 꺼낸 밀담이란 다음과 같은 것이었다.

마침내 피할 수 없는 것이 시작될 형세가 무르익었다. 지금까지의 싸움은 이번 전쟁에 이르기 위한 전초전에 지나지 않으며 이번에야말로 천하를 다투는 싸움이 되리라. 아니, 그것은 이미 이세와 그 외의 각지에서 시작되었다.

유력한 무문에 대한 기타바타케 노부오의 호소 전략이 갑자기 활발해졌다. 그중에서도 도카이의 도쿠가와 이에야스와는 전폭적인 공수

동맹을 맺었으며, 이에야스 또한 움직임을 분명히 했다. 그리고 첩보에 따르면 이번 3월 중순에 노부오가 기요스로 옮겼으며, 이에야스도 오카자키에서 나와 기요스로 갔다. 양자가 회동하여 작전을 짰고 대대적으로 히데요시의 죄를 알려 자신들의 명분을 천하에 전하고 당당하게 연합군을 진격시킬 예정이었다.

그렇다면 이번 대전의 결전장이 되리라 여겨지는 지역은 아무래도 이세, 미노, 미카와를 외곽으로 하고 있으며, 기소 강을 중심으로 하고 있는 비노尾濃의 산야가 될 것임은 말할 필요도 없는 사실이었다.

히데요시 쪽에서도 그러한 일들에 대해 빈틈없이 준비하고 있었다. 오사카 성은 이미 준공된 상태였다. 교토의 치민 조직도 대부분 갖춰졌다. 이 새로운 판도, 새로운 세력의 중심에서 그들의 말과 기치가 오기를 순순히 기다릴 리가 없었다. 단번에 동쪽으로 내려가 도쿠가와와 기타바타케 연합군과 맞설 예정이었다.

기소 강 부근의 전략적 요충지이자 오와리로 가는 샛길을 가로막고 있는 구로다 성은 사와이 사에몬 다케시게澤井左衛門雄重라는 사람이 지키고 있었다. 중요한 곳을 맡고 있는 만큼 기타바타케 주조(노부오)는 그를 신뢰했다.

결코 쉬운 일은 아니지만 어떻게든 그를 설득해서 아군으로 만든다면 기소 강을 건너기에 편한 것은 물론이고, 전략지의 칠 부에 가까운 곳을 점할 수 있었다. 게다가 오와리 미카와로 들어가기도 쉬웠고, 연합군의 진출도 막을 수 있었다.

"어떻게 해서든 사와이를 설득해야 하네. 이체를 얻는 데 물건을 아끼지 말게. 그가 원하는 조건은 모두 들어주어 어떻게 해서든 설득하고 오게."

히데요시의 명령이었다. 히데요시는 사자로 무토 세이자에몬만 보내는 게 마음이 놓이지 않아 대심원大心院(다이신인)의 말솜씨가 좋은 승려 젠조스를 붙여 출발하게 했다. 출발하기에 앞서 히데요시가 다시 명을 하나 더 내렸다.

"헤어진 지 칠 년이 지난 한베의 여동생인 오유는 잘 지내고 있는지 도중에 들러 소식을 물어봐주기 바라네."

히데요시는 정이 많았다. 특히 여자에게는 더욱더 친절하고 상냥한 주인이었다. 세이자에몬은 명을 받들어 출발했는데 적지로 반간계를 쓰기 위해 들어가는 목숨을 건 사자로서 그냥 들르는 것은 사치라는 생각이 들었다. 그랬기에 젠조스와 도중에 논의를 했다.

"이는 오히려 뜻밖의 행운일세. 오유 님이 계신 곳에서 목적지인 사와이 사에몬의 성까지는 겨우 백이삼십 리밖에 되지 않아. 갑자기 구로다 성으로 찾아가는 것은 위험할 수 있고 실패할 가능성도 있어. 우선은 보다이 산의 기슭을 기반으로 삼아 계책도 세우고 여장도 바꾸어 만전을 기한 뒤 구로다로 들어가기로 하세. 이보다 더 좋은 계책도 없으며, 그를 위해서는 더할 나위 없이 좋은 기반이 될 것일세."

젠조스도 그것을 명안으로 여겼다. 만약 실패한다면 서로 살아 돌아갈 수 없는 일이었다. 지혜를 짜내지 않으면 안 되었다. 두 사람은 공명에 위험은 늘 따르는 법이지만 목숨을 잃으면 아무런 의미도 없다고 생각했다.

무토 세이자에몬은 이러한 사실을 쇼킨에게 있는 그대로 털어놓지 않았다. 쇼킨에게는 일부만 이야기한 뒤, 자신들의 생각을 히데요시의 명령이라고 말했다.

"폐가 되는 줄은 알지만 당분간은 이곳을 우리의 숙소로 삼아야겠소. 그리고 내일이라도 그대가 구로다 성까지 가서 수고를 좀 해주셨으면 하오."

세이자에몬이 목소리를 낮추기도 하고 높이기도 하며 장황하게 늘어놓는 이야기를 쇼킨은 말없이 들었다. 그러고 나서야 마침내 남의 일이라도 되는 양 무표정한 얼굴로 물었다.

"글쎄요, 제가 어째서 구로다에 가지 않으면 안 되는 건지요?"

세이자에몬이 초조한 마음으로 쇼킨의 냉정한 물음에 답했다.

"주군의 뜻이오. 우선은 그대를 구로다 성으로 은밀히 보내 사와이의 속내를 살펴본 뒤, 그대의 주선으로 만나는 것이 사람들의 눈에도 띄지 않는 좋은 방법이라고."

"거절하겠습니다."

"어째서?"

세이자에몬이 날카롭게 물었다.

"저는 보시는 것처럼 아무런 도움도 되지 않는 사람입니다. 부처님의 제자입니다. 전쟁에 도움이 될 만한 사람이 아닙니다."

"아니, 아니. 비구니이기에 오히려 도움이 되는 게요. 오사카 나리의 명령이니 싫다고는 할 수 없을 게요."

"어떤 분의 명령이든 그와 같은 일에 관여한다면 돌아가신 오라버니께서 슬퍼하실 것입니다. 오라버니는 무문에서 태어나 무문의 숙명을 잘 알고 계셨던 분이었습니다. 그런 오라버니가 끝내 마다하지 못하고 군중으로 들어가신 것은 히데요시 님이 오라버니 이상으로 매우 뛰어난 인물이셨기 때문일 것입니다. 오라버니께서는 구리하라 산에서 내려올 때부터 히라이 산의 진영에서 병으로 돌아가실 때까지 당신 스스로를 비웃으셨습니다. '이렇게 하면 이렇게 될 줄 알고 있었으면서 역시 이렇게 하고 말았다. 어리석은 인간이여. 애야, 너는 강인하게 살아가도록 해라' 이렇게 말씀하셨기에 머리를 깎고 히데요시 님과 작별한 것입니다. 잘 분별하시기 바랍니다."

“…….”

세이자에몬은 할 말을 잃고 말았다. 하지만 변설가인 젠조스가 쇼킨의 말을 비웃으며 말했다.

“스님, 말씀은 그럴듯하오만, 그게 사실이오?”

젠조스가 나무라듯 말했다.

“조금 전에 살금살금 빠져나간 사내는 누구란 말이오? 여승방에서 가야금 소리가 들리는 것이야 그렇다 해도, 사내를 끌어들여 술을 마시는 것은 어떨지? 요즘 혼란스러운 세상을 틈타 승려들의 행실이 문란해져만 가고 있는데 특히 비구니라는 암컷들의 행실이 좋지 않아. 교토에서도 호색한들이 비구니 맛을 모르면 색에 대해 이야기할 자격이 없다고 하는 소리를 하던데 설마 이런 산골에까지 문란한 풍습이 전해졌을 줄은 생각하지 못했어. 아무리 타락했다고는 하지만 예전을 생각하면 참으로 부끄러운 일 아니오? 히데요시 공의 얼굴에 먹칠을 하는 짓이오. 이런 비구니에게 큰일을 부탁할 수는 없습니다. 무토 나리, 더 앉아 있을 필요 없을 듯합니다. 그만 돌아가기로 합시다.”

선승들은 대부분 입이 험한 편이었다. 특히 젠조스는 노련한 솜씨로 혀를 놀리며 차마 듣고 있을 수 없을 정도의 말을 퍼부었다.

“돌아가시렵니까? 그럼 어서 가십시오.”

하지만 쇼킨은 말리지도 않고 살짝 미소까지 지으며 두 사람을 바라보았다. 세이자에몬이 난감하다는 표정을 지었다. 이곳에서 나서면 갈 데가 없었다. 그는 젠조스의 말이 조금 지나쳤다고 생각했다. 하인들까지 총 다섯 명이었고, 여관도 없는 산촌을 어슬렁어슬렁 돌아다닌다면 사람들의 입에 오르내리게 될 게 뻔한 일이었다. 큰일을 앞두고 작은 일에 발목을 잡히는 꼴이었다. 그렇게 생각했기에 세이자에몬이 급히 사과를 하며 화가 나지도 않은 쇼킨을 자꾸만 달랬다.

"스님, 너무 마음 상해하지 마시오. 젠조스는 유명한 독설가요. 그것
도 진심으로 한 말이 아니오."

쇼킨이 우스워서 견딜 수 없다는 듯 웃음을 터뜨렸다.

이윽고 세이자에몬이 하인을 불러 여기서 묵겠다고 하고, 말 묶을
곳을 오쓰에게 물은 뒤 여장을 풀기 시작했다.

"한밤중에 내쫓는 것도 무자비한 일이겠지요. 마음 내키는 대로 쓰
시기 바랍니다."

쇼킨은 그렇게 말한 뒤 다리 모양의 가느다란 복도를 넘어 맞은편
조그만 방으로 모습을 감췄다. 무토의 하인들은 오쓰에게 부엌으로 안
내를 받아 그곳에서 밥을 짓느라 한바탕 소란을 피웠다. 먹을 것은 말
의 등에 싣고 왔으며 지방의 술은 마실 수 없다는 듯 교토의 술까지 가
져왔다.

"이거 지고 말았군. 오늘 밤에는 지고 말았어."

젠조스가 새빨갛게 물든 얼굴을 흔들며 말했다. 대단한 애주가로 여
행 중에도 술을 마시지 않으면 잠을 자지 못하는 사람 같았다.

"뭐가 졌다는 게요?"

세이자에몬이 궁금히 여기며 물었다.

"그게, 조금 전에 했던 말은 승려들만의 비법으로 기선을 제압하기
위한 것이었는데 저 여승은 꿈쩍도 하지 않았습니다."

"자주 쓰는 수법인가? 나도 배워둘 필요가 있겠군."

"과연 한베 시게하루의 동생답습니다. 대단합니다. 저 사람이라면
구로다 성으로 가서도 일을 잘 처리할 것입니다."

"하지만 가지 않겠다고 하지 않는가?"

"내일 아침에 다시 한 번 청해보겠습니다. 그래도 듣지 않는다면 어
쩔 수 없지만."

"오늘 말하는 것으로 봐서는 듣지 않을 듯하오."

"그러게요, 듣지 않을 듯합니다. 참으로 근래 보기 드문 여승을 만났습니다. 뛰어난 여승들 중에는 남자도 당해내지 못할 자들이 있습니다."

"매우 감탄한 모양이군."

"말로만 듣던 여승 에슌慧春과도 같은 자입니다."

"여승 에슌은 어떤 사람인가?"

"가마쿠라鎌倉 시절(1185~1333년)에 사가미相模의 가스야糟谷에서 태어나 꽃과 같은 미인이었으나 나이 서른이 넘자 비구니가 되어 수많은 연인을 깜짝 놀라게 했습니다. 그런데 선문에 든 이후에도 젊은 승과 노승들이 끊이지 않고 따라다녔습니다."

"가마쿠라 시대에도 귀승과 같은 자들이 아주 많았던 모양이로군."

"하하하하하. 그렇습니다. 그런데 그중 아주 열렬한 승 하나가 있어서 목숨을 걸 정도로 여승을 사랑했지요. 어느 날 밤, 완력조차 불사할 것 같은 무시무시한 형상으로 자신의 정욕을 채우게 해서 불꽃과도 같은 고통에서 벗어나게 해달라고 강요했습니다. 그러자 에슌이 이렇게 말했다고 합니다. '어렵지 않은 일입니다. 하지만 그대도 승려, 저도 승려이니 속되지 않은 곳에서 교합하여 서로 즐겼으면 합니다. 그런데 스님께서 그 자리에 가서 싫다고 하시는 건 아니겠지요?'라고 다짐을 했습니다."

"오호, 그래서?"

"불꽃과도 같은 연정을 품은 젊은 승려는 그럴 리 없다고 대답했습니다. 만약 여승이 자신의 소망을 들어준다면 물불을 가리지 않겠다고 약속했습니다. 며칠 뒤, 료안了庵의 불당에 산 전체의 대중이 운집했습니다. 그런데 비구니 한 명이 새하얀 전신에 실오라기 하나 걸치지 않고 알몸의 관세음이 아닐까 여겨지는 모습으로 당당하게 계단 위에 서서 아름답기 짝이 없는 목소리로 대중을 향해 말했습니다. 며칠 전 밤에 여승방으로 숨어들어 오셨던 스님, 약속대로 오늘 여기서 교합하기로 합시다. 얼른 오셔서 그대의 욕정을 마음껏 푸시기 바랍니다."

"깜짝 놀랐겠지, 그 산의 선승들도."

"그 젊은 승은 달아났다고 합니다."

"아아, 가엾기도 하지. 젊은 승려에게 동정이 가는데."

"그럴 가치도 없습니다. 선문에 들지 않는 편이 좋았을 것입니다."

"그럴지도 모르겠군. 그런데 에슌이 그렇게 미인이었단 말인가? 듣기만 해도 아깝다는 생각이 드는군."

"에슌에 대해서는 좀 더 재미있는 이야기도 있습니다만……. 이쯤에서 그만두기로 하겠습니다."

"왜, 왜 그러는가?"

"아무리 저라고 하지만 아름다운 처녀 앞에서 하기는 좀 어려운 얘기라."

그 말을 듣고 세이자에몬은 깨달았다. 언제부턴가 오쓰가 와서 앉아 있었던 것이다. 하얀 얼굴에 깜빡이는 등불의 빛을 받으며 젠조스의 노골적인 이야기에도 무풍 속의 꽃가지처럼 조용히 있었다.

"아, 여기에도 에슌이 한 사람 더 있었군."

세이자에몬이 정말 놀랐다는 듯한 목소리로 말했다.

방랑자

여기서 시야에 들어오는 곳을 모두 조감해보기로 하자.

비노 일원의 평지에는 그물코와도 같은 교통로와 정맥, 동맥과도 같은 크고 작은 하천과 주위의 산악 지방에서 흩어져 갈라져 나와 솟아 있는 것 같은 구릉과 무수한 촌락과 요소요소에 놓인 바둑돌처럼 번화가가 있고, 또 성이 있다.

작은 도회의 성지를 중심으로 세력이 복잡하게 뒤얽혀 있어서 향, 군, 국의 경계를 분명하게 구분하기란 쉬운 일이 아니다. 아침에 변하고 저녁에 바뀌고, 어디는 누구의 영역이라 했다가 또다시 바뀌는 등 영유권이 바뀌는 속도가 사계절의 변화보다 더 빠르기 때문이다. 그곳에 사는 사람들도 그것을 당연한 일처럼 여겼다.

덴쇼 12년(1584년) 3월 초순 무렵, 이 일대는 바로 그러한 변화를 앞두고 있었다. 그것도 이번에는 획기적인 대변화가 예상되었다. 지진의 진원지처럼 심상치 않은 양상에 둘러싸여 있었는데, 그것의 원인은 앞서 이야기한 것처럼 복잡하기 짝이 없는 세력과 세력의 교착에 있었다. 이는 전쟁 때보다 사람의 마음을 더 불안하게 하고 피곤하게 했다.

눈을 들어 바라보면 바로 보일 듯해서, 혹은 강을 사이에 두고 대치하는 듯해서, 또는 언덕과 언덕에서 서로를 노려보고 있는 듯해서, 하나의 군郡을 끼고 있는 성과 성 사이에서는 한시도 안심할 수가 없었다.

이쪽 성은 저쪽 성을, 저쪽 성은 이쪽 성을…… 언제 적이 될지 모른다며 서로 경계했고, 사람과 물자의 출입에도 바로 의심의 눈길을 보냈다. 밤에도 편히 잠을 자지 못하고 '그는 과연 동군에 가담할까, 서군에 가담할까?' 첩보 교전에 의심을 품고 있는 사람마저도 실은 아직 자신의 마음을 정하지 못한 경우가 많았다. 하지만 결국 그들이 선택할 수 있는 것은 서쪽이나 동쪽, 두 가지밖에 없었다.

말하자면 언제부턴가 일본은 두 개의 힘으로 나뉘었으며, 그 두 힘의 대치가 점차 표면화되기 시작했다. 역사를 돌아보면 어떠한 곳에 도달하기 전에는 언제나 두 가지가 대치하는 과도기가 있었다. 과거의 예를 살펴보면 두 개의 상대는 많은 복수보다 오히려 대립이 더 첨예화되어, 어떤 이유에서인지 양자의 우호적 평화에는 안주하지 않는다. 어디까지나 하나가 되어야 한다. 하나가 되지 않으면 안 된다는 본능이 있다.

인간은 그 원인을 생각하기도 하고 이유 없는 추이에 쫓기는 자신들의 어리석음을 모르지도 않지만 지상에 인간 집단의 역사가 그려지기 시작한 이후 두 세력이 두 개의 세력에 안주하여 오래 평화를 누린 예는 거의 찾아볼 수가 없다.

애초부터 인간의 사회집단은 원시부락의 투쟁에서 발족되었으며, 점차 크기를 더해 마을을 이루었고 군을 이루었고 마침내 나라를 형성했다. 그런 다음 다시 나라와 나라가 전투 단위로 묶인 뒤 결국 가장 큰 단위가 두 개가 되고 다시 하나가 되면 비로소 제왕이나 쇼군將軍이 옹립되었고 일정 기간 번성기에 들어갔다.

하지만 그 통일 본능이 실현되어도 하나가 되면 문화의 난숙기에서 퇴폐기로 접어드는 속도가 매우 빨라 다시 곧 분열을 일으키기 시작했다. 그런데 그 재분열 작용도 역시 본능적인 것이어서 피할 수 없는 법이다. 이는 근동이나 지중해에서 발족한 서양사를 보아도, 동양 대륙의 긴 흥망사를 보아도 거의 예외가 없는 사실이라 해도 좋을 것이다. 간단히 말해 우주의 뜻이 어디에 있는지는 모르겠으나 인류는 몇천 년 동안이나 같은 일을 반복해왔다. 예로부터 많은 철학자가 인간이 얼마나 어리석은지를 말해왔다.

'어리석은 자 인간'이라고는 하나 인간 가운데서도 조금이나마 사려가 있는 사람을 생각하지 않을 수 없다. 하지만 사람이 사는 지상에는 그러한 일부의 사려 분별 따위는 무시한 채 가야 할 방향을 향해 성큼성큼 나아가고 마는 맹렬한 본능이 있는 모양이다. 그것은 반드시 일개 풍운아나 효웅만이 만들어내는 것이 아닌 듯하다.

이러한 어리석음을 가장 광범위하게 연출하고, 또 가장 심각하게 경험하며, 일찍부터 깨달아 누구보다 깊이 생각한 사람들이 바로 오랜 역사를 가진 중국의 선승들이었다. 그 선가禪家가 이에 대해 내린 단안斷案으로 인간에게 있는 세 가지 본능을 들어보겠다.

음식즉시도飮食卽是道

음욕즉시도淫慾卽是道

투쟁즉시도鬪爭卽是道

즉 인간이 인간으로서 살아가기 위한 요소를 이 세 가지로 대별하고 절대 필요하지만 한편으로는 번거롭기 짝이 없는 몸속의 것을 우선 개인 속에서 해결하려고 한 것이 그들의 면벽이나 공안公案의 목적이었다. 그리고 달마대사 이후 각 계파의 후손 가운데 해명의 열쇠를 쥔 사람도 적지 않았을 테지만 그것은 전부 그들의 산방 안에 머물렀기에 결국 중생에게는 큰 영향을 주지 못했다. 아니, 오히려 선의 생사 초탈에 대한 고민을 수라 속에서 투쟁을 위해 이용하는 사람의 숫자가 늘어나고 말았다.

지금 덴쇼의 세상은 혼란스러웠던 오닌ﾖﾍ[256] 시절부터 할거하던 수많은 군웅이 서서히 하나의 단위에 가까워지다 그것이 노부나가에 의해 비약적으로 하나가 될 무렵 그가 갑자기 세상을 떠나는 바람에 급속도로 두 세력으로 나뉘어 대립하게 되었다.

그러한 인간의 세상에는 아무런 감흥도 없다는 듯 짚신에 밟히는 풀을 즐기며 홀로 자연의 초목과 이야기를 나누며 가는 나그네가 있었다.

"오……. 여기는 벌써 매화도 떨어졌군. 이와테보다 봄기운이 훨씬 빨리 찾아왔어. 물의 빛깔도 봄인 듯하고 비가 한 번만 더 오면 벚나무 가지도 꽃을 피우기 시작하겠어."

나그네는 아카사카赤坂의 숙소에서 미나미히라노南平野로 나와 마침내 간베神戶의 번화가 끝자락에 도달한 뒤 아이糘 강 제방의 벚나무 가로수에 서서 문득 떠오른 《산가집山家集》[257]의 한 수를 작은 목소리로 읊었다.

"봄을 맞은 벚나무 가지에 꽃은 없지만 어딘가 정겹구나. 꽃은 없지만 어딘가 정겹구나."

그때 어딘가에서 '유쇼 님' 하고 부르는 사람이 있었다. 나그네는 제방에서 강의 물가를 둘러보다 헛소리를 들었다 생각하고는 다시 꽃 없는 벚나무 가지를 올려다보았다.

전날 밤, 유쇼는 여승의 암자에서 돌아오자마자 바로 붓을 쥐어 밑

---

256 일본의 연호. 1467~1469년.
257 승려 사이교(1118~1190년)의 영가를 실은 헤이안 말기의 사가집.

그림을 기본으로 은사隱士인 다케나카 한베의 초상을 단숨에 완성시켰다. 그리고 무슨 생각을 한 것인지 이른 새벽에 그것을 여승 쇼킨에게 전하고 그 걸음으로 한 달여를 묵고 있던 보다이 산의 기슭을 떠나 언제나 그랬던 것처럼 정처 없이 길을 떠났다.

"무슨 일로 그리 급히……."

쇼킨도 궁금히 여겨 물었으나 그는 웃기만 할 뿐 대답하지 않았다. 그러더니 안녕히 계시라는 한마디만을 남긴 채 안개 속으로 사라져갔다. 여승과 오쓰는 그 모습을 그저 바라볼 수밖에 없었다. 그리고 전날 밤, 유쇼가 농담처럼 했던 말을 떠올렸다.

"수배자입니다, 저는. 아케치의 수급을 훔쳐 어딘가에 은밀히 묻었다 여겨지는…… 하수인입니다."

유쇼의 입으로 그렇게 말하기는 했으나 듣는 사람으로 하여금 거짓인지 진실인지 헷갈리게 하는 말투였다. 하지만 히데요시의 가신 무토 세이자에몬 일행이 암자에 도착한 순간 그는 바람처럼 돌아갔으며, 또 이튿날 새벽에 바로 이와테를 떠나는 등 의심을 하려면 충분히 의심스러운 부분이 있었다. '아케치의 수급을 훔친 자'라고 한때 시정의 화제가 되었던 범인은 의외로 소문 속의 인물일지도 몰랐다.

주인 사이토 가가 멸망한 뒤 그는 지금의 처지에 만족하며 살아왔다. 예전에 사이토 가를 멸망하게 한 오다 가의 노부나가가 아즈치 성을 쌓을 때 천하의 화공을 널리 모아 장벽화의 화필을 휘두르게 했을 때도 그는 참여하지 않았을 뿐만 아니라 오히려 아케치 미쓰히데와 그 노신인 사이토 도시미쓰齋藤利三 등과 깊이 사귀었다. 특히 미쓰히데는 만년에 한가한 몸이 되면 유쇼 밑으로 들어가 그림을 배우며 유유자적하고 싶다고도 말했다.

아니 땐 굴뚝에서 연기가 날 리 없다고들 하는데 이런저런 일들을 생각해보면 그와 아케치와의 연고는 깊었다. 야마자키에서의 일전 이후, 산조 강변에서 어두운 밤에 마음속 벗의 수급을 품어 남모를 곳에 묻어준 범인이 실제로 유쇼였다 할지라도 그의 예술가로서의 명성을 더럽히는 것은 결코 아니다. 세상 사람들 역시 같은 도둑이라 할지라도 그 수급을 훔친 사람을 조용히 동정하고 이해하고 있었다.

하지만 당시 히데요시의 이름으로 내린 체포령은 아직 풀리지 않았다. 삼 년 넘도록 범인은 밝혀지지 않았으나 수사는 계속되고 있었다. 하지만 그것은 유쇼에게 아무런 고통도 주지 않았다. 숨어서 다니는 길이야말로 그의 화공으로서의 삶과 세상을 떠도는 나그네로서의 삶에 적합한 것이었기 때문이다.

"유쇼 님, 뭘 그렇게 바라보고 계세요?"

두 번째 목소리가 들려왔다. 이번에는 그의 등 바로 뒤에서 들려왔다.

아까부터 제방의 그늘에 오도카니 앉아 있던 아가씨였다. 유쇼는 뒤를 돌아보자마자 눈을 둥그렇게 떴다.

"오오, 오쓰 아니냐. 무슨 일로 온 게냐?"

"어머, 유쇼 님이야말로 저와의 약속을 잊으신 건가요?"

"약속?"

"나리께서 이와테를 떠날 때는 저를 틀림없이 교토로 데려가겠다, 아니면 교토의 지인을 소개해주겠다고 말씀하셨잖아요."

"아아, 그거 말이냐?"

유쇼는 자신도 모르게 머리를 긁으며 쓴웃음을 지었다. 아니, 당혹스러운 표정을 지었다.

"잊지 않았다. 이번 가을, 이와테에 다시 오면 약속을 꼭 지키마. 그때까지는 쇼킨 님 곁에 조용히 머물며 학문에 힘쓰도록 해라."

"이럴 줄 알았으면 유쇼 님께 그렇게 몇 번이고 청하지 않았을 거예요. 암자에서의 생활은 제게 영 맞지 않아요.”

“젊은 아가씨들은 하나같이 교토로, 교토로 가는 꿈을 꾸지만 이렇게 어지러운 세상에 교토로 가는 것은 오히려 좋지 않단다.”

“이제 와서 설득하시려는 건 비겁한 일 아닌가요? 그런 말도 귀가 따가울 정도로 들었어요. 하지만 제 마음도 그 이상으로 말씀드렸잖아요. 그렇게까지 원한다면…… 하고 나리도 마침내 동의하신 뒤 이와테를 떠날 때는, 하며 약속하신 거잖아요.”

“그래, 그렇게 말하기는 했지.”

“맞아요. 그렇게 말씀하셨어요.”

“이를 어쩐다.”

“안 돼요. 설령 거짓으로 말씀하신 거라 해도 저는 더 이상 암자로 돌아가지 않을 거예요. 솔직히 말씀드리면 스님께도 말씀드리지 않고 몰래 나리의 뒤를 따라 나온 거니까요. 틀림없이 약속을 지키지 않으실 거라 생각했기에 저는 지름길로 와서 이렇게 기다리고 있었어요. 이제 어쩌실 거예요?”

“뭐라고? 정말 스님께도 말씀드리지 않고 나온 게냐?”

“나리와는 달라서, 오쓰는 거짓말을 하지 않아요. 보시는 것처럼 언제라도 떠나겠다고 마음의 준비를 하고 있었어요.”

“아아, 정말 말을 듣지 않는 아이로구나. 자, 거기에 앉아라. 그리고 이 유쇼의 말을 다시 한번 잘 들어봐라. 결코 허튼소리는 하지 않을 테니.”

유쇼는 먼저 자리에 앉아 생각에 잠긴 무릎을 끌어안았다.

“무슨 말씀이시죠?”

오쓰도 그를 따라 순순히 풀 위에 앉았다. 오쓰의 태도와 말투는 고분고분했지만, 그렇다고 그 정도로 고분고분하지 않은 아가씨를 본 적도 없었다.

　달포 가까이 같은 마을에 머무는 동안 그가 묵고 있던 곳으로 오쓰가 자주 찾아왔다. 거기에는 그녀 나름대로의 목적이 있었다. 오쓰는 전원생활을 견딜 수 없었다. 암자에서 보내는 날들은 무척이나 쓸쓸했다. 교토로 가고 싶었다. 새로운 지식을 배우고 문화 속에서 희망적인 생활을 하고 싶었다. 오쓰는 간절히 바랐다. 하지만 유쇼는 적당히 대답했으며, 또 몇 번이고 잘못을 깨우쳐주었다.

　"그건 허황된 야망이다. 나처럼 무문에 몸담았던 사람도 약육강식의 사회를 견디지 못하고, 영락하고 참담한 경우로 내몰려 지금은 투쟁에 대한 생각을 완전히 끊었다. 젊은 여자의 몸으로 어찌 난세의 중심, 유위변전有爲變轉의 소용돌이 속으로 뛰어들려 하는 것이냐? 이 유쇼는 이해할 수가 없구나. 나는 반대다. 그보다는 외진 곳이기는 하나 평화로운 시골에서 살며 달빛에서 《겐지모노가타리》를 읽고, 가을에는 화필을 잡고, 눈 내린 밤에는 노래를 지으며 보내는 것이 얼마나 즐거운지, 그보다 더 나은 삶도 없을 것이다. 그리고 성실한 사내를 남편으로 두고 건강한 아이를 낳아 모성애 속에서 여자로서 안주하며 만족하게 산다면 틀림없이 이루지 못할 것이 없으며 실망과 영혼의 아픔을 맛보는 일도 없을 게다."

　언제나 유쇼는 그렇게 말했다. 평범한 젊은 여자에게라면 얼마간 효과가 있을지 모르겠으나 오쓰에게는 조금의 효과도 없었다. 그녀는 유쇼의 생각을 이미 나이 든 사람의 고정관념으로밖에 여기지 않았다. 그녀는 어렸을 때부터 아즈치 문화의 신선한 공기에 마음을 두고 있었다. 당시 노부나가의 화려한 생활도 보았으며, 성 아래 남만사南蠻寺에서는 해외의 지식을 배우기도 했다.

　그곳에서 마태복음과 요한복음도 읽었다. 그보다 조금 더 어릴 때는

《이세》나 《다케토리竹取》나 《겐지모노가타리》와 같은 고전을 읽었다. 아즈치의 안채에서는 아직 열서너 살밖에 되지 않은 그녀를 미래의 재원이라고 칭찬했다. 노부나가의 귀에도 들어가 노부나가 앞에서 조그만 종이에 즉흥시를 써보여 맛있는 과자와 조그만 궤를 선물로 받은 적도 있었다.

틀림없이 뛰어난 천성을 가지고 있었다. 하지만 짧은 기간 동안 급진적으로 발전한 아즈치 문화는 이 민감한 소녀의 발아기에 너무나 강렬한 태양이었는지도 모른다. 그리고 본능사의 변으로 인해 맛본 비참한 패망의 아픔은 어린 그녀에게는 너무나 심각한 경험이었다.

잠시 고향인 오노로 돌아갔을 때, 전부터 그녀의 어린 시절을 알고 있었던 사람들이 그녀를 보더니 사람이 바뀌었다고 말했다. 실제로 그녀의 타고난 재능과 용모에 앞서 이야기한 경험들이 상당히 짙게, 후천적인 요소로 더해졌다. 그랬기에 보기와는 달리 한번 고집을 부리면 다른 사람의 말은 전혀 듣지 않았으며, 또 일단 다짐을 하면 끝장을 보고야 마는 성격이었다.

오노 마을의 노인들은 그녀를 두고 '더욱 아름다워지기는 했지만, 여자답지 않아졌다'며 고독한 그녀를 멀리했다.

어느 날 유모의 남편이 연줄을 더듬어 쇼킨의 암자로 그녀를 데려갔다. 기른 정이 있다 보니 고향의 차가운 바람 속에서 따뜻한 양지로 데려가 그곳에 뿌리내리게 하려고 했던 것이다.

오노의 노인들뿐 아니라 유쇼도 오쓰를 진심으로 아끼지는 않았다. 하지만 그녀의 재기에는 솔직히 놀랐기에 시골에 두기는 아깝다는 생각이 들었던 것이다. 원래 있어야 할 곳에 있지 못했기에 시골 사람들도 그녀를 멀리하고 그녀도 시골을 싫어하는 것이리라. 때와 장소를 얻으면 이 좋은 나무는 시대의 문화 속에서 꽃을 피워 향기를 더할지도 모른다.

문득 이런 생각이 들었을 뿐 아니라, 아무리 깨우쳐도 그녀가 처음의 뜻을 꺾을 리 없다고 판단해 마침내 약속을 하고 만 것이었다.

"알았다. 스님과 얘기해서 교토로 데려가주겠다. 그리고 좋은 집에 소개시켜주기로 하겠다."

그것은 벌써 열흘 전의 일이었다. 유쇼는 그림 때문에 까맣게 잊고 있었다. 오늘 아침 떠날 때 잠깐 생각이 나기는 했으나 그녀도 잊었을 것이라 생각했다. 어젯밤의 모습을 봐도 까맣게 잊고 있는 듯했다. 그렇다면 그녀를 위해서도, 자신을 위해서도 다행이라고 생각했다.

오쓰가 쇼킨과 함께 암자의 뒷문에 서서 자신의 모습을 지켜보고 있었기에 유쇼는 안심했던 것이다. 그는 그 일에 대해서는 조금도 고려하지 않은 채 아이 강의 제방까지 와서 홀로 오랜만에 여수에 잠겨 멈춰서 있었던 것이다. 그런데 갑자기 오쓰가 나타나 약속을 지키지 않았다며 타박했으니, 오십이 넘은 사내인 그가 아직 열일곱밖에 되지 않은 오쓰에게 얼굴을 붉히고 당황한 데도 이유가 없는 것은 아니었다.

"봄 가운데서도 초봄은 한층 더 평화롭구나."

유쇼가 아이 강의 크고 완만하게 흐르는 물의 곡선을 향해 혼잣말처럼 중얼거린 뒤 말했다.

"이런 평화로운 자연도 앞으로 며칠이나 더 무사할지. 이 제방의 벚꽃이 필 무렵이면 이 부근도 군마에 어지러워지고 총포의 연기와 피눈물로 물들 것이다."

"어젯밤에 온 손님들의 말에 따르면 또 큰 전쟁이 벌어질 것 같다고……."

"벌어질 게다, 어쩔 수 없이. 틀림없이 이번 전쟁은 온 세상을 떠들썩하게 할 대란이 될 거야. 그렇게 여겨졌기에 나는 곧 사람들의 마을에서 벗어나 히다의 오지에라도 들어가 조용히 그림을 그릴 장소를 찾을 생각으로 떠나온 거다. 그런데 너는 그와 반대로 지금부터 교토 한가운데로 들어가고 싶어 한다. 대체 어쩔 생각인지."

"물론 모르시겠죠. 하지만 저는 저를 잘 알고 있어요. 무분별한 것이 아니에요."

"네가 총명하다는 건 나도 알고 있다. 무분별하다고는 말하지 않겠다만, 공리심이 불타오르고 있는 것 같구나. 허영심도 꿈을 부추기는 것이겠지. 뛰어난 천성이 오히려 불행의 근원이 되지 않으면 좋겠다만."

"저…… 여기서 작별할게요."

오쓰가 벌떡 일어나자 유쇼가 눈을 크게 떴다. 드디어 오쓰가 마음을 고쳐먹었다고 생각했는지 기뻐하는 얼굴이었다.

"그래, 이제 깨달은 모양이구나. 마음을 꺾고 돌아갈 생각이냐? 돌아가거든 스님도 안심시켜드리도록 해라. 그리고 두 사람 모두 이 끔찍한 세파에 휩싸이지 말고 몸을 지켜 무사히 지내도록 해라."

"아니요, 유쇼 님. 전 그곳으로 돌아가지 않을 거예요. 한번 나온 암자로 다시 돌아갈 마음은 없어요."

"뭐? 그럼 어디로 갈 생각이냐?"

"오노로 갈 거예요. 거기서 다시 제가 가고 싶은 곳으로 갈 거예요. 더는 남에게 의지하지 않겠어요."

오쓰는 제방을 따라 상류 쪽으로 부지런히 걷기 시작했다. 강 바로 맞은편에 있는 가노加納 나루터를 지나 십 리쯤 가면 기타가타로 들어섰다. 그녀의 고향인 오노 마을은 나가라 가도 옆에 있었다.

나룻배를 발견한 오쓰가 발걸음을 멈추고 돌아보았다. 유쇼의 그림자가 멀리서 조그맣게 자신을 바라보고 있었다. 망연히 바라보던 유쇼의 얼굴이 떠오르자 그녀는 왠지 우습다는 생각이 들었다. 그래서 웃으며 갓을 흔들어 보였다. 맞은편에 있는 유쇼는 손도 흔들지 않았다. 장대를 세워놓은 것처럼 언제까지고 가만히 서 있었다.

나룻배 안에는 네다섯 명의 나그네와 마을 사람들이 타고 있었다. 오쓰도 그 안으로 들어가 다시 한 번 하류의 제방 쪽을 바라보았다. 어디로 떠난 것인지, 유쇼의 모습은 보이지 않았다. 이제 그녀에게 그의 모습은 과거에 스쳐 지난 한 마리 새의 그림자에 지나지 않았다. 일 년여를 보냈던 보다이 산 밑의 암자도 어제까지 함께 지냈던 쇼킨도 그저 과거일 뿐 그녀의 마음을 돌리기에는 아무런 매력도 지니고 있지 않았다. 그녀의 가슴속에서는 앞날의 꿈만이 봄의 들판처럼 향기를 피워 올리고 있었다. 뱃전을 때리는 물소리도, 하늘에서 지저귀는 종다리 소리도 자신의 용기와 희망찬 출발을 축복하기 위해 존재하는 것처럼 여겨졌다. 자신을 위해 존재하지 않는 것은 모두 이 배 안에 함께 타고 있는 사람들과 같아서 맞은편 나루터에 닿으면 곧 잊힐 것들이었다.

"이것들 보라고, 아무것도 모른 채 태평한 얼굴을 하고 있군."

배가 강 한가운데쯤 왔을 때 함께 타고 있던 무사가 상인과 농민들의 무지를 비웃듯 얕잡아보는 말투로 말했다.

"머지않아 여기서도 전쟁이 벌어질 거야. 지금 당장 산으로 달아나지 않으면 불길 속에서 노인과 어린아이를 끌어안고 우는 얼굴로 길을 헤매게 될 거야. 언제나 그날까지 장사를 하고 밭을 갈며 태평하게 지내기 때문에 화를 당하게 되는 거야."

농가의 아낙도, 떠돌이 장사치인 듯한 사내도 낯빛을 잃었으나 그렇다고 해서 무엇을 묻거나 대답하지도 않았다.

맞은편에는 가노의 여관이 있었다. 거기에 이르자 마침 해가 저물었다. 늘어선 지붕의 기울어진 처마에서는 저녁연기가 피어오르고 있었다. 오쓰는 말을 구한 뒤 짐을 얹는 안장 위에 모로 앉았다. 오노 마을까지는 아직 시오리쯤 더 들어가야 했다.

"아씨는 오노 나리의 따님 아니십니까?"

마부는 오쓰를 희미하게 기억하고 있는 사람이었다. 그렇다고 대답하자 마부가 봄의 저녁 속으로 한가로이 고삐를 흔들며 말했다.

"역시 그러셨군요. 마을 사람들이 나리의 따님께서 일 년이 넘도록 어딘가로 숨어드신 듯하다고 이야기하곤 했습니다."

고향 사람들에게는 이 지방의 오랜 호족이었던 오노 마사히데가 아직도 기억 속에 깊이 남아 있는 모양이었다. 하지만 그녀는 자신의 아버지를 몰랐다. 어머니에 대한 기억도 매우 희미했다. 기억하고 있는 것은 예전에 자신이 태어난 곳이라고 하는, 성과 같은 곳의 돌담과 불에 타버린 저택의 흔적이 남아 있는 해자뿐이었다. 고향이라고는 하지만 그녀에게는 깊은 그리움도, 집착도 없었다. 몸을 맡기고 있던 쇼킨의 품에서 떠나 당장 갈 곳이 없었기에 잠시 돌아온 것뿐이었다. 단지 그곳에는 유모의 집밖에 없었다.

거취

기소 강의 상류는 이누야마犬山 성 아래를 휘돌아 백 리를 더 흘러 다시 하나의 성을 남쪽 강변으로 바라보며 흐른다. 그 성은 오와리 하구리葉栗 군의 구로다 성이었다. 성안의 사람들은 지난달 이후부터 이미 비상 태세에 돌입해 전시 생활을 보내고 있었다. 성주인 사에몬 다케시게는 언제나 갑주를 입은 사람들에게 둘러싸여 있었다.

"만나서 이런저런 말을 듣기도 귀찮다. 세객說客이란 어느 곳에서 온 자이든 말주변이 좋은 자들이어서 반드시 그럴듯한 말을 하는 법이다. 돌려보내라, 돌려보내."

사에몬 다케시게는 특히 마지막 말을 분명하게 말했다.

십여 명의 고굉지신들이 모여 있었는데, 그들의 모습에는 '만나주어도 상관없지 않습니까'라는 기운이 역력했다. 사에몬은 고하러 온 사람에 대한 대답이라기보다 그곳에 모인 사람들에게 자신의 의지를 명확하게 해두기 위해 강한 어조로 말한 것이었다.

"아…… 그게 나리."

다나하시 진베棚橋甚兵衛가 가신들의 뜻을 대표하여 말했다.

"어쨌든 처음도 아니고 두 번째 온 하시바 나리의 사자입니다. 그렇게 돌려보내기만 하는 것도 오히려 속이 좁은 것처럼 보여 좋지 않을 듯합니다. 물론 나리의 뜻에 따라 승낙 여부를 결정해야겠지만 일단 사자라는 자를 한번 만나보시는 것이 좋을 듯 여겨지기도 합니다.”

노신 야토 슈젠矢頭主膳이 뒤이어 말했다.

“세객의 말에서는 종종 뜻밖의 시사를 얻을 수 있는 법입니다. 마음 껏 떠들게 한 뒤 현려를 내리시든, 혹은 다시 평의에 부치시든 결코 나리의 정절에 문제가 될 것은 없습니다.”

구보 간지로久保勘次郎를 비롯해 네다섯 가신들도 옳은 말이라며 수긍하는 듯한 표정을 보였다. 사에몬은 그들이 여전히 양쪽 끈을 쥐고 히데요시에게 붙어야 할지 이에야스를 편들어야 할지 망설이며, 성의 향방이 아닌 자기 자신의 방도로 갈등하고 있는 듯한 모습을 놓치지 않았다.

“음…… 그렇게까지 말한다면.”

사에몬은 마지못해 승낙했다.

“일단 만나보기로 하지. 그럼 하시바의 밀사라는 자를 바로 이곳으로 데려오도록 해라.”

바로라고는 했지만 그로부터 거의 반 각은 걸렸다. 두 선승과 떠돌이 수행자 같은 사내가 마침내 객실로 안내되어 들어왔다.

방에는 평복을 입은 사에몬 외에는 아무도 없었다. 하지만 어느 성 안에서나 그렇듯 만일의 경우를 대비해 뒤쪽 장지문 안에 세고 날랜 무사가 숨어 있었다.

“하시바 나리의 사자들인가?”

“그렇습니다.”

세 사람이 예를 갖추었다. 떠돌이 수행자 같은 사람이 정사이며, 선승 중 하나가 부사였다. 그들은 하시바 히데요시의 신하 무토 세이자에몬과 대심원의 젠조스라고 고했다.

히데요시가 사자를 보낸 것은 이번이 두 번째였다. 첫 번째는 실패하고 말았는데, 그때 사와이 사에몬의 대답은 다음과 같았다.

"아무리 좋은 조건이라 할지라도 하시바 쪽을 편들 의향은 없소. 나는 어디까지나 주인으로서 은혜를 베푼 기타바타케 노부오 님과 행동을 함께할 것이오. 만약 노부오 님을 떠나게 된다면 히데요시와 같은 난신적자亂臣賊子의 무리에 들기보다 장래의 커다란 그릇이라 존경하고 있는 도쿠가와 이에야스 나리를 따를 것이오."

난신적자라 말한 것은 히데요시를 상당히 자극했을 것임에 틀림없지만 그러한 비난은 사와이 사에몬의 말이 아니라 당시 세상에서 들을 수 있는 말이었다. 대전을 앞둔 분위기 속에서 도쿠가와 쪽은 일찍부터 전쟁의 명분을 내세웠다. 동시에 사람들에게 히데요시의 기치에 대해 이유도 없이 야망의 난을 빚어내는 천하의 도적이라는 나쁜 인상을 심기 위한 책략도 널리 행해지고 있었다.

히데요시 쪽도 그 이상으로 선전을 펼치고 있었다. 히데요시가 화를 낼 이유는 없었다. 그는 며칠 뒤 두 번째 사자를 다시 보내기로 결정했다. 그렇게 보낸 사자가 무토와 젠조스였다. 그들을 뽑아 보낸 것 역시 실수였다는 사실은 나중에 알게 되지만 당시 히데요시 주변에는 삼척동자의 손이라도 빌리고 싶을 만큼 많은 일과 격무가 펼쳐져 있었다. 틀림없이 무난하고 평범한 점 때문에 무토가 뽑혔으며, 말솜씨가 좋았기에 젠조스를 붙여준 것이었으리라.

"또 다른 스님은 어떤 분이신가?"

사에몬의 질문에 젠조스 옆에서 잠자코 있던 선승이 대답했다.

"성 아래에 있는 운림원雲林院(우지이)의 화상이옵니다."

"운림원의 화상께서 무슨 일로 동행하셨는가?"

"실은 이와테 송금원松琴院과는 같은 계열의 벗인데, 그 여승 쇼킨이 소개를 해주었다기에 숙소를 빌려주고 있으며, 성안에서의 잔일도 제가 맡기로 하고 동행하게 되었습니다."

"그런가? 그것참 고생이 많소만 승려가 필요치 않은 밀사의 길잡이 같은 것은 하지 않는 편이 좋을 거요. 지금부터 할 이야기도 스님과는 관계가 없을 테니 먼저 돌아가시는 것이 어떻겠소?"

"네, 제 뜻도 그러합니다."

운림원의 화상은 얼굴을 붉히며 당황한 표정으로 허둥지둥 방 밖으로 물러났다. 그 뒤 사와이 사에몬은 그것으로 이미 대답을 한 것이라는 듯 입을 다물었다. 그 강경한 모습에 무토 세이자에몬은 쉽게 말을 꺼내지 못했다. 하지만 젠조스는 상대가 금동불이든 무엇이든 움직여 보이겠다는 듯 거침없이 말을 하기 시작했다. 먼저 눈앞으로 닥쳐온 천하 갈림길의 형세를 이야기했다. 그리고 하시바나 도쿠가와 중 한쪽으로 다음 세대가 이어질 것이라는 점을 이야기했다. 다시 이어서 히데요시를 지지하는 여러 영웅들이 얼마나 긴밀히 협력하고 있으며 또 얼마나 용맹한지를 이야기했다. 그런 다음 지금 공사가 끝난 나니와의 장관을 이루고 있는 오사카 성의 웅대한 규모를 이야기하고, 오사카 성을 둘러싸고 벌써부터 새로운 나니와 시가가 번화하고 있어 예전의 아즈치 문화보다 뛰어난 나니와 문화가 부녀자들의 복장에서부터 주택의 양식, 가무음곡에까지 드러나 참으로 활발하다는 사실까지 이야기했다. 그리고 그러한 말을 하면서 '최근에 이에야스 나리가 아무리 큰 인물인 양 회자된다 해도 결국은 지방에 있는 인물에 지나지 않는다'는 사실을 암암리에 내포했다.

"히데요시 님께서는 무슨 일이 있어도 나리를 한번 뵙고 싶다고 말씀하십니다. 하지만 세상이 소란스럽기에 바로는 뜻을 이루기 어려울 테지만, 머지않아 히데요시 님께서 친히 이곳으로 말을 몰고 오실 날이 있을 것입니다. 그때 기소 강을 건너기 전에 사와이 나리의 영접을 받는다면 더할 나위 없이 기쁠 것이라고 말씀하셨습니다. 그만큼 사에몬 나리께 크게 신경을 쓰고 계십니다. 얼마 전, 이 성에 왔다가 크게 꾸지람을 듣고 돌아간 사자들의 보고를 들으시고도 히데요시 님께서는 화를 내시기는커녕 오히려 나리의 절의를 사랑하시어 더욱 마음이 끌리시는 듯했습니다.”

젠조스의 말이 여기까지 이르자 무토 세이자에몬도 분위기에 편승해 사에몬을 설득하기 시작했다.

“지금 젠조스가 올린 말씀에는 조금도 과장이 없습니다. 만일 아군 편에 서겠다고 승낙하시면 저희 쪽에서도 훗날의 약속에 대한 징표를 보이기 위해 히데요시 님의 주인朱印을 받아가지고 왔습니다.”

세이자에몬은 속옷의 목깃을 풀고 안에 감춰두었던 글 하나를 꺼내 사에몬에게 건네주었다. 비슈 가운데 원하는 네 개의 군을 주겠다는 봉국의 인이었다. 사에몬은 그것을 힐끗 보더니 그 자리에서 찢어버렸다.

“대답은 하지 않겠소. 이대로 히데요시에게 전하면 충분할 것이오. 바로 떠나도록 하시오.”

사에몬은 그렇게 말한 뒤 자리를 박차고 일어났다. 젠조스가 천연덕스레 자리에 앉아 혀를 놀리려 하자 사에몬이 그들을 노려보며 말했다.

“밤이 들기 전까지 기소 강 너머로 물러나지 않는다면 어떤 재난이 닥칠지 모를 것이오. 그래도 상관없다면 천천히 머물다 가시오.”

그 순간 가신들이 우르르 몰려와 두 사신을 성문 밖으로 쫓아버리고 말았다. 그 가신들 또한 처음부터 주인과 함께 반히데요시의 뜻을 일관되게 지켜왔다.

그날 일을 계기로 성안에 조금이나마 감돌고 있던 거취를 정관하자던 분위기도 완전히 사라졌다. 그리고 구로다 성만은 노부오와 도쿠가와에게 두 마음을 품지 않겠다며 분명한 태도를 보였다.

전국적으로 서쪽과 동쪽을 놓고 어느 쪽에 가담할지 거취의 갈림길 앞에서 망설였다. 미노와 오와리는 단지 전국의 축소판에 지나지 않았다.

노부오가 세 노신을 주살한 데서 비롯된 이세의 전화戰火는 이미 하루가 다르게 확대되어가고 있었다. 더 이상 지방의 사건도 한정된 지역에서의 전쟁도 아니었다. 언제부터인가 천하의 패권을 놓고 다투는 대전의 양상이 되어 있었다.

남은 문제는 이제 히데요시 대 이에야스와 노부오의 양대 세력이 어디를 전장으로 삼을 것이며, 어디까지를 작전 지역으로 산정하고 있는가 하는 것이었다.

이곳 구로다 성에도 동서에서 시시각각 첩보가 들어왔다. 하지만 이세에서 오와리의 남부 지방에 걸친 지역의 형세는 지난 3월 초부터 전혀 알 수가 없었다. 그래도 히데요시의 서군이 가모, 다키가와, 호리를 비롯해 각 장수들의 지휘 아래 노부오에게 빼앗겼던 미네노 성, 호시자키 성, 마쓰가시마 성 등에 맹공을 퍼부어 급속히 회복해가고 있다는 사실은 들어서 알고 있었다. 그리고 노부오가 이세의 수비를 숙부인 오다 노부테루織田信照와 사쿠마 진쿠로마사카쓰에게 맡기고 갑자기 기요스로 옮겼다는 사실도 전해 들었으며, 동시에 도쿠가와 쪽의 원군으로 미즈노 다다시게水野忠重, 사카이 시게타다 등의 부대가 질풍처럼 이세로 달려갔다는 사실도 누구나 알고 있는 풍문이었다.

어느 곳의 성이 서군의 손에 넘어갔다. 아니, 다시 빼앗았다. 아니, 여전히 대치한 채 조석으로 성 밖에서 전투를 벌이고 있다는 등의 분분한 설이 정보에 섞여들어 억측이 가해졌다. 하지만 전화가 점점 가까이 밀려오고 있다는 사실만은 분명한 듯했다.

"말씀드리기 어려운 일입니다만 주군이 말씀하신 대로 전하겠습니다. 아드님 가운데 한 분을 인질로 삼아 곧 도쿠가와 가로 보내달라고 하셨습니다."

그날 아침 나가시마 이즈長島伊豆와 야스이 쇼겐安井將監이라는 도쿠가와 가의 사자가 연락도 없이 구로다 성으로 찾아와 말했다. 전날 히데요시의 사자를 내쫓은 사와이 사에몬은 다음 날 이에야스의 사자를 만나 갑자기 인질을 내놓으라는 소리를 들었다. 사자는 사에몬의 감정을 살피며 조심조심 말했으나 사에몬은 바로 두 가신을 붙여 큰아들 분고 야스타케文吾安雄를 사자에게 맡겼다.

"무문의 관습대로 미리 준비해두고 있었소."

이즈와 쇼겐 두 사자는 그의 결백함에 오히려 놀라 실상을 있는 그대로 밝히고 돌아갔다.

"도쿠가와 나리의 뜻에 따라 얼마 전부터 이 댁에 말씀드린 것처럼 각 집안에 요청하고 있었습니다만, 나리처럼 흔쾌히 인질을 내준 집안은 거의 없었습니다. 예외 없이 이러쿵저러쿵 변명을 늘어놓기도 하고, 기일을 연기하기도 하고……. 그것만 봐도 이리저리 형세를 살피는 기회주의자가 얼마나 많은지 알 수 있습니다."

그런데 같은 날 집안에 전해진 풍설에 따르면 오가키 성의 이케다 쇼뉴가 노부오에게 인질로 보냈던 기이노카미 유키스케紀伊守之助(쇼뉴의 장남, 스물여섯 살)를 노부오가 갑자기 돌려보냈다는 것이었다.

"도쿠가와 나리는 우리처럼 결백한 집안에서도 가차 없이 인질을 데려가셨다. 기타바타케 나리는 반대로 두 마음을 품지 않은 자에게는 취했던 인질도 돌려보냈다."

그러한 대조적인 모습에 집안사람들이 불평을 토로했다. 하지만 사에몬은 언제까지고 그것을 선의로 해석했다. 아니, 그의 성격대로 해석했다고 하는 편이 옳을 것이다.

"불평할 필요 없네. 결국은 우리 아군 간의 관계가 더욱 견고해지기만 하면 서로에게 좋은 일일세. 오가키와 기후 두 성은 이 구로다 성과 기소 강과 나가라 강을 사이에 두고 삼각으로 대치를 이루고 있는데, 그들 부자의 향배에는 의심스러운 부분이 있었으나 노부오 님께서 이번에 이케다 부자를 믿고 인질을 돌려보내신 것은 참으로 현명한 판단이라 여겨지네. 또 충분히 신뢰할 수 있다 여기셨기에 일부러 돌려보내신 거겠지. 그렇다면 우리 성으로서도 큰 불안이 사라졌다고 할 수 있어. 아군 전체를 놓고 봐도 기뻐해야 할 일일세."

하지만 궤모반목詭謀反覆은 이 시대에 흔히 볼 수 있는 일이었으며, 이러한 일방적인 견해만큼 위험한 것도 없었다.

13일의 일이었다. 13일은 이에야스와 노부오가 기요스에서 만나 중대한 밀담을 나누던 날이기도 했다. 한밤중에 가까운 시각이었다.

"첩자로 나갔던 자요, 첩보를 가지고 왔소. 문을 여시오, 문을."

구로다 성문을 두드리는 사람이 있었다. 병사가 수하를 주고받은 뒤 철문을 열었다. 첩자인 듯한 사람의 모습이 성문 안으로 휙 들어갔다. 그로부터 새벽녘에 걸쳐 성안의 분위기가 심상치 않게 바뀌었다. 중신에게서 부하 무사에게, 그리고 다시 하급 무사에게 새어나간 은밀한 이야기에 따르면 이누야마 성의 성주인 나카가와 간에몬中川勘右衛門이 어젯밤 습격을 받아 길 위에서 목숨을 잃었다는 것이었다.

그것이 사실이라면 성안을 경악시키기에 충분한 비보였다. 나카가와는 아군 가운데 한 명일뿐만 아니라 전투가 벌어지면 히데요시의 대군을 맞아 기소 강 일선을, 상류에 있는 이누야마와 하류에 위치한 구로다 두 성에 의지하여 함께 도우며 지키기로 약속한 인물이었다. 그는 윗니, 이곳은 아랫니인 셈이었다.

이누야마의 나카가와는 얼마 전부터 이세로 나가 있었다. 도쿠가와 가의 사카이, 미즈노 등의 이세 원군과 행동을 함께하고 있었던 것이다. 그가 난을 만난 것은 이세에서 돌아오던 길이었다고 한다. 노부오가 기요스로 옮긴 뒤 전운이 확대될 것 같은 심상치 않은 분위기가 있었다. 그 뒤 이누야마로 돌아가라는 갑작스러운 명령을 받고 그는 밤을 틈타 얼마 되지 않는 사람들만 거느린 채 급히 달려갔고, 그 길에서 변을 당했다고 한다.

어둠에 잠긴 나무 위에서 쏜 철포에 저격을 당한 것이었다. 말 위의 그림자는 단 한 발의 총성에 땅 위로 떨어졌으며, 그와 동시에 토민과 떠돌이 무사들이 섞인 십여 명의 무리가 일제히 함성을 올리며 달려들었다가 순식간에 바람처럼 사라지고 말았다. 그 뒤 허를 찔려 당황한 부하들이 주인 간에몬을 안아 일으켜보니 허리에 차고 있던 검이 보이지 않았다.

평소 나카가와야말로 자신의 적이라며 떠들고 다니던 이케지리 헤이자에몬池尻平左衛門이라는 자가 있었다. 모두 그가 하수인일 것이라고 말했다.

14일 아침까지 들어온 정보는 대충 그러했다. 구로다 성에서는 주장인 사와이 사에몬을 비롯해 모든 사람들이 살기를 드러내며 서로를 격려했다.

"기요스에서 언제 어떤 명령이 떨어질지 모른다. 말에게는 먹이를 주고 갑옷을 갖추어 입고 짐과 식량도 빈틈없이 준비해두도록 해라."

하지만 오와리의 남부와 이세 방면의 전장에만 신경을 쓰고 있던 것은 불찰이었다. 그리고 어제오늘 이에야스와 노부오가 있는 기요스 본진에만 신경을 쓰고 있던 것도 잘못이었다. 그들과 가장 가까운 곳,

그것도 치명적인 곳에서 불길이 치솟고 말았다.

마침내 이곳 노비濃尾의 대평야에서 첫 번째 불씨가 연기를 피워 올리고 있었던 것이다.

● 다테 마사무네 伊達政宗·1567-1636

아명은 본텐마루(梵天丸)이고 통칭 토지로(藤次郎)라 불렸다. 1584년 열여덟 살의 나이에 다테(伊達家)
의 17대 당주로 취임하였고, 당주가 된 지 불과 5년 만에 오슈 최대의 다이묘로 성장했다. 별칭인 독안룡
(獨眼龍)으로도 알려져 있다.

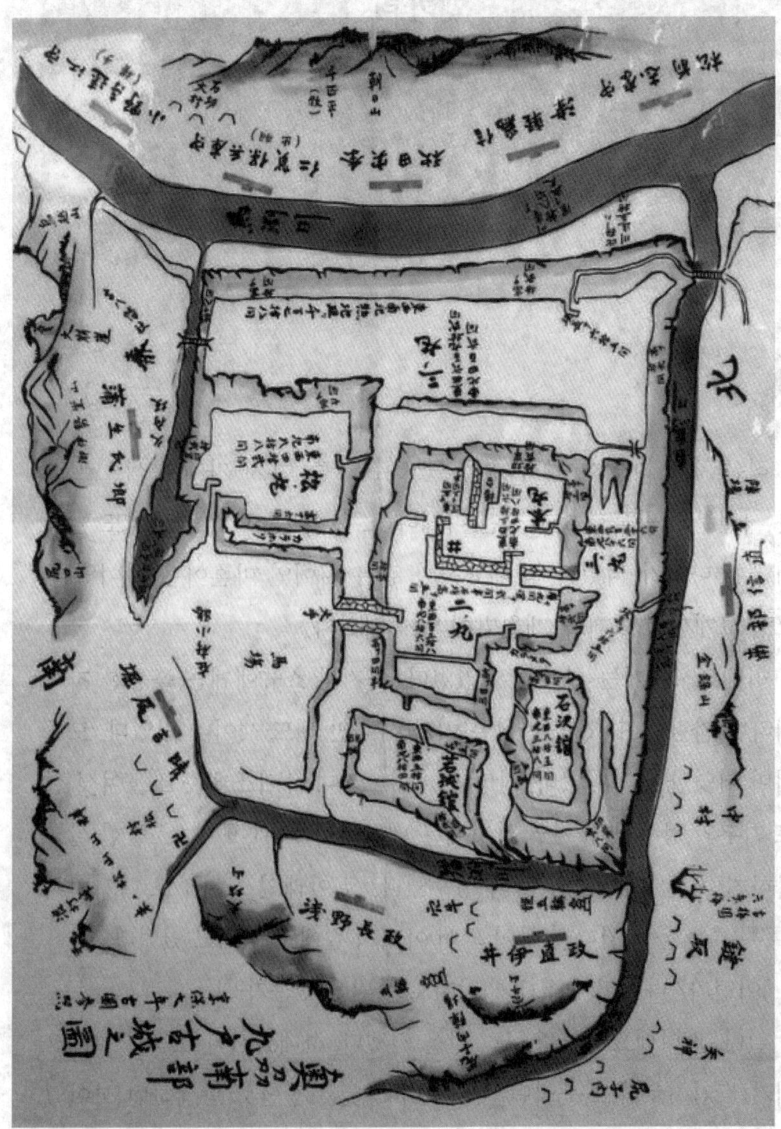

● 1591년 쿠노헤의 난

쿠노헤성(九戶)의 성주인 쿠노헤 마사자네(九戶 政実)는 종가(宗家)의 난부 노부나오(南部 信直)에 대항
하여 자신의 성에서 거병, 농성하지만 가모우 우지사토(蒲生氏郷), 아사노 나가마사(淺野長政) 등이 이끄
는 도요토미(豊臣氏)의 평정군[奧州仕置軍]에 진압되어 일족 전원이 처형당했다.

왜가리

작은 체구, 대담한 성격, 창을 들고 추는 춤. 이 세 가지 특색으로 젊은 시절부터 명물로 여겨졌던 이케다 노부테루 뉴도 쇼뉴사이도 벌써 지긋한 나이가 되었다. 히데요시와 같은 나이인 마흔아홉 살이었다. 오십 고개까지 이제 구 개월밖에 남지 않았다.

히데요시에게는 친아들이 없었다. 하지만 쇼뉴에게는 훌륭한 자식이라며 자랑할 수 있을 만한 아이가 사내만 해도 셋이나 있었다. 모두 이미 어엿한 성인이었다. 장남인 기이노카미 유키스케는 스물여섯 살로 기후의 성주였다. 차남 산자에몬 데루마사三左衛門輝政는 스물한 살로 아하치安八 군 이케지리池尻의 성주였다. 그 아래인 도자부로 나가키치藤三郎長吉는 올해 열다섯 살이 되어 아버지 곁에 머무르고 있었다.

"어떤가? 나가키치를 내게 양자로 주지 않겠는가?"

얼마 전 히데요시가 은근히 말을 건넸다. 히데요시와 쇼뉴는 히데요시가 도키치로라고 불리던 시절부터 짓궂은 장난도 함께하던 사이였다. 그러니 그런 말을 한다고 해서 이상할 것은 조금도 없었다. 하지만 지금 히데요시와 쇼뉴 사이에는 커다란 간극이 있었다. 인간적으로는 죽마고우였으나, 공적으로는 무게도 달랐고 관위도 달랐고 성망도 달랐다.

그렇다고 쇼뉴가 하는 일도 없이 평범하게 세월을 보내온 것은 아니었다. 노부나가의 사후 비록 한때라고는 하지만 시바타, 니와, 하시바와 함께 넷이서 교토의 서정을 분담했다. 그리고 지금도 미노에 머물고 있기는 하지만 세 부자가 오가키, 기후, 이케지리 성을 가지고 있으며 사위인 모리 무사시노카미 나가요시森武藏守長可도 가니可兒 군 가네야마兼山 성의 성주였다. 그러니 세력이 약하다고는 말할 수 없었다. 게다가 불평이 있을 리도 없었다. 하지만 히데요시에 비하면 격차가 너무 컸다.

빈틈이 없는 히데요시는 때때로 오랜 친구에게 신경을 써서 조카인 히데쓰구秀次로 하여금 쇼뉴의 딸을 아내로 맞아들이게 했으며, 만날 때마다 '나와 자네는 예전에는 악우惡友, 지금은 인척. 참으로 떼려야 뗄 수 없는 사이일세'라고 말하며 만일의 경우가 벌어졌을 때를 위해 관계를 유지하고 있었다. 그리고 올해 마침내 서로 양립할 수 없는 거물을 상대로 천하의 패권을 놓고 일전을 펼치게 되자 가장 먼저 오가키로 사자를 두 번이나 보내, 그가 자랑하는 가나假名 문자로 직접 쓴 서면을 전달하게 했다.

새삼스러운 이야기를 하는 듯하나 자네가 히데요시에게 가담한다고 약속해준다면 언젠가 말했던 것처럼 나가키치를 하시바 가의 양자로 삼고 그에게 비노산尾濃参의 삼 개국을 주기로 하겠네. 흔쾌히 허락해주게나. 답장 학수고대하고 있겠네.

쇼뉴가 바로 답을 하지 못한 것은 그에게 시기심이나 비굴함이 있기 때문이 아니었다. 히데요시와 함께 일하는 것은 그 누구와 일하는 것보다 유쾌하다는 사실을 잘 알고 있었다. 그리고 히데요시도 욕심을 채울 수 있지만 자신도 큰 이익을 차지할 수 있다는 사실 역시 잘 알고 있었다. 하지만 선뜻 응하지 못한 이유는 지금 세상에서 이야기하고 있는 동서 항쟁의 명분 때문이었다. 도쿠가와 쪽은 일찍부터 히데요시를 가리켜 '억지로 일을 꾸며 옛 주인의 아들들을 배제하고 노부나가공의 뒤를 빼앗으려 하는 난신'이라는 비난을 극력 세상에 퍼뜨리고 있었다. 그리고 그것이 상당히 강하게 사람들의 마음을 사로잡고 있는 것도 사실이었다.

도의나 절조가 큰 힘을 발휘하는 세상은 아니었으나 그렇다고 해서 인간의 선미善美를 추구하는 성향이나 진실한 모습이 완전히 말라버린 세상도 아니었다. 세상의 대중은 아름다운 희생정신, 높은 양심, 향기로운 애정, 약속을 어기지 않는 정의 등 인도적 광채의 발로를 실천하는 모습을 볼 때마다 자신의 일처럼 절찬하고 감탄의 눈물을 흘리며 선행을 칭송해 마지않는다. 하지만 현세의 이면에는 도둑 떼가 횡행하고, 간음과 매색으로 문란하고, 승문이 타락하고, 거짓말쟁이와 완력이 있는 사람이 세상의 봄을 흔드는 등 암흑과도 같은 면도 존재한다.

서민 사이에 있는 모순은 무문에도 있는 모순이며, 일개 인간인 이케다 쇼뉴의 마음속에도 그대로 자리하고 있는 것이었다.

"히데요시를 편들면 명분상 보기가 좋지 않고, 노부오를 도우면 명분은 서나 장래에 대한 희망이 별로 없다."

쇼뉴에게는 고민이 한 가지 더 있었다. 고 노부나가와 쇼뉴가 한 젖을 빨며 자란 형제와도 같은 사이라는 점은 세상 모두가 알고 있는 사실이었다. 그러한 깊은 관계 때문에 노부나가가 세상을 떠난 뒤에도 노부오에게 주종의 예절을 버리지 못하고 작년에 아들인 기이노카미 유키스케를 노부오에게 인질로 보낸 것이었다.

"그 아이를 죽게 내버려둘 수도 없는 일이고…….”

쇼뉴는 히데요시의 서면을 받을 때마다 그러한 생각을 떠올렸다.

이윽고 그는 자신의 생각을 가신들의 평의에 부쳤다. 그러자 한쪽에서는 의는 중하며 명분은 버리기 어렵다고 주장했고, 노신 이키 다다쓰구伊木忠次를 비롯한 사람들은 가문의 번영과 커다란 이익을 취할 수 있는 좋은 기회라고 주장했다. 결과는 쇼뉴의 가슴속에 있는 두 가지 마음을 그대로 드러낸 것과 다르지 않았다. 그곳 역시 추이를 관망하는 날이 계속되었다. 하지만 히데요시가 재촉하고 비노 근방에 전운이 드리워지자 더 이상 추이만 보고 있을 수는 없었다.

“어찌하면 좋단 말인가?”

쇼뉴의 망설임이 더욱 깊어진 순간, 참으로 뜻밖에도 나가시마에 인질로 가 있던 큰아들 기이노카미 유키스케가 갑자기 돌아왔다.

“기타바타케 나리의 관대한 뜻에 따라서 특히…….”

유키스케는 그렇게 말했다.

기타바타케 노부오는 사태가 급박해지자 그렇게라도 하면 이케다 부자가 정을 느껴 히데요시 쪽에 가담하지 않을 것이라 생각하고 은혜를 베풀어 유키스케를 돌려보낸 것이었다. 하지만 이 같은 안일한 방법은 다른 사람에게는 효과가 있을지 모르나 세정世情의 표리에서부터 전쟁에서의 임기응변까지 인간의 온갖 미묘한 사정을 맛본 이케다 뉴도쇼뉴에게는 유치하게 느껴질 만큼 억지로 호의를 베푸는 뻔한 현금주의로밖에 보이지 않았다.

쇼뉴는 노부오가 배내옷에 감싸여 밤새 응애응애 울었던 때부터 인간으로서 어떤 애정을 가지고 있는지, 진실한 성격을 가지고 있는지 잘 알고 있었다.

“결심이 섰다. 평소 섬기는 묘켄妙見이 꿈에 나타나 서쪽에 가담하면 대길이라고 하셨다.”

가신들에게는 그런 식으로 결의를 전달했다. 그리고 그날로 서군의 히데요시에게 ‘가담 승낙’이라는 답장을 보냈다.

처음부터 묘켄이 꿈에 나타났다는 것은 거짓이었다. 쇼뉴가 마음을 정한 직후 큰아들 기이노카미가 별생각 없이 아버지에게 한 말 가운데는 백전의 노장인 그로 하여금 ‘귀중한 정보다. 이야말로 하늘이 주신 기회다’라고 직감적으로 평소의 공명심을 한꺼번에 불태우게 한 내용이 있었다.

이누야마 성의 성주인 나카가와 간에몬이 갑자기 성으로 돌아가라는 명령을 받았기에 자신들의 바로 뒤를 따라서 이누야마로 돌아갈 것이라는 내용이었다.

어제까지만 해도 이누야마 성은 곧 아군이 될지, 적이 될지 알 수 없는 곳이었으나 히데요시 쪽에 가담하겠다고 답장을 보낸 이상 이누야마는 눈앞에 있는 적의 성이었다. 게다가 천혜의 요지이며, 성주인 나카가와 간에몬은 노부오와 이에야스가 본령 수비의 제일선을 맡기기에 부족함이 없는 인물이었다. 바로 그랬기에 갑자기 이세 전장에서 물러나 성으로 돌아가라는 명령을 내린 것임에 틀림없었다. 쇼뉴는 은밀히 계책을 세웠다.

“왜가리를 불러와라. 두목인 산조三藏를 불어와야 한다.”

쇼뉴는 그렇게 말한 뒤 부하를 어딘가로 달려가게 했다.

성의 뒤쪽에 해당하는 구로사와黑澤 계곡에 구로사와파라고도, 왜가리파라고도 불리는 소토모노外者(번외番外의 고용인)의 거처가 있었다. 쇼뉴의 명을 받고 달려간 부하는 그곳에서 스물대여섯 살쯤 되는, 체구는 작으나 단단하게 살이 찐 사내를 데리고 왔다. 바로 그가 왜가리파의 두목 산조였다. 그는 뒷문을 통해 안뜰까지 들어갔다. 성주 쇼뉴가 나무 그늘에 서 있었다. 쇼뉴가 턱으로 산조를 불렀다. 그러더니 자신의 발밑에 엎드린 산조의 귀에 대고 무엇인가를 명했다.

왜가리파라는 이름은 복색에서 붙여진 듯했다. 위아래 모두 검푸른 면직물로 된 옷을 입고 단도를 들었으며 모두 민첩했다. 그리고 일이 있을 때마다 어디든 달려갔다. 그 모습이 마치 하늘로 날아오르는 왜가리와도 같았다.

쇼뉴가 산조를 처음 만난 건 9일이었다. 삼 일 뒤인 12일 새벽, 산조가 어딘가에서 돌아왔다. 그전처럼 바로 뒷문 안으로 들어가 안뜰의 나무 그늘에서 다시 쇼뉴 앞에 엎드렸다. 쇼뉴는 그가 동유지 꾸러미에서 풀어 내민, 혈흔이 선명한 군도를 받아들고 이리저리 살펴본 뒤 고개를 끄덕이며 칭찬했다.

"틀림없군. 잘했네."

그리고 산조에게 황금 몇 개를 상으로 주었다. 그 군도는 이누야마 성 나카가와 간에몬의 것이 틀림없었다. 그 집안의 가문이 분명히 새겨져 있었다.

"감사히 받겠습니다."

산조가 물러나려 하자 쇼뉴가 기다리라고 말한 뒤, 측근을 불러 말 등에 싣지 않으면 가져갈 수 없을 정도로 많은 금은을 가져오게 했다. 곳간을 담당하는 사람과 근신이 놀란 산조 앞에서 금은을 몇 개의 거적에 싸 꾸러미를 만들었다.

"산조, 한 번만 더 일을 해주게."

"네, 어떤 일입니까?"

"자세한 내용은 심복 세 명에게 이미 일러두었네. 자네는 마부로 위장해서 저 금은을 말 등에 싣고 그저 그 사람들을 따라가기만 하면 되네."

"대체 어디로?"

"묻지 마라."

"네."

"일을 마치고 나면, 자네 같은 사람을 소토모노로 버려두는 것도 아까운 일이니 가신으로 삼아 돌봐주도록 하겠다."

"고맙습니다."

산조는 대담한 성격이었지만 피를 뒤집어쓴 것보다 많은 금은을 보며 더 섬뜩한 전율을 느끼고 있었다. 그래서 그런지 그는 자꾸만 머리를 조아렸다. 그러다 문득 얼굴을 들어보니 어느 틈엔가 시골의 나이든 향사 같은 노인 한 명과 언뜻 보기에도 강해 보이는 젊은 하인 둘이 말을 끌고 와서 꾸러미를 안장에 싣고 있었다.

쇼뉴는 장남인 유키스케와 다실에서 차를 한 잔 마셨다. 오래 헤어져 있던 부자가 단둘이서 아침을 먹는 것처럼 보였으나, 쇼뉴와 장남인 유키스케는 밀담을 나누기에 여념이 없었다.

"그럼, 바로 기후로 떠나겠습니다."

"그래, 그렇게 하도록 해라."

그곳에서 나온 기이노카미 유키스케는 자신의 가신들에게 바로 떠날 채비와 말을 준비하라고 명했다. 기후는 그의 성이었다. 유키스케는 바로 기후로 들어갈 예정이었으나 쇼뉴에게 어떤 사정이 있었는지 이삼 일 지체하고 말았다.

"내일 밤의 신호, 놓쳐서는 안 된다."

쇼뉴는 유키스케가 거실로 와서 인사를 하고 돌아가려는 순간까지 몇 번이고 작은 목소리로 주의를 주었다. 유키스케가 잘 알겠다는 듯한 얼굴로 고개를 끄덕였으나 아버지의 눈에는 아들의 불타오르기 쉬

운 눈동자를 보고는 마음을 놓을 수 없었는지 '조금의 소홀함도 있어
서는 안 된다. 절대 은밀히 해야 한다. 그때가 오기까지는 가신들에게
도 비밀을 지켜야 한다'며 귀에 대고 속삭인 뒤 멀지도 않은 기후 성으
로 급히 떠나게 했다.

하지만 이튿날인 13일 저녁에는 쇼뉴의 생각이 무엇이었는지, 기이
노카미가 왜 기후로 서둘러 갔는지 모든 사실이 남김없이 드러났다.
오가키 성에 갑자기 명령이 떨어진 것이었다. 가신들에게는 아닌 밤중
에 홍두깨였다.

명령은 '이누야마로!'였다. 갑옷을 입은 부장이 젊은 무사들이 많이
모여 북적북적 떠들고 있는 곳으로 와서 흙빛 얼굴로 말했다.

"오늘 밤 안으로 이누야마를 취할 것이다."

극도의 긴장은 얼굴빛을 이상하게 만드는 법이다. 강한 척하는 사람
일수록 더욱 그러했다. 게다가 이처럼 급하게 출진 명령이 떨어진 경우
에는 몸에 두르는 갑옷조차 평소와는 달리 잘못 입는 경우가 많았다.

과연 주장이 있는 쇼뉴의 거실은 조용하기만 했다. 쇼뉴는 차남 산
자에몬 데루마사와 지금 막 축배를 나눈 뒤 함께 갑옷을 입고 걸상에
앉아 성을 나설 시간이 오기를 기다리고 있었다. 그때 성을 지키라는
명령을 받은 노신 이키 다다쓰구가 와서 물었다.

"나리, 성을 나서기 전에 중요한 일을 잊지 않으셨습니까? 그자들을
어떻게 처리하면 되겠습니까?"

쇼뉴가 얼른 떠오르지 않는다는 얼굴로 되물었다.

"그자들이라니……."

"며칠 전 오사카에서 구로다 성까지 사자로 갔다가 돌아오는 길이
라는 사실을 알면서도 기소 강 하구에서 붙잡아 억류를 해두었던 승려
와 수행자 차림의 사내 말입니다."

"아, 그들……."

쇼뉴가 우습다는 듯 중얼거린 뒤 이어 말했다.

"그랬지. 그대로 감옥에 넣어둔 채 잊을 뻔했군. 전에는 아직 우리의 거취가 결정되지 않아 훗날 추이에 따라 이용할 가치가 있을지도 모르겠다고 생각해 감옥에 넣어두었던 건데……. 이삼 일 바빴기에 잠시 잊고 말았군. 바로 풀어주어야겠지."

"히데요시 님 편에 서기로 한 이상은."

"물론 하시바 가에서 다른 곳으로 보낸 세객을 아무런 이유도 없이 억류한다는 것은 앞뒤가 맞지 않는 일이니. 그런데 그 두 사람의 이름이 뭐였더라?"

"한 사람은 젠조스, 다른 한 사람은 무토 세이자에몬이라고 합니다."

"아아, 그랬었나? 특히 다른 나라로 보낼 세객으로까지 뽑혔을 정도의 사람들일세. 틀림없이 잔꾀나 말솜씨가 좋은 자들일 게야. 이번 일에 원한을 품고 우리 집안을 좋지 않게 얘기해서는 안 되지. 이키, 잘 좀 처리하도록 하게."

"알겠습니다. 충분히 대접하고 수문을 지키는 자들의 실수를 사과해 뒤탈이 없도록 마음을 달래서 놓아주도록 할 테니 걱정 마십시오."

"음."

쇼뉴가 고개를 가볍게 끄덕이며 걸상에서 일어선 순간, 밖에서 준비가 모두 끝났다고 고해왔다.

당당하게 출진을 알리고 나서는 경우라면 나팔을 불고 북을 요란스럽게 울리며 성을 나섰을 테지만, 비밀리에 나서는 것이라 일부러 기마를 삼삼오오 흩어서 보병을 앞뒤에 서게 하고 깃발과 화기를 숨긴 채 출발하도록 했다. 춘삼월의 밤은 어슴푸레해서 마을 사람들이 무슨 일일까 하며 돌아보았지만 출진이라고는 분명히 알 수 없을 정도였다.

오가키에서 삼십 리쯤 떨어진 기후 성 밑의 아카네베茜部 들판에 이르렀을 때 멈추라고 명령한 뒤 흩어져 오던 병사들을 집결시켰다. 그리고 야습에 대비해 일찍 밥을 먹게 한 뒤 내일 아침에 먹을 식량을 휴대하라고 명을 내렸다.

"싸움은 새벽이 오기 전에 끝날 것이다. 또 내일 안에 성으로 돌아갈 것이다. 가능한 몸을 가볍게 하고 식량도 많이 가져가지 말도록 해라."

쇼뉴는 병사들이 말에게 물을 먹이고 창과 철포를 점검하는 동안에도 세심한 곳까지 살폈다. 마침내 부대가 전진했다.

"왜가리파의 산조는 아직 도착하지 않았느냐? 모습이 보이지 않느냐?"

쇼뉴는 좌우를 향해 두어 번 그렇게 물었다. 무엇인가를 기다리는 듯한 얼굴이었다.

대오의 전후에 선 척후병들은 전군의 촉수로서 들판을 가로지르는 새의 그림자조차 놓치지 않겠다는 듯한 눈빛으로 기소 강 상류를 향해 급히 기마와 보병을 따라 나아가고 있었다.

방탕한 아들

오쓰의 유모는 고향인 오노 마을을 떠날 수 없었다. 예전의 생활은 흔적도 없는 꿈과 같은 것이라는 사실을 알면서도 여전히 외진 오노의 한쪽 구석에서 봄이면 보리를 뿌리고 가을이면 누에의 실을 자으며 쓸쓸하게 노후를 보내고 있었다.

"아씨, 어젯밤에도 이 유모는 돌아가신 나리를 꿈에서 생생히 보았습니다. 매우 근심스러운 표정으로……."

유모인 오사와お澤는 간신히 손끝만을 비추고 있는 등잔 옆에서 밤일로 누구의 속옷인지 해어진 남자의 옷에 바느질을 하고 있었다.

"또 그 소리야……."

오쓰가 거의 혀를 차는 듯한 목소리로 말했다. 어렸을 때부터 떼를 쓰기도 하고 따르기도 하고 애를 먹게도 했던 사람이기에 지금도 오쓰의 말투는 다른 사람을 대할 때와는 전혀 달랐다. 유모 앞에서는 태도에서 말투까지 자연스럽게 어렸을 때처럼 되어버리고 말았다.

"얄미운 할멈……. 걸핏하면 돌아가신 분 얘기만 한다니까. 자기 입으로는 말하지 못하니까 전부 돌아가신 분이 한 얘기라며 나보고 다시 스님에게로 돌아가라고 하는 거 아니야? 나도 다 알고 있어."

오쓰는 속마음을 숨기지 않고 마음이 상했다는 표정을 지어 보였다. 그러고는 흐릿한 빛이 비추는 깨진 창 옆으로 가서 턱을 괸 채 뾰로통한 표정으로 처마 끝의 희미한 달을 올려다보았다.

유모의 눈에 눈물이 고였다. 바느질하던 손을 멈추었다. 오쓰가 갑자기, 그것도 한밤중에 오두막의 문을 두드린 지도 벌써 며칠이 지났다. 헤아려보면 예닐곱 날밖에 지나지 않았지만 오쓰와 유모인 오사와는 오래전 일처럼 여겨졌다. 서로 늘 그와 같은 말만 주고받았기 때문이다.

오사와는 그녀가 이와테의 암자에서 말도 없이 나온 것을 '당치도 않은 행동', '있을 수 없는 일'이라고만 말할 뿐, 결코 어쩔 수 없는 일이라며 포기하지 않았다. 지난 며칠 동안에도 웃음 한번 지어 보이지 않았다.

'이렇게 고집스럽고 차가운 할멈이었던가?'

오쓰는 그런 오사와를 못마땅하게 여겼다. 하지만 그녀는 오사와의 달콤한 젖을 기억하고 있었다. 그러니 오사와가 무섭다는 생각은 조금도 들지 않았다.

유모의 남편은 이미 세상을 떠났다. 오쓰를 이와테로 데려가 먼 인연을 더듬어 쇼킨에게 맡긴 것이 바로 그 남편이었다. 하지만 그로부터 얼마 지나지 않은 재작년에 병으로 세상을 떠나고 말았다.

'예전처럼 대해서는 안 된다.'

오사와는 오쓰의 모습을 본 순간 그렇게 다짐했다. 남편의 뜻을 생각해서, 아니 오쓰의 아버지인 오노 마사히데가 평소 남편과 자신에게 '만일의 사태가 벌어지면 딸을 부탁하네'라고 입버릇처럼 걱정하던 것을 생각해서 마음을 굳게 먹어야 했다.

"할멈, 아무리 돌아가라고 해봐야 암자는 내 성격에 맞지 않아. 오쓰는 교토로 가고 싶어. 아무리 안 된다고 말려도 꼭 가고 말 거야."

"아가씨, 언제 그렇게 행실이 나빠진 거죠? 유모는…… 아니 아씨의 아버님도, 제 남편도 저승에서 틀림없이 한탄하고 계실 거예요.”

“호호호. 저승이라니 그런 세상은 어디에도 없어. 그러니 암자는 재미가 없어.”

“어머, 그런 소리를. 부처님의 벌이 무섭지도 않으신가요?”

“무서운 건 무지한 채 살아가는 거야. 이런 세상에서 무지한 채 떠도는 것만큼 무서운 것도 없어. 오쓰는 시골도 싫고 시골 사람도 싫어. 그 우둔함을 도저히 보고 있을 수가 없어. 나는 교토로 가서 무사에게도 뒤지지 않는 여자가 될 거야. 그림이든 노래든 그 외의 학문이든 여자라도 뛰어난 사람이 될 수 있는 길은 얼마든지 있어.”

오쓰의 말에는 자신감이 묻어 있었다. 무문의 피를 이어받은 딸이니 그것을 이상히 여길 필요는 없었다. 하지만 오사와에게는 오쓰의 말이 참으로 서글프게 들렸다. 유모가 믿고 있는 여자의 길과 유모가 바라고 있는 여자로서의 행복과는 너무나도 다르기 때문이었다.

오노 가가 멸망한 뒤 오쓰는 완전히 변해버린 듯한 말들을 내뱉었다. 그럴 때마다 오사와는 불량해진 오쓰를 보며 슬픔에 잠겼다. 이 지방뿐만 아니라 한번 전쟁을 겪고 나면 마을과 도회에 집을 잃은 아이가 여럿 생겨나고, 그들이 자라 도적의 앞잡이나, 절을 털거나 불을 지르고 빈집을 터는 도둑이나, 전사자의 물품을 훔치는 사람이 되고, 그 숫자는 늦여름의 파리처럼 늘어나기만 할 뿐이었다. 오사와는 오쓰도 실제로 그렇게 되어가고 있는 것 같다는 생각이 들었다.

오사와는 이 모든 게 전쟁 때문이라며 전쟁을 저주했다. 그런 무시무시한 전쟁을 오쓰는 한 번도 아니고 두 번이나 경험했다. 주인 집안인 사이토 일족이 멸망한 뒤 오노 가는 노부나가에게 넘어갔고, 오노 마사히데는 그로부터 몇 년 동안 노부나가를 섬겼으나 아사이 공격에 나섰다가 전사했다. 그리고 마사히데가 성을 비운 동안 평소 오다 쪽에 깊은 원한을 품고 있던 본원사의 일파인 나가시마 문파에게 습격을 당해 그곳에 있던 오다의 신하들은 대부분 살육당하거나 불길 속에서 목숨을 잃고 말았다.

당시 오쓰는 겨우 다섯 살이었는데, 아직도 오사와의 귀에는 전화에 불타고 있는 성의 불길을 피해 달아나던 어두운 산속에서 어린 오쓰가 밤새 울며 아버지를 찾던 목소리가 남아 있었다.

오사와의 남편인 헤키 오이日置大炊가 혈로를 뚫어 오쓰를 찾아냈으며, 그 뒤로 유모 부부는 아버지와 집을 잃고 친척도 끊긴 오쓰를 자신의 딸처럼 길렀다. 오쓰가 열두 살이 되었을 때 오노 마사히데의 딸이라는 소리를 들은 노부나가가 가엾이 여겨 아즈치의 안채에 들게 한 것이었다. 하지만 오사와는 그것이 오쓰에게 더 큰 불행이 되었다며 지금도 후회하고 있었다.

그 아즈치 성도 얼마 지나지 않아 그와 같은 업화에 휩싸였으며 노부나가 일문의 최후야말로 지옥의 그림을 연상케 했다. 여자들이 놀라 달아나는 모습이 눈에 선했다. 그중에는 열다섯 살 오쓰도 있었다. 나이도 어린 여자의 몸으로 어떻게 달아난 것인지는 모르겠으나 어쨌든 어느 날 밤 오쓰는 오노 마을까지 유모를 찾아 돌아왔다. 무엇을 물어도 그저 울기만 할 뿐이었다. 며칠 동안 정신없이 잠만 잤으며 때때로 잠꼬대처럼 비명과도 같은 소리를 질렀다.

전쟁이 지난 뒤 산야에 반드시 출몰하는 떠돌이 무사나 좋지 않은 마을 사람들에게 붙들려 도중에 어떤 수모를 겪었을지 모를 일이었다. 오사와는 오쓰의 잠든 얼굴을 바라보며 울었다. 생각해보니 이곳으로 돌아왔을 때 오쓰의 백옥처럼 하얀 피부에는 멍과 맞은 자국이 자줏빛으로 부어올라 있었다. 입고 있던 옷도 모두 빼앗겼는지 처녀의 수치를 간신히 가릴 수 있을 정도의 헝겊 하나에 가느다란 허리끈 하나만을 두른 모습이었다.

　하지만 자존심이 강한 오쓰는 도중에 겪은 끔찍한 일을 결코 누구에게도 이야기하지 않았다. 오사와에게조차 이야기한 적이 없었다. 그런데 생각해보니 그때부터 오쓰가 어딘지 모르게 변한 듯한 느낌이 들었다. 오쓰의 성격이 변하고 나니 앞날이 걱정되었다. 오사와의 남편인 헤키 오이는 사냥을 해서 근근이 연명하고 있었다.

　"지금이라도 여승방에 넣는 것이 평생을 위한 길인 듯해. 그래야 돌아가신 나리께서도 안심하실 수 있을 게야. 이대로 시골에서 기르면 훗날 좋지 않은 여자가 될지 모르니 앞날이 걱정이야."

　유모 부부는 그렇게 말하며 인연을 더듬어 쇼킨에게 맡긴 것이었다. 하지만 쇼킨은 오이가 살아 있을 때 편지를 보내 이렇게 말했다.

이 아이에 대해서는 저도 앞날을 보장할 수 없습니다. 제게는 스승의 자격도 없습니다. 맡아서 보살피고는 있습니다만 그저 지인의 딸이 잠시 와서 머무는 것 정도로만 생각하겠습니다. 그래도 상관없다면.

　쇼킨은 오쓰가 암자에 오래 머물 성격이 아니라는 사실을 분명히 전달한 것이었다. 그러는 사이에 그럭저럭 안정을 되찾은 듯했고 어느 틈엔가 시간이 이 년 가까이 지났다. 그리고 이제는 됐다 싶어 오사와도 안심하고 있었다. 하지만 덩굴풀은 역시 덩굴풀이 되어 자랐다. 남편 오이가 살아 있었다면 하는 생각이 들기도 했고, 자신이 오쓰의 친어머니였다면 고집을 부리도록 내버려두지 않았을 것이라며 서글픈 생각이 들기도 했다.

　"아씨…… 밤이 깊었으니 그만 주무세요. 내일이 되면 생각도 바뀔 테니."

오사와는 언제까지고 뽀로통해서 창가에 기대 있는 오쓰를 달랬다.

"……."

오쓰는 더 이상 대답도 하지 않았다.

봄밤의 달은 처마 곁을 떠났으며 어딘가에서 희미하게 벚꽃 냄새가 풍겨왔다. 그녀는 봄밤을 덧없이 보내는 자신의 젊음을 안타까워했다.

초라한 노파, 그을음투성이 벽, 몰래 켜놓은 듯한 밤의 등불. 참으로 견딜 수 없는 움막이라고 여겨졌다. 이것이 자신에게 주어진 숙명의 움막일까? 그럴 리 없었다. 인간이 자유로운 삶을 추구하는 것은 조금도 나쁜 일이 아니라 여겨졌다. 자신에게는 좋은 혈통의 부모 아래서 태어났다는 내력도 있었다. 남들보다 뛰어난 재능도 있다고 생각했다. 또 무엇보다 자신은 아름다운 용모를 가지고 있었다. 어째서 꽃도 피우지 못한 봉오리로 암자에 있지 않으면 안 되는 걸까. 그곳에서 나와서는 또 이런 움막 같은 초가집에서 머물지 않으면 안 되는 걸까. 누구의 탓도 아니었다. 운명은 개척할 수밖에 없었다. 이렇게 희미한 창가에서 불평만 한들 누가 밖에서부터 행운의 수레를 몰고 올 리 없었다.

"엄니, 엄니……. 엄니 벌써 잠들었나?"

그때 누군가 덜컹덜컹 봉당의 덧문을 두드리며 외치는 사람이 있었다.

"문 좀 열어줘. 얼른 일어나, 엄니. 아드님이신 산조께서 돌아오셨다고. 아하하하하……. 문을 안 열어줘도 우리 집이니 안 들어갈 수 없지."

산조는 꽤나 취한 듯했다. 기분은 좋은 듯했으나 실없는 소리를 해대며 덧문을 부술 듯 소란을 피웠다. 방탕한 아들이 돌아온 것이었다. 오사와의 얼굴에 또 다른 번민의 그림자가 겹쳐졌다. 아버지가 살아 있었을 때부터 산조는 집에 제대로 붙어 있지 않고 밖에서 무슨 짓을 하는지는 몰라도 늘 술에 취해 돌아다녔다.

"뭐야, 아직 잠자리에 들지도 않았으면서."

산조가 화로 옆에 털썩 앉더니 술 냄새를 풍기며 쪼글쪼글한 어머니의 팔목을 잡았다.

"그만두슈, 엄니. 낙담한 눈으로 바늘귀에 실을 꿰어봐야 바뀌는 건 아무것도 없으니. 본능사의 단 하룻밤으로 이 세상이 완전히 바뀌어버리지 않았수. 세상 사람들이 모두 커다란 파도에 휩싸여 헐떡이며 헤엄치고 있수다. 정직하게만 살아서는 살아남을 수가 없어. 이리저리 약삭빠르게 돌아다니는 게 최고야. 뱃심은 두둑하게, 눈치는 빠르게, 한번 쥔 덩굴은 절대 놓으면 안 돼. 엄니…… 한심한 아들이지만 가끔은 효도도 할 테니 또 눈에 쌍심지를 세우고 잔소리는 하지 마슈."

산조가 어머니의 무릎 앞으로 황금 하나를 내밀었다. 하지만 오사와는 쳐다보지도 않았다. 오히려 눈물을 글썽이며 현실의 고통을 잊으려는 듯 오로지 바늘땀만 쳐다보았다.

"받아두슈, 엄니. 그건 그렇고 술이 있겠지? 응…… 어디에 술이 있수?"

오사와가 무릎을 바꿔 세우더니 엄한 눈으로 비로소 아들을 바라보며 말했다.

"네놈 눈에는 불단이 안 보이는 게냐?"

산조가 코웃음을 치며 말했다.

"죽은 아버지를 끌어들일 건 없지 않수? 아버지라면 살아 계셨을 때만 해도 지긋지긋했으니까. 엄니도 고지식하지만, 아버지는 세상 물정 모르기로 따지자면 단연 으뜸이었지. 도무지 융통성이 없는 양반이었어. 그에 비하면 이 산조는 아버지와 달리 기특한 사람이라고 어제도 이케다 뉴도쇼뉴 님으로부터 직접 칭찬을 들었고……. 게다가 오늘 밤의 일이 잘 풀리면 무사로 받아주겠다고 말씀하셨수다."

산조는 뭔가 굉장히 자랑스러운 모양이었다. 다른 사람에게는 극비지만 어머니에게라면 말해도 상관없다고 생각했다. 묻지도 않았는데 자랑스럽다는 듯 이야기를 늘어놓았다.

"세상 사람들은 오가키의 왜가리라고 하면 성의 뒤치다꺼리나 잡일을 하는 사람인 줄 알고 무시하지만, 같은 왜가리파라도 칼을 차고 있는 사람들과 아무것도 모르는 일용직, 두 종류가 있단 말이지. 내 이래 봬도 성안에서 각별한 수당을 받고 적국으로 잠입하는 첩자로도 일하고 밀정으로도 일한다고. 게다가 그 두목이야. 얼마 전 이세 가도에서 목숨을 잃은 이누야마의 나카가와 간에몬을 처치한 것도, 뭘 숨기겠어, 바로 이 산조 님이시라고……. 그 뒤를 이어 어제부터 지난밤에 걸쳐서는 말 등에 천 냥 이상이나 되는 금궤를 싣고 창고관리 두 사람과 이케다 가의 노신, 그리고 나 이렇게 네 사람이서 그 황금을 전부 이누야마 성 아래에 사는 자들에게 뿌리러 갔었으니 정말 굉장하지 않수? 그것도 겨우 하루 밤낮 사이에 뿌렸다고."

산조는 마치 자신의 돈이라도 되는 양 우쭐했다.

"이누야마 성의 신하들은 주인이 변사했기에 뒤처리와 장례식 준비에 정신이 없었지. 그 틈을 이용해 이케다의 노신과 우리는 성 아래 마을에 살고 있는 사람들, 떠돌이 무사, 그리고 성을 지키는 무사와 말단 병사들 가운데 약삭빠른 자들을 골라 황금을 건네줬어. 물론 공짜로 준 건 아니야. 우리의 방책을 잘 이해시킨 뒤에 건네줬는데……."

천하의 술꾼도 과연 목이 마르기 시작한 모양이었다. 산조는 갑자기 부엌으로 가더니 대나무 국자로 벌컥벌컥 소리를 내며 물을 마신 뒤 돌아왔다.

"응?"

산조는 그제야 비로소 어두운 창가에 팔꿈치를 괴고 앉아 있는 오쓰의 모습을 깨달았는지 오쓰 쪽으로 가까이 다가가며 말했다.

"저기에 누가 있었단 말인가? 누구냐? 넌……."

술 취한 사람이 혹시 좋지 않은 농을 걸어올지도 몰랐기에 오쓰는 얼른 자세를 바로 하고 앉았다. 창에서 새어드는 희미한 달빛을 받고 있는 오쓰를 가만히 바라보던 산조의 눈동자에서는 갑자기 취기가 사라진 듯했다.

"음……. 놀랐습니다. 아름다워지셨네요. 오쓰 님 아니십니까?"

"응, 산조도 기억하고 있었구나."

"잊었을 리야 없지만, 몰라볼 뻔했습니다. 너무 변하셔서."

"어떻게 변했단 말이지, 내가?"

"글쎄, 뭐라고 해야 할지……. 한창 물이 오른 나이라고 해야 하나."

"어머, 나라고 안 자랄 줄 알았나?"

"맞습니다. 자라지 않는 건 우리 엄니밖에 없네요. 하하하하. 그런데 오쓰 님, 무엇하러 이런 곳에 오신 겁니까?"

"교토로 가고 싶어서."

"교토에……. 어려울 것 없지 않습니까? 엄니는 뭐라시던가요?"

"암자로 돌아가라고만 할 뿐, 내 마음은 조금도 알아주지 않아."

"아깝지, 아까워."

산조는 고개를 힘차게 흔든 뒤 순간 진지한 눈빛을 보였다. 그리고 단번에 술기가 가신 듯 가만히 생각했다.

'이런 선녀 같은 여자를 들판에서 헤매게 하지 말고 자신의 아내로 맞을 수는 없을까? 아내로 삼아도 이상할 건 없지 않을까?'

산조는 오쓰의 희망을 낚싯줄에 매달아야겠다고 생각했다. 하지만 어머니가 들으면 반대할 게 뻔했기 때문에 산조는 오쓰에게 속삭였다.

"잠깐 할 얘기가 있으니 밖으로 나가시지요. 옛 주인의 따님이니 할 멈 따위는 신경 쓸 필요 없습니다. 희미한 달밤, 벚꽃 아래서 차분히 애기를 나누시지요."

오쓰가 방탕한 아들의 감언이설에 넘어가 함께 문가로 나서자 오사와가 맨발로 봉당까지 뛰쳐나가 오쓰의 소매를 잡아끌었다. 하지만 산조가 오사와의 손을 억지로 뜯어낸 뒤 밖에서 문을 잠가버리고 말았다.

"시끄러워. 새장 속의 새도 아니고 이렇게 다 자란 아가씨를 엄니 생각대로 하기 위해 안달복달하는 것이 잘못이지. 노인네는 잠이나 일찍 자고 있으라고. 곧 돌아올 테니."

"아…… 뒤따라오는군. 오쓰 아가씨, 뛰세요."

어디로 가는 것이냐고 물을 새도 없이 산조가 뛰기 시작하자 오쓰도 그저 따라 달렸다.

오노 마을은 밤안개에 휩싸여 있었다. 갑자기 오쓰의 이성이 움직이기 시작했다. 오쓰는 마을에서 너무 멀리까지 가서는 안 된다고 생각했다.

"산조, 이만하면 되지 않았나?"

"네, 이만하면 되겠네요. 그래도 이왕 여기까지 왔으니 열 정 정도만 서둘러 갑시다."

"그럼 어디로……."

"바로 요 앞이 나가라의 강변 아닙니까? 이나바 산이 보이는."

"그래 맞아, 어렸을 때 산조랑 자주 놀러오곤 했지."

산조는 온몸이 뜨거워졌다. 그는 예전에 경험한 적이 없는 흥분에 휩싸였기에 이거 일이 다 됐다 싶을 정도로 황홀경에 빠졌다.

두 사람은 나가라 강의 강변으로 나갔다. 오쓰는 쉴 곳을 찾고 있었지만 산조는 이미 배다리를 건너고 있었다. 오쓰가 뒤따라가며 물었다.

"산조, 대체 어디까지 갈 생각이지?"

"건넙시다. 이런 밤에 걷는 것도 좋지 않습니까?"

“하지만 이렇게 걷기만 해서야…….”

“알고 있습니다. 교토에 가고 싶으신 것 아닙니까? 그러니 아무 말 말고 따라오시기 바랍니다. 세상이 뜻대로 되지 않아서 방탕한 척하고 있지만 이 산조도 헤키 오이의 아들입니다. 옛 주인의 따님께 청을 받고 잔꾀는 부리지 않을 겁니다. 이렇게 걸으면서도 제가 교토까지 모셔야겠다고 여러 가지로 생각하고 있습니다.”

“네가 데려다줄래? 내게는 길을 갈 여비도 없고, 도중에 아는 사람도 없고, 또 후와의 산길과 고슈 가도에는 떠돌이 무사나 좋지 않은 사람이 많아 재작년에 아즈치가 함락되었을 때 그곳을 헤매며 무서운 일을 당했거든. 그래서 지금도 혼자서는 교토까지 갈 생각이 들지 않아…….”

“그렇게 며칠 밤씩 묵을 필요도 없습니다. 제가 모시고 가면 어려울 것도 없는 일입니다. 하지만 안타깝게도 이 산조 놈에게는 내일 아침 우시(오전 6시)까지 목숨을 내놓고 해야 할 큰일이 있습니다. 그 일을 멋지게 해치우기 전에는 아무 데도 갈 수 없기에.”

“하지만 너는 한가하게 술을 마시고 이렇게 빈둥거리고 있잖아.”

산조가 과장스러운 몸짓으로 돌아보았다.

“무슨 말씀이십니까? 처음으로 이누야마에 들어간 일과 막대한 황금의 힘으로 일찌감치 사람을 매수하는 일이 뜻대로 잘 풀려 오늘 밤 해시(오후 10시)에 이케다 쇼뉴 님께 보고를 드려야 하는 일이 남았는데……. 그때까지 시간이 많이 남았기에 주막에서 잠깐 한잔 걸치고 엄니를 놀라게 하기 위해 집에 들렀던 것뿐입니다.”

어느 사이엔가 흔들거리는 배다리도 건너고 이나바 산의 뒤쪽인 히노에서 옛 장터로 넘어가는 언덕길을 오르고 있었다. 오쓰는 여기까지 오는 동안 들은 이야기를 통해 산조가 이케다 가의 밀명을 받은 무사들과 함께 이누야마로 가서 어떤 암약을 했는지 상상할 수 있었다. 아니, 산조는 그녀에게 숨기려고 하지 않았다. 오히려 그 사실을 알려서 자신이 얼마나 믿음직한 사내인지 인정을 받으려고 했다.

이누야마 잠행 책동은 쇼뉴가 생각했던 것 이상으로 뜻대로 되었다. 산조의 남은 일이란 오늘 밤 오가키에서 이누야마로 길을 서둘러 행군할 이케다 쇼뉴의 말 앞에 가서 '계책이 적중해 뜻대로 풀려서 내응의 준비는 전부 끝났습니다. 저와 함께 동행했던 노신과 두 가신이 아직 성 아래 마을에 잠복한 채 나리가 오시기를 기다리고 있으니 걱정 마시고 이누야마로 가시기 바랍니다'라고 일의 성공을 고하기만 하면 끝나는 것이었다.

"그것도 이제 아침까지만 기다리면 됩니다. 그러니 아가씨, 여기서 기다리시기 바랍니다. 이미 밥상은 차려졌으니 이누야마가 떨어지는 건 날이 밝기 전일 겁니다. 그리고 쇼뉴 님께서 돌아오시는 길로 마중을 나가 '잘했다, 산조'라고 하시며 약속한 상을 내리시는 것을 받은 뒤 그길로 바로 교토로 모시고 가겠습니다. 저도 큰일을 마친 뒤에 천천히 교토를 구경하고 싶기도 하고……."

산조는 언덕 위 적당한 지점에 자리를 잡고 앉아 자꾸만 오쓰의 마음을 달랬다. 자신은 남은 일을 하기 위해 지금부터 기슭의 가도로 나가 이케다 군이 오기를 기다렸다가 내일 아침 묘시까지 반드시 돌아올 테니 저쪽에 있는 당의 마루에서라도 눈을 붙이고 있으라는 것이었다.

오쓰의 눈동자는 흔들리지 않았다. 그렇다고 해서 그의 말을 그대로 받아들여 꿈에 취한 듯한 모습도 아니었다. 조금 차가운 듯하지만 언제나 이성과 영리한 판단을 가지고 있는 아름다운 눈, 그것이 그녀의 마음속 잔물결을 비추고 있었다.

"그래…… 기다리고 있을게."

오쓰는 고개를 끄덕였다. 그것을 보자마자 산조는 곧 자리에서 일어나 산신당인지는 잘 모르겠으나 낡은 처마 밑으로 그녀를 데려갔다. 그러고는 절대 다른 곳으로 가서는 안 된다고 거듭 당부를 했다.

"아, 벌써 밤이 꽤나 깊은 듯하군. 나도 모르게 시간을 지체했군. 아셨습니까, 오쓰 님. 약속을 어기면 이 산조가 평생 원망할 겁니다. 내일 아침까지 틀림없이 여기서 기다리셔야 합니다."

산조의 발걸음은 마치 하늘을 나는 것 같았다. 그는 기슭의 노잇시키野一色에서 가가미가하라各務ヶ原로 나와 서쪽에서 동쪽으로 똑바로 뻗어 있는 이누야마 가도를 이리저리 둘러보았다.

"여기를 벌써 지난 걸까, 아직일까?"

멀리로 농가의 불빛이 보였다. 산조가 뒷문으로 다가가 물었다.

"아저씨, 조금 전에 수많은 말과 무사가 이곳을 지나지 않았나요?"

외양간에서 소 울음소리가 들려왔다. 사람의 그림자가 뒤를 돌아보더니 소가 대답하는 듯한 목소리로 답했다.

"글쎄, 지난 것 같기는 한데, 뭐였더라. 뭔지 잘 모르겠지만 아주 많은 사람이 동쪽으로 급히 달려갔다네."

이번에는 농부의 아내인 듯한 여자가 말했다.

"그보다 훨씬 많았지. 날이 밝을 때 배를 이십 척이고 삼십 척이고 소달구지에 실어 동쪽을 향해 갔는걸. 가마우지로 물고기를 낚기에는 아직 이른 거 같은데, 이누야마에서 축제라도 벌어진 걸까?"

산조는 아차 싶어 하며 대답인지 자신에 대한 질타인지 모를 이야기를 했다.

"흠, 축제지. 이누야마에서는 피의 축제가 벌어졌어. 이러다 나는 뒷북만 치겠어."

그러고는 이누야마 가도의 동쪽을 향해 있는 힘껏 달리기 시작했다. 밤은 이미 초경이 지나 달빛도 흐렸고 길도 안개에 잠겨 있었다.

이누야마 함락

이누야마 거리와 이누야마 성은 바로 맞은편에 있었다. 앞을 가로막고 있는 강은 말할 것도 없이 기소 강의 상류였다. 바위에 부딪치는 물소리와 여울에 흐르는 물소리는 들렸으나 짙은 수증기에 휩싸여 있다 보니 달과 산과 물이 운모 속에 있는 것처럼 느껴졌다. 단지 몇 개의 젖은 등불만이 맞은편의 높은 곳에서, 또 낮은 곳에서 번져 보일 뿐이었다.

"모두 말에서 내려 말을 한군데 묶어놓아라."

쇼뉴도 말에서 내려 강 앞에 걸상을 놓고 앉았다. 삼사십 명의 하타모토들도 곧 주인을 따라 말에서 내렸다. 뒤따라 달려온 사람들도 들판에 말을 맡기고 가벼운 차림으로 물가에 섰다.

"오오, 시각을 어기지 않고 기이노모리 님의 군대가 저기에……."

그곳에 모인 사람들이 손으로 가리키며 말했다. 쇼뉴도 자리에서 일어나 상류 쪽을 바라보며 빠른 어조로 말했다.

"척후병, 척후병."

척후병이 바로 달려갔다 돌아오더니 틀림없다고 보고했다. 그리고 얼마 지나지 않아 총 사오백 명쯤 되는 부대가 이케다 쇼뉴의 병력 약

육백 명과 합류했다. 이윽고 천여 명쯤 되는 인원이 물살을 가르는 물고기처럼 어지러이 움직이기 시작했다.

그때 왜가리파의 산조가 마침내 그들을 뒤따라왔다. 후방을 지키고 있던 보초병들이 산조를 창으로 감싼 채 이케다 쇼뉴의 걸상 앞으로 데리고 갔다.

쇼뉴는 산조가 쓸데없는 말을 하지 못하도록 요점만을 들은 뒤 눈에 거슬리는 사람이라도 내쫓듯 곧 물러나라며 턱을 흔들었다. 그때 물가 여기저기서 바닥이 평평한 배가 강물을 가로질러 나아가기 시작했다. 갑옷 차림에 가볍게 무장한 병사들이 배에 가득 타고 있다가 차례차례 맞은편 기슭으로 내려섰으며, 그 배는 다시 돌아와 다음 사람들을 실었다.

그들의 움직임은 순식간이라고 할 정도로 신속했다. 그 자리에 남은 사람은 산조뿐이었다. 잠시 뒤 맞은편 기슭, 이누야마 성 아래 부근에서 밤하늘을 흔드는 함성이 한꺼번에 일었다. 그 순간 습한 밤하늘의 한쪽이 갑자기 붉게 물들더니 성 아래 마을 위로 불꽃이 반짝반짝 피어올랐다.

성안에서도 떠들썩한 소리가 들려왔다. 하지만 그것은 사람들이 당황하고 혼란스러워하는 소리에 지나지 않았다. 그리고 달아나는 아군을 아군이 소리 높여 욕하는 소리에 지나지 않았다. 오직 한 사람, 성주인 나카가와 간베의 숙부만이 수선을 떨지도 놀라지도 않고 성벽 위에 서서 창을 휘두르며 적을 쓰러뜨렸다. 그러고는 온몸에 창상을 입고 훗날까지도 기억할 만한 죽음을 맞았다.

"상을 당해 슬픔에 빠진 틈을 타, 한밤중에 공격해온 비겁한 적은 누구인가!"

쇼뉴의 계책은 성공을 거두었다. 이누야마 성은 힘 한 번 써보지 못하고 겨우 반 각 만에 떨어지고 말았다.

성안과 성 아래 마을에서 배신자가 나와 허를 찔린 성병을 더욱 혼란스럽게 만든 것도 이 천혜의 요지가 단시간에 떨어진 원인 중 하나였을 테지만, 더 큰 이유는 따로 있었다. 원래 이누야마는 이전에 이케다 쇼뉴가 성주로 있었던 곳으로, 마을 사람들과 각 마을의 우두머리와 농민들이 아직도 옛 영주를 우러르고 있었기 때문이다.

이처럼 연고와 마음의 연결고리가 있다 보니 쇼뉴가 기습하기 전에 사람을 보내 행한 매수 작전도 황금의 힘 이상으로 효과를 거둘 수 있었던 것이다. 어쨌든 이케다 뉴도쇼뉴는 히데요시 쪽에 서겠다고 약속하자마자, 또 히데요시가 아무런 재촉도 하지 않았는데도 첫 번째 증거로 이누야마 성 공격이라는 큰 선물을 서군에게 보였다. 그리고 그것으로 노부오와 이에야스에 대한 대답을 한 셈이었다.

날이 밝을 무렵, 성안 사람들은 하나도 남김없이 이케다 가의 가신으로 바뀌어 있었다. 쇼뉴 부자는 성의 수비를 이나바 뉴도잇테쓰稻葉入道一鐵에게 맡긴 뒤 하타모토 수십 기를 데리고 어젯밤과는 다른 길을 달려 벌써 기후로 돌아와 있었다.

공격할 때와 마찬가지로 물러날 때도 마치 한 줄기 파도처럼 신속하기 이를 데 없었다. 돌아오는 길에 성안에서 사방으로 흩어진 나카가와의 잔병들이 매복해 있다가 기습을 가할지도 몰라 오구치小口, 가쿠덴樂田 등의 마을을 불태우며 돌아왔다.

몰락 과정에 있는 명문가 주위로는 참으로 복잡한 인물들이 몰려드는 법이다. 앞을 내다볼 줄 아는 사람, 경박한 사람, 직언충고가 받아들여지지 않은 강직한 사람은 곧 떠나버리고 만다. 그리고 자신에게 기울어가는 세력을 만회할 재능과 힘은 없으나 시세에 민감한 사람 역시 떠나버리고 만다. 남은 사람은 떠나면 달리 생활해나갈 곳도 자립할 능력도 없는 사람, 혹은 영고, 생사, 희비를 함께하며 끝까지 주종의 도를 지키려 하는 충신뿐이다.

그런데 누가 그처럼 성실한 무사인지, 누가 방편가인지, 누가 이용을 하기 위해 남아 있는 사람인지 구분하기란 쉽지 않다. 이러한 무리들 속에서 모두 거짓된 태도를 높이 평가받기 위해 허실을 교묘히 꾸미기 때문이다. 그러한 가운데 주인으로 있으며 그것을 올바로 식별할 줄 아는 사람이라면 설령 이 대째, 삼 대째라 할지라도 인위적인 운명을 단시간 안에 몰락에서 소멸에 이르도록 스스로가 재촉하지는 않을 것이다.

하지만 그와 같은 무리들 중에서도 도쿠가와 이에야스는 성격이 크게 다르다. 세상이 어떠한 곳인지도 제대로 알지 못해 젖비린내가 나는 노부오와는 도저히 함께 논할 수가 없다. 이에야스는 노부오가 가지고 있는 유형무형의 명문가적 유산을 반드시 필요로 하면서도 자신이 먼저 다가간 것이 아니라 그로 하여금 다가오게 하고 의지하게 만들어 손안에 쥔 자신의 물건 중 하나처럼 만들어버렸다. 다른 무리들과는 그러한 점에서 차이가 있었다.

"참으로 비할 데 없는 대접입니다, 주조(기타바타케 노부오) 나리. 이제 그만 더운 물에 만 밥이라도 먹기로 하겠습니다. 원래 가난하게 자란 이에야스이기에 오늘 밤의 호화로운 산해진미에는 혀도 놀라고, 위장도 놀랐을 뿐입니다. 저도 모르게 과식을 하고 말았습니다."

이에야스의 말대로 노부오는 이에야스에게 음식 공세를 펼쳤다.

13일, 기요스에 도착한 날 저녁이었다. 이에야스는 낮에 기요스에 도착하자마자 성 밖의 사원에서 노부오의 영접을 받았다. 그리고 밀담에 들어갔다가 몇 각이 지난 저물녘에 성안의 객전에 편히 자리를 잡고 난 뒤 또 대접을 받았다.

예전에 중원을 향해서는 노부나가의 변이 있었을 때조차 쉽게 움직이지 않았던 이에야스가 자신을 위해 오카자키에서 나왔을 뿐 아니라, 여러 해 동안 축적된 도쿠가와 가의 전력을 기울여 기요스까지 직접 오지 않았는가. 노부오는 경모와 감격의 눈으로 이에야스를 우러러보지 않을 수 없었다. 망부가 좋은 벗을 남기고 갔다고 생각하지 않을 수 없었다. 이에야스야말로 참으로 의를 중히 여기고 정의에 두터우며 약한 사람을 가엾이 여기고 강한 사람에게 굴하지 않는 정의인협의 무문이라고 생각했다. 노부오는 온갖 환대의 노고를 마다하지 않았고 산해진미를 내오며 최선을 다했다.

하지만 이에야스는 그 모든 것을 젖비린내 나는 어린아이의 짓으로 생각했다. 그저 불쌍하다고 여겨질 뿐이었다. 예전에 이에야스가 노부오의 아버지인 노부나가의 고슈 개선 때 후지富士 산 구경을 빙자로 칠일 동안 대접하고 환대한 규모와 비교하면 오늘 밤의 초라함을 가엾게 여기지 않을 수 없었다.

그것은 물질의 호화로움을 이야기하는 것이 아니었다. 물질의 활용을 말하는 것이었다. 물질을 제대로 활용하지 못하는 노부오는 분명 주위에 아첨하고 추종하는 사람들만 득시글거릴 뿐 가신들을 잘 활용하지 못할 것이 뻔했다.

설령 상대방이 일을 꾸민 것이라 할지라도 노부오가 하필이면 히데요시를 상대로 일을 벌여 히데요시에게 전쟁의 구실을 준 셈이니 그것만으로도 이 명문가가 얼마 지나지 않아 단절할 것이라는 느낌이 들었다. 딱하다고 할 수밖에는 달리 길이 없었다. 이에야스는 노부오에게 동정심이 들었다. 하지만 그는 당연히 망해야 할 사람이 망하는 것이라며 인간이 죽어야 할 때가 오면 반드시 죽는 작용과 동일시했다. 자신 역시 예외라고는 생각하지 않았다. 자신도 그처럼 부덕하고 재주가 없으며 이러한 난국에 많은 것을 끌어안을 수 없는 사람이라면 곧 망할 것이라고 다짐했다.

환영연이 열리는 동안 이에야스는 노부오에게 가엾음을 느끼고 동정심을 품으면서도 일개 명문가의 유약한 아들을 자신의 수중에 넣어 완전히 이용하겠다는 저의에는 아무런 모순도 양심의 가책도 느끼지 않았다. 명문가에 남아 있는 인망과 유산을 물려받은 어리석은 유족만큼 화란의 불씨가 되기 쉬운 존재도 없는 법이기 때문이다. 이용 가치가 높으면 높을수록 더욱 위험한 존재라고 할 수 있다. 그들은 주위에서 끊임없이 희생자를 만들어내며, 사방에서 물의를 빚고, 서민에게 참담한 피해를 가져다주기 때문이다.

틀림없이 히데요시도 같은 생각을 가지고 있었을 것이다. 하지만 히데요시는 자신의 목적에 방해가 된다고 판단하여 노부오를 처치하려고 했으며, 이에야스는 더 원대한 야망으로 가기 위한 첫걸음을 다지기 위해 노부오를 이용하려고 했다. 두 사람은 이처럼 상반되는 시선으로 노부오를 바라보았으나, 히데요시와 이에야스가 품은 목적의 근저는 같은 것이다. 단지 그 책략에 있어서 대립하는 형태를 보이게 된 것이다. 만약 이와 반대로 이에야스가 노부오를 제거하기 위해 나섰다면 히데요시는 틀림없이 노부오를 돕는 입장에 섰을 것이다.

어쨌든 노부오는 일개 괴뢰傀儡에 지나지 않았다. 어느 편에 서든 노부오가 노부나가의 혈육이라는 생각을 버리고 실질적으로 그저 범인에 지나지 않는다고 인정하지 않는 한 그의 비운은 숙명적인 것이라고 할 수밖에 없을 것이다. 그것을 깨닫지 못한다는 점도 이에야스가 느낀 가엾음의 한 원인이었을 테지만, 좀 더 일반적인 시선으로 바라보면 이에야스나 히데요시와 같은 시절에, 게다가 두 사람이 동서로 대립하던 시절에 놓였다는 사실 자체가 이미 약속된 불행아의 운명이었다고 할 수 있을 것이다. 더군다나 노부오는 이에야스라는 사람을 둘도 없는 동정자, 이해자, 절대적인 아군이라 믿어 의심치 않고 있었다.

"무슨 말씀, 진짜 진수성찬은 지금부터입니다. 물론 피곤하실 테지만 노부오가 마음을 담아 준비했습니다. 도쿠가와 나리께 바치는 경의와 신뢰를 담은 것이라 여기고 더 드실 수 없으면 그냥 눈길이라도 주시기 바랍니다. 오늘 같은 봄밤에 벌써 각자의 침소로 들기는 참으로 아깝습니다."

노부오는 접대에 최선을 다했다. 하지만 이에야스는 그곳에서뿐 아니라 원래 향락에 그다지 흥미가 없었다. 평소 그는 자신이 주최해서 손님과 가신에게 베푸는 주연도 고역으로 여겼다.

"아닙니다, 주조 님. 나리께서는 술을 더 드시지 못할 것입니다. 얼굴도 저처럼……. 술잔은 저희에게 내리시기 바랍니다."

곁에 있던 사카이, 오쿠다이라奧平, 혼다 등이 하품을 참는 주인을 보고 노부오의 도를 넘어선 호의를 막고 나섰다. 하지만 노부오는 아직 주빈의 고충을 깨닫지 못하고 있었다. 그는 주빈이 졸린 듯한 모습을 보이자 오히려 엉뚱한 노력에 마음을 쏟았다. 그가 가신에게 무엇인가 속삭이자 정면의 장지문이 열렸고, 그곳에는 다음 향연으로 준비한 사루가쿠猿樂258의 배우가 분장을 한 얼굴로 악기를 끌어안고 있었다. 곧 연극이 시작되었다.

그 연극을 이에야스는 늘 보던 따분한 것으로 받아들였다. 하지만 그는 인내심 강한 얼굴로 때로는 흥겹다는 표정을 지어 보였으며, 때로는 웃기도 하고 연극이 끝나자 다른 사람들처럼 손뼉을 치기도 했다. 그의 가신들은 그것을 기회로 이에야스의 소매를 당겨 침소로 드

---

258 우스꽝스러운 동작과 곡예를 주로 한 연극.

는 것이 어떻겠느냐고 신호를 보냈으나 그럴 틈도 없이 다음 순간에 큰 악기 소리와 함께 익살스러운 사내 하나가 등장해 청산유수처럼 떠들어대기 시작했다.

"지금부터 오늘 밤의 귀빈을 위해 최근 교토는 물론 벽지에까지 이름을 떨치고 있는 오쿠니가부키於國歌舞伎를 펼쳐 보이겠습니다. 원래 이 오쿠니가부키라는 것의 유래는……."

이즈모出雲의 무녀가 '신사의 춤에 세상의 기호와 시절의 장식을 가미하고 종전의 익살스러운 부분과 춤을 더해 재미있게 꾸며 각국을 돌아다녔는데, 뜻밖에도 커다란 인기를 얻었으며, 교토에서는 지난 덴쇼 11년(1583년) 초에 시조四條의 강변에서 흥행해서 연일 성황리에……' 라며 신흥 가극을 한바탕 소개했다. 그리고 사내가 훌쩍 휘장 뒤로 몸을 숨기자 몇 명의 미인이 나와 춤과 노래를 선보였으며, 가극의 줄거리가 연애담으로 고조되었을 때 평판이 높은 오쿠니라는 주인공이 모습을 드러냈다.

피비린내 나는 세상의 한쪽에서 어떻게 이처럼 문란하고 관능적인 육욕주의를 구가하는 한 무리의 꽃이 필 수 있었는지 의심스러울 만큼 주인공의 움직임은 관능적인 분위기를 자아내 평소 거친 무사들을 황홀하게 만들었다. 그리고 이 연극의 작자 중에는 상당한 지성을 갖춘 인재도 있는 듯 최근 서쪽 지방의 다이묘들 사이에서 유행하는 기독교의 성가곡과 미사의 창가 등도 교묘하게 혼합되어 있었으며, 악기 중에도 교회에서 사용하는 비올라 비슷한 것이 있었고, 의상에도 새로운 서양풍의 현란한 도안이 자수가 되어 기존의 일본 의상과 조화를 이루고 있었다.

'이거 과연 교토에서도, 또 각국의 거리에서도 한번 본 자들이 모두 떠들어댈 만하군.'

모든 사람들이 감탄했으며 도취되었다. 범속이 좋아하는 것은 대장이나 무사 계급에서도 즐거워할 만한 것임에 틀림없었다. 게다가 이 가극은 요즘의 시세에 가장 억눌려 있는 인간 본능인 육감의 세계를 주제로 하고 있었다. 그리고 무로마치 시절 이전부터 오래도록 이어온 무상관無常觀과 체념의 생활과 내세주의에서 단번에 벗어나 극단적일 정도로 인간적인 현세주의를 노래하기도 하고 춤으로 펼쳐 보이기도 했다. 그런 점이 서민들의 마음을 사로잡은 것으로 보인다.

'이는 히데요시의 성격이 빚어낸 것 중 하나다.'

이에야스는 그렇게 생각했다. 히데요시적 정치는 앞선 노부나가적 강압주의를 단번에 바꾸었으며 무로마치 시대의 늘 어두웠던 느낌까지 급속히 밝게 만들었다. 민감한 서민의 본능은 강압과 어둠이 드리워져 있으면 음성적으로 그것을 드러낼 뿐, 이처럼 양성적으로는 결코 드러내지 않는 법이다. 이 새로운 가극이 서쪽 지방에서 일어나 교토에서 유행하고 도가이 방면까지 파급된 것은 일종의 형태를 달리한 히데요시 공세의 침투라고 보지 않을 수 없었다.

"주조 님, 나리께서 피곤해하십니다만."

도쿠가와의 신하인 오쿠다이라 규하치로奥平九八郎가 오쿠니에 넋을 잃고 있는 노부오를 향해 일부러 노골적으로 말했다.

"뭐, 피곤하시다?"

노부오는 갑자기 황송한 듯 창황히 일어나 이에야스의 침전으로 가는 복도까지 직접 배웅했다. 오쿠니가부키가 아직 끝나지 않았기에 그 이후로도 여전히 비올라의 선율과 피리, 북소리가 멀리까지 들려왔다.

이튿날 아침인 14일, 노부오는 특별히 아침 일찍 일어나 객전으로 갔다. 이에야스는 벌써 맑은 얼굴로 가신들과 잡담을 나누고 있었다.

"아침 식사는?"

　노부오는 가신에게 물어 벌써 드셨다는 대답을 듣자 조금 부끄럽다는 표정을 지었다. 그때 저편에서 정원을 지키는 무사와 망루를 지키는 사람 중 상급자가 큰 목소리로 이야기를 주고받는 듯했다. 이에야스와 노부오도 그것을 깨닫고 잠시 입을 다물고 있는데, 가신 중 한 명이 이변을 고하러 왔다.

　"지금 막 망루의 보초병으로부터 보고가 들어왔습니다. 멀리 북서쪽 하늘에서 검은 연기가 보여 처음에는 산불인 줄 알았으나 점차 장소를 바꿔가며 몇 줄기나 피어오르는 것이 아무래도 심상치 않은 일인 듯합니다."

　"뭐라, 저 멀리 북서쪽 하늘에서?"

　노부오는 고개를 갸웃거렸다. 남동쪽이라고 하면 이세나 그 외의 전장이 떠올랐지만, 전혀 뜻밖의 방향이었기 때문이다.

　이에야스는 그제 나카가와 간에몬이 변사를 당했다는 소식을 들었으나 그 보고를 그대로 믿을 수 없다고 여기며 물었다.

　"그것은 이누야마 방면이 아닌가?"

　그러고는 대답도 기다리지 않고 좌우의 가신에게 명을 내렸다.

　"규하치로, 보고 오도록."

　사카키바라 고헤이타榊原小平太, 오스가 고로자에몬大須賀五郎左衛門, 오쿠다이라 규하치로가 노부오의 가신들과 함께 복도를 달려 망루로 올라갔다.

　"오오, 저 연기는 틀림없이 하구로羽黑나 가쿠덴, 이누야마, 어쨌든 그 부근에서 나는 것이야."

　그곳에서 달려 내려오는 사람들의 발소리가 이미 이변이 일어났음을 말해주었다. 조금 전에 있던 객전으로 가보니 이에야스의 모습은 이미 그곳에 없었다. 그는 다른 방으로 가서 벌써 갑옷을 입고 있었다.

솥 안의 끓는 물처럼 성안에 한바탕 소동이 일었다. 성 밖의 말을 대기시키는 광장에서 나팔 소리가 들려온 뒤 장비도 제대로 갖추지 못한 채 허겁지겁 달려 나온 무사들 대부분이 이에야스의 모습을 보지 못했다. 이에야스는 불이 치솟은 방향이 이누야마라는 것을 정확히 알게된 뒤 한마디를 외쳤을 뿐이다.

"방심했구나."

이에야스는 평소와는 달리 급히 서둘렀다. 말에 안장을 얹고 무리의 선두에 서서 북서쪽의 연기를 향해 달렸다. 혼다 야스시게本多康重, 사카키바라 고헤이타, 마쓰다이라 마타시치松平又七, 오쿠다이라 규하치로 등도 뒤처지지 않고 그의 앞뒤를 달렸다.

기요스에서 고마키까지 시오리, 고마키에서 가쿠덴까지 서른 정, 가쿠덴에서 하구로까지도 같은 거리를 가야 했고, 하구로에서 이누야마까지도 서른 정을 가야 했다.

고마키에 다다르자 벌써 전모가 드러났다. 지난밤 사이에 빼앗긴 이누야마 성에 관한 사실이었다. 이에야스는 고마키와 가쿠덴 사이에 말을 세우고 하구로, 이누야마 부근에 걸친 곳곳의 연기를 응시하며 통탄했다.

"늦었구나. 이에야스에게 이번 실수는 있을 수 없는 일이었다."

피어오르는 검은 연기 속에서 이에야스는 이케다 쇼뉴의 자랑스러워하는 듯한 얼굴을 떠올렸다. 얼마 전에 나가시마에서 이케다의 인질을 돌려보냈다는 소문을 들었을 때도 '노부오의 사람 좋음'이 효과를 거둘지 의심스러웠으나, 이전까지 태도를 보류하고 있던 쇼뉴뉴도가 이처럼 현실주의적으로 신속하게 빈 성을 빼앗으러 나설 줄은 생각지도 못했다. 하지만 그 불찰을 어디까지나 불찰로 여기며 자책하지 않을 수 없었다.

'쇼뉴라는 사내가 얼마나 의심스러운 자였는지 모르는 것도 아니었
는데……'

이누야마라는 요충지가 전략적으로 얼마나 중요한 위치에 있는지
는 새삼스럽게 생각할 필요도 없었다. 가까이에서 히데요시의 대군과
대치하게 된다면 그 중대함은 더욱 커질 터였다. 미노, 오와리의 경계
가 되는 기소 강을 그 상류에서 감시하고, 가까이에 있는 우누마鵜沼에
서의 도강을 막을 수 있는, 성 하나가 백 개의 보루와 다를 바 없는 곳
을 애석하게도 적에게 빼앗기고 만 것이다.

다행스럽게도 기소 강 하류에 있는 구로다 성의 사와이 사에몬은
두 마음을 품지 않겠다며 태도를 분명히 해서 인질을 보내왔으나, 이
누야마를 적의 손에 넘겨준 이상 그 가치도 크게 떨어지고 말았다.

"돌아가자. 물러나라. 연기가 저렇게 오르는 것을 보니 쇼뉴 부자는
이미 바람처럼 기후로 돌아간 게 틀림없다."

이에야스는 돌연 말 머리를 돌렸다. 그때 그의 눈에서는 평소에 볼
수 있는 기운이 번뜩였다. 그것은 주위의 하타모토들에게 늘어진 뱃속
에 손실을 만회하고도 남을 만한 계책이 이미 세워진 것 같다는 느낌
을 주었다. 하타모토들은 격렬한 어조로 쇼뉴 부자의 망은을 비난하기
도 하고 기습 전법의 비열함을 욕하기도 하며 내일 있을 전장에서 쓴
맛을 보여주어야 한다고 저마다 떠들어댔다. 하지만 이에야스는 그들
의 목소리를 커다란 귓불 밖으로 흘려들으며 다른 일이라도 생각하고
있는지 혼자 히쭉히쭉 웃음을 머금은 채 기요스로 말 머리를 돌렸다.

그렇게 길을 가는 도중에 한참 늦게 기요스에서 나온 노부오와 그
의 직속 군대와 마주쳤다. 돌아오는 이에야스의 모습을 보고 노부오가
참으로 뜻밖이라는 듯 물었다.

"이누야마에 이상은 없었습니까?"

이에야스가 대답하기 전에 이에야스 뒤쪽에 있던 하타모토들 사이에서 웃음소리가 들려왔다. 하지만 이에야스는 노부오에게 참으로 간곡하고 정중하게 상황을 설명했다. 진상을 알게 된 노부오는 완전히 풀이 죽었다. 이에야스가 말 머리를 나란히 하고 그의 어깨를 두드리며 말했다.

"주조 님, 조금도 걱정하실 것 없습니다. 저희도 실수를 했으나 히데요시에게는 더 큰 실수가 있습니다."

그러더니 고마키의 언덕을 가리켰다. 예전에 노부나가가 뛰어난 전략적 안목으로 기요스 성을 고마키로 옮기려고까지 했던 곳이었다. 표고는 겨우 이백팔십여 척밖에 되지 않는 둥그런 구릉에 지나지 않았으나 오와리의 히가시카스가이東春日井와 니와丹羽 군의 평야에 홀로 서 있어 사방을 내려다볼 수 있으며, 팔방을 공격하기 좋은 위치라 비노에 걸친 평야에서 전투가 벌어질 경우 이곳을 한발 앞서 취하고 중심에 깃발을 세운 뒤 보루를 주변 요소에 배치하면 서군의 동진에 대해, 공격과 방어를 모두 용이하게 할 수 있는 곳임은 말할 필요도 없었다.

거기까지 설명할 여유는 없었으나 이에야스는 손으로 가리키고 다시 돌아본 뒤 이번에는 하타모토들을 향해 말했다.

"고헤이타(사카키바라 야스마사)는 여기서 바로 병력을 나누어 저 고마키 일대에 보루를 쌓는 공사를 시작하라. 우선 가니시미즈蟹清水, 기타토야마北外山, 우타즈宇田津 부근의 길, 언덕, 강을 따라 목책을 두르고 참호를 파도록 하라. 그리고 이에타다家忠(마쓰다이라)와 이에노부家信, 이에카즈家員 등도 일을 돕고, 밤낮을 가리지 말고 일하는 조와 쉬는 조, 네 개 조로 나누어 가능한 한 빨리 마치도록 하라."

이에야스는 즉석에서 명령을 내린 뒤, 노부오와 말 위에서 담소를 나누며 기요스로 향했다.

두 개의 세상

사람들은 지금 히데요시가 오사카 성에 있을 거라고만 생각했다. 하지만 히데요시는 고슈江州의 사카모토坂本에 있었다.

이에야스가 노부오와 기요스에서 회견한 3월 13일에도 히데요시는 사카모토에 있었다. 히데요시답지 않게 일의 시작이 늦은 감이 있었다.

이에야스는 이미 일을 시작해 훗날의 계책까지 모두 세워놓고 예정대로 하마마쓰, 오카자키, 기요스로 진출할 준비를 하는 데 반해, 예전에는 질풍신뢰疾風迅雷의 속도로 일을 처리해 종종 세상을 놀라게 했던 히데요시가 이번에는 무슨 이유에서인지 움직임이 둔했다. 아니, 둔하게 보였다.

"누가 좀 오너라. 이봐, 아무도 없는 게냐. 나베마루鍋丸도 오로쿠於六도 없단 말이냐?"

히데요시가 평소와 다름없이 큰 소리로 말했다.

일부러 멀리 떨어져 있던 시동들은 '드디어 일어나셨구나' 하고 서로의 얼굴을 마주 본 뒤, 몰래 하고 있던 주사위놀이를 다급히 정리했다. 그 사이에 열네 살인 나베마루가 자꾸만 손뼉을 쳐대는 주인의 방으로 얼른 달려갔다.

시동들의 얼굴도 어느 틈엔가 전부 바뀌어 있었다. 예전의 가토 오토라加藤於虎, 후쿠시마 오이치福島於市, 와키자카 진나이, 가타기리 스케사쿠, 히라노 곤페이平野權平, 오타니 헤이마大谷平馬, 이시다 사키치石田佐吉 등 이른바 새끼 사자들도 지금은 스물네다섯에서 서른 살 가까운 젊은이가 되었으며, 특히 시즈가타케 전투 이후에는 각자 이천 석, 삼천 석씩을 더 받게 되었고 말과 토지와 가신도 갖게 되어 시동의 무리에서 벗어나 있었다.

지금 있는 시동들은 2기생들이었다. 산골 출신이나 가난한 집안의 개구쟁이였던 1기생들과는 달리 2기생들은 모두 상당한 집안의 자제들이었다. 다이묘의 집안에서 인질로 온 아이도 있었다. 품위가 있고 예의 바르며, 지성이 풍부한 아이는 남만사 부속의 예수학교에서 배운 미사곡과 찬미가도 알고 있었다. 그 대신 지금의 시동들에게서는 1기생과 같은 난폭함과 야성으로 넘쳐나는 모습을 찾아볼 수가 없었다.

"나리께서 일어나셨어. 나 말고 다른 사람을 찾으시는데."

나이가 가장 어린 나베마루는 아무런 명령도 듣지 못하고 돌아와서는 다른 동료들에게 그렇게 말했다. 그러자 시동 하나가 물었다.

"심기가 불편하신 듯하더냐?"

나베마루가 머리를 흔들었다.

"아니, 그렇지는 않아."

스가 로쿠노조管六之丞는 그 말을 듣고 안심하며 히데요시의 방으로 갔다. 그곳은 재작년에 불에 탄 사카모토 성을 개축해서 완성한 임시 성이었는데 솔숲 너머로 호수가 보였으며 뒤편의 창문으로 히에이比叡 산의 벚꽃이 부옇게 보였다.

"어, 안 계신데?"

방 안에 산바람이 지나고 있었다. 히데요시는 아무리 바빠도 낮잠은 보약이라며 잠시 짬을 내서 낮잠을 잤다. 하지만 일어난 순간 얼굴에 상쾌한 기운을 가득 드러내며 활동하는 바람에 주위를 당황하게 만들곤 했다.

"저건 사키치 아니냐? 오사카에서 돌아온 사키치 같은데……. 얼른 이곳으로 불러오너라."

히데요시는 툇마루로 나가 있었다. 성 아래서 큰길을 따라 성을 향해 말을 달려오는 조그만 그림자를 보고는 그렇게 명령했다.

무엇인가 다른 일을 명령할 생각이었던 듯했으나 그것은 잊은 얼굴로 변소에서 나오자마자 물 흐르는 소리가 들리는 세면장으로 가서 우글우글 양치질을 한 뒤 이어서 사방으로 물을 튕기며 세수를 했다.

무사 한 명이 나와 시동들은 아무도 없냐며 소리를 지른 뒤 서둘러 히데요시의 소맷자락을 잡으며 말했다.

"나리, 이곳은 변소의 세면장입니다만."

"상관없다, 물은 깨끗하니."

히데요시는 얼른 방으로 들어가 큰 소리로 말했다.

"차를 가져오너라. 아니, 너희라도 차를 우릴 수 있지 않느냐. 차를 담당하는 자들에게 명할 필요는 없다. 그들에게 시키면 시간이 걸리니."

시동 중 하나가 찻사발을 들고 오기도 전에 이시다 사키치가 땀을 흠뻑 흘리는 얼굴 그대로 히데요시 앞에 엎드렸다.

"오사카 성을 지키는 자들은 어떻게 하고 있느냐?"

"말씀대로 지체하지 않고 일을 시작했습니다."

"그러냐. 서쪽 지방인 비젠備前, 미마사카美作, 이나바因幡는 모두 모리에 대한 견제를 위해 병사를 움직이지 말라는 말도 틀림없이 전했느냐?"

"그 일에 대해서는 특히 신경을 쓰고 계신다고 충분히 주의를 주었으며, 또 사자도 보냈으니 모리에 대한 견제에는 빈틈이 없을 것입니다.”

“이 역시 만일을 위해 센슈泉州 기시와다岸和田의 마고헤이지孫兵次(나카무라 가즈우지)에게 구로다 간베, 이코마 진스케生駒甚助, 아카시 요시로明石与四郎 등의 병력 육칠천을 보내라는 말도 전했느냐?”

“네, 제가 지켜보는 가운데 지원병이 기시와다로 향했습니다.”

“그래, 그래.”

히데요시는 차를 한 사발 맛있게 들이켜더니 이내 편안해진 듯했다.

“어머니도 평안하시더냐.”

히데요시의 노모는 벌써 일흔네 살이 되었다. 아내인 네네도 마흔 살 가까이 되었다. 히데요시는 단 하루만 집을 비워도 아내는 그렇다 해도, 노모는 나이가 나이인 만큼 걱정이 되는 모양이었다.

“네, 별고 없이 잘 지내고 계십니다. 자당께서는 오히려 전쟁 때문에 나리께서 몸도 돌보지 않는 것 아니냐며 걱정하셨습니다.”

“또 ‘그 아이는 뜸을 뜨고 있는 게 아니냐’고 물으셨겠구나.”

사키치가 웃으며 그렇다고 대답했다. 히데요시는 다른 사람들을 물러나게 한 뒤 둘이서만 이야기를 나누다 웃음소리가 난 것을 계기로 다시 물었다.

“차차茶々는? 차차를 비롯해 아이들도 잘 지내고 있느냐?”

“네, 그 세 아가씨들께서는……..”

사키치는 얼른 떠오르지 않는다는 듯한 표정을 지어 보였다. 기다렸다는 듯이 대답하면 오히려 주인이 ‘사키치 놈, 눈치챘구나’ 하고 불편해할 것이 틀림없었다. 히데요시는 ‘차차는?’ 하고 어색하게 물은 순간, 가신에 대한 주인의 체면도 잊은 채 무엇인가 숨기려는 듯 수줍은 얼굴로 매우 부끄러워하고 있었다. 그런 히데요시를 보며 사키치는 모르는 척하는 것이 최선이라고 생각하며 웃음을 참느라 애를 썼다.

세 아가씨란 말할 것도 없이 재작년에 기타노쇼北ノ庄 성이 떨어지기 직전에 시바타 가쓰이에와 부인인 오이치於市가 어린 자식들에게는 죄가 없다며 히데요시에게 양육을 부탁한 가련한 세 자매였다.

그 뒤 히데요시는 세 자매를 자신의 아이처럼 집에서 돌봤으며 오사카 성을 세울 때도 특히 그녀들을 위해 밝은 공간을 만들어 황금 새장 속에서 새를 기르듯 때때로 그곳으로 가서 함께 시간을 보냈다. 하지만 앞으로 그 새들과 주인 사이가 그 이상의 관계가 될 거라는 사실은 누구나 예측 가능한 일이었다. 특히 세 자매 중 장녀인 차차는 올해 열여덟로, 성안에서 세상에 둘도 없는 미인이라고 슬슬 소문이 돌기 시작했다. 기타노쇼의 업화가 세상에 남긴 명화名花라고 말하는 사람도 있었으며, 오다 나리 집안의 미인 혈통을 이어받아 어머니인 오이치보다 더 아름답다고 칭찬하는 사람도 있었다. 어쨌든 오사카 성의 신축과 차차가 눈에 띄게 아름다워진 사실이 때를 같이하여 하시바 가의 가운을 상징하는 듯했다.

아름다운 차차의 모습은 히데요시의 눈길을 끌기에 충분했다. 그 방면에 있어서 육도六韜의 비법과 삼략三略의 오묘함을 통달하고 있는 주인이었다. 어쩌면 밤중에 몰래 숨어드는 꽃 도둑의 흉내를 내다 차차가 내지른 소리에 놀라 달아난 적이 한두 번쯤 있었을지 모른다. 전부터 그런 냄새를 어렴풋이 맡고 있었던 이시다 사키치는 웃음을 숨기려고 했으나 숨길 수 없었다.

"사키치, 왜 웃는 겐가?"

히데요시가 사키치를 타박했다. 하지만 히데요시도 웃음기를 머금고 있었다. 역시 사키치의 마음을 꿰뚫어보고 있었다.

"아니, 특별한 일은 아닙니다만, 군무에 바빠서 이번에는 세 아가씨의 기거까지는 묻지 못하고 돌아왔습니다."

"그런가? 흠…… 어쩔 수 없지."

히데요시는 세상 돌아가는 이야기로 화제를 돌렸다.

"도중에 들은 요도 강과 교토 부근의 풍문은 어떠한가?"

히데요시는 멀리로 심부름을 보냈던 사람이 돌아오면 꼭 그렇게 물었다. 그것으로 세상의 움직임, 민심의 동향을 타진하는 모양이었다.

"요즘은 어디에서나 전쟁에 대한 이야기뿐입니다. 요도 강은 배로 건넜습니다만."

"요도와 히라카타枚方, 후시미 부근의 갈대와 억새는 잘 깎았는가? 세금도 잘 걷히고 있고?"

"덕분에 이 사키치도 수입이 넉넉합니다."

"그거 다행이로구나."

히데요시가 기뻐하며 말했다. 사키치도 동료들과 마찬가지로 요즘에는 많은 무사를 거느리고 있었는데, 그들에게 줄 녹봉이 모자라지 않은지 주인이 걱정해주고 있다는 사실에 다시 고마움을 느꼈다.

시즈가타케의 전투 이후 동료인 가토와 후쿠시마를 비롯해 '일곱 자루 창'이라 불렸던 젊은이들은 모두 천 석, 이천 석의 녹봉을 더 받게 되었다. 하지만 사키치는 실전의 무공을 따졌을 때 수급을 하나도 거두지 못한 상황이었다. 그래도 사키치에게 녹봉을 더하겠다는 은명恩命이 내려졌지만 그는 굳이 사양했다. 그 대신 요도 강변에 위치한 히라카타, 후시미, 요도 등의 쓰지 않는 땅에 버려진 마른 갈대와 억새를 마음대로 벨 수 있는 권리와 그 부근에 대한 운송권(하천세)을 청했다. 주는 사람에게는 아무 런 가치도 없는 것들이었다. 사키치가 그것을 청하자 히데요시는 사키치가 그것을 어떻게 이용하며 어느 정도의 수입을 올릴지 흥미롭게 지켜보았다.

사키치는 그것을 청할 때 '만약 제게 그 쓸모없는 땅을 내리신다면 일이 생겼을 때 일만 석을 받는 자에 필적하는 무사를 내서 군문에 도움이 되도록 하겠습니다'라고 큰소리를 쳤다. 그것도 히데요시가 사키치를 '재미있는 소리를 하는 녀석'이라고 생각한 이유 중 하나였다.

그러한 사키치에게서 교토와 오사카의 세정을 들어보니 노부오에 의해 시작된 이번 전쟁을 누구도 히데요시 대 노부오라고 생각하지 않는 모양이었다. 다들 히데요시 대 이에야스라고 생각했다. 노부나가가 세상을 떠난 뒤, 사람들은 히데요시에 의해 마침내 평화가 찾아오는가 싶었으나 다시 천하를 둘로 나누어 각 주에 걸친 대전쟁이 눈앞에 다가왔다고 생각하며 극도의 불안에 휩싸여 있다는 것이었다.

예를 들어 교토의 벼슬아치 중에서도 이를 크게 슬퍼하는 사람이 있었다. 《다몬인多聞院 일기》의 저자는 덴쇼 13년(1585년) 3월 일기에 이렇게 적었다.

천하 동란의 빛이 나타났다. 어찌 될지 모르겠다. 불안한 일이다. 신의 뜻에 말기고 암담함 속에서 살아갈 뿐이다. 덧없는 일이로구나, 덧없는 일이야.

그러한 통탄이 일반 세태에도 노골적으로 드러나 있었다.

"인간은 어째서 이토록 전쟁 없는 세상에서 살아갈 수 없는 것일까?"

당시 세상은 그러한 의문을 품지 않을 수 없었다. 오닌 시절 이후 전쟁의 참담함을 맛보았으며 살아남기 위해 온갖 시련을 견뎌온 서민들이었으나 그 무렵에는 회의적인 마음을 품고 있었다.

'이번에야말로 천하인이 결정될 것이라고 하지만 두 개의 천하라면 두 개의 천하인 채로 관계를 잘 유지할 수 없는 것인지? 그렇게 할 수도 있지 않겠는가?'

세상은 그렇게 생각하고 있었다.

　입으로 평화를 기약하지 않는 지도자는 없다. 전쟁의 쓴맛을 모르는 무사도 없고, 목숨의 위협을 두려워하지 않는 서민도 없다. 평화를 원하지 않는 인간은 아무도 없다. 그러니 모든 사람들이 전쟁을 저주하는 것은 틀림없는 사실이다. 그러면서도 전쟁은 그치지 않는다. 그쳤는가 싶으면 다시 다음 전쟁을 준비한다. 단 두 개의 세력밖에 없는 세상이 되어서도 여전히 그치지 않을 뿐만 아니라 오히려 종전의 공포보다 더 큰 두려움으로 온 천하에 걸친 규모와 희생을 떠오르게 한다.

　이는 인간 때문이 아니다. 인간이 하는 짓이라면 인간만큼 어리석은 동물도 없을 것이다. 그렇다면 누가, 어떤 사람이 그렇게 하는 것일까? 개인이 아니다. 인간과 인간이 결합되어 나타나는 것이다.

　인간성이란 반드시 개인으로 평가해야 올바르게 평가할 수 있다. 인간과 인간이 무리를 이루어 만, 억으로 결합하면 이미 인간이 아니라 기이한 형태를 가진 지상의 군생 동물에 지나지 않는다. 이를 인간이라 보고, 인간적 해석을 가하려 하기 때문에 정체를 알 수 없게 되는 것이다. 그렇기에 서민들은 이렇게 말한다.

　"천하를 두 개로 나누어 가지면 이상도 영화도 이룰 수 있지 않겠는가? 그런데 어째서 천하를 놓고 승부를 가르면서까지 그것을 독점하려 드는 것일까?"

　범인이 흔히 하는 말이지만 이는 개인이 통념적으로 올바르다고 생각하는 바를 이야기하고 있는 것이다. 당시의 히데요시와 이에야스도 일개 인간으로서는 그러한 사실을 틀림없이 알고 있었을 것이다. 하지만 과거, 현재를 통해 봤을 때 세상이 인간의 의지만으로 움직여왔다고 생각하는 것은 인간의 착각으로, 사실은 인간 이외에 우주의 의지라고 여겨지는 것들도 상당히 개입되었다. 우주의 의지라는 말이 적당하지 않다면, 인간 역시 태양, 달, 별과 같은 우주의 순환이라는 약속된 운명에 의해 움직이고 있다고 말해도 좋을 것이다.

어쨌든 시대의 대표가 된 사람은 더 이상 순수한 일개 인간이라고 말할 수 없다. 히데요시와 이에야스 역시 마찬가지다. 일개 인간 안에 무수한 인간의 의지와 우주의 의지가 융합되어 있으나, 그 자신은 그것을 단순히 '나'라고 여기는 사람이다. 그리고 주위 사람들과 서민들도 그것을 단지 '그'라고 여기는 사람이다. 그 '나이자 그인 사람'에게 어마어마한 위계와 관직과 이름과 특별한 풍모가 있기에 인간 사이에서는 '무슨무슨 나리'라 불리며 강한 인상을 받지만 사실 이름과 관직은 단순한 임시 기호에 지나지 않는다. 그 정체 또한 수많은 인간 가운데 역시 하나의 생명체에 지나지 않는다.

그렇게 보자면 가엾은 서민들이 바라는 평화는 언제나 멀리 있는 듯하다. 하지만 시대의 대표라고 해서 평화를 바라지 않는 것은 아니다. 아니, 누구보다 거기에 도달하기를 열망하고, 또 실현을 서두를 것이다. 하지만 그에게는 조건이 있다. 그는 그 목적의 화신이기 때문이다. 따라서 상반된 대상을 만나면 곧 전쟁을 시작한다. 어떠한 외교적 비책도 과감히 단행한다. 그리고 그 대표의 의지와 움직임 사이에서 무수한 인간, 있는 그대로의 인간의 모습이 기만, 쟁투, 탐욕의 본능으로 날뛰게 된다. 또 희생, 책임, 인애의 선하고 아름다운 정신까지 비약시킨다. 이것이 인간 스스로 자신들이 사는 세상을 만들게도 하고, 채색하게도 하고, 때로는 그 부산물로 문화의 비약을 이루게도 하는 이해하기 어려운 신비로움을 덴쇼의 세상에도 부여한 것이다.

지도 병풍

사키치가 물러났다. 대신 가나모리 긴고金森金五와 하치야 요리타카蜂屋賴隆 두 사람의 모습이 보였다.

"저쪽으로 옮기자."

히데요시는 다리 모양의 복도를 넘어 한 건물로 들어섰다. 그러고는 시동들에게 그곳의 입구와 정원 주위를 지키게 한 뒤 오래도록 밀담을 나누었다.

가나모리와 하치야는 지금 호쿠리쿠北陸에 있는 니와 나가히데 휘하의 장수들이었다. 히데요시는 나가히데를 자신의 편으로 끌어들이기 위해 얼마 전부터 부심하고 있는 듯했다. 만약 나가히데가 적진에 가담하면 매우 불리한 상황이 될 거라고 생각했다. 전력에 있어서만이 아니라 전쟁의 명분에 있어서도 노부오와 이에야스의 말을 믿게 하는 큰 힘이 될 수도 있었다. 니와 나가히데가 시바타에 버금가는 노부나가의 중신이었을 뿐만 아니라 이 난세에서 드물게도 온후하고 독실한 인물이라 믿고 있었기 때문이다.

그만큼 명분에 있어서는 입지가 좋지 않다는 사실을 알고 있기에 히데요시는 무슨 일이 있어도 나가히데를 자신의 편으로 끌어들여야겠다고 생각하고 나가히데의 환심을 사기 위해 백방으로 노력했다. 물론 이에야스와 노부오도 나가히데에게 온갖 유인책을 쓰고 있었다. 하지만 히데요시의 열의에 나가히데의 마음이 움직였는지 며칠 전에 그는 지원병으로 가나모리와 하치야 두 장수를 보내왔다. 히데요시는 기뻤으나 그렇다고 해서 마음을 놓지는 못했다.

"이곳으로 서기를 바로 불러오라는 명령이시다."

가나모리 긴고가 밖으로 나가 시동에게 말했다. 그러자 오무라 유코가 바로 들어왔다. 이윽고 히데요시의 말에 따라 장문의 서장이 만들어졌다. 니와 나가히데에게 보내는 것이었다. 각 사항에서 주요한 내용을 살펴보면 다음과 같았다.

- 지난 11일, 미노노카미 히데나가에게 내리신 서면을 보고 눈물이 나왔다.

- 오기五畿 안의 방비는 물론 서쪽 지방까지 굳게 단속했다. 세이슈의 전황은 이곳 사카모토에서 지휘하고 있으며 고가와 이세 사이에도 성 세 개를 새로이 구축했다. 이로써 아군은 매일 날아드는 승전보에 사기가 더욱 오르고 있다.

- 미노 방면은 잘 아시는 바와 같이 이케다 쇼뉴, 이나바 이요稲葉伊予, 모리 무사시 등이 굳게 지키고 있기에 이상이 없으며, 고슈 나가하라長原에는 마고시치로 히데쓰구孫七郎秀次, 다카야마 우콘高山右近, 나카가와 히데마사中川秀政를 비롯해 일만 사오천이나 되는 병력을 배치했다.

- 히데나가를 모리야마守山에, 오쓰기於次(히데카쓰)를 구사쓰草津에, 나가오카 엣추長岡越中(호소카와 다다오키細川忠興)를 세타勢多에 배치했다. 그리고 가로 사쿠나이加藤作内, 호리오 모스케堀尾茂助를 고가의 한가운데 두고, 쓰쓰이는 야마토에 이곳의 병력을 더해 그대로 남겨두었다.

- 비젠, 미마사카, 이나바 등 서쪽 지방은 병력을 하나도 움직이지 않아 커다

란 반석이 되게 했다. 어제 기슈, 센슈에도 하치스카, 구로다, 이코마, 아카마쓰赤松 등의 병력 육칠천을 더했다.

이 외에도 히데요시는 이번 대전에 임하는 병력 배치를 세세하게 밝혔다. 그리고 나가히데의 건강을 염려하는 글을 덧붙였다.

위와 같이 이쪽은 만반의 준비를 갖추었기에 걱정할 것 없으나, 귀하의 건강과 귀성의 안전이야말로 무엇보다 중요하다 여겨진다.

그리고 마에다 마타자에몬 도시이에前田又左衛門利家야말로 호쿠리쿠에서는 둘도 없는 동지이자 호쿠리쿠 제일의 관문이기도 하니 모쪼록 충분히 의지의 소통을 꾀해 치순의 관계를 유지하라고 말했다. 그리고 마지막으로 이렇게 적은 뒤 붓을 놓게 했다.

만약 그쪽에 병력이 필요하다면 하치야, 가나모리는 돌려보내겠다.
그 외에도 오천이나 일만의 병력은 언제라도 보낼 여유가 있다.
최근 세상이 광기 어린 듯하고 민심이 흉흉하나 지쿠젠은 각오를 하고 앞으로 십사오 일 안에 틀림없이 세상을 진정시킬 테니 모쪼록 염려 마시길.

사자는 그것을 들고 호쿠리쿠로 발걸음을 서둘렀다.
그 뒤 저녁까지 이세 방면에서 전황을 보고하기 위해 달려온 전령만 해도 세 명에 이르렀다. 히데요시는 서장을 펼쳐보고 전령을 불러 직접 정세를 듣고, 또 자신의 말을 전하고 답장을 적게 하면서 저녁을 먹었다.
저녁은 다른 가신들과 함께 커다란 서원에서 먹었는데, 서원의 한쪽 구석에 병풍이 있었다. 두 면으로 된 병풍 전체에는 금박으로 일본 전국의 지도가 그려져 있었다. 히데요시가 그것을 바라보며 가신들에게 물었다.

"에치고로 보낸 사자로부터는 아직 아무런 소식도 없는가? 우에스기 가게카쓰에게 보낸 사자 말일세."

"날수로 따져 봐도 아직은."

가신이 손가락을 꼽아가며 먼 길을 가는 불편함을 이야기하자 히데요시도 손가락을 꼽아가며 다시 한 번 날짜를 중얼거렸다.

"그런가, 오늘이 13일이었지."

기소의 기소 요시마사木曾義昌에게도 사자를 보냈다. 히타치常陸의 사타케 요시시게佐竹義重에게도 몇 번에 걸쳐 밀사가 파견되었다. 그 밖에도 그의 외교망은 지도 병풍에 보이는 길고 가느다란 나라의 위쪽부터 아래쪽까지 펼쳐져 있었다.

히데요시는 전투를 최후의 수단으로 여기고 있었다. 외교야말로 전쟁이라고 생각했다. 옛 주인이었던 노부나가를 위한 복수전이라는 명분을 내걸고 야마자키의 일전에서 미쓰히데를 쓰러뜨렸을 때를 제외하고는 늘 그렇게 생각했다. 하지만 그는 외교를 위한 외교는 하지 않았다. 군사력이 부족해 외교전을 펼친 것도 아니었다. 군사력이 충분하지만 외교를 펼쳤다. 늘 군위와 군용을 완전히 갖춘 뒤 그 힘으로 외교를 펼쳐 나갔다. 니와 나가히데에게 보낸 편지의 내용에도 그러한 자신감이 엿보였다. 하지만 이에야스에게는 그런 방법이 통하지 않았다.

누구에게도 말은 하지 않았으나 사실 히데요시는 사태가 이렇게 되기 전에 하마마쓰로 은밀히 사람을 보내 이렇게 말했다.

"지쿠젠이 그대에게 호의를 가지고 있다는 것은 작년에 그대의 관위 승진을 위해 이쪽에서 조정에 주청했다는 사실만 봐도 알 수 있으리라 생각하오. 그대와 내가 싸워야만 할 이유가 어디 있겠소? 노부오 나리는 원래 그런 성격이라며 그의 암우暗愚한 성격은 천하에 널리 알려져 있소. 우매한 유족을 앞세워 그대가 아무리 명분을 내세워도 세상은 그대의 군대를 인자의 의군이라고 말하지 않을 것이오. 결국 우리 둘이 싸운다는 것은 의미 없는 일 아니겠소. 만약 현명한 그대가 이러한 사실을 깨닫고 우리와 장래의 공영을 기약한다면 그대의 영지에 미노, 오와리 두 주를 더하도록 하겠소. 그대의 뜻은 어떠하신지?”

그러한 전략도 상대를 봐가며 써야 하는 것이다. 히데요시는 실패하고 말았다. 그는 노부오와 관계를 끊은 뒤에도 다시 사자를 보내 전보다 더 좋은 조건으로 이에야스를 설득하려고 했다. 사자는 이에야스의 격분을 사서 허둥지둥 돌아오고 말았다. 그리고 이에야스에게 들은 말을 히데요시에게 전했다.

“지쿠젠은 이에야스를 모른다.”

그러자 히데요시가 쓴웃음을 지으며 말했다.

“이에야스도 지쿠젠의 진가를 모르는구나.”

이번 일에 대해서는 히데요시가 잘했다고 볼 수 없었다. 그랬기에 히데요시도 더는 언급하지 않았다. 근신들은 이에야스에게 교섭을 시도했다는 사실 자체도 모르고 있었다. 무엇보다 히데요시는 사카모토에서의 하루하루가 눈코 뜰 새 없이 바빴다. 이세와 오와리 남부 지방의 군사령부와 호쿠리쿠 동쪽 끝에서부터 난기南紀 서쪽 지방에 이르는 전국의 외교 첩보 본부를 겸하고 있었다. 이처럼 기밀을 요하는 일의 중추로는 오사카보다 사카모토가 지리적으로도, 시간적으로도 편리했을 뿐만 아니라 사람들의 눈에도 띄지 않았고 사통팔달로 통할 수 있는 장점이 있었다.

오사카와 교토에는 제오열의 활동이 활발했다. 표면적으로 이에야스는 도카이에서 도호쿠東北, 히데요시는 긴키近畿에서 서쪽 지방으로 세력 범위가 확연히 구분되어 있는 것처럼 보였으나 그의 본거지인 오사카 안에서조차 도쿠가와 쪽과 연결된 사람이 무수히 많았다. 조정의 벼슬아치 가운데에도 암암리에 이에야스를 편들어 히데요시의 실추를 바라는 사람이 있었다. 그리고 일반 인사 가운데도 부모는 간사이關西 지방에 머물고 있으나 자식은 동군의 장수를 섬기는 사람들도 있었으며, 형은 의를 지켜 이에야스 쪽에 가담해 있으나 동생은 오사카 성과 끊을 수 없는 연고를 가진 사람들도 있었다. 사상적인 면에서도 한쪽은 히데요시의 이상에 동조하고, 다른 한쪽은 이에야스의 명분에 공명하다 보니 한가족 안에서 커다란 갈등이 일어나 골육이 서로 갈라서서 다투는 비극을 연출하고 있었다.

전쟁의 처참함은 전장에서의 핏줄기보다 그 전후의 이와 같은 생생한 인간고에 더욱 짙게 배어 있다. 하지만 그런 괴로움과는 상관없이 인간의 대다수가 혼란과 망연함에 빠져 있는 사이 평상시에는 이룰 수 없는 소망을 이루려고 하는 악질적인 무사들까지 뒤섞여 경제와 도의와 질서가 어지러워지기 시작하며, 전쟁 외에도 전쟁 이상의 생활고와 투쟁이 소용돌이치기 시작한다.

히데요시는 그 쓴맛을 잘 알고 있었다. 그가 오와리 나카무라 촌의 쓰러져가는 집에서 자랄 때도, 여러 해 동안 세상을 방랑하던 시절에도 세상은 이미 그러했기 때문이다. 이후 노부나가의 출현으로 사회의 고충이 심해지기도 했지만 한편으로는 서민들이 기쁘게 생활하기도 했다. 노부나가의 의해 참된 평화가 찾아올 것처럼 여겨졌지만 갑자기 본능사의 변이 일어나고 말았다. 히데요시는 노부나가의 죽음에 의해 좌절된 평화를 자신이 이루겠다고 약속했다. 잠도 잊고 쉬지도 않으며 지난 이 년여에 걸친 노력으로 일보 직전까지 도달해 있었다. 지금은 그 뜻을 이루기 위한 마지막 단계였다. 천 리 길을 구백 리까지 온 것이라고 할 수 있을 것이다. 하지만 남은 백 리를 가는 길에 최대의 난관이 있었다. 언젠가는 그 난관을 정면에서 돌파하거나 깨야 한다는 것은 잘 알지만 막상 당면하고 보니 그것은 생각보다 훨씬 더 강한 것이었다.

이에야스, 지금까지 그의 이름만큼 히데요시의 머리를 무겁게 한 사람은 없었다. 요즘에는 잠을 잘 때도 '이에야스'의 이름만은 잊지 않았다.

시시각각으로 전해지는 첩보로 히데요시는 앉은 자리에서 이에야스의 행동을 알 수 있었다. 이에야스 역시 자신에게 뒤지지 않을 만한 각오와 악의와 전력이 있다는 사실이 눈에 선하게 보였다.

히데요시가 이곳에서 열흘가량 보내는 동안 이에야스는 대군을 기요스까지 전진, 배치했다고 한다. 이는 이세, 이가, 기슈를 벌집을 쑤셔 놓은 것과 같은 상태로 남겨두고, 서쪽으로 진군해 일거에 교토로 들어가 오사카를 공격하겠다는 태풍의 진로를 나타내는 것이었다. 하지만 이에야스라고 해서 그 길이 탄탄대로일 거라고 생각하는 것은 아니었다. 서쪽으로 올라오기까지 커다란 싸움이 있을 거라고 예기했을 것이다. 히데요시도 그것을 예기하고 있었다. 그 땅은 어디인가? 말할 것도 없이 전국적인 동서 양군의 건곤일척을 펼치기에 자유로운 평원은 기소 강을 경계로 하는 비노 대평원밖에 없었다.

한발 앞서 나선다면 준비와 구축에 있어서 지리적 이점을 얻고 작전에도 부족함이 없으리라. 이에 이에야스는 이미 그곳으로 가서 만반의 준비를 하고 있었다. 그러한 점에서 히데요시는 한발 늦은 셈이었다. 그는 13일이 저물어갈 때까지 사카모토에서 움직일 기색을 보이지 않았다.

이는 상대를 몰랐기 때문이 아니라 이에야스가 어떤 사람인지를 잘 알고 있었기 때문이다. 이번 상대는 아케치, 시바타에 비할 수 없었다. 만전을 기하기 위해서는 한발 늦는 것도 어쩔 수 없는 일이었다. 그만큼 히데요시는 만전을 기하고 있었던 것이다. 니와 나가히데를 끌어안기 위해, 모리가 서쪽 지방에서 변을 일으키지 못하도록 하기 위해, 우에스기와 사타케로 하여금 간토의 후방을 위협하게 하기 위해, 그리고 가까이로는 노부오의 녹을 먹고 있는 미노와 오와리 지방의 각 장수들을 이체를 이용해 무너뜨리기 위해 노력했다.

"나리, 또 전령이 왔습니다."

밥을 먹는 동안에도 끊이지 않고 소식이 전해졌다.

이제 막 밥을 먹고 난 뒤였다. 히데요시는 젓가락을 놓자마자 서장을 담아두는 통으로 손을 내밀었다.

"어디서?"

"전령은 비토 진우에몬尾藤甚右衛門 나리의 가신입니다."

"드디어 왔구나."

기다리던 사람 중 하나였다. 오가키 성의 이케다 쇼뉴에게 다시 자신의 뜻을 전하기 위해 세객으로 보냈던 비토 진우에몬의 답장이었다. 길흉일지, 흉凶일지 알 수 없었다.

앞서 구로다의 성주인 사와이 사에몬을 설득하기 위해 보냈던 무토 세이자에몬과 젠조스 두 사자는 그 뒤로 감감무소식이었다. 밀정은 거의 실패한 듯하다고 알려왔다. 오와리 가스가이 군의 니와 간스케를 설득하기 위해 보냈던 이마이 겐교今井檢校도 바로 어제 치욕을 당한 채 덧없이 돌아와 있었다. 히데요시는 비토 진우에몬이 보낸 편지를 점괘를 펼치는 듯한 마음으로 뜯어보았다.

"됐다."

단지 그 말뿐이었다.

"전령을 잘 대접해라."

그날 밤, 히데요시는 잠자리에 든 뒤 무슨 생각이 든 것인지 갑자기 벌떡 일어나 커다란 목소리로 숙직을 하던 무사를 불렀다.

"진우에몬의 전령은 내일 아침에 돌아갈 예정이냐?"

"아닙니다. 때가 때인 만큼 한시도 지체할 수 없다며 잠시 쉰 뒤 밤길을 서둘러 미노로 돌아갔습니다."

"벌써 돌아갔는가……. 그럼 서기를 부르도록 하라."

"네, 서기 중 어떤 자를?"

"유코가 좋겠다."

히데요시는 그렇게 말했다가 서기를 배려하는 마음에 다시 생각을 바꾸었다.

"아니다, 종이와 벼루를 가져오너라. 서기도 잠을 자고 있을 테니."

사실은 서기가 머리를 매만지고 옷깃을 바로 한 뒤 오는 것을 기다리는 게 답답해서 그런 듯했다. 히데요시는 침상 위에서 붓을 잡고 글을 한 통 썼다. 비토 진우에몬에게 보내는 서신이었다.

그대의 노고로 쇼뉴 부자가 우리와 뜻을 같이하기로 서약한 일, 더없이 축하할 일이오. 하나 이렇게 급히 다시 하고 싶은 말은 쇼뉴가 히데요시에 가담했다는 사실이 전해지면 노부오와 이에야스는 틀림없이 온갖 수단을 동원해서 싸움을 하려고 할 것이오. 하지만 결코 거기에 맞서서는 안 되오. 서둘러서는 안 되오. 이케다 쇼뉴, 모리 무사시는 전부터 자신의 무용에 대한 자부심이 강해 적을 쉽게 보는 듯한 경향이 있는 자들이오. 그러한 점, 군감으로서 잘 알아두기 바라오. 때를 놓치지 말고 말을 전해두시오. 이는 매우 중요한 일이오.

히데요시는 붓을 놓자마자 다시 명령했다.

“전령을 시켜 이것을 오가키의 진우에몬에게 전하도록 하라. 한시가 급하다.”

하지만 이틀 뒤 15일 저녁에 오가키에서 다른 정보가 들어왔다. 이누야마가 낙성된 것이었다. 즉, 쇼뉴 부자가 거취를 정함과 동시에 기소 강 제일의 요지를 점령하여 히데요시 측에 가담한 것에 대한 선물로 보낸 쾌보였다.

“잘도 해냈구나.”

히데요시는 기뻐하면서도 한편으로는 근심했다.

고마키 산

이튿날 16일, 히데요시는 더 이상 사카모토에 머물지 않았다. 그의 기우는 과연 단순한 기우로 끝나지 않았다. 16일과 17일 사이, 근심스러운 파탄의 조짐은 사실이 되어 나타났다.

이누야마에서의 승리 이후, 쇼뉴의 사위인 모리 무사시노카미가 공을 세워야겠다며 도쿠가와 군의 본영인 고마키를 기습하기 위해 하구로까지 잠행했다가 오히려 대패를 당하고 말았다. 그뿐 아니라 맹장으로 유명했던 모리 나가요시森長可가 목숨을 잃었다는 소식이 들려왔다.

"안타깝구나, 용맹한 자. 그 어리석음에 할 말이 없구나."

히데요시의 통탄은 자신을 향한 것이었다. 막 나서려던 순간 이에야스에게 당했다는 수치심이 불타올랐다.

"이제는 나설 순간."

19일에 오사카를 출발하기로 결심했으나 그 전날 다시 날벼락 같은 흉보가 기슈 방면에서 들어왔다. 기슈의 하타케야마 사다마사畠山貞政가 네고로와 사이가雜賀의 무리들을 선동해서 바닷길과 뭍길을 따라 오사카로 진격해오고 있는데 기세가 맹렬해서 방심할 수 없다는 것이었다.

노부오와 이에야스의 손길이 거기까지 뻗친 것은 말할 필요도 없는 사실이었다. 그렇지 않아도 기슈와 센슈 각지에서는 불평을 품은 본능사의 잔당들이 아와지淡路와 시코쿠의 호족들과 호응하여 호시탐탐 기회를 엿보고 있었다. 더욱 위험한 것은 그들의 동료들이 일반 서민으로 모습을 바꾸어 신흥 오사카 성 아래에 살고 있다는 사실이었다.

"우리의 살림살이는 크다. 경솔하게 급히 떠날 수 없는 것도 어쩔 수 없는 일이다."

히데요시는 출발을 미루었다. 그리고 거의 이틀 사이에 모든 일을 마무리 지었다. 성을 지키기 위해 시가의 전투 준비도 빈틈없이 해두었다. 그리고 앞서 하치스카와 구로다를 보내 힘을 보태게 했던 각지로 지휘하고 격려할 사람을 다시 보내 상황을 전해 들었다. 그리고 마침내 안심을 했는지 하치스카 마사카쓰에게 성을 맡기고 오사카를 떠났다.

"잘 부탁하네."

덴쇼 12년(1584년) 3월 21일의 이른 아침이었다. 나니와의 갈대에 개개비 우는 소리가 높이 들렸다. 갑주를 두른 무사와 말의 길고 긴 행렬이 지나는 봄 길 곳곳에서 떨어진 꽃잎과 먼지가 작은 소용돌이를 일으켜 마치 자연의 전별餞別처럼 보였다. 연도에는 그것을 구경하기 위한 서민들이 끝도 없는 담장을 이루고 있었다.

그날 히데요시를 따른 장병의 수는 삼만여 명이었다. 모든 사람이 행렬의 한가운데 있는 히데요시의 모습을 보려고 했다. '봤다'는 사람도 있었고 '보이지 않았다'는 사람도 있었다.

아마 알아보지 못한 사람이 많았을 것이다. 히데요시는 체구가 작아 말을 탄 늠름한 장수들에 둘러싸여 있으면 더욱 작게 보였다. 그러다 보니 그를 보았다 할지라도 저 사람이 히데요시라고 가르쳐주지 않으면 얼른 알아볼 수 없었다. 하지만 히데요시는 군중을 보고 남몰래 미소를 지으며 이렇게 확신했다.

'나니와는 번창할 것이다. 지금 한창 일어서고 있는 듯하구나. 이만하면 걱정할 것 없다.'

히데요시는 군중의 색채를 보며 그렇게 생각했다. 그곳에 모인 사람들은 밝고 대범한 색과 무늬의 차림을 하고 있었다. 망해가는 성 아래에서는 볼 수 없는 광경이었다. 남녀의 피부빛에도 진취적인 기운이 감돌았다. 시민의 생활은 순조롭게 이루어지고 있는 듯했다. 그들은 건강하고 근면하게 각자의 생활을 궁리하며 새로운 땅에서 희망을 느끼며 살아가고 있는 게 틀림없었다. 이것이야말로 이곳의 중심을 이루는 새로운 성에 대한 신뢰와 지지가 아니고 무엇이겠는가? 이길 수 있다. 이번에도 이길 수 있다. 히데요시는 장래를 그렇게 점쳤다.

그날 밤은 히라카타에서 숙영을 했다. 이튿날 이른 새벽부터 삼만의 병마는 다시 요도 강줄기를 따라 기다란 행렬을 이루며 동쪽으로 내려갔다. 후시미 부근에 이르자 요도 강 나루터에 사백 명 정도가 마중을 나와 있었다.

"저건 누구의 깃발인가?"

각 장수들이 이상히 여기며 눈을 커다랗게 떴다. 누군지는 모르겠으나 붉은 바탕에 검은 글씨로 '대일大一, 대만大萬, 대길大吉'이라고 쓴 커다란 깃발을 세우고, 다섯 개의 금빛 고리, 작은 깃발, 금빛 부채에 별이 그려진 말 옆의 깃발을 내걸고, 기마 무사 서른 명, 장창 서른 자루, 철포 서른 정, 활 스무 자루, 그 외에 한 무리의 보병이 화려한 모습으로 강바람을 맞으며 둥그렇게 모여 있었다.

그 모습을 본 히데요시가 시중을 드는 히라쓰카 다로베平塚太郎兵衛에게 명령했다.

"가서 알아보고 오너라."

다로베가 곧 돌아와 보고했다.

"이시다 사키치입니다."

히데요시가 안장을 가볍게 두드리며 자신의 생각이 맞았다는 듯 기분 좋게 말했다.

"사키치였군. 아무렴, 사치키일 테지."

히데요시가 다가가는 동안 이시다 사키치가 히데요시 앞으로 달려와 인사를 했다.

"전에 약속드렸던 일, 오늘을 위한 것이라 여기고 이 부근의 불모지를 개척했으며 평소 쌓아두었던 통행료로 일만 석을 받는 자와 같은 군용을 준비해두었습니다. 모쪼록 내일 일에 쓰신다면 황공하겠습니다."

"그래, 뒤따라오도록 해라. 사키치는 뒤에 머물며 일을 하도록. 후방의 군량과 치중을 맡아 잘 관리하도록 하라."

일만 석의 병마보다 히데요시는 사키치 한 사람의 두뇌를 더 중히 여기는 듯했다. 앞다투어 공을 세우려는 무사는 구름처럼 많았으나 경제적으로 뛰어난 머리를 가진 사람은 삼만의 갑주 가운데서도 찾아볼 수 없었다. 사키치는 나가하마 이후 시동들 중에서 태어난 이색적인 인재로서, 그의 두뇌는 히데요시에게 참으로 소중한 것이었다.

그날 그들은 교토를 지나 오우미 가도로 접어들었으며 이튿날인 23일 오전에는 벌써 후와, 아카사카의 옛 역참을 지나고 있었다. 히데요시에게 그곳은 길가의 나무 한 그루, 풀 한 포기에도 청년 시절의 역경에 관한 추억이 있는 곳이었다.

'아아, 보다이菩提 산도 보이는구나.'

히데요시는 보다이 산을 바라보자 보다이 산성도 떠올랐으며 그곳의 주인이자 구리하라 산에서 숨어 지냈던 젊은 다케나카 한베의 모습도 눈가에 어른거렸다. 구리하라 산에 몇 번이고 올라 무릎을 꿇고 몸을 낮추었던 때의 열의와 겸손과 희망을 가슴에 새로이 그려보자니 히데요시는 새삼스레 젊은 피의 순정이 존귀하게 여겨졌다. 돌아보니 그 짧은 청춘을 단 하루도 도식으로 보내지 않게 해준 다난多難함이 고마웠다. 어린 시절의 역경과 청춘의 고투가 지금의 자신을 만들어준 것이라 여겨졌다. 암흑의 세상과 탁류에 휩싸인 거리가 자신에게 준 은혜라는 생각이 들었다.

주인이라 불렸으나 마음의 벗이라 생각했던 다케나카 한베도 그의 반생에서는 잊을 수 없는 사람이었다. 한베가 세상을 떠난 뒤에도 어려운 일을 당하면 한베가 떠올랐다. 아무런 보답도 해주지 못하고 한베를 떠나보내고 말았다. 보다이 산 정상, 한 조각 구름은 무심했으나, 문득 통한의 눈물을 자극하는 듯 히데요시의 눈시울을 뜨겁게 만들었다.

"아. 오유……."

히데요시는 그 순간 길가의 소나무 아래에서 한 비구니가 하얀 두건을 쓰고 청초하게 서 있는 모습을 발견했다. 비구니의 눈이 히데요시의 눈과 얼핏 마주쳤다. 그 눈빛에는 원정을 떠나는 사람의 앞길에 대한 기원하는 마음과 얼마 전에 받은 물건에 대해 감사하는 마음이 담겨 있었다. 히데요시는 말을 멈추었다. 그러고는 무엇인가를 명령하려는 듯 뒤를 돌아보았다. 하지만 소나무 아래의 백조는 이미 보이지 않았다.

그날 밤, 히데요시가 묵고 있는 숙영지로 쑥떡을 담은 쟁반이 전해졌다. 한 젊은 비구니가 이름도 밝히지 않고 놓고 간 것이라 했다.

"이거, 맛있구나. 쑥향이 아주 좋아."

히데요시는 식사를 마친 뒤였지만 쑥떡을 두 개나 먹었다. 하지만 이상하게도 입으로는 '맛있다, 맛있다'고 말하면서 눈에는 자꾸 눈물이 고였다. 눈치가 빠른 시동들이 이상한 일이라며 나중에 그 사실을 수행하던 장수들에게 이야기했다. 그러자 모두 이해할 수 없다는 표정을 지었다.

"무슨 일로 눈물을 흘리신 걸까?"

"내일이면 비노 평원으로 말을 몰아 가서 도쿠가와 나리라는 커다란 적과 맞서야 하는데 평소의 나리답지 않게."

그렇게 궁금히 여기기도 하고 주인의 눈물을 걱정하기도 했으나 잠자리에 들자마자 히데요시의 코고는 소리는 걱정할 것 없다고 말하기라도 하듯 여전히 크게 들렸다. 겨우 이 각 정도 기분 좋게 자고 난 뒤, 하늘도 아직 희붐한 이른 새벽에 그곳을 출발해서 그날 안으로 제1부대와 제2부대 모두 속속 기후로 들어갔다.

쇼뉴 부자의 마중 속에 성안과 성 밖 모두 대군으로 넘쳐났다. 밤하늘을 불태우는 횃불과 모닥불이 멀리 나가라 강을 지나고 있었으며, 후속 부대인 제3부대, 제4부대는 평원이 좁게 느껴질 정도로 밤새 동쪽을 향해 흘러가는 것처럼 보였다.

"이거 오랜만일세."

히데요시와 쇼뉴는 만나자마자 그렇게 인사를 나누었다.

"두 부자가 이번 일에 뜻을 같이해준 것, 이 지쿠젠에게는 참으로 기쁜 일일세. 게다가 이누야마 성이라는 선물까지, 그 수훈을 무슨 말로 치하해야 할지 모르겠네. 이 지쿠젠조차 그 신속함, 기민함에는 놀라지 않을 수 없었어."

히데요시는 온갖 말로 공을 치하했으나 쇼뉴의 사위가 그 이후 범한 이와사키에서의 대패에 대해서는 아무런 말도 하지 않았다. 말을 하지 않았기에 쇼뉴는 더욱 면목이 없었다. 사위인 모리 무사시노카미가 저지른 실패와 손해는 이누야마의 공으로도 갚을 수 없는 것이라고 생각하며 부끄러워하는 듯했다. 특히 히데요시가 13일에 사카모토에서 보낸 서장이 비토 진우에몬의 손에 도달한 것은 17일 저녁이었는데 거기에는 이에야스의 도전에 대응하지 말라, 공을 서두르지 말라는 경계가 담겨 있었으나 그때는 이미 일이 벌어지고 난 뒤였다. 쇼뉴가 그것을 보았을 때는 이미 사위가 가벼이 행동해 참패를 당하고, 주장인 모리의 죽음이라는 커다란 상처를 맛본 뒤였다. 그에 대해 쇼뉴가 먼저 말을 꺼냈다.

"너무 그렇게 치켜세우기만 하면 이 쇼뉴는 쥐구멍에라도 들어가고 싶은 심정이오. 짧은 생각으로 아군의 기선을 꺾어버려 뭐라 사죄를 해야 할지, 실은 이렇게 얼굴을 마주하기도 괴로운 심정이오."

"어찌 그리 쓸데없는 걱정을 하시는 겐가. 하하하, 이케다 쇼자부로池田勝三郎답지 않군."

히데요시는 일부러 그가 청년 시절에 불리던 이름으로 그의 기운을 돋으려 했으나 함께 웃어도 쇼뉴의 웃음은 어딘지 밝지 않았다. 그 순간 히데요시의 머릿속에는 이번 대전에서 혹시 쇼뉴가 목숨을 잃는 것이 아닐까 하는 생각이 스쳐 지나갔다.

어려운 문제였다. 질타를 해야 할지, 조용히 넘어가야 할지 고민이 되었다. 히데요시는 이튿날 아침에 눈을 뜰 때도 그 문제를 생각했다. 하지만 누가 뭐래도 앞으로 벌어질 대전에 앞서 이누야마 성이 아군의 수중에 있다는 사실은 크게 득이 되는 일이었다. 히데요시는 단순한 위로가 아니라 그 사실을 거듭 쇼뉴에게 들려주며 공을 치하했다.

25일, 히데요시는 휴식을 겸해 각 병력의 집결을 마쳤다. 그 뒤 모여든 군대까지 합치자 총 팔만여의 병력이 집결했다.

이튿날인 26일에는 출진이 아니라 이미 출전이었다. 아침에 기후 성을 출발해서 낮에 우누마에 도착해 바로 기소 강에 배다리를 놓게 하고 야영을 시작했다. 그리고 이튿날인 27일 아침, 진을 걷어 이누야 마로 향했다. 히데요시가 이누야마 성으로 들어간 것은 마침 그날의 정오였다.

발 아래로 기소 강 상류의 물소리를 들으며 연둣빛으로 타오르는 4 월에 가까운 푸른 하늘 밑에 서자 히데요시는 한시도 아깝다는 생각이 들었다. 그의 피는 여전히 젊었다.

"다리가 튼튼한 말을……."

히데요시는 그렇게 명하고 점심을 먹고 난 뒤 가벼운 차림으로 성 문을 나섰다.

"앗, 어디로 가십니까?"

히데요시는 뒤따라 나오는 장수들을 돌아보며 말했다.

"너무 많이 따라오지는 말게. 적의 눈에 띄니."

히데요시는 쇼뉴의 사위인 모리 무사시노카미가 며칠 전에 전사했 다는 하구로 촌을 지나 적의 본영에서 가까운 니노미야[二宮] 산으로 올 랐다. 그곳에서 바라보면 고마키 산은 바로 눈앞에 있었으며 비노 평 원은 풀의 바다처럼 보였다.

기타바타케와 도쿠가와 연합군은 육만 천 명 정도라고 들었다. 히데 요시는 멀리로 시선을 돌렸다. 한낮의 햇살이 눈부셨다. 아무 말 없이 손을 이마에 대고 고마키 산 가득 층층이 진을 친 적의 진영을 바라보 았다.

그날 이에야스는 아직 기요스에 있었다. 아니, 고마키까지 가서 포 진에 대한 지시를 내리고 다시 기요스로 돌아간 것이었다. 진퇴에 조 금도 소홀함이 없었다. 그 조심스러움은 명인이 일생일대에 놓는 바둑 돌 하나의 무게와도 같았다.

“지쿠젠노카미가 어젯밤에 기후로 들어갔습니다.”

이에야스가 그러한 첩보를 들은 것은 26일 저녁이었다. 마침 사카키바라와 혼다를 비롯해 신하들과 함께 각 요새의 구축이 끝났다는 보고를 들으며 사방침을 가슴에 끌어안은 채 도면을 보고 있던 순간이었다.

“지쿠젠…… 드디어 왔구나.”

이에야스는 낮은 목소리로 중얼거리며 좌우의 사람들을 돌아보더니 거북이 같은 눈가에 주름을 만들며 싱긋 웃었다.

‘예상이 거의 들어맞았다.’

이에야스는 그렇게 생각한 것이었다.

늘 발 빠르게 움직이던 히데요시가 쉽게 움직일 수 없었던 것은 그의 주력을 이세로 보내야 할지, 노비로 움직여야 할지를 고민했기 때문이었다. 기후까지 왔다고는 하지만 태풍의 진로는 언제든 급격히 바뀔 수도 있었다. 이에야스는 다음 첩보를 기다렸다.

“지쿠젠이 기소 강에 배다리를 놓고 이누야마로 들어간 듯합니다.”

27일 저물녘, 그것을 확인할 수 있었다. 이에야스의 표정은 ‘그렇다면’ 하는 것이었다. 밤새 출전을 위한 준비는 해놓았다. 기요스 성의 혼마루에는 나이토 노부시게内藤信成를, 니노마루에는 미야케 야스사다三宅康貞, 오사와 모토이에大澤基宿, 나카야스 조안中安長安 등의 장수를 남겨두고 28일 경쾌한 걸음으로 고마키 산으로 진출했다.

노부오도 일단은 나가시마로 돌아가 있었으나 보고를 받고 그날 즉시 고마키 산으로 서둘러 가서 도쿠가와 군과 회동했다. 이에야스는 마중을 나갈 생각이었지만 뭔가 차질이 생겨서 그렇게 하지 못했다. 이에야스의 모습이 보이지 않으면 부르면 될 것을 ‘사람이 좋은’ 노부오는 도착하자마자 자신이 먼저 이에야스의 막사로 가서 급히 서둘러

왔다는 등의 이야기를 하고 이런저런 상황을 물었다.

"지쿠젠의 병력은 여기만 해도 팔만여 명, 곳곳의 군세를 합치면 십오만 명이 넘을 것이라고 들었습니다. 이번 대전은 어떻게 되겠습니까?"

노부오는 자신으로 인해 이처럼 커다란 규모로 천하를 가르는 일대 전쟁이 일어날 줄은 생각지도 못했다는 듯 숨길 수 없는 가슴의 동요를 겁먹은 듯한 고귀한 두 눈에 드러내고 있었다.

고마키의 나비

봄 하늘 아래였으나 미노와 오와리의 경계를 이루는 기소 강과 널따란 광야는 폭풍 전야와도 같은 고요함에 잠겨 밭을 가는 사람의 그림자 하나, 나그네의 모습 하나 보이지 않았다. 묘한 평화였다. 나비와 새에게는 있는 그대로 천지의 봄이었으나 인간에게는 한낮에도 뭔가 섬뜩한 기운이 느껴지는 봄이었다. 서민들은 평화를 가장한 거짓된 평화라며 그림자를 완전히 감추어버렸고, 하늘에는 반짝반짝 빛나는 태양만이 남아 지상을 더욱 스산하게 만들었다.

"어쩐다지……."

소녀는 당혹스러웠다. 한낮에 발걸음이 막혀버리고 말았다. 강가에 있는 어부의 오두막을 들여다보아도, 농가의 안채를 두드려보아도 마치 한밤중처럼 아무 소리도 들려오지 않았다.

"마을로 가보자."

그녀는 다른 길로 가보았으나 마을 근처에는 반드시 군의 책문이 설치되어 있고 병마가 있었으며 '통행금지'라는 팻말이 엄중하게 걸려 있었다. 마을 안에서는 그저 들개 소리만 들려올 뿐이었다. 멀리 희미하게 보이는 산으로 가면 전쟁을 피해 있는 사람들이 있을 테지만 그녀는 성격상 그렇게 해서까지 목숨을 지키고 싶어 하지 않았다.

'전쟁에 겁을 먹고 숨어들어봐야 죽을 때는 죽는 법. 차라리 전쟁의 한가운데에 있는 본진을 찾아가면 분별력 있는 사람이 있을지 몰라.'

그녀는 그렇게 생각하고 이누야마 산성의 하얀 벽을 바라보며 여기까지 온 것이었으나 강변을 돌아다녀도 나룻배는 보이지 않았으며 기소의 빠른 물살이 바위와 여울에 하얀 물보라를 일으키며 격렬하게 흐르고 있었기에 아무리 대담한 그녀라도 건너지 못하고 그저 방황하고만 있었다.

'밤이 찾아오면……'

아무리 마음이 강한 그녀라도 아직 열일곱 살 처녀였기에 어디서 자야 할지, 무엇을 먹어야 할지 여러 가지 걱정이 가슴으로 밀려왔다.

피난을 떠난 농가에는 어쨌든 먹을 것도 있고 잠자리도 해결할 수 있어 여기까지 오기는 했으나 이 부근에는 그럴 만한 오두막이라도 과연 있을지 모를 일이었다. 그녀는 피곤한 몸도 쉴 겸 강변의 돌 위에 앉았다. 그리고 멍하니 저녁 구름을 바라보며 강 건너, 가야 할 길을 꿈결처럼 그려보았다.

"응? 여자가?"

그때 그녀의 등 뒤에서 남자들의 목소리가 들려왔다. 사내들도 놀란 듯했으나 그녀 역시 놀란 듯 뒤쪽에 있는 갈대 사이의 제방을 돌아보았다. 정찰대의 병사들인 듯 각자 창과 총을 들고 있었으며 장수풍뎅이처럼 무장을 하고 있었다. 그들은 하나같이 그녀의 아름다움에 시선을 빼앗긴 채 한동안 그저 바라보기만 할 뿐이었다. 잠시 뒤 일고여덟 명의 정찰대원들이 그녀를 둘러싸고 저마다 질문을 하기 시작했다.

"너는 어디서 온 자냐?"

"여기서 무엇을 하고 있었느냐?"

그녀는 겁을 먹지도 않고 당당하게 대답했다.

"네……. 벌써 나흘째 헤매고 있었습니다. 지쳐서 쉬고 있었습니다."

"어디서 어디로 갈 생각이지?"

"집은 기후와 오가키 사이에 있는 오노 마을입니다. 그 오노 마을에서 나와 이나바 산 뒷길에서 동행과 만날 약속을 했는데 무슨 일이 생겼는지 그 남자가 돌아오지 않아……."

"남자? 뭐 하는 놈이지?"

"유모의 아들입니다."

"그 아들과 대체 어디로 가기로 약속했던 거지?"

"교토에."

"교토?"

"네."

"흠……."

모두 감탄하기도 하고 큭큭 웃기도 했다. 그중에서 나이 어린 잡병 하나가 과장스러운 표정으로 말했다.

"이거 정말 대단하군. 이런 대전쟁은 거들떠보지도 않고 남자와 교토로 달아나는 거야 그렇다 쳐도, 아직은 어린 여자아이로밖에 보이지 않는데 우리 앞에서 부끄러워하는 기색도 없이 그런 얘기를 할 줄이야……. 정말 놀라지 않을 수 없어."

다른 병사들도 새삼스레 그녀의 머리와 차림새를 다시 살폈다.

"하지만 말투도 그렇고, 머리 모양도 그렇고 서민의 딸이라고는 여겨지지 않는데."

"지금 한 말은 거짓말일지도 몰라. 거짓말이 아니라면 이렇게 차분하게 남자에 대해 이야기할 수 있을 리가 없어."

의심을 품고 바라보자면 의심스러운 점은 얼마든지 있었다.

"너희 아버지는 무사였느냐? 이름은 무엇이냐?"

"아버지는 오노 마사히데로 원래는 사이토 요시타쓰 나리의 가신이었다고 들었으나 어렸을 때 전사하셨습니다."

"그럼 너는?"

"유모인 오사와의 손에서 자랐고 오노의 오쓰라 불리고 있어요. 열세 살 때 연줄을 따라 아즈치 성에서 일했는데 덴쇼 10년(1582년)에 노부나가 님이 본능사에서 덧없이 최후를 맞이하신 뒤 아즈치도 망했기에 시골로 돌아와 있었어요."

"뭐, 노부나가 공의 성에서 일한 적이 있었다고?"

"얼마 전까지는 쇼킨 스님 밑에서 공부를 했어요. 유모는 무슨 일이 있어도 저를 비구니로 만들려고 했어요. 하지만 저는 비구니가 되는 게 싫어요. 교토로 가서 좀 더 공부해서 보람이 있는 일생을 보내고 싶어요. 오사와의 방탕한 아들과 달아날 생각 같은 건 조금도 없었어요."

오쓰는 기품이 있었으며 말도 시원시원했다. 정찰대의 잡병들은 질문하는 동안 왠지 이 소녀의 차분함에 압도당한 듯했다. 하지만 그들은 여전히 의심을 풀지 않았다. 그들은 서로 어떻게 하면 좋을지 상의하기 시작했다. 그들은 무엇인가 소곤소곤 이야기를 나누었는데 대전의 시작을 눈앞에 둔 날이기는 했으나, 예전에 아즈치 성에 머문 적이 있다고 하는 이 단정한 소녀를 불문에 부치고 떠나기는 어딘가 아깝다는 생각이 들었다.

"어쨌든 진중까지 끌고 가기로 하세. 만에 하나 적의 밀정이라면 후회가 될 테니."

병사들은 그렇게 결정을 내린 뒤 오쓰를 자리에서 일으켜 세웠다.

그곳에서 상류로 조금 올라가니 정찰대들이 타고 온 듯한 뗏목이 있었다. 그녀는 창에 둘러싸인 채 뗏목 위로 올랐다. 기소 강의 물보라를 삿대로 찌르며 뗏목은 격류를 가로질러 이누야마 성 아래에 도착했다.

"조심해."

그녀가 내릴 때 한 병사가 그녀의 손을 향해 창의 손잡이를 내밀어 주었다. 거기서부터 절벽을 올랐다. 그러자 지상의 모습이 갑자기 바뀌어 있었다. 이에야스의 본진이 있는 고마키에 맞서 히데요시의 대군 팔만이 히가시카스가이 군의 수십 리에 걸쳐 가득 넘쳐나고 있었다.

불과 이틀 전에 대군을 움직여 내려온 히데요시는 적이 진을 친 고마키 산과 지호지간이라 할 수 있을 만큼 가까운 거리에 있는 가쿠덴 촌에 본진을 설치했으며, 이누야마 성에는 기후 오가키에서 전진해온 이케다 쇼뉴와 그의 아들인 기이노카미 유키스케가 들어가 있었다. 정찰대는 이케다 가에 소속된 일개 소대였다.

저녁밥을 짓기 위해 성 밖의 진영은 어디에나 연기가 드리워져 있었다. 마분과 땀 냄새로 인마가 뒤섞여 있는 속을 그녀는 겁을 먹지도 않고 정찰대와 함께 지났다.

"저거 대단한데."

"이봐, 어디서 주워온 거야, 그렇게 좋은 걸."

그녀를 보며 한마디씩 거들지 않는 병사가 없었다.

"흠……?"

정찰대의 대장인 센다 몬도千田主水도 부하들의 보고를 들으며 눈을 둥그렇게 떴다.

"오노 마을의 오쓰란 말이냐?"

"네……."

"그럴듯하기는 하다만 사실은 도쿠가와 가와 연줄이 있는 자에게 부탁을 받은 것 아니냐? 솔직히 말하는 게 좋을 게야. 숨기고 있다가 나중에 발각되면 혼쭐이 날 테니."

"의심스러우시다면 저를 대장님인 히데요시 님과 만나게 해주세요."

"뭐? 하시바 나리를 뵈면 알 수 있다고?"

"네, 얼마 전까지 제가 스승으로 모시고 있던 보다이 산의 쇼킨 스님은 히데요시 님도 잘 알고 계시는……. 지금은 돌아가신 다케나카 한베 시게하루 님의 여동생이시니."

"오호……."

몬도는 반신반의했다.

"이봐."

부하를 돌아보고 말했다.

"우선은 군량이라도 나누어주고 임시 숙소에서 잠시 쉴 수 있게 해줘. 어쩌면 미친 아이일지도 모르겠어. 하는 말 하나하나가 도저히 납득이 가지 않아."

그날도 이케다 쇼뉴는 겨우 네다섯 기만 데리고 성 밖에 나가 있었다. 전날에도 성 밖으로 나가 어딘가를 한 바퀴 둘러보고 돌아왔다. 이틀 전에도 두 무리의 장교 정찰대를 풀어 이누야마와 고마키 지방에서 도카이도 방면으로 나가는 산길의 지세를 살피게 했다.

"연기가 심하구나."

쇼뉴는 밥 짓는 연기에 얼굴을 찡그리며 말을 탄 채 성문을 지났다.

"아직도 심기가 불편하신 듯해……."

이케다 가의 장병들은 쇼뉴의 눈빛만 보고도 그를 두려워했다. 쇼뉴가 사위인 모리 나가요시 때문에 심기가 불편하다는 것은 누구나 알고 있는 사실이었다. 나가요시는 급히 공을 세우고 싶은 마음에 고마키의 적진으로 기습을 감행했다가 실패하고 말았다. 그로 인해 총사인 히데요시가 대결전의 전장에 도착하기도 전에 서전에서 아군에게 커다란 손해를 입히고 말았다.

며칠 전 이누야마에 도착한 히데요시는 바로 포진에 들어가 지금은 가쿠덴 촌에 진을 치고 있었다. 그는 마중을 나온 쇼뉴 부자에게 '이누야마를 그렇게 빨리 함락시키다니 참으로 잘했소'라고 공을 치하하면서 그 공으로도 갚을 수 없는 사위 모리 무사시노카미 나가요시의 커다란 실수에 대해서는 아무런 말도 하지 않았다.

쇼뉴는 히데요시가 아무 말도 하지 않아 더욱 괴로웠다. 그뿐만 아니라 아군 중에서는 여러 가지 악평이 분분했다. 이케다 쇼자부로 노부테루라 불리던 시절부터 사람들에게 손가락질을 받을 만한 일은 하지 않았다고 자부하며 마흔아홉 살까지 무인 생활을 일관해온 그에게 적어도 이번 실책은 참으로 유감스러운 일이었다.

"유키스케도 오너라. 산자에몬도 오도록. 노신들도 모두 모이도록 하게."

혼마루의 거실에 앉자마자 쇼뉴는 곧 아들 기이노카미 유키스케(스물여섯 살)와 산자에몬 데루마사(스물한 살), 그리고 중신들을 불러 모았다.

"여러분의 기탄없는 의견을 듣고 싶소."

통로에 지키는 사람을 세워두고 은밀한 회의에 들어갔다.

"우선 이것을 보게."

쇼뉴가 겉옷 안쪽에서 산이 그려진 지도 하나를 펼쳐보였다.

"도쿠가와와 기타바타케의 군은 고마키 산에 모여 있고 나머지는 기요스에 남아 뒤를 지키고 있을 뿐이오. 생각건대 이에야스의 본국인 미카와의 오카자키에는 소수의 병력만 남아 있을 듯하오."

사람들은 쇼뉴의 말을 들으며 앉은 순서대로 지도를 돌려보았다. 지도에는 이누야마에서 산을 넘고 강을 건너 산슈三州 오카야마로 가는 길이 붉은색으로 점점이 그려져 있었다. 그것을 보고 자연스레 퍼뜩 떠오르는 것이 있었다.

'그렇다면…….'

지도를 보고 난 사람들은 그렇게 생각하면서도 말없이 쇼뉴의 입술을 바라보고 있었다. 그러자 쇼뉴가 사람들에게 자문을 구했다.

"적의 고마키나 기요스는 내버려두고 도쿠가와의 본성인 미카와 오카자키로 아군을 곧장 몰아간다면 천하의 이에야스라고 할지라도 당황하지 않을 수 없을 것이오. 단, 주의해야 할 것은 행군 도중 고마키 산에 있는 적의 눈을 어떻게 피해 병마를 움직일까 하는 점뿐인데……."

쇼뉴의 갑작스러운 말에 입을 여는 사람은 아무도 없었다. 쇼뉴가 말한 작전은 참으로 기발했지만 잘못하면 아군 전체에 치명적인 파탄을 가져다주는 화근이 될지도 모를 일이었다.

"나는 이 계책을 하시바 나리께 헌책할 생각이네. 사활이 걸린 작전이기는 하나 뜻대로 되기만 한다면 도쿠가와 이에야스와 기타바타케 노부오도 우리 손으로 사로잡을 수 있을 게야."

쇼뉴는 작전을 감행할 생각이었다. 뭔가 큰 공을 세워 사위의 패배를 만회해서 자신을 손가락질하는 사람들에게 되갚아주고 싶은 모양이었다. 다들 그 속내를 너무도 잘 알고 있었기에 '기발한 계책이란 성공하기 그리 쉽지 않은 법입니다. 위험합니다'라고 지적하지 못했다.

무릇 무인들이 모인 자리에서는 자칫 장거壯擧네 결사네 하는 위세 좋은 안으로 결정되기 쉬운 법이다. 마음속으로는 위험하다 여기고 있으면서도 나약하게 보이는 의견을 내는 것을 싫어하는 법이다. 그것을 굳이 이야기하는 사람은 상당한 신념가이거나 충신이라 해도 좋을 것이다.

쇼뉴의 계략도 그날 밤 회의에서는 '그야말로 필승의 기묘한 계책',

'침투의 선봉으로는 꼭 저를'이라며 모두 찬성했고, 결국 어느 틈엔가 실행하기로 결정을 내리게 되었다.

이번 침투는 적진 깊숙이 잠행해 적국 안에서 적을 깨뜨려야 하는 작전이다. 예전에 시즈가타케에서 시바타 가쓰이에의 조카인 겐바가 이 작전을 썼다가 대패한 경험도 있었으나 쇼뉴는 무슨 일이 있어도 히데요시를 설득해 이 작전을 쓰고 싶었다.

"내일이라도 가쿠덴의 본진으로 가서."

잠자리에서도 비책을 생각하며 하룻밤을 보냈다. 그런데 아침이 되자 가쿠덴에서 전령이 왔다.

"오늘 정오 무렵에 진을 둘러보시고 지쿠젠 나리께서 이리로 오실 것입니다."

쇼뉴는 학수고대했다.

그날 히데요시는 가쿠덴에서 나와 말 위에서 4월 초의 미풍을 맛보며 이에야스의 고마키 본진과 부근에 있는 적의 요새를 자세히 살펴본 뒤 시동과 근신 등 십여 기를 데리고 이누야마 쪽으로 길을 가고 있었다.

"오호…… 저쪽에 아름다운 나비가 들판에서 춤을 추고 있구나. 누가 가서 잡아오도록 해라."

히데요시가 문득 말을 멈추고 한쪽을 가리키며 말하자 사람들이 무슨 일일까 싶어 하며 의아해했다.

히데요시는 눈이 밝았다. 아니, 그를 따르는 장병들은 모두 대장의 경호에 긴장하고 있었으나 그는 봄이 무르익은 4월의 들판을 유람이라도 하듯 즐기고 있었기에 볼 수 있었던 것이다.

"너희 눈에는 저 나비가 보이지 않느냐?"

히데요시는 좌우의 사람들이 이상하다는 듯 앞을 바라보자 다시 손을 들어 가리키며 살짝 웃어 보였다.

"저기, 저기에 있지 않느냐."

후쿠시마 이치마쓰福島市松가 히데요시의 표정을 보고 알았다는 듯 대답했다.

"아, 저것 말입니까?"

"그래, 저거 말이다."

"저 나비를 잡아오란 말씀이십니까?"

"그렇다."

과연 어렸을 때부터 곁에 두고 기른 아이는 어설픈 여관의 안주인보다 눈치가 빠르다고 말하기라도 하듯 히데요시가 고개를 끄덕이며 대답했다. 이치마쓰는 벌써 말을 몰아 그쪽으로 달려가고 있었다.

"어디로?"

아직 눈치를 채지 못한 사람들은 이치마쓰가 가는 곳으로 시선을 두고 있었다. 그의 그림자는 벌판 끝을 향해 점점 작아져갔다. 마침내 이치마쓰가 말 위에서 훌쩍 뛰어내렸다. 그가 선 자리에서 붉은 것이 얼핏 보였다. 그 붉은 것이 여자의 허리끈이거나 소매의 무늬 중 일부일 것이라는 사실을 안 것은 이치마쓰가 한 손으로 고삐를 쥔 채 여자를 데리고 이쪽으로 한참 다가온 뒤였다.

"아하, 나리께서 나비라고 하신 건 바로 저 여자아이를 두고 하신 말씀이구나."

그제야 모든 장병이 깨닫고 나자 행렬이 술렁이기 시작했다. 그곳은 적과 아군 모두에게 있어서 곧 결전장이 될 위험한 장소였다.

'어째서 가녀린 소녀가 이런 곳에?'

모든 사람들이 궁금증을 넘어 호기심으로 뜨거운 시선을 보낸 것은 당연한 일이었다.

“잡아왔습니다.”

이치마쓰가 소녀의 한 손을 잡아끌며 대열 옆에 섰다. 그러자 히데요시가 소녀를 보고 무엇인가를 느꼈을 때 보이는 눈빛을 얼핏 내보였다.

“어떠냐, 아름다운 나비지?”

히데요시는 문득 자신과 다른 무사들이 모두 갑주를 두르고 있다는 것을 깨닫고 슬쩍 에둘러 말했다.

“하지만 독나비일지도 모르지. 누가 뭐래도 소녀가 혼자 이런 곳을 돌아다닌다는 건 이상한 일이니. 이치마쓰, 말 옆으로 좀 더 가까이 데려오너라.”

이치마쓰는 소녀와 함께 몇 걸음 앞으로 나가 안장 바로 옆까지 다가갔다. 하지만 그녀는 이누야마 성의 장병들 속을 차분히 걸었던 것처럼 조금도 주눅 들지 않았으며, 조금도 두려워하지 않았다. 세상의 다른 처녀들처럼 고개조차 숙이지 않았다.

“너는 누구냐?”

히데요시는 천진할 정도로 겁 없이 서 있는 하얀 얼굴을 일부러 빤히 내려다보며 물었다.

“오노의 오쓰라고 합니다.”

오쓰도 히데요시를 빤히 바라보았다. 전날 밤 오쓰는 성 밖의 이케다 부대 안에서 간신히 하룻밤을 보냈다. 부장인 센다 몬도는 부하들에게 친절히 대하라고 말했으나 병사들은 좋은 먹잇감인 그녀를 보고 그저 친절하게만 대할 수가 없었다. 당연히 짓궂은 장난으로 밤새 그녀를 괴롭혔다.

날이 밝은 뒤 오쓰는 방 한쪽 구석에서 간신히 눈을 붙이고 나서 아침을 먹으며 도망치기로 결심했다. 이런 잡병들 속이 아니라 총군의 대장이 있는 곳으로 가서 보호를 요청할 생각이었다. 하지만 이누야마에서 나와 길을 잘못 들어서서 어딘지도 모를 들판을 걷다가 그곳에서 세 명의 병사를 만났다. 그런데 그들 또한 어젯밤 병사들처럼 짓궂은 장난을 치려고 했다. 오쓰는 병사들을 향해 '얼뜨기들!' 하고 소리를 지른 뒤 있는 힘껏 벌판을 달려 달아나던 중이었다.

꼬마 아가씨의 서슬에 놀란 것인지, 아니면 멀리 가로수 길로 히데요시의 행렬이 보였기 때문인지 들개처럼 쫓던 병사들이 어리둥절한 표정을 지었다. 히데요시가 멀리서 나비라고 본 것은 더는 쫓아오지도 않는 병사들을 두려워하며 달리던 그녀의 모습이었다.

"오쓰라고?"

히데요시는 직접 이런저런 질문을 했다. 무슨 일로 이런 곳을 돌아다니고 있는 것인지, 나이는 몇 살이며, 고향은 어디인지, 아버지의 이름은 무엇인지 등을 꽤나 자세히 물었다.

오쓰는 어제 기소 강변에서 이케다의 정찰대에게 이야기한 것처럼 겁먹지 않고 숨김없이 신상을 이야기했다. 어젯밤에 애를 먹은 일이며 지금도 벌판에서 위험한 일을 당할 뻔했다는 사실도 아무런 수줍음 없이 이야기했다. 그리고 마지막으로 백옥 같은 이를 살짝 드러내고 웃으며 말했다.

"저는 열두어 살 때 멀리서나마 나리를 가끔 뵌 적이 있습니다."

"오, 그러냐?"

히데요시는 고개를 갸웃거렸으나 이내 오쓰가 예전에 아즈치 성에서 일한 적도 있었다고 이야기한 것을 떠올리고 다시 물었다.

"아즈치 성에서 봤느냐?"

"네."

"이 지쿠젠도 돌아가신 우다이진右大臣 님(노부나가) 곁으로 자주 불려갔었으니 그때 본 모양이로구나."

"노부나가 님께서 선교사들이 데려온 검둥이를 아즈치의 정원으로 불러 쓰보네 님도 보실 수 있게 하고 여러 사람도 부른 적이 있었습니다."

"그래, 있었지. 그런 일도……."

"그때 나리께서도 가까이에 계셨습니다. 나리의 얼굴도 한번 보면 잊을 수 없다고 모두 말했었습니다."

히데요시가 원숭이를 닮았다는 사실은 모두 알고 있는 일이었으며, 히데요시 자신도 잘 알고 있는 사실이었다. 하지만 히데요시는 매우 부끄러워하며 '발칙한 계집, 무슨 소리를 하는 건지'라고 말하듯 오쓰의 입술을 응시했다. 오쓰는 선천적인 예지로 빛나는 눈을 더욱 맑게 뜨고 '정말 닮으셨어'라고 말하기라도 하듯 히데요시의 얼굴을 더욱 빤히 바라보기만 했다.

히데요시는 남몰래 지금껏 경험한 적이 없는 두려움을 느꼈다. 그는 예전부터 자신의 눈빛에 대해 상당한 자신감을 가지고 있었다. 세상의 어떠한 효웅이라도, 다루기 어려운 호걸이라 할지라도 그와 담소를 나누다 문득 시선이 부딪치면 열에 열 모두가 시선을 옆으로 돌리거나 아래로 떨어뜨려 똑바로 바라보는 히데요시의 시선을 견디지 못했다. 그토록 자신의 눈빛을 오래 쏘아 보낼 수 있는 사람은 거의 없었다.

노부나가가 세상을 떠난 뒤 그의 눈빛의 힘은 기요스 회의에서도 자리에 있는 모든 사람들을 압도했으며, 야마자키와 시즈가타케 전투에서도 시바타, 다키가와의 무리들을 완전히 꼼짝 못하게 했다. 그리고 지금 도카이의 혹성이라고도 일컬어지고 천하의 커다란 그릇이라고도 여겨지며 히데요시의 앞날에 가장 번거로운 사람이라고도 여겨지는 도쿠가와 이에야스의 대군과 이세 일원의 기타바타케 노부오의 병력 총 육만여 명이 진을 치고 있는 고마키 산의 적에 대해서도 그는 마음속으로는 어떻게 생각할지 모르나 적어도 눈빛만큼은 '이에야스 따위가 무엇이란 말이냐'라고 말하듯 적을 집어삼킬 듯한 기세였다.

그런데 그러한 자신감으로 넘쳐나는 눈을 이름도 없는 일개 소녀의 눈이 처음부터 아무런 두려움도 없이, 오히려 히데요시가 먼저 부끄러움을 느낄 정도로 맑게 바라본 것이었다. 그러니 히데요시가 '대체 어떻게 된 계집아이지?' 하며 두려워하거나 호기심을 느낀 것도 어쩌면 당연한 일이었다.

"여봐라, 헤이마는 어디에 있느냐?"

히데요시가 갑자기 뒤를 돌아보며 시동들에게 외쳤다. 그러자 대열 안에서 오타니 헤이마(후의 교부)가 '네' 하고 대답하며 말 머리를 주인 곁으로 몰아왔다.

"부르셨습니까?"

"흠, 네 말을 빌려주도록 해라."

"말을…… 말씀이십니까?"

"내려서 이 아이를 태우도록 해라. 그리고 부리망을 쥐고 이 아이를 이누야마까지 데려가라."

헤이마가 부루퉁한 표정을 지으며 대답하지 않았다.

"헤이마, 왜 대답하지 않는 게지?"

"싫습니다."

"뭐, 싫다고?"

"네. 전장에서는 설령 전우가 부탁한다 할지라도 말만은 빌려주지 않아도 우정에 금이 가지 않는 법이라고 들었습니다. 하물며 계집에게 말을 빌려주고 제가 부리망을 쥐고 가야 하다니……. 야단을 맞는다 해도 저는 싫습니다. 사양하겠습니다."

주종 사이라고 해도 싫은 것은 싫다고 말하고 기쁜 것은 기쁘다고 말해 서로 형식에 연연하지 않고 생명과 생명을 진실하게 대하는 것이 히데요시와 그 가신들 사이의 관계였다. 아니, 당시 선배와 후배 사이, 나이 든 사람과 젊은이 사이에 이러한 기풍이 있었다. 따라서 헤이마가 싫다고 떼를 썼으나 정당한 이유가 있다 보니 히데요시도 그저 웃기만 할 뿐 탓하지 않았다.

"하하하하, 어쩔 수 없는 녀석이로구나. 헤이마 놈은 전장이라 빌려주기 싫다는구나. 여봐라, 오쓰에게 말을 빌려주고 직접 부리망을 끌어 이누야마까지 걸어갈 우아한 사내는 어디 없느냐? 누구든 상관없다."

히데요시의 말은 살벌한 대열에 오히려 화기애애함과 웃음을 가져다주었다. 잠시 뒤 스스로 안장에서 내려 말을 몰고 온 사람이 있었다.

"그렇다면 제가 말을 빌려주기로 하겠습니다."

누군가 보니 가모 다다사부로 우지사토였다. 그는 히노 성주의 아들로 스물아홉 살의 젊은이였다.

"아, 우지사토. 이거 미안하게 됐구먼."

히데요시가 예를 갖춰 말했다.

"이것도 풍류입니다."

우지사토가 오쓰를 도와 말에 태운 뒤 아무런 거리낌도 없이 부리망을 쥐고 히데요시의 뒤를 따랐다. 히데요시는 고개를 끄덕인 뒤 대열을 출발시켰다. 여러 젊은 인재들 속에는 이시다 사키치처럼 경리적 재능을 가지고 있거나 지모에 뛰어난 사람도 있었으나 대부분 첫 번째 전공만을 호시탐탐 노리는 사람들뿐이었다. 그러다 보니 히데요시는 우지사토의 모습을 보며 '과연 다다사부로의 앞날이 기대되는구나'라고 생각했으며, 우지사토는 히데요시의 그런 시선 속에서 싱글싱글 웃고 있었다.

이누야마에 도착했다. 이케다 쇼뉴 부자가 성안에서 마중을 나와 있었다. 히데요시와 병사들은 모두 혼마루와 그 외의 곳으로 들어갔다. 그리고 정오를 조금 지난 시각이었기에 바로 점심을 먹었다.

점심을 다 먹은 뒤 히데요시는 극히 소수의 사람들과 편안하게 차를 마셨다.

"그런데 사위님의 경과는 좀 어떤가? 나가요시의 용태는?"

히데요시는 쇼뉴와 만나 이야기를 나눌 때면 언제나 오랜 벗 그대로의 모습을 보였다. 쇼뉴가 이케다 쇼자부로라 불리던 시절부터 마에다 이누치요前田犬千代 등과 함께 기요스 거리를 취해 돌아다니기도 했던 악우惡友이자, 이후 생사를 넘나드는 전장에서도 서로를 배반하지 않고 지내온 선우善友였기 때문이다.

"이거 사위의 혈기 때문에 체면을 잃었으나 회복 속도가 생각보다 훨씬 빨라서 하루라도 빨리 진중에 나가 오명을 씻고 싶다는 말만 입버릇처럼 하고 있소."

사위란 말할 것도 없이 모리 무사시노카미 나가요시였다. 한때 그는 적과 아군 사이에서 하구로의 패전 때 전사했다고 알려졌으나 실은 이누야마 성의 깊은 곳에서 온몸의 상처를 필사적으로 치료받고 있었다.

● **다테 데루무네 *伊達輝宗*·1544-1585**

다테 가문 제16대 당주이자, 전대 당주인 하루무네(晴宗)의 둘째 아들이다. 1584년에 적남인 다테 마사무네에게 가문을 물려줬다. 마사무네에 가독을 물려준 이듬해, 데루무네는 니혼마쓰 요시쓰구(二本松義継)에 의해 납치되었다. 아들 다테 마사무네가 구원하러 왔지만 다테 마사무네는 인질로 잡힌 아버지도 상관하지 않고 군대에게 사격을 지시해서 데루무네도 총에 맞아버려 사망했다.

● 1596년 산 펠리페호 사건

스페인 무역선 산 펠리페호가 태풍으로 인해 일본에 난파되며 발생한 사건이다. 바다에 표류하던 산 펠리페 호 선장과 선원들은 가까스로 시코쿠의 도사 해안에 도달했다. 그러나 도사의 다이묘 조소카베 모토치카(長宗我部元親)는 외국인에게 비우호적이었고, 그들을 돕기는커녕 배에 그나마 남아있던 60만 페소 상당의 화물을 압수했다.

병든 맹장

히데요시는 잡담을 좋아했다. 잡담을 하며 여러 사람의 지혜를 모았다. 좌우의 사람들에게 여러 가지 말을 건넸고 젊은 무사들의 솔직한 의견들을 들었다.

"이치마쓰(후쿠시마)는 오늘 고마키에서 보고 온 적의 요새 중 어느 곳의 방비가 가장 견고하다고 생각하는가?"

"요이치로(호소카와)는 적의 이중 해자의 진형을 공격해야 한다면 사카키바라의 진을 공격하겠는가, 마쓰다이라의 요새를 무너뜨리겠는가?"

"오늘 한 바퀴 둘러보고 온 사이에 적의 약점으로 보였던 점, 혹은 아군의 약점이라 여겨졌던 점이 있다면 무엇이든 말해보게. 스케사쿠(가타기리)는 어땠는가? 도라노스케(가토)도 의견이 있으면 말해보게."

히데요시의 질문에 젊은 근신들은 언제나 솔직하게 의견을 이야기했다. 그들이 열을 내면 히데요시도 열을 냈다. 그럴 때면 주종인지, 친구인지 모를 정도의 분위기가 되기도 했으나 히데요시가 한번 엄한 표정을 지으면 그 자리에서 모두 옷깃을 바로 했다.

곁에 있던 이케다 쇼뉴가 언제 끝날지 알 수 없는 주종의 이야기를 끊더니 히데요시에게 말을 건넸다.

"그건 그렇고 오늘은 이 쇼뉴가 긴히 드리고 싶은 말씀이 있소."

히데요시가 '흠' 하고 고개를 한 번 끄덕이고 나서 가신들에게 물러나라고 말했다.

"모두, 자리를 잠시 비켜주게, 자리를."

"네."

비질을 한 것처럼 모두 물러나 휴식을 취하러 갔다. 모두 나가자 쇼뉴가 말했다.

"지쿠젠 나리, 뒤에 있는 여자분은 누구신지?"

"아, 이 아이 말인가?"

잊고 있던 것을 떠올렸다는 듯 돌아보며 말했다.

"이곳으로 오는 길에 데려온 아이일세."

"호…… 이 전장에서?"

"그렇다네. 좀 특이한 여자아이 아닌가? 오쓰, 너도 나가 있어라."

오쓰가 '네' 하고 자리에서 일어서려다 문득 쇼뉴에게 물었다.

"어디로 가 있으면 되겠습니까?"

쇼뉴가 차남인 산자에몬 데루마사를 불러 오쓰를 다른 방으로 안내하라고 명했다.

"산자에몬, 산자에몬."

히데요시가 뒤에서 부르며 말했다.

"이 아이에게 어울릴 만한 겉옷과 갑옷이 있으면 좀 빌려주게. 진중에서 저런 차림을 하고 있으면 다니기에도 불편하고 병사들이 보기에도 좋지 않으니. 알겠는가? 기다리는 동안 갈아입을 수 있도록 해주게."

히데요시는 여자에게 친절한 자신의 성격을 새삼스레 감출 필요가 없다는 듯 쇼뉴를 개의치 않고 명을 내렸다.

드디어 모든 사람이 나갔다. 방에는 쇼뉴와 히데요시 둘만 남았다. 그곳은 혼마루의 널따란 방이었다. 주위가 전부 보였기에 경계병도 필요 없었다.

"쇼뉴, 긴히 할 말이란…… 무엇인가?"

"실은 그 일 때문에 본진으로 갈 생각이었네만."

"여기서 하도록 하게. 무슨 말인지 들어보기로 하지."

"다름이 아니라 오늘의 순시로 마음은 이미 정하셨으리라 생각하네만, 이에야스의 고마키의 진, 참으로 견고하지 않은가?"

"참으로 훌륭했소. 그 정도의 축성과 포진을 그처럼 단시일 안에 해낼 수 있는 자는 이에야스밖에 없을 게요."

"나도 몇 번인가 말을 몰아 고마키 부근을 둘러보았으나 그곳을 공략할 방법은 거의 없을 듯하오."

"서로 대치해야겠지, 늘 그랬던 것처럼……."

"이에야스도 상대가 상대인 만큼 신중을 기하고 있고, 우리도 이름 높은 도쿠가와 군과의 첫 번째 결전이기에 자연히 이렇게 서로 눈싸움을 하는 형국이 되고 말았소."

"재미있지 않은가? 연일 소총 소리 하나 들리지 않는 정적 속에서 싸움 없는 싸움을 하고 있으니……. 백미는 그 미묘함에 있지."

"바로, 그렇다네."

쇼뉴는 히데요시 곁으로 가까이 다가가 산길이 그려진 지도를 펼쳐놓고 얼마 전부터 가슴에 품고 있었던 기발한 계책을 열심히 이야기했다.

"음, 음…… 과연."

히데요시는 쇼뉴의 이야기를 열심히 들으며 몇 번이고 고개를 끄덕였다. 하지만 마지막 결론에 다다르자 난색을 표했다. 가타부타 말도 없이 계책을 쉽게 받아들일 듯한 얼굴빛이 아니었다.

"만약 허락하신다면 이 쇼뉴는 일족을 들어 솔선해서 오카자키 성을 반드시 손에 넣어 보일 생각이네. 고마키의 견고한 요새가 아무리 대비를 잘하고 있다 할지라도, 또 이에야스가 아무리 무문의 커다란 그릇이라 할지라도, 일단 도쿠가와의 본국인 오카자키가 느닷없이 아군의 말발굽 아래 있다는 소식이 들려오면 싸우지 않아도 그의 내부에서부터 부너질 것은 틀림없는 사실이리 여겨지네."

쇼뉴는 끝도 없이 설명했으며, 집요할 정도로 자신의 '침투 계략'을 설득했다.

"알겠네. 음…… 생각해보기로 하지."

히데요시는 즉답을 피하며 쇼뉴를 살살 달랬다.

"자네도 그렇게 자신의 일로만 생각하지 말고 남의 일이라 여기고 하룻밤 더 생각해보도록 하게. 기발한 계책이고 또 장거이기는 하나, 그만큼 위험한 일이기도 하다네."

쇼뉴의 무용과 대담함은 히데요시도 잘 알고 있었다. 하지만 그 이상으로 높이 평가하지는 않았다. 두 사람의 목소리가 잠시 끊겼다. 순간 옆방 문이 열리더니 쇼뉴의 장남인 기이노카미가 멀리서 머리를 조아렸다.

"아버지, 괜찮으시다면 잠시 이리로……."

그보다 조금 앞서, 성안의 한 방을 병실로 삼아 상처를 치료받고 있는 쇼뉴의 사위 모리 무사시노카미 나가요시가 밤낮으로 간병을 하는 열여섯 살짜리 동생 모리 센치요森仙千代에게 자꾸만 고집을 부리고 있었다.

"센치요, 산자에몬을 불러오너라. 산자에몬을."

"형님, 그렇게 자꾸 몸을 움직이시면 밤에 또 상처에서 열이 나고 아플 것입니다."

"쓸데없는 걱정 말고 산자에몬이나 불러와라."

"안 됩니다, 지금은."

"네놈은 왜 뭐든지 안 된다는 게냐?"

"지금은 히데요시 님께서 혼마루에 오셔서 기이 님과 산자에몬 님 모두 말씀을 나누는 중이라고 하지 않습니까?"

"바로 그래서 히데요시 님께서 돌아가시기 전에 산자에몬에게 말을 전하려는 게다. 알았다, 네가 말을 전해주지 않겠다면 내가 직접 가겠다."

나가요시는 자리에서 일어나려고 애를 썼다. 하지만 그는 전신에 붕대를 감고 있었다. 머리와 얼굴, 한쪽 팔이 하얀 천에 뒤덮인 상태라 천하에 용맹을 떨치고 있던 그도 마음대로 움직일 수가 없었다. 무사시 나가요시는 답답하기 짝이 없었다.

지난달 18일, 나가요시는 서둘러 공을 세우고 싶은 마음에 고마키 산에 있는 적의 견고한 요새를 공격하다 참담한 패배를 맛보았다. 부하 팔백여 명을 잃었을 뿐만 아니라 자신도 중상을 입어 아군의 들것에 실려 간신히 도망쳐왔을 정도로 참담한 상태였다. 자신뿐만 아니라 장인인 쇼뉴의 이름에까지 쉽게 씻을 수 없는 불명예를 가져다주고 말았다.

'무사시가 전사했다.'

적은 개가를 불렀으며, 아군 중에서도 그 말을 믿는 사람들이 있다는 소리를 듣고 나가요시는 '이대로 죽을 수 없다'며 밤낮으로 눈을 치켜떴고, 몸의 상처보다 마음의 상처 때문에 온몸을 뜨겁게 불태우고 있었다.

"안 됩니다, 형님."

센치요가 눈물을 흘리며 형을 뒤쪽에서 끌어안고 화를 냈다.

"이야기가 끝나고 나면 산자에몬 나리를 모셔올 테니 그때까지만 기다려달라는 것인데, 형님은 어째서……."

"지쿠젠 나리께서 돌아가시고 난 뒤에는 소용이 없기에 서두르는 게다. 그런데 너는."

"그럼 기이 나리까지 모셔올 테니 움직여서는 안 됩니다."

센치요는 형을 자리에 가만히 눕힌 뒤 일어났다.

잠시 뒤 산자에몬이 왔다. 얼굴을 보자마자 나가요시가 물었다.

"어떤가? 장인어른께서 그 일을 하시바 나리께 말씀드렸는가?"

"지금 사람들을 물리치고 두 분께서만 밀담을 나누고 계시는 중일세."

"그렇다면 하시바 나리께서 그 계책을 받아들였는지는 아직 모르겠군."

"음, 아직 모르네."

"만약 받아들이지 않으신다면 바로 알려주게. 내 지쿠젠 나리의 발에라도 매달려 청할 생각이니. 알겠는가, 산자에몬."

한편, 조금 전의 방에서는 사람들을 물린 채 히데요시와 쇼뉴 둘이서만 말없이 대좌하고 있었다. 지금 막 옆방에서 아들 기이노카미가 아버지 쇼뉴를 불러 무슨 말인가를 속삭였다. 쇼뉴는 이야기를 마치고 히데요시 앞으로 돌아와 있었다.

"오카자키로 '침투'하는 일, 감행하라고 이 자리에서 명을 내릴 수 없겠는가? 병상에 있는 나가요시까지 승낙했는지 걱정하며 지금도 기이를 통해 물어올 정도로 열의를 보이고 있다네. 모쪼록 결단을 내려주길."

조금 전에 했던 이야기를 다시 되풀이했다. 쇼뉴의 전략은 틀림없이 기상천외한 것이었다. 조심스럽기로 따지자면 돌다리도 두드려보고 건너야 한다고 주장하는 이에야스조차 깨닫지 못할 만한 전략이었다. 하지만 히데요시의 생각은 조금 달랐다.

히데요시는 선천적으로 기발한 계책도 기습도 그다지 좋아하지 않았다. 그는 시간이 걸린다 해도 전술보다 외교, 작은 국면에서의 쾌승보다 커다란 국면에서의 제패를 바랐다.

"그리 서두를 것 없네."

히데요시가 쇼뉴의 마음을 달래주었다.

"내일까지 마음을 정해두겠네. 내일 아침에 가쿠덴의 본진까지 오도록 하게. 가부를 들려줄 테니."

"그럼 내일 아침에."

"그만 돌아가겠네."

히데요시가 자리에서 일어났다.

"돌아가신다."

기이노카미가 곳곳의 방에 알렸다. 근신들이 복도에서 기다리고 있다가 히데요시의 뒤를 따랐다. 그런데 혼마루의 출입구까지 다다랐을 때 말을 묶어놓는 곳 옆에 이상한 모습을 한 무사 하나가 무릎을 꿇고 앉아 있었다. 머리와 한쪽 팔에 붕대를 감고 있었으며 갑옷 위에 입은 겉옷에는 하얀색 바탕에 금란초가 그려져 있었다.

"응? 자네는?"

히데요시가 바라보자 중상자가 하얀 붕대를 두른 얼굴을 들어 말했다.

"쇼뉴의 사위인 모리 나가요시 놈입니다. 이처럼 추한 모습을 보여드려 더욱 불쾌하시리라 생각됩니다만."

"오오, 무사시노카미인가? 부상은 좀 어떤가?"

"오늘부터 병상에서 일어나기로 했습니다."

"무리하지 말게. 몸만 나으면 오명은 언제든지 씻을 수 있으니."

다혈질이자 감정의 기복이 심한 나가요시는 오명이라는 말을 듣고 한 줄기 눈물을 흘렸다. 그러고는 겉옷 안에서 글 하나를 꺼내 공손히 히데요시의 손에 건넨 뒤 다시 머리를 조아리고 말했다.

"진으로 돌아가신 후 읽어주신다면 더없는 행복으로 알겠습니다."

"그래 알겠네, 읽기로 하지. 부디 몸을 중히 여기도록 하게."

히데요시는 나가요시의 마음을 가엾이 여겼는지 고개를 끄덕이며 그렇게 말하고 성문을 나섰다.

진중의 꽃 한 송이

왜가리파인 산조는 이케다 쇼뉴의 밀서를 들고 이누야마에서 사십 리 정도 떨어진 곳에 있는 오토메大留 성의 성주 모리카와 곤에몬森川權右衛門에게 전령으로 가 있었다. 왜가리파란 이케다 가의 비밀 부대, 즉 밀정의 다른 이름이었다.

산조는 이누야마 공격에 앞서 공을 세웠으니 상으로 금도 받고 휴가도 얻어 자신의 꿈을 이룰 줄 알았다. 하지만 상금만 받았을 뿐 전쟁은 지금부터라는 이유로 군에서 벗어나지 못했다.

산조의 꿈이란 오쓰와 교토로 가서 사는 것이었다. 하지만 이 방탕한 사내의 어머니 오사와는 오쓰의 아버지인 오노 마사히데의 신하 헤키 오이의 후처로 오쓰를 길러준 어머니와 다를 바 없는 유모였다. 오쓰는 방탕한 산조를 이용하고, 산조는 오쓰를 꾀여낼 속셈으로 오노 마을의 오두막을 뛰쳐나간 뒤 오사와는 슬픔에 잠겼다.

어쨌든 젊은이의 꿈은 좋은 것이든 나쁜 것이든 전쟁에 끊임없이 위협을 받으며 거칠게 살아가야 하는 삶에서는 견디지 못하는 게 일반적이다. 더군다나 오쓰의 꿈과 산조의 꿈 사이에는 커다란 차이가 있었다. 마치 동상이몽이나 마찬가지였다.

　욕정에 불타오른 산조는 이케다 가로부터 상금과 휴가를 받으면 오쓰가 있는 곳으로 돌아가 그녀의 손을 잡고 교토로 갈 수 있을 것이라 생각했다. 하지만 그의 생각은 대전을 앞두고 결코 있을 수 없는 일이 되어버리고 말았다. 그는 탈주할까도 생각해봤으나 붙잡히면 당연히 참수에 처할 일이었다. 이세 가도와 미노 가도 할 것 없이 이 대전장의 백 리 사방에는 관문이 없는 곳이 없었다.

　'오쓰는 어떻게 됐을까?'

　산조는 그렇게 생각하면서도 목숨이 아까웠기에 군에 머물 수밖에 없었다. 그러던 중 쇼뉴가 산조를 불러 다시 명을 내렸던 것이다.

　"이 밀서를 가지고 도쿠가와 가의 모리카와 곤에몬의 성에 다녀오도록 하라. 답서는 짚신 끈 안에 넣어 돌아오면 될 것이다. 혹시 도쿠가와의 병사들에게 붙잡히면 목숨을 잃더라도 적에게 보여서는 안 된다."

　그렇게 산조는 그 중요한 일을 마치고 지금 막 이누야마 성으로 돌아온 참이었다. 마침 히데요시가 돌아가려던 때라 성문 앞은 병마로 북적이고 있었다. 산조는 길가에 무릎을 꿇고 앉아 그들이 지나기를 기다렸다.

　히데요시의 말이 길잡이, 하타모토, 근신들 사이를 지나갔다. 그 순간 산조가 앗 하고 놀라며 자리에서 벌떡 일어섰다. 그 가운데 오쓰가 있었기 때문이다. 하지만 곧 사람을 잘못 본 것이 아닐까 의심이 들었다. 닮기는 했으나 화려한 갑옷에 겉옷까지 걸치고 하얀 말에 올라 히데요시 바로 뒤를 따라가고 있었기 때문이다.

　히데요시는 그날의 전장 시찰을 마치고 저녁에 가쿠덴의 본진으로 돌아갔다. 가쿠덴 촌에 있는 그의 본진은 적의 고마키 산처럼 고지대가 아니었다. 하지만 부근의 숲과 경작지, 작은 강까지 이용해 사방 이십여 리에 걸쳐 참호와 목책을 둘렀기에 포진은 철벽이나 다름없었다.

마을 신사의 문에서부터 그 안의 넓은 경내와 본전은 히데요시가 있는 것처럼 위장되어 있었다. 히데요시는 적의 야습에 대비해 신사 안에 있지 않았다. 그곳의 숲에서 동쪽으로 떨어진 곳에 위치한 한 무리의 가건물에 묵고 있었다.

적인 이에야스 쪽에서는 히데요시가 이누야마에 있는지 가쿠덴에 있는지조차 파악할 수 없었다. 그만큼 서로의 진형은 물샐 틈 없는 일선을 사이에 두고 서로의 정찰을 어렵게 하고 있었다.

"목욕을 좋아하는 내가 오사카를 나선 이후로는 욕조에 몇 번 들어가지도 못했구나. 오늘은 땀을 한번 씻어내고 싶다."

가건물의 잡병들이 히데요시를 위해 야전 목욕탕의 물을 데웠다. 땅에 구멍을 파고 커다란 기름종이를 구멍 가득 두른 것이었다. 거기에 물을 담고 낡은 쇠를 달구어 넣어두면 적당하게 물이 끓었다. 몸을 씻는 곳에는 판자를 두르고 주위에는 장막을 둘렀다.

"아아, 좋구나……."

그다지 봐줄 것 없는 몸을 가진 사내가 노천탕에 어깨까지 몸을 담그고 끝도 없이 밤하늘의 별을 올려다보고 있었다.

"천하의 사치로구나……."

히데요시는 몸의 때를 밀기도 하고 배꼽 아래를 가볍게 두드리기도 하면서 진심으로 그렇게 생각했다. 작년부터 나니와를 개척하고 오사카 성의 대공사를 시작해 천하의 이목을 놀라게 했으나, 그가 느끼는 쾌락은 금전옥루金殿玉樓보다 뜻밖에도 이러한 곳에 있는 듯했다. 그는 어렸을 때 어머니가 야단을 치며 등을 밀어주었던 오와리 나카무라의 고향집이 문득 그리워졌다.

"거기 누구 있느냐?"

장막 밖에 대고 사람을 부르자 목욕 중에도 창을 들고 밖에서 지키던 무사 가운데 한 명이 얼굴만 안으로 들이밀고 대답했다.

"무슨 일이십니까?"

"흠, 아무리 밀어도 때가 나오는구나. 오쓰를 불러라, 오쓰를. 등을 밀게 해야겠다."

시동이 해야 할 일이었으나 히데요시가 특별히 말했기에 곧 오쓰가 불려왔다.

"그래, 오쓰냐. 이리 들어와서 등을 좀 밀어주어라."

아무리 오쓰가 아직 아무것도 모르는 아가씨라 할지라도 마흔아홉 살인 히데요시는 왕성한 나이의 사내였다. 명령을 하기는 했으나 어쩌면 오쓰가 수줍어서 망설일지 모른다고 생각했다.

"네."

하지만 오쓰는 곧 알몸뚱이인 히데요시의 뒤로 돌아가 등을 벅벅 밀기 시작했다. 히데요시는 몸을 맡긴 채 등뿐만 아니라 팔과 다리까지도 밀게 했다. 그러고는 욕실에서 나와 몸의 물기를 닦게 했다. 속옷과 갑옷을 완전히 갖춰 입을 때까지 오쓰는 여자답게 시중을 들었다. 살벌한 진중이었기 때문일까? 여자 무사의 하얀 손이 더욱 아름답게 보였다. 히데요시는 오랜만에 마음까지 풀어져 가건물로 들어섰다.

"아아, 벌써 와 있었는가?"

그곳에는 그날 밤 부름을 받은 장수들이 나란히 앉아 있었다. 그들은 아사노 나가요시淺野長吉, 스기하라 이에쓰구杉原家次, 구로다 간베, 호소카와 다다오키, 다카야마 우콘 나가후사高山右近長房, 가모 우지사토, 쓰쓰이 준케이, 하시바 히데나가羽柴秀長, 호리오 모스케 요시하루堀尾茂助吉晴, 하치스카 쇼로쿠 이에마사蜂須賀小六家政, 이나바 뉴도잇테쓰 등이었다.

"아아, 목욕을……"

　장수들은 히데요시의 말쑥한 얼굴을 바라보며 크게 안심했다. 하지만 히데요시를 따라와 시동들의 끝자리에 앉은 오쓰를 보고는 조금 지나치게 한가로운 시간을 보내는 것 같다고 생각했다. 분명 갑옷을 입고 있기는 했으나 여자라는 사실을 금방 알 수 있었다.

"모두 밥은 먹고 왔는가?"

히데요시가 묻자 장군들이 대답했다.

"군량을 먹고 왔습니다."

"오랜 진중 생활로 모두들 피곤하지?"

"아니, 나리야말로."

"아닐세, 오사카에 있을 때가 훨씬 더 바빴어. 노천탕에 들어가 씻고 나니 마치 요양을 온 듯하네."

히데요시는 천진하게 웃어 보였다.

"이걸 좀 보게."

히데요시는 겉옷 안에서 꺼낸 글 한 통과 지도 하나를 장수들 앞에 던져놓고 차례로 보였다. 서면은 병중에 있는 모리 무사시노카미 나가요시가 이누야마로 돌아오기 직전에 히데요시에게 직접 바친, 피로 쓴 탄원서였다. 지도는 이케다 쇼뉴가 은밀한 계획을 세워 헌책한, 바로 그 오카자키를 기습하자는 '침투'의 산길 지도였다.

"어떻게 생각하는가? 쇼뉴와 무사시노카미가 내놓은 작전을……. 기탄없이 의견을 듣고 싶네만."

한동안 아무도 말하지 않고 생각에 잠길 뿐이었다. 얼마 뒤 절반 정도의 장군들이 찬성하는 뜻을 내비쳤다.

"묘책이라 생각합니다."

하지만 절반 정도의 장군들이 반대하는 뜻을 내비쳤다.

"기발한 계책은 뜻밖의 공에 의지해야 하며, 운을 걸어야 합니다. 아직 일전도 치르지 않았는데 아군 팔만여의 운명을 단번에 건다는 것은 좋지 않을 듯합니다.”

찬성과 반대, 서로의 의견이 대립되었다. 히데요시는 그 사이에서 싱글싱글 웃으며 듣고 있을 뿐이었다. 너무나도 큰 문제였기에 장수들은 의견을 일치하지 못한 채 그저 ‘명단에 맡길 수밖에 없습니다’라고 결론을 내리고 밤이 되어서야 각자의 진지로 돌아갔다.

“오쓰, 목침을 가져오너라.”

진중에서는 히데요시도 갑옷을 벗지 않았다. 수시로 누워 가면을 취했다. 시동들은 무기를 들고 교대로 불침번을 섰다. 오쓰는 옆방에서 벼루 상자를 꺼내 무엇인가를 쓰고 있었다.

쇼뉴의 계책을 쓸 것인가, 말 것인가. 사실 히데요시는 이누야마에서 돌아올 때부터 마음을 정한 상태였다. 그는 돌아오는 길에 말 위에서 모리 나가요시의 혈서를 읽었다.

다시 말해, 결정을 내리지 못해 장수들을 불러 모은 것이 아니라 마음을 정했기에 장수들을 불러 ‘어떤가?’라고 물었던 것이다. 거기에도 그의 계산이 있었으며, 장수들은 ‘아마 쓰지 않을 것이다’라고 생각하며 돌아간 것이었다. 하지만 히데요시의 의중은 이미 결행을 다짐하고 있었다.

만약 쇼뉴 부자의 계책을 쓰지 않으면 무문 사이에서 그들의 입장은 매우 난처한 것이 되어버리고 만다. 그리고 그처럼 굳게 결심한 쇼뉴 부자의 고집을 일단 꺾는다 할지라도, 다른 상황에서 어떠한 형태로든 다시 나타날 것임에 틀림없었다. 그것은 군대를 통솔해야 하는 상황에서 큰 위험이었다. 아니, 히데요시가 그 이상으로 두려워한 것은, 쇼뉴 부자에게 불평을 품게 하면 노회한 이에야스가 반드시 그들 부자에게 배신을 하라는 유혹의 손길을 내민다는 사실이었다.

그렇지 않아도 쇼뉴 부자는 원래 기타바타케 노부오와 젖을 함께 빨며 자란 형제와 다름없는 사이였다. 게다가 그 노부오는 이에야스가 고마키의 진영으로 와서 '저는 싸움을 싫어하나 고 우다이진(노부나가)의 아드님이신 나리를 위해 의로써 싸우는 것입니다'라고 말한 것처럼 도쿠가와 쪽의 싸움은 정의로운 싸움이며 사욕의 군대가 아님을 천하에 알리고 있는 유일한 증인이 되어 이 전장에 임한 것이었다.

만약 그 노부오나 이에야스가 이번 전쟁의 명분을 앞세우고 이익을 은밀히 보장하며 이누야마로 유혹의 밀사를 보낼 경우 쇼뉴 부자에게 불평불만이라도 있다면 언제 배신하게 될지 모를 일이었다.

'젊었을 때부터 감정의 기복이 심하고 한번 마음먹으면 포기할 줄 모르는 사내였다.'

히데요시는 잠들기 전에도 생각에 잠겨 있었다. 누구보다 쉽게 잠드는 히데요시였으나 그날 밤은 목침에 머리를 대도 좀처럼 잠이 오지 않았다. 젊은 시절 기요스 성 아래 마을에서 쇼자부로(쇼뉴), 이누치요(마에다) 등과 함께 밤새 술을 마시며 돌아다니던 때가 떠올랐다.

'당시의 이케다 쇼자부로가 지금은 내 휘하에 있고, 거기에 불명예스러운 일을 당했으니…… 그가 조바심을 내는 것도 당연한 일이겠지.'

이런 생각이 들기도 했으며, 동시에 지금의 상황은 무승부가 될 가능성이 높은 대국이라고 여겨졌다. 그러니 변화를 꾀해 적극적으로 나서지 않으면 안 될 때였다.

"그래, 내일 아침에 쇼뉴가 여기에 오기를 기다릴 것도 없이 오늘 밤 안으로 사자를 보내두기로 하자."

히데요시가 벌떡 일어나 불침번에게 종이와 벼루를 가져오라고 외쳤다. 시동들이 벼루 상자를 찾는 사이에 오쓰가 히데요시 앞에 종이를 가지런히 놓으며 말했다.

"허락도 받지 않고 벼루를 쓰고 있었습니다. 용서해주십시오."

"너도 아직 잠을 자지 않았느냐."

"네."

"무엇을 쓰고 있었느냐?"

"서툰 시조를."

"너, 시를 지을 줄 아느냐?"

"그저 고금의 흉내를 내고 있을 뿐입니다."

"싸움이 길어지면 때로는 다도회도 열고 시회도 여는 법이지만 이번 싸움에서는 그럴 여유도 없을 듯하구나. 나중에 내게만 살짝 보여주도록 해라."

"하지만 나리께 보일 만큼의 시는……."

오쓰는 수줍어하며 벼루에 물을 새로 부어 먹을 갈고 있었다. 한쪽 구석에 앉아 있는 시동들은 그다지 유쾌하지 않은 표정을 짓고 있었다.

진중에 여자를 두는 일은 장수들 사이에서도 있는 일이었다. 시대의 풍습으로 봐서도 특별히 이상할 게 없는 일이었다. 하지만 길가에서 주워온 고양이처럼 천한 여자를 히데요시가 귀여워하며 중용하는 모습을 본다는 것은 목숨을 걸고 섬기고 있는 이름 높은 하시바 가의 시동들로서는 매우 불쾌한 일이었다.

"그만 됐다."

히데요시가 먹을 갈던 오쓰의 손을 멈추게 하더니 붓을 들어 이미 마음속에 생각해둔 내용을 단번에 써내려갔다.

자네의 뜻 납득했소. 아울러 할 이야기가 있으니 날이 밝기를 기다리지 말고 바로 말에 채찍을 가해 이곳으로 오기 바라오.

지쿠젠

옆에서 지켜보던 오쓰는 히데요시의 악필에 놀라고 말았다. 그리고 아무런 꾸밈과 기교가 없으며 호방하고 진솔한 필치에도 놀라지 않을 수 없었다.

히데요시는 편지를 다 쓴 뒤, 시동을 향해 말했다.

"얘, 오타니 헤이마와 니와 나베마루 둘이서 이것을 전령인 가토 마고로쿠에게 건네주고, 셋이서 함께 바로 이누야마 성으로 가서 쇼뉴에게 전하고 오너라. 답장은 필요 없다."

"넷."

두 사람은 서둘러 나갔다.

"이젠 됐다. 오쓰와 나머지 사람 모두 푹 자두도록 해라."

히데요시는 다시 자리에 누웠다. 잠시 뒤, 그의 코고는 소리가 옆방까지 들려왔다.

아직 한밤중이라고 해도 좋을 사경 무렵, 서장을 받은 이케다 쇼뉴가 말을 타고 달려왔다.

"쇼뉴, 마음을 정했네."

"그래! 오카자키 기습 공격을 허락해주시겠는가?"

날이 밝기 전, 두 사람 사이에서 철저한 준비를 위한 논의가 끝났다. 쇼뉴는 히데요시와 아침을 먹고 이누야마로 돌아갔다.

허실

이튿날도 겉으로는 무풍지대와 같은 전장이었으나 저류에서는 미묘한 움직임이 감지되고 있었다. 정적이 감도는 흐릿한 오후의 하늘로 오나와테大縄手 쪽에서 적과 아군의 총성이 들려오기 시작했다. 멀리 우다쓰宇田津의 군용도로에서도 흙먼지가 일었으며, 이삼천 정도의 서군 병사가 마침내 적의 요새에 공격을 가하기 시작했다는 소리가 들려왔다.

"곧 시작될 게야."

"총공세가."

"오늘 밤이나 이른 새벽에."

각 장수들의 진영에서도 살기가 기세등등하게 하늘을 찌르고 있었다.

고마키 산 대 가쿠덴. 여기서 서군 쪽의 기치를 살펴보면, 이중 해자의 망루에 히네노 히로나리日根野弘就 형제(병사 이천오백 명), 다나카의 진에 호리 히데마사堀秀政와 가모 우지사토와 하세가와 히데카즈長谷川秀一와 가토 미쓰야스加藤光泰와 호소카와 다다오키 등(총 병력 일만 삼천팔백 명), 고마쓰데라小松寺 산에 미요시 히데쓰구三好秀次(병사 구천칠백 명), 소토쿠보外久保 산에 니와 나가히데(병사 삼천오백 명), 우치쿠보内久保 산에 하치야 요리타카와 가나모리 나가치카金森長近(삼천 명)가 있었다. 그 외에 이와사키 산, 아오쓰카靑塚, 고구치小口, 만다라사曼陀羅寺 등의 각 진을 합쳐 대략 총 병력 약 팔만 팔천이라 칭하고 있었다.

동군의 도쿠가와와 기타바타케 연합군은 이이 효부井伊兵部, 이시카와 가즈마사, 혼다 헤이하치로本多平八郎, 히코하치로彦八郎 등의 일족, 도리이鳥居, 오쿠보大久保, 마쓰다이라, 오쿠다이라 등의 오랜 가신, 사카이, 사카키바라 등의 정예, 미즈노, 곤도近藤, 나가사카長坂, 사카베坂部 등의 하타모토들이 있었다. 거기에 이세 기타바타케의 각 장수들을 더해 총 육만 칠천이라 일컬어지는 병력이 고마키 산을 깃발로 뒤덮었으며 기슭, 도로, 저지대, 고지대 등의 온갖 지형의 변화를 이용하여 요새와 참호를 만들고 목책을 친 채 '이 철벽진을 뚫을 수 있을 듯싶으냐'며 세력을 과시하고 있었다.

그야말로 천하의 장관이었으며 당대 전국의 세상을 판가름 지을 갈림길이라 할 수 있었다. 히데요시가 이기면 히데요시의 세상, 이에야스가 이기면 이에야스의 세상이었다. 이는 곧 커다란 '시대의 분수령'이었다.

이에야스는 히데요시를 잘 알고 있었다. 히데요시가 두려워하는 사람은 예전에는 노부나가였으나, 지금은 이에야스밖에 없었다. 그 이에야스 쪽에서도 오늘 아침부터 정찰대가 부지런히 움직였다. 다만 미리 떠보기 위한 서군의 소규모 공격에는 경계를 하는 듯 고마키 산 가운데 어떠한 부대도 움직이지 않았다.

저물녘, 아오쓰카 방면의 전투에서 돌아온 서군의 한 부대가 길에서 주운 몇 장의 격문을 히데요시의 본진으로 보내왔다. 히데요시는 그중 한 장을 집어 읽었다. 거기에는 히데요시에 대한 비난의 말들이 전문에 걸쳐 적혀 있었다.

히데요시는 천하를 강탈한 도적이다. 히데요시는 커다란 은혜를 입은 옛 주인 노부나가 공의 아들인 간베 나리를 자멸케 했으며, 지금은 다시 노부오 나리께 활을 겨누어 무문을 소란스럽게 하고 서민을 혼란에 빠뜨리며 자신의 야망을 이루기 위해 수단을 가리지 않는 원흉이다.

각 항목별로 온갖 비난이 적혀 있었으며, 도쿠가와 나리야말로 올바른 전쟁의 명분을 갖고 일어선 의군이라며 과장되게 말하고 있었다. 이에 히데요시는 격노했다. 히데요시가 얼굴에 격노의 빛을 띤 것은 참으로 보기 드문 일이었다.

"이 격문은 적 가운데 누가 쓴 것이냐?"

하치야 고스케가 대답했다.

"이에야스의 가신인 이시카와 가즈마사의 부하가 각지에 뿌린 것으로 봐서 가즈마사가 쓴 것인 듯합니다."

히데요시가 뒤를 돌아보며 명을 내렸다.

"서기, 곳곳에 방을 내걸어라. 이시카와 가즈마사의 목을 가져오는 자에게는 일만 석의 큰 상을 내리겠다고. 당장 방을 써서 각 진으로 돌려라."

그래도 히데요시는 분이 풀리지 않는다는 듯, 그 자리에 있던 장수들의 이름을 부르며 직접 출격 명령을 내렸다.

"쓰쓰이 이가筒井伊賀, 다키가와 기다유瀧川儀太夫. 천하에 몹쓸 가즈마사 놈의 짓이다. 너희는 유격대가 되어 가즈마사 진의 전면에 있는 아군을 도와 밤새 공격을 하도록 하라. 내일도 공격하라. 내일 밤에도 공격하고 또 공격해서 가즈마사 놈의 숨통을 끊어놓아라."

히데요시는 사납고 날랜 장군들을 가려 뽑은 뒤 병력 육칠백 명씩을 주어 전선으로 달려가게 했다. 그러고 난 뒤 저녁을 서둘러 먹었다.

"더운 물에 만 밥을 가져오너라."

어떠한 때라도 히데요시는 식사를 거르지 않았다. 오쓰가 시중을 들었다. 밥을 먹는 동안에도 전령이 이누야마와의 연락을 위해 빈번하게 드나들었다.

"됐다."

마지막 전령이 이케다 쇼뉴의 보고를 전하러 왔을 때 히데요시는 홀로 중얼거리며 식사를 마치고 더운 물을 천천히 마셨다.

밤이 되자 멀리서 소총 소리가 후방의 본진까지 콩을 볶는 소리처럼 들려왔다.

"무섭지 않느냐?"

히데요시가 오쓰에게 물었다. 오쓰가 웃으며 대답했다.

"아즈치 성에서도 철포 소리는 늘 들어왔습니다."

"그러냐? 그렇다면……."

히데요시가 눈으로 오쓰를 무릎 앞으로 부르더니 그녀에게 하나의 임무를 주었다.

"네게는 어려운 심부름이다만, 지금부터 가줄 수 있겠느냐?"

"심부름이라면 어려울 것 없습니다."

"아니, 쉬운 길이 아니다. 왜냐하면 가야 할 곳은 적국의 영지이니. 오카야마로 가는 샛길에 있는 도쿠가와 군의 모리카와 곤에몬의 성으로 가서 이 증서를 건네주면 좋겠는데."

히데요시가 그 이유를 들려주었다. 오토메 성의 모리카와 곤에몬에게는 이케다 쇼뉴가 이미 손을 써놓았기에 오카자키로 가는 샛길을 지날 때 배신을 해서 아군에게 붙기로 약속이 되어 있었다. 하지만 성공한 뒤에 상으로 오만 석을 주겠다고 내건 조건은 아직 쇼뉴의 구두약속일 뿐, 히데요시의 보증서는 도착하지 않았다. 히데요시는 문득 그것이 마음에 걸렸다.

"가겠습니다."

히데요시의 말이 끝나자마자 오쓰가 대답했다. 오히려 히데요시가 갈 수 있겠느냐고 두 번이나 확인할 정도로 오쓰는 서슴지 않고 분명하게 대답했다.

"네, 지금 당장이라도."

오쓰는 웃는 얼굴로 눈썹에 결의를 내보였다. 그러고는 벌써부터 차림새와 가는 길에 있는 적의 상황 등을 세심하게 물었다.

"차림은 농민의 딸로 변장하고, 길은 산길 지도를 참고해서 가능한 샛길로 가는 것이 안전하다. 그리고 만에 하나라도 적병에게 붙잡히면 어디까지나 농민의 딸을 가장해야 한다. 무슨 일이 있어도 히데요시의 증서를 들키지 않아야 한다."

오쓰는 히데요시에게 주의를 받은 뒤, 마침내 한밤중에 홀로 진영을 나섰다.

"모두 보았는가?"

그 뒤 히데요시가 근신과 시동들에게 말했다.

"저 아이가 사내였다면 너희는 머지않아 오쓰 앞에서 상장에게 취하는 예를 취해야 했을 게다. 여자아이라 다행인 줄 알아라."

좌우의 젊은이들은 참으로 유감스러운 일이라는 듯한 표정을 짓고 있었다. 그리고 모두 뽀로통한 얼굴로 입을 다문 채 내일이라도 도쿠가와 군과 맞닥뜨리게 되면 새끼 사자의 본성을 드러내 주인 히데요시의 여존남비女尊男卑의 실언을 정정하도록 하겠다고 맹세했다.

소규모 전투의 총성은 새벽녘부터 이튿날까지 전선의 곳곳에서 끊임없이 들려왔다. 그것을 도화선으로 당장이라도 서군인 히데요시의 대군이 총공격에 나설 것처럼 여겨졌다. 하지만 어제부터의 움직임은 히데요시의 '속임수'로 진짜 움직임은 이누야마를 중심으로 한 이케다 쇼뉴의 오카자키 기습 준비에 있었다.

이에야스로 하여금 허상의 '총공세'에 신경을 쓰게 한 뒤 그사이에 샛길로 내려가 단번에 도쿠가와의 본국인 오카자키의 얼마 되지 않는 병력을 치겠다는 작전이었다. 지금은 그에 대한 준비가 모두 끝난 상태였다.

이누야마 성을 중심으로 한 기습군은 다음과 같이 편제되었다.

제1대 이케다 쇼뉴의 병사 육천 명.

제2대 모리 무사시노카미의 병사 삼천 명.

제3대 호리 히데마사의 병사 삼천 명.

제4대 미요시 히데쓰구의 병사 팔천 명.

위의 부대 가운데 선봉에 서는 제1, 2대가 결사대의 중심 세력이었다. 호리 히데마사는 군감, 히데쓰구는 총사 자격이었다.

4월 6일(양력 5월 15일) 밤, 한밤중을 기해 이만 명의 장병이 극비리에 이누야마를 떠났다. 깃발을 숨기고 발소리를 죽여 니노미야 촌, 이케우치池内 촌을 지나 모노쿠루이物狂い 고개에서 아침을 맞았다. 잠시 휴식을 취하고 다시 행군을 시작했다. 이윽고 오구사大草, 가시와이柏井, 시노키篠木를 거쳐 가미조上條 촌에 도착했고, 그곳에서 숙영을 하고 정찰대를 풀었다.

"오토메 성의 모습을 살펴보고 오라."

얼마 전에 오토메 성의 모리카와 곤에몬에게는 이케다 쇼뉴가 왜가리파의 산조를 보내 배신을 약속받았으나, 만약을 위해 그 산조를 우두머리로 한 한 무리의 밀정을 다시 파견한 것이었다.

산조와 왜가리파들은 거기서 십 리 정도 앞에 있는 쇼나이 강의 나루터를 지키고 있는 오토메 성을 멀리 바라볼 수 있는 곳까지 접근해 갔다. 그 순간 왜가리파 중 한 사람이 길에서 숲 속으로 재빠르게 뛰어든 사람의 그림자를 보고 다른 사람들에게 주의를 주었다.

"앗, 지금은? 수상한데."

"아니, 농민이 그냥 우리가 무서워서 달아난 거야."

"무슨 소리, 여자 같았어."

"아니, 적병일지도 몰라."

그들은 각자 한 마디씩 했다.

"잡고 보면 알 수 있는 일. 헛수고라도 일단 잡고 보자."

산조가 그렇게 말하며 앞장서서 숲 속으로 뛰어들었다. 여기저기 사슴을 사냥하듯 뒤를 쫓았다. 마침내 산조는 그녀를 붙잡았다.

"이 농민의 계집이."

"왜 달아난 거냐?"

"뭔가 두려워해야 할 이유가 있어서 달아난 거겠지. 숨기지 말고 말해라."

"말하지 않으면 옷을 벗기겠다."

왜가리파에게 포위당한 그녀는 땅바닥에 털썩 주저앉아 있었다. 벙어리처럼 하얀 얼굴을 흔들어 보일 뿐이었다.

"응⋯⋯."

산조가 갑자기 외쳤다. 별빛에 비춰가며 그녀의 얼굴에 자신의 얼굴을 가만히 가져갔다가 자신도 모르게 다시 큰 소리로 말했다.

"이건 오쓰인데⋯⋯. 넌 오쓰가 아니냐?"

동료인 왜가리파들이 뜻밖이라는 듯한 표정으로 물었다.

"산조, 너 이 여자를 알고 있는 거야?"

"알고 있는 정도가 아니야! 이 여자는 나와 정혼한 사이야."

"뭐! 정혼한 사이라고?"

"아니, 미래에 부부가 되기로 약속했으니 약혼녀라고 하는 편이 더 좋겠지."

"정말이야? 그래, 예쁜 여자이기는 하군."

"내가 거짓말이라도 하는 줄 알아!"

산조가 동료들에게 자랑하듯 말했다.

"예쁜 게 당연하지. 우리 엄니와 아버지의 옛 주인인 오노 마사히데 님이 이 세상에 남기고 간 아가씨니까. 우리 엄니는 이 아가씨의 유모였어."

"흠, 그런 아가씨께서 잘도 너 같은 놈하고 부부의 약속을 맺었군."

"우습게 보지 말라고! 이래봬도 이 산조 님은 얼마 전 이누야마 성을 공격할 때도 커다란 공을 세워 곧 이케다 가 최고의 수훈자가 될 몸이니! 전쟁만 끝나면 이 오쓰와 함께 교토로 가서 살 생각이야. 그런데 오쓰, 어째서 그런 차림으로 이런 곳을 돌아다니고 있었던 거지?"

산조가 동료들을 둘러보더니 갑자기 멋쩍은 표정을 지었다.

"미안하지만…… 다들 자리 좀 비켜주지 않겠나? 나야 상관없지만 아가씨 신분으로 곱게 자란 오쓰라…… 자네들이 죽 늘어서서 구경하고 있으면 아무런 말도 할 수 없는 듯하니. 잠시 둘만 남겨두고 저쪽으로 가 있어주지 않겠나?"

"뻔뻔스러운 놈이로군."

동료들이 서로의 얼굴을 바라보며 웃었다.

"산조, 한턱내라고."

그들은 그곳에서 물러나 잠시 멀리 떨어진 곳에 몸을 숨겼다. 그러자 산조가 갑자기 오쓰를 끌어안았다.

"아아…… 보고 싶었어. 오쓰, 내가 너를 얼마나 걱정했는지 모를 거야."

오쓰는 산조의 손길을 거부하지도 않았으며 그렇다고 자신의 손을 내밀지도 않았다.

"그런가? 그렇게……."

"당연하지. 너는 나하고 한 약속을 잊은 거야?"

"잊지는 않았지만, 약속한 곳에 오지 않았잖아."

"그게 말이지, 쇼뉴 님께서 다시 큰일을 맡기셔서 시간을 얻지 못했어. 그냥 도망쳐버릴까도 생각해봤지만 전장에서 섣불리 행동했다가는 목이 달아날 테고."

"그러니 네 잘못이잖아. 내가 약속을 어긴 게 아니야."

"그, 그런 일로 다툴 때가 아니야. 내가 이렇게 가슴 가득 너를 잊지 않고 있었다는 사실만 알아주면 돼. 그건 그렇고 얼마 전에 이누야마 성 밖에서 네가 히데요시 님의 가신들 속에 섞여 당당하게 말을 타고 지났을 때는 정신을 잃을 정도로 깜짝 놀랐다고. 대체 어떻게 해서 히데요시 님 곁으로 간 거지?"

"지쿠젠 님하고는 아즈치에 있었을 때부터 알고 지냈어. 나리께서는 모르셨지만 나는 처음이 아니야."

"그렇군. 그때의 인연으로 본진에 들어간 거로군. 그런데 오늘 밤은?"

"심부름을 갔다 돌아가는 길이야."

"누구의? 그리고 어디로 갔다가?"

"지쿠젠 님의 증서를 들고 오토메 성의 모리카와 곤에몬께."

"아, 그럼 그 증서를 전달했겠군. 그렇다면 곤에몬으로부터 히데요시 님께 보내는 서약서나 답장을 받았겠지?"

“물론, 받아가지고 왔지.”

“그걸 잠깐 보여줘.”

“안 돼.”

“너무 쌀쌀맞게 굴지 마.”

“하지만 극비의 공무인걸. 산조도 그것 때문에 정찰하는 거 아니야? 얼른 가서 오토메 성의 배신은 틀림없으니 안심하고 군을 전진시키라고 쇼뉴 님께 전하도록 해.”

“고마워.”

산조가 경박하게 머리를 숙인 뒤 말했다.

“네가 그렇게 말하니 곤에몬의 답서는 보지 않아도 그 일에 대해서는 안심했어. 그런데 오쓰…… 우리의 약속은 어떻게 되는 거지?”

“우리의 약속이라고?”

“그, 그렇게 시치미 떼지 마. 부끄러워할 거 없다고.”

산조는 짐승과도 같은 눈빛으로 갑자기 오쓰의 하얀 얼굴에 자신의 얼굴을 겹치려 했다.

“무슨 짓 하는 거야!”

오쓰가 부드러운 손으로 산조의 뺨을 강하게 내리쳤다. 그리고 그녀는 벌써 별 아래를 달리고 있었다. 왜가리파의 동료들이 나무 아래서 한꺼번에 웃음을 터뜨렸다. 산조가 풀이 죽은 채 자리에서 일어나자 그들은 또다시 웃음을 터뜨렸다.

적지로 들어가 행군하던 이케다 군, 모리 군, 호리 군, 미요시 군 이 만 병력은 8일 새벽에 진을 철수하고 다시 전날처럼 극비리에 남하를 계속했다.

벌써 도쿠가와의 영지였다. 그곳은 적지였다. 미카와로, 미카와의 오카자키로. 전군의 한 걸음, 한 걸음은 그렇게 이에야스가 없는 이에야스의 본성으로, 용장과 강병은 전부 고마키의 전진으로 나갔기에 빈집이나 다를 바 없이 '허물'이 되어버린 도쿠가와 가 본국의 중핵으로 단번에 치명타를 가하기 위해 시시각각 다가가고 있었다.

게다가 이 샛길에 있는 도쿠가와 쪽의 오토메 성은 이미 쇼뉴의 설득에 넘어갔으며 히데요시로부터도 오만 석을 약속하는 증서를 받았다. 그날 아침, 그들은 아침 안개 속에서 이케다 쇼뉴 이하의 남하 부대를 보고는 어서 지나라는 듯 성문을 활짝 열고 성주인 모리카와 곤에몬이 직접 길안내를 했다.

무너진 도의, 무문의 타락은 단지 무로마치 막부에서만 볼 수 있는 모습이 아니었다. 주종 모두 피죽과 고구마죽을 먹으며 나가서는 싸우고 돌아와서는 손수 밭을 갈며 마침내 빈곤과 가난의 시대를 넘어 천하의 대세를 양분한 채 히데요시와 대치할 정도로 강대해진 신진 세력 이에야스 아래에도 곤에몬과 같은 무사는 있었다. 하지만 잠행 기습군에게 있어서 이는 최고의 길잡이이자 더할 나위 없이 좋은 징조였다.

"아아, 곤에몬 나리. 약속대로 오늘 이처럼 맞아주시니 참으로 황공하오. 일을 이루고 난 뒤에는 반드시 하시바 나리께 진언해서 오만 석을 드리도록 하겠소."

쇼뉴가 얼굴 가득 기쁜 빛을 띠며 말했다.

"아니, 어젯밤 이미 전령을 통해 하시바 나리의 증서를 받았소. 그러니 우리도 다른 마음을 품지 않고 가담할 것이오."

곤에몬의 대답을 들은 쇼뉴는 히데요시의 배려와 확실한 실행 능력에 놀라고 말았다.

"그런데 진로는?"

"지도를 보면 여기서 오카자키로 들어가는 샛길이 세 갈래가 있는
듯하오만."

"그렇소. 한 갈래는 산본기三本木를 지나 이호伊保로 나가는 길. 또 하
나는 모로와諸輪를 거쳐 고로모擧母로 가는 길. 그리고 나가쿠테, 우복사
祐福寺(유후쿠지)를 넘어 아케치明智, 쓰쓰미堤로 나가 오카자키에 이르는
길이 있소."

쇼뉴는 사위인 무사시노카미와 상의한 끝에 마지막으로 이야기한
유복사, 아케치로 통하는 길을 골라 쇼나이 강을 건너기 시작했다. 군
단은 세 개 종대로 나눠 스와가하리諏訪ヶ原, 히라코平子 산의 기슭, 인바
印場로 나갔으며, 야다矢田 강을 건너 다시 가나레香流 강을 넘어 나가쿠
테 벌판으로 접어들었다. 여기에도 성 하나가 있었다. 도쿠가와 휘하
의 가토 다다카게加藤忠景, 니와 우지시게丹羽氏重 두 사람이 겨우 사졸 이
백삼십 명 정도와 함께 지키고 있는 이와사키 성이었다.

"그냥 버리고 가도록 하자. 이처럼 보잘것없는 작은 성에서 시간을
보낼 필요는 없다."

쇼뉴와 무사시노카미 모두 그들을 쓰레기만큼도 생각하지 않고 그
냥 지나치려고 했다. 하지만 성안에서는 총을 쏘기 시작했다. 그중 한
발이 쇼뉴가 탄 말의 옆구리에 맞았다. 말이 울부짖으며 뒷발로 곧추
서는 바람에 쇼뉴는 말에서 떨어질 뻔했다.

"쳇, 귀찮구나."

쇼뉴가 분노에 찬 채찍을 들어 첫 번째 부대의 장병들에게 큰 소리
로 명령했다.

"저 조그만 성을 짓밟아라."

잠행 부대에게 처음으로 전투가 허락되었다. 이누야마를 떠난 이
후 밤낮을 쉬지 않은 채 근질거리는 팔을 쓰다듬으며 여기까지 온 무

리들은 그 호령에 '와아' 하고 답했다. 왕성한 기운을 폭발시킨 것이 었다.

가타기리 한에몬片桐半右衛門, 이키 다다쓰구 두 부장이 각각 일천 명 정도의 부하들을 데리고 성으로 돌진해 들어갔다. 이와 같은 의지력과 마음을 가진 병사 앞에는 아무리 철옹성이라 할지라도 소용없는 일이다. 더구나 성안의 병사는 숫자가 적었다.

잠행 부대원들은 순식간에 돌담을 기어올랐다. 해자가 깨졌고 기와 조각이 던져졌으며 불을 질러 중천의 태양이 검은 연기에 가려지기 시작하자 성의 장수인 니와 우지시게는 칼을 뽑아들고 나와 싸우다 전사했다. 성안의 병사들도 모두 무참히 목숨을 잃고 말았다.

오직 한 사람, 이 급보를 고마키 산의 이에야스에게 알리려고 혈로를 뚫어 서쪽으로 달아난 장수가 있었다. 우지시게의 동생 시게쓰구茂次였다.

이 단시간 동안의 전투 중에 모리 무사시노카미의 제2대는 제1대와 상당한 거리를 두고 있었기에 오우시가하라生牛ヶ原에서 병마를 쉬게 하고 밥을 먹고 있었다.

"저 연기는 뭐지?"

병사들이 밥을 먹으며 말했다. 이윽고 앞쪽 부대에서 온 전령에 의해 이와사키 성이 떨어졌다는 사실을 알고 병사들은 떠들썩하게 웃으며 말에게도 풀을 먹였다.

그에 따라 제3대 역시 일정한 거리를 두고 가나하기가하라金萩ヶ原에서 병마를 쉬게 했으며 최후방인 제4대도 하쿠야마바야시白山林라는 지점에 말을 세우고 조용히 전방의 부대가 다시 행진하기를 기다렸다.

봄은 가고 여름이 가까웠다. 산간의 낮 하늘은 한없이 맑아서 바다보다 깊었다. 잠시 머물기만 하면 말은 졸음에 빠졌으며, 산속 밭의 보리에서는 종다리, 나무에서는 직박구리 소리만이 간간이 높다랗게 들려왔다.

이틀 전인 4월 6일 저녁, 시노키 촌의 농부 둘이 서군의 눈을 피해 밭을 기고 나무 그늘을 달려 고마키 산의 본영으로 들어갔다.

"드릴 말씀이 있습니다. 큰일 났습니다."

이이 나오마사井伊直政가 사정을 물은 뒤 곧 이에야스가 있는 진영 깊숙한 곳으로 두 사람을 데리고 갔다.

이에야스는 조금 전까지 막사 안에서 노부오와 이야기를 나누고 있었다. 노부오가 자신의 진영으로 돌아간 뒤에는 멀리서 들려오는 총성을 흘려들으며 갑옷 상자 위에 있던 논어를 집어 묵독하고 있었다. 히데요시보다 여섯 살 어린 마흔세 살로 한창 왕성하게 활동해야 할 나이의 무장이었다. 이처럼 부드러워 보이는 살과 허연 피부를 가진 호인물이, 왜 가슴에 백계를 가지고 눈으로 대병을 바라보며 전쟁을 하는 걸까 의심이 들 정도로 그는 온화하게 보였다.

"누구냐. 뭐, 나오마사라고. 들어오게, 들어와."

이에야스는 논어를 덮고 걸상을 돌려 앉았다. 두 농부는 시노키 촌에 사는 주민 서른여섯 명의 대표라고 했다. 그리고 오늘 저녁, 히데요시의 군대가 이누야마에서 샛길을 따라 미카와 방면으로 남하해 갔기에 큰일이다 싶어 알리러 달려왔다는 것이었다.

"잘 와주었네. 우선은 이걸 받아두게."

이에야스는 두 농민에게 은전을 내려 돌려보냈다. 그는 갑작스러운 일에 당황하는 모습도 보이지 않았다. 아니, 아직 그 진위를 의심하는 듯했다. 반 각쯤 지났을 때 아오쓰카 방면에서 돌아온 첩자 핫토리 헤이로쿠服部平六가 이렇게 고했다.

"미심쩍은 움직임이 보입니다. 모리 무사시의 병사가 어느 틈엔가 썰물처럼 아오쓰카에서 물러났는데 어디로 갔는지 행방을 알 수가 없습니다."

같은 첩자인 구와야마 규타桑山久太, 하나다 니스케花田仁助, 시마 겐조島源三 등도 이누야마와 각지에서 돌아와 시노키 촌 농민 대표의 밀고를 뒷받침하는 보고를 했다.

"적에게 의심스러운 움직임이 있었습니다."

이에야스가 눈썹을 찌푸렸다. 오카자키가 공격을 받는다면 모든 일이 끝장이었다. 주도면밀한 그도 적이 고마키 산을 내버려두고 미카와의 본국으로 진격하리라고는 예측하지 못했다.

"다다카쓰忠勝와 가즈마사 있느냐? 사카이 다다쓰구酒井忠次도 들어오너라."

이에야스는 당황하지 않았다. 오히려 둔중하게 보이기까지 했다. 그는 바로 들어온 사카이, 혼다, 이시카와 세 장수에게 명령했다.

"고마키를 지키고 있어라."

그리고 나머지 전군을 이끌고 서군을 추격하기로 결심했다.

그 무렵, 뇨이如意 촌의 향사인 이시구로 젠쿠로石黑善九郎라는 사람이 노부오의 진영으로 밀고를 하러 왔는데, 노부오가 젠쿠로를 데리고 이에야스를 찾아갔을 때 이에야스는 이미 추격을 위한 작전과 편제와 진로를 협의하기 위해 각 장수들과 밤새 머리를 맞대고 있었다.

"노부오 나리도 함께 가도록 하십시오. 이 추격전이야말로 주력전이라 할 수 있습니다. 주력이 있는 곳에 나리께서 계시지 않는다면 이번 싸움은 의의가 없습니다."

이에야스의 말에 노부오는 적극 추격대에 가담했다.

"당연하신 말씀입니다."

추격대는 본대와 지대支隊로 나뉘었는데 총 병력은 일만 구천오백 명이었다. 미즈노 다다시게의 사천여 명이 선봉이 되어 가이와이 촌에서 오바타小幡 성으로 서둘러 달려갔다.

같은 날 8일 밤, 이에야스와 노부오의 본대는 이미 고마키에 없었다. 벌써 미나미토南外 산, 가쓰勝 강을 지났으며, 병사들은 깃발을 숨기고 말은 하무를 문 채 쇼나이 강을 조용히 건넜다.

적의 잠행 부대인 모리 무사시, 호리 히데마사 등의 부대는 그날 밤 그곳에서 이십 리 정도 떨어진 지점인 가미조 촌에서 숙영을 하고 있었다. 위험한 순간이었다. 잠행 부대는 이미 잠행의 의미를 잃고 있었다. 기발한 계책에 의한 공을 너무 서둔 나머지, 도쿠가와 군에게 들켜 추격당하고 있다는 사실은 꿈에도 생각하지 못했던 것이다.

한밤중, 아직 8일이 지나지 않은 때였다. 이에야스는 용원사龍源寺(류겐지)로 들어가 더운 물에 만 밥을 먹었다. 그리고 한잠 자고 난 뒤 처음으로 갑옷을 입었다.

"내일은 틀림없이 적을 보게 될 것이다."

그곳의 향사인 하세가와 진스케長谷川甚助를 불러 지리를 묻기도 하고, 선발대에서 보낸 전령을 만나기도 했다.

아군의 오바타 성은 아주 가까운 곳에 있었다. 선봉인 미즈노의 부대는 한발 앞서 성에 도착해 밤새 척후병을 풀어 서군의 진로와 정황을 자세히 파악했다. 잠시 뒤, 이에야스의 주력이 도착하자 곧 군사 회의가 열렸다. 미즈노 다다시게가 말했다.

"적은 이만여, 아군은 일만 사천. 그들이 우세하니 정공법을 취하는 것은 불리하다 여겨집니다. 일단은 앞질러 가서 적의 후미에서부터 격파하는 것이 좋을 듯합니다."

이에야스가 고개를 끄덕이고 결의를 알렸다.

"뒤에서부터 역공을 당해도 상관없다. 어쨌든 중요한 것은 적을 두 개로 분열시키는 것이다. 너희는 적의 후방을 치도록 하라. 나는 적의 선봉을 향해 가겠다."

누구에게도 이의는 없었다. 이러한 때일수록 무엇보다 신속함이 중요하다는 사실은 일개 병사들까지도 잘 알고 있었다.

9일 인시(오전 4시 무렵)에 도쿠가와 군의 절반은 이미 오바타 성에서 나와 은밀히 이동했다. 시시각각, 밤이고 낮이고 미카와 가도를 남쪽으로 크게, 신속하게, 게다가 강력한 파괴력을 가지고 나아갔다. 서군의 잠행 부대를 추적하기 위해서였다.

추적대는 우익과 좌익으로 나뉘었는데 오른쪽의 일천팔백 명은 오스가 야스타카大須賀康高가 지휘했으며, 왼쪽의 일천오백오십 명은 사카키바라 야스마사, 혼다 야스시게, 아나야마 가쓰치요穴山勝千代 등의 부장이 앞장서서 길을 열었다. 희뿌연 논과 작은 강은 이른 새벽에도 보였으나 사위는 검은 솜 같은 안개에 둘러싸여 있었으며, 하늘에는 미명의 구름이 낮게 드리워 있었다.

"앗, 저기 있다."

"엎드려라, 몸을 엎드려라."

추적대는 밭과 수풀과 나무 그늘과 움푹 파인 땅에 몸을 숙인 채 가만히 귀를 기울였다. 그때 서군의 긴 행렬이 방풍림을 관통하는 한 줄기 길 위를 거뭇거뭇 흘러가고 있었다. 적은 이쪽의 움직임을 아직 눈치채지 못했다. 그저 공명심에 들떠 목적지인 오카자키를 그리며 발걸음을 서두르고 있을 뿐이었다.

"은밀하게."

"조용히."

9일 아침, 추적대는 서로 눈과 표정으로만 의견을 주고받으며 좌우익으로 나뉘어 적의 최후방 부대, 즉 이케다 쇼뉴를 선봉으로 하는 잠행 부대의 제4대인 미요시 히데쓰구의 뒤에서 은밀히 미행을 시작했다. 하지만 히데요시에게 뽑혀 총사로 참가한 히데요시의 조카 히데쓰구는 날이 밝은 뒤에도 그 사실을 여전히 모르고 있었다.

흔들리는 조릿대

히데쓰구는 히데요시 누나의 아들이었다. 히데요시는 이세의 다키가와를 공격할 때도, 시즈가타케에도 조카인 히데쓰구를 데리고 가서 부장으로 썼다. 그리고 공을 세우면 '잘했다'며 기쁜 표정으로 칭찬해주었다. 그 정도로 미요시 가즈미치三好一路의 아들 히데쓰구는 외삼촌 히데요시로부터 사랑을 받았다.

히데요시는 이번에 미카와를 침입할 때도 군감으로 견실한 호리 히데쓰구를 임명했으며, 총사령관 격으로 보냈다. 하지만 히데쓰구는 아직 나이 어린 열일곱 살이었다. 그랬기에 히데요시는 자신의 좌우에서 기노시타 스케에몬木下助右衛門과 기노시타 가게유木下勘解由 두 사람을 선발해 하타모토들 사이로 들어가게 했다.

"마고시치로孫七郎(히데쓰구)를 잘 보살펴주기 바라네. 마고시치로도 두 사람의 힘을 빌려, 애를 먹이는 일이 있어서는 안 된다."

9일 아침, 잠행 부대는 밤새 행군을 한 뒤라 지치기도 했고 태양이 화창하게 아침을 알리자 배가 고파왔다. 잠행 부대의 최후방에 선 히데쓰구의 부대에도 명령이 떨어졌다.

"멈춰라. 밥을 먹어라."

하쿠야마바야시에서 장수는 장수와 함께, 병사는 병사와 함께 각자 다리를 쉬며 아침을 먹기 시작했다. 조그만 언덕 위에 하쿠야마 신사가 있었으며 부근에 듬성듬성한 숲이 많았다.

"스케에몬, 물 좀 없는가? 내 물통의 물은 벌써 떨어졌어. 아아, 목말라라."

히데쓰구는 언덕의 높은 곳에 걸상을 놓고 앉아 부하의 물통까지 집어 꿀꺽꿀꺽 마셨다.

"행군 중에 물을 너무 많이 마시는 것은 좋지 않습니다. 조금 참으십시오."

기노시타 가게유가 주의를 주었다. 하지만 히데쓰구는 얼굴을 돌리지 않았다. 히데요시가 특별히 붙여준 두 사람은 그에게 어딘가 눈엣가시 같은 존재였다. 열일곱 살의 총대장은 당연히 지지 않으려고 기를 썼다.

"앗, 누가 달려오는 거지?"

"아아, 호토미 나리입니다. 호토미 야마시로 나리입니다."

"야마시로가 무슨 일로 온 걸까?"

히데쓰구가 눈썹을 찌푸리며 자리에서 일어났다. 창 부대의 부장인 호토미 야마시로노카미穗富山城守는 가까이 다가와 무릎을 꿇은 뒤에도 여전히 숨을 헐떡였다.

"마고시치로 님, 이변입니다."

"이변? 이변이라니……."

"언덕 위로 조금 더 올라가보시기 바랍니다."

히데쓰구는 그를 따라 달려 올라갔다. 그는 그런 일에는 민첩하고 조금도 귀찮아하지 않았다.

"저기, 저 흙먼지를 보십시오. 아직 멀기는 합니다만, 저쪽 산 아래에서부터 평지에 걸쳐서.”

“음…… 회오리바람은 아닌 듯하구나. 앞쪽에 한 무리, 그리고 뒤에
도 한 무리. 무엇일까? 틀림없이 여러 사람인 듯한데.”

“각오를 해야 할 듯합니다.”

“적인가?”

“그렇게 생각할 수밖에 없을 듯합니다.”

“잠시만…… 정말 적일까?”

히데쓰구는 설마 하는 생각에 아직 한가롭기만 했다. 하지만 기노시
타 가게유, 기노시타 스케에몬, 야마다 헤이이치로山田平市郎, 다니 헤이
스케谷平助, 호노 구나이芳野宮內 등의 하타모토가 연달아 달려 올라와 외
쳤다.

“아뿔싸!”

“적에게는 추격의 계책이 있었던 듯합니다.”

히데쓰구의 명령을 기다리지 못하고 술렁이기 시작했다. 땅이 울리
고, 말이 울부짖고, 장병들이 웅성댔다. 밥을 먹으며 쉬고 있던 병사들
이 전투태세를 갖추자 한순간에 흙먼지가 일었다. 한편 동군인 도쿠가
와 군의 부장 오스가 야스타카, 오카가와 나가모리岡川長盛 등의 추격대
는 히데쓰구 군의 한가운데로 소총과 활을 일제히 쏟아부었다.

“쏘아라, 쏘아라!”

“됐다. 돌격하라.”

적이 어지러워지는 것을 보고 우익의 부대가 창을 휘두르며 우르르
달려들었다. 사카키바라 야스마사의 좌익은 적 부대의 가장 끝에 있던
치중대를 불시에 습격했다. 치중대에는 보병, 인부, 그리고 무거운 짐
을 실은 말이 많았다. 흥분한 말은 그 짐을 떨어뜨린 채 자기 군의 대
열 속을 헤집고 다녔다. 치중대의 부장인 아사노야 단고朝舍丹後가 지휘

해서 싸우기는 했으나 거치적거리는 것이 너무 많았다. 눈을 치켜뜨고 사카키바라 야스마사를 향해 다가갔으나 야스마사의 무사인 나가이 구란도永井藏人가 앞을 가로막고 창을 마주 댔다.

"단고의 목을 쳤다."

구란도가 이번 전투의 첫 번째 공을 세웠다며 소리 높여 외쳤다. 히데쓰구 군의 중간 부분에는 부장 하세가와 히데카즈가 있었다.

"뒤에도 적, 앞에도 적……."

그는 어디를 도우러 가야 할지 몰라 망설였다.

"미요시의 젊은 나리가 걱정이다."

결국은 히데쓰구를 돕기 위해 발걸음을 서둘렀으나 도쿠가와 군의 미즈노 부대, 니와 부대가 맹렬하게 그들을 막아섰다.

"어디를 가느냐!"

"짓밟아라."

치열한 격투가 한바탕 소용돌이를 일으켰다. 이는 전투라기보다 사력을 다해 물어뜯는 형국이었다. 하지만 그 어느 곳보다 강한 압박을 받은 곳은 당연히 히데쓰구의 본진과 그를 지키는 하타모토의 진영이었다.

"나리를 지켜라."

"여기서 물러나서는 안 된다."

하타모토들은 히데쓰구의 몸을 감싼 채 '나리의 목숨을 지켜라, 지켜야 한다'며 미친 듯 소리쳤다. 하지만 곳곳의 숲과 초원 사이, 관목들 사이, 길 곳곳에 모여 싸우는 갑주의 무리들 가운데 눈에 넘쳐나는 병력은 적이었으며, 혈로가 끊긴 소수의 병력은 히데쓰구의 부하들이었다.

히데쓰구는 두어 군데 상처를 입었지만 창을 들고 싸우고 있었다.

그 모습을 본 하타모토들은 야단을 치듯 말하며 목숨을 잃어갔다.

"아직도 여기에 계셨습니까?"

"어서 물러나십시오. 피하십시오."

기노시타 가게유는 히데쓰구가 말을 잃은 채 뛰어다니는 것을 보고 자신의 말을 내주었다.

"자, 이 말을 타고 눈을 감은 채 채찍을 휘둘러 이곳에서 벗어나시기 바랍니다."

기노시타 가게유는 깃발을 땅에 세우고 적 속으로 뛰어들어 목숨을 잃었다. 히데쓰구는 간신히 말을 잡았으나 말에 오르기 전 그 말도 총알을 맞고 말았다. 그 옆에서 기노시타 스케에몬도 히데쓰구를 돕다 칼을 맞았다.

"이봐, 말을 빌려주게."

히데쓰구가 어지러운 싸움 속에서 정신없이 달아나다 바로 옆을 달려 나가는 아군의 기마 무사를 보며 말했다. 명령을 받은 기마 무사는 미요시 가의 가신인 가니 사이조 요시나가可兒藏吉長였다. 그는 고삐를 힘껏 당겨 뒤를 돌아 주인 히데쓰구를 바라보았다.

"작은 나리, 무슨 일이십니까?"

"사이조, 말을 빌려주게."

"아무리 주군이라 해도 비 오는 날 우산은 빌려드릴 수 없습니다."

"어째서 못 빌려주겠다는 겐가?"

"나리께서는 달아나는 자, 저는 지금부터 적 속으로 달려 들어갈 병력이기 때문입니다."

사이조는 매정하게 거절하고 그곳에서 떠나버리고 말았다. 그 뒤에서 한 줄기 조릿대가 바람에 울고 있었다. 평소 사이조는 조금 특이한 사내였다. 그는 '호들갑스러운 깃발과 집안의 문양 등을 등에 꽂고 싸우는 것은 명예욕의 징표를 끌어안고 있는 것과 다를 바 없는 일이다. 생각이 깊지 못한 장식물이다'라고 말하며, 전장에 나가면 늘 길가 조릿대의 가지를 꺾어 아무렇게나 갑옷의 등에 꽂고 사나운 말을 달려 싸움에 임했다. 사람들은 그런 그를 일컬어 '조릿대 사이조'라고 불렀다.

"쳇……."

히데쓰구는 사이조가 자신을 길가 조릿대 잎만큼도 생각하지 않았다고 분노하며 그의 뒷모습을 바라보았다. 그리고 뒤를 돌아보았다. 적이 흙먼지를 일으키고 있었다. 그 순간 창, 총, 칼이 한데 뒤섞인 채 달아나고 있던 한 무리의 병사들이 히데쓰구의 모습을 보고 외쳤다.

"나리, 나리. 그쪽으로 가시면 다시 다른 적을 만나게 될 것입니다."

그들은 히데쓰구 곁으로 다가와 그의 몸을 둘러메듯 안아서 가나레 강 쪽으로 달아났다. 다행히 도중에 임자 잃은 말을 잡아 히데쓰구를 태웠다. 그리고 호소가네細ヶ根라는 곳에서 한숨 돌리고 있는데 또다시 적의 기습을 받고 정신없이 이나바 쪽으로 달아나야 했다. 그렇게 해서 이케다 쇼뉴의 작전에 따른 침입군은 본대이자 주장이 있는 최후방의 제4대가 가장 먼저 섬멸을 당하고 말았다.

제3대는 군감 호리 규타로 히데마사가 이끄는 삼천 명의 병력이었다. 제1대부터 제4대까지의 부대와 부대 사이에는 십 리에서 십오 리 정도의 거리가 있었다. 연락을 위해 전령이 그 사이를 끊임없이 오갔기에 제1대가 쉬면 당연히 각 부대도 차례로 행군을 멈추었다. 문득 규타로 히데마사가 멀리로 귀를 기울이며 말했다.

"철포 소리 아닌가?"

그 순간 히데쓰구의 신하 다나카 규베田中久兵衛가 말을 달려 휴식 중인 진영으로 고꾸라질 듯 달려왔다.

"아군이 패하고 말았다. 본군은 도쿠가와 군에 의해 흔적도 없이 흩어져버리고 말았다. 히데쓰구 님의 몸도 걱정이니 바로 군사를 돌리기 바란다."

다나카 규베가 핏발 선 눈으로 외쳤다.

규타로는 깜짝 놀랐다. 하지만 그의 중후한 눈썹은 감정을 억누르고 있었다.

"규베, 그대는 전령인가?"

"이러한 때에 무슨 말을 하는 게요?"

"전령도 아닌 그대가 허겁지겁 무엇을 하러 달려온 것인가? 도망쳐 온 것인가?"

"아니, 소식을 전하러 온 것이오. 비겁한지 어떤지는 모르겠으나 한 시가 급한 일이오. 이 소식을 모리 나리와 이케다 나리께도 얼른 전해 야겠소."

히데쓰구의 부하인 다나카 규베는 그렇게 말한 뒤 채찍을 휘두르며 십 리, 다시 십 리 앞에 있는 아군 쪽으로 사라져버리고 말았다.

"전령이 와야 할 일이거늘 규베가 온 것을 보니 후방의 아군은 이미 패해 어지러이 흩어진 모양이구나. 아아!"

호리 규타로는 치밀어 오르는 조바심과 마음의 동요를 가만히 짓누 르느라 한동안 걸상에서 일어서지 못했다.

"모두 앞으로 오라."

벌써 사태를 알고 얼굴이 흙빛이 되어버린 하타모토 부장들이 모 였다.

"잠시 후 여세를 몰아 도쿠가와 군이 우리를 치러 올 것이다. 그들의 승세야말로 들뜬 마음이라 보고, 그들의 약점이라 생각하라. 그 적이 열 간 이내로 들어오기 전까지는 함부로 총을 쏴서는 안 된다. 맞서서 는 안 된다. 마음을 가라앉히고 가만히 신호를 기다려야 한다."

호리 규타로는 배치를 마치고 난 뒤 무사들을 향해 약속했다.

"말을 탄 적군 하나를 쓰러뜨린 자에게는 백 석의 상을 내리겠다."

호리 규타로의 예상은 빗나가지 않았다. 히데쓰구 군을 단번에 흩어버린 도쿠가와 군의 미즈노, 오스가, 니와, 사카키바라가 기호지세騎虎之勢로 달려왔다. 미즈노 다다시게는 이러한 파죽지세破竹之勢를 스스로 경계했다.

"위험하다. 너무 서둘러서는 안 된다."

하지만 이는 앞을 다투는 다른 우군에게 일부러 앞을 내주는 결과가 되어버리고 말았다. 미즈노 다다시게의 부하들이 분해하며 소리쳤다.

"어째서 다른 자들에게 앞을 내준단 말인가!"

그러고는 다다시게의 호령에 따르지 않고 노도처럼 앞으로 나아갔다. 거품을 물고 있는 말의 얼굴, 긴장된 사람의 얼굴, 피와 먼지투성이가 된 갑주의 노도. 그것들이 땅을 울리며 사정거리 안으로 바싹 들어온 순간 가만히 지켜보고 있던 호리 규타로가 명을 내렸다.

"쏘아라!"

그 순간 총탄이 무시무시한 소리와 연기의 벽을 만들었다. 숙련된 자라 할지라도 화승총에 탄알을 장전하고 점화를 하기 위해서는 대략 대여섯 번은 호흡할 만큼의 시간이 필요했다. 따라서 교대로 사격하는 방법을 취했기 때문에 총성은 연발을 쏘는 것처럼 적을 덮쳤다. 급히 기습해오던 병마가 털썩털썩 쓰러졌다. 연기가 자욱했지만 눈앞에는 땅에 쓰러진 적병이 수없이 많았다.

"대비하고 있었다."

"물러나라, 멈추어라."

그렇게 외쳤으나 노도는 갑자기 멈출 수 없는 법이다.

규타로 히데마사는 지금이라며 다시 명령을 내려 공격해 들어온 적들에게 역습을 가했다. 이러한 경우의 승패는 결과를 보지 않아도 심리적으로나 실질적으로나 알 수 있는 법이다.

승리에 한껏 들떠 있던 혼다, 사카키바라, 미즈노, 오스가 등의 부대는 조금 전 자신들이 히데쓰구를 공격했던 대로 이번에는 적에게 공격을 당하고 있었다. 호리의 창을 쓰는 부대는 하시바 가 중에서도 정예로 이름이 높았다. 그 창에 걸려 무참히 쓰러진 시체가 덧없이 달아나려는 부장들의 말발굽을 방해했다. 미즈노 소베 다다시게, 사카키바라 고헤이타 야스마사 등은 추격해오는 적의 창을 향해 손에 든 칼을 쉴 새 없이 휘두르며 간신히 그곳을 빠져나왔다.

금부채 깃발 도착

　나가쿠테 일대는 가나레 강의 수면까지 포함해 옅은 탄연의 막 아래 시체와 피의 냄새를 머금고 있었으며, 아침의 태양도 무지갯빛으로 번져 있었다. 그곳은 이미 한바탕 연극이 끝나고 난 것처럼 고요한 상태였으나 인마는 소나기구름처럼 차례차례 새로운 땅을 아수라장으로 만들며 야자고岩作 방면으로 순식간에 이동해 있었다.

　달아나는 발걸음은 달아나는 발걸음을 더욱 재촉하게 해서 끝도 없이 달아나게 하는 법이다. 호리 히데마사는 작전상의 명령을 쉴 새 없이 내리며 도쿠가와 군을 끝까지 뒤쫓았다.

　"뒤쪽 부대는 나를 따라오지 마라. 이노코이시猪子石 쪽으로 우회해 양면에서 뒤쫓아라."

　거기서 갈라져 나온 한 부대가 다른 길로 돌아갔으며, 히데마사가 휘하 육백 명을 이끌고 달아나는 적을 더욱 압박해 독 안에 든 쥐로 만들어버리고 말았다.

　도중에 동군인 도쿠가와 군이 버리고 간 사상자의 수는 오백 명이 넘었다. 히데마사도 전진할수록 점점 부하들의 숫자가 줄었다. 본대는 이미 멀리 앞으로 달려갔으나 시체와 시체 사이에 남아 여전히 숨을 쉬고 있는 적과 아군은 서로 창을 맞대다 귀찮다는 듯 창을 버리고 육탄전을 벌이기도 하고 떨어지기도 하고 아래에 깔리기도 하고 위로 올라서기도 했다. 승부를 가리지 못한 채 격투를 펼치는 무사도 있었다.

"목을 베었다."

마침내 한쪽이 한쪽의 목을 들고 미친 듯이 큰 소리로 외친 뒤, 본대의 전우들을 뒤따라가 다시 검은 핏줄기 속으로 모습을 감추는 병사도 있는가 하면, 본대를 따라잡기 전에 총알에 맞아 쓰러지는 병사도 있었다.

"앗, 더 멀리 추격할 필요는 없다. 겐자, 겐자, 모모에몬. 멈추어라. 퇴각하라고 말해라."

무슨 생각을 한 것인지 히데마사가 갑자기 소리 높여 외쳤다.

"퇴각이다."

"깃발 아래로 모여라."

"더 나아가지 마라. 멈춰라."

부하인 시바타 겐자柴田源左, 나무라 모모에몬名村百右衛門, 나가세 고산지長瀬小三次 등이 말을 타고 돌아다니며 아군 병사를 간신히 멈추게 했다. 말에서 내린 히데마사는 절벽 끝까지 걸어갔다. 그곳에 서자 시야를 가로막는 것이 하나도 없었다. 그는 가만히 멀리 바라보다 중얼거렸다.

"아아, 벌써 왔구나."

저쪽을 보라는 듯 핏기가 걷힌 것 같은 얼굴로 나가세 고산지와 나무라 모모에몬을 돌아보았다. 그곳에서 서쪽, 아침 해와 정반대에 있는 고지인 후지가네ふじヶ根 산의 한쪽 끝에 반짝거리는 것이 있었다. 이에야스의 표식인 금부채 깃발이었다. 호리 규타로 히데마사는 탄성을 올렸다.

"안타깝지만 우리는 저 대적에 맞설 수 있는 계책이 없다. 이 자리에서의 역할은 이제 끝났다."

그는 앞으로 파견했던 부대까지 거두어 급히 퇴각하기 시작했다. 그때 아군 제1대, 제2대의 전령 네다섯 명이 하나가 되어 나가쿠테 쪽에서 히데마사를 찾고 있었다. 말할 것도 없이 제1대인 이케다 쇼뉴, 제2대인 모리 무사시노카미 두 사람의 말을 전하러 온 것이었다.

"돌아오시기 바랍니다. 그리고 아군의 선봉대와 합류하라는 말씀이십니다. 이케다 나리 부자의 말씀이십니다."

"아니, 돌아가지 않겠다."

호리 히데마사는 단번에 거절했다. 이케다와 모리의 전령은 자신들의 귀를 의심하며 큰 소리로 다시 말했다.

"싸움은 지금부터입니다. 즉시 군대를 돌려 합류하시기 바랍니다."

그러자 규타로 히데마사가 더욱 큰 소리로 말했다.

"돌아가지 않는다면 돌아가지 않는 줄 알아! 우리는 히데쓰구 님의 앞길도 보살펴드려야 해. 게다가 이쪽의 군병도 대부분 부상을 입었거나 지쳐 있으니 새로운 적과 부딪쳐봐야 싸움의 결과는 뻔하지 않은가? 이 호리 규타로는 질 것이 뻔한 싸움을 할 수 없다고 쇼뉴 님과 무사시노카미 님께 전하도록 하게."

호리 규타로는 병사들에게 그대로 말을 달리게 했다. 호리 부대는 이나바 부근에서 뿔뿔이 흩어졌던 히데쓰구의 잔병을 만났으며, 히데쓰구도 부대 안으로 맞아들였다. 그리고 도중에 있는 민가에 불을 질러 도쿠가와 군의 추격을 간신히 막으며 그날로 히데요시의 본진이 있는 가쿠덴 기지로 돌아갔다. 화가 난 것은 이케다와 모리 두 부대에서 협력을 구하기 위해 달려왔던 여러 기의 전령들이었다.

"이러한 때에 어려움에 빠진 아군을 돌아보지 않고 기지로 도망쳐

가다니 이 무슨 겁쟁이 짓이란 말인가."

"겁을 먹은 것이 틀림없어."

"호리 규타로도 오늘은 제 스스로 본심을 드러냈어. 살아 돌아가면 마음껏 비웃어주겠어."

그들은 전령으로서의 임무를 수행하지 못했다는 울분까지 더해 마구 욕을 해댔다. 하지만 화풀이하듯 말의 배에 채찍을 힘껏 휘두르며 나가쿠테에 남아 머지않아 이에야스의 금부채 깃발에 맞서야 할 외로운 군대인 이케다 부자의 부대로 돌아갈 수밖에 없었다. 어쨌든 이케다 쇼뉴도 노부테루도, 사위인 모리 무사시노카미 나가요시의 제2대도 지금은 이에야스의 좋은 먹잇감이 되고 말았다.

사람의 차이, 그릇의 차이는 어쩔 수 없는 일이다. 히데요시와 이에야스의 이번 전투는 그야말로 천하장사들끼리의 씨름으로, 두 사람 모두 상대방이 어떠한 사람인지를 잘 알고 있었다. 이에야스와 히데요시는 언젠가 이런 날이 올 줄 알고 있었으며, 오늘에 이르러서는 잔꾀나 속임수로 제압할 수 있는 적이 아니라는 사실을 서로 잘 알고 있었기에 더욱 자중하고 있었던 것이다. 가엾은 것은 무인으로서의 자부심만 있고 적을 모르며 자신에 대해서도 깨닫지 못해 그저 의욕에만 불타오르는 용맹한 사람이었다.

이케다 쇼뉴는 적지를 달려 산슈 오카자키로 가는 길에 옆길에 있는 이와사키 성을 간단히 빼앗았다. 그는 기쁨에 잠겨 무사들에게 명령했다.

"승리의 함성을 올려라!"

그리고 로쿠보六坊 산에 걸상을 펼치게 해서 적의 수급 이백여 급을 살펴보았다.

"산슈로 들어서기 전의 길조다."

그것은 그날 아침 진시(7시) 무렵의 일이었다.

이케다 쇼뉴는 후방의 변을 아직 알지 못했다. 눈앞에서 연기를 피워 올리는 적의 성만을 바라보며 용맹한 사람이 빠지기 쉬운 조그만 쾌락에 취해 있었다. 그는 수급을 살펴보고 군공을 기록한 뒤 그곳에서 아침을 먹었다.

병사들이 때때로 북서쪽 하늘을 바라보며 중얼거리자 쇼뉴도 문득 그것이 마음에 걸렸다.

"단고. 뭔가, 저쪽의 하늘빛은……."

이케다 단고池田丹後, 이케다 규자池田久左, 이키 세이베伊木清兵衛 등 그를 둘러싼 장성들이 같은 각도에서 모두 북서쪽으로 얼굴을 돌렸다.

"마을 사람들이 소란을 피우는 것 아닐까요?"

"소란을? 이상한데."

"그런가?"

이케다 쇼뉴는 그렇게 말하며 여전히 밥을 먹고 있었다. 그때 언덕 아래서 떠들썩하게 외치는 소리가 들려왔다. 무슨 일인가 궁금히 여길 새도 없이 모리 무사시의 전령인 가가미 효고加賀見兵庫가 달려 올라와 큰 소리로 고하며 걸상 앞에 엎드렸다.

"실패했습니다. 적이 뒤따라오고 있습니다."

철로 된 투구를 꿰뚫고 지나가는 듯한 차가운 기운이 쇼뉴 이하 주위 무사들의 머리를 스치고 지나갔다.

"효고, 뒤따라오고 있다니?"

"밤새 따라온 듯한 적군이 히데쓰구 님의 제4대를."

"아, 뒤쪽으로 왔군."

"양쪽에서 갑자기 감싸는 듯한 진형으로."

"쳇, 눈치챈 모양이군."

쇼뉴가 일어선 순간이었다. 사위 무사시노카미가 보낸 두 번째 전령이 찾아왔다.

"이러고 있을 때가 아닙니다. 히데쓰구 님의 부대가 완전히 무너졌다는 소식입니다."

로쿠보 산 정상이 술렁이기 시작했고 뒤이어 호령, 질타, 무기와 갑옷 소리가 뒤섞여 산 아래 길로 흘러 내려갔다. 그 소용돌이가 진열을 채 갖추기도 전에 앞서 호리 규타로에게 소식을 전했다가 전령도 아닌 사람이 무엇 하러 온 것이냐는 말을 듣고 그 자리에서 떠났던 다나카 규베 요시마사가 '큰일이다, 큰일이다'라고 소리치며 달려왔다. 그는 더욱더 자세히 소식을 전했다. 이로써 처참하게 섬멸당한 히데쓰구 군의 운명은 더 이상 의심할 여지가 없었다.

"무사시노카미에게도 알렸는가?"

"알렸습니다. 모리 나리께서는 즉각 나가쿠테로 향하셨습니다."

"사위는 뭐라고 하던가?"

"빙그레 한 번 웃으시더니 '그렇다면 오늘이야말로 이에야스를 만나는 날이로군' 하시며 바로 말에 오르셨습니다."

규베의 말을 들은 쇼뉴도 싱긋 웃더니 마음을 정한 듯 이렇게 말했다.

"그렇고말고."

쇼뉴는 아들인 기이노카미 유키스케와 산자에몬 데루마사와 같은 젊은이들까지 데리고 왔다. 그리고 하타모토인 가지우라 헤이시치로梶浦兵七郎를 통해 어린 무사들에게 말을 전해 각오를 다지게 했다.

마침내 갑주를 입은 무리가 오늘 아침까지 줄줄이 늘어서서 온 방향과는 반대 쪽으로 되돌아 걷기 시작했다.

도중에 그는 후지가네 산의 뒤편에서 도쿠가와 군 위의 금부채 깃발이 찬란하게 흔들리며 나타나는 것을 보았다. 그것은 이른바 '표적의 상징'과도 같은 매력으로 광야의 무사 혼을 몸서리치게 했다.

똑바로 직진해서 달려온 군과 몸을 돌려 원래 왔던 길로 되돌아가는 군 사이에는 자연히 사기에 있어서도 심리적 차이가 있는 법이다. 뒤돌아서 맞서면 무너지기 쉬웠다. 말 위에서 그들을 고무하며 가는 모리 무사시노카미의 모습은 이미 죽음을 기약하는 것처럼 보였다. 감색 실에 검은빛 가죽의 갑옷과 하얀 바탕에 금란초가 그려진 겉옷을 입고, 투구 앞에는 사슴뿔이 달려 있었으나 그것은 뒤로 벗어 짊어지고, 여전히 낫지 않은 머리 상처에는 붕대가 뺨까지 걸쳐 감겨 있었다.

그는 도쿠가와 군이 추격해온다는 사실을 알자마자 곧 오우시가하라에서 쉬고 있던 제2대를 움직였다. '이에야스는 여기에 있다'며 적을 불러들이는 후지가네 산의 금부채를 향해 되돌아가는 그의 보무는 당당한 결전의 의지를 드러내고 있었다.

"부족함이 없는 상대다."

그는 몇 번이고 말했다.

"하구로에서의 치욕을 씻는 것도 오늘, 나뿐만 아니라 장인어르신까지 잃은 명예를 되찾는 것도 눈앞의 일전에 달렸다."

좌우의 하타모토들에게 그러한 말도 했다. 그가 남보다 앞서 공을 세우려다 실패로 돌아간 하구로 촌에서의 패배는 온몸의 상처 이상으로 그의 마음을 괴롭혔다. 오늘을 설욕의 날로 정한 마음을 하얀 천에 둘러싸인 눈썹에서 읽을 수 있었다. 마치 인이 되어 하얀 불꽃을 일으키고 있는 것처럼 보였다.

미남으로 쇼뉴의 딸과는 알게 모르게 염문까지 일으켜 부부가 된 그에게 있어서 오늘의 수의壽衣는 너무나도 쓸쓸했다. 하지만 미남인 그를 악귀라고 부르게 된 이유는 세상에 있는 것이 아니라 그 자신의 성정 속에 있었던 것이리라.

“그래, 효고인가. 선봉에까지 소식을 전했는가?”

로쿠보 산에서 바로 돌아온 전령 가가미 효고가 주인의 안장 옆으로 말을 몰아 보조를 맞추며 보고했다.

“아아, 그런가?”

무사시노카미는 귀로만 들으며 고삐를 당겼다.

“그렇다면 로쿠보 산의 병력은?”

“곧 대오를 정비하여 오우시가하라, 가나하기가하라를 지나 뒤따라올 것입니다.”

“그렇다면 제3대인 호리 규타로 나리께 우리는 각자 군세를 모아 이에야스가 있는 후지가네 산으로 향할 테니 호리 나리도 방향을 돌려 힘을 보태라고 말씀드리고 오게.”

“네! 알겠습니다.”

그 자리에서 달려 나가 행렬보다 앞에 선 순간, 이케다 부대의 전령 2기도 쇼뉴로부터 같은 명령을 받고 호리 부대가 있는 곳으로 서둘러 가고 있었다. 하지만 호리 히데마사가 그 요구를 받아들이지 않았고 전령들이 격노해서 돌아왔다는 사실은 앞서 이야기한 대로다.

“히데마사가 말하기를…….”

모리 무사시노카미가 전령의 보고를 들은 것은 그의 부대가 이미 좁고 험한 산 사이의 습지를 지나 기후가타케岐阜ヶ嶽 위로 진을 칠 곳을 찾기 위해 오르던 때였다. 금부채 깃발, 그리고 무수한 기치. 적이 바로 눈앞의 고지에 있었다. 무사시노카미는 다른 어떤 감정을 품을 여유가 없었다.

모리 무사시노카미 나가요시는 기후가타케로 병사 삼천을 오르게 한 뒤 우선 후속 부대인 이케다 쇼뉴의 군이 도착하기를 기다리기로 했다. 하지만 큰 병력을 가진 적들은 좁은 저지대를 사이에 두고 눈앞의 산에 포진한 채 조용히 이쪽을 바라보고 있었다.

무사시노카미도 노신인 하야시 도큐林道休와 이키 세이자에몬 등과 의논해서 곧 대비를 마치고 자리를 잡고 앉아 사방을 둘러보았다. 복잡한 지형이었다. 그곳에서 바라보면 멀리 히가시카스가이 평야의 한 쪽 끝을 입구로 삼아 나가쿠테라는 이름처럼 산과 산 사이에서 좁아지기도 하고, 작은 평야를 품기도 하고, 굽이치기도 하면서 남쪽 멀리 오카자키로 이어진 미카와 샛길이 내려다보인다. 하지만 시야의 절반 이상이 산이었다. 험준하고 높은 산은 아니었으나 고개와 낮은 산 들의 물결이, 봄을 지나 마침내 나뭇가지에 발그레한 싹을 머금고 있었다.

"보인다."

"드디어 왔구나."

병사들 사이에서 환호와도 같은 술렁임이 지나갔다. 무사시노카미는 마음속으로 쇼뉴의 얼굴을 그려보았다. 그도 그들의 모습을 바라볼 수 있는 곳으로 자리를 옮겼다. 가나하기가하라에서 산길을 지나 자신이 그곳으로 온 대로 이케다 군 육천의 깃발과 기치, 무기의 끝이 부지런히 다가오고 있었다.

몇 개의 군단, 몇 개의 조로 나뉜 부대가 곧 고베こうべ 골짜기에 멈춰 서더니 바로 앞에 있는 기후가타케를 향해 '우리가 왔다'고 외치기라도 하듯 술렁이기 시작했다.

전령과 전령이 연달아 오갔다. 무사시노카미의 의중과 쇼뉴의 의중은 무언중에도 서로 통하고 있었다.

쇼뉴의 병사 육천이 곧 둘로 나뉘었다. 약 사천은 그곳에서 떠나 고오로기こおろぎ 골짜기의 저지대를 북쪽으로 향해 갔다. 그리고 다노지리田の尻라 불리는 고지대의 남동쪽에 진을 쳤다.

진의 주장을 나타내는 기치와 깃발은 쇼뉴의 장남인 기이노카미 유키스케와 차남인 데루마사가 있다는 사실을 분명히 보여주었다. 쇼뉴는 이를 우익으로 삼았으며 기후가타케에 있는 모리 무사시노카미의 병사 삼천을 좌익으로 삼았다. 그리고 나머지 이천을 예비대로 삼아 그대로 고베 골짜기에 진을 쳤다.

쇼뉴는 학익진의 중심에서 조금 뒤쪽인 꼬리 부근에 결상을 놓고 앉았다. 그러고는 적인 이에야스가 어떻게 나오는지 보겠다는 표정으로 커다란 입을 굳게 다물고 있었다. 하늘을 올려다보니 아직 진시(오전 9시) 무렵이었다. 긴 것 같기도 하고 짧은 것 같기도 하고. 어느 쪽이라고 해야 할지, 모두가 평소의 시간관념을 잊고 말았다.

목이 말랐다. 하지만 물을 마시고 싶지는 않았다. 아니, 허리에 찬 물통조차 떠오르지 않았다. 문득 산 사이의 음산한 정적이 살갗을 조여왔다. 직박구리인지 새 한 마리가 요란하게 울부짖으며 계곡을 가로질러 갔다. 하지만 그뿐이었다. 새들은 모두 땅을 인간에게 내어준 채 다른 평화로운 산으로 날아가버렸다. 이 장대하고 호화롭기 짝이 없는 인간의 연무演舞가 대체 무엇을 위한 것인지 그들에게는 이해할 수 없는 일이었으리라.

훈풍진

이에야스는 등이 조금 구부정한 것처럼 보였다. 마흔을 넘으면서부터 살이 더 올라 갑옷을 입어도 등이 구부정하고 양 어깨가 봉긋해서 사슴벌레 모양 투구의 무게에 목이 눌려 들어간 것처럼 보였다. 부채를 들고 있는 오른손과 왼손의 주먹을 무릎 위에 올려놓고 다리를 벌려 걸상에 앉아 있는 모습도 너무 구부정해서 어딘가 위풍이 느껴지지 않았다. 아니, 그러한 버릇은 평소 손님과 마주 앉아 있을 때도 걸을 때도 마찬가지였다. 몸을 뒤로 젖힌 적이 없었다.

언젠가 한번은 노신이 은근히 주의를 준 적이 있었다. 그러자 그때는 '그런가, 그런가' 하며 고개를 끄덕였다고 한다. 하지만 이에야스는 다른 날 밤 좌우의 사람들과 이야기를 하다 이렇게 말했다고 한다.

"어쩌겠는가, 나는 가난하게 자랐으니. 게다가 여섯 살이라는 어린 나이 때부터 다른 집안에 인질로 잡혀 있었기에 눈에 보이는 주위 사람들은 모두 나보다 권위가 있는 자들뿐이었다네. 그랬기에 아이들 속에서도 자연히 당당히 걷지 못하는 버릇이 들고 말았어. 그리고 또 하나의 이유는, 임제사臨濟寺의 추운 방에서 공부할 때 낮은 궤짝 하나를 놓고 곱사등이처럼 매달려서 책을 읽었기 때문이야. 언젠가 이마가와 가의 인질에서 풀려나 내 몸이 내 것이 될 날이 올 것이라며 한껏 몸을 웅크린 채 어린아이다운 놀이도 하지 못하고……."

이에야스는 이마가와 가에서 보냈던 어린 시절을 잊지 않겠다고 스스로 다짐한 듯, 도쿠가와 가의 가신 중에 그가 인질로 있던 시절의 이야기를 듣지 못한 사람은 한 명도 없었다.

"하지만 말일세."

이에야스가 말을 이었다.

"임제사 셋사이雪齋 스님의 말에 따르면 선가에서는 인상보다 어깨의 모습, 즉 견상肩相을 매우 중히 여긴다고 하네. 어깨를 보면 그 사람이 깨달음을 얻었는지 얻지 못했는지, 인간됨이 어떤지를 알 수 있지. 위엄이 있는 척 뒤로 젖히는 것도, 팔꿈치를 펴는 것도 견상의 관점에서 보면 별로 좋지 않다는 것일세. 그래서 스님의 어깨는 어떤가 하고 지켜보았더니 원광圓光처럼 둥글고 부드러웠다네. 삼천 세계를 품 안에 받아들이려 해도 뒤로 젖혀진 몸으로는 받아들일 수 없는 모양일세. 서로 대립해서 뻗대는 모양이더군. 그래서 나는 내 버릇도 그리 나쁘지 않다고 생각하게 되었다네. 하지만 자네들처럼 전쟁이 일어나면 가장 먼저 공을 다투어야 할 젊은이들에게 어울리는 말은 아닐세. 내 버릇은 내 버릇일 뿐이야."

그 뒤로 이에야스의 자세에 대해 이야기하는 사람은 아무도 없었다. 그런데 이에야스도 마흔이 넘고, 또 가난하기로 유명했던 미카와가 세를 불려 점차 도카이의 영웅다운 위치에 서게 되면서 그의 구부정한 자세는 어딘가 크고 위대한 것을 품고 있는 것처럼 보였으며, 이 자세가 있는 곳이면 백난의 성 중이라 할지라도 고전의 전장이라 할지라도 늘 결코 깨지지 않는 굵직한 기둥이 떡하니 앉아 있는 것 같은 강인함을 느끼게 했다. 지금도 그는 후지가네 산의 한쪽 끝에서 그러한 모습으로 조용히 주위를 둘러보고 있었다.

"그래, 기후가타케란 말이지. 저기에 진을 친 것은 모리 무사시의 병력이로군. 그렇다면 머지않아 쇼뉴의 부대도 산 어딘가에 진을 치겠지. 정찰병, 정찰병. 급히 가서 살펴보고 오너라."

이에야스의 명령에 적이 있는 사지를 향해 앞다투어 정찰을 나가는 용사가 몇 명이나 보였다.

잠시 뒤, 정찰을 나갔던 용사들이 차례로 돌아와 이에야스에게 보고했다. 어차피 개인이 가져오는 적의 상황은 국지적인 정황에 지나지 않았다. 이에야스는 그것을 종합해서 머릿속으로 전투를 그리고 있었다.

"도조는 아직 돌아오지 않았느냐?"

"어찌 된 일인지 아직 돌아오지 않았습니다."

하타모토들도 아까부터 스가누마 도조菅沼藤藏가 돌아오지 않은 것을 걱정하고 있었다. 전쟁의 기운은 무르익었다. 적이 언제 방아쇠를 당길지, 아군이 언제 움직일지 한 치 앞을 내다볼 수 없었다. 정찰을 나갔던 사람들이 재빨리 몸을 돌려 돌아왔는데 젊은 도조만은 함흥차사였다.

"붙잡힌 것일까, 목숨을 잃은 것일까?"

사람들은 그렇게 말하며 애석해했다.

도조는 평소 시동의 무리에 속해 있었으나 고마키 출진 이후부터 정찰대에 몸을 담았다. 얼마 전, 고마키에서 대치하던 때 그는 대담하게도 히데요시 쪽의 다나카 요새와 이중 해자 부근까지 들어가 백마에 탄 적장 한 명을 부하 여섯 명과 함께 생포하고 중요한 적의 기밀을 이에야스에게 전하기도 했다. 그 뒤로 이에야스는 그를 분명히 기억하고 있었다.

"아아…… 저건 도조가 아닌가? 맞아, 스가누마 도조야. 저런 짓을 하다니."

산 끝에 선 장수들이 손가락으로 한곳을 가리키며 바라보고 있었다. 이에야스도 멀리서 그의 모습을 바라보았다. 도조는 말을 타고 있었다. 이윽고 그는 말에서 내렸다. 그가 있는 곳은 모리 무사시 군이 모여 있는 기후가타케 아래, 부쓰가네仏ヶ根 연못의 물가였다. 그는 말에게 물을 먹이고 말의 다리를 물에 담그게 해 발을 식히고 있었다.

"한가한 녀석이군."

후지가네의 아군 중에는 어처구니없어 하는 사람도 있었다.

"아니, 말의 발을 식히고 있는 것을 보니 습지고 산성이고 가리지 않고 말을 달려 여기저기 돌아다닌 것이 틀림없어. 곧 돌아올 거야."

한편으로는 도조의 대담한 행동에 감탄하는 사람도 있었다.

연못은 적의 눈 아래에 있었다. 찰싹찰싹 물고기가 뛰는 것처럼 하얀 비말이 일어나는 것은 적이 그를 저격하기 위해 쏜 총알이 빗나갔기 때문이리라. 그럼에도 불구하고 스가누마 도조는 연못을 향해 유유히 소변을 보고 있었다. 볼일을 보며 잠시 숨을 돌렸는지 그는 바로 말을 타고 달리기 시작했다. 하지만 아군 쪽이 아닌 적지 더욱 깊은 곳으로 달렸다.

마침 쇼뉴의 아들인 기이노카미가 육천의 병사를 데리고 다노지리로 이동한 때였기에, 도조는 그 진용이 갖추어지기를 기다렸다가 그쪽으로 달려간 것이었다. 정찰은 당연히 은밀하게 행해야 하는 것이지만 그때 그는 공공연하게 적의 좌익 앞을 달렸으며, 다시 우익의 진용을 맴돌며 살펴보고 있었다. 물론 다노지리의 이케다 군도 그의 모습을 보기는 했다.

"저 녀석 뭐지?"

"적 아닐까?"

"과연 적일까? 혼자 있는데."

"그럼 전령인가?"

그들은 도조가 정찰대라고 생각하지 않았다. 도조가 자신의 군이 있는 후지가네 야마를 향해 질풍처럼 달리기 시작했을 때 비로소 총을 쏘아대기 시작했으나 때는 이미 늦었다.

마침내 스가누마 도조가 후지가네 산에 있는 아군 속으로 무사히 돌아오자 산의 장병들이 와아 하고 환호성을 질러 그를 맞아들였다. 이에야스도 걸상에서 일어나 그의 보고를 기다렸다.

"적 포진의 겉과 속을 자세히 살펴보고 왔습니다."

도조가 이에야스 앞에 무릎을 꿇고 앉아 다노지리, 기후가타케, 고베 골짜기 세 군데 고지에 걸쳐 삼단으로 포진해 학익진을 취한 이케다 군의 배치를 눈앞에서 보듯 자세히 설명했다. 그 부장은 누구인지, 철포 부대는 어디에 많고 창을 든 부대는 어디에 숨어 있는지, 보이지 않는 유격대의 위치는 어디인지, 사기는 어떠한지, 적의 약점은 무엇인지 등을 자세하게 이야기했다.

"흠, 그렇군."

이에야스는 도조가 한 마디 한 마디 이야기할 때마다 납득했다는 듯 고개를 끄덕였다. 도조는 다른 정찰대원과는 달리 적 앞, 적 안의 십칠팔 정에 걸친 저지대와 고지대를 혼자 말을 타고 천천히 돌며, 훔쳐본 것이 아니라 담력으로 살펴보고 돌아왔다. 그러니 이에야스는 그를 신뢰할 수밖에 없었다.

"도조의 정찰은 오늘의 전투에서 가장 먼저 적의 목을 친 자보다 더 뛰어난 공이야. 고생 많았다."

평소 쉽게 칭찬하지 않는 이에야스가 이 정도로 칭찬하는 일은 매우 드문 일이었다. 도조는 자랑스러워했으나, 다른 장수들은 질투심을 느끼지 않을 수 없었다. 전국 시대의 거친 무사들에게도 사내의 질투라는 것이 있었다.

‘흥, 그 정도의 공 가지고.’

그들은 도조가 물러나는 모습을 보며 비아냥거렸고 한편으로는 투지를 불태웠다.

이때 시각은 이미 진시(10시) 무렵이었다. 적의 기치가 눈앞의 산들에 보이기 시작한 지 벌써 두 시간 가까이 지났다. 하지만 이에야스는 아직도 걸상에 앉은 채 사방을 둘러보며 느긋하고 환한 표정을 짓고 있었다.

“시로자, 한주로. 이리 다가오게.”

“네!”

군무를 담당하고 있는 나이토 시로자에몬內藤四郎左衛門과 와타나베 한주로 마사쓰나渡辺半十郎政綱가 갑옷을 쩔걱이며 다가왔다. 이에야스가 손의 지형도와 현장 부근을 비교해가며 두 사람의 의견을 물었다.

“내 생각에는 고베 골짜기에 있는 쇼뉴의 부대가 눈엣가시라 여겨지네. 그 이천 명이 어떻게 움직이느냐에 따라 이 후지가네도 좋은 지점이라고는 할 수 없을 듯한데.”

시로자에몬이 동남쪽에 있는 봉우리를 가리키며 대답했다.

“서로 맞붙어 싸울 생각이라면 이곳보다는 마에前 산과 부쓰가네 산을 본영으로 삼는 것이 더 좋을 듯합니다.”

“음, 옮기도록 하게.”

결단은 참으로 빨랐다. 곧 진을 옮기기 시작했다. 기타바타게 노부오의 군은 부쓰가네 산으로, 이에야스는 마에 산으로 이동했다.

그곳에 서니 적의 고지대가 마치 코를 맞대고 있는 것처럼 가깝게 느껴졌다. 부근의 부쓰가네 연못과 가라스からす 계곡의 저지대를 사이에 두고 적의 얼굴도 보였으며 이야기 소리도 바람을 타고 서로에게 들릴 것만 같았다.

철쭉

　"누구는 저 산 위에, 누구의 부대는 절벽 아래에, 그리고 누구누구는 언덕의 양쪽 편에 병사를 숨겨라. 연못에는 누가 가도록. 철포 부대는 약간 높은 지대에, 창을 든 부대는 달려 나가기 좋은 위치에 자리하도록."

　각 부대의 배치도 모두 전달했다.

　이에야스는 시야가 트인 마에 산의 한쪽 모서리에 걸상을 놓았다. 그러자 군무를 담당하고 있는 와타나베 한주로가 멀리서 주의를 주었다.

　"깃발이 너무 높다. 깃발은 좀 더 나무가 우거진 곳에 세우도록."

　고지대와 고지대 사이의 접근전에서 '총대장은 여기에 있다'는 듯 너무 눈에 띄게 깃발을 높이 세우면 철포의 집중 사격을 부르는 꼴이 되고 만다. 이에야스도 웃으며 시동에게 말했다.

　"조금 낮춰라."

　금부채의 깃발이 나무들 사이로 조금 가려졌을 무렵, 부쓰가네 산의 중턱에서 기슭에 걸쳐 이이 효부 나오마사井伊兵部直政의 붉은색 깃발과 병력이 철쭉이 물든 것처럼 바위 사이사이를 물들이며 달려가고 있었다.

"오오, 오늘은 이이가 선봉이로군."

"붉은 깃발이 앞으로 나섰다."

"참으로 화사하구나. 하지만 싸움은 어떨지."

적과 아군 모두 한목소리로 말했다.

부장은 올해로 스물네 살인 효부 나오마사였다. 이에야스가 그를 비장의 젊은이로, 쓸모 있는 사내로 눈여겨보고 있다는 사실은 누구나 알고 있었다. 그는 오늘 아침까지만 해도 하타모토 가운데 자리하고 있었으나 이에야스가 병사 삼천 명을 건네면서 오늘의 최고 명예이자 가장 힘든 일이기도 한 선봉을 맡긴 것이었다.

"오늘이야말로 그대의 근성을 마음껏 펼쳐보이도록 하게."

이에야스는 누가 봐도 너무 젊은 나오마사에게 나이토 시로자와 다카기 몬도高木主水 두 사람을 붙여주었다.

"노신들의 말에도 귀를 기울이게."

다노지리에 있던 이케다 기이노카미와 산자에몬 데루마사 형제는 그 남쪽 고지에서 붉은색 차림의 적을 보고 골짜기 측면으로 이삼백 명을 보냈으며, 정면으로 일천 명 정도의 정공 부대를 보내 철포를 쏘게 했다.

"저 강한 척하는 붉은 부대의 기세를 꺾어라!"

부쓰가네 산과 마에 산에서도 맹렬한 우렛소리를 울리며 구름을 내뱉듯 탄연을 하얗게 내뿜었다. 그 연기가 옅은 안개처럼 저지대의 연못, 밭, 갈대의 습지에 깔렸고 이이의 붉은 무사들은 벌써부터 그 밑을 달리고 있었다. 그와 함께 앞을 다투는 검은 갑옷의 무리와 잡다한 병사들도 곧 거리를 좁혀 창과 창의 접전을 벌였다.

무릇 무사들 간에 벌어지는 전투 가운데서 장렬함의 극치는 창과 창이 맞부딪치는 데 있었다. 그것에 의해 무너지느냐 밀어붙이느냐 하는 대세의 승부도 갈리는 법이다.

이이 부대는 그곳에서 이삼백 명 정도의 적을 쓰러뜨렸다. 물론 붉은 무사들도 타격을 받았다. 나오마사의 부하 가운데 아까운 사람 몇몇이 목숨을 잃었다.

이케다 쇼뉴는 조금 전부터 작전 하나를 생각하고 있었다. 다노지리에 있는 자신의 아들 기이노카미와 데루마사의 군이 이이의 붉은 부대와 접전을 펼치는 것을 보고 뒤를 향해 외쳤다.

"세이베, 기회가 왔다."

약 이백 명의 결사대가 창을 들고 대기하고 있었다. 세이베가 돌격이라고 외치자마자 한 무리가 나가쿠테 촌 쪽으로 내려가기 시작했다.

쇼뉴는 이러한 때에도 기발한 전법을 썼다. 그것은 그의 성격이었다. 그의 계책에 따라 한 무리의 병사는 나가쿠테를 우회해서 도쿠가와 군의 가장 왼편, 즉 붉은 부대가 전부 앞으로 나아간 틈을 이용해 적의 중핵을 급습해 들어갈 생각이었는데, 그렇게 해서 전 산의 진용이 흐트러지면 이에야스를 치겠다는 작전이었다. 하지만 그것은 성공을 거두지 못했다. 도중에 도쿠가와 군에게 발각되어 총알 세례를 받고 습지에서 오도 가도 못한 채 처참한 손해를 입고 말았다.

한편 모리 무사시노카미는 기후가타케에서 이러한 전황을 보고 혀를 차며 한탄하고 있었다.

"아아, 너무 서두르는구나. 평소의 장인어른답지 않게 왜 이리 조바심을 치는 건지."

이날만큼은 장인인 쇼뉴보다 오히려 젊은 그가 더 침착했다. 무사시노카미는 마음속으로 오늘을 생의 마지막 날이라고 생각했다. 그리고 많은 것을 보지 않고 자신도 의식하지 못한 채, 오로지 정면의 마에 산에 있는 금부채의 장군기만을 가만히 바라보았다.

'이에야스만 칠 수 있다면…….'

무사시노카미는 마음속으로 몇 번이고 되뇌었다. 이에야스 역시 기후가타케를 다른 어느 곳보다 유심히 감시하고 있었다.

'모리 무사시 진영의 기운이 심상치가 않구나…….'

이에야스는 정찰대로부터 모리 무사시노카미의 움직임을 듣고는 좌우의 사람들에게도 경계하도록 주의를 주었다.

"아마도 죽음을 각오한 듯하다. 죽음을 각오한 적만큼 무서운 것도 없으니 얕보았다가 목숨을 잃는 일이 없도록 하라."

그랬기에 무사시노카미 진영만큼은 누구도 쉽게 손을 쓰지 못했다. 무사시노카미는 상대방의 움직임을 보며 마음속으로 이렇게 생각했다.

'다노지리의 전황이 치열해지면 이에야스도 결코 좌시하지 않을 것이다. 병사를 내서 돕게 할 터, 바로 그때가 기회다.'

하지만 이에야스 역시 쉽게 허를 보이지 않았다.

'용감무쌍하기로 소문난 무사시가 가만히 숨을 죽이고 있다니, 뭔가 획책하고 있는 것이 틀림없다.'

무사시노카미의 기대와는 달리 다노지리의 전황에서는 이케다 형제의 패색이 짙었다.

'더는 안 되겠다.'

무사시노카미는 끝내 기다리지 못하고 마음을 정했다. 그런데 그 순간 이에야스가 있는 마에 산의 한쪽 끝에서 지금까지 보이지 않았던 금부채 깃발이 높다랗게 오르더니 전군의 절반은 다노지리를 향해 달려가고, 나머지 절반은 와아 하고 함성을 올리며 이곳 기후가타케 쪽으로 선제공격을 해오기 시작했다.

모리의 부대도 우르르 달려 나갔다. 가라스 골짜기의 저지대로 달려든 양쪽 병사들이 피의 소용돌이를 일으켰다. 총성이 끊이지 않았다.

산과 산 사이에 낀 지형 속에서 펼쳐진 결전이었기에 말의 울부짖음과 창칼이 부딪치는 소리와 서로 고함을 치며 자신의 이름을 외치는 소리가 한꺼번에 메아리쳐서 천지를 뒤흔드는 듯한 섬뜩함을 연출하고 있었다.

이 골짜기 일대에서는 싸우지 않는 부대가 하나도 없었으며, 싸우지 않는 장수가 하나도 없었고, 싸우지 않는 병사가 하나도 없었다. 그리고 이겼다 싶으면 무너지고, 졌다 싶다가도 다시 일어나 어느 쪽의 깃발이 우세한지 알 수 없었다. 마치 어둠 속 아수라장과도 같았다. 그중 어떤 사람은 목숨을 잃었고, 어떤 사람은 적의 수급을 들고 자신의 이름을 힘껏 외쳤으며, 또 어떤 사람은 부상을 입었고, 어떤 사람은 비겁하다는 소리를 들었으며, 어떤 사람은 용맹하다는 소리를 들었다. 가만히 살펴보면 인간 개개인이 후세에까지 이어질 기이한 운명을 만들고 있는 것이었다.

아내, 부모, 자식, 애인, 아직 태어나지 않는 뱃속의 아이까지, 한 개인과 관계있는 무수한 운명들도 그 사이에 다음을 약속받고 있었던 것이다. 인간의 행위는 참으로 이해할 수 없는 것이었다. 인간은 그 재앙의 크기를, 또 얼마나 어리석은지를 머리로는 잘 알고 있으면서도 동굴에 모이고 부락과 사회를 이룬 뒤부터 지금까지도 여전히 멈추지 못하는 끔찍한 숙업宿業의 아수라를 만들고 있었다.

전국 시대의 무사들은 자신의 삶 속에서 이 숙업을 이루기 위해 안타깝게도 서로의 목숨을 앗았던 것이다. 이름을 깨끗하고 아름답게 하고, 또 목숨을 헛되지 않게 한 사람의 죽음을 충이라 부르고, 의라 부르고, 신이라 불러 당시의 도의와 연관 지었으며, 쓰러질 때도 얼굴에 미소를 머금고 싶어 했다.

젊은 무사시노, 하얀 얼굴의 미장부 모리 나가요시의 마음 역시 바로 그러한 것이었다. 그의 젊은 생명이야말로 전국 시대의 고뇌의 상징이었다. 수치! 이 한마디가 그로 하여금 일상으로 다시 돌아가 살겠다는 생각을 품지 못하게 한 것이었다. 그리고 남자들 사이의 질투. 이것도 그로 하여금 오늘의 죽음을 결심하게 한 하나의 요인이었다.

'이에야스를 봐야겠다.'

나가요시는 그렇게 맹세했다.

"이에야스는 어디에 있느냐, 이에야스는 나와라!"

마침내 난투가 벌어지자 무사시노카미는 부하 사오십 명을 양쪽에 대동하고 맞은편 산의 금부채 깃발을 향해 건너가려고 했다.

"보내서는 안 된다."

"무사시를."

"저 준마에 탄 하얀 겉옷을."

그를 막으려는 갑주의 물결이 그 곁으로 다가갔다가는 흩어지고, 다가갔다가는 핏줄기에 휩싸였다. 그 처참한 광경은 말로 표현할 수 없을 정도였다.

그때 하얀 바탕에 금란초가 그려진 겉옷을 향해 소나기처럼 퍼붓던 총알 중 하나가 그의 미간을 관통했다. 얼굴에 감긴 무사시노카미의 붕대가 단번에 붉게 물든 순간이었다.

"윽."

무사시노카미는 말 위에서 몸을 뒤로 젖혀 4월의 하늘을 한번 올려다보았다. 그리고는 이내 스물일곱 살의 생명은 고삐를 쥔 채 땅으로 굴러떨어졌다. 무사시가 타고 있던 애마 햐구단百段이 슬프다는 듯 앞다리를 치켜들고 울부짖었다. 곧바로 아군들이 왓 하고 울음과도 같은 소리를 내며 무사시노카미 곁으로 달려왔다. 그들은 어깨에 시체를 짊어지고 기후가타케 위로 물러나려고 했다.

"목을!"

도쿠가와 가의 혼다 하치조本多八藏, 가시와바라 요헤柏原与兵衛 등이 군공의 징표를 얻기 위해 그들의 뒤를 쫓았다.

"이놈들!"

주인을 잃고 슬픔에 잠겨 있던 부하 무사들이 무시무시한 얼굴로 뒤돌아 창을 휘둘러 무사시노카미의 시체를 간신히 숨겼다. 하지만 무사시가 목숨을 잃었다는 소식은 모든 전장에 퍼져 한줄기 싸늘한 바람을 일게 했으며, 다른 전국의 불리함과 하나가 되어 곧 이케다 군에 갑작스러운 위기를 가져다주었다. 마치 개미 떼 위에 뜨거운 물을 부은 것처럼 봉우리, 산길, 저지대 등 곳곳에서 방향을 잃은 무사들이 지리멸렬로 흩어져 달아나기 시작했다.

"한심한 놈들."

말을 잃은 쇼뉴가 조금 높은 지대로 올라가 적막한 주변을 향해 분노를 토했다.

"쇼뉴가 여기에 있다. 꼴사나운 모습으로 달아나지 마라! 평소의 다짐을 잊었단 말이냐. 돌아와라, 어서 돌아와!"

하지만 그의 좌우에 있던 검은 갑옷의 부하 오십 명도, 노신과 각 조장들도 달아나는 발걸음을 멈추지 않았다. 오히려 열대여섯 살 먹은 나이 어린 귀여운 시동이 주인 잃은 말을 끌고 와 불안한 듯 그의 허리에 매달리며 열심히 권했다.

"말에 오르십시오. 나리, 말에 오르십시오."

쇼뉴는 언덕 아래의 싸움에서 철포를 맞은 말에서 떨어져 적병에 둘러싸였다가 필사적으로 적을 뚫고 이곳까지 오른 것이었다.

"이제 말은 필요 없다. 결상을 가져오너라. 결상은 없느냐?"

"네, 여기에 있습니다."

시동이 그의 뒤쪽에 걸상을 놓았다. 그곳에 앉은 쇼뉴가 혼잣말처럼 중얼거렸다.

"사십구 년 동안의 일, 이제 끝나는구나……."

그리고 나이 어린 시동을 향해 말했다.

"너는 시라이 단고白井丹後의 아들이었지? 아버지와 어머니가 기다리고 계신다. 이누야마로 얼른 가도록 해라. 이놈…… 총알이 날아오고 있지 않느냐. 어서 가라, 어서 가!"

쇼뉴는 울상이 된 아이를 내쫓은 뒤 오히려 혼자 있는 게 편하다는 듯 한가로이 이 세상의 마지막 풍경을 바라보았다. 그때 절벽 바로 아래서 서로를 물어뜯는 맹수와도 같은 소리가 들려왔다. 아군 중 누군가가 아직 남아서 사투를 벌이는 모양이었다.

쇼뉴의 얼굴은 무감각하게 보였다. 이미 승패도 잊은 듯했다. 공리도 잊은 듯했다. 현세와의 이별이 가져다주는 옅은 슬픔이 어머니의 젖 냄새가 나는 먼 과거까지 문득 떠오르게 하고 있을 뿐이었다. 그 순간 바스락하고 눈앞의 관목이 움직였다.

"누구냐?"

쇼뉴가 매섭게 쏘아보더니 다시 물었다.

"그곳에 있는 것은 적이 아니더냐?"

쇼뉴의 너무나도 침착한 목소리와 모습에 도쿠가와 군의 무사는 자신도 모르게 움찔 뒷걸음질을 쳤다.

쇼뉴가 다시 큰 소리로 재촉했다.

"적이 아니더냐? 적이라면 내 목을 가져가 공을 세우도록 하라. 내가 바로 이케다 쇼뉴다."

관목 사이에 몸을 숙이고 있던 무사가 쇼뉴의 모습을 올려다보고 몸을 떨었다. 그리고 한껏 흥분한 목소리로 말하며 창을 휘둘렀다.

“이놈, 마침 좋은 적을 만났구나. 나는 도쿠가와 가의 나가이 덴파치로永井伝八郎259다. 받아라!”

그와 동시에 이름 높은 맹장의 칼이 휙 바람을 가르며 당연히 반발해올 줄 알았으나 덴파치로의 창은 그대로 아무런 저항도 없이 상대방의 옆구리에 가서 깊이 박혔다.

“앗!”

찔린 쇼뉴보다 오히려 덴파치로가 남아도는 힘 때문에 앞으로 비틀거렸다. 걸상이 쓰러지고 쇼뉴의 몸은 등 뒤까지 창에 찔린 채 나뒹굴었다.

“목을 쳐라!”

쇼뉴가 다시 한 번 외쳤다. 하지만 그렇게 될 때까지도 쇼뉴는 손을 칼 쪽으로 가져가지 않았다. 스스로 죽음을 맞아들이고 목을 내놓은 것이나 다름없었다.

덴파치로는 한껏 흥분해서 제정신이 아니었으나 적장의 마지막 모습을 보고 그의 마음가짐을 문득 깨달은 순간 울음이 터질 것 같은 격정이 치밀어 올랐다.

“와아!”

덴파치로는 울부짖었으나, 그리고 뜻밖에도 너무나 커다란 공을 세우고는 미친 듯이 환희했으나 다음에 취해야 할 행동을 잊고 있었다. 그러자 절벽 아래서 앞다투어 달려 올라온 아군들이 각자 이름을 외치며 하나의 목을 놓고 다투는 일이 벌어졌다.

“안도 히코베安藤彦兵衛가 왔다.”

“무라카미 덴우에몬村上伝右衛門이 여기에 있다.”

---

259 1563~1625년. 우콘다이부 나오카쓰右近大夫直勝. 나카쿠테의 전투에서 이케다 쇼뉴를 쓰러뜨린 공으로 천관의 상을 받았다.

"앗, 쇼뉴! 도쿠가와 가의 하치야 시치베蜂屋七兵衛다!"

목은 누구의 손에 의해서 베어졌는지 모르겠으나 어쨌든 시뻘건 손이 상투를 쥐고 휘두르며 외쳤다.

"대장 이케다 쇼뉴 노부테루의 목, 나가이 덴파치로가 베었다!"

"안도 히코베가 쳤다!"

"무라카미 덴우에몬! 쇼뉴의 목을 쳤다!"

피의 폭풍, 고함의 폭풍, 공명심에 불타는 자아의 폭풍. 네다섯 명, 아니 좀 더 많아진 한 무리의 무사들이 하나의 목을 가지고 이에야스가 있는 진영으로 마치 한 조각 구름처럼 재빨리 달려갔다.

쇼뉴가 전사했다는 소식이 물결이 되어 이쪽의 봉우리에서 저쪽의 연못으로 전해지면서 전장에 있는 도쿠가와 군에게 와아 하는 환호성을 올리게 했다. 그 순간 아무 소리도 내지 않는 사람들은 모두 이케다 군의 살아남은 장병들이었다. 그들은 대지와 하늘을 잃은 마른 잎처럼 자신의 생명을 맡길 곳을 찾아 헤매고 있었다.

"한 놈도 살려 보내서는 안 된다."

"쫓아라, 쫓아!"

승자는 그 여세를 몰아 뿔뿔이 흩어진 적을 마음껏 베었다. 이미 자신의 생명조차 망각한 사람들에게 있어서 다른 이의 생명을 처리하는 것은, 떨어진 꽃을 가지고 노는 것과 같은 심리일지도 모른다.

쇼뉴도 목숨을 잃었고 무사시도 전사했으며, 마지막으로 남은 다노지리 방면의 진지도 도쿠가와 군에게 짓밟히고 말았다. 그곳은 쇼뉴의 아들인 기이노카미 유키스케와 산자에몬 데루마사 형제가 지휘하고 있었는데, 눈앞에서 아군이 한꺼번에 무너지고 적이 일제히 돌격해 들어오자 그들은 한시도 버티지 못하고 무너져버렸다.

"산자, 어찌하면 좋겠느냐?"

"형님, 물러나십시오. 더는 위험합니다."

"무슨 소리를 하는 게냐, 쇼뉴의 아들 된 자가!"

"하지만 이처럼 패색이 짙으니 더는 달아나는 아군을 막을 길도 없습니다."

두 사람은 주위를 둘러보고 얼마 되지 않는 아군의 모습에 이를 갈며 죽을 곳은 이곳, 죽을 때는 지금이라고 체념했다. 형제 주위에는 가지우라 헤이시치로, 가타기리 요사부로片桐与三郎, 센다 몬도, 아키타 가헤秋田加兵衛 등 여덟아홉 명의 부하들밖에 보이지 않았다.

"나가요시는 어떻게 되었느냐, 나가요시는?"

형제간의 우애가 깊은 유키스케는 올해로 열다섯 살이 된 어린 막내 동생이 보이지 않자 누구에게랄 것도 없이 물었다. 하지만 어지러운 싸움 속에서 그 누구도 대답하는 사람이 없었다. 그 순간 다시 적의 한 무리 기마병이 성난 파도처럼 그들을 단번에 집어삼킬 듯 달려들었다.

"뒤쪽은 저희에게 맡기고 두 분께서는 물러나시기 바랍니다."

하타모토들이 창을 휘둘러 막아섰으나 승세를 타고 달려드는 정예의 기마병을 막을 수는 없었다. 젊은 주장 두 사람의 목숨을 지키려는 몇몇 패잔병으로는 전혀 싸움이 되지 않았던 것이다. 순식간에 가타기리 요사부로, 센다 몬도 등이 나란히 쓰러졌으며, 이와코시 지로사에몬岩越次郎左衛門과 아키타 가헤도 결국 핏줄기의 아비규환 속에서 쓰러지고 말았다. 기이노카미 유키스케가 조금 뒤로 물러나 주위를 둘러보니 곁에는 가지우라 헤이시치로 한 사람밖에 없었다.

"헤이시치, 아우는?"

"산자 나리는 혈로를 뚫고 멀리로 물러나신 듯합니다. 나리께서도 어서."

"아니다. 나는 아버지의 생사를 확인하지 않으면 안 된다. 아버지께서는 어찌 되셨는지."

유키스케는 이미 일군의 장수가 아니라 한 사람의 아들이었다. 그는 헤이시치로의 말도 듣지 않고 아버지의 진지가 있는 산으로 돌아갔다. 바로 그때 쇼뉴의 목을 거두고 혼자 내려오고 있던 도쿠가와 가의 안도 히코베와 마주쳤다.

길은 경사가 급한 산중턱이었다. 위쪽에서 이얏 하고 외치자 아래쪽에서도 이얏 하고 외쳤다. 두 사람은 마주친 순간 서로 엉겨 붙어 무시무시한 선풍을 일으켰다.

하지만 기이노카미 유키스케는 히코베가 휘두른 창에 스물여섯 살의 젊은 목숨을 덧없이 내놓아야 했다. 히코베는 수급을 끌어안고 춤을 추듯 달려 돌아갔다.

"기이노카미를 벤 자, 안도 히코베 나오쓰구!"

유키스케의 가신인 가지우라 헤이시치로가 히코베를 뒤쫓으며 창을 던졌다. 하지만 그는 창이 채 땅에 떨어지기도 전에 유탄에 맞아 경사가 급한 절벽 아래로 굴러떨어지고 말았다.

한편 형과 떨어진 산자에몬 데루마사도 어지러이 달아나는 아군 속에서 달려 돌아와 좀처럼 물러나려고 하지 않았다.

"아버지의 안부도 모른 채 어찌 전장을 떠날 수 있겠느냐. 아버지는? 형님은?"

그사이 쇼뉴의 노신인 반도운伴道雲이 돌아와 기지를 발휘해 산자에몬 데루마사를 말렸다.

"큰 나리께서는 이미 야다矢田 강 쪽으로 물러나셨습니다. 그 모습을 제가 보았습니다."

"아버지께서 무사하시다면."

데루마사는 말을 돌려 달아나는 아군의 뒤를 따라 함께 달아났다.

이케다의 장병들은 싸울 힘을 잃고 삼삼오오 모여 논두렁으로, 산의 샛길로, 숲과 습지 사이로 길을 가리지 않고 도망쳤다. 그렇게 뿔뿔이 흩어졌던 장병들은 결국 야다 강의 기슭으로 모여들었다.

그중에는 쇼뉴의 근신인 이케다 단고노카미도 있었다. 그는 일찌감치 도망쳐온 듯 몸에 상처도 얼마 입지 않은 사졸을 사오십 명이나 데리고 있었다. 그때 혼자 말을 타고 논두렁을 따라 쫓아온 도쿠가와 가의 무사가 뒤에서 그를 불렀다.

"이케다 단고 아닌가. 단고, 돌아오라."

오쿠보 시치로우에몬大久保七郎右衛門의 아들인 신주로 다다치키新十郎 忠隣였다. 그는 아직 좋은 적을 만나지 못했다며 아침부터 한탄하고 있었던 참인데, 마침내 원하던 적을 만난 것이었다. 하지만 등자를 잘못 밟아 말에서 떨어질 뻔했다.

"아뿔싸!"

그 순간 뒤에서 쫓아온 이케다 군의 무사가 당황한 신주로의 갑옷 틈새를 향해 창을 내질렀다. 창은 살갗을 겨우 스치고 빗나갔으나 신주로는 진흙 속으로 떨어져 나뒹굴고 말았다. 흙탕물이 그의 몸에는 물론 적의 얼굴에도 튀었다. 적은 비록 도망쳐오기는 했으나 꽤나 호방한 성격인 듯 갑자기 흙탕물투성이가 된 얼굴로 웃어댔다. 그리고 논바닥에 빠진 신주로를 향해 말했다.

"이봐, 애송이. 너처럼 젖비린내 나는 풋내기 무사의 목을 가져가봐야 짐만 될 뿐이야. 목 대신 달아나는 데 필요한 말을 가져가도록 하지. 언젠가 이 말을 타고 내가 다시 전장에 나서면 그때 가져가라고."

그는 신주로의 말에 뛰어올라 다시 한 번 웃은 뒤 바람처럼 달려갔다. 신주로는 논바닥에서 기어올라 이를 갈았는데 문득 보니 그 적도 당황했는지 조금 전 자신을 찔렀던 창을 땅바닥에 버려둔 채 떠나고 말았다.

"괘씸한 놈."

신주로는 창을 주워 들고 걸어서 돌아왔다. 그 뒤 이에야스의 걸상 앞으로 불려갔을 때 분하다는 듯 그 이야기를 하자 이에야스도 크게 웃으며 위로했다고 한다.

"너는 적에게 말을 빼앗겼다고 한탄하지만, 무사에게는 창도 소중한 도구 아니냐? 체면에 있어서는 엇비슷한 물건을 맞바꾼 것이라고 할 수 있을 게야. 그러니 너무 부끄러워하지 마라. 위축될 것 없다."

● 우키타 나오이에 宇喜多直家·1529-1581

전국시대 비젠(備前)국의 다이묘. 통칭은 사부로우에몬노조(三郎右衛門尉). 일명 비젠의 효웅. 조부의
복수를 위해 시마무라 모리자네를 비롯하여 나카야마 노부마사, 사이쇼 모토쓰네 등을 모살하여 모략
의 달인으로 평가된다.

● 1596년 26성인 순교 사건

산 펠리페호 사건을 계기로 도요토미 히데요시에(豊臣秀吉) 의해 처형된 26명의 가톨릭 신자 순교 사건이다. 유럽의 상인들을 통해 흘러든 종교 개종을 통한 식민제국설 등의 소문에 히데요시는 결국 일본의 모든 선교사들을 체포하라는 명령을 내렸다. 그리하여 6명의 프란체스코 선교사, 어린 소년 3명을 포함한 17명의 일본인 프란체스코 평신도, 실수로 포함된 3명의 일본인 예수회원 등 26명이 나가사키로 압송되었다. 이들은 1597년 2월5일 나가시키 언덕에서 십자가에 묶인채 창에 찔려 처형을 당했다

달인의 눈

이에야스의 금부채 아래로 공을 세우고 돌아오는 장수들이 끊이지 않았다. 그중 한 사람인 미즈노 도주로水野藤十郎가 오쿠보 신주로의 얼굴을 보더니 반갑게 인사를 건넸다.

"오오, 다행히 살아서 돌아왔구나. 조금 전 논에서 낙마한 것을 보았을 때는 안타깝게도 도쿠가와 가의 훌륭한 젊은 무사 하나를 잃는구나 생각했는데……."

도주로의 이야기로 신주로의 말을 빼앗아간 호방한 적은 이케다 가의 신하가 아니라 미요시 히데쓰구의 가신인 도히 곤에몬土肥權右衛門이라는 사실을 알게 되었다.

"미요시 군은 나가쿠테에서 이미 패해 달아났는데 히데쓰구의 가신인 도히 곤에몬이 어째서 이케다 군 속에 있었던 걸까?"

사람들 중에는 이상하게 생각하는 사람도 많았다. 그러자 아마노 사부로베天野三郎兵衛와 오구리 마타이치小栗又市가 대답했다.

"아니, 도히 곤에몬뿐만 아니라 히데쓰구의 가신을 이 부근의 전장에서 여럿 보았소. 히데쓰구의 군이 가장 먼저 무너진 것을 참을 수 없는 수치라 여겨 주군과 주력부대 모두 가쿠덴을 향해 달아난 뒤 홀로 되돌아와 이케다 군 속에 자리를 빌려 싸웠기 때문인 듯하오.”

“그래서 그들은 특히 강했던 거로군.”

사람들이 입을 모아 말했다. 신주로도 자신이 만났던 적이 그중 한 사람이었다는 사실을 알고 이렇게 말했다.

“그렇군. 잘 기억해둬야겠어. 언젠가 다른 전장에서 오늘 만났던 유쾌한 적을 다시 만나게 될지 모르니.”

신주로는 잊지 않기 위해 주워온 창의 자루에 작은 글씨로 ‘도히 곤에몬에게 돌려줄 것을 기약한 물건’이라고 새겨놓았다.

장병들은 그렇게 싸움에 이긴 기쁨을 한껏 맛보고 있었으나 이에야스를 중심으로 한 핵심 막료들은 아직도 쉽게 개가를 올리지 않았다.

“적어…… 아무래도 너무 적어.”

이에야스는 무엇인가 근심하고 있었다. 평소에도 그는 기쁨이나 슬픔과 같은 감정을 거의 드러내지 않았다. 그런 그가 아까부터 자꾸만 적다고 중얼거렸던 것은 이미 몇 번이고 퇴각하라는 나팔을 불었는데도 승세를 타고 패한 적을 뒤쫓아 갔던 아군이 생각만큼 돌아오지 않았기 때문이다.

“승리에 승리를 더할 수는 없는 법이다. 이기고 난 뒤 다시 이기려고 하는 것은 좋지 않다.”

이에야스는 히데요시를 언급하지는 않았으나 히데요시가 타고난 병략가인 만큼 자기 군의 대패에 대해 이미 어떤 지시를 내렸을 것이라는 사실을 직감하고 있었던 것이다.

“너무 멀리까지 뒤쫓는 것은 위험하다. 시로자는 출발했는가?”

“네, 명령을 받들고 벌써 달려 나갔습니다.”

이이 효부가 대답하자 이에야스가 다시 명령했다.

“효부, 자네도 가도록 하게. 너무 멀리까지 뒤쫓지 말라고 기세등등한 자들을 야단치고 오게.”

자신의 모습도 돌아보지 않고 달아난 이케다 군의 사졸은 시다미村
段味, 시노키, 가시와이로 뿔뿔이 흩어졌으나 야다 강을 건넌 사람들은
모두 목숨을 건졌다.

“한 놈도 놓쳐서는 안 된다.”

도쿠가와 군은 그렇게 외치며 강변까지 추격해 나갔지만 나이토 시
로자에몬의 부대가 횡대로 서서 외치자 노도처럼 급히 추격하던 발걸
음을 멈출 수밖에 없었다.

“멈춰라!”

“멈추지 못할까.”

“너무 멀리 쫓지 말라는 본진의 명령이다.”

“멀리 쫓을 필요 없다.”

그 무렵 이이 효부도 달려와 아군 속을 돌아다니며 한껏 소리 높여
외쳤다.

“헛되이 승리에 취한 기분으로 적을 뒤쫓는 사람은 진영으로 돌아
온 뒤 군법에 따라 처리할 것이라는 말씀이시다. 돌아오라, 돌아오라.”

마침내 기호지세는 가라앉고 도쿠가와 군은 야다 강을 경계로 모두
퇴각했다. 정오 무렵이었다. 태양은 하늘 한가운데 떠 있었고, 4월 초
순이라고는 하지만 구름은 여름에 가까운 모습이었으며 장병의 얼굴
은 하나같이 흙과 피와 땀으로 범벅이 되어 불타오르고 있었다.

미시(오후 2시) 무렵, 이에야스는 후지가네 산의 진소에서 내려와 가
나레 강을 건너 곤도지權道寺 산 기슭에서 수급을 확인했다. 오늘 아침
부터 한나절 동안 모든 전장에 걸쳐 전사한 히데요시 군은 이천오백
명이 넘었으며, 도쿠가와와 기타바타케 군의 전사자는 오백구십여 명,
부상자는 수백 명이나 되었다. 하지만 히데요시 군에 비해 도쿠가와

군의 희생은 약 삼분의 일이 조금 넘는 수준이었다. 그때 혼다 사도노카미本多佐渡守가 이에야스에게 말했다.

"이번 대첩은 별로 자랑거리가 되지 않을 듯합니다. 히데요시 군은 교토 쪽에서 데려온 일부 병력으로 싸웠으나 아군은 고마키에 있는 전 군을 들어 임했기 때문입니다. 따라서 만약 여기서 졌다면 아군에게는 치명타가 됐을 것입니다. 그러니 한시라도 빨리 오바타 성으로 돌아가는 것이 좋을 듯합니다."

그러자 다카기 몬도 기요히데高木主水淸秀가 반대하고 나섰다.

"아닙니다. 승산이 있을 때는 대담하게 싸움에 나서야 합니다. 히데요시는 대패했다는 소식을 들으면 틀림없이 화를 내며 군사를 뽑아 직접 달려올 것입니다. 그때 단번에 원숭이 놈의 목을 치는 것이야말로 병가가 손에 침을 뱉어가며 기다렸던 일 아니겠습니까?"

두 사람의 말을 듣고 이에야스가 입을 열었다.

"승리에 승리를 더하려 해서는 안 되는 법일세."

그리고 이어 말했다.

"부하들도 모두 지쳐 있네. 지쿠젠이 지금 당장 흙먼지를 날리며 올 것은 자명한 사실이나 오늘은 지쿠젠을 보지 않는 것이 좋겠네. 오바타로 옮기도록 하세."

이에야스는 그 자리에서 그렇게 결정하고 하쿠야마바야시를 지나 아직 해가 높다랗게 떠 있는 신시(오후 4시) 무렵 고마키 산의 쓰나기つなぎ 성인 오바타 성으로 들어갔다. 쓰나기 성이란 연결된 성이라는 뜻으로 나성, 외성이라고도 부른다. 예상되는 각 전선의 주요 지점에 근거지를 만들기 위해 미리 병사와 군량을 대비시켜놓는 곳이기도 했다.

이는 다케다 신겐武田信玄이 주로 썼던 고슈 지방 병법의 특징이었는데, 나가시노長篠 전투가 끝난 뒤 다케다의 가신들이 도쿠가와 가에 몸을 의탁해왔기에 그 뒤로 이에야스의 전술에는 신겐의 전술이 현저하게 가미되었다.

이번 싸움에서도 오바타, 이와사키 두 외성이 얼마나 큰 역할을 했는지 모른다. 특히 오바타 성은 고마키에서 나올 때도, 또 고마키로 다시 들어갈 때도 이에야스의 전선기지가 되어 매우 신속하게 움직일 수 있게 해주었다.

"이제 됐다."

이에야스는 전군이 오바타 성안으로 들어와 팔방의 성문을 굳게 닫고 난 뒤에야 비로소 오늘의 대승을 진심으로 기뻐했을 것임에 틀림없다. 그는 오늘 한나절 동안 펼친 전투를 돌아보며 경솔하게 대처하지 않은 점에 스스로 만족했을 것이다. 장병들은 적장의 머리를 베어 으뜸가는 공을 세울 때 마음속으로 기뻐하지만 주장은 오직 하나, 자신의 달견이 적중했다고 느낄 때 남모르게 기뻐하는 법이다. 하지만 달인은 달인을 알아보는 법이다. 그의 모든 관심은 앞으로 히데요시의 움직임에 집중되어 있었다.

'지쿠젠이 오면…….'

이에야스는 그에 대한 '변통'을 생각하며 편안한 자세로 오바타의 혼마루에서 한때의 휴식을 취하고 있었다.

한편 히데요시는 이케다 부자가 출발한 뒤인 9일 아침, 본거지인 가쿠덴에서 호소카와 다다오키를 불러 고마키를 공격하라고 급히 명령을 내렸다.

"한바탕 붙어보아라."

히데요시는 히네노 히로나리에게도 명령을 내렸으며 다카야마 우콘나가후사에게도 같은 명령을 내렸다. 그리고 망루 위에 올라 전황을 살펴보았다. 마스다 니에몬増田仁右衛門도 곁에서 함께 살펴보았다.

"아아, 다다오키 나리의 혈기, 저렇게 깊숙이 들어가도 괜찮겠습니까?"

마스다 니에몬은 호소카와 군이 고마키의 요새로 너무 깊이 들어가는 것을 걱정하며 히데요시의 눈빛을 살폈다.

"괜찮아, 괜찮아. 다다오키는 젊지만, 사려 깊은 다카야마 우콘이 함께 나갔으니. 우콘이 갈 정도라면 문제없을 게야."

오늘 아침의 공격은 이기기 위한 공격이 아니었다. 고마키의 적을 견제하기 위한 히데요시의 위장 전술이었다. 히데요시는 '쇼뉴 부자의 성패에 따라'라고 말하며 오로지 그 성패에만 마음을 쏟았다.

그런데 정오 무렵, 나가쿠테에서 돌아온 몇 기가 있었다. 그들은 하나같이 참담한 몰골로 비보를 전했다. 미요시 히데쓰구의 본군이 완전히 무너졌으며, 히데쓰구의 생사도 알 수 없다는 것이었다.

류센지 강

"뭣이, 히데쓰구가?"

히데요시는 솔직히 놀랐다. 놀라야 할 일에 대해 놀라지 않은 듯한 얼굴을 보일 그가 아니었다.

"결국은 실패했구나."

그가 두 번째로 내뱉은 말이었다. 히데쓰구나 이케다 부자의 실패를 탓하는 것이 아니라, 자신이 간과한 적 이에야스의 안식을 칭찬하는 듯한 말투였다. 하지만 그가 세 번째로 내뱉은 말은 입버릇처럼 쓰는 말이었다.

"그래, 그래……. 니에몬, 어서 나팔을 불게."

"네!"

마스다 니에몬은 사태의 중대함에 낯빛을 잃었으나 주인에게 '그래, 그래'라는 말을 들은 뒤 제정신으로 돌아왔다. 그는 곧장 망루 위로 올라가 나팔을 울렸다. 히데요시는 곧 아군의 각 진지로 전령을 보내 비상령을 전했으며, 그로부터 반 각도 지나지 않아 이만 명의 병사가 이곳 가쿠덴을 출발해 나가쿠테 쪽으로 서둘러 갔다.

이 커다란, 게다가 급속한 대이동을 고마키 산에 있는 도쿠가와의 본영에서 놓칠 리 없었다. 이에야스는 이미 그곳에 없었으며, 얼마 되지 않는 병력만이 그곳을 지키고 있었다.

"히데요시가 직접 가쿠덴의 병력 대부분을 데리고 동쪽으로 서둘러 가는 듯하다."

그곳을 지키고 있던 사카이 사에몬노조 다다쓰구酒井左衛門尉忠次가 손뼉을 치며 말했다.

"뜻대로 되었구나. 히데요시 이하 주력이 떠난 틈을 이용해 가쿠덴의 본영과 구로세黑瀨 요새 등을 전부 불태워 히데요시를 진퇴양난에 빠뜨릴 때가 드디어 왔다. 각자 이 다다쓰구를 따라 커다란 공을 세우기 바란다."

그러자 역시 성을 지키고 있던 이시카와 가즈마사가 반대하고 나섰다.

"어찌 이리 서두르시는 게요, 사카이 나리. 아무리 급하게 출발했다고는 하나 히데요시처럼 신산귀모神算鬼謀를 가진 자가 어찌 뒤쪽의 본영을 지키지도 못할 장병을 남겨놓고 갔겠소?"

"아니, 어떤 사람이라 할지라도 초조한 상황에서는 평소의 기량을 발휘하지 못하는 법이오. 이처럼 잠깐 사이에 급히 나팔을 불어 출발한 것을 보니 천하의 히데요시도 나가쿠테에서의 패보를 듣고 당황한 듯하오. 지금 때를 놓친다면 원숭이 놈 엉덩이에 불을 붙일 수 없을 게요."

"얕은 생각이오."

이시카와 가즈마사가 크게 웃으며 더욱 적극적으로 반대하고 나섰다.

"평소의 히데요시를 생각해보면, 오히려 상당한 병력을 남겼을 것이며, 우리가 고마키의 견고한 요새를 떠난 순간을 노려 공격하라는 계책을 주고 갔을 것이오. 이 얼마 되지 않는 병력으로 공격에 나선다는 것은 말도 되지 않는 일이오.”

두 사람의 의견은 갈렸으며 사태는 급박했다. 만약 사람들이 자신의 고집만을 내세운다면 기회는 사람들의 온갖 생각을 전부 버리고 그대로 떠나버리고 마는 법이다. 그때 이러한 분쟁에 넌덜머리가 난다는 듯 분연히 자리에서 일어난 장수가 있었다. 혼다 헤이하치로 다다카쓰였다.

“또 논의란 말이오? 아니, 논의를 좋아하는 분들께서는 이야기나 나누고들 계시오. 나는 이렇게 편안히 있을 수가 없소. 먼저 실례하겠소.”

다다카쓰는 말주변이 없고 의지가 강한 사내라 논의가 성가신 모양이었다. 덧없이 자신의 주장을 고집하며 논쟁을 펼치던 사카이 다다쓰구와 이시카와 가즈마사는 그가 분연히 자리를 박차고 일어났기에 눈을 둥그렇게 뜨고 황급히 물었다.

“헤이하치로, 어디로 가는 게요?”

혼다 헤이하치로는 뭔가 굳게 다짐한 듯 말했다.

“나는 어렸을 때부터 나리를 모시던 가신이오. 이러한 때에 나리 곁으로 가는 것 말고 갈 데가 어디 또 있겠소?”

“잠깐만.”

가즈마사가 손을 들어 혼다 헤이하치로를 제지했다.

“우리는 나리로부터 고마키를 지키라는 명령을 받았지 멋대로 움직이라는 명령을 받지 않았소. 우선 침착하도록 하시오.”

다다쓰구도 함께 타일렀다.

“헤이하치로, 이러한 때에 그대 혼자 나선들 무슨 도움이 되겠소? 그보다는 고마키를 지키는 게 더 중요하오.”

그러자 혼다 헤이하치로가 그들의 좁은 소견을 비웃는 듯 입가에 웃음을 띠며 정중하게 말했다.

"아니, 결코 여러분을 설득하기 위해 가려는 게 아닙니다. 여러분은 여러분의 뜻대로 하십시오. 저는 지금 히데요시가 새로운 대군을 이끌고 나리가 계신 곳으로 가는 것을 보았으니 팔짱을 낀 채 가만히 앉아 있을 수만은 없습니다. 생각해보십시오. 밤새, 그리고 오늘 아침까지 싸움을 거듭해 지친 나리의 군을, 히데요시의 이만 명 군사가 새로이 가담해 앞뒤에서 감싸고 공격한다면 어찌 무사하실 수 있겠습니까? 이 헤이하치로 한 사람만이라도 나가쿠테로 달려가 만일 나리께서 전사하신다면 그 시체를 베개 삼아 함께 죽을 각오입니다. 상관하실 것 없습니다."

그의 말에 자리에 있던 사람들의 잡담이 뚝 끊기고 말았다. 이윽고 헤이하치로 다다카쓰는 자신의 부하 삼백여 명을 데리고 고마키에서 달려 나갔다. 그의 뜻에 감동한 이시카와 사에몬 야스미치石川左衛門康通[260] 역시 부하 이백여 명을 이끌고 결사대에 가담했다.

"이 세상에서의 추억을 함께 나눕시다."

총 육백 명도 되지 않는 병력이었으나 헤이하치로의 기백은 고마키를 나설 때부터 천지를 집어삼킬 듯했다. 마치 '이만 명의 적군이 어쨌단 말이냐, 원숭이 놈이 무엇이란 말이냐'라고 말하듯 기백이 넘쳤다.

한 무리의 흙먼지가 회오리바람을 일으키며 동쪽으로 달려갔다. 그리고 류센지 강 남쪽 기슭으로 나섰을 때, 히데요시의 대군은 북쪽 기슭에서 강을 따라 내려가고 있었다.

"오오, 저기 있구나."

"금 표주박 깃발."

"틀림없이 무리 지어 가는 하타모토들 가운데 히데요시가 있을 게요."

헤이하치로를 따라 숨 돌릴 틈도 없이 달려와 강 하나를 사이에 두고 맞은편 기슭을 바라본 장병들이 떠들썩하게 손으로 가리키기도 하고, 손을 이마에 대고 바라보기도 하면서 말했다.

'이봐' 하고 부르면 '왜' 하고 적이 대답할 것만 같은 거리였다. 적의 얼굴들, 이만 명의 발소리에 섞여 들리는 무수한 말발굽의 울림이 강을 건너와 가슴에 닿을 것만 같았다.

"사에몬, 사에몬."

헤이하치로가 뒤에서 말을 타고 오는 이시카와 야스미치를 불렀다.

"그래, 무슨 일이오, 헤이하치."

"사에몬, 강의 맞은편을 보았소?"

"참으로 많은 수의 대군이오. 이 류센지 강의 길이보다 더 길게 보이오."

"아하하하, 과연 히데요시. 그 짧은 시간 동안에 이처럼 많은 대군을 수족처럼 신속하게 움직이다니 참으로 놀라운 솜씨요. 적이지만 칭찬해주기로 하지."

"아까부터 찾아봤는데 히데요시는 어디쯤에 있을 것 같소? 저 금 표주박 깃발이 보이는 부근일까?"

"아니, 틀림없이 다른 기마 무사들 사이에 몸을 숨기고 있을 것이오. 철포의 표적이 될 만한 곳에서 한가로이 말을 달리고 있을 리 없소."

"적의 장병들도 발걸음을 급히 서두르고 있기는 하지만, 모두 이쪽을 바라보며 이상하다는 표정을 짓고 있소."

"사에몬, 우리가 여기서 해야 할 일은 히데요시 군이 이 류센지 강가에서 잠시라도 지체할 수 있게 하는 것이오."

"공격할 생각이오?"

"아니, 적은 이만 명이고 아군은 오백여 명에 불과하오. 공격해봤자

이 강물을 잠시 붉게 물들일 뿐이오. 목숨을 바칠 각오는 되어 있지만 그 목숨을 가능한 한 유효하게 쓰고 죽어야만 하오.”

“오오, 그렇게 하면 나가쿠테에 있는 나리의 군대도 충분히 대비한 뒤 히데요시를 기다릴 수 있겠군.”

“바로 그렇소.”

헤이하치로 다다카쓰가 말의 안장을 두드리며 고개를 끄덕였다.

“나가쿠테의 아군에게 시간을 벌어주기 위해 우리는 목숨을 걸고 히데요시의 발목을 잡고 늘어져 조금이라도 히데요시의 진격이 늦어지도록 힘쓰는 것이오. 사에몬, 그러한 마음가짐으로 일에 임합시다.”

“잘 알았소.”

사에몬 야스미치와 헤이하치로 다다카쓰가 말 머리를 옆으로 돌려 명령을 내렸다.

“철포 부대는 삼단으로 나눠 길을 서둘러 가며 한 조씩 번갈아 맞은편 적에게 탄환을 퍼붓도록 하라.”

사에몬 야스미치와 헤이하치로 다다카쓰의 군은 빠른 강물의 흐름처럼 적이 맞은편 기슭을 서둘러 지나가자 빠르게 움직이기 시작했다. 공격을 하면서도 작전을 짜면서도, 대오의 편제를 바꾸면서도 쉬지 않고 걸어야 했다.

삼단으로 나뉜 철포 부대 중 첫 번째 조가 물가 가까이에 한쪽 무릎을 꿇고 앉아 총을 쏘기 시작했다. 물가였기에 총성이 몇 배로 더 크게 울렸으며, 연기가 모락모락 장막처럼 피어올랐다. 첫 번째 조는 총을 쏜 뒤 곧바로 앞으로 달려 나갔고 이번에는 다음 조가 총구를 나란히 했다. 그리고 그들이 총을 쏘고 달리기 시작하면 또다시 다음 조가 맞은편을 향해 총을 쏘았다.

히데요시의 군대 안에서 털썩털썩 쓰러지는 사람들의 모습이 보였다. 급히 행군을 하던 대열 속에서 동요의 기운이 느껴졌다. 허둥대는 소리와 몸짓을 분명히 느낄 수 있었다.

"앗, 누구냐. 겨우 저 정도의 적은 병력을 끌고 와 도전하는 자가 대체 누구냐?"

히데요시는 매우 놀란 듯한 눈빛으로 자신도 모르게 말을 멈추었다. 아사노 야헤淺野弥兵衛, 아리마 교부有馬刑部, 야마노우치 이에몬山內猪右衛門, 가타기리 스케사쿠 등 히데요시의 말을 감싸고 있던 각 장수들과 근신들도 함께 이마에 손을 얹고 맞은편 기슭을 보았으나 히데요시의 물음에 바로 답하는 사람은 없었다.

"참으로 대담한 놈도 다 있구나. 천 명도 되지 않는 적은 병력으로 이 지쿠젠의 대군에 맞서 용맹한 모습을 보이다니. 적이기는 하나 이름을 알고 싶구나. 저 적장을 알고 있는 자 누구 없느냐?"

히데요시가 앞뒤의 아군을 바라보며 거듭 물었다. 그러자 앞줄에서 한 사람이 말했다.

"알고 있습니다."

미노 아하치安八 군 소네曾根 성의 성주로, 이번 대전에서 늘 히데요시 곁에 머물며 노구를 이끌고 길 안내를 하는 이나바 이요노카미 뉴도잇테쓰였다.

"오, 잇테쓰, 그대는 강 건너에 보이는 적장이 누구인지 알고 있단 말이오?"

"그렇습니다. 예전에 아네姉 강의 전투에서 저 사슴뿔을 세운 투구와 하얀 실로 미늘을 엮은 갑옷을 분명히 본 적이 있습니다. 저 사람은 틀림없이 이에야스의 심복인 혼다 헤이하치로일 것입니다."

그 말을 들은 히데요시가 당장이라도 눈물을 흘릴 것 같은 눈으로 그를 바라보며 중얼거렸다.

"아아, 참으로 굳세고 꿋꿋한 자로구나. 일당백의 기개. 헤이하치로는 참으로 대장부다운 자로구나. 자신은 여기서 죽는 한이 있어도, 내 발걸음을 류센지 강에 묶어 주인 이에야스를 달아나게 하겠다는 기특한 마음가짐을 보아라."

그리고 이어 말했다.

"장하구나, 장해. 저자가 어떠한 공격을 퍼붓는다 할지라도 우리는 화살 하나, 총 한 발 쏘아서는 안 된다. 훗날 혹시 연이 있다면 이 지쿠젠의 가신으로 받아들여 아끼기에 부족함이 없는 사내……. 쏘지 마라, 쏘아서는 안 된다. 못 본 척하고 지나쳐라."

그러는 사이에도 맞은편에서는 세 조로 나뉜 부대가 번갈아가며 부지런히 탄알을 채워 가차 없이 쏘아댔으며, 그중 한두 발은 히데요시 곁을 스쳐 지나가기도 했다.

이윽고 히데요시가 눈을 크게 뜨고 바라보던 무사, 사슴뿔로 장식한 투구를 쓰고 있던 헤이하치로 다다카쓰가 갑자기 물가로 다가가 말에서 내리더니 강물로 말의 입을 씻었다. 강 하나를 사이에 두고 히데요시도 그를 보았으며, 헤이하치로도 히데요시가 있을 것으로 여겨지는, 말을 멈추고 서 있는 한 무리를 가만히 바라보는 듯했다.

"건방진 태도."

"같잖은 놈."

히데요시 군의 소총 부대 중 하나가 헤이하치로를 향해 총을 쏘려고 하자 히데요시는 다시 전군을 독려하며 발걸음을 재촉했다.

"혼다에 신경 쓸 것 없다. 발걸음을 서둘러라. 앞으로 서둘러라."

그것을 본 맞은편 헤이하치로도 발걸음을 재촉하며 외쳤다.

"놓쳐서는 안 된다."

헤이하치로는 길을 앞질러 가 류센지 부근에서 다시 격렬하게 공격을 펼쳤으나 히데요시는 상대도 하지 않았으며 곧 나가쿠테 벌판 부근의 한 산에 진을 쳤다.

"나가쿠테에서 오바타로 물러나는 도쿠가와 군을 보면 바로 쏘아라."

히데요시는 목적지에 도착하자마자 호리오 요시하루, 히토쓰야나기 이치스케一柳市助, 기무라 하야토노스케木村隼人佑 세 부장에게 명령을 내렸다. 세 부장은 곧장 경기병 세 부대를 이끌고 나가쿠테 쪽으로 달려 나갔다.

류센지 산은 곧바로 히데요시의 본진이 되었다. 이만여 명의 신예는 붉은 석양 아래서 주력과 주력이 맞붙어 자웅을 겨루게 되면 오늘 승리한 적 이에야스에게 설욕하겠다는 뜻을 내보이며 진을 펼쳤다.

"척후병!"

히데요시가 척후병을 불렀다. 잠시 뒤 고사카 진스케小坂甚助, 아마노 겐에몬天野源右衛門 두 사람이 명에 따라 정찰대를 이끌고 오바타 성 쪽으로 숨어들었다.

그 뒤 히데요시는 전군의 행동 작전을 짜고 있었다. 그런데 그 명령이 채 떨어지기도 전에 다음과 같은 비보가 날아들었다.

"오늘의 전장에 이에야스의 모습은 보이지 않습니다."

"그럴 리가 없을 텐데."

각 장수들의 말에 히데요시는 아무 말도 하지 않았다. 이윽고 조금 전 나가쿠테 쪽으로 보낸 기무라, 히토쓰야나기, 호리오 등이 돌아와 소식을 전했다.

"이에야스 이하 주력은 자신들의 외성인 오바타로 이미 물러났습니다. 저희는 한발 늦게 오바타로 들어가는 적의 일부만을 만났을 뿐입니다. '반 각만 일찍 왔어도' 하며 그냥 안타깝게 돌아올 수밖에 없었습니다."

그들은 삼백 명 정도의 도쿠가와 병사들을 쏘아 쓰러뜨리기는 했으나 그중 내로라할 만한 적장은 없었다.

"늦었단 말이냐."

히데요시는 참을 수 없는 분노를 얼굴에 그대로 드러냈다. 정찰을 나갔던 아마노, 고사카도 이에야스가 오바타로 들어가 유유히 오늘의 승리를 맛보며 쉬고 있는 듯하다고 보고했다.

"오바타 성은 성문을 굳게 닫은 채, 벌써 휴식에 들어간 듯합니다."

히데요시는 감정이 복잡한 가운데 자신도 모르게 이에야스를 위해 손뼉을 치며 축하했다.

"과연 이에야스, 외성으로 발 빠르게 들어가 교만에 빠지지 않고 성문을 닫아버렸구나. 그것참 덫으로도, 그물로도 잡을 수 없는 사내로다. 하지만 두고 보아라. 몇 년 뒤에는 이에야스가 긴 예복을 입고 이 히데요시 앞에서 예를 취하게 될 테니."

때는 이미 땅거미가 내린 뒤였으며 밤에 성을 공격하는 것은 병법상 금기였고 먼 길을 달려 가쿠덴에서 숨 돌릴 틈도 없이 온 인마였다. 히데요시는 오늘 밤에는 잠시 쉬기로 하고 밥을 먹으라는 명을 내렸다. 저녁 하늘에 밥 짓는 연기가 어지러이 피어올랐다.

오바타의 정찰대가 그 모습을 보고 곧 이에야스에게 보고했다. 이에야스는 잠을 자고 있다가 일어나 그 정보를 들었다.

"그렇다면 우리는."

이에야스는 급히 고마키 산으로 돌아갈 것을 명했다.

미즈노, 혼다를 비롯한 장수들이 히데요시의 류센지 산에 야습을 가하자고 극력 권했다. 하지만 이에야스는 그저 웃으며 길을 멀리 돌아 고마키로 돌아갔다.

검은 돌, 하얀 돌

히데요시秀吉도 어쩔 수 없이 군을 되돌려 가쿠덴樂田으로 돌아갔다. 그는 혀를 내두를 정도로 감탄한, 덫에도, 그물에도 걸리지 않는 이에야스家康와 다시 고마키小牧에서 서로를 노려보며 대치할 수밖에 없었다.

나카쿠테長久手에서의 일전은 이케다 쇼뉴池田勝入 부자의 조급함에 큰 패인이 있었다 할지라도 히데요시에게 있어서 커다란 패배였음은 부정할 수 없는 사실이었다. 그런데 이번만큼은 서전에 들어가기 전부터 히데요시 쪽에서 늘 한발 늦은 것도 사실이었다. 이는 히데요시가 전장에서 이에야스를 보고 나서야 비로소 덫에도 그물에도 걸리지 않는 사내라고 안 것이 아니라 싸우기 전부터 어떤 사내인지 잘 알고 있었기 때문이다. 말하자면 달인과 달인, 천하장사 대 천하장사의 샅바 싸움과도 같은 것이었다.

"작은 성에는 신경을 쓰지 말게. 시간을 지체해서는 안 되네."

출격 전에 히데요시가 쇼뉴에게 그토록 다짐을 해두었음에도 불구하고 쇼뉴는 이와사키岩崎 성의 도전을 받자마자 단번에 짓밟으러 갔다. 결국 그는 그 정도 그릇밖에 되지 않았다.

그릇은 타고난 양이 있으니 갑자기 크게 늘리려 해도 그렇게 되지 않는 법이다. 이에야스도 히데요시도 하나의 그릇이다. 그 그릇이 이번 싸움을 결정하는 것이다.

사실 히데요시는 나가쿠테長久手에서의 대패를 들은 순간 '됐다'며 손에 침을 뱉었다. 이에야스가 딱딱한 껍데기에서 나왔기에 쇼뉴 부자의 죽음이야말로 이에야스를 생포하기 위한 좋은 미끼가 되었다고 생각했기 때문이다. 하지만 적은 불처럼 나왔다가 바람처럼 물러났으며, 물러난 뒤에는 숲처럼 다시 고마키로 태연하게 들어가 전보다 더 무거운 산처럼 움직이지 않았다. 히데요시는 토끼를 놓친 듯한 느낌이 들었다. 하지만 그는 스스로를 위로했다.

'손가락에 가벼운 부상을 입은 셈이야.'

물론 그의 병력과 물자를 놓고 보면 큰 손해는 아니었다. 하지만 정신적으로는 이에야스의 진영으로 하여금 '원숭이 놈, 꼴좋다'며 자랑스럽게 개가를 부르게 했다. 아니, 이번의 패배는 그 뒤로도 계속 가슴에 남아 히데요시와 이에야스 사이의 교섭과 양자의 심리에 평생 영향을 주었다.

하지만 이에야스 역시 '지쿠젠筑前이라는 인간은' 하며 히데요시를 더욱더 커다란 도량을 가진 사내로 여기게 되었을 것이고, 그를 적으로 만들어버린 자신의 숙명에 더욱더 주의를 기울이게 되었을 것이다. 어쨌든 나가쿠테 전투 이후, 양쪽 모두 신중을 기했다. 오로지 상대편의 움직임을 살펴 기회를 엿보기만 할 뿐 서로 선불리 공격하지 않았다.

유인책은 거듭 되풀이되었다. 4월 11일에 히데요시가 전군 육만 이천 명을 소송사小松寺(고마쓰지) 산까지 움직인 것도 유인책 중 하나였으나 고마키산에서는 조용하고 희미한 쓴웃음만 지을 뿐이었다.

그 뒤 같은 달 22일에는 이에야스 쪽에서 유인책을 썼다. 고마키에 있는 도쿠가와와 노부오의 연합군 일만 팔천 명을 열여섯 개 편대로 나눈 다음 이중 해자 앞에서 동쪽으로 나가 히데요시를 불러내듯 북을 울리고 함성을 올렸으며 선봉에 사카이 사에몬酒井左衛門, 이이 효부井伊兵部 등을 세워 여러 차례 도발을 시도했다.

이중 해자의 목책은 호리 히데마사堀秀政와 가모 우지사토蒲生氏鄕가 지키는 곳이었는데, 적이 북을 치며 떠들어대자 히데마사가 이를 갈며 말했다.

"우리를 얕보는 것이냐!"

나가쿠테 전투 이후, 적들이 '히데요시의 휘하는 미카와三河 무사의 실력에 겁을 먹었다'며 커다란 목소리로 놀려댔기 때문이다. 하지만 히데요시가 명령을 기다리지 않고 병사를 함부로 움직여서는 안 된다고 엄명을 내렸기에, 그저 전령을 본진으로 보내 명령을 기다릴 수밖에 없었다.

히데요시는 소송사를 본영으로 삼아 오쓰於通를 상대로 바둑을 두고 있었다. 오쓰의 바둑은 히데요시보다 훨씬 더 강했다. 히데요시는 얼마 전부터 좋은 소일거리를 발견했다는 듯 시간이 날 때마다 오쓰와 바둑을 두었으나 아직 한 번도 그녀를 이기지 못했다.

"너는 바둑의 천재인 듯하구나. 기사碁師가 되는 건 어떻겠느냐, 여자 기사."

히데요시의 말에 오쓰가 어린애 대하듯 웃으며 말했다.

"절대 제가 강한 게 아니에요. 정말 신기할 정도로 나리께서 서툰 거예요."

"무슨 소리하는 게냐. 다카야마 우콘高山右近, 가모 히다蒲生飛駄, 또 아직 젊기는 하지만 아사노 야헤淺野弥兵衛까지 나한테는 매번 진다."

"호, 호, 호. 바둑은 이길 수도 있고 져줄 수도 있는걸요."

"네 바둑은 여자답지 않게 너무 빈틈이 없다. 돌 놓는 소리까지 차가

위.”

“더는 오쓰와 바둑을 둔다고 하지 마시고 바둑을 배우는 거라고 하세요.”

“이 계집이. 그래, 한 판 더 두자꾸나.”

히데요시는 바둑을 시작하면 바둑에, 여자를 대하면 여자에 몰두하느라 다른 일에는 전혀 신경을 쓰지 않았다. 그때 전령이 땀으로 범벅이 된 사나운 말을 타고 와서 고했다.

“지금 도쿠가와의 대군이 열여섯 개 편대로 나눠 고마키에서 나와 이중 해자에 있는 아군 쪽으로 접근해 오고 있습니다.”

히데요시가 바둑판에서 잠깐 눈을 들어 전령에게 물었다.

“이에야스도 나왔느냐?”

“도쿠가와 나리는 출마하지 않으신 듯합니다.”

그러자 히데요시가 손가락 사이에 있던 돌을 바둑판 위에 두더니 다른 곳은 쳐다보지도 않고 말했다.

“이에야스가 나오면 고하도록 해라. 이에야스가 진두에 나서지 않는 이상 히데마사, 우지사토는 자신들의 판단에 따라서 싸워도 좋고 싸우지 않아도 좋다.”

그 무렵 전선의 이이 효부, 사카이 사에몬도 고마키의 이에야스 쪽에 두 번이나 전령을 보내 재촉했다.

“지금이야말로 출마하실 때입니다. 바로 출마하신다면 오늘이야말로 히데요시의 중견에 치명타를 입힐 수 있을 것입니다.”

그러자 이에야스 역시 이렇게 물었다.

“히데요시는 움직였는가? 뭐? 소송사에 있다고? 그렇다면 내가 나설 필요는 없다.”

이에야스도 결국 고마키에서 나오지 않았다.

시간이 흐른 뒤 이미 태합太閤의 자리에 오른 히데요시와 다이나곤大納言 이에야스가 고마키 전투에 대해 이야기한 적이 있었는데 그날을 회상하며 히데요시가 이렇게 물었다.

"도쿠가와 나리는 그때 어째서 출마하지 않으신 게요?"

"그 질문은 이 이에야스도 드리고 싶은 것입니다. 만약 나리께서 소송사 산에서 한 발이라도 나왔다는 말이 들리면 바로 고마키에서 나가 도미를 잡기 위한 그물을 칠 생각이었으나 고등어 새끼나 정어리만 나오기에…… 가만히 기다리고 있었던 것입니다."

"하하하. 같은 생각을 했구먼. 그때 소송사에서 여동女童을 상대로 바둑을 두었는데, 만약 도쿠가와 나리가 말을 몰아 나선다면 간토關東 각 주는 일거에 내 손안의 물건이 될 것이라고 생각하며 실은 바둑판에 두고 있던 돌도 손의 땀으로 젖어 번쩍이고 있었소만……. 어쩔 수 없는 일이로구나, 서로 상대가 나오기만을 기다렸으니."

두 영웅이 서로의 가슴을 열어 본심을 이야기했다고 한다. 어쨌든 고마키 전투는 이처럼 비김수가 되풀이되는 상태로 고착되었다. 그사이 히데요시는 나가쿠테 전투에 대한 상벌을 내렸다. 녹봉, 은상 등에는 특히 신경을 썼으나 오직 한 사람, 조카인 히데쓰구秀次에 대해서만은 아무런 말도 하지 않았다.

히데쓰구도 나가쿠테에서 도망쳐 돌아온 뒤 외삼촌을 보는 게 민망했는지 히데요시 앞으로 나가 '돌아왔습니다'라고 인사를 하고 이어 패배한 이유와 자신의 입장을 설명하려고 했다. 하지만 히데요시는 자리에 있던 여러 장수와 이야기만 나눌 뿐 히데쓰구의 얼굴조차 보지 않았다. 그에 반해 주종이자 오랜 친구이기도 한 쇼뉴에 대해 사람들에게 이야기할 때면 눈에 눈물까지 글썽였다.

"쇼뉴를 죽게 한 건 히데요시의 불찰일세. 이케다 쇼자부로池田勝三郎

라 불리던 젊은 시절부터 가난과 술잔과 매색賣色까지 함께 나누던 사내인 만큼 이 히데요시에게는 도저히 잊을 수 없는 사람이야."

하루는 직접 정성껏 글을 쓴 뒤 오쓰를 불러 명했다.

"오쓰, 이 지쿠젠을 대신해서 오가키大垣에 다녀오도록 해라. 정사正使로는 아사노 야헤를 보낼 생각이다. 야헤를 따라가도록 해라."

히데요시가 오쓰에게 건넨 편지는 오가키 성에 있는 고 이케다 쇼뉴의 아내와 어머니에게 보내는 것이었다.

오가키 성은 조용히 상중에 있었다. 성주인 쇼뉴를 비롯하여 장남인 기이노카미紀伊守와 사위 모리 무사시노카미森武藏守까지, 세 기둥이 나가쿠테에서 한꺼번에 전사하고 남은 사람은 젊은 산자에몬 데루마사三左衛門輝政와 아직 열다섯 살인 나가요시長吉뿐이었다.

쇼뉴에게는 나이 든 어머니가 있었는데, 그날 이후 어머니는 미망인이 된 쇼뉴의 아내와 함께 성안의 불당에 들어가 하루하루를 눈물로 보내고 있었다.

"지쿠젠노카미筑前守 님을 대신해 아사노 야헤 님께서 오셨습니다."

노모와 미망인은 '고마키 전투도 아직 끝나지 않았는데'라며 두렵고도 놀라운 마음으로 그를 맞았다. 아사노 야헤는 주인 히데요시를 대신하여 이케다 가의 슬픔을 진심으로 위로했다.

"훗날의 일은 염려하실 것 없습니다. 그리고 유족께서는 모쪼록 건강에 유념하시라고 말씀하셨습니다."

그리고 히데요시가 정성을 담아 보낸 물건을 세 개의 위패에 바쳤다. 야헤와 함께 부사副使로 따라온 오쓰는 그 뒤 여자들만 남은 자리에서 세심하게 이것저것을 챙겼다.

"히데요시 님께서 밤이나 낮이나 틈만 나면 아까운 부자를 죽게 했다며 쇼뉴 님에 대해 말씀하시고, 젊은 시절 이야기까지 들려주십니다."

오쓰는 그렇게 말하며 히데요시가 직접 쓴 편지 두 통을 건넸다.

이번에 쇼뉴 부자가 당한 일, 뭐라 말씀드려야 할지 모르겠습니다. 얼마나 낙
담하고 상심하셨을지 짐작하고도 남습니다. (후략)

히데요시는 두 사람의 마음을 살피며 세심하게 써 내려갔다.

하지만 산자에몬과 나가요시 두 사람이 무사하니 저희도 이를 불행 중 다행으
로 여기고 있습니다. 두 사람을 중용하고 쇼뉴의 장례도 치르게 할 테니 (중략)
안채의 사람들도 그것으로 힘을 얻으시기 바랍니다.

그리고 히데요시가 미망인에게 보낸 편지에는 다음과 같은 내용이
적혀 있었다.

쇼뉴를 만나는 것이라 여기시고 이 지쿠젠노카미를 보러 오시면 성심껏 대접
도 해드리고 여러 가지로 편의도 보아드리도록 하겠습니다. 모쪼록 음식도
잘 드셔서 몸을 해치지 않도록 하십시오.

히데요시는 여자의 입장을 생각해서 다음과 같은 내용도 자상하게
적어 보냈다.

지금은 아직 전쟁 중이기에 저 대신 야헤이를 보냈으나 곧 시간이 나면 직접
찾아뵙도록 하겠습니다. 부디 몸을 중히 여기시기 바랍니다. 그리고 쓸쓸하
기도 하실 테니 그사이에 조카인 히데쓰구를 보내 성을 지키도록 하겠습니

다. 마고시치孫七(히데쓰구) 놈은 목숨을 건져 돌아왔으니 하다못해 문상이라도 가야 할 줄로 압니다. 자세한 내용은 야헤에게 일러두었습니다. 가까운 시일 안에 직접 뵙고 정중히 말씀드리도록 하겠습니다.

히데요시의 편지를 읽고 쇼뉴의 노모와 아내가 얼마나 울며 기뻐했을지, 힘을 얻었을지는 말할 필요도 없을 것이다.

"산자도 오너라. 나가요시도 와서 이 편지를 읽어보아라."

노모는 두 손자와 집안의 여자들, 그리고 수많은 유신까지 그곳으로 불렀다.

"지쿠젠 님께서 편지를 보내오셨네. 이는 단지 우리 둘에게만 보낸 것이 아니야. 애석하게도 전날 쇼뉴와 함께 떨어진 집안 무사의 안사람들에게도 보낸 편지일세. 참으로 자상한 글이야. 그러니 모두 들어보기 바라네."

오쓰는 눈물을 흘리고 있는 노모와 아내를 대신해 여러 사람들 앞에서 편지를 읽었다. 그녀는 보다이菩提 산의 여승인 쇼킨松琴에게《겐지모노가타리源氏物語》낭독을 배울 때와 같은 느낌으로 편지를 읽었다. 그녀의 감정이 글을 살려 짧은 글이라도 깊은 맛이 더해졌기에 듣는 사람 모두 눈물을 흘리고 말았다. 남편을 잃고 아들을 빼앗긴 집안의 유족 중에 소리 높여 우는 사람도 있었다. 아니, 정사로 온 아사노 야헤까지 눈물이 나서 품 안에 있던 종이로 얼굴을 감쌌다.

사자들은 위문을 무사히 마치고 이튿날 아침 일찍 오가키를 떠났다. 그런데 사자 일행이 오가키 성을 나선 순간부터 가만히 뒤따라오는 사람이 있었다. 누구도 눈치를 채지 못했다. 하지만 오쓰는 바로 눈치를 챘다.

'산조三藏 같은데……'

하지만 그녀는 말 위에서 모르는 척하고 있었다. 5월에 가까운 들판을 말을 타고 가는 여행은 전쟁을 잊게 했다. 그녀는 얼마 전 이 광야를 홀로 헤매던 때를 떠올렸다. 그리고 그때는 왜가리파의 산조에게 의지했으나 지금은 그 존재가 눈썹을 찌푸릴 정도로 귀찮고 성가셨다.

사자 일행은 기소木曾 강에 이르러 이누야마犬山의 배를 기다리는 동안 강가에서 쉬었다. 오쓰가 탄 말의 부리망을 쥐고 따르던 하인이 말에게 먹이를 주는 동안 그녀는 풀잎을 어루만지며 주변을 잠시 걸었다.

"아가씨."

수풀 속에서 목소리가 들려왔다.

"산조지?"

오쓰가 먼저 말했다.

"무슨 일이지? 마치 길가의 도둑처럼 사람의 뒤를 몰래 쫓아오다니."

"하지만 아가씨."

산조가 수풀 속에서 고개를 내밀더니 주위를 살펴보며 다가왔다.

"함께 오신 분들이 여럿 있지 않습니까? 그래서 사람들의 눈을 피해 온 겁니다."

"어째서?"

"어째서라니요. 다른 사람들의 눈에 띄면 아가씨의 입장이 난처해질 테니."

오쓰가 아무런 느낌도 없다는 듯 되물었다.

"산조, 어째서 내 입장이 난처해진다는 거지? 함께 온 사람들에 대해서……."

"그게, 그러니까……."

산조는 어떻게 대답해야 좋을지 몰라 했다.

"그러니까, 뭐지? 산조."

"그러니까…… 아가씨. 아가씨께 산조 같은 사내가 있다는 사실이 사람들에게 알려지면 안 되잖아요."

"사내라니? 진중에는 히데요시 님을 비롯해 대부분 남자들만 있는 걸. 그런데 어째서 너 한 사람만 사내이니 사람들의 눈을 피해야 한다는 거지?"

산조는 눈과 얼굴에 당황하는 빛을 보였다. 그리고 그는 오쓰의 매정하고 쌀쌀맞은 태도에 조금 화가 난 듯했다.

"뭐, 그런 건 아무래도 상관없지. 어쨌든 아씨, 산조와 한 약속을 지켜줬으면 하는데."

"약속?"

"시치미 떼지 마슈."

"아, 같이 교토京都에 가기로 했던 거 말이지?"

"바로 그거요. 이 산조는 지금까지 그것만을 유일한 낙으로 삼으며 기다려 왔수. 이케다 가의 군에 속해 나가쿠테까지 어쩔 수 없이 따라 갔지만 마침 운 좋게도 싸움에 져서 구사일생으로 돌아와 아씨께 소식을 전할 방법이 없을까 생각하고 있던 차였수다."

"이 오쓰에게 소식을 전해 어쩔 생각이었지?"

"뻔한 일 아니유. 교토로 가 살림을 차려 부부가 즐겁게 사는 거지."

"어머, 산조. 너 혼자서 꿈이라도 꾸고 있는 거니?"

"농담 마슈. 오노 마을에서 빠져나온 밤부터 분명히 약속하지 않았수?"

"말도 안 되는 소리. 누가 너처럼 방탕한 사람과 부부의 약속을 맺겠어? 교토로 가는 건 오랜 내 꿈이었지만 그럴 목적으로 말한 건 아니야. 네가 노잣돈도 잔뜩 가지고 있다고 하고, 너랑 같이 가면 길을 가는데도 안전할 테니 함께 집에서 나온 것뿐이야."

“뭐, 뭐라고.”

산조가 험악한 얼굴로 말했다.

“오쓰, 그럼 너는 나를 이용했을 뿐인 거냐?”

“뭐지, 그 얼굴은? 너는 유모의 아들일 뿐이야.”

“유모의 아들이 어쨌다는 거지? 나를 너무 만만히 봤어.”

“보자 보자 하니까, 주인의 딸에 대해 이런 무례한 태도를.”

“뭐, 뭐라고. 더는 참을 수 없어. 자, 나를 따라와.”

“어디로?”

“내 마누라가 되는 거야. 입 다물고 따라오기만 하면 돼.”

산조가 오쓰의 손목을 쥐고 으름장을 놓았다.

“할 말 있으면 나중에 하라고. 오늘은 놓치지 않을 테니.”

“무슨 짓을 하는 거야, 산조.”

“이리 오라니까. 어서 따라와.”

“무례하게.”

억지로 팔을 빼낸 오쓰가 몸을 부르르 떨고 있는 산조의 가슴을 밀쳤다. 산조는 입술을 씹었다.

“그래, 이렇게 된 이상 억지로라도 끌고 가겠어.”

산조는 오쓰의 오른팔을 옆구리에 낀 채 힘을 다해 달리려고 했다. 그 순간 오쓰가 커다란 목소리로 도움을 청했다. 그러자 그녀를 찾고 있던 아사노 야헤이가 함께 있던 무사에게 말했다.

“아, 큰일을 당한 모양이로구나. 얼른 가서 행패를 부리는 놈을 쫓아라.”

네다섯 명이 창을 들고 달려가자 산조가 돌아보고 당황한 듯 말했다.

“이거 안 되겠군.”

산조는 오쓰의 팔을 미련이 남은 듯 바라보다 하얀 손목을 있는 힘껏 깨물어 선명한 잇자국을 남겼다.

"나를 잘도 속였겠다. 두고 보라고, 반드시 내 뜻대로 되고 말 테니."

오쓰는 비명을 참기 위해 몸부림을 쳤다. 산조는 오쓰를 밀어 쓰러뜨린 뒤 한마디 내뱉고는 쏜살처럼 수풀을 헤치며 달아났다.

"못된 계집, 두고 보자."

"무슨 일이십니까?"

무사 둘이 산조를 뒤쫓았으나 놓치고 말았다. 남은 사람이 그녀를 안심시키며 강가에서 기다리고 있는 야헤 곁으로 데려갔다.

얼마 뒤 야헤가 배를 타고 강을 건너며 물었다.

"오쓰, 조금 전 사내는 누구지?"

"유모의 아들인데 정말 망나니 같은 귀찮은 사람이에요."

"네 유모의 아들이란 말이냐? 그럼 형제와도 같은 사이 아니냐?"

"네, 맞아요."

"그런 자가 네게 왜 행패를 부린단 말이냐?"

"돈을 내놓으라는 둥, 같이 교토로 가자는 둥, 예전부터 생트집을 잡았어요. 그런데 제가 오가키 성에 모습을 드러낸 것을 보고 옳다구나 싶어 뒤따라온 거예요."

야헤는 속으로 놀라고 말았다. 오가키 성안에서의 행동도 그렇고, 히데요시의 편지를 사람들에게 읽어줬을 때의 태도도 그렇고, 조금 전 행패를 부린 사내에 대해서조차 조금도 동요하지 않는 모습이 경이롭게 느껴지기까지 했다.

'그것참 특이한 여자로구나. 아니, 아직 나이 어린 소녀인데, 요즘 젊은 여자들은 모두 이런 걸까?'

야헤는 속으로 감탄해 마지않았다. 그러고는 '주인께서 묘한 여성에게 흥미를 갖고 계시는구나……'라고 생각하며 자신도 모르게 쓴웃음을 지었다. 그는 히데요시의 동서다. 인척 관계에 있는 만큼 히데요시의 취향을 누구보다 잘 알고 있었다.

"돌아왔습니다."

아사노 야헤가 돌아오자마자 히데요시 앞으로 나가 오가키 성 유족들의 모습을 자세히 보고했다. 오쓰도 쇼뉴의 유족들에게 히데요시의 편지가 얼마나 큰 위안이 되었는지를 자세히 보고했다.

"모두 눈물을 흘리며 기뻐했습니다."

"그것참 다행이로구나."

히데요시는 마음의 짐을 조금이나마 덜었다는 듯 편안한 표정을 지어 보였다. 평소에도 다른 사람의 기쁨을 함께 나누고 싶어 하는 그는 다른 사람의 슬픔에도 같은 아픔을 느끼는 모양이었다.

"야헤, 자네는 쉬도록 하게. 그리고 히데쓰구를 부르도록 하게."

"알겠습니다. 하지만 이러한 전장에서, 멀지도 않은 곳에 사자로 다녀왔다고 휴식을 주실 필요는 없을 듯합니다만."

"상관없네. 고마키의 적도 요 며칠 동안 손발을 쉬고 있는 형국이니. 물러나서 편히 쉬도록 하게."

잠시 뒤 야헤가 물러간 뒤 히데쓰구가 들어왔다.

"히데쓰구, 너는 병사를 이끌고 가서 내일부터 오가키 성을 지키도록 해라. 오가키에는 부상을 당한 자가 많아 노모와 안주인, 그리고 산자에몬 데루마사와 막내인 나가요시만으로는 수비가 여의치 않을 것이다."

"네……."

히데쓰구는 뭔가 더 하고 싶은 말이 있는 듯했으나 외삼촌 히데요시의 심기가 아직도 여전히 좋지 않은 듯했기에 명령만을 받은 뒤 그대로 물러났다.

'참고 계신 것이다. 히데요시 님이야말로 육친인 히데쓰구 님에게 뭔가 일갈하고 싶으신 것이 있지만 틀림없이 참고 계신 것이다.'

영리한 오쓰는 곁에서 두 사람을 바라보며 그렇게 생각했다. 아니나 다를까 물러나는 히데쓰구의 뒷모습을 보라보고 있던 히데요시의 얼굴에 씁쓸한 기운이 번졌다. 그러자 오쓰가 히데요시에게 권했다.

"나리, 바둑을 두지 않으시겠습니까?"

히데요시가 마음을 풀고 말했다.

"바둑 말이냐? 그래 가져오너라. 내 지금까지 늘 졌다만 묘수를 하나 생각해두었다."

히데요시와 오쓰는 곧 바둑판을 마주하고 앉아 서로 오로鳥鷺를 다투었다. 하얀 돌과 검은 돌이 점점이 두 사람의 생각을 그려나가고 있었다. 뜻밖에도 히데요시가 끈기 있게 겨루었다. 결국 오쓰가 이기기는 이겼으나 상당히 애를 먹었다.

"오늘은 이상한 날이네요."

"어째서?"

"나리의 돌이 조금 달랐어요. 이렇게 강한 분이 아니셨는데."

"그런 생각이 들었느냐? 됐구나."

그날은 한 판으로 마무리를 지었다. 그리고 히데요시는 무슨 생각에서인지 갑자기 전군에 명을 내렸다.

"오우라大浦에 요새를 쌓아라."

뒤이어 이틀 뒤인 4월 말일에는 은밀히 명을 내렸다.

"내일이야말로 이에야스를 무너뜨리든, 히데요시가 깨지든 일대 결전을 펼치도록 하겠다. 푹 자고 마음의 준비를 단단히 하도록 하라."

이튿날인 5월 1일, 일대 결전이 벌어질 것이라고 생각해 전날 밤부터 준비에 소홀함이 없었던 전군은, 마침내 진 앞에서 히데요시에게 명령을 들은 순간 어안이 벙벙해지고 말았다.

"오사카大阪로 돌아가겠다. 지금부터 전군은 순서대로 퇴각하라."

그리고 이어 말했다.

"구로다 간베黑田官兵衛, 아카시 요시로明石与四郎 두 부대는 이중 해자, 다나카田中 등의 병사들을 더해 아오즈카青塚 요새로 들어가도록."

그렇게 말한 뒤 다음 지령이 떨어졌다.

"히네노日根野 형제, 하세가와 히데카즈長谷川秀一는 중군에 서도록. 후군은 호소카와 다다오키細川忠興, 가모 우지사토가 맡도록."

새벽 해가 뜰 무렵, 총군 육만여 명이 서쪽을 향해 물러나기 시작했다. 그리고 가쿠덴에는 호리 히데마사를, 이누야마 성에는 가토 미쓰야스加藤光泰를 남겼으며, 그 외의 병력은 전부 기소 강을 건너 가가미가하라かがみヶ原를 지나 오우라로 들어갔다. 이 갑작스러운 퇴진은 각 장수들로 하여금 히데요시의 진의가 어디에 있는지를 의심케 했다.

"정말로 물러나려는 것일까?"

장군들은 길을 가면서도 서로 속삭였다.

"우리 범인의 머리로는 헤아릴 수 없는 부분이 있어."

또 어떤 사람은 그렇게 한탄하기도 했다. 하지만 말 위에 있는 히데요시의 얼굴은 평소보다 더욱 편안하게 보였다. 그의 곁에는 바둑 상대인 오쓰가 남자 차림을 하고 앉아 함께 고삐를 쥐고 있었는데, 평소와 다름없이 오쓰와 때때로 잡담을 나누었다.

"오쓰, 어제 내 바둑이 평소보다 강했던 이유를 알겠느냐?"

"글쎄, 모르겠습니다."

"그리 대단할 것도 없다. 마음을 바꿔보자는 생각이 문득 떠올랐을 뿐이다."

"마음을 바꿔보자……? 잘 모르겠습니다만."

"고 노부나가信長 공께서는 결코 사물에 집착하지 않는 분이셨다. 만물은 늘 멈추지 않고 움직이는 법. 그런데 인간은 그것을 움직이지 않는 것, 움직이기 어려운 현실이라고 생각하여 집착하게 되는 것이다. 좋지 않은 병이라고 할 수 있지."

"어려운 말씀이네요."

"아니, 어려울 것 없다. 그것을 어렵게 보고, 어렵게 생각하는 데서 병이 생기는 게다."

"바둑 이야기가 아닌가요?"

"마찬가지다. 고마키 산은 흥미로운 바둑이었다. 하지만 이에야스도 고집을 부리고, 히데요시도 고집을 부려 양군 모두 그와 같은 형국이 되었으니 잠시 돌리는 것이 최선이라고 생각한 거야."

"돌린다 함은?"

"숨을 돌리는 거지. 그리고 새로운 마음으로 다시 나서는 게야. 그 사이에 시간의 움직임이 자연스럽게 새로운 국면을 펼쳐놓을 게다."

귀를 기울여 이야기를 듣고 있던 앞뒤의 장수들이 고개를 끄덕였다.

"그렇게 된 거로군."

그리고 고마키 쪽 하늘을 돌아본 순간 오싹함에 몸이 굳어지는 느낌이 들었다.

히데요시는 참으로 간단히 말했으나 이 정도의 대군을 물리는 것은 진격할 때 이상으로 힘든 법이다. 그렇기 때문에 후미를 맡는 일은 무엇보다 어려운 일이라서 상당히 대담하고 용맹한 무사가 아니면 그 역할을 다할 수 없었다.

고마키 산의 본영에서도 그날 아침 히데요시의 대군이 정연하게 서쪽으로 물러나는 모습을 보았다.

"저기, 하시바 지쿠젠羽柴筑前을 비롯해 교토의 세력이 전부 철수하기 시작했는데."

"아니, 히데요시가 여기서 벗어날 리 없어."

"뭔가 좀 이상한데."

장수들은 저마다 이해할 수 없다는 듯한 표정을 지었다. 하지만 그들은 곧바로 이에야스에게 사실을 고했다. 그리고 입을 모아 자신에게 출격을 명해달라고 씩씩하게 청했다.

"적은 전의를 상실한 듯합니다. 지금 뒤쫓아가 친다면 히데요시의 군은 지리멸렬, 사방으로 흩어져 아군이 대승을 거둘 것은 틀림없는 사실입니다."

하지만 이에야스는 조금도 기뻐하지 않았으며, 또 추격도 결코 허락하지 않았다. 그는 히데요시 정도의 인물이 이유도 없이 대군을 퇴각시킬 리 없다고 생각했다. 그리고 자신이 군을 수비하기에는 충분한 힘이 있으나 아무런 조건도 없는 광야로 나가 싸우기에는 아직 힘이 부족하다는 사실도 알고 있었다.

'싸움은 도박이 아니다. 이렇게 많은 사람을 어디로 향할지 알 수 없는 운명에 맡길 수는 없다. 운명이 나를 선택했을 때만 손을 내밀어 잡으면 된다.'

이에야스는 모험을 좋아하지 않았다. 더군다나 그는 자신을 잘 알고 있었다. 그런 이에야스와 정반대되는 인물이 바로 기타바타게 노부오 北畠信雄였다. 그는 아버지 노부나가의 위대한 성망과 천부적인 재질이 자신에게도 있는 양 늘 착각에 사로잡혀 있었다. 이때도 다른 장수들은 이에야스로부터 쫓아서는 안 된다는 말을 듣고 침묵하고 있었지만 그는 열을 내며 말했다.

"병가에서는 시기를 중히 여겨야 한다고 들었습니다. 모처럼 하늘이 주신 이 호기를 팔짱을 긴 채 지켜보기만 하는 것은 옳지 않습니다.

이 노부오에게 추격을 맡기셨으면 합니다. 무슨 일이 있어도 이번 기회를 놓쳐서는 안 됩니다.”

이에야스가 말렸으나 노부오는 평소와 달리 용기를 내보였으며 떼를 쓰는 아이처럼 말을 듣지 않았다.

“그렇다면 어쩔 수 없습니다. 뜻대로 하시지요.”

이에야스는 실패할 것을 알면서도 허락할 수밖에 없었다. 이윽고 노부오는 자신의 군대를 이끌고 히데요시를 뒤쫓았다.

“헤이하치로, 나리를 지키러 가거라.”

그 뒤 이에야스가 혼다 헤이하치로本多平八郎에게 한 무리의 병사를 내주며 뒤따라가라고 명을 내렸다.

노부오는 히데요시 군의 후미를 맡은 호소카와 다다오키와 맞붙어 한때는 우세를 점하는 듯했으나 곧 격파되고 말았다. 그 싸움에서 노부오의 소중한 가신인 오쓰키 스케에몬大槻助右衛門이 전사했을 뿐 아니라 그 외의 가신들도 잃고 말았다.

만약 혼다 헤이하치로의 원군이 오지 않았다면 노부오도 결사의 의지를 보인 호소카와 다다오키와 가모 히다노카미가 공명을 쌓는 데 좋은 먹잇감이 되어주었을지도 모를 일이다.

허겁지겁 고마키로 도망쳐온 노부오는 차마 이에야스 앞으로 나갈 수가 없었다. 이에야스는 헤이하치로를 통해 자세한 정황을 들을 수 있었다.

“그랬겠지, 그랬겠지.”

이에야스는 별다른 기색도 없이 고개만 가볍게 끄덕일 뿐이었다.

전후의 셈법

히데요시는 돌아갈 때도 그냥 돌아가지 않았다. 그의 대군은 행군을 하며 먹잇감을 찾고 있었다.

"좋은 선물은 없을까?"

기소 강의 왼쪽 기슭, 기요스淸洲 성에서 북서쪽으로 가가노이加賀野井 성이 있었다. 이는 노부오의 일익으로 노부오의 중신인 가가노이 시게무네加賀野井重宗와 간베 마사타케神戶正武 등이 만일을 대비하여 머무르는 곳이었다.

"저곳을 취하라."

히데요시는 나뭇가지 위의 감이라도 가리키듯 각 장수에게 명했다.

오우라에서 나온 대군은 기소 강을 건너 성덕사聖德寺(세이토쿠지)에 포진하여 목표에 매달렸다. 제1진은 호소카와 다다오키, 제2진은 가모 우지사토였다. 히데요시는 예비군 가운데 머물며 4일 아침부터 공격을 전개했다. 그는 때때로 말을 몰아 돈다冨田 부근의 산에서 전투를 지켜보았다. 5일 전투에서 성주인 시게무네가 전사했으나 성은 6일 새벽에 떨어졌다.

"다다사부로忠三郎(우지사토)의 활약 잘 보았다. 훌륭했다, 다다사부로.”

히데요시가 이번 싸움에 수훈자는 우지사토라며 크게 칭찬했으나 우지사토는 상을 거절했다.

“아닙니다. 실은 외삼촌인 지구사 다이가쿠千草大學야말로 제가 공을 세울 수 있게 한 사람입니다. 청컨대 다이가쿠의 죄를 용서하고 앞으로 써주신다면 우지사토에게 그보다 더한 기쁨은 없을 것입니다.”

히데요시가 우지사토에게 자세한 내용을 물었다. 그러자 우지사토는 외삼촌이 성안의 한 장수로 있다는 사실을 알고 은밀히 사람을 보내 시대의 필연적인 추세를 알리고 헛된 죽음은 참된 용사가 취할 길이 아님을 이야기해 싸우지 않고 성의 한쪽 문을 열게 한 것이라고 말했다.

“그런가. 다다사부로도 어느 틈엔가 이 지쿠젠의 수법을 배웠구나. 싸우지 않고 이기는 법, 싸움은 그래야 한다.”

히데요시는 우지사토의 공을 더욱 치하했다. 그리고 그의 청을 받아들였다.

“외삼촌인 다이가쿠를 모시고 오너라. 직접 보고 쓰도록 하겠다.”

지구사 다이가쿠는 우지사토가 데리러 가도 끝내 히데요시를 만나러 가지 않았다.

“그럴 수 없다. 지쿠젠 나리의 훌륭함은 예전부터 남몰래 흠모하고 있었으나 어쨌든 적으로 맞섰던 사이니 나리를 뵙는 것은 무인의 수치이며, 무엇보다 조카인 우지사토의 앞날에 짐이 될 것이다. 우지사토의 절조를 위해서도 나는 지쿠젠 나리를 모실 수 없다.”

다이가쿠는 그렇게 말한 뒤 산야로 떠나 훗날 승려로 일생을 마쳤다.

가가노이 성을 떨어뜨린 히데요시는 다시 눈을 돌려 강 맞은편에 있는 다케가하나竹ヶ鼻 성을 공격했다.

"길을 가는 김에 저것도."

가가노이, 다케가하나 두 성은 기소 강을 사이에 두고 비슈尾州로 들어가는 길을 굳건히 지키고 있는 자매성이었다. 히데요시는 그곳을 공략하는 데 무력을 쓰지 않고 긴 둑을 쌓게 해 기소 강물을 그곳으로 흘려보냈다. 그렇게 그는 자신의 특기인 수공으로 성을 취했다.

성은 물바다가 되어버렸다. 그러자 성안의 병사들은 물에 쫓겨 지붕 위나 나무 끝이 아니면 머물 곳이 없었다.

"이 무기, 이 무사 혼으로도 어쩔 수가 없구나."

성의 장수인 후와 히로쓰나不破廣綱는 뗏목에 백기를 올리고 직접 히데요시의 진으로 가서 항복했다.

"내 목숨 하나로 성안 이천 명의 목숨을 대신해주기 바란다."

히데요시는 청을 받아들여 성의 병사들을 모두 해산시키고 히토쓰야나기 이치스케一柳市助의 부대를 배치했으며 후와 히로쓰나에 대해서도 죄를 묻지 않고 놓아주었다.

"성안 병사들의 입장에서 보면 그대는 이천 명의 이르는 목숨의 은인이다. 어서 물러나도록 하라."

히데요시는 훗날을 위해 다키多芸 군에 요새를 쌓게 하고 13일에 오가키까지 나아갔다. 그는 오가키 성에서 유족인 쇼뉴의 어머니와 아내를 만나 위로했다.

"날이 지날수록 더욱 쓸쓸하실 줄 압니다. 하지만 듬직한 산자에몬 데루마사와 나가요시가 있으니 젊은 나무의 성장을 낙으로 삼아 사계절의 꽃을 보며 여생을 사이좋게 지내시기 바랍니다."

얼마 전 사자를 보내 위문한 일도 그렇고, 오늘 밤 일도 그렇고, 노모와 쇼뉴의 아내는 조금도 서운함이 없었다. 또 히데요시는 데루마사, 나가요시 형제를 불러 그들을 격려했다.

"너희가 잘해야 한다."

그날 밤 히데요시는 가족의 한 사람이 되어 쇼뉴의 추억담으로 밤을 지새웠다.

"이 지쿠젠도 작은 편이지만 쇼뉴도 체구가 작았지. 그 조그만 사람이 여러 장수가 모인 자리에서 술에 취하면 기이한 모습으로 창을 들고 춤을 추었어. 가족들에게는 보인 적이 없을 테지만."

히데요시는 그렇게 말하며 흉내를 내서 가족들을 웃게 했다.

히데요시는 오가키 성에서 며칠을 묵었다. 그리고 21일 마침내 오우미近江 가도로 들어섰으며, 같은 달 28일 오사카 성으로 돌아갔다. 그의 군대가 오사카로 돌아오자 나니와 포구에서 일변하여 새로운 대도시가 된 그곳의 주민들이 길과 성 부근으로 쏟아져 나와 밤이 되도록 환호했다.

금빛 성 오사카의 대규모 축성 기획은 이미 그 경관의 대부분을 준공한 상태였다. 밤이 되면 팔 층 천수각天守閣, 오 층짜리 성루, 혼마루本丸, 니노마루二の丸, 산노마루三の丸에 걸친 성안의 길에서 무수한 등이 밤하늘을 수놓았으며 동쪽은 야마토大和 강, 북쪽은 요도淀 강, 서쪽은 요코보리橫堀 강, 남쪽은 널따란 해자를 경계로 이 세상 것인가 의심이 들 정도의 야경을 연출했다.

특히 히데요시의 노모와 부인 네네寧子와 수많은 근친이 히데요시를 극진히 맞이했다. 또 그와 함께 고마키에서 온 오쓰는 어렸을 때 노부나가의 아즈치安土 성에 머문 적은 있었지만 오사카 성의 웅대함과 내부 금벽의 아름다움에 시선을 빼앗길 수밖에 없었다.

히데요시는 현지에서 떠나 심기일전하여 다시 나서겠다는 계책을 취했는데 이에야스는 그러한 변화에 대해 어떤 움직임을 보였을까?

이에야스는 앉은 채로 히데요시가 물러나는 것을 지켜보기만 했다. 그리고 아군인 가가노이 성과 다케가하나 성의 급변을 듣고도 끝내 원군을 보내지 않았다.

"어찌 이럴 수 있단 말이냐."

노부오 휘하 안에서 분개하는 목소리가 들려왔다. 하지만 기타바타케 노부오는 이에야스가 말리는 것도 듣지 않고 물러나는 히데요시를 뒤쫓다 오히려 반격을 당해 혼다 헤이하치로의 도움으로 간신히 돌아온 참이었다. 그로 인해 그는 스스로 발언권을 잃어버렸으며 진중에는 어색한 기운이 감돌았다.

이처럼 연합군은 동상이몽으로 내부에서 의견이 엇갈리기 쉬운 법이다. 이에야스는 노부오를 위해 의를 부르짖으며 돕기에 나선, 이른바 협력자의 위치에 있었기에 더욱 어려운 부분이 있었다.

"히데요시가 오사카에 있는 한 이세伊勢 방면에도 언제 무슨 일이 일어날지 알 수 없습니다. 아니, 얼마 전부터 이미 아군에게 좋지 않은 형세가 나타나고 있습니다. 주조中將(노부오)님께서는 한시라도 빨리 나가시마長島로 돌아가시는 것이 좋을 듯합니다. 이에야스가 남아 요지를 굳게 지키도록 하겠습니다."

이에야스가 노부오를 설득했다. 그것을 계기로 노부오는 자신의 군대를 거두어 이세의 나가시마로 돌아갔다. 그 뒤 이에야스는 한동안 고마키의 진영에 머물러 있었으나 마침내 그도 사카이 다다쓰구酒井忠次를 남겨두고 기요스 성으로 물러났다. 기요스의 사민들도 오사카만큼은 아니었으나, 개가를 부르며 이에야스를 맞이했다.

"우리가 이겼다."

"누가 봐도 도쿠가와 나리의 대승이다. 교토의 세력은 공격하다 지쳐 물러났다."

나가쿠테에서의 대승으로 귀환한 장병들도, 맞이하는 영민들도 모두 도쿠가와 군의 완승을 구가하며 자랑스러워했다. 이에야스는 그 경박한 자부심을 경계했으며 근신들의 입을 통해 여러 사람에게 전해지도록 일부러 이렇게 이야기했다.

"이번 일전, 무문에 있어서는 우리가 승리했으나 지역, 영토의 득실에 있어서는 히데요시가 실리를 취했다. 헛되이 허명에 취하고 기쁨에 들떠서는 안 된다."

이세 방면은 실제로 한동안 전쟁이 없었는데, 그사이 히데요시의 별동대가 미네노峰ノ 성을 함락시켰으며, 간베神戸, 고우國府, 하마다浜田 성도 빼앗았고 뒤이어 나노카이치七日市 성도 짓밟았다.

어느 틈엔가 이세 전역이 히데요시의 손안에 넘어가고 말았다. 게다가 이 방면의 불길은 아직도 여전히 가라앉지 않아 기요스와 나가시마의 주요 거점이자, 연해의 요충지이기도 한 가니에蟹江 성에까지 이번이 일어날 기세였다. 가니에의 위급한 상황은 노부오에게도 이에야스에게도 집 안채의 창가에까지 번져온 불길과 다를 바 없었다.

오가니, 고가니

세상 사람들은 한동안 다키가와 가즈마스瀧川一益의 이름을 잊고 있었다. 그리 오랜 세월이 흐른 게 아니었으나 시대의 급격한 변화 때문에 그런 느낌이 들었다.

그의 존재는 작년의 시즈가타케賤ヶ嶽 전투에 이어 그가 지지하던 시바타 가쓰이에柴田勝家와 간베 노부타카神戸信孝가 차례로 멸망한 뒤부터 갑자기 시대의 중심에서 말살되었다. 그 이전 노부나가가 살아 있을 때에는 시바타, 니와丹羽와 함께 커다란 세력을 자랑하는 사람이었던 만큼 그의 몰락은 한 걸음 더 나아간 시대의 추이를 떠오르게 하는 것이었다.

그렇게 과거의 인물이 되어가고 있는 다키가와 가즈마스의 이름이 갑자기 다시 들려오기 시작했다.

"가니에 성의 내부로 손을 뻗어 은밀히 안쪽에서부터 무너뜨리려하는 자가 있다. 아무래도 장본인은 가니에를 지키는 마에다 다네토시前田種利와 먼 친척 관계에 있는 다키가와 가즈마스인 듯하다."

소문은 무성했으나 아직 표면화되어 나타난 것은 없었다. 당시 다키가와 가즈마스는 어느 틈엔가 이세의 간베 성에 들어가 있었다. 그는 작년에 실각한 이후 에치젠越前 오노大野 군에서 칩거하고 있었다. 히데요시 대 노부오와 이에야스의 분쟁이 험악한 분위기로 접어들 무렵 히데요시가 그에게 사자를 보내 '여기서 한바탕 활약하시는 게 어떻겠소?'라고 말하며 불을 댕겼고 계책을 주어 이세 방면에서 은밀히 움직이게 했던 것이다.

불우한 사람일수록 불우한 처지에 굴하지 않으려 하는, 운명에 대한 고집이 강한 법인 듯하다. 가즈마스는 작년의 불운을 지금이 기회라는 듯 만회하려고 조바심을 쳤다.

때마침 노부오의 중신이자 가니에 성의 성주였던 사쿠마 진쿠로佐久間甚九郎가 노부오의 명령으로 가요蟹生의 축성을 맡고 있다 보니, 가니에 성은 마에다 요주로 다네토시前田与十郎種利가 겨우 삼백 명 정도의 부하들과 함께 지키고 있을 뿐이었다.

가즈마스는 사촌 형인 요주로 다네토시에게 다음과 같은 내용의 밀서를 보냈다.

어떻습니까? 마음을 바꾸어 하시바 지쿠젠 나리 쪽에 가담하지 않으시겠습니까? 모든 이들이 인정하는 사실입니다. 히데요시 공과 노부오 경의 장래는 서로 비교할 수 없을 정도입니다. 다시 생각해볼 필요가 있는 문제입니다.

그리고 가즈마스는 자신이 중재해서 아주 큰 상을 받도록 하겠다고 약속했다. 요주로는 동생들과 상의해서 승낙하겠다는 뜻을 전했다.

알겠다. 그쪽에 가담하겠다. 히데요시 공에게 잘 말씀드려주면 좋겠다. 그리고 대군을 신속하게 이쪽으로 보내기 바란다.

'뜻대로 되었구나.'

가즈마스는 마음속으로 기뻐하고 이를 즉시 히데요시에게 알렸다. 그리고 이세와 도바鳥羽 항구에 있는 히데요시의 수군 대장 구키 요시타카九鬼嘉隆와 상의해 다음과 같은 계책을 쓰기로 했다.

"우선 나가시마와 기요스 사이에 병사를 상륙시켜 노부오와 이에야스 사이를 끊는 것이 좋을 듯하오."

6월 14일에 도바 항구를 출발한 선단은 16일 아침 안개가 깊을 무렵 가니에 앞바다에 모습을 드러냈다. 가즈마스는 병사 칠백 명을 작은 배에 나눠 태우고 상륙한 다음 별 어려움 없이 가니에 성으로 들어갔다.

"우선은 일이 잘 풀려가고 있소."

가즈마스는 요주로와 손을 잡고 득의의 미소를 지었다. 틀림없이 여기까지는 일이 잘 풀려가고 있었다. 가니에에서 불과 십 리도 떨어지지 않은 가니에 강의 갈대숲 지대에 오노大野 성이 있었다. 크기는 아주 작은 성에 불과했으나 기요스와 나가시마의 맥락을 끊는 일에 커다란 방해가 되는 위치에 있었다.

"눈엣가시 같은 작은 성. 공격하는 것이 옳을지, 설득하는 것이 옳을지."

가즈마스가 고민하자 마에다 요주로가 웃으며 설명했다.

"거기에는 야마구치 시게마사山口重政가 있는데 이 성에 시게마사의 노모가 인질로 와 있으니 적대시하지는 못할 게요."

"그럼 사자를 보내 설득해보기로 하겠소."

다키가와 가즈마스는 요주로를 아군으로 끌어들인 것과 같은 방법으로 야마구치 시게마사에게도 이체를 들어 유혹하기 시작했다. 사자로 뽑힌 요시다 고스케吉田小助가 오노 강의 둑을 서둘러 달려가서는 강을 사이에 두고 맞은편 성을 향해 큰 소리로 외쳤다.

"시게마사 나리, 시게마사 나리께 드릴 말씀이 있습니다."

"그래, 무슨 일인가, 고스케."

야마구치 시게마사가 성의 쪽문으로 얼굴을 내밀어 대답하는 것을 보고 고스케가 말했다.

"아아, 시게마사. 자네와 나는 오랜 벗이지 않나. 특히 자네 노모께 서 지금 가니에 성에 계시니 급박한 상황이지만 현명한 판단을 내려 과오가 없도록 하라고 전하기 위해 채찍을 휘둘러 달려온 것일세."

시게마사가 멀리서 웃으며 대답했다.

"수고했네. 무슨 말을 하러 왔는지는 나도 알고 있다네. 잘 듣게, 고 스케. 평소의 친구도 의를 잃으면 생판 남이 되는 법일세. 자네들은 오랜 세월 입은 은혜를 배신하고 이체에 혹해서 가니에 성을 팔지 않 았나."

"아니, 불의가 아닐세. 가니에의 성주인 사쿠마 진쿠로 나리는 가신 을 사랑하지 않아 평소부터 원한을 품은 자가 많았기에 결국은 일이 이렇게 되고 만 것일세. 시게마사, 자네도 우리와 함께 다키가와 나리 의 주선에 따라 하시바 지쿠젠 나리의 편에 서기로 하세."

"닥쳐라, 고스케. 시게마사에게는 절조가 있다."

"그렇다면 가니에에 계신 노모는 어떻게 할 생각인가?"

"시, 시끄럽다."

시게마사가 굳은 얼굴로 눈물을 훔치며 말했다.

"네, 네 녀석처럼 의도 은혜도 모르는 자로부터 무문의 난에 선 모자 의 마음가짐을 듣고 싶은 마음은 없다. 인간 같지도 않은 놈, 부끄러운 줄 알아라."

시게마사는 그렇게 말하고는 모습을 감추어버렸다. 사실 야마구치 시게마사는 어제 가요에 있는 주인 사쿠마 진쿠로로부터 밀보를 받왔다.

더군다나 가니에의 모습이 어딘가 이상했기에 충분히 각오를 하고
있었다.

정오가 지나자 강 건너편 둑 위에서 센가 신자에몬千賀新左衛門이라는
가니에의 무사가 다시 시게마사를 불렀다. 신자에몬도 요시다 고스케
와 마찬가지로 노모의 목숨과 보수의 이를 들어 그를 설득했다.

"또 왔느냐? 시끄럽다, 버러지 같은 놈들."

시게마사는 철포로 대신 답했다. 센가 신자의 말이 포탄을 맞았기에
그는 걸어서 돌아가야 했다.

그러던 중 시게마사가 기뻐할 만한 일이 생겼다. 오쿠야마 지에몬
奥山次右衛門이라는 동료가 주인으로부터 맡아 지키고 있던 가니에 성이
다키가와 군에 넘어가자 밤중에 몰래 처자를 데리고 오노 성으로 도망
쳐온 것이었다.

"성은 넘어갔으나 몸까지 넘길 수는 없소. 야마구치 나리, 둘이서 이
성을 사수합시다."

지에몬의 말에 시게마사는 눈물을 흘리며 기뻐했다.

"가니에를 지키던 그 많은 사람 중에 참된 인간은 그대 한 사람밖에
없었단 말이오. 평소에는 서로가 벗이네 문경지우네 하며 지냈으나 이
런 때를 당하지 않고는 참된 벗도, 참된 주종도 알 수 없는 법인가 보
오. 그대 단 한 사람이라도 참된 사람이 있었다는 사실을 알게 되어 죽
음에 임해서도 세상이 밝아진 마음이 드오. 그대가 와주어 천군만마를

얻은 기분이오. 웃으면서 죽을 수 있겠소."

두 사람은 서로 손을 맞잡고 기뻐하며 바로 전투 준비에 들어갔다. 이미 다키가와 군을 실은 병선들이 오노 강 하류에서부터 소금쟁이 떼처럼 거슬러 올라오는 것이 보였다.

"이건 성이라고도 할 수 없는 작은 성이로군. 배신陪臣인 사쿠마의 가신이 살기에 꼭 알맞은 벌레의 소굴이야. 짓밟는 데 반 각도 걸리지 않겠어."

다키가와 군은 배에서 오노 성을 보고는 한껏 비웃으며 성 가까이에 있는 강변으로 몰려갔다. 그때 성벽 위에서 갑자기 불이 붙은 횃불이 쏟아져 내렸다. 횃불은 마치 비가 쏟아지 듯 배와 사람들 위로 떨어졌다.

"앗, 뜨, 뜨거워."

"배에 불이 붙었다."

"꺼라. 얼른 밟아서 꺼라."

"한쪽으로 몰리지 마라. 배가 가라앉는다."

순식간에 배 두 척에서 검은 연기 기둥을 피워 올렸다. 얕은 물가로 올라선 상태라 배는 움직이지 못했다. 결국 배와 배가 충돌했다. 그때 성에서 화살과 철포를 쏟아붓기 시작했다. 강에 빠졌다가 제방 위로 기어오른 병사들은 갈대 사이에 숨어 있던 복병의 창에 목숨을 잃고 말았다. 저물녘 강물은 파선의 불과 핏빛으로 붉게 물들었다.

야마구치 시게마사는 전투가 시작되기 전 기요스의 이에야스와 나가시마의 노부오에게 급히 상황을 알렸다. 그런데 그 소식이 기요스와 나가시마에 도착하기도 전에 사태를 알고 구원하러 달려온 사람이 있었다. 그는 마침 마쓰바松葉에 주둔하고 있던 이이 효부 나오마사井伊兵部直政였다.

"아, 하늘이 시뻘겋구나."

그날 저녁 효부 나오마사는 오노 방면의 불길을 보고 적의 수군이라는 것을 짐작했다. 그는 이에야스에게 소식을 전한 뒤 곧바로 병사를 이끌고 오노 성으로 달려갔다. 덕분에 오노 성은 건재했다. 이이의 군대는 야마구치 시게마사로부터 상황을 전해 듣고 밤새 해안과 강의 해구에 방어를 위한 목책을 설치했다. 바다 위에서 유익遊弋하고 있는 적의 수군인 구키 요시타카의 새로운 병력이 상륙하는 것을 막기 위해서였다.

날이 밝자 노부오의 병력 이천여 명도 오노 성에 도착했다. 가니에 강줄기에서 기요스까지는 말을 타면 채찍을 한 번만 휘두르면 갈 수 있을 거리였으며, 걸어서도 채 하루가 걸리지 않았다. 그러니 기요스의 이에야스에게 사태의 다급함을 알리기 위해 오노 성에서 달려 나온 말은 그날 안으로 가니에 성의 배반과 바다를 통한 적군의 내습을 전할 수 있었다.

"위태롭게 되었구나."

이에야스는 마침 밥을 먹는 중에 소식을 들었다.

"위태롭게 되었어……."

그는 두 번이나 그렇게 말하며 밥을 먹은 뒤 뜨거운 물을 입으로 후후 불어 식혀가며 근신들에게 눈웃음을 지어 보였다. 처음 변을 알았을 때 성안의 중신들은 갑자기 발밑이 흔들리는 것처럼 경악했으나 이에야스가 차분하게 뜨거운 물을 마시며 중얼거리는 것을 보고 마음을 놓았다.

'뭔가 확신이 있으시구나.'

그런데 이에야스는 젓가락을 놓자마자 평소와는 전혀 다른 사람처럼 명을 내렸다.

"갑옷을 가져오너라. 말을 끌고오너라. 나팔을 불어라. 그리고 진을 갖출 필요는 없으니 준비가 끝난 자부터 대열의 순서나 장병의 상하에는 신경 쓰지 말고 오로지 이에야스의 몸을 표식 삼아 뒤를 따르라."

이에야스는 그렇게 말한 뒤 자리에 있던 근신과 호위병 몇 명만을 데리고 급히 기요스의 성문을 달려 나갔다.

"오늘 우리 나리는 마치 오케하자마桶狭間 때의 가즈사노스케 노부나가上總介信長 님 같으시구나. 말을 달려 나간 곳 역시 기요스 성이고."

등자, 부리망, 갑옷의 술, 칼이 쩔걱이는 소리가 요란스럽게 울리며 질주하는 무사들 속에서 그렇게 추억을 되새기는 소리가 들려왔다. 이에야스는 그러한 소리를 듣고 부지런히 계산을 하며 달렸다.

'특별히 노부나가 나리의 지혜를 따라 한 것은 아니나 위급한 국면을 결정하는 것은 오로지 시간이 문제다. 내 계산으로는 틀림없이 늦지 않을 것이며, 마침 해변도 아직 간조 때일 터.'

이에야스의 사전에는 무인들이 걸핏하면 입에 담는 '건곤일척' 또는 '운을 하늘에 맡긴다' 등의 말이 없었다. 어디까지나 경영이자 과학이었다. 따라서 사기의 고무, 싸움의 기회를 잡는 방법이 때에 따라 노부나가와 비슷하기도 하고, 신겐信玄의 지략과 비슷하기도 하고, 히데요시와 비슷하기도 했으나 그의 셈법은 어디까지나 합리적인 계수에 바탕을 두고 있었기에 결코 크게 어긋나는 일이 없었다.

그러한 점에서 그는 오늘의 급변을 향해 달려가는 것은 득이 될 것이 없는 전쟁이라는 사실을 잘 알고 있었다. 하지만 이처럼 아무런 득이 될 것도 없는 출진을 어쩔 수 없이 하게 만든 히데요시의 수완을 보고 그는 성을 나설 때도 최고의 경어로 적 히데요시를 칭찬했다.

"위태롭게 되었구나."

이에야스가 혀를 내두를 만한 이유는 충분했다. 히데요시에게 있어서 가니에, 오노, 그리고 부근의 해안선은 취하면 득이고, 실패한다 할지라도 손해 볼 것이 없는 곳이었다. 하지만 도쿠가와 쪽에서 만약 이곳을 잃는다면 이세, 오와리尾張, 고마키의 전 국면에 걸쳐 홍수에 둑이 터진 것처럼 패배한 듯한 인상을 면할 수 없게 될 것이었다.

이에야스가 신속하게 달려올 때 나가시마에서도 노부오의 휘하인 가지카와 히데모리梶川秀盛와 고사카 다카요시小坂雄吉 등이 달려왔다. 이윽고 오노 부근에서 가니에에 걸친 포진이 이루어졌다.

기요스와 나가시마에서 오노 성까지의 거리는 거의 비슷했다. 두 장수를 보낸 노부오는 그냥 자리를 지키고 앉아 있었으나 전령이 와서 이에야스가 직접 말을 달려 전선으로 나왔다는 보고를 받고 이튿날 출진했다.

"이렇게 있을 수만은 없다."

가니에 강, 이카다筏 강, 나베타鍋田 강, 그리고 기소 강 하구에 걸쳐 수십 리에 이르는 해안선에 방어책을 짜서 두르고 참호를 파고 장애물을 놓는 등 전군이 땀을 흘리며 작업을 하고 있었다. 곳곳에서 잠을 자고 있는 병사들은 어젯밤 철야로 일을 한 사람들인 듯, 진흙인지 사람인지 구분이 되지 않을 정도였다.

"장비 때문에 조금 늦었습니다만, 아직 전투가 벌어지지는 않은 듯합니다."

노부오는 전투만이 전쟁이라 여기고 있었다. 이에야스의 얼굴을 보자 미안한 마음이 들어서인지 걸상에 앉아 초여름의 새파란 바다로 시선을 돌렸다.

"아아, 이렇게 일부러 나오실 필요까지는 없었는데."

이에야스는 오히려 그렇게 말했다. 하지만 노부오는 이에야스의 말을 그대로 받아들이며 자신의 견해를 이야기했다.

"아닙니다. 이곳에 적이 상륙하면 서로의 연락도 끊기지 않겠습니까."

그리고 뒤이어 다키가와를 비난하기 시작했다.

"다키가와 가즈마스 따위는 무문이라고도 할 수 없는 놈입니다. 이세의 일개 향사에서 아버지 노부나가의 총애를 얻어 시바타, 니와 등과 견줄 정도의 지위와 은혜를 얻었으면서 은혜도 잊고……."

그뿐 아니라 도바의 구키 요시타카에 대해서도 '배은망덕한 자다, 사람도 아니다'라며 욕을 해댔다.

이에야스도 노부오의 심리를 이용해 천하를 향해서는 그와 같은 악명을 히데요시에게 뒤집어씌우고 고마키 전투에 임하는 명분으로 삼기는 했으나 요즘에는 노부오의 불평을 들어주는 것을 조금 지긋지긋하게 생각하고 있었다.

은혜, 그것도 자신이 베푼 것이 아니라 아버지의 덕망을 노부오는 너무 과대한 가치로 평가하고 있었다. 그 사람, 그 위세가 실존하는 때조차 은혜를 의식하는 행위는 매우 위험한 것임에도 불구하고 세상 물정 모르는 이 명문가의 말로에 있는 도련님은 아직도 그것이 세상에서 통용될 것이라고 믿는 듯했다.

'가엾게도…….'

이에야스는 남몰래 그렇게 생각하지 않을 수 없었다. 자신도 언젠가는 노부오로부터 같은 말로 비난받는 날이 올 것이라고 여겨졌기 때문이다.

어쨌든 이에야스와 노부오는 일단 한숨을 돌린 형국이었으나 바다 위에서 유익하고 있던 구키 요시타카의 병선은 병사도, 군량도, 말도 뭍에 상륙시킬 수가 없었다. 오노 강 연안은 멀리까지 물이 얕아 만조 때가 아니면 배를 접근시킬 수 없었는데, 물이 찼다 싶었을 때는 이미

해안선 일대의 방어책에서 도쿠가와와 기타바타케의 기치가 펄럭였
으며 빈틈없이 지키고 있는 것처럼 보였기 때문이다.

커다란 활이나 소총 외에는 이렇다 할 무기도 없는 시대였기에 구
키 요시타카의 수군은 육지에 있는 이에야스와 노부오에게도 그 배 위
의 사람이 보일 만큼 가까운 거리에서 하릴없이 유익하고 있었다.

공격 부대의 수장인 다키가와 가즈마스는 일이 이렇게 될 줄 몰랐
다. 그는 앞서 병사 칠백 명을 상륙시킨 뒤 함께 가니에 성으로 들어갔
다. 하지만 그 뒤를 따라와야 할 식량과 탄약과 나머지 대부대가 공교
롭게도 썰물에 막혀 상륙할 수 없었다. 결국 그는 이에야스의 발 빠른
방어책에 앞길이 막혀버렸다. 한 수 앞서 나간 것이 당초의 전략적 의
도를 완전히 반대로 뒤집어버리고 말았다.

나가시마 성의 노부오와 기요스 성의 이에야스를 분단시킬 작전이
었으나 지금은 반대로 가니에에 들어간 다키가와 가즈마스와 바다 위
에서 떠다니는 구키 선단이 도쿠가와와 기타바타케 양군에 의해 연락
이 끊겨버린 상태가 되었다. 그러는 사이에 이에야스는 부장인 사카키
바라 야스마사榊原康政와 노부오의 부장인 오다 나가마스織田長益에게 장
기판의 졸 하나를 빼앗듯 가볍게 명을 내렸다.

"오노의 야마구치 시게마사를 길잡이로 삼아 시모이치바下市場 성을
빼앗도록 하게."

수군과 가니에 성이 고립되어 움직일 수 없게 된다면 시모이치바
따위는 그야말로 일개 졸과 같은 존재에 지나지 않았다. 성주인 마에
다 하루토시前田治利는 가니에 성에서 주인인 사쿠마 진쿠로에게 반기
를 들어 다키가와 가즈마스를 받아들였으나 지금은 일이 자신의 뜻과
는 달리 어그러져버린 마에다 다네토시의 동생이었다.

"형님의 모반을 말릴 틈도 없었고, 그렇다고 형님을 죽게 내버려둘

수도 없고 적으로 삼아 싸울 수도 없었기에 결과적으로는 형제 모두가 어리석은 길을 가게 될 줄 알면서도 이렇게 가담하기는 했으나……. 이렇게 된 이상 이곳을 죽음의 장소로 삼을 수밖에 없겠구나.”

동생 하루토시는 형 다네토시보다 뛰어난 인물이었다.

“이곳은 평지의 성, 그리고 작은 성이며 어차피 떨어질 성이다. 나와 함께 죽어봐야 그리 화려한 죽음은 되지 못할 것이다. 달아나고 싶은 자는 달아나도 상관없다. 처자가 걱정되는 자는 뒷문으로 나가 도쿠가와 나리께 후생을 맡기도록 하라. 평소 이렇다 할 녹봉도 주지 못했던 이 하루토시는 그대들을 조금도 원망하지 않을 것이다. 성을 나가고 싶다면 지금 나가도록 하라.”

하루토시는 성안의 병사 중에 죽을 필요가 없는 사람들을 가능한 한 밖으로 내보낸 뒤 사카키바라, 오다, 야마구치 등의 돌격에 맞섰다. 성 밖은 갈대가 무성하게 자란 늪지였다. 이는 일반적인 해자나 마른 해자 이상으로 공략하기 어려운 곳이었다. 하지만 도쿠가와 군 가운데 서도 이름이 높은 사카키바라의 부하들은 전혀 개의치 않고 무릎까지 다리가 빠져가면서 늪을 건넜다.

무슨 일이 있어도 성과 함께 죽겠다고 다짐한 사람들은 총을 들고 그들을 저격했다. 하나의 졸이라 할지라도 때로는 끈질긴 법이다. 공격 부대는 예상 밖의 희생을 치르고 밤이 되어서야 마침내 성을 떨어뜨렸다. 성주인 마에다 하루토시는 자신의 뜻대로 마음껏 싸우다 전사하고 말았다.

시모이치바 성의 위급한 상황은 바다 위에 있는 수군에게도 전해졌다. 구키 요시타카는 덧없이 바다 위를 떠다닐 수만은 없었다.

“병선을 저어 하루토시를 도와라.”

병선은 성을 돕기 위해 물길을 서둘러 갔다. 하지만 평범한 어선이

나 화물선과는 달리 아래가 깊은 커다란 배였기에 얕은 곳을 피하느라
시간을 지체할 수밖에 없었다. 그사이 육지의 방어책에서 총성이 들리
더니 도쿠가와 군이 나타나 어서 오라는 듯 기세를 올렸다.

해가 저물어 물가는 어두웠으며 자칫 잘못하면 배가 얕은 곳으로
올라가 움직이지 못하게 될 위험도 있었다. 그렇게 시간을 지체하는
사이 작은 배에 탄 시모이치바의 병사가 줄줄이 도망쳐왔다. 뒤이어
밤하늘을 붉게 물들이는 불길이 시모이치바 쪽에서 일었다.

"아아, 성이 떨어졌구나."
배 위에서 성을 바라보던 사람들이 애도하듯 중얼거렸다.
"이제는 틀렸다. 불리한 전쟁을 계속하는 것은 어리석은 짓이다."
요시타카는 그렇게 말하고 글 하나를 부하에게 건넨 뒤 어둠을 틈
타 작은 배 하나를 띄웠다. 작은 배는 가니에 강을 거슬러 올라갔고, 요
시타카의 부하는 가니에 성의 다키가와 가즈마스에게 은밀히 서면을
건넸다.

기회를 놓치고 말았소. 하늘은 우리를 돕지 않았소. 어리석은 싸움을 고집해

서 어리석음을 거듭하기보다 잠시 물러나 재기할 날을 꾀하는 것이 좋겠소.

오늘 밤 작은 배를 거슬러 올라가게 해 은밀히 뜻을 전하오. 만약 귀공의 뜻

도 움직였다면 본선에 몸을 맡기시기 바라오.

다시 말해 요시타카는 승산이 없는 싸움은 그만두고, 무엇보다 중요
한 건 목숨이니, 몸 하나만이라도 우리 배로 빠져나오라고 권한 것이
었다.

"옳은 말이다."
이제 가즈마스는 자신감을 완전히 잃고 말았다. 바로 채비를 해서

근신 몇 명과 함께 작은 배에 올라 가니에 성의 수문으로 빠져나갔다. 그런데 해구까지 나가 보니 요시타카가 이끌고 있는 도바의 수군이 갑자기 방향을 틀어 바다 멀리로 달리고 있었다.

"설마 요시타카가 속임수를 썼을 리는 없을 텐데."

가즈마스가 손을 흔들며 있는 힘껏 소리를 질러 불렀다. 그러자 어두운 파도 속에서 곧 다가온 것은 기타바타케 노부오에 속한 이세 수군의 병선들이었다.

탕탕탕탕. 곧 소총의 탄알이 날아오는 붉은 선이 보였으며 어둠을 뚫고 배 위에서 '놓쳐서는 안 된다', '붙잡아라'라고 떠드는 적의 목소리가 들려왔다.

요시타카의 병선은 이세 수군의 내습을 보고 싸움 한번 해보지 않고 갑자기 진로를 바꿔 달아난 듯했다. 가즈마스는 당황했다. 아군의 배는 도저히 따라잡을 수 없을 터였으며 우물쭈물했다가는 적의 병선과 부근의 육군에게 협공을 당해 포로가 될 것이 뻔한 일이었다.

"배를 돌려라. 돌아가자. 있는 힘껏 뒤로 저어라."

작은 배는 폭풍에 휩싸인 나뭇잎처럼 다시 가니에 성의 수문 안으로 들어가버리고 말았다.

노년의 무장

가니에 성은 고립되었다. 도쿠가와와 기타바타케 연합군은 그곳을 완전히 포위했다. 다키가와 가즈마스는 자신의 꾀에 자신이 빠져버린 꼴이 되고 말았다. 지긋한 나이와 깊은 사려와 풍부한 경험을 가진 그가 어째서 이처럼 불행한 운명을 스스로 불러들인 것일까?

이는 앞서 나가쿠테에서 전사한 이케다 쇼뉴에게도 해당되는 말이다. 나이는 가즈마스가 쇼뉴보다 훨씬 많았지만 기발할 계책으로 공을 서두르다 스스로 크게 헛발을 디뎠다는 점에서는 크게 다를 바가 없다. 두 사람 모두 히데요시보다 무문의 선배였으나 시대가 변혁한 만큼 이제는 '서쪽의 히데요시, 동쪽의 이에야스' 이 두 거인이 시대의 수호신이 될 수밖에 없었다. 그러니 노부나가 이전 사람들은 아무리 집안이 좋고, 혁혁한 실적을 쌓았다 할지라도 모두 히데요시와 이에야스 중 한 사람 아래로 들어가지 않을 수 없게 되었다.

하나의 혁신기를 맞아서는 필연적인 구분이지만 인간 개개인의 심리에는 '때'의 자연스러운 힘에 대한 불평과 반발이 있기에 순순히 받아들이지 못한다. '내가 어떤 자인지 세상에 다시 보여주겠다'고 생각하거나 혹은 '비록 나이는 들었으나'라고 생각하는 나이 든 영혼의 혈기는 젊은 혈기조차 범하지 않는 섣부른 실수를 범하게 한다.

풋내 나는 젊은이만 혈기 왕성하고 성급한 게 아니라, 초로에 접어든 노인 역시 위험한 조급증의 소유자이기도 하다. 생리적으로 자제력과 반성하는 힘이 약해지는 시기이기도 하고, 한편으로는 '지금 잔치를 벌이지 않으면 안 된다'며 초조함과 경쟁심에 사로잡히기 쉽기 때문이다.

어쨌든 한때는 오다 가의 가로家老 중 한 사람으로 존경받았으며, 노부나가 휘하의 명장이라 일컬어졌던 그가 가니에 농성에 이르게 되었다는 점은 참으로 가련한 일이었다. 그에 반해 이에야스의 솜씨는 참으로 훌륭했다. 그의 공격에는 한 치의 빈틈이 없었다.

"다키가와 역시 뛰어난 자 중 하나다. 작은 성 하나쯤이라며 얕봐서는 안 된다."

그렇게 적을 꺾어놓고 나머지는 요리하기 나름이라고 여기는 이에야스의 태도는 마치 백수의 왕이 사냥감에게 치명적인 발톱 맛을 보인 뒤 주위를 여유 있게 둘러보는 모습과도 비슷했다.

바다로 통하는 남문에는 사카키바라 고헤이타 야스마사榊原小平太康政, 니와 우지쓰구丹羽氏次의 부대를, 북문인 이누이구치戌亥口에는 미즈노 다다시게水野忠重, 오스가 야스타카大須賀康高를 배치했다. 그 외에 삼엄한 군세를 두었으며 서쪽 방면은 노부오의 군에 맡기고 이시카와 호키노카미 가즈마사石川伯耆守數正를 유군遊軍으로 삼아 전 진영과 가까운 곳에 배치했다. 그리고 동문인 마에다구치前田口에는 이에야스 자신의 깃발인 금부채 아래에 하타모토旗本들의 철창진을 둥그렇게 짜고 앞쪽에 이 단으로 철포 부대를 배치했으며 그 앞에 척후병을 잠복시켜놓고 언제라도 적을 치겠다는 듯 침착하게 자리하고 있었다. 이러한 진영과 군세로 사방에서 한꺼번에 몰아치면 가니에 성 따위는 한시도 버티지 못할 것이라고 여겨졌으나 이에야스는 조심스러운 정공법을 끝까지 고수했다.

"성안의 병사가 죽음을 각오하고 달려 나올 공산이 크다. 우선 목책을 세워라. 됫박 모양의 망루도 세워라. 그리고 성안으로 화살과 철포를 쏘아 밤이고 낮이고 쉬지 못하게 하라."

이에야스의 공격법은 적을 꼼짝달싹 못하게 하는 것이다. 숨 쉴 틈도 주지 않으며 공격에 맞설 수도 없게 했다. 그처럼 그는 빈틈없는 방법으로 성을 공격했다.

그런 탓에 적은 무척이나 괴로워했다. 가즈마스도 싸움에 있어서는 백전노장이었으나 연일 계속되는 수세에 조금씩 설 자리를 잃어가며 고전을 치르고 있었다. 하지만 그를 비롯하여 함께 싸우는 마에다 요주로 다네토시는 일이 어그러진 이상 항복해도 죽음, 싸워도 죽음이니 어쩔 수 없는 일이라며 목숨을 걸고 굳게 지켰다.

6월 19일부터 시작된 공격에 다네토시는 불굴의 역투를 보였다. 성안의 병사는 어림잡아 일천 명밖에 되지 않았으나 참으로 만만치가 않았다. 특히 이에야스가 총공격 명령을 내린 22일에는 그야말로 궁지에 몰린 쥐가 고양이를 무는 듯한 기세를 내보였다. 공격 부대는 성안 병사들이 쏘는 철포를 맞고 수많은 희생자를 내고 말았다. 그것을 본 이에야스가 다시 명을 내렸다.

"대나무로 방패를 짜라. 대나무 방패를 앞세워 성벽으로 밀고 들어가라."

이에야스는 지금과 같은 때에도 시간을 들여 손해를 적게 하겠다는 방침을 잊지 않았다.

가즈마스는 성안에서 산노마루의 허술함과 피로를 걱정하며 니노마루의 병사들과 교체하려고 했지만 그럴 만한 틈이 없었다. 방어에 조금이라도 빈틈을 보이면 그 허점은 곧 적에게 유리한 기회가 되기 때문이다.

그는 날이 저물기만을 기다렸다. 그리고 날이 저물자마자 각 문에서 밖으로 일제히 반격에 나섰다. 그 틈을 이용해 성안 병사들의 배치를 바꾸려고 했던 것인데 공격에 나섰다가 물러설 때 바다로 통하는 문 쪽의 병사들이 퇴로가 끊기는 바람에 적 속에 남겨지고 말았다.

"그냥 죽게 내버려두지는 않겠다."

과연 가즈마스였다. 스스로 앞장서서 다시 성 밖으로 나가 혈전을 펼친 끝에 결국 고립되었던 아군을 데리고 성안으로 들어왔다. 그렇게 해서 니노마루의 병사들과 교체를 했으나 산노마루를 공격 부대에 빼앗기고 말았다. 공격 부대는 산노마루에 다시 망루를 세웠다. 그리고 눈 아래에 있는 니노마루에 불화살과 철포를 비처럼 쏟아부었다.

"버텨라. 견뎌내야 할 때다. 앞으로 열흘만 버티면 앞서 보냈던 밀사가 도착해서 우리의 원군이 올 것이다."

가즈마스와 요주로가 쉬지 않고 고무했지만 병사들은 점점 힘을 잃어가고 있었다. 가즈마스는 성안 병사들의 사기를 북돋기 위해 대담한 성격을 가진 조카 다키가와 조베瀧川長兵衛를 불러 성 밖으로 내보냈다.

"세키노關ノ 성, 미네峰 성, 간베 성, 이세 가도까지 가면 가모 나리의 군도 있고 아군으로 넘쳐나고 있다. 앞서 급사를 보내기는 했으나 너도 성 밖으로 나가 한시라도 빨리 우리를 구원하러 오라고 독촉하도록 해라."

하지만 그날 밤도 날이 밝을 때까지 쉴 새 없이 공격이 계속되었기에 가즈마스도 병사들도 모두 젖은 솜처럼 지쳐버리고 말았다. 날이 갈수록 군량과 탄약도 부족해졌으며, 니노마루로 퍼붓는 적의 불화살이 끊임없이 화재를 일으켜 방어에 힘써야 할 병사의 대부분이 불을 끄기에 정신이 없었다.

가즈마스로부터 밀사의 명령을 받은 조카 다키가와 조베는 그날 밤 성안의 하수도를 기어나가 수문의 둑을 건너 성 밖으로 달려 나갔다. 이세 방면의 아군과 연락을 취한다 해도 과연 원군이 늦지 않게 달려올 수 있을지 모를 일이었다. 조베가 성을 나서기 전 걱정을 하자 숙부 다키가와 가즈마스는 이렇게 말했다.

"이제 남은 방법이라고는 그것밖에 없다. 네가 성 밖으로 나가 곧 길보를 가지고 올 것이라며 그것을 기다리는 것만으로도 병사들은 희망을 갖게 될 것이다. 조심해서 적의 경계를 뚫고 나가기 바란다."

그날 밤에는 마침 보슬비가 내렸다. 조베는 도롱이, 삿갓으로 몸을 감싸고 성 아래 마을 밖의 나마즈なまず 다리를 건너 고대사高台寺(다카다이지) 길을 서쪽으로 달려갔다. 가느다란 비에 밤안개까지 내려 발밑밖에 보이지 않는 어둠 속을 철벅철벅 걸어가다 그는 새끼줄에 발이 걸려 대여섯 걸음 앞으로 버둥거리다 고꾸라지고 말았다. 양옆의 대숲에서 달그락달그락 딸랑이가 울렸다. '아차' 싶어 뒤를 돌아 왔던 길로 달려가려 했으나 이미 늦고 말았다.

"멈춰라."

비에 젖어 반짝이는 갑충 같은 사람들의 그림자가 번쩍번쩍 빛나는 창을 들고 그를 겹겹이 에워쌌다. 그중 무사 하나가 물었다.

"수상한 놈. 어디에 속한 자냐. 그리고 어디로 가는 길이냐?"

조베는 내심 체념하고 말았다. 하지만 속일 수 있을 때까지는 속여보자고 생각했다.

"놓아주시기 바랍니다. 저는 스나리須成 촌의 농부인 조에몬長右衛門이라고 합니다. 마을에 급한 일이 있어 쓰시마津島까지 가는 길입니다."

"아, 그러냐?"

뜻밖에도 그들은 조베를 순순히 놓아주었다.

"지나가라."

그 말에 조베가 안심하고 발걸음을 옮긴 순간, 조베를 놓아준 무사가 부하들에게 눈짓을 보냈고 그의 등 뒤에서 여러 명이 한꺼번에 덮쳐 두 팔을 비틀었다.

"수상한 놈."

조베는 뿌리치고 또 뿌리쳤으나 마침내 기운이 다해 오랏줄에 묶이고 말았다.

"더는 저항하지 않겠다. 나는 다키가와 조베다. 이봐, 그렇게 겁먹어서 너무 거칠게 다루지 말라고."

조베는 적에게 포위당하자 이번에는 뚱배짱을 내보이며 말했다.

"어떤가? 나랑 협상하지 않겠나? 사실 나는 숙부인 가즈마스와 다툰 끝에 성에서 도망쳐 나온 거야. 교토에라도 가서 속 편하게 서민으로 살아가려고 성안의 금 열 개를 숨겨가지고 나왔네. 그것을 너희에게 나누어줄 테니 나를 놓아주지 않겠나? 너희도 금이 필요 없지는 않겠지? 전쟁은 한때지만 훗날의 생활은 오래도록 계속될 거라고."

무사들은 서로의 얼굴을 바라보며 그의 변설에 문득 유혹을 느낀 듯했으나, 조장으로 보이는 사내가 갑자기 그의 오랏줄을 자신의 손으로 바싹 움켜쥐고 버럭 소리를 질렀다.

"닥쳐라! 도쿠가와 집안에는 금으로 싸움을 흥정하는 자가 없다. 세상 물정 모르는 소리 말고, 어서 걸어라."

조베를 사로잡은 것은 유군인 이시카와 가즈마사의 부하였다.

"가즈마사의 조카 다키가와 조베라면 일귀ㅡ鬼라 불리기도 하는 용맹무쌍한 자다. 바로 본영으로 보내라."

가즈마사는 보고를 듣고 장병을 붙여 조베를 이에야스의 본영으로 보냈다. 이에야스가 포박당한 조베를 노려보며 말했다.

"성 밖과 연락을 위해 나온 자라면 성안에서도 가려 뽑은 대담한 자일 것이다."

"하지만 이놈은 무사답지 않게 비겁한 자입니다. 몸에 지니고 있는 금 열 개를 줄 테니 풀어달라고 말했습니다."

이시카와 가즈마사의 부하가 자신의 결백을 자랑하듯 이에야스에게 말했다. 이에야스는 그들이 결백을 자랑할 만큼 금전을 더럽게 생각하지는 않는다는 듯 두껍고 구부정한 등을 조금 뒤로 젖히며 껄껄 웃었다.

"그것 보아라. 그 정도로 대담한 자이니라. 오랏줄을 풀어 원하는 대로 놓아주어라."

"네?"

가즈마사의 부하가 자신의 귀를 의심하며 망설였다. 그러자 이에야스가 다시 말했다.

"동문까지 데려가서 문밖으로 놓아주어라."

그러자 가즈마사의 부하들뿐 아니라 그의 휘하들까지 불만의 목소리를 냈다.

"나리께서는 기껏 잡은 조베를, 그것도 용맹한 자라는 사실을 알고 계셨으면서 어찌 살려서 성으로 돌려보내는 것입니까?"

얼마 뒤 각 장수들의 질문에 이에야스는 자신의 의도를 이렇게 털어놓았다.

"오늘내일 떨어지려 하는 성만큼 무서운 것도 없는 법이다. 조베가 돌아가지 않으면 성의 병사들은 원군이 올 것이라는 희망을 품고 더욱 분발할 것이다. 만약 조베의 목을 쳐서 원군에 대한 희망은 끊겼다는 사실을 내보이면 성안의 장병들은 낙담할 테지만, 복수심에 불타

될 대로 되라는 마음으로 더욱 강해지면 공격 부대도 큰 희생을 치르게 될 것이다. 하지만 조베가 아무런 소득 없이 돌아가면 그는 자신에 대한 변명을 위해서라도 이 이에야스의 도량을 크게 과장해서 이야기할 것이며, 듣는 성안의 사람들은 공격 부대의 대장에게 그 정도의 배짱이 있다면 더 이상 싸워봐야 소용없는 일이라며 힘을 잃게 될 것임에 틀림없다. 조베 한 사람이 있든 없든, 가니에에 성이 떨어지는 것은 우리 손안에 있는 일이다."

"지당하신 말씀이십니다."

그의 휘하들은 이에야스로부터 교육을 받을 때마다, 대대로 도쿠가와 가를 섬겨온 자들로 이루어질 훗날의 기반을 만들고 있었던 것이다. 이러한 이에야스 앞에서 만년의 조급증에 빠져 가니에에라는 작은 성에 들어간 가즈마스가 제대로 손도 써보지 못한 것은 어쩌면 당연한 일이었다.

결국 가즈마스는 예전의 인연에 의지해 친척인 쓰다 도자부로津田藤三郎를 오다 나가마스織田長益(후의 우라쿠사이有樂齋)에게 보내 나가마스의 중재로 항복을 청했다.

"알겠다."

이에야스는 항복을 받아들였으나 조건을 붙였다. 첫 번째 배신자인 마에다 요주로 다네토시의 목을 내놓아야 한다는 것이었다. 이에야스가 제시한 조건에 가즈마스는 틀림없이 당혹감을 느꼈을 것이다. 일을 꾀했을 당시 요주로 다네토시를 부추겨 성공하면 히데요시에게 말해 큰 상을 주겠다고 유혹한 것이 다름 아닌 자신이었다. 하지만 요주로는 가즈마스보다 훨씬 어렸으며 경력과 위치도 비교할 수 없을 정도였다. 쉽게 말해 어른과 아이만큼의 차이가 있었다.

"이를 어찌하면 좋단 말인가?"

가즈마스는 이에야스가 말한 조건을 누구에게도 말하지 않고 하룻밤을 혼자 끙끙 앓았다.

"요주로의 목을 베지 않으면 내 목숨은 없다. 그렇다고 해서 그를 죽게 하는 것은."

설령 아무런 사정이 없는 사이라 할지라도 함께 농성을 맹세하고 죽음을 같이하기로 약속한 친구를 배신하고 마지막으로 자신의 생명을 지키려는 것은 고민 없이 결정할 수 있는 일이 아니었다. 하물며 자신에게 책임이 있는 일이고, 분명 자신이 잘못한 일이었다. 하지만 오래 고민만 하고 있을 수도 없는 일이었다. 7월 2일이 기한이었으며, 그날이 다가오고 있었다. 가즈마스는 마음을 정했다.

"제시하신 조건대로 하겠소."

가즈마스는 쓰다 도자부로와 가까운 친척 하나를 인질로 내보내 이에야스에게 뜻을 전했다.

이에야스는 성문을 여는 것을 허락한다는 뜻을 성안에 전하고, 이튿날인 7월 3일에 오스가 야스타카에게 무장해제를 명했다.

한편 전날 밤, 마에다 요주로는 신변의 위협을 느끼고 성 밖으로 달아났다.

"요주로를 놓친다면 성안 모든 사람이 성과 함께 목숨을 잃게 될 것이다."

가즈마스는 추격대를 내보냈다. 추격대는 성 밖의 배를 넣어두는 곳에서 요주로를 붙잡아 난도질한 뒤 그의 수급을 가지고 돌아왔다. 추격대원들이 가즈마스에게 요주로의 수급을 보여주자 가즈마스가 얼굴을 돌리며 말했다.

"내가 살기 위해서가 아니다. 성의 병사들을 위해서다."

수급은 이에야스의 본영으로 보내졌으며 그날로 가니에의 성문이 열렸다.

개가를 부르는 군의 구경거리가 된 채 훗날의 생활에 대한 기약도 없이 뿔뿔이 흩어져가는 사람들의 모습과 마음은 다 제각각이었다. 그 중에서도 웃음을 금할 길이 없다고 여겨진 사람은 다키가와 가즈마스였다.

"기린도 늙으면 쓸모없는 말이 된다더니, 저 다키가와의 말로를 좀 보게."

"아닐세, 늙어서 만년의 향기를 더욱 높이 피워 올리는 사람도 있지 않은가."

"다키가와가 무너진 모습은 구린내가 나는 노인네의 똥 같아. 상대하고 싶지도 않아."

"너무 욕하지 말게. 저게 인간의 나약함이겠지. 남 일이라고만 생각하지 말고 마음에 잘 새겨두게. 사람도 일단 마음까지 몰락하면 향기 잃은 어리석음과 타락의 길을 태연히 걷게 되는 법이니."

도쿠가와 군의 장병들은 가즈마스가 지날 때마다 그렇게 이야기했다.

가즈마스는 고즈쿠리木造 성으로 가서 도다 도모노부富田知信에게 몸을 의지하려고 했으나 도모노부는 히데요시의 허락 없이 성문을 연 죄를 물어 그를 받아들이지 않았다. 가즈마스는 어쩔 수 없이 교토의 묘심사妙心寺(묘신지)로 들어가 한동안 귀를 막고 지냈다.

● 오토모 소린 大友宗麟·1530-1587

분고(豊後)의 다이묘인 오토모(大友氏)의 21대 당주. 아버지 요시아키(大友義鑑)가 장남인 소린 대신 소린의 배다른 동생인 시오이치마루(塩市丸)에게 당주 자리를 넘겨주려고 했으나, 이를 눈치챈 소린파 가신들이 요시아키를 야습한다. 이 사건으로 시오이치마루가 사망하고, 요시아키도 이때의 상처로 며칠 후 사망하면서 소린이 당주에 오르게 된다. 자신이 당주가 된 후엔 부젠, 치쿠젠 지방으로 확장에 성공하였으며 서쪽의 류조지, 남쪽의 시마즈와 함께 규슈를 삼등분한 세력으로 발돋움했다.

● 1600년 후시미성 전투

1600년 7월, 이시다 미쓰나리(石田三成)는 모리 데루모토(毛利輝元)를 총대장으로 하여 후시미성 공성전을 시작한다. 그는 후시미성에 항복을 권유하면서도 한편으론 동군에 가담할 여지가 있는 다이묘들의 가족들을 인질로 잡으려 했다. 그러나 중요한 인질이었던 호소가와 타다오키의 아내 가라샤가 자살하면서 인질극은 실패로 돌아간다. 이에 미쓰나리는 어쩔 수 없이 가진 전력을 후시미성에 투입해 다음 달인 8월 1일에 성을 함락시켰다.

여제자

기와 한 장 한 장이 금박으로 둘러싸여 있는 오사카 성의 지붕은 시대의 힘과 부와 지향을 상징했다. 히데요시는 6월 말 이후 고마키에서 돌아와 금빛 성의 한 각閣 아래에 머물렀다. 그리고 7월 상순 역시 '어디에 전쟁이 있느냐'는 듯한 태도로 유유히 휴식을 취하며 지냈다. 휴식 중이라 해도 성문은 수레와 가마와 말과 손님으로 붐볐으며 공경제후의 방문은 아침부터 저녁까지 끊이지 않았다.

"이곳 땅값이 오르겠군."

"번화가도 더욱 넓어질 거야."

"여러 다이묘大名들의 저택도 속속 세워질 거야."

"아즈치와는 달리 항구가 있지 않은가. 곧 남만의 배들도 전부 모여들 거야."

"고마키의 전투에서 이쪽이 이긴다면 굉장한 호경기가 찾아올 텐데."

민감한 시민들은 먼 앞날까지 생각했으며, 현 시국인 고마키 전투에서도 각자의 기회를 엿보고 있었다. 하지만 도시 건설에 인지와 인력이 더해지면 그곳의 자연은 극단적일 만큼 무시되고 만다. 뽕나무밭이

거리의 지붕으로 바뀌며, 벌판은 거문고와 노랫소리가 반사되는 해자가 된다. 또 무수한 다리와 새로운 도로로는 새의 둥지와 백로의 보금자리를 빼앗고, 언덕은 맨살을 드러낼 정도로 깎여나가고 그 자리에 집들이 세워지고 대문이 늘어서고 상인들의 창고가 처마를 나란히 한 채 세워진다.

다마쓰쿠리玉造의 일각. 이곳도 다른 곳과 다름없이 신개척지의 색채를 띠고 있었지만 나니와쓰難波津의 옛 모습 그대로 푸른 잎의 나무에 둘러싸여 있는 고즈넉한 당堂 하나와 풍아한 사람의 주거 흔적이 있었다. 어쩌면 예전에는《방장기方丈記》[261]의 필자 같은 사람이 인간의 세상에 염증을 느껴 사계절을 벗 삼아 지내던 집이었을지도 모른다.

그곳에 작년부터 사제 두 사람이 살고 있었다. 스승인 가노 에이토쿠狩野永德는 마흔서너 살, 제자인 산라쿠山樂는 스물대여섯 살 정도였다. 두 사람 모두 젊었다.

에이토쿠는 그 유명한 고호겐 모토노부古法眼元信의 손자로, 예전에 노부나가가 아즈치를 건설할 때 장벽화를 그려 '옛 품격과 새로움을 두루 갖춘 예술인'이라는 평을 얻고 있었다. 그 그림과 명성이 지금은 나라 안 으뜸이라 일컬어질 정도였다. 그런 대가였으나 그는《방장기》의 저자인 가모노 조메이와 같은 현세관으로 자신이 살고 있는 현재를 보았기에 허명에 취해 있지 않았다. 그는 격렬한 세상의 유전流轉, 영화의 덧없음, 믿지 못할 사람의 마음, 모든 유형의 것이 거품에 지나지 않는 부침이라는 사실을 너무나도 많이 보아왔다.

그가 필생 동안 심혈을 기울여 그린 아즈치 성안의 수많은 작품은 이제 하나도 볼 수 없는 상태가 되었다. 하루아침에 일어난 전화에 모

---

261 불교적인 무상관을 기조로 여러 실례를 들어 인생의 무상함을 이야기하고 결국은 은둔하여 히노日野 산의 방장에서 한거하는 모습을 기록한 가모노 조메이鴨長明의 수필집. 1212년에 완성.

두 재가 되어버리고 말았다. 아버지인 쇼에이^{松榮}, 할아버지인 모토노부, 집안의 시조인 마사노부^{正信} 등의 작품도 모두 마찬가지였다. 무로마치^{室町} 막부의 쇼군^{將軍}을 비롯해 공경의 집, 무장의 성, 사원 등에 남긴 작품의 대부분이 같은 운명으로 끝나고 말았다.

"얘, 산라쿠야."

"네, 선생님. 무슨 일이십니까?"

"평소 너와 함께 오사카 성의 장지문에 그림을 그리러 다니고 있기는 하다만……. 권문세가의 벽에 필생의 업을 쏟아붓는다는 것이 문득 덧없다는 생각이 드는구나."

그날도 가노 에이토쿠는 제자인 산라쿠를 데리고 오사카 성안 금벽의 장지에 종일 역작을 그리다 돌아온 터였다.

어린 하녀와 노파의 시중으로 목욕을 하고 밥을 먹고 툇마루에 앉아 손질도 제대로 되지 않은 자연 그대로의 정원 구석에서 물 떨어지는 소리를 듣고 마음이 편안해진 순간 자신도 모르게 평소 품고 있던 생각이 불평처럼 제자 산라쿠를 향해 나온 것이었다.

"선생님께서는 권문세가의 일을 덧없는 것이라고 말씀하시지만, 세상의 화공들은 모두 선생님을 선망의 대상으로 여기고 있습니다."

"오호, 그러냐?"

"예전에는 아즈치 성, 지금은 히데요시 님의 오사카 성의 장벽화를 그리는 화공의 우두머리로 선생님이 뽑히셨다는 사실 때문에 세상으로부터 인정받지 못하는 도사^{土佐}파 궁정화가들이 '화려한 색채로 속화^{俗畵}를 그리는 사람'이라고 험담하는 것입니다."

"하하하, 가엾은 목소리로구나. 자신의 목소리야말로 속성^{俗聲}이라는 사실도 모르고."

"고상한 척하는 그들은 선생님의 웅대한 구도를 속이 빤히 들여다

보이는 허세, 모리아게자이시키盛上げ彩色262의 호화로움을 속된 기운이라 말하고, 섬세한 필치는 도사의 화법에서 훔친 것이라며 비난하고 있습니다."

"그래, 아주 틀린 말도 아니구나. 예술이라는 분야에는 국경이 없어서 좋은 점은 누구의 것이든 취해야 하는 법이다. 만약 그것이 잘못되었다면 조세쓰如雪와 슈분周文과 세쓰슈雪舟도 전부 표절한 자들이 되는 셈이다."

"저도 선생님을 표절한 자가 됩니다."

"하지만 그것은 조화, 조미調味라고 할 수 있다. 골수에서는 독자적인 것을 낳지 않으면 화공이라고 할 수 없다."

"선생님처럼 커다란 분이 나타나면 그 뒤 그림의 세계에 어떤 미개척 분야가 남을지, 독자적인 것은 낳지 못할 듯한 기분이 듭니다."

"쓸데없는 소리……."

에이토쿠는 부채로 무릎의 모기를 쫓고 다시 말을 이었다.

"예술이라는 분야는 무한한 법이다. 그저 덧없이 살아서는 안 된다."

"덧없이 살아갈 것만 같은 기분이 듭니다. 조금 전 선생님께서 권문세가에 붓을 팔고 싶지 않다고 중얼거리신 것처럼."

"너는 아직 이해할 수 없겠지. 너는 아직 욕심을 갖고 그리기만 하면 된다. 욕慾으로 그려라, 욕으로 그려."

"무슨 말씀이신지."

"맛있는 음식을 먹고 싶다, 예쁜 여자를 얻고 싶다, 좋은 집에서 살고 싶다, 지위와 명성을 얻고 싶다, 사람들에게 좋은 평가를 얻고 싶다. 그러한 욕망을 일의 원동력으로 삼는 것이다. 내가 조금 전에 말한 것은 이와 같은 평범함을 넘어선 뒤의 욕慾을 말한 것이다."

---

262 일본화에서 꽃잎이나 옷 등의 일부에 색을 두껍게 발라 입체감이 나게 하는 기법.

"조금은 알 것 같습니다."

"너무 많은 것을 알게 되면 무슨 일에나 열정이 생기지 않는 법이다. 그렇게 된 뒤에도 높은 심미안을 지닌 자를 참된 화공이라 부르는 것이겠지. 아, 이야기에 정신이 팔려 못 들은 모양이로구나. 산라쿠야."

"네."

"문에 누군가 찾아온 것 아니냐?"

산라쿠가 정원 너머의 사립문 쪽으로 귀를 기울였다.

"그런 것 같습니다."

그리고 급히 스승 앞에서 물러나 문 쪽으로 다가갔다.

"누구십니까?"

산라쿠가 사립문을 열기 전에 물었다. 여자의 목소리가 들려왔다.

"여기가 가노 에이토쿠 님이 계시는 곳입니까?"

"네, 그렇습니다만, 누구신지……."

"오사카 성의 북쪽 구역에서 일하고 있는 몸입니다."

"무슨 일로 오셨습니까?"

"그림을 배우고 싶어서……."

산라쿠는 '또 왔구나' 싶었다. 그러한 사람들의 방문에 종종 골머리를 썩고 있었기에 산라쿠는 에이토쿠에게 물어보지도 않고 그 자리에서 거절했다.

"선생님께서는 제자를 두지 않으십니다. 다이묘의 자제분이라 할지라도 그림은 가르치지 않습니다. 게다가 오사카 성의 장벽화도 아직 몇 년이 더 걸려야 완성될지 알 수 없는 일이기도 하고……. 다른 화공을 찾아가보시기 바랍니다."

그렇게 말하면 곧 돌아가겠거니 싶었는데 잠시 뒤 다시 목소리가 들려왔다.

"자세한 사정은 에이토쿠 님을 뵙고 직접 말씀드리고 싶으니……
어쨌든 말씀 전해주실 수 없으시겠습니까?"

"죄송합니다. 선생님께서 여기에 계시는 동안에는 누구도 만나고
싶지 않다고 하셨습니다."

"……."

문밖의 여자가 당혹감을 느꼈는지 다시 말소리가 끊겼다. 하지만 결
코 돌아가려고 하지 않았다. 얼마쯤 지나 여자가 다시 가볍게 문을 두
드렸다.

"저기 그럼……."

"아직 안 가셨습니까?"

"그럼, 선생님께 이렇게 전해주세요. 그제 성안 니노마루의 대서원
에서 선생님께서 그림을 그리고 계실 때 히데요시 님이 진척 상황을
보러 가셨는데 그때 히데요시 님께서 '에이토쿠, 부탁하네'라고 은밀
히 말씀하셨던 그 여자라고 전해주시기 바랍니다."

"응?"

산라쿠는 그런 일이 있었는지 심히 의심스러웠으나 히데요시의 이
름을 대고 찾아온 여자를 그냥 돌려보내서는 안 될 것 같다는 생각이
들었다. 이에 분주히 달려가 툇마루에 앉아 있는 스승 에이토쿠에게
그대로 이야기를 전했다. 그러자 에이토쿠가 난처한 표정으로 말했다.

"왔구나."

틀림없이 그런 일이 있기는 했다. 그제 대서원의 커다란 장지문에
국화 그림을 구상하고, 또 계류 옆에 국자동菊慈童[263]을 배치할 생각으
로 그 용모에 부심하고 있는데 어느 틈엔가 히데요시가 뒤쪽으로 와서

---

[263] 중국 주周나라 목왕穆王의 시동. 남양의 역현酈縣으로 유배되었는데 그곳에서 국화의 이슬을 먹고 불로불사
를 얻었다고 한다.

바라보고 있었다. 히데요시는 그림에 대해 이런저런 질문을 한 뒤 조그만 목소리로 이렇게 한마디를 건네고는 밖으로 나갔다.

"에이토쿠, 여제자 하나를 받아주게나. 가까운 시일 안에 보낼 테니."

에이토쿠는 다시 한 번 그 일을 떠올린 다음 산라쿠의 얼굴을 보았다.

"그 여자일까?"

산로쿠는 더욱 알 수 없었기에 애매하게 대답했다.

"아마도 그 여자인 듯합니다."

안으로 들어온 여자는 쓸쓸한 초암草庵 같은 곳으로 안내되어 에이토쿠를 기다렸다. 낮은 등불이 그녀의 옆얼굴과 몸의 반쪽을 비췄다. 산라쿠는 사립문을 연 순간 그녀의 얼굴을 보고 눈을 둥그렇게 떴다. 그 정도로 그녀는 미인이었다. 나이는 아직 열일고여덟 살로밖에 보이지 않았으나 차분한 태도에도 산라쿠는 적잖이 놀랐다.

"선생님, 안으로 들였습니다."

"흠……."

에이토쿠는 고개를 끄덕였다. 그러고는 툇마루 끝에서 안을 들여다보더니 그림을 그리기 위해 자연을 바라볼 때와 같은 눈으로 가만히 시선을 고정시켰다.

'아아, 이 얼굴이다.'

에이토쿠는 며칠이고 밑그림을 그렸다가 다시 고치고 했던 국자동의 모습을 지금 자신의 눈으로 직접 본 듯한 느낌을 받았다. 아름다운 모습에 기품이 있고, 예지로 넘쳐나나 차갑지 않은 얼굴. 게다가 고귀한 향기를 머금고 있어 백치미가 아닌, 꽃에도 지지 않을 얼굴의 아름다움. 그러한 그의 뜻에 맞는 용모는 그의 공상과 필치에서도 좀처럼 태어나지 않았다.

“선생님, 만나보실 생각이십니까?”

“그래, 만나보자꾸나.”

에이토쿠는 가벼운 마음으로 그곳으로 들어갔다.

“제가 에이토쿠입니다만.”

“스승님이십니까?”

그녀가 자리에서 조금 뒤로 물러나 절을 했다.

“저는 얼마 전부터 니노마루에서 부엌일을 하고 있는 오쓰라고 합니다. 늦은 시각에 죄송합니다.”

“아닙니다. 밤이 아니면 집에 없으니.”

“히데요시 님께서 당분간 에이토쿠 님의 집에 가 있으라고 하셔서 왔습니다.”

“화공이 되고 싶으신가?”

“신세를 지는 김에 그림도 배워두었으면 합니다만.”

“뭐라…….”

어리둥절할 때는 자신도 모르게 그런 말이 나오는 법이다. 에이토쿠는 ‘신세를 지는 김에 그림도 배우겠다’는 말에 조금 당황한 듯했다. 하지만 평생을 바쳐서라도 여류 화공이 되겠다는 지원자보다 다루기가 쉬운 것도 사실이었다.

에이토쿠는 오사카 성을 짓기 시작할 때부터 성안을 출입했기에 히데요시의 가정과 규방에 대한 듣고 싶지 않은 소문까지 들어온 편이었다. 성안에서는 오쓰에 대해서도 여러 가지 소문이 돌고 있었다.

얼마 전 히데요시는 성으로 돌아올 때, 아름답고 재주가 뛰어난 소녀를 만났고, 그 소녀를 ‘고마키의 나비’라며 선물을 얻은 듯 득의양양하게 오사카 성으로 데려왔다. 그런데 뜻밖에도 그로부터 며칠 뒤 안채의 부인 네네와의 사이에 문제가 생기고 말았다. 그러자 히데요시의 노모가 오쓰를 니노마루의 부엌에서 일하게 했다.

오쓰는 그것이 불만이었다. 그녀의 꿈은 부엌에서 일하는 것이 아니었다. 그러다 보니 아마도 히데요시에게 불평을 늘어놓았을 것이다. 히데요시는 히데요시대로 그녀의 장래와 처우에 대한 한 가지 구상이 있었다. 그래서 잠시 에이토쿠의 여제자로 맡겨둘 생각으로 보낸 것이었다.

"그렇다면 특별히 화공이 되어야겠다는 생각도 아니란 말인가?"

가노 에이토쿠가 오쓰의 대답에 잠시 망연해하다 물었다.

"네, 화공이 꿈은 아닙니다. 하지만 성안에서 하는 일 가운데 부엌일은 제 취향에 더 맞지 않습니다."

"하지만 처음부터 안채나 니노마루로 들어갈 수는 없을 텐데."

"히데요시 님께서 말씀하셨습니다. '네가 원하는 대로 살게 해주겠다고. 그리고 노래도 배워라, 그림도 배워라, 학문도 익혀라. 예전에도 무라사키 시키부紫式部나 세이쇼 나곤清少納言 등과 같은 재원이 있었다. 지금의 세상에서도 뛰어난 여성이 나오면 좋겠다. 너는 덴쇼天正 시절의 무라사키 시키부가 되어라. 현세의 세이쇼 나곤이 되어 보아라.' 그렇게 격려해주셨습니다."

"오호…… 지쿠젠 나리께서?"

"네. 그런데 히데요시 님께서 저를 혼마루의 부엌으로 보내며 상 차리는 사람 밑에서 일하라고 하셨기에 이건 약속하고 다르다고 말씀드렸더니 뭔가 굉장히 난처하신 듯 한동안 화공인 에이토쿠 님이 계신 곳에 머물라고 말씀하셨습니다."

"실례지만…… 몇 살인가?"

"열일곱입니다."

오쓰는 망설임 없이 대답한 뒤 다시 말을 이었다.

"열다섯 살 때 아즈치 성이 불에 타서 고향인 미노美濃로 돌아가 있었습니다. 선생님께서는 아즈치 성의 장지문에도 그림을 그리셨죠? 저는 선생님의 얼굴을 기억하고 있습니다."

"뭐, 아즈치에서?"

"열두 살 때부터 노부나가 님의 큰마님을 모시는 여동으로 있었기에 히데요시 님도 고마키에서 뵙기 전부터 알고 있었습니다. 여기서 다시 선생님을 뵙게 되다니…… 정말 기이한 인연입니다."

열일곱이라고 했으나 어엿한 성인을 대하는 느낌이었다. 육체적인 성장보다 정신적인 발달이 더 앞섰던 것이리라. 타고난 아름다움과 과실을 떠올리게 하는 피부의 처녀색은 참으로 신선하고 생기가 넘쳤으나, 여자에게서 느껴지는 감미로운 향기는 아직 어딘가 부족했다.

에이토쿠는 화가의 눈으로 그녀를 보는 동안 히데요시의 호사가적 기질과 유독 여자에게 무른 히데요시를 떠올리며 어이가 없다는 생각을 하기도 했다. '덴쇼 시절의 시키부가 되어라, 현대의 새로운 나곤이 되어라'라는 말은 이 소녀가 더없이 기뻐할 만한 말들이었으나, 전쟁터의 길가에서 데려온 일개 소녀에게 그렇게 동정하고 격려하며 약속했다는 것은 천하의 오사카 성의 주인으로서 너무나도 가벼운 언동이었다고 하지 않을 수 없었다.

그러니 히데요시의 부인과 노모를 비롯해 다른 여자들로부터 일제히 비난과 규탄의 화살이 쏟아졌던 것이리라. 하지만 예전에는 그 역시 소년 히요시日吉라 불리던 일개 유랑아였다. 에이토쿠는 히데요시의 그런 마음을 전혀 모르지 않았다.

안과 밖

　히데요시는 지난 한 달 오사카 성에 머물며 내정을 보살피고 외치를 꾀했다. 그러면서도 사생활을 충분히 즐기며, 고마키 전투의 난국을 때로는 남 일처럼 객관적으로 바라보기도 했다. 7월 중에는 미노에 잠시 다녀오기도 했다. 그리고 8월 중순이 되자 다시 대대적인 출진을 명했다.

　"너무 오래 끄는 것도 좋지 않다. 이번 가을에는 단번에 해치워야만 한다."

　출진을 이삼 일 앞두고 혼마루에서는 사루와카노猿若能의 피리 소리와 북소리가 들려왔다. 때때로 사람들이 한꺼번에 웃는 소리도 들려왔다.

　"한동안 떨어져 있어야 하니……."

　히데요시는 사루와카노를 잘 추는 사람을 불러 노모를 주빈으로, 부인을 객으로, 그 외 성안의 가족들까지 모두 초대해 즐거운 시간을 보냈다. 그중에는 히데요시가 산노마루의 비원에서 온실의 꽃처럼 자라기를 기다리는 세 아가씨도 있었다.

　차차茶茶는 올해로 열여덟 살, 둘째는 열네 살, 막내는 열두 살이었

다. 그녀들은 작년에 기타노쇼北ノ庄 성이 떨어지던 날 세상을 떠나는 양아버지 시바타 가쓰이에와 어머니 오이치市를 뒤로하고 호쿠에쓰 北越의 진중에서 이곳 오사카로 왔다. 그 뒤 동쪽을 보아도 서쪽을 보아도 아는 사람이 없는 가운데서 한때는 밤이고 낮이고 울며 지냈다. 한창 웃어야 할 묘령임에도 불구하고 얼굴에서 웃음기를 잃고 지냈으나 언제부턴가 성안 사람들과도 친해졌다. 히데요시의 활달한 성격에도 마음이 녹아 세 아가씨 모두 히데요시를 '재미있는 아저씨'라며 잘 따랐다.

그 재미있는 아저씨는 배우들의 무대가 몇 번이나 거듭된 뒤 이번에는 자신이 직접 대기실로 들어가 분장을 하고 나와 무대 위에 섰다.

"어머, 아저씨가……."

"세상에, 저렇게 우스운 모습으로."

둘째와 막내는 주위 사람들도 아랑곳하지 않고 손뼉을 치기도 하고, 손가락으로 가리키기도 하면서 흥겨움에 한껏 웃었다.

"손가락질을 해서는 안 된단다. 조용히 보도록 해라."

첫째인 차차는 이제 부끄러움을 알 나이라 동생들을 타이르며 애써 얌전하게 있었다. 하지만 히데요시의 사루와카가 너무나도 우습다 보니 결국 소매로 입을 가리고 배가 아플 정도로 웃었다.

"뭐야, 언니는. 우리가 웃을 때는 야단을 치더니 자기 혼자서만 그렇게 웃고."

동생들이 양옆에서 그렇게 말하자 차차는 더욱 웃음이 멈추지 않는 듯 어찌할 줄 몰라 했다.

히데요시의 노모는 그곳보다 높은 자리에 있는 다다미 위에 앉아 네네와 함께 구경을 했다. 노모는 익살스러운 아들이 펼쳐 보이는 극을 때때로 웃으며 지켜보았으나, 네네는 가정의 악실 안에서 남편의 그런 익살을 늘 보아왔기에 그다지 재미있다는 표정을 짓지 않았다. 다만 네네에게 있어서 오늘은 서쪽과 동쪽 곳곳에 있는 남편의 측실들을 한 단 높은 곳에서 가만히 관찰할 수 있는 날이었다.

얼마 전, 나가하마長浜에 있을 때만 해도 남편의 측실은 오유おゆう와 마쓰노마루松の丸 두 여자뿐이었다. 그런데 오사카 성으로 온 뒤부터는 산노마루에 산조노 쓰보네三條の局네, 가가노 쓰보네加賀の局네 하는 여자들이 생겼다. 또 니노마루에서는 작년에 북국北國 공략의 개선과 함께 데려온 아사이 나가마사淺井長政의 핏줄이며, 노부나가의 여동생인 오이치의 딸 셋을 비원의 꽃처럼 기르고 있었다.

정실인 네네를 섬기고 있는 여자들은 세 딸 중에 특히 첫째인 차차가 돌아가신 어머니 오이치보다 더 뛰어난 미인이라는 사실을 가슴 아파하며 이렇게 말했다.

"차차 님도 벌써 열여덟이세요. 나리께서 어찌 화병의 꽃처럼 바라보시기만 하겠어요."

네네는 남편의 타고난 성격을 포기한 듯 웃는 얼굴로 대답했다.

"옥에 티 같은 것이니 어쩔 수 없지 않느냐."

네네는 주위 사람들의 말에 좀처럼 흔들리지 않았다. 물론 예전에는 세상의 평범한 여자들처럼 화를 내기도 했다. 나가하마 성에 있었을 때는 일부러 선물을 들고 남편의 주인인 노부나가를 찾아간 적도 있었다.

"주군께서 제 남편에게 '여자를 밝히는 치졸한 짓만은 그만두도록 하게'라고 말씀해주시기 바랍니다."

그런데 그 뒤에 온 노부나가의 긴 편지에서 오히려 네네는 야단을 맞았다.

자네는 여자로 태어나서 세상에 보기 드문 사내와 연을 맺게 되었다네. 보기

드문 사내에게는 부족한 점도 있을 테지만, 좋은 점이 더 크다네. 그런데 커다란 산일수록 산속에 있는 동안에는 산의 크기를 알지 못하는 법일세. 누구보다 더욱 안심하고 그 사람이 하고 싶은 대로 하게 내버려둔 채 같이 삶을 즐기도록 하게. 그렇다고 질투가 나쁘다고 말하는 것은 아닐세. 적당히 질투도 해가며 부부의 맛을 더욱 짙게 맛보도록 하게.

그 뒤로 네네는 질투를 삼가기로 결심하고, 남편의 여자 문제에 대해서만은 천하제일의 대범한 아내가 되기로 마음먹었다. 하지만 요즘에는 남편의 행동이 도가 지나치다는 생각에 네네는 때때로 평온하지 않은 날을 보내고 있었다.

차차에 관한 일도 그중 하나였다. 얼마 전 히데요시가 고마키에서 돌아왔을 때 누구의 핏줄인지도 모르는 오쓰라는 소녀를, 그것도 유랑아 같은 아이를 데리고 와서 니노마루나 산노마루에 두려고 하자 네네가 못마땅한 듯 말했다.

"당신이 그렇게 처신하면 아무리 집안 단속을 잘하라고 하셔도 저는 더 이상 책임질 수 없습니다. 길가의 부랑아를 성으로 들이다니, 저는 당신의 마음을 이해할 수 없습니다."

노모도 히데요시를 나무랐다.

히데요시는 노모와 아내에게 무조건 복종하는 사람이었다. 가정에서 남자는 아무리 독재를 휘두를 수 있는 위치에 있다 할지라도 한편으로는 야단을 맞기도 하고 또 그저 '네, 네' 하며 어리광을 부리고 싶어 하기도 한다.

어쨌든 그는 지금 마흔아홉 살로, 남자로서 인생의 최전성기에 다가가고 있었고, 밖으로는 고마키에서 천하를 판가름할 대전을 끌어안고 있었으며, 안으로는 규방의 정치 문제로 다망한 나날을 보내고 있었다. 하나의 몸으로 평범함과 비범함, 대담함과 세심함, 허세와 진솔함을 잘도 내보이고 있다 싶을 정도로 하루하루 지치지도 않고 씩씩하게 살아가고 있었다.

"아아, 광대극도 볼 때는 우습지만 내가 직접 무대에 서보니 재미있기는커녕 참으로 힘들구나."

히데요시는 어느 틈엔가 어머니와 네네의 뒤쪽에 와 있었다. 조금 전에 구경꾼들의 갈채를 뒤로하고 무대 위에서 내려왔다. 그는 무대에서의 열기가 아직 식지 않은 듯한 투로 이렇게 말했다.

"네네, 오늘 밤에는 자네 방에서 좀 더 놀기로 하세. 음식을 좀 준비해줘."

가면극이 끝나자 곳곳이 등불로 물들었으며, 초대를 받았던 손님들은 산노마루, 니노마루로 뿔뿔이 흩어져갔다. 히데요시는 피리 부는 사람, 고수, 배우 등을 여럿 데리고 네네의 방으로 갔다. 노모는 피곤하다며 자신의 방으로 갔기에 부부 두 사람과 여흥을 위한 사람들만이 남게 되었다.

네네는 공연을 하는 사람들이나 하인과 같은 아랫사람들에게는 평소 여러 가지로 신경을 써주었다. 특히 오늘과 같은 행사 뒤에는 그들의 노고를 치하했고, 사람들이 편안히 술을 마시며 농을 주고받는 모습을 즐겁다는 듯 바라보았다.

히데요시는 아까부터 멍하니 앉아 있었다. 아내인 네네도 상대해주지 않았고, 누구도 다가와 말을 걸어주지 않자 약간 심사가 틀어진 상태였다.

"네네, 내게도 술 한잔 정도는 따라줘도 되지 않겠어?"

"드시겠어요?"

"마셔야지. 무엇 하러 자네 방에 왔다고 생각하는가?"

"하지만 어머님께서 이삼 일 안에 당신이 다시 고마키로 내려간다 했으니 늘 그랬듯 출진 전에 다리와 허리에 뜸을 떠주라고 엄하게 말씀하셨어요."

"뭐? 뜸을 뜨라고?"

"아직 가을 늦더위가 남아 있으니, 상한 물이라도 마셔 몸을 해쳐서는 안 된다며…… 어머님께서 걱정하셨어요. 자, 뜸을 뜰게요. 술은 그 다음에 드셔요."

"무, 무슨 소리를 하는 거야. 뜸은 싫어."

"싫으셔도 어머님의 명령이에요."

"자꾸 이러니까 자네의 방에는 나도 모르게 발길이 뜸해지는 게야. 낮에도 내 무대를 보고 점잖은 척, 웃지 않은 건 자네뿐이었어."

"타고난 성격이 이런걸요. 다른 아름다운 여자들처럼 하라고 해도 그럴 수가 없어요."

네네는 화가 난 투로 말했다. 그리고 문득 자신이 지금 차차 정도의 나이였고, 남편도 아직 스물예닐곱 살 정도로 도키치로藤吉郎라고 불리던 시절을 떠올렸다. 네네의 눈가에 눈물이 맺혔다.

"응?"

히데요시는 아내의 뾰로통한 얼굴을 과장스럽게 바라보았다.

"울고 있는 겐가? 왜 그러는가?"

"몰라요."

네네가 얼굴을 옆으로 돌리자 그 얼굴을 따라 히데요시도 무릎을 돌렸다. 그리고 참을 수 없다는 듯한 웃음을 얼굴에 숨기며 말했다.

"내가 또 출진한다고 하니 적적해서 그러는 겐가?"

"무슨 소리예요? 노부나가 님을 섬긴 이후, 미노와 아네姉 강의 전투, 그리고 주고쿠中國에서의 장기전으로 당신이 집에 계셨던 날이 얼마나 된다고 그러세요?”

“그래서 싸움은 싫다고 해도 세상이 조용해질 때까지는 어쩔 수 없어. 노부나가 공께 뜻밖의 일만 벌어지지 않았어도 나는 지금쯤 어딘가 시골에 있는 성으로 들어가 얼마든지 자네 곁에 머물 수 있었을 텐데.”

“남세스러운 말씀 마세요. 그런 남자의 마음은 이 네네도 잘 알고 있어요.”

“나도 여자의 마음은 잘 알고 있어.”

“한마디도 지지 않으시네요. 당신은 저를 늘 우습게만 만드세요. 저는 세상의 다른 여자들처럼 질투심으로 드리는 말이 아니에요.”

“세상 모든 여자들이 그렇게 말하지.”

“장난 그만하고 잘 들으세요.”

“이렇게 얌전히 앉아 듣고 있지 않은가.”

“당신의 몸가짐도 당신의 일 가운데 하나라고 오래전부터 체념하고 있었어요. 그러니 출진 때문에 집을 비우는 날이 길어져 적적하다고 말씀드리려는 게 아니에요.”

“정숙한 여자, 정숙한 여자. 도키치로라 불리던 옛날, 내가 자네를 택한 것도 그것 때문일세.”

“이제 농담은 그쯤 하세요. 바로 그래서 어머님도 제게 말씀하신 거예요.”

“어머니가 뭐라 하시던가?”

“네가 너무 얌전히 지켜보기만 해서 그 아이가 제멋대로 행동하는 게다. 가끔은 따끔하게 말할 필요도 있다’라고…….”

“하하하하, 그래서 뜸을 떠야 한다는 거로군.”

“그렇게 걱정하시는 줄도 모르고 몸도 돌보지 않고 제멋대로 행동하는 것도 불효예요.”

"내가 언제 몸을 돌보지 않았다고."

"그젯밤에도 산조노 쓰보네의 방에서 날이 밝을 때까지 소란을 피우셨잖아요."

"아, 알고 있었는가?"

"알고 있었는가가 아니에요. 당신은……."

옆방에서 술을 마시고 있던 근신들과 배우들은 히데요시 부부의 보기 드문, 아니 그렇게 드물지만도 않은 부부 싸움을 모르는 척하고 있었는데, 그때 히데요시가 먼저 큰 소리로 이렇게 말했다.

"이보게, 거기에 있는 구경꾼들. 지금 우리 두 사람의 광대극을 어떻게 보았는가?"

그러자 고수인 누이노스케縫殿介가 대답했다.

"네네, 장님의 축국처럼 보였습니다."

"칼로 물 베기란 말인가?"

"아닙니다. 언제까지고 승부가 나지 않을……."

"피리를 부는 오쿠라大藏는 어떻게 보았는가?"

"저는 제가 부는 피리 소리와 같다고 생각했습니다. 그 이유는 누가 옳고 누가 그른지, 시시비비, 시시피피, 시시피피~."

"잘하는구나."

히데요시가 갑자기 네네의 덧옷을 벗겨 상으로 던져주었다.

이튿날부터는 같은 성안에 있으면서도 그의 가족들조차 히데요시의 모습을 볼 수가 없었다. 히데요시는 하루 종일 그의 명령을 기다리는 부하와 그가 없는 동안 성을 지킬 장수와 또 멀리서 찾아온 사자와 서기와 근신들에 둘러싸여 분주한 시간을 보내고 있었다.

그다음 날, 그는 이미 말에 올라 전장으로 가는 사람이었다. 오사카에서 나온 병마의 기다란 행렬이 미노 전선을 향해 가고 있었다.

건너기에 익숙해진 기소 강도

건너는 마음은 평소 같지 않네

여울은 볼 때마다 변하는구나

봄에는 향내 은은하던

루구와 그대의 모습도

여름 풀 무성하던 날 지나

어느 틈엔가 이슬 머금은 억새

고마키로 서둘러 가는 사내의 마음은

이삭으로 피지 못해 노래가 되는구나

자네도 잠에서 깬 검은 머리를

어찌 빗으려는 겐가, 오늘 아침의 가을 구름

아침 안개 속을 걸어가는 군마 가운데서 누군가가 갑자기 노래를 불렀다. 그러자 히데요시가 주위를 둘러보며 물었다.

"이 노래는 누가 부른 겐가?"

바로 옆에 있는 사람조차 알아볼 수 없을 정도로 안개가 짙게 깔려 있었다.

"누구냐?"

"누가 노래를 부른 것이냐?"

대열 속에서 서로가 서로에게 묻는 목소리가 차례로 흘러갔을 뿐, 대답하는 소리도 어디의 누구라고 스스로 이름을 대는 사람도 없었다.

히데요시는 생각했다. 지금의 노래는 자연의 목소리이자 사람의 목소리라고. 그렇게 생각하는 중에도 때로는 차차의 얼굴이 떠오르기도 하고, 오쓰의 옆얼굴이 그려지기도 하고, 네네와 어머니가 떠오르기도 했다. 미련을 품게 하는 사람들이 아니라, 자신의 뒤에 그처럼 사랑스러운 사람, 나약한 사람이 있는 사실이야말로 그를 강하게 만들었다.

8월 26일, 벌써 몇 번째 건넜는지 모를 기소 강을 건너 이튿날 니노미야二宮 산에서 적의 정황을 정찰했다. 28일에는 고오리小折 부근에 산발적으로 자리하고 있던 적을 몰아낸 뒤 불을 지르고 돌아왔다.

그 28일에는 이에야스도 히데요시가 온다는 급보를 듣고 노부오와 함께 기요스에서 이와쿠라岩倉로 달려가 순식간에 포진을 마친 뒤 히데요시 군과 대치했다. 이때도 이에야스는 철두철미하게 '수비'의 태세를 취했으며 아군에게 함부로 도발하는 행동을 하지 못하게 했다. 치고 들어가면 물러나고, 멈추면 다시 나왔다. 대대적인 작전을 감행할 만한 여지도 없는 철벽이었다. 그처럼 견고한 태세에 대해 강경하게 공격을 가하면, 공격하는 쪽이 무너질 게 뻔했다.

"참으로 끈질긴 사내로구나."

히데요시는 이에야스의 끈질긴 행동에 조금 애를 먹는 듯했으나 그렇다고 아무런 대책이 없는 것도 아니었다. 소라 껍데기는 망치로도 깰 수 없다는 사실을 알고 있었다. 소라 껍데기의 뒤쪽을 달구면 속살은 저절로 빠진다는 비속한 이치를 그는 얼마 전부터 생각하고 있었다. 니와 고로자에몬 나가히데丹羽五郎左衛門長秀를 써서 은밀히 화목의 가능성을 가늠해본 것도 소라의 뒤쪽을 달구기 위한 것이었다.

니와 나가히데는 오다 가의 유신 중에 대선배였으며, 또 온건한 인망가이기도 했다. 가쓰이에는 세상을 떠났고 다키가와 가즈마스는 몰락한 지금, 영향력을 행사할 수 있는 사람은 오로지 그뿐이었다.

히데요시는 고마키 전투에 임하기에 앞서 이 온량한 인물을 자기 수중의 '말'로 만들 필요가 있다는 사실을 잊지 않았다. 이에야스와 인내력 싸움이 되어버린 국면에서 그는 그 말을 쓰기 시작했다.

고로자에몬 나가히데는 마에다 도시이에前田利家와 함께 호쿠리쿠北

陸에 있었으나 나가히데의 부장인 가나모리 긴고金森金五와 하치야 요리타키蜂屋賴隆는 히데요시를 따라 참전해 있었다. 언제부턴가 긴고와 요리타카는 자신들의 나라인 에치젠과 히데요시 사이를 몇 번이고 오갔다.

편지의 내용은 사자로 오간 두 사람도 알지 못했으나 이윽고 고로자에몬 나가히데가 은밀하게 기요스로 갔고 아무도 모르게 이에야스와의 회합에도 성공했기에 '그렇다면 화의로구나' 하고 고개를 끄덕였다. 하지만 적과 아군 모두 극비리에 그 일을 진행시켰다.

히데요시 쪽에서 그 사실을 알고 있는 사람은 니와 나가히데와 그의 가신인 가나모리 긴고, 하치야 요리타카 정도였다. 이에야스 쪽에서는 히데요시의 명령으로 평소와 다름없이 이시카와 호키노카미 가즈마사에게 먼저 접근해서 비밀 회담이 이루어졌다.

그런데 서로 조건을 맞추기 위해 날을 보내는 동안, 누구의 입에서 나온 것인지 이에야스 집안 내부에서 소문이 새어나가 고마키를 중심으로 한 이에야스 군의 철벽 방어에 커다란 동요가 일기 시작했다.

"히데요시 군과의 화목을 위한 회담이 극비리에 진행되고 있는 듯하다."

게다가 이와 같은 비밀의 벽에서 새어나간 소문에는 반드시 꼬리가 따라붙기 마련이었다. 이번에도 예전부터 아군들이 곱지 않게 생각하는 이시카와 가즈마사의 이름이 등장했다.

"호키노카미가 주선한 것이라고 하더군. 무슨 일에 있어서나 히데요시와 가즈마사 사이는 아무래도 좀 이상해."

그러한 소문을 이에야스에게 직언하는 사람도 있었으나 이에야스는 오히려 그 말을 한 사람을 꾸짖으며 가즈마사를 추호도 의심하지 않았다.

"그와 같은 말이야말로 지쿠젠의 꾀에 넘어가는 것이다."

하지만 일단 아군 사이에서 그처럼 불순한 의심이 생긴 이상, 이에 야스의 포진도 미카와 무사의 굳은 의지도 건강한 상태라고는 할 수 없었다. 물론 이에야스는 화의를 할 마음이 충분히 있었으나 내부의 정세로 인해 갑자기 니와 나가히데의 밀사에게 거절의 뜻을 전했다.

"화목할 생각은 없소."

그리고 뒤이어 평소의 그와는 달리, 호언장담과 함께 강화가 결렬되었음을 알렸다.

"어떠한 조건이라 할지라도 이에야스는 지쿠젠과 화목으로 해결할 생각은 없소. 어디까지나 여기서 자웅을 겨루어 히데요시의 수급을 취해 천하에 정의가 있음을 알릴 것이오."

이윽고 그는 그 사실을 진중에 공표했다. 그러자 도쿠가와 쪽 장병들의 마음이 풀렸으며 가즈마사에 대한 소문도 일소되었다.

"히데요시도 지치기 시작했다."

그리고 기세가 몇 배나 더 오르고 사기가 더욱 높아졌다. 강화는 원래 니와 나가히데의 생각에서 나온 것이었다. 히데요시도 이에야스도 나가히데에게 설득을 당해 어느 쪽에서 먼저 청한 것도 아닌 형식으로 진행되고 있었으나 결과적으로는 히데요시가 이에야스에게 먼저 손을 내밀었다가 일축당한 형태가 되고 말았다.

"한 방 먹었군……."

히데요시는 기꺼이 고배를 마셨다. 그에게 있어서는 그러한 결과도 결코 나쁘지 않은 모양이었다. 이에 그는 굳이 무력을 쓰지도 않고 조용히 각지의 요소에 요새를 새우라 명을 내렸다. 그리고 9월 중순 무렵, 다시 병사를 물려 오가키 성으로 들어갔다.

누님의 아들

오가키 성에 도착하자 조카인 미요시 히데쓰구가 마중을 나왔다. 히데쓰구는 나가쿠테 전투에서 패한 이후 히데요시의 눈 밖에 나서 '쇼뉴의 가족과 함께 오가키 성이라도 지키고 있어라'라는 명령을 받고 지금까지 그곳에 머물러 있었던 것이다.

'외삼촌의 노여움이 풀렸구나.'

히데쓰구는 오랜만에 히데요시를 보고는 가슴을 쓸어내렸다. 그리고 히데요시가 머무르는 동안 히데요시의 직속 부장인 히토쓰야나기 이치스케가 그를 찾아와 잡담을 건네며 그의 우울한 마음을 풀어주었다.

"낙담하실 필요 없습니다. 실패도 해보지 않으면 험한 인생행로를 맛볼 수 없으니. 실패에 대한 반성이야말로 그 사람에게 중후한 맛과 깊이를 더해주는 법이니 실패한 것을 하늘의 은총이라고 생각해야 할 것입니다. 더구나 아직 젊으시니……."

그때 이치스케는 히데쓰구로부터 부탁을 받았다.

며칠 뒤 히토쓰야나기 이치스케는 히데요시에게 히데쓰구의 청이라며 문득 이런 말을 했다.

"쇼뉴 나리의 유신들 가운데는 참으로 쓸 만한 인물이 많지만 그중에서도 이케다 겐모쓰池田監物라는 자를 자신의 가신으로 받아들이면 좋겠다고 히데쓰구 님께서 말씀하셨습니다. 하지만 허락을 받지 않고서는 그렇게 할 수 없다며, 실은 말도 꺼내지 못했다고 합니다. 모쪼록 소망을 들어주시기를…….”

말이 채 끝나기도 전에 히데요시의 얼굴에는 '한심한 소리!'라고 말하고 싶다는 듯한 표정이 선명하게 떠올랐다.

히토쓰야나기 이치스케는 아차 싶어 급히 말끝을 흐렸으나 이미 늦고 말았다. 히데요시가 근래 없을 정도로 불쾌함을 드러내며 그를 야단쳤다.

“이치스케.”

“네.”

“마고시치 놈이 뻔뻔스럽게도 자네에게 그런 부탁을 하던가?”

“뜻은 어떠하실지 걱정되기는 했습니다만.”

“부탁한 마고시치로는 열일곱 살, 틀림없이 모자라기는 하지만 아직 젊다고도 할 수 있네. 그런데 자네는 대체 몇 살인가.”

“황공하옵니다.”

“마흔 가까이나 나이를 먹었으면서 그런 허튼소리를 잘도 고하는구먼. 애초부터 나가쿠테 전투에는 누가 나 대신 총대장으로 나갔었는가? 마고시치로 히데쓰구 아닌가?”

“네, 그렇습니다.”

“그때 마고시치 놈이 지는 모습은 어땠단 말인가? 이에야스에게 추적 당해 진 것은 어쩔 수 없는 일일세. 하지만 본군의 총대장으로서 쇼뉴 부자를 비롯해 모리 나가요시 등 아군이 전사하는 것도 지켜보지 않고 가장 먼저 가쿠덴으로 도망쳐온 한심한 놈……. 당장 배라도 가르게 하고 싶었지만 너무나도 한심해 더는 화를 낼 기운도 나지 않았네."

"……."

"그런데 자신을 돌아볼 생각도 않고 이케다 겐모쓰라는 자를 가신으로 받아들이고 싶다니, 대체 얼마나 뻔뻔스러운 놈이란 말인가. 이치스케! 만약 자네보고 와달라고 한다면 자네는 그런 한심한 놈 밑으로 기꺼이 들어가겠는가?"

이치스케는 엎드린 채 온몸에 식은땀을 흘리며 듣고 있었다.

히데요시의 노기는 좀처럼 식지 않았다. 근신들도 옆에서 듣고 있었다. 그리고 히데요시와 마찬가지로 '그처럼 한심한 말을 고하다니'라고 생각하며 이치스케를 쳐다보았다. 하지만 이치스케에게는 히데요시의 노기가 어쩐지 조카 히데쓰구를 향한 커다란 애정의 표출인 것처럼 느껴졌다. 히데요시만큼 주위 사람, 특히 가족에게 맹목적인 사랑을 품고 있는 사람도 없었다.

"어떤가 이치스케, 자네에게도 마고시치 같은 한심한 주인을 섬기는 것은 불안한 일이겠지? 쇼뉴 부자의 죽음도 보지 않고 도망쳐온 것은 그렇다 해도…… 그놈의 어린 나이를 생각해서 이 히데요시가 특히 사려 깊고 용기도 있는 기노시타 스케에몬木下助右衛門과 기노시타 가게유木下勘解由 두 사람을 곁에 붙여주었는데, 그 두 사람까지 머리를 나란히 하고 죽게 만들었으면서 이케다 겐모쓰라는 다른 집안의 인물을 가신으로 두고 싶다고 말하다니, 참으로 괘씸한 놈이다."

히데요시는 그렇게 화를 내며 말하는 동안 자신의 무릎을 정신없이 두드렸다. 이치스케는 그 소리가 날 때마다 자신이 맞고 있기라도 한 것처럼 머리를 더욱 깊이 숙여 바닥에 댔다.

"전사한 쇼뉴 부자와 특히 유족인 노모와 부인께는 이 히데요시도

한없이 죄송해서 정중히 사과하고, 아울러 마고시치 놈에게도 깊이 반
성하라고 이 오가키 성을 지키라 명한 것인데, 벌써부터 이 히데요시
의 눈치를 살펴가며 어린아이가 과자를 조르듯 떼를 쓰다니, 괘씸한
놈. 이치스케!"

"네."

"이케다 겐모쓰를 달라는 마고시치 놈의 청은 논할 가치도 없는 것
이다."

"알겠습니다. 히데쓰구 님께는 제가 나리의 말씀대로 잘 전하도록
할 테니 이제 그만 노여움을 푸시기 바랍니다. 이 이치마쓰의 불찰이
었습니다."

"자네도 자넬세."

"부디 용서해주시기 바랍니다."

"괘씸한 놈은 마고시치다. 내 훗날 반드시 야단을 치겠다."

히데요시는 곧 오사카로 돌아갔는데 돌아간 뒤에 조카인 히데쓰구
에게 장문의 편지를 보냈다. 히데요시는 그 편지에서 히데쓰구가 나가
쿠테에서 보인 추태를 질책한 것뿐만 아니라 평소 히데쓰구가 히데요
시의 조카라는 생각에 걸핏하면 제멋대로 행동하고 무례한 행동을 한
다는 점을 호되게 야단쳤다.

한때는 그냥 내칠까도 생각했으나 나이도 아직 어리기에 참고 있었던 것인데,
기노시타 스케에몬과 가게유 두 사람까지 죽게 내버려두었으면서 이케다 겐
모쓰를 가신으로 맞이하고 싶다고 말하는 것을 보니 아직 정신을 차리지 못
한 모양이로구나. 좋은 가신을 두고 싶다면 그럴 만한 자격과 인성을 갖추도
록 해라. 만일 앞으로도 생각이 바뀌지 않는다면 이번에야말로 가차 없이 추
방할 것이다.

히데요시는 매우 격한 어조로 히데쓰구의 단점을 철두철미하게 지적했다.

히데쓰구는 히데요시의 꾸지람을 어떻게 받아들였을까? 진심에서 우러나는 엄한 꾸지람은 진심에서 우러나는 사랑이 없으면 할 수 없는 말이라는 사실을 마음속으로 받아들이기에는 나이가 어렸을 뿐만 아니라 그의 천성은 외삼촌처럼 대범하고 솔직하지 못했다.

히데요시의 누나는 미요시 무사시노카미三好武藏守에게 시집을 갔다. 마고시치로 히데쓰구는 그 사이에서 태어난 아들이었다. 히데요시는 아직 열일곱 살밖에 되지 않은 조카에게 가와치河內 기타北 산의 이만 석을 주었다. 그리고 시즈가타케와 그 밖의 전투에 참전하게 했으며 조금이라도 공을 세우면 '잘했다, 잘했어'라고 격려하며 앞으로 중히 쓰려고 특별히 보살폈다.

히데요시가 히데쓰구를 사랑했기 때문이기도 하지만 또 다른 중요한 이유가 있었다. 그것은 그가 히요시라고 불리던 어린 시절, 효도도 하지 못하는 자신을 대신해 누나가 홀로 어머니를 잘 모셨고, 또 오랜 세월 어머니와 함께 빈곤과 싸우며 자신의 성장을 기다려주었기 때문이다.

그는 그 고마움을 잊지 않았고 누나가 보여준 효심과 고생에 어떻게 보답해야 할지 늘 생각했다. 그리고 히데쓰구를 볼 때마다 늘 누나의 마음이 되어 조카의 장래를 걱정했다. 그런데 히데쓰구의 성격은 결코 히데요시의 바람대로 되지 않았다.

에이로쿠永祿 11년(1568년)에 태어난 도련님 히데쓰구는, 히데요시나 히데요시의 누나와는 달리 태어날 때부터 가난도 몰랐으며 세상을 진실로 겪어본 적이 없었다. 그뿐만 아니라 히데쓰구가 이어받은 미요시 가는 무로마치 시대 이후부터 명문가였으며, 부모의 집은 하루하루 번창했고, 외삼촌인 히데요시는 날이 갈수록 천하에 혁혁한 세력과 명성을 떨치고 있었다. 그러한 가운데 가족의 총아로 사랑을 받고, 떠받들어지고, 주변에서 아첨을 했기에 히데쓰구의 나이에 우쭐한 생각에 빠지는 것은 어찌 보면 당연한 일이었다.

히데쓰구는 히토쓰야나기 이치스케로부터 대답을 듣고 뒤이어 히데요시가 보낸 편지를 통해서도 엄하게 꾸지람을 듣고 생애 처음으로 전율을 맛보았다. 그리고 그처럼 대범한 외삼촌도 일단 화가 나면 육친이고 권속이고 봐주지 않는 엄한 사람이라는 사실을 새삼스럽게 깨달았다. 그에게 나가쿠테에서의 추태는 먼 훗날까지도 뼈에 사무쳤던 모양인지, 훨씬 뒤의 일이지만 이런 일화가 전해진다.

한번은 관백關白(간파쿠) 히데쓰구와 도쿠가와 이에야스가 장기를 두고 있었다. 그런데 이에야스가 상대방의 왕을 몰아붙일 때마다 입버릇처럼 같은 말을 되풀이하며 공격했다.

"솜씨는 전부터 알고 있었습니다. 뒤쫓아라, 뒤쫓아."

그러자 옆에서 보고 있던 호소카와 산사이三齋가 다급히 이에야스의 소매를 잡아당겼고, 이에야스는 쓴웃음을 지으며 입을 다물었다. 마침내 물러나 돌아오는 길에 산사이가 다시 기회를 보아 이에야스에게 주의를 주었다.

"무슨 일이 있어도 관백 님 앞에서 나가쿠테 얘기를 하는 것은 금물입니다. 특히 장기를 둘 때 그처럼 말하는 버릇은 좋지 않습니다. 그것이 어디서 화근이 될지 모르는 일입니다."

"조심하겠소, 조심하겠소."

이에야스는 입을 가리고 그렇게 말한 뒤 떠났다. 그리고 그 호의에 대한 예로 훗날 산사이에게 노란 바탕에 줄무늬가 들어간 비단을 보냈다. 산사이는 늙어서까지도 그 비단으로 지은 옷을 입을 때마다 그때의 일이 생각났기에 곧잘 그 이야기를 하며 웃었다고 한다.

야다 강변

출진, 그리고 귀환. 오사카 성과 미노 지방을 몇 번째 오간 것인지. 길가의 사람들도 그렇게 생각하고 있었다.

"고마키 전투는 교착상태에 빠졌다고 하더군."

"상대가 상대이니, 어쩌면 십 년이 걸릴지도 몰라."

사람들은 그렇게 내다봤다.

때는 10월 20일, 가을도 깊었다. 언제나처럼 오사카, 요도, 교토를 지나온 히데요시의 대군은 어찌 된 일인지 사카모토坂本에서 갑자기 길을 바꾸어 이가伊賀, 고가甲賀를 넘어 이세로 갔다. 지금까지는 미노 가도에서 오와리로 갔었으나 이번에는 시각을 달리해 길을 바꾼 것이었다.

"구와나桑名로!"

이세 방면에 있는 노부오의 지성枝城과 첩자들은 생각도 못했던 둑이 무너져 탁류가 넘쳐나기라도 한 것처럼 거듭 전령을 보내 급보를 전했다.

"히데요시의 주력입니다."

"이번에는 일부 장수의 군대가 아닙니다."

"23일에 하네쓰羽津에 진을 쳤고 나오우縄生에는 요새를 지었으며, 가모 우지사토와 하치스카 이에마사蜂須賀家政 등에게 그곳을 굳건히 지키게 한 뒤 시시각각으로 전진해오고 있습니다."

노부오는 침착하게 있을 수가 없었다. 그는 가슴속으로 한 달 전부터 그러한 폭풍이 다가올 것이라 예감하고 있었다. 도쿠가와 가에서 극비에 부치고 있는 이시카와 호키노카미 가즈마사의 내통 문제가 묘하게 과장되어 누구의 입을 통해서인지 그에게도 전해졌기 때문이다.

"도쿠가와 나리의 내부도 결코 긴밀하기만 한 것은 아닙니다. 호키노카미와 같은 마음을 품은 자들도 상당수 있어서 때를 기다리고 있는 듯합니다."

아니, 이 정도 소문으로 그치면 그나마 나았을 테지만 마치 진실인 양 다음과 같은 말을 수군거리며 돌아다니는 사람도 있었다.

"우리 집안의 아무개도 가즈마사와는 친분이 있으며, 또 얼마 전 양군의 조정에 나섰던 니와 고로자 나리와 친척처럼 친하게 지내던 자도 여럿 있어서 잘 아는데 그들 사이에 밀서가 빈번하게 오가고 있다고 합니다.'

그뿐만 아니라 얼마 전 조정은 도쿠가와 가에서 극비리에 히데요시에게 요청한 것으로, 이에야스는 내부의 파탄이 일기 전에 급히 화의를 성립시키려고 했으나 히데요시 쪽 조건이 너무나도 가혹했기에 결국 깨지고 만 것이라는 이야기도 나돌았다.

'있을 법한 얘기……'

솔직히 노부오는 몹시 걱정하고 있었다.

"만약에 이에야스가 나를 제쳐두고 히데요시와 강화를 맺는다면 도대체 어찌하면 좋단 말인가."

노부오의 중신 중 한 명이 말했다.

"만약 히데요시가 방침을 바꾸어 이세 가도로 나선다면 그때는 오사카와 이에야스 사이에 이미 우리 집안을 희생양으로 삼아 무엇인가 꾀하기로 약속한 것이라고 각오해야 할 듯합니다."

집안 전체의 저변에는 그러한 불안감이 흘렀고, 전략적 견지에서 봐도 모두의 의견이 일치했다.

아니나 다를까, 히데요시의 대군이 갑자기 노부오의 예감을 증명하기 시작했다. 노부오는 다급한 상황을 이에야스에게 알리고 도움을 청하는 것 외에 달리 방법이 없었다.

기요스는 사카이 다다쓰구가 지키고 있었는데, 다다쓰구는 노부오로부터 급보를 받고 곧바로 이에야스에게 전령을 보냈으며, 이에야스는 그날로 전 병력을 이끌고 기요스까지 나아갔다.

"구와나로 지원을 가라."

이에야스는 사카이 다다쓰구를 비롯해 각 부장들에게 바로 명령을 내려 급히 달려가게 했다.

구와나는 나가시마로 가는 길목이었다. 노부오도 그곳으로 병사를 보내 나오우 촌에 본영을 설치한 히데요시와 대치하고 있었다. 나오우는 구와나에서 남서쪽으로 십 리 정도 떨어진 지점이며 마치야町屋 강변에 위치한 마을인데, 기소 강과 이비揖斐 강 등의 해구와도 가까웠기에 수륙 양군으로 노부오의 근거지를 위협하기에는 절호의 지휘소였다.

늦가을, 갈대밭이 수만의 병마를 은밀히 감싸고 있어 아침저녁으로 병참부의 연기만이 물가 마을을 덮고 있을 뿐이었다.

아직 아무런 명령도 떨어지지 않았다. 성격이 느긋한 병사는 때때로 문절망둑 낚시를 했다. 그럴 때 뜻밖에도 히데요시가 가벼운 차림으로 말을 타고 진을 둘러보기 위해 오면 병사들은 당황해서 낚싯대를 버렸으나 히데요시는 눈치를 채고도 그저 싱글싱글 웃으며 지나갔다.

사실은 히데요시도 지금과 같은 상황이 아니었다면 문절망둑이라도 낚거나 맨발로 흙을 밟고 싶었을 것이다. 그렇게 그에게는 언제나 동심이 있었다. 그랬기에 시골에만 오면 어렸을 적 개구쟁이 마음을 더욱 불러일으켰다.

이 강 하나만 건너면 오와리 땅이었다. 오와리 나카무라의 흙냄새가 가을 햇살 아래서 그의 후각을 자꾸만 자극했다.

'한번쯤은 나카무라에도 가보고 싶구나.'

히데요시는 남몰래 그런 생각을 하며 말을 돌려 진문으로 돌아왔다.

그러던 어느 날, 도다 도모노부와 쓰다 도자부로 노부카쓰津田藤三郎信勝가 심부름을 다녀와 히데요시를 기다리고 있었다.

"오! 왔는가."

히데요시도 지난 이틀 동안 두 사람의 소식을 궁금해하며 홀로 답장을 기다리고 있었던 듯했다.

"이리로 오게."

히데요시는 진문으로 들어와 말에서 내리자마자 전에 없이 허둥지둥하며 마중을 나온 두 사람을 직접 데리고 아무도 없는 숲 속의 한 막사로 갔다. 숲 주변에는 창을 든 병사 여럿이 눈을 부릅뜨고 경계를 서고 있었다. 장막 가득 오동나무 문양이 흔들렸고 나뭇가지 사이로 가을 햇살이 들어왔다. 장막 안으로는 새소리밖에 들려오지 않았다.

"어땠는가? 산스케三助(노부오) 나리의 대답은?"

히데요시가 낮은 목소리로 물었다. 하지만 눈빛은 날카로웠다. 그 눈은 뭔가 커다란 것을 기대하고 있는 듯했다.

"기뻐하십시오."

우선 쓰다 노부카쓰가 말했다.

"노부오 경께서는 '지쿠젠 나리의 마음을 잘 알았다'고 말씀하시며 회견을 승낙하셨습니다."

"그래, 승낙했단 말인가?"

"오히려 매우 기뻐하시며……."

"그랬는가!"

히데요시는 가슴을 펴고 크게 숨을 훅 내쉬며 몇 번이고 말했다.

"그래, 그랬단 말이지."

히데요시가 이번에 이세 가도로 진출한 의중에는 처음부터 커다란 계산이 있었다. 전쟁이 목표가 아니라 외교가 목적이었다. 아니, 그보다는 일이 뜻대로 되면 외교로 문제를 풀고, 뜻과는 달리 결렬되면 단번에 구와나, 나가시마, 기요스로 진격해 고마키의 견고한 요새를 배후에서부터 무너뜨릴 계획이었다. 다시 말해 화목과 전투 두 가지 공략을 겸했다고 할 수 있다.

히데요시는 이번 계획은 어긋나지 않을 것이라는 자신감을 가지고 있었다. 그래서 나오우에 진을 치자마자 쓰다와 도다 두 사람에게 자세한 내용을 들려주고 그들을 은밀히 나가시마 성의 노부오에게 보낸 것이었다.

밀사인 쓰다 도자부로 노부카쓰는 오다 가와 혈연관계에 있는 사람으로 기타바타케 노부오의 육촌 형제였다. 도자부로가 설득하고, 도다 도모노부가 이해를 밝혀 마침내 노부오로 하여금 이렇게 말하게 했다.

"나는 결코 전쟁을 좋아하는 것이 아닐세. 지쿠젠이 그렇게까지 나를 생각하고 화의를 바란다면 화의에 응해도 나쁠 것은 없으나……."

두 사람은 마지막 패로 꺼내든 노부오와 히데요시의 단독 회견 제의에 대해서도 어려움 없이 승낙을 얻어냈다.

"만나는 것도 좋겠소."

그것으로 두 사람은 '이제 됐다'고 생각하며 나오우의 진으로 달려 돌아온 것이었다.

"수고했네, 수고했어."

히데요시는 기쁨으로 눈가에 주름을 그리며 몇 번이고 두 사람의 노고를 치하했다.

"그렇다면 산스케 님과 만날 날과 장소도 빠짐없이 정했겠지?"

"그렇습니다."

도자부로가 대답했다.

"'시일을 끌어서는 안 된다. 도쿠가와 쪽에 일이 새어나가서는 안 된다'고 말씀하셨기에, 노부오 경께서 회견에 응하겠다고 승낙하자마자 '이번 달 11일 사시巳時, 구와나의 서쪽에 있는 야다矢田 강변까지 오시는 것은 어떨지……. 지쿠젠 님께도 같은 날 같은 시각에 나오우에서 나와 그곳에서 기다리라고 전하겠습니다'라고 말씀드렸습니다."

"그래, 그래. 그것도 승낙했겠지?"

"이견 없다며 승낙하셨습니다."

"11일. 내일 아침이로군."

"그렇습니다."

"물러나서 쉬도록 하게. 자네들도 심적으로 부담이 컸을 테니."

"구와나를 지날 때도, 나가시마로 들어갈 때도 세심한 주의를 기울였으나, 나가시마 성에 발을 들여놓은 순간 '이번 일은 성공하겠구나' 하는 예감이 들었습니다."

"흠, 그와 같은 사기가 보였단 말인가?"

"앞서 오사카에서 손을 써서 나가시마의 가신과 성 아래 마을에까지 여러 가지로 공작해둔 것이 효과를 발휘한 듯……. 성 아래 마을에 와 있는 도쿠가와 쪽의 부대와 기타바타케 가의 무사들은 서로 차가운 눈으로 행동을 감시하고, 성안의 무사들은 같은 성안에 머물면서도 서로 단합하지 못하고 이론을 품는 미적지근한 관계에 있는 것 같다는 느낌이 들었습니다.”

히데요시는 ‘그럴 테지’ 하며 고개를 끄덕였다. 그는 기타바타케의 집안과 도쿠가와 진영의 내부에 기회가 있을 때마다 내분과 내홍의 요인을 심어왔다. 적국에 헛소문을 퍼뜨려 혼란을 일으키는 것은 동서고금 변하지 않는 방법이었다.

히데요시는 고마키에서의 첫 번째 싸움에서 이에야스와 맞붙는 것이 쉽지 않겠다고 판단한 뒤 미묘한 사람의 마음을 살피며 쓸 수 있는 모든 방법을 배후에서 자유자재로 조정해왔다.

도쿠가와 가의 내부에서 무슨 일이 있을 때마다 이시카와 가즈마사가 의심을 받는 것도 그 작용의 한 파도였으며, 니와 나가히데가 조정을 위해 움직이자 기타바타케 가의 내부에서 그와 인연이 있는 사람들이 평화파라고 배척받고, 노부오가 이에야스의 진의에 불안을 느끼고, 도쿠가와 가 무장들이 갑자기 기타바타케 군을 경계하는 것도 전부 멀리 오사카에서 나온 지령의 작용 때문이었다.

‘이제는 된 듯하구나.’

히데요시는 그런 계산에서 이번 이세 진출을 단행한 것이었다. 그랬기에 그는 쓰다 도자부로와 도다 도모노부 두 사자로부터 실상을 듣고 ‘그랬을 테지’ 하며 득의의 미소를 지을 수 있었다.

히데요시는 어떠한 모략을 쓰더라도 외교로 문제를 해결하는 것이 전쟁으로 희생을 치르는 것보다 훨씬 낫다고 생각했다. 그리고 고마키에서 이에야스와 대치해본 뒤 이에야스에게는 정공법도, 기발한 계책도, 위협도, 전쟁도 효과가 없다는 것을 분명히 알게 되었다. 그래서 다른 방법을 쓸 수밖에 없다고 생각했다.

이튿날 야다 강변에서 이루어질 노부오와의 회견이 바로 히데요시의 심려원모의 결과물이었다.

히데요시는 아침 일찍 일어나 하늘을 보았다.

"날씨도 딱 좋구나."

어제는 늦가을 바람을 품은 구름의 움직임이 어수선했기에 만일 오늘 아침에 비바람이라도 쳐서 노부오가 약속을 연기한다는 둥, 장소를 바꾼다는 둥 하면 도쿠가와 쪽에서 눈치를 챌 우려가 있고, 그렇게 되면 참으로 난처하게 될지도 모른다고 걱정하며 잠들었다. 하지만 밤새 맑아져 늦가을에 보기 힘들 정도의 파란 하늘이 펼쳐졌기에 히데요시는 좋은 징조라며 스스로를 축복하고 말에 올라 나오우의 진을 나섰다.

수행원으로는 극히 소수의 하타모토와 시동만을 뽑았으며, 전날 사자로 다녀왔던 도다와 쓰다만을 데리고 갔다. 하지만 마치야 강을 건너자 곳곳의 갈대숲과 민가 뒤쪽에 어젯밤 배치해둔 아군 장병들이 숨어 있었다. 히데요시는 그들을 못 본 척하고 말 위에서 담소를 나누며 구와나의 서쪽 외곽 부근에 있는 야다 강의 기슭까지 나아갔다.

"노부오 님이 오실 때까지 여기서 기다리기로 할까."

히데요시는 걸상에 앉아 주위 풍경을 바라보았다.

어젯밤까지는 노부오를 평소와 다름없이 산스케 나리라고 불렀다. 하지만 지금 히데요시는 노부오의 모습을 보기 전부터 그 사람의 호칭에까지 세세하게 신경을 쓰고 있었다. 소심한 사람의 마음을 받아들이려면 우선 소심해져야 한다고 생각한 것인지 전에 없이 근실한 태도를 보였다.

잠시 뒤, 노부오가 약속 시간을 어기지 않고 한 무리의 기마를 이끌고 모습을 드러냈다.

"아아, 와 있구나."

노부오도 말 위에서 강변의 사람들을 보았다. 그는 좌우의 심복 장수들에게 무슨 말인가를 건넨 뒤 히데요시의 모습에 시선을 고정시키며 다가왔다.

"오……. 오셨군."

강변에서 기다리고 있던 히데요시가 그렇게 혼잣말을 하며 걸상에서 일어났다. 그러자 맞은편에서 노부오가 말을 멈추더니 땅 위로 훌쩍 뛰어내렸다.

'히데요시가 나를 어떤 태도로 대할지.'

노부오에게는 아직 근심이 남아 있는 듯했다. 그는 데려온 심복 무사들을 좌우에 펼치고, 무위를 갖추어 한껏 차려입은 채 중앙에 서서 굳은 표정으로 히데요시 쪽을 지켜보았다.

히데요시, 그는 어제까지만 해도 노부오가 천하를 향해 북을 울리며 극악한 괴수, 은혜도 모르는 무례한 인간이라고 욕을 하고 이에야스와 함께 그 죄를 낱낱이 밝히던 적이었다. 하지만 지금 노부오는 그 히데요시의 청을 받아들여 회견을 허락했으나 히데요시가 과연 어떤 눈빛으로, 어떤 저의를 가지고 자신을 기다릴지 결코 마음을 놓을 수 없었다. 그런데 노부오가 위용을 갖추고 서자마자 히데요시는 지금까지 앉아 있었던 걸상을 뒤로하고 혼자서 종종걸음으로 달려왔다.

"아…… 오오 노부오 님."

히데요시는 약속도 없이 우연히 만난 것처럼 두 손을 흔들며 이렇게 덧붙였다.

"참으로 그리웠던 모습."

히데요시의 첫마디였다. 그러고는 은근한 인사나 예를 취한 것이 아니라 저잣거리의 범속한 이들이 길 위나 교차로에서 흔히 보이는 것과 별반 다르지 않은 표정을 지어 보였다. 이는 두 개의 천하를 하나로 만들기 위해 다투고 있는 군문의 대표자로서 참으로 파격적인 행동이었다. 노부오도 뜻밖의 상황에 부딪쳐 당황했으며, 철창과 갑주로 무장한 채 긴장하고 있던 그의 장병들도 어리둥절한 모습이었다.

놀라운 일은 그것뿐만이 아니었다. 히데요시는 벌써 노부오의 발아래 무릎을 꿇고 그 신에 얼굴이 닿을 정도로 머리를 조아리고 있었다. 그리고 당황한 노부오의 손을 잡으며 이렇게 말했다.

"언제가 뵙고 싶다며 지난봄 이후부터 단 하루도 생각하지 않은 날이 없었습니다. 무엇보다 건강하신 듯하여 참으로 기쁩니다. 아아, 어떤 악마가 저희 주군을 유혹해서 피할 수 없는 싸움에 이르게 한 것인지……. 오늘부터는 다시 예전처럼 주군……. 이 히데요시는 오늘의 가을 하늘처럼 해를 다시 본 것 같은 기분이 듭니다."

히데요시는 마치 울고 있는 것이 아닐까 여겨질 정도로 말과 행동 모두 꾸밈이 없고 진솔했다.

"지쿠젠, 어서 일어나게, 어서. 어째서 피할 수 없는 전쟁에 이르게 된 것이냐고 자네가 후회한다면, 내게도 할 말은 없다네. 같은 죄인 아닌가. 우선, 우선 자리에서 일어나게."

노부오는 히데요시가 잡고 있던 손으로 그를 안아 일으켰다.

11월 11일에 열린 양자의 회견은 그렇게 척척 진행되어 단독 강화를 맺게 되었다. 원래대로 하자면 노부오는 이에야스의 동의를 얻거나 사전에 상의를 하는 게 순서였다. 그런데 그는 '마침 잘됐구나' 하며 응해버렸고, 또 단독으로 화의를 성립시켰다.

이에 대해 훗날의 사가들은 노부오의 경솔한 행동과 그 심사를 조롱하듯 이야기했다. 아라이 하쿠세키新井白石는 《한칸부藩翰譜》264에서

___

이렇게 특필했다.

**노부오 크게 기뻐하며, 도쿠가와 나리에게 이 일을 알리지도 않고 11월 11일
에 지쿠젠노카미를 만나 화해를 하고 말았다.**

그리고《호안 태합기甫庵太閤記》에는 이렇게 기록되어 있다.

어느 날, 노부오 경은 여러 가지 의심이 들었기에 곧 화목을 맺었다.

여러 의심이 무엇인지 다시 말할 필요는 없을 것이다. 결국 노부오
는 히데요시의 꾀에 넘어간 것이다. 이에야스가 노부오를 손에 넣고
농락했던 것처럼 이번에는 히데요시가 노부오를 가로챈 것일 뿐이었
다. 그날 히데요시가 첫 만남에서부터 노부오의 환심을 사기 위해 얼
마나 달콤한 말을 속삭였을지는 상상하고도 남을 일이다.

히데요시는 까다롭고 신경이 날카로운 사람이라고 일컬어졌던 노
부오의 아버지 노부나가를 섬겼을 때도 심기를 건드린 적이 거의 없었
다. 그런 그에게 이와 같은 일은 더없이 간단한 일이었을 것이다. 하지
만 앞서 두 사자를 통해 제시한 강화 조건의 내용은 결코 달콤한 것이
아니었으며, 그렇게 간단한 것도 아니었다. 조건의 내용은 다음과 같
았다.

1. 히데요시는 노부오의 딸을 양녀로 받아들인다.
2. 히데요시가 점령한 이세 북쪽의 네 개 군은 노부오에게 반환한다.
3. 노부오는 일족인 오다 나가마스와 다키가와 가쓰토시瀧川雄利, 사쿠마 마
   사카쓰佐久間正勝, 고 나카가와 가쓰타다中川雄忠의 아들이나 어머니 등을

인질로 보낸다.

4. 이가의 나바리名張 등 세 개 군, 이세 남부의 스즈카鈴鹿, 가와와河曲, 이치
시一志, 이이다카飯高, 이이노飯野, 다케多氣, 와타라이度會 등의 일곱 개 군,
거기에 오와리, 이누야마 성과 가와다河田 요새는 히데요시에게 양도한다.

5. 이세, 오와리 두 개 주에 걸친 임시 축성은 양쪽 모두 파기한다.

"됐소."

노부오가 조인하자 히데요시는 선물로 황금 스무 개, 후도 구니요키
不動國行의 칼 하나를 건넸으며, 이세 지방에서의 전리품인 쌀 삼십만 오
천 가마를 증여했다. 히데요시가 마음을 표하기 위해 몸을 굽혀 공경하
고 그만큼 실물을 건넸으니 노부오는 만족할 수밖에 없었다. 하지만 그
것이 어떤 회답으로 돌아올지 노부오는 그다지 깊이 고려하지 않았다.

노부오는 명문가의 아들로 귀인의 자격을 갖추고 있었다. 하지만 시
대의 격렬한 조류를 생각해봤을 때 어리석은 인간이라는 말을 들어도
어쩔 수 없는 일이다. 명문가의 자제로 시류의 바깥에 있었다면 아무
런 책망도 듣지 않았을 것을, 그는 시류의 첨단으로 나서 싸움의 괴뢰
가 되었으며 자신의 깃발 아래에서 많은 사람을 죽게 만들었다.

노부오가 히데요시와 화의를 맺은 사실이 밝혀진 뒤 가장 놀란 사
람은 이에야스였으리라. 천하의 달인인 이에야스가 이 어리석은 도련
님에게 보기 좋게 한 방 얻어맞은 셈이었다.

뜨거운 쇳물을 삼키다

이에야스는 히데요시와의 대전을 위해 오카자키岡崎에서 기요스로 나와 대대적인 편제를 단행했다. 12일 아침이었다.

"갑자기 뵙고 말씀드려야 할 일이 생겨서."

구와나에 있던 사카이 다다쓰구가 밤새 말을 달려 찾아왔다.

"뭣이? 다다쓰구가?"

전선의 사령관이 무단으로 진지에서 벗어나 돌아온다는 것은 심상치 않은 일이었다. 더구나 다다쓰구는 육십 세의 노장이었다. 일족인 요시로 시게타다与四郎重忠와 요시치로 다다토시与七郎忠利가 함께 있는데 노인이 무슨 일로 밤새 달려온 것인지 의문스러울 뿐이었다.

이에야스는 아침을 먹고 있었으나 곧 자리를 옮겨서 그를 만났다.

"이상한 일이 일어났습니다."

"다다쓰구, 무슨 일인가……."

"어제 구와나의 서쪽에 있는 야다 강변에서 노부오 경이 히데요시와 회견을 했는데 우리 집안에는 아무런 말도 전하지 않고 화목을 맺었다는 소문이 돌고 있습니다."

"야다 강변에서……."

사에몬노조 다다쓰구左衛門尉忠次는 이에야스가 감정을 억누르는 것을 보고는 오히려 입술을 부르르 떨었다. 다다쓰구는 참을 수가 없었다. 천하의 멍청이 같은 노부오라고 크게 외치고 싶었다. 지금 이에야스가 마음속에서 가만히 억누르고 있는 것도 아마 다르지 않으리라. 화를 내야 할지, 웃어야 할지. 순간 마음속에서 움직인 감정을 스스로도 어떻게 받아들여야 할지 몰라 억누르고 만 것이리라.

"……."

이에야스는 망연한 눈빛으로 어처구니가 없다는 듯한 표정을 지어 보였다. 그대로 시간이 흘렀다.

"……."

그사이에 이에야스는 눈을 두어 번 깜빡일 뿐이었다. 그리고 커다란 귓불을 왼손으로 잡고 얼굴을 옆으로 돌려 문질렀다.

'난처하게 됐군. 곤란하게 됐어.'

참으로 당혹스러운 듯한 모습이었다. 구부정한 등을 좌우로 흔들기 시작했다. 왼손이 귓불에서 떨어지더니 무릎을 철썩 내리쳤다.

"다다쓰구."

"네……."

"틀림없는 사실인가?"

"이처럼 중대한 일을 어찌 선불리 고하러 왔겠습니까? 더욱 자세히 알아보기 위해 사람을 풀었으니 곧 소식을 가지고 전령들이 뒤따라올 것입니다."

"그런데…… 산스케 님으로부터는 자네의 진소로 아직 아무런 소식도 전해지지 않았단 말이지?"

"어제 나가시마에서 나오셔서 구와나를 지나 야다 강변으로 가실 때도 수비, 배치를 살펴보러 가시는 줄로만 알았으며, 성으로 돌아가실 때 역시 아무런 말씀도 하지 않으셨습니다."

"그런가……."

이에야스는 처음으로 고개를 끄덕인 뒤 중얼거렸다.

"그럴 만도 하군."

차례차례 들어온 보고는 노부오가 단독 강화를 맺었다는 소문을 더욱 확실하게 뒷받침해주는 것들이었다. 그런데도 노부오는 그날까지 아무런 연락도 취하지 않았다. 노부오가 단독으로 강화를 맺었다는 사실은 곧 도쿠가와 가의 가신들에게도 전해졌다.

"이런 뜻밖의 일이."

이이 효부, 사카키바라 야스마사, 오쿠보 다다스케大久保忠助, 오쿠보 다다치카大久保忠隣, 혼다 야하치로本多弥八郎, 혼다 헤이하치로 다다카쓰 등의 다혈질인 젊은 장수들을 비롯해 도리이 다다마사鳥居忠政, 도다 주로에몬戸田十郎右衛門, 나이토 신고로內藤新五郎, 마쓰다이라 야스쓰구松平康次, 마쓰다이라 요이치로 히로이에松平与一郎廣家, 마쓰다이라 마고로쿠로 야스나가松平孫六郎康長, 안도 히코주로安藤彦十郎, 사카이 요시치로酒井与七郎, 아베 마사사다阿部正定 등의 분별 있는 부장들까지 얼굴을 마주할 때마다 믿을 수 없다는 듯 서로 떠들어댔다.

"정말인가?"

"정말인 듯하오."

마침내 사람들은 납득할 수 없다는 듯한 얼굴로 기요스의 한 방에 모였다. 그들은 절조 없는 노부오를 탄핵하고, 따돌림을 당해 궁지에 빠진 도쿠가와 가의 입장을, 그리고 천하에 체면을 어떻게 세울 것인가 걱정하며 눈물을 머금은 채 분개했다.

"만일 이것이 사실이라면 아무리 노부오 경이라 해도 그냥 두지는 않아야 하오."

혈기 넘치는 헤이하치로 다다카쓰가 말했다. 그러자 이이 효부 나오마사도 눈을 치켜뜨며 말했다.

"우선 노부오 경을 나가시마에서 모셔와 잘못을 따져 묻고, 그 뒤 하시바 지쿠젠과 자웅을 겨루어야 할 것이오."

"이건 말도 안 되는 일이오."

"처음부터 도쿠가와 가가 누구를 위해 일어난 것이란 말인가."

"이에야스 님께서 도와주지 않으시면 고 노부나가 공의 일족은 히데요시의 야망 때문에 멸망할 수밖에 없다고 울며 매달렸기에 우리 도쿠가와 가가 의를 부르짖으며 일어난 것이거늘. 그 의전의 깃발, 명분의 주인이 적에게로 휙 돌아서다니, 한심해서 말도 안 나오는군."

"게다가 우리 집안에는 한마디 상의도 없이."

"심지어는 아직까지 아무런 연락도 해오지 않았소. 이대로 입을 다물고 앉아 있을 심산인가?"

"아니, 그렇게 내버려두지는 않겠소. 아무리 춘추의 도의가 무너졌다고는 하나."

"어쨌든 분한 일이오."

"이대로 있어서는 우리 나리의 체면도 떨어질 것이고, 우리도 천하의 웃음거리가 될 것이오. 고마키, 나가쿠테의 전장에서 목숨을 잃은 벗과 부하들의 영혼에게도 면목 없는 일이오."

"그렇소, 개죽음이오."

"전사자의 죽음을 의미 없는 것으로 만들고, 살아 있는 우리도 이처럼 분함을 참아야 할 이유는 없소. 나리께서는 이번 일을 대체 어떻게 하실 생각이신지."

"오늘 아침부터 나리의 거처는 매우 조용하오. 구와나에서 온 사에몬노조 다다쓰구 나리와 오스가 야스타카 나리 등과 같은 노신들만 부른 채……. 오늘도 뭔가 깊이 상의하시는 듯하오."

"누군가가 이곳의 의견을 노신들에게 전달하는 게 어떻겠소? 직접 말씀드리기는 조심스러우니."

"그렇다면 누가 좋겠소?"

아베, 나이토, 마쓰다이라 등이 자리를 둘러보았다.

"역시 이이 나리가 좋지 않겠소? 헤이하치로 나리와 함께."

"좋소, 말씀드리고 오겠소."

혼다 헤이하치로와 이이 효부 두 사람이 대표가 되어 그곳을 나섰을 때였다. 그 순간 그들의 부하들이 소식을 전해왔다.

"나가시마에서 온 노부오 경의 사자 둘이 지금 막 대서원으로 들어갔습니다."

"뭣이, 나가시마의 사자가 왔다고?"

그러자 사람들의 분노는 더욱 들끓어 올랐다.

"무슨 낯짝으로……."

"뻔뻔스럽게."

사람들은 저마다 분노를 표출했다. 하지만 사자들이 대서원으로 들어갔다고 하니 이미 사자와 이에야스가 만나고 있으리라 여겨졌으며, 곧 주군의 뜻도 표명될 터였기에 사람들은 서로를 달래며 그 결과를 기다리기로 했다.

노부오의 사자는 노부오의 숙부인 오다 엣추노카미 노부테루織田越中守信照와 이코마 하치에몬生駒八右衛門 두 사람이었다. 노부오의 의중이야 어찌 됐든 두 사람은 사자가 되어 도쿠가와 가로 온 것이 민망한 듯 매우 위축된 상태로 대서원의 자리에 앉아 있었다.

마침내 이에야스가 갑옷도 입지 않은 평복으로 시동들만 데리고 가볍게 모습을 드러냈다. 그리고 깔개에 앉자마자 바로 말을 건넸다.

“노부오 경께서 갑자기 생각을 바꾸어 지쿠젠과 손을 잡으셨다고 하더군.”

“네…….”

두 사자가 엎드려 얼굴도 들지 못한 채 그대로 대답했다.

“이번에 갑자기 하시바 나리와 화담을 나눈 일에 대해 나리의 집안에서는 틀림없이 뜻밖의 일이라고, 유감스러운 일이라고 생각하실 거라는 점은 잘 알고 있사옵니다만, 사실 거기에는 주인 노부오 나리의 여러 가지 심려원모와 눈앞의 사정이 있기에…….”

“짐작이 가오. 그 일에 대해서는 장황하게 설명할 필요 없소.”

“자세한 내용은 이 서면에 적혀 있으니 모쪼록 읽어보시기 바랍니다.”

“흠, 나중에 천천히 보기로 하겠소.”

“노여움을 사지 않을까, 주인께서는 그 일만 걱정하고 계십니다.”

“무슨 소리요, 그런 걱정은 하실 필요 없소. 애초부터 이번 싸움은 이에야스의 사심이나 사사로운 생각에 의해 시작한 것이 아니오. 그대들도 그 발단에 대해서는 잘 알고 계시지 않소?”

“잘 알고 있습니다.”

“이 모든 일이 오로지 노부오 경의 운명을 위한 일이었음은 이에야스의 마음에서 어제도 오늘도 변함이 없소. 쓸데없는 근심을 하실 필요 없소.”

“말씀 전하도록 하겠습니다. 나리의 뜻을 전해 들으시면 주인께서 얼마나 기뻐하실지…….”

“다른 방에 음식을 준비해두라고 했소. 이제 전쟁도 끝났으니 누가 뭐래도 축하할 일이오. 천천히 점심을 드시고 가시오.”

이에야스는 그렇게 말하고 안으로 들어갔다. 나가시마의 사자는 별실에서 술과 밥의 향응을 받았으나 곧 창황히 돌아갔다.

그 소식을 들은 혈기왕성한 무사들은 당치도 않은 일이라며 격분했다.

"있을 수 없는 일이오!"

팔을 부르쥐며 화를 내는 사람도 있었다.

"아니, 틀림없이 주인께서는 달리 깊이 생각하신 바가 있을 것이오. 어찌 노부오 경과 히데요시의 야합을 그냥 승낙하셨겠소."

한편으로는 그렇게 깊이 생각하며 위로하는 사람도 있었다. 그사이 이이 효부와 혼다 헤이하치로가 사람들의 의견을 노신들에게 전하러 갔다.

"서기."

이에야스가 서기를 불렀다. 조용하던 곳에서 들려온 목소리였다. 이에야스는 조금 전 대서원에서 노부오의 사자를 만나고 자신의 방으로 돌아온 뒤 누구도 들이지 않았다. 서기의 방에서 바로 누군가가 이에야스의 방으로 건너갔다.

"료안了庵인가. 글을 하나 써주게."

이에야스가 사방침의 자리를 바꾸었다. 서기는 벼루를 끌어다놓고 대필할 내용을 기다렸다.

"기타바타케 노부오 경과 하시바 지쿠젠 나리께 각각 축하의 글을 보내려 하네. 내가 불러주는 대로 적게."

"네."

료안이 붓에 먹물을 묻힌 뒤 문득 이에야스의 얼굴을 올려다보았다. 이에야스는 노부오와 히데요시에게 화목을 축하하는 글을 보내기 위해 얼굴을 비스듬히 하고 눈을 감고 있었다. 아니, 글의 내용을 생각하기 전에 뜨거운 쇳물을 삼킨 것 같은 마음을 정리하고 있는 듯했다.

잠시 뒤 이에야스가 글의 내용을 담담하게 불러주었다.

일곱 살 때부터 이마가와今川 가에 인질로 가 있었지만 임제사臨齋寺 (린자이지)의 차가운 방에서 셋사이雪齋 화상에게 학문을 배운 이에야스였다. 그렇게 고등교육을 받은 이에야스는 교육 면에서 히데요시와 비교할 수 없는 상대였다. 따라서 히데요시의 서기는 히데요시가 입에서 나오는 대로 불러주는 것을 상식에 맞는 문체로 적는 것이 임무였으나, 이에야스의 서기는 이에야스가 불러주는 대로 한 글자 한 글자 깨끗하게 쓰기만 하면 되었다.

이에야스는 편지 두 통을 다 쓰고 나서 시동에게 명령했다.

"호키를 좀 오라고 해라."

서기는 편지 두 통을 이에야스 앞에 놓고 방에서 나갔다. 뒤이어 촛불을 든 근신이 들어와 조용히 두 곳에 불을 켜고 나갔다.

어느 틈엔가 날이 저물어가고 있었다. 불을 보자 이에야스는 오늘 하루가 왠지 짧은 것 같다는 생각이 들었다. 그만큼 자신의 마음속이 다망하고 공허했던 것일까 하고 생각했다. 그때 가만히 방문을 여는 소리가 들렸다. 이시카와 호키노카미 가즈마사는 주인과 마찬가지로 벌써 평상복으로 갈아입고 그곳에 엎드려 있었다.

집안의 장병 대부분이 아직 무장을 풀지 않았다. 그럼에도 불구하고 가즈마사는 오늘 아침부터 이에야스가 평상복으로 갈아입은 것을 보고 자신도 곧 평상복으로 갈아입었다.

'가즈마사의 저 차림은 또 뭐란 말인가. 갑옷을 입을 때는 느리면서 벗을 때는 빠르구나.'

사람들은 눈에 쌍심지를 세워 가즈마사의 겉모습뿐만 아니라 속마음까지 읽으려는 듯 노골적으로 그를 바라보았다. 어찌 된 일인지 사람들은 호키노카미 가즈마사가 하는 일에 대해서는 같은 가신이면서도 있는 그대로 받아들이지 않았다. 앞을 가리키면 뒤를, 바닥을 보이면 그 바닥에 다시 이중 바닥이라도 있는 것 같은 인물로 받아들였다.

'유감스러운 일이기는 하다.'

최근 가즈마사의 얼굴에는 깊은 주름이 새겨졌다. 피부색에도 생기가 없었으며 웃음을 잃은 지 오래였다.

"그래, 가즈마사 왔는가. 거기는 너무 머네. 가까이 오게. 좀 더 가까이."

언제나 변함이 없는 것은 주군뿐이었다. 가즈마사는 이에야스 앞으로 가자 오히려 맥이 풀렸다.

"호키."

"네."

"내일 이에야스의 사자로 가주었으면 하네."

"어디로 가는 사자입니까?"

"나오우의 진소에 있는 하시바 나리와 구와나의 노부오 경에게로."

"알겠습니다."

"축사를 담은 서장은 여기 있네. 두 곳에 잘 전해주기 바라네."

"화목에 대한 축사입니까?"

"그렇다네."

"나리의 심정은 짐작이 갑니다. 그런데 불만의 빛도 드러내지 않으시고 이처럼 축하의 말씀을 전하시는 것을 보면 아무리 노부오 님이라도 틀림없이 얼굴을 붉히실 것입니다."

"아닐세, 가즈마사. 산스케(노부오) 님에게 얼굴을 붉히게 한다면 역시 이에야스는 소심한 자가 되어 의에 따라 일어선 싸움이라는 공언이 우스운 것이 되어버리고 마네. 이에야스의 입장은 뒤로 돌려놓기로 하세. 거짓 평화가 됐든, 뭐가 됐든 평화에 대해서 불평을 토로할 이유는 어디에도 없네. 천하 만민의 기쁨과 함께 이에야스도 진심으로 만족스럽게 생각한다고 자네가 잘 말씀드리도록 하게.”

이에야스는 호키노카미야말로 자신의 마음을 가장 잘 알아주는 사람이며, 또 이번 일을 가장 잘 처리할 수 있는 사람이라고 여기며 자세히 이야기를 들려주었다. 하지만 가즈마사는 다시 한 번 고통을 견뎌야 하는지 고민할 수밖에 없었다. 애초부터 자신에 대한 가신들의 오해는 자신과 히데요시가 접촉하면서 시작되었다.

작년에 히데요시가 야나가세柳ヶ瀬 전투에서 승리를 거두었을 때 이에야스는 히데요시에게 축하의 뜻을 전할 사자로 이시카와 가즈마사를 뽑아 하쓰하나初花 다기를 들려 오사카로 보냈다.

그때 히데요시의 기쁨은 이만저만한 것이 아니었다. 하쓰하나 다기를 자랑하기 위해 아직 공사 중인 오사카 성의 다실로 제후들을 불러 다도회를 열었다. 그날 히데요시는 제후들에게 도쿠가와 나리가 축하를 위해 보낸 선물이라며 자랑을 늘어놓았다. 게다가 사자로 온 가즈마사에게 ‘하루만 더 머물러라, 하루만 더’라고 말해 결국 예정일을 넘겨 돌아갔고, 돌아가는 길에도 주인인 이에야스와 가즈마사에게 수많은 선물을 준 탓에 짐을 실은 말이 행렬을 이룰 정도였다.

그 뒤에도 이에야스 가와 교섭이 있을 때면 히데요시는 반드시 가즈마사의 소식을 물었으며, 또 도쿠가와 가와 친교가 있는 제후와도 곧잘 가즈마사에 대해 이야기를 나누었다.

‘호키노카미는 하시바 나리의 마음에 쏙 든 모양이더군.’

언제부턴가 미카와 무장들의 머릿속에 그러한 선입관이 깊이 뿌리를 내렸다.

고마키에서 대치할 때든 니와 나가히데의 조정 운동 전후든 무슨 일이 있을 때마다 미카와 무장들은 아군인 가즈마사의 움직임을 예의

주시했다. 흔히들 무인의 굳센 성격에 대해 이야기하지만 무인들의 시기와 소심한 성격 역시 시끄러운 법이다. 하지만 이에야스는 거기에 현혹되지 않았다. 그러다 보니 그에게는 가즈마사가 유일하게 기댈 수 있는 사람이었다.

"왜 이리 소란스러운 게냐."

이에야스가 가즈마사의 얼굴에서 문득 다른 곳으로 시선을 돌렸다. 그것은 몇 개나 떨어진 방에서 들려오는 사람들의 목소리였다. 화의에 불만을 품은 무장들이 가즈마사가 주군 앞으로 불려갔다는 소리를 듣고 더욱 의심이 생겨 거침없이 분노를 토로하는 모양이었다.

이이 효부, 혼다 헤이하치로 등을 대표로 해서 도리이, 오쿠보, 마쓰다이라, 사카키바라 등이 노신인 사카이 다다쓰구를 둘러싸고 있었다.

"노인께서는 선봉의 병사들을 이끌고 구와나 성 아래에 계시지 않았습니까? 노부오 경과 히데요시가 야다 강변에서 회합한 줄도 모르고, 히데요시의 밀사가 구와나 성을 지났다는 사실도 모르셨다니 말도 안 됩니다. 두 사람의 야합적인 화목이 이루어졌다는 사실을 알고 난 후에 급히 말을 달려온들 그게 무슨 소용입니까?"

사람들이 다다쓰구에게 따져 물었다. 하지만 상대는 히데요시였다. 사전에 새어나갈 계책을 쓸 사람이 아니었다. 다다쓰구도 할 말은 얼마든지 있었다. 하지만 노장답게 불만을 품은 무리와 젊은 혈기에 대해서는 순순히 그 분개와 매도를 받아주는 것이 가장 좋다고 생각해 사과만 하고 있을 뿐이었다.

이이 효부와 혼다 헤이하치로의 목적은 예순 살 노인을 괴롭히는 것이 아니었다. 단지 주군에게 자신들의 의중을 전하고 싶었던 것이다. 야합적인 화목을 단호히 일축하고 노부오의 단독 강화는 도쿠가와 가와 상관없다고 천하에 선언하길 바랄 뿐이었다.

"말씀을 전해주십시오, 노인께서."

"아니, 이처럼 밀어붙이는 것은 온당치가 않네."

"저희는 아직 갑주도 벗지 않았으며 이곳을 전장이라 생각하고 있습니다. 평소의 예를 따질 필요는 없습니다."

"곧 나리께서 직접 말씀을 전하실 게야."

"그때는 이미 늦습니다. 그 전에 말씀을 올려야겠기에 저희도 이 소란을 피우는 것입니다. 말씀을 전해주지 않으시겠다면 어쩔 수 없습니다. 근신을 통해 나리의 거처로 직접 들어가겠습니다."

"아니, 지금은 가즈마사 나리와 말씀을 나누고 계시는 중일세. 거처를 함부로 소란스럽게 할 수는 없네."

"뭣이, 가즈마사가?"

이러한 때에 이시카와 가즈마사가 주군 앞에 홀로 있다는 사실을 듣게 되자 그들은 더욱 불안하고 불쾌할 수밖에 없었다. 그들은 고마키 전투 때부터 걸핏하면 화의가 전해졌으며, 그때마다 그 뒤에 가즈마사가 있다고 생각했다. 니와 나가히데가 조정을 위해 움직였을 때도 오로지 가즈마사가 그 일을 담당했으니 이번 노부오의 단독 강화에도 그의 책동이 있었던 것이 아닐까 의심할 수밖에 없었다.

사람들의 거짓 없는 감정이 소란스러운 소리가 되자 몇 개나 떨어진 방에 있는 이에야스의 귀에까지 전해진 것이었다. 한 시동이 종종걸음으로 복도를 달려와 이에야스의 말을 전했다.

"부르십니다!"

그리고 한마디 더 덧붙였다.

"여러분, 한 분도 빠짐없이 거실로 오라는 분부십니다."

그곳에 모인 사람들은 뜨끔했는지 얼굴을 마주 보며 몹시 두려워했다. 하지만 헤이하치로와 효부처럼 강경한 사람들은 바라던 바라는 듯

사카이 다다쓰구와 다른 사람들을 재촉하며 앞장섰다.

"부르신다고 하지 않소. 어서 갑시다."

이에야스의 거실은 갑옷을 입은 무사들로 가득 들어찼다. 장지문을 열어 옆방에까지 나란히 앉았다.

"모두 모였는가?"

모두 눈동자를 이에야스의 얼굴로 향했다. 이에야스도 한 사람 한 사람을 둘러보듯 한동안 입을 다물고 있었다. 그의 곁에는 이시카와 가즈마사가 있었다. 그다음에는 사카이 다다쓰구가 앉아 있었으며 이하 도쿠가와 가의 중견들이 모여 있었다.

"모두 듣기 바란다."

이에야스가 말을 꺼냈다가 끝자리 쪽을 보며 말했다.

"끝자리에 있는 사람은 좀 멀구나. 이에야스의 목소리가 낮으니 좀 더 이쪽으로 모이도록 하게. 이리 와서 내 주위를 감싸고 듣도록 하게."

사람들이 자리를 옮겼고, 끝자리에 있던 사람까지 모두 이에야스 주변으로 모였다.

"내 뜻과는 달리 노부오 경께서 어제 갑자기 하시바와 화목을 맺었다네. 실은 오늘 아침에 이 사실을 모두에게 알릴 생각이었으나 벌써 그대들의 귀에 들어가 적잖이 걱정을 끼쳤다고 하더군. 용서해주게, 결코 그대들에게 일을 숨기고 있었던 게 아닐세."

모두 고개를 숙였다.

이에야스는 이야기 중에 용서해달라는 말을 몇 번이고 되풀이했다.

"노부오 경의 요청에 응해 자네들을 일어나게 한 것도 이 이에야스의 잘못이었소. 고마키, 나가쿠테에서 애석하게도 좋은 가신들을 여럿 전사케 한 것도 이 이에야스의 과실. 그리고 산스케(노부오) 님이 나도 모르는 사이에 히데요시와 손을 잡아 자네들의 의로운 마음과 충성스러운 기개를 무의미하게 만든 것도 노부오 님에게 죄가 있는 게 아니라 전부 이 이에야스의 밝지 못함과 부주의에 있소. 오로지 충의밖에 모르는 자네들에게 이 이에야스는 주군으로서 뭐라 사과해야 할지 모르겠소."

이에야스는 윗자리에서 머리라도 조아릴 듯한 태도로 다시 사과했다.

"용서해주기 바라네. 물론 원통하겠지. 물론 화가 나겠지. 이에야스도 어리석기는 하나 그 마음에는 변함이 없다네. 하지만 이제 와서 산스케 나리를 비난한다면 그건 우리의 명분을 스스로 우습게 만드는 꼴이 되어버리고 말 걸세. 따라서 하시바 나리에 대해서는 그 지략을 칭찬해주고 동시에 평화를 축하할 수밖에 없네. 모략의 평화, 위장된 평화라고 욕해서는 결코 안 되네."

언제부턴가 모두 고개를 숙였고, 이에야스의 얼굴을 보는 사람은 아무도 없었다. 자꾸만 눈물을 떨어뜨리는 소리가 들려왔다. 사내의 눈물, 원통한 울음의 떨림이 어깨에서 어깨로 물결처럼 흔들렸다.

"어쩔 수 없는 일이라고…… 이번에는 참아주길 바라네. 마음을 크게 단단히 먹고 훗날을 기약하기로 하세."

이이 효부와 혼다 헤이하치로는 그곳으로 온 뒤 한마디도 하지 않았다. 아니, 두 사람 모두 고개를 옆으로 돌린 채 종이로 얼굴만 닦고 있었다.

"축하할 일일세. 전쟁은 끝났네. 내일은 축하하며 오카자키로 돌아가기로 하세. 자네들도 얼른 돌아가서 처자의 얼굴을 보도록 하게."

이에야스는 종이로 코를 풀어가며 말했다.

이튿날인 13일, 이에야스 이하 도쿠가와 군은 기요스 성을 떠나 산슈三州 오카자키로 돌아갔다. 같은 날 아침, 이시카와 가즈마사는 화목

성립을 축하하는 사자로 사카이 다다쓰구와 함께 구와나로 갔다. 그리고 노부오를 만난 뒤 다시 나오우의 히데요시를 찾아가 이에야스의 공식 의사를 전했다.

"경하스럽기 그지없습니다."

그들은 그렇게 축하의 글을 건네준 뒤 돌아왔다. 가즈마사가 돌아간 뒤 히데요시는 좌우의 사람들에게 이렇게 말했다.

"보게나, 과연 이에야스일세. 만약 다른 사람이었다면 이번의 통한을 마치 뜨거운 차를 마시듯 이처럼 아무렇지도 않게 삼키지는 못했을 걸세."

히데요시는 상대방에게 뜨거운 쇳물을 마시게 한 장본인이었던 만큼 상대방의 태도도 높이 평가했다. 입장을 바꾸어 자신이 이에야스였어도 이런 태도를 취할 수 있었을지 자문자답해보았다.

그러는 동안에도 득의만만한 사람은 노부오였다. 야다 강변에서의 회견 이후, 그는 완전히 히데요시 수중의 물건이 되어 전에 이에야스에게 모든 것을 의지하고 있었던 것처럼 무슨 일에나 '히데요시, 히데요시' 하며 오로지 그의 일거수일투족에 신경을 곤두세울 뿐이었다.

"지쿠젠은 어떻게 생각할지. 지쿠젠에게 물어보는 것이 좋을 듯하네. 지쿠젠에게 물어보게."

따라서 강화 조건은 히데요시의 뜻대로 실행되었으며 성의 분할, 인질과 서약서를 보내는 일도 전부 마무리되었다.

"우선은 일단락 지어졌군."

히데요시는 이제야 마음이 조금 편안했다. 하지만 아무래도 나오우의 진에서 새해를 맞이해야 할 듯했기에 오사카 성의 사람들에게도 편지를 보내 겨울 맞을 준비를 하고 있었다.

말할 필요도 없이 히데요시의 대상은 처음부터 노부오가 아니라 이에야스였다. 이에야스 문제가 해결되지 않는다면 시국은 평정을 되찾은 것이라 할 수 없었으며, 그의 의도도 아직은 그 도중에 있는 것이라 할 수밖에 없었다.

"요즘 건강은 어떠십니까?"

어느 날 구와나 성으로 찾아간 히데요시가 이런저런 얘기 끝에 노부오에게 물었다.

"아주 건강하다네. 무엇보다 근심거리가 없고, 전진에서의 과로도 완전히 풀려 마음이 편하기 때문이겠지."

노부오가 밝게 웃어 보였다. 히데요시는 자신을 잘 따르는 아이를 무릎에 안듯 몇 번이고 고개를 끄덕였다.

"그러실 겁니다. 마음에도 없는 싸움에 정신도 피로해졌을 테니. 하지만 아직 골치 아픈 일이 남아 있습니다만."

"그게 대체 무엇인가, 지쿠젠."

"도쿠가와 나리를 저대로 내버려두었다가는 언제 다시 골칫거리가 될지 모를 일입니다."

"그렇군. 호키노카미를 사자로 보내 축하한다고 말하기는 했으나……."

"차마 뜻을 거슬러 화를 낼 수도 없는 일 아니겠습니까? 애초부터 나리를 등에 업고 나선 일이었으니."

"그도 그렇군."

"그러니 나리께서 한마디 해주시는 것이 좋을 듯합니다. 도쿠가와 나리의 마음속에는 틀림없이 이 히데요시와 화의를 맺고 싶다는 생각이 가득할 것입니다. 하지만 자신이 먼저 항복을 청하면 체면이 서지 않을 것이고, 그렇다고 해서 계속 히데요시와 맞설 이유는 어디에도 없으니……. 아마 입장이 곤란하게 되었을 것입니다. 모쪼록 도쿠가와 나리를 도와주시기 바랍니다."

명문가 출신 중에는 자기중심적인 사람이 많은 편이다. 주위의 사람들은 모두 자신을 위해 존재한다는 착각에서 오는 것이다. 자신이 다른 사람을 위해 힘을 쓴다는 것은 생각도 하지 못할 일이다. 하지만 노부오는 히데요시의 말을 듣고 깨달았다.

"이에야스를 이대로 내버려두는 것은 옳지 않다."

그리고 자신에게도 득이 되지 않는다고 생각했다. 며칠 뒤 노부오는 자신이 히데요시와 이에야스의 중재자가 되겠다고 나섰다. 어쩌면 당연한 의무였음에도 불구하고 그는 히데요시의 말을 듣고서야 비로소 움직이기 시작한 것이다.

"이러한 조건을 받아들인다면 중재자의 얼굴을 봐서 도쿠가와 나리의 죄를 용서하도록 하겠다."

히데요시는 전승자의 입장을 취하며 노부오를 통해 그렇게 말하게 했다. 조건은 다음과 같은 것이었다.

이에야스의 친아들인 오기마루於義丸**를 히데요시의 양자로 삼는다.**

이시카와 가즈마사의 아들 가쓰치요勝千代**, 혼다 시게쓰구의 아들 센치요**仙千代 **등을 인질로 보내야 한다.**

앞서 노부오와 협정한 성채의 파기, 영토의 분할 외에 도쿠가와 가에 대해서는 현상의 변경을 요구하지 않는다.

"도쿠가와 나리에 대해서는 여전히 쉽게 풀리지 않는 분함이 이 히데요시의 마음에 아직 남아 있으나 나리의 체면을 생각해 이쯤에서 참기로 하겠습니다. 받아들일지 말지, 너무 시간을 끌어도 좋지 않습니다. 오카자키에 바로 사자를 보내셨으면 합니다."

이에 노부오는 그날로 자신을 대신해 중신 두 명을 오카자키에 보냈다. 가혹한 조건이라고는 할 수 없었으나 그것을 받아들이려면 이에야스에게는 커다란 인내심이 필요했다.

오기마루를 양자로 삼겠다고는 했으나 사실은 인질이었다. 세상에 그렇게 보였다. 거기다 도쿠가와 가 중신의 아들들을 오사카에 인질로 보낸다면 이는 누가 봐도 패자의 입장이었다. 그러다 보니 내부의 의견은 다시 경직되었다. 하지만 이에야스는 평정했다. 기요스에서도 그랬던 것처럼 그는 화를 낼 줄 모르는 사람처럼 보였다. 모든 것을 자신의 죄로 돌리고 사자에게 대답했다.

"조건을 수용하겠소. 잘 처리해주셨으면 하오."

몇 번에 걸쳐서 사람이 오갔다. 그리고 11월 21일, 히데요시 쪽의 정사 도다 도모노부와 부사 쓰다 노부카쓰 두 사람이 강화 사절로 오카자키에 도착했다. 노부오 쪽에서는 다키가와 가쓰토시가 대리인으로 와서 조인에 입회했다.

"우선은 됐구나."

히데요시와 이에야스의 화목이 성립되자 노부오도 안심했다.

12월 12일, 이에야스의 아들인 오기마루가 하마마쓰浜松 성에서 오사카로 보내졌다. 이시카와 가즈마사의 아들 가쓰치요와 혼다 시게쓰구의 아들 센치요도 함께 보내졌다. 인질들의 행렬을 지켜본 오카자키의 장병들은 연도에 서서 하나같이 눈물을 흘렸다.

한때 천하를 뒤흔들었던 고마키 전투도 이것으로 끝이 났다. 겉으로 봐서는 잠정적으로 일단 마무리 지어졌다.

노부오는 12월 14일에 오카자키로 가서 연말이 가까운 25일까지 머물렀다. 이에야스는 한마디 싫은 소리도 하지 않고 앞날을 알 수 없는 이 호인을 십여 일 동안이나 대접한 뒤 돌려보냈다.

● **시마즈 다카히사 島津貴久·1514-1571**

시마즈(島津家)의 15대 당주이자, 유명한 시마즈 사형제의 부친이기도 하다. 일본에서 최초로 조총을 제작한 타네가시마 섬의 주인이자 최초로 조총을 실전에 도입했다. 가문의 힘을 비축하여 시마즈 사형제가 시마즈 가의 최전성기를 여는 밑바탕을 만들어주기도 하여, '시마즈의 영주'(英主)라는 별칭을 받았으며 종종 그 부친과 함께 '시마즈 중흥의 조'라고도 불린다.

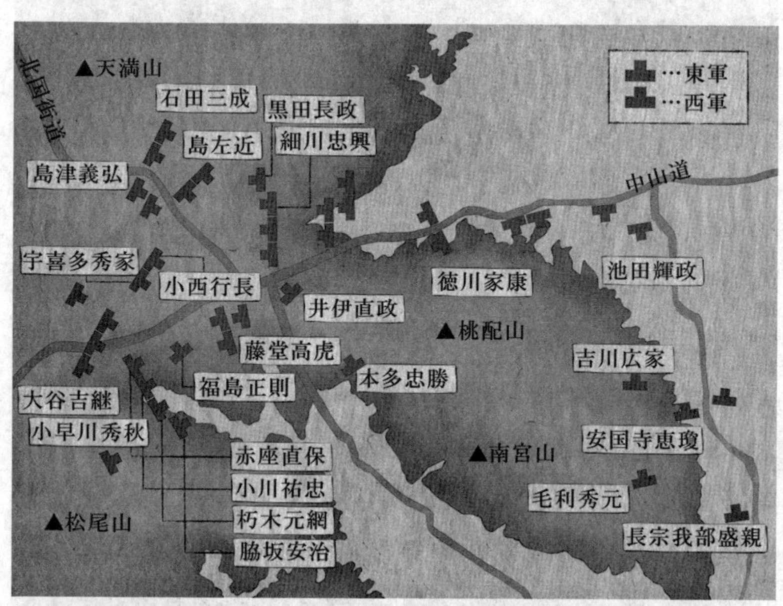

● 1600년 세키가하라 전투

이시다 미쓰나리(石田三成)를 중심으로 뭉친 서군과 도쿠가와 이에야스(德川家康)의 동군 간에 벌어진 일본 역사상 최대 규모의 내전이다. 이 전투의 승자가 된 이에야스는 향후 265년간 일본을 지배하는 권력을 쥐게 되었고, 패자자 된 미쓰나리는 자신이 죽음을 맞이하는 것도 모자라 가문까지 몰락하고 말았다.

호쿠리쿠의 겉과 속

　노부오의 단독 강화로 인해 이에야스는 설 곳을 잃고 말았다. 그리고 이에야스와 히데요시의 화목이 성립되자 각 주에서 이에야스를 지지하고 있는 반히데요시 무리 역시 난을 꾀할 목표를 잃고 여기저기에 명분 없이 버려진 아이처럼 되어버리고 말았다.

　기슈紀州의 하타케야마 사다마사畠山貞政, 네고로根來의 사이가雜賀 당, 그리고 시코쿠四國의 조소카베 모토치카長曾我部元親 등이 그러한 자들이었다. 특히 엣추越中의 삿사 나리마사佐々成政는 앞서 고마키에서 대란이 일어날 조짐이 보이자 때는 지금이라는 듯 평소의 야심을 시국에 걸고 가장 적극적으로 반히데요시를 외쳤던 사람 중 하나였다.

　나리마사는 옛날부터 '원숭이를 싫어한다'고 공공연히 떠들고 다녔다. 그는 원숭이가 노부나가에게 막 쓰이기 시작했을 당시부터 비슈 가스가이 군의 성주였다. 그리고 시바타 가쓰이에와는 문경을 약속한 사이로, 가쓰이에가 멸망하는 날까지 둘도 없는 시바타의 지지자였다.

　본능사本能寺(혼노지)의 변에서부터 시즈가타케, 기타노쇼 함락 등 그에게는 생각할 수도 없었던 세상의 급변이 차례차례 사실이 되어 다가왔다. 그는 노부나가의 명령에 따라 호쿠리쿠를 다스리던 가쓰이에의 보좌를 맡아 함께 엣추에 머물러 있었는데 가쓰이에의 멸망과 히데요시의 왕성한 기세를 보고는 체념할 수밖에 없었다.

'참아야 한다. 지금은 참을 수밖에 없다.'

몇 년 전, 히데요시에게 서약서를 보내 항복한 것은 결코 본심이 아니었다. 그의 자부심은 그 정도의 일로는 늙지 않았다. 히데요시 역시 그의 마음을 알고 있었다. '히요시, 도키치로'라고 불리던 시절 그 누구도 자신에게 주목하지 않는 동안 노부나가를 둘러싼 막장들의 성격과 버릇까지 자세히 관찰해두었던 것이 지금 커다란 도움이 되고 있었다.

'시바타와 삿사는 같은 유형으로 자부심이 강한 자들이다. 에이로쿠 시대(1558~1570년)형의 무인이라고 할 수 있다. 힘을 앞세우는 같은 유형의 인물이라 할지라도 삿사는 시바타보다 그 크기가 한 아름 작고 거칠다. 그가 이대로 히데요시에게 순순히 복종할 리 없다.'

히데요시는 진작부터 그렇게 생각했기에 고마키로 출진하기 전에도 가나자와金澤의 마에다 도시이에에게 글을 보내 암암리에 삿사의 책동을 경고해두었다.

그대가 고마키로 올 필요는 없소. 오야마尾山 성의 경계를 굳건히 해서 호쿠리쿠를 잘 견제해주기 바라오.

마침내 나가쿠테에서의 전황이 히데요시에게 불리해지자 나리마사는 손뼉을 치며 쾌재를 불렀다.

"그러면 그렇지. 앞서 도쿠가와 나리께 크게 힘써 달라고 서간을 보내놓기는 했으나 만일을 위해 내가 직접 가서 일을 논의하고 와야겠다. 오야마 성에 있는 오이누於犬 놈에게 내가 성을 비웠다는 사실을 들키지 않도록 하라."

나리마사는 그렇게 말하고 적은 수의 수행원들과 함께 엣추 사라사라さらさら 고개를 넘어 엔슈遠州로 길을 떠났다.

"이렇게 모습을 바꾸어 가벼운 차림으로 은밀히 오기는 했으나, 나는 삿사 구라노스케 나리마사요. 도쿠가와 나리를 위해 긴히 드릴 말씀이 있어서 멀리 엣추에서 찾아왔소."

어느 날 밤, 그는 엔슈 이이다니井伊谷에 있는 이이 효부 나오마사를 찾아갔다. 때는 나가쿠테 전투 이후인 5월 초순으로, 이에야스를 비롯해 멀리서 달려온 장수들은 모두 고마키로 나가 있었다. 물론 나오마사도 부재중이었으나 전선에서 소식을 듣고 이에야스의 뜻을 받아 이 진객珍客을 위해 이이다니로 돌아왔다.

"효부입니다. 처음 뵙겠습니다."

"오오, 귀공이 도쿠가와 나리의 집안에서 붉은 차림의 부대로 유명한 효부 나오마사 나리시오? 아직 젊으십니다. 저는 삿사 나리마사요. 잘 부탁드리겠소."

"주인께서는 고마키에 계십니다만, 한시도 진소를 비우실 수가 없습니다. 말씀 여쭈라고 하셨습니다. 무슨 일로 먼 길을 오셨는지 직접 뵐 수 없어 참으로 안타깝지만 모쪼록 잘 부탁드린다고 말씀하셨습니다."

"이번 싸움에서는 이 삿사 나리마사도 부족하나마 호쿠리쿠에서 힘을 조금 보태고 있소. 그 일에 대해서는 일전에 도쿠가와 나리께 밀서를 보내두었소만."

"매우 기뻐하고 계십니다. 삿사 나리께서 호쿠리쿠에 머물며 뒤를 공격해주시는 것은 고마키에 참전하신 것보다 몇 배나 더 큰 힘이 된다고 말씀하셨습니다."

"그럴 것이오. 이 나리마사가 있기에 오야마 성의 오이누265 놈도 히

____

265 이누는 우리말로 개를 뜻한다.

데요시의 꽁무니를 따라 고마키로 오지 못하는 형편이니."

"오이누라 함은 누구를 말씀하시는 것인지."

"모르셨소? 마에다 이누치요前田犬千代. 도시이에를 말하는 게요. 젊었을 때부터 오이누, 오이누라 부르던 게 입에 뱄기에 이제 와서 마에다라고도, 도시이에라고도 부르기가 쉽지 않소. 아하하하."

삿사 나리마사와 이이 효부는 술잔을 나누며 이야기를 나누었다. 술자리가 무르익을 무렵 효부가 넌지시 물어보았다.

"마에다 나리와 삿사 나리는 예전부터 견원지간보다 더 사이가 좋지 않았다고 들었습니다만, 이번에 저희 쪽에 가담하신 것도 오이누가 미워서 그러신 것인지요?"

"무슨 말씀을 하시는 게요!"

나리마사가 눈을 둥그렇게 뜨고 화를 냈다. 그러자 나이 어린 효부는 과연 자존심이 강하고 고지식한 무사답다고 생각하며 관찰적인 미소로 그의 노기를 바라보았다.

"시바타 가쓰이에가 세상을 떠난 뒤에도 고 노부나가 공의 뜻에 따라 호쿠리쿠에서 우에스기上杉와 그 외의 야망가들을 견제하고 있는 것은 이 삿사 한 사람밖에 없소. 오이누 따위는 같은 입장에 있었으면서 본능사의 변 직후 곧 태도를 바꾸어 히데요시 같은 놈에게 아첨해서 몸의 영달에 급급한, 그야말로 개와 다를 바 없는 자요. 물론 나리마사는 인간이기에 개와의 교제는 철저히 경멸하고 있기는 하지만, 이번에 도쿠가와 나리께 가담한 것은 결코 사사로운 원한 때문이 아니라 공분 때문이오."

나리마사는 바로 본심을 드러냈다. 자신의 정직을 커다랗게 이야기하며 이마의 퍼런 힘줄로 그것을 증명해 보이는, 성격의 겉포장을 중히 여기는 사람이었다.

"무엇보다 도쿠가와 나리께서 노부나가 공과의 친분을 잊지 않으시고 노부오 경을 도와 괘씸하고 뻔뻔스러운 히데요시가 어지럽힌 정통성을 바로잡으려 하시는 마음에 대해 삿사 나리마사가 어찌 입을 다물고 가만히 있을 수 있었겠소? 참으로 듬직하다고 생각했기에 나도 의로운 마음을 일으켜 엣추에서 같은 결심을 하게 된 것이오."

나리마사는 효부가 질릴 정도로 히데요시의 잘못을 비난하고 이에야스의 덕을 칭송하며 장황하게 이야기를 늘어놓았다. 그리고 마지막으로 자신도 때를 가늠해 북국서 나와 참전할 테니, 대승을 거둔 뒤에는 그에 대한 보수로 북국의 오 개국을 받고 싶다며 이에야스의 승낙을 요구했다.

이에야스가 북국 오 개국을 그에게 주겠다고 묵약했는지는 분명하지 않았다. 하지만 이이다니에 며칠 머물고 있던 삿사 나리마사가 마침내 좋아서 펄쩍 뛰며 자신의 영지인 엣추 도야마富山 성으로 돌아간 것만은 틀림없는 사실이었다. 그리고 이후 그의 행동은 반히데요시의 기치를 더욱 힘차게 올리기도 했다. 그러자 그의 책사이자 일족이기도 한 삿사 헤이자에몬佐々平左衛門이 그를 타이르듯 말했다.

"마에다는 보통내기가 아닙니다. 나리처럼 아무런 계책 없이 처음부터 본심을 그대로 드러내서는 도저히 큰일을 이룰 수가 없습니다. 이번에는 조금 더 빈틈을 보일 필요가 있습니다."

"헤이자, 무슨 좋은 계책이라도 있는 겐가?"

"없지도 않습니다만, 나리처럼 본심을 드러내 기세를 올려서는 계책을 쓸 여지도 없습니다."

"어떻게 하면 좋겠는가?"

"우선 '오이누, 오이누'라고 부르는 버릇부터 고치시기 바랍니다."

"마에다 나리라고 부르란 말인가?"

"그리고 일부러라도 약하게 보이십시오."

"약하게 보이라니?"

"센 척하지 말라는 것입니다."

"어려울 것도 없군. 빈틈을 보이라는 건 그런 뜻이었나?"

"그리고 무슨 일에나 마에다 나리의 뜻을 받아들이고 그분을 통해서 오사카에도 좋은 말이 들어가면 좋겠다고 생각하는 것처럼 실제로 행동해 보이지 않으면 그도 마음을 허락하지 않을 것입니다."

"그렇다면 나리마사는 양다리를 걸친 자가 되지 않는가?"

"그렇습니다. 애써 양다리를 걸친 자라고 업신여김을 당하는 것이 좋을 것입니다."

책사는 그에게 여러 가지 계책을 들려주었다.

나리마사의 장점은 자신이 믿고 있는 사람의 말을 잘 듣는다는 점이었다. 그런 면에서 그도 범용한 사람은 아니었다.

어느 날 삿사 헤이자에몬이 다시 속삭였다.

"나리……. 과감하게 마에다 나리의 차남을 사위로 들이는 것이 어떻겠습니까?"

"뭣이, 오이누의 차남을 사위로 들이라고?"

"오이누라고 부르지 마십시오. 또 그 버릇이."

"나도 고치려고 하는데 저절로 입에서 나오는군. 혼담을 넣었다가 거절당하면 나리마사의 체면이 서지 않을 텐데."

"애초부터 이는 하나의 계책으로 마에다 가에서 거절한다면 마에다 가의 속내도 분명히 알 수 있고, 저희의 마음도 정하기 쉬우니 손해될 것은 없습니다."

"하지만 나와 마에다와는 오래전부터 사이가 좋지 않아 세상에서도 견원지간이라 부르고 있다네. 혼담을 넣는다는 건 너무 속이 보이는 일 아닐까?"

"그런데 때마침 좋은 중매자가 있습니다. 교토와 호쿠리쿠 사이를 자주 오가는 교토의 상인 아부라야 고킨油屋小金이라는 자가 있는데 마에다의 중신인 무라이 나가요리村井長賴와 왕래를 하고 있습니다. 그가 중매를 서겠다고 늘 말하고 있습니다."

"흠…… 그런 사내가 있다면 마에다와 은밀히 맥을 통하는 것도 나쁘지 않겠군."

"맥은 이미 짚어봤습니다."

"내게 말도 하지 않고 일을 진행시킨 겐가?"

"아니, 그렇지는 않습니다. 어디까지나 계책이니 빠져나갈 구멍이 없는 짓은 하지 않습니다. 하지만 고킨의 말에 따르면 마에다 가에서도 혼담을 받아들일 것 같다고 합니다."

그 뒤 혼담이 급속히 진행되었다. 교토의 상인인 아부라야 고킨은 설마 병가에서 흔히 볼 수 있는 책략이라고는 생각하지 못하고, 만약 이번 혼담이 성사되면 호쿠리쿠의 상권은 두 집안과의 인연에 의해 자신의 손에 전부 들어올 것이라는 나름의 야심을 품고 두 집안 사이를 부지런히 오갔다.

마침내 도시이에의 차남인 도시마사利政와 삿사 나리마사의 딸의 혼담이 성사되었다. 나리마사의 구실은 다음과 같은 것이었다.

"나도 머지않아 쉰 살이 되오만, 내게는 아직 후사가 없소. 만일 귀공의 차남을 우리 외동딸의 사위로 삼을 수 있다면 적당한 때를 봐서 나는 은거하고 뒷일은 젊은 두 사람에게 맡기고 싶소."

도시이에는 다음과 같은 말로 화답했다.

"만일 두 집안이 불화를 풀고 화목해지면 누구보다 호쿠리쿠 일원의 서민들이 안심하게 될 것이오. 참으로 경하스러운 일이오."

7월 말 여름이었다. 나리마사의 신하인 삿사 헤이자에몬이 약혼 예물을 전달하기 위해 도야마를 떠나 가나자와의 오야마 성으로 갔다. 마에다 도시이에는 성안의 모든 가신들과 함께 삿사 헤이자에몬을 정중하게 맞이했다.

"먼 길 잘 오셨습니다."

참으로 극진한 대접이었다. 밤에는 산가쿠散樂266를 펼쳐 보이고 곧 사위가 될 차남 도시마사에게도 손님 앞에서 춤을 추게 했으며, 낮에는 산해진미로 대접했다. 그리고 돌아가는 날 아침에는 후타후리二ふり의 명검과 준마 한 마리를 나리마사에게 건넸다.

"참으로 모자란 도시마사지만 도야마 성에 가게 되면 모쪼록 여러분이 잘 가르쳐주시기 바랍니다."

헤이자에몬의 보고를 듣고 나리마사는 득의의 미소를 지었다.

"보통내기가 아닌 마타자又左(도시이에)를, 한술 더 떠서 속이고 돌아온 그대는 참으로 중국의 지혜로운 자나 모사보다 뛰어난 자로다. 정말 수고했네."

혼사 준비에 분주한 척 보였지만 도야마 성의 밀실에서는 군사 회의에 여념이 없었으며, 무기고에서는 활을 시험하고 철포를 가다듬었다. 또 은밀히 군수물자를 모으고 있었다.

8월이 되어서도 더는 소식이 없었기에 마타자에몬 도시이에는 중신인 무라이 나가요리를 도야마에 사자로 보내 화촉을 밝힐 길일을 정하고 싶다고 상의했다.

나리마사는 사자에게 이렇게 답했다.

"예로부터 중추에는 혼인을 피한다는 말이 있소. 9월이 되면 다시 논의하기로 합시다."

---

266 중국에서 넘어온 마술, 곡예, 광대극 등의 총칭.

"말씀 그대로 전하겠습니다."

나가요리는 고분고분 대답하고 대접을 받은 뒤 성에서 나왔다.

그런데 가나자와로 가는 도중, 그의 행렬을 따라 도야마 성에서 국경을 넘어온 사람이 있었다. 그는 다도를 담당하던 사람 중 하나였다. 아무리 두 집안 사이에서 화해의 말들이 오간다 할지라도 국경의 관문은 여전히 경계가 삼엄했다. 그의 탈출은 목숨을 걸지 않으면 불가능한 것이었다.

"수행원 중에 고바야시 야자에몬小林弥左衛門 님이라는 분이 계시지 않습니까? 저는 쇼린正林이라고 하는 자로 도야마에서 다도를 담당하고 있습니다. 야자에몬 님을 뵙고 꼭 말씀드려야 할 중요한 일이 있습니다."

쇼린은 아직 젊은 사람이었다. 도중에 흉변이 있을 것을 걱정했는지 얼굴에 고약을 바르고 다 떨어진 승복을 걸쳐 떠돌이 탁발승처럼 꾸몄다.

무라이 나가요리의 수행원 중 앞쪽에 있던 고바야시 야자에몬이 대열에서 벗어나 쇼린 앞으로 왔다.

"제가 고바야시 야자에몬입니다만, 삿사 나리의 다도를 맡고 계시는 분께서 무슨 일로 이런 곳까지 저희를 따라오신 것입니까?"

땅바닥에 엎드린 쇼린이 그 사람을 가만히 올려다보며 말했다.

"잊으셨는지……. 저는 어르신께서 팔 년 전에 나나오七尾 성 아래서 목숨을 구해준 떠돌이 부자 중 한 사람이었습니다."

"글쎄요……."

"벌써 오래전 일이니 어르신께서는 잊으셨을지도 모르겠으나 위험한 순간에 목숨을 구해주신 어르신의 은혜를 저희 부자는 지금도 잊지 못하고 있습니다."

"아아, 생각났소. 전에 도시이에 님께서 나나오 성에 계실 때 굶주림을 견디지 못해 성 아래 마을의 찻집에서 도둑질을 하다 여러 사람에게 붙들려 고통을 받고 있던 부자를 도와준 적이 있었는데, 그럼 그때의……."

"그렇습니다. 그때의 아들이 바로 저고, 떠돌아다니던 아버지는 그 뒤 우오쓰魚津에서 병사하고 말았습니다. 이후 연이 닿아 삿사 나리의 집안에서 다도를 맡아 생활하고 있었습니다만, 얼마 전 뜻밖에도 참으로 위태로운 풍문을 들었기에 옛 은혜를 생각해서 어떻게든 전해드려야겠다고 마음먹었습니다."

"호, 위태로운 풍문이란 무엇인지?"

"이번 혼담에 관한 것입니다. 삿사 나리의 본심은 결코 양가의 화목을 바라는 데 있지 않으며, 진심으로 도시이에 님의 차남을 사위로 바라는 것도 아닙니다."

"잠시만, 무슨 실없는 소리를 하는 게냐?"

야자에몬은 일부러 야단을 치듯 말했다.

"다른 일도 아니고 양가의 경사에 대해 느닷없이 그런 말을 하다니. 다른 사람이 듣는다면 무사하지 못할 것이다. 오늘 밤에 우리의 숙소로 와서 차분하게 말하도록 하라."

그날 밤, 고바야시 야자에몬은 쇼린의 입을 통해 삿사 나리마사의 겉과 속을 자세히 들었다. 쇼린은 이번 초여름에 나리마사가 엔슈 이이다니로 은밀히 가서 북국 오 개국을 받는 조건으로 이에야스와 비밀 협약을 맺고 돌아온 일부터, 이후 마에다 가와의 혼담을 진행하는 척하면서 실제로는 전쟁 준비를 서두르느라 밤이면 밤마다 군사 회의에 여념이 없다는 사실까지 일일이 사실을 들어가며 야자에몬에게 고했다.

야자에몬은 자신조차 잊고 있던 한 조각 은혜를 갚기 위해 목숨을 걸고 중요한 일을 고하러 와준 쇼린의 다정한 마음에 머리를 조아릴 듯 예를 취했다.

"고맙소……. 주인이신 나가요리 님도, 큰 나리이신 마에다 도시이에 님도 결코 삿사 나리마사를 진심으로 믿고 있었던 것은 아니나……. 그렇게까지 깊은 모략이 있을 줄은 생각도 못했소. 그대의 마음 참으로 크게 전해졌소."

야자에몬은 가나자와로 돌아와 그 사실을 무라이 나가요리에게 보고했으며, 나가요리는 오야마 성의 마에다 도시이에에 앞으로 쇼린을 데리고 가서 삿사의 내정을 직접 이야기하게 했다.

도시이에는 그의 그러한 행동이 한 조각 은혜에 대한 감사에서 나온 것이라는 소리를 듣고 황금 두 개와 계절에 맞는 옷 등을 주었으며, 이후 자신의 다실에서 일하게 했다.

"요즘 같은 때, 참으로 기특한 자로다."

오리무중

가가加賀와 엣추의 경계에 있는 가호쿠河北 군 아사히朝日 산에 어느 틈엔가 새로운 요새가 구축되었다. 공사를 맡은 사람은 마에다 가의 장수인 무라이 나가요리와 다카바타케 규조高畠九藏, 하라다 마타에몬原田又右衛門 등이었다.

8월 22일 무렵, 가나자와에서 갑자기 나와 밤낮으로 쉬지 않고 공사에 임해 요새 하나를 구축한 것이었다. 그런 줄도 모르고 도야마의 삿사 나리마사는 마침내 때가 왔다는 듯 삿사 헤이자에몬을 주장으로, 마에노 고헤前野小兵衛를 부장으로 삼아 급히 천팔백 명의 병사를 풀어 아사히 산을 점령케 했다.

"우선 아사히 산에 의지해서 가가를 취하라."

그런데 놀랍게도 그곳에는 이미 새로운 요새가 구축되어 있었다.

"아, 저 깃발은 마에다인가?"

"마에다 군입니다. 성안에 천이삼백 명이 있는 듯합니다."

헤이자에몬은 깜짝 놀랐으나 자세히 살펴보니 방어 공사는 아직 절반밖에 진척이 되지 않아 공격을 퍼부으면 의외로 쉽게 무너질 것처럼 여겨지기도 했다.

"갑자기 지어 허울만 좋은 곳, 무너뜨리는 데 번거롭게 시간을 들일 필요도 없다. 공격하라!"

헤이자에몬은 공격에 나섰으나 마에다 군의 격렬한 저항에 이튿날까지 요새의 목책 하나 무너뜨리지 못했다. 그러는 사이 오야마 성에서 후와 히코조不破彦三, 가타야마 나이젠片山內膳 등의 기병대 칠십 명을 응원군으로 보냈다.

"그렇다면 가나자와의 응원군이 차례차례 올지도 모르겠구나."

공격에 지쳐 있던 삿사 헤이자에몬은 갑자기 군대를 거두어 도야마로 돌아가고 말았다.

화촉을 밝히려던 축제가 갑자기 피의 제전으로 변해 포고도 없는 전쟁 상태에 돌입하게 되었다.

"나리마사가 가면을 벗었구나."

마타자에몬 도시이에가 주위를 돌아보며 웃었다. 그리고 히데요시에게 서면을 보내고 사자를 통해서도 자세한 사항을 전했다.

"이번 가을에는 대충 짐작했던 일이 일어날 것 같소. 하지만 도시이에는 고마키 전투에도 참가하지 않고 영지에서 천천히 여름을 보내며 만반의 준비를 했으니 괘념치 마시고 안심하시길."

당시 가가 일원에 배치된 마에다 군을 돌아보면, 장남인 도시나가가 맛토松任 성에, 마에다 히데쓰구前田秀次와 그의 아들인 도시히데利秀가 쓰바다津幡 성에, 그리고 마에다 히데카쓰前田秀勝와 요시쓰구良継, 다카바타케 사다요시高畠定吉, 나카가와 미쓰시게中川光重 등이 많은 병사와 함께 나나오 성에 배치되어 있었다.

그 외에도 조 쓰라타쓰長連龍가 도쿠마루德丸 성에, 메가타 마타에몬目賀田又右衛門과 니와 겐주로丹羽源十郎가 도리고에鳥越 성에 이삼천 명의 병사와 함께 배치되어 손에 침을 뱉어가며 기치의 왕성함을 내보이고 있었다.

"삿사, 어서 오너라!"

한편 나리마사도 열을 올려 국경의 방어를 엄중히 했으며 각 요지에 성채를 증강했다. 엣추의 국경에 있는 가쓰야마勝山 성에는 니와 곤베丹羽權兵衛를 배치해 나나오 성에 대항하게 했으며, 아오阿尾 성에는 기쿠치 우에몬뉴도菊地右衛門入道와 그의 아들인 이즈노카미伊豆守를, 모리야마森山 성에는 진보 우지하루神保氏張, 도묘 세이주로同苗淸十郎를 배치했다. 그 외의 병력과 포진에 있어서는 마에다 군을 훨씬 압도했다.

싸움은 우선 적과 아군의 가장 작은 점과 점 사이에서 시작되었다. 국부적인 점과 점의 작은 전투에서부터 양군의 균형이 흔들리는 것이었다.

삿사 쪽에서는 모리야마 성의 진보 우지하루가 병사 삼천을 이끌고 마에다의 영토인 가시마鹿島 군으로 침입해 공격의 첫 번째 불길을 올렸다. 민가를 불태우고 베기 직전의 벼를 짓밟으며 적의 성인 도쿠야마로 짓쳐 들어가려 했다. 하지만 보기 좋게 격퇴당하고 말았다.

그 무렵 나나오 성에 있던 마에다 군의 장병들도 삿사 군이 있는 가쓰야마 성을 공격했다. 하지만 이들도 격렬한 반격에 부딪쳐 나나오 성으로 퇴각하고 말았다.

일승일패, 일진일퇴였다. 마침내 교착상태가 계속되었으며, 대국은 네 갈래로 대치한 채 좀처럼 움직일 수 없는 양상을 보이고 있었다. 이렇게 되었을 때 비로소 통솔자의 성격이 드러나는 법이다.

삿사 나리마사는 상황이 변하지 않자 마침내 조바심이 났는지 전략도를 가만히 들여다본 뒤, 이렇게 호언장담했다.

"내가 직접 샛길로 산을 넘어 가가로 공격해 들어가 노토能登를 차지한 뒤, 일거에 적의 심장인 가나자와를 짓밟도록 하겠다."

대대적인 작전을 생각해낸 삿사 나리마사의 심리에는 무인의 허영심이 강하게 작용하고 있었을 것이다.

'멀리에 있는 도쿠가와 나리와 기타바타케 노부오 경에게도 나의 용맹을 보여주겠다.'

때는 9월 8일이었다.

"우선은 가호쿠 군에 있는 적의 도리고에 성을 단번에 짓밟아라."

삿사 군의 정예 이만여 명이 기세를 올리며 도야마 성을 출발해 서쪽을 향해 나아갔다. 대군 속에는 화려하게 차려입은 무장이 한 무리의 하타모토들에게 둘러싸여 있었다. 갑옷 위에 노란 나사로 지은 겉옷을 입고, 남만 삿갓 모양의 투구를 쓰고, 장검을 비껴 찬 채, 금빛 몰을 두른 저울추 깃발을 말 앞에 세우고 가는 사람이 바로 삿사 구라노스케 나리마사佐々內藏助成政였다.

당시로는 매우 참신한 나사, 몰, 남만 삿갓과 같은 이국의 풍물로 무장한 모습은 노부나가의 차림새를 떠올리게 했다. 아마도 그것들은 전부 나리마사가 예전에 노부나가로부터 받았던 것이리라. 그리고 노부나가가 세상을 떠난 지금, 은근히 '나를 보라'는 식으로 작은 노부나가라도 된 양 거들먹거리며 일생일대의 출진을 위해 한껏 차려입은 것이리라.

서쪽으로, 서쪽으로, 진즈神通 강을 건너 이미즈射水 벌판을 지나갔다. 마침내 다시 커다란 강 부근에 도착했을 때 나리마사는 말에서 내려 잠시 전군을 쉬게 했다.

"고헤를 불러라."

그사이 나리마사는 도야마 성 아래 마을에서 데려온 다바타 고헤田畑小兵衛를 곁으로 불렀다. 고헤는 농민이었다가 숯과 장작을 파는 상인이 되었다. 여러 해 동안 숯과 장작을 산에서 다져다 호쿠리쿠 각 도시

에 판매하는 직업에 종사했기에 산악의 샛길과 각 길의 지리에도 밝았
다. 나리마사는 그런 그를 중군에 속하게 해서 길잡이로 삼았다.

"고헤, 이번에 길잡이를 하느라 수고가 많군."

"당치도 않은 말씀입니다. 대장님이야말로 고생이 많으실 줄로 압
니다."

"아닐세. 이제 막 도야마에서 나오지 않았는가. 그런데 자네는 몇 살
때부터 산을 돌아다녔는가?"

나리마사는 이 사내를 충분히 신뢰하고 있었으나, 지금부터 들어서
려고 하는 가가, 노토, 엣추 삼 개국에 걸친 산지는 처음 가는 곳이라
무척 걱정하고 있었다.

"네, 네. 거의 철들기 시작할 무렵부터 다녔습니다."

고헤가 걸상에 걸터앉아 있는 나리마사의 모습에 압도되어 머리도
들지 못하겠다는 듯한 태도로 말을 이었다.

"저는 산귀신처럼 구리카라俱利伽羅의 산골에서 태어났기 때문에 어
렸을 때부터 사람의 마을이라는 것을 모르고 자랐습니다."

"부모도 숯을 구웠는가?"

"예, 아마타天田 고개에서 할아버지 때부터 숯을 구웠습니다."

"그렇다면 자네는 꽤나 출세한 셈이로군. 숯과 장작을 파는 자 가운
데는 호쿠리쿠에서 으뜸이라 들었으니."

"전부 나리께서 돌봐주신 덕분입니다."

"점포와 집은 어디에 있는가?"

"나리의 영지 안인 진즈 강에 점포가 있는데 가족과 고용인 모두 한
곳에서 살고 있습니다."

"그런가."

나리마사는 이 길잡이에 대해 한층 더 신뢰하게 되었다는 듯 고개

를 끄덕였다. 처자권속과 재산까지 전부 자신의 영지 안에 있는 사람이라면 절대로 자신을 배신할 리 없다고 생각했기 때문이다. 하지만 인간의 마음을 그런 척도만으로는 측량하기 어려운 법이라는 사실을 곧 알게 되지만, 이때는 아직 그런 사실을 깨닫지 못하고 있었다.

효부의 커다란 무리는 마침내 한냐노般若野에서 쇼庄 강을 건너 도이데戸出에서 하룻밤 야영을 하고 이튿날 이스루기石動의 북쪽에서 산악지대로 접어들고 있었다. 험한 구리카라俱梨伽羅를 중심으로 한 첩첩산중은 가가, 노토, 엣추 삼 개국의 경계를 이루는 호쿠리쿠의 척추였다.

삿사 쪽에서는 구리카라에 미리 요새를 설치해 마에다 쪽의 쓰바타津幡와 도리고에의 공격에 대비하고 있었으나 그곳은 규모가 너무 작아 적을 제압하기에 부족했다. 게다가 지키는 데도 다급한 상황이 벌어지면 후방과 연락을 나누고 지원을 요청하기도 어려웠으며 지세도 매우 불편했다.

나리마사는 아군의 약점을 제거하고, 적이 난공불락이라 여기며 의지하는 아성인 도리고에를 점령해 노도 반도와 가가의 경계선을 끊고 단번에 마에다 쪽의 세력을 양분할 생각으로 대병을 움직여 온 것이었다. 그를 위해 도리고에 성과 대치하고 있는 아군의 구리카라 요새에도 들르지 않고 적이 눈치채기 전에 이스루기에서 북쪽 산악지대의 샛길을 따라 가가로 빠져나가 도리고에 성을 뒤에서부터 갑자기 급습하는 작전을 취했다.

이번 작전을 성공하면 틀림없이 형세가 유리해질 터였다. 하지만 가노, 노토, 엣추의 척추를 이루는 산맥을 넘기란 그리 쉬운 일이 아니었다. 그랬기에 산길에 밝은 길잡이까지 구해 선두에 세웠으나 때는 9월이라 산속은 특히 안개가 깊어 유감스럽게도 길잡이인 고헤마저도 때때로 기로에 서서 고개를 갸웃거릴 정도였다.

안개가 가져다주는 착각은 무시무시했다. 혼자 있든, 여럿이 있든 그 때문에 온갖 불안에 시달려 정신적 소모로 지치기는 마찬가지다. 아니, 혼자 있으면 오히려 움직이기 편하지만 작전을 목적으로 하는 이만여의 병마와 함께 있으면 행동을 일치하기조차 어려운 법이다.

"이보게."

"여길세."

대오와 대오는 서로를 확인하며 느리게 산길을 넘어갔다.

"치중대를 낙오하게 해서는 안 된다. 치중대는 끊임없이 나팔을 불고, 나팔에 답하라. 그리고 선봉대는 너무 멀리 떨어져 길을 잘못 들어서서는 안 된다."

삿사는 중군에서 끊임없이 신경을 쓰며 전령을 전후로 달리게 했으나 걸핏하면 좌우의 얼마 떨어져 있지 않은 하타모토들의 모습조차 새하얀 농무에 휩싸였으며 눈썹까지 물방울에 가려져 한동안 자리에 멈춰 설 수밖에 없었다. 그러할 때면 그는 언제나 길잡이인 고헤의 이름을 불렀다.

"고헤, 고헤. 이 길이 틀림없겠지?"

안개 속에서 고헤의 대답이 들렸다.

"안심하십시오. 이곳의 산길은 눈을 감고도 갈 수 있습니다."

"대체 지금 어디쯤을 지나고 있는 겐가?"

"로쿠로六郎 계곡 아래서 스가가하라菅ヶ原 쪽으로 올라가고 있습니다."

"그런 낯선 산들의 이름으로는 짐작도 가지 않는데, 가가 국경 안으로 들어서는 것은 언제쯤인가?"

"우선 오늘 밤에는 우시쿠비牛首 고개 부근에서 야영을 하고, 내일 미쿠니三國 산을 넘어 보다이지菩提寺 산, 오키쓰興津 고개 등을 지나 모레 새벽쯤 도리고에 성을 뒤쪽에서 갑자기 치면 아군의 대승은 의심의 여지도 없을 것입니다."

"생각 외로 시일이 많이 걸리는구나. 그렇다고 군마를 너무 지치게 하면 막상 싸움에 임할 때 충분히 활약할 수 없을 터……. 우시쿠비라는 곳에 야영하기 좋은 곳이 있는가?"

"오르면 오를수록, 특히 밤에는 추위도 심해지지만, 북쪽을 피한 적당한 평지가 있습니다. 밤안개에 휩싸이기 전에 해가 조금 남아 있을 때 막사를 치는 것이 좋을 듯합니다."

고헤의 말에 따라 아직 날이 밝았지만 우시쿠비 고개의 팔 부 능선 부근에서 야영을 준비했다. 무지갯빛으로 물든 안개의 기류 속에서 황혼으로 방향을 알 수 있을 뿐이었다. 마침내 전군은 산이 보이지 않는 산속에서 그저 시뻘겋게 불을 밝혀놓은 채 밤을 맞이했다.

나리마사는 추위를 쫓기 위해 술을 데우게 하고 일족, 하타모토들과 도리고에 성을 취한 다음 펼칠 2차 작전을 부지런히 협의하고 있었다. 그때 끝자리에 앉아 있던 고헤의 모습이 언제부턴가 보이지 않았기에 곁에 있던 사람에게 물었다.

"고헤는 어디로 갔는가?"

아무도 눈치채지 못했다는 듯 서로의 얼굴을 마주 보며 말했다.

"글쎄…… 어디로 간 거지. 벌써 자러 갔을 리도 없을 텐데."

나리마사는 곳곳의 진영과 막사 안을 찾아보게 했다.

"보이지 않습니다. 어디에서도 고헤의 모습은 보이지 않습니다."

병사들과 함께 찾으러 갔던 시동들이 돌아와 고했다. 나리마사가 문득 눈썹을 찡그리더니 취기를 억누르며 보이지 않을 리 없으니 좀 더 신중하게 찾아보라고 외쳤다. 신기하게도 그날 밤 고헤의 모습은 어디에서도 찾아볼 수가 없었다. 길잡이가 갑작스럽게 도망을 가자 이만여 명의 병사들은 산속에서 미아가 되어버리고 말았다. 그것도 적지로 들어서기 직전이었다.

"그렇다면 처음부터 이 나리마사에게 적의를 품고 있던 몹쓸 놈이었을지도 모르겠구나. 나의 불찰이로다. 찾아내서 갈가리 찢어놓아라."

나리마사는 날이 밝자마자 부하들을 나누어 계곡과 봉우리의 길이 없는 깊은 곳까지 찾게 했으나 결국 고헤의 발자국조차 찾아내지 못했다.

아침에 잠깐 해가 보이기는 했으나 얼마 지나지 않아 다시 젖빛 안개가 모든 산과 전군의 시야를 감쌌다.

"괘씸한 놈. 영토로 돌아가 녀석의 일족을 불태워 죽여도 시원치 않을 것이다. 이놈, 두고 보아라."

나리마사는 덧없이 발을 구르며 전후의 대군을 둘러보았으나 나아가야 할지, 물러나야 할지 진퇴양난에 빠진 모습이었다.

정오 무렵, 안개가 조금 걷혔다.

"이 틈에 적의 도리고에 성까지 발걸음을 서둘러라."

나리마사는 병사들을 독려해 산지에서 벗어나려 했으나 가도 가도 산은 끝나지 않았으며 오히려 더욱 좁은 계곡으로 들어서는 듯한 느낌이 들었다.

"멈춰라! 이상한데……."

지도를 펼쳐놓고 사방의 산세와 가만히 대조해보니 아무래도 가가 국경을 뒤로한 채 엣추의 서쪽 끝에 있는 고이五位 산에서 나시노키梨ノ木 고개를 향해 가는 듯 여겨졌다.

이튿날, 병사들을 풀어 사냥꾼의 집을 찾아내서 길을 물어보니 지난 이틀 동안 목적지와는 전혀 반대되는 방향에서 헤맸다는 사실을 알 수 있었다. 나리마사는 온몸의 털을 곤추세우고 다시 고헤를 욕하며 자신의 불찰에 대한 책임을 전가했다.

"이러한 고난을 맛보았는데 어찌 덧없이 돌아갈 수 있겠느냐. 나시노키 고개에서 서쪽으로 가면 아즈마노吾妻野를 지나 오미大海 강의 북쪽이 나오고 노토 가도의 가가로 들어가는 입구에 있는 스에모리末森 성의 측면에 다다르게 된다. 알겠느냐, 적의 스에모리 성이 바로 거기에 있다."

그는 갑자기 기운을 내더니 바라던 바의 초점을 되찾은 듯 손가락으로 가리키며 외쳤다.

"저곳으로 향하라. 노슈能州 스에모리 성은 적의 나나오와 가나자와를 잇는 도로 위의 가장 중요한 요충지다. 쓰바타, 도리고에 같은 조그만 성을 몇 개 짓밟는 것보다 저 한 곳이 훨씬 더 중요하다. 스에모리 성을 우리 손에 넣으면 마에다 군은 단번에 무너질 것이다. 이틀 전, 산에서 헤맨 것은 오히려 하늘이 우리로 하여금 작은 공을 버리고 큰 공을 이루게 하기 위해 이끌어주신 것이라 여겨진다. 모두 떨쳐 일어나라!"

나리마사 역시 노회한 무문이었다. 화를 바꾸어 복으로 만드는, 이른바 용병상의 요령을 터득하고 있었다.

군마는 갑자기 목적지를 바꾸어 나시노키 정상으로 오르기 시작했다. 만약 안개가 걷힌 사이에 그곳에서 서쪽을 바라보면, 동해의 고등어 등 같은 바다를 길게 가르는 반도의 선 한쪽 끝으로 하얀 벽, 돌담, 망루가 있는 스에모리 성의 모습을 바로 코앞에서 볼 수 있었다.

그런데 삿사 군 이만 명이 그곳을 넘어 서쪽으로 향할 무렵, 도중에 모습을 감추었던 다바타 고헤가 한 봉우리에서 이마에 손을 얹고 저 멀리 병마가 향해 가는 쪽을 바라보고 있었다.

"아하하하. 아하하하."

고헤가 혼자 손뼉을 치며 웃었다.

"아이고 맙소사. 저런 쪽으로 가다니."

그는 아주 고소하다는 듯 계속 웃어댔다. 그의 세 치 혀끝 하나로 이만 명의 군대를 이틀 동안이나 심산계곡 속에서 헤매게 해 목표를 잃게 했으니 틀림없이 유쾌했으리라. 하지만 고헤가 진심으로 기뻐한 것은 그렇게 해서 옛 주인의 은혜에 보답할 수 있었기 때문이다.

고헤의 아버지는 원래 마에다 가의 가신이었다. 그런데 어느 날, 변명의 여지가 없는 잘못을 저질러 오야마 성의 일실에서 할복을 하라는 명을 받았다. 하지만 정이 두터운 도시이에는 시동에게 명을 내려 깊은 밤에 성의 뒷문으로 그를 도망가게 해주었다. 그리고 날이 밝은 뒤 모든 일을 알고 있었으면서도 일부러 화난 모습을 보이며 다른 방향으로 추격대를 풀었다. 물론 고헤의 아버지가 잡힐 리는 없었다.

"우리는 그 덕분에 여생을 구리카라 계곡에서 보내며 너를 기를 수 있었던 것이다. 꿈에라도 도시이에 님의 은혜를 잊어서는 안 된다."

고헤의 아버지는 세상을 떠나며 머리맡의 형제들에게 그렇게 말했다. 아버지의 그 이야기는 평소 화롯가에 모여 앉았을 때도 자주 들을 수 있는 것이었기에 형제는 훗날 숯과 장작을 파는 상인이 되어 도시인들과 교류하면서도 그 일을 밤이나 낮이나 잊지 않았다.

그런 상황에서 생각하지도 못한 전쟁이 일어났다. 고헤는 아버지의 말을 떠올리며 마에다의 영지에서 벗어나 삿사의 영지에 점포를 두고 드디어 은혜를 갚을 때가 왔다고 남몰래 생각했다. 그래서 애써 삿사 가의 근신에게 접근해서 온갖 충의를 내보였다. 모든 사람들이 이번 작전의 길잡이로는 고헤가 적임이라고 입을 모아 말할 정도로 사전 작업을 해둔 셈이었다.

"산을 넘어가 도리고에 성의 뒤편을 불시에 공격할 생각이니 그 길을 안내하라."

고헤는 나리마사의 명령을 받은 순간, 이는 돌아가신 아버지가 자신에게 명령한 것이라고 생각했다. 그는 자신의 목숨과 전 재산을 걸고 길을 나섰다. 그리고 의심 많은 삿사 나리마사를 감쪽같이 속여 이만 명의 병사를 끌고 다녔다.

하지만 고헤는 지금 삿사 군이 가는 방향에 마에다 쪽의 스에모리 성이 있다는 사실을 문득 깨닫고 급히 일어나야만 했다. 그는 원숭이처럼 가가 국경의 산코쿠 산을 넘어 가호쿠가타河北潟의 물을 멀리로 바라보며 달리기 시작했다.

고헤는 도야마에서 나올 때부터 후환을 염려해서 가족에게 점포를 접고 피난하라고 말해두었으니 아마 그의 가족도 지금쯤은 모든 가재도구를 배에 실어 진즈 강을 따라 바다로 나가서 다른 영지로 달아났을 것이다. 그랬기에 고헤는 가족을 염려할 필요가 없었다.

오쿠무라 부부

그날 아침, 나시노키 고개를 넘은 삿사의 군 이만 명은 요나데米田 강 상류에 있는 호다쓰宝達 산 계곡을 건너, 목표로 삼은 스에모리 성과 이마하마今浜의 어촌 등을 바로 눈 아래로 내려다볼 수 있었다.

정오 무렵에는 우에다上田 촌으로 나섰다. 마을을 남북으로 가로지르고 있는 나나오 가도야말로 가가와 노토 양국을 연결하는 동맥이었다.

나리마사는 곧 가도에서 샛길까지 차단한 뒤 병마에게 군량과 휴식을 주고 그사이에 부하인 진코 우지하루, 노노무라 몬도野々村主水, 구제 다지마久世但馬, 삿사 요자에몬佐々与左衛門, 노이리 헤이에몬野入平右衛門, 데라지마 진스케寺島甚助, 삿사 헤이자에몬 등을 불러 명을 내렸다.

우선 가가 본국에서 올 구원군을 끊기 위해 진보 우지하루에게 전군의 사분의 일을 주어 스에모리 성의 남쪽, 오미 강을 경계로 하는 나스茄子 산과 가와지리川尻 부근으로 가게 했다. 그리고 북쪽의 나나오 성과의 연락을 끊기 위해 하쿠이羽咋 강과 스에모리 성 중간 지점에 있는 데하마出浜, 시키나미敷浪 부근에 일선을 포진하여 해상을 감시하게 했다. 그런 다음 직접 공격할 부대를 정한 뒤 성의 정면에 있는 쓰보이坪井 산을 등진 산기슭에 본진을 설치했다.

"일몰을 신호로 일제히 공격하라."

나리마사는 명령을 내렸다.

민가를 불태우며 성으로 접근했다. 첩자를 풀어 유언비어를 퍼뜨렸다. 침입자의 상투적인 수단이었다.

성안 사람들은 이만저만 놀란 게 아니었다. 물론 조금 전 농부 두어 명이 성문으로 급변을 알려온 덕분에 들끓어 오르는 듯한 소란 속에서 전투 준비를 서두르기는 했으나 그 시간이 너무나도 짧았다.

"아아, 벌써 적이 보인다."

"성 아래를 불태우고 있다."

그때 스에모리 성을 지키고 있던 장수 오쿠무라 스케에몬 나가요시奥村助右衛門永福는 당황해서 떠들어대는 가신들 속을 한 바퀴 둘러보며 일단 어수선한 분위기를 가라앉혔다.

"오늘도 평소와 다를 바 없고, 평소도 오늘과 다를 바 없다. 무얼 새삼스럽게 떠들어대는 것이냐. 평소의 위치에서 훈련한 대로 하기만 하면 된다. 멀리 깊은 산을 넘어온 삿사의 군대이니 아직은 그저 떠보려는 것일 뿐, 제대로 준비하지는 못했을 것이다. 일단 맞부딪쳐 그들의 공세를 살펴보기로 하자."

스케에몬은 직접 한 무리의 병사를 이끌고 마을 입구까지 나아갔다. 그리고 삿사의 선봉과 정면으로 맞부딪쳤다.

스케에몬이 데리고 나간 미요시 간자三好勘左, 노세 지로野瀬二郎 등의 젊은이는 오쿠무라 가 무사들 가운데 정예 중의 정예라고 할 수 있었다.

"어서 오너라. 들개 같은 놈들."

두 사람이 분전하는 것을 보고 스케에몬의 부하들도 갑옷 차림의 경쾌한 몸놀림으로 창을 내지르고 장검을 휘두르며 적을 맞아 역공을 퍼부었다. 빗나간 총알이 땅에 박히기도 하고 민가의 벽에 붙은 널빤지를 뚫고 지나가기도 했다. 삿사 군도 한때는 잘 싸웠으나 점점 무너져 뒤로 물러나기 시작했다.

"위험하다. 적이 나약한 모습을 보이는 것은 유인책이다. 쫓지 마라, 쫓지 마라. 적의 함정에 빠질 것이다."

스케에몬은 아군을 불러들여 마을 입구에 불을 지르고 성으로 돌아왔다. 인간의 집단 속에서는 언제 무슨 일이 벌어질지 알 수 없는 법이다. 어제까지 무탈하게 살아오던 평화로운 해변의 어촌과 성 아래 마을이 삽시간에 아비규환의 소용돌이에 휩싸이고 말았다.

침입자와 그 침입자를 막으려는 사람들 사이에서 가장 먼저 희생양이 된 것은 어촌의 주민들이었다. 성 아래 마을의 집들이었다. 들불이 번지듯 마을과 거리에도 불이 붙어 가재도구를 챙기기는커녕 노인과 어린아이를 끌어안은 채 우왕좌왕할 수밖에 없었다.

스케에몬은 성주로서 그 검은 연기 아래 펼쳐진 광경을 그냥 지켜볼 수가 없었다. 그는 평소 자신을 성주로 섬기게 하고 성을 의지하게 했던 주민들을 보며 자책감에 사로잡혔다.

"신스케新助, 신로쿠新六. 성의 뒷문을 열어 저들을 산노마루로 받아들이게."

스케에몬이 바깥을 지키고 있던 망루에 서서 아래를 내려다보고 외치자 노신인 다카노세 사콘高野瀨左近과 오니시 긴에몬大西金右衛門이 낯빛을 바꿔 간언했다.

"안 됩니다. 성의 뒷산으로 달아나 헤매고 있는 자들은 하나같이 나약한 아녀자와 노인들일 뿐, 장정은 더 멀리로 피난했기에 성으로 들여봐야 도움이 될 만한 자는 얼마 되지 않습니다."

"무슨 소리냐! 바로 그렇기 때문에 성안으로 받아들여 지키려는 것이다."

"나리! 그럴 만한 여유가 없습니다. 성안에는 병사들의 식량조차 넉넉지 않으며…… 무엇보다 전투력이 없는 백성은 걸림돌이 될 뿐입니다."

"나도 알고 있다."

스케에몬이 야단을 치듯 말하며 고집을 피웠다.

"백성이 있어야 영주도 있는 법이고, 백성이 있어야 성도 있는 법이다. 이러한 때에 어찌 백성들을 죽게 내버려둘 수 있겠느냐! 우리의 힘이 모자라 성이 무너진다면 그건 어쩔 수 없는 일이다. 이 성에 스케에몬이 있는 한 그들을 못 본 척할 수 없다."

"하지만 어쩔 수가 없습니다. 성안의 식량이."

"더 이상 말할 것도 없다. 죽을 나누어 먹는 한이 있어도 그들을 구해야 한다. 뒷문을 열어 갈 곳을 잃은 자들을 성안으로 받아들여라."

성주의 명령에 그곳을 지키고 있던 무사들이 마침내 문을 열어 피난민들을 안으로 받아들였다. 지푸라기라도 잡고 싶은 심정으로 공포에 빠져 있던 사람들이 강물이 흘러 들어오듯 성안으로 쏟아져 들어왔다. 그때 공격 부대 중 한 무리가 그 모습을 보고 백성들의 뒤를 따라 성안으로 들어오려고 했다.

성안의 장수인 마에나미 산시로前波三四郎와 다카사키 지헤에高崎次兵衛가 그 사실을 깨닫고 문을 닫은 뒤 경고했다.

"이 가운데 삿사의 병사가 섞여 있다."

백성들은 자신들 주위를 살피며 샅샅이 적병들을 찾아냈다. 함께 들어왔던 적병들은 독 안에 든 쥐가 되어 여기저기서 목숨을 잃고 말았다.

성주인 스케에몬은 다시 성문을 열게 해서 나머지 피난민까지 남김없이 수용했다. 그리고 그들 앞에 서서 이렇게 말했다.

"이제 걱정할 것 없다. 설령 스케에몬이 목숨을 잃고 이 성이 떨어진다 할지라도 너희는 무문과 무문의 전투와는 아무런 상관이 없는 자들이다. 적인 삿사 나리마사도 선량한 백성을 함부로 죽이지는 않을 것이다. 백성 없이 영주는 있을 수 없는 법이니…… 너희는 서로를 돌보며 이번 일을 가만히 지켜보기만 하면 된다."

성주인 오쿠무라 스케에몬에게도 가족이 있었다. 그의 장남인 스케주로助十郎는 아직 열네 살밖에 되지 않았으며, 아내인 쓰네조常女도 이제 막 서른한두 살이 된 미인이었다.

쓰네조가 씩씩한 차림으로 장검을 들고 남편 곁으로 와서 말했다.

"성으로 들어온 노인과 아녀자는 제 손으로 지키겠습니다. 당신께서는 걱정 마시고 성문을 지켜주시기 바랍니다."

"오, 자네도 옷을 갖춰 입고 나왔는가?"

스케에몬이 아내를 보고 싱긋 웃었다. 사실은 이 성의 갑작스러운 위기를 듣고 안채의 여자들과 함께 울며 떨고 있거나, 혹은 어린아이들을 끌어안고 당황해서 허둥지둥하는 게 아닐까 걱정하고 있던 차였다.

"네, 아이들은 노모와 여자들에게 맡기고 스케주로도 처음 출진이지만 성의 방어전에 참가하는 것이 좋을 듯하여 갑옷을 입혀 병사들 가운데로 보냈습니다."

"잘 생각해주었소. 그럼 여기를 부탁하겠소."

스케에몬은 그렇게 말하고 다시 망루 위로 뛰어 올라갔다.

그날 밤이 지나고 다시 불안한 아침이 찾아왔다. 망루 위에서 성 아래를 내려다보니 삿사 군이 포위망을 더욱 좁혀오고 있었다. 모든 길이 막혔으며 여기저기 불에 타고 남은 잔해에서 연기가 피어올랐다.

적군은 적어도 일만 칠천에서 이만 가까이 되는 듯했다. 스케에몬은 성안의 병력을 헤아려보고 마음의 결정을 내릴 수밖에 없었다. 성안의 병사는 채 칠백 명도 되지 않았다. 탄약과 식량에도 한계가 있었다. 더구나 우군의 성인 나나오와 쓰바타는 멀리 떨어져 있었으며 그곳으로 가는 길도 모두 차단된 상태였다.

고립무원孤立無援. 의지할 곳이라고는 자신밖에 없었다. 오늘까지 하나의 성에서 살며, 하나의 길을 함께 걸어, 하나의 주인을 기둥으로 부족함 없이 살아온 사람들의 마음과 마음이 과연 이 뜻밖의 커다란 사태를 맞아 어떤 모습으로 변하게 될지.

"참으로 장한 아내로다."

스케에몬은 적의 불화살과 빗발치는 총알 속의 망루에 서서 문득 행복에 젖었다. 남편의 눈에는 혼례를 맺은 날 첫날밤에 본 아내의 모습보다 이러한 때 자신과 같은 각오를 하고 씩씩한 차림으로 나선 아내의 모습이 훨씬 더 깊고 아름답게 보였던 것이다.

그는 지휘하는 동안에도 때때로 아내의 모습을 찾아보았다. 그녀는 수많은 피난민을 위험한 곳에서 안쪽의 숲과 공터로 이동시킨 뒤, 하녀들을 데리고 그들을 둘러보고 있었다. 몸이 좋지 않은 사람에게는 약을, 아이들에게는 과자를 주었다. 그리고 커다란 솥을 가져오게 해서 죽을 쑤었다.

"성안에는 한정된 식량밖에 없으니 모두 목숨을 연명할 수 있을 만큼만 나누어 먹기 바라네. 설령 무슨 일이 벌어진다 한들, 자네들과는 상관없는 싸움이네. 몸을 해치지 않도록 잘 참아주기 바라네. 조금도 무서워할 것 없다네."

스케에몬의 아내는 사람들을 격려하고 위로하며 보살펴주었다. 스케에몬은 멀리서 그 모습을 지켜보며 기뻐했다. 무엇인가를 각오한 마음에 또 하나의 만족감이 찾아들었다.

"나리! 봉홧불이 보이지 않습니다. 이제 가나자와와의 연락도 완전히 끊겨버린 듯합니다."

노신 오니시 긴에몬이 스케에몬 앞에 무릎을 꿇더니 곧 무너질 듯
한 표정으로 말했다. 그는 성을 지키기보다 봉홧불이 오를 먼 하늘만
을 바라보고 있었던 것이다. 삿사 군의 내습과 동시에 성안에서 네 번
이나 일의 다급함을 알리기 위해 가나자와를 향해 적중돌파의 결사적
전령을 보냈기 때문이다.

첫 번째 전령은 붙잡혔다. 두 번째 전령도 적에게 발각되었으며, 세
번째 전령도 실패했다. 그리고 오늘 새벽에 마지막으로 달려가게 한
전령 역시 함흥차사였다. 약속한 봉홧불이 하늘에 오르지 않았다. 만
약 적의 경계선을 뚫고 무사히 가사시마笠島 부근에 도착하면 산 위에
서 봉홧불을 올려 탈출에 성공했음을 알리기로 하고 나섰던 것이다.

"아직까지 봉홧불이 오르지 않는 것을 보니 마지막 전령도 적의 손
에 걸린 듯합니다. 아아, 어찌하면 좋겠습니까?"

오니시 가나에몬은 탄식하며 성주의 대답을 기다렸다. 하지만 오쿠
무라 스케에몬은 웃으며 가나에몬을 위로했다.

"가나에몬, 상대는 오다 군의 용장으로 예전부터 이름 높던 삿사 구
라노스케 나리마사일세. 이런 조그만 성 하나를 포위하는 데 전령이
빠져나갈 만한 빈틈이 있을 리 없지……. 그 증거로 적은 우선 나나오
와 이곳 사이에 있는 시키나미로도 군대를 보냈고, 쓰바타와 이곳 사
이에 있는 가와지리에도 벌써부터 군대를 배치했다네. 무엇 때문인지
그 이유를 알겠나?"

"용병에 관한 일은 잘……."

"나나오에서 가나자와까지, 노토와 가가에 걸친 요소요소의 성에
연계 봉화가 있다는 사실을 삿사도 이미 잘 알고 있기 때문일세. 다시
말해 가와지리와 시키나미 두 곳을 지키고 있으면 이 스에모리 성에서
아무리 봉화를 올려도 그 중간에 끊겨버려 목적을 달성할 수 없다는

사실을 잘 알고 있기 때문일세. 그러니 삿사 나리마사가 우리 성을 공격하기 전부터 우리가 아군에게 연락을 취할까 얼마나 두려워하고 이를 중히 여겼는지 알 수 있을 것이네."

"참으로 옳은 말씀이십니다. 하지만 만에 하나 다행스럽게도 적의 눈을 피해 전령이 탈출에 성공한다면."

"그만두게. 덧없이 용감한 무사의 목숨 하나를 버리는 것은 안타까운 일이니. 다시 전령을 보내는 것은 무의미하기 짝이 없는 일일세."

"그렇다면 성과 함께 이대로 최후를 맞이할 각오를 하신 겁니까?"

"죽음을 서두를 필요는 없지. 후회가 남지 않을 때까지 전력을 다하다 그래도 성이 떨어진다면 그 또한 어쩔 수 없는 일이지만."

"아아, 농성할 생각이었다면 어제 어째서 그토록 많은 백성을 성안으로 받아들이셨단 말입니까. 곳간의 식량도 이십 일을 간신히 버틸 수 있을 정도밖에 남지 않았습니다. 그것을 그 수많은 백성에게 헛되이 먹게 해 서는."

"노인, 먹을 것 때문에 투정을 하는 건 보기에 좋지 않소. 한 그릇의 밥을 반씩 나누어 먹기로 하세. 열흘 먹을 것을 보름 동안 먹으며 싸우기로 하세. 이러한 때에 불쌍하고 무고한 백성들의 생명을 지켜주는 것이 무문의 임무 아니겠는가? 자네나 나 같은 사람은 그나마 상관없지만, 더없이 딱한 것은 같은 무문에서 태어난 젊은이들일세. 얼른 망루에서 내려가 그 젊은이들을 격려해주기 바라네. 내가 그렇게 말했다고 모두에게 전해주게."

삿사 군은 밤낮으로 쉴 새 없이 맹공을 퍼부어 성의 병사들에게 잠시도 숨 돌릴 틈을 주지 않았다.

"산노마루가 위험하다."

어딘가에서 그러한 소리가 들려왔다. 나리마사는 지형적으로 그곳이 성의 약점이라 보고 각 부대에 명령했다.

"뒷문과 외곽을 집중적으로 공격하라."

삿사 헤이자에몬, 노노무라 몬도, 구제 다지마 등의 부대에 별동대인 노이리 헤이에몬, 사쿠라 진스케櫻甚助의 부대까지 더해 수천의 병사가 함성을 지르며 앞다투어 공격에 나섰다.

밤에 가랑비가 내리자 둑, 돌담 등에서 미끄러져 서로 엉겨 붙으면서도 혈전을 멈추지 않았다. 하지만 성안의 병사들은 적의 몇 분의 일밖에 되지 않는 병력이라 벌써 삼 일 밤낮을 잠도 자지 못했다.

"틀렸다!"

비통한 외침이 들려왔을 때, 이미 비와 불과 피와 진흙 범벅이 되어버린 산노마루는 적의 그림자로 가득 넘쳐나고 있었다. 그렇지 않아도 열세에 있던 성안의 병사 대부분이 그날 밤, 그곳에서 성을 지키다 목숨을 잃고 말았다.

"원통하고 분하다."

남은 병사들은 그렇게 말하면서도 일단 혼마루에 모였다가 다시 성과 외곽 사이에 밤새도록 방어선을 구축했다. 빗속에서 돌과 흙주머니를 쌓고 또 숲의 커다란 나무를 베어 되는 대로 방어 목책을 짜는 등 부장에서부터 말단 병사까지 인력의 한계에 이르도록 일을 했다. 그러는 동안 불평을 하거나 나약한 소리를 하는 사람은 아무도 없었다. 그들역시 이 성 하나, 아니 이미 산노마루를 잃어 반밖에 남지 않은 고립된 요새가 이제 머지않아 떨어질 것이라는 사실을 무언중에 알고 있었을 테지만, 어찌 된 일인지 달아나는 사람이 하나도 없었다.

이는 성을 지키는 장수인 오쿠무라 스케에몬이 평소에 보인 인애와 오늘의 명확한 결의가 치열한 질타와 격려 없이도 각 부장에서 병졸들에게까지 잘 전달되었기 때문이라고 할 수 있을 테지만, 더욱 커다란 힘이 그들의 사기를 고무시켰기 때문이기도 했다. 그것은 스케에몬 아내의 힘이었다. 그녀 역시 말단 병사와 하인들과 함께 첫날부터 단 한시도 허리의 끈을 풀고 쉰 적이 없었다.

그녀는 남편의 뜻을 받들어서 백성들을 잘 돌봤을 뿐만 아니라 곳곳의 방어진지에서 부상자들을 혼마루로 옮기게 해 직접 상처를 닦아주기도 하고, 헝겊으로 감싸주기도 하는 등 피로도 잊고 간호를 했다. 부상자의 상처를 감싸는 그녀의 눈에서 눈물이 고였다. 아무리 사과해도 다 사과하지 못할 것 같은 마음에서 자연스럽게 배어나오는 눈물이 그 부상자에게는 무한한 위로가 되었으며, 애정의 유대 관계를 맺게 해주었다.

"이 정도의 부상쯤이야."

그들은 창을 지팡이 삼아 다시 방어를 위해 나섰다. 그 모습에 전우들까지 고무되었으며, 그 숭고한 방어 정신에 보답하기 위해 그녀는 스스로 밥을 지어 돌렸고, 또 찻잔을 날랐고, 술을 좋아하는 사람에게는 술 창고의 술이 떨어질 때까지 술을 부어주었다.

당장이라도 떨어질 것 같았던 성은 이처럼 끈질기게 버티고 있었다. 더욱 놀라운 것은 겁을 먹고 떨고 있던 백성들 중 남자는 나무를 베기도 하고 커다란 돌을 굴리기도 하는 등 방어책을 쌓는 데 자진해서 참가했다는 점이다.

"아직인가?"

삿사 나리마사는 스에모리 성이 이미 떨어진 것이나 다름없다고 보고 쓰보이 산에서 본진을 훨씬 앞으로 옮겨 성 아래 마을 가까이까지 와 있었다.

"꽤나 시간이 걸리는구나."

삿사 나리마사는 산노마루를 점령했다는 전황을 듣고도 여전히 부하들의 굼뜬 태도가 불만이라는 듯한 표정을 지었다.

밤이 되자 성과 성 아래 마을 모두 화상으로 문드러진 것처럼 보였으며 가랑비 내리는 하늘은 흐릿하게 붉었고, 그 반영 때문에 걸상에 앉아 있는 그의 얼굴이 붉은 가면처럼 보였다.

"그래, 몬도 왔는가. 무슨 일인가, 성이 떨어졌는가?"

나리마사가 비에 젖어 번뜩이는 갑옷 차림으로 본진의 막사를 걷어 올리고 들어온 노노무라 몬도를 보며 재촉하듯 물었다. 노노무라 몬도가 무거워 보이는 몸을 털썩 굽히고는 말했다.

"떨어지지 않았습니다. 적이 생각보다 완강합니다."

"뭣이, 떨어지지 않았다고."

"뜻밖이다 싶을 정도로 견고합니다. 아군의 숫자만 믿고 마구 덤벼들었다가는 돌이킬 수 없을 정도로 많은 희생을 치러야 할지도 모르겠기에…… 우선은 장군의 뜻을 여쭙고 마음을 정하자고 헤이자 나리를 비롯해 여러 사람과 담합한 뒤에 제가 뜻을 여쭙기 위해 온 것입니다."

"그렇다면 오늘 밤 안으로 떨어뜨리기는 어렵다는 말인가?"

"밤이 지나면 적이 혼마루와의 경계에 더욱 견고한 방어막을 구축할 것이기에 어려워질 듯하며, 또 그렇다고 이 빗속에서 단번에 점령하겠다고 덤비면 아군의 사상자가 얼마나 나올지 알 수 없는 상황입니다."

"뭐야, 그건 떨어지지 않을 것이라는 말과 다를 바 없지 않은가?"

"떨어지지 않을 리는 없습니다. 하지만 꽤나 시간이 걸릴 듯합니다."

"시일이 지나면 아무리 모든 길을 봉쇄하고 연계 봉화를 끊었다 할지라도 나나오와 가나자와의 적이 변을 알고 달려올 것은 자명한 사실일세. 이 삿사 나리마사가 어찌 그처럼 어설픈 싸움을 할 수 있겠는가? 무슨 수를 써서라도 날이 밝기 전에 짓밟도록 하게. 자네들 손으로 떨어뜨리지 못하겠다면 이 나리마사가 직접 나서겠네.”

“네! 그러한 뜻 전군에 전하겠습니다.”

노노무라 몬도는 어쩔 수 없다는 듯 자리에서 일어섰다. 가슴을 아릿하게 만드는 무엇인가가 부하들을 떠올리게 했기에, 자신도 모르게 분연한 빛이 얼굴을 스치고 지나갔다.

“그럼, 이것이 주군께 드리는 마지막 인사가 될 듯합니다. 부디 평안하시기 바랍니다.”

노노무라 몬도가 막사 밖으로 나서려는 순간 무슨 생각을 한 것인지 나리마사가 그를 급히 불러 세웠다.

“잠시만.”

“네. 무슨 일이신지……..”

“몬도, 잠시 들어오게.”

몬도가 다시 무릎을 꿇자 나리마사가 목소리를 낮추며 말했다.

“자네 언젠가 스에모리 성안에 옛 친구가 있다고 하지 않았던가?”

“네, 있습니다. 지아키 도노모노스케千秋主殿助라고 하는데 전에는 에치젠에 살았으며, 후에 마에다 가가 후추府中에 있을 때 섬기기 시작한 자입니다.”

“그거 잘됐군. 그 도노모노스케에게 자네가 슬쩍 말을 넣어 잘 중재해보지 않겠는가? 충분한 대가를 약속하고 말일세.”

나리마사가 그에게 계책 하나를 주었다.

농성하는 사람 가운데 지아키 도노모노스케라는 사람이 있었다. 도시이에가 오쿠무라 스케에몬에게 직접 붙여준 사람이었는데 지금도 스에모리 성의 부장으로 동쪽 성곽을 지키고 있었다.

그날 밤, 공격 부대의 밀사는 밀서 한 통을 들고 도노모노스케를 은밀히 찾아갔다.

"어찌하실지 답을 주셨으면 합니다."

밀서에는 삿사 나리마사의 부장인 노노무라 몬도의 이름이 있었다. 도노모노스케와 몬도는 서로 아는 사이였다. 도노모노스케는 무슨 일일까 싶어 불의 심지를 돋우고 밀서를 읽었다.

자네와의 옛 정을 생각해보면 오늘 맞이한 서로의 입장이 운명이라고는 하나 착잡함에 아픈 마음을 금할 길이 없다네.

노노무라 몬도는 우선 오랫동안 끊겼던 정을 이야기했다.

하지만 가만히 생각해보면 한때의 기세와 세상의 평판에 연연해서 서로 미워할 수 없는 자끼리 시체를 쌓고 성을 불태워 평생의 업을 마친다는 것은 참으로 어리석은 일일세. 자네가 성주인 오쿠무라 나리께 한번 말해보지 않겠는가? 스케에몬 나리 부부도 아직 젊은 몸이니 목숨을 잃을 것이 뻔한 길을 굳이 택할 이유는 없지 않겠는가? 특히 당신이야 어찌 되었든 아직 나이 어린 자제분과 노모도 계시지 않은가? 게다가 수백 명에 이르는 부하를 헛되이 죽게 만들 만큼 무분별한 분도 아닐 것이라 여겨지네.

노노무라 몬도는 이치를 따져 말한 뒤 그 대가로 다음과 같은 조건을 덧붙였다.

만일 스케에몬 나리께서 성문을 열고 삿사 나리의 처분을 기다린다면 노슈 두 개 군의 영주로 봉하고 황금 일천 냥을 드리겠다고 말씀하셨다네. 물론 자네에게도 충분한 은상을 약속할 수 있네. 어떻게 생각하는지 밀사에게 바로 뜻을 전해주었으면 하네.

도노모노스케는 팔짱을 낀 사이로 잠시 얼굴을 묻었다. 그도 인간이다. 생각이라는 것은 인간의 행위에 지나지 않기 때문에 그것을 오래하면 오래할수록 당연히 높은 정신은 상식적인 수준으로 떨어져버리고 만다.

'아무리 잘 막는다 할지라도 내일이면 성이 떨어질 것은 불을 보듯 뻔한 일. 멀리 있는 가나자와의 원군도 필시 때를 놓치고 말 것이다. 내 목을 줍게 하고 불에 타고 남은 자리에 시체를 맡기기보다는……'

도노모노스케는 마침 자리에 있던 대나무 주걱에 '낙諾'이라는 한 글자만을 써서 수결한 뒤 밀사에게 건네주었다. 그러고는 한밤중이었으나 곧 혼마루로 들어갔다.

"나리께서는?"

도노모노스케가 묻자 수비병이 망루 위를 가리켰다. 그곳으로 가보니 스케에몬은 적이 공세를 늦추자 망루의 벽에 기대 꾸벅꾸벅 졸고 있었다.

"나리, 나리……."

도노모노스케는 스케에몬의 어깨를 가볍게 흔들었다.

"오…… 지아키, 무슨 일인가?"

스케에몬이 도노모노스케를 올려다보며 평소와 다름없는 미소를 지어 보였다.

도노모노스케는 망루 위의 병사들을 모두 멀리 물러가게 했다. 그리고 노노무라 몬도의 밀서를 스케에몬에게 건넸다.

"어떻습니까? 나리의 생각은……."

"그렇군."

스케에몬이 서면을 말아 도노모노스케에게 돌려주며 되물었다.

"자네는 어떻게 생각하는가?"

"조금 생각해볼 문제인 듯합니다만."

"그렇다면 나도 내 생각을 보여주기로 하지."

스케에몬은 그렇게 말하며 갑자기 도노모노스케의 멱살을 쥐어 바닥에 쓰러뜨린 뒤, 그 위에 올라탔다. 도노모노스케가 눈을 허옇게 뜨며 분노했다.

"무, 무슨 짓인가? 자네를 생각해서 밝힌 것인데 그 우정을 배신할 생각인가?"

위에 깔고 앉은 스케에몬은 짓누르고 있는 손에서 힘을 빼지 않았다.

"주군을 배신하고 성안의 전우들을 배신하려 했던 네놈이 우정을 논하다니, 참으로 가소롭구나. 네놈이야말로 배신자 아니냐!"

"제길!"

도노모노스케가 죽을힘을 다해 발버둥 쳤으나 스케에몬의 목소리를 듣고 달려온 병사들이 곧 그의 팔을 뒤로 꺾어 묶었다.

"그놈을 성벽 모서리에 있는 망루의 기둥에 묶어두어라."

스케에몬은 동생인 오쿠무라 가헤奧村加兵衛를 불러 도노모노스케 대신 동쪽 성곽을 맡겼으며, 그곳의 병사들도 자리를 옮기게 했다.

내부에 이와 같은 위험이 있었으나 스에모리 성의 방어는 여전히 견고했다. 성주인 스케에몬의 의연한 태도 덕분이기도 했으나, 한편으로는 그의 아내가 자신의 목숨조차 돌보지 않은 채 병사들을 위로하고 백성들을 지킨 덕분이었다.

성이나 가정이나 마찬가지다. 집안사람들이 힘을 모으다 보니 갑작스러운 재난에도, 세상의 풍파에도 쉽게 무너지지 않았다.

삿사 나리마사는 노노무라 몬도가 가져온 길보에 기대를 걸며 성안에서 배신이 일어날지, 혹은 함께 나와 항복할지 기다렸으나 아무런 변화도 없을 뿐 아니라 사기가 더욱 높아지자 다시 총공세를 퍼부었다.

12일 날이 밝기 전, 성 밖에서 농부 하나가 위험을 무릅쓰고 소식을 전해왔다.

"어제저녁, 쓰바타 성 부근 하늘에서 틀림없이 봉화라 여겨지는 연기가 보였습니다. 이 스에모리 성에서는 너무 멀어 보이지 않았을 테지만, 오미 강 부근에서는 분명히 보였습니다."

"그것은 아군이 구원을 오겠다는 신호임에 틀림없다. 가나자와의 병력이 쓰바타에서 여기까지 왔다는 사실을 봉화로 알린 것이라 여겨지는구나."

부장들은 어두운 밤중에 빛을 본 것처럼 미친 듯이 기뻐했으나 스케에몬은 그들을 나무라고 눈썹을 조금도 움직이지 않으며 엄하게 말했다.

"아니, 갑자기 그 말을 믿을 수 없네. 만일 오보라면 병사들 모두 낙담해서 오히려 사수할 용기를 잃고 말 것일세."

날이 밝아 동쪽에 붉은 구름이 길게 드리우기 시작한 묘시 무렵, 망루에 있던 병사가 아래를 향해 절규했다.

"보인다, 보여! 틀림없이 원군이 오고 있다. 가나자와의 병력이다!"

성안 사람들은 함성을 내지르며 미친 듯이 기뻐했다.

"오오, 이마하마 해변에 종규鐘馗를 새긴 깃발이 보인다! 가나자와의 아군이 정말로 도착했다. 아아아! 모두 기뻐하라, 기뻐하라! 우리를 도울 군대가 이마하마까지 왔다."

보병의 조장인 우에하라 세이베上原淸兵衛는 커다란 나무 위로 올라가 두 손을 치켜들고 성을 향해 외치다 너무 기쁜 나머지 아래쪽 환호하는 목소리 사이로 떨어지고 말았다.

연계 봉화

가나자와, 오야마 성으로 스에모리 성의 위급한 상황이 알려진 것은 10일 밤이었다. 소식을 가장 먼저 알린 사람은 도야마의 상인인 다바타 고헤였다. 삿사 나리마사의 군대를 가가와 노토의 국경 부근에 있는 산속에서 한껏 헤매게 한 뒤, 미쿠니 산에서 발걸음을 돌려 가나자와까지의 먼 길을 있는 힘껏 달려와 급보를 전한 것이었다.

"큰일 났습니다!"

다바타 고헤가 성문을 두드려 성안으로 사라진 지 겨우 일 각쯤 지났다.

"큰일입니다."

이번에는 어부 차림의 사내가 스에모리 성이 위험하다며 성문을 두드렸다. 그때 성문을 지키는 병사는 이미 전시 태세를 갖추고 있었다.

요즘 마에다 마타자에몬 도시이에는 밤에 마시는 술도 줄였으며 부인이 이상히 여길 정도로 잠자는 시간도 일정했다.

"나이 탓일세."

부인이 걱정하자 도시이에가 부인에게 말했다.

"무인은 목숨을 소홀히 하기 쉬운 법이야. 미련 없이 깨끗한 것과 소홀한 것은 다르니까.”

　도시이에는 최근 들어 무엇인가 깨달은 바가 있는 듯했다. 그는 최근 살벌한 세상의 모습을 유심히 관찰한 뒤 깊이 생각하게 되었다.

　‘자신의 목숨조차 소홀히 여기는 자가 어찌 타인의 목숨을 아낄 수 있겠는가? 타인의 목숨을 아끼지 않는 자에게 어찌 무수한 목숨들 위에 서서 정치를 행하고 세상을 바로잡을 자격이 있겠는가!’

　도시이에는 자신의 생활 태도를 돌아보며 다짐했다.

　‘술도 약이 될 정도로만…….’

　목숨을 아끼기 위해 좋아하는 술까지 자제할 정도였으니 여색과 음식은 물론 모든 면에서 생활 태도를 바꾸었다. 그는 마음속으로 이렇게 생각했다.

　‘오래 살며 편안한 마음으로 인내심을 갖고 기다리는 것 외에 히데요시나 이에야스 위에 서거나 어깨를 나란히 할 수 있는 방법은 없다.’

　시세를 보는 눈도 어쩌면 오십을 맞은 그의 마음속에 잠재되어 있었을지 모른다.

　도시이에는 아닌 밤중에 홍두깨 같은 삿사의 이변을 듣고 바로 침소에서 나와 이렇게 중얼거렸다.

　“나리마사가 할 만한 행동이기는 하군.”

　그는 세수를 하고 양치질을 한 뒤 서원으로 나갔다. 그리고 직접 고헤를 만나 그의 심정과 삿사의 길잡이로 나서게 된 사연을 자세히 들었다. 그러는 사이에 두 번째 소식을 가져온 사내가 서원의 정원에 무릎을 꿇었다. 어부 차림의 사내는 스에모리 성에서 적진의 돌파를 꾀했던 여러 명의 급사 중 한 명으로, 적군이 육로를 차단한 탓에 배로 가 호쿠가타의 바닷길을 서둘러 오노 강까지 온 것이라고 했다.

　“두 사람 모두 쉬도록 하게.”

도시이에는 노고를 치하한 뒤 성안의 방으로 자리를 옮겨 숙직을 하던 숙로와 무사들을 불러 모았다.

"맛토로 얼른 전령을 보내게."

아들인 도시나가가 있는 성으로 급보를 가장 먼저 알린 뒤, 곳곳에 있는 부하 장수들에게도 출동 명령을 내렸다. 그의 아내는 사태를 깨닫고 얼른 도시이에의 갑옷과 장비를 준비했으며, 말린 전복과 황률 등을 굽 달린 쟁반에 담은 뒤 물을 담은 술잔과 함께 한 방의 등불 아래 차려놓았다.

잠시 뒤, 도시이에는 말들이 모여 있는 정원으로 나갔다. 그가 그곳으로 모습을 드러내자마자 두 번째 출진 나팔이 울렸다.

"산 위에 있는 자들은 봉화를 올려라."

성 뒤편에 봉화산이라 불리는 산이 있었다. 봉화를 맡은 병사가 그곳으로 달려 올라가 미리 준비해두었던 초연통에 불을 붙였다.

한 줄기 연기가 밤하늘 높이 피어오르더니 우산을 펼치듯 펑 하고 불꽃이 일었다. 만약 낮이었다면 짙은 회색 연기가 한동안 중천으로 피어올랐을 것이다. 이렇듯 오야마 성에서 한 줄기 불꽃이 피어오르면 북쪽으로는 고사카小坂, 요시하라吉原, 후쓰카이치二日市, 쓰바타와 노토의 나나오까지, 남서쪽으로는 노노이치野々市, 맛토, 가사마笠間, 데토리手取 강까지, 각지의 산에서 산으로 전해져 순식간에 비상사태가 일어났다는 것을 영지 구석구석까지 알릴 수 있었다.

이것을 연계 봉화라고 하는데 원래 중국 대륙에서 행해지던 오래된 전법 중 하나를 그대로 가져와 일본 병가에서 쓰고 있는 것이었다.

"자, 출발하자."

도시이에는 맛토에 있는 도시나가의 병력이 도착하기를 기다리지 않았다. 그는 따라올 사람은 나중에 뒤따라오면 된다고 생각하며 성문을 나섰다. 그런데 그 순간 이제 겨우 열네다섯 살쯤으로 보이는 소년 하나가 조그만 언월도를 들고 그의 말 앞에서 뒤지지 않겠다는 듯 앞다투어 달리고 있었다. 그러자 도시이에가 눈에 거슬린다는 듯 야단을 쳤다.

"꼬맹이 놈, 옆으로 비켜라."

소년은 야단을 맞고서도 여전히 그의 코앞에서 말보다 빠른 발을 자랑하기라도 하듯 달렸다. 도시이에가 다시 소리를 질렀다.

"앞에 달려가는 놈은 대체 누구냐?"

그러자 소년이 달리며 뒤를 돌아 대답했다.

"숙부님, 접니다."

"앗, 게이지로慶次郎 아니냐. 누구의 허락을 받고 온 것이냐?"

"숙모님께서 함께 가도 좋다고 허락하셨기에."

"뭐, 안채의 허락을 받고 왔다고?"

"네. 이미 여기까지 왔으니 어쩔 수 없습니다. 부디 데려가주시기 바랍니다."

소년이 발을 멈추고 도시이에의 안장에 매달려 떼를 썼다.

소년은 도시이에 형의 아들, 즉 도시이에의 조카인 마에다 게이지로로 성안에서 제일가는 개구쟁이였다. 예전에 도시이에가 게이지로를 교토로 데려간 적이 있었다. 하루는 히데요시가 도시이에를 찾아갔는데, 괴짜 히데요시조차 게이지로를 보고 '천하의 개구쟁이'라고 할 정도로 게이지로의 장난에 놀란 적이 있었다.

오늘 밤에도 게이지로는 출진한다는 사실을 알고 숙부 도시이에에게 자신도 데려가라고 한껏 떼를 썼으나, 워낙 종잡을 수 없는 아이였기에 도중이나 전장에서 짐이 될 것이라 여겨졌고, 또 형의 아들에게 무슨 일이라도 벌어져서는 안 된다고 생각했기에 간신히 달래놓고 온 길이었다.

"그래, 듬직하구나. 성을 지켜주기 바란다. 성을 지키는 것이야말로 전장에 나가는 것보다 커다란 일이다."

게이지로는 그런 말에 속을 게이지로가 아니라는 듯한 표정을 지어 보였다. 도시이에는 쓴웃음과 함께 고개를 끄덕이고 일부러 그를 자극한 뒤 훌쩍 말을 달리기 시작했다.

"어쩔 수 없는 놈이로구나. 그렇게 보고 싶다면 따라오너라. 하지만 전장에 가서 울어서는 안 된다."

도시이에가 이끄는 부대가 성 아래 마을을 벗어나 작은 언덕에 도달했을 때, 니와 고로자에몬 나가히데의 사자가 그를 뒤따라와 주인의 말을 전했다.

"우선은 무라카미 지로村上次郎右, 미조구치 긴우溝口金右 두 사람에게 병사 삼천을 주어 함께 출진하도록 했으니 모쪼록 병력의 끝자락에 더하시기를."

도시이에는 호의를 감사히 받아들일 뒤 종군에 대한 제의를 거절했다.

"이렇게 생각해주신 점 감사하기는 하나 도시이에와 도시나가는 열 번 죽어도 한 번 살 생각은 하지 않고 있습니다. 니와 나리께서 뒤에 남아 만일의 봉기나 배신 등에 대비해주신다면 그 역시 도시이에의 힘이 될 듯합니다. 모쪼록 제가 없는 동안 잘 지켜주시기 바랍니다."

때는 이미 술정시(오후 9시 무렵)였다. 도시이에는 말을 재촉해 길을 가는 도중 모모사카百坂, 모리모토森本, 후쓰카이치 등에서 지역 무사들을 받아들여 장병의 숫자를 점점 늘렸다. 그리고 12일 새벽에 쓰바타 성 아래에 도착했다.

그곳 사람들도 연계 봉화의 신호를 받은 뒤 성과 영토를 무장하고 도시이에의 본군이 오기를 밤새 기다리고 있었다.

"피곤하실 테니 곧 대서원으로."

성주인 마에다 히데쓰구가 성안으로 맞아들였으나 도시이에는 해자 부근에 말을 묶게 한 뒤 걸상에 앉았을 뿐, 성안으로는 들어가지 않았다.

"아니, 휴식은 여기서 취하겠소."

그러고는 뒤따라 달려오는 장병들을 기다렸다가 병사를 점호했다. 부장으로는 후와 히코조, 무라이 나가요리, 우오즈미 하야토魚住隼人 등이 있었고, 그 외에 칠백여 명 정도의 장병을 거느리고 있었다. 아무리 그래도 아군은 소수였고, 적은 대군이었다.

'위험할 정도로 무모하다.'

누구나 그렇게 생각하지 않을 수 없었다. 그렇게 보는 편이 오히려 상식적이었다.

쓰바타의 성주인 히데쓰구와 그의 노신인 데라니시 무네토모寺西宗与 등이 걱정하며 말했다.

"정찰병들의 정보에 따르면 스에모리 성은 이미 떨어지기 직전에 있는데 이렇게 달려가봐야 적이 대군이라 도저히 구할 수 없을 것이라고 합니다. 차라리 이 쓰바타 성을 굳게 지키며 오사카의 원조를 기다리는 것이 어떨까 싶습니다만……."

히데쓰구의 말이 채 끝나기도 전에 도시이에가 갑자기 노여운 기색을 띠며 말했다.

"적이 대군이라는 소리를 들으면 들을수록, 스에모리에 있는 가엾은 스케에몬의 마음은 어떨지 더욱 걱정이 되는 것이다. 그러한 의견은 사기를 떨어뜨릴 뿐, 우리에게 무슨 도움이 된단 말이냐. 스케에몬을 내버려두어 적 속에서 헛되이 죽게 만든다면 그야말로 세상의 좋은 웃음거리 아니겠느냐."

히데쓰구는 얼굴을 붉혔으나 그래도 어떻게 해서든 도시이에를 말려볼 생각이었는지 일부러 용하다는 점쟁이를 불러 출진의 길흉을 점치게 했다.

도시이에는 점쟁이라는 말을 듣고 실소를 금치 못했다. 그는 점쟁이를 한껏 노려보며 이렇게 말한 뒤 점을 치게 했다.

"이보게, 점쟁이. 나는 무슨 일이 있어도 스에모리로 갈 생각이네. 그리 알고 조심해서 점을 치도록 하게."

"네……."

점쟁이는 몸을 움츠렸다. 그리고 점을 치더니 마침내 소매 안에서 작은 책 하나를 꺼내 자못 심각한 척 말했다.

"날도 길하고 때도 대길, 군을 움직이면 커다란 공을 세우게 될 것입니다. 그렇습니다, 아군의 승리는 의심의 여지도 없습니다."

"길하단 말인가. 아하하하."

도시이에는 손뼉을 치고 웃으며 점쟁이에게 상을 내린 뒤 좌우를 재촉했다.

"아침밥, 아침밥."

장병들은 이미 아침을 먹고 있었다. 히데쓰구가 성안에 아침을 준비해두었으나 도시이에는 끝내 성안으로 들어가지 않았다. 어쩔 수 없이 상을 그곳으로 가져왔으나 도시이에는 맛난 음식에는 손도 대지 않고 주먹밥 두 개와 국 한 사발만 먹었을 뿐이다. 그러는 동안에도 많은 장병이 도착했다.

"나가요리는 선봉에 서라. 도시히데, 나이젠은 제2대에 서라. 제3대는 도시마스利益, 미쓰유키光之, 요사부로与三郎 등으로 구성하고, 제4대는 도시나가의 부대에게 맡기겠다."

도시이에는 거침없이 명령한 뒤 누구보다 먼저 말에 올라 채찍을 가했다. 그 모습에 놀란 장병들이 뒤따라 달려가며 대오를 갖추었다. 군의 지휘는 미야카와 다지마宮川但馬, 무사의 우두머리는 야마자키 쇼베山崎庄兵衛가 맡았다.

"달리면서 진을 짜기는 처음이야."

그들은 그렇게 말하고는 있는 힘껏 대오를 갖추라고 외치며 나아갔다. 맛토의 도시나가도 참가하고 주변 무사들도 모이자 총인원은 삼천 오륙백 명쯤 되었다.

가호쿠가타 부근에서 날이 밝았으며, 정오 전에 이미 다카마쓰高松 해변에 도착해 있었다. 밤새 추적추적 가랑비가 내리기도 하고, 바람이 불기도 했는데, 날씨가 맑은 가을날로 바뀌어 손을 이마에 얹고 멀리 바라보면 고립된 성 스에모리도 보일 것만 같았다.

전날 밤, 삿사 쪽의 진보 우지하루 군은 마에다 쪽의 쓰바타와 도리고에 등에서 봉화가 피어오르는 것을 보고 잔뜩 긴장한 채 바로 정찰대를 풀어 살펴보게 했다. 그리고 가나자와의 원병은 아직 쓰바타에 이르지 않았으며, 설령 도시이에가 도착한다 할지라도 오늘 밤에는 쓰바타 성에서 묵을 것이라고 의견을 모았다.

"날씨도 좋지 않고 가나자와에서 달려와 피로도 쌓였을 테니, 틀림없이 쓰바타에서 묵을 것이다."

그래서 그날 밤에는 아무런 대비도 하지 않고 가와지리의 진에 보초만 늘렸다. 그런데 그 보초들이 '적이다!' 외치며 자신의 임무가 얼마나 중대한지를 깨달았을 때는 바로 눈앞에 있는 이마하마 해변까지 도시이에의 깃발이 진출했으며, 마에다 군이 몇 개의 무리로 나뉘어 오미 강의 얕은 곳을 건너오는 것이 보였다.

이마하마 해변에서 도시이에의 깃발을 들고 선 하타모토 무리가 깃발을 머리 위로 높이 치켜들고 멀리 고립된 성에 있는 친구에게, 목소리는 들릴 리 없으나 있는 힘껏 이렇게 외치고 있었다.

"왔다, 우리가 왔다. 나리를 비롯해 우리가 여기까지 왔다. 힘내라! 스에모리 사람들이여!"

그러자 목소리가 들린 것도 아닐 텐데, 스에모리 성안 사람들이 멀리 이마하마 쪽을 보며 '와아' 하고 함성을 내질렀다. 커다란 나무 위로 올랐던 성의 병사 우에하라 세이베가 너무 기쁜 나머지 나무 위에서 떨어진 것도 바로 그 순간이었다.

바다를 따라 은밀히 달려오고 있던 마에다 군의 선봉은 언제나 중군의 깃발보다 훨씬 앞서 달리고 있었다. 중군에 있어야 할 도시이에도 자신의 깃발을 추월해 선봉대와 함께 달렸다.

"적의 본진은 쓰보이 산에 있는 듯하다. 쓰보이 산으로 달려가 가장 먼저 삿사 나리의 목을 취하라."

선봉대장인 무라이 나가요리의 명령에 도시이에가 말 머리를 돌려 말했다.

"나가요리, 나가요리. 공은 나중에 생각하라. 위급한 아군을 먼저 확인한 뒤."

그리고 스에모리 성 아래를 향해 똑바로 달려 나갔다. 그곳에는 삿사의 각 장수들이 빈사에 빠진 외로운 성을 물 샐 틈 없이 철통처럼 둘러싸고 있었다. 당연히 일각에서 격전이 벌어졌다.

도시이에는 나가요리와 두 갈래로 나뉘어 뒷문 쪽으로 다가갔다. 혼조 이치베本庄市兵衛, 노노무라 몬도, 사쿠라 진스케, 구제 다지마 등의 삿사 군이 총구를 돌려 돌진해 들어오는 도시이에 부대를 향해 광적으로 총을 쏘아댔다.

"이놈들!"

가까이 접근할 때까지 몇 기가 쓰러졌다. 하지만 삿사 군이 당황하며 두 번째, 세 번째 탄알을 장전할 무렵, 도시이에 군의 철기갑 부대는 이미 그들 속을 휘젓고 다니며 그들의 포진을 뿔뿔이 흩어놓고 있었다. 마에다 군의 무사인 한다 한베半田半兵衛는 창을 휘둘러 적의 용맹한 장병들만 골라 쓰러뜨렸다.

"저놈은 누구냐? 얄미울 정도로 잘 싸우는구나."

적의 부장인 사쿠라 진스케가 그렇게 말하고는 한베의 왼쪽 어깨를 향해 활을 쏘았다. 한베는 활을 맞고 어지러운 싸움의 파도에 휩쓸려 덧없이 쓰러지고 말았다. 그때 한베에게도 뒤지지 않을 만큼 적 속으로 깊숙이 들어가 마구 날뛰는 작은 사내가 있었다. 아니, 작은 사내인 줄 알았는데 가만히 살펴보니 아직 열네댓 살밖에 되지 않은 소년이었다. 옷차림이나 창을 다루는 법, 진퇴의 민첩함이 한 사람의 장수 이상이었기에 문득 조그만 괴물 같다는 생각이 들 정도였다.

"이놈, 오너라."

"각오해라."

"네 이놈!"

그렇게 외치는 모습이 참으로 어린아이다워서, 마치 화염 속 부동명왕不動明王의 옆구리에서 튀어나온 궁갈라 동자처럼 느껴졌다. 이 동자는 삿사의 부장인 사쿠라 진스케가 활을 당겨 아군만 골라 쏘는 것을 보고는 대담하게도 '이놈!' 하며 외치더니 그의 곁으로 달려갔다.

체구가 작았기에 진스케를 둘러싸고 있던 장병들도 방심하고 있었다.

"앗!"

진스케가 동자의 창끝에 찔려 말 위에서 굴러떨어지자 그제야 비로소 이 작은 괴물이 마에다 군 중 하나라는 사실을 알고 그를 쫓아 에워쌌다. 하지만 동자는 날랜 다람쥐처럼 이리저리 도망 다녔다.

“이 꼬맹이 놈! 우리 주인의 빈틈을 잘도 노렸겠다.”

사쿠라 진스케의 가신인 고가와 나마즈노스케小川鯰之助가 동자를 뒤쫓았다. 그러자 동자는 숨이 찼는지 발걸음을 멈추고 나마즈노스케의 얼굴을 노려보았다.

“정말 귀찮은 놈이로구나. 나를 붙잡으면 네놈에게 오줌을 싸겠다.”

그곳은 전장이었다. 아이들의 전쟁놀이와는 차원이 달랐다. 그럼에도 불구하고 겁 없는 동자는 아이들끼리 장난을 치다 악에 받쳐 하는 소리를 내뱉었다. 그 소리에 나마즈노스케는 순간 맥이 빠지고 말았다.

“뭐, 뭐라고. 이 애송이가.”

“사람이 도망을 치는데 어디까지 따라올 생각이냐, 이 멍청한 놈아.”

“전장에서 달아나는 놈을 쫓는 건 당연한 일이다. 네놈은 머리가 이상한 듯하구나.”

“무슨 소리를 하는 거냐. 이 전장에서 무기를 들고 서로를 죽이는 사람의 머리는 전부 이상한 것 아니냐. 그중에서도 너는 미친 멧돼지다. 그러니 가까이 오면 오줌을 갈기겠다고 말한 거다. 그게 어쨌다는 거냐?”

“정말 말도 안 되는 소리만 지껄이는 애송이로구나. 네놈은 대체 마에다 군 누구의 아들이냐?”

“고풍스럽게 서로의 이름을 밝힐 생각이라면 네 이름부터 대라.”

“내가 바로 삿사 군의 여섯 장수 중 하나인 사쿠라 진스케 님의 으뜸가는 가신, 고가와 나마즈노스케다.”

“나는 마에다 도시이에의 조카인 마에다 게이지로다.”

“뭣이, 마에다 나리의 조카라고.”

“그렇다. 전쟁이 어떤 것인지 보기 위해 여기로 처음 출진한 것이다.”

“그렇다면 더욱 놓칠 수 없겠구나. 상대로는 부족하나 도시이에 일족의 첫 출진, 그 목은 나마즈노스케가 가져가도록 하겠다."

게이지로가 고개를 흔들며 말했다.

"좀 봐줘. 목을 버리러 온 게 아니야. 전쟁을 보러 온 거야. 목을 가져가는 것만은 참아줘."

게이지로의 철없는 모습, 천진난만하다기보다 오히려 상식이 부족한 듯한 맹한 얼굴에 나마즈노스케는 고개를 끄덕이며 생각했다.

'아하, 알겠다. 이놈은 백치로구나.'

하지만 군공을 기록할 때는 백치의 목이든 영리한 사람의 목이든 구분하지 않는다. 중요한 것은 신분의 상하뿐이었다.

"이놈, 목을 내놓아라."

나마즈노스케가 달려들었다. 그리고 간단히 사로잡으려고 덤빈 것이 그의 마지막 실수였다. 그 순간 쿵 하고 갑자기 얼굴에 철권이 날아들었다. 게이지로는 비틀거리는 정강이를 향해 창을 있는 힘껏 내리쳤다. 세 번, 네 번, 닥치는 대로 마구 내리쳤다. 땅바닥에 완전히 쓰러졌는데도 계속해서 내리쳤다.

"어떠냐, 이 메기鯰 같은……."

게이지로는 만약을 위해 그의 얼굴과 가슴을 몇 번이고 더 짓밟았다. 하지만 유명한 적의 목을 취하려고 들지는 않았다. 그저 꿈틀꿈틀 움직이는 적을 내려다보며 창을 어깨에 걸치고 갑옷 아래로 허리춤을 풀어 한가롭게 오줌을 누기 시작했다. 오줌이 나마즈노스케의 얼굴과 어깨에 떨어지며 비말을 일으켰다. 가엾은 적은 간신히 몸을 꿈틀거릴 뿐이었다.

"와하하, 꼴좋다."

게이지로는 창을 짊어지고 달리기 시작했다. 앞을 바라보니 그곳에는 이미 적도 없었고 아군도 없었다.

성의 뒷문이 활짝 열려 있었다. 스에모리 성안 사람들은 도시이에가 구원을 위해 온 사실을 알고 환호성을 올리며 성 밖으로 나와 공격에 가담했다. 그리고 그 방면의 포위를 뚫고 도시이에 군을 맞아들였다. 사람들이 서로 손을 맞잡고 구사일생으로 살아남았다며 기쁨의 눈물을 흘리느라 성안은 오히려 순간 침묵에 빠졌다.

이러한 때 사람은 울어야 하는 건지, 춤을 춰야 하는 건지 모르는 법이다. 성주인 오쿠무라 스케에몬은 도시이에를 맞아 말없이, 그저 말없이 그 앞에 무릎을 꿇고 있었다.

"스케에몬, 이제야 도착했네."

도시이에가 그렇게 말하며 들어갔으나 스케에몬은 말없이 그저 그 모습을 우러러보는 듯한 표정으로 그의 뒤를 따라 혼마루로 갔다. 혼마루도 그렇고, 대서원도 그렇고 하나같이 황량하기 짝이 없는 농성의 전장이었다. 아니, 그 농성전은 아직 끝나지 않았다. 도시이에는 걸상에 앉아 스케에몬을 돕고 있는 장수들을 보며 위로의 말을 건넸다.

"잘 견뎌주었네."

그리고 곳곳의 방어진지를 둘러보았다.

도시이에와 갈라져 다른 성문으로 접근한 무라이 나가요리는 쓰보이 산의 뒤편을 공격하여 적장 삿사 요자에몬을 베었으며, 그 외에도 사십여 명의 수급을 거두었다. 그가 역투를 펼치고 있는 사이 후속 부대인 노무라 덴베野村伝兵衛, 야마자키 히코에몬山崎彦右衛門, 시노하라 가즈타카篠原一孝 등도 각각의 부하들을 이끌고 성 아래 일대에서 싸움을 벌였다. 그 싸움에서 마에다 군의 희생도 적지는 않았으나 삿사 군은 칠백오십여 명의 전사자를 버리고 총퇴각을 하기 시작했다.

곳곳의 문과 돌담을 지나 성안으로 우군이 들어왔다. 그 깃발 하나하나, 그 얼굴 하나하나를 맞아들일 때마다 성안의 병사들은 환호성을 내질렀으며 감격한 눈에 눈물을 글썽이며 손을 내밀었다.

"아아…… 이렇게까지."

그들이 사수한 흔적을 둘러보는 도시이에의 눈에도 눈물이 고였다. 특히 도시이에의 마음을 크게 감동시킨 것은 이처럼 다급한 위기 상황에서도, 식량이 부족한 성안으로 수많은 백성을 수용했다는 사실이었다. 그리고 그 백성들과 부상병들 사이에서 일하고 있는 한 여인을 보게 되었다.

"저 여인은 누구인가?"

스케에몬이 움찔하며 대답하지 못하는 모습을 보고 도시이에가 이렇게 말했다.

"자네의 집사람인가?"

"그렇습니다."

"이리로 부르게."

"네……. 하지만 나중에 머리라도 좀 매만지게 한 뒤 인사를 드리도록 하겠습니다."

"그러하겠는가?"

도시이에는 스케에몬의 마음을 읽고 그 자리를 그냥 지나쳤다.

일단 적이 물러나자 도시이에는 성안의 장병을 모두 불러 위로한 뒤 은상을 약속하고 오쿠무라 스케에몬 부부에게 다음과 같이 말했다.

"앞으로도 그대들 부부의 공을 오래도록 잊지 못할 것이오."

도시이에는 그날 가져온 종규의 깃발과 금부채, 장검에 감사장까지 더해 스케에몬에게 건넸다. 이제 도시이에에게 남은 즐거움은 늘어지게 잠을 자는 것이었다. 적과도 잘 싸웠지만 도시이에는 육체적 욕구도 잘 극복했다고 스스로 생각했다.

한편 쓰보이 산 본진에 있던 삿사 나리마사는 하룻밤 사이에 전황이 역전되어 근신들조차 허둥지둥하는 것을 보고 격노했다.

"한심한 놈들."

나리마사는 군용을 재정비해서 스에모리 성으로 다시 공격해 들어가기 위한 계책을 세웠다.

"쓰보이 산의 나리마사가 권토중래의 기세를 보이고 있습니다."

도시이에는 첩보를 듣고 중얼거렸다.

"과연 올까?"

그러다 무슨 생각을 했는지 웃으며 말했다.

"아니, 오지 않을 것이다. 나는 그와 함께 오다 가를 섬겼을 때부터 비슷한 지위에 있었는데 나리마사는 쉽게 화를 내기도 하지만 식는 것도 빠른 성격이다. 격정과 이지의 양극단을 지니고 있어서 그 둘로 이해를 잘 따지는 성격이기도 하니."

아니나 다를까 잠시 뒤 들어온 첩보는 다음과 같은 것이었다.

"쓰보이 산에 있는 적의 본군은 한때 우리 성으로 총공격을 감행해 올 것 같은 태세를 보였으나, 무슨 생각에서인지 갑자기 방향을 바꾸어 전군이 쓰바타 가도를 따라 남쪽으로 급히 퇴각하기 시작했습니다."

"그것 보게. 역시 나리마사답군."

도시이에가 웃고 있는데, 그 옆에 있던 무사 하나가 몸을 앞으로 당겨 그에게 진언했다.

"참람스러운 말씀이오나……."

그는 미카와의 혼다 사도노카미 마사노부本多佐渡守正信의 동생으로 혼다 마사시게本多正重라는 젊은이였다. 마사시게는 호쿠리쿠 각 주를 돌아다니며 무사 수행을 하고 있었는데, 마침 이번 전쟁을 만난 참에 도시이에가 이곳으로 급히 달려왔을 때 자신의 이름을 밝히고 후학을 위해 종군에 합류한 무사였다.

그것을 '진 빌리기'라고 하는데 수행하는 무사뿐만 아니라 기회를 얻어 녹봉을 받기를 원하는 재야의 무사들도 곧잘 터진 갑옷에 한 자루 창을 짊어지고 와서는 군의 한쪽 끝에 가담하게 해달라고 청하는 경우가 많았다.

"오오, 진 빌리기를 한 수행 무사인가? 무슨 일이지?"

"지금 듣자 하니 쓰보이 산에 있던 적이 남쪽으로 썰물처럼 퇴각하고 있는 듯한데, 그 사실을 알고 있으면서도 덧없이 기쁨만을 맛보고 있는 것은 옳지 않은 일이라 생각합니다. 어째서 한 무리의 철기를 앞세워 그들의 어지러운 발걸음을 쫓지 않으시는 것입니까? 나리마사 나리의 목을 얻기란 식은 죽 먹기라 생각합니다만."

"옳은 말이오."

도시이에는 젊은 수행 무사의 말에 가만히 귀를 기울이고 감탄한 듯 고개를 끄덕였으나 그 대답은 부정적이었다.

"예전에 시즈가타케 전투에서 시바타 나리의 조카인 사쿠마 겐바佐久間玄蕃가 승리한 여세를 몰아 적의 뒤를 쫓은 적이 있었다네. 무릇 아군의 위기는 아군 전체가 이겼다고 생각하고 있을 때 일어나기 쉬운 법일세. 너무 신경 쓸 것 없네. 나리마사의 목 하나 따기 위해 그처럼 커다란 위험을 감수할 필요는 없네."

도시이에는 그렇게 말하고는 끝내 뒤를 쫓지 않았다. 하지만 방향을 바꾼 삿사의 용맹한 군대가 퇴각하면서 혹시라도 쓰바타 성을 공격할지 몰랐기에 그는 이튿날 아침, 짧은 밤의 쾌면에서 깨자마자 총군을 이끌고 쓰바타 가도를 따라 남쪽으로 내려갔다.

노토의 나나오에서 이미 마에다 야스카쓰前田安勝와 다카바타게 사다요시高畠定吉 등이 수천의 병사를 이끌고 달려온 터라 마에다 군의 총병력은 일만 명이 넘은 상태였다.

앞서가던 나리마사는 쓰바타 근처에 이르자 바로 그곳을 엿보았다.

"쓰바타 성을 취하라."

나리마사의 군대는 일관된 목표도 궤도도 없었다. 마치 불연속적인 구름과도 같았다.

눈의 미로

　쓰바타 성을 지키고 있던 성안의 장병들은 스에모리 방면에서 갑자기 방향을 바꾸어 노도처럼 밀려오는 삿사 군을 보고 홍수를 만난 것처럼 놀랄 수밖에 없었다. 하지만 순간적인 기지를 발휘해 성안의 숲과 뒤편 산 등 곳곳에 기치를 내걸어 허장성세를 꾸몄다.

　쓰바타 성은 스에모리 이상으로 험한 성이었다. 나리마사는 멀리서 바라보고 조금 전의 패배에 질렸는지 매우 조심스러운 태도를 취했다.

　"함부로 다가가서는 안 된다. 짐작컨대 이곳은 가나자와로 가는 가도의 요해지이니 적잖은 병력이 지키고 있을 것이다. 부근에 불을 지른 뒤 도리고에 성으로 향하라."

　나리마사는 급히 명령을 바꾸었다. 민가 일부와 가모加茂 신사 등에 불을 질렀으나 나리마사는 끝내 쓰바타 성을 공격하지 못하고 북쪽으로 방향을 틀어 쓰바타와 구리카라 사이에 있는 도리고에 성으로 나아갔다.

　그곳은 미쿠니 산의 남쪽, 구리카라의 서쪽에 위치해서 어느 쪽을 바라보아도 산밖에 보이지 않는 산성이었다. 메가타 마타에몬, 니와 겐주로와 같은 마에다 군의 장수들이 지키고 있었다. 그런데 지리적

이점과 험한 지세 때문에 안도하고 있었는지 태풍의 권외에 있는 듯 매우 느긋하게 성을 지키고 있었던 듯하다. 그곳으로 마을 사람이 요란스럽게 고하러 왔다.

"삿사 군이 쓰바타를 공격하기 위해 왔다고 합니다."

길은 산의 고갯길을 넘어야 했으나 거리는 십 리도 되지 않았다.

"뭣이, 삿사 군이."

그들은 아닌 밤중에 홍두깨 같은 소리를 듣고 실상을 파악할 여유도 없이 그저 당황하기만 했다.

"그렇다면 스에모리도 떨어진 듯하구나. 이런 상황이라면 가나자와의 원군도 어떻게 될지 모를 일이다."

"나리마사가 직접 쓰바타를 공격하러 왔다니 아군의 패배는 불을 보듯 뻔한 일이다. 그렇다면 이 작은 성에서 무엇을 할 수 있겠는가."

성안을 발칵 뒤집어놓은 것 같은 소란 속에서 요란스럽게 고하는 사람이 있었다.

"이 도리고에로도 벌써 삿사 군의 선봉이 물밀듯이 밀려오고 있다."

성주인 메가타 마타에몬은 어느 틈엔가 가족들을 데리고 구리카라의 깊은 산속으로 달아나버렸다.

"성주가 달아났으니……."

니와 겐주로도 부하들을 버려둔 채 도망쳤다. 남은 병사들은 곧 사관들과 함께 도적 떼가 되어 성안의 기물들을 가지고 순식간에 한 명도 남김없이 어딘가로 달아나버리고 말았다.

잠시 뒤 나리마사가 군대를 이끌고 도리고에 성 아래로 다가갔으나, 이번에도 조심하느라 한동안은 멀리서 감싸고만 있었다.

"이상한데……."

나리마사는 이상히 여겼다. 이 산간 지방에 많이 사는 까마귀가 성의 혼마루와 성문의 지붕 위 등 곳곳에 떼를 지어 앉아 있었기 때문이다.

"누가 보고 오너라."

명령을 받은 척후병 중 하나가 마침내 살금살금 성벽을 기어올라 안을 자세히 살펴보고 돌아왔다.

"어떤가, 성안의 모습은?"

"까마귀가 놀고 있을 만도 합니다. 성안은 쥐 죽은 듯 고요하고, 개미 새끼 한 마리 보이지 않습니다."

"뭣이, 병사 하나 남아 있지 않단 말이냐. 아하하하, 그것 참 유쾌하구나."

나리마사는 쾌재를 부르며 성안으로 들어갔다. 그리고 그곳에서 병마를 쉬게 하자 십 년 묵은 체증이 내려가는 듯한 기분이 들었다.

삿사 나리마사는 곧 도야마로 돌아갔다. 아무런 힘도 들이지 않고 취한 도리고에 성에는 부장인 구제 다지마를 남겨두고, 구리카라 요새에는 삿사 헤이자에몬을 남겨두었다.

그 직후 마에다 쪽에서 도시이에의 사자로 고바야시 기자에몬小林喜左衛門이 왔다. 도시이에도 그도 아직 아무것도 모르고 아군인 메가타 마타에몬에게 승전보를 전하러 온 것이었다.

"앗, 저건 삿사의 깃발 아닌가?"

기자에몬은 성 위에서 높다랗게 펄럭이는 깃발을 보고 깜짝 놀라 말 머리를 돌려 돌아갔다.

도시이에는 스에모리를 떠나 쓰바타까지 돌아왔으나 도리고에 성의 불미스러운 일을 듣고 메가타 마타자에몬의 비겁한 행동에 크게 노하고 말았다.

"무문의 불명예, 마에다의 체면을 구기다니. 당장 도리고에로 가서 되찾아야 한다."

도시이에는 곧바로 출전 명을 내리려고 했으나 무라이 나가요리와 일족들이 간하자 불쾌한 감정을 가슴에 품은 채 우선 가나자와로 개선했다.

한편 메가타 마타자에몬에 대해서는 여담이 전해진다. 훗날 교토에 있는 히데요시의 저택에 가모 히다노카미, 아사노 단조淺野彈正 등이 모였을 때 마에다 가의 도쿠야마 고헤德山五兵衛와 사이토 교부齋藤刑部 두 사람이 그곳으로 와서 간곡히 청한 적이 있었다.

"실은 몇 해 전, 엣추의 싸움에서 도리고에 성을 비우고 달아나서 크게 체면을 구겨 지금까지 모습을 감추고 있던 메가타 마타자에몬이라는 자가 있습니다만……. 그때의 불찰을 본인도 진심으로 참회하고 있고, 또 머리를 깎고 만담꾼으로라도 다시 한 번 마에다 가에서 일할 수 없겠느냐며 평생의 소원이라 말하고 있으니 다이나곤(도시이에) 님께 잘 좀 말씀드려주실 수 있겠습니까?"

오랜 친구들이 가서 말하면 들어줄지도 모른다고 생각했기에 간곡히 청한 것이었다. 그래서 히다노카미와 단조가 곧 도시이에를 만나 말을 꺼내보았다.

"마타자에몬도 한껏 웃음거리가 되었으며, 또 머리까지 깎을 각오라 하니 그만 용서하고 다도를 맡는 무리나 만담꾼으로라도 받아들이는 것이 어떻겠는가?"

하지만 도시이에는 자세를 바로 하고 앉아 단호히 거절했다.

"이렇게 중재를 해주니 고맙소만, 때로는 목을 쳐야 할 자를 용서하는 경우도 있고, 또 그렇게 커다란 실수는 아니나 결코 용서할 수 없는 경우도 있는 법이오. 마타자에몬은 국경에 위치한 중요한 성을 믿고 맡겼던 자요. 그 신의를 저버리고 나라의 위급함도 돌아보지 않은 채 오로지 자기 한 사람의 안전만을 생각해 살아남은 자요. 그러한 자를 다시 받아들인다면 다른 자들이 무사로 일하기 싫어질 것이오. 미안한 말이지만 다시 받아들인다는 건 생각할 수도 없는 일이오."

스에모리를 구하고 가나자와로 돌아간 당시 도시이에의 마타자에몬에 대한 분노가 어떠했는지 쉽게 상상해볼 수 있을 것이다. 하지만 이런 무사도 있고 또 오쿠무라 스케에몬과 같은 무사도 있기에 무문을 인간 사회에 지나지 않는 천태만상의 도가니라고 할 수 있는 것이리라. 커다란 '때'의 창조에 참여했다가 다시 그 '때'에 의해 내쳐지고, 과거, 현재, 미래의 세 갈래 길에서 피었다가는 지고, 졌다가는 떠나고, 덧없는 성쇠를 어느 사회보다 빨리, 부지런히 병마와 창검의 순간에 새긴 채 쉴 새 없이 명멸한 것이 바로 무문 속의 사람들이었다.

도시이에는 삿사가 일으킨 이변을 곧 서면으로 작성해 히데요시에게 보고했다. 9월 중순이라는 날짜가 적혀 있으니 그때 히데요시는 고마키에서의 난관에 봉착해 일단 오사카로 물러났다가 다시 군대를 이끌고 미노와 오와리로 출동하는 한편 니와 나가히데에게 은밀히 명령을 내려 도쿠가와 쪽에 화목할 마음이 있는지 넌지시 살피고 있었다.

이윽고 히데요시는 전승을 축하하는 답장을 보냈다. 그리고 사자의 입을 통해 이렇게 말했다.

"고마키의 전황도 결코 걱정할 것 없소. 올해 안으로는 반드시 결판 날 것이오. 그리고 내년에는 내가 직접 호쿠리쿠로 가서 진압할 생각이니 지금은 삿사가 무슨 짓을 하든 가만히 지키기만 하고 섣불리 병마를 움직일 생각은 꿈에도 하지 마시오."

히데요시는 도시이에가 오사카로 보냈던 일곱 살 딸을 즉시 아버지 품으로 돌려보냈다.

"이번 일로 자네의 마음을 더욱 잘 알게 되어 지쿠젠도 얼마나 기쁜지 모르오. 그러니 전부터 데리고 있던 딸은 유모를 딸려서 다시 돌려

보내기로 하겠소.”

한 가지 더 특기할 만한 일은 히데요시가 직접 쓴 편지에도 ‘오쿠무라 스케에몬이 분골쇄신하여 성을 견고히 지켜낸 일……’이라고 쓰여 있을 정도로 오사카까지 스케에몬의 이름이 전해졌다는 사실이다. 이는 스케에몬에게 있어서나 스케에몬의 아내에게 있어서나 얼마나 커다란 기쁨이었는지 모른다. 아니, 가가 지방 사람들의 자랑 가운데 스케에몬 부부의 이름은 반드시 포함되어 있었다.

결국 도시이에는 스에모리 성의 위기를 무사히 잘 넘겼으나, 전체적으로 봤을 때 삿사 구라노스케 나리마사는 커다란 실패를 경험하고 말았다. 무모한 원정, 확고한 자신감이 없는 작전은 다시 말해 망동妄動이라고 할 수 있었다. 돌아오는 길에 텅 빈 도리고에 성을 취한 것으로는 그 전력의 소모와 사기의 좌절을 메울 수 없을 정도로 큰 타격이었다. 특히 그의 괴로운 마음은 달랠 길이 없었다.

“이번에 길잡이로 나섰던 고헤를 찾아 잡아오너라. 집은 몰수하고 일족은 책형에 처하라.”

포졸들이 곧 그의 집과 점포를 덮쳤으나 가재도구, 고용인들은 그림자도 보이지 않았으며 고헤는 그길로 모습을 감춰버렸다.

“마에다의 첩자에게 당했구나. 영내의 잡인들을 샅샅이 뒤져 조금이라도 냄새가 나는 자는 전부 잡아다 취조하도록 하라.”

나리마사는 갑자기 제오열 공포증에 사로잡히고 말았다. 바다 및 육지의 통로와 성 아래 마을의 여관과 사원에 이르기까지 여행객의 왕래에 엄격한 제도와 번잡한 수속을 법령화했기에 도야마의 경제는 겨울과 함께 완전히 얼어버리고 말았다. 반면 군비와 방어책에 박차를 가해 마치 껍데기를 뒤집어쓴 것처럼 국경을 단단히 지켰다. 이를 보고 마에다 군의 외성에 있는 장수들이 일거에 도야마로 공격해 들어가자고 가나자와에 헌책했으나 도시이에는 받아들이지 않았다.

"아닐세, 삿사도 한때는 노부나가 공의 눈에 띄어 인정을 받을 정도로 대단한 사내일세. 그를 얕잡아보는 것은 좋지 않아. 또 싸움에 져서 분을 삭이지 못하고 있는 인간을 상대하는 것도 좋지 않은 일일세. 상대하지 않는 것이 좋아."

그 뒤로 호쿠리쿠의 삿사와 마에다 두 세력은 서로를 노려보며 대치한 채 겨울을 맞았다.

대국을 놓고 살펴보면 이는 히데요시가 바라던 기정방침이기도 했다. 고마키의 귀결에 애를 먹고 있던 히데요시에게는 욕심을 부리기보다 호쿠리쿠의 현상을 유지하는 것이 오히려 바람직한 일이었던 것이다. 고마키가 정리되기까지 어쨌든 마에다가 삿사의 움직임을 붙들어 놓기만 하면 된다고 생각한 것이었다.

하지만 나리마사는 도시이에의 견제에 그대로 묶여 있기만 할 사람이 아니었다. 그는 도시이에와의 대치와 풍설에 갇힌 호쿠리쿠의 겨울에 갑갑증이 일었다.

"최근 고마키의 전황도 전혀 들려오지 않는데 중앙의 형세는 어찌되었는지."

나리마사는 마음을 졸이다 덴쇼 12년(1584년) 11월 23일 결국 수행원 백여 명쯤을 데리고 도야마 성을 은밀히 나섰다. 몰아치는 눈보라를 헤치고 인마도 지날 수 없을 것 같은 산길을 더듬어 마침내 신슈信州의 가미스와上諏訪에 도착했다. 그리고 곧바로 사자를 보내 이에야스의 상황을 물었다.

"구라노스케 나리마사가 눈보라 치는 산길을 넘어 지금 막 이곳에 도착했소. 지난가을 이후 호쿠리쿠의 상황을 말씀드리고, 한편으로는 고마키에서의 전황과 앞으로의 방책을 듣고, 히데요시 정벌의 대계에 빈틈이 없도록 논의하고, 겸사겸사 건강하신 모습도 뵙기 위해 이렇게 왔소. 언제, 어디서 만나줄 수 있겠소?"

"뭣이, 삿사가 호쿠리쿠에서 찾아왔다고?"

이에야스는 당혹스러웠다.

그 무렵 그는 이미 고마키에서 군대를 물리고 기요스에서 물러나 하마마쓰로 돌아갔으며, 그곳에서 답답하고 즐겁지 않은 나날을 보내고 있던 차였다.

"어쩔 수 없군. 사람을 보내 맞이하도록 하게."

이에야스는 가신에게 일을 맡겨 도중에 갈아탈 말과 짐을 실을 말, 길잡이 등의 사람을 보내놓고 손님 맞을 준비를 했다.

"참으로 골치 아픈 손님……."

이에야스는 나리마사를 만나 무슨 말을 해야 좋을지 고심했다. 반년에 걸친 고마키에서의 대전이 히데요시의 기발한 수법과 노부오의 경솔하기 짝이 없는 단독 강화로 인해 전부 끝나버린 뒤였기 때문이다.

히데요시가 이에야스를 제쳐두고 노부오를 직접 설득했으며, 노부오도 이에야스를 배제하고 야다 강변에서 직접 히데요시를 만나 단독 강화를 맺은 것이 같은 달 11일이었으니, 삿사 나리마사가 도야마를 떠나기 전에 이미 천하의 정세는 급격히 변해 있었던 것이다.

그 때문에 역경에 빠진 이에야스는 11월부터 12월 초까지 복잡한 마음으로 고마키 전투의 뒤처리를 하고, 히데요시와 화목을 맺고, 오사카로 인질을 보내고, 가신들의 불평과 울분을 달래야 했다. 그렇게 하마마쓰는 안팎으로 어두운 겨울을 맞이하고 있던 차였다. 그런데 호쿠리쿠의 빈객인 삿사 나리마사는 아직 아무것도 모르는 듯 마중을 나갔던 사람들을 따라 하마마쓰 성으로 들어왔다.

12월 4일이었다. 이에야스는 이러한 때에도 얼굴에 당혹감을 내보이지 않았다. 먼 길을 오신 귀한 손님을 맞이하듯 나리마사를 객전으로 맞아들여 극진하게 대접했다.

미카와의 전통을 지키는 도쿠가와 가에서는 예전부터 외교상의 사절이나 귀한 빈객을 맞이할 때 음식 대접이 지극히 소박했다. 하지만 그날 밤의 삿사 나리마사 앞에는 미주가효美酒佳肴가 놓였으며 술을 그다지 많이 마시지 못하는 이에야스도 거듭 술잔을 들며 살갑게 대했다.

"많이 추우셨겠습니다. 한겨울에 고시지越路의 산과 큰 눈을 헤치고 먼 길을 가는 것은 결코 쉬운 일이 아닙니다. 산간 지방 사람들은 대체로 술을 잘 드신다고 들었습니다. 자, 편히 드십시오."

하지만 나리마사는 평소의 강한 기질을 꺾지 않았다. 그는 진수성찬을 먹기 위해 온 것이 아니라는 듯한 태도를 보이더니, 술잔을 내려놓고 접대하는 근신과 시동들을 둘러보며 말했다.

"물론……. 술이라면 주당이라 불릴 만큼 좋아하나, 그 전에 은밀히 이야기를 나누었으면 합니다만."

그렇게 해서 이에야스와 단둘이서만 마주 앉게 되자 나리마사는 무릎을 앞으로 당겨 정중하게 물었다.

"앞서 서면으로도 말씀드렸으나 고마키의 전황은 어떻게 되었는지, 또 앞으로의 방책은 어떠한지 의중을 분명히 듣고 싶습니다."

"……."

이에야스는 술기운이 살짝 돌아 새빨개진 얼굴을 말없이 숙인 채 나리마사가 말하는 것을 가만히 듣기만 했다. 나리마사는 그 정력적인 몸을 양 팔꿈치로 과장하고, 머리의 조잡함을 혀로 보충하는 듯한 웅변으로 평소의 포부를 끝도 없이 늘어놓았다.

"저는 남몰래 호쿠리쿠의 겐신謙信이라 자부하고 있으며, 도쿠가와 나리는 그야말로 당대의 신겐이라 믿고 있습니다. 겐신과 신겐 두 사람이 그와 같은 실력과 기략을 가지고 있으면서도 지금껏 시운을 얻지 못해 평생을 깊은 산 구석에서 보낸 것은 두 영웅이 용호의 투쟁을 서로의 국경에만 고집해 시선을 천하에 두는 대계를 끝내 도외시했기 때문입니다. 만약 두 사람이 이와 입술처럼 서로 군사 협약을 맺고 일찍부터 그 뜻을 중원에 두었다면…… 틀림없이 지금의 세상은 전혀 다른 세상이 되었을 터입니다."

나리마사는 목이 마른지 자꾸만 술잔을 비우고 국물을 마셨다. 그럴 때마다 이에야스는 다시 술을 따라주었고, 나리마사는 다시 술잔을 비우고 말을 이었다. 어쨌거나 나리마사는 자신을 겐신에 빗대고 이에야스를 신겐에 빗댄 뒤, 두 사람이 협력해서 천하에 뜻을 펼쳐보자는 이야기를 하고 싶은 듯했다.

"히데요시 따위는 원래 밑바닥에 있다가 벼락출세한 몸. 도저히 나리의 적이 아닙니다. 만약 고마키의 군을 전진케 해서 교토로 향하신다면 나리마사는 마에다를 짓밟고 고슈江州, 교토로 밀고 들어가 오사카 성과의 길을 끊어 원숭이 놈을 사로잡도록 하겠습니다. 하지만 그 전에 긴밀하게 협의하고 앞으로의 계책을 듣지 않으면 안 될 터…….. 도쿠가와 나리, 시원하게 속내를 들려주시기 바랍니다."

나리마사가 무릎을 바싹 당겨 묻자 이에야스가 마침내 얼굴을 들었다. 그리고 새삼스럽게 길게 한숨을 내쉬며 말했다.

"삿사 나리, 늦었습니다. 때는 이미 지났습니다. 한발 늦었단 말입니다."

나리마사가 낯빛을 바꾸더니 갑자기 조바심을 내며 수염이 덥수룩한 얼굴을 앞으로 내밀었다.

"무슨, 무슨 말씀을 하시는 겁니까? 이미 늦었다니…….."

이에야스가 나리마사의 날카로운 눈빛을 피해 온화하게 설명했다.

"지난 11월 11일에 기타바타케 나리께서 이 이에야스와 상의하지 않으시고 돌연 이세의 야다 강변에서 하시바 나리와 회견한 뒤, 참으로 갑작스럽게 화목을 맺으셨습니다. 이 이에야스의 체면은 말도 아니게 되었습니다. 삿사 나리, 생각해보십시오, 늦었다고 말씀드린 것은……. 나리의 계획과 친절한 말씀도 지금은 이미 늦어버리고 말았습니다."

"뭣이!"

나리마사는 발밑의 대지를 잃은 듯 매우 놀란 표정을 지어 보였다.

"그, 그렇다면…… 히데요시와 노부오 경은 이미 화약을 맺고 고마키에서 서로 병사를 물렸단 말씀이시오?"

"그렇습니다. 모든 것이 끝나버리고 말았습니다."

"그렇다면 나리와 히데요시와는?"

"애초부터 이 이에야스는 하시바 나리에 대해 어떤 원한도 품고 있지 않았습니다. 단지 기타바타케 나리의 요청을 묵살할 수 없었기에 의를 생각해서 가담했던 것뿐인데, 그 노부오 경께서 하시바 나리와 손을 잡으셨다니 그저 축하한다고 말씀드릴 수밖에 없었습니다. 이에야스의 역할은 이미 끝난 것입니다."

"그야말로 패륜이라고 하지 않을 수 없습니다. 노부오 경이 아무리 세상 물정 모르는 귀인이라 할지라도……."

"아니, 그분이 충분히 하실 만한 일입니다. 거기까지 생각하지 못했던 것이 이에야스의 불찰입니다. 노부오 경을 세상 물정 모르는 자라고 생각하기 전에 나 역시 아직 어리다, 어리다 하고 홀로 머리를 두드리며 자책하고 있던 차였습니다."

"짐작컨대 간교한 원숭이 놈에게 그대로 속아버린 듯합니다. 하지만 노부오 경은 그렇다 쳐도, 도쿠가와 나리까지 그 장단에 맞추어 순순히 히데요시 밑으로 들어가 히데요시가 사욕을 천하에 마음대로 펼치는 것을 손가락만 문 채 바라보고 있을 필요는 없지 않습니까? 앞으로의 방침은 어떠한 것입니까? 일단 고마키의 병사를 물렸다고는 하나, 앞날에 대한 생각은 있을 것 아닙니까?”

이에야스가 나리마사의 벌건 얼굴을 향해 부채질을 하듯 손을 흔들며 대답했다.

“아니, 아무것도 없습니다. 앞서 말씀드린 대로입니다. 노부오 경께서 요청하신 의전義戰이었기에 무문의 체면을 생각해서 어쩔 수 없이 하시바 나리와 맞선 것이었는데, 일이 매듭지어졌으니 제가 나서서 오사카에 싸움을 걸 생각은 조금도 없습니다.”

“흠, 조금도 없다는 말씀이십니까?”

나리마사가 커다란 콧구멍으로 귀에 들릴 만큼 숨을 내쉬며 한탄했다. 그리고 분노와 실망과 주체할 길 없는 마음속 잡다한 상념 속에서 눈을 둥그렇게 뜨고 무엇인가 이야기의 실마리를 찾으려는 듯 이에야스를 바라보았다.

이에야스는 나리마사가 노부오를 섬기던 시절부터 그의 장점과 단점을 잘 알고 있었다. 그러다 보니 그가 가담하겠다고 할 때부터 그를 그렇게 높이 평가하지 않았다. 하지만 잘만 하면 호쿠리쿠에서 그를 움직이게 해서 자신의 말 중 하나로 이용할 수 있겠다고 생각한 것은 사실이었다.

이에야스는 너무 냉담하게 나리마사를 돌려보내면 훗날의 화근이 될지도 모른다고 생각했는지 약간의 여지를 남기는 듯한 말을 덧붙였다.

“지금 이 이에야스가 움직이면 세상에 명분이 서지 않으나, 만일 공께서 결심한다면 이 이에야스는 뒤에서 반드시 힘을 보태도록 하겠습니다. 어떠한 식으로든 힘을 보탤 것입니다.”

참으로 성의가 담긴 듯한 말이었지만 실은 상대방에게 그 참뜻을 알 수 없게 하고, 또 언질도 주지 않아 교묘하게 자신을 숨기는 말이었다. 이것은 이에야스가 흔히 쓰는 화법이었다.

결국 삿사 나리마사는 이에야스의 참뜻을 파악하지 못한 채 하마마쓰 성에서 나왔다.

"하나같이 마음에 들지 않는 일들뿐이로구나. 노부나가 공을 잃은 뒤 세상에는 더 이상 인물다운 인물이 없는 듯해. 같잖은 히데요시 따위에게 농락당해 도쿠가와 나리까지 뒤로 물러나 원숭이 놈이 제멋대로 천하를 굴리도록 내버려두다니……."

나리마사는 숙소로 돌아와서도 부아가 끓고 화가 치밀어 견딜 수 없다는 듯 가신들과 함께 연거푸 술을 마셨다.

"불초의 자식이란 노부오를 두고 하는 말이다. 그 양반은 사람이 좋은 게 아니라 멍청한 거야. 희대의 멍청이야. 이에야스에게 울며 매달려서는 이에야스의 장식품이 되더니, 히데요시에게 안겨서는 히데요시의 좋은 도구로 쓰이고……."

나리마사는 마음을 터놓고 지내는 가신들 앞에서 술기운에 울분을 토로하기 시작했다. 그리고 언제부턴가 쉴 새 없이 입에서 험한 욕이 흘러나왔다. 그의 가신들도 장단을 맞추며 주워들은 소문을 재료 삼아 그의 울분에 동조했다.

"이대로 돌아가기도 허무하고 이왕 이렇게 됐으니 기요스까지 가보기로 하자."

기요스에 기타바타케 노부오가 왔다는 소식을 듣고 급히 떠올린 생각이었다.

다음 날 나리마사는 기요스에서 노부오를 만났다.

"오오, 삿사 아니시오."

노부오는 이에야스와 달리 천연덕스러운 얼굴로 나리마사를 맞이했다. 그런 노부오를 보고 나리마사는 맥이 풀렸다. 하지만 그런 만큼 마음속 울분을 담아 노골적으로 말했다.

"듣자 하니 히데요시와 화목하셨다고 하던데, 말도 안 되는 착각을 하신 듯합니다. 놈의 간계에 빠져서 후회의 쓴맛을 보기보다는 내년 봄에 다시 이에야스 나리께 청해 오사카를 치는 것이 좋을 듯합니다. 그 소식이 들리는 대로 이 나리마사도 북국에서 공격해 들어와 고 우후(노부나가) 님의 마음을 편히 해드리도록 하겠습니다."

노부오는 나리마사의 추근거리는 말투와 충의를 앞세워 강요하는 태도가 귀찮다는 듯 대답했다.

"너무 그렇게 말하지 말게. 히데요시도 괜찮은 사내이니 그렇게 미워하지 말게. 나리마사, 한잔하지 않겠는가? 정월은 객지에서 보낼 생각인가?"

히데요시와 이에야스조차 부추겼던 사람이니 자신도 한번 이 세상 물정 모르는 사람을 부추겨봐야겠다고 생각했으나 노부오는 나리마사의 말에는 좀처럼 움직이려 들지 않았다.

나리마사는 작별 인사를 할 때 시 한 수를 노부오에게 보인 뒤, 봄을 기약하며 그곳을 떠났다.

모든 것이 변한 세상에

아무것도 모르고 하얀 눈이 내리는구나

그날 마침 큰 눈이 내리자 나리마사는 눈에 빗대어 자신의 마음을 술회한 것이나, 아무것도 모르는 것은 눈뿐이 아니라 삿사 나리마사 역시 변해가는 세상의 움직임을 알지 못하는 사람 중 하나였다.

북풍남파 北風南波

덴쇼 12년(1584년)도 저물어가고 있었다. 사람들은 이번 연말에 특히 여러 가지 감정을 품고 있었다. 틀림없이 세상에 일대 변혁이 일어났다는 사실을 통감하고 있었다. 덴쇼 10년, 노부나가가 죽은 지 겨우 이 년 반이 지났다. 모든 사람들 마음속에 '세상이 이렇게 빨리 변할 수도 있구나' 하는 놀라움이 자리하고 있었다.

실제로 예전에는 노부나가에게 있었던 인망과 영위와 사명이 지금은 히데요시에게 전부 옮아갔다. 아니 노부나가 이상으로 히데요시적 색채와 대범함이 더해졌으며, 히데요시를 중심으로 정치와 문화 등 모든 면에서 세심한 선회와 추진이 일어나고 있었다.

이에야스조차 이 '시조'를 보고 '때를 거스르는 것의 어리석음'을 스스로에게 들려주지 않을 수 없을 정도였다. 이에야스는 무릇 때를 거슬러서는 그 일생을 얻은 사람이 한 사람도 없었다는 사실을 잘 알고 있었다. 인간의 왜소함과 때의 위대함을 분별해서 그 때를 얻은 인간에게 저항해서는 안 된다는 사실을 원칙으로 모든 것을 히데요시에게 거듭 양보했다.

지금은 히데요시를 볼 때면 이에야스조차 그렇게 생각하고 있었는데 삿사 나리마사처럼 단순한 일개 무사가 호쿠리쿠의 한쪽 구석에서 옛 껍데기를 벗지 못한 머리로 시운의 대국을 뒤엎으려 하다니, 나리마사는 자신과 세상을 몰라도 너무 모르는 사람이었다.

하지만 이처럼 눈 없는 새는 세상이라는 숲 곳곳에 의외로 많이 둥지를 틀고 있어서, 때때로 광야나 창공으로 날아올랐다가 드넓은 세상을 보고는 당황해서 원래의 어두운 숲으로 돌아가기도 하는 법이다.

이에야스는 삿사 나리마사가 하마마쓰를 떠나 기요스에서도 아무런 소득 없이 호쿠리쿠로 돌아갔다는 소식을 듣고 그제야 한숨을 돌렸다. 하지만 그 순간, 기슈에 있는 하타케야마 사다마사가 '심복 둘을 은밀히 보내니 그들에게 숨김없이 뜻을 밝혀주시기 바랍니다'라고 적힌 서간과 함께 자신의 가신인 에지마 다로자에몬江島太郎左衛門과 와타나베 이즈미渡辺和泉를 보내왔다. 사다마사의 사자들도 삿사 나리마사와 다를 바가 없었다.

"대체 어떤 화의였습니까?"

그들은 마치 화목에도 여러 종류가 있지 않느냐는 듯 질문을 했다.

"주인인 사다마사 님은 틀림없이 도쿠가와 나리께 깊은 뜻이 있을 것이라고 말씀하셨습니다. 내년 봄에 다시 일어나서 원대한 뜻을 펼칠 생각이신 듯하다며, 그때가 오면 우리는 사이가, 네고로의 승려들과 말을 맞추고, 시코쿠의 조소카베 모토치카 나리도 세토나이瀬戸内의 해적까지 끌어들여, 때를 같이해서 오사카 성으로 공격해 들어가겠다고 하셨습니다."

그들은 연합작전의 협정을 제시한 뒤, 히데요시의 진출을 억제하고 천하를 안정시킬 지도력을 가진 인물은 도쿠가와 나리밖에 없다며 치켜세웠다.

이에야스는 그들의 말을 시종 진지하게 들었다. 그러고는 그들의 장광설이 끝나기를 기다렸다가 참으로 안타깝다는 듯 이렇게 말했다.

"그렇습니다. 말씀하신 것과 같은 작전으로 오사카를 동서, 바다와 뭍에서 양면으로 협공했다면 히데요시도 앞뒤의 다망함을 견디지 못해 끝내 무너지고 말았을 것입니다. 하지만 이미 화목을 맺었으니 그러한 이야기도 때를 놓친 듯합니다. 이에야스의 속내라고 말씀하셨으나 화목에 두 가지 뜻은 없습니다. 조금 더 일찍 말씀해주셨다면 모르겠으나, 지금은 그러한 묘안도 불을 끄고 난 뒤의 물통이라고 할 수 있겠습니다. 하타케야마 나리와 조소카베 나리께도 잘 좀 전해주시기 바랍니다."

투쟁과 술책의 세계에서는 언제나 남을 부추기는 사람이 있기 마련이다. 남을 부추겨 자신의 야망을 이루려는 것이다. 춘추 이후, 세상에는 세객이라는 직업까지 생길 정도로 각 나라마다 유세를 위한 변설가들이 반드시 있었다.

그러한 무리들이 하마마쓰의 문을 두드린 것은 어제오늘 일이 아니었으나 지금까지 이에야스를 부추기는 데 성공한 사람은 아무도 없었다. 하지만 단 한 사람, 이에야스는 자신을 부추기는 것이라는 사실을 알면서도 그 사람에게 응한 적이 있었다. 그 사람은 바로 기타바타케 노부오였다. 아니, 노부오는 자신이야말로 이에야스에게 부추김을 당한 것이라고 히데요시에게 참소하고 있으리라.

어쨌든 인생의 최고 전성기를 맞이해, 자신의 뜻대로 덴쇼 13년 (1585년)의 신춘을 향해 나아가는 사람은 바로 히데요시였다. 그는 해를 넘겨 마흔아홉 살이 되었다. 쉰에서 한 살이 모자라는 나이로 남자의 최고 전성기를 보내고 있었다.

연말을 며칠 앞두고 오사카에 이에야스의 아들인 오기마루가 표면상으로는 히데요시의 양자로, 실질적으로는 인질로 오게 되었다. 연하의 손님도 작년보다 배로 늘어 봄단장을 한 사람들이 새로운 오사카 성문으로 모여들었다.

물론 이에야스는 오지 않았다. 이에야스를 지지하는 소수의 제후들도 오지 않았다. 그리고 반히데요시를 분명하게 내세우며 정월에조차 군비와 첩보에 광분하고 있는 일부 세력도 오사카 성의 문에는 말을 묶지 않았다.

권문의 왕래는 인심의 축소판이나 다름없었다. 세력의 쟁패를 둘러싼 인간 분포도라고 해도 좋을 것이다. 히데요시는 꼬리에 꼬리를 물고 찾아오는 손님을 맞으며 그것을 바라보았다.

2월이 되자 노부오가 이세에서 찾아왔다.

'정월에 오면 다른 제후들처럼 히데요시에게 연하를 위해 온 것처럼 보여 체면이 서질 않는다.'

노부오다운 생각이 얼굴에 드러나 있었다. 그러한 사람의 자존심을 만족시켜주는 것만큼 쉬운 일도 없었다. 히데요시는 앞서 야다 강변에서 그의 발아래 무릎을 꿇었을 때처럼 예를 취해 더할 나위 없는 성의를 내보였다. 그러자 노부오는 마음속으로 생각했다.

'야다 강변에서 히데요시가 했던 말은 거짓이 아니다.'

이에야스에 대한 이야기가 나오면 노부오는 암암리에 이에야스의 계산적인 성격을 비난했다. 히데요시가 기뻐할 것이라 생각했기 때문이다. 하지만 히데요시는 경계하며 말없이 끄덕일 뿐이었다. 노부오와 같은 사람은 언제라도 하마마쓰로 달려가 오사카에 대한 이야기를 술안주로 삼을 수 있기 때문이다.

노부오는 오사카 성에 사오 일 머물며 크게 만족하고는 마침내 이세로 향했다. 도중에 히데요시의 알선과 내주內奏로 노부오에게 정3위 곤다이나곤權大納言의 서임이 있었다. 노부오는 교토에도 오 일 정도 머물렀는데 그곳에서도 온갖 환대를 받았다. 그는 이제 히데요시가 아니면 밤이고 낮이고 지낼 수 없을 만큼 만족한다는 뜻을 내비친 뒤 3월 2일에 이세로 돌아갔다.

오사카를 중심으로 한 신춘 이후 각 제후들의 왕래, 특히 기타바타케 노부오의 움직임에 대해서는 일일이 하마마쓰에도 전해졌다. 하지만 이에야스는 히데요시가 노부오를 회유하고 있는 상황을 제삼자처럼 방관할 수밖에 없었다.

울적한 이에야스의 가슴속 응어리가 마침내 병이 되었는지 이에야스가 병이 났다는 소문이 들려오기 시작했다. 얼굴에 불치병인 악성 종기가 났으며, 중태라고 말하는 사람조차 있었다.

소문은 이웃 나라인 호조北條 가와 고슈를 비롯해 잠복 세력을 기쁘게 했다. 특히 오사카의 하시바 쪽에서는 손뼉을 치며 '이에야스가 병들었다', '이에야스가 위독하다', '이에야스가 죽었다'는 이야기가 퍼졌으며, 마치 그 이야기들이 사실인 양 전해지고 있었다.

에치고越後의 우에스기 가에도 마침내 풍문이 전해졌다. 하루는 숙로들이 우에스기 가게카쓰上杉景勝 앞에서 그 소문을 이야기하자 가게카쓰는 장탄식과 함께 안타까워하며 풍문이 진실이 아니기를 진심으로 바랐다고 한다.

"만약 소문이 사실이라면 너무나도 안타까운 일이다. 불과 십 년 전만 해도 신겐, 겐신, 우지이에氏家, 노부나가 네 거성이 각자의 특징을 갖춘 채 무문의 숲과 같은 장관을 이루었지만 지금은 오사카에 히데요시, 도카이東海에 이에야스 두 사람 정도밖에 인물다운 인물이 없다. 게다가 이에야스는 이제 마흔 살이 조금 넘은 젊은 사람이고, 장래가 기대되는 커다란 그릇이라 여겨졌는데 여기서 그를 잃는다면 이는 크게 봐서 일본의 손실이기도 하다. 만약 이야에스가 세상을 떠났다면 히데요시 역시 좋은 적을 잃는 셈이니, 일을 너무 빨리 이룬 데서 오는 폐단이 생겨 결코 좋은 결과를 얻지 못할 것이다. 우리에게도 뭔가 커다란 긴장감이 풀린 듯한 느낌을 줄 것이다."

그 무렵, 엔슈 아키바秋葉의 한 수행자가 에치고에 머물고 있었는데, 우에스기 가의 가신으로부터 그 이야기를 듣고 급히 서둘러 엔슈로 향했다고 한다.

"도쿠가와 나리는 아키바에 있는 절의 커다란 후원자일세. 만약 위독하다는 소문이 사실이라면 산의 모든 사람들을 모아 쾌차를 위한 기원을 올려야 하네."

이 승려의 이름은 가노보坊坊였다. 그는 곧 하마마쓰에 있는 사카이 다다쓰구의 저택을 찾아가 낮은 목소리로 물었다.

"에치고의 여행지에서 들었습니다만, 떠도는 소문이 사실입니까?"

그 말에 다다쓰구가 웃으며 말했다.

"자네도 들었는가? 소문이라는 것은 참으로 묘해서 누구의 입에서 나온 것인지 도처에서 들려오기에 가신들도 대체 무엇이 원인인지 이상히 여기고 있던 차일세. 짐작컨대 지금 도쿠가와 나리가 돌아가시기를 바라는 사람들 사이에서 하찮은 이야기가 계기가 되어 이런 소문이 나돌기 시작한 것이 아닐까 여겨지네. 참으로 가소로운 일일세. 요즘에는 전쟁도 없기에 나리께서는 더욱 건강하시다네."

"아아, 그렇다면 아무 일도 없다는 말씀입니까?"

"지난달 등에 조그만 종기가 나서 전의인 가스야 료사이糟谷良齋의 진료를 받은 적이 있었다네. 그것이 과장되어 전해진 것이 아닐까?"

"아아, 그렇다면 다행입니다. 하지만 에치고 부근에는 벌써 돌아가셨으나 도쿠가와 가에서 상을 숨기고 있다는 소문까지 있기에……."

가노보는 자신이 들은 우에스기 가게카쓰의 이야기를 그대로 들려준 뒤 자리에서 일어났다. 그 이야기는 훗날 다다쓰구를 통해 이에야스의 귀에도 들어갔다. 이에야스는 가게카쓰야말로 참다운 나의 지기라며 이렇게 말했다.

"우에스기 가는 겐신 이후부터 무사의 기풍이 바로 서 있고 의리를 아는 집안이었는데 지금의 주인인 가게카쓰 역시 성실한 사람인 듯하구나."

훗날 이에야스는 세키가하라關ヶ原 전투 전후에도 우에스기 가게카쓰와 마주치면 반드시 가마에서 내려 두텁게 예의를 갖췄다고 한다.

일본의 북방에서 은연히 존재를 나타내고 있는 세력이 바로 에치고의 우에스기 가게카쓰였다. 그는 겐신 이후의 무사적 풍토를 지녔으며, 강건하고 소박하며, 굳이 남을 침범하지 않으며 다른 곳에서 침범하는 것도 용납하지 않는 독자적이며 보수적인 성격을 가지고 있었다.

가게카쓰에 대한 세상의 평판도 좋았으나 근신 중에 나오에 야마시로노카미直江山城守와 같은 사람이 있었기에 도쿠가와 가와도 좋은 관계를 유지하고 있었다. 물론 오사카에서도 좋은 감정을 가지고 있었다.

이처럼 국교의 조화를 잘 이루면서, 에치고라는 변경에서 중원 쟁패 밖에 머물며 국가의 부를 충실히 하고 백성과 병사를 강하게 기르고 있다는 사실을 히데요시와 이에야스도 알고 있었기에 그를 경시할 수 없었다. 그리고 모든 일에 절의를 중히 여기고 신의를 쌓기에 게을리하지 않는 가게카쓰의 인간적인 면에 대해서는 말할 필요도 없었다.

삿사 나리마사의 망동과 그 방심할 수 없는 야망을 견제하기 위해 히데요시는 벌써부터 가게카쓰와 친분을 쌓았으며 수시로 편지도 주고받았다. 하지만 해가 바뀌어 덴쇼 13년(1585년) 이른 봄이 되자 히데요시는 '북쪽보다, 우선은 남쪽'이라 생각하고 앞선 해에 도시이에와의 약속도 있었으나 갑자기 기슈를 평정하겠다는 군령을 내렸다.

3월 22일, 오사카의 대군은 오랜 화근이었던 기슈 방면을 일소하기 위해 남쪽으로 출발했다. 네고로로, 네고로로. 오사카의 대군은 성난 물결을 이루며 흘러갔다.

네고로의 무리들은 첩보를 통해 일찌감치 그 사실을 알고 센슈泉州 기시와다岸和田 부근에서부터 센고쿠보리千石堀, 적선사積善寺(샤쿠젠지), 하마시로浜城에 걸쳐 요새를 구축했다.

"어서 오너라. 한판 붙어보자."

그들은 방어를 단단히 한 뒤 시코쿠의 조소카베, 세토나이의 해적 등 반히데요시 세력에게 격문을 띄웠다.

"변이 일어났다. 우리를 도와 오사카를 쳐라."

하지만 오사카의 급습은 참으로 빨랐다. 호소카와 다다오키, 가모 우지사토 등의 군은 하루 만에 적선사 요새를 공격해 짓밟았으며, 히데요시의 조카 히데쓰구도 앞서 나가쿠테 전투에서 얻은 오명을 씻겠다며 필사적으로 센고쿠보리를 공격해 순식간에 함락시켰다. 다카야마 우콘나가후사高山右近長房와 나카가와 도베中川藤兵衛 군도 불화살과 철포 등 풍부한 신병기의 위력으로 하마시로를 초토화시켰다.

별동대인 호리 히데마사, 쓰쓰이 사다쓰구筒井定次, 하세가와 히데카즈長谷川秀一 등은 이미 이치조一乘 산에 있는 네고로의 본거지를 공격하고 있었다. 히데요시의 본군도 그곳에 있었다.

수많은 승병을 기르고 무기와 화약을 저장하여 이른바 '네고로 무리', '네고로 법사'라는 이름으로 그들이 세상의 난류亂流 속에서 제멋대로 폭력을 휘둘렀다는 사실은 세상 모두가 알고 있는 일이었다.

이제 그 소굴에 대한 심판의 날이 다가왔다. 그곳의 승방과 가람은 겨우 전법원伝法院(덴포인) 하나만을 남겨둔 채 전부 전화에 불타버리고 말았다. 무리들은 사방으로 흩어졌으며 그들은 무문의 호응을 기다릴 틈조차 없었다. 히데요시의 서기인 오무라 유코는 그날을 이렇게 기록했다.

이치조 산의 네고로는 가이잔^{開山} 법사가 전법원을 건립한 이후 오로지 투쟁을 일삼아 활 잡기를 사법^{寺法}으로 삼았다. 육백 년 동안 부를 마음껏 누렸으며 강적에는 맞서지 않고 작은 적을 업신여겨 마치 우물 안의 개구리와도 같은 자만심에 빠져 있었다. 단번에 깨지고 만 지금 한 수행자의 노래가 들려온다. 분수를 모르는 네고로 법사의 완력이 자신을 깨뜨리는 화살이 되었다.

원래 기슈는 노부나가조차 애를 먹었던 암적인 존재였다. 네고로의 무리뿐만 아니라 사이가 당, 구마노^{熊野}의 무리, 고야^{高野} 산 등의 사원에 깃들어 있는 승병들 모두 암적인 존재였다. 게다가 바다 너머 그들을 사주하고 있는 시코쿠, 거기에 힘을 보태고 있는 세토 섬들의 해상 무족 등이 있다 보니 하루아침에 화근을 없앨 수 있는 게 아니었다.

"이번에는 반드시 해치우겠다."

히데요시는 노부나가조차 애를 먹었던 수술을 앞두고 단단히 마음을 먹었다.

사이가 당은 네고로가 순식간에 무너지는 것을 보고, 또 히데요시 군의 질풍신뢰^{疾風迅雷}와도 같은 기세에 놀라고 두려워 싸우지도 않았다. 그리고 사이가 마고이치^{雜賀孫一} 이하 여러 도당은 모두 히데요시에게 항복했다. 그런데 사이가의 북쪽에 있던 한 당이 시코쿠의 원병에 의지해 항전을 계속해왔다. 결국 히데요시는 특유의 수공을 써야만 했다.

"사방에 둑 사십팔 정을 둘러 길이는 사십 리, 높이는 여섯 간, 토대는 열여덟 간이 되도록 하라. 부근에 있는 집의 지붕보다 다섯 자 정도 높게 둑을 쌓아라."

실로 대대적인 토목공사였다. 사람들 중에는 오타太삐라는 작은 성 하나를 공격하는 데 그처럼 대대적인 공사는 필요 없다고 생각하는 사람이 많았으나, 그러한 공사야말로 히데요시가 믿고 있는 히데요시만의 전략이었다. 히데요시는 많은 인명을 손실하는 것에 비하면 대규모 토목공사를 하는 게 오히려 비용이 적게 들고 효과도 확실하다고 여기는 듯했다.

4월, 기노紀之 강의 대홍수로 둑의 일부가 무너졌으나 곧 삼십만 관의 흙 가마니로 수축해 수공을 위한 포위를 철벽처럼 다졌다. 이를 보고 성안의 장병들은 곧 깨달았다.

"농성은 어리석은 짓이다."

이에 사자를 하치스카 마사카쓰蜂須賀正勝에게 보내 주선을 부탁하고 무조건 항복을 청했다. 이로써 주모자 오십여 명을 오타 벌판에서 책형에 처하고, 그 외 사람들은 모두 용서해주었다.

구키, 센고쿠, 나카무라 가즈우지中村一氏가 이끄는 군이 다시 구마노로 공격해 들어갔다. 구마노 본영의 사인社人[267]과 향당들이 무릎을 꿇고 항복했기에 히데요시는 신정新政을 펼쳤으며, 필요 없는 곳곳의 관문을 파기해 통상과 여행의 편의를 도모했다. 그리고 이번에는 고야 산으로 향했다.

고야 산의 무리들도 전율하지 않을 수 없었다. 고야는 노부나가 때부터 주시하고 있던 폭력 법성法城 중 하나였다. 하지만 히데요시는 노부나가처럼 함부로 사원 박멸을 하는 사람이 아니었다.

"그동안 쌓아두었던 무기와 초약 등을 전부 산 밖으로 반출하라. 절의 승려와 수행자들은 모두 무장을 풀어라. 그리고 최근에 무력과 위협으로 약탈한 부근의 토지는 전부 반환해야 한다. 그런 뒤 고야는

---

[267] 신사에서 잡무를 보는 사람.

원래의 고야로 돌아가고, 승려는 승려 본연의 모습으로 돌아가면 병사를 들이지 않겠다."

히데요시의 말에 고야의 무리들은 연서의 서약서를 만들고 이를 모쿠지키木食 화상에게 맡긴 뒤 오로지 히데요시의 관용을 기다렸다.

모쿠지키, 이름은 오고応其였으며 고잔興山 대사라고도 불렸다. 그는 일대의 걸승傑僧으로 언변이 좋았다. 그러다 보니 히데요시를 만나 오히려 귀의시켜 본령을 안심하게 하고 산의 무리들을 도왔으며, 히데요시에게 새로이 흥산사興山寺를 짓게 했다. 모쿠지키만은 이 악한 시대의 법등 가운데서도 승려로서 생기 넘치는 생명을 가지고 있던 사람이라고 해도 좋을 것이다.

네고로의 무리와 고야의 무리는 예로부터 견원지간이라 일컬어지고 있었다. 히데요시 앞에서 무기력했던 것은 그들이 결속하지 못했기 때문이기도 하지만, 한편으로는 그 때문에 네고로와 함께 목숨을 잃지 않고 고야 산은 병화와 유혈을 면할 수 있었다.

고야가 난을 면했을 뿐만 아니라 이후 도요토미豊臣 가의 원조와 보호까지 약속받을 수 있었던 것은 모두 모쿠지키 대사 덕분이었다. 산에 단 한 명의 참된 승려만 있으면, 아무리 황폐한 산의 법등이라 할지라도 다시 등불을 밝힐 수 있는 법이라는 사실을 모쿠지키는 당시의 승려들에게 몸소 가르쳐주었다.

4월 27일 벚꽃이 필 무렵, 히데요시는 약 한 달 만에 오사카로 돌아왔다. 그 사이 그는 셋슈攝州, 가슈河州, 센슈, 와슈和州 등 네 개 주에 걸친 지역을 돌아다녔다.

《호안 태합기》의 필자인 오제 호안小瀨甫庵은 온갖 말로 기슈 평정이 신속했고, 시기가 적절했으며, 처치 또한 훌륭했다고 극찬했다.

노부나가 공 시절에조차 따르지 않았던 곳곳을 그처럼 짧은 시간에 다니며 네고로, 사이가, 구마노, 고야에까지 전부 쓰러뜨린 과단果斷, 결단을 깊이 생각해야 할 것이다. 또 생각해야 할 것은 관문 폐지. 이는 후세의 길손에게까지 덕이 미쳤다.

히데요시도 틀림없이 '우선은 됐다'며 스스로를 위로하고 편안한 기분을 맛보았을 것이다.

히데요시는 오사카로 돌아오는 길에 기슈 와카노우라和歌浦에서 노닐며 즉흥시를 읊었다.

옛사람도 바라보았던 와카노우라

조개 줍기도 흥겹구나.

분명 그는 이 시를 어머니와 네네에게도 들려주며 여행담에 흥을 더했으리라. 하지만 오사카로 돌아온 그의 가슴을 먹먹하게 하는 일이 하나 있었다. 잊을 수 없는 대선배이자, 은인이기도 하고, 한편으로는 은밀한 협력자이기도 했던 니와 고로사 나가히데가 세상을 떠났다는 소식이 전해진 것이었다.

에치젠에서 온 사자에 따르면 나가히데의 건강은 작년부터 이미 예전 같지 않았다고 한다. 병 때문인지 요즘에는 특히 앙앙불락怏怏不樂했는데, 병에 시달리다 죽기는 싫다며 4월 14일 자신의 방에서 할복하여 16일 새벽에 끝내 세상을 떠났다는 것이었다.

그리고 유서를 통해 노신들에게는 뒷일에 대해서는 모두 히데요시 나리의 뜻을 따르고, 아이들에게는 연장자의 의견에 따르라고 당부하며 히데요시에게 유품까지 남겼다는 것이었다.

히데요시는 전후의 사정을 들으며 사람들이 앞에 있다는 것도 생각하지 않고 눈물을 훔쳤으며 몇 번이고 탄식했다.

"그런가……. 틀림없이 이 히데요시를 만나 해두고 싶은 말도 있었을 텐데……. 애석하구나, 이 히데요시가 호쿠리쿠 원정을 이루지 못해 고마키 이후 끝내 만나지 못하고 이렇게 되었으니 마음에 여한이 되겠구나."

그날 밤, 히데요시는 가족들과 함께 식사도 하지 않고 음식도 삼갔다. 물론 여자들의 방에도 들어가지 않고 침상에 홀로 누워 니와 고로사에몬을 추억하며 진심으로 명복을 빌었다.

'아아…… 가엾은 사람. 그는 선인이었다.'

히데요시는 니와 고로사라는 인물을 생각할 때면 그의 정직함과 성실한 성격과는 완전히 대조가 되는 자신의 교활함과 악함을 인정하지 않을 수 없었다.

"이 히데요시에게 자신의 반생을 전부 이용당했고, 또 히데요시를 위해 힘써 왔다고, 남들에게는 말하지 못할 후회와 근심도 있었으리라."

히데요시는 고로사에몬이 할복한 마음, 불치의 병이 가장 큰 원인이었을 테지만 그렇다 해도 스스로 죽음을 서둔 마음을 알 수 있었다. 실제로 누구보다 직접적으로 그것을 알고 있었던 사람은 바로 히데요시였을 것이다.

노부나가가 최전성기를 누렸던 시절의 오다 중신으로는 니와, 시바타가 가장 먼저 손에 꼽혔다. 그들을 본받고 싶다며 두 사람의 성 가운데 한 글자씩을 따서 하시바라는 성을 쓰기 시작한 일개 도키치로는 어느 틈엔가 오늘과 같은 세력을 이루어 명성과 실력에서 노부나가 이상의 자리를 차지하게 되었으며, 이에야스 한 사람을 제외하고는 천하에 대등한 행동을 취할 사람이 아무도 없었다.

이러한 현상을 보고 니와 고로사는 평소 무슨 생각을 했을까? 당연하다고 생각했을까, 뜻밖이라고 생각했을까? 또 바라던 바라고 생각했을까, 유감스러운 일이라고 생각했을까? 만약 바라던 바이며 당연한 일이라고 생각했다면 자결할 필요가 없었으리라. 하지만 그 반대였다고 한다면 다른 사람들에게는 다음과 같은 의문과 반문이 생길 것이다.

원래 본능사의 변이 있었을 때부터, 시코쿠 정벌을 가던 중 오사카에 있던 니와 고로사가 아케치 미쓰히데明智光秀에 맞서기 위해 누구보다 믿고 있었던 사람은 히데요시였다. 빗추備中에서 돌아온 히데요시를 기다렸다가 마음을 합치고 힘을 모아 주군의 복수전을 수행했다. 그 야마자키山崎 전투부터, 뒤이은 기요스 회의에서도 만약 니와 고로사가 히데요시에 가담하지 않았다면 시세는 결코 이처럼 히데요시에게 비약의 날개를 주지는 않았을 것이다.

그리고 고마키, 야나가세 때도 그랬다. 만약 니와 나가히데라는 인격자가 노부오, 이에야스의 공동성명도 무시한 채 히데요시 편을 들어주지 않았다면 세상의 무문, 인심의 향배는 아마도 칠 할 이상이 노부오와 이에야스 쪽으로 기울었을 것이다.

특히 히데요시의 부탁으로 히데요시의 뜻에 따라 화목을 위해 배후운동을 펼쳤으며, 노부오를 달래기도 했다는 사실은 이면에서 행한 일이기는 했으나 세상이 다 아는 사실이기도 했다. 따라서 히데요시도 그에게는 와카사若狹, 오우미, 에치젠, 가가의 일부 등 백만 석에 가까운 보수와 우대를 해주었다. 당연한 보은이었다.

하지만 니와 고로사는 히데요시가 지금 천하인이 되려고 하는 것을 보고는 무슨 이유에서인지 앙앙불락했다. '만사 뜻 같지가 않구나' 하는 고민이 날이 갈수록 눈에 띄었다고 한다.

성실하고 주인을 극진히 모시며 분별력이 있는 그는, 자신이 지금까지 히데요시를 지원한 것은 히데요시를 위해서가 아니라 기요스 회의에서 노부나가의 정사로 세운 산포시三法師(히데노부)를 지키기 위해서라고 생각했다. 자신을 유비 현덕으로부터 아들을 부탁받은 제갈공명의 심사에 빗대어 오로지 때가 오기만을 기다렸던 것이다.

그런데 어찌 알았겠는가. 시대의 사람들은 언제부턴가 산포시의 이름조차 까맣게 잊었으며, 다음 세대의 천하인은 히데요시라고, 히데요시 자신도 받아들이고 사람들도 전부 그것을 자연스러운 일이라고 인정하고 있었다.

'세상은 이렇게 되는 법. 세상은 틀림없이 이렇게 될 것이다'라며 관측을 잘못하는 것만큼 비참한 인생을 스스로 초래하는 것도 없는 법이다. 인간의 작은 지혜로 복잡한 인의인력人意人力에 의한 시세와 미묘하고 형태가 없는 천의천수天意天數의 운행을 예측하고 거기에 의지해서 자신의 업과 뜻을 의탁하는 것만큼 후회스러운 일도 없는 것이다.

니와 고로사는 결코 자신의 선견지명에 취해 그런 과오를 저지른 것이 아니었다. 오히려 그의 경우는 '분별이 있는 자의 지나친 분별'이라고 하는 편이 옳을 것이다. 그는 자신이 우직한 만큼 남들도 우직할 것이며, 자신의 성의에는 남들도 성의로 답할 것이라고 생각했다. 하지만 어지럽고 소란스러웠던 시절을 몇 년 지나고 보니 그가 홀로 그리고 있던 양심의 일들은 모두 그 반대가 되어 현실로 나타났다.

'아뿔싸, 이럴 생각이 아니었는데.'

그는 남몰래 후회했지만 자신이 도와 쌓아 올린 당대의 오사카 성은 이미 밖에서 어떻게 할 수 없는 것이 되어 있었다. 그곳의 주인은 천하인으로서, 자신이 가슴에 품고 있는 주인과는 전혀 다른 인물이었다.

만약 니와 고로사에게 육체적인 건강과 낙천적이고 초월적인 성격이 조금만 더 있었다면 '그 또한 세상이고, 이 또한 세상이다. 즐기지 않는다면 어찌 인생이라 할 수 있겠느냐. 이렇게 된 이상 히데요시의 신하가 되어 천하인의 심기를 건드리지 말고 얼마 남지 않은 만년이라도 즐기는 것이 최선이다'라고 심기일전해서 가끔 오사카에도 얼굴을 내밀며 훗날을 적당히 꾀했을지도 모른다. 하지만 그는 노부오와 히데요시가 단독 강화를 맺을 즈음부터 히데요시에게 소식도 거의 전하지 않았다.

앞서 삿사 나리마사의 떠들썩한 암약과 난동에 대해 히데요시는 마에다 도시이에에게 무슨 일이든 고로사와 협력해서 하라고 말했으나, 그 뒤 고로사의 행동은 조금도 적극적이지 않았다. 물론 적극성이 부족한 점은 성실하고 분별력이 있는 그의 오랜 성격이었으나 최근에는 자신의 마음이 어디에 있는지 뜻을 전혀 내비치지 않는 느낌이 들었다. 히데요시를 섬길 만큼 비굴하지 않았지만, 그렇다고 히데요시에 대항해서 의지를 명백하게 하기에는 용기가 부족했다. 아니, 이미 그럴 만큼 건강하지 않았다.

"아아, 어리석은 푸념을……. 오늘 밤은 정상이 아니야. 그만 자기로 하자."

히데요시는 침상에서 머리를 흔들었다. 니와 고로사의 죽음에 잠을 방해받은 이후부터 그의 생각은 꼬리에 꼬리를 물고 이어졌다.

'고로사가 선량했기에 더…….'

히데요시는 씁쓸한 느낌을 지울 수 없었다. 이튿날 아침, 그는 평소와 달리 불당으로 들어가 고로사의 위패 앞에서 무엇인가를 중얼중얼 읊조렸다. 이는 좀체 보기 드문 일이었다. 그에게도 불심이 있다는 증거였다.

히데요시는 식사를 마친 뒤 아무도 없는 다실로 들어가 차를 끓여 모습 없는 손님에게 다례茶禮를 하고 한동안 바닥에 머리를 조아리고 있었다.

"……."

그런가 싶었는데, 그날부터 이미 히데요시의 머릿속에는 시코쿠 공
략에 대한 계획이 세워져 있었던 모양이다. 정오가 지난 뒤, 히데요시
는 여러 장수를 한 방으로 불러 꽤 오랜 시간 무엇인가를 논의했다.

● 모가미 요시아키 最上義光·1546-1614

데와국의 다이묘이자, 야마카타번(山形藩)의 초대 번주이다. 아버지인 모가미 요시모리(最上義守), 어머니인 오노 쇼쇼의 장남으로 아명은 하쿠쥬(白寿)이다. 정략결혼, 암살 등의 모략을 통해 전국시대 최고의 모장으로 평가받는다. 세키가하라 전투 때 동군에 가담하여, 전쟁 이후 가문의 최전성기를 이끌었다.

● 1603년 에도 막부 성립

에도 막부는 일본사에서 가마쿠라 막부, 무로마치 막부에 이어 세 번째이자 최후 막부로, 1603년에서 1868년까지 지속하였다. 도쿠가와 이에야스(德川家康)는 세키가하라 전투에서 승리한 직후 쇼군으로 떠올랐고, 도쿠가와 가문은 에도(현재의 도쿄)에서 전 일본의 다이묘들을 다스리는 유력 가문이 되었다. 에도 막부가 다스리던 에도 시대에는 급격한 경제 발전과 도시화가 이루어졌고, 이로 인하여 부유한 대 상인계급의 출현과 함께 우키요에와 같은 문화적 발전들이 이루어졌다. 에도 막부가 통치한 이 시기를 에도 시대라고 한다.

나루토 전투

히데요시에게는 누나와 남동생과 누이동생이 있었다. 다시 말해 그는 사 형제 중 하나였다. 핏줄에 따라 나누면 두 동생은 히데요시와 아버지가 달랐다. 아버지와 어머니가 모두 같은 형제는 누나인 오쓰미뿐이었다.

오쓰미는 이름을 도모코智子라고 바꾸었으며 미요시 무사시노카미 가즈미치三好武藏守一路에게 시집을 가서 아들 셋을 낳았다. 그중 장남인 미요시 히데쓰구는 이미 성인이 되어 앞서 있었던 나가쿠테 전투에서도 한 부대를 책임졌다.

히데요시는 특히 히데쓰구를 아꼈다. 그러다 보니 나이에 비해 너무 이른 감이 있을 정도로 중임을 맡기기도 하고, 그 실패를 야단치기도 하고, 골육에 대한 번뇌의 일면을 보이기도 했다. 그것은 사실 히데쓰구의 소질을 아꼈다기보다 '누님의 아이 아닌가. 히데쓰구를 잘 보살펴주면 누님도 틀림없이 안심하실 것이다'라고 생각하며 누나를 기쁘게 해주고 싶었기 때문이다.

늘 그의 마음속에서 잊히지 않는 여자는 어머니와 누나였다. 물론 부인인 네네는 여느 집안의 아내처럼 절대적인 위치와 발언권을 가지고 남편의 마음을 파악하고 있었으며, 동시에 히데요시도 그런 아내의 마음을 파악하고 있었으니 이는 격이 다른 것이라 할 수 있을 것이다.

히데요시를 둘러싼 여자로는 마쓰노마루松の丸, 산조노 쓰보네, 가가노 쓰보네, 그리고 아직 너무 순진하지만 차차와 오쓰가 있었다. 지금은 그 규문의 정원도 형형색색이어서 서로 아름다움을 다투고 있었으나, 그처럼 색을 좋아하는 그에게 남자로서의 본심을 털어놓으라고 하면 틀림없이 이렇게 자백했을 것이다.

"그야 당연히 아름다운 것이 가장 좋지. 그 아름다움에도 여러 가지가 있지만, 미모는 마쓰노마루, 마음씨와 살결은 설국雪國의 여인인 가가노 쓰보네, 지체 높은 여인네와도 같은 지성미와 기품은 산조노 쓰보네일세. 그런데 웃을지도 모르겠으나 나는 원래 비천한 출생으로 청소년 시절부터 규방의 꽃에는 일종의 동경을 품고 있었다네. 도쿠가와 나리는 하음下淫을 좋아한다고 들었네만, 앞서 이야기한 이유 때문인지 나는 상음上淫을 좋아한다네. 차차를 아끼는 것도 그런 이유 때문이라 할 수 있을 게야."

하지만 이것도 히데요시의 본심으로는 피상적인 것에 불과했다. 여기까지 말했다면 그는 틀림없이 다음과 같은 말도 덧붙이고 싶었을 것이다.

"하지만 내 마음속에 육적인 사랑의 대상과 심적인 사랑의 대상은 같은 여자라 할지라도 둘로 나뉘어 있어. 앞서 이야기한 여자들은 그 단아함, 아름다움, 청초함의 정취가 각각 다르지만 모두 하나같이 육적인 사랑의 꽃들이야. 이 히데요시는 바람기 든 나비. 나비와 꽃의 관계에 지나지 않아. 하지만 심적인 사랑의 진심에 있어서 가장 첫 번째는 아내. 이를 면전에서 말하면 꼭대기까지 기어오르기 때문에 언제나 반대로 표현하지만 누가 뭐래도 내 몸의 관세음보살이라고 우러르고 있는 것만은 틀림없는 사실이야. 하지만 숨김도 거짓도 없이 말하자면 그 아내보다 더, 세상의 모든 여자 가운데서도 내게 으뜸가는 연인은 우리 어머니일세, 엄니일세. 누나는 그 어머니의 부속물로 어렸을 때부터 함께 가난을 견뎌왔고 특별히 방해가 되는 것도 아니기에 안쓰럽게 여겨 돌봐주고 있는 것뿐이야."

안쓰러운 사람, 안쓰러운 사람. 그는 그렇게 안쓰럽다는 말을 자주 했다. 오로지 육친을 볼 때만 그런 것이 아니라 실제로 주위 사람들을 보는 그의 눈에는 안쓰러워하는 눈빛이 어려 있었다. 그의 관점에서 보자면 인간이란 원래 안쓰러운 존재끼리 모여 있는 것으로, 안쓰럽지 않은 사람은 없었다. 그중에서도 가장 안쓰러운 사람은 바로 자기 자신이라고 히데요시는 생각했다.

그런데 세상에서 가장 안쓰러운 그 일개 부랑아가 우연히 때를 얻어 오사카 성의 주인이 되어 자신의 뜻대로 사생활과 정치까지 행할 수 있다 보니 같은 시대를 살아가는 사람들 모두가 더욱 안쓰럽게 여겨져 견딜 수가 없었다. 나이 탓도 있겠지만 근래 들어 사람들이 더욱 가엾다는 생각이 들었다.

특히 전국 시대의, 그것도 근본적으로 나약함을 가지고 태어난 여자들은 히데요시에게 있어서 어머니도 그렇고, 누나도 그렇고, 누이동생도 그렇고, 측실들도 그렇고 하나같이 안쓰러운 사람들뿐이었다.

씨가 다른 남자 동생인 하시바 히데나가羽柴秀長도 기슈와 센슈의 영주로 지금은 오사카 성안의 유수한 다이묘 중 한 사람이었으나 형인 히데요시의 눈으로 보면 그 역시 안쓰러운 삶 속에 태어난 동생이었다.

어머니는 같지만 히데요시의 아버지는 야에몬弥右衛門이며, 히데나가의 아버지는 지쿠아미筑阿弥라 불리던 사내다. 히데나가는 지쿠아미가 어린 히데요시를 얼마나 냉혹하게 다뤘는지 기억하고 있었다.

히데요시보다 다섯 살 어렸지만 어머니와 누나에게 들어 나이를 먹을수록, 그리고 지금처럼 일문의 영달을 함께하는 몸이 되어갈수록 강하게 느낄 수밖에 없었다. 지쿠아미는 원래부터 술꾼에 도박을 좋아하고 게으른 자였기에 의붓자식이든 친자식이든 아이들에게 애정을 보인 적이 없었다. 아이들의 어린 마음에도 아리게 남을 정도로 어머니를 울렸다. 그랬기에 지쿠아미가 병사했다는 말을 듣고 운 사람은 어머니뿐, 아이들은 모두 태연했다.

그 당시 히데요시는 히요시라 불리며 방랑하던 중이었기에 지쿠아미의 죽은 얼굴조차 보지 못했다. 따라서 히데요시는 지금까지 의붓아버지에 대한 추억만은 절대 이야기한 적이 없었다. 어머니도 물론 히데요시의 마음을 알고 있었기에 그 앞에서는 이야기하지 않았으며 그저 기일이 되면 혼자 조용히 불당에 꽃을 바치고 앉아 있었다.

"히데나가, 이번 시코쿠 공격에는 네가 나 대신 나가도록 해라. 히데쓰구도 힘을 보태라. 히데나가를 돕도록."

오늘의 평의는 히데요시의 한마디로 마무리 지어졌다. 정오를 지나서부터 저녁에 이르기까지 논의한 의제는 모두 시코쿠 공격에 대한 준비와 진격 순서에 관한 것이었다.

히데요시는 나가쿠테 전투에서 히데쓰구에게 미카와 침입의 총사를 명했다가 크게 실패하고 후회를 맛보았을 텐데, 이번에도 다시 육친인 히데나가에게 시코쿠 공격의 총사를 명했다.

"알겠습니다."

히데나가는 많은 말을 하지 않고 받아들인 뒤 예를 취했다. 각 장수들의 시선이 그의 모습과 나루토鳴門 해협의 지도로 모였다.

아와지淡路의 후쿠라福良 항구에는 지난 열흘 사이에 크고 작은 배가 몇백 척이나 결집되어 있었다. 바다는 5월의 빛깔로 깊었다.

배들을 헤아려보니 작은 배가 백삼 척, 큰 배가 오백팔십 척이나 되었다. 뱃머리의 깃발을 보니 야마토, 기이, 이즈미和泉, 셋쓰攝津, 단바丹波, 하리마播磨 등의 나라에서 와 있었다.

기이와 이즈미의 배는 하시바 나가히데의 병사가, 셋쓰와 단바는 조카인 히데쓰구가 이끌 것이라는 사실을 바로 알 수 있었다. 즉 히데요시를 대신해 시코쿠의 조소카베를 치기 위해 총사 나가히데와 부장 히데쓰구가 출항 준비를 마친 것이라 여겨졌다.

본군은 후쿠라를 출발해 나루토의 소용돌이치는 조수를 건너 아와阿波의 도사 항구에 기지를 마련할 계획이었다. 하지만 시코쿠를 공격하는 하시바 군은 나루토를 건너갈 부대가 하나만이 아니었으며, 따로 산요도山陽道에서 나이카이內海를 건너 시코쿠의 서북쪽을 진압하고 있는 대군도 있었다.

우키타 히데이에宇喜多秀家, 하치스카 마사카쓰, 하치스카 이에마사, 구로다 간베 등은 사누키讚岐의 야시마八島로 상륙했으며, 모리 데루모토毛利輝元, 깃카와 모토하루吉川元春, 고바야카와 다카카게小早川隆景 등은 이요伊予의 니이마新麻로 진격했다.

이를 대략 정리하면 시코쿠 가운데 태평양 쪽을 제외한 삼면으로 진로를 취한 셈이 된다. 그리고 그 총수는 십만이라 칭해졌으며, 실제로는 팔만이라 일컬어지기도 했다. 어쨌든 조소카베 한 사람을 치기에는 참으로 많은 숫자였다.

물론 시코쿠 공격은 노부나가 이후부터 어려운 숙제였다. 노부나가가 자신의 아들인 노부타카와 니와 고로사에게 시코쿠 출병을 명령해 그 병선이 호리노우라堀ノ浦를 출발하려던 순간 예의 본능사 사변이 돌발했고 그 뒤 그대로 내버려둔 상태였다.

도사의 조소카베는 그 사이에 전 세력을 시코쿠에 펼쳤으며, 또 기슈

이즈미의 불평분자를 통해 은밀히 이에야스, 노부오와 통하고 있었다. 히데요시 역시 언젠가는 노부나가의 계책을 답습해서 당연히 시코쿠로 병사를 보낼 것이라는 점을 기정사실로 예견하고 있었기 때문이다.

아니나 다를까, 그날이 왔다. 게다가 조소카베 쪽 예상을 뛰어넘은 이른 시기에 대대적인 병력이 눈앞에 닥쳐왔다.

조소카베의 노신인 다니 주베谷忠兵衛는 자신이 지키던 이치노미야一宮 성에서 몰래 빠져나와 하쿠치 성으로 가서 주군인 모토치카를 만났다.

"이치노미야 성도 히데나가의 대군에 포위되어 곧 떨어질 듯합니다. 이쯤에서 다시 생각하는 것이 현명할 듯합니다."

"이쯤에서 다시 생각해보라니, 무엇을 다시 생각해보라는 말인가?"

"무릇 전쟁이란 나라의 구석구석까지 초토화되어 전사자, 아사자의 시체를 산처럼 쌓아야만 승패를 알 수 있는 것이 아닙니다. 우선 한두 곳의 전장에서 맞붙어보면 이길지 질지를 알 수 있는 법입니다."

"그렇다면 주베 자네는 이번 전쟁을 처음부터 아군이 패전할 거라 생각하고 있단 말인가?"

"너무나도 명백합니다. 질 것이 명백하니 하루라도 빨리 항복하시는 것이 백성의 커다란 행복, 집안의 안전, 그리고 가엾은 여러 인명을 잃지 않는 길이라 생각했기에 수많은 어려움을 무릅쓰고 그 뜻을 전하기 위해 온 것입니다."

모토치카도 어리석은 장수는 아니었다. 주베의 지략과 무사로서의 기량은 노신 가운데서도 으뜸이라는 사실을 잘 알고 있었다. 하지만 아무리 그렇다 해도 모토치카에게 다니 주베의 간언은 뜻밖의 폭언으로밖에 들리지 않았다.

"이놈, 그만두어라. 닥치지 못할까. 닥쳐라 주베."

모토치카는 얼굴 가득 노기를 드러내며 이러한 때에 지켜야 할 전선의 성을 버리고 뻔뻔스럽게 자신에게 항복을 권하러 온 노신을 다짜고짜 야단쳤다.

"내가 잘못 보았구나. 비록 나이는 들었으나 믿을 만한 자라 여겼기에 이치노미야라는 요해지를 맡긴 것이었는데……. 농성한 지도 보름에서 스무 날 정도밖에 지나지 않았는데 이곳으로 도망쳐와서 나약한 소리를 할 줄이야."

"나리, 아아, 나리야말로 잠시 기다려주십시오."

"뭐냐, 더 할 말이라도 있단 말이냐?"

"제가 언제 나약한 소리를 했습니까? 언제 도망쳐왔단 말입니까?"

"한심한 놈, 방금 모토치카에게 항복을 권하지 않았느냐! 그 말을 하기 위해 너는 여기에 와 있지 않느냐?"

"그것은 전부 나리와 견해가 다르기 때문입니다. 황공하오나 다니주베는 창끝의 공을 다투는 잡병이 아닙니다. 일국의 노신입니다. 노신의 임무는 국가가 위급존망에 임하면 실수 없이 일을 잘 처단해서 국가의 멸망을 막고 백성들의 안온을 유지하는 것이라 믿고 있기에 나리의 분노를 사는 한이 있어도 소신을 관철시킬 생각으로 여기에 온 것입니다."

"아무리 교묘하게 말한다 해도 이 모토치카는 결코 히데요시에게 항복하지 않을 것이다. 이치노미야에는 다른 자를 보내기로 하겠다. 자네는 더 이상 갈 필요 없어. 주베, 근신을 명하겠다."

"아뢰옵기 황공하오나 국가 존망의 때에 한가로이 근신하고 있을 수는 없습니다. 부디 평소의 현명함을 발휘하시어 생각을 돌리시기 바랍니다. 지금 항복하면 도사 일국과 조소카베 가는 보전할 수 있습니다. 하지만 마지막까지 싸운다면 무엇이 남겠습니까?"

"네놈이 정말 무문의 사내란 말이냐?"

"무문의 주석柱石으로 열심히 일하고 있습니다. 이기자, 이겨야 한다고 말하는 것은 무문의 공염불. 어떻게 지는 것이 좋을지 생각하는 가신이 한 사람 정도는 있어도 좋지 않겠습니까?"

"네놈은 이 모토치카를 우롱하고 있구나."

"당치도 않은 말씀을……."

주베는 그의 노여움을 두려워하기는커녕 오히려 무릎을 끌어 모토치카 앞으로 점점 다가갔다.

"무릇 참으로 나라를 사랑하는 자는 국토에 득이 될 것이 없는 어리석은 전쟁을 펼치지 않는 법입니다. 그리고 참으로 주군을 공경하는 자는 주군이 적의 손에 붙들려 효수당하는 것을 볼 수 없는 법입니다. 불초 주베가 육십여 년 동안의 난국을 견디며 얻은 체험을 통해 배운 것을 바탕으로 이번 하시바 히데요시가 일으킨 시코쿠 공략의 배치를 보면, 시코쿠의 세 방면에서 놀라울 정도로 많은 배에 병력과 물자를 싣고 일제히 상륙하여 성 아래까지 압박해 들어올 게 분명합니다. 그에 비해, 아뢰옵기 황공하옵니다만, 우리 조소카베 가의 방어력은 너무나도 뻔한 것입니다. 나리의 휘하에 아무리 무예가 뛰어난 무사들이 있다 할지라도 히데요시가 하늘을 얻고, 땅을 얻고, 사람을 얻고, 또 거기에 풍부한 물자를 쏟아부어 공격해오는 데는 맞설 수가 없습니다. 승패는 분명합니다. 그러니 한시라도 빨리 항복을 위한 사자를 보내 무익한 싸움을 피해야 하지 않겠습니까? 바로 명령을 내려주시면 이 다니 주베가 사자가 되어 하시바 쪽과 교섭을 위해 가겠습니다."

주베의 말에는 나라를 생각하고 주인을 걱정하고 백성을 사랑하는 진실한 마음이 담겨 있었다. 그러다 보니 모토치카도 더 이상 화를 낼 수 없었다. 특히 이 노신은 할아버지 대부터 집안을 섬겨왔다. 비록 가신이라고는 하나 나라를 위해, 집안을 위해 적극적으로 나서면 아무리 주인이라 해도 권위를 앞세워 '목을 치겠다'는 둥, '무례한 놈, 물러나라'는 둥 폭군들이 늘 하는 협박으로 의견을 무시할 수 없었다. 그리고 무시당한 채 물러날 다니 주베도 아니었다.

"알겠네, 생각할 시간을 주게."

모토치카가 먼저 꽁무니를 빼고 잠시 안쪽 방으로 들어가려 했다.

그 뒷모습를 향해 주베가 다시 한 번 말했다.

"그렇다면 나리, 내일 아침에라도 일족과 각 장수들을 불러 평의를 열어주셨으면 합니다. 일이 다급합니다."

모토치카는 대답하지 않았다.

그날 다니 주베는 먼 곳에 있는 사람들에게는 전령을 보내고, 성안과 성 아래에 있는 사람들에게는 직접 찾아가 자신의 소신을 설명했다. 그는 히데요시와 싸워 승산이 없는 이유를 다음과 같이 설명했다.

히데요시의 군병과 군선을 보니 그 부강함은 애초에 시코쿠가 맞설 수 있을 만한 것이 아니다. 우리 시코쿠는 이십여 년에 걸친 병란으로 민가는 불에 타고, 마을의 업은 무너지고, 논밭은 잡초에 덮여 앞으로 삼 년, 오 년 동안은 경작도 하지 못할 것이며 오곡이 익을 날도 없을 것이다. 그리고 백성은 피폐하고 병사는 지쳤으며, 병기와 마구도 낡고 썩어서 신예의 정기가 없고, 무인은 헛되이 호언장담하나 밭의 소와 길을 가는 말은 쇠약해 있으니 이것으로 전장을 달리게 한들 무슨 소용이 있겠는가?

마음을 가라앉히고 히데요시 군을 살펴보니 무구와 마구도 번뜩이고 장병들의 기세도 높으며 진의 꾸밈도 찬란하다. 말도 크고 사나우며 병사들은 해외에서 들여온 신무기와 화약 등도 잘 다룬다. 무사의 기강이 엄격하고 군율에 잘 따르다 보니 오사카와 멀리 떨어져 있어도 마치 히데요시가 늘 있는 것과 같다.

이를 갑옷 끈이 끊어져 삼베로 엮어 입고, 허리에 찬 깃발을 비스듬히 하고, 길이가 맞지 않는 짚신을 신은 우리 시코쿠의 병사들과 비교해보면 그저 가소로울 뿐, 너무나도 차이가 커서 히데요시 군과는 비슷한 점이 하나도 없다. 게다가 바다로 둘러싸인 사면 가운데 삼면이 적에게 막혔는데 나라 안의 식량도 얼마 되지 않는다. 이 한 가지 사실만 봐도 히데요시 군과 맞서는 것의 무익함은 필부조차 알 수 있는 일이다. 열에 하나라도 맞붙어 이길 승산이 없다.

다니 주베의 진심에서 우러나온 이야기는 다른 가로와 중신과 모토치카의 혈족까지 움직였다. 그토록 뜨겁던 주전론자도 하룻밤 사이에 전부 비전론자로 바뀌어버리고 말았다.

"참으로 옳은 말이다."

"이치노미야 성과 이와쿠라 성을 모두 잘 지키고 있는 지금이야말로 항복하기에도 유리하고 훗날을 위해서도 매우 좋을 듯합니다. 모쪼록 이번에는 현명하게 판단하셔서서……."

이튿날 아침, 다니 주베는 뜻을 같이하기로 한 가로, 중신, 일족들을 데리고 다시 모토치카 앞으로 나가 고간苦諫을 했다. 이에 모토치카도 마침내 뜻을 꺾고 눈물을 흘렸으며, 중신들도 모두 함께 눈물을 삼켰다.

"뜻대로들 하시게."

이면이 있으면 표면도 있는 법이다. 시코쿠 측의 내부에서는 다니 주베처럼 혜안을 가진 무사가 있어서 앞날을 미리 내다보고 모토치카에게 동의를 구하였으나, 전국상의 표면을 보면 공격하는 하시바 군에서는 작전 기도가 쉽게 진행되지 않았다.

7월이 되었는데도 이치노미야 성은 떨어지지 않았으며, 곳곳의 나

성만 몇 개 무너뜨렸을 뿐이었다. 이에 히데요시 군은 이치노미야 성 하나에 전 주력을 쏟아붓고 있었다. 하지만 조소카베 모토치카, 모리치카盛親 부자가 도사와 아와의 경계에 있는 오니시大西 하쿠치白地 성을 본영으로 삼아 이치노미야 성을 원조하고 있었기에 공격군은 난공불락의 절벽에 부딪치고 말았다.

그동안 오사카에 있던 히데요시가 지지부진한 전황 소식을 듣고 쓰쓰이 시로筒井四郎에게 명령해 배를 준비하게 했다는 사실이 시코쿠에까지 들려왔다.

"히데나가, 히데쓰구의 손으로 감당할 수 없다면 내가 시코쿠로 출마할 수밖에 없겠구나."

히데나가는 크게 부끄러워하며 곧 비토 도모사다尾藤知定를 전령으로 보내 오사카 성에 글을 전하게 했다.

천히 출마하신다는 소식을 듣고 몸 둘 바를 모르겠습니다. 애초부터 이 히데나가의 힘이 부족해 심려를 끼쳐드린 점 자책을 금할 길이 없으나 이대로는 천하에 체면이 서지 않습니다. 분발해서 반드시 기대에 부응하도록 하겠습니다. 하오니 움직이겠다는 뜻은 거두어주시기 바랍니다.

히데요시는 서면을 보고 히데나가의 뜻을 받아들인 것인지, 혹은 처음부터 히데나가를 분발하게 하려고 취한 행동인지 모르겠지만 어쨌든 자신의 출마를 취소했다.

히데나가는 당연히 몇 배나 더 힘을 쏟아붓고 분발하여 이치노미야를 공격했다. 포위 공격에 임한 장수들을 살펴보면 히데쓰구를 비롯해 하치스카 부자, 센고쿠, 호리, 하세가와, 히네노, 도다, 다카야마, 히토쓰야나기 등 오사카의 장성 대부분이 모여 있었다.

7월 15일부터 총공격을 개시해 맹렬한 포격으로 외성을 깨고 적의 수로를 파괴하는 데 성공했다. 수로가 끊겨버린 성에는 며칠 만에 죽음의 그림자가 드리워졌다.

"끝이 보인다."

"낙성은 시간문제다."

공격 부대는 이 단계 공세를 갖추었다. 그리고 단번에 성을 짓밟기로 한 전날 밤, 성안에서 수장인 에무라 마고자에몬江村孫左衛門과 다니 주베가 사자를 보내왔다.

"닷새 동안의 휴전을 청한다."

히데나가는 휴전을 받아들였다. 그리고 조소카베 모토치카가 인질을 보내 항복을 청했다.

"처분은 히데나가 나리, 히데쓰구 나리의 뜻에 맡기겠다."

모토치카는 거의 무조건으로 처분을 기다렸다. 하지만 히데나가와 다니 주베 사이에는 사전에 조건의 묵약이 있었음은 말할 필요도 없을 것이다. 설령 히데요시의 반대가 있다 할지라도 조소카베의 존속과 도사 일국의 영지는 반드시 보증하겠다는 약속을 받아둔 상태였다.

히데요시도 그것을 허용했다. 그리고 아와를 하치스카 마사카쓰에게, 사누키를 센고쿠 곤베仙石權兵衛에게, 이요를 고바야카와 다카카게에게 각각 분할해서 나누어주었다. 이로써 7월 하순경 시코쿠에 관한 모든 일이 해결되었다.

잔챙이와 대어

히데요시의 머릿속에서 무엇이 그려지고 있는지는 늘 옆에 있는 사람들도 알지 못한다. 규모가 크다고 해야 할지, 복잡하다고 해야 할지, 다각적이라고 해야 좋을지, 어쨌든 그가 당연하게 행하는 일도 때로는 사람들에게 의외라는 느낌을 심어준다. 덴쇼 13년(1585년) 여름에 있었던 삿사 정벌이 그러했다.

7월 17일은 시코쿠 전투에 참가한 장병들이 이치노미야 성을 총공격해서 그 외성을 간신히 짓밟았을 때였다. 하지만 그 누구도 시코쿠 공략의 난이를 짐작할 수 없었기에 만약 히데나가와 히데쓰구가 힘을 쓰지 못한다면 히데요시가 직접 바다를 건너가겠노라고 말한 직후였다.

아무도 모르는 사이에 히데요시는 7월 17일자로 편지를 써서 하치야 요리타카를 사자로 삼아 호쿠리쿠의 마에다 도시이에에게 보냈다.

작년에 약속한 대로 8월 초에는 그 지방으로 넘어가서 오래전부터 제멋대로 날뛰게 내버려두었던 삿사 나리마사를 처단하고 오랜 화란의 땅에 질서를 바로잡도록 하겠네. 그리 알고 빈틈없이 준비하고 대비한 뒤 이 지쿠젠을 기다려주게.

8월에 들어서자 오사카 군은 갑자기 남쪽에서 북쪽으로 방향을 바꾸었다. 초순인 4일과 5일 연속해서 선봉대가 북국 공략을 위해 길을 나섰다. 6일에는 히데요시가 오사카를 출발했다. 배를 타고 가는 병마가 요도 강을 가득 메웠다.

"무슨 일이지? 시코쿠 공략을 내버려두고 이 많은 인마와 깃발은 대체 어디로 가는 걸까?"

사람들은 히데요시의 의도를 의심했다. 아니, 종군한 장병들조차 불안해했다. 조소카베의 청으로 시코쿠의 전투를 휴전했다는 이야기를 들었으나, 그 이후 처리가 아직 끝나지 않았기 때문이다.

어떠한 명장이라도 작전에는 반드시 중점이 있다. 남쪽도 아직 정리되지 않았는데 다시 북쪽으로 대군을 나누어, 그것도 오사카 성을 비운 채 히데요시가 직접 나서는 이유가 무엇인지 알 길이 없었다.

하지만 히데요시에게 물었다면 '걱정할 것 없다'며 웃어 보였을 것이다. 그의 이번 움직임은 결코 양면작전도 아니었으며, 덧없이 전국을 넓혀 스스로 힘을 양분하는 것도 아니었다.

그에게도 싸움의 중점이 있었는데, 그 중점의 다리를 떼어내고 손을 자른 뒤 적의 폐부로 공격해 들어가기 위한 계책을 하나하나 밟아가는 것에 지나지 않았다. 그렇다면 그의 적은 시코쿠의 조소카베가 아니란 말인가? 북국의 삿사 나리마사도 목표로 삼고 있는 적이 아니란 말인가?

물론이다. 히데요시는 일개 조소카베, 일개 삿사 따위를 적으로 생각하고 있지 않았다. 그들은 그가 노리는 중점이 아니었다. 지금 히데요시가 노리는 사람은 오직 한 사람, 도쿠가와 이에야스밖에 없었다. 히데요시는 자신에게 있어서 앞으로 장애가 될 사람은 바로 이에야스라며 혜안으로 다음 역사를 꿰뚫어보고 있었다.

그는 이에야스에게 의지하려는 사람, 이에야스를 도우려는 사람, 이에야스를 통해 야망을 펼치려는 사람, 이에야스의 사지가 되어 이에야스와 통한 사람의 맥을 모두 끊은 뒤 도마 위에서 요리를 하기 위해 그물을 남쪽으로 펼치고 북쪽으로 펼쳐 대어를 자신에게로 천천히 끌어들이려는 것이었다.

눈이 녹으면 전쟁이 시작되고, 전쟁이 끝나면 눈에 갇히는 북국의 서민들은 오래도록 평화를 갈망했다. 삿사와 마에다의 전쟁은 올해도 늘 그랬듯 4, 5월 무렵부터 곳곳에서 전화를 일으켰으며 서로 성 하나, 요새 하나를 빼앗기 위해 짓밟지 않은 들판이 없었다.

히데요시의 북벌군은 고호쿠湖北를 넘어 에치젠으로 들어갔다. 총군은 십만이라 일컬어졌는데 그 기치를 나라별로 살펴보면 오와리, 미노, 이세, 단고, 와카사, 이나바, 에치젠, 가가, 노토 아홉 개국에 걸쳐 있었다. 그리고 그 부장은 오다 노부오, 오다 노부카네織田信包, 니와 나가시게丹羽長重, 호소카와 다다오키, 가나모리 지카시게金森近重, 하치야 요리타카, 이케다 데루마사池田輝政, 모리 나가카즈森長一, 가모 우지사토, 호리오 요시하루堀尾吉晴, 야마노우치 가즈토요山內一豊, 가토 미쓰야스, 구키 요시타카였으며, 그 외에도 당연히 마에다 부자가 참가할 터였다. 늘 그랬듯 히데요시는 싸우기 전부터 양적으로나 질적으로나 이미 이길 수 있을 정도로 준비를 하고 나섰다.

히데요시가 에치젠으로 들어서자 마에다 도시이에가 가나자와에서 맛토까지 나와 히데요시를 기다리고 있었다. 8월 하늘은 뜨거웠지만 깨끗하게 청소된 가도와 수축된 가로와 다리가 시원하게 십만의 여행자를 위로하고 있었다. 누른색 나사로 지은 겉옷에 일곱 개 별로 장식한 투구를 쓴 마타자에몬 도시이에는 아들 도시나가와 조카들과 함께 말을 가로수에 묶어두고 길가에 나란히 서 있었다.

마침내 매미 소리 속으로 히데요시의 하타모토들이 말발굽을 울리며 다가왔다. 숲을 이룬 창, 철포의 흐름, 깃발, 화려한 차림의 시동들 속에서 불그스름한 얼굴로 빙글빙글 웃고 있는 사람이 있었다.

"아, 원숭이 나리시다!"

도시이에 뒤쪽에 있던 조카 게이지로가 괴상한 소리를 지르며 손가락으로 가리켰다. 그러자 도시이에가 뒤돌아 그 손을 치며 말했다.

"이놈!"

서로의 거리가 서른 간쯤 되었을 때, 히데요시는 말에서 내려 고삐를 무사에게 넘겨주고 성큼성큼 도시이에 쪽으로 걸어갔다. 그러자 도시이에도 서둘러 수십 걸음 앞으로 나아갔다. 도시이에와 히데요시는 이미 멀리서부터 미소를 주고받으며 눈빛으로 기타노쇼 함락 이후의 일들을 이야기하고 있었다.

"오오, 마타자."

히데요시가 도시이에를 향해 손을 내밀었다.

"아아, 먼 길 오느라 고생 많았소."

두 사람은 손과 손의 온기를 느꼈다.

"드디어 왔다네, 작년의 약속을 지키기 위해."

"기다리고 있었네. 이 도시이에의 힘이 부족하다 보니 시코쿠 방면의 일로도 바쁠 텐데…… 이렇게 번거롭게 해서 참으로 송구할 뿐일세."

"무슨 소리……."

히데요시가 머리를 흔들며 도시이에의 어깨를 두드렸다.

"특별한 일 없어도 일 년에 한 번 정도는 서로 만나 옛정을 나누면 좋지 않은가. 마침 좋은 여행이 되겠다 생각하고 왔다네."

"하하하, 다른 사람도 아니고 자네이니 틀림없이 그렇게 가벼운 마음으로 오실 거라고 집사람도 얘기하더군."

"제수씨가? 음, 자네 집안의 안주인은 지쿠젠의 마음을 잘 알고 있는 사람 중 한 명이로군. 건강하신가?"

"여전하다네."

"그건 그렇고 자네의 누른빛 나사 겉옷이 아주 잘 어울리는데. 그것도 제수씨가 고르신 건가?"

"아니, 이건 나가시노長篠 전투 후에 노부나가 님께 받은 추억이 담긴 옷으로……."

두 사람은 전쟁에 대해서는 조금도 이야기하지 않았으며 마치 길가에서 만난 일개 친구들처럼 보였다.

도시이에가 맛토에서 오야마 성까지 안내했고, 히데요시와 그 군대는 줄줄이 기다란 선을 그리며 따라갔다. 선두가 가나자와에 도착했는데도 후미의 부대가 아직 기타노쇼를 떠나지 못했을 정도로 대부대였다.

그 소식은 청천벽력이 되어 도야마 성에 있는 삿사 나리마사의 귀를 때렸다. 그날(8월 18일) 삿사 쪽의 움직임 역시 오야마 성안에 있는 히데요시에게로 자세히 전해졌다.

삿사는 지금이야말로 자신의 생애에서 가장 중요한 때라며 엣추 전국에 걸쳐 방어를 굳건히 하고 있었다. 구리카라 언덕의 좌우, 도리고에의 험한 곳, 오하라小原, 마쓰가네松ヶ根와 그 외의 요지 삼십육 개 성을 손보았으며, 또 네지로根城, 기후네木舟, 모리야마, 마스야마益山 등 십여 곳에 새로이 나무를 심고 커다란 돌을 쌓아 방어벽과 망루를 세웠다. 그리고 국경에 이르는 곳곳에 방어책을 마련해 병사를 배치하고 목책과 관문 등을 오십팔 개소나 설치했다.

"이번에야말로 나리마사를 따르는 자에게는 죽음을 각오한 싸움이 될 것이다."

나리마사는 그러한 공포의 말로 전토에 있는 사람들을 격려했다. 하지만 방어를 강요받은 나리마사의 하급병과 일반 서민들 사이에서는 일찍부터 불평하는 소리가 나왔다.

"너희는 죽게 하지 않겠다. 우리 무문이 앞장서서 서민을 지키겠다. 특히 여자들은 다치지 않도록 조심하라……'고 말해주었다면 같은 땅에 사는 사람이니 '아닙니다' 하고 우리도 나서서 적과 맞서겠지만, 이런 때만 나리마사를 따르는 자라고 하니 참을 수 없군. 따르는 자란 함께 영화를 누리고 함께 허세를 부렸던 자들을 말하는 거겠지."

이렇듯 민심은 참으로 미묘한 법이다. 나리마사도 곧 사람들의 마음을 눈치챘다.

"선을 넓게 펼쳐 지키려 하면 선의 힘, 즉 세력이 약해지는 법이다. 총력을 진즈 강 일선까지 물려 임전무퇴의 각오로 지키도록 결집시켜라."

나리마사는 갑자기 국경 부근의 작은 방어벽을 버리고 진즈 강을 앞에 두었으며, 안으로는 국내의 불평분자들을 억압했다.

"여자들까지 사수에 나서라."

나리마사는 광기 어린 포고령을 내리며 기를 쓰고 준비를 서둘렀다.

히데요시는 도시이에의 병사 팔천 명을 선봉으로 세워 엣추로 전진시켰다. 도중에 소규모의 적들이 히데요시에게 항복을 해왔다.

20일, 구리카라를 넘어 도나미礪波 산을 지나 하치만八幡 봉우리에 올랐다. 히데요시는 그곳에서 엣추 일원을 내려다보고 손가락으로 가리키며 각 부대의 배치를 명령했다.

"저기에는 누구누구를, 저쪽에는 누구를."

히데요시는 걸상에 앉아 호쿠에쓰 산맥의 장관과 동해 바다의 빛깔을 바라보며 때때로 좌우의 장수들과 담소를 나누었다. 그 모습은 정말로 유람이라도 온 듯한 사람처럼 보였다.

그는 고후쿠 산에 임시 성을 짓게 하고, 8월 내내 그곳에서 머물렀다.

계절의 영향으로 호우가 계속되었다. 곳곳에서 산사태가 났으며, 또 각지의 강이 범람했다.

그러던 어느 날 밤, 세 탁발승이 고후쿠 산 기슭에 있는 오다 노부오의 진소를 찾아와 보초병을 통해 만나기를 청해왔다.

"은밀히 만나고 싶다며 찾아온 자가 있습니다만……."

보초병이 이름을 물어도 탁발승들은 만나보면 알 수 있다며 끝내 이름을 밝히지 않았다.

"결코 수상한 자들이 아닙니다."

탁발승 가운데 한 사람이 붓을 꺼내 조그만 종이쪽지에 무엇인가를 써서 묶은 뒤 건네주었다. 그것을 보초병이 부장에게, 부장이 노부오에게 전달했다. 종이에는 에치젠의 가신 삿사 헤이자, 삿사 요자에몬, 노노무라 몬도, 세 사람의 이름이 적혀 있었다.

"응?"

어쨌든 만나보니 그들 세 사람은 주인 나리마사를 대신해 항복을 청하러 온 사람들이었다.

"처음에는 전국을 초토로 만드는 한이 있어도 목숨이 붙어 있는 한 맞서려 했으나 지쿠젠 나리께는 도저히 이길 수 없다는 사실을 깨닫고 주인이신 구라노스케 나리마사 이하 저희 중신은 성 아래에 있는 한 절에 모여 모두 머리를 깎았습니다."

그들은 그렇게 사정을 말한 뒤 말을 이었다.

"모쪼록 지쿠젠 나리께 잘 말씀드려서 주인 나리마사의 목숨을 건질 수 있도록 해주십시오. 그를 위해 밤을 틈타 부끄러움도 무릅쓰고 이렇게 찾아뵌 것이니……."

그들은 이제 막 깎은 머리를 번갈아 바닥에 조아리며 노부오에게 청했다. 그러자 노부오는 기분이 좋아지기도 했고, 또 가엾다는 생각이 들기도 했다. 그랬기에 자신이 한마디 하면 히데요시도 토를 달지 못할 것이라고 장담하며 그들의 청을 받아들였다.

"그래, 알겠네. 돕기로 하지. 누가 뭐래도 나리마사 역시 나쁜 사람은 아니니까. 특히 아버지 노부나가도 일개 전령이었던 사람을 발탁해 꽤나 아끼셨던 사내 아닌가."

"나리마사의 심중에는 오로지 옛 주인의 은혜에 보답하기 위해 의를 지켜 어디까지나 절개를 굽히지 않겠다는 생각도 있었습니다."

"알고 있소. 그렇다면 삿사는 지금 대체 어디에 계신가?"

"근처 사원에 조용히 머물고 있습니다. 만약 목숨을 보장해주신다면 데리고 오겠습니다."

"잠깐 기다리게. 어쨌든 내가 지쿠젠을 만나 일을 잘 처리하도록 하겠네. 그때까지는 소식을 기다리도록 하게."

노부오는 곧 히데요시의 진영을 찾아갔다. 하지만 도시이에가 있어서 말을 꺼내지 못했다. 그러자 히데요시가 싱글싱글 웃으며 노부오에게 먼저 말했다.

"노부오 경, 전쟁의 끝이 벌써 보입니다."

"네? 어째서?"

"저물녘에 진즈 강 방면에서 돌아온 첩자의 말에 따르면, 삿사 집안에서는 앞서 지쿠젠이 퍼뜨린 '노토의 나나오 항구로 군선 백 척을 보내 엣추의 토지 곳곳에 대군을 상륙시킬 것이다'라는 유언비어를 정말이라 믿고 당황한 모양입니다."

"아하, 그것 때문이었군."

"무슨 일이 있었습니까?"

“실은…….”

노부오가 도시이에를 바라보며 입을 다물었다. 눈치를 챈 도시이에가 다른 핑계를 대고 자리에서 물러났다.

“실은 삿사 구라노스케가 삭발하고 항복을 청하러 왔었습니다.”

“흠…….”

히데요시는 기쁜 빛을 보이지 않았다.

“먼저 삭발을 하고 항복한 것은 목숨이 아까워서였겠지요. 노부오 님, 그들을 어떻게 했습니까?”

“지쿠젠 나리께 여쭙겠다고 하고 돌려보냈습니다.”

“받아들였습니까?”

“어쩔 수 없이…….”

“이거 난처하게 됐군.”

히데요시는 일부러 씁쓸한 표정을 지으며 입을 다물었다.

웃으시오

노부오는 히데요시의 낯빛을 보고 자신이 맡은 일의 중대함과 어려움을 퍼뜩 깨달았다. 그리고 당황해서 속삭이듯 말했다.

"아무래도 나리마사를 살려줄 수는 없겠습니까?"

그리고 굳게 다문 히데요시의 입술을 보고 혼잣말처럼 말했다.

"지금은 나리마사도 지쿠젠 나리께 맞선 것을 진심으로 후회하고 있다고 합니다. 그 사람은 단순하고 고집스러운 무인으로 다른 생각이 있었던 것이 아니라 도쿠가와 나리가 부추겨 교묘하게 이용당한 것입니다."

그러다 문득 말이 지나쳤다 싶었는지 노부오 역시 입을 다물어버리고 말았다.

히데요시는 여전히 말이 없었다. 하지만 그가 누구인가? 사실은 벌써부터 마음을 정했을 터였다. 단, 노부오가 너무나도 경솔하게 받아들인 것이 마음에 들지 않았다. 아니, 그보다는 아직도 안일한 생각에서 벗어나지 못한 노부오에게 일종의 경고를 주고, 또 장래를 위해 노부오를 약간 난처하게 만들어야지 그렇지 않으면 버릇이 될 것이라고 생각했다. 하지만 노부오는 곤혹스러워하다 못해 두려움을 느끼고 있었다.

"벌써 밤이 깊었습니다. 어찌 되었든 내일 아침 다시 찾아뵙고 지도를 받도록 하겠습니다."

노부오는 서둘러 인사를 하고 영문 밖으로 나왔다. 그는 돌아가려다 문득 생각이 났는지 마에다 도시이에의 막사로 찾아가 사실을 있는 그대로 밝혔다.

"어찌하면 좋겠소. 이미 삭발을 하고 내게로 목숨을 빌기 위해 찾아온 나리마사를 그냥 죽게 내버려둘 수도 없고……."

노부오는 탄식을 하며 암암리에 도시이에에게 조언을 구했다.

도시이에는 히데요시의 마음이 훤히 들여다보였다. 그랬기에 나리마사를 돕는 데 자신도 힘을 쓰겠다고 약속하고 노부오를 돌려보냈다. 그 때문인지 이튿날 노부오의 진소로 이시다 사키치石田佐吉가 와서 이렇게 전하고 돌아갔다.

"경께서 그렇게 마음을 쓰시고, 또 마에다 나리께서 오랜 적이었던 묵은 원한도 잊으신 채 구라노스케 나리마사를 살려주자고 이른 아침부터 지쿠젠 나리께 간곡히 청하자 마에다 나리의 얼굴을 봐서 목숨만은 살려주시겠다고 하셨습니다. 후에 나리마사 나리를 영으로 데리고 오시기 바랍니다."

노부오는 그제야 마음이 놓였다. 그때 삿사 헤이자와 요자에몬은 옆방에 몸을 숨긴 채 사키치의 말을 듣고 있었다. 노부오가 두 사람을 향해 말했다.

"들은 대로일세. 바로 나리마사에게 고해 이리로 오라고 하게."

하지만 노부오는 이번 조명助命의 성공이 어쩐지 자신의 힘이 아닌 도시이에의 청에 의해 이루어진 것 같아 흥이 나지 않았다.

마침내 기슭의 사원에서 나리마사가 홀로 올라왔다. 그는 머리를 깎고 승복을 걸치고 있었다. 수년 동안 호쿠리쿠의 산야를 떨게 만들었던 맹호도, 지금은 손목에 걸친 한 줄기 염주로 다스려지고 있었다.

삿사 나리마사는 앞서 시바타 가쓰이에와 손을 잡고 히데요시에게 반항한 적도 있었다. 그때도 시바타가 멸망한 뒤 항복을 해왔다. 그러니 이번이 두 번째 항복이었다. 그는 그 거친 반골 정신을 민머리와 승복에 감싼 채 멋쩍은 듯 노부오를 따라 히데요시 앞으로 다가갔다.

히데요시는 웃는 얼굴로 그런 그를 맞아들였다. 그러자 나리마사가 문득 얼굴을 붉히며 무엇인가 하려던 말도 하지 못하고 말없이 머리를 조아렸다.

"이 나리마사는 할복하라는 명령을 받아도 마땅한데 관대한 처분을 받았기에 감읍하고 있습니다. 지난 일은 모두 잊으시고 앞으로도 잘 돌봐주시기 바랍니다."

노부오가 옆에서 중재자의 역할을 충실히 하고 있었다. 그러자 히데요시가 여전히 웃음을 그치지 않고 말했다.

"하하하, 아닙니다. 언제까지 지난 일을 마음에 품고 있겠습니까. 지쿠젠이 웃은 것은 삿사의 머리가 너무나도 우습기 때문입니다. 오늘 처음으로 삿사의 머리가 울퉁불퉁하다는 사실을 알았습니다. 너무 기분 나쁘게 생각하지 말게, 삿사. 얼굴을 들게, 얼굴을."

그리고 허리에서 자신의 단도를 풀어 앞으로 내밀며 말했다.

"삿사, 항복한 상으로 이것을 주겠네."

당황한 나리마사가 어쩔 줄 몰라 하다 무릎을 꿇은 채 다가가 두 손으로 받아들었다. 그리고 바로 물러나려 하자 히데요시가 그를 불러 세웠다.

"잠깐 기다리게. 아무리 삭발을 하고 승복 하나만 걸친 가벼운 몸이 되었다고는 하나 녹봉이 없으면 먹고살 수 없겠지. 서로 헤어지기 어려운 처자와 권속들도 있을 테니……. 그래, 서기, 붓을 가져오게."

히데요시는 직접 종이에 증서를 써주었다. 이후에도 도야마 성을 포함한 신카와新川 군을 나리마사의 녹으로 주겠다는 인가서였다.

"화, 황공하옵니다."

나리마사는 입술을 떨며 간신히 그렇게 말했을 뿐이었다.

"조만간 오사카에도 오게."

히데요시는 마치 옛 친구처럼 그를 대했으며 더 이상 그가 부끄러워하는 모습을 보고 싶어 하지 않았다.

"그렇게 하겠습니다."

나리마사는 인사를 하고 물러났다.

훗날 나리마사는 히데요시의 이야기 상대로 오사카에서 살게 되었다. 만약 노부나가의 경우였다면 이와 같은 관용을 베풀 리 없으니 그의 목은 두 개라도 모자랐을 것이다.

"무시무시한 사람이다."

나리마사는 새삼스럽게 히데요시의 참모습을 본 듯 진소에서 물러나 마에다의 막사 앞을 맥없이 지났다. 그때 마에다 도시나가와 그 하타모토들이 완전히 변해버린 그의 모습을 놀란 눈으로 바라보았다. 하타모토 중 한 사람이 말했다.

"웃음을 참는 것은 몸에 독이 됩니다. 모두 웃으십시오. 웃으세요."

그것을 계기로 진중의 모든 사람들이 일제히 웃음을 터뜨렸다.

나리마사는 새빨개진 얼굴로 발걸음을 서둘렀다.

웃는다는 건 당시의 가장 커다란 사회적 제재였다. 웃음거리가 되었다는 건 때로는 죽음 이상의 치명적 모욕을 의미했다. 단지 무문뿐만 아니라 서민들의 차용증서에도 '만약 갚기를 게을리한다면 웃음거리가 되겠소'라는 문구가 있었다. 목숨을 거는 것 이상으로 사람들에게

웃음거리가 되는 것은 괴로운 일이었다. 그렇게 나리마사는 웃음거리
가 되고 말았다.

하룻저녁의 만남

　나리마사가 항복한 직후, 히데요시는 고후쿠 산에서 떠나 진즈 강을 건너 도야마 성으로 들어갔다.

　그에 앞서 이웃 나라의 우에스기 가게카쓰는 니가타新潟 성을 공격하기 위해 간바라蒲原 군으로 출격 중이었다. 하지만 '히데요시가 오사카를 떠나 북상 중이다'라는 정보를 듣고 만일의 변을 고려해 급히 병사를 돌리고 에치고의 이토이가와糸魚川 성으로 들어갔다. 그러고는 팔천여 기로 국경을 지켰다.

　'삿사의 배후를 치는 것도 아니고, 또 삿사를 뒤에서 돕는 것도 아니다. 히데요시에게 맞서려는 것도 아니고, 또 히데요시에 가담하려는 것도 아니다. 우에스기는 우에스기다.'

　우에스기는 미묘한 입장을 취하고 엄하게 권위를 지켰으며 함부로 움직이지 않았다. 그렇다고 해서 히데요시로 하여금 의심을 품게 할 만한 행동도 하지 않았다. 더군다나 히데요시가 에치젠에 도착하자마자 우에스기 가의 사신이 찾아와 '이번 일의 성공을 빕니다'라는 뜻이 담긴 가게카쓰의 서신과 선물을 전하며 적의가 없음을 내보였다. 그렇게 아첨을 하는 것도 아니고, 아군에 가담하는 것도 아닌 입장을 고수하겠다는 것이 우에스기 가 특유의 방침인 듯했다.

'이처럼 속내가 들여다보이는 짓을 하다니, 그는 대체 어떤 자란 말인가?'

히데요시는 마음속으로 의아하게 생각했다. 이번만이 아니라 이 년 전 기타노쇼가 함락될 때도 그랬으며, 고마키 전투 때도 마찬가지였다. 아울러 그의 눈은 에치고 지방의 북쪽 끝자락에 자리한 우에스기 집안의 충실한 실력에도 섣부른 견해는 보이지 않았다.

'어쨌든 가게카스의 마음을 사로잡아 우에스기의 실력을 포용해두어야 한다. 나에게 기울지 않는다면 훗날 반드시 이에야스에게 기울 것이다. 만약 이에야스의 배후에 우에스기 가가 가지고 있는 지리적 이점과 중후한 무사 정신이 더해진다면?'

히데요시는 일찍부터 그렇게 생각하며 우에스기 가와 손을 맞잡을 기회를 엿보고 있었을 것이다. 도야마 성으로 들어간 이튿날, 그의 모습이 홀연 그곳에서 사라졌다. 가벼운 차림으로 장병 스무 명 정도만 데리고 군郡 안을 한 바퀴 돌아보겠다며 성 밖으로 나선 것은 알지만 그의 행선지를 아는 사람은 아무도 없었다. 아니, 도시이에나 심복들 중 일부는 당연히 알고 있었을 테지만 모르는 척하고 있었던 것이리라.

히데요시는 가벼운 차림으로 말을 나란히 하고 달려가는 스무 명 사이에 있었다. 일행은 험한 오야시라즈親不知를 넘어 에치고로 들어가 오치미즈越水의 역참까지 내달렸다. 그곳은 이토이가와에서 그리 멀지 않은 곳이었다.

일행 중 기무라 히데토시木村秀俊는 사자가 되어 이토이가와로 향했다. 그는 성 아래 마을에서 우에스기 가의 병사에게 의심을 받았으나 병사의 안내로 성문까지 가서 자신이 온 이유를 밝혔다.

"저희 주인이신 하시바 지쿠젠노카미 님께서 이 성에 가스가야마春日山의 태수이신 가게카쓰 님이 계신다는 말을 듣고 천재일우의 호기인 만큼 꼭 하룻저녁 뵙고 싶다며 도야마의 진중에서 잠시 짬을 내어 오셨습니다. 가게카쓰 님께서 오치미즈까지 오셔도 좋고, 또 저희 주인께서 이곳으로 오셔도 좋다고 말씀하셨습니다. 가게카쓰 님의 뜻은 어떠한지 여쭈러 왔습니다."

히데토시는 성문의 부장을 통해 성안으로 말을 넣었다. 그 말을 들은 우에스기 가의 가신들은 하나같이 눈을 동그랗게 뜨고 의심할 만큼 놀라고 말았다.

"설마 거짓일 리는 없을 텐데."

그들은 당대를 호령하고 있는 오사카 성의 히데요시가 아무런 예고도 없이 홀연 에치고의 성 아래까지 왔다는 이야기를 도저히 믿을 수 없는 모양이었다.

"자, 우선은 서원으로 드십시오."

기무라 히데토시는 의심을 받으면서도 성안의 한 방으로 안내되었다. 얼마 지나지 않아 스물예닐곱 살쯤으로 보이는 젊은 무사가 평복 차림으로 와서 정중하게 인사를 건넸다.

"저는 가게카쓰의 신하인 나오에直江라고 합니다."

히데토시는 속으로 가게카쓰가 창황히 나올 것이라 생각했는데, 뜻밖에도 평복 차림의 젊은 무사가 혼자 와서 인사를 건네자 평정심을 잃고 말았다.

"죄송하지만 주인 히데요시 님께서 오치미즈에서 기다리고 계시기에 형편만을 여쭙고 바로 돌아갈 생각입니다. 인사는 생략해주셨으면 합니다."

그러자 젊은 무사가 생긋 웃으며 말했다.

"알겠습니다. 제가 바로 모시러 가서 이곳으로 안내하도록 하겠습니다. 주군 가게카쓰도 뜻밖의 일이라며 매우 기뻐하고 계십니다."

북국 사람 특유의 성격 때문인지, 입으로는 매우 기쁘다고 했으나 성안도, 이 젊은이의 모습도 참으로 조용하기만 했다. 무엇보다 히데요시를 맞아들이는 데 이 청년 한 사람만을 보냈다는 사실이 히데토시는 마음에 들지 않았다. 하지만 그런 일까지 지적할 수는 없었으며 그 젊은 무사가 곧 말을 타고 나왔기에 두 사람은 그대로 성문을 나서야 했다.

"그럼 함께……."

"잠시만 기다려주십시오."

젊은 무사가 문밖에서 말을 멈추더니 부장을 두어 명 불러 작은 목소리로 속삭이고는 다시 히데토시와 함께 달리기 시작했다.

히데요시 일행은 오치미즈 가도에 면한 호농의 집에서 휴식을 취하며 된장절임과 차를 마시고 있었다. 히데토시가 말에서 내려 보고를 했다.

"그럼, 바로 가기로 하세."

히데요시의 목소리였다. 히데요시는 누가 마중을 나왔든, 상대의 모습이 어떻든 상관하지 않았다. 마중을 나온 우에스기 가의 젊은 무사는 조금 멀리 떨어져서 인사를 한 뒤 앞장섰다. 길을 가는 중에 히데요시는 젊은 무사의 뒷모습을 보며 중얼거렸다.

"참으로 대장부답구나."

히데요시의 말에 모든 사람이 '에치고에는 미녀가 많다는 소리를 들었는데 미남도 있구나' 하며 넋을 잃고 바라보았다. 미남이라고는 하지만 갯버들처럼 유약한 모습이 아니라 사지가 길쭉길쭉하고 눈썹이 짙고 뺨이 보리와 같은 색이고 입술이 붉어 참으로 건강해 보이는 미장부, 대장부의 풍모였다.

"히데토시, 우에스기 가의 저 사람은 이름이 무엇인가?"

히데요시가 물었으나 히데토시는 잘 생각이 나지 않았기에 이렇게 대답했다.

"그게…… 아직 이름도 제대로 듣지 못했습니다. 우에스기 가도 좀 소홀한 듯합니다. 바로 안내를 하겠다며 저런 젊은이만 한 사람 보내다니."

잠시 뒤 이토이가와의 마을 입구가 보이기 시작했다. 그곳에 놀라울 정도로 질서 정연한 군대가 영빈의 예를 취한 채 기다리고 있었다. 거리에는 먼지 하나 보이지 않았다.

우에스기 가게카쓰는 그곳까지 마중을 나와 있었다. 나가오 곤시로長尾權四郎, 혼조 에치젠本庄越前, 후지타 노부요시藤田信吉, 야스다 노리야스安田順易 등 가신 열두 명을 이끌고 길가에서 히데요시를 기다리고 있었다. 우에스기 가의 정중한 태도에 조금 전에 젊은이만 한 사람 내보냈다며 불만을 토로했던 기무라 히데토시는 눈을 둥그렇게 뜨고 부끄러워했다.

가게카쓰는 히데요시를 알아보고 빠른 걸음으로 다가와 히데요시가 탄 말의 부리망을 쥐었다.

"아아, 먼 길 잘 오셨습니다. 가게카쓰입니다. 인사는 나중에 드리기로 하고 우선은 시골의 누추한 성입니다만 안으로 들어가시지요."

"오오, 가스가야마 나리시오?"

히데요시는 서둘러 안장에서 내리려 했으나 가게카쓰가 미소를 짓는 얼굴로 머리를 흔들며 말했다.

"아니, 그대로 타고 계십시오."

그리고 말의 부리망을 쥔 채 이토이가와 거리를 지나 성문 안으로 맞아들였다.

히데요시가 형식에 구애받지 않고 갑작스럽게 방문한 것처럼 가게카쓰 또한 허식이 없는 진솔한 모습으로 히데요시를 맞아들였다. 하지만 성안의 방들은 손님을 맞기 위해 깨끗이 청소되어 있었으며, 정원에는 물이 뿌려져 있었고, 땅거미가 지자 등롱에 불이 들어왔으며, 무기와 방어 설비는 모두 숨겨져 있었다.

"시골의 음식이라 참으로 보잘것없습니다만."

가게카쓰는 그렇게 말했지만 상 위에는 동해 연안의 진미인 신선한 어패류와 산야의 채소가 우아하게 조리되어 있었다.

"이번 출마는 험한 호쿠리쿠 산맥을 넘어야 하는 길로, 진중의 어려움도 많았을 터인데 피곤한 모습도 없으십니다."

가게카쓰가 가볍게 히데요시의 건강을 칭찬하자 히데요시가 웃으며 말했다.

"북벌이라고 하면 대단한 듯하지만, 반은 북국 유람을 겸해서 온 것이오. 여기에도 갑자기 찾아와서 지쿠젠의 마음에 뭔가 의도가 있는 게 아닐까 생각하실지 모르겠으나 그냥 한번 얼굴을 뵙고 싶었던 것뿐이었소. 오래전부터 언젠가 한번은 뵙고 싶다고 생각하고 있었기에."

"고마키 전투 이후, 기슈, 시코쿠를 연달아 공략하신 일, 이 가게카쓰도 멀리서나마 그 솜씨를 보고 놀라지 않을 수 없었습니다."

"그때마다 은근히 보내주신 원조에는 이 지쿠젠도 깊이 감사하고 있소. 참, 그렇지. 여기에 온 첫 번째 이유가 바로 그에 대한 인사를 올리는 것이었는데. 하하하하."

"아닙니다. 가게카쓰는 가게카쓰에 어울리는 기량밖에 가지고 있지 않다는 사실을 알고 있기에 그저 선친이신 겐신의 유언을 지키고 있을 뿐입니다. 그런데 오래도록 바로 이웃 나라에 호랑이가 혈거穴居하고 있었기 때문에 때때로 원하지 않는 싸움을 해왔습니다만……."

"그 호랑이가 이번에는 거친 호랑이의 야망도 이룰 수 없다는 사실을 깊이 깨달았는지 얌전하게 머리를 깎고 사과를 하러 왔소. 이제 나리와의 국경에서도 시끄러운 일은 벌이지 않을 것이오."

"참으로 축하할 일입니다. 그것만으로도 제가 감사의 말씀을 드려야 하지요."

"그런데 오늘 지쿠젠을 데리러 오치미즈까지 왔던 젊은이는?"

히데요시가 잔을 들어 가게카쓰에게 소개를 청했다.

"나오에 야마시로노카미 가네쓰구直江山城守兼統 말씀이십니까? 야마시로, 잔을 내리시겠단다. 인사를 올려라."

가게카쓰는 남 앞에 세우기에 부끄러울 것 없는 가신이라는 듯 끝자리를 바라보며 말했다.

"야마시로라고 하느냐?"

"기억해주시기 바랍니다."

"오늘은 고생 많았다."

"술잔, 감사합니다."

나오에 야마시로는 잔을 히데요시 앞으로 돌려주고 원래의 자리로 물러났다. 히데요시는 이 미장부의 행동을 시종 지켜보고 있었다. 그는 호쿠리쿠로 와서 수많은 사람을 보았다. 그중에서 이 나오에 야마시로만큼 인상에 남은 사람은 흔하지 않았다. 그리고 오늘 가게카쓰가 직접 말의 부리망을 쥐고 맞아준 것도 히데요시에게는 기쁜 일 중 하나였다.

'에치고에는 아직도 겐신의 기풍이 남아 있구나. 잘 사귀어 모독하지 않아야겠다.'

히데요시는 남몰래 그렇게 생각했다. 그리고 잡담을 나누다 가게카쓰에게 물었다.

"겐신 공의 후계자인 가스가야마의 주인께서 말의 부리망을 쥐어 안내한 자는 아마도 이 지쿠젠 한 사람뿐일 듯한데 도중의 백성들이 그것을 보고 그대를 가벼이 여기지는 않을지?"

그러자 가게카쓰가 웃으며 대답했다.

"아닙니다. 가게카쓰를 가볍게 볼 염려는 전혀 하지 않아도 됩니다. 백성들도 소문으로만 듣던 하시바 지쿠젠 나리를 직접 보고 더욱 중히 여겼을 것입니다."

식사 뒤, 히데요시와 가게카쓰는 서로의 가신들을 물리고 저녁부터 초경 무렵까지 회담을 나누었다. 자리를 지킨 사람은 히데요시의 신하인 이시다 미쓰나리石田三成와 우에스기 쪽의 나오에 야마시로 두 사람뿐이었다.

훗날 사가들은 이 하룻저녁의 일을 두고 '오치미즈의 회맹'이라 부르며, 이후 세키가하라 전투에 이르기까지 계속된 도요토미 가와 우에스기 가의 금석의 맹약은 그때 양자 사이에 맺어진 것이라 여기고 있다. 아니, 그날 밤을 계기로 또 다른 한 쌍이 젊은 맹우의 약속을 맺었다.

이시다 미쓰나리와 나오에 야마시로는 그곳에서 처음으로 서로를 알게 되었다. 무사는 무사를 알아보는 법이다. 두 사람은 주인 곁에 있는 동안 함께 이야기를 나누는 상대로 만족했다. 그리고 서로의 마음을 허락하는 미소를 지으며 야마시로는 미쓰나리를 보았고, 미쓰나리는 야마시로를 보았다.

두 사람 모두 물러나 잠시 휴식을 해도 좋다는 허락이 떨어지자 미쓰나리와 야마시로는 함께 정원으로 나갔다.

8월 초가을, 하늘에는 커다란 달이 떠 있었다.

"실례입니다만, 야마시로 나리께서는 몇 살이십니까?"

"올해로 스물여섯입니다. 그런데 귀공께서는?"

"이거 참 우연입니다. 저도 올해로 스물여섯 살이 되었습니다."

"아아, 동갑이었군요."

"서로 아직 젊습니다."

"그렇습니다. 시세도 젊습니다."

"자중하기로 합시다."

"뜻밖에도 벗 하나를 얻은 기분입니다."

"저 역시……."

정원 구석에 다문천왕多聞天王을 모신 당이 있었다. 두 사람은 달빛이 새어드는 툇마루에 앉아 천하의 인물을 논했으며, 시운을 이야기하고, 또 이러한 때에 젊은 생명을 받은 몸을 서로 축복하느라 밤이 깊어가는 줄도 모르고 있었다.

나오에 야마시로는 원래 우에스기 가의 부엌에서 숯과 장작을 담당했던 하급 가신의 아들이었다. 하지만 겐신 곁에서 시동으로 일하면서 그 재능을 인정받았다. 그러던 때, 우에스기 일족 가운데서 명문가 중 하나인 나오에 야마토노카미直江大和守의 대가 끊길 것 같았기에 겐신이 양자로 추천했다.

"요로쿠与六(야마시로노카미의 아명)를 들여 뒤를 잇게 하면 틀림없을 것이오."

겐신의 지명으로 요로쿠는 일개 하급 가신의 아들에서 단번에 우에스기 가의 노신인 나오에 야마토노카미의 후계자가 되었다. 그 뒤로 수차례 전장과 내정에 참여해 겐신의 밝은 헤아림을 부끄럽게 하지 않았다. 그리고 지금은 백면 스물여섯 살의 청년으로 이미 우에스기 가에서 기량이 가장 뛰어난 존재로 인정받고 있었다.

이시다 미쓰나리 역시 비천한 낭인의 아들이었다. 미쓰나리는 사키치라 불리던 어린 시절 고슈의 한 절에서 동자승으로 길러졌는데, 마침 히데요시가 휴식을 위해 들렀을 때 차를 나르는 모습을 보고 절에서 데려와 나가하마 성의 시동으로 키운 것이 오늘의 그를 있게 한 시초였다.

두 사람은 나이도 같았고 성장 과정도 비슷했다. 특히 미쓰나리는 오로지 무사도만 아는 게 아니라 정치적인 두뇌도 가지고 있었으며, 야마시로노카미는 약관의 나이에 이미 전진에서 무사로서 이름을 날리고 있었으나 그 본질은 어디까지나 경세적인 포부에 있었으니, 그러한 점에서도 닮은 점이 많았다.

두 사람은 다문천왕의 당 위에 뜬 달 아래서 끝없이 이야기를 나누어도 싫증이 나지 않았다. 서로 마음을 터놓고 사귄다는 말은 그야말로 이 젊은 두 사람의 경우를 두고 하는 말인 듯싶었다.

"평생에 좋은 벗을 만나는 것도 쉬운 일이 아니라고 합니다만 저희 두 사람은 좋은 주인을 만났습니다. 좋은 주인을 모시고 있습니다. 이러한 기쁨은 하루하루 보람을 가져다줍니다."

"좋은 주인을 모신다는 건 좋은 사명을 가지고 있다는 말이기도 합니다. 하지만 미쓰나리 님, 모시고 있는 주인에는 부족함이 없으나 서로가 몸을 둔 곳에는 지리적 차이가 있습니다. 나리는 중앙의 땅에서 일하고 있으나, 저는 북국의 변방을 나설 일조차 없습니다. 제 욕심을 말씀드리자면 그것만이 부러울 따름입니다."

"아닙니다, 야마시로 나리. 그렇게 단정적으로 생각할 필요는 없을 듯합니다. 우리의 훌륭한 주인께서 건재하실 동안에는 각국의 전란과 사투私鬪도 종식되어 태평스러운 날들이 지속될 테지만, 우리가 오십, 육십이 될 무렵에도 과연 세상이 계속 통일되어 있을지."

"그야 알 수 없지요. 누구도 알지 못할 것입니다."

"그렇겠지요. 우리는 사투도, 전란도 없는 가운데서 평화로운 생활을 희망하고 있으나 세월의 움직임이 사람의 바람과 반드시 일치하는 것은 아니니까요. 역사가 되풀이되는 과거를 살펴보면 군웅할거의 소국과 소국이 싸워 대국이 되고, 대국과 대국이 싸워 중국의 육국이나 삼국처럼 대립하는 세상이 되고, 결국에는 두 강국 아래 두 개의 천하가 됩니다."

"두 개의…… 그렇군요."

"그리고 그 두 개의 천하 역시 결국에는 하나가 되지 않으면 평화로워지지 않습니다. 숙명적인 운명을 걸고 있습니다. 어리석습니다. 하지만 그 어리석음이 인간의 역사입니다."

"어째서 두 개의 분권으로는 지상의 인간이 평화로울 수 없는 걸까요. 생각해보면 귀공의 주군이신 히데요시 나리와 도카이의 영웅 이에야스 나리는 그야말로 두 개의 천하를 대표하는 분들입니다만."

"그렇습니다. 귀공께서 그렇게까지 말씀하셨으니 저도 숨김없이 제 마음을 말씀드리겠습니다."

미쓰나리는 야마시로노카미의 시원스러운 눈동자를 바라보며 평소 사람들에게 거의 드러내지 않던 정열을 얼굴에 담아 말했다.

"지금을 두 개의 천하라고 생각한다면 말씀하신 대로 누구나 서쪽의 하시바 나리, 동쪽의 도쿠가와 나리를 떠올릴 것입니다. 만약 그 두 사람이 진정 마음을 하나로 합쳐 오로지 지상 만민의 이해만을 생각하신다면 말할 필요도 없이 세상은 태평할 것이나, 안타깝게도 그 반대라고 생각할 수밖에 없습니다."

"그건 어째서입니까?"

"미쓰나리의 작은 지혜로 말씀드리는 것이 아닙니다. 앞서 말씀드린 것처럼 역사가 그렇게 말하고 있습니다. 인간의 어리석은 되풀이를."

“그것은 알고 있습니다만, 몇천 년 동안의 어리석은 전례를 역사 속에서 보고 있으면서 어째서 또 두 개의 천하가 뻔한 어리석음의 전철을 밟으려는 것인지 저는 이해할 수가 없습니다.”

“저도 참으로 이해할 수가 없습니다. 하지만 두 개의 분권은 틀림없이 두 개인 채로 끝나지 않을 것입니다. 공명의 천하삼분지계도 뜻대로는 되지 않았습니다. 둘로 갈린 천하는 더욱 치열한 대립 양상을 보일 것입니다. 두 사람의 일거일동一擧一動이 모두 그 상대를 향하고 있기 때문입니다. 더욱 커다란 이유는 양자의 의심과 그에 편승한 책모가, 야망가, 불평가 등의 선동이 있기 때문입니다. 아니, 인간이 원래 갖고 있는 지칠 줄 모르는 욕망 자체라고 종교가들은 말할 것입니다. 어차피 우주의 운행과 천수의 약속처럼 다시 역사를 되풀이하게 되는 것 아닐까 싶습니다.”

“그렇다면 두 개의 천하가 하나가 될 것이라 보고 계십니까? 하시바 나리나, 도쿠가와 나리의.”

“그렇게 될 것입니다. 저만의 견해입니다만.”

“하나가 되면 천하는 태평해지고, 서민은 오래도록 안온하게 살아갈 수 있을까요?”

“그렇게 될 것입니다. 하지만 또다시 한계가 찾아오게 됩니다. 두 영웅이 함께 살아갈 수 없는 법이지만, 적이 없는 나라 또한 멸망하는 법이라는 말이 있습니다. 완전한 하나도, 세태를 놓고 생각해보면 불완전한 것일지 모릅니다. 하나의 세상에서는 난숙이 빠르고, 부패에 빠지기 쉽고, 인간의 투쟁 본능이 내홍을 만들어내고, 예측하지 못했던 불만이 또 일어날 것입니다. 그리고 결국에는 다시 자궤를 일으키고, 또다시 분열 작용을 빚어낼 것입니다. 혁명이란 끝을 의미하는 것이 아니라 앞선 혁명을 이야기하고, 다음에 올 혁명을 약속하는 것입니다. 중국 대륙의 긴 역사, 우리 일본의 근세를 돌아봐도 그렇게 생각되지 않습니까?"

"네, 그렇게 생각해보니 제가 태어났을 무렵부터 지금까지도."

"지금부터 삼십 년, 오십 년 앞은 어떻게 변할지 알 수 없는 일입니다. 그러니 귀공께서도 북국의 변방에서 태어났다고 그리 한탄할 필요는 없을 듯합니다. 나는 평생 북쪽 변방에서 움직이지 못할 것이라 생각해도, 천하가 움직이는 시운은 의외로 빠른 법입니다."

"그렇다면 무슨 일이 있어도 장수를 해야겠습니다."

"목숨을 사랑하지 않는 무인은 이야기할 가치조차 없습니다."

미쓰나리가 단호히 말하고 다시 말을 이었다.

"그 때문에 저는 오사카 성안에서도 가장 겁쟁이라고, 같은 시동 출신 무사들로부터 늘 따돌림을 당하고 있습니다."

"하하하, 참으로 귀한 말씀을 들었습니다. 이 나오에 야마시로도 무사로서의 기운이 조금은 지나친 것 아닌지 모르겠습니다."

두 사람이 손뼉을 치며 웃고 있을 때였다.

"출발하십니다, 하시바 나리의 가신 여러분 주인 어르신이 출발하십니다!"

우에스기 가의 가신이 달려와 미쓰나리에게 알려주었다.

히데요시의 수행원들조차 당연히 하룻밤 묵고 갈 것이라고 생각했으나 이경 무렵 히데요시는 갑자기 우에스기 가게카쓰에게 이별을 고했다.

"이제 그만 돌아가겠소."

그리고 바로 성문으로 말을 끌어오게 했다.

미쓰나리는 주인이 출발하기 전에 간신히 그곳으로 갈 수 있었다.

가게카쓰 이하 야마시로와 우에스기 가의 사람들이 성문에 횃불을 밝히고 히데요시 일행을 배웅했다.

"안녕히 계시오."

"조심해서 가십시오."

그렇게 해서 두 사람의 회맹은 하룻저녁 만에 끝나고 말았다.

히데요시는 이 회견에서 우에스기 가와의 제휴를 굳건히 해서 호쿠리쿠의 장래에 든든한 기반을 만들어놓았다. 아니, 결국 이 행동 역시 도쿠가와를 견제하기 위해 '선수'를 둔 것이라 해도 좋을 것이다.

9월 1일, 히데요시는 도야마를 떠나 가나자와까지 물러났으며, 오야마 성에서 십여 일을 머물렀다. 원정에 나선 장병을 위로하기 위해 오야마 성에서는 다도회와 노가쿠가 개최되었으며 히데요시 역시 한껏 즐겼다.

"북국의 사민들도 이제는 업을 즐길 수 있게 되겠지. 그대들의 활약이야말로 커다란 공이라 하지 않을 수 없네. 마타자에몬 도시이에를 커다란 기둥으로 삼아 이후에도 안태를 지키도록 하게."

히데요시는 무라이 마타베村井又兵衛, 후와 히코조, 나카가와 세이로쿠中川淸六, 조 구로사에몬長九郎左衛門, 마에다 도시히사前田利久, 마에다 야스카쓰, 히데쓰구 등에게 그렇게 말하고 황금, 의복, 칼 등을 상으로 나누어주었다. 특히 오쿠무라 스케에몬 부부를 불러 직접 차를 타주며 그 충성을 치하하고 도시이에에게 이렇게 말했다.

"다급한 때에 이 정도의 인물을 데리고 있으니, 다른 것은 몰라도 우선 사람들에게 자랑해도 주눅이 들지는 않을 듯하네."

오쿠무라 부부는 명예를 얻어 돌아갔다.

마침내 오사카로 떠나기 전날, 히데요시는 마타자에몬을 불러 친근하게 말했다.

"노토는 자네의 힘으로 복속시킨 영토이니 내가 따로 진상할 이유는 없을 듯하네. 뜻에 따라 영지로 삼도록 하게. 삿사의 옛추 삼 개 군도 잘 다스리게나. 그리고 관위서작 등도 생각하고 있으나, 우선은 나의 하시바라는 성을 자네에게 줄 테니 이 히데요시가 자네의 신의에 얼마나 감사하고 있는지를 잘 헤아려주기 바라네."

히데요시가 도시이에에게 최고의 기쁨과 은우恩遇로 보답하자 도시이에는 감격할 수밖에 없었다. 이십 대라는 젊은 시절부터 쉰 살에 가까운 오늘까지 배반이 난무한 세상에서 사귀며 단 한 번도 배신하거나 배신당하지 않고 일관되게 교우를 이어왔다는 사실만으로도 참으로 보기 드문 사이라 할 수 있을 것이다.

두 사람은 그처럼 굳은 교우의 양심 위에 쌓은 성과의 기쁨을 함께 나눌 날을 맞이하게 되었다. 인생의 지극한 즐거움, 남자의 뜻에 부합하는 일, 이보다 더한 것은 없으리라.

그 당시 마에다 가는 북국의 강력한 호족으로 수 세기에 걸친 치민과 번영을 약속받았다. 하지만 마타자에몬 도시이에는 히데요시와의 교정交情과 은우 때문에 중원으로 나가 천하를 다투겠다는 생각은 포기할 수밖에 없었다.

그렇다면 그 역시 히데요시의 수중에 있던 물건 중 하나라고 볼 수도 있을 테지만, 긴 역사를 놓고 보면 도요토미 가가 멸망한 뒤에도 마에다 가는 오래도록 북국을 지배했다. 흥망의 변화 가운데 과연 무엇이 행복이고 무엇이 불행인지는 알 수 없는 일이다.

관백

　히데요시는 봄부터 가을까지 글자 그대로 남선북마南船北馬의 정벌을 마치고 9월에 오사카 성으로 돌아왔다. 그는 오랜만에 내치외정을 살피고, 틈틈이 히데요시다운 평범한 생활을 누렸다. 그리고 때로는 반생 동안 올라온 언덕길을 돌아보고 ‘여기까지 잘도 올라왔구나’라고 느끼며 깊은 생각에 빠지기도 했다.

　내년이면 그도 오십 세가 되었다. 오십이라는 나이는 인생행로에서 과거를 반성하고 앞으로 가야 할 길을 생각하게 하는 시기다. 그러니 인간인 이상, 아니 남보다 한층 더 범부의 번뇌에 예민했으니, 당연히 밤이면 ‘마흔아홉도 이제 몇 달 남지 않았구나’ 하며 남몰래 과거, 현재, 그리고 미래로 생각을 거듭했을 것임에 틀림없다.

　인생의 긴 행로를 등반에 비유하면 그는 지금, 목표인 산 정상의 칠팔 부까지 오른 상태였다. 등산의 목표는 당연히 산의 정상이다. 하지만 인생의 재미, 삶의 즐거움은 산 정상이 아니라 산 중턱의 역경에 있다고 해도 좋을 것이다. 골짜기가 있고, 절벽이 있고, 계곡물이 있고, 벼랑이 있고, 눈사태가 있는 험한 길에 부딪쳐, 한편으로는 ‘이젠 틀린 걸까?’라고 생각하고 ‘차라리 죽는 편이 낫겠다’고까지 생각하면서도

‘아니, 그렇지 않아’ 하며 당면한 어려움과 싸워 이기고 극복한 뒤 멋지게 뒤를 돌아봤을 때, ‘나는 살아 있다. 용케도 살아 있다’는 생명의 기쁨이 인생의 길 가운데 놓여 있는 것이다.

만약 사람의 일생이 복잡한 방황과 다난한 싸움도 없이 그저 탄탄한 평지를 걷는 것 같다면, 얼마나 지루하고 얼마나 싫증이 나겠는가? 결국 인생이란 고난과 고투의 연속이며 인생의 쾌감은 오로지 그 하나하나의 파도를 극복한 순간에 주어지는 짧은 휴식에만 존재하는 것이라 해도 좋을 것이다. 따라서 고난을 두려워하지 않는 사람에게만 인생의 개가와 축연이 주어지며, 고난에 약하고 방황에 쉽게 지는 사람에게만 비극이 이어지는 법이다.

‘역경이야말로 인생의 재미다.’

그렇게 생각하고 과감하게 맞서는 인생의 투사 앞에 그 사람을 자살하게 할 만한 역경은 나타나지 않는다. 하지만 박약하고 번민하는 사람은 역경의 악마가 조그만 돌 하나만 던져도 커다란 상처를 입고 금세 낙오하고 만다.

그러한 점에서 히데요시는 역경 속에서 태어나 역경을 벗 삼아 성장한 사람이었다. 지금의 그가 선 자리에서 보면 욱일승천의 속도로 영달을 누리는 것처럼 보일지 모르겠으나 노부나가를 섬기기 시작한 뒤에도 역경이 없었던 적은 단 일 년도 없었다.

참으로 순조로웠던 때는 노부나가의 사후인 덴쇼 10년(1582년)부터 덴쇼 13년 가을까지로 겨우 이 년 반에 걸친 기간뿐이었다. 그 이 년 반 동안에 생애의 대부분을 구축했다. 게다가 그 일기가성一氣呵成의 대업 또한 파란만장했다.

결실의 계절이 히데요시에게 찾아온 것이었다. 지난여름, 히데요시는 커다란 수확을 거두었다. 관백이 되었으며 처음으로 도요토미라는 성을 쓰게 되었다. 히데요시가 관백이 된 것은 북국으로 출정하기 직전이었다. 호쿠리쿠로 떠나기 한 달 전에 이미 관백의 자리에 오르는 영광을 누렸으나 전진 중에는 격식에 구애받지 않고 예전처럼 일개 무장 하시바 지쿠젠으로 지냈던 것이다.

히데요시가 관백이 되고, 도요토미라는 성을 창시한 데에도 참으로 그다운 일화가 전해진다. 히데요시의 소망은 평범했다. 정이대장군征夷大將軍, 즉 쇼군將軍이라는 종전의 직위를 최고의 직으로 희망하고 있었던 듯하다. 하지만 쇼군이라는 직명은 요리토모賴朝 이후, 겐源 씨 계통의 사람에게만 내리는 것이 관례가 되었다. 히데요시는 노부나가의 가신으로 헤이平 씨를 칭하고 있었기에 그것을 쓸 수가 없었다. 이에 그는, 지금은 몰락한 전 쇼군 아시카가 요시아키足利義昭를 떠올렸다.

"요시아키 나리는 요즘 어디서 무엇을 하고 계시는가?"

수소문 끝에 망명에 망명을 거듭하며 시대의 흐름 밖으로 까맣게 잊힌 채 서쪽 나라인 모리 가에서 건강하게 기식하고 있으며 머리를 깎고 이름도 뉴도쇼잔人道昌山이라고 고쳤다는 사실을 알게 되었다.

"싫다고 하지는 않겠지. 그를 만나서 차분히 이야기해보아라."

히데요시는 곧 사자를 보냈다. 요지는 아시카가 가의 양자라는 명목을 얻는 것이었다. 이는 요시아키에게도 나쁠 게 없는 일이었다. 히데요시를 양자로 삼으면 자신의 생애는 망명 생활에서 해방되어 도읍 가운데서도 훌륭한 저택을 갖게 될 터였다. 하지만 요시아키의 대답은 뜻밖이었다.

"거절하겠다."

요시아키는 오랜만에 자신의 자부심에 만족하며 그렇게 대답했다. 그리고 히데요시의 사자를 돌려보낸 뒤, 모리 가의 사람들에게 그 심경을 매우 자랑스럽다는 듯 이야기했다.

"아무리 몰락했다고는 하나 아시카가 가가 여러 대에 걸쳐 맡아온 중직을 씨도, 성도 없는 비천한 자리에서 벼락출세한 자에게 팔 수는 없지 않겠는가. 이 쇼잔도 지금은 이 댁의 식객으로 지내고 있기는 하나 아직 조상님의 영예를 팔아 살아갈 정도로 타락하지는 않았네."

사람의 심리는 참으로 재미있다. 자신의 생활도 책임지지 못하면서 과거에 집착하여 공위공명空位空名으로, 가엾게도 옛 허영심의 자취를 만족시키고 있는 것이다. 하지만 히데요시 역시 그런 요시아키에게도 지지 않을 만큼 어리석음이 있었다. 아니, 인간 모두에게 있는 어리석음이라고 해도 좋을 것이다. 특히 의관, 관계의 존귀가 절대적으로 사람의 심리에 크게 작용했던 때였으니 히데요시는 단지 자신의 범정凡情을 만족시키기 위해서만이 아니라 천하의 인심을 거두기 위한 도구로도 반드시 필요했던 것이리라.

"하하하, 틀렸는가."

히데요시는 요시아키의 대답을 듣고 웃었다. 그 소심한 체면을 지키기 위해 요시아키가 지불한 오기가 얼마나 값비싼 것이었는지를 생각하면 웃지 않을 수 없었다. 하지만 그는 요시아키의 거절을 오히려 사랑스러운 소심자라며 가엾게 여겼으며, 그 뒤에도 모리 가에서 은거를 돕는다면 우선 커다란 재앙의 불씨가 될 염려는 없겠다고 안심했다.

"기쿠테이 나리께 은근슬쩍 의중을 여쭙는 것이 어떻겠습니까?"

누군가 히데요시에게 의견을 내놓았다. 히데요시의 좌우에 인재는 많았다. 유감스럽게도 누가 그런 지혜를 냈는지는 분명하지가 않다. 어쨌든 매우 현명한 사람이 있어서 두 사람의 회합을 획책한 것만은 틀림없는 사실이다.

기쿠테이 우다이진 하루스에菊亭右大臣晴季는 타고난 정치가였다. 조정의 형태는 있으나 거기에는 무력도, 재력도 없었다. 있는 것이라고는 정신적 존숭尊崇의 상징뿐이었다. 실질적인 힘도 재력도 없는 그 존엄함을 지키기 위해 수많은 벼슬아치가 의관을 바로 하고 위계훈직의 옛 제도만을 요란스럽게 평의하여 결정하고 있었다.

이처럼 숙명적으로 무능한 사람들 사이에서 조금이라도 시세에 관심을 갖고 야망을 품으려면 당연히 무문의 무武와 권勸과 재財와 결탁하지 않을 수 없었다. 그렇지 않으면 아무것도 할 수 없었다.

"기쿠테이 나리는 책사 아니신가."

기쿠테이가 그런 말을 듣는 것도 앞서 이야기한 바와 무관하지 않았다. 아침에 오나라의 장수를 보내고, 저녁에 월나라의 장수를 맞아들여 마치 유녀처럼 열심히 교태를 부려 가난한 조정 생활을 윤택하게 하고, 나약한 벼슬아치의 존재를 유지하며, 또 다케다武田, 우에스기, 오다, 아케치, 하시바 할 것 없이 교토로 들어오는 사람들을 임금에게 아뢰고, 그들 무문이 원하는 서작과 영직의 이름을 청허하여 무가의 선물과 황백黃白을 수입으로 삼는 것이 어쨌든 그들이 살아가는 길이었던 것이다.

그렇게 살아가는 사람은 기쿠테이 하루스에 한 사람만이 아니었다. 멀리 후지와라藤原 씨가 몰락하고 무문 독재의 시대가 된 이후부터 조정의 책사들은 모두 비슷한 삶을 살았다. 그러한 사람들 중에서도 기쿠테이 하루스에는 무문의 우두머리와 거래할 때조차 사람을 사뭇 깔보는 듯한 면이 있었으며, 헛되이 싼값으로는 팔지 않고 조정을 위해, 그리고 자신을 위해 충분한 이익을 거두면서도 위엄을 잃지 않는 뱃심이 두둑한 인재였다.

"뭐, 나보고 오사카로 한번 놀러오지 않겠느냐고? 물론 가도 상관은 없으나……."

하루스에는 히데요시의 사자에게 관심을 내비쳤다. '드디어 왔구나'

하고 벌써부터 짐작하고 있는 듯한 얼굴이었다.

그는 날을 약속하고, 공용의 명목을 만들어 오사카 성으로 갔다. 그리고 히데요시를 만났다.

형식에 따른 향응을 마친 뒤, 예의 다도회가 열렸다. 히데요시가 차를 끓였으며, 센노소에키千宗易와 또 한 명의 묘한 사내가 하루스에를 주객으로 대접했다.

당시 무인들 사이에서는 차가 크게 유행했으나 하루스에를 비롯해 공경 사이에서는 이와 같은 '유한幽閑'이네 '한적閑寂'이네 하는 것에 흥미를 갖고 있는 사람이 아무도 없었다. 극단적으로 빈궁한 생활에 새삼스럽게 '유한'이네, '한적'이네 하는 것을 받아들여야 할 만큼 일상이 호사스러운 것도 다망한 것도 아니었기 때문이다. 오히려 있는 그대로의 가난한 생활 자체가 지나치게 한적할 정도로 빈궁하고 결핍된 삶이었다.

더욱 중요한 원인으로는 무인들과 달라서 생활에 긴장이라는 것이 전혀 없었다. 아침에는 목숨이 붙어 있으나 저녁에는 어떻게 될지 모른다며 생명을 걱정할 필요도 없었다. 공경들에게는 그런 관념이 자연스럽게 풍모에도, 감각에도 드러나 있었으나 하루스에에게는 좀 더 세속적인 기운이 있었다.

소에키는 다도회가 끝난 뒤 모습을 감추었으나 다른 한 명의 묘한 사내만은 히데요시 곁에 머물며 주객의 이야기를 빙그레 웃는 얼굴로 듣고 있었다. 그 사내가 마음에 걸렸기에 하루스에가 끝내 속내를 털어놓지 못하자 히데요시가 눈치를 챘는지 웃으며 말했다.

"기쿠테이 나리, 이 사람은 사카이堺의 소로리そうり라는 자인데 독도 약도 되지 않는 사내입니다. 신경 쓰지 마시고 속내를 들려주시기 바랍니다."

히데요시는 앞서 속내를 털어놓은 상태였다. 그는 아시카가 요시아키에게 양자를 거절당했다는 사실도 숨기지 않고 말했다. 그러자 하루스에가 무릎을 앞으로 당겨 앉으며 말했다.

"그렇다면 기탄없이 말씀드리겠소. 쇼군 직은 단념하시는 것이 좋을 듯하오."

"가망이 없겠습니까?"

"있다 해도 하찮은 것 아니겠소."

"흠, 과연 그럴까요?"

히데요시가 콧잔등에 주름을 만들며 옆을 돌아보았다.

뒤에 앉아 있던 소로리가 히데요시와 눈이 마주치자 빙그레 웃었다. 최근 이 소로리라는 등이 구부정한 노인은 히데요시의 허리에 차는 돈주머니라고 불릴 만큼 언제나 히데요시 곁에 있었다. 하지만 히데요시의 기분에 따라 때로는 눈에 거슬리는 적도 있었는데 지금이 바로 그러했다.

"신자에몬."

"네."

"자네도 물러나 있게. 나중에 부를 테니."

"네, 네."

소로리는 말 잘 듣는 고양이처럼 다실에서 나갔다.

"묘한 노인이오만, 저 사람도 다인茶人인가 뭔가 하는 사람이오?"

기쿠테이는 구부정한 노인이 계속 신경이 쓰였는지, 그가 나가자 그제야 편안한 얼굴로 물었다.

"아닙니다. 사카이에서 칠기를 만드는 자로 스기모토 신자에몬杉本新左衛門이라는 익살스러운 사내입니다. 칼집을 잘 만들기에 사람들이 소로리 칼집이라고 불렀는데 언제부턴가 그것이 성처럼 되어 모두 소로리 신자에몬曾呂利新左衛門이라고 부르고 있습니다."

"칠기 장인을 곁에 두다니 귀공도 참 호사가십니다."

"그렇게 따지자면 쇼군이라는 칭호를 원하는 것이야말로 그것 이상의 호사가적 기질이라 할 수 있지 않겠습니까? 저 등이 구부정하고 이가 빠진 늙은이를 사카이에서 불러들여 이야기꾼 무리 속에 넣어둔 것과, 쇼군이 되고 싶어 하는 내 마음 모두 무엇에도 뒤지지 않는 어리석음이기는 합니다만……. 기쿠테이 나리, 우습지 않습니까? 이 히데요시는 무슨 일이 있어도 쇼군이 되고 싶습니다. 묘안이 없겠습니까, 뭔가 묘안이."

"그만두시기 바랍니다, 쇼군 따위는. 그보다는 귀공과 같은 분께서 어찌 그 이상의 직위를 바라지 않는 겐지."

"응? 쇼군 이상의 직위라니……. 흠, 쇼군 위에 더 높은 칭호가 있었단 말입니까?"

"관백입니다. 차라리 관백의 자리에 오르시는 것이 좋지 않겠습니까?"

"관백이라. 그렇군."

어린아이가 갖고 싶던 물건을 눈앞에서 본 것처럼 히데요시의 얼굴에 순간 의욕의 피가 붉게 번졌다.

"하지만 기쿠테이 나리……. 지금 그 관백 직은 자리가 차 있지 않습니까? 니조 간파쿠아키자네二條關白昭實라는 자가 현직에 있지 않습니까?"

"마침 잘되었소……."

하루스에가 짓궂은 미소를 보이며 한동안 히데요시를 생글생글 바라보았다. 지금 오사카 성의 주인이라면 공경백관은 물론 천하의 제후까지 모두 습복하지 않는 사람이 없었으나, 하루스에의 눈에는 마치 어린아이처럼 우습기만 했다. 자신의 손바닥 위에 올려놓은 것 같은 느낌이 들었다. 하루스에는 그러한 쾌감을 한동안 마음속으로 즐긴 뒤 입을 열었다.

"사실 그 관백의 자리는 니조 나리에게서 고노에 노부스케近衛信輔 나리에게로 벌써 넘겨졌어야 했습니다. 그런데 현직에 연연해서 사임할 기색이 전혀 보이지 않습니다. 그 때문에 얼마 전부터 고노에 파와 니조 파 사이에서 암투가 일고 있습니다만……. 참으로 좋은 기회 아니겠습니까? 어부지리를 얻는 일, 귀공이라면 어려울 것도 없으리라 생각합니다만."

기쿠테이 하루스에가 교토로 돌아간 지 한 달쯤 지났다. 갑자기 조정에서 히데요시에게 관백의 자리를 내렸다. 전임 관백인 니조 아키자네를 대신해 이후 관백의 자리에 오르라는 명령이었다.

하루스에의 암약에 의한 일이었음은 말할 필요도 없을 것이다. 원래 조정의 정치적 움직임은 무문의 그것 이상으로 비밀이 잘 유지되었다. 조야의 사람들은 어리둥절했다. 모든 사람들이 그 발표를 뜻밖이라고 생각했다.

"유사 이래 없던 일이다."

"다이라노 기요모리平淸盛가 태정대신太政大臣이 된 것을 고금의 이례라 여겼다고 하지만, 기요모리는 그나마 다이라 씨의 황통을 이어받은 자……. 가문의 내력도 알 수 없는 일개 필부와는 얘기가 다르다."

당연히 공경들 사이에서 불평의 소리가 높았다. 하지만 얼마 지나지 않아 논의도 불평도 사라지고 말았다. 히데요시의 인심 회유책이 바로 효과를 나타냈다. 한 무리의 공론가가, 그것도 낡은 고전과 구습을 부르짖어봐야 그것이 무슨 힘이 되겠는가? 세상은 실력의 시대였다. 실력만이 사람을 움직였으며 세상일을 처리해 나갔다.

　7월 13일, 히데요시는 배명에 대한 예로 남전南殿에서 사루가쿠猿樂를 개최했다. 그는 그곳에서 예람叡覽을 함께하겠다며 천황부터 황자, 다섯 대가大家, 높고 낮은 공경들, 각 대신들에 여러·시신까지 한자리에 초대했다.

　연무는 오전부터 오후에 이르기까지 펼쳐졌다. 그사이에 소나기가 내려 무대도 관중도 흠뻑 젖었으나 오오기마치正親町 천황도, 히데요시도 자리를 움직이지 않았으며, 배우들도 구경꾼들도 그대로 흥을 이어 갔다. 소나기는 바로 그쳤으며 소나무와 오동나무 잎에 노을이 물들었고 히가시東 산의 하늘에는 무지개가 걸렸다.

관백 나리께

**　어제 입궐하신 일, 특히 잊을 수 없다 하셨소. 종일 마음을 위로받으신 일도 말로 표현할 수 없을 정도라 하셨소. 종종 상경하시기를 기다린다 하셨소.**

　이는 이튿날 권수사勸修寺(가주지)의 다이나곤大納言을 통해 히데요시에게 전달된 내칙內勅이었다. 히데요시는 우선 피폐할 대로 피폐해진 조정의 경제에 공헌을 꾀했으며, 가난한 공경을 구휼하기에 노력했다. 그로 인해 조정 사람들은 가뭄에 단비처럼, 연회를 베풀었던 날의 소나기처럼 숨을 쉴 수 있게 되었다.

　그렇게 해놓은 뒤 히데요시는 삿사 퇴치를 목적으로 한 북벌의 길에 오른 것이었다. 그리고 9월 중순, 북국에서 돌아오자마자 다시 기쿠테이 하루스에에게 자문을 구해 도요토미라는 새로운 성을 만들고 조정에 청해 자신을 도요토미 히데요시라 칭하게 되었다.

　관백은 가문 가운데 으뜸이라 여겨져 입궐할 때 내람內覽, 병장兵仗, 우차牛車가 허락되는 최고의 직위였는데, 오와리 나카무라에 살던 일개 농민의 아들에게는 원래 분명한 혈통도 가계도 없었다.

예로부터 문무의 사족土族 가운데는 미나모토源, 다이라平, 후지와라藤原, 다치바나橘 등 네 개의 성이 있었는데, 그들도 전부 그 쓰임과 공에 따라 조정으로부터 명을 받은 것이니 후세에 이르기까지 네 개 성에만 국한시킬 필요는 없었다. 옛 성을 물려받은 사람이어야만 한다는 것은 우스운 일이다. 새로운 시대에, 새로운 사명을 가진, 새로운 인간이 나타난 이상, 새로운 성을 받고 싶다는 것이 히데요시가 주청한 이유였다.

무슨 일에 있어서나 고전, 격식, 구례舊例를 들어 한바탕 논쟁을 벌인 뒤가 아니면 납득하지 않는 공경들도 사성 타파론에는 이론을 제기할 여지가 없었다.

성씨뿐만 아니라 예전의 사실과 제도는 전부 공경들의 관념 속에만 있는 것일 뿐, 히데요시의 눈에는 그 무엇도 절대적으로 보이지 않았다. 그러한 점에서 모든 신시대의 구현자들과 마찬가지로 그 역시 자기의 창의와 건설만이 언제나 자신을 독려하는 흥밋거리였다.

인내

지난 일 년 동안 히데요시가 이룬 일들을 다달이 항목별 표로 만들어보면 히데요시 자신조차 놀라지 않을 수 없을 것이다.

"채 일 년도 되지 않는 동안에 이처럼 많은 난제를 잘도 처리했구나. 이는 대체 어디서 나오는 힘일까?"

사람들은 한때 고마키에서 고전하는 히데요시의 모습을 보고 '그렇게 설쳐대던 히데요시가 마침내 고꾸라지는 것 아니냐'며 위태롭게 생각하기도 했다. 하지만 히데요시는 기상천외한 술책을 써서 노부오와 단독 강화를 맺은 것을 계기로 이에야스조차 완전히 망연하게 만들어 아무런 손도 쓸 수 없는 고립 상태에 빠뜨렸다. 그리고 그 뒤로 도쿠가와 가는 거들떠보지도 않고 도쿠가와 가를 지지하던 기슈, 구마노를 공략했으며, 시코쿠의 조소카베를 굴복시켰고, 나이카이 일대를 진압했으며, 다시 숙제였던 삿사 정벌을 감행해 호쿠리쿠 평정의 기초를 마에다 도시이에에게 맡기고, 거기에 우에스기 가게카쓰와 만나 동맹을 굳혔다. 히데요시의 방대하고 신속한 일처리는 그야말로 덴쇼 13년 (1585년) 일본의 위관이었으며, 세상 사람들에게 일본이 갑자기 좁아진 듯한 느낌까지 심어주었다.

거기에 밤낮을 가리지 않고 군무에 열중했으며, 정벌 중에 짧은 여가를 이용해 관백 직에 오르고 도요토미라는 성을 세웠으며, 또 어머니에게는 오만도코로大政所라는 칭위를, 아내인 네네에게는 만도코로政所라는 칭위를 주어 내사를 착실히 갖추어 나갔다.

히데요시가 관백의 자리에 오르자 그의 고굉지신들도 모두 임관을 하거나 서작을 받았다. 이시다, 오타니大谷, 후루타古田, 이코마, 이나바稻葉 등 열두 명이 다이부大夫에 임명되었으며, 특히 내정의 쇄신을 위해 인재 다섯 명이 선발되어 새로이 오 부교奉行의 문관제가 생겼다. 마에다 겐이前田玄以, 마스다 나가모리增田長盛, 아사노 나가마사淺野長政, 이시다 미쓰나리, 나쓰카 마사이에長束正家 다섯 부교가 분담할 직무의 범위는 다음과 같이 정해졌다.

마에다 겐이는 교토의 쇼시다이所司代268를 겸하고 금리, 사원을 담당하며 교토 안팎의 여러 사건을 재판한다. 나쓰카 마사이에는 녹봉, 금전의 세출입, 물자의 구입, 징세 등의 경제 분야를 재결한다. 이시다, 아사노, 마스다 세 사람은 그 외의 일반 내무를 담당하고 중요한 문제는 오 부교의 합의로 분별을 일결하여 모든 정사를 간결하고 민활하게 한다. 그리고 이 오 부교에 대해서는 따로 세 개 조항의 서약이 행해졌다.

제1항 권위를 휘둘러 한쪽만을 편들지 말 것.

제2항 원한, 사사로운 모략을 품지 말 것.

제3항 지나치게 금은을 쌓고 주연, 유흥, 여색, 미식을 밝히지 말 것.

직무도 서약도 참으로 단순한 것이었다. 하지만 그 사명의 중요성은 무엇보다 그 사람들에 대한 신뢰에 맡겨두었다. 이후 다이고醍醐, 모모

---

268 교토의 경비와 정무를 담당하던 사람.

야마桃山, 게이초慶長에 걸친 한 세대의 찬란한 문화의 흥륭에 이들 오 부교의 문화적 공적은 다른 무장들의 무훈에도 뒤지지 않았다. 노부나가가 시작조차 하지 못했던 문치, 문화 면에서의 시책을 히데요시는 경륜의 첫걸음으로, 이 바쁜 덴쇼 13년(1585년)에 이미 착수했던 것이다.

히데요시와 오사카 성을 중심으로 한 내외의 움직임, 그리고 덴쇼 13년의 심상치 않은 나날들을 도쿠가와 이에야스는 과연 어떤 구상과 심경으로 보고 있을까. 여기서 이에야스를 살펴보는 것은 히데요시의 동공 속을 들여다보는 것과 같은 일이기도 하다.

이에야스는 봄부터 여름까지 하마마쓰 성에서 지냈다. 오카자키는 이시카와 호키노카미 가즈마사에게 맡기고 당분간 휴식을 취하는 듯했다. '휴식'이라는 명목은 역경에 처한 정객이나 사업가들이 흔히 즐겨 쓰는 말이지만, 실제로 한가로움을 즐기며 휴식의 진가를 한껏 맛보는 사람은 천 명 중 한 명도 되지 않을 것이다.

이에야스의 경우는 애초부터 문제가 다르기는 하지만 족장의 위치에 있는 그는 책임과 체면, 대책 등을 생각하느라 고뇌가 컸을 것이다. 고마키 이후 히데요시에게 노부오를 빼앗긴 뒤부터 도쿠가와 가는 그야말로 역경에 처할 수밖에 없었다. 성운盛運을 갑자기 오사카의 광휘에 빼앗겨 '내리막에 들어선 진영'이라는 느낌을 지울 수 없는 게 사실이었다.

내리막길에 접어들면 조금도 손을 쓰지 못하고 나약한 본질을 드러내 추한 모습으로 몰락하는 사람이 있는가 하면, 그와는 반대로 역경에 서면 타고난 생명력을 가득 드러내서 오히려 그 사람의 깊은 곳에 있는 소질의 은근함을 내보여, 이 사람은 역경에 있으면서도 역경을 모르고 역경을 사랑하는 것이 아닐까 여겨질 정도로 늘 온화한 얼굴로 미소를 잊지 않는 사람이 있다. 이에야스는 후자의 경우였다.

이에야스는 봄바람을 느끼게 하는 자광慈光은 가지고 있지 않으나 언제나 미소를 머금고 있었다. 그러니 사람들에게 잠시라도 '참으로 우울해 보이는구나. 딱하게도'라고 생각할 만한 참담함이나 곤궁함을 결코 보이지 않았다.

이에야스는 제일선에 가까운 오카자키에서 물러나 명목상으로는 하마마쓰에서 한가로운 휴식을 즐기며 오사카의 일 따위에는 전혀 신경 쓰지 않는 듯 살았는데, 올해 들어서는 사냥에 자주 나섰다. 가신 일고여덟 명을 데리고 매를 팔에 얹고 개를 끌고 하마마쓰 근방의 시골을 자주 돌아다녔다.

"논도 늘어난 듯하구나. 모내기도 올해는 특히 잘된 듯하고."

이에야스는 간평을 나온 관리처럼 논밭의 경작 상황을 자세히 살펴보았다. 그리고 따르는 사람들에게 옛일을 들려주었다.

"너희는 이제 거의 잊었겠지. 내가 이마가와 가에 인질로 잡혀 슨푸駿府에서 어린 시절을 보내고 있을 때, 너희도 코흘리개였으나 너희의 아버지와 할아버지가 오다와 이마가와와 같은 강국들 틈바구니에 껴서 주인도 없는 하마마쓰 성을 간신히 지켜냈다. 그때 너희의 할아버지와 아버지 들은 아침에 국경에서 조그만 전투가 벌어졌다는 소식이 들리면 바로 달려갔으며, 저녁에는 갑옷을 벗자마자 바로 논으로 들어가 김매기를 하고, 밭으로 가서 쟁기질을 해서 간신히 미죽이나 조밥을 먹었다. 그 덕분에 내가 열여덟 살이 되어 이마가와 가에서 풀려나 하마마쓰로 돌아왔을 때는 식량 창고와 무기고에 성을 비운 오랜 시간 동안 쌓아둔 물자가 있었기에 나라를 지키고 훗날 세를 확장할 수 있었던 것이다. 그때 이미 여든 살이 넘은 노신인 도리이 다다요시鳥居忠吉가 내 손을 잡고 창고 앞으로 가서 안을 가리키며 했던 말을 아직도 잊을 수가 없다. 그때를 생각하면 나도 요즘에는 사치스러워진 듯하구

나. 다다요시를 볼 면목이 없어.”

돌아보면 어렸을 때부터 장년기에 이르기까지 이에야스의 반생은 인忍이라는 한 글자로 표현할 수 있을 것이다. 그는 인을 지킬 줄 아는 사람이 되었으며, 인으로 강국 사이에서 살아남았고, 인에 이겨 오늘의 지위를 얻게 되었다. 소극적인 인이 아니라, 커다란 희망을 먼 미래에 걸고 있는 적극적인 인이었다. 아마 앞으로의 인생에서도 그 특질을 바꾸는 일은 없을 것이다.

특히 요즘에는 가신들에게도 기회가 있을 때마다 인내를 이야기했다. 자벌레가 몸을 웅크리는 것은 앞으로 나아가기 위해서라는 사실을 깨우쳐주려고 노력했다. 불평불만이 날이 갈수록 커지고, 오사카 쪽의 정보가 들려오면 곧 오카자키, 하마마쓰에서 그에 대한 반발이 일었기 때문이다.

“나리는 미동조차 하지 않으시는구나.”

“이대로 시간을 보내며 원숭이 놈이 제멋대로 날뛰게 내버려두면 곧 천하는 그야말로 그의 뜻대로 되어 후회해도 소용없는 일이 되어버리고 말 것이다.”

“그때가 되어서는 아무리 맞서봐야 쓸데없는 짓이다. 지금…… 지금 결판을 내지 않으면 안 된다.”

여전히 주전론자들의 목소리가 압도적이었으며, 히데요시의 행동에 대해 이를 갈고 팔을 걷어붙이며 벼르는 사람 중에 홀로 말없이 씁쓸한 표정을 짓는 사람은 이시카와 가즈마사 정도였다. 그리고 또 다른 한 사람은 도쿠가와 이에야스였다.

이에야스는 오사카 쪽의 움직임에 완전히 무감각해진 사람처럼 행동했다. 예를 들어 고마키 전투 전후부터 도쿠가와 가와의 묵계를 바탕으로 오사카 성을 거듭 위협하던 기슈와 구마노, 그리고 시코쿠의 조소카베 등을 이에야스의 수족을 떼어내는 것처럼 차례차례 정벌해도 이에야스는 가만히 그 사지가 떨어져나가는 것을 지켜볼 뿐이었다. 그뿐 아니라 이에야스와 노부오에게 정열적으로 가담할 뜻을 밝히고 호쿠리쿠 일대의 반히데요시 기세를 전부 짊어지고 있던 삿사 나리마사의 궤멸까지도 가만히 앉아 지켜보았다. 그러다 보니 혈기 넘치는 미카와 무사들이 입을 다물고 있지 않는 것은 당연한 일이었다.

"대체 무슨 생각을 하고 계신 건지……."

미카와 무사들은 이에야스의 무표정을 심지어는 무능이라고까지 생각하며 불평을 해댔다.

"우리 나리도 히데요시를 그토록 두려워하고 계신 걸까? 그것은 결국 우리가 약하다는 뜻이야."

"어쩌면 천하는 오사카에 맡겨두고 스루가駿河, 도토미遠江, 미카와, 시나노信濃에 걸친 사 개국을 무사히 지키기만 하면 된다고 작은 성공에 안주하는 것인지도 몰라. 만약 그렇다면 이건 위험해."

"히데요시가 눈엣가시 같은 도쿠가와 가를 어찌 그냥 내버려두겠어? 도쿠가와 가를 지지하는 무리를 전부 잘라낸 뒤에는 곧 적의 주체를 향해 달려들 것이 뻔해."

"우리가 직접 뵙고 이러한 근심을 나리께 솔직하게 건의해보는 것은 어떻겠는가?"

오카자키에 있던 중견들이 일제히 건의서에 서명을 했다. 하지만 이시카와 가즈마사의 이름은 없었다.

중견들의 건의서에 대한 회신 또한 없었다. 이에야스는 아무 말도 하지 않은 채 매와 개를 데리고 들판으로 나갈 뿐이었다.

이러한 때에 무슨 일인지 오다와라小田原의 호조 우지마사北條氏政와 우지나오氏直 부자가 보낸 전령이 하마마쓰에 와 있었다. 문제는 이에야스의 고민 중 하나인 듯, 호조 가의 사자가 왔다고 하면 언제나 직접 만나 무엇인가 변명을 하느라 애를 썼다.

독촉을 위해 호조 가에서 온 사자는 마쓰다 오와리노카미 노리히데 松田尾張守憲秀였다. 야마나카山中 성의 성주로 우지마사의 신임이 두터운 오다와라 가의 숙장 중 한 명이었는데, 풍모와 웅변이 오만한 사람이었다.

"언제나 같은 대답만 하시면 어린아이가 심부름 온 것 같아서 저도 입장이 난처해집니다. 솔직히 말씀드리면 오다와라의 두 나리(우지마사와 우지나오)께서도 조금 화가 나신 상태입니다."

말 뒤에는 반드시 위압이 있었다. 호조 가가 있기에 도쿠가와 가도 있을 수 있는 것이며, 만약 호조 가가 마음을 돌리면 도쿠가와 가는 존재할 수 없다는 것이 호조 가의 통념이었다. 사실 이에야스는 노부나가의 죽음을 계기로 호조 가와는 평화 노선을 취해왔다.

본능사의 변이라는 커다란 전환과 혼란이 일어났을 때, 호조 가와 도쿠가와 가는 서로 비밀 협약을 맺었다.

"도쿠가와 가에서는 신슈를 취하겠소. 호조 가에서는 조슈上州를 취하시오. 그리고 서로 침략하지 않기로 합시다."

그리고 히데요시가 야마자키 전투 이후 오늘에 이르기까지 주로 중앙에서 바쁜 나날을 보낸 몇 년 동안 두 강국은 불이 난 집을 터는 도둑처럼 유감없이 자신들의 배를 불렸다. 그사이 서로의 불만은 적었다. 화목에 대한 맹세로 이에야스는 자신의 딸을 우지마사의 아들인 우지나오에게 시집보냈다. 이 혼인 정책은 고마키 전투 때도 커다란 효력을 발휘했다. 만약 그 빗장이 없었다면 히데요시와 우지마사는 바로 연맹을 맺어 덴쇼 13년에 도쿠가와 씨의 이름은 이미 도카이에서 사라지고 없었을 것이다.

　호조 우지마사는 이러한 거래에서 오산할 만한 사람이 아니었다. 그는 쉰 살을 막 넘었을 때부터 일찌감치 아들 우지나오를 가장으로 세운 뒤, 이름을 세쓰류사이截流齋라 바꾸고 삭발을 했다. 하지만 오다와라 성에서 실질적으로 집정을 하는 등 집안의 시조인 소운루雲 이후부터의 야망을 조금도 버리지 않았다.

　"이에야스는 만만한 사내가 아니다. 이 우지마사까지 멋대로 조종하려 하고 있다."

　우지마사는 호조 가의 은연한 비호가 마침내 이에야스의 위치를 크게 만들었다는 사실을 깨닫고 즉시 하마마쓰로 사자를 보내 강경하게 독촉을 했다.

　"덴쇼 10년 이후 화목과 동시에 도쿠가와 나리는 신슈를 취하고, 호조 가는 조슈를 지배하기로 협정을 맺었는데, 결과적으로 도쿠가와 가는 사쿠마 군과 그 외의 지방을 더했으나 우리 집안은 조슈 누마다沼田 성을 양도받아야 함에도 우에다上田의 사나다 아와노카미 마사유키眞田安房守昌幸가 양도를 하지 않는다. 그 사나다 마사유키는 의심할 여지도 없이 귀댁의 가신이니 사나다를 쫓고 즉시 누마다 성을 우리에게 양도하기 바란다."

　우지마사의 주장은 당연한 것이었다. 그리고 이에야스 입장에서도 고마키 전투는 끝났으나 히데요시 외에 새로이 큰 적을 만드는 것은 크게 불리했다.

　"알겠습니다. 바로 사나다 아와노카미에게 명령해 우지마사 나리의 뜻대로 일을 처리하겠습니다."

　하지만 우에다의 사나다 마사유키와 그의 아들인 유키무라幸村 일족은 거기에 완강히 저항했다.

　"누마다도 건네줄 수 없습니다. 우에다에서도 움직일 수 없습니다."

그들은 이에야스의 명령을 따를 마음이 조금도 없는 듯했다. 이에야스의 거듭되는 독촉에 사나다 쪽에서는 그럴듯한 명분을 내세웠다.

"누마다 성은 앞서 우리가 일족의 운명을 걸고 우리의 힘만으로 취한 곳이다. 이에야스의 힘을 빌려 취한 땅이 아니다. 그런데 어째서 갑자기 호조 가에 건네주라고 명령하는 겐가. 도쿠가와 가에 그럴 권리가 어디 있단 말인가?"

명령의 부당함을 부르짖는 사람은 사나다 부자만이 아니었다. 일족의 말단에 이르는 사람까지 한목소리를 냈다.

"건네주어서는 안 된다. 끝까지 건네주라고 할 거면 다른 땅을 먼저 주어야 한다."

원래부터 도쿠가와와 사나다의 관계는 서로 주종이라고 할 만큼 밀접한 관계가 아니었다. 당시의 대국이라면 어디서나 그랬던 것처럼 자국의 경계나 멀리 떨어져 있는 곳과 알게 모르게 손을 잡은 정도의 일개 위성국, 그것이 도쿠가와 가와 사나다와의 관계였다.

게다가 사나다 마사유키는 작은 존재였으나 백전노장이었다. 다케다 씨의 멸망으로 다케다 가에 속해 있던 장수들은 거의 대부분 목숨을 잃거나 흩어져 그 이름과 형해조차 사라졌으나, 그만은 신슈 우에다에 의지해서 주인의 집안이 궤멸한 뒤에도 노부나가와 교묘히 손을 잡아 본령을 무사히 지켜왔다.

그 뒤 노부나가가 죽자 이번에는 에치고의 우에스기와 손을 잡았으나 우에스기와 호조 사이의 전쟁에서 호조 가가 우세를 보이자 다시 호조 가로 기울었다가 곧 다시 이에야스에게로 기울어 도쿠가와 가의 방략에 따라 위성국적인 역할을 하고 있었던 것이다.

마사유키는 그렇게 끝도 없이 배반을 해왔다. 수완가이기는 했으나 절조가 없었으며, 계략에 뛰어나기는 했으나 배포는 크지 않았다. 하지만 한 치 앞도 알 수 없는 전국의 군웅들 사이에 껴서 얼마 되지 않는 일족과 가신을 거느리고 세상을 떠난 다케다 씨 외에는 진심으로 섬기는 주인을 품지 않겠다고 남몰래 마음속으로 다짐한 채 조그만 우에다 성 하나라도 유지해 나가려면 그런 위성국적인 처세술 또한 어쩔 수 없었을 것이다.

그것도 단지 지리적 험난함을 지켜 명맥을 이어나가려 한 소극적인 자세를 취한 것이 아니라 마사유키와 차남인 유키무라는 실로 왕성한 웅심雄心을 품고 있었다. 일족도 그렇고 가신들도 그렇고, 예전에는 고잔甲山의 강자였으며, 적어도 덴모쿠天目 산 이전까지는 '오다가 대수냐, 도쿠가와는 누구냐' 하며 자존심이 높았다.

그랬기에 덴쇼 10년(1582년)에 노부나가의 죽음으로 천하가 잠시 분란에 빠진 틈을 타서 호조와 도쿠가와 같은 군웅들이 활발히 소국을 취했을 때도, 사나다 일족 역시 소국이었으면서 그 꼬리에 붙어 영토를 확장한 것이었다.

당시 그들은 그렇게 조슈의 누마다를 손에 넣었다. 그런데 그것을 지금 호조 가에 그냥 넘겨주라는 것이었다. 그러니 넘겨주지 않겠다고 고집을 피우는 것도 당연한 일이었다. 하지만 호조 가에서는 약속이 다르다며 엄중하게 항의했고, 이에야스도 서쪽에 히데요시를 두고 있는데 그 히데요시에게 자신의 위성국을 가차 없이 빼앗긴 지금, 굳이 배후의 강대국인 호조 가와 불화를 일으킬 필요는 없었다.

"작은 벌레를 잡아 큰 벌레를……."

이와 같은 타산이 고압적인 엄명으로 나타나자 사나다 쪽은 결국 그 주체국인 도쿠가와와 창을 맞대는 한이 있어도 그곳을 지키겠다는 비장한 각오를 굳히기에 이르렀다.

● 도요토미 히데요리 豊臣秀頼·1593-1615

도요토미 히데요시(豊臣秀吉)와 측실 요도도노(淀殿) 사이에서 태어난 삼남(三男)이다. 히데요시가 죽은 후 가문의 후계자가 되었지만, 오사카 전투에서 이에야스에게 패한 후, 어머니 요도도노와 함께 자살했다. 정실인 센히메(千姬)와의 사이에 자식은 없었고, 측실 와기노카타(和期の方)와의 사이에서 아들 구니마쓰(豊臣國松)가 있었으나 오사카 전투 이후 교토에 숨어있는 곳이 발각되어 참수당했다.

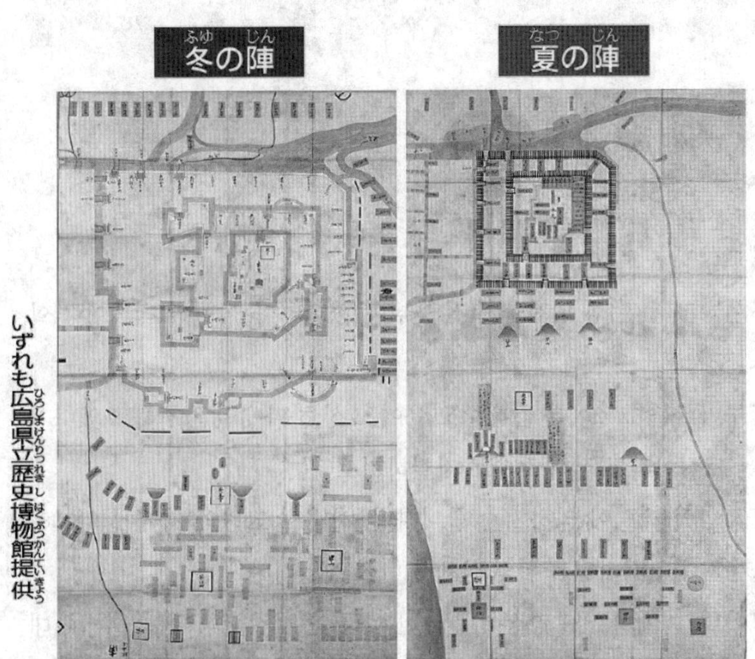

● 1614년 오사카 전투

1614년 겨울과 1615년 여름에 오사카성을 배경으로 일어난 전투이다. 이 전투로 도요토미 가문은 단 2대 만에 망하게 되고, 도쿠가와 가문이 세운, 에도 막부의 본격적인 치세가 시작된다. '연간에 싸움이 그쳤다.'는 뜻의 겐나엔부(元和武優)를 선포한 것도 이 전투가 끝난 후이기 때문에 대부분 이때를 전국시대의 마지막으로 보고 있다.

젊은 날의 유키무라

"도리도 모르는 도쿠가와."

"이렇게 된 이상 일전을 펼칠 수밖에 없습니다. 아무리 대국이라 할지라도."

"누마다를 호조에게 건네주고 우에노 성 하나에만 의지하고 있다가 훗날 트집이라도 잡혀 그대로 자멸하기보다는."

"저희의 세력이 약하기는 합니다만, 시나노 고원의 지세에 의지해서 겨울까지 버티면 주위의 정세도 바뀔 것입니다."

"아니, 이에야스도 명장이니 이번 여름 안에 짓밟기 위해 일거에 대병을 보낼 것입니다. 그런 각오로 대비해야 합니다."

우에다 성에 모인 사나다 일족은 군사 회의에서 별다른 이견 없이 주전론으로 의견을 모았다. 그들은 속국 같은 취급을 받느니 싸우겠다며 더는 참을 수 없다는 듯한 표정을 지었다. 하지만 우에다, 누마다 두 영지를 합쳐도 병사는 이천 명, 무사는 이백 명도 되지 않을 만큼 빈약했다.

오늘의 도쿠가와는 더 이상 어제의 도쿠가와가 아니었다. 적은 인원으로 강대한 도쿠가와에 맞서 싸운다는 것은 무리가 있었다. 그러한 문제에 대해 이야기가 나오자 사나다 일족의 얼굴에는 불안의 그림자가 드리워졌다.

성주인 사나다 마사유키, 노신인 아카쇼 이즈노카미赤庄伊豆守, 다카쓰키 빗추노카미高槻備中守, 고이케 아와지노카미小池淡路守, 무사의 우두머리인 네쓰 나가에몬根津長右衛門, 오쿠마 겐에몬大熊源右衛門, 마루코丸子 사람들인 도조 마타고로東條又五郎, 요네자와 오스미노카미米澤大隅守, 그리고 객신客臣인 이타가키 슈리노스케板垣修理之助 등이 있었는데, 그중에서 홀로 석연치 않은 표정을 짓고 있는 사람은 성주의 차남인 사나다 벤지로 유키무라眞田弁次郎幸村뿐이었다.

벤지로 유키무라는 그해에 열일곱 살이었다고 한다.

"오벤於弁."

그는 아버지로부터 언제나 그렇게 불리고 있었다.

"너는 하고 싶은 말이 없느냐. 일족의 부침이 걸린 문제다. 평소처럼 삼갈 필요는 없다. 하고 싶은 말이 있으면 무엇이든 해보아라."

"네, 그럼……."

오벤이 무릎을 조금 앞으로 당겨 앉으며 말했다.

"어리석은 의견을 말씀드리도록 하겠습니다."

"음."

아버지는 열일곱 살이 된 아들이 이러한 때에 무슨 말을 할지, 십칠 년에 걸친 육성의 결실을 지금 보겠다는 듯 가만히 바라보았다.

"저는 우리 집에 객장으로 계시는 이타가키 슈리노스케 님이 처음 말씀하신 의견에 동의합니다. 아무리 객기를 부려봐야 미약한 소국이 대국을 이길 수 없는 것은 자명한 사실입니다. 그러니 에치고의 우에스기 가게카쓰 나리께 원군을 청하는 것이 상책입니다. 다른 방법은 없습니다."

"하지만 오벤, 그 일에 대해서는 우에스기 가에서 절대 받아들일 리 없으며, 또 이 마사유키 역시 이제 와서 청할 수 없는 사정이 있다는 점을 너도 지금 듣지 않았느냐?"

"네, 우리 사나다 가가 우에스기 가에 예속되어 있었는데, 그 친분을 깨고 호조 가로 기울었다가 다시 도쿠가와 가의 여당으로 돌아섰기 때문이라는 점은 저도 들어서 잘 알고 있습니다. 다시 말해 한번 배신했던 우에스기 나리께는 우리에 대한 신용이 전혀 없을 것입니다."

"그래, 네 말 그대로다."

"틀림없이 우에스기 가에서는 망하든지 말든지 알 바 아니라고 비웃으며 바라보고 있을 것입니다. 하지만 그런 우에스기 가에라도 청하지 않으면 안 됩니다. 그렇게 하지 않으면 우리는 멸망합니다. 어떤 수치를 참고서라도 살아남아야 합니다."

"하지만 움직이지 않는 우에스기를 움직이게 할 방법도 없지 않느냐?"

"있습니다! 없다고 생각해버리면 없습니다. 하지만 살 길은 그것밖에 없습니다. 어떻게 해서든 움직이게 해야 합니다."

유키무라는 이어 말했다.

"지금 각국의 세력과 판도의 추이를 보는 데 있어 각국의 성주를 일일이 따져가며 볼 필요는 없습니다. 오사카의 히데요시와 도카이의 이에야스, 이 두 사람만 생각하면 충분합니다. 우리는 이미 거기서 이탈했으니 앞으로의 운명은 당연히 오사카 쪽에 기댈 수밖에 없을 것입니다."

유키무라는 시세를 읽는 관점이 명료했다. 그에 말에 마사유키와 사람들 모두 고개를 끄덕였다.

"우에스기 가의 외교도 그 둘을 목표로 삼으면서 양쪽 모두에 붙지도 떨어지지도 않는 기회주의적 태도를 취하고 있습니다. 따라서 우리가 도쿠가와를 떠났으니 도와달라고 청해봤자 도쿠가와를 정면의 적으로 삼으면서까지 원조를 해줄지는 매우 의심스러운 일입니다. 그리고 이제 와서 새삼스럽게 우에스기 가에 그런 말을 할 수 없다는 아버지의 체면 문제도 있습니다.”

마사유키는 유키무라가 말한 것과 같은 고뇌의 빛을 숨김없이 얼굴에 드러내며 다시 한 번 고개를 끄덕였다. 유키무라가 다시 이어 말했다.

“솔직히 오사카에 사람을 보내서 하시바 나리께 사정을 말씀드리고 나리 외에는 도움을 청할 사람이 아무도 없다며 의지하는 방법밖에 없습니다. 여기서 히데요시 공의 흉중을 살펴보면, 이 청을 귀찮다고 생각하기보다 때마침 적당한 새가 날아들었구나 하며 기뻐하실 것입니다. 고마키 전투 이후 오사카와 하마마쓰 양자의 냉랭한 화목 상태와 지난봄의 기슈, 시코쿠에 걸친 오사카의 적극적인 움직임을 보면 삼척동자라도 쉽게 알 수 있을 것입니다. 그러니 오사카의 히데요시 공이 우리의 배후에 있어주기만 한다면 우에스기 가도 소홀히 할 수는 없을 것입니다. 우리 집안에서 원군을 요청할 때 불명예스럽고 굴욕적으로 청하지 않아도 우에스기 가 자신들을 위해 응할 것입니다.”

“오벤!”

아버지 마사유키는 울먹이는 목소리로 비범한 아들을 칭찬했다.

“잘 말해주었다. 우리는 시골 무사, 우물 안 개구리와 같은 안목으로 주위를 보고 있어서 오벤이 말한 대국은 깨닫지 못하고 있었다. 모두 어떻게 생각하는가?”

이타가키 슈리노스케를 비롯해 자리에 있던 노회한 지장들까지 감탄한 얼굴로 열일곱 살의 벤지로 유키무라를 쳐다보았다.

"젊은 나리의 말씀이 참으로 옳다고 생각합니다. 삼 일 동안에 걸친 평의도 벤지로 님의 한마디 말씀으로 모두 결론이 났습니다."

모두들 이구동성으로 말했다.

"그렇다면 누가 사자가 되어 오사카로 가겠는가?"

이 역시 쉬운 문제가 아니었다. 산속 조그만 나라의 신하가 당대를 호령하는 히데요시, 소문으로만 들어온 오사카의 금빛 성으로 들어가 히데요시를 설득하는 일은 움츠러들 수밖에 없는 일이었다.

"제가 가겠습니다."

유키무라가 사자로 가겠다고 나섰다. 그리고 수행원으로는 이타가키 슈리노스케를 희망했다. 슈리노스케는 객신으로 몸을 의지하고 있는 사람이었으나, 그의 아버지는 고슈甲州의 명장으로 유명한 이타가키 노부카타板垣信形였으며, 평소에도 오벤과 마음이 잘 맞았다.

"도쿠가와 가 사람들이 눈치채서는 절대로 안 된다."

아버지와 일족이 오벤에게 세심한 주의를 주었다.

두 사람은 형제 시골 무사가 수행을 겸해 서울 구경을 가는 듯한 모습으로 꾸며 나카센도中仙道와 기소지木曾路를 통해 은밀히 오사카로 들어갔다. 그들은 얼마 되지 않는 연고자들을 통해 우선 아사노 야헤 나가요시의 저택을 찾아갔으며, 야헤를 따라 오사카 성으로 들어가 히데요시를 만났다.

히데요시는 마침 시코쿠를 평정한 뒤 한숨 돌리고 있을 때였다. 그러한 때에 신슈의 한 지방에 있는 사나다 가가 생각하지도 못했던 청을 하러 온 것이었다. 그는 일은 작지만 놓칠 수 없는 쾌보라고 생각했다.

"흠, 흠……. 그래, 잘 알았소."

히데요시는 바로 마음을 정했다. 하지만 승낙하겠다고도 거절하겠다고도 답하지 않았다. 그저 사자로 온 사나다 벤지로의 모습만을 바라보고 있었다. 특히 벤지로 유키무라가 히데요시의 마음을 움직이기 위해 귓불을 물들여가며 거침없이 의견을 말하고 간청하는 동안 눈을 가느다랗게 뜨고 넋이 나간 듯 귀를 기울였다.

"사나다 나리의 차남이라고 했는데, 너는 올해로 몇 살이 되었느냐?"

히데요시가 묻자 벤지로가 열일곱 살이 되었다고 답했다. 그러자 히데요시가 다시 물었다.

"형은?"

"네, 형인 마사테루昌輝는 덴쇼 3년(1575년) 나가시노 전투에서 다케다 가쓰노리武田勝頼 님을 따라 출진해 도쿠가와 군과 맞서다 전사했습니다."

"참으로 원통하겠구나."

"제 나이 일곱 살 때의 일이었습니다. 아무것도 기억하고 있지 못합니다."

"그래도 골육의 정이라는 것이 있으니 도쿠가와 가에 대한 원한은 남아 있겠지?"

"춘추의 시대에 흔히 있는 일입니다. 사적인 은원恩怨을 일일이 품고 있을 수는 없습니다. 그러한 도쿠가와 나리라 할지라도 이번과 같은 부당한 위압을 아버지께 강요하지만 않았다면, 아버지도 저를 사자로 삼아 귀댁에 비호를 청하기 위해 오사카로 보내지는 않으셨을 것입니다."

"그렇다면 이 히데요시가 만약…… 너희 일족의 청을 거절한다면 사나다 나리는 어찌하실 생각이신가?"

"그때의 아버지 마음은 알 수 없으나 저는 어떠한 굴욕이라도 참고 바로 하마마쓰 나리(도쿠가와)의 뜻에 따른 뒤, 훗날 힘을 길러 도쿠가와 군이 대거 오사카를 공격할 때 그 선봉에서 조그만 공을 세워 오늘의 호의에 답할 생각입니다."

“하하하하.”

히데요시는 한바탕 웃고 나서 다시 말을 이었다.

“하마마쓰 나리와 이 히데요시는 얼마 전에 화목해서 지금은 각별한 사이를 유지하고 있다. 어찌 도쿠가와 군이 오사카를 공격할 날이 있겠느냐?”

“없다면 귀댁의 큰 행복입니다. 하지만 저희와 같은 소국은 자존을 위해서 귀댁에 의지하거나, 하마마쓰 나리께 의지하거나 둘 중 하나를 선택할 수밖에 없습니다. 만약 귀댁에서 저희의 청을 받아주시지 않는다면, 눈을 꾹 감고서라도 도쿠가와 나리께 굴복할 수밖에 없습니다. 세상에 대국과 소국이 많은 것처럼 보이지만 몇 년 지나지 않아서 천하는 하나가 될 것입니다. 귀댁이 아니라면 하마마쓰 나리일 것입니다. 그러니 저희 일족을 어느 쪽의 무리로 삼을지, 그것은 오히려 나리의 마음에 따라 결정될 것입니다.”

대국의 추세를 정확히 꿰뚫어본 말이었다.

‘신슈 산속의 나라에서 자란 소년답지 않게, 그것도 아직 어린 일개 소년이 제후들조차 두려움을 품고 있는 오사카 성에 들어와 이처럼 큰 소리를 치다니.’

히데요시는 사자로 온 벤지로를 참으로 귀여운 녀석이라고 생각하며 말했다.

“그래, 그래. 이왕 의지할 바에는 커다란 나무에 의지하라는 말도 있지 않느냐. 이 히데요시에게 기대도록 해라. 비호해줄 테니, 걱정할 것 없다.”

히데요시는 이 소년 사자가 더없이 마음에 들었는지 그날 밤 오사카 성에서 재우며 대접까지 하고, 이튿날 의복과 칼을 주어 고향으로 돌려보냈다.

벤지로 유키무라는 떠날 때 다시 한 번 히데요시에게 다짐을 해두
었다.

"돌아가면 일족에게 말씀 잘 전하도록 하겠습니다. 그리고 실행에
옮기겠습니다. 그런데 우에스기 가와의 교섭은 어떤 식으로 하면 좋겠
습니까?"

"우에스기 가에는 오사카에서 따로 밀사를 보내 너희에 바로 가담
하라고 청을 해두겠다. 그 문제도 걱정할 것 없다."

"그렇다면 저희는 특별히 청할 필요가 없겠습니까?"

"아니다. 사나다 나리는 사나다 나리대로 이전의 일을 사과하고 몇
번이고 가세를 청하는 것이 좋을 것이다."

"알겠습니다. 이번의 결과를 오매불망 기다리고 있을 일족들도 틀
림없이 기뻐할 것입니다. 커다란 은혜, 잊지 않겠습니다."

오벤은 서둘러 신슈로 돌아갔다.

누가 생각이나 했겠는가? 그로부터 이십여 년이 지나 도요토미 가
가 어린 후손을 지키며 도쿠가와의 간토 군과 의전을 펼칠 때 이 일개
소년이었던 벤지로가 이른바 구도九度 산의 은자 마나다 유키무라로
오사카 성에 가장 먼저 달려갈 날이 있을 줄이야.

오벤의 귀국과 함께 사나다 일족은 곧 우에다 성에서 전투 준비에
들어갔다.

"협상은 여기까지."

이후 하마마쓰에서 온 사자를 내쫓고 요지의 교통을 끊었으며, 한편
으로는 우에스기 가의 가와나카지마川中島를 통해 구원을 청했다.

오사카에서 히데요시가 직접 쓴 급보는 이미 에치고에 도달해 있었
다. 우에스기 가게카쓰도 이를 지방의 작은 분쟁이라고 생각해 가볍게
볼 수만은 없었다. 자국의 운명을 히데요시에게 걸지, 이에야스에게

걸지 기로에 서게 된 것이었다.

이윽고 원병을 보내야 한다는 쪽으로 의견이 기울었다. 가와타 셋쓰河田攝津, 혼조 부젠本庄豊前 등을 장수로 삼아 가와나카지마의 병사 육천 명이 그곳으로 급파되었다.

도쿠가와 군은 사나다를 과소평가하고 있었다.

"마사유키는 신겐에게서 배워 싸움에 뛰어난 자이기는 하나 산속의 조그만 싸움에 능할 뿐, 아직 참된 대부대에 직면한 병법가는 아니다. 병사도 삼천이 되지 않는 소국, 하마마쓰의 대군을 보고 어쩌면 바로 항복할지도 모른다."

그렇게 내다보는 사람이 많았다.

도쿠가와 군의 총수는 일만 팔천이 넘었다. 신슈 부교인 오쿠보 시치로우에몬大久保七郎右衛門, 고슈 부교인 도리이 히코에몬鳥居彦右衛門, 호시나 히고노카미保科肥後守, 호시나 단조保科彈正, 스와 아키노카미諏訪安芸守, 히라이와 시치노스케平岩七之助, 고마이 우쿄駒井右京 등 두 개 주의 연합군에 하마마쓰에서는 이이 나오마사, 조이안城伊庵, 다마무시 지로에몬玉虫二郎右衛門, 야시로 엣추노카미矢代越中守 등의 장수가 합류했다.

8월 상순, 도쿠가와의 대군이 우에다 성 밖 십 리쯤 떨어진 간가かんが 강에 전모를 드러냈다. 성 위에서 바라보면 그들은 아군의 열 배쯤 많았으며 장비의 차이도 눈에 띄었다. 특히 철포 부대는 중앙에 가까운 강국에서는 얼마나 급속하게 무기가 진화하는지를 보여주는 듯했다.

"저 병력과 장비로 성을 공격한다면 한시도 버티지 못할 것이다. 적이 간가 강을 건널 때, 불시에 공격해야 한다."

마사유키를 중심으로 각 장수들은 의지를 불태웠다. 하지만 객장인 이타가키 슈리노스케는 반대했다.

"하책입니다. 간가 강은 지쿠마筑摩의 지류로 건너기 어렵지 않습니다. 성안의 병사 절반을 내보내도 틀림없이 단번에 깨지고 말 것입니다. 차라리 가까이로 불러들여 전력을 다해 그들과 맞서야 합니다."

사람들은 슈리노스케의 계책을 따르기로 했다.

"바로 준비를."

마사유키는 복병으로 나설 부대, 적을 유인할 부대 등 각 장수와 병사들을 지휘했다. 그때 정문을 지키고 있던 벤지로 유키무라가 아버지 마사유키를 향해 고했다.

"도쿠가와 군에서 오쿠보, 도리이라는 자들이 항복을 권하는 전령을 보내왔습니다."

"네가 전령들을 만나보았느냐?"

"네. 주지를 들어보니 그들은 자신들이 대군임을 앞세워 이렇게 말했습니다. 마사유키가 아무리 싸워도 도쿠가와 나리의 대군에 포위당하면 도저히 당해낼 수 없을 것이다. 지난날의 잘못을 뉘우치고 항복하라. 그렇지 않으면 단번에 짓밟아버리겠다."

"아직 창 한번 부딪치지도 않았는데 항복을 하라니, 사나다 일족에게 기백이 있음을 모르는 놈들이로구나. 오벤, 전령으로 온 놈들을 문밖으로 내쫓고 다시 발을 들여놓으면 목을 치겠다고 전해라."

"그거 참 통쾌하겠습니다."

"잡병들에게 달아나는 전령을 향해 손뼉을 치며 비웃어주라고 해라. 우리의 사기도 오를 것이다."

"아니, 그런 작은 쾌감을 맛보는 것은 좋지 않을 듯합니다. 우리의 계책은 이미 멀리 오사카와 연결되어 있고, 호쿠에쓰와 맺어져 천하의 풍운과 진퇴의 호응을 가지고 있습니다. 지방의 조그만 싸움이라면 전장에서의 그런 놀이도 재미있을 테지만 조금 더 자중하는 것이 좋을 듯합니다.”

“그렇다면 어떻게 하는 것이 좋겠느냐?”

“아버지께서 직접 전령을 만나 정중하고 신중하게 항복을 권하는 내용을 들어주신 뒤…… 나약한 듯 망설이며 결정을 내릴 때까지 사흘 동안의 시간을 달라고 해서 돌려보내십시오.”

“그래서?”

“사흘 후면 가와나카지마 군이 도쿠가와 군의 배후까지 하무를 물고 도착할 것입니다. 우리도 준비를 해서 기습병들을 이끌고 곳곳의 요로에 숨어 충분히 매복 작전을 펼칠 수 있습니다.”

“그렇구나. 삼 일 후에 거절하겠다는 뜻을 전해 분노해서 몰려드는 적을 치자는 말이냐?”

“아군은 시간을 벌고, 적은 나태와 자만에 빠질 테니 그렇게 하면 적의 대군과 아군의 적은 병력이 대등하게 맞설 수 있을 것입니다.”

“그렇게 하자! 오벤, 당장 전령을 이리로 불러라.”

“아닙니다. 아버지께서 직접 중문까지 마중을 나가시기 바랍니다.”

마사유키는 오벤의 재능을 인정할 수밖에 없었다. 그는 아들의 말대로 직접 전령을 만나 삼 일 동안의 유예를 청한 뒤 돌려보냈다.

삼 일째 되는 날, 아무 대답도 하지 않자 그들이 재촉을 하러 왔다. 마사유키는 여러 가지로 변명을 했다. 그 뒤 이레고 열흘이고 질질 끌다가 마지막에 거절하겠다는 뜻을 통보했다. 그러자 도쿠가와 군은 분노의 기세를 보이며 그날로 간가 강을 건너 우에다 성으로 몰려들었다.

하지만 오쿠보, 도리이 두 부대는 작전의 일치를 보지 못했다. 오쿠보는 마을에 불을 질러 태워버리자고 했으나 도리이가 반대하고 나섰다.

“이처럼 길이 좁은 마을에 불을 질렀다가 지리에 어두운 우리가 막

다른 길에 갇혀버리게 되면 오히려 돌아가기도 어려워진다.”

두 부대는 적의 성 앞에서 말다툼을 했다. 그사이 마사유키의 지휘에 따라 사나다의 정예병이 곧장 돌격해 들어왔다.

오래된 성 아래 마을의 도로는 교통의 편리나 미관보다 유사시에 대비해 ‘방어의 도시’에 주안점을 두고 설계되었다. 신겐의 통치하에 고슈 방식을 기초로 생긴 가이甲斐, 시나노信濃 지방의 성이 있었던 오래된 마을은 여행자가 되어 지금 살펴보아도 그 구상의 흔적을 알 수가 있다.

야전에 익숙한 미카와 무사의 정예라고는 하나 산간의 ‘미로의 거리’에 들어서서는 진퇴의 웅비에 애를 먹는 것도 당연한 일이었다. 게다가 그들은 고마키 전투 이후 자만에 빠져 있었다. 그리고 사나다 일족을 그저 지방의 작은 무족이라고 얕잡아보고 있었다. 곧 혼란이 일었다.

“거리에 불을 질러서는 안 된다.”

“불을 질러라. 불태워버려라.”

전혀 상반되는 두 개의 호령이 같은 부대 안에서 일어나고 있는 사이에 곳곳에서 검은 연기가 모락모락 피어오르고 있었다. 길이 복잡해서 빠져나갈 수 있겠다 싶어 들어서면 막다른 길이었다. 서쪽으로 나서는가 싶으면 동쪽으로 나와버리고 말았다.

대군인 만큼 혼란도 컸다. 게다가 성문에서 쏟아져 나온 사나다 마사유키의 병사들이 그 불과 연기를 이용해 교묘하게 들고 나면서 도쿠가와 군을 곳곳으로 몰아붙여 호쾌하게 타격을 가했다.

“우리의 솜씨를 보여주자.”

성 근처에서 마을로 어지러이 들어간 오쿠보 다다요大久保忠世, 도리이 히코에몬, 이이 나오마사의 부대도 결코 약하지 않았으나 때와 장소와 통솔이 어긋나는 바람에 힘을 제대로 펼칠 수 없었다. 마침내 그들은 완전히 무너져 원래의 진영으로 돌아가려고 했으나 길을 찾을 수 없었다. 그러는 사이에 가옥과 농가 안에서 복병의 저격을 받고 수많은 사상자를 내고 말았다.

성 위에 있던 마사유키가 깃발을 흔들어 두 번째 신호를 보냈다. 멀리로 달아나 흩어졌던 적의 그림자가 삼삼오오 야트막한 산과 강변으로 모여들어 아군이 재집결하기를 초조하게 기다리고 있었다. 마사유키가 보낸 깃발의 신호와 함께 홀연 그 부근의 숲과 산그늘에서 사나다 쪽의 복병들이 일어나 숨을 헐떡이고 있는 도쿠가와 군을 향해 사나운 독수리처럼 달려들었다.

벤지로 유키무라도 한 무리의 부대를 이끌고 도리이의 하타모토를 향해 달려갔다. 도쿠가와 군은 그곳에서도 패하여 강을 건너 달아나 새카맣게 흩어졌는데 마침 불어난 물 때문에 익사한 사람이 헤아릴 수 없을 정도로 많았다. 게다가 그들이 달아난 쪽에서는 우에스기의 가와나카지마 군이 요로를 막고 있다가 새 떼를 기다리는 그물처럼 가차없이 타격을 가했다.

이렇게 해서 수일에 걸쳐 벌어진 일전은 결국 도쿠가와 군의 대패로 끝나버렸으며, 미카와 무사들은 전례 없는 대패를 맛보게 되었다.

이후 도쿠가와 군은 우에다 성을 멀리서 포위해 식량이 들어가는 길을 막은 채 움직이지 않았다. 우에스기의 가와나카지마 군도 멀리 떨어진 채 적극적으로 나서지 않았다. 그들은 오히려 자국의 국경으로 돌아갈 준비를 했다.

마사유키는 적이 움직이지 않고 지구전을 펼치자 은근히 걱정이 되었다. 워낙 작은 성이었기에 오래 버틸 자신이 없었기 때문이다.

"이렇게 된 이상 우에스기 가게카쓰 나리께 직접 나서달라고 청할 수밖에 없겠는데……."

하지만 가게카쓰의 출마가 쉽지 않다는 것을 잘 알고 있었다.

"아버지."

유키무라가 말했다.

"무슨 일이냐, 오벤."

"아버님의 고충, 잘 알고 있습니다. 부디 저를 에치고에 인질로 보내 주십시오."

"네가…… 가겠다는 말이냐?"

"네. 한편으로는 오사카에도 사람을 보내 히데요시 공께 우에스기 가에 다시 한 번 재촉을 해달라고 청하시기 바랍니다."

"도쿠가와 군은 여기서 겨울을 날 생각인 듯하다. 겨울이 되면 가게 카쓰 나리의 출마도 어려워질 텐데……. 네가 가겠느냐?"

"오사카에는 슈리노스케를 사자로 보내시고, 저는 아버지의 서한을 들고 에치고로 가겠습니다. 인질이 되어 가게카쓰 님의 가스가야마에 그대로 남겠습니다. 그리고 반드시 가게카쓰 님께서 출마하시도록 하 겠습니다."

부자는 마음을 정했다. 이타가키 슈리노스케는 다시 오사카로, 유키 무라는 하인 세 명만을 데리고 적의 두꺼운 포위를 뚫고 에치고로 향 했다.

"이전에 아버지가 저지른 행동에 대한 불신이 남아 있겠지만, 저를 귀댁에 인질로 잡아두시고 모쪼록 위기에 빠진 우에다 성을 구해주시 기 바랍니다."

에치고 가스가야마의 우에스기 가게카쓰는 고립된 성 우에다에서 아버지의 서한을 가지고 탈출한 소년 벤지로 유키무라가 씩씩하게 말 하는 모습에 마음이 움직여 이렇게 약속했다.

"알겠다. 반드시 이 가게카쓰가 직접 나서서 돕도록 하겠다."

물론 오사카에서도 히데요시의 이름으로 가게카쓰에게 간곡한 청이 와 있었다. 우에스기 가는 곧장 채비에 들어갔다.

에치고에 들어가 있던 도쿠가와 가의 세작(제오열)이 바로 하마마쓰에 변을 알렸다. 그 소식을 들은 이에야스는 깜짝 놀라고 말았다.

"우에스기가?"

이에야스는 전혀 예측하지 못한 듯했다. 그는 이번 신슈 토벌군이 서전에서부터 커다란 실수를 범했다는 사실을 내심 평생의 불찰이라며 후회하고 있던 차였다. 게다가 지금 가게카쓰가 직접 병사를 이끌고 시나노로 온다면 이는 더 이상 사나다하고만의 문제라고 할 수 없었다.

'나도 나서지 않으면……'

이에야스가 지금 하마마쓰를 비우고 말을 시나노로 달리면 무엇보다 호조의 향배가 걱정될 수밖에 없었다. 오다와라의 호조가 '절호의 기회'라며 바로 사가미相模에서 스루가로 들어와 도카이에 난을 일으키지 말라는 법도 없었다. 게다가 오사카의 히데요시는 자신이 원하던 형국이 펼쳐졌다고 생각할 테니, 언제 이에야스의 발밑에서부터 대규모 사태가 일어날지 알 수 없는 일이었다.

'어찌해야 좋을지……'

이에야스는 손톱만 물어뜯을 뿐이었다. 또 하나, 그의 가슴에 끊이지 않는 걱정은 오카자키, 하마마쓰의 장병들 사이에서 보이기 시작한 고마키 전투 이후의 불만과 불온한 분위기였다.

"그래, 참자. 참을 인, 한 글자를 부적 삼아."

이에야스는 신슈로 나가 있던 군에 즉시 퇴각할 것을 명했다.

9월 24일 이후, 전 부대가 우에노에서 물러나기 시작했다. 사나다

마사유키는 공을 서두르는 성의 병사들을 다독여 그들을 쫓지 못하게
했다. 기세를 몰아 도쿠가와 군을 뒤쫓지 않은 것은 병사에 능한 사나
다 마사유키의 현명한 판단이었다.

또 일시적인 세상의 조소 따위에 연연하지 않고 형세가 불리하다고
생각하자마자 바로 포기하고 전군의 철수를 명령한 것 역시 과연 이에
야스다운 일이었다고 하지 않을 수 없다. 전진하라는 결단은 쉽지만,
물러나라는 과단은 쉽지 않다. 내부의 불평, 세상의 조소, 자신의 체면,
온갖 의미에서 그것을 참으며 패한 채로 물러나는 것만큼 어려운 일도
없다.

만약 이에야스에게 대국을 보는 눈이 없고, 장래를 예측하는 힘이
없어서 한 걸음만 더 만용을 부렸다면, '가게카쓰가 출마해서 사나다
를 돕는다면 나도 말을 시나노로 달리겠다'며 움직였다면, 그것으로
히데요시의 술수에 빠져버리고 말았을 것이다. 히데요시는 이미 그렇
게 된 뒤의 제2차 고마키 전투에 대한 비책을 구상해둔 채 오사카 성의
깊은 곳에서 '이에야스가 움직였다'는 정보가 들어올 날만을 이제나저
제나 기다리고 있었기 때문이다.

만약 이에야스가 가벼운 생각이나 체면에 사로잡히고 일개 사나다
의 작은 성에 연연해 직접 그곳으로 움직였다면 어떻게 되었을까? 우
선 인접한 대국의 호조가 그 틈을 이용해 야망을 드러냈을 것이며 오
사카와 오다와라 사이에서 밀사가 오가며 약속을 맺었을 것이다. 그리
고 앞서 가니에 부근을 엿보았던 오사카의 해군도 엔슈, 스루가 해안
부근에서 유익하기 시작했을 것이며, 미노, 이세, 고슈에 걸친 노부오
지원국은 히데요시의 재촉에 의해 어쩔 수 없이 다시 제1차 고마키 전
투 때보다 훨씬 더 오카자키에 가까운 곳까지 접근했을 것이다.

더군다나 지금 이에야스에게는 도쿠가와를 지지하는 호쿠에쓰의

우군도 없고, 오사카의 배후를 위협할 시코쿠, 기이 등의 동지도 없었다. 그러니 사면이 완전히 막힌 고립 상태가 되어 이에야스는 '마침내 고마키의 불리한 결과에 모든 것을 포기한 듯한 전쟁에 임해 덧없이 세상의 대세를 적으로 헛된 최후를 고했다'며 반생의 끝과 역사의 한 소곡을 남긴 채 끝을 맺었을 것이다. 하지만 이에야스는 히데요시의 속내를 꿰뚫어보고 있었다.

'마음껏 자랑하라, 사나다여. 풋내기에게 한때의 이름을 날리게 해 줄 테니.'

이에야스는 웃으며 저주었다. 이 패배가 어떠한 대승보다 더 가치 있었다는 사실을 이후의 세월이 증명했다.

이 지방에서 일어난 사변은 덴쇼 13년(1585년) 봄에서 9월 말까지 약 여섯 달 동안에 걸친 일로, 히데요시에게는 그해의 주력적 행동 기획은 아니었으나 이에야스의 입장에서 보면 자칫 자신의 '파멸'을 부를지도 모를 위험한 절벽과도 같은 것이었다.

행운은 짧고 불행은 길다. 그리고 세상에서 흔히 말하는 설상가상은 단지 한 개인에게만 국한된 얘기가 아니다. 그 무렵 이에야스의 운명은 어디를 둘러보아도 좋지 않은 일들뿐이었다. 자신의 세력 아래 직속 무관 중 하나라고 믿고 있던 사나다가 배반했으며, 또 어쩔 수 없이 참기 어려운 패배를 맛보아야 했다.

집안의 사기가 떨어진 채 맞이한 겨울이 11월 중순에 접어들 무렵, 이번에도 이에야스의 몸에 소름이 돋을 만한 심각한 사건이 도쿠가와 가 내부에서 일어났다.

겨울바람

별 하나 없이 어두운 밤하늘과 혹독한 겨울을 알리는 대지. 침묵에 빠진 거인처럼 오카자키 성의 망루가 겨울바람 속에 솟아 있었다. 오늘 밤은 성벽의 총안에도 횃불이 보이지 않았다. 성곽 안팎을 감싸고 있는 숲의 어둠이 울부짖는 하늘에 호응해 조수의 흐름처럼 흔들리며 울고 있을 뿐이었다.

11월 13일 저녁때였다. 니노마루를 지키는 부대의 부장인 하지카노 덴에몬初鹿野伝右衛門은 요란한 강풍이 불어대자 담당 구역을 한 바퀴 둘러보았다. 그리고 별생각 없이 혼마루와 경계를 이루는 야트막한 풀밭에 서서 귀가 떨어져나갈 것처럼 차가운 바람이 부는 어둠 속을 바라보았다. 그때 어딘가에서 말 울부짖는 소리가 두어 번 들려왔다.

"응……? 누가 나가려는 것일까?"

평소 열지 않는 뒷문을 통해 완만한 내리막길로 내려가는 말발굽 소리와 사람의 목소리가 희미하게 들려왔다.

인기척으로 봐서 두어 명이 아닌 적어도 이삼십 명이 줄지어 가는 것이 아닐까 여겨졌다. 당황한 덴에몬은 혼마루와의 경계에 있는 중문으로 달려갔다.

"보초병, 이봐 보초병."

초소를 들여다보니 횃불도 없는 작은 방에서 담당 무사 둘이 소처럼 졸린 얼굴을 내밀었다.

"아, 하지카노 나리십니까?"

"그래, 있었는가? 어째서 횃불을 밝히지 않은 게지?"

"초저녁에 성주 대리님께서 오늘 밤에는 바람이 세니 절대로 불을 밝히지 말라고 명하셨습니다."

"이상한데."

덴에몬이 고개를 갸웃거리며 말했다. 니노마루에서 봤을 때 혼마루의 무수한 총안에서 불빛 하나 새어나오지 않았기에 아까부터 이상히 여기고 있던 차였다.

"미카와는 겨울바람이 세기로 유명하지 않은가? 바람이 센 것은 오늘 밤만이 아니다. 왜 유독 오늘 밤에는 불을 밝히지 말라고 한 거지?"

"저희는 잘 모르겠습니다."

"성주 대리님은?"

"어제부터 감기 기운이 있어서 방에만 계신다고 들었습니다."

"흠…… 그렇다면 조금 전 뒷문 쪽으로 내려간 사람들은 어디 소속의 부대인가?"

"모르겠습니다. 저희에게는 별다른 통보가 없었기에."

덴에몬은 더욱 의심이 들었다. 평소 그의 가슴속에는 성주 대리인 이시카와 호키노카미 가즈마사에 대한 일종의 동정과 의혹이 공존하고 있었기 때문이다. 그랬기에 혹시나 하는 근심이 곧 가슴을 찔렀다. 그는 혼마루로 들어가 가즈마사의 직속 부하인 구도 산고로工藤三五郎를 만나 물어보았다.

"가즈마사 나리를 뵙고 싶소만."

"감기 기운 때문에……."

산고로가 바로 거절했다.

"오늘도 하루 종일 사람을 들이지 말라고 엄히 명하시고 방에 누워만 계십니다."

"그럼 근신을 불러주었으면 하네."

덴에몬은 다른 사람을 만나 용태를 물었다. 하지만 모두 애매하게 대답할 뿐이었다. 게다가 불을 밝히지 않은 무사 대기실의 사람들 모두 조금 전 뒷문을 통해 나간 한 무리의 사람에 대해서는 아무것도 모르고 있었다.

"응? 그런 일이 있었습니까?"

그로부터 얼마 지나지 않아 하지카노 덴에몬은 성문 뒤쪽에 있는 마을의 어둠 속을 성큼성큼 걷고 있었다.

"이삼십 명쯤 되는 사람들이 말을 타고 이곳을 지나지 않았는가? 어느 쪽으로 갔는가?"

덴에몬은 사람들에게 물어 그들의 뒤를 쫓았다. 조금 전 수상한 사람들의 방향은 금세 알 수 있었다. 야나기노바바柳の馬場를 반쯤 둘러싸고 무사코지侍小路로 꺾어지는 해자 끝의 두 번째 네거리, 그곳에 있는 커다란 저택이었다.

"그렇다면 호키 나리……."

이시카와 호키노카미 가즈마사의 관저, 즉 성주 대리의 저택이었다. 덴에몬은 문 앞에 서서 망연히 중얼거렸다.

"문을 굳게 잠그고 불빛 하나 없구나. 그냥 들어가면 만나주실 리 없을 테고……. 어떻게 하면 좋단 말인가?"

덴에몬은 생각에 잠겼다. 가슴속은 우정으로 가득했다. 존경하는 벗이자 선배였다. 가즈마사가 난처해질 것을 생각하지 않는다면 일은 간단했지만, 극비를 전제로 하여 주위의 이목을 피하려면 가즈마사를 만나는 것조차 쉬운 일이 아니었다.

앞문을 피해 옆문으로 돌아 들어갔다. 그곳의 문도 새카만 어둠 속에 굳게 닫혀 있었으며, 밤바람이 저녁보다 더 세차게 부근의 나무를 흔들고 있을 뿐이었다. 성주 대리의 저택은 비상시에 조그만 요새 역할을 할 수 있도록 둘레에 물줄기가 흘렀고 조교가 놓여 있으며 견고하게 지어져 있었다.

덴에몬은 다시 뒷문 쪽으로 발걸음을 옮겼다. 그런데 그곳 버드나무에 조금 전 도착한 네다섯 필의 말이 묶여 있었다. 그리고 분주하게 작은 문을 드나드는 사람들의 그림자가 보였다. 덴에몬은 됐다 싶어 빠른 걸음으로 다가갔다. 그러자 보초병이라도 있었던 것인지 누군가가 그를 불러 세웠다.

"멈춰라. 어디로 가는 것이냐?"

놀라 뒤를 돌아보니 창을 든 병사가 셋 정도 서 있었다. 그들의 모습도 그렇고 말투도 그렇고, 순간 전시의 살기를 떠오르게 했다. 하지만 덴에몬은 극력 온화한 투로 말했다.

"니노마루를 지키는 하지카노 덴에몬이오. 성주 대리님을 뵙고 긴히 드릴 말씀이 있어서 늦은 줄 알면서도 찾아온 것이오. 말씀 전해주시오."

병사들이 그의 얼굴을 살펴보았다. 덴에몬의 풍채를 모르지는 않았기에 병사 하나가 작은 문 안으로 달려 들어갔다.

차가운 바람 속에서 시간이 상당히 많이 흘렀다. 마침내 가즈마사의 심복인 듯한 나이 많은 가신이 나와 정중하게 사과를 하며 말했다.

"주인께서는 성안에 계십니다. 요 며칠 동안 감기에 걸려 이곳에는 오지 않으셨습니다. 뭔가 착오가 있었던 듯합니다. 그러니 주인의 병이 낮기를 기다렸다가 성안에서 뵙기 바랍니다."

덴에몬이 예상했던 대답이었다. 그는 애써 미소를 지어 보이며, 상대방보다 더욱 정중하게 말했다.

"그야 물론…… 다른 이들에게는 그렇게 말씀하실 테지만 이 덴에몬에게는 그러실 필요 없습니다. 가즈마사 나리를 향해 매섭게 몰아치는 세상의 풍파와 이 덴에몬을 똑같이 생각하지는 말아주십시오. 오늘 밤에는 저도 일개 인간, 나리도 일개 인간으로 뵙고 싶은 것이니……."

덴에몬이 이어 말했다.

"실은 감기에 걸려 성안에만 계신다는 성주 대리님께서 조금 전 은밀히 혼마루에서 나와 이곳으로 오신 것을 제 눈으로 직접 보았습니다. 걱정하실 것 없습니다. 그 사실을 안 것은 다행히도 저 한 사람뿐이니. 아무도 눈치채지 못했으니 그 점도 염려하실 것 없다고 성주 대리님께 다시 한 번 말씀드려주시기 바랍니다. 뵙고 폐를 끼치는 일은 결코 없을 것입니다."

덴에몬의 말에 가즈마사의 가신은 더는 거짓말을 하지 못하고 저택 안으로 들어갔다. 그리고 마침내 다시 모습을 드러내더니 덴에몬을 저택 안으로 안내했다.

"우선 안으로 들어오십시오."

널따란 저택 안 곳곳에서 낮은 등불의 둔탁한 빛이 보이고 어떤 방은 문을 떼어내기도 했다. 그러한 '기척'만으로도 저택 안에서 뭔가 큰일이 벌어지고 있다는 것을 알 수 있었다. 하지만 덴에몬은 어떠한 곳에도 눈길 한번 주지 않고 안내에 따라 안으로 들어갔다.

"그런가, 이리로 안내하게……."

안에서 목소리가 들렸다. 안으로 들어간 덴에몬은 얼음장 같은 방 안에서 추위를 견디며 꺼질 듯 깜빡이는 촛대 옆에 앉아 있는 예순 살 정도의 나이 든 무신을 보았다.

"오오……."

"그래…… 덴에몬인가."

두 사람은 마주 앉아 한동안 아무런 말도 하지 않았다. 누구보다 친한 사이, 마음을 허락한 남자와 남자 사이의 침묵은 말보다 더 많은 감정을 이야기하는 법이다.

"……."

아직 아무런 말도 주고받지 않았는데 덴에몬의 눈에서도 가즈마사의 눈에서도 뜨거운 눈물이 줄줄 흘러내렸다.

"성주 대리님…… 아니 가즈마사 나리. 결국은 세상의 겨울에 이기지 못하고 오늘 밤의 바람에 몸을 맡겨 어딘가로 떠나실 생각이십니까?"

"……."

"혼마루에서는 나오셨으나 아직은 댁에 계십니다. 이번 발걸음을 다시 한 번 생각해보실 수는 없으시겠습니까? 아니, 그러셔야 한다고 저는 생각합니다. 나리의 연세, 도쿠가와 가에서의 나리의 위치, 나리의 중책…… 또한 거느리고 있는 수많은 사람의 슬픔과 운명의 갈림길을 생각하신다면 결코 쉽게 이곳을 나서지는 못하실 것입니다."

"덴에몬, 잠시만……. 이제 그만하게. 괴롭네. 그런 말을 들으면 괴로워."

"다른 말은 듣고 싶지 않다는 뜻입니까? 아니면 생각을 바꾸셨다는 말씀이십니까?"

"여기까지 온 이상."

"여기까지 온 이상, 어쨌다는 것입니까?"

"이미 마음을 정한 가즈마사일세. 자네의 말은 기꺼이 듣겠네만."

"그렇다면 무슨 일이 있어도 오카자키를 떠날 생각이십니까?"

“어쩔 수 없네……."

가즈마사는 새치가 섞인 머리카락을 촛불에 내비치며 고개를 뚝 떨어뜨렸다.

"호키 나리, 원망스럽습니다. 어, 어째서 결심하기 전에 이렇게 하실 거라고 제게는 한마디도 해주지 않으셨는지."

덴에몬은 원망스럽다는 듯 어금니를 깨물며 마음의 벗을 나무랐다.

"이 가즈마사는 자네만을 유일한 지기라 생각하고 있다네."

가즈마사는 지난봄 정월에 덴에몬과 함께 술잔을 주고받으며 그렇게 말했다. 그 뒤 이 오카자키 성의 주장인 성주 대리로 가즈마사가, 니노마루를 지키는 부장으로 덴에몬이 선발되었을 때도 '자네만이 마음의 벗'이라고 몇 번이나 말했는지 모른다. 그런 가즈마사가 이처럼 중대한 결단을 사전에 밝히지도 않고 오카자키를 떠나려 했다는 사실에 하지카노 덴에몬은 불만을 느꼈다.

두 사람의 교우는 결코 하룻밤 사이에 맺어진 것이 아니었다. 덴에몬은 원래 다케다 가의 가신이었다. 방계傍系 중에서도 방계였다. 적국에서 항복해온 장수로 이에야스의 신하가 된 뒤 여러 전장에서의 시험과 평상시의 거북함과 사람들의 의심 등을 견디고 최근에야 중용되었다.

덴에몬은 당초부터 자신의 인간됨에 경도되어 음으로 양으로 보살펴준 이시카와 가즈마사를 참된 선배로 존경해왔다. 만약 도쿠가와 가에 가즈마사가 없었다면 전통이 강한 미카와 무사들 사이를 떠나 다시 세상을 떠도는 몸이 되었을지도 모른다. 그는 그러한 생각이 들 때마다 그 은혜를, 그 지기를 감사하지 않을 수 없었다.

그런 만큼 덴에몬은 오늘 밤 더욱 화가 났다. 선의로 불타오르는 분노에 견딜 수가 없었다.

고마키 전투 전후부터 특히 노부오와 히데요시가 화의를 맺은 이후 이시카와 가즈마사와 오사카의 관계가 수상하다고 도구가와 가 사람들이 의심할 때마다 덴에몬은 남 일처럼 여기지 않았다.

겉으로는 호쾌한 척하고 대범해서 작은 일에 구애받지 않는 것처럼 보이지만, 속으로는 여자 이상으로 치졸한 질투와 술책과 배타적 근성 등을 품고 있는 무문의 사내들. 물론 성격이 다르기는 하나 덴에몬도 예전에 무사들의 멸시와 의심 때문에 밤낮을 시달렸던 경험이 있었다.

'아니, 나는 그나마 미미한 외부인으로 그런 대접을 받았다. 그것은 가벼운 일이다. 하지만 호키 나리께서는……'

덴에몬은 자신보다 몇 배는 더 괴로울 가즈마사의 마음을 생각했다.

모두 아는 것처럼 이시카와 호키노카미 가즈마사는 사카이 다다쓰구와 함께 도구가와 가의 원로였다. 다른 곳에서 온 나그네 같은 신하도 아니었으며, 이에야스가 코를 흘리던 어린 시절부터 여덟 살에 이마가와 가의 인질로 갔을 때도 늘 곁을 떠나지 않았던 조강지처와도 같은 충신이었다. 즉 없어서는 안 될 집안의 기둥이었다.

그리고 미카와 출신의 용맹한 장수는 아주 많지만 군공에 있어서 가즈마사와 어깨를 나란히 할 수 있을 만한 사람은 아무도 없었다. 그러한 점에 있어서도 혁혁한 수훈자 중 으뜸가는 사람이었다.

하지만 요즘 가즈마사는 광대뼈가 드러날 정도로 야위어서 곁에서 보기 안쓰러울 정도로 초췌한 모습이었다. 덴에몬 이외의 다른 가신들은 그를 차가운 눈초리로 바라보기만 할 뿐 누구도 가엾은 무사라고 여기지 않았다. 최근 날이 갈수록 도구가와 가가 고립되어 고민이 깊어지자 가즈마사를 대하는 집안사람들의 시선은 동정은커녕 더욱 매서워져만 갔다.

"이처럼 불리한 입장에 서게 된 것도 대대로 녹을 먹었으면서, 언제부턴가 히데요시에게 아첨하여 음으로 양으로 히데요시의 이득만을 꾀해 주인댁의 무운을 팔아먹고 있는 자가 우리들 위에서 집안의 기둥인 양 하고 있기 때문이다."

사람들은 가즈마사에 대해 그렇게 말했다. 틀림없이 처음에는 동료들 사이의 질투가 화근이었을 것이다.

가즈마사가 이야에스의 대리로 히데요시를 처음 만난 것은 덴쇼 10년(1582년), 히데요시가 야마자키 전투에서 대승을 거두고 뒤이어 시바타 가쓰이에를 야나가세에서 물리친 뒤였다.

호키노카미는 축하의 사절로 오사카에 가서 도쿠가와 가의 가보인 하쓰하나 다기를 히데요시에게 전하는 역사적인 사명을 수행했다. 그것은 누구나 부러워할 만한 일이었다. 누가 뽑힐지 발표되지 않은 동안 사람들은 자신을 후보의 첫 번째 자리에 놓았다.

이에야스는 그 사자를 중히 여기고 있었을 것이다. 그러니 당연히 신하 중에서 으뜸이 되는 사람을 사자로 뽑았다. 이는 주군이 가즈마사를 총애하고 있다는 결정적인 증거였다. 그뿐만 아니라 가즈마사는 오사카로 가서도 히데요시에게 극진한 대접을 받았다.

히데요시가 붙잡는 바람에 예정보다 나흘이나 더 오사카에 머물렀으며, 히데요시의 마음을 완전히 사로잡았다. 돌아오는 길에도 여러 가지 선물을 받았다고 한다.

낙담한 사람들은 말이 많은 법이다.

"호키 나리께서는 사람 속이기의 달인인 히데요시로부터 여러 가지 간살맞은 대접을 받고 기뻐서 어쩔 줄 모르며 돌아오셨다고 하더군."

그 무렵부터 동료들 사이에서 가즈마사에 대한 좋지 않은 감정이 뿌리내리고 있었다. 이후부터는 기회가 있을 때마다 가즈마사에게 물었다.

"저희처럼 미카와에 있는 시골 무사들은 아직 최근의 오사카를 보지 못했습니다만, 호키 나리가 보시기엔 어떻습니까?"

사람들은 그렇게 묻고는 가즈마사가 별다른 뜻 없이 오사카 성의 웅대함, 시가의 커다란 규모, 서민 문화의 높은 수준 등을 이야기하면 그것을 어떤 의미가 있는 말인 양 서로 '호키 나리의 오사카 찬미가 또 시작됐다'는 식의 눈짓을 주고받았다.

그 뒤 히데요시의 사자가 답례를 위해 하마마쓰에 왔을 때도 이에야스는 낯선 사람이라며 접대를 가즈마사에게 맡겼다. 그리고 고마키에 머물 때도 히데요시가 보낸 사자가 가즈마사의 진소에 몇 번이고 드나들었다. 그러한 일은 적과 아군으로 맞서게 됐다 할지라도 크게 개의치 않는 히데요시의 기풍에 기인한 것이었는데, 가즈마사 역시 전쟁은 전쟁이라는 마음으로 거기에 응했다.

그 뒤 더욱 미묘하고 좋지 않은 일이 가즈마사의 신변을 감싸기 시작했다. 그것은 화목 문제에 그가 개입되었다는 사실이었다. 주전론을 주장하는 아군으로부터 곧 '적과 친밀한 인사'라는 낙인이 찍혀버리고 말았다. 하지만 가즈마사는 특별히 변명도 하지 않고 지냈다.

사실 가즈마사는 히데요시와 화목하는 것이야말로 주인댁의 안전을 도모하는 가장 좋은 방법이라 믿고 있었다. 그는 오사카 문화의 수준, 군수 물자, 커다란 규모, 시운의 추세 등을 직접 보고 히데요시의 인물됨을 알게 된 뒤, 오사카는 오카자키나 하마마쓰와 도저히 비할 수 없다는 사실을 깨달았다.

그러한 생각에 동감한 사람은 이에야스뿐이었다. 그 외 사람들은 미카와 무사의 용맹만을 알 뿐, 시대의 빠른 문화적 변화와 무기의 진보는 알지 못하는 시골 무사의 지식으로 여전히 오사카를 과소평가하고 있었다.

이시카와 가즈마사에 대한 비난과 험담이 '두 마음을 품은 자', '사자 몸 속의 버러지' 등처럼 더욱 노골적으로 변한 것은 히데요시와 노부오의 단독 강화로 이에야스가 고립되고 점점 더 불리한 위치에 서게 된 지난 반년 동안의 일이었다.

때로는 이에야스의 귀에까지 위험한 인물이라며 그의 이름이 들려왔다. 그럴 때마다 이에야스는 '가즈마사의 생각에는 다 이유가 있다. 의심을 받는다는 건 유감스러운 일이다. 참으로 딱한 입장에 놓이게 되었다'고 생각했다. 자신이 하고 있는 인내를 가즈마사도 함께하고 있는 것이라며 가신들의 시끄러운 소리에는 귀를 닫고 있었다.

하지만 가즈마사는 이에야스만큼 인내심이 강하지 않았다. 그의 인생관이 그를 향해 이렇게 속삭이는 것만 같았다.

'무엇 때문에 그렇게 참을 필요가 있는 거지?'

무인의 인생관 속에는 언제나 '죽음'이 있다. 아침에 눈을 떠서도 저녁을 알 수 없다. 그처럼 덧없이 짧은 생애를 사는 동안 바늘방석을 견디며 우물 안 개구리 같은 사대주의자들에게까지 의심을 받고 경멸을 받으며 홀로 앙앙불락 죄인과 같은 나날을 보내지 않으면 안 된단 말인가?

생각해보면 이유는 없었다. 존재하는 것이라고는 환각의 우리뿐이었다. 주종, 신절臣節, 정의情義 등 무문 생활의 약속뿐이었다. 하지만 그 속에서 수없이 약속하고 전장을 달리며 백발이 되도록 살아왔으나 과연 참으로 아름다운 그 약속이 동료와 벗들 사이에서도 실행되어왔는지? 도쿠가와 가 최고의 무훈을 세워온 만년의 자신에게 지금 돌아온 보답이란 과연 무엇이란 말인가?

'이게 그 보답이란 말인가?'

가즈마사는 분노가 치밀어 올랐다. 그리고 문득 만년에 절조가 무슨 소용이 있겠는가, 얼마 남지 않은 목숨을 즐기지 않으면 어찌 인생이라 할 수 있겠는가 하며 무릎 위에서 주먹을 쥐고 생각했다. 그 순간 분노의 감정과는 반대로 나이 든 무사의 눈에서는 여인네처럼 눈물이 뚝뚝 흘러내렸다.

'만약 가즈마사가 오카자키를 떠난다면 주군의 마음은 과연 어떨까? 불충하고 불의한 놈이라고 이 가즈마사를 미워하실까? 아니면 안타깝구나, 참지 못하고 결국 떠났구나 하시며 탄식하실까?'

가즈마사는 역시 우리 속의 무인이었다. 결국은 주종의 연을 끊을 수가 없었다. 하지만 그런 망상을 품게 된 이후부터는 이에야스의 모습을 봐도 어딘가 차가운 주인으로 보이기 시작했다. 아무리 최선을 다해 섬겨도, 목숨을 바치면서까지 섬겨도 어딘가 차갑게 느껴지기만 했다. 자신이 눈물을 흘려도 주인은 운 적이 없었다. 실제로 가신들이 이렇게까지 자신을 비난하고 차가운 눈초리로 바라본다는 사실을 눈으로도 보고 귀로도 들어 알고 있으면서도 모르는 척 가즈마사를 바라볼 뿐이었다.

'히데요시 공은 따뜻하다.'

마침내 가즈마사는 마음속으로 두 사람을 비교하기 시작했다. 그는 히데요시와 새로운 오사카 성을 중심으로 한 문화와 군용의 흥륭을 생각할 때면 문득 오사카가 그리워지기도 했다. 남들은 히데요시를 사람 속이기의 달인이라고 말하지만 가즈마사는 그렇게 생각하지 않았다. 히데요시는 가즈마사의 진가를 인정해주고 있었던 것이다. 어깨를 두드리며 '연이 닿으면 언제라도 몸을 의지해 오게나. 그대 정도의 인물을 시골의 성에 묻어둔다는 것은 참으로 불행한 일일세'라고 말해준 적도 있었다.

가즈마사는 언제부턴가 가슴속에 중대한 결의를 품기 시작했다. 그것은 오카자키를 탈출하겠다는 생각이었다.

　11월 13일, 때마침 강풍이 불어오자 절호의 기회라 생각했다. 그는 얼마 전부터 감기 기운이 있다며 거짓말을 하고 성안에서 사택으로 은밀히 거처를 옮겼다.

두 개의 세상

　주인인 가즈마사는 차도 내오지 않고 하인도 부르지 않고 방문을 닫아놓은 채 손님인 덴에몬과 이야기를 나누었다. 두 사람 사이의 대화는 쉽게 마무리 지어질 것 같지 않았다. 하지만 안에서는, 아니 이시카와 가의 안팎과 부엌 등 모든 곳에서는 분주히 움직였다.

　곳곳에 희미한 등불을 켜놓고 신변잡화를 정리해 넣은 몇 개의 고리짝을 말 위에 싣고, 가즈마사의 아내와 딸과 시녀들이 가벼운 차림으로 여행 준비를 서두르고, 부엌에서는 삼사십 명이 먹을 도시락을 만들어 무사들에게 건넸다. 대가족이 다른 나라로 야반도주와 다를 바 없이 떠나는 것은 사전에 아무리 준비를 잘했다 할지라도 막상 닥치고 보면 그리 쉬운 일이 아니었다.

　그제와 어제에 걸쳐 이시카와 가에서는 이미 수많은 가신과 하인을 대부분 고향으로 돌려보냈다. 가재도구는 배 세 척에 실어 벌써 어딘가로 보냈으나 성안에서 데려온 이십여 명의 사람들과 가즈마사의 처자들까지 합쳐 사십 명이나 되는 사람들이 집을 버리고 나서야 했다. 그러다 보니 비밀을 감싸려는 소리만 해도 심상치 않은 귀기가 되어 지붕을 검게 기어올랐다.

"사나이左內, 사나이."

문 안쪽에 가마를 숨겨둔 채 여러 사람이 차가운 바람을 피해 서 있었다. 벌써 떠날 채비를 마치고 나온 이시카와 가즈마사의 처자들이었다.

안쪽에서 부르는 소리가 들리자 가신 야마다 사나이가 황급히 달려와 무릎을 꿇었다.

"얼마나 추우십니까? 하지카노 나리도 곧 돌아가실 테니……."

사나이가 기다리는 사람들의 초조한 마음을 헤아리며 말했다.

"아니, 추위는 문제될 것 없네만, 손님으로 오신 덴에몬 나리께서 너무 오래 계시는 듯해서……. 혹시 나리와 언쟁이라도 벌이고 계시는 것은 아닌지……. 사나이 자네가 잠시 살펴보고 오게나."

"걱정하실 것 없습니다. 하지카노 나리께서 어떤 마음으로 오셨는지 걱정이 되어 객실 밖에 젊은 무사 서너 명을 숨겨두었으니 만약의 사태가 벌어진다면 하지카노 나리라 할지라도 살려두지 않을 각오입니다."

"평소 나리와도 친분이 깊으셨던 덴에몬 나리는 참으로 좋으신 분이야. 뜻밖의 일이 벌어지지 않도록 얼른 돌아가시게 할 방법은 없겠나?"

"안 됩니다. 일가가 떠난다는 사실을 이미 모두 알고 계시니 함부로 놓아주면 우리 일가가 파멸을 맞게 될지도 모릅니다. 하지카노 나리의 목숨 하나와 우리 일가의 목숨 전부를 바꿀 수는 없습니다."

"나리께서도 바로 그 점을 덴에몬 나리께 잘 말씀드리고 있는 것 아니겠나? 참으로 불안한 일이야. 사나이, 안을 잠시 살펴보고 오지 않겠는가?"

"하지만 오규大給의 마쓰다이라 고자에몬松平五左衛門 님께 보냈던 자도 아직 돌아오지 않았으니, 그 대답을 알기 전에는 길을 떠날 수가 없습니다."

"아아, 마쓰다이라 나리의 답변은 오늘 저녁이면 들을 수 있을 줄 알았는데, 아직 그 사자도 돌아오지 않았단 말인가?"

바람 소리가 다시 거세졌다. 그때 비가 내리지 않는 폭풍과도 같은 바람 속을 말에 채찍을 가해 달려오는 사람이 있었다.

"나리는? 채비는?"

오규의 마쓰다이라 고자에몬 지카마사松平五左衛門近正의 저택에서 달려 돌아온 가신은 다급한 눈빛으로 허둥대고 있었다. 예전부터 마쓰다이라 지카마사와 이시카와 가즈마사 사이에는 묵계가 성립되어 있었다.

"귀공께서 도쿠가와 가를 떠나신다면 저도 도쿠가와 가에 머물고 싶지 않습니다."

지카마사는 그렇게 털어놓을 정도로 동족들 사이에서 따돌림을 당해 여러 해 동안 불우한 처지에 놓여 있었다. 두 사람은 불우함이 맺어준 벗이었다. 이에 가즈마사는 오늘 저녁 오규로 사람을 보내 미리 연통을 해두었다.

"오늘 밤 오카자키를 떠나 미리 정해두었던 곳으로 갈 생각이오. 나루미鳴海의 선착장에서 만나기로 합니다."

그런데 지금 돌아온 사자의 말에 따르면 가즈마사와 운명을 함께하자는 말에 가족 안에서 반대가 일어 막판에 의견 대립이 있었다는 것이다. 그리고 지카마사가 갑자기 태도를 바꾸어 동행을 거절했다는 것이다.

"아들 가즈나리一生와 가신 중에도 동의하지 않는 자가 있어 이번에는 동행할 수 없게 되었습니다."

위약이 단순한 위약으로 끝난다면 모르겠으나, 지금은 천하의 어디에 살고 있다 할지라도 지상의 세상은 하나가 아니었다. 서쪽이냐, 동쪽이냐, 오사카냐, 도쿠가와냐, 두 개의 세상 중 한 군데에 몸을 의탁하지 않으면 살아갈 수 없는 세상이었다.

가즈마사와의 약속을 깨고 가즈마사가 도주하려는 비밀을 사전에 알게 된 이상, 남기로 한 마쓰다이라 지카마사는 반드시 사태를 하마마쓰에 알려 몸의 결백을 증명하는 데 쓸 것이다. 가즈마사의 사자가 큰일이라며 당황한 모습으로 돌아와 주위 사람들에게 떠들어댄 것도 어찌 보면 당연한 일이었다.

"이를 어찌하면 좋단 말인가?"

가신들도 당황했다. 가즈마사의 처자들은 말할 필요도 없었다. 얼른 돌아가지 않는 손님이 참으로 원망스러웠다.

"사나이, 사나이. 더는 지체할 수 없네. 나리께 살짝 귀띔을 해서라도……."

가즈마사의 아내가 불안한 마음으로 명령했다. 야마다 사나이가 안으로 달려가 주인과 덴에몬이 있는 객실을 엿보았다. 그러자 안에서는 주객 두 사람이 처음보다 더 격한 감정으로 언쟁을 벌이고 있는 듯했다.

"그렇다면 가즈마사 나리께서는 생각을 바꾸실 수 없다는 말씀이십니까?"

"물론 이 정든 땅과 어렸을 때부터 모셔온 이에야스 나리께 작별을 고하는 것은 견디기 어려운 괴로움이기는 하나……. 일이 여기에까지 이르렀으니."

"흠…… 이미 그렇게까지 생각하셨다면 이 덴에몬의 만류도 무의미할 듯합니다. 더는 만류하지 않겠습니다."

하지카노 덴에몬은 결국 포기하고 말았다. 그리고 이렇게 말했다.

“그렇다면 가즈마사 나리, 수많은 권속을 데리고 지금부터 대체 어디로 가서서 만년을 보낼 생각이신지 그곳만이라도 알려주시기 바랍니다.”

“……”

“결코 다른 사람에게는 말하지 않겠습니다. 헤어진 뒤에 가끔 소식이라도 전하고 싶어서.”

가즈마사가 자세를 바로 하고 말했다.

“덴에몬, 대답하는 이상 자네에게 거짓말할 수는 없네. 사실 이 가즈마사는 오사카로 갈 생각이네.”

“넷, 오사카로……. 히데요시 공께 몸을 의탁할 생각이십니까?”

덴에몬은 귀를 의심하듯 낯빛을 바꾸더니 순간 앉은 자리에서 서너 자 정도 펄쩍 뒤로 물러났다. 그러고는 무의식중에 뒤쪽에 멀리 두었던 자신의 칼 쪽으로 손을 뻗었다. 가즈마사가 놀라 몸을 조금 움찔하며 꾸짖었다.

“덴에몬, 무슨 짓을 하려는 겐가.”

“당연한 일 아니겠느냐. 지금부터 이시카와 호키노카미를 배신한 모반자라 보고 말하겠다. 주군의 신임을 얻어 오카자키 성의 성주 대리로 있는 노신이 배신을 해서 오사카로 가겠다는데 누가 그것을 보고 가만히 있겠느냐?”

“잠시 기다리게 덴에몬. 자네를 둘도 없는 벗이라 생각했기에 이처럼 솔직하게 이야기한 것 아니겠는가. 가즈마사에게 참담한 생각을 품게 하지 말게. 이번에는 못 본 척, 모르는 척하고 돌아가기 바라네.”

덴에몬이 머리를 힘껏 흔들며 말했다.

“닥쳐라! 세상이 다 아는 호키노카미 가즈마사이기에 설령 오카자키를 떠난다 할지라도 어디에 소속되지 않고 삼가 무인의 절조를 지키리라고…… 지금까지 그렇게 믿어온 내가 분할 따름이다. 지, 진심이냐, 호키노카미?"

덴에몬이 통한의 눈물을 흘리며 칼의 손잡이를 쥔 채 다가오고 있었다. 가즈마사는 촛불 옆에 참담히 고개를 숙인 채 앉아 있을 뿐이었다.

'나의 깊은 상심은 이 둘도 없는 벗조차 알아주지 못하는구나.'

가즈마사는 오사카로 간다 할지라도 히데요시에게 의지해 몸의 영달을 꾀할 생각이 꿈에도 없었다. 인간의 나이 육십에 다다른 사람이 어찌 그 이상의 뜬구름과 허영을 바라겠는가?

무인의 인생을 살다 보면 인간의 부침과 영위와 명리의 덧없음을 아침저녁으로 질릴 만큼 보게 되는 법이다. 게다가 자신은 차가운 시선과 질시 속에 있으면서도 어쨌든 주군 이에야스의 신임을 얻어 오카자키 성을 맡게 되었으며, 일가권속도 각자 먹을 것과 거처할 곳을 얻었다. 그런데 어찌 불만이 있겠는가?

불만은 시대에 어두운 우물 안 개구리들의 독선적인 아집에 있었다. 오사카를 경시하고 히데요시에 반대하는 협소하고 위험한 사상에 있었다. 바로 그것이 결국은 도쿠가와 가를 그르치게 할 것이 아니고 무엇이겠는가?

낮은 문화 수준은 오사카에 비할 바가 아니었다. 저급한 눈으로 가즈마사를 적과 통한 배신자로 보아 집안의 화목을 깨는 것이 자신의 잘못은 아니나 주인에게는 면목 없는 일이었다. 그런 점에서 가즈마사는 틀림없이 아군 속의 해충이라 할 수 있으리라. 제 발로 떠나는 것이 최선이리라.

하지만 이곳을 떠나서 오사카의 일원이 된다 할지라도 히데요시의 품속에 머물며 하마마쓰와 오사카와의 화친을 꾀하고, 이곳 미카와 무사가 이에야스로 하여금 장래 커다란 과실을 범하지 못하도록 하기 위해 음지에서 노력할 수는 있을 것이다. 그것이야말로 자신만이 할 수 있는 인욕의 고독한 충성이 아닐지. 동시에 자신도 바늘방석 같았던 생애에서 벗어나 살아갈 수 있을 것이다. 이것이야말로 가즈마사가 본심으로 벗에게 하고 싶었던 말이다. 하지만 그럴 틈이 없었다. 덴에몬의 눈빛은 가즈마사를 찌르겠다는 듯 살기로 번뜩였다.

"덴에몬, 이제 시간이 없네. 자네와도 이별일세. 그럼."

가즈마사는 어쩔 수 없이 그렇게 말하며 벌떡 자리를 떠나려 했다.

"모, 못 간다."

덴에몬은 칼집을 멀리 내던지고 가즈마사의 가슴을 향해 달려들었다. 그 순간 등불이 엎어지더니 어둠 속으로 하얀 실과 같은 연기가 피어올랐다.

"제정신이냐, 덴에몬!"

"무슨 소리냐, 너야말로 제정신이 아니로구나. 덴에몬은 제정신이다. 나라를 팔아먹으려는 망은의 도적을 처단하지 않고 어찌 그냥 둘 수 있단 말이냐."

"위험하다, 칼을 치워라. 말을 들어보면 알 것이다."

"아니, 들을 필요 없다."

집을 울리는 듯한 소리와 함께 장지문이 찢어지고 가구가 쓰러졌다. 그와 동시에 주군의 안위를 걱정하여 옆방과 벽 뒤에 숨어 있던 가즈마사의 가신들이 어지러운 방 안으로 쏟아져 들어왔다.

"앗, 기다려라. 베어서는 안 된다. 덴에몬을 다치게 해서는 안 된다."

가즈마사의 가신들은 바닥에 쓰러진 덴에몬 위로 우르르 몰려들어 서로 목을 베려 했다. 하지만 가즈마사의 말을 듣고 멈추며 말했다.

"나리, 어째서 말리는 것입니까? 이자를 살려두어서는."

"아니, 아니다. 저 기둥에 묶어두기만 하면 된다. 결코 덴에몬을 죽여서는 안 된다."

사람들은 하지카노 덴에몬의 팔을 뒤로 비틀어 방 한쪽 구석에 묶어놓았다. 그사이에 야마다 사나이가 가즈마사의 귀에 대고 속삭였다.

"오규의 마쓰다이라 지카마사가 약속을 깼으니 하마마쓰에 고할 우려가 있습니다."

가즈마사는 당황하지 않았다.

"그럼 바로 떠나기로 하자. 너희는 아녀자들을 데리고 먼저 떠나라. 나도 곧 뒤따라가겠다."

사람들의 발소리가 우르르 몰려갔다. 가즈마사가 다시 덴에몬 앞으로 다가가 말했다.

"덴에몬, 용서해주게."

덴에몬은 눈가에 원통함을 드러낸 채 눈을 감아버렸다.

"여기서 잠시만 참고 기다리게. 자네의 무사로서의 체면이 깎이게 하지는 않겠네. 주군을 배신하고, 참된 벗을 버린 가즈마사의 마음도 결코 편하지는 않다네. 하지만 어쩔 수 없는 운명이니, 용서하기 바라네."

"……."

"등불을 남김없이 꺼라. 끄지 않은 등불은 없는지 집 안 구석구석까지 잘 살펴보고 밖으로 나가라."

가즈마사는 뒤에 서 있던 두어 명의 가신에게 명령을 내리고 바로 대문 밖으로 나가 말 위에 올랐다. 불기도 없고, 사람도 남아 있지 않았다. 가즈마사는 여러 해 동안 살아온 집을 버리고 떠나려 하니 마음이 착잡했다. 그는 여전히 문을 바라보고 있었다. 그때 마지막으로 가신 서너 명이 나와 문을 닫으며 말했다.

"모두 이미 떠나셨습니다. 저희도 따르겠습니다."

가신들이 말 앞뒤에 서서 발걸음을 재촉했다. 한동안 달리다 가즈마사는 한 집의 문 앞에서 말을 멈추었다.

"여기가 하지카노 덴에몬의 집이었지?"

"네, 그렇습니다."

"누군가 한 사람, 덴에몬의 집에 들어가 전하게. 주인이신 덴에몬 나리가 이시카와 호키노카미의 집에서 기다리고 계시니 가마를 가지고 모시러 가라고."

"알겠습니다."

가즈마사의 하인은 불안한 얼굴로 대답했으나 명령대로 집 안으로 들어가 전했다.

"어서, 서두르자."

가즈마사는 말에 채찍을 가했다.

그날 밤, 나루미 부근의 해변에서 배 두 척이 바다로 나갔다. 어선의 등불조차 보이지 않을 만큼 강풍이 부는 밤이었다. 상당히 큰 배였으나 바람과 파도에 심하게 흔들렸다. 그것은 이시카와 가즈마사의 앞날을 암시하는 것처럼 여겨지기도 했으며, 파도와 겨울의 대지 너머에 그가 만년을 의지할 평화로운 세상이 있는 것처럼 여겨지기도 했다.

가즈마사가 향한 방향이 과연 그가 생각한 것과 일치했는지 아닌지, 또 과감하게 단행한 탈출이 과연 무인으로서 취해야 할 길이었는지 아닌지는 알 수 없었다. 어쨌거나 시간의 움직임이나 역사가 만들어져가는 과정도 단순하지 않지만, 한 개인의 변천도 참으로 복잡한 것이다. 그리고 그것들의 환영이 과거 저편으로 모두 매몰되고 개개인이 백골이 된 뒤가 아니면 그것을 좋거나 나쁘다고 말하기 어려운 법이다.

"아아, 벌써 떠났구나."

덴에몬은 반 각도 지나지 않아 그곳으로 말을 달려와 거친 바다를 바라보았다.

‘이곳을 떠나서도 호키 나리는 틀림없이 만족스러운 땅을 얻지 못할 것이다. 그것이 인간의 세상이니. 무릇 인간이 살고, 인간이 경영하는 세상에 호키 나리께서 혐오하시는 인간의 추함을 조금도 찾아볼 수 없는 별천지가 있을 리 없다. 인생행로에서 나리만큼 고생하고 경험을 쌓은 무사조차 저처럼 방황하게 되는구나. 아아…… 바람과 파도여, 호키 나리의 뱃길을 너무 세차게 부딪치지는 마라.’

말없이 서 있는 동안 덴에몬의 마음속에서는 그러한 생각이 맴돌았다.

덴에몬은 가즈마사의 가신들이 제지하는 대로 몸을 맡겼으며, 자신의 집에서 부하들이 데리러 왔을 때도 일부러 시간을 지체하다 도망자를 뒤쫓았다. 하지만 곧 말을 돌려 오카자키 성의 혼마루로 들어가 비상사태를 알리는 북을 울리게 했다.

“호키 나리가 탈출했다.”

“성주 대리님께서 도망치셨다.”

성안은 혼란스러웠다. 여전히 가즈마사의 부하에 속한 사람도 여럿 남아 있었기 때문이다.

“소란 피우지 마라.”

덴에몬이 성주 대리의 역할을 맡아 각 문의 출입을 굳게 지켰다. 그리고 하마마쓰의 이에야스에게 급사를 보냈다.

비상사태를 알리는 북소리에 놀라 성 아래에 있던 무사들도 달려왔다. 달려온 사람들 중에는 후카미조深溝 성의 성주인 마쓰다이라 이에타다도 있었다. 이에타다는 땀에 젖은 말에 채찍을 가해 삼십 리 길을 달려와 가장 먼저 성에 도착했다.

한편 그 일이 있기 직전에 약속을 깨고 가즈마사와의 동행을 거절했던 마쓰다이라 지카마사는 아들에게 두 가신을 붙여 그날 밤으로 이에야스에게 급보를 전하라고 명했다.

"일의 사정을 하마마쓰에 알려라."

그 외에도 실상을 알고 풍평을 들었으며, 14일 새벽부터 저녁때까지 온갖 방면에서 하마마쓰 성안으로 쉴 새 없이 급보가 전해졌다.

이에야스는 혼마루의 차가운 방에 커다란 화로와 사방침을 옆에 놓고, 등을 더욱 둥글게 말고 말없이 앉아 있었다.

"나의 부덕이로다, 나의 부덕이야……."

그는 차례로 들어오는 정보에도 별다른 감정을 내보이지 않은 채 때때로 그렇게 중얼거리기만 할 뿐이었다.

가까운 친족이나 측근들도 이에야스의 생각은 도무지 알 수 없다고 말한다. 결코 이에야스가 일부러 사람들에게 그렇게 보이려고 기교를 부리는 것은 아니었다. 아무리 세심한 주의를 기울인다 할지라도 기교로는 완전히 믿게 할 수 없는 법이다. 이에야스의 모호한 성격은 타고난 것이었다. 이에야스가 의식적으로 행하는 자기 연출이 아니었다.

그 증거로 그에게도 범인과 같은 감정이 있었으며, 때로는 그러한 감정이 크게 움직인 적도 있었다. 하지만 그 감정의 움직임이 겉으로 분명히 드러나지 않기 때문에 사람들은 곧잘 놓쳐버리고 마는 것이다. 그러다 보니 '어떤 일에도 흔들리지 않는 분'이라며 경탄하기도 하고 이상히 여기기도 하는 것이다.

그러한 면에서 히데요시는 이에야스와 성격이 정반대였다. 크게 놀라고, 크게 기뻐하고, 크게 슬퍼하고, 크게 화를 냈다. 히데요시는 모든 감정을 피부 속에서 물결치게 하지 않았다. 있는 그대로 표정에 드러냈으며, 감정의 파장을 더욱 퍼뜨려 주위를 동조하게 했으며, 세상의 대중과도 함께 기뻐하고 함께 슬퍼했다.

하지만 이에야스는 그렇지 않았다. 그래서 그런지 여러 신하와 백성을 거느리고 있었으나 늘 고독했다. 그는 선천적으로 그런 성격이었다. 혼자 괴로움에 견디고, 혼자 백 년의 계획을 꾀하고, 혼자 마음 아파하고, 혼자 은밀히 즐겼다. 그의 감정은 언제나 피부 아래에 감춰져 무표정하게 보일 뿐이었다. 하지만 무표정이 곧 무감정을 말하는 것은 아니다.

겉으로 드러나지 않는 이에야스의 감정은 오히려 히데요시보다 더 복잡하고 다감했다. 하지만 이에야스는 자신의 감정을 정리하는 데 놀라울 정도로 면밀했다. 그 정리가 끝나지 않는 한 웬만해서는 감정에서 행동으로 이행하지 않았다.

하지만 이번 돌발 사건에 대해 처음으로 '가즈마사가 달아났다!'고 아닌 밤중에 홍두깨 같은 급보를 들은 순간에는 천하의 그도 내심 깜짝 놀라 쓸개에서 배어나오는 불쾌하고 씁쓸한 즙에 내장의 모든 기능까지 어그러질 듯한 떨림을 느꼈기에 그것이 잠시 좋지 않은 낯빛이 되어 그의 얼굴을 스치고 지나갔다.

하지만 입술에서 새어나온 것은 '그런가……' 하는 단 한마디에 지나지 않았다. 그런 다음 곧 조치를 생각해, 명인의 손가락이 바둑판 위에 돌을 하나하나 놓듯 자신의 방에서 이런저런 명령을 내렸으나, 혼자 있는 방에서는 그 이외에 어떤 기척도 들려오지 않았다.

이 일이 이에야스에게는 목숨에 독이 될 정도로 마음의 상처라는 사실은 평소와 다른 그의 모습으로도 알 수 있었다. 얼마 전에도 우에다 성의 사나다 마사유키가 배반을 해서 키우던 개에게 손을 물린 것 같은 고배를 맛보기는 했으나, 가즈마사의 이탈은 거기에 비할 바가 아니었다. 자기 몸의 일부처럼 죽을 때까지 가즈마사와 헤어질 일은 결코 없을 것이라 생각했기 때문이다.

"인간은 믿을 수 없다."

이에야스는 원래부터 그런 생각을 가지고 있었는데 그 생각이 더욱 깊어졌다.

여기서도 이에야스와 히데요시의 차이가 드러난다. 이에야스는 믿지 못할 것은 인간이라 여겼기에 평생, 그리고 사후의 백년대계도 그 사상에 입각해 있었다. 히데요시는 정반대였다. 히데요시는 인간을 믿고 인간에 탐닉했다. 훗날 히데요시는 죽기 직전에 이에야스에게 후사를 맡기고 숨을 거둘 정도였다.

두 개의 세상은 이 두 주재자의 성격적 색채에 따라 둘로 나뉘어 채색되었다. 어쨌든 가즈마사의 탈출은 이에야스 일생의 불상사였으며, 나라 안의 커다란 사건이었다. 그는 그날 곧 오카자키로 갔다.

"그래, 사카이 다다쓰구도 와 있었는가? 마쓰다이라 이에쓰구도 와 있었군."

오카자키의 각 문을 굳게 지키고 있던 가신들의 마중을 받으니 여러 해에 걸쳐 보살펴온 그들의 얼굴이 평소보다 몇 배나 더 듬직하게 보였다. 혼마루에서는 하지카노 덴에몬, 나이토 이에나가內藤家長, 마쓰다이라 시게카쓰松平重勝 등이 협력해서 가즈마사가 비운 자리를 지키고 있었다.

"또 뜻밖의 일이 벌어졌습니다."

사카이 다다쓰구가 다시 보고했다.

"또……?"

요즘에는 이에야스도 운명의 집요함에 대해 일종의 자조감을 느끼고 있었다. 여기에 또 무슨 일이 벌어진 걸까? 그것을 가슴으로 버텨야겠다는 기분이 앞섰다.

이시카와 가즈마사와 함께 도쿠가와 집안의 기둥으로 집안을 짊어지고 있는 두 날개라고 일컬어지는 사카이 다다쓰구의 모습도 어딘가 쓸쓸하게 보였다.

"신슈 후카시深志 성에 있던 오가사와라 사다요시小笠原貞慶도 호키노 카미의 탈출과 동시에 처자권속을 데리고 오사카로 달아났다고 합니다."

"뭣이, 사다요시도?"

"그와 가즈마사 모두 오사카와 내통해 은밀히 일을 꾸미고 있었던 듯합니다."

이에야스가 무엇인가를 꿀꺽 삼키는 듯한 얼굴로 말했다.

"어쩔 수 없구나. 떠날 자는 얼른 떠나는 편이 좋다. 참으로 결속하려는 자들을 위해 그것이 이에야스를 돕는 것이다. 그렇지 않은가, 다다쓰구."

다다쓰구는 고개를 숙이고 손가락으로 눈썹을 닦았다.

땅이 꺼지는 것 같은 진동은 16일이 되어서도 여전히 그치지 않았다.

"가리야쳬屋의 성주이신 미즈노 다다시게 나리도 가즈마사와 연통해 성을 버리고 오사카로 달아난 모양입니다."

그 소식 역시 청천벽력이었다. 정보를 가져온 전령이 이탈자에게 경칭을 쓴 것은 엔슈 가리야의 미즈노 다다시게가 이에야스의 숙부였기 때문이다.

"아아, 숙부님마저."

이에야스의 마음은 그야말로 만신창이가 되고 말았다. 숙부의 주변에도 불평이나 내분은 있었다. 모르는 일이 아니었다. 하지만 이에야스는 다다시게마저 이탈할 줄은 생각하지 못한 듯했다.

"지진이 일어날 때는 흔들릴 만큼 흔들리는 편이 낫지. 땅속에 빈 공간이 남지 않도록."

이에야스는 그렇게 혼자 중얼거린 뒤, 대지진을 견디려는 사람처럼 앉아 있었다. 그리고 가즈마사가 남기고 간 성안의 부하들을 나이토 이에나가에게 맡기고, 신슈 고모로小諸의 오쿠보 시치로우에 몬타다요大久保七郎右衛門忠世를 불러들여 며칠 동안 성을 맡게 했다.

"지금부터 오카자키를 지키게."

신슈 군다이郡代인 도리이 히코에몬을 급히 불러 명을 내렸다.

"이참에 우리 집안의 병제, 병기, 군형 모두를 뿌리까지 개혁하도록 하게."

그 무렵 이에야스는 주변 사람들에게 비슷한 이야기를 들었다.

"은혜를 저버린 호키노카미도 오사카에 속하고 나면, 훗날에는 원래의 집이 떠올라 후회하는 날이 반드시 올 것입니다."

"결국 호키가 세상 일류의 인물이라 여겨졌던 것도 도쿠가와 가라는 배경이 있었기 때문이니, 태합에 종속된들 무슨 일을 할 수 있겠습니까?"

저마다 가즈마사의 비행을 좋지 않게 떠들어대며 이에야스의 울분을 달래주었다. 하지만 이에야스는 이렇게 말했다.

"호키의 마음은 미워하지 않을 수 없다. 그래도 호키가 일류의 인물임에는 여전히 변함이 없다. 무사가 행해온 바를 무시할 수는 없다. 이에야스에게는 커다란 손실이다. 이 손실을 어떻게든 메워야 한다."

사람들의 위로에 안심하고 있을 이에야스가 아니었다. 선천적으로 불행을 타고난 이에야스는 아직 누구도 생각하지 못한 앞날의 근심에 벌써부터 마음을 쓰고 있었다.

고슈에서 도리이 히코에몬을 급히 불러들인 것도 바로 그 때문이었다. 지금까지 도쿠가와 가의 특색이라 여겨졌던 독자의 병제, 군법의 기밀이 이시카와 가즈마사의 이탈로 인해 오사카 쪽에 곧바로 누설될 것은 당연한 일이었다.

주위 사람들이 끝도 없이 이시카와 호키를 비난하는 동안 이에야스는 다음과 같은 명을 내렸다.

"히코에몬, 신겐이 남긴 전법이라 할 수 있는 것은 군서, 병제의 문서, 토목, 경제에 걸친 것은 물론이고 무기, 병구兵具, 마구에서부터 지지, 지도, 그 외에 진구陣具, 진지도에 이르기까지 전부 손에 넣어 최단 시일 안에 고슈 지방에서 모아오도록 하게."

그리고 이런 명도 내렸다.

"원래 고슈의 무사로 그러한 방면에 정통하나 산야에 숨어 사는 노인이 있다면 충분히 예를 갖춰 데려오도록 하게."

그다음 이에야스는 이이 나오마사, 사카키바라 야스마사, 혼다 다다카쓰 세 사람에게 병제 개혁을 맡겼다. 그리고 이렇게 덧붙였다.

"나가시노, 덴모쿠 산 전투 이후 우리 집안으로 투항한 전 다케다의 고슈 출신 무사의 호적을 살펴, 그러한 자들로부터도 신겐의 국법을 듣고 개혁안에 참고하도록 하라."

신속하게 연구가 진행되었으며 연일 활발한 토의가 벌어졌다. 마침내 종전의 도쿠가와식 병제는 철폐되었고, 그 대신 신겐식의 군법에 시대적 창의를 가미했다. 드디어 새로운 미카와식 군제가 채용되었다.

이에야스는 오로지 군사 방면의 개혁만 단행한 것이 아니라 이번 기회에 신겐이 사용한 것 중 가장 뛰어난 것이라고 정평이 난 통화제도, 교역법, 토목 등 모든 분야에서 그 장점을 받아들여 습관적인 낡은 제도를 과감히 개혁했다.

"호키는 좋은 선물을 이에야스에게 남기고 떠났다. 그와 같은 일이라도 없었다면 군제, 경제를 개혁하지는 못했을 게야. 가즈마사가 우리 집안에서 자신을 스스로 내친 것은, 말하자면 낡은 것을 버려준 것이나 다름없는 것일세."

무슨 일에 있어서나 이에야스의 말속에는 재앙을 복으로 바꾸려는 노력이 묻어 있었다. 또 그는 이렇게 말하기도 했다.

"어떤 일이든 완전히 손해가 되기만 하는 경우는 없는 법일세. 생각해보게, 어떤 재난이나 흉사라도 온전히 손해만 가져다주는 경우는 결코 없는 법이야."

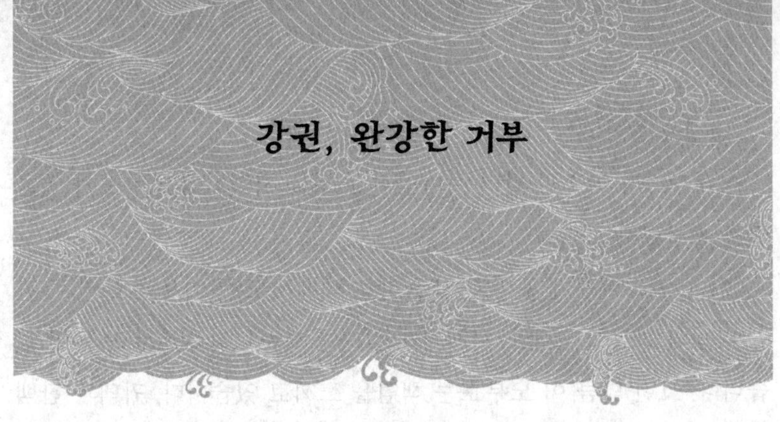

강권, 완강한 거부

기타바타케 노부오가 이에야스에게 볼일이 있는 듯 오카자키 성으로 찾아온 것은 이시카와 가즈마사가 탈출하고 난 뒤 십여 일이 지난 11월 말의 일이었다.

"어디 몸이라도 편찮으십니까?"

노부오가 이에야스의 혈색을 보고 걱정하듯 말했다.

이에야스는 떠나는 사람 잡지 않겠다는 듯 마음속에서 이시카와 문제를 애써 씻어냈다. 다른 사람의 눈에 건강하지 못하게 보였다면 그것은 군제의 급격한 개혁을 위해 여러 사람과 며칠 동안 늦은 밤까지 논의를 했기 때문이다.

"아니, 괜찮습니다."

이에야스는 가느다란 눈으로 노부오가 무엇을 위해 이세에서 왔는지 벌써 읽어내고 있었다.

"지난 사오십 일 못 뵌 동안 이 이에야스보다 귀공께서 조금 야위신 것 같은데……."

"아니, 저는 건강합니다. 요즘에는 전쟁도 없으니……. 저는 아버지 노부나가와는 달리 전쟁을 싫어합니다."

"전쟁을 좋아하는 사람은 아무도 없습니다."

이에야스가 평소와 달리 못마땅한 표정을 지었기에 노부오가 얼른 말을 바꾸었다.

"이 노부오 때문에 고마키 전투 때는 댁에서도 큰 비용을 쓰셨고, 관백 나리와 화목한 뒤에도 이래저래 심려를 끼쳐드려 참으로 면목이 없습니다. 그런 만큼 이 노부오는 책임을 느끼고 있습니다. 귀댁과 관백 나리와의 강화가 부디 영원한 평화를 기약하여 사민들도 진심으로 태평을 즐길 수 있도록 노력하는 것이 제 의무라 생각하고 있습니다."

"주조 나리, 그것은 나리 한 사람만의 소망이 아닙니다."

"그런데도 세상은 어찌 이리 늘 화산 위에 있는 것 같은지. 그리고 사람들은 모두 살얼음 위를 걷는 심정으로 하루하루를 살아가고 있지 않습니까?"

"이번에 관백의 자리에 오른 오사카 성의 주인에게 물어보시는 것이 어떻겠습니까?"

"그게 사실은……."

노부오가 갑자기 이야기의 실마리를 잡은 듯 경박한 용모가 가진 나약한 눈동자에 활기를 띠었다.

"얼마 전에 잠깐 볼일이 있어서 오사카에 갔을 때, 관백 나리를 만나 여러 가지로 이야기를 나누었습니다만……. 그때 전하께서 '세상에서는 하찮은 일만 벌어져도 머지않아 고마키 이상의 대전이 일어날 것처럼 말하고, 입으로는 태평을 기원하면서도 유언과 부설浮說을 기뻐하고, 우연한 일도 전부 전쟁과 연관 지어 생각하는 버릇이 있는데, 도쿠가와 나리와 내가 대체 어떤 이유로 대결을 펼치지 않으면 안 되는 것인지, 이 히데요시로서는 도저히 이해할 수가 없습니다' 하고 진심으로 말씀하셨습니다."

자리에는 이에야스 외에도 사카키바라 야스마사, 혼다 다다쓰구와 서너 명의 중신이 함께 있었다. 그들은 주인의 모습과는 전혀 다른 태도로 노부오를 경멸하듯 바라보고 있었다. 노부오가 말끝마다 '태합 나리'나 '전하'라는 경칭을 쓰는 것이 참으로 귀에 거슬린다는 듯, 불쾌함을 억누르는 얼굴을 하고 있었다. 하지만 노부오의 신경은 그러한 반응에 참으로 둔감했다.

"그리고 전하께서 '다음에 오카자키에 들를 일이 있으면 도쿠가와 나리께 히데요시가 그렇게 말하며 탄식했다고 전해주시기 바랍니다. 도쿠가와 나리는 어떻게 생각하실지'라고 말씀하셨습니다. 조금 전에 하신 말씀은 이 질문에 대해 반문처럼 들립니다. 하하하하."

노부오는 호인이라도 되는 양 큰 소리로 웃었다.

노부오라는 인물처럼 약이 잘 듣는 사람도 없었다. 이에야스는 이 호인물이 요긴하게 쓰인다는 사실을 잘 알고 있었다. 이 사람을 자신의 호주머니에 넣어 히데요시와 맞서게도 하고, 세상에 내보일 우상으로 이용한 적도 있었기 때문이다. 그런데 지금은 이 요긴한 물건이 히데요시의 수중에 있었다. 그리고 이번에는 히데요시가 반대로 자신을 책망하는 도구로 사용하기 시작했다.

때로는 '인과는 돌고 도는 법……'이라며 우스운 생각이 들기도 했고, 때로는 '이런 자는 영 거북해' 하며 노부오의 어리숙함에서 오는 파렴치와 무반응을 어떻게 처치해야 좋을지 몰라 두렵기도 했다.

미워할 수 없는 사람만큼 처치 곤란한 사람도 없는 법이다. 특히 노부오는 신분도 높고 자존심도 세면서 염치가 없었기에 이에야스도 어떻게 해볼 도리가 없었다. 지혜나 수단이나 상식 등이 있는 쪽이 오히려 더 불리하다.

"태합 전하는 그렇게 말씀하셨습니다. 도쿠가와 나리의 진의를 들어보고 싶다며……. 어떻습니까? 이에 대한 답은?”

“저 역시 동감입니다. 같은 생각입니다.”

“그렇다면 동의하십니까?”

“흠, 이에야스와 히데요시가 고마키에서 벌였던 일조차 참으로 어리석은 일이었는데……. 이에야스와 히데요시가 천하의 불행도 생각하지 않은 채 다시 자신의 모든 것을 걸고 대전란을 일으킨다면 이에야스도 어리석고 히데요시도 어리석은 천하의 바보들이라고 할 수밖에 없을 것입니다.”

“하하, 그렇게까지야…….”

“주조 나리, 다음에 오사카에 가시면 이에야스가 그렇게 말하더라고 전하십시오. 그리고 한 마디 더, 원숭이 공이 너무 서둘러 큰 욕심을 부리는구나. 욕망을 서두르면 소인배들이 반드시 그 틈을 타 야망을 이루려고 할 텐데. 조심해야 하거늘……. 이에야스가 이렇게 중얼거렸다고도 덧붙이시기 바랍니다.”

“전하겠습니다.”

노부오는 자신이라면 거침없이 얘기할 수 있다는 사실을 다른 사람에게 자랑이라도 하듯 당당하게 말했다.

“스스로 어리석다 말씀하셨으니 저도 어리석은 의견을 말씀드리자면, 인간이란 어째서 이처럼 어리석게 생겨먹었는지 모르겠습니다. 지금은 누가 봐도 이 나라의 넓은 땅 대부분의 세력이 오사카와 도쿠가와 나리, 두 개로 나뉘어 있을 뿐입니다. 서로 사이좋게 둘로 갈린 땅 위에서 정치와 문화, 경제, 그리고 자신이 하고 싶은 일, 호사를 부리든 영화를 누리든 전부 하면서 서로 경계를 지킨다면 꽤나 좋은 위치가 아닐까 생각합니다. 어리석은 노부오도 그렇게 생각하니, 두 분 모두 이 이상의 싸움은 하지 않는 것이 좋을 듯합니다.”

"지당하신 말씀…… 옳습니다."

이에야스는 몇 번이고 고개를 끄덕여 노부오를 우쭐하게 했으나, '지당하신 말씀'을 되풀이하는 말의 울림은 조금도 긍정적으로 느껴지지 않았다.

"그래서 사실은 저도 현려를 부탁드리고 싶습니다만."

노부오가 마침내 본론으로 들어서려 하자 이에야스는 빈정거리는 듯한 미소를 지어 보였다.

"무엇입니까, 이에야스에게 부탁하실 것은?"

"전에도 말씀드린 것처럼 상경을 하셨으면 합니다."

"오사카로 가서 히데요시에게 신하의 예를 취하라는 말씀이십니까?"

"그건 결코 아닙니다."

노부오가 머쓱해진 얼굴로 손을 흔들어 보였다.

"신하의 예를 취하라는 무례한 말씀을 드리는 것이 아닙니다. 그저 천하의 사람들이 안심할 수 있도록, 또 세상에 태평을 가져다주기 위해 한번 상경하셔서 전하와 만나보셨으면…… 하고 바라는 것일 뿐입니다."

이에야스에게 '오사카에 한번쯤 올라가야 한다'는 이야기는 이미 오래전부터 거론된 현안이었다. 고마키 강화 전후 이에야스의 아들인 오기마루가 이름은 히데요시의 양자이지만 실제로는 인질이 되어 오사카 성으로 보내졌을 때 히데요시는 '도쿠가와 나리가 기회를 보아 한번쯤 오사카로 왔으면 한다'는 뜻을 오사카의 사자를 통해서도, 기타바타케 노부오의 입을 통해서도 종종 전해왔다.

이에야스가 자신의 아들을 양자로 보내고 노신들의 아들까지 인질로 보내 공적으로 화목을 약속한 이상 아들이 있는 곳으로 한번쯤 유람 삼아 인사를 가는 정도야 그다지 어려운 문제는 아니었다. 하지만 가신들은 여전히 '당치도 않은 소리다. 그런 뻔뻔스러운 요구에는 귀를 기울일 필요가 없다. 나리가 절대 마음을 움직이지 못하도록 우리도 경계를 해야 한다'며 맹렬히 반발하고 있었다. 오사카에 대한 미카와 무사들의 감정은 이 문제 때문에도 한층 더 경직되어 있었다.

한때 이시카와 가즈마사에게 집중되었던 사람들의 차가운 시선도 이 문제와 관계가 있었다. 그와 주군 사이를 극히 위험한 접촉이라고 본 가신들의 심리가 매우 신경질적으로 가즈마사의 행동을 경계한 것도 분명히 그 원인 중 하나였으며, 여론의 저류작용이라고도 할 수 있는 것이었다. 그러한 도쿠가와 측의 분명한 여론에 대해 오사카 측에도 당연히 강경한 여론이 존재하고 있었다.

"이에야스가 상경을 완강히 거부하는 것도 의심스러운 일이다. 스스로 화목을 우습게 보고 있다는 증거라 할 수 있다."

이러한 대립을 걱정하는 조정자로서 노부오가 시국에 일조하겠다며 나설 여지는 분명히 있었다. 하지만 최근 들어 그는 히데요시의 모사였으며 이에야스로 하여금 언제나 히죽히죽 쓴웃음을 짓게 할 정도의 힘밖에 없었다.

오다 나가마스나 다키가와 가쓰토시, 그리고 하시바 가쓰마사羽柴勝雅, 히지카타 다카히사土方雄久 등의 사람들이 때로는 오사카의 공식적인 사자로 오기도 하고 혹은 개인적으로 와서 권유를 하기도 했다. 그만큼 이 문제에는 집요하다 싶을 정도로 히데요시의 강한 의지가 숨겨져 있었다. 특히 히데요시가 북국으로의 출진을 결심했을 때에는 노부오가 바로 달려와서 거듭 이에야스를 설득했다.

"귀댁 역시 형식적으로라도 장병 일부를 참가시켜야 하는 것 아닙니까?"

이에야스는 각 장수들을 하마마쓰로 불러 의견을 물었다. 물론 각 장수들은 만장일치로 반대하고 나섰다. 그 결과에 맞춰 이에야스는 노부오에게 깨끗하게 거절의 뜻을 밝혔다.

"죄송합니다만."

이에야스는 중대한 일이라고 여겨지면 곧잘 여러 사람에게 뜻을 물었다. 여론을 존중하는 것처럼 보이지만 실은 여론을 이용했다. 밖으로는 여론을 이용하고, 안으로는 각자에게 무거운 책임감을 느끼게 만들었다. 그리고 이에야스 개인의 감정이 아닌 공분을 내세워 이야기했다.

"주조 나리, 늘 보여주시는 호의는 감사합니다만, 집안사람들이 아무래도 납득하지 못합니다. 이에야스도 요즘에는 외출하기가 영 꺼려져서 멀리로 여행하거나 도읍 사람들의 눈에 띄는 게 싫습니다. 죄송합니다, 죄송합니다."

그날도 이에야스는 오래도록 앉아 있는 노부오가 따분하다는 듯 하품을 참고 있을 뿐이었다. 노부오는 오래도록 앉아 있는 자신에 대해 이에야스가 따분하다는 듯 일부러 좋지 않은 얼굴을 내보인다는 사실을 이미 눈치채고 있었으나 그래도 우물쭈물 다시 말을 꺼냈다.

"가신들의 반대는 한마디 말씀이면 가라앉지 않겠습니까? 모쪼록 이번에는 태합 나리의 뜻대로 한걸음 양보하시어 오사카로 가겠다고 생각을 바꿔주실 수 없겠습니까? 실은…… 그렇게 해주시지 않으면 이 노부오도 전하와 나리 사이에 껴서 입장이 참으로 난처해질 것입니다."

노부오는 더 이상 흥정을 펼칠 처지가 아닌 듯했다. 히데요시에게 재촉을 받아 히데요시를 대변하기 위해 왔다는 사실을 넋두리처럼 들리는 말 속에 담아 무언중에 고백한 것이나 다름없었다. 이처럼 단순한 사람의 끈기에 지거나 동정할 이에야스가 아니었다.

"아…… 오늘은 주무시고 가겠습니까, 아니면 바로 돌아가겠습니까?"

"응……?"

노부오는 당황하며 다시 말을 이었다.

"실은 이 성에서 만나기로 약속한 자가 있으니 폐가 되지 않는다면……."

"아닙니다. 머무르실 생각이라면 얼마든지 머무십시오. 그런데 누구와 만나기로 약속하셨습니까?"

"오다 나가마스, 다키가와 가쓰토시, 두 사람입니다. 슬슬 올 때가 됐는데."

"그렇다면 지원병이 또 온다는 말씀입니까?"

이에야스는 지긋지긋하다는 듯한 얼굴을 숨기지 않았다. 눈치가 없는 노부오도 자리가 거북한 듯 보였으나 결코 포기할 듯한 태도는 아니었다.

잠시 뒤 나가마스와 가쓰토시가 히데요시의 사자라며 정식으로 찾아왔다. 예에는 예로 맞아들이지 않을 수 없었다. 이에야스도 공식적으로 가신에게 명했다.

"정중하게 객전으로 모셔라."

그리고 한 노신에게 따로 명을 내렸다.

"향응을 소홀함 없이 준비하라."

이에야스는 옷을 갈아입은 뒤 사자를 만나러 갔다. 그리고 면담은 간단히 끝난 듯, 곧 원래 있던 방으로 돌아왔다. 그동안 혼자 있던 노부오는 이에야스의 얼굴이 흐려진 것을 언뜻 보았다. 이에야스와 함께 방으로 돌아온 혼다, 사카이, 사카키바라 등 가신들의 얼굴도 모두 씁쓸한 표정이었다. 한동안 이에야스 주종과 노부오 사이에 말을 꺼내기도 어려운 분위기가 묘하게 흘렀다.

"다른 방에 사자를 위한 향응을 준비해두었습니다."

밖에서 노신 하나가 고했다. 이에야스는 고개를 끄덕인 뒤 노부오를 향해 말했다.

"저녁은 사자들과 함께하기로 했습니다만."

노부오는 상관없다고 대답했다. 아까부터 품고 있던 소심한 자의 불안을 눈가에 비치며 마침내 이렇게 물었다.

"오사카의 사자는 상경을 재촉하러 온 것입니까?"

"아닙니다. 문안을 온 것이라고 합니다. 사자의 말을 잘 이해할 수 없지만."

"문안이라니, 무슨 문안을 말하는 것입니까?"

"저희 집에서 탈출한 이시카와 호키노카미가 오사카 성으로 가서 자신을 받아달라고 청했다 합니다. 그에 대해서는 히데요시도 뜻밖이라 생각하고, 틀림없이 나도 뜻밖이라 생각할 거라 여겨 문안을 온 것이라고 합니다. 하하하하, 문안이랍니다. 아하하하하."

좀처럼 웃지 않는 이에야스가 웃었다. 반대로 사카이와 사카키바라를 비롯해 가신들의 얼굴은 매우 경직되어 있었다. 웃는 대신 눈물을 떨어뜨리는 사람도 있었다.

그날 밤 오사카의 사자와 기타바타케 노부오는 성안에서 묵었다.

"어젯밤에는 참으로 실례가 많았습니다."

오다 나가마스와 다키가와 가쓰토시는 아침을 먹자마자 바로 노부오가 있는 객전으로 인사를 갔다.

"오늘은 바로 돌아가실 생각이오?"

"저희 말씀입니까?"

"그렇소. 이번에 온 일도 잘 처리되지 않았소. 어젯밤의 주연에서는 도쿠가와 나리도 마음이 풀어지신 듯 보였소. 가즈마사가 탈출한 일도 이 정도 언짢아하는 것으로 끝난다면."

"그게, 실은 아직 중요한 일이 하나 남았기에 저희 두 사람도 고심하고 있습니다."

"도쿠가와 나리의 상경 말씀이시오?"

"그렇습니다. 사실 어젯밤에는 도쿠가와 나리의 안색이 영 좋지 않아 말씀드리지 못했습니다만."

"어제는 나도 여러 가지로 얘기해보았지만 쉽게 수락하지 않으셨소."

"오늘 만나면 저희도 물론 강경하게 승낙을 요구할 테지만, 주조님께서도 더욱 힘써주셨으면 합니다."

"그래, 알겠소. 어떻게 해서든 좋은 대답을 얻어내지 못하면 나도 태합 전하를 뵐 면목이 없으니."

세 사람은 때를 가늠해서 오카자키의 노신에게 오늘 낮에 다시 한 번 이에야스를 만나고 싶다는 뜻을 전했다. 하지만 노신은 그 자리에서 고개를 저었다.

"아아, 이거, 어젯밤에 사람을 보내 말씀드릴 걸 그랬습니다. 나리께서는 오늘 새벽에 벌써 출타하셨습니다."

"응? 어디로?"

"기라吉良로 매사냥을⋯⋯."

세 사람은 멍하니 서로의 얼굴을 바라본 채 생각에 잠겼다.

어쩔 수 없이 노부오는 이세로 돌아갔다. 하지만 나가마스와 가쓰토시는 히데요시로부터 이번이 마지막이라는 듯 이에야스의 진의를 듣고 오라는 명령을 받았기에 그대로 오사카로 돌아갈 수 없었다.

"그렇다면 기라의 사냥터로 가서 뵙기로 하세."

그들은 마침내 이에야스를 찾으러 기라까지 갔다.

매사냥을 하고 있던 이에야스는 가벼운 차림에 시골 늙은이 같은 두건을 쓰고 뒤따라온 두 사람을 '아직도 돌아가지 않았는가'라고 말하는 듯한 얼굴로 무뚝뚝하게 바라보았다.

두 사람은 이에야스에게 차근차근 이해를 들어 설명하고 히데요시의 뜻을 밝힌 뒤, 오사카로 상경할 것을 권했다. 그들의 말속에는 정중한 위협도 짙게 배어 있었다.

"알겠소. 태합이 병사를 앞세워 이에야스에게 강권한다면 이에야스도 산슈, 엔슈, 슨슈, 신슈 네 개 주의 병사를 들어 움직이지 않겠소? 다시 일전을 펼치겠다면 그것도 상관없소. 이에야스의 준비는 주먹 위의 매가 한 번 날 동안이면 충분하오. 얼른 돌아가시오. 돌아가서 태합에게 전하시오. 앞으로는 사자를 보낼 필요가 없다고."

근신들과 사냥개가 노려보고 있었기에 두 사자는 더 이상 아무 말도 하지 못했다. 그들은 황망히 오사카로 돌아갈 수밖에 없었다.

금원의 도둑

이제 히데요시와 이에야스의 단절은 확실해졌다. 천하는 다시 소란스러워질 것이다.

"두 영웅은 결국 양립하지 못한다."

두 개의 세상은 결국 그것을 연출하지 않으면 안 되는 법이다.

사명을 완수하지 못한 오다 나가마스와 다키가와 가쓰토시의 기분은 참으로 비통했다. 두 사자가 기라의 사냥터까지 이에야스를 따라가 마지막으로 필사의 변을 늘어놓았지만 실패하고 말았다. '틀림없이 전쟁은 일어날 것이다. 더는 전쟁을 피할 수 없게 되었다'고 생각하며 돌아가는 두 사자의 마음도 모른 채 마을은 연말을 맞아 생업에 분주했고, 집들은 얼마 남지 않은 평화에 안심하는 듯 등불을 켜놓았다. 두 사자는 그 모습을 바라보며 가슴 아파했다.

"전하는? 전하는?"

마침 저물녘이 되어 혼마루 안을 이리저리 살폈으나 히데요시의 모습은 보이지 않았다.

"전하께서는 조금 전에 시동들을 데리고 서쪽의 성곽으로 가셨습니다."

그 말에 두 사자는 커다란 다리 모양의 복도를 지나 서쪽 성곽으로 갔다. 한 무리의 시동들이 한 방에 모여 안으로 들어간 주군이 돌아오기를 기다리고 있었다.

"오늘 저녁은 오랜만에 니노마루에서 측실들과 함께 식사를 하시겠다며 조금 전에 안으로 들어가셨습니다. 그곳에 들어가시면 언제나 늦게까지 계시기 때문에 언제 나오실지 알 수 없습니다."

시동들이 두 사자에게 말했다.

오다와 다키가와는 히데요시가 나오기만을 기다릴 수도 없는 문제였고, 한시라도 빨리 이야기를 전해야 했기에 꼭 만나야겠다며 시동들에게 말을 전해달라고 청했다. 그런데 안으로 들어갔던 시동이 뜻밖의 대답을 했다.

"전하는 안에도 안 계십니다."

사정을 들어보니, 히데요시가 '오늘은 오랜만에 안채 여자들과 저녁을 먹겠다'며 서쪽 성곽으로 들어간 것만은 틀림없는 사실이었으나 산조노 쓰보네와 차차와 마쓰노마루 등이 상과 자리를 마련해놓고 기다리는데도 히데요시는 '정원을 보고 오겠다'며 밖으로 나가서는 아무리 기다려도 돌아오지 않는다는 것이었다.

지난 10월 북국 출진에서 돌아왔을 때, 히데요시는 올해로 열다섯 살이 되는 마에다 도시이에의 셋째 딸 마야摩耶를 데리고 왔다. 히데요시는 그녀를 '마야야, 마야야'라고 부르며 마음에 들어 했고, 서쪽 성곽으로 들어가면 소녀가 새끼 고양이를 품고 있듯 떼어놓지 않았다. 지금도 히데요시는 그 마야를 데리고 밖으로 나간 듯했다. 그러자 누구보다 애를 태우는 사람은 차차였다.

차차는 더욱 아름다워져서 마침내 어머니인 오이치를 능가할 정도로, 미인이 많은 오다 가의 고귀한 피를 춘란 같은 뺨에도, 목덜미에도 내보이기 시작했다. 하지만 그녀는 아직 원숙하지 못했다. 남자를 알기에는 너무 어렸다. 히데요시는 전쟁과 원정으로 다망했지만 가끔 금원禁園의 열매를 따기 위해 숨어들 여유는 있는 듯했다. 그것은 요즘 차차가 보이는 태도로도 알 수 있었다. 하지만 차차는 히데요시를 잘 따랐으나 그 점에 있어서만은 '이상한 아저씨'라며 금원의 도적에게 봄의 문을 결코 열지 않았다.

차차도 올 연말이 지나면 스무 살의 봄을 맞이하게 된다. 생리적으로 여자로서의 자각이 싹트기 시작한다고 할지라도 이상할 게 없는 나이였다. 특히 후궁에서 생활하는 여자들 사이에는 거기에 도움이 되는 품위 있는 음란한 향기가 농후하게 감돌고 있었다. 그런 의미에서 심창深窓은 아직 개화하지 않은 온실이었다.

오십 줄에 들어선 남자인 히데요시 역시, 봉오리의 개화를 손수 돌보며 느긋하게 기다리는 것을 지루하게 여기지 않았다. 히데요시는 차차가 이상한 아저씨라며 자신을 피하기 시작한 것이야말로 차차가 성장한 증거라고 생각하며, 비밀스러운 밤에 그녀가 자신의 뺨을 할퀴어도 뒤돌아서 몸을 공처럼 둥그렇게 만 채 밤새 풀지 않아도 결코 화를 내거나 폭력으로 정복하려 들지 않고 오히려 그 가련한 모습을 생글생글 지켜보았다.

그랬기에 그는 차차 앞에서 더욱더 일부러 북국에서 데려온 열다섯 살짜리 마야를 아끼는 듯한 모습을 보였다. 그럴 때마다 차차의 눈에는 초조한 빛이 역력했다. 오늘 저녁만 해도 그랬다. 누구보다 차차가 가장 걱정하며 히데요시와 마야의 모습을 찾아 정원을 돌아다녔다.

"어디로 가신 걸까, 전하는……."

차차는 저녁별 아래서 당장이라도 울음을 터뜨릴 것만 같은 표정을 지었다.

"감기에 드십니다. 전하야 어디에 계시든 이 성안에 계실 테니 곧 돌아오실 거예요."

시녀들이 그렇게 달래서 방 안으로 데리고 돌아온 차였다.

그 무렵 히데요시는 성 밖 다마쓰쿠리에 있는 가노 에이토쿠의 한적한 집을 찾아갔다. 하인도 단 두 명밖에 데려가지 않았다. 그곳에 소녀인 마야를 데리고 서쪽 성곽에서 나와 아직 공사 중인 다마쓰쿠리 문을 지나 훌쩍 찾아간 것이다. 하지만 이와 같은 그의 가벼운 방문이, 이 쓸쓸한 집에서는 처음 있는 일이 아닌 듯했다.

'아아, 또 오셨네……'

그렇게 생각하며 맞아들이는 듯한 태도를 화공인 에이토쿠와 제자 산라쿠, 하녀인 할멈에게서도 분명히 찾아볼 수 있었다.

히데요시는 성큼성큼 집으로 들어가 좁은 화실 안쪽을 들여다보며 말했다.

"오쓰는 여전히 그림 공부에 열중하고 있는가?"

"어서 오세요."

오쓰가 히데요시에게 절을 올리며 말했다.

"열심히 배우고 있습니다."

화실의 양탄자 위에는 물감을 푸는 데 쓰는 접시와 붓과 벼루, 종이 등이 가득 어질러져 있었다. 그녀가 서둘러 정리하려 했지만 끝내 치우지 못했을 정도였다.

"네가 이걸 그린 게냐?"

히데요시는 양탄자 위에 펼쳐져 있는 화조도 한 폭을 바라보다 오쓰가 그렸다는 사실을 알고는 둘둘 말아 쥐었다.

"가져가마."

그리고 벌써 문가로 가서는 다시 그녀를 바라보며 말했다.

“오쓰, 가끔은 에이토쿠를 따라 성으로 놀러 오너라. 이 히데요시와 소식을 너무 끊고 지내지는 마라.”

히데요시의 색다른 취향은 정말 끝을 알 수가 없었다. 사람들은 히데요시를 호색한이라고 말하지만 그처럼 단순한, 그리고 현실적인 말로 단정 지을 수 없었다. 틀림없이 그는 여자를 좋아했다. 그 점에 있어서는 부인인 만도코로(네네)도 인정하고 있었다. 사실 그는 남들이 생각하는 것보다 훨씬 더 여자를 좋아했다.

그것은 삼사십 대처럼 단순히 생리적 문제만 해결하면 되는 그런 것이 아니었다. 그는 원래부터 번뇌가 많았으며, 치정癡情에 있어서는 선천적으로 자신을 제어하거나 숨기지 못하는 지극히 평범한 사람이었다. 그런데 지금은 남자로서 한창 나이인 쉰에 이르렀으며, 소년기의 가난한 생활과 중년기의 사업욕과 전장에서의 금욕 생활에서 벗어나 온갖 조건이 번뇌를 자유롭게 이행할 수 있는 경계에까지 도달해 있었다.

그러니 단지 마음에 드는 여자들을 측실로 들여 번갈아가며 다루는 은밀한 장난이 언제까지고 재미있을 리 없었다. 특히 어린 시절에 영양 결핍으로 잘 자라지 못했고 지금은 간신히 사람의 모습이 되었지만 그렇다고 이에야스처럼 지방과 근육이 풍부하거나 중후한 체격을 갖추지는 못했다. 치민경국治民經國을 중히 여기는 것만큼이나 건강도 중히 여겼으며, 건강을 깎아먹는 밤의 은밀한 장난에 몰두할 정도로 어리석지도 않았다. 마쓰나가 히사히데松永久秀는 밤낮을 가리지 않고 애첩과 장막 안에서 희희덕거리며, 장수들의 보고를 들을 때도 장막을 반만 걸어 올린 채 들었다고 한다. 하지만 히데요시는 그 정도로까지 인간 자체를 모욕할 만한 인간성을 가지고 있지 않았다. 그는 오히려 자기 자신이 번뇌하는 범부의 전형이면서도, 그 인간이라는 것을 아름답게 보고 싶어 했다. 그러니 여자에 대해서는 말할 것도 없다.

히데요시가 상음을 즐긴 것도 좋은 환경에서 자란 소녀에게는 저절로 우아한 향기가 뿜어져 나오기 때문이다. 아직 꽃을 피우지 않은 열다섯, 열일곱 살의 소녀를 사랑한 것도 소녀의 순정과 마주하고 있으면 그도 소녀처럼 가슴의 피가 고동쳤기 때문이다. 이러나저러나 색을 좋아한다는 점은 결국 여느 누구와 다를 바 없었으나 그는 그 경로와 분위기와 온갖 반주를 전제로 삼아, 마지막의 비곡秘曲을 들으려 하는 다정하고 욕심이 많은 인간이었다. 그런 탓에 그의 곁에는 지금, 아직 피어나지 않은 아름다운 꽃 세 송이가 봉오리를 운명에 맡긴 채 자라고 있었다. 오쓰도 그중 한 명이었으며, 차차와 마야도 마찬가지였다.

화공 에이토쿠에게 맡긴 오쓰를 갑자기 찾아가 슬쩍 보고 온 것도 오늘로 세 번인가 네 번째였다. 오쓰를 찾아가서도 그저 '그림을 배우고 있군. 잘하고 있구나'라고 말할 뿐이었다. 그러고는 얼른 다시 성으로 돌아가 서쪽 성곽의 여자들 사이에서 분별없는 일개 치정의 인간으로 앉아 있었다.

"전하…… 잠시 드릴 말씀이 있습니다만."

소로리 신자가 밖에 사람이 왔다며 속삭이자 히데요시의 눈빛이 엄하게 바뀌었다. 여자들은 히데요시의 눈빛을 보고 갑자기 웃음소리를 그칠 수밖에 없었다. 그동안 히데요시에게서 그러한 눈빛을 본 적이 거의 없었기 때문이다.

"뭐, 다키가와와 나가마스가 미카와에서 돌아왔단 말인가? 그렇다면 바로 만나보기로 하지. 여기서 만나겠네. 바로 데려오게."

다키가와 가쓰토시와 오다 나가마스는 현란한 꽃밭과도 같은 여자들 속에 있는 히데요시를 보고 바로 자리에 엎드렸다.

"그래, 수고했네. 지금 돌아왔는가?"

히데요시가 자리에서 일어나 옆방에 있는 두 사람 곁으로 다가갔다.

화려한 불빛과 형형색색 아름다운 색채의 여자들 옆에 있는 탓인지 두 사자의 얼굴은 언뜻 보기에도 너무 창백하고 비통해 보였다.

"실패한 모양이로구나."

히데요시가 먼저 말을 꺼냈다. 침통한 모습으로 엎드려 있기만 한 두 사람을 히데요시가 구한 꼴이었다.

"네……."

오다 나가마스가 대답했다.

"도쿠가와 나리께서는 여전히 가망 없는 대답만 하셨습니다. 아니, 답할 필요도 없다는 듯 쌀쌀맞은 태도로……."

뒤를 이어 다키가와 가쓰토시가 실패한 사실을 솔직하게 이야기했다. 기라의 사냥터까지 이에야스를 찾아가 충심으로 설득했으나, 이에야스가 평소와 달리 주먹 위의 매를 비유하며 일전도 마다하지 않겠다고 큰소리를 쳤다는 사실도 숨기지 않고 말했다. 그 순간 히데요시가 옆방의 여자들까지 깜짝 놀랄 정도로 큰 소리로 웃기 시작했다. 무엇이 그리 우스운지 혼자 끝도 없이 웃었다.

"그래, 그럴 만도 하지. 좋은 소리도 세 번이라는 말이 있는데 내가 열 번도 넘게 재촉했으니. 그 인내심 강한 도쿠가와 나리가 시치미를 떼고 머리에 두르고 있던 두건도, 속내를 숨기고 있던 가면도 벗어버리고 마침내 화를 낸 그 얼굴이 눈에 보이는 듯하구나. 참으로 재미있다, 재미있어."

히데요시는 지금 자신이 말한 것처럼 짐짓 시치미를 잘 떼고, 인내심 강하고, 고집스럽기 짝이 없는 애물단지를 어떻게 해야 손바닥 위에 올려놓을 수 있을지, 차차를 사랑하듯, 마야를 달래듯, 오쓰의 태도가 부드러워지기를 기다리듯 흥미진진하게 생각하고 있었다.

　이에야스는 무슨 일에나 감이 익어 저절로 떨어지기를 기다리듯 느긋한 마음을 가지고 있었다. 그리고 그것을 간파하고 있는 히데요시도 이에야스에게 지지 않을 만큼 끈질긴 면을 가지고 있었다. 고마키 전투 이후 히데요시는 이에야스가 결코 힘이나 권위로는 회유할 수 없는 상대라는 사실을 꿰뚫어보고 있었다.

　"두 사람 모두 심적으로 많이 지쳤겠지? 그렇게 걱정할 것 없네. 풀죽을 것 없어. 정말 수고했네. 술이라도 들기로 하세."

　히데요시는 가쓰토시와 나가마스를 위로하고 옆방의 여동에게 술병을 가져오게 했다.

　"그래, 도쿠가와 나리께도 그 정도의 떼는 쓰게 해줘야겠지. 하지만 잘 지켜보고 있게. 머지않아 그 고집쟁이를 히데요시의 무릎 위에 앉혀놓고 미카와의 도미와 경사스러운 날에 먹는 찰밥을 먹게 할 테니. 하하하하하. 일곱 살 때부터 인질로 잡혀가 고생하기는 했으나, 역시 다이묘의 아들이로구나. 히데요시가 한 고생과는 차원이 달라."

　히데요시는 나가마스와 가쓰토시에게 잔을 건네고 자신도 마신 뒤, 곧 큰 걸음으로 서쪽 성곽의 침실로 들어갔다. 그 조그만 몸이 키가 큰 여자들에게 둘러싸여 침소로 향하는 모습이 조금도 우습게 보이지 않았다. 아니, 나가마스와 가쓰토시에게는 커다란 고래가 봄의 조수를 타고 물과 하늘의 일선 너머로 어슴푸레 사라져가는 것처럼 보였다.

춘추전국기 春秋戰國期

초판 1쇄 발행 2025년 9월 1일

지 은 이   요시카와 에이지
옮 긴 이   안창우
펴 낸 이   안치환
펴 낸 곳   문예사학

편   집   안치환
디 자 인   박소윤
마 케 팅   박건원

등록번호   제2024-000097호
등록일자   2024년 11월 5일
주   소   서울특별시 마포구 동교로 27길 53, 309호
전   화   02 338 0084
팩   스   02 338 0087
메   일   poetromeo@hanmail.net

I S B N   979-11-992900-0-6 03830